U0620672

全唐詩

上

上海古籍出版社

圖書在版編目(CIP)數據

全唐詩 /上海古籍出版社編. —上海：上海古籍出版社，1986.10（2025.4重印）

ISBN 978-7-5325-0314-8

Ⅰ.①全… Ⅱ.上… Ⅲ.唐詩—選集 Ⅳ.I222.742

中國版本圖書館CIP數據核字（2009）第001217號

封面題簽　集顏真卿字
內封題簽　康 熙 原 書

全 唐 詩

（全二册）

上海古籍出版社出版、發行

(上海市閔行區號景路159弄1-5號A座5F　郵政編碼201101)

(1) 網址：www.guji.com.cn

(2) E-mail：gujil@guji.com.cn

(3) 易文網網址：www.ewen.co

新華書店上海發行所發行經銷　上海展强印刷有限公司印刷

開本 787×1092　1/16　印張 138.75　插頁 8

1986 年 10 月第 1 版　2025 年 4 月第 26 次印刷

印數：97,251-98,050

ISBN 978-7-5325-0314-8

I·148　定價：420.00 元

如發生質量問題，請與承印公司聯系

電話：021-66366565

出版説明

《全唐詩》九百卷，康熙四十二年（一七〇三）始議修纂。四十四年（一七〇五）三月勅命校定刊刻，為置詩局於揚州。兩淮鹽課監察御史曹寅主持其事；在籍翰林彭定求、沈三曾、楊中訥、潘從律、汪士鋐、徐樹本、車鼎晋、汪繹、查嗣瑮、俞梅等十人參預修訂。康熙四十五年（一七〇六）十月初一書成，四十六年四月十六清聖祖玄燁為之序并題額，因名之曰《御定全唐詩》。是書以清初季振宜《唐詩》（七一七卷）、明胡震亨《唐音統籤》（一三三三卷）為底本，參取内府所藏明吴琯《唐詩紀》（一七〇卷）等唐人總集、别集，「又旁采殘碑斷碣、稗史雜書之所載，補苴所遺，凡得詩四萬八千九百餘首，作者二千二百餘人」（見《四庫全書總目提要》）。雖未能盡賅現存唐人詩作，亦間有重收、誤收及小傳小注失當處；然蒐集既已十得九五，所本更稱名家精鑑，兼以預修諸家，文譽卓著，採收編訂，務求精審，故仍堪稱迄今為止最為完備之唐詩總集。於後人之研治讐校，其功洵偉。

本書即據康熙揚州詩局本剪貼縮印，又附以知不足齋本日本上毛河世寧所輯《全唐詩逸》三卷。詩局本原裝十二函，函十册，今仍保持其函册原貌。為便於檢索，除順序編碼而外，更於每面内側標識暗碼二種：上碼為原帙函數册數（如「一〇·一」，即為原十函一册），下碼為順序卷次（如「九〇」，即為第九〇卷）。又另編《全唐詩作者索引》、《全唐詩篇目索引》二種，同時鉛排付印，另裝一册，與本書三種編碼相表裏，以利讀者。

上海古籍出版社　　一九八五年十二月

御製全唐詩序

詩至唐而衆體悉備亦諸法畢該故稱詩者必視唐人為標準如射之就彀率治器之就規矩焉蓋唐當開國之初即用聲律取士聚天下才智英傑之彥悉從事於六義之學以為進身之階則習之者固已專且勤矣而又堂陛之賡和友朋之贈處與夫登臨讌賞之即事感懷勞人遷客之觸物寓興一舉而託之於詩雖窮達殊途悲愉異境而以言乎攄寫性情則其致一也夫性情所寄千載同符安有運會之可區別而論次唐人之詩者輒執初盛中晚岐分疆陌而抑揚軒輊之過甚此皆後人強為之名非通論也自昔唐人選唐詩有殷璠元結令狐楚姚合數家卷帙未為詳備至宋初撰輯英華收録唐篇什極盛然詩以類從仍多

脫漏未成一代鉅觀朕茲發內府所有全唐詩命諸詞臣合唐音統籤諸編叅互校勘蒐補缺遺略去初盛中晚之名一依時代分置次第其人有通籍登朝歲月可考者以歲月先後為斷無可考者則援据詩中所詠之事與所同時之人繫焉得詩四萬八千九百餘首凡二千二百餘人釐為九百卷於是唐三百年詩人之菁華咸采擷薈萃於一編之內亦可云大備矣夫詩盈數萬格調各殊溯其學問本原雖悉有師承指授而其精思獨悟不屑為苟同者皆能殫其才力所至沿尋風雅以卓然自成其家又其甚者寧為幽僻奇譎雜出於變風變雅之外而絕不致有蹈襲剽竊之弊是則唐人深造極詣之能事也學者問途於此探珠於淵海選才於鄧

林博收約守而不自失其性情之正則真能善學唐人者矣豈其漫無持擇汎求優孟之形似者可以語詩也哉是用製序卷首以示刻全唐詩嘉與來學之旨海内誦習者尚其知朕意焉

康熙四十六年四月十六日

凡例

一唐高祖賜秦王詩云聖德合皇天五宿連珠見和風拂世民上下同歡宴見於冊府元龜明胡震亨謂唐初無五星聯聚之事疑其僞託今刪去斷自太宗始且一代文章之盛有所自開

一序次首諸帝次后妃次宗室諸王次公主宮嬪略依唐史序例至南唐吳越閩蜀諸國主附諸王之後妃附宮嬪之後

一郊廟樂章及樂府歌詩分載各集者仍彙編一集以存一代樂制

一唐人新樂府雖見郭茂倩樂府詩集但一時紀事所作非當時公私常奏之曲既已各載本集應刪

一無爵里世次可考者另編

一唐人有正集者既自成卷其或詩止數首不能成卷者另編其或雖不成卷而可以相附者如崔滌崔液附崔湜王勔附王勃之類並附入集後

一釋道外國名媛仙鬼詩各另編

一聯句分載各集未免冗複應另編一集至於柏梁賡和分載諸帝集中不必編入

一填詞同謠諺酒令蒙求另編

一唐人世次前後最爲冗雜向來別無善本全唐詩及唐音統籤亦多訛謬應以登第之年爲主其未曾登第及雖登第而無考者以入仕之年爲主處士則以其卒歲爲主若更無卒歲可考則就其贈答唱和之人先後附入其他或同賦一體或同應省試並以類相從不必仍初盛中晚之舊割裂年代前後懸殊

一六朝人詩誤收入全唐者如陳昭及沈氏衞敬瑜妻吳興神女之類並應刊正

一六朝人詩原集誤收如吳均妾安所居劉孝勝武陵深行誤作曹鄴詩薛道衡昔昔鹽誤作劉長卿詩之類並應刊正

一唐並無其人而考其詩乃六朝人作如楊慎即陳陽慎沈煙即陳沈炯槩刪

一唐竝無其人而誤認題中字爲撰人姓氏者如上官儀集中高密公主輓詞作高密詩亦有其人姓名在詩題中而誤認爲撰人者如王維集中慕容承攜素饌見過詩作慕容承詩之類槩刪

一唐音統籤有道家章咒釋氏偈頌二十八卷全唐詩所無本非歌詩之流刪

一詩前小傳但略序其人歷官始末至於生平大節自有史傳不必冗錄

一詩集有善本可校者詳加校定如善本難覓仍照全唐統籤舊本以俟考正

一全唐詩集或分體或分類或編年止緣唐人撰集及宋人校刻體例不一當時繕寫悉依所見本今仍照全唐寫本其太冗雜者略爲詮次不必更張

一全唐詩集有一詩而互見數集者止於題下注一作某詩若確有考據可以定其爲何人之詩若司空圖樂府誤入崔櫓集之類則刪彼歸此不必互見

一全唐詩有一人一詩而多一二句則入古詩少一二句便入律詩如張說偃松篇之類亦有同此詩而增減一二句并換題者如李白白雲歌之類應附注一詩之末不必重出

一集外逸詩或見於他書或傳之石刻應旁加搜采次第補入以成全書

凡例

一古詞止五七言絕句故柳枝竹枝浪淘沙諸作花間尊前二集皆收入詞類但清平調欸乃曲之類止於七絕應兼存以備一體至於七絕之外別有長短句調者應將七絕槩刪以省繁複

一詞家相傳呂巖梧桐影乃當時所作全唐未收既應補入至於他作乃乩師所錄傳授訛有不諧調者亦刪去

全唐詩

校閱刊刻官

通政使司通政使臣曹寅

校對官

翰林院侍讀臣潘從律
翰林院侍講臣彭定求
右春坊右中允兼翰林院編修臣楊中訥
左春坊左贊善兼翰林院檢討臣沈三曾
日講官起居注左春坊左中允兼翰林院編修臣汪士鋐
翰林院編修臣徐樹本
翰林院編修臣車鼎晉
翰林院修撰臣汪繹
翰林院編修臣查嗣瑮
翰林院編修臣俞梅

通政使司通政使臣曹寅翰林院侍講臣彭定求編修臣楊中訥臣潘從律臣汪士鋐臣徐樹本臣車鼎晉臣查嗣瑮庶吉士臣俞梅等上言康熙四十四年三月十九日奉
旨頒發全唐詩一部
命臣寅刊刻臣定求臣沈三曾臣中訥臣從律臣士鋐臣樹本臣鼎晉臣汪繹臣嗣瑮臣梅等校對於康熙四十五年十月初一日書成謹裝潢成帙進
呈
聖覽者臣寅等誠惶誠恐稽首頓首竊惟謳歌吟詠凡民本以抒情敦厚溫柔聖人因之立教四始備於周官五言昉於漢室魏晉六朝漸繁厥製李唐一代兼集其成於時家握隋珠人懷和璧蘇張李杜分路揚鑣韓孟元劉同工異曲其餘專門別集各自名家槃澗閨房盡堪華國傳授歷於累朝遺軼存於野史但誇其盛莫攬其全茲蓋伏遇
皇帝陛下
道邁堯思
性超舜哲
武功定而載戢干戈
文教敷而爰稽典籍每當
萬幾之暇豫旁通六義之指歸發

祕府之珍藏惜斯文之湮棄
特命校讐卽頒剞劂一時才藻重荷闡揚百世精靈
更蒙榮造
褒嘉所及風雅同觀臣等才慚繡虎技媿雕蟲西園
翰墨忝侍游歌東觀鉛黃未堪啓發烏焉亥豕因
形似而傳訛夏五郭公愼闕疑而難補伏願
乾坤度量寬挂漏之辜編簡昭垂增藝文之重臣寅
等無任瞻
天仰
聖激切屏營之至謹奉
表隨
進以
聞

全唐詩目

張鷟　李福業　薛眘惑
賀敳共一卷
狄仁傑　魏元忠　韋承慶
李懷遠　崔日用　宗楚客
蘇瓌共一卷
張九齡三卷
第十冊
楊炯一卷
宋之問三卷
崔湜　崔液　崔滌共一卷

全唐詩目
第二函
第一冊
王勃二卷　附王勔
李嶠五卷
杜審言一卷
董思恭　劉允濟　邵大震
辛常伯共一卷
第二冊
姚崇　宋璟共一卷
蘇味道一卷
郭震一卷
田遊巖　王無競　賈曾
李夔　崔玄童　何鸞
蔣挺共一卷
崔融一卷
閻朝隱　韋元旦　邵昇
唐遠悊共一卷
李適一卷
劉憲一卷
高正臣　崔知賢　席元明
韓仲宣　周彥昭　高球
弓嗣初　高瑾　王茂時
徐皓　長孫正隱　高紹
郎餘令　陳嘉言　周彥暉
高嶠　劉友賢　周思鈞共一卷
蘇頲二卷
姜晞　姜皎　蔡孚
徐晶　張敬忠　史俊共一卷
徐彥伯一卷
駱賓王三卷
第三冊
武三思　張易之　張昌宗
薛曜　楊敬述　于季子共一卷
喬知之　喬侃　喬備共一卷
劉希夷一卷
陳子昂二卷
第四冊
張說五卷
張均　張垍共一卷
韋嗣立　魏奉古　崔日知
崔泰之　魏知古共一卷
第五冊
李乂一卷
盧藏用　岑羲　薛稷
馬懷素共一卷
富嘉謨　吳少微　員半千
王適　閻丘均　齊澣
祝欽明　劉知幾　胡雄
張齊賢　鄭善玉　丘悅共一卷
沈佺期三卷
趙冬曦　尹懋　王琚
陰行先　王熊　梁知微
李伯魚　楊重玄　朱使欣共一卷
第六冊
張循之　王晙　張東之
袁恕己　劉幽求　章玄同
王易從　盧僎　牛鳳及共一卷
司馬逸客　王紹宗　鄭遂初
李崇嗣　東方虬　張楚金
房融　呂太一　張紘
鄭蜀賓共一卷
宋務光　李景伯　李行言
郭利貞　元希聲　李澄之
李如璧　洪子輿　寇泚
吳兢共一卷
武平一一卷
趙彥昭一卷
蕭至忠　李迥秀　楊廉
韋安石　竇希玠　陸景初
鄭南金　李成　趙彥伯
于經野　盧懷慎共一卷
辛替否　王景　畢乾泰
麴瞻　樊忱　孫佺
李從遠　周利用　張景源
李恒　張錫　解琬共一卷
鄭愔一卷
源乾曜　徐堅　源光裕共一卷
李元紘　裴漼　劉昇
蕭嵩　韋抗　李暠
韋述　陸堅　程行諶
褚琇　裴光庭　宇文融
崔沔　崔尚　胡皓共一卷
李適之　房琯　李泌
郭子儀共一卷
張諤　劉庭琦　鄭繇共一卷
韓休　許景先　王丘
蘇晉　崔禹錫　張嘉貞

盧從愿　袁暉　王光庭
徐知仁　席豫　韓思復
劉晃共一卷
賀知章一卷
第七冊
裴耀卿　宋鼎　崔頌
孫翃　徐仁友　蘇綰
康庭芝　張宣明　盧崇道共一卷
包融　丁仙芝　蔡隱丘
蔡希周　蔡希寂　張潮
張翬　周瑀　談戭
殷遙　沈如筠　孫處玄
徐延壽　樊晃共一卷
李憕　李邕　王灣
史青　王泠然共一卷
張子容一卷
張旭　賀朝　萬齊融
邢巨　張若虛　薛業共一卷
孫逖一卷
崔國輔一卷
崔珪　楊浚　劉晏
袁瓘　李昂　厙狄履溫
寇坦　李休烈共一卷
李林甫　楊炎　元載
陳希烈　張漸　宋昱共一卷
盧象一卷
盧鴻一一卷
徐安貞　崔翹　梁昇卿
吳鞏　陸海　裴士淹
李元操　顧朝陽　陶峴共一卷
第八冊
王維四卷
第九冊

王縉　裴迪　崔興宗
苑咸　丘爲　趙驊共一卷
崔顥一卷
祖詠一卷
李頎三卷
綦毋潛一卷
第十冊
儲光羲四卷
王昌齡四卷
常建一卷
杜頠　李嶷　崔亘
蔣維翰　萬楚　范朝
楊顏　王諲　王岳靈
周萬共一卷
陶翰一卷

全唐詩目
第三函
第一冊
劉長卿五卷
第二冊
顏眞卿一卷
李華一卷
蕭穎士一卷
崔曙一卷
王翰一卷
孟雲卿一卷
張巡　張抃　賀蘭進明
閭丘曉　庾光先　韋丹
蕭昕　李希仲　楊志堅共一卷
第三冊
孟浩然二卷
第四冊
李白一之八
第五冊
李白九之十七
第六冊
李白十八之二十五
第七冊
韋應物十卷
第八冊
孟彥深　劉灣　孫昌胤
喬琳　柳渾共一卷
張謂一卷
岑參四卷
第九冊
沈宇　張鼎　薛奇童
楊諫　張萬頃　沈頌
梁鍠共一卷

全唐詩目

第四函

全唐詩目

第五函

一一

全唐詩目

第八函

全唐詩目

第九函

全唐詩目

第十函

全唐詩目

第十一函

楊容華 魏氏 喬氏
七歲女子 林氏 趙氏
郭紹蘭 王韞秀 張夫人
王氏 裴淑 趙氏
張氏 薛韞 楊德麟
崔氏 陳玉蘭 薛媛
孫氏 張立本女 侯氏
愼氏 薛瑤 王霞卿
竇梁賓 任氏 黃崇嘏
蔣氏 周仲美 張文姬
程長文共一卷
柳氏 程洛濱 紅綃妓
晁采 崔鶯鶯 步非煙
崔紫雲 姚月華 孟氏
趙氏 李節度姬 崔素娥
鮑家四弦 韓續姬共一卷
郎大家宋氏 梁瓊 劉雲
崔萱 崔仲容 崔公遠
張琰 裴羽先 劉媛
葛鵶兒 劉瑤 廉氏
田娥 劉淑柔 薛瓊
趙虛舟 張瑛一作英 長孫佐轉妻
劉元載妻 劉氏婦 葛氏女
李主簿姬 京兆女子 湘驛女子
若耶溪女子 譙氏女 光失姓
戚失姓 裒失姓 越溪楊女
曹文姬共一卷
關盼盼 劉采春 太原妓
武昌妓 舞柘枝女 常浩
襄陽妓 王福娘 楊萊兒
楚兒 王蘇蘇 顏令賓
張窈窕 平康妓 史鳳
盛小叢 趙鸞鸞 蓮花妓

徐月英 韓襄客共一卷
薛濤一卷
魚玄機一卷
李冶 元淳 海印共一卷

全唐詩目

第十二函

第一冊

寒山一卷以下僧
拾得 豐干共一卷
慧宣 法宣 惠偘
慧淨 海順 道恭
辨才 僧鳳 利涉
道會 中宥 義淨
寶月 景雲 理瑩
金地藏 懷素共一卷
靈一一卷
靈澈 大易 法照
釋泚 靈蘊共一卷
護國 法振共一卷
清江一卷
無可二卷

第二冊

皎然七卷
廣宣一卷
含曦 善生 韜光
知玄 元孚 栖白
應物 智亮 良乂
常達 僧鸞 神穎
澹交 文秀 懷楚
躭章共一卷
子蘭一卷
可止 雲表 歸仁
卿雲 隱巒 冷然
大愚 懷濬 恒超
淨顯 修雅 元寂
若虛 文益 元則
謙光共一卷

第三冊

貫休十二卷

第四冊

齊己一之七

第五冊

齊己八之十
尚顏 虛中 栖蟾共一卷
可朋 曇域 栖一
處默 修睦 無作
清尚 乾康共一卷
曇翼 隱求 智遠
無悶 尚志 玄寶
懷浦 亞栖 惟審
慕幽 釋彪 法輪
尚能 常雅 滄浩
若水 文鑒共一卷
慈恩寺沙門 水心寺僧 無名釋
南唐僧 吳越僧 唐末僧
神迥 可隆 爾鳥
元礎 悟清 契盈
澹然 庭實 知業
雲容 元幽 志定

長孫無忌 裴略 省吏
選人 裴玄智 竇昉
梁寶 釋元康 李榮
張元一 杜易簡 石抱忠
梁載言 劉行敏 陸子
楊廷玉 中宗朝優人 崔日用
吳人 封抱一 麴崇裕
權龍襄 崔泰之 蘇頲
張敬宗 韋鏗 邵景
李休烈 石惠泰 黃幡綽
祖詠 王昌齡 張懷慶
賀知章 顧況 史思明共一卷
高亭 賀遂涉 趙謙光
孔顥 呂溫 張祜
朱沖和 崔涯 李宣古
杜牧 盧肇 韋蟾
嚴震 章孝標 李紳
楊汝士 柳棠 朱澤
鄭光業 鄭愚 鄭仁表
胡曾 李昌符 孫子多
薛能 皮日休 鄭綮
徐彥若 崔立言 韋鵬翼
姚嶸 李日新 柳逢
黎瓘 張保胤 陸巖夢
李都 荊人 馮道幕客
李花開 馮暉 李濤
楊苧蘿 馮涓 盧延讓
蔣貽恭 李貞白 郫城令
李令 太守 劉炎共一卷
甘洽 閻敬愛 李和風
歸氏子 張曾封 李晝
楊鸞 座客 周顓
張鷟 施肩吾 蘇芸

包賀 蔡押衙 溫庭筠
顧雲 孫光憲 商則
羅穎 陳嶠 何承裕
李濤 程紫霄 僧法軌共一卷
無名氏一卷
李兼以下判 杜兼 舒元輿
裴諝 李翱 韓滉
皇甫大夫 羅紹威 蕭結
王曾 伶人 張翺
趙武建 宋元素 張幹共一卷
歌一卷
讖記一卷
語一卷
諺謎一卷
謠一卷
酒令一卷
占辭一卷
蒙求一卷

第九冊

褚亮以下補遺 陳叔達 王績
崔善為 許敬宗 盧照鄰
宋之問 蘇頲 薛曜
李懷遠 趙彥伯 喬備
孫逖 盧象 劉長卿
蕭穎士 王翰 張鼎
李白 杜甫 皇甫冉
張彪共一卷
嚴維 顧況 耿湋
竇叔向 王季友 劉商
楊巨源 歐陽詹 白居易
楊衡 丘丹 張碧
陳翥 長孫佐輔 竇鞏
姚合 李涉 張祜共一卷

杜牧 厲玄 趙璜
喻鳧 潘咸 劉得仁
薛瑩 賈島 莊南傑
薛能 朱景玄 許渾
李頻 李郢 于武陵
崔櫓 劉綺莊共一卷
皮日休 司空圖 羅隱
唐彥謙 方干 王駕
杜荀鶴 翁承贊 王貞白
張蠙 盧延讓共一卷
曹松 李洞 盧士衡
熊皎 孫魴 劉昭禹
劉乙 姚揆 陳光
楊凝式共一卷
盧言 裴諝 任要
韋洪 馬乂 張紹
鄭露 林披 公孫杲
李夐 暢甫 吳士矩
吳黔 崔融 錢信
胡傳美 許宏 文丙
路應 李縝 戴公懷
孟翱 崔耿 宇文鼎
郭密之 扈載 薛光謙
尉遲汾 馬令共一卷
靈澈 貫休 齊己
可朋 修睦 清豁
吳筠 李冶共一卷

第十冊

明皇帝以下詞 昭宗皇帝 後唐莊宗
南唐嗣主李璟 後主煜 蜀主王衍
後蜀主孟昶共一卷
李景伯 沈佺期 裴談
張說 崔液 李白

一一

元結　張志和　張松齡
韓翃　韋應物　王建
戴叔倫　劉禹錫　白居易
劉長卿　竇弘餘　康駢共一卷
杜牧　崔懷寶　鄭符
段成式　張希復　溫庭筠
皇甫松　司空圖　韓偓
張曙　鍾輻共一卷
韋莊　牛嶠共一卷
毛文錫　和凝　牛希濟共一卷
薛昭蘊　顧敻　鹿虔扆共一卷
魏承班　尹鶚　毛熙震共一卷
李珣　歐陽炯　歐陽彬共一卷
閻選　孫光憲共一卷
張泌　馮延巳　徐昌圖
徐鉉共一卷
庾傳素　劉侍讀　許岷
林楚翹　無名氏　楊貴妃
閭后陳氏　柳氏　王麗真女郎
耿玉真共一卷
呂巖　伊用昌共一卷

全唐詩目 第一函

第二册

太宗皇帝一卷
高宗皇帝
中宗皇帝
睿宗皇帝共一卷
明皇帝一卷
肅宗皇帝
德宗皇帝
文宗皇帝
宣宗皇帝
昭宗皇帝共一卷
文德皇后
則天皇后　徐賢妃　上官昭容　楊貴妃
江妃共一卷
章懷太子　韓王元嘉　越王貞
信安王禕共一卷
宜芬公主　宋若華　宋若昭　宋若憲
鮑君徽　蕭妃共一卷
南唐先主李昪　嗣主璟　後主煜
韓王從善　吉王從謙　蜀主王建　後主衍
吳越王錢鏐　後王錢俶
後蜀嗣主孟昶　閩王王繼鵬共一卷
蜀太后徐氏　太妃徐氏共一卷

全唐詩

太宗皇帝

帝姓李氏諱世民神堯次子聰明英武貞觀之治庶幾成康功德兼隆由漢以來未之有也而銳情經術初建秦邸即開文學館召名儒十八人爲學士既即位殿左置弘文館悉引內學士番宿更休聽朝之間則與討論典籍雜以文詠或日昃夜艾未嘗少怠詩筆草隸卓越前古至於天文秀發沈麗高朗有唐三百年風雅之盛帝實有以啓之焉在位二十四年謚曰文集四十卷館閣書目詩一卷六十九首今編詩一卷

帝京篇十首 并序

予以萬幾之暇游息藝文觀列代之皇王考當時之行事軒昊舜禹之上信無間然矣至於秦皇周穆漢武魏明峻宇雕牆窮侈極麗征稅殫於宇宙轍迹徧於天下九州無以稱其求江海不能贍其欲覆亡顛沛不亦宜乎予追蹤百王之末馳心千載之下慷慨懷古想彼哲人庶以堯舜之風蕩秦漢之弊用咸英之曲變爛熳之音求之人情不爲難矣故觀文敎於六經閱武功於七德臺榭取其避燥濕金石尚其諧神人皆節之於中和不係之於淫放故溝洫可悅何必江海之濱乎麟閣可翫何必兩（一作山）陵之間乎忠良可接何必海上神仙乎

豐鎬可遊何必瑤池之上乎釋實求華以人從欲亂於大道君子恥之故述帝京篇以明雅志云爾

秦川雄帝宅函谷壯皇居綺殿千尋起離宮百雉餘連甍遙接漢飛觀迥凌虛雲日隱層闕風煙出綺疏

巖廊罷機務崇文聊駐輦玉匣啓龍圖金繩披鳳(一作鳥)篆韋編斷仍(一作方)續縹帙舒還卷對此乃淹留(一作忘憂)欹案觀墳典

移步出詞林停輿欣武(一作載)宴琱弓寫明月駿馬疑流電驚雁落虛弦啼猿悲急箭閱賞誠多美於茲乃忘倦

鳴笳臨樂館眺聽歡芳節急管韻朱絃清(一作長)歌凝白雪彩鳳肅來儀玄(一作下)鶴紛成列去茲鄭衛聲雅音方可悅

芳辰追(一作歸)逸趣禁苑信多奇橋形通漢上峰勢接雲危煙霞交隱映花鳥自參差何如肆轍跡萬里賞瑤池

飛蓋去芳園蘭橈遊翠渚萍(一作梁)間日彩亂荷處香風舉桂楫滿中川弦歌振長嶼豈必(一作獨)汾河曲方爲歡宴所

落日雙闕昏回輿九重暮長煙散(一作引)初碧皎月澄輕素搴幌翫琴書開軒引雲霧斜(一作銀)漢耿層閣清風搖玉樹

歡樂難再逢芳辰良可惜玉酒泛雲罍蘭殽陳綺席千鍾合堯禹百獸諧金石得志重寸陰忘懷輕尺璧

建章歡賞夕二八盡妖妍羅綺昭陽殿芬芳玳瑁筵珮移星正動扇掩月初圓無勞上懸圃即此對神仙

以茲遊觀極悠然獨長想披卷(一作襟)覽前蹤撫躬尋既往望古茅茨約瞻今蘭殿廣人(一作入)道惡(一作處)高危虛心戒盈蕩奉天竭誠敬臨民思惠養納善察忠諫明科慎刑賞六五誠難繼四三非易仰廣待淳化敷方嗣云亭響

飲馬長城窟行

塞外悲風切交河冰已結瀚海百重波陰山千里雪迴戍危烽火層巒引高節悠悠卷旆旌飲馬出長城寒沙連騎跡朔吹斷邊聲胡塵清玉塞羌笛韻金鉦絕漠干戈戢車徒振原隰都尉反龍堆將軍旋馬邑揚麾氛霧靜紀石功名立荒裔一戎衣靈(一作雲)臺凱歌入

執契靜三邊

執契靜三邊持衡臨萬姓玉彩輝關燭金華流日鏡無爲宇宙清有美璇璣正皎佩星連景飄衣雲結慶戢武(一作戈)耀七德昇文輝九功煙波澄舊碧塵火息前紅霜野韜蓮劒關城罷月弓錢綴榆天合新城柳塞空花銷蔥嶺雪縠盡流沙霧秋駕轉兢懷春冰彌軫慮書絕龍庭羽烽休鳳穴戍衣宵寢二難食旰餐三懼翦暴興先廢除兇存昔亡圓蓋歸天壤(一作壞)方輿入地荒孔海池京邑雙河沼帝鄉循(一作修)躬思勵己撫俗愧時康元首佇鹽梅股肱惟輔弼羽賢崆嶺四翼聖襄城七澆俗庶反淳替文聊就質已知隆至道共歡區宇一

正日臨朝

條風開獻節灰律動初陽百蠻奉遐費萬國朝未央雖無舜禹迹幸欣天地康車軌同八表書文混四方赫奕儼冠蓋紛綸盛服章羽旄飛馳道鐘鼓震巖(一作修)廊組練輝霞色霜戟耀(一作照)朝光晨宵懷至理終愧撫遐荒

幸武功慶善宮 樂府詩題作唐功成慶善樂舞辭一曰九功舞殿庭朝會所奏文舞也新唐書禮樂志曰太宗生於武功之慶善宮貞觀六年幸之宴從臣賞賜閭里同漢沛宛帝歡甚賦詩呂才被之管絃名曰功成慶善樂以童兒六十四人冠進德冠紫袴褶長袖漆髻屣履而舞舊書樂志曰慶善樂太宗所造也名九功之舞舞蹈安徐以象文德洽而天下安樂也冬正享燕及國有大慶與七德舞偕奏於庭

壽丘惟舊跡酆邑乃前基粵予承累聖懸弧亦在茲弱齡逢運改提劒鬱匡時指麾八荒定懷柔萬國夷梯山咸(一作盛)入款駕海亦來思單于陪武帳日逐衛文榱端扆朝四岳無爲任百司霜節明秋景輕冰結水湄芸黃徧原隰禾穎積京畿(一作坻)共樂還鄉(一作譙)宴歡比大風詩

重幸武功

代馬依朔吹驚禽愁昔叢況茲承眷(一作睿)德懷舊感深衷積善忻餘慶暢武悅成(一作閟神)功垂衣天下治端拱車書同白水巡前跡丹陵幸舊宮列筵歡故老高宴聚新豐駐蹕撫田畯回輿訪牧童瑞(一作王)氣縈丹闕祥煙散碧空孤嶼含霜白遙山帶日紅於焉歡擊筑聊以詠南風

經破薛舉戰地 義寧元年擊舉於扶風敗之

昔年懷壯氣提戈初仗節心隨朗日高志與(一作比)秋霜潔移鋒驚電起轉戰長河決營碎落星沈陣卷橫雲裂一揮氛沴靜再舉鯨鯢滅於茲俯舊原屬目駐華軒沈沙無故迹滅竈有殘痕浪霞穿水淨峰霧抱(一作拖)蓮昏世途亟流易人事殊今昔長想眺前蹤撫躬聊自適

過舊宅二首

新豐停翠輦譙邑駐鳴笳園荒一徑斷苔古(一作臺平)半階斜前池消舊水昔樹發今花一朝辭此(一作北)地四海遂爲(一作成)家

金輿巡白水玉輦駐新豐紐落藤披架花殘菊破叢葉鋪(一作鋪庭)荒草蔓流竭半池空紉珮蘭凋(一作生)徑舒圭葉翦桐昔地一蕃內今宅九圍中架海波澄鏡韜戈器反農八表文同軌無勞歌大風

還陝述懷

慨然撫長劒濟世豈邀名星旆紛電舉日羽肅天行徧野屯萬騎臨原駐五營登山麾武節背水縱神兵在昔戎戈動今來宇宙平

入潼關

崤函稱地險襟帶壯兩京霜峰直臨道冰河曲繞城古木參差影寒猿斷續聲冠蓋往來合風塵朝夕驚高談先馬度僞曉預雞鳴棄繻懷遠志封泥負壯情別(一作向)有眞人氣安知名不名

於北平作

翠野駐戎軒盧龍轉征旆遙山麗如綺長流縈似帶海氣百重樓巖松千丈蓋(一作三尺大)茲焉可遊賞何必襄城外

遼城望月

玄兔月初明澄輝照遼碣映雲光暫隱隔樹花如綴魄滿桂枝圓輪虧鏡彩缺臨城却影散帶暈重圍結駐蹕俯九都停(一作佇)觀妖氛滅

春日登陝州城樓俯眺原野迴丹(一作回舟)碧綴煙霞密翠斑紅芳菲花柳即目川岫聊以命篇

碧原開霧隰綺嶺峻霞城煙峰高下翠日浪淺深明斑紅粧蘂樹圓青壓溜荊跡巖勞傅想窺野訪莘情(一作清)巨川何以濟舟楫佇時英

春日玄武門宴羣臣

韶光開令序淑氣動芳年駐輦華林側高宴柏梁前紫

庭文珮(一作樹)滿丹墀袞紱連九夷簉瑤席五狄列瓊筵娛賓歌湛露廣樂奏鈞天清(一作盈)尊浮綠醑雅曲韻朱弦粵余君(一作臨)萬國還慚撫(一作俯)八埏庶幾保貞固虛己厲求賢

登三臺言志

未央初壯漢阿房昔侈秦在危猶騁麗居奢遂役人豈如家四海日宇罄(一作整)朝倫(一作輪)扇天裁戶舊砌地翦基新引月擎(一作緣)宵桂飄雲逼曙鱗露除光炫玉霜闕映雕銀舞接花梁燕歌迎鳥路塵鏡池波太液莊苑麗宜春作異甘泉日停非路寢辰念勞慚逸已居曠返勞神所欣成大厦宏材佇(一作寵臨傳)渭濱

出獵

楚王雲夢澤漢帝長楊宮豈若因農暇閱武出轘嵩三驅陳銳卒七萃列材雄寒野霜氛(一作氣)白平原燒火紅琱戈夏服箭羽騎綠沈弓怖獸潛幽壑驚禽散翠空長煙晦落景灌木振(一作偃)嚴風所爲除民瘼非是悅林叢

冬狩

烈烈寒風起慘慘飛雲浮霜濃凝廣隰冰厚結清流金鞍移上苑玉勒騁平疇旌旗四望合罝羅一面求楚踣爭兕(一作麑)殪秦亡角(一作解)鹿愁獸忙投密樹鴻驚起礫洲騎斂原塵靜戈迴嶺日收心非(一作悲)洛汭逸意在渭濱游禽荒非所樂撫轡更招憂

春日望海

披襟眺滄海憑軾玩春芳積流橫地紀(一作軸)疏派引天潢仙氣凝三嶺和風扇(一作撒)八荒拂潮(一作暎)雲布色穿浪日舒光照岸花分彩迷雲雁斷行懷卑運深廣持滿守靈長有形非易測無源詎可量洪濤經變野翠島屢成桑之罘思漢帝碣石想秦皇霓裳非本意端拱且圖王

臨洛水

春蒐馳(一作騁)駿骨總轡俯長河霞處流縈(一作雲)錦風前漾卷羅水花(一作光)翻照樹堤蘭倒插波豈必汾陰曲秋雲發棹歌

望終南山

重巒俯渭水碧嶂插遙天出紅扶嶺日入翠貯巖煙疊松朝若夜複岫闕疑全對此恬千慮無勞訪九仙

元日

高軒曖春色邃閣媚朝光彤庭飛綵斾(一作旄)翠幌曜明璫恭己臨四極垂衣馭八荒霜戟列丹陛絲竹韻長廊穆矣熏風茂康哉帝道昌繼文遵後軌循古鑒前王草秀故春色梅豔昔年粧巨川思欲濟終以寄舟航

初春登樓即目觀作述懷

憑軒俯蘭閣眺矚散靈襟綺峰含翠霧照日蕊紅林鏤丹霞錦(一作鋪)岫殘素雪斑岑拂浪堤垂柳嬌花鳥續吟連甍豈一拱眾幹如千尋明非獨材力終藉棟梁深彌懷矜樂志更懼戒盈心媿制勞居逸方規十產金

首春

寒隨窮律變春逐鳥聲開初風飄帶柳晚(一作曉)雪間花梅碧林青舊竹綠沼翠新苔芝田初雁去綺樹巧(一作未)鶯來

初晴落景

晚霞聊自怡初晴彌可喜日晃(一作光)百花色風動千林翠池魚躍不同園鳥聲還異寄言博通者知予物外志

初夏

一朝春(一作初)夏改隔夜鳥花遷陰陽深淺葉曉夕重輕煙哢鶯猶響殿橫絲正網天珮高蘭影接綬細草紋連碧鱗驚櫂側玄燕舞檐前何必汾陽處始復有山泉

度秋

夏律昨留灰秋箭今移晷峨嵋岫初出洞庭波漸起桂白發幽巖菊黃開灞涘運流方可歎含毫屬微理

儀鸞殿早秋

寒驚薊門葉秋發小山枝松陰背日轉竹影避風移提壺菊花岸高興芙蓉池欲知涼氣早巢空燕不窺

秋日即目(英華作秋日即事)

爽氣浮丹闕秋光澹紫宮衣碎荷疏影花明菊點叢袍輕低草露蓋側舞松風散岫飄雲葉迷路飛煙鴻砌冷蘭凋佩閨寒樹隕桐別鶴棲琴裏離猿啼峽中落野飛星箭弦虛半月弓芳菲夕霧起暮色滿房櫳

山閣晚秋

山亭秋色滿巖牖涼風度疏蘭尚染煙殘菊猶承露古石衣新苔新巢封古樹歷覽情無極咫尺(一作只畏)輪光暮

秋暮言志

朝光浮燒野霜華淨碧空結浪冰初鏡在逕菊方叢約嶺煙深翠分旗霞散紅抽思滋泉側飛想傅巖中已獲千箱慶何以繼熏風

喜雪

碧昏朝合霧丹卷暝韜霞結葉繁雲色凝瑠徧雪華光樓皎若粉映幕集疑沙泛柳飛飛絮粧梅片片花照璧臺圓月飄珠箔穿露瑤潔短長階玉蓁高下樹映桐珪累白縈峰蓮抱素斷續氣將沈徘徊歲云暮懷珍媿隱德表瑞佇豐年樂閒飛禁苑鶴處舞(一作舞處憶)伊川儻詠幽蘭曲同懽黃竹篇

秋日斅庾信體(出淳化閣帖)

嶺銜宵月桂珠穿曉露叢蟬啼覺樹冷螢火不溫風花生圓菊蘂荷盡戲魚通晨浦鳴飛雁夕渚集棲鴻颯颯高天吹氛澄下熾空

賦尚書

崇文時駐步東觀還停輦輟膳翫三墳暉(本作輝初學記作留)燈披五典(一作日昃翫百篇臨燈披五典)寒心覩肉林飛魄看沈湎(一作夏康既逸豫商辛亦流湎)縱情昏主多克己明君鮮滅身資累惡成名由積善既承百王末(一作來)戰兢隨歲轉

詠司馬彪續漢志

二儀初創(一作構)象三才乃分位非惟樹司牧固亦垂文字繇代更膺期芳圖無輟記炎漢承君道英謨纂神器潛龍既可躍逵(一作術或作株或作罝)兔奚難致前史殫妙詞後昆沈雅思書言揚盛跡補闕興洪志川谷猶舊途郡國開新意梅山未覺朽穀水誰云異車服隨名表文物因時置鳳戟翼康衢鑾輿(一作衡)總柔轡清濁必能澄洪纖幸無棄觀儀不失序遵禮方由事政宣竹律和時平玉條備文囿雕奇彩藝門蘊深致雲飛星共流風揚月兼(一作徐)至類禋遵令典壇壝資良地五勝竟無違百司誠有庇粵予承暇景談叢引泉(一作衆)祕討論窮義府看覈披經笥大辨良

難仰小學終先匱聞道諒知榮含毫執忘媿

詠風

蕭條起關塞搖颺下蓬瀛拂林花亂彩響谷鳥分聲披雲羅影散泛水織文生勞歌大風曲威加四海清

詠雨

罩雲飄遠岫噴雨泛長河低飛昏嶺腹斜足灑巖阿泫叢珠綈葉起溜鏡圖(一作圓)波濛柳添絲密含吹織空羅

詠雪

潔野凝晨曜裝墀帶夕暉集條分樹玉拂浪影泉璣色灑妝臺粉花飄綺席衣入扇縈離(一作虛)匣點素皎殘機

賦得夏首啓節

北闕三春晚南榮九夏初黃鶯弄漸變翠林花落餘瀑流還響谷(一作石)猿啼自應虛早荷向心卷長楊就影舒此時歡不極調軫坐相於

賦得白日半(一作傍)西山

紅輪不暫駐烏飛豈復停岑霞漸漸落溪陰寸寸生藿葉隨光轉葵心逐照傾晚煙含樹色棲鳥雜流聲

置酒坐飛閣

高軒臨碧渚飛檐迥架空餘花攢鏤(一作漏)檻殘柳散雕櫳(一作宮)岸菊初含藥園梨始帶紅莫(一作知)慮崐山暗還(一作不)共盡(一作酒)杯中

采芙蓉

結伴戲方(一作芳)塘攜手上雕航船移分細浪風散動浮香遊鶩無定曲驚鳧有亂行蓮稀釧聲斷水廣棹歌長棲烏還密樹泛流歸建章

賦得櫻桃(一作春字韻)

華林滿芳景洛陽徧(一作偏)陽春朱顏含遠日翠色影長津喬柯囀嬌鳥低枝映美人昔作園中實今來(一作爲)席上珍

賦得李

玉衡流桂圃成蹊正可尋鶯啼密(一作踩)葉外蝶戲脆(一作晚)花心麗景光朝彩輕霞散(一作煙)夕陰暫顧暉(一作李)章側還(一作遠)眺靈山林

賦得浮橋

岸曲非千里橋斜異七星暫低逢輦度還高值(一作逐)浪驚水搖文鷁動纜轉錦花縈遠近隨輪影輕重應人行

謁并州大興國寺詩

回鑾遊福地極目玩芳晨梵鐘交二響法日轉雙輪寶剎遙承露天花近足春未佩蘭猶小無絲柳尚新圓光低月殿碎影亂風筠對此留餘想超然離俗塵

詠興國寺佛殿前幡

拂霞疑電落騰虛狀寫虹屈伸煙霧裏低舉白雲中紛披乍依迥掣曳或隨風念茲輕薄質無翅強搖空

望送魏徵葬

閶闔總金鞍上林移玉輦野郊愴新別河橋非舊餞慘日映峰沈愁雲隨蓋轉哀笳時斷續悲旌乍舒卷望望情何極浪浪淚空泫無復昔時人芳春共誰遣

傷遼東戰亡

鑿門初奉律仗戰始臨戎振鱗方躍浪騁翼正凌風未展六奇術先虧一簣功防身豈乏智殉命有餘忠

月晦

晦魄移中律凝暄起麗城罩雲朝蓋上穿露曉珠呈笑樹花分色啼枝鳥合聲披襟歡(一作還)眺望極目暢春情

秋日(一作夜)翠微宮

秋光凝翠(一作紫)嶺涼吹肅離宮荷疎一蓋缺樹冷半帷空側陣移鴻影圓花釘菊叢摅懷俗塵外高眺白雲中

初秋夜坐

斜廊連綺閣初月照宵幃塞冷鴻飛疾園秋蟬噪遲露結林疎葉寒輕菊吐滋愁心逢此節長歎獨含悲

秋日二首

菊散金風起荷疎玉露圓將秋數行雁離夏幾林蟬雲凝愁半嶺霞碎纈高天還似成都望直見峨(一作蛾)眉前

爽氣澄蘭沼秋風動桂林露凝千片玉菊散一叢金日岫高低影雲空點綴陰蓬瀛不可望泉石且娛心

冬宵各爲四韻

雕(一作彫)宮靜龍漏綺閣宴公侯珠簾燭燄動繡柱月光浮雲(一作塵)起將歌發風停與管遒瑣除(一作池)任多士端扆竟何憂

冬日臨昆明池

石鯨分玉溜劫燼隱平沙柳影冰無葉梅心凍有花寒野凝朝霧霜天散夕霞歡情猶未極落景遽西斜

望雪

凍雲宵徧嶺素雪曉凝華入牖千重碎迎風一半斜不妝空散粉無樹獨飄花縈空慚夕照破彩謝晨霞

守歲(一作董思恭詩)

暮景斜芳殿年華麗綺宮寒辭去冬雪暖帶入春風階馥舒梅素盤花卷燭(一作卷燭花)紅共歡新故歲迎送一宵中

除夜(一作董思恭詩)

歲陰窮暮紀獻節啓新芳冬盡今宵促年開明日長冰消出鏡水梅散入風香對此歡終宴傾壺待曙光

詠雨

和氣(一作風)吹綠野梅雨灑芳田新(一作細)流添舊澗宿霧足朝煙雁濕行無次花霑色更鮮對此欣登歲披襟弄五弦

賦得含峰雲

翠樓含曉霧蓮峰帶晚雲玉葉依巖聚金枝觸石分橫天結陣影逐吹起羅文非復陽臺下空將感楚君

三層閣上置音聲

綺筵移暮景紫閣引宵煙隔棟歌塵合分階舞影連聲流三處管響亂(一作匝)一重絃不似秦樓上吹簫空學仙

遠山澄碧霧

殘雲收翠嶺夕霧結長空帶岫凝全碧障霞隱半紅髣髴分初月飄颻度曉風還因三里處冠蓋遠相通

賦得花庭霧

蘭氣已熏宮新蕊半妝叢色含輕重霧香引去來風拂樹濃舒碧縈花薄蔽紅還當雜行雨髣髴隱遙空

春池柳

年柳變池臺隋堤曲直回逐浪絲(一作分)陰去迎風帶影來疎黃一鳥弄半翠幾眉開縈雪臨春岸參差間早梅

芳蘭

春暉開紫(一作禁)苑淑景媚蘭場映庭含淺色凝露泫浮光

日麗參差影風傳（一作和）輕重香會須君子折佩裏作芬芳

詠桃（一作董思恭詩）

禁苑春暉（一作光）麗花蹊綺（一作幾）樹妝綴條深淺色點露參差光向日分千笑迎風共一香如何仙嶺側獨秀隱遙芳

賦簾

參差垂玉闕舒卷映蘭宮珠光（一作花）搖素月竹影亂清風彩散銀鉤上文斜桂戶中惟當雜羅綺相與（一作爲）媚房櫳

詠烏代陳師道

凌晨麗城去薄暮上林棲辭枝枝暫起停樹樹還低向日終難託迎風詎肯迷只待纖纖手曲裏作宵啼

詠飲馬

駿骨飲長涇奔流灑絡纓細紋連噴聚亂荇繞蹄縈水光鞍上側馬影溜中橫翻似天池裏騰波龍種生

賦得殘菊

階蘭凝曙霜岸菊照晨光露濃晞晚（一作曉）笑風勁淺（一作搖）殘香細葉凋輕翠圓花飛碎黃還持（一作將）今歲色復結後年芳

賦秋日懸清光賜房玄齡

秋露凝高掌朝光上翠微參差麗雙闕照耀滿重闈仙馭隨輪轉靈烏帶影飛臨（一作照）波無定彩入隙有圓（一作光）暉還當葵藿志傾葉自相依

琵琶（紀事作董思恭詩）

半月無雙影全（一作金）花有四時摧藏千里態掩抑幾重悲促節縈紅袖清音滿翠帷駛彈風響急緩曲釧聲遲空餘關隴恨因此代相思

宴中山

驅馬出遼陽萬里轉旂常對敵六奇舉臨戎八陣張斬鯨澄碧海卷霧掃扶桑昔去蘭縈翠今來桂染芳雲芝浮碎葉冰鏡上朝光回首長安道方歡宴柏梁

餞中書侍郎來濟（一作宋之問詩非）

曖曖去塵昏灞岸飛飛輕蓋指河梁雲峰衣結千重葉雪岫花開幾樹妝（一作芳）深悲黃（一作白）鶴孤舟遠獨歎青山別路長聊將分袂霑巾淚還用持添離席觴

於太原召侍臣賜宴守歲

四時運灰琯一夕變冬春送寒餘雪盡迎歲早梅新

詠燭二首

焰聽（一作折，或作畏）風來動花開不待春鎮下千行淚非是爲思人

九龍蟠焰動四照逐花生即此流高殿堪持待（一作代）月明

詠弓（紀事作董思恭詩）

上弦明月半激箭流星遠落雁帶書驚啼猿映枝轉

賦得早雁出雲鳴

初秋玉露清早雁出（一作生）空鳴（一作出雲鳴）隔雲時亂影因風乍含（一作合）聲

賦得臨池柳

岸曲絲陰聚波移帶影疏還將眉裏翠來就鏡中舒

賦得臨池竹

貞條障曲砌翠葉貫（一作負）寒霜拂牖分龍影臨池待鳳翔

賦得弱柳鳴秋蟬

散影玉階柳含翠隱鳴蟬微形藏葉裏亂響出（一作生）風前

探得李（一作詠李，紀事作董思恭詩）

盤根直（一作植）盈（一作瀛）渚交幹橫倚天舒華光四海卷葉蔭三川

詠小山

近谷交縈蘂遙峰對出蓮徑細無全磴松小未含煙

賜蕭瑀

疾風知勁草板蕩識（一作昏日辨）誠臣勇夫安（一作寧）識義智者必懷仁

賜房玄齡

太液仙舟迥西園隱上才未曉征車度雞鳴關早開

遼東山夜臨秋

煙生遙岸隱月落半崖陰連山驚鳥亂隔岫斷猿吟

賜魏徵詩（魏徵善治酒有名曰醽醁曰翠濤世所未有太宗賜詩曰）

醽醁勝蘭生翠濤過玉薤千日醉不醒十年味不敗（蘭生漢武帝百味旨酒玉薤隋煬帝酒名也）

兩儀殿賦柏梁體（兩京記貞觀五年太宗破突厥宴突利可汗於兩儀殿賦七言詩柏梁體）

絕域降附天下平（帝）八表無事悅聖情（淮安王）雲披霧斂天地明（長孫無忌）登封日觀禪云亭（房玄齡）太常具禮方告成（蕭瑀）

句

雪恥酬百王除兇報千古（本紀云貞觀二十年秋帝幸靈州破薛延陀時鐵勒諸部遣使相繼入貢請置吏北荒悉平帝爲五言詩勒石於靈州以序其事今止存此）

昔乘匹馬去今驅萬乘來（題河中府逍遙樓江鄰幾志）

近日毛雖暖聞弦心已驚（詠烏海錄碎事）

（玉海云帝賜諸亮詩有鴈關相思之句今無考又翰府名談云唐莊宗嘗引太宗詩句待余心肯日是汝命通時似又出後人附會非帝詩也姑記諸此）

全唐詩

高宗皇帝

帝諱治文皇第九子始封晉王貞觀十七年立爲皇太子在位三十四年謚曰天皇大帝集八十六卷今失傳存詩八首

太子納妃太平公主出降（咸亨四年太子弘納妃裴氏有司奏贊用白雁適苑中獲之）

龍樓光曙景魯館啓朝扉豔日濃妝影低星降婺輝玉庭浮瑞色銀牓藻祥徽雲轉花縈蓋霞飄葉綴旂雕軒回翠陌寶駕歸丹殿鳴珠佩曉（一作繞）衣鏤璧輪開（一作初）扇華冠列綺筵蘭醑申芳宴環階鳳樂陳玳席珍羞薦蝶舞袖香新歌分落素塵歡凝懿戚慶叶初姻暑闌炎氣息涼早吹疎頻方期六合泰共賞萬年春

七夕宴懸圃二首

羽蓋飛天漢鳳駕越層巒俱歎三秋阻共敘一宵歡璜虧夜月落靨碎曉星殘誰能重操杼纖手濯清瀾

霓裳轉雲路鳳駕儼（一作臨）天潢虧星凋夜靨殘月落朝璜促歡今夕促長離別後長輕梭聊駐織掩淚獨悲傷

過溫湯

溫渚停仙蹕豐郊駐曉旌路曲迴輪影巖虛傳漏聲暖溜驚湍駛寒空碧霧輕林黃疎葉下野白曙霜明眺聽良無已煙霞斷續生

九月九日

端居臨玉扆，初（一作永）律啓金商。鳳闕澄秋色，龍闈引夕涼。野淨山氣斂，林疏風露長。砌蘭虧半影，巖桂發全香。滿蓋荷凋翠，圓花菊散黃。揮鞭爭電烈，飛羽亂星光。柳空穿石碎，弦虛側月張。怯猿啼落岫，驚雁斷分行。斜輪低夕景，歸旆擁通莊。

謁慈恩寺題奘法師房（時帝爲太子題詩帖之於戶見奘法師傳舊作太宗詩誤）

停軒觀福殿，遊目眺皇畿。法輪含日轉，花蓋接雲飛。翠煙香綺閣，丹霞光寶衣。幡虹遙合彩，定水迥分暉。蕭然登十地，自得會三歸。

謁大慈恩寺

日宮開萬（一作百）仞，月殿聳千尋。花蓋飛團影，幡虹曳曲陰。綺霞遙籠帳，叢珠細網林。寥廓煙雲表，超然物外心。

守歲（第六句缺一字）

今宵冬律盡，來朝麗景新。花餘凝地雪，條含暖吹分。緌吐芽猶嫩，冰已鏤津。薄紅梅色冷，淺綠柳輕春。送迎交兩節，暄寒變一辰。

咸亨殿宴近臣諸親柏梁體（玉海儀鳳三年七月丁巳宴近臣諸親於九成宮之咸亨殿上謂霍王元軌等曰甘雨頻降夏麥豐熟秋稼滋榮思與叔等同爲此歡因賦七言效柏梁體皇太子霍王相王侍臣並和）

屏欲除奢政返淳（帝）霍王以下和句亡

中宗皇帝

帝諱顯，高宗第七子。始封周王，儀鳳二年，徙封英王，改名哲。永隆元年，立爲皇太子。及即位，太后臨朝稱制，廢帝爲盧陵王。神龍元年復辟，在位六年，謚曰孝和。帝於景龍中置修文館學士，盛引詞學之臣，從侍游讌。春幸梨園，並渭水祓除，則賜細柳圈辟惡。夏宴蒲萄園，賜朱櫻。秋登慈恩浮圖，獻菊花酒稱壽。冬幸新豐，歷白鹿觀，上驪山，賜浴湯池，給香粉蘭澤，從行給翔麟馬，品官黃衣各一。帝有所感，即賦詩，學士皆屬和焉。集四十卷，失傳。今存詩及聯句詩七首。

九月九日幸臨渭亭登高得秋字（并序）

陶潛盈把，既浮九醞之歡；畢卓持螯，須盡一生之興。人題四韻，同賦五言，其最後成，罰之引滿。

九日正乘秋，三杯興已周。泛桂迎尊滿，吹花向酒浮。長房萸早熟，彭澤菊初收。何藉龍沙上，方得恣淹留。（紀事云時景龍三年是宴也韋安石蘇瓌詩先成于經野盧懷慎最後成罰酒）

登驪山高頂寓目

四郊秦漢國，八水帝王都。閶闔（一作閭閻）雄里閈，城闕壯規模。貫渭稱天邑，含岐實奧區。金門披玉館，因此識皇（一作黃）圖。（紀事云帝自題序末云人題四韻後罰三杯日暮成者五六人餘皆罰酒）

幸秦始皇陵（景龍三年十二月十八日）

眷言君失德，驪邑想秦餘。政煩方改篆，愚俗乃焚書。阿房久已滅，閣道遂成墟。欲厭東南氣，翻傷掩鮑車。

立春日遊苑迎春

神皐福地三秦邑，玉臺金闕九仙家。寒光猶戀甘泉樹，淑景偏臨建始花。綵蝶黃鶯未歌（一作欲）舞，梅香柳色已矜（一作堪）誇。迎春正啓流霞席，暫囑曦輪勿遽斜。

十月誕辰內殿宴羣臣效柏梁體聯句

潤色鴻業寄賢才（帝）叨居右弼媿鹽梅（李嶠）運籌帷幄荷時來（宗楚客）職掌圖籍濫蓬萊（劉憲）兩司謬忝謝鍾裴（崔湜）禮樂銓管效涓埃（鄭愔）陳師振旅清九垓（趙彥昭）欣承顧問侍天杯（李適）銜恩獻壽柏梁臺（蘇頲）黃縑青簡奉康哉（盧藏用）鯫生侍從忝王枚（李乂）右掖司言實不才（馬懷素）宗伯秩禮（一作祀）天地開（薛稷）帝歌難續仰昭回（景龍文館記作謬司考能宸綱詠）（宋之問）微臣捧日變寒灰（陸景初）遠慚班左媿遊陪（上官倢伃）（紀事云帝謂侍臣曰今天下無事朝野多歡欲與卿等詞人時賦詩宴樂可識朕意不須惜醉大學士李嶠宗楚客等跪奏曰臣等多幸同遇昌期謬以不才策名文館思勵駑朽庶裨河嶽既陪天歡不敢不醉此後每遊別殿幸離宮駐蹕芳苑鳴笳仙禁或戚里宸筵王門巹席無不畢從）

景龍四年正月五日移仗蓬萊宮御大明殿會吐蕃騎馬之戲因重爲柏梁體聯句

大明御寓臨萬方（帝）顧慚內政翊陶唐（皇后）鸞鳴鳳舞向平陽（長寧公主）秦樓魯館沐恩光（安樂公主）無心爲子輒求郎（太平公主）雄才七步謝陳王（溫王重茂）當熊讓輦媿前芳（上官昭容）再司銓筦恩可忘（吏部侍郎崔湜）文江學海思濟航（著作郎鄭愔）萬邦考績臣所詳（考功員外郎武平一）著作不休出中腸（著作郎閻朝隱）權豪屏迹肅嚴霜（御史大夫竇從一）鑄鼎開岳造明堂（將作大匠宗晉卿）玉醴由來獻壽觴（吐蕃舍人明悉獵）（紀事云時上疑竇從一宗晉卿素不屬文未即令續二人固請許之吐蕃舍人明悉獵請令授筆與之悉獵云云上大悅賜與衣服）

石淙（太子時作）

三陽本是標靈紀，二室由來獨擅名。霞衣霞錦千般狀，雲峰雲岫百重生。水炫珠光遇泉客，巖懸石鏡厭山精。永願乾坤符睿算，長居膝下屬歡情。

睿宗皇帝

帝諱旦，高宗第八子，中宗母弟。封相王。景龍四年，即皇帝位。帝謙恭孝友，好學，工草隸，尤愛文字訓詁之書。在位三年，謚曰大聖貞皇帝。詩一首。

石淙（相王時作）

奇峰嶾嶙箕山北，秀崿岧嶢嵩鎮南。地首地肺何曾擬，天目天台倍覺慚。樹影蒙蘢鄣疊岫，波深洶湧落懸潭。願紫宸居得一，永欣丹扆御通三。（第七句缺一字）

全唐詩

明皇帝

帝諱隆基，睿宗第三子。始封楚王，後爲臨淄郡王。景雲元年，進封平王，立爲皇太子。英武多能，開元之際，勵精政事，海內殷盛，旁求宏碩，講道藝文，貞觀之風，一朝復振。在位四十七年，謚曰明。詩一卷。

過晉陽宮

緬想封唐處，實惟建國初。俯察伊晉野，仰觀乃參虛。井邑龍斯躍，城池鳳翔餘。林塘猶沛澤，臺榭宛舊居。運革祚中否，時遷命茲符。顧循承丕構，怵惕多憂虞。尚恐威不逮，復慮化未孚。豈徒勞轍迹，所期訓戎車。習俗問黎

人親巡慰里閭永言念成功頌德臨康衢長懷經綸日
歎息履庭隅艱難安可忘欲去良踟躕

行次成皐途經先聖擒建德之所緬思功業感
而賦詩

有隋政昏虐羣雄已交爭先聖按劍起叱咤風雲生飲
馬河洛竭作氣嵩華驚克敵睿圖就擒俘帝道亨顧慙
嗣寶曆恭承天下平幸過翦鯨地感慕神且英

校獵義成喜逢大雪率題九韻以示羣官

弧矢威天下旌旗遊近縣一面施鳥羅三驅教人戰暮
雲成積雪曉色開行殿皓然原隰同不覺林野變北風
勇士馬東日華組練觸地銀麏出連山縞鹿見月兔落
高矰星狼下急（一作飛）箭既欣盈尺兆復憶磻谿便歲豐將
遇賢俱荷皇天眷

賜諸州刺史以題座右（開元十六年帝自擇廷臣爲諸州刺史許景先虢州源光裕鄭州寇泚宋州鄭溫琦邠州袁仁敬杭州崔志廉襄州李昇期邢州鄭放定州蔣挺湖州裴觀滄州崔誠遂州凡十一人行詔宰相諸王御史以上祖道洛濱盛供具奏太常樂帛舫水嬉賜詩令題座右且給筆紙令自賦焉）

眷言思共理鑑寤（一作古）想維良猗歟此推擇聲（一作評）績著周
行賢能既俟進黎獻實佇康視人當如子愛人亦如傷
講學試誦論阡陌勸耕桑虛譽不可飾清知不可忘求
名迹易見安貞德自彰訟獄必以情教民貴有常恤惸
且存老撫弱復綏強勉哉各祗命知予眷萬方

送忠州太守康（紀事作唐）昭遠等

端拱臨中樞緬懷共予理不有臺閣英孰振循良美分
符侯甸內拜手明庭裏誓節期飲冰調人方導水嘉聲
馳九牧惠化光千祀時雨侔昔賢芳猷貫前史佇爾頌
中和吾將令卿士

送李邕之任滑臺

漢家重東郡宛彼白馬津黎庶既蕃殖臨之勞近臣遠
別初首路今行方及春課成應第一良牧爾當仁

端午三殿宴羣臣探得神字（并序）

律中蕤賓獻酬之象著火在盛德文明之義煇故
以式宴陳詩上和下暢者也朕宵衣旰食輯聲教
於萬方卜戰行師總兵鈐於四海勤貪日給憂忘
心勞聞蟬聲而悟物變見槿花而驚候改所賴濟
濟朝廷祁祁鵷鷺桓桓邊塞貴辨熊羆喜麥秋之
有登玩梅夏之無事時雨近霽西郊靃靡而一色
炎雲作峯南山嵯峨而異勢正當召儒雅宴高明
廣殿肅而清氣生列樹深而長風至廚人嘗散熱
之餼酒正行逃暑之飲庖捐惡鳥俎獻肥龜新筒
裹練香蘆角黍恭儉之儀有序慈惠之意溥洽諷
味黃老致息心於真妙抑揚游夏滌煩想於詩書
超然玄覽自足爲樂何止柏枕桃門驗方術於經
記綵花命縷觀問遺於風俗感婆娑於孝女憫枯
槁之忠臣而已哉歎節氣之循環美君臣之相樂
凡百在會咸可賦詩五言紀其日端七韻成其火
數豈獨漢武之殿盛朝士之連章魏文之臺壯辭
人之竝作云爾

五月符天數五音調夏鈞舊來傳五日無事不稱神穴
枕通靈氣長絲續命人四時花競巧九子糉爭新方殿
臨華節圓宮宴雅臣進對一言重遒文六義陳股肱良
足詠風化可還淳

溫湯對雪

北風吹同雲同雲飛白雪白雪乍迴散同雲（一作北風）何慘烈
未見溫泉冰寧知火井滅表瑞良在茲庶幾可怡悅

登蒲州逍遙樓

長榆息烽火高柳靜風塵卜征巡九洛展豫出三秦昔
是潛龍地今爲上理辰時乎乘（一作承）道泰聊賞遇年春黃
河分地絡（一作脈）飛觀接天津一覽遺芳翰千載肅如神

經河上公廟

昔聞有耆叟河上獨遺榮跡與塵囂隔心將道德并詎
以天地累寧爲寵辱驚矯然翔寥廓如何屈堅貞玄玄
妙門啓肅肅祠宇清冥漠無先後那能紀（一作記）姓名

過王濬墓

吳國分牛斗晉室命龍驤受任敵已滅策勳名不彰居
美未盡善矜功徒自傷長戟今何在孤墳此路傍不觀
松柏茂空餘荊棘場歎嗟懸劍隴誰識夢刀祥

初入秦川路逢寒食

洛陽（一作川）芳樹映天津灞岸（一作上）垂楊窣地新直爲經過行
處樂不知虛度兩京春去年餘（一作有）閏今春早曙色和風
著花草可憐寒食與清明光輝并在長安道自從關路
入（一作內）秦川爭道何人不戲鞭公子途中妨（一作方）蹴蹋佳人
馬上廢（一作戲）鞦韆渭水長橋今欲渡蔥蔥漸見新豐樹遠
看驪岫入雲霄預想湯池起煙霧煙霧氛氳水殿開暫
拂香輪歸去來今歲清明行已晚明年寒食更相陪

春臺望

暇景屬三春高臺聊四望目極千里際山川一何壯太
華見重巖終南分疊嶂郊原紛綺錯參差多異狀佳氣
滿通溝遲步入綺樓初鶯一一鳴紅樹歸雁雙雙（一作遲遲）去
綠洲太液池中下黃鶴昆明水上映牽牛閭道漢家全
盛日別館離宮趣非一甘泉逶迤亘明光五柞連延接
未央周廬徼道縱橫轉飛閣迴軒左右長須念作勞居
者逸勿言我（一作身）後焉能恤爲想雄豪壯柏梁何如儉陋
卑茅室陽烏黯黯向山沈夕鳥喧喧入上林薄暮賞餘
回步輦還念中人罷百金

過大哥宅探得歌字韻

魯衛情先重親賢愛轉多冕旒豐暇日乘景暫經過戚
里申高宴平臺奏雅歌復尋爲善樂方驗保山河

同玉真公主過大哥山池

地有招賢處人傳樂善名鷟池臨（一作尋）九達龍岫對層（一作重）
城桂月先秋冷蘋風向晚清鳳樓遙可見彷彿玉簫聲

經鄒魯祭孔子而歎之

夫子何爲者栖栖一代中地猶鄹氏邑宅即魯王宮歎
鳳嗟身否傷麟怨道窮今看兩楹奠當與夢時同

惟此溫泉是稱愈疾豈予獨受其福思與兆人
共之乘暇巡遊乃言其志

桂殿與山連蘭湯湧自然陰崖含秀色溫谷吐潺湲績
爲蠲邪著功因養正宣願言將億兆同此共昌延

旋師喜捷（一作平胡）

邊服胡塵起長安漢將飛龍蛇開陣法貔虎振軍威詐

虜腦塗地征夫血染衣今朝書奏入明日凱歌歸

過老子廟

仙居懷聖德靈廟肅神心草合人蹤斷塵濃鳥跡深流沙丹竈沒關路紫煙沈獨傷千載後空餘松柏林

途次陝州

境出三秦外途分二陝中山川入虞虢風俗限西東樹古棠陰在耕餘讓畔空鳴笳從此去行見洛陽宮

野次喜雪

拂曙闢行宮寒皐野望通繁雲低遠岫飛雪舞長空賦象恒依物縈迴屢逐風爲知勤恤意先此示年豐

送賀知章歸四明并序

天寶三年太子賓客賀知章鑒止足之分抗歸老之疏解組辭榮志期入道朕以其年在遲暮用循掛冠之事俾遂赤松之遊正月五日將歸會稽遂餞東路乃命六卿庶尹大夫供帳青門寵行邁也豈惟崇德尚齒抑亦勵俗勸人無令二疏獨光漢冊乃賦詩贈行

遺榮期入道辭老竟抽簪豈不惜賢達其如高尚心寰中得秘要方外散幽襟獨有青門餞羣僚（一作英）悵別深

軒遊宮十五夜

行邁離秦國巡方赴洛師路逢三五夜春色暗中期關外長河轉宮中淑氣遲歌鐘對明月不減舊遊時

觀拔河俗戲并序

俗傳此戲必致年豐故命北軍以求歲稔

壯徒恆賈勇拔拒抵長河欲練英雄志須明勝負多譟齊山岌業氣作水騰波預期年歲稔先此樂時和

同劉晃喜雨

節變寒初盡時和氣已春繁雲先合寸膏雨自依旬颯颯飛平野霏霏靜暗塵懸知花葉意朝夕望中新

千秋節賜羣臣鏡

鑄得千秋鏡光生百鍊金分將賜羣后遇象見清心臺上冰華澈窗中月影臨更銜長綬（一作壽）帶留意感人深

賜道士鄧紫陽

太乙三門訣元君六甲符下傳金版術上刻玉清書有美探真士囊中得秘書自知（一作茲）三醮後翊我滅殘胡

幸蜀西至劍門

劍閣橫雲峻鑾輿出狩回翠屏千仞合丹嶂五丁開灌木縈旗轉仙雲拂馬來乘時方在德嗟爾勒銘才（肅宗至德二年普安郡守賈深勒石）

答司馬承禎上劍鏡

寶照含天地神劍合陰陽日月麗光景星斗裁文章寫鑑表容質佩服爲身防從茲一賞玩永德保齡長

送趙法師還蜀因名山奠簡

道家奠靈簡自昔仰神仙真子今將命蒼生福可傳江山尋故國城郭信依然二室遙相望雲回洞裏天（紀事云法師觀宇在今蜀州新津縣也）

送道士薛季昌還山

洞府修真客衡陽念舊居將成金闕要願奉玉清書雲路三天近松溪萬籟虛猶期傳秘訣來往候仙輿

送玄同真人李抱朴謁灊山仙祠

城闕天中近蓬瀛海上遙歸期千載鶴春至一來朝采藥逢三秀餐霞臥九霄參同如有旨金鼎待君燒

春日出苑遊矚（太子時作　一作張說詩）

三陽麗景早芳辰四序佳園物候新梅花百樹（一作般）障去路垂柳千條暗回津鳥飛直爲驚風葉魚沒都由怯岸人惟願聖主南山壽何愁不賞萬年春

春晚（一作曉）宴兩相及禮官麗正殿學士探得風字并序

朕以薄德祇膺歷數正天柱之將傾紉地維之已絕故得承奉宗廟垂拱巖廊居海內之尊處域中之大然後祖述堯典憲章禹績敦睦九族會同四海猶恐烝黎未乂徭戍未安禮樂之政虧師儒之道喪乃命使者衣繡服行郡縣因人所利擇其可勞所以便億兆也乃命將士擐介冑礪矢石審山川之向背應歲月之孤虛所以靜邊陲也乃命禮官考制度稽典則序文昭武穆享天地神祇所以申嚴潔也乃命學者繕落簡緝遺編纂魯壁之文章綴秦坑之煨燼所以修文教也故能使流寓返枌榆之業戎狄稱藩屏之臣神祇歆其禋祀庠序闡其經術既家六合時巡兩京函秦則委輸斯遠鼎邑則朝宗所利封畿四塞從來測景之都城闕千門自昔交風之地陰陽代謝日月相推豈可使春色虛捐韶華並歇乃置旨酒命英賢有文苑之高才有掖垣之良佐舉杯稱慶何樂如之同吟湛露之篇宜振凌雲之藻於時歲在乙丑開元十三年三月二十七日

乾道運無窮恆將人代工陰陽調曆象禮樂報玄穹介冑清荒外衣冠佐域中言談延國輔詞賦引文雄野霽伊川綠郊明鞏樹紅冕旒多暇景詩酒會春風

首夏花萼樓觀羣臣宴寧王山亭回樓下又申之以賞樂賦詩并序

萬物莫不氣兆乎上而形視乎下鐵石異品雲蒸並溼草木無心春來咸喜故聖人弘道先王法天酒星主獻酬之義需卦陳飲食之象近命羣官（一作臣）欣時樂宴盡九春之麗景匝三旬之暇日暢飲桂山櫂歌沁水醇以養德味以平心本將導達陽和助成長育亦朝廷多慶軍國餘閑者也前月之晦細風飄雨繁弦中止列席半醉佳辰易失絕興難追良可惋也今年帶閏節候全晚暑氣猶清芳草未歇申布雅意復敘初筵披樂善之邸坐忘憂之觀東郊跬步南山在目足以締夏首之新賞補春餘之墜歡朕登覽上宮俯臨長陌暢衆心之怡虞懽歸騎之逶迤鼓之以琴瑟侑之以筐篚衢尊意洽場藿思苗賦我有嘉賓之詩秦君臣相悅之樂踟躕西日吟玩乘風不知衷情之發於翰墨也

今年通閏月入夏展春輝樓下風光（一作花）晚（一作媚）城隅宴賞歸九歌揚政要六舞散朝（一作征）衣天喜時相合人和事不違禮中推意厚樂處感心微別賞陽臺樂前旬暮雨飛

同二相已下羣官樂遊園宴（二相謂張說宋璟）

撰（一作巽）日巖廊暇需雲宴樂初萬方朝玉帛千品會簪裾地入南山近城分北斗餘池（一作林）塘垂柳密原隰野（一作野雜）花疏帟幕看逾暗歌鐘聽自虛興闌歸騎轉還奏弼違書

集賢書院成送張說上集賢學士賜宴得珍字

廣學開書院（一作殿）崇儒引席珍集賢招（一作昭）衮職論道命台臣禮樂沿今古文章革舊新獻酬尊俎列賓主位班陳節變雲初夏時移氣尚春所希光史冊千載仰茲晨

王屋山送道士司馬承禎還天台

紫府求賢士清谿祖逸人江湖與城闕異跡且殊倫間（一作聞）有幽棲者居然厭俗塵林泉先得性芝（一作松）桂欲調神地道逾稽（一作雞）嶺天台接海濱（一作瀕）音徽從此間萬古一芳春

早度蒲津關

鐘鼓嚴更曙山河野望通鳴鑾下蒲坂飛旆入秦中地險關逾壯天平鎮尚雄春來（一作深）津樹合月落戍樓空馬色分朝景雞聲逐曉風所希常道泰非復候（一作俟又作棄）繻同

途經華嶽

飭駕去京邑鳴鑾指洛川循（一作修）途經太華回蹕暫周旋翠嶂留斜影懸巖冒（一作凝）夕煙四方皆石壁五位配金天彷彿看高掌依稀聽子先終當銘歲月從此記靈仙

喜雪

日觀卜先征時巡順物情風行未備禮雲密遽飄霙委樹寒花發縈空落絮輕朝如玉已會庭似月猶明既覩膚先合還欣尺有盈登封何以報因此謝功成

幸鳳泉湯

西狩觀周俗南山歷漢宮薦鮮知路近省斂覺年豐陰谷含神爨湯泉養聖功益齡仙井合愈疾醴源通不重鳴岐鳳誰矜陳寶雄願將無限澤霑沐眾心同

南出雀鼠谷答張說（紀事云帝登封泰山南出雀鼠谷張說獻詩帝答之仍命羣臣應制）

雷出應（一作膺）乾象風行順（一作訓）國人川途猶在晉車馬漸歸秦背陝（一作硤）關山險橫汾鼓吹頻（一作震）草依陽谷變花待北巖春聞有鵷鸞客清詞雅調新求音思欲報心跡竟難陳

賜崔日知往潞州

潞國開新府壺關寵舊林妙旌（一作精）循吏德持（一作特）悅庶氓心禮樂中朝貴神明列郡欽揚風非贈扇易俗是張琴藩鎮謳謠滿（一作洽）行宮雨露深會書丞相策先賜潁川金

爲趙法師別造精院過院賦詩并序

秋九月聽政觀風存乎遊息退朝之後歷西上陽入清虛院則法師所居之地也法師得玄元之法養浩然之氣故法此仙家特建真宇紫房對聳綠竹羅生既親重其人每經過其地以怡神洗垔進德修業何必齋心累月遠在順風因而賦詩用適其（一作真）意云爾

宗師心物外爲道運虛舟不戀巖泉賞來從宮禁遊探玄知幾歲習靜更宜秋煙樹辨朝色風湍聞夜流坐朝繁聽覽尋勝在清幽欲廣無爲化因茲庶可求

端午（一作端午武成殿宴羣臣）

端午臨中夏時清日復長鹽梅已佐鼎麴糵且傳觴事古人留迹年深縷積（一作續）長當軒知槿茂向水覺蘆香億兆同歸壽羣公共保昌忠貞如不替貽厥後昆芳

春中興慶宮酺宴并序

夫抱器懷才含仁蓄德可以坐而論道者我於是乎闢重門以納之作扞四方折衝萬里可運籌帷幄者我於是乎懸重祿以待之是故外無金革之虞朝有搢紳之盛所以巖廊多暇垂拱無爲不言而海外知歸不教而寰中自肅元亨之道其在茲乎況乎天地交而萬物通陰陽和而四時序所寶者粟所貴者賢故以宵旰爲懷黎元在念盡力溝洫不知宮室之卑致敬鬼神不知飲食之薄往以仲冬建子南至初陽爰詔司存式陳郊祀挹東夏之誠請答人神之厚睠煙歸太乙禮備上玄足以申昭報之情足以極嚴禋之道然心融萬類歸雷雨之先春慶洽百僚象雲天而高宴歲二月地三秦水泛泛而龍池滿日遲遲而鳳樓曙青門左右軒庭映梅柳之春紫陌東西帟幕動煙霞之色撞鐘伐鼓雲起雪飛歌一聲而酒一杯舞一曲而人一醉詩以言志思吟湛露之篇樂以忘憂慙運臨汾之筆

九達長安道三陽別館春還將聽朝暇回作豫遊晨不戰要荒服無刑禮樂新合酺覃土宇歡宴接羣臣玉斝飛千日瓊筵薦八珍舞衣雲曳影歌扇月開輪伐鼓魚龍雜撞鐘角觝陳曲終酣興晚須有醉歸人

千秋節宴并序

令節肇開情兼感慶率題八韻以示羣臣

蘭殿千秋節稱名（一作君）萬壽（一作歲）觴風傳率土慶日表繼天祥玉宇開花萼宮（一作全）縣動會昌衣冠白鷺（一作露）下帟幕翠雲長獻遺（一作壽）成新俗朝儀入舊章月銜花綬鏡露綴綵絲囊處處祠田祖年年宴杖鄉深思一德事小獲萬人康（開元十八年禮部奏請秋社會並就千秋節先賽白帝報田祖然後坐飲散之故詩云云）

左丞相說右丞相璟太子少傅乾曜同日上官命宴東（一作都）堂賜詩

赤帝收三傑黃軒舉二臣由來丞相重分掌國之鈞（一作均）我有握中璧雙飛席上珍子房推道要仲子訶風神復輟台衡老將爲調護人鵷鸞同拜日車騎擁行塵樂聚南宮宴觴連北斗醇俾予成百揆垂（一作端）拱問彝倫

早登太行山中言志

清蹕度河陽凝笳上太行火龍明鳥道鐵騎繞羊腸白霧埋陰壑丹霞助曉光澗泉含宿凍山木（一作草）帶餘霜野老茅爲屋樵人薜作裳宣風問耆艾敦俗勸耕桑涼德慙先哲徽猷慕昔皇不因今展義何以（一作必）冒垂堂

平胡并序

戎羯不虔竊我荒服命偏師之俘翦彼應期而殄一麾克定告捷相仍爰作是詩聊以言志

雜虜忽猖狂無何敢亂常羽書朝繼入烽火夜相望將出兇門勇兵因死地強蒙輪皆突騎按劒盡鷹揚鼓角雄山野龍蛇入戰場流膏潤沙漠濺血染鋒鋩霧埽清玄塞雲開靜朔方武功今已立文德愧前王

遊興慶宮作并序（一作暇日與兄弟同遊興慶宮作）

暇日與兄弟同遊興慶宮登勤政務本及華萼相輝之樓所以觀風俗而勸人崇友于而敦睦詩以言志歌以永言情發於衷率題此什

代邸青門右離宮紫陌陲庭如過沛日水若渡江時綺觀連雞岫朱樓接雁池從來敦棣萼今此茂荆枝萬葉傳餘慶千年志不移凭軒聊屬目輕輦共追隨務本方崇訓相輝保羽儀時康俗易漸德薄政難施鼓吹迎飛蓋弦歌送羽巵所希覃率土孝弟一同規

送張說巡邊

端拱復垂裳長懷御遠方股肱申教義戈劒靖要荒命將綏邊服雄圖出廟堂三台入武帳八座起文昌寶（一作輅）曾匪韓主華宗輔漢王茂先慙博物平子謝文章盡節恢時佐輸誠禦寇場三軍臨朔野駟馬即戎行鼓吹威夷狄旌軒溢洛陽雲臺先著美今日更貽芳

餞王晙巡邊

振武威荒服揚文肅遠墟金壇申將禮玉節授軍符勇冑三方外銜刀萬里餘昔時吳會靜今日虜庭虛分閫仍推轂援桴且訓車風揚旌旆遠雨洗甲兵初坐見台階謐行聞祆祲除獗來雖插羽箭去亦飛書丹檄功須著鹽梅望匪疎不應陳七德欲使化先敷

巡省途次上黨舊宮賦（并序）

朕昔在初九佐貳此州未遇扶搖之力空俟海沂之詠洎大橫入兆出處斯易一揮寶劒遽履瑶圖承歷數而順謳謠著天衣而御區夏嗟乎向時沈默駕四馬而朝京師今日逍遥乘六龍而問風俗爰因巡省途次舊居山川宛然人事無間忽其鼎革周遊館宇矚目依然雖迹異漢皇而地如豐邑擊筑慷慨酌桂（紀事作杯）留連空想大風題茲短什

三千初擊浪九萬欲摶空天地猶驚否陰陽始遇蒙存貞（一作身）期歷試佐貳佇昭融多謝時康理良慙實賴（一作寶劒）功長懷問鼎氣夙負拔山雄不學劉琨舞先歌漢祖風英髦既包括豪傑自牢籠人事一朝異謳歌（一作謠）四海同如何昔朱邸今此作離宮雁沼澄瀾翠猿巖落照紅小山秋（一作餘）桂馥長坂舊蘭叢即是淹留處乘歡樂未窮

潼關口號

河曲回千里關門限二京所嗟非恃德設險到（一作致）天平

千秋節賜羣臣鏡

瑞露垂花綬寒冰澈寶輪對茲臺上月聊以慶佳辰

續薛令之題壁（本事詩云開元中東宮官僚清淡薛令之題詩自悼有無以謀朝夕何由保歲寒句上幸東宮覽之索筆續其後令之遂謝病歸）

啄木觜距長鳳皇羽毛短若（一作苦）嫌松桂寒任逐桑榆煖

送胡眞師還西山（眞一作仙通鑑）

仙客厭人間孤雲比性閒話離情未已煙水萬重山

過大哥山池題石壁

澄潭皎鏡石崔巍萬壑千巖暗綠苔林亭（一作臺）自有幽貞趣況復秋深爽氣來

題梅妃畫眞

憶昔嬌妃在紫宸鉛華不御得天眞霜綃雖似當時態爭柰嬌波不顧人

鶺鴒頌（并序）（俯同魏光乘作）

朕之兄弟唯有五人比爲方伯歲一朝見雖載崇藩屏而有睽談笑是以輟牧人而各守京職每聽政之後延入宮掖申友于之志詠常棣之詩邕邕如怡怡如展天倫之愛也秋九月辛酉有鶺鴒千數棲集於麟德殿之庭樹竟旬焉飛鳴行搖得在原之趣昆季相樂縱目而觀者久之逼之不懼翔集自若朕以爲常鳥無所志懷左清道率府長史魏光乘才雄白鳳辯壯碧雞以其宏達博識召至軒檻預觀其事以獻其頌夫頌者所以揄揚德業褒讚成功顧循虛昧誠有負矣美其彬蔚俯同頌云

伊我軒宮奇樹青蔥藹周廬兮冒霜停雪以茂以悅卷舒兮連枝同榮吐綠含英曜春初兮蓐收御節寒露微結氣清虛兮桂宮蘭殿唯所息宴棲雍渠兮行搖飛鳴急難有情情有餘兮顧惟德涼夙夜兢惶慙化疎兮上之所教下之所效實在予兮天倫之性魯衞分政親賢居兮爰遊爰處爰笑爰語巡庭除兮觀此翔禽以悅我心良史書兮

傀儡吟（一作梁鍠詠木老人詩）

刻木牽絲作老翁雞皮鶴髮與眞同須臾弄罷寂無事還似人生一夢中（紀事云明皇爲李輔國遷於西內嘗誦此詩）

句

昔見漳濱臥言將人事違今逢慶誕日猶謂學仙歸棠棣花重發鴒原鳥再飛（薛王疾瘳置酒更爲初生之歡見舊唐書）

德比代雲布心如晉水清（餞裴寬爲太原尹）

王象之輿地碑記載明皇昭州丹霄驛詩驛前南面架危橋久欲登臨思路遥今日偶然尋得到直從平地上丹霄疑後人妄託附記

全唐詩

肅宗皇帝

帝諱亨明皇第三子初名嗣昇封陜王開元十五年更名浚徙封忠王二十三年又更名璵明年立爲皇太子二十八年又更名紹天寶三載乃更名亨明皇幸蜀即位於靈武聰明彊記屬詞典麗在位七年諡曰宣詩四首

延英殿玉靈芝詩三章章八句（上元二年七月甲辰延英殿御座上生玉靈芝一莖三花上製詩）

玉殿肅肅靈芝煌煌重英發秀連葉分房宗廟之福垂其耿（一作景）光（此章缺二句）

元氣產芝明神合德紫微間采白舜呈色載啓瑞圖庶符皇極天心有眷王道惟直幸生芳本（一作丹）當我（一作宸）旒效（一作放）此靈質貢其（一作王）獻神惟不愛道亦無求端拱思惟永荷天休

賜黎李泌與諸王聯句（鄴侯外傳云肅宗嘗夜坐召穎信益三王同就地罏食以泌多絕粒肅宗自燒二梨賜之穎王固求不與請三弟共乞二顆亦不與別命他果賜之于是穎王曰先生恩渥如此臣等請聯句以為他日故事穎王名璬信王名瑝益王名峴史失傳）

先生年幾許顏色似童兒（穎王）夜抱九仙骨朝披一品衣（信王）不食千鍾粟唯餐兩顆梨（益王）天生此間氣助我化無為（帝）

德宗皇帝

帝諱适代宗長子初封奉節郡王乾元元年進封魯王八月徙封雍王廣德二年立為皇太子善屬文尤長於篇什每與學士言詩於浴堂殿夜分不寐三令節御製詩敕羣臣賡和品第優劣四方貢藝者帝多親試或有乖謬濃點筆抹之稱旨即翹足朗吟謂宰相此朕門生無不服帝之藻鑑焉在位二十五年謚曰孝文集不傳今存詩十五首

中和節日宴百僚賜詩（帝移晦日為中和節　鄴侯家傳云夜夢見賜御製中和節詩於金花牋上第二對首忘一字云茲中和節式慶天地春及中和日百寮會曲江亭賜御製詩曰肇茲中和節云云其金花牋上花雲皆夢所見者奉詔聞用春字）

韶年啓仲序初吉諧良辰肇茲中和節式慶天地春歡酣朝野同生德區宇均雲開灑膏露草疏芳河津歲華今載陽東作方肆勤慙非熏風唱曷用慰吾人

中和節賜百官燕集因示所懷

至化恒（一作常）在宥保和茲息人推誠撫諸夏與物長為春仲月風景暖禁城花柳新芳時協金奏賜宴同（一作錫宴周）羣臣絲竹豈云樂忠賢惟所親庶洽朝野意曠然天地（一作下）均

重陽日賜宴曲江亭賦六韻詩用清字（并序）

朕在位僅將十載實賴忠賢左右克致小康是以擇三令節錫茲宴賞俾大夫卿士得同歡洽也夫共其戚者同其休有其初者貴其終咨爾羣寮順朕不暇樂而能節職思其憂咸若時則庶乎理矣因重陽之會聊示所懷

早衣（一作依）對庭燎躬化勤意誠時此萬機暇適與佳節并曲池潔寒流芳菊舒金英乾坤爽氣滿臺殿秋光（一作老）清朝野慶年豐高會多歡聲永懷無荒戒良士同斯（一作其）情（因詔曰卿等重陽會宴朕想歡洽欣慰良多情發於中因製詩序今賜卿等一本可中書門下簡定文詞士三五十人應制同用清字明日內於延英門進來宰臣李泌等雖奉詔簡擇難於取舍由是百僚皆和上自考其詩以劉太真及李紓等四人為上等鮑防于邵等四人為次等張濛殷亮等二十三人為下等而李晟馬燧李泌三宰相之詩不加考第時貞元四年九月也）

九月十八賜百寮追賞因書所懷

雨霽霜氣肅天高雲日明繁林已墜葉寒菊仍舒榮懿此秋節時更延追賞情池臺列廣宴絲竹傳新聲至樂非外獎浹歡同中誠庶敦朝野意永使風化清

送徐州張建封還鎮（貞元十三年徐州節度使張建封來朝及命歸鎮上御製詩以賜之）

牧守寄所重才賢生為時宣風自淮甸授鉞膺藩維入覲展遐戀臨軒慰來思忠誠在方寸感激陳情詞報國爾所向恤人予是資歡宴不盡懷車馬當還期穀雨將應候行春猶未遲勿以千里遙而云無已知（於時藩鎮馬燧渾瑊劉元佐李抱真等勳寵卓越未有以詩餞獨建封獲賜）

麟德殿宴百僚

憂勤承聖緒開泰喜時康恭已臨羣后垂衣御八荒務閑春向暮朝罷日猶長紫殿初筵列彤庭廣樂張成功歸輔弼致理賴忠良共此歡娛事千秋樂未央

元日退朝觀軍仗歸營

獻歲視元朔萬方咸在庭端旒揖羣后回輦閱師貞綵仗宿華殿退朝歸禁營分行左右出轉旆風雲生歷歷趨複道容容映層城勇餘矜捷技令肅無喧聲眷此戎旅節載（一作嘉）良士誠順時傾宴賞亦以助文經

中和節賜羣臣宴賦七韻（貞元五年初製中和節帝製詩寫本賜戴叔倫於容州）

東風變梅柳萬彙生春光中和紀月令方與天地長耽樂豈予尚懿茲時景良庶遂亭育恩同致寰海康君臣永終始交泰符陰陽曲沼水新碧華林桃稍芳勝賞信多歡戒之在無荒

三日書懷因示百僚（貞元六年三月庚子百僚宴曲江亭上賦上巳詩一篇賜之）

佳節上元巳芳時屬暮春流觴想蘭亭捧劍得金人風輕水初綠日晴花更新天文信昭回皇道頗敷陳恭己每從儉清心常保真戒茲游衍樂書以示羣臣

重陽日中外同歡以詩言志因示羣官（餘字韻）

炎節在重九物華新雨餘清秋黃葉下菊散金潭初萬實行就稔百工欣所如歡心暢遐邇殊俗同車書至化自敦睦佳辰宜宴胥鏘鏘間絲竹濟濟羅簪裾此樂匪足耽此誠期永孚

重陽日即事

令節曉澄霽四郊煙靄空天清白露潔菊散黃金叢寡德荷天貺順時休百工豈懷歌鐘樂思為君臣同至化在亭育相成資始終未知康衢詠所仰惟年豐

豐年多慶九日示懷（貞元十八年九月癸亥重陽御製詩賜羣臣）

爽氣肅時令早衣聞朔鴻重陽有佳節具物欣年豐皎潔暮潭色芬敷新菊叢芳尊滿衢室繁吹凝煙空惠合信吾道保和惟爾同推誠至玄化天下期為公

七月十五日題章敬寺（貞元七年七月癸酉幸章敬寺賦詩九韻皇太子與羣臣畢和題之寺壁）

招提邇皇邑複道連重城法筵會早秋駕言訪禪扃嘗聞六仙教清淨宗無生七物（一作珍）匪吾寶萬行先求成名相既雙寂繁華奚所榮金風扇微涼遠煙凝翠晶松院靜苔色竹房深磬聲境幽真慮恬道勝外物輕意適本非說含毫空復情

中春麟德殿會百寮觀新樂詩一章章十六句（貞元十四年二月戊午上製中春麟德殿會百寮觀新樂詩令太子書示百官序曰朕以中春之首紀為令節聽政之暇韻於歌詩象中和之容作中和之舞卿復成篇其詩八韻中書門下謝賜詩請頒示天下編入樂府）

芳歲肇佳節物華當仲春乾坤既昭泰煙景含氤氳德淺荷玄貺樂成思治（一作恩洽）人前庭列鐘鼓廣殿延羣臣八卦隨舞意五音轉曲新顧非咸池奏庶協南風薰式宴禮所重浹歡情必均同和諒在茲萬國希可親

九日絕句

禁苑秋來爽氣多昆明風動起滄波中流簫鼓誠堪賞詎假橫汾發櫂歌

文宗皇帝

帝諱昂穆宗第二子初名涵封江王寶曆二年即位恭

儉儒雅聽政之暇博通羣籍顧謂左右曰若不甲夜視事乙夜觀書何以爲人君每試進士親裁題目及所司進所試披覽吟詠終日忘倦延學士於内庭討論經義好製五言古調清峻常欲置詩博士季玨言今翰林學士皆能文詞且古今篇什足可怡悦聖情乃止又嘗與宰相論詩之工拙鄭覃曰詩之工者無若三百篇皆國人作之以刺美時政王者采之以觀風俗後代詞人華而不實無補於事帝甚重其言在位十三年謚曰昭獻今存詩七首

暮春喜雨詩（開成元年三月觀内人賽雨賦）

風雲喜際會雷雨遂流滋薦幣虚陳禮動天實精思漸侵九夏節復在三春時霢霂垂朱闕飄颻入綠墀郊坰既霑足黍稷有豐期百辟同康樂萬方佇雍熙

題程修己竹障（修己冀州人學周昉畫嘗畫竹障於文思殿帝賜以詩朝士皆奉詔繼和）

良工運精思巧極似有神臨窗忽覩繁陰合再盼眞假殊未分（後二句一作臨窗時乍覩繁陰合再明）

宮中題（太和九年李訓鄭注敗後仇士良愈專恣上登臨遊幸未嘗爲樂或瞠目獨語左右莫敢進問因賦此詩）

輦路生春（一作秋）草上林花發時（一作滿枝）憑高何限意無復侍臣知

止巳日賜裴度（裴度拜中書令以疾未任朝謝上巳曲江賜宴羣臣賦詩帝遣中使賜度詩仍賜御札曰朕詩集中要有卿倡和詩故令示此卿疾未差可異日進來御札及門而度薨）

注想待元老識君恨不早我家柱石衰憂來學丘禱

上元日二首

上元高會集羣仙心齋何事欲祈年丹誠儻徹玉帝座且共吾人慶大田

蓂生三五葉初齋上元羽客出桃蹊不愛仙家登眞訣願蒙四海福黔黎

夏日聯句（開成三年夏日與學士聯句時五學士屬和帝獨謂柳公權詞清意足）

人皆苦炎熱我愛夏日長（帝）熏風自南來殿閣生微涼（柳公權）

宣宗皇帝

帝諱忱憲宗第十三子初名怡封光王會昌六年立爲皇太叔恭儉好善虚襟聽納大中之政有貞觀風每曲宴與學士倡和公卿出鎮多賦詩餞行重科第留心貢舉常微行采輿論察知選士之得失其對朝臣必問及第與所試詩賦題主司姓氏苟有科名對者必大喜或佳人物偶不中第必歎息移時常於内自題鄉貢進士李道龍云在位十三年謚曰獻文詩六首

百丈山（庚溪詩話帝爲光王時爲武宗所忌多晦迹爲方外遊至百丈山作詩云）

大雄眞跡枕危巒梵宇層樓聳萬般日月每從肩上過山河長在掌中看仙峰不間三春秀靈境何時六月寒更有上方人罕到暮鐘朝磬碧雲端

弔白居易

綴玉聯珠六十年誰教冥路作詩仙浮雲不繫名居易造化無爲字樂天童子解吟長恨曲胡兒能唱琵琶篇文章已滿行人耳一度思卿一愴然

幸華嚴寺

雲散晴山幾萬重煙收春色更沖融帳殿出空登碧漢遐川俯望色藍籠林光入戶低韶景嶺氣通宵展霽風今日追遊何所似莫慚漢武賞汾中

重陽錫宴羣臣（時收復河湟）

款塞旋征騎和戎委廟賢傾心方倚注叶力共安邊

題涇縣水西寺（一作題嘉興水西寺）

大殿連雲接爽（一作賞）溪鐘聲還與鼓聲齊長安若問江南事說道風光在水西

瀑布聯句（詩史云帝遊方外至黃檗與黃檗禪師同觀瀑布聯句佛祖統紀云帝至廬山與香嚴閑禪師詠時黃檗在海昌詩史誤）

千巖萬壑不辭勞遠看方知出處高（黃檗）溪澗豈能留得住終歸大海作波濤（帝）

句

海岳宴咸通（南部新書云宣皇製泰邊陲曲有此句後懿皇以咸通建號其先兆也）

七載秉鈞調四序一方獄市獲來蘇（大中九年七月甲午崔鉉由左僕射爲淮南節度帝於太液亭宴餞賜詩有七載秉鈞之句儒者榮之）

昭宗皇帝

帝諱曄懿宗第七子初名傑封壽王文德元年立爲皇太弟在位十四年帝攻書好文而承廣明寇亂之後唐祚日衰遺詩隻韻皆其播遷所製也

詠雷句（紀事云天復元年帝爲鳳翔兵劫幸岐城一日大雷雨牛馬震死街西古槐殿東鴟吻立碎帝爲詩云）

只解劈牛兼劈樹不能誅惡與誅兇（紀事又云帝在洛日憂不測與皇后内人唯沈飲自寬嘗歌云紇干山頭凍殺雀何不飛去生處樂此古語帝述之者附記）

全唐詩

文德皇后

太宗后長孫氏河南洛陽人隋左驍衛將軍晟之女武德九年立爲皇后喜圖傳視古今善惡以自鑒矜尚禮法常采古婦人事作女則一篇今存詩一首

春遊曲

上苑桃（一作杏）花朝日明蘭閨豔妾動春情井上新桃偷面色檐邊嫩柳學身輕花中來去看舞蝶樹上長短聽啼鶯林下何須遠借問出衆風流舊有名

則天皇后

高宗后武氏并州文水人荊州都督士彠之女永徽六

年立爲皇后中宗即位稱皇太后臨朝尋自稱皇帝改國號曰周自名曌在位二十二年中宗反正謚則天順聖皇后有垂拱集百卷金輪集六卷今存詩四十六篇

曳鼎歌 萬歲通天元年鑄九鼎成上各寫本州山川物產之象令著作郎賈膺福殿中丞薛昌容鳳閣主事李元振司農錄事鍾紹京等分題左尚令曹元廓畫令南北衙士十餘萬人幷仗內大牛白象曳之自玄武門入后自製蔡州永昌鼎歌見唐會要

羲農首出軒昊膺期唐虞繼踵湯禹乘時天下光宅海內雍熙上玄降鑒方建隆基 中有隆基字開元中姚崇等以爲運休兆請宣付史館

唐享昊天樂

第一

太陰凝至化眞耀蘊軒儀德邁娥臺敬仁高似握拔捫天遂啓極夢日乃昇曦

第二

瞻紫極望玄穹翹至懇罄深衷聽雖遠誠必通乎厚澤降雲宮

第三

乾儀混成沖邃天道下濟高明闓陽晨披紫闕太一曉降黃庭圜壇敢申昭報方璧冀展虔情丹襟式敷衷懇玄鑒庶察微誠

第四

巍巍叡業廣赫赫聖基隆菲德承先顧禎符萃眇躬銘闕武巖側圖薦洛川中微誠詎幽感景命忽昭融有愧勲紫極無以謝玄穹

第五

朝壇霧卷曙嶺煙沉爰設筐幣式表誠心筵輝麗璧樂暢和音仰惟靈鑒俯察翹襟

第六

昭昭上帝穆穆下臨禮崇備物樂奏鏘金蘭羞委薦桂醑盈斟敢希明德幸罄莊心

第七

尊浮九醞禮備三周陳誠菲奠契福神猷

第八

奠辟郊壇昭大禮鏘金拊石表虔誠始奏承雲娛帝賞復歌調露暢韶英

第九

荷恩承顧託執契恭臨撫廟略靜邊荒天兵曜神武有截資先化無爲遵舊矩禎符降昊穹大業光寰宇

第十

肅肅祀典邕邕禮秩三獻已周九成斯畢爰撤其俎載遷其實或升或降惟誠惟質

第十一

禮終肆類樂闋九成仰惟明德敢薦非馨顧慙菲奠久駐雲軿瞻荷靈澤悚戀兼盈

第十二

式乾路闢天扉迴日馭動雲衣登金闕入紫微望仙駕仰恩徽

唐明堂樂章

外辦將出

總章陳昔典衢室禮惟神宏規則天地神用叶陶鈞負扆三春旦充庭萬宇賓顧已誠虛薄空慙馭一作御兆人

皇帝行

仰膺曆數俯順謳歌遠安邇肅俗阜時和化光玉鏡訟息金科方興典禮永戢干戈

皇嗣出入升降

至人光俗大孝通神謙以表性恭惟立身洪規載啓茂典方陳譽隆三善祥開萬春

迎送王公

千官肅事萬國朝宗載延百辟爰集三宮君臣德合魚水斯同睿圖方永周曆長隆

登歌

禮崇宗祀志表嚴禋笙鏞合奏文物惟新敬遵茂典敢擇良辰絜誠斯著奠謁方申

配饗

笙鏞間玉宇文物昭清輝睟影臨芳奠休光下太微孝思期有感明絜庶無違

宮音

履艮包羣望居中冠百靈萬方資廣運庶品荷財成神功諒匪測盛德實難名藻奠申誠敬恭祀表惟馨

角音

出震位開平秩肅條風乘甲乙龍德盛鳥星出薦珪篚陳誠實

徵音

赫赫離精御炎陸滔滔熾景開隆暑冀延神鑒俯蘭尊式表虔襟陳桂俎

商音

律中夷則序應收成功宣建武義表惟明爰申禮奠庶展翹誠九秋是式百穀斯盈

羽音

葭律肇啓隆冬蘋一作蘋藻攸陳饗祭黃鍾既陳玉燭紅粒方殷稔歲

唐大饗拜洛樂章 唐書樂志曰則天皇后永昌元年大享拜洛樂禮設用昭和次致和次咸和乘輿初行用九和次拜洛受圖用顯和登歌用昭和迎俎用敬和酌獻用欽和送文舞出迎武舞入用齊和武舞用德和撤俎用禋和辭神用通和送神用歸和按樂志又有歸和一章亦送神詞也

昭和

九玄眷命三聖基隆奉成先旨明臺畢功宗祀展敬冀表深衷永昌帝業式播淳風

致和

神功不測兮運陰陽包藏萬宇兮孕八荒天符既出兮帝業昌願臨明祀兮降禎祥

咸和

坎澤祠容備舉坤壇祭典爰申靈睠遥行秘躅嘉貺薦委殊珍肅禮恭禋載展翹襟邀志逾殷方期交際懸應下一句遺

九和

祇荷坤德欽若乾靈慙惕罔寘興居匪寧恭崇禮則肅奉儀形惟憑展敬敢薦非馨

拜洛

菲躬承睿顧薄德忝坤儀乾乾遵後命翼翼奉先規撫俗勤雖切還淳化尚虧未能弘至道何以契明祇

顯和

顧德有慙虛菲明祇屢降禎符汜水初呈秘象溫洛薦表昌圖玄澤流恩載洽丹襟荷渥增愉

昭和

舒云致養合大資生德以恆固功由永貞升歌薦序垂幣翹誠虹開玉照鳳引金聲

敬和

蘭俎旣升蘋羞可薦金石載設咸英已變林澤斯總山川是徧敢用敷誠實惟忘倦

齊和

沈潛演貺分三極廣大凝禎總萬方旣薦羽旌文化啓還呈干戚武威揚

德和

夕惕同（一作司）龍契晨兢當鳳扆崇儒習舊規偃伯循先旨絕壤飛冠蓋遐區麗山水幸承三聖餘忻屬千年始

禋和

百禮崇容千官肅事靈降舞（一作無）兆神凝有粹奠享咸周威儀畢備奏夏登列歌雍撤肆

通和

皇皇靈睠穆穆神心暫動凝質還歸積陰功玄樞紐理寂高深銜恩佩德聳志翹襟

歸和

言旋雲洞兮躡煙塗永寧中宇兮安下都包涵動植兮順榮枯長貽寶貺兮贊璇圖

歸和

調雲闕兮神座興驂雲駕兮儼將升騰絳霄兮垂景祜翹丹懇兮荷休徵

唐武氏享先廟樂章

先德謙撝冠昔嚴規節素超今奉國忠誠每竭承家至孝純深追崇懼乖尊意顯號恐玷徽音旣迫王公屢請方乃俯遂羣心有限無由展敬奠酹每闕親斟大禮虔申典冊蘋藻敬薦翹襟

早春夜宴

九春開上節千門敞夜扉蘭燈吐新燄桂魄朗圓輝送酒惟須滿流杯不用稀務使霞漿興方乘汎洛歸

遊九龍潭

山窗遊玉女澗戶對瓊峰巖頂翔雙鳳潭心倒九龍酒中浮竹葉杯上寫芙蓉故驗家山賞惟有風入松（一作入松風）

贈胡天師（見許旌陽傳）

高人叶高志山服往山家迢迢閒風月去去隱煙霞碧岫窺玄洞玉竈鍊丹砂今日星津上延首望靈槎

從駕幸少林寺（并序）

覩先妃營建之所倍切茕衿逾悽遠慕聊題即事用述悲懷

陪鑾遊禁苑侍賞出蘭闈雲偃攢峰蓋霞低插浪旂日宮疏澗戶月殿啓巖扉金輪轉金地香閣曳香衣鐸吟輕吹發幡搖薄霧霏昔遇焚芝火山紅（一作匝）連野飛花臺無半影蓮塲有全輝實賴能仁力攸資善世威慈緣興福緒於此罄（一作欲）歸依風枝不可靜泣血竟何追

石淙（即平樂澗）

三山十洞光玄籙玉嶠金巒鎮紫微均露均霜標勝壤交風交雨列皇畿萬仞高巖藏日色千尋幽澗浴雲衣且駐歡筵賞仁智琱鞍薄晚雜塵飛

臘日宣詔幸上苑（天授二年臘，卿相欲詐稱花發，請幸上苑，有所謀也。許之，尋疑有異圖，乃遣使宣詔云云。於是凌晨名花布苑，羣臣咸服其異。後托術以移唐祚，此皆妖妄，不足信也。大凡后之詩文，皆元萬頃、崔融等爲之）

明朝遊上苑火急報春知花須連夜發莫待曉風吹

如意娘（樂苑曰：如意娘，商調曲，唐則天皇后所作也）

看朱成碧思紛紛顦顇支離爲憶君不信比來長下淚開箱驗取石榴裙

製袍字賜狄仁傑（狄公家傳）

敷政術守清勤升顯位勵相臣

徐賢妃

妃名惠湖州長城人生五月能言四歲通論語詩八歲自曉屬文辭致贍蔚又無淹思太宗召爲才人再遷充容常上疏論時政帝善其言優賜之永徽元年贈賢妃詩五首

擬小山篇（唐書本傳：妃八歲，父孝德使擬離騷爲小山篇云云。孝德大驚，知不可掩，於是所著遂盛傳。太宗知之，召入宮）

仰幽巖而流盼撫桂枝以凝想將千齡兮此遇荃何爲兮獨往

長門怨

舊愛柏梁臺新寵昭陽殿守分辭芳（一作方）輦含情泣團扇一朝歌舞榮夙昔詩書賤頹恩誠已矣覆水難重薦

秋風函谷應詔

秋風起函谷勁（一作朔）氣動河山偃松千嶺上雜雨二陵間低雲愁廣隰落日慘重關此時飄紫氣應驗眞人還

賦得北方有佳人

由來稱獨立本自號傾城柳葉眉間發桃花臉上生腕搖金釧響步轉玉環鳴纖腰宜寶袜紅衫豔織成懸知一顧重別覺舞腰輕

進太宗（紀事云：長安崇聖寺有賢妃妝殿。太宗曾召妃，久不至，怒之，因進是詩）

朝來臨鏡臺妝罷暫裴回千金始一笑一召詎能來

上官昭容

昭容名婉兒西臺侍郎儀之孫天后時配入掖庭天性韶警善文章年十四后召見自通天以來內掌詔命中宗即位大被信任進拜昭容勸帝侈大書館增學士員引大臣名儒充選數賜宴賦詩君臣賡和婉兒常代帝及后長寧安樂二主衆篇並作詞旨益新又差第羣臣所賦賜金爵故朝廷靡然成風當時屬辭者大抵雖浮豔然皆有可觀婉兒力也臨淄王兵起被誅開元初裒次其文章詔張說題篇集二十卷今失傳存詩三十二篇

奉和聖製立春日侍宴內殿出翦綵花應制

密葉因裁吐新花逐翦舒攀條雖不謬摘蘂詎知虛春至由來發秋還未肯疎借問桃將李相亂欲何如

九月九日上幸慈恩寺登浮圖羣臣上菊花壽酒

帝里重陽節香園萬乘來却邪萸入（一作結）佩獻壽菊傳杯墖類承天湧門疑待佛開睿詞懸日月長得仰昭回

綵書怨（一云綵毫怨）

葉下洞庭初思君萬里餘露濃香被冷月落錦屏虛欲

奏江南曲貪封薊北書書中無別意惟悵久離居

駕幸三會寺應制 景龍二年十月三日

釋子談經處軒臣刻字留故臺遺老識殘簡聖皇一作君求駐蹕懷千古開襟望九州四山緣塞合二水夾城流宸翰陪瞻仰天杯接獻酬太平詞藻盛長願紀鴻休

駕幸新豐溫泉宮獻詩三首 景龍三年十二月十二日中宗皇帝駕新豐溫泉宮敕蒲州刺史徐彥伯入仗同學士例因與武平一等獻詩上官昭容亦賦絕句三首以獻

三冬季月景隆年萬乘觀風出灞川遙看電躍龍爲馬回矚霜原玉作田

鑾旂掣曳拂空回羽騎驂驔躡景來隱隱驪山雲外聳迢迢御帳日邊開

翠幰珠幃敞月營金罍玉斝泛蘭英歲歲年年常扈蹕長長久久樂升一作承平

遊長寧公主流杯池二十五首 長寧公主韋庶人所生下嫁楊慎交皇帝制曰門下特進行右散騎常侍駙馬都尉觀國公楊慎交分榮戚里藉寵公門恭肅著於立身協勤效於從政鳳皇樓上宛符琴瑟之歡烏鵲橋邊載協松蘿之契宜疏茅土式廣山河因造第於東都府財幾竭又取西京高士廉第左金吾衛廢營改爲宅作三重樓築山浚池帝及后數臨幸令昭容賦詩羣臣屬和

逐仙賞展幽情踰崐閬邁蓬瀛

遊魯館陟秦臺汙山壁愧瓊瑰

檀欒竹影飄颻松聲不煩歌吹自足娛一作怡情

仰循茅宇俯眄喬枝煙霞問訊風月相知

枝條鬱鬱文質彬彬山林作伴松桂爲鄰

清波洶湧碧樹冥蒙莫怪留步因攀桂叢

莫論圓嶠休說方壺何如魯館即是仙都

玉環騰遠創金埒荷殊榮弗玩珠璣飾仍留仁智情鑿山便作室憑樹即爲楹公輸與班爾從此遂韜聲

登山一長望正遇九春初結駟塡衢術一作衕閭閻滿邑居鬬雪梅先吐驚風柳未舒直愁斜日落不畏酒尊虛

霽曉氣清和披襟賞薜蘿玳瑁凝春色琉璃漾水波跂石聊長嘯攀松作短歌除非物外者誰就此經過

暫爾遊山第淹留惜未歸霞水一作窗明月滿澗戶白雲飛書引藤爲架人將薜作衣此眞攀玩所臨一作林睨賞光輝

放曠出煙雲蕭條自不羣漱流清意府隱几避囂氛石畫妝苔色風梭織水文山室一作空何爲貴唯餘蘭桂熏

策杖臨霞岫危步下霜蹊志逐深山靜途隨曲澗迷漸覺心神逸俄看雲霧低莫怪人題樹秖爲賞幽棲

攀藤招逸客偃桂協幽情水中看樹影風裏聽松聲

攜琴侍叔夜負局訪安期不應題石壁爲記賞山時

泉石多仙趣巖壑寫奇形欲知堪悅耳唯聽水泠泠

巖巒恣登臨瑩目復怡心風篁類長笛流水當鳴琴

懶步天台路惟登地肺山幽巖仙桂滿今日恣情攀

暫遊仁智所蕭然松桂情寄言棲遯客勿復訪蓬瀛

瀑溜晴疑雨叢篁晝似昏山中眞可玩暫請報王孫

傍池聊試筆倚石旋題詩豫彈山水調終擬從鍾期

橫鋪豹皮褥側帶鹿胎巾借問何爲者山中有逸人

沁水田園先自多齊城樓觀更無過倩語張騫莫辛苦人今從此識天河

參差碧岫聳蓮花潺湲綠水瑩金沙何須遠訪三山路人今已到九仙家

憑高瞰險一作嶮足怡心菌閣桃源不暇尋餘雪依林成玉樹殘霙點岫即瑤岑

句

勢如連璧友心似臭蘭人 詠後苑雙頭牡丹 見龍城錄

楊貴妃

妃蒲州永樂人句籍女官號太眞善歌舞邃曉音律智算警穎恩幸無比宮中號娘子天寶初進冊貴妃十五載西幸至馬嵬縊路祠下有詩一篇

贈張雲容舞 雲容妃侍兒善爲霓裳舞妃從幸繡嶺宮時贈此詩

羅袖動香香不已紅蕖裊裊秋煙裏輕雲嶺上乍搖風嫩柳池邊初拂水

江妃

妃名采蘋莆田人開元初高力士選歸侍明皇大見寵幸善屬文自比謝女所居悉植梅花帝因其所好戲名梅妃有詩一篇

謝賜珍珠 上在花萼樓封珍珠一斛密賜妃妃不受

桂葉雙眉久不描殘妝和淚汙紅綃長門盡日無梳洗何必珍珠慰寂寥

全唐詩

章懷太子

太子名賢字明允高宗第六子容止端重甫數歲讀書一覽輒不忘上元二年立爲皇太子嘗詔集諸儒張大安等注後漢書武后以明崇儼爲盜所殺疑出太子之謀誣構而廢之后得政遂遇害詩一首

黃臺瓜辭 初武后殺太子弘立賢爲太子後賢疑隙寖開不能保全無由敢言乃作是辭命樂工歌之冀后聞而感悟

種瓜黃臺下瓜熟子離離一摘使瓜好再摘使一作令瓜稀三摘猶尚一作自可摘絕抱蔓歸

韓王元嘉

王高祖第十一子少好學聚書至萬卷皆以古文字參定同異閨門修整當世稱之中宗廢居房陵王與越王貞父子謀舉兵反正未發而泄爲武后所殺有詩一首

奉和同太子監守違戀 高宗爲太子也

乾象開層構離明啓少陽卜征從獻吉守器屬元良遂矣夌周誦遙哉掩漢莊好士傾南洛多才盛北場地分丹鷲嶺途間白雲鄉儲誠虔曉夕宸愛積炎凉珠辭連霄漢萬物仰重光

越王貞

王太宗第八子善騎射涉文史有吏幹爲宗室材王垂拱中王與韓王元嘉等謀舉兵反正事敗仰藥卒有詩一首

奉和聖製過溫湯

鳳輦騰宸駕驪鑾次乾遊坎德疎溫液山隈派暖流寒氛空外擁蒸氣沼中浮林凋帷影散雲斂蓋陰收霜郊暢玄覽參差落景遒

信安王禕

信安王禕太宗孫吳王恪次子特封嗣江王開元時徙封信安歷兵部尚書朔方節度使坐事除衢州刺史天寶初以太子少師致仕詩一首

石橋（在衢之爛柯山即王質看仙人弈棊處也詩有貞元二年嚴綬石刻記　詩內缺二十一字）

別有經行所迴跨重巒側粤因求瘼餘條想尋真域放情恣披拂杖策聊　色亂幡霧中見雁墖雲間識薄煙羃遠郊遙峰沒歸翼仙橋危石架幽洞乘　易測二教無先後一相平而直冀茲捐俗心永懷依妙力

全唐詩

宜芬公主

公主本豆盧氏女有才色天寶四載奚霫無主安祿山請立其質子而以公主配之上遣中使護送至虛池驛悲愁作詩一首

虛池驛題屏風

出嫁辭鄉國由來此別難聖恩愁遠道行路泣相看沙塞容顏盡邊隅粉黛殘妾心何所斷他日望長安

女學士宋氏若華

貝州宋廷芬之問裔孫也生一男五女男獨愚不可教而五女皆警慧善屬文曰若華若昭若倫若憲若荀若昭文尤高且悉稟性貞素不願歸人欲以學名家貞元中竝召入宮帝與侍臣賡和五人者咸預高其風操不以妾侍命之呼學士倫荀先卒自貞元七年秘禁圖籍詔若華總領元和末贈河內郡君詩一首

嘲陸暢（雲安公主下降暢爲儐相才思敏捷應對如流六宮大異之暢吳音以詩嘲焉一云若昭作）

十二層樓倚翠空鳳鸞相對立梧桐雙成走報監門衛莫使吳歈入漢宮

尚宮宋氏若昭

穆宗拜若昭尚宮嗣若華秩歷穆敬文三朝皆呼先生進封梁國夫人詩一首

奉和御製麟德殿宴百僚應制

垂衣臨入極肅穆四門通（一作雍）自是無爲化非關輔弼（一作相）功修文招隱伏尚武殄妖兇德炳（一作立）韶光熾（一作被）恩霑雨露濃衣冠陪御宴禮樂盛朝宗萬壽稱觴舉（一作日）千年（一作官）信一同

尚宮宋氏若憲

寶曆初若昭卒若憲復代司宮籍詩一首

奉和御製麟德殿宴百官（一作若荀詩）

端拱承休命時清荷聖皇四聰聞受諫五服遠朝王景媚鶯初囀春殘日更長命（一作御）筵多濟濟盛樂復鏘鏘鄗鎬誰將敵橫汾未可方願齊山嶽壽祉福永無疆

鮑氏君徽

鮑君徽字文姬鮑徵君女善詩與尚宮五宋齊名德宗嘗召入宮與侍臣賡和賞賚甚厚存詩四首

奉和麟德殿宴百僚應制（一作奉和御製麟德殿燕百僚）

睿澤先寰海功成展武韶戈鋋清外壘文物盛中朝聖祚山河固宸章日月昭玉筵鸞鵠集仙管鳳皇調御柳新低綠宮鶯乍囀嬌願將億兆慶千祀奉神堯

關山月

高高秋月明北照遼陽城塞迥光初滿風多暈更生征人望鄉思戰馬聞鼙驚朔風悲邊草胡沙暗（一作昏）虜營霜凝匣中劍風憊原上旌早晚謁金闕不聞刁斗聲

惜花吟

枝上花花下人可憐顏色俱青春昨日看花花灼灼今朝看花花欲落不如盡此花下歡莫待春風總吹却鶯歌蝶舞韶光長（一作韶景長又作蝤韶光）紅爐煮茗松花香妝成罷吟（一作吟罷又作曲罷）恣遊後（一作樂）獨把芳（一作花）枝歸洞房

東亭茶宴

閑朝向曉（一作晚）出簾櫳茗宴東亭四望通遠眺城池山色裏俯聆弦管水聲中幽篁引沼新抽翠芳槿低檐欲吐紅坐久此中無限興更憐團扇起清風

蕭妃

蕭妃武陵郡王伯良妃詩一首

夜夢

昨日夢君歸賤妾下鳴機極知意氣薄不著去時衣故言如夢裏賴得雁書飛

全唐詩

南唐先主李昇

昇字正倫徐州人楊行密養爲子以乞徐溫初冒姓徐名知誥代溫秉政受楊氏禪僭帝位謚烈祖傳國三十九年詩一篇

詠燈（詩史云九歲在溫家作溫閱之歎賞遂不以常兒遇之）

一點分明值萬金開時惟怕冷風侵主人若也勤挑撥敢向尊前不盡心

嗣主璟

璟字伯玉烈祖子風度高秀善屬文謚元宗詩二首

遊後湖賞蓮花

蓼花蘸水火不滅水鳥驚魚銀梭投滿目荷花千萬頃
紅碧相雜敷清流孫武已斬吳宮女琉璃池上佳人頭（燬遺云識者謂非吉語）

保大五年元日大雪同太弟景遂汪王景遏齊王景達進士李建勳中書徐鉉勤政殿學士張義方登樓賦

珠簾高卷莫輕遮往往相逢隔歲華春氣昨宵飄律管
東風今日放梅花素姿好把芳姿掩落勢還同舞勢斜
坐有賓朋尊有酒可憐清味屬儂家

句

靈槎思浩蕩老鶴倚崆峒（古今詩話璟割江之後還都豫章每北望忽忽不樂作詩有此句）
蒼苔迷古道紅葉亂朝霞（廬山百花亭刻石）
棲鳳枝梢猶軟弱化龍形狀已依稀（十歲詠新竹）

後主煜

煜字重光南唐元宗子仁孝善屬文工書畫妙於音律置澄心堂於內苑引文士居其間嘗著雜說百篇時人以爲可繼典論開寶中封隴西公贈吳王集十卷詩一卷失傳今存詩十八首

九月十日偶書

晚雨秋陰酒乍醒感時心緒杳難平黃花冷落不成豔
紅葉颼飀競鼓聲背世返能厭俗態偶緣猶未忘多情
自從雙鬢斑斑白不學安仁却自驚

秋鶯

殘鶯何事不知秋橫過幽林尚獨遊老舌百般傾耳聽
深黃一點入煙流棲遲背世同悲魯瀏亮如笙碎在緱
莫更留連好歸去露華淒冷蓼花愁

病起題山舍壁

山舍初成病乍輕杖藜巾褐稱閑情爐開小火深回暖
溝引新流幾曲聲暫約彭涓安朽質終期宗遠問無生
誰能役役塵中累貪合魚龍構強名

送鄧王二十弟從益牧宣城（後主自爲詩序以送之其略云秋山滴翠暮壑澄空愛公此行暢乎遐覽）

且維輕舸更遲遲別酒重傾惜解攜浩浪侵愁光蕩漾
亂山凝恨色高低君馳檜楫情何極我凭闌干日向西
咫尺煙江幾多地不須懷抱重淒淒

渡中江望石城泣下（江表志作吳讓皇楊溥詩題作泰州永寧宮）

江南江北舊家鄉三十年來夢一場吳苑宮闈今冷落
廣陵臺殿已荒涼雲籠遠岫愁千片雨打歸舟淚萬行
兄弟四人三百口不堪閑坐細思量

輓辭（宣城公仲宣後主子小字瑞保年四歲卒母昭惠先病哀苦增劇遂至於殂故後主輓辭幷其母子悼之）

珠碎眼前珍花凋世外春未銷心裏恨又失掌中身玉
笥猶殘藥香奩已染塵前哀將後感無淚可霑巾

豔質同芳樹浮危道略同正悲春落實又苦雨傷叢穠
麗今何在飄零事已空沈沈無問處千載謝東風

悼詩（仲宣卒後主哀甚然恐重傷昭惠常默坐飲泣而已因爲詩以寫志吟詠數四左右爲之泣下）

永念難消釋孤懷痛自嗟雨深秋寂莫愁引病增加咽
絕風前思昏濛眼上花空王應念我窮子正迷家

感懷（後主昭惠后周氏小字娥皇年二十九殂後主哀苦骨立杖而後起每於花朝月夕無不傷懷）

又見桐花發舊枝一樓煙雨暮淒淒凭闌惆悵人誰會
不覺潸然淚眼低

層城無復見嬌姿佳節纏哀不自持空有當年舊煙月
芙蓉城上哭蛾眉

梅花（後主嘗與周后移植梅花於瑤光殿之西及花時而后已殂因成詩見意）

殷勤移植地曲檻小闌邊共約重芳日還憂不盛妍阻
風開步障乘月溉寒泉誰料花前後蛾眉却不全

又

失却煙花主東君自不知清香更何用猶發去年枝

書靈筵手巾

浮生共顦顇壯歲失嬋娟汗手遺香漬痕眉染黛煙

書琵琶背（周后通書史善音律尤工琵琶元宗賞其藝取所御琵琶時謂之燒槽者賜焉燒槽即蔡邕焦桐之義或謂焦材而斷之或謂因爇而存之后臨殂以琵琶及常臂玉環親遺後主）

佚自肩如削難勝數縷條天香留鳳尾餘煖在檀槽

病中感懷

顦顇年來甚蕭條益自傷風威侵病骨雨氣咽愁腸夜
鼎唯煎藥朝髭半染霜前緣竟何似誰與問空王

病中書事

病身堅固道情深宴坐清香思自任月照靜居唯擣藥
門扃幽院只來禽庸醫懶聽詞何取小婢將行力未禁
賴問空門知氣味不然煩惱萬塗侵

賜宮人慶奴（墨莊漫錄云煜書書黃羅扇上至今藏在貴人家）

風情漸老見春羞到處消魂感舊遊多謝長條似相識
強垂煙態拂人頭

題金樓子後　幷序

梁元帝謂王仲宣昔在荊州著書數十篇荊州壞盡焚其書今在者一篇知名之士咸重之見虎一毛不知其斑後西魏破江陵帝亦盡焚其書曰文武之道盡今夜矣何荊州壞焚書二語先後一轍也詩以慨之

牙籤萬軸裏紅縑王粲書同付火燒不是祖龍留面目
遺篇那得到今朝（楓窗小牘云此詩同書藏內庫今朝說作金朝徽廟惡而抹之後竟如讖入金）

句

迢迢牽牛星杳在河之陽粲粲黃姑女耿耿遙相望（癸辛雜集）
鶯狂應有恨蝶舞已無多（落花　老學菴筆記云作此未久亡國）
揖讓月在手動搖風滿懷（詠扇　石林燕語宋太祖嘗與曲宴使煜誦其得意詩舉此太祖曰好一箇翰林學士）
病態如衰弱厭厭向五年（以下律髓注）
衰顏一病難牽復曉殿君臨頗自羞
冷笑秦皇經遠略靜憐姬滿苦時巡
鬢從今日添新白菊是去年依舊黃（以下翰府名談）
萬古到頭歸一死醉鄉葬地有高原（煜歲暮乘醉書此於牖而見之大悔不久謝世）
人生不滿百剛作千年畫（野客叢談）
日映仙雲薄秋高天碧深（海錄碎事）
烏照始潛輝龍燭便爭秉（以下孔帖）
凝珠滿露枝游飈日已西蕭穆寒初至
九重開扇鵲四牖炳燈魚
羽觴無算酌傾盌更爲壽深卮遞酬賓

韓王從善

從善字子師元宗第七子宋改封楚國公詩一首

薔薇詩一首十八韻呈東海侍郎徐鉉

綠影覆幽池芳菲四月時管弦朝夕興組繡百千枝盛
引牆看徧高煩架屢移露輕濡綵筆蠹誤拂吟髭日照
玲瓏幔風搖翡翠帷早紅飄蘚地狂蔓挂蛛絲嫩刺牽
衣細新條窣草垂晚香難暫捨嬌態自相窺深淺分前

後縈華亙盛衰尊前留客久月下欲歸遲何處繁臨砌
誰家密暎籬絳羅房爍爛碧玉葉參差分得殷勤種開
來遠近知晶熒歌袖袚柔弱舞腰支高齋誰將比庭萱
自合嗤勻妝低水鑑泣淚滴煙霄畫擬憑梁廣名宜亞
楚姬寄君十八韻思拙媿新奇

吉王從謙

從謙元宗第九子後主母弟也風采峭整動有規誨喜
爲律詩宋改封鄂國公詩一首

觀棊（後主燕閒嘗與侍臣弈從謙甫數歲侍側後主命賦觀棊詩）

竹林二君子盡日竟沈吟相對終無語爭先各有心恃
強斯有失守分固無侵若算機籌處滄滄海未深

蜀高祖王建

建字光圖許州舞陽人少無賴爲忠武軍卒稍遷隊將
楊復光討黃巢建爲都頭僖宗使將神策軍宿衞文德
元年爲招討牙內都指揮使大順二年檢校司徒成都
尹節度劍南西川招撫雲南八國等使天復三年封蜀
王遂并有兩川山南西道三峽之地梁既篡唐僭即帝
位卒號高祖詩一首

贈別唐太師道襲

卝歲便將爲肘腋二紀何曾離一日更深猶尚立案前
數奏柔和不傷物今朝榮貴慰我心雙旌引向重城出
褒斜舊地委勳賢從此生靈永泰息

後主衍

衍字化源建之子知學問能爲浮豔詞爲後唐所滅詩
五首

幸秦川上梓潼山

喬巖簇冷煙幽徑上寒天下瞰峨眉嶺上窺華岳巔驅
馳非取樂按幸爲憂邊此去如登陟歌樓路幾千

題劍門

緩轡踰雙劍行行躡石棱作千尋壁壘爲萬祀依憑道
德雖無取江山粗可矜回看城闕路雲疊樹層層

過白衞嶺和韓昭

先朝神武力開邊畫斷封疆四五千前望隴山屯劍戟
後憑巫峽鎖烽煙軒皇尚自親平寇嬴政徒勞愛學仙
想到隴宮尋勝處正應鶯語暮春天

宮詞（蜀檮杌云嘉王宗壽每陳諫衍不樂燕會衍命工人李玉簫歌其所撰宮詞送宗壽酒宗壽懼禍乃飲佞臣潘在迎曰嘉王聞玉簫歌即飲請以玉簫賜之衍曰王必不納其詞曰）

輝輝赫赫浮玉雲宣華池上月華新月華如水浸宮殿
有酒不醉真癡人

醉妝詞

者邊走那邊走只是尋花柳那邊走者邊走莫厭金杯
酒

句

不緣朝闕去好此結茅廬（北夢瑣言云衍俘入秦至劍閣閱山水之美作時人笑之）

吳越王錢鏐

鏐字具美臨安人唐末以鄉兵討平劉漢宏董昌奄有
十三州建國稱王好吟詠通圖緯學喜作正書謚武肅
詩二篇

巡衣錦軍製還鄉歌（吳越備史鏐生臨安石鏡鄉臨水里有大木鏐幼與羣兒戲其下坐大石指麾爲隊伍鏐既貴昭宗改其鄉曰廣義里曰動貴所居營爲衣錦營俄又升爲衣錦軍號大木爲衣錦將軍天復元年鏐於其地大會故老賓客山林樹木皆覆以錦幄表衣錦之榮開平四年鏐遊錦衣軍作還鄉歌）

三節還鄉兮挂錦衣碧天朗朗兮愛日暉功成道上兮
列旌旗父老遠來兮相追隨家山鄉眷兮會時稀今朝
設宴兮觥散飛斗牛無孛兮民無欺吳越一王兮駟馬
歸（湘山野錄云時父老不解此歌王復以吳音歌云你輩見儂底歡喜別是一般滋味子長在我儂心子裏至今狂童游女能倣之）

沒了期歌（晉公談錄武肅所言皆可律下忽一日雜役兵士於公署壁題云云部轄者皆怒王曰不必怒續書云云卒伍見之怡然力役不復怨咨）

沒了期沒了期營基纔了又倉基（軍士題）
沒了期沒了期春衣纔了又冬衣（武肅續）

句

須將一片地付與有心人（題湖州嬰蘭堂　備史鏐欲命高彥爲刺史故先示意後彥爲州十一載政果有聲彥海鹽人也）
黃河信有澄清日後代應難繼此才（羅隱疾鏐臨問題其壁云云隱以紅紗罩其上謝詩有辭間章句動風雷此也隱身後無文嗣鏐詩爲之讖）
傳語龍王并水府錢塘借與
築錢城（鏐築扞海塘函詩一章置海門其末句云云　以上並見備史）

後王錢俶

俶字文德嗣位三十二年納土歸宋贈秦王謚忠懿好
吟詠自編其詩爲正本集陶穀爲序今存一首

宮中作（汝帖）

廊廡周遭翠幙遮禁林深處絕喧譁界開日影憐窗紙
穿破苔痕惡筍芽西第晚宜供露茗小池寒欲結冰花
謝公未是深沈量猶把輸贏局上誇

後蜀嗣主孟昶

昶字保元蜀主知祥第三子明德元年立爲太子在位
二十八年國亡降宋封秦國公卒贈楚王謚恭惠詩一
篇

避暑摩訶池上作

冰肌玉骨清無汗水殿風來暗香暖（一作滿）簾開明月獨窺
人攲枕釵橫雲鬢亂起來瓊（一作庭）戶寂無聲時見疏星渡
河漢屈指西風幾時來只恐流年暗中換

閩王王繼鵬

閩王審知之孫詩一首

批葉翹諫書紙尾（榕陰新檢）

春色曾看紫陌頭亂紅飛盡不禁愁人情自厭芳華歇
一葉隨風落御溝

全唐詩

蜀太后徐氏

成都徐耕生二女皆有國色能爲詩蜀王建納之姊爲
賢妃娣爲淑妃王衍即位冊賢妃爲順聖太后淑妃爲
翊聖太妃咸康元年衍奉太后太妃同禱青城山凡游
歷之處各賦詩刻於石共十六首

丈人觀

早與元妃慕至化（一作玄）同躋靈嶽訪眞仙當時信有壺中
景今（一作此）日親來洞裏天儀仗影空寥廓外金絲聲揭翠
微巔惟慙未致華胥理徒卜（一作祝）升平萬萬年

玄都觀

千尋綠嶂夾流溪登眺因知海（一作衆）岳低瀑布迸春青石碎輪囷橫翦翠峰齊步黏苔蘚龍橋滑日閉煙蘿（一作嵐）鳥徑迷莫道穹天無路到此山便是碧雲梯

丈人觀謁先帝御容

聖帝歸梧野躬來謁聖顏旋登三徑路似陟九疑山日照堆嵐迥雲橫積翠間期修封禪禮方俟再躋攀

題金華宮

再到金華頂玄都訪道回雲披分景象黛鎖（一作鐵）顯樓臺雨滌前山淨風吹去路開翠屏夾流水何必羨蓬萊

丹景山至德寺

周回雲水遊丹景因與真妃眺上方晴日曉升金晃曜寒泉夜落玉丁當松梢月轉琴栖影柏徑風牽麝食香虔煠六銖宜鑄祝惟祈聖祉保遐昌

題彭州陽平化

尋真遊勝境巡禮到陽平水遠波瀾碧山高氣象清殿嚴孫氏貌碑暗係師名夜月登壇醮（一作夜醮古壇月）松風森磬聲

三學山夜看聖燈

虔禱游靈境元妃夙志同玉香焚靜夜銀燭炫遼空泉漱雲根月鐘敲檜杪風印金標聖迹飛石顯神功滿望天涯極平臨日脚紅徠來齋石上僧集講筵中頓作超三界渾疑證六通願成修偃化社稷保延洪

題天迴驛

周遊靈境散幽情千里江山暫得行所恨風（一作煙）光看未足却驅金翠入龜城

蜀太妃徐氏

丈人觀

獲陪翠輦喜殊常同涉仙壇豈厭長不羨乘鸞入煙霧此中便是五雲鄉

玄都觀

登尋丹壑到玄都接日紅霞照座隅即向周回巖下看似看曾進畫圖無

游丈人觀謁先帝御容

共謁御容儀還同在禁闈笙歌（一作簧）喧寶殿彩仗耀金徽清淚霑羅袂紅霞拂繡衣九疑山水遠無路繼湘妃

題金華宮

碧煙（一作雲）紅霧漾（一作撲）人衣宿霧蒼（一作沾）苔石徑危風巧解吹松上曲蝶嬌頻采臉邊脂同尋僻境思攜手暗指遙山學畫眉好把身心清淨處（一作出）角冠霞帔事希夷

和題丹景山至德寺

丹景山頭宿梵宮玉輪（一作軒）金輅駐虛空軍持無水注寒碧蘭若有花開晚紅武士盡排青嶂下內人皆在講筵中我家帝子傳王業積善終期四海同

題彭州陽平化

雲浮翠輦屆陽平真似驂鸞到上清風起半崖聞虎嘯雨來當面見龍行晚尋水澗聽松韻夜上星壇看月明長恐前身居此境玉皇敎向錦城生

三學山夜看聖燈

聖燈千萬炬旋向碧空生細雨濕（一作灑）不暗好風吹更明磬敲金地響僧唱梵天聲若說無心法此光如有情

題天迴驛

翠驛紅亭近玉京夢魂猶是在青城比來出看江山景却被江山看出行

全唐詩目　第一函

第三冊

郊廟樂章　七卷

全唐詩

郊廟歌辭

祀圜丘樂章　唐書樂志曰貞觀二年祖孝孫脩定雅樂取禮記大樂與天地同和故製十二和之樂祭天神奏豫和之樂祭地祇奏順和祭宗廟奏永和登歌奠玉帛奏肅和皇帝行及臨軒奏太和王公出入送文舞出迎武舞入奏舒和皇帝食舉及飲酒奏休和皇帝受朝奏正和皇太子軒懸出入奏承和正至皇帝禮會登歌奏昭和郊廟俎入奏雍和酌獻飲福酒奏壽和六年冬至祀昊天於圜丘樂章褚亮虞世南魏徵等作大曆十四年改豫和爲元和以避諱也按唐初作十二和以法天數其後增造非一頗無法度皆隨時制名云

豫和

上靈睠命膺會昌盛德殷薦叶辰良景福降兮聖德遠玄化穆兮天曆長

太和

穆穆我后道應千齡登三處大得一居貞禮惟崇德樂以和聲百神仰止天下文明

肅和

闓陽播氣甄曜垂明有赫圜宰深仁曲成日麗蒼璧煙開紫營聿遵乾享式降鴻禎

雍和

欽惟大帝戴仰皇穹始命田燭爰啓郊宮雲門駭聽雷鼓鳴空神其介祀景祚斯融

壽和

八音斯奏三獻畢陳寶祚惟永暉光日新

舒和

疊璧凝影皇壇路編珠流彩帝郊前已奏黃鍾歌大呂

還符寶曆祚昌年

凱安 新唐書禮樂志曰貞觀初舞隋文舞曰治康武舞曰凱安郊廟朝會同用之舞者各六十四人文舞左籥右翟著委貌冠黑素絳領廣褏白絝革帶烏皮履武舞左干右戚服平冕餘同文舞朝會則武弁平巾幘廣褏金甲豹文絝烏皮鞾執干戚餘同郊廟凡初獻作文舞亞獻終獻作武舞太廟降神以文舞後改治康舞曰化康避高祖諱也舊書樂志曰凱安舞貞觀中造凡有六變一變象龍興參野二變象尅靖關中三變象東夷賓服四變象江淮寧謐五變象獫狁讋服六變復位以崇象兵還振旅亦如周之大武六成樂止按貞觀禮享郊廟日文舞奏豫和順和永和等樂麟德二年十月文舞改用功成慶善樂武舞改用神功破陣樂并改器服後以慶善樂不可降神破陣樂不入雅樂復用治康凱安如故

昔在炎運終中華亂無象酆郊赤烏見卭山黑雲上大賚下周車禁暴開殷網幽明同叶贊鼎祚齊天壤

豫和

歌奏畢兮禮獻終六龍馭兮神將昇明德感兮非黍稷降福簡兮祚休徵

郊天舊樂章 唐書樂志曰太樂舊有郊天送神辭一章不詳所起

豫和

蘋蘩一作登鉶禮著黍稷誠微音盈鳳管彩駐龍旂洪歆式就介福攸歸送樂有闋靈馭遄飛

武后大享昊天樂章 十二首並載本集

大陰凝至化貞耀蘊軒儀德邁娥臺敞仁高姒幄披捫天遂啟極夢日乃昇曦

瞻紫極望玄穹翹至懇罄深衷聽雖遠誠必通垂厚澤降雲宮

乾儀混成沖邃天道下濟高明闓陽晨披紫闕太一曉降黃庭圓壇敢由昭報方璧冀展虔情丹襟式敷衷懇玄鑒庶察微誠

巍巍睿業廣赫赫聖基隆菲德承先顧禎符萃眇躬銘開武巖側圖薦洛川中微誠詎幽感景命忽昭融有懷慙紫極無以謝玄穹

朝壇霧卷曙嶺煙沈爰設筐一作篚幣式表誠心筵輝麗璧樂暢和音仰惟靈鑒俯察翹襟

昭昭上帝穆穆下臨禮崇備物樂奏鏘金蘭羞委薦桂醑盈斟敢希靈德聿罄莊心

樽浮九醞禮備三周陳誠菲奠契福神猷

奠璧郊壇昭大禮鏘金拊石表虔誠始奏承雲娛帝賞復歌調露暢韶英

荷恩承顧託執契恭臨撫廟略靜邊荒天兵耀神武有截資先化無爲遵舊矩禎符降昊穹大業光寰宇

肅肅祀典邕邕禮秩三獻已周九成斯畢爰撤其俎載遷其實或升或降唯誠唯質

禮終肆類樂闋九成仰惟明德敢薦非馨顧慙菲奠久駐雲軿瞻荷靈澤悚戀兼盈

式乾路闢天扉迴日馭動雲衣登金闕入紫微望仙駕仰恩徽

中宗祀昊天樂章 唐書樂志曰景龍三年親祀昊天上帝降神用豫和皇帝行用太和登歌用肅和迎俎用雍和酌獻用福和送文舞出迎武舞入用舒和武舞作用凱安

豫和

天之曆數歸睿唐顧惟菲德欽昊蒼撰吉日兮表殷薦冀神鑒兮降闓陽

太和

恭臨寶位肅奉瑤圖恒思解網每軫泣辜德慚巢燧化劣唐虞期我良弼式贊嘉謨

告謝

得一流玄澤通三御紫宸遠叶千齡運遐銷九域塵絕瑞駢闐集殊祥絡繹臻登年慶棲畝稔歲賀盈囷

肅和

悠哉廣覆大矣曲成九玄著象七曜貞一作甄明珪璧是奠醞酎斯盈作樂崇德爰暢咸英

雍和

郊壇展敬嚴配因心孤竹簫管空桑瑟琴肅穆大禮鏗鏘八音恭惟上帝希降靈歆

福和

九成爰奏三獻式陳欽承景福恭託明禋

中宮助祭升壇

坤元光至德柔訓闡皇風芣苡芳聲遠螽斯美化隆睿範超千載嘉猷備六宮肅恭陪盛典欽若薦禋宗

亞獻

三靈降饗三后配神虔敷藻奠敬展郊禋

舒和

已陳粢盛敷嚴祀更奏笙鏞協雅聲璇圖寶曆欣寧謐晏俗淳風樂太平

凱安

堂堂聖祖興赫赫昌基泰戎車盟津偃玉帛塗山會舜日啟祥暉堯雲卷征旆風猷被有截聲教覃無外

明皇祀圜丘樂章 唐書樂志曰開元十一年祀昊天於圜丘降神用豫和六變辭同皇帝行用太和登歌奠玉帛用肅和迎俎用雍和皇帝酌獻天神酌獻配座飲福酒並用壽和送文舞出迎武舞入用舒和武舞用凱安禮畢送神用豫和皇帝還大次用太和

豫和

至矣丕構烝哉太平授犧膺籙復禹繼明草木仁化鳧鷖頌聲祀宗陳德無媿斯誠

太和

郊壇齋帝禮樂祀天丹青寰宇宮徵山川神祇畢降行止重旋融融穆穆納祉洪延

肅和

止奏潛聆登儀宿囀太玉躬奉參鍾首奠簠簋聿昇犧牲遄薦昭事顒若存存以俔

雍和

爛雲普洽律風無外千品其凝九賓斯會禋尊晉燭純犧滌汰玄覆攸廣鴻休汪濊

壽和

六變爰闋八階載虔祐我皇祚於萬斯年

壽和

於赫聖祖龍飛晉陽底定萬國奄有四方功格上下道冠農黃郊天配享德合無疆

壽和

崇崇泰畤肅肅嚴禋粢盛既潔金石畢陳上帝來享介福爰臻受釐合祉寶祚維新

舒和

祝史正辭人神叶慶福以德招享以誠應六變云備百禮斯洽祀事孔明祚流萬葉

凱安

馨香惟后德明命光天保肅和崇聖靈陳信表皇道玉鏚初蹈厲金匏既靜好（一本此下有介福何穰穰精誠格穹昊二句）

豫和

大號成命思文配天神光肸蠁龍駕言旋眇眇闔闔昭昭上玄俾昌而大於斯萬年

太和

六成既闋三薦云終神心具醉聖敬愈崇受釐皇邸回蹕帷宮穰穰之福永永無窮

封泰山樂章（唐書樂志曰開元十三年明皇封泰山祀天樂降神用豫和六變迎送皇帝用太和登歌奠玉帛用肅和迎俎用雍和酌獻飲福並用壽和送文舞出迎武舞入用舒和終獻亞獻用凱安送神用豫和中書令張說製辭）

豫和

款泰壇柴泰清受天命報天成竦皇心薦樂聲志上達歌下迎億上帝臨下庭騎日月陪列星嘉祝信大糦馨澹神心醉皇靈相百辟貢八荒九歌敍萬舞翔肅振振鏗皇皇帝欣欣福穰穰高在上道光明物資始德難名承眷命牧蒼生寰宇謐太階平

天道無親至誠與鄰山川遍禮宮徵維新玉帛非盛聰明會眞正斯一德通乎百神饗帝饗親維孝維聖緝熙懿德敷揚成命華夷志同笙鏞禮盛明靈降止感此誠敬

太和

孝敬中發和容外彰騰華照寓如昇太陽貞璧就奠玄靈垂光禮樂具擧濟濟洋洋

肅和

奠祖配天承天享帝百靈咸秩四海來祭植我蒼璧布我玄製華日裒回神煙容裔

雍和

俎豆有馥粢盛潔豐亦有和羹既戒既平鐘鼓管磬肅唱和鳴皇皇后祖來（一作賚）我思成

壽和

烝烝我后享獻惟寅躬酌鬱鬯跪奠明神孝莫孝乎配上帝親敬莫敬乎敎天下臣

壽和

皇祖嚴配配享皇天皇皇降嘏天子萬年

舒和

六鐘翕協六變成八佾倘佯八風生樂九歆兮人神感美七德兮天地淸

凱安

烈祖順三靈文宗威四海黃鉞誅羣盜朱旗掃多罪戢兵天下安約法人心改大哉干羽意長見風雲在

豫和

樂已終禋燎上懷靈惠結皇想歸風疾迴風爽百神來衆神往

祈穀樂章（唐書樂志曰貞觀中正月上辛祈穀於南郊降神用豫和皇帝行用太和登歌奠玉帛用肅和迎俎用雍和送文舞出迎武舞入用舒和武舞用凱安送神用豫和褚亮作其豫和太和壽和凱安五章詞同冬至圜丘按貞觀禮祀感生帝同用此詞顯慶以後同用冬至圜丘詞）

肅和

履艮斯繩居中體正龍運垂祉昭符啓聖式事嚴禋聿懷嘉慶惟帝永錫時皇休命

雍和

殷薦乘春太壇臨曙八簋盈和六瑚登御嘉稷匪歆德馨斯飫祝嘏無易靈心有豫

舒和

玉帛犧牲申敬享金絲鏚羽盛音容庶俾億齡禔景福長欣萬宇洽時邕

明堂樂章（唐書樂志曰季秋享上帝於明堂降神用豫和皇帝行用太和登歌奠玉帛用肅和迎俎用雍和酌獻飲福用壽和送文舞出迎武舞入用舒和武舞用凱安送神用豫和其豫和太和壽和凱安五章詞同冬至圜丘貞觀中褚亮等作）

肅和

象天御宇乘時布政嚴配申虔宗禋展敬罇罍盈列樹羽交映玉幣通誠祚隆皇聖

雍和

八牖晨披五精朝奠霧凝璇篚風淸金縣神滌備全明粢豐衍載絜彝俎陳誠以薦

舒和

御扆合宮承寶曆席圖重館奉明靈偃武修文九圍泰沈烽靜柝八荒寧

武后明堂樂章（並載本集）

外辦將出

總章陳昔典衢室禮惟神宏規則天地神用叶陶鈞負扆三春旦充庭萬宇賓顧己誠虛薄空慙億兆人

皇帝行

仰膺曆數俯順謳歌遠安邇肅俗阜時和化光玉鏡訟息金科方興典禮永戢干戈

皇嗣出入升降

至人光俗大孝通神謙以表性恭惟立身洪規載啓茂典方陳譽隆三善祥開萬春

迎送王公

千官肅事萬國朝宗載延百辟爰集三宮君臣德合魚水斯同睿圖方永周曆長隆

登歌

禮崇宗祀志表嚴禋笙鏞合奏文物維新敬遵茂典敢擇良辰絜誠斯著奠謁方申

配饗

笙鏞間玉宇（一作鳴玉）文物昭淸暉晬影臨芳奠休光下太微孝思期有感明絜庶無違

宮音

履艮包羣望居中冠百靈萬方資廣運庶品荷財成神功諒匪測盛德實難名藻奠申誠敬恭祀表惟馨

角音

出震位開平秩扇條風乘甲乙龍德盛鳥星出薦珪篚陳誠實

徵音

赫赫離精御炎陸滔滔熾景開隆暑冀延神鑒俯蘭罇式表虔襟陳桂俎

商音

律中夷則序應收成功宣建武義表惟明爰申禮奠庶

展翅誠九秋是式百穀斯盈

羽音

葭律肇啟隆冬蘋(一作蘊)藻攸陳饗祭黃鍾既陳玉燭紅粒
方殷稔歲

雩祀樂章 唐書樂志曰孟夏雩祀上帝於南郊降神用豫和皇帝行用太和登歌奠玉帛用肅和迎俎用雍和酌獻飲福用壽和送文舞出迎武舞入用舒和武舞用凱安送神用豫和其豫和太和壽和凱安五章詞同冬至圜丘貞觀中褚亮等作

肅和

朱鳥開辰蒼龍啟暎大帝昭饗羣生展敬禮備懷柔功
宣舞詠洽應序年祥協慶

雍和

紺筵分彩瑤圖吐絢風(一作鳳)管晨凝雲歌曉囀肅事蘭羞
虔申桂奠百穀斯登萬箱攸薦

舒和

鳳曲登歌調令序龍雩集舞汎祥風綵旞雲迴昭睿德
朱干電發表神功

雩祀樂章 唐書樂志曰大樂舊有雩祀降送神辭二章不詳所起或云開元中造

豫和

鳥緯遷序龍星見辰純陽在律明德崇禋五方降帝萬
宇安人恭以致享肅以迎神

豫和

祀遵經設享緣誠舉獻畢于樽徹臨于俎舞止干戚樂
停柷敔歌以送神神還其所

全唐詩

郊廟歌辭

五郊樂章 唐書樂志曰祀五方上帝五郊樂祀黃帝降神奏宮音皇帝行用太和登歌奠玉帛用肅和迎俎用雍和酌獻飲福用壽和送文舞出迎武舞入用舒和武舞用凱安送神用豫和其太和壽和凱安豫和四章辭同圜丘祀青帝降神奏角音祀赤帝降神奏徵音祀白帝降神奏商音祀黑帝降神奏羽音餘同黃帝並貞觀中魏徵等作

黃帝宮音

黃中正位含章居貞既長六律兼和五聲畢陳萬舞乃
薦斯牲神其下降永祚休平

肅和

眇眇方輿蒼蒼圜蓋至哉樞紐宅中圖大氣調四序風
和萬籟祚我明德時雍道泰

雍和

金縣夕肆玉俎朝陳饗薦黃道芬流紫宸迺誠迺敬載
享載禋崇薦斯在惟皇是賓

舒和

御徵乘宮出郊甸安歌率舞遞將迎自有雲門符帝賞
猶持雷鼓答天成

青帝角音

鶴雲旦起鳥星昏集律候新風陽開初蟄至德可饗行
潦斯挹錫以無疆蒸人乃粒

肅和

玄鳥司春蒼龍登歲節物變柳光風轉蕙瑤席降神朱
弦饗帝誠備祝嘏禮殫珪幣

雍和

大樂稀音至誠簡禮文物棣棣聲明濟濟六變有成三
登無體乃眷豐潔思覃愷悌

舒和

笙歌籥舞屬年韶鷺鼓鳧鐘展時豫調露初迎綺春節
承雲遽踐蒼霄馭

赤帝徵音

青陽告謝朱明戒序延長是祈敬陳椒醑博碩斯薦笙
鏞備舉庶羞肅恭非馨稷黍

肅和

離位克明火中宵見峰雲暮起景風晨扇木槿初榮含
桃可薦芬馥百品鏗鏘三變

雍和

昭昭丹陸奕奕炎方禮陳牲幣樂備篪簧瓊羞溢俎玉
醑浮觴恭惟正直歆此馨香

舒和

千里溫風飄絳羽十枝炎景騰朱干陳觴薦俎歌三獻
拊石摐金會七盤

白帝商音

肅和

白藏應節天高氣清歲功既阜庶類收成萬方靜謐九
土和平馨香是薦受祚聰明

肅和

金行在節素靈居正氣肅霜嚴林彫草勁豺祭隼擊潦
收川鏡九穀已登萬箱流詠

雍和

律應西成氣躔南呂珪幣咸列笙竽備舉苾苾蘭羞芬
芬桂醑式資宴貺用調霜序

舒和

璿儀氣爽驚緹籥玉呂灰飛含素商鳴鞞奏管芳羞薦
會舞安歌葆眊揚

黑帝羽音

嚴冬季月星迴風厲享祀報功方祚來歲

肅和

律回(一作周)玉琯星周(一作回)金度次極陽烏紀窮陰兎火林霰
雪陽泉凝沍八蜡已登三農息務

雍和

陽月斯紀應鐘在候載潔牲牷爰登俎豆既高既遠無
聲無臭靜言格思惟神保祐

舒和

執籥持羽初終曲朱干玉鏚始分行七德九功咸已暢
明靈降福具穰穰

五郊樂章 唐書樂志曰大樂舊有五郊迎送神辭十章不詳所起

黃郊迎神

朱明季序黃郊王辰厚以載物甘以養人毓金為體稟
火成身宮音式奏奏以迎神

送神

春末冬暮徂夏杪秋土王四月(一作季)時季一周黍稷已享
籩豆宜收送神有樂神其賜休

青郊迎神

緹幕移候青郊啟蟄淑景遲遲和風習習璧玉宵備旌
旄曙立張樂以迎帝神其入

送神

文物流彩聲明動色人竭其恭靈昭其飭歆薦不已垂
禎無極送禮有章惟神還軾

赤郊迎神

青陽節謝朱明候改靡草彫華（一作花）含桃流彩虡列鐘磬筵陳脯醢樂以迎神神其如在

送神

炎精式降蒼生攸仰羞列豆籩酒陳犧象昭祀有應冥期（一作令儀）不爽送樂張音惟靈之往

白郊迎神

序移玉律節應金商天嚴殺氣吹警秋方槱燎既積稷奠並芳樂以迎奏庶降神光

送神

祀遵五禮時屬三秋人懷肅敬靈降禎休奠歆旨酒薦享珍羞載張送樂神其上遊

黑郊迎神

玄英戒序黑郊臨候掌禮陳彝司筵執豆寒氛斂色沍泉凝漏樂以迎神八音斯奏

送神

北郊時冽南陸輝處奠本虔誠獻彌恭慮上延祉福下承歡豫廣樂送神神其整馭

朝日樂章（唐書樂志曰貞觀中朝日樂降神用豫和皇帝行用太和登歌奠玉帛用肅和迎俎用雍和酌獻飲福奏壽和送文舞出迎武舞入用舒和武舞用凱安送神用豫和其豫和太和壽和凱安五章辭同冬至圜丘）

肅和

惟聖格天惟明饗日帝郊肆類王宮戒吉珪奠春舒鐘歌曉溢禮云克備斯文有秩

雍和

晨儀式薦明祀惟光神物爰止靈暉載揚玄端肅事紫幄興祥福履攸假於昭允王

舒和

崇牙樹羽延調露旋宮扣律掩承雲誕敷懿德昭神武載集豐功表睿文

朝日樂章（唐書樂志曰太樂舊有朝日迎送神辭二章不詳所起）

迎神

太陽朝序王宮有儀蟠桃彩駕細柳光馳軒祥表合漢曆彰奇禮和樂備神其降斯

送神

五齊兼酌百羞具陳樂終廣奏禮畢崇禋明鑑萬寓照臨兆人永流洪慶式動曦輪

夕月樂章（唐書樂志曰貞觀中夕月樂降神用豫和皇帝行用太和登歌奠玉帛用肅和迎俎用雍和酌獻飲福用壽和送文舞出迎武舞入用舒和武舞用凱安送神用豫和其豫和太和壽和凱安五章辭同冬至圜丘）

肅和

測妙爲神通微曰聖坎祀貽則郊禋展敬璧薦登光金歌動映以載嘉德以流曾慶

雍和

朏晨爭舉天宗禮闢夜典涼秋陰明湛夕有醑斯旨有牲斯碩穆穆其暉穰穰是積

舒和

合吹八風金奏動分容萬舞玉鞘驚詞昭茂典光前列夕曜乘功表盛明

祀九宮貴神樂章（唐天寶中祀九宮貴神樂降神用豫和六變皇帝行用太和登歌奠玉帛用肅和迎俎用雍和酌獻用壽和飲福酒用福和退文舞迎武舞用舒和亞獻終獻用凱安登歌撤豆用肅和送神用豫和）

豫和

於昭上穹臨下有光羽翼五佐周流八荒誰其饗之時文對敭虔經夏典茲禮未遑

黑帝旋馭青蹕導日金籙上玄玉堂初吉鉤陳夕次鑾和先蹕藹藹羣靈昭昭咸秩

帝臨中壇受釐元神皇靈萃止羽旄肅陳攝提運衡招搖移輪光光宇宙電耀雷震

夜如何其明星煌煌天清容衞露結壇場樹羽幢幢佩玉鏘鏘凝精駐目瞻望神光

九位既肅萬靈畢會天門啟扃日馭飛蓋煥兮苓離儐兮暗靄如山之福惟聖時對

崇崇泰壇靈具臨兮鏗鍠大樂振動心兮神之降矣卿雲郁兮神之至止清風肅兮

太和

帝在靈壇大明登光天回雲粹穆穆皇皇金奏九夏圭陳八薌曠哉動植如熙春陽

肅和

歌工既奏神位既秩天符衆星運行太一聲和十管氣應中律肅肅明廷介茲元吉

雍和

俎豆有踐黃流在尊九宮之祀三代莫存樂變六宮壇開八門聖皇昭對祐我黎元

壽和

時文哲后肅事嚴禋馨我明德享於（一作我）貴神大庖載盈旨酒斯醇精意所屬期於利人

福和

祀既云畢明靈告旋禮洽和應神歆福延（一作福至神虔）動植咸若陰陽不愆錫茲純嘏天子萬年

舒和

羽籥既闋干戚陳八音克諧六變新愉貴神兮般以樂保皇祚兮萬斯春

凱安

盛德陳萬舞威稜暢九垓風雲交律候日月麗昭回行慶休祥發乘和春氣來百神肅臨享蕩蕩天門開

肅和

精意嚴恭明祠（一作祀）豐潔獻酬既備俎豆斯撤日麗天儀風和樂節事光祀典福覃有截

豫和

享中百禮慶洽百靈上排閶闔洞入杳冥奠玉高壇燔柴廣庭神之降福萬國咸寧

祀風師樂章（包佶撰辭）

迎神

太皞御氣句芒肇功蒼龍青旗爰候祥風律以和應神以感通鼎俎修蠁時惟禮崇

奠幣登歌

旨酒告絜青蘋應候禮陳瑤幣樂獻金奏彈弦自昔解凍惟舊仰瞻肸蠁羣祥來湊

迎俎酌獻

德盛昭臨迎拜巽方爰候發生式薦馨香酌醴具舉工歌載揚神歆六律恩降百祥

亞獻終獻

肸蠁備玉帛陳風動物樂感神三獻終百神臻草木榮天下春

送神

微穆敷華能應節飄揚發彩宜行慶送迎靈駕神心享跪拜靈壇禮容盛氣和草木發萌芽德暢禽魚遂翔泳永望翠蓋逐流雲自茲率土調春令

祀雨師樂章（包佶撰辭）

迎神

陟降左右誠達幽圓（一作玄）作解之功樂惟有年雲軿庋止灑霧飄煙惟馨展禮爰列豆籩

奠幣登歌

歲正朱明禮布元（一作玄）制惟樂能感與神合契陰霧離披靈馭搖裔膏澤之慶期於稔歲

迎俎酌獻

陽開幽蟄躬奉鬱鬯禮備節應震來靈降動植求聲飛沈允望時康氣茂惟神之貺

亞獻終獻

奠既備獻將終神行令瑞飛空迎乾德祈歲功乘煙燎儼從風

送神

整駕昇車望寥廓垂陰薦祉蕩昏氛饗時靈貺僾如在樂罷餘聲遙可聞飲福陳誠禮容備撤俎終獻曙光分跪拜臨壇結空想年年應節候油雲

全唐詩

郊廟歌辭

祭方丘樂章

（唐書樂志曰貞觀中夏至祭皇地祇於方丘迎神用順和皇帝行用太和登歌奠玉帛用肅和迎俎用雍和酌獻飲福用壽和送文舞出迎武舞入用舒和武舞用凱安其太和壽和凱安三章詞同冬至圜丘並褚亮等作）

順和

萬方資以化交泰屬昇平易從業惟簡得一道斯寧具儀光玉帛送舞變咸英黍稷良非貴明德信惟馨

肅和

至矣坤德皇哉地祇開元統紐合大承規九宮肅列六典相儀永言配命長保無虧

雍和

柔而能方直而能敬厚載以德大亨以正有滌斯牲（一作牷）有馨斯盛介茲景福祚我休慶

舒和

玉幣牲牷分薦享羽旄干鏚遞成容一德惟寧兩儀泰三才保合四時邕

順和

陰祇協贊厚載方貞牲幣具舉簫管備成其禮惟肅其德惟明神之聽矣式鑒虔誠

武后大享拜洛樂章

（唐書樂志曰則天皇后永昌元年大享拜洛樂禮設用昭和次致和次咸和乘輿初行用九和次拜洛受圖用顯和登歌用昭和迎俎用敬和酌獻用欽和送文舞出迎武舞入用齊和武舞用德和撤俎用禋和辭神用通和送神用歸和按樂志又有歸和一章亦送神詞也並載本集逸酌獻二章）

昭和

九玄眷命三聖基隆奉承先旨明臺畢功宗祀展敬冀表深衷永昌帝業式播淳風

致和

神功不測兮運陰陽包藏萬宇兮孕八荒天符既出兮帝業昌願臨明祀兮降禎祥

咸和

坎澤祠容備舉坤壇祭典爰申靈眷遙行秘躅嘉貺薦委殊珍肅禮恭禋載展翹襟邀志逾殷方期交際懸應（下一句逸）

九和

祇荷坤德欽若乾靈慙惕罔寘興居匪寧恭崇禮則肅奉儀形惟憑展敬敢薦非馨

顯和（拜洛）

菲躬承睿顧薄德忝坤儀乾道遵後命翼翼奉先規撫俗勤雖切還淳化尚虧未能弘至道何以契明祇

顯和（受圖）

顧德有慙虛菲明祇屢降禎符汜水初呈秘象溫洛薦表昌圖玄澤流恩載洽丹襟荷渥增愉

昭和

舒陰致養合大資生德以恒固功由永貞升歌薦序垂幣翹誠虹開玉照鳳引金聲

敬和

蘭俎既昇蘋蓋可薦金石載設咸英已變林澤斯總山川是遍敢用敷誠實惟忘倦

齊和

沈潛演貺分三極廣大凝禎總萬方既薦羽旌文化啟還呈干鏚武威揚

德和

夕惕司龍昇晨兢當鳳扆崇儒習舊規偃伯循先旨絕壤飛冠蓋遐區麗山水幸承三聖餘忻屬千年始

禋和

百禮崇容千官肅事靈降無兆神凝有粹奠享咸周威

儀畢備奏夏登列歌雍徹肆

通和

皇皇靈睠穆穆神心暫動凝質還歸積陰功玄樞紐理寂高深銜恩佩德聳志翹襟

歸和

言旋雲洞兮躡煙途永寧中宇兮安下都包涵動植兮順榮枯長貽一作徽寶貺兮贊璇圖

又歸和

調雲闋兮神座興驂雲駕兮儼將昇騰絳霄兮垂景祐翹丹懇兮荷休徵

祭方丘樂章唐書樂志曰睿宗太極元年祭皇地祇於方丘迎神用順和八變加金奏皇帝行用太和登歌奠玉帛用肅和迎俎及酌獻用雍和送文舞出迎武舞入用舒和武舞用凱安送神用順和太和凱安詞同貞觀冬至圜丘肅和雍和辭同貞觀太廟舒和詞同皇帝朝羣臣

順和

坤厚載物德柔垂祉九域咸雍四溟爲紀敬因良節虔修陰祀廣樂式張靈其降止

金奏

坤元至德品物資生神凝博厚道協高明列鎮五嶽環流四瀛于何不載萬寶斯成

順和

樂備金石禮光尊祖大享爰終洪休是舉雨零感節雲飛應序纓紱載辭皇靈具舉

祭汾陰樂章唐書樂志曰明皇開元十一年祭皇地祇於汾陰迎神用順和八變皇帝行用太和登歌奠玉用肅和迎俎用雍和酌獻飲福用壽和送文舞出迎武舞入用舒和武舞用凱安送神用順和

順和林鍾宮　黃門侍郎韓思復作

大樂和暢殷薦明神一降通感八變必臻有求斯應無德不親降靈酢止休徵萬人

太簇角中書侍郎盧從愿作

坤元載物陽樂發生播殖資始品彙咸亨列俎棋布方壇砥平神歆禋祀后德惟明

姑洗徵司勳郎中劉晃作

大君出震有事郊禋齋戒既肅馨香畢陳樂和禮備候暖風春恭惟降福實賴明神

南呂羽禮部侍郎韓休作

於穆濬哲維清緝熙肅事昭配永言孝思滌濯靜嘉馨香在茲神之聽之用受福釐

太和吏部尚書王晙作

於穆聖皇六葉重光太原刻頌后土疏場寶鼎呈符歆雲孕祥禮樂備矣降福穰穰

肅和刑部侍郎崔玄童作

聿修嚴配展事禋宗祥符寶鼎禮備黃琮祀詞以信明德惟聰介茲景福永永無窮

雍和徐州刺史賈曾作

鐲我鉹饎絜我膋薌有豆孔碩爲羞既臧至誠無昧精意惟芳神其醉止欣欣樂康

壽和禮部尚書蘇頲作

禮物斯具一作備樂章乃陳誰其作主皇考聖眞對越在天聖明佐神宵然汾上厚澤如春

舒和太常少卿何鸞作

樂奏云闋禮章載虔禋宗於地昭假於天惟馨薦矣既醉歆焉神之降福永永萬年

凱安主爵郎中蔣挺作

維歲之吉維辰之良聖君紱冕肅事壇場大禮已備大樂斯章神其醉止降福無疆

順和尚書右丞源光裕作

方丘既膳嘉饗載謐齊敬畢誠陶匏貴質秀畢一作簋豐薦芳一作芬俎盈實永永福流其昇如日

禪社首樂章唐書樂志曰明皇開元十三年禪社首山祭地祇樂迎神用順和皇帝行用太和登歌奠玉帛用肅和迎俎入用雍和初獻用壽和飲福用福和還宮用太和送神用靈具醉以代順和前七章太常少卿賀知章撰後送神一章侍中源乾曜撰

順和

至哉含柔德萬物資以生常順稱厚載流謙通變盈聖心事能察增廣陳厥誠黃祇僾如在泰折俟咸亨

太和

肅我成命於昭黃祇裘冕而祀陟降在斯五音克備八音聿施緝熙肆靖厥心匪離

肅和

黃祇是祇我其夙夜寅畏誠絜匪遑寧舍禮以琮玉薦厥茅藉念茲降康胡寧克暇

雍和

夙夜宥密不敢寧宴五齊既陳八音在縣粢盛以潔房俎斯薦惟德惟馨尚茲克徧

壽和

惟以明發有懷載殷樂盈而反禮順其禋立清以獻薦欲是親於穆不已裒對斯臻

福和

穆穆天子告成岱宗大裘如濡執珽有顒樂以平志禮以和容上帝臨我云胡肅邕

太和

昭昭有唐天俾萬國列祖應命四宗順則申錫無疆宗我同德曾孫繼序享神配極

靈具醉

靈具醉杳熙熙靈將往眇禗禗顧明德吐正辭爛遺光流禎祺

祭神州樂章唐書樂志曰貞觀中祭神州於北郊迎神用順和皇帝行用太和登歌奠玉帛用肅和迎俎用雍和酌獻飲福用壽和送文舞出迎武舞入用舒和武舞用凱安送神用順和和順和詞同夏至方丘太和壽和凱安詞用冬至圜丘並褚亮等作

肅和

大矣坤儀至哉神縣包含日域牢籠月窟露絜三清風調六變皇祇介祉式歆恭薦

雍和

泰折嚴享陰郊展敬禮以導神樂以和性黝牲在列黃琮俯暎九土既平萬邦貽一作遺慶

舒和

坤道降祥和庶品靈心載德厚羣生水土既調三極泰文武畢備九區平

祭神州樂章唐書樂章曰太樂舊有祭神州迎送神詞二章不詳所起

迎神

黃輿厚載赤寰歸德含育九區保安萬國誠敬無怠禋祀有則樂以迎神其儀不忒

送神

神州陰祀洪恩廣濟草樹霑和飛沈沐惠禮修鼎俎奠
歆瑤幣送樂有章靈軒其逝
祭大社樂章 唐書樂志曰貞觀中祭太社樂迎神用順和皇帝行用太和登歌奠玉帛用肅和迎俎用雍和酌獻飲福用壽和送文舞出迎武舞入用舒和武舞用凱安送神用順和順和詞同夏至方丘太和壽和凱安詞同冬至圜丘並褚亮等作
肅和
后土凝德神功協契九域底平兩儀交際戊期應序陰
墉展幣靈車少留俯歆樽桂
雍和
美報崇木履恭展事受露疎壇承風啟地絜粢登俎醇
犧入饋介福遠流羣生畢遂
舒和
神道發生敷九稼陰極秉仁暢八埏緯武經文隆景化
登祥薦祉啟豐年
祭大社樂章 唐書樂志曰太樂舊有太社迎送神詞二章不詳所起
迎神
烈山有子后土有臣播種百穀濟育兆人春官緝禮宗
伯司禋戊爲吉日迎享茲辰
送神
吉祥式就酬功載畢親地尊天禮文經術貺徵令序福
流初日神馭爰歸祠官其出
蜡百神樂章 唐書樂志曰貞觀中蜡百神樂迎神用豫和皇帝行用太和登歌奠玉帛用肅和迎俎用雍和酌獻飲福用壽和送文舞出迎武舞入用舒和武舞用凱安送神用豫和其豫和太和壽和凱安五章詞同冬至圜丘
肅和
序迫歲陰日躔星紀爰稽茂典聿崇清祀綺幣霞舒瑞
珪虹起百禩一作禮垂裕萬靈薦一作爰祉
雍和
緹籥勁序玄英晚候姬蜡開儀豳歌入奏蕙馥雕俎蘭
芬玉酎大享明祇永綏多祐
舒和
經緯兩儀文化洽削平方域武功成瑤弦自樂乾坤泰
玉鏚長歡一作歌區宇寧
蜡百神樂章 唐書樂志曰太樂舊有蜡百神迎送神詞二章不詳所起
迎神 此詞廢不行用

八蜡開祭萬物合祀上極天維下窮坤紀鼎俎流芬一作馥
罇彝薦美有靈有祇咸希來止
送神 此詞亦不行用
十旬歡洽一日祠一作祀終澄彝拂俎報德酬功慮虔容肅
禮縟儀豐神其降祉整馭隨風
享先農樂章 唐書樂志曰貞觀中享先農樂迎神用咸和皇帝行用太和登歌奠玉帛用肅和迎俎用雍和酌獻飲福用壽和送文舞出迎武舞入用舒和武舞用凱安送神用咸和其太和壽和凱安詞同冬至圜丘並褚亮等作
咸和
粒食伊始農之所先古今攸賴是曰人天耕斯帝籍播
厥公田式崇明祀神其福焉
肅和
樽彝既列瑚簋方薦歌工載登幣禮斯奠肅肅享祀顒
顒纓弁神之聽之福流寰縣
雍和
前夕視牲質明奉俎沐芳整弁其儀式序盛禮畢陳嘉
樂備舉歆我懿德非馨稷黍
舒和
羽籥低昂文綴已干戚蹈厲武行初望歲祈農神所聽
延祥介福豈云虛
享先農樂章 唐書樂志曰太樂舊有享先農送神樂章不詳所起
咸和
三推禮就萬庾祈凝奠賓志遠薦饗惟興降歆肅薦垂
祐祇膺送神有樂神其上昇
享先蠶樂章 唐書樂志曰顯慶中皇后親蠶內出享先蠶樂章迎神用永和亦曰頌德皇后升壇用肅和登歌奠幣用展敬迎俎用絜誠飲福送神用昭慶
永和
芳春開令序韶苑暢和風惟靈申廣祐利物表神功綺
會周天宇黼黻藻寰中庶幾承慶節歆奠下帷宮
肅和
明靈光至德深功掩百神祥源應節啟福緒逐年新萬
宇承恩覆七廟佇恭禋于一作玆申至懇方期遠慶臻
展敬
霞莊列寶衛雲集動和聲金卮薦綺席玉幣委芳庭因

心罄丹欵先已勵著生所冀延明福於茲享至誠
絜誠
桂筵開玉俎蘭圃薦瓊芳八音調鳳曆三獻奉鸞觴絜
粢申大享庭寓冀降祥神其覃有慶契福永無疆
昭慶
仙壇禮既畢神駕儼將昇佇屬深祥起方期庶績凝虔
誠資宇內務本勗黎蒸靈心昭備享率土洽休徵
釋奠文宣王樂章 唐書樂志曰皇太子親釋奠迎神用誠和亦曰宣和皇太子行用承和登歌奠幣用肅和迎俎用雍和送文舞出迎武舞入用舒和武舞用凱安詞同冬至圜丘送神用誠和詞同迎神通典曰開元中又造三和樂一曰誠和三公升降及行則奏之二曰豐和享先農則奏之三曰宣和祭孔宣父齊太公則奏之
誠和
聖道日用神幾一作機不測金石以陳弦歌載陟爰釋其菜
匪馨于稷來顧來享是宗是極
承和
萬國以貞光上嗣三善茂德表重輪視膳寢門尊要道
高闢崇賢引正人
肅和
粵惟上聖有縱自天傍周萬物俯應千年舊章允著嘉
贄孔虔王化茲首儒風是宣
雍和
堂獻瑤篚庭敷璆縣禮備其容樂和其變肅肅親享雍
雍執奠明德惟馨蘋蘩可薦
舒和
隼集龜開昭聖烈龍蹲鳳跱肅神儀尊儒敬業宏圖闡
緯武經文盛德施
享孔子廟樂章 唐書樂志曰太樂舊有孔子廟迎送神詞二章不詳所起
迎神
通吳表聖問老探真三千弟子五百賢人億齡規法萬
載嗣禋潔誠以祭奏樂迎神
送神
醴溢犧象羞陳俎豆魯壁類聞泗川如覲里校覃福胄
筵承祐雅樂清音送神具奏
釋奠武成王樂章 郭茂倩樂府云唐釋奠武成王舊以文宣王樂章用之德宗貞元中詔于邵補造

迎神

卜畋不從兆發非熊乃傾荒政爰佐一戎盛烈載垂命
祀惟崇日練上戊宿嚴閟宮迎奏嘉至感而遂通

奠幣登歌

管磬升羶薌集上公進嘉幣執信以通僾如及愾帝功
錫后邑四維張百度立綿億載邈難把

迎俎酌獻

五齊潔九牢碩梡嚌循罍斝滌進具物揚鴻績和奏發
高靈寂虔告終繁祉錫昭秩祀永無易

亞獻終獻

貳觴以獻三變其終顧此非馨尚達斯衷茅縮可致神
歆載融始神翊周拯溺除凶時維降祐永絕興戎

送神

明祀方終備樂斯闋黝纁就瘞豆籩告撤肸蠁尚餘光
景云滅返歸虛極神心則悅

享龍池樂章 唐書樂志曰明皇龍潛時宅隆慶坊宅南坊人所居忽變爲池望氣者異焉故中宗季年泛舟池中明皇正位以坊爲宮池水逾大彌漫數里因爲龍池樂以歌其祥新書禮樂志曰龍池樂舞者十二人冠芙蓉冠躡履備用雅樂唯無鐘磬唐逸史曰明皇在東都晝寢夢一女子容豔異常梳交心髻大袖寬衣帝曰汝何人曰妾凌波池中龍女也衛宮護駕妾實有功今陛下洞曉鈞天之樂願賜一曲以光族類帝於夢中爲鼓胡琴倚歌爲凌波池之曲龍女拜謝而去及寤盡記之命禁樂自御琵琶習而翻之因宴于凌波宮臨池奏新聲忽池波湧起有神女出於波心乃夢中之女也望拜御坐良久乃沒因置祠池上每歲祀之會要曰開元元年內出祭龍池樂章十六年築壇於興慶宮以仲春月祭之

第一章 紫微令姚崇作

恭聞帝里生靈沼應報明君鼎業新既協翠泉光寶命
還符白水出眞人此時舜海潛龍躍此地堯河帶馬巡
獨有前池一小雁叨承舊惠入天津

第二章 左拾遺蔡孚作

帝宅王家大道邊神馬龍龜涌聖泉昔日昔時經此地
看來看去漸成川歌臺舞榭宜正月柳岸梅洲勝往年
莫言波上春雲少祇爲從龍直上天

第三章 太府少卿沈佺期作

龍池躍龍龍已飛龍德先天天不違池開天漢分黃道
龍向天門入紫微邸第樓臺多氣色君王鳧雁有光輝
爲報寰中百川水來朝此地莫東歸

第四章 黃門侍郎盧懷愼作

代邸東南龍躍泉清漪碧浪遠浮天樓臺影就波中出
日月光疑鏡裏懸雁沼回流成舜海龜書薦祉應堯年
大川既濟慙爲楫報德空思奉細涓

第五章 殿中監姜皎作

龍池初出此龍山常經此地謁龍顏日日芙蓉生夏水
年年楊柳變春灣堯壇寶匣餘煙霧舜海漁舟尚往還
願似飄飄五雲影從來從去九天間

第六章 吏部尚書崔日用作

龍興白水漢興符聖主時乘運斗樞岸上丰茸五花樹
波中的皪千金珠操環昔聞迎夏啓發匣先來瑞有虞
風色雲光隨隱見赤雲神化象江湖

第七章 紫微侍郎蘇頲作

西京鳳邸躍龍泉佳氣休光鎭在天軒后霧圖今已得
秦王水劍昔常傳恩魚不似昆明釣瑞鶴長如太液仙
願侍巡遊同舊里更聞簫鼓濟樓船

第八章 黃門侍郎李乂作

星分邑里四人居水洊源流萬頃餘魏國君王稱象處
晉家蕃邸化龍初青蒲暫似遊梁馬綠藻還疑宴鎬魚
自有神靈滋液地年年雲物史官書

第九章 工部侍郎姜晞作

靈沼縈迴邸第前浴日涵天一作春寫曙天始見龍臺昇鳳
闕應如霄漢起神泉石匱渚傍還啓聖桃李初生更有
仙欲化帝圖從此受正同河變一千年

第十章 兵部郎中裴璀作

乾坤啓聖吐龍泉泉水年年勝一年始看魚躍方成海
即覩龍飛利在天洲渚遙將銀漢接樓臺直與紫微連
休氣榮光常不散懸知此地是神仙

全唐詩

郊廟歌辭

享太廟樂章 唐書樂志曰貞觀中享太廟樂迎神用永和九變詞同皇帝行用太和登歌酌鬯用肅和迎俎用雍和獻皇祖宣簡公皇祖懿王同用長發之舞景皇帝用大基之舞元皇帝用大成之舞高祖用大明之舞皇帝飲福用壽和送文舞出迎武舞入用舒和武舞用凱安徹俎用雍和送神用永和其太和凱安詞同冬至圜丘並魏徵褚亮等作

永和

於穆烈祖弘此丕基永言配命子孫保之百神既洽萬
國在茲是用孝享神其格思

肅和

大哉至德允茲明聖格于上下聿遵誠敬嘉樂斯登鳴
球以詠神其降止式隆景命

雍和

崇茲享祀誠敬兼至樂以感靈禮以昭事粢盛咸絜牲
牷孔備永言孝思庶幾不匱

長發舞 唐會要曰貞觀十四年詔用顏師古許敬宗議皇祖宣簡公懿王廟並奏長發之舞取詩云濬哲惟商長發其祥也

睿哲維唐長發其祥帝命斯祐王業克昌配天載德就
日重光本支百代申錫無疆

大基舞

猗與祖業皇矣帝先翦商德厚封唐慶延在姬猶稷方
晉踰宣基我鼎運於萬斯年

大成舞

周稱王季晉美帝文明明盛德穆穆齊芬藏用四履屈

道三分鏗鏘鍾石載紀鴻勳

大明舞（唐會要曰貞觀十四年詔用顏師古等議高祖廟奏大明之舞取易曰大明終始六位時成詩有大明之篇稱文王有明德也）

五紀更運三正遞升勛華既没禹湯勃興神武命代靈
睠是膺望雲彰德察緯告徵上紐天維下安地軸徵師
涿野萬國咸服偃伯靈臺九官允穆殊域委賮懷生介
福大禮既飾大樂已和黑章擾囿赤字浮河功宣載籍
德被詠歌克昌厥後百祿是荷

壽和

八音斯奏三獻畢陳寶祚惟永暉光日新

舒和

聖敬通神光七廟靈心薦祚和萬方嚴禋克配鴻基遠
明德惟馨鳳曆昌

雍和

於穆清廟聿修嚴祀四縣載陳三獻斯止籩豆徹薦人
祇介祉神維格思錫祚不已

永和

肅肅清祀烝烝孝思薦享昭備虔恭在茲雍歌徹俎祝
嘏陳辭用光武志永固鴻基

享太廟樂章（唐書樂志曰高宗永徽已後續造享太廟樂章獻太宗用崇德之舞高宗用鈞天之舞中宗用太和之舞睿宗用景雲之舞皇祖宣皇帝用光大之舞舊樂章宣元二宮同用長發其詞亦同開元十年始別造詞而宣帝更用光大云）

崇德舞

五運改卜千齡啓聖彤雲曉聚黃星夜映葉闡珠囊基
開（後為圖開）玉鏡下臨萬寓上齊七政霧開三象塵清九服海
溓星暉遠安邇肅天地交泰華夷輯睦翔泳歸仁中外
禔福績踰熙夏勳高翦商武陳七德刑設三章祥禽巢
閣仁獸遊梁卜年惟永景福無疆

鈞天樂

承天撫籙纂聖登皇遐清萬寓仰協三光功成日用道
濟時康璇圖載永寶曆斯昌日月揚暉煙雲爛色河嶽
修貢神祇効職舜風攸偃堯曦先就睿感通穹孝思浹
宙奉揚先德虔遵曩狩展義天扃飛英雲岫化逸王表
神凝帝先乘雲厭俗馭日登玄

太和舞

廣樂既備嘉薦既新述先惟德孝饗惟親七獻具舉五
齊畢陳錫茲祚福於萬斯春

景雲舞

惟睿作聖惟聖登皇精感耀魄時膺會昌舜懋大孝堯
推讓王能事斯極振古誰方文明屓運車書同軌巍巍
赫赫盡善盡美衢室凝旒大庭端扆釋負之寄事光復
子脫屣高天登遐上玄龍湖超忽象野芊綿遊衣復道
薦果初年新廟奕奕明德配天

光大舞

大業龍祉徽音駿尊潛居皇德赫嗣天昆展儀宗祖重
誠孝孫春秋無極享奏存存

享太廟樂章（唐書樂志曰太樂舊有享太廟迎神次金奏及送神辭三章不詳所起）

迎神

七廟觀德百靈攸仰俗荷財成物資含養道光執契化
籠提象肅肅雍雍神其來饗

金奏

肅肅清廟巍巍盛唐配天立極累聖重光樂和管磬禮
備烝嘗永惟來格降福無疆

送神

五聲備奏三獻終祠車移鳳輦旆轉虹旗禮周籩豆誠
效虔祇皇靈徙蹕簪紳拜辭

武后享清廟樂章十首

第一

建清廟贊玄功擇吉日展禋宗樂已變禮方崇望神駕
降仙宮

第二

隆周創業寶命惟新敬宗茂典爰表虔禋聲明已備文
物斯陳肅容如在懇志方申

第三登歌

肅斅大禮上謁尊靈敬申筐幣載表丹誠

第四迎神

敬奠蘋藻式罄虔祺潔誠斯展佇降靈歆

第五飲福

爰陳玉醴式奠瓊漿靈心有穆介福無疆

第六送文舞

帝圖草創皇業初開功高佐命業贊雲雷

第七迎武舞

赫赫玄功被穹壤皇皇至德洽生靈開基撥亂妖氛廓
佐命宣威海內清

第八武舞作

荷恩承顧託執契恭臨撫廟略靜邊荒天兵耀神武

第九徹俎

登歌已闋獻禮方周欽承景福肅奉鴻休

第十送神

大禮言畢仙衛將歸莫申丹懇空瞻紫微

享太廟樂章（唐書樂志曰中宗神龍元年享太廟樂迎神用嚴和九變詞同皇帝行用升和登歌祼鬯用虔和迎俎用歆和光皇帝酌獻用長發景皇帝酌獻用大成高祖酌獻用大明太宗酌獻用崇德五室舞詞並同貞觀高宗酌獻用鈞天舞詞同光宅孝敬皇帝酌獻用承光皇帝飲福用延和送文舞出迎武舞入用同和武舞用寧和撤俎用恭和送神用通和皇后助享皇后行用正和詞同貞觀中宮朝會登歌奠幣用昭和皇后酌獻飲福用誠敬撤俎用肅和送神用昭感）

嚴和

肅肅清廟赫赫玄猷功高萬古化奄十洲中興丕業上
荷天休祇奉先構禮備懷柔

昇和

顧惟菲薄纂曆應期中外同軌夷狄來思樂用崇德禮
以陳詞夕惕若厲欽奉弘基

虔和

禮標薦鬯肅事祠庭敬申如在敢託非馨

歆和

崇禋已備粢盛聿修潔誠斯展鍾石方遒

承光舞

金相載穆玉裕重輝養德清禁承光紫微乾宮候色震
象增威監國方永賓天不歸孝友自衷溫文性與龍樓
正啓鶴駕斯舉丹扆流念鴻名式序中興考室永陳彝
俎

延和

巍巍累聖，穆穆重光。奄有區夏，祚啓隆唐。百蠻飲澤，萬國來王。本枝億載，鼎祚逾長。

同和

惟聖配天，敷盛禮。惟天爲大，闡洪名。恭禋展敬，光先德。蘋藻申虔，表志誠。

寧和

炎馭失天（一作王）綱，土德承天命。英猷被寰宇，懿躅隆邦政。

恭和

七德已綏邊，九夷咸底定。景化覃遐邇，深仁洽翔泳。

禮周三獻，樂闋九成。肅承靈福，悚惕兼盈。

通和

祠容既畢，仙座爰興。停停鳳舉，靄靄雲昇。長隆寶運，永錫休徵。福覃貽厥，恩被黎蒸。

昭和

道洽二儀交泰，時休四寓和平。環珮肅於庭實，鍾石揚乎頌聲。

誠敬

顧惟菲質，忝位椒宮。虔奉蘋藻，肅事神宗。敢申誠絜，庶磬深衷。睟容有裕，靈享無窮。

肅和

月禮已周，雲和將變。爰獻其醑，載遷其奠。明德逾隆，非馨是薦。澤霑動植，仁覃寓縣。

昭感

鏗鏘韶頀，肅穆神容。洪規赫赫，祠典雍雍。已周三獻，將乘六龍。虔誠有託，懇志無從。

享太廟樂章（唐書樂志曰：明皇開元七年享太廟樂，迎神用永和，皇帝行用太和，登歌酌鬯用肅和，迎俎用雍和，皇帝酌醴齊用文舞，獻宣皇帝用光大舞，先皇帝用長發舞，景皇帝用大政舞，元皇帝用大成舞，高祖用大明舞，太宗用崇德舞，高宗用鈞天舞，中宗用大和舞，睿宗用景雲舞，皇帝飲福受脤用福和，送文舞出、迎武舞入用舒和，亞獻終獻行事武舞用凱安，撤豆用登歌，送神用永和。按景皇帝舊用大基，至是改用大政云。樂章並特進行尚書左丞相燕國公張說撰）

永和三章

肅九室，諧八音。歌皇慕，動神心。禮宿設，樂妙尋。聲明備，祼奠臨。

律迓氣，音入玄。依玉几，御黼筵。聆忾息，僾周旋。九韶遍，百福傳。

信工祝，永頌聲。來祖考，聽和平。相百辟，貢九瀛。神休委，帝孝成。

太和

時文聖后，清廟肅邕。致誠勤薦，在貌思恭。玉節肆夏，金鏘五鍾。繩繩雲步，穆穆天容。

肅和

天子享孝，工歌溥將。躬祼鬱鬯，乃焚膋薌。臭以達陰，聲以求陽。奉時烝嘗，永代不忘。

雍和二章

在滌嘉豢，麗碑敬牲。角握之牡，色純之騂。火傳陽燧，水溉陰精。太公胖俎，傳說和羹。

俎豆有馥，粢盛絜豐。亦有和羹，既戒既平。鼓鐘管磬，肅唱和鳴。皇皇后祖，來我思成。

文舞

聖謩九德，眞言五千。慶集昌胄，符開帝先。高文杖鉞，克配彼天。三宗握鏡，六合渙然。帝其承祀，率禮罔愆。圖書霧出，日月清懸。舞形德類，詠諡功傳。黃龍蜿蟺，彩雲蹁躚。五行氣順，八佾風宣。介此百祿，於皇萬年。

光大舞

肅肅藝祖，滔滔濬源。有雄玉劍，作鎮金門。玄王貽緒，后稷謀孫。肇禋九廟，四海來尊。

長發舞

具禮崇德，備樂承風。魏推幢主，周贈司空。不行而至，無成有終。神輿王業，天歸帝功。

大政舞

於赫元命，權輿帝文。天齊八柱，地半三分。宗廟觀德，笙鏞樂勳。封唐之兆，成天下君。

大成舞

帝舞（一作符）季歷，龍（一作夔）聖生昌。后歌有蟜，胎炎孕黃。天地合德，日月齊光。肅雝孝享，祚我萬方。

大明舞

赤精亂德，四海困窮。黃旗舉義，三靈會同。旱望春雨，雲披大風。溥天來祭，高祖之功。

崇德舞

皇合一德，朝宗百神。削平天地，大拯生人。上帝配食，單于入臣。戎歌陳舞，曄曄震震。

鈞天舞

高皇邁道，端拱無爲。化懷獯鬻，兵賦（一作戢）句驪。禮尊封禪，樂盛來儀。合位媧后，同稱伏羲。

大和舞

退居江水，鬱起丹陵。禮物還舊，朝章中興。龍圖友及，駿命恭膺。鳴球香瓚，大糦是承。

景雲舞

景雲霏爛，告我帝符。噫帝沖德，與天爲徒。笙鏞遥遠，俎豆虛無。春秋孝獻，迴復此都。

福和

備禮用樂，崇親致尊。誠通慈降，敬徹愛存。獻懷稱壽，啐感承恩。皇帝孝德，子孫千億。大包天域，長亘不極。

舒和

六鍾翕協六變成，八佾徜徉八風生。樂九韶兮人神感，美七德兮天地清。

凱安四章

瑟彼瑤爵，亞惟上公。室如屏氣，門不容躬。禮殷其本，樂執其中。聖皇永慕，天地幽通。

禮匝三獻，樂遍九成。降循軒陛，仰欷皇情。福與仁合，德因孝明。百年福位，四海風行。

總總干戚，填填鼓鐘。奮揚爭氣，坐作爲容。離若鷙鳥，合如戰龍。萬方觀德，肅肅雝雝。

烈祖順三靈，文宗威四海。黃鉞誅羣盜，朱旗掃多罪。戢兵天下安，約法人心改。大哉干羽意，長見風雲在。

登歌

止笙磬，撤豆籩。廓無響，窅入玄。主在室，神在天。情餘慕，禮罔愆。喜黍稷，屢豐年。

永和

眇嘉樂，授靈爽。感若來，思如往。休氣散，迴風上。返寂寞

還惚恍懷靈駕結空想

享太廟樂章 唐書樂志曰代宗寶應已後續造享太廟樂章獻明皇用廣運之舞肅宗用惟新之舞代宗用保大之舞德宗用文明之舞順宗用大順之舞憲宗用象德之舞穆宗用和寧之舞武宗用大定之舞昭宗用咸寧之舞宣宗懿宗有舞詞而名不傳

廣運舞 司徒中書令汾陽王郭子儀撰

於赫皇祖昭明有融惟文之德惟武之功河海靜謐車書混同虔恭孝饗穆穆玄風

惟新舞 吏部尚書平章事彭城郡公劉晏撰

漢祚惟永神功中興風驅氛祲天覆黎蒸三光再朗庶績其凝重熙累洽景命是膺

保大舞 尚父郭子儀撰

於穆文考聖神昭章肅一作簫勺一作清羣慝含光遠方萬物茂遂九夷賓王愔愔雲韶德音不忘

文明舞 尚書左丞平章事鄭餘慶撰

開邸除暴時邁勛尊三元告命四極駿奔金枝翠葉輝燭瑤琨象德億載貽慶湯孫

大順舞 中書侍郎平章事鄭絪撰

於穆時文受天明命允恭玄默化成理定出震嗣德應乾傳聖猗歟緝熙千億流慶

象德舞 中書侍郎平章事段文昌撰

肅肅清廟登顯至德澤周八荒兵定四極生物咸遂羣盜滅息明聖欽承子孫千億

和寧舞 中書侍郎平章事牛僧孺撰

湜湜頎頎融昭德輝不紐不舒貫成九圍武烈文經敷施當宜纂堯付啟億萬熙熙

大定舞 門下侍郎平章事李回撰

受天明命敷佑下土化時以儉衞文以武氛消夷夏俗臻往古億萬斯年形于律呂

宣宗室舞 門下侍郎夏侯孜撰

於鑠令主聖祚重昌興起教義申明典章俗尚素朴人皆樂康積德可報流慶無疆

懿宗室舞 中書侍郎平章事蕭倣撰

聖祚無疆慶傳樂章金枝繁茂玉葉延長海瀆常宴波濤不揚汪汪美化垂範今王

咸寧一作亨舞 作者不詳

於鑠丕嗣惟帝之光羽籥象德金石薦祥聖系無極景命永昌神降上哲維天配長

全唐詩

郊廟歌辭

太清宮樂章 唐書禮儀志曰明皇開元二十年正月詔兩京諸州置玄元廟天寶二年三月以西京玄元廟爲太清宮其樂章降仙聖奏煌煌登歌發爐奏冲和上香畢奏紫極舞撤醮奏登歌送仙聖奏眞和會要曰太清宮薦獻聖祖玄元皇帝奏混成紫極之舞

煌煌

煌煌道宮肅肅太清禮光尊祖樂備充庭罄竭誠至希夷降靈雲凝翠蓋風颭紅旌衆眞以從九奏初迎永惟休祐是錫和平

冲和

虛無結思鐘磬和音歌以頌德香以達心禮殊祼鬯義感昭臨雲車至止慶垂愔愔

香初上

肅肅我祖緜緜道宗至感潛達靈心暗通雲軿御氣芝蓋隨風四時禋祀萬國來同

再上

仙宗績一作續道我李承天慶深虛極符光象先俗登仁壽化闡蟺涓五千貽範億萬斯年

終上

不宰元功無爲上聖洪源長發誕受天命金奏迎眞璇宮展盛備禮周樂垂光儲慶

紫極舞

至道生元氣重圓法混成無爲覲大象冲用體常名仙樂臨丹闕雲車出玉京靈符百代應瑞節九貞迎寶運開皇極天臨映太清長垂一德慶永庇萬方寧

序入破第一奏

眞宗開妙理冲教統清虛化演無爲日言昭有象初瑤臺肅靈瑞金闕映仙居一奏三清樂長回八景輿

第二奏

虛極仙宗本希夷象帝先百靈朝太上萬法祖重圓善貸惟冲德功成謂自然雲門達和氣思用合鈞天

第三奏

元符傳紫極寶祚啟高眞道德先垂裕冲和已化淳人風齊太古天瑞叶惟新仙樂清都上長明交泰辰

登歌

嚴禋展事理潔烝嘗皇矣聖祖德惟馨香盛薦既撤工歌載揚大來之慶降福穰穰

眞和

玉磬含香金爐既馥風馭泠泠雲壇肅肅杳歸大象霈流嘉福俾寧萬邦無思不服

德明興聖廟樂章 唐書禮儀志曰明皇天寶二年三月追尊臯繇爲德明皇帝涼武昭王爲興聖皇帝其廟樂第一迎神第二登歌奠幣第三迎俎第四酌獻第五亞獻終獻第六送神樂章竝吏部侍郎李舒撰

迎神

元尊九德佐堯光宅烈祖太宗方周作伯豐懷霜露樂變金石白雲清風髣髴來格

登歌奠幣

四時有典百事來祭尊祖奉宗嚴禋大帝禮先蒼璧奠幣黝制於斯萬年熙成帝系

迎俎

盛牲實俎涓選休成鼎煁陽燧玉盥陰精有飶嘉豆既和大羹侑以清樂細齊人情

德明酌獻

清廟奕奕和樂雍雍器尊犧象禮屬宗公白水方祼黃流在中謨明之德萬古清風

興聖酌獻

閟宮靜謐合樂周張秦尊始獻百末重觴震澹存誠庶

幾廸嘗遙源之祚天漢靈長

亞獻終獻

惟清惟肅靡聞靡見畢備九成俛終三獻慶彰曼壽胙徹嘉薦瘞玉埋牲禮神斯徧

送神

元精回復靈䝿繁滋風灑蘭路雲搖桂旗高丘緬邈京部逶遲瞻望靡及纏綿永思

儀坤廟樂章 唐書樂志曰儀坤廟樂迎神用永和次金奏皇帝行用太和酌獻登歌用肅和迎俎用雍和肅明皇后室酌獻用昭升昭成皇后室酌獻用坤貞飲福用壽和送文舞出迎武舞入用舒和武舞用安和撤俎用雍和送神用永和

永和 散騎常侍昭文館學士徐彥伯作

猗若清廟肅肅熒熒國薦嚴祀坤輿淑靈有几在室有樂在庭臨茲孝享百祿惟寧

金奏 不詳作者本無此章

陰靈曜祉軒曜降精祥符淑氣慶集柔明瑤俎既列雕桐發聲徽猷永遠比德皇英

太和 左諭德昭文館學士丘說作

孝哉我后冲乎邈聖道映重華德輝文命慕深視箧情殷撫鏡萬國移風兆人承慶

肅和 太子洗馬昭文館學士張齊賢作

祼圭既濯鬱鬯既陳畫幕雲舉黃流玉醇儀充獻酌禮盛衆禋地察惟孝愉焉饗親

雍和 大中大夫昭文館學士鄭善玉作

酌鬱既灌薌蕭方爇籩豆靜器 嘉一作 簠簋分斂魚腊薦美牲牷表潔是戢是將載迎載列

昭升 禮部尚書昭文館學士薛稷作

陽靈配德陰魄昭升堯壇鳳下漢室龍興伣天作對前旒是凝化行南國道盛西陵造舟集灌無德而稱我粢既絜我醴既澄陰靈廟光靈若憑德馨惟享孝思烝烝

坤貞 不詳作者

乾道既亨坤元以貞肅雍攸在輔佐斯成外睦九族內光一庭克生睿哲祚我休明欽若徽範悠哉淑靈建茲清宮于彼上京縮茅以獻絜秬惟馨實受其福期乎 一作斯千

億齡

壽和 太子詹事崇文館學士徐堅作

於穆清廟肅雍嚴祀合福受釐介以繁祉

舒和 銀青光祿大夫崇文館學士胡雄作

送文迎武遞參差一始一終光聖儀四海生人歌有慶千齡孝享肅無虧

安和 祕書少監崇文館學士劉子玄作

妙算申帷幄神謀及廟庭兩階文物備七德武功成校獵長楊苑屯軍細柳營將軍獻凱入歌舞溢重城

雍和 銀青光祿大夫崇文館學士員半千作

孝享云畢惟徹有章雲感玄羽風淒素商瞻望神座祗戀匪遑禮終樂闋肅雍鏘鏘

永和 金紫光祿大夫崇文館學士祝欽明作

閟宮實實清廟徽徽降格無象馨香有依式昭纂慶方融嗣徽明禋是享神保聿歸

儀坤廟樂章 唐書樂志曰太樂又有儀坤廟樂章與前畧同而有迎神送神二章無徐彥伯祝欽明之詞

迎神

月靈降德坤元授光娥英比秀任姒均芳瑤臺薦祉金屋延祥迎神有樂歆此嘉薌

送神

玉帛儀大金絲奏廣靈應有孚冥徵不爽降彼休福歆茲禋享送樂有章神麾其上

昭德皇后廟樂章 唐書樂志曰昭德皇后廟迎神用永和登歌酌鬯用肅和迎俎用雍和酌獻用坤元飲福用壽和送文舞出迎武舞入用舒和武舞用凱安撤俎用雍和送神用永和其詞內出

永和

穆清廟薦嚴禋昭禮備和樂新望靈光集元辰祚無極享萬春

肅和

誠心達娛樂分升蕭膋鬱氛氳茅既縮鬯既薰后來思福如雲

雍和

我將我享盡明而誠載芬黍稷載滌犧牲懿矣元良萬邦以貞心乎愛敬若覩容聲

坤元

於穆先后麗聖稱崇母臨萬宇道備六宮昌時協慶理內成功殷薦明德傳芳國風

壽和

工祝致告徽音不遐酒醴咸旨馨香具嘉受釐獻祉永慶邦家

舒和

金枝羽部徽清歌瑤臺肅穆笙磬羅諧音遍響合明意萬類昭融靈應多

凱安

辰位列四星帝功參十亂進賢勤內輔扈蹕清多難承天厚載均並耀宵光燦留徽藹前躅萬古披圖煥

雍和

公尸既起享禮載終稱歌進徹盡敬繇衷澤流惠下大小咸同

永和

昭事終幽享餘移月御返仙居璇庭寂靈幄虛顧裴回感皇儲

全唐詩

郊廟歌辭

讓皇帝廟樂章 吏部侍郎李舒撰

迎神

皇矣天宗德先王季因心則友克讓以位爰命有司式遵前志神其降靈昭饗祀事

奠幣

惟帝時若去而上仙祀用商舞樂備宮懸白璧加薦玄纁告虔子孫拜後承茲吉蠲

迎俎

祀盛體薦禮協粢盛方周假廟用魯純牲牷徹祇敬擊拊和鳴受釐歸胙既戒而平

酌獻

八音具舉三壽既盥絜茲宗彝瑟彼圭瓚蘭肴重錯椒醑飄散降胙維城永爲藩翰

亞獻終獻

秩禮有序和音既同九儀不忒三揖將終孝感藩后相維辟公四時之典永永無窮

送神

奠獻已事昏昕載分風搖雨散靈衛絪緼龍駕帝服上騰五雲泮宮復閟寂寞無聞

享隱太子廟樂章 唐書樂志曰貞觀中享隱太子廟樂迎神用誠和登歌奠玉帛用肅和迎俎用雍和送文舞出迎武舞入用舒和武舞用凱安送神用誠和詞同迎神

誠和

道閟鶴關運纏鳩里門集大命俾歆嘉祀禮亞六瑚誠殫二簋有誠顒若神斯戾止

肅和

歲肇春宗乾開震長瑤山既寂戾園斯享玉肅其事物昭其象弦誦成風笙歌合響

雍和

明典肅陳神居邃啓春伯聯事秋官相禮有來雍雍登歌濟濟緬維主鬯庶歆芳醴

舒和

三縣已判歌鐘列六佾將開羽鉞分尚想燕飛來蔽日終疑鶴影降凌雲

凱安

天步昔將開商郊初欲踐撫戎金陣廓貳極瑤圖闡雞戟遂崇儀龍樓期好善弄兵隳震業啓聖隆嗣典

隱太子廟樂章 唐書樂志曰太樂舊有隱太子廟迎送神辭二章不詳所起

迎神

蒼震有位黃離蔽明江充禍結戾據災成銜冤昔痛贈典今榮享靈有秩奉樂以迎

送神

皇情悼往祀議增設鐘鼓鏗鏘羽旄昭晰掌禮云備司筵告徹樂以送神靈其鑒閟

享章懷太子廟樂章 唐書樂志曰神龍初享章懷太子廟樂章第一迎神第二登歌酌鬯第三迎俎及酌獻第四送文舞出迎武舞入第五武舞作第六送神詞同隱廟

迎神

副君昭象道應黃離銅樓備德玉裕成規仙氣靄靄靈從師師前驅戾止控鶴來儀

登歌酌鬯

忠孝本著羽翼先成寢門昭德馳道爲程幣帛有典容衛無聲司存既肅廟享惟清

迎俎酌獻

通三錫循明兩承英太山比赫伊水聞笙宗祧是寄禮樂其亨嘉辰薦俎以發聲明

送文舞迎武舞

羽籥崇文禮以畢干鋮奮武事將行用舍繇來其有致壯志宣威樂太平

武舞作

綠林熾炎曆黃虞格有苗沙塵驚塞外帷幄命嫖姚七德干戈止三邊雲霧消寶祚長無極歌舞盛今朝

享懿德太子廟樂章 唐書樂志曰神龍初享懿德太子廟樂章第一迎神第二登歌酌鬯第三迎俎及酌獻第四送文舞出迎武舞入第五武舞作第六送神詞同隱廟

迎神

甲觀昭祥畫堂升位禮絕羣后望尊儲貳啓誦慙德莊丕掩粹伊浦鳳翔緱峰鶴至

登歌酌鬯

譽闡元儲寄崇明兩玉裕雖晦銅樓可想弦誦輟音笙歌罷響幣帛言設禮容無爽

迎俎酌獻

雍雍盛典肅肅靈祠賓天有聖對日無期飄飄羽服掣曳雲旗眷言主鬯心乎愴茲

送文舞迎武舞

八音協奏陳金石六佾分行整禮容滄溟赴海還稱少素月開輪即是重

武舞作

隋季昔云終唐年初啓聖纂戎將禁暴崇儒更敷政威略靜三邊仁恩覃萬姓

享節愍太子廟樂章 唐書樂志曰景雲中享節愍太子廟樂章第一迎神第二登歌酌鬯第三迎俎及酌獻第四送文舞出迎武舞入第五武舞作第六送神詞同隱廟

迎神

儲后望崇元良寄切寢門是仰馳道不絕仙袂雲會靈旗電晰煌煌而來禮物攸設

登歌酌鬯

灼灼重明仰承元首既賢且哲惟孝與友惟孝雖遥靈規不朽禮一作祀因誠致備絜玄酒

迎俎酌獻

嘉薦有典至誠莫騫畫梁雲亘雕俎星連樂器周列禮容備宣依稀如在若未賓天

送文舞出迎武舞入

邑邑闡化憑文德赫赫宣威藉武功既執羽旄先拂吹還持玉鉞更揮空

武舞作

武德諒雍雍由來掃寇戎劍光揮作電旗影列成虹霧廓三邊靜波澄四海同睿圖今已盛相共舞皇風

享文敬太子廟樂章

請神 許孟容作

觴牢具品管磬有節祝道夤恭神儀昭晰桐圭早貴象

輅追設聲達樂成降歆豐潔

登歌 陳京作

歌以德發聲以樂貫樂善名存追仙禮異鸞旌拱修鳳鳴合吹神聽皇慈仲月皆至

迎俎酌獻 馮伉作

撰日瞻景誠陳樂張禮容秩秩羽舞煌煌肅將滌濯祇薦芬芳永錫繁祉思深饗嘗

送文舞迎武舞 不詳作者

干旄羽籥相齡畝一進一退殊行綴昔獻三雍盛禮容今陳六佾崇儀制

亞獻終獻 崔邠作

醴齊泛尊彝軒縣動干戚入室僾如在升階虔所歷奮疾合威容定利舒繳繹方崇廟貌禮永被君恩錫

送神 張薦作

三獻具舉九旗將旋追勞表德罷享賓天風引仙管堂虛畫筵芳馨常在瞻望悠然

享惠昭太子廟樂章

請神 歸登作

嘉薦既陳祀事孔明間歌在堂萬舞在庭外則盡物內則盡誠鳳笙如聞歌其潔精

登歌 杜羔作

因心克孝位震遺芬賓天道茂軫懷氣分發祇乃祀咳歎如聞二歌斯升以詠德薰

迎俎酌獻 李逢吉作

既潔酒醴聿陳熟腥肅將震念昭格儲靈展矣禮典薰然德馨愔愔管磬亦具是聽

送文舞出迎武舞入 孟簡作

喧喧金石容既鈌肅肅羽駕就行列絲山遺響昔所聞廟庭進旅今攸設

亞獻終獻 裴度作

重輪始發祥齒胄方興學冥然升紫府鏗爾薦清樂奠斝致馨香在庭紛羽籥禮成神既醉髣髴緱山鶴

送神 王涯作

成儀畢陳備樂將闋苞茅酒縮膋蕭香徹宮臣展事肅雍在列迎精送往厥鑒昭晰

武后崇先廟樂章 載本集

先德謙撝冠昔嚴規節素超今奉國忠誠每竭承家至孝純深追崇懼乖尊意顯號恐玷徽音既迫王公屢請方乃俯遂羣心有限無由展敬奠酹每闕親斟大禮虔申典冊蘋藻敬薦翹襟

褒德廟樂章 唐書樂志曰神龍中中宗爲皇后韋氏祖考立廟曰褒德其廟樂迎神用昭德登歌用進德徂入初獻用褒德次武舞作亞獻及送神用彰德詞並內出

昭德

道赫梧宮悲盈蒿里爰賜徽烈載敷嘉祀享洽四時規陳二簋靈應昭格神其戾止

進德

塗山懿戚嬀汭崇姻祠筵肇啓祭典方申禮以備物樂以感神用隆敦敘載穆彝倫

褒德

家著累仁門昭積善瑤篚既列金縣式展

武舞作

昭昭竹殿開奕奕蘭宮啓懿範隆丹掖殊榮闢朱邸六佾薦徽容三簋陳芳醴萬石覃貽厥分珪崇祖禰

彰德

名隆五嶽秩映三台嚴祠已備睟影方迴

舞曲歌辭

功成慶善樂舞詞 一曰九功舞殿庭朝會所奏文舞也新唐禮樂志曰太宗生於武功之慶善宮貞觀六年幸之宴從臣賞賜閭里同漢沛宛帝歡甚賦詩呂才被之管弦名曰功成慶善樂以童兒六十四人冠進德冠紫袴褶長袖漆髻屣履而舞舊書樂志曰慶善樂太宗所造也名九功之舞舞蹈安徐以象文德洽而天下安樂也冬正享讌及國有大慶與七德舞偕奏于庭

壽丘惟舊跡酆邑乃前基粵余承累聖懸弧亦在茲弱齡逢運改提劍鬱匡時指麾八荒定懷柔萬國夷梯山盛入款駕海亦來思單于陪武帳日逐衛文榱端扆朝四岳無爲任百司霜節明秋景輕冰結水湄芸黃遍原隰禾穎積京坻共樂還譙宴歡此大風詩

中和樂舞詞 唐會要曰貞元十四年德宗以中和節自製中和舞舞中成八卦又敎其舞曰朕以中春之首紀爲令節象中和之容作中和之舞按此曲蓋因繼天誕聖樂而作也

芳歲肇佳節物華當仲春乾坤既昭泰煙景含氤氳德淺荷玄貺樂成思治人前庭列鐘鼓廣殿延羣臣八卦隨舞意五音轉曲新顧非咸池奏庶協南風薰式宴禮所重浹歡情必均同和諒在茲萬國希可親

凱樂歌辭 唐書樂志曰唐制凡命將出征有大功獻俘馘其凱樂用鐃吹二部樂器有笛觱篥簫笳鐃鼓歌七種迭奏破陣樂等四曲一破陣樂二應聖期三賀聖歡四君臣同慶樂初太宗平東都破宋金剛其後蘇定方執賀魯李勣平高麗皆備軍容凱歌以入而貞觀顯慶開元禮並無儀注太常舊有破陣樂應聖期兩曲歌詞至太和三年始具儀注又補撰二曲爲四曲云

破陣樂

受律辭元首相將討叛臣咸歌破陣樂共賞太平人

應聖期

聖德期昌運雍熙萬寓清乾坤資化育海嶽共休明闢土欣耕稼銷戈遂偃兵殊方歌帝澤執贄賀昇平

賀聖歡

四海皇風被千年德水清戎衣更不著今日告功成

君臣同慶樂

主聖開昌歷臣忠奉大猷君看偃革後便是太平秋

全唐詩

郊廟歌辭

梁郊祀樂章（五代會要曰：梁開平二年正月，太常奏定郊廟樂曲：南郊降神奏慶和之樂，舞崇德之舞；皇帝行奏慶順；奠玉幣登歌奏慶平；迎俎奏慶肅；酌獻奏慶熙；飲福酒奏慶隆；送文舞迎武舞奏慶融；亞獻終獻奏慶休；送神奏慶和。）

慶和（趙光逢撰辭）

就陽位，升圓丘。佩雙玉，御大裘。膺天命，擁神休。萬靈感，百祿遒。

秉黃鉞，建朱旗。震八表，清二儀。帝業顯，王道夷。受景命，啓皇基。

開九門，懷百神。通肸蠁，接氤氳。明粢薦，廣樂陳。奠嘉璧，燎芳薪。

膺寶圖，執左契。德應天，聖饗帝。薦表衷，荷靈惠。壽萬年，祚百世。

慶順

惟德動天，有感必通。秉茲一德，禋於六宗。欽奮寶命，恭肅禮容。來顧來享，永穆皇風。

天惟佑德，辟乃奉天。交感斯在，昭事罔愆。歲功已就，王道無偏。於焉報本，是用告虔。

慶平

聖皇戾止，天步舒遲。乾乾睿相，穆穆皇儀。進退必肅，陟降是祇。六變克協，萬靈協隨。

慶肅

天命降鑒，帝德惟馨。享祀不忒，禮容孔明。奠璧布幣，薦神獻精。神祐以答，敷錫永寧。

慶熙（張袞撰詞）

籩豆簠簋，黍稷非馨。懿茲彝器，厥德惟明。金石匏革，以和以平。繇此無體（一作疆），期乎永寧。

慶隆

哲后躬享，旨酒斯陳。王恭無斁，嚴祀維寅。皇祖以配，大孝以振。宜錫景福，永休下民。

慶融

恭祀上帝，于國之陽。爵醴是荷，鴻基永昌。

慶休

道和氣兮襲氤氳，宣皇規兮彰聖神。服遐裔兮敷質文，格苗扈兮息煙塵。

慶休

大業來四夷，仁風和萬國。白日體無私，皇天輔有德。七旬罪已服，六月師方克。偉哉帝道隆，終始常作則。

慶和

煙燎升，禮容徹。誠感達，人神悅。靈貺彰，聖情結。玉座寂，金爐歇。

周郊祀樂章（五代史樂志曰：太祖廣順元年，邊蔚議改漢十二成爲十二順之樂：祭天神奏昭順之樂，祭地祇奏寧順之樂，祭宗廟奏肅順之樂，登歌奠玉帛奏感順之樂，皇帝行及臨軒奏治順之樂，王公出入送文舞迎武舞奏忠順之樂，皇帝食舉奏康順之樂，皇帝受朝皇后入宮奏雍順之樂，皇太子軒懸出入奏溫順之樂，正至皇帝禮會登歌奏禮順之樂，郊廟俎入奏禋順之樂，酌獻飲福奏福順之樂，祭孔宣父齊太公降神同用禮順之樂，三公升降及行同用忠順之樂，享籍田同用寧順之樂。）

昭順樂

五兵勿用，萬國咸安。告功圓蓋，受命雲壇。樂鳴鳳律，禮備雞竿。神光欲降，衆目遐觀。

治順樂

羽衛離丹闕，金軒赴泰壇。珠旗明月色，玉佩曉霜寒。黼黻龍衣備，琮璜寶器完。百神將受職，宗社保長安。

感順樂

明君陳大禮，展幣祀圓丘。雅樂聲齊發，祥雲色正浮。

禋順樂

黃彝將獻，特牲預迎。既修昭事，潛達明誠。

福順樂

相承五運，取法三才。大禮爰展，率土咸來。卿雲秘室，甘泉寶臺。象樽初酌，受福不回。

福順樂

昊天成命，邦國盛儀。多士齊列，六龍載馳。壇升泰一，樂奏咸池。高明祚德，永致昌期。

福順樂

上天垂景貺，哲后舉鸞觴。明德今方祚，邦家萬世昌。

忠順樂

木鐸敷音，文德昌；朱干成列，武功彰。雷鼗鷺羽今休用，玉鏚相參正發揚。

武舞樂

圭瓚方陳禮，干旄乃象功。成文非羽籥，猛勢若羆熊。

昭順樂

雲門孤竹，蒼璧黃琮。既祀天地，克配祖宗。虔修盛禮，仰荅玄功。神歸碧落，福降無窮。

梁太廟樂舞辭（五代會要曰：梁開平二年正月，太常奏定享太廟樂：迎神舞開平之舞；迎俎奏慶肅之樂；酌獻奏慶熙；飲福酒奏慶隆；送文舞迎武舞奏慶融；亞獻終獻奏慶休。唐餘錄曰：梁宗廟樂：迎神奏開平舞；次皇帝行；次帝盥；次登歌；獻肅祖奏大合之舞；恭祖奏象功之舞；憲祖奏來儀之舞；列祖奏昭德之舞；次飲福；次撤豆；次送神。）

開平舞

黍稷馨，醴醑清。牲牷潔，金石鏗。恭祀事，結皇情。神來格，歌頌聲。

皇帝行

莫高者天，攀躋弗克。隮天有方，累仁積德。祖宗隆之，子孫履之。配天明祀，永永孝思。

帝盥

莊肅蒞事，周旋禮容。祼鬯嚴潔，穆穆雍雍。

登歌

於赫我皇，建中立極。動以武功，靜以文德。昭事上帝，歡心萬國。大報嚴禋，四海述職。

大合舞

於穆皇祖，濬哲雍熙。美溢中夏，化被南陲。后稷累德，公劉創基。肇興九廟，樂合來儀。

象功舞

天地合德，睿聖昭彰。累贈太傅，俄登魏王。雄名不朽，奕葉而光。建國之兆，君臨萬方。

來儀舞

於赫帝命，應天順人。亭育品彙，賓禮（一作穆）百神。洪基永固，景命惟新。肅恭孝享，祚我生民。

昭德舞

肅肅文考，源濬派長。漢稱誕季，周實生昌。奄有四海，超彼百王。笙鏞迭奏，禮物焚煌。

飲福

戛玉摐金永頌聲，檿絲孤竹和且清。靈歆醉止牲象盈，自天降福千萬齡。

撤豆

笙鏞洋洋庭燎煌煌明星有爛祝史下堂蓬豆斯撤禮容有章克勤克儉無怠無荒

送神

其降無從其往無蹤黍稷非馨有感必通赫奕令德髣髴睟容再拜慌忽遐想昊穹

後唐宗廟樂舞辭（唐餘錄曰後唐並用唐樂無所變更惟別造六室舞辭懿祖室奏昭德之舞獻祖室奏文明之舞太祖室奏應天之舞昭宗室奏永平之舞莊宗室奏武成之舞明宗室奏雍熙之舞）

昭德舞

懿彼明德赫赫煌煌名高閭域功著旂常道符休泰運叶祺祥慶傳萬祀以播耿光

文明舞

帝業光揚皇圖翕赫聖德孔彰神功不測信及豚魚恩霑動植懿範鴻名傳之萬億

應天舞

晉國肇興雄圖再固黼黻帝道金玉王度皇天無親惟德是輔載誕英明永光聖祚

永平舞

慶傳瓚祚位正瑶圖功宣四海化被八區靜彰帝道動合乾符千秋萬祀永荷昭蘇

武成舞（崔居儉撰詞）

艱難王業返正皇唐先天再造却日重光漢紹世祖夏資少康功成德茂率祀無疆

雍熙舞（盧文紀撰詞）

仁君御宇寰海謐清運符武德道協文明九成式敘百度惟貞金門積慶玉葉傳榮

漢宗廟樂舞辭（五代史樂志曰漢宗廟酌獻樂舞文祖室奏靈長之舞德祖室奏積善之舞翼祖室奏顯仁之舞顯祖室奏章慶之舞高祖室奏觀德之舞唐餘錄曰高祖追尊四祖廟且遠引漢之二祖爲六室張昭因傳會其禮乃曰太祖高皇帝創業垂統室奏武德之舞世祖光武皇帝再造丕基室奏大武之舞自如其舊而大武即用東平王蒼詞云）

武德舞

明明我祖天集休明神母夜哭彤雲晝興籩豆有踐管籥斯登孝孫致告神其降靈

靈長舞

天降祥漢祚昌火炎上水靈長建廟社潔蒸嘗羅鐘石儼珩璜陳玉豆酌金觴氣昭感德馨香祇洛汭瞻晉陽降吾祖福穰穰

積善舞

黍稷斯馨祖德惟明蛇告赤帝龜謀大橫雲行雨施天成地平造我家邦幹我璿衡陶匏在御醍盎惟精或戛或擊載炮載烹歆福受胙舞降歌迎滔滔不竭洪惟水行

顯仁舞

運極金行讖天資水德隆禮神鄗畤館布政未央宮詰旦備明祀登歌荅茂功雲軒臨降久星俎薦陳豐靄靄沈檀霧鏘鏘環佩風熒煌升藻藉肸蠁轉珠櫳尊祖咸韶備貽孫書軌同京坻長有積宗社享無窮

章慶舞

罘罳曉唱雞人三牲八簋斯陳霧集瑶階瓊闥香生綺席華茵珠佩貂璫熠爚羽旄干戚紛綸酌鬯既終三獻凝旒何止千春阿閣長棲綵鳳郊宮疊奏祥麟赤伏英靈未泯玄圭運祚重新玉斝犧樽瀲灔龍旂鳳轄逡巡瞻望月遊冠冕猶疑蒼野回輪

觀德舞（張昭撰辭）

高廟明靈再啓圖金根玉輅幸神都巢阿丹鳳銜書命入昴飛星獻寶符正換熏弦娛赤子忽登仙駕泣蒼梧朱干象箾雜巴渝氤氳龍麝交青瑣髣髴鑾錫下蘂珠薦豆奉觴親玉几配天合祖耀璿樞受釐飲酒皇歡洽仰俟餘靈泰九區

周宗廟樂舞辭（唐餘錄曰周宗廟樂降神奏肅順皇帝行奏治順獻信祖室奏肅雍之舞僖祖室奏觀成之舞義祖室奏明德之舞世宗室奏定功之舞酌獻登歌奏感順迎俎奏禋順飲福奏福順送文舞迎武舞奏忠順武舞奏善順撤俎奏禮順送神奏肅順）

肅順

我后至孝祇謁祖先仰瞻廟貌夙設宮懸朱弦疏越羽舞迴旋神其來格明祀惟虔

治順

清廟將入衮服是依載行載止令色令儀永終就養空極孝思瞻望如在顧復長違

肅雍舞

周道載興象日之明萬邦咸慶百穀用成於穆聖祖祇薦鴻名祀於廟社陳其犧牲進旅退旅皇武之形一倡三歎朱弦之聲以安以侑既和且平至誠潛達介福攸寧

章德舞

清廟新展嚴禋恭祖德厚人倫雅樂薦禮器陳儼皇尸列虞賓神如在聲不聞享必信貌惟肅想龍服奠犧樽禮既備慶來臻

善慶舞

卜世長帝祚昌定中國服四方修明祀從舊章奏激楚轉清商羅俎豆列簪裳歌䕎䕎容皇皇望來格降休祥祝敢告壽無疆

觀成舞

穆穆王國（一作皇圖）奕奕神功毖祀載展明德有融彝樽斯滿簠簋斯豐紛綸旄（一作旌）羽鏘洋磬鐘或升或降克和克同孔惠之禮必肅之容錫以純嘏祚其允恭神保是饗萬世無窮

明德舞

惟彼岐陽德大流光載造周室澤及遐荒於鑠聖祖上帝是皇迺聖迺神知微知彰新廟奕奕豐年穰穰取彼血膋以往蒸嘗黍稷惟馨籩豆大房工祝致告受福無疆

咸順

萬舞咸列三階克清貫珠一倡擊石九成盈觴雖酌靈坐無形永懷我祖達其孝誠

禋順

旨酒既獻嘉殽乃迎振其鼗鼓潔以鉶羹肇禋肇祀或炮或烹皇尸儼若保饗是明

福順

新廟奕奕金奏洋洋享于祖考循彼典章清酤特滿嘉

玉騰光神醉既告帝祉無疆

忠順

稱文既表溫柔德示武須成蹈厲容綴兆疾舒皆應節明明我祖樂無窮

善勝舞 五代史樂志曰周廣順元年改郊廟朝會舞名乃改漢治安爲政和之舞振德爲善勝之舞觀象爲崇德之舞講功爲象成之舞

聖祖累功福鍾來裔持羽執干舞文不廢

禋順

禮畢祀先香散几筵罷舞干戚收撤豆籩

肅順

樂奏四順福受萬年神歸碧天庭餘瑞煙

晉朝饗樂章 五代會要曰晉天福四年十二月太常奏正至王公上壽皇帝舉酒奏玄同之樂皇帝三飲皆奏文同之樂食舉奏昭德之舞文成功之舞皇帝降坐奏大同之樂其辭並崔梲等造唐餘錄曰天福五年十一月冬至朝羣臣舉觴奏玄同三爵登歌奏文同四爵登歌作羣臣似宮縣樂作又奏龜茲乃霓裳法曲以須食畢於時衆聞龜茲法曲雅鄭雜糅固已非之明年正旦上壽登歌發聲悲離煩慝如虞殯薤露之音觀者以爲不祥

初舉酒文同樂

赫矣昌運明哉聖王文興墜典禮復舊章鴛鸞濟濟鳥獸蹌蹌一人有慶萬福無疆

舉酒

大明御宇至德動天君臣慶會禮樂昭宣劒佩成列金石在縣椒觴再獻寶曆萬年

再舉酒

朝野無事寰瀛大康聖人有作盛禮重光萬國執玉千官奉觴南山永固地久天長

四舉酒

八表歡無事三秋賀有成照臨同日遠渥澤並雲行河變千年色山呼萬歲聲願修封岱禮方以稱文明

羣臣酒行歌

劒佩儼如林齊傾拱北心渥恩頒美祿咸護聽和音一德君臣合重瞳日月臨歌時兼樂聖唯待贊泥金萬國咸歸禹千官共祝堯拜恩瞻鳳扆傾耳聽雲韶運啓金行遠時和玉燭調酒酣齊抃舞同賀聖明朝令節陳高會羣臣侍御筵玉墀留愛景金殿靄祥煙振鷺涵天澤靈禽下樂懸聖明無一事何處讓堯年

周朝饗樂章 唐餘錄曰周元正冬至朝饗樂公卿入奏忠順皇帝坐奏治順羣臣上壽奏福順皇帝舉壽酒登歌奏康順羣臣降階公卿出並奏忠順

忠順

歲迎更始節及朝元冕旒仰止冠劒相連八音合奏萬物齊宣常陳盛禮願永千年

忠順

明君當宁列辟奉觴雲容表瑞日影初長衣冠濟濟鐘磬洋洋令儀克盛嘉會有章

治順

庭陳大樂坐當太微凝旒負扆端拱垂衣鴛鸞成列簪組相輝御爐香散郁郁霏霏

福順

聖皇端拱多士輸忠鑾觴共獻臣心畢同聲齊嵩嶽祝比華封千齡萬祀常保時雍

康順

鴻鈞廣運嘉節良辰列辟在位萬國來賓干旌屢舞金石咸陳禮容既備帝履長春

忠順

禮成三爵樂畢九成共離金戺復列彤庭

明庭展禮爲龍爲光咸韶息韻鵷鷺歸行

晉昭德成功舞歌 唐餘錄曰晉天福五年詔有司復修正至朝會二舞之制以文舞爲昭德之舞武舞爲成功之舞十一月冬至遂奏之於時二舞久廢衆喜於復典而樂工舞員雜取教坊以滿之聲節靡曼綴兆合節而無遠促遲速之累及明年正旦再奏聲容蹈厲進退無列議者非之五代史樂志曰文舞六十四人左手執籥右手執翟冠進賢冠服黃紗袍白紗中單皂領褾白練襜襠白布大口袴革帶烏皮履白布襪武舞六十四人左手執干右手執戚服弁平巾幘金支緋絲布大袖緋絲布裲襠甲金飾白練襜襠錦螣蛇起梁帶豹文大口布袴烏皮靴

昭德舞歌二首

聖代修文德明庭舉舊章兩階陳羽籥萬舞合宮商劒佩森鴛鷺簫韶下鳳凰我朝青史上千古有輝光

淮海干戈戢朝廷禮樂施白駒皆就縶丹鳳復來儀德備三苗格風行萬國隨小臣同百獸率舞賀昌期

武功舞歌二首

撥亂資英主開基自晉陽一戎成大業七德煥前王炎漢提封遠姬周世祚長朱干將玉戚全象武功揚

睿算超前古神功格上圓百川留禹跡萬國戴堯天既已櫜弓矢誠宜播管弦蹌蹌隨鳥獸共樂太平年

全唐詩第一函

第四冊

樂府一卷至三卷

全唐詩

樂府雜曲

鼓吹曲辭（漢有朱鷺等二十二曲列於鼓吹謂之鐃歌魏使繆襲改其十二曲而十曲竝仍舊名是時吳亦使韋昭改製十二曲其十曲亦因之晉傅玄製二十二曲惟二曲之名不改舊漢宋齊竝用漢曲又充庭十六曲梁高祖乃去其四留其十二北齊二十曲皆改古名後周革前代鼓吹制爲十五曲隋制列鼓吹爲四部唐則又增爲五部部各有曲）

朱鷺　張籍

翩翩兮朱鷺來汎（集作浴）春塘棲綠樹羽毛如翦色如染遠飛欲下雙翅斂避人引子入深塹動處水紋開灩灩誰知豪家網爾軀不如飲啄江海隅

艾如張　李賀

錦襜褕繡襠襦強強（集無下強字）飲啄哺爾雛隴東臥穟滿風雨莫信（一作遂）龍媒隴西去齊人（一作入）織網如素空張在野春（集作田）平碧中網絲漠漠無形影誤爾觸之傷首紅艾葉綠花誰翦刻中藏禍機不可測

上之回　盧照鄰

回中道路險蕭關烽候多五營屯北地萬乘出西河單于拜玉璽天子按琱戈振旅汾川曲秋風橫大歌

同前　李白

三十六離宮樓臺與天通閣道步行月美人愁煙空恩疎寵不及桃李傷春風淫樂意何極金輿向回中萬乘出黃道千旗揚彩虹前軍細柳北後騎甘泉東豈問渭川老寧邀襄野童秋暮（一作但暮）瑤池宴歸來樂未窮

同前　李賀

上之回大旗喜懸虹彗（集作雲）撞鳳尾劒匣破舞蛟龍蚩尤死鼓逢逢天高慶雷齊墜地地無驚煙海千里

戰城南　盧照鄰

將軍出紫塞冒頓在烏貪笳喧雁門北陣翼龍城南琱弓夜宛轉鐵騎曉參潭應須駐白日爲待戰方酣

同前　李白

去年戰桑乾源今年戰蔥河道洗兵條支海上波放馬天山雪中草萬里長征戰三軍盡衰老匈奴以殺戮爲耕作古來唯見白骨黃沙田秦家築城備胡處漢家還有烽火然烽火然不息征戰（一作長征）無已時野戰格鬬死敗馬號鳴向天悲烏鳶啄人腸銜飛上挂枯樹枝（一作上枯枝）士卒塗草莽將軍空爾爲乃知兵者是凶器聖人不得已而用之

同前　劉駕

城南征戰多城北無飢鴉白骨馬蹄下誰言皆有家城前水聲苦倏忽流萬古莫爭城外地城裏有閑土

同前二首　僧貫休

萬里桑乾傍茫茫古蕃壤將軍貌顦顇撫劒悲年長胡兵尚陵逼久住亦非強邯鄲少年輩箇箇有伎倆拖槍半夜去雪片大如掌

磧中（一作石）有陰兵戰馬時驚蹶輕猛李陵心摧殘蘇武節黃金鎖子甲風吹色如鐵十載不封侯茫茫向誰說

巫山高　鄭世翼

巫山凌太清岧嶢類削成霏霏暮雨合靄靄朝雲生危峯入鳥道深谷瀉猨聲別有幽棲客淹留攀桂情

同前二首　沈佺期

巫山峯十二環合（集作合沓）隱昭回俯眺琵琶峽平看雲雨臺古槎天外倚瀑水日邊來何忽啼猨夜荆王枕席開

神女向高唐巫山下夕陽裴回作行雨婉孌逐荆王電影江前落雷聲峽外長霽雲無處所臺館曉蒼蒼

同前　盧照鄰

巫山望不極望望下朝雰（集作氛）莫辨啼猨樹徒看神女雲驚濤亂水脈驟雨暗峯文霑裳即此地況復遠思君

同前　張循之

巫山高不極沓（一作合沓）狀奇新暗谷疑風雨幽巖（集作崖）若鬼神月明三峽曙（集作曉）潮滿二（集作九）江春爲問陽臺夕（集作客）應知入夢人

同前　劉方平

楚國巫山秀清猨日夜啼萬重春樹合十二碧峯齊峽出朝雲下江來暮雨西陽臺歸路直不畏向家迷

同前　皇甫冉

巫峽見巴東迢迢半出空雲藏神女館雨到楚王宮朝暮泉聲落寒暄樹色同清猨不可聽偏在九秋中

同前　李端

巫山十二峯皆在碧虛中回合雲藏日（集作月）霏微雨帶風猨聲寒過水（集作澗）樹色暮連空愁向高唐望清秋見楚宮

同前　于濆

何山無朝雲彼雲亦悠揚何山無暮雨彼雨亦蒼茫宋玉恃才者憑雲構高唐自重（集作垂）文賦名荒淫歸楚襄峨峨十二峯永作妖鬼鄉

同前二首　孟郊

巴山上峽重復重陽臺碧峭十二峯荆王獵時逢暮雨夜臥高丘夢神女輕紅流煙溼豔姿行雲飛去明星稀目極魂斷望不見猨啼三聲淚霑衣

見盡數萬里不聞三聲猨但飛蕭蕭雨中有亭亭魂千載楚襄（一作王）恨遺文宋玉言至今青冥裏（集作晴明天）雲結深閨門

同前　李賀

碧叢叢高（一作齊）插天大江翻瀾神曳煙楚魂尋夢風颸（一作颼）然曉風飛雨生苔錢瑤姬一去一千年丁香筇竹啼老猨古祠近月蟾桂寒椒花墜紅溼雲間（一作端）

同前　僧齊己

巫山高巫女妖雨爲暮兮雲爲朝楚王顦顇魂欲銷秋猨嗥嗥日將夕紅霞紫煙凝老辟千巖萬壑花皆坼但恐芳菲無正色不知今古行人行幾人經此無秋情雲

深廟遠不可覓十二峰頭插天碧

將進酒 李白

君不見黃河之水天上來奔流到海不復回君不見高堂明鏡悲白髮朝如青絲暮成雪人生得意須盡歡莫使金尊空對月天生我材必有用千金散盡還復來烹羊宰牛且爲樂會須一飲三百杯岑夫子丹丘生將進酒杯莫停(一作君莫停)與君歌一曲請君爲我側耳聽鐘鼓饌玉不足貴但願長醉不復醒古來聖賢皆寂寞(一作賢達皆寂寞)惟有飲者留其名陳王昔時宴平樂斗酒十千恣歡謔主人何爲言少錢徑須酤取(一作沽酒)對君酌五花馬千金裘呼兒將出換美酒與爾同銷萬古愁

同前 元稹

將進酒將進酒酒中有毒酖主父言之主父傷主母母爲妾地父妾天仰天俯地不忍言佯爲僵踣主父前主父不知加妾鞭旁人知妾爲主說主將淚洗鞭頭血推摧(一作椎)主母牽下堂扶妾遣升堂上牀將進酒酒中無毒令主壽願主回思(集作恩)歸主母遣妾如此事由(一作主)主父妾爲此事人偶知自慙不密方自悲主今顛倒安置妾貪天僭地誰不爲

同前 李賀

瑠璃鍾琥珀濃小槽酒滴眞珠紅烹龍炮鳳玉脂泣羅屏繡幕圍香風吹龍笛擊鼉鼓皓齒歌細腰舞況是青春日將暮桃花亂落如紅雨勸君終日酩酊醉酒不到劉伶墳上土

君馬黃 李白

君馬黃我馬白馬色雖不同人心本無隔共作遊冶盤雙行洛陽陌長劒既照曜高冠何艴赫各有千金裘俱爲五侯客猛虎落陷穽壯夫時屈厄相知在急難獨好亦(一作知)何益

芳樹 沈佺期

何地早芳菲宛在長門殿夭桃色若綬穠李光如練啼鳥弄花疎遊蠭飲香徧歎息春風起飄零君不見

同前 盧照鄰

芳樹本多奇年華復在斯結翠成新幄開紅滿舊(集作故)枝風歸花歷亂日度影參差容色朝朝落思君君不知

同前 徐彥伯

玉花珍簟上金縷畫屏開曉月憐箏柱春風憶鏡臺箏柱春風吹曉月芳樹落花朝暝歇藁砧刀頭未有時攀條拭淚坐相思

同前 韋應物

迢迢芳園樹列映清池曲對此傷人心還如故時綠風條灑餘靄露葉承新旭佳人不再攀下有往來躅

同前 元稹

芳樹已寥落孤英尤可嘉可憐團團葉蓋覆深深花遊蠭競攢刺鬭雀亦紛拏天生細碎物不愛好光華非無殲殄法念爾有生涯春雷一聲發驚燕亦驚蛇清池養神蔡已復長蝦蟇雨露貴平施吾其春草芽

同前 羅隱

細蘂(集作萼)慢逐風暖香閑破鼻青帝固有心時時動人(集作漏天)意去年高枝猶壓地今年低枝已顛頺吾所以見造化之權變通之理春夏作頭秋冬爲尾循環反覆無窮已今(集作人)生長短同一軌若使威可以制力可以止秦皇不肎斂手下沙丘孟賁不合低頭入蒿里伊人彊猛猶如此顧我勞生何足恃但願開素袍傾綠蟻陶陶兀兀大醉於青冥(集作宵)白晝間任他上是天下是地

有所思 沈佺期

君子事行役再空芳歲期美人曠延佇萬里浮雲思園槿綻紅豔郊桑柔綠滋坐看長夏晚秋月生(集作照)羅幃

同前 李白

我思仙(一作佳)人乃在碧海之東隅海寒多天風白波連山(一作天)倒蓬壺長鯨噴湧不可涉撫心茫茫淚如珠西來青鳥東飛去願寄一書謝麻姑

同前 孟郊

桔槹烽火晝不滅客路迢迢信難越古鎮刀攢萬片霜寒江浪起千堆雪此時西去定如何空使南心遠淒切

同前 盧仝

當時我醉美人家美人顏色嬌如花今日美人棄我去青樓珠箔天之涯天涯娟娟常娥月三五二八盈又缺翠眉蟬鬢生別離一望不見心斷絕心斷絕幾千里夢中醉臥巫山雲覺來淚滴湘江水湘江兩岸花木深美人不見愁人心含愁更奏綠綺琴調高弦絕無知音美人兮美人不知爲暮雨兮爲朝雲相思一夜梅花發忽到窗前疑是君

同前 韋應物

借問江上(集作堤)柳青青爲誰春空遊昨日地不見昨日人繚繞萬家井往來車馬塵莫道無相識要非心所親

同前 劉氏雲

朝亦有所思暮亦有所思登樓望君處藹藹浮雲飛(集作靄靄蕭蕭關道)浮雲遮却陽關道向晚誰知妾懷抱(集作掩淚向浮雲誰知妾懷抱)玉井蒼苔春(集作青)院深桐花落地(集作盡)無人埽

雉子班 李白

辟邪伎作鼓吹驚雉子班之奏曲成喔咿振迅欲飛鳴扇錦翼雄風生雙雌同飲啄趫悍誰能爭乍向草中耿介死不求黃金籠下生天地至廣大何惜遂物情善卷讓天子務光亦逃名所貴曠士懷朗然合太清

臨高臺 褚亮

高臺暫俯臨飛翼聳輕音浮光隨日度漾影逐波深迴瞰周平野開懷暢遠襟獨此三休上還傷千歲心

同前 王勃

臨高臺高臺迢遞絕浮埃瑤軒綺構何崔嵬鸞歌鳳吹清且哀俯瞰長安道萋萋御溝草斜對甘泉路蒼蒼茂陵樹高臺四望同帝鄉佳氣鬱葱葱紫閣丹樓紛照曜壁房錦殿相玲瓏東彌長樂觀西指未央宮赤城映朝日綠樹搖春風旗亭百隊開新市甲第千甍分戚里朱輪翠蓋不勝春疊樹層(一作重)楹相對起復有青樓大道中繡戶文窗雕綺櫳錦衣晝(集作衾夜)不襞羅幃夕(集作晝)未空歌屏朝掩翠妝鏡晚窺紅爲吾(集作君)安寶髻蛾眉罷花叢狹路塵間黯將暮雲間月色明如素鴛鴦池上兩兩飛鳳皇樓下雙雙度物色正如此佳期那不顧銀鞍繡轂盛繁

華可憐今夜宿倡家倡家少婦不須嚬東園桃李片時春君看舊日高臺處柏梁銅雀生黃塵

同前 僧貫休

涼風吹遠念使我升高臺寧知數片雲不是舊山來故人天一涯久客殊未回雁來不得書空寄聲哀哀

黃雀行 莊南傑

穿屋穿牆不知止爭樹爭巢入營死林間公子挾彈弓一丸致斃花叢裏小雛黃口未有知青天不解高高飛虞人設網當要路白日啾嘲禍萬機

釣竿篇 沈佺期

朝日斂紅煙垂竿向綠川人疑天上坐魚似鏡中懸避檝時驚透猜鉤每誤牽湍危不理轄潭靜欲留船釣玉君徒尚徵金我未賢爲看芳（一作方）餌下貪得會無全（集作筌）

凱歌六首 岑參 天寶中回紇寇邊常清出師征之及破播仙奏捷獻凱乃作凱歌

漢將承恩西破戎捷書先奏未央宮天子預開麟閣待祇今誰數貳師功

官軍西出過樓蘭營幕傍臨月窟寒蒲海曉霜疑劒（集作馬）尾蔥山夜雪撲旌竿

鳴笳擂（集作疊）鼓擁回軍破國平蕃昔未聞大夫鵲印搖邊月天（集作大）將龍旗掣海雲

月落轅門鼓角鳴千羣面縛出蕃城洗兵魚海雲迎陣秣馬龍堆月照營

蕃軍遙見漢家營滿谷連山徧哭聲萬箭千刀一夜殺平明流血浸空城

暮雨旌旗溼未乾胡塵（集作煙）白草日光寒昨夜將軍連曉戰蕃軍只見馬空鞍

鼓吹鐃歌 柳宗元 按此十二曲史書不載疑宗元私作而未嘗奏或雖奏而未嘗用故不被於歌

晉陽武

晉陽武言隋亂既極唐師起晉陽平姦豪爲生人義主以仁興武也第一

晉陽武奮義威煬之渝德焉歸氓畢屠綏者誰皇烈烈專天機號以仁揚其旗日之升九土晞斥田圻流洪輝有其二翼餘隋斮梟鷙連熊螭枯以肉劾者羸后土蕩玄穹彌合之育莽然施惟德輔慶無期

晉陽武二十六句句三字

獸之窮

獸之窮言李密自邙山之敗其下皆貳覇王之業知天授在唐遂歸於有道享我爵命也第二

獸之窮奔大麓天厚黃德狙獷服甲之櫜弓弭矢箙皇旅靖敵逾蹙自亡其徒匪予戮屈贅猛虎慄慄縻以尺組噉以秋黎之陽土茫茫富兵戎盈倉箱乏者德莫能享驅豺兕授我疆

獸之窮二十二句其十八句句三字四句句四字

戰武牢

戰武牢言太宗師討王充竇建德助逆師奮擊武牢下擒之遂降充也第三

戰武牢動河朔逆之助圖掎角怒彀麕抗喬嶽翹萌牙傲霜雹王謀内定申掌握鋪施芟夷二主縛憚華戎廓封略命之普皇以斮歸有德唯先覺

戰武牢十八句其十六句句三字二句句四字

涇水黃

涇水黃言薛舉據涇以死其子仁杲尤勇以暴師平之也第四

涇水黃隴野茫負太白騰天狼有鳥鷙立羽翼張鉤喙決前鉅（一作距）趯傍怒飛飢嘯翾不可當老雄死子復良巢岐飲渭肆翺翔頓地紘提天綱列缺掉幟招搖耀鋩鬼神來助夢嘉祥腦塗原野魂飛揚星辰復恢一方

涇水黃二十四句其十五句句三字九句句四字

奔鯨沛

奔鯨沛言輔氏憑江淮竟東海命將平之也第五

奔鯨沛盪海垠吐霓翳日腥浮雲帝怒下顧哀墊昏受以神柄推元臣手援天矛截修鱗披攘蒙霧開海門地平水靜浮天垠（集作根）羲和顯耀乘清氛赫炎溥暢融大鈞

奔鯨沛十八句其十句句三字八句句四字

苞枿

苞枿言梁之餘保荊衡巴巫窮南越良將取之不以師也第六

苞枿黜矣惟根之蟠彌巴蔽荊負南極以安曰我舊梁氏輯綏艱難江漢之阻都邑固以完聖人作神武用有臣勇智奮不以衆投跡死地謀猷縱化敵爲家慮則中浩浩海裔不威而同係縲降王定厥功澶漫萬里宣唐風蠻夷九譯咸來從凱旋金奏象形容震赫萬國罔不龔

苞枿二十八句其十六句句四字三句句五字九句句三字

河右平

河右平言李軌保河右師臨之不克變或執以降也第七

河右澶漫頑爲之魁王師如雷震崐崘以穨上聾下聰鷙不可迴助讎抗有德惟人之災乃潰乃奮執縛歸厥命萬室蒙其仁一夫則病濡以鴻澤皇之聖威畏德懷功以定順之于理物咸遂厥性

河右平十八句其十一句句四字五句句五字二句句三字

鐵山碎

鐵山碎言突厥之大古夷狄莫疆焉師大破之降其國告于廟也第八

鐵山碎大漠舒二虜勁連穹廬背北海專坤隅歲來侵邊或傅于都天子命元帥奮其雄圖破定襄降魁渠窮竟窟宅斥余吾百蠻破膽邊氓蘇威武輝耀明鬼區利澤彌萬祀功不可踰官臣拜手惟帝之謨

鐵山碎二十二句其十一句句三字九句句四字二句句五字

靖本邦

靖本邦言劉武周敗裴寂咸有晉地太宗滅之也第九

靖本邦

本邦伊晉惟時不靖根柢之搖枝葉攸病守臣不任勩於神聖惟鉞之興翦焉則定洪惟我理式和以敬羣頑既夷庶績咸正皇謨載大惟人之慶

靖本邦十四句句四字

吐谷渾言李靖滅吐谷渾於西海上也第十

吐谷渾

吐谷渾盛彊背西海以夸歲侵擾我疆退匿險且遐帝謂神武師往征靖皇家烈烈旆其旗熊虎雜龍蛇王旅千萬人銜枚默無譁東刃踰山徼張翼縱漢沙一舉刈羶腥尸骸積如麻除惡務本根況敢遺萌牙洋洋西海水威命窮天涯係虜來王都犒樂窮休嘉登高望還師竟野如春華行者靡不歸親戚讙要遮凱旋獻清廟萬國思無邪

吐谷渾二十六句句五字

高昌言李靖滅高昌也第十一

高昌

麴氏雄西北別絕臣外區既恃遠且險縱傲不我虞烈烈王者師熊螭以爲徒龍旂翻海浪馹騎馳坤隅賁育搏嬰兒一埽不復餘平沙際天極但見黃雲驅臣靖執長纓智勇伏囚拘文皇南面坐夷狄千羣趨咸稱天子神往古不得俱獻號天可汗以覆我國都兵戎不交害各保性與軀

高昌二十二句句五字

東蠻言既克東蠻羣臣請圖蠻夷狀如周書王會也第十二

東蠻

東蠻有謝氏冠帶理海中自言我異世雖聖莫能通王卒如飛翰鵬騫駭羣龍轟然自天墜乃信神武功繫虜君臣人累累來自東無思不服從唐業如山崇百辟拜稽首咸願圖形容如周王會書永永傳無窮睢盱萬狀乖咿嗢九譯重廣輪撫四海浩浩知皇風歌詩鐃鼓間以壯我元戎

東蠻二十二句句五字

全唐詩

橫吹曲辭

橫吹曲其始亦謂之鼓吹馬上奏之蓋軍中之樂也其後分爲二部有簫笳者爲鼓吹用之朝會道路亦以給賜有鼓角者爲橫吹用之軍中自隋以後始以橫吹與鼓吹列爲四部以供大駕及皇太子王公等唐制太常鼓吹令掌鼓吹施用調習之節以備鹵簿之儀而分五部一曰鼓吹部其樂器有棡鼓金鉦大鼓小鼓長鳴角次鳴角六種棡鼓一曲十疊大鼓十五曲嚴用三曲警用十二曲金鉦無曲以爲鼓節小鼓九曲上馬用一曲嚴警用八曲長鳴一曲三聲上馬嚴警用之中鳴一曲三聲用與長鳴同二曰羽葆部其樂器有歌鼓簫笳錞于五種凡十八曲三曰鐃吹部其樂器與羽葆部同凡七曲四曰大橫吹部其樂器有角節鼓笛簫篳篥笳桃皮篳篥七種凡二十四曲五曰小橫吹部其樂器有角笛簫篳篥笳桃皮篳篥六種其曲不見疑同用大橫吹曲也凡大駕行幸則夜警晨嚴大駕夜警十二曲中警七曲晨嚴三通皇太子夜警九曲公卿以下夜警七曲晨嚴竝三通夜警衆一曲轉次而振也

隴頭 張籍 一曰隴頭水

隴頭已斷(集作路斷)人不行胡騎夜入涼州城漢家處處格鬬死一朝盡沒隴西地驅我邊人胡中去散放牛羊食禾黍去年中國養子孫今著氈裘學胡語誰能更使李輕車收取涼州屬(集作入)漢家

隴頭吟 王維

長安少年遊俠客夜上戍樓看太白隴頭明月迥臨關隴上行人夜吹笛關西老將不勝愁駐馬聽之雙淚流身經大小百餘戰麾下偏裨萬戶侯蘇武纔爲典屬國節旄空(集作落)盡海西頭

同前 翁綬

隴水潺湲隴樹黃征人隴上盡思鄉馬嘶斜日朔風急雁過寒雲邊思長殘月出林明劍戟平沙隔水見牛羊橫行俱足(一作是)封侯者誰斬樓蘭獻未央

隴頭水 楊師道

隴頭秋月明隴水帶關城笳添離別曲風送斷腸聲映雪峰猶暗乘冰馬屢驚霧中寒雁至沙上轉蓬輕天山傳羽檄漢地急徵兵陣開都護道劍聚伏波營於茲覺無度方共濯胡纓

同前 盧照鄰

隴坂高無極征人一望鄉關河別去水沙塞斷歸腸馬繫千年樹旌懸九月霜從來共嗚咽皆是爲勤王

同前 王建

隴水何年隴頭別不在山中亦嗚咽(一作鳴亦咽)征人塞耳馬不行未到隴頭聞水聲謂是西流入蒲海還聞北海(一作去)繞龍城隴東隴西多屈曲野麋飲水長簇簇胡兵夜回水傍住憶著來時磨劍處向前無井復無泉放馬回看隴頭樹

同前 于濆

借問隴頭水終年恨何事深疑嗚咽聲中有征人淚昨日上山下達曙不能寐何處接長波東流入清渭(集本前四句與羅隱詩全同)

同前 僧皎然

隴頭心欲絕隴水不堪聞碎影搖槍壘寒聲咽帳軍素從鹽海積綠帶柳城分日落天邊望逶迤入塞雲

秦隴逼氐羌征人去未央如何幽咽水并欲斷君腸西注悲窮漢東分憶故鄉旅魂聲攪亂無夢到遼陽

同前 鮑溶

隴頭水千古不堪聞生歸蘇屬國死別李將軍細響風凋草清哀雁落雲

同前 羅隱

借問隴頭水年年恨何事全疑嗚咽聲中有征人淚自古無長策況我非深智何計謝潺湲一宵空不寐

出關 魏徵

中原還(集作初)逐鹿投筆事戎軒縱橫計不就慷慨志猶存策杖謁天子驅馬出關門請纓繫(集作羈)南越憑軾下東藩鬱紆陟高岫出沒望平原古木吟寒鳥空山啼夜猨既

傷千里目還驚九折魂豈不憚艱險深懷國士恩季布無二諾侯嬴重一言人生感意氣功名誰復論

入關　賈馳

河上微風來關頭樹初溼今朝關城吏又見孤客入上國誰與期西來徒自急

同前　張祜

都城連百二（集作三百里）雄險北（一作此）回環地勢遥尊岳河流側讓關秦皇曾虎視漢祖亦（集作昔）龍顏何事梟兇輩干戈自不閑

出塞　竇威

匈奴屢不平漢將欲縱橫看雲方結陣却月始連營潛軍渡馬邑揚旆掩龍城會勒燕然石方傳車騎名

同前　陳子昂

忽聞天上將關塞重橫行始返樓蘭國還向朔方城黃金裝戰馬白羽集神兵星月開天陣山川列地營晚風吹畫角春色耀飛旌寧知班定遠獨（集作猶）是一書生

同前　張易之

俠客重恩光驄（集作駿）馬飾金裝瞥聞傳羽檄馳突救邊荒轉戰磨笄地橫行戴斗鄉將軍占太白小婦怨流黃騕褭青絲騎娉婷紅粉妝一春鶯度曲八月雁成行誰堪坐秋思羅袖拂空牀

同前　沈佺期

十年通大漠萬里出長平寒日生戈劍陰雲搖旆旌飢烏啼舊壘疲馬戀空城辛苦皋蘭北胡霜損漢兵

同前　王維

居延城外獵天驕白草連天野火燒暮雲空磧時驅馬秋日平原好射鵰護羌校尉朝乘障破虜將軍夜渡遼玉靶角弓珠勒馬漢家將賜霍嫖姚

同前　王昌齡

秦時明月漢時關萬里長征人未還但使龍城飛將在不教胡馬度陰山

白花垣上望京師黃河水流無盡時窮秋曠野行人絕馬首東來知是誰

同前　馬戴

金帶連環束戰袍馬頭衝雪度臨洮卷旗夜劫單于帳亂斫胡兵（集作兒）缺寶刀

前出塞九首　杜甫

戚戚去故里悠悠赴交河公家有程期亡命嬰禍羅君已富土境開邊一何多棄絕父母恩吞聲行負戈

出門日已遠不受徒旅欺骨肉恩豈斷男兒死無時走馬脫轡頭手中挑青絲捷下萬仞岡俯身試搴旗

磨刀嗚咽水水赤刃傷手欲輕腸斷聲心緒亂已久丈夫誓許國憤惋復何有功名圖麒麟戰骨當速朽

送徒既有長遠戍亦有身生死向前去不勞吏怒嗔路逢相識人附書與六親哀哉兩決絕不復同苦辛

迢迢萬餘里領我赴三軍軍中異苦樂主將寧盡聞隔河見胡騎倏忽數百羣我始為奴僕幾時樹功勳

挽弓當挽強用箭當用長射人先射馬擒賊先擒王殺人亦有限列國自有疆苟能制侵陵豈在多殺傷

驅馬天雨雪軍行入高山逕危抱寒石指落曾冰間已去漢月遠何時築城還浮雲暮南征可望不可攀

單于寇我壘百里風塵昏雄劍四五動彼軍為我奔虜其名王歸繫頸授轅門潛身備行列一勝何足論

從軍十年餘能無分寸功眾人貴苟得欲語羞雷同中原有鬬爭況在狄與戎丈夫四方志安可辭固窮

後出塞五首　杜甫

男兒生世間及壯當封侯戰伐有功業焉能守舊丘召募赴薊門軍動不可留千金買馬鞭（一作鞍）百金裝刀頭閭里送我行親戚擁道周斑白居上列酒酣進庶羞少年別有贈含笑看吳鉤

朝進東門營暮上河陽橋落日照大旗馬鳴風蕭蕭平沙列萬幕部伍各見招中天懸明月令嚴夜寂寥悲笳數聲動壯士慘不驕借問大將誰恐是霍嫖姚

古人重守邊今人重高勳豈知英雄主出師亘長雲六合已一家四夷且孤軍遂使貔虎士奮身勇所聞拔劍擊大荒日牧（一作收）胡馬羣誓開玄冥北持以奉吾君

獻凱日繼踵兩蕃靜無虞漁陽豪俠地擊鼓吹笙竽雲帆轉遼海粳稻來東吳越羅與楚練照耀輿臺軀主將位益崇氣驕陵上都邊人不敢議議者死路衢

我本良家子出師亦多門將驕益愁思身貴不足論躍馬二十年恐辜明主恩坐見幽州騎長驅河洛昏中夜間道歸故里但空村惡名幸脫免窮老無兒孫

出塞　皇甫冉

吹角出塞門前瞻即胡地三軍盡回首皆灑望鄉淚轉念關山長行看風景異由來征戍客各負（集作負得）輕生義

同前　王之渙

黃砂直（集作河遠）上白雲間一片孤城萬仞山羌笛何須怨楊柳春光不度玉門關

同前　耿湋

漢家邊事重竇憲出臨戎絕漠秋山在陽關舊路通列營依茂草吹角向高風更就燕然石看銘破（集作行看奏）虜功

同前　張籍

秋塞雪初下將軍遠出師分營長記火放馬不收旗月冷邊帳溼沙昏夜探遲征人皆白首誰見滅胡時

同前　劉駕

胡風不開花四氣多作雪北人尚凍死況我本南越古來犬羊地巡狩無遺轍九土耕不盡武皇猶征伐中天有高閣圖畫何時歇坐恐塞上山低於砂中骨

出塞曲　劉濟

將軍在重圍音信絕不通羽書如流星飛入甘泉宮倚是并州兒少年心膽雄一朝隨召募百戰爭王公去年桑乾北今年桑乾東死是征人死功是將軍功汗馬牧秋月疲兵臥霜風仍聞左賢王更欲圖雲中

同前　于鵠

微雪將軍（集作軍將）出吹笳天未明觀兵登古戍斬將對雙旌分陣瞻山勢潛軍（集作兵）制馬鳴如今新（集作青）史上已有滅胡名

單于驕愛獵放火到軍城待（集作乘）月調新弩（集作馬）防秋置遠營空山朱戟影寒磧鐵衣聲逢著降（集作度水逢）胡說陰山有

伏兵

同前　僧貫休

埽盡狂胡跡回戈（集作頭）望故關相逢唯死鬬豈易得生還
縱宴參胡樂收兵過雪山不封十萬戶此事亦應閑
玉帳將軍意慇懃把酒論功高寧在我陣沒與招魂塞
色干戈束軍容喜氣屯男兒今始是敢出玉關門
回首隴山頭連天草木秋聖君應入夢半路遣封侯水
不擔陰雪柴令倒戍樓歸來麟閣上春色滿皇州

入塞　劉希夷

將軍陷虜圍邊務息戎機霜雪交河盡旌旗入塞飛曉
光隨馬度春色伴人歸課績朝明主臨軒拜武威

入塞曲　耿湋

將軍帶十圍重錦製戎衣猨臂銷弓力虯鬚長劒威首
登平樂宴新破大宛歸樓上姝姬笑門前問客稀暮烽
玄菟急秋草紫騮肥未奉君王詔高槐晝掩扉

同前　僧貫休

單于烽火動都護去天涯別賜黃金甲親臨白玉墀塞
垣須靜謐師旅審安危定遠條支寵如今勝古時
方見將軍貴分明對冕旒聖恩如遠被狂虜不難收臣
節唯期死功勳敢望侯終辭修里第從此出皇州
百里精兵動參差便渡遼如何好白日亦照此天驕遠
樹深疑賊驚蓬迥似鵰凱歌何日唱磧路共天遙

同前　沈彬

欲爲皇王服遠戎萬人金甲鼓鼙中陣雲暗塞三邊黑
兵血愁天一片紅半夜飄營旗攪月深秋防戍劒磨風
謗書未及明君爇臥骨將軍已歿功
苦戰沙間臥箭痕戍樓閑上望星文生希國澤分偏將
死奪河源答聖君鳶覷敗兵眠白草馬驚邊鬼哭陰雲
功多地遠無人紀漢閣笙歌日又曛

折楊柳　盧照鄰（唐書樂志曰梁樂府有胡吹歌即鼓角橫吹曲折楊柳是也按古樂府又有小折楊柳相和大曲有折楊柳行清商四曲有月節折楊柳歌十三曲與此不同）

倡樓啓曙扉園（集作楊）柳正依依鳥鳴知歲隔條變識春歸
露葉疑啼臉（集作愁黛）風花亂舞衣攀折聊將寄軍中書（集作音）信
稀

同前　沈佺期

玉窗朝日映羅帳春風吹拭淚攀楊柳長條宛地垂白
花飛歷亂黃鳥思參差妾自肝腸斷旁人那得知

同前　喬知之

可憐濯濯春楊柳攀折將來就纖手妾容與此同盛衰
何必君恩獨能久

同前　劉憲

沙塞三河道金閨二月春碧煙楊柳色紅粉綺羅人露
葉憐啼臉風花思舞巾攀持君不見爲聽曲中新

同前　崔湜

二月風光半三邊戍不還年華妾自惜楊柳爲君攀落
絮緣（集作縈）衫袖垂條拂鬢鬟那堪音信斷流涕望陽關

同前　韋承慶

萬里邊城地三春楊柳節葉似鏡中眉花如關外雪征
人遠鄉思倡婦高樓別不忍擲年華含情寄攀折

同前　歐陽瑾

垂柳拂妝臺葳蕤葉半開年華枝上見邊思曲中來嫩
色宜新雨輕花伴落梅朝朝倦攀折征戍幾時回

同前　張祜

紅粉青樓曙垂楊仲月春懷君重攀折非妾妒腰身舞
帶縈絲斷嬌娥向葉嚬橫吹凡幾曲獨自最愁人

同前　張九齡

纖纖折楊柳持此寄情人一枝何足貴憐是故園春遲
景那能久流芳不及新更愁征戍客鬢老邊城塵

同前　余延壽

大道連國門東西種楊柳葳蕤君不見裊娜垂來久緣
枝棲暝禽雄去雌獨吟餘花怨春盡微月起秋陰坐望
窗中蝶起攀枝上葉好風吹長條婀娜何如妾妾見柳
園新高樓四五春莫吹胡塞（一作笳）曲愁殺隴頭人

同前　李白

垂楊拂綠水搖豔（一作灩裔）東風年花明玉關雪葉暖金窗煙
美人結長恨（集作想）相對（集作對此）心悽然攀條折春色遠寄龍庭
前（一作龍沙邊）

同前　孟郊

楊柳多短枝短枝多別離贈遠累（集作屢）攀折柔條安得垂
青春有定節離別無定時但恐人別促不怨來遲遲莫
言短枝條中有長相思朱顏與綠楊並在別離期
樓上春風過風前楊柳歌枝疎緣別苦曲怨爲年多花
驚燕地雪葉映楚池波誰堪別離此征戍在交河

同前　李端

東城攀柳葉柳葉低著草少壯莫輕年輕年有人（集作衰）老
柳發徧川岡登高堪斷腸雨煙輕漠漠何樹近君鄉贈
君折楊柳顏色豈能久上客莫霑巾佳人正回首新柳
送君行古柳傷君情突兀臨荒渡婆娑出舊營隋家兩
岸盡陶宅五株平（集作縈）日暮偏愁望春山有鳥聲

同前　翁綬

紫陌金堤映綺羅遊人處處動離歌陰移古戍迷荒草
花帶殘陽落遠波臺上少年吹白雪樓中思婦斂青蛾
殷勤攀折贈行客此去關山雨雪多

望行人　王建

自從江樹秋日日上（一作望）江樓夢見離珠浦書來在桂州
不（一作願）同魚比目終恨水分流久不開明鏡多應是白頭

同前　張籍

秋風窗下起旅雁向南飛日日出門望家家行客歸無
因見邊使空待寄寒衣獨閉（集作倚）青樓暮煙深鳥雀稀

關山月　盧照鄰（按相和曲有度關山亦類此也）

塞垣通碣石虜障抵祁連相思在萬里明月正孤懸影
移金岫北光斷玉門前寄書（集作言）謝中婦時看鴻雁天

同前　沈佺期

漢月生遼海曈曨出半暉合昏玄兔（一作菟）郡中夜白登圍
暈落關山迥光含霜霰微將軍聽曉角戰馬欲南歸

同前　李白

明月出天山蒼茫雲海間長風幾萬里吹度玉門關漢
下白登道胡窺青海灣由來征戰地不見有人還戍客
望邊色（一作邑）思歸多苦顏高樓當此夜歎息未應閑

同前 長孫佐輔

淒淒還切切戍客多離別何處最傷心關山見秋月關月竟如何由來遠近過始經玄兔一作菟塞終繞白狼河忽憶秦樓婦流光應共有已得竝蛾眉還知攬纖手去歲照同行比翼復連形今宵照獨立顧影自煢煢餘暉漸西落夜夜看如昨借問映旌旗何如鑒帷幕拂曉朔風悲蓬驚雁不飛幾時征戍罷還向月中歸

同前 耿湋

月明邊徼靜戍客望鄉時塞古柳衰盡關寒榆發遲蒼蒼萬里道戚戚十年悲今夜青樓上還應照一作有所思

同前二首 戴叔倫

月出照關山秋風入未還清光無遠近鄉淚半書間

一雁過連營繁霜覆古城胡笳在何處半夜起邊聲

同前 崔融

月生西海上氣逐邊風壯萬里度關山蒼茫非一狀漢兵開郡國胡馬窺亭障夜夜聞悲笳征人起南望

同前 李端

露溼月蒼蒼關頭榆葉黃回輪照海遠分彩上樓長水凍頻移幕兵疲數望鄉祇應城影外萬里共如集作胡霜

同前 王建

關山月營開道白前軍發凍輪當磧光悠悠照見三堆兩堆骨邊風割面天欲明金莎一作沙嶺西看看沒

同前 張籍

秋月朗朗關山上山中行人馬蹄響關山秋來雨雪多行人見月唱邊歌海邊漠漠天氣白胡兒夜度黃龍磧軍中探騎暮出城伏兵暗處低旌戟溪水連地集作天霜草平野駝尋水磧中鳴隴頭風急雁不下沙場苦戰多流星可憐萬國關山道年年戰骨多秋草

同前 翁綬

裴回漢月滿邊州照盡天涯到隴頭影轉銀河寰海靜光分玉塞古今愁笳吹遠戍孤烽滅雁下平沙萬里秋況是故園搖落夜那堪少婦獨登樓

同前 鮑氏君徽

高高秋月明北照遼陽城塞迥光初滿風多暈更生征人望鄉思戰馬聞鞞驚一作聲朔風悲邊草胡沙昏一作暗虜營霜疑匣中劍風憊原上旌早晚謁金闕不聞刁斗聲一作鳴

洛陽道 于武陵

浮世若浮雲千回故復新旋添青草冢更有白頭人歲暮客將老雪晴山欲春行車與馬不盡洛陽塵

同前 鄭遨

客亭門外路東西多少喧騰事不齊楊柳惹鞭公子醉紵麻掩淚魯人迷通宵塵土飛山月是處經營夾御堤頃刻知音幾存歿半回依約認輪蹄

洛陽陌 李白

白玉誰家郎回車渡天津看花東上陌一作陌上驚動洛陽人

長安道 崔顥

長安甲第高入雲誰家居住霍將軍日晚朝回擁賓從路傍拜揖集作揖拜何紛紛莫言炙手手可熱須臾火盡灰亦滅莫言貧賤即可欺人生富貴自有時一朝天子賜顏色世上悠悠應始知

同前 孟郊

胡風激秦樹賤子風中泣家家朱門開得見不可入長安十二衢投樹鳥亦急高閣何人家笙簧正喧吸

同前 顧況

長安道人無衣馬無草何不歸來山中老

同前 聶夷中

此地無駐馬夜中猶走輪所以路旁草少於衣上塵

同前 韋應物

漢家宮殿含雲煙兩宮十里相連延晨霞出沒弄丹闕春雨依微自甘泉春雨依微春尚早長安貴遊愛芳草寶馬橫來下建章香車却轉避馳道貴遊誰最貴衞霍世難比何能蒙主恩幸遇邊塵起歸來甲第拱皇居朱門峨峨臨九衢中有流蘇合歡之寶帳一百二十鳳皇羅列含明珠下有錦鋪翠被之粲爛博山吐香五雲散麗人綺閣情飄颻頭上鴛釵雙翠翹低鬟曳袖回春雪聚黛一聲愁碧霄山珍海錯棄藩籬烹犢炰羔如折葵既請列侯封部曲還將金印授廬兒歡榮若此何所苦但苦白日西南馳

同前 白居易

花枝缺處青樓開豔歌一曲酒一杯美人勸我急行樂自古朱顏不再來君不見外州客長安道一回來一回老

同前 薛能

汲汲復營營東西連兩京關繻古若在山岳累應成各自有身事不相知姓名交馳喧兼集作衆類分散入重城此路去集作去無盡萬方人始終集作生空餘片言苦來往見劉楨

同前 僧貫休

憧憧合八表一轍黃塵霧合車馬火熱名湯風雨利輾霜雪千車萬馱半宿關月上有堯禹下有夔禼紫氣銀輪兮常覆金闕仙掌捧日兮濁河澄澈愚將草木兮有言與華封人兮不別

同前 沈佺期

秦地平如掌層城出入集作雲漢樓閣九衢春車馬千門旦綠柳開復合紅塵聚還散日晚鬬雞回經過狹斜看

梅花落 盧照鄰 梅花落本笛中曲也按唐大角曲亦有大梅花小梅花等曲

梅嶺花初發天山雪未開雪處疑花滿花邊似雪回因風入舞袖雜粉向妝臺匈奴幾萬里春至不知來

同前 沈佺期

鐵騎幾時回金閨怨早梅雪中一作寒花已落風暖葉應開夕逐新春管香迎小歲杯感集作盛時何足貴書裏報輪臺

同前 劉方平

新歲芳梅樹繁苞集作花四面同春風吹漸落一夜幾枝空小集作少婦今如此長城恨不窮莫將遼海雪來比後庭中

紫騮馬 盧照鄰

騮馬照金鞍轉戰入皐蘭塞門風稍急長城水正寒雪暗鳴珂重山長噴玉難不辭橫絕漠流血幾時乾

同前 李白

紫騮行且嘶雙飜碧玉蹄臨流不肯渡似惜錦障泥白雪關山一作城遠黃雲海樹一作戍迷揮鞭萬里去安得念一作戀春

閨

同前 (李益)

爭場看鬭雞白鼻紫騧(一作騮)嘶漳水春歸晚叢臺日向低歌鞍珠作汗試劒玉如泥爲謝紅梁燕年年妾獨棲

同前 (秦韜玉)

渥洼奇骨本難求況是豪家重紫騮膔大宜懸銀壓銙力(一作勝)渾欺却(集作著)玉銜頭生獰弄影風隨起(集作步)蹀躞衝塵汗滿溝若遇丈夫皆調御(集作能控馭)任從騎(一作驅)取覓封侯

驄馬 (李羣玉 一曰驄馬驅)

浮雲何權奇絕足勢(一作世)未知長嘶青(集作清)海風蹀躞振雲絲由來渥洼種本是蒼龍兒穆滿不再活無人昆閬騎君(集作若)識躍嶠怯寧勞耀金羈青芻與白水空笑駑駘肥

驄馬曲 (紀唐夫)

伯樂儻一見應驚耳長垂當思八荒外逐日向瑤池連錢出塞蹋沙蓬豈比當時御史驄逐北自諳深磧路連嘶誰念靜邊功登山每與青雲合弄影應(一作因)知碧草同今日虜平將換妾不如(一作知)羅袖舞春風

雨雪曲 (李端)

天山一丈雪雜雨夜霏霏溼馬胡歌亂經烽漢火微丁零蘇武別疏勒范羌歸若著(集作看)關頭過(集作下)長榆葉定稀

同前 (翁綬)

邊聲四合殷河流雨雪飛來徧隴頭鐵嶺探人迷鳥道陰山飛將溼貂裘斜飄旌旆過戎帳半雜風沙入戍樓一自塞垣無李蔡何人爲解北門憂

劉生 (盧照鄰)

劉生氣不平抱劒欲專征報恩爲豪俠死難在橫行翠羽裝劒鞘黃金飾馬纓但令一顧重不吝百身輕

雍臺歌 (溫庭筠)

太子池南樓百尺八(一作入)窗新樹疏簾隔黃金鋪首畫鉤陳羽葆亭童(集作停幢)拂交戟盤紆闌楯臨高臺帳殿臨流鸞扇開早雁聲鳴細波起映花鹵簿龍飛回

捉搦歌 (張祜)

門上關牆上棘窗中女子聲唧唧洛陽大道徒自直女子心在婆舍側嗚嗚籠鳥觸四隅養男男娶婦養女女嫁夫阿婆六十翁七十不知女子長日泣從他嫁去無悒悒

幽州胡馬客歌 (李白)

幽州胡馬客綠眼虎皮冠笑拂兩隻箭萬人不可干彎弓若轉月白雁落雲端雙雙掉鞭行遊獵向樓蘭出門不顧後報國死何難天驕五單于狼戾好凶殘牛馬散北海割鮮若虎餐雖居燕支山不道朔雪寒婦女馬上笑顏如赬玉盤翻入(集作飛)射鳥獸花月醉雕鞍旄頭四光芒爭戰若蠭攢白刃灑赤血流沙爲之丹名將古誰是疲兵良可歎何時天狼滅父子得閑安(一作安閑)

白鼻騧 (李白)

銀鞍白鼻騧綠地障泥錦細雨春風花落時(一作春風細雨落花時)揮鞭且(一作直)就胡姬飲

同前 (張祜)

爲底胡姬酒長來白鼻騧摘蓮拋水上郎意在浮花

全唐詩

相和歌辭

(相和舊曲絲竹更相和執節者歌本一部魏明帝分爲二晉謂之清商三調唐書樂志曰平調清調瑟調皆周房中曲之遺聲又有楚調側調楚調者漢房中樂也側調者生於楚調與前三調總謂之相和凡相和其器有笙笛節歌琴瑟琵琶箏七種)

箜篌引 (李賀 相和有四引一曰箜篌引二曰商引三曰徵引四曰羽引古有六引其宮引角引二曲闕宋唯箜篌引有辭梁具五引有歌有辭)

公乎公乎提壺將焉如屈平沈湘不足慕徐衍入海誠爲愚公乎公乎牀有菅席盤有魚北里有賢兄東鄰有小姑隴畝油油黍與葫瓦甒濁醪蟻浮浮(一作瓦缾濁酒醪蟻浮)黍可食醪可飲公乎公乎其奈居被髮奔流竟何如賢兄小姑哭嗚嗚

公無渡河 (李白 一曰箜篌引)

黃河西來決崑崙咆吼(集作哮)萬里觸龍門波滔天堯咨嗟大禹理百川兒啼不窺家殺湍湮洪水九州始蠶麻其害乃去茫然風沙被髮之叟狂而癡清晨徑(集作臨)流欲奚爲旁人不惜妻止之公無渡河苦渡之虎可搏河難憑公果溺死流海湄有長鯨白齒若雪山公乎公乎挂骨於其間箜篌所悲竟不還

同前 (王建)

渡頭惡天兩岸遠波濤塞川如疊坂幸無白刃驅向前何用將身自棄捐蛟龍齧屍(集作骨)魚食血黃泥直下無青天男兒縱輕婦人語惜君性命還須取婦人無力挽斷衣舟沈身死悔難追公無渡河公(集有須字)自爲

同前 (溫庭筠)

黃河怒浪連天來大響谹谹如殷雷龍伯驅風不敢上百川噴雪高崔嵬二十五(集作三)弦何太哀請公勿渡立裴回下有狂蛟鋸爲尾裂帆截櫂磨霜齒神錐鑿石塞神潭白馬趁𧾷亶赤塵起公乎躍馬揚玉鞭滅沒高蹄日千里

同前 (王叡)

濁波洋洋兮凝曉霧公無渡河兮公苦(集作竟)渡風號水激兮呼不聞提壺看入兮中流去浪擺衣裳兮隨步沒沈屍深入兮蛟螭窟蛟螭盡醉兮君血乾推出黃沙兮泛君骨當時君死妾何適遂就波瀾合魂魄願持精衛銜

石心窮取河源塞泉脈

江南曲　宋之問

妾住越城南離居不自堪採花驚曙鳥摘葉餧春蠶懶結茱萸帶愁安玳瑁簪侍臣（集作侍君）消瘦盡日暮碧江潭

同前　劉眘虛

美人何蕩漾湖上風月（集作日）長玉手欲有贈裴回雙鳴（集作明）璫歌聲隨淥水怨色起朝（集作青）陽日暮還家望雲波橫洞房

同前　丁仙芝

長干斜路北近浦是兒家有意來相訪明朝出浣紗發向橫塘口船開值急流知郎舊時意且請攏船頭昨暝逗南陵風聲波浪阻入浦不逢人歸家誰信汝未曉已成妝乘潮去茫茫因從京口渡使報邵陵王始下芙蓉樓言發琅邪岸急爲打船開惡許傍人見（集作截句五首）

同前八首　劉希夷

暮宿南洲草晨行北岸林日懸滄海闊水隔洞庭深煙景無留意風波有異潯歲遊難極目春戲易爲心朝夕無榮遇芳菲已滿襟

艷唱潮初落江花露未晞春洲驚翡翠朱服弄芳菲畫舫煙中淺青陽日際微錦帆衝浪溼羅袖拂行衣含情罷所采相歎惜流暉

君爲隴西客妾遇江南春朝遊含靈果夕采弄風蘋果氣時不歇蘋花日自新以此江南物持贈隴西人空盈萬里懷欲贈竟無因

皓如楚江月霭若吳岫雲波中自皎鏡山上亦氛（一作氣）氳明月留照妾輕雲持贈君山川各離散光氣乃殊分天涯一爲別江北自（集作不）相聞

艤舟乘潮去風帆振草涼潮平見楚甸天際望維揚洄泝經千里煙波接兩鄉雲明江嶼出日照海流長此中逢歲晏浦樹落花芳

暮春三月晴維揚吳楚城城臨大江汜迴映洞浦清晴雲曲金閣珠樓碧煙裏月明芳樹羣鳥飛風過長林雜花起可憐離別誰家子於此一至情何已

北堂紅草盛丰茸南湖碧水照芙蓉朝遊暮起金花盡漸覺羅裳珠露濃自惜妍華三五歲已歎關山千萬重人情一去無還日欲贈懷芳怨不逢

憶昔江南年盛時平生怨在長洲曲冠蓋星繁湘（一作江）水上衝風摽落洞庭淥落花舞袖紅紛紛朝霞高閣洗晴雲誰言此處嬋娟子珠玉爲心以奉君

同前　于鵠

偶向江邊采白蘋還隨女伴賽江神衆中不敢分明語暗擲金錢卜遠人

同前　李益

嫁得瞿塘賈朝朝誤妾期早知潮有信嫁與弄潮兒

同前　李賀

汀洲白蘋草柳惲乘馬歸江頭樝樹香岸上蝴蝶飛酒杯若葉露玉軫蜀桐虛朱樓通水陌沙暖一雙魚

同前　李商隱

郎船安兩槳儂舸動雙橈掃黛開宮額裁裙約楚腰乖期方積思臨醉欲拚嬌莫以采菱唱欲羨秦臺簫

同前　韓翃

長樂花枝雨點消江城日暮好相邀春樓不閉葳蕤鎖綠水回通宛轉橋

同前　溫庭筠

妾家白蘋浦日上芙蓉檝軋軋搖槳聲移舟入茭葉溪長茭葉深作底難相尋避郎郎不見鸂鶒自浮沈拾萍萍無根采蓮蓮有子不作浮萍生寧作（集作爲）藕花死岸傍騎馬郎烏帽紫游韁含愁復含笑回首問橫塘妾住金陵步（集作浦）門前朱雀航流蘇持作帳芙蓉持作梁出入金犢幰兄弟侍中郎前年學歌舞定得郎相許連娟眉繞山依約腰如杵鳳管悲若咽鸞弦嬌欲語扇薄露紅鈆羅輕壓金縷明月西南樓珠簾玳瑁鉤橫波巧能笑彎蛾不識愁花開子留樹草長根依土早聞金溝遠底事歸郎許不學楊白花朝朝淚如雨

同前　張籍

江南人家多橘樹吳姬舟上織白紵土地卑溼饒蟲蛇連木爲牌入江住江村亥日長爲市落帆渡橋來浦裏青莎覆城竹爲屋無井家家飲潮水長江午日酤春酒高高酒旗懸江口倡樓兩岸懸水柵夜唱竹枝留北客江南風土歡樂多悠悠處處盡經過

同前　羅隱

江煙溼雨鮫綃輭漠漠遠山眉黛淺水國多愁又有情夜槽壓酒銀船滿綳絲採怨（集作細柳採烟）凝曉空吳王臺榭春夢中鴛鴦蹔喚不起平鋪淥水眠東風西陵路邊月悄悄油壁輕車嫁蘇小（集作香車蘇小小）

同前　陸龜蒙

爲愛江南春涉江聊采蘋水深煙浩浩空對雙車輪車輪明月團車蓋浮雲盤雲月徒自好水中行路難遙遙洛陽道夾岸生春草寄語櫂船郎莫誇風浪好

同前　陸龜蒙廣古辭爲五解

魚戲蓮葉間參差隱葉扇鳩鵲鸊鷉窺瀲灩無因見

魚戲蓮葉東初霞射紅尾傍臨謝山側恰值清風起

魚戲蓮葉西盤盤舞波急潛依曲岸涼正對斜光入

魚戲蓮葉南欹危午煙疊光搖越鳥巢影亂吳娃檝

魚戲蓮葉北澄陽動微漣回看帝子渚稍背鄂君船

度關山　李端

雁塞日初晴胡（集作狐）關雪復平危竿（集作樓）緣廣漠古竇傍長城拔（集作拂）劒金星出彎弧玉羽鳴誰知係虜者賈誼是書生

關山曲　馬戴

金鎖（集作甲）耀兜鍪黃雲（集作金）拂紫騮叛羌旗下戮陷壁夜中收霜霰戎衣故關河磧氣秋箭創殊未合更遣擊蘭州

火發龍山北中宵易左賢勒兵臨漢水驚雁散胡天木落防河急軍孤受敵偏猶聞漢皇怒按劒待開邊

登高丘而望遠　李白

登高丘而（集無而字）望遠海六鼇骨已霜三山流安在扶桑半摧折白日沈光彩銀臺金闕如夢中秦皇漢武空相待精衛費木石黿鼉無所憑君不見驪山茂陵盡灰滅牧羊之子來攀登盜賊劫寶玉精靈竟何能窮兵黷武今

如此鼎湖飛龍安可乘

蒿里 僧貫休

兔不遲烏更急但恐穆王八駿著鞭不及所以蒿里墳出蕺蕺氣凌雲天龍騰鳳集盡爲風消土喫狐掇蟻拾黃金不啼玉不泣白楊騷屑亂風愁月折碑石人莽穢榛沒牛羊窸窣時見牧童兒弄枯骨

輓歌 趙微明

寒日蒿上明淒淒郭東路素車誰家子丹旐引將去原下荊棘叢叢邊有新墓人間痛傷別此是長別處曠野何蕭條青松白楊樹

同前二首 于鵠

陰風吹黃蒿輓歌渡秋水車馬却歸城孤墳月明裏

雙轍出郭門綿綿東西道送死多於生幾人得終老見人切肺肝不如歸山好不聞哀哭聲默默安懷抱時盡從物化又免生憂擾世間壽者稀盡爲悲傷惱

同前 孟雲卿

草草門巷喧塗車儼成位冥寞何所須盡我生人意北邙路非（一作不）遠此別終天地臨穴頻撫棺至哀反無淚爾形未衰老爾息猶（集作纔）童稺骨肉不（一作安）可離皇天若容易

同前 白居易

房帷即虛張（集作靈帳）庭宇爲哀次薤露歌若斯人生盡如寄

丹旐何飛揚素驂亦悲鳴晨光照閭巷輀車儼欲行蕭條九月天哀輓出重城借問送者誰妻子與弟兄蒼蒼上古原峨峨開新塋含酸一慟哭異口同哀聲舊壠轉蕪絕新墳日羅列春風草綠北邙山此地年年生死別

對酒 崔國輔

行行日將夕荒村古冢無人跡朦朧（集作蒙籠）荊棘一鳥飛屢唱提壺酤酒喫古人不達酒不足遺恨精靈傳此曲寄言當代諸少年平生且盡杯中淥

同前二首 李白

松子棲金華安期入蓬海此人古之仙羽化竟何在浮生速流電倏忽變光彩天地無凋換容顏有遷改對酒不肯飲含情欲誰待

勸君莫拒杯春風笑人來桃李如舊識傾花向我開流鶯啼碧樹明月窺金罍昨來（集作日）朱顏子今日白髮催棘生石虎殿鹿走姑蘇臺自古帝王宅城闕閉黃埃君若不飲酒昔人安在哉

陌上桑 李白

美女渭橋東（一作緗綺衣）春還事蠶作五馬如飛龍（一作飛如花）青絲結金絡不知誰家子調笑來相謔妾本秦羅敷玉顏豔名都綠條映素手采桑向城隅使君且不顧況復論秋胡寒螿愛碧草鳴鳳棲青梧託心自有處但怪傍人愚徒令白日暮高駕空踟躕

同前 常建

翳翳陌上桑南枝交北堂美人金梯出素手自提筐非但畏蠶飢盈盈嬌路傍

同前 陸龜蒙

皓齒還如貝色（一作光）含長眉亦似煙華貼（一作帖）鄰娃盡著繡襠襦獨自提筐采蠶葉

采桑 郎大家宋氏

春來南雁歸日去西蠶遠妾思紛何極客遊殊未返

同前 劉希夷

楊柳送行人青青西入秦秦（集作誰）家采桑女樓上不勝春盈盈灞水曲步步春芳綠紅臉耀明珠絳脣含白玉回首渭橋東遙憐樹（一作春）色同青絲嬌落日緗綺弄春風攜籠長歎息逶迤戀春色看花若有情倚樹疑無力薄暮思悠悠使君南陌頭相逢不相識歸去夢青樓

同前 李彥暐

采桑畏日高不待春眠足攀條有餘愁那矜貌如玉千金豈不贈五馬空躑躅何以變眞性幽篁雪中綠

同前 王建

鳥鳴桑葉間葉綠條復柔（集作綠條復柔柔）攀看去手近放下長長鉤黃花蓋野田白馬少年遊所念豈回顧良人在高樓

日出行 李白

日出東方隈似從地底來歷天又入海六龍所舍安在哉其始與終古不息（一作其行終古不休息）人非元氣安能與之久裴回草不謝榮於春風木不怨落於秋天誰揮鞭策驅四運萬物興歇皆自然羲和羲和汝奚汩沒於荒淫之波魯陽何德駐景揮戈逆道違天矯誣實多吾將囊括大塊浩然與溟涬同科

同前 李賀

白日下崑崙發光如舒絲徒照葵藿心不照遊子悲折折黃河曲日從中央轉暘谷耳曾聞若木眼不（一作不可）見柰何（集作爾）鑠石胡爲銷人羿彎弓屬矢那不中足令久不得奔詎教晨光夕昏

王昭君 崔國輔（此本中朝舊曲唐爲吳聲蓋吳人傳授訛變使然也 此後並吟歎曲）

漢使南還盡胡中妾獨存紫臺綿望絕秋草不堪論

同前 崔國輔

一回望月一回悲望月月移人不移何時得見漢朝使爲妾傳書斬畫師

同前 盧照鄰

合殿恩中絕交河使漸稀肝腸辭玉輦形影向金微漢宮草應綠胡庭沙正飛願逐三秋雁年年一度歸

同前 駱賓王

斂容辭豹尾緘怨度龍鱗金鈿明漢月玉箸染胡塵妝鏡菱花暗愁眉柳葉嚬惟有清笳曲時聞芳樹春

同前 沈佺期

非君惜鸞殿非妾妒蛾眉薄命由驕虜無情是畫師嫁來胡地惡（集作日）不竝漢宮時心苦無聊賴何堪上馬辭

同前 梁獻

圖畫失天眞容華坐誤人君恩不可再妾命在和親淚點關山月衣銷邊塞塵一聞陽鳥至思絕漢宮春

同前 上官儀

玉關春色晚金河路幾千琴悲桂條上笛怨柳花前霧掩臨妝月風驚入鬢蟬緘書待還使淚盡白雲天

同前 董思恭

琵琶馬上彈行路曲中難漢月正南遠燕山直北寒鬟風拂散（一作亂）眉黛雪霑殘斟酌紅顏盡（集作改）何勞鏡裏看

同前 顧朝陽

莫將鉛粉匣不用鏡花光一去邊城路何情更畫妝影銷胡地月衣盡漢宮香妾死非關命祇（一作都）緣怨斷腸

同前三首　東方虬

漢道初全盛朝廷足武臣何須薄命妾辛苦遠（集作事）和親

掩涕（集作淚）辭丹鳳銜悲向白龍單于浪驚喜無復舊時容

胡地無花草春來不似春自然衣帶緩非是爲腰身

同前三首　郭元振

自嫁單于國長銜漢掖悲容顏日顦顇有甚畫圖時

厭踐冰霜域嗟爲邊塞人思從漢（集作漢）南獵一見漢家塵

聞有南河信傳聞殺畫師始知君惠（集作念）重更遣畫（集作肯惜）蛾眉

同前　劉長卿

自矜妖豔色不顧丹青人那知粉繢能相負却使容華翻誤身上馬辭君嫁驕虜玉顏對人啼不語北風雁急浮清（一作雲）秋萬里獨見黃河流纖腰不復漢宮寵雙蛾長向胡天愁琵琶弦中苦調多蕭蕭羌笛聲相和可憐一曲傳樂府能使千秋傷綺羅

同前二首　李白

漢家秦地月流影照（一作送）明妃一上玉關道天涯去不歸漢月還從東海出明妃西嫁無來日燕支長寒雪作花蛾眉顦顇沒胡沙生乏黃金枉圖畫死留青冢使人嗟

昭君拂玉鞍上馬啼紅頰今日漢宮人明朝胡地妾

同前　儲光羲

日暮驚沙亂雪飛傍人相勸易羅衣強來前帳（集作殿）看歌舞共待單于夜獵歸

同前　僧皎然

自倚嬋娟望主恩誰知美惡忽相翻黃金不買漢宮貌青冢空埋胡地魂

同前二首　白居易

滿面胡沙滿鬢風眉銷殘黛臉銷紅愁苦辛勤顦顇盡如今却似畫圖中

漢使却回憑寄語黃金何日贖蛾眉君王若問妾顏色莫道不如宮裏時

同前　令狐楚

錦車天外去毳幕雲中開魏闕蒼龍遠蕭關赤雁哀

同前　張仲素

仙娥今下嫁驕子自同和劍戟歸田盡牛羊繞塞多

同前　李商隱

毛延壽畫欲通神忍爲黃金不爲（集作顧）人馬上琵琶行萬里漢宮長有隔生春

明妃曲　王偃

北望單于日半斜明君馬上泣胡沙一雙淚滴黃河水應得東流入漢家

昭君詞　張文琮

戒途飛萬里回首望三秦忽見天山雪還疑上苑春玉痕垂淚粉（一作粉淚）羅袂拂胡塵爲得胡中曲還悲遠嫁人

同前　陳昭

跨鞍今永訣垂淚別親賓漢地行將遠胡關逐望新交河擁塞路隴首暗沙塵唯有孤明月猶能遠送人

同前　戴叔倫

漢宮若遠近路在沙塞（集作塞沙）上到死不得歸何人共南望

同前　李端

李陵初送子卿回漢月明明照帳（集作惆悵）來憶著長安舊遊處千門萬户玉樓臺

楚妃歎　張籍

湘雲初起江沈沈君王遙在雲夢林江南雨多旌旗暗臺下朝朝春水深章華殿前朝萬國君心獨自終無（集作無終）極楚兵滿地能逐禽誰用一身繼（集作騁）筋力西江若翻雲夢中麋鹿死盡應還宮

楚妃怨　張籍

梧桐葉下黃金井橫架轆轤牽素綆美人初起天未明手拂銀瓶秋水冷

王子喬　宋之問

王子喬愛神仙七月七日上賓天白虎搖瑟鳳吹笙乘騎雲氣吸日精吸日精長不歸遺廟今在而人非空望山頭草草露溼君（集作人）衣

蜀國弦　李賀（四弦古有四曲其張女四弦李延年四弦嚴卯四弦三曲闕此傳蜀國四弦一曲）

楓香晚華靜錦水南山影驚石墜猿哀竹雲愁半嶺涼月生秋浦玉沙鱗鱗（集作鄰鄰）光誰家紅淚客不忍過瞿塘

長歌行　李白（此後並平調曲其器有笙笛筑瑟琴箏琵琶七種歌弦六部）

桃李得（集作待）日開榮華照當年東風動百物草木盡欲言枯枝無醜葉涸水吐清泉大力運天地羲和無停鞭功名不早著竹帛將何宣桃李務青春誰能貫白日富貴與神仙蹉跎成兩失金石猶銷鑠風霜無久質畏落日月後強歡歌與酒秋霜不惜人倏忽侵蒲柳

同前　王昌齡

曠野饒悲風颼颼黃（一作多）蒿草繫馬停白楊誰知我懷抱所是同袍者相逢盡衰（一作哀）老況登漢家陵南望長安道下有枯樹根上有鼷（一作鼯）鼠窠高皇子孫盡千古無人過寶玉頻發掘精靈其奈何人生須達命有酒且長歌

短歌行　聶夷中（長歌短歌其歌聲有長短）

八月木蔭（集作陰）薄十葉三隨枝人生過五十亦已同此時朝出東郭門嘉樹鬱參差暮出西郭門原草已離披南鄰好臺榭北鄰善歌吹榮華忽消歇四顧令人悲生死與榮辱四者乃常期古人恥其名沒世無人知無言鬢似霜勿謂髮（集作事）如絲耆年無一善何殊食乳兒

同前　李白

白日何短短百年苦易滿蒼穹浩茫茫萬劫太極長麻姑垂兩鬢一半已成霜天公見玉女大笑億千場吾欲攬六龍回車挂扶桑北斗酌美酒勸龍各一觴富貴非所願爲（一作與）人駐頹（一作流集作顏）光

同前六首　顧況（英華作三首）

城邊路今人犁田昔人墓岸上沙昔時（集作日）江水今人家今人昔人共長歎四氣相催節回換明月皎皎入華池白雲離離度清（集作霄）漢

我欲升天天隔霄我思渡水水無橋我欲上山山路險我欲汲井井泉遙越人翠被今何夕獨立沙邊江草碧紫燕西飛欲寄書白雲何處逢來客（以上三首英華合作一首）

新繫青絲百尺繩心在君家轆轤上我心皎潔君不知

轆轤一轉一惆悵

何處春風吹曉幕江南綠水通朱閣美人二八面如花泣向東（集作春）風畏花落臨春風聽春鳥別時多見時少愁人夜永（一作夜）不得眠瑶井玉繩相向曉（以上三首英華合爲一首）

軒轅皇帝初得仙鼎湖一去三千年周流三十六洞天洞中日月星辰連騎龍駕景遊八極軒轅弓劒無人識東海青童寄消息

同前 王建

人初生日初出上山遲下山疾百年三萬六千朝夜裏分將彊半日有歌有舞間（集作須）早爲昨日健於今日時人家見生男女好不知男女催人老短歌行無樂聲

同前 張籍

青天蕩蕩高且虛上有白日無根株流光暫出還入地催我少年不須臾與君相逢不寂寞衰老不復如今樂玉巵盛酒置君前再拜願君千萬年

同前二首 白居易

曈曈太陽如火色上行千里下一刻出爲白晝入爲夜圓轉如珠住不得住不得可柰何爲君舉酒歌短歌歌聲苦詞亦苦四座少年君聽取今夕未竟明夕催秋風纔往春風迴人無根蔕時不駐朱顏白日相隳頹勸君且強笑一面勸君復（集作且）強飲一杯人生不得長歡樂年少須臾老到來

世人求富貴多爲身（集作奉）嗜欲盛衰不自由得失常相逐問君少年日苦學將干祿負笈塵中遊抱書雪前宿布衾不周體藜茹（集作茹）纔充腹三十登宦（集作仕）途五十被朝服奴温已（集作新）挾纊馬肥初食粟未敢議歡遊尚爲名檢束耳目聾暗後堂上調絲竹牙齒缺落時盤中堆酒肉彼來此已去外餘中不足少壯與榮華相避如寒燠青雲去地遠白日終（集作經）天速從古無柰何短歌聽一曲

同前 陸龜蒙

爪牙在身上陷穽猶可制爪牙在胷中劒戟無所畏人言畏猛虎誰是撩頭虓祇見古來心姦雄暗相噬

同前 僧皎然

古人若不死吾亦何所悲蕭蕭煙雨九原上白楊青松葬者誰貴賤同一塵死生同一指人生在世共如此何異浮雲與流水短歌行短歌無窮日已傾鄴宮梁苑徒有名春草秋風傷我情何爲不學金仙侶一悟空王無死生

銅雀臺 王無競

北登銅雀上西望青松郭繐帳空蒼蒼陵田紛漠漠平生事已變歌吹宛猶昨長袖拂玉塵遺情結羅幕妾怨在朝露君恩豈中薄高臺奏曲終曲終淚橫落

同前 鄭愔

日斜漳浦望風起鄴臺寒玉座平生晚金尊妓吹闌舞餘依帳泣歌罷向陵看蕭索松風暮愁煙入井闌

同前 劉長卿

嬌愛更何日高臺空數層含啼映雙袖不忍看西陵漳河東流無復來百花輦路爲蒼苔青樓月夜長寂寞碧雲日暮空裏回君不見鄴中萬事非昔時古人何（集在不）在今人悲春風不逐君王去草色年年舊宮路宮中歌舞已浮雲空指行人往來處

同前 賈至

日暮銅雀靜西陵鳥雀歸撫弦心斷絕聽管淚霏霏靈几臨朝奠空牀卷夜衣蒼蒼川上月應照妾魂飛

同前 羅隱

強歌強舞竟難勝花落花開淚滿繒祇合當年伴君死免教顰頞望西陵

同前 薛能

魏帝當時銅雀臺黃花深映棘叢開人生富貴須回首此地豈無歌舞來

同前 張氏琰

君王冥寞不可見銅雀歌舞空裏回西陵嘖嘖悲宿鳥空（集作高）殿沈沈閉青苔青苔無人跡紅粉空相（集作自）哀

同前 梁氏瓊

歌扇向陵開齊行奠玉杯舞時飛燕列夢裏片雲來月色空餘恨松聲暮更哀誰憐未死妾掩袂下銅臺

銅雀妓 王勃

妾本深宮妓曾城閉九重君王歡愛盡歌舞爲誰容錦衾不復襞羅衣誰再縫高臺西北望流涕向青松

金鳳鄰銅雀漳河望鄴城君王無處所臺榭若平生舞筵紛可（集作何）就歌梁儼未傾西陵松檟冷誰見綺羅情

同前 沈佺期

昔年分鼎地今日望陵臺一旦雄圖盡千秋遺令開綺羅君不見歌舞妾空來恩共漳河水東流無重迴

同前 喬知之

金閣惜分香鉛華不重妝空餘歌舞地猶是爲君王哀弦調已絕豔曲不須長共看西陵暮秋煙生（集作起）白楊

同前 王適

日暮銅雀迥幽聲（一作深）玉座清蕭森松柏望委鬱綺羅情君恩不再重（一作得）妾舞爲誰輕

同前 歐陽詹

蕭條登古臺回首黃金屋落葉不歸林高陵永爲谷妝容徒自麗舞態閱誰目惆悵繐帷前（集作空）歌聲苦於哭

同前 袁暉

君愛本相饒從來事（一作似）舞腰那堪攀玉座腸斷望陵朝怨著情無主哀凝曲不調況臨松日暮悲吹坐蕭蕭

同前 劉商

魏主矜蛾眉美人美於玉高臺無晝夜歌舞竟未足盛色如轉圜夕陽落深（一作空）谷仍令身歿後尚足（集作縱）平生慾紅粉橫淚痕（集作淚縱橫）調弦空向（集作向空）屋舉頭君不在唯見西陵木玉輦豈再來嬌鬟爲誰綠那堪秋風裏更舞陽春曲曲終（一作罷）情不勝闌干向西哭臺邊生野草來去罥羅轂況復陵寢間雙雙見麋鹿

同前 李賀

佳人一壺酒秋容滿千里石馬臥新煙憂來何所似歌聲且潛弄陵樹風自起長裾壓高臺淚眼看花机

同前 吳燭

秋色西陵滿綠蕪繁弦（一作紅）急管彊歡娛長舒羅袖不成

舞却向風前承淚珠

同前　朱光弼

魏王銅雀妓日暮管弦清一見西陵樹悲心舞不成

同前　朱放

恨唱歌聲咽愁翻舞袖遲西陵日欲暮是妾斷腸時

同前　僧皎然

彊開尊酒向陵看憶得君王舊日歡不覺餘歌悲自斷非關豔曲轉聲難

雀臺怨　馬戴

魏宮歌舞地蝶戲鳥還鳴玉座人難到銅臺雨滴平西陵樹不見漳浦草空生萬恨盡埋此徒懸千載名

同前　程氏長文

君王去後行人絕簫竽(集作箏)不響歌喉咽雄劍無威光彩沈寶琴零落金星滅玉階寂寂墜秋露月照當時歌舞處當時歌舞人不迴化爲今日西陵灰

置酒行　李益

置酒命所歡憑觴遂爲戚日往不再來茲辰坐成昔百齡非長久五十將半百胡爲勞我形已鬢還復白西山鸞鶴顧(集作羣)矯矯煙霧翮明霞發金丹陰洞潛水碧安得凌風羽崦嵫駐靈魄兀(集作無)然坐衰老慙歎東陵柏

同前　陸龜蒙

落塵花片排香痕闌珊醉露棲愁魂洞庭波色惜不得東風領入黃金尊千筠擲毫春譜大碧舞紅啼相唱和安知寂寞西海頭青篠未垂孤鳳餓

長歌續短歌　李賀

長歌破衣襟短歌斷白髮秦王不可見旦夕成內熱渴飲壺中酒飢拔隴頭粟淒淒四月蘭千里一時綠夜峰何離離月明落石底裴回沿石尋照出高峰外不得與之遊歌成鬢先改

猛虎行　儲光羲

寒亦不憂雪飢亦不食人人血(集作肉)豈不甘所惡傷明神太室爲我宅孟門爲我鄰百獸爲我膳五龍爲我賓蒙馬一何威浮江亦(集作一)以仁綵章耀朝日牙爪雄武臣高雲逐氣浮厚地隨聲振(集作震)君能賈餘勇日夕長相親

同前　李白

朝作猛虎行暮作猛虎吟腸斷非關隴頭水淚下不爲雍門琴旌旗(一作旌旆)繽紛兩河道戰鼓驚山欲傾(集作顛)倒秦人半作燕地囚胡馬翻銜洛陽草一輸一失關下兵朝降夕叛幽薊城巨鼇未斬海水動魚龍奔走安得寧頗似楚漢時翻覆無定止朝過博浪沙暮入淮陰市張良未遇韓信貧劉項存亡在兩臣暫到下邳受兵略來投漂母作主人賢哲栖栖古如此今時亦棄青雲士有策不敢犯龍鱗竄身南國避胡塵寶書長(一作玉)劍挂高閣金鞍駿馬散故人昨日方爲宣城客掣鈴交通二千石有時六博快壯(一作寸)心繞牀三匝呼一擲楚人每道張旭奇心藏風雲世莫知三吳邦伯多(一作皆)顧盼四海雄俠皆相推(一作兩追隨)蕭曹曾作沛中吏攀龍附鳳當有時溧陽酒樓三月春楊花漠漠(一作茫茫)愁殺人胡人(集作雛)綠眼吹玉笛吳歌白紵飛梁塵丈夫相見(一作到處)且爲樂槌牛撾鼓會衆賓我從此去釣東海得魚笑寄情相親

同前　韓愈

猛虎雖云惡亦各有匹儕羣行深谷間百獸望風低身食黃熊父子食赤豹麕麚擇肉於熊羆(集作豹)肎視兔與貍正晝當谷眠眼有百步威自矜無當對氣性縱以乖朝怒殺其子暮還飧(一作食)其妃匹儕四散走猛虎還孤棲狐鳴門四旁烏鵲從噪之出逐猴(一作猱)入居虎不知所歸誰云猛虎惡中路正悲啼豹來銜其尾熊來攫其頤猛虎死不辭但慙前所爲虎坐無助死況如汝細微故當結以信親當結以私親故且不保人誰信汝爲

同前　張籍

南山北山樹冥冥猛虎白日繞林行向晚一身當道食山中麋鹿盡無聲年年養子在深谷雌雄上山不相逐谷中近窟有山村長向村家取黃犢五陵年少不敢射空來林下看行跡

同前　李賀

長戈莫舂彊(集作長)弩莫烹(集作抨)乳孫哺子教得生獰舉頭爲城掉尾爲旌東海黃公愁見夜行道逢騶虞牛哀不平生何用尺刀壁上雷鳴泰山之下婦人哭聲官家有程吏不敢聽

同前　僧齊己

磨爾牙錯爾爪狐莫威兔莫狡飢來吞噬取腸飽橫行不怕日月明皇天產爾爲生獰前村半夜聞吼聲何人按劍燈熒熒

君子行　僧齊己

聖人不生麟龍何瑞梧桐不高鳳皇何止吾聞古之有君子行藏以時進退求己榮必爲天下榮恥必爲天下恥苟進不如此(集有退不如此四字)亦何必用虛僞之文章取榮名而自美

燕歌行　高適

漢家煙塵在東北漢將辭家破殘賊男兒本自重橫行天子非常賜顏色摐金伐鼓下榆關旌旗逶迤碣石間校尉羽書飛瀚海單于獵火照狼山山川蕭條極邊土胡騎憑陵雜風雨戰士軍前半死生美人帳下猶歌舞大漠窮秋塞草衰(集作腓)孤城落日鬬兵稀身當恩遇常(集作恒)輕敵力盡關山未解圍鐵衣遠戍辛勤久玉箸應啼別離後少婦城南欲斷腸征人薊北空回首邊風飄飄(集作颻)那可度絕域蒼茫更何(一作無所)有殺氣三日(集作時)作陣雲寒聲一夜傳刀斗相看白刃血紛紛死節從來豈顧勳君不見沙場征戰苦至今猶憶李將軍

同前　賈至

國之重鎮惟幽都東威九夷制北(集作北制)胡五軍精卒三十萬百戰百勝擒單于前臨滹沲後沮(集作易)水崇山沃野亘千里昔時燕王重賢士黃金築臺從隗始倏忽興王定薊丘漢家又以封王侯蕭條魏晉爲橫流鮮卑竊據朝五州我唐區夏餘十紀軍容武備赫萬祀彤弓黃鉞授元帥墾耕大漠爲內地季秋膠折邊草腓治兵羽獵因出師千營萬隊連旌旗望之如火忽雷(一作電)馳匈奴懾竄窮髮北大荒萬里無塵飛(此下集有君不見三字)隋家昔爲天下宰窮兵黷武征遼海南風不競多死聲鼓臥旗折黃雲橫六

軍將士皆死盡戰馬空鞍歸故營時還（集作移）道革天下平白環入貢滄海清自有農夫已高枕無勞校尉重橫行

同前 陶翰

請君留楚調聽我吟燕歌家在遼水頭邊風意氣多出身爲漢將正值戎未和雪中凌天山冰上渡交河大小百餘戰封侯竟蹉跎歸來霸陵下故舊無相過雄劒委塵匣空門唯（集作垂）雀羅玉簪還趙女寶瑟付齊娥昔日不爲樂時哉今柰何

從軍行二首 虞世南

塗山烽候驚弭節度龍城冀馬樓蘭將燕犀上谷兵劒寒花不落弓曉月逾明凜凜嚴霜節冰壯黃河絕蔽日卷征蓬浮天散飛雪全兵值月滿精騎乘膠折結髮早驅馳辛苦事旌麾馬凍重關冷輪摧九折危獨有西山將年年屬數奇

爟（一作烽）火發金微連營出武威孤城寒雲起絕陣虜塵飛俠客吸龍劒惡少縵胡衣朝摩骨都壘夜解谷蠡圍蕭關遠無極蒲海廣難依沙磴離旌斷晴川候馬歸交河梁已畢燕山旆欲飛（集作揮）方知萬里相侯服有光輝

同前 駱賓王

平生一顧念（一作重）意氣溢三軍野日分戈影天星合劒文弓弦抱漢月馬足踐胡塵不求生入塞唯當死報君

同前 劉希夷

秋來（集作天）風瑟瑟（集作颯颯）羣馬胡（集作胡馬）行疾嚴城晝不開伏兵暗相失天子廟堂拜將軍玉（集作凶）門出紛紛伊洛間（集作道）戎馬數千（集作幾萬）匹軍門壓黃河兵氣衝白日平生懷伏（集作仗）劒慷慨既（集作即）投筆南登漢月孤北走燕（集作代）雲密近取韓彭計早知孫吳術丈夫清萬里誰能埽一室

同前 喬知之

南庭結白露北風埽黃葉此時鴻雁來驚鳴催思妾曲房理鍼線平碪擣文練鴛綺裁易成龍鄉信難見窈窕九重閨寂寞十年啼紗窗白雲宿羅幌月光棲雲月曉（集作隱）微微愁思（集作夜上）流黃機玉霜凍珠履金吹薄羅衣漢家已得地君去將何事宛轉結蠶書寂寞無雁使生平荷恩信本爲容華進況復落紅顏蟬聲催綠鬢

同前 李頎

白日登山望烽火昏黃（集作黃昏）飲馬傍交河行人刁斗風砂暗公主琵琶幽怨多野營（集作雲）萬里無城郭雨雪紛紛連大漠胡雁哀鳴夜夜飛胡兒眼淚雙雙落聞道玉門猶被遮應將性命逐輕車年年戰骨埋荒外空見蒲萄入漢家

同前三首 李約

看圖閑教陣畫地靜論邊烏壘天西戍鷹姿塞上川路長須（集作唯）算日（集作月）書遠每題年無復生還望翻思未別前

柵高（集作壕）三面鬭箭盡舉烽頻營柳和煙暮關榆帶雪春邊城多老將磧路少歸人點（集作殺）盡三（集作金）河卒年年添塞塵

候火起雕城塵砂擁戰聲遊軍藏漢幟降騎說蕃情霜降滹池（集作落滹沱）淺秋深太白明嫖姚方虎視不覺請（集作說）添兵

同前 戎昱

昔從李都尉雙鞬照馬蹄擒生黑山北殺敵黃雲西太白沈虜地邊草復萋萋歸來邯鄲市百尺青樓梯感激然諾重平生膽力齊芳筵暮歌發豔粉輕鬟低半醉（集作酣）秋風起鐵騎門前嘶遠戍報烽火孤城嚴鼓鼙揮鞭望塵去少婦莫含啼

同前 厲玄

邊草早（集作旱）不春劒花增濘（集作野）塵廣（集作戰）場收驥尾清瀚怯龍鱗帆色已歸越松聲厭避秦幾時逢范蠡處處是通津

同前二首 李白

從軍玉門道逐虜金微山笛奏梅花曲刀開明月環鼓聲鳴海上兵氣擁雲間願斬單于首長驅靜鐵關

百戰沙場碎鐵衣城南已合數重圍突營射殺呼延將獨領殘兵千騎歸

同前 王維

吹角動行人喧喧行人起笳鳴（集作悲）馬嘶亂爭渡金河水日暮沙漠垂戰聲煙塵裏盡繫名王頸歸來報（集作獻）天子

同前 王昌齡

向夕臨大荒朔風軫歸慮平沙萬里餘飛鳥宿何處虜騎獵長原翩翩傍河去邊聲搖白草海氣生黃霧百戰苦風塵十年履霜露雖投定遠筆未坐將軍樹早知行路難悔不理章句

烽火城西百尺樓黃昏獨上海風秋更吹橫（集作羌）笛關山月誰解（集作無那）金閨萬里愁

琵琶起舞換新聲總是關山舊別情撩亂邊愁彈（集作聽）不盡高高秋月下長城

青海長雲暗雪山孤城遙望雁（一作玉）門關黃沙百戰穿金甲不破樓蘭終不還

同前 盧綸

二十在邊城軍中得勇名卷旗收敗馬斷（集作占）磧擁殘兵覆陣烏鳶起燒山草木明（一作鳴）塞閑思遠獵師老厭分營雪嶺無人跡冰河足（一作有）雁聲李陵甘此沒惆悵漢公卿

同前六首 劉長卿

迴看虜騎合城下漢兵稀白刃兩相向黃雲愁不飛手中無尺鐵徒欲突重圍

落日更蕭條北方（集作風）動枯草將軍追虜騎夜失陰山道戰敗仍樹勳韓彭但空老

草枯秋塞上望見漁陽郭胡馬嘶一聲漢兵淚雙落誰爲吮癰（集作瘡）者此事令人薄

目極雁門道青青邊草春一身事征戰匹馬同辛勤（集作苦辛）末路成白首功歸天下人

倚劒白日暮望鄉登戍樓北風吹羌笛此夜關山愁迴首不無意滹河空自流

黃沙一萬里白首無人憐報國劒已折歸鄉身幸全單于古臺下邊色寒蒼然

同前 杜頠

秋草馬蹄輕角弓持弦急去爲龍城候正值胡兵襲軍氣橫大荒戰酣日將入長風金鼓動白霧（集作露）鐵衣溼四起愁邊聲南轅時佇立斷蓬孤自轉寒雁飛相及萬里

雲沙漲路平（集作平川）冰霰澀（集作溢）夜閒漢使歸獨向刀環泣

同前 僧皎然

候騎出紛紛元戎霍冠軍漢鞞秋聒地羌火晝燒雲萬里戍城合三邊羽檄分烏孫驅未盡肎顧遼陽勳漢斾拂丹霄漢軍新破遼紅塵驅鹵簿白羽擁嫖姚戰苦軍猶樂功高將不驕至今丁令塞朔吹空蕭蕭百萬逐呼韓頻年不解鞍兵屯絕漠暗馬飲濁河乾破虜功未錄勞師力已殫須防肘腋下飛禍出無端飛將下天來奇謀閫外裁水心龍劒動地肺雁山開望氣燕師銳當鋒虜陣摧從今射鵰騎不敢過雲堆黃紙君王詔青泥校尉書誓師張虎落選將擐犀渠霧暗津浦（集作蒲）失天寒塞柳疎橫行十萬騎欲埽虜塵餘

同前 王建

漢軍逐單于日沒處河曲浮雲道傍起行子車下宿槍城圍鼓角氈帳依山谷馬上懸壺漿刀頭分頓（集作頰）肉來時高堂上父母親結束回首（一作西）不見家風吹破衣服金創生（集作在）肢節相與拔（一作取）箭鏃聞道西涼州家家婦人（集作女）哭

同前 張祜

少年金紫就光輝直指邊城虎翼飛一卷旌（一作旗）收千騎虜萬全身出百重圍黃雲斷塞尋鷹去白草連天射雁歸白首漢廷刀筆吏丈夫功業本相依

同前五首 令狐楚

荒雞隔水啼汗馬逐風嘶終日隨旌旆何時罷鼓鼙孤心眠夜雪滿眼是秋沙萬里猶防塞三年不見家却望冰河闊前登雪嶺高征人幾多在又擬戰臨洮胡風千里驚漢月五更明縱有還家夢猶聞出塞聲暮雪連青海陰雲覆白山可憐班定遠出入玉門關

同前三首 王涯

旌（集作戈）甲從軍久風雲識陣難今朝韓信計日下斬成安燕頷多奇相狼頭敢犯邊寄言班定遠正是立功年旄頭夜落捷書飛來奏金門著賜衣白馬將軍頻破敵黃龍戍卒幾時歸

從軍有苦樂行 李益 魏王粲從軍行曰從軍有苦樂但問所從誰因以爲題也

勞者且勿（集作莫）歌我欲送君觴從軍有苦樂此曲樂未央僕本居（一作起集作居在）隴上隴水斷人腸東過秦宮路宮路入咸陽時逢漢帝出諫獵至長楊詎馳游俠窟非結少年場一旦承嘉惠輕命（集作身）重恩光秉筆參帷帟從軍至朔方邊地多陰風草木自淒涼斷絕海雲去出沒胡沙長參差引雁翼隱轔騰軍裝劒文夜如水馬汗凍成霜俠氣五都少矜功六郡良山河起目前睚眦死路傍北逐驅獯虜西臨復舊疆昔還賦餘資今出乃贏糧一矢弢夏服我弓不再張寄言（集作語）丈夫雄苦樂身自當

苦哉遠征人 鮑溶 晉陸機從軍行曰苦哉遠征人飄飄窮四遐宋顏延年從軍行曰苦哉遠征人畢力幹時艱因以爲題

又有苦哉行遠征人皆出於從軍行也

征人歌古曲攜手上河梁李陵死別處杳（集作窅）杳玄冥鄉憶昔從此路連年征鬼方久行迷漢曆三洗（集作死）氈衣裳百戰身且在微功信難忘遠承雲臺議非勢孰敢當落日弔李廣白身（集作首）過河陽閑弓失月影勞劒無龍光去日始束髮今來髮成霜虛名乃閑事生見父母鄉掩抑大風歌裴回少年場誠哉古人言鳥盡良弓藏

苦哉行五首 戎昱

彼鼠侵我廚縱貍授梁肉鼠雖爲君却貍食自須足莫雪大國恥翻是大國辱膻腥逼綺羅甎瓦雜珠玉登樓非騁望目笑是心哭何意天樂中至今奏胡曲官軍收洛陽家住洛陽里夫壻與兄弟目前見傷死吞聲不許哭還遣衣羅綺上馬隨匈奴數秋黃塵裏生爲名家女死作塞垣鬼鄉國無還期天津哭流水登樓望天衢目極淚盈睫彊笑無笑容須妝舊花靨昔年買奴僕奴僕來碎葉豈意未死間自爲匈奴妾一生忽至此萬事痛苦業得出塞垣飛不如彼蠭蝶妾家青河邊七葉承貂蟬身爲最小女偏得渾家憐親戚不相識幽閨十五年有時最遠出祇到中門前前年狂胡來懼死翻生全今秋官軍至豈意遭戈鋋匈奴爲先鋒長鼻黃髮拳彎弓獵生人百步牛羊羶脫身落虎口不及歸黃泉苦哉難重陳暗哭蒼蒼天

可汗奉親詔今月歸燕山忽如亂刀劒攪妾心腸間出户望北荒迢迢玉門關生人爲死別有去無時還漢月割妾心胡風凋妾顏去去斷絕魂叫天天不聞

鞠歌行 李白

玉不自言如桃李魚目笑之卞和恥楚國青蠅何太多連城白璧遭讒毀荊山長號泣血人忠臣死爲刖足鬼聽曲知甯戚奚吾因小妻秦穆五羊皮買死百里奚洗拂青雲上當時賤如泥朝歌鼓刀叟虎變蟠溪中一舉釣六合遂荒營丘東平生渭水曲誰識（一作數）此老翁柰何今之人雙目送征（一作老）鴻

全唐詩目 第一函

第五冊

樂府 四卷至七卷

全唐詩

相和歌辭

前苦寒行二首 杜甫（以後竝清調曲其器有笙笛下聲弄高弄游弄篪節琴瑟箏琵琶八種歌弦四弦）

漢時長安雪一丈牛馬毛寒縮如蝟楚江巫峽冰入懷
虎豹哀號又堪記秦城老翁荊揚客慣習炎蒸歲絺綌
玄冥祝融氣或交手持白羽未敢釋

去年白帝雪在山今年白帝雪在地凍埋蛟龍南浦縮
寒刮肌膚北風利楚人四時皆麻衣楚天萬里無晶輝
三足之烏足恐斷羲和送將安（集作何）所歸

後苦寒行二首 杜甫

南紀巫廬瘴不絕太古已來無尺雪蠻夷長老怨苦寒
崐崘天關凍應折玄猨口噤不能嘯白鵠翅垂眼流血
安得春泥補地裂

晚來江門失大木猛風中夜吹白屋天兵斷斬（集作斬斷）青海
戎殺氣南行動坤軸不爾苦寒何太酷巴東之峽生凌
凘彼蒼迴軒人得知

苦寒行 劉駕

嚴寒動八荒萷萷（集作刺刺）無休時陽烏不自暖雪壓扶桑枝
歲暮寒益壯青春安得歸朔雁到南海越禽何處飛誰
言貧士歎不爲身無衣

同前 僧貫休

北風北風職何嚴毒摧壯士心縮金烏足凍雲囂囂礙
雪一片下不得聲繞枯桑根在沙塞黃河徹底頑直到
海一氣搏束萬物無態唯有吾庭前杉松樹枝枝健
在

同前 僧齊己

冰峰撐空寒矗矗雲凝水凍埋海陸殺物之性傷人之
慾既不能斷絕蒺藜荊棘之根株又不能展鳳皇麒麟
之拳跼如此則何如爲和煦爲膏雨自然天下之榮枯
融融於萬户

北上行 李白

北上何所苦北上緣太行磴道盤且峻巉巖凌穹蒼馬
足蹶側石車輪摧高岡沙塵接幽州烽火連朔方殺氣
毒劒戟嚴風裂衣裳奔鯨夾黃河鑿齒屯洛陽前行無
歸日返顧思舊鄉慘戚冰雪裏悲號絕中腸尺布不掩
體皮膚劇枯桑汲水澗谷阻采薪隴坂長猛虎又掉尾
磨牙皓秋霜草木不可飡飢飲零露漿歎此北上苦停
驂爲之傷何日王道平開顏覩天光

豫章行 李白

胡風吹代馬（一作燕人攢赤月）北擁魯陽關吳兵照海雪西討何時
還半渡上遼津黃雲慘無顏老母與子別呼天野草間
白馬（一作百鳥）繞旌旗悲鳴相追攀白楊秋月苦早落豫章山
本爲休明人斬虜素不閑豈惜戰鬬死爲君埽凶頑精
感石沒羽豈忘（集作云）憚險艱樓船若鯨飛波蕩落星灣此
曲不可奏三軍鬢成斑

董逃行 元稹

董逃董逃董卓逃揩鏗戈甲聲勞嘈剜剜深臍脂燄燄
人皆數歎曰爾獨不憶年年取我身上膏膏銷骨盡煙
火死長安城中賊毛起城門四走公卿士走勸劉虞作
天子劉虞不敢作天子曹瞞篡亂從此始董逃董逃人
莫喜勝負飜（一作相）環相枕倚縫綴難成裁破易何況曲鍼
不能伸巧指欲學裁縫須準擬

同前 張籍

洛陽城頭火曈曈亂兵燒我天子宫宫城南面有深山
盡將老幼藏其間重巖爲屋橡爲食丁男夜行候消息
聞道官軍猶掠人舊里如今歸未得董逃行漢家幾時
重太平

相逢行 崔顥

妾年初二八家住洛橋頭玉户臨馳道朱門近御溝使
君何假問夫壻大長秋女弟新承寵諸兄近拜侯春生
百子殿花發五城樓出入千門裏年年樂未休

同前二首 李白

朝騎五花馬謁帝出銀臺秀色誰家子雲車（一作中）珠箔開
金鞭遙指點玉勒近遲回夾轂相借問疑（一作知）從天上來
憐腸愁欲斷斜日復相催下車何輕盈飄然似落梅（集無此四
句）邀（集作戲）入青綺門（一作嬌羞初解珮）當歌（一作語笑）共銜杯銜杯映歌扇似
月雲中見相見不相親不如不相見相見情已深未語
可知心胡爲守空閨孤眠愁錦衾錦衾與羅幃纏綿會
有時春風正澹蕩（一作糾結）暮雨（一作青鳥）來何遲願因三青鳥更報
長相思光景不待人須臾髮成絲當年失行樂老去徒
傷悲持此道密意無令曠佳期

同前 韋應物

相逢紅塵內高揖黃金鞭萬户垂楊裏君家阿那邊

二十登漢朝英聲邁今古適從東方來又欲謁明主猶
酣新豐酒尚帶霸陵雨邂逅兩相逢別來間（集作問）寒暑寧
知白日晚暫向花間語忽聞長樂鐘走馬東西去

三婦豔詩 董思恭

大婦裁紈素中婦弄明璫小婦多姿態登樓紅粉妝丈
人且安坐初日漸流光

中婦織流黃 虞世南

寒閨織素錦含怨斂雙蛾綜新交縷澀經脆斷絲多衣
香逐舉袖釧動應鳴梭還恐裁縫罷無信達交河

難忘曲 李賀

夾道開洞門弱楊低畫戟簾影竹葉（集作華）起簫聲吹日色
蠭語繞妝鏡拂蛾學春碧亂繫丁香梢滿闌花向夕

塘上行 李賀

藕花涼露溼花缺藕根澀飛下雌鴛鴦塘水聲溢溢（集作溘溘）

苦辛行 戎昱

且莫奏短歌聽余苦辛詞如今刀筆士不及屠酤兒少
年無事學詩賦豈意文章復相誤東西南北少知音終
年竟歲悲行路仰面訴天天不聞低頭告地地不言天
地生我尚如此陌上他人何足論誰謂西江深涉之固
無憂誰謂南山高可以登之遊險巇惟有世間路一嚮
令人堪白頭貴人立意不可測等閑桃李成荊棘風塵
之士深可親心如雞犬能依人悲來却憶漢天子不棄
相如家舊貧（此下集有勸君且三字）飲酒酒能散羈愁誰家有酒判一
醉萬事從他江水流

秋胡行 高適

妾本邯鄲未嫁時容華倚翠人未知一朝結髮從君子

將妾迢迢東路陲時逢大道無難阻君方遊宦從陳汝蕙樓獨臥頻度春彩落（集作閣）辭君幾徂暑三月垂楊蠶未眠攜籠結侶南陌邊道逢行子不相識贈妾黃金買少年妾家夫壻輕離久寸心誓與長相守願言行路莫多情送（集作道）妾貞心在人口日暮蠶飢相命歸攜籠端飾來庭闈勞心苦力終無恨所冀君恩那（集作即）可依聞說行人已歸止乃是向來贈金子相看顏色不復言相顧懷慚有何已從來自隱無疑背直為君情也相會如何咫尺仍有情況復迢迢千里外此時（集作誓將）顧恩不顧身念君此日赴河津莫道向來不得意故欲留規誡後人

善哉行　僧貫休（以後竝琴調曲其器有笙笛節琴瑟箏琵琶七種歌弦六部）

有美一人兮婉如清揚識曲別音兮令姿煌煌繡袂捧琴兮登君子堂如彼萱草兮使我憂忘欲贈之以紫玉尺白銀璫久不見之兮湘水茫茫

同前　僧齊己

大鵬刷翮謝溟渤青雲萬層高突出下視秋濤空渺瀰舊處魚龍皆細物人生在世何容易眼濁心昏信生死願除嗜慾待身輕攜手同尋列仙事

來日大難　李白

來日一身攜糧負薪道長食盡苦口焦脣今日醉飽樂過千春仙人相存誘我遠學海陵三山陸憩五嶽乘龍上三（集無此二字）天飛目瞻兩角授以神（集作仙）藥金丹滿握蟪蛄蒙恩深媿短促思填東海彊銜一木道重天地軒師廣成蟬翼九五以求長生下士大笑如蒼蠅聲

當來日大難　元稹

當來日大難行前有坂後有坑大梁側小梁傾兩軸相絞兩輪相撐大牛豎小牛橫烏啄牛背足跌力獰當來日大難行太行雖險險可使平輪軸自撓牽制不停泥潦漸久荊棘旋生行必不得不如不行

隴西行　王維

十里一走馬五里一揚鞭都護軍書至匈奴圍酒泉關山正飛雪烽戍斷無煙

同前　耿湋

雪下陽關路人稀隴戍頭封狐猶未翦邊將豈無羞白草三冬色黃雲萬里愁因思李都尉畢竟不封侯

同前　長孫佐輔

陰雲凝朔氣隴上正飛雪四月草不生北風勁如切朝來羽書急夜救長城窟道隘行不前相呼抱鞍歇人寒指欲墮馬凍蹄亦裂射雁旋充飢斧冰還止渴寧辭解圍鬬但恐乘疲沒早晚（一作望）邊候空歸來養羸卒

東門行　柳宗元

漢家三十六將軍東方雷動橫陣雲雞鳴函谷客如霧貌同心異不可數赤丸夜語飛電光徼巡司隸眠如羊當街一叱百吏走馮敬胷中函匕首兇徒側耳潛愜心悍臣破膽皆杜口魏王臥內藏兵符子西掩袂真無辜羌胡轂下一朝起敵國舟中非所擬安陵誰辨削礪功韓國詎明深井里絕咽斷骨那下補萬金寵贈不如土

飲馬長城窟行　太宗皇帝

塞外悲風切交河冰已結瀚海百重波陰山千里雪迥戍危烽火層巒引高節悠悠卷旆旌飲馬出長城寒沙連騎迹朔吹斷邊聲胡塵清玉塞羌笛韻金鉦絕漠干戈戢車徒振原隰都尉反龍堆將軍旋馬邑揚麾氛霧靜紀石功名立荒裔一戎衣雲（集作靈）臺凱歌入

同前　虞世南

馳馬渡河干流深馬渡難前逢錦車使都護在樓蘭輕騎猶銜勒疑兵尚解鞍溫池下絕澗棧道接危巒拓地勳未賞亡城律詎（集作豈）寬有月關猶暗經春隴尚寒雲昏無復影冰合不聞湍懷君不可遇聊持報一飡

同前　袁朗

朔風動秋草清蹕長安道長城連不窮所以隔華戎規模惟聖作荷負（集作負荷）曉成功烏庭已向內龍荒更鑿空玉關塵卷靜金微路已通湯征隨北怨舜詠起南風畫野功（集作地）初立綏邊事云集朝服踐狼居凱歌旋馬邑山響傳鳳吹霜華藻瓊鈒屬國擁節歸單于款關入日落寒雲（集作風）起驚沙（集作蓬）被原隰零落葉已寒河流清且急四時徭役盡千載干戈戢太平今若斯汗馬竟無施惟當事筆研歸去草封禪

同前　王翰

長安少年無遠圖一生惟羨執金吾騏驎前殿拜天子走馬為君西擊（集作西擊長城）胡胡沙獵獵吹人面漢虜相逢不相見遙聞鼙鼓動地來傳道單于夜猶戰此時顧恩寧顧身為君一行摧萬人壯士揮戈回白日單于濺血染朱輪回（集作歸）來飲馬長城窟長安道傍多白骨問之耆老何代人云是秦王築城卒黃昏塞北無人煙鬼哭啾啾聲沸天無罪見誅功不賞孤魂流落此城邊當昔秦王按劍起諸侯膝行不敢視富國彊兵二十年築怨興徭九千里秦王築城何太愚天實亡秦非北胡一朝禍起蕭牆內渭水咸陽不復都

同前　王建

長城窟長城窟邊多馬骨古來此地無井泉賴得秦家築城卒征人飲馬愁不回長城變作望鄉堆蹄跡（集作蹤）未乾人去近續後馬來泥汙盡枕弓睡著待水生不見陰山在前陣馬蹄足脫裝馬頭健兒戰死誰封侯

同前　僧子蘭

游客長城下飲馬長城窟馬嘶聞水腥為浸征人骨豈不是流泉終不成潺湲洗盡骨上土不洗骨中冤骨若比流水四海有還魂空流嗚咽聲聲中疑是言

上留田　李白

行至上留田孤墳何崢嶸積此萬古恨春草不復生悲風四邊來腸斷白楊聲借問誰家地埋沒蒿里塋古老向余言言是上留田蓬科馬鬣今已平昔之弟死兄不葬他人於此舉銘旌一鳥死百鳥鳴一獸死百獸驚桓山之禽別離苦欲去迴翔不能征田氏倉卒骨肉分青天白日摧紫荊交柯之木本同形東枝顦顇西枝榮無心之物尚如此參商胡乃尋天兵孤竹延陵讓國揚名高風緬邈積波激清尺布之謠塞耳不能聽

同前　僧貫休

父不父兄不兄上留田聲賊生徒陟岡淚崢嶸我欲使諸凡鳥雀盡變為鶺鴒我欲使諸凡草木盡變為田荊

鄴人歌鄴人歌古風清清風生

安樂宮 李賀

深(一作滲)井桐烏起尚復牽清水未盥邵陵王(集作瓜)餅中弄長翠新城安樂宮宮如鳳皇翅歌迴蠟版鳴大綰(集作左悺)提壺使(一作伎)綠繁悲水曲茱萸別秋子

放歌行 王昌齡

南渡洛陽津西望十二樓明堂坐天子月朔朝諸侯清樂動千門皇風被九州慶雲從東來泱漭抱日流升平貴論道文墨將何求有詔徵草澤微臣獻謀猷(集作將獻謀)冠冕如星羅拜揖曹與周望塵非吾事入賦且遲留幸蒙國士識因脫負薪裘今者放歌行以慰梁父愁但營數斗祿奉養毋(集作每)豐羞若得金膏遂飛雲亦可儔

野田黃雀行 李白

遊莫逐炎洲翠棲莫近吳宮燕吳宮火起焚爾(集作巢)窠炎洲逐翠遭網羅蕭條兩翅蓬蒿下縱有鷹鸇奈若何

同前 儲光羲

嘖嘖野田雀不知軀體微閑穿深蒿裏爭食復爭飛窮老一積舍粟多桑樹稀無粟猶可食無桑何以衣蕭條空倉暮相引時來歸邪路豈不捷渚田豈不肥水長路且壞惻惻與心違

同前 僧貫休

高樹風多吹爾巢落深蒿葉暖宜爾依薄莫近鴟類珠網(集作蛛)亦惡飲野田之清水食野田之黃粟深花中睡埣土裏浴如此即全勝啄太倉之穀而更穿人(集有之字)屋

同前 僧齊己

雙雙野田雀上下同飲啄暖去棲蓬蒿寒歸傍籬落殷勤避羅網乍可遇鵰鶚鵰鶚雖不仁分明在寥廓

雁門太守行 李賀

黑雲壓城城欲摧甲光向月(一作日)金鱗開角聲滿天秋色裏塞上燕支凝夜紫半卷紅旗臨易水霜重鼓寒聲(一作聲寒)不起報君黃金臺上意提攜玉龍爲君死

同前 張祜

城頭月沒霜如水趚趚蹋沙人似鬼燈前拭淚試香裘長引一聲殘漏子駝囊瀉酒酒一杯前頭嗹(集作滴)血心不回寄語年少妻莫哀魚金虎竹天上來雁門山邊骨成灰

同前 莊南傑

旌旗閃閃搖天末長笛橫吹虜塵闊跨下嘶風白練獰腰間切玉青蛇活擊革摐金燧牛尾犬羊兵敗如山死九泉寂寞葬秋蟲溼雲荒草啼秋思

飛來雙白鶴 虞世南

飛來雙白鶴奮翼遠淩煙雙棲集紫蓋一舉背青田颺影過伊洛流聲入管弦鳴羣倒景外刷羽閬風前映海疑浮雪拂澗瀉飛泉燕雀寧知去蜉蝣不識還何言別儔侶從此間山川顧步已相失裴回反(集作各)自憐危心猶警露哀響詎聞天無因振六翮輕舉復隨仙

門有車馬客行 虞世南

財雄(集作陳遵)重交結戚里擅豪華曲臺臨上路高門(集作軒)抵狹斜赭汗千金馬繡轂五香車白鶴隨飛蓋朱鷺入鳴笳夏蓮開劍水春桃發露(集作綬)花輕帬染回雪浮蟻泛流霞(集無此二句)高談辨飛兔摛藻握靈蛇逢恩借羽翼(集作出毛羽)失路委泥沙暧暧風煙晚路長歸騎遠日斜青瑣第塵飛金谷苑危弦促柱奏巴渝遺簪躋珥解羅襦如何守直道飜使谷名愚

同前 李白

門有車馬客金鞍曜朱輪謂從丹(一作雲)霄落乃是故鄉親呼兒埽中堂坐客論悲辛對酒兩不飲停觴淚盈巾歎我萬里遊飄颻(集作飄)三十春空談霸(集作帝)王略紫綬不挂身雄劍藏玉匣陰符生素塵廓落無所合流離湘水濱借問宗黨間多爲泉下人生苦百戰役死託萬鬼鄰北風揚胡沙埋翳周與秦大運且如此蒼穹寧匪仁惻愴竟何道存亡任大鈞

蜀道難 張文琮

梁山鎮地險積石阻雲端深谷下寥廓層巖上鬱盤飛梁架絕嶺棧道接危巒攬轡獨長息方知斯路難

同前 李白

噫吁戲危乎高哉蜀道之難難於上青天蠶叢及魚鳧開國何茫然爾來四萬八千歲乃(一作不)與秦塞通人煙西當太白有鳥道可以橫絕峨眉巔地崩山摧壯士死然後天梯石棧方(一作相)鉤連上有六龍迴日之高標(一作橫河斷海之浮雲)下有衝波逆折之迴川黃鶴之飛尚不得(一作過)猨猱欲度愁攀緣青泥何盤盤百步九折縈巖巒捫參歷井仰脅息以手撫膺坐長歎問君西遊何時還畏途巉巖不可攀但見悲鳥(一作鳴)號枯(一作古)木雄飛呼雌(一作雌從)繞林間又聞子規啼夜月愁空山蜀道之難難於上青天使人聽此彫朱顏連峯去天不盈尺(一作入煙幾千里)枯松倒挂倚絕壁飛湍瀑流相喧豗砯崖轉石萬壑雷其險也若此嗟爾遠道之人胡爲乎來哉劍閣崢嶸而崔嵬一夫當關萬夫莫開所守或匪親(一作人)化爲狼與豺朝避猛虎夕避長蛇磨牙吮血殺人如麻錦城雖云樂不如早還家蜀道之難難於上青天側身西望長咨(一作令人)嗟

櫂歌行 駱賓王

寫月圖(集作塗)黃罷淩波拾翠通鏡花搖芰日衣麝入荷風葉密舟難蕩蓮疎浦易空鳳媒羞自託鴛翼恨難窮秋帳燈花翠倡樓粉色紅相思無別曲并在櫂歌中

同前 徐堅

櫂女飾銀鉤新妝下翠樓霜絲青桂檝蘭栧紫霞舟水落金陵曙風起洞庭秋扣船過曲浦飛帆越回流影入桃花浪香飄杜若洲洲長殊未返蕭散雲霞晚日下大江平煙生歸岸遠岸遠聞潮波爭途遊戲多因聲趙津女來聽采菱歌

胡無人行 徐彥伯

十月繁霜下征人遠鑿空雲搖錦更(集作車)節海照角端弓暗磧埋砂樹衝飆卷塞蓬方隨膜拜入歌舞玉門中

同前 聶夷中

男兒徇大義立節不沽名腰間懸陸離大歌胡無行不讀戰國書不覽黃石經醉臥咸陽樓夢入受降城更願生羽翼飛身入青冥請攜天子劍斫下旄頭星自然胡無人雖有無戰爭悠哉典屬國驅羊老一生

同前　李白

嚴風吹霜海草彫，筋幹精堅胡馬驕。漢家戰士三十萬，將軍兼領（一作誰者）霍嫖姚。流星白羽腰間插，劒花秋蓮光出匣。天兵照雪下玉關，虜箭如沙射金甲。雲龍風虎盡交迴，太白入月敵可摧。敵可摧，旄頭滅，履胡之腸涉胡血。懸胡青天上，埋胡紫塞旁。胡無人，漢道昌。陛下之壽三千霜，但歌大風雲飛揚，安得猛士兮守四方。胡無人，漢道昌。（一本無此六字。集無陛下之壽五句）

同前　僧貫休

霍嫖姚，趙充國，天子將之平朔漠，肉胡之肉，燼胡帳幄。千里萬里，惟留胡之空殼。邊風蕭蕭，榆葉初落，殺氣晝赤，枯骨夜哭。將軍既立殊動，遂有胡無人曲。我聞之，天子富有四海，德被無垠，但令一物得所，八表來賓，亦何必令彼胡無人。

白頭吟　劉希夷（楚調曲，其器有笙、笛、弄節、琴、箏、琵琶、瑟七種）

洛陽城東桃李花，飛來飛去落誰家。洛陽女兒惜顏色，行逢（集作坐見）落花長歎息。今年花落顏色改，明年花開復誰在。已見松柏摧爲薪，更聞桑田變成海。古人無復洛城東，今人還對落花風。年年歲歲花相似，歲歲年年人不同。寄言全盛紅顏子，須（集作應）憐半死白頭翁。此翁白頭真可憐，伊昔紅顏美少年。公子王孫芳樹下，清歌妙舞落花前。光祿池臺文（集作開）錦繡，將軍樓閣畫神仙。一朝臥病無人識，三春行樂在誰邊。宛轉蛾眉能幾時，須臾（集作史）白（集作雀）髮亂如絲。但看舊（集作古）來歌舞地，惟有黃昏鳥雀悲。

同前二首　李白

錦水東北流，波蕩雙鴛鴦。雄巢漢宮樹，雌弄秦草芳。寧同萬死碎綺翼，不忍雲間兩分張。此時阿嬌正嬌妒，獨坐長門愁日暮。但願君恩顧妾深，豈惜黃金買賦（一作買詞賦）。相如作賦得黃金，丈夫好新多異心。一朝將聘茂陵女，文君因贈（一作賦）白頭吟。東流不作西歸水，落花辭條歸故林。兔絲固無情，隨風任顛倒。誰使女蘿枝，而來彊縈抱。兩草猶一心，人心不如草。莫卷龍鬚席，從他生網絲。且留琥珀枕，或有夢來時。覆水再收豈滿杯，棄妾已去難重回。古時得意不相負，秖今惟見青陵臺。

錦水東流碧，波蕩雙鴛鴦。雄巢漢宮樹，雌弄秦草芳。相如去蜀謁武帝，赤車駟馬生輝光。一朝再覽大人作，萬乘忽欲凌雲翔。聞道阿嬌失恩寵，千金買賦要君王。相如不憶貧賤日，官高金多聘私室。茂陵姝子皆見求，文君歡愛從此畢。淚如雙泉水，行墮紫羅襟。五起雞三唱，清晨白頭吟。長吁不整綠雲鬢，仰訴青天哀怨深。城崩杞梁妻，誰道土無心。東流不作西歸水，落花辭枝羞故林。頭上玉燕釵，是妾嫁時物。贈君表相思，羅袖幸時拂。莫卷龍鬚席，從他生網絲。且留琥珀枕，還有夢來時。鸘裘在錦屏，上自君一挂。無由披妾有秦樓鏡，照心勝照井。願持照新人，雙對可憐影。覆水却收不滿杯，相如還謝文君回。古來得意不相負，秖今惟有青陵臺。

同前　張籍

請君膝上琴，彈我白頭吟。憶昔君前嬌笑語，兩情宛轉如縈素。宮中爲我起高樓，更開華池種芳樹。春天百草秋始衰，棄我不待白頭時。羅襦玉珥色未暗，今朝已道不相宜。揚州青銅作明鏡，暗中持照不見影。人心回互自無窮，眼前好惡那能定。君恩已去若再返，菖蒲花生月長滿（集作開）。

反白頭吟　白居易（鮑照作白頭吟，居易反其致爲反白頭吟）

炎炎者烈火，營營者小蠅。火不熱真玉，蠅不點清冰。此苟無所受，彼莫能相仍。乃知物性中，各有能不能。古稱怨報（集作恨）死，則人有所懲。懲淫或應可，在道未爲弘。譬如蜩鷃徒啾啾，啅龍鵬宜當委之去。寥廓高飛騰，豈能泥塵下，區區酬怨憎。胡爲坐自苦，吞悲仍撫膺。

決絕詞三首　元稹

乍可爲天上牽牛織女星，不願爲庭前紅槿枝。七月七日一相見，故心終不移。那能朝開暮飛去，一任東西南北吹。分不兩相守，恨不兩相思。對面且如此，背面當何知。春風撩亂伯勞語（此下集有況是二字），此時拋去時，握手苦相問。竟不言後期，君情既決絕，妾意已參差。借如死生別，安得長苦悲。

噫春冰之將泮，何余懷之獨結。有美一人，於焉曠絕。一日不見，比一日於三年，況三年之曠別。水得風兮小而已波，筍在苞兮高不見節。矧桃李之當春，競衆人之（集作而）攀折。我自顧悠悠而若雲，又安能保君皓皓（集作暟暟）之如雪。感破鏡之分明，覩淚痕之餘血。幸他人之既不我先，又安能使他人之終不我奪。已焉哉，織女別黃姑，一年一度暫相見。彼此隔河何事無。

夜夜相抱眠，幽懷尚沈結。那堪一年事，長遣一宵說。但感久相思，何暇暫相悅。虹橋薄夜成，龍駕侵晨列。生憎野鵲往（集作性）遲，回死恨天雞識時節。曙色漸曈曨（集作曈曨），華星次（集作欲）明滅。一去又一年，一年何時（一作可）徹。有此迢遞期，不如生死（集作死生）別。天公隔是妬相憐，何不便教相決絕。

梁甫吟　李白

長嘯梁甫吟，何時見陽春。君不見朝歌屠叟辭棘津，八十西來釣渭濱。寧羞白髮照淥（集作清）水，逢時吐（一作壯）氣思經綸。廣張三千六百釣，風雅暗與文王親。大賢虎變愚不測，當年頗似尋常人。君不見高陽酒徒起草中，長揖山東隆準公。入門不拜（一作開說）騁雄辨，兩女輟洗來趨風。東下齊城七十二，指麾楚漢如旋蓬。狂生落拓尚如此，何況壯士當羣雄。我欲攀龍見明主，雷公砰訇震天鼓。帝旁投壺多玉女，三時大笑開電光。倏爍晦冥起風雨，閶闔九門不可通。以額叩關閽者怒，白日不照吾精誠。杞國無事憂天傾，猰貐磨牙競人肉，騶虞不折生草莖。手接飛猱搏彫虎，側足焦原未言苦。智者可卷愚者豪，世人見我輕鴻毛。力排南山三壯士，齊相殺之費二桃。吳楚弄兵無劇孟，亞夫咍爾爲徒勞。梁父吟，梁父吟，聲正悲。張公兩龍劒，神物合有時。風雲感會起屠釣，大人𡸣屼當安之。

東武吟　李白

好古笑流俗，素聞賢達風。方希佐明主，長揖辭成功。白日在高天，回光燭微躬。恭承鳳皇詔，欻起雲蘿中。清切紫霄迥，優游丹禁通。君王賜顏色，聲價凌煙虹。乘輿擁翠蓋，扈從金城東。寶馬麗絕景，錦衣入新豐。倚巖望松雪對酒鳴絲桐因學揚子雲獻賦甘泉宮天書美片善清芬播無窮歸來入咸陽談笑皆王公一朝去金馬飄落成飛蓬賓友(集作客)日疎散玉尊亦已空才力猶可倚(一作待)不慚世上雄閑作東武吟曲盡情未終書此謝知己吾尋黃綺翁(一作扁舟尋釣翁)

怨詩二首　薛奇童

日晚梧桐落微寒入禁垣月懸三雀觀霜度萬秋門豔舞矜新寵愁容泣舊恩不堪深殿裏簾外欲黃昏

禁苑春風起流鶯繞合歡玉窗通日氣珠箔卷輕寒楊葉垂金(一作陰)砌梨花入井闌君王好長袖新作舞衣寬

同前　張汯

去年離別雁初歸今夜裁縫螢已飛征客去(集作近)來音信斷不知何處寄寒衣

同前　劉元濟

玉關芳信斷蘭閨錦字新愁來好自抑念切已含嚬虛牖風驚夢空牀月厭人歸期儻可促勿度柳園春

同前三首　李暇

羅敷初總髻蕙芳正嬌小月落始歸船春眠恒著曉

何處期郎遊小苑花臺間相憶不可見且復乘月還

別來花照路別後露垂葉歌舞須及時如何坐悲妾

同前二首　崔國輔

樓前桃李疎池上芙蓉落織錦猶未成蟲聲入羅幕

妾有羅衣裳秦王在時作爲舞春風多秋來不堪著

同前　孟郊

試妾與君淚兩處滴池水看取芙蓉花今年爲誰死

同前　劉叉

君莫嫌醜婦醜婦死守貞山頭一怪石長作望夫名鳥有竝翼飛獸有比肩行丈夫不立義豈如鳥獸情

同前　鮑溶

女蘿寄松柏(集作青松)綠蔓花緜緜三五定君婚結髮早移天肅肅羊雁禮泠泠琴瑟篇恭承采蘩祀敢效同居(集作車)賢皎日不留景良時(集作辰)如逝川秋(集作愁)心還遺(集作忽移)愛春貌無歸妍翠袖洗朱(集作皓珠)粉碧階對綺(集作綠)錢新人易如玉廢瑟難爲弦寄羨(集作謝)舜華木槿名香閣前豈無搖落苦貴與根蔕連希君舊光景照妾薄暮年

同前　白居易

奪寵心那慣尋思倚殿門不知移舊愛何處作新恩

同前二首　姚氏月華

春水悠悠春草綠對此思君淚相續羞將離恨向東風理盡秦箏不成曲

與君形影分胡越玉枕終年對離別登臺北望煙雨深回身泣向寥天月

怨歌行　虞世南

紫殿秋風冷彫甍白(集作落)日沈裁紈悽斷曲織素別離心掖庭羞改畫長門不惜金寵移恩稍薄情疎恨轉深香銷翠羽帳弦斷鳳皇琴鏡前紅粉歇階上綠苔侵誰言掩歌扇翻作白頭吟

同前　李白

十五入漢宮花顏笑春紅君王選玉色侍寢金(一作錦)屏中薦枕嬌夕月卷衣戀春(一作香)風寧知趙飛燕奪寵恨無窮沈憂能傷人綠鬢成霜蓬一朝不得意世事徒爲空鷫鸘換美酒舞衣罷雕籠寒苦不忍言爲君奏絲桐腸斷弦亦絕悲心夜忡忡

同前　吳少微(此詩中有逸句)

城南有怨婦含怨倚蘭叢(集作傍芳)自謂二八時歌舞入漢宮皇恩弄幸玉堂中(集作皇恩數流盼承幸玉堂中)綠陌(集作柏)黃花催夜酒錦衣羅袂逐春風建章西宮煥若神燕趙美女二(集作三)千人君王厭德不忘新況羣豔冶紛來陳是時別君不再見三十三春長信殿長信重門晝掩關清房曉帳幽且閑綺窗蟲網氛塵色文軒鶯對桃李顏天王貴宮不貯老浩然淚隕(集作含淚)今來還自憐(集有春色二字)轉晚暮試逐佳遊芳草路小腰麗女奪人奇金鞍少年曾不顧歸來誰爲夫請謝西家婦莫辭先醉解羅襦

明月照高樓　雍陶

朗月何高高樓中簾影寒一婦獨含歎四坐誰成歡時節屢已移遊旅杳不還滄溟倘未涸妾淚終不乾君若無定雲妾若不動山雲行出山易山逐雲去難願爲邊塞塵因風委君顏君顏良洗多濫妾濁水間

長門怨　徐賢妃

舊愛柏梁臺新寵昭陽殿守分辭方(集作芳)輦含情泣團扇一朝歌舞榮夙昔詩書賤積恩誠已矣覆水難重薦

同前　沈佺期

月皎風泠泠長門次掖庭玉階聞墜葉羅幌見飛螢清露凝珠綴流塵下翠屏妾心君未察愁歎劇繁星

同前　吳少微

月出映曾城孤圓上太清君王春(集作眷)愛歇枕席涼風生怨咽不能寢踟躕步前楹空階白露色百草寒蟲鳴念昔金房裏猶嫌玉座輕如何嬌所誤長夜泣恩情

同前　張脩之

長門落景盡洞房秋月明玉階草露積金屋網塵生妾妬今應改君恩昔未平寄語臨邛客何時作賦成

同前　裴交泰

自閉長門經幾秋羅衣濕盡淚還流一種蛾眉明月夜南宮歌管北宮愁

同前　劉皁

宮殿沈沈月欲分昭陽更漏不堪聞珊瑚枕上千行淚不是思君是恨君

同前　袁暉

早知君愛歇本自無縈妬誰使恩情深今來反相誤愁眠羅帳曉泣坐金閨暮獨有夢中魂猶言意如故

同前　劉言史

獨坐爐邊結夜愁暫時恩(集作思)去亦難留(一作收)手持金箸垂紅淚亂撥寒灰不舉頭

同前二首　李白

天回北斗挂西樓金屋無人螢火流月光欲到長門殿別作深宮一段愁

桂殿長愁不記春黃金四屋起秋塵夜懸明鏡青天上獨照長門宮裏人

同前　李華

弱體鴛鴦薦啼妝翡翠衾鴉鳴秋殿曉人靜禁門深每憶椒房寵那堪永巷陰日驚羅帶緩非復舊來心

同前 岑參

君王嫌妾妬閉妾在長門舞袖垂新寵愁眉結舊恩綠錢生履跡紅粉溼啼痕羞被桃花笑看春獨不言

同前 齊澣

煢煢孤思逼寂寂長門夕妾妬亦非深君恩那不惜攜琴就玉階調悲聲未諧將心託明月流影入君懷

同前 劉長卿

何事長門閉珠簾只自垂月移深殿早春向後宮遲蕙草生閑地梨花發舊枝芳菲自恩幸看卻（集作著）被風吹

同前 僧皎然

春風日日閉長門搖蕩春心自（集作似）夢魂若遣花開只笑妾不如桃李正無言

同前 盧綸

空宮（集作空）古廊殿寒月照斜暉臥聽未央曲滿箱歌舞衣

同前 戴叔倫

自憶專房寵曾居第一流移恩向何（集作他）處暫妬不容收夜久絲管（集作靜管弦）絕月明宮殿秋空將舊時意長望鳳皇樓

同前 劉駕

御泉長繞鳳皇樓只是恩波別處流閑揲舞衣歸未得夜來砧杵六宮秋

同前二首 高蟾

天上何勞萬古春君前誰是百年人魂銷尚媿金爐燼思起猶慙玉輦塵

煙翠薄情攀不得星芒浮豔采無因可憐明鏡來相向何似恩光朝夕新

同前 張祜

天上鳳皇休寄夢人間鸚鵡舊堪悲平生心緒無人識一隻金梭萬丈絲

同前二首 鄭谷

日映宮牆柳色寒笙歌遙指碧雲端珠鉛滴盡無心語彊把花枝冷笑看

閑把羅衣泣鳳皇先朝曾教舞霓裳春來卻羨庭花落得逐晴風出禁牆

流水君恩共不回杏花爭忍埽成堆殘春未必多煙雨淚滴閑階長綠苔

同前二首 劉氏媛

雨滴梧桐秋夜長愁心和雨到昭陽淚痕不學君恩斷拭卻千行更萬行

學畫蛾眉獨出羣當時人道便承恩經年不見君王面花落黃昏空掩門

阿嬌怨 劉禹錫

望見葳蕤舉翠華試開金屋埽庭花須臾宮女傳來信云（一作言）幸平陽公主家

班倢伃 徐彥伯

君恩忽斷絕妾思終未央巾櫛不可見枕席空餘香窗暗網羅白階秋苔蘚黃應門寂已閉流涕向昭陽

同前 嚴識玄

賤妾如桃李君王若歲時秋風一已勁搖落不勝悲寂寂蒼苔滿沈沈綠草滋榮（一作緣）華非此日指輦競何辭

同前三首 王維

玉窗螢影度金殿人聲絕秋夜守羅幃孤燈耿不滅

宮殿生秋草君王恩幸疎那堪聞鳳吹門外度金輿

怪來妝閣閉朝下不相迎總向春園裏花間語笑聲

倢伃怨 崔湜

不分君恩斷新妝視鏡中容華尚春日嬌愛已秋風枕席臨窗曉幃屏向月空年年後庭樹榮落在深宮

同前 崔國輔

長信宮中草年年愁處生故侵珠履跡不使玉階行

同前 張烜

賤妾裁紈扇初搖明月姿君王看舞席坐起秋風時玉樹清御路金陳翳垂絲昭陽無分理愁寂任前期

同前 劉方平

夕殿別君王宮深月似霜人愁（集作幽）在長信螢出向昭陽露裛紅蘭死（集作溼）秋彫碧樹傷惟當合歡扇從此篋中藏

同前 王沈

長信梨花暗欲棲應門上籥草萋萋春風吹花亂撲戶班倢（集作斑絕）車聲不至啼

同前 皇甫冉

由來詠團扇今與值秋風事逐時皆往恩無日再中早鴻聞上苑寒露下深宮顏色年年謝相如賦豈工

同前 陸龜蒙

妾貌非傾國君王忽然寵南山掌上來不及新恩重後宮多窈窕日日學新聲一落君王耳南山又須輕

同前 翁綬

讒謗潛來起百憂朝承恩寵暮仇讎火燒白玉非因玷霜翦紅蘭不待秋花落昭陽誰共輦月明長信獨登樓繁華事逐東流水團扇悲歌萬古愁

同前 劉氏雲

君恩不可見妾豈如秋扇秋扇尚有時妾身永微賤莫言朝花不復落嬌容幾奪昭陽殿

長信怨 王諲

飛燕倚身輕爭人巧笑名生君棄妾意增妾怨君情日落昭陽殿秋來長信城寥寥金殿裏歌吹夜無聲

同前 王昌齡

金井梧桐秋葉黃珠簾不卷夜來霜金爐（集作熏籠）玉枕無顏色臥聽南宮（一作宮中）清漏長

奉帚平明金殿開暫（集作且）將團扇共（集作暫）裴回玉顏不及寒鴉色猶帶昭陽日影來

同前 李白

月皎昭陽殿霜清長信宮天行乘玉輦飛燕與君同更有留情處承恩樂未窮誰憐團扇妾獨坐怨秋風

蛾眉怨 王翰

君不見宜春苑中九華殿飛閣連連直如髮白日全含朱鳥窗流雲半入蒼龍闕宮中綵女夜無事學鳳吹簫弄清越珠簾北卷待涼風繡戶南開向明月忽聞天子憶蛾眉寶鳳銜花揲兩螭傳聲走馬開金屋夾路鳴環上玉墀長樂彤庭宴華寢三千美人曳光（集作花）錦燈前含

笑更羅衣帳裏恩薦瑤枕不意君心半路迴求仙別作望仙臺倉琅（集作琳）禁闥遙相憶紫翠巖房晝不開欲向人間種桃實先從海底覓蓬萊蓬萊可求不可上孤舟縹緲知何往黃金作盤銅作莖晴（集作青）天白露掌中擎王母嫣然感君意雲車雨旆欲相迎飛廉觀前空怨慕少君何事須相誤一朝埋沒茂陵田賤妾蛾眉不重顧宮車晚出向南山仙衞逶迤去不還朝晡泣對麒麟樹樹下蒼苔日漸斑人生百年夜將半對酒長歌莫長歎（集作情）知白日不可思一死一生何足算

玉階怨　李白

玉階生白露夜久侵羅襪却下水精簾玲瓏望秋月

宮怨　長孫佐輔

窗前好樹名玫瑰去年花落今年開無情春色尚識返君心忽斷何時來憶昔妝成候仙仗宮瓚玲瓏日新上拊心却笑西子嚬掩鼻誰憂鄭姬謗草染文章衣下履花黏甲乙牀前帳三千玉貌休自誇十二金釵獨相向盛衰傾奪欲何如嬌愛飜悲逐佞諛重遠豈能慙沼鵠棄前方見泣船魚看籠不記熏龍腦詠扇空曾禿鼠須始意（一作喜）類蘿新託柏終傷如薺却甘荼深院（集作院深）獨開還獨閉鸚鵡驚飛苔覆地滿箱舊賜前日衣漬枕新垂夜來淚痕多開鏡照還悲綠髮青蛾尚未衰莫道新縑長絕比猶逢故劒會相追

同前　李益

露溼晴花宮（集作春）殿香月明歌吹在昭陽似將海水添宮漏共滴長門一夜長

同前　于濆

妾家望江口少年家財厚臨江起珠樓不賣文君酒當年樂貞獨巢燕時爲友父兄未許人畏妾事姑舅西牆鄰宋玉窺見妾眉宇一旦及天聰恩光生户牖謂言入漢宮富貴可長久君王縱有情不柰陳皇后誰憐頻似桃孰知腰勝柳今日在長門從來不如醜

同前　柯崇

塵滿金爐不炷香黃昏獨自立重廊笙歌何處承恩寵一一隨風入上陽長門槐柳半蕭疏玉輦沈思恨有餘紅淚旋銷傾國態黃金誰爲達相如

雜怨三首　聶夷中

生在綺羅下豈識漁陽道良人自戍來夜夜夢中到漁陽萬里遠近於中門限中門踰有時漁陽常在眼

良人昨日去明日又不還（一作明月又不圓）別時各有淚零落青樓前

君淚濡羅巾妾淚滴路塵羅巾今在手日得隨妾身路塵如因飛得上君車輪

同前三首　孟郊

夭桃花清晨遊女紅粉新夭桃花薄暮遊女紅粉故樹有百年（一作度）花人無一定顏花送人老盡人悲花自閑

貧女鏡不明寒花日少容暗蛩有虛織短線無長縫浪水不可照狂夫不可從浪水多散影狂夫多異蹤持此一生薄空成（集作萬）百恨濃

憶人莫至悲至悲空自衰寄人莫翦衣翦衣未必歸朝爲雙（一作同）蔕花暮爲四散飛花落却繞樹遊子不顧期

全唐詩

相和歌辭

子夜春歌　王翰

（以後並清商曲其器有鐘磬琴瑟擊琴琵琶箜篌筑箏節鼓笙笛簫箎塤等十五種爲一部唐又增吹葉而無塤長安以後工伎寖缺與吳音轉遠開元中劉貺以爲宜取吳人使之傳習以問歌工李郎子郎子北人學於江都俞才生後郎子亡去清樂之歌遂闕）

春氣滿林香春遊不可忘落花吹欲盡垂柳折還長桑女淮南曲金鞍塞北裝行行小垂手日暮渭川陽

子夜冬歌　崔國輔

寂寥抱冬心裁羅又褧褧夜久頻挑燈霜寒剪刀冷

同前　薛耀

朔風扣羣木嚴霜凋百草借問月中人安得長不老

子夜四時歌六首　郭元振

春歌二首

青樓含日光綠池起風色贈子同心花殷勤此何極

陌頭楊柳枝已被春風吹妾心正斷絕君懷那得知

秋歌二首

邀歡空伫立望美頻迴顧何時復采菱江中密相遇

辟惡茱萸囊延年菊花酒與子結綢繆丹心此何有

冬歌二首

北極嚴氣升南至溫風謝調絲競短歌拂枕憐長夜

帷橫雙翡翠被卷兩鴛鴦婉態不自得宛轉君王牀

子夜四時歌四首　李白

春歌

秦地羅敷女采桑綠水邊素手青條上紅妝白日鮮蠶飢妾欲去五馬莫留連

夏歌

鏡湖三百里菡萏發荷花五月西施采人看隘若邪迴舟不待月歸去越王家

秋歌

長安一片月萬戶擣衣聲秋風吹不盡總是玉關情何日平胡虜良人罷遠征

冬歌

明朝驛使發一夜絮征袍素手抽針冷那堪把剪刀裁

縫寄遠道幾日到臨洮

子夜四時歌四首（陸龜蒙）

春歌

山連翠羽屏草接煙華席望盡南飛燕佳人斷信（一作消）息

夏歌

蘭眼擡露斜鶯脣映花老金龍傾漏盡玉井敲冰早

秋歌

涼漢清泬寥衰林怨風雨愁聽絡緯唱似與羇魂語

冬歌

南光走冷圭北籟號空木年年任霜霰不減篔簹綠

大子夜歌二首（陸龜蒙 次首本古曲辭）

歌謠數百種子夜最可憐慷慨吐清音明轉出天然

絲竹發歌響假器揚清音不知歌謠妙聲勢出口心

子夜警歌二首（陸龜蒙 次首本古曲辭）

鏤椀傳綠酒雕鑪熏紫煙誰知苦寒調共作白雪弦

恃愛如欲進含羞出不前朱口發艷歌玉指弄嬌弦

丁督護歌（李白）

雲陽上征去兩岸饒商賈吳牛喘月時拖船一何苦水濁不可飲壺漿半成土一唱都（集作督）護歌心摧淚如雨萬人鑿盤石無由達江滸君看石芒碭掩淚悲千古

團扇郎（張祜）

白團扇今來此去捐願得入郎手團圓郎眼前

同前（劉禹錫）

團扇復團扇奉君清暑殿秋風入庭樹從此不相見上有乘鸞女蒼蒼蟲網遍明年入懷袖別是（一作有）機中練

碧玉歌（李暇）

碧玉上宮妓出入千花林珠被玳瑁牀感郎情意深

懊惱曲（溫庭筠）

藕絲作線難勝針蘂粉染黃那得深玉白蘭芳不相顧倡（一作青）樓一笑輕千金莫言自古皆如此健劍刜鐘鉛繞指三秋庭綠盡迎霜惟有荷花守紅死西（一作盧）江小吏朱斑輪柳纓吐芽香玉春兩股金釵已相許不令獨作空城（集作成）塵悠悠楚水流如馬恨紫愁紅滿平野野土千年怨不平至今燒作鴛鴦瓦

讀曲歌五首（張祜）

窗中獨自起簾外獨自行愁見蜘蛛織尋思直到明

碓上米不春窗中絲罷絡看渠駕去車定是無四角

不見心相許徒云腳漫勤摘荷空摘葉是底采蓮人

窗外山魈立知渠腳不多三更機底下摸著是誰梭

郎去摘黃瓜郎來收赤棗郎耕種麻地今作西舍道

春江花月夜二首（張子容）

林花發岸口氣色動江新此夜江中月流光花上春分明石潭裏宜照浣紗人

交甫憐瑶佩仙妃難重期沈沈綠江晚惆悵碧雲姿初逢花上月言是弄珠時

同前（張若虛）

春江潮水連海平海上明月共潮生灧灧隨波千萬里何處春江無月明江流宛轉遶芳甸月照花林皆似霰空裏流霜不覺飛汀上白沙看不見江天一色無纖塵皎皎空中孤月輪江畔何人初見月江月何年初照人人生代代無窮已江月年年望（集作秖）相似不知江月待何人但見長江送流水白雲一片去悠悠青楓浦上不勝愁誰家今夜扁舟子何處相思明月樓可憐樓上月裴回應照離人妝鏡臺玉戶簾中卷不去擣衣砧上拂還來此時相望不相聞願逐月華流照君鴻雁長飛光不度魚龍潛躍水成文昨夜閑潭夢落花可憐春半不還家江水流春去欲盡江潭落月復西斜斜月沈沈藏海霧碣石瀟湘無限路不知乘月幾人歸落月搖情滿江樹

同前（溫庭筠）

玉樹歌闌海雲黑花庭忽作青蕪國秦淮有水水無情還向金陵漾春色楊家二世安九重不御華芝嫌六龍百幅錦帆風力滿連天展盡金芙蓉珠翠丁星復明滅龍頭劈浪哀笳發千里涵空照水魂萬枝破鼻團香雪漏轉霞高滄海西頗黎枕上聞天雞鸞弦代鴈曲如語一醉昏昏天下迷四方傾動煙塵起猶在濃香夢魂裏後主荒宮有曉鶯飛來只隔西江水

玉樹後庭花（張祜）

輕車何草草獨唱後庭花玉座誰為主徒悲張麗華

堂堂（溫庭筠）

錢塘岸上春如織淼淼寒潮帶晴色淮南遊客馬連嘶碧草迷人歸不得風飄客意如吹煙纖指殷勤傷雁弦一曲堂堂紅燭筵金（集作長）鯨瀉酒如飛泉

三閣詞四首（劉禹錫）

貴人三閣上日晏未梳頭不應有恨事嬌甚卻成（集作生）愁

珠箔曲瓊鉤子細見揚州北兵那得度浪語（集作話）判悠悠

沈香帖閣柱金縷畫門（集作閣）楣回首降幡下已見黍離離

三人出眢井一身登檻車朱門漫臨水不可見鱸魚

神弦曲（李賀）

西山日沒東山昏旋風吹馬馬踏雲畫弦素管聲淺繁花裙綷縩步秋塵桂葉刷風桂墜子青狸哭血寒狐死古壁彩虯金帖尾雨工騎入秋（一作公夜騎入）潭水百年老鴞成木魅笑聲碧火巢中起

神弦別曲（李賀）

巫山（一作陽）小女隔雲別松花春風（一作春風松花）山上發綠蓋獨穿香逕歸白馬花竿前孑孑蜀江風澹水如羅墮蘭誰泛相經過南山桂樹為君死雲衫殘（集作淺）汙紅脂花

祠漁山神女歌（王維）

迎神

坎坎擊鼓漁山之下吹洞簫望極浦女巫進紛屢舞陳瑶席湛清酤風淒淒又（集作兮）夜雨不知神之來兮不來使我心兮苦復苦

送神

紛進舞兮堂前目眷眷兮瓊筵來不言兮意不傳作暮雨兮愁空山悲急管兮思繁弦神之駕兮儼欲旋倏雲收兮雨歇山青青兮水潺湲

祠神歌（王叡）

迎神

蓪草頭花椰葉裙蒲葵樹下舞鸞雲引領望江遥滴酒

白蘋風起水生文

送神

棖棖山響答琵琶酒濕青莎肉飼鵶樹葉無聲神去後紙錢灰出木綿花

烏夜啼 楊巨源（以後並西曲歌本出於荆郢樊鄧之閒故其聲節送和與吳歌亦異）

可憐楊葉復楊花雪淨煙深碧玉家烏棲不定枝條弱城頭夜半聲啞啞浮萍搖（集作流）蕩門前水任冐芙蓉莫墮沙

同前 李白

黄雲城邊烏欲棲歸飛啞啞枝上啼機中織錦秦川女（一作閨中織婦秦家女）碧紗如煙隔窗語停梭悵然憶遠人獨宿孤房淚如雨（一作停梭向人問故夫欲說遼西淚如雨）

同前二首 顧況

玉房掣鎖聲翻葉銀箭添泉遶霜堞畢逋發刺月銜城八九雛飛其母驚此是天上老鵶鳴人間老鵶無此聲

摇（集有風字）雜佩耿華燭良夜羽人彈此曲東方曈曈赤日旭月出江林西江林寂寂城鵶啼昔人何處爲此曲今人何處聽不足城寒月曉馳思深江上青草爲誰緑

同前 李羣玉

曾波隔夢渚一望青楓林有烏在其間達曉自悲吟是時月黑天四野煙雨深如聞生離哭其聲痛人心悄悄夜正長空山響哀音遠客不可聽坐愁華髮侵既非蜀帝魂恐是恒山禽四子各分散母聲猶至今

同前 聶夷中

衆烏各歸枝烏爾不棲還應知妾恨故向緑窗啼

同前 白居易

城上歸時晚庭前宿處危月明無葉樹霜滑有風枝啼澀飢喉咽飛低凍翅垂畫堂鸚鵡鳥冷暖不相知

同前 王建

庭樹烏爾何不向别處棲夜夜夜半當戶啼家人把燭出洞戶驚棲失羣飛落樹一飛直欲飛上天回回不離舊棲處未明重繞主人屋欲下空中黑相觸風飄雨濕亦不移君家樹頭多好枝

同前 張祜

忽忽南飛返危弦共怨悽暗霜移樹宿殘夜遶枝啼咽絶聲重敍愔淫思乍迷不妨還報喜悞使玉顏低

烏棲曲 李白

姑蘇臺上烏棲時吳王宫裏醉西施吳歌楚舞歡未畢青山猶（集作欲）銜半邊日銀箭金壺（一作金壺丁丁）漏水多起看秋月墜江波東方漸高柰樂（一作爾）何

同前 李端

白馬逐牛（集作朱）車黄昏入狹斜柳樹烏爭宿爭枝（集作宿）未得飛上屋東房少婦壻從軍每聽烏啼知夜分

同前 王建

章華宫人夜上樓君王望月西山頭夜深宫殿門不鎖白露滿山山葉墮

同前 張籍

西山作宫潮滿池宫烏曉鳴茱萸枝吳姬自唱采蓮（一作采蓮）曲君王昨夜舟中宿

棲烏曲二首 劉方平

蛾眉曼臉傾城國鳴環動佩新相識銀漢斜臨白玉堂芙蓉行障掩燈光

畫舸雙艚錦爲纜芙蓉花發蓮葉暗門前月色映横塘感郎中夜渡瀟湘

莫愁樂 張祜

儂居石城下郎到石城遊自郎石城出長在石城頭

莫愁曲 李賀

草生龍坂下鵶噪城堞頭何人此城裏城角栽石榴青絲繫五馬黄金絡雙牛白魚駕蓮船夜作十里遊歸來無人識暗上沈香樓羅牀倚瑶瑟殘月傾簾鉤今日槿花落明朝梧（集作桐）樹秋若負平生意何名作（集作何）莫愁

估客樂 李白

海客乘天風將船遠行役譬如雲中鳥一去無蹤跡

同前 元稹

估客無住著有利身即（集作則）行出門求火伴入戶辭父兄父兄相教示求利莫求名求名有所避求利無不營火伴相勒縛賣假莫賣誠交關少（集作但）交假交假本生輕（集作本生輕得失）自兹相將去誓死意不更一（集作亦）解市頭語便無鄉里情鍮石打臂釧糯米炊項瓔歸來村中賣敲作金玉聲村中田舍娘貴賤不敢爭所費百錢本已得十倍贏顏色轉光淨飲食亦甘馨子本頻蓄息貨賂（集作販）日兼并求珠駕滄海采玉上荆衡北買党項馬西擒吐蕃鸚炎洲布火浣蜀地錦織成越婢脂肉滑奚僮眉眼明通算衣食費不計遠近程經營（集作遊）天下徧却到長安城城中東西市聞客次第迎迎客兼說客多財爲勢傾客心本明黠聞語心已驚先問十常侍次求百公卿侯家與主第點綴無不精歸來始安坐富與王家（集作者）勍市卒酒肉臭縣胥家舍成豈惟絶言語奔走極使令大兒販材木巧識梁棟形小兒販鹽鹵不入州縣征一身偃市利突若截海鯨鉤距不敢下下則牙齒横生爲估客樂判爾樂一生爾又生兩子錢刀何歲平

賈客樂 張籍

金陵向西賈客多船中生長樂風波欲發移船近江口船頭祭神各澆酒停杯共說遠行期入蜀經蠻遠（集作誰）别離金多衆中爲上客夜夜算緡眠獨遲秋江初月猩猩語孤帆夜發滿（集作瀟）湘渚水工持檝防暗灘直過山邊及前侶年年逐利西復東姓名不在縣籍中農夫税多長辛苦棄業長爲販賣（一作賈）翁

賈客詞 劉禹錫

賈客無定遊所遊惟利并眩俗雜良苦乘時知重輕心計析秋毫摇鉤侔懸衡錐刀既無棄轉化日已盈邀福禱波神施財遊化城妻約雕金釧女垂貫珠纓高貲比封君奇貨通倖卿趨時鷙鳥思藏蝨盤龍形大艑浮通川高樓次旗亭行止皆有樂關梁似（一作自）無征農夫何爲者辛苦事寒耕

同前 劉駕

賈客燈下起猶言發已遲高山有疾路暗行終不疑寇盜伏其路猛獸來相追金玉四散去空囊委路岐揚州有大宅白骨無地歸少婦當此日對鏡弄花枝

襄陽樂　張祜
大堤花月夜長江春水流東風正上信春夜特來(一作待郎)遊
襄陽曲二首　崔國輔
蕙草嬌紅蕚時光舞碧雞城中美年少相見白銅鞮
少年襄陽地來往襄陽城城中輕薄子知妾解秦箏
同前　施肩吾
大堤女兒郎莫尋三三五五結同心清晨對鏡冶(集作理)容
色意欲取郎千萬金
同前　李端
襄陽堤路長草碧楊柳(集作柳枝)黄誰家女兒臨夜妝紅羅帳
裏有燈光雀釵翠羽動明璫欲出不出脂粉香同居女
伴正衣裳中庭寒月白如霜賈生十八稱才子空得門
前一斷腸
大堤曲　張柬之
南國多佳人莫若大堤女玉牀翠羽帳寶袜蓮花炬魂
處自(一作在)目成色授開心許迢迢不可見日暮空愁予
同前　楊巨源
二八嬋娟大堤女開爐相對依江渚待客登樓向水看
邀郎卷幔臨花語細雨濛濛濕芰荷巴東商侶挂帆多
自傳芳酒涴紅袖誰調妍妝迴翠蛾珍簟華燈夕陽後
當壚理瑟矜纖手月落星微五鼓聲春風摇蕩窗前柳
歲歲逢迎沙岸間北人多識綠雲鬟無端嫁與五陵少
離别煙波傷玉顔
同前　李白
漢水臨(一作横)襄陽花開大堤暖佳期大堤下淚向南雲滿
春風復無(集作無復)情吹我夢魂散不見眼中人天長音信斷
同前　李賀
妾家住横塘紅紗滿桂香青雲教綰頭上髻明月與作
耳邊璫蓮風起江畔春大堤上留北人郎食鯉魚尾妾
食猩猩脣莫指襄陽道綠浦歸帆少今日菖蒲花明朝
楓樹老
大堤行　孟浩然
大堤行樂處車馬相馳突歲歲春草生踏青二三月王
孫挾珠彈遊女矜羅韈攜手今莫同江花爲誰發
三洲歌　温庭筠
團圓莫作波中月潔白莫爲枝上雪月隨波動碎潾潾
雪似梅花不堪折李娘十六青絲髮畫帶雙花爲君結
門前有路輕離别(一作别離)惟恐歸來舊香滅
拔蒲歌　張祜　(拔蒲倚歌也凡倚歌悉用鈴鼓無絃有吹)
拔蒲來領郎鏡湖邊郎心在何處莫趁新蓮去拔得無
心蒲問郎看好無
楊叛兒　李白
君歌楊叛兒妾勸新豐酒何許最關人烏啼白門柳烏
啼隱楊花君醉留妾家博山鑪中沈香火雙咽(集作煙)一氣
凌紫霞
常林歡　温庭筠
宜城酒熟花覆橋沙晴綠鴨鳴咬咬穠桑繞舍麥如尾
幽軋鳴機雙燕巢馬聲特特荆門道蠻水揚光色如草
錦薦金爐夢正長東家呃(集作咿)喔雞鳴早
江南弄　王勃
江南弄巫山連楚夢行雨行雲幾相送瑶軒金谷上春
時玉童仙女無見期紫露香煙眇難託清風明月遥相
思遥相思草徒綠爲聽雙飛鳳凰曲
同前　李賀
江中綠霧起涼波天上疊巘紅嵯峨水風浦雲生老竹
渚暝蒲帆如一幅鱸魚千頭酒百斛酒中倒卧南山綠
吴歈越吟未終曲江上團團帖寒玉
采蓮曲　崔國輔
玉溆花紅(集作爭)發金塘水碧(集作亂)流相逢畏相失並著采蓮
舟
同前　徐彦伯
妾家越水邊摇艇入江煙既覓同心侣復采同心蓮折
藕絲能脆開花葉正圓春歌弄明月歸棹落花前
同前　李白
若耶溪邊采蓮女笑隔荷花共人語日照新妝水底明
風飄香袖(集作袂)空中舉岸上誰家遊冶郎三三五五映垂
楊紫騮嘶入落花去見此踟蹰空斷腸
同前　賀知章
稽山罷霧鬱嵯峨鏡水無風也自波莫言春度芳菲盡
别有中流采芰荷
同前三首　王昌齡
吴姬越豔楚王妃爭弄蓮舟水濕衣來時浦口花迎入
采罷江頭月送歸
荷葉羅裙一色裁芙蓉向臉兩邊開亂入池中看不見
聞歌始覺有人來
越女作桂舟還將桂爲檝湖上水渺漫清江初(集作不)可涉
摘取芙蓉花莫摘芙蓉葉將歸問夫壻顔色何如妾
同前二首　戎昱
雖聽采蓮曲詎識采蓮心漾檝愛花遠回船愁浪深煙
生極浦色日落半江陰同侣憐波靜看妝墮玉簪
涔陽女兒花滿頭毿毿同汎木蘭舟春(集作秋)風日暮南湖
裏爭唱菱歌不肯休
同前　儲光羲
淺渚荷(集作荇)花繁深塘(集作潭)菱葉疎獨往方自得恥邀淇上
姝廣江無術阡大澤(一作羅)絶方隅浪中海童語流下鮫人
居春雁時隱舟新荷(集作萍)復滿湖采采乘日暮不思賢與
愚
同前二首　鮑溶
弄舟揭來南塘水荷葉映身摘蓮子暑衣清(一作鮮)淨鴛鴦
喜作浪舞花驚不起殷勤護惜纖纖指水菱初熟多新
刺
采蓮揭來水無風蓮潭如鏡(集作鑑)松如龍夏衫短袖交斜
紅豔歌笑鬭新芙蓉戲魚住(集作往)聽蓮花東
同前　張籍
秋江岸邊蓮子多采蓮女兒凭船歌青房圓實齊戢戢
爭前競折蕩漾(集作漾微)波試牽綠莖下尋藕斷處絲多刺傷
手白練束腰袖半卷不插玉釵妝梳淺船中未滿度前
洲借問誰家(集作阿誰)家住遠歸時共待暮潮上自弄芙蓉還
蕩槳

同前 白居易

菱葉縈波荷颭風荷花深處小船通逢郎欲語低頭笑碧玉搔頭落水中

同前 僧齊己

越江女越江蓮齊菡萏雙嬋娟嬉遊向何處采摘且同船浩唱發容與清波生漪漣時逢島嶼泊幾共鴛鴦眠襟袖既盈溢馨香亦相傳薄暮歸去來苧羅生碧煙

采蓮歸 王勃

采蓮歸綠水芙蓉衣秋風起浪鳧雁飛桂棹蘭橈下長浦羅裙玉腕搖輕櫓葉嶼花潭極望平江謳越吹相思苦相思苦佳期不可駐塞外征夫猶未還江南采蓮今已暮今已暮摘（集作采）蓮花今渠（集作渠今）那必盡倡家官道城南把桑葉何如江上采蓮花蓮花復蓮花花葉何重（集作稠）疊葉翠本羞眉花紅彊如頰佳人不茲（集作在茲）期悵望別離時牽花憐共蔕折藕愛連絲故情何（集作無）處所新物徒（集作從）華滋不惜南（集作西）津交佩解還羞北海雁書遲采蓮歌有節采蓮夜未歇正逢浩蕩江上風又值徘徊江上月（集有徘徊二字）蓮浦夜相逢吳姬越女何丰茸共問寒江千里外征客關山更（集作路）幾重

采蓮女 閻朝隱

采蓮女采蓮舟春日春江碧水流蓮衣承玉釧蓮刺罥銀鉤薄暮斂容歌一曲氛氳香氣滿汀洲

湖邊采蓮婦 李白

小姑織白紵未解將人語大嫂采芙蓉溪湖千萬重長兄行不在莫使外人逢願學秋胡婦真心比古松

張靜婉采蓮曲 溫庭筠

蘭膏墜髮紅玉春燕釵拖頸拋盤雲城西（一作邊）楊柳向嬌晚門前溝水波潾潾麒麟公子朝天客珮（集作珂）馬璫璫度春陌掌中無力舞衣輕翦斷鮫綃破春碧抱月飄煙一尺腰麝臍龍髓憐嬌饒秋羅拂衣（集作水）碎光動露重花多香不銷鸂鶒膠膠（集作交交）塘水滿綠萍如（一作金芒）粟蓮莖短一夜西風送雨來粉痕零落愁紅淺船頭折藕絲暗牽藕根蓮子相留連郎心似月月易（一作未）缺十五十六清光圓

鳳笙曲 沈佺期

憶昔王子晉鳳笙遊雲空揮手弄白日安能戀青宮豈無嬋娟子結念羅帳（集作幃）中憐壽不貴色身世兩無窮

鳳吹笙曲 李白

仙人十五愛吹笙學得崑丘彩鳳鳴始聞鍊氣餐金液復道朝天赴玉京玉京迢迢幾千里鳳笙去去無邊（集作窮）已欲歎離聲發絳脣更嗟別調流纖指此時惜別詎堪聞此地相看未忍分重吟真曲和清吹却奏仙歌響綠雲綠雲紫氣向函關訪道應尋緱氏山莫學吹笙王子晉一遇浮丘斷不還

采菱曲 儲光羲

濁水菱葉肥清水菱葉鮮義不游濁水志士多苦言潮沒具區藪潦深雲夢田朝隨北風去暮逐南風還浦口多漁家相與邀我船飯稻以終日羹蓴將永年方冬水物窮又欲休山樊盡室相隨從所貴無憂患

采菱行 劉禹錫

白馬湖平秋日光紫菱如錦綵鸞（一作鸞）翔盪舟遊女滿中央采菱不顧馬上郎爭多逐勝紛相向時轉蘭橈破輕浪長鬟弱袂動（集作披）參差釵影釧文浮蕩漾笑語哇咬顧晚暉蓼花綠（集作緑）岸扣舷歸歸來共到市橋步野蔓繫船萍滿衣家家竹樓臨廣陌下有連檣多估客攜觴薦芰夜經過醉踏大堤相應歌屈平祠下沅江水月照寒波白煙起一曲南音此地聞長安北望三千里

陽春歌 李白

長安白日照春空綠楊結煙桑（集作垂）裊風披香殿前花始紅流芳發色繡戶中繡戶中相經過飛燕皇后輕身舞紫宮夫人絕世歌聖君三萬六千日歲歲年年奈樂何

陽春曲 溫庭筠

雲母空窗曉煙薄香昏龍氣凝輝閣霏霏霧雨杏花天簾外春威著羅幕曲欄伏檻金麒麟沙苑芳郊連翠茵廄馬何能齧芳草路人不敢隨流塵

同前 莊南傑

紫錦紅囊香滿風金鸞玉軾搖丁冬沙鷗白羽翦晴碧野桃紅艷燒春空芳草綿延鎖平地壠蝶雙雙舞幽翠鳳叫龍吟白日長落花聲底仙娥醉

同前 僧貫休

爲口莫學阮嗣宗不言是非非至公爲手須似朱雲輩折檻英風至今在男兒結髮事君親須斅前賢多慷慨歷數雍熙房與杜魏公姚公宋開府盡向天上仙宮閑處坐何不却辭上帝下下土忍見蒼生苦苦苦

朝雲引 郎大家宋氏

巴西巫峽指巴東朝雲觸石上朝空巫山巫峽高何已行雨行雲一時起一時起三春暮若言來且就陽臺路

上雲樂 李白

金天之西白日所沒康老胡雛生彼月窟巉巖儀容戌削風骨碧玉炅炅雙目瞳黃金拳拳兩鬢紅華蓋垂下睫嵩嶽臨上脣不覩譎詭貌豈知造化神大道是文康之嚴父元氣乃文康之老親撫頂弄盤古推車轉天輪云見日月初生時鑄冶火精與水銀陽烏未出谷顧兔半藏身女媧戲黃土團作愚下人散在六合間濛濛若沙塵生死了不盡誰明此胡是仙真西海栽若木東溟植扶桑別來幾多時枝葉萬里長中國有七聖半路頹鴻荒陛下應運起龍飛入咸陽赤眉立盆子白水興漢光叱咤四海動洪濤爲簸揚舉足蹋紫微天關自開張老胡感至德東來進仙倡五色師子九苞鳳凰是老胡雞犬鳴舞飛帝鄉淋漓颯沓進退成行能胡歌獻漢酒跪雙膝並（集作立）兩肘散花指天舉素手拜龍顏獻聖壽北斗戾南山摧天子九九八十一歲長傾萬歲（一作年）杯

同前 李賀

飛香走紅滿天春花龍盤盤上紫雲三千宮女列金屋五十弦瑟海上聞大江（集作天河）碎碎銀沙路嬴女機中斷煙素斷煙素縫舞衣（集作衣纏）八月一日君前舞

鳳臺曲 王無競

鳳臺何逶迤嬴女管參差一旦綵雲至身去無還期遺曲此臺上世人多學吹一吹一落淚至今憐玉姿

同前 李白

嘗聞秦帝女傳得鳳凰聲是日逢仙子當時別有情人吹彩簫去天借綠雲迎曲在身不返空餘弄玉名

鳳凰曲（李白）

嬴女吹玉簫吟弄天上春青鸞不獨去更有攜手人影滅彩雲斷遺聲落西秦

君道曲（李白　白自云梁之雅歌有五篇今作一章　按梁雅歌無君道曲疑應王受圖曲是也）

大君若天覆廣運無不至軒后爪牙常先太山稽如心之使臂小白鴻翼於夷吾劉葛魚水本無二土扶（集作枝）可成牆積德爲厚地

舞曲歌辭（自漢以後樂舞寖盛有雅舞有雜舞雅舞用之郊廟朝饗雜舞用之宴會前世樂飲酒酣必自起舞漢武帝樂飲長沙定王起舞是也自是以後尤重以舞相屬所屬者代起舞猶世飲酒以杯相屬也灌夫起舞以屬田蚡晉謝安舞以屬桓嗣是也）

吳俞兒舞歌（陸龜蒙　此後竝雜舞歌辭雜舞者公莫巴渝槃舞鞞舞鐸舞拂舞白紵之類是也始皆出自方俗後𠋫陳於殿庭雖非正樂亦皆前代舊聲太宗貞觀中始造讌樂其後又分爲立坐二部堂下立奏謂之立部伎堂上坐奏謂之坐部伎武后中宗之世大增造立坐部伎諸舞隨亦寖廢開元中又有涼州綠腰蘇合香屈柘枝團亂旋回波樂蘭陵王春鶯囀半社渠借席烏夜啼之屬謂之軟舞大祁阿連劍器胡旋胡騰阿遼柘枝黃麞拂菻大渭州達摩支之屬謂之健舞文宗時教坊又進霓裳羽衣舞女三百人凡此皆雜舞也）

劍俞

枝月喉櫂霜脊北斗離離在寒碧龍魂清虎尾白秋照海心同一色蟲影吒沙千影側神豪髮直四睨之人股佶栗欲定不定定不得春曠殘兒且止狄胡有膽大如山怖亦死

矛俞

手盤風頭背分電光戰扇欲刺敲心留半綫纏肩繞脰襐合脏旋卓植赴列奪避中節前衝函禮穴上指孛彗滅與君一用來有截

弩俞

牛來開弦人爲置鏃捩機關迸山谷鹿駭涩隼擊遲析毫中睫洞腋分黿達堅壘殘雄師可以冠猛樂壯曲抑揚蹈厲有裂犀兕之氣者非公與

東海有勇婦（李白　鞞舞五曲李白作此篇以代關中有賢女）

梁山感杞妻慟哭爲之傾金石忽暫開都由激深情東海有勇婦何慚蘇子卿學劍越處子超騰（集作然）若流星捐軀報夫讐萬死不顧生白刃耀素雪蒼天感精誠十步兩躩躍三呼一交兵斬首掉國門蹴踏五藏行割此伉儷憤粲然大義明北海李使君飛章奏天庭舍罪警風俗流芳播滄瀛志（集作名）在列女籍竹帛已光榮淳于免詔獄漢主爲緹縈津妾一櫂歌脫父於嚴刑十子若不肖不如一女英豫讓斬空衣有心竟無成要離殺慶忌壯夫素所（集作所素）輕妻子亦何辜焚之買虛名豈如東海婦事立獨揚名

章和二年中（李賀　鞞舞曲）

雲蕭（一作正雲蕭）索風拂拂（索田風拂拂）麥芒如篲黍如粟關中父老百領襦關東吏人乏詬租健犢春耕土膏黑菖蒲叢叢沿水脈殷勤爲我下田鉏百錢攜賞（集作償）絲桐客遊春漫光塢花白野林散香神降席拜神得壽獻天子七星貫斷姮娥死

公莫舞歌（李賀　巾舞曲）

方花古（一作石）礎排九楹刺豹淋血盛銀罌華（一作軍）筵鼓吹無桐竹長刀直立割鳴箏橫楣麤錦生紅緯日炙錦嫣王未醉腰下三看寶玦光項莊掉箭攔前起材官小臣公莫舞座上真人赤龍子芒碭雲瑞抱天回咸陽王氣清如水鐵樞鐵楗重東關大旗五丈撞雙環漢王今日須秦印絕臏刳腸臣不論

拂舞辭（李賀）

吳娥聲絕天空雲閑裛回門外滿車馬亦須生綠苔尊有烏程酒勸君千萬壽全勝漢武錦樓上曉望晴寒飲花露東方日不破天光無老時丹成作蛇乘白霧千年重化玉井龜從蛇作龜二千載（一作玉井龜二千載）吳堤綠草年年在背有八卦稱神仙邪鱗頑甲滑腥涎

白鳩辭（李白　鞞鐸巾拂四舞梁竝夷則格鐘磬鳩拂和故白拟之爲夷則格上白鳩拂舞辭）

鏗鳴鐘考朗鼓歌白鳩引拂舞白鳩之白誰與鄰霜衣雪襟誠可珍含哺七子能平均食不咽性安馴首農政鳴陽春天子刻玉杖鏤形賜耆人白鷺亦（集作之）白非純真外潔其色心匪仁闕五德無司晨胡爲啄我葭下之紫鱗鷹鸇鵰鶚貪而好殺鳳凰雖大聖不願以爲臣

獨漉篇（李白　拂舞曲）

獨漉水中泥水濁不見月不見月尚可水深行人沒越鳥從南來胡鷹亦北度我欲彎弓向天射惜其中道失歸路落葉別樹飄零隨風客無所託悲與此同羅帷舒卷似有人開明月直入無心可猜雄劍挂壁時時龍鳴不斷犀象繡澀苔生國恥未雪何由成名神鷹夢澤不顧鴟鳶爲君一擊搏鵬（集作鵬搏）九天

獨漉歌（王建）

獨獨漉漉鼠食猫肉烏日中鶴露宿黃河水直人心曲

白紵辭二首（崔國輔　白紵吳舞也）

洛陽梨花落如霰河陽桃葉生復齊坐恐（集作惜）玉樓春欲盡紅綿（一作錦）粉絮裛妝啼

董賢女弟在椒風窈窕繁華貴後宮璧帶金釭皆翡翠一朝零落變成空

同前二首（楊衡）

玉纓翠珮雜輕羅香汗微漬朱顏酡爲君起唱白紵歌清聲裊雲思繁（集作繁思）多凝笳哀琴（一作瑟）時相和金壺半傾芳夜促梁塵霏霏暗紅燭令君安坐聽終曲墜葉飄花難再復

躡珠履步瓊筵輕身起舞紅燭前芳姿豔態妖且妍迴眸轉袖暗催弦涼風蕭蕭流（集作漏）水急月華泛豔紅蓮濕牽裙攬帶翻成泣

同前（李白）

揚清歌（一作音）發皓齒北方佳人東鄰子且吟白紵停淥水長袖拂面爲君起寒雲夜卷霜海空胡風吹天飄塞鴻玉顏滿堂樂未終館娃日落歌吹濛

月寒江清夜沈沈美人一笑千黃金垂羅舞縠揚哀音郢中白雪且莫吟子夜吳歌動君心動君心冀君賞願作天池雙鴛鴦一朝飛去青雲上

吳刀翦綵（一作綺）縫舞衣明妝麗服奪春輝揚眉轉袖若雪飛傾城獨立世所稀激楚結風醉忘歸高堂月落燭已

微玉釵挂纓君莫違

白紵歌二首（王建）

天河漫漫北斗粲宮中烏啼知夜半新縫白紵舞衣成
來遲邀得吳王迎低鬟轉面掩雙袖玉釵浮動秋風生
酒多夜長夜未曉月明燈光兩相照後庭歌聲更窈窕
館娃宮中春日暮荔枝木瓜花滿樹城頭烏棲休擊鼓
青娥彈瑟白紵舞夜天曈曈不見星宮中火照西江明
美人醉起無次第墮釵遺佩滿中庭此時但願可君意
回晝爲宵亦不寐年年奉君君莫棄

同前（張籍）

皎皎白紵白且鮮將作春衫（集作衣）稱少年裁縫長短不能
定自持刀尺向姑前復恐蘭膏汙纖指常遣傍人收墮
珥衣裳著時寒食下還把玉鞭鞭白馬

同前（柳宗元）

翠帷雙卷出傾城龍劍破匣霜月明朱脣掩抑悄無聲
金簧玉磬宮中生下沈秋水激太清天高地迥凝日晶
羽觴蕩漾何事傾

冬白紵歌（元稹　四時白紵舞曲）

吳宮夜長宮漏款簾幕四垂燈焰暖西施自舞王自管
雪紵翻翻鶴翎散促節牽繁舞腰嬾舞腰嬾王罷飲蓋
覆西施鳳花錦身作匡牀臂爲枕朝佩摐摐（集作玉）王晏寢
酒醒（集作寤）閽報門無事子胥死後言爲諱近王之臣諭王
意共笑越王窮惴惴夜夜抱冰寒不睡

霓裳辭十首（王建　一曰霓裳羽衣曲羅公遠多祕術嘗與明皇至月宮仙女數百皆素練霓衣舞於廣庭問其曲曰霓裳羽衣帝曉音律因默記其音調及歸但記其半會西涼府節度楊敬述進婆羅門曲聲調相符遂以月中所聞爲散序敬述所進爲曲而名霓裳羽衣按王建辭云弟子部中留一色聽風聽水作霓裳劉禹錫詩云三鄉陌上望仙山歸作霓裳羽衣曲然則非月中所聞矣）

弟子部中留一色聽風聽水作霓裳散聲未足重來授
直到牀前見上皇
中管五弦初半曲遙教合上隔簾聽一聲聲向天頭落
效得仙人夜唱經
自直梨園得出稀更番上曲不教歸一時跪拜霓裳徹
立地階前賜紫衣
旋翻新譜聲初足除却梨園未教人宣與書家分手寫
中宮走馬賜功臣
伴教霓裳有貴妃從初直到曲成時日長耳裏聞聲熟
拍數分毫錯總知
弦索摐摐隔綵雲五更初發一山（一作滿宮）聞武皇自送西王
母新換霓裳月色裙
敕賜宮人澡浴回遙看美女院門開一山星月霓裳動
好字先從殿裏來
傳呼法部按霓裳新得承恩別作行應是（一作日曉）貴妃樓上
看內人舁下綵羅箱
朝元閣上山風（一作風初）起夜聽霓裳玉露寒宮女月中更替
立黃金梯滑竝行難
知向（一作在）華清年月滿山頭山底種長生去時留下霓裳
曲總（一作半）是離宮別館聲

柘枝詞（失撰人名　健舞曲有羽調柘枝輭舞曲有商調屈柘枝此舞因曲爲名用二女童帽施金鈴抃轉有聲其來也於二蓮花中藏花坼而後見對舞相占實舞中雅妙者也）

將軍奉命即須行塞外領彊兵聞道烽煙動腰間寶劍
匣中鳴

同前三首（薛能）

同營三十萬震鼓伐西羌戰血黏秋草征塵攪夕陽歸
來人不識帝里獨戎裝
懸軍征拓羯內地隔蕭關日色崑崙上風聲朔漠間何
當千萬騎颯颯貳師還
意氣成功日春風起絮天樓臺新邸第歌舞小嬋娟急
破催搖曳羅衫半脫肩

屈柘詞（溫庭筠）

楊柳縈橋綠玫瑰拂地紅繡衫金騕褭花髻玉瓏璁宿
雨香潛潤春流水暗通畫樓初夢斷晴（一作曉）日照湘風

全唐詩

琴曲歌辭（古琴曲有五曲九引十二操自是已後作者相繼）

白雪歌（僧貫休　唐書樂志曰白雪周曲也）

列鼎佩金章淚眼看風枝却思食藜藿身作屠沽兒負
米無遠近所希升斗歸爲人無貴賤莫學雞狗肥斯言
如不忘別更無光輝斯言如或忘即安用人爲

湘妃（劉長卿）

帝子不可見秋風來暮思嬋娟湘江月千載空蛾眉

同前（李賀）

筠竹千年老不死長伴秦（一作神）娥蓋湘水蠻娘吟弄滿寒
空九山靜綠淚花紅離鸞別鳳煙梧中巫雲蜀雨遙相
通幽愁秋氣上青楓涼夜波間吟古龍

湘妃怨（孟郊）

南巡竟不返帝子（一作二妃）怨逾積萬里喪蛾眉瀟湘水空碧
冥冥荒山下古廟收貞魄喬木深青春清光滿瑤席搴
芳徒有薦靈意殊脈脈玉佩不可親裴回煙波夕

同前（陳羽）

二妃怨處雲沈沈二妃哭處湘水深商人酒滴廟前草
蕭颯（集作索）風生斑竹林

湘妃列女操（鮑溶）

有虞夫人哭虞後淑女何事又傷離竹上淚跡生不盡
寄哀雲和五十絃雲和經奏鈞天曲乍聽寶琴遙嗣續
三湘測測流急綠秋夜露寒蜀帝飛楓林月斜楚臣宿
更疑川宮日黃昏閽攜女手殷勤言環佩玲瓏有無間
終疑既遠雙悄悄蒼梧舊雲豈難召老猨心寒不可嘯
日晒晒兮意蹉跎魂騰騰兮驚秋波曲一盡兮憶再奏
衆弦不聲且如何

湘夫人（郎士元）

楓葉下秋渚二妃愁渡湘疑山空杳藹何處望君王日
落水雲裏油油（集作悠悠）心自傷

同前（李頎）

九疑日已暮三湘雲復愁窅藹羅袂色潺湲江水流佳
期來北渚捐玦（集作珮）在芳洲

同前 郎士元

蛾眉對湘水遥哭蒼梧間（集作山）萬乘既已歿孤舟誰忍還至今楚山上猶有淚痕斑南有涔陽路渺渺多新愁昔神降回（集作桂酒神降）時風波（集作回風）江上秋彩雲忽無處碧水空安流（南有涔陽路以下集另作一首）

霹靂引 沈佺期

歲七月火伏而金生客有鼓瑟於門者奏霹靂之商聲始戛羽以騞砉終扣宫而砰駖電耀耀兮龍躍雷闐闐兮雨冥冥氣嗚唅以會雅態歘翕以横生有如驅千旗制五兵截荒虺斮長鯨殽與廣陵比意别鶴儔精而已俾我雄子魄動毅夫髮立懷恩不淺武義雙輯視胡若芥翦羯如拾豈徒慨慷中筵備羣娱之翕習哉

拘幽操 韓愈 一曰文王哀羑里 文王拘於羑里而作

目掩掩（集作窈窈）兮其凝其盲耳肅肅兮聽不聞聲朝不日出兮夜不見月與星有知無知兮爲死爲生嗚呼臣罪當誅兮天王聖明

越裳操 韓愈 越裳獻白雉周公作

雨之施物以孳我何意於彼爲自周之先其艱其勤以有疆宇私我後人我祖在上四方在下厥臨孔威敢戲以侮孰荒於門孰治於田四海既均越裳是臣

岐山操 韓愈 序云周公爲太王作

我家于豳自我先公伊我承緒（集作序）敢有不同兮狄之人將土我疆民爲我戰誰使死傷彼岐有岨我往獨處人莫（一作莫莫）余追無思我悲

履霜操 韓愈 序云尹吉甫子伯奇無罪爲後母譖而見逐自傷作

父兮兒寒母兮兒飢兒罪當笞逐兒何爲兒在中野以宿以處四無人聲誰與兒語兒寒何衣兒飢何食兒行于野履霜以足母生衆兒有母憐之獨無母憐兒寧不悲

雉朝飛操 李白 雉朝飛者犢沐子七十無妻出薪於野見雉雄雌相隨而飛感之而作

麥隴青青三月時白雉朝飛挾兩雌錦衣綺翼何離褷犢牧采薪感之悲春天和白日暖啄食飲泉勇氣滿爭雄鬬死繡頸斷雉子班奏急管弦心傾美酒（集作傾心酒美）盡玉椀枯楊枯楊爾生荑（集作稊）我獨七十而孤棲彈弦寫恨意不盡瞑目歸黄泥

同前 韓愈

雉之飛于朝日羣雌孤雄意氣横出當東而西當啄而飛隨飛隨啄羣雌粥粥嗟我雖人曾不如彼雉雞生身七十年無一妾與妃

同前 張祜

朝陽隴東泛暖景雙啄雙飛雙顧影朱冠錦襦聊日整漠漠霧中如衣褧傷心盧女弦七十老翁長獨眠雄飛在草雌在田衷腸結憤氣呵天聖人在上心不偏翁得女妻甚可憐

思歸引 張祜 一曰離拘操衛女於深宫思歸不得而作

重重作閨清旦鐍兩耳深聲長不徹深宫坐愁百年身一片玉中生憤血焦桐罷彈（集作彈罷）絲自絶漠漠暗魂愁夜月故鄉不歸誰共穴石上作蒲蒲九節

猗蘭操 韓愈 一曰幽蘭操 孔子傷不逢時作

蘭之猗猗揚揚其香不采而佩於蘭何傷今天之旋其曷爲然我行四方以日以年雪霜貿貿薺麥之茂子如不傷我不爾覯薺麥之茂薺麥之有君子之傷君子之守

幽蘭 崔塗

幽植衆能（集作春風）知貞芳只暗持自無君子佩未是國香衰白露霑長早青春（集作春風）每到遲不知當路草芳馥欲何爲

將歸操 韓愈 一曰聊操 孔子之趙聞殺鳴犢作

秋之水兮其色幽幽我將濟兮不得其由涉其淺兮石齧我足乘其深兮龍入我舟我濟而悔兮將安歸尤歸乎歸乎無與石鬬兮無應龍求

龜山操 韓愈 序云孔子以季桓子受齊女樂諫不從望龜山而作

龜之氣兮不能雲（一作爲）雨龜之枿兮不中梁柱龜之大兮秖以奄魯知將隳兮哀莫余伍周公有鬼兮嗟余歸輔

殘形操 韓愈 序云曾子夢見一狸不見其首作

有獸維狸兮我夢得之其身孔明兮而頭不知吉凶何爲兮覺坐而思巫咸上天兮識者其誰

雙燕離 李白 河間新歌

雙燕復雙燕雙飛令人羨玉樓珠閣不獨棲金窗繡戶長相見柏梁失火去因入吳王宫吳宫又焚蕩雛盡巢亦空憔悴一身在孀雌憶故雄雙飛難再得傷我寸心中

列女操 孟郊 列女引 楚樊姬作

梧桐相待老鴛鴦會雙死貞婦貴徇夫舍生亦如此波瀾誓不起妾心井中水

别鵠操 韓愈 一曰别鶴操 商陵穆子娶妻五年無子父母欲其改娶其妻聞之中夜悲嘯穆子感之而作

雄鵠銜枝來雌鵠啄泥歸巢成不生子大義當乖離江漢水之大鵠身鳥之微更無相逢日安（集作且）可（集有繞樹二字）相隨飛

别鶴 楊巨源

海鶴一爲别高程方杳然影摇江海（集作漢）路思結瀟湘天皎然仰白日眞姿棲紫煙含情九霄際顧侶五雲前遐心屬清都淒響激朱弦超摇間雲雨迢遞各山川東南信多水會合當有年雄（集作雌）飛戾冥寞此意何由傳

同前 王建

主人一去池水絶池鶴散飛不相别青天漫漫碧海（集作水）重知向何山風雪中萬里雖然音影在向心終是死生同池邊巢破松樹死樹頭年年烏生子

同前 張籍

雙鶴出雲谿分飛各自迷空巢在松杪（集作頂）折羽落江泥尋水終不飲逢林亦未棲别離應易老萬里兩（集作雨）淒淒

同前 杜牧

分飛共所從六翮勢摧（集作催）風聲斷碧雲外影孤明月中青田歸路遠月（集作丹）桂舊巢空矯翼知何處天涯不可窮

走馬引 李賀 一曰天馬引 樗里牧恭爲父報怨殺人逃入沂澤中作

我有辭鄉劍玉鋒堪截雲襄陽（一作長安）走馬客意氣自生春朝嫌劍光（集作花）靜暮嫌劍花（集作光）冷能持劍向人不解持照身（一作解持照身影）

昭君怨 白居易

明妃風貌最娉婷合在椒房應四星只得當年備宫掖

何曾專夜奉幃屏見疎從道迷圖畫知屈那教配虜庭自是君恩薄如紙不須一向恨丹青

同前二首 張祜

萬里邊城遠千山行路難舉頭惟見月(集作日)何處是長安

漢庭無大議戎虜幾先和莫羨傾城色昭君恨最多

同前 梁氏瓊

自古無(集作有)和親貽災到妾身胡(集作朔)風嘶去馬漢月弔(集作出)行輪衣薄狼山雪妝成虜塞春回看父母國生死畢胡塵

明妃怨 楊凌

漢國明妃去不還馬馳弦管向陰山匣中縱有菱花鏡羞對單于照舊顏

蔡氏五弄 (五弄遊春淥水幽居坐愁秋思並宮調蔡邕所作也)

遊春曲二首 王涯

萬樹江邊杏新開一夜風滿園深淺色照在綠波中

上苑何窮樹花開次第新香車與絲騎風靜亦生塵

遊春辭二首 王涯

曲江絲柳變煙條寒骨(集作谷)冰隨暖氣銷纔見春光生綺陌已聞清樂動雲韶

經過柳陌與桃蹊尋逐風光著處迷鳥度時時衝絮起花繁衮衮壓枝低

同前三首 令狐楚

晚遊臨碧殿日上望春亭芳樹羅仙仗晴山展翠屏

一夜好風吹新花一萬枝風前調玉管花下簇金羈

閶闔春風起蓬萊雪水消相將折楊柳爭取最長條

淥水曲 李白

淥水明秋月南湖采白蘋荷花嬌欲語愁殺蕩舟人

淥水辭 李賀

今宵好風月阿侯在何處為有傾城色(一作入)翻成足愁苦

東湖采蓮葉南湖拔蒲根(一作折蒲葺)未持寄小姑且持感愁魂(一作秋風)

幽居弄 顧況

苔衣生花露滴月入西林蕩東辟扣商占角兩三聲洞戶谽谺一冥寂獨去滄洲無四鄰身嬰世網此何身關情命曲寄惆悵久別江(集作山)南山裏人

秋思二首 李白

春陽如昨日碧樹鳴黃鸝蕪然蕙草暮颯爾涼風吹天秋木葉下月冷莎雞悲坐愁群芳歇白露凋華滋

閼氏(集作燕支)黃葉落妾望白(集作自)登臺月出(一作海上)碧雲斷蟬聲(一作單于)秋色來胡兵沙塞合漢(一作望)使玉關回征客無歸日空悲蕙草摧

同前二首 鮑溶

胡風吹鳫翼遠別無人鄉君近鳫來處幾回斷君腸昔奉千日書撫心怨星霜無書又千日世路重茫茫燕國有佳麗蛾眉富春光自然君歸晚花落君空堂君其若不然歲晚雙鴛鴦顏皃蝕殘月幽光不如星女兒晚事夫顏色同秋螢秋日邊馬思武夫不遑寧燕歌易水怨劍舞蛟龍腥風折連枝樹水翻無蔕萍立身多戶門何必燕山銘生世不如鳥雙雙比翼翎(顏皃蝕殘月以下集另作一首)

季秋天地閑(一作閑)萬物生意足我憂長於生安得及草木試從古人願致酒歌秉燭燕趙皆世人詎能長似玉脩憐老期近仰視日車速蕭颯御風君魂夢願相逐百年夜銷半端為垂纓束

同前 司空曙

靜與嬾相偶年將衰共催前途歡不集往事恨空來晝景委紅葉月華鋪綠苔沈思更何有結坐(集作坐結)玉琴哀

同前 司空圖

身病時亦危逢秋多慟哭風波一搖蕩天地幾翻覆孤螢出荒池落葉穿破屋勢利長草草何人訪幽獨

同前二首 王涯

網軒涼吹動輕衣夜聽更長玉漏稀月渡天河光轉濕鶻鶖秋樹葉頻飛

宮連太液見蒼波暑氣微清(集作消)秋意多一夜輕風蘋末起露珠翻盡滿池荷

胡笳十八拍 劉商 (大胡笳十八拍小胡笳十九拍並蔡琰作)

第一拍

漢室將衰兮四夷不賓動干戈兮征戰頻哀哀父母生育我見離亂兮當此辰紗窗對鏡未經事將謂珠簾能蔽身一朝虜騎入中國蒼黃處處逢胡人忽將薄命委鋒鏑可惜紅顏隨虜塵

第二拍

馬上將余向絕域厭生求死死不得戎羯腥膻豈是人豺狼喜怒難姑息行盡天山足霜霰風土蕭條近胡國萬里重陰鳥不飛寒沙莽莽無南北

第三拍

如羇囚兮在縲紲憂慮萬端無處說使余力(集作刀)兮翦余髮食余肉兮飲余血誠知殺身願如此以余為妻不如死早被蛾眉累此身空悲弱質柔如水

第四拍

山川路長誰記得何處天涯是鄉國自從驚怖少精神不覺風霜損顏色夜中歸夢來又去朦朧豈解傳消息漫漫胡天叫不聞明明漢月應相識

第五拍

水頭宿兮草頭坐風吹漢地衣裳破羊脂沐髮長不梳羔子皮裘領仍左狐襟貉袖腥復膻晝披行兮夜披臥氈帳時移無定居日月長兮不可過

第六拍

怪得春光不來久胡中風土無花柳天翻地覆誰得知如今正南看北斗姓名音信兩不通終日經年常閉口是非取與在指撝言語傳情不如手

第七拍

男兒婦人帶弓箭塞馬蕃羊臥霜霰寸步東西豈自由偷生乞死非情願龜茲篳篥愁中聽碎葉琵琶夜深怨竟夕無雲月上天故鄉應得重相見

第八拍

憶昔私家恣嬌小遠取珍禽學馴擾如今淪棄念故鄉悔不當初放林表朔風蕭蕭寒日暮星河寥落胡天曉旦夕思歸不得歸愁心想似籠中鳥

第九拍

當日蘇武單于問道是賓鴻解傳信學他刺血寫得書
書上千重萬重恨髯胡少年能走馬彎弓射飛無遠近
遂令邊鴈轉怕人絶域何由達方寸

第十拍

恨凌辱兮惡腥羶憎胡地兮怨胡天生得胡兒欲棄捐
及生母子情宛然貌殊語異憎還愛心中不覺常相牽
朝朝暮暮在眼前腹生手養寧不憐

第十一拍

日來月往相推遷迢迢星歲欲周天無冬無夏臥霜霰
水凍草枯爲一年漢家甲子有正朔絶域三光空自懸
幾回鴻鴈來又去腸斷蟾蜍虧復圓

第十二拍

破瓶落井空永沈故鄉望斷無歸心寧知遠使問姓名
漢語泠泠傳好音夢魂幾度到鄉國覺後翻成哀怨深
如今果是夢中事喜過悲來情不任

第十三拍

童稚牽衣雙在側將來不可留又憶還鄉惜別兩難分
寧棄胡兒歸舊國山川萬里復邊戍背面無由得消息
淚痕滿面對殘陽終日依依向南北

第十四拍

莫以胡兒可羞恥恩情亦各言其子手中十指有長短
截之痛惜皆相似還鄉豈不見親族念此飄零隔生死
南風萬里吹我心心亦隨風渡遼水

第十五拍

歎息襟懷無定分當時怨來歸又恨不知愁怨意若何
似有鋒鋩擾方寸悲歡竝行情未快心意相尤自相問
不緣生得天屬親豈向仇讐結恩信

第十六拍

去時只覺天蒼蒼歸日始知胡地長重陰白日落何處
秋鴈所向應南方平沙四顧自迷惑遠近悠悠隨鴈行
征途未盡馬蹄盡不見行人邊草黃

第十七拍

行盡胡天千萬里惟見黃沙白雲起馬飢跑雪銜草根
人渴敲冰飲流水燕山髣髴辨烽戍鼙鼓如聞漢家壘
努力前程是帝鄉生前免向胡中死

第十八拍

歸來故鄉見親族田園半蕪春草綠明燭重然煨燼灰
寒泉更洗沈泥玉載持巾櫛禮儀（集作義）好一弄絲桐生死
足出入關山十二年哀情盡在胡笳曲

飛龍引二首　李白

黃帝鑄鼎於荊山鍊丹砂丹砂成黃金騎龍飛上太清
家雲愁海思令人嗟宮中綵女顏如花飄然揮手凌紫
霞從風縱體登鑾車登鑾車侍軒轅遨遊青天中其樂
不可言

鼎湖流水清且閑軒轅去時有弓劒古人傳道留其間
後宮嬋娟多花顏乘鸞飛煙亦不還騎龍攀天造天關
造天關聞天語長雲河車載玉女載玉女過紫皇紫皇
乃賜白兔所擣之藥（集有方字）後天而老凋三光下視瑤池見
王母蛾眉蕭颯如秋霜

烏夜啼引　張籍（何晏繫獄有二烏止於舍上其女曰烏有喜聲父必免遂作此操）

秦烏啼啞啞夜啼長安吏人家吏人得罪囚在獄傾家
賣產將自贖少婦起聽夜啼烏知是官家有赦書下牀
心喜不重寐未明上堂賀舅姑少婦語啼烏汝啼慎勿
虛借汝庭樹作高巢年年不令傷爾雛

宛轉歌　郎大家宋氏（晉王敬伯遇女郎劉妙容命小婢彈箜篌作宛轉歌凡八曲敬伯惟憶二曲）

風已清月朗琴復鳴掩抑非千態殷勤是一聲歌宛轉
宛轉和且長願爲雙鴻鵠比翼共翱翔

日已暮長簷鳥應度此時望君君不來此時思君君不
顧歌宛轉宛轉那能異棲宿願爲形與影出入恒相逐

同前二首　劉方平

星參差（集有明字）月二八燈五枝黃鶴瑤琴將別去芙蓉羽帳
惜空垂歌宛轉宛轉恨無窮願爲波與浪俱起碧流中

曉將近黃姑織女銀河盡九華錦衾無復情千金寶鏡
誰能引歌宛轉宛轉傷別離願作楊與柳同向玉窗垂

宛轉行　張籍

華屋重翠幄綺席雕象牀遠漏微更疎薄衾中夜涼爐
氳（集作氣）暗裛回寒燈背斜光妍姿結宵態寢臂幽夢長宛
轉復宛轉憶憶（集作君）更未央

王敬伯歌　李端

妾本舟中客（集作女）聞君江上琴君初感妾歎（集作意）妾亦感君
心遂出合歡被同爲交頸禽傳杯惟畏淺接膝猶嫌遠
侍婢奏箜篌女郎歌宛轉宛轉怨如何中庭霜漸多霜
多葉可惜昨日非今夕徒結萬里（集作重）歡終成一宵客王
敬伯淥水青山從此隔

三峽流泉歌　李季蘭（三峽流泉晉阮咸作）

妾家本住巫山雲巫山流水常自聞玉琴彈出轉寥敻
直似當時夢中聽三峽流泉幾千里一時流入深閨裏
巨石奔崖指下生飛波走浪弦中起初疑噴湧含雷風
又似嗚咽流不通回湍曲瀨勢將盡時復滴瀝平沙中
憶昔阮公爲此曲能使仲容聽不足一彈既罷復一彈
願似流泉鎮相續

風入松歌　僧皎然（風入松晉嵇康作）

西嶺松聲落日秋千枝萬葉風飀飀美人援琴弄成曲
寫得松間聲斷續聲斷續清我魂流波壞陵安足論美
人夜坐月明裏含少商兮照（集作點）清徵風何淒兮飄飀（集作颻）
攪寒松兮又夜起夜未央曲何長金徽更促聲泱泱何
人此時不得意意苦弦悲聞客堂

秋風引　劉禹錫

何處秋風至蕭蕭送鴈羣朝來入庭樹孤客最先聞

明月引　盧照鄰

洞庭波起兮鴻鴈翔風瑟瑟兮野蒼蒼浮雲卷靄明月
流光荊南兮趙北碣石兮瀟湘澄清規於萬里照離思
於千行橫桂枝於西第繞菱花於北堂高樓思婦飛蓋
君王文姬絶域侍子他鄉見胡鞍之似練知漢劒之如
霜試登高而極目（集作騁）莫不變而迴腸

明月歌　閻朝隱

梅花雪白柳葉黃雲霧四起月蒼蒼箭水泠泠刻漏長
揮玉指拂羅裳爲君一奏楚明光

綠竹引　宋之問

青溪綠潭潭水側修竹嬋娟同一色徒生仙實鳳不遊老死空山人詎識妙年秉願逃俗紛歸臥嵩丘弄白雲含情傲（集有脫字）慰心目何可一日無此君

山人勸酒 李白

蒼蒼雲松落落綺皓春風爾來爲阿誰胡蝶忽然滿芳草秀眉霜雪顏桃花（一作雪霜桃花貌）骨青髓綠（一作青髓綠髮）長美好稱是秦時避世人勸酒相歡不知老各守兔（集作麋）鹿志恥隨龍虎爭歘起佐太子漢王（一作皇）乃復驚顧謂戚夫人彼翁羽翼成歸來南（一作商）山下泛若雲無情舉觴酹巢由洗耳何獨（一作太）清浩歌望嵩嶽意氣還（一作遙）相傾

幽澗泉 李白

拂彼白石彈吾素琴幽澗愀兮流泉深善手明徽高張清心寂歷似千古松颼飀兮萬尋中見愁猨弔影而危處兮叫秋木而長吟客有哀時失志而聽者淚淋浪以霑襟乃緝商綴羽潺湲成音吾但寫聲發情於妙指殊不知此曲之古今幽澗泉鳴深林

龍宮操 顧況（大曆壬子癸丑大水時在滁作）

龍宮月明光參差精衛銜石東飛時鮫人織綃采藕絲翻江倒海傾吳蜀漢女江妃杳相續龍王宮中水不足

飛鳶操 劉禹錫

鳶飛杳杳青雲裏鳶鳴蕭蕭風四起旗尾飄揚勢漸高箭頭砉劃聲相似長空悠悠霽日懸六翮不動凝飛（集作風）煙遊鵾翔鴈出其下慶雲清景相迴旋忽聞飢烏一噪聚瞥下雲中爭腐鼠騰音礪吻相喧呼仰天大嚇疑鴛雛畏人避犬投高處俛啄無聲猶屢顧青鳥自愛玉山禾仙禽徒貴華（集作山）亭露樸樕（集作棘）危巢向暮時毰毸飽腹蹲枯枝遊童挾彈一麾肘臆碎羽分人不悲天生眾禽各有類威鳳文章在仁義鷹隼儀形螻蟻心雖能戾天何足貴

昇仙操 李羣玉

嬴女去秦宮瓊簫生（集作飛）碧空鳳臺閉煙霧鸞吹飄天風復聞周太子亦遇浮丘公叢簧發仙弄輕舉紫霞中濁世不久住清都路何窮一去霄漢上世人那得逢

司馬相如琴歌 張祜

鳳兮鳳兮非無凰山重水闊不可量梧桐結陰在朝陽濯羽弱水鳴高翔

霍將軍 崔顥

長安甲第高入雲誰家居住霍將軍日晚朝回擁賓從路傍揖拜何紛紛莫言炙手手可熱須臾火盡灰亦滅莫言貧賤即可欺人生富貴自有時一朝天子賜顏色世上悠悠應（一作始）自知

琴歌 顧況

琴調秋些胡風遶雪峽泉聲咽佳人愁些

全唐詩目 第一函

第六冊

樂府 八卷至十卷

全唐詩

雜曲歌辭（詩之流有八名曰行曰引曰歌曰謠曰吟曰詠曰怨曰歎皆六義之餘也至其協聲律播金石總謂之曲）

秦女休行 李白

西門秦氏女秀色如瓊花手揮白楊刀清晝殺讐家羅袖灑赤血英聲（集作氣）凌紫霞直上西山去關吏相邀遮婿爲燕國王身被詔獄加犯刑若履虎不畏落爪牙素頸未及斷摧眉伏泥沙金雞忽放赦大辟得寬賒何慚聶政姊萬古共驚嗟

出門行二首 孟郊

長河悠悠去無極百齡同此可歎息秋風白露霑人衣壯心凋落奪顏色少年出門將訴誰川無梁兮路無岐一聞陌上苦寒奏使我佇立驚且悲君今得意厭粱肉豈復念我貧賤時

海風蕭蕭天雨霜窮愁獨坐夜何長驅車舊憶太行險始知遊子悲故鄉美人相思隔天闕長望雲端不可越手持琅玕欲有贈愛而不見心斷絕南山峩峩白石爛碧海之波浩漫漫參辰出沒不相待我欲橫天無羽翰

同前 元稹

兄弟同出門同行不同志悽悽分岐路各各營所爲兄上荊山巔翻石辨虹氣弟沈滄海底偷珠待龍睡出門不數年同歸亦同遂俱用私所珍升沈自茲異獻珠龍王宮值龍覓珠次但喜復得珠不求珠所自酬客雙龍女授客六龍轡遣充行雨神雨澤隨客意雩夏鐘鼓繁禜秋玉帛積彩色畫廊廟奴僮被珠翠驥騄千萬雙鴛鴦七十二言者禾稼枯（集作未採舌）無人敢輕議其兄因獻璞再刖不履地門戶親戚疏匡牀妻妾棄銘心有所待視足無所愧持璞自枕頭淚痕雙血漬一朝龍醒寤本問偷珠事因知行雨偏妻子五刑備仁兄捧屍哭勢友掉頭諱喪車黔首葬弔客青蠅至楚有望氣人王前忽長跪賀王得貴寶不遠王所莅求之果如言剖則（集作出）浮雲（集作鈞）膩白珩無顏色垂棘有瑕累在楚列地封入趙連城貴秦遣李斯書書爲傳國瑞秦亡漢魏傳傳者得神器卞和名永永與寶不相墜勸爾出門行行難莫行易易

得還易失難同亦難離善賈識貪廉良田無稙稗磨劒莫磨錐磨錐成小利

出自薊北門行　李白

虜陣橫北荒胡星曜精芒羽書速驚電烽火晝連光虎竹救邊急戎車森已行明主不安席按劒心飛揚推轂出猛將連旗登戰場兵威衝絕漠殺氣凌穹蒼列卒（一作陣）赤山下開營紫塞傍途（集作窮）冬沙風（集作風沙）緊旌旗颯凋傷畫角悲海月征衣卷天霜揮刃斬樓蘭彎弓射賢王單于一平蕩種落自奔亡收功報天子行歌（一作歌舞）歸咸陽

薊門行五首　高適

邊城十一月雨雪亂霏霏元戎號令嚴人馬亦輕肥羌胡無盡日征戰幾人歸

幽州多騎射結髮重橫行一朝事將軍出入有聲名紛紛獵秋草相向角弓鳴

薊門逢古老獨立思氛氳一身既零丁頭鬢白紛紛勳庸今已矣不識霍將軍

茫茫（集作黯黯）長城外日沒更煙塵胡騎雖憑陵漢兵不顧身古樹滿空塞黃雲愁殺人

漢家能用武開拓窮異域戍卒厭糠覈降胡飽衣食開亭試一望吾欲涕（集作淚）霑臆

同前　李希仲

旄頭有精芒胡騎獵秋草羽檄南渡河邊庭用兵早漢家愛征戰宿將今已老辛苦羽林兒從戎榆關道一身救邊速烽火連（集作通）薊門前軍鳥飛（集作飛鳥）斷格鬬塵沙昏寒日鼓聲急單于夜火（集作將）奔當須徇忠義身死報國恩（一作身救邊）

遂以下集另作一首

君子有所思行　李白

紫閣連終南青冥天倪色憑崖望咸陽宮闕羅北極萬井驚畫出九衢如弦直渭水清銀河（集作銀河清）橫天流不息朝野盛文物衣冠何翕赩廏馬散連山軍容威絕域伊皐運元化衞霍輸筋力歌鐘樂未休榮去老還逼圓光過滿缺太陽移中昃不散東海金何爭西輝（集作飛）匿無作牛山悲惻愴淚霑臆

同前　僧貫休

我愛正考甫思賢作商頌我愛揚子雲理亂皆如鳳振衣中夜起露花香旖旎撲碎驪龍明月珠敲出鳳凰五色髓陋巷蕭蕭風淅淅緬想斯人勝珪璧寂寥千載不相逢無限區區盡虛擲君不見沈約道佳人不在茲春光爲誰惜

安得龍猛筆點石爲黃金散問（一作向）酷吏家使無貪殘心甘棠密葉成翠幄頳鳳不來天地塞所以（集有傾國二字）傾城人如今（集有如今二字）不可得

傷歌行　張籍（側調曲）

黃門詔下促收捕京兆君（一作尹）繫御史府出門無復部曲隨親戚相逢不容語辭成謫尉南海州受命不得須臾留身著青衫騎惡馬東門之東（集作外）無送者郵夫防吏急喧驅往往驚墮馬蹄下長安里中荒大宅朱門已除十二戟高堂舞榭鎖管弦美人遙望西南天

同前　孟郊

衆毒蔓貞松一枝難久榮豈知黃庭客仙骨生不成春色舍芳蕙秋風遶枯莖彈琴不成曲始覺知音傾館月改舊照弔賓寫餘情還舟空江上波浪送銘旌

同前　莊南傑

兔走烏飛不相見人事依稀速如電王母夭桃一度開玉樓紅粉千回變車馳馬走咸陽道石家舊宅空荒草秋雨無情不惜花芙蓉一一驚香倒勸君莫謾栽荊棘秦皇虛費（一作負）驅山力英風一去更無言白骨沈埋暮山碧

悲歌　李白

悲來乎悲來乎主人有酒且莫斟聽我一曲悲來吟悲來不吟還不笑天下無人知我心君有數斗酒我有三尺琴琴鳴酒樂兩相得一杯不啻千鈞金悲來乎悲來乎天雖長地雖久金玉滿堂應不守富貴百年能幾何死生一度人皆有孤猨坐啼墳上月且須一盡杯中酒悲來乎悲來乎鳳鳥不至河無圖微子去之箕子奴漢帝不憶李將軍楚王放却屈大夫悲來乎悲來乎秦家李斯早追悔虛名撥向身之外范子何曾愛五湖功成名遂身自退劒是一夫用書能知姓名惠施不肯千萬乘卜式未必窮一經還須黑頭取方伯莫謾白首爲儒生

悲哉行　孟雲卿

孤兒去慈親遠客喪主人莫吟苦辛曲誰忍聞可聞（集作此曲誰忍聞）可聞不可說去去無期別行人念前程不待參辰沒朝亦常苦飢暮亦常苦飢飄飄萬餘里貧賤多是非少年莫遠遊遠遊多不歸

同前　白居易

悲哉爲儒者力學不能（集作知）疲讀書眼欲暗秉筆手生胝十上方一第成名常苦遲縱有宦達者兩鬢已成絲可憐少壯日適在窮賤時丈夫老且病焉用富貴爲沈沈朱門宅中有乳臭兒狀貌如婦人光明膏粱肌手不把書卷身不擐戎衣二十襲封爵門承勳戚資春來日日出服御何輕肥朝從博徒飲暮有倡樓期評（集作平）封還酒債堆金選蛾眉聲色狗馬外其餘一無知山苗與澗松地勢隨高卑古來無奈何非君獨傷悲

同前　鮑溶

促促晨復昏死生同一源貴年不懼老賤老傷久存朗哭前歌絳旌引幽魂來爲千金子去臥百草根黃土塞生路悲風送回轅金鞍舊良馬四顧不出（集作入）門生結千歲念榮（集作華）及百代孫（集作及百孫榮）黃金買性命白刃讐（集作酬）一言寧知北山上松柏侵田園

妾薄命　崔國輔

雖入秦帝宮不上秦帝牀夜夜玉窗裏與他卷羅（集作衣）裳

同前　武平一

有女妖且麗裴回湘水湄水湄蘭杜芳采之將寄誰瓠犀發皓齒雙蛾嚬翠眉紅臉如開蓮素膚若凝脂綽約多逸態輕盈不自持常矜絕代色復恃傾城姿子夫前入侍飛燕復當時正悅掌中舞寧哀團扇詩洛川昔云遇高唐今尚違幽閤禽雀噪閑堦草露滋流景一何速年華不可追解佩安所贈怨咽空自悲

同前 李百藥

團扇秋風起長門夜月明羞聞拊背入恨說舞腰輕太常應已(集作先)醉劉君恒帶酲橫陳每虛設吉夢竟何成

同前 杜審言

草綠長門閉(集作掩)苔青永巷幽寵移新愛奪泣下故情留啼鳥驚殘夢飛花攪獨愁自憐春色罷團扇復迎秋

同前 劉元淑

自從離別守空閨遥聞征戰起(集作赴)雲梯夜夜愁(集作思)君遼海外(集作北)年年棄妾渭橋西陽春白日照空暖紫燕銜花向庭滿綵鸞琴裏怨聲多飛鵲鏡前妝梳斷誰家夫壻不從征應是漁陽別有情莫道紅顏燕地少家家還似洛陽城且(集作旦)逐新人殊未歸還令秋至夜霜飛北斗星前橫度(集作旅)鴈南樓月下擣寒衣夜深聞鴈腸欲絕獨坐縫衣燈又滅暗啼羅帳空自憐夢度陽關向誰說每憐容貌宛如神如何薄命不勝人願君朝夕燕山至好作明年楊柳春

同前 李白

漢帝重(一作寵)阿嬌貯之黃金屋咳唾落九天隨風生珠玉寵極愛還歇妒深情却疎長門一步地不肯暫回車雨落不上天水覆難再(一作重難)收君情與妾意各自東西流昔日芙蓉花今成斷根草以色事他人能得幾時好

同前 孟郊

不惜十指弦爲君千萬彈常恐新聲至(一作發)坐使(一作使我)故聲(一作曲)殘棄置今日悲即是昨日歡將新變故易持故爲新難青山有蘼蕪淚葉長不乾空令後代人采掇幽思攢(一作思幽蘭)

同前 張籍

薄命婦良家子無事從軍去萬里漢家天子平四夷護羌都尉裹屍歸念君此行爲死別對君裁縫泉下衣與君一日爲夫婦千年萬歲亦相守君愛龍城征戰功妾願青樓歡樂同人生各各有所欲詎得將心入君腹

同前三首 李端

憶妾初嫁君花鬟如綠雲回燈入綺帳對(一作轉)面脫羅裙折步教人學偷香與客熏容顏南國重名字北方聞一從失恩意轉覺身憔悴對鏡不梳頭倚窗空落淚新人莫恃新秋至會無春從來閉在長門者必是宮中第一人

玉壘城邊爭走馬銅蹄(集作駝)市裏共乘舟鳴環動佩思無盡掩袖低巾淚不流疇昔將歌邀客醉如今欲舞對君羞忍懷賤妾平生曲獨上襄陽舊酒樓

自從君棄妾憔悴不羞人惟餘壞粉淚未免映衫勻

同前 盧綸

妾年初二八兩度嫁狂夫薄命今猶在堅貞掃地無

同前 盧弼

君恩已斷盡成空追想嬌歡恨莫窮長爲蕣華光曉日誰知團扇送秋風黃金買賦心徒切清路飛塵信莫通閑凭玉欄思舊事幾回春暮泣殘紅

同前 胡曾

阿嬌初失漢皇恩舊賜羅衣亦罷熏敧枕夜悲金屋雨卷簾朝泣玉樓雲宮前葉落鴛鴦瓦架上塵生翡翠裙龍騎不巡時漸久長門長(集作空)掩綠苔文

同前 王貞白

薄命頭欲白頻年嫁不成秦娥未十五昨夜事公卿豈有機杼力空傳歌舞名妾專修婦德媒氏却相輕

羽林行 王建

長安惡少出名字樓下劫商樓上醉天明下直明光宮散入五陵松柏中百回殺人身合死赦書尚有收城功九衢一日消息定鄉吏籍中重改姓出來依舊屬羽林立在殿前射飛禽

同前 孟郊

朔雪寒斷指朔風勁裂冰胡中射鵰者此日猶不能翩翩羽林兒錦臂飛蒼鷹揮鞭決(集作快)白馬走出黃河凌

同前 鮑溶

朝出羽林宮入參雲臺議獨請萬里行不奏和親事君王重年少深納開邊利寶馬雕玉鞍一朝從萬騎煌煌都門外祖帳光七貴歌鐘樂行軍雲物慘別地簫笳整部曲幢蓋動郊次臨風親戚懷滿袖兒女淚行行復何贈長劒報恩字

白馬篇 李白

龍馬花雪毛金鞍五陵豪秋霜切玉劒落日明珠袍鬭雞事萬乘軒蓋一何高弓摧宜(集作南)山虎手接泰山猱酒後競風彩三杯弄寶刀殺人如翦草劇孟同遊遨發憤去函谷從軍向臨洮叱咤萬戰場(一作經百戰)匈奴盡波濤(集作奔逃)歸來使酒氣未肯拜蕭曹羞入原憲室荒徑(集作淫)隱蓬蒿

升天行 僧齊己

身不沉骨不重驅青鸞駕白鳳幢蓋飄飄入冷空天風瑟瑟星河動瑤闕參差阿母家樓臺戲閉凝形霞五三(集作三五)仙子乘龍車堂前碾爛蟠桃花回頭却顧蓬山(集作萊)頂一點濃嵐在深井

神仙曲 李賀

碧峯海面藏靈書上帝揀作神仙居晴時(集作清明)笑語聞空虛鬭乘巨浪騎鯨魚春羅翦字邀王母共宴紅樓最深處鶴羽衝風過海遲不如却使青龍去猶疑王母不相許垂露娃鬟更傳語

北風行 李白

燭龍棲寒門光曜猶旦開日月照之何不及此惟有北風號怒天上來燕山雪花大如席片片吹落軒轅臺幽州思婦十二月停歌罷笑雙蛾摧倚門望行人念君長城苦寒良可哀別時提劒救邊去遺此虎文金鞞釵(集作鞞靫)中有一雙白羽箭蜘蛛結網生塵埃箭空在人今戰死不復迴不忍見此物焚之已成灰黃河捧土尚可塞北風雨雪恨難裁(一作哉)

苦熱行 王維

赤日滿天地火雲成山嶽草木盡焦卷川澤皆竭涸輕紈覺衣重密樹苦陰薄莞簟不可近絺綌再三濯思出宇宙外曠然在寥廓長風萬里來江海蕩煩濁却顧身爲患始知心未覺忽入甘露門宛然清涼樂

同前 王轂

祝融南來鞭火龍火旗焰焰燒天紅日輪當午凝不去

萬國如在洪爐中五嶽翠乾雲彩滅陽侯海底愁波竭
何當一夕金風發爲我掃却天下熱

同前 僧皎然

六月金數伏玆辰日在庚炎曦曝(集作爍)肌膚毒霧昏檐楹
(集作性情)安得奮翅(集作輕)翩超遥出雲征不知天地心如何匠生
成火德燒百卉瑶草不及榮省客當此時忽貽懷中瓊
捧翫煩袪滌嘯歌美風生遲君佐元氣調使四序平中
令霜不祆火餘氣常貞江南詩騷客休吟苦熱行

同前 僧齊己

離宮劃開赤帝怒喝起六龍奔日馭下土熬熬若煎煮
蒼生惶惶無處處火雲崢嶸焚泬寥東皋老農腸欲焦
何當一雨蘇我苗爲君擊壤歌帝堯

太行苦熱行 劉長卿

迢迢太行路自古稱險惡千騎儼欲前羣峰望如削火
雲從中起(集作出)仰視飛鳥落汗馬臥高原危旌倚長薄清
風何不至赤日方煎爍石露(集作枯)山木焦鱗窮水泉涸九
重今旰食萬里傳明略諸將候軒車元兇愁鼎鑊何勞
短兵接自有長纓縛通越事豈難渡瀘功未博朝辭羊
腸坂夕望貝丘郭漳水斜遶營常山遥入幕永懷姑蘇
下因(集作遥)寄建安作白雪和誠難滄波意空託陳琳書記
好王粲從軍樂早晚歸漢庭隨君(集作公)上麟閣

同前 獨孤及

駟馬上太行修途亘遼碣王程無留駕日昃未遑歇請
問此何時恢台朱明月長蛇稽天討上將方北伐明主
命使臣皇華得時傑已忘羊腸險豈憚溫(集作濕)風入(集作熱)搖
策汗滂淹(集作滄)登崖(集作岸)思紆結炎雲如煙火溪谷將恐竭
畫景赩可畏涼飇何由發山長飛鳥墮目極行車絶趙
魏方俶擾安危俟明哲歸路豈不懷飲冰有苦節會同
傳檄至疑議立談決況有阮元瑜翩翩秉書札起予歌
赤坂永好踰白雪誰念剖竹人無因執羈紲

春日行 李白

深宮高樓入紫清金作蛟龍盤繡(一作繡作)楹佳人當窗弄白
日弦將手語彈鳴箏春風吹落君王耳此曲乃是升天
行因出天池汎蓬瀛樓船蹙沓波浪驚三千雙蛾獻歌
笑撾鐘考鼓宮殿傾萬姓聚舞歌太平我無爲人自寧
三十六帝欲相迎仙人飄翩下雲軿帝不去留鎬京安
能爲軒轅獨往入窅冥小臣拜獻南山壽陛下萬古垂
鴻名

同前 張籍

春日融融池上暖竹牙出土蘭心短草堂晨起酒半醒
家僮報我園花滿頭上皮冠未曾整直入花間不尋徑
樹樹殷勤盡遶行舉(集作攀)枝未徧春日暝不用積金著青
天不用服藥求神仙但願園裏花長好一生飲酒花前
老

朗月行 李白

小時不識月呼作白玉盤又疑瑶臺鏡飛在青(集作白)雲端
仙人垂兩足桂樹作團團白兔擣藥成問言與誰餐蟾
蜍蝕圓影天明夜已殘羿昔落九烏天人清且安陰精
此淪惑去去不足觀憂來其如何惻(集作悽)愴摧心肝

前有一尊酒行二首 李白

春風東來忽相過金尊綠酒生微波落花紛紛稍覺多
美人欲醉朱顔酡青軒桃李能幾何流光欺人忽蹉跎
君起舞日西夕當年意氣不肯傾(集作平)白髮如絲歎何益
琴奏龍門之綠桐玉壺美酒清若空催弦拂柱與君飲
看朱成碧顔始紅胡姬貌如花當壚笑春風笑春風舞
羅衣君今不醉欲(集作將)安歸

緩歌行 李頎

小來託身攀貴遊傾財破產無所憂暮擬經過石渠署
朝將出入銅龍樓結交杜陵輕薄子謂言可生復可死
一沉一浮會有時棄我翻然如脫屣男兒立身須自彊
十五閉户潁水陽業就功成見明主擊鐘鼎食坐華堂
二八蛾眉梳墮馬美酒清歌曲房下文昌宮中賜錦衣
長安陌上退朝歸五侯(集作陵)賓從莫敢視三省官寮揖者
稀早知今日讀書是悔作從來(集作前)任俠非

結客少年場行 虞世南

韓魏多奇節倜儻遺名(集作聲)利共矜然諾心各負縱橫志
結友(集作交)一言重相思(集作期)千里至綠沈明月弦金絡浮雲
轡吹簫入吳市擊筑游燕肆尋源博望侯結客遠相求
少年重(集作懷)一顧長驅背隴頭焱焱霜戈(集作戈霜)動耿耿劍虹
浮天山冬夏雪交河南北流雲起龍沙暗木落鴈行(集作門)
秋輕生徇知己非是爲身謀

同前 虞羽客

幽并俠少年金絡控連錢竊符方救趙擊筑正懷燕輕
生辭鳳闕揮袂上祁連陸離橫寶劍出沒驚(集作鶩)徂旃蒙
輪恒顧敵超乘忽爭先摧枯逾百戰拓地遠三千骨都
魂已散樓蘭首復傳龍城含曉霧瀚海隔(集作接)遥天歌吹
金微返振旅玉門旋烽火今已息非復照甘泉

同前 盧照鄰

長安重遊俠洛陽富才雄玉劍浮雲騎金鞍(集作鞭)明月弓
鬬雞過渭北走馬向關東孫賓遥見待郭解暗相通不
受千金爵誰論萬里功將軍下天上虜騎入雲中烽火
夜似月兵氣曉成虹橫行徇知己負羽遠從戎龍旌昏
朔霧鳥陣卷寒風追奔瀚海咽戰罷陰山空歸來謝天
子何如馬上翁

同前 李白

紫燕黃金瞳啾啾(一作稜稜)搖綠鬉平明相馳逐結客洛門東
少年學劍術凌轢白猨公珠袍曳錦帶匕首插吳鴻由
來萬夫勇挾此生雄風託交從劇孟買醉入新豐笑盡
一杯酒殺人都市中羞道易水寒從令日貫虹燕丹事
不立虛沒秦帝宮舞陽死灰人安可與成功

同前 沈彬

重義輕生一劍知白虹貫日報讎歸片心惆悵清平世
酒市無人問布衣

少年子 李百藥

少年飛翠蓋上路動(集作勒)金鑣始酌文君酒新吹弄玉簫
少年不歡樂何以盡芳朝千金笑裏面一搦抱(集作掌)中腰
挂冠(集作纓)豈憚宿迎拜(一作落項)不勝嬌寄語少年子無辭歸路
遥

同前 李白

青雲少年子挾彈章臺左鞍馬四邊開突如流星過金丸落飛鳥夜入瓊樓臥夷齊是何人獨守西山餓

少年樂　李賀

芳草落花如錦地二十長遊醉鄉裏紅纓不重（集作動）白馬驕垂柳金絲香拂水吳娥未笑花不開綠鬢聳墮蘭雲起陸郎倚醉牽羅袂奪得寶釵金翡翠

同前　張祜

二十便封侯名居第一流綠鬟深小院清管下高樓醉把金船擲閑敲玉鐙遊帶盤紅鼹鼠袍砑紫犀牛錦袋歸調箭羅鞋起撥毬眼前長貴盛那信世間愁

少年行三首　李白

擊筑飲美酒劍歌易水湄經過燕太子結託并州兒少年負壯氣奮烈自有時因聲（集作擊）魯句踐爭情（一作博）勿相欺

五陵年少金市東銀鞍白馬度春風落花踏盡遊何處笑入胡姬酒肆中

君不見淮南少年遊俠客白日毬獵夜擁擲呼盧百萬終不惜報讐千里如咫尺少年遊俠好經過渾身裝束皆綺羅蘭蕙相隨喧妓女風光去處滿笙歌驕矜自言不可有俠士堂中養來久好鞍好馬乞與人十千五千旋沽酒赤心用盡爲知己黃金不惜栽桃李桃李栽來幾度春一回花落一回新府縣盡爲門下客王侯皆是平交人男兒百年且樂命何須徇書受貧病男兒百年且榮身何須徇節甘風塵衣冠半是征戰士窮儒浪作林泉民遮莫枝根長百丈不如當代多還往遮莫姻親連帝城不如當身自簪纓看取富貴眼前者何用悠悠身後名

同前四首　王維

新豐美酒斗十千咸陽遊俠多少年相逢意氣爲君飲繫馬高樓垂柳邊

漢家君臣歡宴終高議雲臺論戰功天子臨軒賜侯印將軍佩出明光宮

出身仕漢羽林郎初隨驃騎戰漁陽孰知不向邊庭苦縱死猶聞俠骨香

一身能臂（集作擘）兩雕弧虜騎千羣（集作重）只似無偏坐金鞍調白羽紛紛射殺五單于

同前二首　王昌齡

西陵俠年少送客過長亭青槐夾兩路（集作道）白馬如流星聞道羽書急單于寇井陘氣高輕赴難誰顧燕山銘

走馬還（集作遠）相尋西樓下夕陰結交期一劍留意贈千金高閣歌聲遠重關柳色深夜闌須盡醉莫負百年心

同前　張籍

少年從出獵（集作獵出）長楊禁中新拜羽林郎獨到輦前射雙虎君王手賜黃金鐺（集作璫）日日鬬雞都市裏贏得寶刀重刻字百里報讐夜出城平明還在倡樓醉遥聞虜到平陵下不待詔書行上馬斬得名王獻桂宮封侯起第一日中不爲六郡良家子百戰始取邊城功

同前三首　李嶷

十八羽林郎戎衣事（集作侍）漢王臂鷹金殿側挾彈玉輿旁馳道春風起陪遊出建章

侍獵長楊下承恩更射飛塵生馬影滅箭落鴈行稀薄暮歸隨（集作騎）仗聯翩入瑣闈

玉劍膝邊橫金杯馬上傾朝遊茂陵道暮宿鳳凰城豪吏多猜忌無勞問姓名

同前　劉長卿

射飛誇侍獵行樂愛聯鑣薦枕青娥豔鳴鞭白馬驕曲房珠翠合深巷管弦調日晚春風裏衣香滿路飄

同前四首　令狐楚

少小邊州慣放狂驏騎蕃馬射黃羊如今年事無筋力猶倚營門數鴈行

家本清河住五城須憑弓箭得功名等閑飛鞚秋原上獨向寒雲試射聲

弓背霞明劍照霜秋風走馬出咸陽未收天子河湟地不擬回頭望故鄉

霜滿中庭月過（集作滿）樓金尊玉柱對清秋當年稱意須爲樂不到天明未肯休

同前二首　杜牧

官爲駿馬監職帥羽林兒兩綬藏不見落花何處期獵敲白玉鐙怒袖紫金鎚田竇長留醉蘇辛曲護（集作讓）歧豪持出塞節笑別遠山眉捷報雲臺賀公卿拜壽巵

連環羈玉聲光碎綠錦蔽泥虬卷高春風細雨走馬去珠落璀璀白罽袍

同前三首　杜甫

莫笑田家老瓦盆自從盛酒長兒孫傾銀注瓦驚人眼共醉終同臥竹根

巢燕養雛渾去盡紅花結子已無多黃衫年少來宜數不見堂前東逝波

馬上誰家白面（一作薄媚）郎臨堦下馬坐人牀不通姓字麤豪甚指點銀瓶索酒嘗

同前　張祜

少年足（集作年少好）風情垂鞭賣眼（集作騄駬）行帶金師子小裘錦騏驎獰選（集作揀）匠裝金（集作銀）鐙推（集作堆）錢買細箏李陵雖效死時論得虛名

同前　韓翃

千點斕斒噴玉（集作玉勒）驄青絲結尾繡纏騣鳴鞭曉（集作驍）出章臺路葉葉春依（集作衣）楊柳風

同前　施肩吾

醉騎白馬走空衢（集作街）惡少皆稱電不如五鳳街頭鬧勒㘈半垂衫袖揖金吾

同前三首　僧貫休

錦衣鮮華手擎鶻閑行氣貌多輕忽稼穡艱難總不知五帝三皇是何物

自拳五色毬迸入他人宅卻捉蒼頭奴玉鞭打一百

面白如削玉猖狂曲江曲馬上黃金鞍適來新賭得

同前　韋莊

五陵豪客多買酒黃金賤醉下酒家樓美人雙翠幰揮劍邯鄲市走馬梁王苑樂事殊未央年華已云晚

漢宮少年行　李益

君不見上宮警夜營八屯鼕鼕街鼓朝朱軒玉階霜仗擁未合少年排入銅龍門暗聞弦管九天上宮漏沈沈

清吹繁絃明走馬絕馳道呼鷹挾彈通繚垣玉籠金瑣養黃口探雛取卵伴王孫分曹六博快一擲迎歡先意笑語喧巧爲柔媚學優孟儒衣嬉戲冠沐猨晚來香街經柳市行過倡市宿桃根相逢杯酒一言失回朱點白聞至尊金張許史伺顏色王侯將相莫敢論豈知人事無定勢朝歡暮戚如掌翻椒房寵移子愛奪一夕秋風生戾園徒用黃金將買賦寧知白玉暗成痕持杯收水水已覆徙薪避火火更燔欲求四老張丞相南山如天不可上

長樂少年行 崔國輔

遺卻珊瑚鞭白馬驕不行章臺折楊柳春草（集作日）路旁情

長安少年行十首 李廓

金紫少年郎繞街鞍馬光身從左中尉官屬右春坊

刻戴揚州帽重熏異國香垂鞭踏青草來去杏園芳

追逐輕薄伴閑遊不著緋長攏出獵馬數換打毬衣

曉日尋花去春風帶酒歸青樓無晝夜歌舞歇時稀

日高春睡足帖馬賞年華倒插銀魚袋行隨金犢車

還攜新市酒遠醉曲江花幾度歸侵黑金吾送到家

好勝躭長行天明燭滿樓留人看獨腳賭馬換偏頭

樂奏曾無歇杯巡不暫休時時遙冷笑怪客有春愁

遨遊攜豔妓裝束似男兒杯酒逢花住笙歌簇馬吹

鸎聲催曲急春色訝（集作送）歸遲不以聞街鼓華筵待月移

賞春惟逐勝大宅可曾歸不樂還逃席多狂慣衩衣

歌人踏月起語燕卷簾飛好婦（集作婦好）惟相妒倡樓不醉稀

戟門連日閉苦飲惜殘春開瑣通新客教姬屈醉人

請（集作倩）歌牽白馬自舞踏紅茵時輩皆相許平生不負身

新年高殿上始見有光輝玉鴈排方帶金鸞立仗衣

酒深和椀賜馬疾打珂飛朝下人爭看香街意氣歸

遊市慵騎馬隨姬入坐車樓邊聽歌吹簾外市釵（集作見鶯）

花樂眼從人鬧歸心畏日斜蒼頭來去報飲伴到倡家

小婦教鸚鵡頭邊喚醉醒犬嬌眠玉簟鷹掣摵金鈴

碧地攢花障紅泥待客亭雖然長按曲不飲不曾聽

同前 僧皎然

翠樓春酒蝦蟆陵長安少年皆共矜紛紛半醉綠槐道蹀躞花驄驕不勝

渭城少年行 崔顥

洛陽二（集作三）月梨花飛秦地行人春憶歸揚鞭走馬城南陌朝逢驛使秦川客驛使前日發章臺傳道長安春早來棠梨宮中燕初至葡萄館裏花正開念此使人歸更早三月便達長安道長安道上春可憐搖風蕩日曲河邊萬戶樓臺臨渭水五陵花柳滿秦川秦川寒食盛繁華遊子春來喜見花（集作不見花）鬬雞下杜塵初合走馬章臺日半斜章臺帝城稱貴里青樓日晚歌鐘起貴里豪家白馬驕五陵年少不相饒雙雙挾彈來金市兩兩鳴鞭上渭橋渭城橋頭酒新熟金鞍白馬誰家宿可憐錦瑟箏琵琶玉臺清酒就君（集作倡）家小婦春來不解羞嬌歌一曲楊柳花

邯鄲少年行 高適

邯鄲城南遊俠子自矜生長邯鄲裏千場縱博家仍富幾度報讎身不死宅中歌笑日紛紛門外車馬如雲屯（集作常如雲）未知肝膽向誰是令人卻憶平原君君不見今人交態薄黃金用盡還疎索以茲感激（一作歎）辭舊遊更於時事無所求且與少年飲美酒往來射獵西山頭

同前 鄭錫

霞鞍金口騮豹袖紫貂裘家住叢臺下（集作近）門前漳水流嗔人呈楚舞借客試吳鉤見說秦兵至甘心赴國讎

全唐詩

雜曲歌辭

輕薄篇 李益

豪不必馳千騎雄不在垂雙鞬天生俊氣自相逐出與鵰鶚同飛翻朝行九衢不得意下鞭走馬城西原忽聞燕雁一聲去迴鞭挾彈平陵園歸來青樓曲未半美人玉色當金尊淮陰少年不相下酒酣半笑倚市門安知我有不平色白日欲頹（集作落）紅塵昏死生容易如反掌得意失意由一言少年但飲莫相問此中報讎亦報恩

同前二首 僧貫休

繡林錦野春態相壓誰家少年馬蹄蹋蹋鬬雞走狗夜不歸一擲賭卻如花妾惟（集作誰）云不顛不狂其名不彰悲夫

木落蕭蕭蛩鳴唧唧不覺朱蔫臉紅霜刧鬢漆世途多事泣向秋日方吟少壯不努力老大徒傷悲如何

輕薄行 僧齊己

玉鞭金鐙驊騮蹄橫眉吐氣如虹霓五陵春暖芳草齊笙歌到處花成泥日沈月上且鬬雞醉來莫問天高低伯陽道德何涕唾仲尼禮樂徒卑棲

灞上輕薄行 孟郊

長安無緩步況值天景暮相逢灞滻間親戚不相顧自歎方拙身忽隨輕薄倫常恐失所避化爲車轍塵此中

生白髮疾走亦未歇

遊俠篇　崔顥

少年負膽氣好勇復知機仗劍出門去孤城逢合圍殺人遼水上走馬漁陽歸錯落金瑣甲蒙茸貂鼠衣還家行且獵弓矢速如飛地迥鷹犬疾草深狐兔肥腰間帶（集作懸）兩綬轉盼生光輝顧謂今日戰何如隨建威

遊俠行　孟郊

壯士性剛決火中見石裂殺人不迴頭輕生如暫別豈知眼有淚肯白頭上髮平生無恩酬劍閑一百月

俠客行　李白

趙客縵胡纓吳鉤霜雪明銀鞍照白馬颯沓如流星十步殺一人千里不留行事了拂衣去深藏身與名閑過信陵飲脫劍膝前橫將炙啖朱亥持觴勸侯嬴三杯吐然諾五嶽倒爲輕眼花耳熱後意氣素霓生救趙揮金槌邯鄲先震驚千秋二壯士烜赫大梁城縱死俠骨香不慙世上英誰能書閣下白首太玄經

同前　元稹

俠客不怕死怕在事不成事成不肯藏姓名我非竊賊誰夜行白日堂堂殺袁盎九衢草草人面青此客此心師海鯨海鯨露背橫滄溟海濱分作兩處生海鯨分海減海力俠客有謀人不測三尺鐵蛇延二國

同前　溫庭筠

欲出鴻都門陰雲蔽城闕寶劍黯如水微紅濕餘血白馬夜頻嘶（一作驚）三更霸陵雪

行行遊且獵篇　李白

邊城兒生年不讀一字書但知遊獵誇輕趫胡馬秋肥宜白草騎來躡影何矜（一作可憐）驕金鞭拂雲揮鳴鞘半酣呼鷹出遠郊弓彎滿月不虛發雙鶬迸落連飛髇海邊觀者皆辟易猛氣英風振沙磧儒生不及遊俠人白首下帷復何益

遊子吟　孟郊

慈母手中線遊子身上衣臨行密密縫意恐遲遲歸誰言寸草心報得三春暉

同前　顧況

故櫪思疲馬故巢思迷禽浮雲蔽我鄉躑躅遊子吟遊子悲久滯浮雲鬱東岑客堂無絲桐落葉如秋霖覯哉遠遊子所以悲滯淫一爲浮雲詞憤塞誰能禁馳暉（集作歸）百年内惟願展所欽胡爲不歸歟坐使年病侵未老霜遶鬢非狂火燒心太行何艱哉北斗不可斟夜晴星河出耿耿辰與參佳人夐青天尺素重於金沉寥犨動異眇默諸境森苔衣上閑階蜻蛚（集作蟋蟀）催寒砧立身計幾悞道險無容針三年不還家萬里遺錦衾夢魂無重阻離憂因（集作固）古今胡爲不歸歟孤負丘中琴腰下是何物牽纏曠登尋朝與名山期夕宿楚水陰楚水殊演漾名山杳嶇嶔客從洞庭來婉孌瀟湘深橘柚在南國鴻雁遺秋音下有碧草洲上有青橘林引燭窺洞穴凌波睥天琛蒲荷影參差鳧鶴雛淋涔浩歌惜芳杜散髮輕華簪胡爲不歸歟淚下霑衣襟鳶飛戾霄漢螻蟻制鱣鱏赫赫大聖朝日月光照臨聖主雖啓迪奇人分堙沈層城登（集作發）雲韶玉（集作王）府鏘球琳鹿鳴志豐草況復虞人箴

同前　李益

女羞夫壻薄客恥主人賤遭遇同衆流低回愧相見君非青銅鏡何事空照面莫以衣上塵不謂心如練人生當榮盛待士勿言倦君看白日馳何異弦上箭

壯士吟　賈島

壯士不曾悲悲即無回期如何易水上未歌先淚垂

壯士行　劉禹錫

陰風振寒郊猛虎正咆哮徐行出燒地連吼入黄茆壯士走馬去鐙前彎玉弰叱之使人立一發如鈹交悍睛忽星墜飛血濺林梢彪炳爲我席羶腥充我庖里中欣害除賀酒紛號呶（集作呶號）明日長橋上傾城看斬蛟

同前　鮑溶

西方太白高壯士羞病死心知報恩處對酒歌易水砂鴻嘷天末橫劍别妻子蘇武執節歸班超束書起山河不足重重在遇知己

同前　施肩吾

一斗之膽撑臟腑如磥之筋礙臂骨有時悞入千人叢自覺一身横突兀當今四海無煙塵胸襟被壓不得伸凍梟殘蠆我不取汙我匣裏青蛇鱗

浩歌　李賀

南風吹山作平地帝遣天吳移海水王母桃花千遍紅彭祖巫咸幾回死青毛驄馬參差錢嬌春楊柳含細（一作緗）煙箏人勸我金屈卮神血未凝身問誰不須浪飲（一作亂舞）丁督護世上英雄本無主買絲繡作平原君有酒惟澆趙州土漏催水咽玉蟾蜍衛娘髮薄不勝梳看（一作羞）見秋眉換深（集作新）緑二十男兒那刺促

浩歌行　白居易

天長地久無終畢昨夜今朝又明日鬢髮蒼浪牙齒踈不覺身年四十七前去五十有幾年把鏡照面心茫然既無長繩繫白日又無大藥駐朱顔朱顔日漸不如故青史功名在何處欲留年少待富貴富貴不來年少去去復去兮如長河東流赴海無迴波賢愚貴賤同歸盡北邙塚墓高嵯峨古來（一作今）如此非獨我未死有酒且酣歌顔回短命伯夷餓我今所得亦已多功名富貴須待命命若不來知（一作爭）奈何

歸去來引　張熾

歸去來歸期不可違相見故明月浮雲共我歸

麗人曲　崔國輔

紅顔稱絶代欲並真無侶獨有鏡中人由來自相許

麗人行　杜甫

三月三日天氣新長安水邊多麗人態濃意遠淑且真肌理細膩骨肉勻繡（一作畫）羅衣裳照暮春蹙金孔雀銀麒麟頭上何所有翠微（一作爲）匐（一作㔩）葉垂鬢脣背後何所見珠壓腰衱穩稱身就中雲幕椒房親賜名大國虢與秦紫駝之峰（一作珍）出翠釜水晶之盤行素鱗犀筯厭飫久未下鸞刀縷切空紛綸黄門飛鞚不動塵御廚絡繹（一作驛）送八珍簫鼓（一作管）哀吟感鬼神賓從雜遝實要津後來鞍馬何逡巡當軒（一作道）下馬入錦茵楊花雪落覆白蘋青鳥飛去銜紅巾炙手可熱勢（一作世）絶倫慎莫近（一作向）前丞相嗔

東飛伯勞歌 張柬之

青田白鶴丹山鳳婺女姮娥兩相送誰家絕世綺帳前艷粉芳脂映寶鈿窈窕玉堂褰翠幕參差繡戶懸珠箔絕世三五愛紅妝冶袖長裾蘭麝香春去花枝俄易改可歎年光不相待

同前 李嶠

傳書青鳥迎簫鳳巫嶺荊臺數通夢誰家窈窕住園樓五馬千金照陌頭羅裙（一作裾）玉佩當軒出點翠施紅競春日佳人二八盛舞歌羞將百萬呈雙娥庭前芳樹朝夕改空駐妍華欲誰待

同前 李暇

秦王龍劍燕后琴珊瑚寶匣鏤雙心誰家女兒抱香枕開衾滅燭願侍寢瓊窗半上金縷幬輕羅隱（集作掩）面不障（集作遮）羞青綺幃中坐相憶紅羅鏡裏見愁色簷花照月鶯對棲空將可憐暗中啼

鳴雁行 李白

胡雁鳴辭燕山昨發委羽朝度關一一銜蘆枝南飛散落天地間連行接翼往復還客居煙波寄湘吳凌霜觸雪毛體枯畏逢矰繳驚相呼聞弦虛墜良可吁君更彈射何爲乎

同前 韓愈

嗷嗷鳴雁鳴且飛窮秋南去春北歸去寒就暖識所處（一作依）天長地闊棲息稀風霜酸苦稻粱微羽毛摧落身不肥徘徊反顧羣侶違哀鳴欲下洲（一作淵）渚非江南水闊朝（一作朔）雲多草長沙軟無網羅閑飛靜集鳴相和違憂懷息（一作患）性匪他凌風一舉君謂何

同前 鮑溶

七月朔方雁心苦聯影翻空落南土八月江南陰復晴浮雲繞天難夜行羽翼勞痛心虛驚一聲相呼百處鳴楚童夜宿煙波側沙上布羅連草色月闇風悲欲下天不知何處容棲息楚童胡爲傷我神爾不曾作遠行人江南羽族本不少寧得網羅此客鳥

同前 陸龜蒙

朔風動地來吹起沙上聲閨中有邊思玉筯此時橫莫怕兒女恨主人烹不鳴

空城雀 李白

嗷嗷空城雀身計何戚促本與鷦鷯羣不隨鳳凰族提攜四黃口飲乳未嘗足食君糠粃餘常恐烏鳶逐恥涉太行險羞營覆車粟天命有定端守分絕所欲

同前 王建

空城雀何不飛來人家住空城無人種禾黍土間生子草間長滿地蓬蒿幸無主近村雖有高樹枝雨中無食長苦飢八月小兒挾弓箭家家畏我（集作向）田頭飛但能不出空城裏秋時百草皆有子黃口（集作報言）黃口莫啾啾長爾得成無橫死

同前 聶夷中

一雀入官倉所食能損幾所慮往損頻官倉乃害爾魚網不在天鳥網不在水飲啄要自然何必空城裏

同前 劉駕

飢啄空城土莫近太倉粟一粒未充腸却入公子腹且弔城上骨幾曾害爾族不聞莊辛語今日寒蕪綠

車遙遙 孟郊

路喜到江盡江上又通舟舟車兩無阻何處不得遊丈夫四方志女子安可留郎自別日言無令生遠愁旅雁忽叫月斷猨寒啼秋此夕夢君夢君在百城樓寄淚無因波寄恨無因輈願爲馭者手與郎迴馬頭

同前 張籍

征人遙遙出古城雙輪齊動駟馬鳴山川無處無（集作不）歸路念君長作萬里行野田人稀秋草綠日暮放馬車中宿驚麏遊兔在我傍獨唱鄉歌對僮僕君家大宅鳳城隅年年道上隨行車願爲玉鑾繫華軾終日有聲在君側門前舊轍久已平無由復得君消息

同前 張祜

東方曨曨車軋軋地色不分新去轍閨門半掩牀（集作窗）半空斑斑枕花殘淚紅君心若車千萬轉妾身如轍遺漸遠碧川迢迢山宛宛馬蹄在耳輪在眼桑間女兒情不淺莫道野蠶能作繭

同前 胡曾

自從車馬出門朝便入空房守寂寥玉枕夜殘魚信絕金鈿秋盡雁書遙臉邊楚雨臨風落頭上春雲向日銷芳草又衰還不至碧天霜冷轉無憀

自君之出矣 辛弘智

自君之出矣梁塵靜不飛思君如滿月夜夜減容暉

同前 李康成

自君之出矣弦吹絕無聲思君如百草撩亂逐春生

同前 盧仝

自君之出矣壁上蜘蛛織近取見妾心夜夜無休息妾有雙玉環寄君表相憶環是妾之心玉是君之德馳情增悴容蓄思損精力玉簞寒悽悽延想心惻惻風含霜月明水泛碧天色此水有盡時此情無終極

同前 雍裕之

自君之出矣寶鏡爲誰明思君如隴水長聞嗚咽聲

同前 張祜

自君之出矣萬物看成古千尋葶藶枝爭奈長長苦

長相思 郎大家宋氏

長相思久離別關山阻風煙絕臺上鏡文銷袖中書字滅不見君形影何曾有懽悅

同前 蘇頲

君不見天津橋下東流水東望龍門北朝市楊柳青青宛地垂桃紅李白花參差花參差柳堪結此時憶君心斷絕

同前三首 李白

長相思在長安絡緯秋啼金井欄微霜淒淒簟色寒孤燈不明思欲絕卷帷望月空長歎美人如花（一作佳期迢迢）隔雲端上有青冥之長天下有綠水之波瀾天長路遠魂飛苦夢魂不到關山難長相思摧心肝

日色已盡花含煙月明欲素愁不眠趙瑟初停鳳凰柱蜀琴欲奏鴛鴦弦此曲有意無人傳願隨春風寄燕然憶君迢迢隔青天昔日橫波目今成流淚泉不信妾腸

斷歸來看取明鏡前美人在時花滿堂美人去後花餘牀牀中繡被卷不寢至今三載猶聞香香亦竟不滅人亦竟不來相思黃葉落白露點青苔

同前 張繼

遼陽望河縣白首無由（一作人）見海上珊瑚枝年年寄春燕

同前二首 令狐楚

君行登隴上妾夢在閨中玉筯千行落銀牀一半空

綺席春眠覺紗窗曉望迷朦朧殘夢裏猶自在遼西

同前 白居易

九月西風興月冷霜（一作露）華凝思君秋夜長一夜魂九升二月東風來草坼花心開思君春日遲一日腸九迴妾住洛橋北君住洛橋南十五即相識今年二十三有如女蘿草生在松之側蔓短枝苦高縈迴上不得人言人有願願至天必成願作遠方獸步步比肩行願作深山木枝枝連理生

千里思 李白

李陵沒胡沙蘇武還漢家迢迢五原關朔雪亂邊（一作愁見雪如）花一去隔絕域（集作國）思歸但長嗟鴻雁向西北飛（一作因）書報天涯

同前 李端

涼州風月美遙望居延路泛泛下天雲青青緣塞樹燕山蘇武上海島田橫住更是草生時行人出門去

行路難 盧照鄰

君不見長安城北渭橋邊枯木橫槎臥古田昔日含紅復含紫常時留霧亦留煙春景春風花似雪香車玉轝恒闐咽若箇遊人不競攀若箇倡家不來折倡家寶袜蛟龍帔公子銀鞍千萬騎黃鶯一向花嬌春（集作二向花嬌）兩兩三三（集作青烏雙雙）將子戲千尺長條百尺枝丹（集作月）桂青（集作呈）榆相蔽虧珊瑚葉上鴛鴦鳥鳳凰巢裏雛鵷兒巢傾枝折鳳歸去條枯葉落狂（集作任）風吹一朝零落無人問萬古摧殘君詎知人生貴賤無終始倏忽須臾難久恃誰家能駐西山日誰家能堰東流水漢家陵樹滿秦川行來行去盡哀憐自昔公卿二千石咸擬榮華一萬年不見朱脣將白貌惟聞素棘與黃泉金貂有時須換酒玉麈但搖莫計錢寄言坐客神仙署一生一死交情處蒼龍闕下君不來白鶴山前我應去雲間海上邈難期赤心會合在何時但願堯年一百萬長作（一作與）巢由也不辭

同前 張紘

君不見温家玉鏡臺提攜抱握九重來君不見相如綠綺琴一撫一拍鳳凰音人生意氣須及早莫負當年行樂心荊王奏曲楚妃歎曲盡歡終夜將半朱樓銀閣正平生碧草青苔坐蕪漫當春對酒不須疑視目相看能幾時春風吹盡燕初至此時自謂稱君意秋露萎草鴻始歸此時衰暮與君違人生翻覆何常足誰保容顏無是非

同前五首 賀蘭進明

君不見岀下井百尺不及泉君不見山上蒿（集作苗）數寸凌雲煙人生相（集作賦）命亦如此何苦太息自憂煎但願親友長含笑相逢莫吝（集作不乏）杖頭錢寒夜邀歡須秉燭豈得空（集作常）思花柳年

君不見門前柳榮曜暫時蕭索久君不見陌上花狂風吹去落誰家誰（集作鄰）家思婦見之歎蓬首不梳心歷亂盛年夫壻長別離歲暮相逢色凋（集作已）換

君不見荒（集作芳）樹枝春花落盡蜂不窺君不見梁上泥秋風始高燕不棲蕩子從軍事征戰蛾眉嬋娟空守閨獨宿自然堪下淚況復時聞烏夜啼

君不見雲間（一作中）月暫盈還復缺君不見林下風聲遠意難窮親故平生欲聚散歡娛未盡尊酒空自歎青青陵上柏歲寒能與幾人同

君不見東流水一去無窮已君不見西郊雲日夕空氛氳羣雁裏回不能去一雁悲鳴復失羣人生結交在終始莫爲（集作以）升沈中路分

同前 崔顥

君不見建章宮中金明枝萬萬長條拂地垂二月三月花如霰九重幽深君不見豔彩朝含四寶宮香風吹（集作旦）入朝雲殿漢家宮女春未闌愛此芳香朝暮看看去看來心不忘攀折將安鏡臺上雙雙素手剪不成兩兩紅妝笑相向建章昨夜起春風一花飛落長信宮長信麗人見花泣憶此珍樹何嗟及我昔初在昭陽時朝折（集作攀）暮折登玉墀祇言歲歲長相對不寤今朝遙相思

同前三首 李白

金尊清酒斗十千玉盤珍羞直萬錢停杯投筯不能食拔劍四顧心茫然欲渡黃河冰塞川將登太行雪暗天（集作滿山）閑來垂釣坐（集作碧）溪上忽復乘舟夢日邊行路難行路難多岐路今安在長風破浪會有時直挂雲帆濟滄海

大道如青天我獨不得出羞逐長安社中兒赤雞白狗（一作雉）賭梨栗彈劍作歌奏苦聲曳裾王門不稱情淮陰市井笑韓信漢朝公卿（一作侯）忌賈生君不見昔時燕家重郭隗擁篲折腰（一作節）無嫌猜劇辛樂毅感恩分輸肝剖（一作割）膽效英才昭王白骨縈蔓（集作爛）草誰人更掃黃金臺行路難歸去來

有耳莫洗潁川水有口莫食首陽蕨含光混世貴無名何用孤高比雲月吾觀自古賢達人功成不退皆殞身子胥既棄吳江上屈原終投湘水濱陸機才多（集作雄才）豈自保李斯稅駕苦不早華亭鶴唳詎可聞上蔡蒼鷹何足道君不見吳中張翰稱（一作真）達士（集作生）秋風忽憶江東行且樂生前一杯酒何須身後千載名

同前三首 顧況

君不見古來（集作人）燒水銀變作北邙山上塵藕絲挂身在虛空（集作在虛空中）欲落不落愁殺人睢水英雄多血刃建章宮闕成灰（集作煨）燼淮王身死桂枝（集作樹）折徐氏（集作福）一去音書絕行路難行路難生死皆由天秦皇漢武遭下（集作不）脫汝獨何人學神仙

君不見擔雪塞井徒（集作空）用力炊砂作飯豈堪喫（集作食）一生肝膽向人盡相識不如不相識冬青樹上挂凌霄歲宴花凋樹不凋凡物各自有根本種禾終不生豆苗行路難行路難何處是平道中心無事當富貴今日覺（集作看）君顏色好

君不見少年頭上如雲髮少壯如雲老如雪豈知灌項有醍醐能使清涼頭不熱呂梁之水挂飛流黿鼉蛟蜃不敢游少年恃險若平地獨倚長劒凌清秋行路難行路難昔少年今已老前朝竹帛事皆空日暮牛羊古城草

同前　李頎

漢家名臣楊德祖四代五公享茅土父兄子弟（集作父子兄弟）綰銀黃躍馬鳴珂朝建章火浣單衣繡方領茱萸錦帶玉盤囊賓客塡街復滿坐片言出口生輝光世人逐勢爭奔走瀝膽隳肝惟恐後當時一顧生青雲自謂生死長隨君一朝謝病還鄉里窮巷蒼茫絶知已秋風落葉閉重門昨日論交竟誰是薄俗嗟嗟難重陳深山麋鹿下爲鄰魯連所以蹈滄海古往今來稱達人

同前二首　高適

君不見富家翁昔時貧賤誰比數一朝金多結豪貴萬事勝人健如虎子孫成長（集作行）滿眼前妻能（一作解）管弦妾能舞自矜一朝（集作身）忽如此却笑傍人獨悲（一作愁）苦東鄰少年安所如席門窮巷出無車有才不肯學干謁何用年年空讀書

長安少年不少錢能騎駿馬鳴金鞭五侯相逢大道邊美人弦管爭留連黃金如斗不敢惜片言如山莫棄捐安知顚頷讀書者暮宿虛（集作靈）臺私自憐

同前　張籍

湘東行人長歎息十年離家歸未得弊裘羸馬苦難行僮僕飢寒少筋力君不見牀頭黃金盡壯士無顏色龍蟠泥中未有雲不能生彼升天翼

同前　聶夷中

莫言行路難夷狄如中國謂言骨肉親中門如異域出處全在人路亦無通塞門前兩條轍何處去不得

同前　韋應物

荊山之白玉兮良工雕琢雙環連月蝕中央鏡心穿故人贈妾初相結恩在環中尋不絶人情厚薄苦須臾昔似連環今似玦連環可碎不可離如何物在人自移上客勿遽歡聽妾歌路難傍人見環環可憐不知中有長恨端

同前三首　柳宗元

君不見夸父逐日窺虞淵跳踉北海超崑崙披霄決漢出沆漭瞥裂左右遺星辰須臾力盡道渴死狐鼠蜂蟻爭噬吞北方竫人長九寸開口抵掌更笑喧啾啾飲食滴與粒生死亦足終天年睢盱大志少成遂坐使兒女相悲憐

虞衡斤斧羅千山工命采斫杙與椽深林土翦十取一百牛連鞅摧雙轅萬圍千尋妨道路東西蹶倒山火焚遺餘毫末不見保躪躒磵壑何當存羣材未成質已夭突兀崢嶸空巖巒柏梁天災武庫火匠石狼顧相愁寃君不見南山棟梁益稀少愛材養育誰復論

飛雪斷道冰成梁侯家熾炭雕玉房蟠龍吐耀虎喙張熊蹲豹躑爭低昂攢巒叢崿射朱光丹霞翠霧飄奇香美人四向迴明璫雪山冰谷晞太陽星躔奔走不得止奄忽雙燕棲虹梁風臺露榭生光飾死灰棄置參與商盛時一去貴反賤桃笙葵扇安可常（集作當）

同前　鮑溶

玉堂向夕如無人絲竹儼然宮商死細人何言入君耳塵生金尊酒如水君今不念歲蹉跎雁天明明涼露多華燈青凝久照夜綵童窈窕虛垂羅入宮見妬君不察莫入此地出風波此時不樂早休息女顏易老君如何

同前五首　僧貫休

不會當時（一作初）作天地剛有多般愚與智到頭還用眞宰心何如上下皆清氣大道冥冥不知處那堪頓得羲和轡義不義兮仁不仁擬學長生更容易負心爲爐復爲火緣木求魚應且止君不見燒金煉石古帝王鬼火熒熒白楊裏

君不見道傍廢井生古木本是驕奢貴人屋幾度美人照影來素綆銀餅濯纖玉雲飛雨散今如此繡闥雕甍作荒谷沸渭笙歌君莫誇不應長是西家哭休說遺編行者幾至竟終須合天理敗他成此亦何功蘇張終作多言鬼行路難行路難不在羊腸裏

九有茫茫共堯日浪死虛生亦非一清淨玄音竟不聞花眼酒腸暗如漆或偶因片言隻字登第光二親又不能獻可替不航要津口談羲軒與周孔履行不及屠沽人行路難行路難日暮途遠空悲歎

君不見道傍樹有寄生枝青青鬱鬱同榮衰無情之物尚如此爲人不及還堪悲父歸墳兮未朝夕已分黃金爭田宅高堂老母頭似霜心作數支淚常滴我聞忽如負芒刺不獨爲君空歎息古人尺布猶可縫潯陽義犬令人憶寄言世上爲人子孝義團圓莫如此若如此不遄死兮更何俟

君不見山高海深人不測古往今來轉青碧淺近輕浮莫與交池（一作地）卑只解生荊棘誰道黃金如糞土張耳陳餘斷消息行路難行路難君自看

同前二首　僧齊己

行路難君好看驚波不在黤黮間小人心裏藏奔湍七盤九折寒崷崒翻車倒蓋猶堪出未似是非脣舌危闇中潛毀平人骨君不見楚靈均千古沈寃湘水濱又不見李太白一朝却作江南客

下浸與高盤不爲行路難是非眞險惡翻覆作峰巒漆魄同時黑朱慚巧處丹令人畏相識欲畫白雲看

同前　翁綬

行路艱難不復歌故人榮達我蹉跎雙輪晚上銅梁（一作臺）雪一葉春浮瘴海波自古要津皆若此方今失路欲如何君看西漢翟丞相鳳沼朝辭暮雀羅

同前　薛能

何處力堪殫人心險萬端藏山難測度暗水自波瀾對面如千里迴腸似七盤已經吳坂困欲向鴈門難南北誠須泣高深不可干無因善行止車轍得平安

從軍中行路難二首　駱賓王

君不見封狐雄虺自成羣馮深負固結妖氛玉璽分兵徵惡少金壇受律動將軍將軍擁旄宣廟略戰士橫行靜夷落長驅一息背銅梁直指三巴逾劒閣閣道岩嶢

上(起 集作)戍樓劍門遥裔俯靈丘卬關九折無平路江水雙源有急流征役無期返他鄉歲華晚杳杳丘陵出蒼蒼林薄遠途危紫蓋峰路澀青泥坂去去指哀牢行行入不毛絶辟千里險連山四望高中外分區宇夷夏殊風土交趾枕南荒昆彌臨北户川源饒毒霧溪谷多淫雨行潦四時流崩查千歲古漂梗飛蓬不自安捫藤引葛度危巒昔時聞道從軍樂今日方知行路難蒼江綠水東流駛炎洲丹徼南中地南中南斗映星河秦川秦塞阻煙波三春邊地風光少五月瀘中瘴癘多朝驅疲斥候夕息倦誰何向月彎繁弱連星轉太阿重義輕生懷一顧東伐西征凡幾度夜夜朝朝斑鬢新年年歲歲戎衣故灞城隅滇池水天涯望轉積地際行無已徒覺炎涼節物非不知關山千萬里棄置勿重陳重陳(集作征行)多苦辛且悦清笳楊柳曲詎憶芳園桃李人絳節朱旗分白羽丹心白刃酬明主但令一技(集作被)君王識誰憚三邊征戰苦行路難行路難岐路(集無此二字)幾千端無復歸雲憑短翰望日想長安

君不見玉關塵色暗邊亭銅鞮雜虜寇長城天子按劍徵餘勇將軍受脤事橫行七德龍韜開玉帳千里鼉鼓疊金鉦陰山苦霧埋高壘交河孤月照連營連營去去無窮極擁旆遥遥過絶國陣雲朝結晦天山寒沙夕漲迷疏勒龍鱗水上開魚貫馬首山前振鵬翼長驅萬里讋祁連分麾三命武功宣百發烏號遥碎柳七尺龍文迴照蓮春來秋去移灰琯蘭閨柳市芳塵斷雁門迢遞尺書稀鴛被相思雙帶緩行路難(集重行路難三字)誓令氛祲靜皐蘭但使封侯龍頟貴詎隨中婦鳳樓寒

變行路難 王昌齡

向晚橫吹悲風動馬嘶合前驅引旗節千里陣雲帀單于下陰山砂礫空颯颯封侯取一戰豈復念閨閤

全唐詩

雜曲歌辭

古別離 沈佺期

白水東悠悠中有西行舟舟行有返棹水去無還流奈何生別者戚戚懷遠遊遠遊誰當惜所悲會難收自君間(集作閒)芳躅青陽四五遒皓月掩蘭室光風虛蕙樓相思無明晦長歎累冬秋離居分遲暮高駕何淹留

同前 孟雲卿

朝日上高臺離人怨秋草但見萬里天不見萬里道君行本遥(集作迢)遠苦樂良難保宿昔夢同衾憂心夢顛(集作常傾)倒含酸欲誰訴轉轉傷懷抱結髮年已遲征行去何早寒暄有時謝顦顇難再好人皆算年壽死者何曾老少壯無見期水深風浩浩

同前 李益

雙劍欲別風(一作心)悽然雌沈水底雄上天江迴漢轉兩不見雲交雨合知何年古來萬事皆由命何用臨岐苦涕漣

同前二首 于濆

入室少情意出門多路岐黃鶴有歸日蕩子無還時人誰無分命妾身何太奇君爲東南風妾作西北枝青樓鄰里婦終年畫長眉自倚對良匹笑妾空羅幃

郎本東家兒妾本西家女對門中道間終謂無離阻豈知中道間遣作空閨主自是愛封侯非關備胡虜知子去從軍何處無良人

同前二首 李端

水國葉黃時洞庭霜落夜行舟聞商估宿在楓林下此地送君還茫茫似夢間後期知幾日前路轉多山巫峽通湘浦迢迢隔雲雨天晴見海檣月落聞津鼓人老自多愁水深難急流清宵歌一曲白首對汀洲

與君桂陽別令君岳陽待後事忽差池前期日空在木落雁嗷嗷洞庭波浪高遠山雲似蓋極浦樹如毫朝發能幾里暮來風又起如何兩處愁皆在孤舟裏昨夜天月明長川寒且清菊花開欲盡薺菜拍(一作泊)來生下江帆勢速五兩遥相逐欲問去時人知投何處宿空令猨嘯時泣對湘潭(集作竹)

同前 王縉

下階欲離別相對映蘭叢含辭未及吐淚落蘭叢中高堂靜秋日羅衣飄暮風誰能待明月迴首見牀空

同前 僧皎然

太湖三山口吳王在時道寂寞千載心無人見春草誰堪(集作識)緘怨者持此傷懷抱孤舟畏狂風一點宿煙島望所思兮若何月蕩漾兮空波雲離離兮北斷鴈(集作鴻)眇眇兮南多身去兮天畔心折兮湖岸春山胡爲兮塞路使我歸夢兮撩亂

同前 聶夷中

欲別牽郎衣問郎遊何處不恨歸日遲莫向臨邛去

同前二首 施肩吾

古人謾歌西飛燕十年不見狂夫面三更風作切夢刀萬轉愁成繫腸線所嗟不及牛女星一年一度得相見

老母別愛子少妻送征郎血流既四面乃亦斷二腸不愁寒無衣不怕飢無糧惟恐征戰不還鄉母化爲鬼妻爲孀

同前 吳融

紫燕(集作鷰)黃鵠雖別離一舉千里何難追猶聞啼風與叫月流連斷續令人悲賦情更有深繾綣碧甃千尋尚爲

淺蟾蜍正向清夜流蛺蝶須教晴絲罥莫道斷絲不可續丹穴鳳皇膠不遠草草通流水不迴（集作莫道流水不迴波）海上兩潮長不返

古離別（王適）

昔歲驚楊柳高樓悲獨守今年芳樹枝孤棲怨別離珠簾晝不卷羅幔曉長垂苦調琴先覺愁容鏡獨知頻來鴈度無消息罷去（集作卻）鴛文何用織夜還羅帳空有情春著帬腰自無力青軒桃李落紛紛紫庭蘭蕙日氛氳已能顰顇今如此更復含情一待君

同前（常理）

君御狐白裘妾居緗綺幬粟鈿金夾膝花錯玉搔頭離別生庭草征行斷戍樓蠨蛸網清曙菡萏落紅秋小膽空房怯長眉滿鏡愁爲傳兒女意不用遠封侯

同前（姚係）

涼風已嫋嫋露重木蘭枝獨上高樓望行人遠不知輕寒入洞户明月滿秋池燕去鴻方至年年是別離

同前（張彪）

離別無遠近事歡情亦悲不聞車輪聲後會將何時去日忘寄書來日乖前期縱知明當還一夕千萬思

同前（趙微明）

違（集作爲）別未幾日一日如三秋猶疑望可見日日上高樓惟見分手處白蘋滿芳洲寸心寧死別不忍生離愁

同前二首（孟郊）

松山雲繚繞萍路水分離雲去有歸日水分無合時春芳役雙眼春色柔四支楊柳織別愁千條萬條絲

山川古今路縱橫無斷絶來往天地間人皆有離別行衣未束帶中腸已先結不用看鏡中自知生白髮欲陳去留意聲向言前咽愁結填心胸茫茫若爲説荒郊煙莽蒼曠野風淒切處處得相隨人那不如月

同前（顧況）

西江上風動麻姑嫁時浪西山爲水水爲塵不是人間離別人

同前（僧貫休）

離恨如旨酒古今飲皆醉只恐長江水盡是兒女淚伊余非此輩送人空把臂他日再相逢清風動天地

同前（韋莊）

晴煙漠漠柳毿毿不那離情酒半酣更把馬鞭雲外指斷腸春色在江南

生別離（孟雲卿）

結髮生別離相思復相保何知（集作如何）日已久五變庭中草遠道行既難家貧衣服單嚴風吹積雪晨起鼻何酸人生各有戀（一作志）豈不懷所安分明天上日生死誓（集作願）同歡

同前（白居易）

食蘗不易食梅難蘗能苦兮梅能酸未如生別之爲難苦在心兮酸在肝晨雞載鳴殘月沒征馬重（一作連）嘶行人出迴看骨肉哭一聲梅酸蘗苦甘如蜜黃河水白黃雲秋行人河邊相對愁天寒野曠何處宿棠梨葉戰風颼颼生離別生離別憂從中來無斷絶憂積（一作極）心勞血氣衰未年三十生白髮

遠別離（李白）

遠別離古有皇英之二女乃在洞庭之南瀟湘之浦海水直下萬里深誰人不言此離苦日慘慘兮雲冥冥猩猩啼煙兮鬼嘯雨我縱言之將何補皇穹竊恐不照余之忠誠雷憑憑兮欲吼怒堯舜當之亦禪禹君失臣兮龍爲魚權歸臣兮鼠變虎或云（集作言）堯幽囚舜野死九疑聯緜皆相似重瞳孤墳竟何是帝子泣兮綠雲間隨風波兮去無還慟哭兮遠望見蒼梧之深山蒼梧山崩湘水絶竹上之淚乃可滅

同前（張籍）

蓮葉團團杏花拆長江鯉魚鰭鬣赤念君少年棄親戚千里萬里獨爲客誰言遠別心不易天星墜地能爲石幾時斷得城南陌勿使居人有行役

同前二首（令狐楚）

楊柳黃金穗梧桐碧玉枝春來消息斷早晚是歸時（集作期）

玳織鴛鴦履金裝翡翠簪畏人相問著（集作借問）不擬到城南

久別離（李白）

別來幾春未還家玉窗五見櫻桃花況有錦字書開緘使人嗟至此腸斷彼心絶雲鬟綠鬢（一作霧鬢）罷攬（一作梳）結愁如迴飆亂白雪去年寄書報陽臺今年寄書重相催胡爲東風（集作東風兮東風）爲我吹行雲使西來待來竟不來落花寂寂（一作寞）委青苔

新別離（戴叔倫）

手把杏花枝未曾經別離黃昏掩閨後寂寞自心（集作心自）知

今別離（崔國輔）

送別未能旋相望連水口船行欲映洲幾度急搖手

暗別離（劉氏瑤）

槐花結子桐葉焦單飛越鳥啼青霄翠軒輾雲輕遙遙燕脂淚迸紅線條瑤草歇芳心耿耿玉佩無聲畫屏冷朱弦暗斷不見人風動花枝月中影青鸞脈脈西飛去海闊天高不知處

潛別離（白居易）

不得哭潛別離不得語暗相思兩心之外無人知深籠夜鎖獨棲鳥利劍春斷連理枝河水雖濁有清日烏頭雖黑有白時惟有潛離與暗別彼此甘心無後期

別離曲（張籍）

行人結束出門去馬蹄幾時踏門路（集作幾時更踏門前路）憶昔君初納綵時不言身屬遼陽戍早知今日當別離成君家計良爲誰男兒生身自有役那得悞我少年時不如逐君征戰死誰能獨老空閨裏

同前（陸龜蒙）

丈夫非無淚不灑離別間仗劍對尊酒恥爲游子顏蝮蛇一螫手壯士疾（集作即）解腕所思在功名離別何足歎

西洲曲（溫庭筠　一作西洲詞）

悠悠復悠悠昨日下西洲西洲風色好遙見武昌樓武昌何鬱鬱儂家定無匹小婦被流黃登樓撫瑤瑟朱弦繁復輕素手直淒清一彈三四解掩抑似含情南樓登且望西江廣復平艇子搖兩槳催過石頭城門前烏臼樹慘澹天將曙鶗鴂（一作鸂鶒）飛復還郎隨早帆去迴頭語同

伴定復負情，儂去帆不安幅。作抵使西風，他日相尋索。
莫作西洲客，西洲人不歸。春草年年碧。

荆州樂　李白

白帝城邊足風波，瞿塘五月誰敢過。荆州麥熟繭成蛾，繰絲憶君頭緒多，撥穀飛鳴奈妾何。

同前二首　劉禹錫

渚宮楊柳暗，麥城朝雉飛。可憐踏青伴，乘暖著輕衣。
今日好南風，商旅相催發。沙頭檣竿上，始見春江闊。

荆州泊　李端

南樓西下時，月裏聞來棹。桂水舳艫回，荆州津濟鬧。移帷望星漢，引帶思容貌。今夜一江人，惟應妾身覺。

紀南歌　劉禹錫

風煙紀南城，塵土荆門路。天寒獵獸者（一作多獵騎），走上樊姬墓。

宜城歌　劉禹錫

野水遶空城，行塵起孤驛。花（集作荒）臺側生樹（集作栢），石碣陽鐫額。靡靡度行人，溫風吹宿麥。

長干曲四首　崔顥

君家定何處（集作何處住），妾住在橫塘。停舟暫借問，或恐是同鄉。
家臨九江水，去來九江側。同是長干人，生小不相識。
下渚多風浪，蓮舟漸覺稀。那能不相待，獨自逆潮歸。
三江潮水急，五湖風浪湧。由來花性輕，莫畏蓮舟重。

長干行二首　李白

妾髮初覆額，折花門前劇。郎騎竹馬來，遶牀弄青梅。同居長干里，兩小無嫌猜。十四爲君婦，羞顏尚不（一作未嘗）開。低頭向暗壁，千喚不一迴。十五始展眉，願同塵與灰。常存抱柱信，豈（一作恥）上望夫臺。十六君遠行，瞿塘灔澦堆。五月不可觸，猨鳴（一作聲）天上哀。門前遲（一作舊）行跡，一一生綠苔。苔深不能掃，落葉秋風早。八月蝴蝶來，雙飛西園草。感此傷妾心，坐愁紅顏老。早晚下三巴，預將書報家。相迎不道遠，直至長風沙。
憶妾（一作昔）深閨裏，煙塵不曾識。嫁與長干人，沙頭候風色。五月南風興，思君在（一作下）巴陵。八月西風起，想君發揚子。去來悲如何，見少別離多。湘潭幾日到，妾夢越風波。昨夜狂風度，吹折江頭樹。淼淼暗無邊，行人在何處。北客眞王公，朱衣滿江中。日暮來投宿，數朝不肎東。（集無此四句）好乘浮雲驄，佳期蘭渚東。鴛鴦綠浦上，翡翠錦屏中。自憐十五餘，顏色桃李紅。那作商人婦，愁水復愁風。

同前　張潮

婿貧如珠玉，婿富如埃塵。貧時不忘舊，富貴（集作日）多寵新。妾本富家女，與君爲偶匹。惠好一何深，中門不曾出。妾有繡衣裳，葳蕤金縷光。念君貧且賤，易此從遠方。遠方三千里，發去悔不已（集作思君未已）。日暮情更來，空望去時水。孟夏麥始秀，江上多南風。商賈歸欲盡，君今尚巴東。巴東有巫山，窈窕神女顏。常恐遊此山（集作方），果然不知還。

小長干曲　崔國輔

月暗送湖（集作潮）風，相尋路不通。菱歌唱不輟，知在此塘中。

杞梁妻　僧貫休

秦之無道兮四海枯，築長城兮遮北胡。築人築土一萬里，杞梁貞婦啼嗚嗚。上無父兮中無夫，下無子兮孤復孤。一號城崩塞色苦，再號杞梁骨出土。疲魂飢魄相逐歸，陌上少年莫相非。

盧女曲　崔顥

二月春來半，宮中日漸長。柳垂金屋暖，花覆（集作發）玉樓香。拂匣先臨鏡，調笙更炙簧。還將盧女曲（集作歌舞態），夜夜（集作只擬）奉君王。

盧姬篇　崔顥

盧姬小（集作少）小魏王家，綠鬢紅脣桃李花。魏王綺樓十二重，水精簾箔繡芙蓉。白玉闌干金作柱，樓上朝朝學歌舞。前堂後堂羅袖人，南窗北窗花發春。翠幌珠簾鬭弦管（集作絃），一奏一彈雲欲斷。君王日晚下朝歸，鳴環佩玉生光輝。人生今日得驕（集作嬌）貴，誰道盧姬身細微。

邯鄲才人嫁爲廝養卒婦　李白

妾本叢臺女，揚蛾入丹闕。自倚顏如花，寧知有凋歇。一辭玉階下，去若朝雲沒。每憶邯鄲城，深宮夢秋月。君王不可見，惆悵至明發。

楊白花　柳宗元

楊白花，風吹度江水。坐令宮樹無顏色，搖蕩春光千萬里。茫茫曉日下長秋，哀歌未斷城鴉起。

茱萸女　萬楚

山陰柳家女，九日采茱萸。復得東鄰伴，雙爲陌上姝。插花向高髻，結子置長裾。作性（集作恒常）遲緩，非關詫丈夫。平明折林樹（集作榭），日入反城隅。俠客邀羅袖，行人挑短書。蛾眉自有主，年少莫踟躕。

于闐采花　李白

于闐采花人，自言花相似。明妃一朝西入胡，胡中美女多羞死。乃知漢地多名姝，胡中無花可方比。丹青能令醜者妍，無鹽翻在深宮裏。自古妒蛾眉，胡沙埋皓齒。

秦女卷衣　李白

天子居未央，妾侍（一作來）卷衣裳。顧無紫宮寵，敢拂黃金牀。水至亦不去，熊來尚可當。微身奉日月，飄若螢（集作之）火光。願君采葑菲，無以下體妨。

愛妾換馬　張祜

一面妖桃千里蹄，嬌姿駿骨價應齊。乍牽玉勒辭金棧，催整花鈿出繡閨。去日豈無霑袂泣，歸時還有頓銜嘶。嬋娟躞蹀春風裏，揮手搖鞭楊柳堤。
綺閣香銷華廄空，忍將行雨換追風。休憐柳葉雙眉翠，卻愛桃花兩耳紅。侍宴永辭春色裏，趁朝休立漏聲中。恩勞未盡情先盡，暗泣嘶風兩意同。

枯魚過河泣　李白

白龍改常服，偶被豫且制。誰使爾爲魚，徒勞訴天帝。作書報鯨鯢，勿恃風濤勢。濤落歸泥沙，翻遭螻蟻噬。萬乘愼出入，柏人以爲識（一作讖）。

飲酒樂（調曲也）　聶夷中

日月似有事，一夜行一周。草木猶須老，人生得無愁。一飲解百結，再飲破百憂。白髮欺貧賤，不入醉人頭。我願東海水，盡向杯中流。安得阮步兵，同入醉鄉遊。

王孫遊　崔國輔

自與王孫別，頻看黃鳥飛。應由春草誤，著處不成歸。

發白馬　李白

將軍發白馬，旌節渡黃河。簫鼓聒川嶽，滄溟湧洪波（一作濤）。武安有振瓦，易水無寒歌。鐵騎若雪山，飲流涸滹沱。揚兵獵月窟，轉戰略朝那。倚劍登燕然，邊峰列嵯峨。蕭條萬里外，耕作五原多。一掃清大漠，包虎戢金戈。

結韈子　李白

燕南壯士吳門豪，筑中置鉛魚隱刀。感君恩重許君命，泰山一擲輕鴻毛。

沐浴子　李白

沐芳莫彈冠，浴蘭莫振衣。處世忌太潔，志（一作至）人貴藏輝。滄浪有釣叟，吾與爾同歸。

三臺二首　韋應物（天寶中羽調曲）

一年一年老去，明日後日花開。未報長安平定，萬國豈得銜杯。

冰泮寒塘始綠，雨餘百草皆生。朝來門閣無事，晚下高齋有情。

上皇三臺　韋應物

不寐倦長更，披衣出戶行。月寒秋竹冷，風切夜窗聲。

突厥三臺

鴈門山上鴈初飛，馬邑闌中馬正肥。日旰山西逢驛使，殷勤南北送征衣。

宮中三臺二首　王建

魚藻池邊射鴨，芙蓉園裏看花。日色柘袍相似，不著紅鸞扇遮。

池北池南草綠，殿前殿後花紅。天子千年萬歲，未央明月清風。

江南三臺四首　王建

揚州橋邊小（集作少）婦，長干市裏商人。三（集作二）年不得消息，各自拜鬼求神。

青草湖邊草色，飛猨嶺上猨聲。萬里三湘（集作湘江）客到，有風有雨人行。

樹頭花落花開，道上人去人來。朝愁暮愁卽老，百年幾度三臺。

聞身強（一作康）健且（一作早）爲，頭白齒落難追。准擬百年千歲，能得幾許多時。

築城曲　張籍（築城曲，以小鼓爲節，築者下杵以和之。謂爲睢陽曲。唐書樂志曰：睢陽操用春牘是也）

築城去（集作處）千人萬人齊抱（集作把）杵，重重土堅試行錐，軍吏執鞭催作遲。來時一年深磧裏，著盡短衣渴無水。力盡不得拋（一作休）杵聲，杵聲未定（集作盡）人皆死。家家養男當門戶，今日作君城下土。

同前五解　元稹

年年塞下丁長作，出塞兵自從冒頓。彊官築遮虜城。（解一）

築城須努力，城高遮得賊。但恐賊路多，有城遮不得。（解二）

丁口傳父口，莫問城堅不。平城被虜圍，漢斷城牆走。（解三）

因茲虜請（一作請休）和，虜往騎來多（集作過）。半疑兼半信，築城猶嵯峨。（解四）

築城安敢煩，願聽丁一言。請築鴻臚寺，兼愁虜出關。（解五）

同前　陸龜蒙

城上一掊土，手中千萬杵。築城畏不堅，堅城在何處。莫歎築城勞（集作軍逼），將（集作將軍）要却敵。城高功亦高，爾命何處（一作足）惜。（集作勞二首）

湖陰曲　溫庭筠（序曰：晉王敦舉兵至湖陰，明帝微行視其營伍，由是樂府有湖陰曲。後其詞亡，因作而附之）

祖龍黃須珊瑚鞭，鐵驄金面青連錢。虎髯拔劍欲成夢，日壓賊營如血鮮。海旗風急驚眠起，甲重光搖照湖水。蒼黃追騎塵外歸，森索妖星陣前死。五陵愁碧春萋萋，灞川玉馬空中嘶。羽書如電入青瑣，雪腕如搥催畫鞞。白虬天子金煌鋩，高臨帝座迴龍章。吳波不動楚山晚，花壓闌干春晝長。

無愁果有愁曲　李商隱（無愁曲，北齊歌也。天寶十三載改無愁爲長歡）

東有青龍西白虎，中含福皇包世度。玉壺渭水笑清潭，鑿天不到牽牛處。騏驎踏雲天馬獰，牛山撼碎珊瑚聲。秋娥點滴不成淚，十二玉樓無故釘。推煙唾月拋千里，十番紅桐一行死。白楊別屋鬼迷人，空留暗記如蠶紙。日暮向風牽短絲，血凝血散今誰是。

起夜來　沈佺吾

香銷連理帶，塵覆合歡杯。嬾臥相思枕，愁吟起夜來。

起夜半　聶夷中

念遠心如燒，不覺中夜起。桃花帶露泛，立在月明裏。

獨不見　沈佺期

盧家小（集作少）婦鬱金堂，海燕雙棲瑇瑁梁。九月寒砧催下葉，十年征戍憶遼陽。白狼河北音書斷，丹鳳城南秋夜長。誰知（集作謂）含愁獨不見，使妾（集作更教）明月照流黃。

同前　王訓

日晚宜春暮，風輕上林朝。對酒近初節，開樓蕩夜嬌（集作誤）。石橋通小澗，竹路上青霄。持底誰見許，長愁成細腰。

同前　楊巨源

東風豔陽色，柳綠花如霰。競理同心鬟，爭持合歡扇。香傳賈娘手，粉離何郎面。最恨卷簾時，含情獨不見。

同前　李白

白馬誰家子，黃龍邊塞兒。天山三丈雪，豈是遠行時。春蕙忽秋草，莎雞鳴曲（集作西）池。風催寒梭響，月入霜閨悲。憶與君別年，種桃齊蛾眉。桃今百餘尺，花落成枯枝。終然獨不見，流淚空自知。

同前　戴叔倫

前宮路非遠，舊苑春將遍。玉戶看早梅，雕梁數歸燕（集作飛）。身輕逐舞袖，香暖傳歌扇。自和秋風詞，長侍昭陽殿。誰信後庭人，年年獨不見。

同前　胡曾

玉關一自有氛埃，年少從軍竟未回。門外塵凝張樂榭，水邊香滅按歌臺。窗殘夜月人何處，簾卷春風燕復來。萬里寂寥音信絕，寸心爭忍不成灰。

攜手曲　田娥

攜手共惜芳菲節，鶯啼錦花滿城闕。行樂逶迤念容色，色衰祇恐君恩歇。鳳笙龍管白日陰，盈虧自感青天月。

大垂手　聶夷中（言舞而垂其手也）

金刀翦輕雲，盤用黃金縷。裝束趙飛燕，教來掌上舞。舞罷飛燕死，片片隨風去。

夜夜曲

愁人夜獨傷滅燭卧蘭房秖恐多情月旋來照妾牀

同前（王偃）

北斗星移銀漢低班姬愁思鳳城西青槐陌上人行絕明月樓前烏夜啼

同前（僧貫休）

蟪蛄切切風騷騷芙蓉噴香蟾蜍高孤燈耿耿征婦勞更深撲落金錯刀

秋夜長（王勃）

秋夜長殊未央月明白露澄清光層城綺閣遥相望遥相望川無梁北風受節鴈南（集作南鴈）翔崇蘭委質時菊芳鳴環曳履出長廊爲君秋夜擣衣裳纖羅對鳳皇丹綺雙鴛鴦調砧亂杵思自傷思自傷征夫萬里戍他鄉鶴關音信斷龍門道路長所（集作君）在天一方寒衣徒自香

同前（張籍）

秋天如水夜未央天漢東西月色光愁人不寐畏枕席暗蟲喞喞遶我傍荒城爲村無更聲起看北斗天未明白露滿田風裊裊千聲萬聲鶡鳥鳴

秋夜曲二首（王建）

天清漏長霜泊泊蘭綠收榮桂膏涸高樓雲鬟弄嬋娟古瑟暗斷秋風弦玉關遥隔萬里道金刀不翦雙淚泉香囊火死香氣少向帷合眼（一作誰眠閣）何時曉城烏作營啼野月秦川少婦生離別

秋燈向壁掩洞房良人此夜直明光天河悠悠漏水長南樓北斗兩相當

同前（張仲素）

丁丁漏水夜何長漫漫輕雲露月光秋壁闇蟲通夕響寒衣未寄莫飛霜

同前（王涯）

桂魄初生秋露微輕羅已薄未更衣銀箏夜久殷勤弄心怯空房不忍歸

夜坐吟（李白）

冬夜夜寒覺夜長沈吟久坐坐北堂冰合井泉月入閨青缸凝明（一作金缸青凝）照悲啼青（一作金）缸滅啼轉多掩妾淚聽君歌歌有聲妾有情情聲合兩無違一語不入意從君萬曲梁塵飛

同前（李白）

踏踏馬頭（一作號）誰見過眼看北斗直天河西風羅幕生翠波鉛華笑妾顰青蛾爲君起唱（一作舞）長相思簾外嚴霜皆倒飛明星爛爛東方陲紅霞稍出東南涯陸郎去矣乘斑騅

夜寒吟（鮑溶）

九衢金吾夜行行上宮玉漏遥分明霜飇乘陰掃地起旅鴻迷雪遶枕聲遠人歸夢既不成畱家惜夜歡心發羅幕畫堂深皎潔蘭煙對酒客幾人獸火揚光二三月細腰楚姬絲竹間白紵長袖歌閑閑豈識苦寒損朱顏

定情篇（喬知之）

共君結新婚歲寒心未卜相與遊春園各隨情所逐君念菖蒲花妾感苦寒竹菖花多豔姿寒竹有貞葉此時妾比君君心不如妾簪玉步河堤妖韶援綠蕺（集作莫）鳧鴈將子遊鶯燕從雙栖君念春光好妾向春光啼君時不得意妾棄（集作棄妾）還金閨結言本同心悲懽何未齊怨咽前致辭願得中所悲人間丈夫易世路婦難爲始經天月照（集作始如經天月）終若流星馳（此下集有天月相終始流星無定期二句）長信佳麗人失意非蛾眉廬江小吏婦非關織作遲本願長相對今已長相思復有遊宦子結援從梁陳燕居崇三朝去來歷九春誓心妾終始蠶桑奉所親歸願未克從黃金贈路人潔婦懷明義從汎河之津於今千萬年誰當問水濱更憶倡家樓夫壻事封侯去時思（集作恩）灼灼去罷心悠悠不憐妾歲晏千載隴西頭以茲常惕惕百慮恒盈積由來共結褵幾人同匪石故歲雕梁燕雙去今來隻今日玉庭梅朝紅暮成碧碧榮始芬敷黃葉已淅瀝何用念芳春芳春有流易何用重懽娛懽娛俄戚戚家本巫山陽歸去路何長叙言情未盡采菉已盈筐桑榆日映物（集作及景）草色（集作物）盈高岡下有碧流水上有丹桂香桂枝不須折碧流清且潔贈君比芳菲受惠常不滅（集作歇）贈君淚潺湲相思無斷絕妾有秦家鏡寶匣裝珠璣鑑來年二八不記易陰暉妾無光寂寂委照影依依今日持爲贈相識莫相違

定情樂（施肩吾）

敢嗟君不憐自是命不諧著破三條裾（集作裙）卻還雙股釵

春江曲（郭元振。春江巴女曲也）

江水春沈沈上有雙竹林竹葉壞水色郎亦壞人心

同前（張籍）

春江無雲潮水平蒲心出水鳧雛鳴長干夫壻愛遠行自染春衣縫已成妾身生長金陵側去年隨夫住江北春來未到父母家舟小風多渡不得欲辭舅姑先問人私向江頭祭水神

同前（王涯）

摇漾越江春相將看（集作采）白蘋歸時不覺夜出浦月隨人

同前二首（張仲素）

家寄征江（集作河）岸征人幾歲遊不知潮水信每日到沙頭

乘曉南湖去參差疊浪横前洲在何處霧（集作霜）裏鴈嘤嘤

江上曲（李嘉祐）

江上澹澹芙蓉花江口蛾眉獨浣紗可憐應是陽臺女坐對鸕鷀嬌不語掩面羞看北地人回首（集作身）忽作空山雨（集作語）蒼梧秋色不堪論千載依依帝子魂君看峯上斑斑竹盡是湘妃泣淚痕

桃花曲（顧況）

魏帝宮人舞鳳樓隋家天子泛龍舟君王夜醉春眠宴不覺桃花逐水流

樹中草（李白）

鳥銜野田草誤入枯桑裏客土植危根逢春猶不死草木雖無情因依尚可生如何同枝葉各自有枯榮

同前（張祜）

青青樹中草託根非不危草生樹卻死榮枯君可知

春遊吟（李章）

初春遍芳甸千里藹盈矚美人摘新英步步玩春綠所思杳何處宛在吳江曲可憐不得共芳菲日暮歸來淚滿衣

春遊樂（施肩吾）

一年三百六十日賞心那似春中物草迷曲塢花滿園
東家少年西家出

同前二首（李端）

遊童蘇合帶（集作彈）倡女蒲葵扇初日映城時相思忽相見
褰裳踏露草理鬢回花面薄暮不同歸留情此芳甸

柘彈連錢馬銀鉤妥𨇨鬟采（集作摘）桑春陌上踏草夕陽間
意合辭先露心誠貌卻閑明朝若相憶雲雨出巫山

春遊曲三首（張仲素）

煙柳飛輕絮風榆落小錢濛濛百花裏羅綺競鞦韆

騁望登香閣爭高下砌臺林間踏青去席上意錢（集作寄錢）來

行樂三春節林花百和香當年重意氣先占鬭雞場

樂府二首（劉言史）

花領紅驄一向（集作何）偏綠槐香陌欲朝天仍嫌衆裏嬌行
疾傍鐙深藏白玉鞭

噴珠（集作沫）團香小桂條玉鞭兼賜霍嫖姚弄影便從天禁
出碧蹏聲碎五門橋

同前（顧況）

暖谷春光至宸遊近甸榮雲隨天仗轉風入御簾輕翠
蓋浮佳氣朱樓倚太清朝臣冠劍退宮女管弦迎細草
承雕輦繁花入幔城文房開聖藻武衛宿天營玉醴隨
觴至銅壺逐漏行五星含土德萬姓徹中聲親祀先崇
典躬推示勸耕國風新正樂農器近消兵道德關河固
刑章日月明野人同鳥獸率舞感升平

同前（權德輿）

光風澹蕩百花吐樓上朝朝學歌舞身年二八壻侍中
幼妹承恩兄尚主綠窗珠箔繡鴛鴦侍婢先焚百和香
鶯啼日出不知曙寂寂羅幃春夢長

同前三首（孟郊）

蓮子不可得荷花生水中猶勝道傍柳無事蕩春風

涤萍與荷葉同此一水中風吹荷葉在涤萍西復東

蓮花未開時苦心終日卷春水（一作風）徒蕩漾荷花未開展

同前（陸長源）

芙蓉初出水菡萏露中花風吹著枯木無奈值空槎

雜曲（王勃）

智瓊神女來訪文君蛾眉始約羅袖初薰歌齊曲韻舞
亂行分（集作紛）若向陽臺薦枕何啻得勝朝雲

古曲五首（施肩吾）

可憐江北女慣唱江南曲搖蕩木蘭舟雙鳧不成浴

郎爲匕上香妾爲（集作作）籠上灰歸時雖（集作即）暖熱去罷生塵
埃

夜裁鴛鴦綺朝織蒲桃綾欲試一寸心待縫三尺冰

憐時魚得水怨罷商與參不如山支子卻解（集作能）結同心

紅顏感暮花白日同流水思君如（集作若）孤燈一夜一心死

高句麗（李白　唐亦有高麗曲李勣破高麗所進後收夷賓引者是也）

金花折風帽白馬小遲回翩翩舞廣袖似鳥海東來

摩多樓子（李賀）

玉塞去金人二萬四千里風吹沙作雲一時渡遼水天
白水如練甲絲雙串斷行行莫苦辛城月猶殘半曉氣
朔煙上趢趗胡馬蹄行人聽水別隴長東西

全唐詩目第一函

第七冊

樂府十二卷至十三卷

全唐詩

雜曲歌辭（隋自開皇初置七部樂一曰西涼伎二曰清商伎三曰高麗伎四曰天竺伎五曰安國伎六曰龜茲伎七曰文康伎至大業中乃立清樂西涼龜茲天竺康國疏勒安國高麗禮畢以爲九部唐武德初因隋舊制用九部樂太宗增高昌樂又造燕樂而去禮畢其著令者十部一曰燕樂二曰清商三曰西涼四曰天竺五曰高麗六曰龜茲七曰安國八曰疏勒九曰高昌十曰康國而總謂之燕樂凡燕樂諸曲始於武德貞觀盛於開元天寶其著錄者十四調二百二十二曲又有梨園別教院法歌樂十一曲雲韶樂二十曲肅代以降亦有因造）

遼東行（王建）

遼東萬里遼水曲古戍無城復無屋黃雲蓋地雪作山
不惜黃金買衣服戰回各自收弓箭正西回面家鄉遠
年年郡縣送征人將與遼東作丘坂寧爲草木鄉中生
有身不向遼東行

渡遼水（王建）

渡遼水此去咸陽五千里來時父母知隔生重著衣裳
如送死亦有白骨歸咸陽營家各與題本鄉身在應無
回渡（一作渡遼）日駐馬相看遼水傍

昔昔鹽（趙嘏　隋薛道衡有昔昔鹽嘏廣之爲二十章羽調曲唐亦爲舞曲昔一作析）

垂柳覆金堤

新年垂柳色嫋嫋對空閨不畏芳菲好自緣離別啼因
風飄玉戶向日映金堤驛使何時度還將贈隴西

蘼蕪葉復齊

提筐紅葉下度日采蘼蕪掬翠香盈袖看花憶故夫葉
齊誰復見風暖恨偏孤一被春光累容顏與昔殊

水溢芙蓉沼

淥沼春光後青青草色濃綺羅驚翡翠暗粉妒芙蓉雲
遍窗前見荷翻鏡裏逢將心託流水終日渺無從

花飛桃李蹊

遠期難可託桃李自依依花徑無容跡戎裘未下機隨
風開又落度日掃還飛欲折枝枝贈那知歸不歸

采桑秦氏女

南陌采桑出誰知妾姓秦獨憐傾國貌不負早鶯春珠
履盪花濕龍鉤折桂新使君那駐馬自有侍中人

織錦竇家妻

當年誰不羨分作竇家妻錦字行行苦羅帷日日啼豈
知登隴遠秖恨下機迷直候陽關使殷勤寄海西

關山別蕩子

那堪聞蕩子迢遞涉關山腸爲馬嘶斷衣從淚滴斑愁
看塞上路詎惜鏡中顏儻見征西鴈應傳一字還

風月守空閨

良人猶遠戍耿耿夜閨空繡戶流宵月羅帷坐曉（集作曉）風
魂飛沙帳北腸斷玉關中尚自無消息錦衾那得同

恒斂千金笑

玉顏恒自斂羞出鏡臺前早惑陽城客今悲華錦筵從
軍人更遠投喜鵲空傳夫壻交河北迢迢路幾千

長垂雙玉啼

雙雙紅淚墮度日暗中啼鴈出居延北人猶遼海西向
燈垂玉枕對月灑金閨不惜羅衣濕惟愁歸意迷

蟠龍隨鏡隱

鸞鏡無由照蛾眉豈忍看不知愁髮換空見隱龍蟠那
惬紅顏改偏傷白日殘今朝窺玉匣雙淚落闌干

綵鳳逐帷低

巧繡雙飛鳳朝朝伴下帷春花那見照暮色已頻欺欲
卷思君處將啼裛淚時何年征戍客傳語報佳期

驚魂同夜鵲

萬里無人見衆情難與論思君常入夢同鵲屢驚魂孤
寢紅羅帳雙啼玉筯痕妾心甘自保豈復暫忘恩

倦寢聽晨雞

去去邊城騎愁眠掩夜閨披衣窺落月拭淚待鳴雞不
憤連年別那堪長夜啼功成應自恨早晚發遼西

暗牖懸蛛網

暗中蛛網織歷亂綺窗前萬里終無信一條徒自懸分
從珠露滴愁見隟風牽妾意何聊賴看看劇斷弦

空梁落燕泥

春至今朝燕花時伴獨啼飛斜珠箔隔語近畫梁低帷
卷閑窺戶牀空暗落泥誰能長對此雙去復雙棲

前年過代北

代北幾千里前年又復經燕山雲自合胡塞草應青鐵
馬喧鼙鼓蛾眉怨錦屏不知羌笛曲掩淚若爲聽

今歲往遼西

萬里飛書至聞君已渡遼秖諳新別苦忘卻舊時嬌烽
戍年將老紅顏日向彫胡沙兼漢苑相望幾迢迢

一去無還意

良人征絕域一去不言還百戰攻胡虜三冬阻玉關蕭
蕭邊馬思獵獵戍旗閑獨把千重恨連年未解顏

那能惜馬蹄

雲中路杳杳江畔草萋萋妾久垂珠淚君何惜馬蹄邊
風悲曉角營月怨春鼙未道休征戰愁眉又復低

水調歌第一（水調商調曲也唐曲凡十一疊前五疊爲歌後六疊爲入破又有新水調亦商調曲）

平沙落日大荒西隴上明星高復低孤山幾處看烽火
壯（一作戰）士連營候鼓鼙

第二

猛將關西意氣多能騎駿馬弄琱戈金鞍寶鉸精神出
笛倚新翻水調歌

第三

王孫別上綠珠輪不羨名公樂此身戶外碧潭春洗馬
樓前紅燭夜迎人

第四

隴頭一段氣長秋舉目蕭條總是愁秖爲征人多下淚
年年添作斷腸流

第五

雙帶仍分影同心巧結香不應須換彩意欲媚濃妝

入破第一

細草河邊一鴈飛黃龍關裏挂戎衣爲受明王恩寵甚
從事經年不復歸

第二

錦城絲管日紛紛半入江風半入雲此曲只應天上去
人間能得幾回聞

第三

昨夜遙歡出建章今朝綴賞度昭陽傳聲莫閉黃金屋
爲報先開白玉堂

第四

日晚笳聲咽戍樓隴雲漫漫水東流行人萬里向西去
滿目關山空（一作無）恨（一作自）愁

第五

千年一遇聖明朝願對君王舞細腰乍可當熊任生死
誰能伴鳳上（一作入）雲霄

第六徹

閨燭無人影羅屏有夢魂近來音耗絕終日望君門

水調 吳融

鑿河千里走黃沙浮（集作沙）殿西來動日華可道新聲是亡
國且貪惆悵後庭花

堂堂 李義府（堂堂角調曲本陳後主所作唐爲法曲）

鏤月成歌扇裁雲作舞衣自憐回雪影好取洛川歸

同前 李賀

嬾正鴛鴦被羞褰瑇瑁牀春風別有意密處也尋香

堂堂復堂堂紅脫梅灰（集作花）香（一作紅熟海梅香）十年粉蠹生畫梁飢
蟲不食推碎黃蕙花已老桃葉長禁院懸簾隔御光華
清源中礜石湯裛回百（一作白）鳳隨君王

涼州歌第一（涼州宮調曲開元中西涼府都督郭知運進本在正宮調中有大遍小遍至貞元初康崑崙翻入琵琶玉宸宮調初進曲在玉宸殿故有此名合諸樂即黃鍾宮調也段和尚善琵琶自制西涼州後傳康崑崙即道調涼州亦謂之新涼州）

漢家宮裏柳如絲上苑桃花連碧池聖壽已傳千歲酒
天文更賞百僚詩

第二

朔風吹葉鴈門秋萬里煙塵昏戍樓征馬長思青海北
胡笳夜聽隴山頭

第三

開篋淚霑襦見君前日書夜臺空寂寞猶見(一作是)紫雲車

排遍第一

三秋陌上早霜飛羽獵平田淺草齊錦背蒼鷹初出按
五花驄馬餵來肥

第二

鴛鴦殿裏笙歌起翡翠樓前出舞人喚上紫微三五夕
聖明方壽一千春

涼州詞　耿緯

國使翩翩(集作翻翻)隨旆旌隴西岐路足荒城氈裘牧馬胡雛
小日暮蕃歌三兩聲

同前　張籍

邊城暮雨鴈飛低蘆筍初生漸欲齊無數鈴聲遙過磧
應馱白練到安西

古鎮城門白磧開胡兵往往傍沙堆巡邊使客行應早
每待(集作問)平安火到(集作無使)來

鳳林關裏水東流白草黃榆六十秋邊將皆承主恩澤
無人解道取涼州

同前　薛逢

昨夜蕃兵報國讐沙州都護破涼州黃河九曲今歸漢
塞外縱橫戰血流

太和第一(太和羽調曲也)

國門卿相舊山莊聖主移來宴綠芳簾外輾為車馬路
花間踏出舞人場

第二

國鳥尚含天樂轉寒風猶帶御衣香為報碧潭明月夜
會須留賞待君王

第三

庭前鵲遶相思樹井上鶯歌爭刺桐含情少婦悲春草
多是良人學轉蓬

第四

塞北江南共一家何須淚落怨黃沙春酒半酣千日醉
庭前(一作邊庭)還有落梅花

第五徹

我皇膺運太平年四海朝宗會百川自古幾多明聖主
不如今帝勝堯天

伊川歌第一(伊州商調曲西京節度蓋嘉運所進)

秋風明月獨離居蕩子從戎十載餘征人去日殷勤囑
歸鴈來時數寄書

第二

形闈曉闢萬鞍迴玉輅春遊薄晚開渭北清光搖草樹
州南嘉景入樓臺

第三

聞道黃花戍頻年不解兵可憐閨裏月偏照漢家營

第四

千里東歸客無心憶舊遊挂帆游白水高枕到青州

第五

桂殿江烏對彫屏海燕重秖應多醸酒醉罷樂高鐘

入破第一

千門今夜曉初晴萬里天河徹帝京璨璨繁星駕秋色
稜稜霜氣韻鐘聲

第二

長安二月柳依依西出流沙路漸微閼氏山上春光少
相府庭邊驛使稀

第三

三秋大漠冷溪山八月嚴霜變草顏卷旆風行宵渡磧
銜枚電掃曉應還

第四

行樂三陽早芳菲二月春閨中紅粉態陌上看花人

第五

君住孤山下煙深夜徑長轅門渡綠水遊苑遶垂楊

陸州歌第一

分野中峯變陰晴衆壑殊欲投人處宿隔浦問樵夫

第二

共得煙霞徑東歸山水遊蕭蕭望林夜寂寂坐中秋

第三

香氣傳空滿妝花映薄紅歌聲天仗外舞態御樓中

排遍第一

樹發花如錦鶯啼柳若絲更逢歡宴地愁見別離時

第二

明月照秋葉西風響夜砧彊言徒自亂往事不堪尋

第三

坐對銀釭曉停留玉筯痕君門常不見無處謝前恩

第四

曙月當窗滿征人出塞遙畫樓終日閉清(一作絲)管為誰調

簇拍陸州

西去輪臺萬里餘故鄉音耗日應疎隴山鸚鵡能言語
為報閨人數寄書

石州(商調曲也又有舞石州)

自從君去遠巡邊終日羅幃獨自眠看花情轉切攬鏡
淚如泉一自離君後啼多雙臉穿何時狂虜滅免得更
留連

蓋羅縫

秦時明月漢時關萬里征人尚未還但願龍庭神(一作飛)將
在不教胡馬渡陰山

雙帶子

音書杜絕白狼西桃李無顏黃鳥啼寒鳥春深歸去盡
出門腸斷草萋萋

第三

私言切語誰人會海燕雙飛繞畫梁君學秋胡不相識
妾亦無心去采桑

崑崙子

揚子譚經去淮王載酒過醉來啼鳥喚(一作換)坐久落花多

祓禊曲(漢宮三月上巳張樂於流水晉宋已後皆因之至唐傳以為曲)

昨見春條綠那知秋葉黃蟬聲猶未斷寒(一作塞)鴈已成行

金谷園中柳春來已(一作自)(一作學)舞腰那堪好風景獨上洛陽
橋

何處堪愁思花間長樂宮君王不重客泣淚向春(一作東)風

上巳樂　張祜

猩猩血綵繫頭標，天上齊聲舉畫橈。卻是內人爭意切，六宮羅（集作紅）袖一時招。

穆護砂（穆護砂曲犯角）

玉管朝朝弄，清歌日日新。折花當驛路，寄與隴頭人。

思歸樂（商調曲也。後一曲犯角）

晚日催弦管，春風入綺羅。杏花如有意，偏落舞衫多。

萬里春應盡，三江雁亦稀。連天漢水廣，孤客未言歸。

金殿樂

入夜秋砧動，千門起四鄰。不緣樓上月，應爲隴頭人。

胡渭州（商調曲）

亭亭孤月照行舟，寂寂長江萬里流。鄉國不知何處是，雲山漫漫使人愁。

楊柳千尋色，桃花一苑芳。風吹入簾裏，惟有惹衣香。

戎渾

風勁角弓鳴，將軍獵渭城。草枯鷹眼疾，雪盡馬蹄輕。

牆頭花

蟋蟀鳴洞房，梧桐落金井。爲君裁舞衣，天寒翦刀冷。

妾有羅衣裳，秦王在時作。爲舞春風多，秋來不堪著。

采桑（羽調曲。一云本清商西曲，又有楊下采桑）

自古多征戰，由來尚甲兵。長驅千里去，一舉兩蕃平。

按劍從沙漠，歌謠滿帝京。寄言天下將，須立武功名。

揚下採桑

飛絲惹綠塵，軟葉對孤輪。今朝入園去，物色強看人。

破陣樂（本商調舞曲。太宗所造，明皇作小破陣樂，亦舞曲也。第一曲失撰人名，後二曲張說作）

秋來四面足風沙，塞外征人暫別家。千里不辭行路遠，時光早晚到天涯。

漢兵出頓金微，照日明光（集作光明）鐵衣。百里火幡焰焰，千行雲騎騑騑（集作霏霏）。

蹙踏遼河自竭，鼓譟燕山可飛。正屬四方朝賀，端知萬舞皇威。

少年膽氣凌雲，共許驍雄出群。匹馬城南（集作西）挑戰，單刀薊北從軍。

一鼓鮮卑送款，五餌單于解紛。誓欲成名報國，羞將開口（集作閤）論勳。

戰勝樂

百戰得功名，天兵意氣生。三邊永不戰，此是我皇英。

劍南臣

不分君恩斷，觀妝視鏡中。容華尚春日，嬌愛已秋風。

枕席臨窗曉，屏帷對月空。年年後庭樹，芳悴在深宮。

征步郎

塞外虜塵飛，頻年度磧西。死生隨玉劍，辛苦向金微。

歡疆場（宮調曲）

聞道行人至，妝梳對鏡臺。淚痕猶尚在，笑靨自然開。

塞姑

昨日盧梅塞口，整見諸人鎮守。都護三年不歸，折盡江邊楊柳。

水鼓子

雕弓白羽獵初回，薄夜牛羊復下來。夢水河邊秋草合，黑山峰外陣雲開。

婆羅門（商調曲。開元中，西涼府節度楊敬述進。天寶十三年，改爲霓裳羽衣）

迴樂峰前沙似雪，受降城外月如霜。不知何處吹蘆管，一夜征人盡望鄉。

浣沙女

南陌春風早，東鄰去日斜。千花開瑞錦，香撲美人車。

長樂青門外，宜春小苑東。樓開萬戶上，人向百花中。

鎮西

天邊物色更無春，祇有羊群與馬群。誰家營裏吹羌笛，哀怨教人不忍聞。

歲去年來拜聖朝，更無山闕對溪橋。九門楊柳渾無半，猶自千條與萬條。

回紇（商調曲）

曾聞瀚海使難通，幽閨少婦罷裁縫。緬想邊庭征戰苦，誰能對鏡治愁容。久戍人將老，須臾變作白頭翁。

長命女（羽調曲）

雲送關西雨，風傳渭北秋。孤燈然客夢，寒杵擣鄉愁。

醉公子

昨日春園飲，今朝倒接䍦。誰人扶上馬，不省下樓時。

一片子

柳色青山映，梨花雪鳥藏。綠窗桃李下，閑坐歎春芳。

甘州（羽調曲）

欲使傳消息，空書意不任。寄君明月鏡，偏照故人心。

濮陽女（羽調曲）

雁來書不至，月照獨眠房。賤妾多愁思，不堪秋夜長。

相府蓮（王儉爲相，所辟皆才名之士，時號蓮幕。其後語訛爲想夫憐。羽調曲。又有簇拍相府蓮）

夜聞鄰婦泣，切切有餘哀。即問緣何事，征人戰未（一作骨）迴。

簇拍相府蓮

莫以今時寵，寧無舊日恩。看花滿眼淚，不共楚王言。

閨燭無人影，羅屏有夢魂。近來音耗絕，終日望應門。

離別難（武后朝，有士人陷冤獄，其妻配入掖庭。善吹觱篥，撰此曲以寄情。初名大郎神，蓋取良人第行也。既畏人知，遂三易其名，曰悲切子，終號怨回鶻）

此別難重陳，花深復變人。來時梅覆雪，去日柳含春。

物候催行客，歸途淑氣新。剡川今已遠，魂夢暗相親。

同前　白居易

綠楊陌上送行人，馬去車回一望塵。不覺別時紅淚盡，歸來無淚可霑巾。

山鷓鴣（羽調曲）

玉關征戍久，空閨人獨愁。寒露溼青苔，別來蓬鬢秋。

人坐青樓晚，鶯語百花時。愁人多自老，腸斷君不知。

鷓鴣詞　李益

湘江斑竹枝，錦翼鷓鴣飛。處處湘陰合，郎從何處歸。

同前　李涉

湘江煙水深，沙岸隔楓林。何處鷓鴣飛，日斜斑竹陰。二女虛（集作空）垂淚，三閭枉自沈。惟有鷓鴣鳥，獨傷行客心。

越岡連越井，越鳥更南飛。何處鷓鴣啼，夕煙東嶺歸。嶺頭（集作外）行人少，天涯北客稀。鷓鴣啼別處，相對淚霑衣。

樂世　白居易（一曰綠腰，即錄要也。貞元中，樂工進曲，德宗令錄出要者，因以爲名，後語訛爲綠腰。軟舞曲也。康崑崙嘗於琵琶彈一曲，即新翻羽調綠腰。又有急樂）

管急絲（集作弦）繁拍漸稠，綠腰宛轉曲終頭。誠知樂世聲聲樂，老病人聽未免愁。

急世樂　白居易

正抽碧線繡紅羅忽聽黃鶯斂翠蛾秋思冬愁春恨（集作悵）
望大都不得意時多

何滿子（白居易　開元中滄州歌者臨刑進此曲以贖死竟不得免亦舞曲也）

世傳滿子是人名臨就刑時曲始成一曲四詞（集作調）歌八
疊從頭便是斷腸聲

同前（薛逢）

繫馬宮槐老持杯店菊黃故交今不見流恨滿川光

清平調（李白　唐禮樂志曰清調平調房中樂遺聲開元中禁中重木芍藥會花方繁開帝乘照夜白太眞妃以步輦從李龜年以歌擅一時之名帝曰賞名花對妃子焉用舊樂辭爲遂命白作清平調詞三章令梨園弟子畧撫絲竹以促歌帝自調玉笛以倚曲）

雲想衣裳花想容春風拂檻露華濃若非羣玉山頭見
會向瑤臺月下逢

一枝紅（集作穠）豔露凝香雲雨巫山枉斷腸借問漢宮誰得
似可憐飛燕倚新妝

名花傾國兩相歡長得君王帶笑看解釋春風無限恨
沈香亭北倚闌干

回波樂（李景伯　商調曲蓋出於曲水引流泛觴中宗宴侍臣令各爲回波樂衆皆爲諂佞之辭及自要榮位大至諫議大夫李景伯乃歌此辭從亦爲舞曲）

回波爾時酒卮微臣職在箴規侍宴既過三爵諠譁竊
恐非儀

聖明樂（張仲素　開元中太常樂工馬順兒造又有大聖明樂並商調曲）

玉帛殊方至歌鍾比屋聞華夷今一貫同賀聖明君
九陌祥煙合千春瑞月明宮花將苑柳先發鳳皇城

同前（令狐楚）

海浪恬丹徼邊塵靖黑山從今萬里外不復鎮蕭關

大酺樂（商調曲）

淚滴珠難盡容殘玉易銷儻隨明月去莫道夢魂遙

同前（杜審言）

聖后乘乾日皇明御曆辰紫宮初啟坐蒼璧正臨春雷
雨垂膏澤金錢賜下人詔酺歡賞徧交泰覩惟新

昆陵震澤九州通士女歡娛萬國同伐鼓撞鐘驚海上
新妝袨服照江東梅花落處疑殘雪柳葉開時任好風
大（集作火）德不（集作雲）官逢道泰天長地久屬年豐

同前（張祜）

車駕東來值太平大酺三日洛陽城小兒一伎竿頭絕
天下傳呼萬歲聲

紫陌酺歸日欲斜紅塵開路薛王家雙鬟前（集作笑）說樓前
鼓兩伎爭輸好結花

千秋樂（張祜　開元十七年八月癸亥明皇誕日宴百僚於花萼樓下百僚表請以每年八月五日爲千秋節）

八月平時花萼樓萬方同樂奏千秋傾城人看長竿出
一伎初成趙解愁

火鳳辭（李百藥　羽調曲又有眞火鳳）

歌聲扇裏（集作後）出妝影扇（集作鏡）中輕未能令掩笑何處欲鄣
聲知音自不惑得念是分明莫見雙嚬斂疑人含笑情

佳人靚晚妝清唱動蘭房影入（集作出）含風扇聲飛照日梁
嬌嚬眷際斂逸韻口中香自有橫陳分（集作會）應憐秋夜長

熱戲樂（張祜　凡戲輒分兩朋以競勇謂之熱戲）

熱戲爭心劇火燒銅槌暗執不相饒上皇失喜寧王笑
百尺幢竿果動搖

春鶯囀（張祜　大春鶯囀又有小春鶯囀並商調曲）

興慶池南柳未開太眞先把一枝梅內人已唱春鶯囀
花下傞傞軟舞來

達摩支（溫庭筠　天寶十三載改達摩支爲泛蘭叢羽調曲一曰健舞曲也）

擣麝成塵香不滅拗蓮作寸絲難絕紅淚文姬洛水春
白頭蘇武天山雪君不見無愁高緯花漫漫漳浦宴餘
清露寒一旦臣僚共囚虜欲吹羌管先汍瀾舊臣頭鬢
霜華（一作雪）早可惜雄心醉中老萬古春歸夢不歸鄴城風
雨連天草

如意娘（商調曲則天皇后作）

看朱成碧思紛紛憔悴支離爲憶君不信比來長下淚
開箱驗取石榴裙

雨霖鈴（張祜　明皇幸蜀南入斜谷屬霖雨彌旬於棧道中聞鈴聲與山相應因采其聲爲雨霖鈴曲時獨梨園善觱篥工張徽從至蜀以其曲授之後入法部）

雨霖鈴夜卻歸秦猶是（集作見）張徽一曲新長說上皇垂淚
教月明南內更無人

桂花曲

可憐天上桂花孤試問姮娥更要無月宮幸有閑田地
何不中央種兩株

渭城曲（王維　渭城一曰陽關本送人使安西詩後遂被於歌）

渭城朝雨浥輕塵客舍青青柳色（集作楊柳）春勸君更盡一杯
酒西出陽關無故人

全唐詩

雜曲歌辭

竹枝（顧況　竹枝本出於巴渝唐貞元中劉禹錫在沅湘以俚歌鄙陋乃依騷人九歌作竹枝新辭九章教里中兒歌之由是盛於貞元元和之間其音協黃鍾羽末如吳聲含思宛轉有淇濮之豔）

帝子蒼梧不復歸洞庭葉下荊雲飛巴人夜唱竹枝後
腸斷曉猨聲漸稀

同前（劉禹錫）

白帝城頭春草生白鹽山下蜀江清南人上來歌一曲
北人莫上動鄉情

山桃紅花滿上頭蜀江春水拍江（一作山）流花紅易衰似郎
意水流無限似儂愁

江上朱樓新雨晴瀼西春水縠文生橋東橋西好楊柳
人來人去唱歌行

日出三竿春霧消江頭蜀客駐蘭橈憑寄狂夫書一紙
住在成都萬里橋

兩岸山花似雪開家家春酒滿銀杯昭君坊中多女伴
永安宮外踏青來

瞿塘嘈嘈十二灘此中（集作人言）道路古來難長恨人心不如
水等閑平地起波瀾

巫峽蒼蒼烟雨時清猨啼在最高枝箇裏愁人腸自斷
由來不是此聲悲

城西門前灩澦堆年年波浪不能摧（集作推）懊惱（集作恨）人心不

如石少時東去復西來

山上層層桃李花雲間烟火是人家銀釧金釵來負水長刀短笠去燒畬

同前 劉禹錫

楊柳青青江水平聞郎江上唱歌聲東邊日出西邊雨道是無情(一作晴)還(集作卻)有情(一作晴)

楚水巴山江雨多巴人能唱本鄉歌今朝北客思歸去迴入紇那披綠羅

同前 白居易

瞿塘峽口冷(集作水)烟低白帝城頭月向西唱到竹枝聲咽處寒猨晴(集作闇)鳥一時啼

竹枝苦怨怨何人夜靜山空歇又聞蠻兒巴女齊聲唱愁殺江樓病使君

巴東船舫上巴西波面風生雨脚齊水蓼冷花紅蔟蔟江蘺溼葉碧萋萋(集作凄凄)

江畔誰人唱竹枝前聲斷咽後聲遲怪來調苦緣詞苦多是通州司馬詩

同前 李涉

荆門灘急水潺潺兩岸猨啼烟滿山渡頭年少(一作少年)應官去月落西陵望不還

巫峽雲開神女祠綠潭紅樹影參差下牢戍口初相問無義灘頭剩別離

石壁千重樹萬重白雲斜掩碧芙蓉昭君溪上年年月獨自(集作偏照)嬋娟色最濃

十二峰頭月欲低空濛(集作聆)江上子規啼孤舟一夜東歸客泣向春(集作東)風憶建溪

同前 孫光憲

門前春水白蘋花岸上無人小艇斜商女經過江欲暮散抛殘食飼神雅

亂繩千結絆人深越羅萬丈表長尋楊柳在身垂意緒藕花落盡見蓮心

楊柳枝 白居易 楊柳枝者古題所謂折楊柳本白居易洛中所製宣宗朝國樂唱是辭帝問永豐在何處因取兩株植於禁中居易又作辭一章

一樹春風萬萬枝嫩於金色軟於絲永豐西角荒園裏盡日無人屬阿誰

一樹衰殘委泥土雙枝榮耀植天庭定知玄象今春後柳宿光中添兩星

同前 白居易

六么水調家家唱白雪梅花處處吹古歌舊曲君休聽聽取新翻楊柳枝

陶令門前四五樹亞夫營裏百千條何似東都正二月黃金枝映洛陽橋

依依嫋嫋復青青句引清(集作春)風無限情白雪花繁空撲地綠絲條弱不勝鶯

紅板江橋青酒旗館娃宮暖日斜時可憐雨歇東風定萬樹千條各自垂

蘇州楊柳任君誇更有錢塘勝館娃若解多情尋小小綠楊深處是蘇家

蘇家小女舊知名楊柳風前別有情剥條盤作銀環樣卷葉吹為玉笛聲

葉含濃露如啼眼枝嫋輕風似舞腰小樹不禁攀折苦乞君留取兩三條

人言柳葉似愁眉更有愁腸似柳絲柳絲挽斷腸牽斷彼此應無續得期

同前 盧貞

一樹依依在永豐兩枝飛去杳無蹤玉皇曾采人間曲應逐歌聲入九重

同前 劉禹錫

塞北梅花羌笛吹淮南桂樹小山詞請君莫奏前朝曲聽唱新翻楊柳枝

南陌東城春早時相逢何處不依依桃紅李白皆誇好須得垂楊相發輝

鳳闕輕遮翡翠帷龍墀遥望麴塵絲御溝春水相(集作柳)暉映狂殺長安年少兒

金谷園中鶯亂飛銅駝陌上好風吹城東(集作中)桃李須臾盡爭似垂楊無限時

花萼樓前初種時美人樓上鬭腰支如今拋擲上(一作長)街裏露葉如啼欲恨誰

煬帝行宮汴水濱數株殘(集作楊枝)柳不勝春昨來風起(集作晚)花如雪飛入宮牆不見人

御陌青門拂地垂千條金縷萬條絲如今綰作同心結將贈行人知不知

城外春風滿(集作吹)酒旗行人揮袂日西時長安陌上無窮樹唯有垂楊管別離

輕盈嫋娜占春華舞榭妝樓處處遮春盡絮飛(集作花)留不得隨風好去落誰家

同前 劉禹錫

楊子江頭烟景迷隋家宮樹拂金堤嵯峨猶有(集作是)當時色半蘸波中水鳥棲

迎得春光先到來淺黃輕綠映樓臺只緣嫋娜多情思便被春風長請(集作倩)挼

巫峽巫山楊柳多朝雲暮雨遠相和因想陽臺無限事爲君迴唱竹(集作柳)枝歌

同前 李商隱

暫憑樽酒送無憀莫損愁眉與細腰人世死前唯有別春風爭擬惜長條

含烟惹霧每依依萬緒千條拂落暉爲報行人休盡折半留相送半迎歸

同前 韓琮

梁苑隋堤事已空萬條猶舞舊春風那堪更想千年後誰見楊花入漢宮

同前 施肩吾

傷見路傍(集作邊)楊柳春一枝折盡一重新今年還折去年處不送去年離別人

同前 溫庭筠

宜春苑外最長條閑嫋春風伴舞腰正是玉人腸斷處一渠春水赤欄橋

南內牆東御路傍預知春色柳絲黃杏花未肯無情思何事情人最斷腸

蘇小門前柳萬條毿毿金線拂平橋黃鶯不語東風起
深閉朱門伴細腰
金縷毿毿碧瓦溝六宮眉黛惹春愁晚來更帶龍池雨
半拂欄干半入樓
館娃宮外鄴城西遠映征帆近拂堤繫得王孫歸意切
不關春草綠萋萋
兩兩黃鸝色似金嫋枝啼露動芳音春來幸自長如線
可惜牽纏蕩子心
御柳如絲映九重鳳凰窗柱繡芙蓉景陽樓伴千條露
一面新妝待曉鐘
織錦機邊鶯語頻停梭垂淚憶征人塞門三月猶蕭索
縱有垂楊未覺春

同前　皇甫松

春入行宮映翠微玄宗侍女舞烟絲如今柳向空城綠
玉笛何人更把吹
爛熳春歸水國時吳王宮殿柳垂絲黃鶯長叫空閨畔
西子無因更得知

同前　僧齊己

鳳樓高映綠陰陰凝碧多含雨露深莫謂一枝柔軟力
幾曾牽破別離心
館娃宮畔響廊前依託吳王養翠烟劒去國亡臺榭(集作殿)
毀却隨紅樹噪秋蟬
穠低似中陶潛酒軟極如傷宋玉風多謝將軍遶營種
翠中閑卓戰旗紅
高僧愛惜遮江寺遊子傷殘露野橋爭似著行垂上苑
碧桃紅杏對搖搖

同前　張祜

莫折宮前楊柳枝玄宗曾向笛中吹傷心日暮烟霞起
無限春愁生翠眉
凝碧池邊斂翠眉景陽臺下綰青絲那勝妃子朝元閣
玉手和烟弄一枝

同前　孫魴

靈和風暖太昌春舞線搖絲向昔人何似曉來江雨後
一行如畫隔遙津
彭澤初栽五樹時只應閑看一枝枝不知天意風流處
要與佳人學畫眉
暖傍離亭靜拂橋入流穿檻綠搖搖不知落日誰相送
魂斷千條與萬條
春來綠樹遍天涯未見垂楊未可誇晴日萬株烟一陣
閑坊兼是莫愁家
十首當年有舊詞唱青歌翠幾無遺未曾得向行人道
不為離情莫折伊

同前　薛能(乾符五年能為許州刺史令部伎作楊柳枝健舞復賦其辭為新聲)

華清高樹出離宮南陌柔條帶暖風誰見輕陰是良夜
瀑泉聲畔月明中
洛橋晴影覆江船羌笛秋聲濕塞烟閑想習池公宴罷
水蒲風絮夕陽天
嫩綠輕懸似綴旒路人遙見隔宮樓誰能更近丹墀種
解播皇風入九州
暖風晴日斷浮埃廢路新條發釣臺處處輕輕(集作陰)可惆
悵後人攀處古人栽
潭上江邊嫋嫋垂日高風靜絮相隨青樓一樹無人見
正是女郎眠覺時
汴水高懸百萬條風清雨峭一時搖隋家力盡虛栽得
無限春風屬聖朝
和花烟樹九重城夾路春陰十萬營唯向邊頭不堪望
一株顦顇少人行
窗外齊垂旭日初樓邊輕好暖(集作裊好)風徐遊人莫道栽無
益桃李清陰却不如
衆木猶寒獨早青御溝橋畔曲江亭陶家舊日應如此
一院春條綠遶廳
帳偃纓垂細復繁令人心想石家園風條月影皆堪重
何事侯門愛樹萱

同前　薛能

數首新詞(集作詩)帶恨成柳絲牽我我傷情柔娥幸有腰支
穩試踏吹聲作唱聲
高出軍營遠映橋賊兵曾斫火曾燒風流性在終難改
依舊春來萬萬條
縣依陶令想嫌迂營伴將軍即大麤此日與君除萬恨
數篇風調更應無
狂似纖腰軟勝綿自多情態更誰憐遊人不折還堪恨
拋向橋邊與路邊
朝陽晴照綠楊烟一別通波十七年應有舊枝無處覓
萬株風裏卓旌旗
晴垂芳態吐牙新雨擺輕條濕面春別有出牆高數尺
不知搖動是何人
暖梳簪朵事登樓因挂垂楊立地愁牽斷綠絲攀不得
半空懸著玉搔頭
西園高樹後庭根處處尋芳有折痕終憶舊遊桃葉舍
一株斜映竹籬門
劉白蘇臺總近時當初章句是誰推纖腰舞盡春楊柳
未有儂家一首詩

同前　牛嶠

解凍風來末上青解垂羅袖拜卿卿無端嫋娜臨官路
舞送行人過一生
吳王宮裏色偏深一簇纖條萬縷金不憤錢塘蘇小小
引郎枝(集作松)下結同心
橋北橋南千萬條恨伊張緒不相饒金羈白馬臨風望
認得羊家(一作娉)靜婉腰
狂雪隨風撲馬飛惹烟無力被風欺莫交移入靈和殿
宮女三千又妒伊
裊翠籠烟拂暖波舞裙新染麴塵羅章華臺畔隋堤上
倚得春風爾許多

同前　和凝

軟碧搖烟似送人映花時把翠眉嚬青青自是風流主
漫颭金絲待洛神
瑟瑟羅裙金縷腰黛眉偎破未重描醉來咬損新花子
拽住仙郎盡放嬌
鵲橋初就咽銀河今夜仙郎自性和不是昔年攀桂樹

豈能月裏索姮娥

同前　孫光憲

閶闔（集作閶闔）門風暖落花乾飛遍江南雪不寒獨有晚來臨水
驛閑人多凭赤闌干

有池有榭即濛濛浸潤翻成長養功恰似有人長點檢
著行排立向春風

根柢雖然傍濁河無妨終日近笙歌驂驂（集作毿毿）金帶誰堪
比還笑黃鶯不較多

萬株枯槁怨亡隋似弔吳臺各自垂好是淮陰明月裏
酒樓橫笛不勝吹

浪淘沙　劉禹錫

九曲黃河萬里沙浪淘風簸自天涯如今直上銀河去
同到牽牛織女家

洛水橋邊春日斜碧流輕（集作清）淺見瓊沙無端陌上狂風
急驚起鴛鴦出浪花

汴水東流虎眼文清淮曉色鴨頭春君看渡口淘沙處
渡却人間多少人

鸚鵡洲頭浪颭沙青樓春望日將斜銜泥燕子爭歸舍
獨自狂夫不憶家

濯錦江邊兩岸花春風吹浪正淘沙女郎剪下鴛鴦錦
將向中流疋晚霞

日照澄洲江霧開淘金（集作沙）女伴滿江隈美人首飾侯王
印盡是沙中浪底來

八月濤聲吼地來頭高數丈觸山迴須臾却入海門去
卷起沙堆似雪堆

莫道讒言如浪深莫言遷客似沙沈千淘萬漉雖辛苦
吹盡狂沙始到金

流水淘沙不暫停前波未滅後波生令人忽憶瀟湘渚
迴唱迎神三兩聲

同前　白居易

一泊沙來一泊去一重浪滅一重生相攪相淘無歇日
會交山海一時平

白浪茫茫與海連平沙浩浩四無邊暮去朝來淘不住
遂令東海變桑田

青草湖中萬里程黃梅雨裏一人行愁見灘頭夜泊處
風翻暗浪打船聲

借問江潮與海水何似君情與妾心相恨不如潮有信
相思始覺海非深

海底飛塵終有日山頭化石豈無時誰道小郎抛小婦
船頭一去沒迴期

隨波逐浪到天涯遷客生還有幾家却到帝鄉重富貴
請君莫忘浪淘沙

同前　皇甫松

灘頭細草接疎林浪惡罾船半欲沈宿鷺眠洲非舊浦
去年沙嘴是江心

蠻歌豆蔻北人愁松雨蒲風夜艇秋浪起鵁鶄眠不得
寒沙細細入江流

紇那曲　劉禹錫

楊柳鬱青青竹枝無限情同郎一回顧聽唱紇那聲

踏曲興無窮調同詞不同願郎千萬壽長作主人翁

瀟湘神二曲　劉禹錫

湘水流湘水流九疑雲物至今愁君問二妃何處所零
陵香草露中秋

斑竹枝斑竹枝淚痕點點寄相思楚客欲聽瑤瑟怨瀟
湘深夜月明時

抛毬樂　劉禹錫

五綵繡團團登君玳瑁筵最宜紅燭下偏稱落花前上
客如先起應須贈一船

春早見花枝朝朝恨發遲及看花落後却憶未開時幸
有抛毬樂一杯君莫辭

太平樂　白居易　商調曲也

歲豐仍節儉時泰更銷兵聖念長如此何憂不太平

同前　王涯

湛露浮堯酒薰風起舜歌願同堯意所樂在人和

同前　張仲素

風俗今和厚君王在穆清行看采花曲盡是太階平

聖德超千古皇威靜四方蒼生今息戰無事覺時長（集作良）

昇平樂　薛能　商調曲也

正（集作瑞）氣遶宮樓皇居信上遊遠岡延（集作連）聖祚平地載神
州會合皆重譯潺湲近八流中興豈假問據此自千秋

寥泬敞延英朝班立位橫宣傳無草動拜舞有衣聲鴛
瓦雲消濕蟲絲日照明辛勤自不到遙見似前生（集作程）

處處足歡聲（集作心）時康歲已深不同三尺劍應似五絃琴
壽笑山猶盡明嫌日有陰何當憐一物亦遣斷愁吟

曙質絕埃氛形庭列禁軍聖顏初對日龍尾競緣雲珮
響交成韻簾陰暖帶紋逍遙豈有事於此詠南薰

一物周天至（一作至周天）洪纖盡晏然車書無異俗甲子並豐
年奇技皆歸朴征夫亦服田君王故不有台鼎合韋弦（一作賢）

日日聽歌謠區中盡祝堯蟲蝗初不害夷狄近全銷史
筆唯書瑞天臺絕見袄因令匠夫志轉欲事清朝

品物盡昭蘇神功復帝謨他時應有壽當代且無虞賜
曆通遐俗移關入半胡鶵鶵一何幸於此寄微軀

無戰復無私堯時即此時焚香臨極早待月卷簾遲端
拱乾坤內何言黈纊垂君看聖明驗只此是神龜

旭日上清穹明堂坐聖聰衣裳承瑞氣冠冕蓋重瞳花
木經宵露旌旗立（集作入）仗風何期於此地見說似仙宮（集作是神仙）

五帝三皇主蕭曹魏邴臣文章惟反朴戈甲盡生塵諫
紙應無用朝綱自有倫昇平不可紀所見是閑人

金縷衣

勸君莫惜金縷衣勸君惜取少年時花開堪折直須折
莫待無花空折枝

鳳歸雲　滕潛

金井欄邊見羽儀梧桐樹上宿寒枝五陵公子憐文綵
畫與佳人刺繡衣

飲啄蓬山最上頭和烟飛下禁城秋曾將弄玉歸雲去
金翻斜開十二樓

拜新月　李端

開簾見新月便即下階拜細語人不聞北風吹裙帶

同前　吉中孚妻張氏

拜新月拜月出堂前暗魄深（集作初）籠桂虚弓未引弦拜新
月拜月粧樓上鸞鏡未（集作始）安臺蛾眉已相向拜新月拜
月不勝情庭前（集作花）風露清月臨人自老望月更（集作人長望月）長
生東家阿母亦拜月一拜一悲聲斷絶昔年拜月逞容
儀（集作輝）如今拜月雙淚垂回看衆女拜新月却憶紅閨年
少時

憶江南　白居易（一曰望江南本名謝秋娘李德裕鎮浙西爲亥謝秋娘製）

江南好風景舊曾諳日出江花紅勝火春來江水緑如
藍能不憶江南
江南憶最憶是杭州山寺月中尋桂子郡亭枕上看潮
頭何日更重遊
江南憶其次憶吴宮吴酒一杯春竹葉吴娃雙舞醉芙
蓉早晚復相逢

同前　劉禹錫

春過也共惜豔陽年猶有桃花流水上無辭竹葉醉樽
前惟待見青天
春去也多謝洛城人弱柳從風疑舉袂叢蘭裛露似霑
巾獨笑亦含嚬

宮中調笑　王建（亦謂之轉應詞商調曲也）

團扇團扇美人病來遮面玉顔憔悴三年誰復商量管
弦弦管弦管春草昭陽路斷
胡蝶胡蝶飛上金花枝葉君前對舞春風百葉桃花樹
紅紅樹紅樹燕語鶯啼日暮
羅袖羅袖暗舞春風依舊遥看歌舞玉樓好日新妝坐
愁愁坐愁坐一世虚生虚過
楊柳楊柳日暮白沙渡口船頭江水茫茫商人少婦斷
腸腸斷腸斷鷓鴣夜飛失伴

同前　韋應物

胡馬胡馬遠放燕支山下咆沙咆雪獨嘶東望西望路
迷迷路迷路邊草無窮日暮
河漢河漢曉挂秋城漫漫愁人起望相思江南塞北别
離離别離别河漢雖同路絶

轉應詞　戴叔倫

邊草邊草邊草盡來兵老山南山北雪晴千里萬里月
明明月明月胡笳一聲愁絶

宮中行樂詞　李白

小小生金屋盈盈在紫微山花插寶髻石竹繡羅衣每
出深宮裏常隨步輦歸只愁歌舞散（一作罷）化作綵雲飛
柳色黄金嫩梨花白雪香玉樓巢（一作關）翡翠金（一作珠）殿鎖鴛
鴦選妓隨雕（一作朝）輦徵歌出洞房宮中誰第一飛燕在昭
陽
盧橘爲秦樹蒲萄出（一作是）漢宮烟花宜落日絲管醉春風
笛奏龍鳴水簫吟鳳下空君王多樂事何必向回中（集作還與萬方同）
玉樹（一作殿）春歸日（一作好）金宮樂事多後庭朝未入輕輦夜相
過笑出花間語嬌來燭（集作竹）下歌莫教明月去留著醉姮
娥
繡户香風暖紗窗曙色新宮花爭笑日池草暗生春緑
樹聞歌鳥青樓見舞人昭陽桃李月羅綺自（一作坐）相親
今日明光裏還須結伴遊春風開紫殿天樂下珠樓豔
舞全知巧嬌歌半欲羞更憐花月夜宮女笑藏鉤
寒雪梅中盡春風柳上歸宮鶯嬌欲醉簷燕語還飛遲
日明歌席新花豔舞衣晚來移綵仗行樂泥光輝
水緑南薰殿花紅北闕樓鶯歌聞太液鳳吹遶瀛洲素
女鳴珠佩天人弄綵毬今朝風日好宜入未央遊

宮中樂　令狐楚

楚塞金陵靜巴山玉壘空萬方無一事端拱大明宮
霜霽長楊苑冰開太液池宮中行樂日天下盛明時
柳色烟相似梨花雪不如春風真有意一一麗皇居
月上宮花靜烟含苑樹深銀臺門已閉仙漏夜沈沈
九重青鎖闥百尺碧雲樓明月秋風起珠簾上玉鉤

同前　張仲素

網户交如綺紗窗薄似烟樂吹天上曲人是月中仙
翠匣開寒鏡珠釵挂步摇妝成祗畏曉更漏促春宵
江（集作紅）果瑤池實金盤露井冰甘泉將避暑臺殿曉光凝
月彩浮鸞殿砧聲隔鳳樓笙歌臨水檻紅燭乍迎秋
奇樹留寒翠神池結夕波黄山一夜雪渭水雁（集作瀉）聲多

踏歌詞　崔液

綵女迎金屋仙姬出畫堂鴛鴦裁錦袖翡翠帖花黄歌
響舞分行豔色動流光
庭際花微落樓前漢已横金壺催夜盡羅袖拂寒輕樂
笑暢歡情未半著天明

同前　謝偃

春景嬌春臺新露泣新梅春葉參差吐新花重疊開花
影飛鶯去歌聲度鳥來倩看飄颻雪何如舞袖迴
透迤度香閣顧步出蘭閨欲遶鴛鴦殿先過桃李蹊風
帶舒還卷簪花舉復低欲問今宵樂但聽歌聲齊
夜久星沈没更深月影斜裙輕纔動佩鬟薄不勝花細
風吹寶袜輕露濕紅紗相看樂未已蘭燈照九華

同前　張説

花萼樓前雨露新長安城裏太平人龍銜火樹千燈（集作重）
豔雞踏（一作上）蓮花萬歲春
帝宮三五戲春臺行雨流風莫妒來西域燈輪千影合
東華金闕萬重開

踏歌行　劉禹錫

春江月出大堤平堤上女郎連袂行唱盡新詞看（一作歡）不
見紅霞影（集作映）樹鷓鴣鳴
桃蹊柳陌好經過燈下妝成月下歌爲是襄王故宮地
至今猶自細腰多
新詞宛轉遞相傳振袖傾鬟風露前月落烏啼雲雨散
遊童陌上拾花鈿
日暮江頭（集作南）聞竹枝南人行樂北人悲自從雪裏唱新
曲直至三春花盡時

天長地久詞　盧綸（其和云天長久萬年昌）

玉砌紅花樹香風不敢吹春光解天意偏發殿南枝
虹橋千步廊半在水中央天子方清暑宮人重暮（集作娃起夜）
妝
辭輦復當熊傾心奉上（集作六）宮君王若看貌甘在衆妃中

雲日呈祥禮物殊北庭生獻五單于塞天（集作垣）萬里無飛
鳥可在（集作是）邊城用郅都
臺殿雲涼風日（集作深秋色）微君王初賜六宮衣樓船罷泛（集作泛罷）
歸猶早行道（集作遺）才人鬭射飛

欸乃曲　元結（欸乃，棹船聲也）

偏（集作偶）存名跡在人間順俗與時未安閑來謁大官兼問
政扁舟却入九疑山
湘江二月春水平滿月和風宜夜行唱橈欲過平陽戍
守吏相呼問姓名
千里楓林烟雨深無朝無暮有猨吟停橈靜聽曲中意
好是雲山韶濩音
零陵郡北湘水東浯溪形勝滿湘中溪口石顛堪自逸
誰能相伴作漁翁
下瀧船似入深淵上瀧船似欲昇天瀧南始到九疑郡
應絶高人乘興船

十二月樂辭　李賀

正月

上樓迎春新春歸（一作正月上樓迎春歸）暗黄著柳宮漏遲薄薄淡靄
弄野姿寒綠幽泥（集作風）生短絲錦牀曉臥玉肌冷露臉未
開對朝暝官街柳帶不堪折早晚菖蒲勝綰結

二月

二月飲酒采桑津宜男草生蘭笑人蒲如交劒（一作鎊）風如
薰勞勞胡燕怨酣春薇帳逗烟生綠塵（一作香綠昏）金翅峨髻
愁暮雲沓颯起舞眞珠裙津頭送別唱流水酒客背寒
南山死

三月

東方風來滿眼春花城柳暗（一作禁）愁幾（一作殺）人複宮深殿竹
風起新翠舞襟靜（集作淨）如水光風轉蕙百餘里暖霧驅雲
撲天地軍裝宮妓掃蛾淺搖搖錦旗夾城暖曲水飄香
去不歸梨花落盡成秋（一作愁）苑

四月

曉涼暮涼樹如蓋千山濃綠生雲外依微香雨青氛氳
（一作過清氛）膩葉蟠花照曲門金塘閑水搖碧漪老景沈重（一作帖）
無驚飛墮紅殘萼暗參差

五月

雕玉押簾上（一作雕玉簾押上）輕縠籠虛門井汲鉛華水扇織鴛鴦
文回雪舞涼殿甘露洗空綠羅袖從徊翔（一作羅袖從風翔）香汗霑
寶粟

六月

裁生羅伐湘竹帔（一本無帔字）拂疎霜簟秋玉炎炎紅鏡東方
開暈如車輪上徘徊啾啾赤帝騎龍來

七月

星依雲渚冷露滴盤中圓好花生木末衰蕙愁空（一作故）園
夜天如玉砌池葉極青錢僅厭舞衫薄稍知花簟寒曉
風何拂拂北斗光闌干

八月

孀（一作宮）妾怨長夜（集作夜長）獨客夢歸家傍簷蟲緝（一作織）絲向壁燈
垂花簷外月光吐簾中（集作內）樹影斜悠悠飛露姿點綴池
中荷

九月

離宮散螢天似水竹黄池冷芙蓉死月綴金鋪光脉脉
涼苑虛庭空澹白霜花飛飛風草草翠錦斕斑滿層道
雞人罷唱曉瓏璁鴉啼金井下疎桐

十月

玉壺銀箭稍難傾缸花夜笑凝幽明碎霜斜舞上羅幕
燭籠兩行照飛閣珠帷怨臥不成眠金鳳刺衣著體寒
長眉對月鬭彎環

十一月

宮城團回凜嚴光白天碎碎墮瓊芳撾鍾高飲千日酒
却天凝寒作君壽御溝泉（一作冰）合如環素火井溫水在何
處

十二月

日脚淡光紅灑灑薄霜不銷桂枝下依稀和氣解冬嚴
已就長日辭長夜

閏月

帝重光年重時七十二候回環推天官玉琯灰剩飛今
歲何長來歲遲王母移桃獻天子羲氏和氏迂龍轡

桃花行　（張仁亶自朔方入朝，帝宴之西苑之桃花園，命李嶠等各賦絶句，明日宴承慶殿，令宮中善謳者唱之，樂府號桃花行）

歲去無言忽顦顇時來含笑吐氛氳不能擁路迷仙客
故欲開蹊侍聖君　李嶠
綺萼成蹊遍籞芳紅英撲地滿筵香莫將秋宴傳王母
來比春華壽（集作奉）聖皇　李乂
源水叢花無數開丹跗紅萼間青梅從今結子三千歲
預喜仙游復摘來　徐彦伯
桃花灼灼有光輝無數成蹊點更飛爲見芳林含笑待
遂同溫樹不言歸　蘇頲
紅萼競妍（集作然）春苑曙粉茸新向（集作吐）御筵開長年願奉西
王宴（集作母）近侍慙無東朔才　趙彦昭

蘇摩遮　張說（潑寒胡戲所歌，其和聲云億歲樂）

摩遮本出海西胡琉璃寶服紫髯胡聞道皇恩遍宇宙
來時歌舞助歡娱
繡裝帕額寶花冠夷歌騎舞借人看自能激水成陰氣
不慮今年寒不寒
臘月凝陰積帝臺豪歌擊鼓送寒來油囊取得天河水
將添上壽萬年杯
寒氣宜人最可憐故將寒水散庭前惟願聖君無限壽
長取新年續舊年
昭成皇后帝家親榮樂諸人不比倫往日霜前花委地
今年雪後樹逢春

舞馬詞　張說（其和聲前二曲云聖代升平樂，後四曲云四海和平樂）

萬玉朝宗鳳扆千金率領龍媒眄鼓凝驕躞蹀聽歌弄
影徘徊
天祿遙徵衛叔日龍上借羲和將共兩驂爭舞來隨八
駿齊歌
綵旄八佾成行時龍五色因方屈膝銜杯赴節傾心獻
壽無疆
帝皂龍駒沛艾星蘭驥子權奇騰倚驤洋應節繁驕接
迹不移
二聖先天合德羣靈率土可封擊石驂驔紫燕摐金顧

步蒼龍
聖君出震應籙神馬浮河獻圖足踏天庭鼓舞心將帝
樂踟躕

舞馬千秋萬歲樂府詞 張說

金天誕聖千秋節玉醴還分萬壽觴試聽紫騮歌樂府
何如騄驥舞華岡連騫勢出魚龍變蹀躞驕生鳥獸行
歲歲相傳指樹日翩翩來伴慶雲翔
聖王集作皇至德與天齊天馬來儀自海西腕足齊行拜兩
膝繁驕不進踣千蹄鬃髯奮鬣時蹲踏鼓怒驤身忽上
躋更有銜杯終宴曲垂頭掉尾醉如泥
遠聽明君愛逸才玉鞭金翅引龍媒不因茲白人間有
定是飛黃天上來影弄日華相照耀噴含雲色且徘徊
莫言闕下桃花舞別有河中蘭葉開

小曲新詞 白居易 小曲及閨怨詞並元和中奉勑撰

霽色鮮宮殿秋聲脆管弦聖明千歲樂歲歲似今年
紅裙集作裾明月夜碧殿集作簟早秋時好向昭陽宿天涼玉漏
遲

閨怨詞 白居易

朝憎鶯百囀夜妒燕雙棲不慣經春別誰知到曉啼
珠箔籠寒月紗窗背曉燈夜來巾上淚一半是春冰
關山征戍遠閨閣別離難苦戰應顦顇寒衣不要寬

皇帝感詞 盧綸

提劍雲集作風雷動垂衣日月明禁花呈瑞色國老見星精
發棹魚先躍窺巢鳥不驚山呼一萬歲直入九重城
天衣集作香五鳳彩御馬六龍文雨露清馳道風雷翊上軍
高旍花外轉行漏樂前聞時見金鞭舉空中指瑞雲
妙算干戈止神謀宇宙清兩階文物盛七德武功成校
獵長楊苑屯軍細柳營歸來獻明主歌舞隘集作溢春城
天樂下天中雲軿儼在空鉛黃豔河漢語笑合笙鏞已
見長隨鳳仍聞不避熊君王親試舞閶闔靜無風

全唐詩

雜歌謠辭 聲比於琴瑟曰歌徒歌曰謠

漁父歌 張志和

西塞山邊集作前白鷺飛桃花流水鱖魚肥青箬笠綠蓑衣
春江一作斜風細雨不須歸
釣臺漁父褐爲裘兩兩三三舴艋舟能縱棹慣乘流長
江白浪不曾憂
霅溪灣裏釣漁翁舴艋爲家西復東江上雪浦邊風笑
著荷衣不歎窮
松江蟹舍主人歡菰飯蓴羹亦共餐楓葉落荻花乾醉
宿漁舟不覺寒
青草湖中月正圓巴陵漁父棹歌連釣車子撅頭船樂
在風波不用仙

同前 和凝

白芷汀寒立鷺鷥蘋風輕翦浪花時煙羃羃日遲遲香
引芙蓉惹釣絲

同前 歐陽炯

風浩寒溪照膽明小君山上玉蟾生荷露墜翠煙輕撥
刺遊魚幾處驚

同前 李珣

水接衡門十里餘信船歸去臥看書輕爵祿慕玄虛莫
道漁人只爲魚
避世垂綸不記年官高爭得似君閒傾白酒對青山笑
指柴門待月還
棹警鷗飛水濺袍影侵潭面柳垂絛終日醉絕塵勞曾
見錢塘八月濤

雞鳴曲 王建

雞初鳴明星照東屋雞再鳴紅霞生海腹百官待漏雙
闕前聖人亦挂山龍服寶釵命婦燈下起環珮玲瓏曉
光裏直內初燒玉按香司更尚滴銅壺水金吾衛裏直
郎一作吏妻到明不睡聽晨雞天頭日月相送迎夜棲旦鳴
人不迷

同前 李廓

星稀月沒上集作入五更膠膠角角雞初鳴征人牽馬出門
立辭妾欲向安西行再鳴引頸簷頭下月集作樓中角聲催
上馬纔分地色第三鳴旌旗一作旆紅塵已出城婦人上城
亂招手夫壻不聞遙哭聲長恨雞鳴別時苦不遣雞棲
近窗戶

吳楚歌 張籍 一曰燕美人歌

庭前春鳥啄林聲紅夾羅襦縫未成今朝社日停針線
起向朱櫻樹下行

李夫人歌 李商隱

一帶不結心兩股方安髻慙愧白茅人月沒教星替
剩結茱萸枝多擘秋蓮的獨自有波光綵囊盛不得
鸞絲繫條脫妍眼和香屑壽宮不惜鑄南人柔腸早被
秋波集作眸割清澄有餘幽素香鰥魚渴鳳真珠房不知瘦
骨類冰井更許夜簾通曉霜土花漠碧集作漢雲忙忙黃河
欲盡天蒼黃集作蒼

同前 李賀

紫皇宮殿重重開夫人飛入瓊瑤臺綠香繡帳何時歌
青雲無光宮水咽翩聯桂花墜秋月孤鸞驚啼商絲發
紅璧集作壁闌珊懸佩璫歌臺小妓遙相望玉蟾滴水雞人
唱露華蘭葉參差光

同前 鮑溶

璿閨羽帳華燭陳方士夜降夫人神葳蕤半露芙蓉色
窈窕將期環珮身麗如三五月可望難親近嚬黛含犀
竟不言春思秋怨誰能問欲求巧笑如生時歌塵在空
瑟銜絲神來未及夢相見帝比初亡心更悲愛之欲其
生又死東流萬代無回水宮漏丁丁夜向晨煙銷霧散
愁方士

同前 張祜

延年不語望三星莫說夫人上涕零爭奈世間惆悵在
甘泉宮夜看圖形

中山孺子妾歌 李白

中山孺子妾特以色見珍雖不如延年妹亦是當時絕
世人桃李出深井花豔驚上春一貴復一賤關天豈由

身美蓉老秋霜團扇羞網塵戚姬髡翦（集作鬒）入春市萬古
共悲辛

臨江王節士歌（李白）

洞庭白波木葉稀燕鴻始入吳雲飛吳雲寒燕鴻苦風
號沙宿瀟湘浦節士感秋淚如雨白日當天心照之可
以事明主壯士憤雄風生安得倚天劍跨海斬長鯨

司馬將軍歌（李白　代隴上健兒陳安）

狂風吹古月竊弄章華臺北落明星動光彩南征猛將
如雲雷手中電曳（集作擊）倚天劍直斬長鯨海水開我見樓
船壯心目頗似龍驤下三蜀揚兵習戰張虎旗江中白
浪如銀屋身居玉帳臨河魁紫髯若戟冠崔嵬細柳開
營揖天子始知灞上爲嬰孩羌笛橫吹阿嚲回向月樓
中吹落梅將軍自起舞長劍壯士呼聲動九垓功成獻
凱見明主丹青畫像麒麟臺

鄭櫻桃歌（李頎）

石季龍僭天祿擅雄豪美人姓鄭名櫻桃櫻桃美顏香
且澤娥娥侍寢專宮掖後庭卷衣三萬人翠眉清鏡不
得親宮（集作宮）軍（一作庫）女騎一千匹繁花照耀漳河春織成花
映紅綸巾紅旗掣曳鹵簿新鳴鼙走馬接飛鳥銅鈇琴
瑟隨去塵鳳陽重門如意館百尺金梯倚銀漢自言富
貴不可量女爲公主男爲王赤花雙簟珊瑚牀盤龍斗
帳琥珀光淫昏僞位神所惡滅石者陵終不誤鄴城蒼
蒼白露微世事翻覆黃雲飛

襄陽歌（李白）

落日欲沒峴山西倒著接䍠花下迷襄陽小兒齊拍手
攔街爭唱白銅鞮傍人借問笑何事笑殺山公醉似泥
鸕鷀杓鸚鵡杯百年三萬六千日一日須傾三百杯遙
看漢水鴨頭綠恰似蒲萄初醱醅此江若變作春酒壘
麴便築糟丘臺千金駿馬換少（集作小）妾醉（集作笑）坐雕鞍歌落
梅車傍側挂一壺酒鳳笙龍管行相催咸陽市上歎黃
犬何如月下傾金罍君不見晉朝羊公一片石（一作一片古碑材）龜
龍（集作頭）剝落生莓苔淚亦不能爲之墮心亦不能爲之哀
誰能憂彼身後事金鳧銀鴨葬死灰（集無此二句）清風朗月不
用一錢買玉山自倒非人推舒州杓力士鐺李白與爾
同死生襄王雲雨今安在江水東流猨夜聲

襄陽曲（李白）

襄陽行樂處歌舞白銅鞮江城回淥水花月使人迷
山公醉酒時酩酊襄（集作高）陽下頭上白接䍠倒著還騎馬
峴山臨漢江水淥沙如雪（一作水色如霜雪）上有墮淚碑青苔久磨
滅

蘇小小歌（李賀）

且醉習家池莫看墮淚碑山公欲上馬笑殺襄陽兒

幽蘭露如啼眼無物結同心煙花不堪翦草如茵松如
蓋風爲裳水爲佩油壁車久（集作夕）相待冷翠燭勞光彩西
陵下風吹雨

同前（溫庭筠）

買蓮莫破券買酒莫解金酒裏春容抱離恨水中蓮子
懷芳心吳公女兒腰似束家在錢塘小江曲一自檀郎
逐便風門前春水年年綠

同前（張祜）

車輪不可遮馬足不可絆長怨十字街使郎心四散

新人千里去故人千里來翦刀橫眼底方覺淚難裁
登山不愁峻涉海不愁深中擘庭前棗教郎見赤心

挾瑟歌（陸龜蒙）

挾瑟爲君撫君嫌聲太古寥寥倚浪絲嗏嗏沈湘語賴
有秋風知清泠吹玉柱

勅勒歌

勅勒金䫂（溫庭筠　集作幘）壁陰山無歲華帳外風飄雪營前月照
沙羌兒吹玉管胡姬踏錦花却笑江南客梅落不歸家

黃麞歌（唐書五行志曰：如意初，里中歌黃麞。後契丹李盡忠、孫萬榮叛，陷營州，則天令總管曹仁師、王孝傑等將兵百萬討之，大敗於硤石黃麞谷而死。朝廷嘉其忠烈，爲造此曲，後亦爲舞曲）

黃麞黃麞草裏藏彎弓射爾傷

得体歌（天寶初，韋堅爲陝郡太守、水陸轉運使，於長安城東滻水傍穿廣運潭，以通吳會數十郡舟楫。先是民間戲唱得体歌，及新潭成，陝縣尉崔成甫乃翻此調爲得寶歌，集兩縣官使女子唱之）

得体紇那也紇囊得体那潭裏船車鬧揚州銅器多三
郎當殿坐聽唱得体歌

得寶歌

得寶弘農野弘農得寶那潭裏船車鬧揚州銅器多三
郎當殿坐聽唱得寶歌

黃臺瓜辭（章懷太子　武后殺太子弘，立雍王賢爲太子。賢日夜憂惕，乃作此辭，命樂工歌之，冀后感悟）

種瓜黃臺下瓜熟子離離一摘使瓜好再摘令瓜稀三
摘尚（集作猶）自可摘絕抱蔓歸

古歌（沈佺期）

落葉流風向玉臺夜寒秋思洞房開水精簾外金波下
雲母窗前銀漢迴玉階陰陰苔蘚色君王履綦難再得
璇閨窈窕秋夜長繡戶徘徊秋（集作明）月光燕姬綵帳芙蓉
色秦子（集作女）金爐蘭麝香北斗七星橫夜半清歌一曲斷
君腸

同前（薛維翰）

美人怨何深含情倚金閣不嚬復不語紅淚雙雙落
美人閉紅燭獨坐裁新錦頻放翦刀聲夜寒知未寢

黃曇子歌（溫庭筠）

參差綠蒲短搖豔雲（一作春）塘滿紅瀲蕩融融鶯翁瀏鵜暖
萋芊小城（集作成）路馬上脩蛾懶羅衫裛向風點粉金鸝卵

邯鄲郭公辭（溫庭筠）

金笳悲故曲玉座積深塵言是邯鄲伎不易鄴城人青
苔竟埋骨紅粉自傷神唯有漳河柳還向舊營春

箜篌謠（李白）

攀天莫登龍走山莫騎虎貴賤結交心不移唯有嚴陵
及光武周公稱大聖管蔡寧相容漢謠一斗粟不與淮
南春兄弟尚路人吾心安所從它人方寸間山海幾千
重輕言託朋友對面九疑峰多（集作鬧）花必早落桃李不如
松管鮑久已死何人繼其蹤

鄴城童子謠（李賀）

鄴城中暮塵起將黑丸斫文吏棘爲鞭虎爲馬團團走
鄴城下切玉劍射日弓獻何人奉相公扶轂來關右兒
香掃塗相公歸

大麥行（杜甫）

大麥乾枯小麥黃婦人行泣夫走藏東至集壁西梁洋

問誰腰鎌胡與羌豈無蜀兵三千人部領辛苦江山長安得如鳥有羽翅託身白雲還故鄉

白鼉鳴　張籍

天欲雨有東風南谿白鼉鳴窟中六月人家井無水夜聞白鼉（集作鼉聲）人盡起

步虛詞　陳羽

漢武清齋讀鼎書內官扶上畫雲車壇上月明宮殿閉仰看星斗禮空虛

同前　顧況

迥步遊三洞清心禮七眞飛符超羽翼禁（集作焚）火醮星辰殘藥沾雞犬靈香出鳳麟壺中無窄處願得一容身

同前　劉禹錫

阿母種桃雲海際花落子成二（集作二）千歲海風吹折最繁枝踠捧瓊（集作金）盤獻天帝

華表千年鶴一（集作一鶴）歸凝丹爲頂雪爲衣星星仙語人聽盡卻向五雲翻翅飛

同前　韋渠牟

玉簡眞人降金書道籙通煙霞方蔽日雲雨已生風四極威儀異三天使命同那將人世戀不去上淸宮

羽駕正翩翩雲鴻最自然霞冠將月曉珠佩與星連鏤玉留新訣雕金（集作龍）得舊編不知飛鳥學更有幾人仙

上帝求仙使眞符取玉郎三才閑布象二景鬱生光騎吏排龍虎笙歌走鳳凰天高人不見暗入白雲鄉

鸞鶴共徘徊仙官使者催香花三洞啓風雨百神來鳳篆文初定龍泥印已開何須生羽翼始得上瑤臺

羽節忽排煙蘇君已得仙命風驅日月縮地走山川幾處留丹竈何時種玉田一朝騎白虎直上紫微天

靜發降靈香思神意智長虎存時促步龍想更成章扣齒風雷響挑燈日月光仙雲在何處髣髴滿空堂

幾度遊三洞何方召百神風雲皆守一龍虎亦全眞執節仙童小燒香玉女春應須絕巖內委曲問皇人

上法杳無營玄脩似有情道宮瓊作想眞帝玉爲名召岳驅旌節馳雷發吏兵雲車降何處齋室有仙卿

羽衞一何鮮香雲起莫煙方朝太素帝更向玉淸天鳳曲凝猶吹龍驂儼欲前眞文幾時降知在永和年

大道何年學眞符此日催還持金作印未要玉爲臺羽節分明授霞衣整頓裁應緣五雲使教上列仙來

獨自授金書蕭條詠紫虛龍行還當馬雲起自成車九轉風煙合千年井竈餘參差從太一壽等混元初

道學已通神香花會女眞霞牀珠斗帳金薦玉輿輪一室心偏靜三天夜正春靈官竟誰降仙相有夫人

上界有黃房仙家道路長神來知位次樂變協宮商競把瑠璃椀誰傾白玉漿霞衣最芬馥蘇合是靈香

珠佩紫霞纓夫人會八靈太霄猶有觀絕宅豈無形暮雨徘徊降仙歌宛轉聽誰逢玉妃輦應檢九眞經

西海辭金母東方拜木公雲行疑帶雨星步欲凌風羽袖揮丹鳳霞巾曳彩虹飄飄九霄外下視望仙宮

玉樹雜金花天河織女家月邀丹鳳舄風送紫鸞車霧縠籠綃帶雲屏列錦霞瑤臺千萬里不覺往來賒

舞鳳凌天出歌麟入夜聽雲容衣眇眇風韻曲泠泠扣齒端金簡焚香檢玉經仙宮知不遠只近太微星

紫府與玄洲誰來物外遊無煩騎白鹿不用駕青牛金化顏應駐雲飛鬢不秋仍聞碧海上更用玉爲樓

同前　僧皎然

玉童成酒燒金且轉丹何妨五色綬次第給仙官

鸞鶴復驂鸞全家去不難雞聲隨羽化犬影入雲看釀

予因覽眞訣遂感西域（集作城）君玉笙下青冥人間未曾聞日華鍊魂魄皎皎無垢氛謂我有仙骨且令餌氤氳俯仰塊靈顏願隨鸞鶴羣俄然動風馭縹眇歸青雲

同前　高駢

青溪道士人不識上天下天鶴一隻洞門深瑣碧窗寒滴露研朱寫周易

步虛引　陳陶

小隱山人十洲客莓苔爲衣雙耳白青編爲我忽降書暮雨虹蜺一千尺赤城門閉六丁直曉日已燒東海色朝天半夜聞玉雞星斗離離礙龍翼

全唐詩目　第一函

第八册

王珪　陳叔達　袁朗　竇威

長孫無忌　顏師古　杜淹共一卷

魏徵一卷

褚亮一卷

于志寧　令狐德棻　封行高　杜正倫

岑文本　劉洎　褚遂良　楊續

劉孝孫　陸敬　沈叔安　何仲宣

趙中虛　楊濬共一卷

楊師道一卷

許敬宗　李義府共一卷

虞世南一卷

王績一卷

蕭德言　鄭世翼　崔信明　孔紹安

謝偃　蔡允恭　杜之松　崔善爲

朱仲晦　王宏　朱子奢　張文收

毛明素共一卷

陳子良　庾抱　馬周　來濟

張文恭　薛元超　蕭翼　歐陽詢

閻立本　張文琮共一卷

上官儀一卷

全唐詩

王珪

王珪字叔玠太原祁人初爲太子舍人太宗知其才召拜諫議大夫推誠納忠多所獻替遷黃門侍郎進侍中與房玄齡李靖溫彥博戴胄魏徵同知國政嘗於上前品藻諸子多所遜謝至激濁揚清嫉惡好善自謂於數子有一日之長帝深然之時人亦服其確論卒贈吏部尚書詩二首

詠漢高祖

漢祖起豐沛乘運以躍鱗手奮三尺劍西滅無道秦十月五星聚七年四海賓高抗威宇宙貴有天下人憶昔與項王契濶時未伸鴻門旣薄蝕滎陽亦蒙塵蟣虱生介胄將卒多苦辛爪牙驅信越腹心謀張陳赫赫西楚國化爲丘與榛

詠淮陰侯

秦王日凶慝豪傑爭共亡信亦胡爲者劍歌從項梁項羽不能用脫身歸漢王道契君臣合時來名位彰北討燕承命東驅楚絕糧斬龍堰濰水擒豹熠夏陽功成享天祿建旟還南昌千金(一作金千)答漂母百錢(一作錢百)酬下鄉吉凶成糾纏倚伏難預詳弓藏狡兔盡慷慨念心傷

陳叔達

陳叔達字子聰陳宣帝第十六子也善容止有才學在陳封義陽王十餘歲侍宴賦詩十韻援筆便就僕射徐陵甚奇之入隋爲絳郡通守歸款於唐授丞相府主簿與記室溫大雅同掌機密軍書赦令及禪代文誥多叔達所爲進黃門侍郎兼納言侍中封江國公貞觀中拜禮部尚書集十五卷今存詩九首

早春桂林殿應詔

金鋪照春色玉律動年華朱樓雲似蓋丹桂雪如花水岸銜階轉風條出柳斜輕輿臨太液湛(一作仙)露酌流霞

後渚置酒

大渚初鶯夜中流沸鼓鼙寒沙滿曲浦夕霧上邪谿岸廣梟飛急雲深鴈度低嚴關猶未遂(一作達)此夕待晨雞

聽鄰人琵琶

本是龍門桐因妍入漢宮香緣羅袖裏聲逐朱弦中雖有相思韻翻將入塞同關山臨却月花蘂散迴風爲將金谷引添令曲未終

州城西園入齋祠社

升壇預潔祀詰早肅分司達氣風霜積登光日色遲豐教先八政陽和秩四時祈年服垂冕告幣動褰帷瘞地尊餘奠人天庶有資椒蘭卒清酌簠簋徹香萁折俎分歸胙充庭降受釐方憑知禮節況奉化雍熙

春首

雪花聯玉樹氷彩散瑤池翔禽遙出沒積翠遠參差

初年

和風起天路(一作表)嚴氣消氷井索索枝未柔厭厭漏猶永

詠菊

霜間開紫蔕露下發金英但令逢採摘寧辭獨晚榮

自君之出矣(一作賈馮吉詩)

自君之出矣紅顏轉憔悴思君如明燭煎心且銜淚

自君之出矣明鏡罷紅妝思君如夜燭煎淚幾千行

袁朗

袁朗雍州長安人勤學好屬文在陳釋褐祕書郎甚爲江總所重嘗製千字詩當時以爲盛作後主召入禁中使爲月賦染翰立成遷太子洗馬仕隋爲儀曹郎入唐授齊王文學轉給事中貞觀初卒太宗稱其謹厚悼惜之集十四卷今存詩四首

賦飲馬長城窟

朔風動秋草清蹕長安道長城連(一作道)不窮所以隔華戎規模惟聖作負荷曉成功鳥庭已向內龍荒更鑿空玉關塵卷靜金微(一作徼)路已通湯征隨北怨舜詠起南風畫地功初立綏邊事云集朝服踐狼居凱歌旋馬邑山響傳鳳吹霜華藻瓊鈒屬國擁節歸單于款關入日落寒風起驚蓬(一作沙)被原隰零落葉已寒河流清且急四時徭役盡(一作靜)千載干戈戢太平今若斯汗馬竟無施唯當事筆硯歸去草封禪

和洗椽登城南坂望京邑

二華連陌塞九隴統金方奧區稱富貴重險擅雄强龍飛灞水上鳳集岐山陽神皐多瑞蹟列代有興王我后膺靈命爰求宅茲土宸居法太微建國資天府玄風叶(一作融)黎庶德澤浸區宇醒醉各相扶謳歌從聖主南登少陵岸還望帝城中帝城何鬱鬱佳氣乃葱葱金鳳凌綺觀璇題敞蘭宮複道東西合交衢南北通萬國朝前殿羣公議宣室鳴珮含早風華蟬曜朝日栢梁宴初罷千鍾歡未畢端拱肅巖廊思賢聽琴瑟逶迤萬雉列隱軫千閭布飛甍夾御溝曲臺臨上路處處歌鐘鳴喧闐車馬度日落長楸間含情兩相顧是月冬之季陰寒晝不開驚風四面集飛雪千里迴狐白登廊廟牛衣出(一作棄)草萊詎知韓長孺無復重然灰

秋日應詔

玉樹涼風舉金塘細草萎葉落商颷觀鴻歸明月池迎寒桂酒熟含露(一作霧)菊花垂一奉章臺宴千秋長願斯

秋夜獨坐(一作邢邵詩)

危弦斷客心虛彈落驚禽新秋百慮淨(一作盡)獨夜九愁深枯蓬唯逐吹墜葉不歸林如何悲此曲坐作白頭吟

竇威

竇威字文蔚扶風平陵人太穆皇后從父兄也初爲高祖丞相府司錄參軍博物多識朝章國典皆其所定終內史令集十卷今存詩一首

出塞曲

匈奴屢不平漢將欲縱橫看雲方結陣却月始連營潛軍度馬邑揚旆掩龍城會勒燕然石方傳車騎名

長孫無忌

長孫無忌字機輔河南洛陽人文德皇后之兄好學有籌略佐太宗定天下以功第一封齊國公歷尚書僕射司空誡懼盈滿固辭不許復拜司徒貞觀十七年圖功臣二十四人於凌煙閣無忌爲之冠高宗即位進册太尉知門下省後爲許敬宗誣搆貶死黔州詩三首

新曲二首

阿儂（一本無此二字）家住朝歌下早傳名結伴來游淇水上舊長情玉珮金鈿隨步逵（一作動）雲羅霧縠逐風輕轉目機心懸自許何須更待聽琴聲

迴雪凌波游洛浦遇陳王婉約娉婷工語笑侍蘭房芙蓉綺帳還開掩翡翠珠被爛齊光長願今宵奉顏色不愛吹（一作聞）簫逐鳳皇

灞橋待李將軍

颯颯風葉下遙遙煙景曛霸陵無醉尉誰滯李將軍

顏師古

顏師古字籀（舊唐書云顏籀字師古）雍州萬年人齊黃門侍郎之推之孫博覽羣書尤精訓詁隋末爲安養尉高祖入關謁見長春宮授朝散大夫累遷中書舍人專掌機密太宗初擢中書侍郎考定五經多所釐正頒其書令天下學習所注班固漢書急就章大行於世終祕書監弘文館學士集六十卷今存詩一首

奉和正日臨朝

七政璿衡始三元寶曆新負扆延百辟垂旒御九賓肅肅皆鵷鷺濟濟盛簪（一作纓）紳天涯致重譯日域獻奇珍

杜淹

杜淹字執禮隋時隱太山文帝惡之謫戍江表秦王引爲天策府曹參軍文學館學士侍宴賦詩尤工賜金鍾坐事流巂州太宗召拜御史大夫檢校吏部尚書參預朝政詩三首

召拜御史大夫贈袁天綱（紀事云淹始見袁天綱於洛天綱謂曰蘭臺成就學堂寬廣又語曰二十年外終恐責黜暫去即還武德六年以善隱太子配流巂州至九年六月召入天綱曰公至京即得三品要職果拜御史大夫乃贈詩云）

伊呂深可慕松喬定是虛繫風終不得脫屣欲安如且珍紈素美當與薜蘿疎既逢楊得意非復久閑居

詠寒食鬬雞應秦王教（唐新語云太宗集中詠雞以淹爲御史大夫因詠雞以致意焉）

寒食東郊道（一作上）揚鞲競出籠花冠初（一作徧）照日芥羽正生風顧敵知心勇先鳴覺氣雄長翹頻掃陣利爪（一作距）屢通中飛毛遍綠野灑血漬芳蘩雖然（一作言）百戰（一作鬬）勝會自不論功

寄贈齊公

冠蓋游梁日詩書問志年佩蘭長坂上攀桂小山前結交澹若水履道直如弦此歡終未極于茲獨播遷赭衣登蜀道白首別秦川淚隨溝水逝心逐曉旌懸去去逾千里悠悠隔九天郊野間長薄城闕隱凝煙關門共月對山路與雲連此時寸心裏難用尺書傳

全唐詩

魏徵

魏徵字玄成魏州曲城人少孤落魄有大志初爲太子洗馬太宗即位拜諫議大夫祕書監尋晉檢校侍中封鄭國公以疾辭職拜特進仍知門下省事徵性諒直知無不言太宗或引至臥內訪天下事嘗以古名臣稱之校輯祕省羣書及撰齊梁陳周隋諸史序論多出其手卒謚文貞集二十卷今編詩一卷

五郊樂章（唐書樂志曰祀五方上帝五郊樂祀黃帝降神奏宮音皇帝行用太和登歌奠玉帛用肅和迎俎用雍和酌獻飲福用壽和送文舞出迎武舞入用舒和武舞用凱安送神用豫和其太和壽和凱安豫和四章辭同圜丘祀青帝降神奏角音祀赤帝降神奏徵音祀白帝降神奏商音祀黑帝降神奏羽音餘同黃帝）

黃帝宮音

黃中正位含章居貞既長六律兼和五聲畢陳萬舞乃薦斯牲神其下降永祚休平

肅和

眇眇方輿蒼蒼圜蓋至哉樞紐宅中圖大氣調四序風和萬籟祚我明德時雍道泰

雍和

金懸夕肆玉俎朝陳饗薦黃道芬流紫辰迺誠迺敬載享載禋崇薦斯在惟皇是賓

舒和

御徵乘宮出郊甸安歌率舞遞將迎自有雲門符帝賞猶持雷鼓荅天成

青帝角音

鶴雲旦起鳥星昏集律候新風陽開初蟄至德可饗行潦斯挹錫以無疆烝人乃粒

肅和

玄鳥司春蒼龍登歲節物變柳光風轉蕙瑤席降神朱弦饗帝誠備祝嘏禮殫珪幣

雍和

大樂稀音至誠簡禮文物棣棣聲名濟濟六變有成三登無體迺眷豐絜恩覃愷悌

舒和

笙歌籥舞屬年韶鷺鼓鳧鐘展時豫調露初迎綺春節承雲遽踐蒼霄馭

赤帝徵音

青陽告謝朱明戒序咸長是祈敬陳椒醑博碩斯薦笙鏞備舉庶盡肅恭非馨稷黍

肅和

離位克明火中宵見峯雲暮起景風晨扇木槿初榮含桃可薦芬馥百品鏗鏘三變

雍和

昭昭丹陸帝炎方禮陳牲幣樂備篪簧瓊羞溢俎王醑浮觴恭惟正直歆此馨香

舒和

千里温風飄降羽，十枝炎景滕朱干。陳觴薦俎歌三獻，拊石擬金會七盤。

白帝商音

白藏應節，天高氣清。歲功既阜，庶類收成。萬方靜謐，九土和平。馨香是薦，受祚聰明。

肅和

金行在節，素靈居正。氣肅霜嚴，林凋草勁。豺祭隼擊，潦收川鏡。九穀已登，萬箱流詠。

雍和

律應西成，氣躔南呂。珪幣咸列，笙竽備舉。苾苾蘭羞，芬芬桂醑。式資宴貺，用調霜序。

舒和

璿儀氣爽驚緹籥，玉呂灰飛含素商。鳴鞞奏管芳羞薦，會舞安歌葆眊揚。

黑帝羽音

嚴冬季月，星迴風厲。享祀報功，方祚來歲。

肅和

律周一作同玉琯，星回一作周金度。次極陽烏，紀窮陰兔。火林霰雪，陽泉凝沍。八蜡已登，三農息務。

雍和

陽月斯紀，應鍾在候。載絜牲牷，爰登俎豆。既高既遠，無聲無臭。靜言恪思，惟神保祐。

舒和

執籥持羽初終曲，朱干玉鏚始分行。七德九功咸已暢，明靈降福具穰穰。

享太廟樂章唐書樂志曰：貞觀中享太廟樂，迎神用永和，九變辭同皇帝行用太和，登歌酌鬯用肅和，迎俎用雍和，獻皇祖宣簡公、皇祖懿王同用長發之舞，景皇帝用大基之舞，元皇帝用大成之舞，高祖用大明之舞，皇帝飲福用壽和，送文舞出迎武舞入用舒和，武舞用凱安，徹俎用雍和，送神用永和。其太和、凱安辭同冬至圜丘

永和

於穆烈祖，弘此丕基。永言配命，子孫保之。百神既洽，萬國在茲。是用孝享，神其格思。

肅和

大哉至德，允茲明聖。格于上下，聿遵誠敬。嘉樂斯登，鳴球以詠。神其降止，式隆景命。

雍和

崇茲享祀，誠敬兼至。樂以感靈，禮以昭事。粢盛咸絜，牲牷孔備。永言孝思，庶幾不匱。

長發舞唐會要曰：貞觀十四年，詔用顏師古、許敬宗議，皇祖宣簡公、懿王廟並奏長發之舞，取詩云濬哲惟商，長發其祥也

濬哲惟唐，長發其祥。帝命斯祐，王業克昌。配天載德，就日重光。本枝百代，申錫無疆。

大基舞

猗與祖業，皇矣帝先。翦商德厚，封唐慶延。在姬猶稷，方晉踰宣。基我鼎運，于斯萬年。

大成舞

周穆王季，晉美帝文。明明盛德，穆穆齊芬。藏用四履，屈道參分。鏗鏘鐘石，載紀鴻勳。

大明舞唐會要曰：貞觀十四年，詔用顏師古等議，高祖廟奏大明之舞，取易曰大明終始，六位時成，詩有大明之篇，稱文王有明德也

五紀更運，三正遞升。勛華既沒，禹湯勃興。神武命代，靈睠是膺。望雲彰德，察緯告徵。上紐天維，下安地軸。徵師涿野，萬國咸服。偃伯靈臺，九官允穆。殊域委費，懷生介福。大禮既飾，大樂已和。黑章擾囿，赤字浮河。功宣載籍，德被詠歌。克昌厥後，百祿是荷。

壽和

八音斯奏，三獻畢陳。寶祚惟永，暉光日新。

舒和

聖敬通神光七廟，靈心薦祚和萬方。嚴禋克配鴻基遠，明德惟馨鳳曆昌。

雍和

於穆清廟，聿脩嚴祀。四縣載陳，三獻斯止。籩豆撤薦，人祇介祉。神惟格思，錫祚不已。

永和

肅肅清祀，烝烝孝思。薦享昭備，虔恭在茲。雍歌撤俎，祝嘏陳辭。用光武志，永固鴻基。

賦西漢本傳云：太宗幸洛陽，燕羣臣積翠池，酒酣，命各賦一事。儆賦西漢，卒章云：終藉叔孫禮，方知皇帝尊。帝曰：儆言未嘗不約我以禮

受降臨軹道，爭長趣鴻門。驅傳渭橋上，觀兵細柳屯。夜宴經柏谷，朝遊出杜原。終藉叔孫禮，方知皇帝尊。

暮秋言懷

首夏別京輔，杪秋滯三河。沈沈蓬萊閣，日夕鄉思多。霜剪涼堦蕙，風捎幽渚荷。歲芳坐淪歇，感此式微歌。

述懷一作出關

中原初一作還逐鹿，投筆事戎軒。縱橫計不就，慷慨志猶存。杖策謁天子，驅馬出關門。請纓繫南粵，憑軾下東藩。鬱紆陟高岫，出沒望平原。古木鳴寒鳥一作鴈，空山啼夜猿。既傷千里目，還驚九折一作逝魂。豈不憚艱險，深懷國士恩。季布無二諾，侯嬴重一言。人生感意氣，功名誰復論。

奉和正日臨朝應詔

百靈侍軒后，萬國會塗山。豈如今睿哲，邁古獨光前。聲教溢四海，朝宗引百川。鏘洋鳴玉珮，灼爍耀金蟬。淑景輝雕輦，高旌揚翠煙。庭實超王會，廣樂盛鈞天。既欣東日戶一作既頌東戶日，復詠南風篇。願奉光華慶，從斯億萬年。

全唐詩

褚亮

褚亮，字希明，杭州錢塘人。博覽，工屬文。太宗爲秦王時，以亮爲王府文學，每從征伐，嘗預祕謀。貞觀中，累遷散騎常侍，封陽翟縣侯。卒謚曰康。詩一卷。

祈穀樂章唐書樂志曰：貞觀中正月上辛祈穀於南郊，降神用豫和，皇帝行用太和，登歌奠玉帛用肅和，迎俎用雍和，酌獻飲福用壽和，送文舞出迎武舞入用舒和，武舞用凱安，送神用豫和。其豫和、太和、壽和、凱安五章詞同冬至圜丘

肅和

履艮斯繩，居中體正。龍運垂祉，昭符啟聖。式事嚴禋，聿懷嘉慶。惟帝永錫，時皇休命。

雍和

殿薦秉春太壇臨曙八簋盈和六瑚登御嘉稷匪歆德
馨斯飫祝嘏無易靈心有豫

舒和

玉帛犧牲申敬享金絲鏚羽盛音容庶俾億齡禔景福
長欣萬宇洽時邕

明堂樂章（唐書樂志曰季秋享上帝于明堂降神用豫和皇帝行用太和登歌奠玉帛用肅和迎俎用雍和酌獻飲福用壽和送文舞出迎武舞入用舒和武舞用凱安送神用豫和其豫和太和壽和凱安五章詞同冬至圜丘）

肅和

象天御宇乘時布政嚴配申虔宗禋展敬鐏罍盈列樹
羽交暎玉幣通誠祚隆皇聖

雍和

八牖晨披五精朝奠霧凝璇篚風清金縣神滌備全明
粢豐衍載結㬥俎陳誠以薦

舒和

御扆合宮承寶曆席圖重館奉明靈偃武修文九圍泰
沈烽靜柝八荒寧

雩祀樂章（唐書樂志曰孟夏雩祀上帝于南郊降神用豫和皇帝行用太和登歌奠玉帛用肅和迎俎用雍和酌獻飲福用壽和送文舞出迎武舞入用舒和武舞用凱安送神用豫和其豫和太和壽和凱安五章詞同冬至圜丘）

肅和

朱鳥開辰蒼龍啟暎大帝昭饗羣生展敬禮備懷柔功
宣舞詠旬液應序年祥叶慶

雍和

紺筵分彩珽圖吐絢鳳（一作風）管晨凝雲歌曉囀肅事蘋藻
（一作蘭羞）虔申桂奠百穀斯登萬箱攸薦

舒和

鳳曲登歌調令序龍雩集舞泛祥風綵旒雲迴昭睿德
朱干電發表神功

享先農樂章（唐書樂志曰貞觀中享先農樂迎神用誠和皇帝行用太和登歌奠玉帛用肅和迎俎用雍和酌獻飲福用壽和送文舞出迎武舞入用舒和武舞用凱安送神用誠和其太和壽和凱安詞同冬至圜丘）

誠和

粒食伊始農之所先古今攸賴是曰人天耕斯帝籍播
厥公田式崇明祀神其福焉

肅和

鐏罍既列瑚簋方薦歌工載登幣禮斯奠肅肅享祀顒
顒纓弁神之聽之福流寰縣

雍和

前夕視牲質明奉俎沐芳整弁其儀式序盛禮畢陳嘉
樂備舉歆我懿德非馨稷黍

舒和

羽籥低昂文綴已干戚蹈厲武行初望歲祈農神所聽
延祥介福豈云虛

祭神州樂章（唐書樂志曰貞觀中祭神州于北郊迎神用順和皇帝行用太和登歌奠玉帛用肅和迎俎用雍和酌獻飲福用壽和送文舞出迎武舞入用舒和武舞用凱安送神用順和順和詞同夏至方丘太和壽和凱安詞同冬至圜丘並亮等作）

肅和

大矣坤儀至哉神縣包含日域牢籠月窟露絜三清風
調六變皇祇届止式歆恭薦

雍和

泰圻嚴享陰郊展敬禮以導神樂以和性黝牲在列黃
琮俯暎九土既平萬邦（一作幵）貽慶

舒和

坤道降祥和庶品靈心載德厚羣生水土既調三極泰
文武畢備九區平

祭方丘樂章（唐書樂志曰貞觀中夏至祭皇地祇於方丘迎神用順和皇帝行用太和登歌奠玉帛用肅和迎俎用雍和酌獻飲福用壽和送文舞出迎武舞入用舒和武舞用凱安其太和壽和凱安三章詞同冬至圜丘）

順和

萬物資以化交泰屬昇平易從業惟簡得一道斯寧具
儀光玉帛送舞變咸英黍稷良非貴明德信惟馨

肅和

至矣坤德皇哉地祇開元統紐合大承規九宮肅列六
典相儀永言配命長保無虧

雍和

柔而能方直而能敬厚載以德大亨以正有滌斯牷（一作牲）
有馨斯盛介茲景福祚我休慶

舒和

玉幣牲牷分薦享羽旄干鏚遞成容一德惟寧兩儀泰
三材保合四時邕

順和

陰祇協贊厚載方貞牲幣具舉簫管備成其禮惟肅其
德惟明神之聽矣式鑒虔誠

臨高（一作江）臺

高臺暫俯臨飛翼聳輕音浮光隨日度漾影逐波深迴
瞰周平野開懷暢遠襟獨此三休上還傷千歲里（一作心）

賦得蜀都

列宿光參（一作輿）井分芒（一作土）跨梁岷沈犀對江浦駟馬入城
闉英圖多霸跡歷選有名臣連騎簪纓滿含章詞賦新
得上仙槎路無待訪嚴遵

奉和詠日午

曦車日亭午浮箭未移晷日光無落照樹影正中圓草
萎看稍靡葉燥望疑稀書寢慙經笥暫解入朝衣

奉和望月應魏王教

層軒登皎月流照滿中天色共梁珠遠光隨趙璧圓落
影臨秋扇虛輪入夜弦所欣東館裏預奉西園篇

詠花燭（一作燭花）

蘭逕香風滿梅梁暖日斜言是東方騎來尋南陌車靨
星臨夜燭眉月隱輕紗莫言春稍晚自有鎮開花

在隴頭哭潘學（一作博）士

隴底嗟長別流襟一慟君何言幽咽所更作死生分轉
蓬飛不息悲松斷更聞誰能駐征馬回首望孤墳

奉和禁苑餞別應令

大蒲初錫瑞出牧邇皇京暫以綠車重言承朱傳（一作榮）
舒桃臨遠騎垂柳暎京營惠化宣千里威風動百城禁
籞芳嘉（一作春）節神襟餞送情金笳催別景玉琯（一作管）切離聲
野花開更（一作且）落山鳥哢還驚微臣夙多幸薄宦奉儲明
釣臺慙作賦伊水濫聞笙懷德良知久酬恩識命輕

和御史韋大夫喜霽之作

晴天度旅雁斜影照殘虹野淨餘煙盡山明（一作開）遠色同
沙平寒水落葉脆晚枝空白簡光朝憲彤騶出禁中息
駕遊蘭阪雕文折桂叢無因輕羽扇徒自仰仁風

晚別樂記室彥

窮途屬歲晚臨水忽分悲抱影同爲客傷情共（一作去）此時霧色侵虛牖霜氛冷薄帷舉袂慘將別停杯悵不怡風嚴征雁遠雪暗去蓬遲他鄉有岐路遊子欲何之

傷始平李少府正己

勞息本相循悲歡理自均誰能免玄夜惜爾正青春邁德惟家寶生才諒國珍高文綴翡翠茂學掩麒麟述作紛無已言談妙入神斷腸雖累月分手未盈旬輔嗣俄長往顏生卽短辰聲華滿昭代形影委窮塵禪草迴中使生芻引弔賓同遊祕府日方駕直城闉並拜黃圖右分曹清渭濱風期韜呂好存歿范張親虛座憐（一作懷）王述遺篇慟景純精靈與毫翰千祀壽何人

秋雁（一作虞世南詩）

日暮霜風急羽翮轉難任爲有傳書意翩翩入上林

句

神羊既不觸夕鳥欲依人（贈杜侍御。見詩式）

全唐詩

于志寧

于志寧字仲謐高陵人隋末有名高祖入關禮遇之爲太宗天策府從事中郎侍從征伐兼文學館學士太宗宴貴臣內殿志寧以非三品不至上怪之特令預宴卽加散騎常侍爲太子詹事數有規諫高宗朝拜尚書左僕射兼太子少師集四十卷今存詩一首

冬日宴羣公於宅各賦一字得杯

陋巷朱軒擁衡門緹騎來俱裁七步詠同傾三雅杯色動迎春柳花發犯寒梅賓筵未半（一作未半）醉驪歌不用催

令狐德棻

令狐德棻宜州華原人博涉文史早知名高祖入關引直記室轉起居舍人遷祕書丞與侍中陳叔達等奉詔撰藝文類聚奏請修歷代史書德棻修周史仍總知類會梁陳齊隋諸史貞觀中累官禮部侍郎國子祭酒兼崇賢館學士國家凡有修撰無不參預集三十卷今存詩一首

冬日宴于庶子宅各賦一字得趣

高門聊命賞羣英於此遇放曠山水情留連文酒趣夕煙起林蘭霜枝殞庭樹落景雖已傾歸軒幸能駐

封行高

封行高觀州蓨人倫之兄子以文學知名貞觀中官至禮部郎中詩一首

冬日宴于庶子宅各賦一字得色

夫君敬愛重歡言情不極雅引發清音麗藻窮雕飾水結曲池冰日暖平亭色引滿旣杯傾終之以弁側

杜正倫

杜正倫相州洹水人隋世重舉秀才天下不十人而正倫與弟正玄正藏俱擢第一門三秀才爲當時稱美太宗召直秦府文學館貞觀元年以魏徵薦擢兵部員外郎累遷中書侍郎兼太子左庶子參典機密顯慶中拜中書令貶橫州刺史集十卷今存詩二首

冬日宴于庶子宅各賦一字得節

李門余妄進徐榻君恒設清論暢玄言雅琴飛白雪寒雲曖落景朔風淒暮節方欣投轄情且駐當歸別

玄武門侍宴（一作侍宴北門）

大君端扆暇睿賞狎林泉開軒臨禁籞藉野列芳筵參差歌管颺容裔羽旗懸玉池流若醴雲閣聚非煙湛露晞堯日熏風入舜弦大德侔玄造微物荷陶甄謬陪瑤水宴仍廁栢梁篇闕名徒上月鄒辯詎談天旣喜光華旦還傷遲暮年猶冀升中日簪裾奉肅然

岑文本

岑文本字景仁鄧州人沉敏有安儀博綜經史美談論善屬文貞觀初除祕書郎上籍田三元二頌辭甚工擢中書舍人所草詔誥或繇奏卽命書僮六七人隨口並寫須臾悉成時中書侍郎顏師古以譴罷太宗曰朕自舉一人乃以授文本先與令狐德棻撰周史史論多出文本及史成封江陵縣子後拜中書令集六十卷今存詩四首

奉和正（一作元）日臨朝

時雍表昌運日正叶靈符德兼三代禮功包四海圖踰沙紛在列執玉儼相趨清蹕喧輦道張樂駭天衢拂蜺九旗映儀鳳八音殊佳氣浮仙掌熏風繞帝梧天文光七政皇恩被九區方陪瘞玉禮珥筆岱山隅

奉述飛白書勢

六文開玉篆八體曜銀書飛毫列錦繡拂素起龍魚鳳舉崩雲絕鸞遊霧雰別有臨池草恩霑垂露餘

冬日宴于庶子宅各賦一字得平

金蘭篤惠好尊酒暢生平旣欣投轄賞暫緩望鄉情愛景含霜晦落照帶風輕於茲歡宴洽寵辱詎相驚

安德山池宴集（安德公楊師道宅）

甲第多清賞芳辰命羽卮書帷通竹徑琴臺枕檻蘿池疑夜壑徙山似鬱洲移雕楹網蘿薜激瀨合塤篪鳥戲翻新葉魚躍動清漪自得淹留趣（一作起）寧勞攀桂枝

劉洎

劉洎字思道荊州江陵人初授都督府長史貞觀中拜給事中轉治書侍御史性疎峻敢言累官散騎常侍太宗嘗宴羣臣賜飛白字或乘酒爭取於帝手洎登御座引手得之帝笑曰昔聞婕妤辭輦今見常侍登牀後遷侍中被譖賜死集十卷今存詩一首

安德山池宴集

平陽擅歌舞金谷盛招攜何如兼往烈會賞叶幽栖已均朝野致還欣物我齊春晚花方落蘭深徑漸迷蒲新節尚短荷小蓋猶低無勞拂長袖直待夜烏啼

褚遂良

褚遂良字登善亮之子博涉文史尤工隸書貞觀中起居郎召令侍書遷諫議大夫累官黃門侍郎參綜朝政

諫奏多所採納晉中書令永徽初出爲同州刺史徵拜吏部尚書進尚書右僕射以諫立武昭儀貶卒集二十卷今存詩一首

安德山池宴集

伏檻丹霞外遮園煥景舒行雲泛層阜蔽月下清渠亭中奏趙瑟席上舞燕裾花落春鶯晚風光夏葉初良朋比蘭蕙雕藻邁瓊琚獨有狂歌客來承歡宴餘

楊續

楊續師道之兄有辭學貞觀中爲鄆州刺史詩一首

安德山池宴集

狹斜通鳳闕上路抵青樓簪紱啓賓館軒蓋臨御溝西城多妙舞主第出名謳列峰疑宿霧疏壑擬藏舟花蝶辭風影蘋藻含春流酒闌高宴畢自反山之幽

劉孝孫

劉孝孫荊州人弱冠知名與虞世南蔡君和孔德紹庾抱庾自直劉斌等登臨山水結爲文會武德初歷虞州録事參軍補文學館學士貞觀中遷太子洗馬撰古今詩苑四十卷集三十卷今存詩七首

遊清都觀尋沈道士得仙字

紛吾因暇豫行樂極留連尋眞謁紫府披霧覿青天緬懷金闕外遐想玉京前飛軒俯松栢抗殿接雲煙滔滔清夏景嘒嘒早秋蟬橫琴對危石酌醴臨寒泉聊祛塵俗累寧希龜鶴年無勞生羽翼自可狎神仙

早發成皋望河

清晨發巖邑車馬走轘轅迴瞰黃河上惝怳屢飛魂鴻流遵（一作導）積石驚浪下龍門仙槎不辨處沈璧想猶存遠近洲渚出颯沓鳧鴈喧懷古空延佇歎逝將何言

遊靈山寺

吾王遊勝地驂駕歷祇園臨風畫角憤耀日采旗翻永懷筌了義寂念啓玄門深谿窮地脈高嶂接雲根信美諧心賞幽遂（一作桂）且攀援曳裾欣扈從方悟屏塵諠

冬日宴于庶子宅各賦一字得鮮

解襟遊勝地披雲促宴筵清文振筆妙高論寫言泉涑柳含風落寒梅照日鮮驪歌雖欲奏歸駕且留連

送劉散員同賦陳思王詩游人久不歸（一作賀朝詩又作賀朝淸）

鄉關渺天末引領悵懷歸羇旅久淫滯物色屢芳菲稍覺私意盡行看蓬鬢衰如何千里外佇立霑裳衣

詠笛

涼秋夜笛鳴流風韻（一作詠）九成調高時慷慨曲變或淒清征客懷離緒鄰人思舊情幸以知音顧（一作故）千載有奇（一作高）聲

賦得春鶯送友人

流鶯拂繡羽二月上林期待雪消金禁銜花向玉墀翅掩飛燕舞啼惱婕妤悲料取金閨意因君問所思（一本下四句倒在上又作賀朝詩分作二首）

陸敬（一作麥敬）

陸敬仕竇建德爲祭酒秦王軍武牢敬説建德自太行上黨進乘唐之虛以取山北建德不從以及於敗後歸唐集十四卷今存詩四首

巫山高

巫岫鬱岧嶤高高入紫霄白雲抱（一作闕）危（一作抱）石玄猨挂（一作迴挂）迴條懸崖激巨浪脆葉隕驚飈別有陽臺處風雨共飄颻

遊隋故都

洛城聊顧步長想遂留連水闕宮初毀風變鼎將遷阜陶德不建汾隅祀忽焉宗祊曠無象聲朔緬誰傳枌榆何冷落禾黍鬱芊綿悲歌盡商頌太息閔周篇來蘇佇聖德濡足乃乘乾正始淳風被人勞用息肩舞象文思澤偃伯武功宣則百昌厥後於萬永斯年玆辰素商節灰管變星躔平原悴秋草喬木斂寒煙翻黃墜疎葉疑翠積高天參差海曲鴈寂寞柳門蟬輿悼今如此悲愁復在旃徬徨不忍去杖策屢迴邅

遊清都觀尋沈道士得都字

聊排靈瑣闥徐步入清都青谿冥寂士思玄徇道樞十芒生藥笥七焰發丹爐縹袠桐君録朱書王母符宮槐散綠穗日槿落青柎矯翰雷門鶴飛來葉縣鳧凌風自可御安事迫中區方追羽化侶從此得玄珠

七夕賦詠成篇

鳳駕鳴鸞啓閶闔霓裳遥裔儼天津五明霜紈開羽扇百和香車動畫輪婉孌夜分能幾許靚妝冶服爲誰新片時懽娛自有極已復長望隔年人

沈叔安

沈叔安官刑部尚書武德七年遣使高麗後爲潭州都督圖形凌煙閣集二十卷今存詩一首

七夕賦詠成篇

皎皎宵月麗秋光耿耿天津橫復長停梭且復留殘緯拂鏡及早更新妝彩鳳齊駕初成輦雕鵲填河已作梁雖喜得同今夜枕還愁重空明日牀

何仲宣（宣一作誼）

何仲宣武德貞觀間人詩一首

七夕賦詠成篇

日日思歸勤理鬢朝朝佇望嬾調梭凌風寶扇遥臨月映水仙車遠渡河歷歷珠星疑拖珮冉冉雲衣似曳羅通宵道意終無盡向曉離愁已復多

趙中虛

趙中虛貞觀中人詩一首

遊清都觀尋沈道士得芳字

青谿阻千仞姑射藐汾陽未若游兹境探玄衆妙場鶴來疑羽客雲泛似霓裳寓目雖靈宇遊神乃帝鄉道存眞理得心灰俗累忘煙霞凝抗殿松桂肅長廊早蟬清暮響崇蘭散晚芳即此翔寥廓非復控榆枋

楊濬

楊濬貞觀時人詩一首

送劉散員賦得陳思王詩明月照高樓

高樓一何綺素月復流明重軒望不極餘暉攬詎盈鏡華當牖照鉤影隔簾生逆愁異尊酒對此難爲情

全唐詩

楊師道

楊師道字景猷華陰人隋宗室也清警有才思入唐尚桂陽公主封安德郡公貞觀中拜侍中參豫朝政遷中書令罷爲吏部尚書師道善草隸工詩每與有名士燕集歌詠自適帝每見其詩必吟諷嗟賞後賜宴帝曰聞公每酬賞捉筆賦詩如宿搆者試爲朕爲之師道再拜少選輒成無所竄定一座嗟伏卒謚曰懿集十卷今編詩一卷

隴頭水

隴頭秋月明隴水帶關城笳添離別曲風送斷腸聲映雪峰猶暗乘冰馬屢驚霧中寒雁至沙上轉蓬輕天山傳羽檄漢地急徵兵陣開都護道劍聚伏波營於茲覺無渡(一作度)方共濯胡纓

中書寓直詠雨簡褚起居上官學士

雲暗蒼龍闕沈沈殊未開窗臨鳳凰沼颯颯雨聲來(洪邁以此四句爲絕句)電影入飛閣風威麥吹臺長簷響奔溜清簟肅浮埃早荷葉稍沒新篁枝半摧茲晨悵多緒懷友自難裁況復重城内日暮獨裵回玉堦良史筆金馬挨天才高豈通散騎復道駕蓬萊思君贈桃李於此冀瓊瓌

闕題(見玉臺後集)

漢家伊洛九重城御路浮橋萬里平桂户雕梁連綺翼虹梁繡柱映丹楹朝光欲動千門曙麗日初照百花明燕趙蛾眉舊傾國楚宫腰細本傳名二月桑津期結伴三春淇水逐關情蘭叢有意飛雙蝶柳葉無趣隱啼鶯扇裏細妝將夜並風前獨舞共花榮兩鬟百萬誰論價一笑千金判是輕不爲披圖來侍寢非因主第奉身迎

初秋夜坐應詔

玉琯涼初應金壺夜漸闌滄池流稍潔仙掌露方溥雁聲風處斷樹影月中寒爽氣長空淨高吟覺思寬

賦終南山用風字韻應詔

眷(一作睿)言懷隱逸輟駕踐幽叢白雲飛夏雨碧嶺橫(一作冠)春虹草綠長楊路花疎五柞宫登臨日將晚蘭桂起香風

詠飲馬應詔

清晨控龍馬弄影出花林躞蹀依春澗聯翩度碧潯苔流染絲絡水潔寫雕簪(一作鐙)一御瑶池駕詎憶長城陰

初宵看婚

洛城花燭動戚里畫新蛾隱扇羞應慣含情愁已多輕啼濕紅粉微睇轉橫波更笑巫山曲空傳暮雨過

侍宴賦得起坐彈鳴琴二首(一作楊希道詩)

北林鵲夜飛南軒月初進調弦發清徵蕩心祛褊悋變作離鴻聲還入思歸引長歎未終極秋風飄素鬢

絲傳園客意曲奏楚妃情罕有知音者空勞流水聲

詠琴(一作楊希道詩)

久擅龍門質孤竦嶧陽名齊娥初發弄趙女正調聲嘉容勿遽反繁弦曲未成

詠笙(一作楊希道詩)

短長插鳳翼洪細摹鸞音能令楚妃歎復使荆王吟切切孤竹管來應雲和琴

應詔詠巢鳥

桂樹春暉滿巢烏刷羽儀朝飛麗城上夜宿碧林陲背風藏密葉向日逐疎枝仰德還能哺依仁遂可窺鶩鳴雕輦側王吉自相知

奉和夏日晚景應詔

輦路夾垂楊離宫通建章日落橫峰影雲歸起夕涼雕軒動流吹羽蓋息迴塘薙草生還綠殘花落(一作疎)尚香清巖類姑射碧澗似汾陽幸屬無爲日歡娛尚(一作方)未央

奉和聖製春日望海

春山臨渤海征旅輟晨裝回矚盧龍塞斜瞻肅慎鄉洪波迴地軸孤嶼映雲光落日驚濤上浮天駭浪長仙臺隱螭駕水府汎黿梁碣石朝煙滅之罘歸雁翔北巡非漢后東幸異秦皇搴旗(一作旌)羽林客跋距少年場龍(一作電)擊驅遼水鵬飛出帶方將舉青丘繳安訪白霓裳

春朝閑步

休(一作假)沐乘閑豫清晨步北林池塘藉芳草蘭芷襲幽衿霧中分曉日花裏弄春禽野逕香恒滿山階筍屢侵何須命輕蓋桃李自成陰

還山宅

暮春還舊嶺徙倚翫年華芳草無行逕空山正落花垂藤掃幽石卧柳礙浮槎鳥散茅簷靜雲披澗户斜依然此泉路猶是昔煙霞

詠馬

寶馬權奇出未央雕鞍照曜紫金裝春草初生馳上苑秋風欲動戲(一作獸)長楊鳴珂屢度章臺側細蹀經(一作徑)向濯龍傍徒令漢將連年去宛城今已獻(一作戡)名(一作明)王

奉和詠弓

霜重麟膠勁風高月影圓烏飛隨帝輦雁落逐鳴弦

詠硯

圓池類璧水輕翰染煙華將軍欲定遠見棄不應賒

奉和正日臨朝應詔

皇猷被寰宇端扆屬元辰九重麗天邑千門臨上春

詠舞(一作楊希道詩)

二八如回雪三春類早花分行向燭轉一種逐風斜

全唐詩

許敬宗

許敬宗字延族杭州新城人善心子也隋時官直謁者臺奏通事舍人事入唐爲著作郎兼修國史尋貶洪州司馬累轉給事中復修史遷太子右庶子高宗即位擢禮部尚書歷侍中中書令右相卒謚曰繆集八十卷今編詩二十七首

奉和執契靜三邊應詔

玄塞隔陰戎朱光分昧谷地遊窮北際雲崖盡西陸星次絕軒臺風衢乖禹服寰區無所外天覆今咸育寬苗猶有孽戮負自貽辜疎網妖鯢漏盤藪怪禽逋髯飛尚

假息乳視暫稽誅乾靈振玉弩神畧運璇樞日羽廓遊氣天陣清華野升晅光西夜馳恩溢東寫揮袂靜崑炎開關納流赭錦軺凌右地華纓羈大夏清臺映羅葉玄沚控瑤池駝(一作駃)鹿輪珍貺樹羽饗來儀輟餚觀化宇(一作雨)栖藥萃條支熏風交閶闔就日泛濛汜充庭延飲至絢簡敷春藻迎姜巳創圖命力方論道昔託遊河乘再備商山皓欣逢德化流思效登封草

奉和行經破薛舉戰地應制

混元分大象長策挫脩鯨於斯建宸極由此創鴻名一戎乾宇泰千祀德流(一作化)清垂衣凝庶績端拱鑄羣生復整瑤池駕還臨官渡營周游尋曩跡曠望動天情帷宮面丹浦帳殿矚宛城虜場棲九穗前歌被六英戰地甘泉涌陣處景雲生普天霑凱澤相攜欣頌平

奉和入潼關

曦馭循黃道星陳引翠旗濟潼紆萬乘臨河耀六師前旌彌陸海後騎發通伊勢踰迴地軸威盛轉天機是節歲窮紀關樹蕩涼颸仙露含靈掌瑞鼎照川湄冲襟賞臨眺高詠入京畿

奉和春日望海

韓夷愆奉賮憑險亂天常乃神弘廟畧橫海剪吞航電(一作雷)野清玄菟騰笳振白狼連雲飛巨艦編石架浮梁周游臨大壑降望極遐荒桃門通山抃蓬渚降霓裳驚濤含蜃闕駭浪掩晨光青丘絢春組丹谷耀華桑長驅七萃卒成功百戰場俄且旋戎路飲至肅巖廊

奉和元日應制

天正開初節日觀上重輪百靈滋景祚萬玉(一作土)慶惟新待旦敷玄造韜旒御紫宸武帳臨光宅文衛象鉤陳廣庭揚九奏大帛麗三辰發生同化育播物體陶鈞霜空澄曉氣霞景瑩(一作縈)芳春德輝覃率土相賀奉還淳

奉和初春登樓即目應詔

旭日臨重壁天春極中京春暉發芳甸佳氣滿層城去鳥隨看沒來雲逐望生歌裏非(一作霏)煙颺琴上凱風清文波浮鏤檻擒景煥雕楹璇璣體寬政隆棟象端衡創(一作文)規雖有作凝拱遂無營沐恩空改鬢將何謝夏(一作廈)成

奉和秋日(一作月)即目應制

玉露交珠網金風度綺錢昆明秋景淡岐岫落霞然辭燕歸寒海來鴻出遠天葉動羅帷颺花映繡裳鮮規空升闇魄籠野散輕煙鵲度林光起鳧沒水文圓無機絡秋緯如管奏寒蟬乃眷情何極宸襟豫有旃

奉和秋暮言志應制

秋深桂初發寒窗菊餘菲波擁羣鳧至秋飄朔雁歸月英生還落雲枝似復非凝宸閑栖畝觀文佇少徽聖敬韜前哲先天諒不違

奉和喜雪應制

嵊州表奇貺(一作觀)閬竹應遐巡何如御京洛流霰下天津忽若瓊林曙俄同李徑春姑峰映仙質郢路雜歌塵伏檻觀花瑞稱觴慶冬積飄河共瀉銀委樹還重璧連山分掩翠綿霄遠韜碧千里徧浮空五軔咸淪跡機前輝裂素池上伴(一作伴)凌波騰華承玉宇凝照混金娥是日松筠性欣奉(一作奏)柏梁歌

奉和登陝州城樓應制

淝河繳綠宇御溝映朱宮辰旂翻麗景星蓋(一作翠)曳雕虹學嚬齊柳嫩妍笑發春叢錦鱗文碧浪繡羽絢青空眷念三階靜遙想二南風

遊清都觀尋沈道士得清字

幽人蹈箕潁方士訪蓬瀛豈若逢真氣齊契體無名既詮衆妙理聊暢遠遊情縱心馳貝闕怡神想玉京或命餘杭酒時聽洛濱笙風衢通閬苑星使下層城蕙帳晨飈動芝房夕露清方叶棲遲趣於此聽鐘聲

奉和七夕宴懸圃應制二首

牛閨臨淺漢鸞駟涉秋河兩懷縈別緒一宿慶停梭星模鉛裛曆月寫黛中蛾奈許今宵度長嬰離恨多

婺閨期今夕娥輪泛淺潢迎秋伴暮雨待暝合神光薦寢低雲鬢呈態解霓裳喜中愁漏促別後怨天長

奉和儀鸞殿早秋應制

睿想追嘉豫臨軒御早秋斜暉麗粉壁清吹肅朱樓高殿凝陰滿雕窗豔曲流小臣參廣宴大造諒難酬

奉和詠雨應詔

舞商初赴節湘燕遠迎秋飄絲交殿網亂滴起池漚激溜分龍闕斜飛灑鳳樓崇朝方浹寓宸盻俯凝旒

奉和過慈恩寺應制

鳳闕鄰金地龍旂拂寶臺雲楣將葉並風牖送花來月宮清晚桂虹梁絢早梅梵境留宸矚掞發麗天才

冬日宴于庶子宅各賦一字得歸

倦游嗟落拓短翮慕追飛周醪忽同醉牙弦乃共揮油雲濃寒色落景靄霜霏累日方投分茲夕諒無歸

送劉散員同賦得陳思王詩山樹鬱蒼蒼

喬木託危岫積翠繞連岡葉疎猶漏影花少未流芳風來聞肅肅霧罷見蒼蒼此中餞行邁不異上河梁

侍宴莎冊宮應制得情字

三星希曙景萬騎翊天行葆羽翻風隊騰吹掩山楹暖日晨光浚飛煙旦彩輕塞寒桃變色氷斷箭流聲漸奏長安道神皐動睿情

奉和過舊宅應制

飛雲臨紫極出震表青光自爾家寰海今茲返帝鄉情深感代國樂甚讌譙方白水浮佳氣黃星聚太常岐鳳鳴層閣酆雀賀雕梁桂山猶總翠蘅薄尚流芳攀鱗有遺皓沐德抃稱觴

奉和宴中山應制

飛雲旋碧海解網宥青丘養賢(一作更)停八駿觀風駐五牛張樂臨堯野揚麾歷舜州中山獻仙酤趙媛發清謳塞門朱鴈入郊藪紫麟遊一舉氛霓靜千齡德化流

奉和聖製登三臺言志應制

中天表雲榭載極聳崑樓聖作規玄造軒阿復聿修高門符令節形勝總神州企翼摶禽萃飛甍燕雀遊綴星羅百拱綠漢轉三休旦雲生玉舄初月上銀鉤妙管含秦鳳仙姿麗斗牛形言防處逸粹藻發嘉猷荷生無以謝盡瘁竟何酬

安德山池宴集

戚里歡娛地，園林矚望新。山庭帶芳杜，歌吹叶陽春。臺榭疑巫峽，荷蕖似洛濱。風花縈少女，虹梁聚美人。宴遊窮至樂，談笑畢良辰。獨歎高陽晚，歸路不知津。

奉和聖製送來濟應制

萬乘騰鑣警，岐路百壺供。帳餞離宮御，溝分水聲難絕。廣宴當歌曲易終，興言共傷千里道。俯跡聊示五情同，良哉既深留帝念，沃化方有贊天聰。

七夕賦詠成篇

一年抱怨嗟長別，七夕含態始言歸。飄飄羅襪光天步，灼灼新妝鑒月輝。情催巧笑開星靨，不惜呈露解雲衣。所歎却隨更漏盡，掩泣還弄昨宵機。

擬江令於長安歸揚州九日賦

本逐征鴻(一作蓬)去，還隨落葉來。菊花應未滿，請(一作許)待詩人開。

同前擬

遊人倦蓬轉，鄉思逐雁來。偏想臨潭菊，芳藥對誰開。

李義府

李義府，瀛州饒陽人。對策擢第，補門下省典儀。尋除監察御史、太子舍人，與司議郎來濟俱以文翰見知，時稱來李。嘗獻承華箴，預撰晉書。高宗嗣位，遷中書舍人。以贊立武昭儀，擢中書侍郎，晉中書令。怙寵稔惡，長流巂州。存詩八首。

和邊城秋氣早

金微凝素節，玉律應清葭。邊馬秋聲急，征鴻曉陣斜。關樹凋涼葉，塞草落寒花。霧暗長川景，雲昏大漠沙。谿深路難越，川平望超忽。極望斷煙飄，遙落驚蓬沒。霜結龍城吹，水照龜林月。日色夏猶冷，霜華春未歇。膺作高紫宸，分明映玄闕。

招諭有懷贈同行人(一作李乂詩)

遠遊冒艱阻，深入勞存諭。春去辭國門，秋還在邊戍。軒車行未返，節序催難駐。陌上悲轉蓬，園中想芳樹。蜀山自紛糾，岷水恒奔注。臨汎多苦懷，登攀寡歡趣。永夕飛淫雨，崇朝蒸毒霧。不求綏嶺桃，寧美邛鄉蒟。白狼行欲靜，驄馬何常驅(唐韻區遇切，或改為駈，誤)。顧接軺旆塵，聯翩東北騖。

宣正殿芝草

明王敦孝感，寶殿秀靈芝。色帶朝陽淨，光涵雨露滋。且標宣德重，更引國恩施。聖祚今無限，微臣樂未移。

詠鸚鵡

牽弋辭重海，觸網去層巒。戢翼雕籠際，延思彩霞端。慕侶朝聲切，離羣夜影寒。能言殊可貴，相助憶長安。

在巂州遙敘封禪

天齊標巨鎮，日觀啓崇期。岧嶤臨渤澥，隱嶙控河沂(一作湄)。眺迴分吳乘，凌高屬漢祠(紀事無眺迴二句)。建岳誠為長，升功諒在茲。帝猷符廣運，玄範暢文思。飛聲總地絡，騰(一作裁，一作載)化撫乾維。瑞策開珍鳳，禎圖薦寶龜。創封超昔夏，修禪掩前姬(紀事無創封二句)。東后方肆覲，西都導六師。肅(一作駕)移星苑揚，罕馭風司沸。鼓喧平陸，凝蹕靜通逵。汶陽馳月羽，蒙陰警(一作驚)電麾(一作幅)。巖花飄曙輦，峰葉蕩春旗。石閭環藻衞，金壇映黼帷。仙階溢秘秬，靈檢燿祥芝。張樂分韶濩，觀禮縱華夷。佳氣浮丹谷，榮光泛綠坻(紀事無張樂以下四句)。三始貽遐貺，萬歲受重釐(一作菲)。質陶恩獎，趨迹奉軒墀。觸網淪幽裔，乘徼限明時。周南昔已歎，邛西今復悲。

堂堂詞二首(萬首絕句題作題美人)

鏤月成(一作為)歌扇，裁雲作舞衣。自憐迴雪影，好取洛川歸。

嬾整鴛鴦被，羞褰玳瑁牀。春風別有意，密處也尋香。

詠烏

日裏颺朝彩，琴中伴夜啼。上林如許(一作多少)樹，不借一枝棲。

紀事云：義府初遇，以李大亮、劉洎之薦，太宗召令詠烏，云云。帝曰：與卿全樹，何止一枝。

全唐詩

虞世南

虞世南，字伯施，餘姚人。沈靜寡欲，精思讀書，至累旬不盥櫛。文章婉縟，見稱於僕射徐陵，由是有名。在隋官秘書郎，十年不徙。入唐為秦府記室參軍，遷太子中舍人。太宗踐祚，歷弘文館學士、秘書監。卒諡文懿。太宗稱其德行、忠直、博學、文詞、書翰為五絕。手詔魏王泰曰：世南當代名臣，人倫準的，今其云亡，石渠東觀中無復人矣。集三十卷，今編詩一卷。

從軍行二首(一作擬古)

塗山烽候驚(一作警)，弭節度龍城。冀馬樓蘭將，燕犀上谷兵。劒寒花不落，弓曉月逾明。凜凜嚴霜節，氷壯黃河絕。蔽日卷征蓬，浮天散飛雪。全兵值月滿，精騎乘膠折。結髮早驅馳，辛苦事旌麾。馬凍重關冷，輪摧九折危。獨有西山將，年年屬數奇。

烽(一作燧)火發金微(一作徽)，連營出武威。孤城塞雲起，絕陣虜塵飛。俠客吸龍劒，惡少縵胡衣。朝摩骨都壘，夜解谷蠡圍。蕭關遠無極，蒲海廣難依。沙磴離旌斷，晴川候馬歸。交河梁已畢，燕山旆欲揮(一作飛)。方知萬里相(一作有)，候服見(一作光)輝。

擬飲馬長城窟

馳馬渡河干，流深馬渡難。前逢錦車使，都護在樓蘭。輕騎猶銜勒，疑兵尚解鞍。溫池下絕澗，棧道接危巒。拓地勛未(一作方)賞，亡城律豈寬。有月關猶暗，經春隴尚寒。雲昏無復影，氷合不聞湍。懷君不可遇，聊持報一飡。

出塞

上將三略遠，元戎九命尊。緬懷古人節，思酬明主恩。山西多勇氣，塞北有遊魂。揚桴(一作鞭)上隴坂，勒騎下平原。誓將絕沙漠，悠然去玉門。輕齎不遑舍，驚策騖戎軒。凜凜邊風急，蕭蕭征馬煩。雪暗天山道，氷塞交河源。霧鋒黯無色，霜旗凍不翻。耿介倚長劒，日落風塵昏。

結客少年場行

韓魏多奇節，倜儻遺聲利。共矜然諾心(一作情)，各負縱橫志(一作意)。結交一言重，相期千里至。綠沈明月弦，金絡浮雲轡。

吹簫入吳市，擊筑遊燕肆。尋源博望侯，結客遠相求。少年懷（一作垂）一顧，長驅背隴頭。𣯊𣯊戈霜動，耿耿劒虹浮。天山冬夏雪，交河南北流。雲（一作風）起龍沙暗，木落鴈門秋。輕生殉知己，非是爲身謀。

怨歌行

紫殿秋風冷，雕甍落（一作白）日沈。裁紈悽斷曲，織素別（一作引）離心。掖庭羞（一作若）改畫，長門不惜金。寵移恩稍薄，情疎恨轉深。香銷翠羽帳，弦斷鳳皇琴。鏡前紅粉歇，階上綠苔侵。誰言掩歌扇，翻作白頭吟。

中婦織流黃

寒閨織素錦，含怨斂雙蛾。綜新交縷澁，經脆斷絲多。衣香逐舉袖，釧動應鳴梭。還恐裁縫罷，無信達交河。

門有車馬客

陳遵（一作財雄）重交結，田蚡（一作盛壁）擅豪華。曲臺臨上路，高軒（一作門）抵狹斜。赭汗千金馬，繡軸（一作轂）五香車。白鶴隨飛蓋，朱鷺入鳴笳。夏蓮開劒水，春桃發綬（一作露）花。高談辯飛兔（一作輕霜染迴雪），摛藻握靈蛇（一作浮蟻泛流霞）。逢恩出毛羽（一作借羽翼），失路委泥沙。曖曖風煙晚，路長歸騎遠。日斜青瑣第，塵飛金谷苑。危弦促柱奏巴渝，遺簪墮珥解羅襦。如何守直道，翻使谷名愚。

飛來雙白鶴

飛來雙白鶴，奮翼遠凌煙。俱棲集紫蓋，一舉背青田。颺影過伊洛，流聲入管弦。鳴羣（一作儔）倒景外，刷羽閬風前。暎海疑浮雪，拂澗瀉飛泉。燕雀寧知去，蜉蝣不識還。何言別儔侶，從此間山川。顧步已相失，裴回各（一作反）自憐。危心猶警露，哀響詎聞天。無因振六翮，輕舉復隨仙。

奉和幽山雨後應令

肅城鄰上苑，黃山邇桂宮。雨歇連峰翠，煙開竟野通。排虛翔戲鳥，跨水落長虹。日下林全暗，雲收嶺半空。山泉鳴石澗，地籟響巖風。

賦得吳都

畫野通淮泗，星躔應斗牛。玉牒宏圖表，黃旗美氣浮。三分開霸業，萬里宅神州。高臺臨茂苑，飛閣跨澄流。江濤如素蓋，海氣似朱樓。吳趨自有樂，還似鏡中遊。

賦得愼罰

帝圖光往冊，上德表鴻名。道冠二儀始，風高三代英。樂和知化洽，訟息表刑清。罰輕猶在念，勿喜尚留情。明愼全無枉，哀矜在好生。五疵過亦察，二辟理彌精。幪巾示廉恥，嘉石務詳平。每削繁苛性，常深惻隱誠。政寬思濟猛，疑罪必從輕。于張懲不濫，陳郭憲無傾。刑措諒斯在，歡然仰頌聲。

奉和詠日午

高天淨秋色，長漢轉曦車。玉樹陰初正，桐圭影未斜。翠蓋飛圓彩，明鏡發輕花。再中良表瑞，共仰璧暉賒。

發營逢雨應詔

豫遊欣勝地，皇澤乃先（一作光）天。油雲陰御道，膏雨潤公田。隴麥霑逾翠，山花濕更然。稼穡良所重，方復悅豐年。

賦得臨池竹應制

葱翠梢雲質，垂彩暎清池。波泛含風影，流搖防露枝。龍鱗漾嶰谷，鳳翅拂漣漪。欲識凌冬性，唯有歲寒知。

侍宴應詔賦韻得前字

芬芳禁林晚，容與桂舟前。橫空一鳥度，照水百花然。綠野明斜日，青山澹晚煙。濫陪終宴賞，握管類窺天。

侍宴歸鴈堂

歌堂面淥水，舞館接金塘。竹開霜後翠，梅動雪前香。鳧歸初命侶，鴈起欲分行。刷羽同棲集，懷恩愧稻粱。

凌晨早朝

萬瓦宵光曙，重簷夕霧收。玉花停夜燭，金壺送曉籌。日暉青瑣殿，霞生結綺樓。重門應啟路，通籍引王侯。

奉和詠風應魏王教

逐舞飄輕袖，傳歌共繞梁。動枝生亂影，吹花送遠香。

初晴應教

初日明燕館，新溜滿梁池。歸雲半入嶺，殘滴尚懸枝。

春夜

春苑月裴回，竹堂侵夜開。驚鳥排林度，風花隔（一作入）水來。

詠舞

繁弦奏淥水，長袖轉回鸞。一雙俱應節，還似鏡中看。

詠螢

的歷流光小，飄颻弱翅輕。恐畏無人識，獨自暗中明。

蟬

垂緌飲清露，流響出疎桐。居高聲自遠，非是藉秋風。

秋鴈（一作褚亮詩）

日暮霜風急，羽翮轉難任。爲有傳書意，聯翩入上林。

奉和月夜觀星應令（此以下詩皆在隋時所作）

早秋炎景暮，初弦月彩新。清風滌暑氣，零露淨囂塵。薄霧銷輕縠，鮮雲卷夕鱗。休光灼前曜，瑞彩接重輪。緣情摛聖藻，並作命徐陳。宿草誠渝濫，吹噓偶搢紳。天文豈易述，徒知仰北辰。

和鑾輿頓戲下（一作追從鑾輿夕頓戲下應令）

重輪依紫極，前耀奉丹霄。天經戀宸扆，帝命扈仙鑣。乘新開鶴禁，帶月下虹橋。銀書含曉色，金輅轉晨飈。霧澈軒營近，塵暗苑城遙。蓮花分秀蕚，竹箭下驚潮。撫己慙龍幹，承恩集鳳條。瑤山盛風樂，抽簡薦徒謠。

奉和至壽春應令（一作奉和長春宮應令）

瑤山盛風樂，南巡務逸遊。如何事巡撫，民瘼諒斯求。文鶴揚輕蓋，蒼龍飾桂舟。泛沫縈沙嶼，寒澌擁急流。路指八仙館，途經百尺樓。眷言昔遊踐，迴駕且淹留。後車喧鳳吹，前旌暎綠旒。龍驂駐六馬，飛閣上三休。調諧金石奏，歡洽羽觴浮。天文徒可仰，何以厠琳球。

奉和幸江都應詔

南國行周化，稽山祕夏圖。百王豈殊軌，千載協前謨。肆覲遵時豫，順動悅來蘇。安流進玉軸（一作畫舸），戒道翼金吾。龍旂煥辰象，鳳吹溢川塗。封唐昔敷錫，分陝被荊吳。沐道咸知讓，慕義久成都。冬律初飛管，陽鳥正銜蘆。嚴飈肅林薄，暖景澹江湖。鴻私浹幽遠，厚澤潤凋枯。虞琴起歌詠，漢筑動巴歈。多幸霑行葦，無庸類散樗。

奉和獻歲讌宮臣

履端初起節，長苑命高筵。肆夏喧金奏，重潤響朱弦。春光催柳色，日彩泛槐煙。微臣同濫吹，謬得仰鈞天。

奉和出潁至淮應令

良晨喜利涉，解纜入淮潯。寒流泛鷁首，霜吹響哀吟。潛鱗波裏躍，水鳥浪前沈。邗溝非復遠，悵望悅宸襟。

應詔嘲司花女（隋遺錄曰：煬帝幸江都，洛陽人獻合蔕迎輦花，帝令御車女袁寶兒持之，號司花女。時詔世南草勅於帝側，寶兒注視久之。帝曰：昔飛燕可掌上舞，今得寶兒，方昭前事。然多憨態，今注目於卿，卿可便嘲之。世南爲絕句）

學畫鴉黃半未成，垂肩嚲袖太憨生。緣憨却得君王惜，長把花枝傍輦行。

全唐詩

王績

王績，字無功，絳州龍門人，文中子之弟。隋末授祕書省正字，不樂在朝，求爲六合丞，嗜酒不任事，尋還鄉里。唐高祖武德初，以前官待詔門下省。時太樂署史焦革家善釀，績求爲丞。革死，棄官歸東皐，著書，號東皐子。集五卷，今編詩一卷。

古意六首

幽人在何所，紫巖有仙躅。月下橫寶琴，此外將安欲。材抽嶧山榦，徽點崑丘玉。漆抱蛟龍脣，絲纏鳳凰足。前彈廣陵罷，後以明光（一作光明）續。百金買一聲，千金傳一曲。世無鍾子期，誰知心所屬。

竹生大夏谿，蒼蒼富奇質。綠葉吟風勁，翠莖犯霄密。霜霞封其柯，鵷鸞食其實。寧知軒轅後，更有伶倫出。刀斧俄見尋，根株坐相失。裁爲十二管，吹作雄雌律。有用雖自傷，無心復招疾。不如山上草，離離保終吉。

寶龜尺二寸，由來宅深水。浮遊五湖内，宛轉三江裏。何不深復深，輕然至溱洧。溱洧源流狹，春秋不濡軌。漁人遽往還，網罟相縈藟。一朝失運會，刳腸血流死。豐骨輸廟堂，鮮腴藉籩簋。棄置誰怨尤，自我招此否。餘靈寄明卜，復來欽所履。

松生北巖下，由來人徑絕。布葉捎雲煙，插根擁巖穴。自言生得地，獨負凌雲潔。何時畏斤斧，幾度經霜雪。風驚西北枝，雹隕東南節。不知歲月久，稍覺枝榦折。藤蘿上下碎，枝榦縱橫裂。行當糜爛盡，坐共灰塵滅。寧關匠石顧，豈爲王孫折。盛衰自有時，聖賢未嘗屑。寄言悠悠者，無爲嗟大耋。

桂樹何蒼蒼，秋來花更芳。自言歲寒性，不知露與霜。幽人重其德，徙植臨前堂。連拳（一作蜷）八九樹，偃蹇二三行。枝枝自相糾，葉葉還相當。去來雙鴻鵠，棲息兩鴛鴦。榮蔭誠不厚，斤斧亦勿傷。赤心許君時，此意那可忘。

彩鳳欲將歸，提羅出郊訪。羅張大澤已，鳳入重雲颺。朝棲崑閬木，夕飲蓬壺漲。問鳳那遠飛，賢君坐相望。鳳言荷深德，微禽安足尚。但使雛卵全，無令矰繳放。皇臣力牧舉，帝樂簫韶暢。自有來巢時，明年阿閣上。

石竹詠

萋萋結綠枝，曄曄垂朱英。常恐零露降，不得全其生。歎息聊自思，此生豈我情。昔我未生時，誰者令我萌。棄置勿重陳，委化何足驚。

田（一作山）家三首（一作王勃詩）

阮籍生涯（一作年）懶（一作平），嵇康意氣疎。相逢一醉飽，獨坐數行書。小池聊養鶴，閑田且牧豬。草生元亮徑，花暗子雲居。倚牀看婦織，登壠課兒鋤。迴頭尋仙事，併是一空虛。

家住箕山下，門枕潁川濱。不知今有漢，唯言昔避秦。琴伴前庭月，酒勸後園春。自得中林士，何忝上皇人。

平生唯酒樂，作性不能無。朝朝訪鄉里，夜夜遣人酤。家貧留客久，不暇道精麤。抽簾持益炬，拔簀更燃爐。恒聞飲不足，何見有殘壺。

贈李徵君大壽

孔淳辭散騎，陸袒謝中郎。幅巾朝帝罷，杖策去官忙。附車還趙郡，乘船向武昌。九徵書未已，十辟譽彌彰。副君迎綺季，天子送嚴光。灞陵幽徑近，磻谿隱路長。編蓬還作室，績草更爲裳。會稽置樵處，蘭陵賣藥行。看書惟道德，開教止農桑。別有幽懷侶，由來高讓王。前年辭厚幣，今歲返寒鄉。有書橫石架，無氊坐土牀。蘭英猶足釀，竹實本無糧。澗松寒轉直，山菊秋自香。管寧存祭禮，王霸重朝章。去去相隨去，披裘驕盛唐。

山中叙志（一本題上有未婚二字）

物外知何事，山中無所有。風鳴靜夜琴，月照芳春酒。直置百年内，誰論千載後。張奉（一作鳳）娉賢妻，老萊藉嘉偶。孟光儻未嫁，梁鴻正須婦。

贈梁公

我欲圖世樂，斯樂難可常。位大招讒嫌，祿極生禍殃。聖莫若周公，忠豈踰霍光。成王已興誚，宣帝如負芒。范蠡何智哉，單舟戒輕裝。疏廣豈不懷，策杖還故鄉。朱門雖足悅，赤族亦可傷。履霜成堅冰，知足勝不祥。我今窮家子，自言此見長。功成皆能退，在昔（一作自古）誰滅亡。

薛記室收過莊見尋率題古意以贈

伊昔逢喪亂，曆數閏當餘。豺狼塞衢路，桑梓成丘墟。余及爾（一作吾）皆亡，東西各異居。爾爲背（一作培）風鳥，我爲涸轍魚。逮承雲雷後，欣逢天地初。東川聊下釣，南畝試揮鋤。資稅幸不及，伏臘常有儲。散誕時須酒，蕭條懶向書。朽木不可雕，短翮將焉攄。故人有深契，過我蓬蒿廬。曳裾出門迎，握手登前除。相看非舊顏，忽若（一作對接）形骸疎。追道宿昔事，切切心相於。憶我少年時，攜手遊東渠。梅李夾兩岸，花枝何扶疏。同志亦不多，西莊有姚徐。嘗愛陶淵明，酌醴焚枯魚。嘗學公孫弘，策杖牧羣豬。追念甫如昨，奄忽成空虛人生詎能幾歲歲（一作覺道）常不舒賴有北山僧教我以真如使我視聽遣自覺塵累祛何事須筌蹄今已得兔魚舊遊儻多暇同此釋紛拏

晚年叙志示翟處士（正師）

弱齡慕奇調無事不兼修望氣登重閣占星上小樓明經思待詔學劍覓封侯棄繻頻北上懷刺幾西遊中年逢喪亂非復昔追求失路青門隱藏名白社遊風雲私所愛屠博暗爲儔解紛曾霸越釋難頗存周晚歲聊長想生涯太若浮歸來南畝上更坐北溪頭古岸多磐石春泉足細流東隅誠已謝西景懼難收無謂退耕近伏念已經秋庚桑逢處跪陶潛見人（一作吏）羞三晨寧舉火五月鎮披裘自有居常樂誰知身世憂

春日（一作初春）

前旦出園遊林華都未有今朝下堂來（一作望）池冰開已久雪被（一作避）南軒梅風催北庭柳遙呼竈前妾却報機中婦年光恰恰來滿甕營春酒

採藥

野情貪藥餌郊居倦蓬蓽青龍護道符白犬遊仙術腰鎌戊巳月負鍤庚辛日時時斷嶂遮（一作横）往往孤峰出行披葛仙經坐檢神農（一作農皇）帙龜蛇採二苓赤白尋雙朮地凍根難盡藂枯苗易失從容肉作名薯蕷膏成質家豐松葉酒器貯參花蜜且復歸去來刀圭輔衰疾

在京思故園見鄉人問

旅泊多年歲老去不知迴忽逢門前客道發故鄉來斂眉俱握手破涕共銜杯殷勤訪朋舊屈曲問童孩衰宗多弟姪若箇賞池臺舊園今在否新樹也應栽柳行疎密布茅齋寬窄裁經移何處竹別種幾株梅渠當無絕水石計總生苔院果誰先熟林花那後開羇心祇欲問爲報不須猜行當驅下澤去剪故園萊

春桂問答二首

問春桂桃李正芬（一作芳）華年光隨處滿何事獨無花

春桂答春華詎能久風霜搖落時獨秀君知不

北山

舊知山裏絕氛埃登高日暮心悠哉子平一去何時返仲叔長遊遂不來幽蘭獨夜清琴曲桂樹凌雲濁酒杯槁項同枯木丹心等死灰

野望

東皐薄暮望徙倚欲何依樹樹皆秋（一作春）色山山唯落暉牧人驅犢返獵馬帶禽歸相顧無相識長歌懷采薇

贈程處士

百年長擾擾萬事悉悠悠日光隨意落河水任情流禮樂囚姬旦詩書縛孔丘不如高枕枕（一作上）時取醉消愁

九月九日贈崔使君善爲（一本無下六字）

野人迷節候端坐隔塵埃忽見黃花吐方知素節回映巖千段發臨浦萬株開香氣徒盈把無人送酒來

獨坐

問君樽酒外獨坐更何須有客談名理無人索地租三男婚令族五女嫁賢夫百年隨分了未羨陟方壺

遊仙四首

暫出東陂路過訪北巖前蔡經新學道王烈舊成仙駕鶴來無日乘龍去幾年三山銀作地八洞玉爲天金精飛欲盡石髓溜應堅自悲生世促無暇待桑田

上月芝蘭徑中巖紫翠房金壺新練乳玉釜始煎香六局黃公術三門赤帝方吹沙聊作鳥動石試爲羊緱氏還程促瀛洲會日長誰知北巖（一作皐）下延首詠霓裳

結衣尋野路負杖入山門道士言無宅仙人更有村斜溪橫桂渚小徑入桃源玉牀塵稍冷金爐火尚溫心疑遊北極望似陟西崑逆愁歸舊里蕭條訪子孫

眞經知那是仙骨定何爲許邁心長切嵇康命似奇桑疎金闕迥苔重石梁危照水然犀角遊山費虎皮鴨桃聞已種龍竹未經騎爲向天仙道棲遑君詎知

策杖尋隱士

策杖尋隱士行行路漸賒石梁橫澗斷土室映山斜孝然縱（一作疑）有舍威輦遂無家置酒燒枯葉披書坐落花新垂滋水釣舊結茂陵罝歲歲長如此方知輕世華

贈學仙者

採藥層城遠尋師海路賒玉壺橫日月金闕斷煙霞仙人何處在道士未還家誰知彭澤意更覓（一作道）步兵那（一作邪）春釀煎松葉秋杯浸菊花相逢寧可醉定不學丹砂

黃頰山

別有青溪道斜亘碧巖隈崩榛橫古蔓荒石擁寒苔野心長寂寞山徑本幽迴步步攀藤上朝朝負藥來幾看松葉秀頻值菊花開無人堪作伴歲晚獨悠哉

建德破後入長安詠秋蓬示辛學士（一本無建德破後四字）

遇坎聊知止逢風或未歸孤根何處斷輕葉強能飛

過酒家五首（一作題酒店壁）

洛陽無大宅長安乏主人黃金銷未盡祇爲酒家貧

此日長昏飲非關養性靈眼看人盡醉何忍獨爲醒

竹葉連糟翠蒲萄帶麴紅相逢不令盡別後爲誰空

對酒但知飲逢人莫強牽倚壚便得睡橫甕足堪眠

有客須教飲無錢可別沽來時長道貰慚愧酒家胡（一作壺）

夜還東溪

石苔應可踐叢枝幸易攀青溪歸路直乘月夜歌還

山中別李處士

爲向東溪道人來路漸賒山中春酒熟何處得停家

初春

春來日漸長醉客喜年光稍覺池亭好偏宜酒甕香

醉後

阮籍醒時少陶潛醉日多百年何足度乘興且長歌

題酒店壁

昨夜瓶始盡今朝甕即開夢中占夢罷還向酒家來

戲題卜鋪壁

旦逐劉伶去宵隨畢卓眠不應長賣卜須得杖頭錢

嘗春酒

野觴浮鄭酌山酒漉陶巾但令千日醉何惜兩三春

獨酌

浮（一作在）生知幾日無狀逐空名不如多釀酒時向竹林傾

秋夜喜遇王處士

北場芸藿罷東皐刈黍歸相逢秋月滿更值夜螢飛

山夜調琴

促軫乘明月抽弦對白雲從來山水韻不使俗人聞

看醸酒

六月調神麴正朝汲美泉從來作春酒未省不經年

食後

田家無所有晚食遂爲常菜剪三秋綠飧炊百日黃胡麻山麨樣楚豆野麋方始暴松皮脯新添杜若漿葛花消酒毒萸蔕發羹香鼓腹聊乘興寧知逢世昌

過漢故城

大漢昔未定强秦猶擅場中原逐鹿罷高祖鬱龍驤經始謀帝坐茲焉壯未央規模窮棟宇表裏浚城隍羣后崇長樂中朝增建章鉤陳被蘭錡樂府奏芝房翡翠明珠帳鴛鴦白玉堂清晨寶鼎食閑夜鬱金香天馬來東道佳人傾北方何其赫隆盛自謂保靈長歷數有時盡哀平嗟不昌冰堅成巨猾火德遂頹綱奧位匪虛校貪天竟速亡魂神吁社稷豺虎鬭巖廊金狄移灞岸銅盤向洛陽君王無處所年代幾荒凉宮闕誰家域蓁蕪罥我裳井田唯有草海水變爲桑在昔高門内於今岐路傍餘基不可識古墓列成行狐兔驚魍魎鴟鴞嚇獝狂空城寒日晚平野暮雲黃烈烈焚青棘蕭蕭吹白楊千秋并萬歲空使詠歌傷

益州城西張超亭觀妓（一作盧照鄰詩 一作王勮詩）

落日明歌席行雲逐舞人江南飛暮雨梁上下輕塵冶服看疑畫粧臺望似春高車勿遽返長袖欲相親

詠妓（一作王勮詩）

妖姬飾靚妝窈窕出蘭房日照當軒影風吹滿路香早時歌扇薄今日舞衫長不應令曲誤持此試周郎

辛司法宅觀妓（一作王勮詩）

南國佳人至北堂羅薦開長裙隨鳳管促柱送鸞杯雲光身後蕩雪態掌中回到愁金谷晚不怪玉山頹

詠巫山

電影江前落雷聲峽外長霽雲無處所臺館曉蒼蒼

詠懷

故鄉行雲是虛室坐間同日落西山暮方知天下空

句

琴曲唯留古書多半是經（見周氏涉筆）　橫裁桑節杖直剪竹皮巾鶴警琴亭夜鶯啼酒甕春顏回唯樂道原憲豈傷貧（被召謝病見西清詩話）　寄身千載下聊遊萬物初欲令無作有翻覺實成虛（獨坐）　雙關防易斷隻眼畏難全魚鱗張九拒鶴翅擁三邊（圍棋長篇見韻語陽秋）

全唐詩

蕭德言

蕭德言字文行雍州長安人貞觀中著作郎兼弘文館學士博涉經史晚尤篤志於學自晝達夜略無休倦每開五經必束帶盥濯危坐對之爲春宮侍讀拜祕書少監高宗以師傅恩加銀青光祿大夫集三十卷今存詩一首

詠舞

低身鏘玉珮舉袖拂羅衣對簷疑燕起映雪似花飛

鄭世翼（一作鄭翼）

鄭世翼滎陽人弱冠有盛名武德中歷萬年丞揚州錄事參軍數以言辭忤物貞觀中坐怨謗流巂州卒集多遺失今存詩五首

過嚴君平古井

嚴平本高尚遠蹈古人風賣卜成都市流名大漢中舊井改人世寒泉久不通年多既罷汲（一作潔）無禽乃遂空如何屬秋氣唯見落雙桐

登北邙還望（一作至）京洛

步登北邙坂踟蹰聊寫望宛洛盛皇居規模窮大壯三河分設險兩崤資巨防飛觀紫煙中層臺碧雲上青槐夾馳道迢迢修且曠左右多第宅參差居將相清晨謁帝返車馬相追訪胥徒各異流文物紛殊狀羣囂塵暗天起簫管從風颸伊余孤（一作忠）且直生平獨淪喪山幽有桂叢何爲坐惆悵

巫山高

巫山凌太清岧嶤類削成霏霏暮雨合靄靄朝雲生危峯入鳥道深谷寫猨聲別有幽棲客淹留攀桂情

看新婚

初笄夢桃李新妝應摽梅疑逐朝雲去翻隨暮雨來雜珮含風響叢花隔扇開姮娥對此夕何用久裴回

見佳人負錢出路

獨負千金價應從買笑來秖持難發口經爲幾人開

崔信明

崔信明青州益都人博聞彊記下筆成章大業中令堯城竇建德招之不屈去隱太行山貞觀中應詔舉終秦川令詩一首

送金竟陵入蜀

金門去蜀道玉壘望長安豈言千里遠方尋九折難西上君飛蓋東歸我挂冠猨聲出峽斷月彩落江寒從今與君別花月幾新殘

句

楓落吳江冷（新唐書云信明蹇傲自伐嘗謂過李百藥議者不許鄭世翼亦傲倨數侮輕忤物遇信明江中謂之曰聞公有楓落吳江冷願見其餘信明欣然多出衆篇世翼覽未終曰所見不逮所聞投諸水引舟去）

孔紹安

孔紹安越州山陰人陳尚書奐之子少誦古文集數十萬言外兄虞世南歎異之與詞人孫萬壽篤忘年好時人稱爲孫孔隋末爲監察御史歸唐拜内史舍人恩禮甚厚嘗詔撰梁史未成而卒有文集五十卷今存詩七首

侍宴詠石榴（本傳云大業末高祖討賊河東紹安以監察御史爲監軍深見接遇及受禪間行來奔拜内史舍人時夏侯端亦嘗監高祖軍先紹安歸朝授祕書監紹安因侍宴詠石榴詩時人稱之）

可惜庭中樹移根逐漢臣只爲來時晚花開不及春

詠天桃

結葉還臨影飛香欲徧空不意餘花落翻沈露井中

贈蔡君

疇昔同幽谷伊爾遷喬木赫奕盛青紫討論窮簡牘

結客少年場行

結客佩吳鈎橫行度隴頭雁在弓前落雲從陣後浮吳師驚燧象燕將警奔牛轉蓬飛不息氷河結未流若使三邊定當封萬戶（一作里）侯

傷顧學士

迢遞嶫崤道超忽三川湄此中俱失路思君不可思遊人行變橘逝者遽焚芝憶昔江湖上同詠子衿詩何言陵谷徙翻驚鄰笛悲隕根非席卉總帳異書帷與善成空說殲良信在茲今日嚴夫子哀命不哀時

別徐永元秀才

金湯既失險玉石乃同焚墜葉還相覆落羽更爲羣豈謂三秋節重傷（一作陽）千里分遠離弦易轉幽咽水難聞欲識相思處山川間白雲

落葉（一作孔德紹詩）

早秋驚落葉飄零似客心翻飛未肯下猶言惜故林

謝偃

謝偃衛縣人本姓直勒氏仕隋爲散從正員外貞觀初應詔對策及第駕幸東都詔求直諫偃極言得失太宗稱美引爲弘文館直學士爲塵影二賦甚工嘗奉詔撰述聖賦又獻惟皇誡德賦以申諷時李百藥工五言詩偃善作賦時人稱爲李詩謝賦出爲湘潭令集十卷今存詩四首

踏歌詞三首

春景嬌春臺新露泣新梅春葉參差吐新花重疊開花影飛鶯去歌聲度鳥來倩看飄飖雪何如舞袖迴

逶迤度香閣顧步出蘭閨欲繞鴛鴦殿先過桃李蹊風帶舒還卷簪花舉復低欲問今宵樂但聽歌聲齊

夜久星沉沒更深月影斜裙輕纔動珮鬟薄不勝花細風吹寶袂輕露濕紅紗相看樂未已蘭燈照九華

樂府新歌應教（郭茂倩樂府作新曲）

青樓綺閣已含春凝妝豔粉復如神細細輕裙（一作裾）全漏影離離薄扇詎障塵樽中酒色恒宜滿曲裏歌聲不厭新紫燕欲飛先遶棟黃鶯始咿即嬌人撩亂垂絲昏柳陌參差濃葉暗桑津上客莫畏斜光晚自有西園明月輪

蔡允恭

蔡允恭荊州江陵人有風采善綴文仕隋歷著作佐郎起居舍人煬帝屬詞賦多令諷誦之入唐爲文學館學士貞觀初除太子洗馬集二十卷今存詩一首

奉和出潁至淮應令（在隋時作）

久倦川塗曲忽此望淮圻波長泛淼淼眺迥情依依稍覺金烏轉漸見錦帆稀欲知仁化洽謳歌滿路歸

杜之松

杜之松博陵曲阿人隋起居舍人貞觀中爲河中刺史嘗荅王績書云康成道重不許太守稱官老萊家居羞與諸侯爲伍僕豈不能正平公之坐敬養亥唐屈文侯之膝恭師子夏其雅尚可知矣詩一首

和衛尉寺柳

漢將本屯營遼河有戍城大夫曾取姓先生亦（一作曾）得名高枝拂遠雁疏影度遙星不辭攀折苦爲入管弦聲

崔善爲

崔善爲貝州武城人善曆數仕隋爲文林郎嘗領丁匠五百人營仁壽宮楊素爲總監來按實善爲持簿暗唱五百人無一差失素大驚稍遷樓煩司戶書佐密勸高祖舉義旗兵起署爲大將軍府司戶參軍轉尚書左丞貞觀中歷大理司農二卿出爲秦州刺史詩二首

荅王無功冬夜載酒鄉館

頒條忝貴郡懸榻久相望處士同楊鄭邦君謝李疆詎知方擁篲逢子敬惟桑明朝蓬戶側會自謁任棠

荅王無功九日

秋來菊花氣深山客重尋露葉疑涵玉風花似散金摘來還泛酒獨坐卽徐斟王弘貪自醉無復覓楊林

朱仲晦

朱仲晦王績鄉人詩一首

荅王無功問故園

我從銅州來見子上京客問我故鄉事慰子羈旅色子問我所知我對子應識朋遊總强健童稚各長成華宗盛文史連墻富池亭獨子園最古舊林間新垌柳行隨堤勢茅齋看地形竹從去年移梅是今年榮渠水經夏響石苔終歲青院果早晚熟林花先後明語罷相歎息浩然起深情歸哉且五斗餉子東皋耕

王宏

王宏濟南人與太宗幼日同學問爲八體書及帝即位因訪鄉人竟傳隱去詩一首

從軍行

兒生三日掌上珠燕頷猨肱穠李膚十五學劒北擊胡羌歌燕筑送城隅城隅路接伊川驛河陽渡頭邯鄲陌可憐年少把手時黃鳥雙飛梨花白秦王築城三千里西自臨洮東遼水山邊疊疊黑雲飛海畔莓莓青草死從來戰鬬不求勳殺身爲君君不聞鳳皇樓上吹急管落日裏回腸先斷

朱子奢

朱子奢蘇州人善文辭通春秋貞觀時累官諫議大夫弘文館學士爲人樂易能劇談以經義緣飾每侍宴帝令與群臣論難皆莫能及詩一首

文德皇后挽歌

神京背紫陌縞駟結行輈北去横橋道西分清渭流寒光向壟沒霜氣入松楸今日泉臺路非是濯龍遊

張文收

張文收貝州人善音律貞觀初授協律郎咸寧中遷太子率更令撰新樂書十二卷存詩一首

大酺樂

淚滴珠難盡容殘玉易銷倘隨明月去莫道夢魂遙

毛明素

毛明素貞觀中人詩一首

與琳法師（貞觀十一年法師幽繫故贈詩焉）

冶長倦縲紲韓安歎死灰始驗山中木方知貴不材

全唐詩

陳子良

陳子良吳人在隋時爲楊素記室入唐官右衛率府長史與蕭德言庾抱同爲隱太子學士貞觀六年卒集十卷今存詩十三首

上之回

承平重遊樂詔蹕上之回屬車響流水清笳轉落梅嶺雲蓋道轉巖花映綬開下輦便高宴何如在瑤臺

新成安樂宮（一作新宮詞）

春色照蘭宮秦女坐窗中柳葉來眉上桃花落臉紅拂塵開扇匣卷帳却薰籠衫薄偏憎日裙輕更畏風

夏晚尋于政世置酒賦韻

聊從嘉遯所酌醴共抽簪以茲山水地留連風月心長榆落照盡高柳暮蟬吟一返桃源路別後難追尋

入蜀秋夜宿江渚

我行逢日暮弭櫂獨維舟水霧一邊起風林兩岸秋山陰黑斷磧月影素寒流故鄉千里外何以慰羇愁

賦得妓

金谷多歡宴佳麗正芳菲流霞席上滿回雪掌中飛明月臨歌扇行雲接舞衣何必桃將李別有待（一作代）春暉

詶蕭侍中春園聽妓（一作李元操詩）

微雨散芳菲中園照落暉紅樹搖（一作遮）歌扇綠珠飄舞衣繁弦調對酒雜引動思歸愁人當此夕羞見落花飛

遊俠篇（一作俠客行）

洛陽麗春色遊俠騁輕肥水逐車輪轉塵隨馬足飛雲影遙臨蓋花氣近薰衣東郊鬬雞罷南皮射雉歸日暮河橋上揚鞭惜晚暉

春晚看羣公朝還人爲八韻

遊子惜春暮策杖出蒿萊正直康莊晚羣公謁帝迴履度南宮至車從北闕來珂影傍明月笳聲動落梅迎風采旄轉照日綬花開紅塵掩鶴蓋翠柳拂龍媒綺雲臨舞閣丹霞薄吹臺輕肥寧所羨未若反山隈

讚德上越國公楊素

君侯稱上宰命世挺才英本超騏驥足復蘊風雲情摛藻揪錦綺育德潤瑤瓊已踵四知舉非無三傑名濟世同舟檝匡政本阿衡雍容入青瑣肅穆侍丹楹桂宮擅鳴珮槐路獨飛纓高門羅虎戟綺閣麗彫甍金罇酌湛湛歌扇掩盈盈匈奴軼燕薊烽火照幽并天子命薄伐受脤事專征七德播雄略十萬騁行兵鴈行蔽虜甸魚貫出長城交河方飲馬瀚海盛揚旌拔劒倚天外蒙犀輝日精彎弧穿伏石揮戈斬大鯨鼓鼙朝作氣刁斗夜偏鳴六郡多壯士三邊豈足平嶺雲朝合陣山月夜臨營胡塵暗馬色芳樹動笳聲關雲未盡散塞霧常自生川長蔓草綠峯迥雜花明小人愧王氏雕文慙馬卿濫此叨書記何以謝過榮高山徒仰止終是恨才輕

於塞北春日思歸

我家吳會青山遠他鄉關塞白雲深爲許羇愁長下淚那堪春色更傷心驚鳥屢飛恒失侶落花一去不歸林如何此日嗟遲暮悲來還作白頭吟

送別

落葉聚還散征禽去不歸以我窮途泣沾君出塞衣

七夕看新婦隔巷停車（以下二首一作陳伯材詩）

隔巷遙停幰非復爲來遲只言更尚淺未是渡河時

詠春雪

光映妝樓月花承歌扇風欲妬梅將柳故落早春中

庾抱

庾抱潤州江寧人有學術隋元德太子學士高祖初起隱太子引爲隴西公府記室文檄皆出其手轉太子舍人集十卷今存詩五首

驄馬

櫪上浮雲驄本出吳門中發跡來東道長鳴起北風迴鞍拂桂白頓汗類塵紅滅沒徒留影無因圖漢宮

別蔡參軍

人世多飄忽溝水易西東今日歡娛盡何年風月同悲生萬里外恨起一杯中性靈如未失南北有征鴻

賦得胥臺露

胥臺旣落構荊棘稍侵扉棟拆連雲影梁摧照日暉翔鶤逐不及巢燕反無歸唯有團階露承曉共沾衣

臥病喜霽開扉望月簡宮內知友

秋雨移弦望疲痾倦苦辛忽對荊山璧委照越吟人高侵地鏡皎皎徹天津色麗班姬篋光潤洛川神輪輝池上動桂影隙中新懷賢雖不見忽似暫參辰

和樂記室憶江水

遙想觀濤處猶意採蓮歌無因關塞葉共下洞庭波

馬周

馬周字賓王清河茌平人孤貧好學尤精詩傳初入關舍中郎將常何家貞觀中代爲草疏何武人上怪其能對以臣家客馬周爲之名見大悅授監察御史數言事無不嘉納累遷中書令太宗嘗賜以飛白書曰鸞鳳凌雲必資羽翼股肱之寄誠在忠良集十卷今存詩一首

凌朝浮江旅思（一作韋承慶詩）

太清（一作天晴）上初日春水送孤舟山遠疑無樹潮平似不流岸花開且落江鳥沒還浮羇望傷千里長歌遣四（一作客）愁

句

何惜鄧林樹不借一枝棲（出冊府元龜與李義甫句相似）

來濟

來濟江都人隋大將軍護之子也宇文化及之難護闔門遇害濟流離艱險篤志好學舉進士貞觀中初置太子司議郎妙選人望遂以濟爲之遷中書舍人與令狐德棻等同撰晉書永徽中拜中書令出爲庭州刺史與突厥戰陣沒集三十卷今存詩一首

出玉關

斂轡遵龍漢銜悽渡玉關今日流沙外垂涕念生還

張文恭

張文恭貞觀時人與房玄齡李懷儼趙弘智劉禕之陽仁卿上官儀李淳風等同修晉書詩二首

七夕

鳳律驚秋氣龍梭靜夜機星橋百枝動雲路七香飛映月迴雕扇凌霞（一作雲）曳綺衣含情向華幄（一作帳）流態入重闈

歡餘夕漏盡怨結曉驂歸誰念分河漢還憶兩心違

佳人照鏡

倦采蘼蕪葉貪憐照膽明兩邊俱拭淚一處有啼聲

薛元超

薛元超收之子九歲襲父爵及長好學善屬文太宗重之令尚和靜縣主累授太子舍人與修晉書高宗時累擢中書舍人所薦士若任希古郭正一崔融等皆以才自名上元初同中書門下三品政出武氏因陽喑乞骸骨卒集四十卷今存詩一首

奉和同太子監守違戀（高宗在東宮時元超爲舍人太宗征高麗元超韓王元嘉同太子監守賦違戀詩一本作薛收詩誤）

儲禁銅扉啟宸行玉軑（一作輅）遙空懷壽街吏尚隔寢門朝北首瞻龍戟塵外想鸞鑣飛文映仙榜（一作詰）瀝思（一作濬惠）叶神飈帝念紆蒼璧（一作陛）乾文煥紫霄歸（一作雲）塘橫筆海平圃振詞條欲應重輪曲鏘洋韻九韶

蕭翼

蕭翼本名世翼太宗時命爲監察御史充使取義之蘭亭序眞蹟於越僧辨才翼初作北人南遊一見欵密留宿設酒酣樂探韻賦詩旣而以術取其書以歸詩一首

荅辨才探得招字

邂逅欵良宵殷勤荷勝招彌天俄若舊初地豈成遙酒蟻傾還泛心猨躁似調誰憐失羣鴈長苦業風飄

歐陽詢

歐陽詢字信本潭州臨湘人博貫經史工書仕隋爲太常博士高祖微時引爲賓客及卽位累遷給事中武德七年詔與裴矩陳叔達撰藝文類聚一百卷貞觀初官至太子率更令詩一首

道失

已惑孔貴嬪又被辭人侮花牋一何榮七字誰曾許不下結綺閣空迷江令語琱戈動地來惸殺陳後主（統籤云此首見戲鴻堂帖）

閻立本

閻立本雍州萬年人太宗時爲主爵郎顯慶中累官將作大匠代兄立德爲工部尚書總章初遷右相後改中書令立本有應務才尤善圖畫工於寫眞秦府十八學士圖及貞觀中凌煙閣功臣圖並其跡也詩一首

巫山高（一作閶復本詩）

君不見巫山高高半天起絕壁千尋盡（一作畫）相似君不見巫山磕匝翠屛開湘江碧水遶山來綠樹春嬌明月峽紅花朝覆白雲臺臺上朝雲無定所此中窈窕神仙女仙女盈盈仙骨飛清容出沒有光輝欲暮高唐行雨送今宵定入荆王夢荆王夢裏愛穠華枕席初開紅帳遮可憐欲曉啼猨處說道巫山是妾家

張文琮

張文琮貝州人高宗相文瓘之弟好自寫書筆不釋手貞觀中爲侍書御史三遷亳州刺史爲政清簡永徽中拜戶部侍郎出爲建州刺史集二十卷今存詩六首

同潘屯田冬日早朝

假寐懷古人夙興瞻曉月通晨禁門啟冠蓋趨朝謁霜露清九衢霞光照雙闕紛綸文物紀煥爛聲明發腰劒動陸離鳴玉和清越

蜀道難

梁山鎮地險積石阻雲端深谷下寥廓層巖上鬱盤飛梁架絕嶺棧道接（一作遶）危巒攬轡獨長息方知斯路難

昭君怨

戎途飛萬里迴首望三秦忽見天山雪還疑上苑春玉痕垂粉淚羅袂拂胡塵爲得胡中曲還悲遠嫁人

詠水

標名資上善流派表靈長地圖羅四瀆天文載五潢方流涵玉潤圓折動珠光獨有𤈽園吏棲偃翫濠梁

賦橋

造舟浮渭日鞭石表秦初星文遙寫漢虹勢尚凌虛已授文成履空題武騎書別有臨濠上棲偃獨觀魚

和楊舍人詠中書省花樹

花（一作初）萼映芳叢參差間早紅因風時落砌雜雨乍浮空影照鳳池水香飄雞樹風豈不愛攀折希君懷袖中

全唐詩

上官儀

上官儀字游韶陝州陝人貞觀初擢進士第召授弘文館直學士遷秘書郎太宗每屬文遣儀視藁私宴未嘗不預高宗卽位爲秘書少監進西臺侍郎同東西臺三品麟德元年坐梁王忠事下獄死儀工詩其詞綺錯婉媚人多効之謂爲上官體集三十卷今編詩一卷

奉和過舊宅應制

石關清晚夏璇輿御早秋神麾颺珠雨仙吹響飛流沛水祥雲泛宛郊瑞氣浮大風迎（一作疑）漢筑（一作築）叢煙入舜球翠梧臨鳳邸滋蘭帶鶴舟偃伯歌玄化扈蹕頌王遊遺簪謬昭（一作詔）獎珥筆荷恩休

早春桂林殿應詔

步輦出披香清歌臨太液曉樹流鶯滿春堤芳草積風光（一作色）翻露文雪華上空碧花蝶來未已山光暖將夕

安德山池宴集

上路抵平津後堂羅薦陳締交開狎賞麗席展芳辰密樹風煙積迴塘荷芰新雨霽虹橋晚花落鳳臺春翠釵低舞席文杏散歌塵方惜流觴滿夕鳥已城闉

酬薛舍人萬年宮晚景寓直懷友

奕奕九成臺窈窕絕塵埃蒼蒼萬年樹玲瓏下冥霧池色搖晚空巖花（一作光）歛餘煦清切丹禁靜浩蕩文河注留

連窮勝託鳳(一作凤)期睽善謔東望安仁省西臨子雲閣長
嘯披煙霞高步尋蘭若金狄掩通門雕鞍歸騎喧燕姝
對明月荊豔促芳尊別有青山路策杖訪王孫

奉和潁川公秋夜

泬寥空色遠芸黃凄序變凋浦落遵鴻長飈送巢燕千
秋流夕景萬籟含宵喚(一作轉)峻雉聆金柝層臺切銀箭

謝都督挽歌

漠漠佳城幽蒼蒼松檟暮鬱幕飄欲卷宛駟悲還顧楚
挽(一作輓)繞盧山胡笳臨武庫悵然郊原靜煙生歸鳥度

八詠應制二首

啓重帷重帷照文杏翡翠藻輕花流蘇媚浮影瑶笙燕
始歸金堂露初晞風隨少女至虹共美人歸羅薦已擘
鴛鴦被綺衣復有蒲萄帶殘紅豔粉映簾中戲蝶流鶯
聚窗外洛濱春雪迴巫峽暮雲來雪花飄玉輦雲光上
璧臺共待新妝出清歌送落梅
入叢臺叢臺裛春露滴瀝間深紅參差散輕素妝(一作粉)蝶
驚復聚黃鸝飛且顧攀折殊未已復值鸞飛起送影舞
衫前飄香歌扇裏望望惜春暉行行猶未歸暫得佳遊
趣更愁花鳥稀且學烏聲調鳳管方移花影入鴛機

和太尉戲贈高陽公

薰爐御史出神仙雲鞍羽蓋下芝田紅塵正起浮橋路
青樓遙敞御溝前傾城比態芳菲節絕世相嬌是六年
慣是洛濱要解珮本是河間好數錢翠釵照耀銜雲髮
玉步逶迤動羅襪石榴絞帶輕花轉桃枝綠扇微風發
無情拂袂欲留賓詎恨深潭不可越天津一別九秋長
豈若隨聞三日香南國自然勝掌上東家復是憶王昌

王昭君

玉關春色晚金河路幾千琴悲桂條上笛怨柳花前霧
掩臨妝月(一作鳳)風驚入鬢蟬(一作綫)緘(一作裁)書待還使淚盡白雲(一作日南)
天

詠雪應詔

禁園凝朔氣瑞雪掩晨曦花明棲鳳閣珠散影娥池飄
素迎歌上翻光(一作花)向舞移幸因千里映還繞萬年枝

奉和山夜臨秋

殿帳清炎氣輦道含秋陰凄風移漢筑流水入虞琴雲
飛送斷雁月上淨疎林滴瀝露枝響空濛煙壑深

江王太妃挽歌

黃鶴悲歌絕椒花清頌餘埃凝寫鄰鏡網結和扉魚銀
消風燭盡珠滅夜輪虛別有南陵路幽叢臨葉疎

故北平公挽歌

木落園林曠庭虛風露寒北里清音絕南陔芳草殘遠
氣猶標劍浮雲尚寫冠寂寂琴臺晚秋陰入井榦

高密長公主挽歌

湘渚韜靈跡娥臺靜瑞音鳳逐清簫遠鸞隨幽鏡沈霜
處華芙(一作英)落風前銀燭侵寂寞平陽宅(一作館)月冷洞房深

詠畫障

芳晨麗日桃花浦珠簾翠帳鳳凰樓蔡女菱歌移錦纜
燕姬春望上瓊鉤新妝漏影浮輕扇冶袖飄香入淺流
未減行雨(一作雲)荊臺下自比凌波洛浦遊

奉和秋日即目應制

上苑通平樂神池邇建章樓臺相掩映城闕互相望緹
油泛行幔簫吹轉浮梁晚雲含朔氣斜照(一作陽)蕩秋光落
葉飄蟬影平流寫雁行槿散凌風縟荷銷裛露香仙歌
臨枍詣玄豫歷長楊歸路乘明月千門開未央

入朝洛堤步月

脈脈廣川流驅馬歷長洲鵲飛山月曙蟬噪野風秋

春日(一作元萬頃詩)

花輕蝶亂仙人杏葉密鶯啼(一作喧)帝女桑飛雲閣上春應
至明月樓中夜未央

從駕閭山詠馬

桂香塵處滅練影月前空定惑由(一作亡函)關吏徒嗟塞上翁

全唐詩目第一函

第九冊

盧照鄰二卷
李百藥一卷
劉禕之　李敬玄　張大安　元萬頃
郭正一　胡元範　任希古　裴守眞
楊思玄　王德眞　鄭義眞　蕭楚材
薛克構　徐珩　賀遂亮　韓思彥
魏求己　劉懷一共一卷
杜易簡　陳元光　許天正　許圉師
趙謙光　鄭惟忠　張鷟　李福業
薛眘惑　賀敳共一卷
狄仁傑　魏元忠　韋承慶　李懷遠
崔日用　宗楚客　蘇瓌共一卷
張九齡三卷

全唐詩

盧照鄰

盧照鄰字昇之范陽人十歲從曹憲王義方授蒼雅調
鄧王府典籤王有書十二車照鄰總披覽略能記憶王
愛重比之相如調新都尉染風疾去官居太白山以服
餌爲事又客東龍門山疾甚足攣一手又廢乃去陽翟
具茨山下買園數十畝疏潁水周舍復豫爲墓偃卧其
中後不堪其苦與親屬訣自投潁水死年四十嘗著五
悲文以自明有集二十卷又幽憂子三卷今編詩二卷

中和樂九章

歌登封第一

炎圖喪寶黃歷開曆祖武類帝宗文配天玉鑾垂日翠華陵煙東雲千呂南風入弦山稱萬歲河慶千年金繩永結璧麗長懸

歌明堂第二

穆穆聖皇雍雍明堂左平右城上圓下方調均風雨制度陰陽四牖八達五室九房南通夏火西瞰秋霜天子臨御萬玉鏘鏘

歌東軍第三

遐哉廟畧赫矣台臣橫戈碣石倚劍浮津風丘拂𩇯日域清塵島夷復祀龍伯來賓休兵寓縣獻馘天闉旆海凱入耀輝震震

歌南郊第四

虔郊上帝肅事圓丘龍駕四牡鸞旗九斿鐘歌晚引紫煬高浮日麗蒼璧雲飛鳴球皇之慶矣萬壽千秋

歌中宮第五

祥遊沙麓慶洽瑤衣黃雲晝聚白氣宵飛居中履正稟和體微儀刑赤縣演教椒闈陶鈞萬國丹青四妃河洲在詠風化攸歸

歌儲宮第六

波澄少海景麗前星高禖誕聖甲觀昇靈承規翠所問寢瑤庭宗儒側席問道橫經山賓皎皎國胄青青黃裳元吉邦家以寧

歌諸王第七

星陳帝子嶽列天孫義光帶礪象著乾坤我有明德利建攸存苴以茅社錫以轞尊藩屏王室翼亮堯門八才兩獻夫何足論

歌公卿第八

蹇蹇三事師師百寮羣龍在職振鷺盈朝豐金輝首珮玉鳴腰青蒲翼翼丹地翹翹歌雲佐漢捧日匡堯天工人代邈邈昭昭

總歌第九

明明天子兮聖德揚穆穆皇后兮陰化康登若木兮坐明堂池濛汜兮家扶桑武化偃兮文化昌禮樂昭兮股肱良君臣已定兮君永無疆顏子更生兮徒皇皇若有人兮天一方忠為衣兮信為裳飡白玉兮飲瓊芳心思荃兮路阻長

關山月

塞垣通碣石虜障一作陣抵祈連相思在萬里明月正孤懸影移金岫北光斷玉門前寄言閨中婦時看鴻雁天

上之回

回中道路險蕭關烽候多五營屯北一作右地萬乘出西河單于拜玉璽天子按雕戈振旅汾川曲秋風橫大歌

紫騮馬

騮馬照金鞍轉戰入臯蘭塞門風稍急長城水正寒雪暗鳴珂重山長噴玉難不辭橫絕漠流血幾時乾

戰城南

將軍出紫塞冒頓在烏貪笳喧雁門北陣翼龍城南琱弓夜宛轉鐵騎曉參驔一作譚應須駐白日為待戰方酣

梅花落

梅嶺花初發天山雪未開雪處疑花滿花邊似雪迴因風入舞袖雜粉向妝臺匈奴幾萬里春至不知來

結客少年場行

長安重遊俠洛陽富財雄玉劍浮雲騎金鞭一作鞍明月弓鬬雞過渭北走馬向關東孫賓遙見待郭解暗相通不受千金爵誰論萬里功將軍下天上虜騎入雲中烽火夜似月兵氣曉成虹橫行徇知已負羽遠從戎龍旌昏朔霧鳥陣捲胡風追奔瀚海咽戰罷陰山空歸來謝天子何如馬上翁

詠史四首

季生昔未達身辱功不成髡鉗為臺隸灌園變姓名幸逢滕將軍兼遇曹丘生漢祖廣招納一朝拜公卿百金孰云重一諾良匪輕廷議斬樊噲羣公寂無聲處身孤且直遭時坦而平丈夫當如此唯唯何足榮

大漢昔云季小人道遂振玉帛委奄一作閹尹斧鑕嬰縉紳邈哉郭先生卷舒得其真雍容謝朝廷談笑獎人倫在晦不絕俗處亂不為親諸侯不得友天子不得臣冲情甄負甑重價折角中悠悠天下士相送洛橋津誰知仙舟上寂寂無四鄰

公業負奇志交結盡才雄良田四百頃所食常不充一為侍御史慷慨說何公何公為敗吾謀適不同仲穎恣殘忍廢興良在躬死人如亂麻天子如轉蓬干戈及黃屋荊棘生紫宮鄭生運其謀將以清國戎時來命不遂脫身歸山東凜凜千載下穆然一作如懷清風

昔有平陵男姓朱名阿游直髮上衝冠壯氣橫三秋願得一作請斬馬劍先斷佞臣頭天子玉檻折將軍丹血流捐生不肯拜視死其若休歸來教鄉里童蒙遠相求弟子數百人散在十二州三公不敢吏五鹿何能酬名與日月懸義與天壤儔何必疲執戟區區在封侯偉哉曠達士知命固不憂

贈李榮道士

錦節銜天使瓊仙駕羽君投金翠山曲奠璧清江濆圓洞開丹鼎方壇聚絳雲寶一作資既幽難識空歌迥易分風搖十洲影日亂九江文敷誠歸上帝應詔在明君獨有南冠客耿耿泣離羣遙看八會所真氣曉氤氳

早度分水嶺

丁一作千年遊蜀道班鬢一作萬里向長安徒費周王粟空彈漢吏冠馬蹄穿欲盡貂裘敝一作故轉寒層冰橫九折積石凌七盤重溪既下漱峻峰亦上干隴頭聞戍鼓嶺一作雲外咽飛湍瑟瑟松風急蒼蒼山月團傳語後來者斯路誠獨難

三月曲水宴得尊字

風煙彭澤里山水仲長園由來棄銅墨本自重琴尊高情邈不嗣雅道今復存有美光時彥養德坐山樊門開芳杜逕室距一作拒桃花源公子黃金勒仙人紫氣軒長懷去城市高詠狎蘭蓀連沙飛白鷺孤嶼嘯玄猿日影巖前落雲花江上翻興闌車馬散林塘夕鳥喧

奉使益州至長安發鍾陽驛

躋一作隮險方未夷乘春聊騁望落花赴丹谷奔流下青嶂一作障葳蕤曉一作雜樹滋滉瀁春江漲平川看釣侶狹徑聞樵唱蝶戲綠苔前鶯歌白雲上耳目多異賞風煙有奇狀

峻阻將長城高標吞巨舫（一作防）聯翩事羈靮辛苦勞疲恙夕濟幾潺湲晨登每惆悵誰念復芻狗山河獨偏喪

和王奭秋夜有所思

寂寂南軒夜悠然懷所知長河落雁苑明月下鯨池鳳臺有清曲此曲何人吹丹唇閒玉齒妙響入雲涯窮巷秋風葉空庭寒露枝勞歌欲有和星鬢已將垂

望宅中樹有所思

我家有庭樹秋葉正離離上舞雙棲鳥中秀合歡枝勞思復勞望相見不相知何當共攀折歌笑此（一作北）堂垂

宿晉安亭

聞有弦歌地穿鑿本多奇遊人試一覽臨翫果忘疲窗橫暮捲（一作落）葉簷卧古生枝舊石開紅蘚新河覆綠池孤猿稍斷絶宿（一作百）鳥復參差汎灔月華曉裴回星鬢垂今日刪書客淒惶君詎知

于時春也慨然有江湖之思寄贈柳九隴

提琴一萬里負書三十年晨攀偃蹇樹暮宿清泠泉翔禽鳴我側旅獸過我前無人且無事獨酌還獨眠遙聞彭澤宰高弄武城弦形骸寄文墨意氣託神仙我有壺中要題爲物外篇將以貽好道道遠莫致旃相思勞日夜相望阻風煙坐惜春華晚徒令客思懸水去東南地氣凝西北天關山悲蜀道花鳥憶秦川天子何時問公卿本亦（一作不）憐自哀還自樂歸藪復歸田海屋銀爲棟雲車電作鞭倘遇鸞將鶴誰論貂與蟬萊洲頻度淺桃實幾成圓寄言飛鳧舄歲宴同（一作共）聯翩

至望喜矚目言懷貽劍外知己

聖圖夷九折神化掩三分緘愁赴蜀道題拙奉虞薰隱轔度深谷遙裹上高雲碧流遞縈注青山互糾紛澗松咽風緒巖花濯露文思北常依馭圖南每喪羣（一本無澗松四句）無由召宣室何以荅吾君

赤谷安禪師塔

獨坐巖之曲悠然無俗紛酌酒呈丹桂思詩贈白雲煙霞朝晚聚猿鳥歲（一作四）時聞水華競（一作鏡）秋色山翠含夕曛高談十二部細覈五千文如如數冥昧生生理氛（一作氤）氳古人有糟粕輪扁情未分且當事芝朮從吾所好云

贈益府裴録事

忽忽歲云暮相望限風煙長歌欲對酒危坐遂停弦停弦變霜露對酒懷朋故朝看桂蟾晚夜聞鴻雁度鴻度何時還桂晚不同攀浮雲映丹壑明月滿青山青山雲路深丹壑月華臨耿耿離憂積空令星鬢（一作髮）侵

贈益府羣官

一鳥自北燕飛來向西蜀單棲劍門上獨舞岷山足昂藏多古貌哀怨有新曲羣鳳從之遊問之何所欲荅言寒鄉子飄颻萬餘里不息惡木枝不飲盜泉水常思稻粱遇願棲梧桐樹智者不我邀愚夫余不顧所以成獨立耿耿歲云暮日夕苦風霜思歸赴洛陽羽翮毛衣短關山道路長明月流客思白雲迷故鄉誰能借風便一舉凌蒼蒼

送梓州高參軍還京

京洛風塵遠褒斜煙露（一作霧）深北遊君似智南飛我異禽別路琴聲斷秋山猿鳥吟一乖青巖酌空佇白雲心

大劍送別劉右史

金碧禺山遠關梁蜀道難相逢屬晚歲相送動征鞍地咽綿川冷雲凝劍閣寒倘遇忠孝所爲道憶長安

同臨津紀明府孤雁

三秋違北地（一作雁）萬里向南翔河洲花稍白關塞葉初黃避繳風霜勁懷書道路長水流疑箭動月照似弓傷橫天無有陣度海不成行會刷能鳴羽還赴上林鄉

失羣雁（并序）

溫縣明府以雁詩垂示余以爲古之郎官出宰百里今之墨綬入應千官事止雁行未宜傷嘆至如羸卧空巖者乃可爲失羣慟耳聊因伏枕多暇以斯文應之

三秋北地雪皚皚萬里南翔渡海來欲隨石燕沈湘水試逐銅烏繞帝臺帝臺銀闕距金塘中間鵷鷺已成行先過上苑傳書信暫下中州戲稻粱虞人負繳來相及齊客虛弓忽見傷毛翎頻頓（一作顦顇）飛無力羽翮摧頹君不識唯有莊周解愛鳴復道郊哥（一作歌）重奇色惆悵驚思悲未已裴回自憐中罔極傳聞有鳥集朝陽詎勝仙鳧遇帝鄉雲間海上應鳴舞遠得鵾弦猶獨撫金龜全寫中年印玉鵠當變萊蕪釜願君弄影鳳皇池時憶籠中摧折羽

行路難

君不見長安城北渭橋邊枯木橫槎卧古田昔日含紅復含紫常時留霧亦留煙春景春風花似雪香車玉轝恒闐咽若箇遊人（一作童）不競攀若箇娼家不來折娼家寶袜蛟龍帔公子銀鞍千萬騎黃鶯一一向花嬌青鳥雙雙將子戲千尺長條百尺枝月（一作丹）桂星（一作青）榆相蔽虧珊瑚葉上鴛鴦鳥鳳皇巢裏雛鵷兒巢傾枝折鳳歸去（一作巢傾折鳳歸去）條枯葉落任（一作狂）風吹一朝零落無人問萬古摧殘君詎知人生貴賤無終始倏忽須臾難久恃誰家能駐西山日誰家能堰東流水漢家陵樹滿秦川行來行去盡哀憐自昔公卿二千石咸擬榮華一萬年不見朱唇將白（一作玉）貌唯聞素（一作青）棘與黃泉金貂有時換美（一作便換）酒玉麈但（一作恒）搖莫計錢寄言坐客神仙署一生一死交情處蒼龍闕下君不來白鶴山前我應去雲間海上邈難期赤心會合在何時但願堯年一百萬長作巢由也不辭

長安古意

長安大道連狹斜青牛白馬七香車玉輦縱橫過主第金鞭絡繹向侯家龍銜寶蓋承朝日鳳吐流蘇帶晚霞百丈遊絲爭繞樹一羣嬌鳥共啼花啼花戲蝶千門側碧樹銀臺萬種色複道交窗作合歡雙闕連甍垂鳳翼梁家畫閣天中起漢帝金莖雲外直樓前相望不相知陌上相逢詎相識借問吹簫向紫煙曾經學舞度芳年得成比目何辭死願作鴛鴦不羨仙比目鴛鴦真可羨雙去雙來君不見生憎帳額繡孤鸞好取門簾帖雙燕雙燕雙飛繞畫梁羅幃翠被鬱金香片片行雲著蟬鬢纖纖初月上鴉黃鴉黃粉白車中出含嬌含態情非一妖童寶馬鐵連錢娼婦盤龍金屈膝御史府中烏夜啼廷尉門前雀欲栖隱隱朱城臨玉道遙遙翠幰沒金堤

挾彈飛鷹杜陵北探九借客渭橋西俱邀俠客芙蓉劍
共宿娼家桃李蹊娼家日暮紫羅裙清歌一囀口氛氳
北堂夜夜人如月南陌朝朝騎似雲南陌北堂連北里
五劇三條控三市弱柳青槐拂地垂佳氣紅塵暗天起
漢代金吾千騎來翡翠屠蘇鸚鵡杯羅襦寶帶爲君解
燕歌趙舞爲君開别有豪華稱將相轉日回天不相讓
意氣由來排灌夫專權判不容蕭相專權意氣本豪雄
青虬紫燕坐春(一作生)風自言歌舞長千載自謂驕奢凌五
公節物風光不相待桑田碧海須臾改昔時金階白玉
堂即今唯見青松在寂寂寥寥揚子居年年歲歲一牀
書獨有南山桂花發飛來飛去襲人裾

明月引

洞庭波起兮鴻雁翔風瑟瑟兮野蒼蒼浮雲卷靄明月
流光荆南兮趙北碣石兮瀟湘澄清規於萬里照離思
於千行横桂枝於西第繞菱花於北堂高樓思婦飛蓋
君王文姬絶域侍子他鄉見胡鞍之似練知漢劍之如
霜試登高而騁(一作極)目莫不變而回腸

獄中學騷體

夫何秋夜之無情兮皎皛悠悠而太長圜户杳其幽邃
兮愁人披此嚴霜見河漢之西落聞鴻雁之南翔山有
桂兮桂有芳心思君兮君不將憂與憂兮相積歡與歡
兮兩忘風嫋嫋兮木紛紛凋緑葉兮吹白雲寸步千里
兮不相聞思公子兮日將曛林已暮兮鳥羣飛重門掩
兮人徑稀萬族皆有所托兮蹇獨淹留而不歸

懷仙引

若有人兮山之曲駕青虬兮乘白鹿往從之遊願心足
披澗户訪巖軒石瀨潺湲横石徑松蘿冪䍥掩松門下
空濛而無鳥上巉巖而有猨懷飛閣度飛梁休余馬於
幽谷挂余冠於夕陽曲復曲兮煙莊邃行復行兮天路
長修途杳其未半飛雨忽以茫茫山坱軋磴(一作嶝)連褰攀
石壁而無據泝泥溪而不前向無情之白日竊有恨於
皇天回行遵故道通川遍流潦回首望羣峰白雲正溶
溶珠爲闕兮玉爲樓青雲蓋兮紫霜裘天長地久時相
憶千齡萬代一來遊

七日登樂遊故墓

四序周緹籥三正紀璿耀緑野變初黄暘山開曉眺中
天擢露掌匝地分星徼漢寢晞遺靈秦江想餘弔蟻泛
青田酌鶯歌紫芝調柳色摇歲華冰文蕩春照達迹謝
羣動高情符衆妙蘭遊澹未歸傾光下巖窈

釋疾文三歌

歲將暮兮歡不再時已晚兮憂來多東郊絶此麒麟筆
西山秘此鳳凰柯死去死去今如此生兮生兮奈汝何
歲去憂來兮東流水地久天長兮人共死明鏡羞窺兮
向十年駿馬停驅兮幾千里麟兮鳳兮自古吞恨無已
茨山有薇兮潁水有漪夷爲柏兮秋有實叔爲柳兮春
向(一作雨)飛倏爾而笑汎滄浪兮不歸

全唐詩

盧照鄰

酬楊比部員外暮宿琴堂朝躋書閣率爾見贈之作(一作王維詩)

閑拂簷塵看鳴琴候月彈桃源迷漢姓松徑(一作樹)有秦官
空谷歸人少青山背日寒羨君棲隱處遥望在(一作白)雲端

劉生

劉生氣不平抱劍欲專征報恩爲豪俠死難在横行翠
羽裝刀鞘黄金飾(一作纏)馬鈴(一作纓)但令一顧重不惜百身輕

隴頭水

隴阪高無極征人一望(一作望故)鄉關河别去水沙塞斷歸腸
馬繫千年樹旌懸九月霜從來共嗚咽皆是爲勤王

巫山高

巫山望不極望望下朝氛(一作雰)莫辨啼猨樹徒看神女雲
驚濤亂水脉驟雨暗峯文霑裳(一作衣)即此地況復遠思君

芳樹

芳樹本多奇年華復在斯結翠成新幄開紅滿故(一作舊)枝
風歸花(一作聲)歷亂日度影參差容色朝朝落思君君不知

雨雪曲

虜騎三秋入關雲萬里平雪似胡沙暗冰如漢月明高
闕銀爲闕長城玉作城節旄零落盡天子不知名

昭君怨

合殿恩中絶交河使漸稀肝腸辭玉輦形影向金微(一作徽)
漢地草應緑胡庭沙正飛願逐三秋雁年年一度歸

折楊柳

倡樓啓曙扉楊(一作園)柳正依依鶯啼知歲隔條變識春歸
露葉凝愁黛(一作嚬臉)風花亂(一作落)舞衣攀折聊將(一作將安)寄軍中音
(一作書)信稀

十五夜觀燈

錦里開芳宴蘭缸艷早年縟彩遥分地繁光遠綴天接
漢疑星落依樓似月懸别有千金笑來映九枝前

入秦川界

隴阪長無極蒼山望不窮石徑縈疑斷回流映似空花
開緑野霧鶯囀紫巖風春芳勿遽盡留賞故人同

文翁講堂

錦里淹中館岷山稷下亭空梁無燕雀古壁有丹青槐
落猶疑市苔深不辨銘良哉二千石江漢表遺靈

相如琴臺

聞有雍容地千年無四鄰園院風煙古池臺松檟春雲
疑作賦客月似(一作花影)聽琴人寂寂啼鶯(一作鳥)處空傷遊子神

石鏡寺

古墓芙蓉塔神銘(一作明神)松柏煙鸞沈仙鏡底花没梵輪前
銖衣千古佛寶月兩重圓隱隱香臺夜鐘聲徹九天

辛法司(一作司法)宅觀妓

南國佳人至北堂羅薦開長帬隨鳳管促柱送鸞杯雲光身後落雪態掌中回到愁金谷晚不怪玉山頹

春晚山莊率題二首

顧步三春晚田園四望通遊絲横惹樹戲蝶亂依藂竹懶偏宜水花狂不待風唯餘詩酒意當了一生中

田家無四鄰獨坐一園春鶯啼非選樹魚戲不驚綸山水彈琴盡風花酌酒頻年華已可樂高興復留人

江中望月

江水向涔陽澄澄寫月光鏡圓珠溜徹弦滿箭波長沈鉤搖兎影浮桂動丹芳延照相思夕千里共霑裳

元日述懷（一作明月引）

筮仕無中秩歸耕有外臣人歌小歲酒花舞大唐春草色迷三徑風光動四鄰願得長如此年年物候新

益州城西張超亭觀妓

落日明歌席行雲逐舞人江前飛暮雨梁上下輕塵冶服看疑畫粧樓望似春高車勿遽返長袖欲相親

還京贈別

風月清江夜山水白雲朝萬里同爲客三秋契不凋戲皃分斷岸歸騎別高標一去仙橋道還望錦城遥

至陳倉曉晴望京邑

拂曙驅飛傳初晴帶曉涼霧歛長安樹雲歸仙帝鄉澗流漂素沫巖景靄朱光今朝好風色延瞰極天莊

晚渡滹沱敬贈魏大

津谷朝行遠冰川夕望曛霞明深淺浪風卷去來雲澄波泛月影激浪聚沙文誰忍仙舟上攜手獨思君

和吳侍御被使燕然

春歸龍塞北騎指雁門垂胡笳折楊柳漢使採燕（一作條）支戍城聊一望花雪幾參差關山有新曲應向笛中吹

七夕泛舟二首

汀（一作河）葭肅徂暑江樹起初涼水疑通織室舟似泛仙潢連橈渡急響鳴櫂下浮光日晚菱歌唱風煙滿夕陽

鳳杼秋期至凫舟野望開微吟翠塘側延想白雲隈石似支機罷槎疑犯宿來天潢殊漫漫日暮獨悠哉

西使兼送孟學士南遊

地道巴陵北天山弱水東相看萬餘里共倚（一作以）一征蓬零雨悲王粲清尊別孔融裴回聞夜鶴悵望待秋鴻骨肉胡秦外風塵關塞中唯餘劍鋒在耿耿氣成虹

送鄭司倉入蜀

離人丹水北遊客錦城東別意還（一作客恨良）無已離憂自不窮隴雲朝結陣江月夜臨空關塞疲征馬霜氛落早鴻潘年三十外蜀道五千中送君秋水曲酌酒對清風

綿州官池贈別同賦灣字

輶軒遵上國仙佩下靈（一作雲）關尊酒方無地聯緜喜暫攀離言欲贈策高辨正連環野逕浮雲斷荒池春草斑殘花落古樹度鳥入澄灣欲敍他鄉別幽谷有綿蠻

還赴蜀中貽示京邑遊好

蘂宿花初滿章臺柳向（一作尚）飛如何正此日還望（一作喜）昔多違帳別風期阻將乖雲會稀歛衽辭丹闕懸旗（一作津）陟翠微野禽喧戍鼓春草變征衣回顧長安道關山起夕霏

初（一作和）夏日幽莊

聞有高蹤客耿介坐幽莊林壑人事少風煙鳥路長瀑水含秋氣垂藤引夏涼苗深全覆隴荷上半侵塘釣渚青凫没村田白鷺翔知君振奇藻還嗣海隅芳

山莊休沐（一作和夏日山莊）

蘭署乘閑日蓬扉狎遁棲龍柯疎玉井鳳葉下金堤川光搖水箭山氣上雲梯亭幽聞喚鶴窗曉聽鳴雞玉軫臨風奏瓊漿映月攜田家自有樂誰肯謝青溪

山林休日田家

歸休乘暇日鎑稼返秋場徑草疎王篲巖枝落帝桑耕田虞訟寢鑿井漢機忘戎葵朝委露齊棗（一作蘼草）夜含霜南澗泉初冽東籬菊正芳還思北窗下高卧偃羲皇

宴梓州南亭得池字

二條開勝迹大隱叶沖規亭（一作齋）閣分危岫樓臺繞曲池長薄秋煙起飛梁古蔓垂水鳥翻荷葉山蟲咬（一作文）桂枝遊人惜將晚公子愛忘疲願得回三舍琴尊長若斯

山行寄劉李二參軍

萬里煙塵客三春桃李時事去紛無限愁來不自持狂歌欲嘆（一作道）鳳失路反占龜草礙人行緩花繁鳥度遲彼美參卿事留連求友詩安知倦遊子兩鬢漸如絲

首春貽京邑文士

寂寂罷將迎門無車馬聲横琴答山水披卷閱公卿忽聞歲云晏倚杖出簷楹寒辭楊柳陌春滿（一作別）鳳皇城梅花扶院吐蘭葉遶階生覽鏡改容色藏書留姓名時來不假問生死任交情

贈許左丞從駕萬年宮

聞道上之回詔蹕下蓬萊中樞移北斗左轄去南臺黃山聞鳳笛（一作吹）清蹕侍龍媒曳日朱旗卷參雲金障開朝參五城柳夕宴柏梁杯漢時光如月秦祠聽似雷寂寂芸香閣離思獨悠哉

晚渡渭橋寄示京邑遊好

我行背城闕驅馬獨悠悠寥落百年事裴回萬里憂途遥日向夕時晚鬢將秋滔滔俯東逝耿耿泣西浮長虹掩釣浦落雁下星洲草變黃山曲花飛清渭流迸水驚愁鷺騰沙起狎鷗一赴清泥道空思玄灞遊

羈卧山中

卧壑迷時代行歌任死生紅顏意氣盡白璧故交輕澗戶無人跡山窗聽鳥聲春色緣巖上寒光入溜平雪盡松帷暗雲開石路明夜伴飢鼯宿朝隨馴雉行度溪猶憶處尋洞不知名紫書常日閱丹藥幾年成扣（一作撞）鐘鳴天鼓燒香厭地精倘遇（一作過）浮丘鶴飄颻凌太清

酬張少府柬之

昔余與夫子相遇漢川陰珠浦龍猶卧檀溪馬正沈價重瑤山曲詞驚丹鳳林十年睽賞慰萬里隔招尋毫翰風期阻荆衡雲路深鵬飛俱望昔蠖屈共悲今誰謂青衣道還嘆白頭吟地接神仙礀江連雲雨岑飛泉如散玉落日似懸金重以瑤華贈空懷舞詠心

過東山谷口

不知名利險辛苦滞皇州始覺飛塵倦歸來事緑疇桃源迷處所桂樹可淹留跡異人間俗禽同海上鷗古苔

依井被新乳傍崖流野老堪成鶴山神或化鳩泉鳴碧澗底花落紫巖幽日暮飡龜殼天寒御鹿裘不辨秦將漢寧知春與秋多謝青溪客去去赤松遊

送幽州陳參軍赴任寄呈鄉曲父(一作故)老

薊北三千里關西二十年馮唐猶在漢樂毅不歸燕人同黃鶴遠鄉共白雲連郭隗池臺處昭王尊酒前故人當已老舊壑幾成田紅顏如昨日衰鬢似秋天西蜀橋應毀東周石尚全灞池水猶綠榆關月早圓塞雲初上雁庭樹欲銷蟬送君之舊國揮淚獨潸然

哭金部韋郎中

金曹初受拜玉地始含香翻同五日尹遽見一星亡賀客猶扶路哀人遂上堂歌筵長寂寂哭位自(一作日)蒼蒼歲時賓徑斷朝暮雀羅張書留魏主闕魂掩漢家牀徒令永平帝千載罷撞郎

哭明堂裴主簿

締歡三十載通家數百年潘楊稱代穆秦晉忝姻連風雲洛陽道花月茂陵田相悲共(一作復)相樂交騎復(一作共)交筵始謂調金鼎如何掩玉泉黃公酒壚處青眼竹林前故琴無復雪新樹但生煙遽痛蘭襟斷徒令寶劍懸客散同秋葉人亡似夜川送君一長慟松臺路幾千

同崔錄事哭鄭員外

文學秋天遠郎官星位尊伊人表時彥飛譽滿司存楚席光文雅瑤山侍討論鳳詞凌漢閣龜辯罩周園已陪東嶽駕將逝北溟鯤如何萬化盡空嘆九飛魂白馬西京驛青松北海門夜臺無曉箭朝奠有虛尊一代儒風沒千年隴霧昏梁山送夫子湘水弔王孫僕本多悲淚沾裳不待猿聞君絕弦曲吞恨更無言

登玉清

絕頂橫臨日孤峰半倚天裴回拜真老萬里見風煙

曲池荷

浮香繞曲岸圓影覆華池常恐秋風早飄零君不知

浴浪鳥

獨舞依盤石羣飛動輕浪奮迅碧沙前長懷白雲上

臨堦竹

封霜連錦砌防露拂瑤階聊將儀鳳質暫與俗人諧

含風蟬

高情臨爽月急響送秋風獨有危冠意還將衰鬢同

鞏川獨泛

倚櫂春江上橫舟石岸前山暝行人斷迢迢獨泛仙

送二兄入蜀

關山客子路花柳帝王城此中一分手相顧憐無聲

宿玄武二首

方池開曉色圓月下秋陰已乘千里興還撫一弦琴

庭搖北風柳院繞南溟禽累宿恩方重窮秋嘆不深

九隴津集

落落樹陰紫澄澄水華碧復有翻飛禽裴回疑曳舄

遊昌化山精舍

寶地乘峰出香臺接漢高稍覺真途近方知人事勞

登封大酺歌四首

明君封禪日重光天子垂衣曆數長九州四海常無事萬歲千秋樂未央

日觀仙雲隨鳳輦天門瑞雪照龍衣繁弦綺席方終夜妙舞清歌歡未歸

翠鳳逶迤登介丘仙鶴裴回天上遊借問乾封何所樂人皆壽命得千秋

千年聖主應昌期萬國淳風王化基請比上古無爲代何如今日太平時

九月九日登玄武山

九月九日眺山川歸心歸望積風煙他鄉共酌金花酒萬里同悲鴻雁天

句

城狐尾獨束山鬼面參覃(式詩)

全唐詩

李百藥

李百藥字重規定州安平人七歲能屬文隋時襲父德林爵爲太子通事舍人兼學士煬帝銜之奪爵還鄉里唐太宗重其名拜中書舍人授太子右庶子卒謚曰康百藥藻思沈鬱尤長五言雖樵童牧子亦皆吟諷及懸車告老穿池築山文酒譚詠以盡平生之志詩一卷

少年行(一作詞)

少年飛翠蓋上路勒(一作動)金鑣(紀事文粹無此二句)始酌文君酒新吹弄玉簫少年不歡樂何以盡芳朝(此二句一作少年子歡樂盡今朝)千金笑裏面一搦(一作抱)掌中腰挂纓(一作冠)豈憚宿落珥(一作迎拜)不勝嬌寄語(一本無此二字)少年子無辭歸路遙

渡漢江

東流既瀰瀰南紀信滔滔水激沈碑岸波駭弄珠皐含星映淺石浮蓋下奔濤溜闊霞光近川長曉氣高檣烏轉輕翼戲鳥落風毛客心既多緒長歌且代勞

秋晚登古城

日落征途遠悵然臨古城頹墉寒雀集荒堞晚烏驚蕭森灌木上迢遞孤煙生霞景煥餘照露氣澄晚清秋風轉搖落此志安可平

途中述懷

伯喈遷塞北亭伯之遼東伊余何爲客獨守雲臺中途

遙已日暮時泰道斯窮抜心悲岸草半死落巖桐目送
衡陽雁情傷江上楓福今良所伏今也信難通丈夫自
有志寧傷官不公

郢城懷古

客心悲暮序登墉瞰平陸林澤窅芊綿山川鬱重複王
公一作霸功資設險名都拒江隩方城次北門溟海窮南服長
策挫吳豕雄圖競周鹿萬乘重沮漳九鼎輕伊穀紀事無此二句
大蒐雲夢掩一作晻壯觀章華築人世更盛衰吉凶良倚伏
遽見鄒交斷仍覩賢臣逐南風忽不競西師日侵蹙運
圮屬馳驅時屯恣敲朴莫救夷陵火無復秦庭哭鄢郢
遂丘墟風塵俄慘黷狐兔時遊踐霜露日霑沐釣渚故
一作曲池平神臺層宇覆陣雲埋夏首窮陰慘荒谷悵矣舟
壑遷悲哉年祀倏雖異三春望終傷千里目

晚渡江津

寂寂江山晚蒼蒼原野暮秋氣懷易悲長波淼難泝索
索風葉下離離早鴻度丘壑列夕陰葭菼凝寒霧日落
亭皋遠獨此懷歸慕一作慕

王師渡漢水經襄陽

導漾疏源遠歸海會流長延波接荊夢通望邇沮漳高
岸沈碑影曲漵麗珠光雲昏翠島沒水廣素濤揚閱川
已多歎遐睇幾增傷臨谿猶駐馬望峴欲霑裳喬木下
寒葉亭林落曉霜山公不可遇誰與訪高陽

謁漢高廟

纂堯靈命啓滅楚餘閏一作閏餘終飛名膺帝籙沈一作汎迹韞神
功瑞氣朝浮碭祥符夜告豐抑揚駕人傑叱吒掩時雄
締構三靈改經綸五緯同干戈革宇內聲教盡寰中運
謝年逾遠魂歸道未窮樹碑留故邑抗殿表祠宮沐蘭
祈泗上一作上祀謁帝動深衷英威肅如在文物杳成空竹皮。

登葉縣故城謁沈諸梁廟

聚寒徑枌社落霜叢蕭索陰雲晚長川起大風
總轡臨秋原登城望寒日煙霞共掩映林野俱蕭瑟楚
塞鬱不窮吳山高漸出客行殊未已沐澡期終吉椒桂
奠芳樽風雲下虛室館宇肅而靜神心康且逸伊我非
真龍勿驚疲朽質

安德山池宴集安德楊師道封號

朝宰論思暇高宴臨方塘雲飛鳳臺管風動令君香細
草開金埒流霞泛羽觴虹橋分水態鏡石引菱光上才
同振藻小技謬連章懷音自蘭室徐步返山莊

和許侍郎遊昆明池一本無許字

神池望不一作北極滄波接遠天儀星似河漢落景類虞泉
年深平館宇道泰偃戈船差池下鳧雁掩映生雲煙浪
花開已合風文直且連稅馬金堤外橫舟石岸前羽觴
傾綠蟻飛日落紅鮮積水浮深智明珠曜雅篇大鯨方
遠擊沈灰獨未然知君嘯儔侶短翮徒聯翩

賦得魏都

炎運精華歇清都寶命開帝里三方盛王庭萬國來玄
武疏遙磴金鳳上層臺作進仙童藥時傾避暑杯南館
招奇士西園引上才還惜劉公幹疲病清漳隈

賦禮記

玉帛資王會郊丘叶聖情重廣一作典開環堵至道軼金篇
盤薄依厚地遙裔騰太清方悅升中禮足以慰餘生

奉和正日臨朝應詔

化曆昭唐典承天順夏正百靈警朝禁一作軒禁三辰揚旆旌
充庭富禮樂高讌齒簪纓獻壽符萬歲移風韻九成

妾薄命

團扇秋風起長門夜月明羞聞拊背入恨說舞腰輕太
常先一作應已醉劉君恒帶酲橫陳每虛設吉夢竟何成

火鳳詞二首

歌聲扇後一作裏出妝影鏡一作扇中輕未能令掩笑何處欲障
聲知音自不惑得念是分明莫見雙嚬斂疑人含笑情
佳人靚晚妝清唱動蘭房影出一作入含風扇聲飛照日梁
嬌嚬眢際斂逸韻口中香自有橫陳會一作分應憐秋夜長

奉和初春出遊應令

鳴笳出望苑飛蓋下芝田水光浮落照霞彩淡輕煙柳
色迎三月梅花隔二年日斜歸騎動餘興滿山川

寄楊公

公子盛西京光華早著名分庭接遊士虛館待時英高
閣浮香出長廊寶釧鳴面花無隔笑歌扇不障聲

戲贈潘徐城門迎兩新婦

秦晉稱舊匹潘徐有世親三星宿已會四德婉而嬪雲
光鬢裏薄月影扇中新年華與妝面共作一芳春

送別

春言一杯酒悽愴起離憂夜花飄露氣暗水急還流雁
行遙上月蟲聲迥映一作應秋明日一作月河梁上誰與論仙舟

雨後

晚來風景麗晴初物色華薄雲向空盡輕虹逐望斜後
窗臨岸竹前階枕浦沙寂寥無與晤尊酒論一作對風花

文德皇后挽歌

裘回兩儀殿悵望九成臺玉輦終辭宴瑤筐遂不開野
曠陰風積川長思鳥來寒山寂已暮虞殯有餘哀

詠蟬

清心自飲露哀響乍吟風未上華冠側先驚翳葉中

詠螢火示情人

窗裏憐燈暗堦前畏月明不辭逢露濕祇爲重宵行

春眺

疲痾荷拙患淪躓合幽褋栖息在何處丘中鳴素琴

句

今日持團扇非是爲秋風賦得班去趙姬升　見詩式

全唐詩

劉褘之

劉褘之字希美常州晉陵人少以文藻知名上元中爲
左史弘文館直學士與元萬頃等皆召入禁中論次新
書又密令參決時政以分宰相權時謂北門學士則天
時拜中書侍郎同中書門下三品及官名改易爲鳳閣
侍郎同鳳閣鸞臺三品垂拱中賜死集七十卷今存詩
五首

奉和太子納妃太平公主出降時咸亨四年

夢梓光青陛穠桃藹紫宮德優宸念遠禮備國姻崇萬
戶聲明發三條騎吹通香輪送重景綵旆引仙虹

奉和別越王

周屏辭金殿梁驂整玉珂管聲依折柳琴韻動流波鶴蓋分陰促龍軒別念多延襟小山路還起大風歌

酬鄭沁州

麒閣一代良能軒千里躅緗圖昭國典按部留宸矚匪厭承明廬佇兼司隸局芸書暫輟載竹使方臨俗節變風緒高秋深露華濃寒山斂輕靄霽野澄初旭已切（一作覺）長年悲誰堪岐路促遙林征馬迅別館嘶驂跼雅贈響摐金索居睽倚玉悽斷離鴻引勢歌思足曲

孝敬皇帝挽歌（上元二年追謚太子弘爲孝敬皇帝）

戒奢虛蜃輅錫號紀鴻名地叶蒼梧野途經紫聚城重照掩寒色晨颸斷曙聲一隨仙驥遠霜雪愁陰生

九成宮秋初應詔

帝（一作懸）圃疏金闕仙臺駐玉鑾野分鳴鷺岫路接寶雞壇林樹千霜積山宮四序寒蟬急知秋早鶯疎覺夏闌怡神紫氣外凝睇白雲端舜海詞波發空驚遊聖難

李敬玄

李敬玄亳州譙人博覽羣書特善五禮貞觀末高宗在東宮以馬周薦召入崇賢館侍讀歷西臺侍郎檢校司列常伯典銓有序選者歲萬餘人每於街衢見之無不知其姓名時人服其強記儀鳳中爲中書令劉仁軌奏鎮河西敬玄自知非邊將才上強遣之敗於湟州坐貶集三十卷今存詩二首

奉和別魯王（高祖子靈夔歷五州刺史）

綠車旋楚服丹蹕佇秦川珠阜轉歸騎金岸引行旗一（一作旟）朝限原隰千里間風煙鶯喧上林谷（一作右）鳧響御溝泉（一作前）斷雲移魯蓋離歌動舜弦別念凝神扆崇恩洽玳筵顧惟慙叩寂徒自仰鈞天

奉和別越王（太宗子貞則天時爲豫州刺史）

飛蓋迴蘭坂宸襟佇柏梁別館分涇渭歸路指衡漳關山通曙色林籞徧春光帝念紆千里詞波照五潢

張大安

張大安魏州繁水人公謹之子上元中歷太子庶子同中書門下三品時章懷太子令與劉訥言等同注范曄後漢書後貶普州刺史終橫州司馬詩一首

奉和別越王

盛藩資右戚連蕚重皇情離襟愴睢苑分途指鄴城麗日開芳甸佳氣積神京何時驂駕入還見謁承明

元萬頃

元萬頃洛陽人後魏景穆皇帝之裔起家通事舍人乾封中從英國公李勣征高麗令作檄文萬頃譏其不知守鴨綠之險莫離支報曰謹聞命矣遂移兵守鴨綠兵不得入坐流嶺外遇赦還爲北門學士則天時遷鳳閣侍郎坐與徐敬業兄弟友善貶死詩四首

奉和太子納妃太平公主出降

象輅初乘鳳璇宮早結褵離元應春夕帝子降秋期鳴瑜合清（一作萬）響冠（一作比）玉麗穠姿和聲躋鳳掖交影步鸞墀

奉和春日池臺

日影飛花殿風文積草池鳳樓通夜敞虬輦望春移

奉和春日二首

花輕蘂亂仙人杏葉密鶯喧帝女桑飛雲閣上春應至明月樓中夜未央（此首一作上官儀詩）

鳳輦迎風乘紫閣鸞車避日轉彤闈中堂促管淹春望後殿清歌開夜扉

郭正一

郭正一定州彭城人貞觀中舉進士累轉中書舍人弘文館學士永隆二年遷祕書少監檢校中書侍郎與魏玄同郭待舉並同中書門下平章事宰相以平章事爲名自正一等始也則天時出爲晉州刺史後爲酷吏所陷竄死嶺南詩一首

奉和太子納妃太平公主出降

桂宮初服冕蘭掖早升笄禮盛親迎晉聲芬出降齊金龜開瑞鈕寶翟上仙袿（一作桂）轉扇承宵月揚旌照夕蜺

胡元範

胡元範申州義陽人介廉有才則天時爲鳳閣侍郎坐救裴炎流死巂州詩三首

奉和太子納妃太平公主出降三首（別本作一首）

帝子威儀絶儲妃禮度優疊鼓陪仙觀凝笳翼畫輈鬱鬱神香滿奕奕彩雲浮排空列錦鬮騰歡溢皇州

金閨未息火玉樹鍾天愛月路飾還裝星津動歸佩紫極流宸渥清規佇慈誨恩波洽九流光輝軼千載

列席詔親賢式宴坐神仙聖文飛聖筆天樂奏鈞天曲池涌瑞景文宇孕祥煙小臣同百獸率舞悅堯年

任希古

任希古（一作知古一作奉古）字敬臣棣州人五歲喪母刻志從學年十六刺史崔樞欲舉秀才自以學未廣遜去後舉孝廉虞世南器之永徽初與郭正一崔融等同爲薛元超所薦終太子舍人詩六首

奉和太子納妃太平公主出降

帝子陞青陛王姬降紫宸星光移雜珮月彩薦重輪龍旌翻地杪鳳管颺天濱槐陰浮淺瀨葆吹翼輕塵

和東觀羣賢七夕臨泛昆明池

秋風始搖落秋水正澄鮮飛眺牽牛渚激賞鏤鯨川岸珠淪曉魄池灰斂曙煙泛查分寫（一作瀉）漢儀星別構（一作架）天雲光波處動日影浪中懸驚鴻絓蒲弋遊鯉入莊筌萍葉疑江上菱花似鏡前長林代輕幄細草即芳筵文峰開翠激筆海控清漣不挹蘭樽聖空仰桂舟仙

和左僕射燕公春日端居述懷

豐野光三傑媯庭贊五臣綈緗歌美譽絲竹詠芳塵聖曆開環象昌年降甫申高門非捨築華構豈垂綸鳳邸摶霄翰龍池躍海鱗玉鼎昇黃閣金章謁紫宸禮闈通政本文昌總國均調風振薄俗清教敘彝倫星迴應緹管日御警寅賓葉上曾槐變花發小堂春思挂五（一作東）都冕言訪北山巾赫赫容臺上千祀耀平津

和長孫祕監伏日苦熱

玉署三時曉金羈五日歸北林開逸徑東閣敞閑扉池鏡分天色雲峰減日輝游鱗映荷聚驚翰遶林飛披襟楊子宅舒嘯仰重闈

和李公七夕（謝惠連體）

落日照高牖，涼風起庭樹。悠悠天宇平，昭昭月華度。開軒卷綃幕，延首晞雲路。層漢有靈妃，仙居無與晤。

化悲流易臨，川怨遲暮。昔從九春徂，方此三秋遇。瑤駕越星河，羽蓋凝珠露。便妍耀井色，窈窕凌波步。始閱故人新，俄見新人故。掩淚收機石，銜啼襞紈素。惆悵何傷已，裵回勞永慕。無由西北歸，空自東南顧。

和長孫秘監七夕

二秋叶神媛，七夕望仙妃。影照河陽妓，色麗平津闈。鵲橋波裏出，龍車霄外飛。露泫低珠佩，雲移薦錦衣。更深黃月落，夜久靨星稀。空接靈臺下，方恧辨支機。

裵守真

裵守真，絳州人。高宗時爲太常博士，天授中官司憲府丞。令推究詔獄，多平恕，不稱旨，出刺成州，徙寧州卒。詩三首。

奉和太子納妃太平公主出降三首（別本作一首）

瑜珮升青殿，穠華降紫微。還如桃李發，更似鳳皇飛。金屋眞離象，瑤臺起婺徽。綵纓紛碧坐，績羽泛褕衣。雲路移彤輦，天津轉明鏡。仙珠照乘歸，寶月重輪映。望園嘉宴洽，主第歡娛盛。絲竹揚帝熏，簪裾奉宸慶。蘋雲靄曉光，湛露晞朝陽。天文天景麗，睿藻睿詞芳。玉庭散秋色，銀宮生夕涼。太平超邃古，萬壽樂無疆。

楊思玄

楊思玄，師道兄子。高宗時爲吏部侍郎、國子祭酒。詩二首。

奉和聖製過溫湯

豐城觀漢迹，溫谷幸秦餘。地接幽王壘，塗分鄭國渠。風威肅文衞，日彩鏡雕輿。遠岫凝氛重，寒叢對影疏。迴瞻漢章闕，佳氣滿宸居。

奉和別魯王

元王詩傳博，文后寵靈優。鶴蓋動宸眷，龍章送遠游。函關疏別道，灞岸引行舟。北林分苑樹，東流溢御溝。鳥聲含羽碎，騎影曳花浮。聖澤九垓普，天文七曜周。方圖獻雅樂，簪帶奉鳴球。

王德眞（眞一作貞）

王德眞，武后時爲納言，又爲侍中，後以罪流象州。詩一首。

奉和聖製過溫湯

握圖開萬寓，屬聖啓千年。驪阜疏緹騎，鶩鴻映綵旃。玉霜鳴鳳野，金陣藻龍川。祥煙聚危岫，德水溢飛泉。停輿興睿覽，還舉大風篇。

鄭義眞

鄭義眞，高宗時人。詩一首。

奉和聖製過溫湯

洛川方駐蹕，豐野暫停鑾。湯泉恒獨涌，溫谷豈知寒。漏鼓依巖畔，相風出樹端。嶺煙遙聚草，山月迴臨鞍。日用誠多幸，天文遂仰觀。

蕭楚材

蕭楚材，高宗時爲太常博士。詩一首。

奉和展禮岱宗塗經濮濟

拂漢星旗轉，分霄日羽明。將追會阜跡，更勒岱宗銘。林戈咽濟岸，獸鼓震河庭。葉箭凌寒矯，烏弓望曉驚。已降汾水作，仍深迎渭情。

薛克構（克一作堯）

薛克構，天授中官至麟臺監。詩一首。

奉和展禮岱宗塗經濮濟

龍圖冠胥陸，鳳駕指云亭。非煙泛濟浦，綠字啟河汀。畫裳晨應月，文戟曙分星。四田巡揖禮，三驅道契經。行欣奉萬歲，竊抃偶千齡。

徐珩

徐珩，高宗時人。詩一首。

日暮望涇水

導源徑隴阪，屬汭貫嬴都。下瀨波常急，迴圻溜亦紆。毒流秦卒斃，泥糞漢田腴。獨有迷津客，懷歸軫暮途。

賀遂亮

賀遂亮，官御史。詩一首。

贈韓思彥（唐新語云：遂亮與思彥同在憲臺，欽思彥之風韻，贈詩）

意氣百年內，平生一寸心。欲交天下士，未面已虛襟。君子重名義，直道冠衣簪。風雲行可託，懷抱自然深。落霞靜霜景，墜葉下風林。若上南登岸，希訪北山岑。

韓思彥

韓思彥，與賀遂亮同官御史。高宗時待詔弘文館，上元中卒。詩一首。

酬賀遂亮

古人一言重，嘗謂百年輕。今投歡會面，顧盼盡平生。簪裾非所託，琴酒冀相併。累日同游處，通宵欵素誠。霜飄知柳脆，雪冒覺松貞。願言何所道，幸得歲寒名。

魏求己

魏求己，官御史，謫山陽丞。詩一首。

自御史左授山陽丞

朝昇照日檻，夕次下烏臺。風竿一眇邈，月樹幾裵回。翼向高標歛，聲隨下調哀。懷燕首自白，非是爲年催。

劉懷一

劉懷一，瀛州司法，拜右臺殿中侍御史。詩一首。

贈右臺監察鄧茂遷左臺殿中

惟昔參多士，無雙仰異才。鷹鸇同效逐，鵷鷺忝游陪。入仕光三命，遷榮歷二臺。隔墻欽素躅，對問限清埃。紫署春光早，蘭闈曙色催。誰言夕烏至，空想鄧林隈。

全唐詩

杜易簡

杜易簡，襄州襄陽人。九歲能屬文，及長，博學有高名。姨兄岑文本推重之。登進士第，累轉殿中侍御史。咸亨中爲考功員外郎，坐黨裵行儉，左遷開州司馬。集二十卷，存詩二首。

湘川新曲二首

昭潭深無底，橘洲淺而浮。本欲凌波去，飜爲目成留（成一作挑）。

願君稍弭檝，無令賤妾羞。二八相招攜，采菱渡前谿。弱腕隨橈起，纖腰向舸低。自解看花笑，憎聞染竹啼。

裴守真　楊思玄　王德真　鄭義真　蕭楚材　薛克構　徐珩　賀遂亮
韓思彥　魏求己　劉懷一　杜易簡

陳元光

陳元光字廷炬，光州人。高宗朝以左郎將戍閩，進嶺南行軍總管，奏開漳州爲郡，世守刺史。詩三首。

落成會詠一首

泉潮天萬里，一鎮屹天中。筮宅龍鍾地，承恩燕翼宮。環堂巍嶽秀，帶礪大江雄。輪奐雲霄望，晶華日月通。凌煙喬木茂，獻寶介圭崇。昆俊歌常棣，民和教即戎。盤庚遷美土，陶侃效兼庸。設醴延張老，開軒禮呂蒙。無孤南國仰，庶補聖皇功。

示珦（元光子也）

恩銜楓陛渥，策向桂淵弘。載筆沿儒習，持弓纘祖風。祛災勦猛虎，溥德翊飛龍。日閱書開士，星言駕勸農。勤勞思命重，戲謔逐時空。百粵霧紛滿，諸戎澤普通。願言加壯努，勿坐鬢霜蓬。

太母魏氏半徑題石

喬岳標仙蹟，玄扃妥壽姬。鳥號非嶺海，鶴仰向京師。繫牒公侯裔，懸弧將相兒。清貞蜚簡籍，規範肅門楣。萬里提兵路，三年報母慈。劒埋龍守壤，石臥虎司碑。憂閟情猶結，祥回禪屆期。竹符忠介凜，桐杖孝思凄。許史峋嶙篆，曹侯感舊詩。鴻濛山暝落，駿彩德昭垂。華表瑤池冥，清漳玉樹枝。昭題盟岳瀆，展墓慶重熙。

許天正

許天正，汝南人，爲陳元光副使，博學能文，歷宣威將軍。詩一首。

和陳元光平潮寇詩（元光贈詩云參軍許天正，是用紀邦勛，天正和之）

抱磴從天上，驅車返嶺東。氣昂無醜虜，策妙詘羣雄。飛絮隨風散，餘氛嚮日鎔。長戈收百甲，聚騎破千重。落劒惟戎首，游繩繫脅從。四野無堅壁，羣生未化融。龍湖膏澤下，早晚徧枯窮。

許圉師

許圉師，安陸人，有器幹，博涉藝文，舉進士。顯慶中，累遷黃門侍郎、同中書門下三品，四遷爲左相，坐事貶刺史。吏有犯贓，圉師賜清白詩以激之，遂改節爲廉士，其寬厚如此。詩一首。

詠牛應制

逸足還同驥，奇毛自偶麟。欲知花跡遠，雲影入天津。

趙謙光

趙謙光，咸亨中登進士第，自彭州司馬入爲大理正，遷户部郎中。詩一首。

荅户部員外賀遂涉戲贈（唐時郎中不自員外拜者謂之土山頭，故遂涉戲謙光曰：員外由來美，郎中望亦優。寧知粉署裏，翻作土山頭。謙光荅之）

錦帳隨情設，金鑪任意熏。惟愁員外署，不應列星文。

鄭惟忠

鄭惟忠，宋州人。儀鳳中舉進士，則天召見稱旨，授曹州參軍，再遷鳳閣舍人。中宗即位，拜黃門侍郎，守大理卿，推斷大獄，多所全活。開元初，爲禮部尚書、太子賓客。詩一首。

送蘇尚書赴益州

離憂將歲盡，歸望逐春來。庭花如有意，留豔待人（一作君）開。

張鷟

張鷟，字文成，深州深澤人。兒時夢紫色大鳥，五彩成文，降於家庭。其祖謂之曰：五色赤文，鳳也；紫文，鸑鷟也，爲鳳之佐，吾兒當以文章瑞於明廷。因以爲名字。調露中，登進士第，八中制科，四參選判，員半千謂人曰：張子之文如青錢，萬簡選中，未聞退時。因號青錢學士。開元中，歷司門員外郎。其文遠播外夷，撰朝野僉載及龍筋鳳髓判百道。詩一首。

詠燕

變石身猶重，銜泥力尚微。從來赴甲第，兩起一雙飛。（按唐新語，此是末章，非全篇也）

李福業

李福業，調露二年進士登第，後爲侍御史。五王誅二張，亦與謀。及敗，放於番禺，匿志州參軍敬元禮家，吏獲之就刑。詩一首。

嶺外守歲（一作李德裕詩）

冬去更籌盡，春隨斗柄迴。寒暄一夜隔，客鬢兩年催。

薛眘惑

薛眘惑善投壺，背後投之，龍躍隼飛，百發百中，時推爲絕藝。詩一首。

奉和進船洛水應制（一作孫逖詩）

禁園紆睿覽，仙櫂叶宸（一作時）遊。洛北風花樹，江南彩畫舟。榮（一作芳）生蘭蕙草，春入鳳皇樓。興盡離宮暮，煙光起夕流。

賀敳

賀敳，山陰人，歷官率更令、崇文館學士。詩一首。

奉和九月九日應制

商飈凝素籥，玄覽賁黃圖。曉霜驚斷雁，晨吹結棲（一作相）烏。寒花低岸菊，涼葉下庭梧。澤宮申舊典，相圃叶前模。玉砌分雕戟，金溝轉鏤衢。帶星飛夏箭，映月上軒弧。慶展簪裾洽，恩融雨露濡。天文發丹篆，寶思掩玄珠。承歡徒抃舞，負弛竊忘軀。

全唐詩

狄仁傑

狄仁傑字懷英并州太原人舉明經授汴州判佐儀鳳中為大理丞斷滯獄萬餘人遷侍御史歷冬官侍郎充江南巡撫使奏毀淫祠天授初轉地官侍郎判尚書同鳳閣鸞臺平章事後為河北道元帥還授內史卒贈文昌右相仁傑急於舉賢所引拔桓彥範姚崇等至公卿者數十人又嘗薦張柬之於武后以為有宰相才卒用為相果能迎歸中宗興復唐室仁傑之力也睿宗時追封梁國公詩一首

奉和聖製夏日遊石淙山（石淙山在今河南登封縣東南三十里有天后及羣臣侍宴詩并序刻北崖上其序云石淙者即平樂澗其詩天后自製七言一首侍遊應制皇太子顯右奉裕率兼檢校安北大都護相王旦太子賓客上柱國梁王三思內史狄仁傑奉宸令張易之麟臺監中山縣開國男張昌宗鸞臺侍郎李嶠鳳閣侍郎蘇味道夏官侍郎姚元崇給事中閻朝隱鳳閣舍人崔融奉宸大夫汾陰縣開國男薛曜守給事中徐彥伯右玉鈐衛郎將左奉宸內供奉楊敬述司封員外于季子通事舍人沈佺期各七言一首薛曜奉勅正書刻石時久視元年五月十九日也按此事新舊唐書俱未之載世所傳詩亦缺而不全今從碑刻補入各集中）

宸暉降望金輿轉仙路崢嶸碧澗幽羽仗遙臨鸞鶴駕帷宮直坐鳳麟洲飛泉灑液恒疑雨密樹含涼鎮似秋老臣預陪懸圃宴餘年方共赤松遊

魏元忠

魏元忠宋州人初為太學生累舉不調時有左史盩厔人江融撰九州設險圖備載古今用兵成敗之事元忠就傳其術儀鳳中上封事駁吐蕃授秘書正字則天時以平徐敬業功擢司刑後拜鳳閣侍郎同平章事獨不附二張中宗朝遷中書令以預節愍太子誅武三思謀貶渠州司馬詩二首

修書院學士奉勑宴梁王宅（賦得門字）

大君敦宴賞萬乘下梁園酒助閑平樂人霑雨露恩光開帳殿佳氣滿旌門願陪南岳壽長奉北宸樽

銀潢（一作漢）宮侍宴應制（得枝字）

別殿秋雲上離宮夏景移寒風生玉樹涼氣下瑤池塹花仍吐葉巖木（一作菌）尚抽枝願奉南山壽千秋長若斯

韋承慶

韋承慶字延休鄭州陽武人事繼母以孝聞舉進士官太子司議郎有諫納長壽中累遷鳳閣侍郎三掌天官選事銓授平允尋知政事神龍初坐附張易之流嶺表起為秘書少監授黃門侍郎未拜卒集六十卷今存詩七首

折楊柳

萬里邊城地三春楊柳節葉似鏡中眉花如關外雪征人遠鄉思倡婦高樓別不忍擲年華含情寄攀折

寒食應制

鳳城春色晚（一作滿）龍禁早暉通舊火收槐燧餘寒入桂宮鶯啼正隱葉雞鬬始開籠藹藹瑤山滿仙歌始樂風

凌朝浮江旅思（一作馬周詩）

天晴上初日春水送孤舟山遠疑無樹潮平似不流岸花開且落江鳥沒還浮羈望傷千里長歌遣四（一作客）愁

直中書省

清切鳳皇池扶疎雞樹枝唯應集鸞鷺何為宿羈雌大造乾坤闢深恩雨露垂昆蚑皆含養駑駘亦驅馳木偶翻為用芝泥忽濫窺九思空自勉五字本無施徒喜逢千載何階答二儀螢光向日盡蚊力負山疲禁宇庭除潤閑宵鐘箭移暗花臨戶發殘月下簾欹白髮隨年改丹心為主披命將時共泰言與行俱危寄謝巢由客堯年正（一作復）在斯

南行別弟

澹澹長江水悠悠遠客情落花相與恨到地一無聲

南中詠雁（一作于季子詩，題作南行別弟）

萬里人南去三春（一作秋）雁北飛不知何歲月得與爾（一作汝）同歸

江樓

獨酌芳春酒登樓已半曛誰驚一行雁衝斷過江雲

李懷遠

李懷遠邢州柏仁人擢四科第累除司禮少卿則天時為鸞臺侍郎神龍初兵部尚書同中書門下三品集八卷今存詩一首

凝碧池侍宴看競渡應制

上苑清鑾路高居重豫遊前對芙蓉沼傍臨杜若洲地如玄扈望波似洞庭秋列筵飛翠斝分曹戲鷁舟湍高權影沒岸近櫓歌遒舞曲依鸞殿簫聲下鳳樓忽聞天上樂疑逐海查流

崔日用

崔日用滑州靈昌人進士舉大足元年為宗楚客稱薦擢新豐尉神龍中附楚客三思驟遷兵部侍郎兼修文館學士復預討韋庶人謀授黃門侍郎參知機務開元中拜吏部尚書終并州大都督長史詩九首

奉和九月九日登慈恩寺浮圖應制

紫宸歡每洽紺殿法初隆菊泛延齡酒蘭吹解慍風咸英調正樂香梵徧秋空臨幸浮天瑞重陽日再中

奉和聖製送張說巡邊

軒相推風后周官重夏卿廟謀能允迪韜略又縱橫吉日四黃馬宣王六月兵擬清雞鹿塞先指朔方城列將懷威撫匈奴畏盛名去當推轂送來佇出郊迎絕漠蓬將斷華筵槿正榮壯心看舞劍別緒應懸旌睿錫承優旨乾文復寵行暫勞期永逸赫矣振天聲

奉和立春遊苑迎春應制

乘時迎氣正璿衡灞滻煙氛向晚（一作曉）清剪綺裁紅妙春色宮梅殿柳識天情瑤筐綵燕先呈瑞金縷晨雞未學鳴（一作啟）聖澤陽和宜宴樂年年捧日向東城

奉和聖製春日幸望春宮應制

東郊風（一作草）物正熏馨素滻鳧鷖戲綠汀鳳閣斜通平（一作長）樂觀龍旂直逼望春亭光風搖動（一作遠盪）蘭英紫淑氣（一作景）依遲柳色青渭浦明晨修褉事羣公傾賀水心銘

奉和人日重宴大明宮恩賜綵縷人勝應制（一作正月七日宴大明殿）

新年宴樂坐（一作正）東朝鐘鼓鏗鍠大樂調金屋瑤筐開寶勝花箋綵筆頌春椒曲池（一作江）苔色冰前液上苑梅香雪裏嬌（一作飄）宸極此時飛聖藻微臣竊抃預聞韶

奉和聖製龍池篇

龍興白水漢興符聖主時乘運斗樞岸上苹萓五花樹

波中的皪千金珠操環昔聞迎夏啓發匣先來瑞有虞
風色雲光隨隱見赤雲神化象江湖

夜宴安樂公主宅

銀燭金屏坐碧堂只言河漢動神光主家盛時(一作明)歡不極才子能歌夜未央

餞唐永昌

洛陽桴鼓今不鳴朝野咸推重太平冬至冰霜俱怨別春來花鳥若爲情

奉和送金城公主適西蕃

聖后經綸遠謀臣計畫多受降追漢策築館計戎和俗化烏孫壘春生積石河六龍今出餞雙鶴願爲歌

句

彼名流兮左氏癖意玄遠兮冠今夕(贈武平一)

宗楚客

宗楚客字叔敖蒲州河東人則天從父姊之子也累遷夏官侍郎同鳳閣鸞臺平章事神龍中武三思引爲兵部尚書同知政事拜中書令與侍中紀處訥共爲朋黨後伏誅詩六首

奉和人日清暉閣宴羣臣遇雪應制(景龍三年)

窈窕神仙閣參差雲漢間九重中葉(一作禁)啓七日早春還太液天爲水蓬萊雪作山今朝上林樹無處不堪攀

安樂公主移入新宅侍宴應制(景龍三年十一月一日)

星橋他日創仙牓此時開馬向鋪錢埒簫聞弄玉臺人同(一作疑)衛叔美客似(一作是一作有)長卿才借問遊天漢誰能取(一作帶)石回

正月晦日侍宴滻水應制賦得長字(景龍四年)

御輦出明光乘流(一作舟)泛羽觴珠胎隨月減玉漏與年長寒盡梅猶白風遲柳未黃日斜旌騎轉休氣滿(一作展)林塘

奉和幸上陽宮侍宴應制

紫庭金鳳闕丹禁玉雞川似立蓬瀛上疑遊昆閬前鳥將歌合轉花共錦爭鮮湛露飛堯酒熏風入舜弦水光搖落日樹色帶晴煙向夕迴瑚輦佳氣滿巖泉

奉和幸安樂公主山莊(一作西園)應制

玉樓銀牓枕巖城翠蓋紅旂列禁營日映層巖圖畫色風搖雜樹管弦聲水邊重閣含飛動雲裏孤峯類(一作似)削成幸覩八龍遊閬苑(一作幸陪七聖遊昆閬)無勞萬里訪蓬瀛

奉和聖製喜雪應制

飄飄瑞雪下山川散漫輕飛集九埏似絮還飛垂柳陌如花更繞落梅前影隨明月團紈扇聲將流水雜鳴弦共荷神功萬庾積終朝聖壽百千年

句

竹町羅千衛蘭筵降兩宮(以下並應制 海錄碎事) 七萃鑾輿動千年瑞檢開 綵旗臨鳳闕翠幕遶龜津

蘇瓌

蘇瓌字昌容京兆武功人弱冠舉進士初授豫王府錄事參軍爲王德眞劉禕之所器重長安中累遷揚州大都督長史神龍初入爲尚書右丞再還户部尚書尋加侍中充西京留守拜尚書右僕射同中書門下三品進封許國公睿宗立轉左僕射以正立朝獨申讜論開元中詔與劉幽求配享睿宗廟庭集十卷今存詩二首

奉和九日幸臨渭亭登高應制得暉字

重陽早露晞睿賞瞰秋磯菊氣先熏酒萸香更襲衣清切絲桐會縱橫文雅飛恩深荅效淺留醉奉宸暉

興慶池侍宴應制

金闕平明宿霧收瑤池式宴俯清流瑞鳳飛來隨帝輦祥魚出戲躍王舟帷齊綠樹當筵密蓋轉緗荷接岸浮如臨竊比微臣懼若濟叨陪聖主遊

全唐詩

張九齡

張九齡字子壽韶州曲江人七歲知屬文擢進士始調校書郎以道侔伊呂科爲左拾遺進中書舍人出爲冀州刺史以母不肯去鄉里表換洪州都督徙桂州兼嶺南按察選補使以張説薦爲集賢院學士俄拜中書侍郎同平章事遷中書令爲李林甫所忮改尚書右丞相罷政事貶荊州長史請歸還展墓卒謚文獻九齡風度醖藉在相位有謇諤匪躬之誠以直道黜不戚戚嬰望惟文史自娛嘗識安祿山必反請誅不許後明皇在蜀思其言遣使致祭卹其家集二十卷今編詩三卷

奉和聖製燭龍齋祭

上帝臨下鑒亦有光孰云陰騭惟聖克彰六月徂暑四郊愆陽我后其勤告于壇場精意允溢羣靈鼓舞蔚兮朝雲沛然時雨雨我原田亦既有年燭龍煌煌明宗報祀于以助之天人帝子聞詩有訓國風玆始

奉和聖製喜雨

艱我稼穡載育載亭隨物應之曷聖與靈謂我何憑惟德之馨誰云天遠以誠必至太清無雲羲和頓轡于斯烝人瞻彼非覬陰寞倏忽沛澤咸洎何以致之我后之感無臯無隰黍稷黯黯無卉無木敷芬黰黰黃龍勿來鳴鳥不思人和年豐皇心則怡豈與周宣雲漢徒詩

南郊文武出入舒和之樂

祝史辭正，人神慶叶福以德昭享以誠接六變云備百禮斯浹祀事孔明祚流萬葉

奉和聖製幸晉陽宮

隋季失天策萬方羅凶殘皇祖稱義旗三靈皆獲安聖期將（一作朝持）申錫王業成艱難盜移未改命曆在終履端彼汾惟帝鄉雄都信鬱盤一月朔巡狩羣后陪清鑾霸跡在沛庭舊儀覩漢官唐風思何深舜典敷更寬戶蒙枌榆復邑爭牛酒歡緬惟翦商後豈獨微禹歎三后既在天萬年斯不刊尊祖實我皇天文皆仰觀

奉和聖製次成皐先聖擒建德之所

天命誠有集王業初惟艱翦商自文祖夷項在茲山地識斬蛇處河臨飲馬間威加昔運往澤流今聖還尊祖頌先烈賡歌安用攀紹成即我后封岱出天關

奉和聖製賜諸州刺史以題座右

聖人合天德洪覆在元元每勞蒼生念不以黃屋尊興化俟羣辟擇賢守列藩得人此爲盛咨岳今復存降鑒引君道殷勤啓政門容光無不照有象必爲言成憲知所奉致理歸其根肅肅稟玄猷煌煌戒朱軒豈徒任遇重兼爾宴錫繁載聞勵臣節持答明主恩

奉和聖製送十道採訪使及朝集使

三年一上計萬國趨河洛課最力已陳賞延恩復博垂衣深共理改瑟其咸若首路迴竹符分鑣揚木鐸戒程有攸往詔餞無淹泊昭晰動天文殷勤在人瘼持久望茲念克終期所託行矣當自強春耕庶秋穫

奉和聖製謁玄元皇帝廟齋

興運昔有感建祠北山巔雲雷初締構日月今悠然紫氣尚蓊鬱玄元如在焉迨茲事追遠輪奐復增鮮洞府香林處齋壇清漢邊吾君乃尊祖鳳駕此留連樂動人神會鐘成律度圓笙歌下鸞鶴芝朮萃靈仙曾是福黎庶豈唯味虛玄賡歌徒有作微薄謝昭宣

巫山高

巫山與天近煙景長青熒此中楚王夢夢得神女靈神女去已久雲雨空冥冥唯有巴猿嘯哀音不可聽

和黃門盧監望秦始皇陵

秦帝始求仙驪山何遽卜中年既無效茲地所宜復徒役如雷奔珍怪亦雲蓄黔首無寄命赭衣相追逐人怨神亦怒身死宗遂覆土崩失天下龍鬬入函谷國爲項籍屠君同華元戮始掘既由楚終焚乃因牧上宰議揚賢中阿感桓速一聞過秦論載懷空杼軸

酬周判官巡至始興會改秘書少監見貽之作

惟昔遷樂土迨今已重世陰慶荷先德素風慙後裔唯益梓桑恭豈稟山川麗于時初自勉揆已無兼濟瘠土資勞力良書啓蒙蔽一探石室文再擢金門第既起南宮草復掌西掖制過舉及小人便蕃在中歲亞司河海秩轉牧江湖澨勿謂符竹輕但覺涓塵細一麾尚云忝十駕宜求稅心息已如灰跡牽且爲贅忽捧天書委將革海隅弊朝聞循誠節夕飲蒙瘴癘義疾恥無勇盜憎攻亦銳葵藿是傾心豺狼何反噬履險甘所受勞賢忍相曳攬轡但荒服循陔便私第嘉慶始獲申恩華復相繼無庸我先舉同事君猶滯當推奉使績且結拜親契更延懷安旨曾是慮危際善謀雖若茲至理焉可替所伏有神道況承明主惠

和吏部李侍郎見示秋夜望月憶諸侍郎之什其卒章有前後行之戲因命僕繼作

清秋發高興涼月復閒宵光逐露華滿情因水鏡搖同時亦所見異路無相招美景向空盡歡言隨事銷忽聽金華作誠如玉律調南宮尚爲後東觀何其遼名數雖云隔風期幸未遙今來重餘論懷此更終朝

登南嶽事畢謁司馬道士

將命祈靈嶽迴策詣真士絕跡尋一徑異香聞數里分庭八桂樹肅容兩童子入室希把袖登牀願啓齒誘我棄智訣迨茲長生理吸精反自然鍊藥求不死斯言眇霄漢顧余嬰紛滓相去九牛毛慙歎知何已

九月九日登龍山

郡庭常窘束涼野求昭曠楚客凜秋時桓公舊臺上清明風日好歷落江山望極遠何蕭條中留坐惆悵東彌夏首闊西拒荊門壯夷險雖異時古今豈殊狀先賢杳不接故老猶可訪投弔傷昔人揮斤感前匠自爲本疎散未始忘幽尚際會非有欲往來是无妄爲邦復多幸去國殊遷放且汎籬下菊還聆郢中唱灌園亦何爲於陵乃逃相

登郡城南樓

閉閤幸無事登樓聊永日雲霞千里開洲渚萬形出澹澄江漫飛飛度鳥疾邑人半艫艦津樹多楓橘感別時已屢憑眺情非一遠懷不我同孤興與誰悉平生本單緒邂逅承優秩謬忝爲邦寄多慙理人術駑鉛雖自勉倉廩素非實陳力倘無効謝病從芝朮

歲初巡屬縣登高安南樓言懷

山城本孤峻憑高結層軒江氣偏宜早林英粲已繁餘滋含宿霽衆妍在朝暾拂衣釋簿領伏檻遺紛喧深俯東溪澳遠延南山樊歸雲納前嶺去鳥投遙村目盡有餘意心惻不可諼揭來彭蠡澤載經敷淺原春及但生思時哉無與言不才叨過舉唯力酬明恩美化猶寂蔑迅節徒飛奔雖無成立効庶以去思論行復徇孤迹亦云吾道存

秋晚登樓望南江入始興郡路

潦收沙衍出霜降天宇晶伏檻一長眺津途多遠情思來江山外望盡煙雲生滔滔不自辨役役且何成我來颯衰鬢孰云飄華纓櫪馬苦蹉跼籠禽念遐征歲陰向晼晚日夕空屏營物生貴得性身累由近名內顧覺今是追歎何時平

登古陽雲臺

庭樹日衰颯風霜未云已駕言遺憂思乘興求相似楚國茲故都蘭臺有餘址傳聞襄王世仍立巫山祀方此全盛時豈無嬋娟子色荒神女至魂蕩宮觀啓蔓草今如積朝雲爲誰起

與生公尋幽居處

同方久厭俗，相與事遐討。及此雲山去，窅然巖徑好。疑入武陵源，如逢漢陰老。清諧欣有得，幽閑歘盈抱。我本玉階侍，偶訪金仙道。茲焉求卜築，所過皆神造。歲晚林始敷，日晏崖方杲。不種緣嶺竹，豈植臨潭草。即途可淹留，隨日成黼藻。期爲靜者說，曾是終焉保。令爲簡書畏，秖令歸思浩。

與生公遊石窟山

探秘孰云遠，忘懷復爾同。日尋高深意，宛是神仙中。躋險搆靈室，詭制非人功。潛洞黝無底，殊庭忽似夢。豈如武安鑿，自若茅山通。造物良有寄，嬉遊乃愜衷。猶希咽玉液，從此昇雲空。咄咄共攜手，泠然且馭風。

郡舍南有園畦雜樹聊以永日

爲郡久無補，越鄉空復深。苟能秉素節，安用叨華簪。卻步園畦裏，追吾野逸心。形骸拘俗吏，光景賴閑林。內訟誠知止，外言猶匪忱。成蹊謝李徑，衞足感葵陰。榮達豈不偉，孤生非所任。江城何寂歷，秋樹亦蕭森。下有北流水，上有南飛禽。我願從歸翼，無然坐自沈。

臨泛東湖時任洪州

郡庭日休暇，湖曲邀勝踐。樂職在中和，靈一作虛心挹上善。乘流坐清曠，舉目眺悠緬。林與西山重，雲因北風卷。晶明畫不逮，陰影鏡無辨。晚秀復芬敷，秋光更遙衍。萬族紛可佳，一遊豈能展。羇孤忝邦牧，顧已非時選。梁一作長公世不容，長孺心亦褊。永念出籠縶，常思退疲蹇。歲徂風露嚴，日恐蘭苕一作若剪。佳辰不可得，良會何其鮮。罷興還江城，閉關聊自遣。

始興南山下有林泉嘗卜居焉荊州臥病有懷此地

出處各有在，何者爲陸沈。幸無迫賤事，聊可袪迷襟。世路少夷坦，孟門未嶇嶔。多慙入火術，常惕履冰心。一跌不自保，萬全焉可尋。行行念歸路，眇眇惜光陰。浮生如過隙，先達已吾箴。敢忘丘山施，亦云年病侵。力衰在所養，時謝良不任。但憶舊棲息，願言遂窺臨。雲間日孤秀，山下面清深。蘿蔦自爲幄，風泉何必琴。歸此老吾老，還當日千金。

晨坐齋中偶而成詠

寒露潔秋空，遙山紛在矚。孤頂乍修聳，微雲復相續。人茲賞地偏，鳥亦愛林旭。結念憑幽遠，撫躬曷羈束。仰霄謝逸翰，臨路嗟疲足。徂歲方睽攜，歸心亟躑躅。休閑倘有素，豈負南山曲。

詠史

大德始無頗，中智是所是。居然已不一，況乃務相詭。小道致泥難，巧言因萋毀。穰侯或見遲，蘇生得陰揣。輕旣長沙傅，重亦邊郡徙。勢傾不幸然，跡在胡寧爾。滄溟所爲大，江漢日來委。灃一作澄水雖復清，魚鼈豈游此。賢哉有小白，讐中有管氏。若人不世生，悠悠多如彼。

龍門旬宴得月字韻

恩華逐芳歲，形勝兼韶月。中席傍魚潭，前山倚龍闕。花迎妙妓至，鳥避仙舟發。宴賞一作衎良在茲，再來情不歇。

驪山下逍遙公舊居游集

君子體清尚，歸處有兼資。雖然經濟日，無忘幽棲時。卜居舊何所，休澣嘗來茲。岑寂罕人至，幽一作高深獲我思。松澗聆遺風，蘭林覽餘滋。往事誠已矣，道存猶可追。遺子後黃金，作歌先紫芝。明德有自來，奕世皆秉彝。豈與磻溪老，崛起周太師。我心希碩人，逮此問元龜。怊悵旣懷遠，沈吟亦省私。已云寵祿過，況在華髮衰。軒蓋有迷復，丘壑無磷緇。感物重所懷，何但止足斯。

雜詩五首

孤桐亦胡爲，百尺傍無枝。疎陰不自覆，修幹欲何施。高岡地復迥，弱植風屢吹。凡鳥已相噪，鳳皇安得知。

蘿蔦必有託，風霜不能落。酷在蘭將蕙，甘從葵與藿。運命雖爲宰，寒暑自回薄。悠悠天地間，委順無不樂。

良辰不可遇，心賞更蹉跎。終日塊然坐，有時勞者歌。庭前攬芳蕙，江上託微波。路遠無能達，憂情空復多。

湘水弔靈妃，斑竹爲情緒。漢水訪遊女，解佩欲誰與。同心不可見，異路空延佇。浦上青楓林，津傍白沙渚。行吟至落日，坐望秖愁予。神物亦豈孤，佳期竟何許。

木直幾自寇，石堅亦他攻。何言爲用薄，而與火膏同。物類一作累有固然，誰能取徑通。纖纖良田草，靡靡唯從風。日夜沐甘澤，春秋等芳叢。生性苟不夭，香臭誰爲中。道家貴至柔，儒生何固窮。終始行一意，無乃過愚公。

感遇十二首

蘭葉一作蕙春葳蕤，桂華秋皎潔。欣欣此生意，自爾爲佳節。誰知林棲者，聞風坐相一作見悅。草木有本一作無本心，何求美人折。

幽林歸獨臥，滯慮洗孤清。持此謝高鳥，因之傳遠情。日夕懷空意，人誰感至精。飛沈理自隔，何所慰吾誠。

魚游樂深池，鳥棲欲高枝。嗟爾蜉蝣羽，薨薨亦何爲。有生豈不化，所感奚若斯。神理日微滅，吾心安得知。浩歎楊朱子，徒然泣路岐。

孤鴻海上來，池潢不敢顧。側見雙翠鳥，巢在三珠樹。矯矯珍木巔，得無金丸懼。美服患人指，高明逼神惡。今我遊冥冥，弋者何所慕。

吳越數千里，夢寐今夕見。形骸非我親，衾枕即鄉縣。化蝶猶不識，川魚安可羨。海上有仙山，歸期覺神變。

西日下山隱，北風乘夕流。燕雀感昏旦，簷楹呼匹儔。鴻鵠雖自遠，哀音非所求。貴人棄疵賤，下士嘗殷憂。眾情累外物，恕己忘內修。感歎長如此，使我心悠悠。

江南有丹橘，經冬猶綠林。豈伊地氣暖，自有歲寒心。可以薦嘉客，奈何阻重深。運命唯所遇，循環不可尋。徒言樹桃李，此木豈無陰。

永日徒離憂，臨風懷蹇修。美人何處所，孤客空悠悠。青鳥跂不至，朱鱉誰云浮。夜分起躑躅，時逝曷淹留。

抱影吟中夜，誰聞此歎息。美人適異方，庭樹含幽色。白雲愁不見，滄海飛無翼。鳳皇一朝來，竹花斯可食。

漢上有游女，求思安可得。袖中一札書，欲寄雙飛翼。冥冥愁不見，耿耿徒緘憶。紫蘭秀空蹊，皓露奪幽色。馨香歲欲晚，感歎情何極。白雲在南山，日暮長太息。

我有異鄉憶，宛在雲溶溶。憑此目不覯，要之心所鍾。但欲附高鳥，安敢攀飛龍。至精無感遇，悲惋填心胸。歸來

扣寂寞人願天豈從

閉門跡羣化憑林結所思嘯歎此寒木疇昔乃芳蘐朝陽鳳安在日暮蟬獨悲浩思極中夜深嗟欲待誰所懷誠已矣既往不可追鼎食非吾事雲仙嘗我期胡越方杳杳車馬何遲遲天壤一何異幽嘿臥簾帷

江上遇疾風

疾風江上起鼓怒揚煙埃白晝晦如夕洪濤聲若雷投林鳥鎩羽入浦魚曝鰓瓦飛屋且發帆快檣已摧不知天地氣何爲此喧豗

南陽道中作

登郢屬歲陰及宛懵所適復聞東漢主遺此南都迹佳氣藹厥初霸圖紛在昔茲邦稱貴近與世嘗薰赫遭遇感風雲變衰空草澤不識鄧公樹猶傳陰后石驅馬歷闉闍荊榛翳阡陌事去物無象感來心不懌懷古對窮秋興言傷遠客眇默遵岐路辛勤弊行役雲雁號相呼林麕走自索顧憶徇書劍未嘗安枕席豈暇墨突黔空持遼豕白迷復期非遠歸歟賞農隙

湘中作

湘流繞南嶽絕目轉青青懷祿未能已瞻途屢所經煙嶼宜春望林猿莫夜聽永路日多緒孤舟天復冥浮沒從此去嗟嗟勞我形

彭蠡湖上

沿涉經大湖湖流多行泆決晨趨北渚逗浦已西日所適雖淹曠中流且閑逸瑰詭良復多感見乃非一廬山直陽滸孤石當陰術一水雲際飛數峯湖心出象類何交糺形言豈深悉且知皆自然高下無相恤

入廬山仰望瀑布水

絕頂有懸泉喧喧出煙杪不知幾時歲但見無昏曉閃青崖落鮮鮮白日皎灑流濕行雲濺沫驚飛鳥雷吼何噴薄箭馳入窈窕昔聞山下蒙今乃林巒表物情有詭激坤元曷紛矯默然置此去變化誰能了

出爲豫章郡途次廬山東巖下

玆山鎮何所乃在澄湖陰下有蛟螭伏上與虹蜺尋靈仙未始曠窟宅何其深雙闕出雲峙三宮入煙沈攀崖猶昔境種杏非舊林想像終古跡惆悵獨往心紛吾嬰世網數載忝朝簪孤根自靡託量力況不任多謝周身防常恐橫議侵豈匪鵷鴻列惕如泉壑臨迨茲刺江郡來此滌塵襟有趣逢樵客忘懷狎野禽棲閑義未果用拙歡在今願言答休命歸事丘中琴

巡屬縣道中作

春令夙所奉駕言遵此行途中却郡棣林下招村甿至邑無紛劇來人但歡迎豈伊念邦政爾實在時清短才濫符竹弱歲起柴荊再入江村道永懷山藪情矧逢陽節獻默聽時禽鳴迹與素心別感從幽思盈流芳日不待夙志蹇無成知命且何欲所圖唯退耕華簪極身泰衰鬢慙木榮苟得不可遂吾其謝世嬰

夏日奉使南海在道中作

緬然萬里路赫曦三伏時飛走逃深林流爍恐生疵行李豈無苦而我方自怡肅事誠在公拜慶遂及私展力慙淺效銜恩感深慈且欲湯火蹈況無鬼神欺朝發高山阿夕濟長江湄秋瘴寧我毒夏水胡不夷信知道存者但問心所之呂梁有出入乃覺非虛詞

巡按自灕水南行

理棹雖云遠飲冰寧有惜況乃佳山川怡然傲潭石奇峯岌前轉茂樹隈中積猿鳥聲自呼風泉氣相激目因詭容逆心與清暉滌紛吾謬執簡行郡將移檄即事聊獨歡素懷豈兼適悠悠詠靡盬庶以窮日夕

使還都湘東作

倉庚昨歸候陽鳥今去時感物遽如此勞生安可思養眞無上格圖進豈前期清節往來苦壯容離別衰盛明非不遇弱操自云私孤楫清川泊征衣寒露滋風朝津樹落日夕嶺猿悲牽役而無悔坐愁秖自怡當須報恩已終爾謝塵緇

冬中至玉泉山寺屬窮陰氷閉崖谷無色及仲春行縣復往焉故有此作

靈境信幽絕芳時重暄妍再來及茲勝一遇非無緣萬木柔可結千花敷欲然松間鳴好鳥竹下流清泉石壁開精舍金光照法筵眞空本自寂假有聊相宣復此灰心者仍追巢頂禪簡書雖有畏身世亦相[一作俱]捐

郢城西北有大古塚數十觀其封域多是楚時諸王而年代久遠不復可識唯直西有樊妃塚因後人爲植松柏故行路盡知之

蘋藻生南澗蕙蘭秀中林嘉名有所在芳氣無幽深楚子初逞志樊妃嘗獻箴能令更擇士非直罷從禽舊國皆湮滅先王亦莫尋唯傳賢媛隴猶結後人心牢落山川意蕭疎松柏陰破墻時直上荒徑或斜侵惠問終不絕風流獨至今千春思窈窕黃鳥復哀音

荊州作二首

先達志其大求意不約文士伸在知已已況仕於君微誠夙所尚細故不足云時來忽易失事往良難分顧念凡近姿焉欲殊常勳亦以行則是豈必素有聞千慮且猶失萬緒何其紛進士苟非黨免相安得羣衆口金可鑠孤心絲共棼意忠伏朋信語勇同敗軍古劍徒有氣幽蘭秖自薰高秩向所忝於義如浮雲

千載一遭遇往賢所至難問余奚爲者無階忽上摶明聖不世出翼亮非苟安崇高自有配孤陋何足干遇恩一時來竊位三歲寒誰謂誠不盡知窮力亦殫雖至負乘寇初無挾術鑽浩蕩出江湖翻覆如波瀾心傷不材樹自念獨飛翰徇義在匹夫報恩猶一餐況乃山海澤效無毫髮端內訟已慙沮積毀今摧殘胡爲復惕息傷鳥畏虛彈

在郡秋懷二首

秋風入前林蕭瑟鳴高[一作寒]枝寂寞遊子思寤歎何人知宦成名不立志存歲已馳五十而無聞古人深所疵平生去外飾直道如不羈未得操割效忽復寒暑移物情自古然身退毀亦隨悠悠滄江渚望望白雲涯露下霜且降澤中草離披蘭艾若不分安用馨香爲

庭蕪生白露歲候感遐心策蹇慙遠途巢枝思故林小人恐致寇終日如臨深魚鳥好自逸池籠安所欽挂冠

東都門採蕨南山岑議道誠愧昔覽分還愜今憮然憂成老空爾白頭吟

忝官二十年盡在內職及爲郡嘗積戀因賦詩焉

江流去朝宗晝夜茲不舍仲尼在川上子年存闕下聖達有由然孰是無心者一郡苟能化百城豈云寡愛禮誰爲羊戀主吾猶馬感初時不載思奮翼無假閑宇常自閉沈心何用寫攬衣步前庭登陴臨曠野白水生迢遞清風寄瀟灑願言采芳澤終朝不盈把

二弟宰邑南海見羣雁南飛因成詠以寄

鴻雁自北來嗷嗷度煙景常懷稻粱惠豈憚江山永小大每相從羽毛當自整雙鳧侶晨泛獨鶴參霄警爲我更南飛因書至梅嶺

將發還鄉示諸弟

歲陽亦頹止林意日蕭摵云胡當此時緬邁復爲客至愛孰能捨名義來相迫負德良不貲輸誠靡所惜一木逢廈構纖塵願山益無力主君恩寧利客卿璧去去榮歸養憮然歎行役

敘懷二首

弱歲讀羣史抗迹追古人被褐有懷玉佩印從負薪志合豈兄弟道行無賤貧孤根亦何賴感激此爲鄰

晚節從卑秩岐路良非一既聞持兩端復見挾三術木爪誠有報玉楮論無實已矣直躬者平生壯圖失去去勿重陳歸來茹芝朮

題畫山水障

心累猶不盡果爲物外牽偶因耳目好復假丹青妍嘗抱野間意而迫區中緣塵事固已矣秉意終不遷良工適我願妙墨揮巖泉變化合羣有高深侔自然置陳北堂上倣像南山前靜無戶庭出行已茲地偏萱草憂可樹合歡忿益蠲所因本微物況乃憑幽筌言象會自泯意色聊自宣對玩有佳趣使我心渺綿

奉和聖製瑞雪篇

萬年春三朝日上御明臺旅庭實初瑞雪兮霏微儀同雲兮蒙密此時驟切陰風生先過金殿有餘清信宿嬋娟飛雪度能使玉人俱掩嫮皓皓樓前月初白紛紛陌上塵皆素昨訝驕陽積數旬始知和氣待迎新匪惟在人利曾是扶（一作占）天意天意豈云遙雪下不崇朝皇情玩無斁雪委方盈尺草樹紛早榮京坻宛先積君恩誠謂何歲稔復人和預數斯箱慶應如此雪多朝晃旒兮載悅想簦笠兮農節倚瑤琴兮或歌續薰風兮瑞雪福浸昌應尤盛瑞雪年年常感聖願以柏梁作長爲柳花詠

奉和聖製溫泉歌

有時神物待聖人去後湯還冷來時樹亦春今茲十月自東歸羽旆逶迤上翠微溫谷葱葱佳氣色離宮奕奕叶光輝臨渭川近天邑浴日溫泉復在茲羣仙洞府那相及吾君利物心玄澤浸蒼黔漸漬神湯無疾苦薰歌一曲感人深

南郊太尉酌獻武舞作凱安之樂

馨香惟后德明命光天保肅祀崇聖靈陳信表黃道玉戚初蹈厲金匏既靜好介福何穰穰精誠格穹昊

全唐詩

張九齡

奉和聖製經孔子舊宅

孔門太山下不見登封時徒有先王法今爲明主思恩加萬乘幸禮致一牢祠舊宅千年外光華空在茲

奉和聖製次瓊嶽韻

山祇亦望幸雲雨見靈心嶽館逢朝霽關門解宿陰咸京天上近清渭日邊臨我武因冬狩何言是即禽

奉和聖製送李尚書入蜀

眷言感忠義何有間山川徇節今如此離情空復然皇心在勤恤德澤委昭宣周月成功後明年或勞還

奉和聖製初出洛城

東土淹龍駕西人望翠華山川祗詢物宮觀豈爲家十月回星斗千官捧日車洛陽無怨思巡幸更非賒

奉和聖製途次陝州作

馳道當河陝陳詩問國風川原三晉別襟帶兩京同後殿函關盡前旌闕塞通行看洛陽陌光景麗天中

勅賜寧王池宴

賢王有池館明主賜春遊淑氣林間發恩光水上浮徒慙（一作參）和鼎地終謝巨（一作濟）川舟皇澤空如此輕生莫可酬

天津橋東旬宴得歌字韻

清洛象天河東流形勝多朝來逢宴喜春盡却妍和泉鮪歡時躍林鶯醉裏歌賜恩頻若此爲樂奈人何

上陽水窗旬宴得移字韻

河漢非應到汀洲忽在斯仍逢帝樂下如逐海槎窺春賞時將換皇恩歲不移今朝遊宴所莫比天泉池

折楊柳

纖纖折楊柳持此寄情人一枝何足貴憐是故園春遲景那能久芳菲不及新更愁征戍客容鬢老邊塵

剪綵

姹女矜容色爲花不讓春既爭芳意早誰待物華眞葉作參差發枝從點綴新自然無限態長在艷陽晨（一作人）

和崔黃門寓直夜聽蟬之作

蟬嘶玉樹枝向夕惠風吹幸入連宵聽應緣飲露知思深秋欲近聲靜夜相宜不是黃金飾清香徒爾爲

和姚令公從幸溫湯喜雪

萬乘飛黃馬千金狐白裘正逢銀霰積如向玉京遊瑞色鋪馳道花文拂綵旒還聞吉甫頌不共郢歌儔

立春日晨起對積雪

忽對林亭雪瑤華處處開今年迎氣始昨夜伴春回玉潤窗前竹花繁院裏梅東郊齋祭所應見五神來

三月三日申王園亭宴集

稽亭追往事睢苑勝前聞飛閣凌芳樹華池落綵雲藉草人留酌銜花鳥赴羣向來同賞處惟恨碧林曛

三月三日登龍山

伊川與灞津，今日祓除人。豈似龍山上，還同湘水濱。衰顏憂更老，淑景望非春。禊飲豈吾事，聊將偶俗塵。

和王司馬折梅寄京邑昆弟

離別念同嬉，芬榮欲共持。獨攀南國樹，遙寄北風時。林惜迎春早，花愁去日遲。還聞折梅處，更有棣華詩。

晚霽登王六東閣

試上江樓望，初逢山雨晴。連空青嶂合，向晚白雲生。彼美要殊觀，蕭條見遠情。情來不可極，日暮水流清。

蘇侍郎紫薇庭各賦一物得芍藥

仙禁生紅藥，微芳不自持。幸因清切地，還遇豔陽時。名見桐君籙，香聞鄭國詩。孤根若可用，非直愛華滋。

和黃門盧侍御詠竹

清切紫庭垂，葳蕤防露枝。色無玄月變，聲有惠風吹。高節人相重，虛心世所知。鳳皇佳可食，一去一來儀。

和韋尚書答梓州兄南亭宴集

棠棣聞餘興，烏衣有舊遊。門前杜城陌，池上曲江流。暇日嘗繁會，清風詠阻修。始知西峙嶽，同氣此相求。（陸平原贈弟有子爲東峙嶽之句）

答陳拾遺贈竹簪

與君嘗此志，因物復知心。遺我龍鍾節，非無玳瑁簪。幽素宜相重，雕華豈所任。爲君安首飾，懷此代兼金。

贈澧陽韋明府

君有百鍊刃，堪斷七重犀。誰開太阿匣，持割武城雞。竟與尚書佩，遙應天子提。何時遇操宰，當使玉如泥。

在洪州答綦毋學士

句雨不愆期，由來自若時。爾無言郡政，吾豈欲天欺。常念涓塵益，惟歡草樹滋。課成非所擬，人望在東菑。

酬王六霽後書懷見示

雲雨俱行罷，江天已洞開。炎氛霽後滅，邊緒望中來。作驥君垂耳，爲魚我曝鰓。更憐湘水賦，還是洛陽才。

酬王六寒朝見詒

賈生流寓日，揚子寂寥時。在物多相背，唯君獨見思。漁爲江上曲，雪作郢中詞。忽枉兼金訊，長懷伐木詩。

林亭詠

穿築非求麗，幽閑欲寄情。偶懷因壤石，眞意在蓬瀛。苔益山文古，池添竹氣清。從茲果蕭散，無事亦無營。

晨出郡舍林下

晨興步北林，蕭散一開襟。復見林上月，娟娟猶未沈。片雲自孤遠，叢篠亦清深。無事由來貴，方知物外心。

園中時蔬盡皆鋤理唯秋蘭數本委而不顧彼雖一物有足悲者遂賦二章

場藿已成歲，園葵亦向陽。蘭時獨不偶，露節漸無芳。旨異菁爲蓄，甘非蔗有漿。人多利一飽，誰復惜馨香。

幸得不鋤去，孤苗守舊根。無心羨旨蓄，豈欲近名園。遇賞寧充佩，爲生莫礙門。幽林芳意在，非是爲人論。

林亭寓言

林居逢歲晏，遇物使情多。蘅茝不時與，芬榮奈汝何。更憐籬下菊，無如松上蘿。因依自有命，非是隔陽和。

送使廣州

家在湘源住，君今海嶠行。經過正中道，相送倍爲情。心逐書郵去，形隨世網嬰。因聲謝遠別，緣義不緣名。

送姚評事入蜀各賦一物得卜肆

蜀嚴化已久，沈冥空所思。嘗聞賣卜處，猶憶下簾時。驅傳應經此，懷賢倘問之。歸來說往事，歷歷偶心期。

送竇校書見餞得雲中辨江樹

江水天連色，無涯淨野氛。微明岸傍樹，凌亂渚前雲。舉棹形徐（一作隨）轉，登艫意漸分。渺茫從此去，空復惜離羣。

餞王司馬入計同用洲字

元寮行上計，舉餞出林丘。忽望題輿遠，空思解榻遊。別筵鋪柳岸，征棹倚蘆洲。獨歎湘江水，朝宗向北流。

東湖臨泛餞王司馬

南土秋雖半，東湖草未黃。聊乘風日好，來泛芰荷香。蘭棹無勞速，菱歌不厭長。忽懷京洛去，難與共清光。

餞濟陰梁明府各探一物得荷葉

荷葉生幽渚，芳華信在茲。朝朝空此地，采采欲因誰。但恐星霜改，還將蒲稗衰。懷君美人別，聊以贈心期。

餞陳學士還江南同用徵字

荷蓧旋江澳，銜杯餞霸陵。別前林鳥息，歸處海煙凝。風土鄉情接，雲山客念憑。聖朝巖穴選，應待鶴書徵。

通化門外送別

屢別容華改，長愁意緒微。義將私愛隔，情與故人歸。薄宦無時賞，勞生有事機。離魂今夕夢，先繞舊林飛。

送楊道士往天台

鬼谷還成道，天台去學仙。行應松子化，留與世人傳。此地煙波遠，何時羽駕旋。當須一把袂，城郭共依然。

送楊府李功曹

平生屬良友，結綬望光輝。何知人事拙，相與宦情非。別路穿林盡，征帆際海歸。居然已多意，況復兩鄉違。

送宛句趙少府

解巾行作吏，尊酒謝離居。修竹含清景，華池澹碧虛。地將幽興愜，人與舊遊疎。林下紛相送，多逢長者車。

送韋城李少府

送客南昌尉，離亭西候春。野花看欲盡，林鳥聽猶新。別酒青門路，歸軒白馬津。相知無遠近，萬里尚爲鄰。

送蘇主簿赴偃師

我與文雄別，胡然邑吏（一作使）歸。賢人安下位，鷙鳥欲卑飛。激節輕華冕，移官徇綵衣。羨君行樂處，從此拜庭闈。

送廣州周判官

海郡雄蠻落，津亭壯越臺。城隅百雉映，水曲萬家開。里樹桄榔出，時禽翡翠來。觀風猶未盡，早晚使車迴。

郡江南上別孫侍御

雲嶂天涯盡，川途海縣窮。何言此地僻，忽與故人同。身負邦君弩，情紆御史驄。王程不我駐，離思逐秋風。

道逢北使題贈京邑親知

征驂稍靡靡，去國方遲遲。路遶南登岸，情搖北上旗。故人憐別日，旅雁逐歸時。歲晏無芳草，將何寄所思。

江上使風呈裹宣州耀卿

江路與天連，風帆何淼然。遙林浪出沒，孤舸鳥聯翩。常

愛千鈞重深思萬事捐報恩非徇祿還逐賈人船

溪行寄王震

山氣朝來爽溪流日向清遠心何處愜閑棹此中行(一作轉逢空闊處聊洗滯留情)叢桂林間待羣鷗水上迎徒然適我願幽獨爲誰情

自豫章南還江上作

歸去南江水磷磷見底清轉逢空潤處聊洗滯留情浦樹遙如待江鷗近若迎津途別有趣況乃濯吾纓

將至岳陽有懷趙二

湘岸(一作浦)多深林青冥晝結陰獨無謝客賞況復賈生心草色雖云發天光或未臨江潭非所遇爲爾白頭吟

使還湘水

歸舟宛何處正值楚江平夕逗煙村宿朝緣浦樹行于役已彌歲言旋今愜情鄉郊尚千里流目夏雲生

初發道中寄遠

日夜鄉山遠秋風復此時舊聞胡馬思今聽楚猿悲念別朝昏苦懷歸歲月遲壯圖空不息常恐髮如絲

自湘水南行

落日催行舫逶迤洲渚間雖云有物役乘此更休閑暝色生前浦清暉發近山中流澹容與唯愛鳥飛還

初入湘中有喜

征鞍窮郢路歸棹入湘流望鳥唯貪疾聞猿亦罷愁兩邊楓作岸數處橘爲洲却記從來意翻疑夢裏遊

耒陽溪夜行

乘夕棹歸舟緣源路轉幽月明看嶺樹風靜聽溪流嵐氣船間入霜華衣上浮猿聲雖此夜不是別家愁

江上

長林何繚繞遠水復悠悠盡日餘無見爲心那不愁憶將親愛別行爲主恩酬感激空如此芳時屢已遒

自彭蠡湖初入江

江岫殊空闊雲煙處處浮上來羣噪鳥中去獨行舟牢落誰相顧逶迤日自愁更將心問影于役復何求

赴使瀧峽

溪路日幽深寒空入兩嶔霜清百丈水風落萬重林夕鳥聯歸翼秋猿斷去心別離多遠思況乃歲方陰

湖口望廬山瀑布泉

萬丈洪(一作紅)泉落迢迢半紫氛奔飛流(一作下)雜樹灑落出重雲日照虹蜺似天清風雨聞靈山多秀色空水共氤氳

湞陽峽

行舟傍越岑窈窕越溪深水闇先秋冷山晴當晝陰重林間五色對壁聳千尋惜此生遐遠誰知造化心

使至廣州

昔年嘗不調茲地亦邅回本謂雙鳧少何知駟馬來人非漢使橐郡是越王臺去去雖殊事山川長在哉

春江晚景

江林多(一作皆)秀發雲日復相鮮征路那逢此春(一作鄉)心益渺然興來秪自得佳氣莫能傳薄暮津亭下餘花滿客船

與王六履震廣州津亭曉望

明發臨前渚寒(一作潮)來淨遠空水紋天上碧日氣海邊紅景物紛爲異人情賴此同乘槎(一作桴)自有適非欲破長風

初發曲江溪中

溪流清且深松石復陰臨正爾可嘉處胡爲無賞心我由不忍別物亦有緣侵自匪常行邁誰能知此音

旅宿淮陽亭口號(一作宋之問詩)

日暮荒亭上悠悠旅思多故鄉臨桂水今夜渺星河暗草霜華發空亭雁影過興來誰與晤勞者自爲歌

望月懷遠

海上生明月天涯共此時情人怨遙夜竟夕起相思滅燭憐光滿披衣覺露滋不堪盈手贈還寢夢佳期

秋夕望月

清迥江城月流光萬里同所思如夢裏相望在庭中皎潔青苔露蕭條黃葉風含情不得語頻使桂華空

詠燕

海燕何微眇乘春亦蹔來豈知泥滓賤秪見玉堂開繡户時雙入華軒日幾回無心與物競鷹隼莫相猜

故刑部李尚書荊谷山集會

嘗聞繼老聃身退道彌躭結宇倚青壁疏泉噴碧潭苔石隨人古煙花寄酒酣山光紛向夕歸興杜城南

戲題春意

一作江南守江林三四春相鳴不及鳥相樂喜關人日守朱絲直年催華髮新淮陽秪有卧持此度芳辰

庭梅詠

芳意何能早孤榮亦自危更憐花蒂弱不受歲寒移朝雪那相妬陰風已屢吹馨香雖尚爾飄蕩復誰知

聽箏

端居正無緒那復發秦箏纖指傳新意繁絃起怨情悠揚思欲絶掩抑態還生豈是聲能感人心自不平

初秋憶金均兩弟

江渚秋風至他鄉離別心孤雲愁自遠一葉感何深憂喜嘗同域飛鳴忽異林青山西北望堪作白頭吟

秋懷

感惜芳時換誰知客思懸憶隨鴻向煖愁學馬思邊留滯機還息紛拏網自牽東南起歸望何處是江天

故刑部李尚書挽詞三首

仙宗出趙北相業起山東明德嘗爲禮嘉謀屢作忠論經白虎殿獻賦甘泉宮與善今何在蒼生望已空

宿昔三台踐榮華駟馬歸印從青瑣拜翰入紫宸揮題劍恩方重藏舟事已非龍門不可望感激涕沾衣

永歎常山寶沈埋京兆阡同盟會五月華表記千年渺漫野中草微茫空裏煙共悲人事絶唯對杜陵田

故徐州刺史贈吏部侍郎蘇公挽歌詞三首

韋玄方繼相荀爽復齊名在貴兼天爵能賢出世卿學聞金馬詔神見玉人清藏壑今如此爲山遂不成

相如只謝病子敬忽云亡豈悟瑤臺雪分彫玉樹行清規留草議故事在封章本謂山公啓而今殁始揚

返葬長安陌秋風簫鼓悲奈何相送者不是平生時寒影催年急哀歌助晚遲寧知建旟罷丹旐向京師

故滎陽君蘇氏挽歌詞三首

門緒公侯列嬪風詩禮行松蘿方有寄桃李忽無成劍

去雙龍別雛哀九鳳鳴何言嶧山樹還似半心生
永歎芳魂斷行看草露滋二宗榮盛日千古別離時竟
罷生芻（一作香）贈空留畫扇悲容車候曉發何歲是歸期
縞服紛相送玄扃翳不開更悲泉火滅徒見柳車回舊
室容衣奠新塋拱樹栽唯應月照簟潘岳此時哀

眘州康司馬挽歌詞

家受專門學人稱入室賢劉楨徒有氣管輅獨無年謫
去長沙國魂歸京兆阡從茲匣中劍埋沒罷衝天

奉和聖製早發三鄉山行

羽衛森森西向秦山川歷歷在清晨晴雲稍卷寒巖樹
宿雨能（一作微）銷御路塵聖德由來合天道靈符卽此應時
巡遺賢一一皆羈致猶欲高深訪隱淪

奉和聖製龍池篇

天啓神龍生碧泉泉水靈源浸迤延飛龍已向珠潭出
積水仍將銀漢連岸傍花柳看勝畫浦上樓臺問是仙
我后元符從此得方爲萬歲壽圖川

全唐詩
張九齡

奉和聖製南郊禮畢酺宴

配天昭聖業率土慶輝光春發三條路酺開百戲塲流
恩均庶品縱觀聚康莊妙舞來平樂新聲出建章分曹
日抱戴赴節鳳歸昌幸奏承雲樂同晞湛露陽氣和皆
有感澤厚自無疆飽德君臣醉連歌奉柏梁

奉和聖製早渡蒲津關

魏武中流處軒皇問道回長堤春樹發高掌曙雲開龍
負王舟渡人占仙氣來河津會日月天仗役風雷東顧
重關盡西馳萬國陪還聞股肱郡元首詠康哉

奉和聖製同二相南出雀鼠谷

設險諸侯地承平聖主巡東君朝二月南旆擁三辰寒
出重關盡年隨行漏新瑞雲叢捧日芳樹曲迎春舞詠
先馳道恩華及從臣汾川花鳥意併奉屬車塵

奉和聖製經河上公廟

昔者河邊叟誰知隱與仙姓名終不識章句此空傳跡
爲坐忘晦言猶強著詮精靈竟何所祠宇獨依然道在
紆宸睠風行動睿篇從茲化天下清淨復何先

奉和聖製送尚書燕國公赴朔方

宗臣事有征廟筭在休兵天與三台座人當萬里城朔
南方偃革河右（一作北）暫揚旌寵錫從仙禁光華出漢京山
川勤遠略原隰軫皇情爲奏薰琴唱仍題寶劒名聞風
六郡伏計日五戎平山甫歸應疾留侯功復成歌鍾旋
可望衽席豈難行四牡何時入吾君憶履聲

奉和聖製途經華山

萬乘華山下千巖雲漢中靈居雖窅窱睿覽忽玄同日
月臨高掌神仙仰大風攢峯勢岌岌翊輦氣雄雄揆物
知幽贊銘勳表聖衷會應陪玉檢來此告成功

奉和聖製早登太行山率爾言志

孟月攝提貞乘時我后征晨嚴九折度暮戒六軍行日
御馳中道風師卷太清戈鋋林表出組練雪間明動植
希皇豫高深奉睿情陪遊七聖列望幸百神迎氣色烟
猶喜恩光草尚榮之罘稱萬歲今此復同聲

奉和聖製登封禮畢洛城酺宴

大君畢能事端扆樂成功運與千齡合歡將萬國同漢
酺歌聖酒韶樂舞薰風河洛榮光遍雲烟喜氣通春華
頓覺早天澤倍知崇草木皆沾被猶言不在躬

恩賜樂遊園宴應制

寶筵延厚（一作錫）命供帳序羣公形勝宜春接威儀建禮同
晞陽人似露解慍物從風朝慶千齡始年華二月中輝
光遍草木和氣發絲桐歲歲無爲化寧知樂九功

奉和聖製過王濬墓

漢王思鉅鹿晉將在弘農入蜀舉長筭平吳成大功與
渾雖不協歸皓實爲雄孫績淪千載流名感聖衷萬乘
度荒隴一顧凜生風古節猶不棄今人爭効忠

奉和吏部崔尚書雨後大明朝堂望南山

迢遞終南頂朝朝閶闔前朅來青綺外高在翠微先雙
鳳褰爲闕羣龍儼若仙還知到玄圃更是謁甘泉夜雨
塵初滅秋空月正懸詭容紛入望霽色宛成妍東極華
陰踐西彌嶓冢連奔峰出嶺外瀑水落雲邊漢帝宮將
苑商君陌與阡林華鋪近甸烟靄遶晴川旣庶仁斯及
分憂政已宣山公啓事罷吉甫頌聲傳濟濟金門步洋
洋玉樹篇徒歌雖有屬清越豈同年

和崔尚書喜雨

積陽雖有晦經月未爲灾上念人天重先祈雲漢回仁
心及草木號令起風雷照爛陰霞止交紛瑞雨來三辰
破黍稷四達屏氛埃池溜因添滿林芳爲灑開聽中聲
滴瀝望處影徘徊惠澤成豐歲昌言發上才無論驗石
鼓不是御雲臺直頌皇恩浹崇朝遍九垓

和許給事中直夜簡諸公

未央鐘漏晚仙宇藹沈沈武衛千廬合嚴扃萬户深左
掖知天近南窗見月臨樹搖金掌露庭徙玉樓陰他日
聞更直中宵屬所欽聲華大國寶夙夜近臣心逸興乘
高閣雄飛在禁林寧思竊抃者情發爲知音

和蘇侍郎小園夕霽寄諸弟

清風閶闔至軒蓋承明歸雲月愛秋景林堂開夜扉何
言兼濟日尚與宴私違與逐兼葭變文因棠棣飛人倫
用忠孝帝德已光輝贈弟今爲貴方知陸氏微

酬宋使君見贈之作

時來不自意宿昔謬樞衡翊聖負明主妨賢媿友生罷
歸猶右職待罪尚南荆政有留棠舊風因繼組成（一作清）高
軒（一作軒車）問疾苦烝（一作黎）庶荷仁明衰廢時所薄秪言僚故（一作舊）
情

酬宋使君見詒

陟鄰初禀訓獻策幸逢時朝列且云忝君恩復若茲庭
闈際海曲軺傳荷天慈顧已歡烏鳥聞君泣素絲才明

應主名福善豈神欺但願白心在終然涅不淄

酬通事舍人寓直見示篇中兼起居陸舍人景獻

軒掖殊清秘才華固在斯興因膏澤灑情與惠風吹所美應人譽何私亦我儀同聲感喬木比翼謝長離價以陸生減賢慙鮑叔知薄遊嘗獨媿芳訊乃兼施此夜金閨籍伊人瓊樹枝飛鳴復何遠相顧幸媞媞

與袁補闕尋蔡拾遺會此公出行後蔡有五韻詩見贈以此篇答焉

轍迹陳家巷詩書孟子鄰偶來乘興者不值草玄人契是忘年合情非累日申聞君還薄暮見眷及茲辰贈我如瓊玖將何報所親

酬趙二侍御使西軍贈兩省舊僚之作

石室先鳴者金門待制同操刀嘗願割持斧竟稱雄應敵兵初起緣邊虜欲空使車經隴月征旆繞河風忽枉兼金訊非徒秣馬功氣清（一作凌）蒲海曲聲滿柏臺中顧已塵華省欣君震遠戎明時獨匪報嘗欲退微躬

武司功初有幽庭春暄見貽夏首獲見以詩報焉

芳月盡離居幽懷重起予雖言春事晚尚想物華初遲日皦方照高齋澹復虛筍成林向密花落樹應疎贈鯉情無間求鶯思有餘暄妍不相待含歎欲焉如

酬王履震遊園林見貽

宅生惟海縣素業守郊園中覽霸王說上徼明主恩一行罷蘭徑數載歷金門既負潘生拙俄從周任言逶迤戀軒陛蕭散反丘樊舊逕稀人跡前池耗水痕併看芳樹老唯覺敝廬存自我棲幽谷逢君翳覆盆孟軻應有命賈誼得無冤江上行傷遠林間偶避喧地偏人事絕時霽鳥聲繁獨善心俱閉窮居道共尊樂因南澗藻憂豈北堂萱幽意加投漆新詩重贈軒平生徇知己窮達與君論

餞王尚書出邊

漢相推人傑殷宗伐鬼方還聞出將重坐見即戎良上策應爲豫中權且用光令申兵氣倍威讋（一作慴）虜魂亡樹比公孫大城如道濟長夏雲登隴首秋露泣遼陽武德舒宸睠文思餞樂章感恩身既許激節膽猶嘗祖帳傾朝列軍麾駐道傍詩人何所詠尚父欲鷹揚

送趙都護赴安西

將相有更踐簡心良獨難遠圖嘗畫地超拜乃登壇戎即崑山序車同渤海單義無中國費情必遠人安他日文兼武而今粟且寬自然來月窟何用刺樓蘭南至三冬晚西馳萬里寒封侯自有處征馬去嘽嘽

奉使自藍田玉山南行

征驂入雲壑始憶步金門通籍微軀幸歸途明主恩匪唯徇行役兼得慰晨昏是節暑云熾紛吾心所尊海縣且悠緬山郵日駿奔徒知惡罾事未暇息陰論嶢武經陳迹衡湘指故園水聞南澗險煙望北林繁遠靄千巖合幽聲百籟喧陰泉夏猶凍陽景晝方暾懿此高深極徒令夢想存盛明期有報長往復奚言

賀給事嘗詣蔡起居郊館有詩因命同作

記言聞直史築室面層阿豈不承明入終云幽意多沈冥高士致休澣故人過前嶺遊氛滅中林芳氣和茲辰阻佳趣望美獨如何

南山下舊居閑放

秪役已云久乘閑返服初塊然屏塵事幽獨坐林閭清曠前山遠紛喧此地疎喬木凌青靄修篁媚綠渠耳和繡翼鳥目暢錦鱗魚寂寞心還閒（一作附）飄颻體自虛興來命旨酒臨罷閱仙書但樂多幽意寧知有毀譽尚想爭名者誰云要路居都忘下流歎傾奪竟何如

高齋閑望言懷

高齋復晴景延眺屬清秋風物動歸思煙林生遠愁紛吾自窮海薄宦此中州取路無高足隨波適下流歲華空冉冉心曲且悠悠坐惜芳時歇胡然久滯留

別鄉人南還

橘柚南中媛桑榆北地陰何言榮落異因見別離心吾亦江鄉子思歸夢寐深聞君去水宿結思渺雲林牽綴從浮事遲回謝所欽東南行舫遠秋浦念猿吟

初發江陵有懷

極望涔陽浦江天渺不分扁舟從此去鷗鳥自爲羣他日懷眞賞中年負俗紛適來果微尚倏爾會斯文復想金閨籍何如夢渚雲我行多勝寄浩思獨氛氳

同綦母學士月夜聞雁

棲宿豈無意飛飛更遠尋長途未及半中夜有遺音月思關山笛風號流水琴空聲兩相應幽感一何深避繳歸南浦離羣叫北林聯翩俱不定憐爾越鄉心

登總持寺閣

香閣起崔嵬高高沙版開攀躋千仞上紛詭萬形來草間商君陌雲重漢后臺山從函谷斷川向斗城回林裏春容變天邊客思催登臨信爲美懷遠獨悠哉

晚憩王少府東閣

披軒肆流覽雲壑見深重空水秋彌淨林煙晚更濃坐隅分洞府簷際列羣峰窈窕生幽意參差多異容還慙大隱跡空想列仙蹤賴此昇攀處蕭條得所從

登城樓望西山作

城樓枕南浦日夕顧西山宛宛鸞鶴處高高煙霧間仙井今猶在洪厓久不還金編莫我授羽駕亦難攀簷際千峰出雲中一鳥閑縱觀窮水國游思徧人寰勿復塵埃事歸來且閉關

祠紫蓋山經玉泉山寺

指塗躋楚望策馬傍荊岑稍稍松篁入泠泠磵谷深觀奇逐幽映歷險忘嶇嶔上界投佛影中天揚梵音焚香懺在昔禮足誓來今靈異若有對神仙眞可尋高僧聞逝者遠（一作絕）俗是初心蘚駁經行處猿啼燕坐林歸眞已寂滅留迹豈沈湮法地自茲廣何云千萬金

洪州西山祈雨是日輒應因賦詩言事

茲山蘊靈異走望良有歸丘禱雖已久旰心難重違遲明申藻薦先夕旅巖扉獨宿雲峰下蕭條人吏稀我來不外適幽抱自中微靜入風泉奏涼生松栝圍窮年滯遠想寸晷闋清暉虛美悵無屬素情緘所依詭隨嫌弱

操羈東謝貞肥義濟亦吾道誠存爲物祈靈心倏已應甘液幸而飛閉閣且無責隨車安敢希多慚德不感知復是耶非

經江寧覽舊跡至玄武湖

南國更數世北湖方十洲天清華林苑日晏景陽樓果下回仙騎津傍駐綵斿（一作旒）鳧鷖喧鳳管荷芰鬪（一作暗）龍舟七子陪詩賦千人和棹謳應言在鎬樂不讓橫汾秋風俗因紆慢江山成易由駒王信不武孫叔是無謀佳氣日將歇霸功誰與修桑田東海變麋鹿姑蘇遊否運爭三國康時劣九州山雖幕府在館豈豫章留水淀還相閱菱歌亦故遒雄圖不足問唯想事風流

登襄陽峴山（一本峴山上有恨字）

昔年亟攀踐征馬復來過信若山川舊誰如歲月何蜀相吟安在羊公碣已磨令圖猶寂寞嘉會亦蹉跎宛宛樊城岸悠悠漢水波逶迤春日遠感寄客情多地本原林秀朝來煙景和同心不同賞留歎此巖阿

登荊州城樓

天宇何其曠江城坐自拘層樓百餘尺迢遞在西隅暇日時登眺荒郊臨故都纍纍見陳迹寂寂想雄圖古往山川在今來郡邑殊北疆雖入鄭東距豈防吳幾代傳荊國當時敵陝郛上流空有處中土復何虞枕席夷三峽關梁豁五湖承平無異境守隘莫論夫自罷金門籍來參竹使符端居向林藪微尚在桑榆直似王陵戇非如甯武愚今茲對南浦乘雁與雙鳧

登樂遊原春望書懷

城隅有樂遊表裏見皇州策馬既長遠雲山亦悠悠萬壑清光滿千門喜氣浮花間直城路草際曲江流憑眺茲爲美離居方獨愁已驚玄髮換空度綠荑柔奮翼籠中鳥歸心海上鷗既傷日月逝且欲桑榆收豹變焉能及鶯鳴非可求願言從所好初服返林丘

候使登石頭驛樓作

山檻憑南（一作高）望川途眇北流遠林天翠合前浦日華浮萬井緣津渚千艘咽渡頭漁商多末事耕稼少良疇自守陳蕃榻嘗登王粲樓徒然騁目處豈是獲心遊向跡雖愚谷求名異盜丘息陰芳木所空復越鄉憂

登臨沮樓

高深不可厭巡屬復來過本與衆山絕況茲韶景和危樓入水倒飛檻向空摩雜樹綠青壁樛枝掛綠蘿潭清能徹底魚樂好跳波有象言雖（一作難）具無端思轉多同懷不在此孤賞欲如何

陪王司馬登薛公逍遙臺

嘗聞薛公淚非直雍門琴竄逐留遺跡悲涼見此心府中因暇豫江上幸招尋人事已成古風流獨至今閑情多感歎清景暫登臨無復甘棠在空餘蔓草深晴光送遠目勝氣入幽襟水去朝滄海春來換碧林賦懷湘浦弔碑想漢川沈曾是陪遊日徒爲梁父吟

嘗與大理丞袁公太府丞田公偶詣一所林沼尤勝因並坐其次相得甚歡遂賦詩焉以詠其事

方駕與吾友同懷不異尋偶逢池竹處便會江湖心夏近林方密春餘水更深清華兩輝映閑步亦窺臨蘋藻復佳色鳧鷖亦好音韶芳媚洲渚蕙氣襲衣襟蕭散皆爲樂裴回從所欽謂予成夙志歲晚共抽簪

與弟遊家園

定省榮君賜來歸是晝遊林烏飛舊里園果讓新秋枝長南庭樹池臨（一作連）北澗流星霜屢爾別蘭麝爲誰幽善積家方慶恩深國未酬棲棲將義動安得久情留

郡內閑齋

郡閣晝常掩庭蕪日復滋簷風落鳥毳窗葉掛蟲絲拙病宦情少羇閑秋氣悲理人無異績爲郡但經時唯有江湖意沈冥空在茲

城南隅山池春中田袁二公盛稱其美夏首獲賞果會夙言故有此詠

憶昨聞佳境駕言尋昔蹊非惟初物變亦與舊遊暌幽渚爲君說清晨即我攜途深獨暐曄歷險共攀躋林筍苞青籜津楊委綠荑荷香初出浦草色復緣堤樂處將鷗狎譚端用馬齊且言臨海郡兼話武陵溪異壤風煙絕空山巖逕迷如何際朝野從此待金閨

西江夜行

遙夜人何在澄潭月裏行悠悠天宇曠切切故鄉情外物寂無擾中流澹自清念歸林葉（一作春服）換愁坐露華生猶有汀洲鶴宵分乍一鳴

南還湘水言懷

拙宦今何有勞歌念不成十年乖夙志一別悔前行歸去田園老倘來軒冕輕江間稻正熟林裏桂初榮魚意思在藻鹿心懷食苹時哉苟不達取樂遂吾情

商洛山行懷古

園綺值秦末嘉遁此山阿陳跡向千古荒途始一過碩人久淪謝喬木自森羅故事昔嘗覽遺風今豈訛泌泉空活活樵叟獨皤皤是處清暉滿從中幽興多長懷赤松意復憶紫芝歌避世辭軒冕逢時解薜蘿盛明今在運吾道竟如何

南還以詩代書贈京師舊寮

薄宦晨昏闕尊（一作遵）尊義取斯窮愁年貌改寂歷爾胡爲不謟詞多忤無容禮益卑微生尚何有遠跡固其宜思擾梁山曲情遙越鳥枝故園從海上良友邈天涯雲雨歎一別川原勞載馳上慙伯樂顧中負叔牙知去國誠寥落經途弊險巇歲逢霜雪苦林屬蕙蘭萎欲贈幽芳歇行悲舊賞移一從關作限兩見月成規苒苒窮年籥行行盡路岐征鞍稅北渚歸帆指南垂樹晚猶葱蒨江寒尚渺瀰土風從楚別山水入湘奇石瀨相奔觸煙林更蔽虧層崖夾洞浦輕舸泛澄漪松篠行皆傍禽魚動輙隨惜哉邊地隔不與故人窺疇昔陪鵷鷺朝陽振羽儀來音雖寂寞接景每逶迤朝罷冥塵事賓來話酒巵邀歡逐芳草結興選華池及此風成歎何時霧可披自憐無用者誰念有情離望美音容闊懷賢夢想疲因聲達霄漢持拙守東陂

初發道中贈王司馬兼寄諸公

昔歲嘗陳力中年退屏居承顏方弄鳥放性或觀魚曾

是安疵拙誠非議卷舒林園事益簡煙月賞恆餘不意棲愚谷無階奉詔書湛恩均大造弱植媿空虛肅命趨仙闕僑裝撫傳車念行開祖帳憐別降題輿誰謂風期許叨延禮數殊義沾投分末情及解攜初追餞扶江介光輝燭里閭子雲應寂寞公叔（一作緒）爲吹噓景物春來異音容日向踈川原行稍隱鐘鼓聽猶徐林廓王公舉雲迷班氏廬總親唯委咽思德更躊躇徇義當由此懷安乃闕如願酬明主惠行矣豈徒歟

自始興溪夜上赴嶺

嘗蓄名山意茲爲世網牽征途屢及此初服已非然日落青巖際溪行綠篠邊去舟乘月後歸鳥息人前數曲迷幽嶂連圻觸闇泉深林風緒結遙夜客情懸非梗胡爲泛無膏亦自煎不知于役者相樂在何年

當塗界寄裴宣州

故人宣城守亦在江南偏如何分虎竹相與間山川章綬胡爲者形骸非自然含情津渡闊倚望脰空延遠近聞佳政平生仰大賢推心徒有屬會面良無緣日夕遵前渚江村投暮煙念行衹意默懷遠豈言宣委曲風波事難爲尺素傳

郡中每晨興輒見羣鶴東飛至暮又行列而返哢唳雲路甚和樂焉予媿獨處江城常目送此意有所羨遂賦以詩

雲間有數鶴撫翼意無違曉日東田去煙霄北渚歸歡呼良自適羅列好相依遠集長江靜高翔衆鳥稀豈煩仙子馭何畏野人機却念乘軒者拘留不得飛

和裴侍中承恩拜掃旋鑾途中有懷寄州縣官僚鄉國親故（後缺）

嵩嶽神惟降汾川鼎氣雄生才作霖雨繼代有清通天下稱賢相朝端挹至公自家來佐國移孝入爲忠霜露多前感丘園想舊風扈巡過晉北問俗到河東便道恩華降還鄉禮教崇野尊延故老朝服見兒童

和姚令公哭李尚書乂

貴賤雖殊等平生竊下風雲泥勢已絕山海納還通忽歎登龍者翻將弔鶴同琴詩猶可託劍履獨成空疇昔嘗論禮興言每匪躬人思崔琰議朝掩祭遵公作善神何酷依仁命不融天文虛北斗人事罷南宮上宰既傷舊下流彌感衷無恩報國士徒欲問玄穹

奉和聖製經函谷關作

函谷雖云險黃河已復清聖心無所隔空此置關城

奉和聖製度潼關口號

嶙嶙故城壘荒涼空戍樓在德不在險方知王道休

答太常靳博士見贈一絕

上苑春先入中園花盡開唯餘幽徑草尚待日光催

登荊州城望江二首（統籤作一首）

滔滔大江水天地相終始經閱幾世人復歎誰家子

東望何悠悠西來晝夜流歲月既如此爲心那不愁

賦得自君之出矣

自君之出矣不復理殘機思君如滿月夜夜減清輝

荅陸澧

松葉堪爲酒春來釀幾多不辭山路遠踏雪也相過

全唐詩目　第一函

第十冊

楊炯　一卷

宋之問　三卷

崔湜　崔液　崔滌　共一卷

全唐詩

楊炯

楊炯華陰人幼聰敏博學善屬文年十一舉神童授校書郎爲崇文館學士遷詹事司直恃才簡倨人不容之武后時左轉梓州司法參軍秩滿遷婺州盈川令卒於官中宗即位以舊僚贈著作郎炯聞時人以四傑稱乃自言曰吾愧在盧前恥居王後張說曰楊盈川文思如懸河注水酌之不竭既優於盧亦不減王也有盈川集三十卷今存詩一卷

奉和上元酺宴應詔

甲乙遇災年周隋送上弦妖（一作祆）星六丈出沴氣七重懸赤縣空無主蒼生欲問天龜龍開寶命雲火昭靈慶萬物覩真人千秋逢聖政祖宗玄澤遠文武休光盛大號域中平皇威天下警參辰昭文物宇宙浹聲名漢后三章令周王五伐兵匈奴窮地角本自遠正朔驕子起天街由來虧禮樂一衣掃風雨再戰夷屯剥清明日月旦蕭索煙雲渙寒暑既平分陰陽復貞觀惟神諧妙物乃聖符幽贊下武發禎祥平階屬會昌金泥封日觀璧水匝明堂業盛勳華德興（一作與）包天地皇孝思義罔極易禮光前式天煥三辰輝靈書五雲色敬時窮發斂卜代盈千億五緯聚華軒重光入望園公卿論至道天子拜昌言雷解初開出星空即便元瑤臺涼景薦銀闕秋陰遍

百戲騁魚龍，千門壯宮殿。深仁洽蠻徼（一作貊），愷樂周寰縣。宣室名羣臣，明庭禮百神。仰德還符日，霑恩更似春。襄城非牧豎，楚國有巴人。

廣溪峽

廣溪三峽首，曠望兼川陸。山路遶羊腸，江城鎮魚腹。喬林百丈偃，飛水千尋瀑。驚浪回高天，盤渦轉深谷。漢氏昔云季，中原爭逐鹿。天下有英雄，襄陽有龍伏。常山集軍旅，永安興版築。池臺忽已傾，邦家遽淪覆。庸才若劉禪，忠佐爲心腹。設險猶可存，當無賈生哭。

巫峽

三峽七百里，唯言巫峽長。重巖窅不極，疊嶂凌蒼蒼。絕壁橫天險，莓苔爛錦章。入夜分明見，無風波浪狂。忠信吾所蹈，泛舟亦何傷。可以涉砥柱，可以浮呂梁。美人今何在，靈芝徒有（一作白）芳。山空夜猿嘯，征客淚沾裳。

西陵峽

絕壁聳萬仞，長波射千里。盤薄荊之門，滔滔南國紀。楚都昔全盛，高丘烜望祀。秦兵一旦侵，夷陵火潛起。四維不復設，關塞良難恃。洞庭且忽焉（一作然），孟門終已矣。自古天地闢，流爲峽中水。行旅相贈言，風濤無極已。及余踐斯地，瓌奇信爲美。江山若有靈，千載伸知己。

從軍行

烽火照西京，心中自不平。牙璋辭鳳闕，鐵騎繞龍城。雪暗凋旗畫，風多雜鼓聲。寧爲百夫長，勝作一書生。

劉生

卿（一作鄉）家本六郡，年長入三秦。白璧酬知己，黃金謝主人。劍鋒生赤電，馬足起紅塵。日暮歌鐘發，喧喧動四鄰。

驄馬

驄馬鐵連錢，長安俠少年。帝畿平若水，官路直如弦。夜玉妝車軸，秋金（一作風）鑄馬鞭。風霜但自保，窮達任皇天。

出塞

塞外欲紛紜（一作紛），雌雄猶未分。明堂占氣色，華蓋辨星文。二月河魁將，三千太乙軍。丈夫皆有志，會見（一作是）立功勳。

有所思

賤妾留南楚，征夫向北燕。三秋方一日，少別比千年。不掩嚬紅縷，無論（一作能）數綠錢。相思明月夜，迢遞白雲天。

梅花落

窗外一株梅，寒花五出開。影隨朝日遠，香逐便風來。泣對銅鉤障，愁看玉鏡臺。行人斷消息，春恨幾裴回。

折楊柳

邊地遙（一作遠）無極，征人去不還。秋容凋翠羽，別淚損紅顏。望斷流星驛，心馳明月關。藁砧何處在，楊柳自堪攀。

紫騮馬

俠客重周遊，金鞭控紫騮。蛇弓白羽箭，鶴轡赤茸鞦。發跡來南海，長鳴向北州。匈奴今未滅，畫地取封侯。

戰城南

塞北途遼遠，城南戰苦辛。旛（一作幡）旗如鳥翼，甲冑似魚鱗。凍水寒傷馬，悲風愁殺人。寸心明白日，千里暗黃塵。

送臨津房少府

岐路三秋別，江津萬里長。煙霞駐征蓋，弦奏促飛觴。階樹含斜日，池風泛早涼。贈言未終竟，流涕忽沾裳。

送豐城王少府

愁結亂如麻，長天照落霞。離亭隱喬樹，溝水浸平沙。左尉才何屈，東關望漸賒。行看轉牛斗，持此報張華。

送鄭州周司空（一作司功）

漢國臨清渭，京城枕濁河。居人下珠淚（一作泣），賓御促驪歌。望極關山遠，秋深煙霧多。唯餘三五夕，明月暫經過。

送梓州周司功

御溝一相送，征馬屢盤桓。言笑方無日，離憂獨未寬。舉杯聊勸酒，破涕暫爲歡。別後風清夜，思君蜀路難。

送楊處士反初卜居曲江

雁門歸去遠，垂老脫袈裟。蕭寺休爲客（一作相），曹溪便寄家。綠琪千歲樹，黃槿四時花。別怨應無限，門前桂水斜。

途中

悠悠辭鼎邑，去去指（一作拒）金墉。途路盈千里，山川亘百重。風行常有地（一作限），雲出本多峯。鬱鬱園中柳，亭亭山上松。客心殊不（一作未）樂，鄉淚獨無從。

送劉校書從軍

天將下三宮，星門名（一作啟）五戎。坐謀資廟略，飛檄佇文雄。赤土流星劍，烏號明月弓。秋陰生蜀道，殺氣繞湟中。風雨何年別，琴尊此日同。離亭不可望，溝水自西東。

遊廢觀

青嶂倚丹田，荒涼數百年。猶知小山桂，尚識大羅天。藥敗金爐火，苔昏玉女泉。歲時無辟畫，朝夕有階煙。花柳三春節，江山四望懸。悠然出塵網，從此狎神仙。

和石侍御山莊

煙霞非俗宇（一作俗累），巖壑只幽居。水浸何曾畝，荒郊不復鋤。影濃山樹密，香淺渚花疎。澗塹防斜徑，平堤夾小渠。蓮房若箇實，竹節幾重（一作竿）虛。蕭然隔城市，酌醴焚枯魚。

送李庶子致仕還洛

此地傾城日，由來供帳華。亭逢李廣騎，門接邵平瓜。原野煙氛匝，關河遊望賒。白雲斷巖岫，綠草覆江沙。詔賜扶陽宅，人榮御史車。灞池一相送，流涕向煙霞。

早行

敞朗東方徹，闌干北斗斜。地氣俄成霧，天雲漸作霞。河流繞辨馬，巖路不容車。阡陌經三歲，閭閻對五家。露文沾細草，風影轉高花。日月從來惜，關山猶自賒。

和崔司空傷姬人

昔時南浦別，鶴怨寶琴弦。今日東方至，鸞（一作鑾）銷珠鏡前。水流銜砌咽，月影向窗懸。妝（一作粉）匣淒餘粉（一作淚），薰爐滅（一作減）舊煙。晚庭摧玉樹，寒帳委金蓮。佳人不再得，雲（一作白）日幾千年。

和騫右丞省中暮望

故事閑臺閣，仙門藹已深。舊章窺複道，雲幌肅重陰。玄律葭灰變，青陽斗柄臨。年光搖樹色，春氣繞蘭心。風響高窗度，流痕曲岸侵。天門（一作民）總樞轄，人鏡辨衣簪。日暮南宮靜，瑤華振雅音。

和酬虢州李司法

脣齒標形勝，關河壯邑居。寒山抵方伯，秋水面鴻臚。君子從遊宦，忘情任卷舒。風霜下刀筆，軒蓋擁門閭。平野

芸黃遍長洲鴻雁初菊花宜泛酒蒲葉好裁書昔我芝蘭契悠然雲雨疎非君重千里誰肯惠雙魚

和鄭讐校內省眺矚思鄉懷友

銅門初下辟石館始沈研遊霧千金字飛雲五色牋樓臺橫紫極（一作氣）城闕俯青田暄入瑶房裏春回（一作過）玉宇前霞文埋落照風物（一作色）澹歸煙翰墨三餘隙關山四望懸頹峰（一作風）睽酌羽流水曠鳴絃雖欣承白雪終恨隔青天

和旻上人傷果禪師

淨業初中日浮生大小年無人本無我非後亦非前簫鼓旁喧地龍蛇直映（一作眞應）天法門摧棟宇覺海破舟船書鎮秦王餉經文宋國傳聲華周百億風烈被（一作破）三千蕪沒青園寺荒涼紫陌田德音殊未遠拱木已生煙

和劉侍郎入隆唐觀

福地陰陽合仙都日月開山川臨四險城樹隱三臺伏檻排雲出飛軒遶澗回參差凌倒影瀟灑軼浮埃百果珠為寶羣峰錦作苔懸蘿暗疑（一作疑）霧瀑布響成雷方士燒丹液眞人泛玉杯還如問桃水更似得蓬萊漢帝求仙日相如作賦才自然金石奏何必上天台

和輔先入昊天觀星瞻（一作占）

遁甲爰皇里星占太乙宮天門開奕奕佳氣鬱蔥蔥碧落三乾外黃圖四海中邑居環若水城闕抵新豐玉檻崑崙側金樞地軸東上眞朝北斗元始詠南風漢君祠五帝淮王禮八公道書編（一作藏）竹簡靈液（一作藥）灌梧桐草茂（一作蔓）瓊階綠花繁寶樹紅石樓紛似畫地鏡淼如空桑海年（一作中）應積桃源路不窮黃軒若有問三月住（一作往）崆峒

和劉長史答十九兄

帝堯平百姓高祖宅三秦子弟分河岳衣冠動縉紳盛名恒不隕歷代幾相因街巷塗山曲門閭洛水濱五龍金作友一子玉為人寶劍豐城氣明珠魏國珍風標自落落文質且彬彬共許刁元（一作陶玄）亮同推周伯仁石城俯天闕鍾阜對江津驥足方遐騁（一作馳）狼心獨未馴鼓鼙鳴九域風火集重闈城勢餘三板（一作版）兵威乏四鄰居然混玉石直置保松筠耿介酬天子危言數賊臣鍾儀琴未奏蘇武節猶新受祿寧辭死揚名不顧身精誠動天地忠義感明神怪鳥俄（一作來）垂翼修蛇竟暴鱗來朝拜（一作報）休命述職下梁（一作良）岷善政馳金馬嘉聲繞玉輪三荆忽有贈四海更相親宮徵諧鳴石光輝掩燭銀山川遙滿目零露坐沾巾友愛光天下恩波浹後塵儒夫仰高節下里繼陽春

夜送趙縱

趙氏連城璧由來天下傳送君還舊府明月滿（一作照）前川

全唐詩

宋之問

宋之問一名少連字延清虢州弘農人弱冠知名初徵令與楊炯分直內教俄授雒州參軍累轉尚方監丞預修三教珠英後坐附張易之左遷瀧州參軍武三思用事起為鴻臚丞景龍中再轉考功員外郎時中宗增置修文館學士之問與薛稷杜審言首膺其選轉越州長史睿宗即位徙欽州尋賜死集十卷今編詩三卷

息夫人

可憐楚破息腸斷息夫人仍為泉下骨不作楚王嬪楚王寵莫盛息君情更親情親怨生別一朝俱殺身

初到陸渾山莊

授衣感窮節策馬淩伊關歸齊逸人趣日覺秋琴閑寒露衰北阜夕陽破東山浩歌步（一作岑）榛樾棲鳥隨我還

夜飲東亭

春泉（一作水）鳴大壑皓月吐層岑岑壑景色佳慰我遠遊心暗芳足幽氣驚棲（一作嘶）多衆音高興南山（一作女）曲長謠橫素琴

芳樹（一作沈佺期詩）

何地早芳菲宛在長門殿天桃色若綬穠李光如練啼鳥弄花疎遊蜂飲香遍歎息春風起飄零君不見

送趙六貞固

目斷南浦雲心醉東郊柳怨別此何時春（一作青）芳來已久與君共時物盡此盈樽酒始願今不從春風戀攜手

題張老松樹

歲晚東巖下周顧何悽惻日落西山陰衆草起寒色中有喬松樹使我長歎息百尺無寸枝一生自孤直

別之望後獨宿藍田山莊

鶺鴒有舊曲調苦不成歌自歎兄弟少常嗟離別多爾尋北京路予卧南山阿泉晚更幽咽雲秋尚嵯峨藥欄聽蟬噪書幌見禽過愁至願甘寢其如鄉夢何

浣紗篇贈陸上人

越女顏如花越王聞浣紗國微不自寵獻作吳宮娃山藪半潛匿苧蘿更蒙遮一行霸句踐再笑（一作顧）傾夫差艷色奪人目（一作常人）斆顰亦相誇一朝還舊都靚粧尋若耶鳥驚入松網（一作林鳥驚入松）魚畏沈荷花（一作網魚畏沈花）始覺冶容妄方悟羣（一作君）心邪（一作斜）欽子秉幽意世人共稱嗟願言托君懷倘類蓬生麻家住雷門曲高閣淩飛霞淋漓翠羽帳旖旎采（一作綠）雲車春風艷楚舞秋月纏（一作綿）胡笳自昔專嬌愛襲玩唯矜奢達本知空寂棄彼猶泥沙永割偏執性自長薰修芽攜妾不障道來（一作願）止妾西家

雨從箕山來

雨從箕山來倏與飄風度晴明西峰日綠縟南溪樹此時客精廬幸蒙眞僧顧深入清淨理妙斷往來趣意得

兩契如言盡共忘喻觀花寂不動聞鳥懸可悟向夕間天香淹留不能去

初至崖口

崖口衆山斷嶔崟聳天壁氣衝落日紅影入春潭碧錦績織苔蘚丹青畫松石水禽泛容與巖花飛的皪微路從此深我來限于役惆悵情未已羣峰暗將夕

自湘源至潭州衡山縣

浮湘沿迅湍逗浦凝遠盼漸見江勢闊行𡌮水流漫赤岸雜雲霞綠竹緣溪澗向背羣山轉應接良景晏杳障連夜猿平沙覆陽雁紛吾望闕客（一作容）歸橈速已慣中道方泝洄遲念自兹撰賴欣衡陽美持以蠲憂患

入崖口五渡寄李適

抱琴登絶壑伐木泝清川路極意謂盡勢回趣轉綿人遠草木秀山深雲景鮮余負海嶠情自昔微尚然彌曠十餘載今來宛仍前（一作全）未窺仙源極獨進野人船時攀乳竇甜屢薄天窗眠夜弦響松月朝揖𠑽苔泉因冥象外理永謝區中緣碧潭可遺老丹砂堪學仙莫使馳光暮空令歸鶴憐

洞庭湖

地盡天水合朝及洞庭湖初日當中涌莫辨東西隅晶耀目何在瀅熒心欲無靈光晏海若游氣耿天吳（一作樞）張樂軒皇至征苗夏禹徂楚臣悲落葉堯女泣蒼梧野積九江潤山通五嶽圖風恬魚自躍雲夕雁相呼獨此臨泛漾浩將人代殊永言洗氛濁卒歲爲清娛要使功成退徒勞越大夫

景龍四年春祠海

肅事祠春溟宵齋洗蒙慮雞鳴見日出鷺下驚濤鶩地闊八荒近天回百川溯𨑻端接空曲目外唯雰霧暖氣物象來周遊晦明互致牲匪玄享禋滌期靈煦的的波際禽沄沄島間樹安期今何在方丈蔑尋路仙事與世隔冥搜徒已屢四明背群山遺老莫辨處撫中（一作內撫）良自慨弱齡忝恩遇三入文史林兩拜神仙署雖歎出關遠始知臨海趣賞來空自多理勝孰能喻留揖竟何待徙倚忽云暮

温泉莊卧病寄楊七炯

移疾（一作多病）卧兹嶺寂寥倦幽獨賴有嵩丘山高枕長在目兹山棲靈異朝夜翳雲族是日濛雨晴返景入巖谷羃羃澗畔草青青山下木此意方無窮環顧悵林麓伊洛何悠漫川原信重複夏餘鳥獸蕃秋末禾黍熟秉願守樊圃歸閑欣藝牧惜無載酒人徒把涼泉（一作潭）掬

谷田徵君（一作敬谷田徵君遊巖）

家臨清溪水溪水繞盤石緑蘿四面垂裹裹百餘尺風泉度絲管苔蘚鋪茵席傳聞潁陽人霞外漱靈液忽枉巖中翰吟望（一作卧）朝復夕何當遂遠遊物色候逋客

自衡陽至韶州謁能禪師

謫居竄炎壄孤帆淼不繫别家萬里餘流目三春際猿啼山館曉虹飲江皋霽湘岸竹泉幽衡峯石囷閉嶺嶂窮攀越風濤極沿濟吾師在韶（一作衡）陽欣此得躬詣洗慮賓空寂焚香結精誓願以有漏軀聿（一作幸）熏無生慧物用益（一作一）冲曠心源日閑細伊我獲此途遊道回（一作悔）晚計宗師信捨法擯落文史藝坐禪羅浮中尋異窮（一作南）海裔何辭禦魑魅自可乘炎癘回首望舊（一作故）鄉雲林浩蔚蔽不作離别苦歸期多年歲

見南山夕陽召監師不至

夕陽黯晴碧山翠互明滅此中意無限要與開士説徒鬱仲舉思詎迴道林轍孤興欲待誰待此湖上月

遊法華寺

薄游京都日遥羡稽山名分剌江海郡朅來徵素情松露洗心眷象筵敷念誠薄雲界青嶂皎日騫朱甍苔澗深不測竹房閑且清感真六象見垂兆二鶂（一作鳥）鳴古今信靈跡中州莫與京林巘永棲業豈伊佐（一作在）一生浮悟雖已久事試去來成觀念幸相續庶幾最後明

宿雲門寺

雲門若邪裏泛鷁路纔通夤緣綠篠岸遂得青蓮宮天香衆壑滿夜梵前山空漾漾潭際月飀飀（一作飄飄）杉上風兹焉多嘉遯數子今莫同鳳歸慨處士鹿化聞仙公樵路鄭州北舉（一作學）井阿巖東永夜豈云寐曙華忽蔥蘢谷鳥囀尚澀源桃驚未紅再來期春暮當造林端窮庶幾蹤謝客開山投剡中

春湖古意

院梅發向尺園鳥復成曲落日遊南湖果擲顏如玉含情不得語轉盼知所屬惆悵未可歸寧關須采（一作林）菉

游陸渾南山自歇馬嶺到楓香林以詩代書荅李舍人適

晨登歇馬嶺遥望伏牛山孤出羣峰首熊熊元氣間太和亦崔嵬石扇（一作扉）横閃倏細岑互攢倚浮巘競奔蹙白雲遥入懷青靄（一作雲）近可掬徒尋靈異跡（一作我從尋靈異）周顧愜心目晨拂鳥路行暮投人煙宿粳稻遠彌秀栗芋秋新熟石髓非一巖藥苗乃萬族間關踏雲雨繚繞緣水木西見商山芝南到楚鄉竹楚竹幽且深半雜楓香林浩歌清潭曲寄爾桃源心

早發大庾嶺

晨躋大庾險驛鞍馳復息霧露晝未開浩途不可測嵥起華夷界信爲造化力歇鞍問徒旅鄉關在西北出門怨别家登嶺恨辭國自惟勗（一作寅）忠孝斯罪懵所得皇明頗照（一作昭）洗廷議日紛惑兄弟遠淪居妻子成異域羽翮傷已毁童幼憐未識躊躕戀北顧亭午晞霽色春煖陰梅花瘴回陽鳥翼含沙緣澗聚吻草依林植適蠻悲疾首懷鞏淚沾臆感謝鵷鷺朝勤修魑魅職生還倘非遠誓擬酬恩德

自洪府舟行直書其事

仲春辭國門畏途横萬里越淮乘楚嶂造江泛吴氾嚴程無休隙日夜涉風水昔聞垂堂言將誡千金子問余何奇剝遷竄極炎鄙揆已道德餘幼聞虚白旨貴身賤外物抗跡遠塵軌朝遊伊水湄夕卧箕山趾妙年拙自晦皎潔弄文史謬辱紫泥書揮翰青雲裏事往每增傷寵來常誓止銘骨懷報稱（一作林丘）逆鱗讓金紫安位釁潛搆退畊禍猶起棲巖實吾策觸藩誠内耻濟濟同時人台庭鳴劒履愚（一作思）以卑自衛兀坐去沈滓迨兹理已極竊

位申知己羣議負宿心獲戾光華始黃金忽銷鑠素業坐淪毀浩歎誣平生何獨戀枌梓浦樹浮鬱鬱皋蘭覆靡靡百越去魂斷九疑望心死未盡玨阜遊遠欣羅浮美周旋本師訓佩服無生（一作心）理異國多靈仙幽探忘年紀（一作祀）敝廬嵩山下空谷茂蘭芷悠悠南溟遠採掇長已矣

下桂江縣黎壁

放溜觀前溆連山分（一作紛）上干江回雲壁轉天小霧峯攢吼沫跳急浪合流環峻灘歘離（一作雜）出漩劃繚繞避渦盤舟子怯桂水最言斯路難吾生抱忠信吟嘯自安閑旦別已千歲夜愁勞萬端企予見夜月委曲破林巒潭曠竹煙盡洲香橘露團豈傲夙所好對之與俱歡思君罷琴酌泣此夜漫漫

奉使嵩山途經緱嶺

侵星發洛城城中歌吹聲畢景至緱嶺嶺上煙霞生草樹饒野意山川多古情大隱德所薄歸來可退耕

傷王七秘書監寄呈揚州陸長史通簡府僚廣陵以廣好事（一本無以廣四字）

王氏貴先宗衡門棲道風傳（一作得）心晤有物秉化遊無窮學與九流異機玄三語同書乃墨場絕文稱詞伯雄白屋藩魏主蒼生期謝公一祇賢良詔遂謁承明宮補袞望奚塞尊儒位未充罷官七門裏歸老一丘中耆黍長者轍微言私謂通我行會稽郡路出廣陵東物在人已矣都疑淮海空

使至嵩山尋杜四不遇慨然復傷田洗馬韓觀主因以題壁贈杜侯杜四

洛橋瞻太室期子在雲煙歸來不相見孤賞美寒泉與君潤松石于茲二十年田公謝昭世韓子秘幽埏憶昔同攜手山棲接二賢笙歌入玄地詩酒坐寥天舊友悲零落罷琴私自憐逝（一作游）者非藥誤餐霞意可全為余理還策相與事靈仙

甗郡齋海榴

澤國韶氣早開簾延霽天野禽宵未囀山螢晝仍眠目茲海榴發列映巖楹前熠爚御風靜葳蕤含景鮮清晨綠堪佩亭午丹欲然昔忝金閨籍嘗見玉池蓮未若宗族地更逢榮耀全南金雖自貴賀（一作買又作質）賞詎能遷撫躬萬里絕豈染一朝妍徒緣（一作從祿）滯遐郡常是惜流年越俗鄙章甫捫心空自憐

長安路（一作沈佺期詩）

秦地平如掌層城出雲漢樓閣九衢春車馬千門旦綠柳開復合紅塵聚還散日晚鬬雞場經過狹斜看

折楊柳（一作沈佺期詩）

玉樹朝日映羅帳春風吹拭淚攀楊柳長條宛地垂白花飛歷亂黃鳥思參差妾自肝腸斷傍人那得知

有所思（一作沈佺期詩）

君子事行役再空芳歲期美人曠遙佇萬里浮雲思園桃（一作槿）綻紅豔郊葉（一作桑）柔綠滋坐看長夏晚秋月生（一作照）羅帷

軍中人日登高贈房明府

幽郊昨夜陰風斷頓覺朝來陽吹暖涇水橋南柳欲黃杜陵城北花應滿長安昨夜寄春衣短翮登茲一望歸聞道凱旋乘騎入看君走馬見芳菲

寒食還陸渾別業

洛陽城裏花如雪陸渾山中今始發旦別河橋楊柳風夕臥伊川桃李月伊川桃李正芳新寒食山中酒復春野老不知堯舜力酣歌一曲太平人

寒食江州滿（一作蒲）塘驛

去年上巳洛橋邊今年寒食廬山曲遙憐鞏樹花應滿復見吳洲草新綠吳洲春草蘭杜芳感物思歸懷故鄉驛騎明朝宿何處猿聲今夜斷君腸

至端州驛見杜五審言沈三佺期閻五朝隱王二無競題壁慨然成詠

逐臣北地承嚴譴謂到南中每相見豈意南中岐路多千山萬水（一作千里萬里）分鄉縣雲搖雨散各翻飛海濶天長音信稀處處山川同瘴癘自憐能得幾人歸

綠竹引

青溪綠潭潭水側修竹嬋娟同一色徒生仙實鳳不遊老死空山人詎識妙年秉願逃俗紛歸臥嵩丘美白雲含情傲睨（樂府詩無睨字）慰心目何可一日無此君

明河篇（紀事云武后時之問求為北門學士不許乃作此篇以見意后見之謂崔融曰非不知之問有奇才但恨有口過耳之問終身恥之）

八月涼風天氣晶（一作清）萬里無雲河漢明昏見南樓清且淺曉落西山縱復橫洛陽城闕天中起長河夜夜千門裏複道連甍共蔽虧畫堂瓊户特相宜雲母帳前初泛濫水精簾外轉逶迤倬彼昭回如練白復出東城接南陌南陌征人去不歸誰家今夜擣寒衣鴛鴦機上踈螢度烏鵲橋邊一雁飛雁飛螢度愁難歇坐見明河漸微沒已能舒卷任浮雲不惜光輝讓流月明河可望不可親願得乘槎一問津更將織女支機石還訪成都賣卜人

龍門應制

宿雨霽氛埃流雲度城闕河堤柳新翠苑樹花先發洛陽花柳此時濃山水樓臺映幾重羣公拂霧朝翔鳳天子乘春幸鑿龍鑿龍近出王城外羽從琳琅擁軒蓋雲罕才臨御水橋天衣已入香山會山壁嶄巖斷復連清流澄澈俯伊川雁塔遙遙綠波上星龕奕奕翠微邊層巒舊長千尋木遠壑初飛百丈泉綵仗蜺（一作虹）旌遶香閣下輦登高望河洛東城宮闕擬昭回南陌溝塍殊綺錯林下天香七寶臺山中春酒萬年杯微風一起祥花落仙樂初鳴瑞鳥來鳥來花落紛無已稱觴獻壽煙（一作香）霞裏歌舞淹留景欲斜石關（一作闕）猶駐五雲車鳥旗翼翼留芳草龍騎駸駸映晚花千乘萬騎鑾輿出水靜山空嚴警蹕郊外喧喧引看人傾都南望屬車塵囂聲引颺聞黃道佳氣周迴（一作旋）入紫宸先王定鼎山河固寶命乘周萬物新吾皇不事瑤池樂時雨來觀農扈春（紀事云武后遊龍門命羣官賦詩先成者賜以錦袍左史東方虬詩成拜賜坐未安之問詩成文理兼美左右稱善乃就奪錦袍衣之）

初宿淮口

孤舟汴河水去國情無已晚泊投楚鄉明月清淮裏汴河東瀉路窮茲洛陽西顧日增悲夜聞楚歌思欲斷況

值淮南木落時

王子喬

王子喬愛神仙七月七日上賓天白虎搖瑟鳳吹笙乘騎雲氣吸日精吸日精長不歸遺廟今在而人非空望山頭草草露濕人衣

放白鷴篇

故人贈我綠綺琴兼致白鷴鳥琴是嶧山桐鳥出吳溪中我心松石清霞裏弄此幽弦不能已我心河海白雲垂憐此珍禽空自知著書晚下麒麟閣幼稚驕癡候門樂乃言物性不可違白鷴愁慕刷毛衣玉徽閉匣留為念六翮開籠任爾飛

桂州三月三日（一作桂陽三日述懷）

代業京華裏遠投魑魅鄉登高望不極雲海四茫茫伊昔承休盼曾為人所羨兩朝賜顏色二紀陪歡宴昆明御宿侍龍媒伊闕天泉復幾回西夏黃河水心劍東周清洛羽觴杯苑中落花掃還合河畔垂楊撥不開千春萬壽多行樂柏梁和歌攀睿作賜金分帛奉恩輝風舉雲搖入紫微晨趨北闕鳴珂至夜出南宮把燭歸載筆儒林多歲月襆被文昌佐吳越越中山海高且深興來無處不登臨永和九年刺海郡暮春三月醉山陰愚謂嬉遊長似昔不言流寓歘成今始安繁華舊風俗帳飲傾城沸江曲主人絲管清且悲客子肝腸斷還續荔浦蘅皋萬里餘洛陽音信絕能疏故園今日應愁思曲水何能更祓除逐伴誰憐合浦葉思歸豈食桂江魚不求漢使金囊贈願得佳人錦字書

下山歌

下嵩山兮多所思攜佳人兮步遲遲松間明月長如此君再遊兮復何時

冬宵引贈司馬承禎

河有冰兮山有雪北戶墐兮行人絕獨坐山中兮對松月懷美人兮屢盈缺明月的的寒潭中青松幽幽吟勁風此情不向俗人說愛而不見恨無窮

高山引

攀雲窈窕兮上躋懸峰長路浩浩兮此去何從水一曲兮腸一曲山一重兮悲（一作愁）一重松檟邈已遠友于何日逢況滿室兮童稚攢衆慮於心胷天高難訴兮遠負明德却望咸京兮揮涕龍鍾

嵩山天門歌

登天門兮坐盤石之磷砢前漎漎兮未半下漠漠兮無根紛窈窕兮巖倚披以鵬翅洞膠葛兮峰稜層以龍鱗松移岫轉左變而右易風生雲起出鬼而入神吾亦不知其靈怪如此願遊杳冥兮見羽人重曰天門兮穹崇回合兮攢藂松萬接兮柱日石千尋兮倚空晚陰兮足風夕陽兮紅試一望兮奪魄況衆妙之無窮

有所思（一作劉希夷詩題云代悲白頭翁）

洛陽城東桃李花飛來飛去落誰家幽閨女兒惜顏色坐見落花長歎息今年花落顏色改明年花開復誰在已見松柏摧為薪更聞桑田變成海古人無復洛城東今人還對落花風年年歲歲花相似歲歲年年人不同寄言全盛紅顏子須憐半死白頭翁此翁白頭真可憐伊昔紅顏美少年公子王孫芳樹下清歌妙舞落花前光祿池臺交錦繡將軍樓閣畫神仙一朝臥病無相識三春行樂在誰邊婉轉蛾眉能幾時須臾鶴髮亂如絲但看古來歌舞地唯有黃昏鳥雀飛

全唐詩

宋之問

奉和立春日侍宴內出剪綵花應制

金閣妝新（一作仙）杏瓊筵弄綺梅人間都未識天上忽先開蝶繞香絲住蜂憐豔粉（一作彩艷）迴今年春色早應為剪刀催

春日芙蓉園侍宴應制

芙蓉秦地沼盧橘漢家園谷轉斜盤徑川迴曲抱原風來花自舞春入鳥能言侍宴瑤池夕歸途笳（一作騎）吹繁

夏日仙萼亭應制

高嶺逼星河乘輿此日過野含時雨潤山雜夏雲多睿藻光巖穴宸襟洽薜蘿悠然小天下歸路滿笙歌

奉和九月九日登慈恩寺浮屠應制

鳳刹侵雲半虹旌倚日邊散花多寶塔張樂布金田時菊芳仙醞秋蘭動睿篇香街稍欲晚清蹕扈歸天

奉和九日幸臨渭亭登高應制得歡字

令節三秋晚重陽九日歡仙杯還泛菊寶餌且調蘭御氣雲霄近乘高宇宙寬今朝萬壽引宜向曲中彈

奉和聖製閏九月九日登莊嚴總持二寺閣

閏月再重陽仙輿歷寶坊帝歌雲稍白御酒菊猶黃風鐸喧行漏天花拂舞行豫游多景福梵宇日生光

麟趾殿侍宴應制

北闕層城峻西宮複道懸乘輿歷萬戶置酒望三川花柳含丹日山河入綺筵欲知陪賞處空外有飛煙

上陽宮侍宴應制得林字（一本題上有九月晦日四字）

廣樂張前殿重裘感聖心砌蓂霜月盡庭樹雪雲深舊渥驂宸御慈恩忝翰林微臣一何幸再得聽瑤琴

幸少林寺應制

紺宇橫天室回鑾指帝休曙陰迎日盡春氣抱巖流空樂繁行漏香煙薄綵斿玉膏從此泛仙馭接浮丘

幸嶽寺應制

鑿幸珠筵地俱憐石瀨清泛流張翠幕拂迴挂紅旌雅曲龍調管芳樽蟻泛觥陪歡玉座晚復得聽金（一作鐘）聲

扈從登封途中作

帳殿鬱崔嵬仙遊實壯哉曉雲連幕捲夜火雜星回谷暗千旗出山鳴萬乘來扈從良可賦終乏掞天才

扈從登封告成頌

複道開行殿鉤陳列禁兵和風吹鼓角佳氣動旗旌後騎迴天苑前山入御營萬方俱下拜相與樂昇平

松山嶺應制

翼翼高旌轉鏘鏘鳳輦飛塵銷清蹕路雲濕從臣衣白羽搖丹壑天營（一作宮）遶翠微芳聲耀今古四海警宸威

緱山廟

王子賓仙去飄颻笙鶴飛徒聞滄海變不見白雲歸天路何其遠人間此會稀空歌日云暮霜月漸微微

奉和梁王宴龍泓應教得微字

水府淪幽壑星軺下紫微鳥驚司僕馭花落侍臣衣芳樹搖春晚晴雲繞座飛淮王正留客不醉莫言歸

壽陽王花燭圖（一作沈佺期詩）

仙媛乘龍日（一作夕）天孫捧雁來可憐桃李樹（一作遲）更繞鳳皇臺燭照香車入花臨寶扇開莫令銀箭（一作漏）曉為盡合歡杯

江南曲

妾住越城南離居不自堪採花驚曙鳥摘葉餧春蠶懶結茱萸帶愁安玳瑁簪待君消瘦盡日暮碧江潭

牛女（一作沈佺期詩）

粉席秋期緩鍼樓別怨多奔龍爭渡月飛鵲亂填河失喜先臨鏡含羞未解羅誰能留夜色來夕倍還梭

冬夜寓直麟閣（一作王維詩）

直事披三省重關閉七門廣庭憐雪淨深屋喜爐溫月幌花虛馥風窗竹暗喧東山白雲意茲夕寄琴尊

登禪定寺閣（一作登總持寺閣）

梵宇出三天登臨望八川開襟坐霄漢揮手拂（一作拍）雲煙函谷青（一作春）山外昆池落日邊東京楊柳陌少別已（一作幾）經年

陸渾山莊

歸來物外情負杖閱巖耕源水看花入幽林採藥行野人相問姓山鳥自呼名去去獨吾樂無然（一作能）愧此生

藍田山莊

宦遊非吏隱心事好幽偏考室先依地為農且用天輞川朝伐木藍水暮澆田獨與秦山老相歡春酒前

春日山家（一作春泉洗藥）

今日遊何處春泉洗藥歸悠然紫芝曲晝掩白雲扉魚樂偏尋藻人閑屢采薇丘中無俗事身世兩相違

春日宴宋主簿山亭得寒字

公子正邀歡林亭春未闌攀巖踐苔易迷路出花難窗覆垂楊煖堦侵瀑水寒帝城歸路直留興接鵷鸞

江亭晚望

浩渺浸雲根煙嵐出遠村鳥歸沙有跡帆過浪無痕望水知柔性看山欲斷魂縱情猶未已回馬欲黃昏

秋晚遊普耀寺

薄暮曲江頭仁祠暫可留山形無隱霽野色偏呈秋荷覆香泉密藤緣寶樹幽平生厭塵事過（一作遇）此忽悠悠

答李司戶夔

遠方來下客輶軒攝（一作折）使臣弄琴宜在夜傾酒貴逢春駟馬留孤館雙魚贈故人明朝散雲（一作行）雨遙仰德為隣

寄天台司馬道士

臥來生白髮覽鏡忽成絲遠愧餐霞子童顏且自持舊遊惜疎曠微尚日磷緇不寄西山藥何由東海期

使往天平軍馬約與陳子昂新鄉為期及還而不相遇

入衛期之子吁嗟不少留情人去何處淇水日悠悠恒碣青雲斷衡漳白露秋知君心許國不是愛封侯

過函谷關

二百四十載海內何紛紛六國兵同合七雄勢未分從成拒秦帝策決問蘇君雞鳴將狗盜論德不論勳

送朔方何侍郎（一作御）

聞道雲中使乘驄往復還河兵守陽月塞虜失陰山拜職嘗隨驃（方回云漢有隨驃令騎候）銘功不讓班旋聞受降日歌舞入蕭關

送田道士使蜀投龍

風馭忽泠然雲臺路幾千蜀門峯勢斷巴字水形連人隔壺中地龍遊洞裏天贈言回馭日圖畫彼山川

送許州宋司馬赴任

潁郡水東流荀陳兄弟遊偏傷茲日遠獨向聚星州河潤在明德人康非外求當聞力為政遙慰我心愁

送趙司馬赴蜀州

餞子西南望煙綿劍道微橋寒金雁落（一作並）林曙碧雞飛職拜輿方遠仙成履會歸定知和氏璧遙掩玉輪輝

送永昌蕭贊府

柳變曲江頭送君函谷遊弄琴寬別意酌醴醉春愁戀本亦何極贈言微所求莫令金谷水不入故園流

送李侍御

行李戀庭闈乘軺振綵衣南登指吳服北走出秦畿去國夏雲斷還鄉秋雁飛旋聞郡計入更有使臣歸

餞湖州薛司馬

別駕促嚴程離筵多故情交深季作友義重伯為兄鎮靜移吳俗風流在漢京會看（一作逢）陳仲舉從此拜公卿

送杜審言

臥病人事絕嗟君萬里行河橋不相送江樹遠含情別路追孫楚維舟弔屈平可惜龍泉劍流落在豐城

送武進鄭明府

弦歌試宰日城闕賞心違北謝蒼龍去南隨黃鵠飛夏雲海中出吳山江上微甿謠（一作歌）豈云遠從此慶緇衣

送姚侍御出使江東

帝憂河朔郡南發海陵倉坐歎青春別逶迤碧水長飲冰朝受命衣錦晝還鄉為問東山桂無人何自芳

留別之望舍弟

同氣有三人分飛在此晨西馳巴嶺徼東去洛（一作汝）陽濱強飲離前酒終傷別後神誰（一作雖）憐散花蕚獨赴日南春

漢江宴別

漢廣不分天舟移杳若仙秋（一作林）虹暎晚日江鶴弄晴煙積水浮冠蓋遙風逐管弦嬉遊不可極留恨此山川

初發荊府贈長史（首聯缺）

仍隨五馬譎，載與兩禽奔。明主無由見，羣公莫與言。幸君逢聖日，何惜理虞翻。

晚泊湘江

五嶺恓惶客，三湘顦顇顏。況復秋雨霽，表裏見衡山。路逐鵬（一作江）南轉，心依雁北還。唯餘望鄉淚，更染竹成斑。

過蠻洞

越嶺千重合，蠻谿十里斜。竹迷樵子徑，萍匝釣人家。林暗交楓葉，園香覆橘花。誰憐在荒外，孤賞足雲霞。

經梧州

南國無霜霰，連年見物華。青林暗換葉，紅蘂續開花。春去聞山鳥，秋來見海槎。流芳雖可悅，會自泣長沙。

渡吳江別王長史

倚櫂望茲川，銷魂獨黯然。鄉連江北樹，雲斷日南天。劒別龍初沒，書成雁不傳。離舟意無限，催渡復催年。

泛鏡湖南溪

乘興入幽棲，舟行日向低。巖花候冬發，谷鳥作春啼。沓嶂開天小，叢篁夾路迷。猶聞可憐處，更在若邪溪。

途中寒食題黃梅臨江驛寄崔融（一作初到黃梅臨江驛）

馬上逢寒食，愁中屬暮春。可憐江浦望，不見洛陽人。北極懷明主，南溟作逐臣。故園腸斷處，日夜柳條新。

遊韶州廣界（一作果）寺

影殿臨丹壑，香臺隱翠霞。巢飛銜象鳥，砌蹋雨空花。寶鐸搖初霽，金池映晚沙。莫愁歸路遠，門外有三車。

宿清遠峽山寺

香岫懸金剎，飛泉屆（一作界）石門。空山唯習靜，中夜寂無喧。說法初聞鳥，看心欲定猿。寥寥隔塵市（一作事），何異武陵源。

題大庾嶺北驛

陽月南飛雁，傳聞至此回。我行殊未已，何日復歸來。江靜潮初落，林昏瘴不開。明朝望鄉處，應見隴頭梅。

度大庾嶺

度嶺方辭國，停軺一望家。魂隨南翥鳥，淚盡北枝花。山雨初含霽，江雲欲變霞。但令歸有日，不敢恨長沙。

端州別袁侍郎

合浦途未極，端溪行𨊠臨。淚來空泣臉，愁至不知心。客醉山月靜，猿啼江樹深。明朝共分手，之子愛千金。

過史正議宅

舊交此零落，雨泣訪遺塵。劒几傳好事，池臺傷故人。國香蘭已歇，里樹橘猶新。不見吳中隱，空餘江海濱。

梁宣王挽詞三首

貴藩堯母族，外戚漢家親。業重興王際，功高復辟辰。愛賢唯報國，樂善不防身。今日衣冠送，空傷置醴人。

金精何日閉，玉匣此時開。東望連吾子，南瞻近帝臺。地形龜食報，墳土燕銜來。可歎虞歌夕，紛紛騎吹回。

像設千年在，平生萬事違。綵旌翻葆吹，圭翣奠靈衣。壠日寒無影，郊雲凍不飛。君王留此地，駟馬欲何歸。

魯忠王挽詞三首

同盟會五月，歸葬出三條。日慘咸陽樹，天寒渭水橋。稍看朱鷺轉，尚識紫騮驕。寂寂泉臺恨，從茲罷玉簫。

邦家錫寵光，存沒貴忠良。遂裂山河地，追尊父子王。人悲槐里月，馬踏槿原霜。别向天京北，悠悠此路長。

樹羽迎朝日，撞鐘望早霞。故人悲宿草，中使慘晨笳。氣有衝天劒，星無犯斗槎。唯餘孔公宅，長接魯王家。

范陽王挽詞二首

賢相稱邦傑，清流舉代推。公才掩諸夏，文體變當時。賓弔翩成鶴，人亡惜喻龜。洛陽今紙貴，猶寫太沖詞。

贈秩（一作袞）徽章洽，求書秘草成。客隨朝露盡，人逐夜舟驚。蒿里衣冠送，松門印綬迎。誰知楊伯起，今日重哀榮。

故趙王屬贈黃門侍郎上官公挽詞二首

章門旌舊德，班氏業前書。謫去因丞相，歸來爲使仔。周原烏相冢，越嶺雁隨車。冥漠辭昭代，空憐賦子虛。

綠車隨帝子，青瑣翊宸機。昔枉朝歌騎，今虛夕拜闈。柳河悽挽曲，薤露濕靈衣。一厝窮泉閉，雙鸞遂不飛。

藥

有卉秘神仙，君臣有禮焉。忻當苦口喻，不畏入腸偏。扁鵲功成日，神農定品年。丹成如可待，雞犬自聞天。

奉和九日登慈恩寺浮圖應制

瑞塔千尋起，仙輿九日來。萸房陳寶席，菊蘂散花臺。御氣鵬霄近，升高鳳野開。天歌將梵樂，空裏共裴回。

送沙門泓景道俊玄奘還荊州應制

三乘歸淨域，萬騎餞通莊。就日離亭近，彌天別路長。荊南旋杖鉢，渭北限津梁。何日紆真果，還來入帝鄉。

春日芙蓉園侍宴應制

年光竹裏遍，春色杏間遙。煙氣籠青閣，流文蕩畫橋。飛花隨蝶舞，豔曲伴鶯嬌。今日陪歡豫，還疑陟紫霄。

詠笛

羌笛寫龍聲，長吟入夜清。關山孤月下，來向隴頭鳴。逐吹梅花落，含春柳色驚。行觀向子賦，坐憶舊鄰情。

詠鍾

既接南鄰磬，還隨北里笙。平陵通曙響，長樂警宵聲。秋至含霜動，春歸應律鳴。豈惟恒待扣，金簴有餘清。

花落（一作沈佺期詩，題云梅花落）

鐵騎幾時迴，金閨怨早梅。雪寒花已落，風暖葉還開。夕逐新春管，香迎小歲杯。盛時何足貴，書裏報輪臺。

旅宿淮陽亭口號

日暮風亭上，悠悠旅思多。故鄉臨桂水，今夜渺星河。暗草霜華發，空亭鴈影過。興來誰與語，勞者自爲歌。

內題賦得巫山雨（一作沈佺期詩，題云巫山高）

神女向高唐，巫山下夕陽。裴回作行雨，婉孌逐荊王。電影江前落，雷聲峽外長。霽雲無處所，臺館曉蒼蒼。

王昭君（一作沈佺期詩）

非君惜鸞殿，非妾妬蛾眉。薄命由驕虜，無情是畫師。嫁來胡地日，不竝漢宮時。辛苦無聊賴，何堪上馬辭。

銅雀臺（一作沈佺期詩）

昔年分鼎地，今日望陵臺。一旦雄圖盡，千秋遺令開。綺羅君不見，歌舞妾空來。恩共漳河水，東流無重回。

巫山高（一作沈佺期詩）

巫山峯十二，環合象（一作合沓隱）昭回。俯聽（一作眺）琵琶峽，平看雲雨臺。古槎天外落（一作倚），瀑水日邊來。何忍猨啼夜，荊王枕

席開

望月有懷（一作康庭芝詩，一作沈佺期詩）

天使下西樓，含光萬里秋。臺前似挂鏡，簾外如懸鉤。張尹將眉學，班姬取扇儔。佳期應借問，爲報大刀頭。

駕出長安（一作王昌齡詩）

聖德超千古，皇風扇九圍。天回萬象出，駕動六龍飛。淑氣來黃道，祥雲覆紫微。太平多扈從，文物有光輝。

餞中書侍郎來濟（一作太宗詩）

曖曖去塵昏灞岸，飛飛輕蓋指河梁。雲峰衣結千重葉，雪岫花開幾樹粧。深悲黃鶴孤舟遠，獨對青山別路長。却將分手霑襟淚，還用持添離席觴。

奉和春初幸太平公主南莊應制

青門路接鳳凰臺，素滻宸遊龍騎來。澗草自迎香輦合，巖花應待御筵開。文移北斗成天象，酒遞（一作近）南山作壽杯。此日侍臣將石去，共歡明主賜金回。

三陽宮侍宴應制得幽字

離宮祕苑勝瀛洲，別有仙人洞壑幽。巖邊樹色含風冷，石上泉聲帶雨秋。鳥向歌筵來度曲，雲依帳殿結爲樓。微臣昔忝方明御，今日還陪八駿遊。

全唐詩

宋之問

奉和晦日幸昆明池應制

春豫靈池會，滄波帳殿開。舟淩石鯨度，槎拂斗牛回。節晦蓂全落，春遲柳暗催。象溟看浴景，燒劫辨沈灰。鎬飲周文樂，汾歌漢武才。不愁明月盡，自有夜珠來。（紀事云：中宗正月晦日幸昆明池賦詩，羣臣應制百餘篇。帳殿前結綵樓，命上官昭容選一首爲新翻御製曲。從臣悉集其下，須臾紙落如飛，惟沈宋二詩不下。又移時，一紙飛墜，乃沈詩也。及聞其評曰：二詩工力悉敵。沈詩落句云：微臣雕朽質，羞覩豫章材。蓋詞氣已竭。宋詩云：不愁明月盡，自有夜珠來。猶陡健豪舉。沈乃伏，不敢復爭。）

奉和幸大薦福寺（寺即中宗舊宅）

香刹中天起，宸遊滿路輝。乘龍太子去，駕象法王歸。殿飾金人影，窗摇玉女扉。稍迷新草木，徧識舊庭闈。水入禪心定，雲從寶思飛。欲知皇劫遠，初拂六銖衣。

奉和幸三會寺應制（傳是倉頡造書臺）

六飛回玉輦，雙樹謁金仙。瑞鳥呈書字，神龍吐浴泉。淨心遙證果，睿想獨超禪。塔湧香花地，山圍日月天。梵音迎漏（一作雨）徹，空樂倚雲懸。今日登仁壽，長看法鏡圓。

奉和薦福寺應制

梵筵光聖邸，遊豫覽宏規。不改靈光殿，因開功德池。蓮生新步葉，桂長昔攀枝。湧塔庭（一作花）中見，飛樓海上移。聞韶三月幸，觀象七星危。欲識龍歸處，朝朝（一作來）雲氣隨。

奉和幸神皋亭應制

清蹕喧黃道，乘輿降紫宸。霜戈凝曉日，雲管發陽春。臺古全疑漢，林餘半識秦。宴酣詩布澤，節改令行仁。昔恃山河險，今依道德淳。多慙獻嘉頌，空累屬車塵。

奉和幸長安故城未央宮應制

漢王未息戰，蕭相乃營宮。壯麗一朝盡，威靈千載空。皇明悵前跡，置酒宴羣公。寒輕綵仗外，春發幔城中。樂思回斜日，歌詞繼大風。今朝天子貴，不假叔孫通。

奉和幸韋嗣立山莊侍宴應制（一作李乂詩）

樞掖調梅暇，林園藝槿初。入朝榮劒履，退食偶（一作樂）琴書。地隱東巖室，天回北斗車。旌門臨窫窳，輦道屬扶疏。雲罕明丹壑，霜笳徹紫虛。水疑投石處，溪似釣璜餘。帝澤頒卮酒，人歡頌里閭。一承黃竹詠，長奉白茅居。

扈從登封告成頌應制

御路回中嶽，天營接下都。百靈無後至，萬國競前驅。文衞嚴清蹕，幽仙讀寶符。貝花明漢果，芝草入堯厨。濟濟衣冠會，喧喧夷夏俱。宗禋仰神理，刊木望川途。撫己貧非病，時來本不愚。願陪丹鳳輦，率舞白雲衢（一作凱樂望仙途）。

宴安樂公主宅得空字

英藩築外館，愛主出王宮。賓至星槎落，仙來月宇空。玳梁翻賀燕，金埒倚晴虹。簫奏秦臺裏，書開魯壁中。短歌能駐日，豔舞欲嬌風。聞有淹留處，山阿滿桂叢。

春日鄭協律山亭陪宴餞鄭卿同用樓字

潘園枕郊郭，愛客坐相求。尊酒東城外，驂騑南陌頭。池平分洛水，林缺見嵩丘。暗竹侵山徑，垂楊拂妓樓。彩雲歌處斷，遲日舞前留。此地何年別，蘭芳空自幽。

和姚給事寓直之作

清論滿朝陽，高才拜夕郎。還從避馬路，來接珥貂行。寵就黃扉日，威回白簡霜。柏臺遷鳥茂，蘭署得人芳。禁靜鐘初徹，更疎漏漸長。曉河低武庫，流火度文昌。寓直恩徽（一作光輝）重，乘秋藻翰揚。暗投空欲報，下調不成章。

和庫部李員外秋夜寓直之作

相庭貽慶遠，才子拜郎初。起草徯（一作儀）仙閣，焚香臥直廬。更深河欲斷，節勁柳偏疎。氣耿凌雲筆，心摇待漏車。叨榮廁儔侶，省已恧空虛。徒斐陽春和，難參麗曲餘。

酬李丹徒見贈之作

鎮吳稱奧里，試劇仰通才。近挹人披霧，遙聞境震雷。一朝逢解榻，累日共銜杯。連轡登山盡，浮舟望海回。以予慚拙宦，期子遇良媒。贈曲南鳧斷，征途北雁催。更憐江上月，還入鏡中開。

使過襄陽登鳳林寺閣

香閣臨清漢，丹梯隱翠微。林篁天際密，人世谷中違。苔石銜仙洞，蓮舟泊釣磯。山雲浮棟起，江雨入庭飛。信美雖南國，嚴程限北歸。幽尋不可再，留步惜芳菲。

宋公宅送甯諫議

宋公爰創宅，庾氏更誅茅。閒出人三秀，平臨楚四郊。漢

臣來絳節荆牧動金鐃尊溢宜城酒笙栽曲沃匏露荷秋變節風柳夕鳴梢一散陽臺雨方隨越鳥巢

送合宮蘇明府頲

鉉府誕英規公才天下知謂乘羔雁族繼入鳳皇池赤縣求人隱青門起路岐翟回車少别梟化鳥遥馳神哭周南境童歌渭北垂賢哉荀奉倩衮職佇來儀

送楊六望赴金水

借問梁山道嶔岑幾萬重遥州刀作字絕壁劒為峰惜別路窮此留歡意不從憂來生白髮時晚愛青松勿以西南遠夷歌寢盛容台階有高位寧復久臨卭

下桂江龍目灘

停午出灘險輕舟容易前峰攢入雲樹崖噴落江泉巨石潛山怪深篁隱洞仙鳥遊溪寂寂猨嘯嶺娟娟揮袂日凡幾我行途已千暝投蒼梧郡愁枕白雲眠

入瀧州江

孤舟泛盈盈江流日縱横夜雜蛟螭寢晨披瘴癘行潭蒸水沫起山熱火雲生猿躩時能嘯鳶飛莫敢鳴海窮南徼盡鄉遠北魂驚泣向文身國悲看鑿齒氓地偏多育蠱風惡好相鯨余本巖栖客悠哉慕玉京厚恩嘗願答薄宦不祈成違隱乖求志披荒為近名鏡愁玄髮改心負紫芝榮運啟中興曆時逢外域清秪應保忠信延促付神明

始安秋日

桂林風景異秋似洛陽春晚霽江天好分明愁殺人卷雲山角角碎石水磷磷世業事黄老妙年孤隱淪歸歟臥滄海何物貴吾身

桂州黄潭舜祠

虞世巡百越相傳葬九疑精靈遊此地祠樹日光輝禋祭忽羣望丹青圖二妃神來歘率舞仙去鳳還飛日暝山氣落江空潭靄微帝鄉三萬里乘彼白雲歸

登粤王臺

江上粤王臺登高望幾回南溟天外合北戶日邊開地濕煙嘗起山晴雨半來冬花採盧橘夏果摘楊梅跡類虞翻枉人非賈誼才歸心不可見一作度白髮重相催

早發始興江口至虛氏一作靈村作

候曉踰閩嶠一作嶂乘春望越臺宿雲鵬際落殘月蚌中開薜荔摇青氣桄榔翳碧苔桂香多露裛石響細泉回抱葉玄猿嘯銜花翡翠來南中雖可悦北思日悠哉鬒髮俄成素丹心已作灰何當首歸路行剪故園萊

發藤州

朝夕苦遄征孤魂長自驚泛舟依雁渚一作宿投館聽猿鳴石髮緣溪蔓林衣一作拂掃地輕雲峰刻不似苔蘚一作壁畫難成露裛千花氣泉和萬籟聲攀幽紅處歇躋險綠中行戀切芝蘭砌悲纏松柏塋丹心江北死白髮嶺南生魑魅天邊國窮愁海上城勞歌意無限今日為誰明

遊稱心寺

釋事懷三隱清襟謁四禪江鳴潮未落林曉日初懸寶葉交香雨金沙吐細泉望諸舟客趣思發海人煙顧樵仍留馬乘杯久棄船未憂龜負嶽且識鳥耘田理契都無象心寘不寄筌安期庶可揖天地得齊年

遊法華寺

高岫擬耆闍真乘引妙車空中結樓殿意表出雲霞後果纏三足一作尺前因感六一作取牙宴林薰寶樹水溜滴金沙寒谷梅猶淺溫庭橘未華臺香紅藥亂塔影綠篁遮果漸輪王族緣超梵帝家晨行踏忍草夜誦得靈花江郡將何匹天都亦未加朝來沿泛所應是逐仙槎

夜渡吴松江懷古

宿帆震澤口曉渡松江濆棹發魚龍氣舟衝鴻雁羣寒潮頓覺滿暗浦稍將分氣出一作赤海生日光清湖起雲水鄉盡天衢歎息為吴君謀士伏劍死至今悲所聞

謁禹廟

夏王乘四載兹地發金符峻命終不易報功疇敢渝先驅總昌會後至伏靈誅玉帛空天下衣冠照海隅旋聞厭黄屋更道出蒼梧林表祠轉茂山阿井詎枯舟遷龍負壑田變鳥芸蕪舊物森如在天威肅未殊玄夷屆瑶席玉女侍清都奕奕扃闈一作閶闔邃軒軒仗衛趨氣青連曙海雲白洗春湖猿嘯有時答禽言常自呼靈歆異蒸糈至樂匪笙竽茅殿今文襲梅梁古製無運遥日崇麗業盛答昭蘇伊昔力云盡而今功尚敷揆材非美箭精享愧生芻郡職昧為理邦空寧自誣下車霰已積攝事露行濡人隱冀多祐曷唯霑薄軀

遊禹穴回出若邪

禹穴今朝到邪溪此路通著書聞太史鍊藥有仙翁鶴往籠猶掛龍飛劒已空石帆摇海上天鏡落湖中水底寒雲白山邊墜葉紅歸舟何處晚日暮使樵風

靈隱寺 紀事云之問坐黜放還至江南遊靈隱寺夜月極明長廊行吟曰鷲嶺鬱岧嶤龍宮鎖寂寥久不能續有老僧點長明燈問曰少年夜久不寐何耶之問曰偶欲題此寺而興思不屬即曰何不云樓觀滄海日門對浙江潮之問愕然訝其遒麗遲明更訪之則不復見寺僧有知者曰此駱賓王也

鷲嶺鬱岧嶤龍宮鎖寂寥樓觀滄海日門對浙江潮桂子月中落天香雲外飄捫蘿登塔遠刳木取泉遥霜薄花更發冰輕葉未凋夙齡尚遐異搜對滌煩囂待入天台路看余度石橋

遊雲門寺

維舟探靜域作禮事尊經投跡一蕭散為心自杳冥龕依大禹穴樓倚少微星杳嶂圍蘭若回溪抱竹庭覺花塗砌白甘露洗山青雁塔鶱金地虹橋轉翠屏入天宵現景神鬼晝潛形理勝常虛寂緣空自感靈入禪從鴿遶說法有龍聽劫累終期滅塵躬且未寧摇摇不安寐待月詠巖扃

早發韶州

炎徼行應盡回瞻鄉路遥珠厓天外郡銅柱海南標日夜清明少春冬霧雨饒身經大火一作大山熱顔入瘴江消觸影含沙怒逢人女一作毒草摇露濃看菌濕風颼一作溧覺船飄直御魑將魅寧論鴟與鴞虞翻思報國許靖願歸朝綠樹秦京道青雲洛水橋故園長在目魂去不須招

早入清遠峽一作下桂江龍目灘

傳聞峽山好旭日棹前沂雨色摇丹嶂泉聲聒翠微兩巖天作帶萬壑樹披衣秋菊迎霜序春藤礙日輝翳潭花似織緣嶺竹成圍寂歷環沙浦葱蘢轉石圻露餘江

未熱風落瘴初稀猿飲排虛上禽驚掠水飛榜童夷唱合樵女越吟歸良候斯爲美邊愁自有違誰言望鄉國流涕失芳菲

發端州初入西江

問我將何去清晨泝越溪翠微懸宿雨丹壑飲晴霓樹影捎雲密藤陰覆水低潮回出浦駛洲轉望鄉迷人意長懷北江行日向西破顏看鵲喜拭淚聽猿啼骨肉初分愛親朋忽解攜路遥魂欲斷身辱理能齊疇日三山意于茲萬緒睽金陵有仙館即事尋丹梯

渡漢江

嶺外音書斷經冬復歷春近鄉情更怯不敢問來人

嵩山夜還

家住（一作在）嵩山下好采舊山薇自省遊泉石何曾不夜歸

湖中別鑒上人

願與道林近在意逍遥篇自有靈佳寺何用沃洲禪

題鑒上人房二首

落花雙樹積芳草一庭春玩之堪興異（一作盡）何必見幽人

晚入應真理經行尚未回房中無俗物林下有青苔

答田徵君

出遊杳何處遲回伊洛間歸寢忽成夢宛在嵩丘山

傷曹娘二首

鳳飛樓伎絕鸞死鏡臺空獨憐脂粉氣猶著舞衣中

河伯憐嬌態馮夷要姝妓寄言遊戲人莫弄黄河水

河陽（一作傷曹娘）

昔日河陽縣氛氳香氣多曹娘嬌態盡春樹不堪過

燕巢軍幕

非關憐翠幕不是厭朱樓故來呈燕頷報道欲封侯

苑中遇雪應制

紫禁仙輿詰旦來青旂遥倚望春臺不知庭霰今朝落疑是林花昨夜開

送司馬道士遊天台

羽客笙歌此地違離筵數處白雲飛蓬萊闕下長相憶桐柏山頭去不歸

登逍遥樓

逍遥樓上望鄉關綠水泓澄雲霧間北去衡陽二千里無因雁足繫書還

奉和春日玩雪應制

北闕彤雲掩曙霞東風吹雪舞山家瓊章定少千人和銀樹長芳六出花

傷曹娘二首

可憐冥漠去何之獨立丰茸無見期君看水上芙蓉色恰似生前歌舞時

前溪妙舞今應盡子夜新歌遂不傳無復綺羅嬌白日直將珠玉閉黄泉

郡宅中齋（以下集不載）

郡宅枕層嶺春湖繞芳甸雲甍出萬家臥覽皆已徧漁商汗成雨廨邑明若練越俗鏡中行夏祠雲表見茲都信盤鬱英遠常棲眄王子事黄老獨樂恣遊衍謝公念蒼生同憂感推薦靈越多秀士運潤無由面神理翳青山風流滿黄卷㧞子謬承奬自昔從纓弁瑶水軑仙羈金閨負時選晨趨博望苑夜直明光殿一朝罷臺閣萬里違鄉縣風土足慰心況悅年芳變淮廪佇滋（一作實）沂歌非所羨訟寢歸四明齡頹覩九轉微尚本江海少留豈交戰唯餘凋色竊比東南箭

稱心寺

步陟招提宫北極山海觀千巖遞縈繞萬壑殊悠漫喬木轉夕陽文軒劃清涣泄雲多表裏驚潮每昏旦問予金門客何事滄洲畔謬以三署資來刺百城半人隱尚未弭歲華豈兼玩東山桂枝芳明發坐盈歎

新年作

鄉心新歲切天畔獨潸然老至居人下春歸在客先嶺猨同旦暮江柳共風煙已似長沙傅從今又幾年

翦綵

駐想持金錯居然作管灰綺羅纖手製桃李向春開拾藻蜂初泊銜花鳥未回不言將巧笑翻逐美人來

七夕

傳道仙星媛年年會水隅停梭借蟋蟀留巧付蜘蛛去晝從雲請歸輪妒日輪莫言相見闊天上日應殊

桂州陪王都督晦日宴逍遥樓

晦節高樓望山川一半春意隨蓂葉盡愁共柳條新投刺登龍日開懷納鳥晨元然心似醉不覺有吾身

和趙員外桂陽橋遇佳人

江雨朝飛浥細塵陽橋花柳不勝春金鞍白馬來從趙玉面紅粧本姓秦妒女猶憐鏡中髮侍兒堪感路傍人蕩舟爲樂非吾事自歎空閨夢寐頻

函谷關（首句缺二字）

至人　識仙風瑞露丹光遠鸞蔥靈跡才辭周柱下祥氛已入函關中不從紫氣臺端候何得青華觀裏逢

詠省壁畫鶴

粉壁圖仙鶴昂藏眞氣多鶱飛竟不去當是戀恩波

廣州朱長史座觀妓

歌舞須連夜神仙莫放歸參差隨暮雨前路濕人衣

謁二妃廟

還以金屋貴留茲寶席尊江皐嘯風雨山鬼泣朝昏

贈嚴侍御

受脤清邊服乘驄歷塞塵當聞漢雪恥羞共虜和親

在荆州重赴嶺南

夢澤三秋日蒼梧一片雲還將鵷鷺羽重入鷓鴣羣

則天皇后挽歌

象物行周禮衣冠集漢都誰憐事虞舜下里泣蒼梧

鄧國太夫人挽歌

鸞死鉛粧歇人亡錦字空悲端若能減渭水亦應窮

楊將軍挽歌

亭寒照苦月隴暗積愁雲今日山門樹何處有將軍

崔湜

崔湜字澄瀾，定州人。擢進士第，累轉左補闕，預修三教珠英，附武三思、上官昭容，由考功員外郎驟遷中書舍人、兵部侍郎，俄拜中書侍郎、檢校吏部侍郎、同中書門下平章事。爲御史劾奏，貶江州司馬。安樂公主從中申護，改襄州刺史。韋氏稱制，復同中書門下三品。睿宗立，出爲華州刺史，除太子詹事。景雲中，太平公主引爲中書令。明皇立，流嶺外，以常預逆謀，追及荆州賜死。湜執政時年三十八，常暮出端門，緩轡賦詩，張說見之，歎曰：文與位固可致，其年不可及也。詩三十八首。

塞垣行（一作崔融詩）

疾風卷溟海，萬里揚砂礫。仰望不見天，昏昏竟朝夕。是時軍兩進，東拒復西敵（一作擿）。蔽山張旗鼓，間道潛鋒鏑。精騎突曉圍，奇兵襲暗壁。十月邊塞寒，四山沍陰積。雨雪鴈南飛，風塵景西迫。昔我事討論，未嘗怠經籍。一朝棄筆硯，十年操矛戟。豈要黃河誓，須勒燕然石。可嗟牧羊臣，海上久爲客。

送梁卿王郎中使東蕃弔冊

梁侯上卿秀，王子中臺傑。贈冊綏九夷，旌旆下雙闕。西堂禮樂送，南陌軒車別。征路入海雲，行舟泝江月。茲邦久欽化，歷載歸朝謁。皇心諒所嘉，寄爾宣風烈。

餞唐州高使君赴任

芳春桃李時，京都（一作東）物華好。爲岳豈不貴，所悲涉遠道。遠道不可思，宿昔夢見之。贈君雙佩刀，日夕視來期（一作看親期）。

冀北春望（一作崔液詩）

迴首覽燕趙，春生兩河間。曠然萬里餘，際海不見山。雨歇青林潤，煙空綠野閒。問鄉何處所，目送白雲還。

景龍二年余自門下平章事削階授江州員外司馬尋拜襄州刺史春日赴襄陽途中言志

佘本燕趙人，秉心愚且直。羣籍備所見，孤貞每自飭。徇祿期代耕，受任亦量力。幸逢休明時，朝野兩薦推。一朝趨金門，十載奉瑤墀。入掌遷固筆，出參枚馬詞。吏部既三踐，中書亦五期。進無負鼎說，退慙補袞詩。常恐嬰悔吝，不得少酬私。嗷嗷路傍子，納謗紛無已。上動明主疑，下貽大臣恥。毫髮顧無累，冰壺邈自持。天道何期平，幽寃終見明。始佐廬陵郡，尋牧襄陽城。彤幨荷新寵，朱轂蒙舊榮。力薄慚任重，恩深知命輕。飭徒留前路，行子悲且慕。猶聞長樂鐘，尚辨青門樹。慈親不忍訣，昆弟默相顧。去去勿重陳，川長日云暮。

大漠行（一作胡皓詩）

單于犯薊壖，驃騎略蕭邊。南山木葉飛下地，北海蓬根亂上天。科斗連營太原道，魚麗合陣武威川。三軍遙倚仗，萬里相馳逐。旌旆悠悠靜瀚源，鼙鼓喧喧動盧谷。窮徼上幽陵，吁嗟倦寢興。馬蹄凍溜石，胡毳暖生冰。雲沙泱漭天光閉，河塞陰沈海色凝。崆峒異國誰能托，蕭索邊心常不樂。近見行人畏白龍，遙聞公主愁黃鶴。陽春半，岐路間，瑤臺苑，玉門關。百花芳樹紅將歇，二月蘭皋綠未還。陣雲不散魚龍水，雨雪猶飛鴻鴈山。山嶂連緜不可極，路遠辛勤夢顏色。北堂萱草不寄來，東園桃李長相憶。漢將紛紜攻戰盈，胡寇蕭條幽朔清。韓君拜節偏知遠，鄭吉驅旌坐見迎。火絕煙沈右西極，谷靜山空左北平。但使將軍能百戰，不須天子築長城。

奉和登驪山高頂寓目應制

名山何壯哉，玄覽一徘徊。御路穿林轉，旌門倚石開。煙霞肘後發，河塞掌中來。不學蓬壺遠，經年猶未迴。

侍宴長寧公主東莊應制

沁園東郭外，鸞駕一遊盤。水樹宜時陟，山樓向晚看。席臨天女貴，杯接近臣歡。聖藻懸宸象，微臣竊仰觀。

奉和送金城公主適西蕃應制

懷戎前策備，降女舊因修。簫鼓辭家怨，旌旆出塞愁。尚孩中念切，方遠御慈留（一作流）。顧乏謀臣用，仍勞聖主憂。

幸白鹿觀應制（一作鄭愔詩）

御旗探紫籙，仙仗闢丹丘。捧藥芝童下，焚香桂女留。鸞歌無歲月，鶴語記春秋。臣朔眞何幸，常陪漢武遊。

幸梨園亭觀打毬應制（一作梨園亭子侍宴應制）

年光陌上發，香輦禁中遊。草綠鴛鴦殿，花明翡翠樓。寶杯（一作天）承露酌，仙管雜風流。今日陪歡豫，皇恩不可酬。

慈恩寺九日應制

帝里重陽節，香園萬乘來。却邪萸結佩，獻壽菊傳杯。塔類承天湧，門疑待佛開。睿詞懸日月，長得仰昭回。

折楊柳

二月風光半，三邊戍不還。年華妾自惜，楊柳爲君攀。落絮縈（一作綠）衫袖，垂條拂髻鬟。那堪音信斷，流涕望陽關。

邊愁

九月蓬根斷，三邊草葉腓。風塵馬變色，霜雪劍生衣。客思愁陰晚，邊書驛騎歸。殷勤鳳樓上，還袂及春暉。

婕妤怨

不分君恩斷，新妝視鏡中。容華尚（一作向）春日，嬌愛已（一作以）秋風。枕席臨窗（一作燈）曉，帷屏（一作屏帷，又作扉帳）向月空。年年後庭樹，榮落在深宮。

酬杜麟臺春思

春還上林苑，花滿洛陽城。鴛衾夜凝思，龍鏡曉含情。憶夢殘燈落，離魂暗馬驚。可憐朝與暮，樓上獨盈盈。

寄天台司馬先生

聞有三元客，祈仙九轉成。人間白雲返，天上赤龍迎。尚惜金芝晚，仍攀琪樹榮。何年緱嶺上，一謝洛陽城。

唐都尉山池

曲渚颺輕舟，前谿釣晚流。鴈翻蒲葉起，魚撥荇花遊。金子懸湘柚，珠房折海榴。幽尋惜未已，清月半西樓。

江樓夕望

試陟江樓望，悠悠去國情。楚山霞外斷，漢水月中平。公子留遺邑，夫人有舊城。蒼蒼煙霧裏，何處是咸京。

襄城即事（一作江樓有懷）

子牟懷魏闕，元凱滯襄城。冠蓋仍爲里，池臺尚識名。山光晴後綠，江色晚來清。爲問東流水，何時到玉京。

秦州薛都督挽詞

十里絳山幽，千年汾水流。碑傳門客見，劍是故人留。隴樹煙含夕，山門月照秋。古來鐘鼎盛，共盡一蒿丘。

奉和春日幸望春宮（一作立春內出綵花應制）

澹蕩春光滿曉空，逍遥御輦入離宮。山河眺望雲天外，臺榭參差煙霧中。庭際花飛錦繡合，枝間鳥囀（一作語）管弦同。即此歡娛齊鎬宴，唯應率舞（一作土）樂薰風。

奉和幸韋嗣立山莊侍宴應制

丞相登前府，尚書啟舊林。式閭明主睿（一作意），榮族聖嬪心。川狹旌門抵，巖高蔽帳臨。閑窗憑柳暗，小徑入松深。雲卷千峰色，泉和萬籟吟。蘭迎天女佩，竹礙侍臣簪。宸翰三光燭，朝榮四海欽。還嗟絕機叟，白首漢川陰。

同李員外春閨（一作閨）

落日啼連夜，孤燈坐徹明。捲簾雙燕入，披幌百花驚。隴上寒應晚，閨中織未成。管弦愁不意（一作記），梳洗懶無情。去歲聞西伐，今年送北征。容顏離別盡，流恨滿長城。

襄陽早秋寄岑侍郎

江城秋氣早，旭旦坐南闈。落葉驚衰鬢，清霜換旅衣。時來矜早達，事往覺前非。體道徒推理，防身終昧微。故人金華省，肅穆秉天機。誰念江漢廣，蹉跎心事違。

贈蘇少府赴任江南余時還京

丈夫不歎別，達士自安卑。攬泣固無趣，銜杯空爾爲。流雲春窈窕，去水暮逶迤。行舟忽東泛，歸騎亦西馳。秦地多芳草，江潭有桂枝。誰言阻遐闊，所貴在相知。

登總持寺閣

宿雨清龍界，晨暉滿鳳城。升攀重閣迥，憑覽四郊明。井邑周秦地，山河今古情。紆餘一水合，寥落五陵平。處處風煙起，欣欣草木榮。故人不可見，冠蓋滿東京。

早春邊城懷歸

大漠羽書飛，長城未解圍。山川凌玉嶂，旌節下金微。路向南庭遠，書因北鴈稀。鄉關揺別思，風雪散戎衣。歲盡仍爲客，春還尚未歸。明年征騎返，歌舞及芳菲。

至桃林塞作

去國未千里，離家已再旬。丹心恒戀闕，白首更辭親。懷壁常貽訓，捐金詎得鄰。抱寃非忤物，罹謗豈由人。不濫辭終辨，無瑕理竟伸。皷還中省舊，符與外臺新。塞上同遷客，江潭異逐臣。淚垂非屬峴，腸斷固由秦。歲月行遒盡，山川難重陳。始知亭伯去，還是拙謀身。

襄陽作

廟堂初解印，郡邸忽腰章。按節巡河右，鳴騶入漢陽。城臨南峴出，樹繞北津長。好學風猶扇，誇才俗未忘。江山跨七澤，煙雨接三湘。蛟浦菱荷淨，漁舟橘柚香。醉中求習氏，夢裏憶襄王。宅壞仍思鳳，碑存更憶羊。下車甦政美，閉閤幸時康。多謝南征術，于今尚不亡。

喜入長安

雲日能催曉，風光不惜年。賴逢征客（一作路）盡，歸在落花前。

奉和幸韋嗣立山莊應制

竹徑桃源本出塵，松軒茅棟別驚新。御蹕何須林下駐，山公不是俗中人。

崔液

崔液，字潤甫，湜之弟。工五言詩，擢進士第一人。湜常呼其小字曰：海子我家龜龍也。官至殿中侍御史。友人裴耀卿纂其遺文爲集十卷，今存詩十二首。

踏歌詞二首

綵女迎金屋，仙姬出畫堂。鴛鴦裁錦袖，翡翠貼花黃。歌響舞分行，豔色動流光。

庭際花微落，樓前漢已橫。金臺催夜盡，羅袖拂（一作舞）寒輕。樂笑暢歡情，未半著天明。

代春閨

江南日暖鴻始來，柳條初碧葉半開。玉關遥遥戍未迴，金閨日夕生綠苔。寂寂春花煙色暮，簷燕雙雙落花度。青樓明鏡晝無光，紅帳羅衣徒自香。妾恨十年長獨守，君情（一作憐）萬里在漁陽。

上元夜六首（一作夜遊詩）

玉漏銀（一作鉚）壺且莫催，鐵關金鎖徹明開。誰家見月能閑坐，何處聞（一作逢）燈不看來。

神燈佛火百輪張，刻像圖形七寶裝。影裏如聞（一作開）金口說，空中似散（一作放）玉毫光。

今年春色勝常年，此夜風光最可憐。鳷鵲樓前新月滿，鳳皇臺上寶燈燃。

金勒銀鞍控紫騮，玉輪珠幰駕青牛。驂驔始散東城曲，倏忽還來南陌頭。

公子王孫意氣驕，不論相識也相邀。最憐長袖風前弱，更賞新弦暗裏調。

星移漢轉月將微，露灑煙飄燈漸稀。猶惜路（一作道）傍歌舞處，躊躕相顧不能歸。

冀北春望（一作崔湜詩）

迴首覽燕趙，春生兩河間。曠然餘萬里，際海不見山。雨歇青林潤，煙空綠野閑。問鄉無處所，目送白雲關。

擬古神女宛轉歌二首（一作郎大家詩）

風已清，月朗琴復明。掩抑悲千態，殷勤是一聲。歌宛轉，宛轉和更（一作且）長。願爲雙鴻鵠，比翼共翱翔。

日已暮，長簷鳥應度。此時望君君不來，此時思君君不顧。歌宛轉，宛轉那能異棲宿。願爲形與影，出入恒相逐。

崔滌

崔滌，液之弟，多辯智，善諧謔。明皇素與款密，用爲祕書監，出入禁中，後賜名澄，從東封，加金紫光祿大夫。存詩一首。

望韓公堆

韓公堆上望秦川，渺渺關山西接連。孤客一身千里外，未知歸日是何年。

全唐詩目 第二函

第一冊

王勃 二卷 附王勔

李嶠 五卷

杜審言 一卷

董思恭　劉允濟　邵大震　辛常伯 共一卷

全唐詩

王勃

王勃字子安絳州龍門人文中子通之孫六歲善文辭未冠應舉及第授朝散郎數獻頌闕下沛王聞其名署府修撰是時諸王鬬雞勃戲爲文檄英王雞高宗斥之勃既廢客劍南久之補虢州參軍坐事復除名勃父福時坐勃故左遷交阯令勃往交阯省父渡海溺水悸而卒年二十八勃好讀書屬文初不精思先磨墨數升引被覆面而臥忽起書之不易一字時人謂之腹藁與楊炯盧照鄰駱賓王皆以文章齊名天下稱王楊盧駱號四傑勃有集三十卷今編詩二卷

倬彼我系

倬彼我系舍弟虢州參軍勃所作也傷迫乎家貧道未成而受祿不得如古之君子四十强而仕也故本其情性原其事業因陳先人之迹以議出處致天爵之艱難也（勃兄勵序）

倬彼我系出自有周分疆錫社派別支流居衛仕宋臣（一作匡）嬴相劉迺武迺文或公或侯

晉曆崩坼衣冠擾弊粵自太原播徂江澨禮喪賢隱時屯道閉王室如燬生人多殪

伊我有器思逢其主自東施（一作旋）西擇木開宇田彼河曲家乎汾浦天未厭亂吾將誰輔

伊我祖德思濟九埏不常厥所于茲五遷欲及時也夫豈願焉其位雖屈其言則傳

爰述帝制大蒐王道曰天曰人是祖是考禮樂咸若詩書具草貽厥孫謀永爲家寶

伊余小子信惷明哲彼網有條彼車有轍思屏人事克終前烈于嗟代網卒余來紲

來紲伊何謂余曰仕我瞻先達三十方起夫豈不懷高山仰止顧言毓德啜菽飲水

有鳥反哺其聲嗷嗷言念舊德憂心忉忉今我不養歲月其滔僶俛從役豈敢告勞

從役伊何薄求卑位告勞伊何來參卿事名存實爽負信愆義靜言遐思中心是愧

上巳浮江宴韻得阯字

披觀玉京路駐賞金臺阯逸興懷九仙良辰傾四美松陰白雲際桂馥青溪裏別有江海（一作漢）心日暮情何已

春日宴樂遊園賦韻得接字

帝里寒光盡神皋春望浹梅郊落晚英柳甸驚初葉流水抽奇弄崩雲灑芳牒清尊湛不空暫喜平生接

山亭夜宴

桂宇幽襟積山亭（一作松臺）涼夜永森沈野徑寒肅穆巖扉靜竹晦南汀（一作阿）色荷翻北潭影清興殊未闌林端照初景

詠風

肅肅涼景（一作風）生加我林壑清驅煙尋（一作入）磵戶卷霧（一作露）出山楹去來固無跡（一作際）動息如有情日落山水靜爲君起松聲

懷仙并序

客有自幽山來者起予以林壑之事而煙霞在焉思解纓紱永詠山水（一作林）神與道超跡爲形滯故書其事焉

鶴岑有奇徑麟洲富仙家紫泉漱珠液玄巖列丹葩常希（一作若）披塵網眇然登雲車鸞情極霄漢鳳想疲煙霞道存蓬瀛近意愜朝市賒無爲坐惆悵虛此江上華

忽夢遊仙

僕本江上客牽跡在方內寤寐霄漢間居然有靈對翕爾登霞首依然躡雲背電策驅龍光煙途儼鸞態乘月披金帔連星解瓊珮浮識俄易歸真遊邈難（一作奠邈）再寥廓沈遐想周遑奉遺誨流俗非我鄉何當釋塵昧

雜曲

智瓊神女來訪文君蛾眉始約羅袖初薰歌齊曲韻舞亂行紛若向陽臺薦枕何啻得勝朝雲

秋夜長

秋夜長殊未央月明白露澄清光層城綺閣遙相望遙相望川無梁北風受節南雁翔崇蘭委質時菊芳鳴環曳履（一作佩）出長廊爲君秋夜擣衣裳纖羅對鳳皇丹綺雙鴛鴦調砧亂杵思自傷思自傷征夫萬里戍他鄉鶴關音信斷龍門道路長君在（一作所）天一方寒衣徒自香

採蓮曲（樂府作採蓮歸）

採蓮歸淥水芙蓉衣秋風起浪鳧雁飛桂棹蘭橈下長浦羅裙玉腕輕搖櫓葉嶼花潭極望平江謳越吹相思苦相思苦佳期不可駐塞外征夫猶未還江南採蓮今已暮今已暮採（樂府詩作摘）蓮花渠今（一作今渠）那必盡娼家官道城南把桑葉何如江上採蓮花蓮花復蓮花花葉何稠（一作重）疊葉翠本羞眉花紅強如頰佳人不在茲（一作茲期）悵望別離時牽花憐共蒂折藕愛連絲故情無（一作何）處所新物從（一作徒）華滋不惜西（一作南）津交佩解還羞北海雁書遲採蓮歌有

節採蓮夜未歇正逢浩蕩江上風又值裒回（樂府詩集無裒回二字）江上月裒回蓮浦夜相逢吳姬越女何丰茸共問寒江（一作光）千里外征客關山路（一作更）幾重

臨高臺

臨高臺高臺迢遰絕浮埃瑤軒綺構何崔嵬鸞歌鳳吹清且哀俯瞰長安道萋萋御溝草斜對甘泉路蒼蒼茂陵樹高臺四望同帝鄉（一本無此二字）佳氣鬱葱葱紫閣丹樓紛照耀璧房錦殿相玲瓏東彌長樂觀西指未央宮赤城映朝日綠樹搖春風旗亭百隧開新市甲第千甍分戚里朱輪翠蓋不勝春疊榭層楹相對起復有青樓大道中繡戶文窗雕綺櫳錦衾夜（一作晝）不襞羅帷晝（一作夕）未空歌屏朝掩翠妝鏡晚窺紅為君（一作吾）安寶髻蛾眉罷花叢塵閒狹路（一作狹路塵間）黯將暮雲間（一作閒）月色明如素鴛鴦池上兩兩飛鳳凰樓下雙雙度物色正如此佳期那不顧銀鞍繡轂盛繁華可憐今夜宿娼家娼家少婦不須顰東園桃李片時春君看舊日高臺處柏梁銅雀生（一作尚）黃塵

滕王閣

滕王高閣臨江渚珮玉鳴鸞罷歌舞畫棟朝飛南浦雲珠簾暮捲西山雨閒雲潭影日悠悠物換星移幾度秋閣中帝子今何在檻外長江空自流

江南弄

江南弄巫山連楚夢行雨行雲幾相送瑤軒金谷上春時玉童仙女無見期紫露（一作霧）香煙渺難託清風明月遙相思遙相思草徒綠為聽雙飛鳳凰曲

全唐詩

王勃

聖泉宴

披襟乘石磴列籍（一作席）俯春泉蘭氣熏山酌松聲韻野弦影飄垂葉外香度落花前興洽林塘晚重巖起夕煙

尋道觀（其觀即昌利觀張天師居也）

芝（一作枝）廛光分野蓬闕盛規模碧壇清桂闕（一作影）丹洞肅松樞玉笈三山記金箱五嶽圖蒼虬不可得（一作見）空望白雲衢

散關晨度

關山凌旦開石路無塵埃白馬高譚去青牛真氣來重門臨巨壑連棟起崇隈即今揚策度非是棄繻回

別薛華（英華作秋日別薛升華）

送送多窮路遑遑獨問津悲涼千里道悽斷百年身心事同漂泊生涯共苦辛無論去與住俱是夢中人

重別薛華（一作重別薛升華）

明月沈珠浦秋風濯錦川樓臺臨絕岸洲渚亘長天旅泊成（一作飄）千里棲遑（一作遲）共百年窮途唯有淚還望獨潸然

遊梵宇三覺寺

杏（一作香）閣披青磴雕臺控紫岑葉齊山路狹（一作遲峦）花積野壇深蘿幌棲禪影松門聽（一作引）梵音遽忻陪妙躅延賞（一作想）滌煩襟

麻平晚行

百年懷土望千里倦遊情高低尋戍道遠近聽泉聲澗葉纔分色山花不辨名羈心何處盡風急暮猿清

送盧主簿

窮途非所恨虛室自相依城闕居年滿琴尊俗事稀開襟方未已分袂忽多違東巖富松竹歲暮幸同歸

餞韋兵曹

征驂臨野次別袂慘江垂川霽浮煙斂山明落照移鷹風凋晚葉蟬露泣（一作泫）秋枝亭皐分遠望延想間雲涯

白下驛餞唐少府

下驛窮交日昌亭旅食年相知何用早懷抱即依然浦樓低晚照鄉路隔風煙去去如何道長安在日邊

杜少府之任蜀州（一作川）

城闕輔三（一作西）秦風煙望五津與君離別意同（一作俱）是宦遊人海內存知己天涯若比鄰無為在歧路兒女共霑巾

仲春郊外

東園垂柳徑西堰落花津物色連三月風光絕（一作繞）四鄰鳥飛村覺曙魚戲水知春初晴山院裏何處染囂塵

郊興

空園歌獨酌春日賦閒居澤蘭侵小徑河柳覆長渠雨去花光濕風歸葉影疏山人不惜醉唯畏綠尊虛

郊園即事

煙霞春旦（一作早）賞松竹故年心斷山疑畫障懸溜瀉鳴琴草遍南亭合花開（一作濃）北院深閒居饒酒賦隨興欲抽簪

觀佛跡寺

蓮座神容儼（一作促）松崖聖趾（一作跡）餘年長金跡淺地久石文疏（一作芝）頹華臨曲磴傾影赴前除共嗟（一作悲）陵谷遠俄視化城（一作成）虛

山居晚眺贈王道士

金壇疏俗宇玉洞侶仙羣花枝棲晚露（一作霧）峰葉度晴雲斜（一作落）照移山影回沙擁籀（一作溜）文琴尊方待興竹樹已迎曛

八仙逕（寺南又有昌利觀去寺可數里巖逕窈窕杖而後進）

柰園欣八正松巖訪九仙援蘿窺霧術攀林（一作桂）俯雲烟（一作阡）代（一作岱）北鸞驂至遼西鶴騎旋終希脫塵網連翼下芝田

春日還郊

閒情兼嘿語（一作嘿）攜杖赴巖泉草綠縈新帶榆青綴古錢魚牀侵岸水鳥路入山煙還題平子賦花樹滿春田

對酒春園作

投簪下山閣攜酒對河梁狹水牽長鏡高花送斷香鶯歌似曲踈蝶舞成行自然催一醉非但閱年光

觀內懷仙

玉架殘書隱金壇舊跡（一作路）迷牽花尋紫澗（一作洞）步葉下清

谿瓊槃猶類乳石髓尚如泥自能成羽翼何必仰(一作俟)雲梯

秋日別王長史

別路餘(一作長)千里深恩重百年正悲西候日更動北梁(一作京)篇野色籠寒霧山光斂暮煙終知難再奉懷德自潸然

上巳浮江宴韻得遙字

上巳年光促中川興緒遙綠齊山葉滿紅洩片花(一作崖)銷泉聲喧後澗虹影照前橋遽悲春望遠江路積波潮

長柳

晨征犯煙磴夕憩在雲關晚風清近壑新月照澄灣郊童樵唱返津叟釣歌還客行無與晤(一作舊識)賴此釋愁顏

銅雀妓二首

金鳳鄰銅雀漳河望鄴城君王無處所臺榭若平生舞席(一作筵)紛何(一作可)就歌梁儼未傾西陵松檟冷誰見綺羅情

妾本深宮妓層城閉九重君王歡愛盡歌舞爲誰容錦衾不復襞羅衣誰再縫高臺西北望流涕向青松

羈遊餞別

客心懸隴路遊子倦(一作惓)江干槿豐(一作濃)朝砌靜篠密夜窗寒琴聲銷別恨風景駐離歡寧覺山川遠悠悠旅思難

易陽早發

飭裝侵曉月奔策候殘星危閣尋丹障回梁屬翠屏雲間迷樹影霧裏失峰形復此涼(一作商)飈至空山飛夜螢

焦岸早行和陸四

侵星違旅館乘月戒征儔複嶂迷晴色虛巖辨暗(一作岸)流猿吟山漏曉螢散野風秋故人渺何際鄉關雲霧浮

深灣夜宿(主人依山帶江)

津塗臨巨壑村宇架危岑堰絕灘聲隱風交樹影深江童暮理楫山女夜調砧此時故鄉遠寧知遊子心

傷裴錄事喪子

蘭階霜候早松露穸(一作夜)臺深魄散珠胎沒芳銷玉樹沈露文晞宿草煙照慘平林芝焚(一作焚芝)空歎息流恨滿籯金

泥谿

弭櫂凌奔壑低鞭躡峻岐江濤出岸險峰磴入雲危溜急船文亂巖斜騎影移水煙籠翠渚山照落丹崖風生蘋浦葉露泣(一作注)竹潭枝泛水雖云美勞歌誰復知

三月曲水宴得煙字

彭澤官初去河陽賦始傳田園歸舊國詩酒間長筵列室窺丹洞分樓瞰紫煙縈回亘津渡出沒控郊鄽鳳琴調上客龍轡儼羣仙松石偏宜古藤蘿不記年重簷交密樹複磴擁危泉抗石晞南嶺乘沙眇北川傅巖來築處磻谿入釣前日斜眞趣遠幽思夢涼蟬

秋日仙遊觀贈道士(一作駱賓王詩無首四句)

石圖分帝宇銀牒洞靈宮回丹縈岫室複翠上巖櫳霧濃金竈靜雲暗玉壇空野花常捧露山葉自吟風林泉明月在詩酒故人同待余逢石髓從爾命飛鴻

晚留(一作屆)鳳州

寶雞辭舊役仙鳳歷遺墟去此近城闕青山明月初

羈春

客心千里倦春事一朝歸還傷北園裏重見落花飛

林塘懷友

芳屏畫春草仙杼織朝霞何如山水路對面即飛花

山扉夜坐

抱琴開野室攜酒對情人林塘花月下(一作夜)別似(一作是)一家春

春莊

山中蘭葉徑城外李桃園豈知人事靜不覺鳥聲喧

春遊

客念紛無極春淚倍成行今朝花樹下不覺戀年光

春園

山泉兩處晚花柳一園春還持千日醉共作百年人

林泉獨飲

丘壑經塗賞花柳遇時春相逢今(一作令)不醉物色自輕人

登城春望

物外山川近晴初景靄新芳郊花柳遍何處不宜春

他鄉敘興

綴葉歸煙晚乘花落照春邊城琴酒處俱是越鄉人

夜興

野煙含夕渚山月照秋林還將中散興來偶步兵琴

臨江二首

泛泛東流水飛飛北上塵歸驂將別櫂俱是倦遊人

去驂嘶別路歸櫂隱寒洲江皋木葉下應想故城秋

江亭夜月送別二首

江送巴南水山橫塞北雲津亭秋月夜誰見泣離羣

亂煙籠碧砌飛月向南端寂寂離亭掩江山此夜寒

別人四首

久客逢餘閏他鄉別故人自然堪下淚誰忍望征塵

江上風煙積山幽雲霧多送君南浦外還望將如何

桂軺雖不駐蘭筵幸未開林塘風月賞還待故人來

霜華淨天末霧色籠江際客子常畏人何爲久留滯

贈李十四四首

野客思茅宇山人愛竹林琴罇唯待處風月自相尋

小徑偏宜草空庭不厭花平生詩與酒自得會仙家

亂竹開三徑飛花滿四鄰從來揚子宅別有尚玄人

風筵調桂軫月徑引藤杯直當花院裏書齋望曉開

早春野望

江曠春潮白山長曉岫青他鄉臨睨(一作眺)極花柳映邊亭

山中

長江悲已滯萬里念將歸況屬高風晚山山黃葉飛

冬郊行望

桂密巖花白梨疏林葉紅江皋寒望盡歸念斷征篷

寒夜思友三首

久別侵懷抱他鄉變容色月下調鳴琴相思此何極

雲間征思斷月下歸愁切鴻雁西南飛如何故人別

朝朝翠山下夜夜蒼江曲復此遙相思清尊湛芳綠

始平晚(一作曉)息

觀闕長安近江山蜀路(一作道)賒客行朝復夕無處是鄉家

扶風晝屆離京浸遠

帝里金莖去扶風石柱來山川殊未已行路方悠哉

普安建陰題壁

江漢深無極梁岷不可攀山川雲霧裏遊子幾時還

九日

九日重陽節開門有菊花不知來送酒若箇是陶家

秋江送別二首

早是他鄉值早秋江亭明月帶江流已覺逝川傷別念復看津樹隱離舟

歸舟歸騎儼成行江南江北互相望誰謂波瀾纔一水已覺山川是兩鄉

蜀中九日（紀事作和邵大震一作蜀中九日登玄武山旅眺）

九月九日望鄉臺他席他鄉送客杯人情（一作今）已厭南中苦鴻（一作鳴）雁那從北地來

寒夜懷友雜體二首

北山煙霧始茫茫南津霜月正蒼蒼秋深客思紛無已復值征鴻中夜起

複閣重樓向浦開秋風明月度江來故人故情懷故宴相望相思不相見

落花落（以下詩集不載）

落花落落花紛漠漠綠葉青跗映丹蕚與君裵回上金閣影拂䊀階玳瑁筵香飄舞館茱萸幙落花飛撩亂入中帷落花春正滿春人歸不歸落花度氛氳遶高樹落花春已繁春人春不顧綺閣青臺靜且閑羅袂紅巾復往還盛年不再得高枝難重攀試復旦遊落花裏暮宿落花間與君落花院臺上起雙鬟（一作環）

九日懷封元寂

九日郊原望平野遍霜威蘭氣添新酌花香染別衣九秋良會少千里故人稀今日龍山外當憶雁書歸

出境遊山二首（一本作題玄武山道君廟）

源水終無路山阿若有人驅羊先動石走兎欲投巾洞晚秋泉冷巖朝古樹新峰斜連鳥翅磴疊上魚鱗化鶴千齡早元龜六代春浮雲今可駕滄海自成塵

振翮凌霜吹正月（一作企日）佇天潯回鑣淩翠壑飛軫控青岑巖深靈竈沒澗毀石渠沈宮闕雲間近江山物外臨玉壇棲暮夜珠洞結秋陰蕭蕭離俗影擾擾望鄉心誰意山遊好屢傷人事侵

河陽橋代竇郎中佳人荅楊中舍

披風聽鳥長河路臨津織女遥相妬判知秋夕帶啼還那及春朝攜手度

王勔

王勔勃之兄也累官涇州刺史詩一首

晦日宴高氏林亭同用華字

上序披林館中京視物華竹窗低露葉梅逕起風花景落春臺霧池侵舊渚沙綺筵歌吹晚暮雨泛香車

全唐詩

李嶠

李嶠字巨山趙州贊皇人兒時夢人遺雙筆由是有文辭弱冠擢進士第始調安定尉舉制策甲科武后時官鳳閣舍人每有大手筆皆特命嶠爲之累遷鸞臺侍郎知政事封趙國公景龍中以特進守兵部尚書同中書門下三品睿宗立出刺懷州明皇貶爲滁州別駕改廬州嶠富於才思初與王楊接踵中與崔蘇齊名晚諸人没獨爲文章宿老一時學者取法焉集五十卷今編詩五卷

奉教追赴九成宮途中口號

委質承仙翰祇命遄遥策事偶從梁遊人非背淮客長驅歷川阜迥眺窮原澤鬱鬱桑柘繁油油禾黍積雨餘林氣靜日下山光夕未攀叢桂巖猶倦飄蓬陌行當奉麾蓋慰此勞行役

秋山望月酬李騎曹

愁客坐山隈懷抱自悠哉況復高秋夕明月正裵回亭出迥岫皎皎映層臺色帶銀河滿光含玉露開淡雲籠影度虛暈抱輪回谷邃涼陰靜山空夜響哀寒催數雁過風送一螢來獨軫離居恨遥想故人杯

和同府李祭酒休沐田居

列位簪纓序隱居林野躅徇物爽全直棲眞昧均俗若人兼吏隱率性夷榮辱地藉朱邸基家在青山足暫弭西園蓋言事東皐粟築室俯澗濱開扉面巖曲庭幽引夕霧簷迥通晨旭迎秋谷黍黃含露園葵綠勝情狎蘭杜雅韻鏘金玉伊我懷丘園願心從所欲

扈從還洛呈侍從羣官

四海帝王家兩都周（一作姬）漢室觀風昔來幸御氣今旋蹕雷奮六合開天行萬乘出玄冥奉時駕白拒參戎律後隊咽笳簫前驅嚴罕畢輝光射東井禁令橫西秩帳殿別陽秋旌門臨甲乙將交洛城雨稍遠長安日邙鞏雲外來咸秦霧中失孟冬霜霰下是月農功畢天道向歸餘皇情美陰騭行存名嶽禮遄問高年疾祝鳥旣開羅調人更張瑟登原采謳誦俯谷求才術邑罕懸磬貧山無挂瓢逸施（一作垂）恩浹寰宇展義該文質德澤盛軒遊哀矜深禹恤申歌地廬駭獻壽衢尊溢瑞色抱氤氳寒光變蕭颼宗枝旦奭輔侍從王劉匹竝輯蛟龍書同簪鳳皇筆陶甄荷吹萬頌歎歸明一歡與道路長顧隨談笑密叨承廊廟選（一作舉）謬齒夔龍弼喜構大厦成慙非棟隆吉

奉使築朔方六州城率爾而作

奉詔受邊服總徒築朔方驅彼犬羊族正此戎夏疆子來多悦豫王事寧怠遑三旬無愆期百雉鬱相望雄視沙漠垂有截北海陽二庭已頓顙五嶺盡來王驅車登

崇墉顧盼凌大荒千里何蕭條草木自悲凉憑軾訊古今慨焉感興亡漢障緣河遠秦城入海長顧無廟堂策貽此中夏殃道隱前業衰運開今化昌制爲百王式舉合千載防馬牛被路隅鋒鏑銷戰場豈不懷賢勞所圖在永康王事何爲者稱代陳頌章

早發苦竹館

合沓巖嶂深朦朧煙霧曉荒阡下樵客野猿驚山鳥開門聽潺湲入徑尋窈窕棲鼯抱寒木流螢飛暗篠早霞稍霏霏殘月猶皎皎行看遠星稀漸覺遊氛少我行撫軺傳兼得傍林沼貪玩水石奇不知川路渺徒憐（一作嬾）野心曠詎惻浮年小方解寵辱情永託累塵表

安輯嶺表事平罷歸

雲端想京縣帝鄉如可見天涯望越臺海路幾悠哉六月飛鵬去三年瑞雉來境遥銅柱出山險石門開自我違灃洛驂途屢揮霍朝朝寒露多夜夜征衣薄白簡承朝憲朱方撫夷落既弘天覆廣且諭皇恩博皇恩溢外區憬俗詠來蘇聲朔臣天子壇場拜老夫絳宫韜將略黄石寢兵符返旆收龍虎空營集烏鳥日落澄氛靄憑高視襟帶東甌抗於越南斗臨吴會春色遶邊陲飛花出荒外卉服紛如積長川思遊客風生丹桂晚雲起蒼梧夕去舳艤清江歸軒趨紫陌衣裳會百蠻琛賮委重關不學金刀使空持寶劒還

鷓鴣（一作韋應物詩）

可憐鷓鴣飛飛向樹南枝南枝日照暖北枝霜露滋露滋不堪棲使我常夜啼願逢雲中鶴銜我向寥廓願作城上烏一年生九雛何不舊巢住枝弱不得去何意道苦辛客子常畏人

清明日龍門遊泛

晴曉國門通都門藹將發紛紛洛陽道南望伊川闕衍漾乘和風清明送芬月林窺二山動水見千龕越羅袂罥楊絲香橈犯苔髮羣心行樂未唯恐流芳歇

雲

大梁白雲起氛氳殊未歇錦文觸石來蓋影凌天發煙煴萬年樹掩映三秋月會入大風歌從龍赴圓（一作員）闕

擬古東飛伯勞西飛燕（一本題作東飛伯勞歌）

傳書青鳥迎簫鳳巫嶺荆臺數通夢誰家窈窕住園樓五馬千金照陌頭羅裙（一作裾）玉珮當軒出點翠施紅競春日佳人二八盛舞歌羞將百萬呈雙蛾庭前芳樹朝夕改空駐妍（一作年）華欲誰待

寶劒篇

吴山開越溪涸三金合冶成寶鍔淬綠水鑒紅雲五采焰起光氛氳背上銘爲萬年字胸前點作七星文龜甲參差白虹（一作蛇）色轆轤宛轉黄金飾駭（一作駁）犀中斷寧方利駿馬羣騂（一作驅）未擬直風霜凛凛匣上清精氣遥遥斗間明避災朝穿晋帝屋逃亂夜入楚王城一朝運偶逢大仙虎吼龍鳴騰上天東皇提昇紫微座西皇（一作王）佩下赤城田承平久息干戈事僥倖得充文武備除災辟患宜君王益壽延齡後天地

汾陰行

君不見昔日西京全盛時汾陰后土親祭祠齋宫宿寢設儲供撞鐘鳴鼓樹羽旂漢家五葉（一作世）才且雄賓延萬靈朝九戎柏梁賦詩高宴罷詔書法駕幸河東河東太守親掃除奉迎至尊導鑾輿五營夾道列容衛三河縱觀空里閭回旌駐蹕降靈場焚香奠醑邀百祥金鼎發色正焜煌靈祇煒燁攄景光埋玉陳牲禮神畢舉麾上馬乘輿出彼汾之曲嘉可遊木蘭爲楫桂爲舟櫂歌微吟綵鷁浮簫鼓哀鳴白雲秋歡娛宴洽賜羣后家家復除戶牛酒聲明動天樂無有千秋萬歲南山壽自從天子向秦關玉輦金車不復還珠簾羽扇（一作帳，一作蓋）長寂寞鼎湖龍鬚安可（一作何處）攀千齡人事一朝空四海爲家此路窮豪雄意氣今何在壇場宫館（一作觀）盡蒿蓬路逢故（一作古）老長歎息世事回環（一作還）不可測昔時青樓對歌舞今日黄埃聚荆棘山川滿目淚沾衣富貴榮華能幾時不見秖（一作即）今汾水上唯有年年秋雁飛（明皇傳信記云上將幸蜀登花萼樓使樓前善水調者登而歌至山川滿目云云上顧侍者曰誰爲此曰宰相李嶠詞也因悽然涕下遽起曰嶠真才子也不待曲終而去）

全唐詩

李嶠

中宗降誕日長寧公主滿月侍宴應制

神龍見像日仙鳳養雛年大火乘（一作寶）天正明珠對月圓作新（一作祚延）金箧裏歌奏玉筐（一作箱）前今日宜孫慶還參祝壽（一作聖）篇

奉和送金城公主適西蕃應制

漢帝撫戎臣絲言命錦輪還將弄機女遠嫁織皮人曲怨關山月妝消道路塵所嗟穠李樹空對小榆春

侍宴長寧公主東莊應制（紀事云長寧公主韋庶人所生降楊慎交造第東都府財幾竭又取西京高士廉第左金吾衛故營合爲宅作三重樓築山浚池帝及后數臨幸置酒賦詩嶠等屬和即東莊也）

別業臨青甸鳴鑾降紫霄長筵鵷鷺集仙管鳳皇調樹接南山近煙含北渚遥承恩咸已醉戀賞未還鑣

立春日侍宴内殿出翦綵花應制

早（一作幸）聞年欲至剪綵學芳辰綴綠（一作綺）奇能似裁紅巧逼（一作過）真花從篋裏發葉向手中春不與時（一作韶）光競何名天上人

奉和人日清暉閣宴羣臣遇雪應制

三陽偏勝節七日最靈辰行慶傳芳蟻升高綴綵人階前蓂候月樓上雪驚春今日銜天造還疑上漢津

奉和春日遊苑喜雨應制

仙蹕九成（一作重）臺香筵萬壽杯一旬初降雨二月早聞雷葉向朝隮密花含宿潤開幸承天澤豫無使日光催

春日侍宴幸芙蓉園應制

年光竹裏遍春色杏間遥煙氣籠青閣流文蕩畫橋飛花隨蝶舞豔曲伴鶯嬌今日陪歡豫還疑陟紫霄

甘露（一作泉）殿侍宴應制

月宇臨丹地雲窗網碧紗御筵陳桂醑天酒酌榴花水向浮橋直城連禁苑斜承恩恣歡賞歸路滿煙霞

奉和七夕兩儀殿會宴應制

靈匹三秋會仙期七夕過查來人泛海橋渡鵲塡河帝縷升銀閣天機罷玉梭誰言七襄詠重（一作流）入五弦歌

奉和九月九日登慈恩寺浮圖應制

瑞塔千尋起仙輿九日來萸房陳寶席菊蘂散花臺御氣鵬霄近升高鳳野開天歌將梵樂空裏共裴回

閏九月九日幸總持寺登浮圖應制

閏節開重九眞遊下大千花寒仍薦菊座晚更披蓮剎鳳回雕輦帆虹間綵旃還將西梵曲助入南薰弦

奉和驪山高頂寓目應制

步輦陟山巔山高入紫煙忠臣還捧日聖后欲捫天迴識平陵樹低看華嶽蓮帝鄉應不遠空見白雲懸

遊禁苑陪幸臨渭亭遇雪應制

同雲接野煙飛雪暗長天拂樹添梅色過樓助粉妍光含班女扇韻入楚王弦六出迎仙藻千箱荅瑞年

幸白鹿觀應制

駐蹕三天路回旃萬仞谿眞庭羣帝饗洞府百靈棲玉酒仙壚釀金方暗壁題佇看青鳥入還陟紫雲梯

送沙門弘景道俊玄奘還荊州應制一作宋之問詩

三乘歸淨域萬騎餞通莊就日離亭近彌天別路長荊南旋杖鉢渭北限津梁何日紆眞果還來入帝鄉

酬一作和杜五弟晴朝獨坐見贈

平明坐虛館曠望幾悠哉宿霧分空盡朝光度隙來影低藤架密香動藥闌開未展山陽會空留池上杯

同賦山居七夕

明月青山夜高天白露秋花庭開粉席雲岫敞針樓石類支機影池似泛槎流暫驚河女鵲終狎野人鷗

送崔主簿赴滄州

紫陌追隨日青門相見時宦遊從此去離別幾年期芳桂尊中酒幽蘭下調詞他鄉有明月千里照相思

寒食清明日早赴王門率成

遊客趨梁邸朝光入楚臺槐煙乘曉散榆火應春開日帶晴虹上花隨早蝶來雄風乘令節餘吹拂輕灰

和周記室從駕曉發合璧宮

濯龍春苑曙翠鳳曉旗舒野色開煙後山光澹月餘風長笳響咽川迴騎行疎珠履陪仙駕金聲振屬車

和杜侍御太清臺宿直旦有懷

貂冠朝彩振烏署曉光分欲嘯還喬侶先飛擲地文庭虛麥雨潤林靜蕙風薰稔駕終難仰梁鳧且自羣

和杜學士江南初霽羈懷

大江開宿雨征棹下春流霧卷晴山出風恬晚浪一作漾收岸花明水樹川鳥亂沙洲羈眺傷千里勞歌動四愁此篇與馬周浮江旅思詩後四句同而少異

晚景悵然簡二三子

楚客秋悲動梁臺夕望賒梧桐稍下葉山桂欲開花氣引迎寒一作風露光收向晚霞長歌白水曲空對綠池華

送李邕一作送李安邑

落日荒郊外風景正淒淒離人席上起征馬路傍嘶別酒傾壺贈行書掩淚題殷勤御溝水從此各東西

又送別

岐路方爲客芳尊暫解顏人隨轉蓬去春伴落梅還白雲度汾水黃河遶晉關離心不可問宿昔鬢成斑

餞駱四二首

平生何以樂斗酒夜相逢曲中驚別緒醉裏失愁容星月懸秋漢風霜入曙鐘明日臨溝水青山幾萬重

甲第驅車入良宵秉燭遊人追竹林會酒獻菊花秋霜吹飄無已星河漫不流重嗟歡賞地翻召別離憂

春日遊苑喜雨應詔

園樓春正歸入苑弄芳菲密雨迎仙步低雲拂御衣色花霑易落度鳥濕難飛膏澤登千庾歡情徧九圍

九日應制得歡字

令節三秋晚重陽九日歡仙杯還泛菊寶餤且調蘭御氣雲霄近乘高宇宙寬今朝萬壽引宜向曲中彈

二月奉教作

柳陌鶯初囀梅梁燕始歸和風泛紫若柔露濯青薇日豔臨花影霞翻入浪暉乘春重遊豫淹賞玩芳菲

三月奉教作

銀井桐花發金堂草色齊韶光愛日宇淑氣滿風蹊蝶影將花亂虹文向水低芳春隨意晚佳賞日無暌

四月奉教作

暄籥三春謝炎鍾九夏初潤浮梅雨夕涼散麥風餘葉暗庭幃滿花殘院錦疎勝情多賞託尊酒狎林菸

五月奉教作

綠樹炎氛滿朱樓夏景長池含凍雨氣山映火雲光果院新櫻熟花庭曙槿芳欲逃三伏暑還泛十旬觴

六月奉教作第四句缺三字第七句缺一字第八句缺三字

養日暫裴回畏景尚悠哉避暑移琴席追涼　竹風依扇動桂酒溢壺開勞餌　飛雪自可

八月奉教作

黃葉秋風起蒼葭曉露團鶴鳴初警候雁上欲凌寒月鏡如開匣雲纓似綴冠清尊對旻序高宴有餘歡

九月奉教作

曲池朝下雁幽砌夕吟蛩葉徑蘭芳盡花潭菊氣濃寒催四序律霜度九秋鐘還當明月夜飛蓋遠相從

十月奉教作

白藏初送節玄律始迎冬林枯黃葉盡水耗綠池空霜待臨庭月寒隨入牖風別有歡娛地歌舞應絲桐

十一月奉教作

凝陰結暮序嚴氣肅長飈霜犯狐裘夕寒侵獸火朝冰深遙架浦雪凍近封條平原已從獵日暮整還鑣

十二月奉教作

玉燭年行盡銅史漏猶長池冷凝宵凍庭寒積曙霜蘭心未動色梅館欲含芳裴回臨歲晚顧步佇春光

和麴典設扈從東郊憶弟使往安西冬至日恨不得同申拜慶第五句缺一字

玉關方叱馭桂苑正陪輿桓嶺嗟分翼姜川限饋魚雪花含　晚雲葉帶荊舒重此西流詠彌傷南至初

馬武騎挽歌二首

五日皆休沐三泉獨不歸池臺金闕是尊酒玳筵非巷靜遊禽入門閒過客稀唯餘昔年鳳尚繞故樓飛

昔下天津館嘗過帝子家夜傾金屋酒春舞玉臺花試馬依紅埒吹簫弄紫霞誰言東郭路翻枉一作北門車

武三思挽歌

玉匣金爲縷銀鉤石作銘短歌傷薤曲長慕泣松扃事往昏朝霧人亡折夜星忠賢良可惜圖畫入丹青

天官崔侍郎夫人吳氏挽歌

寵服當年盛芳魂此地窮劍飛龍匣在人去鵲巢空簟愴孤生竹琴哀半死桐唯當青史上千載仰嬪風

全唐詩

李嶠

日

旦出扶桑路遙升若木枝雲間五色滿霞際九光披東陸蒼龍駕南郊赤羽馳傾心比葵藿朝夕奉光（一作堯）曦

月

桂滿三五夕蓂開二八時清輝飛鵲鑑新影學（一作入）蛾眉皎潔臨疏牖玲瓏鑒薄帷願言從愛客清夜幸同嬉（一作願陪北堂宴長賦西園詩）

星

蜀郡靈槎轉豐城寶劍（一作氣）新將軍臨北塞天子入西秦未作三台輔寧爲五老臣今宵潁川曲誰識聚賢人

風

落日生蘋末搖揚徧遠林帶花疑（一作迎）鳳舞向竹似龍吟月動臨秋扇松清入夜琴若至蘭臺下（一作蘭臺宮殿峻）還拂楚王襟

雲

英英大梁國郁郁秘書臺碧落從龍起青山觸石來官名光邃古蓋影耿輕埃飛感高歌發威加四海回

煙

瑞氣凌青閣空濛上翠微迴浮雙闕路遙拂九仙衣桑柘迎寒色松篁暗晚暉還當紫霄上時接彩（一作綵）鸞飛

露

滴瀝明花苑葳蕤泫竹叢玉垂丹棘上珠湛綠荷中夜警千年鶴朝零七月風願凝仙掌內長奉未央宮

霧

曹公迷楚澤漢帝出平城涿鹿妖氛靜丹山霧色明類煙飛稍重方雨散還輕倘入非熊兆寧思玄豹情

雨

西北雲膚起東南雨足來靈童出海見神女向臺（一作山）回斜影風前合圓文水上開十旬無破塊九土信康哉

雪

瑞雪驚千里同雲暗（一作從風下）九霄地疑明月夜山似白雲朝（一作龍沙飛正遠玉馬地還銷）逐舞花光動臨歌扇影飄大周天闕路今日海神朝

山

地鎮標神秀（一作山嶺鬱氤氳）峩峩上翠氛泉飛一道帶峰出半天雲古壁丹青色新花綺（一作錦）繡紋已開封禪所希謁聖明君

石

宗子維城固將軍飲羽威巖花鑑裏發雲葉錦中飛入宋星初隕過湘燕早歸倘因持補極寧復想（一作羨）支機

原（第五句缺二字）

王粲銷憂日江淹起恨年帶川遙綺錯分隰迥阡眠横周甸莓苔闕晉田方知急難響長在脊令篇

野

鳳出秦郊迥鵠飛楚塞空蒼梧雲影去涿鹿霧光通草暗少原綠花明入蜀紅誰言版築士猶處傅巖中

田

貢禹懷書日張衡作賦辰杏花開鳳軫菖葉布龍鱗瑞麥兩岐秀嘉禾同穎新寧知帝王力擊壤自安貧

道

銅駝分鞏洛劍閣抵臨邛紫微三千里青樓十二重玉關塵似雪金穴馬如龍今日中衢上堯尊更可逢

海

習坎疏丹壑朝宗合紫微三山巨鼇湧萬里（一作九萬）大鵬飛樓寫春雲色珠含明月輝會因添霧露方逐衆川歸

江

日夕三江望靈潮萬里回霞津錦浪動月浦練花開湍似黃牛去濤從白馬來英靈已傑出誰識卿雲才

河（第八句缺）

源出崑崙中長波接漢空桃花來馬頰竹箭入龍宮德水千年變榮光五色通若披蘭葉檢

洛

九洛韶光媚三川物候新花明丹鳳浦日映玉雞津元禮期仙客陳王覿麗人神龜方錫瑞綠字重來臻

城

四塞稱天府三河建洛都飛雲露層闕白日麗南隅獨下仙人鳳羣驚御史烏何辭一萬里邊徼捍匈奴

門

奕奕彤闈下煌煌紫禁隈阿房萬戶列閶闔九重開疏廣遺榮去于公待駟來詎知金馬側方朔有奇才

市

闤闠開三市旗亭起百尋漸離初擊筑司馬正彈琴細柳龍鱗映長槐兔月陰徒知觀衛玉詎肯挂秦巾

井

玉甃談仙客銅臺賞魏君蜀都宵映火杞國旦生雲向

日蓮花淨，含風李樹薰。已開千里國，還聚五星文。

宅

寂寞蓬蒿徑，喧喧湫隘廬。屢逢長者轍，時引故人車。孟母遷鄰罷，將軍辭第初。誰憐草玄處，獨對一牀書。

池

綵櫂浮太液，清觴醉習家。詩情對明月，雲曲拂流霞。煙散龍形淨，波含鳳影斜。安仁動秋興，魚鳥思空賒。

樓

百尺重城際，千尋大道隈。漢宮井榦起，吳國落星開。笛怨綠珠去，簫隨弄玉來。銷憂聊暇日，誰識仲宣才。

橋

烏鵲填應滿，黃公去不歸。勢疑虹始見，形似雁初飛。妙應七星制，高分半月輝。秦王空構石，仙島遠難依。

經

漢室鴻儒盛，鄒堂大義明。五千道德闡，三百禮儀成。青紫方拾芥，黃金徒滿籯。誰知懷逸辯，重席冠羣英。

史

馬記天官設，班圖地里新。善談方亹亹，青簡見彬彬。方朔初聞漢，荊軻昔向秦。正辭堪載筆，終冀作良臣。

詩

都尉仙梟遠，梁王駟馬來。扇中紈素製，機上錦紋回。天子三章傳，陳王七步才。緇衣久擅美，祖德信悠哉。

賦

布義孫卿子，登高楚屈平。銅臺初下筆，樂觀正飛纓。乍有凌雲勢，時聞擲地聲。造端長體物，無復大夫名。

書

削簡龍文見，臨池鳥跡舒。河圖八卦出，洛範（一作字）九疇初。垂露春光滿，崩雲骨氣餘。請君看入木，一寸乃非虛。

檄（第二句缺一字）

羽檄本宣明，由來□木聲。聯翩至漢國，迢遞入燕營。毛義持書去，張儀韞璧行。曹風雖覺愈，陳草始知名。

紙

妙跡蔡侯施，芳名左伯馳。雲飛錦綺落，花發縹紅披。舒卷隨幽顯，廉方合軌儀。莫驚反掌（一作覆）字，當取葛洪規。

筆

握管門庭側，含毫山水隈。霜輝簡上發，錦字夢中開。鸚鵡摛文至，麒麟絕句來。何當遇良史，左右振奇才。

硯

左思裁賦日，王充作論年。光隨錦文發，形帶石巖圓。積潤循毫裏，開池小學前。君苗徒見爇，誰詠士衡篇。

墨

長安分石炭，上黨結松心。遶畫蠅初落，含滋綬更深。悲絲光易染，疊素彩還沈。別有張芝學，書池幸見臨。

劒

我有昆吾劒，求趨夫子庭。白虹時切玉，紫氣夜干星。鍔上芙蓉動，匣中霜雪明。倚天持報國，畫地取雄名。

刀

列辟鳴鑾至，惟良佩犢旋。帶環疑寫月，引鑑似含泉。入夢華梁上，含鋒彩筆前。莫驚開百鍊，特擬定三邊。

箭

漢甸初收羽，燕城忽解圍。影隨流水急，光帶落星飛。夏列三成範，堯沈九日輝。斷蛟雲夢澤，希爲識忘歸。

彈

俠客持蘇合，佳遊滿帝鄉。避丸深可誚，求炙遂難忘。金迸疑星落，珠沈（一作成）似月光。誰知少孺子，將此見（一作諫）吳王。

弩

挺質本軒皇（一作黃），申威振遠方。機張驚雉雊，玉彩耀星芒。高鳥行應盡，清猿坐見傷。蘇秦六百步，持此說韓王。

旗

桂影承宵月，虹輝接曙雲。縱橫齊八陣，舒卷引三軍。日薄蛟龍影，風翻鳥隼文。誰知懷勇志，蟠地幾繽紛。

旌

告善康莊側，求賢市肆中。擁麾分彩雉，持節曳丹虹。影麗天山雪，光搖朔塞風。方知美周政，抗旆賦車攻。

戈（第八句缺一字）

富父春喉日，殷辛漂杵年。曉霜含白刃，落影駐雕鋋。夕

挹金門側，朝提玉塞前。願隨龍影度，橫□陣雲邊。

鼓

舜日諧鼗響，堯年韻土聲。向樓疑吹擊，震谷似雷驚。仙鶴排門起，靈鼉帶水鳴。樂云行已奏，禮曰冀相成。

引

桃文稱辟惡，桑質表初生。宛轉雕鞬際，依稀半月明。遙彎落雁影，虛引怯猿聲。徒切烏號思，攀龍遂不成。

琴

名士竹林隈，鳴琴寶匣開。風前中散至，月下步兵來。（一作風前綠綺弄，月下白雲來。）淮海多爲室，梁岷舊作臺。子期如可聽，山水響餘哀。（武丘山有琴室近淮海）

瑟

伏羲初製法，素女昔傳名。流水嘉魚躍，叢臺舞鳳驚。嘉賓飲未極，君子娛俱并。倘入丘之户，應知由也情。

琵琶

朱絲聞岱谷，鑠質本多端。半月分弦出，叢花拂面安。將軍曾制曲，司馬屢陪觀。本是胡中樂，希君馬上彈。

箏

蒙恬芳軌設，遊楚妙彈開。新曲帳中發，清音指下來。鈿裝模六律，柱列配三才。莫聽西秦奏，箏箏有剩哀。（箏箏釋名曰箏施弦高箏箏然）

鐘（一作宋之問詩）

既接南鄰磬，還隨（一作同）北里笙。平陵通曙響，長樂警（一作徹）宵聲。秋至含霜動，春歸應律鳴。欲知常待扣，金簴有餘清。

簫（下四句缺）

虞舜調清管，王褒賦雅音。參差橫鳳翼，搜索動人心。

笛（一作宋之問詩）

羌笛寫龍（一作餘）聲，長吟入夜清。關山孤月下，來向隴頭鳴。逐吹梅花落，含春柳色驚。行觀向子賦，坐憶舊鄰情。

笙

懸匏曲沃上，孤篠汶陽隈。形寫歌鸞翼，聲隨舞鳳哀。歡娛分北里，純孝即南陔。今日虞音奏，蹌蹌鳥獸來。

歌

漢帝臨汾水周仙去洛濱郢中吟白雪梁上繞飛塵響發行雲駐聲隨（一作嬌）子夜新願君聽扣角當自識賢臣

舞

妙伎遊金谷佳人滿石城霞衣席上轉花岫（一作袖）雪前明儀鳳諧清曲回鸞應雅聲非君一顧重誰賞素腰輕

全唐詩

李嶠

珠

燦爛金輿側玲瓏玉殿隈昆池明月滿合浦夜光回彩逐靈蛇轉形隨舞鳳來甘泉宮起罷花媚望風臺

玉

映石先過魏連城欲向秦洛陽陪勝友燕趙類佳人方水晴虹媚常山瑞馬新徒爲卞和識不遇楚王珍

金

南楚標前貢西秦識舊城祭天封漢嶺擲地警孫聲向日披沙淨含風振鐸鳴方同楊伯起獨有四知名

銀

思婦屏輝掩遊人燭影長玉壺初下箭桐井共安牀色帶長河色光浮滿月光靈山有珍甕仙闕薦君王

錢

漢日五銖建姬年九府流天龍帶泉寶地馬列金溝趙壹囊初乏何曾箸欲收金門應入論玉井冀來求

錦

漢使巾車遠河陽步障陳雲浮仙石日霞滿蜀江春機迴回文巧紳兼束髮新若逢楚王貴不作夜行人

羅

妙舞隨裙動行歌入扇清蓮花依帳發秋月鑒帷明雲薄衣初捲蟬飛翼轉輕若珍三代服同擅綺紈名

綾

金縷通秦國爲裘指魏君落花遙寫霧飛鶴近圖雲馬眼冰凌影竹根雪霰文何當畫秦女煙際坐氤氳

素（首句缺四字第三句缺二字）

女纖腰洛浦妃　遠方望雁足上林飛妙奪鮫綃色光騰月扇輝非君下路去誰賞故人機

布

御績創義黃緇冠表素王瀑飛臨碧海火浣擅炎方孫被登三相劉衣闢四方佇因春斗粟來曉棣華芳

舟

征棹三江暮連檣萬里回相烏風際轉畫鷁浪前開羽客乘霞至仙人弄月來何當同傳說特展巨川材

車

天子馭金根蒲輪闢四門五神趨雪至雙轂似雷奔丹鳳棲金轄非熊載寶軒無階忝虛左珠乘奉王言

牀

傳聞有象牀疇昔獻君王玳瑁千金起珊瑚七寶妝桂筵含柏馥蘭席拂沈香願奉羅帷夜長乘秋月光

席

避席承宣父重筵揖戴公桂香浮半月蘭氣襲回風舞拂丹霞上歌清白雪中佇將文綺色舒卷帝王宮

帷

久閉先生戶高褰太守車羅將翡翠合錦逐鳳皇舒明月彈琴夜清風入幌初方知決勝策黃石受兵書

簾

清風時入燕紫殿幾含秋曖曖籠鈴閣纖纖上玉鉤窗中翡翠動戶外水精浮巧作盤龍勢長迎飛燕遊

屏

洞徹琉璃蔽威紆屈膝回錦中雲母列霞上織成開山水含春動神仙倒景來脩身兼竭節誰識作銘才

被

桂友尋東閣蘭交聚北堂象筵分錦繡羅薦合鴛鴦光逸偷眠穩王章泣恨長孔懷欣共寢棣萼幾含芳

鏡

明鑑掩塵埃含情照魏臺日中烏鵲至花裏鳳皇來玉彩疑冰徹金輝似月開方知樂彥輔自有鑒人才

扇

翟羽舊傳名蒲葵價不輕花芳不滿面羅薄詎障聲御熱含風細臨秋帶月明同心如可贈持表合歡情

燭

兔月清光隱龍盤畫燭新三星花入夜四序玉調晨浮炷依羅幌吹香匝綺茵若逢燕國相持用舉賢人

酒

孔坐洽良儔陳筵幾獻酬臨風竹葉滿湛月桂香浮每接高陽宴長陪河朔遊會從玄石飲雲雨出圓丘

蘭

虛室重招尋忘言契斷金英浮漢家酒雪儷楚王琴廣殿輕香發高臺遠吹吟河汾應擢秀誰肯訪山陰

菊

玉律三秋暮金精九日開榮舒洛媛浦香泛野人杯靃靡寒潭側丰茸曉岸隈黃花今日晚無復白衣來

竹

高簳楚江濆嬋娟（一作蕭條）含曙（一作翠）氛白花搖鳳影青節動龍文葉掃東南日枝捎西北雲誰知湘水上流淚獨思君

藤

吐葉依松磴舒苗長石臺神農嘗藥罷質子寄書來色映蒲萄架花分竹葉杯金隄不見識玉潤幾重開

萱

屣（一作履）步尋芳草（一作日）忘憂自結叢黃英開養性綠葉正依籠（一作葉舒春夏綠花吐淺深紅）色湛仙人露香傳少女風還依（一作含貞）北堂下曹植動文雄

茅

楚甸供王日衡陽入貢年麏包青野外鶂（一作鷗）嘯綺楹前堯帝成茨罷殷湯祭雨旋方期大君錫不懼小巫捐

荷

新溜滿澄陂圓荷影若規風來香氣遠日落蓋陰移魚戲排緗葉龜浮見綠池魏朝難接采楚服但同披

萍

二月虹初見三春蟻正浮青蘋含吹轉紫蔕帶波流屢逐明神薦常隨旅客遊既能甜似蜜還（一作復）遶楚王舟

菱

鉅野韶光暮東平春溜通影搖江浦月香引櫂歌風日色翻池上潭花發鏡中五湖多賞樂千里望難窮

瓜

欲識東陵味青門五色瓜龍蹄遠珠履女臂動金花六子方呈瑞三仙實可嘉終朝奉絺綌謁帝佇非賒

松

鬱鬱高巖表森森幽澗陲鶴棲君子樹風拂大夫枝百尺條陰合千年蓋影披歲寒終（一作知）不改（一作及）勁（一作多）節幸君知

桂

未值銀（一作蟾）宮裏寧移玉殿幽枝生無限月花滿自然秋俠客條爲馬仙人葉作舟願君期道術攀折可淹留

槐

暮律移寒火春宮長舊栽葉生馳道側花落鳳庭隈烈士懷忠觸鴻儒訪業來何當赤墀下疎幹擬三台

柳

楊柳鬱氤氳金堤總翠氛庭前花類雪樓際葉如雲列宿分龍影芳池寫鳳文短簫何以奏攀折爲思君

桐

孤秀嶧陽岑亭亭出眾林春光雜鳳影秋月弄圭陰高映龍門迥雙依玉井深（一作忽被夜風激蓬瀛霜雪侵）不因將入爨誰謂作鳴琴

桃

獨有成蹊處穠華發井傍山風凝笑臉朝露泫啼妝隱士顏應改仙人路漸長還欣上林苑千歲奉君王

李

潘岳閑居日（一作暇）王戎戲陌辰蝶遊芳徑馥鶯囀弱枝新葉暗青房晚花明玉井春方知有靈幹特（一作持）用表真人

梨

擅美玄光側傳芳瀚海中鳳文疎象郡花影麗新豐色對瑤池紫甘依大谷紅若令逢漢主還冀識張公

梅

大庾斂寒光南枝獨早芳雪含朝暝（一作紫花）色風引去來香妝面回青鏡歌塵起畫梁若能遙止渴何暇泛瓊漿

橘

萬里盤根植千秋布葉繁既榮潘子賦方重陸生言玉蘤含霜動金衣逐吹翻願辭湘水曲長茂上林園

鳳

有鳥居丹穴其名曰鳳皇九苞應靈瑞五色成文章屢向秦樓側頻過洛水陽鳴岐今日見（一作已）阿閣佇來翔

鶴

黃鶴遠聯翩從鸞下紫煙翱翔一萬里來去幾千年已憩青田側時遊丹禁前莫言空警露猶冀一聞天

烏

日路朝飛急霜臺夕影寒聯翩依月樹迢遞繞風竿白首何年改青琴此夜彈靈臺如可託千里向長安

鵲

不分荊山抵甘從石印飛危巢畏風急繞樹覺星稀喜逐行人至愁隨織女歸倘遊明鏡裏朝夕動光輝

雁

春暉滿朔方歸雁發衡陽望月驚弦影排雲結陣行往還倦南北朝夕苦風霜寄語能鳴侶（一作伴）相隨入帝鄉

鳧

颯沓睢陽涘浮游漢水隈錢飛出（一作入）井見鶴引入琴哀李陵賦（一作降將貽）詩罷王喬曳舄來何當歸太液翱（一作翔）集動成雷

鸎

芳樹雜花紅羣鸎亂曉空聲分折楊吹（一作柳）嬌韻落梅風寫囀清弦裏遷喬暗木中友生若可冀幽谷響還通（一作睍睆度花紅關關亂曉空乍離幽谷日先囀上林風䍦集春臺側低昂錦帳中聲詩韡溥泰此興思無窮）

雉

白雉振朝聲飛來表太平楚郊疑鳳出陳寶若雞鳴童子懷仁至中郎作賦成冀君看飲啄耿介獨含情

燕

天女伺辰至玄衣澹碧空差池沐時雨頡頏舞春風相賀雕闌側雙飛翠幕中勿（一作忽）驚留爪去猶冀識吳宮（吳地）（記吳宮中剪燕爪留之以記更來）

雀

大廈初成日嘉賓集杏梁銜書表周瑞入幕應王祥暮宿江城裏朝遊漣水傍願齊鴻鵠至希逐鳳皇翔

龍

銜燭耀（一作輝）幽都含章擬鳳雛西秦飲渭水東洛薦河圖帶火移星陸升雲出鼎湖希逢聖人步庭闕正晨趨

麟

漢祀應祥開魯郊西狩回奇音中鍾呂成角喻英才畫像臨仙閣藏書入帝臺若驚能吐哺爲待（一作覩）鳳皇來

象

鬱林開郡畢維揚作貢初萬推方演夢惠子正焚書執燧奔吳戰量舟入魏墟六牙行致遠千葉奉高居

馬

天馬本來東嘶驚御史驄蒼龍遙逐日紫燕迥追風明月來鞍上浮雲落蓋中得隨穆天子何假唐成公

牛

齊歌初入相，燕陣早横功。欲向桃林下，先過梓樹中。在吳頻喘月，奔夢屢驚風。不用五丁士，如何九折通。

豹

車法肇宗周，鼮文闡大猷。還將君子變，來蘊太公籌（一作謀）。委質超羊鞟，飛名列虎侯。若令逢雨露，長隱南山幽。

熊

導洛宜陽右，乘春別館前。昭儀忠漢日，太傅翊周年。列射三侯滿，興師七步旋。莫言舒紫褥，猶异飲清泉。

鹿

涿鹿聞中冀，秦原闢帝畿。柰花開舊苑，萍葉藹前詩。道士乘仙日，先生折角時。方懷丈夫志，抗首別心期。

羊

絶飲懲澆俗，行驅夢逸材。仙人擁石去，童子馭車來。夜玉含星動，晨氊映雪開。莫言鴻漸力，長牧上林隈。

兔

上蔡應初擊，平岡遠不稀。目隨槐葉長，形逐桂條飛。漢月澄秋色，梁園映雪輝。唯當感純孝，郛郭引兵威。

全唐詩

李嶠

人日侍宴大明宮恩賜綵縷人勝應制

鳳城景色已含韶，人日風光倍覺饒。桂吐半輪迎此夜，蓂開七葉應今朝。魚猜水凍行猶澁，鶯喜春熙弄欲嬌。媿奉登高搖彩（一作紫）翰，欣逢御氣上丹霄。

奉和初春幸太平公主南莊應制（景龍三年二月十一日）

主家山第接雲開，天子春遊動地來。羽騎參差花外轉，霓旌搖曳（一作颺）日邊回。還將石溜調琴曲，更取峰霞入酒杯。鸞輅已辭烏鵲渚，簫聲猶繞鳳皇臺。

太平公主山亭侍宴應制（景龍三年八月十三日）

黃金瑞牓絳河隈，白玉仙輿紫禁來。碧樹青岑雲外聳，朱樓畫閣（一作舸）水中開。龍舟下瞰鮫人室，羽節高臨鳳女臺。遽惜歡娛歌吹晚，揮戈更却（一作却使）曜靈回。

奉和拜洛應制（拜洛一作受圖溫洛）

七萃鑾輿動，千年瑞檢開。文如龜負出，圖似鳳銜來。殷薦三神享，明禋萬國陪。周旗黃鳥集，漢幄紫雲回。日暮鈞陳轉，清歌上帝臺。

奉和幸大薦福寺應制（寺即中宗舊宅）

雁沼開香域，鶤林降綵旃。還窺圖鳳宇，更坐躍龍川。桂輦朝羣辟，蘭宮列四禪。半空銀閣斷，分砌寶繩連。甘雨蘇燋（一作譙）澤，慈雲動沛篇。獨慙賢作礪，空喜福成田。

奉和幸長安故城未央宮應制

舊宮賢相築，新苑聖君來。運改城隍變，年深棟宇摧。後池無復水，前殿久成灰。莫辨祈風觀，空傳承露杯。宸心千載合，睿律九韶開。今日聯章處，猶疑上柏臺。

奉和幸望春宮送朔方總管張仁亶

玉塞征驕子，金符命老臣。三軍張武（一作戎）旆，萬乘餞行輪。猛氣凌玄朔，崇恩降紫宸。投醪還結（一作得）士，辭第本（一作在）忘身。露下鷹初擊，風高雁欲賓。方銷塞北祲，還靖漢南塵。

奉和幸三會寺應制（寺傳蒼頡造書臺）

故臺蒼頡里，新邑紫泉居。歲在開金寺，時來降玉輿。龍形雖近刹，鳥跡尚留書。竹是蒸青外，池仍點墨餘。天文光聖草，寶思合真如。謬奉千齡日，欣陪十地初。

奉和天樞成宴夷夏羣寮應制（唐新語云：長壽中，則天徵天下銅鐵，于定鼎門內鑄八稜銅柱，高九十尺，徑一丈二尺，題曰大周萬國述德天樞，紀革命之功，貶唐家之德。天樞下置鐵山，鐵龍負載，獅子麒麟圍繞。上有雲蓋，蓋上施盤龍以托火珠，高一丈，圍三尺，金彩熒煌，光侔日月。武三思爲文，朝士獻詩者不可勝紀，惟嶠詩冠絶當時）

轍迹光西崦，勳庸紀北燕。何如萬方（一作國）會，頌（一作謳）德九門前。灼灼（一作的的）臨黃道，迢迢入紫煙。仙盤正下露，高柱欲承天。山類叢雲起，珠疑大火懸。聲流塵作劫，業固海成田。帝（一作聖）澤傾堯酒，宸歌掩（一作薰）舜弦。欣逢下生日，還覩（一作偶）上皇年。

皇帝上（一作立）禮撫事述懷

配極輝光遠，承天顧託隆。負圖濟多難，脱屣歸成功。聖道昭永錫，邕言讓在躬。還推萬方重，咸仰四門聰。恭己忘自逸，因人體至公。垂旒滄海晏，解網法星空。雲散天五色，春還（一作來）日再中。稱觴合纓弁，率舞應絲桐。凱樂深居鎬，傳歌盛飲豐。小臣濫簪筆，無以頌唐風。

奉和幸韋嗣立山莊侍宴應制

南洛師臣契，東巖王佐居。幽情遺紱冕，宸眷屬樵漁。制下峒山蹕，恩回灞水輿。松門駐旌蓋，薜幄引簪裾。石磴平黃陸，煙樓半紫虛。雲霞仙路近，琴酒俗塵疎。喬木千齡外，懸泉百丈（一作尺）餘。崖深經鍊藥，穴古舊藏書。樹宿摶風鳥，池潛（一作游）縱壑魚。寧知天子貴，尚憶武侯廬。

倡婦行

十年倡家婦，三秋邊地人。紅妝樓上歇，白髮隴頭新。夜夜風霜苦，年年征戍頻。山西長落日，塞北久無春。團扇辭恩寵，回文贈苦辛。胡兵屢攻戰，漢使絶和親。消息如瓶井，沈浮似路塵。空餘千里月，照妾兩眉嚬。

餞薛大夫護邊

荒隅時未通，副相下臨戎。授律星芒動，分兵月暈空。犀皮擁青橐，象齒飾雕弓。決勝三河勇，長驅六郡雄。登山窺代北，屈指計遼東。佇見燕然上，抽毫頌武功。

和杜學士旅次淮口阻風

夕吹生寒浦，清淮上暝潮。迎風欲舉棹，觸浪反停橈。淼漫煙波闊，參差林岸遥。日沈丹氣斂，天敞白雲銷。水雁銜蘆葉，沙鷗隱荻苗。客行殊未已，川路幾迢迢。

送光祿劉主簿之洛

函谷雙崤右，伊川二陝東。仙舟宵將隅，芳斝暫云同。朋席餘歡盡，文房舊侶空。他鄉千里月，岐路九秋風。背櫪嘶班馬，分洲叫斷鴻。別後青山外，相望白雲中。

送駱奉禮從軍

玉塞邊烽舉，金壇廟略申。羽書資銳筆，戎幕引英賓。劍動三軍氣，衣飄萬里塵。琴尊留別賞，風景惜離晨。笛梅含晚吹，營柳帶餘春。希君勒石返，歌舞入城闉。

王屋山第之側雜構小亭暇日與羣公同遊

桂亭依絶巘，蘭榭俯回溪。綺棟魚鱗出，雕甍鳳羽棲。引

泉聊漲沼鑿磴且通蹊席上山花落簾前野樹低弋林開曙景釣渚發晴霓狎水驚梁雁臨風聽楚雞復看題柳葉彌喜蔭桐圭

奉和杜員外扈從教閱

杪冬嚴殺氣窮紀送頹光薄狩三農隙大閱五戎場萊田初起燒蘭野正開防夾岸虹旗轉分朋獸罟張燕弧帶曉月吳劒動秋霜原啓前禽路山縈後騎行雲區墜日羽星苑斃天狼禮振軍容肅威宣武節揚神心體殷祝靈兆叶姬祥幸陪仙駕末欣採翰林芳

軍師凱旋自邕州順流舟中

鳴鞞入嶂口汎舸歷川湄尚想江陵陣猶疑下瀨師岸回帆影疾風逆鼓聲遲萍葉沾蘭槳林花拂桂旗弓鳴蒼隼落劒動白猿悲芳樹吟羌管幽篁入楚詞全軍多勝策無戰在明時寄謝山東妙長纓徒自欺(一作期)

夏晚九成宮呈同寮

碣館分襄野平臺架射峰英藩信煒爍勝地本從容林引梧庭鳳泉歸竹沼龍小軒恒共處長坂屬相從野席蘭琴奏山臺桂酒醲一枰移晝景六著盡宵鐘枚藻清詞律鄒談耀辯鋒結歡良有裕聯寀愧無庸暫悅丘中賞還希物外蹤風煙遠近至魚鳥去來逢月澗橫千丈雲崖列萬重樹紅山果熟崖綠水苔濃願以西園柳長間北巖松

田假限疾不獲還莊載想田園兼思親友率成

短韻用寫長懷贈杜(一作林)幽素

游宦勞牽網風塵久化衣迹馳東苑路望阻北巖扉及此承休告聊將狎遯肥十旬俄委疾三徑且殊歸茂陵宵難即靈臺暫可依疲痾旅城寺延想屬郊畿夕夢園林是晨瞻邑里非綠疇良已秫清濠曠不追野花何處落山月幾秋輝彼美符商政優游絕漢機高情物累遣逸氣煙霞飛樂道方無悶懷賢獨有違尊虛舊園酒琴靜故人徽夏沼蓮初發秋田麥稍稀何當攜手去歲暮采芳菲

劉侍讀見和山邸十篇重申此贈

神嶽瑤池圃仙宮玉樹林乘時警天御清暑滌宸襟梁駕陪玄賞淄庭掩翠岑對巖龍岫出分壑雁(一作鳳)池深簷迴松蘿映窗高石鏡臨落泉奔澗響驚吹助猿吟野氣迷涼燠山花雜古今英藩盛賓侶勝景(一作境)想招尋蹊徑披蘭葉攀崖引桂陰穆生時泛醴鄒子或調琴雉翳分場合魚鉤向浦沈朝遊極斜景夕宴待橫參顧已慙鉛鍔叨名盛玳簪暫依朱邸館還暢白雲心丘壑信多美烟霞得所欽寓言攄宿志竊吹簡知音獎價踰珍石酬文重振金方從仁智所攜手濯清潯

晚秋喜雨并序

咸亨元年自四月不雨至于九月王畿之內嘉穀不滋君子小人惶惶如也天子慮深求瘼念在責躬避寢損膳錄寃弛役牲幣之禮徧于神祇鍾庾之貸周于窮乏至誠斯感靈眖有融爰降甘澤大拯災亢朝廷公卿相趨動色里閈甿庶謳吟成響年和俗阜於焉可致撫事形言孰云能已乃詩曰

積陽躔首夏隆旱屆徂秋炎威振皇服歊景暴神州氣滌朝川朗光澄夕照浮草木委林甸禾黍悴原疇國懼流金眚人深懸磬憂紫宸兢履薄丹扆念推溝望肅壇場祀冤申囹圄囚御車遷玉殿薦菲撤瓊羞濟窘邦儲發蠲窮井賦優服閑雲驥屏冗衛土龍修睿感通三極天誠貫六幽夏祈良未擬商禱詎爲儔穴蟻禎符應山蛇毒影收騰雲八際滿飛雨四溟周聚靄籠仙闕連霏繞畫樓旱陂仍積水涸沼更通流晚穗萎還結寒苗瘁復抽九農歡歲阜萬寓慶時休野洽如坻詠途喧擊壤謳幸聞東李道欣奉北場遊

中秋月二首

盈缺青冥外東風萬古吹何人種丹桂不長出輪枝圓魄上寒空皆言四海同安知千里外不有雨兼風

侍宴桃花園詠桃花應制紀事云張仁亶自朔方入朝中宗于西苑迎之從臣宴于桃花園嶠等各賦絕句明日宴承慶殿上令宮中善謳者唱之詞既婉孅歌仍妙絕樂府號桃花行

歲去無言忽顦顇時來含笑吐氛氳不能擁路(一作櫂)迷仙客故欲開蹊待聖君

奉和聖製幸韋嗣立山莊應制

萬騎千官擁帝車八龍三馬訪仙家鳳皇原上開(一作窺)青壁鸚鵡杯中弄紫霞

遊苑遇雪應制

散漫祥雲逐聖回飄颻瑞雪繞天來不能落後爭飛絮故欲迎前賽早梅

送司馬先生

蓬閣桃源兩處分人間海上不相聞一朝琴裏悲黃鶴何日山頭望白雲

風

解落三秋葉能開二月花過江千尺浪入竹萬竿斜

上清暉閣遇雪

千鍾聖酒御筵披六出祥英亂繞枝即此神仙對瓊圃何須轍跡向瑤池

石淙

羽蓋龍旗下絕冥蘭除薜幄坐雲扃鳥和百籟疑調管花發千巖似畫屏金竈浮煙朝漠漠石牀寒水夜泠泠自然碧洞窺仙境何必丹丘是福庭

全唐詩

杜審言

杜審言字必簡，襄陽人，善五言詩，工書翰。少與李嶠、崔融、蘇味道爲文章四友。擢進士第，爲隰城尉。性矜誕，嘗語人曰：吾文章合得屈宋作衙官，吾之書跡合得王羲之北面。累轉洛陽丞，坐事貶吉州司户參軍，尋免歸。武后召見，令賦歡喜詩，甚見嘉賞，授著作佐郎，遷膳部員外郎。神龍中，坐交張易之兄弟，流峯州，尋入爲國子監主簿、修文館直學士，卒。有文集十卷，今編詩一卷。

南海亂石山作

漲海積稽天，羣山高業地。相傳稱亂石，圖典失其事。懸危悉可驚，大小都不類。乍將雲島極，還與星河次。上聳忽如飛，下臨仍欲墜。朝暾艷丹紫，夜（一作交）魄炯（一作烱）青翠。穹崇霧雨蓄，幽隱靈仙閟。萬尋挂鶴巢，千丈垂猿臂。昔去景風涉，今來姑洗至。觀此得詠歌，長時想精異。

送和西蕃使

使出鳳皇池，京師陽春晚。聖朝尚邊策，詔諭兵戈偃。拜手明光殿，搖心上林苑。種落踰青羌，關山度赤坂。疆埸及無事，雅歌而餐飯。寧獨錫和戎，更當封定遠。

蓬萊三殿侍宴奉敕詠終南山應制

北斗挂城邊，南山倚殿前。雲標金闕迥，樹杪玉堂懸。半嶺通佳氣，中峰繞瑞煙。小臣持獻壽，長此戴堯天。

望春亭侍遊應詔

帝出明光殿，天臨太液池。堯樽隨步輦，舜樂繞行麾。萬壽禎祥獻，三春景物滋。小臣同酌海，歌頌荅無爲。

宿羽亭侍宴應制

步輦千門出，離宮二月開。風光新柳報，宴賞落花催。碧水搖空（一作雲）閣，青山繞吹臺。聖情留晚興，歌管送餘杯。

歲夜安樂公主滿月侍宴應制

戚里生昌胄，天杯宴重臣。畫樓初滿月，香殿早迎春。睿作堯君寶，孫謀梁國珍。明朝元會日，萬壽樂章陳。

奉和七夕侍宴兩儀殿應制

一年銜別怨，七夕始言歸。斂淚開星靨，微步動雲衣。天迴兔欲落，河曠鵲停飛。那堪盡此夜，復往弄殘機。

大酺（永昌元年）

聖后乘乾日，皇明御曆辰。紫宮初啓坐，蒼璧正臨春。雷雨垂膏澤，金錢贈下人。詔酺歡賞徧，交泰覩惟新。

賦得妾薄命

草緑長門掩（一作閉），苔青永巷幽。寵移新愛奪，淚落故情留。啼鳥驚殘夢，飛花攪獨愁。自憐春色罷，團扇復迎秋。

和韋承慶過義陽公主山池五首

野興城中發，朝英物外求。情懸朱紱望，契動赤泉（一作松）遊。

海燕巢書閣，山雞舞畫樓。雨餘清晚夏，共坐北巖幽。

逕轉危峰逼，橋迴欹岸妨。玉泉移酒味，石髓換粳香。綰霧青絲（一作絛）弱，牽風紫蔓長。猶言宴樂少，別向後池塘。

攜琴遶碧沙，搖筆弄青霞。杜若幽庭草，芙蓉曲沼花。宴遊成野客，形勝得仙（一作山）家。往往留仙步，登攀日易斜。

攢石當軒倚，懸泉度牖飛。鹿麛銜妓席，鶴子曳童衣。園果嘗難遍，池蓮摘未稀。卷簾唯待月，應在醉中歸。

和晉陵陸丞早春遊望（一作韋應物詩）

獨有宦遊人，偏驚物候新。雲霞出海曙，梅柳渡江春。淑氣催黃鳥，晴光轉綠蘋。忽聞歌古調，歸思欲霑巾。

秋夜宴臨津鄭明府宅

行止皆無地，招尋獨有君。酒中堪累月，身外即浮雲。露白（一作霜）宵鐘徹，風清曉漏聞。坐攜餘興往，還似未離羣。

和康五庭芝望月有懷

明月高秋迥，愁人獨夜看。暫將弓並曲，飜與扇俱團。霧濯（一作露）清輝苦，風飄素影寒。羅衣一此鑒，頓使別離難。

登襄陽城

旅客三秋至，層城四望開。楚山橫地出，漢水接天回。冠蓋非新里，章華即舊臺。習池風景異，歸路滿塵埃。

旅寓安南

交趾殊風候，寒遲暖復催。仲冬山果熟，正月野花開。積雨生昏霧，輕霜下震雷。故鄉踰萬里，客思倍從來。

春日懷歸

心是傷歸望，春歸異往年。河山鑒魏闕，桑梓憶秦川。花雜芳園鳥，風和綠野煙。更懷歡賞地，車馬洛橋邊。

代張侍御傷美人

二八泉扉掩，帷屏寵愛空。淚痕消夜燭，愁緒亂春風。巧笑人疑在，新妝曲未終。應憐脂粉氣，留著舞衣中。

送高郎中北使

北狄願和親，東京發使臣。馬銜邊地雪，衣染異方塵。歲月催行旅，恩榮變苦辛。歌鐘期重錫，拜手落花春。

都尉山亭

紫藤縈葛藟，綠刺罥薔薇。下釣看魚躍，探巢畏鳥飛。葉疎荷已晚，枝亞果新肥。勝迹都無限，只應伴月歸。

夏日過鄭七山齋

共有樽中好，言尋谷口來。薜蘿山逕入，荷芰水亭開。日氣含殘雨，雲陰送晚雷。洛陽鐘鼓至，車馬繫遲回。

送崔融

君王行出將，書記遠從征。祖帳連河闕，軍麾動洛城。旌旆（一作旗）朝朔氣，笳吹夜邊聲。坐覺煙塵掃，秋風古北平。

經行嵐州

北地春光晚，邊城氣候寒。往來花不發，新舊雪仍殘。水作琴中聽，山疑畫裏看。自驚牽遠役，艱險促征鞍。

重九日宴江陰

蟋蟀期歸晚，茱萸節候新。降霜青女月，送酒白衣人。高興要長壽，卑棲隔近臣。龍沙即此地，舊俗坐爲隣。

除夜有懷

故節當歌守，新年把燭迎。冬氛戀亂箭，春色候雞鳴。興盡聞壺覆，宵闌見斗橫。還將萬億壽，更謁九重城。

晦日宴遊

日晦隨蓂莢，春情著杏花。解紳宜就水，張幕會連沙。歌管風輕度，池臺日半斜。更看金谷騎，爭向石崇家。

七夕

白露含明月，青霞斷絳河。天街七襄轉，閣（一作闕）道二神過。袨服鏘環珮，香筵拂綺羅。年年今夜盡，機杼別情多。

守歲侍宴應制

季冬除夜接新年帝子王孫捧御筵宮闕星河低拂樹殿廷燈燭上薰天彈弦奏節梅風入對局探鉤柏酒傳欲向正元歌萬壽暫留歡賞寄春前

大酺

毗陵震澤九州通士女歡娛萬國同伐鼓撞鐘驚海上新妝袨服照江東梅花落處疑殘雪柳葉開時任好風火德雲官逢道泰天長地久屬年豐

春日京中有懷

今年遊寓獨遊秦愁思看春不當春上林苑裏花徒發細柳營前葉漫新公子南橋應盡興將軍西第幾留賓寄語洛城風日道明年春色倍還人

扈從出長安應制

分野都畿列時乘六御均京師舊西幸洛道此東巡文物驅三統聲名(一作明)走百神龍旗縈漏夕鳳輦拂(一作出)鉤陳撫跡地靈古游情皇鑒新山追散馬日水憶釣魚人禹食傳中使堯樽遍下臣省方稱國阜問道識風淳歲晚天行吉年豐景從親歡娛包歷代宇宙忽疑春

春日江津遊望

旅客摇邊思春江弄晚晴煙銷垂柳弱霧捲落花輕飛棹乘空下回流向日平鳥啼移幾處蝶舞亂相迎忽歎人皆濁隄防水至清谷王常不讓深可戒中盈

泛舟送鄭卿入京

帝坐蓬萊殿恩追社稷臣長安遥向日宗伯正乘春相宅開基地傾都送别人行舟縈淥水列戟滿紅塵酒助歡娛洽風催景氣新此時光乃命誰為惜無津

度石門山

石門千仞斷迸水落遥空道束懸崖半橋欹絶澗中仰攀人屢息直下騎纔通泥擁奔蛇徑雲埋伏獸叢星躔牛斗北地脉象牙東開塞隨行變高深觸望同江聲連驟雨日氣抱殘虹未改朱明律先含白露風堅貞深不憚險澁諒難窮有異登臨賞徒為造化功

贈崔融二十韻

十年俱薄宦萬里各他方雲天斷書札風土異炎涼太息幽蘭紫勞歌奇樹黄日疑懷叔度夜似憶真長北使從江表(一作左)東歸在洛陽相逢慰疇昔相對敍存亡草深窮巷毁竹盡故園荒雅節君彌固衰顔余自傷人事盈虚改交遊寵辱妨雀羅爭去翟鶴氅競(一作更)尋王思極歡娛至朋情詎可忘琴樽横宴席巖谷(一作沼)卧詞場連騎追佳賞城中及路傍三川宿雨霽四月晚花芳復此開懸榻寧唯入後堂興酣鴝鵒舞言洽鳳皇翔高選俄遷職嚴程已飭裝撫躬銜道義攜手戀輝光玉振先推美金銘舊所防勿嗟離别易行役共時康

贈蘇味道

北地寒應苦南庭戍未歸邊聲亂羌笛朔氣卷戎衣雨雪關山暗風霜草木稀胡兵戰欲盡虜騎獵猶肥(一作漢卒尚重圍)雁塞何時入龍城幾度圍(一作雲淨妖星落秋深塞馬肥)據鞍雄劒動插(一作搖)筆羽書飛輿駕還京邑朋遊滿帝畿方期來獻凱歌舞共春輝

和李大夫嗣真奉使存撫河東

六位乾坤動三微曆數遷謳歌移火德圖讖在金天子月開階統房星受命年禎符龍馬出寶籙鳳皇傳地即交風雨都仍卜澗瀍明堂唯御極清廟乃尊先不宰神功運無為(一作私)大象懸八荒平(一作憑)物土四海接人煙已屬羣生泰猶言至道偏璽書傍問俗旌節近推賢秩比司空位官臨御史員雄詞執刀筆直諫罷樓船國有大臣器朝加小會筵將行備禮樂送别仰神仙城闕周京轉關河陝服連稍觀汾水曲俄指絳臺前姑射聊長望平陽遂宛然舜畊餘草木禹鑿舊山川昔出諸侯上(一作靜)無何霸業全中軍歸戰敵外府絶兵權隱隱帝鄉遠瞻瞻肅命虔西河偃風俗東壁挂星躔井邑枌榆社陵園松柏田榮光晴(一作朝)掩代佳氣曉(一作晚)侵燕雨霈(一作濡)鴻私滌風行睿旨宣懌發訪疾苦屠釣採貞堅人樂逢刑措時康洽賞延賜逾秦氏級恩倍漢家錢擁傳咸翹首稱觴競比肩拜迎彌道路舞詠溢郊鄽殺氣西衡(一作衡)白窮陰北暝(一作土)玄飛霜遥渡海殘月迥臨邊緬邈朝廷問周流朔塞旋輿來探馬策俊發抱龍泉學總八千卷文傾三百篇澄清得使者作頌有人焉莫以崇班閟而云勝託捐偉材何磊落陋質幾翩翾江海寧為讓巴渝轉自牽一聞歌聖道助曲荷陶甄

贈蘇綰書記

知君書記本翩翩為許從戎赴朔邊紅粉樓中應計日燕支山下莫經年

渡湘江

遲日園林悲昔遊今春花鳥作邊愁獨憐京國人南竄不似湘江水北流

戲贈趙使君美人

紅粉青娥映楚雲桃花馬上石榴帬羅敷獨向東方去謾學他家作使君

董思恭

董思恭蘇州吳人高宗時官中書舍人初爲右史後知考功舉坐事流死嶺表所著篇詠爲時所重今存詩十九首

三婦豔

大婦裁紈素中婦弄明璫小婦多姿態登樓紅粉妝丈人且安坐初日漸流光

感懷

野郊愴新別河橋非舊餞慘日映峰沈愁雲隨蓋轉哀笳時斷續悲旌乍舒卷望望情何極浪浪淚空泫無復昔時人芳春共誰遣

守歲二首

暮景斜芳殿年華麗綺宮寒辭去冬雪暖帶入春風階馥舒梅素盤花卷燭紅共歡新故歲迎送一宵中(此首一作太宗詩)

歲陰窮暮紀獻節啓新芳冬盡今宵促年開明日長冰銷出鏡水梅散入風香對此歡終宴傾壺待曙光(此首一作太宗詩題作除夜)

昭君怨二首

新年猶尚小那堪遠聘秦裾衫霑馬汗眉黛染胡塵舉眼無相識路逢皆異人唯有梅將李猶帶故鄉春(此首一作董初詩)

琵琶馬上彈行路曲中難漢月正南遠燕山直(一作極)北寒髻鬟風拂亂(一作散)眉黛雪霑殘斟酌紅顏改(一作盡)徒勞握鏡看(一作何勞鏡裏看)

詠日

滄海十枝暉懸圃重輪慶蕣華發晨極菱彩飄朝鏡忽遇驚風飄自有浮雲映更也人皆仰無待揮戈正

詠月

北堂未安寢西園聊騁望玉户照羅幃珠軒明綺障別客長安道思婦高樓上所願君莫違(一作遺)清風時可訪

詠星

歷歷東井舍昭昭右掖垣雲際龍文出池中鳥色翻流輝下月路(一作露)墜影入河源方知潁川集別有太丘門

詠風

蕭蕭度閶闔習習下庭闈花蝶自飄舞蘭蕙生光輝相烏正舉翼退鷁已驚飛方從列子御更逐浮雲歸

詠雲

帝鄉白雲起飛蓋上天衢帶月綺羅映從風枝葉敷參差過層閣倏忽下蒼梧因風望既遠安得久踟躕

詠雪

天山飛雪度言是落花朝惜哉不我與蕭索從風飄鮮潔凌紈素紛糅下枝條良時竟何在坐見容華銷

詠露

夜色凝仙掌晨甘下帝庭不覺九秋至遠向三危零蘆渚花初白葵園葉尚青晞陽一灑惠方願益滄溟

詠霧

蒼山寂已暮翠觀黯將沈終南晨豹隱巫峽夜猿吟天寒氣不歇景晦色方深待訪公超市將予赴華陰

詠虹(一作虹蜺)

春暮萍生早日落雨飛餘橫彩分長漢倒色媚清渠梁前朝影出橋上晚光舒願逐旌旗轉飄飄侍直廬

詠桃(一作太宗詩)

禁苑春光麗花蹊幾樹裝綴條深淺色點露參差光向日分千笑迎風共一香如何仙嶺側獨秀隱遥芳

詠李(一作太宗詩)

盤根植瀛渚交幹橫倚天舒華光四海卷葉蔭山川

詠弓(一作太宗詩)

上弦明月半激箭流星遠落雁帶書驚啼猿映(一作應)枝轉

詠琵琶(一作太宗詩)

半月無雙影金花有四時摧藏千里態掩抑幾重悲促節縈紅袖清音滿翠帷駛彈風響急緩曲釧聲遲空餘關隴恨因此代相思

劉允濟

劉允濟(紀事作元濟字允濟)洛州鞏人少與絳州王勃齊名舉本州進士累除著作佐郎嘗采摭魯哀公以後至戰國爲魯後春秋表上之遷左史兼直弘文館垂拱中獻明堂賦拜著作郎擢鳳閣舍人中興初坐二張昵狎貶官後爲修文館學士卒集十卷今存詩四首

經廬岳回望江州想洛川有作

龜山帝始營龍門禹初鑿出入經變化俯仰憑寥廓未若茲山功連延並巫霍東北疏(一作流)艮象西南距坤絡宏阜自鬱盤高標復迴薄勢入柴桑渚陰開彭蠡壑九江杳無際七澤紛相錯雲雨散吳會風波騰鄢鄀(一作鄢郢)蹟隨造化久利與乾坤博肹蠁精氣通紛綸潛怪作石渠忽見踐金房安可託地入天子都巖有仙人藥二門幾迢遰三宮何儵爚咫尺窮杳冥跬步皆恬漠仙才驚羽翰幽居靜龍蠖明牧振雄詞棣華殊灼灼盛業匡西夏深謀贊禹亳黃雲覆鼎飛絳氣橫川躍佐曆符賢運人期茂(一作其)天爵禮樂富垂髫詩書成舞勺清輝靖嵒電利器騰霜鍔遊聖挹衢尊鄰幾恭木鐸巖(一作牆)仞包武侯波瀾控文若旋聞刈薪楚遽覩升葵藿稷卨序揆(一作郄郤)圖良平公輔略重地(一作臣)資出守英藩諒求瘼豫章觀偉材江州訪靈崿陽岫曉氛氳陰崖暮蕭索潛伏屢鯨奔雄飛更鷙搏鷲猵透煙霞騰猿亂枝格故園有歸夢他山飛賞樂(一作非行)帝鄉徒可遊湟澗終旅泊景(一作陽)物觀淮海雲霄望河洛城闕紫微星圖書玄扈(一作青溪)閣神功(一作爲)多粉績元氣猶斟酌丞相下南宮將軍趨北落橫簪並附蟬列鼎俱調鶴四郊時迷路五月先投籥池榭宣瓊管風花亂珠箔舊遊勞夢寐新知無悅樂天寒欲贈言歲暮期交約夜琴清玉柱秋灰變緹幕風雲動翰林宮徵調文籥言泉激爲浪思緒飛成繳千里輝珠璣五采含丹雘鐘鼓旋驚鶢瑾瑜俄抵鵲竊價慙庸怠叨聲逾寂莫長望限南溟居然騤東郭

詠琴

昔在龍門側誰想鳳鳴時雕琢今爲器宮商不自持巴人緩疎節楚客弄繁絲欲作高張引翻成下調悲

怨情

玉關芳信斷蘭閨錦字新愁來好(一作不)自抑念切已含嚬虛牖風驚夢空牀月厭人歸期倘可促勿度柳園春

見道邊死人（一本別作劉元濟詩統籤并入允濟詩內）

淒涼徒見日，冥寞詎知年。魂兮不可問，應爲直如弦。

邵大震

邵大震，字令遠，安陽人。與王勃同時。詩一首。

九日登玄武山旅眺（玄武山在今東蜀。高宗時，王勃以檄雞文斥出沛王府，既廢，客劍南，有遊玄武山賦詩。盧照鄰爲新都尉，亦有和作）

九月九日望遙空，秋水秋天生夕風。寒雁一向南去（一作飛），遠游人幾度菊花叢。

辛常伯

辛常伯，駱賓王同時人。詩一首。

軍中行路難（與駱賓王同作）

君不見封狐雄虺自成羣，憑深負固結妖氛。玉璽分兵徵惡少，金壇授律動將軍。將軍擁麾宣廟略，戰士橫戈靜夷落。長驅一息背銅梁，直指三危登劍閣。閣道岩嶢起戍樓，劍門遙裔俯靈丘。邛關九折無平路，江水雙源有急流。征役無期返他鄉，歲華晚杳杳。丘陵出，蒼蒼林薄遠。途危紫蓋峰，路澀青泥坂。去去指哀牢，行行入不毛。絕壁千里險，連山四望高。中外分區宇，夷夏殊風土。交阯枕南荒，昆彌臨北戶。川原饒毒霧，谿谷多霪雨。行潦四時流，崩查千歲古。漂梗飛蓬不暫安，捫蘿引葛陟危巒。昔時聞道從軍樂，今日方知行路難。滄江綠水東流駛，炎州丹徼南中地。南中南斗映星河，秦關秦塞阻煙波。三春邊地風光少，五月瀘川瘴癘多。朝驅疲斥候，夕息倦樵歌。向月彎繁弱，連星轉太阿。重義輕生懷一顧，東伐西征凡幾度。夜夜朝朝斑鬢新，年年歲歲戎衣故。灞城隅，滇池水，天涯望轉積，地際行無已。徒覺炎涼節物非，不知關山千萬里。棄置勿重陳，重陳多苦辛。且悅清笳梅柳曲，詎憶芳園桃李人。絳節紅旗分日羽，丹心白刃酬明主。但令一被君王知，誰憚三邊征戰苦。行路難，岐路幾千端。無復歸雲憑短翰，空餘望日想長安。

全唐詩目　第二函

第二冊

姚崇　宋璟（共一卷）

蘇味道（一卷）

郭震（一卷）

田遊巖　王無競　賈曾　李乂

崔玄童　何鸞　蔣挺（共一卷）

崔融（一卷）

閻朝隱　韋元旦　邵昇　唐遠悊（共一卷）

李適（一卷）

劉憲（一卷）

高正臣　崔知賢　席元明　韓仲宣

周彥昭　高球　弓嗣初　高瑾

王茂時　徐皓　長孫正隱　高紹

郎餘令　陳嘉言　周彥暉　高嶠

劉友賢　周思鈞（共一卷）

蘇頲（二卷）

姜晞　姜皎　蔡孚　徐晶

張敬忠　史俊（共一卷）

徐彥伯（一卷）

全唐詩

姚崇

姚崇，初名元崇，又名元之，陝州人。貞觀中，應下筆成章舉，授濮州司倉，五遷夏官郎中。時契丹擾河北，軍機填委，元崇剖析若流，則天奇之，超遷夏官侍郎，尋同鳳閣鸞臺平章事。中宗朝，出爲刺史。睿宗立，拜兵部尚書，同中書門下。進中書令，後復貶刺史。先天中，還爲尚書，知政事，遷紫微令。開元中，與盧懷慎、源乾曜同居宰執，崇獨當重任，明於庶務，斷割不滯，號稱名相。尋薦宋璟自代，以開府儀同三司罷政，仍五日一參入閣供奉。集十卷，今存詩六首。

奉和聖製夏日遊石淙山

二室三塗光地險，均霜揆日處天中。石泉石鏡恒留月，山鳥山花競逐風。周王久謝瑤池賞，漢主懸慚玉樹宮。別有祥煙伴佳氣，能隨輕輦共葱葱。

故洛陽城侍宴應制

遊豫停仙蹕，登臨對晚晴。川梟連倒影，巖鳥應虛聲。野奏風成曲，山居雲作纓。今朝丘壑上，高興小蓬瀛。

春日洛陽城侍宴

南山開寶曆，北渚對芳蹊。的歷風梅度，參差露草低。堯樽臨上席，舜樂下前溪。任重由來醉，乘酣志轉迷。

秋夜望月

明月有餘鑒，羈人殊未安。桂含秋樹晚，波入夜池寒。灼灼雲枝淨，光光草露團。所思迷所在，長望獨長歎。

夜渡江（一作柳中庸詩）

夜渚帶浮煙，蒼茫晦遠天。舟輕不覺動，纜急始知牽。聽草遙尋岸，聞香暗識蓮。唯看孤帆影，常似客心懸。

奉和聖製龍池篇（紀事云：龍池，興慶宮也，明皇潛龍之地。會要云：開元元年，內出祭龍池樂章十六年，築壇於興慶宮，以仲春月祭之）

恭聞帝里生靈沼（一作祉），應報明君鼎業新。既協翠泉光寶命，還符白水出真人。此時舜海潛龍躍，此地（一作日）堯河帶馬巡。獨有前池一小雁，叨承舊惠入天津。

句

扇掩將雛曲，釵承墮馬鬟。（見海錄碎事，又見後張昌宗太平公主山亭侍宴詩）

宋璟

宋璟，邢州南和人。登進士第，調上黨尉，爲監察御史，遷鳳閣舍人。則天高其才，神龍初，拜黃門侍郎。睿宗朝，以吏部尚書同中書門下三品。開元初，進御史大夫，出爲睦州刺史，徙廣州都督，還拜尚書，兼侍中，封廣平郡公。後以右丞相致仕。璟耿介有大節，立朝屢忤權嬖，被貶黜，卒不改其操。集十卷，今存詩六首。

奉和御製璟與張說源乾曜同日上官命宴都堂賜詩應制（本傳云：開元十七年，璟爲尚書右丞相，張說爲左丞相，源乾曜爲太子少傅，同日拜，有詔大官設饌，太常奏樂，會百官尚書省東堂，帝賦三傑詩自寫以賜）

丞相邦之重非賢諒不居老臣慵（一作庸）且憊何德以當諸
厚秩先爲忝崇班復此除太常陳禮樂中掖降簪裾聖
酒山河潤仙文象緯舒冒恩懷寵錫陳力省空虛郭隗
慙無駿馮諼媿有魚不知周勃者榮幸定何如

奉和聖製同二相已下羣官樂遊園宴

侍飲終酺會承恩續勝遊戴天惟慶幸選地即殊尤北
向祇雙闕南臨賞一丘曲江新溜暖上苑雜花稠疊疊
韶弦屢爰爰貴帛周醉歸填畛陌榮耀接軒裘

奉和聖製送張說巡邊

帝道薄（一作溥）存兵王師尚有征是關（一作開）司馬法爰命總戎
行晝闔崇威信分麾盛寵榮聚觀方結轍出祖遂傾城
聖酒江河潤天詞象緯明德風邊草偃勝氣朔雲平宰
國推良器爲軍挹壯（一作美）聲至和常得體不戰即亡精以
智泉寧竭其徐海自清遲還廟堂坐贈別故人情

奉和聖製荅張說巵從南出雀鼠谷

秦地雄西夏并州近北胡禹行山啓路舜在邑爲都忽
視（一作見）寒暄隔深思險易殊四時宗伯敘六義宰臣鋪徽
作宮常應星環日每紆盛哉逢（一作隆）道合良以致亨衢

蒲津迎駕

回鑾下蒲坂飛旆指秦京雒上黃雲送關中紫氣迎霞
朝看馬色月曉聽雞鳴防拒連山險長橋壓水平省方
知化洽察俗覺時清天下長無事空餘襟帶名

送蘇尚書赴益州

我望風煙接君行霰雪飛園亭若有送楊柳最依依

全唐詩

蘇味道

蘇味道趙州欒城人與里人李嶠俱以文翰顯時人謂
之蘇李弱冠擢進士第累轉咸陽尉裴行儉引管書記
延載中歷鳳閣舍人檢校侍郎證聖元年出爲集州刺
史俄召拜天官侍郎聖曆初遷鳳閣侍郎同鳳閣鸞臺
三品前後居相位數載多識臺閣故事神龍時坐張易
之黨貶眉州刺史還爲益州長史卒集十五卷今編詩
一卷

初春行宮侍（一作曲）宴應制（得天字）

温液吐涓涓跳波急應弦簪裾承睿賞花柳發韶年聖
酒千鍾洽宸章七曜懸微臣從此醉還似夢鈞天

單于川對雨二首

崇朝遘行雨薄晚屯密雲緣階起素沫竟水聚圓文河
柳低未舉山花落已芬清尊久不薦淹留遂待君

飛雨欲迎旬浮雲已送春還從濯枝後來應洗兵辰氣
合龍祠外聲過鯨海濱伐邢知有屬已見靜邊塵

正月十五夜（一作上元）

火樹銀花合星橋鐵鎖開暗塵隨馬去明月逐人來遊
伎（一作騎）皆穠李行歌盡落梅金吾不禁夜玉漏莫相（一作頻）催

詠霧

氤氳起洞壑遙裔匝平疇乍似含龍劒還疑映蜃樓拂
林隨雨密度徑帶煙浮方謝公超步終從彥輔遊

詠虹

紆餘帶星渚窈窕架天潯空因壯士見還共美人沈逸
照（一作遠勢）含良玉神花藻瑞金獨留長劒彩終（一作空）負昔賢（一作時）
心

詠霜

金祇暮律盡玉女暝氛（一作氣）歸孕冷隨鐘徹飄華逐劒飛
帶日浮寒影乘風進晚（一作晝）威自有貞筠質寧將庶（一作衆）草
腓

詠井

玲瓏映玉檻澄澈瀉銀牀流聲集孔雀帶影出羵羊桐
落秋蛙散桃舒春錦芳帝力終何有機心庶此忘

詠石

濟北甄神貺河西濯（一作瑞）錦文聲應天池雨影觸岱宗（一作山）
雲燕歸猶（一作具）可候羊起自成羣何當握靈髓高枕絕羣
氛

奉和受圖溫洛應制

綠綺膺河檢清壇俯洛濱天旋俄制蹕孝享屬嚴禋陟
配光三祖懷柔洎百神霧開中道日雪斂屬車塵預奉
咸英奏長歌億萬春

使嶺南（一作在廣州）聞崔馬二御史並拜臺郎

振鷺齊（一作美）飛日遷鶯遠聽聞明光共待漏清鑒（一作覽）各披
雲喜得廊廟舉嗟爲臺閣分故林懷柏悅（一作梓）新幄（一作握）阻
蘭薰冠去神羊影車迎（一作連）瑞雉羣遠從（一作獨憐）南斗外遙（一作空）
仰列星文

贈封御史入臺

故事推三獨茲辰對兩闈夕鴉共鳴舞屈草接芳菲盛
府持清（一作提青）橐殊章動繡衣風連臺閣起霜就簡書飛凜
凜當朝色行行滿路威惟當擊隼去復覩落鵰歸

始背洛城秋郊矚目奉懷臺中諸侍御

薄遊忝霜署直指戒冰心荔浦方南紀蘅皋暫北臨山
晴關塞斷川暮廣城陰場圃通圭甸溝塍礙石林野童
來捃拾田叟去謳吟蟋蟀秋風起蒹葭晚露深帝城猶

鬱鬱征傳鐵駿駿迴憶披書地勞歌謝所欽

九江口南濟北接蘄春南與潯陽岸

江路一悠哉滔滔九派來遠潭昏似霧前浦沸成雷鱗介多潛育漁商幾泝洄風搖蜀柹（一作葉）下日照楚萍開近潡湓城曲斜吹蠡澤隈錫龜猶入貢浮獸罷爲災津吏揮橈疾郵童整傳催歸心詎可問爲視落潮迴

和武三思於天中寺尋復禮上人之作

藩戚三雍暇禪居二室隈忽聞從桂苑移步踐花臺敏學推多藝高談屬辯才是非寧滯著空有掠嫌猜五行（一作衍）幽機暢三蕃妙鍵開味同甘露灑香似逆風來砌古留方石池清辨燒灰人尋鶴洲返月逐虎谿迴企躅瞻飛蓋攀遊想渡杯願陪爲善樂從此去塵埃

嵩山石淙侍宴應制

瑪輿藻衞擁千官仙洞靈谿訪九丹隱曖源花迷近路參差嶺竹掃危壇重崖對聳霞文駮瀑水交飛雨氣寒天洛宸襟有餘興裵回周矚駐歸鑾

郭震

郭震字元振魏州貴鄉人以字顯少有大志十八舉進士爲通泉尉任俠使氣撥去小節嘗盜鑄及掠賣部中口千餘以餉遺賓客武后名欲詰既與語奇之索所爲文章上寶劒篇后覽嘉歎授右武衞鎧曹參軍進奉宸監丞久之拜涼州都督中宗神龍中遷左驍衞將軍安西大都護睿宗立召爲太僕卿景雲二年進同中書門下三品先天元年爲朔方軍大總管明年以兵部尚書復同中書門下三品封代國公明皇講武驪山以軍容不整流新州開元元年起爲饒州司馬道病卒集二十卷今編詩一卷

古劒篇（一作寶劒篇）

君不見昆吾鐵冶飛炎煙紅光紫氣俱赫然良工鍛鍊凡（一作經）幾年鑄得寶劒名龍泉龍泉顏色如霜雪良工咨嗟歎奇絶琉璃玉匣吐蓮花錯鏤金環映（一作生）明月正逢天下無風塵幸得周（一作用）防君子身精光黯黯青蛇色文章片片綠龜鱗非直結交游俠子亦曾（一作常）親近英雄人何言中路遭棄捐零落漂（一作飄）淪古獄邊雖復塵埋無所用猶能夜夜氣衝天

塞上

塞外虜塵飛頻年出武威死生隨玉劒辛苦向金微久戍人將（一作偏）老長征馬不肥仍聞酒泉郡已合數重圍

寄劉校書

俗吏三年何足論每將榮辱在朝昏才微易向風塵老身賤難酬知己恩御苑殘鶯啼落日黃山細雨濕歸軒迴首（一作望）漢家丞相府昨來誰得掃重門

同徐員外除太子舍人寓直之作

太子擅元良宮臣命偉長除榮辭會府直宿總書坊露濕幽巖桂風吹便坐桑閣連雲一色池帶月重光葉死蘭無氣荷枯水不香還聞秋興作言是晉中郎

春江曲

江水春沈沈上有雙竹林竹葉壞水色郎亦壞人心

王昭君三首

自嫁單于國長銜漢掖悲容顏日憔悴有甚畫圖時

厭踐氷霜域嗟爲邊塞人思從漢（一作漠）南獵一見漢家塵

聞有南河信（一作聞道河南使）傳言殺畫師始知君念（一作惠）重更肯惜（一作遺畫）蛾眉

子夜四時歌六首

春歌

陌頭楊柳枝已被春風吹妾心正斷絶君懷那得知

青樓含日光綠池起風色贈子同心花殷勤此何極

秋歌

邀歡空佇立望美頻迴顧何時復採菱江中客相遇

辟惡茱萸囊延年菊花酒與子結綢繆丹心此何有

冬歌

北極嚴氣昇南至温風謝調絲競短歌拂枕憐長夜

帷橫雙翡翠被卷兩鴛鴦婉（一作嬌）態不自得宛轉君王牀

二月樂遊詩

二月芳遊始開軒望曉池綠蘭日吐葉紅蘂向盈枝柳色行將改君心幸莫移陽春遽多意唯願兩人知

十月樂遊詩

十月嚴陰盛霜氣下玉臺羅衣羞自解綺帳待君開銀箭更籌緩金爐香氣來愁仍夜未幾已使炭成灰

螢

秋風凜凜月依依飛過高梧影裏時暗處若教同衆類世間爭得有人知

蛩

愁殺離家未達人一聲聲到枕前聞苦吟莫向朱門裏滿耳笙歌不聽君

雲

聚散虛空去復還野人閑處倚筇看不知身是（一作外）無根物蔽月遮星作萬端

野井

縱無汲引味清澄冷浸寒空月一輪鑿處若教當要路爲君常濟往來人

米囊花

開花空道勝于草結實何曾濟得民却笑野田禾與黍不聞弦管過青春

惜花

豔拂衣襟蘂拂杯遶枝閑共蝶徘徊春風滿目還惆悵半欲離披半未開

蓮花

臉膩香薰似有情世間何物比輕盈湘妃雨後來池看碧玉盤中弄水晶

全唐詩

田遊巖

田遊巖京兆三原人初補太學生罷歸遍遊山水後入箕山築室許由廟東自號許由東鄰調露中高宗遊嵩山親至其門遊巖山衣田冠出拜帝令左右扶止之謂曰先生養道山中比得佳否對曰臣泉石膏肓煙霞痼疾既逢聖代幸得逍遙敕乘傳赴都授崇文館學士進太子洗馬垂拱中坐與裴炎善放還山鬻衣耕食不交當世惟與韓法昭宋之問爲方外友詩一首

弘農清巖曲有磐石可坐宋十一每拂拭待余寄詩贈之

信彼稱靈石居然狎遁棲裹回承翠巘斌駁帶深谿夕陰起層岫清景半虹霓風來應嘯阮波動可琴嵇僕也頽陽客望彼空思齊儻見山人至簪蒿且杖藜

王無競

王無競字仲烈東萊人氣豪縱舉下筆成章科初授縣尉累遷殿中御史預修三教珠英神龍初出爲蘇州司馬後坐交張易之等再貶嶺南詩五首

和宋之問下（一作嵩）山歌

日云暮兮下嵩山路連綿兮樹（一作松）石間出谷口兮見明月心裹回兮不能還

北使長城

秦世築長城長城無極已暴兵四十萬興工九千里死人如亂麻白骨相撐委彈弊未云悟窮毒豈知止胡塵未北滅楚兵遽東起六國復囂囂兩龍鬭饕餮卯金竟握讖反璧俄淪祀仁義寢邦國狙暴行終始一旦咸陽宮翻爲漢朝市

鳳臺曲

鳳臺何逶迤嬴女管參差一旦綵雲至身去無還期遺曲此臺上世人多學吹一吹一落淚至今憐玉姿

銅雀臺

北登銅雀上西望青松郭繐帳空蒼蒼陵田紛漠漠平生事已變歌吹宛猶昨長袖拂玉塵遺情結羅幕妾怨在朝露君恩豈中薄高臺奏曲終曲終淚橫落

巫山（一作宋之問詩）

神女向高唐巫山下夕陽裴回行作雨婉孌逐荊王電影江前落雷聲峽外長朝（一作霽）雲無處所臺館曉蒼蒼

賈曾

賈曾河南洛陽人以孝聞景雲中吏部員外郎明皇在東宮盛擇宮寮以曾爲太子舍人直言啓諫特授中書舍人以父名忠固辭拜諫議大夫開元中復拜中書者以爲曹司嫌名乃就職與蘇晉同掌制誥時號蘇賈詩五首

和宋之問下山歌

良遊晼晚兮月呈光（一作成紅）錦路逶迤兮山路長王孫不留兮歲將晏嵩巖仙草兮爲誰芳

孝和皇帝輓歌

新命千齡啓鴻圖累聖餘天行應潛躍（一作躍）帝出受圖書禮若傳堯舊功疑復夏初夢遊長不返何國是華胥

奉和春日出苑矚目應令（時爲太子舍人使在東都作）

銅龍（一作彤闈）曉闢問安迴金輅春遊博望開渭北（一作水）晴光搖草樹終南佳氣入樓臺招賢已得（一作從）商山老託乘還徵鄴下才臣在東周獨留滯忻逢（一作叨承）睿藻日邊來

有所思

洛陽城東桃李花飛來飛去落誰家幽閨女兒愛顏色坐見落花長歎息今歲花開君不待明年花開復誰在故人不共洛陽東今來空對落花風年年歲歲花相似歲歲年年人不同

祭汾陰樂章

齵我漸饎潔我膋薌有豆孔碩爲羞既臧至誠無昧精意惟芳神其醉止欣欣樂康

李夔

李夔武后時爲汴州司户詩一首

使至汴州喜逢宋之問（一無使至二字）

阮籍蓬池上孤韻竹林才巨源從吏道正擁使車來相逢且交臂相命且銜杯醉後長歌畢餘聲繞吹臺

崔玄童

崔玄童景雲時人詩一首

祭汾陰樂章

聿修嚴配展事禋宗祥符寶鼎禮備黃琮祝詞以信明德惟聰介玆景福永永無窮

何鸞

何鸞景雲時人詩一首

祭汾陰樂章

樂奏云闋禮章載虔禋宗於地昭假於天惟馨薦矣既醉歆焉神之降福永永萬年

蔣挺

蔣挺景雲時人詩一首

祭汾陰樂章

維歲之吉維辰之良聖君紱冕肅事壇場大禮已備大樂斯張神其醉止降福無疆

全唐詩

崔融

崔融字安成齊州全節人擢八科高第補宮門丞遷崇文館學士中宗爲太子時融爲侍讀典東朝章疏長安中授著作佐郎遷右史進鳳閣舍人坐附張易之兄弟貶袁州刺史尋召拜國子司業融爲文華婉典麗朝廷諸大手筆多手敕委之卒謚曰文集六十卷今編詩一卷

關山月

月生西海上氣逐邊風壯萬里度(一作照)關山蒼茫非一狀漢兵開郡國胡馬窺亭障夜夜聞悲笳征人起南望

擬古

飲馬臨濁河濁河深不測河水日東注河源乃西極思君正如此誰爲生羽翼日夕大川陰雲霞千里色所思在何處宛在機中織離夢當有魂愁容定無力夙齡負奇志中夜三(一作多)歎息拔劍斬長榆彎弓射小棘班張固非擬衞霍行可即寄謝閨中人努力加飧食

西征軍行遇風

北風卷塵沙左右不相識颯颯吹萬里昏昏同一色馬煩莫敢進人急(一作怠)未遑食草木春更悲天景晝相匿夙齡慕忠義(一作勇)雅尚存孤直覽史懷浸驕讀詩歎孔棘及茲戎旅地忝從書記職兵氣騰北荒軍聲振(一作重)西極坐覺威靈遠行看氛祲息愚臣何以報倚馬申微力

塞垣行(一作崔湜詩)

疾風捲溟海萬里揚沙礫仰望不見天昏昏竟朝夕是時軍兩進東拒復西敵蔽山張旗鼓間道潛鋒鏑精騎突曉圍奇兵襲暗壁十月邊塞寒四山沍陰積雨雪鴈南飛風塵景西迫昔我事討論未嘗怠經籍一朝棄筆硯十年操矛戟豈要黃河誓須勒燕山石可嗟牧羊臣海外久爲客

登東陽沈隱侯八詠樓(第三句缺一字)

旦登西北樓樓峻石墉厚宛生長定　俯壓三江口排階銜鳥衡交疏過牛斗左右會稽鎮出入具區藪越巖森其前浙江漫其後此地實東陽由來山水鄉隱侯有遺詠落簡尚餘芳具物昔未改斯人今已亡粵余忝藩左東髮事文場悵不見夫子神期遙相望

從軍行

穹廬雜種亂金方武將神兵下玉堂天子旌旗過細柳匈奴運數盡枯楊關頭落月橫西嶺塞下凝雲斷北荒漠漠邊塵飛衆鳥昏昏朔氣聚羣羊依稀蜀杖迷新竹髣髴胡牀識故桑臨海舊來聞驃騎尋河本自有中郎坐看戰壁爲平土近待軍營作破羌

和宋之問寒食題黃梅臨江驛

春分自淮北寒食渡江南忽見潯陽水疑是宋家潭明主閽難叫孤臣逐未堪遙思故園陌桃李正酣酣

留別杜審言并呈洛中舊遊

斑鬢今爲別紅顔昨共遊年年春不待處處酒相留駐馬西橋上回車南陌頭故人從此隔風月坐悠悠

詠寶劍

寶劍出昆吾龜龍夾采珠五精初獻術千戶競淪(一作論)都匣氣衝牛斗山形轉轆轤欲知天下貴持此問(一作謝)風胡

吳中好風景

洛渚問吳潮吳門想洛橋夕煙楊柳岸春水木蘭橈城邑高樓近星辰北斗遙無因生羽翼輕舉託還飈

則天皇后挽歌二首

宵陳虛禁夜夕臨空山陰日月昏尺景天地慘何心紫殿金鋪澀黃陵玉座深鏡奩長不啓聖主淚霑巾

前殿臨朝罷長陵合葬歸山川不可望文物盡成非陰月霾中道軒星落太微空餘天子孝松上景雲飛

戶部尚書崔公挽歌

八座圖書委三臺章奏盈舉杯常有勸曳履忽無聲市若荊州罷池如薛縣平空餘濟南(一作南斗)劍天子署高名

韋長史挽詞

日落桑榆下寒生松柏中冥冥多苦霧切切有悲風京兆新阡闢(一作潤一作合)扶陽甲第空郭門從此去荊棘漸蒙籠

和梁王衆傳張光祿是王子晉後身

聞有冲天客披雲下帝畿三年上賓去千載忽來歸昔偶(一作遇)浮丘伯今同丁令威中郎才貌是柱(一作藏)史姓名非祇召趨龍闕承恩拜虎闈丹成金鼎獻酒至玉杯揮天仗分旄節朝容間羽衣舊壇(一作宮)何處所新廟坐光輝漢主存仙要淮南愛道機朝朝緱氏鶴長向洛城飛

哭蔣詹事儼

江上有長離從容盛羽儀一鳴百獸舞一舉羣(一作衆)鳥隨應我聖明代巢君阿閣垂鉤陳侍帷扆環衛奉旌麾雅量滄海納完才廟廊施養親光孝道事主竭忠規貞節既已固殊榮良不訾朝遊雲漢省夕宴芙蓉池汲黯言當直陳平智本奇功成喜身退時往惜年馳鎮國山基毀中天柱石頹將軍空有頌刺史獨留碑蕪漫藏書壁荒涼懸劍枝昔余忝下位數載忝牽羈置榻恩逾重迎門禮自卑竹林常接興黍谷每逢吹逸翰金相發清談玉柄揮不輕文舉少深歎子雲疲遺愛猶如在殘編尚可窺即今流水曲何處俗人知

嵩山石淙侍宴應制

洞口仙巖類削成泉香石冷晝含清龍旗晝月中天下鳳管披雲此地迎樹作帷屏陽景翳芝如宮闕夏涼生今朝出豫臨懸圃明日陪遊向赤城

塞上(一作北)寄內

旅魂驚塞北歸望斷河西春風若可寄暫爲遶蘭閨

全唐詩

閻朝隱

閻朝隱字友倩趙州欒城人連中進士孝弟廉讓科性滑稽屬辭奇詭爲武后所賞累遷給事中預修三教珠英聖曆中轉麟臺少監坐附張易之徙嶺外景龍時還爲著作郎先天中除祕書少監後貶通州別駕詩十三首

侍從途中口號應制

疵賤出山東忠貞任土風因敷河朔藻得奉洛陽宮一顧侍御史再顧給事中常願粉肌骨特荅造化功

奉和聖製夏日遊石淙山

金臺隱隱陵黃道玉輦亭亭下絳雰千種岡巒千種樹一重巖壑一重雲花落風吹紅的歷藤垂日晃綠葐蒀五百里內賢人聚願陪閶闔侍天文

鸚鵡猫兒篇并序

鸚鵡慧鳥也猫不仁獸也飛翔其背焉啗啄其頤焉攀之緣之蹈之履之弄之藉之蹌蹌然此爲自得彼亦以爲自得畏者無所起其畏忍者無所行其忍抑血屬舊故之不若臣叨踐太子舍人朝暮侍從預見其事聖上方以禮樂文章爲功業朝野歡娛強梁充斥之輩願爲臣妾稽顙闕下者日萬計尋而天下一統實以爲惠可以伏不惠仁可以伏不仁亦太平非常之明證事恐久遠風雅所缺再拜稽首爲之篇

霹靂引豐隆鳴猛獸噫氣蛇吼聲鸚鵡鳥同資造化兮殊粹精鸕鷀毛翡翠翼鵁鶄延頸鵾雞弄色鸚鵡鳥同稟陰陽兮異埏埴彼何爲兮綠衣翠襟彼何爲兮窘窘蠢蠢此何爲兮隱隱振振此何爲兮好貌好音彷彷兮徉徉似妖姬躧步兮動羅裳趨趨兮蹌蹌若處子迴眸兮登玉堂爰有獸也安其忍觜其脇距其胸與之放曠浪浪兮從從容容鉤爪鋸牙也宵行晝伏無以當遇之兮忘味摶擊騰擲也朝飛暮噪無以拒逢之兮屏氣由是言之貪殘薄則智慧作貪殘臨之兮不復攫由是言之智慧周則貪殘囚智慧犯之兮不復憂菲形陋質雖賤微皇王顧遇長光輝離宮別館臨朝市妙舞繁弦雜宮徵嘉喜堂前景福內合（一作和）歡殿上明光裏雲母屏風文彩合流蘇斗帳香煙起承恩宴盼接宴喜高視七頭金駱駝平懷五尺銅獅子國有君兮國有臣君爲主兮臣爲賓朝有賢兮朝有德賢爲君兮德爲飾千年萬歲兮心轉憶

三日曲水侍宴應制

三月重三日千春續萬春聖澤如東海天文似北辰荷葉珠盤淨蓮花寶蓋新陛下制萬國臣作水心人

奉和九日幸臨渭亭登高應制得筵字

九九侍神仙高高坐半天文章二曜動氣色五星連簪紱趨皇極笙歌接御筵願因茱菊酒相守百千年

奉和送金城公主適西蕃應制

甥舅重親地君臣厚義鄉還將貴公主嫁與褥檀（一作褥氊）王鹵簿山河（一作川）暗（一作瀾）琵琶（一作胡琴）道路長迴瞻父母國日出在東方

奉和立春遊苑迎春應制

管籥周移寰極裏乘輿望幸斗城闉草根未結青絲縷蘿蔦猶垂綠帔巾鵲入巢中言改歲燕銜書上道宜新願得長繩繫取日光臨天子萬年春

奉和聖製春日幸望春宮應制

句芒人面乘兩（一作兩乘）龍道是春神衛九重綵勝年年逢七日酴醾歲歲滿千鍾宮梅間雪祥光遍城柳含煙淑（一作瑞）氣濃醉倒君前情未盡願因歌舞自爲容

夜宴安樂公主新宅

鳳皇鳴舞樂昌年蠟炬開花夜管弦半醉徐擊珊瑚樹已聞鐘漏曉聲傳

餞唐永昌

洛陽難理若棼絲椎破連環定不疑鸚鵡休言秦地樂（一作鳥道長安樂）回頭（一作首）一顧一相思

明月歌

梅花雪白柳葉黃雲霧四起月蒼蒼箭水泠泠刻漏長揮玉指拂羅裳爲君一奏楚明光

采蓮女

采蓮女采蓮舟春日春江碧水流蓮衣承玉釧蓮刺罥銀鉤薄暮斂容歌一曲氛氳香氣滿汀洲

奉和登驪山應制

龍行踏絳氣天半語相聞混沌疑初判洪荒若始分

韋元旦

韋元旦京兆萬年人擢進士第補東阿尉遷左臺監察御史與張易之爲姻屬易之敗貶感義尉後復進用終中書舍人詩十首

奉和九日幸臨渭亭登高應制得月字

雲物開千里天行乘九月絲言丹鳳池旆轉蒼龍闕灞水歡娛地秦京游俠窟欣承解慍詞聖酒黃花發

奉和送金城公主適西蕃應制

柔遠安夷俗和親重漢年軍容旌節送國命錦車傳琴曲悲千里簫聲戀九天唯應西海月來就掌珠圓

餞唐州高使君赴任

桐柏膺新命芝蘭惜舊遊鳴皐夜鶴在遷木早鶯求傳擁淮源路尊空灞水流落花紛送遠春色引離憂

早朝

震維芳月季宸極衆星尊珮玉朝三陛鳴珂度（一作過）九門挈壺分早漏伏檻耀初暾北倚蒼龍闕西臨紫鳳垣詞庭草欲奏（一作雖視）温室樹無言鱗翰空爲忝長懷聖主恩

奉和立春遊苑迎春應制

灞滻長安恒（一作常）近日殷正臘月早迎新池魚戲葉仍含凍宮女裁花已作春向苑雲疑承翠幄入林風若起青蘋年年斗柄東無限願挹瓊觴壽北辰

奉和聖製春日幸望春宮應制

九重樓閣半山霞（一作斜）四望韶陽春未賒侍蹕妍歌臨灞滻留觴豔舞出京華危竿（一作萍）競捧中街日戲馬（一作鳥）爭銜上苑花景色歡娛長若此承恩不醉不還家

奉和人日宴大明宮恩賜綵縷人勝應制

鸞鳳旌旗拂曉（一作曉夕）陳魚龍角觝大明辰（一作晨）青韶既肇人

為日綺勝初成日作人聖藻凌雲裁栢賦仙歌促宴摘梅春亜旒一慶宜年酒朝野俱歡薦壽新

奉和幸安樂公主山莊應制

銀河南渚帝城隅帝輦平明出九衢刻鳳蟠螭凌桂邸穿池疊(一作構)石寫蓬壺瓊簫暫下鈞天樂綺綴長懸明月珠仙牓承恩爭既醉方知朝野更歡娛

興慶池侍宴應制

滄池漭沆帝城邊殊勝昆明鑿漢年夾岸旌旗疏輦(一作遠)道中流簫鼓振樓船雲峰四起迎宸幄水(一作寶)樹千重入御筵宴樂已深魚藻詠承恩更欲奏甘泉

夜宴安樂公主宅

主第新成銀作牓賓筵廣宴玉為樓壺觴既卜仙人夜歌舞宜停織女秋

邵昇

邵昇中宗時人詩一首

奉和初春幸(一下有臨字)太平公主南莊應制

沁園佳麗奪蓬瀛翠壁紅泉繞上京二聖忽從鸞殿幸雙仙正下鳳樓迎花含步輦空間出樹雜帷宮畫裏行無路乘槎窺漢渚徒知訪卜就君平

唐遠悊

唐遠悊中宗時人詩一首

奉和送金城公主適西蕃應制

皇恩睠下人割愛遠和親少女風遊兌姮娥月去秦龍笛迎金榜驪歌送錦輪那堪桃李色移向虜庭春

全唐詩

李適

李適字子至京兆萬年人擢進士第調猗氏尉武后時預修三教珠英遷户部員外郎兼修書學士景龍初擢修文館學士睿宗朝終工部侍郎詩一卷

汾陰后土祠作

昔予讀舊史遍觀漢世君武皇實稽古建茲百代勳號令垂懋典舊經備闕文南巡歷九嶷舳艫被江濆勒兵十八萬旌旗何紛紛朅來茂陵下英聲不復聞我行歲方晏極望山河分神光終冥漠鼎氣獨氛氳攬涕步脽上登高見彼汾雄圖今安在飛飛有白雲

荅宋十一崖口五渡見贈

聞君訪遠山躋險造幽絕眇然青雲境觀奇彌年月登嶺亦泝溪孤舟事沿越崿嶂傳彩翠崖磴互欹缺石林上攢蔟金澗下明滅捫壁窺丹井梯苔瞰乳穴忽枉巖中贈對翫未嘗輟殷勤獨往事委曲鍊藥説邀余名山期從爾泛海澨歲晏東宿心斯言非徒設

餞許州宋司馬赴任

昔吾遊箕山朅來涉潁水復有許由廟迢迢白雲裏聞君佐繁昌臨風悵懷此儻到平輿泉寄謝千將里

奉和聖製九日侍宴應制得高字

禁苑秋光入宸遊霽色高萸房頒綵笥菊蘂薦香醪後騎縈堤柳前旌拂御桃王枚俱得從淺淺愧飛毫

遊禁苑幸臨渭亭遇雪應制

長樂喜春歸披香瑞(一作愛)雪霏花從銀閣度絮繞玉窗飛寫曜銜天藻呈祥拂御衣上林紛可望無處不光輝

奉和九日登慈恩寺浮圖應制

鳳輦乘朝霽鶚林對晚秋天文貝葉寫聖澤菊花浮塔似神功造龕疑佛影留幸陪清漢蹕欣奉淨居遊

侍宴長寧公主東莊應制

鳳樓紆睿幸龍舸暢宸襟歌舞平陽第園亭沁水林山花添聖酒澗竹繞熏琴願奉瑤池駕千春侍德音

奉和送金城公主適西蕃應制

絳河從遠聘青海赴和親月作臨邊曉花為度隴春主歌悲顧鶴帝策重安人獨有瓊簫去(一作處)悠悠思錦輪

安樂公主移入新宅

星橋他日創仙榜此時開馬向鋪錢埒簫聞奏玉臺人疑衛叔美客似長卿才借問遊天使誰能取石回

奉和幸望春宮送朔方軍大總管張仁亶

地限驕南牧天臨餞北征解衣延寵命橫劍總威名豹略恭宸旨雄文動睿情坐觀膜拜入朝夕受降城

人日宴大明宮恩賜綵縷人勝應制

朱城待鳳韶年(一作華)至碧殿疏(一作蛸又作乘)龍淑氣來寶帳金屏人已帖圖花學鳥勝初裁林香近接宜春苑山翠遙添獻壽杯向夕憑高風景(一作日)麗天文垂耀象昭回

奉和春日幸望春宮應制

玉輦金輿天上來花園四望錦屏開輕絲半拂朱門(一作城)柳細纈全披畫閣梅舞蝶飛(一作分)行飄御席鶯歌度曲繞仙杯聖詞今日光輝滿漢主秋風莫道才

奉和立春遊苑迎春

金輿翠輦迎嘉節御苑仙宮待獻春淑氣初銜梅色淺條風半拂柳墻新天杯慶壽齊南岳聖藻光輝動北辰稍覺披香歌吹近龍驂日暮下城闉

帝幸興慶池戲競渡應制

拂露金輿丹旆轉凌晨黼帳碧池開南山倒影從雲落北澗搖光寫溜(一作浪)迴急槳(一作舸)爭標排荇度輕帆截浦觸荷來橫汾宴鎬歡無極歌舞年年聖壽杯

侍宴安樂公主莊應制

平陽金牓鳳皇樓沁水銀河鸚鵡洲綵仗遙臨丹壑裏仙輿暫幸綠亭幽前池錦石(一作幔)蓮花豔後嶺香鑪桂蘂秋貴主稱觴萬年壽還輕漢武濟汾遊

侍宴安樂公主新宅應制

銀河半倚鳳皇臺玉酒相傳鸚鵡杯若見君平須借問仙槎一去幾時來

餞唐永昌赴任東都(自尚書郎為令)

聞道飛鳧向洛陽翩翩矯翮度文昌因聲寄意三花樹

少室巖前幾過香（有田在少室不見十年矣）

全唐詩

劉憲

劉憲字元度宋州寧陵人弱冠擢進士第累遷左臺監察御史貶潾水令召爲鳳閣舍人神龍初自吏部侍郎出刺渝州尋入爲修文館學士歷太子詹事卒武后時勑吏部糊名考判求高才惟憲與王適司馬鍠梁載言入第二等集三十卷今編詩一卷

奉和聖製立春日侍宴內殿出翦綵花應制

上林宮館好（一作裏）春光（一作心）獨早知翦花疑始發刻燕似新窺色濃輕雪點香淺嫩風吹此日叨陪侍恩榮得數枝

奉和人日清暉閣宴羣臣遇雪應制

輿輦乘人日登臨上鳳京風尋歌曲颺雪向舞行縈千官隨輿合萬福與時（一作春）并承恩長若此微賤幸昇平

奉和七夕宴兩儀殿應制

秋吹過雙闕星仙動二靈更深移月鏡河淺度雲軿殿上呼（一作徵）方朔人間失（一作識）武丁天文茲夜裏光映紫微庭

奉和九月九日聖製登慈恩寺浮圖應制

飛（一作香）塔雲（一作層）霄半清晨羽斾遊（一作仙鑣）（一作浮境遊）登臨憑季月寥廓見中州御酒新寒退天文瑞景留（一作寶象浮）辟（一作卻）邪將獻壽茲日奉千秋

閏九月九日幸總持寺登浮圖應制

重陽登閏序上界叶時巡駐輦天花落開筵妓樂陳城端刹柱見雲表露盤新臨睨光輝滿飛文動睿神

侍宴長寧公主東莊

公主林亭地清晨降玉輿畫橋飛渡水仙閣涌臨（一作凌）虛晴新看蛺蝶夏早摘芙蕖文酒娛遊盛忻叨侍從餘

奉和送金城公主入西蕃應制

外館踰河右行營指路岐和親悲遠嫁忍愛泣將離旌斾羌風引軒車漢月隨那堪馬上曲時向管中吹

奉和聖製登驪山高頂寓目應制

驪阜鎮皇都鑾遊眺八區原隰旌門裏風雲扆座隅直城如斗柄官樹似星榆從臣詞賦末濫得上天衢

奉和幸白鹿觀應制

玄遊乘落暉仙宇藹霏微石梁縈澗轉珠旆掃壇飛芝童薦膏液松鶴舞驂騑還似瑤池上歌成周馭歸

折楊柳

沙塞三河道金閨二月春碧煙楊柳色紅粉綺羅人露葉懈啼臉風花思舞巾攀持君不見爲聽曲中新

奉和立春日內出綵花樹應制（一作人日大明宮應制）

禁苑韶年（一作華）（又作光）此日歸東郊道上轉青旂柳色梅芳何處所風前雪裏覓芳菲開冰池內魚新（一作初）躍翦綵花間燕始飛欲識王遊布陽氣爲觀天藻競春暉

奉和春日幸望春宮應制

暮春春色最便妍苑裏花開列御筵商（一作南）山積翠臨城起滻水浮光共幕連鶯藏嫩葉歌相喚蝶礙芳叢舞不前歡娛節物今如此願奉宸遊億萬年

奉和幸安樂公主山莊應制

主家別墅帝城隈無勞海上覓蓬萊沓石（一作嶂）懸流平地起危樓曲閣半天開庭莎作薦舞行出浦樹相將（一作障）歌棹回此日風光與形勝衹言作伴聖詞來

興慶池侍宴應制

蒼龍闕下天泉池軒駕來遊簫管吹綠堤夏條縈不散冒水新荷卷復披帳殿疑從畫裏出樓船直在鏡中移自然東海神仙處何用西崑轍迹疲

奉和幸大薦福寺應制

地靈傳景福天駕儼鉤陳佳哉藩邸舊赫矣梵宮新香塔魚山下禪堂雁水濱珠幡映白日鏡殿寫青春甚歡延故吏大覺拯生人幸承歌頌末長奉屬車塵

奉和幸三會寺應制

岧嶤倉史臺敞朗紺園開戒旦壺人集（一作警）翻霜羽騎來下輦登三襲褰旒望九垓林披館陶牓水浸昆明灰綱戶飛花綴幡竿度鳥迴豫遊仙唱動瀟灑出塵埃

奉和幸長安故城未央宮應制

漢宮千祀外軒駕一來遊夷蕩長如此威靈不復留憑高睿賞發懷古聖情周寒向南山斂春過北渭浮土功昔云盛人英今所求幸聽熏風曲方知霸道羞

奉和幸禮部尚書竇希玠宅應制（一作陪幸五王宅）

北斗樞機任西京肺腑親疇昔王門下今茲御（一作制）幸辰恩光山水被聖作管弦新遶坐熏紅藥當軒暗綠筠摘荷纔早夏聽鳥尚餘春行漏今徒晚風煙起觀津

奉和聖製幸望春宮送朔方大總管張仁亶

命將擇耆年圖功勝必全光輝萬乘餞威武二庭宣中衢橫鼓角曠野蔽旌旃推食天厨至投醪御酒傳涼風過鴈苑殺氣下雞田分閫恩何極臨岐動睿篇

奉和幸韋嗣立山莊侍宴應制

東山有謝安枉道降鳴鑾緹騎分初日霓旌度曉寒雲躍巖間下虹橋澗底盤幽棲俄以屆聖矚宛餘歡（一作觀）崖

懸飛溜直岸轉綠潭寬桂華堯酒泛松響舜琴彈明主
恩斯極賢臣節更彈不才叨侍從詠德以濡翰

人日翫雪應制

勝日登臨雲葉起芳風搖蕩雪花飛呈（一作星）暉幸得承金
鏡颺彩（一作影）還將（一作持）奉玉衣

上巳日祓禊渭濱應制

桃花欲落柳條長沙頭水上足風光此時御蹕來遊處
願奉年年祓禊觴

苑中遇雪應制

龍驂曉入望春宮正逢春雪舞東（一作香）風花光併灑（一作在）天
文上寒氣行（一作都）消御酒中

夜宴安樂公主新宅

層軒洞戶旦新披度曲飛觴夜不疲綺綴玲瓏河色曉（一作繞）
珠簾隱映月華窺

奉和聖製幸韋嗣立山莊

非吏非隱晉尚書一丘一壑降乘輿天藻緣情兩曜合
山卮獻壽萬年餘

餞唐永昌

始見郎官拜洛陽旋聞近侍發雕章緒言已曷期年政
綺字當（一作先）生滿路光

全唐詩

高正臣

高正臣廣平人襄州刺史衛尉卿習右軍書法睿宗最
愛其筆詩二首

晦日置酒林亭（是宴凡二十一人皆以華字爲韻陳子昂爲之序）

正月符嘉節三春翫物華忘懷寄尊酒陶性狎山家柳
翠含煙葉梅芳帶雪花光陰不相借（一作惜）遲遲落景斜

晦日重宴（是宴九人皆以池字爲韻周彥暉爲之序）

芳辰重游衍乘景共追隨班荊陪舊識傾蓋得新知水
葉分蓮沼風花落柳枝自符河朔趣寧羨高陽池

崔知賢

崔知賢高宗時人詩三首

晦日宴高氏林亭

上月河陽地芳辰景物（一作望）華緜蠻變時鳥照曜起春霞
柳搖風處色梅散日前花淹留洛城晚歌吹石崇家

上元夜效小庾體（上元之遊凡六人皆以春字爲韻長孫正隱爲之序）

今夜啓城闉結伴戲芳春鼓聲撩亂動風光觸處新月
下多遊騎燈前饒看人歡樂無窮已歌舞達明晨

三月三日宴王明府山亭（得魚字 同賦六人孫愼行爲之序）

調露二年暮春三日同集於王令公之林亭申交
契也夫尚平遠跡尋五藥於西山仲連高蹈讓千
金於東海遺形却立終希獨善之資排患解紛未
洽隨時之義豈若天地交泰朝野歡娛元巳迨辰
季陽司月列芳林而薦賞控清洛以開筵追李郭
之佳遊嗣褰王之故事遠近送春日表裏壯皇居
曾幹霞騫燭城陰於翠鷁浮梁霧絕寫川態於文
虹樹密如鱗花繁似霰魚縱相忘之樂鶯遷求友
之聲景物載華心神已至於是愷佳宴滌煩襟泝
杯曲水折巾幽徑流波度曲自諧中散之弦舞蝶
成行無忝季倫之伎而歲不我與人生若浮揮魯
陽之戈奔曦可駐騁山公之騎餘興方遒度志陳
詩式紀良會仍探一字六韻成章

京洛皇居芳禊春餘影媚元巳和風上除雲開翠帟水
鶯鮮居林渚縈暎煙霞卷舒花飄粉蝶藻躍文魚沿波
式宴其樂只且

席元明

席元明高宗時人詩一首

三月三日宴王明府山亭（得郊字）

日惟上巳時亨有巢中尊引桂芳筵藉茅書僮囊筆膳
夫行炰煙霏萬雉花明四郊沼蘋白帶山花紫苞同人
聚飲千載神交

韓仲宣

韓仲宣高宗時人詩四首

晦日宴高氏林亭

欲知行有樂芳尊對物華地接安仁縣園是季倫家柳
處雲疑（一作凝）葉梅間雪似花日落歸途遠留興（一作與）伴煙霞

晦日重宴

鳳苑先（一作光）吹晚（一作曉）龍樓夕照披陳遵已投轄山公正坐
池（一作出）落日催金奏飛霞送玉卮此時陪綺席不醉欲何
爲

上元夜效小庾體

他鄉月夜（一作下）人相伴看燈輪光隨九華出影共百枝新
歌鐘盛北里車馬沸南鄰今宵何處好惟有洛城春

三月三日宴王明府山亭（得花字）

河濱上巳洛汭春華碧池涵日翠巘澄霞溝垂細柳岸
擁平沙歌鶯響樹舞蝶驚花雲浮寶馬水韻香車熟記
行樂淹留景斜

周彥昭

周彥昭高宗時人詩一首

晦日宴高氏林亭

勝地臨雞浦高會偶龍沙御柳驚春色仙筇掩月華門
邀千里馭杯泛九光霞日落山亭晚雷送七香車

高球

高球高宗時人詩二首

晦日宴高氏林亭

溫洛年光早皇州景望華連鑣尋上路乘輿入山家輕

苔網危石春水架平沙賞極林塘暮處處起煙霞

三月三日宴王府山亭得煙字

洛城春禊元巳芳年季倫園裏逸少亭前曲中舉白談際生玄陸離軒蓋淒清管弦萍疎波蕩柳弱風牽未淹歡趣林溪夕煙

弓嗣初

弓嗣初登咸亨二年進士第一人詩二首

晦日宴高氏林亭

上序春暉麗中園物候華高才盛文雅逸興滿煙霞參差金谷樹一作榭皎鏡碧塘沙蕭散林亭晚倒載欲還家

晦日重宴

年華藹芳陽春溜滿新池促賞依三友延歡寄一卮鳥聲隨管變花一作柳影逐風移行樂方無極淹留惜晚曦

高瑾

高瑾渤海人士廉之孫登咸亨元年進士第詩四首

三月三日宴王明府山亭得哉字

暮春元巳春服初裁童冠八九于洛之隈河堤草變鞏樹花開逸人談發仙御舟來間關黃鳥瀺灂丹腮樂飲命席優哉悠哉

晦日宴高氏林亭

試入山亭望言是石崇家二月風光起三春桃李華鶯吟上喬木雁往息平沙相看會取醉寧知還路賒

晦日重宴

忽聞鶯響谷於此命相知正開彭澤酒來向高陽池柳葉風前弱梅花影處危賞洽林亭晚落照下參差

上元夜效小庾體

初年三五夜相知一兩人連鑣出巷口飛轂下池潛燈光恰似月人面併如春遨遊終未已相歡待日輪

王茂時

王茂時高宗時人詩一首

晦日宴高氏林亭

踐勝一作勝踐尋良會乘春翫物華還隨張放友來向石崇家止水分巖鏡閑一作開庭枕浦沙未極林泉賞參差落照斜

徐皓

徐皓高宗時人詩一首

晦日宴高氏林亭

綺筵乘暇景瓊醑對年華門多金埒騎路引壁人車蘋早猶藏葉梅殘正落花藹藹林亭晚餘興促一作泛流霞

長孫正隱

長孫正隱高宗時人詩二首

晦日宴高氏林亭

晦晚屬煙霞遨遊重歲華歌鐘雖戚里林藪是山一作仙家細雨猶開日深池不漲沙淹留迷處所巖岫幾重花

上元夜效小庾體同用春字并序

夫執燭夜游古人之意豈不重光陰而好娛樂哉且星度如環晷纏周而已襲月華猶鏡魄哉生而遽圓忽兮遇春俄兮臨望重城之扉四闢車馬轟闐五劇之燈九華綺羅紛錯兹夕何夕而遨遊之多趣乎且九谷帝畿三川奧域交風均露上分朱鳥之躔泝洛背河下鎮蒼龍之闕多近臣之第宅即瞰銅街有貴戚之樓臺自連金穴美人競出錦障如霞公子交馳琱鞍似月同遊洛浦疑尋稅馬之津爭渡河橋似向牽牛之渚實昌年之樂事令節之佳遊者焉而戒曉巖鐘俄喧綺陌分空落宿已半朱城蓋陳良夜之歡共發乘春之藻仍爲庾體四韻成章同以春爲韻

薄晚嘯遊人車馬亂驅塵月光三五夜燈焰一重春煙雲迷北闕簫管識南鄰洛城終不閉更出小平津

高紹

高紹考功郎中詩一首

晦日宴高氏林亭

嘯侶入山家臨春翫物華葛弦調綠水桂醑酌丹霞岸柳開新葉庭梅落早花興洽林亭晚方還倒載車

郎餘令

郎餘令定州新樂人博學知名兼善畫擢進士第授霍王元軌府參軍改著作佐郎詩一首

晦日宴高氏林亭

三春休晦節九谷泛年華半晴餘細雨全晚澹殘霞尊開疎竹葉管應落梅花興闌相顧起流水送香車

陳嘉言

陳嘉言武后時酷吏詩三首

晦日宴高氏林亭

公子申敬愛攜朋翫物華人是平陽客地即石崇家水文生舊浦風色滿新花日暮連歸騎長川照晚霞

晦日重宴

高門引一作臨冠蓋下客抱支離綺席珍羞滿文場翰藻摛蓂華彫上月一作葉柳色藹春池日斜歸戚里連騎勒金羈

上元夜效小庾體

今夜可憐春河橋多麗人寶馬金爲絡香車玉作輪連手窺一作縈潘掾分頭看洛神重城自不掩出向小平津

周彥暉

周彥暉登咸亨五年進士第詩二首

晦日宴高氏林亭

砌蓂收晦魄津柳競年華既狎忘筌友方淹投轄車綺筵迴舞雪瓊醑泛流霞雲低上天晚絲雨一作竹帶風斜

晦日重宴

春華歸柳樹俯景落蓂枝置驛銅街右開筵玉浦陲林煙含障密竹雨帶珠危興闌巾倒戴山公下習池

高嶠

高嶠司門郎中詩二首

晦日宴高氏林亭

飛觀寫春望開宴坐汀沙積溜一作水含苔色晴空蕩日華歌入平陽第舞對石崇家莫慮能騎馬投轄自停車

晦日重宴

駕言尋鳳侶乘歡俯雁池班荊逢舊識斟桂喜深知紫蘭方出徑黃鶯未囀枝別有陶春日青天雲霧披

劉友賢

劉友賢高宗時人詩一首

晦日宴高氏林亭

春來日漸賖琴酒逐年華欲向文通逕先遊武子家池碧新流(一作泉)滿巖紅落照斜興闌情未盡(一作極)步步惜風花

周思鈞

周思鈞貝州漳南人與兄北門學士思茂俱早知名武后時爲太子文學貶揚州司倉參軍終中書舍人詩二首

晦日宴高氏林亭

早春驚柳䙪初晦掩蓂華騎出平陽里筵開衛尉家竹影含雲密池紋帶雨斜重惜林亭晚上路滿煙霞

晦日重宴

綺筵乘晦景高宴下陽池濯雨梅香散含風柳色移輕塵依扇落流水入弦危勿顧林亭晚方歡雲霧披

全唐詩

蘇頲

蘇頲字廷碩瓌之子幼敏悟一覽至千言輒覆誦擢進士第調烏程尉舉賢良方正歷監察御史神龍中遷給事中脩文館學士中書舍人明皇愛其文由工部侍郎進紫微侍郎知政事與李乂對掌書命帝曰前世李嶠蘇味道文擅當時號蘇李今朕得頲及乂何愧前人襲父封爵號小許公後罷爲益州長史復入知吏部選事卒謚文憲頲以文章顯與燕國公張說稱望略等世稱燕許集三十卷今編詩二卷

祭汾陰樂章(和壽)

禮物斯具樂章乃陳誰其作主皇考聖眞對越在天聖明佐神窅然汾上厚澤如春

奉和聖製行次成皋途經先聖擒建德之所感而成詩應制

漢東不執象河朔方鬭龍夏滅漸寧亂唐興終奮庸皇威正赫赫兵氣何匈匈用武三川震歸淳六代醲成皋覩王業天下致人雍即此巡於岱曾孫受命封

奉和聖製登蒲州逍遙樓應制

在昔堯舜禹遺塵成典謨聖皇東巡狩况乃經此都樓觀紛迤邐河山幾縈紆緬懷祖宗業相繼文武圖尚(一作恃)德既無險觀風諒有孚豈如汾水上簫鼓事遊娛

奉和聖製過晉陽宮應制

隋運與天絕生靈厭氛昏聖期在寧亂士馬興太原立極萬邦推登庸四海尊慶膺神武帝業付皇曾孫緬慕封唐道追惟歸沛魂詔(一作昭)書感先義典禮巡舊藩高殿綵雲合春旗祥風翻率西見汾水奔北空(一作窺)塞垣欵曲童兒佐依遲故老言里頒慈惠賞家受復除恩下輦崇三教(一作都又作觀)建碑當九門孝思敦(一作昭)至美億載奉開元

奉和姚令公溫湯舊館永懷故人盧公之作

樹德豈孤鄰降神良竝出偉茲廊廟楨(一作中)調彼鹽梅實正悅虞垂舉翻悲鄭僑卒同心不可忘交臂何爲失清路荷前幸明時稱右弼曾聯野外遊(一作迷)尚記帷中密新慟情莫遣舊遊詞更述空令還辱和長歎(一作感)知音日

和杜主簿春日有所思

朝上高樓上俯見洛陽陌搖蕩吹花風落英紛已積美人不共此芳好空所惜攬鏡塵網滋當窗苔蘚碧緬懷在雲漢良願暌枕席翻似無見時如何久爲客

餞郢州李使君

楚有章華臺遙遙雲夢澤復聞擁符傳及是收圖籍佳政在離人能聲寄侯伯離懷朔風起試望秋陰積中路悽以寒羣山靄將夕傷心聊把袂怊悵(一作惆望)麒麟客

餞唐州高使君赴任

永日奏文(一作對)時東風搖蕩夕浩然思樂事翻復餞征客淮水春流清楚山暮雲白勿言行路遠所貴尊城伯

曉濟膠川南入密界

飲馬膠川上傍膠南趣密林遙飛鳥遲雲去晴山出落暉隱桑柘秋原(一作深秋)被花實慘然遊子寒風露將蕭瑟

夜發三泉即事

暗發三泉山窮秋聽騷屑北林夜鳴雨南望曉成雪祇詠北風涼詎知南土熱沙溪忽沸渭石道乍明滅宛若銀磧橫復如瑤臺結指程賦(一作則)所戀遇虞不遑歇重纊濡莫解懸旌凍猶揭下奔泥棧榰上覯雲梯設摶頰羸馬頓回眸惴人跌憧憧往復還心注思逾切冉冉年將病力困衰怠竭天彭信方隅地勢誠斗絕忝曳尚書履叨兼使臣節京坻有歲饒亭障無邊孽歸奏丹墀左騫能俟來哲

小園納涼即事

煩暑避蒸鬱居閑習高明長風自遠來層閣有餘清散灑納涼氣蕭條遺世情奈何誇大隱終日繫塵纓

昆明池晏坐答王兵部珣三韻見示

畫舸疾如飛遙遙汎夕暉石鯨吹浪隱玉女步塵歸獨有銜恩處明珠在釣磯

奉和聖製春臺望應制

壯麗天之府神明王者宅大君乘飛龍登彼復懷昔圓闕朱光燄橫山翠微積河汧流作表縣聚開成陌即舊

在皇家維新具物華雲連所上居恒屬日更時中望不
斜三月滄池搖積水萬年青樹綴新（一作點鶯）花暴嬴國此嘗
圖霸霸業後仁先以詐東破諸侯西入秦咸陽北阪南
渭津詩書焚爇散學士高閣奢踰嬌美人事往覆輈經
遠喻春還按蹕憑高賦戎觀愛力深惟省越厭陳方何
足務清吹遥遥發帝臺宸文耿耿照天迴伯夷位事愚
臣忝喜奏聲成鳳鳥來

長相思

君不見天津橋下東流水南望龍門北朝市楊柳青青
宛地垂桃紅李白花參差花參差柳堪結此時憶君心
斷絶

蜀城哭台州樂安少府

遠遊蹟劒閣長想屬天台萬里隔三載此邦余重來音
容曠不覿夢寐殊悠哉邊郡餞藉藉晚庭正同同喜傳
上都封因促傍吏開向悟海鹽客已而梁木摧變衣寢
門外揮涕少城隈却記分明得猶持委曲猜師儒昔訓
獎仲季時童孩服義題（一作陳）書篋邀歡汎酒杯夔令風雨
散仍迫歲時迴其道惟正直其人信美偲白頭還作尉
黄綬固非才可歎懸蛇疾先貽問鵩災故鄉閉窮壤宿
草生寒荄零落九原去蹉跎四序催曩期冬贈橘今哭
夏成梅執禮誰爲賵居常不徇財北登喂嫘坂東望姑
蘇臺天路本懸絶江波復（一作空）泝洄念孤心易斷追往恨
艱裁不遂卿將伯執云陳與雷吾衰亦如此夫子復何
哀

立春日侍宴内出剪綵花應制

曉入宜春苑穠芳吐禁中剪刀因裂素妝粉爲開紅彩
異驚流雪香饒點便風裁成識天意萬物與花同

春日芙蓉園侍宴應制

御道紅（一作虹）旗出芳園翠輦遊繞花開水殿架竹起山樓
荷芰輕薰幄魚龍出負舟寧知穆天子空賦白雲秋

奉和聖製人日清暉閣宴羣臣遇雪應制

樓觀空煙裏初年瑞雪過苑花齊玉樹池水作銀河七
日祥圖啟千春御賞多輕飛傳綵勝天上奉薰歌

奉和七夕宴兩儀殿應制

靈媛乘秋發仙裝警夜催月光窺欲渡河色辨應來機
石天文寫鍼樓御賞開竊觀棲鳥至疑向鵲橋迴

奉和九日幸臨渭亭登高應制得時字

嘉會宜長日高筵順動時曉光雲外洗晴色雨餘滋降
鶴因韶德吹花入御詞願陪陽數節億萬九秋期（紀事作井數登高日延齡命賞時宸遊天上轉秋物雨來滋降鶴承仙馭吹花入睿詞微臣復何幸長得奉恩私語多不同今並載之）

遊禁苑幸臨渭亭遇雪應制

平明敞帝居霰雪下凌虚寫月含珠綴從風薄綺疏年
驚花絮早春夜管絃初已屬雲天外欣承霈澤餘

奉和送金城公主適西蕃應制

帝女出天津和戎轉罽（一作綺）輪川經斷腸望地與析支鄰
奏曲風嘶馬銜悲月伴人旋知偃兵革長是漢家親

奉和聖製登驪山高頂寓目應制

仙蹕御層氛高高積翠分巖聲中谷應天語半空聞豐
樹連黄葉函關入紫雲聖圖恢寓縣歌賦小（一作少）横汾

幸白鹿觀應制

碧虚清吹下藹藹入仙宫松磴攀雲絶花源接澗空受
符邀羽使傳訣註香童詎似閑居日徒聞有順風

題壽安王主簿池館

洛邑通馳道韓郊在屬城館將花雨映潭與竹聲清賢
俊鸞棲棘賓遊馬佩衡顧言隨狎鳥從此濯吾纓

扈從温泉奉和姚令公喜雪

清道豐人望乘時漢主遊恩暉隨霰下慶澤與雲浮泉
暖驚銀磧花寒愛（一作映）玉樓鼎臣今有問河伯且應留

秋社日崇讓園宴得新字

鳴爵三農稔勾龍百代神運昌叨輔弼時泰喜黎民樹
缺池光近雲開日影新生全應有地長願樂交親

奉和魏僕射秋日還鄉有懷之作

南宫夙拜罷東道晝遊初飲餞傾冠蓋傳呼問里閭樹
悲懸劒所溪想釣璜餘明發輝光至增榮（一作喧闐）駟馬車

武擔山寺

武擔獨蒼然墳山下玉泉鼇靈（一作鼈跌）時共盡龍女事同遷

松栢銜哀處幡花種福田詎知留鏡石長與法輪圓

餞洛州陸長史再守汾州

河尹政成期爲汾昔所推不榮三入地還美再臨時擁
傳雲初合聞鶯日正遲道傍（一作傍人）多出餞别有吏民思

餞荆州崔司馬

茂禮雕龍昔香名展驥初水連南海漲星拱北辰居稍
發仙人履將題别駕輿明年徵拜入荆玉不藏諸

送吏部李侍郎東歸得歸字

陌上有光輝披雲向洛畿賞來榮邑從别至惜分飛泉
溜含風急山煙帶日微茂曹今去矣人物喜東歸

送光禄姚卿還都

漢室有英台荀家寵俊（一作多龍）才九卿朝已入三子暮同來

不授綸爲草還司鼎用梅兩京王者宅駟馬日應迴

春晚送瑕丘田少府還任因寄洛中鏡上人

聞道還沂上因聲寄洛濱别時花欲盡歸處酒應春聚
散同行客悲歡屬故人少年追樂地遥贈一霑巾

送賈起居奉使入洛取圖書因便拜覲

舊國才因地當朝史命官遺文徵闕簡還思采芳蘭傳
發關門候觴稱邑里歡早持京副入旋佇洛書刊

送常侍舒公歸覲

朝聞講藝餘晨省拜恩初訓胄尊庠序榮親耀里閭朱
丹華轂送斑白綺筵舒江上春流滿還應薦躍魚

興州出行

危途曉未分驅馬傍江濆滴滴泣花露微微出岫雲松
梢半吐月蘿翳漸移曛旅客腸應斷吟猿更使聞

邊秋薄暮（一作出塞）

海外秋鷹擊霜前旅雁歸邊風思鞞鼓落日慘旌麾浦
暗漁舟入川長獵騎稀客悲逢薄暮況乃事戎機

曉發方騫驛

傳置遠山蹊龍鍾蹴澗泥片陰常作雨微照已生霓鬢
髮愁氛換心情險路迷方知向蜀者偏識子規啼

經三泉路作

三月松作花春行日漸賒竹障（一作坊）山鳥路藤蔓（一作沒）野人

家透石飛梁下尋雲絕磴斜此中誰與樂揮涕語年華

故高安大長公主挽詞

彤管承師訓青圭備禮容孟孫家代寵元女國朝封柔軌題貞順閑規賦肅雍寧知落照盡霜吹入悲松

贈司徒豆盧府君挽詞

寵贈追胡廣親臨比賀循幾聞投劒客多會服緦人草閉墳將古松陰(一作深)地不春二陵猶可望存歿有忠臣

故右散騎常侍舒國公褚公挽詞

陽翟疏豐構臨平演慶源學筵尊授几儒服寵乘軒審諭留中密開陳與上言徂暉一不借空有賜東園

奉和初春幸太平公主南莊應制

主第山門起灞川宸遊風景入初年鳳皇樓下交天仗烏鵲橋頭(一作邊)敞御筵往往花間逢綵石時時竹裏見紅泉今朝扈蹕平陽館不羨乘槎雲漢邊

奉和春日幸望春宮應制

東望望春春可憐更逢晴日柳含煙宮中下見南山盡城上平臨北斗懸細草偏承回輦處輕花微落奉觴前(一作飛花故落舞筵前)宸遊對此歡無極鳥哢聲聲入管絃(一作鳥哢歌聲雜管絃)

人日重宴大明宮恩賜綵縷人勝應制

疏龍磴道切昭回建鳳旗門繞帝臺七葉仙蓂依(一作承)月吐千株御柳拂煙開初年競貼宜春勝長命先浮(一作添)獻壽杯是日皇(一作最)靈知竊幸羣心就(一作能)捧大明來

侍宴安樂公主山莊應制

駸駸羽騎歷城池帝女樓臺向晚披霧灑旌旗雲外出風迴巖岫雨中移當軒半落天河水繞徑全低月樹枝簫鼓宸遊陪宴日和鳴雙鳳喜來儀

興慶池侍宴應制

降鶴池前回步輦棲鸞樹杪出行宮山光積翠遙疑逼水態含青近若空(以上二句初云山光遥嶼疑無地水態迎帆若有風時爲趙郡李乂范陽盧從愿所賞但末句又押風字故易之)直視天河垂象外俯窺京室畫圖中皇歡未使恩波極日暮樓船更起風

廣達樓下夜侍酺宴應制

東嶽封迴宴洛京西墉通晚會公卿樓臺絕勝宜春苑燈火還同不夜城正覩人間朝市樂忽聞天上管絃聲酺來萬舞羣臣醉喜戴千年聖主明

龍池樂章(唐享龍池樂章第七章)

西京鳳邸躍龍泉佳氣休光鎮在天軒后霧圖今已得秦王水劒昔常傳恩魚不入(一作似)昆明釣瑞鶴長如太液仙願侍巡遊同舊里更聞簫鼓濟樓船

扈從鄠杜間奉呈刑部尚書舅崔黄門馬常侍

翠輦紅旗出帝京長楊鄠杜昔知名雲山一一看皆美(一作異)竹樹蕭蕭(一作叢叢)畫不成羽騎將過持袂拂香車欲度捲簾行漢家曾草巡遊賦何似今來應聖明

景龍觀送裴士曹

昔日嘗聞公主(一作相)第今時變作列仙家池傍坐客穿叢篠樹下遊人掃落花雨雪(一作雲雨)長疑向函谷山泉直似到流沙君還洛邑分明記此處同來閱歲華

春晚紫微省直寄內

直省清華接建章向來無事日猶長花間燕子棲鳷鵲竹下鵷雛繞(一作宿)鳳皇內史通宵承紫誥中人落晚愛紅妝別離不慣無窮憶莫誤卿卿學太常

贈彭州權別駕

雙流脈脈錦城開追餞年年往復迴秪道歌謠迎半刺徒聞禮數揖中台黄鶯急轉春風盡斑馬長嘶落景催莫愴分飛岐路別還當奏最掖垣來

寒食宴于中舍別駕兄弟宅

子推山上歌龍罷定國門前結(一作駟)來始覩元昆鏘玉至旋聞季子佩刀迴晴花處處因風起御柳條條向日開自有長筵歡不極還將(一作持)綵服詠南陔

九月九日望蜀臺

蜀王望蜀舊臺前九日分明見一川北料鄉關方自此南辭城郭復依然青松繫馬攢巖畔黄菊留人籍道邊自昔登臨湮滅盡獨聞忠孝兩能傳

全唐詩

蘇頲

奉和晦日幸昆明池應制

炎曆事邊陲昆明始鑿池豫遊光後聖征戰罷前規霽色清珍宇年芳入錦陂御杯蘭薦葉仙仗柳交枝二石分河瀉雙珠代月移微臣比翔泳恩廣自無涯

奉和聖製幸禮部尚書竇希玠宅應制

尚書列侯第外戚近臣家飛棟臨青綺迴輿轉翠華日交當戶樹泉漾滿池花圓頂圖嵩石方流擁魏沙豫遊今聽履侍從昔鳴笳自有天文降無勞訪海槎

奉和幸韋嗣立山莊應制

擬金寒野霽步玉曉山幽帝幄期松子臣廬訪葛侯百工徵往夢七聖扈來遊斗柄乘時轉台階捧日留樹重巖籟合泉迸水光浮石徑喧朝履璜溪擁釣舟恩如犯星夜歡擬濟河秋不學堯年隱空令傲許由

奉和聖製送張說上集賢學士賜宴得茲字

肅肅金殿裏招賢固在茲鏘鏘石渠內序拜亦同時宴錫歡(一作勤)談道文成貴說詩用儒今作相敎學舊爲師下際天光近中來帝渥滋國朝良史載能事日論思

奉和聖製途經華嶽應制

朝望蓮華嶽神心就日來晴觀五千仞仙掌拓山開雯命金符叶過祥玉瑞陪霧披乘鹿見雲起馭龍迴偃樹

枝封雪殘碑石冒苔聖皇惟道契文字勒巖隈

奉和聖製經河上公廟應制

河流無日夜河上有神仙輦路曾經此壇場即宛然下疑成洞穴高若在空煙善物遺方外和光繞道邊事因周史得言與（一作向）漢王傳喜屬膺期聖邦家業又玄

奉和聖製答張說出雀鼠谷

雨施巡方罷雲從訓俗迴密途汾水衛清蹕晉郊陪寒著山邊盡（一作靜）春當日下來御祠玄鳥應仙仗綠楊開作頌音傳雅觀文色動台更知西向樂宸藻協（一作貢）鹽梅

奉和恩賜樂遊園宴應制

樂遊光地選酺飲慶天從座密千官盛場開百戲容綠塍際山盡緹（一作翠）幕倚雲重下上花齊發周迴柳遍濃奪晴紛劒履喧聽雜歌鐘日晚銜恩散堯人併可封

恩制尚書省寮宴昆明池同用堯字

露渥灑雲霄天官次斗杓昆明四十里空水極晴朝雁似銜紅葉鯨疑噴海潮翠山來徹底白日去迴標泳廣漁杈溢浮深妓舫搖飽恩皆醉止合舞共歌堯

奉和聖製幸望春宮送方朔大總管張仁亶

北風吹早雁日夕渡河飛氣冷膠（一作葭）應折霜明草正腓老臣帷幄筭元宰廟堂機餞飲迴仙蹕臨戎解御衣軍裝乘曉發師律候春歸方佇勳庸盛天詞降紫微

奉和聖製登太行山中言志應制

北山東入海馳道上連天順動三光注登臨萬象懸俛觀河內邑平指洛陽川按蹕夷關險張旗亘井泉曉巖中警柝春事下蒐田德重周王問歌輕漢（一作魏）后傳宸遊鋪令典睿思起芳年願以封書奏迴鑾禪肅然

奉和聖製漕橋東送新除岳牧

寶賢不遺俊臺閣盡鵷鸞未若調（一作安）人切其如簡帝難上才膺出典中旨念分官特以專城貴深惟列郡安政行思務本風靡屬勝殘有令田知急無分獄在寬至言題睿札殊渥灑仙翰詔餞三台降朝榮萬國歡舉杯臨水發張樂擁橋觀式佇東封會鏘鏘檢玉壇

奉和聖製途次舊居應制

潞國臨淄邸天王別駕輿出潛離隱際小往大來初東陸行春典南陽即舊居約川星罕駐扶道日斿舒雲覆連行在風迴助掃除木行城邑望阜落土田疏昔試邦輿后今過俗徯予示威寧校獵崇讓不陳魚府吏趨宸康鄉耆捧帝車帳傾三飲處閑整六飛餘盛業銘汾鼎昌期應洛書願陪歌賦末留比蜀相如

奉和聖製至長春宮登樓望稼穡之作

帝迹奚其遠皇符之所崇敬時堯務作盡力禹稱功赫赫惟元后經營自左馮變蕪秔稻實流惡水泉通國阜猶前豹人疲詎昔熊黃圖巡沃野清吹入離宮是閱京坻富仍觀都邑雄憑軒一何綺積溜寫晴空禮節家安外和平俗在中見龍垂渭北辭雁指河東睿思方居鎬宸遊若飲豐寧誇子雲從秖為獵扶風

利州北佛龕前重于去歲題處作

重巖載看（一作戴清）美分塔起層標蜀守經塗處巴人作禮朝地疑三界出空是六塵銷臥石鋪蒼蘚行塍覆綠條歲年書有記非為學題橋

閑園即事寄韋侍郎（一作御）

結廬東城下直望江南山青靄遠相接白雲來復還拂筵紅蘚上開幔綠條間物應春偏好情忘趣轉閑憲臣饒美度（一作政）聯事惜徂顏有酒空盈酌高車不可攀

扈從溫泉同紫微黃門羣公汎渭川得齊字

虹旗映綠苑春仗漢豐西侍蹕浮清渭揚舲降紫泥近臨釣石地遙指釣璜溪岸轉帆飛疾川平棹舉齊傅舟來是用軒馭往應迷興闋（一作發）菱歌動沙洲亂夕鷖

餞趙尚書攝御史大夫赴朔方軍

勁虜欲南窺（一作飛）揚兵護朔陲趙堯寧易印鄧禹即分麾野餞迴三傑軍謀用（一作出）六奇雲邊愁（一作看）出塞日下愴臨岐拔劒行人舞揮戈戰馬馳明年麟閣上充國畫（一作拜）於斯

曉發興州入陳平路

旌節指巴岷年年行且巡暮來青嶂宿朝去綠江春魚貫梁緣馬猿奔樹息人邑祠猶是漢溪道即名陳舊史饒遷謫恒情厭苦辛寧知報恩者天子一忠臣

同餞陽將軍兼源州都督御史中丞

右地接龜沙中朝任虎牙然明方改俗去病不為家將禮登壇盛軍容出塞華朔風搖漢鼓邊馬思胡笳旗合無邀正（一作整）冠危有觸邪當看勞（一作榮）還日及此御溝花

扈從鳳泉和崔黃門喜恩旨解嚴罷圍之作

輦路岐山曲儲胥渭水湄教成提將鼓禮備植虞旗不取從畋樂先流去殺慈舜韶同舞日湯祝盡飛時物應陽和施人知雨露私何如穆天子七萃幾勞師

秋夜寓直中書呈黃門舅

簾櫳上夜鉤清切聽更籌忽共雞枝老還如騎省秋庭喜三入對渚憶雙遊紫綬名初拜黃纕迹尚留月舒當北幌雲賦直東樓恩渥迷天施童蒙慰我求遲君台鼎節聞義一承流

先是新昌小園期京兆尹一訪兼郎官數子自頃沈痾年復一年茲願不果率然成章

獨好中林隱先期上月春閑花傍戶落喧鳥逼簷馴寂寞東坡叟傳呼北里人在山琴易調開甕酒歸醇佇望應三接彌留忽幾旬不疑丹火變空負綠條新鬬蟻聞常日歌龍值此辰其如衆君子嘉會阻清塵

奉和馬常侍寺中之作（英華作奉和魏僕射春日還鄉有懷之作）

怨暑時云謝愆陽澤暫偏鼎陳從祀日鑰動問刑年絳服龍雩寢玄冠馬使旋作霖期傅說為旱聽周宣河嶽陰符啟星辰暗檄傳浮涼吹景氣飛動灑空烟颯颯將秋近沈沈與暝連分湍逕水石合穎雍州田德施超三五文雄賦十千及斯（一作私）何以樂明主敬人天

慈恩寺二月半寓言

二月韶春半三空霽景初獻來應有受滅盡竟無餘化迹傳官寺歸誠謁梵居殿堂花覆席觀閣柳垂疏共命枝間鳥長生水上魚問津窺彼岸（一作注鏡）迷路得真車行密幽關靜談精俗態祛稻麻欣所遇蓬蓽愴焉如不駐秦京陌還題蜀郡輿愛離方自此迴望獨躊躇

餞澤州盧使君赴任

聞道降綸書，爲邦建綵旗。政憑循吏往，才以貴卿除。詞賦良無敵，聲華藹有餘。榮承四岳後，請絶五天初。關路通秦壁，城池接晉墟。撰期行子賦，分典列侯居。别望喧追餞，離言繫慘舒。平蕪寒舂亂，喬木夜蟬疎。寥泬秋先起，推移月向諸。舊交何以贈，客至待烹魚。

陳倉别隴州司户李維深

京國自攜手，同途欣解頤。情言正的的，春物宛遲遲。忽背雕戎（一作弋）役，旋瞻獲寶祠。蜀城余出守，吳岳爾歸思。歡悵更傷此，眷殷殊念兹。揚麾北林徑，跋石南澗滔。中作壺觴餞，回添道路悲。數花臨磴日，百草覆田時。有美同人意，無爲行子辭。酣歌拔劍起，毋是答恩私。

奉和崔尚書贈大理陸卿鴻臚劉卿見示之作

戲藻嘉魚樂，棲梧見鳳飛。類從皆有召，聲應乃無違。美價逢時出，奇才選衆稀。避堂貽後政，掃第（一作地）發前幾。出曳仙人履，還熏侍女衣。省中何赫奕，庭際滿芳菲。吏部端清鑒，丞郎肅紫機。會心歌詠是，迴迹宴言非。北寺鄰玄闕，南城寫翠微。參差交隱見，髣髴接光輝。賓序嘗忝德，刑孚已霽威。巨源林下契，不速自同歸。

敬和崔尚書大明朝堂雨後望終南山見示之作

奕奕輕車至，清晨朝未央。未央在霄極，中路視咸陽。委曲漢京近，周迴秦塞長。日華動涇渭，天翠合岐梁。五丈旌旗色，百層枌橑光。東連歸馬地，南指鬬雞場。晴壑照金祀，秋雲含璧璫。由余窺霸國，蕭相奉興王。功役隱不見，頌聲存復揚。權宜珍構絶，聖作（一作祚）齊圖昌。在德期巢燧，居安法禹湯。冢卿才順美，多士賦成章。價重三臺（一作台）俊，名超百郡良。焉知掖垣下，陳力自迷方。

夜聞故梓州韋使君明當引紼感而成章

惻矣南鄰問，寘然東岱幽。里閈寧相杵，朝歎忽遷舟。君心惟伯仲，吾人復欵遊。對連時亦早，交喜歲纔周。序發扶陽贈，文因司寇酬。詎期危露盡，相續逝川流。卧疾無三弔，居閑有百憂。振風吟（一作吹）鼓夕，明月照帷秋。薛駁題詩館，楊踈奏伎樓。共將歌笑歎，轉爲弟兄留。感物存如夢，覩生去若浮。余非忘情者，雪涕報林丘。

御箭連中雙兔

宸遊經上苑，羽獵向閑田。狡兔初迷窟，纖驪詎著鞭。三驅仍百步，一發遂雙連。影射含霜草，魂消向月弦。歡聲動寒木，喜氣滿晴天。那似陳王意，空隨樂府篇。

奉和聖製過潼津關

在德何夷險，觀風復往還。自能同善閉，中路可無關。

山鷓鴣詞二首

玉關征戍久，空閨人獨愁。寒露濕青苔，别來蓬鬢秋。

人坐青樓晚，鶯語百花時。愁多人易老，斷腸君不知。

汾上驚秋

北風吹白雲，萬里渡河汾。心緒逢搖落，秋聲不可聞。

山驛閑卧即事

息燕歸檐靜，飛花落院閑。不愁愁自著，誰道憶鄉關。

將赴益州題小園壁

歲窮惟益老，春至却辭家。可惜東園樹，無人也作花。

詠禮部尚書廳後鵲（時將重入蜀）

懷印喜將歸，窺巢戀且依。自知棲不定，還欲向南飛。

詠死兔（紀事云：瓌初未知頲，有客詣瓌，候於客次，頲擁篲庭，人獻兔懸於廊廡，瓌召令詠之云云，瓌覽詩異之）

兔子死蘭彈，持來挂竹竿。試將明鏡照，何異月中看。

夜宴安樂公主新宅

車如流水馬如龍，仙史高臺十二重。天上初移衡漢匹，可憐歌舞夜相從（一作逢）。

侍宴桃花園詠桃花應制

桃花灼灼有光輝，無數成蹊點更飛。爲見芳林含笑待，遂同温樹不言歸。

奉和聖製幸韋嗣立莊應制

樹色參差隱翠微，泉流百尺向空飛。傳聞此處投竿住，遂使兹辰扈蹕歸。

重送舒公

散騎金貂服綵衣，松花水上逐春歸。懸知邑里遥相望，事主榮親（一作樂事生榮）代所稀。

句

飛埃結紅霧，遊蓋飄青雲（紀事云：長安盛游春，頲製詩云，明皇嘉賞，以御花親插其巾）

指如十挺墨，耳似兩張匙（詠崑崙奴）

丑雖有足，甲不全身。見君無口，知伊少人（頲幼年，有京兆尹過，父瓌命詠尹字云云）

全唐詩

姜晞

姜晞，上邽人，登永隆元年進士第，官工部侍郎，散騎常侍，封金城郡公。詩一首。

龍池篇

靈沼縈迴邸第前，浴日涵春（一作天）寫曙天。始見龍臺昇鳳闕，應如霄漢起神泉。石匱渚傍還啟聖，桃李初生更有仙。欲化帝圖從此受，正同河變一千年。

姜皎

姜皎，晞從兄弟，長安中爲尚衣奉御。明皇以藩邸有舊，拜殿中監，封楚國公，恩寵莫比，遷太常卿，後坐貶死。詩一首。

龍池篇

龍池初出此龍山，常經此地謁龍顔。日日芙蓉生夏水，年年楊柳變春灣。堯壇寶匣餘煙霧，舜海漁舟尚往還。願似飄飄五雲影，從來從去九天關（一作間）。

蔡孚

蔡孚，開元中爲起居郎。詩二首。

奉和聖製龍池篇

帝宅王家大道邊，神馬潛龍（一作神龜）湧聖泉。昔日昔時經此地，看來看去漸成川。歌臺舞榭宜正月，柳岸梅洲勝往年。莫疑（一作言）波上春雲少，祇爲從龍直上天。

打毬篇 并序

臣謹按打毬者往之蹴蹋古戲也黃帝所作兵勢以練武士知有材也竊美其事謹奏打毬篇一章

凡七言九韻

德陽宮北苑東頭雲作高臺月作樓金鎚玉鎣一作鑒千金地寶杖琱文七寶毬竇融一家三尚主梁冀頻封萬户侯容色由來荷恩顧意氣平生事俠游共道用兵如斷蔗俱能走馬入長楸紅鬣錦鬃風騄驥黃絡青絲電紫騮奔星亂下花場裏初月飛來畫杖頭自有長鳴須決勝能馳迅走一作足滿先籌薄暮漢宮愉樂罷還歸堯室曉垂旒

徐晶

徐晶與胡皓蔡孚同時官魯郡錄事詩五首

阮公體

秦王按劍怒發卒戍龍沙雄圖尚未畢海內已紛拏黃塵暗天起白日斂精華唯見長城外僵屍如亂麻

同蔡孚五亭詠

章奏中京一作抒堪罷雲泉別業歸拂琴鋪野席牽柳挂朝衣翡翠巢書幌鴛鴦立釣磯幽棲可憐處春事滿林扉

蔡起居山亭

文史歸休日棲閑臥草亭薔薇一架紫石竹數重青垂露和仙藥燒香誦道經莫將山水弄持與世人聽

送友人尉蜀中

故友漢中尉請爲西蜀吟人家多種橘風土愛彈琴水向昆明闊山連一作通大夏深理閑無別事時寄一登臨

贈溫駙馬汝陽王

疇昔承餘論文章幸濫推夜陪銀漢賞朝奉桂山詞梁邸調歌日秦樓按舞時登高頻作賦體物屢爲詩連騎長楸下浮觴曲水湄北堂留上客南陌送佳期憶昨陪臨泛于今阻宴私再看冬雪滿三見夏花滋都尉朝青閣淮王侍紫墀寧知倦遊者華髮老京師

張敬忠

張敬忠官監察御史以文吏著稱張仁亶在朔方奏判軍事開元中爲平盧節度使詩二首

邊詞

五原春色舊來遲二月垂楊未挂絲即今河畔氷開日正是長安花落時

戲詠 先天中王主敬爲侍御史自以才望華妙當入省望前行忽除膳部員外微有悵惋故敬忠戲之

有意嫌兵部專心望考功誰知脚蹭蹬幾落省牆東 膳部在省最東北隅也

史俊

史俊官監察御史曾刺巴州詩一首

題巴州光福寺楠木

近郭城南山寺深亭亭奇樹出禪林結根幽壑不知歲聳幹摩天凡幾尋翠色晚將嵐氣合月光時有夜猨吟經行綠葉望成蓋宴坐黃花長滿襟此木嘗聞生豫章今朝獨秀在巴鄉凌霜不肎讓松柏作宇由來稱棟梁會待良工時一盼一作顧應歸法水作慈航

全唐詩

徐彥伯

徐彥伯名洪以字行兗州瑕丘人七歲能爲文對策高第調永壽尉蒲州司兵參軍時司户韋暠善判司士李亘工書而彥伯屬辭稱河東三絕屢遷給事中預脩三教珠英由宗正卿出爲齊州刺史移蒲州擢修文館學士工部侍郎歷太子賓客卒彥伯文章典縟晚年好爲彊澁之體頗爲後進所效集二十卷今編詩一卷

儀坤廟樂章 唐書樂志曰儀坤廟樂迎神用永和次金奏皇帝行用太和酌獻登歌用肅和迎俎用雍和肅明皇后室酌獻用昭升昭成皇后室酌獻用坤貞飲福用壽和送文舞出迎武舞入用舒和武舞用安和撤俎用雍和送神用永和

永和

猗若清廟肅肅熒熒國薦嚴祀坤輿淑靈有几在室有樂在庭臨兹孝享百祿惟寧

金奏

陰靈效祉軒曜降精祥符淑氣慶集柔明瑤俎既列雕桐發聲徽猷永遠比德皇英

擬古三首

遙裔煙嶼鴻雙影旦夕同交翰倚沙月和鳴弄江風蓮若茂芳序君子從遠戎雲生陰海沒花落春潭空紅淚掩促柱錦衾羅薰籠自傷瓊草綠詎惜鉛粉紅裂帛附雙燕爲予向遼東

讀書三十載馳騖周六經儒衣干時主忠策獻闕廷一朝奉休盼從容厠羣英束身趨建禮秉筆坐承明廨署相塡噎僚吏紛縱橫五日休澣時屠蘇繞玉屏橘花覆北沼桂樹交西榮樹棲兩鴛鴦含春向我鳴皎潔綺羅豔便娟絲管清擾擾天地間出處各有情何必巖石下枯槁閑此生

頹光無淹晷逝水有迅流綠苔紛易歇紅顏不再求歌笑當及春無令壯志秋弱年仕關輔簪門豁御溝一作門豁玉御溝數愉東城際婉孌南陌頭荷花嬌綠水楊葉暖青樓中有綺羅人可憐名莫愁畫屏繞金膝珠簾懸玉鉤纖指調寶琴泠泠哀且柔贈君鴛鴦帶因以鷫鸘裘窗一作向曉吟日坐閨夕秉燭遊無作北門客咄咄懷百憂

贈劉舍人古意

女牀闟靈鳥，文章世所希。巢君碧梧樹，舞君青瑣闈。或言鳳池樂，撫翼更西飛。鳳池環禁林，仙閣靄沈沈。璇題激流日(一作目)，珠綴緜清陰。郁穆絲言重，熒煌台座深。風張丹阠翮，月弄紫庭(一作素琴)音。衆(一作雙)綵結不散，孤英跂莫尋。浩歌在西省，經傳恣潛心(一作浩歌在蘭渚，婉孌故傳心)。

和李適答宋十一入崖口五渡見贈

聞有獨往客，拂衣捐世心。結欣薄杜渚，撰念縈舊林。經亘去崖合，冥緜歸壑深。琪樹環碧彩，金潭生翠陰。沿洄弄沙榜，詭(一作危)仄眺明岑。夕聞桂裏猿，曉玩松上禽。雜佩蘊孤袖，瓊敷綴雙襟。我懷滄洲想，懿爾白雲吟。秉願理方協，存期跡易尋。茲言庶不負，爲報巖中琴。

雪

雪暗窮海，雲灑空紛。似露朔風吹故里，宛轉玉階樹。孤妾調玉瑟，早寒生錦衿。況君張羅幙，愁坐北庭陰。

比干墓

大位天下寶，維賢國之鎮。殷道微而在，受辛纂頹肖。山鳴鬼又哭，地裂川亦震。嫖黷皆佞諛，虔劉盡英雋。孤卿帝叔父，特進貞而順。玉牀逾皜潔，銅柱方歊熾。奉國歷三朝，觀竅明一瞬。季代猖狂主，蓄怒提白刃。之子彌忠讜，憤然更勇進。撫膺誓隕越，知死故不悋。已矣竟剖心，哲婦亦同殉。驪龍暴雙骨，太嶽摧孤仞。周發次商郊，寃骸悲莫殣。鋒劒勦遺孽，報復一何迅。駐罕歌淑靈，命徒封旅櫬。自爾銜幽酷，于嗟流景駿。丘墳被宿莽，壇圯緣飛燐。貞觀戒北征，維皇念忠信。荒墳護草木，刻桷吹煨燼。代遠恩更崇，身頹名益振。帝詞書樂石，國餼羅芳糈。偉哉烈士圖，奇英千古徇。

題東山子李適碑陰二首(并序)

噫嘻李公，生自號東山子，死葬東山，豈其識哉。神交者歌薤露以送子歸東山，爲詩鐫于碑陰云。

隴嶂縈紫氣，金光赫氛氳。美人含遥靄，桃李芳自薰。圖高黃鶴羽，寶奪驪龍羣。忽驚薤露曲，掩噎東山雲。

回也宴夭折，賈生亦脆促。今復哀若人，危光迅風燭(一作危迅風前燭)。夜臺淪清鏡，窮塵埋(一作掩)結綠。何以贈下泉，生芻唯一束。

淮亭吟

貞寂慮兮淮山幽，憐芳若兮擘中洲，崩湍委咽日夜流。孤客危坐心自愁，矧鶴唳兮風曉，復猿鳴兮霜秋。熠燿飛兮蟋蟀吟，倚清瑟兮橫涼琴。擷瑶芳兮弔楚水，弄琪樹兮歌越岑。山碕礒兮隈曲，水涓漣兮洞汩。金光延起兮驟興没，青苔竟兮綠蘋歇。綠蘋歇兮凋朱顏，美人寂歷兮何時閑。君不見可憐桐柏上，丰茸桂樹花滿山。

芳樹

玉花珍簟上，金縷(一作鏤)畫屏開。曉月憐箏柱，春風憶鏡臺。箏柱春風吹曉月，芳樹落花朝暝歇。藁砧刀頭未有期(一作時)，攀條拭淚坐相思。

遊禁苑幸臨渭亭遇雪應制

玉律藏冰候，彤階飛雪時。日寒消不盡，風定舞還遲。瓊樹留宸矚，璇花入睿詞。懸知穆天子，黃竹謾言詩。

奉和送金城公主適西蕃應制

鳳扆憐簫曲，鸞閨念掌珍。羌庭遥築館，廟策重和親。星轉(一作去)銀河夕，花移玉樹春。聖心悽送遠，留蹕望征塵。

幸白鹿觀應制

鳳輿乘八景，龜籙向三仙。日月移平地，雲霞綴小天。金童擎紫藥，玉女獻青蓮。花洞留宸賞，還旗繞夕煙。

胡無人行

十月繁霜下，征人遠鑿空。雲搖錦車節，海照角端弓。暗磧(一作雪)埋沙樹，衝飈卷塞蓬。方隨膜拜入，歌舞玉門中。

倢伃

君恩忽斷絶，妾思終未央。巾櫛不可見，枕席空餘香。窗暗網羅白，堦秋苔蘚黃。應門寂已閉，流涕向昭陽。

採蓮曲

妾家越水邊，搖艇入江煙。既覓同心侶，復采同心蓮。折藕絲能脆，開花葉正圓。春歌弄明月，歸櫂落花前。

孤燭歎(一作閨怨)

切切夜閨冷，微微孤燭然。玉盤紅淚滴，金燼彩光圓。煖手縫輕素，嚬蛾續斷弦。相思咽不語，回向錦屏眠。

閨怨

征客戍金微，愁閨獨掩扉。塵埃生半榻，花絮落殘機。褪暖蠶初卧，巢昏燕欲歸。春風日向盡，銜涕作征衣。

餞唐州高使君赴任

香萼媠紅滋，垂條縈綠絲。情人拂瑶袂，共惜此芳時。驌驦已躑躅，鳥隼方葳蕤。跂予望太守，流潤及京師。

奉和幸新豐温泉宫應制

姬典歌時邁，虞編記省方。何如黑帝月，玄覽(一作蓮)白雲鄉。翠仗縈船岸，明旆(一作旂)應蕡(音負)陽。風搖花甿彩，雪豔寶戈芒。御陌開函(一作油)次，離宫夾樹行。桂枝籠騕褭，松葉覆(一作蔭)堂皇。仙石(一作女)含珠液，温池孕璧房。湧疑神瀵溢，澄(一作泛)若帝臺漿。獨沸流常熱，潛蒸氣轉香。青壇(一作坻)環玉甃，紅礎鑠(一作淀)金光。藻曜凝芳潔，葳蕤獻淑祥。五龍歸寶算，九鷰叶時康。同預華封老，中衢祝聖皇。

同韋舍人元旦早朝

夕轉清壺漏，晨驚長樂鐘。逶迤綸禁客，假寐守銅龍。予亦趨三殿，肩隨謁九重。繁珂接曙響，華劒比春容。相問韶光歇，彌憐芳意濃。願言乘日旰，攜手即雲峰。

侍宴韋嗣立山莊應制

鼎臣休澣隙，方外結遥(一作遐)心。別業青霞境，孤潭碧樹林。每馳東墅策，遥弄北溪琴。帝眷紓(一作幸行)時豫，台園賞歲陰。移鑾明月沼，張組(一作樂)白雲岑。御酒瑶觴落，仙壇竹徑深。三光(一作章)懸聖藻，五等冠朝簪。自昔皇恩感(一作自愧承恩盛)，咸言獨自(一作在)今。

送特進李嶠入都祔廟

特進三公下，台臣百揆先。孝圖開寢石，祠主卜牲筵。恩級青綸賜，徂裝紫槖懸。綢繆金鼎席，宴餞玉潢川。北斗分征路，東山起贈篇。樂池歌綠藻，梁苑藉紅荃。騎轉商巖日，旌搖關塞煙。廟堂須鯁議，錦節佇來旋。

春閨

戍客戍清波，幽閨幽思多。暗梁聞語燕，夜燭見飛蛾。寶鴨(一作匣)藏脂粉，金屏綴綺羅。裁衣卷紋素，織錦度鳴梭。有

使通西極緘書寄北河年光只恐盡征戰莫蹉跎

奉和興慶池戲競渡應制

夾道傳呼翊翠虬天回日(一作地)轉御芳洲青潭曉靄籠仙蹕紅嶼晴花隔綵旒香溢金杯環廣坐聲傳(一作摇)妓舸匝中流羣臣相慶嘉魚樂共哂橫汾歌吹秋

苑中遇雪應制

千鍾聖酒御筵披六出祥英亂繞枝即此神仙對瓊圃何煩轍迹向瑤池

上巳日祓禊渭濱應制

晴風麗日滿芳洲柳色(一作御幕)春筵祓錦流皆言侍蹕(一作曲侍)橫汾(一作瓚溪)宴暫似乘槎(一作轉飛)天漢遊

夜宴安樂公主新宅應制

鳳樓開闔引明光花酎(一作酣)連添醉益香欲知帝女薰天貴金柯(一作珂)玉柱夜成行

餞唐永昌

金溪碧水玉潭沙鳧鴛翩翩弄日華關雒香陌行春倦爲摘東園桃李花

侍宴桃花園

源水叢花無數開丹跗紅萼間青梅從今結子三千歲預喜仙遊復摘來

石淙

碧淀紅涔嶒嶂間淙嵌洑岨洊成灣琪樹珽娟花未落銀芝窋窡露初還八風行殿開仙牓七景飛輿下石關張蔦席雲平圃讌焜煌金記蘊名山

全唐詩目(第二函)

第三冊

全唐詩

駱賓王

駱賓王義烏人七歲能屬文尤妙於五言詩嘗作帝京篇當時以爲絕唱初爲道王府屬歷武功主簿又調長安主簿武后時左遷臨海丞怏怏失志棄官去徐敬業舉義署爲府屬爲敬業草檄斥武后罪狀后讀之矍然歎曰宰相安得失此人敬業事敗賓王亡命不知所終中宗時詔求其文得數百篇集成十卷今編詩爲三卷

夏日遊德州贈高四(并序)

夫在心爲志發言爲詩詩有不得盡言言有不得盡意僕少負不羈長逾虛誕讀書頗存涉獵學劍不待窮工進不能矯翰龍雲退不能棲神豹霧撫循諸已深覺勞生而太夫人在堂義須捧檄因仰長安而就日赴帝鄉以望雲雖文闕三冬而書勞十上嗟乎入門自媚誰相謂言致使君門隔於九重中堂遠於千里旣而交非得兎路是亡羊敬止弊廬竭來初服遂得載披玉葉款洽金蘭傾意氣於一言締風期於千祀雖交因氣合資得意以敦交道契言忘少寄言而筌道是以輕投木李以代疎麻章句繁蕪心神媿恧庶瞻雅韻誇辱報章則紫耀連星開龍文於劍匣素輝虧月領驪頷於珠胎云爾

日觀鄰全趙星臨俯舊吳鬲津開巨浸稽阜鎭名都紫雲浮劍匣青山孕寶符封疆恢霸道問鼎競雄圖神光包四大皇威震八區風煙通地軸星象正天樞天樞限南北地軸殊鄉國闢門通舜賓比屋封堯德言謝垂鉤隱來參負鼎職天子不見知羣公詎相識未展從東駿空戢圖南翼時命欲何言撫膺長嘆息嘆息將如何遊人意氣多白雪梁山曲寒風易水歌泣魏傷吳起思趙切廉頗淒斷韓王劍生死翟公羅羅悲翟公意劍負韓王氣驕餌去易論忌途良可畏夙昔懷江海平生混涇渭千載契風雲一言忘賤貴去去訪林泉空谷有遺賢言投爵里刺來泛野人船締交君贈縞投分我忘筌成

風郢匠斲流水伯牙弦牙弦忘道術漳濱恣閑逸聊安張蔚廬詎掃陳蕃室虛室狎招尋敬愛混浮沈一諾黃金信三復白珪心霜松貞雅節月桂朗冲襟靈臺萬頃濬學府九流深談玄明毀璧拾紫陋籯金鷺濤開碧海鳳彩綴詞林林虛星華映水澈霞光淨霞水兩分紅川源四望通霧卷天山靜煙銷太史空鳥聲流向（一作迴）薄蝶影亂芳叢柳陰低（一作塹）水荷氣上薰風風月芳菲節物華紛可悅將歡促席賞遽爾又歸別積水帶吳門通波連禹穴贈言雖欲盡機心庶應絕潘岳本自閑梁鴻不因熱一瓢欣狎道（一作遁）三月聊棲拙棲拙隱金華狎道訪仙查放曠愚公谷消散野人家一頃南山豆五色東陵瓜野衣裁薜葉山酒酌藤花白雲離望遠青谿隱路賒儻憶幽巖桂猶冀折疏麻

在江南贈宋五之問

井絡雙源濬濤陽九派長淪（一作輪）波通地穴輪委下歸塘別島籠朝蜃連洲擁夕漲（一作陽）韞珠澄（一作成）積潤讓璧動浮光浮光凝折水積潤疏圓沚玉輪涌地開劍閣（一作匣又作匣）連星起風煙標迥秀英靈信多美懷德踐遺芳端操慙謀已謬觀光牽迹強悽惶揆拙迯三省勞生昧（一作揞）兩忘彈隨（一作冠）空被笑獻楚自多傷一朝殊默語千里易（一作異）炎涼炎涼幾遷貿川（一作水）陸疲臻湊積水架吳濤連山橫楚岫風月雖殊昔星河猶是舊姑蘇望南浦邯鄲通北走北走平生親南浦別離津瀟湘一超忽洞庭多苦辛秋江無綠芷寒汀有白蘋采之（一作采采）將何遺故人漳水濱漳濱已遼遠江潭未旋返為聽短歌行當想（一作憶）長洲苑露金熏菊岸風佩搖蘭坂蟬鳴稻葉秋雁起蘆花晚秋（一作秋天）雲日明亭皐風霧（一作露）清獨負平生氣重（一作空）牽搖落情占星非聚德夢月詎懸名寂寥傷楚奏淒斷泣秦聲秦聲懷舊里楚奏悲無已郢路少知音叢臺富奇士溫輝凌愛日壯氣驚寒水一顧重風雲三冬足文史文史盛紛綸京洛多風塵猶輕（一作由來）五車富未重一囊貧李仙非（一作悲）易託蘇鬼尚（一作曲）難因不惜勞歌盡誰為聽陽春

晚憩田家

轉蓬勞遠役披薜下田家山形類九折水勢急三巴懸梁接斷岸澀路擁崩查霧巖淪曉魄風溆漲寒沙心迹一朝舛關山萬里賒龍章徒表越閩俗本殊華旅行悲（一作勢）泛梗離贈折疏麻唯有寒潭菊獨似故園花

出石門

層巖遠接天絕嶺上棲烟松低輕蓋偃藤細弱絲懸（一作鉤）石明如挂鏡苔分似列錢暫策為龍杖何處得神仙

至分陝

陝西開勝壤召南分沃疇列樹巢維鵲平渚下睢鳩憩棠疑勿剪曳葛似攀樛至今王化美非獨在隆周

寓居洛濱對雪憶謝二（一作洛濱對雪憶謝二兄弟）

旅思眇難裁衝飇恨易哀曠望洛川晚飄飄瑞雪來積彩明書幌流韻繞（一作響）琴臺色奪迎仙羽花避犯霜梅謝庭賞方逸袁扉掩未開高人儻有訪興盡詎須回

北眺春陵

攬轡疲宵邁驅馬倦晨興既出封泥谷還過避雨陵山行明照上谿宿密雲蒸登高徒欲賦詞殫獨撫膺

夏日遊目聊作

暫屏囂塵累言尋物外情致逸心逾默神幽體自輕浦夏荷香滿田秋麥氣清詎假滄浪上將濯楚臣纓

同崔駙馬曉初登樓思京

麗譙通四望繚憂起萬端綺疏低晚魄鏤檻肅初寒白雲鄉思遠黃圖歸路難唯餘西向笑暫似當長安

月夜有懷簡諸同病

閑庭落景盡疏簾夜月通山靈響似應水淨望如空棲枝猶繞鵲遵渚未來鴻可歎高樓婦悲思杳難終

敘寄員半千

薄宦三河道自負十餘年不應驚若厲秖為直如弦坐歷山川險吁嗟陵谷遷長吟空抱膝短翮詎冲天魂歸滄海上望斷白雲前釣名勞拾紫隱迹自談玄不學多能聖徒思鴻寶仙斯志良難已此道豈徒然嗟為刀筆吏恥從繩墨牽岐路情雖狎人倫地本偏長揖謝時事獨往訪林泉寄言二三子生死不來旋

詠懷古意上裴侍郎

三十二餘罷鬢是潘安仁四十九仍入年非朱買臣縱橫愁繫越坎壈倦遊秦出籠窮短翮委轍涸枯鱗窮經（一作磨鉛）不霑用彈鋏欲誰申天子未驅策歲月幾沈淪輕生長慷慨效死獨殷勤徒歌易水客空老渭川人一得視邊塞萬里何苦辛劍匣胡霜影弓開漢月輪金刀動秋色鐵騎想風塵為國堅誠款捐軀忘賤貧勒功思比憲決略暗欺陳若不犯霜雪虛擲玉京春

春夜韋明府宅宴得春字

酌桂陶芳夜披薜嘯幽人雅琴馴魯（一作野）雉清歌落范（一作梁）塵宿雲低迴蓋殘月上虛輪幸此承恩洽聊當故鄉春

過張平子墓

西鄂該通理南陽擅德音玉卮浮藻麗銅渾積思深忽懷今日昔非復昔時今日落豐碑暗風來古木吟惟歎窮泉下終鬱羨魚心

從軍中行路難二首（一作行軍軍中行路難一作軍中行路難）

君不見封狐雄虺自成羣馮深負固結妖氛玉璽分兵徵惡少金壇受律動（一作勸）將軍將軍擁旄宣廟略戰士橫行（一作戈）靜夷落長驅一息背銅梁直指三巴登劍閣閣道岧嶢起戍樓劍門遙裔俯靈丘邛關九折無平路江水雙源有急流征役無期返他鄉歲華晚杳杳丘陵出蒼蒼林薄遠途危紫蓋峰路澀青泥坂去去指哀牢行行入不毛絕壁千里（一作重）險連山四望高中外分區宇夷夏殊風土交趾枕南荒昆彌臨北戶川原繞（一作饒）毒霧溪谷多淫雨行潦四時流崩查千歲古漂梗飛蓬不自安捫藤引葛度危巒昔時聞道從軍樂今日方知行路難滄江綠水東流駛炎洲丹徼南中地南中南斗映星河秦川秦塞阻煙波三春邊地風光少五月瀘中瘴癘多朝驅疲斥候夕息倦樵歌向月彎繁弱連星轉太阿重義輕生懷一顧東伐西征凡幾度夜夜朝朝斑鬢新年年歲歲戎衣故灞城隅滇池水天涯望轉積地際行無已徒覺炎涼節物非不知關山千萬里棄置勿重陳征行多苦辛且悅清笳楊柳曲詎憶芳園桃李人絳節朱旗

分白羽丹心白刃酬明主但令一被君王知誰憚三邊征戰苦行路難（一本下有行路難岐路字）幾千端無復歸雲憑短翰空餘望日想長安（一本無空餘二字此篇一本作辛常伯詩）君不見玉關塵色暗邊庭銅鞮雜虜寇長城天子按劍徵餘勇將軍受脤事橫行七德龍韜開玉帳千里鼉鼓疊（一作千重龜壘動）金鉦陰山苦霧埋高壘交河孤月照連營連營去去無窮極擁旆遙遙過絕國陣雲朝結晦天山寒沙夕漲迷疎勒龍鱗水上開魚貫馬首山前振雕翼長驅萬里讋祁連分麾三命武功宣百發烏號遙碎柳七尺龍文迥照蓮春來秋去移灰琯蘭閨柳市芳塵斷雁門迢遞尺書稀鴛被相思雙帶緩行路難行路難誓令氛祲靜皋蘭但使封侯龍頟貴詎（一作頗）隨中婦鳳樓寒（同辛常伯作）

帝京篇

山河千里國城闕九重門不覩皇居壯安知天子尊皇居帝里崤函谷鶉野龍山侯甸服五緯連影集星躔八水分流橫地軸秦塞重關一百二漢家離宮三十六桂殿嶔（一作陰）岑（一作崟）對玉樓椒房窈窕連金屋三條九陌麗（一作鳳）城隈萬戶千門平旦開複道斜通鳷鵲觀交衢直指鳳皇臺劍履南宮入簪纓北闕來聲名冠寰宇文物象昭回鉤陳肅蘭戺璧沼浮槐市銅羽（一作雀）應風回金莖承露起校文天祿閣習戰昆明水朱邸抗（一作接）平臺黃扉通戚里平臺戚里帶崇墉炊（一作灼）金饌玉待鳴鐘小堂綺帳三千戶大道青樓十二重寶蓋雕鞍金絡馬蘭窗繡柱玉盤龍繡（一作綺）柱璇題粉（一作彩）壁映鏘金鳴玉王侯盛王侯貴人多近臣朝遊北里暮南鄰陸賈分金將讌喜陳遵投轄正（一作尚）留賓趙李經過密蕭朱交結親丹鳳朱城白日暮青牛（一作巾）紺幰紅塵度俠客珠彈垂楊道倡婦銀鉤采桑路倡家桃李自芳（一作芬）菲京華遊俠盛（一作事）輕肥延年女弟雙鳳（一作飛）入羅敷使君千騎歸同心結縷帶連理織成衣春朝桂尊尊百味秋夜蘭燈燈九微翠幌珠簾不獨映清歌寶瑟自相依且論三萬六千（一作二八千金）是寧知四十九年非古來榮（一作名）利若浮雲人生倚伏信難分始見田竇相移奪（一作傾代）俄聞衛霍有功勳未厭金陵氣先開石槨文朱門無復張公子灞亭誰畏李將軍相顧百齡皆有待居然萬化咸應改桂枝芳氣已銷亡柏梁高宴今何在春去春來苦自馳爭名爭利徒爾爲久留郎署終難遇空掃相門誰見知（一作紀事無春去四句）當時（一作莫矜）一旦擅豪華自言千載長驕奢倏忽摶風生羽翼須臾失浪委泥沙黃雀（一作鶴）徒巢桂（一作柱）青門遂種瓜黃金銷鑠素絲變一貴一賤交情見紅顏宿昔白頭新脫粟布衣輕故人故人有湮淪新知無意氣灰死韓安國羅傷翟廷尉已矣哉歸去來馬卿辭蜀多文藻揚雄仕漢乏良媒三冬自矜誠足用十年不調幾邅回汲黯薪逾積孫弘閣未開誰惜長沙傅（一作賦）獨負洛陽才

疇昔篇

少年重英俠弱歲賤衣冠既託寰中賞方承膝下歡遨遊灞水（一作陵）曲風月洛城端且知無玉饌誰肯逐金丸金丸玉饌盛繁華自言輕侮季倫家五霸爭馳千里馬三條競騖七香車掩映飛軒乘落（一作夜）照參差步障引（一作列）朝霞池中舊水如懸鏡（一作明月）（一作涌）屋裏新妝不讓花意氣風雲倏如昨歲月春秋（一作歲去年來）屢回薄上苑頻經柳絮飛中園幾見（一作番）梅花落當時門客今何在疇昔交朋（一作遊）已疎索莫（一作不）教憔悴損容儀會得（一作在）高秋雲霧廓淹留坐帝鄉無事積（一作度）炎涼一朝披短褐六載奉長廊（一作長楊賦）賦文慙昔馬執戟歎（一作慕）前揚揮戈出武帳荷筆入文昌文昌隱隱皇城裏由來奕奕多才子潘陸詞鋒駱（一作絡）驛飛張曹翰（一作曹張文）苑縱橫起卿相未曾識王侯寧見擬垂釣甘成白首翁（一作徒勞倦）負薪何處逢知己判（一作誰）將運命賦窮通從來奇（一作命）舛任西東不應（一作豈教）永棄同芻狗且復飄颻類轉蓬容（一作客）鬢年年異春華歲歲同榮親未盡禮徇主欲申功脂車秣馬辭鄉（一作京）國縈（一作策）轡西南使邛僰玉壘銅梁不易攀地角天涯眇難測鶯囀蟬吟（一作鳴）有悲望鴻來雁度無音息陽關積霧萬里昏劍閣連山千種色蜀路何悠悠岷峯阻且修回腸隨九折迸淚連（一作下）雙流寒光（一作雲）千里暮露氣二江秋長途看束（一作策）馬平水且沈牛華陽舊地標神制石鏡蛾眉眞（一作偏）秀麗諸葛才雄已號龍公孫躍馬輕稱帝五丁卓犖多奇力四士英靈富（一作用）文藝雲氣橫開八陣形橋影遙分七星勢川平煙霧開遊戲錦城隈墉（一作墻）高龜望出（一作步轉）水淨雁文回尋姝入酒肆訪客上琴臺不識金貂重偏惜玉山頹他鄉冉冉消年月帝里沈沈限（一作悠悠恨）城闕不見猿聲助客啼唯聞旅思將花發我家迢遞關山裏關山迢遞不可越故園梅柳尚餘春（一作有餘）來時（一作春來）勿使芳菲歇解鞅（一作秋）欲言歸執袂愴多違北梁俱握手南浦共沾衣別情傷去蓋離念惜徂（一作光）輝知音何所托木落雁南飛回來望（一作臥）平陸春來酒應熟相將菌閣臥（一作望）青溪（一作沂）且用藤杯泛黃菊十年不調（一作達）爲貧賤百日屢遷隨倚伏祇爲須求負郭田使我再干州縣（一作郡）祿百年鬱鬱少騰遷萬里遙遙（一作迢迢）入鏡川涘（一作吳）江拂潮衝白日（一作浪）淮海長波接遠天叢竹凝朝露孤山起暝煙賴有邊城月常伴（一作來傍）客旌懸東南美箭稱吳會名都隱軫三江外塗山執玉應昌期（一作朝）曲水開襟重文會仙鏑流音鳴鶴嶺寶劍分輝落蛟瀨未看白馬對蘆芻且覺浮雲似車蓋江南節序多文酒屢經過共（一作莫）踏春江曲俱（一作但）唱采菱歌舟移疑入鏡棹舉若乘波風光無限極（一作數）歸檝礙池荷眺聽烟霞正流眄即從王事歸艫轉芝田花月（一作發）屢裵回金谷佳期重遊衍登高北望（一作南適）嗤梁叟憑軾西征想潘掾峯開華岳聳疑蓮水激龍門急如箭人事謝光陰俄遭霜露侵偷存七尺影分沒九泉深窮途行泣玉憤路未藏金茹荼空（一作徒）有歎懷橘獨傷心年來歲去成銷鑠懷抱心期漸寥落挂冠裂冕已辭榮南畝東皋事耕鑿賓階客院常疎散蓬徑柴扉終寂寞自有林泉堪隱棲何必山中事丘壑我住青門外家臨素滻濱遙瞻丹鳳闕斜望黑龍津荒衢通獵騎窮巷抵樵輪時有桃源客來訪竹林人昨夜琴聲奏悲調旭旦含顰不成（一作言）笑果乘驄馬發囂書復道郎官稟綸誥（一作詔）冶長非罪曾縲紲長孺然灰也經溺高（一作于）門有閱不圖封峻筆無聞斂敷妙適離京兆謗還從御史（一作府）彈炎威資（一作分）夏景平曲況秋翰畫地終難入書空自不安吹毛未（一作猶）可待搖尾且求飡丈夫坎壈多愁疾契

澗浥遭盡今日慎罰寧憑兩造辭嚴科直挂三章律都
衍銜悲繫燕獄李斯抱怨拘秦桎（一作格）不應白髮頓成絲
直爲黃沙暗如漆紫禁終難叫朱門不易（一作可）排驚魂聞
葉落危魄逐輪埋霜威遙有厲雪枉遂（一作枉更）無階含冤欲
誰道飲氣獨居懷忽聞驛使發關東傳道天波萬里通
涸鱗去轍還遊（一作先遊）海幽禽釋網便（一作更）翔空舜澤堯曦方
有極讒言巧佞儻無窮誰能跼迹（一作踏）依三輔會就商山
訪四翁

豔情代郭氏荅盧照鄰

迢迢芊（一作芋）路望芝田眇眇函關恨（一作限）蜀川歸雲已落涪
江外還雁應過洛水瀍洛水傍連帝城側帝宅層甍垂
鳳翼銅駝路上柳千條金谷園中花幾色柳葉園花處
處新洛陽桃李應芳春妾向雙流窺石鏡君住三川守
玉人此時離別那堪道此日空牀對芳沼芳沼徒遊比
目魚幽徑還生拔心艸流風回雪儻便娟驥子魚文實
可憐擲果河陽君有分貨（一作賣）酒成都妾亦然莫言貧賤
無人重莫言富貴應須種綠珠猶得石崇憐飛燕曾經
漢皇寵良人何處醉縱橫直如循默守空名倒提新縑
成慊慊翻將故劍作平平離前吉夢成蘭兆別後啼痕
上竹生別日分明相約束已取宜家成誡勗當時擬弄
掌中珠豈謂先摧庭際玉悲鳴五里無人問腸斷三聲
誰爲續思君欲上望夫臺端居懶聽將雛曲沈沈落日
向山低簷前歸燕竝頭栖抱膝當窗看夕兔側耳空房
聽曉雞舞蝶臨階秖自舞啼鳥逢人亦助啼獨坐傷孤
枕春來悲更甚峨眉山上月如眉濯錦江中霞似錦錦
字回文欲贈君劍壁層峰自糺紛平江淼淼分清浦長
路悠悠間白雲也知京洛多佳麗也知山岫遙虧蔽無
那短封即疎索不在長情守期契傳聞織女對牽牛相
望重河隔淺流誰分迢迢經兩歲誰能脉脉待三秋情
知唾井終無理情知覆水也難收不復下山能借問更
向盧家字莫愁

代女道士王靈妃贈道士李榮

玄都五府風塵絶碧海三山波浪深桃實千年非易待
桑田一變已難尋別有仙居對三市金闕銀宮相向起
臺前鏡影伴仙娥樓上簫聲隨鳳史鳳樓迢遰絶塵埃
鶯時物色正裵回靈芝紫檢參差長仙桂丹花重疊開
雙童綽約時遊陟三鳥聯翩報消息盡言眞侶出遨遊
傳道風光無限極輕花委砌惹裾香殘月窺窗覘幌色
箇時無數併妖妍箇裏無窮總可憐別有衆中稱黜帝
天上人間少流例洛濱仙駕啓遙源淮浦靈津符遠筮
自言少小慕幽玄只言容易得神仙珮中邀勒經時序
簾裏尋思復幾年尋思許事眞情變二八容華識少選
漫道燒丹止七飛空傳化石曾三轉寄語天上弄機人
寄語河邊值查客乍可匆匆共百年誰使遙遙期七夕
想知人意自相尋果得深心共一心一心一意無窮已
投漆投膠非足擬只將羞澁當風流持此相憐保終始
相憐相念倍相親一生一代一雙人不把丹心比玄石
惟將濁水況清塵只言柱下留期信好欲將心學松蕣
不能京兆畫蛾眉翻向成都騁騶引青牛紫氣度靈關
尺素赩鱗去不還連苔上砌無窮綠修竹臨壇幾處斑
此時空牀難獨守此日別離那可久梅花如雪柳如絲
年去年來不自持初言別在寒偏在何悟春來春更思
春時物色無端緒雙枕孤眠誰分許分念嬌鶯一種啼
生憎燕子千般語朝雲旭日照青樓遲暉麗色滿皇州
落花泛泛浮靈沼垂柳長長拂御溝御溝大道多奇賞
俠客妖容遞來往寶騎連花鐵作錢香輪鶩水珠爲網
香輪寶騎競繁華可憐今夜宿倡家鸚鵡杯中浮竹葉
鳳凰琴裏落梅花許輩多情偏送款爲問春花幾時滿
千回鳥信說衆諸百過鶯啼說長短長短衆諸判不尋
千回百過浪關心何曾舉意西鄰玉未肯留情南陌金
南陌西鄰咸自保還轡歸期須及早爲想三春狹斜路
莫辭九折邛關道假令白里似長安須使青牛學劍端
蘋風入馭來應易竹杖成龍去不難龍飇去去無消息
鸞鏡朝朝減容色君心不記下山人妾欲空期上林翼
上林三月鴻欲稀華表千年鶴未歸不分淹留桑路待
秖應直取桂輪飛

全唐詩

駱賓王

從軍行

平生一顧重（一作念）意氣溢三軍埜日分戈影天星合劍文
弓弦抱漢月馬足踐胡塵不求生入塞唯當死報君

王昭君（一作昭君怨）

歛容辭豹尾緘恨度龍鱗金鈿明漢月玉筯染胡塵古
（一作妝）鏡菱花暗愁眉柳葉顰唯有清笳曲時聞芳樹春

於紫雲觀贈道士（并序）

余鄉國一辭江山萬里昔年離別還同塞北之鳧
今日歸來即似遼東之鶴先生情均得兔忘筌之
契已深路是亡羊分岐之恨逾切不題短什何汰
衷襟

碧落澄秋景玄門啓曙關人疑列禦至客似令威還羽
蓋徒欣仰雲車未可攀秖應傾玉醴時許寄頽顔

渡瓜步江

捧檄辭幽徑鳴榔下貴（一作遺）洲驚濤疑躍馬積氣似連牛
月迴寒沙淨風急夜江秋不學浮雲影他鄉空（一作容）滯留

途中有懷

睠然懷楚奏悵矣背秦關涸鱗驚照（一作煦）轍墜羽怯虛彎

至分水戍

素服三川化烏裘十上還莫言無皓齒時俗薄朱顔

行役忽離憂復此愴分流濺石回湍咽縈叢曲澗幽陰巖常結晦宿莽競含秋況乃霜晨早寒風入戍樓

望鄉夕泛

歸懷剩不安促榜犯風瀾落宿含樓近浮月帶江寒喜逐行前至憂從望裏寬今夜南枝鵲應無繞樹難

久客臨海有懷

天涯非日觀地屺望星樓練光搖亂馬劍氣上連牛草濕姑蘇夕葉下洞庭秋欲知悽斷意江上涉安流

遊兗部逢孔君自衛來欣然相遇若舊

遊人自衛返背客隔淮來傾蓋金蘭合忘筌玉葉開繁花明日柳疎蕊落風梅將期重交態時慰不然灰

西京守歲

閑居寡言宴獨坐慘風塵忽見嚴冬盡方知列宿春夜將寒色去年共曉光新耿耿他鄉夕無由展舊親

同辛簿簡仰酬思玄上人林泉四首

聞君招隱地髣髴武陵春緝芰知還楚披榛似避秦崩查年祀積幽草歲時新一謝滄浪水安知有逸人

芳晨臨上月幽賞狎中園有蝶堪成夢無羊可觸藩忘懷南澗藻蠲思北堂萱坐歎華滋歇思君誰為言

林泉恣探歷風景暫褰徊客有遷鶯處人無結駟來聚花如薄雪沸水若輕雷今日徒招隱終知異鑿坏

俗遠風塵隔春還初服遲林疑中散地人似上皇時芳杜湘君曲幽蘭楚客詞山中有春草長似寄相思

秋日餞陸道士陳文林 并序

陸道士將遊西輔通莊指浮氣之關陳文林言返東吳修途走落星之浦於是維舟錦水藉蘭若以開筵緤騎金堤泛榴花於祖道于時赤煙沈節青女司晨霜雁銜蘆衆賓行而候氣寒蟬噪柳帶涼序以含情加以山接太行聳羊腸而飛蓋河通少海疏馬頰以開瀾登高切送歸之情臨水感逝川之歎既而嗟別路之難駐惜離尊之易傾雖漆園筌蹄已忘然言一作於道術而陟陽風雨尚抒情於詠歌各賦一言同為四韻庶幾別後有暢離憂云爾

青牛遊華嶽赤馬一作鳥走吳宮玉柱離鴻怨金罍浮蟻空日霽崤陵雨塵起洛陽風唯當玄度月千里與君同

送鄭少府入遼共賦俠客遠從戎

邊烽警榆塞俠客度桑乾柳葉開銀鏑桃花照玉鞍滿月臨弓影連星入劍端不學燕丹客空歌易水寒

送費六還蜀

星樓望蜀道月峽指吳門萬行流別淚九折切驚魂雪影含花落雲陰帶葉昏還愁三徑晚獨對一清尊

秋日送侯四得彈字

我留安豹隱君去學鵬摶岐路分襟易風雲促膝難夕漲流波急秋山落日寒惟有思歸引悽斷為君彈

秋日送尹大赴京 并序

尹大官三冬道暢指蘭臺而拾青薛六郎四海情深飛桂尊而舉白于時兎苑東上龍火西流劍彩沈波碎楚蓮於秋水金輝照岸秀陶菊於寒提既切送歸之情彌軫窮途之感重以清江帶地聞吳會於星津白雲在天望長安於日路人之情也能不悲乎雖道術相望叶神交於靈府而風煙懸隔貴申心於翰林請振詞鋒用開筆海人為四韻用慰九秋

挂瓢余隱舜負鼎爾干湯竹葉離罇滿桃花別路長低河耿秋色落月抱寒光素書如可嗣幽谷竚賓行

秋夜送閻五還潤州 并序

閻五官言返維桑修途指金陵之地李六郎交深投漆開筵浮白玉之尊于時璧彩澄虛漏輕光於雲葉珪陰散迥搖碎影於風梧雖桂醑蘭釭暫淹留於一夕而青山黃鶴將惆悵於九秋請勒四言俱伸五際

通莊抵舊里溝水泣新知斷雲飄易滯連露積難披素風啼一作翻迥堞驚月繞疎枝無力勵短翰輕舉送長離

送王明府參選賦得鶴

振衣遊紫府飛蓋背青田虛心恒警露孤影尚凌煙離歌悽妙曲別操繞繁弦在陰如可和清響會聞天

秋日送別

寂寥心事晚搖落歲時秋共此傷年髮相看惜去留當歌應破涕哀命返窮愁別後能相憶東陵有故侯

別李嶠得勝字

芳尊徒自滿別恨轉難勝客似遊江岸人疑上灞陵寒更承夜永涼景向秋澄離心何以贈自有玉壺氷

在兗州餞宋五之問

淮沂泗水地梁甫汶陽東別路青驪遠離尊綠蟻空柳寒凋密翠棠晚落疎紅別後相思曲悽斷入琴風

遊靈公觀

靈峰一作岑標勝境一作地神府枕通川玉殿斜連漢金堂迥架煙斷風疎晚竹流水切危弦別有青門外空懷玄圃仙

夏日遊山家同夏少府

返照下層岑物外狎招尋蘭徑薰幽珮槐庭落暗金谷靜風聲徹山空月色深一遣樊籠累唯餘松桂心

初秋登王司馬樓宴得同字 并序

司馬公千里騰光翼外臺而展足九日多暇敞麗譙以開筵于時葭散秋灰檀移夏火鴻飛漸陸流斷吹以來寒鶴鳴在陰振中天而警露于是餚開玉饌交雜佩而薰蘭酒泛金麴映清尊而湛菊雖傍臨廣派有異章渠之遊而俯瞰崇墉雅叶城隅之會物色相召江山助人請振翰林用濡筆海云爾

展驥端居暇登龍喜一作嘉宴同締賞三清滿承歡六義通野晦寒陰積潭虛夕照空顧慙非夢鳥濫此廁雕蟲

初秋於竇六郎宅宴 并序

六郎道合采葵嘯懸鶉而契賞諸君情諧伐木仰登龍以締歡于時一葉驚寒下陳柯而捲翠百花凝照澹虛牖以披紅既而俱欣得兔之情共掩亡羊之淚物我雙致匪石席以言蘭心口兩齊混汙隆而酌桂雖忘筌戴笠與交態於靈臺而捫管操觚叶神心於勝氣盍陳六義詩賦一言即事凝毫成者先唱云爾

千里風雲契一朝心賞同意盡深交合（一作通家令）神靈俗累
空草帶（一作砂）銷寒翠花枝發（一作紅欻）夜紅唯將澹若水長揖古
人風

冬日宴

二三物外友一百杖頭錢賞洽袁公地情披樂令天促
席鸞觴滿當爐獸炭然何須攀桂樹逢此自留連

鏤雞子

幸遇清明節欣逢舊練人刻花爭臉態寫月競眉新暈
罷空餘月詩成幷道春誰知懷玉者含響未吟晨

詠美人在天津橋

美女出東鄰容與上天津整衣香滿路移步襪生塵水
下看妝影眉頭畫月新寄言曹子建箇是洛川神

送宋五之問得涼字

願言遊泗水支離去二漳道術君所篤筌蹄余自忘雪
威侵竹冷秋爽帶池涼欲驗離襟切岐路在他鄉

憲臺出縶寒夜有懷

獨坐懷明發長謠苦未安自應迷北叟誰肯問南冠生
死交情異殷憂歲序闌空餘朝夕鳥相伴夜啼寒

送郭少府探得憂字

開筵枕德水輟棹艤仙舟貝闕桃花浪龍門竹箭流當
歌悽別曲對酒泣離憂還望青門外空見白雲浮

冬日過故人任處士書齋

神交尚投漆虛室罷遊蘭網積窗文亂苔深履跡殘雪
明書帳冷水靜墨池寒獨此琴臺夜（一作上）流水爲誰彈

送劉少府遊越州

一丘余枕石三越爾懷鉛離亭分鶴蓋別岸指龍川露
下（一作背夏）蟬聲斷寒來（一作來寒）雁影連如何溝水上悽斷聽離弦

賦得白雲抱幽石（一無賦得二字）

重巖抱危石幽澗曳輕雲繞鎮仙衣動飄蓬羽蓋分錦
色連花靜苔光帶葉熏詎知吳會影長抱轂城文

賦得春雲處處生（一無賦得二字）

千里年光靜四望春雲生（一作暫）日祥光舉疎雲瑞葉輕
蓋陰籠迥樹陣影抱危城非將吳會遠飄蕩帝鄉情

在獄詠蟬（并序）

余禁所禁垣西是法廳事也有古槐數株焉雖生
意可知同殷仲文之古樹而聽訟斯在即周召伯
之甘棠每至夕照低陰秋蟬疎引發聲幽息有切
嘗聞豈人心異於曩時將蟲響悲於前聽嗟乎聲
以動容德以象賢故潔其身也稟君子達人之高
行蛻其皮也有仙都羽化之靈姿候時而來順陰
陽之數應節爲變審藏用之機有目斯開不以道
昏而昧其視有翼自薄不以俗厚而易其真吟喬
樹之微風韻資天縱飲高秋之墜露清畏人知僕
失路艱虞遭時徽纆不哀傷而自怨未搖落而先
衰聞蟪蛄之流聲悟平反之已奏見螳螂之抱影
怯危機之未安感而綴詩貽諸知己庶情沿物應
哀弱羽之飄零道寄人知憫餘聲之寂寞非謂文
墨取代幽憂云爾

西陸蟬聲唱南冠客思侵那堪玄鬢影來對白頭吟露
重飛難進風多響易沈無人信高潔誰爲表予心

詠水

列名通地紀疎派合天津波隨月色淨態逐桃花春照
霞如隱石映柳似沈鱗終當挹上善屬意澹交人

同張二詠雁

唼藻滄江遠銜蘆紫塞長霧深迷曉景風急斷秋行陣
照通宵月書封幾夜霜無復能鳴分空知愧稻粱

詠雪

龍雲玉葉上鶴雪瑞花新影亂銅烏吹光銷玉馬津含
輝明（一作朗）素篆隱迹表（一作奉）祥輪幽蘭不可儷徒自繞陽春

詠雲酒

朔空曾紀曆帶地舊疎泉色泛臨碭瑞香流赴蜀仙款
交欣散玉洽友悅沈錢無復中山賞空吟吳會篇

塵灰

洛川流雅韻秦道擅苛威聽歌梁上動應律管中飛光
飄神女襪影落羽人衣願言心未翳終冀效輕微

秋晨同淄川毛司馬秋九詠

秋風

紫陌炎氛（一作氣）歇青蘋晚吹浮亂竹搖疎影縈池織細流
飄香曳舞袖帶粉泛妝樓不分君恩絕紈扇曲中秋

秋雲

南陸銅渾改西郊玉葉輕泛斗瑤光動（一作暗）臨陽瑞色明
蓋陰連鳳闕陣影翼龍城詎知時不遇空傷流滯情

秋蟬

九秋行已暮一枝聊暫安隱榆非諫楚噪柳異悲潘分
形妝薄鬢鏤影飾危冠自憐疎影斷寒林夕吹寒

秋露

玉關寒氣早金塘秋色（一作氣）歸泛掌光逾淨添荷（一作河）滴尚
微變霜凝曉液承月委圓輝別有吳臺上應濕楚臣衣

秋月

雲披玉繩淨月（一作桂）滿鏡輪（一作光）圓裛露珠暉（一作朱花）冷凌霜桂
影（一作紈扇）寒漏彩含疎薄浮光漾急瀾西園徒自賞南飛終
未安

秋水

貝（一作金）闕寒流徹玉輪秋浪清圖雲錦色淨寫月練花明
泛曲鵾弦動隨軒鳳轄驚唯當御溝上悽斷送歸情

秋螢

玉虬分靜夜金螢照晚涼含輝疑泛月帶火怯凌霜散
彩縈虛牖飄花繞洞房下帷如不倦當解惜餘光

秋菊

擢秀三秋晚開芳十步中分黃俱笑日含翠共搖風碎
影涵流動浮香隔岸通金翹徒可泛玉斝竟誰同

秋雁

聯翩辭海曲遙曳指江干陣去金河冷書歸玉塞寒帶
月凌空易迷煙逗浦難何當同顧影刷羽泛清瀾

樂大夫挽詞五首

可歎浮生促吁嗟此路難丘陵一起恨言笑幾時懽蕭
索郊埏晚荒涼井徑寒誰當門下客獨見有任安
萬里誰家地松門何代丘百年三萬日一別幾千秋返
照寒無影窮泉凍不流居然同物化何處欲藏舟

昔去梅笳發今來薤露晞彤騶朝帝闕丹旐背王畿城郭猶疑是原陵稍覺非九原如可作千載與誰歸

一旦先朝菌千秋掩夜臺青烏新兆去白馬故人來草露當春泣松風向暮哀寧知荒壠外弔鶴自裵徊

忽見泉臺路猶疑水鏡懸何如開白日非復覩青天華表迎千歲幽扃送百年獨嗟流水引長掩伯牙弦

丹陽刺史挽詞三首

百齡嗟倏忽一旦向（一作附）山阿丹桂銷已（一作亡）盡青松哀更多（一作思）薫風虛聽曲薤露反成歌自有藏舟處誰憐隙駟過

惻愴恒山羽留連棣萼篇佳城非舊日京兆即新阡城郭三千歲丘陵幾萬年唯餘松柏壠朝夕起寒煙

短歌三獻曲長夜九泉臺此室玄扃掩何年白日開荒郊疎古木寒隧積陳荄獨此傷心地松聲薄暮來

稱心寺

征帆恣遠尋逶迤過稱心凝滯蘅蓎岸沿洄楂柚林穿溆不厭曲艤潭惟愛深為樂凡幾許聽取舟中琴

陪潤州薛司空丹徒桂明府遊招隱寺

共尋招隱寺初識戴顒家還依舊泉壑應改昔雲霞綠竹寒天筍紅蕉臘月花金繩倘留客為繫日光斜

棹歌行

寫月塗黃罷凌波拾翠通鏡花搖芰日衣麝入荷風葉密舟難蕩蓮疎浦易空鳳媒羞自托鴛翼恨難窮秋（一作愁）帳燈華（一作光）翠倡樓粉色紅相思無別曲併在棹歌中

海曲書情

薄遊倦千里勞生負百年未能槎上漢詎肯劍遊燕白雲照春海青山橫曙天江濤讓雙璧渭水擲三錢坐惜風光晚長歌獨塊然

蓬萊鎮

旅客春心斷邊城夜望高野樓疑海氣白鷺似江濤結綬疲三入承冠泣二毛將飛憐弱羽欲濟乏輕舠賴有陽春曲窮愁且代勞

和李明府

傳聞葉縣履飛向洛陽城馳道臨層掖津門對小平霞殘疑製錦雲度似飄纓藻挨潘江漱塵虛范甑清詎憐衝斗氣猶向匣中鳴

春晚從李長史遊開道林故山

幽尋極幽壑春望陟春臺雲光棲斷樹靈影入仙杯古藤依格上野徑約山隈落蘂翻風去流鶯滿樹來興闌荀御動歸路起浮埃

冬日野望

故人無與晤安步陟山椒野靜連雲卷川明斷霧銷靈巖聞曉籟洞浦漲秋潮三江歸望斷千里故鄉遙勞歌徒自奏客魂誰為招

晚渡黃河

千里尋歸路一葦亂平源通波連馬頰迸水急龍門照日榮光淨驚風瑞浪翻棹唱臨風斷樵謳入聽喧岸迴秋霞落潭深夕霧繁誰堪逝川上日暮不歸魂

宿山莊

金陵一超忽玉燭幾還周露積吳臺草風入郢門楸林虛宿斷霧磴險挂懸流拾青非漢策化緇類秦裘牽迹猶多蹇勞生未寡尤獨此他鄉夢空山明月秋

晚度天山有懷京邑

忽上天山路依然想物華雲疑上苑葉雪似御溝花行歎戎麾遠坐憐衣帶賒交河浮絕塞弱水浸流沙旅思徒漂梗歸期未及瓜寧知心斷絕夜夜泣胡笳

夕次蒲類津（一作晚泊蒲類）

二庭歸望斷萬里客心愁山路猶南屬河源自北流晚風連朔氣新月照邊秋竈火通軍壁烽煙上戍樓龍庭但苦戰燕頷會封侯莫作蘭山下空令漢國羞

遠使海曲春夜多懷

長嘯三春晚端居百慮盈未安胡蝶夢遽切魯禽情別島連寰海離魂斷戍城流星疑伴使低月似依營懷祿寧期達牽時匪徇名艱虞行已遠時（一作昧）迹自相驚

早發諸暨

征夫懷遠路夙駕上危巒薄煙橫絕巘輕凍澁迴湍野霧連空暗山風入曙寒帝城臨灞涘禹穴枕江干橘性行應化蓬心去不安獨掩窮途淚長歌行路難

望月有所思

九秋涼風（一作氣）肅千里月華開圓光隨露湛碎影逐波來似霜明玉砌如鏡寫珠胎晚色依關近邊聲雜吹哀離居分照耀怨緒共裵徊自繞南飛羽空忝北堂才

送吳七遊蜀

日觀分齊壤星橋接蜀門桃花嘶別路竹葉瀉離樽夏老（一作盡）蘭猶茂秋深（一作新）柳尚繁霧銷山望迴風高野聽喧勞歌徒欲奏贈別竟無言唯有當秋月空照野人園

西行別東臺詳正學士

意氣坐相親關河別故人客似（一作自）秦川上歌疑（一作從）易水濱塞荒行辨玉臺遠尚名輪洩井懷邊將尋源重漢臣上苑梅花早御溝楊柳新只應持此曲別作邊城春

和王記室從趙王春日遊陀山寺

鳥旟陪訪道鷲嶺狎棲眞四禪明靜業三空廣勝因祥河疎疊澗慧日皎重輪葉暗龍宮密花明鹿苑春彫談筌奧旨妙辯漱玄津雅曲終難和徒自奏巴人

夏日夜憶張二

伏枕憂思深擁膝獨長吟烹鯉無尺素筌魚勞寸心疎麻空有折芳桂湛無斟廣庭含夕氣閑宇澹虛陰織蟲垂夜砌驚鳥棲暝林驩娛百年促羈病一生侵詎堪孤月夜流水入鳴琴

寒夜獨坐遊子多懷簡知己

故鄉眇千里離憂積萬端鶉服長悲碎蝸廬未卜安富鉤徒有想貧鋏為誰彈柳秋風葉脆荷曉露文團晚金叢岸菊餘佩下幽蘭伐木傷心易維桑歸去難獨有孤明月時照客庭寒

在軍中贈先還知己

蓬轉俱行役瓜時獨未還魂迷金闕路望斷玉門關獻凱多慙霍論封（一作功）幾謝班風塵催白首歲月損紅顏落雁低秋塞驚鳧起暝灣胡霜如劍鍔漢月似刀環別後邊庭樹相思幾度攀

秋日山行簡梁大官

乘馬陟層皐回首睇山川攢峰銜宿霧疊巘架寒煙百重含翠色一道落飛泉香吹分巖桂鮮雲抱石蓮地偏心易遠致默體逾玄得性虛遊刃忘言已棄筌彈冠勞巧拙結綬倦牽纏不如從四皓丘中鳴一弦

晚泊江鎮

四運移陰律三翼泛陽侯荷香銷晚夏菊氣入新秋夜烏喧粉堞宿雁下蘆洲海霧籠邊徼江風繞戍樓轉蓬驚別渚徙橘愴離憂魂飛灞陵岸淚盡洞庭流振影希鴻陸逃名謝蟻丘還嗟帝鄉遠空望白雲浮

浮槎（并序）

遊目川上觀一浮槎泛泛然若木偶之乘流迷不知其所適也觀其根柢盤屈枝幹扶踈大則有棟梁舟楫之材小則有輪轅榱桷之用非夫禀乾坤之秀氣含宇宙之淳精孰能負淩雲槩日之姿抱積雪封霜之骨向使懷材幽藪藏穎重巖絕望於巖廊之榮遺形於斤斧之患固可垂蔭萬畝懸映九霄與建木較其短長將大椿齊其年壽者而委根險岸託質畏途上爲疾風衝飆所摧殘下爲奔浪迅波所激射基由壤括勢以地危豈盛衰之理繫乎時封植之道存乎我一墜泉谷萬里飄淪與波浮沈隨時逝止雖殷仲文歎生意已盡孔宣父知朽質難雕然而遇良工逢仙客牛磯可託玉璜之路非遙匠石先談萬乘之器何遠故材用與不用時也悲夫然知萬物之相應感者亦奚必同聲同氣而已哉感而賦詩貽諸同疾云爾

昔負千尋質高臨九仞峰貞心凌晚桂勁節掩寒松忽值風飆折坐爲波浪衝摧殘空有恨擁腫遂無庸渤海三千里泥沙幾萬重似舟飄不定如梗泛何從仙客終難托良工豈易逢徒懷萬乘器誰爲一先容

晚泊河曲

三秋倦行役千里泛歸潮通波竹箭水輕舸木蘭橈金隄連曲岸貝闕影浮橋水淨千年近星飛五老遙疊花開宿浪浮葉下涼飇浦荷疎晚菂津柳漬寒條恓惶勞梗泛悽斷倦蓬飄仙槎不可託河上獨長謠

早發淮口望盱眙

養蒙分四瀆習坎奠三荊徙帝留餘地封王表舊城岸昏涵蜃氣潮滿應雞聲洲迴連沙靜川虛積溜明一朝從捧檄千里倦懸旌背流桐柏遠逗浦木蘭輕小山迷隱路大塊切勞生唯有貞心在獨映寒潭清

邊城落日

紫塞流沙北黃圖灞水東一朝辭俎豆萬里逐沙蓬候月恒持滿尋源屢鑿空野昏邊氣合烽迥戍煙通膂力風塵倦疆場歲月窮河流控積石山路遠崆峒壯志凌蒼兕精誠貫白虹君恩如可報龍劍有雌雄

宿溫城望軍營

虜地寒膠折邊城夜柝聞兵符關帝闕天策動將軍塞靜（一作戍）胡笳徹沙明楚練分風旗翻翼影霜劍轉龍文白羽搖如月青山斷若雲煙踈疑卷幔塵滅似銷氛投筆懷班業臨戎想顧勳還應雪漢恥持此報明君

過故宋

舊國千年盡荒城四望通雲浮非隱帝日舉類遊童綺琴朝化洽祥石夜論空馬去遙奔鄭蛇分近帶豐池文斂束水竹影漏寒叢園兔承行月川禽避斷風故宋誠難定從梁事未工唯當過周客獨愧吴臺空

邊夜有懷

漢地行逾遠燕山去不窮城荒猶築怨碣毀尚銘功古戍煙塵滿邊庭人事空夜關明隴月秋塞急胡風倚伏良難定榮枯豈易通旅魂勞泛梗離恨斷征蓬蘇武封猶薄崔駰宦不工惟餘北叟意欲寄南飛鴻

傷祝阿王明府（并序）

夫心之悲矣非關春秋之氣聲之哀也豈移金石之音何則事感則萬緒興端情應則百憂交軫是以宣尼舊館流襟動激楚之悲孟嘗高臺承睫下聞琴之淚祝阿王明府毓德丹穴襲吉黃裳靈基峙金闕之峰層源瀨玉輪之坂既而鴻飛漸陸將騁平輿之龍鶴鳴在陰爰絆朝歌之驥乃當名懸闕月德貫陳星豈徒遽切夢瓊掩沈連石嗟乎輪銷桂魄驪珠毀貝闕之前斗散紫氛龍劍沒延平之水某昔承嘉惠曲荷恩光留連嘯歌從容風月撫心陳迹泣血漣如然而始終者萬物之大歸生死者百年之常分雖則知理之可有而未曉情之可無聊綴悲歌敢貽同好諸君或締交三益列宰一司或叶契筌蹄投心膠漆如比肩於千里遽傷魂於九原既切芝焚彌深蕙歎盍言四始同賦七哀庶蘭室流薰襲遺芳而化德故蓬心申拙效庸音於起予觸目多懷周增流慟

洛川眞氣上重泉惠政融含章光後烈繼武嗣前雄與善良難驗生涯忽易窮翔梟猶化履狎雉尚馴童錢滿荒階綠塵浮虛帳紅夏餘將宿草秋近未驚蓬煙晦泉門閉日盡（一作達）夜臺空誰堪孤隴外獨聽白楊風

四月八日題七級

化城分鳥堞香閣俯龍川複棟侵黃道重簷架紫煙銘書非晉代壁畫是梁年霸略今何在王宮尚歸然二帝曾遊聖三卿是偶賢因（一作昔）茲遊勝侶超彼託良緣我出有爲界君登非想天悠悠青曠裏蕩蕩白雲前今日經行處曲音（一本缺此字）號蓋煙

和孫長史秋日臥病

霍第疏天府潘園近帝臺調弦三婦至置驛五侯來尚想歡娛洽吁嗟歲月催金壇分上將玉帳引瓌材決勝鯨波靜騰謀鳥谷開白雲淮水外紫陌灞陵隈節變驚衰柳笳繁思落梅調神和玉燭採藻握珠胎帳矣欣懷土居然欲死灰還因承雅曲暫喜躍沈鰓

餞鄭安陽入蜀

彭山（一作門）折坂外井絡少城隈地是三巴俗人非百里材

畏(一作長)途君帳望岐(一作別)路我裵徊心賞風煙隔容華歲月催遥遥分鳳野去去轉龍媒遺錦非前邑鳴琴即舊臺劍門千仞起石路五丁開海客乘槎渡仙童馭竹回魂將離鶴遠思逐斷猿哀唯有雙鳧舄飛去復飛來

詠懷

少年識事淺不知交道難一言芬若桂四海臭如蘭寶劍思存楚金鎚許報韓虛心徒有託循迹諒無端太息關山險吁嗟歲月闌忘機殊會俗守拙異懷安阮籍空長嘯劉琨獨未懽十步庭芳斂三秋隴月團槐疎非盡意松晚夜凌寒悲調弦中急窮愁醉裏寬莫將流水引空向俗人彈

春日離長安客中言懷(一作春霽早行)

年華開早律霽色蕩芳晨城闕千門曉山河四望春御溝通太液戚里對平津寶瑟調中婦金罍引上賓劇談推曼倩驚坐揖陳遵意氣一言合風期萬里親自惟安直道守拙忌因人談器非先木(一作先幡木)圖榮異後薪揶揄慙路鬼憔悴切波臣玄草終疲漢烏裘幾滯秦生涯無歲月岐路有風塵還嗟太行道處處白頭新

夕次舊吳

維舟背楚服振策下吳畿盛德弘三讓雄圖枕(一作抗)九圍黃池通霸迹赤壁暢戎威文物俄遷謝英靈有盛衰行歎鷗夷沒遽惜湛盧飛地古煙塵暗年深館宇稀山川四望是人事一朝非懸劍空留信亡珠尚識機鄭風遥可託關月眇(一作耿)難依西北雲逾滯東南氣轉微徒懷伯通隱多謝買臣歸唯有荒臺露薄暮濕征衣

早秋出塞寄東臺詳正學士

促駕逾三水長驅望五原天階分斗極地理接樓煩溪月明關隴戎(一作胡)雲聚塞垣山川殊物候風壤異涼暄戍古秋塵合(一作冷)沙寒宿霧繁昔余迷學步投迹忝詞源蘭渚浮延閣蓬山款禁園彯纓陪紱冕載筆偶璵璠汲冢寧詳蠹秦牢詎辨冤一朝從筵服千里騖輕軒鄉夢隨魂斷邊聲入聽喧南圖終鍛翮北上遽摧輈弔影慙連茹浮生倦觸藩數奇何以託桃李自無言

幽縶書情通簡知己

昔歲逢楊意(一作陽曆)觀光貴(一作貢)楚材穴疑丹鳳起場似白駒來一命淪驕餌三緘慎禍胎不言勞倚伏忽此遘邅迴驄馬刑章峻蒼鷹獄吏猜絕縑非易辨疑璧果難裁揆畫(一作擽拙)慙周道端憂滯夏臺生涯一滅裂岐路幾裵徊青陸春芳動黃沙旅思催圓扉長寂寂疎網尚恢恢入穽先(一作方)搖尾迷津正曝腮覆盆徒望日蟄戶未經雷霜歇蘭猶敗風多木屢摧地幽蠶室閉門靜雀羅開自憫秦冤痛誰憐楚奏哀漢陽窮鳥客梁甫卧龍才有氣還衝斗無時會鑿坏莫言韓長孺長作不然灰

久戍邊城有懷京邑

擾擾風塵地遑遑名利途盈虛一易舛心迹兩難俱弱齡小山志寧期大丈夫九徵光賁玉千仞忽彈珠棘寺游三禮蓬山簉八儒懷鉛慙後進投筆願前驅北走非通趙西之似化胡錦車朝促候刁斗夜傳呼戰士青絲絡將軍黃石符連星入寶劍半月上彫弧拜井開疎勒鳴桴動密須戎機習短蔗祅祲靜長榆季月炎初盡邊亭草早枯層陰籠古木窮色變寒蕪海鶴聲嘹唳城烏尾畢逋葭繁秋色引桂滿夕輪虛行役風霜久鄉園夢想孤灞池遥夏國秦海望陽紆沙塞三千里京城十二衢楊溝連鳳闕槐路擬鴻都璧殿規宸象金堤法斗樞雲浮西北蓋月照東南隅寶帳垂連理銀牀轉轆轤廣筵留上客豐饌引中廚漏緩金徒箭嬌繁玉女壺秋濤飛喻馬春水泛仙艫意氣風雲合言忘道術趨共矜名已泰詎肯沫相濡有志慙雕朽無庸類散樗關山暫超忽形影歎艱虞結網空知羨圖榮豈自誣忘情同塞馬比德類宛駒隴阪肝腸絕陽關亭堠迂迷魂驚落雁離恨斷飛鳧春去榮華盡年來歲月蕪邊愁傷郢調鄉思繞吳歈河氣通中國山途限外區相思若可寄冰泮有銜蘆

在軍登城樓

城上風威冷江中水氣寒戎衣何日定歌舞入長安

於易水送人

此地別燕丹壯士髮(一作壯髮上)衝冠昔時人已沒今日水猶寒

詠鏡

寫月無芳桂照日有花菱不持光謝水翻將影學冰

挑燈杖

稟質非貪熱焦心豈憚熬終知不自潤何處用脂膏

詠塵

凌波起羅襪含風染素衣別有知音調聞歌應自飛

翫初月(一作沈佺期詩)

忌滿光先(一作恒)缺乘昏影暫流既(一作自)能明似鏡何用曲如鉤

送別

寒更承夜永涼夕向秋澄離心何以贈自有玉壺冰

憶蜀地佳人

東西吳蜀關山遠魚來雁去兩難聞莫怪常有千行淚只爲陽臺一片雲

詠鵝(七歲時作)

鵝鵝鵝曲項向天歌白毛浮綠水紅掌撥清波

全唐詩

武三思

武三思則天兄子累官右衛將軍則天臨朝擢夏官尚書及革命封梁王尋拜天官尚書聖曆初檢校內史進太子賓客長安中其子崇訓尚安樂公主時三思用事於朝欲寵異其禮乃自重光門內行親迎禮歸於天津橋南私第又令宰臣李嶠蘇味道詞人沈佺期宋之問等賦花燭行以美之中宗復位拜司空同中書門下三品猜嫉正士干黷時政爲節愍太子所誅詩八首

奉和聖製夏日遊石淙山(第二句缺一字)

此地巖壑數千重吾君駕鶴　乘龍掩暎葉光含翡翠

參差石影帶芙蓉白日將移衝疊巘玄雲欲度礙高峰
對酒鳴琴追野趣時聞清吹入長松

仙鶴篇

白鶴乘空何處飛青田紫蓋本相依緱山七月雖長去
遼水千年會憶歸緱山杳杳翔寥廓遼水纍纍歎城郭
經隨羽客步丹丘曾逐仙人遊碧落迢迢碧落斷氛埃
霞堂雲閣幾重開欲尋東海黃金竈仍向西山白玉臺
九皐獨唳方清切五里驚羣俄斷絕月下分行似度雲
風前颺影疑迴雪風前月下路漫漫水宿雲翔去幾般
宛轉能傾吳國市裴回巧拂漢皇壇琴中作曲從來易
鼓裏傳聲有甚難夜夜恒飛銀漢曲朝朝常飲玉池瀾
別有聞簫出紫煙還如化履上青天霜毛忽控三神下
玉羽俄看二客旋燕雀終迷橫海志蜉蝣豈識在陰年
莫言一舉輕千里爲與三山送九仙

宴龍泓

登臨開勝託眺矚盡良遊巖崿縈紆上澄潭屈曲流泛
蘭清興洽折桂野文遒別後相思處崎嶇碧澗幽

凝碧池侍宴應制得出水槎

彼木生何代爲槎復幾年欲乘銀漢曲先泛玉池邊擁
溜根橫岸沈波影倒懸無勞問蜀客此處即高天

奉和宴小山池賦得谿字應制

年光開碧沼雲色斂青谿凍解魚方戲風暄鳥欲啼巖
泉飛野鶴石鏡舞山雞柳發龍鱗出松新麈尾齊九韶
從此驗三月定應迷

奉和過梁王宅即目應制

巖居多水石野宅滿風煙本謂開三徑俄欣降九天穿
林移步輦拂岸轉行旂鳳竹初垂籜龜河未吐蓮願持
山作壽恒用劫爲年

奉和春日游龍門應制

鳳駕臨香地龍輿上翠微星宮含雨氣月殿抱春輝碧
澗長虹下雕梁早燕歸雲疑浮寶蓋石似拂天衣露草
侵堦長風花遶席飛日斜宸賞洽清吹入重闈

秋日于天中寺尋復禮上人

妙域三時殿香巖七寶宮金繩先界道玉柄即談空喻
筏知何極傳燈竟不窮彌天高義遠初地勝因通理詣
歸一處心行不二中有無雙惑遣真俗兩緣同摘葉疑
焚翠投花若散紅網珠遙映日簷鐸近吟風定沼寒光
素禪枝暝色蔥願隨方便力長冀釋塵籠

句

雲螭非易匹月駟本難儔（詠馬見海錄碎事）

張易之

張易之定州人以門蔭累遷尚乘奉御則天臨朝與弟昌宗俱入侍禁中俄爲司衛少卿聖曆二年置控鶴府以易之爲控鶴監內供奉久視初改控鶴府爲奉宸府遂爲奉宸令引詞人閻朝隱薛稷員半千並爲奉宸供奉易之昌宗皆粗能屬文如應詔和詩則宋之問閻朝隱爲之代作詩四首

奉和聖製夏日遊石淙山

六龍驤首曉騑騑七聖陪軒集潁陰千丈松蘿交翠幕
一丘山水當鳴琴青鳥白雲王母使垂藤斷葛野人心
山中日暮幽巖下泠然香吹落花深

侍從過公主南宅侍宴探得風字應制

逐賞平陽第鳴笳上苑東鳥吟千户竹蝶舞百花叢時
攀小山桂共挹大王風坐客無勞起秦簫曲未終

出塞

俠客重恩光驄馬飾金裝瞥聞傳羽檄馳突救邊荒轉
戰磨笄地橫行戴斗鄉將軍占太白小婦怨流黃驟褭
青絲騎娉婷紅粉妝一（一作三）春鶯度曲八月雁成行誰堪
坐秋思羅袖拂空牀

泛舟侍宴應制

平明出御溝解纜坐迴舟綠水澄明月紅羅結綺樓弦
歌爭浦入冠蓋逐川流白魚臣作伴相對舞王舟

張昌宗

張昌宗易之之弟初爲雲麾將軍行左千牛中郎將加銀青光祿大夫使者奏昌宗是王子晉後身詞人皆賦詩以美之崔融作爲絕唱則天詔昌宗撰三教珠英引文學之士李嶠張說宋之問徐彥伯富嘉謨等二十六人分門撰集書成加昌宗司僕卿改春官侍郎時易之兄弟顓權亂政後爲張柬之等起羽林兵誅之詩三首

奉和聖製夏日遊石淙山

雲車遙裔三珠樹帳殿交陰八桂叢彌險泉聲疑度雨
川平橋勢若晴虹叔夜彈琴歌白雪孫登長嘯韻清風
即此陪歡遊閬苑無勞辛苦向崆峒

少年行

少年不識事落魄遊韓魏珠軒流水車玉勒浮雲騎縱
橫意不一然諾心無二白璧贈穰苴黃金奉毛遂妙舞
飄龍管清歌吟鳳吹三春小苑遊千日中山醉直言身
可沈誰論名與利依倚孟嘗君自知能市義

太平公主山亭侍宴

淮南有小山嬴女隱其間折桂芙蓉浦吹簫明月灣扇
掩將雛曲釵承墮馬鬟歡情本無限莫掩洛城（一作陽）關

薛曜

薛曜元超子以文學知名尚城陽公主子紹尚太平公主紹兄顗懼太盛以問從兄克克曰帝甥尚主由來故事但以恭慎行之何懼也聖曆中與修三教珠英官正諫大夫集二十卷今存詩五首

奉和聖製夏日遊石淙山

玉洞幽尋更是天朱霞綠景鎮韶年飛花藉藉迷行路
囀鳥遙遙作管弦霧隱長林成翠幄風吹細雨即虹泉
此中碧酒恒參聖浪道崑山別有仙

子夜冬歌

朔風扣羣木嚴霜凋百草借問月中人安得長不老

舞馬篇

星精龍種競騰驤雙眼黃金紫豔光一朝逢遇昇平代
伏皁銜圖事帝王我皇盛德苞六宇俗泰時和虞石拊
昔聞九代有餘名（山海經夏后啟舞九代馬）今日百獸先來舞鉤陳周衛
儼旌旄鐘鎛陶匏聲殷地承雲嘈囋駭日靈調露鏗鈜
動天駟奔塵飛箭若麟螭躡景追風忽見知咀銜拉鐵
並權奇被服雕章何陸離紫玉鳴珂臨寶鐙青絲綵絡

帶金羈隨歌鼓而電驚逐丸劒而飇馳態聚踊還急驕凝驟不移光敵白日下氣擁綠煙垂婉轉盤跚殊未已懸空步驟紅塵起驚鳧翔鷺不堪儔矯鳳迴鸞那足擬蘅垂桂裹香氛氳長鳴汗血盡浮雲不辭辛苦來東道祇爲簫韶朝夕聞閶闔間玉臺側承恩煦兮生光色鸞鏘鏘車翼翼備國容兮爲戎飾充雲翹兮天子庭荷日用兮情無極吉良乘兮一千歲神是得兮天地期大易占云南山壽𧿰趯共樂聖明時(品彙本刪閶闔下一段)

正夜侍宴應詔(英華作正月望夜上陽宮侍宴應制)

重關鐘漏通夕敞鳳皇宮雙闕祥煙裏千門明月中酒杯(一作筵)浮湛露歌曲唱流風侍臣咸醉止恒(一作常)慙恩遇崇(一作造豐)

送道士入天台

洛陽陌上多離別蓬萊山下足波潮碧海桑田何處在笙歌一聽一遙遙

楊敬述

楊敬述則天時右玉鈐衛郎將左奉宸內供奉詩一首

奉和聖製夏日遊石淙山

山中別有神仙地屈曲幽深碧澗垂巖前暫駐黃金輦席上還飛白玉巵遠近風泉俱合雜高低雲石共參差林壑偏能留睿賞長天莫遽下丹曦

于季子

于季子咸亨中登進士第則天時司封員外詩七首

奉和聖製夏日遊石淙山

九旗雲布臨嵩室萬騎星陳集潁川瑞液含滋登禹膳飛流薦響入虞弦山扉野徑朝花積帳殿帷宮夏葉連微臣獻壽迎千壽願奉堯年倚萬年

詠雲

瑞雲千里映祥輝四望新隨風亂鳥翅汎水結魚鱗布葉疑臨夏開花詎待春願得承嘉景無令掩桂輪

詠螢

卉草誠幽賤枯朽絕因依忽逢借羽翼不覺生光輝直念恩華重長嗟報効微方思助日月爲許願曾飛

早春洛陽答杜審言(一本早春下有代字)

梓澤年光往復來杜霸遊人去不迴若非載筆登麟閣定是吹簫伴鳳臺路傍桃李花猶嫩波上芙蕖葉未開分明寄語長安道莫教留滯洛陽才

詠項羽

北伐雖全趙東歸不王秦空歌拔山力羞作渡江人

詠漢高祖

百戰方夷項三章且代秦功歸蕭相國氣盡戚夫人

南行別弟(一作楊師道詩英華作韋承慶南中詠雁)

萬里人南去三春雁北飛不知何歲月得與爾同歸

全唐詩

喬知之

喬知之同州馮翊人與弟侃備竝以文詞知名知之尤稱俊才則天時累除右補闕遷左司郎中爲武承嗣所害詩一卷

長信宮中樹

婀娜當軒樹茟茸倚蘭殿葉(一作色)豔九春華(一作時)香搖五明扇餘花(一作香)鳥篆盡新葉蟲書(一作畫)遍零落心(一作親)(一作客)自知芳菲君不見

下山逢故夫

妾身本薄命輕棄城南隅庭前厭芍藥山上采蘼蕪春風罥紈袖零(一作靈)露濕羅襦羞將憔悴日提籠逢故夫

巫山高

巫山十二峯參差互隱見潯陽幾千里周覽忽已徧想像神女姿摘芳共珍薦楚雲何逶迤紅樹日蔥蒨楚雲沒湘源紅樹斷荆門郢路不可見況復夜聞猨

棄妾篇

妾本叢臺右君在鴈門陲悠悠淇水曲綵燕入桑枝不因媒結好本以容相知容謝君應去情移會有離還君結縷帶歸妾織成詩此物雖輕賤不用使人嗤

苦寒行

胡天夜清迥孤雲獨飄颻遙裔(一作曳)出鴈關逶迤含晶光陰陵久裴回幽都無多(一作夕)陽初(一作祁)寒凍巨海殺氣流大荒朔馬飲寒氷行子履胡霜路有從役倦臥死黃沙場羈旅因相依慟之淚霑裳由來從軍行賞存不賞亡亡者(一作謝)誠已矣徒令存者傷

從軍行(一作秋閨)

南庭結白露北風掃黃葉此時鴻鴈來驚鳴催思妾曲房理鍼線平砧擣文練鴛綺裁易成龍鄉信難見窈窕九重閨寂寞十年啼紗牕白雲宿羅幌月光棲雲月隱(一作曉)微微夜上(一作愁思)流黃機玉霜凍珠(一作朱)履金吹薄羅衣漢家已得地君去將何事宛轉結(蠶蟲)書寂寥無鴈使生平荷恩信本爲榮華進況復落紅顏蟬聲催綠鬢

擬古贈陳子昂

惸惸孤形影悄悄獨遊心以此從王事常與子同衾別離三河間征戰二庭深胡天夜雨霜胡鴈晨南翔節物感離居(一作別)同衾違(一作還)故鄉南歸日將遠北方尚蓬飄孟秋七月時相送出外郊海風吹涼木邊聲響(一作暗)梢梢勤役千萬里將臨五十年心事爲誰道抽琴歌坐筵一彈再三歎賓御淚潺湲送君竟此曲從茲長絕弦

定情篇

共君結新婚歲寒心未卜相與遊春園各隨情所逐君愛菖蒲花妾感苦寒竹菖花多豔姿寒竹有貞葉此時妾比君君心不如妾簪玉步河堤妖韶援綠荑鳧鴈將子遊鶯燕從雙栖君念(一作向)春光好妾向(一作對)春光啼君時不得意棄妾還金閨結言本同心悲歡何未齊怨咽前致辭願得申所悲人間丈夫易世路婦難爲始如經天月終若流星馳天月相終始流星無定期(樂府詩集無此二句)長信佳麗人失意非蛾眉廬江小吏婦非關織作遲本願長相對今已長相思復有遊宦子結援從梁陳燕居崇三朝去來歷九春誓心妾終始蠶桑奉所親歸願未克從黃金贈路人潔婦懷明義從泛河之津于今千萬年誰當問水濱更憶娼家樓夫壻事封侯去時恩灼灼去罷心悠悠不憐妾歲宴十載隴西頭以茲常惕惕百慮恒盈積由來共結褵幾人同匪石故歲雕梁燕雙去今來

隻今日玉庭梅朝紅暮成碧碧榮始芬敷黃葉已淅瀝何用念芳春芳春有流易何用重歡娛歡娛俄戚戚(一作寂寂)家本巫山陽歸去路何長叙言情未盡採菉已盈筐桑榆日及景物色盈高岡下有碧流水上有丹桂香桂花不須折碧流清且潔贈君比芳菲愛惠常不歇(一作滅)贈君比潺湲相思無斷絶妾有秦家鏡寶匣裝珠璣鑑來年二八不記易陰暉妾無光寂寂委照(一作妾空)影依依今日持爲贈相識莫相違

綠珠篇(萬首絶句分此詩爲三首　知之有婢曰窈娘美麗善歌舞爲武承嗣所奪知之怨惜作此篇以寄情密送與婢婢結詩衣帶投井而死承嗣大恨諷酷吏羅織殺之)

石家金谷重新聲明珠十斛買娉婷此日可憐君自許此時可喜(一作愛)得人情君家閨閣不(一作未)曾難(一作關)常將歌舞借人看意氣雄豪非分理驕矜(一作奢)勢力橫相干辭君去君終不忍(一作辭君去終未忍)徒勞掩袂傷鉛粉百年離別在高樓一旦(一作代)紅顔爲君盡

和李侍郎古意(一作古意和李侍郎嶠)

妾家巫山隔漢川君度南庭向胡苑高樓迢遰想金天河漢昭回更愴(一作悽)然夜如何其夜未央閑花照月愁洞房自矜夫壻勝王昌三十曾作侍中郎一從流落戍漁陽懷哉萬恨結中腸南山羃羃兔絲花北陵青青女蘿樹由來花葉同一根今日枝條分兩處三星差池光照灼北斗西指秋雲薄莖枯花謝枝憔悴香銷色盡花零落美人長歎豔容萎含情收取摧折枝調絲獨彈聲未移感君行坐星歲遲閨中宛轉今若斯誰能爲報征人知

倡女行

石榴酒葡萄漿蘭桂芳茱萸香願君駐金鞍暫此共年芳願君解羅襦一醉同匡牀文君正新寡結念在歌倡昨宵綺帳迎韓壽今朝羅袖引潘郎莫吹羌笛驚鄰里不用琵琶喧洞房且歌新夜曲莫弄楚明光此曲怨且豔哀音斷人腸

羸駿篇

噴玉長鳴西北來自言當代是龍媒萬里鐵關行入貢九重金闕(一作門)爲君開蹀躞朝馳過上苑趁趕瞑走發章臺玉勒金鞍荷裝飾路傍觀者無窮極小山桂樹比權奇上林桃花況顔色忽聞天將出龍沙漢主持將駕鼓車去去山川勞日夜遥遥關塞斷煙霞山川關塞十年征汗血流離赴月(一作行)營肌膚銷遠道膂力盡長城長城日夕苦風霜中有連年百戰場摇珂嚙勒金羈盡爭鋒足頓鐵菱傷垂耳罷輕齎棄置在寒谿大宛蒲海北滇鑿雋(一作舊)崖西沙平留緩步路遠闇頻嘶從來力盡君須棄何必尋途我已迷歲歲年年奔遠道朝朝暮暮催疲老扣冰晨飲黃河源拂雪夜食天山草楚水澶谿征戰事吳塞烏江辛苦地持來報主不辭勞宿昔立功非重利丹心素節本無求長鳴向君君不留祇應澶(一作漫)漫歸田里萬里低昂任生死君王倘若不見遺白骨黃金猶可市

銅雀妓

金閣惜分香鉛華不重糚空餘歌舞地猶是爲君王哀弦調已絶豔曲不須(一作亦何)長共看西陵暮秋煙起(一作生)白楊

侍宴應制得分字

紫禁肅晴氛朱樓落曉雲豫遊龍駕轉天樂鳳簫聞竹外仙亭出花間輦路分微臣一何幸詞賦奉明君

梨園亭子侍宴

年光陌上發香輦禁中遊草綠鴛鴦殿花紅翡翠樓天杯承露酌仙管雜風流今日陪歡豫皇恩不可酬

和蘇員外寓直

自昔重爲郎伊人練國章三旬登建禮五夜直明光墨草尚書奏衣飄侍御香開軒竹氣靜拂簟蕙風涼曉漏離閶闔鳴鐘出未央從來宿臺上天子貴文强

哭故人

生死久離居悽涼歷舊廬歎茲三徑斷不踐十年餘古木巢禽合荒庭愛客疎匣留彈罷劒牀積讀殘書玉沒終無像蘭言强問虛平生不得意泉路復何如

折楊柳

可憐濯濯春楊柳攀折將來就纖手妾容與此同盛衰何必君恩能獨久

喬侃

喬侃知之弟也開元中爲兗州都督詩一首

人日登高

僕本多悲者年來不悟春登高一遊目始覺柳條新杜陵猶識漢桃源不辨秦暫若升雲霧還似出囂塵賴得煙霞氣淹留攀桂人

喬備

喬備亦知之弟則天時預修三教珠英終襄陽令集六卷今存詩二首

出塞

沙場三萬里猛將五千兵旌斷冰谿戍笳吹鐵關城陰雲暮下雪寒日晝無晶直爲懷恩苦誰知邊塞情

長門怨

秋入長門殿木落洞房虛妾思宵徒靜君恩日更疎墜露清金閣流螢點玉除還將閨裏恨遥問馬相如

全唐詩

劉希夷

劉希夷一名庭芝汝州人少有文華落魄不拘常格後
爲人所害希夷善爲從軍閨情詩詞旨悲苦未爲人重
後孫昱撰正聲集以希夷詩爲集中之最由是大爲時
所稱賞集十卷今編詩一卷

將軍行

將軍闢轅門耿介當風立諸將欲言事逡巡不敢入劒
氣射雲天鼓聲振原隰黃塵塞路起走馬追兵急彎弓
從此去飛箭如雨集截圍一百重斬首五千級代馬流
血死胡人抱鞍泣古來養甲兵有事常討襲乘我廟堂
運坐使干戈戢獻凱歸京師（一作都又作還帝京）軍容何翕習

從軍行

秋天風颯颯（一作秋風來瑟瑟）羣胡馬行疾嚴城晝不開伏兵暗相
失天子廟堂拜將軍凶門出紛紛伊洛（一作晉陽）道戎馬幾萬
匹軍門壓黃河兵氣衝白日平生懷仗劒慷慨即投筆
南登漢月孤北走代雲密近取韓彭計早知孫吳術丈
夫清萬里誰能掃一室

春女行

春女顏如玉怨歌陽春曲巫山春樹紅沅湘（一作江）春草綠
自憐妖艷姿粧成獨見時愁心伴楊柳春盡亂如絲目
極千餘里悠悠春江水頻想玉關人愁臥金閨裏尚言
春花落不知秋風起嬌愛猶未終悲涼從此始憶昔楚
王宮玉樓粧粉紅纖腰弄明月長袖舞（一作拂）春風容華委
西山光陰不可（一作再）還桑林變（一作沒）東海富貴今何在寄言
桃李容胡爲閨閤重但看楚王墓唯有數株松

孤松篇

蠶月桑葉青鸎時柳花白澹艷煙雨姿敷芬陽春陌如
何秋風起零落從此始獨有南澗松不歎東流水玄陰
天地冥皓雪朝夜零豈不罹寒暑爲君留青青青青好
顏色落落任孤直羣樹遙相望衆草不敢逼靈龜卜眞
隱仙鳥宜棲息恥受秦帝封願言唐侯食寒山夜月明
山冷氣清清淒兮歸鳳（一作風）集吹之作琴聲松子臥仙本
寂聽疑野心清泠有眞曲樵採無知音美人何時來幽
徑委綠苔吁嗟深澗底棄捐廣廈材

嵩嶽聞笙

月出嵩山東月明山益空山人愛清景散髮臥秋風風
止夜何清獨夜草蟲鳴仙人不可見乘月近吹笙絳脣
吸靈氣玉指調眞聲眞聲是何曲三山鸞鶴情昔去落
塵俗願言聞此曲今來臥嵩岑何幸承幽音神仙樂吾
事笙歌銘夙心

秋日題汝（一作南）陽潭壁

獨坐秋陰生悲來從所適行見汝陽潭飛蘿蒙水石懸
瓢木葉上風吹何歷歷幽人不耐煩振衣（一作袂）步閑寂迴
流清見底金沙覆銀礫錯落非一文空朧幾千尺魚鱗
可憐紫鴨毛自然碧吟詠秋水篇渺然忘損益秋水隨
形影清濁混心迹歲暮歸去來東山余宿昔

采桑

楊柳送行人青青西入秦誰家采桑女樓上不勝春盈
盈灞水曲步步春芳綠紅臉耀明珠絳脣含白玉回首
渭橋東遙憐春（一作樹）色同青絲嬌落日緗綺弄春風攜籠
長歎息逶遲（一作遞）戀春色看花若有情倚樹疑無力薄暮
思悠悠使君南陌頭相逢不相識歸去夢青樓

謁漢世祖廟

春陵氣初發漸臺首未傳列營百萬衆持國十八年運
開朱旗後道合赤符先宛城劒鳴匣昆陽鏑應弦獷獸
血塗地巨人聲沸天長驅過北趙短兵出南燕太守迎
門外王郎死道邊昇壇九城（一作成）陌端拱千秋年朝廷方
雀躍劒珮幾聯翩至德刑四海神儀翳九泉宗子行舊
邑恭聞清廟篇君容穆而聖臣像儼猶賢攢木承危柱
疎蘿挂朽椽祠庭巢鳥啄祭器網蟲緣懷古江山在惟
新曆數遷空餘今夜月長似舊時懸

巫山懷古

巫山幽陰地神女豔陽年襄王伺容色落日望悠然歸
來高唐夜金釭燄青煙顏想臥瑤席夢魂何翩翩搖落
殊未已榮華倏徂遷愁思瀟湘浦悲涼雲夢田猿啼秋
風夜鴈飛明月天巴歌不可聽聽此益潺湲

歸山

歸去嵩山道煙花覆青草草綠山無塵山青楊柳春日
暮松聲合空歌思殺人

代閨人春日

珠簾的曉光玉顏豔春彩林間鳥鳴喚戶外花相待花
鳥惜芳菲鳥鳴花亂飛人今伴花鳥日暮不能歸池月
憐歌扇山雲愛舞衣佳期楊柳陌攜手莫相違

蜀城懷古

蜀土（一作山）遠水竹吳天積風霜窮覽通表裏氣色何蒼蒼
舊國有年代青樓思豔妝古人無歲月白骨冥丘荒寂
歷彈琴地幽流（一作留）讀書堂玄龜埋卜室彩鳳滅詞場陣
圖一一在栢樹雙雙行鬼神清漢廟鳥雀參秦倉歎世
已多感（一作數逝日已多）懷心益自傷（一作感懷心自傷）賴蒙靈丘境時當
（一作鈞）明月光

洛川懷古（第二十七句缺四字第二十八句缺）

萋萋春草綠悲歌牧征馬行見白頭翁坐泣青竹下感
歎前問之贈予辛苦詞歲月移今古山河更盛衰晉家
都洛濱朝廷多近臣詞賦歸潘岳繁華稱李倫梓（一作紫）澤
春草菲河陽亂華飛綠珠不可奪白首同所歸高樓倏
冥滅茂林久摧折昔時歌舞臺今成狐兔穴人事互消
亡世路多悲傷北邙是吾宅東嶽爲吾鄉君看北邙道
髑髏縈蔓草芳　　　　碑塋或半存荆
棘斂幽魂揮涕棄之去不忍聞此言

春日行歌

山樹落梅花飛落野人家野人何所有滿甕陽春酒攜
酒上（一作向）春臺行歌伴落梅醉罷臥明月乘夢遊天台

江南曲八首

暮宿南洲草晨行北岸林日懸滄海闊水隔洞庭深煙
景無留意風波有異潯歲遊難極目春戲易爲心朝夕
無榮遇芳菲已滿襟
豔唱潮初落江花露未晞春洲驚翡翠朱服弄芳菲畫
舫煙中淺青陽日際微錦帆衝浪濕羅袖拂行衣含情

罷所採相歎惜流暉
君爲隴西客妾遇江南春朝遊含靈果夕採弄風蘋果
氣時不歇蘋花日自新以此江南物持贈隴西人空盈
萬里懷欲贈竟無因
皓如楚江月靄若吳岫雲波中自皎鏡山上亦氤氳明
月留照妾輕雲持贈君山川各離散光氣乃殊分天涯
一爲别江北不一作自相聞
艤舟乘潮去風帆振早涼潮平見楚甸天際望維揚洄
泝經千里煙波接兩鄉雲明江嶼出日照海流長此中
逢歲宴浦樹落花芳
暮春三月晴維揚吳楚城城臨大江汜回映洞浦清晴
雲曲金閣珠樓碧煙裏月明芳樹羣鳥飛風過長林雜
花起可憐離别誰家子於此一至情何已
北堂紅草盛丰茸南湖碧水照芙蓉朝遊暮起金花盡
漸覺羅裳珠露濃自惜妍華三五歲已歎關山千萬重
人情一去無還日欲贈懷芳怨不逢
憶昔江南年盛時平生怨在長洲曲冠蓋星繁江水上
衝風摽落洞庭淥落花兩袖紅紛紛朝霞高閣洗晴雲
誰言此處嬋娟子珠玉爲心以奉君

擣衣篇

秋天瑟瑟夜漫漫夜白風清玉露溥燕山遊子衣裳薄
秦地佳人閨閤寒欲向樓中縈楚練還來機上裂齊紈
攬紅袖兮愁徙倚盼青砧兮悵盤桓盤桓徙倚夜已久
螢火雙飛入簾牖西北風來吹細腰東南月上浮纖手
此時秋月可憐明此時秋風别有情君看月下參差影
爲聽莎閒斷續聲絳河轉兮青雲曉飛鳥鳴兮行人少
攢眉緝縷思紛紛對影穿鍼魂悄悄聞道還家未有期
誰憐登隴不勝悲夢見形容亦舊日爲許裁縫改昔時
緘書遠寄交河曲須及明年春草綠莫言衣上有斑斑
只爲思君淚相續

公子行

天津橋下陽春水天津橋上繁華子馬聲迴合青雲外
人影動搖綠波裏綠波蕩漾玉爲砂青雲離披錦作霞
可憐楊柳傷心樹可憐桃李斷腸花此日遨遊邀美女
此時歌舞入娼家娼家美女鬱金香飛來飛去公子傍
的的珠簾白日映娥娥玉顏紅粉妝花際裴回雙蛺蝶
池邊顧步兩鴛鴦傾國傾城漢武帝爲雲爲雨楚襄王
古來容光人所羨況復今日遙相見願作輕羅著細腰
願爲明鏡分嬌面與君相向轉相親與君雙棲共一身
願作貞松千歲古誰論芳槿一朝新百年同謝西山日
千秋萬古北邙塵

代悲白頭翁一作白頭吟

洛陽城東桃李花飛來飛去落誰家洛陽女兒好顏色
坐見一作行逢落花長歎息今年花落顏色改明年花開復誰
在已見松柏摧爲薪更聞桑田變成海古人無復洛城
東今人還對落花風年年歲歲花相似歲歲年年人不
同寄言全盛紅顏子應憐半死白頭翁此翁白頭真可
憐伊昔紅顏美少年公子王孫芳樹下清歌妙舞落花
前光祿池臺開錦繡將軍樓閣畫神仙一朝臥病無相
識三春行樂在誰邊宛轉蛾眉能幾時須臾鶴髮亂如
絲但看古來歌舞地惟有黃昏鳥雀悲希夷善琵琶嘗爲白頭詠云今年花落顏色改明年花開復誰在既而悔曰我此詩似讖與石崇白首同所歸何異乃更作云年年歲歲花相似歲歲年年人不同既而歎曰復似向讖矣詩成未周歲爲姦人所殺或云宋之問害希夷而以白頭翁之篇爲已作至今有載此篇在之問集中者

代秦女贈行人第三句缺一字

鸞鏡曉含春蛾眉向影嚬開□衣裳破那堪粉黛新春
還洛陽道爲憶春堦草楊葉未能攀梅花待君掃今朝
喜鵲傍人飛應是狂夫走馬歸遙想行歌共遊樂迎前
含笑著春衣

洛中晴月送殷四入關

清洛浮橋南渡頭天晶一作明萬里散華洲晴看石瀨光無
數曉入寒潭浸不流微雲一點曙煙起南陌憧憧遍行
子欲將此意與君論復道秦關尚千里

入塞

將軍陷虜圍邊務息戎機霜雪交河盡旌旗入塞飛曉
光隨馬度春色伴人歸課績朝明主臨軒拜武威

覽鏡

青樓挂明鏡臨照不勝悲白髮今如此人生能幾時秋
風下山路明月上春期歎息君恩盡容顏不可思

晚春

佳人眠洞房回首見垂楊寒盡鴛鴦被春生玳瑁牀庭
陰幕青靄簾影散紅芳寄語同心伴迎春且薄妝

送友人之新豐

日暮秋風起關山斷别情淚隨黃葉下愁向綠樽生野
路歸驂轉河洲宿鳥驚賓遊寬旅宴王事促嚴程

餞李秀才赴舉

鴻鵠振羽翮翻飛入帝鄉朝鳴集銀樹暝宿下金塘日
月天門近風煙夜一作客路長自憐窮浦鴈歲歲不隨陽

夜集張諲所居

江南成久客門館日蕭條惟有圖書在多傷鬢髮凋諸
生陪講誦稚子給漁樵隱室寒燈淨空階落葉飄滄洲
自有趣誰道隱須招

故園置酒

酒熟人須飲春還鬢已秋願逢千日醉得緩百年憂舊
里多青草新知盡白頭風前燈易滅川上月難留卒卒
周姬旦棲棲魯孔丘平生能幾日不及且遨遊

晚憩南陽旅館

旅館何年廢征夫此日過途窮人自哭春至鳥還歌行
路新知少荒田古徑多池篁覆丹谷墳樹遶清波日照
蓬陰轉風微野氣和傷心不可去回首怨如何

陳子昂

陳子昂字伯玉梓州射洪人少以富家子尚氣決好弋博後遊鄉校乃感悔修飭初舉進士入京不爲人知有賣胡琴者價百萬子昂顧左右輦千緡市之衆驚問子昂曰余善此曰可得聞乎曰明日可入宣陽里如期偕往則酒肴畢具奉琴語曰蜀人陳子昂有文百軸不爲人知此賤工之伎豈宜留心舉而碎之以其文百軸徧贈會者一日之內名滿都下擢進士第武后朝爲靈臺正字數上書言事遷右拾遺武攸宜北討表爲管記軍中文翰皆委之子昂父爲縣令段簡所辱子昂聞之遽還鄉里簡乃因事收繫獄中憂憤而卒唐興文章承徐庾餘風駢麗穠縟子昂橫制頹波始歸雅正李杜以下咸推宗之集十卷今編詩二卷

慶雲章

崑崙元氣實生慶雲大人作矣五色氤氳（一作氛氳）昔在帝嬀南風既薰叢芳爛熳郁郁紛紛曠矣千祀慶雲來止玉葉金柯祚我天子非我天子慶雲誰昌非我聖母慶雲誰光慶雲光矣周道昌矣九萬八千天授皇年

感遇詩三十八首

微月生（一作出）西海幽陽始代（一作化）昇圓光正（一作恰）東滿陰魄已朝凝太極生天地三元更廢興至精諒斯在三五誰能徵

蘭若生春夏芊蔚何青青幽獨空林色朱蕤冒紫莖遲遲白日晚嫋嫋秋風生歲華盡搖落芳意竟何成

蒼蒼丁零塞今古緬荒途亭堠何摧兀暴骨無全軀黃沙幙南起白日隱西隅漢甲三十萬曾以事匈奴但見沙場死誰憐塞上（一作下）孤

樂羊爲魏將食子殉軍功骨肉且（一作尚）相薄他人安得忠吾聞中山相乃屬放麑翁孤獸猶（一作且）不忍況（一作矧）以奉君終

市人矜巧智於道若童蒙傾奪相夸侈不知身所終曷見玄眞子觀世玉壺中窅然遺天地乘化入無窮

吾觀龍變化乃知至陽精石林何冥密幽洞無留行古之得仙道信與元化幷玄感非象（一作蒙）識誰能測沈（一作淪）冥世人拘目見酣酒笑丹經崑崙有瑤樹安得采其英

白日每不歸青陽時暮矣茫茫吾何思林臥觀無始衆芳委時晦鶗鴂鳴悲耳鴻荒古已頹誰識巢居子

吾觀崑崙化日月淪洞冥精魄相交會天壤以羅生仲尼推太極老聃貴窈冥西方金仙子崇義乃無明空色皆寂滅緣業定（一作亦）何成名教信紛藉死生俱未停

聖人秘元命懼世亂其眞如何嵩公輩詼（一作談）譎誤時人先天誠爲美階亂禍誰因長城備胡寇嬴禍發其親赤精既迷漢子年何救秦去去桃李花多言死如麻

深居觀元化（一作羣動）悱然爭朵頤讒說相啖食利害紛嶷嶷便便夸毗子榮耀更相持務光讓天下商賈競刀錐已矣行采芝萬世同一時

吾愛鬼谷子青谿無垢氛囊括經世道遺身在白雲七雄方龍鬭天下久（一作亂）無君浮榮不足貴遵養晦時文舒可（一作之）彌宇宙卷之不盈分豈徒山木壽空與麋鹿羣

呦呦南山鹿罹罟以媒和招搖青桂樹幽蠹亦成科世情甘近習榮耀紛如何怨憎未相復親愛生禍羅瑤臺傾巧笑玉杯殞雙蛾誰見枯（一作孤）城蘖（一作樹）青青成斧柯

林居病時久水木澹孤清閑臥觀物化悠悠念無生青春始萌達朱火已滿盈徂落方自此感歎何時平

臨岐泣世道天命良悠悠昔日殷王子玉馬遂朝周寶鼎淪伊穀瑤臺成古（一作故）丘西山傷遺老東陵有故侯

貴人難得意賞愛在須臾莫以心如玉探他明月珠昔稱天桃子今爲春市徒鶗鴂悲東國麋鹿泣姑蘇誰見鴟夷子扁舟去五湖

聖人去已久公道緬良難蚩蚩夸毗子堯禹以爲謾驕榮貴工巧勢利迭（一作遞）相干燕王尊樂毅分國願同歡魯（一作仲）連讓齊爵遺組去邯鄲伊人信往矣感激爲誰歎

幽居觀天運悠悠念羣生終古代興沒豪聖莫能爭三季淪周赧七雄滅秦嬴復聞赤精子提劍入咸京炎光既無象晉虜復縱橫堯禹道已昧昏虐勢方行豈無當世雄天道與胡兵咄咄安可言時醉而未醒仲尼溺東魯伯陽遁西溟大運自古來旅人胡歎哉

逶迤勢已久骨鯁道斯窮豈無感激者時俗頹此風灌園何其鄙皎皎於陵中世道不相容嗟嗟張長公

聖人不利已憂濟在元元黃屋非堯意瑤臺安可論吾聞西方化清淨道彌敦奈何窮金玉雕刻以爲尊雲構山林盡瑤圖珠翠煩鬼工尚未可人力安能存夸愚適增累矜智道逾昏

玄天幽且默羣議曷嗤嗤聖人教猶在世運久陵夷一繩將何繫憂醉不能持去去行采芝勿爲塵所欺

蜻蛉遊天地與世本無患飛飛未能止（一作去）黃雀來相干穰侯富秦寵金石比交歡出入咸陽裏諸侯莫敢言寧知山東客激怒秦王肝布衣取丞（一作卿）相千載爲辛酸

微霜知歲晏斧柯始青青況乃金天夕浩露沾羣英登山望宇宙白日已西暝雲海方蕩潏孤鱗安得寧

翡翠巢南海雄雌珠樹林何知美人意驕愛比黃金殺身炎州裏委羽玉堂陰旖旎光首飾葳蕤爛錦衾豈不在遐遠虞羅忽見尋多材信爲累歎息此珍禽

挈瓶者誰子姣（一作妖）服當青春三五明月滿盈盈不自珍高堂委金玉微縷懸千鈞如何負公鼎被敚笑時人

玄蟬號白露茲歲已蹉跎羣物從大化孤英將奈何瑤臺有青鳥遠食玉山禾崑崙見玄鳳豈復虞雲羅

荒哉穆天子好與白雲期宮女多怨曠層城閉蛾眉日耽瑤池樂豈傷桃李時青苔空萎絕白髮生羅帷

朝發宜都渚浩然思故鄉故鄉不可見路隔巫山陽巫山綵雲沒高丘正微茫佇立望已久涕落（一作淚）沾衣裳豈茲越鄉感憶昔楚襄王朝雲無處所荊國亦淪亡

昔日章華宴荊王樂荒淫霓旌翠羽蓋射兕雲夢林揭來高唐觀悵望雲陽岑雄圖今何在黃雀空哀吟

丁亥歲云暮西山事甲兵嬴糧匝邛道荷戟爭羌城嚴冬陰風勁窮岫泄（一作油）雲生昏曀（一作黷）無晝夜羽檄復相驚拳跼競萬仞崩危走（一作遠）九冥籍籍（一作寂寂）峰壑裏哀哀冰雪行聖人御宇宙聞道泰階平肉食謀何失藜藿緬縱橫

可憐一作惜瑤臺樹灼灼佳人姿碧華映朱實攀折青春時豈不盛光寵榮君白玉墀但恨紅芳歇凋傷感所思

朅來豪遊子勢利禍之門如何蘭膏歎感激自生冤眾趨明所避時棄道猶存雲淵既已失羅網與誰論箕山有高節湘水有清源唯應白鷗鳥可為一作與洗心言

索居猶一作獨幾日炎夏忽然衰陽彩皆一作昔陰翳親友盡暌違登山望不見涕泣久漣洏宿夢一作感顏色若與白雲期馬上一作世中驕豪子驅逐正蚩蚩蜀山與楚水攜手在何時

金鼎合神一作還丹世人將見欺飛飛騎羊子胡乃在峨眉變化固幽一作非類芳菲能幾時疲痾苦淪世憂痗一作悔日侵淄春然顧幽褐白雲空涕洟

胡風吹海樹蕭條邊已秋亭上誰家子哀哀明月樓自言幽燕客結髮事遠遊赤丸殺公吏白刃一作日報私讎避讎至海上被役此邊州故鄉三千里遼水復悠悠每憤胡兵入常為漢國羞何知七十戰白首未封侯

本為貴公子平生實愛才感時思報國拔劍起蒿萊西馳丁零塞北上單于臺登山見千里懷古心悠哉誰言未忘禍磨滅成塵埃

浩然坐何慕吾蜀有峨眉念與楚狂子悠悠白雲期時哉悲不會涕泣久漣洏夢登綏山穴南采巫山芝探元觀群化遺世從雲螭婉變時永矣感悟不見之

朝入雲中郡北望單于臺胡秦何密邇沙朔氣雄哉藉藉天驕子猖狂已復來塞垣無名將亭堠空崔嵬咄嗟吾何歎邊人塗草萊

仲尼探元化幽鴻順陽和大運自盈縮春秋遞一作遞來過盲飆忽號怒萬物相紛劇溟海皆震蕩孤鳳其如何

觀荊玉篇 并序

丙戌歲余從左補闕喬公北征夏四月軍幕大一作舍于張掖河河洲草木無他異者惟有仙人杖往往叢生幽朔地寒與中國稍異予家世好服食昔常餌之及此役也而息意茲味戍人有薦嘉蔬者此物存焉余倏一作驟爾而笑曰始者與此君別不圖至是而見之豈非神明嘉惠將欲扶吾壽也因為喬公昌言其能時東萊王仲烈亦同旅舍聞而大喜甘心食之已旬有五日矣適有行人自謂能知藥者謂喬公曰此白蕀也公何謬哉仲烈愕然而疑亦曰吾怪其味甘宋本作甜今果如此喬公信是言乃譏予作采玉篇謂宋人不識玉而寶珉石也予心知必是猶以獨見之故被奪于衆人乃喟然而歎曰嗟乎人之大明者目也心之至信者口也夫目照五色口分五味玄黃甘苦亦可一作何斷而不惑矣而路傍一議二子增疑況君臣之際朋友之間乎自是而觀則萬物之情可見也感采玉詠而作觀玉篇以答之幷示仲烈譏其失真也

鴟夷雙白玉此玉有緇磷懸之千金價舉世莫知真丹青非異色輕重有殊倫勿信玉工言一作勿信玉工言子徒悲荊國人

鴛鴦篇

飛飛鴛鴦鳥舉翼相蔽虧俱來綠潭裏共向白雲涯音容相眷戀羽翮兩逶迤蘋萍戲春渚霜霰遶寒池浦沙連岸淨汀樹拂潭垂年年此遊翫歲歲來追隨鳳皇起丹穴獨向一作棲獨梧桐枝鴻雁來紫塞空憶稻粱肥烏啼倦依託鶴鳴傷別離豈若此雙禽飛翻不異林刷尾青一作清江浦交頸紫山岑文章負奇色和鳴多好音聞有鴛鴦綺復有鴛鴦衾持為美人贈勗此故交心

與東方左史虬修竹篇 并書

東方公足下文章道弊五百年矣漢魏風骨晉宋莫傳然而文獻有可徵者僕嘗暇時觀齊梁間詩彩麗競繁而興寄都絕每以永歎思古人常恐逶迤一作逶迤頹靡風雅不作以耿耿也一昨於解三處見明公詠孤桐篇骨氣端翔音情頓挫光英一作映朗練有金石聲遂用洗心飾視發揮幽鬱不圖正始之音復覩於茲可使建安作者相視而笑解君云張茂先何敬祖東方生與其比肩僕亦以為知言也故感歎雅製作修竹詩一首當有知音以傳示之

龍種一作龍生南嶽孤翠鬱亭亭峰嶺上崇崒煙雨下微冥夜聞鼯鼠叫晝聒泉壑聲春風正淡蕩白露已清泠哀響激金奏密色滋玉英歲寒霜雪苦含彩獨青青豈不厭凝冽羞比春木榮春木有榮歇此節無凋零始願與金石終古保堅貞不意伶倫子吹之學鳳鳴遂偶雲和瑟張樂奏天庭妙曲方千變簫韶亦九成信蒙雕斲美常願事仙靈驅馳翠虬駕伊鬱紫鸞笙結交嬴臺女吟弄昇天行攜手登白日遠遊戲赤城低昂玄鶴舞斷續綵雲生永隨衆仙逝三山遊玉京

薊丘覽古贈盧居士藏用七首 并序

丁酉歲吾北征出自薊門歷觀燕之舊都其城池霸業迹已蕪沒矣乃慨然仰歎憶昔樂生鄒子羣賢之遊盛矣因登薊丘作七詩以志之寄終南盧居士亦有軒轅之遺跡也

軒轅臺

北登薊丘望求古軒轅臺應龍已不見牧馬空黃埃尚想廣成子遺跡白雲隈

燕昭王

南登碣石坂一作館遙望黃金臺丘陵盡喬木昭王安在哉霸圖悵已矣驅馬復歸來

樂生

王道已淪昧戰國競貪兵樂生何感激仗義下齊城雄圖竟中夭遺歎寄阿衡

燕太子

秦王日無道太子怨亦深一聞田光義匕首贈千金其事雖不立千載為傷心

田光先生

自古皆有死狗一作徇義良獨稀奈何燕太一作丹子尚使田生疑伏劍誠已矣感我涕沾衣

鄒衍

大運淪三代天人罕有窺鄒子何寥廓漫說九瀛垂興亡已千載今也則無推一作為

郭隗 末缺

逢時獨為貴歷代非無才隗君亦何幸遂起黃金臺

西還至散關答喬補闕知之
葳蕤蒼梧鳳嘹唳白露蟬羽翰本非匹結交何獨全昔
君事胡馬余得奉戎旃攜手向沙塞關河緬幽燕芳歲
幾陽止白日屢徂遷功業雲臺薄平生玉佩捐歎此南
歸日猶聞北戍邊代水不可涉巴江亦潺湲攬衣度函
谷銜涕望秦川蜀門自茲始雲山方浩然

度峽口山贈喬補闕知之王二無競
峽口大漠南橫絕界中國叢石何（一作相）紛糾赤（一作小）山復翕
赩遠望多衆容逼（一作迫）之無異色崔崒乍孤斷逶迤屢回
直信關胡馬衝亦距漢邊塞豈依河山險將順休明德
物壯誠有衰勢雄（一作高）良易極邐迤忽而盡泱漭平不息
之子黃金軀如何此荒域雲臺盛多士待君丹墀側

題居延古城贈喬十二知之
聞君東山意宿昔紫芝榮滄洲今何在華髮旅邊城還
漢功既薄逐胡策未行徒嗟白日暮坐對黃雲生桂枝
芳欲晚薏苡謗誰明無爲空自老含歎負生平

贈趙六貞固二首
回中烽火入塞上追兵起此時邊朔寒登隴思君子東
顧望漢京南山雲霧裏

赤螭媚其彩（一作形）婉孌蒼梧泉昔者琅琊子躬耕亦慨然
美人豈遐曠之子乃前賢良辰在何許白日屢頹遷道
心固微密神用無留連舒可彌宇宙攬之不盈拳蓬萊
（一作茅又作萬）久蕪沒金石徒精堅良寶委短褐閑琴獨嬋娟

答韓使同在邊
漢家失中策胡馬屢南驅聞詔安邊使曾是故人謨廢
書悵懷古負劍許良圖出關歲方晏乘障日多虞虜入
白登道烽交紫塞途連兵屯北地清野備東胡邊城方
晏閉斥堠始昭蘇復聞韓長孺辛苦事匈奴雨雪顏容
改縱橫才位孤空懷老臣策未獲趙軍租但蒙魏侯重
不受謗書誣當取金人祭還歌凱入都

征東至淇門答宋十一參軍之問
南星中大火將子涉清淇西林改微月征旆空自持碧
潭去已遠瑤華（一作草）折遺誰若（一作君）問遼陽戍悠悠（一作搖搖）天際
旗

答洛陽主人
平生白雲志早愛赤松遊事親恨未立從宦此中州主
人亦何（一作何賤）問旅客非悠悠方謁明天子清宴奉良籌再
取連城璧三陟平津侯不然拂衣去歸從海上鷗寧隨
當代子傾側且沉浮

酬暉上人秋夜山亭有贈
皎皎白林秋微微翠山靜禪居感物變獨坐開軒屏風
泉夜聲雜（一作絕）月露宵光冷多謝忘機人塵憂未能整

酬李參軍崇嗣旅館見贈
昨夜銀河畔星文犯遙（一作天）漢今朝紫氣新物色果逢眞
言從天上落乃是地仙人白璧疑冤楚烏裘似入秦摧
藏多古意歷覽備艱辛樂廣雲雖覩夷吾風未春鳳歌
空有問龍性詎能馴寶劍終應出驪珠會見珍未及馮
公老何驚孺子貧青雲儻可致（一作效）北海憶孫賓

酬暉上人夏日林泉
聞道白雲居窈窕青蓮宇巖泉萬丈流（一作流雜樹）樹石（一作石室）千
年古林臥對軒窗山陰滿庭戶方釋塵事勞從君襲蘭
杜

同宋參軍之問夢趙六贈盧陳二子之作
曉霽望嵩丘（一作嶽）白雲半巖足氛氳涵翠微宛如嬴（一作瀛）臺
曲故人昔所尚幽琴歌斷續變化竟無常人琴遂兩亡
白雲失處所夢想曖容光疇昔疑緣業儒道兩相妨前
期許幽報迨此尚茫茫晤言既已失感歎（一作恨）情何一始
憶攜手期雲臺與峨眉達兼濟天下窮獨善其時諸君
推管樂之子慕巢夷奈何蒼生望卒爲黃綬欺銘鼎功
未立山林事亦微撫孤一流慟懷舊日（一作且）暌違盧子尚
高節終南臥松雪宋侯逢聖君驂馭（一作御）遊青雲而我獨
蹭蹬語默道猶屯征戍在遼陽蹉跎草再黃丹丘恨不
及白露已蒼蒼遠聞山陽賦感涕下沾裳

送別出塞
平生聞高義書劍百夫雄言登青雲去非此白頭翁胡
兵屯塞下漢騎屬（一作入）雲中君爲白馬將腰佩騂角弓單
于不敢射天子佇深功蜀山余方隱良會何時同

登薊丘樓送賈兵曹入都
東山宿昔意北征非我心孤負平生願感涕下沾襟暮
登薊樓上永望燕山岑遼海方漫漫胡沙飛且深峨眉
杳如夢仙子曷由尋擊劍起歎息白日忽西沉聞君洛
陽使因子寄南音

夏日暉上人房別李參軍崇嗣并序（序內缺二字）
考察天人旁羅變動東西南北賢聖不能定其居
寒暑晦明陰陽不能革其數莫不雲離雨散奔馳
于宇宙之間宋遠燕遙泣別于關山之際自古來
矣李參軍白雲英胄紫氣仙人愛江海而高尋頓
風塵而未息來從許下月旦出于龍泉言入蜀中
星文見於牛斗野亭相遇逆旅承歡謝鯤之山水
暫開樂廣之雲天自樂思道林而不見悵若有亡
詣祇樹而從遊　然舊款高僧展袂大士臨筵披
路之天書坐琉璃之寶地簾帷後闢拂鸚鵡之
香林欄檻前開照芙蓉之綠水討論儒墨探覽眞
玄覺周孔之猶述（一作迷）知老莊之未晤（一作悟）遂欲高扳
寶座伏奏金仙開不二之法門觀大千之世界歡
娛恍晚離別行催紅霞生而白日歸青氣凝而碧
山暮驪歌斷引抗手將辭江漢浩浩而長流天地
居然而不動嗟乎色爲何色悲樂忽而因生誰去
誰來離會紛而妄作俗之迷也不亦煩乎各述所
懷不拘章韻
四十九變化一十三死生翕忽玄黃裏驅馳風雨情是
非紛妄作寵辱坐相驚至人獨幽鑒（一作覽）窈窕隨昏明咫
尺山河道軒窗日月庭別離焉足問悲樂固能并我輩
何爲爾棲皇猶未平金臺可攀陟寶界絕將迎戶牖觀
天地階基上杳冥自超三界樂安知萬里征中國要荒
內人寰宇宙榮弦望如朝夕寧嗟蜀道行

秋園臥病呈暉上人
幽寂曠日遙林園轉清密疲痾瘠無豫獨坐泛瑤琴懷
挾萬古情憂虞百年疾綿綿多滯念忽忽每如失緬想

赤松遊高尋白雲(一作叢蘐)逸榮吝始都喪幽人遂貞吉圖書紛滿床山水藹盈室宿昔心所尚平生自茲畢願言誰見知梵筵有同術八月高秋晚涼風正蕭瑟

登澤州城北樓讌

平生倦遊者觀化久無窮復來登此國臨望與君同坐見秦兵壘遥聞趙將雄武安君何在長平事已空且歌玄雲曲御(一作銜)酒舞薰風勿使青衿子嗟爾白頭翁

山水粉圖

山圖(一作仙圖非)之白雲兮若巫山之高丘紛羣翠之鴻溶又似蓬瀛海水之周流信夫人之好道愛雲山以幽求

綵樹歌

嘉錦筵之珍樹兮錯衆綵之氛氳狀瑶臺之微月點巫山之朝雲青春兮不可逢況蕙色之增芬結芳意而誰賞怨絶世之無聞紅榮碧豔坐看歇素華流年不待君故吾思崑崙之琪樹厭桃李之繽紛

春臺引(寒食集畢録事宅作)

感陽春兮生碧草之油油懷宇宙以傷遠登高臺而寫憂遲美人兮不見恐青歲之遂(一作還)遒從畢公以酣飲寄林塘而一留採芳蓀於北渚憶桂樹於南州何雲木之美麗而池館之崇幽星臺秀士月旦諸子嘉青鳥之辰迎火龍之始挾寶書與瑶琴芳蕙華而蘭靡乃掩白蘋藉綠芷酒既醉樂未已擊青鐘歌淥水怨青春之萎絶贈瑶臺(一作華)之旖旎願一見而道意結衆芳之綢繆曷余情之蕩瀁矚青雲以增愁悵三山之飛鶴憶海上之白鷗重曰羣仙去兮青春頹歲華歇兮黄鳥哀富貴榮樂幾時兮朱宫碧堂生青苔白雲兮歸來

登幽州臺歌

前不見古人後不見來者念天地之悠悠獨愴然而涕下

喜馬參軍相遇醉歌并序

吾無用久矣進不能以義補國退不能以道隱身天子哀矜居於侍省且欲以芝桂爲伍麋鹿同曹軒裳鍾鼎如夢中也南榮曝背北林設罝有客扣門云吾道存孺子孺子黄中通理時玄冬遇夜微月在天白雲半山志逸海上酒既醉琴方清陶然玄暢浩爾太素則欲狎青鳥寄丹丘矣日月云邁蟋蟀謂何夫詩可以比興也不言曷著時醉書散灑乃昏見清廟臺令知此有蜀雲氣也畢大拾遺陸六侍御崔議司崔兵曹鮮于晉崔湎子懷一道人當知吾此評是實録也若東萊王仲烈見之必以爲真醉歌曰

獨幽默以三月兮深林潛居時歲忽兮孤憤遐吟誰知我心孺子孺子其可與理分

全唐詩

陳子昂

度荆門望楚

遥遥去巫峽望望下章臺巴國山川盡荆門煙霧開城分蒼野外樹斷白雲隈今日狂歌客誰知入楚來

晚次樂鄉縣

故鄉杳無際日暮且孤征川原迷舊國道路入邊城野戍荒煙斷深山古木平如何此時恨噭噭夜猿鳴

同王員外雨後登開元寺南樓因酬暉上人獨坐山亭有贈

鐘梵經行罷香林坐入禪巖庭交雜樹石瀨瀉鳴泉水月心方寂雲霞思獨玄寧知人世裏疲病得(一作苦)攀緣

東征答朝臣(一作達)相送

平生白雲意疲薾愧爲雄君王謬殊寵旌節此從戎挼繩當繫虜單馬豈邀功孤劒將何托長謡塞上風

詠主人壁上畫鶴寄喬主簿崔著作

古壁仙人畫丹青尚有文獨舞紛如雪孤飛曖似雲自矜彩色重寧憶故池羣江海聯翩翼長鳴誰復聞

居延海樹聞鶯同作

邊地無芳樹鶯聲忽聽新間關如有意愁絶若懷人明妃失漢寵蔡女没胡塵坐聞應落淚況憶故園春

題李三書齋(崇嗣)

灼灼青春仲悠悠白日昇聲容何足恃榮吝坐相矜願與金庭會將待玉書徵還丹應有術煙駕共君乘

送魏大從軍

匈奴猶未滅魏絳復從戎悵别三河道言追六郡雄雁山横代北狐塞接雲中勿使燕然上惟留漢將功(一作獨有漢臣功)

送殷大入蜀

禹(一作蜀)山金碧路此地饒英靈送君一爲别悽斷故鄉情片(一作夏)雲生極浦斜日隱離亭坐看征騎没惟見遠山青

落第西還别劉祭酒高明府

別館分周國歸驂入漢京地連函谷塞川接廣陽城望迥樓臺出途遥煙霧生莫言長落羽貧賤一交情

落第西還别魏四懍

轉蓬方不定落羽自驚弦山水一爲别歡娱復幾年離亭暗風雨征路入雲煙還因北山逕(一作返)歸守東陂田

送客

故人洞庭去楊柳春風生相送河洲晚蒼茫别思盈白蘋已堪把綠芷復含榮江南多桂樹歸客贈生平

春夜别友人二首

銀燭吐青煙金樽對綺筵離堂思琴瑟别路遶山川明月隱高樹長河没曉天悠悠洛陽道(一作去)此會在何年

紫塞白雲斷青春明月初對此芳樽夜離憂悵有餘清泠花露滿滴瀝簷宇虛懷君欲何贈願上大臣書

遂州南江別鄉曲故人

楚江復爲客征棹方悠悠故人憫追送置酒此南洲平生亦何恨夙昔在林丘違此鄉山別長謠去國愁

送東萊王學士無競

寶劒千金買平生未許人懷君萬里別持贈結交親孤松宜晚歲衆木愛芳春已矣將何道無令白首（一作髮）新

送梁李二明府

負書猶在漢懷策未聞秦復此窮秋日芳樽別故人黃金裝屢盡白首契逾新空羨雙鳧舄俱飛向玉輪

送魏兵曹使巂州得登字

陽山淫霧雨之子愼攀登羌笮多珍寶人言有愛憎欲酬明主惠當盡使臣能勿以王陽道（一作歎）迢遞（一作卭道）畏崚嶒

送著作佐郎崔融等從梁王東征 并序

古者凉風至白露下天子命將帥訓甲兵將以外威荒戎內輯中夏時義遠矣自我大君受命百蠻蟻伏匈奴舍蒲萄之宮越裳重翡翠之貢虎符不發象譯攸同實欲高議靈臺偃兵（一作伯）天下而林胡遺孽潰亂邊甿驅蚊蚋之師忽雷霆之伐乃竊海裔弄燕陲皇帝哀北鄙之人罹其辛螫以東征之義降彼偏裨猶恐戚令未孚亭塞仍梗乃謀元帥命佐軍得朱邸之天人乃黃閣之元老廟堂授鉞鑿門申命建梁國之旌旗吟漢庭之簫鼓東向而拜北道長驅蜺旄羽騎之殷戈翻落日突驥蒙輪之勇劒決浮雲方且獵九都窮踏頓存肅愼弔姑餘彷徨赤山巡御日域以昭我王師恭天討也歲七月軍出國門天晶無雲朔風清海時比部郎中唐奉一考功員外郎李迥秀著作佐郎崔融並參帷幕之賓掌書記之任燕南帳別洛北思懽頓旌節而少留傾朝廷而出餞永昌丞房思玄衣冠之秀乃張蕙圃席蘭堂環曲榭羅羽觴寫中京之望縱候亭之賞爾乃投壺習射博奕觀兵鏜金鐃戞瑤琴歌易水之慷慨奏關山以徘徊頹陽半林微陰出座思長風以破浪恐白日之蹉跎酒中樂酣拔劒起舞則已氣橫遼碣志掃獯戎抗手何言賦詩以贈

金天方肅殺白露始專征王師非樂戰之子愼佳兵海氣侵南部邊風掃北平莫賣盧龍塞歸邀麟閣名

春晦餞陶七於江南同用風字 并序（內缺七字） 序

蜀江分袂巴山望別南津坐恨歎仙帆之方遙北渚長懷見離亭之欲晚白雲去矣黃鶴何之楊柳青而三春暮我之懷矣能無贈乎同賦一言俱題四韻

黃鶴煙雲（一作霞）去青江琴酒同離帆方楚越溝水復西東芙蓉生夏浦楊柳送春風明日相思處應對菊花叢

喜遇冀侍御珪崔司議泰之二使 并序

余獨坐一隅孤憤五蠹雖身在江海而心馳魏闕歲時仲春幽臥未起忽聞二星入井四牡臨亭邀使者之車乃故人之駕隱几一笑把臂入林既聞朝廷之樂復此琴樽之事山林幽寂鐘鼎舊遊語默譚詠今復一得況北堂夜永西軒月微巴山有望別之嗟洛陽無寄載之客江關離會三千餘里名位寵辱一百年中歡娛如何日月其邁不爲目前之賞以增別後之思蟋蟀笑人夫子何歎

謝病南山下幽臥不知春使星入東井云是故交親惠風吹寶瑟微月憶清眞憑軒一留醉江海寄情人

登薊城西北樓送崔著作融入都 并序

僕嘗倦遊傷別久矣況登樓遠國銜酒故人憤胡孽之侵邊從王師之出塞元戎按甲方刈鮮卑之壘天子賜書且有君相之召而崔侯佩劒即謁承明羣公負戈方絕大漠燕山北望遼海東浮雲臺與碣館天殊亭障共衣冠地隔撫劒何道長謠增歎以身許國我則當仁論道匡君子思報主仲冬寒苦幽朔初平蒼茫天兵之氣寘滅戎雲之色白羽一指可掃九都赤墀九重佇觀獻凱心期我願斯遂君恩（一作遂君之恩）共有策勛飲至方同廊廟之歡偃武櫜弓借爾文儒之首薊丘故事可以贈言同賦登薊樓送崔子云爾

薊樓望燕國負劒喜茲登清規子方奏單戟我無能仲冬邊風急雲漢復霜稜慷慨竟何道西南恨失朋

月夜有懷

美人挾趙瑟微月在西軒寂寞夜何久殷勤玉指繁清光委衾枕遙思屬湘沅空簾隔星漢猶夢感精魂

夏日遊暉上人房

山水開精舍琴歌列梵筵人疑白樓賞地似竹林禪對户池光亂交軒巖翠連色空今已寂乘月弄澄泉

春日登金（一作九）華觀

白玉仙臺古（一作上）丹丘別望遙山川亂雲日樓榭入煙霄鶴舞千年樹虹飛百尺橋還疑（一作逢）赤松子天路坐相邀（一作招）

羣公集畢氏林亭

金門有遺世（一作士）鼎實恣和邦默語誰能（一作相）識琴樽寄北窗子牟戀魏闕漁父愛滄江良時信同此歲晚迹難雙

宴胡楚眞禁所

人生固有命天道信無言青蠅一相點白璧遂成寃請室閑逾邃幽庭春未暄寄謝（一作語）韓安國何驚獄吏尊

魏氏園林人賦一物得秋亭萱草

昔時幽徑裏榮耀雜春叢今來玉墀上銷歇畏秋風細葉猶含綠鮮花未吐紅忘憂誰見賞空此北堂中

晦日宴高氏林亭 并序（內缺一字）

夫天下良辰美景園林（一作亭）池觀古來遊宴歡娛衆矣然而地或幽偏未覩皇居之盛時終交喪多阻升平之道豈如光華啟旦朝野資歡有渤海之宗英是平陽之貴戚發揮形勝出鳳臺而嘯侶幽贊芳辰指鷄川而留宴列珍羞於綺席珠翠瑯玕奏絲管於芳園秦箏趙瑟冠纓濟濟多延戚里之賓鸞鳳鏘鏘自有文雄之客總都畿而寫望通漢苑之樓臺控伊洛而斜 臨神仙之浦溆則有都人士女俠客游童出金市而連鑣入銅街而結駟香車繡轂羅綺生風寶蓋琱鞍珠璣耀日於時律窮

太簇氣淑中京山河春而霽景華城闕麗而年光滿淹留自樂翫花鳥以忘歸歡賞不疲對林泉而獨得偉矣信皇州之盛觀也豈可使晉京才子孤標洛下之游魏室羣公獨擅鄴中之會盍各言志以記芳遊同探一字以華爲韻

尋春遊上路追宴入山家主第簪纓滿皇州景望華玉池初吐溜珠樹始開花歡娛方未極林閣散餘霞

晦日重宴高氏林亭

公子好追隨愛客不知疲象筵開玉饌翠羽飾金卮此時高宴所詎滅習家池循涯倦短翮何處(一作以)儷長離

上元夜效小庾體(以上三首俱見歲時雜詠)

三五月華新遨遊逐上春相邀洛城曲追宴小平津樓上看珠妓車中見玉人芳宵殊未極隨意守燈輪(一本截末二聯作絕句題云燈)

洛城觀酺應制

聖人信恭己天命允昭回蒼極神功被青雲祕籙開垂衣受金冊張樂宴瑶臺雲鳳休徵滿魚龍雜戲來崇恩踰五日惠澤暢三才玉帛羣臣醉徽章縟禮該方覲升中禪言觀拜洛迴微臣固多幸敢上萬年杯

奉和皇帝上(一作丘)禮撫事述懷應制

大君忘自(一作物)我應(一作膺)運居紫宸揖讓期明辟謳歌且順人軒宮帝圖盛皇極禮容申南面朝萬國東堂會百神雲陛旂常滿天庭玉帛陳鐘石和睿思雷雨被深仁承平信娛樂王業本艱辛願罷瑶池宴來觀農扈春卑宮昭夏德尊老睦堯親微臣敢拜手歌舞頌維新

酬田逸人遊巖見尋不遇題隱居里壁

游人獻書去薄暮返靈臺傳道尋仙友青囊賣卜來聞鶯忽相訪題鳳久裵回石髓空盈握金經祕不開還疑縫掖子復似洛陽才

白帝城懷古

日落滄江晚停橈問土風城臨巴子國臺沒漢王宮荒服仍周甸深山尚禹功巖懸青壁斷地險碧流通古木(一作樹)生雲際孤帆出霧中川途去無限客思坐何窮

峴山懷古

秣馬臨荒甸登高覽舊都猶悲墮淚碣尚想臥龍圖城邑遥分楚山川半入吴丘陵徒自出賢聖幾凋枯野樹蒼煙斷津樓晚氣孤誰知萬里客懷古正躊躕

宿空舲峽青樹村浦

的的明月水啾啾寒夜猿客思(一作愁)浩方亂洲浦寂無喧憶作千金子寧知九逝魂虛聞事朱闕結綬鶩華軒委别高堂愛(一作夢)窺覦明主恩今成轉蓬去歎息復何言

宿襄河驛浦

沿流辭北渚結纜宿南洲合岸昏初夕迴塘暗不流臥聞塞鴻斷坐聽峽猿愁沙浦明如月汀葭晦若秋不及能鳴雁徒思海上鷗天河殊未曉滄海信悠悠

贈嚴倉曹乞推命録

少學縱橫術遊楚復遊燕棲遑長委命富貴未知天聞道沉冥客青囊有秘篇(一作編)九宮探萬象三算極重玄願奉唐生訣將知躍馬年非同(一作因)墨翟問空滯殺(一作至)龍川

和陸明府贈將軍重出塞

忽聞天上將關塞重橫行始返樓蘭國還向朔方城黄金裝戰馬白羽集神兵星月開天陣山川列地營晚風吹畫角春色耀飛旌寧知班定遠猶(一作獨)是一書生

江上暫别蕭四劉三旋欣接遇

昨夜滄江别言乖(一作乘)天漢遊寧期此相遇尚接武陵洲結綬還逢育銜杯且對劉波潭一瀰瀰臨望幾悠悠山水丹青雜煙雲紫翠浮終愧神仙友來接野人舟

秋日遇荆州府崔兵曹使宴(并序)

若夫尊卑位隔榮賤途分使卿士大夫倚軒裳而傲物山棲木食負林壑而驕人未有能屈富貴於沈冥雜薛蘿於簪笏天人坐契相從雲霧之遊風雨不疲高縱琴樽之賞崔兵曹紫庭公冑青雲貴人以鐘鼎不足以致奇才煙霞可以交名士皇華昭國懷鳳綍而高尋白桂追遊邀兎罝而下顧大矣哉生平未識一見而交道遂存此日披懷千載之風期坐合支道林之雅論妙理沈微崔子玉之雄才斯文未喪屬乎金龍掌氣石雁驚秋天泬寥而煙日無光野寂寞而山川變色芸其黄矣悲白露于蒼葭木葉落兮憐紅霜于緑野爾其高興洽芳酒闌頓義和而不留顧華堂而欲晚長歌何托思傳稽古之文爰命小人率記當時之事人探一字六韻成篇

輶軒鳳皇使林藪鶡雞冠江湖一相許雲霧坐交歡興盡崔亭伯言忘釋道安林(一作秋)光稍欲暮歲物已將闌古樹蒼煙斷虛亭白露寒瑶琴(一作琴中)山水曲今日爲君彈

臥病家園

世上無名子人間歲月賒縱橫策已棄寂寞道爲家臥病誰能問閒居空物華猶憶靈臺友棲眞隱太霞還丹奔日御却老餌雲芽寧知白社客不厭青門瓜

于長史山池三日曲水宴

摘蘭藉芳月(一作日)祓宴坐迴汀泛灩清流滿葳蕤白芷生金弦揮趙瑟玉指弄秦箏巖樹風光媚郊園春樹平煙花飛御道羅綺照昆明日落紅塵合車馬亂縱横

合州津口别舍弟至東陽峽步趂不及眷然有憶作以示之

江潭共爲客洲浦獨迷津思積芳庭樹心斷白眉人同衾成楚越别島類胡秦林岸隨天轉雲峰逐望新遥遥終不見默默坐含嚬念别疑三月經遊未一旬孤舟多逸興誰共爾爲鄰

萬州曉發放舟乘漲還寄蜀中親朋

空濛巖(一作微)雨霽爛熳曉雲歸嘯旅乘明發奔橈鶩斷磯蒼茫林岫轉絡繹漲濤飛遠岸孤煙出遥峰曙日微前瞻未能眴坐望已相依曲直(一作折)多(一作還)今古經過失是非還期方浩浩征思日騑騑寄謝千金子江海事多違

入峭峽安居谿伐木谿源幽邃林嶺相映有奇致焉

肅徒歌伐木鶩(一作驚)檝漾輕舟靡迤隨迴(一作波)水潺湲泝淺流煙沙分兩岸露(一作霞又作霧)島夾雙洲古樹連雲密交(一作文)峰入浪浮巖潭相映媚谿谷屢環周路迴光逾逼(一作出)山深

第四冊

全唐詩

張說

張說字道濟一字說之洛陽人武后策賢良方正說所對第一授左補闕擢鳳閣舍人忤旨配流欽州中宗召還累遷工部兵部侍郎修文館學士睿宗拜爲中書侍郎知政事開元初進中書令封燕國公尋出刺相州左轉岳州召拜兵部尚書知政事敕令巡邊後爲集賢院學士尚書左丞相卒謚文貞說爲人敦氣義重然諾喜延納後進朝廷大述作多出其手與蘇頲號燕許大手筆謫岳州後詩益悽惋人謂得江山之助集三十卷內詩九卷今編詩五卷

題田洗馬遊巖桔槔

望苑一作遠長爲客商山遂不歸誰憐北陵井一作家未息漢陰機

古意題徐令壁一作題著作令壁

白雲蒼梧來氛氳萬里色聞君太平世棲泊靈臺側

贈別冀侍御崔司議并序

朝廷歡娛山林幽痗思魏闕魂已九飛飲岷江情復三樂進不忘匡救於國退不慚無悶在林冀侍御崔司議至公至平許我以語黜于是矣夫達則以公濟天下窮則以大道理身嗟乎子昂豈敢負古人哉蜀國酒醲無以娛客至於挾清瑟登高山白雲在天清江涵月可以散孤憤可以遊太清一世之逸人寄千里之道友吾欲不謝於崔冀二公矣所恨酒未醒琴方清王事靡盬驛騎遄速不盡平原十日之飲又謝叔度累日之歡雲山悠悠歎不及也載想房陸畢子爲軒冕之人不知蜀山有雲巴水可興睽闊良會我心惄然請以此酬寄謝諸子爲巴山別引也

有道君匡國無悶一作機余在林白雲峨一作峨眉上歲晚來相尋

三月三日宴王明府山亭見歲時雜詠末句缺一字

暮春嘉月上巳芳辰羣公禊飲于洛之濱奕奕車騎粲粲都人連帷競野袨服縟津青郊樹密翠渚萍新今我不樂含意 申興轉幽麗寒思晚猨鳥暮聲秋誓息蘭臺策將從桂樹遊因書謝親愛千歲覓蓬丘

入東陽峽與李明府舟前後不相及

東巖初解纜南浦遂離羣出沒同洲島沿洄異渚一作汀濆一作棲泊異江濆風煙猶可望歌笑浩難聞路轉青山合峯迴白日曛奔濤上漫漫積水下一作浪沄沄條忽猶疑及差池復兩分離離間一作關遠樹藹藹沒遙一作遠氛地上巴陵道星連牛斗文孤狖啼寒月哀鴻叫斷雲仙舟不可見搖一作遙思坐氛氳

同昱上人傷壽安傅少府

生涯良浩浩天命固諄諄聞道神仙尉懷德遂爲鄰疇昔逢堯日衣冠仕漢辰交遊紛若鳳詞翰宛如一作成麟太息勞黃綬長思謁紫宸金蘭徒有契玉樹已埋塵把臂雖無托平生固亦親援琴一流涕舊館幾霑巾杳杳泉中夜悠悠世上春幽明長隔此歌哭一作笑爲何人

思遠率成十韻

南山家園林木交映盛夏五月幽然清涼獨坐

寂寥守寒巷幽獨一作坐臥空林松竹生虛白階庭橫古今鬱蒸炎夏晚棟宇閟清陰軒窗交紫靄簷戶對蒼岑鳳蘊仙人籙鸞歌素女琴忘機委人代閉牖察天心蛺蝶憐紅藥蜻蜓愛碧潯坐觀萬象化方見百年侵擾擾將何息青青長苦吟願隨白雲駕龍鶴相招尋

還至張掖古城聞東軍告捷贈韋五虛已

孟秋首歸路仲月旅一作旋邊亭聞道蘭山戰相邀在井陘屢鬭關月滿三捷虜雲平漢軍追北地胡騎走南庭君爲幙中士疇昔好言兵白虎鋒應出青龍陣幾成披一作據圖見丞相按節入咸京寧知玉門道翻一作空作隴西行北海朱旄落東歸白露生縱橫未得意寂寞相迎負劒空歎息蒼茫登古城

題祀山烽樹贈喬十二侍御

漢庭榮巧宦雲閣薄邊功可憐驄馬使白首爲誰雄

初入峽苦風寄故鄉親友

故鄉今日友歡會坐應同寧知巴峽路辛苦石尤風

唐封泰山樂章 唐書樂志曰開元十三年明皇封泰山祀天樂降神用豫和六變迎送皇帝用太和登歌奠玉帛用肅和迎俎用雍和酌獻飲福並用壽和送文舞出迎武舞入用舒和終獻亞獻用凱安送神用豫和

豫和六首

柂泰壇紫一作柴泰清受天命報天成竦皇心薦樂聲志上
達歌下迎

億上帝臨下庭騎日月陪列星嘉視信大糦馨澹神心
醉皇靈

相百辟貢入荒九歌敘萬舞翔肅振振鏗皇皇帝欣欣
福穰穰

高在上道光明物資始德難名承眷命牧蒼生寰宇謐
泰階平

天道無親至誠與鄰山川遍禮宮徵惟新玉帛非盛聽
明會眞正斯一德通乎百神

享帝享親維孝維聖緝熙懿德敷揚成命華夷志同笙
鏞禮盛明靈降止感此誠敬

太和

孝敬中發和容外彰騰華照寓如昇太陽貞璧就奠玄
靈垂光禮樂具舉濟濟洋洋

肅和

奠祖配天承天享帝百靈咸秩四海來祭植我蒼璧布
我玄製華日裵回神煙容裔

雍和

俎豆有馥粢盛絜豐亦有和羹既戒既平鼓鐘管磬肅
唱和鳴皇皇我祖來我思成

壽和

烝烝我后享獻惟寅躬酌鬱鬯跪奠明神孝莫孝乎配
上帝親敬莫敬乎教天下臣

壽和

皇祖嚴配配享皇天皇皇降嘏天子萬年

舒和

六鐘翕協六變成八佾徜徉八風生樂九歆兮神人感
美七德兮天地清

凱和

烈祖順三靈文宗威四海黃鉞誅羣盜朱旗掃多罪戢
兵天下安約法人心改大哉干羽意長見風雲在

豫和

禮樂終禋燎上懷靈惠結皇想歸風疾回風爽百神來
衆神往

唐享太廟樂章 唐書樂志曰明皇開元七年享太廟樂迎神用永和皇帝行用太和登歌酌獻用肅和迎俎用雍和皇帝酌醴齊用文舞獻宣皇帝用光大舞光皇帝用長發舞景皇帝用大政舞元皇帝用大成舞高祖用大明舞太宗用崇德舞高宗用鈞天舞中宗用大和舞睿宗用景雲舞皇帝飲福受胙用福和送文舞出迎武舞入用舒和亞獻終獻行事武舞用凱安撤豆用登歌送神用永和按景皇帝舊用大基至是改用大政云

永和三首

肅九室諧八音歌皇慕動神心禮宿設樂妙尋聲明備
祼奠臨

律逐氣音入玄依玉几御黼筵聆愾息僾周旋九韶徧
百福傳

信工祝永頌聲來祖考聽和平相百辟貢九瀛神休委
帝孝成

太和

時文聖后清廟肅邕致誠勤薦在貌思恭玉節肆夏金
鏘五鐘繩繩雲步穆穆天容

肅和

天子享孝工歌溥將射祼鬱鬯乃焚膋薌臭以達旨聲
以求陽奉時烝嘗永代不忘

雍和二首

在滌嘉豢麗碑敬牲角握之牝色純之騂火傳陽燧水
溉陰精太公胖俎傳說和羹

俎豆有馥齊盛絜豐亦有和羹既戒既平鼓鐘管磬肅
唱和鳴皇皇后祖來我思成此首與封泰山樂章雍和同

文舞

聖謨九德眞言五千慶集昌胄符開帝先高文杖鉞克
配彼天三宗握鏡六合渙然帝其承祀率禮罔愆圖書
霧出日月清懸舞形德類詠諗功傳黃龍蜿蟺彩雲蹁
躚五行氣順八佾風宣介此百祿於皇萬年

光大舞

肅肅藝祖滔滔濬源有雄玉劒作鎮金門玄王貽緒后
稷謀孫肇禋九廟四海來尊

長發舞

具禮崇德備樂承風魏推幢主周贈司空不行而至無
成有終神與王業天歸帝功

大政舞

於赫元命權輿帝文天齊八柱地半三分宗廟觀德笙
鏞樂勳封唐之兆成天下君

大成舞

帝舞季歷龍聖生昌后歌有蟜胎炎孕黃天地合德日
月齊光肅雍孝享祚我萬方

大明舞

赤精亂德四海困窮黃旗舉義三靈會同早望春雨雲
披大風溥天來祭高祖之功

崇德舞

皇合一德朝宗百神削平天地大拯生人上帝配食單
于入臣戎歌陳武曄曄震震

鈞天舞

高皇邁道端拱無爲化懷獯鬻兵賦句驪禮尊封禪樂
盛來儀合位媧后同稱伏羲

大和舞

退居江水鬱起丹陵禮物還舊朝章中興龍圖友及駿
命恭膺鳴球香瓚大糦是承

景雲舞

景雲霏爛告我帝符噫帝沖德與天爲徒笙鏞遙遠俎
豆虛無春秋孝獻回復此都

福和

備禮用樂崇親致尊誠通慈降敬徹愛存獻懷稱壽晬
感承恩皇帝孝德子孫千億大包天域長亘不極

舒和

六鐘翕協六變成八佾徜徉八風生樂九韶兮人神感
美七德兮天地清此首與封泰山樂章舒和同

凱安三首

瑟彼瑶爵亞維上公室如屏氣門不容躬禮殷其本樂
執其中聖皇永慕天地幽通
禮亟三獻樂徧九成降循軒陛仰欷皇情福與仁合德
因孝明百年神畏四海風行
總總干戚填填鼓鐘奮揚增氣坐作爲容離若鷙鳥合
如戰龍萬方觀德肅肅邕邕

登歌

止笙磬撤豆籩廓無響窅入玄主在室神在天情餘慕
禮罔愆喜黍稷屢豐年

永和

眇嘉樂授靈爽感若來思如往休氣散回風上返寂寞
還惚恍懷靈駕結空想

全唐詩

張說

奉和聖製賜諸州刺史應制以題坐右

文明徧禹跡鰥寡達堯心正在親人守能令王澤浹朝
廷多秀士鎔鍊比精金犀節同分命熊軒各外臨聖主
賦新詩穆若聽薰琴先言敎爲本次言則是欽三時農
不奪午夜犬無侵顧使天寓內品物遂浮沈寄情羣飛
鶴千里一揚音共躡華胥夢龔黃安足尋

奉和聖製送宇文融安輯户口應制

至德臨天下勞情徧九圍念兹人去本蓬轉將何依外
避征戍數內傷親黨稀嗟不逢明盛胡能照隱微柏臺
簡行李蘭殿錫朝衣別曲動秋風恩令生春輝使出四
海安詔下萬心歸怍非夔龍佐徒歌鴻雁飛

奉和聖製過晉陽宮應制

太原俗尚武高皇初奮庸星軒三晉躔土樂二一作堯封
北風遂舉鵬西河亦上龍至德起王業繼明賴人雍六
合啓昌期再興廣聖蹤傳呼大駕來文物如雲從連營
火百里縱觀人千重翠華渡汾水白日臨崒一作罕峰枌榆
恩賞洽桑梓舊情恭往運感不追清時惜難逢詩發尊
祖心頌刊盛德容顧君及春事迴輿綏萬邦

奉和聖製行次成皋太宗擒竇建德處應制

夏氏階隋亂自言河朔雄王師進穀水兵氣臨山東前
掃成皋陣却下洛陽宮義合帝圖起威加天寓同軒臺
百年外虞典一巡中戰龍思王業倚馬賦神功

奉和聖製溫湯對雪應制

瑞雪帶寒風寒風入陰琯陰琯方凝閉寒風復淒斷宮
似瑶林亟庭如月華滿正賡一作數挾纊詞非近溫湯一作溫泉暖

奉和聖製義成校獵喜雪應制

文教資武功郊畋闡邦政不知仁育乆徒看禽獸盛夜
霰氛埃滅朝日山川淨綽仗飛走繁抨絃筋角勁帝射
參神道龍馳合人性五豝連一發百中皆先命勇爵均
萬夫雄圖羅七聖星爲吉符老雪作豐年慶喜聽行獵
詩威神入軍令

清明日詔宴寧王山池賦得飛字

今日清明宴佳境惜芳菲搖揚花雜下嬌囀鶯亂飛綠
渚傳歌榜紅橋度舞旂和風偏應律細雨不霑衣承恩
如改火春去春來歸

四月十三日詔宴寧王亭子賦得好字

何許承恩宴山亭風日好綠嫩鳴鶴洲陰穠鬭雞道果
思夏來茂花嫌春去早行樂無限時皇情及芳草

藥園宴武輅沙將軍賦得洛字

東第乘餘興南園宴清洛文學引鄒枚歌鐘陳衛霍風
高大夫樹露下將軍藥待聞出塞還丹青上麟閣

修書院學士奉敕宴梁王宅賦得樹字

虎殿成鴻業猿巖題鳳賦既荷大君恩還蒙小山遇秋
吹迎絃管涼雲生竹樹共惜朱邸歡無辭洛城暮

夕宴房主簿舍并序

旅聽清館崇扃嚴鑰巖雲暗山微月白夜悄羣動
之俱息感孤鴻之遠音有美房公霞海其量友我
以絲竹好我以樽俎紓蘊結之雅懷豁幽曠之陳
意滿堂既醉因賦是詩

歲晏關雍空風急河渭冰薄遊羈物役微尚愜遠憑旅
館月宿永閉扃雲思興伊人美修夜朋酒惠來稱交談
既清雅琴吹亦淒凝不逢君蹇泃幽意長鬱蒸

行從方秀川與劉評事文同宿

方秀美盤遊頻年降天罕水共伊川接山將闕門斷捧
日照恩華攀雲引疲散野宿霜入帳孤衾寒不暖靜聞
宮漏疎臥視庭月滿開爐命溫酎中夜發清管風送闕
山長氣逍星歲短寓言情思愜適興真意坦裏中病羈
掛方外嫌縱誕顧君樂盛時無嗟帶纏緩

送郭大夫元振再使吐蕃

犬戎廢東獻漢使馳西極長策問酋渠猜一作攜阻自夷殛
容髮徂邊歲旌裘敝海色五年一見家妻子不相識武
庫兵猶動金方事未息遠圖待才智苦節輸筋力脫刀
贈分手書帶加餐食知君萬里侯立功在異域

送李侍郎迥秀薛長史季昶同賦得水字

漢郡接胡庭幽并對烽壘旌旗按部曲文武惟卿士薛
公善籌畫李相威邊鄙中冀分兩河長城各萬里藉馬
黃花塞蒐兵白狼水勝敵在安人爲君汗青史

別平一師

王子不事俗高駕眇難追茅土非屑眄傾城無樂資宴
坐滚林中三世同一時皎皎獨往心不爲塵網欺揭來
已復去今去何來思迴首謝同行勤會安請期

送王光庭

同居洛陽陌經日懶相求及爾江湖去言別悵悠悠楚
雲眇羈翼海月倦行舟愛而不可見徒嗟芳歲流

新都南亭送郭元振盧崇道一作盧崇道詩題云新都南亭送郭大元振

竹徑女蘿蹊，蓮洲文石隄。靜深人俗斷，尋玩往還迷。碧潭秀初月，素林驚夕棲。寨幌納蟾影，理琴聽猿啼。佳辰改宿昔，勝寄坐暌攜。長懷賞心愛，如玉復如珪。

贈崔公

我聞西漢日，四老南山幽。長歌紫芝秀，高臥白雲浮。朝野一作市光塵絶，榛蕪年貌秋。一朝驅駟馬，連轡入龍樓。昔遯高皇去，今從太子遊。行藏惟聖節，福禍在人謀。卒能匡惠帝，豈不賴留侯。事隨年代遠，名與圖籍留。平生欽淳德，慷慨景前修。蜂蛤伺一作想隙，免蛟龍望斗牛。無嗟異飛伏，同氣幸相求。

贈趙公

湘東股肱守，心與帝鄉期。舟楫中途蹇，風波復來思。嘉我常聯翼，金貂侍玉墀。迹參前馬聖黃帝謁牧馬童子稱天師而退，名綴鬻熊師。寒暑一何速，山川遠間之。寧知洞庭上，獨得平生時。精意微絶簡，從權討妙棋。林壑為予請，紛藹發華滋。流賞忽已散，驚帆杳難追。送君在南浦，侘傺投此詞。

贈趙侍御

祿放跡異端，偏荒事同褰。苟忘風波累，俱會雲壑踐。險式壓西湖，僑廬對南峴。夜樓江月入，朝幌山雲捲。山勢遠濤連，江涂斜漢轉。坐嘯予多暇，行吟子獨善。並轡躧郊郭，方舟玩遊演。虛聲萬籟分，水色千里辨。不知岸陰謝，再見春露泫。綠壤發欣顏，華年助蟲篆。上世時難接，古人情可逕。泊渚煩為媒，多才恐成褊。長沙鵬作賦，任道可知淺。請從三已心，榮辱兩都遣。

答李伯魚桐竹

結廬桐竹下，室邇人相深。接垣分竹徑，隔戶共桐陰。落花朝滿岸，明月夜披林。竹有龍鳴管，桐留鳳舞琴。奇聲與高節，非吾誰賞心。

寄姚司馬

共君春種瓜，本期清夏暑。瓜成人已去，失望將誰語。褰露摘香園，感味懷心許。偶逢西風便，因之寄鄂渚。

代書答姜七崔九

婀娜金閨樹，離披野田草。雖殊兩地榮，幸共三春好。花殊鳥飛處，禁鏤蟲行道。眞心獨感人，惆悵令人老。

代書寄吉十一

一雁雪上飛，值我衡陽道。口銜離別字，遠寄當歸草。目想春來遲，心驚寒去早。憶鄉乘羽翮，慕侶盈懷抱。零落答故人，將隨江樹老。

代書寄薛四

孤雁東飛來，寄我紋與素。紋足經三象，素當綜羣務。遠見故人心，一言重千金。答之綵毛翰，繼以瑤華音。歲寒衆木改，松柏心常在。

過蜀道山

我行春三月，山中百花開。披林入峭蒨，攀磴陟崔嵬。白雲半峰起，清江出峽來。誰知高深意，緬邈心幽哉。

蜀路二首

雲埃夜澄廓，山日曉晴鮮。葉落蒼江岸，鴻飛白露天。礫礫含水石，冪冪覆林煙。客心久無緒，秋風殊未然。

徭蜀時未改，別家鄉念盈。憶昨出門日，春風發鮮榮。及茲旋轅地，秋風滿路生。昏曉思魏闕，夢寐還秦京。秦京開朱第，魏闕垂紫纓。幽獨玄虛閣，不聞人馬聲。蓺業為君重，名位為君輕。玉琴知調苦一作古，寶鏡對膽清。鷹飢常啄腥，鳳飢亦待瓊。於君自有屬，物外豈能輕。

再使蜀道

眇眇葭萌道，蒼蒼褒斜谷。煙壑爭晦深，雲山共重複。古來風塵子，同眩望鄉目。芸閣有儒生，軺車倦馳逐。青春客岷嶺，白露搖江服。歲月鎮羈孤，山川俄反覆。魚遊戀深水，鳥遷戀喬木。如何別親愛，坐去文章國。蟋蟀鳴戶庭，蟰蛸網琴筑。

江路憶郡

霧斂江早明，星翻漢將沒。臥聞峽猿響，起視榜人發。倚棹攀岸篠，憑船美波月。水宿厭洲渚，晨光屢揮忽。林澤來不窮，煙波去無歇。結思笙竽里，搖情遊俠窟。年貌不暫留，歡愉及玄髮。雲涓戀山海，禽馬懷燕越。自非行役人，安知慕城闕。

過漢南城歎古墳

舊國多陵墓，荒涼無歲年。洶湧蔽平岡，汨若波濤連。上世千金子，潛臥九重泉。松柏翦無餘，碑記滅罔傳。莽於不毛地，咸謂楚先賢。事盡情可識，使人心悵然。

至尉氏

夕次阮公臺，嘯歌臨爽塏。高名安足賴，故物今皆改。吾兄昔茲邑，遺愛稱賢宰。桑中雉未飛，屋上烏猶在。途逢舊甿吏，城有同寮寀。望塵遠見迎一作遠見咸相迎，拂館來欣待。慈惠留千室，友于存四海。始知魯衛間，優劣相懸倍。

襄州景空寺題融上人蘭若

高名出漢陰，禪閣跨香岑。衆山既圍繞，長川復迴臨。雲峰曉靈變，風木夜虛吟。碧湫龍池滿，蒼松虎徑深。舊知青巖意，偏入杳冥一作冥窅心。何由侶飛錫，從此脫朝簪。

巡邊在河北作

撫劍空餘勇，彎弧遂無力。老去事如何，據鞍長歎息。故交索將盡，後進稀相識。獨憐半死心，尚有寒松直。

入海二首

乘桴入南海，海曠不可臨。茫茫失方面，混混如凝陰。雲山相出沒，天地互浮沈。萬里無涯際，云何測廣深。潮波自盈縮，安得會虛心。

海上三神山，逍遙集衆仙。靈心豈不同，變化無常全。龍伯如人類，一釣兩鼇連一作懸。金臺此淪沒，玉眞時播遷。問子勞何事，江上泣經年。隰中生紅草，所美非美然。

相州山池作

嘗懷謝公詠，山水陶嘉月。及此年事衰，徒看衆花發。觀魚樂何在，聽鳥情都歇。星漢流不停，蓬萊去難越。鄴中秋麥秀，淇上春雲沒。日見塵物空，如何靜心闕。

岳州作

夜夢雲闕間，從容簪履列。朝遊洞庭上，緬望京華絶。潦收江未清，火退山更熱。重欷視欲醉，懵滿氣如噎。器留魚鼈腥，衣點蚊虻血。發白思益壯，心玄用彌拙。冠劍日苔蘚，琴書坐廢撤。唯有報恩字，刻意長不滅。

岳州行郡竹籬

山郡不溝郭，荒居無翳壅。愛人忠主利，善守閑為勇。苟非小勤痒安得期逸寵版築恐土疎襄城嫌役重藩柵聊可固笱篁近易奉差池截浦沙繚繞緣隈壠矗似長雲亙森如高戟聳預絕豺狼憂知免牛羊恐閭里寬矯步榛藂恣踏踵始果遊處心終日成閑拱

遊洞庭湖湘

緬邈洞庭岫葱蒙水霧色宛在太湖中可望不可即剖竹守窮渚開門對奇域城池自縶籠纓綬爲徽纆靡日不思往經時始願克飛棹越溟波維舟恣攀陟窮窱入雲步崎嶇倚松息巖壇有鶴過壁字無人識滴石香乳溜垂崖靈草植玩幽輕霧阻討異忘曛逼寒沙際水平霜樹籠煙直空宮聞莫覩地道窺難測此處學金丹何人生羽翼誰傳九光要幾拜三仙職紫氣徒想像清潭長眇默霓裳若有來靚我雲峰側

灉湖山寺

楚老遊山寺提攜觀畫壁揚袂指辟支睍睆相鬬閱險哉透撞兒千金賭一擲成敗身自受傍人那歎息

出湖寄趙冬曦

西泛平湖盡參差入亂山東瞻岳陽郡汗漫太虛間窘步同行樂遒文互屢看山戍上雲桂江亭臨水關川途倏忽間風景依如昨湘浦未賜環荆門猶主諾何時與美人(一作得余美)載酒遊宛洛

岳陽早霽南樓

山水佳新霽南樓玩初旭夜來枝半紅雨後洲全綠四運相終始萬形紛代續適臨青草湖再變(一作鼓)黃鶯曲地穴穿東武江流下西蜀歌聞枉渚邅舞見長沙促心阻意徒馳(一作心遠居無陋)神和生自足白髮悲上春知常謝先(一作无)欲

岳陽石門墨山二山相連有禪堂(一作道)觀天下絕境

囷輪江上山近在華容縣常涉巴丘首天晴遙可見佳遊屢前諾芳月愆幽眷及此符守移歡言臨道便既攜賞心客復有送行掾竹徑入陰窅松蘿上空蒨草共林一色雲與峰萬變探窺石門斷緣越沙澗轉兩山勢爭雄峰巘相顧眄藥妙靈仙寶境華巖蹊選清都西淵絕金地東敞宴池果接園畦風煙邇臺殿高尋去石頂曠覽天宇遍千山紛滿目百川豁對面騎來雲氣迎人去鳥聲戀長揖桃源士舉世同企羡

和尹懋秋夜遊灉湖

坐嘯人事閑佳遊野情發山門送落照湖口昇微月林尋猿狖居水戲黿鼉穴朔風吹飛雁芳草亦云歇

五君詠五首并序

達志美類刺異感義哀事顏氏之心也擬焉

魏齊公元忠

齊公生人表迥天聞鶴唳清論早揣摩玄心晚超詣入相廊廟靜出軍沙漠霽見深呂祿憂舉後陳平計甘心除君惡足以報先帝

蘇許公瓌

許公信國楨克美具瞻情百事資朝問三章廣世程處高心不有臨節自爲名朱户傳新戟青松拱舊塋凄涼丞相府餘慶在玄成

李趙公嶠

李公實神敏才華乃天授睦親何用心處貴不忘舊故事遵臺閣新詩冠宇宙在人忠所奉惡我誠將宥南浦去莫歸嗟嗟蔑孫秀

郭代公元振

代公舉鵬翼懸飛摩海霧志康天地屯適與雲雷遇興喪一言決安危萬心注大勳書王府舛(一作窄)命淪江路勢傾北夏門哀靡東平樹

趙耿公彥昭

耿公山嶽秀(一作靈)才傑心(一作思遠神)亦妙鷙鳥峻標立哀(一作良)玉扣(一作振)清調協贊休明啓恩華日月照何意瑶臺雲風吹落江徼湘流下潯陽灑淚一投弔

遊龍山靜勝寺

每上襄陽樓遙望龍山樹鬱茀吐岡嶺微蒙在煙霧下車歲已成飾馬閑(一作間)餘步苦霜裛野草愛日揚江煦雲對石上塔風吹(一作入)松下路禪室宴三空神祠同(一作圖)六趣兒童共戲謔猿鳥相驚顧南識桓公(一作桓山)臺北望先賢墓世上人何在時聞心不住但傳無盡燈可使有情悟

一柱觀

舊說江陵觀初疑神化來空山結雲閣綺靡隨風回奈何任一柱斯焉容衆材奇功非長世今餘草露臺

登九里臺是樊姬墓

楚國所以霸樊姬有力焉不懷沈尹祿誰譖(一作進)叔敖賢萬化茫無在孤墳獨巋然北分陽臺陌南識郢城阡漠渚宮樹蒼蒼雲夢田登高形勝出訪古今名傳自我來符守因君樹蕙荃詩書將變俗絺纊忽彌年志闌(一作闕)三折後愁值二毛前佇立帝京路遙心寄此篇

過懷王墓

咿嚘(一作喔咿)不可信以(一作似)此敗懷王客死峩關路返葬岐江陽啼狖抱山月飢狐獵野霜一聞懷沙事千載盡悲涼

聞雨

多雨絕塵事寥寥入太玄城陰疎復合簷滴斷還連念我勞造化從來五十年誤將心徇物近得還自然閑居草木侍虛室鬼神憐有時進美酒有時泛清絃聲真不世識心醉豈言詮

夜坐

懷哉四壁時未有五都價百金誰見許斗酒難爲賈落花生芳春孤月皎清夜復逢利交客題户遙相謝

山夜聞鐘

夜臥聞夜鐘夜靜山更響霜風吹寒月窈窱虛中上前聲既春容後聲復晃盪聽之如可見尋之定無像信知本際空徒掛生滅想

冬日見牧牛人擔青草歸

塞上綿應折江南草可結欲持梅嶺花遠競榆關雪日月無他照山川何頓別苟齊兩地心天問將安說

詠鏡

寶鏡如明月出自秦宮樣隱起雙蟠龍銜珠儼相向常恐君不察匣中委清量積翳掩菱花虛心蔽塵狀儻蒙羅袖拂光生玉臺上

詠瓢

美酒酌懸瓢真淳好相映蝸房卷隋首鶴頸抽長柄雅色素而黃虛心輕且勁豈無雕刻者貴此成天性

雜詩四首

抱薰心常焦舉旆心常搖天長地自久歡樂能幾朝君看西陵樹歌舞爲誰嬌

山閑苦積雨木落悲時遽賞心凡幾人良辰在何處觸石滿堂侈灑我終夕慮客鳥懷主人銜花未能去剖珠貴分明琢玉思堅貞要君意如此終始莫相輕

問子青霞意何事留朱軒自言心遠俗未始迹辭喧過蒙良時幸側息吏途煩簪纓非宿好文史棄前言夕臥北窗下夢歸南山園白雲慙幽谷清風愧泉源十年茲賞廢佳期今復存掛冠謝朝侶星駕別君門

默念羣疑起玄通百慮清初心滅陽燄復見湛虛明悟滅心非盡求虛見後生應將無住法修到不成名

和張監遊終南

宿懷終南意及此語雲峰夜聞竹澗靜曉望林嶺重春煙生古石時鳥戲幽松豈無山中賞但畏心莫從

古泉驛（於陵仲子宅也）

昔聞陳仲子守義辭三公身賃妻織屨樂亦在其中豈無窮賤苦羞與傾巧同長白臨河上於陵入濟東我行尋遺跡感歎古泉空

河上公

尊師厭塵去精魄知何明形氣不復生（一作往）弟子空傷情濟北神如在淮南藥未成共期終莫遂寥落兩無成（一作名）

奉和聖製初入秦川路寒食應制

上陽柳色喚春歸臨渭桃花拂水飛總爲朝廷巡幸去頓教京洛少光輝昨從分陝（一作汾硤）山南口馳道依依漸花柳入關正投寒食前還京遂落清明後路上天心重豫遊御前恩賜特風流便幕那能鏤雞子行宮善巧帖毛毬渭橋南渡花如撲麥隴青青（一作草綠）斷人目漢家行樹直新豐秦地驪山抱溫谷香池春溜水初平預歡浴日照京城今歲隨宜過寒食明年陪宴作清明

時樂鳥篇（并序）

伏見天恩以靈異鸚鵡及能延京所述篇出示朝列臣按南海異物志有時樂鳥鳴云太平天下有道則見驗其圖丹首紅臆朱冠綠翼鸞領文背糅以五色今此鳥本南海貢來與鸚鵡狀同而毛尾全異其心聰性辨護主報恩固非凡禽實瑞經所謂時樂鳥延京雖敘其事未正其名望編國史以彰聖瑞臣竊同延京獻詩一首

舊傳南海出靈禽時樂名聞不可尋形貌乍同鸚鵡類精神別稟鳳皇心千年待聖方輕舉萬里呈才無伴侶紅茸糅繡好毛衣清泠謳鴉好言語內人試取御衣牽啄手瞋聲不許前心願陽烏恒保日志嫌陰鶴欲凌天天情玩訝良無已察圖果見祥經裏本持符瑞驗明王還用文章比君子自憐弱羽詎堪珍喜共華篇來示人人見嚶嚶報恩鳥多慙碌碌具官臣

安樂郡主花燭行

青宮朱邸翊皇闈玉葉瓊蕤發紫微姬姜本來舅甥國卜筮俱道鳳皇飛星昴殷冬獻吉日夭桃穠李遙相匹鸞車鳳傳王子來龍樓月殿天孫出平臺火樹連上陽紫炬紅輪十二行丹爐飛鐵馳炎焰炎霞爍電吐明光綠軿（一作屛）紺幰紛如霧節鼓清笳前啓路城隅靡靡稍東還橋上鱗鱗轉南渡五方觀者聚中京四合塵煙漲洛城商女香車珠結網天人寶馬玉繁纓百壺淥酒千斤肉大道連延障錦軸先祝聖人壽萬年復禱宜家承百祿珊瑚刻盤青玉尊因之假道入梁園梁園山竹凝雲漢仰望高樓在天半翠幕蘭堂蘇合薰珠簾掛户水波紋別起芙蓉織成帳金縷鴛鴦兩相向罽茵飾地承雕履花燭分階移錦帳織女西垂隱燭臺雙童連縷合歡杯藹藹綺庭嬪從列娥娥紅粉扇中開黃金兩印雙花綬富貴婚姻古無有清歌棠棣美王姬流化邦人正夫婦

離會曲

何處送客洛橋頭洛水泛泛中行舟可憐河樹葉萋萋關關河鳥聲相思街鼓喧喧日將（一作云）夕去棹歸軒兩相迫何人送客故人情故人今夜何處客

鄴都引

君不見魏武草創爭天祿羣雄睚眦相馳逐晝攜壯士破堅陣夜接詞人賦華屋都邑繚繞西山陽桑榆汗漫漳河曲城郭爲虛人代改但有西園明月在鄴傍高塚多貴臣娥眉曼（一作曼）睩共灰塵試上銅臺歌舞處唯有秋風愁殺人

城南亭作

珂馬朝歸連萬石稍門洞啓親迎客北堂珍重琥珀酒庭前列肆茱萸席長袖遲回意緒多清商緩轉日騰波舊傳比翼侯家舞新出將雛主第歌漢家絳灌餘兵氣晉代浮虛安足貴正逢天下金鏡清偏加日飲醇醪意誰復遨遊不復歸閑庭莫畏不芳菲會待城南春色至竟將花柳拂羅衣

同趙侍御乾湖作

江南湖水咽山川春江溢入共湖連氣色紛淪橫罩海波濤鼓怒上漫天鱗宗殼族嬉爲府弋叟罛師利焉聚歘帆側柁弄風口赴險臨深繞灣浦一灣一浦悵邅迴千曲千溠怳迷哉乍見靈妃含笑往復聞遊女怨歌來暑來寒往運洄洑潭生水落移陵谷雲間墜翮散泥沙波上浮查棲樹木昨暮飛霜下北津今朝行雁度南濱處處溝洚清源竭年年舊葦白頭新天地盈虛尚難保人間倚伏何須道秋月皛皛泛澄瀾冬景青青步纖草念君宿昔觀物變安得躊躕不衰老

巡邊在河北作

去年六月西河西今年六月北河北沙場磧路何爲爾重氣輕生知許國人生在世能幾時壯年征戰髮如絲會待安邊報明主作頌封山也未遲

贈崔二安平公樂世詞

十五紅粧侍綺樓朝承握槊夜藏鉤君臣一意金門寵兄弟雙飛玉殿遊寧知宿昔恩華樂變作瀟湘離別愁地濕莓苔生舞袖江聲怨歎入箜篌自憐京兆雙眉嫵

會待南來五馬留

送尹補闕元凱琴歌（公善琴）

鳳哉鳳哉啄琅玕，飲瑤池，棲昆崙之山哉。中國有聖人咸和氣，飛來飛來自歌自舞。先王冊府麒麟之臺，羇雌衆雛故山曲，其鳴喈喈，其鳴喈喈，欲往衢之歟。去來去別鸞鳳心徘徊，明年阿閣梧桐花葉開，羣飛鳳歸來，羣飛鳳歸來。

送考功武員外學士使嵩山署舍利塔

懷玉泉，戀仁者，寂滅眞心不可見，空留影塔嵩巖下。寶王四海轉千輪，金曇百粒送分身。山中二月娑羅會，虛唄遙遙愁思人。我念過去微塵劫，與子禪門同正法。雖在神仙蘭省閒，常持清淨蓮花葉。來亦好，去亦好，了觀車行馬不移，當見菩提離煩惱。

遙同蔡起居偃松篇

清都衆木總榮芬，傳道孤松最出羣。名接天庭長景色，氣連宮闕借氛氲。懸池的的停華露，偃蓋重重拂瑞雲。不借流膏助仙鼎，願將楨榦捧明君。莫比冥靈楚南樹，朽老江邊代不聞。

全唐詩

張說

奉和聖製登驪山矚眺應制

寒山上半空，臨眺盡寰中。是日巡遊處，晴光遠近同。川明分渭水，樹暗辨新豐。巖壑清音暮，天歌起大風。

奉和聖製幸白鹿觀應制

洞府寒山曲，天遊日旰迴。披雲看石鏡，拂雪上金臺。竹徑龍驂下，松庭鶴轡來。雙童還獻藥，五色耀仙材。

奉和聖製送金城公主適西蕃應制

青海和親日，潢星出降時。戎王子壻寵（一作禮），漢國舅家慈。春野開離讌，雲天起別詞。空彈馬上曲，詎減鳳樓思（一作悲）。

奉和同皇太子過慈恩寺應制二首

翼翼宸恩永，煌煌福地開。離光升寶殿，震氣繞香臺。上界幡花合，中天伎樂（一作日月）來。願君無量壽，仙樂屢徘徊。

朗朗神居峻，軒軒瑞象威。聖君成願果，太子拂天衣。至樂三靈會，深仁四皓歸。還聞渦水曲，更繞白雲飛。

侍宴武三思山第應制賦得風字

梁王池館好，曉日鳳樓通。竹町羅千衛，蘭筵降兩宮。清歌芳樹下，妙舞落花中。臣覽筵中聽，還如大國風。

奉和聖製過寧王宅應制

進酒忘憂觀，簫韶喜降臨。帝堯敦族（一作睦）禮，王季友兄心。竹院龍鳴笛，梧宮鳳遶林。大風將小雅，一字盡千金。

奉和聖製同玉眞公主過大哥山池題石壁應制

綠竹初成苑，丹砂欲化金。乘龍與驂鳳，歌吹滿山林。爽氣凝情（一作波）迥，寒光映浦深。忘憂題此觀，為樂賞同心。

奉和聖製賜王公千秋鏡應制

寶鏡頒神節，凝規寫聖情。千秋題作字，長壽帶為名（以長綬為帶取長壽之義）。月向天邊下，花從日裏生。不承懸象意，誰辨照心明。

奉和聖製經鄒魯祭孔子應制

孔聖家鄒魯，儒風藹典墳。龍驂迴舊宅，鳳德詠餘芬。入室神（一作人）如在，升堂樂似聞。懸知一王法，今日待明君。

侍宴蘘荷亭應制

回鑾青嶽觀，帳殿紫煙峰。仙路迎三鳥，雲衢駐兩龍。園林看化（一作故）塔，壇墠識餘封。山外聞簫管，還如天上逢（三鳥見劉向九辨借賢篇，兩龍出山海經）。

侍宴滻水賦得濃字

千行發御柳，一葉下仙笻。青浦宸遊至，朱城佳氣濃。雲霞交暮色，草樹喜春容。藹藹天旗轉，清笳入九重。

奉和聖製同劉晃喜雨應制

青氣含春雨，知從岱嶽來。行雲避鄉出，灑雨待車廻。厭浥塵清道，空濛柳映臺。最宜三五夜，晴月九重開。

奉和聖製觀拔河俗戲應制

今歲好拖鉤，橫街敞御樓。長繩繫日住，貫索挽河流。斸力頻催鼓，爭都更上籌。春來百種戲，天意在宜秋。

奉和聖製途次陝州應制

周召嘗分陝，詩書空復傳。何如萬乘睠，追賞二南篇。郡帶洪河側，宮臨大道邊。洛城將日近，佳氣滿山川。

奉和聖製野次喜雪應制

寒更玉漏催，曉色御（一作鳴）前開。泱漭雲陰積，氤氳風雪迴。山知銀作甕，宮見璧成臺。欲驗豐年象，飄搖仙藻來。

奉和聖製溫泉言志應制

溫谷媚新豐，驪山橫半空。湯池薰水殿，翠木暖煙宮。起疾逾仙藥，無私合聖功。始知堯舜德，心與萬人同。

皇帝降誕日集賢殿賜宴

仲秋金帝起，五日土行昭（一作標）。瑞表壬寅露，光傳甲子宵。陰風吹大澤，夢日照昌朝。不獨華封老，千年喜祝堯。

晦日詔宴永穆公主亭子賦得流字

堂邑山林美，朝恩晦日遊。園亭含淑氣，竹樹遶春流。舞席千花妓，歌船五彩樓。羣歡與王澤，歲歲滿皇州。

恩制賜食於麗正殿書院宴賦得林字

東壁圖書府，西園（一作垣）翰墨林。誦詩聞國政，講易見天心。位竊（一作和）和羹重，恩叨醉酒深。緩（一作載）歌春興曲，情竭為知音。

羽林恩召觀御書王太尉碑

龍首名公石，來承聖札歸。魚龍生意態，鉤劒動鋩輝。字得神明保，詞慙少女徽。誰家羽林將，又逐鳳書飛。

東都酺宴四首（并序）

先天元祀孟冬十月，東都留守韋公奮奉聖朝，述宣嘉旨，乃合洛京之五省，招河伊之二縣，將吏咸集，佩章有序，鏘鏘濟濟，侃侃誾誾，供張于輿敎之門，式酺宴也。原夫樂生于心，非因結風之奏；和達于氣，無待陽春之節。蓋澤之所及也深，則情之所感者遠。國家天地一統，君臣百年，朝榮舊德之序，野賴先疇之業，玄化漸漬，洪恩既久。太上功德不宰，夏后命子之初；皇帝孝理無為，漢祖事親之日。生堯舜于天屬，見文武于同時，前古未逢，斯人何

幸是日六樂振作萬舞萬弱鳥獸徘徊士女踴躍
則知衆庶觀德之所樂也旨酒絡繹大庖燔炙芳
溢風煙醉流阡陌又知衣冠之所適也由近而視
遠萬國之慶皆然自明而察幽三靈之欣可接若
夫吟詠德澤播越人聲斯固雅頌之餘波政教之
遺美凡我詞客安敢闕如賦詩展事垂列于後

重華昇寶曆軒帝盼閑居政成天子孝俗返上皇初忘
味因觀樂歡心寄合酺自憐疲馬意戀戀主恩餘
朱城塵曀滅翠幕景情開震震靈鼉起翔翔舞鳳來雕
盤裝草樹綺乘結樓臺共喜光華日酣歌捧玉杯
曉月調金闕（一作鼓）朝暾對玉盤爭馳羣鳥散鬭伎百花團
遇聖人知幸承恩物自歡洛橋將舉燭醉舞拂歸鞍
愷宴惟今席餘歡殊未窮入雲歌嫋嫋向日伎叢叢駛
管催酣興留關待曲終長安若爲樂應與萬方同

道家四首奉敕撰

金壇啓曙閨真氣肅微微落月銜仙竇初霞拂羽衣香
隨龍節下雲逐鳳簫飛暫住蓬萊戲千年始一歸
窈窕流精觀深沉紫翠庭金奩調上藥寶案讀仙經作
賦看神雨乘槎辨客星衹應謝人俗輕舉託雲軿
金爐承道訣玉牒啓玄機雲逐笙歌度星流宮殿飛乘
風嬉浩蕩窺月羡光輝唯有三山鶴應同千載歸
道記開中籙真官表上清焚香三鳥至煉藥九仙成天
上靈書下空中妙伎迎迎來出煙霧渺渺戲蓬瀛

鳳樓尋勝地

西掖持醇酒東山就白雲開軒綠池映命席紫蘭芬舞
度花爲伴鶯來管作羣太平多樂事春物共氛氲

幽州夜飲

涼風吹夜雨蕭瑟動寒林正有高堂宴能忘遲暮心軍
中宜劍舞塞上重笳音不作邊城將誰知恩遇深

崔禮部園亭得深字

窈窕留清館虛徐步晚陰水連伊闕近樹接夏陽深柳
蔓憐垂拂藤梢（一作苗）愛上尋詩君軒蓋侶非復俗人心

送鄭大夫惟忠從公主入蕃

鳳吹遥將斷龍旗送欲還傾都邀節使傳酌緩離顏春
磧沙連海秋城月對關和戎因賞魏定遠莫辭班

送崔二長史日知赴潞州

東山懷臥理南省悵悲翁共見前途促何知後會同莫
輕一筵宴明日半成空況爾新離闕思歸迷夢中

同賀八送兗公赴荆州

疇昔同聲友翺飛出鳳池風雲一蕩薄日月屢參差此
別黄葉下前期安可知誰憐楚南樹不爲歲寒移

餞唐州高使君

常時好閑獨朋舊少相過及爾宣風去方嗟別日多淮
流春畹晚江海路蹉跎百歲屢分散歡言復幾何

送王晙自羽林赴永昌令

將星移北洛神雨避東京爲負剛腸譽還追强項名白
雲向伊闕黄葉散昆明多謝弦歌宰稀聞桴鼓聲

同王僕射山亭餞岑廣武羲得言字

聞道長岑令奮翼宰旅門長安東陌上送客滿朱軒琴
爵留佳境山池借好園茲遊恨不見別後綴離言

送任御史江南發糧以賑河北百姓

河朔人無歲荆南義廩開將興汎舟役必仗濟川才夜
月臨江浦春雲歷楚臺調飢坐相望繡服幾時回

送王尚一嚴嶷二侍御赴司馬都督軍

漢掖通沙塞邊兵護草腓將行司馬令助以鐵冠威白
露鷹初下黄塵騎欲飛明年春酒熟留酌二星歸

送李問政河北簡兵

斗酒貽朋愛躊躇出御溝依然四牡別更想八龍遊容
親仕燕冀連年邇寇讐因君閱河朔垂淚語幽州

送薛植入京

青組言從史鴻都忽見求款言人向老飲別歲方秋髣
髴長安陌平生是舊遊何時復相遇宛在水中流

相州前池別許鄭二判官景先神力

數步圓塘水雙鴻戢羽儀一飛喬木上一返故林垂潞
泊舍秋景虛明抱夜規無因留絶翰雲海意差池

岳州宴別潭州王熊二首

絲管清且哀一曲傾一杯氣將然諾重心向友朋開古
木無生意寒雲若死灰贈君芳杜草爲植建章臺
縉雲連省閣溝水遽西東然諾心猶在榮華歲不同孤
城臨楚塞遠樹入秦宮誰念三千里江潭一老翁

廣州蕭都督入朝過岳州宴餞得冬字

孤城抱大江節使往朝宗果是臺中舊依然水上逢京
華遥比日疲老颯如冬竊羡能言鳥銜恩向九重

岳州別姚司馬紹之制許歸侍

和玉悲無已長沙宦不成天從扇枕願人遂倚門情方
外懷司馬江東憶步兵問君棲泊處空嶺夜猿驚

送岳州李十從軍桂州

送客之江上其人美且才風波萬里闊故舊十年來劒
拔蛟隨斷弓張鳥自摧陽橋書落落驛馬定先回

岳州別趙國公王十一琚入朝

昔濫貂蟬長同承雨露霏今參魚鱉守望美洞庭歸浦
樹懸秋影江雲燒落輝離魂似征帆（一作旆，又作雁）恒往帝鄉飛

岳州別子均

離筵非燕喜別酒正銷魂念汝猶童孺嗟予隔遠藩津
亭拔心草江路斷腸猿他日將何見愁來獨倚門

端州別高六戬

異壤同羈竄途中喜共過愁多時舉酒勞罷或長歌南
海風潮壯西江瘴癘多於焉復分手此別傷如何

南中別蔣五岑向青州

老親依北海賤子棄南荒有淚皆成血無聲不斷腸此
中逢故友彼地送還鄉願作楓林（一作江楓）葉隨君度洛陽

南中別陳七李十

二年共遊處一旦各西東請君聊駐馬看我轉征蓬晝
鷁愁南海離駒思北風何時似春雁雙入上林中

南中別王陵成崇

握手與君別岐路贈一言曹卿禮公子楚媪饋王孫倏
爾生六翮翻飛戾九門常懷客鳥意會答主人恩

嶺南送使

秋雁逢春返流人何日歸將余去國淚灑子入鄉衣飢

狖啼相聚愁猿喘更飛南中不可問書此示京畿

幽州別陰長河行先

惠好交情重（一作惠愛交千里）辛勤世事多荊南久爲別薊北遠來過寄目雲中鳥留歡酒上歌影移春復間遲暮兩如何

和朱使欣道峽似巫山之作

江如曉天淨石似暮霞（一作雲）張征帆一流覽宛若巫山陽楚客思歸路秦人謫異鄉猿鳴孤月夜再使淚沾裳

和朱使欣二首

南土多爲寇西江盡畏途山行阻篁竹水宿礙萑蒲使越才應有征蠻力豈無空傳人贈劒不見虎銜珠

江勢連山遠天涯此夜愁霜空極天靜寒月帯江流思起南征棹文高北望樓自憐如墜葉泛泛侶仙舟

過庾信宅

蘭成追宋玉舊宅偶詞人筆湧江山氣文驕雲雨神包胥非救楚隨會反留秦獨有東陽守來嗟古樹春

盧巴驛聞張御史張判官欲到不得待留贈之

旅寓南方遠傳聞北使來舊庭知玉樹合浦識珠胎白髮因愁改（一作變）丹心（一作誠）託夢迴皇恩若再造爲憶不然灰

南中贈高六戩

北極辭明代南溟宅放臣丹誠由義盡白髮帶愁新鳥墜炎洲氣花飛洛水春平生歌舞席誰憶不歸人

岳州山城

山城豐日暇閉户見天心東曠迎朝色西樓引夕陰書觀千載近學靜二毛深忽有南風至吹君堂上琴

和尹懋秋夜遊灉湖

灉湖佳可遊既近復能幽林裏棲精舍山間轉去舟雁飛江月冷猿嘯野風秋不是逃鄉客尋奇處處留

與趙冬曦尹懋子均登南樓

危樓瀉洞湖積水照城（一作南）隅命駕邀漁火（一作父）通家引鳳雛山晴紅蘂匝洲曉緑苗鋪舉目思鄉縣春光定不殊

遊灉湖上寺

湖上奇峰積山中芳樹春何知絶世境來遇賞心人清巖前樂呦嚶鳥獸馴靜言觀聽裏萬法自成輪

晦日

晦日嫌春淺江浦看湔衣道傍花欲合枝上鳥猶稀共憶浮橋晚無人不醉歸寄書題此日雁過洛陽飛

湘州九日城北亭子

西楚茱萸節南淮戲馬臺寧知沅（一作湘）水上復有菊花杯亭帳憑高出親朋自遠來短歌將急景同使興情催

翻著葛巾呈趙尹

昔日接䍦倒今我葛巾翻宿酒何時醒形骸不復存忽聞有嘉客躧步出閑門桃花春徑滿誤識武陵源

戲題草樹

忽驚石榴樹遠出渡江來戲問芭蕉葉何愁心不開微霜拂宮桂淒吹掃庭槐榮盛更如此慚君獨見哀

岳州贈廣平公宋大夫

亞相本時英歸來復國楨朝推長孺直野慕隱之清傳節還閩嶂皇華（一作恩）入漢京寧思江上老歲宴獨（一作寒）無成

和魏僕射還鄉

富貴還鄉國光華滿舊林秋風樹不靜君子歎何深故老空懸劒鄰交日（一作自）散金衆芳揺落盡獨有歲寒心

和張監觀赦

日御臨雙闕天街儼百神雷茲（一作舒）作解氣歲復建寅春喜候開星驛歡聲發市人金環能作賦來入管弦聲

寄天台司馬道士

世上求眞客天台去不還傳聞有仙要夢寐在茲山朱闕青霞斷瑶堂紫月閑何時枉飛鶴笙吹接人間

下江南向夔州

天明江霧歇洲浦棹歌來緑水逶迤去青山相向開城臨蜀帝祀雲接楚王臺舊知巫山上遊子共徘徊

還至端州驛前與高六別處

舊館分江日（一作口）悽然望落暉相逢傳旅食臨別換征衣昔記山川是今傷人代非往來皆此路生死不同歸

四月一日過江赴荊州

春色沅湘盡三年客始回夏雲隨北帆同日過江來水漫荊門出山平郢路開比肩羊叔子千載豈無才

湘州北亭

人務南亭少風煙北院多山花迷徑路池水拂藤蘿萍散魚時躍林幽鳥任（一作作）歌悠然白雲意乘興抱琴過

荊州亭入朝

巫山雲雨峽湘水洞庭波九辨人猶擯三秋鴈始過旃裘吳地盡髫薦楚言多不果朝宗願其如江漢何

岳州守歲

除夜清樽滿寒庭燎火多舞衣連臂拂醉坐合聲歌至樂都忘我冥心自委和今年只如此來歲知如何

詠塵

仙浦生羅襪神京染素衣裨山期益峻照日幸增輝夕伴龍媒合朝遊鳳輦歸獨憐范甑下思繞畫梁飛

閨題

婚禮知無賀承家歎有輝親迎驪子躍吉兆鳳雛飛温席開華扇梁門換褧衣遥思桃李日應賦採蘋歸

深渡驛

旅泊青山夜荒庭白露秋洞房懸月影高枕聽江流猿響寒巖樹螢飛古驛樓他鄉對揺落併覺起離憂

惠文太子挽歌二首

碣館英靈在瑶山美謚尊剪桐悲曩戲攻玉愴新恩宮仗傳馳道朝衣送國門千秋榖門外明月照西園

梁國深文雅淮王愛道仙帝歡同宴日神奪上賓年旐飛行樹帷宮宿野煙指言君愛弟揮淚滿山川

節義太子楊妃挽歌二首

西華三公族東闈五可才玉環初受慶金玦反逢災桂殿花空落桐園月自開朝雲將暮雨長繞望思臺

昔日三朝路逶迤四望車繡腰長命綺隱髻連枝花今春戾園樹索然無歲華共傷千載後惟號一王家

韋譙公挽歌二首

五瑞分王國雙珠映后家文飛書上鳳武結笥中蛇出豫榮前馬迴鑾喪後車衮衣將錫命泉路有光華

國騁雙騏驥庭儀兩鳳皇將星連相位玉樹伴金鄉歌

舞侯家豔軒裘戚里光安知杜陵下碑版已相望

右丞相蘇公挽歌二首

王宰丹青化春卿禮樂才緇衣傳舊職華衮贈新哀路泣羣官送山嘶駟馬迴佳辰無白日賓閣有青苔

門（一作闈）歌出野田冠帶寢窮泉萬事皆身外平生尚目前西垣紫泥綍東岳白雲篇自惜同聲處從今遂絶弦

崔尚書挽詞

相宅隆（一作當）坤寶承家占海封庭中男執雁門外女乘龍鳴玉遊三省縱金侍九重一朝賓客散留劒在青松

右侍郎（一作常侍）集賢院學士徐公挽詞二首

才美臨淄北名高淮海東羽儀三省遍漁獵五車通玉殿孤新榜珠英落舊叢徒懸一寶劒何處訪徐公

歎息書林友才華天下選並賦三陽宮集詩集賢殿具物衣如在咄嗟長不見既哀薤露詞豈忘平生眷

崔司業挽歌二首

海岱英靈氣膠庠禮樂資風流滿天下人物擅京師疾起揚雄賦魂遊謝客詩從今好文主遺恨不同時

象設存華館威儀下墓田鳳池傷舊草麟史泣遺編帷蓋墟煙没干旌隴日懸古來埋玉樹流恨滿山川

李工部挽歌三首

錦帳爲郎日金門待詔時楊宫先上賦柏殿幾連詩瞬息琴歌斷凄凉簫挽悲那堪霸陵岸回首望京師

宅兆西陵上平生雅志從城臨丹闕近山望白雲重會葬知元伯看碑識蔡邕無由接神理揮涕向青松

常時好賓客永日對弦歌是日歸泉下傷心無奈何墓庭人已散祭處鳥來過碑石生苔蘚榮名豈復多

贈工部尚書馮公挽歌三首

忠鯁難爲事平生盡畏途如弦心自直秀木勢恒孤詔葬南陵道神遊北斗樞貴門傳萬石餘慶在雙珠

爵位題龍旐威儀出鳳城路傍人泣送門外馬嘶迎萬事非吾有千悲是世情昔焉稱夏日今也謚冬卿

窅然長夜臺舉世可哀哉泉户一朝閉松風四面來石碑填駮蘚珠服聚塵埃誰言（一作遥望）遼東鶴千年往復迴

徐高御挽歌

蒲密遥千載鳴琴始一追公卿傳世範仁義續靈基不待南遊禄何先北帝期玉棺從此閉金鼎代相欺

奉和聖製春日幸望春宫應制

别館芳菲上苑東飛花澹蕩御（一作舞）筵紅城臨渭水天河静（一作近）闕對南山雨露（一作雲霧）通繞殿流鶯凡幾樹當蹊亂蝶許多叢春園既醉心和樂共識皇恩造化同

侍宴隆慶池應制

靈池月滿直城隈黻帳天臨御路開東沼初陽疑吐出南山曉翠若浮來魚龍百戲紛容與鳧鷁雙舟較泝洄願似金隄青草馥（一作色）長承瑶水白雲杯

奉和聖製春日出苑應制（一作矚目應令　一作明皇詩）

禁林豔裔發青陽春望逍遥出畫堂雨洗亭皐千畝緑風吹梅李一園香鶴飛不去隨青管魚躍翻來入綵航睿賞歡承天保定遒文更覩日重光

扈從温泉宫獻詩

温泉啓蟄氣氛氲渭浦歸鴻日數羣騎仗聯聯環北極鳴笳步步引南熏松間彩殿籠佳氣山上朱旗繞瑞雲不知遠夢華胥國何如親奉帝堯君

三月三日詔宴定昆池宫（一作官）莊賦得筵字

鳳皇樓下對（一作帶）天泉鸚鵡洲中匝（一作雜）管弦舊識平陽佳麗地今逢上巳盛明年舟將水動千尋日幕共林横兩岸煙不降玉人觀禊飲誰令醉舞拂賓筵

先天應令

三陽麗景早芳辰四序嘉園物候新梅花百般障行路垂柳千條暗迴津鳥飛直爲飛風葉魚躍都由怯岸人唯願聖主南山壽何愁不賞萬年春

舞馬千秋萬歲樂府詞三首（按唐禮樂志明皇嘗以馬百匹盛飾分左右施三重榻舞傾杯數十曲壯士舉榻馬不動樂工少年姿秀者十數人衣黄衫文玉帶立左右每千秋節舞于勤政樓下千秋節者明皇以八月五日生因以其日名節云）

金天誕聖千秋節玉醴還分萬壽觴試聽紫騮歌樂府何如騄驥舞華岡（一作觴）連騫勢出魚龍變蹀躞驕生鳥獸行歲歲相傳指樹日翩翩來伴慶雲翔

聖皇至德與天齊天馬來儀自海西腕足徐行拜兩膝繁驕不進踏千蹄髤髵奮鬣時蹲踏鼓怒驤身忽上躋更有銜杯終宴曲垂頭掉尾醉如泥

遠聽明君愛逸才玉鞭金翅引龍媒不因兹白人間有定是飛黄天上來影弄日華相照耀噴含雲色且裴徊莫言闕下桃花舞别有河中蘭葉開

同趙侍御巴陵早春作

江上春來早可觀巧將春物（一作色）妒餘寒水苔共繞留烏石花鳥爭開鬭鴨欄佩勝芳辰日漸暖然燈美夜月初圓意隨北雁雲飛去直待南州蕙草殘

灉湖山寺

空山寂歷道心生虚谷迢遥野鳥聲禪室從來塵外賞香臺豈是世中情雲間東嶺千尋（一作重）出樹裏南湖一片明若使巢由知此意不將蘿薜易簪纓

幽州新歲作

去歲荆南梅似雪今年薊北雪如梅共知人事何常定且喜年華去復來邊鎮戍歌連夜動京城燎火徹明開遥遥西向長安日願上南山壽一杯

扈從幸韋嗣立山莊應制并序

嵐氣入野，榛煙出谷。魚潭竹岸，松齋藥畹。虹泉電射，雲木虛吟。恍惚疑夢，間關忘術。兹所謂丘壑夔龍，衣冠巢許也。

寒灰飛玉琯，湯井駐金輿。既得方明相，還尋大隗居。懸泉珠貫下，列帳錦屏舒。騎遠林逾密，笳繁谷自虛。門旗塹複磴，殿幕裹（一作裹）通渠。舞鳳迎公主，雕龍賦（一作起）婕妤。地幽天賞洽，酒樂御筵初。菲才叨侍從，連藻媿應徐。（先一日太平公主上官昭容題詩數首，故詩有舞鳳雕龍之句）

奉和聖製喜雪應制

聖德與天同，封巒欲報功。詔書期日下，靈感應時通。觸石雲呈瑞，含花雪告豐。積如沙照月，散似麵從風。舞集仙臺上，歌流帝樂中。遙知百神喜，灑路待行宮。

奉和聖製寒食作應制

寒食春過半，花穠鳥復嬌。從來禁火日，會接清明朝。鬬敵雞殊勝，爭毬馬絶調。晴空數雲點，香樹百風摇。改木迎新燧，封田表舊燒。皇情愛嘉節，傳曲（一作宴）與簫韶。

奉和聖製賜崔日知往潞州應制

聖情留（一作垂）曩鎮，佳氣翊興王。增戟雄都府，高車轉太常。川橫八練潤，山帶五龍長。連帥初恩命，天人舊紀綱。餞塗飛御藻，闔境自生光。明主徵循吏，何年下鳳皇。

春晚侍宴麗正殿探得開字

聖政惟稽古，賓門引上才。坊因購書立，殿爲集賢開。髦彥星辰下，仙章日月回。字如龍負出，韻是鳳銜來。庭柳餘春駐，宮鶯早夏催。喜承芸閣宴，幸奉柏梁杯。

奉和聖製花蕚樓下宴應制

萬心翹樂宴，三舍緩昌時。山接夏雲險，臺留春日遲。節移芳未歇，興隔賞仍追。醉後傳嘉惠，樓前舞聖慈。皇恩與時合，天意若人期。故發前旬雨，新垂湛露詩。

奉和聖製度蒲關應制

蒲坂橫臨晉，華芝曉望秦。關城雄地險，橋路扼天津。樓映行宮日，隄含宮樹春。黃雲隨寶鼎，紫氣逐真人。東詠唐虞跡，西觀周漢塵。山河非國寶，明主愛忠臣。

奉和聖製途經華嶽應制

西嶽鎮皇京，中峰入太清。玉鑾重嶺應，緹（一作綺）薄雲迎。霽日懸高掌，寒空類削成。軒遊會神處，漢幸望仙情。舊廟青林古，新碑綠字生。羣臣願封岱，還駕勒鴻名。

奉和聖製過王濬墓應制

牛斗三分國，龍驤一統年。智高寧受制，風急肯迴船。有策擒吳嶠，無言讓范宣。援孤因勢屈，功重爲讒偏。舊迹灰塵散，枯墳故老傳。百代逢明主，何辭死道邊。

奉和聖製經河上公廟應制

河上無名老，知非漢代人。先探道德要，留待聖明辰。玄妙爲天下，清虛用谷神。化將和氣一，風與太初鄰。靈廟觀遺像，仙歌入至真。皇心齊萬物，何處不同塵。

奉和聖製幸鳳湯泉應制

周狩聞岐禮，秦都辨雍名。獻禽天子孝，存老聖皇情。溫潤宜冬幸，遊畋樂歲成。湯雲出水殿，暖氣入山營。坎意無私潔，乾心稱物平。帝歌流樂府，溪谷也增榮。

恩賜樂遊園宴

漢苑佳遊地，軒庭近侍臣。共持榮幸日，來賞豔陽春。餪玉頒王篚，摐金下帝鈞。池臺草色徧，宮觀柳條新。花綬光連榻，朱顏暢飲醇。聖朝多樂事，天意每隨人。

三月二十日（一作三月三日）詔（一作承恩）宴樂遊園賦得風字

樂遊形勝地（一作絶），表裏望郊宮。北闕連天（一作雲）頂，南山對掌中。皇恩（一作情）貸芳月，旬宴美成功。魚戲芙蓉水，鶯啼楊柳風。春光看欲暮，天澤戀無窮。長袖招斜日，留光待曲終。

赴集賢院學士上賜宴應制得輝字

侍帝金華講，千齡道固稀。位（一作任）將賢士設，書共學徒歸。首命深燕隗，通經淺漢韋。列筵榮賜食，送客愧儒衣。賀燕窺簷下，遷鶯入殿飛。欲知朝野慶，文教日光輝。

端午三殿侍宴應制探得魚字

小暑夏弦應，徽音（一作徽陰）商管初。願齎（一作齊）長命縷，來續大恩餘。三殿褰珠箔，羣官上玉除。助陽嘗麥彘，順節進龜魚。甘露垂天酒，芝花（一作盤）捧御書。合丹同蝘蜓，灰骨共蟾蜍。今日傷蛇意，銜珠遂闕如。

奉和聖製春中興慶宮酺宴應制

千齡逢啓聖，萬域共來威。慶接郊禋後，酺承農事稀。御樓橫廣路，天樂下重闈。鸞鳳調歌曲，虹霓動舞衣。合聲雲上聚，連步月中歸。物覩恩無外，神和道入微。鎬京陪樂飲，柏殿奉文飛。徒竭秋雲影，何資春日暉。

奉和聖製千秋節宴應制

五德生王者，千齡啓聖人。赤光來照夜，黃雲上覆晨。海縣銜恩久，朝章獻舞（一作壽）新。高居帝座出，夾道衆官陳。槊杖洗清景，磬管凝秋旻。珠囊含瑞露，金鏡抱仙輪。何歲無鄉飲，何田不報神。薰歌與名節，傳代幸羣臣。

奉和聖製太行山中言志應制

六龍鳴玉鑾，九折步雲端。河絡南浮近，山經北上難。羽儀映松雪，戈甲帶春寒。百谷晨笳動，千巖曉仗攢。皇心感韶節，敷藻念人安。既立省方館，復建禮神壇。扈蹕參天老，承榮忝夏官。長勤百年意，思見一勝殘。

奉和御製與宋璟源乾曜同日上官命宴東堂賜詩應制

大塊鎔羣品，經生偶聖時。猥承三事命，虛忝百僚師。右揆謀華碩（一作實），前星傳重資。連騫求舊禮，濫典（一作玷）樂賢詩。賜釜同榮拜，摐金宴宰司。菊花吹御酒，蘭葉捧天詞。寶歷休明盛，頹年晷漏衰。少留青史筆，未敢赤松期。

奉和聖製暇日與兄弟同遊興慶宮作應制

漢武橫汾日，周王宴鎬年。何如造區夏，復此睦親賢。巢鳳新成閣，飛龍舊躍泉。棣華歌尚在，桐葉戲仍傳。禁籞氛埃隔，平臺景物連。聖慈良有裕，王道固無偏。問俗兆人阜，觀風五教宣。獻圖開益地，張樂奏鈞天。侍酒（一作酌）衢罇滿，詢芻諫鼓懸。永言形友愛，萬國共周旋。

奉和聖製送王晙巡邊應制

六月歌周雅，三邊遣（一作論）夏卿。欲施攻戰法，先作簡稽行。禮樂知謀帥，春秋識用兵。一勞堪定國，萬里即長城。策有和戎利，威傳破虜名。軍前雨灑道，樓上月臨營。別藻

瑤華降同衣錦褫榮關山由義近戎馬（一作甲）爲恩輕絲竹路傍散風雲馬上生朝廷謂吉甫邦國望君平

將赴朔方軍應制

禮樂逢明主韜鈐用老臣恭憑神武策遠御（一作靜）鬼方人供帳榮恩餞山川喜詔巡天文日月麗朝賦管弦新幼志傳三略衰材謝六鈞膽由忠作伴（一作胖）心固（一作故）道爲鄰漢保河南地胡清塞北塵連年大軍後不日小康辰劒舞輕離別歌酣忘苦辛從來思博望許國不謀身

奉和聖製爰因巡省途次舊居應制

葱鬱興王郡殷憂啓聖圖周成會西土漢武幸南都歲卜鑾輿邁農祠鴈政敷武威稜外域文教靡中區警蹕干戈捧朝宗萬玉趨舊藩人事革新化國容殊壁有眞龍畫庭餘鳴鳳梧叢觴祝堯壽合鼎獻湯廚陽樂寒初變春恩蟄更蘇三耆須命服五稔復田輸君賦大風起人歌湛露濡從臣觀玉葉方顧紀靈符

宿直温泉宮羽林獻詩

冬狩美秦正新豐樂漢行星陳玄武閣月對羽林營寒木羅霜仗空山響夜更恩深（一作承）靈液暖節勁（一作效）古松貞文武皆王事輸心不爲名

玄武門侍射（并序）

開元之初季冬其望天子始御北闕朝羽林軍禮修事厥後二日乃命紫微黃門九卿六事與熊羆之將爪牙之臣合宴焉侑以純錦須以珍器爾其射堋新成布侯既設槊仗林立帷軒霧布衆官半醉皇情載悅卷珠箔臨玉除唐弓在手夏箭斯發應弦命（一作鑾）中屬羽連飛弧矢以來未之有也若夫天地合道星辰獻儀端視和容内正外直自近而制遠耀威而觀德無不通神無不極用是射也其惟聖人乎于時繁雲覆城大雪飛苑天人同澤上下交歡退食懷恩賦詩頌義凡若干篇

射觀通玄闕兵欄闢御筵雕弧月半上畫的暈重圓羿后神幽贊靈王法暗傳貫心精四返飲羽妙三聯雪鶴來銜箭星麟下集弦一逢軍宴洽萬慶武功宣

扈從南出雀鼠谷

豫動三靈贊時巡四海威陝（一作硤）關凌曙出平路半春歸霍鎮迎雲罩汾河送羽旂山南柳半密谷北草全稀遲日宜華蓋和風入袷（一作彩）衣上林千里近應見百花飛

洛橋北亭詔餞諸刺史

離亭拂御溝別曲舞船樓詔餞朝廷牧符分海縣憂股肱還入郡父母更臨州扇逐仁風轉車隨霖（一作靈）雨流恩光水上溢榮色柳間浮預待羣方最三公不遠求

東都酺宴

堯舜傳天下同心致太平吾君内舉聖遠合至公情錫命承丕業崇親享大名二天資廣運兩曜益齊明道暢昆蟲樂恩深朽蠹榮皇輿久西幸留鎮在東京合宴千官入分曹百戲呈樂來嫌景遽酒著訝寒輕喜氣連雲閣歡呼動洛城人間知幾代今日見河清

奉酬韋祭酒嗣立偶遊龍門北溪忽懷驪山別業呈諸留守之作（一本無上七字）

石澗泉虛落松崖路曲迴聞君北溪下想像南山隈近念鼎湖別遙思雲嶂陪不同奇觀往空覩斯文來歲後寒初變春前芳未開黃莛媥岸柳紫蕚（一作萼）折郵梅盡室茲遊玩盈門幾樂哉嗟留洛陽陌夢詣建章臺野失巢由性朝非元凱才布懷欽遠迹幽意日塵埃

奉酬韋祭酒自湯還都經龍門北溪莊見貽之作

聞君湯井至瀟灑憩郊林拂曙攜清賞披雲覩（一作親）綠岑歡言遊覽意欵曲望歸心是日期佳客同山忽異尋桃花迎（一作綠）路轉楊柳閒門深泛舟伊水漲繫馬香樹陰繁弦弄水族嬌吹狎沙禽春滿汀色媚景斜嵐氣侵懷仁殊未遠重德匪專臨來藻敷幽思連詞報所欽

酬崔光祿冬日述懷贈答（并序）

太極殿衆君子分司洛城自春涉秋日有遊討旣而韋公出守茲樂便廢頃因公讌方接詠言崔光祿述志論文首貽雅唱諸公嘉德敘事咸有報章若夫盛時榮位華景勝會此四者古難一遇而我輩比實兼之至于精言探道妙識發義戲謔而逢規戒指諷而見師表益過三友豈易得乎謂膏澤傍潤芝蘭久襲韋公近之矣以文會友以友輔仁崔公近之矣其餘尋聲響答望形影赴故亦浚碧池之漣漪增瑤林之沃若是用綴集勒成一卷永存几閣之玩無忘歡好之時焉

徐陳嘗並作枚馬亦同時各負當朝譽俱承明主私夫君邁前侶觀國騁奇姿山似鳴威鳳泉如出寶龜才雄子雲筆學廣仲舒帷紫綬拂三寺朱門臨九逵昔我含香日聯爾縉雲司朝攜蘭省步夕退竹林期中路一分手數載來何遲求友還相得羣英復在茲留臺少人務方駕遞尋追涉玩懷同賞霑芳憶共持迎賓南澗飲載妓東城嬉春郊綠畝秀秋澗白雲滋名畫披人物良書討滯疑興來光不惜歡往迹如遺歲晏罷行樂層城閒所思夜魂燈處厭朝髮鏡前衰忽枉崔駰什兼流韋孟詞曲高彌寡和主善代爲師齊戒觀華玉留連歎色絲終慙起予者何足與言詩

同劉給事城南宴集

水竹幽閑地簪纓近侍臣雍容乘暇日瀟灑出囂塵樹對思朋鳥池深入養鱗管弦高逐（一作入）吹歌舞妙含春老子叨專席歡邀隔縉紳此中情不淺遙寄賞心人

温泉馮劉二監客舍觀妓

温谷寒林薄（一作暮）羣遊樂事多佳人蹀駿馬乘月夜相過秀色然紅黛嬌香發綺羅鏡前鸞對舞琴裏鳳傳歌妬寵傾新意銜恩奈老何爲君留上客歡笑斂雙蛾

寄許八

萬類春皆樂徂顏獨不怡年來人更老花發意先衰乳鵲穿壇畫巢蜂觸網絲平生美容色宿昔影中疑遠道何由夢同心在者誰西風欲誰語惆悵遂無詞

送蘇合宮頲

都邑羣方首商泉舊俗訛變風須愷悌成化佇弦歌疇昔珪璋友雍容文雅多振纓遊省闥鏘玉宰京河別曲鸞初下行軒雉尚過百壺非餞意流詠在人和

送喬安邑備

書閣移年歲，文朋難復辭。歡言冬雪滿，恨別夏雲滋。外尹方爲政，高明自不欺。老人驂馭往，童子狎雛嬉。日茂西河俗，寂寥東觀期。遙懷秀才令，京洛見新詩。

送趙二尚書彥昭北伐

虜地河冰合，邊城備此時。兵連紫塞路，將舉白雲司。提劍榮中貴（一作賞），銜珠盛出師。日華光（一作鮮）組練，風色焰（一作豔）旌旗。投筆尊前起，橫戈馬上辭。梅花吹別引，楊柳賦歸詩。

石門別楊六欽望

燕人同竄越，萬里自相哀。影響無期會，江山此地來。暮年傷泛梗，累日慰寒灰。潮水東南落，浮雲西北回。俱看石門遠，倚棹兩悲（一作悠）哉。

南中送北使二首

傳聞合浦葉，曾向洛陽飛。何日南風至，還隨北使歸。紅顏渡嶺歇，白首對秋衰。高歌何由見，層堂（一作臺）不可違。誰憐炎海曲，淚盡血沾衣。

待罪居重譯，窮愁暮雨秋。山臨鬼門路，城繞瘴江流。人事今如此，生涯尚可求。逢君入鄉縣，傳我念京周。別恨歸（一作經）途遠，離言暮景遒。夷歌翻下淚，蘆酒未消愁。聞有胡兵急，深懷漢國羞。和親先是詐，款塞果爲讎。釋繫應分爵，蠲徒幾復侯。廉頗誠未老，孫叔且無謀。若道馮唐事，皇恩尚可收。

送趙順直（一作順真）郎中赴安西副大都督（一作護）

絕鎮功難立，懸軍命匪輕。復承遷（一作還）相後，彌重任賢情。將起神仙地，才稱禮樂英。長心堪繫虜，短語足論兵。日授休門法，星教置陣名。龍泉恩已著（一作署），燕頷相終成。月窟窮天遠，河源入塞清。老夫操別翰，承旨頌升平。

送宋休遠之蜀任

求友殊損益，行道異窮申。綴我平生氣，吐贈薄遊人。結恩事明主，忍愛遠辭親。色麗成都俗，膏腴蜀水濱。如何從宦子，堅白共緇磷。日月千齡旦，河山萬族春。懷鉛書瑞府，橫草事邊塵。不及安人吏，能令王化淳。

岳州別梁六入朝

遠蒞長沙渚，欣逢賈誼才。江山疲應接，風日復晴開。江樹雲間斷，湘山水上來。近洲朝鷺集，古戍夜猿哀。岸杼舍蒼拔，河蒲秀紫臺。月餘偏地賞，心盡故人杯。自我違京洛，嗟君此泝洄。容華因別老，交舊與年頹。夢見長安陌，朝宗實盛哉。

相州冬日早衙

城外宵鐘斂，閨中曙火殘。朝光曜庭雪，宿凍聚池寒。正色臨廳事，疑詞定筆端。除苛囹圄息，伐枳吏人寬。河內功猶淺，淮陽疾未安。鏡中星髮變，頓使世情闌。

岳州西城

水國何遼曠，風波遂極天。西江三紀（一作氾）合，南浦二湖連。危堞臨清境，煩憂暫豁然。九圍觀掌內，萬象閱眸前。日去長沙渚（一作浦），山橫雲夢田。汀葭變秋色，津樹入寒煙。潛穴探靈詭，浮生揖聖仙。至今人不見，跡滅事空傳。

岳州觀競渡

畫作飛梟艇，雙雙競拂流。低（一作俄）裝山色變，急棹水華浮。土尚三閭俗，江傳二女遊。齊歌迎孟姥，獨舞送陽侯。鼓發南湖溠（一作汉），標爭西驛樓。並驅常詫速，非畏日光遒。

對酒行巴陵作

留侯封萬戶，園令壽千金。本爲成王業，初由賦上林。繁榮安足恃，霜露遞相尋。鳥哭楚山外，猿啼湘水陰。夢中城闕近，天畔海雲深。空對忘憂酌，離憂不去心。

岳州宴姚紹之并序

姚司馬往在柏臺，每欽骨鯁。及茲荒服，偶得官聯。復有令弟美循，芬芳襲予。山寺外廬，幽深形勝。童冠是集，歡言賦詩。

杞梓滯江濱，光華向日新。難兄金作友，媚子玉爲人。山水含秋興，池亭借善鄰。簷松風送靜，院竹鳥來馴。翠斝吹黃菊，瑚盤鱠紫鱗。緩歌將醉舞，爲拂繡衣塵。

岳州九日宴道觀西閣

搖落長年歎，蹉跎遠宦心。北風嘶代馬，南浦宿陽禽。佳此黃花酌，酣餘白首吟。涼雲霾楚望，濛雨蔽荊岑。登眺思清景，誰將眷濁陰。釣歌出江霧，樵唱入山林。魚以嘉名采，木爲美材侵。大道由中悟，逍遙匪外尋。參佐多君子，詞華妙賞音。留題（一作潘留）洞庭觀，望古意何深。

岳州作

水國生秋草，離居再及瓜。山川臨洞穴，風日望長沙。物土南州異，關河北信賒。日昏聞怪鳥，地熱見修蛇。遠人夢歸路，瘦馬嘶去家。正有江潭月，徘徊戀九華。

遊洞庭湖

平湖曉望分，仙嶠氣氛氳。鼓枻乘清渚，尋峰弄白雲。江寒天一色，日靜水重紋。樹坐參猿嘯，沙行入鷺羣。緣源斑篠密，罥徑綠蘿紛。洞穴傳虛應，楓（一作遥）林覺自熏。雙童有靈藥，願取獻明君。

巴丘春作

日出洞庭水，春山挂斷霞。江涔相映發，卉木共紛華。湘戍南浮闊，荊關北望賒。湖陰窺魍魎，丘勢辨巴蛇。島戶巢爲館，漁人艇作家。自憐心問景，三歲客長沙。

岳州夜坐

炎洲苦三伏，永日臥孤城。賴此閑庭夜，蕭條夜月明。獨歌還太息，幽感見餘聲。江近鶴時叫，山深猿屢鳴。息心觀有欲，棄知返無名。五十知天命，吾其達此生。

別灉湖

念別灉湖去，浮舟更一臨。千峰出浪險，萬木抱煙深。南郡延恩渥，東山戀宿心。露花香欲醉，時鳥囀餘音。涉趣皆留賞，無奇不徧尋。莫言山水間，幽意在鳴琴。

伯奴邊見歸田賦因投趙侍御

爾家歎窮鳥（窮鳥賦，用趙壹故曰爾家），吾族賦歸田（用張衡）。莫道榮枯異，同嗟世網牽。黃陵浮汨渚，青草會湘川。去國逾三歲，茲山老二年。寒鵶鳴舍下，昏虎臥籬前。客淚堪斑竹，離亭欲贈荃。放言久無次，觸興感成篇。

清遠江峽山寺

流落經荒外，逍遙此梵宮。雲峰吐月白（一作日月），石壁淡烟紅（一作虹）。寶塔靈仙湧，懸龕造化功（一作工）。天香涵竹氣，虛唄引松風。簷牖飛花入，廊房激水通。猿鳴知谷靜，魚戲辨（一作見）江空。靜默將何貴，惟應心境同。

春雨早雷

東北春風至，飄飄帶雨來。拂黄先變柳，點素早驚梅。樹諳懸書閣，煙含作賦臺。河魚未上凍，江蟄已聞雷。美人宵夢著，金屏曙不開。無緣一啓齒，空酌萬年杯。

聞雨

窮冬萬花匝，永夜百憂攢。危戍臨江火，空齋入雨寒。斷猿知屢別，嘶鴈覺虛彈。心對爐灰死，顏隨庭樹殘。舊恩懷未報，傾膽鏡中看。

赦歸在道中作

陳焦心息盡，死意不期生。何幸光華旦，流人歸上京。愁將網共解，服與代俱明。復是三階正，還逢四海平。誰能定禮樂，爲國著功成。

喜度嶺

東漢興唐曆，南河復禹謀。寧知瘴癘地，生入帝皇州。雷雨蘇蟲蟄，春陽放鷺鳩。洄沿炎海畔，登降閩山陬。嶺路分中夏，川源得上流。見花便獨笑，看草即忘憂。自始居重譯，天星（一作心）已再周。鄉關絕歸望，親戚不相求。棄杖枯還植，窮鱗涸更浮。道消黄鶴去，運啓白駒留。江妾晨炊黍，津童夜棹舟。盛明良可遇，莫後洛城遊。

全唐詩

張說

奉和聖製潼關口號應制

天德平無外，關門東復西。不將千里隔，何用一丸泥。

奉蕭令嵩酒并詩（已下三首俱賜宴東堂作）

樂奏天恩滿，杯來秋興高。更蒙蕭相國，對席飲醇醪。

奉宇文黄門融酒

聖德垂甘露，天章下大風。又乘黄閣賞，願作黑頭公。

奉裴中書光庭酒

西掖恩華降，南宮命席闌。詎知雞樹後，更接鳳池歡。

清夜酌

秋陰士多感，雨息夜無塵。清樽宜明月，復有平生人。

醉中作

醉後樂無極（一作無窮樂，又作方知樂），彌（一作全）勝未醉時。動容皆是舞，出語總成詩。

送梁知微渡海東

今日此相送，明年此相待。天上客星回，知君渡東海。

寄劉道士舄

眞人降紫氣，邀我丹田宮。遠寄雙飛舄，飛飛不礙空。

書（一作答）香能和尚塔

大師捐世去，空餘法力在。遠寄無礙香，心隨到南海。

被使在蜀

即今三伏盡，尚自在臨邛。歸途千里外，秋月定相逢。

正朝摘梅

蜀地寒猶暖，正朝發早梅。偏驚萬里客，已復一（一作半）年來。

蜀道後期

客心爭日月，來往預期程。秋風不相待，先至洛陽城。

廣州江中作

去國年（一作歲）方晏，愁心轉（一作獨）不堪。離人與（一作共）江水，終日向西南。

江中誦經

實相歸懸解，虛心暗在通。澄江明月內，應是色成空。

江中遇黄領子劉隆

危石江中起，孤雲嶺上還。相逢皆得意，何處是鄉關。

欽州守歲

故歲今宵盡，新年明旦來。愁心隨斗柄，東北望春回。

岳州守歲二首

夜風吹醉舞，庭户對酣歌。愁逐前年少，歡迎今歲多。

桃枝堪辟惡，爆竹好驚眠。歌舞留今夕，猶言惜舊年。

元朝（一本題作幽州元日）

今歲元日（一作元日今歲）樂，不謝往（一作去）年春。知向來心道，誰爲昨夜人。

耗磨日飲二首

耗磨傳茲日，縱橫道未宜。但令不忌醉，翻是樂無爲。

上月今朝減，流傳耗磨辰。還將不事事，同醉俗中人。

又（一本此首同前第一首爲二首）

春來半月度，俗忌一時閑。不酌他鄉酒，惟堪對楚山。

九日進茱萸山詩五首

家居洛陽下，舉目見嵩山。刻作茱萸節，情生造化間。

黄花宜泛酒，青嶽好登高。稽首明廷內，心爲天下勞。

菊酒攜山客，萸囊繫牧童。路疑隨大隗，心似問鴻蒙。

九日重陽數，三秋萬實成。時來謁軒后（一作石），罷去坐蓬瀛。

晚節歡重九，高山上五千。醉中知遇聖，夢裏見尋仙。

岳州看黄葉

白首看黄葉，徂顏復幾何。空慙棠樹下，不見（一作未有）政成歌。

嶺南送使二首

獄中生白髮，嶺外罷紅顏。古來相送處，凡得幾人還。

萬里投荒裔，來時不見親。一朝成白首，看取報家人。

傷妓人董氏四首

董氏嬌嬈性，多爲窈窕名。人隨秋月落，韻入擣衣聲。

粉蘂粘妝簏，金花竭翠條。夜臺無戲伴，魂影向誰嬌。

舊亭紅粉閣，宿處白雲關。春日雙飛去，秋風獨不還。

舞席沾殘粉，歌梁委舊塵。獨傷窗裏月，不見帳中人。

三月閨怨

三月時將盡，空房妾獨居。蛾眉愁自結，鬢髮沒情梳。

破陳樂詞二首（樂苑曰：商調曲也。唐太宗所造，明皇又作小破陳樂，亦舞曲也）

漢兵出頓金微照日光明鐵衣百里火旛焰焰千行雲騎霏霏蹙踏遼河自竭鼓譟燕山可飛正屬四方朝賀端知萬舞皇威

少年膽氣凌雲共許驍雄出羣匹馬城西挑戰單刀薊北從軍一鼓鮮卑送款五餌單于解紛誓欲成名報國羞將開閤論勳

舞馬詞六首

萬玉朝宗鳳扆千金率領龍媒眄鼓凝驕躞蹀聽歌弄影徘徊（聖代昇平樂）

天鹿遙徵衞叔日龍上借羲和將共兩驂爭舞來隨八駿齊歌（聖代昇平樂）

綵旄八佾成行時龍五色因方屈膝銜杯赴節傾心獻壽無疆（四海和平樂）

帝皁龍駒沛艾星蘭驥子權奇騰倚驤洋應節繁驕接迹不移（四海和平樂）

二聖先天合德羣靈率土可封擊石驂驔紫燕摐金顧步蒼龍（四海和平樂）

聖君出震應籙神馬浮河獻圖足踏天庭鼓舞心將帝樂躊躕（四海和平樂）

奉和三日祓禊渭濱應制

青郊上巳豔陽年紫禁皇遊祓渭川幸得歡娛承湛露心同草樹樂春天

桃花園馬上應制

林間豔色驕天馬苑裏穠華（一作妝）伴麗人願逐南風飛帝席年年含笑舞青春

奉和聖製幸韋嗣立山莊應制

西京上相出扶陽東郊別業好池塘自非仁智符天賞安能日月共回光

奉和聖製同玉真公主遊大哥山池題石壁

池如明鏡月華開山學香爐雲氣來神藻飛爲鸛鵲賦仙聲颺出鳳皇臺

十五日夜御前口號踏歌詞二首

花萼樓前雨露新長安城裏太平人龍銜火樹千重（一作燈）焰雞踏（一作上）蓮花萬歲（一作樹）春

帝宮三五戲春臺行雨流風莫妒來西域燈輪千影合東華金闕萬重開

蘇摩遮五首

摩遮本出海西胡琉璃寶服紫髯鬍聞道皇恩遍（一作環）宇宙來將歌舞助歡娛（億歲樂）

繡裝帕（一作拍）額寶花冠夷歌騎（一作妓）舞借人看自能激水成陰氣不慮今年寒不寒（億歲樂）

臘月凝陰積帝臺豪（一作齊）歌急鼓送寒來油囊取得天河水將添上壽萬年杯（億歲樂）

寒氣宜人最可憐故將寒水散庭前惟願聖君無限壽長取新年續舊年（億歲樂）

昭成皇后帝（一作之）家親榮樂諸人不比倫往日霜前花委地今年雪後樹逢春（億歲樂）

三月三日定昆池奉和蕭令得潭字韻

暮春三月日重三春水桃花滿禊潭廣樂逶迤天上下仙舟搖衍鏡中酣

和尹從事懋泛洞庭

平湖一望上（一作水望）連天林景千尋下洞泉忽驚水上光華滿疑是乘舟到日邊

送梁六自洞庭山作

巴陵一望洞庭秋日見孤峯水上浮聞道神仙不可接心隨湖水共悠悠

同趙侍御望歸舟

山庭迴迴面長川江樹重重極遠煙形影相追（一作隨）高翥鳥心腸併斷北風（一作飛）船

襄陽路逢寒食

去年寒食洞庭波今年寒食襄陽路不辭著處尋山水秖畏還家落春暮

附　詠方圓動靜示李泌（詳見泌集）

方如棋局圓如棋子動如棋生靜如棋死

全唐詩

張均

張均說長子開元中歷官大理卿受祿山僞命爲中書令肅宗立免死長流合浦集二十卷今存詩七首

和尹懋登南樓

客來已兩春更瞻韶光早花鳥既環合江山復騈抱樓形寫北潭堞勢凌青島白雲謝歸鴈馳懷洛陽道

江上逢春

離憂耿未和春慮忽蹉跎擇木猿知去尋泥燕獨過驚花飜霽日垂柳拂煙波激意屢怡賞無如鄉念何

九日巴丘登高（一作父說詩誤）

客心驚暮序賓鴈下滄洲共賞重陽節言尋戲馬遊湖風扶戍柳江雨暗山樓且酌東籬酒聊祛南國憂

和尹懋秋夜遊㴩湖二首

遠水沈西日寒沙聚夜鷗平湖乘月滿飛棹接星流黃葉鳴凄吹蒼葭掃暗洲顧移滄浦賞歸待潁川遊

灣潭幽意深杳靄涌寒岑石痕秋水落嵐氣夕陽沈澄徹天爲底淵玄月作心青溪非大隱歸弄白雲潯

岳陽晚景（一作父說詩）

晚景寒鴉集秋風旅鴈歸水光浮日出霞彩映江飛洲白蘆花吐園紅柿葉稀長沙卑濕地九月未成衣

流合浦嶺外作

瘴江西去火爲山炎徼南窮鬼作關從此更投人境外生涯應在有無間

張垍

張垍說次子尚寧親公主拜駙馬都尉許於禁中置內宅侍爲文章坐事出爲盧溪司馬入爲太常卿祿山亂受僞相命死賊中詩一首

奉和岳州山城（一作張均詩）

郡館臨清賞開（一作閒）扃坐白雲訟虛棠户曙觀靜竹簷曛懸榻迎賓下趨庭學禮聞風傳琴上意遙向日華紛

全唐詩

韋嗣立

韋嗣立字延構鄭州人第進士則天時拜鳳閣侍郎同鳳閣鸞臺平章事神龍中爲修文館大學士與兄承慶代相嘗於驪山構別業中宗臨幸令從官賦詩自爲製序因封爲逍遥公睿宗時拜中書令開元中謫岳州別駕遷辰州刺史卒詩八首

偶遊龍門北溪忽懷驪山別業因以言志示弟淑奉呈諸大僚

幽谷杜陵邊風煙別幾年偶來伊水曲溪嶂覺（一作各）依然傍浦憐芳樹（一作木）尋崖愛綠泉嶺雲隨馬足山鳥向人前地合心俱靜言因理自玄短才叨重寄尸祿愧妨賢每挹挂冠侶思從初服旋稻粱仍欲報歲月坐空捐助岳無纖塊輸溟謝末涓還悟北轅失方求南澗田

奉和九日幸臨渭亭登高應制得深字

層觀遠沈沈鸞旗九日臨帷（一作行）宮壓水岸步輦入煙岑枝上萸新採樽中菊始斟願陪歡樂事長與歲時深

奉和張岳州王潭州別詩二首（并序）

予昔忝省闥與岳州張使君說潭州王都督熊同官聯事後承朝譴各自東西張公與王都督別詩二首情頗殷切余覽以嘆因遥申和云

茂先王佐才作牧楚江隈登樓正欲賦復遇仲宣來黃鵠飛將遠雕龍文爲開寧知昔聯事聽曲有餘哀

昔時陪二賢纓冕會神仙一去馳江海相逢共播遷無因千里駕忽覩四愁篇覽諷歡何已歡終徒愴然

奉和初春幸太平公主南莊應制

主第巖扃架鵲橋天門閶闔降鸞鑣歷亂旌旗轉雲樹參差臺榭入煙霄林間花雜平陽舞谷裏鶯和弄玉簫已陪沁水追歡日行奉茅山訪道朝

自湯還都經龍門北溪贈張左丞崔禮部崔光祿（并序）

僕自湯還都經龍門北溪莊宿張左丞崔禮部崔光祿竝枉垂光顧數公宿敦道義雅尚林壑謂急於幽尋故此命駕遂不知別有勝賞偶然相過寒暄未周神意已往雲霞之致蔑而不存逸轡放驅清塵徒企耿歎不已而贈是詩

棲閑有愚谷好事枉朝軒樹接前驅擁巖傳後騎喧寒簾出野院植杖候柴門既拂林下席仍攜池上樽深期契幽賞實謂展歡言末眷誠未易佳遊時更敦俄看嘯儔侶各已共飛騫延矚盡朝日長懷通夜魂空聞岸竹動徒見浦花繁多愧春鶯曲相求意獨存

酬崔光祿冬日述懷贈答（并序）

光祿崔卿公懷通識濟時良具材器耽圖籍愛林泉不遺琴詠門多長者善與人交僕忝臺閣早經聯事雖幸挹風采而不接殷勤崔公以雅道自居未嘗至偃之室及僕積抱羸疾屢期放退朝廷恩假職以優閑多取急歸林服餌爲事門堪羅雀庭見狎鷗崔公則多存訪不避風雨方知向時迹也今晨情也蘭菊春秋自芳竹柏歲寒無變僕敬之重之故不能忘也嘗談及詞翰頗申掎摭忽枉贈章因以投報云爾

亭伯負高名羽儀稱上京魏珠能燭乘秦璧許連城六月飛將遠三冬學已精洛陽推賈誼江夏貴黃瓊推演中都術旋參河尹聲累遷登御府移拜踐名卿庭聚歌鍾麗門羅棨戟榮鸜杯飛廣席獸火列前楹散誕林園意殷勤敬愛情無容抱衰疾良宴每招迎契得心逾重言忘道益真相勗忠義節共談詞賦英雕蟲曾靡棄白鳳已先鳴光接神愈駭音來味不成短歌甘自思鴻藻彌難清東里方希潤西河敢竊明厚誣空見迫喪德豈無誠端守宮闈地寒煙朝暮平頷才無術淺懷器識憂盈月下對雲闕風前聞夜更昌年雖共偶歡會此難并爲憐漳浦曲沈痼有劉楨

上巳日祓禊渭濱應制

乘春祓禊逐風光扈蹕陪鑾渭渚傍還笑當時水濱老衰年八十待文王

魏奉古

魏奉古制舉擢第授雍丘尉強記一覽便諷人稱爲聰明尉終兵部侍郎詩一首

奉酬韋祭酒偶遊龍門北谿忽懷驪山別業因以言志示弟淑奉呈諸大僚之作

有美朝爲貴幽尋地自偏踐臨伊水汭想望灞池邊是遇皆新賞茲遊若舊年藤蘿隱路接楊柳御溝聯道愜神情王機忘俗理捐遂初誠已重兼濟實爲賢跡是東山戀心惟（一作仍）北闕懸顧慙經拾紫多謝賦思玄未躡（一作囁）中林步空承麗（一作上）藻傳陽春和已寡扣寂竟徒然（紀事云龍門北溪韋嗣立山居在焉諸公賦詩奉古時預酬唱之末張說序崔韋贈答詩云二公述志論文首貽雅唱其餘彝聲響答望形影赴故亦峻碧池之漣漪增瑤林之沃若蓋奉古之徒是也）

崔日知

崔日知字子駿日用從父兄也有吏幹景雲中爲洺州司馬以討譙王重福功累遷京兆尹爲御史李如璧所劾左遷歙縣丞後爲太常卿自以歷任年久每朝士參集常與尚書同列時人號爲尚書裏行詩二首

奉酬韋祭酒偶遊龍門北谿忽懷驪山別業因以言志示弟淑并呈諸大僚之作

夙齡秉微尚中年忽有鄰以茲山水癖遂得狎（一作學）通人迨我咸（一作南）京道聞君別（一作北）業新巖前窺石鏡河畔踏芳茵既憐伊浦綠復憶灞池春連詞謝家子同歡冀野賓趣閑魚共樂情洽鳥來馴詎（一作誰）念昔遊者祇命獨留秦

蕭條潁陽戀冲漠漢陰眞無由陪勝躅空此翫書筠

冬日述懷奉呈韋祭酒張左丞蘭臺名賢

弱齡好經籍披卷即怡然覃精四十載馳騁數千言孔壁採遺篆（一作帙）周韋考絕編袁公論劒術孫子叙兵篇魯史君臣道姬書日月懸從師改炎燠負笈遍山川上巽西河夏中非北海玄光榮拾青紫名價接通賢既重萬鍾樂寧思二頃田長戟同分虎高冠亞（一作互）附蟬晚懷重虛曠養志息雕鐫登高慚思拙匠物謝情妍不慕張平子寧希（一作思）王仲宣誰謂登龍日翻成刻鵠年循循勞善誘軋軋思微牽琢磨才既竭鑽仰德彌堅朽木誠爲諭捫心徒自憐終期吞鳥夢振翼上雲煙賦成先擲地詞高直掞天更執摳衣禮仍開函丈筵霧披槐市藹水靜璧池圓顧逐從風葉飛舞翰林前

崔泰之

崔泰之鄠陵人以職方郎中預誅二張開元中官工部尚書詩三首

奉酬韋嗣立祭酒偶遊龍門北谿忽懷驪山別業因以言志示弟淑奉呈諸大僚之作

關塞臨伊水驪山枕灞川俱臨隱路側同在帝城邊謝公兼出處攜妓翫林泉鳴騶噴梅雪飛蓋曳松煙聞琴幽谷裏看奕古巖前落日低幃帳歸雲繞管弦叨榮慚北闕微尚愛東田寂莫灰心盡蕭條塵事捐朝思登嶰絕夜夢弄潺湲宿懷南澗意況覩北谿（一作巖）篇

同光祿弟冬日述懷（幷序）

韋祭酒張左丞二公並廊廟偉才朝廷舊相咸光首和殊爲佳作輒繼陽春深增愧悚（韋祭酒嗣立張左丞說光祿日知也）

吾族白眉良才華動洛陽觀光初入仕應宿始爲郎飛螢翫書籍白鳳吐文章海卿逾往雅河尹冠前張擇才綏鄢郢殊化被江湘高樓臨廣陌甲第敞通莊列館邙山下疏亭洛水傍昌年賞豐陌暇日悅林塘衣冠皆秀彥（一作彦）羅綺盡名倡隔岸聞歌度臨池見舞行門庭寒變色蓧戟日（一作自）生光窮陰方霰雪殺氣正蒼茫感時興盛作晚歲共多傷積德韋丞相通神張子房吟草徧簪紱逸韻合宮商功名守留省濫迹在文昌家園遙可見臺寺近相望無庸乘侍謁有暇共翺翔棣華依雁序竹葉拂鸞觴水坐憐秋月山行弄晚芳恩華慙服冕友愛昜垂堂無由報天德相顧詠時康（紀事云泰之時以禮部居洛故與嗣立說日知數有酬唱）

奉和聖製送張尚書巡邊

南庭胡運盡北斗將星飛旗鼓臨沙漠旌旄（一作旗，一作旃）出洛畿關山遶玉塞烽火映金微屢獻帷謀策頻承廟勝威躞蹀臨河騎逶迤度隴旂地脈平千古天聲振九圍車馬生邊氣戈鋋駐落暉夏近蓬猶轉秋深草木（一作未）腓餞送紆天什恩榮賜御衣佇勒燕然頌鳴騶計日歸

魏知古

魏知古深州人性方直有才名弱冠舉進士長安中歷鳳閣舍人神龍初擢吏部侍郎睿宗即位以藩邸故吏名拜黃門侍郎遷散騎常侍同平章事開元初改紫微令終工部尚書所薦洹水令呂太一蒲州司功參軍齊澣內率騎曹參軍柳澤密尉宋遙左補闕袁暉右補闕封希顏伊闕尉陳希烈皆爲聞人宋璟嘗稱曰叔向古之遺直子產古之遺愛能兼之者其在魏公集七卷今存詩五首

春夜寓直鳳閣懷羣公（一本題上有和中書侍郎楊再思八字）

拜門傳漏晚寓直索居時昔重安仁賦今稱伯玉詩（伯玉齊卞伯玉）鴛池滿不溢雞樹久逾滋夙夜懷山甫清風詠所思（也有赴中書郎詩云大方信包含優渥遂不已濯鱗龍鳳池揮翰紫宸裏）

奉和春日途中喜雨應詔

皇輿（一作遊）向洛城時雨應天行麗日登巖送陰雲出野迎濯枝林杏發潤葉渚蒲生絲入綸言喜花依錦字明微臣忝東觀載筆佇西成

從獵渭川獻詩（舊唐書本傳云先天元年冬上畋于渭川知古獻詩以諷手詔褒之曰干頃向溫泉觀省風俗時因暇景掩渭而畋方開一面之羅式展三驅之禮躬親校獵聊以前禽豈意卿有箴規輔余不逮今賜物五十段用申勸獎）

嘗聞夏太康五弟訓禽荒我后來冬狩三驅盛禮張順時鷹隼擊講事武功揚奔走未及去翾飛豈暇翔非熊從渭水瑞翟想陳倉此欲誠難縱茲遊不可常子雲陳羽獵僖伯諫漁棠得失鑒齊楚仁恩念禹湯雍熙亮在宥亭毒匪多傷辛甲今爲史虞箴遂孔彰

玄元觀尋李先生不遇

羽客今何在空尋伊洛間忽聞歸苦縣復想入函關未作千年別猶應七日還神仙不可見寂莫返蓬山

全唐詩目（第二函）

第五冊

李乂（一卷）
盧藏用　岑羲　薛稷　馬懷素（共一卷）
富嘉謨　吴少微　員半千　王適
閻丘均　齊澣　祝欽明　劉知幾
胡雄　張齊賢　鄭善玉　丘悅（共一卷）
沈佺期（三卷）
趙冬曦　尹悉　王琚　陰行先
王熊　梁知微　李伯魚　楊重玄
朱使欣（共一卷）

全唐詩

李乂

李乂字尚眞趙州房子人年十二工屬文第進士茂才異等調萬年尉長安中擢監察御史遷中書舍人修文館學士睿宗朝進吏部侍郎改黃門侍郎封中山郡公開元初轉紫微侍郎未幾除刑部尚書卒年六十八居官沉正方雅識治體時稱有宰相器與兄尚一尚貞俱以文章見稱有李氏花萼集乂與蘇頲對掌綸誥明皇比之味道與嶠並稱蘇李今編詩一卷

招諭有懷贈同行人（一作李義府詩）

遠遊冐艱阻深入勞存諭春去辭國門秋還在邊戍軒車行未返節序催難駐陌上悲轉蓬園中想芳樹蜀山自紛糾岷水恒奔注臨泛多苦懷登攀寡歡趣永夕飛淫雨崇朝蒸毒霧不求綏嶺桃寧美卭鄉蒟白浪行欲靜驄馬何嘗驅（唐韻區遇切）願接軺旆塵聯翩東北騖

春日侍宴芙蓉園應制

水殿臨丹籞山樓繞翠微昔遊人託乘今幸帝垂衣澗篠緣峰合巖花逗浦飛朝來江曲地（一作朝迴曲江地）無處不光輝

奉和登驪山高頂寓目應制

崖巘萬尋懸居高敞御筵行戈疑駐日步輦若登天城闕霧中近關河雲外連謬陪登岱駕欣奉濟汾篇

奉和七夕兩儀殿會宴應制

桂宮明月夜蘭殿起秋風雲漢彌年阻星筵此夕同倏來疑有處旋去已成空睿作鈞天響魂飛在夢中

奉和春日遊苑喜雨應詔

仙蹕九成臺香筵萬壽杯一旬初降雨二月早聞雷葉向朝霽（一作晴）密花含宿潤開幸承天澤豫（一作遍）無使日光催

奉和人日清暉閣宴羣臣遇雪應制

上日登樓賞中天御輦飛後庭聯舞唱前席仰恩輝睿作風雲起農祥雨雪霏幸陪人勝節長願奉垂衣

陪幸臨渭亭遇雪應制

青陽御紫微白雪下彤闈浹壤流天霈綿區灑帝輝水如銀度燭雲似玉披衣爲得因風起還來就日飛

奉和九日侍宴應制得濃字

望幸紆千乘登高自九重臺疑臨戲馬殿似接疏龍捧篚萸香徧稱觴菊氣濃更看仙鶴舞來此慶時雍

送沙門弘景道俊玄奘還荆州應制

初日承歸旨秋風起贈言漢珠留道味江璧返眞源地出南關遠天迴北斗尊寧知一柱觀却啓四禪門

奉和九月九日登慈恩寺浮圖應制

湧塔臨玄地高層瞰紫微鳴鑾陪帝出攀檢翊天飛慶洽重陽壽文含列象輝小臣叨載筆欣此（一作無以）頌巍巍

閏九月九日幸總持寺登浮圖應制

清蹕幸禪樓前驅歷御溝還疑九日豫更想六年遊聖藻輝纓絡仙花綴冕旒所欣延億載寧祗慶重秋

侍宴長寧公主東莊應制

紫禁乘宵（一作雷）動青門訪水嬉貴遊鱣序集（一作上台鱣序慶）仙女鳳樓期合宴簪紳滿承恩雨露滋北辰還捧日東館幸逢時

幸白鹿觀應制

制蹕乘驪阜迴輿指鳳京南山四皓謁西嶽兩童迎雲幄臨懸圃霞杯薦赤城神明近玆（一作福）地何必往蓬瀛

次蘇州

洛渚問吳潮吳門想洛橋夕煙楊柳岸春水木蘭橈城邑南樓近星辰北斗遙無因生羽翼輕舉托還飈

寄胡皓時在南中

徭役苦流滯風波限泝洄江流通地骨山道繞天台有鳥圖南去無人見北來閉門滄海曲雲霧待君開

餞許州宋司馬赴任

展驥旌時傑談雞美代賢暫離仙掖務追送近郊筵地慘金商節人康壁假田從來昆友事咸以佩刀傳

餞唐州高使君赴任

淮源之水清可以濯君纓彼美稱才傑親人佇政聲歲寒疇曩意春晚別離情終歎臨岐遠行看擁傳榮

哭僕射鄂公楊再思

端揆（一作揆席）凝邦績台階闡國猷方崇大厦棟忽逝巨川舟白日銘安在淸風頌獨留死生恩命畢零落掩山丘

故趙王屬贈黃門侍郎上官公挽詞

暮歸泉壤隔朝發城池戀漢時結愁陰秦陵下悲霰駸駸百駟馳惘惘羣龍餞石馬徒自施玉人終不見

淮陽公主挽歌

玉顏生漢渚湯沐榮天女金縷化卭塵（一本作第二句）哀榮感路人鳳皇曾作伴螻蟻忽爲親疇日成蹊處穠華不復春

故西臺侍郎上官公挽歌

寓內文儒重朝端禮命優立言多啟沃論道盛謀猷顧日琴安在衡星劒不留徒懷東武襚更掩北原丘

高安公主挽歌二首

湯沐三千賦樓臺十二重銀鑪稱貴幸（一作子）玉輦盛過逢嬪則留中饋娥輝没下春平陽百歲後歌舞爲誰容

賓衛儼相依橫門啟曙扉（一作暉）靈陰蟾兎缺仙影鳳皇飛一水秋難渡三泉夜不歸況臨青女節瑤草更前哀（一作衰）

奉和初春幸太平公主南莊應制

平陽館外有仙家沁水園中好物華地出東郊迴日御城臨南斗度雲車風泉韻繞幽林竹雨霰光搖雜樹花已慶時來千億壽還言日暮九重賒

興慶池侍宴應制

神池泛濫水盈科仙蹕紆徐步輦過縱棹洄沿萍溜合

開軒眺賞麥風和潭魚在藻供遊詠（一作欣遊泳）谷鳥含櫻入賦歌寄語乘槎溟海客回頭來此問天河

侍宴安樂公主山莊應制

金輿玉輦背三條水閣山樓望九霄野外初迷七聖道河邊忽覩二靈橋懸冰滴滴依虬箭清吹泠泠雜鳳簫回（一作向）晚平陽歌舞合前溪更轉木蘭橈

奉和春日幸望春宮應制

東城結宇敞（一作瞰）千尋北闕迴輿具四臨麗日祥煙承罕畢輕荑弱草籍衣簪秦商重沓雲巖近河渭縈紆霧壑深謬接鵷鴻陪賞樂還欣魚鳥遂飛沈

人日重宴大明宮恩賜綵縷人勝應制

詰旦行春上苑中憑高却下大明宮千年執象寰瀛泰七日爲人慶賞隆鐵鳳曾騫搖瑞雪銅烏細轉入祥風此時朝野歡無算此歲雲天樂未窮

亭龍池樂第八章

星分邑里四人居水洊源流萬頃餘魏國君王稱象處晉家蕃邸化龍初青蒲蹔似（一作似騁）遊梁馬綠藻還疑（一作疑遊）宴鎬魚自有神靈滋液地年年雲物史官書

奉和幸禮部尚書竇希玠宅應制（一作陪幸五王宅）

家住千門側亭臨二水傍貴遊開北地（一作第）宸眷幸西鄉曳履迎中谷鳴絲出後堂浦疑觀萬象（一作物）峰似駐三光草向瓊筵樂花承繡扆香聖情思舊重（一作果）留飲賦雕章

奉和晦日幸昆明池應制

玉輅尋春賞金堤重晦遊川通黑水浸地派紫泉流晃朗扶桑出綿聯杞樹周烏疑填海處人似隔河秋劫盡灰猶識年移石故留汀洲歸棹晚簫鼓雜汾謳

奉和幸長安故城未央宮應制

鳳輦乘春陌龍山訪故臺北宮纔盡處南斗獨昭回肆覽飛宸札稱觴引御杯已觀蓬海變誰厭柏梁災代挹孫通禮朝稱賈誼才忝儕文雅地先後各時來

陪幸韋嗣立山莊應制（一作宋之問詩）

樞掖調梅暇林園種槿初入朝榮劍履退食偶琴書地隱東巖室天迴北斗車旌門臨窜窱輦道屬扶疎雲罕明丹谷霜笳徹紫虛水疑投石處谿似釣璜餘帝澤頒卮酒人歡頌里閭一承黃竹詠長奉白茆居

奉和幸望春宮送朔方軍大總管張仁亶

邊郊草具腓河塞有兵機上宰調梅寄元戎細柳威武貔東道出鷹隼北庭飛玉匣謀中野金輿下太微投醪銜餞酌緝衮事征衣勿謂公孫老行聞奏凱歸

奉和幸三會寺應制

睿德總無邊神皋擇勝緣二儀齊法駕三會禮香筵漢闕中黃近秦山太白連臺疑觀（一作書）鳥日池似刻鯨年滿月臨真境秋風入御弦小臣叨下列持管謬窺天

奉和幸大薦福寺（寺即中宗舊宅）

象設隆新宇龍潛想舊居碧櫳披玉額丹仗導金輿代日興光近周星掩曜初空歌清沛筑梵樂奏胡書帝造環三界天文賁六虛康哉孝理日崇德在真如

夏日都門送司馬員外逸客孫員外佺北征（時相王爲元帥魏大夫元忠爲副）

日逐滋南寇天威撫北垂析珪行仗節持印且分麾羽檄雙鳧去兵車駟馬馳虎旗懸氣色龍劍抱雄雌候月期戡翦經時念別離坐聞關隴外無復引弓兒

元日恩賜柏葉應制（景龍四年）

勁節凌冬勁芳心待歲芳能令人益壽非止麝含香

侍宴桃花園詠桃花應制

綺萼成蹊遍籞芳紅英撲地滿筵（一作庭）香莫將秋宴傳王母來比春華奉（一作壽）聖皇

奉和三日祓禊渭濱

上林花鳥暮春時上巳陪遊樂在茲此日欣逢臨渭賞昔年空道濟汾詞

奉和幸韋嗣立山莊侍宴應制

曲榭迴廊繞澗幽飛泉噴下溢池流祇應感發明王夢遂得邀迎聖帝遊

侍宴安樂公主新宅應制

牽牛南渡象昭回學鳳樓成帝女來平旦鵷鸞歌舞席方宵鸚鵡獻酬杯

餞唐永昌

田郎才貌出咸京潘子文華向洛城願以深心留善政當令强項謝（一作識）高名

全唐詩

盧藏用

盧藏用字子潛幽州范陽人舉進士不調隱居終南長安中召授左拾遺中宗朝歷中書舍人黃門侍郎修文館學士以附太平公主流驩州詩八首

九日幸臨渭亭登高應制得開字

上月重陽滿中天萬乘來萸依佩裏發菊向酒邊開聖澤煙雲動宸文象緯迴小臣無以荅願奉億千杯

奉和九月九日登慈恩寺浮圖應制

化塔龍山起中天鳳輦迂綵旒牽畫刹雜珮冒香萸寶葉擎千座金英漬百盂秋雲飄聖藻霄（一作睿）極捧連珠

宋主簿鳴臯夢趙六予未及報而陳子云亡今(一無今字)追爲此詩荅宋兼貽平昔遊舊

暮川罕停波朝雲無畱色故人琴與詩可存不可識識心尚可親琴詩非故人鳴臯初夢趙蜀國已悲陳感化傷淪滅魂交惜未申冥期失幽報茲理復今晨前嗟成後泣已矣將何及舊感與新悲虛懷酬昔時趙侯鴻寶氣獨負青雲姿羣有含妙識衆象懸清機雄談盡物變精義解人頤在陰既獨善幽躍自爲疑踠彼千里足傷哉一尉欺陳生富清理卓犖兼文史思縟巫山雲調逸岷江水鏗鏘哀忠義感激懷知己負劒登薊門孤遊入燕市浩歌去京國歸守西山趾幽居探元化立言見千祀埋沒經濟情良圖竟云已坐憶平生遊十載懷嵩丘題書滿古壁採藥徧巖幽子微化金鼎僊笙不可求榮哉宋與陸名宦美中州存亡一睽阻岐路方悠悠自予事山海及茲人世改傳聞當世榮皆入古人名無復平原賦空餘鄰笛聲泣對西州使悲訪北邙塋新墳蔓宿草舊闕毀殘銘爲君成此曲因言寄友生默語無窮事凋傷共此情

餞唐州高使君赴任

餞酒臨豐樹褰帷出魯陽蕙蘭春已晚桐柏路猶長祖逖方城鎮安期外氏鄉從來二千石天子命唯良

餞許州宋司馬赴任

國爲休徵選輿因仲舉題山川襄野隔朋酒灞亭暌零雨征軒騖秋風別驥嘶驪歌一曲罷愁望正淒淒

奉和立春遊苑迎春應制

天遊龍輦駐城闉上苑遲光晚更新瑤臺半入黃山路玉檻傍臨玄霸津梅香欲待歌前落蘭氣先過酒上春幸預柏臺稱獻壽願陪千畝及農晨

奉和幸安樂公主山莊應制

皇女瑤臺天漢潯星橋月宇構(一作創)山林飛蘿半拂銀題影瀑布環流玉砌陰菊浦(一作酒)香隨鸚鵡泛簫樓韻逐鳳凰吟瑤池駐蹕恩方久璧月無文(一作雲)興轉深

夜宴安樂公主宅

侯家主第一時新上席華年不惜春珠釭綴日(一作月)那知夜玉斝流霞畏底(一作極)晨

岑羲

岑羲字伯華文本之孫第進士則天時爲天官員外郎中宗朝同中書門下三品景雲初進侍中封南陽郡公坐豫太平公主謀伏誅詩六首

九月九日幸臨渭亭登高應制得涘字

重九開科曆千齡逢聖紀爰豫矚秦垌昇高臨灞涘玉醴浮仙菊瓊筵薦芳芷一聞帝舜歌歡娛良未已

奉和九月九日登慈恩寺浮屠應制

寶臺聳天外玉輦步雲端日麗重陽景風搖季月寒梵堂遙集鴈帝樂近翔鸞願獻延齡酒長承湛露歡

餞唐州高使君

蒼茫南塞地明媚上春時目極傷千里懷君不自持征車別岐路斜日下崦嵫一歎軺軒阻悠悠卽所思

奉和春日幸望春宮應制

和風助律應韶年清蹕乘高入望僊花笑鶯歌迎帝輦雲披日霽俯皇川南山近壓(一作獻)仙樓(一作杯)上北斗平臨御扆(一作魏闕)前一奉恩榮同鎬宴(一作歡在鎬)空知率舞聽薰弦

奉和幸安樂公主山莊應制

銀牓重樓出霧開金輿步輦向天來泉聲迴入吹簫曲山勢遙臨獻壽杯帝女含笑流飛電乾文動色象昭回誠願北極拱堯日微臣抃舞詠康哉

夜宴安樂公主新宅

金牓重樓開夜扉瓊筵愛客未言歸銜歡不覺銀河曙(一作曉)盡醉那知玉漏(一作露)稀

薛稷

薛稷字嗣通汾陰人道衡曾孫魏徵外甥也擢進士第景龍中昭文館學士睿宗立拜中書侍郎參知機務歷太子少保以翊贊功封晉國公工書畫詩十四首

儀坤廟樂章二首

陽靈配德陰魄昭升堯壇鳳下漢室龍興俔天作對前旒是疑化行南國道盛西陵造舟集灌無德而稱我粢既潔我醴既澄陰陰靈廟光靈若憑德馨惟饗孝思烝烝

乾道既亨坤元以貞肅雍攸在輔佐斯成外睦九族內光一庭克生叡哲祚我休明欽若徽範悠哉淑靈建茲清宮於彼上京縮茅以獻絜秬惟馨實受其福斯乎億齡

九日幸臨渭亭登高應制得曆字

暮節乘原野宣遊俯崖壁秋登華實滿氣嚴鷹隼擊仙菊含霜泛聖藻臨雲錫願陪九九辰長奉千千曆

慈恩寺九日應制

寶宮星宿劫香塔鬼神功王遊盛塵外睿覽出區中日宇開初景天詞掩大風微臣謝時菊薄采入芳叢

早春魚亭山

春氣(一作色)動百草紛榮時斷續白雲自高妙裵回空山曲陽林花已紅寒澗苔未綠伊余息人事蕭寂無營欲客行雖(一作須)云遠翫之聊自足

秋日還京陝西十里作

驅車(一作馬)越陝郊北顧臨大河隔河望鄉邑秋風水增波西登咸陽途日暮憂思多傅巖既紆鬱首山亦嵯峨操築無昔老採薇有遺歌客遊節回換人生知(一作能)幾何(杜甫云少保有古風得之陝郊篇謂此作也)

奉和送金城公主適西蕃應制

天道寧殊俗慈仁(一作深恩)乃戢兵懷荒寄赤子忍愛鞠蒼生月下瓊娥去星分寶婺行關山馬上曲相送不勝情

春日登樓野望

憑軒聊一望春色幾芬菲野外煙初合樓前花正飛鶯弄新響斜日散餘暉誰忍孤遊客言念獨依依

餞許州宋司馬赴任

令弟與名兄高才振兩京別序聞鴻雁離章動鶺鴒遠朋馳翰墨勝地寫丹青風月相思夜勞望潁川星

奉和聖製春日幸望春宮應制

九春風景足林泉四面雲霞敞御筵花鏤黃山繡作苑草圖玄灞錦爲川飛觴競(一作趁)醉心迴日走馬爭先眼著

鞭喜奉仙遊歸路遠直言（一作論）行樂不言旋

奉和幸安樂公主山莊應制

主家園囿（一作宇，一作圃）極新規，帝郊遊豫奉天儀。歡宴瑤臺鎬京集，賞賜銅山蜀道移。曲閣交映金精板，飛花亂下珊瑚枝。借問今朝八龍駕，何如昔日望仙池。

秋朝覽鏡

客心驚落木，夜坐聽秋風。朝日看容鬢，生涯在鏡中。

夜宴安樂公主新宅

秦樓宴喜月裴回，妓筵銀燭滿庭開。坐中香氣排花出，扇後歌聲逐酒來。

餞唐永昌

河洛風煙壯市朝，送君飛梟去漸遙。更思明年桃李月，花紅柳綠宴浮橋。

馬懷素

馬懷素，字惟白，潤州丹徒人。擢進士第，長安中爲監察御史，守正不阿。開元初拜戶部侍郎、昭文館學士，卒謚曰文。詩十二首。

九日幸臨渭亭登高應制得酒字

睿賞叶通三，宸遊契重九。蘭將葉布席，菊用香浮酒。落日下桑榆，秋風歇楊柳。幸齊東戶慶，希薦南山壽。

奉和九月九日登慈恩寺浮圖應制

季月啟重陽，金輿陟寶坊。御旗橫日道，仙塔儼雲莊。帝蹕千官從，乾詞七曜光。顧慙文墨職，無以頌時康。

奉和送金城公主適西蕃應制

帝子今何去（一作在），重姻適異方。離情愴宸掖，別路遶關梁。望絕園中柳，悲纏陌上桑。空餘願黃鶴，東顧憶迴翔。（黃鶴見漢書西域傳公主歌云：願爲黃鵠兮歸故鄉）

餞許州宋司馬赴任

潁川開郡邑，角宿分躔野。君非仲舉才，誰是（一作應）題輿者。惆悵琴上鶴，蕭蕭路傍馬。嚴程若可留，別袂希再把。

餞唐州高使君赴任

外牧資賢守，斯人奉帝俞。淮南膺建隼，渭北暫分符。坐歎煙波隔，行嗟物候殊。何年昇美課（一作政），迴首（一作看）北城隅。

奉和立春遊苑迎春應制

玄籥飛灰出洞房，青郊迎氣肇初陽。仙輿暫（一作早）下宜春苑，御醴行開薦壽觴。映水輕苔猶隱綠，緣堤弱柳未舒黃。唯有裁花飾簪鬢，恒（一作相）隨聖藻狎年光。

奉和聖製春日幸望春宮應制

綵仗瑚輿俯碧潯，行春御氣發皇心。搖風細柳縈馳道，映日輕花出禁林。遍（一作通）野園亭開帝幕，連堤草樹狎衣簪。謬叅西掖霑堯酒，願沐南薰解舜琴。

奉和人日讌大明宮恩賜綵縷人勝應制（一作正月七日宴大明殿）

日宇（一作萬）千門平旦開，天容萬象（一作辰）列昭回。三陽候節金爲勝，百福迎祥玉作杯。就暖風光偏著柳，辭寒雪影半藏梅。何幸得參詞賦職，自憐終乏馬卿才。

奉和幸安樂公主山莊應制

主家臺沼（一作館）勝平陽，帝幸歡娛樂未央。掩映瑚窗交極浦，參差繡戶繞迴塘。泉聲百處傳歌（一作歌傳）曲，樹影千重對舞（一作舞對）行。聖酒一霑何以報，唯欣頌德奉時康。

興慶池侍宴應制

積水逶迤繞直（一作貝）城，含虛皎鏡有餘清。圖雲曲榭（一作樹）連緹幕，映日中塘間綵旌。賞洽猶聞簫管沸，歡留更睹木蘭輕。無勞海上尋仙客，即此（一作有）蓬萊在帝京。

夜宴安樂公主宅

鳳樓窈窕凌三襲，翠幌玲瓏瞰九衢。複道中宵留宴衎，彌令上客想踟躕。

餞唐永昌

聞君出宰洛陽隅，賓友稱觴餞路衢。別後相思在何處，祇應關（一作臨）下望仙鳧。

全唐詩

富嘉謨

富嘉謨，雍州武功人。舉進士，長安中累官晉陽尉，預修三教珠英。中興初，歷左臺御史。與吳少微友善，屬詞竝以經典爲本，文體一變，號爲富吳體。張說稱其文如孤峰絕岸，壁立萬仞，濃雲鬱興，震雷俱發，誠可畏也，若施於廊廟則駭矣。集十卷，今存詩一首。

明冰篇

北陸蒼茫河海凝，南山闌干晝夜冰。素彩峨峨明月升，深山窮谷不自見。安知採斵備嘉薦，陰房涸沍掩寒扇。陽春二月朝始暾，春光潭沲度千門。明冰時出御至尊，彤庭赫赫九儀備。腰玉煌煌千官事，明冰畢賦周在位。憶昨沙漠（一作朔）寒風漲，崑崙長河冰始壯。漫汗崚嶒積亭障，嗈嗈鳴雁江上來。禁苑池臺冰復開，搖青涵綠映樓臺。豳歌七月王風始，鑿冰藏用昭物軌。四時不忒千萬祀（一作禩）。

吳少微

吳少微，新安人。舉進士，累至晉陽尉，與富嘉謨同官。中興初，以韋嗣立薦，拜右臺御史。嘗爲并州長史張仁亶撰進九鼎銘表。集十卷，今存詩六首。

長門怨

月出映層城，孤圓上太清。君王眷愛歇，枕席涼風生。怨咽不能寢，踟躕步前楹。空階白露色，百草寒蟲鳴。念昔金房裏，猶嫌玉座輕。如何嬌所恢，長夜泣恩情。

和崔侍御日用遊開化寺閣

左憲多才雄，故人尤鷙鶚。護贈單于使，休輻太原郭。館次厭煩歊，清懷尋寂寞。西緣十里餘，北上開化閣。初入雲樹間，冥蒙未昭廓。漸出欄槐外，萬里秋景焯（一作灼）。歲晏風落山，天寒水歸壑。覽物頌幽景，三乘動玄鑰。但歎利解（一作相）言，永用忘昏著。

哭富嘉謨并序

維三月癸丑，河南富嘉謨卒。子時寢疾於洛陽北里，聞之，投枕而起，淚沾乎衽，席匍匐於寢門之外。

病不能哭仰天而呼曰天乎天乎俾予曷所朋曷有律曷可得而見抑斯文也以存乎哀太常少卿徐公鄜州刺史尹公中書徐元二舍人兵部張郎中未嘗值我不歎于朝夫情悼之賦詩以寵亡也

其詞曰

吾友適不死於戲社稷臣直祿非造利長懷大庇人乃通承明籍溝（一作遇）此敦牂春藥厲其可畏皇穹故匪仁疇昔與夫子孰云異天倫同病一相失茫茫不重陳子之文章在其殆尼父新鼓輿幹河岳貞詞毒鬼神可悲不可朽車轄沒荒榛聖主賢爲寶吁茲大國貧（紀事云少微與嘉謨齊名竝爲御史臥疾聞其亡號哭賦詩其詞莫不歎美既而病亟數曰生死人之大分何恨焉然官職十分未作其一乃至是耶慷慨而終）

過漢故城

大漢昔未定強秦猶擅場中原逐鹿罷高祖鬱龍驤經始謀帝座茲焉壯未央規模窺棟宇表裏浚城隍羣后崇長樂中朝增建章句陳被蘭錡樂府奏芝房翡翠明珠帳鴛鸞白玉堂清晨寶鼎食閑夜鬱金香天馬來東道佳人傾北方何其赫隆盛自謂寶靈長歷數有時盡哀平嗟不昌冰堅成巨猾火德遂頹綱奧位匪虛校貪天竟速亡魂神吁社稷豹虎鬬巖廊金狄移灞岸銅盤向洛陽君王無處所年代幾荒涼宮闕誰家域蓁蕪罥我裳井田唯有草海水變爲桑昔在高門內於今岐路傍餘基不可識古墓列成行狐兔驚魍魎鴟鳥嚇獝狂空城寒日晚平野暮雲黃烈烈樊青棘蕭蕭吹白楊千秋并萬歲空使詠歌傷

古意

洛陽芳樹向春開洛陽女兒平旦來流車走馬紛相催折芳瑤華向曲臺曲臺自有千萬行重花累葉間（一作映）垂楊北林朝日鏡（一作錦）明光南國微風蘇合香可憐窈窕女不作邯鄲娼妙舞輕迴拂長袖高歌浩唱發清商歌終舞罷歡無極樂往悲來長歎息陽春白日不少留紅榮（一作花）碧樹無顏色碧樹風花先春度珠簾粉澤無人顧如何年少忽遲暮坐見明月與白露明月白露夜已寒香衣錦帶空珊珊今日陽春一妙曲鳳皇樓上與君彈

怨歌行

城南有怨婦含情傍芳叢自謂二八時歌舞入漢宮皇恩數流眄承幸玉堂中綠柏黃花催夜酒錦衣羅袂逐春風建章西宮煥若神燕趙美女三千人君王厭德不忘新況羣豔冶紛來陳是時別君不再見三十三春長信殿長信重門晝掩關清房曉帳幽且閑綺窗蟲網氛塵色文軒鶯對（一作樹）桃李顏天王貴宮不貯老浩然含淚（一作淚隕）今來還自憐春色轉晚暮試逐佳遊芳草路小腰麗女奪人奇金鞍少年曾不顧（有逸句）歸來誰爲夫請謝西家婦莫辭先醉解羅襦

員半千

員半千晉州臨汾人本名餘慶其師王義方器之曰五百歲一賢者生子宜當之因改名半千應八科師舉授武陟尉歲旱發粟賑饑爲薛元超所稱垂拱中補左衛冑曹充吐蕃宣慰使則天曰久聞卿名謂是古人不意乃在朝列即使入閣供奉證聖中爲弘文館學士仍分日待制五遷正諫大夫預修三教珠英中宗時爲濠州刺史睿宗徵拜太子右諭德兼崇文館學士性樂山水開元中卜居堯山年九十四卒集十卷今存詩三首

隴頭水

路出金河道山連玉塞門旌旗雲裏度楊柳曲中喧喋血多壯膽裹革無怯魂嚴霜斂曙色大明辭朝暾塵銷營卒壘沙靜都尉垣霧卷白山出風吹黃葉翻將軍獻凱入萬里絕河源

隴右途中遭非語

趙有兩毛遂魯聞二曾參慈母猶且惑況在行路心冠冕無醜士賄賂成知己名利我所無清濁誰見理敝服空逢春緩帶不著身出遊非懷璧何憂乎忌人正須自保愛振衣出世塵

儀坤廟樂章

孝享云畢維徹有章雲感玄羽風悽素商瞻望神座祇戀匪遑禮終樂闋肅雍鏘鏘

王適

王適幽州人則天時敕吏部糊名考選人判以求才俊適與劉憲司馬鍠梁載言相次入第二等官至雍州司功參軍詩五首

銅雀妓

日暮銅雀迥秋深玉座清蕭森松柏望委鬱綺羅情君恩不再得妾舞爲誰輕

蜀中言懷

獨坐年將暮常懷志不通有時須問影無事却書空棄置如天外平生似夢中蓬心猶是客華髮欲成翁跡滯魂逾窘情乖路轉窮別離同夜月愁思隔秋風老少悲顏駟（一作叟）盈虛悟翟公時來不可問何用求童蒙

古別離

昔歲驚楊柳高樓悲獨守今年芳樹枝孤棲怨別離珠簾晝不捲羅幔曉長垂苦調琴先覺愁容鏡獨知頻年雁度無消息罷却（一作去）鴛文何用織夜還羅帳空有情春著帬腰自無力青軒桃李落紛紛紫庭蘭蕙日（一作香）氛氳已能顦顇今如此更復含情一待君

江上有懷

湛湛江水見底清荷花蓮子傍江生採蓮將欲寄同心秋風落花空復情櫂歌數曲如有待正見明月度東海海上雲盡月蒼蒼萬里分輝滿洛陽洛陽閨閣夜何央蛾眉嬋娟斷人腸寂寥金屏空自掩青熒銀燭不生光應憐水宿洞庭子今夕迢遙天一方

江濱梅

忽見寒梅樹開花漢水濱不知春色早疑是弄珠人

閻丘均

閻丘均益州成都人以文章著稱景龍中爲安樂公主所薦拜太常博士主敗坐貶循州司倉集十卷今存詩一首

臨水亭

高館基曾山微冪生花草傍對野村樹下臨車馬道清朗悟心術幽遐備贍討迴合峰隱雲聯綿渚縈島氣似滄洲勝風爲青春好相及盛年時無令歎衰老

齊澣

齊澣字洗心定州義豐人聖曆中制科登第調蒲州司法參軍歷監察御史開元中遷中書舍人論駁書詔皆準古義宋璟蘇頲竝重之與修四庫羣書杜暹表宋璟爲吏部尚書澣及蘇晉爲侍郎時稱高選後爲江南採訪使以瓜步多風濤乃移漕路於京口又立伊婁埭迄今利濟終平陽太守詩二首

長門怨

煢煢孤思逼寂寂長門夜妾妬亦知非君恩那不借攜琴就玉階調悲聲未諧將心託（一作寄）明月流影入君懷

長門怨（一作劉皁詩）

宮殿沈沈月欲分昭陽更漏不堪聞珊瑚枕上千行淚不是思君是恨君（一作半是思君半恨君）

祝欽明

祝欽明字文思京兆始平人舉明經長安元年累遷太子率更令兼崇文館學士中宗在春宮欽明充侍讀及即位擢拜國子祭酒同中書門下三品歷刑部禮部二尚書嘗與羣臣侍宴欽明自言能八風舞據地搖頭睆目顧盼吏部侍郎盧藏用歎曰祝公是舉五經掃地矣景雲初爲侍御史倪若水所劾貶饒州刺史詩一首

儀坤廟樂章

閟宮實實清廟徽徽降格無象馨香有依式昭纂慶方融嗣徽明禋是享神保聿歸

劉知幾

劉知幾字子玄以詞學知名弱冠舉進士授獲嘉主簿證聖中詔九品已上各言時政知幾上陳四事詞甚切直累遷左史擢鳳閣舍人景龍初轉太子中允仍修國史時監修者多知幾奏記蕭至忠言五不可以爲汗青無日頭白可期又著史通二十卷備論史策之體徐堅重其書謂居史職者宜置座右景雲中遷太子左庶子兼崇文館學士開元初爲左散騎常侍在史職二十年嘗對鄭惟忠曰史才須有三長才也學也識也時人以爲知言詩一首

儀坤廟樂章

妙算申帷幄神謀出廟廷兩階文物備七德武功成校獵長楊苑屯軍細柳營將軍獻凱入歌舞溢重城

胡雄

胡雄開元時人詩一首

儀坤廟樂章

送文迎武遞參差一始一終光聖儀四海生人歌有慶千齡孝享肅無虧

張齊賢

張齊賢聖曆初爲太常奉禮郎累遷諫議大夫詩一首

儀坤廟樂章

祼圭既濯鬱鬯既陳畫幕雲舉黃流玉醇儀充獻酌禮盛衆禋地察惟孝愉焉饗親

鄭善玉

鄭善玉開元時人詩一首

儀坤廟樂章

酌鬱既灌取蕭方爇籩豆靜器簠簋芬飶魚腊薦美牲牷表絜是戰是將載迎載列

丘悅

丘悅開元時人詩一首

儀坤廟樂章

孝哉我后沖乎邇聖道映重華德輝文命慕深視篋情殷撫鏡萬國移命兆人承慶

全唐詩

沈佺期

沈佺期字雲卿相州內黃人善屬文尤長七言之作擢進士第長安中累遷通事舍人預修三教珠英轉考功郎給事中坐交張易之流驩州稍遷台州錄事參軍神龍中召見拜起居郎修文館直學士歷中書舍人太子少詹事開元初卒建安後訖江左詩律屢變至沈約庾信以音韻相婉附屬對精密及佺期與宋之問尤加靡麗回忌聲病約句準篇如錦繡成文學者宗之號爲沈宋語曰蘇李居前沈宋比肩集十卷今編詩三卷

芳樹（一作宋之問）

何地早芳菲宛在長門殿夭桃色若綬穠李光如練啼鳥弄花疎遊蜂飲香徧歎息春風起飄零君不見

長安道（一作宋之問詩）

秦地平如掌層城入（一作出）雲漢樓閣九衢春車馬千門旦綠槐開復合紅塵聚還（一作迴）散日晚鬬雞還經過狹斜看

有所思（一作宋之問詩）

君子事行役再空芳歲期美人曠延佇萬里浮雲思園槿綻紅豔郊桑柔綠滋坐看長夏晚秋月照（一作生）羅幃

臨高臺

高臺臨廣陌車馬紛相續回首思舊鄉雲山亂心曲遠望河流緩周看原野綠向夕林鳥還憂來飛景促

鳳笙曲

憶昔王子晉鳳笙遊雲空揮手弄白日安能戀青宮豈無嬋娟子結念羅幃中憐壽不貴色身世兩無窮

擬古別離

白水東悠悠中有西行舟舟行有返棹水去無還流奈何生別者戚戚懷遠遊遠遊誰當惜所悲會難收自君間（一作闊）芳躔（一作履）青陽四五道皓月掩蘭室光風虛蕙樓相思無明晦長歎累冬（一作春）秋離居久遲暮高駕何淹留

辛丑歲十月上幸長安時扈從出西嶽作

西鎮何穹崇壯哉信靈造諸嶺皆峻秀中峯特美好傍見巨掌存勢如石東倒頗聞首陽去開坼此河道磅礴

歷洪源巍峩壯（一作載）清昊雲泉紛亂瀑天磴屹橫抱子先呼其巔宮女世不老下有府君廟歷載傳灑掃皇（一作星）明應天游十月戒豐鎬微末忝閑從兼得事蘋藻宿心愛茲山意欲拾靈草陰壑已永閟雲竇絕探討芳月期來過迴策思方浩

和杜麟臺元志春情

嘉樹滿中園氛氳羅秀色不見仙山雲倚琴（一作瑟）空太息沈思若在夢緘怨似無憶青春坐南移白日忽西匿蛾眉返清鏡閨中不相識

別侍御嚴凝

七澤雲夢林三湘洞庭水自古傳剽俗有時逋惡子令君出使車行邁方靡靡靜言芟枳棘慎勿傷蘭芷

送喬隨州侃

結交三十載同遊一萬里情為契闊生心由別離死拜恩前後人從宦差池起今爾歸漢東明珠報知己

送友人任括州

青春浩無際白日乃遲遲胡為賞心客歎邁（一作過）此芳時甌粵迫茲守京闕從此辭茫茫理雲帆草草念行期紛吾結遠佩帳餞出河湄太息東流水盈觴難再持

餞遠

任子徇遐祿結友開舊襟撰酌輟行歎指途勤遠心秋晶澄回壑霽色肅明林曖然清軒暮浩思非所任

同工部李侍郎適訪司馬（一本此下有先生二字）子微

紫微降天仙丹地投（一作授）雲藻上言華頂事中問長生道華頂居最高大壑朝陽早長生術何妙童顏後天老清晨朝鳳京靜夜思鴻寶憑崖飲蕙氣過澗摘靈草人非冢已荒海變田應燥昔嘗遊此郡三霜弄溟島緒言霞上開機事塵外掃頃來迫世務清曠未云保崎嶇待漏恩怵惕司言造軒皇重齋拜漢武愛祈禱順風懷崆峒承露在豐鎬泠然委輕馭復得散（一作快）幽抱柱下留伯陽儲闈登四皓聞有參同契何時一探討

自昌樂郡泝流至白石嶺下行入郴州

茲山界夷夏天險橫寥廓太史漏登探文命限開鑿北流自南瀉羣峰回眾壑馳波如電騰激石似雷落崖留盤古樹澗蓄神農藥乳竇何淋漓苔（一作毒）蘚更彩錯娟娟潭裏虹淼淼灘邊鶴歲杪應流火天高雲物（一作霧）薄金風吹綠梢玉露洗紅籜泝舟始興廨登踐桂陽郭匍匐緣修坂穹窿曳長縴（一作索）磴林阻往來遇堰每前却救艱不遑飯畢昏無暇泊濯溪寧足懼磴道誰云惡我行山水間湍險皆不若（一作我行湍險多山水皆不若）安能獨見聞書此貽京洛

過蜀龍門

龍門非禹鑿詭怪乃天功西南出巴峽不與眾山同長竇（一作短）亘五里宛轉複嶔空伏湍煦潛石瀑水生輪風流水無晝夜噴薄龍門中潭河勢不測藻葩垂彩虹我行當季月煙景共春融江關勤亦甚巘崿意難窮勢將息機事煉藥此山東

入衛作

淇上風日好紛紛沿岸多綠芳幸未歇泛濫此明波采蘩憶幽（一作豳）吹理棹想荊歌鬱然懷君子浩曠將如何

夜泊越州逢北使

天地降雷雨放逐還國都重以風潮事年月戒回艫容顏荒外老心想域中愚憩泊在茲夜炎雲逐斗樞颸颸縈海若霹靂耿天吳鼇抃羣島失鯨吞眾流輸偶逢金華使握手淚相濡飢共噬齊棗眠共席秦蒲既北思攸濟將南睿所圖往來固无咎何忽憚前桴

紹隆寺（并序）

紹隆寺江嶺最奇去驩州城二十五里將北客畢日遊憩隨例施香回於舟中作

吾從釋迦久無上師涅槃探道三十載得道天南端非勝適殊方起諠歸理難放棄乃良緣世慮不曾干香界縈北渚花龕隱南巒危昂階下石演漾窗中瀾雲蓋看木秀天空見藤盤處俗勤（一作勸）宴坐居貧業行壇試將有漏軀聊作無生觀了然究諸品彌覺靜者安

神龍初廢逐南荒途出郴口北望蘇躭山

少曾讀仙史知有蘇躭君流望來南國依然會（一作曾）昔聞泊舟問耆老遙指孤山雲孤山郴郡北不與眾山羣重崖下縈映嶕嶢上紛紛碧峰泉附落紅壁樹傍分選地今方爾昇天因（一作周）可云不才予竄迹羽化子遺芬將覽成麟鳳旋驚御鬼文此中迷出處含思獨氛氳

初達驩州

流子一十八命予偏不偶配遠天遂窮到遲日最後水行儋耳國陸行雕題藪魂魄遊鬼門骸骨遺鯨口夜則忍飢臥朝則抱病走搔首向南荒拭淚看北斗何年赦書來重飲洛陽酒

被彈

知人昔不易舉非貴易失爾何按國章無罪見呵叱平生守直道遂為眾所嫉少以文作吏手不曾開律一旦法相持荒忙意如漆幼子雙囹圄老夫一念（一作請）室昆弟兩三人相次俱囚桎萬鑠當眾怒千謗無片實庶以白黑讒顯此涇渭質劾吏何咆哮晨夜聞撲抶事間拾虛證理外存枉筆懷痛不見伸抱冤竟難悉窮囚多垢膩愁坐饒蟣虱三日唯一飯兩旬不再櫛是時盛夏中暵赫多瘵疾瞪目眠欲閉喑嗚氣不出有風自扶搖鼓蕩無倫匹安得吹浮雲令我見白日

枉繫二首

吾憐曾家子昔有投杼疑吾憐姬公旦非無鴟鴞詩臣子竭忠孝君親惑讒欺萋斐離骨肉含愁（一作悽）興此辭

昔日公冶長非罪遇縲絏聖人降其子古來歎獨絕我無毫髮瑕苦心懷冰雪今代（一作世）多秀士（一作才）誰能繼明轍

黃鶴

黃鶴佐丹鳳不能羣白鷳拂雲遊四海弄影到三山遙憶君軒上來下天池（一作地）間明珠世不重知有報恩環

傷王學士（并序）

王君赦者少小遊洛陽吾與君隴西李子至為友家貧倦道歲常晏如屬文豪翰吟諷所得時會絕境長安初以器行制在蕃邸侍諸人遊四年余遭浮議下獄他日余至來知君物化嗚呼頴叔享年不遐昔同為人今先鬼錄恨吾非所闕爾喪葬退而賦詩以哀命

閉囚斷外事，昧坐半餘朞。有言頴叔子，亡來已一時。初聞宛不信，中詁涕漣洏。痛哉玄夜重，何遽青春姿。憶汝曾旅食，屢空瀝淵渚。吾徒祿未厚，箭斗愧相貽。原憲貧無愁，顏回樂自持。詔書擇才善，君為王子師。寵儒名可尚，論秩官猶欺。化往不復見，情來安可思。目絕毫翰灑，耳無歌諷期。靈柩寄何處，精魂今何之。恨予在丹棘，不得看素旗。孀妻知已歎，幼子路人悲。感遊值商日，絕弦留此詞。

古鏡

莓苔翳清池，蝦蟆蝕明月。埋落今如此，照心未嘗歇。願垂拂拭恩，為君鑒玄髮。

鳳簫曲 一作古意

八月涼風動高閣，千金麗人捲綃幕。已憐池上歇芳菲，不念君恩坐搖落。世上榮華如轉蓬，朝隨阡陌暮雲中。飛燕侍寢昭陽殿，班姬飲恨長信宮。長信宮，昭陽殿，春來歌舞妾自知，秋至簾櫳一作縈華君不見。昔時贏女厭世紛，學吹鳳簫乘彩雲。含情轉睞向蕭史，千載紅顏持贈君。

古歌

落葉流風向玉臺，夜寒秋一作寒紅愁思洞房開。水晶簾外金波下，雲母窗前銀漢回。玉階陰陰苔蘚色，君王履綦難再得。璇閨窈窕秋夜長，繡戶徘徊明月光。燕姬綵帳芙容色，秦女一作子金鑪蘭麝香。北斗七星橫夜半，清歌一曲斷君腸。

七夕曝衣篇 按王子陽園苑疏：太液池邊有武帝閣，帝至七月七日夜，宮女出后衣曝之。

君不見昔日宜春太液邊，披香畫閣與天連。燈火一作華灼爍九微一作微映，香氣氛氳百和然。此夜星繁河正白，人傳織女牽牛客。宮中擾擾曝衣樓，天上娥娥紅粉席。曝衣何許曛一作時夜半黃，宮中綵女提玉箱。珠履奔騰上蘭砌，金梯一作閣宛轉出梅梁。絳河裏，碧煙上，雙花伏兔畫屏風，四子盤龍挐斗帳。舒羅散縠雲霧開，綴玉垂珠星漢回。朝霞散彩羞衣架，晚月分光劣鏡臺。上有仙人長命絡一作鎖，中看一作有玉女迎歡繡。瑇瑁簾一作筵中別作春，珊瑚窗裏翻成晝。椒房金屋寵新流，意氣嬌奢不自由。漢文宜惜露臺費，晉武須焚前殿裘。

入少一作小密溪

雲峯苔壁繞溪斜，江路香風夾岸花。樹密不言通鳥道，雞鳴始覺有人家。人家更在深巖口，澗水周流宅前後。遊魚瞥瞥雙釣童，伐木丁丁一樵叟。自言避喧非避秦，薜衣耕鑿帝堯人。相留且待雞黍熟，夕臥深山蘿月春。

霹靂引

歲七月，火伏而金生。客有鼓琴於門者，奏霹靂之商聲。始戛羽以騞砉，終扣宮而砰駖。電耀耀兮龍躍，雷闐闐兮雨冥冥。氣嗚唅以會雅，態歘翕以橫生。有如驅千旗，制五兵，截荒虺，斮長鯨。孰與廣陵比意，別鶴儔精而已。俾我雄子魄動，毅夫髮立。懷恩不淺，武義雙輯。視胡若芥，剪羯如拾。豈徒慷慨中筵，備羣娛之翕習哉。一本有孰此知也四字

全唐詩

沈佺期

立春日內出綵花應制

合殿春應早，開箱綵預知。花迎宸翰發，葉待御筵披。梅訝香全少，桃驚色頓移。輕生承剪拂，長伴萬年枝。

晦日滻水應制

素滻接宸居，青門盛袚除。摘蘭喧鳳野，浮藻溢龍渠。苑蝶飛殊懶，宮鶯囀不疎。星移天上入，歌舞向儲胥。

奉和洛陽翫雪應制

周王甲子旦，漢后德陽宮。灑瑞天庭裏，驚春御苑中。氛氳生浩氣，颯沓舞回風。宸藻光盈尺，賡歌樂歲豐。

三日梨園侍宴 一作梨園亭侍宴

九重馳道出，三一作上巳禊堂開。畫鷁中流動，青龍上苑來。野花飄御座，河柳拂天杯。日晚迎祥處，笙鏞下帝臺。

幸梨園亭觀打毬應制

今春芳苑遊，接武上瓊樓。宛轉紫香騎，飄颻拂畫毬。俯身迎未落，迴轡逐傍流。祇為看花鳥，時時誤失籌。

九日臨渭亭侍宴應制得長字

御氣幸金方，憑高薦羽觴。魏文頌菊蕊，漢武賜萸房一作囊。秋變銅池色，晴添銀樹光。一作去鶴留星吹，歸鴻織舞行。年年重九慶，日月奉天長。

歲夜安樂公主滿月侍宴

除夜子星回，天孫滿月杯。詠歌麟趾合，簫管鳳雛來。歲炬常然桂，春盤預折梅。聖皇千萬壽，垂曉御樓開。一作明臺

安樂公主移入新宅

初聞衡漢來，移住斗城隈。錦帳迎風轉，瓊筵拂霧開。馬香遺舊埒，鳳吹繞新臺。為問沈冥子，仙槎何處回。

仙萼亭初成侍宴應制

山中氣色和，宸賞第中過。輦路披仙掌，帷宮拂帝蘿。泉臨香澗落，峯入翠雲多。無異登玄圃，東南望白河。

送金城公主適西蕃應制

金牓扶丹掖，銀河屬紫閫。那堪將鳳女，還以嫁烏孫。玉就歌中怨，珠辭掌上恩。西戎非我匹，明主至公存。

幸白鹿觀應制

紫鳳眞人府斑龍太上家天流芝蓋下山轉桂旗斜聖藻垂寒露仙杯落晚霞唯應問王母桃作幾時花

洛陽道

九門開洛邑雙闕對河橋白日青春道軒裳半下（一作夏）朝乘羊稚子看拾翠美人嬌行樂歸恒晚香塵撲地遙

驄馬

西北五花驄來時道向東四蹄碧玉片雙眼黃金瞳鞍上留明月嘶間動朔風借君馳沛艾一戰取雲中

銅雀臺（一作宋之問詩）

昔年分鼎地今日望陵臺一旦雄圖盡千秋遺令開綺羅君不見歌舞妾空來恩共漳河水東流無重回

長門怨

月皎風泠泠長門次掖庭玉階聞墜葉羅幌見飛螢清露凝珠綴流塵下翠屏妾心君未察愁歎劇繁星

巫山高二首（一作宋之問詩）

巫山峯十二合沓隱（一作環合象）昭回俯眺（一作聽）琵琶峽平看雲雨臺古槎天外倚（一作落）瀑水日邊來何忍猿啼夜荆王枕席開

神女向高唐巫山下夕陽裴回作行雨婉孌逐荆王電影江前落雷聲峽外長霽雲無處所臺館曉蒼蒼

巫山高

巫山高不極合沓狀奇新暗谷疑風雨陰崖若鬼神月明三峽曙潮滿九江春爲問陽臺客應知入夢人（此詩范攄云佺期作顧陶云張循作）

七夕

秋近雁行稀天高鵲夜飛妝成應懶織今夕渡河歸月皎宜穿線風輕得曝衣來時不可覺神驗有光輝

春閨（一本連後雜詩三首作雜詩四首）

鐵馬三軍去金閨二月還邊愁離上國春夢失陽關池水琉璃淨園花玳瑁斑歲華空自擲憂思不勝顏

奉和聖製同皇太子遊慈恩寺應制

肅肅蓮花界熒熒貝葉宮金人來夢裏白馬出城中湧塔初從地焚香欲遍空天歌應春（一作秋）籥非是爲春風

和洛州康士曹庭芝望月有懷（一作康庭芝詩一作宋之問詩）

天使下西樓光含萬象（一作里）秋臺前疑挂鏡簾（一作簷）外似懸鉤張尹將眉學班姬取扇儔佳期應借問爲報在刀頭

壽陽王花燭（一作宋之問詩）

仙媛乘龍夕（一作日）天孫捧雁來可憐桃李樹更遶鳳皇臺燭送香車入花臨寶扇開莫令銀箭（一作漏）曉爲盡合歡杯

隴頭水

隴山飛落葉隴雁度寒天愁見三秋水分爲兩地泉西流入羗郡（一作部）東下向秦川征客重回首肝腸空自憐

關山月

漢月生遼海曈曨出半暉合昏玄菟郡中夜白登圍暈落關山迥光含霜霰微將軍聽曉角戰馬欲南歸

折楊柳（一作宋之問詩）

玉窗朝日暎羅帳春風吹拭淚攀楊柳長條踠（一作宛又一作亟）地垂白花飛歷亂黃鳥思（一作度）參差妾自肝腸斷傍人那得知

梅花落（一作宋之問詩）

鐵騎幾時回金閨怨早梅雪寒（一作中）花已落風暖葉應開夕逐新春管香迎小歲杯盛（一作感）時何足貴書裏報輪臺

紫騮馬

青玉紫騮鞍驕多影屢盤荷君能剪拂躞蹀噴桑乾踠足追奔易長鳴遇賞難摐金一萬里霜露不辭寒

上之回

制書下關右天子問回中壇墠經過遠威儀侍從雄黃麾搖晝日青幰曳松風迴望甘泉道龍山隱漢宮

王昭君（一作宋之問詩）

非君惜鸞殿非妾妬蛾眉薄命由驕虜無情是畫師嫁來胡地日不並漢宮時心苦無聊賴何堪馬上辭

被試出塞

十年通大漠萬里出長平寒日生戈劍陰雲拂旆旌飢烏啼舊壘疲馬戀空城辛苦皋蘭北胡霜損漢兵

牛女（一作宋之問詩）

粉席秋期緩針樓別怨多奔龍爭度日飛鵲亂塡河失喜先臨鏡含羞未解羅誰能留夜色來夕倍還梭

雜詩三首（一本連前春閨作雜詩四首）

落葉驚秋婦高砧促暝機蜘蛛尋月度螢火傍人飛清鏡紅埃入孤燈綠焰微怨啼能至曉獨自懶縫衣

妾家臨渭北春夢著遼西何苦朝鮮郡年年事鼓鼙燕來紅壁語鶯向綠窗啼爲許長相憶闌干玉筯齊

聞道黃龍戍（一作花塞）頻年不解兵可憐閨裏月長在漢家營少婦今春意良人昨夜情誰能將旗鼓一爲取龍城

剪綵

宮女憐芳樹裁花競早榮寒依刀尺盡春向綺羅生弱蔕盤絲發香蕤結素成纖枝幸不棄長就玉階傾

和中書侍郎楊再思春夜宿直

西禁青春滿南端皓月微千廬宵駕合五夜曉鐘稀星斗橫綸閣天河度瑣闈煙光章奏裏紛向夕郎飛

和常州崔使君寒食夜

聞道清明近春闈向夕闌行遊晝不厭風物夜宜看斗柄更初轉梅香暗裏殘無勞秉華燭晴月在南端

和崔正諫登秋日早朝

雞鳴朝謁滿露白禁門秋爽氣臨旌戟朝光暎冕旒河宗來獻寶天子命焚裘獨負池（一作津）陽議言從建禮遊

答甯處州書（一作答甯處州報赦）

書報天中赦人從海上聞九泉開白日六翮起（一作奮）青雲質幸（一作命偶）恩先貸情孤枉未分自憐涇渭別誰與奏明君

李舍人山園送龐邵

符傳有光輝喧喧出帝畿東隣借山水南陌駐驂騑握手涼風至當歌秋日微高幨去勿緩人吏待霜威

送陸侍御餘慶北使

古人貴將命之子出輶軒受委當不辱隨時敢贈言朔途際遼海春思繞轘轅安得回白日留歡盡綠樽

洛州蕭司兵謁兄還赴洛成禮

棠棣日光輝高襟應序歸來成鴻雁聚去作鳳皇飛細草承輕傳驚花慘別衣灞亭春有酒岐路惜芬菲

餞高唐州詢
弱冠相知早中年不見多生涯在王事客（一作容）鬢各蹉跎
良守初分岳嘉聲即潤河還從漢闕下傾耳聽中和

餞唐郎中洛陽令
一臺推往妙三史佇來修應宰鳧還集辭郎雉少留郊
迓乘落景亭傳理殘秋願以弦歌暇芝蘭想舊遊

樂城白鶴寺
碧海開龍藏青雲起雁堂潮聲迎（一作應）法鼓雨氣濕天香
樹接前山暗溪承瀑水涼無言謫居遠清淨得空王

遊少林寺
長歌遊寶地徙倚對珠林雁塔風霜（一作丹青）古龍池歲月深
紺園澄夕霽碧殿下秋陰歸路煙霞晚山蟬處處吟

嶽館
洞壑仙人館孤峰玉女臺空濛朝氣合窈窕夕陽開流
澗含輕雨虛巖應薄雷正逢鸞與鶴歌舞出天來

早發平昌（一作昌平）島
解纜春風後鳴榔曉漲前陽烏出海樹雲雁下江煙積
氣銜長島浮光溢大川不能懷魏闕心賞獨冷然

夜宿七盤嶺
獨遊千里外高臥七盤西曉（一作山）月臨窗（一作牀）近天河入戶
低芳春平仲綠清夜子規啼浮客空留聽褒城聞曙雞

十三四（一本作十四）時嘗從巫峽過他日偶然有思
小度巫山峽荊南春欲分使君灘上草神女館前雲樹
悉江中見猿多天外聞別來如夢裏一想一氛氳

初達驩州
自昔聞銅柱行來向一年不知林邑地猶隔道明天雨
露何時及京華若個邊思君無限淚堪作日南泉

嶺表逢寒食（驩州風土不作寒食）
嶺外無（一本作逢誤）寒食春來不見餳洛陽（一作中）新甲子何日是
清明花柳爭朝發軒車滿路迎帝鄉遙可念腸斷報親
情

驩州南亭夜望
昨夜南亭望分明夢洛中室家誰道別兒女案嘗同忽
覺猶言是沈思始悟空肝腸餘幾寸拭淚坐春風

少遊荊湘因有是題
峴北焚蛟浦巴東射雉田歲時宜楚俗耆舊在襄川憶
昨經過處離今二十年因君訪生死相識幾人全

咸陽覽古
咸陽秦帝居千載坐盈虛版築林光盡壇場霤聽疎野
橋疑望日山火類焚書唯有驪峰在空聞厚葬餘

覽鏡
霏霏日搖蕙騷騷風灑蓮時芳固相奪俗態豈恒堅恍
忽夜川裏蹉跎朝鏡前紅顏與壯志太息此流年

題椰子樹
日南椰子樹香裊出風塵叢生調（一作雕）木首圓實檳（一作白）榔
身玉房九霄露碧葉四時春不及塗林果移根隨漢臣

同獄者歎獄中無燕
何許乘春燕多知辨夏臺三時欲併盡雙影未嘗來食
蕋嫌叢棘銜泥怯死灰不如黃雀語能雪冶長猜

則天門赦改年
聖人宥天下幽鑰動圜狴六甲迎黃氣三元降紫泥籠
僮上西鼓振迅廣陽雞歌舞將金帛汪洋被遠黎

喜赦
去歲投荒客今春肆眚歸律通幽谷暖盆舉太陽輝喜
氣迎冤氣青衣報白衣還將合浦葉俱向洛城飛

秦州薛都督挽詞
十里絳山幽千年汾水流碑傳門客建劒是故人留隴
樹烟含夕山門月對秋古來鐘鼎盛共盡一蒿丘

天官崔侍郎夫人盧氏挽歌
偕老言何謬香魂事永違潘魚從此隔陳鳳宛然飛埋
鏡泉中暗藏燈地下微猶憑少君術彷彿覩容輝

章懷太子靖妃挽詞
彤史佳聲載青宮懿範留形將鸞鏡隱魂伴鳳笙遊送
馬嘶殘日新螢落晚秋不知蒿里曙空見隴雲愁

奉和立春遊苑迎春
東郊暫轉迎春仗上苑初飛行慶杯風射蛟（初學記作狖）冰千
片斷氣銜魚鑰九關開林中覓草纔生蕙殿裏爭花併
是梅歌吹銜恩歸路晚棲烏半下鳳城來

人日重宴大明宮賜綵縷人勝應制
拂旦雞鳴仙衛陳憑高龍首帝城（一作庭）春千官黼帳杯前
壽百福香奩勝裏人山鳥初來猶怯囀林花未發已偷
新天文正應韶光轉設報懸知用此辰

奉和春初幸太平公主南莊應制
主家山第早春歸御輦春遊繞翠微買地鋪金曾作埒
尋河取石舊支機雲間樹色千花滿竹裏泉聲百道飛
自有神仙鳴鳳曲併將歌舞報恩暉

奉和春日幸望春宮應制
芳郊綠野散春晴複道離宮煙霧生楊柳千條花欲綻
蒲萄百丈蔓初縈林香酒氣元相入鳥囀歌聲各自成
定是風光牽宿醉來晨復得幸昆明

侍宴安樂公主新宅應制
皇家貴主好（一作學）神仙別業初開雲漢邊山出盡如鳴鳳
嶺池成不讓飲龍川妝樓翠幌教春住舞閣金鋪借日
懸敬從乘輿來此地稱觴獻壽樂鈞天

龍池篇（唐享龍池樂章第三章）
龍池躍龍龍已飛龍德先（一作光）天天不違池開天漢分黃
（一作皇）道龍向天門入紫微邸第樓臺多氣色君王鳧雁有
光輝為報寰中百川水來朝此（一作北又一作上）地莫東歸

興慶池侍宴應制
碧水澄潭映遠空紫雲香駕御微風漢家城闕疑天上
秦地山川似鏡中向浦回舟萍已綠分林蔽殿槿初紅
古來徒羨橫汾賞今日宸遊聖藻雄

從幸香山寺應制
南山奕奕通丹禁北闕峩峩連翠雲嶺上樓臺千地起
城中鐘鼓四天聞旃檀曉閣金輿度鸚鵡晴林采眊分
願以醍醐參聖酒還將祇苑當秋汾

紅樓院應制（一作僧廣宣詩）
紅樓疑見白毫光寺逼宸居福盛唐支遁愛山情謾切
曇摩泛海路空長經聲夜息聞天語爐氣晨飄接御香

誰謂此中難可到自憐深院得徊翔

再入道場紀事應制（一作僧廣宣詩）

南方歸去再生天內殿今年異昔年見闢乾坤新定位
看題日月更高懸行隨香輦登仙路坐近爐烟講法筵
自喜恩深陪侍從兩朝長在聖人前

嵩山石淙侍宴應制

金輿旦下綠雲衢綵殿晴臨碧澗隅溪水泠泠雜行漏
山煙片片繞香爐仙人六膳調神鼎玉女三漿捧帝壺
自惜汾陽紆道駕無如太室覽眞圖

古意呈補闕喬知之（一作古意又作獨不見）

盧家少婦鬱金堂（一作香）海燕雙棲玳瑁梁九月寒砧催木
葉十年征戍憶遼陽白狼河北音（一作軍）書斷丹鳳城南秋
夜長誰謂含愁獨不見更教明月照流黃（一作使妾明月對流黃）

遥同杜員外審言過嶺

天長地闊嶺頭分去國離家見白雲洛浦風光何所似
（一作肝腸無用說）崇山瘴癘不堪聞南浮漲海人（一作鳶）何處北望衡
陽雁幾羣兩地江山（一作春光）萬餘里何時重謁聖明君

和上巳連寒食有懷京洛

天津御柳碧遥遥軒騎相從半下朝行樂光輝寒食借
太平歌舞晚春饒紅妝樓下東迴輦青草洲邊南渡橋
坐見司空掃西第看君侍從落花朝

陪幸太平公主南莊詩（一作蘇頲詩）

主第山門起灞川宸遊風景入初年鳳皇樓下交天仗
烏鵲橋頭敞御筵往往花間逢綵石時時竹裏見紅泉
今朝扈蹕平陽館不羡乘槎雲漢邊

守歲應制

南渡輕冰解渭橋東方樹色起招搖天子迎春取今夜
王公獻壽用明朝殿上燈人爭烈火宮中侲子亂驅妖
宜將歲酒調神藥聖祚千春萬國朝

全唐詩

沈佺期

陪幸韋嗣立山莊

台階好赤松別業對青峯茆室承三顧花源接九重虹
（一作龍）旗縈秀木鳳輦拂疎筇逕直（一作狹）千官擁溪長萬騎容
水堂開禹膳山閣獻堯鍾皇鑑清居遠天文睿獎濃巖
泉他夕（一作日）夢漁釣往年逢共榮丞相府偏降逸人封（封一作嗣）
（立爲逍遥公故有末句）

扈從出長安應制

漢宅規模壯周都景命隆西賓讓東主法駕幸天中太
史占星應春官奏日同旌門（一作旗）起長樂帳殿出新豐翕
習黃山下紆徐清渭東金麾張畫月珠幰（一本作相）戴松風
是（一作暑）節嚴陰始寒郊散野蓬薄霜沾上路殘雪繞離宮
賜帛矜耆老褰旒問小童復除恩載洽望秩禮新崇臣
忝承明召多慙獻賦雄

初冬從幸漢故青門應制

漢王建都邑渭水對青門朝市俱東逝墳陵共北原荒
涼蕭相闕蕪沒邵平園全盛今何在英雄難重論故基
仍嶽立遺堞尚雲屯當極土功壯安知人力煩天遊戒
東首懷昔駐龍軒何必金湯固無如道德藩微臣諒多
幸參乘偶殊恩預此陳古事敢奏興亡言

昆明池侍宴應制

武帝伐昆明穿池習五兵水同河漢在館有豫章名我
后光天德垂衣文教成黷兵非帝念勞物豈皇情春仗
過鯨沼雲旗出鳳城靈魚銜寶躍仙女廢機迎柳拂旌
門暗蘭依帳殿生還如流水曲日晚棹歌清（一作聲）

白蓮花亭侍宴應制

九日陪天仗三秋幸禁林霜威變綠樹（一作嶼）雲氣落青岑
水殿黃花合山亭絳葉深朱旗夾小徑寶馬駐清潯苑
吏收寒果饔人膳野禽承歡不覺暝遥響素秋砧

仙蕚池亭侍宴應制

步輦尋丹嶂行宮在翠微川長看鳥滅谷轉聽猿稀天
磴扶階迥雲泉透戶飛閑花開石竹幽葉吐薔薇徑狹

難留騎亭寒欲進衣白龜來獻壽仙吹返彤闈

奉和晦日駕幸昆明池應制

法駕乘春轉神池象漢迴雙星移舊石孤月隱殘灰戰
鷁逢時去恩魚望幸來山花緹騎繞堤柳幔城開思逸
橫汾唱歡留宴鎬杯微臣雕朽質羞覩豫章材

奉和聖製幸禮部尚書竇希玠宅

北闕垂旒暇南宮聽履迴天臨翔鳳轉恩向躍龍開蘭
氣薰仙帳榴花引御杯水（一作日）從金穴吐雲是玉衣來池
影搖歌席林香散舞臺不知行漏晚清蹕尚裴徊

釣竿篇

朝日斂紅煙垂竿向綠川人疑天上坐魚似鏡中懸避
檝時驚透猜鉤每誤牽湍危不理轄潭靜欲留船釣玉
君徒尚徵金我未賢爲看芳餌下貪得會無筌

和戶部岑尚書參迹樞揆

大君制六合良佐參萬機大業永開泰臣道日光輝鹽
梅和鼎食家聲衆所歸漢章題楚劍鄭武襲緇衣理識
當朝遠文華振古希風雲神契合舟檝道心微廟堂喜
容與時物遞芳菲御柳垂仙掖公槐覆禮闈昔陪鵷鷺
後今望鵾鵬飛徒御清風頌巴歌聊自揮

同李舍人冬日集安樂公主山池

嘗聞天女貴家即帝宮連亭揷宜春果山銜太液泉橋
低烏鵲夜臺起鳳皇年故事猶如此新圖更可憐紫巖
妝閣透青嶂妓樓懸峯奪香爐巧池偷明鏡圓梅花寒
待雪桂葉晚留煙興盡方投轄金聲還復傳

酬蘇員外味道夏晚寓直省中見贈

並命登仙閣分曹（一作宵）直禮闈大官供宿膳侍史護朝衣
卷幔天河入開窗（一作當階又作披庭）月露微小池殘暑退高樹早（一作晚）
涼歸冠劍無時釋軒車待漏飛明朝題漢柱三署有光
輝

和韋舍人早朝

閶闔連雲起巖廊拂霧開玉珂龍影度珠履雁行來長
樂宵鐘盡（一作徹）明光曉奏催一經推（一作傳）舊德五字擢英才
儼若神仙去紛從霄漢迴千春奉休曆分禁喜趨陪

自考功員外授給事中

南省推丹地，東曹拜（一作共）瑣闈。惠移雙管筆，恩降五時衣。出入宜真選，遭逢每濫飛。器慙公理拙，才謝子雲微。案牘遺常禮，朋僚隔等威。上台行揖讓，中禁動光輝。旭日千門起，初春八舍歸。贈蘭聞宿昔，談樹隱芳菲。何幸鹽梅處，唯憂對問機。省躬知任重，寧止冒榮非。

和元舍人萬頃臨池翫月戲為新體

春風搖碧樹，秋霧卷丹臺。復有相宜夕，池清月正開。玉流含吹（一作木）動，金魄度雲來。熠爚光如沸，翩翾景若摧。半環投積草，碎璧聚流杯。夜久平無煥，天晴（一作清）皎未隤。鏡將池作匣，珠以岸為胎。有美司言暇，高興獨悠哉。揮翰初難擬，飛名豈易陪。夜光殊在握，了了見沈灰。

酬楊給事兼（一作廉）見贈臺（一作省）中

子雲推辨博，公理擅詞雄。始自尚書省，旋聞給事中。言從溫室祕，籍向瑣闈通。顧我叨郎署，慙無草奏功（一作工）。分曹八舍斷，解袂五時空。宿昔陪餘論，平生賴擊蒙。神仙應東掖，雲霧限南宮。忽枉瓊瑤贈，長歌蘭渚風。

九真山淨居寺謁無礙上人

大士生天竺，分身化日南。人中出煩惱，山下即伽藍。小澗香為剎，危峰石作龕。候禪青鴿乳，窺講白猿參。藤愛雲間壁，花憐石下潭。泉行幽供好，林挂浴衣堪。弟子哀無識，醫王惜未談。機疑聞不二，蒙昧即朝三。欲究因緣理，聊寬放棄慙。超然虎溪夕，雙樹下虛嵐。

夜遊

今夕重門啓，遊春得夜芳。月華連晝色，燈影雜星光。南陌青絲騎，東鄰紅粉妝。管弦遙辨曲，羅綺暗聞香。人擁行歌路，車攢鬬舞場。經過猶未已，鐘鼓出長楊。

登瀛州南城樓寄遠

層城起麗譙，憑覽出重霄。茲地多形勝，中天宛寂寥。四榮摩鶴，百拱厲風飈。北際（一作盡）燕王館，東連秦帝橋。晴光七郡滿，春色兩河遙。傲睨非吾土，躊躇適遠囂。離居欲有贈，春草寄長謠。

塞北二首

虜障天驕起，秦城地脈分。柏壇飛五將，梅吹動三軍。鋒刃奔濤色，旌旗焰火文。朔風吹汗漫，飄礫灑輭轀。海氣如秋雨，邊烽似夏雲。二庭無歲月，百戰有功勳。形影隨魚貫，音書在雁羣。歸來拜天子，凱樂助南薰。

胡騎犯邊埃，風從丑上來。五原烽火急，六郡羽書催。冰壯飛狐冷，霜濃候雁哀。將軍朝授鉞，戰士夜銜枚。紫塞金河裏，蔥山鐵勒隈。蓮花秋劍發，桂葉曉旗開。秘畧三軍動，妖氛百戰摧。何言投筆去，終作勒銘回。

李員外秦援宅觀妓

盈盈粉署郎，五日宴春光。選客虛前館，徵聲徧後堂。玉釵翠羽飾，羅袖鬱金香。拂黛隨時廣，挑鬟出意長。囀歌遥合態，度舞暗成行。巧落梅庭裏，斜光映曉妝。

送韋商州弼

會府應文昌，商山鎮國陽。聞君監郡史，蹔罷尚書郎。王事嗟相失，人情貴不忘。累年同晝省，四海接文場。颺翰芳春色，傳杯明月光。故交從此去，遙憶紫芝香。

夏日梁王席送張岐州

秦雞常下雍，周鳳昔鳴岐。此地推雄撫，惟良寄在斯。家傳七豹貴，人擅八龍奇。高傳生光彩，長林歎別離。天人開祖席，朝宷候征麾。翠帝當郊畝，彤幨向野披。芃芃秋麥盛，華華夏條垂。奏計何時入，台階望羽儀。

夏日都門送司馬員外逸客孫員外佺北征（時相王為元帥，魏大夫元忠為副）

二庭追虜騎，六月動周師。廟畧天人授，軍麾相國持。復言徵二妙，才命（一作令）重當時。晝省連征橐，橫門共別詞。雲迎出塞馬，風卷度河旗。計日方夷寇，旋聞杕杜詩。

送盧管記仙客北伐

羽檄西北飛，交城日夜圍。廟堂盛徵選，戎幕生光輝。雁行度函谷，馬首向金微。湛湛山川暮，蕭蕭涼氣稀。餞途予悃默，赴敵子英威。今日楊朱泪，無將灑鐵衣。

移禁司刑

疇昔參鄉賦，中年忝吏途。丹唇曾學史，白首不成儒。天子開昌籙，羣生偶大爐。散材仍葺厦，弱羽遽摶扶。寵邁乘軒鶴，榮過食稻鳧。何功遊畫省，何德理黃樞。弔影慙非據，傾心事遠圖。盜泉寧止渴，惡木匪投軀。任直翻多毀，安身遂少徒。一朝逢紕謬，三省竟無虞。白簡初心屈，黃紗（一作沙）始望孤。患平終不怒，持劾每相驅。埋劍誰當辨，偷金以自誣。誘言雖委笞，流議亦真符。首夏方憂圄，高秋獨向隅。嚴城看熠燿，圜戶對蜘蛛。累餉唯妻子，披冤是友于。物情牽倚伏，人事限榮枯。門客心誰在，鄰交迹倘無。撫襟雙涕落，危坐日憂趨。聖旨垂明德，寬囚豈濫誅。會希恩免理，終望罪矜愚。司寇宜哀獄，台庭幸恤辜。漢皇虛詔上，容有報恩珠。

入鬼門關

昔傳瘴江路，今到鬼門關。土地無人老，流移幾客還。自從別京洛，頹鬢與衰顏。夕宿含沙裏，晨行岡路間。馬危千仞谷，舟險萬重灣。問我投何地，西南盡百蠻。

三日獨坐驩州思憶舊遊

兩京多節物，三日最遨遊。麗日風徐卷，香塵雨暫收。紅桃初下地，綠柳半垂溝。童子成春服，宮人罷射鞲。禊堂通漢苑，解席繞秦樓。束皙言談妙，張華史漢遒。無亭不駐馬，何浦不橫舟。舞籥千門度，帷屏百道流。金丸向鳥落，芳餌接魚投。濯穢憐清淺，迎祥樂獻酬。靈芻陳欲棄，神藥曝應休。誰念招魂節，翻為禦魅囚。朋從天外盡，心賞日南求。銅柱威丹徼，朱崖鎮火陬。炎蒸連曉夕，瘴癘滿冬秋。西水何時貸，南方詎可留。無人對爐酒，寧緩去鄉憂。

從驩州廨宅移住山間水亭贈蘇使君

遇坎即乘流，西南到火洲。鬼門應苦夜，瘴浦不宜秋。歲貧朐窮老，朝（一作胸）飛鼻飲（一作歡）頭。死生離骨肉，榮辱間朋遊。棄置一身在，平生萬事休。鷹鸇遭誤逐，豺虎怯真投。憶昨京華子，傷今邊地囚。願陪鸚鵡樂，希並鷓鴣留。日月渝鄉思，煙花換客愁。幸逢蘇伯玉，回借水亭幽。山柏張青蓋，江蕉卷綠油。乘閑無火宅，因放有漁（一作虛）舟。適越心當是，居夷迹可求。古來堯禪舜，何必罪驩兜。

赦到不得歸題江上石

家住東京裏，身投南海西。風烟萬里隔，朝夕幾行啼。聖主謳歌洽，賢臣法令齊。忽聞銅柱使，走馬報金雞。棄市沾皇渥，投荒漏紫泥。魂疲山鶴路，心醉站鳶溪。天鑒誅元惡，宸慈恤遠黎。五方思寄刃，萬姓喜然臍。自幼輸丹懇，何嘗玷白圭。承言竄遐魅，雪枉間深猨。墳壠無由謁，京華豈重躋。炎方誰謂廣，地盡覺天低。百卉雜殊怪，昆蟲理賴睽。閉藏元不蟄，搖落反生荑。瘴癘因茲苦，窮愁益復迷。火雲蒸毒霧，陽雨濯陰霓。周乘安交趾，王恭輯晝題。少寬窮涸鮒，猶慜觸藩羝。配宅隣州廨，斑苗接野畦。山空聞斸象，江靜見游犀。翰墨思諸季，裁縫憶老妻。小兒應離褓，幼女未攀笄。夢蝶翻無定，蓍龜詎有倪。誰能竟此曲，曲盡氣酸嘶。

答魑魅代書寄家人

魑魅來相問，君何失帝鄉。龍鍾辭北闕，蹭蹬守南荒。覽鏡憐雙鬢，沾衣惜萬行。抱愁那去國，將老更垂裳。影答余他歲，恩私宦洛陽。三春給事省，五載尚書郎。黃閣遊鸞署，青縑御史香。扈巡行太液，陪宴坐明光。渭北昇高苑，河南祓禊塲。煙花恒獻賦，泉石每稱觴。暇日從休澣，高車映道傍。迎賓就丞相，選士謁昭王。侍寵言猶得，承歡謂不忘。一朝貽厚譴，五宅竟同防。兗豎曾驅策，權豪豈易當。款顏因侍從，接武在文章。且懼威非贊，寧知心是狼。身猶納履誤，情爲覆盆傷。可歎緣成業，非關行昧藏。喜逢今改旦，正朔復歸唐。河讖隨龍馬，天書逐鳳皇。朝容欣舊則，宸化美初綱。告善雕旌建，收寃錦旆張。宰臣更獻納，郡守各明揚。禮樂移三統，舟車會八方。雲沙降白遂，秦隴獻燒當。三赦重天造，千推極國詳。大招思復楚，于役限維桑。漲海緣眞臘，崇山壓古棠。雕題飛棟宇，儋耳間衣裳。伏枕神餘劣，加餐力未強。空庭遊翡翠，窮巷倚桄榔。緣體分殊昔，回眸宛異常。吉凶恒委鄭，年壽會詢唐。家本傳清白，官移重挂床。上京無薄產，故里絕窮莊。碧玉先時費，蒼頭此自將。興言歎家口，何處待羸糧。計吏從都出，傳聞大小康。降除沾二弟，離拆已三房。劍外懸銷骨，荆南預斷腸。音塵黃耳間，夢想白眉良。

復此單栖鶴，銜雛顧遠翔。何堪萬里外，雲海已溟茫。感屬甘胡越，聲名任秕糠。由來休憤命，命也信蒼蒼。獨坐尋周易，清晨詠老莊。此中因悟道，無問入猖狂。

度安海入龍編

我來交趾郡，南與貫胸連。四氣分寒少，三光置日偏。尉佗曾馭國，翁仲久遊泉。邑屋遺甿在，魚鹽舊產傳。越人遙捧翟，漢將下看鳶。北斗崇山挂，南風漲海牽。別離頻破月，容鬢驟催年。昆弟推由命，妻孥割付緣。夢來魂尚擾，愁委疾空纏。虛道崩城淚，明心不應天。

從崇山向越常（并序　常一作當）

按九眞圖，崇山至越常四十里，杉谷起古崇山，竹溪從道明國來，於崇山北二十五里合水，欹缺藤竹，明昧有三十峯，夾水直上千餘仞，諸仙窟宅在焉。

朝發崇山下，暮坐越常陰。西從杉谷度，北上竹溪深。竹溪道明水，杉谷古崇岑。差池將（一作疑）不合，繚繞復相尋。桂葉藏金嶼，藤花閉石林。天窗虛的的，雲竇下沈沈。造化功偏厚，眞仙跡每臨。豈徒探怪異，聊欲緩歸心。

哭蘇眘州崔司業二公（并序）

同時郎裴懷古者，作牧潭府。神龍三年秋八月，佺期承恩北歸，途中覯止，訪及故舊，知眘州蘇使君味道、國子崔司業融，馳旋間相次而逝。蘇往任鳳閣侍郎，佺期忝通事舍人；崔重爲鳳閣舍人，佺期又遷給事，並銜疇昔之眷，俱荷提獎之恩。前年負譴南荒，二公先移官守，迨此凶問，情復何堪。所恨遷竄有期，行邁在遠，哀不展舊，禮不申悲，流慟斯文，冀通幽路。

渙汗天中發，伶俜海外旋。長沙遇太守，問舊幾人全。國寶亡雙傑，天才喪兩賢。大名齊弱歲，高德並中年。禮樂羊叔子，文章王仲宣（一作風儲王夷甫，文章謝惠連）。相看尚玄鬢，相次入黃泉。流放蠻陬闊，鄉關帝里偏。親朋雲霧擁，生死歲時傳。崔昔揮宸翰，蘇嘗濟巨川。絳衣陪下列，黃閣謬差肩。及此俱冥昧，云誰叙播遷。隼輿（一作旟，又作旗）懷舊轍，鱣館想虛筵。

家愛方休杵，皇慈更撤縣。銘旌西蜀路，騎吹北邙田。隴樹應秋矣，江帆故（一作固）杳然。罷琴明月夜，留劒白雲天。涕泗湘潭水，淒涼衡嶠煙。古來修短分，神理竟難筌。

哭道士劉無得

聞有玄都客，成仙不易祈。蓬萊向清淺，桃杏欲芳菲。縮地黃泉出，昇天白日飛。少微星夜落，高掌露朝晞。吐甲龍應出，銜符鳥自歸。國人思負局，天子惜被（一作披）衣。花月留丹洞，琴笙閣（一作下）翠微。嗟來子桑扈，爾獨返於幾。

寒食

普天皆滅焰，匝地盡藏煙。不知何處火，來就客心然。

回波詞

回波爾時佺期，流向嶺外生歸。身名已蒙齒錄，袍笏未復牙緋。

上巳日祓禊渭濱應制

寶馬香車清渭濱，紅桃碧柳禊堂春。皇情尚憶垂竿佐，天祚（一作瑞）先呈捧劒人。

奉和幸韋嗣立山莊應制

東山朝日翠屏開，北闕晴空綵仗來。喜遇天文七曜動，少微今夜近（一作入）三台。

夜宴安樂公主宅

濯龍門外主家親，鳴鳳樓中天上人。自有金杯迎甲夜，還將綺席代（一作發）陽春。

苑中遇雪應制

北闕彤雲掩曙霞，東風吹雪舞仙（一作山）家。瓊章定少千人和，銀樹長芳六出花。

餞唐永昌（一作餞唐郎中洛陽令）

洛陽舊有（一作出）神明宰，輦轂由來天地中。餘邑政成何足貴，因君取則四方同。

獄中聞駕幸長安二首

傳聞聖旨向秦京，誰念羈囚滯洛城。扈從由來是方朔，爲申寃氣在長平。

無事今朝來下獄，誰期十月是（一作見）橫（一作黃）河。君看鷹隼俱堪（一作罷，又作能）擊，爲報蜘蛛收網羅。

邙山

北邙山上列墳塋萬古千秋對洛城城中日夕歌鐘起山上唯聞松柏聲

句

周原五稼起雲海百川歸願此零陵燕長隨征旆飛(春雨詩式)

全唐詩

趙冬曦

趙冬曦定州人進士擢第歷左拾遺開元初遷監察御史坐事流岳州時與刺史張説數賦詩相倡和後召還復官累遷中書舍人內供奉終國子祭酒冬曦兄冬日弟和璧等六人韋述弟亦六人並詞學登科張説稱之曰韋趙昆季人之杞梓詩十九首

陪張燕公登南樓

抑鬱(一作憂悶)何以歡陰氛(一作氣)亦登望孤島輕霧裏行舟白波上目勞西北雲心醉東南嶂昔日青谿子胡然此無狀

酬燕公出湖見寄

綸綍有成命旌麾不可攀湘川朝目(一作日)斷荆闕夕波還果枉東瞻唱興言夕放閑攜琴仙洞中置酒灉湖上芳景恣行樂論居忽如忘聚散本相因離情自悲悵鸞翮非常戢鵬天會昭曠永懷宛洛游曾是彈冠望

奉和張燕公早霽南樓

方曙躋南樓凭軒肆遐矚物華蕩暄氣春景媚晴旭川霽湘山孤林芳楚郊縟列巖重疊翠遠岸逶迤綠風帆摩天垠魚艇散彎曲鴻歸鶴舞送(一作遠)猨叫鶯聲續羣動皆熙熙噫予獨羈束常欽才子意(一作義)忌鵬傷跼蹐雅尚騷人文懷沙何迫促未知二賢意去矣從所欲

灉湖作(并序)

巴丘南灉湖者蓋沅湘澧汨之餘波焉玆水也淪匯洞庭瀇瀁千里夏潦奔注則泆爲此湖冬霜既零則涸爲平野按爾雅云水反入爲灉斯名之作有由焉爾而此鄉炎暑子月草生彌望青相與遊藉豈盈虛之可歎亦風景之多傷感物增懷因書其事

三湖返入兩山閒畜作灉湖彎(一作灣)復彎暑雨奔流潭(一作湘)正滿微霜及潦水初還水還波卷谿潭涸綠草芊芊岸嶄岸適來(一作方)飛櫂共迴旋已復揚鞭恣行樂道傍耆老步躚躚楚言玆事不知年試就湖邊披草徑莫疑東海變桑田君訶今時盡陵陸我看明歲更淪漣來今自昔無終始人事迴環常若是應(一作驗)思闕下聲華日誰謂江潭旅遊子初貞正喜固當然往蹇來譽宜可俟盈虛用舍輪輿旋勿學靈均遠問天

和燕公岳州山城

爲吏恩猶舊投沙惠此蒙江邊悠爾處泗上宛然同訪道精言合論經大義通鳴琴有眞(一作奇)氣況已沐清風

和尹悉秋夜遊灉湖二首

政理常多暇方舟此泝洄吹笙虛洞荅舉楫便風催山暗雲猶辨潭幽月稍來清谿無數曲未盡莫先迴

煙靄夕微蒙幽灣賞未窮艤舟待初月褰幌招遠風鶴聲聒前浦漁火明暗叢東山雲谿意不謂爾來同

陪燕公遊灉湖上寺

江外多山水招要步馬來琴將天籟合酒共鳥聲(一作歌)催巖坐攀紅藥谿行愛綠苔所懷非此地遊望亦裴回

荅張燕公翻著葛巾見呈之作

美酒值芳春醒餘氣益眞降歡時倒履乘興偶翻巾徐榻思方建左車理自均傲然歌一曲一醉濯纓人

奉荅燕公

語別意淒淒零陵湘水西佳人金谷返(一作遊)愛子洞庭迷舊館逢花發他山值鳥啼江天千里望誰見綠蘋齊

奉和聖製同二相已下羣官樂遊園宴

爽塏三秦地芳華二月初酺承眞璧罷宴是合錢餘柳翠垂堪結桃紅卷欲舒從容會鵷鷺延曼戲龍魚喜氣流雲物歡聲浹里閭聖恩將報厚(一作厚意)請述記言書

奉和聖製荅張説扈從南出雀鼠谷

軒轅應順動力牧正趨陪道合殷爲礪時行楚有材省方西禮設振旅北京迴地理分中壤天文照上台寒依汾谷去春入晉郊來竊比康衢者長歌仰大哉

奉和聖製送張説上集賢學士賜宴賦得蓮字

淺術方觀海深恩忽見天學開丹殿籍名與石渠賢良輔膺休命微生謬采甄春餘仍哢鳥夏近未舒蓮牋札來宸禁衣冠集詔筵史臣知醉德欲記升中(一作平)年

奉荅燕公

誰道零陵守東過此地遊友僚同省閣昆弟接荆州我逐江潭鴈君隨海上鷗屢傷神氣阻久別鬢毛秋疑嶺春應徧陽臺雨欲收主人情未盡高駕少淹留

陪張燕公行郡竹籬

良臣乃國寶麾守去承明外户人無閉浮江獸已行隨來晉盜逸民化蜀風清郭從彝典州閭荷德聲小人投(一作被)天涯(一作渥)流落巴丘城所賴中和作優游鑿與耕

和燕公別灉湖

南湖美泉石君子翫幽奇灣澳陪臨泛巖嶔共踐窺秋風顏桂竦春景緣楊垂郢路委分竹湘濱擁去麾枉帆懷勝賞留景惜差池水木且不棄情由良可知

奉酬燕公見歸田賦垂贈之作

窮鳥嬰籠緻孤飛任播遷鵷鶵王佐用復此挫沖天楚雲何掩鬱湘水亦迴邅懷哉愧木鴈忽爾枉蘭荃愈疾同枚叔銷憂比仲宣歸途書可畏弱操石猶堅覆載雖云廣涔陽直塊然

和張燕公耗磨日飲

上月今朝減流傳耗磨辰還將不事事同醉俗中人

春來半月度俗忌一朝閑不酌他鄉酒無堪對楚山（此二首一作張說詩）

尹懋

尹懋河間人為張說岳州從事官補闕詩四首

奉陪張燕公登南樓

君子每垂眷江山共流眄水遠林外明巖近霧中見終日西北望何處是京縣屢登高春臺徒使淚如霰

秋夜陪張丞相趙侍御游㴩湖二首 并序

燕公以司馬初到趙侍御客焉聿理方舟嬉游㴩經覽山川之異探泉石之奇騁望崇朝留尊待月一時之樂豈不盛歟賦詩者列之於左

熊軾巴陵地鷁舟湘水潯江山與勢遠泉石自幽深杳靄入天經冥茫見道心超然無俗事清宴有空（一作深）林

江上饒奇山巑羅雲水間風和（一作秋）樹色雜苔古石文斑巴俗將千漾㴩湖凡幾灣嬉遊竟不盡乘月汎舟還

同燕公汎洞庭

風光淅淅草中飄日彩熒熒水上搖幸奏蕭湘雲壑意山傍容與動仙橈

王琚

王琚懷州河内人神龍初為駙馬王同皎所器預謀刺武三思後太平公主謀逆琚勸明皇先事誅之薦張說劉幽求郭元振等與決議事平進户部尚書眷委特異參豫大政時號内宰相後以讒見疏歷典外郡卒為李林甫所構貶死詩四首

奉荅燕公

郡遠途且艱宜悲良自得胡為心獨爾惠好在南國亦既清顔披悶然良願克與君蘭時會羣物如藻飾煙景惜歡賞雲山起翰墨接藝奇思微偶談玄言直永日不知倦逾旬猶謂亟知何酌離尊移櫂巴城側浦口勞長望舟中獨太息疾風吹飛帆倏忽南與北目盡不復見懷哉無終極唯當衡峰上遥辨湖水色

美女篇

東鄰美女實名倡絶代容華無比方濃纖得中非短長紅素天生誰飾妝桂樓椒閣木蘭堂繡户雕軒文杏梁屈曲屏風繞象牀萎蕤翠帳綴香囊玉臺龍鏡洞徹光金爐沈煙酷烈芳遥聞行佩音鏘鏘含嬌欲笑出洞房二八三五閨心切褰簾捲幔迎春節清歌始發詞怨咽鳴琴一弄心斷絶借問哀怨何所為盛年情多心自悲須臾破顔倏斂態一悲一喜併相宜何能見此不注心惜無媒氏為傳音可憐盈盈直千金誰家君子為藁砧

自荊湖入朝至岳陽奉別張燕公

五載朝天子三湘逢舊僚扁舟方輟櫂清論遂終朝遠樹煙間沒長江地際遥帝城馳夢想歸帆滿風飆

游㴩湖上寺

春山臨遠壑水木自幽青夙昔懷微尚茲焉一放情雲間聽弄鳥煙上摘初英地僻方無悶道知道思精（一作生）

陰行先

陰行先開元間為張說湘州從事詩一首

和張燕公湘中九日登高

重陽初啓節無射正飛灰寂寞風蟬至連翩霜鴈來山棠紅葉下岸菊紫花開今日桓公座多愧孟嘉才

王熊

王熊潭州都督詩二首

奉別張岳州說二首（一作荅張燕公岳州宴別）

長沙辭舊國洞庭逢故人薰蘭敦久要披霧轉相親歲月空嗟老江山不惜春忽聞黃鶴曲更作白頭新

平生共風月倏忽間山川不期交淡水暫得欵忘年興逸方罷釣帆開欲解船離心若危旆朝夕為君懸

梁知微

梁知微嗣聖初登進士第嘗守潭州與張說相贈荅詩一首

入朝別張燕公

華容佳山水之子厭承明符竹紆小郡江湖被德聲三年計吏入路指巴丘城鳧舟纔結纜驄馬已相迎別離他鄉酒委曲故人情孤嶼早煙薄長波晚氣清辛勤方遠騖勝賞屢難并迴瞻洞庭浦日暮愁雲生

李伯魚

李伯魚臨淄人善為文登開元六年進士第擢校書郎出為青州司功詩一首

桐竹贈張燕公

北竹青桐北南桐（一作家）綠竹南竹林君早愛桐樹我初貪鳳棲桐不媿鳳食竹何慙棲食更如此餘非鳳所堪

楊重玄

楊重玄開元進士詩一首

正朝上左相張燕公

歲去愁終在春還命不來長吁問丞相東閣幾時開

朱使欣

朱使欣張說同時人詩一首

道峽似巫山

江如曉天靜石似暮雲張征帆一流覽宛若巫山陽楚客思歸路秦人謫異鄉猿鳴孤月夜再使淚霑裳

全唐詩目 第二函

第六冊

全唐詩

張循之

張循之洛陽人與弟仲之並以學業著名則天時上書忤旨被誅詩六首

巫山高 一作沈佺期詩

巫山高不極合沓狀奇新暗谷疑風雨陰崖若鬼神月明三峽曉 一作曙 潮滿九 一作二 江春爲問陽臺客應知入夢人

送泉州李使君之任

傍海皆荒服分符重漢臣雲山百越路市井十洲人執玉來朝遠還珠入貢頻連年不見雪到處即行春

長門怨 一作張修之詩

長門落景盡洞房秋月明玉階草露積金屋網塵生妾妬今應改君恩惜未平寄語臨邛客何時作賦成

巫山

流景一何速年華不可追解佩安所贈怨咽空自悲

送王汶宰江陰

郡北乘流去花間竟日行海魚朝滿市江鳥夜喧城讓酒非關病援琴不在聲應緣五斗米數日滯淵明

婺州留別鄧使君

西掖馳名久東陽出守時江山婺女分風月隱侯詩別恨雙溪急留歡五馬遲迴舟暎沙嶼未遠剩相思

王晙

王晙滄州景城人擢明經第調清苑尉歷殿中侍御史出爲渭南尉景龍末授桂州都督累遷太僕少卿隴右羣牧使開元二年襲吐蕃於臨洮以功加銀青光祿大夫進幷州都督長史又以破突厥功拜兵部尚書朔方軍大總管後代張説爲兵部尚書同中書門下三品充朔方軍節度大使終戶部尚書朔方節度詩一首

祭汾陰樂章

太和

於穆聖皇六葉重光太原刻頌后土疏場寶鼎呈符歊雲孕祥禮樂備矣降福穰穰

張柬之

張柬之字孟將襄陽人涉獵經史尤好三禮舉進士賢良對策第一授監察御史聖曆中爲鳳閣舍人弘文館直學士長安中令舉宰相材以姚崇薦遷鳳閣侍郎知政事及誅二張兄弟柬之首謀也中宗即位以功擢天官尚書封漢陽王遷中書令爲武三思所搆貶死集十卷今存詩五首

大堤曲

南國多佳人莫若大堤女玉牀翠羽帳寶袜蓮花距魂處自目成色授開心許迢迢不可見日暮空愁予

東飛伯勞歌

青田白鶴丹山鳳婺女姮娥兩相送誰家絕世綺帳前豔粉紅脂映寶鈿窈窕玉堂褰翠幙參差繡戶懸珠箔絕世三五愛紅妝冶袖長裙蘭麝香春去花枝俄易改可歎年光不相待

出塞

俠客重恩光驄馬飾金裝瞥聞傳羽檄馳突救邊荒歙野山川動囂天旌旆揚吳鉤明似月楚劒利如霜電斷衝胡塞風飛出洛陽轉戰磨笄俗橫行戴斗鄉手擒郅支長面縛谷蠡王將軍占太白小婦怨流黃驟裹青絲騎娉婷紅粉妝三春鶯度曲八月鴈成行誰堪坐愁思羅袖拂空牀

與國賢良夜歌二首

柳臺臨新堰樓堞相重複窈窕鳳皇姝傾城復傾國杏間花照灼樓上月裴回帶嬌移玉柱含笑捧金杯

袁恕己

袁恕己滄州東光人長安中歷司刑少卿預誅二張又從相王統南衙兵備非常以功爲中書侍郎進中書令封南陽郡王後貶死環州詩一首

詠屛風

綺閣雲霞滿芳林草樹新鳥驚疑欲曙花笑不關春山對彈琴客谿留垂釣人請看車馬客行處有風塵

劉幽求

劉幽求冀州武强人聖曆中舉制科中第臨淄王入誅韋庶人幽求預參大策是夜所下制敕百餘道皆出其手以功授中書舍人睿宗即位行尚書右丞遷吏部尚書拜侍中開元初改尚書左右僕射爲左右丞相乃以幽求爲左丞相後坐怨望貶卒詩一首

書懷（避暑錄云此詩三館昭庫斷冊中檢得幽求非肯安田園者殆出守時憤懟而作）

心爲明時盡君門尚不容田園迷徑路歸去欲何從

章玄同

章玄同武后時人久視中張錫爲相請還廬陵王坐流循州玄同有流所贈詩蓋亦當時貶謫者詩一首

流所贈張錫

黃葉因風下甘從洛浦隈白雲何所爲還出帝鄉來

王易從

王易從中宗朝爲鄠縣尉張仁愿奏分判軍事詩一首

臨高臺

漢主事祈連良人在高闕空臺寂已暮愁坐變容髮汎豔春幌風裏回秋戶月可憐軍書斷空使流芳歇

盧僎

盧僎吏部尚書從愿之從父也自聞喜尉入爲學士終吏部員外郎詩十四首

初出京邑有懷舊林

賦生期獨得素業守微班外忝文學知鴻漸鵷鷺間內傾水木趣築室依近山晨趨天日宴夕臥江海閑松風生坐偶仙禽舞亭灣曙雲林下客霽月池上顏雖曰坐郊園靜默非人寰時步蒼龍闕寧異白雲關語濟豈時顧默善忘世攀世綱余何觸天涯謫南蠻回首思洛陽喟然悲貞艱舊林日夜遠孤雲何時還

稍秋曉坐閣遇舟東下揚州即事寄上族父江陽令

虎嘯山城晚猨鳴江樹秋紅林架落照青峽送歸流赴淮海征帆下揚州族父江陽令盛業繼前修文掩崔亭伯德齊陳太丘時哉惜未與千載且爲儔憶昔山陽會長懷東上游稱觴阮林下賦雪謝庭幽道濃禮自略氣舒文轉遒高情薄雲漢酣態坐芳洲接席復連軫出入陪華輈獨善與兼濟語默奉良籌歲月歡無已風雨暗颼颼掌憲時持節爲邦邀海頭子人惠雖樹蒼生望且留微躬趨直道神甸忝清猷仙臺適西步蠻徼忽南浮宇內皆安樂天涯獨遠投忠信徒堅仗神明豈默訓觀生海漫漫稽命天悠悠雲昏巴子峽月遠吳王樓懷昔明不寐悲今歲屬周喟無排雲翮暫得抒離憂空灑霑紅淚萬里逐行舟

讓帝挽歌詞二首（開元二十九年冬十一月太尉寧王憲薨帝失聲號慟曰天下兄之天下也固讓於我乃追謚曰讓皇帝）

泰伯玄風遠延州德讓行闔棺追大節樹羽冊鴻名地戶迎天仗皇階失帝兄還聞漢明主遺（一作解）劒泣東平

朝天馳馬絕冊帝　宮祖恍惚陵廟新蕭條池館古萬化一朝空哀樂此路同西園有明月修竹韻悲風（第二句缺一字）

十月梅花書贈

君不見巴鄉氣候與華別年年十月梅花發上苑今應雪作花寧知此地花爲雪自從遷播落黔巴三見江上開新花故園風花虛洛汭窮峽凝雲度歲華花情縱似河陽好客心倍傷邊候早春候颯驚樓上梅霜威未落江潭草江水侵（一作尋）天去不還樓花覆簾空坐攀一向花前看白髮幾回夢裏憶紅顏紅顏白髮雲泥改何異桑田移碧海却想華年故國時唯餘一片空心在空心弔影向誰陳雲臺仙閣舊遊人儻知巴樹連冬發應憐南國氣長春

歲晚還京臺望城闕成口號先贈交親

紫陌開行樹朱城出晚霞猶憐慣去國疑是夢還家風弱知催柳林青覺待花交親望歸騎幾處擁年華

送蘇八給事出牧徐州用芳韻（相國請出）

金鼎屬元方璅闈連季常畏盈聊出守分命乃維良曉騎辭朝遠春帆向楚常賢哉謙自牧天下詠餘芳

上幸皇太子新院應制

佳氣曉蔥蔥乾行入震宮前星迎北極少海被南風視膳銅樓下吹笙玉座中訓深家以正義舉俗爲公父子成釗合君臣禹啟同仰天歌聖道猶愧乏雕蟲

奉和李令扈從溫泉宮賜遊驪山韋侍郎別業

風后軒皇佐雲峰謝客居承恩來翠嶺締賞出丹除飛蓋松（一作雙）谿寂清笳玉洞虛窺巖詳霧豹過水略泉魚鄉入無何有時還上古初伊臯蓋過狹魏丙服麤疎白雪緣情降青霞落卷舒多慚郎署在輙繼國風餘

季冬送戶部郎中使黔府選補

握鏡均荒服分衡得大同徵賢一臺上補吏五谿中雨露將天澤文章播國風漢庭聧直諒楚峽望清通馬逐霜鴻漸帆沿曉月空還期鳳池拜照耀列星宮

途中口號（一作郭向詩）

抱玉三朝楚懷書十上秦年年洛陽陌花鳥弄歸人

南望樓

去國三巴遠登樓萬里春傷心江上客不是故鄉人

臨川送別

秋郊日半隱野樹煙初映風水正蕭條那堪動離詠

題殿前桂葉

桂樹生南海芳香隔楚（一作遠）山今朝天上見疑是月中攀

牛鳳及

牛鳳及長壽中撰唐書劉軻與馬植論史官書嘗稱之詩一首

奉和受圖溫洛應制

八神扶（一作承）玉輦六羽警瑤谿戒道伊川北通津（一作旌）澗水

西御圖開洛匱刻石與天齊瑞日波中上仙禽霧裏低
微臣矯弱翩抃舞接鸞鷖

全唐詩

司馬逸客

司馬逸客，則天朝嘗從相王北征，李乂有詩送之，稱爲員外。詩一首。

雅琴篇

亭亭嶧陽樹，落落千萬尋。獨抱出雲節，孤生不作林。影搖綠波水，彩絢丹霞岑。直幹思有託，雅志期所任。匠者果留盼，雕斲爲雅琴。文以楚山玉，錯以昆吾金。虬鳳吐奇狀，商徵含清音。清音雅調感君子，一撫一弄懷知己。不知鍾期百年餘，還憶朝朝幾千里。馬卿臺上應蕪沒，阮籍帷前空已矣。山情水意君不知，拂匣調弦爲誰理。調弦拂匣倍含情，況復空山秋月明。隴水悲風已嗚咽，離鵾別鶴更淒清。將軍塞外多奇操，中散林間有正聲。正聲諧風雅，欲竟此曲誰知者。自言幽隱乏先容，不道人物知音寡。誰能一奏和天地，誰能再撫歡朝野。朝野歡娛樂未央，車馬駢闐盛彩章。歲歲汾川事簫鼓，朝朝伊水聽笙簧。窈窕樓臺臨上路，妖嬈歌舞出平陽。彈弦本自稱仁祖，吹管由來許季長。猶憐雅歌淡無味，淥水白雲誰相貴。還將逸詞賞幽心，不覺繁聲論遠意。傳聞帝樂奏鈞天，儻冀微躬（一作身）備五弦。願持東武宮商韻，長奉南熏億萬年。

王紹宗

王紹宗，字承烈，揚州江都人。嗜學，尤工草隸。家貧，常傭力寫佛經以自給。徐敬業逼之，不起。則天時，拜太子文學，累轉祕書少監。詩一首。

三婦豔

大婦能調瑟，中婦詠新詩。小婦獨無事，花庭曳履綦。上客且安坐，春日正遲遲。

鄭遂初

鄭遂初，萬歲通天中登第。詩一首。

別離怨

蕩子戍遼東，連年信不通。塵生錦步障，花送（一作遠）玉屏風。只怨（一作恐）紅顏改，寧辭玉簟空。繫書春雁足，早晚到雲中。

李崇嗣

李崇嗣，則天時奉宸府主簿。聖曆中，曾奉敕預東觀修書，見沈佺期黃口贊序。詩三首。

寒食（一作沈佺期詩）

普天皆滅焰，匝地盡藏煙。不知何處火，來就（一作向，一作促）客心然。

覽鏡（一作李嗣宗詩）

歲去紅顏盡，愁來白髮新。今朝開鏡匣，疑是別逢（一作逢故）人。

獨愁

聞道成都酒，無錢亦可求。不知將幾斗（一作午），銷得此來愁。

東方虬

東方虬，則天時爲左史。嘗云：百年後可與西門豹作對。陳子昂寄東方左史修竹篇書，稱其孤桐篇骨氣端翔，音韻頓挫，不圖正始之音復覩於茲。今失傳。存詩四首。

昭君怨三首

漢道方（一作今，一作初）全盛，朝廷足武臣。何須（一作煩）薄命妾，辛苦事和親。

掩淚（一作涕）辭丹鳳，銜悲向白龍。單于浪驚喜，無復舊時容。

胡地無花（一作青）草，春來不似春。自然衣帶緩，非是爲（一作覓）腰身。

春雪

春雪滿空來，觸處似花開。不知園裏樹，若箇是真梅。

張楚金

張楚金，年十七，與兄越石同以茂才擢第。歷秋官尚書。詩一首。

逸人歌贈李山人

上有堯兮下有由，眠松陽兮漱潁流，其貌古，其心幽。浩歌一曲兮林壑秋，道險可驚兮人莫用，樂天知命兮守巖洞。時擊磬兮嗟鳴鳳，吾欲知往古之不可追，自悠悠於凡夢。

房融

房融，河南人。則天時爲相，神龍元年貶死高州。好浮屠法，嘗於嶺外筆受楞嚴經。詩一首。

謫南海過始興廣勝寺果上人房（一作過韶州廣界寺）

零落嗟殘命，蕭條託勝因。方燒三界火，遽洗六情塵。隔嶺天花發，凌空月殿新。誰令鄉國（一作故鄉）夢（一作思），終（一作從）此學分身。

呂太一

呂太一，景雲中爲洹水令。魏知古表奏之，又嘗與中書舍人苗延嗣、考功員外郎嘉靖、侍御史崔訓，皆爲張嘉貞所薦。時語曰：令君四俊，苗呂員訓。詩一首。

詠院中叢竹（太一拜監察御史裏行，自負才華而不即眞，因詠院中叢竹以寄意焉）

擢擢當軒竹，青青重歲寒。心貞徒見賞，籜小未成竿。

張紘（一作法）

張紘久視中登第與呂太一同官監察御史後自左拾遺貶許州司户詩三首

和呂御史詠院中叢竹

聞君庭竹詠幽意歲寒多歎息爲冠小良工將柰何

閨怨搜玉集作張紘詩

去年離別雁初歸今夜裁縫螢已飛征客近一作未一作去來音信斷不知何處寄寒一作邊衣

行路難

君不見溫家玉鏡臺提攜抱握九重來君不見相如綠綺琴一撫一拍鳳凰音人生意氣須及早莫負當年行樂心荆王奏曲楚妃歎曲盡歡終夜將半朱樓銀閣正平生碧草青苔坐蕪漫當春對酒不須疑視日相看能幾時春風吹盡燕初至此時自爲稱君意秋露萎草鴻始歸此時衰暮與君違人生翻覆何常定誰保容顏無是非

鄭蜀賓

鄭蜀賓滎陽人善五言詩長壽中終縣尉詩一首

别親朋唐新語云蜀賓老爲江左一尉親朋餞於上東門賦詩酒酣自詠聲調哀戚竟卒於官

畏途方萬里生涯近百年不知將白首何處入黃泉

宋務光

宋務光字子昂一名烈一作宋先汾州西河人舉進士及第調洛陽尉遷右衛騎曹參軍神龍初上封事直諫不省俄以監察御史巡察河南道考最進殿中右臺御史詩一首

海上作

曠哉潮汐池大矣乾坤力浩浩去無際沄沄深不測崩騰翕衆流泱漭環中國鱗介錯殊品氛霞饒詭色天波混莫分島樹遥難識漢主探靈怪秦王恣遊陟搜奇大壑東竦望成山北方術徒相誤蓬萊安可得吾君略仙道至化孚淳默驚浪晏一作按窮溟飛航通絕域馬韓底厥貢龍伯修其職粵我遘休明匪躬期正直敢輸鷹隼執以間一作問豺狼忒海路行已殫輶軒未皇息勞歌玄月暮旅睇滄浪極魏闕渺雲端馳心附歸翼

李景伯

李景伯懷遠子景龍中爲給事中遷諫議大夫中宗嘗宴侍臣及朝集使酒酣令各爲回波辭衆皆爲諂佞景伯獨不然蕭至忠稱之曰此眞諫官也終散騎常侍詩一首

回波辭

回波爾時酒巵微臣職在箴規侍讌既過三爵喧譁竊恐非儀

李行言

李行言隴西人兼文學幹事中宗時爲給事中能唱步虛歌七月七日兩儀殿會宴帝命爲之行言於御前長跪作三洞道士音詞歌數曲時論鄙之詩一首

秋晚度廢關

秦郊平舊險周德眷遺黎始聞清夜柝俄見落封泥物色來無限津途去不迷空亭誰問馬閑戍但鳴雞山月寒彌淨河風曉更淒贈言楊伯起非復是關西

郭利貞

郭利貞神龍中爲吏部員外賦上元詩與蘇味道崔液並爲絕唱詩一首

上元

九陌連燈影千門度一作徧月華傾城出寶騎匝路轉香車爛熳惟愁曉周游不問家更逢清管發處處落梅花

元希聲

元希聲河南人七歲善屬文舉進士累官司禮博士預修三教珠英景龍初進吏部侍郎集三十卷今存詩八首

贈皇甫侍御赴都八首

東南之美生于會稽牛斗之氣蓄于昆溪有瑶者玉連城是齊有威者鳳非梧不棲

猗嗟衆珍以況君子公侯之胄必復其始利器長材溫儀峻峙

道心惟微厥用允塞德輝不泯而映邦國靜以有神動而作則九皐千里其聲不忒

粤在古昔分官厥初剌邪矯枉非賢勿居稜稜直指烈烈方書蒼玉鳴珮繡衣登車

綽綽夫君是膺柱下準繩有望名器無假寵蓋伯山氣雄公雅立朝正色俟我能者

載懷朋情嘗接閑宴好洽昆弟官聯州縣如彼松竹春榮冬蒨柯葉藹然不渝霜霰

會合非我關山坐違離鴻曉引别葉秋飛騑驂徐動尊餞相依遠情超忽岐路光輝

金石其心芝蘭其室言語方間音徽自溢肅子風威嚴子霜質贈言歲暮以保貞吉

李澄之

李澄之尉氏人以五言詩名神龍中蹉跌不遇年六十餘爲宋州參軍卒詩一首

秋庭夜月有懷

遊客三江外單棲百慮違山川憶處近形影夢中歸夜月明虛帳秋風入擣衣從來不慣别況屬鴈南飛

李如璧

李如璧睿宗朝爲御史詩一首

明月

三五月華流炯光可憐懷歸（一作君）郢路長逾江越漢津無梁遥遥永夜思茫茫昭君失寵辭上宫蛾眉嬋娟臥穹穹胡人琵琶彈北風漢家音信絶南鴻昭君此時怨畫工可憐明月光曈曨節既秋兮天向寒沅有漪兮湘有瀾沅湘紛合淼漫漫洛陽才子憶長安可憐明月復團團逐臣戀主心愈恪棄妻思君情不薄已悲芳歲徒淪落復恐紅顔坐銷鑠可憐明月方照灼向影傾身比葵藿

洪子輿

洪子輿睿宗時官侍御史姜晦時爲中丞諷劾韋安石子輿不從詩一首

嚴陵祠

漢主名子陵歸宿洛陽殿客星今安在隱迹猶可見水石空潺湲松篁尚蔥蒨岈深翠陰合川迴白雲徧幽徑滋蕪没荒祠羃霜霰垂釣想遺芳掇蘋羞野薦高風激終古語理忘榮賤方驗道可尊山林情不變

寇泚

寇泚中宗朝爲長安尉張仁愿在朔方奏用分判軍事開元十三年帝自擇刺史泚由兵部侍郎出守宋州賦詩祖餞詩一首

度塗山

小年弄文墨不識戎旅難一朝事鞞鼓策馬度塗山塗山横地軸萬里留荒服悠悠征旆遠騑騑一何速流月揮金戈驚風折寒木行聞漢飛將還向皐蘭宿

吴兢

吴兢汴州浚儀人博通經史魏元忠朱敬則深器之薦其有史才因令直史館神龍中遷右補闕與韋承慶崔融等撰則天實録開元中歷修文館學士居史職殆三十年序事簡要人皆稱之出爲荆州司馬以史稾自隨蕭嵩監修國史奏取兢所撰得六十五卷累遷台洪饒蘄四州刺史天寶初爲鄴郡太守入爲恒王傅嘗以梁陳齊周隋五代史繁雜乃别撰各史又傷疎略卒年八十餘卒後其子進兢所撰唐史八十餘卷事多紕繆不逮壯年兢家多藏書嘗録其卷第號吴氏西齋書目詩二首

永泰公主挽歌二首

穠華從婦道釐降適諸侯河漢天孫合瀟湘帝子遊關雎方作訓鳴鳳自相求可歎凌波迹東川遂不流

舜華徂北渚宸思結南陽鸞綬哀榮備游軒寵悼彰三川謀遠日八水宅連岡無復秦樓上吹簫下鳳皇

全唐詩

武平一

武平一名甄以字行后族潁川郡王載德子博學通春秋后在時畏禍不與事隱嵩山修浮屠法屢詔不應中宗復位平一居母喪迫召爲起居舍人丐終制不許景龍二年兼修文館直學士遷考功員外郎雖預宴遊嘗因詩規戒明皇初貶蘇州參軍徙金壇令既謫名亦不衰開元末卒詩一卷

妾薄命

有女妖且麗裴回湘水湄水湄蘭杜芳采之將寄誰瓠犀發皓齒雙蛾顰翠眉紅臉如開蓮素膚若凝脂綽約多逸態輕盈不自持嘗矜絶代色復恃傾城姿子夫前入侍飛燕復當時正悅掌中舞寧哀團扇詩洛川昔云遇高唐今尚違幽閣禽雀噪閑階草露滋流景一何速年華不可追解佩安所贈怨咽空自悲

奉和登驪山高頂寓目應制

鑾輿上碧天翠帝拖晴煙絶㟧紆仙徑層巖敞御筵雲披丹鳳闕日下黑龍川更覩南熏奏流聲入管弦

幸梨園觀打毬應制

令節重遨遊分鑣應綵毬驂驔迴上苑躞蹀繞通溝影就紅塵没光隨赭汗流賞闌清景暮歌舞樂時休

奉和幸白鹿觀應制

玉府淩三曜金壇駐六龍綵旗懸倒景羽蓋偃喬松玄圃靈芝秀華池瑞液濃謬因沾舜渥（一作澤）長願奉堯封

侍宴安樂公主新宅應制

紫漢秦樓敞黄山魯館開簪裾分上席歌舞列平臺馬既如龍至人疑學鳳來幸茲（一作忻）聯棣萼何以接鄒枚

送金城公主適西蕃

廣化三邊靜通煙四海安還將膝下愛特副域中歡聖念飛玄藻仙儀下白蘭日斜征蓋没歸騎動鳴鸞

奉和幸新豐温泉宫應制

秦王登碣石周后襲崑崙何必在遐遠方稱萬寓尊我皇順時豫星駕動軒轅雄戟交馳道清笳度國門回輿長樂觀校獵上林園行漏移三象連營總八屯旌搖鶚鵠谷騎轉鳳皇原絶壁蒼苔古靈泉碧溜温參差開水殿窈窕敞巖軒（一作豐邑）模猶在驪宫迹尚存煙松銜翠幄雪徑遶花源侍從推玄草文章召虎賁深仁洽夷夏洪造溢乾坤謬忝王枚列多慙雨露恩

奉和幸韋嗣立山莊侍宴應制

三光回斗極萬騎肅鉤陳地若遊汾水畋疑歷渭濱圓塘冰寫鏡遥樹露成春弦奏魚聽曲機忘鳥狎人築巖思感夢磻石想垂綸落景搖紅壁層陰結翠筠素風紛可尚玄澤藹無垠薄暮清笳動天文煥紫宸（一作北辰）

興慶池侍宴應制

鑾輿羽駕直城隈帳殿旌門此地開皎潔靈潭圖日月參差畫舸結樓臺波搖岸影隨橈轉風送荷香逐酒來願奉聖情歡不極（一作皇歡常不極）長遊雲漢幾昭回

奉和立春内出綵花樹應制

鑾輅青旂下帝臺東郊上苑望春來黄鶯未解林間囀紅蘂先從殿裏開畫閣條風初變柳銀塘曲水半含苔欣逢睿藻光韶律更促霞觴畏景催

奉和正旦賜宰臣柏葉應制

綠葉迎春綠寒枝歷歲寒願持柏葉壽長奉萬年歡

遊涇川琴溪

環潭澄曉色疊嶂照秋影幽致欣所逢紛慮自茲屏

夜宴安樂公主宅

王孫帝女下仙臺金牓珠簾入夜開遽惜瓊筵歡正洽唯愁銀箭曉相催

奉和聖製幸韋嗣立山莊應制

鳴鑾赫奕下重樓羽蓋逍遥向一丘漢日唯聞白衣寵唐年更覩赤松遊

餞唐永昌

聞君墨綬出丹墀雙舄飛來佇有期寄謝銅街攀柳日無忘粉署握蘭時

全唐詩

趙彥昭

趙彥昭字奐然甘州張掖人少豪邁風骨秀爽及進士第調南部尉歷左臺監察御史中宗景龍中累遷中書侍郎同中書門下平章事睿宗立出爲宋州刺史入爲吏部侍郎還刑部尚書封耿國公尋貶江州別駕卒編詩一卷

奉和聖製立春日侍宴内殿出剪綵花應制

剪綵迎初候攀條故寫眞花隨紅意發葉就緑情新嫩色驚銜燕輕香誤採人應爲熏風拂能令芳樹春

奉和人日清暉閣宴羣臣遇雪應制

出震乘東陸憑高御北辰祥雲應早歲瑞雪候初旬庭（一作官）樹千花發階蓂七葉新幸承今日宴長奉萬年春

奉和七夕兩儀殿會宴應制

青女三秋節黄姑七日期星橋度玉珮雲閣掩羅帷河氣通仙掖天文入睿詞今宵望靈漢應得見蛾眉

奉和九日幸臨渭亭登高應制

秋豫凝仙覽宸遊轉翠華呼鷹下鳥路戲馬出龍沙紫菊宜新壽丹萸辟舊邪須陪長久宴歲歲奉吹花

奉和九月九日登慈恩寺浮屠應制

出豫乘秋（一作佳）節登（一作憑）高陟梵宮皇心滿塵界佛跡現虛空日月宜長壽人天得大通喜聞題寶偈受記莫由同

安樂公主移入新宅侍宴應制同用開字

雲物中京曉天人外館開飛橋象河漢懸牓學蓬萊北闕臨仙檻南山送壽杯一窺輪奐畢慚恧（一作更恩）棟梁材

奉和送金城公主適西蕃應制（一作崔日用詩）

聖后經綸遠謀臣計畫多受降追漢策築館許戎和俗化烏孫壘春生積石河六龍今出餞雙鶴願爲歌

奉和聖製登驪山高頂寓目應制

皇情遍九垓御輦駐昭回路若隨天轉人疑近日來河看大禹鑿山見巨靈開願扈登封駕常持薦壽杯

奉和幸白鹿觀應制

雲驂驅半景星蹕坐中天國誕玄（一作元）宗聖家尋碧落仙玉杯鸞薦壽寶算鶴知年一覩光華旦欣承道德篇

哭僕射鄂公楊再思

兩掖光天秩三朝奉帝熙何言集大鳥忽此喪元龜坐歎公槐落行聞宰樹悲（一作萎）壑舟今已去寧有濟川期

人日侍讌大明宮應制

寶契無爲屬聖人琱輿出幸玩芳辰平樓半入南山霧飛閣旁臨東墅（一作野）春夾路穠花千樹發垂軒弱柳萬條新處處風光今日好年年願奉屬車塵

奉和初春幸太平公主南莊應制

主第巖扃駕鵲橋天門閶闔降鸞鑣歷亂旌旗轉雲樹參差臺榭入煙霄林間花雜平陽舞谷裏鶯和弄玉簫已陪沁水追歡日行奉茅山訪道朝

奉和幸安樂公主山莊應制

六龍齊軫御朝曦雙鷁維舟下緑池飛觀仰看雲外聳浮橋直見海中移靈泉巧鑿天孫渚孝筍能抽帝女枝幸願一生同草樹年年歲歲樂於斯

奉和幸大薦福寺（寺乃中宗舊宅）

寶（一作瑤）（一作初）地龍飛後金（一作今）身佛現時千花開國界萬善累皇（一作重）基北闕承行幸西園屬住持天衣拂舊石王舍起新祠剎鳳迎琱輦幡虹駐綵旗同沾小雨潤竊仰（一作仰詠）大風詩

奉和幸長安故城未央宮應制

鳳駕移天蹕憑軒覽漢都寒煙收紫禁春色繞黄圖舊史遺陳迹前王失霸符山河寸土盡宮觀尺椽無崇高惟在德壯麗豈爲謨茨室留皇鑒熏歌盛有虞

奉和幸韋嗣立山莊侍燕應制

賢族唯題里儒門但署鄉何如表巖洞宸翰發輝光地在兹山曲家臨郃水陽六龍駐旌罕四牡耀旂常北斗臨台座東山入廟堂天高羽翼近主聖股肱良野竹池亭氣村花澗谷香縱然懷豹隱空愧躡鵷行

奉和元日賜羣臣柏葉應制

器乏雕梁器材非構厦材但將千歲葉常奉萬年杯

苑中人日遇雪應制

始見青雲干律呂俄逢瑞雪應陽春今日迴看上林樹梅花柳絮一時新

奉和聖製幸韋嗣立山莊應制

廊廟心存巖壑中鑾輿矚在灞城東逍遥自有蒙莊子漢主徒言河上公

秋朝木芙蓉

水面芙蓉秋已衰繁條偏是著花遲平明露滴垂紅臉似有朝愁暮落時

侍宴桃花園詠桃花應制

紅萼競燃（一作妍）春苑曙粉茸新吐（一作向）御筵開長年願奉西王母（一作宴）近侍慚無東朔才

蕭至忠

蕭至忠，德言曾孫，少爲畿尉，以清謹稱。神龍初，自吏部員外擢御史中丞，遷吏部侍郎，掌選事，請謁杜絕。尋遷中書侍郎，兼中書令。睿宗立，出爲晉州刺史。先天二年，復爲中書令，與竇懷貞、魏知古、崔湜、陸象先、徐堅等撰姓族系錄二百卷。書成，加爵。後坐附太平公主伏誅。詩九首。

奉和九日幸臨渭亭登高應制得餘字

望幸三秋暮，登高九日初。朱旗巡漢苑，翠帝俯秦墟。寵極萸房（一作香）遍，恩深菊酎餘。承歡何以荅，萬億奉（一作俯）宸居。

奉和九月九日登慈恩寺浮圖應制

天蹕三乘啓，星輿六轡行。登高凌寶塔，極目徧王城。神衛空中遶，仙歌雲外清。重陽千萬壽，率舞頌昇平。

奉和幸安樂公主山莊應制

西郊窈窕鳳皇臺，北渚平明法駕來。匝地金聲初度曲，周堂玉溜好（一作且，又作始）傳杯。灣路分遊畫舟轉，岸（一作巖）門相向碧亭開。微臣此時承宴樂，髣髴疑從（一作尋）星漢迴。

送張亶赴朔方應制（以下六首一作劉憲詩）

命將擇耆年，圖功勝必全。光輝萬乘餞，威武二庭宣。中衢橫鼓角，曠野蔽旌旃。推食天廚至，投醪御酒傳。涼風過鴈苑，殺氣下雞田。分閫恩何極，臨岐動睿篇。

陪幸長寧公主林亭

公主林亭地，清晨降玉輿。畫橋飛渡水，仙閣迥臨虛。新晴看蛺蝶，早夏摘芙蕖。文酒娛遊盛，忻叨侍從餘。

陪幸五王宅

北斗樞機任，西京肺腑親。疇昔王門下，今茲制幸晨。恩來山水被，聖作管弦新。遶座薰紅藥，當軒暗綠筠。摘荷纔早夏，聽鳥尚餘春。行漏金徒曉，風煙是觀津。

三會寺應制

岧嶤倉史臺，敞朗紺園開。戒旦壺人警，翻霜羽騎來。下輦登三襲，褰旒望九垓。林披館陶牓，水浸昆明灰。網戶飛花綴，幡竿度鳥迴。豫遊仙唱動，瀟灑出塵埃。

薦福寺應制

地靈傳景福，天駕儼鉤陳。佳哉藩邸舊，赫矣梵宮新。香塔魚山下，禪堂鴈水濱。珠幡映白日，鏡殿寫青春。甚懽延故吏，大覺拯生人。幸承歌頌末，長奉屬車塵。

陪遊上苑遇雪

龍驂曉入望春宮，正逢春雪舞春風。花光併在天文上，寒氣行銷御酒中。

李迥秀

李迥秀，字茂之，涇陽人。初爲相州參軍，後累官鳳閣舍人。長安中，同平章事。中宗朝，終兵部尚書，卒，贈侍中。詩四首。

奉和九日幸臨渭亭登高應制得風字

重九臨商節，登高出漢宮。正逢萸實滿，還對菊花叢。霽雲開就日（一作曉色），仙藻麗秋風。微臣預在鎬，竊抃遂無窮。

奉和九月九日登慈恩寺浮圖應制

沙界人王塔，金繩梵帝遊。言從祇樹賞，行翫菊叢秋。御酒調甘露，天花拂（一作亂）綵旒。堯年將（一作持）佛日，同此慶時休。

奉和幸安樂公主山莊應制

詰旦重門聞（一作開）警蹕，傳言太主奏（一作奉）山林。是日迴輿羅萬（一作百）騎，此時歡喜賜千金。鷺羽鳳簫參樂曲，荻園竹徑接帷陰。手舞足蹈方無已，萬年千歲奉（一作奏）薰琴。

夜宴安樂公主宅

金牓岧嶤雲裏開，玉簫參差天際迴。莫驚側弁還歸路，秖爲平陽歌舞催。

楊廉（一作庶）

楊廉，自省郎爲給事中。詩二首。

奉和九日幸臨渭亭登高應制得亭字

遠目瞰秦坰，重陽坐灞亭。既開黃菊酒，還降紫微星。簫鼓諳（一作迎）仙曲，山河入畫屏。幸茲陪宴喜，無以效丹青。

奉和九月九日登慈恩寺浮圖應制

萬乘臨真境，重陽眺遠空。慈雲浮鴈塔，定水映龍宮。寶鐸含飈響，仙輪帶日紅。天文將瑞色，輝煥滿寰中。

韋安石

韋安石，京兆萬年人，舉明經。久視中，以鸞臺侍郎同鳳閣鸞臺平章事，數折辱二張。三思復相，中宗不附太平公主。睿宗時爲姜皎所搆，貶卒。詩三首。

奉和九日幸臨渭亭登高應制得枝字

重九開秋節，得一動宸儀。金風飄菊蘂，玉露泫萸枝。睿覽八紘外，天文七曜披。臨深應在即，居高豈忘危。（紀事云：中宗九日登高應制，二十四人，韋安石、蘇瓌詩先成，于經野、盧懷慎詩後成。時景龍三年也。）

侍宴旋師喜捷應制

蜂蟻屯夷落，熊羆逐漢飛。忘軀百戰後，屈指一年歸。厚眷紓天藻，深慈解御衣。興酣歌舞出，朝野歎光輝。

梁王宅侍宴應制同用風字

梁園開勝景（一作境），軒駕動宸衷。早荷承湛露，脩竹引薰風。九醞傾鍾石，百獸協絲桐。小臣陪宴鎬，獻壽奉維嵩。

竇希玠

竇希玠，扶風人。中宗時，爲禮部尚書。開元初，太子少傅、開府儀同三司。世爲外戚，貴盛莫比。詩一首。

奉和九日幸臨渭亭登高應制得明（一作英）字

鑾輿巡上苑，鳳駕瞰層城。御座丹烏麗，宸居白鶴驚。玉旗縈桂葉，金杯泛菊英。九晨陪聖膳，萬歲奉承明。

陸景初

陸景初，蘇州吳人，宰相元方子。景雲中，與崔湜同知政事。睿宗以其能紹先業，賜名象先。詩一首。

奉和九日幸臨渭亭登高應制得臣字

九秋光順豫，重節霽良辰。登高識漢苑，問道侍軒臣。菊花浮秬鬯，萸房插縉紳。聖化邊陲謐，長洲鴻鴈賓。

鄭南金

鄭南金，中宗時人。詩一首。

奉和九日幸臨渭亭登高應制得日字

重陽玉律應，萬乘金輿出。風起韻虞弦，雲開吐堯日。菊花浮聖酒，茱香挂衰質。欲知恩煦多，順動觀秋實。

李咸

李咸，中宗時學士。詩一首。

奉和九日幸臨渭亭登高應制得直字

重陽乘令序，四野開晴色。日月數初并，乾坤聖登極。菊黄迎酒泛，松翠凌霜直。遊海難爲深，負山徒倦力。

趙彥伯

趙彥伯，中宗時弘文館學士。詩三首。

奉和九日幸臨渭亭登高應制得花字

九日報仙家，三秋轉歲華。呼鷹下鳥路，戲馬出龍沙。簪挂丹萸蘂，杯浮紫菊花。所願同微物，年年共辟邪。（詩內第三四句與趙彥昭同）

從宴桃花園詠桃花應制（本趙彥昭詩）

紅萼競燃春苑曙，茸茸新吐御筵開。長年願奉西王讌，近侍慚無東朔才。

苑中遇雪應制

千鍾聖酒御筵披，六出祥英亂遶枝。即此神仙對瓊圃，何煩轍跡向瑶池。

于經野

于經野，中宗時爲户部尚書。詩一首。

奉和九日幸臨渭亭登高應制得樽字

御氣三秋節，登高九曲門。桂筵羅玉俎，菊醴溢芳樽。遵渚歸鴻度，承雲舞鶴騫。微臣濫陪賞，空荷聖明恩。

盧懷慎

盧懷慎，滑州人。第進士，歷監察御史，遷右御史臺中丞，黄門侍郎。開元初，進同紫微黄門平章事。卒謚文成。詩二首。

奉和九日幸臨渭亭登高應制得還字

時和素秋節，宸豫紫機關。鶴似聞琴至，人疑宴鎬還。曠望臨（一作遠）平野，潺湲俯暝灣。無因酬大德，空此愧崇班。

奉和聖製龍池篇

代邸東南龍躍泉（一作或躍），清漪碧浪遠浮天。樓臺影就波中出，日月光疑鏡裏懸。雁沼洄流成舜海，龜書薦社應堯年。大川既濟慙爲楫，報德空思奉細涓。

辛替否

辛替否，字協時，京兆萬年人。景龍中，爲左拾遺，以直諫名。睿宗朝，遷右臺殿中侍御史。開元中，終潁王府長史。詩一首。

奉和九月九日登慈恩寺浮圖應制

洪慈均動植，至德俯深玄。出豫從初地，登高適梵天。白雲飛御藻，慧日暖（一作暖）皇編。別有秋原藿，長傾雨露緣。

王景

王景，太原人。爲司門員外郎、萊州刺史。詩一首。

奉和九月九日登慈恩寺浮圖應制

玉輦移中禁，珠梯覽四禪。重階清漢接，飛寶紫霄懸。綴葉披天藻，吹花散御筵。無因鑾蹕暇，俱舞鶴林前。

畢乾泰

畢乾泰，景龍時人。詩一首。

奉和九月九日登慈恩寺浮圖應制

鷲林花塔啓，鳳輦順時遊。重九昭皇慶，大千揚帝休。耆闍妙法闡，王舍睿文流。至德覃無極，小臣歌詎酬。

麴瞻

麴瞻，景龍時人。詩一首。

奉和九月九日登慈恩寺浮圖應制

邑蹕遊玄地，陪仙瞰紫微。似邁銖衣劫，將同羽化飛。雕戈秋日麗，寶劒曉霜霏。獻觴乘菊序，長願奉天暉。

樊忱

樊忱，神龍初爲地官侍郎。詩一首。

奉和九月九日登慈恩寺浮圖應制

淨境重陽節，仙遊萬乘來。插萸登鷲嶺，把菊坐蜂臺。十地祥雲（一作煙）合，三天瑞景開。秋風詞更遠，竊抃樂康哉。

孫佺

孫佺，字鱗德，汝州人，宰相處約子。中宗時，爲幽州都督。詩一首。

奉和九月九日登慈恩寺浮圖應制

應節萸房（一作香）滿，初寒菊圃新。龍旗煥辰極，鳳駕儼香閣。蓮井偏宜夏，梅梁（一作渠）更若春。一忻陪鴈塔，還似得天身。

李從遠

李從遠，景龍時人。詩一首。

奉和九月九日登慈恩寺浮圖應制

九月從時豫，三乘爲法開。中霄日天子，半座寶如來。摘果珠盤獻，攀萸玉輦迴。願將塵露點，遥奉光明臺。

周利用

周利用，中宗時與御史大夫鄭惟忠同送金城公主和蕃。詩一首。

奉和九月九日登慈恩寺浮圖應制

出豫乘金節，飛文煥日宮。萸房開聖酒，杏（一作菊）苑被玄功。塔向三天迥，禪（一作池）收（一作將）八解空。叨恩奉蘭藉，終愧洽薰風。

張景源

張景源，中宗時官補闕。詩一首。

奉和九月九日登慈恩寺浮圖應制

飛塔凌霄起，宸遊一届焉。金壺新泛菊，寶座即披蓮。就日摇香輦，憑雲出梵天。祥氛與佳色，相伴雜鑪煙。

李恒

李恒，進士第，官安陽令。詩一首。

奉和九月九日登慈恩寺浮圖應制

寶地鄰（一作臨）丹掖，香臺瞰碧雲。河（一作闕）山天（一作江）外出，城闕樹中分。睿藻蘭英秀，仙杯菊蘂薰。願將今日樂，長奉聖明君。

張錫

張錫，武城人，文琮子。則天時，爲鳳閣侍郎同平章事，謫還。廬陵王坐流循州。韋后臨朝，復相，旬日出刺絳州。詩二首。

奉和九月九日登慈恩寺浮圖應制

九秋霜景淨，千門曉望通。仙遊光御路，瑞塔迥凌空。菊彩揚堯日，萸香遶（一作入）舜風。天文麗辰象，竊抃仰層穹。

晦日宴高文學林亭（同用華字）

雪盡銅駝路，花照石崇家。年光開柳色，池影汎雲華。賞

洽情方遠春歸景未賒欲知多暇日尊酒漬澄霞

解琬

解琬魏州元城人中幽素科調新政尉除監察御史習邊事景龍中遷御史大夫兼朔方行軍大總管守邊積二十年開元中終同州刺史詩二首

奉和九月九日登慈恩寺浮圖應制

瑞塔臨初地金輿幸上方空邊有清淨覺處無馨香雨霽微塵歛風秋定水涼茲辰采仙菊薦壽慶重陽

晦日宴高氏林亭（同用華字）

主第簪裾出王畿春照華山亭一以眺城闕帶煙霞橫堤列錦帳傍浦駐香車歡娛屬晦節酩酊未還家

全唐詩

鄭愔

鄭愔字文靖滄州人年十七進士擢第天后時張易之兄弟薦爲殿中侍御史易之敗貶宣州司户既而附武三思累遷吏部侍郎後預譙王重福謀被誅詩一卷

侍宴長寧公主東莊應制

公門襲漢環（一作佩）主第稱秦玉池架祥鱣序（一作字）山吹鳴鳳曲拂席蘿薜垂迴舟芰荷觸平陽妙舞處日暮清歌續

采蓮曲

錦綷（一作襟）沙棠艦羅帶石榴帬綠潭采荷芰清江日稍曛魚鳥爭唼喋花葉相芬氳不覺芳（一作湘）洲暮菱（一作棹）歌處處聞

夜遊曲

漢室歡娛盛魏國文雅遒許史多暮宿應陳從夜遊西園讌公子北里召王侯詎似將軍獵空嗟亭尉留

少年行

潁川豪橫客咸陽輕薄兒田竇方貴幸趙李新相知軒蓋終朝集笙竽此夜吹黃金盈篋笥白日忽西馳

中宗降誕日長寧公主滿月侍宴應制

春殿猗蘭美仙階柏樹榮地逢芳節應時覩聖人生月滿增祥莢天長發瑞靈南山遙可獻常願奉皇明

奉和幸上官昭容院獻詩四首

地軸樓居遠天台闕路賒何如遊帝宅即此對仙家座拂金壺電池摇玉酒霞無云（一作勞）秦漢隔別訪武陵花

堯莢（一作祠）姑射近漢苑建章連十五蓂知月三千桃紀年鸞（一作鶯）歌隨鳳吹鶴舞向鵾弦更覓瓊妃伴來過玉女泉

宮掖賢才重山林高尚難不言辭輦地更有結廬歡池棟清溫燠巖牕起沍寒幽亭有仙桂聖主萬年看

槎流天上轉茅宇禁中開河鵲塡橋至山熊避檻來庭花采菉蓐巖石步莓苔願奉輿圖泰長開錦翰裁

送金城公主適西蕃應制

下嫁戎庭遠和親漢禮優笳聲出虜塞簫曲背秦樓貴主悲黃鶴征人怨紫騮皇情眷億兆割念俯懷柔

奉和幸望春宮送朔方大總管張仁亶

御蹕下都門軍麾出塞垣長楊跨武騎細柳接戎軒睿曲風雲動邊威鼓吹喧坐帷將閫外俱是報明恩

奉和九月九日登慈恩寺浮圖應制

湧霄開寶塔倒影駐仙輿鴈子乘堂處龍王起藏初秋風聖主曲佳氣史官書願獻重陽壽承歡萬歲餘

銅雀妓

日斜漳浦望風起鄴臺寒玉座平生晚金尊妓吹闌舞餘依帳泣歌罷向陵看蕭索松風暮愁煙入井闌

胡笳曲

漢將留邊朔遙遙歲序深誰堪牧馬思正是胡笳吟曲斷關山月聲悲雨雪陰傳書問（一作向）蘇武陵也獨何心

折楊柳

青柳映紅顏黃雲蔽紫關忽聞邊使出枝葉爲君攀舞腰愁欲斷春心望不還風花滚成雪羅綺亂斑斑

秋閨

征客向輪臺幽閨寂不開音書秋鴈斷機杼夜蛩催虛幌風吹葉閑階露濕苔自憐愁思影常共月裵回

人日重宴大明宮恩賜綵縷人勝應制

瓊殿含光映早輪玉鑾嚴蹕望初晨池開凍水仙宮麗樹發寒花禁苑新佳氣裵回籠細網殘霙淅瀝染輕塵良時荷澤皆迎勝窮谷晞陽猶未春

奉和春日幸望春宮

晨蹕凌高轉翠旌春樓望遠背朱城忽排花上遊天苑却坐雲邊看帝京百草香心初罥蝶千林嫩葉始藏鶯幸同葵（一作薇）藿傾陽早願比盤根應候榮

奉和幸三會寺應制（寺傳蒼頡造書臺）

鳥籀遺新閣龍旂訪古臺造書臣頡往觀跡（一作籍）帝羲來睿覽（一作法界）山川匝宸心宇宙該梵音隨駐輦天步接乘杯舊苑經寒露殘池問劫灰散花將捧日俱喜聖慈（一作詞）開

奉和幸大薦福寺（寺即中宗舊宅）

舊邸三乘闢佳辰萬騎留蘭圖奉葉偈芝蓋拂花樓國會人王法宮還天帝遊紫雲成寶界白水作禪流鴈塔昌基遠鸚林睿藻（一作思）抽欣承大風曲竊預小童謳

同韋舍人早朝

瑞闕龍居峻宸庭鳳掖深才良寄天綍趨拜侶朝簪飛馬看來影喧車識駐音重軒輕霧入洞户落花侵闇有題新翰依然想舊林同聲慙下玉謬此托韋金

塞外三首

塞外蕭條望征人此路賒邊聲亂朔馬秋色引（一作動）胡笳遙嶂侵歸日長城帶晚霞斷蓬飛古戍連鴈聚寒沙海暗雲無葉山春雪作花丈夫期報主萬里獨辭家

荒壘三秋夕窮郊萬里平海陰凝獨樹日（一作月）氣下連營戎旆霜旋（一作疑）重邊裘夜更輕將軍猶轉戰都尉不成名

折柳悲春曲吹笳斷夜聲明年漢使返須築受降城陽鳥南飛夜陰山北地寒漢家征戍客年歲在樓蘭玉塞一作關朔風起金河秋月團邊聲入鼓吹霜氣下旌竿海外歸書斷天涯旅鬢殘子卿猶奉使常向節旄看

春怨

春朝物候妍愁婦鏡臺前風吹數蝶亂露洗百花鮮試出塞羅幌還來著錦筵曲中愁夜夜樓上別年年不及隨蕭史高飛向紫煙

貶降至汝州廣城驛

近郊憑汝海遐服指江干尚憶趨朝貴方知失路難曙宮平樂遠秋澤廣城寒岸葦新花白山梨晚葉丹鄉關千里暮歲序四時闌函塞雲間別旋門霧裏看夙年追騄驥暮節仰鵷鸞疲駑勞垂耳騫騰一作飛詎矯翰將調梅鉉實不正李園冠荆玉終無玷隨珠忽已彈曉裝違鞏洛夕夢在長安北上頻傷阮西征未學潘傾車無共轍同派有殊瀾去去懷知己何由報一餐

哭郎著作

詩禮康成學文章賈誼才已年人得夢庚日鳥爲災書草藏天閣琴聲入夜臺荒階羅駁蘚虛座網一作滿浮埃白馬賓徒散青烏隴隧開空憐門下客一作悲涼門館下懷舊幾遲迴

詠黃鶯兒

欲轉聲猶澀將飛羽未調高風不借便何處得遷喬

百舌

百舌鳴高樹弄音無常則借問聲何煩未俗不尚默

全唐詩

源乾曜

源乾曜相州臨漳人舉進士景雲中累遷諫議大夫開元初以太常卿姜皎薦拜少府少監兼邠王府長史尋遷戶部侍郎轉尚書左丞擢黃門侍郎同平章事進位侍中後拜尚書左丞相與張嘉貞張說相次知政事終太子少傅詩四首

奉和聖製送張說上集賢學士賜宴賦得迎字

盛業光書府微人盡國英絲一作司綸賢得相羣後學爲名寵命垂天錫崇恩發睿情熏風清禁籞文殿述皇明日霽庭陰出池曛一作新水氣生歡娛此無限詩酒自相迎

奉和御製乾曜與張說宋璟同日上官命宴都堂賜詩

睿作超千古湛恩育萬人遞遷一作齊俱荷澤同拜忽爲鄰道合一作洽徽音一作音徽暢芳辰一作景命新鼓鐘崇享禮鵷鷺集朝倫竊位思官謗凋容謝木春慙多無以敘拙備實一作寶圖難陳進綬一作級懷三少承光盡百身自當歸第日何幸列宮臣

奉和聖製送張尚書巡邊

匈奴邇河朔漢地須一作復戎旅天子擇英才朝端出監撫流星下閶闔寶鉞專公輔禮物生光輝宸章一作意備恩詡有征視一作是才戟制勝唯樽俎彼美何壯哉桓桓擅斯舉聲華振臺閣功德標文武奉國知命輕忘家以身許安人在勤恤保大殫襟腑此外無異言同情報明主

禪社首樂章

靈具醉杳熙熙靈將往眇禗禗願明德吐正詞爛遺光流禎祺

徐堅

徐堅字元固湖州人舉進士聖曆中爲東都留守判官專主表奏王方慶稱爲掌綸誥之選楊再思亦曰此鳳閣舍人樣與徐彥伯劉知幾張說同修三教珠英攜意撰錄具有條流書成遷司封員外郎中宗時爲給事中睿宗朝自刑部侍郎拜散騎常侍開元中改麗正書院爲集賢院以堅爲學士副張說知院事堅多識典故前後修撰格式氏族及國史等凡七入書府又討集前代文詞故實爲初學記堅與父齊聃俱以詞學著聞長姑爲太宗充容次姑爲高宗倢伃並有文藻議者方之漢世班氏集三十卷今存詩九首

奉和聖製送張說赴集賢院學士賜宴賦得虛字

崇文德化洽新殿集賢初肅菲叅高一作嘉選首濫承明廬殊私光輔弼榮送列簪裾座引中廚饌杯錫上尊餘翠華濃丹苑晴空卷碧虛忝同文史地願草登封書

奉和聖製送張說巡邊

至德撫遐荒神兵赴朔方帝思元帥重爰擇股肱良累相承安世一作開地深籌協子房寄崇專斧鉞禮備設壇場鞶鼓喧雷電戈劍凜風霜四騑一作黃將戒道十乘啓先行聖錫一作賜加恒數天文耀寵光出郊開帳飲寅餞盛離章雨濯梅林潤風清一作秋麥野涼燕山應勒頌麟閣佇名揚

奉和送金城公主適西蕃應制

星漢下天孫車服降殊蕃匣中詞易切馬上曲虛繁關塞移朱帳風塵暗錦軒簫聲去日遠萬里望河源

餞許州宋司馬赴任

舊許星車轉神京祖帳開斷煙傷別望零雨送離杯辭燕依空遶賓鴻入聽哀分襟與秋氣日夕共悲哉

餞唐永昌

郎官出宰赴伊瀍征傳駸駸灞水前此時悵望新豐道握手相看共黯然

送考功武員外學士使嵩山置舍利塔歌

伊川別騎灞岸分筵對三春之花月覽千里之風煙望青山兮分地見白雲兮在天寄愁心於樽酒愴離緒於清弦共握手而相顧各銜一作含悽而黯然

櫂歌行

櫂女飾銀鉤新妝下翠樓霜絲青桂檝蘭栧紫霞舟水落金陵曙風起洞庭秋扣舷過曲浦飛帆越回流影入桃花浪香飄杜若洲長殊未返蕭散雲霞晚日下大

江平煙生歸岸遠岸遠聞潮波爭途遊戲多因彝趙津女來聽採菱歌

送武進鄭明府

絃歌試宰日城闕賞心違北謝蒼龍去南隨黃鵠飛夏雲海中出吳山江上微旼謡豈云遠從此慶緇衣

儀坤廟樂章

於穆清廟肅雍嚴祀合福受釐介以繁祉

源光裕

源光裕乾曜從孫累官中書舍人刪定開元新格進尚書左丞終鄭州刺史詩一首

祭汾陰樂章

方丘既膳嘉饗載謐齋敬畢誠陶匏貴質秀畢豐薦芳（一作芬）俎盈實永永福流其升如日

全唐詩

李元紘

李元紘字大綱京兆萬年人本姓丙氏曾祖粲率衆歸高祖因賜姓元紘初爲雍州司戶太平公主占民碾磑元紘斷還民雍州長史竇懷貞懼勢促令改斷元紘大署判後曰南山可移此斷不可搖開元初擢京兆尹帝欲用爲尚書執政以其資淺乃拜戶部侍郎尋進中書侍郎同中書門下平章事元紘當國峻崖檢抑奔競家無儲積宋璟嘗稱之詩三首

奉和聖製送張說上集賢學士賜宴（賦得私字）

碩儒延鳳沼金馬被鴻私餞玉趨（一作迴）（一作還）丹禁牋花降紫墀銜恩傾旨酒鼓舞詠康時暫覯（一作構）羣書緝逾昭盛業丕接筵欣有命搦管媿無詞自驚一何幸太陽還及葵

綠墀怨

征馬噪金珂嫖姚向北河綠苔行跡少紅粉淚痕多寶屋粘花絮銀箏覆網羅別君如昨日青海雁頻過

相思怨

望月思氛氳朱衾嬾更熏春生翡翠帳花點石榴帬燕語時驚妾鶯啼轉憶君交河一萬里仍隔數重雲

裴漼

裴漼絳州聞喜人應大禮舉累官監察御史三遷中書舍人開元中拜吏部侍郎典選數年多所甄拔再轉黃門侍郎漼早與張說善說爲相數薦之漼長於敷奏上亦自嘉重由是擢爲吏部尚書太子賓客詩四首

奉和聖製送張說上集賢學士賜宴（賦得昇字）

問道圖書盛尊儒禮敎興石渠因學廣金殿爲賢昇日月恩光照風雲寵命膺謀謨言可範舟檝事斯憑宴喜明時洽光輝湛露凝大哉堯作主天下頌歌稱

奉和御製旋師喜捷

殊類驕無長王師示有征中軍纔受律妖寇已亡精斬虜還遮塞綏降更築城從來攻必克天策振奇兵

奉和御製平胡

玄漠聖恩通由來書軌同忽聞窺月滿相聚寇雲中廟略占黃氣神兵出絳宮將軍行逐虜使者亦和戎一舉轒輼滅（一作滅）再麾沙漠空直將威禁暴非用武爲雄飲至明軍禮疇勳錫武功干戈還載戢文德在唐風

奉和聖製龍池篇（第十章）

乾坤啓聖吐龍泉泉水年年勝一年始看魚躍方成海即覩飛龍利在天洲渚遥將銀漢接樓臺直與紫微連休氣榮光恒不散懸知此地是神仙

劉昇

劉昇德威之後能文章善草隸官中書舍人詩一首

奉和聖製送張說上集賢學士賜宴（賦得賓字）

圖書應明主策府宴嘉賓台曜臨東壁乾光自北辰網羅窮象繫述作究天人聖酒千鍾洽仙廚百味（一作品）陳成山徒可仰涉海詎知津幸逢文敎（一作雅）盛還覩頌聲新

蕭嵩

蕭嵩梁宣帝裔孫初與陸象先爲僚壻象先相門子嵩尚未入仕相者曰陸郎十年內位極人臣然不及蕭郎一門盡貴官高多壽景雲元年嵩爲醴泉尉時象先已爲中書侍郎引爲監察御史驟遷殿中開元初拜中書舍人與王丘齊澣同列未之異獨姚崇許其致遠三遷尚書左丞尋以兵部尚書節度河西以破吐蕃功入爲中書令遥領河西節度終太子太師年八十餘子衡尚新昌公主以三品就養時論榮之詩二首

奉和聖製送張說上集賢學士賜宴（賦得登字）

帝曰（一作日）簡才能旌賢在股肱文章體一變禮樂道逾弘芸閣英華入賓門鵷鷺登恩筵（一作延）過所望聖澤實超恒夏葉開紅藥（一作蘂）餘花發紫藤微臣亦何幸叨此預文朋

奉和御製左丞相說右丞相璟太子少傅乾曜同日上官命宴都堂賜詩

審官思共理多士屬惟唐（一作誰當）歷選台庭舊來熙帝業昌入朝師百辟論道協三光垂拱咨元老親賢輔少陽登庸崇（一作崇榮）禮送寵德耀宸章御酒飛觴洽仙闈雅樂張荷恩思有報陳力媿無良願罄公忠節同心奉我皇

韋抗

韋抗安石從父兄子弱冠舉明經累官吏部郎中以清謹著稱遷御史中丞開元中自左庶子出爲益州長史入拜黃門侍郎終刑部尚書所薦梁昇卿王倕王燾皆爲顯人詩一首

奉和聖製送張說上集賢學士賜宴（賦得西字）

廣庭臨辟沼多士侍金閨英宰文儒叶明君日月齊集賢光首拜改殿（一作賜）發新題早夏初移律餘花尚拂溪壺觴接雲上經術引關西聖德鴻名遠將陪玉檢泥

李暠

李暠清河王孝節孫開元初汝州刺史入爲太常少卿三遷黃門侍郎兼太原尹仍充諸軍節度使俄拜工部

尚書東都留守持節使吐蕃旣還金城公主請定漢蕃界樹碑赤嶺以奉使稱職轉兵部尚書終太子少傅詩一首

奉和聖製送張説上集賢學士賜宴（賦得催字）

偃武堯風接崇文漢道（一作帝）恢集賢更內殿清選自中台佐命留侯業詞華博物才天廚（一作旻天）千品降御酒（一作夏旨）百壺催鵷鷺方成列神仙喜暫陪復欣同拜首叨此頌良哉

韋述

韋述京兆人家有書二千卷兒時記覽皆徧綴文操牘便就舉進士時甚少儀形眇小考功郎宋之問曰韋學士童年有何事業對曰性好著書之問曰本求異才果得遷固開元中詔馬懷素編次圖書乃奏用元行沖齊澣王珣吳兢幷述等二十六人同於祕閣詳錄四部書五年而成述好譜學又於柳沖姓族系錄外撰開元譜二十卷張説引爲集賢院直學士累遷尚書工部侍郎在書府四十年居史職二十年勒成國史事簡記詳蕭穎士以爲譙周陳壽之流後陷賊流渝州卒詩四首

奉和聖製送張説上集賢學士賜宴（賦得華字）

修文中禁落改字（一作物）令名加台座徵人傑書坊應國華賦詩開廣宴賜酒酌流霞雲散明金闕池開照玉沙掖垣留宿鳥溫樹落餘花謬此天光及銜恩醉日斜

晚渡伊水

悠悠涉伊水伊水清見石是時春向深兩岸草如積迢遰望洲嶼逶迤亘津陌新樹落疎紅遥原上深碧回瞻洛陽苑遽有長山隔煙霧猶辨家風塵已爲客登陟多異趣往來見行役雲起早已昏鳥飛日將夕光陰逝不借超然慕疇昔遠游亦何爲歸來存竹帛

春日山莊

初歲開韶月田家喜載陽晚晴摇水態遲景蕩山光浦淨漁舟遠花飛樵路香自然成野趣都使俗情忘

廣陵送別宋員外佐越鄭舍人還京（一本題止還京二字　一作張謂詩）

朱紱臨秦望皇華赴洛橋文章南渡越書奏北歸朝樹入江雲盡城銜海月遥秋風將客思川上晚蕭蕭

陸堅

陸堅河南洛陽人善書初爲汝州參軍再遷通事舍人以給事中兼學士初名友悌明皇嘉其剛正更賜名爲中書舍人以集賢學士供擬太厚議白罷之張説曰麗正乃天子禮樂之司所費細而所益者大陸生之言蓋未達耶帝知遂薄堅詩一首

奉和聖製送張説上集賢學士賜宴（賦得今字）

聖主崇文教層霄降德音尊賢澤旣厚式宴寵逾深復有夔龍相良哉簡帝心得人惟邁昔多士諒推今書殿榮光滿儒門喜氣臨顧惟誠（一作成）濫吹徒此接衣簪

句

千秋節應制

風移覃土宇雲上浹羣臣（海錄碎事）

程行諶

程行諶與鄠縣尉裵子餘同舍行諶以文法稱而子餘以儒顯長史陳崇業曰蘭菊異芬無可廢者詩一首

奉和聖製送張説上集賢學士賜宴（賦得迴字）

聖主崇文化鏘鏘得盛才相因歸夢立殿以集賢開象繫微言闡詩書至道該堯尊承帝澤禹膳自天來禮洽歡逾長風恬暑更迴國朝將舜頌同是一康哉

褚琇

褚琇開元時人詩一首

奉和聖製送張説上集賢學士賜宴（賦得風字）

講習延東觀趨陪盛北宮惟師恢帝則敷敎叶天工宣室恩嘗異金華禮更崇洞門清永日華綬接微（一作徽）風蓬降堯廚翠榴開舜酒紅文思光萬宇高議待升中

裵光庭

裵光庭字連城絳州聞喜人行儉之子母庫狄氏則天時召入宮甚見親待光庭由是累遷太常丞以武三思壻坐貶郢州司馬開元中擢兵部郎中從東封還拜中書侍郎同平章事從謁諸陵拜侍中兼吏部尚書加弘文館學士撰瑶山往則維城前規二篇獻之手制褒美其爲吏部因行儉長名牓爲循資格幷促選限任門下省主事閻麟之專主選官每麟之裁定光庭隨而下筆時人語曰麟之手光庭口博士孫琬以其用循資格非獎勸之道謚爲克詩一首

奉和御製左丞相説右丞相璟太子少傅乾曜同日上官命宴都堂賜詩（時爲兵部侍郎）

樂賢聞往誥褒德偶兹辰端揆升元老師謨擇累仁紫庭崇讓畢粉署禮容陳旣荷恩榮舊俱承寵命新天文懸瑞色聖酒汎華茵雜遝喧（一作陳）簫鼓歡娛洽搢紳掖垣招近侍虛薄側清塵共保堅貞節常期雨露均

宇文融

宇文融京兆萬年人明辨有吏幹開元初拜監察御史充使搜括户口奏置勸農判官十人分行天下頗擾人不便進御史中丞出爲魏州刺史請復九河舊道開稻田以利人迴易陸運入爲鴻臚卿兼户部侍郎轉黃門侍郎同中書門下平章事薦宋璟爲右丞相裵耀卿許景先爲侍郎甚允朝廷之望未幾罷相坐事貶巖州卒詩一首

奉和聖製左丞相説右丞相璟太子少傅乾曜同日上官命宴都堂賜詩

申甫生周日宣慈舉舜年何如偶昌運比德邁前賢寵獲（一作護）元良密榮瞻端揆遷職優三事老位在（一作極）百僚先北極迴宸渥南宮飾御筵飛文瑶札降賜酒玉杯傳謬列台衡重俱承雨露偏誓將同竭力相與効塵涓（紀事云融爲張説所惡欲先事中傷説張九齡謂説融辯給多詐不可忽説曰狗鼠何能其後乃與崔隱甫廷劾説受賕事帝詔説致仕而出融詩有誓將同竭力相與効塵涓之語欣附説之辭也）

崔沔

崔沔字善沖京兆長安人事親至孝應制舉高第俄被黜落者所援則天令所司重試沔對策又工於前爲天下第一岑羲器之曰今之郄詵也特薦爲左補闕開元中拜中書侍郎出爲魏州刺史徵還分掌十銓以清直歷祕書監太子賓客沔深明禮經詳定宗廟籩豆之數及六親服紀多所建議詩一首

奉和聖製同二相已下羣官樂游園宴

五日酺纔畢千年樂未央復承天所賜（一作錫）終宴國（一作圍）之陽地勝春逾好恩深樂更張落花飛廣座垂柳拂行（一作楹）觴庶尹陪三史（一作吏）諸侯具萬方酒酣同抃躍歌舞詠時康

崔尚

崔尚登久視六年進士第官祠部郎中詩一首

奉和聖製同二相已下羣臣樂游園宴

春日照長安皇恩寵庶官合錢承罷宴賜帛復追歡供帳憑高列城池入迥寬花催相國醉（一作飲）鳥和樂人彈北闕雲中見南山樹杪看樂游宜締賞舞詠惜將闌

胡晧

胡晧開元中人張孝嵩出塞晧與張九齡韓休崔沔王翰賀知章撰送行詩號朝英集詩六首

奉和聖製同二相以下羣官樂游園宴

五酺終宴集三錫又歡娛仙皐崇高異神州眺覽殊南山臨晧雪北闕對明珠廣座鵷鴻滿昌庭駟馬趨綺羅含草樹（一作木）絲竹吐郊衢銜杯不能罷歌舞樂唐虞

奉和聖製送張尚書巡邊

燕公爲漢將武德奉文思利用經戎莽英圖叶聖詒塞沙制長策窮石卷搖旗萬里要相賀三邊又在茲稜威方逐逐談笑坐怡怡寵餞紛郊道充廚竭御司嘗醪企行邁聽樂罷漣洏衮旒垂翰墨纓蕤迭賦詩金山無積阻玉樹有華滋請追炎風暮歸旌候此時

和宋之問寒食題臨江驛

聞道山陰會仍爲火忌辰途中甘棄日江上苦傷春流水翻催淚寒灰更伴人丹心終不改白髮爲誰新

出峽

巴東三峽盡曠望九江開楚塞雲中出荊門水上來魚龍潛嘯雨鳧雁動成雷南國秋風晚客思幾悠哉

同蔡孚起居詠鸚鵡（一作裴漼詩）

鸚鵡殊姿致鸞皇得比肩常尋金殿裏每話玉階前賈誼才方達揚雄老未遷能言既有地何惜爲聞天

大漠行

單于犯薊壖虜騎略蕭邊南山木葉飛下地北海蓬根亂上天科斗連營太原道魚麗合陣武威川三軍遙倚伏萬里相馳逐旌旆悠悠靜潮源鼙鼓喧喧動盧谷窮徼出幽陵吁嗟倦寢興馬蹄凍溜石胡毳煖生冰雲沙泱漭天光閉河塞陰沈海色凝崆峒北（一作異）國誰能託蕭索邊心常不樂近見行人畏白龍遙聞公主愁黃鶴陽春半岐路閒瑤臺苑玉門關百花芳樹紅將歇二月蘭皐綠未還陣雲不散魚龍水雨雪猶飛鴻鵠（一作雁）山山嶂緜連那（一作不）可極路遠辛勤夢顏色北堂萱草不寄來東園桃李長相憶漢將紛紜攻戰盈胡寇蕭條幽朔清韓昌拜節偏知送鄭吉驅旌坐見迎火絕煙沈左（一作右）西極谷靜山空右（一作左）北平但得將軍能百勝不須天子築長城

全唐詩

李適之

李適之一名昌恒山王承乾之孫開元中累官通州刺史擢秦州都督轉陝州刺史入爲河南尹拜御史大夫歷刑部尚書天寶元年代牛仙客爲左相李林甫搆之罷知政事守太子少保尋貶宜春太守詩二首

朝退

朱門長不閉親友恣相過年今將半百不樂復（一作待）如何

罷相作（本事云適之疎直坦夷爲相時舉其美爲李林甫所搆及罷免朝客雖知無罪謁問甚稀適之意憤日飲醇酣恣且爲此詩林甫愈怒終遂不免）

避賢初罷相樂聖且銜杯爲（一作借）問門前客今朝幾箇來

房琯

房琯字次律河南人則天時平章事融之子以門蔭補弘文生開元中明皇將封岱岳琯撰封禪書以獻張說奇其才授祕書省校書郎又應堪任縣令舉爲盧氏令尋拜監察御史天寶初遷主客員外累憲部侍郎明皇幸蜀琯獨馳赴行在上大悅即日拜文部尚書同平章事與左相韋見素等奉冊靈武因陳時事言詞慷慨肅宗爲之改容詔持節充招討節度等使後爲賀蘭進明所搆罷相尋貶邠州刺史詩一首

題漢州西湖

高流纏峻隅城下緬丘墟決渠信浩蕩潭島成江湖結宇依迴渚水中信可居三伏氣不蒸四達暑自徂同人千里駕鄰國五馬車月出共登舟風生隨所如舉麾指極浦欲極更盤紆繚繞各殊致夜盡情有餘遭亂意不開即理還暫祛安得長晤語使我憂更除

李泌

李泌字長源京兆人七歲知爲文明皇召令供奉東宮肅宗即位參預軍國大議拜銀青光祿大夫仍請還山代宗朝召爲翰林學士尋爲杭州刺史德宗幸奉天徵授散騎常侍貞元中拜中書侍郎平章事封鄴縣侯集二十卷今存詩四首

詠方圓動靜（明皇召見方與張說觀棊命說試之詩即令咏方圓動靜泌曰願聞其狀說曰方如棊局圓如棊子動如

碁生靜如碁死汝即詠此說賀曰聖代嘉瑞也明皇大悅賜果餌衣物及綵段十

方如行義圓如用智動如逞才靜如遂意

長歌行

天覆吾地載吾天地生吾有意無不然絶粒昇天衢不然鳴珂遊帝都焉能不貴復不去空作昂藏一丈夫一丈夫兮一丈夫千生氣志是良圖請君看取百年事業就扁舟泛五湖

奉和聖製中和節曲江宴百寮

風俗時有變中和節惟新軒車雙闕下宴會曲江濱金石何鏗鏘簪纓亦紛綸皇恩降自天品物感知春慈恩匝寰瀛歌詠同君臣（缺一韻）

奉和聖製重陽賜會聊示所懷

大唐造昌運品物荷時成秉秋逢令節錫宴歡羣情俯臨秦山川高會漢公卿（缺一韻）未追赤松子且泛黃菊英賡歌聖人作海内同休明

句

青青東門柳歲晏復憔悴（見鄴侯家傳）　良弓摧折久誰識是龍韜（見吟窗雜錄）　旋沫翻成碧玉池添酥散出琉璃眼（茶賦）

郭子儀

郭子儀華州鄭人以武舉起家後平安祿山史思明之亂累官至中書令封汾陽王賜號尚父年八十五卒贈太師謚忠武詩二首

享太廟樂章（唐書樂志曰代宗寶應已後續造享太廟樂章獻明皇用廣運之舞肅宗用維新之舞代宗用保大之舞德宗用文明之舞順宗用大順之舞憲宗用象德之舞穆宗用和寧之舞武宗用大定之舞昭宗用咸寧之舞宣宗懿宗有舞詞而名不傳）

廣運舞

於赫皇祖昭明有融惟文之德惟武之功河海靜謐車書混同虔恭孝饗穆穆玄風

保大舞

於穆文考聖神昭彰簫勺羣慝含光遠方萬物茂遂九夷賓王愔愔雲韶德音不忘

全唐詩

張諤

張諤景龍中登進士第仕爲陳王掾岐王範雅好儒士諤與閻朝隱劉庭琦鄭繇等皆從之遊賦詩飲酒後坐貶山茌丞詩十二首

百子池（一有懷古二字）

舊聞百子漢家池漢家漾水今逶迤宮女厭鏡笑窺池身前影後不相見無數容華空自知

東封山下宴羣臣

萬里扈封巒羣公遇此歡幔城連夜靜霜（一作雲）仗滿空寒輦路宵煙合旌門曉月殘明朝陪聖主山下禮圓壇

三日岐王宅

玉女賢妃生嬖妮始發聲金盆浴未了綳子繡初成翡翠雕芳縟眞珠帖小纓何時學健步鬬取落花輕

滿月

社金流茂祉庭玉表奇才竹似因談植蘭疑入夢栽烏將八子去鳳逐九雛來今夜明珠色當隨滿月開

岐王山亭

王家傍綠池春色正相宜豈有樓臺好兼看草樹奇石榴天上葉椰子日南枝出入千門裏年年樂未移

岐王席上詠美人

半額畫雙蛾盈盈燭下歌玉杯寒意少金屋夜（一作洽）情多香豔王分帖裙嬌敕賜羅平陽莫相（一作漫）妬喚出不如他

還京（一作廣陵送別宋員外佐越鄭舍人還京　一作韋述詩）

朱紱臨秦望皇華赴洛橋文章南渡越書奏北歸朝樹入江雲盡城銜海月遥秋風將客思川上晚蕭蕭

贈吏部孫員外濟

天子愛賢才星郎入拜來明光朝半下建禮直初迴名帶含香發文隨綺幕開披雲自有鏡從此照仙臺

送李著作倅杭州

輟史空三署題輿佐一方祖筵開霽景征陌直朝光水陸風煙隔秦吳道路長佇聞敷善政邦國詠惟康

九日

秋來（一作天）林下不知春一種佳遊事也均絳葉從朝飛著（一作盡）夜黃花開日未成旬將曛（一作銜　一作橫）陌樹頻驚鳥（一作馬）半醉歸途數問人城遠（一作外）登高併九日茱萸凡作幾年新

延平門高齋亭子應岐王教

花源藥嶼鳳城西翠幙紗窗鶯亂啼昨夜蒲萄初上架今朝楊柳半垂堤片片仙雲來渡水雙雙燕子共銜泥請語東風催後騎併將歌舞向前谿

九日宴

秋葉風吹黃颯颯晴雲日照白鱗鱗歸來得問茱萸女今日登高醉幾人

劉庭琦

劉庭琦開元時人終雅州司户詩四首

從軍

朔風吹寒塞胡沙千萬里陣雲出岱山孤月生海水決勝方求敵銜恩本輕死蕭蕭牧馬鳴中夜拔劍起

奉和聖製瑞雪篇

紫宸飛雪曉裴回層閣重門雪照開九衢皛耀浮埃盡千品差池贄帛來何處田中非種玉誰家院裏不生梅埋雲翳景無窮已因風落地吹還起先過翡翠寶房中轉入鴛鴦金殿裏美人含笑出聯翩豔逸相輕鬬容止羅衣點著渾是花玉手摶來半成水奕奕紛紛何所如頓憶楊園二月初羞同班女高秋扇欲照明王乙夜書姑射山中符聖壽芙蓉闕下降神車願隨睿澤流無限長報豐年貴有餘

詠木槿樹題武進文明府廳

物情良可見人事不勝悲莫恃朝榮好君看暮落時

銅雀臺

銅臺宮觀委灰塵魏主園林漳水濱即今西望猶堪思況復當時歌舞人

鄭繇

鄭繇鄭州人嗣聖元年登進士第開元初爲岐王長史詩二首

失白鷹

白錦一作畫文章亂丹霄羽翮齊雲中呼暫下雪裏放還迷
梁苑驚池鶩陳倉拂野雞不知寥廓外何處獨依棲一作別依棲

經慈澗題

岸與恩同廣波將慈共深涓涓勞日夜長似下流心

全唐詩

韓休

韓休京兆長安人舉賢良累官禮部侍郎開元二十一
年拜黃門侍郎與蕭嵩同秉政休敷陳治道多鯁直帝
重之終太子少師謚文忠詩三首

奉和御製平胡

南牧正紛紛長河起塞氛玉符一作兵徵選士金鉞拜將軍
疊鼓搖邊吹連旌暗朔雲祆星乘夜落害一作吉氣入朝分
始見幽烽警俄看烈火焚功成奏凱樂戰罷策歸勳盛
德陳清廟神謨屬大君叨榮逢偃羽率舞詠時文

奉和聖製送張說巡邊

一德光一作先台象三軍掌一作賞夏卿來威申廟略出總叶師
貞受鉞辭金殿憑軒去一作出鼎城曙光搖組甲踈吹繞雲
旌左律方先凱中鞶即訓兵定功彰一作張武事陳頌紀天
聲祖宴初留賞宸章更寵行車徒零一作霝雨送林野夕陰
生路極河流遠川長朔氣平南轅遲返旆歸奏謁承明

祭汾陰樂章

於穆濬哲維清緝熙肅事昭配永言孝思滌濯靜嘉馨
香在茲神之聽之用受福釐

許景先

許景先義興人舉進士授夏陽尉神龍初拜左拾遺擢
中書舍人與齊澣王丘韓休張九齡更知制誥俱以文
翰見稱開元中帝自擇刺史景先首中其選自吏部侍
郎出爲虢州刺史卒侍中詩五首

徵君宅今祇洹寺是

徵君昔嘉遁抗跡遺俗塵了心悟有物乘化遊一作無垠
道喪歷千載復存穎陽眞上虞佳山水晚歲耽隱淪內
史既解綬文公亦相親儒道匪遠理意勝聊自欣洄沿
南谿夕流浪東山春石壁踐丹景金潭冒綠蘋探鍊備
海嶠賞心寓情人柰何靈仙骨鍬一作翩瑤池津寥寥虛
白宇夙昔招提因家風緬多尚玄德謝無鄰謬陪金門
彥矯跡侍紫宸皇恩竟已矣遺烈庶不泯

折柳篇

春色東來度渭一作灞橋青門垂柳百千條長楊西連建章
路漢家林一作禁苑紛無數縈花始遍合歡枝宮一作遊絲半罥
相思樹春樓初日照南隅柔條垂綠掃金鋪寶釵新梳
倭墮髻錦帶交垂連理襦自憐柳塞淹戎幕銀燭長啼
愁夢著芳樹朝催玉管新春風夜染羅衣薄城頭楊柳
已如絲今年花落去年時折芳遠寄相思曲爲惜容華
難再持

奉和御製春臺望

睿德在青陽高居視中縣秦城連鳳闕漢寢疏龍殿文
物照光輝郊畿鬱蔥蒨千門望成錦八水明如練複道
曉光披宸遊出禁移瑞氣朝浮五雲閣祥光夜吐萬年
枝蘭葉負龜初薦社桐花集鳳更來儀秦漢生人凋力
役阿房甘泉構雲碧汾祠雍畤望通天玉堂宣室坐長
年鼓鐘西接咸陽觀苑囿南通鄠杜田明主卑宮誠前
失輔德欽賢政惟一昆蟲不夭在春蒐稼穡常艱重農
術邦家已荷聖謨新猶聞儉陋惜中人豫奉北辰齊七
政長歌東武抃千春

陽春怨

紅樹曉鶯啼春風暖翠閨雕籠熏繡被珠履踏金堤芍
藥花初如一作吐菖蒲葉正齊藁砧當此日行役向遼西

奉和聖製送張尚書巡邊

文武承邦式風雲感國禎王師親賦政廟略久論兵漢
主知三傑周官統一作總六卿四方分閫受千里坐謀成介
冑辭前殿壺觴宿左營賞延頒賜重宸贈出車榮龍武
三軍氣魚鈴五校名郊雲駐旌羽邊吹引金鉦訓一作振旅
方稱德安人更克貞佇看一作觀銘石罷同聽凱歌聲

王丘

王丘字仲山相州安陽人舉制科中第自偃師主簿擢
監察御史開元初遷紫微舍人吏部侍郎其獎用如孫
逖張晉明王泠然皆一時茂秀蕭嵩引與當國丘固辭
盛推韓休休秉政薦爲御史大夫終禮部尚書詩三首

詠史

高潔非養正盛名亦險艱偉哉謝安石攜妓入東山雲
巖響金奏空水灩朱顏蘭露滋香澤松風鳴珮環歌聲
入空盡舞影到池閑杳眇同天上繁華非代間卷舒混
名跡縱誕無憂患何必蘇門子寘然閉清關

奉和聖製答張說扈從南出雀鼠谷之作一作

襟帶三秦接旂常萬乘過陽原淑氣早陰谷沍寒多花
縟前茅仗霜嚴後殿戈代一作成雲開晉嶺江雁入汾河北
土分堯俗南風動舜歌一聞天樂唱恭逐萬人和

奉和聖製送張尚書巡邊

德業蘊時宗幽符夢象通台司計所父師律總元戎出
入敷能政謀猷體至公贈行光睿什宴別感宸衷文炳
高天曜恩垂湛露融建牙之塞表鳴鼓接雲中策密鬼

神祕威成劍騎雄朔門正炎月兵氣已秋風肅殺從此始方知胡運窮（諸篇十韻此止九韻）

蘇晉

蘇晉數歲能屬文作八卦論吏部侍郎房穎叔祕書少監王紹宗見而歎曰後來之王粲也應進士又舉大禮科皆上第先天中累遷中書舍人崇文館學士明皇監國每有制命皆晉及賈曾藁定數進讜言以父珦年老乞解職歸侍開元十四年爲吏部侍郎知選事多賞拔終太子左庶子詩二首

過賈六

主人病且閑客來情彌適一酌復一笑不知日將夕昨來屬歡游於今盡成昔努力持所趣空名定何益

奉和聖製送張說巡邊

方漢比周年與王合（一作今）在宣亟聞降虜拜復覩出師（一作軍）篇祈父萬邦式英猷三略傳算車申夏政茇舍啓戎田嚴問盟（一作盈）胡苑軍容濟洛川皇情悵關旆詔餞列郊筵路接禁園草池分御井蓮離聲軫去角居念斷歸蟬三捷豈云爾七擒良信然具僚誠寄望奏凱秋風前

崔禹錫

崔禹錫字洪範融之子登顯慶三年進士第開元中爲中書舍人卒贈定州刺史詩一首

奉和聖製送張說巡邊

供帳何煌煌公其撫朔方羣僚咸（一作御）餞酌明主降離章關塞重門下郊岐禁苑傍練（一作陳）兵宜雨洗（一作濯）臥鼓候風涼炎景寧云憚神謀肅所將旌搖天月迥騎入塞雲長赫赫皇威振油油聖澤滂非惟按車甲兼以正封疆叱咤陰山道澄清瀚海陽虜垣行決勝台座佇爲光

張嘉貞

張嘉貞蒲州猗氏人以五經舉補平鄉尉則天召見與語大悅擢監察御史累遷中書舍人開元中拜中書令後出爲定州刺史知北平軍事將行上自賦詩詔百寮出餞於上東門外嘉貞至州於恒嶽廟中立頌自爲文書石累封河東侯詩三首

恩敕尚書省寮宴昆明池應制（同用堯字）

靈沼初開漢神池舊浴堯昔人徒習武明代此聞韶地脉山川勝天恩雨露饒時光牽利舸春淑覆柔條芳醖醒千日華籩落九霄幸承歡賚重不覺醉歸遥

奉和早登太行山中言志應制

明發扈山巔飛龍高在天山南平對鞏山北遠通燕瞻彼岡巒峻憑茲士馬妍九折（一作圻誤）行若砥萬谷轘如川羅網開三面閭閻問百年澤將春雪比文共曉星連後后逢今聖登台謝曩賢唯餘事君節不讓古人先

奉和聖製送張說巡邊

天錫我宗盟元戎付夏卿多才兼將相必勇獨橫行經緯稱人傑文章作代英山川看是陣草木想爲兵不待河氷合猶防塞（一作漢）月明有謀當繫醜無戰且綏氓闔外傳（一作專）三略雲中冀一平感恩同義激（一作共心盡）悵別屢（一作旅）魂驚直視前旌掣遥聞後騎鳴還期方定日復此出郊迎

句

河魚未上凍江蟄已聞雷（見緯畧）

盧從愿

盧從愿字子龔相州臨漳人弱冠舉明經又應制舉拜右拾遺歷殿中侍御史累遷中書舍人睿宗踐阼拜吏部侍郎精心典選有美譽開元末以吏部尚書致仕詩二首

奉和聖製送張說巡邊

上將發文昌中軍靜朔方占星引旌節擇日拜壇場禮樂臨軒送威聲出塞揚安邊俟帷幄制勝在巖廊作鼓將軍氣投醪壯士觴戒途遵六月離贈動三光槐路清梅暑蘅皋起（一作赴）麥涼時文仰雄伯耀武震遐荒祍席知無戰兵戈示不忘佇聞歌杕杜凱入繫名王

祭汾陰樂章

坤元載物陽樂發生播植資始品彙咸亨列俎棊布方壇砥平神歆禋祀后德惟明

袁暉

袁暉以魏知古薦爲左補闕開元中馬懷素請校正羣籍暉自邢州司戶參軍預焉詩八首

長門怨

早知君愛歇本自無縈妬誰使恩情深今來反相誤愁眠羅帳曉泣坐（一作望）金閨暮獨有夢中魂猶言意如故

銅雀妓

君愛本相饒從來似舞腰那堪攀玉座腸斷望陵朝怨著情無主哀凝曲不調況臨松日暮悲吹坐蕭蕭

正月閨情

正月金閨裏微風繡戶間曉魂（一作妝）憐別夢春思逼啼顏邊砌梅堪折當軒樹未攀歲華庭北上（一作方若此）何日度陽關

二月閨情

二月韶光好春風香氣多園中花巧笑林裏鳥能歌有恨離琴瑟無情著綺羅更聽春燕語妾亦不如他

三月閨情（後四句缺）

三月春將盡空房妾獨居蛾眉愁自結鬢髮沒情梳

七月閨情

七月坐涼宵金波滿麗譙容華芳意改枕席怨情饒錦字沾愁淚羅裙緩細腰不如銀漢女歲歲鵲成橋

奉和聖製答張說扈從南出雀鼠谷之作

魏國山河險周王警蹕迴九旗雲際出萬騎谷中來石路（一作岸）行將盡煙郊望忽開賞矜垂柳報春畏落花催典逸橫汾什（一作體）恩褒作頌才小臣瞻日月延首詠康哉

奉和聖製送張尚書巡邊

出師宣九命分閫用三台始應幕中畫言從天上來丹青不獨任韜畧遂雙該坐見威稜（一作靈）洽彌彰事業恢旌旗曉雲（一作霜）送鞞鼓朔風催虜氣消殘月邊聲韻落梅羽書雄北地龍漠（一作漢）寢南垓（一作埃）寵戰黃金盡輸誠（一作戈）白日迴離章宸翰發祖讌國門開欲識恩華盛平生文武材

王光庭

王光庭與張說善說贈詩云同居洛陽陌蓋亦洛陽人也詩二首

奉和聖製答張説巵從南出雀鼠谷

省俗恩將遍巡方路稍迴寒隨汾谷盡春逐晉郊來雲騎傳行漏煙旗引從臺惠風初應律和氣正調梅雅頌通宸詠（一作紫）天文接曙台（一作陪）灞陵（一作城）桃李色應待日華開

奉和聖製送張説巡邊

賢相德（一作得）符充朝推文武雄海波先（一作光）若鏡闕草豫從風鉞助將軍勇威成天子功瓊章九霄發錫宴五衢通玉輾龍盤帶金裝鳳勒（一作頸）驄虎貔紛儗儗河洛振（一作震）熊熊戈劍千霜白旌旗（一作旆）萬火紅示刑夷夏（一作狄）變流惠鬼方（一作神）同寇息軍容偃塵銷朔野空用師敷禮樂非是爲黷戎

徐知仁

徐知仁開元時人詩一首

奉和聖製送張説巡邊

聖德膺三統皇恩被（一作備）八埏大明均照物小醜未寧邊國相台衡重元戎廟略宣紫泥方受命黃石乃推賢問皐陰山下安人屬國前度關行照月乘障坐消煙北闕紓宸藻南橋列祖筵耀威當夏日殺氣指秋天鞞鼓鼉振旌旗鳥獸懸由來詞翰手（一作首）今見勒燕然

席豫

席豫字建侯襄陽人徙家河南進士及第開元中累官考功員外郎典舉得士三遷中書舍人與韓休許景先徐安貞孫逖相次掌制誥皆有能名天寶初改尚書左丞檢挍禮部尚書明皇登朝元閣賦詩羣臣屬和帝以豫詩最工詔曰詩人之首出作者之冠冕也詩五首

奉和勅賜公主鏡

令節頒龍鏡仙輝下鳳臺含靈萬象入寫照百花開色與皇明散光隨聖澤來妍媸冰鑑裏從此媿非才

江行紀事二首

飄飄任舟楫迴合傍江津後浦情猶在前山賞更新樹深煙羃羃（一作漠漠）灘淺石磷磷川路南行遠淹留惜此辰

江汎春風勢山樓曙月輝猨攀紫巖飲鳥拂清潭飛古樹崩沙岸新苔覆石磯津途賞無限征客暫忘歸

奉和聖製答張説南出雀鼠谷

鳴鑾初幸代旋（一作簇）蓋欲横汾山盡千旗出（一作直）郊平五校分前林已暄景後壑尚寒氛風送簫韶曲花鋪（一作迎）黼黻文鹽梅推上宰禮樂統中軍獻賦紆天札飄颻飛白雲

奉和聖製送張説巡邊

聖主（一作帝）重兵權分符（一作麾）屬大賢中軍仍執政（一作節）丞相復巡邊翕習戎裝動張皇廟略宣朝榮承睿札野餞轉行旃亭障東緣海沙塲北際天春冬見巖（一作嚴）雪朝夕候烽煙已勒封（一作燕）山記（一作頌）猶聞遺戌篇五營將月合八陣與雲連經略（一作絡）圖方遠懷柔道更全歸來畫麟閣藹藹武功傳

韓思復

韓思復字紹出京兆長安人舉秀才高第調梁府倉曹參軍累遷中書舍人開元初擢諫議大夫出爲德州刺史拜黃門侍郎遷御史大夫復出刺襄州還拜太子賓客卒謚文明皇親題其碑曰有唐忠孝韓長山之墓詩一首

祭汾陰樂章

大樂和暢殷薦明神一降通感八變必臻有求斯應無德不親降靈醉止休徵萬人

劉晃

劉晃開元中人詩一首

祭汾陰樂章

大君出震有事郊禋齋戒既肅馨香畢陳樂和禮備候暖風春恭惟降福實賴明神

賀知章

賀知章字季眞會稽永興人少以文詞知名擢進士累遷太常博士開元中張説爲麗正殿修書使奏請知章入書院同撰六典及文纂後轉太常少卿遷禮部侍郎加集賢院學士改授工部侍郎俄遷秘書監知章性放曠晚尤縱誕自號四明狂客醉後屬詞動成卷軸又善草隸人共傳寶天寶初請爲道士還鄉里詔賜鏡湖剡川一曲御製詩以贈行皇太子已下咸就執別年八十六卒肅宗贈禮部尚書詩一卷

唐禪社首樂章（唐書樂志曰玄宗開元十三年禪社首山祭地祇樂迎神用順和皇帝行用太和登歌奠玉帛用肅和迎俎入用雍和初獻用壽和飲福用福和還宮用太和送神用靈具醉以代順和）

順和

至哉含柔德萬物資以生常順稱厚載流謙通變盈聖心事能察增廣陳厥誠黃祇僾如在泰折俟咸亨

太和

肅我成命於昭黃祇裘冕而祀陟降在斯五音克備八變聿施緝熙肆靖厥心匪離

肅和

黃祇是祗我其夙夜寅畏誠絜匪遑寧舍禮以琮玉薦厥茅藉念茲降康胡寧克暇

雍和

夙夜宥密不敢寧宴五齊既陳八音在縣粢盛以絜房俎斯薦惟德惟馨尚茲克徧

壽和

惟以明發有懷載殷樂盈而反禮順其禋立清以獻薦欲是親於穆不已裒對斯臻

福和

穆穆天子告成岱宗大裘如濡執珽有顒樂以平志禮以和容上帝臨我云胡肅邕

太和

昭昭有唐天俾萬國列祖應命四宗順則申錫無疆宗我同德曾孫繼緒享神配極

曉發

江皐聞曙鍾輕枻理還舸海潮夜約約川露晨溶溶始見沙上鳥猶埋雲外峰故鄉杳無際明發懷朋從（唐文粹唐詩紀事載此詩並作絕句云故鄉杳無際江皐聞曙鍾始見沙上鳥猶埋雲外峰）

奉和御製春臺望

青陽布王道玄覽陶真性欣若天下春高逾域中聖神皐類觀賞帝里如懸鏡繚繞八川浮岧嶢雙闕映曉色徧昭陽晴雲卷建章華滋的皪丹青樹顥氣氤氳金玉堂尚有靈蛇下鄜畤還徵瑞寶入陳倉自昔秦奢漢窮武後庭萬餘宮百數旗回五丈殿千門連綿南隥出西垣廣畫蝀蛾誇（一作華）窈窕羅生玳瑁象崑崙迺睠天晴輿隱恤古來土木良非一荆臨章觀趙叢臺何如堯階將禹室層欄窣窱下龍輿清管逶迤半綺疏一聽南風引鸞舞長謠北極仰鵷居

望人家桃李花

山源夜雨度仙家朝發東園桃李花桃花紅兮李花白照灼城隅復南陌南陌青樓十二重春風桃李爲誰容棄置千金輕不顧踟躕五馬謝相逢徒言南國容華晚遂歎西家飄落遠的皪長奉（一作春）明光殿氛氳半入披香苑苑中珍木元自奇黃金作葉白銀枝千年萬歲不凋落還將桃李更相宜桃李從來露井傍成蹊結影矜豔陽莫道春花不可樹會持仙實薦君王

送人之軍

常經絶脉塞復見斷腸流送子成今別令人起昔愁隴雲晴半雨邊草夏先秋萬里長城寄無貽漢國憂

奉和聖製送張說上集賢學士賜宴賦得謨字

西學垂玄覽東堂發聖謨天光燭武殿時宰集鴻都枯朽霑皇澤翺飛舞帝梧跡同遊汗漫榮是出（一作拔）泥塗三歎承湯鼎千歡接舜壺微軀不可荅空欲詠依蒲

奉和聖製送張說巡邊

荒憬（一作境）盡懷忠梯航已自通九攻雖不戰五月尚持戎遣戍徵周牒恢（一作臨）邊重漢功選車命元宰授律取文雄胄出天弧上謀成帝幄中詔旂分夏物專土（一作討）錫唐弓帳宿伊川右鉦傳（一作吹）晉苑東饔人藉蕡實樂正理絲桐岐陌涵餘雨離川照晚虹恭聞詠方叔千載舞皇風

題袁氏別業（一作偶遊主人園）

主人不相識偶坐爲林泉莫謾愁沽酒囊中自有錢

詠柳（一作柳枝詞）

碧玉妝成一樹高萬條垂下綠絲絛不知細葉誰裁出二月春風似剪刀

采蓮曲

稽山罷（一作雲）霧鬱嵯峨鏡水無風也自波莫言春度芳菲盡別有中流采芰荷

回鄉偶書二首

少小離鄉老大回鄉音難改鬢（一作面）毛衰兒童相見不相識笑（一作借 一作却）問客從何處來

離別家鄉歲月多近來人事半銷磨唯有門前鏡湖水春風不改舊時波

荅朝士

鈒鏤銀盤盛蛤蜊鏡湖蓴菜亂如絲鄉曲近來佳此味遮渠不道是吳兒

句

落花真好些一醉一回顛（見詩式）

全唐詩目 第二函

第七册

裴耀卿 宋鼎 崔頌 孫翃

徐仁友 蘇綰 康庭芝 張宣明

盧崇道共一卷

包融 丁仙芝 蔡隱丘 蔡希周

蔡希寂 張潮 張翬 周瑀

談戭 殷遙 沈如筠 孫處玄

徐延壽 樊晃共一卷

李憕 李邕 王灣 史青

王泠然共一卷

張子容一卷

張旭 賀朝 萬齊融 邢巨

張若虛 薛業共一卷

孫逖一卷

崔國輔一卷

崔珪 楊浚 劉晏 袁瓘

李昂 厙狄履溫 寇坦 李休烈共一卷

李林甫 楊炎 元載 陳希烈

張漸 宋昱共一卷

盧象一卷

盧鴻一一卷

徐安貞 崔翹 梁昇卿 吳鞏

陸海 裴士淹 李元操 顧朝陽

陶峴共一卷

裴耀卿

裴耀卿字煥之守眞子應童子舉爲睿宗藩邸典籤開元中累官濟州刺史再歷宣冀二州入拜户部侍郎請廣漕運以實關輔沿河置倉納粟又開山陸運以避三門之險擢黃門侍郎同平章事充轉運使遷侍中終尚書左僕射詩二首

敬酬張九齡當塗界留贈之作

茂先寔王佐仲舉信時英氣覩衝天發人將下榻迎珪符肅有命江國遠徂征九派期方越千鈞或所(一作可)輕高帆出風迴孤嶼入雲平遄邁嗟于役離憂空自情餚簪陪早歲接壤厠專城曠別心彌軫宏規義轉傾徒然恨飢渴況乃諷瑤瓊

酬張九齡使風見示(時爲宣州刺史)

兹地五湖隣艱哉萬里人驚飈翻是託危浪亦相因宣室才華子金閨諷議臣承明有三入去去速歸輪

宋鼎

宋鼎明皇時爲襄州刺史詩二首

贈張丞相(并序)

張丞相與予有孝廉校理之舊又代余爲荆州余改漢陽仍兼按使巡至荆州故有此贈

漢上登飛幰荆南歷舊居已嘗臨砌橘更覩躍池魚盛德繼微渺深衷能卷舒義申蓬閣際情切廟堂初郡挹文章美人懷燮理餘皇恩儻照亮豈厭承明盧

酬故人還山

舉櫂乘春水歸山撫歲華碧潭宵見月紅樹晚(一作曉)開花肅穆輕風度依微隱徑斜危亭暗松石幽澗落雲霞思鳥吟(一作鳴)高樹游魚戲淺沙安知餘興盡相望紫煙賒

崔頌

崔頌開元中爲荆州郡司馬詩一首

和張荆州九齡晨出郡舍林下

優閑表政清林薄賞秋成江上懸曉月往來虧復盈天雲抗眞(一作直)意郡閣晦高名坐嘯應無欲寧辜濟物情

孫翃

孫翃嘗以監察御史使洪州張九齡在洪州時翃與往還詩一首

奉酬張洪州九齡江上見贈

受命讞(一作議)封疆逢君牧豫章於焉審虞芮復爾共舟航悵別秋陰盡懷歸客思長江皐枉離贈持此慰他鄉

徐仁友

徐仁友開元時人詩一首

古意贈孫翃

南望緱氏嶺(一作山)山居共澗陰東西十數里緬邈方寸心雲日落廣廈(一作庭)鶯花對(一作坐)孤琴琴中多苦調悽切誰復尋

蘇綰

蘇綰嘗爲書記與杜審言同時詩一首

奉和姚令公駕幸温湯喜雪應制

漢主新豐邑周王尚父師雲符沛童唱雪應海神期林變驚春早山明訝夕遲況逢温液霈恩重御裘詩

康庭芝

康庭芝爲河陰令與杜審言同時詩一首

詠月(一作沈佺期詩又作宋之問詩誤　杜審言有和康庭芝詠月即和此也)

天使下西樓光含萬里秋臺前疑挂鏡簾外似懸鉤張尹將眉學班姬取扇儔佳期應借問爲報在刀頭

張宣明

張宣明有膽氣富辭翰爲郭元振判官詩二首

山行見孤松成詠(唐新語云宣明嘗山行見孤松賞翫久之賦此詩鳳閣舍人梁載言賞之曰文之氣質不減於長松也)

孤松鬱山椒肅爽凌清霄既挺千丈榦亦生百尺條青青恒一色落落非一朝大廈今已構惜哉無人招寒霜十二月枝葉獨不凋

使至三姓咽麪(宣明爲元振判官時使至三姓咽麪因賦此詩時人稱爲絶唱)

昔聞班家子筆硯忽然投一朝撫長劒萬里入荒陬豈不服艱險只思清國讎山川去何歲霜露幾逢秋玉塞已遐廓鐵關方阻修東都日窅窅西海此悠悠卒使功名建長封萬里侯

盧崇道

盧崇道睿宗朝爲太常卿坐婿崔湜流嶺南後私還都下事敗敕杖至殞詩一首

新都南亭別郭大元振

竹徑女蘿蹊蓮洲文石隄靜深人俗斷尋訪往還迷碧潭秀初月素林驚夕棲褰幌納蔦侶罷琴聽猨啼佳辰改宿昔勝寄在睽攜長懷賞心愛如玉復如珪

包融

包融潤州人(一云湖州人)開元初與賀知章張旭張若虛皆有名號吳中四士張九齡引爲懷州司馬遷集賢直學士大理司直子何佶世稱二包各有集融詩今存八首(按唐藝文志融與儲光羲皆延陵人曲阿有餘杭尉丁仙芝緱氏主簿蔡隱丘監察御史蔡希周渭南尉蔡希寂處士張彥雄張潮校書郎張暈吏部常選周瑀長洲尉談戩句容有忠王府倉曹參軍殷遥硤石主簿樊光橫陽主簿沈如筠江寧有右拾遺孫處玄處士徐延壽丹徒有江都主簿馬挺武進尉申堂構十八人皆有詩名殷璠彙爲丹陽集今存包融以下五人儲光羲別見張彥雄馬挺無考申堂構止存句)

登翅頭山題儼公石辟

晨登翅頭山山曛黃霧起却瞻迷向背直下失城市暾日銜東郊朝光生邑里掃除諸煙氛照出衆樓雉青爲

洞庭山白是太湖水蒼茫遠郊樹倏忽不相似萬象以區別森然共盈几坐令開心胸漸覺落塵滓北巖千餘仞結廬誰家子願陪中峯遊朝暮白雲裏

阮公嘯臺

荒臺森荊杞蒙籠無上路傳是古人跡阮公長嘯處至今清風來時時動林樹逝者共已遠升攀想遺趣靜然荒榛門久之若有悟靈光未歇滅千載知仰慕

酬忠公林亭

江外有眞隱寂居歲已侵結廬近西術種樹久成陰人迹乍及戶車聲遙隔林自言解塵事咫尺能輜塵爲道豈廬霍會靜由吾心方秋院木落仰望日蕭森持我興來趣采菊行相尋塵念到門盡遠情對君深一談入理窟再索破幽襟安得山中信致書移尚禽

送國子張主簿

湖岸纜初解鶯啼別離處遙見舟中人時時一迴顧坐悲芳歲晚花落青軒樹春夢隨我心悠揚逐君去

和陳校書省中翫雪

芸閣朝來雪飄颻正滿空褰開明月下校理落花中色向懷鉛白光因翰簡融能令草玄者迴思入流風

和崔會稽詠王兵曹廳前湧泉勢城中字

茂德來徵應流泉入詠歌含靈符上善作字表中和有草恒垂露無風欲偃波爲看人共水清白定誰多

賦得岸花臨水發

笑笑傍溪花叢叢逐岸斜朝開川上日夜發浦中霞照灼如臨鏡丰茸勝浣紗春來武陵道幾樹落仙家

武陵桃源送人

武陵川徑入幽遐中有雞犬秦人家先時見者爲誰耶源水今流桃復花

丁仙芝（仙一作先）

丁仙芝曲阿人登開元進士第爲餘杭尉詩十四首

和薦福寺英公新搆禪堂

上人久棄世中道自忘筌寂照出羣有了心淸衆緣所以於此地築館開青蓮果藥羅砌下煙虹垂戶前咒中灑甘露指處流香泉禪遠目無事體清宵不眠枳闇廬山法松入漢陽禪一枕西山外虛舟常浩然

贈朱中書

十年種田濱五湖十年遭澇盡爲蕪頻年井稅常不足今年緡錢誰爲輸東鄰轉轂五之利西鄰販繒日已貴而我守道不遷業誰能肯敢效此事紫微侍郎白虎殿出入通籍迴天眷晨趨綵筆柏梁篇晝出雕盤大官膳會應憐爾居素約可即長年守貧賤

戲贈姚侍御

繁霜曉幕鳴柏烏待子獸炭然金爐重門啓鎖紫髯胡新披驄馬隴西駒頭戴獬豸急晨趨明光殿前見天子今日應彈佞倖夫

餘杭醉歌贈吳山人

曉幕紅襟燕春城白項烏只來梁上語不向府中趨城頭坎坎鼓聲曙滿庭新種櫻桃樹桃花昨夜撩亂開當軒發色映樓臺十千兌得餘杭酒二月春城長命杯酒後留君待明月還將明月送君回

京中守歲

守歲多然燭通宵莫掩扉客愁當暗滿春色向明歸玉斗巡初匝銀河落漸微開正獻歲酒千里間庭闈

渡揚子江

桂檝中流望空波兩畔明林開揚子驛山出潤州城海盡邊陰靜江寒朔吹生更聞楓葉下淅瀝度秋聲

長寧公主舊山池

平陽舊池館寂寞使人愁座卷流黃簟簾垂白玉鉤庭閑花自落門閉水空流追想吹簫處應隨仙鶴（一作騎）遊

剡谿館聞笛

夜久聞羌笛寥寥虛客堂山空響不散谿靜曲宜長草木生邊氣城池泛（一作逗）夕涼虛然異風出髣髴宿平陽

越裳貢白雉（一作孫昌胤詩）

聖哲承（一作符）休運伊夔列上台覃恩丹徼遠入貢素翬來北闕欣初見南枝顧未迴斂容殘雪淨矯翼片雲開馴擾將無懼翻飛幸不猜（一作莫猜）甘從上林（一作苑）裏飲啄自徘徊

江南曲五首

長干斜路北近浦是兒家有意來相訪明朝出浣紗

發向橫塘口船開値急流知郎舊時意且請攏船頭

昨暝逗南陵風聲波浪阻入浦不逢人歸家誰信汝

未曉已成妝乘潮去茫茫因從京口渡使報邵陵王

始下芙蓉樓言發瑯琊岸急爲打船開惡許傍人見

句

窮花常閉戶秋城聞擣衣　樹迴早秋色川長遲落暉（見吟窗雜錄）

蔡隱丘

蔡隱丘曲阿人緱氏主簿善書詩一首

石橋琪樹（大苑作蔡隱石巖首絕句作僧隱丘詩）

山上天將近人間路漸遙誰當雲裏見知欲渡仙橋

句

整巾千嶂聳曳履百泉鳴

蔡希周

蔡希周曲阿人監察御史詩一首

奉和扈從溫泉宮承恩賜浴

天行雲從指驪宮浴日餘波錫詔同綵殿氤氳擁香溜紗窗宛轉閉和風來將蘭氣衝皇澤去引星文捧碧空自憐遇坎便能止願托仙槎路未通

蔡希寂

蔡希寂曲阿人希周弟爲渭南尉（一云濟南人官至金部郎中）詩五首

同家兄題渭南王公別業

好閑知在家退跡何必深不出人境外蕭條江海心軒車自來往空名（一作石）對清陰川渙將鈞玉鄉亭期散金素暉射流瀨翠色緜森林曾爲詩書癖寧惟耕稼任吾兄許微尚枉道來相尋朝慶老萊服夕閑安道琴文章遙頌美寤寐增所欽旣鬱蒼生望明時豈陸沉

登福先寺上方然公禪室

名都標佛剎梵構臨河干舉目上方峻森森青翠攢步登諸劫盡忽造浮雲端當暑敞扃閣卻嫌絺綌寒禪房最高頂靜者殊閑安疎雨向空城數峯簾外盤午鐘振

衣坐招我同一餐眞味雜飴露衆香唯茝蘭晩來恣偃俛茶果仍留歡

陝中作

西别秦關近東行陝服長川原餘讓畔歌吹憶遺棠河水流城下山雲起路傍更憐棲泊處池館繞林篁

洛陽客舍逢祖詠留宴

緜緜鐘漏洛陽城客舍貧居絶送迎逢君貰酒因成醉醉後焉知世上情

贈張敬微（一作敬一作鏡）

大河東北望桃林雜樹冥冥結翠陰不知君作神仙尉特訝行來雲霧深

張潮（一作朝）

張潮曲阿人大曆中處士詩五首

江風行（一作長干行）

壻貧如珠玉壻富如埃塵貧時不忘舊富日（一作貴）多寵新妾本富家女與君爲偶匹惠（一作念）好（一作汝）一何深中門不曾出妾有繡衣裳葳蕤金縷光念君貧且（一作與）賤易此從遠方遠方三千里思君心未已（一作三千路役思發竟悔不已）日暮情更來空望去時水孟夏麥始秀江上多南風商賈歸欲盡君今尚（一作向）巴東巴東有巫山窈窕神女顏常恐遊此方（一作山）果然不知還

襄陽行

玉盤轉明珠君心無定準昨見襄陽客剩説襄陽好無盡襄漢水峴山垂漢水東流風北吹只言一世長嬌寵那悟今朝（一作夕）見别離君渡清羌渚知人獨不語妾見鳥（一作木）棲林憶君相思深莫作雲閒鴻離聲顧儔侶尚如匣中劒分形會同處是君婦識君情怨君恨君爲此行下牀一宿不可保況乃萬里襄陽城襄陽傳近大堤北君到襄陽莫回（一作迷）惑大堤諸女兒憐錢不憐德

采蓮詞

朝出沙頭日正紅晩來雲起半江中賴逢鄰女曾相識並著蓮舟不畏風

江南行

茨（一作菰）菰葉爛别西灣蓮子花開（一作新）猶未還妾夢不離江水上（一作上水）人傳郎在鳳凰山

長干行（一作李白詩一作李益詩）

憶昔深閨裏煙塵不曾識嫁與長干人沙頭候風色五月南風興思君下巴（一作江）陵八月西風起想君發揚子去來（一作時）悲如何見少離别多湘潭幾日到妾夢越（一作常）風波昨夜狂風度吹折江頭樹淼淼暗無邊行人在何處北客眞（一作至）三公朱衣滿江中薄（一作日）暮來投宿數朝不肯東（今本無以上四句）好乘浮雲驄佳期蘭渚東鴛鴦綠浦上翡翠錦屏中自憐十五餘顏色桃花紅那作商人婦愁水復愁風

句

寒林苞晩橘風絮露垂楊（紀事又見周瑀詩中）

張翬（一作暈）

張翬曲阿人開元二十三年進士爲蕭穎士同年生官校書郎詩二首

遊（一作題）棲霞寺

躋險入幽林翠微含竹殿泉聲無休歇山色時隱見潮來雜風雨梅落成霜霰一從方外遊頓覺塵心變

絶句

茫茫煙水上日暮陰雲飛孤坐正愁緒湖南誰擣衣

周瑀

周瑀曲阿人吏部常選詩三首

潘司馬别業

門對青山近汀牽綠草長寒深包（一作抱）晩橘風緊落垂楊湖畔聞漁唱天邊數鴈行蕭然有高士清思滿書堂

送潘三入京

故人嗟此别相送出煙坰柳色分官路荷香入水亭離歌未盡曲酌酒共忘形把手河橋上孤山日暮青

臨川山行

朝見青山雪暮見青山雲雲山無斷絶秋思日紛紛

談戭

談戭曲阿人長洲尉詩一首

清谿館作

指途清谿裏左右唯深林雲蔽望鄉處雨愁爲客心遇人多物役聽鳥時幽音何必滄浪水庶兹浣塵襟

句

清清江潭樹日夕增所思

殷遥

殷遥句容人天寶閒忠王府曹叅軍詩五首

塞上

萬里隤城在三邊虜氣衰沙塡孤嶂角燒斷故關碑馬色經寒慘鵰聲帶晩悲將軍正閑暇留客換歌辭

送友人下第歸省（一作劉得仁詩）

君此卜行日高堂應夢歸莫將和氏淚滴著老萊衣嶽雨連河細田禽出麥飛到家調膳後吟好送斜暉

送杜士瞻楚州覲省

風流與才思俱似晉時人淮月歸心促江花入興新雲深滄海暮柳暗白門春共道官猶小憐君孝養親

友人山亭

故人雖（一作從）薄宦往往涉清溪鑿牖對山月褰裳拂澗霓遊魚逆水上宿鳥向風棲一見桃花發能令秦漢迷

春晩山行（一無春晩二字）

寂歷青山晩山行趣不稀野花成（一作垂）子落江燕引雛飛暗草薰苔徑（一作渚）晴楊掃（一作拂）石磯俗人猶語此余亦轉忘歸

沈如筠

沈如筠句容人横陽主簿詩四首

寄張徵古

寂歷遠山意微冥半空碧綠蘿無冬春彩雲竟朝夕張子海内奇久（一作耐）爲巖中客聖君當（一作勞）夢想安得老松石

閨怨二首

鴈盡書難寄愁多夢不成願隨孤月影流照伏波營

隴底嗟長别流襟一動君何言幽咽所更作死生分

寄天台司馬道士

河洲花豔爚庭樹光彩蒨白雲天台山可思不可見

句

思酸寒鴈斷淅瀝秋樹空　漁陽燕舊都美女花不如（見吟窗雜録）

孫處玄（一作立）

孫處玄江寧人則天長安中官左拾遺神龍初論時事不合歸里開元初薦不起詩二首

詠黄鶯（一作鄭愔詩又作鄭縉）

欲囀聲猶澁將飛羽未調高風不借便何處得遷喬

失題

漢家輕壯士無狀殺彭王一遇風塵起令誰守四方

句

殘花與露落墮葉隨風翻　日側南澗幽風凝北林暮

徐延壽（徐一作余）

徐延壽江寧人開元間處士詩三首

折楊柳

大道連國門東西種楊柳葳蕤君不見婀娜垂來久緑枝棲暝禽雄去雌獨吟餘花怨春盡微月起秋陰坐望窗中蝶起攀枝上葉好風吹長條婀娜何如妾妾見柳園新高樓四五春莫吹胡塞（一作笳）曲愁殺隴頭人

南州行

摇艇至南國國門連大江中洲西（一作兩）邊岸數步一垂楊金釧越溪女羅衣胡粉香織縑春卷幔采蕨暝提筐弄瑟嬌垂幌迎人笑下堂河頭浣衣處無數紫鴛鴦

人日剪綵

閨婦持刀坐自憐裁剪新葉催情綴色花寄手成春帖燕留妝户黏雞待餉人擎來問夫壻何處不如眞

樊晃（一作先）

樊晃句容人硤石主簿詩一首

南中感懷

南路蹉跎客未回常嗟物候暗相催四時不變江頭草十月先開嶺上梅

句

巧裁蟬鬢畏風吹盡作蛾眉恐人妒

全唐詩

李憕

李憕太原文水人舉明經開元初爲咸陽尉張説爲并州長史太平軍大使時引憕常在幕下後爲宇文融判官括田課最遷監察御史歷給事中河南少尹天寶初出爲清河太守改尚書右丞京兆尹轉光禄卿東都留守遷禮部尚書安禄山陷長安遇害贈司徒謚忠烈詩三首

和户部楊員外伯成寓直

落日彌綸地公才畫省郎詞驚起草筆坐引護衣香雙闕天河近千門夕漏長遥知臺上宿不獨有文强

同望幸新亭賜錢公宴

感夢通玄化覃恩降紫宸賜錢開漢府分帛醉堯人地隔朝宗慶亭臨卜洛新行看廣雲雨二月次東巡

奉和聖製從蓬萊向興慶閣道中留春雨中春望之作應制

別館春還淑氣催三宮路轉鳳皇臺雲飛北闕輕陰散雨歇南山積翠來御柳遥隨天仗發林花不待曉風開已知聖澤深無限更喜年芳入睿才

李邕

李邕字泰和廣陵江都人蘭臺郎善之子長安中李嶠張廷珪薦其詞高行直拜左拾遺宋璟劾奏二張邕於天后前抗言助之開元初歷殿中侍御史執政忌其才頻被貶斥後爲北海太守李林甫傅以罪杖殺之邕早擅才名尤長碑頌雖貶職在外中朝衣冠及天下寺觀多齎金帛往求其文饋遺至鉅萬自古鬻文獲財未有其比嘗擬六公詠杜甫八哀詩所謂朗詠六公篇憂來發蒙蔽是也今不傳存詩四首

銅雀妓

西陵望何及弦管徒在兹誰言死者樂但令生者悲丈夫有餘志兒女焉足私擾擾多俗情投迹互相師直節豈感激荒淫乃淒其潁水有許由西山有伯夷頌聲何寥寥唯聞銅雀詩君舉良未易永爲後代嗤

詠雲

綵雲驚歲晚繚繞孤山頭散作五般色凝爲一段愁影雖沉澗底形在天際遊風動必飛去不應長此留

登歷下古城員外孫新亭（亭對鵲湖時李之芳自尚書郎出爲齊州製此亭）

吾宗固神秀體物寫謀長形制開古跡曾冰延樂方太山雄地理巨壑眇雲莊高興汨煩促永懷清典常含弘知四大出入見三光負郭喜（一作皆）秫稻安時歌吉祥

奉和初春幸太平公主南莊應制

傳聞銀漢支機石復見金輿出紫微織女橋邊烏鵲起仙人樓上鳳皇飛流風入座飄歌扇瀑水侵堦濺舞衣今日還同犯牛斗乘槎共逐（一作泛）海潮歸

王灣

王灣洛陽人登先天進士第開元初爲滎陽主簿馬懷素請校正羣籍召學涉之士分部譔次灣在選中秘書罷譔又與陸紹伯等同校麗正院書終洛陽尉灣詞翰早著其海日生殘夜江春入舊年之句當時稱最張説手題於政事堂每示能文令爲楷式詩十首

奉使登終南山

常愛南山遊因而盡原隰數朝至林嶺百仞登嵬岌石壯（一作狀）馬徑（一作經）窮苔色步緣入物奇春狀（一作貌）改氣遠天香集虚洞策杖鳴低雲拂衣濕倚巖見廬舍入户欣拜揖問性矜勤勞示心教澄習玉英時共飯芝草爲余拾境絶人不行潭深鳥空立一乘從此授九轉兼是給辭處若輕飛息來唯吐吸開（一作闢）襟超已勝迴路倏而及煙色松上深水流山下急漸平逢車騎向晚睨城邑峯在野趣繁塵飄官情澁（一作緩）辛苦久爲吏勞生（一作榮進）何妄執日暮懷此山悠然賦斯（一作新）什

晚夏馬嵬（一作升）卿叔池亭即事寄京都一二知己

忝職畿甸淹濫陪時俊（一作英）後才輕策疲劣勢薄常驅走牽役勞風塵秉心在巖藪宗賢開別業形勝代希偶竹繞清渭濱（一作瀆）泉流白渠口逶迤期賞會揮忽變星斗逮此乘務閑（一作餘）因而訪幽叟入來殊景物行復洗紛垢林靜秋色多潭深月光厚盛香蓮近拆新味瓜初剖滯拙

懷隱淪書之寄良友

麗正殿賜宴同勒天前煙年四韻應製

金殿忝陪賢瓊羞忽降天鼎羅仙掖裏觴拜瑣闈前院逼青霄路廚和紫禁煙酒酣空忭舞何以答昌年

奉和賀監林月清酌

華月當秋滿朝英（一作軒）假興同淨林新霽入規（一作窺）院小（一作早）涼通碎影行筵裏搖花落酒中清宵凝爽意併此助文雄

次北固山下

客路青山外行舟綠水前潮平兩岸闊風正一帆懸海日生殘夜江春入舊年鄉書何處達歸雁洛陽邊（河岳英靈集題作江南意詩云南國多新意東行伺早天潮平兩岸失風正數帆懸海日生殘夜江春入舊年從來觀氣象惟向此中偏）

觀搊箏（一作祖詠詩）

虛室有秦箏箏新月復清弦多弄委曲柱促語分明曉怨凝繁手春嬌入曼（一作慢）聲近來唯此樂傳得美人情

晚春詣蘇州敬贈武員外

蘇臺憶季常飛櫂歷江鄉持此功曹掾初離（一作幼攜）華省郎貴門生禮樂明代秉文章嘉郡（一作壁）位先進鴻儒名重揚爰從姻婭（一作戚）貶豈失忠信防萬里行驥（一作汗馬）足十年暌鳳翔迴還翊元聖入拜佇惟良別業對南浦羣書滿北堂意深投轄盛才重接筵光陋學叨鉛簡弱齡許翰場神馳勞舊國顏展別殊方際曉雜氛散殘春衆物芳煙和疎樹滿雨續小谿長旅拙感成慰通賢顧不忘從來琴曲罷開匣爲君張

秋夜寓直即事懷贈蕭令公裴侍郎兼通簡南省諸友人

聖主萬年興賢臣數載升古靈傳嶽秀宏量稟川澄讖匈舉長策風霜秉直繩出車遙俗震登閣滿朝稱賦簡流亡輯農安政理憑還家新長幼巡壠舊溝塍忠梗大勛立寰瀛（一作袁瀛）隋業懲焚香兼御史懸鏡委中丞旟隼當朝立臺驄發郡乘司徒漢家重國典賴川徵雲路俄平入台階忽上凌秉鈞調造化宣綍慰黎烝金省方秋作瑤軒直夜凭中書贈陳準右相簡王陵三傑賢更穆百僚歡且兢搖懷及賓友計曲辨淄澠闇闔暝陰散鉤陳爽氣凝月深宮樹轉河近禁樓氷卑吏夙驅策微涓效斗升望麾宵繼火書板（一作檄）曙懷蒸彼此雖流盼規模轉服膺惠將霄漢隔勞或歲時矜位重恩寧濫才輕懾不勝林巒甘獨往疵賤苦相仍敢忘銜花雀思同附驥蠅平生逐烏雀何日嗣（一作似）蒼鷹

哭補闕亡友綦毋學士

明代資多士儒林得異才書從金殿出人向玉墀來詞學張平子風儀褚彥回崇儀希上德近侍接元台囊帒心期早今遊宴賞陪屢遷君擢桂分尉我從梅忽遇乘軺客云傾構厦材泣爲洹水化歎作泰山頹冀善初將慰尋言半始猜位聯情易感交密痛難裁遠日寒旌暗長風古挽哀寰中無舊業行處有新苔反哭魂猶寄終喪子尚孩葬田門吏給墳木路人栽遽泱悲成往俄傳寵令迴玄經貽石室朱紱耀泉臺地古春長閉天明夜不開登山一臨哭揮淚滿蒿萊

閏月七日織女

耿耿曙河微神仙此夜（一作會）稀今年七月閏應得兩回歸

句

月華照杵空隨妾風響傳砧不到君（擣衣篇　見河嶽英靈集）

史青

史青零陵人聰敏強記開元初上書自薦能詩云子建七步臣五步之內可塞明詔明皇試以除夕上元竹火籠等詩應口而出上稱賞授左監門衛將軍今存詩一首

應詔賦得除夜（一作王諲詩）

今歲今宵盡明年明日催寒隨一夜去春逐五更來氣色空中改容顏暗裏回風光人不覺已著（一作入）後園梅

王泠然

王泠然開元五年登第王丘典吏部選時嘗被獎拔官校書郎急於仕進存上張說書稱公之用人蓋已多矣僕之思用其來久矣僕雖不佞亦相公一株桃李也詩四首

汴堤柳（一本作題河邊枯柳）

隋家天子憶揚州厭坐深宮傍海游穿地鑿山開御路鳴笳疊鼓泛清流流從鞏北分河（一作河汾）口直到淮南種官柳功成力盡人旋亡代（一作運）謝年移樹空有當時繰女侍君王繡帳（一作帳殿）旌門對柳行青葉交垂連幔色白花飛度染衣香今日摧殘何用道數里曾無一枝好驛騎征帆損更多山精野魅藏應老涼風（一作秋）八（一作九）月露爲霜日夜孤舟入帝鄉河畔時時聞木落（一作落葉）客中無不淚沾裳（一作無個不沾裳）

夜光篇

遊人夜到汝陽間夜色冥濛不解顏誰家暗起寒山燒因此明中得見山山頭山下須臾滿歷險緣深無暫斷焦聲散著羣樹鳴炎氣傍林一川暖是時西北多海風吹上連天光更雄濁煙熏月黑高豔爇雲紅初謂煉丹仙竈裏還疑鑄劍神谿中劃爲飛電來照物乍作流星併上空西山無草光已滅東頂熒熒猶未絕沸湯空谷數道水融蓋（一作盡）陰崖幾年雪兩京貧病若爲居四壁皆成鑿照餘未得貴游同秉燭唯將半影借披書

古木臥平沙

古木臥平沙摧殘歲月賒有根橫水石無葉拂煙霞春至苔爲葉冬來雪作花不逢星漢使誰辨是靈槎

淮南寄舍弟

昔予從不調經歲旅淮源念爾長相失何時返故園寄書迷處所分袂隔涼溫遠道俱爲客他鄉共在原歸情春伴雁愁泣夜隨猨愧見高堂上朝朝獨倚門

句

林狖欺童子山精試老僧（山寺）　陳兵劒閣山將動飲馬珠江水不流（詠八陣圖送人以上並見詩式）　官微思倚玉文淺怯投珠（贈張公子協律　見上張說書）

全唐詩

張子容

張子容先天二年擢進士第爲樂城尉與孟浩然友善詩一卷

春江花月夜二首

林花發岸口氣色動江新此夜江中月流光花上春分明石潭裏宜照浣紗人

交甫憐瑤珮仙妃難重期沈沈綠江晚惆悵碧雲姿初逢花上月言是弄珠時

雲陽驛陪崔使君邵道士夜宴

一尉東南遠誰知此夜歡諸侯傾皂蓋仙客整黃冠染翰燈花滿飛觴雲氣寒欣承國士遇更借美人看

除夜樂城逢孟浩然

遠客襄陽郡來過海岸家樽開（一作前）柏葉酒燈發九枝花妙曲逢盧女高才得孟嘉東山行樂意非是競繁（一作奢）華

送蘇倩遊天台

靈異尋滄海笙歌訪翠微江鷗迎共（一作近）狎雲鶴待將飛琪樹嘗（一作攀）仙果瓊樓（一作枝）試羽衣遙知神女問獨怪阮郎歸

泛永嘉江日暮迴舟

無雲天欲暮輕（一作轉）鷁大江清歸路煙中遠迴舟月上行傍潭窺竹暗出嶼見沙明更值微風起乘流絲管聲

永嘉即事寄贛縣袁少府瓘

山繞樓臺出谿通里閈斜曾爲謝客郡多有逐臣家海氣朝成雨江天晚作霞題書報賈誼此濕似長沙

樂城歲日贈孟浩然（一作王維詩）

土地窮甌越風光肇建寅插桃銷瘴癘移竹近堦墀半是吳風俗仍爲楚歲時更逢習鑿齒言在漢川湄

永嘉作

拙宦從江左投荒更海邊山將孤嶼近水共惡谿連地濕梅多雨潭蒸竹起煙未應悲晚髮炎瘴苦華年

送孟八浩然歸襄陽二首

東越相逢地西亭送別津風潮看解纜雲（一作雷）海（一作雨）去愁人鄉在桃林岸山（一作江）連楓樹春因（一作長）懷故園意歸與孟家鄰

杜門不欲（一作復）出久與世情疎以此爲長策勸君歸舊廬醉歌田舍酒笑讀古人書好是一生事無勞獻子虛（此篇一作王維詩）

貶樂城尉日作

竄謫邊窮海川原近惡谿有時聞虎嘯無夜不猿啼地暖花長發巖高日易低故鄉可憶處遙指斗牛西

自樂城赴永嘉枉路泛白湖寄松陽李少府

西行礙淺石北轉入谿橋樹色煙輕重湖光風動搖百花亂飛雪萬嶺疊青霄猿挂臨潭篠鷗迎出浦橈惟應賞心客茲路不言遙

九日陪潤州邵使君登北固山

五馬向西（一作山）椒重陽坐麗譙徐州帶綠水楚國在青霄張幕連江樹開筵接海潮凌雲詞客語迴雪舞人嬌（一作腰）梅福慙仙吏羊公賞下僚新豐酒舊美況是菊花朝

璧池望秋月

涼夜窺清沼池空水月秋滿輪沈玉鏡半魄落銀鉤蟾影搖輕浪菱花渡淺流漏移光漸潔雲斂色偏浮似璧悲三獻疑珠怯再投能持千里意來照楚鄉愁

長安早春（一作孟浩然詩）

開國維（一作移）東井城池起（一作對）北辰咸歌太平日共樂建寅春雪（一作雲）盡黃（一作青）山樹冰開黑水津（一作濱）草迎金埒馬花伴（一作醉）玉樓人鴻漸看無數鶯歌（一作聲）聽欲頻何當桂枝擢還及柳條新

贈司勳蕭郎中

作相開黃閣爲郎奏赤墀君臣道合體父子貴同時國以推賢答家無內舉疑鳳池真水鏡蘭省得華滋未覿風流日先聞新（一作所）賦詩江山清謝眺花木媚丘遲吏部來何暮王言念在茲丹青無不可霖雨亦相期昔我投荒處孤煙望島夷羣鷗終日狎落葉數年悲漁父留歌詠江妃入興詞今將獻知已相感勿吾欺

巫山

巫嶺岧嶢天際重佳期宿昔願相從朝雲暮雨連天暗神女知來第幾峰

除日

臘月今知晦流年此夕除拾樵供歲火帖牖作春書柳覺東風至花疑小雪餘忽逢雙鯉贈言是上冰魚

張旭

張旭蘇州吴人嗜酒善草書每醉後號呼狂走乃下筆或以頭濡墨而書既醒自視以爲神世呼爲張顛初仕爲常熟尉自言始見公主擔夫爭道又聞鼓吹而得筆法意觀公孫大娘舞劍器乃盡其神時以李白歌詩旭草書及裴旻劍舞爲三絶詩六首

清谿泛舟

旅人倚征櫂薄暮起勞歌笑攬清谿月清輝不厭多

桃花谿

隱隱飛橋隔野煙石磯西畔問漁船桃花盡日隨流水洞在清谿何處邊

山行留客

山光物態弄春輝莫爲輕陰便擬歸縱使晴明無雨色入雲深處亦沾衣

春遊值雨

欲尋軒檻列清尊江上煙雲向晚昏須倩東風吹散雨明朝却待入華園

春草

春草青青萬里餘邊城落日見離居情知海上三年別不寄雲間一紙書

柳

濯濯煙條拂地垂城邊樓畔結春思請君細看風流意未減靈和殿裏時

賀朝

賀朝越州人官止山陰尉詩八首

南山 一作賀朝清詩

湖北雨初晴湖南山盡見巖巖石帆影如得海風便仙穴茅山峯彩雲時一見邀君共探此異籙殘幾卷

孤興

晴日暖珠箔夭桃色正新紅粉青鏡中娟娟可憐嚬君子在遐陬蕙心誰見珍羅幕空掩晝玉顔靜移春江瑟語幽獨再三情未申黄鵠千里翅芳音遲所因

從軍行

朔胡乘月寇邊城軍書插羽刺一作賜中京天子金壇拜飛將單于玉塞振佳兵騎射先鳴推任俠龍韜決勝佇時英聞有河湟客愔愔理帷帟常山落霸圖氾水先天策銜珠浴鐵向桑乾釁旗膏劍指烏丸鳴雞已報關山曉來雁遥傳沙塞寒直爲甘心從苦節隴頭流水鳴嗚咽邊樹蕭蕭不覺春天山漠漠長飛雪魚麗陣接塞雲平雁翼營通海月明始看晉幕飛鷲入旋聞齊壘啼烏聲自從一戍燕支山春光幾度晉陽關金河未轉青絲騎玉筯應啼紅粉顔鴻歸燕相續池邊芳草綠已見氛清細柳營莫更春歌落梅曲烽沈竈滅靜邊亭海宴山空肅已寧行望鳳京旋凱捷重來麟閣畫丹青

賦得遊人久不歸 一作劉孝孫詩又作賀朝清

鄉關眇天末引領悵懷歸羇旅久淫滯物色屢芳菲稍覺出意盡行看蓬鬢稀如何千里外佇立露裳衣

宿香山閣 一作賈彥璋詩

瞑上一作望春山閣梯雲宿半空軒窗閉潮海枕席拂煙虹朱網防棲鴿紗燈護夕蟲一聞雞唱曉已見日曈曨

贈酒店胡姬

胡姬春酒店弦管夜鏘鏘紅毾鋪新月貂裘坐薄霜玉盤初鱠鯉金鼎正烹羊上客無勞散聽歌樂世娘

賦得春鶯送友人二首 一作劉孝孫詩題作一首後四句在前

翅掩飛鶯舞啼憐婕妤悲料取金閨意因君問所思

流鶯拂繡羽二月上林期待雪銷金禁銜花向玉墀

萬齊融

萬齊融越州人官昆山令詩四首 按舊唐書文苑傳云神龍中賀知章與賀朝萬齊融張若虛邢巨包融俱以吴越之士文辭俊秀名揚於上京人間往往傳其文朝萬止山陰尉齊融昆山令蓋以萬字屬上文作賀朝萬及考唐人所選國秀搜玉二集俱作萬齊融賀朝今仍之

三日一作上巳綠潭篇

春潭滉漾接隋宮宮闕連延潭水東蘋苔一作芷嫩色涵波綠桃李新花照底一作水紅垂菱布藻如妝鏡麗日晴天相照暎素影沈沈一作顥顥對蝶飛金沙礫礫窺魚泳佳人祓禊賞韶年傾國傾城併可憐拾翠總來芳樹下踏青爭遶綠潭邊公子王孫恣遊翫沙陽一作場水曲情無厭禽浮似挹羽觴杯鱗躍疑投水心劍金鞍玉勒騁輕肥落絮紅塵擁路飛綠水殘霞催席散畫樓初月待人歸

仗劒行

昨夜星官動紫微今年天子用武威登車一呼風雷動遥震陰山撼魏魏胡騎子當見旄頭蝕應死願騎單馬仗天威挼取長繩縛虜歸仗劒遥叱路傍子匈奴頭血濺君衣

贈別江頭

東南飛鳥處言是故鄉天江上風花晚君行定幾千計程頻破月數別屢開年明歲潯陽水相思寄采蓮

送陳七還廣陵

風流誰代一作氏子雖有舊無雙歡酒言相送愁弦意不降落花馥河道垂楊拂水窗海潮與春夢朝夕廣陵江

邢巨

邢巨揚州人開元七年中文辭雅麗科官監察御史詩二首

遊春

海岳三峯古春皇二月寒綠潭漁子釣紅樹美人攀弱蔓環沙嶼飛花點石關谿山遊未厭琴酌弄晴灣

遊宣州琴谿同武平一作

靈谿非人迹仙意素所秉鱗嶺森翠微澄潭照秋景

張若虛

張若虛揚州人兖州兵曹與賀知章張旭包融號吴中四士詩二首

春江花月夜

春江潮水連海平海上明月共潮生灩灩隨波千萬里何處一作頃春江無月明江流宛轉遶芳甸月照花林皆似霰空裏流霜不覺飛汀上白沙看不見江天一色無纖塵皎皎空中孤月輪江畔何人初見月江月何年初照人人生代代無窮已江月年年秖相似不知江月待何人但見長江送流水白雲一片去悠悠青楓浦上不勝愁誰家今夜扁舟子何處相思明月樓可憐樓上月裴

回應照離人妝（一作玉）鏡臺玉（一作遙）户簾中卷不去擣衣砧上拂還來此時相望不相聞願逐月華流照君鴻雁長飛光不度魚龍潛躍水成文昨夜閒潭夢落花可憐春半不還家江水流春去欲盡江潭落月復西斜斜月沈沈藏海霧碣石瀟湘無限路不知乘月幾人歸落月搖情滿江樹

代答閨夢還

關塞年華早樓臺別望違試衫著暖氣開鏡覓春暉燕入窺羅幕蜂來上畫衣情催桃李豔心寄管弦飛妝洗朝相待風花暝不歸夢魂何處入寂寂掩重扉

薛業

薛業天寶間處士西遊廬山趙補闕驊王侍御定張評事有略各以文爲贈獨孤及嘗稱其敦於詩困於學敏於行口弗言祿祿亦不及識其眞者以爲永歎詩二首

洪州客舍寄柳博士芳

去年燕巢主人屋今年花發路傍枝年年爲客不到舍（一作歸去）舊國存亡那得知胡塵一起亂天下（一作天下亂）何處春風無別離

晚秋贈張折衝（此公事劇衆）

都尉今無事時清但閉關夜霜戎馬瘦秋草射堂（一作鵰）閑位以穿楊得名因折桂還憑唐眞不遇歎息鬢毛斑

全唐詩

孫逖

孫逖河南人開元中三擢甲科擢左拾遺表槩幕職入爲集賢院修撰改考功員外郎遷中書舍人典詔誥判刑部侍郎終太子詹事謚曰文集二十卷今編詩一卷

和左司張員外自洛使入京中路先赴長安逢立春日贈韋侍御（一作郎）等諸公

拜郎登省闥奉使馳車乘遙瞻使者星便是郎官應妙時相許（一作楚言）皇華德彌稱二陝聽風謠三秦望形勝此中聯益友是日多詩興寒盡歲陰催春歸物（一作日）華證

和登會稽山

稽山碧湖上勢入東溟盡煙景晝清明九峰爭隱嶙望中厭朱紱俗内探玄牝野老聽鳴騶山童擁行軫仙花寒未落古蔓柔堪引竹磵入山（一作雲）多松崖向天近雲從海天去日就江村隕能賦丘嘗聞和歌參不敏寘捜信沖漠多士期標準願奉濯纓心長謠反招隱

送楊法曹按括州

東海天台山南方縉雲驛（一作國）溪澄（一作登清）問人隱巖險煩登陟潭壑隨星使軒車繞春色儻尋琪樹人爲報長相憶

葛山潭

圓潭寫流月晴明涵萬象仙翁何時還緑水空蕩漾涼哉草木腓白露沾人衣猶醉空山裏時聞笙鶴飛

丹陽行

丹陽古郡洞庭陰落日扁舟此路尋傳是東南舊都處金陵中斷碧江深在昔風塵起京都亂如㓃雙闕戎虜間千門戰場裏傳聞一馬化爲龍南渡衣冠亦願從石頭橫帝里京口拒戎鋒青楓林下迴天蹕杜若洲前轉國容都門不見河陽樹輦道唯聞建業鐘中原悠悠幾千里欲掃攙搶未云已英雄傾奪何紛然一盛一衰如逝川可憐宮觀重江裏金鉉相傳三百年自從龍見聖人出六合車書混爲一昔年王氣今何在併向長安就堯日荆榛古木閉荒阡共道繁華不復全赤縣唯餘江樹月黃圖半入海人煙暮來山水登臨遍覽古愁吟淚如霰唯有空城多白雲春風淡蕩無人見

山陰縣西樓

都邑西樓芳樹間逶迤霽色遶江山山（一作海）月夜從公署出江雲晚對訟庭還誰知春色朝朝好二月飛花滿江草一見湖邊楊柳風遙憶青青洛陽道

夜宿浙江

扁舟夜入江潭泊露白風高（一作秋）氣蕭索富春渚上潮未還天姥岑邊月初落煙水茫茫多苦辛更聞江上越人吟洛陽城闕何時見西北浮雲朝暝深

春日留別

春路逶迤花柳前孤舟晚泊就人煙東山白雲不可見西陵江月夜娟娟春江夜盡潮聲度征帆遙從此中去越國山川看漸無可憐愁思江南樹

奉和四月三日上陽水窗賜宴應制得春字

今日逢初夏歡遊續舊旬氣和先作雨恩厚別成春風吹臨清洛龍輿下紫宸此中歌在藻還見躍潛鱗

奉和登會昌山應制

巖磴列雲旗吾君訪道時乾行萬物覩日馭（一作駐）六龍遲望遠迴天顧登高動睿詞願因山作壽長保會（一作運）昌期

正月十五日夜應制（一作沈佺期詩）

洛城（一作陽）三五夜天子萬年春綵仗移雙闕瓊筵會九賓舞成蒼頡字燈作法王輪不覺東方日（一作白）遙垂（一作遙）御藻（一作柳）新

奉和御製登鷲鶩樓即目（一作日）應制

玉輦下離宮瓊樓上半空方巡五年狩更闢四門聰井邑觀秦野山河念禹功停鑾留睿作軒檻起南風

進船泛洛水應制（一作蘇晉詩）

禁園紆睿覽仙櫂叶時游洛北風花樹江南彩畫舟芳生蘭蕙草春入鳳凰樓興盡離宮暮煙光起夕流

和常州崔使君寒食夜

聞道清明近春庭（一作闈）向夕闌行遊晝不厭風物夜宜看斗柄更初轉梅香暗裏殘無勞秉華燭清（一作晴）月在南端

和韋兄（一作韋尚書）春日南亭宴兄弟（見在京）

臺閣升高位園林隔舊鄉忽聞歌棣萼還比報瓊芳門向宜春近郊連御宿長德星常有會相望在文昌

奉和崔司馬遊雲門寺

繫馬清溪樹禪門春氣濃香臺花下出講坐竹間逢覺路山童引經行谷鳥從更言窮寂滅回策上南峰

酬萬八賀九雲門下歸溪中作

晚從靈境出林壑曙雲飛稍覺清溪盡回瞻畫刹微獨園餘興在孤櫂宿心違更憶登攀處天香滿（一作盈）袖歸

春初送呂補闕往西嶽勒碑得雲字

刻石記天文朝推谷子雲篋中緘聖札巖下揖神君語別梅初豔爲期草欲薰往來春不盡離思莫氛氳

送越州裴參軍充使入京

日落川徑寒離心苦未安客愁西向盡鄉夢北歸難霜果林中變秋花水上殘明朝渡江後雲物向南看

送周判官往台州

吾宗長作賦登陟訪天台星使行看入雲仙意轉催飲冰攀璀璨驅傳歷莓苔日暮東郊別真情去不回

送魏騎曹充宇文侍御判官分按山南

雲雨陽臺（一作臺高）路光華驛騎巡勸農開夢土恤隱惠荊人樓迥吟黃鶴江長望白蘋觀風布明詔更是漢南春

送蘇郎中綰出佐荊州

神仙久留滯清切佇飛翻忽佐南方牧何時西掖垣高車自蘭省便道出荊門不見河梁別空銷郢路魂

冬末送魏起居赴京

大名將起魏良史更逢遷驛騎朝丹闕關亭望紫煙西京春色近東觀物華偏早赴王正月揮毫記首年

送李補闕攝御史充河西節度判官

昔年叨補袞邊地亦埋輪官序慚先達才名畏後人西戎雖獻款上策恥和親早赴前軍（一作軍戎）幕長清外域塵

送趙（一作許）評事攝御史監軍嶺南

議獄持邦典臨戎假憲威風從閶闔去霜入洞庭飛篁竹迎金鼓樓船引繡衣明年拜（一作降）真月南斗使星歸

送靳十五侍御使蜀

天使出霜臺行人擇吏才傳車春色送離興夕陽催驛遶巴江轉關迎劍道開西南一何幸前後二龍來

送李給事歸徐州覲省

列位登青瑣還鄉復綵衣共言晨省日便是晝遊歸春水經梁宋晴山入海沂莫愁東路遠四牡正騑騑

送杜侍御赴上都

避馬臺中貴登車嶺外遙還因貢賦禮來謁大明朝地入商山路鄉連渭水橋承恩（一作返）南越尊酒重相邀

送張環攝御史監南選

漢使得張綱威名攝遠方恩霑柱下史榮比選曹郎江帶黔中闊山連峽水長莫愁炎暑地秋至有嚴霜

宴越府陳法曹西亭

公府西巖下紅亭間白雲雪梅初度臘煙竹稍迎曛水木涵澄景簾櫳引霽氛江南歸思逼春鴈不堪聞

同邢判官尋龍湍觀歸湖中

星使下仙（一作天）京雲湖喜晝晴更從探穴處還作櫂歌行絲管荷風入簾帷竹氣清莫愁歸路遠水月夜虛明

尋龍湍

仙穴尋遺跡輕舟愛水鄉溪流一曲盡山路九峰長漁父歌金洞江妃舞翠房遙憐葛仙宅真氣共微茫

宿雲門寺閣

香閣東山下煙花象外幽懸燈千嶂夕卷幔五湖秋畫壁餘（一作飛）鴻鴈紗窗宿斗牛更疑天路近夢與白雲遊

揚子江樓

揚子何年邑雄圖作楚關江連二妃渚雲近八公山驛道清楓外人煙綠嶼間晚來潮正滿數處落帆還

淮陰夜宿二首

水國南無畔扁舟北未期鄉情淮上失歸夢郢中疑木落知寒近山長見日遲客行心緒亂不及洛陽時

永夕臥煙塘蕭條天一方秋風淮水落寒夜楚歌長宿莽非中土鱸魚豈我鄉孤舟行已倦南越尚茫茫

下京口埭夜行

孤帆度綠氛寒浦落紅曛江樹朝來出吳歌夜漸聞南湞接潮水北斗近鄉雲行役從茲去歸情入鴈羣

山行遇雨

驟雨晝氤氳空天望（一作夜）不分暗山唯覺電窮海但生雲涉澗猜行潦緣崖畏宿氛夜來江月霽櫂唱此中聞

夜到潤州

夜入（一作到）丹陽郡天高氣象秋海隅雲漢轉江畔火星流城郭傳金柝閭閻閉綠洲客行凡幾夜新月再如鉤

和常州崔使君詠後庭梅二首

聞唱梅花落江南春意深更傳千里外來入越人吟弱幹紅妝倚繁香翠羽尋庭中自公日歌舞向芳陰

梅院重門掩遙遙歌吹邊庭深人不見春至曲能傳花落彈棋處香來薦枕前使君停五馬行樂此中偏

同和詠樓前海石榴二首

客自新亭郡朝來數物華傳君妓樓好初落海榴花露色珠簾映香風粉壁遮更宜林下雨日晚逐行車

海上移珍木樓前詠所思遙聞下車日正在落花時舊綠香行蓋新紅灑步綦從來寒不易終見久逾滋

故右丞相贈太師燕文貞公挽詞二首

海內文章伯朝端禮樂英一言輿寶運三入濟羣（一作蒼）生命與才相偶年將位不并台星忽已坼流慟軫皇情

甲第三重（一作長）戟高門四列侯已成冠蓋里更有鳳皇樓人世方爲樂生涯遽若休空餘（一作爲）掌綸地傳慶百千秋

故陳州刺史贈兵部尚書韋公挽詞

奕葉金章貴連枝鼎位尊台庭爲鳳穴相府是鴒原世閱空悲命泉幽不返魂惟餘漢臣史繼術贊韋門

故程將軍妻南陽郡夫人樊氏挽歌

德配程休甫名高魯季姜寵榮蒼玉珮宴夢（一作蔓）鬱金堂白日期偕老幽泉忽悼亡國風猶在詠江漢近南陽

和上巳連寒食有懷京洛

天津御柳碧遙遙軒騎相從半下朝行樂光輝寒食借太平歌舞晚春饒紅妝樓下東郊道青草洲邊南渡橋坐見司空掃西第看君侍從落花朝

和左司張員外自洛使入京中路先赴長安逢

立春日贈韋侍御等諸公

忽覩雲間數鴈回更逢山上正（一作花）開河邊淑氣迎芳草林下輕風待落梅秋憲府中高唱入春卿署裏和歌（一作詩）來共言東閣招賢地自有西征謝傳（一作賦）才

和崔司馬登稱心山寺

郡府乘休日王城訪道初覺花迎步履香草藉行車倚閣觀無際尋山坐（一作盡）太虛巖空迷禹跡海靜望秦餘翡翠巢珠網鵾雞間綺疏地靈資淨土水若護眞如寶樹誰攀折禪雲自卷舒晴分五湖勢煙合九夷（一作疑）居生滅紛無象窺臨已得魚

奉和李右相中書壁畫山水

嘗聞寶刀贈今日奉瓊琚廟堂多暇日山水契中（一作眞）情欲寫高深趣還因藻繪成九江臨戶牖三峽繞檐楹花柳窮年發煙雲逐意生能令萬里近不覺四時行氣染荀香馥光含樂鏡清詠歌齊出處圖畫表沖盈自保千年遇何論八載榮（李公詩云八載黍司存）

奉和李右相賞會昌林亭

賢相初陪蹕靈山本降神作京雄近縣開閣寵平津地勝林亭好時清宴賞頻百泉縈（一作禁）草木萬井布郊畛德與春和盛功將造化鄰還嗤渭濱叟歲晚獨垂綸

和左衛武倉曹衛中對雨創（一作劇）韻贈右衛李騎曹（二人同任校書）

林父同官意宣尼久敬交文場刊玉篆武事掌金鏡道合宜連茹時清豈繫匏克勤居簿領多暇屛讙譊美酒懷公讌玄談侯客嘲薄雲生北闕飛雨自西郊院暑便清曠庭蕪覺漸苞高門闢詎閉逸韻柱難膠枳棘鸞無歎梧桐鳳必巢忽聞徵竝作觀海媿堂坳

送新羅法師還國

異域今無外高僧代所稀苦心歸（一作窮）寂滅宴坐得精微持鉢何年至傳燈是日歸上卿揮別藻（一作操）中禁下禪衣海闊杯還度雲遙錫更飛此行迷處所何以慰虔祈

送趙大夫護邊（一作送趙都護赴安西）

外域分都護中臺命職方欲傳清廟略先（一作爲）取劇曹郎已佩登壇印猶懷伏奏香（一作章）百壺開祖（一作詔）餞駟牡戒（一作結）戎裝青海連西掩（一作極）黃河帶北涼關山瞻漢月戈劍宿胡霜體國才先著論兵策復長果持文武術還繼杜（一作晉）當陽

立秋日題安昌寺北山亭

樓觀倚長霄登攀及霽朝高如石門頂勝擬赤城標天路雲虹近人寰氣象遙山圍（一作清）伯禹廟江落伍胥潮徂暑迎秋薄涼風是日飄果林餘苦李萍水覆甘蕉覽古嗟夷漫凌空愛泬（一作寂）寥更聞金剎下鐘梵晚蕭蕭

登越州城

越嶂繞層城登臨萬象清封圻滄海合廓市碧湖明曉日漁歌滿芳春櫂唱行山風吹（一作搖）美箭田雨潤香秔代閱英靈盡人閑吏隱幷贈言王逸少已見曲池平

江行有懷

秋水明川路輕舟轉石圻霜多山橘熟寒至浦禽稀飛席乘風勢迴流蕩日暉晝行疑海若夕夢識江妃野霽看吳盡天長望洛非不知何歲月一似暮潮歸

長洲苑（吳黃武中此地校獵）

吳王初鼎峙羽獵騁雄才輦道閶門出軍容茂苑來山從列嶂（一作障）轉江自繞林迴劍騎緣汀入旌門隔嶼開合離紛若電馳逐溢成雷勝地虞人守歸舟漢女陪可憐夷漫處猶在洞庭隈山靜吟猿父（一本缺）城空應雉媒戎行委喬木馬跡盡黃埃攬涕問遺老繁華安在哉

和詠廨署有櫻桃

上林天禁裏芳樹有紅櫻江國今來見君門春意生香從花綬轉色繞佩珠明海鳥銜初實吳姬掃落英切將稀取貴羞與衆同榮爲此堪攀折芳蹊處處成

同洛陽李少府觀永樂公主入蕃

邊地鶯花少年來未覺新美人天上落龍塞始應春

途中口號

鄴城東北望陵臺珠翠繁華去不迴無復新妝豔紅粉空餘故壟滿青苔

晦日湖塘

吉日初成晦方塘遍是春落花迎二月芳樹歷三旬公子能留客巫陽好解神夜還何處暗秉燭向城闉

句

野煙出爐上山花落鏡中（廬山見詩式）

全唐詩

崔國輔

崔國輔吳郡人開元中應縣令舉授許昌令累遷集賢直學士禮部員外郎後坐事貶晉陵郡司馬詩一卷

從軍行

塞北胡霜下營州索兵救夜裏偷道行將軍馬亦瘦刀光照塞月陣色明如畫傳聞賊滿山已共前鋒鬭

雜詩

逢著平樂兒論交鞍馬前與酤（一作興酣）一斗酒恰用十千錢後余在關內作事多迍邅何肯相救援（一作何處肯相救）徒聞寶劍篇

古意

紅荷楚水曲彪炳爍晨霞未得兩回摘秋風吹却花時芳不待妾玉珮無處誇悔不盛年時嫁與青樓家

宿法華寺

松雨時復滴寺門清且涼此心竟誰證回憩支公牀壁畫感靈跡龕經傳異香獨遊寄象外忽忽歸南昌

題豫章館

楊柳映春江江南轉佳麗吳門綠波裏越國青山際遊宦常往來津亭暫臨憩驛前蒼石沒浦外湖沙細向晚宴且久孤舟罔然逝雲留西北客氣歇東南帝獨有萋萋心誰知怨芳歲

石頭灘(一作瀨)作

悵矣秋風時余臨石頭瀨因高見遠境(一作超遙)盡此數州內(一作望盡此州內)羽山數(一作一)點青海岸雜光(一作花)碎離離樹木少漭漭湖波(一作淼淼湖波)大日暮千里帆南飛落天外須臾遂入夜楚色有微靄尋遠跡(一作路)已窮遺榮事多昧一身猶未理安得濟時代且泛朝夕潮荷衣蕙爲帶

漂母岸

泗水入淮處南邊古岸存秦時有漂母於此飯(一作饋)王孫王孫初未遇寄食何(一作多)足論後爲楚王來黃金(一作誓欲)答母恩事跡遺在此空傷千載魂茫茫水中渚上有一孤墩(一作寒洲源未解荒隴草空繁)遙望不可到蒼蒼煙樹昏幾年崩冢色每(一作暮)日落潮痕古地多堙圮時哉不敢言向夕淚霑裳遂(一作只)宿蘆洲村

對酒吟

行行日將夕荒村古冢(一作路)無人跡蒙蘢荊棘一鳥吟(一作飛)屢唱(一作勸)提壺沽酒喫古人不達酒不足遺恨精靈傳此曲寄言世上(一作當代)諸少年平生且盡杯中醁

奉和華清宮觀行香應制

天子藥(一作藻)珠宮樓臺碧落通豫遊皆汗漫齋處即崆峒雲物三光裏君臣一氣中道言何所說寶曆自無窮

七夕

太守仙潢族含情七夕多扇風生玉漏置水寫銀河閣下陳書籍閨中曝綺羅遙思漢武帝青鳥幾時過

宿范浦

月暗潮又落西陵渡暫停村煙和海霧舟火亂江星路轉定山遶(一作遠)塘連范浦橫鴟夷近何去空山臨滄溟

奉和聖製上巳祓禊應制

元巳秦中節吾君灞上遊鳴鑾通禁苑別館遶芳洲鷁鷺千官列魚龍百戲浮桃花春欲盡穀雨夜來收慶向堯樽祝歡從楚棹謳逸詩何足對窅作掩東周

九日侍宴應制

運偶千年聖時傳九日神堯樽列鐘鼓漢闕鬬鉤陳金籙三清降瓊筵五老巡始驚蘭佩出復詠柏梁新雲鷹樓前晚霜花酒裏春歡娛無限極書劒太平人

杭州北郭戴氏荷池送侯愉

秋近萬物肅況當臨水時折花贈歸客離緒斷荷絲誰謂江國永故人感在茲道存過北郭情極望東菑喬木故園意鳴蟬窮巷悲扁舟竟何待中路每遲遲

怨詞二首

妾有羅衣裳秦王在時作爲舞春風多秋來不堪著

樓頭(一作前)桃李疎池上芙蓉落織錦猶未成蛩聲入羅幕

古意二首

玉籠薰繡裳著罷眠洞房不能(一作耐)春風裏吹却蘭麝香

種棘遮蘼蕪畏人來采(一作摘)殺比至狂夫還看看幾花發

襄陽曲二首

蕙草嬌紅蕚時光舞碧雞城中美年少相見白銅鞮

少年襄陽地來往襄陽城城中輕薄子知妾解秦箏

魏宮詞

朝日照(一作點)紅妝擬上銅雀臺畫眉猶未了(一作竟)魏帝使人催

長信草(一作長信宮 一作婕妤怨)

長信宮中草年年愁處生故(一作時)侵珠履跡不使玉階行

長樂少年行(一作古意)

遺却珊瑚鞭白馬驕不行章臺折楊柳春日(一作草)路傍情

湖南曲(一作古意)

湖南送(一作與)君去湖北送(一作憶)君歸湖裏鴛鴦鳥(一作起)雙雙他自飛

中流曲(一作古意)

歸時(一作來)日尚早更欲向芳洲渡口水流急迴船不自由

王孫遊

自與王孫別頻看黃鳥飛應由春草誤著處不成歸

采蓮曲

玉漵花爭發金塘水亂流相逢畏相失並著采蓮舟

子夜冬歌

寂寥抱冬心裁羅又(一作文)褧褧夜久頻挑燈霜寒剪刀冷

麗人曲

紅顏稱絕代欲並眞無侶獨有鏡中人由來自相許

小長干曲

月暗送潮(一作湖)風相尋路不通菱歌唱不徹知在此塘中

王昭君(一作歎曲 一作吟)

漢使南還盡胡中妾獨存紫臺綿望絕秋草不堪論

秦女卷衣(一作妾薄命)

雖入秦帝宮不上秦帝牀夜夜玉窗裏與他卷衣(一作羅)裳

今別離

送別未能旋相望連水口船行欲映洲幾度急搖手

衛豔詞

淇上桑葉青青樓含白日比時遙望君車馬城中出

渭水西別李崙(一作季崙)

隴右(一作外)長亭堠山陰古塞秋不知嗚咽水何事向西流

古意

淨掃黃金階飛霜皎(一作厚)如雪下簾彈箜篌不忍見秋月

送韓十四被魯王推遞往濟南府

西候情何極南冠怨有餘梁王雖好事(一作士)不察獄中書

白紵辭二首

洛陽梨花落(一作白)如霰河陽桃葉生復齊坐惜(一作怨 又作恐)玉(一作舞)樓春欲盡紅綿粉絮裛妝啼(此首一作香風詞)

董賢女弟在椒風窈窕繁華貴後宮璧帶金釭皆翡翠一朝零落變成空

九日

江邊楓落菊花黃少長登高一望鄉九日陶家雖載酒三年楚客已霑裳

王昭君

一回望月一回悲望月月移人不移何時得見漢朝使爲妾傳書斬畫師

全唐詩

崔珪

崔珪貝丘人開元中官太子詹事與兄中書舍人琳弟光祿卿瑶俱列棨戟世號三戟崔家詩一首

孤寢怨

征戍動經年含情拂玳筵花飛織錦處月落擣衣邊燈暗愁孤坐牀空怨獨眠自君遼海去玉匣閉春弦

楊浚

楊浚官校書郎開元中嘗作聖典三卷上之詩三首

題武陵一作臨草堂

草堂列仙樓上在青山頂户外窺數峯堦前對雙井雨來花盡濕風度松初冷登棧行不疲入谿語彌靜云能去塵服秉欲事金鼎正直心所存謟諛長自省適知幽遁趣已覺煩慮屏更愛雲林間吾將卧南潁

廣武懷古

河水城下流登城望彌慪海雲飛不斷岸草綠相接龍門無舊壕武牢有遺堞扼㬋兵易守搤指計何捷天奪項氏謀卒成漢家業鄉山遥可見西顧淚盈睫

贈李郎中

仙郎早朝退直省卧南軒院竹自成賞階庭寂不喧焚香開後閣起草閑前門禮樂風流美光華星位尊榮兼朱紱貴交乃布衣存是日登龍客無忘君子恩

劉晏

劉晏字士安曹州南華人年七歲舉神童累官殿中侍御史遷度支郎中杭隴華三州刺史尋遷河南尹入爲京兆尹再拜户部侍郎衆顔眞卿以自代寶應二年遷吏部尚書平章事領度支鹽鐵轉運租庸使坐事罷相諸使如故晏以轉運爲已任開三門渠津遺跡歲運米數百萬石以濟關中晏理家儉約而重交敦舊視事敏速乘機無滯在職十餘年權勢之重隣於宰相後爲楊炎誣構死詩二首

詠王大娘戴竿太平御覽云明皇御勤政樓大張樂羅列百技時教坊有王大娘者戴百尺竿竿上施木山狀瀛洲方丈令小兒持絳節出入于其間歌舞不輟時晏以神童爲祕書正字方十歲帝召之貴妃置之膝上爲施粉黛與之巾櫛令詠王大娘戴竿晏應聲而作因命牙笏及黄紋袍賜之

樓前百戲競爭新唯有長竿妙入神誰謂綺羅番有力猶自嫌輕更著人

享太廟樂章

漢祚惟永神功中興夙驅氛祲天覆黎蒸三光再朗庶績其凝重熙累葉景命是膺

袁瓘

袁瓘明皇時官贑縣尉詩二首

鴻門行

少年買意氣百金不辭費學劒西入秦結交北遊魏秦魏多豪人與代亦殊倫由來不相識皆是暗相親寶馬青絲轡狐裘貂鼠服晨過劇孟游暮投咸陽宿然諾本云云諸侯莫不聞猶思百戰術更逐李將軍始從灞陵下遥遥度朔野北風聞楚歌南庭見胡馬胡馬秋正肥相邀夜合圍戰酣烽火滅路斷救兵稀白刃縱横逼黄塵飛不息虜騎血灑衣單于淚沾臆獻凱雲臺中自言塞上雄將軍行失勢部曲遂無功新人不如舊舊人不相救萬里長飄颻十年計不就棄置難重論驅馬度鴻門行看楚漢事不覺風塵昏寶劒中夜撫悲歌聊自舞此曲不可終曲終淚如雨

惠文太子挽歌睿宗之子岐王範也開元十四年卒贈太子

寒仗丹旐引陰堂白日違暗燈明象物畫水濕靈衣羽化淮王去仙迎太子歸空餘燕銜土朝夕向陵飛

李昂

李昂開元中考功員外郎詩二首

從軍行

漢家未得燕支山征戍年年沙朔間塞下長驅汗血馬雲中恒閉玉門關陰山瀚海千萬里此日桑河凍流水稽洛川邊胡騎來漁陽戍裏烽煙起長途羽檄何相望天子按劒思北方羽林練士拭金甲將軍校戰出玉堂幽陵異域風煙改亭障連連古今在夜聞鴻雁南渡河曉望旌旗北臨海塞沙飛淅瀝遥裔連窮磧玄漠雲平初合陣西山月出聞鳴鏑城南百戰多苦辛路傍死卧黄沙人戍衣不脱隨霜雪汗馬趁𧽊長被鐵楊葉樓中不寄書蓮花劒上空流血匈奴未滅不言家驅逐行行邊徼賒歸心海外見明月别思天邊夢落花天邊一作落花迴望何悠悠芳樹無人渡隴頭春雲不變陽關雪桑葉先知胡地秋田疇不賣盧龍策寶憲思勒燕然石麾兵静北垂此日交河湄欲令塞上無干戚會待單于繫頸時

賦戚夫人楚舞歌

定陶城中是妾家妾年二八顔如花閨中歌舞未終曲天下死人如亂麻漢王此地因征戰未出簾櫳人已薦風花菡萏落轅門雲雨裴回入行殿日夕悠悠非舊鄉飄飄處處逐君王閨門向一作玉闕門裏通歸夢銀燭迎來在戰場相從一作從來顧恩不顧已何異浮萍寄深水逐戰曾迷隻輪下隨君幾陷重圍裏此時平楚復平齊咸陽宫闕到關西珠簾夕殿聞鐘磬白日秋天憶鼓鼙君王縱恣翻成誤吕后由來有深妬不奈君王容鬢衰相存相顧能幾時黄泉白骨不可報雀釵翠羽從此辭君楚歌兮妾楚舞脉脉相看兩心苦曲未終兮袂更揚君流涕兮妾斷腸已見儲君一作謀臣歸惠帝徒留愛子付周昌

句

耳臨清渭洗心向白雲閑紀事云唐舊考諸科初皆考功主之開元二十四年昂爲員外主試事昂性剛急集貢士與之約有請託者當首落之既而昂外舅舉進士李權昂召權庭數之且斥其章句之瑕以辱焉權應曰人或相知竊聞左右非敢求也鄙文不臧既聞命矣執事昔有雅什愚將切磋可乎昂怒而嬉笑曰有何不可權曰耳臨清渭洗心向白雲閑非執事詞耶昔唐堯讓天下于許由由惡聞故洗耳今天子春秋鼎盛不揖讓

於廷下而洗耳何哉昂聞駭而起不知所酬訴執政下禮吏自後以省郎位輕不足臨多士以禮部侍郎專之

庫狄履温

庫狄履温官尚書員外郎兼充節度判官開元九年宇文融括田時奏置勸農判官以履温等二十九人並攝御史分行天下詩一首

夏晚初霽南省寓直用餘字時兼尚書郎節度判官

薄宦因時泰涼宵寓直初沈沈仙閣閉的的暗更徐霽色連空上炎氛入夜除星迴南斗落月度北窗虛待漏殘燈照含芳襲氣餘寐來冠不解奏罷草仍書幕府慙良策明曹媿散樗命輕徒有報義重更難疎燕厦欣成託鵷行濫所如晨趨當及早復此戒朝車

寇坦

寇坦開元時人詩二首

同皇甫兵曹天官寺浴室新成招友人賞會

温室歡初就蘭交托勝因共聽無漏法兼濯有爲塵水潔三空性香沾四大身清心多善友頌德慰同人

同張少府和庫狄員外夏晚初霽南省寓直時兼充節度判官之作

黃綬歸休日仙郎復奏餘晏居當夏晚寓直會晴初露散星文發雲披水鏡虛高才推獨唱嘉會喜連茹月色搖春閣香煙靄瑣廬千門傳夜警萬象照階除少孺嘉能賦文强閱賜書兼曹謀未展入幕志方攄爲奉靈臺帛恭先待漏車貞標不可仰空此樂樵漁

李休烈

李休烈開元中洛陽尉詩一首

詠銅柱

天門街裏倒天樞火急先須卸火珠計合一條絲線挽何勞兩縣索人夫長壽三年武后建銅柱謂之天樞開元中詔毀先是有訛言云一條絲挽天樞故休烈詩及之

全唐詩

李林甫

李林甫高祖從父弟之孫初爲千牛直長其舅姜皎深愛之開元初遷太子中允與源乾曜有姻親乾曜執政其子絜爲林甫求司門郎中乾曜薄其爲人不許後宇文融引爲御史歷吏部侍郎執政薦其有宰相才即拜黃門侍郎平章事再進兵部尚書尋代張九齡爲中書集賢殿大學士林甫性沈密城府深阻多猜忌能陰中人秉鈞二十年朝野側目素寡學術其題尺皆郭慎微苑咸代爲之今存詩三首

送賀監歸四明應制

挂冠知止足豈獨漢疏賢入道求真侶辭恩訪列僊睿文含日月宸翰動雲煙鶴駕吳鄉遠遙遙南斗邊

奉和聖製次瓊岳應制

東幸從人望西巡順物回雲收二華出天轉五星來十月農初罷三驅禮復開更看瓊岳上佳氣接神臺

秋夜望月憶韓席等諸侍郎因以投贈

秋天碧雲夜明月懸東方皓皓庭際色稍稍林下光桂華澄遠近璧彩散池塘鴻雁飛難度關山曲易長揆予秉孤直虛薄忝文昌握鏡慚先照持衡媿後行多才衆君子載筆久詞場作賦推潘岳題詩許謝康當時陪宴語今夕恨相望顧欲接高論清晨朝建章

楊炎

楊炎字公南鳳翔人初爲河西節度掌書記拜起居舍人歷禮部郎中遷中書舍人與常袞並掌綸誥袞長於除書炎善於德音時稱常楊進吏部侍郎坐附元載貶道州司馬德宗即位崔祐甫薦其文學器用上亦自聞其名拜門下侍郎同平章事再貶崖州司馬炎初奏請內府租賦仍歸左藏庫及定兩稅法頗有嘉聲專政後惟務報讐搆害意爲愛憎卒至賜死集十卷今存詩二首

流崖州至鬼門關作

一去一萬里千知千不還崖州何處在生度鬼門關

贈元載歌妓

雪面淡眉天上女鳳簫鸞翅欲飛去玉山翹翠步無塵楚腰如柳不勝春杜陽雜編云載寵姬薛瑤英玉質香肌善歌舞惟炎及賈至與載善得見炎作長歌贈之今不全

元載

元載字公輔岐山人嗜學好屬文以明莊老文列四子之學策入高科初授新平尉歷度支郎中肅宗嘉其奏對委以國計充使江淮都領漕輓俄遷戶部侍郎度支使并諸道轉運使以附李輔國遷中書侍郎同平章事排去忠良引用貪猥大曆中以賄敗伏誅集十卷今存詩一首

別妻王韞秀王忠嗣鎮太原以女韞秀歸載久而見輕於王之親屬韞秀勸之遊學因爲詩別之入秦

年來誰不厭龍鍾雖在侯門似不容看取海山寒翠樹苦遭霜霰到秦封

陳希烈

陳希烈宋州人長於名理開元中於禁中講老易累遷至祕書少監代張九齡專判集賢院事明皇凡有撰述必經其手李林甫知上睠待乃引爲宰相寵遇侔於林甫後爲楊國忠所嫉罷知政事祿山之亂受僞命爲中書令論陷賊罪當死肅宗以舊恩特原之長流合浦郡詩三首

賦得雲生棟梁間

一片蒼梧意氤氳生棟梁下簾山足暗開戶日添光偏

使衣裘潤能令枕簟涼無心伴行雨何必夢荊王

奉和聖製三月三日

上巳迂龍駕中流泛羽觴酒因朝太子詩爲樂賢王錦纜方舟渡瓊筵大樂張風搖垂柳色花發異林香野老歌無事（一作無公事）朝臣飲歲芳皇情被羣物中外洽恩光

省試白雲起封中

千年泰山頂雲起漢王封不作奇峰狀寧分觸石容爲霖雖易得表聖自難逢冉冉排空上依依疊影重素光非曳練靈貺是從龍豈學無心出東西任所從

張漸

張漸循之從子也天寶中楊國忠辟爲幕佐與竇華宋昱鄭昂魏仲犀同列官至翰林學士國忠敗坐誅詩一首

朗月行

朗月照簾幌清夜有餘姿洞房怨孤枕挾琴愛前墀萱草已數葉梨花復徧枝去歲草始榮與君新相知今年花未落誰分生別離代情難重論人事好乖移合比月華滿分同月易虧虧月當再圓人別星隕天吾欲竟此曲意深不可傳歎息孤鸞鳥傷心明鏡前

宋昱

宋昱天寶中爲中書舍人以附楊國忠貲產甚富爲亂兵所殺詩三首

曉次荊江

孤舟大江水水涉無昏曙雨暗迷津時雲生望鄉處漁翁閑自樂樵客紛多慮秋色湖上山歸心日邊樹徒稱竹箭美未得楓林趣向夕垂釣還吾從落潮去

題石窟寺（魏孝文所置）

梵宇開金地香龕鑿鐵圍影中羣象動空裏衆靈飛簷牖籠朱旭房廊挹翠微瑞蓮生佛步瑤樹挂天衣邀福功雖在興王代久非誰知雲朔外更覩化胡歸

樟亭觀濤

濤來勢轉雄獵獵駕長風雷震雲霓裏山飛霜雪中激流起平地吹澇上侵空翕闢乾坤異盈虛日月同艅艎從陸起洲浦隔阡通跳沫噴巖翠翻波帶景紅怒湍初抵北却浪復歸東寂聽堪增勇晴看自發蒙伍生傳或謬枚叟說難窮來信應無已申威亦匪躬衝騰如決勝迴合似相攻委質任平視誰能涯始終

全唐詩

盧象

盧象字緯卿汶水人開元中由前進士補秘書郎轉右衛倉曹掾丞相張九齡深器之擢左補闕河南府司録司勳員外郎名盛氣高少所卑下爲飛語所中左遷齊邠鄭三郡司馬入爲膳部員外郎祿山之亂象受僞署貶永州司戶起爲主客員外郎道病卒集十二卷今編詩一卷

贈程秘書

客自岐陽來吐音若鳴鳳孤飛畏（一作果　一作長）不偶獨立誰見用忽從被褐中召入承明宮聖人借顏色言事無不通殷勤拯黎庶感激論諸公將相猜賈誼圖書歸馬融顧余（一作令）久寂寞一歲麒麟閣且共歌太平勿嗟名宦薄

家叔徵君東溪草堂二首

開（一作闢）山十餘里青壁森相倚欲識堯時天（一作人）東溪白雲（一作足）是雷聲轉幽壑雲氣杳流水（一作相表裏）澗影生龍（一作蟲）蛇巖端翳楩梓（一作梓杞）大道終不易君恩曷能已鶴羨（一作算）無老時龜言攝生理浮年笑六甲元化潛一指未暇掃雲梯空慙阮氏子

今朝共遊者得性閑未歸已到仙人家莫驚鷗鳥飛水深嚴子釣松挂巢父衣雲氣轉幽寂溪流無是非名理未足羨腥臊詎所希自惟負貞意何歲當食薇

鄉試後自鞏還田家因謝鄰友見過之作

雞鳴出東邑馬倦登南巒落日見桑柘翳然丘中寒鄰家多舊識投暝來相看且問春稅苦兼陳行路難園場近陰壑草木易凋殘峰晴雪猶積澗深冰已團浮名知何用歲晏不成歡置酒共君飲當歌聊自寬

青雀歌

啾啾青雀兒飛來飛去仰天池逍遙飲啄安涯分何假扶搖九萬爲

雜詩二首

家居五原上征戰是平生獨負山西勇誰當塞下（一作上）名死生遼海戰雨雪薊門行諸將封侯盡論功獨不成

君家御溝上垂柳夾朱門列鼎會中貴鳴珂朝至尊死生在片議窮達由一言須識苦寒士莫矜狐白温

贈廣川馬先生

經書滿腹中吾識廣川翁年老甘無位家貧懶發蒙人歸洙泗學歌盛舞雩風願接諸生禮三年事馬融

峽中作

高唐幾百里樹色（一作雲樹）接陽臺晚見江山霽宵聞風雨來雲（一作雷）從三峽起天向數峰開靈境信難見輕舟那可回

竹里館

江南冰不閉山澤氣潛通臘月聞山鳥寒崖見蟄熊柳林春半合荻筍亂無叢回首金陵岸依依向北風

永城使風

長風起秋色，細雨含落暉。夕鳥向林去，晚帆相逐飛。蟲聲出亂草，水氣薄行衣。一別故鄉道，悠悠今始歸。

和徐侍郎叢篠詠（一作蔣渙詩）

中禁夕沈沈，幽篁別作林。色連雞樹近，影落鳳池深。爲重凌霜節，能虛應物心。年年承雨露，長對紫庭陰。

駕幸温泉

傳聞聖主幸新豐，清蹕鳴鑾出禁中。細草（一作佳氣）終朝隨步輦，垂楊幾處繞行宮。千官扈從驪山北，萬國來朝渭水東。此日小臣徒（一作從）獻賦，漢家誰復重揚雄。

奉和張使君宴加朝散

佐理星辰貴，分榮渙汗深。言從大夫後，用答聖人心。騎擁軒裳客，鸞驚翰墨林。停杯歌麥秀，秉燭醉棠陰。爽氣凌秋笛，輕寒散暝砧。祇應將四子，講德謝（一作識）知音。

贈張均員外

公門世緒（一作業）昌，才子冠裵王。出自平津邸，還爲吏部郎。神仙餘氣色，列宿動（一作助，一作炳）輝光。夜直南宮靜（一作近），朝趨北禁長。時人歸（一作窺）水鏡，明主賜衣裳。翰苑飛鸚鵡，天池待鳳凰。承歡（一作欣）疇日顧，未紀（一作記）後時傷。去去圖南遠，微才幸不忘。

送祖詠

田家宜伏臘，歲晏子言歸。石路雪初下，荒村（一作山）雞共飛。東原多（一作同）煙火，北澗隱寒暉。滿酌野人酒，倦聞鄰女機。胡爲困（一作因）樵采，幾日罷（一作解，一作被）朝衣。

送綦母潛

夫君不得意，本自滄海（一作江）來。高足未云騁，虛舟空復迴。淮南楓葉落，灞岸桃花開。出處暫爲耳，沈浮安繫哉。如何天覆物，還遣世遺才。欲識秦將漢，嘗聞王與裵。離筵對寒食，別雨乘春雷。會有徵書到，荷衣且（一作莫）漫裁。

送趙都護赴安西

下客（一作結髮，一作結客）候旌麾，元戎復在斯。門（一作文）開都護府，兵動羽林兒。黠虜多翻覆，謀臣有別離。智同天所授，恩共日相隨。漢使開賓幕，胡笳送酒卮。風霜迎馬首，雨雪事魚麗。上策應無戰，深情屬載馳。不應行萬里，明主寄安危。

追涼歷下古城西北隅此地有清泉喬木（一本題上有同李北海四字）

謝朓出華省，王祥貽佩刀。前賢眞可慕，衰病意空勞。貞悔不自卜，遊隨共爾曹。未能齊得喪，時復誦離騷。闕蔭七賢地，醉餐三士桃。蒼苔虞舜井，喬木古城壕。漁父偏相狎，堯年不可逃。蟬鳴秋雨霽，雲白曉山高。咫尺傳雙鯉，吹噓借（一作落）一毛。故人皆得路，誰肯念同袍。

戲贈邵使君張郎

少婦石榴裙，新妝白玉面。能迷張公子，不許時相見。

同王維過崔處士林亭

映竹時聞轉轆轤，當窗只見網蜘蛛。主人非病常高臥，環堵蒙籠一老儒。

寄河上段十六（一作王維詩）

與君相識（一作見）即相親，聞道君家住（一作在）孟津。爲見行舟試借問，客中時有洛陽人。

寒食

子推言避世，山火遂焚身。四海同寒食，千秋爲一人。深冤何用道，峻跡古無隣。魂魄山河氣，風雷御寓神。光煙榆柳滅，怨曲龍蛇新。可歎文公霸，平生負此臣。

八月十五日象自江東止田園移庄慶會未幾歸汶上小弟幼妹尤嗟（一作悲）其別兼賦是詩三首（俱見王維集第一首題云休假還舊業第二第三首題云別弟妹）

謝病始告歸，依然入桑梓。家人皆佇立，相候衡門裏。疇類（一作時輩）皆長年，成人舊童子。上堂家（一作嘉）慶畢，顧與親姻邇。（一作齒）論舊或餘悲，思（一作目）存且相喜。田園轉蕪沒，但有寒泉水。衰柳日蕭條，秋光清邑里。入門乍如客，休騎非便止。中飲（一作飯）顧王程，離憂從此始。

兩妹日長成，雙鬟將及人。已能持寶瑟，自解掩羅巾。念昔別時小，未知疏與親。今來識離恨，掩（一作拭）淚方殷勤。

小弟更孩幼，歸來不相識。同居雖漸慣，見人猶默默。宛作越人言（一作語），殊鄉甘水食。別此最爲難，淚盡有餘憶。

歎白髮（一作王維詩）

我年一何長，鬢髮日已白。俛仰天地間，能爲幾時客。惆悵故山雲，裵回空日夕。何事與時人，東城復南陌。

早秋宴張郎中海亭即事（一作孟浩然詩）

邑有弦歌宰，翔鸞狎野（一作已狎）鷗。春言華省舊，暫滯（一作拂）海池遊。鬱島藏深竹，前谿對舞樓。更聞書即事，雲物是新秋。

句

吳越山多秀，新安江甚清。（見河嶽英靈集）

書名會粹才偏逸，酒號屠蘇味更醇。（贈鄭虔。見唐語林）

初疑輕煙淡古松，又似山開萬仞峰。（贈懷素。見顏眞卿序）

全唐詩

盧鴻一（新唐書作盧鴻）

盧鴻一，字浩然，范陽人，徙家洛陽。少有學業，頗善籀篆楷隸。隱於嵩山。開元中，以諫議大夫召，鴻一固辭，乃聽還山。詩十首，編爲一卷。

嵩山十志十首

草堂

草堂者，蓋因自然之谿阜，前當墉洫，資人力之締構，後加茅茨，將以避燥濕，成棟宇之用。昭簡易，叶乾坤之德，道可容膝休閑，谷神同道，此其所貴也。及靡者居之，則妄爲剪飾，失天理矣。詞曰山爲宅兮草爲堂。芝蘭兮葯房。羅蘼蕪兮拍薜荔。荃壁兮蘭砌。蘼蕪薜荔兮成草堂。陰邃兮馥馥。香中有人兮信宜常。讀金書兮飲玉漿。童顏幽操兮不易長。（一作長不揚）

倒景臺

倒景臺者。蓋太室南麓天門右崖傑峯。如臺氣凌倒景。登路有三處可憩。或曰三休臺。可以邀馭風之客。會絕塵之子。超逸眞。遢遢襟。此其所絕也。及世人登焉。則魂散神越。目極心傷矣。詞曰

天門豁兮仙臺聳。傑屹崒兮零（一作雲）澒湧。窮三休兮曠一觀（一作觀）。忽若登崑崙兮中期。汗漫仙聳天關（一作開）兮倒景臺。鶱（一作凌）顥氣兮軼囂埃。皎皎之子兮自獨立。雲可朋兮霞可吸。曾何榮辱之所及。

樾館

樾館者。蓋即林取材。基顚柘架。茅茨居不期逸。爲不至勞。清談娛賓。斯爲尚矣。及盪者鄙其隘閒。苟事宏湎。乖其賓矣。詞曰

紫巖隈兮青磎側。雲松煙蔦兮千古色。芳靃蘼兮蔭蒙蘢。幽人構館兮在其中。靃蘼蒙蘢兮開樾館。臥風霄兮坐煙（一作諸）。旦粤有賓兮時戾止。樵蘇不爨兮清談。（一本此下有而字）已永歲終朝兮常若此。

枕煙庭

枕煙庭者。蓋特峯秀起。意若枕煙。祕庭凝虛。窅若仙會。即楊雄所謂爰靜神游之庭是也。可以超絕紛世。永潔精神矣。及機士登焉。則寥閬懭悅。愁懷情累矣。詞曰

臨泱漭兮背青熒。吐雲煙兮合窅冥。悅歘翕兮沓幽靄。意縹緲兮羣仙會。窅冥仙會兮枕煙庭。竦魂形兮凝視聽。聞夫至誠必感兮祈此巓。契（一作潔）顥氣養丹田。終彷像兮覯靈仙。

雲錦淙

雲錦淙者。蓋激溜衝攢。傾石叢倚。鳴湍疊濯（一作浪）。噴若雷風。詭輝分麗。煥若雲錦。可以瑩發靈矚。幽𣈆忘歸。及匪士觀之。則反曰寒泉傷玉趾矣。詞曰

水攢衝兮石叢聳。煥雲錦兮噴洶湧。苔駮犖兮草夤緣。芳羃羃兮瀨濺濺。石攢叢兮雲錦淙。波連珠兮文沓絳。有潔冥（一作眞）者媚此幽。漱靈液兮樂天休。實獲我心兮夫何求。

期仙磴

期仙磴者。蓋危磴穹窿。迴接雲路。靈仙髣髴。若可期及。儒者毀所不見。則黜之。蓋疑冰之談信矣。詞曰

霏微陰壑兮氣騰虹。迤邐危磴兮上凌空。青霞杪兮紫雲垂。鸞歌鳳舞兮吹參差。鸞歌鳳舞兮期仙磴。鴻駕迎兮瑤華贈。山中人兮好神仙。想像聞此兮欲升煙。鑄月煉液兮竚還年。

滌煩磯

滌煩磯者。蓋窮谷峻崖。發地盤石。飛流攢激。積漱成渠。㶟性滌煩。迴有幽致。可爲智者說。難爲俗人言。詞曰

靈磯盤礴兮溜奔錯。漱泠風兮鎮冥壑。研苔滋兮泉珠潔。一飲一憩兮氣想滅。磷漣清淬兮滌煩磯。靈仙境兮仁智歸。中有琴兮徽以玉。峨峨湯湯兮彈此曲。寄聲知音兮同所欲。

羃翠庭

羃翠庭者。蓋崖巘積陰。林蘿沓翠。其上綿羃。其下深湛。可以王神。可以冥道矣。及喧者遊之。則酣譊永日。汩清薄厚。詞曰

青崖陰兮月磵曲。重幽疊邃兮隱淪躅。草樹（一作附，一作桁）綿羃兮翠蒙蘢。當其無兮庭在中。當無有用兮羃翠庭。神可谷兮道可冥。有幽人兮張素琴。皇徽兮綠水。陰德之愔兮澹多（一作忘）心。

洞元室

洞元室者。蓋因巖作室。即理談玄。室返自然。元斯洞矣。及邪者居之。則假容竊次。妄作虛誕。竟以盜言。詞曰

嵐氣肅兮巖翠冥（一作沓）。空（一作室）陰虛兮戶芳迎（一作西）。披蕙帳兮促蘿筵。談空空兮覈元元。蕙帳蘿筵兮洞元室。祕而幽兮眞可（一作且）吉。返自然兮道可冥。澤妙思兮草玄經。結幽門兮在黃庭。

金碧潭

金碧潭者。蓋水潔石鮮。光涵金碧。巖葩林蔦。有助芳陰。鑒空洞虛。道斯勝矣。而世生纏乎利害。則未暇遊之。詞曰

水碧色兮石金光。灩熠熠兮瀠湟湟。泉葩映兮煙蔦臨。紅灼灼兮翠陰陰。翠相鮮兮金碧潭。霜天洞兮煙景涵。有幽人兮好冥絕。炳其煥兮凝其潔。悠悠千古兮長不滅。

全唐詩

徐安貞

徐安貞。初名楚璧。龍丘人。應制舉。一歲三登甲科。開元中爲中書舍人。集賢院學士。帝屬文。多令視草。終中書侍郎。與李林甫同用事。天寶後避罪衡山岳寺。李邕識之。因載北歸。行至長沙。謂其守曰。瀟湘逢故人。若幽谷之覩太陽。不然。委塡巖穴矣。詩十一首。

書殿賜宴應制

校文常近日。賜宴忽升天。酒正傳杯至。饔人捧案前。玉階鳴溜水。清閣引歸煙。共惜芸香暮。春風幾萬（一作度幾）年。

從駕溫泉宮

神女調溫液。年年待聖人。試開臨水殿。來洗屬車塵。暖氣隨明主。恩波浹近臣。靈威自無極。從此獻千春。

送呂向補闕西岳勒碑

聖作西山頌。君其出使年。勒碑懸日月。驅傳接雲煙。寒盡函關路。春歸洛水邊。別離能幾許。朝暮玉墀前。

送丹陽採訪

郡縣分南國。皇華出聖朝。爲憐鄉棹近。不道使車遙。舊俗吳三讓。遺風漢六條。願言除疾苦。天子聽歌（一作謳）謠。

送王判官

明月開三峽。花源出五谿。城池青壁裏。煙火綠林西。不畏王程促。惟愁仙路迷。巴東下歸棹。莫待夜猨啼。

題襄陽圖

畫得襄陽郡依然見昔遊峴山思駐馬漢水憶迴舟丹壑常含霽青林不換秋圖書一作畫圖空咫尺千里意悠悠

程將軍夫人挽詩

琴瑟調雙鳳和鳴不獨飛正歌春可樂行泣露先晞環珮聲猶在房櫳夢不歸將軍休沐日誰勸著新衣

奉和喜雪應制

兩宮齋祭近登臨雨雪紛紛天晝陰祇爲經寒無瑞色頓教正月滿春林蓬萊北上旌門暗花萼南歸馬跡深自有三農歌帝力還將萬庾荅堯心

聞鄰家理箏

北斗橫天夜欲闌愁人倚月思無端忽聞畫閣秦箏逸知是鄰家趙女彈曲成虛憶青蛾斂調急遥憐玉指寒銀鎖重關聽未闢不如眠去夢中看

奉和聖製早度蒲津關

仙掌臨秦甸虹橋闢晉關兩都分地險一曲度河灣路得津門要時稱古戍閑城花春正發岸柳曙堪攀後乘猶臨水前旌欲換山長安迴望日宸御六龍還

奉和聖製荅二相出雀鼠谷

兩臣初入夢二月扈巡邊澗北寒猶在山南春半傳頌聲先奉御辰象復回天雲日明千里旌旗照一川柳陰低輦路草色變新田還望汾陽近宸遊自窅然

句

暮雨衣猶濕春風帆正開雲溪友議

崔翹

崔翹融之子開元中與兄禹錫相次爲中書舍人歷禮部侍郎贈荆州大都督詩三首

奉和聖製荅張說南出雀鼠谷

硤路繞河汾晴光拂一作掃曙氛笳吟中嶺樹仗入半峰雲頓覺山原盡平看邑里分早行芳草迴一作樹遶晚憩好風熏嘉頌推英宰春遊扈聖君共欣承睿渥日月照天文

送友人使夷陵

猨鳴三峽裏行客舊沾裳復道從茲去思君不暫忘開襟春葉短分手夏條長獨有幽庭桂年年空自芳

鄭郎中山亭

篆筆飛章暇園亭染翰游地奇人境別事遠俗塵收書閣山雲起琴齋澗月留泉清鱗影見樹密鳥聲幽杜馥熏梅雨荷香送麥秋無勞置驛騎文酒可一作暗相求

梁昇卿

梁昇卿與張九齡善涉學工書尤長八分書東封朝覲碑爲時絶筆歷廣州都督詩一首

奉和聖製荅張說扈從南出雀鼠谷

何意重關道千年過一作遇聖皇幽林承睿一作惠澤閑客見清光日御仙一作先途遠山靈壽域一作獻壽長寒雲入晉薄春樹隔汾香國佐同時雨天文屬歲陽從來漢家盛未若此巡方

吳鞏

吳鞏少微子以文行知名開元中爲中書舍人詩一首

白雲溪

山徑入修篁深林蔽日光夏雲生嶂遠瀑水引溪長秀跡逢皆勝清芬坐轉涼回看玉樽夕歸路賞前忘

陸海一作孫海

陸海餘慶之孫有才思與陳子昂盧藏用爲方外十友工於五言爲賀知章所賞性巖峻不附權要自省郎出牧潮州存詩二首

題奉國寺

新秋夜何爽露下風轉淒一磬竹林一作窗外一作裏又作下千燈花塔西

題龍門寺

窗燈林靄裏聞磬水聲中更與龍華會一作更籌半有會爐煙滿夕風

句

忽然一曲稱君心破却中人百家產　城外平人驅欲盡帳中猶打衮花毬諷刺詩

裴士淹

裴士淹開元末嘗爲郎官詩一首

白牡丹

長安年少惜春殘爭認慈恩紫牡丹別有玉盤乘露冷無人起就月中看

李元操

李元操開元初詩人詩一首

和從叔祿愔元日早朝

銅渾變秋節玉律動年灰曖曖城霞旦隱隱禁門開衆靈湊仙府百神朝帝臺葉令雙鳧至梁王駟馬來戈鋋映林闕歌管拂塵埃保章望瑞氣尚書免火災冠冕多秀士簪裾饒上才誰憐張仲蔚日暮反蒿萊

顧朝陽

顧朝陽開元中人詩一首

昭君怨

莫將鉛粉匣不用鏡花光一去邊城路何情更畫妝影銷胡地月衣盡漢宮香妾死非關命都一作祇緣怨斷腸

陶峴

陶峴潛之裔孫開元中家於崐山與孟彥深孟雲卿焦遂遊嘗製三舟一舟自載一舟供賓客一舟置飲饌有女樂一部奏清商之曲逢山泉則窮其景物吳越之士謂之水仙詩一首

西塞山下迴舟作

匡廬舊業是誰一作自有主吳越新居安此生白髮數莖歸未得青山一望計還成鴉翻楓葉夕陽動鷺立蘆花秋水明從此舍舟何所詣酒旗歌扇正相迎

全唐詩目 第二函

第八冊

王維 四卷

全唐詩

王維

王維字摩詰河東人工書畫與弟縉俱有俊才開元九年進士擢第調太樂丞坐累爲濟州司倉叅軍歷右拾遺監察御史左補闕庫部郎中拜吏部郎中天寶末爲給事中安禄山陷兩都維爲賊所得服藥陽瘖拘于菩提寺禄山宴凝碧池維潛賦詩悲悼聞于行在賊平陷賊官三等定罪特原之責授太子中允遷中庶子中書舍人復拜給事中轉尚書右丞維以詩名盛於開元天寶間寧薛諸王駙馬豪貴之門無不拂席迎之得宋之問輞川别墅山水絶勝與道友裴迪浮舟往來彈琴賦詩嘯詠終日篤於奉佛晚年長齋禪誦一日忽索筆作書數紙别弟縉及平生親故舍筆而卒贈秘書監寶應中代宗問縉朕常於諸王坐聞維樂章今存幾何縉集詩六卷文四卷表上之勅答云卿伯氏位列先朝名高希代抗行周雅長揖楚辭詩家者流時論歸美克成編録歎息良深殷璠謂維詩詞秀調雅意新理愜在泉成珠著壁成繪蘇軾亦云維詩中有畫畫中有詩也今編詩四卷

酬諸公見過（時官未出在輞川莊）

嗟予未喪哀此孤生屛居藍田薄地躬耕歲宴輸稅以奉粢盛晨往東皐草露未晞暮看煙火負擔來歸我聞有客足埽荆扉簞食伊何疈瓜抓棗仰厠羣賢皤然一老媿無莞簟班荆席藁汎汎登陂折彼荷花靜觀素鮪俯映白沙山鳥羣飛日隱輕霞登車上馬倏忽雲（一作雨）散雀噪荒村雞鳴空館還復幽獨重欷累歎

奉和聖製登降聖觀與宰臣等同望應制

鳳扆朝碧落龍圖耀金鏡維嶽降二臣戴天臨萬姓山川八校滿井邑三農竟比屋皆可封誰家不相慶林疎遠村出野曠寒山靜帝城雲裏深渭水天邊映佳（一作喜）氣含風景頌聲溢歌詠端拱能任賢彌彰聖君聖

奉和聖製御春明樓臨右相園亭賦樂賢詩應制

複道通長樂青門臨上路遥聞鳳吹喧闇識龍輿度褰旒明四目伏檻紆三顧小苑接侯家飛甍映宫樹商山原上碧滻水林端素銀漢下天章瓊筵承湛露將非富人寵信以平戎故從來簡帝心詎得迴天步

奉和聖製送不蒙都護兼鴻臚卿歸安西應制

上卿增命服都護揚歸旆雜虜盡朝周諸胡皆自鄶鳴笳瀚海曲按節陽關外落日下河源寒山靜秋塞萬方氛祲息六合乾坤大（一作泰）無戰是天心天心同覆載

扶南曲歌詞五首（通典云武德初因隋舊制奏九部樂四曰扶南唐書禮樂志云天寶樂曲皆以邊地名自河西至者有扶南樂舞）

翠羽流蘇帳春眠曙不開羞從面色起嬌逐語聲來早向昭陽殿君王中使催

堂上青弦動堂前綺席陳齊歌盧女曲雙舞洛陽人傾國徒相看寧知心所親

香氣傳空滿妝華影箔通歌聞天仗外舞出御樓（一作筵）中日暮歸何處花間長樂宫

宫女還金屋將眠復畏明入春輕衣好半夜薄妝成拂曙朝前殿玉墀（一作除）多珮聲

朝日照綺窗佳人坐臨鏡散黛恨猶輕插釵嫌未正同心勿遽遊幸待春妝竟

隴西行

十里一走馬五里一揚鞭都護軍書至匈奴圍酒泉關山正飛雪烽戍（一作火）斷無煙

從軍行

吹角動行人喧喧行人起笳悲（一作應）馬嘶亂爭渡金（一作黄）河水日暮沙漠陲戰聲（一作力戰）煙塵裏盡繫名王頸歸來獻（一作報）天子

早春行

紫梅發初遍黄鳥歌猶澁誰家折楊女弄春如不及愛水看妝坐羞人映花立香畏風吹散衣愁露霑濕玉閨青門裏日落香車入遊衍益相思含啼向綵帷憶君長入夢歸晚更生疑不及紅簷燕雙棲緑草時

早朝

皎潔明星高蒼茫遠天曙槐霧暗（一作鬱）不開城鴉鳴稍去始聞高閣聲莫辨更衣處銀燭已成行金（一作重）門儼騶馭

獻始興公（時拜右拾遺）

寧棲野樹林寧飲澗水（一作中流）不用坐粱肉崎嶇見王侯鄙哉匹夫節布褐將白頭任智誠則短守仁固其優側聞大君子安問黨與讎所不賣公器動爲蒼生謀賤子跪自陳可爲帳下不感激有公議曲私非所求

贈從弟司庫員外絿

少年識事淺強學干名利徒聞躍馬年苦無出人智即事豈徒言累官非不試既寡遂性歡恐招負時累清冬見遠山積雪凝蒼翠浩然出東林發我遺世意惠連素清賞夙語塵外事欲緩攜手期流年一何駛

座上走筆贈薛璩慕容損

希世無高節絕跡有卑棲君徒視人文吾固和天倪緬然萬物始及與羣物（一作牧）齊分地依后稷用天信（一作奉）重黎春風何豫人令我思東溪草色有佳意花枝稍含萸更待風景好與君藉萋萋

贈李頎

聞君餌丹砂甚有好顏色不知從今去幾時生羽翼王母翳華芝望爾崑崙側文螭從赤豹萬里方一息悲哉世上人甘此羶腥食

贈劉藍田（一作盧象詩）

籬間（一作中）犬迎吠出屋候荊（一作柴）扉歲晏輸井稅山村人夜歸晚田始家食餘布成我衣詎肯無公事煩君問是非

贈房盧氏琯

達人無不可忘己愛蒼生豈復少十（一作千）室弦歌在兩楹浮人日已歸但坐事農耕桑榆鬱相望邑里多鷄鳴秋山一何淨蒼翠臨寒城視事兼偃臥對書不簪纓蕭條人吏疎鳥雀下空庭鄙夫心所尚晚節異平生將從海岳居守靜解天刑或可累安邑茅茨君試營

贈祖三詠（濟州官舍作）

蠨蛸挂虛牖蟋蟀鳴前除歲晏涼風至君子復何如高館闃無人離居不可道閑門寂已閉落日照秋草雖有近音信千里阻河關中復客汝穎去年歸舊山結交二十載不得一日展貧病子既深契濶余不淺仲秋雖未歸暮秋以爲期良會詎幾日終日（一作自）長相思

春夜竹亭贈錢少府歸藍田

夜靜羣動息時聞隔林犬却憶山中時人家澗西遠羨君明發去采蕨輕軒冕

戲贈張五弟諲三首（時在常樂東園走筆成）

吾弟東山時心尚一何遠日高猶自臥鐘動始能飯領上髮未梳牀頭書不卷清川興悠悠空林對偃蹇青苔石上淨細草松下軟窗外鳥聲閑階前虎心善徒然萬象多澹爾太虛緬一知與物平自顧爲人淺對君忽自得浮念不煩遣

張弟五車書讀書仍隱居染翰過草聖賦詩輕子虛閉門二室下隱居十年餘宛是野人野（一作也）時從漁父漁（一作魚）秋風自（一作日）蕭索五柳高且疎望此去人世渡水向吾廬歲晏同攜手只應君與予

設罝守毚兔垂釣伺遊鱗此是安口腹非關慕隱淪吾生好清淨（一作靜）蔬食去情塵今子方豪蕩思爲鼎食人我家南山下動息自遺身入鳥不相亂見獸皆相親雲霞成伴侶虛白侍衣巾何事須夫子邀予谷口眞

胡居士臥病遺米因贈

了觀四大因根性何所有妄計苟不生是身孰休咎色聲何謂客陰界復誰守徒言蓮花目豈惡楊枝肘既飽香積飯不醉聲聞酒有無斷常見生滅幻夢受即病即實相趨空定狂走無有一法眞無有一法垢居士素通達隨宜善抖擻牀上無氊臥鍋中有粥否齋時不乞食定應空漱口聊持數斗米且救浮生取

贈裴十迪

風景日夕佳與君賦新詩澹然望遠空如意方支頤春風動百草蘭蕙生我籬曖曖日暖閨田家來致詞欣欣春還皐淡淡水生陂桃李雖未開荑萼滿芳（一作其）枝請君理還策敢告將農時

與胡居士皆病寄此詩兼示學人二首

一興微塵念橫有朝露身如是覩陰（一作都）界何方置我人礙有固爲主趣空寧捨賓洗心詎懸解悟道正迷津因愛果生病從貪始覺貧色聲非彼妄浮幻即吾眞四達竟何遣萬殊安可塵胡生但高枕寂寞與誰鄰戰勝不謀食理齊甘負薪予若未始異詎論疎與親

浮空徒漫漫汎有定悠悠無乘及乘者所謂智人舟詎捨貧病域不疲生死流無煩君喻馬任以我爲牛植福祠迦葉求仁笑孔丘何津不鼓櫂何路不摧輈念此聞思者胡爲多阻修空虛花聚散煩惱樹稀稠滅相（一作想）成無記生心坐有求降吳復歸蜀不到莫相尤

奉寄韋太守陟

荒城自蕭索萬里山河空天高秋日迥嘹唳聞歸鴻寒塘映衰草高館落疎桐臨此歲方晏顧景詠悲翁故人不可見寂寞平陵東

林園即事寄舍弟紞（次荊州時作）

寓目一蕭散銷憂冀俄頃青草肅澄陂（一作波）白雲移翠嶺後沔（一作浦）通河渭前山包鄢郢松含風裏聲花對池中影地多齊后癀（一作瘠）人帶荊州瘦徒思赤筆書詎有丹砂井心悲常欲絕髮亂不能整青簟日何長閑門晝方靜穎思茅簷下彌傷好風景

至滑州隔河望黎陽憶丁三寓

隔河見桑柘藹藹黎陽川望望行漸遠孤峰沒雲煙故人不可見河水復悠然賴有政聲遠時聞行路傳

秋夜獨坐懷內弟崔興宗

夜靜羣動息蟪蛄聲悠悠庭槐北風響日夕方高秋思子整羽翰及時當雲浮吾生將白首歲晏思滄州高足在旦暮肯爲南畝儔

和使君五郎西樓望遠思歸

高樓望所思目極情未畢枕上見千里窗中窺萬室悠悠長路人曖曖遠郊日惆悵極浦外迢遞孤煙出能賦屬上才思歸同下秩故鄉不可見雲水（一作外）空如一

酬黎居士淅川作（曇壁上人院走筆成）

儂家眞箇去公定隨儂否着處是蓮花無心變楊柳松

龕藏藥裏石唇安茶臼氣味當共知那能不攜手

送魏郡李太守赴任

與君伯氏(一作兄)別又欲與君離君行無幾日當復隔山陂蒼茫秦川盡日落桃林塞獨樹臨關門黃河向天外前經洛陽陌宛洛故人稀故人離別盡淇上轉騤騑企予悲送遠惆悵睢陽路古木官渡平秋城鄴宮(一作都)故想君行縣日其出從如雲遙思魏公子復憶李將軍

送陸員外

郎署有伊人居然古人風天子顧河北詔書除(一作肆)征東拜手辭上官緩步出南宮九河平原外七國薊門中陰風悲枯桑古塞多飛蓬萬里不見虜蕭條胡地空無爲費中國更欲邀奇功遲遲前相送握手嗟異同行當封侯歸肯訪商山翁

送宇文太守赴宣城

寥落雲外山迢遞舟中賞鐃吹發西江秋空多清響地迴古城蕪月明寒潮廣時賽敬亭神復解罟師網何處寄相思南風吹(一作搖)五兩

送綦毋秘(一作校)書棄官還江東

明時久不達棄置與君同天命無怨色人生有素風念君拂衣去四海將安窮秋天萬里淨日暮澄(一作九)江空清夜何悠悠扣舷明月中和光魚鳥際澹爾蒹葭叢無庸客昭世衰鬢日(一作白)如蓬頑疎暗人事僻陋遠天聰微物縱可采其誰爲至公余亦從此去歸耕爲老農

奉送六舅歸陸渾

伯舅吏淮泗卓魯方喟然悠哉自不競退耕東皋田條桑臘月下種杏春風前酌醴賦歸去共知陶令賢

送別

下馬飲君酒問君何所之君言不得意歸臥南山陲但去莫復問白雲無盡時

送張五歸山

送君盡惆悵復送何人歸幾日同攜手一朝先拂衣東山有茅屋幸爲埽荆扉當亦謝官去豈令心事違

齊州送祖三(一作河上送趙仙舟又作淇上別趙仙舟)

相逢方一笑相送還成泣祖帳已(一作悵忽)傷離荒城復愁入天寒遠山淨日暮長河急解纜君已遙望君猶(一作空)佇立

送縉雲苗太守

手疏謝明主腰章爲長吏方從會稽邸(一作郊)更發汝南騎按節下松陽清江響鐃吹露冕見三吳方知百城貴

送從弟蕃遊淮南

讀書復騎射帶劍遊淮陰淮陰少年輩千里遠相尋高義難自隱明時寧陸沈島夷九州外泉館三山深席帆聊問罪卉服盡成擒歸來見天子拜爵賜黃金忽思鱸魚鱠復有滄洲心天寒蒹葭渚日落雲夢林江城下楓葉淮上闇秋砧送歸青門外車馬去騑騑惆悵新豐樹空餘天際禽

送高適(一作道非)弟耽歸臨淮作(坐上作)

少年客淮泗落魄居下邳遨遊向燕趙結客過臨淄山東諸侯國迎送紛交馳自爾厭游俠閉戶方垂帷深明戴家禮頗學毛公詩備知經濟道高臥陶唐時聖主詔天下賢人不得遺公吏奉纁組安車去茅茨君王蒼龍闕九門十二逵羣公朝謁罷冠劍下丹墀野鶴終踉蹌威鳳徒參差或問理人術但致還山詞天書降北闕賜帛歸東菑都門謝親故行路日逶遲(一作迤)孤帆萬里外淼漫將何之江天海陵郡雲日淮南(一作陰)祠杳冥滄洲上蕩漭無人知緯蕭或賣藥出處安能期

送綦毋潛落第還鄉(一作送別)

聖代無隱者英靈盡來歸遂令東山客不得顧采薇既至君(一作金)門遠孰云吾道非江淮度寒食京洛(一作北)縫春衣置酒臨長道(一作長安道一作長亭送)同心與我違行當浮桂櫂未幾拂荆扉遠樹帶行客孤村(一作城)當落暉吾謀適不用勿謂知音稀

送張舍人佐江州同薛璩十韻(走筆成)

東帶趨承明守官唯謁者清晨聽銀蚪薄暮辭金馬受辭未嘗易當是(一作御)方知寡清範何風流高文有風雅忽佐江上州當自潯陽下逆旅到三湘長途應百舍香爐遠峰出石鏡澄湖瀉董奉杏成林陶潛菊盈把范蠡常好之廬山我心也送君思遠道欲以數行灑

送韋大夫東京留守

人外遺世慮空端結遐心曾是巢許淺始知堯舜深蒼生詎有物黃屋如喬林上德撫神運冲和穆宸襟雲雷康屯難江海遂(一作逐)飛沈天工寄人英龍袞贍君臨名器苟不假保釐固其任素質貫方領清景照華簪慷慨念王室從容獻官箴雲旗蔽三川畫角發龍吟晨揚天漢聲夕卷大河陰窮人(一作久)業已寧逆虜遺之擒然後解金組拂衣東山岑給事黃門省秋光正沈沈壯心與身退老病隨年侵君子從相訪重玄其可尋

資聖寺送甘二

浮生信如寄薄宦夫何有來往本無歸別離方此(一作正)受柳色藹春餘槐陰清夏首不覺御溝上銜悲執杯酒

留別山中溫古上人兄并示舍弟縉

解薜登天朝去師偶時(一作將)哲豈惟山中人兼負松上月宿昔同遊止致身雲霞末開軒臨潁陽臥視飛鳥沒好依盤石飯屢對瀑泉渴理齊小狎(一作狎小)隱道勝寧外物舍弟官崇高宗兄此(一作比)削髮荆扉但灑掃乘閑當過歇(一作拂)

觀別者

青青楊柳陌陌上別離人愛子遊燕趙高堂有老親不行無可養行去百憂新切切委兄弟依依向四鄰都門帳飲畢從此謝親賓揮涕逐前侶含悽動征輪車徒望不見時見起行塵吾(一作余)亦辭家久(一作者)看之淚滿巾

別弟縉後登青龍寺望藍田山

陌上新離別蒼茫四郊晦登高不見君故山復雲外遠樹蔽行人長天隱秋塞心悲宦遊子何處飛征蓋

別綦毋潛

端笏明光宮(一作殿)歷稔朝雲陛詔刊延閣書高議平津邸適意偶輕(一作輊)人虛心(一作遇人)削繁禮盛得江左風彌工建安體高張多絕弦截河有清濟嚴冬爽羣木伊洛方清泚渭水冰下流潼關雪中啓(一作閉非)荷篠幾時還塵纓待君洗

晦日遊大理韋卿城南別業四聲依次用各六

韻

與世澹無事，自然江海人。側聞塵外遊，解駼（一作升）軏朱輪。平（一作極）野照暄景，上天垂春雲。張組竟北阜，泛舟過東鄰。故鄉信高會，牢醴及佳辰（一作家臣）。幸同擊壤樂，心荷堯爲君。郊居杜陵下，永日同攜手。仁（一作入）里靄川陽，平原見峰首。園廬鳴春鳩，林薄媥新柳。上卿始登席，故老前爲壽。臨當遊（一作送）南陂，約略執杯酒。歸歟絀（一作繼）微官，惆悵心自咎。冬中餘雪在，墟上春流駛。風日暢懷抱，山川多秀（一作好天）氣。彫胡先晨炊（一作豐酌），庖膾亦雲（一作後）至。高情浪海嶽，浮生寄天地。君子外簪纓，埃塵良不啻。所樂衡門中，陶然忘其貴。高館臨澄陂，曠然蕩（一作望理）心目。淡蕩動雲天，玲瓏映墟曲。鵲巢結空林，雉雊響幽谷。應接無閑暇，徘徊以（一作似）躑躅。紆組上春堤，側弁倚喬木。弦望忽已晦，後期洲應綠。

冬日遊覽

步出城東門，試騁千里目。青山橫蒼林，赤日團平陸。渭北走邯鄲，關東出函谷。秦地萬方會，來朝九州牧。雞鳴咸陽中（一作市），冠蓋相追逐。丞相過列侯，羣公餞光祿。相如方（一作今）老病，獨歸茂陵宿。

華嶽

西嶽出浮雲，積雪（一作翠）在太清。連天凝（一作疑）黛色，百里遙青冥。白日爲之（一作大）寒，森沈華陰城。昔聞乾坤閉，造（一作開變）化生巨靈。右足踏方止（一作山），左手推削成。天地忽開拆，大河注東溟。遂爲西峙嶽（一作嶽崎），雄雄鎮秦京。大君包覆載，至德被羣生。上帝佇昭告，金天思奉迎。人（一作神）祇望幸久，何獨禪云亭。

同盧拾遺過韋（一作章非）給事東山別業二十韻給事首春休沐維已陪遊及乎是行亦預聞命會無車馬不果斯諾

託身侍雲陛，昧旦（一作早）趨華軒。遂陪鵷鴻侶，霄漢同飛翻。君子垂惠顧，期我於田園。側聞景龍際，親降南面尊。萬乘駐山外，順風祈一言。高陽多夔龍，荊山積璵璠。盛德啓前烈，大賢鍾後昆。侍郎文昌宮，給事東掖垣。謁帝俱來下，冠蓋盈丘樊。閨風首邦族，庭訓延鄉村。采地包山河，樹井竟川原。嚴端回綺檻，谷口開朱門。階下羣峰首，雲中瀑水源。鳴玉滿春山，列筵先朝暾。會舞何颯沓，擊鐘彌朝昏。是時陽和節，清晝猶未暄。藹藹樹色深，嚶嚶鳥聲繁。顧已負宿諾，延頸慙芳蓀。蹇步守窮巷，高駕難攀援。素是獨往客，脫冠情彌敦。

藍田山石門精舍（英華以前八句另爲一首，注云集本二詩共爲一首）

落日山水好，漾舟信歸風。探奇（一作玩奇）不覺遠，因以緣（一作尋）源窮。遙愛雲木秀（一作翠），初疑（一作言）路不同。安（一作誰）知清流轉，偶與前山通。捨舟理輕策，果然愜所適。老僧四五人，逍遙蔭松栢。朝梵林未（一作方）曙，夜禪山（一作心）更寂。道心及（一作友）牧童，世事問樵客。暝宿長林（一作井）下，焚香臥瑤席。澗芳襲人衣，山月映石壁。再尋畏迷誤，明發更登歷。笑謝桃源人，花紅復來覲。

青谿（一作過青谿水作）

言入黃花川，每逐清谿水。隨山將萬轉，趣途無百里。聲喧亂石中，色靜深松裏。漾漾（一作演）泛菱荇，澄澄映葭葦。我心素已閑，清川（一作明）澹如此。請留盤石上，垂釣將已矣。

崔濮陽兄季重前山興（山西去亦對維門）

秋色有佳興，況君池上閑。悠悠西林下，自識門前山。千里橫黛色，數峰出雲間。嵯峨對秦國，合沓藏荊關。殘雨斜日照，夕嵐飛鳥還。故人今尚爾，歎息此頹顏。

李（一作石）處士山居

君子盈天階，小人甘自免。方隨鍊金客，林上家絕巘。背嶺花未開，入雲樹深淺。清晝猶自眠，山鳥時一囀。

丁寓田家有贈（英華作田家贈丁禹，注云集作丁寓，誤也）

君心尚棲隱，久欲傍歸路。在朝每爲言，解印果成趣。晨雞鳴鄰里，羣動從所務。農夫行餉田，閨妾（一作婦）起縫素。開軒御衣服，散帙理章句。時吟招隱詩，或製閑居賦。新晴望郊郭，日暎（一作映）桑榆暮。陰晝（一作陰盡）小苑城，微明渭川樹。揆予宅閭井，幽賞何由屢。道存終不忘，迹異難相遇。此時惜離別，再來芳菲度。

渭川（一作水）田家

斜陽（一作光）照墟落，窮巷牛羊歸。野老念牧童（一作僮僕），倚杖候荊扉。雉雊（一作句）麥苗秀，蠶眠桑葉稀。田夫荷鋤至（一作立），相見語依依。即此羡閑逸，悵然吟式微。

春中田園作

屋上春鳩鳴，村邊杏花白。持斧伐遠揚，荷鋤覘泉脈。歸燕（一作新）識故巢，舊（一作故）人看新曆。臨觴忽不御，惆悵遠行客（一作送遠）。

過李楫宅

閑門秋草色，終日無車馬。客來深巷中，犬吠寒林下。散髮時未簪，道書行尚把。與我同心人，樂道安貧者。一罷宜城酌，還歸洛陽社。

韋侍郎山居

幸忝君子顧，遂陪塵外蹤。閑花滿巖谷，瀑水映杉松。啼鳥忽臨澗，歸雲時抱峰。良遊盛簪紱，繼跡多夔龍。詎枉青門道，胡（一作故，一作用）聞長樂鐘。清晨去朝謁，車（一作鞍）馬何從容。

飯覆釜山僧

晚知清淨理，日與人羣疎。將候遠山僧，先期埽弊廬。果從雲峰裏，顧我蓬蒿居。藉草飯松屑，焚香看道書。然燈晝欲盡，鳴磬夜方初。一悟寂爲樂，此日（一作生）閑有餘。思歸何必深，身世猶空虛。

謁璿上人（并序）

上人外人內天，不定不亂，捨法而淵泊，無心而雲動。色空無礙，不物物也；默語無際，不言言也。故吾徒得神交焉。玄關大啓，德海羣泳，時雨既降，春物具美。序於詩者，人百其言。

少年不足言，識道年已長。事往安可悔，餘生幸能養。誓從斷臂（一作葷）血，不復嬰世網。浮名寄纓珮，空性無羈鞅。夙承（一作從）大導師，焚香此瞻仰。頹然居一室，覆載紛萬象。高柳早鸎啼，長廊春雨響。牀下阮家屐，窗前竹杖方。將見身雲陋，彼示天壤一。心在法要願，以無生獎。

瓜園詩（并序）

維瓜園高齋，俯視南山形勝，二三時輩同賦是詩，兼命詞英數公同用園字爲韻，韻任多少。時太子司議郎薛璩發此題，遂同諸公云。

余適欲鋤瓜倚鋤聽叩門鳴騶導驄馬常從夾朱軒窮巷正傳呼故人儻相存攜手追涼風放心望乾坤藹藹帝王州宮觀一何繁林端出綺道殿頂搖華幡素懷在青山若值白雲屯回風城西雨返景原上村前酌盈尊酒往往聞清言黃鸝轉深木朱槿照中園猶羨松下客石上聞清猿

自大散以往深林密竹磴道盤曲四五十里至黃牛嶺見黃花川

危徑幾萬轉數里將三休回環見徒侶隱映隔林丘颯颯松上雨潺潺石中流靜言深谿裏長嘯高山頭望見南山陽白露靄悠悠青皐麗已淨綠樹鬱如浮曾是厭蒙密曠然銷人憂

新晴野（一作晚）望

新晴原野曠極目無氛垢郭門臨渡頭村樹連谿口白水明田外碧峰出山後農月無閑人傾家事南畝

宿鄭州

朝與周人辭暮投鄭人宿他鄉絕儔侶孤客親僮僕宛洛望不見秋霖晦平陸田父草際歸村童雨中牧主人東皐上時稼遶茅屋蟲思（一作鳴）機杼悲（一作休）雀喧禾黍熟明當渡京水昨晚（一作夜）猶金谷此去欲何言窮邊徇微祿

早入滎陽界

汎舟入滎澤茲邑乃雄藩河曲閭閻隘川中煙火繁因人見風俗入境聞方言秋野（一作晚）田疇盛朝光市井喧漁商波上客雞犬岸旁村前路白雲外孤帆安可論

渡河到清河作

汎舟大河裏積水窮天涯天波忽開拆郡邑千萬家行復見城市宛然有桑麻回瞻舊鄉國淼漫連雲霞

苦熱

赤日滿天地火雲成山嶽草木盡焦卷川澤皆竭涸輕紈覺衣重密樹苦陰薄莞簟不可近絺綌再三濯思出宇宙外曠然在寥廓長風萬里來江海蕩煩濁却顧身為患始知心未覺忽入甘露門宛然清涼樂

納涼

喬木萬餘株清流貫其中前臨大川口豁達來長風漣漪涵白沙素鮪如遊空偃臥盤石上翻濤沃微躬漱流復濯足前對釣魚翁貪餌凡幾許徒思蓮葉東

西施詠（一作篇）

豔色天下重西施寧（一作又）久微朝仍（一作為）越溪女暮（一作暝）作吳宮妃賤日豈殊衆貴來方悟稀邀（一作要）人傅香（一作脂）粉不自着羅衣君寵益嬌態君憐無是非當（一作常）時浣紗伴莫得同車歸持謝（一作寄言，一作寄謝）鄰家子（一作女）效顰安可希

李陵詠（時年十九）

漢家李將軍三代將門子結髮有奇策少年成壯士長驅塞上兒深入單于壘旌旗列相向簫鼓悲何已日暮沙漠陲戰聲煙塵裏將令驕虜滅豈獨名王侍既失大軍援遂嬰穹廬恥少小蒙漢恩何堪坐思此深衷欲有報投軀未能死引領望子卿非君誰相理

濟上四賢詠（三首濟州官舍作）

崔錄事

解印歸田里賢哉此丈夫少年曾任俠晚節更為儒遯跡（一作世）東山下因家滄海隅已聞能狎鳥余欲共乘桴

成文學

寶劍千金裝登君白玉堂身為平原客家有邯鄲娼使氣公卿坐論心（一作交）遊俠場中年不得意（一作志）謝病客遊梁

鄭霍二山人（一作寄崔鄭二山人）

翩翩繇（一作京）華子多出（一作事）金張門幸有先人業早（一作思）蒙（一作逢）明主恩童（一作同）年且未（一作末）學肉食鶩華軒豈乏（一作知）中林士無人薦至尊鄭公（一作生）老泉石霍子安丘樊賣藥不二價著書盈（一作仍）萬言息陰無惡木飲水必清源吾（一作余）賤不及議斯人竟誰論

過太乙觀賈生房

昔余棲遯日之子煙霞鄰共攜松葉酒俱篸竹皮巾攀林遍巖洞采藥無冬春謬以道門子徵為驂御臣常恐丹液就先我紫陽賓夭促萬塗盡哀傷百慮新跡峻不容俗才多反累真泣對雙泉水還山無主人

燕子龕禪師（一本有詠字）

山中燕子龕路劇羊腸惡裂地競盤屈插天多峭崿瀑泉吼而噴怪石看欲落伯禹訪未知五丁愁不鑿上人無生緣生長居紫閣六時自搥磬一飲常帶索種田燒白雲斫漆響丹壑行隨拾栗猿歸對巢松鶴時許山神請偶逢洞仙博救世多慈悲即心無行作周商倦積阻蜀物多淹泊巖腹乍旁穿澗脣時外拓橋因倒樹架柵值垂藤縛鳥道悉已平龍宮為之涸跳波誰揭厲絕壁免捫摸山木日陰陰結跏歸舊林一向石門裏任君春草深

羽林騎閨人

秋月臨高城城中管弦思離人堂上愁稚子堦前戲出門復映戶望望青絲騎行人過欲盡狂夫終不至左右寂無言相看共垂淚

偶然作六首

楚國有狂夫茫然無心想散髮不冠帶行歌南陌上孔丘與之言仁義莫能獎未嘗肯問天何事須擊壤復笑采薇人胡為乃長往

田舍有老翁垂白衡門裏有時農事閑斗酒呼鄰里喧聒茅簷下或坐或復起短褐不為薄園葵固足美動則長子孫不曾向城市五帝與三王古來稱天（一作君）子干戈將揖讓畢竟何者是得意苟為樂野田安足鄙且當放（一作忘）懷（一作志）去行行沒餘齒

日夕見太行沈吟未能去問君何以然世網嬰我故小妹日成長兄弟未有娶家貧祿既薄儲蓄非有素幾回欲奮飛踟躕復相顧孫登長嘯臺松竹有遺處相去詎幾許故人在中路愛染日已薄禪寂日已固忽乎吾將行寧俟歲云暮

陶潛任天真其性頗耽酒自從棄官來家貧不能有九月九日時菊花空滿手中心竊自思儻有人送否白衣攜壺觴果來遺老叟且喜得斟酌安問升與斗奮衣野田中今日嗟無負（一作有）兀傲迷東西蓑笠不能守傾倒強行行酣歌歸五柳生事不曾問肯媿家中婦（一作帚）

趙女彈箜篌復能邯鄲舞夫壻輕薄兒鬭雞事齊主黃

金買歌笑用錢不復數許史相經過高門盈四牡客舍有儒生昂藏出鄒魯讀書三十年腰間（一作下）無尺組被服聖人教一生自窮苦

老來懶賦詩惟有老相隨宿世（一作當代）謬詞客前身應畫師（維善畫破墨山水）不能捨餘習偶被世人知名字本皆是此心還不知（唐人萬首絕句取中四句爲絕句題曰題輞川圖）

寓言二首（次首律髓入俠少類題曰雜詩作盧象詩）

朱紱誰家子無乃金張孫驪駒從白馬出入銅龍門問爾何功德多承明主恩鬬雞平樂館射雉上林園曲陌車騎盛高堂珠翠繁奈何軒冕貴不與布衣言

君家御溝上垂柳夾朱門列鼎會中貴鳴珂朝至尊生死在八議窮達由一言須識苦寒士莫矜狐白溫

冬夜書懷

冬宵寒且永夜漏宮中發草白靄繁霜木衰澄清月麗服映頹顏朱燈照華髮漢家方尚少顧影慙朝謁

送康太守

城下滄江水江邊黃鶴樓朱闌將粉堞江水映悠悠鐃吹發夏口使君居上頭郭門隱楓岸候吏趨蘆洲何異臨川郡還勞（一作家）康樂侯

送權二

高人不可有（一作友）清論復何深一見如舊識一言知道心明時當薄宦解薜去中林芳草空隱處白雲餘故岑韓侯久攜手河嶽共幽尋悵別千餘里臨堂鳴素琴

休假還舊業便使（一作盧象詩）

謝病始告歸依依入桑梓家人皆佇立相候衡門裏時輩皆長年成人舊童子上堂嘉慶畢顧與姻親齒論舊忽餘悲目存且相喜田園轉蕪沒但有寒泉水衰柳日蕭條秋光清邑里入門乍如客休騎非便止中飲顧王程離憂從此始

歎白髮

我年一何長鬢髮日已白俛仰天地間能爲幾時客惆悵故山雲徘徊空日夕何事與時人東城復南陌

別弟妹二首（一作盧象詩）

兩妹日成長雙鬟將及人已能持寶瑟自解掩羅巾念昔別時小未知疎與親今來始離恨拭淚方殷勤

小弟更孩幼歸來不相識同居雖漸慣見人猶未覓宛作越人語殊甘水鄉食別此最爲難淚盡有餘憶

哭殷遙

人生能幾何畢竟歸無形念君等爲死萬事傷人情慈母未及葬一女纔十齡泱漭（一作決別）寒郊外蕭條聞哭聲浮雲爲蒼茫飛鳥不能鳴行人何寂寞白日（一作自）淒清憶昔君在時問我學無生勸君苦不早令君無所成故人各有贈又不及生平（一作平生）負爾非一途慟哭返柴荊

故南陽夫人樊氏挽歌

石窌恩榮重金吾車騎盛將朝每贈言入室還相敬疊鼓秋城動懸旌寒日暎不言長不歸環珮猶將聽

夷門歌

七雄（一作國）雄雌猶未分攻城殺將何紛紛秦兵益圍邯鄲急魏王不救平原君公子爲嬴停駟馬執轡愈恭意愈下亥爲屠肆鼓刀人嬴乃夷門抱關者非但慷慨獻良（一作奇）謀意氣兼將身命酬向風刎頸（一作頭）送公子七十老翁何所求

隴頭吟（樂府詩集載此於漢橫吹曲注云隴頭水）

長安（一作城）少年遊俠客夜上戍樓看太白隴頭明月迥臨關隴上行人夜吹笛關西老將不勝愁駐馬聽之雙淚流身經大小百餘戰麾下偏裨萬戶侯蘇武纔爲典屬國節旄落盡（一作空盡一作零落）海西（一作南）頭

老將行

少年十五二十時步行奪得（一作取）胡馬騎射殺中山（一作山中一作陰山）白額虎肯數鄴下黃鬚兒一身轉戰三千里一劍曾當百萬師漢兵奮迅如霹靂虜騎崩騰畏蒺藜衛青不敗由天幸李廣無功緣數奇自從棄置便衰朽世事蹉跎成白首昔時飛箭（一作雀）無全目今日垂楊生左肘路傍時賣故侯瓜門前學種先生柳蒼茫（一作茫茫）古木連（一作迷）窮巷寥（一作遼）落寒山對虛牖誓令疏勒出飛泉不似潁川空使酒賀蘭山下陣如雲羽檄交馳日夕聞節使三河募年少詔書五道出將軍試拂鐵衣如雪色聊持寶劍動星文願得燕弓射天將恥令越甲鳴吳軍（一作君）莫嫌舊日雲中守猶堪一戰取（一作樹）功勳

燕支行（時年二十一）

漢家天（一作大）將才且雄來時（一作時來）謁帝明光宮萬乘親推雙闕下千官出餞五陵東誓辭甲第金門裏身作長城玉塞中衛霍才堪一騎將朝廷不數貳師功趙魏燕韓多勁卒關西俠少何咆勃報讎只是聞嘗膽飲酒不曾妨刮骨畫戟雕戈白日寒連旗大旆黃塵沒疊鼓遙翻瀚海波鳴笳亂動天山月麒麟錦帶佩吳鉤颯沓青驪躍紫騮拔劍已斷天驕臂歸鞍共飲月支頭漢兵大呼一當百虜騎相看哭且愁教戰雖令赴湯火終知上將先伐謀

桃源行（時年十九）

漁舟逐水愛山春兩岸桃花夾去（一作古）津坐看紅樹不知遠行盡青溪不見人山口潛行始隈隩山開曠望旋平陸遙看一處攢雲樹近入千家散花竹樵客初傳漢姓名居人未改秦衣服居人共住武陵源還從物外起田園月明松下房櫳靜（一作淨）日出雲中雞犬喧（一作驚）驚（一作忽）聞俗客爭來集競引還家問都（一作鄉）邑平明閭巷埽花開薄暮漁樵乘水入初因避地去人間及至（一作更聞）成仙（一作仙遂）遂（一作去）不還峽裏誰知有人事世中遙望空雲山不疑靈境難聞見塵心未盡思鄉縣出洞無論隔山水辭家終擬長游衍自謂經過舊不迷安知峰（一作春）壑今來變當時只記入山深青溪幾曲（一作度）到雲林春來遍是桃花水不辨仙源何處尋

洛陽女兒行（時年十六一作十八）

洛陽女兒對門居纔可容顏十五餘良人玉勒乘驄馬侍女金盤膾鯉魚畫閣朱樓盡相望紅桃綠柳垂簷向羅幃送上七香車寶扇迎歸九華帳狂夫富貴在青春意氣驕奢劇季倫自憐碧玉親教舞不惜珊瑚持與人春窗曙滅九微火九微片片飛花璅戲罷曾無理曲時妝成秖是薰香坐城中相識盡繁華日夜經過趙李家

誰憐越女顏如玉貧賤江頭自浣紗

同崔傅答賢弟

洛陽才子姑蘇客桂苑（一作杜宛）殊非故（一作舊）鄉陌九江楓樹幾回青一片揚州五湖白揚州時有下江兵蘭陵鎮前吹笛聲夜火人歸富春郭秋風鶴唳石頭城周郎陸弟爲儔侶對舞前溪歌白紵曲几書蜀小史家草堂棊賭山陰墅衣冠若話外臺臣先數夫君席上珍更聞臺閣求三語遥想風流第一人

贈吴官

長安客舍熱如煮無箇（一作過）茗糜難御暑空摇白團其諦苦欲向縹囊還歸旅江鄉鯖鮓不寄來秦人湯餅那堪許不如儂家任挑達草屩撈蝦富春渚

故人張諲工詩善易卜兼能丹青草隸頃以詩見贈聊獲酬之

不逐城東遊俠兒隱囊紗帽坐彈棊蜀中夫子時開卦洛下書（一作諸）生解詠詩藥闌花逕衡門裏時復據梧聊隱几屏風誤點惑孫郎團扇草書輕内史故園高枕度三春永日垂帷絶四鄰自想（一作惜）蔡邕今已老更將書籍與何人

送崔五太守

長安廐吏來到門朱文（一作未央）露網動行軒黄花縣西九折坂玉樹宫南五丈原褒斜谷中不容幰唯有白雲當露冕子午山裏杜鵑啼嘉陵水頭行客飯劒門忽斷蜀川開萬井雙流滿眼來霧中遠樹刀州出天際澄江巴字回使君年紀（一作幾）三十餘少年白皙專城居欲持畫省郎官筆（一作草）回與臨邛父老書

寒食城東即事

清溪一道穿桃李演漾綠蒲涵白芷溪上人家凡幾家落花半落東流水蹴蹹屢過飛鳥上鞦韆競出垂楊裏少年分日作遨遊不用清明兼上巳

不遇詠

北闕獻書寢不報南山種田時不登百人會中身不預五侯門前心不能身投河朔飲君酒家在茂陵平安否且此登山復臨水莫問春風動楊柳今人昨人多自私我心不說君應知濟人然後拂衣去肯作徒爾一男兒

贈裴迪

不相見不相見來久日日泉水頭常憶同攜手攜手本同心復歎忽分襟相憶今如此相思深不深

青雀歌（與盧象崔興宗裴迪弟縉同賦）

青雀翅羽短未能遠食玉山禾猶勝黄雀爭上下唧唧空倉復若何

黄雀癡（雜言走筆）

黄雀癡黄雀癡謂言青鷇是我兒一一口銜食養得成毛衣到大啁啾解游颺各自東西南北飛薄暮空巢上羈雌獨自歸鳳凰九雛亦如此慎莫愁思顦顇損容輝

新秦郡松樹歌

青青山上松數里不見今更逢不見君心相憶此心向君君應識爲君顏色高且閑亭亭迥出浮雲間

榆林郡歌

山頭松柏林山下泉聲傷客心千里萬里春草色黄河東流流不息黄龍戍上游俠兒愁逢漢使不相識

問寇校書雙谿

君家少室西爲復少室東別來幾日今春風新買雙谿定何似餘生欲寄白雲中

寄崇梵僧（崇梵寺近東阿覆釜村）

崇梵僧崇梵僧秋歸覆釜春不還落花啼鳥紛紛亂澗户山窗寂寂閑峽裏誰知有人事郡中遥望空雲山

同比部楊員外十五夜遊有懷靜者季

承明少休沐建禮省文書夜漏行人息歸鞍落日餘懸知三五夕萬户千門闢夜出曙翻歸傾城滿南陌陌頭馳騁盡繇華王孫公子五侯家由來月明如白日共道春燈勝百花聊看侍中千寶騎強識小婦七香車香車寶馬共喧闐箇裏多情俠少年競向長楊柳市北肯過精舍竹林前獨有仙郎心寂寞却將宴坐爲行樂儻覺（一作覓）忘懷共往來幸霑同舍甘藜藿

答張五弟

終南有茅屋前對終南山終年無客常閉關終日無心長自閑不妨飲酒復垂釣君但能來相往還

雪中憶李楫

積雪滿阡陌故人不可期長安千門復萬户何處躞蹀黄金羈

送李睢陽（一本以前九句自爲一首）

將置酒思悲翁使君去出城東麥漸漸雉子斑槐陰陰到潼關騎連連車遲遲（一作連連）心中悲宋又遠周間之南淮夷東齊兒碎碎織練與素絲遊人賈客信難持五穀前熟方可爲下車閉閤君當思天子當殿儼衣裳大官尚食陳羽觴彤庭散綬垂鳴璫黄紙詔書出東廂輕紈疊綺爛生光宗室子弟君最賢分憂當爲百辟先布衣一言相爲死何況聖主恩如天鸞聲噦噦魯侯旂明年上計朝京師須憶今日斗酒別慎勿富貴忘我爲

奉和聖製天長節賜宰臣歌應制

太陽升兮照萬方開閶闔兮臨玉堂儼冕旒兮垂衣裳金天淨兮麗三光彤庭曙兮延八荒德合天兮禮神徧靈芝生兮慶雲見唐堯后兮稷卨臣匝宇宙兮華胥人盡九服兮皆四鄰乾降瑞兮坤降（一作獻）珍

登樓歌

聊上君兮高樓飛甍鱗次兮在下俯十二兮通衢綠槐參差兮車馬却瞻兮龍首前眺兮宜春王畿鬱兮千里山河壯兮咸秦舍人下兮青宫據胡牀兮書空執戟疲於下位老夫好隱兮牆東亦幸有張伯英草聖兮龍騰蚪躍擺長雲兮捩迴風琥珀酒兮彫胡飯君不御兮日將晚秋風兮吹衣夕鳥兮爭返孤砧發兮東城林薄暮兮蟬聲遠時不可兮再得君何爲兮偃蹇

雙黄鵠歌送別（時爲節度判官在涼州作）

天路來兮雙黄鵠雲上飛兮水上宿撫翼和鳴整羽族不得已忽分飛家在玉京朝紫微主人臨水送將歸悲笳嘹唳垂舞衣賓欲散兮復相依幾往返兮極浦尚裴回兮落暉岸（一作塞）上火兮相迎將夜入兮邊城鞍馬歸兮佳人散悵離憂兮獨含情

贈徐中書望終南山歌

晚下兮紫微，悵塵事兮多違。駐馬兮雙樹，望青山兮不歸。

送友人歸山歌二首（離騷題作山中人）

山寂寂兮無人，又蒼蒼兮多木。羣龍兮滿朝，君何爲兮空谷。文寡和兮思深，道難知兮行獨。悅石上兮流泉，與松間兮草屋。入雲中兮養雞，上山頭兮抱犢。神與棗兮如瓜，虎賣杏兮收穀。愧不才兮妨賢，嫌既老兮貪祿。誓解印兮相從，何詹尹兮何（一作可）卜。

山中人兮欲歸，雲冥冥兮雨霏霏。水驚波兮翠菅靡，白鷺忽兮翻飛。君不可兮褰衣，山萬重兮一雲，混天地兮不分。樹晻曖兮氛氳，猿不見兮空聞。忽山西兮夕陽，見東（一作桔）皋兮遠村。平蕪綠兮千里，眇惆悵兮思君。

魚山神女祠歌（一作漁山神女瓊智祠二首　張茂先神女賦序曰：魏濟北從事弦超，嘉平中夜夢神女來，自稱天上玉女，姓成公，字智瓊，東郡人，早失父母，天地哀其孤苦，令得下嫁。後三四日一來，即乘輜軿，衣羅綺，智瓊能隱其形，不能藏其聲，且芬香達于室宇，頗爲人知。一日，神女別去，留贈帬衫裲襠。述征記曰：魏嘉平中，有神女成公智瓊降弦超，同室疑其有姦，智瓊乃絕。後五年，超使將之洛，西至濟北漁山下陌上，遙望曲道頭有車馬似智瓊，果至洛，克復舊好。唐王勃雜曲曰：智瓊神女，來訪文君。按十道志云：漁山一名吾山，漢武帝過漁山，作瓠子歌云「吾山平兮巨野溢」是也）

迎神（一本二首題下並有曲字）

坎坎擊鼓，魚山之下。吹洞簫，望極浦。女巫進，紛屢舞。陳瑤席，湛清酤。風淒淒兮（一作又）夜雨，不知（一本無此二字）神之來兮不來，使我心兮苦復苦（一作使我心苦）。

送神

紛進舞（一作拜）兮堂前，目眷眷兮瓊筵。來不言（一作語）兮意不傳，作暮雨兮愁空山。悲急管兮（一本無兮字）思繁弦，神（一作靈）之駕兮儼欲旋。倏雲收兮雨歇，山青青兮水潺湲。

白黿渦（雜言走筆）

南山之瀑水兮，激石㵎（一作渦）瀑似雷，驚人相對兮不聞語聲。翻渦跳沫兮蒼苔溼，蘚老且厚，春草爲之不生。獸不敢驚動，鳥不敢飛鳴。白黿渦濤戲瀨（一作漱）兮，委身以縱橫。王（一作主）人之仁兮，不網不釣，得遂性以生成。

宋進馬哀詞（并序）

宋進馬者，中書舍人宋公之子也。公無弟兄，子一而已。文則有種德，亦惟肖。忽疾，倏逝，暨不及視，宋公哀之。他人悲之，故爲詞曰：

背春涉夏兮，衆木藹以繁陰。連金華與玉堂兮，宮闈鬱其沈沈。百官並入兮，何語笑之啞啞。君獨靜嘿以傷心兮，草王言兮不得辭。我悲滅思兮，少時僕夫命駕兮，出閶闔歷通逵。陌上人兮如故，識不識兮往來。眼中不見兮吾兒，驂紫騮兮從青驪。低光垂彩兮，怳不知其所之。闕朱戶兮望華軒，意斯子兮候門。忽思瘞兮城南，心瞀亂兮重昏。仰訴天之不仁兮，家唯一身，身止一子，何絹嗣之不繇。就單勘而又死，將清白兮遺誰。問詩禮兮已矣，哀從中兮不可勝。豈暇料餘年兮，復幾日黯黯兮，頹曄鳥翩翩兮疾飛，邈窮天兮不返。疑有日兮來歸，靜言思兮永絕，復驚叫兮沾衣。客有弔之者曰：觀未始兮有物，同委蛻兮胡悲。且延陵兮未至，況西河兮不知。學無生兮庶可，幸能聽於吾師。

奉和聖製賜史供奉曲江讌應制

侍從有鄒枚，瓊筵就水開。言陪柏梁宴，新下（一作自）建章來。對酒山河滿，移舟草樹迴。天文同麗日，駐景惜行杯。

從岐王過楊氏別業應教

楊子談經所（一作處），淮王載酒過。興闌啼鳥換（一作緩），坐久落花多。逕轉迴銀燭，林開散玉珂。嚴城時未啓，前路擁（一作引）笙歌。

從岐王夜宴衛家山池應教

座客香貂滿，宮娃綺幔張。澗花輕粉色，山月少燈光。積翠紗窗暗（一作透），飛泉繡戶涼。還將歌舞出，歸路莫愁長。

早朝

柳暗百花明，春深五鳳城。城烏（一作鴉）睥睨曉，宮井轆轤聲。方朔金門侍（一作召），班姬玉輦迎。仍聞遣方士，東海訪蓬瀛。

同崔員外秋宵寓直

建禮高秋夜，承明候曉過。九門寒漏徹，萬井曙鐘多。月迥藏珠斗，雲消（一作開）出絳河。更慚衰朽質，南陌共鳴珂。

輞川閑居贈裴秀才迪

寒山轉蒼翠，秋水日潺湲。倚杖柴門外，臨風聽暮蟬。渡頭餘落日，墟里上孤煙。復值接輿醉，狂歌五柳前。

寄荊州張丞相

所思竟何在，悵望深荊門。舉世無相識，終身思舊恩。方將與農圃，藝植老丘園。目盡南飛（一作無）鴈，何由寄一言。

冬晚對雪憶胡居（一作處）士家（一作工部詩非）

寒更傳曉箭（一作催曙曉），清鏡覽（一作減）衰顏。隔牖風驚竹，開門（一作簾）雪滿山。灑空深巷靜，積素廣庭閑。借問袁安舍，翛然尚閉關。

和尹諫議史館山池（開元二十年，道士尹愔爲諫議大夫，知史館事，故詩有莫上空虛之句）

雲（一作靈）館接天居，霓裳侍玉除。春池百子（一作草）外，芳樹萬年餘。洞有仙人籙，山藏太史書。君恩深漢帝，且莫上空（一作雲）虛。

奉和楊駙馬六郎秋夜即事

高樓月似霜秋夜鬱金堂對坐彈盧女同看舞鳳凰少兒多送酒小玉更焚香結束平陽騎明朝入建章

酬虞部蘇員外過藍田別業不見留之作

貧居依谷口喬木帶荒村石路枉迴駕山家誰候門漁舟膠凍浦獵火燒（一作繞）寒原唯有白雲外疏鐘聞夜猿

酬比部楊員外暮宿琴臺朝躋書閣率爾見贈之作（一作盧照鄰詩）

舊簡拂塵看鳴琴候（一作俟）月彈桃源（一作花）迷漢姓松樹（一作徑）有秦官空谷歸人少青山背日寒羨君棲隱處遙望白雲端

酬嚴少尹徐舍人見過不遇

公門暇日少窮巷故人稀偶值乘籃轝非關避白衣不知炊黍谷誰解埽荊扉君但傾茶椀無妨騎馬歸

酬張少府

晚年唯好靜萬事不關心自顧無長策空知返舊林松風吹解帶山月照彈琴君（一作苦）問窮通理漁歌入浦深

酬賀四贈葛巾之作

野巾傳惠好茲貺重兼金嘉此幽棲物能齊隱吏心早朝方暫挂晚沐復來簪坐覺囂塵遠思君共入林

送丘為落第歸江東

憐君不得意況復柳條春為客黃金盡還家白髮新五湖三畝宅（一作地）萬里一歸人知爾（一作禰）不能薦羞稱（一作為）獻納臣

送李判官赴東江（一作江東）

聞道皇華使方隨皁蓋臣封章通左語冠冕化文身樹色分揚子潮聲滿富春遙知辨璧吏恩到泣珠人

送封太守

忽解羊頭削聊馳熊首轓揚舲發夏口按節向吳門帆映丹陽郭楓攢（一作藏）赤岸村百城多候吏露冕一何尊

送嚴秀才還蜀

寧親為（一作真）令子似舅即賢甥別路經花縣還鄉入錦城山臨青塞斷江向白雲平獻賦何時至明君憶長卿

送張判官赴河西

單車曾出塞報國敢邀勳見逐張征虜今思霍冠軍沙平連白雪蓬卷入黃雲慷慨倚長劍高歌一送君

送岐州源長史歸（同在崔常侍幕中時常侍已歿）

握手一相送心悲安可論秋風正蕭索客散孟嘗門故驛通槐里長亭下槿原征西舊旌節從此向河源

送張道士歸山

先生何處去王屋訪茅（一作毛）君別婦留丹訣驅雞入白雲人間若剩（一作苦難 一作數剩）住天上復離羣當作遼城鶴仙歌使爾聞

同崔興宗送衡嶽瑗公南歸（并序）

衡嶽瑗上人者嘗學道於五峰蔭松棲雲與狼虎雜處得無所得矣天寶癸巳歲始遊于長安手提瓶笠至自萬里燕居吐論緇屬高之初給事中房公謫居宜春與上人風土相接因為道友伏臘往來房公既海內盛名上人亦以此增價秋九月杖錫南返扣門來別秦地草木摵然已黃蒼梧白雲不日而見滇陽有曹谿學者為我謝之

言從石菌閣新下穆陵關獨向池陽去白雲留故山綻衣秋日裏洗鉢古松間一施傳心法唯將戒定還

送錢少府還藍田

草色日向好桃源人去稀手持平子賦目送老萊衣每候山櫻發時同海燕歸今年寒食酒應是（一作得）返柴扉

送丘為往唐州

宛洛有風塵君行多苦辛四愁連漢水百口寄隨人槐色陰清晝楊花惹暮春朝端肯相送天子繡衣臣

送元中丞轉運江淮（一作錢起詩）

薄賦（一作稅）歸天府輕徭賴使臣歡霑賜帛老恩及卷綃人去問珠（一作殊）官俗來經石蜐（一作幾郤）春東南御（一作卸又作高非）亭上莫使（一作問）有風塵（石蜐春用文選石蜐應節而揚葩語江淹石劫賦序一名紫囂蚌蛤類也春而發花按本草謂之石決明　御亭舊本作高亭楊慎改為卸亭丹鉛總錄云卸亭在晉陵庾信詩御亭一回望風塵千里昏是也按庾集元作御亭姑蘇志望亭驛去郡北五十里先名御亭唐太守李襲譽以庾詩中回望語改望亭則高亭當作御亭或望亭為是李嘉祐有望亭詩）

送崔九興宗遊蜀

送君從此去轉覺故人稀徒御猶迴首田園方掩扉出門當旅食中路授寒衣江漢風流地遊人何歲（一作處）歸

送崔興宗

已恨親皆遠誰憐友復稀君王未西顧遊宦盡東歸塞迥（一作闊）山河淨天長雲樹微方同菊花節相待洛陽扉

送平澹然判官

不識陽關路新從定遠侯黃雲斷春色畫角起（一作越）邊愁瀚海經年到（一作別）交河出塞流須令外國使知（一作只）飲月氏頭

送劉司直赴安西

絕域陽關道胡沙（一作煙）與塞塵三春時有雁萬里少行人苜蓿隨天馬葡萄逐漢臣當令外國懼不敢覓和親

送趙都督赴代州得青字

天官動將星漢上（一作地）柳條青萬里鳴刁斗三軍出井陘忘身辭鳳闕報國取龍庭豈學書生輩窗間（一作中）老（一作著）一經

送方城韋明府

遙思葭菼際寥落楚人行高鳥長淮水平蕪故郢城使車聽雉乳縣鼓應雞鳴若見州從事無嫌手板迎

送李員外賢郎

少年何處去負米上銅梁借問阿戎父知為童子郎魚牋請詩賦橦布作衣裳薏苡扶衰病歸來幸可將

送梓州李使君

萬壑樹參天千山響（一作鄉音聽）杜鵑山中一夜（一作半）雨樹杪百重泉漢女輸橦（一作賨）布巴人訟芋田文翁翻教授不敢倚先賢

送張五諲歸宣城

五湖千萬里況復五湖西漁浦南陵郭人家春穀谿欲歸江淼淼未到草萋萋憶想蘭陵鎮可宜猿更（一作夜）啼

送友人南歸

萬里春應盡三江雁亦稀連天漢水廣孤客郢城歸鄖國稻苗秀楚人菰米（一作菜）肥懸知倚門望遙識老萊衣

送賀遂員外外甥

南國有歸舟荊門泝上流蒼茫葭菼外雲水與（一作同）昭丘

檣帶城烏去江連暮雨愁猿聲不可聽莫待楚山秋

送楊長史赴果州

褒斜不容幰之子去何之鳥道一千里猿聲（一作啼）十二時官橋祭酒客山木女郎祠別後同明月君應聽子規

送邢桂州

鐃吹喧京口風波下洞庭赭圻將赤岸擊汰復揚舲日落江湖白潮來天地青明珠歸合浦應逐使臣星

送宇文三赴河西充行軍司馬

橫吹（一作笛）雜繁笳邊風捲塞沙還聞田司馬更逐李輕車蒲類（一作壘）成秦地莎車（一作居）屬漢家當令犬戎國朝聘學昆邪

送孫二

郊外（一作郭）誰相（一作將）送夫君道術親書生鄒魯客才子洛陽人祖席依寒草行車起（一作薄）暮塵山川何（一作向）寂寞長望淚沾巾

送崔三往密州覲省

南陌去悠悠東郊不少留同懷扇枕戀獨念（一作解）倚門愁路遶天山雪家臨海樹秋魯連功未報且莫蹈滄洲

送孟六歸襄陽（一作張子容詩）

杜門不復（一作欲）出久與世情疎以此為良（一作長）策勸君歸舊廬醉歌田舍酒笑讀古人書好是一生事無勞獻子虛

初出濟州別城中故人（一作被出濟州）

微官易得罪謫去濟川陰執政方持法明君照（一作無）此心閭閻河潤上井邑海雲深縱有歸來日各（一作多）愁年鬢侵

與盧象集朱家

主人能愛客終日有逢迎貰得新豐酒復聞秦女箏柳條疎客舍槐葉下秋城語笑且為樂吾將達此生

登裴秀才迪小臺

端居不出戶滿目望（一作空）雲山落日鳥邊下秋原人外閑遙知遠林際不見此簷間好客多乘月應門莫上關

遊李山人所居因題屋壁

世上（一作人，一作人事）皆如夢狂來止（一作或）自歌問年松樹老有地竹林（一作陰）多藥倩韓康賣門容尚子過翻嫌枕席上無那（一作奈）白雲何

過崔駙馬山池

畫樓吹笛妓金椀（一作埒）酒家胡錦石稱貞女青松學大夫脫貂貰桂醑（一作酌）射雁與山廚聞道高陽會愚公谷正愚

過福禪師蘭若

巖壑轉（一作帶）微逕雲林隱法堂羽人飛奏樂天女跪焚香竹外峰偏曙藤陰水更涼欲知禪坐久行路長春芳

過香積寺（一作王昌齡詩）

不知香積寺數里入雲峰古木無人逕深山何處鐘泉聲咽危石日色冷青松薄暮空潭曲安禪制毒龍

過感化（一作配，一作化感）寺曇興上人山院（與裴迪同作）

暮持筇竹杖相待虎谿頭催客聞山響歸房逐水流野花叢發好谷鳥一聲幽夜坐空林（一作村）寂松風直似秋

夏日過青龍寺謁操禪師（與裴迪同作）

龍鍾一老翁徐步謁禪宮欲問義心義遙知空病空山河天眼裏世界法身中莫怪銷炎熱能生大地風

登辨（一作新）覺寺

竹逕從（一作連）初地蓮峰出化城窗中三楚盡（一作靜）林上（一作外）九江平軟（一作嫩）草承趺坐長松響梵聲空居法雲外觀世得無生

喜祖三至留宿

門前洛陽客下馬拂征衣不枉故人駕平生多掩扉行人返深巷積雪帶餘暉早歲同袍者高車何處歸

黎拾遺昕裴秀才迪見過秋夜對雨之作

促織鳴已急輕衣行向（一作尚）重寒燈坐高館秋雨聞疎鐘白法調狂象玄言問老龍何人顧蓬逕空愧求羊蹤

慕容承攜素饌見過

紗帽烏皮几閑居懶賦詩門看五柳識年算六身知靈壽君王賜彤胡弟子炊空勞酒食饌持底解人頤

晚春嚴少尹與諸公見過

松菊荒三逕圖書共五車烹葵邀上客看竹到貧家鵲乳先春草鶯啼過落花自憐黃髮暮一倍惜年華

鄭果州相過

麗（一作斜）日照殘春初晴草木新牀前（一作頭）磨鏡客樹下（一作林裏）灌園人五馬驚窮巷雙童逐老身中廚辦麤飯當恕（一作常恐）阮家貧

山居秋暝

空山新雨後天氣晚來秋明月松間照清泉石上流竹喧歸浣女蓮動下漁舟隨意春芳歇王孫自可留

終南別業（一作初至山中，一作入山寄城中故人）

中歲頗好道晚家南山陲興來每獨往勝事空（一作祇）自知行到水窮處坐看雲起時偶然值（一作見）林（一作鄰）叟談笑無（一作滯）還期

歸嵩山作

清（一作晴）川帶長薄車馬去閑閑流水如有意暮禽（一作雲）相與還荒城臨古渡落日滿秋山迢遞嵩高下歸來且閉（一作掩）關

歸輞川作

谷口疎鐘動漁樵稍欲稀悠然遠山暮獨向白雲歸菱蔓弱難定楊花輕易飛東皐春草色惆悵掩柴扉

韋給事山居

幽尋得此地詎有一人曾大壑隨階轉羣山入戶登庖廚出深竹印綬隔垂藤即事辭軒冕誰云病未能

山居即事

寂寞掩柴扉蒼茫對落暉鶴巢松樹遍人訪蓽門稀綠竹含新粉紅蓮落故衣渡頭煙火起處處采菱歸

終南山（題下一有行字，一作終山行）

太乙近天都連山（一作天）接（一作到）海隅白雲迴望合青靄入看無分野中峰變陰晴衆壑殊欲投人處宿隔水（一作浦）問樵夫

輞川閑居

一從歸白社不復到青門時倚簷前樹遠看原上村青菰臨水拔白鳥向山翻寂寞於陵子桔槔方灌園

春園即事

宿雨乘輕屐春寒著弊袍開畦分白水間柳發紅桃草際成棊局林端舉桔槔還持鹿皮几日暮隱蓬蒿

淇上田園即事

屏居淇水上東野曠無山日隱桑柘外河明閭井間牧童望村去獵犬隨人還靜者亦何事荆扉乘晝關

涼州郊外遊望（時爲節度判官在涼州作）

野老纔三戶邊邨少四鄰婆娑依里社簫鼓賽田神灑酒澆芻狗焚香拜木人女巫紛屢舞羅襪自生塵

觀獵（紀事題曰獵騎樂府詩集萬首絕句以前四句作五絕並題曰戎渾）

風勁（一作動）角弓鳴將軍獵渭城草枯鷹眼疾雪盡馬蹄輕忽過新豐市還歸細柳營迴看射鵰（一作落雁一作失雁）處千里暮雲平

春日上方（一作丈）即事

好讀高僧傳時看辟穀方鳩形將刻杖龜殼用支牀柳色春山映梨花（一作花明）夕鳥藏北窗桃李下閑坐（一作步）但焚香

漢江臨汎

楚塞三湘接荆門九派通江流天地外山色有無中郡邑浮前浦波瀾動遠空襄陽好風日（一作風日好）留醉與山翁（一作公）

汎前陂

秋空自明（一作明月）迥況復遠人間（一作寰）暢以沙際鶴兼之雲外山澄波（一作陂）澹將夕清月皓方閑此夜任孤櫂夷猶殊未還

登河北城樓作

井邑傅（一作傳）巖上客亭雲霧間高城眺落日極浦映蒼山岸火孤舟宿漁家夕鳥還寂寥天地暮心與廣川閑

千塔主人

逆旅逢佳節征帆未可前窗臨汴河水門渡楚人船雞犬散墟落桑榆蔭遠田所居人不見枕席生雲煙

使至塞上

單車欲問邊屬國過居延（一作衔命辭天闕單車欲問邊）征蓬出漢塞歸雁入胡天大漠孤煙直長河落日圓蕭關逢候吏（一作騎）都護在燕然

晚春歸（一作閨）思（一作春閨）

新妝可憐色落日卷羅（一作簾）帷鑪（一作淑）氣清珍簟墻陰上玉墀春蟲飛網戶暮雀隱花枝向晚多愁思閑窗桃李時

戲題示蕭氏甥

憐爾解臨池渠爺未學詩老夫何足似弊宅倘因之蘆筍穿（一作藏）荷葉菱花罥雁兒郗公不易勝莫著外家欺

秋夜獨坐（一作冬夜書懷）

獨坐悲雙鬢空堂欲二更雨中山果落燈下草蟲鳴白髮終難變黃金不可成欲知除老病唯有學無生

待儲光羲不至

重門朝已啓起坐聽車聲要欲聞清佩方將出戶迎晚鐘鳴上苑疎雨過春城了自不相顧臨堂空復情

聽宮鶯

春樹遶宮墻宮鶯囀曙光（一作春鶯次第翔）忽驚啼暫斷移處弄還長隱葉棲承露攀（一作排）花出未央遊人未應返爲此始思（一作思故）鄉

雜詩

雙燕初命子五桃新作花王昌是東舍宋玉次西家小小能織綺時時出浣紗親勞使君問南陌駐香車

留別錢起（英華題云晚歸藍田酬中書常舍人贈別或作錢起詩題云晚歸藍田酬王維給事）

卑棲却得性每與白雲歸徇祿仍懷橘看山免採薇（錢起集作別山如昨日春露已霑衣采蕨頻盈手看花空厭歸）暮禽先去馬新月待開扉霄漢時回首知音青瑣闈

留別丘爲

歸鞍白雲外繚繞出前山今日又明日自知心不閑親勞簪組送欲趁鶯花還一步一迴首遲遲向近關

愚公谷三首（青龍寺與黎昕戲題）

愚谷與誰去唯將黎子同非須一處住不那兩心空寧問春將夏誰論西復東不知吾與子若箇是愚公

吾（一作愚）家愚谷裏此谷本來平雖則行無跡還能響應聲不隨雲色暗只待日光明緣底名愚谷都由愚所成

借問愚公谷與君聊一尋不尋翻到谷此谷不離心行處曾無險看時豈有深寄言塵世客何處欲歸（一作窺）臨（一作林）

酬慕容十一

行行西陌返駐幰問車公挾轂雙官騎應門五尺僮老年如塞北強起離墻東爲報壺丘子來人道姓蒙

過始皇墓（時年十五一作二十一）

古墓成蒼嶺幽宮象紫臺星辰七曜隔河漢九泉開有海人寧渡無春雁不迴更聞松韻切疑是大夫哀

恭懿太子挽歌五首

何悟藏環早纔知拜璧年翀天王子去對日聖君憐樹轉宮猶出笳悲馬不前雖蒙絕馳道京兆別開阡

蘭殿新恩切椒宮夕臨幽白雲隨鳳管明月在龍樓人向青山哭天臨渭水愁雞鳴常問膳今恨玉京留

騎吹凌霜發旌旗夾路陳凱（一作禮）容金節護冊命玉符新傅母悲香褓君家擁畫輪射熊今夢帝秤象問何人

蒼舒留帝寵子晉有仙才五歲過人智三天使鶴催心悲陽（一作四）祿館目斷望思臺若道長安近何爲更不來

西望昆池闊東瞻下杜平山朝豫章館樹轉鳳凰城五校連旗色千門疊鼓聲金環如有驗還向畫堂生

故太子太師徐公挽歌四首

功德冠羣英彌綸有大名軒皇用風后傳說是星精就第優遺老來朝詔不名（英華注云疊押名字）留侯常辟穀何苦不長生

謀猷爲相國翊戴奉宸（一作乘）輿劒履升前殿貂蟬託後車齊侯疏土宇漢室賴圖書僻處留田宅仍纔十頃餘

舊里趨庭日新年置酒辰聞詩鸞渚客獻賦鳳樓人北首（一作闕）辭明主東堂哭大臣猶思御朱輅不惜汗車茵

久踐中台座終登上將壇誰言斷車騎空憶盛衣冠風日咸陽慘笳簫渭水寒無人當便闕應罷太師官

故西河郡杜太守挽歌三首

天上去西征雲中護北平生擒白馬將連破黑鵰城忽見芻靈苦（一作善）徒聞竹使榮空留左氏傳誰繼卜商名

返葬金符守同歸石窌妻卷衣悲畫翟持翣待鳴雞容衛都人慘山川駟馬嘶猶聞隴上客相對哭征西

塗芻去國門祕器出東園太守留金印夫人罷錦軒旌旗轉衰木簫鼓上寒原墳樹應西靡長思魏闕恩

故南陽夫人樊氏挽歌

錦衣餘翟茀繡轂罷魚軒淑女詩長在夫人法尚存凝
笳隨曉旆行哭向秋原歸去將何見誰能返戟門

達奚侍郎夫人寇氏挽詞二首（題上一有吏部二字）

束帶將朝日鳴環映牖辰能令諫明（一作皇）主相勸識賢人
遺挂空留壁迴文日覆塵金蠶將畫柳何處更知春
女史悲彤管夫人罷錦軒卜塋占二室行哭度千門秋
日光能淡寒川波（一作浪）自翻一朝成萬古松柏暗平原

送孫秀才（紀事作王縉詩）

帝城風日好況復建平家玉枕雙文簟金盤五色瓜山
中無魯酒松下飯胡麻莫厭田家苦歸期遠復賒

全唐詩

王維

奉和聖製慶玄元皇帝玉像之作應制

明君夢帝先寶命上齊天秦后徒聞樂周王恥卜年玉
京移大像金籙會羣仙承露調天供臨空敞御筵斗迴
迎壽酒山近起鑪煙願奉無爲化齋心學自然

奉和聖製與太子諸王三月三日龍池春禊應
制

故事修春禊新宮展豫遊明君移鳳輦太子出龍樓賦
掩陳王作桮如洛水流金人來捧劍畫鷁去（一作出）回舟苑
樹浮宮闕天池照冕旒宸章在雲表（一作漢）垂象滿皇州

奉和聖製上巳於望春亭觀禊飲應制

長樂青門外宜春小苑東樓開萬井（一作戶）上輦過百花中
畫鷁移仙妓（一作仗）金貂列上公清歌邀落日妙（一作妍）舞向春
風渭水明秦甸黃山入漢宮君王來祓禊灞滻亦朝宗

奉和聖製暮春送朝集使歸郡應制

萬國仰宗周衣冠拜冕旒玉乘迎大客金節送諸侯祖
席傾三省褰帷向九州楊花飛上路槐色蔭通溝來預
鈞天樂歸分漢主憂宸章類河（一作在雲）漢垂象滿中（一作皇）州（統籤注云重韻誤）

三月三日曲江（一有樓字）侍宴應制

萬乘親齋祭千官喜豫遊奉迎從上苑祓禊向中流草
樹連容衞山河對冕旒畫旗搖浦溆春服滿汀洲仙籞
龍（一作樂）媒下神皁鳳蹕留從今億萬歲天寶紀（一作紹）春秋

奉和聖製重陽節宰臣及羣官上壽應制

四海方無事三秋大有年百生無此日萬壽願齊天芍
藥和金鼎茱萸插玳筵玉堂開右个天樂動宮懸御柳
疎秋景城鴉拂曙煙無窮菊花節長奉柏梁篇

三月三日勤政樓侍宴應制

綵仗連宵合瓊樓拂曙通年光三月裏宮殿百花中不
數秦王日誰將洛水同酒筵嫌落絮舞袖怯春風天保
無爲德人歡不戰功仍臨九衢宴更達四門聰

奉和聖製十五夜然燈繼以酺宴（一有之作二字）應制

上路笙歌滿春城漏刻長遊人多晝日明月讓燈光魚
鑰通翔鳳龍輿出建章九衢陳廣樂百福透（一作逕）名香仙
伎來金殿都人遶玉堂定（一作止）應偷妙（一作豔）舞從此學新妝
奉引迎三事司儀列（一作立）萬方願將天地壽同以獻君王

奉和聖製幸玉眞公主山莊因題石壁十韻之
作應制

碧落風煙外瑤臺道路賒如何連帝苑別自有仙家此
地回（一作匝）鸞駕緣谿轉翠華洞中開日月窗裏發雲霞庭
養冲天鶴溪流（一作留）上漢查種田生白玉泥竈化丹砂谷
靜泉逾響山深日易斜御羹和石髓香飯進胡麻大道
今無外長生詎有涯還瞻九霄上來往五雲車

春日直門下省早朝（時爲右補闕）

騎省直明光雞鳴謁建章遙聞侍中珮闇識令君（一作公）香
玉漏隨（一作催）銅史天書拜（一作問）夕郎旌旗映閶闔歌吹滿昭
陽官舍梅初紫宮門柳欲黃願將遲日意同與聖恩長

和僕射晉公扈從溫湯（時爲右補闕）

天子幸新豐旌旗渭水東寒（一作遠）山天仗外（一作裏）溫谷幔城
中奠玉羣仙座焚（一作薰）香太乙宮出遊逢牧馬罷獵見（一作有）
非熊上宰無爲化明時太古同靈芝三秀紫陳粟萬箱
紅王禮（一作王醴）尊儒教天兵小戰功謀猶歸哲匠詞賦屬文
宗司諫方無闕陳詩且未工長吟吉甫頌朝夕仰清風

和宋中丞夏日遊福賢觀天長寺寺即陳左相
宅所施之作

巳相殷王國空餘尚父谿釣磯開月殿築道出雲梯積
水浮香象深山鳴白雞虛空陳（一作無）伎樂衣服製虹霓墨
（一作黑）點三千界丹飛六一泥桃源勿遽返再訪恐君迷

和陳監四郎秋雨中思從弟據

嫋嫋秋風動淒淒煙雨繁聲連鳷鵲觀色暗鳳凰原細
柳疎高閣輕槐落洞門九衢行欲斷萬井寂無喧忽有
愁霖唱更陳多露言平原思令弟康樂謝賢昆逸興方
三接衰顏強七奔相如今老病歸守茂陵園

上張令公

珥筆趨丹陛垂璫上玉除步檐青瑣闥方幰畫輪車市
閱千金字朝聞（一作開）五色書致君光帝典薦士滿公車伏
奏回金駕橫經重石渠從茲罷角觝且（一作希）復幸儲胥天
統知堯後王章笑魯初匈奴遙俯伏漢相儼簪裾賈生
非不遇汲黯自堪疎學易思求我言詩或起予當從大
夫後何惜隸人餘

贈焦道士

海上遊三島淮南預八公坐知千里外跳向一壺中縮
地朝珠闕行天使玉童飲人聊割酒送客乍分風天老
能行氣吾師不養空（類箋注云有誤）謝君徒雀躍無可問鴻濛

贈東嶽焦鍊師

先生千歲（一作載）餘五嶽遍曾居遙識齊侯鼎新過王母廬

不能師孔墨何事問長沮玉管時來鳳銅盤即釣魚竦身空裏語明目夜中書自有還丹(一作井砂)術時論太素初頻蒙露版詔時降軟輪車山靜泉逾響松高枝轉踈揩(一作文)頤問樵客世上復何如

送秘書晁監還日本國并序

舜覲羣后有苗不格禹會諸侯防風後至動干戚之舞興斧鉞之誅乃貢九牧之金始頒五瑞之玉我開元天地大寶聖文神武應道皇帝大道之行先天布化乾元廣運涵育無垠若華為東道之標戴勝為西門之候豈甘心於筇杖非徵貢於包茅亦由呼耶來朝舍於葡萄之館卑彌遣使報以蛟龍之錦犧牲玉帛以將厚意服食器用不寶遠物百神受職五老告期況乎戴髮含齒得不稽顙屈膝海東國日本為大服聖人之訓有君子之風正朔本乎夏時衣裳同乎漢制歷歲方達繼舊好於行人滔天無涯貢方物於天子同儀加等位在王侯之先掌次改觀不居蠻夷之邸我無爾詐爾無我虞彼以好來廢關弛禁上敷文教虛至實歸故人民雜居往來如市晁司馬結髮遊聖負笈辭親問禮於老聃學詩於子夏魯借車馬孔丘遂適於宗周鄭獻縞衣季札始通於上國名成太學官至客卿必齊之姜不歸娶於高國在楚猶晉亦何獨於由余遊宦三年願以君羮遺母不居一國欲其晝錦還鄉莊舄既顯而思歸關羽報恩而終去於是稽首北闕裹足東轅篋命賜之衣懷敬問之詔金簡玉字傳道經於絕域之人方鼎彝尊致分器於異姓之國琅琊臺上回望龍門碣石館前夐然鳥逝鯨魚噴浪則萬里倒回鷁首乘雲則八風却走扶桑若薺鬱島如萍沃白日而簸三山浮蒼天而吞九域黃雀之風動地黑蜃之氣成雲森不知其所之何相思之可寄嘻去帝鄉之故舊謁本朝之君臣詠七子之詩佩兩國之印恢我王度諭彼蕃臣三寸猶在樂毅辭燕而未老十年在外信陵歸魏而逾尊子其行乎余贈言者

積水不可極安知滄海東九州何處遠(一作所)萬里若乘空向國唯看日歸帆(一作遠)但信風鰲身映天黑魚(一作蜃)眼射波紅鄉樹扶桑外主人孤島中別離方異域音信若為通

(姚合稱此詩及送丘為下第歸江東三首為詩家射鵰手而以此篇壓卷)

送禰(一作徐)郎中

東郊春草色驅馬去悠悠況復鄉山外猿啼湘水流島夷傳露版江館候鳴騶卉服為諸吏珠官拜本州孤鶯吟遠墅野杏發山郵早晚方歸奏南中纔(一作絕)忌秋

送李太守赴上洛

商山包楚鄧積翠藹沈沈驛路飛泉灑關門落照深野花開古戍行客響空林板屋春多雨山城晝欲陰丹泉通虢略白羽抵荊岑若見西山爽應知黃綺心

送熊九赴任安陽

魏國應劉後寂寥文雅空漳河如舊日之子繼清風阡陌銅臺下閭閻金虎中(金虎臺在鄴鎮)送車盈灞上輕騎出關東相去千餘里西園明月同

山中示弟

山林吾喪我冠帶爾成人莫學嵇康懶且安原憲貧山陰多北戶泉水在東鄰緣合妄相有性空無所親安知廣成子不是老夫身

青龍寺曇壁上人兄院集并序(與王昌齡裴迪弟縉同作序云江寧大兄即昌齡也)

吾兄大(一作天)開蔭中明(一作朝)徹物(一作獨)外以定力勝敵以惠用解嚴深居僧坊傍俯人里高原陸地下映芙容之池竹林果園中秀菩提之樹八極氛(一作氣)霽萬彙塵息太虛寥廓南山為之端倪皇州蒼茫渭水貫於天地經行之後趺坐而閑升堂梵筵餌客香飯不起而遊覽不風而清涼得世界於蓮花寄文章於貝葉時江寧大兄持片石命維序之詩五韻座上成

高處敞招提虛空詎有倪坐看南陌騎下聽秦城雞眇眇孤煙起芊芊遠樹齊青山萬井外落日五陵西眼界今無染心空安可迷

濟州過趙叟家宴

雖與人境接閉門成隱居道言莊叟事儒行魯人餘深巷斜暉靜閑門高柳踈荷鋤修藥圃散帙曝農書上客摇芳翰中廚饋野蔬夫君第高飲景晏出林閭

春過賀遂員外藥園

前年槿籬故新作藥欄成香草為君子名花是長卿水穿盤石透藤繫古松生畫(一作書)畏開廚走來蒙倒屣迎蔗漿菰米飯蒟醬露葵羮頗識灌園意於陵不自輕

過盧四員外宅看飯僧共題七韻

三賢異七聖(一作賢)青眼慕青蓮乞飯從香積裁衣學水田上人飛錫杖檀越施金錢趺坐簷前日焚香竹下煙寒空法雲地秋色淨居天身逐因緣法心過次第禪不須愁日暮自有一燈然

河南嚴尹弟見宿弊廬訪别人賦十韻

上客能論道吾生學養蒙貧交世情外才子古人中冠上方簪(一作安)豸車邊已畫熊拂衣迎五馬垂手憑雙童花醥(一作醴)和松屑(蜀都賦觴以醥清注酒清謂之醥)茶香透竹叢薄霜澄夜月殘雪帶春風古壁蒼苔黑寒山遠燒紅眼看東候別心事北川(一作山)同為(一作若)學輕先輩何能訪老翁欲知今日後不樂為車公

投道一師蘭若宿(一作宿道一上方院)

一公棲太白高頂出風(一作雲)煙梵流諸壑(一作澗)遍花雨一峰偏跡為無心隱名因立教傳鳥來還語法客去更安禪晝涉松路(一作露)盡暮投蘭若邊洞房隱深竹清夜聞遙泉向是雲霞裏今成枕席前豈唯暫留宿服事將窮年

遊化感寺

翡翠香煙合琉璃寶地(一作殿)平龍宮連棟宇虎穴傍檐楹谷靜唯松響山深無鳥聲瓊峰當戶拆金澗透林明(一作鳴)郢路雲端迥秦川雨外晴鴈王銜果獻鹿女踏花行抖擻辭貧里歸依宿化城繞籬生野蕨(一作蕨)空館發山櫻香飯青菰米嘉蔬綠筍莖(一作芋羹)誓陪清梵末端坐學無生

遊悟真寺(一作王縉詩)

聞道黃金地仍開白玉田擲山移巨石呪嶺出飛泉猛

虎同三遲愁猿學四禪買香然綠桂乞火踏（一作蹋）紅（一作青）蓮
草色搖霞上松聲汎月邊山河窮百二世界接（一作滿）三千
梵宇聊憑視（一作平覽）王城遂渺然灞陵纔出樹渭水欲連天
遠縣分諸（一作朱）郭孤村起白煙望雲思聖主披霧隱（一作憶）羣
賢薄宦慚尸素終身擬尚玄誰知草菴客曾和柏梁篇

與蘇盧二員外期遊方丈寺而蘇不至因有是作

共仰頭陀行能忘世諦情回看雙鳳闕相去一牛鳴法
向空林說心隨寶地平手巾花氎淨香帔稻畦成聞道
邀同舍相期宿化城安知不來往翻得似無生

曉行巴峽

際曉投巴峽餘春憶帝京晴江一女浣朝日衆雞（一作禽）鳴
水國舟中市山橋樹杪行登高萬井出眺迥二流明人
作殊方語鶯為故國聲賴多（一作說）山水趣稍解別離情

清如玉壺冰（一本題上有賦得二字京兆府試時年十九）

玉壺何用好偏許素冰居（一作藏冰玉壺裏冰水類方諸）未共銷丹日還同
照綺疏抱明中不隱含淨外疑虛氣似庭霜積光言砌
月餘曉凌飛鵲鏡宵暎聚螢書若向夫君比清心尚不
如（一作若向貪夫比貞心定不如）

賦得秋日懸清光

寥廓涼天靜晶明白日秋圓光含萬象碎影入閑流迴
與青冥合遙同江甸浮晝陰殊衆木斜影下危樓宋玉
登高怨張衡望遠愁餘輝如可託雲路豈悠悠

東谿玩月（一作王昌齡詩）

月從斷山口遙吐柴門端萬木分空霽流陰中夜攢光
連虛象白氣與風露寒谷靜秋泉響巖深青靄殘清燈
入幽夢破影抱空巒恍惚琴窗裏松谿曉思難

田家

舊穀行將盡良苗（一作田）未可希老年方愛粥卒歲且無衣
雀乳青苔井雞鳴白板扉柴車駕羸牸草屩牧豪（一作羣）豨
夕（一作多）雨紅榴拆新秋綠芋肥餉田桑下憩旁舍草中歸
住處名愚谷何煩問是非

沈十四拾遺新竹生讀經處同諸公之作

閑居日清靜修竹自（一作復）檀欒嫩節留餘籜新叢出舊闌
細枝風響亂疎影月光寒樂府裁龍笛漁家伐釣竿何
如道門裏青翠拂仙壇

雜詩

朝因折楊柳相見洛陽隅（一作城）楚國無如妾秦家自有夫
對人傳玉腕（一作椀）暎燭解羅襦人見東方騎皆言夫壻殊
持謝金吾子煩君提玉壺

哭褚司馬

妄識皆心累浮生定死媒誰言老龍吉未免伯牛災故
有求仙藥仍餘遯俗杯山川秋樹苦窗戶夜泉哀尚憶
青騾去寧知白馬來漢臣修史記莫蔽褚生才

過沈居士山居哭之

楊朱來此哭桑扈返於真獨自成千古依然舊四鄰閑
簷喧鳥鵲故榻滿埃塵曙月孤鶯囀空山五柳春野花
愁對客泉水咽迎人善卷明時隱黔婁在日貧逝川嗟
爾命丘井歎吾身前後徒言隔相悲詎幾晨

哭祖六自虛（時年十八）

否極嘗聞泰嗟君獨不然憫凶纔稚齒羸疾主（一作至）中年
餘力文章秀生知禮樂全翰留天帳覽詞入帝宮傳國
訐終軍少人知賈誼賢公卿盡虛左朋識共推先不恨
依窮轍終期濟巨川才雄望羔鴈壽促背貂蟬福善聞
前錄殲良昧上玄何辜鍛鸞翮底事碎（一作何事與，又作劚）龍泉鵬
起長沙賦麟終曲阜編域中君道廣海內我情偏乍失
疑猶見沈思悟絕緣生前不忍別死後向誰宣為此情
難盡彌令憶更纏本家清渭曲歸葬舊塋邊永去長安
道徒聞（一作開）京兆阡旌車出郊甸鄉國隱雲天定作無期
別寧同舊日旋候門家屬苦行路國人憐送客哀難（一作終）
進征途泥（一作哭）復前贈言為挽曲奠席是離筵念昔同攜
手風期不暫捐南山俱隱逸東洛類神仙未省音容間
那堪生死遷花時金谷飲月夜竹林眠滿地傳都賦傾
朝看藥船羣公咸屬目微物敢齊肩謬合同人旨而將
玉樹連不期先挂劍長恐後施鞭為善吾無矣知音子
絕焉琴聲縱不沒終亦繼（一作斷）悲弦

全唐詩

王維

奉和聖（一作御）製從蓬萊向興慶閣道中留春雨中春望之作應制

渭水自縈秦塞（一作甸）曲黃山舊遶漢宮斜鑾輿迥出千（一作仙）
門柳閣道迴（一作遙）看上苑花雲裏帝城雙鳳闕雨中春樹
萬人家為乘陽氣行時令不是宸遊翫（一作重）物華

大同殿柱產玉芝龍池上有慶雲神光照殿百官共覩聖恩便賜宴樂敢書即事

欲笑周文歌宴鎬遙輕漢武樂橫汾豈知（一作如）玉殿生三
秀詎有銅池出五雲陌上堯樽傾北斗樓前舜樂動南
薰共歡天意同人意萬歲千秋奉聖君

敕賜百官櫻桃（時為文部郎）

芙蓉闕下會千官紫禁朱櫻出上闌纔（一作總）是寢園春薦
後非關御苑鳥銜殘歸鞍競帶青絲籠中使頻傾赤玉
盤飽食不須愁（一作憂）內熱大官還有蔗漿寒

敕借岐王九成宮避暑應教

帝子遠辭丹鳳闕天書遙借翠微宮隔窗雲霧生衣上
卷幔山泉入鏡中林下水聲喧語笑巖間樹色隱房櫳
仙家未必能勝此何事吹笙（一作簫）向碧空

和賈舍人早朝大明宮之作

絳幘雞人送（一作報）曉籌尚衣方進翠雲裘九天（一作重）閶闔開
宮殿萬國衣冠拜冕旒日色纔臨仙掌動香煙欲傍衮
龍浮朝罷須裁五色詔佩聲歸向（一作到）鳳池頭

和太常韋主簿五郎溫湯寓目之作

漢主離宮接露臺秦川一半夕陽開青山盡是朱旗遶
碧澗翻從玉殿來新豐樹裏行人度小苑城邊獵騎迴
聞道甘泉能獻賦懸知獨有子雲才

苑舍人能書梵字兼達梵音皆曲盡其妙戲為之贈

名儒待詔滿公車才子為郎典石渠蓮花法藏心懸悟
貝葉經文手自書楚（文苑作歲，注云集作楚，非）詞共許勝楊馬梵字何
人辨魯魚故舊相望在三事願君莫厭承明廬

重酬苑郎中（并序）時爲庫部員外

頃輙奉贈忽枉見酬敘末云且久不遷因而嘲及詩落句云應同羅漢無名欲故作馮唐老歲年亦解嘲之類也

何幸含香奉至尊多慚未報主人恩草木盡（一作豈）能酬雨露榮枯安敢問乾坤僊郎有意憐同舍丞相無私斷掃門揚子解嘲徒自遣馮唐已老復何論（或爲李林甫記室丞相蓋指李也）

酬郭給事

洞門高閣靄餘輝桃李陰陰柳絮飛禁裏疎鐘官舍晚省中啼鳥吏人稀晨搖玉佩趨金殿夕奉天書拜瑣闈強欲從君無那老將因卧病解朝衣

出塞（題下一有作字 時爲御史監察塞上作）

居延城外獵天驕白草連山野火燒暮雲空磧時驅馬秋日平原好射鵰護羌校尉朝乘障破虜將軍夜渡遼玉靶角弓珠勒馬漢家將賜霍嫖姚

既蒙宥罪旋復拜官伏感聖恩竊書鄙意兼奉簡新除使君等諸公

忽蒙漢詔還冠冕始覺殷王解網羅日比皇明猶自暗天齊聖壽未云多花迎喜氣皆知（一作猶能）笑鳥識歡心亦解歌聞道百城新佩印還來雙闕共鳴珂

送方尊師歸嵩山

仙官欲往（一作住）九龍潭旄（一作毛）節朱幡倚石龕山壓天中半天上洞穿江底出江南瀑布杉松常帶雨夕陽蒼（一作彩）翠忽成嵐借問迎來雙白鶴已曾衡嶽送蘇耽

送楊少府貶郴州

明到衡山與洞庭若爲秋月聽猿聲愁看北渚三湘遠惡（一作近 一作容）說南風五兩輕青草瘴時過夏口白頭浪裏出湓城長沙不久留才子賈誼何須弔屈平

過乘如禪師蕭居士嵩丘蘭若

無着天親弟與兄嵩丘蘭若一峰晴食隨鳴磬巢烏下行踏空林落葉聲迸水定侵香案濕雨花應共石牀平深洞長松何所有儼然天竺古先生

春日與裴迪過新昌里訪呂逸人不遇

桃源一向（一作四面 一作面面）絕風塵柳市南頭訪隱淪到門不敢題凡鳥看竹何須問主人城上（一作外）青山如屋裏東家流水入西鄰閉戶著書多歲月種松皆老作龍鱗

酌酒與裴迪

酌酒與君君自寬人情翻覆似波瀾白首相知猶按劍朱門先達笑彈冠草色全經（一作輕）細雨濕花枝欲動春風寒世事浮雲何足問不如高卧且加餐

輞川別業

不到東山向一年歸來纔及種春田雨中草色綠堪染水上桃花紅欲（一作亦）然優婁比丘經論學傴僂丈人鄉里賢披衣倒屣且相見相歡語笑衡門前

早秋山中（一作居）作

無才不敢累明時思向東谿守故籬豈厭尚平婚嫁早却嫌陶令去官遲草間蛩響臨秋急山裏蟬聲薄暮悲寂寞柴門人不到空林獨與白雲期

積雨輞川莊（一有上字）作（一作秋歸輞川莊作）

積雨空林煙火遲蒸藜炊黍餉東菑漠漠水田飛白鷺陰陰夏木囀黃鸝山中習靜觀朝槿松下清齋折露葵野老與人爭席罷海鷗何事（一作處）更相疑

聽百舌鳥

上蘭門外草萋萋未央宮中花裏栖亦有相隨過御苑不知若箇向金堤入春解作千般語拂曙能先百鳥啼萬戶千門應覺曉建章何必聽鳴雞

息夫人（題下一有怨字 一作息媯怨 時年二十 本事云寧王宅左有賣餅者妻纖白明媚王一見屬意厚遺其夫取之寵惜逾等歲餘因問曰汝復憶餅師否使見之其妻注視雙淚垂頰若不勝情王座客十餘人皆當時文士無不悽異王命賦詩維詩先成座客無敢繼者王乃歸餅師以終其志）

莫以今時（一作朝）寵難忘（一作寧無 一作寵忘）舊（一作昔）日恩看花滿眼（一作目）淚不共楚王言

班婕妤三首

玉窗螢影度金殿人聲絕秋夜守羅帷孤燈耿不滅

宮殿生秋草君王恩幸疎那堪聞鳳吹門外度金輿（此首河嶽英靈集選題作婕妤怨）

怪來妝閣閉朝下不相迎總向（一作在）春園裏花間笑語聲（此首國秀集選題作扶南曲）

輞川集（并序）

余別業在輞川山谷其遊止有孟城坳華子岡文杏館斤竹嶺鹿柴（去聲）木蘭柴茱萸沜（滸上）宮槐陌臨湖亭南垞（音茶）欹湖柳浪欒家瀨金屑泉白石灘北垞竹里館辛夷塢漆園椒園等與裴迪閒暇各賦絕句云

孟城坳

新家孟城口古木餘衰柳來者復爲誰空悲昔人有

華子岡

飛鳥去不窮連山復秋色上下華子岡惆悵情何極

文杏館

文杏裁爲梁香茅結爲宇不知棟裏雲去作人間雨

斤竹嶺

檀欒映空曲青翠漾漣漪暗入商山路樵人不可知

鹿柴（柴士邁切木作砦籬落也）

空山不見人但聞人語響返景入深林復照青苔上

木蘭柴

秋山斂餘照飛鳥逐前侶彩翠時分明夕嵐無處所

茱萸沜（沜普半切義與泮通）

結實紅且綠復如花更開山中儻留客置此芙蓉（一作茱萸）杯

宮槐陌

仄逕蔭宮槐幽陰多綠苔應門但迎埽畏有山僧來

臨湖亭

輕舸迎上（一作仙）客悠悠湖上來當軒對尊酒四面芙蓉開

南垞

輕舟南垞去北垞淼難即隔浦望人家遙遙不相識

欹湖

吹簫凌極浦日暮送夫君湖上一回首（一作看）青山卷白雲

柳浪

分行接綺樹倒影入清漪不學御溝上春風傷別離

欒家瀨

颯颯秋雨中淺淺石溜瀉跳波自相濺白鷺驚復下

金屑泉

日飲金屑泉，少當千餘歲。翠鳳翊（一作翔）文螭，羽節朝玉帝。

白石灘

清淺白石灘，綠蒲向堪把。家住水東西，浣紗明月下。

北垞

北垞湖水北，雜樹映朱闌。逶迤南川水，明滅青林端。

竹里館

獨坐幽篁裏，彈琴復長嘯。深林人不知，明月來相照。

辛夷塢

木末芙蓉花，山中發紅萼。澗户寂無人，紛紛開且落。

漆園

古人非傲吏，自闕經世務。偶寄一微官，婆娑數株樹。

椒園

桂尊迎帝子，杜若贈佳人。椒漿奠瑶席，欲下雲中君（一作身）。

皇甫嶽雲溪雜題五首

鳥鳴磵

人閑桂花落，夜靜春山空。月出驚山鳥，時鳴春澗中。

蓮花塢

日日采蓮去，洲長多暮歸。弄篙莫濺水，畏濕紅蓮衣。

鸕鷀堰

乍向紅蓮没，復出清蒲颺。獨立何褵褷，銜魚古查上。

上平田

朝耕上平田，暮耕上平田。借問問津者，寧知沮溺賢。

萍池

春池深且廣，會待輕舟迴。靡靡綠萍合，垂楊埽復開。

答裴迪輞口遇雨憶終南山之作

淼淼寒流廣，蒼蒼秋雨晦。君問終南山，心知白雲外。

山中寄諸弟妹（一本無妹字）

山中多法侶，禪誦自爲羣。城郭遥相望，唯應見白雲。

聞裴秀才迪吟詩因戲贈

猿吟一何苦，愁朝復悲夕。莫作巫峽聲，腸斷秋江客。

贈韋穆十八

與君青眼客，共有白雲心。不向東山去，日（一作自）令春草深。

送別（一作山中送別，一作送友）

山中相送罷，日暮掩柴扉。春草明年（一作年年）綠，王孫歸不歸。

臨高臺送黎拾遺

相送臨高臺，川原杳何極。日暮飛鳥還，行人去不息。

別輞川別業

依遲動車馬，惆悵出松蘿。忍別青山去，其如綠水何。

崔九弟欲往南山馬上口號與別（一無馬上口號與別六字）

城隅一分手，幾日還相見。山中有桂花，莫待花如霰。

題友人雲母障子（時年十五）

君家雲母障，時（一作持）向野庭開。自有山泉入，非因（一作關）采畫來。

紅牡丹

綠豔閑且靜，紅衣淺復深。花心愁欲斷，春色豈知心。

左掖梨花（一作海棠。與丘爲皇甫冉同作）

閑灑堦邊草，輕隨箔外風。黃鶯弄不足，銜入未央宮。

菩提寺禁口號又示裴迪

安得捨羅（一作塵）網，拂衣辭世喧。悠然策藜杖，歸向桃花源。

雜詩三首

家住孟津河，門對孟津口。常有江南船，寄書家中否。

君自故鄉來，應知故鄉事。來日綺窗前，寒梅着花未。

已見寒梅發，復聞啼鳥聲。心心視春草，畏向堦前生。

崔興宗寫眞詠（題上一有與字）

畫君年少時，如今君已老。今時新識人，知君舊時好。

山茱萸

朱實山下開，清香寒更發。幸與（一作有）叢桂花，窗前向秋月。

相思

紅豆生南國，秋來發故（一作幾）枝。願（一作贈）君多采擷（一作勸君休采擷），此物最相思。

書事（出天廚禁臠）

輕陰閣小雨，深院畫慵開。坐看蒼苔色，欲上人衣來。

哭孟浩然（時爲殿中侍御史知南選至襄陽有作）

故人不可見，漢水日東流。借問襄陽老，江山空蔡州（一作峴山）。東南一里有蔡州，蔡瑁居之故云

闕題二首

荊谿白石出，天寒紅葉稀。山路元無雨，空翠濕人衣。

相看不忍發，慘淡暮潮平。語罷更攜手，月明洲渚生（集中）。太平樂從軍辭塞上隴上游春送春及閨人贈遠等絕句本三舍人集内王涯張仲素詩今從洪邁萬首絕句删正

田園樂七首（一作輞川六言）

厭見（一作出入）千門萬户，經過北里南鄰。官府（一作蹀躞）鳴珂有底，崆峒散髮何人。

再見封侯萬户，立談賜璧一雙。詎勝耦耕南畝，何如高臥東窗。

采菱渡頭風急，策（一作起）杖林西日斜。杏樹壇邊漁父，桃花源裏人家。

萋萋春草秋綠（一作碧），落落長松夏寒。牛羊自歸村巷，童稚不識衣冠。

山下孤煙遠村，天邊獨樹高原。一瓢顏回陋巷，五柳先生對門。

桃紅復含宿雨，柳綠更帶朝煙。花落家童未埽，鶯（一作鳥）啼山客猶眠（此首一作皇甫曾詩）。

酌酒會臨泉水，抱琴好倚長松。南園露葵朝折，東谷（一作西舍）黃粱夜舂。

少年行四首

新豐美酒斗十千，咸陽遊俠多少年。相逢意氣爲君飲，繫馬高樓垂柳邊。

出身仕漢羽林郎，初隨驃騎戰漁陽。孰知不向邊庭苦，縱（一作死）死猶聞俠骨香。

一身能擘（一作臂）兩雕弧，虜騎千重（一作羣）只似無。偏坐金鞍調白羽，紛紛射殺五單于。

漢家君臣歡宴終，高議雲臺論戰功。天子臨軒賜侯印，將軍佩出明光宮。

贈裴旻將軍

腰間寶劒七星文，臂上琱弓百戰勳。見說雲中擒黠虜，始知天上有將軍。

九月九日憶山東兄弟（時年十七）

獨在異鄉爲異客每逢佳節倍思親遥知兄弟登高處徧插茱萸少一人

送王尊師歸蜀中拜埽(一無拜埽二字)

大羅天上神仙客濯錦江頭花柳春不爲碧雞稱使者唯令白鶴報鄉人

渭城曲(一作送元二使安西　渭城一曰陽關王維之所作也本送人使安西詩後遂被於歌劉禹錫與歌者詩云舊人唯有何戡在更與慇懃唱渭城白居易對酒詩云相逢且莫推辭醉聽唱陽關第四聲即勸君更盡一杯酒西出陽關無故人也渭城陽關之名蓋因辭云)

渭城朝雨浥輕塵客舍青青(一作依依)楊柳春(一作柳色新)勸君更盡一杯酒西出陽關無故人

齊州送祖二(一作送別)

送君南浦淚如絲君向東州(一作周)使我悲爲報故人顦顇盡如今不似洛陽時

送韋評事

欲逐將軍取右賢沙場走馬向居延遥知漢使蕭關外愁見孤城落日邊

靈雲池送從弟

金杯緩酌清歌轉畫舸輕移艷舞回自歎鶺鴒臨水別不同鴻鴈向池來

送沈子歸江東(一作送沈子福之)

楊柳渡頭行客稀罟師盪槳向臨圻唯有相思似春色江南江北送君(一作春)歸

與盧員外象過崔處士興宗林亭

緑樹重(一作垂)陰蓋四鄰青苔日厚自無塵科頭箕踞長松(一作林)下白眼看他世上(一作是甚)人

寒食汜上作(一作途中口號)

廣武城邊逢暮春汶陽歸客淚沾巾落花寂寂啼山鳥楊柳青青渡水人

戲題輞川別業

柳條拂地不須折松樹披雲從更長藤花欲暗藏猱子柏葉初齊養麝香

戲題盤石

可憐盤石臨(一作鄰)泉水復有垂楊拂(一作梢)酒杯若道春風不解意何因(一作因何)吹送落花來

寄河上段十六

與君相見即相親聞道君家在孟津爲見行舟試借問客中時有洛陽人

菩提寺禁裴迪來相看説逆賊等凝碧池上作音樂供奉人等舉聲便一時淚下私成口號誦示裴迪

萬戶傷心生野煙百寮何日更朝天秋槐葉落空宮裏凝碧池頭奏管弦

涼州賽神(時爲節度判官在涼州作)

涼州城外少行人百尺峰頭望虜塵健兒擊鼓吹羌笛共賽城東越騎神

劇嘲史寰

清風細雨濕梅花驟馬先過碧玉家正值楚王宮裏至門前初下七香車

歎白髮

宿昔朱顏成暮齒須臾白髮變垂髫一生幾許傷心事不向空門何處銷

伊州歌

清風明月苦相思蕩子從戎十載餘征人去日慇懃囑歸鴈來時數附書

送殷四葬(一作哭殷遥)

送君返葬石樓山松柏蒼蒼賓馭還埋骨白雲長已矣空餘流水向人間

疑夢(事文類聚)

莫驚寵辱空憂喜莫計恩讐浪苦辛黄帝孔丘何處問安知不是夢中身(舊有獻壽游春從軍平戎秋思秋夜春思贈遠十五篇本王涯張仲素詩今删去)

句

人家在仙掌雲氣欲生衣(見董逌畫跋　揚慎詩話補遺)

全唐詩目第二函

第九册

王縉　裴迪　崔興宗　苑咸

丘爲　趙驊(共一卷)

崔顥(一卷)

祖詠(一卷)

李頎(三卷)

綦毋潛(一卷)

全唐詩

王縉

王縉字夏卿與兄維早以文翰著稱連應草澤及文辭清麗科累授侍御史武部員外祿山亂選爲太原少尹與李光弼同守太原有謀略加憲部侍郎廣德二年拜黄門侍郎同平章事尋持節行營歷諸鎮大曆中召還拜門下侍郎復知政事以附元載連貶刺史後除太子賓客留司東都詩八首

古離別

下階欲離別相對映蘭叢含辭未及吐淚落蘭叢中高堂靜秋日羅衣飄暮風誰能待明月迴首見牀空

青雀歌

林間青雀兒來往翩翩繞一枝莫言不解銜環報但問君恩今若爲

同王昌齡裴廸游青龍寺曇壁上人兄院集和兄維

林中空寂舍階下終南山高臥一牀上（一作地）迴看六合間浮雲幾處滅飛鳥何時還問義天人接無心世界閑誰知大隱者（一作客）兄弟自追攀

別輞川別業

山月曉仍在林風涼不絕殷勤如有情惆悵令人別

與盧員外象過崔處士興宗林亭

身名不問十年餘老大誰能更讀書林中獨酌鄰家酒門外時聞長者車

九日作

莫將邊地比京都八月嚴霜草已枯今日登高樽酒裏不知能有菊花無

送孫秀才（以下二首一作王維詩）

帝城風日好況復建平家玉枕雙紋簟金盤五色瓜山中無魯酒松（一作山）下飯胡麻莫厭田家苦歸期遠復賖

游悟眞寺

聞道黄金地仍開白玉田擲山移巨石呪嶺出飛泉猛虎同三徑愁猨學四禪買香然綠桂乞火踏紅（一作青）蓮草色摇霞上松聲泛月邊山河窮百二世界接（一作滿）三千梵宇聊憑視（一作覽）王城遂渺然灞陵纔出樹渭水欲連天遠縣分朱郭孤村起白煙望雲思聖主披霧憶羣賢薄宦慚尸素（一作祿）終身擬尚玄誰知草菴客曾和柏梁篇

裴迪

裴迪關中人初與王維崔興宗居終南同倡和天寶後爲蜀州刺史與杜甫李頎友善嘗爲尚書省郎詩二十九首

青龍寺曇壁上人院集

靈境信爲絕法堂出塵氛自然成高致向下看浮雲迤邐峯岫列參差閭井分林端遠堞見風末疎鐘聞吾師久禪寂在世超人羣

青雀歌

動息自適性不曾妄與燕雀羣幸忝鵷鸞早相識何時提攜致青雲

游感化寺曇興上人山院

不遠灞陵邊安居向十年入門穿竹徑留客聽山泉鳥囀深林裏心閑落照前浮名竟何益從此願棲禪

夏日過青龍寺謁操禪師

安禪一室內左右竹亭幽有法知不染無言誰敢酬鳥飛爭向夕蟬噪已先秋煩暑自茲適（一作退）清涼何所求

春日與王右丞過新昌里訪呂逸人不遇

恨不逢君出荷蓑青松白屋更無他陶令五男曾不有蔣生三徑枉（一作任）相過芙蓉曲沼春流滿薜荔成帷晚靄多聞說桃源好迷客不如高臥眄庭柯

輞川集二十首

孟城坳

結廬古城下時登古城上古城非疇昔今人自來往

華子岡

落日松風起還家草露晞雲光侵履跡山翠拂人衣

文杏館

迢迢文杏館躋攀日已屢南嶺與北湖前看復迴顧

斤竹嶺

明流紆且直綠篠密復深一徑通山路行歌望舊岑

鹿柴

日夕見寒山便爲獨往客不知深林事但有麏麚跡

木蘭柴

蒼蒼落日時鳥聲亂谿水緣谿路轉深幽興何時已

茱萸沜

飄香亂椒桂布葉間檀欒雲日雖迴照森沈猶自寒

宮槐陌

門前宮槐陌是向欹湖道秋來山雨多落葉無人掃

臨湖亭

當軒彌滉漾孤月正裴回谷口猨聲發風傳入戶來

南垞

孤舟信一泊南垞湖水岸落日下崦嵫清波殊淼漫

欹湖

空闊湖水廣青熒天色同艤舟一長嘯四面來清風

柳浪

映池同一色逐吹散如絲結陰既得地何謝陶家時

欒家瀨

瀨聲喧極浦沿涉向南津汎汎鷗鳧渡時時欲近人

金屑泉

縈渟澹不流金碧如可拾迎晨含素華獨往事朝汲

白石灘

跂石復臨水弄波情未極日下川上寒浮雲澹無色（一作凝碧）

北垞

南山北垞下結宇臨欹湖每欲采樵去扁舟出菰蒲

竹里館

來過竹里館日與道相親出入唯山鳥幽深無世人

辛夷塢

綠堤春草合王孫自留翫況有辛夷花色與芙蓉亂

漆園

好閑早成性果此諧宿諾今日漆園游還同莊叟樂

椒園

丹刺罥人衣芳香留過客幸堪調鼎用願君垂采摘

輞口遇雨憶終南山因獻王維

積雨晦空曲平沙滅浮彩輞水去悠悠南山復何在

崔九欲往南山馬上口號與別（一作留別王維）

歸山深淺去須盡丘壑美莫學武陵人暫游桃源裏

與盧員外象過崔處士興宗林亭（一本無與盧員外象六字）

喬柯門裏自成陰散髮窻中曾不簪逍遥且喜從吾事榮寵從來非我心

西塔寺陸羽茶泉（統籤云此詩楊慎以爲見之石刻然羽自在大曆後則非廸詩矣）

竟陵西塔寺蹤跡尚空虛不獨支公住曾經陸羽居草堂荒産蛤茶井冷生魚一汲清泠水（一作飲）高風味有餘

崔興宗

崔興宗與王維裴廸俱居終南後官右補闕詩五首

同王右丞送瑗公南歸

行苦神亦秀泠然谿上松銅瓶與竹杖來自祝融峯常願入靈嶽藏經訪遺蹤南歸見長老且爲說心胸

青雀歌

青雀繞青林翩翾陋體一微禽不應常在藩籬下他日凌雲誰見心

和王維敕賜百官櫻桃

未央朝謁正逶迤天上櫻桃錫此時朱實初傳九華殿繁花舊雜萬年枝未（一作全）勝晏子江南橘莫比潘家大谷梨聞道令人好顏色神農本草自應知

留別王維

駐馬欲分襟清寒御溝上前山景氣佳獨往還惆悵

酬王維盧象見過林亭

窮巷空（一作深）林常閉關悠然（一作悠悠）獨臥對前山今朝忽枉嵇生駕倒屣開門遥解顏

苑咸

苑咸成都人舉進士登第爲李林甫書記開元末上書拜司經校書中書舍人嘗爲孫逖草除庶子詔議者以爲知言王維嘗謂舍人能書梵字兼達梵音曲盡其妙詩二首

送大理正攝御史判涼州別駕

天子念西（一作邊）疆咨君去不遑垂銀棘庭印持斧柏臺綱雪下天山白泉枯塞草黄佇聞河隴外還繼海沂康

酬王維（并序）

王員外兄以予嘗學天竺書有戲題見贈然王兄當代詩匠又精禪理枉采知音形於雅作輙走筆以酬爲且久未遷因而嘲及

蓮花梵字本從天華省仙郎早悟禪三點成伊猶有想一觀如幻自忘筌爲文已變當時體入用還推間氣賢應同（一作知）羅漢無名欲故作馮唐老歲年（佛書伊字如草書下字涅槃經何等名爲祕密藏如∴字三點別則不成）

丘爲

丘爲蘇州嘉興人事繼母孝常有靈芝生堂下累官太子右庶子致仕給俸禄之半以終身年八十餘母尚無恙及居憂觀察使韓滉以致仕官給禄所以惠養老臣不可在喪而異惟罷春秋羊酒卒年九十六與劉長卿善其赴上都也長卿有詩送之亦與王維爲友詩十三首

尋西山隱者不遇（一作山行尋隱者不遇）

絶頂一茅茨直下三十里扣關無僮僕窺室唯案几若非巾柴車應是釣秋水差池不相見黽勉空仰止草色新雨中松聲晚窻裏及兹契幽絶自足蕩心耳（一本無此二句）雖無賓主意頗得清淨理興盡方下山何必待之（一作夫）子

題農父廬舍

東風何時（一作處）至已綠湖上山湖上春已（一作既）早田家日不閑溝塍（一作塍）流水處耒耜平蕪間薄暮飯牛罷歸來還閉關

泛若耶谿

結廬若耶裏左右若耶水無日不釣魚有時向城市溪中水流急渡口水流寬每得樵風便往來殊不難一川草長綠四時那得辨短褐衣妻兒餘糧及雞犬日暮鳥雀稀稚子呼牛歸住處無鄰里柴門獨掩扉

湖中寄王侍御

日日湖水上好登湖上樓終年不向郭過午始梳頭嘗自愛栝酒得無相獻酬小僮能膾鯉少妾事蓮舟每有南浦信仍期後月遊方春轉摇蕩孤興（一作嶼）時（一作每）淹留驄馬真傲吏翛然無所求晨趨玉階下心許滄江流少別如昨日何言經數秋應知方外事獨往非悠悠

登潤州城

天末江城晚登臨客望迷春潮平島嶼殘雨隔虹蜺鳥與孤帆遠煙和獨樹低鄉山何處是目斷廣陵西

尋盧山崔徵君

日高雞犬靜門掩向寒塘夜竹深茅宇秋亭冷石牀住山年已遠服藥壽偏長虛棄浮生者相逢益自傷

留別王維（一作王維留別丘爲詩）

歸鞍白雲外繚繞出前山今日又明日自知心不閑親勞簪組送欲趁鶯花還一步一回首遲遲向近關

竹下殘雪

一點消未盡孤月在竹陰晴光夜轉瑩寒氣曉仍深還對讀書牖且關乘興心已能依此地終不傍瑶琴

送閻校書之越

南入剡中路草雲應轉微湖邊好花照山口細泉飛此地饒古跡世人多忘歸經年松雪在永日世情稀芸閣應相望芳時不可違

省試夏日可畏（一作張籍詩）

赫赫溫風扇炎炎夏日徂火威馳迥野畏景爍遥途勢矯翔陽翰功分造化爐禁城千品燭黄道一輪孤落照頻空簟餘暉卷夕梧如何倦遊子中路獨踟躕

左掖梨花（同王維皇甫冉賦）

冷豔全欺雪餘香乍入衣春風且莫定吹向玉階飛

渡漢江（一作戴叔倫詩題作江行）

漾舟漢江上挂席候風生臨汎何容與愛此江水清蘆洲隱遥嶂露日映孤城自顧疎野性難忘鷗鳥情聊復與時顧暫欲解塵纓跋涉（一作驅馳）非吾願虛懷浩已盈

冬至下寄舍弟時應赴入京（雜詩）

去去知未遠依依甚初別他鄉至下心昨夜堦前雪終日讀書仍少孤家貧兄弟未當途適遠蠻過宿春料相

隨惟一平頭奴男兒出門事四海立身世業文章在莫漫憶柴扉駟馬高車朝紫微江南驛使不曾斷迎前爲爾非春衣

趙驊 一作曄

趙驊字雲卿鄧州穰人開元中舉進士連擢科第官至秘書少監詩一首

送晁補闕歸日本國

西掖承休澣東隅返故林來稱郯子學歸是越人吟馬上秋郊遠舟中曙海陰知君懷魏闕萬里獨搖心

全唐詩　崔顥

崔顥汴州人開元十一年登進士第有俊才累官司勳員外郎天寶十三年卒詩一卷

古遊俠呈軍中諸將 一作遊俠篇

少年負一作有膽氣好勇復知機仗劍出門去孤城逢合圍殺人遼水上走馬漁陽歸錯落金鎖甲蒙茸貂鼠衣還家行且一作且行獵一作射弓矢速如飛地迥鷹犬疾草深狐兔肥腰間帶兩綬一作腰帶垂兩鞬轉盼生光輝顧謂今日戰何如隨建威

贈輕車

悠悠遠行歸經春一作春日涉長道幽冀桑始青洛陽蠶欲老憶昨戎馬地別時心草草烽火從北來邊城閉常早平生少相遇未得展懷抱今日杯酒間見君交情好

贈王威古 一作等

三十羽林將出身常事邊春風吹淺草獵騎何翩翩插羽兩相顧鳴弓新一作親上弦射麋入深谷飲馬投荒一作寒泉馬上共傾酒野中聊割鮮相看未及飲一作醉雜虜寇一作入幽燕烽火去一作知不息胡塵一作山高際天長驅救東北戰解城亦全一作轉戰解城全報國行赴難古來皆共然

贈懷一上人

法師東南秀世實豪家子削髮十二年誦經峨眉裏自此照羣蒙卓然爲道雄觀生盡入一作歸妄悟有皆成空淨體一作洗意無衆染苦心歸妙宗一朝敕書至召入承明宮說法金殿裏焚香清禁中傳燈遍都邑杖錫遊王公天子揖妙道羣僚趨下風我法本無著時來出林壑因心得化城一作成隨病皆與藥上啟黃屋心下除蒼生縛一從入君門說法無朝昏帝作轉輪王師爲持戒尊軒風灑甘露佛雨生慈根但有滅度理而生一作無開濟恩復聞江海曲好殺成風俗帝曰我上人爲除羶腥欲是日發西秦東南至蘄春風將衡桂接地與吳楚鄰舊少清信士實多漁獵人一聞吾師至捨網江湖濱作禮懺前惡潔誠期後因因成日既久事濟身不守更出淮楚間復來荊河口荊河馬卿岑茲地近道林入講鳥常狎坐禪獸不侵都非緣未盡曾是教所任故我一來事永承微一作徽妙音竹房見衣鉢松宇清身心早悔業至淺晚成計可尋善哉遠公義清淨如黃金

遊天竺寺

晨登天竺山山殿朝陽曉厓一作澗泉爭噴薄江岫相縈繞直上孤頂高平看衆峰小南州十二月地暖冰雪少青翠滿寒山藤蘿覆冬沼花龕瀑布側青壁石林杪鳴鐘集人天施飯聚猨鳥洗意歸清淨澄心悟空了始知世上人萬物一何擾

入若耶溪

輕舟去何疾已到雲林境起坐魚鳥間動搖山水影巖中響自答溪裏言彌靜事事令人幽停橈向餘景

雜詩

可憐青一作靑銅鏡挂在白玉堂玉堂有美女嬌弄明月光羅袖拂金鵲綵屏點紅妝妝罷含情坐春風桃李香

結定襄郡獄效陶體

我在河東時使往定襄里定襄諸小兒爭訟紛城市長老莫敢言太守不能理謗書盈几案文墨相塡委牽引肆中翁追呼田家子我來折此獄五聽辨疑似小大必以情未嘗施鞭箠是時三月暮遍野農桑起里巷鳴春鳩田園引流水此鄉多雜俗戎夏殊音旨顧問邊塞人勞情曷云已

長安道 一作霍將軍

長安甲第高入雲誰家居住霍將軍日晚朝迴擁賓從路傍揖拜何紛紛莫言炙手手可熱須臾火盡灰亦滅莫言貧賤卽可欺人生富貴自有時一朝天子賜顏色世上一作事悠悠應一作君始一作自知

行路難

君不見建章宮中金明枝萬萬長條拂地垂二月三月花如霰九重幽深君不見豔彩朝含四寶宮香一作春風旦一作吹入朝雲殿漢家宮女春未闌愛此芳香朝暮看看來看去一作看去看來心不忘攀折將安鏡臺上雙雙素手剪不成兩兩紅妝笑相向建章昨夜起春風一花飛落長信宮長信麗人見花泣憶此珍樹何嗟及我昔初在昭陽時朝攀一作折暮折一作攀登玉墀只言歲歲長相對不悟今朝遙相思

孟門行

黃雀銜黃一作花花翩翩傍檐隙本擬一作欲報君恩如何反彈射金罍美酒滿座春平原愛才多衆賓滿堂盡是忠義士何意得有讒諛人讒言一作人反覆那可道能令君心不自保北園新栽桃李枝根株未固何轉移成陰結實一作子君自取若一作借問傍人那得知

渭城少年行

洛陽三月梨花飛秦地行人春憶歸揚鞭走馬城南陌朝逢驛使秦川客驛使前日發章臺傳道長安春早來棠梨宮中燕初至葡萄館裏花正開念此使人歸更早三月便達（一作更踏）長安道長安道上春可憐搖風蕩日曲江邊萬戶樓臺臨渭水五陵花柳滿秦川秦川寒食盛繁華遊子春來不（一作喜）見家（一作花）鬭雞下杜（一作社）塵（一作春）初合走馬章臺日半斜章臺帝城稱貴里青樓日晚歌鐘起貴里豪家白馬驕五陵年少不相饒雙雙挾彈來金市兩兩鳴鞭上渭橋渭城橋（一作爐）頭酒新熟金鞍白馬誰家宿可憐錦瑟箏（一作與）琵琶玉壺清（一作新）酒就倡家小婦春來不解羞嬌歌一曲楊柳花

盧姬篇

盧姬少小魏王家綠鬢紅脣桃李花魏王綺樓十二重水晶簾箔繡芙蓉白玉欄干金作柱樓上朝朝學歌舞前堂後堂羅袖人南窗北窗（一作牖）花發春翠幌珠簾鬭絲管一彈一奏雲欲斷君王日晚下朝歸鳴環佩玉（一作金環玉珮）生光輝人生今日得嬌（一作驕）貴誰道盧姬身細微

江畔老人愁

江南年少十八九乘舟欲渡青溪口青溪口（一作忽逢江）邊一老翁鬢眉皓白已衰朽自言家代仕梁陳垂朱拖紫三十人兩朝出將復入相五世疊鼓乘朱輪父兄三葉皆尚主子女四代爲妃嬪南山賜田接御苑北宮甲第連紫宸直言榮華未休歇不覺山崩海將竭兵戈亂入建康城煙火連燒未央闕衣冠士子陷鋒刃良將名臣盡埋沒山川改易失市朝衢路縱橫塡白骨老人此時尚少年脫身走得投海邊罷兵歲餘未敢出去鄉三載方來旋蓬蒿忘却五城宅草木不識青谿田雖然得歸到鄉土零丁貧賤長辛苦采樵屢入歷陽山刈稻常過新林浦少年欲知老人歲豈知今年一百五君今少壯我已衰我昔少年君不睹人生貴賤各有時莫見羸老相輕欺感君相問爲君說說罷不覺令人悲

邯鄲宮人怨

邯鄲陌上三月春暮行逢見一婦人自言鄉里本燕趙少小隨家西入秦母兄憐愛無儔侶五歲名爲阿嬌女七歲丰茸好顏色八歲黠惠能言語十三兄弟教詩書十五青樓學歌舞我家青樓臨道傍紗窗綺幔暗聞香日暮笙歌君駐馬春日妝梳妾斷腸不用城南使君壻本求三十侍中郎何知漢帝好容色玉輦攜登歸建章建章宮殿不知數萬戶千門深且長百堵塗椒接青瑣九華閣道連洞房水晶簾箔雲母扇琉璃窗牖玳瑁牀歲歲年年奉歡宴嬌貴榮華誰不羨恩情莫比陳皇后寵愛全勝趙飛燕瑤房侍寢世莫知金屋更衣人不見誰言一朝復一日君王棄世市朝變宮車出葬茂陵田賤妾獨留長信殿一朝太子升至尊宮中人事如掌翻同時侍女見讒毀後來新人莫敢言兄弟印綬皆被奪昔年賞賜不復存一旦放歸舊鄉里乘車垂淚還入門父母愍我曾富貴嫁與西舍金王孫念此翻覆復何道百年盛衰誰能保憶昨尚如春日花悲今已作秋時草少年去去莫停鞭人生萬事由上天非我今日獨如此古今歇薄皆共然

川上女

川上女晚妝鮮日落青渚試輕檝汀長花滿正迴船暮來浪起風轉緊自言此去橫塘近綠江無伴夜獨行獨行心緒愁無盡

鴈門胡人歌

高山代郡東接燕鴈門胡人家近邊解放胡鷹逐塞鳥能將代馬獵秋田山頭野火寒多燒雨（一作霧）裏孤峰濕作煙聞道遼（一作關）西無鬭戰時時醉向酒家眠

代閨人答輕薄少年

妾家近隔鳳凰池粉壁紗窗楊柳垂本期漢代金吾壻誤嫁長安遊俠兒兒家夫壻多輕薄借客探丸重然諾平明挾彈入新豐日晚揮鞭出長樂青絲白馬冶遊園（一作盤）能使行人駐馬看自矜陌上繁華盛不念閨中花鳥闌花間陌上春將晚走馬鬭雞猶未返三時出望無消息一去那知行近遠桃李花開覆井欄朱樓落日捲簾看愁來欲奏相思曲抱得秦箏不忍彈

七夕

長安城中月如練家家此夜持針線仙裙玉佩空自知天上人間不相見長信深陰夜轉幽瑤階金閣數螢流班姬此夕愁無限河漢三更看斗牛

長門怨

君王寵初歇棄妾長門宮紫殿青苔滿高樓明月空夜愁生枕席春意罷簾櫳泣盡無人問容華落鏡中

王家少婦（一作古意）

十五嫁王昌盈盈入（一作出）畫堂自矜（一作憐）年最少（一作正小）復倚壻爲郎舞愛前谿綠歌憐子夜長閑來鬭百草度日不成（一作能）妝

岐王席觀妓（一作盧女曲）

二月春來半宮中（一作王家）日漸（一作正）長柳垂金屋煖花發（一作覆）玉樓香拂匣先臨鏡調笙更炙簧還將歌舞態（一作盧女曲）只擬（一作夜夜）奉君王

上巳

巳日帝城春傾都祓禊晨停車須傍水奏樂要鷩塵弱柳障行騎浮橋擁看人猶言日尚早更向九龍津（一作神）

贈梁州張都督

聞君爲漢將虜騎罷（一作不）南侵出塞（一作磧）清沙漠還家拜羽林風霜臣節苦歲月主恩深爲語西河使知余（一作君）報國心

贈（一作寄）盧八象

客從巴水渡傳爾泝行舟是日風波霽高堂雨半收青山滿蜀道綠水向荊州不作書相問誰能慰別愁

題潼關樓

客行逢雨霽歇馬上津樓山勢雄三輔關門扼九州川從陝路去河遶華陰流向晚登臨處風煙萬里愁

題沈隱侯八詠樓

梁日東陽守爲樓望越中綠窗明月在青史古人空江靜聞山狖川長數塞鴻登臨白雲晚流恨此遺風

晚入汴水

昨晚南行楚今朝北泝河客愁能幾日鄉路漸無多晴

景摇津樹春風起棹歌長淮亦（一作已）盡寧復畏潮波

發錦沙村

北上途未半南行歲已闌孤舟下建德江水入新安海近山常雨谿深地早寒行行泊不可須及子陵灘

送單于裴都護赴西河

征馬去（一作出）翩翩城秋月正圓單于莫近塞都護欲臨邊漢驛通煙火胡沙乏井泉功成須獻捷未必去經年

黃鶴樓

昔人已乘白雲（一云作黃鶴）去此（一作茲）地空餘（一作留）黃鶴樓黃鶴一去不復返白雲千載空悠悠晴川歷歷漢陽樹（一作戍）春（一作芳）草萋萋（一作青青）鸚鵡洲日暮鄉關何處是（一作在）煙波江上使人愁

行經華陰（一作山）

岧嶤太華俯咸京天外三峰削不成武帝祠前雲欲散仙人掌上雨初晴河山北枕秦關險驛樹西連漢畤平借問路傍名利客無如此處學長生

相逢行

妾年初二八家住洛橋頭玉户臨馳道朱門近御溝使君何假問夫壻大長秋女弟新承寵諸兄近拜侯春生百子殿花發五城樓出入千門裏年年樂未休

遼西作（一作關西行）

燕郊芳歲晚殘雪凍邊城四月青草合遼陽春水生胡人正牧馬漢將日徵兵露重寶刀濕沙虛金鼓鳴寒衣著已盡春服與誰（一作誰與）成寄語洛陽使爲傳邊塞（一作戍）情

奉和許給事夜直簡諸公

西掖黃樞近東曹紫禁連地因才子拜人用省郎遷夜直千門靜河明萬象懸建章宵漏急閶闔曉鐘傳寵列貂蟬位恩深侍從年九重初起草五夜卽成篇顧已無官次循涯但自憐遠陪蘭署作空此仰神仙

舟行入剡

鳴棹下東陽回舟入剡鄉青山行不盡綠水去何長地氣秋仍濕江風晚漸凉山梅猶作雨谿橘未知霜謝客文逾盛林公未可忘多慙越中好流恨閱時芳

澄水如鑑

聖賢將立喻上善貯情深潔白依全德澄清有片心澆浮知不撓濫濁固難侵方寸懸高鑑生涯詎陸沈對泉能自誡如鏡靜相臨廉愼傳家政流芳合古今

長干曲四首（一作江南曲）

君家何處住（一作定何處）妾住在橫塘停船暫借問或恐（一作可）是同鄉

家臨九江水來去九江側同是長干人自小不相識

下（一作北）渚多風浪蓮舟漸覺（一作欲暫）稀那能不相待獨自逆（一作送）潮歸

三江潮水急五湖風浪湧由來花性輕莫畏蓮舟重

維揚送友還蘇州

長安南下幾程途得到邗溝弔綠蕪渚畔鱸魚舟上釣羨君歸老向東吳

全唐詩

祖詠

祖詠洛陽人登開元十二年進士第與王維友善詩一卷

古意二首

夫差日淫放舉國求妃嬪自謂得王寵代間無美人碧羅象（一作蒙）天閣坐輦乘芳春宮女數千騎常遊江水濱年深玉顏老時薄花妝新拭淚下金殿嬌多不顧身生前妬歌舞死後同灰塵塚墓令人哀哀於銅雀臺

楚王竟何去獨自留巫山偏使世人見迢迢江漢（一作水）間駐舟春谿（一作澤）裏誓願拜靈顏夢寐覩神女金沙鳴珮環閑豔絕世姿令人氣力微含笑默（一作竟）不語化作朝雲飛

渡淮河寄平一

天色混波濤岸陰匝村墅微微漢祖廟隱隱江陵渚雲樹森已重時明鬱相拒

歸汝墳山莊留別盧象

淹留歲將宴久廢南山期舊業不見棄還山從此辭漚麻入南澗刈麥（一作樵楚）向東菑對酒雞黍熟閉門風雪時非君一延首誰慰遥相思（漚麻四句洪邁取爲絕句）

夕次圃田店

前路（一作程）入鄭郊尚經百餘里馬煩時欲歇客歸程未已落日桑柘陰遥村（一作林）烟火起西還不遑宿中夜渡涇水

田家卽事

舊居東皐上左右俯荒村樵路前傍嶺田家遥對門歡娛始披拂愜意在郊原餘霽蕩川霧新秋仍晝昏攀條憩林麓引水開泉源稼穡豈云倦桑麻今正繁方求靜者賞偶與潛夫論雞黍何必具吾心知道尊

扈從御宿池（一本題作蘭峯題張中丞九臯）

君王旣巡狩輦道（一作路）入秦京遠樹低槍壘孤峯（一作山）入幔城寒疎清禁漏夜警羽林兵誰念迷方客長懷魏闕情

贈苗發員外（一作李端詩）

宿雨朝來歇空山天氣清盤雲雙鶴下隔水一蟬鳴古道黃花落平蕪赤燒生茂陵雖有病猶得伴君行

答王維留宿

四年不相見相見復何爲握手言未畢却令傷別離升堂還駐馬酌醴便呼兒語嘿自相對安用傍人知

長樂驛留別盧象裴總

朝來已握手宿別更傷心灞水行人渡(一作絕)商山驛路深故情君且足謫宦我難任直道皆如此誰能淚滿襟(前四句或選取爲絕句)

送劉高郵棁使入都

常聞積歸思昨夜又兼秋鄉路京華遠王程江水流吳歌喧兩岸楚客醉孤舟漸覺潮初上悽然多暮愁

宴吳王宅

吳王承國寵列第禁城東連夜徵詞客當春試舞童砌分池水岸牕度竹林風更待西園月金尊樂未終

觀華嶽

西入秦關口南瞻驛路連彩雲生闕下松樹到祠邊作鎮當官道雄都俯(一作雉控)大川蓮(一作危)峯徑上處彷彿有神仙

泗上馮使君南樓作

井邑連淮泗南樓向晚過望灘沙鷺起尋岸浴童歌近海雲偏出兼秋雨更多明晨擬同棹(一作歸)鄉思恨風波

蘇氏別業

別業居幽處到來生隱心南山當戶牖澧水映園林屋(一作竹)覆經冬雪庭昏未夕陰寥寥人境外閑坐聽春禽

汝墳別業

失路農爲業移家到汝墳獨愁常廢卷多病久離羣鳥雀垂窻柳虹蜺出澗雲山中無外事樵唱有時聞

陸渾水亭

晝眺伊川曲(一作水)巖間霽色明淺沙平(一作明)有路流水漫無聲浴鳥沿波聚潛魚觸釣驚更憐春岸綠幽意(一作興)滿前楹

過鄭曲

路向榮川谷(一作夕)晴來望盡通細煙生水上圓月在舟中岸勢迷行客秋聲亂草蟲旅懷勞自慰淅淅有涼風

宿陳留李少府揆廳

相知有叔(一作李)卿訟簡夜彌清旅泊(一作宿)倦愁臥堂空聞曙更風簾(一作窗)搖燭(一作竹)影秋雨帶蟲聲歸思那堪說悠悠限洛城(中四句洪邁作絕句)

題韓少府水亭

梅福幽棲處佳期不忘還鳥吟(一作啼)當戶竹花繞傍池山水氣侵堦冷松(一作藤)陰覆座閑寧知武陵趣宛在市朝間

題遠公經臺

蘭若無人到眞僧出復稀苔侵行道席雲濕坐禪衣澗鼠緣香案山蟬噪竹扉世間長不見寧止暫忘歸

中峯居喜見苗發(一作李端詩)

自得中峯住深林亦閉關經秋無客到入夜有僧還暗澗泉聲小荒岡樹影閑高牕不可望星月滿空山

江南旅情

楚山不可極歸路但(一作旦)蕭條海色晴看雨江聲夜聽潮劍留南斗近書寄北風遙爲報空潭橘無媒寄(一作贈)洛橋

泊揚子津(一作岸)

纔入維揚郡鄉關(一作山)此路(一作地)遙林藏(一作殘)初過(一作霽)雨風退欲歸潮江火明沙岸雲帆礙浦橋客衣今日(一作正)薄寒氣(一作夜)近(一作昨)來饒

晚泊金陵水亭

江亭當廢國秋景倍蕭騷夕照明殘壘寒潮漲古濠就田看鶴大隔水見僧高無限前朝事醒吟易覺勞

七夕

閨女求天女更闌意未闌玉庭開粉席羅袖捧金盤向月穿鍼易臨風整線難不知誰得巧明旦試相看

望薊門

燕臺一望(一作去)客心驚簫(一作笳)鼓喧喧漢將營萬里寒光生積雪三邊曙色動危(一作高)旌沙場烽火連胡月海畔雲山擁薊城少小雖非投筆吏論功還欲請長纓

家園夜坐寄郭微

前堦微雨歇開戶散窺林月出夜方淺水涼池更深餘風生竹樹清露薄衣襟遇物遂遙歎懷人滋遠心依稀成夢想影響絕徽音誰念窮居者明時嗟陸沈

酬汴州李別駕贈

秋風多客思行旅厭艱辛自洛非才子遊梁得主人文章忝末議榮賤豈同倫歎逝逢三演(一作世同王衍)懷賢憶四(一作法)眞情因恩舊好契託死生親所媿能投贈淸言益潤身

清明宴司勳劉郎中別業

田家復近臣行樂不違(一作遺)親霽日園林好清明煙火新以文長會友唯德自成鄰池照牕陰晚杯香藥味春簷前花覆地竹外鳥窺人何必桃源裏深居作隱淪

汝墳秋同仙州王長史翰聞百舌鳥

秋天聞好鳥驚起出簾帷却念殊方月能鳴已後時遷喬誠可早出谷此何遲顧影慙無對懷羣空(一作增)所思凄涼歲欲晚蕭索燕(一作路)將辭留聽未終曲彌令心獨悲高飛憑力致巧囀任天姿返覆知而靜間關斷若遺花繁上林(一作苑)路霜落汝川湄且長凌風翮乘春自有期

送丘爲下第

滄江一身客獻賦空十年明主豈能好今人誰舉賢國門稅征駕旅食謀歸旋曉日媚春水綠蘋香客船無媒旣不達予亦思歸田

贈苗發員外

朱戶敞高扉青槐礙落暉八龍乘慶重三虎遞(一作地)朝歸坐竹人聲絕橫琴鳥語稀花慙潘岳貌年稱老萊衣葉暗朱櫻熟絲長粉蝶飛應憐魯儒賤空與故山違

寄王長史

汝潁俱宿好往來託層巒終日何寂寞繞籬生蕙蘭

別怨

送別到中流秋船倚渡頭相看尚不遠未可即回舟

終南望餘雪(有司試此題詠賦四句即納或詰之曰意盡)

終南陰嶺秀積雪浮雲端林表明霽色城中增暮寒

句

不知疊嶂夜來雨淸曉石楠花亂流

李頎

李頎東川人家於潁陽擢開元十三年進士第官新鄉尉集一卷今編詩三卷

湘夫人

九嶷日已暮三湘雲復愁窅靄羅袂色潺湲江水流佳期來北渚捐佩（一作玦）在芳洲

塞下曲

黃雲雁門郡日暮風沙裏千騎黑貂裘皆稱羽林子金笳吹朔雪鐵馬嘶雲水帳下飲蒲萄平生寸心是

漢宮柳青青胡地桑琵琶出塞曲橫笛斷君腸

古塞下曲

行人朝走馬直指薊城傍薊城通漠北萬里別吾鄉海上千烽火沙中百戰場軍書發上郡春色度河陽裊裊

漁父歌

白首何老人蓑笠蔽其身避世長不仕釣魚清江濱浦沙明濯足山月靜垂綸寓宿湍與瀨行歌秋復春持竿（一作挑）湘岸竹爇火蘆洲薪綠水飯香稻青荷包紫鱗於中還自樂所欲全吾眞而笑獨醒者臨流多苦辛

東京（一作郊）寄萬楚

濩落久無用隱身甘采薇仍聞薄宦者還事田家衣潁水日夜流故人相見稀春山不可望黃鳥東南飛濯足豈長往一樽聊可依（一作持）了然潭上月適我胷中機在昔同門友如今出處非優遊白虎殿偃息（一作出入）青瑣闈且（一作日）有薦君表當看攜手歸寄書不待（一作代）面蘭茝空芳菲

寄焦鍊師

得道凡百歲燒丹惟一身悠悠孤峰頂日見三花春白鶴翠微裏黃精幽澗濱始知世上客不及山中人仙境若在夢朝雲如可親何由覩顏色揮手謝風塵

望鳴皋山白雲寄洛陽盧主簿

飲馬伊水中白雲鳴皋上氛氳山絕頂行子時一望照日龍虎姿攢空冰雪狀嶺巖殊未已崚嶒忽相向皎皎橫綠林霏霺澹青嶂遠映村更失孤高鶴來傍勝氣欣有逢仙遊且難訪故人吏京劇每事多閑放室畫峨眉峯心格（一作搖）洞庭浪惜哉清興裏不見予所尚

寄萬齊融

名高不擇仕委世隨虛舟小邑常歎屈故鄉行可遊青楓半村戶香稻盈田疇爲政日清淨何人同海鷗搖巾北林夕把菊東山秋對酒池雲（一作風）滿向家湖水流岸陰止鳴鵠山色映潛虯靡靡俗中理蕭蕭川上幽昔年至吳（一作東）郡常隱臨（一作憶卧）江樓我有一書札因之芳杜洲

贈張旭

張公性嗜酒豁達無所營皓首窮草隸時稱太湖精露頂據胡牀長叫三五聲興來灑素壁揮筆如流星下舍風蕭條寒草滿戶庭問家何所有生事如浮萍左手持蟹螯右手執丹經瞪目視霄漢不知醉與醒諸賓且方坐旭日臨東城荷葉裹江魚白甌貯香秔微祿心不屑放神於八紘時人不識者即是安期生

贈蘇明府

蘇君年幾許狀貌如玉童采藥傍梁宋共言隨日翁常辭小縣宰一往東山東不復有家室悠悠人世中子孫皆老死相識悲轉蓬髮白還更黑身輕行若風汎然無所繫心與孤雲同出入雖（一作唯）一杖（一作枝）安然知始終顧聞素女事去采山花叢誘我爲弟子逍遙尋葛洪

登首陽山謁夷齊廟

古人已不見喬木竟誰過寂寞首陽山白雲空復多蒼苔歸地骨皓首采薇歌畢命無怨色成仁其若何我來入遺廟時候微清（一作辨濟）和落日弔山鬼回風吹女蘿石崖向（一作正）西豁引領望黃河千里一飛鳥孤光東逝波驅車層城路惆悵此巖阿

謁張果先生

先生谷神者甲子焉能計自說軒轅師于今幾千歲寓遊城郭裏浪跡希夷際應物雲無心逢時舟不繫餐霞斷火粒野服兼荷製白雪淨肌膚青松（一作春）養身世韜精殊豹隱鍊骨（一作質）同蟬蛻忽去不知誰偶來寧有契二儀齊壽考六合隨（一作同）休憩彭聃猶嬰孩松期且微細嘗聞穆天子更憶漢皇帝親屈萬乘尊將窮四海裔車徒徧草木錦帛招談說八駿空往還三山轉虧蔽吾君感至德玄老欣來詣受籙金殿開清齋玉堂閉笙歌迎拜首羽帳崇嚴衛禁柳垂香鑪宮花拂仙袂祈年寶祚廣致福蒼生惠何必待龍髯鼎成方取濟

光上座廊下衆山五韻

名嶽在廡下（一作廊）吾師居一牀每聞楞伽經只對清翠光百谷聚雲色莓苔侵屋梁氣盤古壁轉勢引幽堦長願遊蔣葉下日見金鑪香

九月九日劉十八東堂集

風俗尚九日此情安可忘菊花辟惡酒湯餅茱萸香雲入授衣假風吹閒宇涼主人盡歡意林景晝微茫清切晚砧動東西歸鳥行淹留悵爲別日醉秋雲光

宋少府東谿泛舟

登岸還入舟水禽驚笑語晚葉低衆色濕雲帶殘（一作繁）暑落日乘醉歸溪流復幾許

與諸公遊濟瀆泛舟

濟水出王屋其源來不窮洑泉數眼沸平地流清通皇帝崇祀典詔書視三公分官禱靈廟奠璧沈河宮神應每如荅松篁氣葱蘢蒼螭送飛雨赤鯉噴迴風灑酒布瑤席吹簫下玉童玄冥掌陰事祝史告年豐百谷趨潭底三光懸鏡中淺深露沙石蘋藻生虛空晚景臨汎美亭皋輕靄紅晴山傍舟檝白鷺驚絲桐我本家潁北開門（一作出）見維嵩焉知松峰外又（一作猶）有天壇東左手正接羅浩歌眄青穹夷猶傲清吏偃仰狎漁翁對此川上閑非君誰與同霜凝遠村渚月淨蒹葭叢茲境信難遇爲歡殊未終淹留悵言別烟嶼夕微濛

送綦毋三謁房給事

夫子大名下家無鍾石儲惜哉湖海上曾校蓬萊書外物非本意此生空澹如所思但乘興遠適唯單車高道時坎坷故交願吹噓徒言青瑣闥不愛承明廬百里人戶滿片言爭訟疎手持蓮花經目送飛鳥餘晚景南路別炎雲中伏初此行儻不遂歸食蘆洲魚

送劉四

愛君少岐嶷高視白雲鄉九歲能屬文謁帝遊明光奉詔赤墀下拜爲童子郎爾來屢遷易三度尉洛陽洛陽十二門官寺鬱相望青槐羅四面渌水貫中央聽訟破秋毫應物利干將辭滿如脫屣立言無否臧歲暮風雪暗秦中川路長行人飲臘酒立馬帶晨霜生事豈須問故園寒草荒從今署右職莫笑在農桑

送裴騰

養德爲衆許森然此丈夫放情白雲外爽氣連虬鬚衡鏡合知子公心誰謂無還令不得意單馬遂長驅桑野蠶忙時憐君久踟躕新晴荷卷葉孟夏雉將雛令弟爲縣尹高城汾水隅相將簿領閑倚望恒峰孤香露團（一作濞）百草紫梨分萬株歸來授衣假莫使故園蕪

送司農崔丞

黃鸝鳴官寺香草色未已同時皆省郎而我獨留此維監太倉粟常對府小史清陰羅廣庭政事如流水奉使往長安今承朝野歡宰臣應記識明主必遷官塞外貔將虎池中鴛與鷺詞人洞簫賦公子鵕鸃冠邑里春方晚昆明花欲闌行行取高位當使路傍看

送崔侍御赴京

綠槐蔭長路駿馬垂青絲柱史謁承明翩翩將有期千官大朝日奏事臨赤墀肅肅儀仗裏風生鷹隼姿一從登甲科三拜皆憲司按俗又如此爲郎何太遲送君暮春月花落城南陲惜別醉芳草前山勞夢思

春送從叔遊襄陽

言別恨非一棄置我宗英向用五經笥今爲千里行裏糧顧庭草贏馬詰朝鳴斗酒對寒食雜花宜晚晴春衣采洲路夜飲南陽城客夢峴山曉漁歌江水清楚俗少相知遠遊難稱情同人應館穀刺史在郊迎只合侍丹扆翻令辭上京時方春欲暮歎息向流鶯

贈別高三十五

五十無產業心輕百萬資屠酤亦與羣不問君是誰飲酒或垂釣狂歌兼詠詩焉知漢高士莫識越鳬夷寄跡棲霞山蓬頭雎水湄忽然辟命下衆謂趨丹墀沐浴著賜衣西來馬行遲能令相府重且有函關期儻從寸祿舊遊梁宋時皤皤邑中叟相候鬢如絲官舍柳林靜河梁杏葉滋摘芳雲景宴把手秋蟬悲小縣情未愜折腰君莫辭吾觀主（一作聖）人意不久召京師

崔五宅送劉跂入京

行人惜寸景繫馬暫留歡昨日辭小沛何時到長安鄉中飲酒禮客裏行路難清洛雲鴻度故關風日寒維將道可樂不念身無官生事東山遠田園芳歲闌東歸余謝病西去子加餐宗伯非徒爾明時正可干躬耕守貧賤失計在林端宿昔奉顏色慙無雙玉盤

送馬錄事赴永陽（一作嘉）

子爲郡從事主印清淮邊談笑一州裏從容羣吏先手持三尺令遣決如流泉太守既相許諸公誰不然孤城連海樹萬室帶山烟春日谿湖淨芳洲葭菼連炊秔蟹螯熟下筯鱸魚鮮野鶴宿簷際楚雲飛面前聽歌送離曲且駐木蘭船贈爾八行字當聞佳政傳

臨別送張諲入蜀

出門便爲客惘然悲徒御四海維一身茫茫欲何去經山復歷水百恨將千慮劍閣望（一作送）梁州是君斷腸處孤雲傷客心落日感君深夢裏蒹葭渚（一作慕江畔）天邊橘柚林蜀江流不測蜀路險難尋木有相思號猿多愁苦音莫向愚山隱愚山地非近故鄉可歸來眼見芳菲盡

送王昌齡

漕水東去遠送君多暮情淹留野寺出向背孤山明前望數千里中無蒲稗生夕陽滿舟檝但愛微波清舉酒林月上解衣沙鳥鳴夜來蓮花界夢裏金陵城歎息此離別悠悠江海行

留別王盧二拾遺

此別不可道此心當報誰春風灞水上飲馬桃花時誤作好文士只令遊宦遲留書下朝客我有故山期

贈別穆元林

貳職久辭（一作九載）滿藏名三十年丹墀策頻獻白首官不遷明主日徵士吏曹何忽賢空懷濟世業欲棹滄浪船舉酒洛門外送君春海邊彼鄉有令弟小邑試烹鮮轉浦雲壑媚涉江花島連綠芳暗楚水白鳥飛吳烟贈贐亦奚貴流亂期早旋金閨會通籍生事豈徒然

不調歸東川別業

寸祿言可取託身將見遺慙無匹夫志悔與名山辭紱冕謝知己林園多後時葛巾方濯足蔬食但垂帷十室對河岸漁樵祇在茲青郊香杜若白水映茅茨晝景徹雲樹夕陰澄古（一作石）逵渚花獨開晚田鶴靜飛遲且復樂生事前賢爲我師清歌聊鼓楫永日望佳期

晚歸東園

出郭喜見山東行亦未遠夕陽帶歸路（一作鷺）靄靄秋稼晚樵者乘霽歸野夫（一作人）及星飯請謝朱輪客垂竿不復返

龍門西峰曉望劉十八不至

春臺臨永路跂足望行子片片雲觸峯離離鳥渡水叢林遠山上霽景（一作色）雜花裏不見攜手人下山采綠芷

裴尹東溪別業

公才（一作朝）廊廟器官亞河南守別墅臨都門驚湍激前後舊交與羣從十日一攜手幅巾望寒山長嘯對高柳清歡信可尚散吏亦何有岸雪清城陰水光遠（一作搖）林首閑觀野人筏或飲川上酒幽雲澹徘徊白鷺飛左右庭竹垂臥內村烟隔南阜始知物外情簪紱同芻狗

無盡上人東林禪居

草堂每多暇時謁山僧門所對但羣木終朝無一言我心愛流水此地臨清源含吐山上日蔽虧松（一作雲）外村孤峯隔身世百衲老寒暄禪户積朝雪花龕來暮猿顧余守耕稼十載隱田園蘿篠慰春汲巖潭恣討論淺雲豈知限至道莫探元且願放關鎖（一作籥）於焉微尚存

題綦毋校書別業

常稱挂冠吏昨日歸滄洲行客暮帆遠主人庭樹秋豈伊問（一作得）天命但欲爲山遊萬物我何有白雲空自幽蕭條江海上日夕見丹丘生事非（一作本）漁釣賞心隨去留惜哉曠微月欲濟無輕舟倏忽令人老相思河水流

題盧道士房

秋砧響落木共坐茅君家惟見兩童子林前汲井華空壇靜白日神鼎飛丹砂麈尾拂霜草金鈴搖霽霞上章人世隔看奕桐陰斜稽首問仙要黃精堪餌花

題神力師院

大師神傑貌五嶽森禪房堅持日月珠豁見滄江長隨病捄諸苦致身如法王階庭藥草徧飯食天花香樹色向高閣晝陰橫半牆每聞第一義心淨琉璃光

題僧房雙桐

青桐雙拂日傍帶凌霄花綠葉傳僧磬清陰潤井華誰能事音律焦尾蔡邕家

粲公院各賦一物得初荷

微風和衆草大一作木葉長圓陰晴露珠共一作垂合夕陽花映深從來不著水清淨本因心

李兵曹壁畫山水各賦得桂水帆

片帆浮一作在桂水落日天涯時飛鳥看共度閑雲相與遲長波無曉夜泛泛欲何之

題合歡

開花復卷葉豔眼又驚心蝶遶西枝露風披東幹陰黃衫漂細蘂時拂女郎砧

全唐詩

李頎

古從軍行

白日登山望烽火黃昏飲馬傍交河行人刁斗風沙暗公主琵琶幽怨多野雲萬里無城郭雨雪紛紛連大漠胡鴈哀鳴夜夜飛胡兒眼淚雙雙落聞道玉門猶被遮應將性命逐輕車年年戰骨埋荒外空見蒲桃入漢家

行路難

漢家名臣楊德祖四代五公享茅土父子兄弟綰銀黃躍馬鳴珂朝建章火浣單衣繡方領茱萸錦帶玉盤囊賓客塡街復滿座李一作片言出口生輝光世人逐勢爭奔走瀝膽隳肝惟恐後當時一顧登青雲自謂生死長隨君一朝謝病還鄉里窮巷蒼苔絕知己秋風落葉閉重門昨日論交竟誰是薄俗嗟嗟難重陳深山麋鹿可爲鄰魯連所以蹈東海古往今來稱達人

緩歌行

小來託身攀貴遊傾財破產無所憂暮擬一作夜經過石渠署朝將出入銅龍樓結交杜陵輕薄子謂言可生復可死一沈一浮會有時棄我翻然如脫屣男兒立身須自強十年閉戶潁水陽業就功成見明主擊鐘鼎食坐華堂二八蛾眉梳墮馬美酒清歌曲房下文昌宮中賜錦衣長安陌上退朝歸五陵一作侯賓從莫敢視三省官僚揖者稀早知今日讀書是悔作從前任一作往俠非一作兒

琴歌

主人有酒歡今夕請奏鳴琴廣陵客月照城頭烏半飛霜淒萬樹風入衣銅鑪華燭燭增輝初彈淥水後楚妃一聲已動物皆靜四座無言星欲稀淸淮奉使千餘里敢告雲山從此始

放歌行答從弟墨卿

小來好文恥學武世上功名不解取雖沾寸祿已後時徒欲出身事明主柏梁賦詩不及宴長楸走馬誰相數斂迹俛眉心自甘高歌擊節聲半苦由是蹉跎一老夫養雞牧豕東城隅空歌漢代蕭相國肯事霍家馮子都徒爾當年聲籍籍濫作詞林兩京客故人斗酒安陵橋黃鳥春風洛陽陌吾家令弟才不羈五言破的人共推興來逸氣如濤涌千里長江歸海時別離短景何蕭索佳句相思能間作舉頭遥望魯陽山木葉紛紛向人落

王母歌

武皇齋戒承華殿端拱須臾王母見霓旌照耀麒麟車羽蓋淋漓孔雀扇手指交梨遣帝食可以長生臨寓縣頭上復一作元頭上戴九星冠總領玉童坐南面欲聞要言今告汝帝乃焚香請此語若能鍊魄去三尸後當見我天皇所顧謂侍女董雙成酒闌可奏雲和笙紅霞白日儼不動七龍五鳳紛相迎惜哉志驕神不悅歎息馬蹄與車轍複道歌鐘杳將暮深宮桃李花一作飛成雪爲但一作看青玉五枝燈蟠螭吐火一作盡光欲一作已絕

鮫人歌

鮫人潛織水底居側身上下隨遊一作龍魚輕綃文綵不可識夜夜澄波連一作流月色有時寄宿來城市海島青冥無極已泣珠報恩君莫辭今年相見明年期始知萬族無不有百尺深泉架戶牖鳥沒空山誰復望一望雲濤堪白首

夏宴張兵曹東堂

重林華屋堪避暑況乃烹鮮會佳客主人三十朝大夫滿座森然見矛戟北窗臥簟連心花竹裏蟬鳴西日斜羽扇搖風却珠汗玉盆貯水割甘瓜雲峰峨峨自冰雪坐對芳樽不知熱醉來但挂葛巾眠莫道明朝有離別

同張員外諲酬答之作

洛中高士日沈冥手自灌園方帶經王湛牀頭見周易長康傳裏好丹青鶡冠葛屨無名位博弈賦詩聊遣意清言只到衛家兒用筆能誇鍾太尉東籬二月種蘭蓀窮巷人稀鳥雀喧閒道郎官問生事肯令鬢髮老柴門

欲之新鄉答崔顥綦毋潛

數年作吏家屢空誰道黑頭成老翁男兒在世無產業行子出門如轉蓬吾屬交歡此何夕南家擣衣動歸客銅鑪將炙相歡飲星宿縱橫露華白寒風卷葉度滹沱飛雪布一作覆地悲峨峨孤城日落見棲鳥馬上時聞漁者歌明朝東路把君手臘日辭君期歲首自知寂寞無去思敢望縣人致牛酒

答高三十五留別便呈于十一

累薦賢良皆不就家近陳留訪耆舊韓康雖復在人間王霸終思隱巖竇清冷池水灌園蔬萬物滄江心澹如妻子歡同五株一作柳雲山老一作元對一牀書昨日公車見三事明君賜衣遣爲吏懷章不使郡邸驚待詔初從闕庭至散誕由來自不羈低頭授職爾何爲故園壁挂烏紗帽官舍塵生白接䍦寄書寂寂於陵子蓬蒿沒身胡不仕藜羹被褐環堵中歲晚將貽故人恥

送康洽入京進樂府歌

識子十年何不遇只愛歡遊兩京路朝吟左氏嬌女篇
夜誦相如美人賦長安春物舊相宜小苑蒲萄花滿枝
柳色偏濃九華殿鶯聲醉殺五陵兒曳裾此日從何所
中貴由來盡相許白袷春衫仙吏贈烏皮隱几臺郎與
新詩樂府唱堪愁御妓應傳鳷鵲樓西上雖因長公主
終須一見曲陵（一作陽）侯

送劉十（一作劉十一）

三十不官亦不娶時人焉識道高下房中唯有老氏經
櫪上空餘少遊馬往來嵩華與函秦放歌一曲前山春
西林獨鶴引閑步南澗飛泉清角巾前年上書不得意
歸卧東窗兀然醉諸兄相繼掌青史第五之名齊驃騎
烹葵摘果告我行落日夏雲縱復橫聞道謝安掩口笑
知君不免爲蒼生

送王道士還山

嵩陽道士餐柏實居處三花對石室心窮伏火陽精丹
口誦淮王萬畢術自言神訣不可求我師聞之玄圃遊
出入彤庭佩金印承恩赫赫如王侯雙峰樹下曾受業
應傳肘後長生法吾聞仙地多後身安知不是具茨人
玉膏清泠瀑泉水白雲谿中日方此從今不見數十年
鬢髮顏容只如是先生捨我欲何歸竹杖黃裳登翠微
當有巖前白蝙蝠迎君日暮雙來飛

別梁鍠

梁生倜儻心不羈途窮氣蓋長安兒回頭轉眄似鵰鶚
有志飛鳴人豈知雖云四十無祿位曾與大軍掌書記
抗辭請刃誅部曲作色論兵犯二帥一言不合龍頟侯
擊劍拂衣從此棄朝朝飲酒黃公壚脫帽露頂爭叫呼
庭中犢鼻昔嘗挂懷裏琅玕今在無時人見子多落魄
共笑狂歌非遠圖忽然遣躍紫騮馬還是昂藏一丈夫
洛陽城頭曉霜白層冰峨峨滿川澤但聞行路吟新詩
不歎舉家無擔石莫言貧賤長可欺覆簣成山當有時
莫言富貴長可託木槿朝看暮還落不見古時塞上翁
倚伏由來任天作去去滄波勿復陳五湖三江愁殺人

送從弟遊江淮兼謁鄱陽劉太守

都門柳色朝朝新念爾今爲江上人穆陵關帶清風遠
彭蠡湖連芳草春泊舟借問西林寺曉聽猿聲在山翠
潯陽北望鴻鴈回湓水東流客心醉須知聖代舉賢良
不使遺才滯一方應見鄱陽虎符守思歸共指白雲鄉

雙笋歌送李回兼呈劉四

並抽新笋色漸綠迥出空林雙碧玉春風解籜雨潤根
一枝半葉清露痕爲君當面拂雲日孤生四遠何足論
再三抱此悵爲別嵩洛故人與之說

送劉四赴夏縣

九霄特立紅鸞姿萬仞孤生玉樹枝劉侯致身能若此
天骨自然多歎美聲名播揚二十年足下長途幾千里
舉世皆親丞相閣我心獨愛伊川水脫略勢利猶埃塵
嘯傲時人而已矣新詩數歲即文雄上書昔召蓬萊宮
明主拜官麒麟閣光車駿馬看玉童高人往來盧山遠
隱士往來張長公扶南甘蔗甜如蜜雜以荔枝龍州橘
赤縣繁詞滿劇曹白雲孤峯暉永日朝持手板望飛鳥
暮誦楞伽對空室一朝出宰汾河間明府下車人吏閑
端坐訟庭更無事開（一作閑）門咫尺巫咸山男耕女織蒙惠
化麥熟雉鳴長秋稼明年九府議功時五辟三徵當在
茲聞道桐鄉有遺老邑中還欲置生祠

少室雪晴送王寧

少室衆峯幾峯別一峯晴見一峯雪隔城半山連青松
素色峨峨千萬重過景斜臨不可道白雲欲盡難爲容
行人與我翫幽境北風切切吹衣冷惜別浮橋駐馬時
舉頭試望南山嶺

送陳章甫

四月南風大麥黃棗花未落桐陰長青山朝別暮還見
嘶馬出門思舊鄉陳侯立身何坦蕩虬鬚虎眉仍大顙
腹中貯書一萬卷不肯低頭在草莽東門酤酒飲我曹
心輕萬事皆（一作如）鴻毛醉卧不知白日暮有時空望孤雲
高長河浪頭連天黑津口（一作吏）停舟渡不得鄭國遊人未
及家洛陽行子空歎息聞道故林相識多罷官昨日今
如何

聽安萬善吹觱篥歌

南山截竹爲觱篥此樂本自龜茲出流傳漢地曲轉奇
涼州胡人爲我吹傍鄰聞者多歎息遠客思鄉皆淚垂
世人解聽不解賞長飆風中自來往枯桑老柏寒颼飀
九雛鳴鳳亂啾啾龍吟虎嘯一時發萬籟百泉相與秋
忽然更作漁陽摻黃雲蕭條白日暗變調如聞楊柳春
上林繁花照眼新歲夜高堂列明燭美酒一杯聲一曲

魏倉曹東堂檉樹

愛君雙檉一樹奇千葉齊生萬葉垂長頭拂石帶烟雨
獨立空山人莫知攢青蓄翠陰滿屋紫穗紅英曾斷目
洛陽墨客遊雲間若到麻源第三谷

照公院雙橙

種橙夾階生得地細葉隔簾見雙翠抽條向長未及肩
泉水遶根日三四青青何必楚人家帶雨凝烟新著花
永願香爐灑甘露夕陽時映東枝斜南庭黃竹爾不敵
借問何時堪挂錫

愛敬寺古藤歌

古藤池水盤樹根左攫右拏龍虎蹲橫空直上相陵突
丰茸離纚若無骨風雷霹靂連黑枝人言其下藏妖魑
空庭落葉乍開合十月苦寒常倒垂憶昨花飛滿空殿
密葉吹香飯僧遍南階雙桐一百尺相與年年老霜霰

崔五六圖屏風各賦一物得烏孫佩刀

烏孫腰間佩兩刀刃可吹毛錦爲帶握中枕宿穹廬室
馬上割飛翳螉塞執之魍魎誰能前氣凜清風沙漠邊
磨用陰山一片玉洗將胡地獨流泉主人屏風寫奇狀
鐵鞘金鐶儼相向回頭瞪目時一看使予心在江湖上

古意

男兒事長征少（一作生）小（一作作）幽燕客賭勝馬蹄下由來輕七
尺殺人莫敢前鬚如蝟毛磔黃雲隴底白雪飛未得報
恩不能（一作得）歸遼東小婦年十五慣彈琵琶解歌舞今（一作合）
爲羌笛出塞聲使我三軍淚如雨

采蓮（一作放歌行）

越溪女越溪蓮齊藍苕雙嬋娟嬉遊向何處采摘且同船浩唱發容與清波生漪漣時逢島嶼泊幾伴鴛鴦眠襟袖既盈溢馨香亦相傳薄暮歸去來苧羅生碧烟

雜興

沈沈牛渚磯舊說多靈怪行人夜秉生犀燭洞照洪深闘滂湃乘車駕馬往復旋赤紱朱冠何偉然波驚海若潛幽石龍抱胡髯卧黑泉水濱丈人曾有語物或惡之當害汝武昌妖夢果爲災百代英威埋鬼府青青蘭艾本殊香察見泉魚固不祥濟水自清河自濁周公大聖接輿狂千年駈駈逢華表九日茱萸作佩囊善惡死生齊一貫祇應斗酒任蒼蒼

絶纓歌

楚王宴客章華臺章華美人善歌舞玉顏豔豔空相向滿堂目成不得語紅燭滅芳酒闌羅衣半醉春夜寒絶纓解帶一爲歡君王赦過不之罪暗中珠翠鳴珊珊寧愛賢不愛色青娥買死誰能識果却一(一作三)軍全社稷

鄭櫻桃歌（石季龍寵惑優僮鄭櫻桃而殺妻郭氏更納清河崔氏櫻桃又譖而殺之櫻桃美麗擅寵宮掖樂府由是有鄭櫻桃歌）

石季龍僭天禄擅雄豪美人姓鄭名櫻桃櫻桃美顏香且澤娥娥侍寢專宮掖後庭卷衣三萬人翠眉清鏡不得親宮軍女騎一千匹繁花照耀漳河春織成花映紅綸巾（季龍以女騎一千爲鹵簿皆著紫綸巾五文織成鞾）紅旗掣曳鹵簿新鳴鼙走馬接飛鳥銅駝琵琶隨去塵鳳陽重門如意館百尺金梯倚銀牀盤龍斗帳琥珀光淫昏僞位神所惡滅石者陵終不悟鄴城蒼蒼白露微世事(一作淫世)翻覆黃雲飛

送劉昱

八月寒葦花秋江浪頭白北風吹五兩誰是潯陽客鸕鷀山頭微雨晴揚州郭裏暮潮生行人夜宿金陵渚試聽沙邊有(一作南)鴈聲

送郝判官

楚城木葉落夏口青山遍(一作轉)鴻鴈向南時君乘使者傳楓林帶水驛夜火明山縣千里送行人蔡州如眼見江漣清漢東遠迤遞望荊雲相蔽虧應問襄陽舊風俗爲余騎馬習家池

送劉方平

綺紈遊上國多作少年行二十二詞賦惟君著美名童顏且白皙佩德如瑶瓊荀氏風流盛胡家公子清有才不偶誰之過肯即藏鋒事高卧洛陽草色猶自春遊子東歸喜拜親漳水橋頭值鳴鴈朝歌縣北少行人別離斗酒心相許落日青郊半微雨請君騎馬望西陵爲我殷勤弔魏武

聽董大彈胡笳聲兼寄語弄房給事（一本題作聽董庭蘭彈琴兼寄房給事）

蔡女昔造胡笳聲一彈一十有八拍胡人落淚沾(一作向)邊草漢使斷腸對歸客古戍蒼蒼烽火寒大荒沈沈飛雪白先拂商弦後角羽四郊秋葉驚摵摵董夫子通神明深山(一作松)竊聽來妖精言遲更速皆應手將往復旋如有情空山百鳥散還合萬里浮(一作孤)雲陰且晴嘶酸雛鴈失羣夜斷絶胡兒戀母聲川爲淨其波鳥亦罷其鳴烏孫部落家鄉遠邏娑沙塵哀怨生幽音變調忽飄灑長風吹林雨墮瓦迸泉颯颯飛木末野鹿呦呦走堂下長安城連東掖垣鳳凰池對青瑣門高才脱畧名與利日夕望君抱琴至

彈棊歌

崔侯善彈棊巧妙盡於此藍田美玉清如砥白黑相分十二子聯翩百中皆造微魏文手巾不足比緑邊度隴未可嘉烏跂星懸危(一作復)斜迴飈轉指速飛電拂四取五旋風花(一作拂取四五旋花)坐中(一作上)齊聲稱絶藝仙人六博何能(一作曾)繼一别常山道路遥爲余更作三五(一作兩)勢

送山陰姚丞攜妓之任兼寄蘇少府

東風香草路南客心容與白皙吳王孫青蛾柳家女都門數騎出河口片帆舉夜簟眠橋洲春衫傍楓嶼山陰政簡甚從容到罷惟求物外蹤落日花邊剡溪水晴烟竹裏會稽峰才子風流蘇伯玉同官曉暮應相逐加飡共愛鱸魚肥醒酒仍憐甘蔗熟知君練思本清新季子如今得爲鄰他日知尋始寧墅題詩早晚寄西人

全唐詩

李頎

塞下曲

少年學騎射勇冠并州兒直愛出身早邊功沙漠垂戎鞭腰下插羌笛雪中吹膂力今應盡將軍猶未知

寄鏡湖朱處士

澄霽晚流闊微風吹緑蘋鱗鱗遠峰見淡淡平湖春芳草日堪把白雲心所親何時可爲樂夢裏東山人

宴陳十六樓（樓枕金谷）

西樓對金谷此地古人心白日落庭内黄花生澗陰四鄰見疎木萬井度寒砧石上題詩處千年留至今

送相里造入京
子月過秦正寒雲覆洛城嗟君未得志猶作苦辛行㤄
酒嫌衣薄瞻風候雨晴春官含笑待驅馬速前程

送錢子入京
夜夢還京北鄉心恨擣衣朝逢入秦使走馬喚君歸驛
路清霜下關門黃葉稀還家應佶宿看子速如飛

送綦毋三寺中賦得紗燈
禪室吐香燼輕紗籠翠烟長繩挂青竹百尺垂紅蓮熠
爚衆星下玲瓏雙塔前含光待明發此别豈徒然

送人尉閩中
可歎芳菲日分爲萬里情閶門折垂柳御苑聽殘鶯海
戍通閩邑江航過楚城客心君莫問春草是王程

送人歸沔南
梅花今正發失路復何如舊國雲山在新年風景餘春
饒漢陽夢日寄武陵書可即明時老臨川莫羨魚

送盧逸人
洛陽爲此别攜手更何時不復人間見祇應海上期清
谿入雲木白首卧茅茨共惜盧敖去天邊望所思

送顧朝陽還吴
寂寞俱不偶裹糧空入秦宦途已可識歸卧包山春舊
國指飛烏滄波愁旅人開樽洛水上怨别柳花新

送竇參軍
城南送歸客歟酒對林巒暄鳥迎風囀春衣度雨寒桃
花開翠幕柳色拂金鞍公子何時至無令芳草闌

望秦川
秦川朝望迥日出正東峰遠近山河淨逶迤城闕重秋
聲萬戶竹寒色五陵松客有歸歟歎悽其霜露濃

晚歸東園
荆扉帶郊郭稼穡滿（一作向）東菑倚杖寒山暮鳴梭秋葉時
回雲覆陰谷返景照霜梨澹泊眞吾事清風别自茲

覺公院施鳥石臺
石臺置香飯齋後施諸禽童子亦知善衆生無懼心苔
痕蒼曉露盤勢出香林錫杖或圍繞吾師一念深

雜笋
東園長新笋映日復穿籬迸出依青嶂攢生伴綠池色
（一作密）因林向背行逐地高卑但恐春將老青青獨爾爲

達奚吏部夫人寇氏挽歌
存殁令名傳青青松柏田事姑稱孝婦生子繼先賢露
濕銘旌重風吹鹵簿前陰堂從此閉誰誦女師篇

寄司勳盧員外
流澌臘月下河陽草色新年發建章柰地立春傳太史
漢宮題柱憶仙郎歸鴻欲度千門雪侍女新添五夜香
早晚薦雄文似者故人今已賦長楊

寄綦毋三
新加大邑綬仍黃近與單車去洛陽顧眄一過丞相府
風流三接令公香南川粳稻花侵縣西嶺雲霞色滿堂
共道進賢蒙上賞看君幾歲作臺郎

送魏萬之京
朝聞遊子唱離歌昨夜微霜初渡河鴻鴈不堪愁裏聽
雲山况是客中過關城樹（一作曙）色催寒近御苑砧聲向晚
多莫見長安行樂處空令歲月易蹉跎

送李回
知君官屬大司農詔幸驪山職事雄歲發金錢供御府
晝看仙液注離宮千巖曙雪旌門上十月寒花輦路中
不覩聲明與文物自傷流滯去關東

宿瑩公禪房聞梵
花宮仙梵遠微微月隱高城鐘漏稀夜動霜林驚落葉
曉聞天籟發清機蕭條已入寒空靜颯沓仍隨秋雨飛
始覺浮生無住著頓令心地欲皈依

題璿公山池
遠公遯跡廬山岑開士（一作山）幽居祇樹林片石孤峯窺色
相清池皓（一作白）月照禪心指揮如意天花落坐卧閑房春
草深此外俗塵都不染惟餘玄度得相尋

題盧五舊居
物在人亡無見期閑庭繫馬不勝悲窻前綠竹生空地
門外青山如舊時悵望秋天鳴墜葉巑岏枯柳宿寒鴟
憶君淚落東流水歲歲花開知爲誰

贈别張兵曹
漢家蕭相國功蓋五諸侯勳業河山重丹青錫命優君
爲禁臠壻爭看玉人遊荀令焚香日潘郎振藻秋新成
鸚鵡賦能衣鷫鷞裘不憚軒車遠仍尋薜荔幽苑梨飛
絳葉伊水淨寒流雪滿故關道雲遮祥鳳樓一身輕寸
祿萬物任虛舟别後如相問滄波雙白鷗

宿香山寺石樓
夜宿翠微半高樓聞暗泉漁舟帶遠火山磬發孤烟衣
拂（一作㪍壯）雲松外門清河漢邊峰巒低枕席世界接人天靄
靄花出霧輝輝星映川東林曙鶯滿惆悵欲言旋

聖善閣送裴迪入京
雲（一作雪）華滿（一作鈗）高闕苔色上鉤欄藥草空堦靜梧桐返照
寒清吟可愈疾攜手暫同歡墜葉和金磬飢烏鳴露盤
伊流（一作川）惜東别灞水向西看舊託含香署雲霄何足難

奉送潚叔遊潁川兼謁淮陽太守
罷吏今何適辭家方獨行嵩陽入歸夢潁水半前程聞
道淮陽守東南卧理清郡齋觀政日人馬望鄉情疊嶺
雪初霽寒砧霜後鳴臨川嗟拜手寂寞事躬耕

二妃廟送裴侍御使桂陽
沅上秋草晚（一作色）蒼蒼堯女祠無人見精魄萬古寒猿悲
桂水身殁後椒漿神降時回雲迎赤豹驟雨颯文狸（一作颸靄
驪文蜻）受命出炎海焚香徵楚詞乘驄感遺跡一弔清川湄

送暨道士還玉清觀
仙宮（一作官）有名籍度世吴江濆大道本無我青春長與君
中州（一作洲）俄已到至理得而聞明主降黃屋時人看白雲
空山何窈窕三秀日氛氳遂此（一作此道）留書客超遥烟駕分

送劉主簿歸金壇
與子十年舊其如離别何宦遊鄰故國歸夢是滄波京
口青山遠金陵芳草多雲帆曉容裔江日晝清和縣郭
舟人飲津亭漁者歌茅山有仙洞羨爾再經過

送盧少府赴延陵
問君從官所何日府中趨遥指金陵縣青山天一隅行

人懷寸祿小吏獻新圖北固波濤險南天（一作川）風俗殊春江（一作山）連橘柚晚景㛹菰蒲漠漠花生渚亭亭雲過湖灘沙映村火水霧斂檣烏回首東門路鄉書不可無

送皇甫曾遊襄陽山水兼謁韋太守

峴山枕襄陽滔滔江漢長山深卧龍宅水淨斬蛟鄉元凱春秋傳昭明文選堂風流滿今古烟島思微茫白鷹暮衡雪青林寒帶霜蘆花獨戍晚柑實萬家香舊國欲茲別輕舟眇未央百花亭漫漫一柱觀蒼蒼按俗荊南牧持衡吏部郎逢君立五馬應醉習家塘

龍門送裴侍御監五嶺選

萬里番禺地官人繼帝憂君爲柱下史將命出東周歇馬傍川路張燈臨石樓稜稜靜疎木潺潺響寒流椰葉四荒外梅花五嶺頭明珠尉佗國翠羽夜郎洲夷俗富珍産土風資宦遊心清物不雜弊革事無留舉善必稱最持姦當去尤何辭桂江遠今日用賢秋

送喬琳

草綠小平津花開伊水濱今君（一作今今）不得意孤負帝鄉春口不言金帛心常任屈伸阮公惟飲酒陶令肯羞貧陽羨風流地滄江遊寓人菱歌五湖遠桂樹八公鄰青鳥迎（一作過）孤棹白雲隨一身潮隨秣陵上月映石頭新未可逃名利應須在縉紳汀洲芳杜色勸爾暫垂綸

題少府監李丞山池

能向府亭内置茲山與林他人驌驦馬而我薜蘿心雨止禁門肅鶯啼官柳深長廊閟軍器積水背城陰窓外王孫草牀頭中散琴清風多仰慕吾亦爾知音

長壽寺粲公院新甃井

僧房來往久露井每同觀白石抱新甃蒼苔依舊欄空缾宛轉下長綆轆轤盤境界因心淨泉源見底寒鐘鳴時灌頂對此日閑安

魏倉曹宅各賦一物得當軒石竹

羅生殊衆色獨爲表華滋雖雜蕙蘭處無爭桃李時同人趨府暇落日後庭期密葉散紅點靈條驚紫蕤芳菲看不厭采摘願來茲

奉送五叔入京兼寄綦毋三

雲陰帶殘日悵別此何時欲望黄山道無由見所思

寄韓鵬

爲政心閑物自閑朝看飛鳥暮飛還寄書河上神明宰羨爾城頭姑射山

百（一作白）花原（一作王昌齡出塞行）

百（一作白）花原頭望京師黄河水流無已時（一作盡期）窮秋（一作秋天）曠野行人（一作人行）絶馬首東（一作西）來知是誰

遇劉五

洛陽一別梨花新黄鳥飛飛逢故人攜手當年共爲樂無驚蕙草惜殘春

送崔嬰赴漢陽

中外相連弟與兄新加小縣子男名纔年三十佩銅印知爾弦歌漢水清

送五叔入京兼寄綦毋三

吏部明年拜官後西城必與故人期寄書春草年年色莫道相逢玉女祠

野老曝背

百歲老翁不種田惟知曝背樂殘年有時捫虱獨搔首目送歸鴻籬下眠

送東陽王太守（末缺）

江皋杜蘅綠芳草日遲遲檜楫今何去星郎出守時彤襜問風俗明主寄憚嫠令下不徒爾人和當在茲昔年經此地微月有佳期洞口桂花白巖前春草滋素沙靜津瀨青壁帶川坻野鶴每孤立林䴈常晝悲

詠張諲山水（末缺）

小山破體閑支策落日梨花照空壁詩堪記室妬（一作始）風流畫與將軍作勍敵

失題（末缺）

紫極殿前朝伏奏龍華會裏日相望別離歲歲如流水誰辨他鄉與故鄉

全唐詩

綦毋潛

綦毋潛字季通荊南人開元十四年登進士第由宜壽尉入爲集賢待制遷右拾遺終著作郎詩一卷

冬夜寓居寄儲太祝（一作薛據詩）

自爲洛陽客夫子吾知音盡（一作愛）義能下士時人無此心奈何離居夜巢鳥悲（一作飛）空林愁坐至月上復聞南鄰砧

春泛若耶溪

幽意無斷絶此去隨所偶晚（一作好）風吹行舟花路入溪口際夜轉西壑隔山望南斗潭煙飛溶溶林月低向後生事且瀰漫願爲持竿叟

題鶴林寺

道林（一作門）隱形勝向背臨層霄（一作法橋）松覆山殿冷花藏谿路遥珊珊寶幡挂焰焰明燈燒遲日半空谷春風連上潮少憑（一作適）水木興暫令身心調願謝攜手客茲山禪誦（一作侶）饒

題栖霞寺

南山勢迴合靈境依此住殿轉雲崖陰僧探石泉度龍蛇爭翁習神鬼皆密護萬壑奔道場羣峰向雙樹天花飛不著水月白成路今日觀身我（一作我身）歸心復何處

送儲十二還莊城

西坂何繚繞青林問子家天寒噪野雀日晚度城鴉寂歷道傍樹曈曨原上霞茲情不可說長恨隱淪賒

送章彝下第

長安渭（一作灞）橋路行客別時心獻賦温泉畢無媒魏闕深黄鶯啼就馬白日暗歸林三十名未立君還惜寸陰

送崔員外黔中監選

持衡出帝畿星指夜郎飛神女雲迎馬荊門雨濕衣聽猿收淚罷繫鴈待書稀蠻貊雖殊俗知君肝膽微

送賈恒明府兼寄温張二司户

越客新安別秦人舊國情舟乘晚風便月帶上潮平花路西施石雲峰句踐城明州報兩掾相憶二毛生

送宋秀才

冠古積榮盛，當時數戟門。舊交丞相子，繼世五侯孫。長劒倚天外，短書盈萬言。秋風一送別，江上黯消魂。

送平判官入秦（一作盧象詩）

謫遠自安命，三年已忘歸。同聲（一作心）頗執手，驛騎到門扉。云是帝鄉去，軍書謁紫微。曾爲金馬客，向日淚沾衣。

送鄭務拜伯父

名公作逐臣，驅馬拂行塵。舊國問郢子，勞歌過郢人。一川花送客，二月柳宜春。奉料竹林興，寬懷此別晨。

題招隱寺絢公房

開士度人久，空巖（一作山）花霧深。徒知燕坐處，不見有爲心。蘭若門對壑，田家路隔林。還言證（一作澄）法性，歸去比黃金。

宿太平觀

夕到玉京寢，窅冥雲漢低。魂交仙室蝶，曙聽羽人雞。滴瀝花上露，清泠松下谿。明當訪真隱，揮手入無倪。

題靈隱寺山頂禪院

招提此山頂，下界不相聞。塔影挂清漢，鐘聲和白雲。觀空靜室掩，行道眾香焚。且駐西來駕，人天日未曛。

若耶溪逢孔九

相逢此溪曲，勝託在煙霞。潭影竹間動，嶽陰簷（一作檐）外（一作際）斜。人言（一作生）上皇代，犬吠武陵家。借問淹留日，春風滿（一作深歸）若耶。

宿龍興寺

香刹夜忘歸，松青古殿扉。燈明方丈室，珠繫比丘衣。白日（一作月）傳心靜，青蓮喻法微。天花落不盡，處處鳥銜飛。

題沈東美員外山池

仙郎偏好道，鑿沼象瀛洲。魚樂隨情性，船行任去留。秦人辨雞犬，堯日識巢由。歸客衡門外，仍憐返景幽。

茅山洞口

華陽仙洞口，半嶺拂雲看。窈窕穿苔壁（一作陸），差池對石壇。方隨地脉轉，稍覺水晶寒。未果變金骨，歸來茲路難。

遍方尊師院

羽客北山尋，草堂松徑深。養神宗示法，得道不知心。洞户逢雙履，寥天有一琴（一作禽）。更登玄圃上，仍種杏成林。

經陸補闕隱居

不敢要君徵，亦起致君全。得似唐虞讜言昨，歎離天聽。新象今闕，入縣圖琴。鎖壞窗風自響，鶴歸喬木隱難呼。學書弟子何人在，點檢猶存諫草無。

登天竺寺

郡有化城最西窮，疊嶂深松門當澗口，石路在峰心。幽見夕陽霽，高逢暮雨陰。佛身瞻紺髮，寶地踐黃金。雲向竹谿盡，月從花洞臨。因物成真悟，遺世在茲（一作孤）岑。

滿公房

世界蓮花藏，行人香火緣。燈王照不盡，中夜寂相傳。

過融上人蘭若（一作孟浩然詩）

山頭禪室挂僧衣，窗外無人溪（一作水，又作越）鳥飛。黃昏半在下山路，却聽鐘（一作泉，又作松）聲連（一作戀）翠微。

早發上東門

十五能行（一作文）西入秦，三十無家作路人。時命不將明主合，布衣空染（一作惹）洛陽塵。

祇園寺

寶坊求往跡，神理駐沿洄。鷹塔酬前願，王身更後來。加持將暝合，朗悟豁然開。兩世分明見，餘生復幾哉。

送集賢學士伊闕史少府放歸江東覲省（一作陶翰詩）

墨客鍾張侶，材高吳越珍。千門來謁帝，駟馬去榮親。吏邑沿清洛，鄉山指白蘋。歸期應不遠，當及未央春。

全唐詩目　第二函

第十冊

儲光羲　四卷

王昌齡　四卷

常建　一卷

杜頠　李嶷　崔亘　蔣維翰

萬楚　范朝　楊顏　王諲

王岳靈　周萬　共一卷

陶翰　一卷

全唐詩

儲光羲

儲光羲，兗州人。登開元中進士第，又詔中書試文章，歷監察御史。祿山亂後，坐陷賊貶官。集七十卷，今編詩四卷。

述韋昭應畫犀牛

遐方獻文犀，萬里隨南金。大邦柔遠人，以之居山林。食棘無秋冬，絕流無淺深。雙角前嶄嶄，三蹄下駸駸。朝賢壯其容，未能辨其音。有我衰鳥（一作哀鳥，一作衰鳳）郎，新邑長鳴琴。陛閣飛嘉聲，丘甸盈仁心。閑居命國工，作繪北堂陰。耽耽若有神，庶比來儀禽。昔有舞天庭，爲君奏龍吟。

獻王威儀

入與真主言，有（一作又）騎天馬來。但有華清宮，不用神明臺。肅肅長自閑，門靜無人開。

野田黃雀行

嘖嘖野田雀，不知軀體微。閑穿深蒿（一作叢）裏，爭食復爭飛。窮老一頹（一作犢）舍，棗多桑樹稀。無棗猶可（一作亦何）食，無桑何以衣。蕭條空倉暮，相引時來歸。斜路豈不捷（一作樓），渚田豈不肥。水長路且壞（一作覆），惻惻與心違。

樵父詞

山北饒朽木，山南多枯枝。枯枝作採薪，爨室私自知。詰朝礪斧尋，視暮行歌歸。先雪隱薜荔，迎暄臥茅茨。清澗

日濯足喬木時曝衣終年登險阻不復憂安危蕩漾與神遊莫知是與非

漁父詞

澤魚好鳴水溪魚好上流漁梁不得意下渚潛垂鉤亂荇時礙楫新蘆復隱舟靜言念終始安坐看沈浮素髮隨風揚遠心與雲遊逆浪還極浦信潮下滄洲非爲徇形役所樂在行休

牧童詞

不言牧田遠不道牧陂深所念牛馴擾不亂牧童心圓笠覆我首長蓑披我襟方將憂暑雨亦以懼寒陰大牛隱層坂小牛穿近林同類相鼓舞觸物成謳吟取樂須臾間寧問聲與音

采蓮詞

淺渚荇（一作荷）花繁深潭菱（一作塘芰）葉疎獨往方自得（一作獲）恥邀淇上姝廣江無術阡大澤（一作羅）絕方隅浪中海童語流下鮫人居春鴈（一作荻）時隱舟新萍復滿湖采采乘日暮不思賢與愚

採菱詞

濁水菱葉肥清水菱葉鮮義不遊濁水志士多苦言潮沒具區藪潦深雲夢田朝隨北風去暮逐南風旋浦口多漁家相與邀我船飯稻以終日羹蓴（一作蓴羹）將永年方冬水物窮又欲休山樊盡室相隨從所貴無憂患

射雉詞

曝暄理新翳迎春射鳴雉原田遙一色皐陸曠千里遙聞咿喔聲時見雙飛起纍壘疎蒿下碚磥深叢（一作麥）裏顧敵已（一作仍）忘生爭雄方決死仁心貴勇義豈能復傷此超遙下故墟迢遞回高畤（一作軌）大夫昔何苦取笑歡妻子

猛虎詞

寒亦不憂雪飢亦不食人人肉（一作血）豈不甘所惡傷明神太室爲我宅孟門爲我鄰百獸爲我膳五龍爲我賓蒙（一作羃）馬一何威浮江一（一作亦）以仁彩章耀朝日爪牙雄武臣高雲逐氣浮厚地隨聲震君能賈餘勇日夕長相親

渭橋北亭作

停車渭陽（一作橋）暮望望入秦京不見鴻鸞道如聞歌吹聲鄉魂涉江水客路指蒲城獨有故樓月今來亭上明

述華清宮五首（天寶六載冬十月皇帝如驪山溫泉宮名其宮曰華清）

上在蓬萊宮莫若居華清朝朝禮玄閣日日聞體輕大聖不私已精禋爲羣氓

上出蓬萊時六龍儼齊首長道舒羽儀形雲暎前後天聲殷宇宙眞氣到林藪

昔在軒轅朝五城十二樓今我神泉宮獨在驪山陬羣方趨順動百辟隨天遊

正月開陽和通門緝元化穆穆晬容歸豈爲明燈夜高山大風起肅肅隨龍駕

上林神君宮此地即明庭山開鴻濛色天轉招搖星三雪報大有孰爲（一作謂）非我靈

雜詠五首

石子松

盤石青巖下松生盤石中冬春無異色朝暮有清風五鬣何人采西山舊兩童

架簷藤

得從軒墀下殊勝松柏林生枝逐架遠吐葉向門深何許答君子簷間朝暝陰

池邊鶴

舞鶴傍池邊水清毛羽鮮立如依岸雪飛似向池泉江海雖言曠無如君子前

釣魚灣

垂釣綠灣春春深杏花亂潭清疑水淺荷動知魚散日暮待情人維舟綠楊岸

幽人居

幽人下山徑去去（一作來）夾青林滑處莓苔濕暗中蘿薜深春朝煙雨散猶帶浮雲陰

題太玄觀

門外車馬喧門裏宮殿清行即翳若木坐即吹玉笙所喧既非我眞道其冥冥

至嵩陽觀觀即天皇故宅

眞人上清室乃在中峰前花霧生玉井霓裳畫列仙念茲宮故宇多此地新泉松柏有清陰薜蘿亦自妍一聞步虛子又話逍遙篇忽若在雲漢風中意泠然

貽韋鍊師

精思莫知日意靜如空虛三鳥自來去九光遙卷舒新池近天井玉宇停雲車余亦苦山路洗心祈道書

霽後貽馬十二巽

高天風雨散清氣在園林況我夜初靜當軒鳴綠琴雲開北堂月庭滿南山陰不見長裾者空歌遊子吟

題陸山人樓

暮聲雜初鴈夜色涵早秋獨見海中月照君池上樓山雲拂高棟天漢入雲流不惜朝光滿其如千里遊（一作愁）

獻八舅東歸

高位莫能捨捨之世所賢雲車遊日華豈比龍樓前寢疾乃就枕情感唯靈仙帝鴻思道宗臣彭亦長年天書加羽服又許歸東川鏡水涵太清禹山朝上玄誠亡眞混沌玉立方嬋娟素業作仙居子孫當自傳門多松柏樹篋有逍遙篇獨往不可羣滄海成桑田

泛茅山東溪

清晨登仙峰峰遠行未極江海霽初景草木含新色而我任天和此時聊動息望鄉白雲裏發棹清溪側松柏生深山無心自貞直

喫茗粥作

當晝暑氣盛鳥雀靜不飛念君高梧陰復解山中衣數片遠雲度曾不蔽炎暉淹留膳茶粥共我飯蕨薇敞廬既不遠日暮徐徐歸

遊茅山五首

十年別鄉縣西去入皇州此意在觀國不言空遠遊九衢平若水利往無（一作來）輕舟北洛反初路東江還故丘春（一作青）山多秀木碧澗盡清流不見子桑扈當從方外求

世業傳儒行行成非不榮其如懷獨善況以聞長生家近華陽洞早年深此情巾車雲路入理棹瑤溪行天地朝光滿江山春色明王庭有軒冕此日方知輕

平生非作者望古懷清芬心以道爲際行將時不羣茲
山在人境靈既久傳聞遠勢一峰出(一作幽)近形千嶂分冬
春有茂草朝暮多鮮雲此去亦何極但言西日曛
昔賢居柱下今我去人間良以直心曠兼之外視閑垂
綸非釣國好學異希顏落日登高嶼悠然望遠山溪流
碧水去雲帶清陰還想見中林士巖扉長(一作久)不關
名嶽徵仙事清都訪道書山門入松柏天路涵(一作極)空虛
南極見朝采(一作爽)西潭聞夜漁遠心尚雲宿浪跡出林居
爲已存實際忘形同化初此行良已矣不樂復何如

述降聖觀(天寶七載十二月二日玄元皇帝降於朝元閣改爲降聖閣)

一山盡天苑一峰開道宮道花飛羽衛天鳥遊雲空玉
殿俯玄水春旗搖素風夾門小松柏覆井新梧桐自昔
大仙下乃知元化功神皇作桂館此意與天通

題眄上人禪居

眞王清淨子燕居復行心結宇鄰居邑寤言非遠尋丹
青丈室滿草樹一庭深秀色玄冬發交枝白日陰江流
暎朱户山鳥鳴香林獨住已寂寂安知浮與沈

過新豐道中

西下長樂坂東入新豐道雨多車馬稀道上生秋草太
陰蔽皐陸莫知晚與早雷雨杳冥冥川谷漫浩浩詔書
植嘉木(二十八年有詔種果)衆言桃李好自媿(一作顧)無此容歸從漢陰老

夜到洛口入黃河

河洲多青草朝暮增(一作滋)客愁客愁惜朝暮枉渚暫(一作聊)停
舟中宵大川靜解纜逐歸流浦溆既清曠沿洄非阻修
登艫望落月擊汰(一作楫)悲新秋倘遇乘槎客永言星漢遊

使過彈箏峽作

鳥雀知天雪羣飛復羣(一作息復)鳴原田無遺粟日暮滿空城
達士憂世務鄙夫念王程晨過彈箏峽馬足凌兢行雙
壁隱靈曜莫能知晦明皚皚堅冰白漫漫陰雲平始信
古人言苦節不可貞

泊舟貽潘少府

行子苦風潮維舟未能發宵分(一作風)卷前幔臥視清秋月
四澤蒹葭深中洲煙火絕蒼蒼水霧起落落疎星沒所
遇盡漁商與言多楚越其如念極浦又以思明哲(時潘在後浦)
常若千里餘況之異鄉別

仲夏入園中東陂

方塘深且廣伊昔俯吾廬環岸垂綠柳盈澤(一作潭)發紅蕖
上延北原秀下屬幽人居暑雨若混沌清明如空虛此
鄉多隱逸水陸見樵漁廢賞亦何貴爲歡良易攄且言
重觀國當此賦歸歟

效古二首

晨登涼風臺暮走邯鄲道曜靈何赫烈四野無青草大
軍北集燕天子西居鎬婦人役州縣丁男事征討老幼
相別離哭泣無昏早稼穡既殄絕川澤復枯槁曠哉遠
此憂冥冥商山皓

東風吹大河河水如倒流河洲塵沙起有若黃雲浮顛
霞燒廣澤洪曜赫高丘野老泣相語(一作逢)無地可蔭休翰
林有客卿獨負蒼生憂中夜起躑躅思欲獻厥謀君門
峻且深踠足空夷猶

雜詩二首

混沌(一作渾胚)本無象末路多是非達士志寥廓所在能忘機
耕鑿時未至還山聊采薇虎豹對我蹲鸑鷟傍我飛仙
人空中來謂我勿復歸格澤(一作擇)爲君駕虹蜺(一作雲霓)爲君衣
西遊(一作近)崑崙墟可與世人違

秋氣肅天地太行高崔嵬猨狖(一作[illegible])清夜吟其聲一何哀
寂寞掩圭蓽夢寐遊蓬萊琪樹遠亭亭玉堂雲中開洪
崖吹簫管玉(一作素)女飄颻來雨師既先後(一作洗道)道(一作後)路無纖
埃鄙哉楚襄王獨好陽雲(一作如雲陽)臺

陸著作挽歌(陸爲起居郎集賢院直學士贈著作郎吳郡人)

世業江湖側郊原休沐處獨(一作猶)言五日歸未道千秋去
鄉亭春水綠邑閣寒光暮昔爲晝錦遊今成逝川路
歸路秦城下寒雲慘平田故園滄海邊綠柳覆平川送
客異他日還舟殊昔年華亭有明月長向隴頭懸
劍水千人石荊江萬里流英英有君子才德滿中州明
道侯良佐惟賢初薄遊生(一作山)涯一朝盡寂寞夜臺幽
金堂策令名仙掖居清位鳴玉朝雙闕垂纓遊兩地朝
夕既論思春秋仍書事何言魯聲伯忽下瓊珠淚
令德棄人世明朝降寵章起居存有位著作沒爲郎寒
水落南浦月華虛北堂松門一長想彷彿見清揚

山居貽裴十二迪

落葉滿山砌蒼煙埋竹扉遠懷青冥士書劍常相依霜
卧眇茲地琴言紛已違衡陽今萬里南雁將何歸出徑
惜松引入舟憐釣磯西林有明月夜久空微微

秦中歲晏馬舍人宅宴集

冬暮久無樂西行至長安故人處東第清夜多新歡廣
庭竹陰靜華池月色寒知音盡詞客方見交情難

薦玄德公廟

神道本無已成化亦自然君居寥天上德在玉華泉眞
遊踐王(一作玉)豫永日遲雲仙表微在營道明祀將祈年靈
山俯新邑松上生彩煙豈知穆天子遠去瑤池邊

上長史王公責躬

覆舟無伯夷覆車無仲尼自咎失明義寧由貝錦詩松
柏日已堅桃李日以滋顧已獨暗昧所居成蒺藜大賢
薦時文醜婦用蛾眉惕惕愧不已豈敢論其私方朔既
有言子建亦有詩惻隱及先世析薪成自悲靈鳥酬德
輝黃雀報仁慈若公庶伏罪此事安能遲

至嶽寺即大通大照禪塔上溫上人

秋山下暎宮宮色宜朝陽迢遞在半嶺參差非一行燕
息雲滿門出遊花隱房二尊此成道禪宇遙相望鳳鐸
天中鳴巖梯松下長山墟響信鼓蘅薄生蕙香起滅一
以雪(一作息)往來亦誠亡悲哉門弟子要自知心長

終南幽居獻蘇侍郎三首時拜太祝未上

暮春天氣和登嶺望層城朝日懸清景巍峩宮殿明聖
君常臨朝達士復懸衡道近無艮(一作良)足歸來卧山楹靈
堦曝仙書深室鍊金英春巖松柏秀晨路鵾雞鳴羽化
既有言無然悲不成

中歲尚微道始知將谷神抗策還南山水木自相親深
林開一道青嶂成四鄰平明去采薇日入行刈薪雲歸
萬壑暗雪罷千崖春始看玄鳥來已見瑤華新寄言搴

芳者無乃後時人
卜築青巖裡雲蘿四垂陰虛室若無人喬木自成林時
有清風至側聞樵採音鳳皇鳴南岡望望隔層岑既言
山路遠復道溪流深偓佺空中遊虬龍水間吟何當見
輕翼爲我達遠心

題應聖觀

空中望小山山下見餘雪皎皎河漢女在茲養眞骨登
門駭天書啟籥問仙訣池光搖水霧燈色連松月合瓢
起花臺折草成玉節天雞弄白羽王母垂玄髮北有上
(一作新)年宮一路在雲霓上心方嚮道時復朝金闕

至閑居精舍呈正上人(即天后故宮)

太室三招提其趣皆不同不同非一趣況是天遊宮雙
嶺前夾門閣道復橫空寶坊若花積宛轉不可窮流泉
自成池清松信饒風秋晏景氣迥晶明丹素功將近隱
者鄰遠與西山通大師假惠照念以息微躬

酬綦毋校書夢耶溪見贈之作

校文在仙掖每有滄洲心況以(一作此)北窗下夢遊清溪陰
春看湖水(一作口)漫夜入迴塘深往往纜垂葛出舟望前林
山人松下飯釣客蘆中吟小隱何足貴長年固可尋還
車首東道惠言若黃金(一作南金)以我采薇意傳之天姥岑(後五句一作勝遊在幽尋歷茲山水間泠然若鳴琴申章謝來意愧莫詶知音)

全唐詩

儲光羲

田家即事

蒲葉日已長杏(一作荇)花日已滋老農要看此貴不違天時
迎晨起飯牛雙駕耕東菑蚯蚓土中出田烏隨我飛羣
合亂啄噪嗷嗷如道飢我心多惻隱顧此兩傷悲撥食
與田烏日暮空筐歸親戚更相誚我心終不移

同王十三維偶然作十首

仲夏日中時草木看欲燋田家惜工(一作功)力把鋤來東皋
顧望浮雲陰往往誤傷苗歸來悲困極兄嫂共相譊(一作饒)
無錢可沽酒何以解劬勞夜深星漢明庭宇虛寥寥高
柳三五株可以獨逍遙
北山種松柏南山種蒺藜出入雖同趣所向(一作尚)各有宜
孔丘貴仁義老氏好無爲我心若虛空此道(一作心)將安施
暫過伊闕間晼晚三伏時高閣入雲中芙蓉滿清池要
自非我室還望南山陲
野老本貧賤冒暑(一作雨)鋤瓜田一畦未及終樹下高枕眠
荷蓧者誰子皤皤來息肩不復問鄉墟相見但依然腹
中無一物高話羲皇年落日臨層隅逍遙望晴川使婦
提蠶筐呼兒榜漁(一作魚)船悠悠泛綠水去摘浦中蓮蓮花
豔且美(一作妍)使我不能還
浮雲在虛空隨風復卷舒我心方處順動作何憂虞但
言嬰世網不復得閒居迢遞別東國超遙來西都見人
乃恭敬曾不問賢愚雖若不能言中心亦難誣故鄉滿
親戚道遠情日疏偶欲陳此意復無(一作無復)南飛鳧
草木花葉生相與命爲春當非草木意信是故時人靜
念惻羣物何由知至眞狂歌問夫子夫子莫能陳鳳皇
飛且鳴容裔下天津清淨無言語茲焉庶可親
黃河流向東弱水流向西趨舍各有異造化安能齊妾
本邯鄲女生長在叢臺既聞容見寵復想玄爲妻刻畫
尚風流幸會君招攜逶迤歌舞座婉孌芙蓉閨日月方
向除恩愛忽焉暌棄置誰復道但悲生不諧羨彼匹婦
意偕老常同棲
日暮登春山山鮮雲復輕遠近看春色踟躕新月明仙
人浮丘公對月時吹笙丹鳥飛熠熠蒼蠅亂營營羣動
汩吾眞詭言傷我情安得如子晉與之遊太清
耽耽銅鞮宮遙望長數里賓客無多少出入皆珠履樸
儒亦何爲辛苦讀舊史不道無家舍效他養妻子洌洌
玄冬暮衣裳無準擬偶然著道書神人養生理公卿時
見賞賜賚難具紀莫問身後事且論朝夕是
空山暮雨來衆鳥竟棲息斯須照夕陽雙雙復撫翼我
念天時好東田有稼穡浮雲蔽川原新流集溝洫喪回
顧衡宇僮僕邀我食臥覽(一作攬)牀頭書睡看機中織想見
明膏煎中夜起唧唧
四鄰競豐屋我獨好卑室窈窕高臺中時聞撫新瑟狂
飈動地起拔木乃非一相顧始知悲中心憂且慄蚩蚩
命子弟恨不居高秩日入賓從歸清晨冠蓋出中庭有
奇樹榮早衰復疾此道猶不知微言安可述

昇天行貽盧六健

眞人居閬風時奏清商音聽者即王母泠泠和瑟琴坐
對三花枝行隨五雲陰天長崑崙小日久蓬萊深上由
玉華宮下視首陽岑神州亦清淨要自有浮沈惻惻苦
哉行呱呱遊子吟廬山逢若士思欲化黃金雨雪沒太
山誰能無歸心逍遙在雲漢可以來相尋

田家雜興八首

春至鶬鶊鳴薄言向田野(一作墅)不能自力作黽勉娶鄰女
既念生子孫方思廣田(一作園)圃閑時相顧笑喜悅好禾黍
夜夜登嘯臺南望洞庭渚百草被霜露秋山響砧杵却
羨故年時中情無所取
衆人恥貧賤相與尚膏腴我情既浩蕩所樂在畋漁山
澤時晦暝歸家暫閑居滿園植葵藿繞屋樹桑榆禽雀
知我閑翔集依我廬所願在優游州縣莫相呼日與南
山老兀然傾一壺
逍遙阡陌上遠近無相識落日照秋山千巖同一色網
罟繞深莽鷹鸇始輕翼獵馬既如風奔獸莫敢息駐旗
滄海上鶴士吳宮側楚國有夫人性情本貞直鮮禽徒
自致終歲竟不食
田家趨壠畝當晝掩虛關鄰里無煙火兒童共幽閑桔
槔懸空圃雞犬滿桑間時來(一作須臾)農事隙採藥遊名山但
言所採多(一作不念)路險艱人生如蜉蝣一往不可攀君
看西王母千載美容顏
平生(一作貧士)養情性不復計(一作知)憂樂去家(一作來)行賣畚留滯南
陽郭秋至黍苗黃無人可刈穫稚子朝未飯把竿逐鳥
雀忽見梁將軍乘車出宛洛意氣軼道路光輝滿墟落
安知負薪者咥咥笑輕薄
楚山有高士梁國有遺老築室既相鄰向田復同道糗
糒常共飯兒孫每(一作日)更抱忘此耕耨勞媿彼風雨好蟪

蛄鳴空澤鶗鴂傷秋草日夕寒風來衣裳苦不早
梧桐蔭我門薜荔網我屋迨迨（一作超超）兩夫婦朝出暮還宿
稼穡既自種（一作務）牛羊還自牧日旰懶耕鋤登高望川陸
空山足禽獸墟落多喬木白馬誰家兒聯翩相馳逐
種桑百餘樹種黍三十畝衣食既有餘時時會親友夏
來菰米飯秋至菊花酒孺人喜（一作善）逢迎稚子解趨走日
暮閑園裏團團蔭榆柳酩酊乘夜歸涼風吹戶牖清淺
望河漢低昂看北斗數甕猶未開明朝能飲否

題辨覺精舍

朝隨秋雲陰乃至青松林花閣空中遠方池巖下深竹
風亂天語溪響成龍吟試問眞君子遊山非世心

題慎言法師故房

精廬不住子自有無生鄉過客知何道裴回雁子堂浮
雲歸故嶺落月還西方日夕虛空裏時時聞異香

石甕寺

遙山起眞宇西向盡花林下見宮殿小上看廊廡深苑
花落池水天語聞松音君子又知我焚香期化心

題崔山人別業

南陽隱居者築室丹溪源溪冷懼秋宴室寒欣景曒山
鷄鳴菌閣水霧入衡門東嶺或舒嘯北窗時討論封君
渭陽（一作川）竹逸士漢陰園何必崆峒上獨爲堯所尊

行次田家澳（一作渙）梁作

田家俯長道邀我避炎氛當暑日方晝高天無片雲桑
間禾黍氣柳下牛羊羣野雀棲空屋晨昏（一作風）不復聞前
登澳（一作渙）梁坂極望溫泉分（一作原曛）逆旅方三舍西山猶未曛（一作分）

昭聖觀

主家隱溪口微路入花源數日朝青閣彩雲猶在門雙
樓夾一殿玉女侍玄元扶榱盡蟠木步檻多畫繙新松
引天籟（一作鬬）小柏繞山樊坐弄竹陰遠行隨溪水喧石池
辨春色林獸知人言未逐鳳皇去眞宮在此原

題辛道士房

全神不言命所尚道家流迨此遠南楚遂令思北遊先
生秀衡嶽玉立居玄丘門帶江山靜房隨瑤草幽逍遙
三花發罔象五雲浮自有太清紀曾垂華（一作草）髮憂大年
方橐籥小智卽蜉蝣七日赤龍至莫令余獨留

登秦嶺作時陷賊歸國

朝出猛獸林曠晲登高峰僮僕履雲霧隨我行太空羲
和舒靈暉倏忽西極通廻首望涇渭隱隱如長虹九逵
合蒼蕪五陵遙曈曚鹿遊大明殿霧濕華清宮網羅蟻
螻時頷齒熊羆鋒失途走江漢不能有其功氣逐招搖
星魂隨閶闔風惟言宇宙清復使車書同林木被緐霜
合沓連山紅鵬鶚勵羽翼俯視荊棘叢誓將食鴝鵒然
後歸崆峒

晦日任橋池亭

溫泉作天邑直北開新洲未有菰蒲生卽聞鳧雁遊六
亭在高岍數島居中流晦日望清波相與期泛游西道
苦轉轂北從疲行舟清冷水木陰纔可適我憂

望幸亭

五年一巡狩西幸過東畿周國易居守周人多怨思君
王敷惠政程作貴從時大厦非一木沈沈臨九逵慶雲
宿飛棟嘉樹羅青墀疏屏宜朝享方塘堪水嬉雲中仰
華蓋桁下望春旗天意知如此星言歸洛師

哥舒大夫頌德

天紀啓眞命君生臣亦生乃知赤帝子復有蒼龍精神
武建皇極文昌開將星超超渭濱器落落山西名畫閫
入受脤（一作服）鑿門出扞城戎人昧正朔我有軒轅兵隴路
起豐鎬關雲隨旆旌河湟訓兵甲義勇方橫行韓魏多
銳士蹶張在幕庭大非（當作大罪）四（當作肆）決軋石堡高崢嶸攻伐
若振槁孰云非神明嘉謀卽天意驟勝由師貞枯草被
西陸烈風昏太清戢戈旄頭落牧馬崑崙平賓從儼冠
蓋封山紀天聲來朝芙蓉闕鳴玉飄華纓直道濟時憲
天邦遂輕刑抗書報知己松柏亦以榮嘉命列上第德
輝照天京在車持簡墨粲粲皆詞英顧我搶榆者莫能
翔青冥游燕非騏驥躑躅思長鳴

安宜園林獻高使君

直道已三出（一作黜）幸從江上廻新居茅茨迥起見秋雲開
十里次舟楫二橋交往來楚言滿鄰里鴈叫喧池臺魚
鱉樂仁政浮沈亦至哉小山宜大隱要自望蓬萊

秋庭貽馬九（并序）

扶風馬挺余之元伯也舍人諸昆知己之目挺充
鄭鄉之賦予乃貽此詩

伊昔好觀國自鄉西入秦往復萬餘里相逢皆衆人大
君幸東嶽世哲扈時巡予亦從此去閑居清洛濱稍稍
寒木直彩彩陽華新迭宕孔文舉風流石季倫妙年一
相得白首定相親重此虛賓館歡言冬及春哲兄盛文
史出入馳高軌令德本同人深心重知己絳衣朝聖主
紗帳延才子伯淮與季江清濬各（一本缺）孤峙羣芳趨汎愛
萬物通情理而我信空虛提攜過杞梓夫君美聲德直
道期終始孰謂忽離居優游鄭東里東里近王城山連
路亦平何言相去遠閑言獨淒清萬里鴻鴈度四鄰砧
杵鳴其如久離別重以霜風驚

河中望鳥灘作貽呂四郎中

河流有深曲舟子莫能知弭棹臨沙嶼微吟西日馳平
明春色霽雨岍好風吹去去川途盡悠悠親友離漢宮
成羽翼伊水弄參差爲惜淮南子如何攀桂枝

秦中初霽獻給事二首

渭水收暮雨處處多新澤宮苑傷山明雲林帶天碧君
子聳高駕英聲邈今昔鏘珮出中臺影纓入仙掖鳳心
幸清鑒晚志欣良覿鳴盜非足徵願言同下客
南國久爲思西都嘗作賓雲開天地色日照山河春善
聽在知己揚光唯達人妙年弄柔翰弱冠偶良晨擢第
文昌閣還家滄海濱寸心何所望東（一作省）掖有賢臣

晚次東亭獻鄭州宋使君文

自（一作身）初賓上國乃到鄒人鄉曾點與曾子俱升闕里堂
武皇恢大畧逸翮思寥廓三居清憲臺兩拜文昌閣爲
道既貞（一作眞）信處名猶謇諤鐵柱勵風威錦軸含光輝夜
闈持簡立朝看伏奏歸洞門清珮響廣路玉珂飛驤首
入丹掖摶空趨太微絲綸逢聖主出入飄華組愔愔宿

帝梧侃侃居文府海内語三獨朝端謀六户善計在弘羊清嚴歸仲舉侍郎跨方朔中丞蔑周處天眷擇循良惟賢降寵章分符指聊攝爲政本農桑籍籍歌五袴祁祁頌千箱隨車微雨灑逐扇清風颺既以遷列國復兹隣帝鄉褰帷乃仍舊坐嘯非更張居敬物無擾履端人自康薄遊出京邑引領東南望林晚鳥雀噪田秋稼穡黄成皐天地險廣武征戰塲道喪苦兵賦時來開井疆霏霏渠門色晻晻制巖光徒念京索近猶悲溱洧長大明潛照耀淑慝自昭彰昔歲幸西土今兹歸洛陽同焉知鄭伯當輔我周王

秋次霸亭寄申大

橘柚植寒陵芙蓉蔕脩坂無言不得意得意何由展況我行且徒而君往猶蹇既傷人事近復言天道遠薄暮入空亭中夜不能飯南聽鴻雁盡西見招摇轉千門漢主宫百里周王苑杲杲初景出油油鮮雲卷會朝幸歲正（一作眞）校獵從新獮念君久京國雙涕如露泫無人薦子雲太息竟誰辨

舟中别武金壇

曰予輕皎潔坦率賓混元忽乃異羣萃高歌信陵門信陵好賓客清夜開華軒月光麗池閣野氣浮林園偶坐爛明星歸志（一作心）潛崩奔漾舟清潭裏慰我别離魂落日下西山左右慘無言蕭條風雨散窅靄江湖昏秋荷尚幽鬱暮鳥復翩翻紙筆亦何爲寫我心中寃

鞏城東莊道中作

北陵散寒鳥西山照初日婉孌晉陽京踟躕野人室南軒草間去後乘林中出靄靄長路暖遲遲狹路歸蜉蝣時蔽月枳棘復傷衣城上東風起河邊早雁飛夏王紀冬令殷人乃正月涯口度新雲山陰留故雪幸逢耆耋話餘待親隣别總轡出叢薄歇鞍登峻隅春源既蕩漭伏戰亦睢盱未獲遵平道徒言信薄夫

赴馮翊作

本自江海人且無寥廓志大明耀天宇靄靄風雨被迨遞别荆吴飄颻涉沂泗廣川俟舟檝峻坂傷騏驥蹭蹬失歸道崎嶇從下位西出太華陰北走少梁地蔥蘢墟落色泱漭關河氣耻從俠烈遊甘爲刀筆吏寶劒萊蕪匣豈忘知音貴大道且泛然沈浮未云異

晚霽中園喜赦作

五月黄梅時陰氣蔽遠邇濃（一本缺一作煙）雲連晦朔菰菜生隣里落日燒霞明農夫知雨止幾悲衽席濕長歎垣牆毁曭朗天宇開家族躍（一本缺一作欣）以喜渙汗發大號坤元更資始散衣出中園小徑尚滑履池光摇萬象倏忽滅復起嘉樹如我心欣欣豈云已

觀范陽遞俘

北河旄星隕鬼方獮林胡羣師舞弓矢電發歸燕墟皇皇軒轅君贊贊皐陶謨方思壯軍實遠近遞生俘車馬踐大逵合沓成深渠牧人過橐駝校正引騊駼烈風朝送寒雲雪靄天隅草木同一色誰能辨榮枯四履封元戎百金酬勇夫大邦武功爵固與炎皇殊

次天元十載華陰發兵作時有郎官點發

鬼方生獫狁時寇盧龍營帝念霍嫖姚詔發咸林兵天星下文閣簡師臨我城三陌觀勇夫五餌謀長纓雷野大車發震雲靈鼓鳴太華色莽蒼清渭風交横胡馬悲雨雪詩人歌旆旌閼氏爲女奴單于作邊氓神皇麒麟閣大將不書名

送丘健至州勑放作時任下邽縣（一作尉）

太史登觀臺天街耀旄頭大君忽霆震詔爵冠軍侯南必梁孫源西將圍崑丘河隴徼擊卒虎符到我州朝集咸林城師言亂啁啾殺氣變木德凜凜如高秋元戎啟神皇廟堂發嘉謀息兵業稼穡歸馬復休牛和風開陰雪大耀中天流歡聲殷河嶽涵盪非煙浮邦牧新下車德禮彼甿謳乾坤日交泰吾亦遂優游

登商丘

河水日夜流客心多殷憂維梢歷宋國結纜登商丘漢皇封子弟周室命諸侯摇摇世祀怨（一作遠）傷古復兼秋鳴鴻念極浦征旅慕前儔太息梁王苑時非牧馬遊

羣鴉（一作鴟）詠

新宫驪山陰龍衮時出豫朝陽照羽儀清吹肅逵路羣鴉隨天（一作太）車夜滿新豐樹所思在腐餘不復憂霜露河低宫閣深燈影鼓鐘曙繽紛集（一作起）寒枝矯翼時相顧冢宰收琳琅侍臣盡（一作進）鴛鷺高舉摩太清永絶矰繳懼兹禽亦翺翔不以微小故

尚書省受（一作聽）誓誡貽太廟裴丞

皇家有恒憲齋祭崇明祀嚴車伊洛間受誓文昌裏沈沈雲閣見稍稍城烏起曙色照衣冠虛庭鳴劒履裴回念私覿悵望臨清汜黜斡欲何言相思從此始

夏日尋藍田唐丞登高宴集

東望春明門駕言聊出遊南行小徑盡綠竹臨清流君出罷六安居此澹忘憂園林與城市閭里隨人幽披顏闢衡闈置酒登崇丘山河臨咫尺宇宙窮寸眸是時春載陽佳氣滿皇州宫殿碧雲裏鴛鴦初命儔良辰方在兹志士安得休成名苟有地何必東陵侯

田家即事答崔二東皐作四首

玄鳥雙雙飛杏林初發花喣媮命僮僕可以樹桑麻清旦理犂鋤日入未還家

有客山中至言傳故人訊蕩漾敷遠情飄飄吐清韻徛歟春皐上無乃成秋興

念别求須臾忽至嚶鳴時菜田燒故草初樹養新枝所寓非幽深夢寐相追隨

依依親隴畝寂寂無隣里不聞雞犬音日見和風起賴君遺掞藻憂來散能弭

全唐詩
儲光羲

敬酬陳掾親家翁秋夜有贈

大姬配胡公位乃三恪賓盛德百代祀斯言良不泯敬
仲爲齊卿當國名益震仲舉登宰輔太丘榮縉紳武皇
受瑤圖爵土封其新蘇祉既騄集裔孫生賢臣特達踰
珪璋節操方松筠雲漢一矯翼天池三振鱗曳裾朝赤
墀酌醴侍紫宸大君錫車馬時復過平津言則廣台階
道亦資天均清秋忽高興震（一作振）藻若有神曜曜趨宮廷
洸洸邁徐陳鎬京既賜第門巷交朱輪方將襲伊皐永
以崇夏殷宗黨無遠近敬恭依仁人雪盡宇宙暄雁歸
滄海春沈吟白華頌帝閫降絲綸驛騎及蕪城相逢在
郊鄄別離曠南北譴謫羅苦辛晝遊還荆吳迷方客咸
秦惟賢惠重義男女期嘉姻梧桐生朝陽鶡鳩鳴蕭晨
豈不畏時暮坎壈無與鄰中夜涼風來顧我闕音塵瓊
瑤不遐棄寤寐如日新

蘇十三瞻登玉泉寺峰入寺中見贈作

慶門疊華組盛列鍾英彥貞信發天姿文明叶邦選爲
情貴深遠作德齊隱見別業在春山懷歸出芳甸逖聽
多時友招邀及浮賤朝沿霸水窮暮矚藍田徧百花照
阡陌萬木森鄉縣（蘇居世業藍田）澗淨綠蘿深巖暄新鳥轉依然
造華簿豁爾開靈院淹留火禁辰愉樂弦歌宴（時藍田令招飲）肅
晝列樽俎鏘鏘引纓弁天籟激微風陽光轢奔箭以茲
小人腹不勝君子饌是日既低迷中宵方眄眩（時醉亂）枕上
思獨往胸中理交戰碧雲暗雨來舊原芳色變歡然自
此絕心賞何由見鴻濛已笑雲列缺仍揮電忽與去人
遠俄逢歸者便（時藍田尉朝行入城與之俱）想像玉泉宮依稀明月殿峰
巒若登陟水木以遊衍息心幸自忘點翰仍留眷恨無
荆文璧以答丹青絢

酬李處士山中見贈

厥初遊太學相與極周旋含（一作舍）采共朝暮知言同古先
孟陽題劒閣子雲獻甘泉斯須曠千里婉娩將十年今
來豔陽月好鳥鳴翩翩同聲既求友不肖亦懷賢引領
遲芳信果枉瑤華篇成頌非其德高文徒自妍聲塵邈
超越比興起孤絕始信郢中人乃能歌白雪跂予北堂
夜搖筆酬明哲綠竹動清風層軒靜華月想像南山下
恬然謝朝列猶恐鶡鴂鳴坐看芳草歇邀以青松色（李詩一云青青此松柏）
同之白華潔永願登龍門相將持此節

同諸公秋日遊昆明池思古

僕人理車騎西出金光遠蒼蒼白帝郊我將遊靈池太
陰連晦朔雨與天根違淒風披田原橫汙盆山陂農畯
盡顛沛顧望稼穡悲皇靈惻羣甿神政張天維坤紀戮
屏翳元綱扶逶迤迴塘清滄流大曜懸金暉秋色浮渾
沌清光隨漣漪豫章盡莓苔柳杞成枯枝驟聞漢天子
征彼西南夷伐棘開洪淵秉旄訓我師震雲靈鼉鼓照
水蛟龍旂銳士千萬人猛氣如熊羆刑罰一以正干戈
自有儀坐作河漢傾進退樓船飛羽發鴻鴈落檜動芙
蓉披崴崴三雲宮肅肅振旅歸惡德忽小醜器用窮地
貲上兵貴伐謀此道不能爲吁哉蒸人苦始曰征伐非
穆穆軒轅朝耀德守方陲君臣日安閑遠近無怨思石
鯨既蹭蹬女牛亦流離獱獺遊渚隅葭蘆生泒湄坎埳
四十里塡淤今已微江伯方翱翔天吳亟往來桑榆慘
（一本缺一作黯）無色竚立暮霏霏老幼樵木還賓從迴鞿羈帝夢
鮮魚索明月當報時

同諸公登慈恩寺塔

金祠起眞宇直上青雲垂地靜我亦閑登之秋清時蒼
蕪宜春苑片碧昆明池誰道天漢高逍遙方在茲虛形
賓太極携手行翠微雷雨傍杳冥鬼神中躨跜靈變在
倏忽莫能窮天涯冠上闠閶開履下鴻雁飛宮室低邐
迤羣山小參差俯仰宇宙空庶隨了義歸崩岁非大厦
久居亦以危

同諸公秋霽曲江俯見南山

天靜終南高俯瞰江水明有若蓬萊下淺深見澄瀛羣
峰懸中流石壁如瑤瓊魚龍隱蒼翠鳥獸遊清泠菰蒲
林下秋薜荔波中輕山戛（一作蔓）浴蘭沚水若居雲屛嵐氣
浮渚宮孤光隨曜靈陰陰豫章館宛宛百花亭大君及
羣臣晏樂方嚶鳴吾黨二三子蕭辰怡性情逍遙滄洲
時乃在長安城

同諸公送李雲南伐蠻

昆明濱滇池蠢爾敢逆常天星耀鈇鑕弔彼西南方冢
宰統元戎太守齒軍行囊括千萬里矢謨在廟堂耀耀
金虎符一息到炎荒蒐兵自交趾茇舍出瀘陽羣山高
嶄巖凌越如鳥翔封豕驟跧伏巨象遙披攘迴溪深天
淵揭厲踰舟梁玄武掃孤蜮蛟龍除方良雷霆隨神兵
硼磕動穹蒼斬伐若草木繫縲同犬羊餘醜隱弭河啁
啾亂行藏君子惡薄險王師恥重傷廣車設罝梁太白
收光芒邊吏靜縣道新書行紀綱劒關掉鞅歸武弁朝
建章龍樓加命服獬豸擁秋霜邦人頌靈旗側聽何洋
洋京觀在七德休哉我神皇

奉和韋判官獻侍郎叔除河東採訪使

天卿小冢宰道大名亦大醜正在權臣建旟千里外楚
山俯江漢汴水連譙沛兩持方伯珪再轉諸侯蓋恬淡
輕黜陟優游邈千載乾象變台衡羣賢盡交泰聿徠股
肱郡河嶽即襟帶盛德滋冀方仁風清汾澮四封盡高
足相府軺車最超超青雲器婉婉竹林會賤士敢知言
成頌文明代燕雀依大廈期之保貞悔

同王十三維哭殷遙

生理無不盡念君在中年遊道雖未深舉世莫能賢笧

仕苦貧賤爲客少田園膏腴不可求乃在許西偏四鄰盡桑柘咫尺開牆垣內艱未及虞形影隨化遷茅茨俯苫蓋雙殯兩楹間時聞孤女號迥出陌與阡慈烏亂飛鳴猛獸亦以跧故人王夫子靜念無生篇哀樂久已絕聞之將泫然太陽蔽空虛雨雪浮蒼山迨還親靈櫬顧予悲絕絃處順與安時及此乃空言

貽丁主簿仙芝別

赫赫明天子翹翹羣秀才昭昭皇宇廣隱隱雲門開搖曳君初起聯翩予復來（丁侯前舉予次年舉）茲年不得意相命遊靈臺（同爲太學諸生）騂騮多逸氣琳瑯有清響聯行擊水飛獨影淩虛上（同年舉而丁侯先第）關河施芳聽江海徼新賞歛衽歸故山敷言播天壤雲峰雖有異楚越幸相親既別復遊處道深情更殷下愚忝聞見（予後及第又應制授官）上德猶邅迍偃仰東城曲棲遲依水濱脫巾從會府結綬歸海裔親知送河門邦族迎江澨夫子安恬淡他人悵迨遰飛艎既眇然洲渚徒虧蔽人謀固無準天德諒難知高名處下位逸翮棲卑枝去去水中沚搖搖天一涯蓬壺不可見來泛躍龍池

京口送別王四誼

江上楓林秋江中秋水流清晨惜分袂秋日尚同舟落潮洗魚浦傾荷枕驛樓明年菊花熟洛東泛觴遊

同房憲部應旋（下缺一有遊衡山寺四字）

衡山法王子慧見息諸苦落髮自南州燕居在西土養正不因晦得中寧患旅曠然長虛閑即理寄行補四句了自性一音亦非取橘柚故園枝隨人植庭戶我地少安住念天時啟處憲卿文昌歸愉悅來晤語車騎踐香草僕人沐花雨長風散緐雲萬里靜天宇起滅信易覺清眞知有所逍遙高殿陰六月無炎暑微言發新偈粲如懸圃直心視惠光在此大法鼓

奉別長史庾公太守徐公應名

烈風起江漢白浪忽如山方伯驟勤王杞人亦憂天酆鎬頃霾晦雲龍召我賢車騎北艱苦艅艎西泝沿水靈靜湍瀨猛獸趨後先龍樓開新陽萬里出雲間宇宙既焜燿崇德濟巨川受命在神宗振兵猶軒轅煌煌踰涿鹿穆穆更坤元明王朝太階遠邇望嘉言遊子淡何思江湖將永年

獄中貽姚張薛李鄭柳諸公

直道時莫親起羞見讒口輿人是非怪西子言有咎誣善不足悲失聽一何醜大來敢遐望小往且虛受中夜囹圄深初秋縲紲久疎螢出暗草朔風鳴哀柳河漢低在戶蠨蛸垂向牖雁聲遠天末涼氣生霜後負戶愁讀書劍光忿衝斗哀哀害神理惻惻傷慈母妻子垂涕泣家僮日奔走書詞苦人吏饋食勞交友寒服猶未成緐霜漸將厚吉凶問詹尹倚伏信北叟鬼哭知已冤烏言誠所誘諸公深惠愛朝夕相左右束濕雖欲操鉤金庶無負傷羅念搖翮跂足思驤首瑾瑜頗匿瑕邦國方含垢眷言出深穽永日常攜手

貽鼓吹李丞時信安王北伐李公王之所器者也

北伐昧天造王師示有征轅門統元律帝室命宗英靈威方首事仗鉞按邊城膏雨被春草黃雲浮太清文儒託後乘武旅趨前旌出車發西洛營軍臨北平曰予深固陋志氣頗縱橫嘗思驃騎幕願逐嫖姚兵惟賢美無度海內依揚聲河間舊相許車騎日逢迎折節下謀士深心論客卿忠言雖未列庶以知君誠

貽王侍御出臺掾丹陽

高高瑯琊臺臺下生簡簵照車十二乘光彩不足諭既當少微星復隱高山霧金丘華陽下仙伯養晦處茅茨對三峰梧桐開一路神溪繞阜陸樵牧自成趣時登青冥遊若從天江度墟里獻薇蕨羣公致衣縷深沈復清淨偃仰視太素猛獸識賓僕頹霞知早暮峩峩雲龍開忽有方伯遇達人無不可壯志（一作士）且馳騖融泄長雞鳴繽紛大鵬翥赤墀高崱屴一見如三顧禮服正邦祀刑冠肅王度三辰明昭代光啟玄元祚章臺收杞梓太液滿鵷鷺豐澤耀純仁八方晏黔庶沈沈閶闔起殷殷蓬萊曙旌戟儼成行雞人傳發煦翱翼一如鷞百辟莫不懼清廟奉烝嘗靈山扈鑾輅天街時蹴踘直指讞桎梏四月純陽初雷雨始奮豫逆星孛皇極鈇鑕靜天步酆鎬舒曜靈干戈藏武庫析撕增廣運直道有好惡迴跡清憲臺傳騎東南去列城異疇昔近餞寡徒御纏綿西關道婉孌新豐樹伊洛不敢息淮河任泝沿鄉亭茱萸津先後非疏附炎時方怵惕有若踐霜露惆悵長岑長（一作缺）寂寞梁王傅紛吾家延州結友在童孺岑陽沐天德邦邑持民務躑躅望朝陰如何復淪誤牙曠三千里擊轅非所慕秋濤聯滄溟舟檝湊北固江氾日綿眇朝夕空寐寤中洞松栝新東皐阡陌故餘輝方焜燿可以歡邑聚南華在濠上誰辯魏王瓠登陟芙蓉樓爲我時一賦

貽劉高士別

夙駕出東城城傍早霞散初日照龍闕峩峩在天半壯哉麗百常美矣崇兩觀俯視趨朝客簪珮何璀璨而我送將歸襄回霸陵岸北雲去吳越南雁離江漢伊昔蹈丘園翩翩理文翰高談閔仲叔逸氣劉公幹每言竹柏貞嘗輕朝市玩山晝猿狖靜溪曛魚鳥亂寧止卧崆峒直云期汗漫聖君既理歷族士咸炳煥矯首來天池振羽泛漪瀾元淑命不達伯鸞吟可歎東去姑蘇臺乃過陸陽館含響函關道浮舟滄海畔耳目曠喧涼懷抱盈悲惋沈沈青歲晚靄靄秋雲換自言永遁棲無復從羈絆揮手謝知已知已莫能讚

山中貽崔六琪華

恍惚登高嶺裴回看落日遙想仲長園如親幼安室春渚菖蒲登山中撥穀鳴相思不道遠太息未知情意君來此地時復疎林薄中夜掃閑（一作衡）門迎晨閑閣屣履清池上家童奉信歸憂隨落花散目送歸雲飛故交在天末心知復千里無人暫往來獨作中林士

貽余處士

故園至新浦遙復未百里北望是他邦紛吾即遊士潮來津門啟罷楫信流水客意乃成歡舟人亦相喜遲遲菱荇上泛泛菰蒲裏漸聞商旅喧猶見鳧鷖起市亭忽

雲構方物如山峙吳王昔喪元隋帝又滅祀停艫（一作艣）一以眺太息興亡理秋苑故池田宮門新柳杞我行苦炎月乃及清昊始此地日逢迎終思隱君（一作居）子莫言異舒卷形音在心耳

劉先生閒居（先生及第後爲道士居太清宮又從戎而後歸）

高第後歸道乃居玉華宮逍遙人間世不異浮丘公廿寢何秉羽出門忽從戎方將遊崑崙又欲小崆峒進退既在我歸來長安中焚香東海君侍坐西山童善行無轍迹吾亦安能窮但見神色閒中心如虛空期之比天老眞德輔帝鴻

京口題崇上人山亭（即京口郭內山也）

清旦歷香巖巖徑紆復直花林開宿霧遊目清霄極分明窗戶中遠近山川色金沙童子戲香飯諸天食卟卟海鴻聲軒軒江燕翼寄言清淨者閶閻徒自踣

朝邑蔡主簿期不會二首

下位日趨走久之賓會疎空遲偶詞賦所媿比園廬朝念池上酌暮逢林下書方將固封守暫欲混畋漁衰柳隱長路秋雲滿太虛遙遙望左右日入未迴車

日入清風至知君在西偏車輿既成列賓僕復能賢迢遞下墟坂逍遙看井田蒼山起暮雨極浦浮長煙服義大如志交歡數盡年寧言十餘里不見空來還

輦城南河作寄徐三景暉

初年雨候遲輦洛河流小搖搖芳草岸屢見春山曉清露洗雲林輕波戲魚鳥唯言故人遠不念鄉川眇舟檝去瀠迴湍激行奔峭寄書千里路莫道南鴻少

貽閻處士防卜居終南

春風搖雜樹言別還江汜堅冰生綠潭又客三千里兆夢唯顏色懸情乃文史滌耳貴清言披歡遲玉趾秦城疑舊廬佇立問焉如稚子跪而說還山將隱居竹林既深遠松宇復清虛跡迥事多逸心安趣有餘石門動高韻草堂新著書（時閻子有石門草堂詩序）鶱飛久超絕蹇足空躊躇猶有昔時意望君當照車驅車當六國何以須潛默聖主常徵賢羣公每舉德此時方獨往身志將何欲願謝山中人迴車首歸躅

新豐作貽殷四校書

漢皇思舊邑秦地作新豐南出華陽路西分長樂宮安知天地久不與昔年同雞犬暮聲合城池秋霽空紛吾從此去望極咸陽中不見芸香閣徒思文雅雄

華陽作貽祖三詠

朝行數水上暮出華山東高館宿初靜長亭秋轉空日余（一作餘）久淪汩重此聞霜風淅瀝入溪樹飀飀驚夕鴻棲然望伊洛如見息陽宮舊識無高位新知盡固窮夫君獨輕舉遠近善文雄豈念千里駕崎嶇秦塞中

貽袁三拾遺謫作

傾蓋洛之濱依然心事親龍門何以峻曾是好詞人珥筆朝文（一作丹）陛含章諷紫宸帝城多壯觀被服長如春天子儉爲德而能清約身公卿盡虛位天下自趣麈如君物望美令德聲何已高帝黜儒生文皇謫才子朝廷非不盛讒謫良難恃路出大江陰川行碧峰裏斯言徒自玷白玉豈爲滓希聲盡衆人深識唯知己知己怨生離悠悠天一涯寸心因夢斷孤憤爲年移花滿芙蓉闕春深朝夕池空令千萬里長望白雲垂

洛中貽朝校書衡朝即日本人也

萬國朝天中東隅道最長吾（一作朝）生美無度高駕仕春坊出入蓬山裏逍遙伊水傍伯鸞遊太學中夜一相望落日懸高殿秋風入洞房屢言相去遠不覺生朝光

貽崔太祝

天都分禮閣簫畫臨清渠春山照前屏高槐蔭內除惟賢尚廉祿弟去兄來居文雅更驤首風流信有餘中年幸從事乃遇兩吹噓何以知君子交情復淡如

貽王處士子文

春草生洞渚春風入上林春皐有黃鶴撫翮未揚音王屋嘗嘉遁伊川復陸沈張弦鵾雞弄閉室蓬蒿深避地歌三樂遊山賦九吟大君思左右無乃化黃金

獻華陰羅丞別

華山薄遊者玄髮當青春道德同仙吏尊卑即丈人縣城俯京路獲見官舍裏淹留瓊樹枝謔浪春泉水昔余在天目總角奉遊從寒暑遞來往今復蓮花峰別情無遠近道別方愁予孰想古人言乃知悲風雨

閒居

薄遊何所媿所媿在閒居親故不來往中園時讀書岩欄滴餘雪春塘抽新蒲梧桐漸覆井時鳥自相呼悠然念故鄉乃在天一隅安得如浮雲來往方須臾

送恂上人還吳

洛城本天邑洛水即天池君王既行幸法子復來儀虛室香花滿清川楊柳垂乘閒道歸去遠意誰能知

送周十一

秋風隕羣木衆草下嚴霜復問子何如自言之帝鄉豈無親所愛將欲濟時康握手別征駕返悲岐路長

新豐主人

新豐主人新酒熟舊客還歸舊堂宿滿酌香含北砌花盈尊色泛南軒竹雲散天高秋月明東家少女解秦箏醉來忘却巴陵道夢中疑是洛陽城

登戲馬臺作

君不見宋公仗（一作杖）鉞誅燕後英雄踴躍爭趨走小會衣冠呂梁壑大徵甲卒碻磝口天門（一作開）神武樹元勳九日茱萸饗六軍泛泛樓船遊極浦搖搖歌吹動浮雲居人滿目市朝變霸業猶存齊楚甸泗水南流桐柏川沂山北走瑯琊縣滄海沈沈晨霧開彭城烈烈秋風來少年自古（一作詩）未得意日暮蕭條登古（一作此）臺

貽從軍行

取勝（一本缺）小非用（一作川）來朝明光殿東平不足先夢出鳳林閶夢還滄海關萬里盡陰色豈爲我離別馬上吹笛起寒風道傍舞劍飛春雪男兒懸弧非一日君去成高節（一云缺誤）

酬李壺關奉使行縣憶諸公

青楓（一作風）江上滄浪吟白月宮中鷤鴂林非有淨清心同道同房若斷金離居忽有雲山意清韻遙轉舟檝事去時能憶竹園遊來時莫忘桃園（一作源）記（一云闕誤）

薔薇（一有篇字）
裊裊長數尋青青不作林一莖獨秀當庭心數枝分作
滿庭陰春日遲遲欲將半庭影離離（一作吟吟）正堪玩枝上鶯
嬌不畏人葉底蛾飛自相亂秦家女兒愛芳菲畫眉相
伴（一作喚）采葳蕤高處紅鬚欲就手低邊綠刺已牽衣蒲萄
架上朝光滿楊柳園中暝鳥飛連袂踏歌從此去風吹
香氣逐人歸

同張侍御宴北樓
今之太守古諸侯出入雙旌垂七旒朝覽干戈時聽訟
暮延賓客復登樓西山漠漠崦嵫色北渚沈沈江漢流
良宵清淨方高會繡服光輝聯皂蓋魚龍恍惚堦墀下
雲霧杳冥窗戶外水靈慷慨行泣珠游女飄飄思解佩
蒼蒼低月半遙城落落疎星滿太清不分（一作忍）開襟悲楚
奏願言吹笛退胡兵軒后青丘埋猰貐周王白羽掃欃
搶期君武節朝龍闕余亦翺翔歸玉京

全唐詩
儲光羲

臨江亭五詠（并序）
建業爲都舊矣晉主來此而禮物盡備雖云在德
亦云在險京口其地也嗚呼有邦國者有興亡焉
自晉及陳五世而滅以今懷古五篇爲詠臨江亭
得其勝槩寄以興言雖未及乎辯士亦其志也
晉家南作帝京鎮北爲關江水中分地城樓下帶山金
陵事已往青蓋理無還落日空亭上愁看龍尾灣
山横小苑前路盡大江邊此地興王業無如宋主賢潮
生建業水風散廣陵煙直望青波裏秖言別有天
城頭落暮暉城外擣秋衣江水青雲挹蘆花白雪飛南
州王氣疾東國海風微借問商歌客年年何處歸
古木嘯寒禽層城帶夕陰梁園多綠柳（一作樹）楚岸盡楓林
山際空爲險江流長自深平生何以恨天地本無心
京山千里過孤憤望中來江勢將天合城門向水開落
霞明楚岸夕露濕吴臺去去無相識陳皇安在哉

餞張七琚任宗城即環之季也同産八人俱以
才名知
他日曾遊魏魏家餘趾存可憐宫殿所但見桑榆繁此
去拜新職爲榮近故園高陽八才子況復在君門

留別安慶李太守
明牧念行子又言悲解攜初筵方落日醉止到鳴雞過
客來自北大軍居在西兵家如討逆敢以庶盤溪

洛陽東門送別
東城別故人臘月遲芳辰不惜孤舟去其如兩地春花
明洛陽苑水綠小平津是日不相見鶯聲徒自新

漢陽即事
楚國千里遠孰知方寸違春遊歡有客夕寢賦無衣江
水帶冰綠桃花隨雨飛九歌有深意捐佩乃言歸

泊江潭貽馬校書
明月掛青天遙遙如目前故人遊畫閣却望似雲邊水
宿依漁父歌聲好（一作和）采蓮采蓮江上曲今夕爲君傳

送沈校書吴中搜書
郊外亭皐遠野中岐路分苑門臨渭水山翠雜春雲秦
閣多遺典吴臺訪闕文君王思校理莫滯清江濆

寒夜江口泊舟
寒潮信未起出浦纜孤舟一夜苦風浪自然增旅愁吴
山遲海月楚火照江流欲有知音者異鄉誰可求

苑外至龍興院作
朝遊天苑外忽見法筵開山勢當空出雲陰滿地來疎
鐘清月殿幽梵靜花臺日暮香林下飄飄（一作飆）仙步迴

題虬上人房
禪宫分兩地釋子一爲心入道無來去清言見古今江
寒池水綠山溟竹園深別有中天月遙遙散夕陰

詠山泉（一作題山中流泉）
山中有流水借問不知名映地爲天色飛空作雨聲轉
來深澗滿分出小池平恬澹無人見年年長自清

貽主客呂郎中（即皇太子贊諭）
上士既開天中朝爲得賢青雲方羽翼畫省比神仙委
佩雲霄裏含香日月前（一作邊）君王儻借問客有上林篇

京口留別徐大補闕趙二零陵
皇州月初曉處處鼓鐘喧樹出蓬萊殿城開閶闔門近
臣朝瑣闥詞客向文園獨有三川（一作洲）路空傷遊子魂

答王十三維
門生故來往知欲命浮觴忽奉朝青閣回車入上陽落
花滿春水疎柳映新塘是日歸來暮勞君奏雅章

奉和中書徐侍郎中書省玩白雲寄潁陽趙大
青闕朝初退白雲遙在天非關取雷雨故欲伴神僊泛
灩鴛池曲飄飄瑣闥前猶多遠山意幸入侍臣篇

和張太祝冬祭馬步
故壇何肅肅中野自無喧烈火見陳信颺言聞永存房
星隱曙色朔風（一作氣）動寒原今日歌天馬非關征大宛

祭風伯壇應張太祝作
聖主御青春綸言命使臣將修風伯祀更福太平人帝
幕宵聯事壇場曉降神帝心矜動物非爲屬車人

尋徐山人遇馬舍人
泊舟伊川右正見野人歸日暮春山綠我心清且微巖
聲風雨度水氣雲霞飛復有金門客來參蘿薜衣

夜觀妓
白雪宜新舞清宵召楚妃嬌童攜錦薦侍女整羅衣花
映垂鬟轉香迎步履飛徐徐斂長袖雙燭送將歸

洛橋送別
河橋送客舟河水正安流遠見輕橈動遙憐故國遊海
禽逢早鴈江月值新秋一聽南津曲分明散別愁

秦中送人覲省
二月清江外遙遙餞故人南山晴有雪東陌霽無塵騎

別章臺晚，舟行洛水春。知君梁苑去，日見白華新。

洛中送人還江東

洛城春雨霽，相送下江鄉。樹綠天津道，山明伊水陽。孤舟從此去，客思一何長。直望清波裏，唯餘落日光。

送姚六崑客任會稽何大賽任孟縣

越城臨渤澥，晉國在河汾。仙綬兩鄉意，青郊一路分。野崇春未發，田雀（一作鸛）暮成羣。他日思吳會，當因西北雲。

洛潭送人覲省

清洛帶芝田，東流入大川。舟輕水復急，別望杳如仙。細草生春岸，明霞散早天。送君唯一曲，當是白華篇。

送人隨大夫和蕃

西方有六國，國國願來賓。聖主今無外，懷柔遣使臣。大夫開幕府，才子作行人。解劍聊相送，邊（一本缺）城（一作秦）二月春。

仲夏餞魏四河北覲叔

落日臨御溝，送君還北州。樹涼征馬去，路暝歸人愁。吳嶽夏雲盡，渭河秋水流。東籬摘芳菊，想見竹林遊。

送人尋裴斐

杜史迴清憲，謫居臨漢川。遲君千里駕，方外賞雲泉。路斷因春水，山深隔（一作曲）暝煙。湘江見遊女，寄摘一枝蓮。

隴頭水送別

相送隴山頭，東西隴水流。從來心膽盛，今日為君愁。暗雪迷征路，寒雲隱戍樓。唯餘旌旆影，相逐去悠悠。

送王上人還襄陽

朝看法雲散，知有至人還。送客臨伊水，行車出故關。天花滿南國，精舍在空山。雖復時來去，中心長日閑。

官莊池觀競渡

落日吹簫管，清池發櫂歌。船爭先後渡，岸激去來波。水葉藏魚鳥，林花間綺羅。踟躕仙女處，猶似望天河。

重寄虬上人

一作雲峯別，三看花柳朝。青山隔遠路，明月空長霄。鸖浴西江雨，雞鳴東海潮。此情勞夢寐，況道雙林遙。

藍上茅茨期王維補闕

山中人不見，雲去夕陽過。淺瀨寒魚少，叢蘭秋蝶多。老年疎世事，幽性樂天和。酒熟思才子，谿頭望玉珂。

大酺得長字韻時任安宜尉

大道敔元命，時人居太康。中朝發玄澤，下國被天光。明詔始端午，初筵當履霜。鼓鼙迎（一作開）爽氣，羽籥映新陽。太守卽懸圃，淮夷成蓧疆。小臣慙下位，拜手頌靈長。

同張侍御鼎和京兆蕭兵曹華歲晚南園

公府傳休沐，私庭效陸沈。方知從大隱，非復在幽林。闕下忠貞志，人間孝友心。既將冠蓋雅，仍與薜蘿深。寒變中園柳，春歸上苑禽。池涵青草色，山帶白雲陰。潘岳閑居賦，鍾期流水琴。一經當自足，何用遺黃金。

奉酬張五丈垂贈

絲服去江汜，白雲生大梁。星辰動異色，羔鴈成新行。日望天朝近，時憂郢路長。情言闕邁軸，惠念及滄浪。松柏以之茂，江湖亦自忘。賈生方弔屈，豈敢比南昌。

秦中守歲

衆星已窮次，青帝方行春。永感易成歲，離居難重陳。闔門守初夜，燎火到清晨。或念無生法，多傷未出塵。廣庭日將晏，虛室自為賓。顧以桑榆末，常逢甲子新。

獻高使君大酺作

肅穆郊禋畢，工歌賞事并。三朝遵湛露，一道洽仁明。布德言皆應，無為物自成。花添羅綺色，鶯亂管弦聲。獨有同高唱，空陪樂太平。

滎陽馬氏二子

聖君封太嶽，十月建行旃。輦路開千里，寒雲霽九天。故人多侍從，二子留伊川。河兗冰初合，關城月屢圓。暝過滎水上，聞說鄭卿賢。材藪行人右，名居東里先。制巖開別業，桑柘亦依然。待至金園側，相將居一㕓。

觀競渡

大夫沈楚水，千祀國人哀。習櫂江流長，迎神雨霧開。標隨綠雲動，船逆清波來。下怖魚龍起，上驚鳧鴈迴。能令秋大有，鼓吹遠相催。

太學貽張筠

璧池忝門子，伋頃變炎涼。綠竹深虛館，清流響洞房。園林在建業，新友去咸陽。中夜鼓鐘靜，初秋漏刻長。浮雲開太室，華蓋上明堂。空此遠相望，勞歌還自傷。

田家卽事

桑柘悠悠水蘸堤，晚風晴景不妨犁。高機猶織臥蠶子，下坂飢（一作飲）逢餉饁妻（一作未飯逢餉妻）。杏色滿林羊酪熟，麥涼浮壠雉媒低。生時樂死皆由命，事在皇（一作昊）天志（一作迴）不迷。

洛陽道五首獻呂四郎中

洛水春冰開，洛城春水（一作樹）綠。朝看大道上，落花亂馬足。

劇孟不知名，千金買寶劍。出入平津邸，自言嬌且豔。

大道直如髮，春日佳氣多。五陵貴公子，雙雙鳴玉珂。

春風二月時，道傍柳堪把。上枝覆官閣，下枝覆（一作拂）車馬。

洛水照千門，千門碧空裏。少年不得志，走馬遊新市。

同武平一員外遊湖

竹吹留歌扇，蓮香入舞衣。前溪多曲澱，乘興莫先歸。

長安道

鳴鞭過酒肆，袨服遊倡門。百萬一時盡，含情無片言。

西行一千里，暝色生寒樹。暗聞歌吹聲，知是長安路。

江南曲四首

綠江深見底，高浪直翻空。慣是湖邊住，舟（一作船）輕不畏風。

逐流牽荇葉，緣岸摘蘆苗。為惜鴛鴦鳥，輕輕動畫橈。

日暮長江裏，相邀歸渡頭。落花如有意，來去逐船流。

隔江看樹色，沿月聽歌聲。不是長干住，那從此路行。

關山月

一鴈過連營，繁霜覆古城。胡笳在何處，半夜起邊聲。

玉眞公主山居

山北天泉苑，山西鳳女家。不言沁園好，獨隱武陵花。

滄浪峽（一作儲嗣宗詩）

滄浪臨古道，道上若成塵。自有滄浪峽，誰為無事人。

奉眞觀

眞門迥向北，馳道直向西。為與天光近，雲色成虹霓。

明妃曲四首

西行隴上泣胡天，南向雲中指渭川。毳幕夜來時宛轉，何由得似漢王邊。

胡王知妾不勝悲樂府皆傳漢國辭朝來馬上箜篌引
稍似宮(一作雲)中閑夜時
日暮驚沙亂雪飛傍人相勸易羅衣強來前殿(一作帳)看歌
舞共待單于夜獵歸
彩騎雙雙引寶車羌笛兩兩奏胡笳若爲別得橫橋路
莫隱(一作不隱)宮中玉樹花

同武平一員外遊湖五首時武貶金壇令

紅荷碧篠夜相鮮皂蓋蘭橈浮翠筵舟中對舞邯鄲曲
月下雙彈盧女弦
青林碧嶼暗相期緩楫揮觥欲賦詩借問高歌凡幾轉
河低月落五更時
朝來仙閣聽弦歌暝入花亭見綺羅池邊命酒憐風月
浦口回船惜芰荷
朦朧竹影蔽巖扉淡蕩荷風飄舞衣舟尋綠水宵將半
月隱青林人未歸
花潭竹嶼傍幽蹊畫檝浮空入夜溪芰荷覆水船難進
歌舞留人月易低

題茅山華陽洞

華陽洞口片雲飛細雨濛濛欲濕衣玉簫遍滿仙壇上
應是茅家兄弟歸

寄孫山人

新林二月孤舟還水滿清江花滿山借問故園隱君子
時時來往(一作去)住(一作在一作向)人間

全唐詩

王昌齡

王昌齡字少伯京兆人登開元十五年進士第補秘書
郎二十二年中宏詞科調汜水尉遷江寧丞晚節不護
細行貶龍標尉卒昌齡詩緒密而思清與高適王渙之
齊名時謂王江寧集六卷今編詩四卷

變行路難

向晚橫吹悲風動馬嘶合前驅引旗(一作旌)節千里陣雲帀
單于下陰山砂礫空颯颯封侯取一戰豈復念閨閤

塞下曲四首

蟬鳴空桑林(一作桑樹間)八月蕭關道出塞入塞寒(一作復入塞)處處
黃蘆草從來幽并客皆共塵沙(一作向沙場)老莫學遊俠兒矜
誇紫騮好
飲馬渡秋水水寒風似刀平沙日未沒黯黯見臨洮昔
日長(一作當一作龍)城戰咸言意氣高黃塵足(一作滿一作是)今古白骨亂
蓬蒿(此首一本題作望臨洮)
奉詔甘泉宮總徵天下兵朝廷備禮出郡國豫郊迎紛
紛幾萬人去者無全生臣願節宮廄分以賜邊城(一本無以下二首同塞上曲題作三首)
邊頭何慘慘已葬霍將軍部曲皆相弔燕南代北聞功
勳多被黜兵馬亦尋分更遣黃龍戍唯當哭塞雲(一本此首題作塞上曲)

塞上曲

秋風夜渡河吹却鴈門桑遙見胡地獵鞲馬宿嚴霜五
道分兵去孤軍百戰場功多翻下獄士卒但心傷

從軍行二首

向夕臨大荒朔風軫歸慮平沙萬里餘飛鳥宿何處虜
騎獵長原翩翩傍河去邊聲搖白草海氣生黃霧百戰
苦風塵十年履霜露雖投定遠筆未坐將軍樹早知行
路難悔不理章句
秋草(一作風)馬蹄輕角弓持弦急去爲龍城戰正值胡兵襲
軍氣橫大荒戰酣日將入長風金鼓動白露鐵衣濕四
起愁邊聲南庭時佇立斷蓬孤自轉寒雁飛相及萬里
雲沙漲平原冰霰澀惟聞漢使還獨向刀環泣(一本無此首)

少年行二首

西陵俠少年送客短長亭青槐夾兩道(一作路)白馬如流星
聞道羽書急單于寇井陘氣高輕赴難誰顧(一作惜)燕山銘
走馬遠相尋西樓下夕陰結交期一劒留意贈千金高
閣歌聲遠重門柳色深夜闌須盡飲莫負百年心(一本無此首)

長歌行

曠野饒悲風颼颼黃(一作多)蒿草繫馬倚(一作停)白楊誰知我懷
抱所是(一作見)同袍(一作懷)者相逢盡衰老北(一作況)登漢家陵南望
長安道下有枯樹根上有鼯(一作鼪)鼠窠高皇子孫盡千載
無人過寶玉頻發掘精靈其奈何人生須達命有酒且
長歌

悲哉行

勿(一作毋)聽白頭吟人間易憂怨若非滄浪子安得從所願
北上太行山臨風闕吹萬長雲數千里倏忽還膚寸觀
其微滅時精意莫能論百年不容息是處生意蔓始悟
海上人辭君永飛遯

古意

桃花四面發桃葉一枝開欲暮黃鸝囀傷心玉鏡臺清
箏向明月半夜春風來

放歌行

南渡(一作望)洛陽津西望十二樓明堂坐天子月朔朝諸侯

清樂動千門皇風被九州慶雲從東來(一作出)泱漭抱日流昇平貴論道文墨將何求有詔徵草澤微誠將獻謀(一作獻謨獻)冠冕如星羅拜揖曹與周望塵非吾(一作君)事入賦(一作職)且遲留幸蒙國士識因脫負薪裘今者放歌行以慰梁甫愁但營數斗祿奉養每豐羞若(一作願)得金膏遂飛雲亦可儔(一作求)

越女(樂府詩集作採蓮曲)

越女作桂舟還將桂爲楫湖上水渺漫清江不(一作初)可涉摘取芙蓉花莫摘芙蓉葉將歸問夫婿顏色何如妾

鄭縣宿陶太公館中贈馮六元二

儒有輕王侯脫略當世務(一作譽)本家藍田下(一作谿中)非爲漁弋故無何(一作才)困躬耕且欲馳永路幽居與君近出谷同所騖(一作務)昨日辭石門五年變秋露雲龍未相感干謁亦已屢子爲黃綬羈余忝蓬山顧京門望西嶽百里見郊樹飛雨祠上(一作下)來靄然關中暮驅車鄭城宿秉燭論往素山月出華陰開此河渚霧清光比故人豁達展心晤馮公尚戢翼元子仍踽步拂衣易爲高淪跡難有趣張范善終始吾等豈不慕罷酒當涼風屈伸備宜數

聽彈風入松闋贈楊補闕

商風入我絃夜竹深有露絃悲與林寂清景不可度寥落幽居心颼飀青松樹松風吹草白溪水寒日暮聲意去復還九變(一作辨)待一顧空山多雨雪獨立君始悟

緱氏尉沈興宗置酒南谿留贈

林色與溪古深篁引幽翠山尊在漁舟棹月情已醉始窮清源口壑絕人境異春泉滴空崖萌草拆陰地久之風榛寂遠聞樵聲至海雁時獨飛永然滄洲意古時青冥客滅跡淪一尉吾子躊躇心豈其紛埃事緱峯(一作岑)信所剋濟北余乃遂齊物意已會(一作可任今)息肩理猶未卷舒形性表脫略賢哲議仲(一作秉)月期角巾飯僧嵩陽寺

爲張僨贈閻使臣

哀哀獻玉人楚國同悲辛泣(一作淚)盡繼以血何由辨其眞賴承琢磨惠復使光輝新猶畏讒口疾棄之如埃塵

贈史昭

東林月未升廓落星與漢是夕鴻始來齋中起長歎懷哉望南浦眇然夜將半但有秋水聲(一作聲孤)愁使心神亂握中何爲贈瑤草已衰散海鱗未化時各在天一岸

秋山寄陳讜言

巖間寒事早衆山木已黃北風何蕭蕭茲夕露爲霜感激未能寐中宵時慨慷黃(一作草)蟲初悲鳴玄鳥去我梁獨臥時易晚離羣情更傷思君若(一作苦)不及鴻雁今南翔

出郴(一作柳)山口至疊(一作壘)石灣野人室中寄張十一

槠柟無冬春柯葉連峯稠陰壁下蒼黑煙含清江樓景開獨沿曳響答隨興酬旦夕望吾友如何迅孤舟疊沙積爲崗崩剝雨露幽石脉盡橫亘潛潭何時流既見萬古色頗盡一物由永與世人遠氣還草木收盈縮理無餘今往何必憂郴土羣山高耆老如中州孰云議舛(一作外)降豈是娛宦遊陰火昔所伏丹砂將爾謀昨臨蘇耽井復向衡陽求同(一作問)疚來相依脫身當有籌數月乃離居風湍成阻脩野人善竹器童子能谿謳寒月波蕩漾羈鴻去悠悠

宿灞上寄侍御璵弟

獨飲灞上亭寒山青門外長雲驟落日桑棗寂已晦古人驅馳者宿此凡幾代佐邑由東南豈不知進退吾宗秉全璞楚得璆琳最茅山就一徵柏署起三載道契非物理神交無留礙知我滄溟心脫畧腐儒輩孟冬鑾輿出陽谷羣臣會半夜馳道喧五侯擁軒蓋是時燕齊客獻術蓬瀛內甚悅我皇心得與王母對賤臣欲干謁稽首期殞碎哲弟感我情問易窮否泰良馬足尚踠寶刀光未淬昨聞羽書飛兵氣連朔塞諸將多失律廟堂始追悔安能召書生願得論要害戎夷非草木侵逐使狼狽雖有屠城功亦有降虜輩兵糧如山積恩澤如雨霈羸卒不可興積地無足愛若用匹夫策坐令軍圍潰不費黃金資寧求白璧賚明主憂既遠邊事亦可大荷寵務推誠離言深慷慨霜搖直指草燭引明光珮公論日夕阻朝廷蹉跎會孤城海門月萬里流光帶不應百尺松空老鍾山靄

次汝中寄河南陳贊府

汝山方聯延伊水纔明滅遙見入楚雲又此空館月紛然馳夢想不謂遠離別京邑多歡娛衡湘暫沿越明湖春草遍秋桂白花發豈惟長思君日夕在魏闕

同從弟銷南齋翫月憶山陰崔少府

高臥南齋時開帷(一作帳)月初吐清輝淡水木演漾在窗戶苒苒幾盈虛澄澄變今古美人清江畔是夜越吟苦千里其如何(一作何如)微風吹(一作出)蘭(一作芳)杜

代扶風主人答

殺氣凝不流風悲日(一作月)彩寒浮埃起四遠遊子彌(一作迷)不歡依然宿扶風沽酒聊自寬寸心亦未理長鋏誰能彈主人就我飲對我還慨歎(一作然)便泣數行淚因歌行路難十五役邊地(一作城)三回討樓蘭連年不解甲積日無所餐將軍降匈奴國使沒桑乾去時三十萬獨自還長安不信沙場苦君看刀箭瘢鄉親悉零落塚墓亦摧殘仰攀青松枝慟絕傷心肝禽獸悲不去路傍誰忍看幸逢休明代寰宇靜波瀾老馬思伏櫪長鳴力已殫少年與運會何事發悲端天子初封禪賢良刷羽翰三邊悉如此否泰亦須觀

酬鴻臚裴主簿雨後北樓見贈(一作高適詩)

暮霞照新晴歸雲猶相逐有懷晨昏暇想見登眺目問禮侍彤襜題詩訪茅屋高樓多古今陳事滿陵谷地久微子封臺餘孝王築裴回顧霄漢豁達俯川陸遠水對孤(一作秋)城長天向喬木公門何清靜列戟森已肅不歎攜手稀常思著鞭速終當拂羽翰輕舉隨鴻鵠

送任五之桂林

楚客醉孤舟越水將引棹山爲兩鄉別月帶千里貌羈譴同繒綸僻幽聞虎豹桂林寒色在苦節知所効

山中別龐十

幽娟松篠徑月出寒蟬鳴散髮臥其下誰知孤隱情吟時白(一作碧)雲合釣(一作酌)處(一作罷)玄潭清瓊樹方杳靄鳳兮保其貞

留別伊闕張少府郭大都尉

遷客就一醉主人空金罍江湖青山底欲去仍裴回郭侯未相識策馬伊川來把手相勸勉不應老塵埃孟陽逢（一作蓬）山舊仙館留清才日晚勸趣別風長雲逐（一作遂）開幸隨板輿遠負譴何憂哉唯有伏忠信音書報雲雷

送韋十二兵曹

縣職如長纓終日檢我身平明趨郡府不得展故人故人念江湖富貴如埃塵迹在戎府掾心遊天台春獨立浦邊鶴白雲長相親南風忽至吳分散還入秦寒夜天光白海淨月色真對坐論歲暮絃悲豈（一作歌起）無因平生馳驅分非謂栝酒仁出處兩不合忠貞何由伸看君孤舟去且欲歌垂綸

東京府縣諸公與綦毋潛李頎相送至白馬寺宿（一作同府縣諸公送綦毋潛李頎至白馬寺）

鞍馬上東門裴回入孤舟賢豪相追送即櫂千里流赤岸（一作遠峰）落日在空波微煙收薄宦忘機括醉來即（一作復）淹留月明見古寺林外登高樓南風開長廊夏夜如涼秋江月照吳縣西歸夢中遊

送東林廉上人歸廬山

石溪流已亂苔徑人漸微日暮東林下山僧還獨歸昔爲廬峰意況與遠公違道性深寂寞世情多是非會尋名山去豈復望清輝

留別武陵袁丞

皇恩暫遷謫待罪逢知已從此武陵溪孤舟二千里桃花遺古岸金澗流春水誰識馬將軍忠貞抱生死

別劉諝

天地寒更雨蒼茫楚城陰一尊廣陵酒十載衡陽心倚仗（一作伏）不可料悲歡豈易尋相逢成遠別後會何如今身在江海上雲連京國深行當務功業策馬何駸駸

岳陽別李十七越賓

相逢楚水寒舟在洞庭驛具陳江波事不異淪棄跡杉上秋雨聲悲切蒹葭夕彈琴收餘響來送千里客平明孤帆心歲晚濟代策時在身未充瀟湘不盈晝湖小洲渚聯澹淡煙景碧魚鱉自有性龜龍無能易譴黜同所安風土任所適閉門觀玄化攜手遺損益

留別岑參兄弟

江城建業樓山盡滄海頭副職守茲縣東南櫂孤舟長安故人宅秣馬經前秋便以風雪暮還爲縱飲留貂蟬七葉貴鴻鵠萬里遊何必念鐘鼎所在烹肥牛爲君嘯一曲且莫彈箜篌徒見枯者豔誰言直如鉤岑家雙瓊樹騰光難爲儔誰言青門悲俯期吳山幽日西石門嶠月吐金陵洲追隨探靈怪豈不驕王侯

送劉昚虛歸取宏詞解

太清聞海鶴遊子引鄉眄聲隨羽儀遠勢與歸雲便青桂春再榮白雲暮來變還飛在禮儀豈復淚如霰

巴陵別劉處士（一作巴陵劉處士東齋作）

劉生隱岳陽心遠洞庭水偃帆入山郭一宿楚雲裏竹映秋館深月寒江風（一作門）起煙波桂陽接日夕數千里嫋嫋清夜猿孤舟坐如此湘中有來鴈雨雪候音旨

宿裴氏山莊

蒼蒼竹林暮吾亦知所投靜坐山齋月清溪聞遠流西峰下微雨向曉（一作晚）白雲收遂解塵中組終南春可遊

淇上酬薛據兼寄郭微（一作高適詩）

自從別京華我心乃蕭索十年守章句萬里空寥落北上登薊門茫茫見沙漠倚劍對風塵慨然思衛霍拂衣去燕趙驅馬悵不樂天長滄洲路日暮邯鄲郭酒肆或淹留漁潭屢棲泊獨行備艱難孰辭干鼎鑊皇情念淳古時俗何浮薄理道須任賢安人在求瘼故交負奇才逸氣包謇諤隱軫經濟策縱橫建安作才望忽先鳴風期無宿諾飄颻勞州縣迢遞限言謔東馳眇貝丘西顧彌虢略淇水徒自深浮雲不堪託吾謀適可用天道豈遼廓不然買山田一身與耕鑿

全唐詩

王昌齡

詠史

荷畚至洛陽杖策遊北門天下盡兵甲豺狼滿中原明夷方遘患顧我徒崩犇自慙菲薄才誤蒙國士恩位重任亦重時危志彌敦西北未及終東南不可吞進則耻保躬退乃爲觸藩歎息嵩山老而後知其尊（本集詠史云荷畚至洛陽胡馬屯北門天下裂其土豺狼滿中原明夷方濟世斂翼黃埃昏披雲見龍顏始蒙國士恩位重謀亦深所舉無遺奔長策寄臨終東南不可吞賢智苟有時貧賤安所論惟然嵩山老而後知我言）

雜興

握中銅匕首粉剉楚山鐵義士頻報讎殺人不曾缺可悲燕丹事終被狼虎滅一舉無兩全荊軻遂爲血誠知匹夫勇何取萬人傑無道吞諸侯坐見九州裂

秋興

日暮西北堂涼風洗脩木著書在南窗門館常肅肅苔草延古意視聽轉幽獨或問余所營刈黍就寒谷

齋心

女蘿覆石壁溪水幽濛朧紫葛蔓黃花娟娟寒露中朝飲花上露夜臥松下風雲英化爲水光采與我同日月蕩精魄寥寥天宇（一作府）空

獨遊

林臥情每（一作自）閑獨遊景常晏時從灞陵下垂釣往南澗手攜雙鯉魚目送千里鴈悟彼飛（一作非）有適知此罹憂患放之清冷泉因得省疎慢永懷青岑客迴首白雲間神超物無違（一作超然無遺事）豈繫名與宦

香積寺禮拜萬迴平等二聖僧塔

真無御化（一作北）來借（一作昔）有乘化（一作花）歸如彼雙塔內孰能知是非愚也駭蒼生聖哉爲帝師當爲時世出不由天地資萬迴主（一作至）此方平等性無違今我一禮心億劫同不移肅肅松柏下諸天來有時

就道士問周易參同契

仙人騎白鹿髮短耳何長時余采菖蒲忽見嵩之陽稽首求丹經乃出懷中方披讀了不悟歸來問稽康嗟余

無道骨發我入太行

諸官遊招隱寺

山館人已空青蘿換風雨自從永明世月向龍宮吐鑿井長幽泉白雲今如古應眞坐松柏錫杖挂窗户口云七十餘能救諸有苦回指巖樹花如聞道場鼓金色身壞滅眞如性無主僚友同一心清光遺誰取

宴南亭

寒江映村林亭上納鮮潔楚客共閑飲靜坐金管闋酣竟（一作意）日入山暝來雲歸穴城樓空杳靄猿鳥（一作鳴）備清切物狀如絲綸上（一作道）心爲予決訪君東溪事早晚樵路絶（一作澗）

何九於客舍集

客有住桂陽亦如巢林鳥罍觴且終宴功業曾未了山月空霽時江明高樓曉門前泊舟楫行次入松篠此意投贈君滄波風（一作空）裹裹（一作嫋嫋）

洛陽尉劉晏與府掾（一作縣）諸公茶集天宮寺岸道上人房

良友呼我宿月明懸天宮道安風塵外灑掃青林中削去府縣理豁然神機空自從三湘還始得今夕同舊居

觀江淮名勝圖

刻意吟雲山尤知隱淪妙遠公何爲者再詣臨海嶠而我高其風披圖得遺照援毫無逃境遂展千里眺淡掃荆門煙明標赤城燒青葱林間嶺隱見淮海徼但指香爐頂無聞白猿嘯沙門既云滅獨往豈殊調感對懷拂衣胡寧事漁釣安期始遺舄千古謝榮耀投跡庶可齊滄浪有孤棹

灞上閑居

鴻都有歸客偃臥滋陽村軒冕無枉顧清川照我門空林網夕陽寒鳥赴荒（一作幽）園廓落時得意懷哉莫與言庭前有孤鶴欲啄常翩翻爲我銜素書弔彼顏與原二君既不朽所以慰其魂

風凉原上作

陰岑宿雲歸烟霧濕松柏風淒日初曉下嶺望川澤遠山無晦（一作遺）明秋水千里白佳氣盤未央聖人在凝碧關門阻天下信是帝王宅海內方晏然廟堂有奇策時貞守全運罷去遊說客予忝蘭臺人幽尋免貽責

裴六書堂

閑堂閑空陰竹林（一作木）但清響窗下長嘯客區中無遺想經綸精微言兼濟當獨往

江上聞笛

橫笛怨江月扁舟何處尋聲長楚山外曲繞胡關深相去萬餘里遥傳此夜心寥寥浦溆寒響盡惟幽林不知誰家子復奏郵鄲音水客皆擁棹空霜遂盈襟羸馬望北走遷人悲越吟何當邊草白旌節隴（一作龍）城陰

太湖秋夕

水宿煙雨寒洞庭霜落微月明移舟去夜靜魂夢歸暗覺海風度蕭蕭聞鴈飛

趙十四兄見訪

客來舒長簟開閤延清風但有無絃琴共君盡尊中晚來常讀易頃者欲（一作獨）還嵩世事何須道黄精且養蒙嵇康殊寡識張翰獨知終忽憶鱸魚鱠扁舟往江東

過華陰

雲起太華山雲山（一作山色）互明滅東峯始含景了了見松雪羈人感幽棲窅映轉奇絶欣然忘所疲永望吟不輟信宿百餘里出關玩新月何意昨來心（一作寘寘）遇物遂遷別人生屢如此何以肆愉悦

九江口作

瀟瀟江勢闊雨開潯陽秋驛門是高岸望盡黄蘆洲水與五谿合心期萬里遊明時無棄才謫去隨孤舟鷙鳥立寒木丈夫佩吳鈎何當報君恩却繫單于頭

大梁途中作

怏怏步長道客行渺無端郊原欲下雪天地稜稜寒當時每酣醉不覺行路難今日無酒錢悽惶向誰歎

途中作

遊人愁歲晏早起遵王畿墜葉吹未曉疎林月微微鶩禽棲不定寒獸相因依歎此霜露下復聞鴻雁飛渺然江南意惜與中途違羈旅悲壯髮別離念征衣永圖豈勞止明節期所歸寧厭楚山曲無人長掩扉

山行入涇州

倦此山路長停驂問賓御林巒信回惑（一作坰林往或回）白日落何處徙倚望長風滔滔引歸慮微雨隨雲收濛濛傍山去西臨有邊邑北走盡亭戍涇水横白烟州城隱寒樹所嗟異風俗已自少情趣豈伊懷土多（一作戀懷土）觸目（一作解物）忻所遇

小敷谷龍潭祠作（第十九句缺一字）

崖谷噉疾流地中有雷集百泉勢相蕩巨石皆却立跳波沸崢嶸深處不可挹昏爲蛟龍怒（一作窟）清（一作時）見雲雨入靈怪崇偏祠廢興自茲邑沈淫頃多昧檐宇遂不葺吾聞被明典盛德惟世及生人載山川血食報原隰豈伊駭微險將以循甿揖　飛振呂梁忠信亦我習波流浸已廣悔吝在所汲谿水有清源褰裳靡沾濕

段宥廳孤桐

鳳皇所宿處月映孤桐寒槁葉零落盡空柯蒼翠殘虛心誰能見直影非無端響發調尚苦清商勞一彈

琴

孤桐秘虛鳴樸素傳幽眞（一作髣髴）絃指外遂見初古人意遠風雪苦時來江山（一作上）春高宴未終曲誰能辨經綸

初日

初日淨金閨先照牀前暖斜光入羅幕稍稍親絲管雲髮不能梳楊花更吹滿

失題

姦雄乃得志遂使羣心摇赤風蕩中原烈火無遺巢一人計不用萬里空蕭條

贈宇文中丞（本暢當詩）

僕本濩落人辱當州郡使量力頗及早謝歸今即已蕭蕭若凌虛衿帶頃消靡車服卒然來涔陽作遊子鬱鬱寡開顏默默獨行李忽逢平生友一笑方在此秋清寧風日楚思浩雲水爲語弋林者冥冥鴻遠矣

箜篌引

盧谿郡南夜泊舟（盧谿在辰州龍標故地即馬援歌中武溪水所出也或作瀘溪者非）夜聞兩（一作南）岸羌戎謳其時月黑猿啾啾微雨霑衣令人愁有一遷客登高樓不言不寐彈箜篌彈作薊門桑（一作葉）葉秋風沙颯颯青塚頭將軍鐵驄汗血流深入匈奴戰未休黃旗一點兵馬收亂殺胡人積如丘瘡病驅來配（一作役）邊州仍披漠北羔羊裘顏色飢枯掩面羞眼眶淚滴深兩眸思還本鄉食鶖牛欲語不得指咽喉或有強壯能咿嚘意說被他邊將讎五世屬藩漢主留碧毛氈帳河曲遊橐駝五萬部落稠勑賜飛鳳金兜鍪爲君百戰如過籌靜掃陰山無鳥投家藏鐵券特承優黃金千（一作百）斤不稱求九族分離作楚囚深谿寂寞絃苦幽草木悲感聲颼飀僕本東山（一作山東）爲國憂明光殿前論九疇麓讀兵書盡冥搜爲君掌上施權謀洞曉山川無與儔紫宸詔發遠懷柔搖筆飛霜如奪鉤鬼神不得知其由憐愛蒼生比蚍蜉朔（一作緣）河屯兵須漸抽盡遣降來拜御溝便令海內休戈矛何用班超定遠侯史臣書之得已不

烏棲曲

白馬逐朱車黃昏入狹邪（一本重狹邪二字）柳樹烏爭宿爭枝未得飛上屋東房少婦壻從軍每聽烏啼知夜分

城傍曲

秋風鳴桑條草白狐兔驕邯鄲飲（一作飯又作飽）來酒未消城北原平掣皂鵰射殺空營兩騰虎迴身却月佩弓弰

行路難

雙絲作綆繫銀瓶百尺寒泉轆轤上懸絲一絕不可望似妾傾心在君掌人生意氣好遷捐只重狂花不重賢宴罷調箏奏離鶴迴嬌轉盼泣君前君不見眼前事豈保須臾心勿異西山日下雨足稀側有浮雲無所寄但願莫忘前者言剉骨黃塵亦無愧行路難勸君酒莫辭煩（一作勸酒莫辭煩）美酒千鍾猶可盡心中片愧（一作恨）何可論一聞漢主思故劍使妾長嗟萬古魂

奉贈張荊州

祝融之峯紫雲銜翠如何其雪嶄嵒邑西有路緣石壁我欲從之臥穹嵌魚有心兮脫網罟江無人兮鳴楓杉王君飛舄（一作鳥）仍未去蘇躭宅中意遙緘

全唐詩

王昌齡

駕出長安（一作宋之問詩）

聖德超千古皇風扇九圍天迴萬象出駕動六龍飛淑氣來黃道祥雲覆紫微太平多扈從文物有光輝

駕幸河東

晉水千廬合汾橋萬國從開唐天業盛入沛聖恩濃下輦迴三象題碑任六龍睿明懸日月千歲（一作載）此時逢

胡笳曲

城南虜已合一夜幾重圍自有金笳引能霑出塞衣（一作能令出塞飛）聽臨關月苦清入海風微三奏高樓曉胡人掩涕歸

潞府客亭寄崔鳳童

蕭條郡城閉旅館空寒烟秋月對愁客山鐘搖暮天新知偶相訪斗酒情依然一宿阻長會清風徒滿川

和振上人秋夜懷士會

白露傷草木山風吹夜寒遙林夢親友高興發雲端（一作巖巒）郭外秋聲急城邊月色殘瑤琴多遠思更爲客中彈

送李擢遊江東

清洛日夜漲微風引孤舟離腸（一作觴）便千里遠夢生江樓楚國橙橘暗吳門煙雨愁東南具今古歸望山雲秋（一作收）

沙苑南渡頭

秋霧連雲白歸心浦溆懸津人空守纜村館復臨川篷隔（一作舉）蒼茫雨波連（一作通）演漾田孤舟未得濟入夢在何年

客廣陵

樓頭廣陵近九月在南徐秋色明海縣寒烟生里閭夜帆歸楚客昨日度江書爲問易名叟垂綸不見魚

靜法師東齋

築室（一作山）在人境遂得眞隱情春盡草木變雨來池館清琴書全雅道視聽已無生閉戶脫三界白雲自虛盈

素上人影塔

物化同枯木希夷明月珠本來生滅盡何者是虛無一坐看如故千齡獨向隅至人非別有方外不應殊

遇薛明府謁聰上人

欣逢柏梁故共謁聰公禪石室無人到繩牀見虎眠陰崖常抱雪枯澗爲生泉出處雖云異同歡在法筵

謁焦鍊師

中峯青苔壁一點雲生時豈意石堂裏得逢焦鍊師爐香淨琴（一作金）案松影閑瑤墀拜受長年藥翩翻西海期

宿京江口期劉昚虛不至

霜天起長望殘月生海門風靜夜潮滿城高寒氣昏故人何寂寞久已乖清言明發不能寐徒盈江上尊

寒食即事

晉陽寒食地風俗舊來傳雨滅龍蛇火春生鴻雁天泣多流水漲歌發舞雲旋西見之推廟空爲人所憐

九日登高

青山遠近帶皇州霽景重陽上北樓雨歇亭皋仙菊潤霜飛天苑御梨秋茱萸插鬢花宜壽翡翠橫釵舞作愁謾說陶潛籬下醉何曾得見此風流

萬歲樓

江上巍巍萬歲樓不知經歷幾千秋年年喜見山長在日日悲看水獨流猿狖何曾離暮嶺鸕鷀空自泛寒洲誰堪登望雲烟裏向晚茫茫發旅愁

夏月花萼樓酺宴應制

土德三元正堯心萬國同汾陰備冬禮長樂應和風賜

慶垂天澤流歡舊渚宮樓臺生海上簫鼓出天中霧曉筵初接宵長曲未終雨隨青幕合月照（一作向）舞羅空玉陛分朝列文章發聖聰愚臣忝書賦歌詠頌絲桐

送歐陽會稽之任

懷祿貴心賞東流山水長官移會稽郡地邇上虞鄉緩帶屏紛雜漁舟臨訟堂逶迤迴谿趣（一作曲）猿嘯飛鳥行萬室霽朝雨千峰迎夕陽輝輝遠洲映曖曖澄湖（一作江）光白髮有高士青春期上皇應須枉車歇（一作過）爲我訪荷裳

同王維集青龍寺曇壁上人兄院五韻

本來清淨所竹樹引幽陰簷外含山翠人間出世心圓通無有象聖境不能侵眞是吾兄法何妨友弟深天香自然會靈異識鐘音

東谿翫月（一作王維詩）

月從斷山口遙吐柴門端萬木分（一作紛）空霽流陰中夜攢光連虛象白氣與風露寒谷靜秋泉響巖深青靄殘澄清入幽夢破影抱空巒怳惚琴窗裏松谿曉思難

全唐詩

王昌齡

朝來曲

月昃鳴珂動花連繡戶春盤龍玉臺鏡唯待畫眉人

從軍行

大將軍出戰白日暗榆關三面黃金甲單于破膽還

答武陵田太守

仗（一作按）劍行千里微軀感一言曾爲大梁客不負信陵恩

題灞池二首

腰鐮欲何之東園刈秋韭世事不復論悲歌和樵叟

開門望長川薄暮見漁者借問白頭翁垂綸幾年也

題僧房

椶櫚花滿院苔蘚入閑房彼此名言絕空中聞異香

擊磬老人

雙峰褐衣久一磬白眉長誰識野人意徒看春草芳

送胡大

荊門不堪別況乃瀟湘秋何處遙望君江邊明月樓

送郭司倉

映門淮水綠留騎主人心明月隨良掾春潮夜夜深

送李十五

怨別秦楚深江中秋雲起天長杳無隔月影在寒水

送張四

楓林已愁暮楚水復堪悲別後冷山月清猿無斷時

武陵田太守席送司馬盧谿

諸侯分楚郡飲餞五谿春山水清暉遠俱憐一逐臣

送譚八之桂林

客心仍在楚江館復臨湘別意猿鳥外天寒桂水長

送劉十五之郡

平明江霧寒客馬江上發扁舟事洛陽窅窅含楚月

從軍行七首

烽火城西百尺樓黃昏獨上（一作坐）海風秋更吹羌（一作橫）笛關山月無那（一作誰解）金閨萬里愁

琵琶起舞換新聲總是關山舊（一作離）別情撩亂邊愁聽（一作彈）不盡高高秋月照長城

關城榆葉早疏黃日暮雲沙古戰場表請回軍掩塵骨莫教兵士哭龍荒

青海長雲暗雪山孤城遙望玉（一作雁）門關黃沙百戰穿金甲不破樓蘭終（一作竟）不還

大漠風塵日色昏紅旗半捲出轅門前軍夜戰洮河北已報生擒吐谷渾

胡瓶落膊紫薄汗碎葉城西秋月團明敕星馳封寶劍辭君一夜取樓蘭（統籤注云薄汗疑作駁馯）

玉門山嶂幾千重山北山南總是烽人依遠戍須看火馬踏深山不見蹤

出塞二首

秦時明月漢時關萬里長征人（一作征夫尚）未還但使龍城飛將在不教胡馬度陰山

騮馬新跨白玉鞍戰罷沙場月色寒城頭鐵鼓聲猶振匣裏金刀血未乾

采蓮曲二首

吳姬越豔楚王妃爭弄蓮舟水濕衣來時浦口花迎入采罷江頭月送歸

荷葉羅裙一色裁芙蓉向臉兩邊開亂入池中看不見聞歌始覺有人來

殿前曲二首

貴人妝梳殿前催香風吹入殿後來仗引笙歌大宛馬白蓮花發照池臺

胡部笙歌西殿頭梨園弟子和涼州新聲一段高樓月聖主千秋樂未休

春宮曲（唐人絕句作殿前曲）

昨夜風開露井桃未央前殿月輪高平陽歌舞新承（一作承新）寵簾外春寒賜錦袍

西宮春怨

西（一作空）宮夜靜百花香欲捲珠簾春恨長斜抱雲和深（一作渾）見月朦（一作朧）朧樹色隱（一作陽）昭陽

西宮秋怨

芙蓉不及美人妝，水殿風來珠翠香。誰分（一作問）含啼（一作卻恨含情）掩秋扇，空懸明月待君王。

長信秋詞五首

金井梧桐秋葉黃，珠簾不捲夜來霜。熏（一作金）籠（一作爐）玉枕無顏色，臥聽南宮（一作宮中）清漏長。

高殿秋砧響夜闌，霜深猶憶御衣寒。銀燈青瑣裁縫歇，還向金城明主看。

奉帚平明金（一作秋）殿開，且將團扇暫（一作共）裴回。玉顏不及寒鴉色，猶帶朝陽日影來。

眞成薄命久尋思，夢見君王覺後疑。火照西宮知夜飲，分明複道奉恩時。

長信宮中秋月明，昭陽殿下擣衣聲。白露堂中細草跡，紅羅帳裏不勝情。

青樓曲二首

白馬金鞍從武皇，旌旗十萬宿長楊。樓頭小婦鳴箏坐，遙見飛塵入建章。

馳道楊花滿御溝，紅妝縵綰上青樓。金章紫綬千餘騎，夫壻朝回初拜侯。

青樓怨

香幃風動花入樓，高調鳴箏緩夜愁。腸斷關山不解說，依依殘月下簾鉤。

浣紗女

錢塘江畔是誰家，江上女兒全勝花。吳王在時不得出，今日公然來浣紗。

閨怨

閨中少婦不曾愁，春日凝妝上翠樓。忽見陌頭楊柳色，悔教夫壻覓封侯。

甘泉歌

乘輿執玉已登壇，細草霑衣春殿寒。昨夜雲生拜初月，萬年甘露水晶盤。

蕭駙馬宅花燭

青鸞飛入合歡宮，紫鳳銜花出禁中。可憐今夜千門（一作家）裏，銀漢星回（一作橫）一道通。

觀獵

角鷹初下秋草稀，鐵驄抛鞚去如飛。少年獵得平原兔，馬後（一作上）橫捎意氣歸。

寄穆侍御出幽州

一從恩譴度瀟湘，塞北江南萬里長。莫道薊門書信少，鴈飛猶得到衡陽。

寄陶副使

聞道將軍破海門，如何遠謫渡湘沅。春來明主封西嶽，自有還君紫綬恩。

至南陵答皇甫岳

與君同病復漂淪，昨夜宣城別故人。明主恩深非歲久，長江還共五谿濱。

西江寄越弟

南浦逢君嶺外還，沅谿更遠洞庭山。堯時恩澤如春雨，夢裏相逢同入關。

李四倉曹宅夜飲

霜天留後（一作飲）故情歡，銀燭金爐夜不寒。欲問吳江別來意（一作處），青山明月夢中看。

宴春源

源向春城花幾重，江明深翠引諸峯。與君醉失松溪路，山館寥寥傳暝鐘。

龍標野宴

沅溪夏晚足涼風，春酒相攜就竹叢。莫道絃歌愁遠謫，青山明月不曾空。

聽流人水調子

孤舟微月對楓林，分付鳴箏與客心。嶺色千重萬重雨，斷絃收與淚痕深。

梁苑

梁園秋竹古時煙，城外風悲欲暮天。萬乘旌旗何處在，平臺賓客有誰憐。

武陵龍興觀黃道士房問易因題（一作贈）

齋心問易太陽宮，八卦眞形一氣中。仙老言餘鶴飛去，玉清壇上雨濛濛。

送魏二

醉別江樓橘柚香，江風引雨入舟涼。憶君遙在瀟湘月（一作上，一作湘山月），愁聽清猿夢裏長。

別李浦之京

故園今在灞陵西，江畔逢君醉不迷。小弟鄰莊尚漁獵，一封書寄數行啼。

送狄宗亨

秋在水清山暮蟬，洛陽樹色鳴皐煙。送君歸去愁不盡，又惜空度涼風天。

送薛大赴安陸

津頭雲雨暗湘山，遷客離憂楚地顏。遙送扁舟安陸郡，天邊何處穆陵關。

芙蓉樓送辛漸二首

寒雨連天夜入湖，平明送客楚山孤。洛陽親友如相問，一片冰心在玉壺。

丹陽城南秋海陰，丹陽城北楚雲深。高樓送客不能醉，寂寂寒江明月心。

重別李評事

莫道秋江離別難，舟船明日是長安。吳姬緩舞留君醉，隨意青楓白露寒。

別陶副使歸南海

南越歸人夢海樓，廣陵新月海亭秋。寶刀留贈長相憶，當取戈船萬戶侯。

送人歸江夏

寒江（一作天）綠水楚雲深，莫道離憂遷遠心。曉夕雙帆歸鄂渚，愁將孤月夢中尋。

送李五

玉盌金罍傾送君，江西日入起黃雲。扁舟乘月暫來去，誰道滄浪吳楚分。

送十五舅

深林秋水近日空，歸棹演漾清陰中。夕浦離觴意何已，草根寒露悲鳴蟲。

留別郭八

長亭駐馬未能前井邑蒼茫含暮煙醉別何須更惆悵回頭不語但(一作便)垂鞭

送竇七

清江月色傍林秋波上熒熒望一舟鄂渚輕帆須早發江邊明月爲君留

巴陵送李十二

搖曳巴陵洲渚分清江傳語便風聞山長不見秋城色日暮蒹葭空水雲

送裴圖南

黃河渡頭歸問津離家幾日茱萸新漫道閨中飛破鏡猶看陌上別行人

留別司馬太守

辰陽太守念王孫遠謫沅谿何可論黃鶴青雲當一舉明珠吐着報君恩

盧溪主(一作別)人

武陵溪口駐扁舟溪水隨君向北流行到荊門上三峽莫將孤月對猿愁

送程六

冬夜傷離(一作鶴)在五溪青魚雪落鱠橙虀武岡前路看斜月片片舟中雲向西

送朱越

遠別舟中蔣山暮君行舉首燕城路薊門秋月隱黃雲期向金陵醉江樹

別辛漸

別館蕭條風雨寒扁舟月色渡江看酒酣不識關西道却望春江雲尚殘

送柴侍御

流水通波接武岡送君不覺有離傷青山一道同雲雨明月何曾是兩鄉

送萬大歸長沙

桂陽秋水長沙縣楚竹離聲爲君變青山隱隱孤舟微白鶴雙飛忽相見

送吳十九往沅陵

沅江流水到辰陽谿口逢君驛路長遠謫誰(一作唯)知望雷雨明年春水共還鄉

別皇甫五

溆浦潭陽隔楚山離尊不用起愁顏明祠靈響期昭應天澤俱從此路還

送崔參軍往龍溪

龍溪只在龍標上秋月孤山兩相向譴謫離心是丈夫鴻恩共待春江漲

送鄭判官

東楚吳山驛樹微軺車銜命奉恩輝英僚攜出新豐酒半道遙看驄馬歸

送姚司法歸吳

吳掾留觴楚郡心洞庭秋雨海門陰但令意遠扁舟近不(一作送)道滄江百丈深

送高三之桂林

留君夜飲對瀟湘從此歸舟客夢長嶺上梅花侵雪暗歸時還拂桂花香

旅望(一作出塞行)

白花(一作草)原頭(一作上)望京師黃河水流無盡時窮秋曠野行人絕馬首東來知是誰

題朱鍊師山房

叩齒焚香出世塵齋壇鳴磬步虛人百花仙醞能留客一飯胡麻度幾春

武陵開元觀黃鍊師院三首

松間白髮黃尊師童子燒香禹步時欲訪桃源入溪路忽聞雞犬使人疑

先賢盛說桃花源塵忝何堪武陵郡聞道秦時避地人至今不與人通(一作問)問

山觀空虛清靜門從官役吏擾塵喧暫因問俗到眞境便欲投誠依道源

河上老人歌(一作河上歌)

河上老人坐古槎合丹只用青蓮花至今八十如四十口道滄溟是我家

春怨(樂府近代曲載蓋羅縫二首前一曲乃王昌齡出塞第一首第二曲即此詩也不著作者姓名)

音書杜絕白狼西桃李無顏黃鳥啼寒雁春深歸去盡出門腸斷草萋萋

句

朝薦抱良策獨倚江城樓(述情詩式)　昨從金陵邑遠謫沅溪濱(沅志)　婣魄已三孕(以下海錄碎事)　駕幸温泉日嚴霜子月初　長亭酒未醒千里風動地(以下河嶽英靈集)　蒼荻寒滄江石頭岸邊飲　天仗森森練雪凝身騎鐵驄自臂鷹

全唐詩

常建

常建開元中進士第大曆中爲盱眙尉詩似初發通莊却尋野徑百里之外方歸大道其旨遠其興僻佳句輒來唯論意表淪於一尉士論悲之詩一卷

送陸擢

聖代多才俊(一作秀)陸生何考槃南山高松樹不合空摧殘九月湖上別北風秋雨寒殷勤歎孤鳳早食金琅玕

送李十一尉臨溪

泠泠花下琴君唱渡江吟天際一帆影預懸離別心以言神仙尉因致瑤華音回軫撫商調越溪(一作谿)澄碧林

江上琴興

江上調玉琴一弦清一心泠泠七弦遍萬木澄幽陰(一作音)能使江月白又令江水深始知梧桐枝可以徽黃金

湖中晚霽

湖廣舟自輕江天欲澄霽是時清楚望氣色猶霾曀踟躕金霞白波上日初麗煙虹落鏡中樹木生天際杳杳涯欲辨蒙蒙雲復閉言乘(一作垂)星漢明又覩寰瀛勢微興從此愜悠然不知歲試歌滄浪清遂覺乾坤細豈念客衣薄將期永投袂遲回漁父間一雁聲嘹唳

宿王昌齡隱居

清溪深不測(一作極)隱處唯孤雲松際露微月清光猶爲君

茅亭宿花影藥院滋苔紋余亦謝時去西山鸞鶴羣

送楚十少府

微風吹霜氣寒影明（一作流）前除落日未能別蕭蕭林木虛愁煙閉千里仙尉其何如因送別鶴操贈之雙鯉魚鯉魚在金盤別鶴哀有餘心事則如此請君開素書

張山人彈琴

君去芳草綠西峯彈玉琴豈惟丘中賞兼得清煩襟朝從山口還出嶺聞清（一作幽）音了然雲霞氣（一作意）照見天地心玄鶴下澄空翩翩舞松林改弦扣（一作和）商聲又聽飛龍吟稍覺此身妄漸知仙事深其將鍊金鼎永矣（一作以）投吾簪

白湖寺後溪宿雲門

落日山水清亂流鳴淙淙舊蒲雨抽節新花水對窗溪中日已沒歸鳥多爲雙杉松引直路出谷臨前湖洲渚晚色靜又觀花與蒲入溪復登嶺草淺寒流速圓月明高峯春山因獨宿松陰澄初夜曙色分遠目日出城南隅青青媚川陸亂花覆東郭碧氣銷長林四郊一清影千里歸寸心前瞻王（一作去）程促卻戀雲門深畢景有餘輿到家彈玉琴

閑齋臥病（一作雨）行藥至山館稍次湖亭二首（一作一首）

旬時結陰霖簾外初白日齋沐清病容心魂畏虛（一作靈）室閑梅照前戶明鏡悲舊質同袍四五人何不來問疾

行藥至石壁東風變萌芽主人門外（一作山門）綠小隱湖中花時物堪獨往春帆宜別家辭君嚮滄海爛熳從天涯

塞上曲

翩翩雲中使來問太原卒百戰苦不歸刀頭怨明月塞雲隨陣落寒日傍（一作旁）城沒城下有寡妻哀哀哭枯骨

仙谷遇毛女意知是秦宮人

溪口水石淺泠泠明藥叢入溪雙峯峻松栝疏幽風垂嶺枝（一作竹）嫋嫋翳泉花濛濛黃綠霽人目路盡心彌通盤石橫陽崖前流（一作臨）殊未窮回潭清雲影瀰漫長天空水邊一神女千歲爲玉童羽毛經漢代珠翠逃秦宮目覿神已寓鶴飛言未終祈君青雲祕願謁黃仙翁嘗以耕玉田龍鳴西頂中金梯與天接幾日來相逢

夢太白西峯

夢寐昇九崖杳靄逢元君遺我太白峯（一作岑）寥寥辭垢氛結宇在星漢宴林閉氤氳簷楹覆餘翠巾舄生片雲時往溪水（一作谷）間孤亭晝仍曛松峯引天影石瀨清霞文恬目緩舟趣霽心投鳥羣春風又搖棹潭島花紛紛

鄂渚招王昌齡張僨

刈蘆曠野中沙土（一作上）飛黃雲天晦無精光茫茫悲遠君楚山隔湘水湖畔落日曛春鴈又北飛音書固難聞謫居未爲歎讒枉何由分午日逐蛟（一作蛇）龍宜爲弔冤文翻覆古共然名（一作官）宦安足云貧士任枯槁捕魚清江濆有時荷鉏犂曠野自耕耘不然春山隱溪澗花（一作何）氤氳山鹿自有場賢達亦顧羣二賢歸去來世上徒紛紛

春詞二首（樂府詩題作陌上桑。一本連後階下草猶短一首共作三首）

菀菀黃柳絲濛濛雜花垂日高紅妝臥倚對（一作樹）春光（一作風）遲寧知傍淇水驂裊黃金羈

翳翳陌上桑南枝交北堂美人金梯出素手自提筐非但畏（一作爲）蠶飢盈盈嬌路傍

晦日馬鐙曲稍次中流作

夜寒宿蘆葦曉色明西林初日在川上便澄遊子心泰（一作晴）天無纖翳郊野浮春陰波靜隨釣魚舟小綠水深出浦見千里曠然諧遠尋扣船應漁父因（一作同）唱滄浪吟

古意（一本連後古意三首共作四首）

牧馬古道傍道傍多古墓蕭條愁殺人蟬鳴白楊樹迴頭望京邑合沓生塵霧富貴安可常歸來保貞素

宿五度溪仙人得道處

五度溪上花生根依兩崖二月尋片雲願宿秦人家上見懸崖崩下見白水湍仙人彈棊處石上青蘿盤無處求玉童翳翳唯林巒前溪遇新月聊取玉琴彈

西山

一身爲輕舟落日西山際常隨去帆影遠接長天勢物象歸餘清林巒分夕麗亭亭碧流暗日入孤霞繼渚日遠陰映湖雲尚明霽林昏楚色來岸遠荊門閉至夜轉清迥蕭蕭北風厲沙邊鴈鷺泊宿處蒹葭蔽圓月逗前浦孤琴又搖曳泠然夜遂深白露霑人袂

春詞

階下草猶短牆頭梨花白織女高樓上停梭顧行客問君在何所青鳥舒錦翮

贈三侍御

高山臨大澤正月蘆花乾陽色薰兩崖不改青松寒士賢守孤貞古來皆共難明君錯甚（一作任）才臺上飛三鸞操與霜雪明量與江海寬束身視天涯安能窮波瀾孤鶴在枳棘一枝非所安逸翮望絕霄見欲凌雲端層臺何其高山石流洪湍固知非天池鳴躍同所歡誰念獨枯槁四十長江干責躬貴知已劾拙從一官折翮悲高風苦飢候朝飡湖月映大海天空何漫漫托身未知所謀道庶不刊吟彼喬木詩一夕常三歎

第三峯

西山第三頂茅宇依雙松杳杳欲至天雲梯升幾重瑩魄澄玉虛以求鸞鶴蹤逶迤非天人執節乘赤龍旁映白日光縹緲輕霞容孤輝上煙霧餘影明心胸願與黃麒麟欲飛而莫從因寂清萬象輕雲自中峯山暝學棲鳥月來隨暗蕚尋空靜餘響嫋嫋雲溪鐘

古興

漢上逢老翁江口爲僵屍白髮沾黃泥遺骸集烏鴟機巧自此忘精魄今何之風吹釣竿折魚躍安能施白水明汀洲菰蒲冒深陂唯留扁舟影繫在長江湄窽兀枯松枝悠揚女蘿絲託身難憑依生死焉相知徧觀今時人舉世皆爾爲將軍死重圍漢卒猶爭馳百馬同一銜萬輪同一規名與身孰親君子宜固思

高樓夜彈箏

高樓百餘尺直上江水平明月照人苦開簾彈玉箏山高猿狖急天靜鴻鴈鳴曲度猶未終東峯霞半生

客有自燕而歸哀其老而贈之

羸馬朝自燕一身爲二連憶親拜孤塚移葬雙陵前幽願從此畢斂心因獲全孟冬寒氣盛攖轡告言旋碣石海北門餘冠惟朝鮮離離一寒騎嫋嫋馳白天生別皆

自取况爲士卒先寸心漁陽興落日旌竿懸

白龍窟汎舟寄天台學道者

夕映翠山深餘暉在龍窟扁舟滄浪意澹澹花影沒西浮入天色南望對雲闕因憶莓苔峰初陽濯玄髮泉蘿兩幽映松鶴間清越碧海瑩子神玉膏澤人骨忽然爲枯木微興遂如兀應寂中有天明心外無物環迴從所汎夜靜猶不歇澹然意無限身與波上月

張天師草堂

靈溪宴清宇傍倚枯松根花藥繞方丈瀑泉飛至門四氣閑炎熱雨崖改明昏夜深月暨皎亭午朝始暾信是天人居幽幽寂無喧萬壑應鳴磬諸峰接一魂遂登仙子谷因醉田生（一作中）樽時節開玉書宵映飛天言心化便（一作更）無影目精焉累煩忽而與（一作舉）霄漢寥落空南軒

古意三首

二妃方訪舜萬里南方懸遠道隔江漢孤舟無歲年不知蒼梧處氣盡呼青天愁淚變楚竹蛾眉喪湘川後人立爲廟累世稱其賢過客設祠祭狐狸來坐邊懷古未忍還猿吟徹空山

明月照高閣綵女褰羅幕歌舞臨碧雲簫聲沸珠箔青鸞臨南海天上雙白鶴萬里齊翼飛意求君門樂玉霄九重閉金鎖夜不開兩翅自無力愁鳴雲外來態深入（一作人）空貴世屈無良媒俛仰顧中禁東飛白玉臺

楚王竟何去獨自留巫山偏使世人見迢迢江漢間駐舟春溪裏皆願拜靈顏寤寐見神女金沙鳴珮環閑豔絕世姿令人氣力微含笑竟不語化作朝雲飛

漁浦

春至百草綠陂澤聞鶬鶊別家投釣翁今世滄浪情漚紵爲縕袍析麻爲長纓榮譽失本眞怪人浮此生碧水月自闊安流淨而平扁舟與天際獨往誰能名

空靈山應田叟

湖南無村落山舍多黃茆淳朴如太古其人居鳥巢牧童唱巴歌野老亦獻嘲泊舟問溪口言語皆啞咬土俗不尚農豈暇論肥磽莫徭射禽獸浮客烹魚鮫余亦罙

宜人獲麇今尚苞敬君中國來願以充其庖日入聞虎鬬空山滿咆哮懷人雖共安異域終難交白水可洗心采薇可爲肴曳策背落日江風鳴梢梢

太公哀晚遇

日出渭流白文王畋獵時釣翁在蘆葦川澤無熊羆詔書起遺賢匹馬令（一作令）致辭因稱江海人臣老筋力衰遲遲詣天車快快（一作怏怏）悟靈龜兵馬更不獵君臣皆共怡同車至咸陽心影無磷緇四牡玉墀下一言爲帝師王侯擁朱門軒蓋曜長逵古來榮華人遭遇誰知之落日懸桑榆光景有頓虧倏忽（一作悲）天地人雖貴將何爲

昭君墓

漢宮豈不死異域傷獨（一作猶傷）沒萬里馱黃金蛾眉爲枯骨迴車（一作軍）夜出塞立馬皆不發共（一作憤）恨丹青人墳上哭明月

弔王將軍墓

嫖姚北伐時深入強（一作幾）千里戰餘落日黃軍敗鼓聲死嘗聞漢飛將可奪單于壘今與山鬼鄰殘兵哭遼水

古意

井底玉冰洞地明琥珀轆轤青絲索仙人騎鳳披彩霞挽上銀瓶照天閣黃金作身雙飛龍口銜明月噴芙蓉一時渡海望不見曉上青樓十二重

古興

轆轤井上雙梧桐飛鳥銜花日將沒深閨女兒莫愁年玉指泠泠怨金碧石榴帬裾蛺蝶飛見人不語顰蛾眉青絲素絲紅綠絲織成錦衾當爲誰

張公子行（一作古意）

日出乘釣舟嫋嫋持釣竿涉淇傍荷花驄馬閑金鞍俠客（一作使君）白雲中腰間懸轆轤出門事嫖姚爲君西擊胡胡兵漢騎相馳逐轉戰孤軍西海（一作海西）北（一作曲）百尺旌竿沈黑雲邊笳落日不堪聞

題破山寺後禪院

清晨入古寺初日照高林竹（一作曲）逕通（一作遇）幽處禪房花木深山光悅鳥性潭影空人心萬籟此都寂但餘鐘磬音

送李大都護

單于雖不戰都護事邊深君執幕中秘能爲高士心海頭近初月磧裏多愁陰西望郭猶子將分淚滿襟

潭州留別

賢達不相識偶然交已深宿帆謁郡佐悵別依禪林湘水流入海楚雲千里心望君杉松夜山月清猿吟

聽琴秋夜贈寇尊師

琴當秋夜聽況是洞中人一指指應法一聲聲爽神寒蟲臨砌急（一作默）清吹裛燈頻何必鍾期耳高閑自可親

泊舟盱眙

泊舟淮水次霜降夕流清夜久潮侵岸天寒月近城平沙依鴈宿候館聽雞鳴鄉國雲霄外誰堪羈旅情

江行

平湖四無際此夜泛孤舟明月異方意吳歌令客愁鄉園碧雲外兄弟淥江頭萬里無歸信傷心看斗牛

燕居

青苔常滿路流水復入林遠與市朝隔日聞雞犬深寥寥丘中想渺渺湖上心嘯傲轉無欲不知成陸沈

送宇文六

花映垂楊漢水（一作水漵）清微（一作晚）風林裏一枝輕即今江北還如此愁殺江南離別情

落第長安

家園好在尚（一作住上）留秦恥作明時失路人恐逢故里鶯花笑且向長安度一春

塞下

鐵馬胡裘出漢營分麾百道救龍城左賢未遁旌（一作斬）竿折過在將軍不在兵

題法院

勝景門閑（一作開）對遠山竹深松老半含煙皓（一作皎，一作素）月殿中三度磬水晶宮裏一僧禪

嶺猿

杳杳褭褭（一作淒淒，一作依依）清且切鷓鴣飛處又斜陽相思嶺上相思淚不到三聲合斷腸

三日尋李九莊

雨歇楊林東渡頭永和三日盪輕舟故人家在桃花岸直到門前溪水流

塞下曲四首

玉帛朝回望帝鄉烏孫歸去不稱王天涯靜處無征戰兵氣銷爲日月光

北海陰風動地來明君祠上望龍堆髑髏皆是長城卒日暮沙場飛作灰

龍鬬雌雄勢已分山崩鬼哭恨將軍黃河直北千餘里寃氣蒼茫成黑雲

因嫁單于怨在邊蛾眉萬古葬胡天漢家此去三千里青塚常無草木煙

戲題湖上

湖上老人坐磯（一作島）頭湖裏桃花水却流竹竿嫋嫋波無（一作自波）際不知何者吞吾鉤

吳故宮

越女歌長君且聽芙蓉香滿水邊城豈知一日終非主猶自如今有怨聲

全唐詩

杜頠（一作頩）

杜頠開元十五年同王昌齡登第詩二首

從軍行

秋草馬蹄輕角弓持弦急去爲龍城候正值胡兵襲軍氣橫大荒戰酣日將入長風金鼓動白露（一作霧）鐵衣濕四起愁邊聲南轅時佇立斷蓬孤自轉寒雁飛相及萬里雲沙漲平川（一作路平）冰霰溢（一作澀）夜聞漢使歸獨向刀環泣

故絳行

君不見銅鞮觀數里城池已蕪漫君不見虒祁（一作祁虒）宮幾重臺榭亦微濛介馬兵車全盛時歌童舞女妖豔姿一代繁華皆共絶九原唯望塚纍纍

李嶷

李嶷開元十五年進士第官左武衛錄事殷璠稱其詩鮮潔有規矩其少年行三首詞雖不多翩翩然俠氣在目今存詩六首

少年行三首

十八羽林郎戎衣侍（一作事又作從）漢王臂鷹金殿側挾彈玉輿傍馳道春風起陪游出建章

侍獵長楊下承恩更射飛塵生馬影滅箭落雁行稀薄暮隨天仗聯翩入瑣闈

玉劒膝邊（一作旁）橫金杯馬上傾朝遊茂陵道夜宿鳳凰城豪吏（一作俠）多猜忌無勞問姓名

淮南秋夜呈周侃（一作呈同僚）

天淨河漢高夜閑砧杵發清秋忽如此離恨應難歇風亂池上萍（一作螢）露光竹間月與君共遊處勿作他鄉別

林園秋夜作

林臥避殘暑白雲長在天賞心既如此對酒非徒然月色徧秋露竹聲兼夜泉涼風懷袖裏玆意與誰傳

讀前漢外戚傳

人錄尚書事家臨御路傍鑿池通渭水避暑借明光印綬妻封邑軒車子拜郎寵因宮掖裏勢極必先亡

崔亘

崔亘開元二十四年登進士第詩一首

春怨

夜晝夢初驚紗窗早霧明曉妝脂粉薄春服綺羅輕妾有今朝恨君無舊日情愁來理弦管皆是斷腸聲

蔣維翰（蔣一作薛）

蔣維翰登開元進士第詩五首

古歌二首

美人怨何深含情倚金閣不嚬（一作笑）復不語紅（一作珠）淚雙雙落（一作紛紛）

美人閉紅燭獨坐裁新錦頻放翦刀聲夜寒知未寢

春夜裁縫

珠箔因風起飛蛾入最能不教人夜作方便殺明燈

春女怨

白玉堂前一樹梅今朝忽見數花（一作枝）開兒家門戶尋常閉（一作重重）春色因何入得（一作何緣得入）來

怨歌

百尺珠樓臨狹斜新妝能唱美人車皆言賤妾紅顔好要自狂夫不憶家

萬楚

萬楚登開元進士第詩八首

小山歌

人說淮南有小山淮王昔日此登仙城中雞犬皆飛去山上壇場今宛然世人貴身不貴壽共笑華陽洞天口不知金石變長年謾在人間戀攜手君能舉帆至淮南家住盱眙余先諳桐柏亂流平入海茱萸一曲沸成潭憶記來時魂悄悄想見仙山泉峯小今日長歌思不堪君行爲報三青鳥

題江潮莊壁

田家喜秋熟歲宴林葉稀禾黍積場圃樝梨垂戶扉野閑犬時吠日暮牛自歸時復落花酒茅齋堪解衣

詠簾

玳瑁昔稱華玲瓏薄絳紗鉤銜門勢曲節亂水紋斜日弄長飛鳥風搖不卷花自當分内外非是爲驕奢

茱萸女

山陰柳家女九日采茱萸復得東鄰伴雙爲陌上姝插枝著（一作花向）高髻結子置長裾作（一作忤）性常遲緩非關詫（一作託）丈夫平明折林樾（一作樹）日入返城隅俠（一作賈）客要羅袖行人挑短書蛾眉自有主年少莫踟躕

五日觀妓

西施謾道浣春紗碧玉今時鬬麗華眉黛奪將萱草色紅裙妒殺石榴花新歌一曲令人豔醉舞雙眸斂鬢斜誰道五絲能續命却令今日死君家

驄馬

金絡青驄白玉鞍長鞭紫陌野遊盤朝驅東道塵恒滅

暮到河源日未闌汗血每隨邊地苦蹄傷不憚隴陰寒
君能一飲長城窟爲報（一作盡）天山行路難

題情人藥欄

斂眉語芳草何許太無情正見離人別春心相向生

河上逢落花

河水浮落花花流東不息應見浣紗人爲道長相憶

范朝

范朝開元中進士詩二首

寧王山池

水勢臨階轉峰形對路開槎從天上得石是海邊來瑞
草分叢種祥花間色栽舊傳詞賦客唯見有鄒枚

題石甕寺

勝境宜長望遲春好散愁關連四塞起河帶八川流複
磴承香閣重巖映彩樓爲臨温液近偏美聖君遊

楊顏

楊顏登開元進士第詩一首

田家

小園足生事尋勝日傾壺蒔蔬利於鬻纔青摘已無四
鄰依（一作困）野竹日夕采其（一作共穫）枯田家心適時春色徧桑榆

王諲

王諲登開元進士第官右補闕詩六首

後庭怨

君不見紅閨少女端正時夭夭桃李仙容姿幸得君王
憐巧笑披香殿裏蔦蛾眉蛾眉雙雙人共進常恐妾身
從此擯甄妃爲妬出層宮班女因猜下長信長信宮門
閉不開昭陽歌吹風送來夢中魂魄猶言是覺後精神
尚未迴念君嬌愛無終始使妾長啼後庭（一作宮）裏獨立每
看斜日盡孤眠（一作坐）直至殘燈死秋日閒蟲翡翠簾春晴
照面鴛鴦水紅顏舊來花不勝白髮如今雪相似傳聞
紈扇恩未歇預想蛾眉上初月如君貴僞不貴真還同
棄妾逐新人借問南山松葉意何如北砌槿花新

夜坐看搊箏

調箏夜坐燈光裏却挂羅帷露纖指朱弦一一聲不同
玉柱連連影相似不知何處學新聲曲曲彈來未覩名
應是石家金谷裏流傳未滿洛陽城

長信怨

飛燕倚身輕爭人巧笑名生君棄妾意增妾怨君情日
落昭陽壁秋來長信城寥寥金殿裏歌吹夜無聲

閨情

日暮裁縫歇深嫌氣力微纔能收箧笥嬾起下簾帷怨
坐空然燭愁眠不解衣昨來頻夢見夫婿莫應知

十五夜觀燈

暫得金吾夜通看火樹春停車傍明月走馬入紅塵妓
雜歌偏勝場移舞更新應須盡記取說向（一作與）不來人

除夜（一作史青詩）

今歲今宵盡明年明日催寒隨一夜（一作臘）去春逐五更來
氣色空中改容顏暗裏回風光人不覺已著後園梅

王岳靈

王岳靈登開元進士第天寶中累官至監察御史詩一
首

聞漏

建禮含香處重城待漏臣徐聞傳鳳詔曉唱辨雞人銀
箭殘將盡銅壺漏更新催籌當午夜移刻及三辰杳杳
從天遠泠泠出禁頻直疑殘漏曙肅肅對鈎陳

周萬（一作邁）

周萬其先汝南人後徙居永安黃岡宣州刺史擇從之
子開元末登第詩一首

送沈芳謁李觀察求仕進（自注云此君曾浪跡長安因以詩讓之）

往日長安路歡遊不惜年爲貪廬女曲用盡沈郎錢身
老方投刺途窮始著鞭猶聞有知己此去不徒然

全唐詩

陶翰

陶翰潤州人開元十八年擢進士第又擢宏詞科以氷
壺賦得名官禮部員外郎詩一卷

古塞下曲（一作王季友詩）

進軍飛狐北窮寇勢將變日落沙塵昏背河更一戰驛
騎（一作馬）黃金勒琱弓白羽箭射殺左賢王歸奏未央殿欲
言塞下事天子不召見東出咸陽門哀哀淚如霰

燕歌行

請君留楚調聽我吟燕歌家在遼水（一作東）頭邊風意氣多
出身爲漢將正值戎未和雪中凌天山氷上渡交河大
小百餘戰封侯竟蹉跎歸來灞陵下故舊無相過雄劒
委塵匣空門垂（一作帷）雀羅玉簪還趙女（一作妹）寶瑟（一作瑤琴）付齊娥
昔日不爲樂時哉今奈何

望太華贈盧司倉

行（一作吏）到西華乃觀三峯壯削成元氣中傑出天河（一作漢）
上如有飛動色不知青冥狀巨靈安在哉厥跡猶可望
方此顧（一作數）行旅（一作從）未由餝（一作訪）仙裝（裝唐韻側亮切行裝也或改作伏非）葱龍記星
壇明滅數雲嶂良友垂真契宿心所微尚敢投歸山吟
霞徑一相訪

贈鄭員外

驄馬拂繡裳按兵遼水陽西分鴈門騎北逐樓煩王闐

道五軍集相邀百戰場風沙暗天起虜騎（一作陣）森已行儒
服揖（一作護）諸將雄謀吞大（一作八）荒金門來（一作求）見謁朱紱生輝
光數年（一作載）侍御史稍遷尚書郎人生志氣立所貴功業
昌何必守章句終年事鉛黃同時獻賦客尚在東陵傍

贈房侍御（時房公在新安）

志士（一作人）固（一作故）不羈與道常周旋進則天下仰已之能晏
然褐衣東府召執簡南臺先雄義每特立犯顏豈圖全
謫居東南遠逸氣吟芳荃適會寥廓趣清波更夤緣扁
舟入五湖發纜洞庭前浩蕩臨海曲迢遥濟江壖徵奇
忽忘返遇興將彌年乃悟范生智足明漁父賢郡臨新
安渚佳賞此城偏日夕對層岫雲霞映晴川閑居戀秋
色偃卧含貞堅倚伏聊自（一作自相）化行藏互推遷君其振羽
翮歲晏將（一作欲）冲天

晚出伊闕寄河南裴中丞

退無偃息資進無當代策冉冉時將暮坐爲周南客前
登闕塞門永眺伊城陌長川黯已空（一作暮）千里寒氣白家
本（一作在）渭水西異日同所適秉志師禽尚微言祖莊易一
辭林壑間共繫風塵役交朋（一作才名）忽先進天道何（一作邑多）紛劇
豈念嘉遯時依依偶沮溺

送朱大出關

楚客西上書十年不得意平生相知者晚節心各異長
揖五侯門拂衣謝中貴丈夫多别離各有四方事拔劍
因高歌蕭蕭北風至故人有斗酒是夜共君醉努力強
加餐當年莫相棄

宿天竺寺

松柏亂巖山西微徑通天開（一作關）一峯見宮闕生虛空
正殿倚霞壁千樓（一作上房）標石叢夜來猨鳥静鐘梵響（一作寒）雲
中岑（一作峯）翠映湖（一作明）月泉聲亂溪風心超諸境外了與懸
解同明發唯改視朝日長崖東（一作明發氣候改起視長崖東）湖色濃蕩漾
海光漸曈曚葛仙迹尚在許氏道猶崇獨往古來（一作今）事
幽懷期二公

出蕭關懷古

驅馬擊長劍行役至蕭關悠悠（一作然）五原上永眺關河前
北虜三十萬此中常控弦秦城亘宇宙漢帝理（一作埋）旌（一作又戎）
旆（一作旄）刁斗鳴不息羽書日夜傳五軍計莫就三策議空
全大漠横萬里蕭條絶人煙孤城（一作山）當瀚海落日照祈
連愴矣苦寒奏懷哉式微篇更悲秦樓月夜夜出胡天

南楚懷古

南國久蕪漫我來空鬱陶君看章華宮處處生黄蒿但
見陵與谷豈知賢與豪精魂托古木寶玉捐江皋倚棹
下晴景迴舟隨晚濤碧雲暮寥落湖上秋天高往事那
堪問此心徒自勞獨餘湘水上千載聞離騷

經殺子谷

扶蘇秦帝子舉代稱其賢百萬猶在握可爭天下權束
身就一劒壯志皆棄捐塞下有遺跡千齡人共傳躊躕
盡荒草寂歷空寒煙到此盡垂淚非我獨潸然

早過臨淮

夜來三渚風（一作夜泊二風渚）晨過臨淮島湖中海氣白城上楚雲
早鱗鱗魚浦帆漭漭蘆洲草川路日（一作白）浩蕩惄焉心如
擣且言任倚伏何暇念枯槁范子名屢移蘧公志常保
古人去已久此理今難（一作難足）道（一作古人已云云此理誰足道）

乘潮至漁浦作

艤棹乘早潮潮來如風雨樟臺忽已隱界峯莫及覩（一作嶂高忽已界峯曉莫及覩）
崩騰心爲失浩蕩目無主豗潼浪始聞（一作風傳浪始聞）漾
漾入魚浦雲景共澄霽江山相吞吐偉哉造化工（一作靈）此
事從終古流沫誠足誡商歌調易苦頗因忠信全客心
猶（一作念）栩栩

秋山夕興

山月松篠下月明山景鮮聊爲高秋酌復此清夜弦晤
語方獲志栖心亦彌年尚言興未逸更理逍遥篇

送集賢學士伊闕史少府敕放歸江東覲省（一作其紫母潛詩）

墨客鍾張侶材高吳越珍千門來謁帝駟馬去榮親吏
邑沿清洛鄉山指白蘋歸期應不遠當及未央春

送金卿歸新羅

奉義朝中國殊恩及遠臣鄉心遥渡海客路再經春落
日誰同望孤舟獨可親拂波銜木鳥偶宿泣珠人禮樂
夷風變衣冠漢制新青雲已干呂知汝重來賓

柳陌聽早鶯（一本題上有奉試二字）

忽來枝上囀還似谷中聲乍使香閨静偏傷遠客情間
關難辨處斷續若頻驚玉勒留將久青樓夢不成千門
候曉發萬井報春生徒有知音賞慙非皐鶴鳴

全唐詩目 第三函

第一冊

劉長卿 五卷

全唐詩

劉長卿

劉長卿字文房河間人開元二十一年進士至德中為監察御史以檢校祠部員外郎為轉運使判官知淮南鄂岳轉運留後鄂岳觀察使吳仲孺誣奏貶潘州南巴尉會有為之辯者除睦州司馬終隨州刺史以詩馳聲上元寶應間權德輿常謂為五言長城皇甫湜亦云詩未有劉長卿一句已呼宋玉為老兵其見重如此集十卷內詩九卷今編詩五卷

逢雪宿芙蓉山主人

日暮蒼山遠天寒白屋貧柴門聞犬吠風雪夜歸人

送張起崔載華之閩中

朝無寒士達家在舊山貧相送天涯裏憐君更遠人

贈秦系徵君

羣公誰讓位五柳獨知貧惆悵青山路煙霞老此人

秦系頃以家事獲謗因出舊山每荷觀察崔公見知欲歸未遂感其流寓詩以贈之

初迷武陵路復出孟嘗門迴首江南岸青山與舊恩

夜中對雪贈秦系時秦初與謝氏離婚謝氏在越

月明花滿地君自憶山陰誰遣因風起紛紛亂此心

湘妃

帝子不可見秋風來暮思嬋娟湘江月千載空蛾眉

斑竹

蒼梧千載後斑竹對湘沅欲識湘妃怨枝枝滿淚痕

春草宮懷古

君王不可見芳草舊宮春猶帶羅裙色青青向楚人

正朝覽鏡作

憔悴逢新歲茅扉見舊春朝來明鏡裏不忍白頭人

瓜洲道中送李端公南渡後歸揚州道中寄

片帆何處去匹馬獨歸遲惆悵江南北青山欲暮時

送張十八歸桐廬

歸人乘野艇帶月過江村正落寒潮水相隨夜到門

過白鶴觀尋岑秀才不遇

不知方外客何事鎖空房應向桃源裏教他喚阮郎

聽彈琴

泠泠七絲(一作弦)上靜聽松風寒古調雖自愛今人多不彈

遊南園偶見在陰牆下葵因以成詠

此地常無日青青獨在陰太陽偏不及非是未傾心

入百丈澗見桃花晚開

百丈深澗裏過時花欲妍應緣地勢下遂使春風偏

送子壻崔真甫李穆往揚州四首

渡口發梅花山中動泉脉蕪城春草生君作揚州客

半邏鶯滿樹新年人獨還落花逐流水共到茱萸灣

雁還空渚在人去落潮翻臨水獨揮手殘陽歸掩門

狎鳥攜稚子釣魚終老身殷勤囑歸客莫話桃源人

寄龍山道士許法稜

悠悠白雲裏獨住青山客林下畫焚香桂花同寂寂

送方外上人

孤雲將野鶴豈向人間住莫買沃洲山時人已知處

送靈澈上人

蒼蒼竹林寺杳杳鐘聲晚荷笠帶夕陽青山獨歸遠

茱萸灣北答崔載華問

荒涼野店絕迢遞人煙遠蒼蒼古木中多是隋家苑

赴楚州次白田途中阻淺問張南史

楚城今近遠積靄寒塘暮水淺舟且遲淮潮至何處

江中對月

空洲夕煙斂望月秋江裏歷歷沙上人月中孤渡水

碧澗別墅喜皇甫侍御相訪

荒村帶返照落葉亂紛紛古路無行客寒山獨見君野橋經雨斷澗水向田分不為憐同病何人到白雲

初到碧澗招明契上人

漸老知身累初寒曝背眠白雲留永日黃葉減餘年獲護窗前樹泉澆谷後(一作口)田沃洲能共隱不用道林錢

送少微上人遊天台

石橋人不到獨往更迢迢乞食山家少尋鐘野路遙松門風自埽瀑布雪難消秋夜聞清梵餘音逐海潮

却歸睦州至七里灘下作

南歸猶謫宦獨上子陵灘江樹臨洲晚沙禽對水寒山開斜照在石淺亂流難惆悵梅花發年年此地看

對酒寄嚴維

陋(一作陌)巷喜陽和衰顏對酒歌嬾從華髮亂閑任白雲多郡簡容垂釣家貧學弄梭門前七里瀨早晚子陵過

新年作

鄉心新歲切天畔獨潸然老至居人下春歸在客先嶺猨同旦暮江柳共風煙已似長沙傅從今又幾年

朱放自杭州與故里相使君立碑回因以奉簡

吏部楊侍郎製文

片石羊公後淒涼江水濱好辭千古事墮淚萬家人鵬集占書久鸞回刻篆新不堪相顧恨文字日生塵

送宣尊師醮畢歸越

吹簫江上晚惆悵別茅君踏火能飛雪登(一作吞)刀(一作山)入白雲晨香長日在夜磬滿山聞揮手桐溪路無情水亦分

送裴使君赴荆南充行軍司馬

盛府南門寄前程積水中月明臨夏口山晚望巴東故節辭江郡寒笳發渚宮漢川風景好遙羨逐(一作遂)羊公

送裴郎中貶吉州

亂軍交白刃一騎出黃塵漢節同歸闕江帆共逐臣猨愁歧路晚梅作異方春知己鄒侯在應憐脫粟人

酬皇甫侍御見寄時前相國姑臧公初臨郡

離別江南北汀洲葉再黃路遙雲共水砧迥月如霜歲儉依仁政年衰憶故鄉佇看(一作君)宣室召漢法倚張綱

月下呈章秀才(八元)

自古悲搖落誰人奈此何夜蛩偏傍枕寒鳥數移柯向老三年謫當秋百感多(一作無愁百口多)家貧惟好月空媿子猷過

酬張夏

幾歲依窮海頹年惜故陰劍寒空有氣松老欲無心翫雪勞相訪看山正獨吟孤舟且莫去前路水雲深

送李使君貶連州

獨過長沙去誰堪此路愁秋風散千騎寒雨泊孤舟賈誼辭明主蕭何識故侯漢廷當自召湘水但空流

秋夜北山精舍觀體如師梵

焚香奏仙唄向夕遍空山清切兼秋遠威儀對月閒靜分巖響答散逐海潮還幸得風吹去隨人到世間

酬張夏雪夜赴州訪別途中苦寒作

扁舟乘興客不憚苦寒行晚暮相依分江潮欲別情(一作江湖別有情)水聲冰下咽砂路雪中平舊劍鋒鋩盡應嫌贈脫(一作脫自)輕

尋洪尊師不遇

古木無人地來尋羽客家道書堆玉案仙帔疊青霞鶴老難知歲梅寒未作花山中不相見何處化丹砂

喜鮑禪師自龍山至

故居(一作山)何日下春草欲芊芊猶對山中月誰聽石上泉猨聲知後夜花發見流年杖錫閑來往無心到處禪

送方外上人之常州依蕭使君

宰臣思得度鷗鳥戀爲羣遠客迴飛錫空山臥白雲夕陽孤艇去秋水兩溪分歸共臨川史同翻貝葉文

宿北山禪寺蘭若

上方鳴夕磬林下一僧還密行傳人少禪心對虎閑青松臨古路白月滿寒山舊識窗前桂經霜更待(一作得)攀

赴新安別梁侍郎

新安君莫問此路水雲深江海無行跡孤舟何處尋青山空向淚白月豈知心縱有餘生在終傷老病侵

江州留別薛六柳八二員外

江海相逢(一作逢君)少東南別處長獨行風嫋嫋相去水茫茫白首辭同舍青山背故鄉離心與潮信每日到潯陽

和州留別穆郎中

播遷悲遠道搖落感衰容今日猶多難何年更此逢世交黃葉散鄉路白雲重明發看煙樹唯聞江北鐘

和州送人歸復郢

因家漢水曲相送掩柴扉故郢生秋草寒江澹落暉綠林行客少赤壁住人稀獨過潯陽去潮歸人不歸

送金昌宗歸錢塘

新家浙江上獨泛落潮歸秋水照華髮涼風生褐衣柴門嘶馬少藜杖拜人稀惟有陶潛柳蕭條對掩扉

酬張夏別後道中見寄

離羣方歲晏謫宦在天涯暮雪同行少寒潮欲上遲海鷗知吏傲砂鶴(一作沙鳥)見人衰只畏生秋草(一作只恐芳春草)西歸亦未期

新安奉送穆諭德歸朝賦得行字

九重宣室召萬里建溪行事直皇天在歸遲白髮生用材身復起覩聖眼猶明離別寒江上潺湲若有情

偶然作

野寺長依止田家或往還老農開古地夕鳥入寒山書劍身同廢煙霞吏共閑豈能將白髮扶杖出人間

送州人(一作睦州)孫沅自本州却歸句章新營所居

故里歸成客新家去未安詩書滿蝸舍征稅及漁竿火種山田薄星居海島寒憐君不得已步步別離難

送李員外使還蘇州兼呈前袁州李使君賦得長字袁州即員外之從兄

別離共成怨(一作誠恐)衰老更難忘夜月留同舍秋風在遠鄉朱弦徐向燭白髮強臨觴歸獻西陵作誰知此路長

酬李員外從崔録事載華宿三河戍先見寄

寒江鳴石瀨歸客夜初分人語空山答猨聲獨戍聞遲來朝及暮愁去水連雲歲晚心誰在青山見此君

見秦系離婚後出山居作

豈知偕老重垂老絕良姻郗氏誠難負朱家自媿貧綻衣留欲故織錦罷經春何況蘼蕪綠空山不見人

酬秦系

鶴書猶未至那出白雲來舊路經年別寒潮每日迴家空歸海燕人老發江梅最憶門前柳閑居手自栽

歲日作

建寅迴北斗看曆占春風律變滄江外年加白髮中春衣試稚子壽酒勸衰翁今日陽和發榮枯豈不同

題元録事開元所居

幽居蘿薜情高臥紀綱行鳥散秋鷹下人閑春草生冒風(一作嵐)歸野寺收印出山城今日新安郡因君水更清

送崔載華張起之閩中

不識閩中路遙知別後心猨聲入嶺切鳥道問人深旅食過夷落方言會越音西征開幕府早晚用陳琳

送張司直赴嶺南謁張尚書

番禺萬里路遠客片帆過盛府依橫海荒祠拜伏波人經秋瘴變鳥墜火雲多誠憚炎洲裏無如一顧何

寄會稽公徐侍郎(公時在王傅)

搖落淮南葉秋風想越吟鄒枚入梁苑逸少在山陰老鶴無衰貌寒松有本心聖朝難稅駕惆悵白雲深

送朱山人放越州賊退後歸山陰別業

越州(一作中)初罷戰江上送歸橈南渡無來客(一作信)西陵自落潮空城垂故(一作細)柳舊業(一作井)廢春苗閭里相逢少(一作誰相見)鶯花共寂寥

秋夜肅公房喜普門上人自陽羨山至

山棲久不見林下偶同遊早晚來香積何人住沃洲寒禽驚後(一作獨)夜(一作晚)古木帶高秋卻入千峰去孤雲不可留

送李秘書卻赴南中(此公舉家先流嶺外兄弟數人俱沒南中)

卻到番禺日應傷昔所依炎洲百口住故國幾人歸路識梅花在家存(一作香)棣萼稀獨逢迴雁去猶作舊行飛

過前安宜張明府郊居

寂寥東郭外白首一先生解印(一作考滿)孤琴在移家(一作家移)五柳成夕陽臨水釣春雨向田耕終日空林下何人識此情

使迴次楊柳過元八所居

君家楊柳渡來往落帆過綠竹經寒在青山欲暮多薜蘿誠可戀婚嫁復如何無奈閑門外漁翁夜夜歌

送李侍御貶郴州

洞庭波渺渺君去弔靈均幾路三湘水全家萬里人聽猨明月夜看柳故年春憶想汀洲畔傷心向白蘋

寄普門上人

白雲幽臥處不向世人傳聞在千峰裏心知獨夜禪辛勤羞薄祿依止愛閑田惆悵王孫草青青又一年

逢郴州使因寄鄭協律

相思楚天外夢寐楚猨吟更落淮南葉難爲江上心衡陽問人遠湘水向君深欲逐孤帆去茫茫何處尋

岳陽館中望洞庭湖

萬古巴丘戍平湖此(一作北)望長問人何淼淼愁暮更蒼蒼疊浪浮元氣中流沒太陽孤舟有歸客早晚達瀟湘

巡去岳陽卻歸鄂州使院留別鄭洵侍御侍御先曾謫居此州

何事長沙謫相(一作長)逢楚水秋暮帆歸夏口寒雨對巴丘帝子椒漿奠騷人木葉愁誰憐萬里外離別洞庭頭

夏口送屈突司直使湖南

共悲(一作愁)來夏口何事更南征霧露行人少瀟湘春草生鶯啼何處夢猨嘯若爲聲風月新年好悠悠遠客情

代邊將有懷

少年辭魏闕白首向沙場瘦馬戀秋草征人思故鄉暮笳吹塞月曉甲帶胡霜自到雲中郡于今百戰強

雨中過員稷巴陵山居贈別

憐君洞庭上白髮向人垂積雨悲幽獨長江對別離牛羊歸故道猨鳥聚寒枝明發遙相望雲山不可知

送李中丞之襄州(一作送李中丞歸漢陽一作李一無之襄州三字)

流落征南將曾驅十萬師罷歸無舊業老去戀明時獨立三朝識(一作邊靜)輕生一劍知(一作隨)茫茫漢江上日暮復(一作欲)何之

奉使至申州傷經陷沒

舉目傷蕪沒何年此戰爭歸人失舊里老將守孤城廢戍山煙出荒田野火行獨憐溮水上時亂亦能清

穆陵關北逢人歸漁陽

逢君穆陵路匹馬向桑乾楚國蒼山古幽州白日寒城池百戰後耆舊幾家殘處處蓬蒿遍歸人掩淚看

安州道中經漨水有懷

征途逢漨水忽似到秦川借問朝天處猶看落日邊映沙晴漾漾出澗夜濺濺欲寄西歸恨微波不可傳

步登夏口古城作

平蕪連古堞遠客此沾衣高樹朝(一作潮)光上空城秋氣歸微明漢水極搖落楚人稀但見荒郊外寒鴉暮暮飛

贈別盧司直之閩中

爾來多不見此去又何之華髮同今日流芳似舊時洲長春色遍漢廣夕陽遲歲歲王孫草空憐無處期

酬郭(一作張)夏(一作虞)人日長沙感懷見贈(此公比經流竄親在上都)

舊俗歡猶在憐君恨獨深新年向國淚今日倚門心歲去隨湘水春生近桂林流鶯且莫弄江畔正行吟

赴巴南書情寄故人

南過三湘去巴人此路偏謫居秋瘴裏歸處夕陽邊直道天何在愁容鏡亦憐裁書欲誰訴無淚可潸然

餘干旅舍

搖落暮天迴青楓霜葉稀孤城向水閉獨鳥背人飛渡口月初上鄰家漁未歸鄉心正欲絕何處擣寒衣

登思禪寺上方題修竹茂松

上方幽且暮(一作西峰上方裏)臺殿(一作榭)隱蒙蘢(一作朦朧)遠磬秋山裏清猨古木中眾溪連竹路諸嶺共松風儻許棲林下甘成白首翁

恩敕重推使牒追赴蘇州次前溪館作

漸入雲峰裏愁看驛路閑亂鴉投落日疲馬向空山且喜憐非罪何心戀末班天南一萬里誰料得生還

北歸次秋浦界清溪館

萬里(一作嶺)猨啼(一作頻)斷孤村客暫依(一作萬古啼猨後孤城落日依)雁過彭蠡暮人向宛陵稀舊路青山在餘生白首歸漸知行近北不見鷓鴣飛

謫官後卻歸故村將過虎丘悵然有作

萬事依然在無如歲月何邑人憐白髮庭樹長新柯故老相逢少同官不見多唯餘舊山路惆悵枉帆過

重推後卻赴嶺外待進止寄元侍郎

卻訪巴人路難期國士恩白雲從出岫黃葉已辭根大造功何薄長年氣尚寃空令數行淚來往落湘沅

秋杪江亭有作(一作秋杪干越亭)

寂寞江亭下江楓秋氣斑(一作日暮更愁遠天涯殊未還)世情何處澹湘水向人閑寒渚一孤雁夕陽千萬山扁舟如(一作將)落葉此去未知還(一作俱在洞庭間)

送鄭司直歸上都

歲歲逢離別蹉跎江海濱宦遊成楚老鄉思逐秦人馬首歸何日鶯啼又一春因君報情舊閑慢欲垂綸

送靈澈上人歸嵩陽蘭若(一作巖)

南地隨緣久東林幾歲空暮山門獨掩春(一作青)草路難通作梵連松韻焚香入桂叢唯將舊缾鉢卻寄白雲中

卻赴南邑留別蘇臺知己

又過梅嶺上歲歲此(一作北)枝寒落日孤舟去青山萬里看猨聲湘水靜草色洞庭寬已料生涯事唯應把釣竿

和靈一上人新泉

東林一泉出復與遠公期石淺寒(一作淺石春)流處山空夜(一作暮)落時(一作淺澗春流處空山夜月時)夢閑聞(一作歸)細響慮澹對(一作向)清漪動靜皆無意(一作如此)唯應達(一作道)者知

送李摯赴延陵令

清風季子邑想見下車時向水彈琴靜看山採菊遲明君加印綬廉使託惸嫠旦暮華陽洞雲峰若有期

奉送裴員外赴上都

彤襜江上遠萬里詔書催獨過潯陽去空憐潮信迴離心秋草綠揮手暮帆開想見秦城路人看五馬來

長沙桓王墓下別李紓張南史

長沙千載後春草獨萋萋流水朝將(一作空又作還)暮行人東復西碑苔幾字滅山木萬株齊佇立傷今古(一作惟有年芳在)相看惜解攜

送侯(一有侍字)御赴黔中充判官

不識黔中路今看遣使臣猨啼萬里客鳥似五湖人地遠官無法山深俗豈淳須令荒徼外亦解懼埋輪

秋日登吳公臺上寺遠眺寺即陳將吳明徹戰場(一作地)

古臺搖落後秋日(一作入)望鄉心野寺人來少雲峰水隔深夕陽依舊壘寒磬滿空林惆悵南朝事長江獨至今

淮上送梁二恩命追赴上都

賈生年最少儒行漢庭聞拜手卷黃紙迴身謝白雲故關無去客春草獨隨君淼淼長淮水東西自此分

送崔昇歸上都

舊寺尋遺緒歸心逐去塵早鶯何處客古木幾家人白髮經多難滄洲欲暮春臨期數行淚爲爾一霑巾

過李將軍南鄭林園觀妓

郊原風日好百舌弄何頻小婦秦家女將軍天上人鴉歸長郭暮草映大堤春客散垂楊下通橋車馬塵

送嚴侍御充東畿觀察判官

洛陽征戰後君去問凋殘雲月(一作日)臨南至風霜向北寒故園經亂久古木隔林看(一作古道近鄉看)誰訪江城客年年守一官

送王端公入奏上都

舊國無家訪臨岐亦羨歸途經百戰後客過二陵稀秋草通征騎寒城背落暉行當蒙顧問吳楚歲頻饑

送營田判官鄭侍御赴上都

上國三千里西還(一作遊)及歲芳故山經亂在春日送歸長曉奏趨雙闕秋成報萬箱幸論開濟力已實海陵倉

送李校書赴東浙幕府(校書工於翰墨)

方從大夫後南去會稽行淼淼滄江外青青春草生芸香辭亂(一作校)事梅吹聽軍聲應訪王家宅空憐江水平

清明後登城眺望

風景清明後雲山睥睨前百花如舊日萬井出新煙草色無空地江流合遠天長安在何處(一作何處是)遙指夕陽邊

陪王明府泛舟

花縣彈琴暇樵風載酒時山含秋色近鳥度夕陽遲出沒鳧成浪蒙籠竹亞枝雲峰逐人意來去解相隨

送度支留後若侍御之歙州便赴信州省覲

國用憂錢穀朝推此任難即山榆莢變降雨稻花殘林響朝登嶺江喧夜過灘遙知驄馬色應待倚門看

餘干夜宴奉餞前蘇州韋使君新除婺州作

復拜東陽郡遙馳北闕心行春五馬急向夜一猨深山過康郎近星看婺女臨幸容棲託分猶戀舊棠陰

晚次苦竹館却憶干越舊遊

四馬風塵色千峰旦暮時遙看落日盡獨向遠山遲故驛花臨道荒村竹映籬誰憐却迴首步步戀南枝

送李二十四移家之江州

煙塵猶(一作遙)滿目歧路易霑衣逋(一作遷)客多南渡征(一作春)鴻自北飛九江春草綠(一作東林古寺靜)千里暮潮歸別後難(一作誰)相訪全家隱釣磯(一作羨爾全家隱爐峰對掩扉)

送盧判官南湖

漾舟仍載酒愧爾意相寬草色南湖綠松聲小署寒水禽前後起(一作出)花嶼往來看已作滄洲調無心戀一官

送張栩扶侍之睦州(此公舊任建德令)

遙憶新安舊扁舟復却還淺深看水石來往逐雲山入縣餘花在過門故柳閑東征隨子去皆隱薜蘿間

集梁耿開元寺所居院

到君幽臥處爲我埽莓苔花雨晴天落松風終日來路經深竹過門向遠山開豈得長高枕中朝正用才

贈西鄰盧少府

籬落能相近漁樵偶復同苔封三徑絕溪向數家通犬吠寒煙裏鴉鳴(一作飛)夕照中時因杖藜次(一作倘因藍轝出)相訪竹林東

遊休禪師雙峰寺

雙扉碧峰際遙向夕陽開飛錫方獨往孤雲何事來寒潭映白月秋雨上青苔相送東郊外羞看驄馬回

廨中見桃花南枝已開北枝未發因寄杜副端

何意同根本開花每後時應緣去日遠獨自發春遲結實恩(一作應)難忘(一作望)無言恨豈知年光不可待空羨向南枝

奉送盧員外之饒州

天書萬里至旌旆上江飛日向鄱陽近應看吳岫微暮帆何處落潮水背人歸風土無勞問南枝黃葉稀

送處士歸州因寄林山人

陵陽不可見獨往復如何舊邑雲山裏扁舟來去過鳥聲春谷靜草色太湖多儻宿荊溪夜相思漁者歌

移使鄂州次峴陽館懷舊居

多慚恩未報敢問路何長萬里通秋雁千峰共夕陽舊遊成遠道此去更違(一作迷)鄉草露深(一作空)山裏朝朝落(一作滿)客裳

送齊郎中赴海州

華省占星動孤城望日遙直廬收舊草行縣及新苗滄海天連水青山暮與朝閭閻幾家散應待下車招

重陽日鄂城樓送屈突司直

登高復送遠惆悵洞庭秋風景(一作水)同前(一作千)古雲山滿上游蒼蒼來暮雨淼淼逐寒流今日關中事蕭何共爾憂

更被奏留淮南送從弟罷使江東

又作淮南客還悲木葉聲寒潮落瓜步秋色上蕪城王

事何時盡滄洲羨爾行青山將綠水惆悵不勝情

經漂母墓

昔賢懷一飯茲事已千秋古墓樵人識前朝楚水流渚蘋行客薦山木杜鵑愁春草茫茫綠王孫舊此遊

送李端公赴東都

軒轅征戰後江海別離長遠客歸何處平蕪滿故鄉夕陽帆杳杳舊里樹蒼蒼惆悵蓬山下瓊枝不可忘

送王員外歸朝

往來無盡目離別要逢春海內罹多事天涯見近臣芳時萬里客鄉路獨歸人魏闕心常在隨君亦向秦

送蔣侍御入秦

朝見及芳菲恩榮出紫微晚光臨仗奏春色共西歸楚客移家老秦人訪舊稀因君鄉里去爲埽故園扉

洞庭驛逢郴州使還寄李湯司馬

洞庭秋水闊南望過衡峰遠客瀟湘裏歸人何處逢孤雲飛不定落葉去無蹤莫使滄浪叟長歌笑爾容

送舍弟之鄱陽居

鄱陽寄家處自別掩柴扉故里人何在滄波孤客稀湖山春草遍雲木夕陽微南去逢迴鴈應憐相背飛

送裴二十端公使嶺南

蒼梧萬里路空見白雲來遠國知何在憐君去未迴桂林無葉落（一作落葉）梅嶺自花開陸賈千年後誰看朝漢臺

過桃花夫人廟（即息夫人）

寂寞應千歲桃花想一枝路人看古木江月向空祠雲雨飛何處山川是舊時獨憐春草色猶似憶佳期

鄂渚送池州程使君

蕭蕭五馬動欲別謝臨川落日蕪湖色空山梅冶煙江湖通廨舍楚老拜戈船風化東南滿行舟來去傳

送友人西上

羇心不自解有別會霑衣春草連天積五陵遠客歸十年經轉戰幾處便（一作更）芳菲想見函關路行人去亦稀

送梁郎中赴吉州

遥想盧陵郡還聽叔度歌舊官移上象新令布中和看竹經霜少聞猨帶雨多但愁徵拜日無奈借留何

過湖南羊（一作來）處士別業

杜門成白首湖上寄生涯秋草蕪（一作閑）三徑寒塘獨一家鳥歸村落盡水向縣城斜自有東籬菊年年解作花（一作愛汝醒還醉東籬菊正花）

送河南元判官赴河南句當苗稅充百官俸錢

春草長河曲離心共渺然方收漢家俸獨向汶陽田鳥雀空城在榛蕪舊路遷山東征戰苦幾處有人煙

夏中崔中丞宅見海紅搖落一花獨開

何事一花殘閑庭百草闌綠滋經雨發紅豔隔林看竟日餘香在過時獨秀難共憐芳意晚秋露未須團（一作溥）

使還至（一作自）菱陂（一作波）驛渡瀨水作

清川已再涉疲馬共西還何事行人倦終年流水閑孤煙飛（一作出）廣澤一鳥向空山愁入雲峰裏蒼蒼閉古關

送齊郎中典括州

星象移何處旌麾獨向東勸耕滄海畔聽訟白雲中樹色（一作影）雙溪合猨聲萬嶺同石門康（一作空）樂住（一作在）幾里枉帆通

過隱空和尚故居

自從飛錫去人到沃洲稀林下期何在山中春獨歸踏花尋舊徑映竹掩空扉寥落東峰上猶堪靜者依

過蕭尚書故居見李花感而成詠

手植已芳菲心傷故徑（一作逕）微往年啼鳥至今日主人非滿地誰當埽隨風豈復歸空憐舊陰在門客共霑衣

送袁處士

閑田北川下靜者去躬耕萬里空江菼孤舟過郢城種荷依野水移柳待山鶯出處安能問浮雲豈有情

酬李侍御登岳陽見寄

想見孤舟去無由此路尋暮帆遥在眼春色獨何心綠水瀟湘闊青山鄂杜深誰當北風至爲爾一開襟

喜晴

曉日西風轉秋天萬里明湖天一種色林鳥百般聲霽景浮雲滿遊絲映水輕今朝江上客凡慰幾人情

全唐詩

劉長卿

夏口送徐郎中歸朝

星象南宮遠風流上客稀九重思曉奏萬里見春歸棹發空江響城孤落日暉離心與楊柳臨水更依依

鄂渚聽杜別駕彈胡琴

文姬留此曲千載一知音不解胡人語空留（一作愁）楚客心聲隨邊草動意入隴雲深何事長江上蕭蕭出塞吟

過鸚鵡洲王處士別業

白首此爲漁青山對結廬問人尋野筍留客饋家蔬古柳依沙發（一作岸）春苗帶雨鋤共憐芳杜色終日伴閑居

寄萬州崔使君（令欽）

時艱方用武儒者任浮沈搖落秋江暮憐君巴峽深丘（一作立）門多白首蜀郡滿青襟自解書生詠愁猨莫夜吟

送馬秀才移家京洛便赴舉

自從爲楚客不復埽荊扉劒共丹誠在書隨白髮歸舊遊經亂靜後進識君稀空把相如賦何人薦禮闈

送南特進赴歸行營

聞道軍書至揚鞭不問家虜雲連白草漢月到黃沙汗馬河源飲燒羌隴坻遮翩翩新結束去逐李輕車

送道標上人歸南岳

悠然（一作悠）倚孤棹卻憶臥中林江草將歸遠湘山獨往深白雲留不住淥水去無心衡岳千峰亂禪房何處尋

送梁侍御巡（一作赴）永州

蕭蕭江雨暮客散野（一作郢）亭空憂國天涯去思鄉歲暮同到時猨未斷迴處水應窮莫望零陵路千峰萬木中

歲夜喜魏萬成郭夏（一作廈）雪中相尋

新年欲變柳舊客共霑衣歲（一作旅）夜猶難盡鄉春又獨歸寒燈映虛牖暮雪掩閑扉且莫（一作日暮）乘船去平生相訪稀

送蔡侍御赴上都

遲遲立驅馬久客戀瀟湘明日誰同路新年獨到（一作別）鄉孤煙（一作燈）向驛遠積雪去關長秦地看春色南枝不可忘

晦日陪辛大夫宴南亭

月晦逢休澣，年光逐宴移。早鶯留客醉，春日爲人遲。蕙草全無葉，梅花遍壓枝。政閑風景好，莫比峴山時。

送獨孤判官赴嶺

伏波初樹羽，待爾靜川鱗。嶺海看飛鳥，天涯問遠人。蒼梧雲裏夕，青草嶂中春。遙想文身國，迎舟拜使臣。

長沙館中與郭夏（一作夏）對雨

長沙積雨晦，深巷絕人幽。潤上春衣冷，聲連暮角愁。雲橫全楚地，樹暗古湘洲。杳藹江天外，空堂生百憂。

陪辛大夫西亭宴觀妓

歌舞憐（一作連）遲日，旄麾（一作旗）映早春。鶯窺隴西將，花對洛陽人。醉罷知何事，恩深忘此身。任他行雨去，歸路裛香（一作輕）塵。

題魏萬成江亭

蕭條方歲晏，牢落對空洲。才出時人右，家貧湘水頭。蒼山隱暮雪，白鳥沒寒流。不是蓮花府，冥冥不可求。

春過裴虬郊園（時裴不在因以寄之）

郊原春欲暮，桃杏落紛紛。何處隨芳草，留家寄白雲。聽鶯情念友，看竹恨無君。長嘯高臺上，南風冀爾聞。

送韋贊善使嶺南

欲逐（一作報）樓船將，方安卉服夷。炎洲經瘴遠，春水上瀧遲。歲貢隨重譯，年芳徧四時。番禺靜無事，空詠飲泉詩。

送喬判官赴福州

揚帆向何處，插羽逐征東。夷落人煙迥，王程鳥路通。江流回澗底，山色聚閩中。君去凋殘後，應憐百越空。

送李補闕之上都

獨歸西掖去，難接後塵遊。向日三千里，朝天十二樓。路看新柳夕，家對舊山秋。惆悵離心遠，滄江空自流。

送袁明府之任

既有親人術，還逢試吏年。蓬蒿千里閉，村樹幾家全。雪覆淮南道，春生潁谷煙。何時當莅政，相府待聞天。

海鹽官舍早春

小邑滄洲吏，新年白首翁。一官如遠客，萬事極飄蓬。柳色孤城裏，鶯聲細雨中。羈心早已亂，何事更春風。

南湖送徐二十七西上

家在橫塘曲，那能萬里違。門臨秋水掩（一作淹），帆帶夕陽飛。傲俗宜紗帽，干時倚布衣。獨將湖上月，相逐去還歸。

曲阿對月別岑況徐說

金陵已蕪沒，函谷復煙塵。猶見南朝月，還隨上國人。白雲心自遠，滄海意相親。何事須成別，汀洲欲暮春。

送李侍御貶鄱陽（此公近由此州使迴）

迴車仍昨日，謫去已秋風。干越知何處，雲山只向東。暮天江色裏，田鶴稻花中。却見鄱陽吏，猶應舊馬驄。

送路少府使東京便應制舉（時梁宋初失守。一題作送駱三少府西山應制）

故人西奉使，胡騎正紛紛（一作汀洲芳草綠，日暮更氛氳）。舊國無來信，春江獨送君。五言凌白雪，六翮向青雲。誰念滄洲吏（一作史），忘機鷗鳥羣（一作自是無機者，沙鷗已可羣。又作空自無機事，沙鷗已可羣）。

松江獨宿

洞庭初下葉，孤客不勝愁。明月天涯夜，青山江上秋。一官成白首，萬里寄滄洲。久被浮名繫，能無媿海鷗。

尋白石山真禪師舊草堂

惆悵雲山暮，閑門獨不開。何時飛杖錫，終日閉蒼苔。隔嶺春猶在，無人燕亦來。誰堪暝投處，空復一猨哀。

送行軍張司馬罷使迴（一作送張匡司直歸越中）

時危身赴敵，事往任浮沈。末路（一作萬里）三江去，當時（一作孤城）百戰心。春風吳苑（一作草）綠，古木剡山深。千里滄波上（一作明日滄洲路），孤舟（一作雲）不可尋。

喜李翰自越至

南浮滄海上，萬里到吳臺。久別長相憶，孤舟何處來。春風催客醉，江月向人開。羨爾無羈束，沙鷗獨不猜。

罪所留繫寄張十四

不見君來久，寃深意未傳。冶長空得罪，夷甫豈言錢。直道天何在，愁容鏡亦憐。因書欲自訴，無淚可潸然。

送勤照和尚往睢陽赴太守請

燃燈傳七祖，杖錫爲諸侯。來去（一作去住）雲無意，東西水自流。青山春滿目，白日夜隨舟。知到梁園下，蒼生賴（一作春）此遊。

長門怨

何事長門閉，珠簾只自垂。月移深殿早，春向後宮遲。蕙草生閑地，梨花發舊枝。芳菲自（一作似）恩幸，看著（一作却）被風吹。

過橫山顧山人草堂

只（一作秪）見山相掩，誰言路尚通。人來千嶂外，犬吠百花中。細草香飄雨，垂楊閑卧風。却尋樵徑去，惆悵綠溪東。

送李校書適越謁杜中丞

江風處處盡，旦暮水空波。摇落行人去，雲山向越多。陳蕃懸榻待，謝客枉帆過。相見耶溪路，逶迤入薜蘿。

秋夜雨中諸公過靈光寺所居

晤語青蓮舍，重門閉夕陰。向人寒燭靜，帶雨夜鐘沈（一作深）。流水從他事，孤雲任此心。不能捐斗粟，終日媿瑤琴。

西庭夜燕喜評事兄拜會

猶是南州吏，江城又一春。隔簾湖上月，對酒眼中人。棘寺初銜命，梅仙已誤身。無心羨榮禄，唯待却垂綸。

尋南溪常山道人隱居（一作尋常山南溪道士隱居）

一路經行處，莓（一作蒼）苔見履痕。白雲依靜渚（一作者），春（一作芳）草閉閑門。過雨看松色，隨山到水源。溪花與禪意，相對亦忘言。

揚州雨中張十宅觀妓（一作張謂詩）

夜色帶（一作對，又作滯）春煙，燈花拂更然。殘粧添石黛，艷舞落金鈿。掩笑頻欹扇，迎歌乍動弦。不知巫峽雨，何事海西邊。

赴宣州使院夜宴寂上人房留辭前蘇州韋使君

白雲乖始願，滄海有微波。戀舊爭趨府，臨危欲負戈。春歸花殿暗，秋（一作寒）傍竹房多。耐可機心息，其如羽檄何。

送薛承矩秩滿北遊

匹馬向何處，北遊殊未還。寒雲帶飛雪，日暮雁門關。一路傍汾水，數州看晉山。知君喜初服，秪愛此身閑。

餞別王十一南遊

望君煙水闊，揮手淚霑巾。飛鳥沒何處，青山空向人。長江一帆遠，落日五湖春。誰見汀洲上，相思愁白蘋。

送嚴維尉諸暨（嚴即越州人）

愛爾文章遠，還家印綬榮。退公兼色養，臨下帶鄉情。喬

木映官舍春山宜縣城應憐釣臺石閑却爲浮名

送李七之作水謁張相公

惆悵青春晚慇懃濁酒壚後時長劍澀斜日片帆孤東閣邀才子南昌老腐儒梁園舊相識誰憶臥江湖

送崔處士先適越

山陰好雲物此去又春風越鳥聞花裏曹娥想鏡中小江潮易滿萬井水皆通徒羨扁舟客微官事不同

奉陪使君西庭送淮西魏判官(得山字)

羽檄催歸恨春風醉別顏能邀五馬送自逐一星還破竹從軍樂看花聽訟閑遙知用兵處多在八公山

獄中見壁畫佛

不謂銜冤處而能窺大悲獨棲叢棘下還見雨花時地狹青蓮小城高白日遲幸親方便力猶畏毒龍欺

送許拾遺還京

萬里辭三殿金陵到舊居文星出西掖卿月在南徐故里驚朝服高堂捧詔書暫容乘駟馬誰許戀鱸魚

送張七判官還京覲省(大夫之子時初)

春蘭方可採此去葉初齊函谷鶯聲裏秦山馬首西庭闈新栢署門館舊桃蹊春色(一作日)長安道相隨入禁闈(一本缺)

送孫瑩京監擢第歸蜀覲省

適賀一枝新旋驚萬里分禮闈稱獨步太學許能文征馬望春草行人看暮雲遙知倚門處江樹正氛氳

送史九赴任寧陵兼呈單父史八時監察五兄初入臺

趨府弟聯兄看君此去榮春隨千里道河帶萬家城繡服棠花映青袍草色迎梁園修竹在持贈結交情

臥病喜田九見寄(一作過)

臥來能幾日春事已依然不解謝公意翻令靜者便庭陰殘舊雪柳色帶新年寂寞深村裏唯君相訪偏

重過宣峰寺山房寄靈一上人

西陵潮信滿島嶼入中流越客依風水相思南渡頭寒光生極浦暮雪映滄洲何事揚帆去空驚海上鷗

雲門寺訪靈一上人

所思勞日夕惆悵去西東禪客知何在春山到處同獨行殘雪裏相見白雲中請近東林寺窮年事遠公

送陸羽之茅山寄李延陵

延陵衰草遍有路問茅山雞犬驅將去煙霞擬不還新家彭澤縣舊國穆陵關處處逃名姓無名亦是閑

寄靈一上人初還雲門(一作皇甫曾詩)

寒霜白雲裏法侶自相攜竹逕通城下松風隔水西方同沃洲去不作武陵迷髣髴知心處高峰是會稽

寄靈一上人(一作皇甫冉詩一作郎士元詩)

高僧本姓竺開士舊名林一去春山裏千峰不可尋新年芳草遍終日白雲深欲徇微官去懸知訝此心

送韓司直

遊吳還入越來往任風波復送王孫去其如春草何岸明殘雪在潮滿夕陽多季子楊柳廟停舟試一過

酬李郎中夜登蘇(一作福)州城樓見寄

辛勤萬里道蕭索九秋殘日照閩中夜天疑海上寒客程無地遠主意在人安遙寄登樓作空知行路難

送人遊越(一作郎士元詩)

未習風波事初爲吳越遊露霑湖色曉(一作晚)月照海門(一作山)秋梅市門何在蘭亭水尚流西陵待潮處落日滿扁(一作孤)舟

贈普門上人

支公身欲老長在沃洲多惠力堪傳教禪心久伏魔山雲隨坐夏江草伴頭陀借問迴心後賢愚去幾何

送康判官往新安(一作皇甫冉詩)

不向新安去那知江路長猨聲近廬霍水色勝瀟湘驛路收殘雨漁家帶夕陽何須愁旅泊使者有輝光

送顧長(一本題下有往新安三字)

由來山水客復道向新安半是乘槎便全非行路難晨裝林月在野飯浦沙寒嚴子千年後何人釣舊灘

九日登李明府北樓

九日登高望蒼蒼遠樹低人煙湖草裏山翠縣樓西霜降鴻聲切秋深客思迷無勞白衣酒陶令自相攜

同諸公登樓

秋草行將暮登樓客思驚千家同霽色一鴈報寒聲北望無鄉信東遊滯客行今君佩銅墨還有越鄉情

送友人南遊

不愁尋水遠自愛逐連山雖在春風裏猶從芳草間去程何用計勝事且相關旅逸同羣鳥悠悠往復還

送裴二十一

多病長無事開筵暫送君正愁帆帶雨莫望水連雲客思閑偏極川程遠更分不須論(一本缺)早晚惆悵又離羣

送張判官罷使東歸

白首辭知己滄洲憶舊居落潮迴野艇積雪臥官廬范叔寒猶在周王歲欲除春山數畝地歸去帶經鉏

早春

微雨夜來歇江南春色迴本驚時不住還恐老相催人好千場醉花無百日開豈堪滄海畔爲客十年來

送青苗鄭判官歸江西

三苗餘古地五稼滿秋田來問周公稅歸輸漢俸錢江城寒背日湓水暮連天南楚凋殘後疲民賴爾憐

過包尊師山院

賣藥曾相識吹簫此復聞杏花誰是主桂樹獨留君漱玉臨丹井圍碁訪白雲道經今爲寫不慮惜鵝羣

故女道士婉儀太原郭氏挽歌詞

作範宮闈睦歸眞道藝(一作藝業)超馭風仙路遠背日帝宮(一作仗)遙鸞殿空留處霓裳已罷朝淮王哀不盡松柏但蕭蕭宮禁恩(一作思)長隔神仙道已分人間驚早露天上失朝雲逝水年無限佳城日易曛簫聲將薤曲哀斷不堪聞

少年行

射飛誇侍獵行樂愛聯鑣薦枕青蛾豔鳴鞭白馬驕曲房珠翠合深巷管弦調日晚春風裏衣香滿路飄

歸弋陽山居留別盧邵二侍御

渺渺歸何處沿流附客船久依鄱水住頻稅越人田偶俗機偏少安閑性所便祇應君少慣又欲寄林泉

赴江西湖上贈皇甫曾之宣州

莫恨扁舟去（一作此去君何恨）川途（一作南行）我更遥東西潮淼淼離別雨蕭蕭流水通春谷青山過板橋天涯有來客遲爾訪漁樵（一作潯陽如枉棹千里有歸潮）

湘中紀行十首

湘妃廟

荒祠古木暗寂寂此江濆未作湘（一作湖）南雨知爲何處雲苔痕斷珠履草色帶羅裙莫唱迎仙曲空山不可聞

斑竹巖

蒼梧在何處斑竹自成林點點留殘淚枝枝寄此心寒山響易滿秋水影偏深欲覓樵人路蒙籠（一作朦朧）不可尋

洞山陽（浮丘公舊隱處一作洞陽山）

舊日仙成處荒林客到稀白雲將犬去芳草任人歸空谷無行徑深山少（一作多）落暉桃園幾家住誰爲掃荊扉

雲母溪

雲母映溪水溪流知幾春深藏武陵客時過洞庭人白髮慚皎鏡清光媚㶄淪寥寥古松下歲晚挂頭巾

赤沙湖

茫茫葭菼外一望一霑衣秋水連天闊涔陽何處歸沙鷗積暮雪川日動寒暉楚客來相問孤舟泊釣磯

秋雲嶺

山色無定姿如煙復如黛孤峰夕陽後翠嶺秋天外雲起遥蔽虧江迴頻向背不知今遠近到處猶相對

花石潭

江楓日搖落轉愛寒潭靜水色淡如空山光復相映人閑流更慢魚戲波難定楚客往來多偏知白鷗性

石圍峰（一作石菌山）

前山帶秋色獨往（一作往往）秋江晚疊嶂入雲多孤峰去人遠寅緣不可到蒼翠空在眼渡口問漁家桃源路深淺

浮石瀨

秋月照瀟湘月明聞盪槳石橫晚瀨急水落寒沙廣衆嶺猨嘯重空江人語響清暉朝復暮如待扁舟賞

橫龍渡

空傳古岸下曾見蛟龍去秋水晚沈沈猶（一作獨）疑在深（一作何）處亂聲沙上石倒影雲中樹獨見（一作繫）一扁舟樵人往來渡

雜詠八首上禮部李侍郎

幽琴（中二聯作聽琴絕句已見前卷）

月色滿軒白琴聲宜夜闌飂飂青絲上靜聽松風寒古調雖自愛今人多不彈向君投此曲所貴知音難

晚桃

四月深澗底桃花方欲然寧知地勢下遂使春風偏此意頗堪惜無言誰爲傳過時君未賞空媚幽林前

疲馬

玄黃一疲馬筋力盡胡塵驤首北風夕徘徊鳴向人誰憐棄置久却與駑駘親猶戀長城外青青寒草春

春鏡

寶鏡凌曙開含虛淨如水獨懸秦臺上萬象清光裏豈慮高鑒偏但防流塵委不知娉婷色回照今何似

古劍

龍泉閑古匣苔蘚淪此地何意久藏鋒翻令世人棄鐵衣今正澀寶刃猶可試儻遇拂拭恩應知剸犀利

舊井

舊井依舊城寒水深洞徹下看百餘尺一鏡光不滅素綆久未垂清涼尚含潔豈能無汲引長訝君恩絕

白鷺

亭亭常獨立川上時延頸秋水寒白毛夕陽弔孤影幽姿閑自媚逸翮思一騁如有長風吹青雲在俄頃

寒釭

向夕燈稍進空堂彌寂寞光寒對愁人時復一花落但恐明見累何愁暗難托戀君秋夜永無使蘭膏薄

寄李侍御

舊國人未歸芳（一作滄）洲草還碧年年湖上亭（一作春）悵望江南客驄馬入關西白雲獨何適相思煙水外唯有心不隔

晚泊湘江懷故人

天涯片雲去遥指帝鄉憶惆悵增暮情瀟湘復秋色扁舟宿何處落日羡歸翼萬里無故人江鷗不相識

過鄔三湖上書齋

何事東南客忘機一釣竿酒香開甕老湖色對門寒向郭青山送臨池白鳥看見君能浪跡予亦厭微官

從軍六首

迴看虜騎合城下漢兵稀白刃兩相向黄雲愁不飛手中無尺鐵徒欲突重圍

目極鴈門道青青邊草春一身事征戰匹馬同苦辛末路成白首功歸天下人

倚劍白日暮望鄉登戍樓北風吹羌笛此夜關山愁迴首不無意滹河空自流

黄沙一萬里白首無人憐報國劍已折歸鄉身幸全單于古臺下邊色寒蒼然

落日更蕭條北風動枯草將軍追虜騎夜失陰山道戰敗仍樹勳韓彭但空老

草枯（一作秋草）秋塞上望見漁陽郭胡馬嘶一聲漢兵淚雙落誰爲吮瘡者此事今人薄

龍門八詠

闕口

秋山日（一作向）搖落秋水急波瀾獨見魚龍氣長令煙雨寒誰窮造化力空向兩崖看

水東渡

山葉傍崖赤千峰秋色多夜泉發清響寒渚生微波稍見沙上月歸人爭渡河

福公塔

寂寞對伊水經行長未還東流自朝暮千載空雲山誰見白鷗鳥無心洲渚間

遠公龕

松路向精舍花龕歸老僧閑雲隨錫杖落日低金繩入夜翠微裏千峰明一燈

石樓

隱隱見花閣隔河映青林水田秋鴈下山寺夜鐘深寂寞羣動息風泉清道心

下山

誰識往來意孤雲長自閑風寒未渡水日暮更看山木落衆峰出龍宮蒼翠間

水西渡(一作西渡水)

伊水搖鏡光纖鱗如不隔千龕道傍古一鳥沙上白何事還(一作閑)山雲(一作寒)能留向城客

渡水

日暮下山來千山暮鐘發不知波上棹還弄山中月伊水連白雲東南遠明滅

月下聽砧

夜靜掩寒城清砧發何處聲聲擣秋月腸斷盧龍戍未得(一作有)寄征人愁霜復愁露

送丘爲赴上都(一作送皇甫曾)

帝鄉何處是岐路空垂泣楚思(一作客)愁暮多川程(一作長)帶潮急潮歸人不歸獨向空(一作迴)塘立

題大理黃主簿湖上高齋

閑門湖水畔自與白鷗親竟日窗中岫終年林下人俗輕儒服弊家厭法官貧多雨茅簷夜空洲草徑春桃源君莫愛且作漢朝臣

平蕃曲三首

吹角報蕃營迴軍欲洗兵已教青海外自築漢家城

渺渺戍煙孤茫茫塞草枯隴頭那用閉萬里不防胡

絶漠大軍還平沙獨戍閒空留一片石萬古在燕山

送鄭說之歙州謁薛侍郎(一作薛能郎中)

漂泊來千里謳謠滿百城漢家尊太守魯國重諸生俗變人難理江傳(一作流)水至清船經危石住(一作往)路入亂山行老得滄洲趣春傷白首情嘗聞馬南郡門下有康成

題獨孤使君(一作常州)湖上林(一作新)亭

出樹倚朱闌吹鐃引上官老農持鍤拜時稼捲簾看水對登龍淨山當建隼寒夕陽湖草動秋色渚田寬渤海人無事荊州客獨安謝公何足比來往石門難

酬滁州李十六使君見贈(李公與予俱於陽羨山中新營別墅以其同志因有此作)

滿鏡悲華髮空山寄此身白雲家自有黃卷業長貧嬾任垂竿老狂因釀黍春桃花迷聖代桂樹狎幽人幢蓋方臨郡柴荊忝作鄰但愁千騎至石路却生塵

送嚴維赴河南充嚴中丞幕府

久別耶溪客來乘使者軒用才榮入幕扶病喜同樽山屐留何處江帆去獨翻暮情辭鏡水秋夢識雲門蓮府開花萼桃園寄子孫何當舉嚴助偏沐漢朝恩

酬包諫議佶見寄之什

佐郡愧頑疎殊方親里閭家貧寒未度身老歲將除過雪山僧至依陽野客舒藥陳隨遠宦梅發對幽居落日棲鴉鳥行人遺(一作達)鯉魚高文不可和空愧學相如

棲霞寺東峰尋南齊明徵君故居

山人今不見山鳥自相從長嘯辭明主終身卧此峰泉源通石徑澗户掩塵容古墓依寒草前朝寄老松片雲生斷壁萬壑遍疎鐘惆悵空歸去猶疑林下逢

奉和趙給事使君留贈李婺州舍人兼謝舍人別駕之什

便道訪情親東方千騎塵禁深分直夜地遠獨行春絳闕辭明主滄洲識近臣雲山隨候吏雞犬逐歸人庭顧婆娑老邦傳蔽芾新玄暉翻佐理聞到郡齋頻

行營酬呂侍御時尚書問罪襄陽軍次漢東境上侍御以州鄰寇賊復有水火迫於征稅詩以見諭

不敢淮南卧來趨漢將營受辭瞻左鉞扶疾往前旌井稅鶉衣樂壺漿鶴髮迎水歸餘斷岸烽至掩孤城晚日歸千騎秋風合五兵孔璋才素健早晚檄書成

登遷(一作僊)仁樓酬子壻李穆

臨風敞麗譙落日聽吹鐃歸路空迴首新章已在腰非才受官謗無政作人謠儉歲安三户餘年寄六條春蕪生楚國古樹過隋朝賴有東牀客池塘免寂寥

別李氏女子

念爾嫁猶近稚年那別親臨岐方教誨所貴和六姻侻首戴荊釵欲拜凄且嚬本來儒家子莫恥梁鴻貧漢川若可涉水清石磷磷天涯遠鄉婦月下孤舟人

長沙早春雪後臨湘水呈同遊諸子

汀洲暖漸渌煙景淡相和舉目方如此歸心豈奈何日華浮野雪春色染湘波北渚生芳草東風變舊柯江山古思遠猨鳥暮情多君問漁人意滄浪自有歌

自道林寺西入石路至麓山寺過法崇禪師故居

山僧候谷口石路拂(一作掃)莓苔深入泉源去遥從樹杪回香隨青靄散鐘過白雲來野雪空齋掩山風古殿開桂寒知自發松老問誰栽惆悵湘江水何人更渡杯

和袁郎中破賊後軍行過剡中山水謹上太尉(即李光弼)

剡路除荊棘王師罷鼓鼙農歸滄海畔圍解赤城西赦罪春陽發收兵太白低遠峰來馬首橫笛入猨啼蘭渚催新幄桃源識故蹊已聞開閣待誰許卧東溪

送鄭十二(一作山人)還廬山別業

潯陽數畝宅歸卧掩柴關谷口何人待(一作在)門前秋草閑忘(一作無)機賣藥罷無語(一作揮手)杖藜還舊筍成寒竹空齋向暮山水流經(一作過)舍下雲去(一作起)到人間桂樹花應發因行寄一攀

至饒州尋陶十七不在寄贈

謫宦投東道逢君已北轅孤蓬向何處五柳不開門去國空迴首懷賢欲訴冤梅枝橫嶺嶠竹路過湘源月下高秋雁天南獨夜猨離心與流水萬里共朝昏

奉陪鄭中丞自宣州解印與諸姪宴餘干後溪

跡遠(一作心遠 一作意愜)親魚鳥功成厭鼓鼙林中阮生集(一作阮家醉 一作阮氏集)池上謝公題户牖垂藤合藩籬插槿齊(一本無此二句 一作門徑蒼苔合窗陰綠篠低 一作深巷行人少閑門卧柳低)夕陽山向背春(一作秋)草水東西度雨諸峰出看花幾路迷(一作看竹誰家好高原幾處迷)何勞問秦漢更入武陵溪(後四句一本作舊架懸藤老疎籬插槿齊風塵不可到誰羨武陵溪 塵一作煙)

全唐詩

劉長卿

同諸公袁郎中宴筵喜加章服

手詔來筵上腰金向粉闈勳名傳舊閣蹈舞著新衣白社同遊在滄洲此會稀寒笳發後殿秋草送西歸世難常摧敵時閑已息機魯連功可讓千載一相揮(一作輝)

毗陵送鄒結(一作紹)先赴河南充判官

王事相逢少雲山奈別何芳年臨水怨瓜步上潮過客路方經楚鄉心共渡河凋殘春草在離亂故城多羅戰逢時泰輕徭俗和東西此分手惆悵恨煙波

送徐大夫赴廣州

上將壇場拜南荒羽檄招遠人來百越元老事三朝霧繞龍山暗山連象郡(一作嶺)遙路分江淼淼軍動馬蕭蕭畫角知秋氣樓船逐暮潮當令輸貢賦(一作職)不使外夷驕

九日題蔡國公主樓

主第人何在重陽客暫尋水餘龍鏡色雲罷鳳簫音暗牖藏昏曉(一作旦)蒼苔換古今晴山卷幔出秋草閉門深籬菊仍新吐庭槐尚舊陰年年畫梁燕來去豈無心

送荀八過山陰(一作訪)舊縣(一作任)兼寄剡中諸官

訪舊山陰縣扁舟到海涯故林嗟滿歲春草憶佳期晚景千峰亂晴江一鳥遲桂香留客處楓暗泊舟時舊石曹娥篆空山夏禹(一作禹帝)祠剡溪多隱吏君去(一作為)道相(一作長)思

奉餞元侍郎加豫章採訪兼賜章服(時初停節度)

任重兼烏府時平偃豹韜澄清湘水變分別楚山高花對形襜發霜和白雪操黃金裝舊馬青草換新袍嶺暗猿啼月江寒鷺映濤豫章生宇下無使翳蓬蒿

奉餞郎中四兄罷餘杭太守承恩加侍御史充行軍司馬赴汝南行營

星使三江上天波萬里通權分金節重恩借鐵冠雄梅吹前軍發棠陰舊府空殘春錦障外初日羽旗東岏柳遮浮鷁江花隔避驄離心在何處芳草滿吳宮

送賈侍御克復後入京(一作江南送賈侍御入京)

對酒心不樂見君動行舟回看暮帆隱獨向空江愁晴雲淡初夜春塘深慢流溫顏風霜霽喜氣煙塵收馳驛數千里朝天十二樓因之(一作云)報親愛白髮生滄洲

會稽王處士草堂壁畫衡霍諸山

粉壁(一作此處)衡霍近羣峰(一作春巖)如可攀能令堂上客見盡湖(一作湘)南山青翠數千仞(一作千萬狀)飛來方丈間歸雲無處滅去鳥何時還勝事日相對主人常獨閑稍看林壑晚(一作青陰滿四壁)佳氣生重關(一本此下有頗與宿心會看看鬢愁顏二句)

惠福寺與陳留諸官茶會(得西字)

到此機事遣自嫌塵網迷因知萬法幻盡與浮雲齊竦竹映高枕空花隨杖藜香飄諸天外日隱雙林西傲(一作微)吏方見狎真僧幸相攜能令歸客意不復還東溪

金陵西泊舟臨江樓

蕭條金陵郭舊是帝王州日暮望鄉處雲邊江樹秋楚雲不可託楚水只堪愁行客千萬里滄波朝暮流迢迢洛陽夢獨臥清川樓異鄉共如此孤帆難久遊

題靈祐上人法華院木蘭花(其樹嶺南移植此地)

庭種南中樹年華幾度新已依初地長獨發舊園春映日成華蓋搖風散錦茵色空榮落處香醉往來人菡萏千燈遍芳菲一雨均高柯儻為楫渡海有良因

宿嚴維宅送包佶(一作皇甫冉詩)

江湖同避地分首自依依盡室今為客驚秋空念歸歲儲無別墅寒服羨鄰機草色村橋晚蟬聲江樹稀夜深宜共醉時難忍相違何事隨陽雁汀洲忽背飛

送從弟貶袁州(一作皇甫冉詩題作送從弟豫貶遠州)

何事成遷客思歸不見鄉遊吳經萬里弔屈向三湘水與荊巫接山通鄢郢長名蓋(一作嗟)黃綬繫身是白眉郎獨結南枝恨應思北雁行憂來沽楚酒老鬢莫凝霜

無錫東郭送友人遊越

客路風霜曉郊原春興餘平蕪不可望遊子去何如煙水乘湖闊雲山適越初舊都懷作賦古穴覓藏書碑缺曹娥宅林荒逸少居江湖無限意非獨為樵漁

送邵州判官往南(一作皇甫冉詩)

看君發原隰駟牡志(一作去)皇皇始罷滄江令還隨粉署郎海沂軍未息河兗歲仍荒征稅人全少榛蕪虜近亡新知行宋遠相望隔淮長早晚裁書寄銀鉤佇八行

出豐縣界寄韓明府

迴首古原上未能辭舊鄉西風收暮雨隱隱分芒碭賢友此為邑令名滿徐方音容想在眼暫若升琴堂疲馬顧春草行人看夕陽自非傳尺素誰為論中腸

別陳留諸官(一作公)

戀此東道主能令西上遲徘徊暮郊別惆悵秋風時上國邈千里夷門難再期行人望落日歸馬嘶空陂不愧寶刀贈維懷瓊樹枝音塵倘未接夢寐徒相思

觀李湊(一作溱)所畫美人障子

愛爾含天姿丹青有殊智無間已得象象外更生意西子不可見千載無重還空令浣沙態猶在含毫間一笑豈易得雙蛾如有情窗風不舉袖但覺羅衣輕華堂翠幕春風來內閣金屏曙色開此中一見亂人目(一作眼)只疑行到雲(一作行雨)陽臺(洪邁取末四句作絕句)

送史判官奏事之靈武兼寄巴西親故

中州日紛梗天地何時泰獨有西歸心遙懸夕陽外故人奉章奏此去論利害陽雁南渡江征驂去相背因君欲寄遠何處問親愛空使滄洲人相思減衣帶

自鄱陽還道中寄褚徵君

南風日夜起萬里孤帆漾元氣連洞庭夕陽落波上故

人煙水隔復此遙相望江信久寂寥楚雲獨惆悵愛君清川口弄月時櫂唱白首無子孫一生自疎曠

石梁湖有寄（一作懷陸兼）

故人千里道滄波一（一作十）年別夜上明月樓相思楚天闊瀟瀟清秋暮嫋嫋涼風發湖色淡不流沙鷗遠還滅煙波日已遠音問日已絕歲晏空含情江皐綠芳歇

送沈少府之任淮南

惜君滯南楚枳棘徒棲鳳獨與千里帆春風遠相送此行山水好時物亦應衆一鳥飛長淮百花滿雲夢相期丹霄路遙聽清風頌勿爲州縣卑時來自爲用

嚴子瀨東送馬處直歸蘇（一本有州字）

望君舟已遠落日潮未退目送滄海帆人行白雲外江中遠回首波上生微靄秋色姑蘇臺寒流子陵瀨相送苦易散動別知難會從此日相思空令減衣帶

宿懷仁縣南湖寄東海荀處士

向夕斂微雨晴開湖上天離人正惆悵新月愁嬋娟佇立白沙曲相思滄海邊浮雲自來去此意誰能傳一水不相見千峰隨客船寒塘起孤雁夜色分鹽田時復一延首憶君如眼前

初至洞庭懷灞陵別業

長安邈千里日夕懷雙闕已是洞庭人猶看灞陵月誰堪去鄉意親戚想天末昨夜夢中歸煙波覺來闊江皐見芳草孤客心欲絕豈訝青春來但傷經時別長天不可望鳥與浮雲沒

題蕭郎中開元寺新構幽寂亭

康樂愛山水賞心千載同結茅依翠微伐木開蒙籠孤峰倚青霄一徑去不窮候客石苔上禮僧雲樹中曠然見滄洲自遠來清風五馬留谷口雙旌薄煙虹沈沈衆香積眇眇諸天空獨往應未遂蒼生思謝公

同姜濬題裴式微餘干東齋

世事終成夢生涯欲半過白雲心已矣滄海意如何藜杖全吾道榴花養太和春風騎馬醉江月釣魚歌散帙看蟲蠹開門見雀羅遠山終日在芳草傍人多吏體莊生傲方言楚俗謠屈平君莫弔腸斷洞庭波

贈元容州

擁旄臨合浦上印臥長沙海徼長無戍湘山獨種畬政傳通歲貢才惜過年華萬里依孤劍千峰寄一家累徵期旦暮未起戀煙霞避世歌芝草休官醉菊花舊遊如夢裏此別是天涯何事滄波上漂漂逐海槎

夏口送長寧楊明府歸荊南因寄幕府諸公

關西楊太尉千載德猶聞白日俱終老清風獨至君身承遠祖遺（一作後）才出衆人羣舉世貪荊玉全家戀楚雲向煙帆杳杳臨水葉紛紛草覆昭丘綠江從夏口分高名光盛府異姓寵殊勳百越今無事南征欲罷軍

奉和杜相公新移長興宅呈元相公

閒世生賢宰同心奉至尊功高開北第機靜灌中園入並蟬冠影歸分騎士喧窗聞漢宮漏家識杜陵源獻替常焚藁優（一作清）閑獨對萱花香逐荀令草色對王孫有地先開閣何人不掃門江湖難自退明主託元元

湖南使還留辭辛大夫

王師勞近甸兵食仰諸侯天子無南顧元勳在上游大才生間氣盛業拯橫流風景隨搖筆山川入運籌羽觴交餞席旄節對歸舟鶯識春深恨猿知日去愁別離花寂寂南北水悠悠唯有家兼（一作將）國終身共（一作實）所憂

汜曲阿後湖簡同遊諸公

元氣浮積水沈沈深不流春風萬頃綠映帶至徐州爲客難適意逢君方暫遊黃綠白蘋際日暮滄浪舟渡口微月進林西殘雨收水雲去仍濕沙鶴鳴相留且習子陵隱能忘生事憂此中深有意非爲釣魚鉤

北遊酬孟雲卿見寄

忽忽忘前事事願能相乖衣馬日羸弊誰辨行與才善道居貧賤潔服蒙塵埃行行無定止懍懍坎難歸來慈母憂疾疹室家念棲萊幸君夙姻親深見中外懷俟子惜時節悵望臨高臺

冬夜宿揚州開元寺烈公房送李侍御之江東

遷客投百越窮陰淮海凝中原馳困獸萬里棲飢鷹寂寂連（一作蓮）宇下愛君心自弘空堂來霜氣永夜清明燈發後望煙水相思勞寢興暮帆背楚郭江色浮金陵此去爾何恨近名予未能爐峰若便道爲訪東林僧

南楚懷古

南國久蕪沒（一作漫）我來（一作生）空鬱陶君看章華宮處處生蓬蒿（一作黃）但見陵與谷豈知賢與豪精魂托古木寶劍捐江皐倚棹下晴景回舟隨晚濤碧雲暮寥落湖上秋（一作青）天高往事那堪問此心徒自勞獨餘湘水上千載聞離騷

上湖田館南樓憶朱晏

漂泊日復日洞庭今更秋白雲如有意萬里望孤舟何事愛成別空令登此樓天光映波動月影隨江流鶴唳靜寒渚猿啼深夜洲歸期誠已促清景仍相留頃者慕獨往爾來悲遠遊風波自此去桂水空離憂

送姚八之句容舊任便歸江南（一作送姚八歸江南）

故人還水國春色動離憂碧草千萬里滄江朝暮流桃花迷舊路萍葉蕩歸舟遠戍看京口空城問石頭折芳佳麗地望月西南樓猨鳥共孤嶼煙波連數州誰家過楚老何處戀江鷗尺素能相報湖山若箇憂

睢陽贈李司倉

白露變時候蛬聲暮啾啾飄飄洛陽客惆悵梁園秋只爲乏生計爾來成遠遊一身不家食萬事從人求且喜接餘論足堪資小留寒城落日後砧杵令人愁歸路歲時盡長河朝夕流非君深意願誰復能相憂

杪秋洞庭中懷亡道士謝太虛

漂泊日復日洞庭今更秋青楓亦何意此夜催人愁惆悵客中月徘徊江上樓心知楚天遠目送滄波（一作浪）流羽客久已殁微言無處求空餘白雲在容與隨孤舟千里杳難望一身當獨遊故園復何許江海徒（一作此）遲留

同郭參謀詠崔僕射淮南節度使廳前竹（一作和郭參謀詠崔令公庭前竹）

昔種梁王苑今移漢將壇（一作不學婚清瀾能依上將壇）蒙籠（一作朦朧）低冤過青翠（一作蒨）捲簾看得地移根遠經霜抱節難開花成鳳實嫩筍長魚竿謞謞軍容靜蕭蕭郡宇寬細音和角暮（一作響）疏

影上門寒湘浦何年變（一作既巷何人在）山陽（一作梁園）幾處殘不知（一作空餘）軒屛側歲晚對袁（一作伴任）安

硤石遇雨宴前主簿從兄子英宅

縣城蒼翠裏客路雨崖開硤石雲漠漠東風吹雨來吾兄此爲吏薄宦知無媒方寸抱秦鏡聲名傳楚材折腰五斗間僶俛隨塵埃秩滿少餘俸家貧仍散財誰言次東道暫預傾金罍雖欲少留此其如歸限催

江中晚釣寄荊南一二相識（一作西江雨後憶荊南諸公）

楚郭（一作國又作隨楚）微雨收荊門遙（一作看）在目漾舟水雲裏日暮春江（一作江山）綠霽華靜洲渚暝（一作夜）色連松（一作杉）竹月出波上時人歸渡頭宿一身已無累萬事更何欲漁父自夷猶（一作蚕綠）白鷗不羈束既憐滄浪水復（一作更）愛滄浪曲不見眼中人相思心斷續（一作垂釣看世人那知此生足）

九日岳陽待黃遂張渙

別君頗已久離念與時積楚水空（一作共）浮（一作秋）煙江樓望歸客徘徊正佇想髣髴如暫覿心目徒自親風波尚相隔青林泊舟處猿鳥愁孤驛遙見郭外山蒼然雨中夕季鷹久疏曠叔度早疇昔反櫂來何遲黃花候君摘

題王少府堯山隱處簡陸鄱陽

故人滄洲吏深與世情薄解印二十年委身在丘壑買田楚山下妻子自耕鑿羣動心有營孤雲本無著因收谿上釣遂接林中酌對酒春日長山村杏花落陸生鄱陽令獨步建溪作早晚休此官隨君永棲託

晚次湖口有懷

靄然空水合目極平江暮南望天無涯孤帆落何處頃爲衡湘客頗見湖山（一作湘）趣朝氣和楚雲夕陽映江樹帝鄉勞想望萬里心來去白髮生扁舟滄波滿歸（一作歸滿）路秋風今已至日夜雁南度木葉辭洞庭紛紛落無（一作不知）數

陪元侍御（一作郎）遊支硎山寺

支公去已久寂寞龍華會古木閉空山蒼然暮相對林巒非一狀水石有餘態密竹藏晦明羣峰爭向背峰峰帶落日步步入青靄香氣空翠中猿聲暮雲外留連南臺客想像西方內因逐溪水還觀心兩無礙

桂陽西州晚泊古橋村住（一作主）人

洛陽別離久江上心可得惆悵增暮情瀟湘復秋色故山隔何處落日羨歸翼滄海空自流白鷗不相識悲蕃滿荊渚輟櫂徒沾臆行客念寒衣主人愁夜織帝鄉片雲去遙寄千里憶南路隨天長征帆杳無極

夕次檐石湖夢洛陽親故

天涯望不盡日暮愁獨去萬里雲海空孤帆向何處寄身煙波裏頗得湖山趣江氣和楚雲秋聲亂楓樹如何異鄉縣日復懷親故遙與洛陽人相逢夢中路不堪明月裏更值清秋暮倚棹對滄波歸心共誰語

按覆後歸睦州贈苗侍御

地遠心難達天高謗易成羊腸留覆轍虎口脫餘生直氏偷金枉于家決獄明一言知己重片議殺身輕日下人誰憶天涯客獨行年光銷蹇步秋氣入衰情建德知何在長江問去程孤舟百口渡萬里一猿聲落日開鄉路空山向郡城豈令冤氣積千古在長平

奉寄婺州李使君舍人

建隼罷鳴珂初傳來暮歌漁樵識太古草樹得陽和東道諸生從南依遠客過天清婺女出土厚絳人多永日空相望流年復幾何崖開當夕照葉去逐寒波眼暗經難受身閑劍懶磨似鷃（一作鵬）占賈誼上馬試廉頗窮分安藜藿衰容勝薜蘿只應隨越鳥南翥託高柯

哭魏兼遂（公及孀妻幼子與僮數人相次亡歿葬於丹陽）

古今俱此去脩短竟誰分樽酒空如在絃琴肯重聞一門同逝水萬事共浮雲舊館何人宅空山遠客墳艱危貧且共少小秀而文獨行依窮巷全身出亂軍歲時長寂寞煙月自氛（一作氤）氳壠樹隨人古山門對日曛汎舟悲向子留劍贈徐君來去雲陽路傷心江水濆

負謫後登干越亭作

天南（一作南天）愁望絕亭上柳條新落日獨歸鳥孤舟何處人生涯投越（一作嶺）徼世業陷胡（一作邊）塵杳杳鍾陵暮悠悠鄱水春（一作江入千峯暮花連百越春）秦臺悲（一作憐）白首楚澤（一作水）怨青蘋草色迷征路鶯聲傷（一作傍）逐臣（一本無此四句）獨醒空（一作翻）取笑直道不容身得罪風霜苦全生天地仁青山數行淚滄海一窮鱗牢落機心盡惟憐鷗鳥親（一作流落誰相識空將鷗鷺親）

留題李明府雲溪水堂

寥寥（一作寂寂）此堂上幽意復誰論落日無王事青山在縣門雲峰向高枕漁釣入前軒晚竹疏簾影春苔（一作苔生）雙履痕荷香隨坐臥湖色映晨昏虛牖閑生白鳴琴靜對言暮禽飛上下春水（一作草）帶清渾遠岸誰家柳孤煙何處村謫居投瘴癘離思過湘沅從此扁舟去誰堪江浦猿

入白沙渚夤緣二十五里至石窟山下懷天台陸山人

遠嶼（一作渚）靄將夕玩幽行自遲歸人不計日流水閑相隨輟櫂古（一作石）崖口捫蘿春景遲偶因回舟次寧與前山期對此瑤草色懷君瓊樹枝浮雲去寂寞白鳥相因依何事愛高隱但令勞遠思窮年臥海嶠永望愁天涯吾亦從此（一作君）去扁舟何所之迢迢江上帆千里東風吹

禪智寺上方懷演和尚寺即和尚所創

絕巘東林寺高僧惠遠公買園隋苑下持（一作捧）鉢楚城中斗極千燈近煙波萬井通遠山低月殿寒木露花宮紺宇焚（一作燒）香淨滄洲擺（一作罷）霧空鴈來秋色裏曙起早潮東飛錫今何在蒼生待發蒙白雲翻送客庭樹（一作黃葉）自辭風捨筏追開士迴舟狎釣翁平生江海意惟共白鷗同

賈侍郎（一作御）自會稽使迴篇什盈卷兼蒙見寄一首與余有挂冠之期因書數事率成十韻

江上逢星使南來自會稽驚年一葉落按俗五花嘶上國悲蕪梗中原動鼓鼙報恩看鐵劍銜命出金閨風物催歸緒雲峰發詠題天長百越外潮上小江西鳥道通閩嶺山光落剡溪暮帆千里思秋夜一猨啼柏樹榮新壠桃源憶故蹊若能爲休去（一作若爲能去此）行復草萋萋

秋日夏口涉漢陽獻李相公

日望衡門處心知漢水濆偶乘青雀舫還在白鷗羣間氣生靈秀先朝翼戴勳藏弓身已退焚稾事難聞舊業成青草全家寄白雲松蘿長稚子風景逐新文山帶寒城出江依古岸分楚歌悲遠客羌笛怨孤軍鼎罷調梅

久門看種藥勤十年猶去國黃葉又紛紛

歸沛縣道中晚泊留侯城

訪古此城下子房安在哉白雲去不反危堞空崔嵬伊昔楚漢時頗聞經濟才運籌風塵下能使天地開蔓草日已積長松日已摧功名滿青史祠廟唯蒼苔百里暮程遠孤舟川上迴進帆東風便轉岸前山來楚水澹相引沙鷗閑不猜扣舷從此去延首仍裵回

關門望華山

客路瞻太華三峰高際天夏雲亘百里合沓遙相連雷雨飛半腹太陽在其巔翠微關上近瀑布林梢懸愛此衆容秀能令西望偏徘徊忘暝色泱漭成陰煙曾是朝百靈亦聞會羣仙瓊漿豈易挹毛女非空傳鬖髿仍佇想幽期如眼前金天有青（一作清）廟松柏隱蒼然

奉陪蕭使君入鮑達洞尋靈山寺

山居秋更鮮秋江相映碧獨臨滄洲路如待挂帆客遂使康樂侯披榛著雙屐入雲開嶺道永日尋泉脉古寺隱青冥空中寒磬夕蒼苔絕行徑飛鳥無去跡樹杪下歸人水聲過幽石任情趣逾遠移步奇屢易蘿木靜蒙蒙風煙深寂寂徘徊未能去畏共桃源隔

孫權故城下懷古兼送友人歸建業

雄圖爭割據神器終不守上下武昌城長江竟何有古來壯臺榭事往悲陵阜寥落幾家人猶依數株柳威靈絕想像蕪沒空林藪野徑春草中郊扉夕陽後逢君從此去背楚方東走煙際指金陵潮時過湓口行人已何在臨水徒揮手惆悵不能歸孤帆沒雲久

宿雙峰寺寄盧七李十六

寥寥禪誦處滿室蟲絲結獨與山中人無心生復滅徘徊雙峰下惆悵雙峰月杳杳暮猿深蒼蒼古松列玩奇不可盡漸遠更幽絕林暗僧獨歸石寒泉且咽竹房響輕吹蘿徑陰餘雪臥澗曉何遲背巖春未發此遊誠多趣獨往共誰閱得意空自歸非君豈能說

京口懷洛陽舊居兼寄廣陵二三知已

川闊悲無梁藹然滄波夕天涯一飛鳥日暮南徐客氣混京口雲潮吞海門石孤帆候風進夜色帶江白一水阻佳期相望空脉脉那堪歲芳盡更使春夢積故國（一作園）胡塵飛遠（一作故）山（一作異鄉）楚雲隔家人想何在庭草爲誰碧惆悵空傷情（一作往復）滄浪有餘（一作遺）跡嚴陵七里灘攜手同所適

登揚州栖靈（一作雲巖）寺塔

北塔凌空虛雄觀壓川澤亭亭楚雲外千里看不隔遙對黃金臺浮輝亂相射盤梯接元氣半壁棲夜魄稍登諸劫盡若騁排霄（一作霜）翮向是滄洲人已爲青雲客雨飛千栱霽日在萬家夕鳥處高却低天涯遠如迫江流入空翠海嶠現微碧向暮期下來誰堪復行役

湖上遇鄭田

故人青雲器何意常窘迫三（一作五）十猶布衣憐君頭已白誰言此相見暫得話疇昔舊業今已蕪還鄉返爲客扁舟伊獨往斗酒君自適滄洲（一作海）不可涯孤帆去無跡杯中忽復醉湖上生月（一作新）魄湛湛江色寒濛濛水雲夕風波易迢遞千里如咫尺回首人已遙南看楚天隔

雨中登沛縣樓贈表兄郭少府

楚澤秋更遠雲雷有時作晚陂帶殘雨白水昏漠漠佇立收煙氛洗然靜寥廓卷簾高樓上萬里看日落爲客頻改弦辭家尚如昨故山今不見此鳥那可託小邑務常閑吾兄宦何薄高標青雲器獨立滄江鶴惠愛原上情慇懃丘中諾何當遂良願歸臥青山郭

灞東晚晴簡同行薛棄朱訓

客心豁初霽霽色暝玄灞西向看夕陽曈曈映桑柘二賢誠逸足千里陪征駕古樹枳道傍人煙杜陵下伊余在羈束且復隨造化好道當有心營生苦無暇高賢幸茲偶英達窮王霸迢遞客王程裵回主人夜一薰知異質片玉誰齊價同結丘中緣塵埃自茲謝

對雨贈濟陰馬少府考城蔣少府兼獻成武五兄南華二兄

繁雲兼家思彌望連濟北日暮微雨中州城帶秋色蕭條主人靜落葉飛不息鄉夢寒更頻蟲聲夜相逼二賢縱橫器久滯徒勞職笑語和風騷雍容事文墨吾兄即時彥前路良未測秋水百丈清寒松一枝直此心欲引託誰爲生羽翼且復頓歸鞍杯中雪胸臆

李侍御河北使回至東京相訪

故人南臺秀風擅中朝美擁傳從北來飛霜日千里貧居幸相訪顧我柴門裏却訝繡衣人仍交布衣士王程遽爾迫別戀從此始濁酒未暇斟清文頗垂示回瞻驄馬速但見行塵起日暮汀洲寒春風渡流水草色官道邊桃花御溝裏天涯一鳥夕惆悵知何已

吳中聞潼關失守因奉寄淮南蕭判官

一（一作早）鴈飛吳天羈人傷暮律松江風嫋嫋波上片帆疾木落姑蘇臺霜收洞庭橘蕭條長洲外唯見寒山出胡馬嘶秦雲漢兵亂相失關中因竊據天下共憂慄南楚有瓊枝相思怨瑤瑟一身寄滄洲萬里看白日赴敵甘負戈論兵勇投筆臨風但攘臂擇木將委質不如歸遠山雲臥飯松栗

哭張員外繼（公及夫人相次沒于洪州）

慟哭鍾陵下東流與別離二星來不返雙劒沒相隨獨繼先賢傳誰刊有道碑故園荒峴曲旅櫬寄天涯白簡曾連拜滄洲每共思撫孤憐齒稚歎逝顧身衰泉壤成終古雲山若在時秋風鄰笛發寒日寢門悲世難愁歸路家貧緩葬期舊賓傷未散夕臨咽常遲自此辭張邵何由見戴逵獨聞山吏部流涕訪孤兒

登東海龍興寺高頂望海簡演公

胸山壓海口永望開禪宮元氣遠相合太陽生其中豁然萬里餘獨爲百川雄白波走雷電黑霧藏魚龍變化非一狀晴明分衆容煙開秦帝橋隱隱橫殘虹蓬島如在眼羽人那可逢偶聞眞僧言甚與靜者同幽意頗相愜賞心殊未窮花間午時梵雲外春山鐘誰念遽成別自憐歸所從他時相憶處惆悵西南峯

奉送從兄罷官之淮南

何事浮溟渤元戎棄鏌鋣漁竿吾道在鷗鳥世情賖玄髮他鄉換滄洲此路遐沂沿隨桂檝醒醉任松華離別誰堪道艱危更可嗟兵鋒搖海內王命隔天涯鐘漏移

長樂衣冠接永嘉還當拂氛祲邢復臥雲霞溪路漫罔轉夕陽歸鳥斜萬艘江縣郭一樹海人家揮袂看朱紱揚帆指白沙春風獨迴首愁思極如麻

落第贈楊侍御兼拜員外仍充安大夫判官赴范陽

職副旌旄重才兼識量通使車遙肅物邊策遠和戎擲地金聲著從軍寶劒雄官成稽古力名達濟時功肅穆烏臺上雍容粉署中含香初待漏持簡舊生風黠吏偏驚隼貪夫輒避驄且知榮已隔誰謂道仍同念舊追連茹謀生任轉蓬泣連三獻玉瘡懼再傷弓戀土函關外瞻塵（一作雲）灞水東他時書一札猶冀問途窮

初貶南巴至鄱陽題李嘉祐江亭

巴嶠南行遠（一作南出巴人嶠）長江萬里隨不才甘謫去流水亦何之（一作知）地遠明君棄（一作瘴近餘生怯）天高酷吏欺青山獨往路芳草未歸時流落還相見悲懽話所思猜嫌（一作讒）傷薏苡愁暮向江蘺柳色迎高塢荷衣照下帷（一本無此二句）水雲初起重暮鳥遠來遲白首（一作淚盡）看長劒滄洲（一作心闕）寄釣絲沙鷗驚小吏湖月上高枝（一本無此二句）稚子能吳語新文怨楚辭憐君不得意川谷自逶迤（一作容髮老南枝）

自紫陽觀至華陽洞宿侯尊師草堂簡同遊李延年（一作陵）

石門（一作林）媚煙景句曲盤江甸南向佳氣濃數峰遙隱見漸臨華陽口雲路入蔥蒨七曜懸洞宮五雲抱仙殿銀函竟誰發金液徒堪薦千載空桃花秦人深不見東溪喜相遇貞白如會面青鳥來去閑紅霞朝夕變一從換仙骨萬里乘飛電蘿月延步虛松花醉閑宴幽人即長往茂宰應交戰明發歸琴堂知君懶為縣

全唐詩

劉長卿

奉使新安自桐廬縣經嚴陵釣臺宿七里灘下寄使院諸公

悠然釣臺下懷古時一望江水自潺湲行人獨惆悵新安從此（一作茲）始桂檝方蕩漾回轉百里（一作里閒）間青山千萬狀連崖去不斷對嶺遙相向夾岸黛色愁（一作秋）沈沈綠波上夕陽留古木水鳥拂寒浪月下扣舷聲煙中採菱唱猶憐負羈束未暇依清曠牽役徒自勞近名非所向何時故山裏卻醉松花釀回首唯白雲孤舟復誰訪

題武丘寺

青林虎丘寺林際翠微路仰（一作卻）見山僧來遙從飛鳥處茲峰淪寶玉千載唯丘墓埋劒人空傳鑿山龍已去捫蘿披翳薈路轉夕陽遽虎嘯崖谷寒猨鳴杉（一作桂）松暮裴回北樓上江海窮一顧日映千里帆鴉歸萬家樹蹇因愜所適果得損外慮庭暗棲閑雲簷香滴甘露久迷空寂理多為繁華故永欲投死生餘生豈能誤

奉餞鄭中丞罷浙西節度還京

天上移將星元戎罷龍節三軍含怨慕橫吹聲斷絕五馬嘶城隅萬人臥車轍滄洲浮雲暮杳杳去帆發回首不問家歸心遙向闕煙波限吳楚日夕事淮越弔影失所依側身隨下列孤蓬飛不定長劒光未滅綠綺為誰彈綠芳堪自擷悵然江南春獨此湖上月千里懷去思百憂變華髮頌聲滿江海今古流不竭

送裴四判官赴河西軍試

吏道豈易愜如君誰與儔逢時將騁驥臨事無全牛鮑叔幸相知田蘇頗同遊英資挺孤秀清論含古流（一作風流又作九流）出塞佐（一作復）持簡辭家擁鳴騶憲臺貴公舉幕府資良籌武士佇明試皇華難久留陽關望天盡洮水令人愁萬里看一鳥曠然煙霞收晚花對古戍春雪含（一作寒）邊州道路難暫隔音塵那（一作仍）可求他時相望處明月西南樓

旅次丹陽郡遇康侍御宣慰召募兼別岑單父

客心暮千里回首煙花繁楚水渡歸夢春江連故園羈人懷上國驕虜窺中原胡馬暫為害漢臣多負恩羽書晝夜飛海（一作塞）內風塵昏雙鬢日已白孤舟心且（一作可）論繡衣從此（一作北）來汗馬宣王言憂憤激忠勇悲歡動黎元南徐爭赴難發卒如雲屯倚劒看太白洗兵臨海門故人亦滄洲少別堪傷魂積翠下京口歸潮落山根如何天外帆又此（一作入此）波上尊空使憶君處鶯聲催淚痕

客舍贈別韋九建赴任河南韋十七造赴任鄭縣就便覲省

與子頗疇昔常時仰英髦弟兄盡公器詩賦凌風騷頃者遊上國獨能光選曹香名冠二陸精鑒逢山濤且副倚門望莫辭趨府勞桃花照綵服草色連青袍征馬臨素滻離人傾濁醪華山微雨霽祠上殘雲高而我倦棲屑別君良鬱陶春風亦未已旅思空滔滔拙分甘棄置窮居長蓬蒿人生未鵾化物議如鴻毛迢遞兩鄉別殷勤一寶刀清琴有古調更向何人操

送元八遊汝南

元生實奇邁幸此論疇昔刀筆素推高鋒鋩久無敵縱橫濟時意跌宕過人蹟破產供酒錢盈門皆食客田園頃失計資用深相迫生事誠可憂嚴裝遠何適世情薄恩義俗態輕窮厄四海金雖多其如向人惜迢遞朗陵道悵望都門夕向別伊水南行看楚雲隔繁蟬動高柳疋馬嘶平澤潢潦今正深陂湖未澄碧人生不得已自可甘形役勿復尊前酒離居剩悽戚

奉和李大夫同呂評事太行苦熱行兼寄院中諸公仍呈王員外

迢遞太行路自古稱險惡千騎儼欲前羣峰望如削火雲從中出（一作起）仰視飛鳥落汗馬臥高原危旌倚長薄清風竟（一作何）不至赤日方（一作何）煎鑠石枯（一作露）山木燋鱗窮水泉涸九重今旰食萬里傳明略諸將候軒車元凶愁鼎鑊何勞短兵接自有長纓縛通越事豈難渡瀘功未博朝辭羊腸阪夕望貝丘郭漳水斜繞營常山遙入幕永懷姑蘇下遙寄建安作白雪和難成滄波意空託陳琳書記好王粲從軍樂早晚歸漢廷隨公（一作君）上麟閣

洛陽主簿叔知和驛承恩赴選伏辭一首

仲父王佐材屈身仇香位一從理京劇萬事皆容易則知無不可通變有餘地器宇溟渤寬文鋒鏌鋣利憧憧洛陽道日夕皇華使二載出江亭一心奉王事功成良可録道在知無愧天府留香名銓闈就明試賦詩皆舊友攀轍多新吏綵服辭高堂青袍擁征騎此行季春月時物正鮮媚官柳陰相連桃花色如醉長安想在目前路遥髣髴落日看華山關門逼青翠行襜稍已隔結戀無能慰誰念尊酒間裵回竹林意

題冤句宋少府廳留別

宋侯人之秀獨步南曹吏世上無此才天生一公器尚甘黃綬屈未遂青雲意洞澈萬頃陂昂藏千里驥從宦聞苦節應物推高誼薄俸不自資傾家共人費顧子倦棲託終日憂窮匱開口即有求私心豈無愧幸逢東道主因輟西征騎對話堪息機披文欲忘味壺觴招過客几案無留事緑樹映層城蒼苔覆閑地一言重然諾累夕陪宴慰何意秋風來颯然動歸思留歡殊自愜去念能爲累草色愁別時槐花落行次臨期仍把手此會良不易他日瓊樹枝相思勞夢寐

罷攝官後將還舊居留辭李侍御

江海今爲客風波失所依白雲心已負黃綬計仍非累辱羣公薦頻霑一尉微去緣焚玉石來爲采葑菲州縣名何在漁樵事亦違故山桃李月初服薜蘿衣熊軾分朝寄龍韜解賦圍風謠傳吏體雲物助兵威白雪飄辭律青春發禮闈引軍橫吹動援翰捷書揮草映翻營緑花臨檄羽飛全吳爭轉戰狂虜怯知機憶昨趨金節臨時廢玉徽俗流應不厭靜者或相識世難慵干謁時閑喜放歸潘郎悲白髮謝客愛清輝樗散材因棄交親迹已稀獨愁看五柳無事掩雙扉世累多行路生涯向釣磯榜連溪水碧家羨渚田肥旅食傷飄梗巖棲憶采薇悠然獨歸去回首望旌旗

贈別干（一作韋）羣投筆赴安西

風流一才子經史仍滿腹心鏡萬象生（一作全）文鋒衆人服頃遊靈臺下頻棄荆山玉蹭蹬空數年裵回冀微祿揭來投筆硯長揖謝親族且欲圖（一作從）變通安能守拘束本持鄉曲譽肯料泥塗辱誰謂命迍邅還令計反（一作身翻）覆西戎今未弭（一作殄）胡騎屯山谷坐恃龍豹韜全輕蜂蠆毒拂衣從此去擁傳一何速元帥許提攜他人佇瞻矚出門寡儔侶矧乃無僮僕黠虜時相逢黃沙暮愁（一作無）（一作難）宿蕭條遠回首萬里如在目漢境天西窮胡山海邊緑想聞羌笛處淚盡關山曲地闊鳥飛遲風寒馬毛縮邊愁殊浩蕩離思空斷續塞上（一作下）歸限（一作恨歸）賒尊前別期促知君志不小一舉凌鴻鵠且願樂從軍功名在殊俗

送薛據宰涉縣（自永樂主簿陟狀尋復還此官）

故人河山秀獨立風神異人許白眉長天資青雲器雄辭變文名高價喧時議下筆盈萬言皆合古人意一從負能名數載猶卑位寶劒誠可用烹鮮是虛棄昔聞在河上高臥自無事几案終日閑蒲鞭使人畏頃因歲月滿方謝風塵吏頌德有輿人薦賢逢八使棲（一作鸞）鸞往已屈馴雀令可嗣此道如不移雲霄坐應致縣前漳水緑郭外晉山翠日得謝客遊時堪陶令醉前期今尚遠握手空宴慰驛路踈柳長春城百花媚裵回白日隱瞑色含天地一鳥向灞陵孤雲送行騎夫君多述作而我常諷味賴有瓊瑶資能寬別離思槐陰覆堂殿苔色上階砌鳥倦自歸飛雲閑獨容裔既將慕幽絶兼欲看定慧遇物忘世緣還家嬾生計無生妄已息有妄心可制心鏡常虛明時人自淪翳

早春贈別趙居士還江左時長卿下第歸嵩陽舊居

見君風塵裏意出風塵外自有滄洲期含情十餘載深居鳳城曲（一作北）日預龍華會果得（一作有）僧家緣能遺俗人態一身今已遂萬物知何愛悟法電已空看心水無礙且將窮妙理兼欲（一作亦）尋勝槩何獨謝客遊當爲遠公輩放舟馳楚郭負杖辭秦塞目送南飛雲令人想吳會遥思舊遊處髣髴疑相對夜火金陵城春煙石頭瀨滄波極天末萬里明如帶一片孤客帆飄然向青（一作殘）靄楚天合（一作舍）江氣雲色常霮䨴隱見湖中山相連數州内君行意可得全與時人背歸路隨楓林還鄉念蓴菜顧予尚羈東何幸承眄睞素願徒自勤清機本難逮累幸忝賓薦末路逢沙汰獲落名不成裵回意空大逢時雖（一作難）貴達守道甘易退逆旅鄉夢頻春風客心碎別君日已遠離念無明晦予亦返柴荆山田事耕耒

夜宴洛陽程九主簿宅送楊三山人往天台尋智者禪師隱居

東林問逋客何處棲幽偏滿腹萬餘卷息機三十年志圖良已久鬢髮空蒼然調嘯寄踈曠形骸如棄捐本家關西族別業嵩陽田雲臥能獨往山棲幸周旋垂竿不在魚賣藥不爲錢藜杖閑倚壁松花常醉眠頃辭青溪隱來訪赤縣仙南畝自甘賤中朝唯愛賢仍空世諦法遠結天台緣魏闕從此去滄洲知所便主人瓊枝秀龍別瑶華篇落日掃塵榻春風吹客船此行頗自適物外誰能牽弄棹白蘋裏挂帆飛鳥邊落潮見孤嶼徹底觀澄漣雁過湖上月猿聲峰際天羣峰趨海嶠千里黛相連遥倚赤城上曈曈初日圓昔聞智公隱此地常安禪千載已如夢一燈今尚傳雲龕閉遺影石窟無人煙古寺暗喬木春崖鳴細泉流塵既寂寞緬想增嬋娟山鳥怨庭樹門人思步蓮夷猶懷永路悵望臨清川漁人來夢裏沙鷗飛眼前獨遊豈易愜羣動多相纏羨爾五湖夜往來閑扣舷

瓜洲驛奉餞張侍御公拜膳部郎中却復憲臺充賀蘭大夫留後使之嶺南時侍御先在淮南幕府

太華高標峻青陽淑氣盤屬辭傾渤澥稱價掩琅玕濕葉頻推中芸香早拜官後來慚轍跡先達仰門闌佐劇勞黃綬提綱疾素餐風生趨府步筆偃觸邪冠骨鯁知難屈鋒鋩豈易干佇將調玉鉉翻自落金丸異議那容直專權本畏彈寸心寧有負三黜竟無端遂喜鴻私降旋驚羽檄攢國讎朝市易人怨虎狼殘天地龍初見風塵虜未殫隨川歸少海就日背長安副相榮分寄輸忠

義不刊擊胡馳汗馬遷蜀亳鳴鑾月罷名卿署星懸上將壇三軍搖旆出百越畫圖觀茅茹能相引泥沙肯再蟠兼榮知任重交辟許才難勁直隨臺柏芳香動省蘭璧從全趙去鵬自北溟摶星象銜新寵風霜帶舊寒是非生倚伏榮辱繫悲歡疇昔偏殊眄屯蒙獨永歎不才成擁腫失計似邯鄲江國傷移律家山憶考槃一爲鷗鳥誤三見露華團回首青雲裏應憐濁水瀾愧將生事托羞向鬢毛看知己傷愆素他人自好丹鄉春連楚越旅宿寄風湍世路東流水滄江一釣竿松聲伯禹穴草色子陵灘度嶺情何遽臨流興未闌梅花分路遠揚子上潮寬夢想懷依倚煙波限渺漫且愁無去雁寧冀少回鸞極浦春帆迥空郊晚騎單獨憐南渡月今夕送歸鞍

至德三年春正月時謬蒙差攝海鹽令聞王師收二京因書事寄上浙西節度李侍郎中丞行營五十韻

天上胡星孛人間(一作東山)反氣橫風塵生汗馬河洛縱長鯨本謂(一作爲)才非據誰知(一作防)禍已萌食參將可待誅錯輒爲名萬里兵鋒接三時羽檄驚負恩殊鳥獸流毒遍黎氓朝市成蕪沒干戈起戰爭人心懸反覆(一作覆載)天道暫虛盈略地侵中土傳烽到上京王師陷魑魅帝座逼欃槍渭水嘶胡馬秦山泣漢兵關原馳萬騎煙火亂千甍鳳駕瞻西幸龍樓議(一作向)北征自將行破竹誰學去吹笙白日重輪慶玄穹再造榮鬼神潛釋(一作畜)憤夷狄遠輸誠海內戎衣卷關中賊壘平山川隨轉戰草木困(一作助)橫行區宇神功立謳歌(一作謠)帝業成天回萬象慶龍見五雲迎小苑春猶在長安日更明星辰歸正位(一作路)雷雨發殘生文物登前古簫韶下太清未央新柳色長樂舊鐘聲八使推邦彥中司案國程蒼生屬伊呂明主仗(一作伏)韓彭兇醜將除蔓姦豪已負荆世危看柱石時難識忠貞薄伐徵貔虎長驅擁旆旌吳山依重鎮江月帶行營金石懸詞律煙雲動筆精運籌初減竈調鼎未和羹北虜傳初解東人望已傾池塘催謝客花木待春卿昔忝登龍首能傷困驥鳴艱難悲伏(一作仗)劒提握喜懸衡巴曲誰堪聽秦臺自有情遂令辭短褐仍欲請長纓久客田園廢初官印綬輕榛蕪上國路苔蘚北山楹懶慢羞趨府驅馳憶退耕榴花無暇醉蓬髮帶愁縈地僻方言異身微俗慮(一作累)并家憐雙鯉斷才媿小鱗烹滄海今猶滯青陽歲又更洲香生杜若谿煖(一作遠)戲鵁鶄煙水(一作雪)宜春候褰關(一作開)值晚晴潮聲來萬井山色映孤城旅夢親喬木歸心亂早鶯倘無知己在今已訪蓬瀛

尋張逸人山居

危石纔通鳥道空山更有人家桃源定在深處澗水浮來落花

發越州赴潤州使院留別鮑侍御

對水看山別離孤舟日暮行遲江南江北春草獨向金陵去時

送陸澧還吳中(一作李嘉祐詩)

瓜步寒潮送客楊柳(一作花)暮雨沾衣故山南望何處秋草連天獨歸

苕溪酬梁耿別後見寄(一作答秦徵君徐少府春日見集苕溪酬梁耿別後見寄六言)

清川永路何極(一作清溪落日初低)落日(一作惆悵)孤舟解攜鳥向(一作去)平蕪遠近人隨流水東西白雲千里萬里明月前溪後溪惆悵(一作獨悵)長沙謫去江潭芳(一作春)草萋萋

蛇浦橋下重送嚴維

秋風颯颯鳴條風月相和寂寥黃葉一離一別青山暮暮朝朝寒江漸出高岸古木猶依斷橋明日行人已遠空餘淚滴回潮

七里灘重送

秋江渺渺水空波越客孤舟欲榜歌手折衰楊悲老大故人零落已無多

家園瓜熟是故蕭相公所遺瓜種悽然感舊因賦此詩

事去人亡跡自留黃花綠蔕不勝愁誰能更向青門外秋草茫茫覓故侯

重送裴郎中貶吉州

猿啼客散暮江頭人自傷心水自流同作逐臣君更遠青山萬里一孤舟

尋盛禪師蘭若

秋草黃花覆古阡隔林何處起人煙山僧獨在山中老唯有寒松見少年

寄許尊師

獨上雲梯入翠微蒙蒙(一作濛濛)煙雪映巖扉世人知在中峰裏遙禮青山恨不歸

酬李穆見寄

孤舟相訪至天涯萬轉雲山路更賒欲掃柴門迎遠客青苔黃葉滿貧家

送王司馬秩滿西歸

漢主(一作代)何時(一作人)放(一作訪)逐臣江邊幾度送歸人同官歲歲先辭滿唯有青山伴老身

寄別朱拾遺

天書遠召滄浪客幾度臨岐病未能江海茫茫春欲遍行人一騎發金陵

會赦後酬主簿所問

江南海北長相憶淺水深山獨掩扉重見太平身(一作人)已老桃源久住不能歸

贈秦系

向風長嘯戴紗巾野鶴由來不可親明日東歸變名姓五湖煙水覓何人

酬靈澈公相招

石磵泉聲久不聞獨臨長路雪紛紛如今漸欲生黃髮願脫頭冠與白雲

贈崔九載華

憐君一見一悲歌歲歲無如老去何白屋漸看秋草沒青雲莫道故人多

同崔載華贈日本聘使

憐君異域朝周遠積水連天何處通遙指來從初日外始知更有扶桑東

送建州陸使君

漢庭初拜建安侯天子臨軒寄所憂從此向南無限路
雙旌已去水悠悠

送秦侍御外甥張篆之福州謁鮑大夫秦侍御與大夫有舊

萬里閩中去渺然孤舟水(一作海)上入寒煙轅門拜首儒衣弊貌似牢之豈不憐

聞奉迎皇太后使沈判官至因有此作(太后德宗皇帝母也安史之亂失於東都帝即位分命使臣周行天下求訪終不得)

長樂宮人掃落花君王正候五雲車萬方臣妾同瞻望疑在曾城阿母家

送劉萱之道州謁崔大夫

沅水悠悠湘水春臨岐南望一沾巾信陵門下三千客君到長沙見幾人

過鄭山人所居

寂寂孤鶯啼杏園寥寥一犬吠桃源(一作白首深藏谷口村春山犬吠武陵原)落花芳草無尋處萬壑千峰獨閉門

奉送賀若郎中賊退後之杭州

江上初收戰馬塵鶯聲柳色待行春雙旌誰道來何暮萬井如今有幾人

瓜洲驛重送梁郎中赴吉州

渺渺雲山去幾重依依獨聽廣陵鐘明朝借問南來客五馬雙旌何處逢

奉使鄂渚至烏江道中作

滄洲不復戀魚竿白髮那堪戴鐵冠客路向南何處是蘆花千(一作十)里雪漫漫

新息道中作

蕭條獨向汝南行客路多逢漢騎營古木蒼蒼離亂後幾家同住一孤城

春日宴魏萬成湘水亭

何年家住(一作在)此江濱幾度門前北渚春白髮亂生相顧老黃鶯自語豈知人

重送道標上人

衡陽千里去人稀遥逐孤雲入翠微春草青青新覆地深山無路若爲歸

送李判官之潤州行營

萬里辭家事鼓鼙金陵驛路楚雲西江春不肯留歸(一作行)客草色青青送馬蹄

將赴南巴至餘干別李十二

江上花催問禮人鄱陽鶯報越鄉春誰憐此別悲歡異萬里青山送逐臣

時平後春日思歸

一尉何曾及布衣時平却憶臥柴扉故園柳色催南客春水桃花待北歸

送陶十赴杭州攝掾

莫歎江城一掾卑滄洲未是阻心期浙中山色千萬狀門外潮聲朝暮時

使還七里瀨上逢薛承規赴江西貶官

遷客歸人醉晚寒孤舟暫泊子陵灘憐君更去三千里落日青山江上看

使回赴蘇州道中作

春風何事遠相催路盡天涯始却回萬里無人空楚水孤帆送客到魚臺

昭陽曲

昨夜承恩宿未央羅衣猶帶御衣(一作爐)香芙蓉帳小雲屏暗楊柳風多水殿涼

罪所留繫每夜聞長洲軍笛聲

白日浮雲閉不開黃沙誰問冶長猜只憐橫笛關山月知處愁人夜夜來

贈微上人

禪門來往翠微間萬里千峰在剡(一作別)山何時共到天台裏身與浮雲處處閑

東湖送朱逸人歸

山色湖光并在東扁舟歸去有樵風莫道野人無外事開田鑿井白雲中

舟中送李十八(一作送僧)

釋子身心無有分(一作紛)獨將衣鉢去人羣相思晚望西林寺唯有鐘聲出白雲

送李穆歸淮南

揚州春草新年綠未去先愁去不歸淮水問君來早晚老(一作無)人偏畏過芳菲

晚春歸山居題窗前竹(一作錢起詩題云暮春歸故山草堂)

溪上(一作谷口)殘春黃鳥稀辛夷花盡杏花飛始憐幽竹山窗下不改清陰待我歸

全唐詩

劉長卿

送盧侍御赴河北

謫居爲別倍傷情何事從戎獨遠行千里按圖收故地三軍罷戰及春耕江天渺渺鴻初去漳水悠悠草欲生莫學仲連逃海上田單空愧取聊城

送子壻崔真父歸長城

送君卮酒不成懽幼女辭家事伯鸞桃葉宜人誠可詠柳花如雪若爲看心憐稚齒鳴環去身愧衰顏對玉難惆悵暮帆何處落青山無限水漫漫

送陸灃倉曹西上

長安此去欲何依先達誰當薦陸機日下鳳翔雙闕迴
雪中人去（一作過）二陵稀舟從故里難移棹家住（一作在）寒塘獨
掩扉臨水自傷流落久（一作居落久）贈君空有淚霑衣

送柳使君赴袁州

宜陽出守新恩至京口因家始願違五柳閉門高士去
三苗按節遠人歸月明江路聞猿斷花暗山城見吏稀
惟有郡（一作舊）齋窗裏岫朝朝空對謝玄暉

戲題贈二小男

異鄉流落頻生子幾許悲歡併在身欲並老容羞白髮
每看兒戲憶青春未知門户誰堪主且免琴書別與人
何幸暮年方有後舉家相對却霑巾

謫官後卧病官舍簡賀蘭侍郎（一作貶睦州祖庸見贈）

青春衣繡共稱（一作繡服正相）宜白首垂（一作疑如）絲恨不遺江上幾回
今夜月鏡中無復少年時生還北闕誰相（一作將，一作能）引老向
南邦衆所悲歲歲任他芳草綠長沙未有定歸期

歲日見新曆因寄都官裴郎中

青陽振蟄初頒曆白首銜冤欲問天絳老更能經幾歲
賈生何事又三年愁占蓍草終難決病對椒花倍自憐
若道平分四時氣南枝爲底發春偏

江州重別薛六柳八二員外

生涯豈料承優詔世事空知學醉歌江上月明胡鴈過
淮南木落楚山多寄身且喜滄洲近顧影無如白髮何
今日龍鍾人共棄媿君猶遣慎風波

青溪口送人歸岳州

洞庭何處鴈南飛江菼蒼蒼客去稀帆帶夕陽千里沒
天連秋水一人歸黄花裛露開沙岸白鳥銜魚上釣磯
岐路相逢無可贈老年空有淚霑衣

送靈澈上人還越中

禪客無心杖錫還沃洲深處草堂閑身隨敝履（一作屨）經殘
雪手綻寒衣入舊山獨向青溪依樹下空留白日在人
間那堪別後（一作夜）長相憶雲木蒼蒼但閉關

送耿拾遺歸上都

若爲天畔獨歸秦對水看山欲暮春窮海別離無限路
隔河征戰幾歸人（一作獨歸人，一作征陣）長安萬里傳雙淚建德千峰
寄一身想到郵亭愁駐馬不堪西望見風塵

和樊使君登潤州城樓

山城迢遞敞高樓露冕吹鐃居上頭春草連天隨北望
夕陽浮水共東流江田漠漠全吳地野樹蒼蒼故蔣州
王粲尚爲南郡客別來何（一作無）處更銷憂

餞王相公出牧括州

縉雲詎比長沙遠出牧猶承明主恩城對寒山開畫戟
路飛秋葉轉朱轓江潮淼淼連天望旌旆悠悠上嶺翻
蕭索庭槐空閉閤舊人誰到翟公門

題靈祐和尚故居

歎逝翻悲有此身禪房寂寞見流塵多（一作六）時行徑空秋
草幾日浮生哭故人風竹自吟遥入磬雨花隨淚共霑
巾殘經窗下依然在憶得山中（一作陰）問許詢

尋龍井楊老

柴門草舍絕風塵空谷耕田學子眞泉咽恐（一作豈）勞經隴
底（一作客，一作地，又作坻）山深不覺有秦人手栽松樹蒼蒼老身卧桃
園寂寂春唯有胡麻當雞黍白雲來往未嫌貧

見故人李均所借古鏡恨其未獲歸府斯人已
亡愴然有作

故人留鏡無歸處今日懷君試暫窺歲久豈堪塵自入
夜長應待月相隨空憐瓊樹曾臨匣猶見菱花獨映池
所恨平生還不早如今始挂隴頭枝

聞虞沔州有替將歸上都登漢東城寄贈

淮南搖落客心悲溳水悠悠怨別離早鴈初辭舊關塞
秋風先入古城池腰章建隼皇恩賜露冕臨人白髮垂
惆悵恨（一作夫）君先我去漢陽耆老憶旌麾（一作旗）

獻淮寧（一作寧淮）軍節度使李相公（一作淮西將李中丞，又作獻南平王）

建牙吹角不聞（一作戰門）喧三十登壇衆所尊家散萬金酬士
死（一作死事）身留（一作持）一劍答君恩漁陽老將多迴席魯國諸生
半在門白馬翩翩春草細（一作綠）郊原（一作小陵，一作邵陵）西去獵平原

觀校獵上淮西相公

龍驤校獵邵陵東野火初燒楚澤空師事黄公千戰（一作載）
後身騎白馬萬人中笳隨晚吹吟（一作曉月吹）邊草箭沒寒（一作青）
雲落塞鴻三十擁旄誰不羨周郎少小立（一作有）奇功

送皇甫曾赴上都

東遊久與故人違西去荒涼舊路微秋草不生三徑處
行人獨向五陵歸離心日遠如流水迴首川長共落暉
楚客豈勞傷此別滄江欲暮自霑衣

送李錄事兄歸襄鄧

十年多難與君同幾處移家逐轉蓬白首相逢征戰後
青春已過亂離中行人杳杳看西月歸馬蕭蕭向北風
漢水楚雲千萬里天涯此別恨無窮

漢陽獻李相公

退身高卧楚城幽獨掩閑（一作寒）門（一作雙扉）漢水頭春草雨中行
徑沒暮山江上捲簾愁幾人猶憶（一作識）孫弘閣百口同乘
范蠡舟早晚却還（一作歸）丞相印十年空被白雲留

長沙過賈誼宅

三年謫宦此棲遲萬古惟留楚客（一作國）悲秋草獨（一作漸）尋人
去後寒林空見日斜時漢文有道恩猶薄湘水無情弔
豈知寂寂江山搖落處（一作正搖落）憐君何事到天涯

奉酬辛大夫喜湖南臘月連日降雪見示之作

長沙耆舊拜旌麾（一作旗）喜見江潭積雪時柳絮三冬先北
地梅花一夜徧南枝初開窗閣寒光滿欲掩軍城暮色
遲閭里何人不相慶萬家同唱郢中詞

登餘干古縣城

孤城上與白（一作迢遞）雲齊萬古荒涼（一作蕭條）楚水西官舍已空
秋草綠女牆猶在夜烏啼平江渺渺來人遠（一作夕）落日亭
亭向客低沙鳥不知陵谷變朝飛（一作還）暮去（一作往）弋陽溪

將赴嶺外留題蕭寺遠公院（寺即梁朝蕭內史創）

竹房遥閉上方幽苔徑蒼蒼訪昔遊内史舊山空日暮
南朝古木向人秋天香月（一作夜）色同（一作空）僧室葉（一作月）落猿啼
傍（一作訪，又作送）客舟此去播遷明主意白雲何事欲相留

初聞貶謫續喜（一本無上六字）量移登干越亭贈鄭校書

青青草色滿江洲萬里傷心水自流越鳥豈（一作不）知南國
遠（一作樹）江花獨向北人愁生涯已逐（一作許）滄浪去（一作老）冤氣初

逢漢汀收何事還邀遷(一作羈)客醉春風日夜待歸舟

北歸入至德州界偶逢洛陽鄰家李光宰

生涯心事已蹉跎舊路依然此重過近北始知黃葉落向南空見白雲多炎州日日人將老寒渚年年水自波華髮相逢俱若是故園秋草復如何

自江西歸至舊任官舍贈袁贊府(時經劉展平後)

卻見同官喜復悲此生何幸有歸期空庭客至逢搖落舊邑人稀經亂離湘路來過迴鴈處江城臥聽擣衣時南方風土勞君問賈誼長沙豈不知

赴南中題(一作留)褚少府湖上亭子(一作林亭一作李嘉祐詩)

種田東郭傍春陂萬事無情把(一作拏)釣絲綠竹放侵行徑裏(一作斷)青山常對卷簾時紛紛花落門空閉寂寂鶯啼日更遲從此別君千萬里白雲流水憶佳期

上巳日越中與鮑侍郎泛舟耶溪

蘭橈縵(一作漾)轉傍汀沙應接(一作接應)雲峰到若耶舊浦滿(一作遠)來移渡口垂楊深處有人家永和春色千年在曲水鄉心萬里賒君見漁船時借問前洲(一作桃源)幾路入烟花(一作霞)

雙峰下哭故人李宥

憐君孤壟(一作冢)寄雙峰埋骨窮泉復幾重白露空霑九原草青山猶(一作獨)閉數株松圖書經亂知何在妻子因貧(一作饑)失所從惆悵東皐卻歸去人間無處更相逢

使次安陸寄友人

新年草色遠萋萋久客將歸失(一作問)路蹊暮雨不知溳(一作)口處春風只(一作共)到穆陵西孤城盡日空花落三戶無人自鳥啼君在江南相憶否門前五柳幾枝低

哭陳(一作李)歙州(一作漢州)

千秋萬古葬(一作共)平原素業(一作惟有)清風及子孫旅櫬歸程傷道路舉家行哭向田園空山寂寂開新壟(一作冢)喬木蒼蒼掩舊門(一作寒山寂寂空殘壟故里蕭蕭獨掩門)儒行公才竟何在(一作處一作何用)獨憐棠樹一枝存(一作故將軍幄問乾坤)

酬屈突陝

落葉紛紛滿四鄰蕭條環堵絕風塵鄉看秋草歸無路(一作何處)家對寒江病且貧藜杖懶迎征騎客菊花能醉去官人憐君計畫誰知者但見蓬蒿空沒身

送惠法師遊天台因懷智大師故居

翠屏瀑水(一作布)知何在鳥道猨啼過幾重落日獨搖金策去深山誰向石橋逢定攀巖下(一作上)叢生桂欲買雲中若箇峰憶想東林禪誦處寂寥惟聽舊時鐘

自夏口至鸚鵡洲夕望岳陽寄源(一作元)中丞

汀洲無浪復無煙楚客相思益渺然漢口夕陽斜渡鳥洞庭秋水遠連天孤城背嶺寒吹角獨戍臨江夜泊船賈誼上書憂漢室長沙謫去(一作遷謫)古今憐

送侯中丞流康州

長江極目帶楓林疋馬孤雲不可尋遷播共知臣道枉猜讒却爲主恩深轅門畫角三軍思驛路青山萬里心北闕九重誰許屈獨看湘水淚霑襟

別(一作送)嚴士元(一作送嚴員外一作吳中贈別嚴士元一作送郎士元一作李嘉祐詩)

春風倚棹闔閭城水國春(一作寒)陰復晴(一作水國天寒暗復晴又作水國春深陰復晴)細雨濕衣看(一作人)不見閑花落地聽無聲日斜江上孤帆影草綠湖南萬里情(一作程)東道(一作君去)若逢相識問青袍今日(一作已)誤儒生

避地江東留別淮南使院諸公

長安路絕鳥飛通萬里孤雲西復東舊業已應成茂草餘生只是任飄蓬何辭向(一作故)物開秦鏡却使他人得楚弓此去行持一竿竹等閑將狎釣漁翁

罪所上御史惟則

誤因微祿滯南昌幽繫圜扉晝夜長黃鶴翅垂同燕雀青松心在任風霜斗間誰與看冤氣盆下無由見太陽賢達不能同感激更於(一作今)何處問蒼蒼

送台州李使君兼寄題國清寺

露冕新承明主恩山城別是武陵源花間五馬時行縣山外千峰常在門晴江洲渚帶春草古寺杉松深暮猨知到應真飛錫處因君一想已忘言

獄中聞收東京有赦

傳聞闕下降絲綸爲報關東滅虜塵壯志已憐成白首餘生猶待發青春風霜何事偏傷物天地無情亦愛人持法不須張密網恩波自解惜枯鱗

溫湯客舍

冬狩溫泉歲欲闌宮城佳氣晚宜看湯熏仗裏千旗暖雪照山邊萬井寒君門獻賦誰相達客舍無錢輒自安且喜禮闈秦鏡在還(一作盡)將妍醜付(一作赴)春官

送孫逸歸廬山(得帆字)

鑪峰絕頂楚雲銜楚客東歸棲此(一作北)巖彭蠡湖邊香橘柚潯陽郭外暗楓杉青山不斷三湘道飛鳥空隨萬里帆常愛此中多勝事新詩他日佇開緘

送馬秀才落第歸江南

南客懷歸鄉夢頻東門悵別柳條新殷懃斗酒城陰暮蕩漾孤舟楚水春湘竹舊斑思帝子江蘺初綠怨騷人憐君此去未得意陌上愁看淚滿巾

送常十九歸嵩少故林

迢迢此恨杳無涯楚澤嵩丘千里賒岐路別時驚一葉雲林歸處憶三花秋天蒼翠寒飛鴈古堞蕭條晚噪鴉他日山中逢勝事桃源洞裏幾人家

送宇文遷明府赴洪州張觀察追攝豐城令(時長卿亦在此州)

送君不復遠爲心余亦扁舟湘水陰路逐山光何處盡春隨草色向南深陳蕃待客應懸榻宓賤之官獨抱琴儻見主人論謫宦爾來空有白頭吟

送李將軍(一作送開府姪隨故李使君旅櫬赴上都)

征西諸將一(一作莫)如君報德誰能不顧勳身逐塞鴻來萬里手披荒(一作江)草看孤墳擒生絕漠經(一作驅)胡雪懷舊長沙哭楚雲歸去蕭條灞陵上幾人看葬李將軍

西陵寄一上人

東山訪道成開(一作聞)士南渡隋陽作本師了義惠心能善誘吳風越俗罷淫祠室中時見天人命物外長懸海嶽期多謝清言異玄度懸河高論有誰持

賦得(一作皇甫冉詩題作春思)

鶯啼燕語報新年馬邑龍堆路幾千家住層城臨漢苑花隨明月到胡天機中錦字論長恨樓上花枝笑獨眠

爲問元戎竇車騎何時返斾勒燕然

三月（一作日）李明府後亭泛舟（一作皇甫冉詩）

江南風景復如何聞道新亭更欲過處處紉蘭春浦淥萋萋籍草遠山多壺觴須就陶彭澤時俗猶傳晉永和更待持橈徐轉去微風落日水增波

喜朱拾遺承恩拜命赴任上都

詔書徵拜脱荷裳身去東山閉草堂閶闔九天通奏（一作楚）籍華亭一鶴在朝行滄洲離別風煙遠青瑣幽深漏刻長今日却迴垂釣處海鷗相見已高翔

鄖上送韋司士歸上都舊業（司士即鄭公之孫頃客於鄖上）

前朝舊業想遺塵今日他鄉獨爾身鄖地國除爲過客杜陵家在有何人蒼苔白露生三徑古木寒蟬滿四鄰西去茫茫問歸路關河漸近淚盈巾（一作此去茫茫盡秋草離心萬里逐征輪）

感懷

秋風（一作青楓）落葉正堪悲黄菊殘花欲待誰水近偏逢寒氣早山深常見日光遲愁中卜命看周易夢裏招魂讀楚詞自笑不如湘浦鴈飛（一作春）來即是北歸時

送楊於陵歸宋汴（一無汴字）州别業

半山溪雨帶斜暉向水殘花映客衣旅食嗟余當歲晚能文似汝少年稀新河柳色千株暗故國雲帆萬里歸離亂要知君到處寄書須及鴈南飛

送崔使君赴壽州

列郡專城分國憂彤幨皂蓋古諸侯仲華遇主年猶少公瑾論功位已酬草色青迎建隼蟬聲處處雜鳴騶千里相思如可見淮南木葉正驚秋

上陽宫望幸

玉輦西巡久未還春光猶入上陽間萬木長承新雨露千門空對舊河山深花寂寂宫城閉細草青青御路閑獨見彩雲飛不盡只應來去候龍顔

過裴舍人故居

慘慘天寒獨掩（一作閉）扃紛紛黄葉滿（一作落）空庭孤墳何處依山木百口無家學（一作汎）水萍籬花猶及重陽發鄰笛那堪落日聽書幌無人長不捲秋來芳草自爲螢

登松江驛樓北望故園

淚盡江樓北望歸田園已陷百重圍平蕪萬里無人去落日千山空鳥飛孤舟漾漾寒潮小極浦蒼蒼遠樹微白鷗漁父徒相待未掃欃槍懶息機

秋夜有懷高三十五適兼呈空上人（一作皇甫冉詩）

晚節逢君趣道深結茅栽樹近東林吾師幾度曾摩頂高士何年遂發心北渚三更聞過鴈西城萬里動寒砧不見支公與玄度相思擁膝坐長吟

送孔巢父赴河南軍（一作皇甫冉詩）

江南相送隔煙波況復新秋一鴈過聞道全軍征北虜又言詩將會南河邊心冉冉鄉人絶寒色青青戰馬多共許陳琳工奏記知君名行未蹉跎

登潤州萬歲樓（一作皇甫冉詩）

高樓獨上思依依極浦遥山合翠微江客不堪頻北望塞鴻何事又南飛垂山古渡寒煙積瓜步空洲遠樹稀聞道王師猶轉戰更能談笑解重圍

江樓送太康郭主簿赴嶺南

對酒憐君安可論當官愛士如平原料錢用盡却爲謗食客空多誰報恩萬里孤舟向南越蒼梧雲中暮帆滅樹色應無江北秋天涯尚見淮陽月驛路南隨桂水流猨聲不絶到炎州青山落日那堪望誰見思君江上樓

客舍喜鄭三見寄（一作訪）

客舍逢君未換衣閉門愁見桃花飛遥想故園今已爾家人應念行人歸寂寞垂楊映深曲長安日暮靈臺宿窮巷無人鳥雀閑空庭新雨莓苔緑北中分與故交疎何幸仍迴長者車十年未稱平生意好得辛勤謾讀書

送賈三北遊

賈生未達猶窘迫身馳疋馬邯鄲陌片雲郊外遥送人斗酒城邊暮留客顧予他日仰時髦不堪此别相思勞雨色新添漳水緑夕陽遠照蘇門高把袂相看衣共緇窮愁只是惜良時亦知到處逢下榻莫滯秋風西上期

齊一和尚影堂

一公住世忘世紛暫來復去誰能分身寄虚空如過客心將生滅是浮雲蕭散浮雲往不還淒凉遺教殁仍傳舊地愁看雙樹在空堂只是（一作見）一燈懸一燈長照恒河沙雙樹猶落諸天花天花寂寂香深殿苔蘚蒼蒼閟虚院昔余精念訪禪扉常接微言清（一作親）道機今來寂寞無所得唯共門人淚滿衣

潁川留别司倉李萬

故人早負干將器誰言未展平生意想君疇昔高步時肯料如今折腰事且知投刃皆若虚日揮案牘常有餘槐暗公庭趨小吏荷香陂水膾鱸魚客裏相逢款話深如何岐路剩霑襟白雲西上催歸念潁水東流是别心落日征驂隨去塵含情揮手背城闉已恨良時空此别不堪秋草更愁人

聽笛歌（留别鄭協律）

舊遊憐我長沙謫載酒沙頭送遷客天涯望月自霑衣江上何人復吹笛横笛能令孤客愁淥波淡淡如不流商聲寥亮羽聲苦江天寂歷江楓秋静聽關山聞一叫三湘月色悲猨嘯又吹楊柳激繁音千里春色傷人心隨風飄向何處落唯見曲盡平湖深明發與君離别後馬上一聲堪白首

時平後送范倫歸安州

昨聞戰罷圖麟閣破虜收兵卷戎幕滄海初看漢月明紫微已見胡星落憶昔扁舟此南渡荆棘煙塵滿歸路與君攜手姑蘇臺望鄉一日登幾迴白雲飛鳥去寂寞吴山楚岫空崔嵬事往時平還舊丘青青春草近家愁洛陽舉目今誰在潁水無情應自流吴苑西人去欲稀留連一日空知非江潭歲盡愁不盡鴻鴈春歸身未歸萬里遥懸帝鄉憶五年空帶風塵色却到長安逢故人不道姓名應不識

小鳥篇上裴尹

藩籬小鳥何甚微翩翩日夕空此飛只緣六翮不自致長似孤雲無所依西城黯黯斜暉落衆鳥紛紛皆有託獨立雖輕燕雀羣孤飛還懼鷹鸇搏自憐天上青雲路弔影徘徊獨愁暮銜花縱有報恩時擇木誰容托身處

歲月蹉跎飛不進羽毛顦顇何人問遶樹空隨烏鵲驚巢林只有鶺鴒分主人庭中蔭喬木愛此清陰欲棲宿少年挾彈遥相猜遂使驚飛往復迴不辭奮翼向君去唯怕金丸隨後來

登吳古城歌

登古城兮思古人感賢達兮同埃塵望平原兮寄遠目歎姑蘇兮聚麋鹿黃池高會事未終滄海橫流人蕩覆伍員殺身誰不冤竟看墓樹如所言越王嘗膽安可敵遠取石田何所益一朝空謝會稽人萬古猶傷甬東客黍離離兮城坡坨牛羊踐兮牧豎歌野無人兮秋草綠園爲墟兮古木多白楊蕭蕭悲故柯黃雀啾啾爭晚禾荒阡斷兮誰重過孤舟逝兮愁若何天寒日暮江楓落葉去辭風水自波

疲兵篇

驕虜乘秋下薊門陰山日夕煙塵昏三軍疲馬力已盡百戰殘兵(一作軀)功未論陣雲泱漭屯塞北羽書紛紛來不息孤城望處增斷腸折劍看時可霑臆元戎日夕且歌舞不念關山久辛苦自矜倚劍氣凌雲却笑聞笳淚如雨萬里飄颻空此身十年征戰老胡塵赤心報國無片賞白首還家有幾人朔風蕭蕭動枯草旌旗獵獵榆關道漢月何曾照客心胡笳只解催人老軍前仍欲破重圍閨裏猶應愁未歸小婦十年啼夜織行人九月憶寒衣飲馬滹河晚更清行吹羌笛遠歸營只恨漢家多苦戰徒遺金鏃滿長城

新安送陸澧歸江陰

新安路人來去早潮復晚潮明日知何處潮水無情亦解歸自憐長在新安住

弄白鷗歌

泛泛江上鷗毛衣皓如雪朝飛瀟湘水夜宿洞庭月(一本有洞庭二字)歸客正夷猶愛此滄江閑白鷗

長沙贈衡岳祝融峰般若禪師

般若公般若公負鉢何時下祝融歸路却看飛鳥外禪房空掩白雲中桂花寥寥閑自落流水無心西復東

贈湘南漁父

問君何所適暮暮逢煙水獨與不繫舟往來楚雲裏釣魚非一歲終日只如此日落江清桂檝遲纖鱗百尺深可窺沉鉤垂餌不在得白首滄浪空自知

明月灣尋賀九不遇

楚水日夜綠傍江春草滋(一作深)青青遥滿目萬里傷心歸(一作歸心)故人川上復何之明月灣南空所思故人不在明月在誰見孤舟來去時

題曲阿三昧王佛殿前孤石

孤石自何處對之疑(一作如)舊遊氛氳峴首夕蒼翠剡中秋迥出羣(一作奇)峰當殿前雪山靈鷲慙貞堅一片孤雲長不去莓苔古色空蒼然

送友人東歸

對酒灞亭暮相看愁自深河邊草已綠此別難爲心關路迢迢匹馬歸垂楊寂寂數鶯飛憐君獻策十餘載今日猶爲一布衣

入桂渚次砂牛石穴(一本無石字)

扁舟傍歸路日暮瀟湘深湘水清見底楚雲淡無心片帆落(一作暮)桂渚獨夜依楓林楓林月出猨聲苦桂渚天寒桂花吐此中無處不堪愁江客相看淚如雨

嚴陵釣臺送李康成赴江東使

潺湲子陵瀨髣髴如在目七里人已非千年水空綠新安江上孤帆遠應逐楓林萬餘轉古臺落日共蕭條寒水無波更清淺臺上漁竿不復持却令猨鳥向人悲灘聲山翠至今在遲爾行舟晚泊時

送姨子弟往南郊

一展慰久闊寸心仍未伸別時兩童稚及此俱成人那堪適會面遽已悲分首客路向楚雲河橋對衰柳送君匹馬別河橋汝南山郭寒蕭條今我單車復西上郎去灞陵轉惆悵何處共傷離別心明月亭亭兩鄉望

銅雀臺

嬌愛更何日高臺空數層含啼映雙袖不忍看西陵漳河東流無復來百花輦路爲蒼苔清樓月夜長寂寞碧雲日暮空徘徊君不見鄴中萬事非昔時古人不(一作何)在今人悲春風不逐君王去草色年年舊宮路宮中歌舞已浮雲空指行人往來處

王昭君歌

自矜嬌豔色不顧丹青人那知粉繪能相負却使容華翻誤身上馬辭君嫁驕虜玉顏對人啼不語北風鴈急浮雲(一作清)秋萬里獨見黃河流纖腰不復漢宮寵雙蛾長向胡天愁琵琶弦中苦調多蕭蕭羌笛聲相和誰憐一曲傳樂府能使千秋傷綺羅

送杜越江佐覲省往新安江

去帆楚天外望遠愁復積想見新安江扁舟一行客清流數千丈底下看白石色混元氣深波連洞庭碧鳴根去未已前路行可覿猨鳥悲啾啾杉松雨聲夕送君東赴歸寧期新安江水遠相隨見說江中孤嶼在此行應賦謝公詩

湘中憶歸

終日空理棹經年猶別家頃來行已遠彌覺天無涯白雲意自深滄海夢難隔迢遞萬里帆飄颻一行客獨憐西江外遠寄風波裏平湖流楚天孤鴈渡湘水湘流澹澹空愁予猨啼啾啾滿南楚扁舟泊處聞此聲江客相看淚如雨

送郭六侍從之武陵郡

常愛武陵郡羨君將遠尋空憐世界迫孤負桃源心洛陽遥想桃源隔野水閑流春自碧花下常迷楚客船洞中時見秦人宅落日相看斗酒前送君南望但依然河梁馬首隨春草江路猨聲愁暮天丈人別乘佐分憂才子趨庭兼勝遊澧浦荆門行可見知君詩興滿滄洲

山鸜鵒歌(一作韋應物詩)

山鸜鵒長在此山吟古木嘲哳相呼響空谷哀鳴萬變如成曲江南逐臣悲放逐倚樹聽之心斷續巴人峽裏自聞猨燕客水頭空擊筑山鸜鵒一生不及雙黃鵠朝去秋田啄殘粟暮入寒林嘯羣族鳴相逐啄殘粟食不足青雲杳杳無力飛白露蒼蒼抱枝宿不知何事守空

山萬壑千峰自愁獨

望龍山懷道士許法稜

心惆悵望龍山雲之際鳥獨還懸崖絕壁幾千丈綠蘿嫋嫋不可攀龍山高誰能踐靈原中蒼翠晚嵐煙瀑水如向人終日迢迢空在眼中有一人披霓裳誦經山頂飡瓊漿空林閑坐獨焚香眞官列侍儼成行朝入青霄禮玉堂夜掃白雲眠石牀桃花洞裏居人滿桂樹山中住日長龍山高高遙相望

戲贈干越尼子歌

鄱陽女子年十五家本秦人今在楚厭向春江空浣沙龍宮落髮披袈裟五年持戒長一食至今猶自顏如花亭亭獨立青蓮下忍草禪枝繞精舍自用黃金買地居能嫌碧玉隨人嫁北客相逢疑姓秦鉛花抛却仍青春一花一竹如有意不語不笑能留人黃鸝欲棲白日暮天香未散經行處却對香爐閑誦經春泉漱玉寒泠泠雲房寂寂夜鐘後吳音清切令人聽人聽吳音歌一曲杳然如在諸天宿誰堪世事更相牽惆悵迴船江水淥

游四窗

四明山絕奇自古說登陸蒼崖倚天立覆石如覆屋玲瓏開户牖落落明四目箕星分南野有斗挂簷北日月居東西朝昏互出没我來游其間寄傲巾半幅白雲本無心悠然伴幽獨對此脱塵鞅頓忘榮與辱長笑天地寬仙風吹佩玉

和中丞出使恩命過終南別業

不過林園久多因寵遇偏故山長寂寂春草過年年花待朝衣間雲迎驛騎連松蘿深舊閣樵木散閑田拜闕貪摇珮看琴懶更一作弦君恩催早入已夢傳巖邊

岳陽樓

行盡清溪日已蹉雲容山影兩嵯峨樓前歸客怨秋夢湖上美人疑夜歌獨坐高風勢急平湖渺渺月明多終期一艇載樵去來往片帆愁白波

春望寄王涔陽

清明別後雨晴時極浦空顰一望眷湖畔春山煙點點雲中遠樹墨離離依微水戍聞鉦鼓掩映沙村見酒旗風煖草長愁自醉行吟無處寄相思

留辭

南楚迢迢通漢口西江淼淼去揚州春風已遣歸心促縱復芳菲不可留

全唐詩目第三函

第二冊

全唐詩

顏眞卿

顏眞卿字清臣京兆長安人博學工辭章事親孝開元中舉進士又擢制科調醴泉尉累遷殿中侍御史忤宰相楊國忠出為平原太守安祿山反河朔盡陷獨平原城守具備使司兵參軍李平馳奏明皇大喜即拜户部侍郎肅宗即位靈武眞卿數遣使以蠟丸裏書陳事拜工部尚書兼御史大夫為河北招討採訪處置使至德二年朝于鳳翔授憲部尚書遷御史大夫軍國之事知無不言為宰相所忌出為馮翊太守改蒲州刺史御史唐旻誣劾貶饒州刺史旋拜浙西節度使召入為刑部侍郎李輔國銜之貶蓬州長史代宗立起為户部侍郎除荆南節度使未行改尚書右丞尋除檢校刑部尚書兼御史大夫封魯國公與元載不合貶峽州別駕改吉州司馬遷撫湖二州刺史載誅擢刑部尚書進吏部盧杞當國惡之改太子太師李希烈陷汝州杞奏遣眞卿往諭拘脅累歲不屈而死贈司徒謚文忠眞卿立朝正色剛而有禮非公言直道不萌於心天下不以姓名稱而獨曰魯公善正草書筆力遒婉世寶傳之詩一卷

題杼山癸亭得暮字亭陸鴻漸所創

杼山多幽絕勝事盈跬步前者雖登攀淹留恨晨暮及茲紆勝引曾是美無度欻搆三癸亭實為陸生故高賢

全唐詩

李華

李華字遐叔贊皇人開元中第進士擢宏辭科累官監察御史右補闕以受安祿山僞署貶杭州司户上元中召爲左補闕司封員外郎華稱疾不拜李峴領選江南表置幕府擢檢校吏部員外郎苦風痺去官客隱山陽勒子弟力農安於窮槁大曆初卒集三十卷今編詩一卷

雜詩六首

黃鍾叩元音律呂更循環邪氣悖正聲鄭衛生其間典樂忽涓微波浪與天渾嘈嘈鴟梟動好鳥徒緜蠻王吉歸鄉里甘心長閉關

玄黃與丹青五氣之正色聖人端其源上下皆有則齊侯好紫衣魏帝婦人飾女奴厭金翠傾海未滿臆何忍嚴子陵羊裘死荆棘

甘酸不私人元和運五行生人受其用味正心亦平爪牙相踐傷日與性命爭聖人不能絕鑽燧與炮烹嗜慾乘此熾百金資一傾正銷神耗衰邪勝體充盈顏子有餘樂瓢中寒水清

陰魄淪宇宙太陽假其明臣道不敢專由此見虧盈未聞東菑稼一氣嘉穀成上天降寒暑地利乃可生葛藟附柔木繁陰蔽曾原風霜摧枝幹不復庇本根女蘿依松柏然後得長存

孔光尊董賢胡廣慚李固儒風冠天下而乃敗王度絳侯與博陸忠朴受遺顧求名不考實文弊反成蠹

結交得書生書生鈍且直爭權復爭利終不得其力我逢縱橫者是我牙與翼相旋如疾風竝命趨紫極奔車得停軔風火何相逼仁義豈有常肝膽反爲賊勿嫌書生直鈍直深可憶

詠史十一首

昂藏獬豸獸出自太平年亂代乃潛伏縱人爲禍愆嘗聞斷馬劍每壯朱雲賢身死名不滅寒風吹暮田精靈如有在幽憤滿松煙

能矜物疏鑒皆有趣不越方丈間居然雲霄遐巍峩倚脩岫曠望臨古渡左右苔石攢低昂桂枝蠹山僧狎猨狖巢鳥來枳椇俯視何楷臺傍瞻戴顒路遲迴未能下夕照明村樹

謝陸處士杼山折青桂花見寄之什

羣子遊杼山山寒桂花白緑荑含素萼采折自逋客忽枉巖中詩芳香潤金石全高南越蠹豈謝東堂策會愜名山期從君恣幽覿

贈裴將軍

大君制六合猛將清九垓戰馬若龍虎騰凌何壯哉將軍臨八荒烜赫耀英材劍舞若游電隨風縈且迴登高望天山白雲正崔巍入陣破驕虜威名雄震雷一射百馬倒再射萬夫開匈奴不敢敵相呼歸去來功成報天子可以畫麟臺

贈僧皎然

秋意西山多別岑縈左次繕亭歷三癸趾趾鄰什寺元化隱靈蹤始君啓高致誅榛養翹楚鞭草理芳穗俯砌披水容逼天掃峰翠境新耳目換物遠風塵異倚石忘世情援雲得眞意嘉林幸勿剪禪侶欣可庇衞法大臣過佐遊羣英萃龍池護清激虎節到深邃徒想嵊頂期于今没遺記

詠陶淵明

張良思報韓龔勝恥事新狙擊不肯就舍生悲縉紳嗚呼陶淵明奕葉爲晉臣自以公相後每懷宗國屯題詩庚子歲自謂羲皇人手持山海經頭戴漉酒巾興逐孤雲外心隨還鳥泯

三言擬五雜組二首

五雜組繡與錦往復還輿又寢不得已病伏枕

五雜組甘鹹醋往復還烏與兔不得已韶光度

使過瑶臺寺有懷圓寂上人并序

眞卿昔以天寶元年尉醴泉亟過瑶臺寺圓寂上人院秩滿遷監察御史巡覆諸陵而上人已去一作離此寺大曆十三年春二月以刑部尚書謁拜昭陵

慨然有懷

上人居此寺不出三十年萬法元無著一作靈法盡無染一心唯趣禪忽紆塵外軫遠訪區中一作世間緣及爾不復見支提猶岌一作巋然

登平望橋下作

登橋試長望望極與天平際海蒹葭色終朝鳧鴈聲近山猶髣一作全髴遠水忽微明更覽諸公作知高題柱名

刻清遠道士詩因而繼作

不到東西寺于今五十春揭來從舊賞林壑宛相親吴子多藏日秦王厭勝辰劒池穿萬仞盤石坐千人金氣騰爲虎琴臺化若神登壇仰生一捨宅歎珣珉中嶺分雙樹迴巒絶四鄰窺臨江海接崇飾四時新客有神仙者於兹雅麗陳名高清遠峽文聚斗牛津跡異心寧閒聲同質豈均悠然千載後知我揖光塵

漢皇修雅樂乘輿臨太學三老與五更天王親割牲一人調風俗萬國和且平單于驟款塞武庫欲銷兵文物此朝盛君臣何穆清至今壝壇下如有簫韶聲

巢許在嵩潁陶唐不得臣九州尚洗耳一命安能親緜邈數千祀丘中誰隱淪朝遊公卿府夕是山林人蒲帛揚側陋薜蘿爲縉紳九重念入夢三事思降神且設庭中燎寧窺泉下鱗

漢時征百粵楊僕將樓船幕府功未立江湖已騷然島夷非敢亂政暴地仍偏得罪因懷璧防身輒控弦三軍求裂土萬里詎聞天魏闕心猶在旗門首已懸如何得良吏一爲制方圓

秦滅漢帝興南山有遺老危冠揖萬乘幸得厭征討當君逐鹿時臣等已枯槁寧知市朝變但覺林泉好高臥三（一作五）十年相看成四（一作首成）皓帝言翁甚善見顧何不早咸稱太子仁重義亦尊道側聞驪姬事申生不自保暫出商山雲揭來趨灑掃東宮成羽翼楚舞傷懷抱後代無其人戾園滿秋草

日照崑崙上（一作山）羽人披羽衣乘龍駕雲霧欲往心無違此山在西北乃是神仙國靈氣皆自然求之不可得何爲漢武帝精思（一作意）徧羣山糜費巨萬計宮車終不還蒼茂陵樹足以戒人間

天生忠與義本以佐雍熙何意李司隸而當昏亂時古墳襄城野斜徑橫秋陂況不禁樵采茅莎無子遺高標尚可仰精爽今何之一忤中常侍銜冤誰見知嘗觀黨錮傳撫卷不勝悲

文侯耽鄭衛一聽一忘餐白雪燕姬舞朱弦趙女彈淫聲流不返慆蕩日無端獻歲受朝時鳴鐘讌百官兩牀陳管磬九奏殊未闌對此唯恐臥更能整衣冠

蜀主相諸葛功高名亦尊驅馳千萬衆怒目瞰中原曹伯任公孫國亡身不存社宮久蕪沒白鴈猶飛翻勿言君臣合可以濟黎元爲蜀諒不易如曹難復論

六國韓最弱末年尤畏秦鄭生爲韓計且欲疲秦人利物可分社原情堪滅身咸陽古城下萬頃稻苗新

沂水春可涉泮宮映楊葉麗色異人間珊珊摇珮環展禽恆（一作常）獨處深巷生禾黍城上飛海雲城中暗春雨適來鳴珮者復是誰家女泥沾珠綴履雨濕翠毛簪電影開蓮臉雷聲飛蕙心自言沂水曲采萍兼采藻歸遲雖可尋天陰光景促憐君貞且獨願許君家宿徒勞惜衾枕了不顧雙蛾豔質誠可重淫風如禮何周王惑褒姒城闕成陂陁

雲母泉詩（并序）

洞庭湖西玄石山俗謂之墨山山南有佛寺寺倚松嶺下有雲母泉泉出石引流分渠周遍庭宇發如乳湩末派如淳粲烹茶淅蒸灌園漱齒皆用之大浸不盈大旱不耗自墨山西北至石門東南至東陵廣輪二十里盡生雲母牆階道路炯炯如列星井泉溪澗色皆純白鄉人多壽考無癖痼疥搔之疾華深樂之潁川陳公天寶中與華同爲諫官公性與道合忽於權利方挂冠投簪顧華以名山之契乾元初公貶清江丞移武陵丞華貶杭州司功恩復左補闕上元中俱奉詔徵公自清江至武陵道路多虞制書不至華泝江而西次於岳陽江山延望日夕相顧屬思與高賢共飲雲母之泉躬耕墨山之下敢違朝命以狥私欲秋風露寒洞庭微波一聞猿聲不覺涕下況支離多病年甫始衰願餌藥扶壽以究無生之學事乖志負火爇予心寄懷此篇亦以書余之志也

晨登玄石嶺嶺上寒松聲朗日風雨霽高秋天地清山門開古寺石竇含純精洞徹淨金界夤緣流玉英澤藥滋畦茂氣染茶甌馨飲液盡眉壽飡和皆體平瓊漿駐容髮甘露瑩心靈岱谷謝巧妙匡山徒有名願言構蓬蓽荷鍤引泠泠訪道出人世招賢依福庭此心不能已寤寐見吾兄曾結潁陽契窮年無所成東西同放逐蚍豕尚縱橫江漢阻攜手天涯萬里情恩光起憔悴西上謁承明秋色變江樹相思紛以盈猨啼巴丘戍月上武陵城共恨川路永無由會友生雲泉不可忘何日遂躬耕

寄趙七侍御（并序）

自餘干溪行經弋陽至上饒山川幽麗思與雲卿同遊邈不可得因敘疇年之素寄懷於篇云

摇槳曙江流江清山復重心愜賞未足川迴失前峰淩灘出極浦曠若天池（一作地）通君陽青嵯峨開拆混元中九潭魚龍窟仙成羽人宮陰輿潛鬼物精光動煙空玄猨啼深蘢（楚越謂竹樹深者爲蘢　蘢一作艷）白鳥戲葱蒙飛湍鳴金石激溜鼓雷風雨濯萬木鮮霞照千山濃草閑長餘綠花靜落幽紅渚煙見晨釣山月聞夜舂覆溪窈窕波涵（一作涵）石洶（一作洶）溶溶丹丘忽聚散素壁相奔衝白日破昏霧靈山出其東勢排昊蒼上氣壓吳越雄迴頭望雲卿此恨發吾衷昔日蕭邵遊（蕭穎士邵軫）四人纔成童屬詞慕孔門入仕希上公緯卿陷非罪折我昆吾鋒（邵字緯卿以冤橫貶卒南中）茂挺獨先覺拔身渡京虹斯人謝明代百代墜鵷鴻（蕭天寶末知亂棄官往江東殯葬先人逝于江南）世故墜橫流與君哀路窮（逆胡陷兩京予與趙受辱賊中）相顧無死節蒙恩逐殊封（華貶杭州司功趙貶泉州晉江尉）天波洗其瑕朱衣備朝容（華承恩累遷尚書郎趙拜補闕御史）一別凡十年豈期復相從餘生得攜手遺此兩孱翁羣遷失鶯羽後凋惜長松衰旅難重別悽悽滿心胸遇勝悲獨遊貪奇悵孤逢禽尚彼何人胡爲束樊籠吾師度門教投弁躡遐蹤

仙遊寺（有龍潭穴弄玉祠）

捨事入樵逕雲木深谷口萬壑移晦明千峰轉前後嶷然龍潭上石勢若奔走開拆秋天光崩騰夏（一作萬）雷吼靈谿自茲去紆直互紛糾聽聲靜復喧望色無更有冥冥翠微下高殿映杉柳滴滴洞穴中懸泉響相扣昔時秦王女羽化年代久日暮松風來簫聲生左右早窺神仙籙願結芝术友安得羨門方青囊繫吾肘

春遊吟

初春遍芳甸千里藹盈矚美人摘新英步步翫春綠所思杳何處宛在吳江曲可憐不得共芳菲日暮歸來淚滿衣

長門怨

弱體鴛鴦薦啼妝翡翠衾鴉鳴秋殿曉人靜禁門深每憶椒房寵那堪永巷陰自驚羅帶緩非復舊來心

奉使朔方贈郭都護

絕塞臨光祿孤營佐貳師鐵衣山（一作三）月冷金鼓朔風悲都護徵兵日將軍破虜時揚鞭玉關道回首望旌旗

尚書都堂瓦松

華省祕仙蹤高堂露瓦松葉因春後長花爲雨來濃影混鴛鴦色光含翡翠容天然斯所寄地勢太無從接棟臨雙闕連甍近九重寧知深澗底霜雪歲兼封

海上生明月（科試）

皎皎秋中月團團海上生影開金鏡滿輪抱玉壺清漸出三山岊將凌一漢橫素娥嘗藥去烏鵲繞枝驚照水光偏白浮雲色最明此時堯砌下蓂莢自將榮

晚日湖上寄所思

與君爲近別不啻遠相思落日平湖上看山對此時

寄從弟

眼病身亦病浮生已半空迢迢千里月應與惠連同

奉寄彭城公

公子三千客人人願報恩應憐抱關者貧病老夷門

春行寄興

宜陽城下草萋萋澗水東流復向西芳樹無人花自落春山一路鳥空啼

全唐詩

蕭穎士

蕭穎士字茂挺開元中對策第一補祕書正字奉使括遺書趙衞間淹久不報爲有司劾免留客濮陽教授時號蕭夫子召爲集賢校理宰相李林甫怒其不下已調廣陵參軍事史官韋述薦穎士自代召詣史館待制林甫愈見疾遂免官尋調河南府參軍事山南節度使源洧辟掌書記洧卒崔圓署爲揚州功曹參軍至官信宿去後客死汝南逆旅門人私謚曰文元先生穎士樂聞人善以推引後進爲已任所獎目皆爲名士集十卷今編詩一卷

江有楓一篇十章（并序）

江有楓思陸鄭二友吳會舊遊且疾讒也臣（一作君）宦於尹府以直方不偶見逼讒佞惟古之賢者有避色避言之義矯然去之二室之間有槭樹焉與江南楓形胥類憩於其下而作是詩以貽夫二三子焉

江有楓其葉蒙蒙我友自東于以遊從

山有槭其葉漠漠我友徂北于以休息

想彼槭矣亦類其楓矧伊懷人而忘其東

東可遊矣會之丘矣于山于水于廟于寺于亭于里君子遊焉于以宴喜其樂亹亹

粵東可居彼吳之墟有田有庭有朋有書有蓴有魚君子居焉惟以宴醑其樂徐徐

我朋在矣彼陸之子（淹也）如松如杞淑問不已

我友于征彼鄭之子（愕也）如琇如英德音孔明

我思震澤菱芡幕幕寤寐如覿我思剡谿杉篠萋萋寤寐無迷

有鳥有鳥粵鷗與鷺浮湍戲渚皓然潔素忘其猜妒彼何人斯曾足傷懼

此懼惟何懼寘于羅彼驕者子讒言孔多我聞先師體命委和公伯之愬則如予何悵然山河惟以嘯歌其憂也哉

菊榮一篇五章（并序）

菊榮酬贈離且申志也久寓大邑賢宰宋侯惠而好予賦鳴蟬以貺別有懷相規備厥卒章于以報焉

采采者菊芬其榮斯紫英黃萼照灼丹墀愷悌君子佩服攸宜王國是維大君是毗貽爾子孫百祿萃之

采采者菊于邑之城舊根新莖布葉垂英彼美淑人應家之禎有弦既鳴我政則平宜爾棟崇必復其慶

采采者菊于邦之府陰槐翳柳邇楹近宇彼勞者子喧卑是處慨其莫知蘊結誰語企彼高人色斯遐舉

采采者菊于賓之館既低其枝又弱其幹有斐君子是焉披翫良辰旨酒宴飲無算愴其仳別終然永歎

歲方晏矣霜露殘促誰其榮斯有英者菊豈微春華此貞色人之侮我混于薪棘詩人有言好是正直

凉雨一章（并序）

凉雨志楊侯樂賓僚也

習習凉風泠泠浮飈君子樂胥于其賓僚有女斯夭式歌且謠欲言終宥惟以招邀于胥樂兮

有竹一篇七章（并序）

有竹懿李新後閤而宴親友也

有竹斯竿于閤之前君子秉心惟其貞堅兮

有竿斯竹于閤之側君子秉操惟其正直兮

彼蔚者竹蕭其森矣有開者閤宛其深矣迴簷幽砌如翼如齒

冬之宵霰雪斯瀌我有金鑪熺其以歊

夏之日炎景斯鬱我有珍簟淒其以栗

彼紛者務體其豫矣有旨者酒歡其且矣友僚萃止跗萼載韡

彼美公之姓兮那歟應積慶兮期子惟去之柄兮

江有歸舟三章（并序）

記有之尊道成德嚴師其難哉故在三之禮極乎君親而師也參焉無犯與隱義斯貫矣孔聖稱顏子有視余猶父歎其至歟今吾於太眞也然乎爾且後進而余師者自賈邕盧冀之後比歲舉進士登科名與實皆相望騰遷凡數子其佗自京畿太學諭於淮泗行束脩以上而未及門者亦云倍之余弗敏曷云當乎而莫之讓蓋有來學微往教蒙匪余求若之何其拒哉猗爾之所以求我之所以誨學乎文乎學也者非云徵辨說摭文字以扇夫談端轢厥詞意其於識也必鄙而近矣所務乎憲章典法膏腴德義而已文也者非云尚形似牽比類以局夫儷偶放於奇靡其於言也必淺而乖矣所務乎激揚雅訓彰宣事實而已衆之言文學者或不然於戲彼以我爲僻爾以我爲正同聲相求

爾後我先安得而不問哉問而教教而從從而達欲辭師也得乎孔門四科吾是以竊其一矣然夫德行政事非學不言而無文行之不遠豈相異哉四者一夫正而已矣故曰詩三百一言以蔽之曰思無邪不正之謂也吾嘗謂門弟子有尹徵之學劉太眞之文首其選焉今茲春連茹甲乙淑問休闡爲時之冠浹旬有詔俾徵典校祕書且馳傳壠首領元戎書記之事四牡騑騑薄言旋歸聲動日下浹於寰外而太眞元昆前已甲科未始閒歲翩其連舉謂予不信豈其然乎夏五月迴棹京洛告歸江表岵兮屺兮歡旣萃矣兄矣弟矣榮斯繼矣搢紳之徒習禮聞詩者僉曰劉氏二子可謂立乎身光乎親蹈極致於人倫者矣上京餞別庭闈望歸從古已來未之聞也余羇宦此都色斯云舉彼吳之丘曾是昔遊心乎往矣有懷伊阻行矣風帆載飛載揚爾思不及黯然以泣先師孝弟謹信泛愛親仁餘力學文之訓爾其志之南條北固朱方舊里昔與太眞初會於茲余之門人有柳并者前是一歲亦嘗覲茲地其請業也必始乎此焉并也有尹之敏劉之工其少且疾故莫之逮太眞亦嘗曰何敢望并并與眞難乎其相奪矣緬彼江陰京皐是臨言念二子從予于此爾云過之其可忘諸同是餞者賦江有歸舟以寵夫嘉慶焉爾詩曰

江有歸舟亦亂其流之子言旋嘉名孔修揚于王庭允焯其休

舟旣歸止人亦榮止兄矣弟矣孝斯踐矣稱觴燕喜于岵于屺

彼遊惟帆匪風不揚有彬伊父匪學不彰予其懷而勉爾無忘

過河濱和文學張志尹

隆古日以遠舉世喪其淳慷慨懷黃虞化理何由臻步出城西門裴回見河濱當其側陋時河水清且潾滄桑一以變莽然翳荆榛至化無苦窳宇宙將陶甄太息感悲泉人往跡未湮瑟瑟寒原暮泠風吹衣巾顧我謭劣質希聖杳無因且盡登臨意斗酒歡相親

舟中遇陸棣兄西歸數日得廣陵二三子書知遲晚次沙墊西岍作

林烏遥岍鳴早知東方曙波上風雨歇舟人叫將去蒼蒼前洲日的的回沙鷺水氣清曉陰灘聲隱川霧舊山勞魂想憶人阻洄泝信宿千里餘佳期曷由遇前程入楚鄉弭棹問維揚但見土音異始知程路長寥寥晚空靜漫漫風淮涼雲景信可美風潮殊未央故人江皐上永日念容光中路枉尺書謂余瓊樹芳深期結晤語竟夕恨相望冀顧崇朝霽吾其一葦航

重陽日陪元魯山德秀登北城矚對新霽因以贈別（時元兄屢有挂冠之意）

山縣遶古堞悠悠快登望雨餘秋天高目盡無隱狀綿連滍川迴杳渺鵶路深彭澤興不淺臨風（一作流）動歸心賴茲琴堂暇傲睨傾菊酒人和歲已登從政復何有遠山十里碧一道銜長雲青霞半落日混合疑晴曛漸聞驚栖（一作棲林）羽坐歎清夜月中歡愴有違行子念明發僅能泯寵辱未免傷別離江湖不可忘風雨勞相思明時當盛才短伎安所設何日謝百里從君漢之濆

留別二三子得韻字

二紀尚雌伏徒然忝先進英英爾衆賢名實鬱雙振殘春惜將別清洛行不近相與愛後時無令孤逸韻

仰荅韋司業垂訪五首

呦呦食苹鹿常飲清泠川但悅豐草美寧知牢餼鮮主人有幽意將以充林泉羅網幸免傷蒙君復羈牽高堂列衆賓廣座鳴清絃俯仰轉驚（一作傷）惕裴回獨憂煎緬懷雲巖路欲往無由緣物各有所好違之傷自然

神龜在南國緬邈湘川陰遊止蓮葉上歲時嘉樹林毒蟲且不近斤斧何由尋錯落負奇文熒煌耀丹金江山萬里餘淮海阻且深獨保貞素質不爲寒暑侵一逢盛明代應見通靈心

晉代有儒臣當年富詞藻立言寄青史將以贊王道遼落緬歲時辛勤歷江島且言風波倦探涉豈爲寶不遇庚征西云誰展懷抱士貧乏知己安得成所好

彭陽昔遊說願謁南郢都王果尚未達況從夷節謨豈知晉叔向無罪嬰囚拘臨難俟解紛獨知祈大夫舉讐且不棄何必論親疎夫子覺者也其能（一作肯）遺我乎

關西一公子年貌獨青春被褐來上京翳然聲未振中郎何爲者倒屣驚座賓詞賦豈不佳盛名亦相因爲君奏此曲此曲多苦辛千載不可誣孰言今無人

答鄒象先

桂枝常共擢茅茨冀同薦一命何阻脩載馳各川縣壯圖悲歲月明代恥貧賤回首無津梁袛令二毛變

蒙山作

東蒙鎮海沂合沓餘百里清秋淨氛靄崖崿隱天起于役勞往還息徒暫攀躋將窮絕迹處偶得冥心理雲氣雜虹霓松聲亂風水微明綠林際杳窱丹洞裏仙鳥時可聞羽人邈難視此焉多深邃賢達昔所止子尚捐俗紛季隨躡遐軌蘊真道彌曠懷古情未已白鹿凡幾遊黃精復奚似顧予尚牽纏家業重書史少學務從師壯年貴趨仕方馳桂林譽未暇桃源美歲暮期再尋幽哉羨門子

早春過七嶺寄題硤石裴丞廳壁

出硤寄趣少晚行偏憶君依然向來處官路谿邊雲茲路豈不劇能無俗累紛槐陰永未合泉聲細猶聞彌歎春罷酒牽卑（一本二字缺）從此分登高望城入斜影半風薰

送張翬下第歸江東（翬一作暈）

俱飛仍失路綵服遍清波地積東南美朝遺甲乙科客愁千里別春色五湖多明日舊山去其如相望何

越江秋曙

扁舟東路遠曉月下江濆瀲灩信潮上蒼茫孤嶼分林聲寒動葉水氣曙連雲暾日浪中出榜歌天際聞伯鸞常去國安道惜離羣延首剡谿近詠言懷數君

山莊月夜作

獻書嗟棄置疲拙歸田園且事計然策將符公冶言桑

榆清(一作畏)暮景雞犬應遙村蠶罷里閭晏麥秋田野喧澗
聲連枕簟峯勢入堦軒未奏東山妓先傾北海尊瓏瓜
香早熟庭果落初繁更愜野人意農談朝竟昏

全唐詩

崔曙

崔曙宋州人開元二十六年登進士第以試明堂火珠
詩得名詩一卷

古意

綠筍總成竹紅花亦成子能當此時好獨自幽閨裏夜
夜苦更長愁來不(一作制)如死

宿大通和尚塔敬(一本無敬字)贈如上人兼呈常孫二
山人

支公已寂滅影塔山上古更有眞僧來道場救諸苦一
承微妙法寓宿清淨土身心能自觀色相了無取森森
松映月漠漠雲近戶嶺(一作雲)外飛電明夜來前山雨然燈
皃栖鴿作禮聞信鼓曉齋南軒開秋華淨天宇願言出
世塵(一作長出世)謝爾申及甫

送薛據之宋州

無媒嗟(一作悲)失路有道亦乘流客處不堪別異鄉應共愁
我生早孤賤淪落居此州風土至今憶山河皆昔(一作舊)遊
一從文章事(一作士)兩京春復秋君去問相識幾人今(一作咸)白
頭

山下晚晴

寥寥遠天淨谿路何空濛斜光照疎雨秋氣生白虹雲
盡山色暝蕭條西北風故林歸宿處一葉下梧桐

潁陽東溪懷古

靈溪氛霧歇皎鏡清心顏空色不(一作下)映水秋聲多在山
世人久疎曠萬物皆自閑白鷺寒更浴孤雲晴未還昔
時讓王者此地閉玄(一作紫)關(一作紫)無以躡高步淒涼岑(一作林)壑
間

早發交崖山還太室作

東林氣微白寒鳥急(一作忽)高翔吾亦自茲去北山歸草堂
仲(一作杪)冬正三五日月遙相望蕭蕭(一作肅肅)過潁上曨曨辨少
陽川冰生積雪野火出枯桑獨往路難盡窮陰人易傷
傷此無衣客如何蒙雪(一作雨)霜

奉試明堂火珠

正位開重屋凌空(一作中天)出火珠夜來雙月滿(一作合)曙後一星
孤天淨光難滅雲生望欲無遙知(一作還知)太平代(一作聖明代)國寶
在名都

途中曉(一作晚)發

曉(一作晚)霽長風裏勞歌赴遠期雲輕歸海疾月滿下山(一作峰)
遲旅望因高盡鄉心遇物悲故林遙不見況在(一作復)落花
時

緱山廟

遺廟宿陰陰孤峰映綠林步隨仙路遠意入道門深澗
水流年月山雲變古今祇聞風竹裏猶有鳳笙音

同諸公謁啓母祠

闕宮凌紫微芳草閉閑扉帝子復何在王孫遊不歸春
風鳴玉珮暮雨拂靈衣豈但湘江口能令懷二妃

九日登望仙臺呈劉明府容

漢文皇帝有高臺此日登臨曙色開三晉雲山皆北向
二陵風雨自東(一作西)來關門令尹誰能識河上仙翁去不
回且欲近尋彭澤宰陶然共(一作同)醉菊花杯

奉酬中書相公至日圓丘攝事合於中書後閤
宿齋移止于集賢院敍懷見寄之作

典籍開書府恩榮避鼎司郊丘資有事齋戒守無爲宿
霧蒙瓊樹餘香覆玉墀進經逢乙夜展禮值明時勳共
山河列名同竹帛垂年年佐堯舜相與致雍熙

登水門樓見亡友張貞期題望黃河詩因以感
興(一作寄友)

吾友東南美昔聞登此樓人隨(一作從)川上逝(一作去)書向(一作在)壁
中留嚴子好眞隱謝公耽遠遊清風初作頌暇日復銷
憂(一作愁)時(一作思)與文字(一作章)古跡將(一作隨)山水幽已孤(一作辜)蒼生望
空(一作坐)見黃河流流落年(一作榮落春)將晚悲涼物已(一作似)秋天高
不可問掩泣赴行舟

對雨送鄭陵

別愁復經雨別淚還如霰寄心海上雲千里常相見

嵩山尋馮鍊師不遇

青溪訪道凌煙曙王子仙成已飛去更值空山雷雨時
雲林薄暮歸何處

全唐詩

王翰

王翰字子羽，晉陽人。登進士第，舉直言極諫，調昌樂尉。復舉超拔羣類，召爲秘書正字，擢通事舍人、駕部員外，出爲汝州長史，改仙州别駕。日與才士豪俠飲樂遊畋，坐貶道州司馬，卒。集十卷，今存詩一卷。

贈唐祖二子

鴻飛遵枉渚，鹿鳴思故羣。物情尚勞愛，況乃予别君。别時花始發，别後蘭再薰。瑶觴滋白露，寶瑟凝凉氛。裹徊北林月，悵望南山雲。雲月渺千里，音徽不可聞。

飛燕篇

孝成皇帝本嬌奢，行幸平陽公主家。可憐女兒三五許，丰茸惜是一園花。歌舞向來人不貴，（一作歌舞來時由不歸）一旦逢君感君意。君心見賞不見忘，姊妹雙飛入紫房。紫房綵女不得見，專榮固寵昭陽殿。紅妝寶鏡珊瑚臺，青瑣銀簧雲母扇。日夕風傳歌舞聲，只擾長信憂人情。長信憂人氣欲絶，君王歌吹終不歇。朝弄瓊簫下綵雲，夜踏金梯上明月。明月薄蝕陽精昏，嬌妬傾城惑至尊。已見白虹橫紫極，復聞飛燕啄皇孫。皇孫不死燕啄折，女弟一朝如火絶。明明天子咸戒之，赫赫宗周褒姒滅。古來賢聖歎狐裘，一國荒淫萬國羞。安得上方斷馬劍，斬取朱門公子頭。

飲馬長城窟行（一作古長城吟）

長安少年無遠圖，一生惟羨執金吾。麒麟前殿拜天子，走馬西擊長城胡。（一作走馬爲君西擊胡）胡沙獵獵吹人面，漢虜相逢不相見。遥聞鼙鼓動地來，傳道單于夜猶戰。此時顧恩寧顧身，爲君一行摧萬人。壯士揮戈迴白日，單于濺血染朱輪。歸來飲馬長城窟，長城道傍多白骨。問之耆老何代人，云是秦王築城卒。黄昏塞北無人煙，鬼哭啾啾聲沸天。無罪見誅功不賞，孤魂流落此城邊。當昔秦王按劒起，諸侯膝行不敢視。富國強兵二十年，築怨興徭（一作聲寬）九千里。秦王築城何太愚，天實亡秦非北胡。一朝禍起蕭墻内，渭水咸陽不復都。

賦得明星玉女壇送廉察尉華陰

洪河之南曰秦鎮，發地削成五千仞。三峰離地皆倚天，唯獨中峰特修峻。上有明星玉女祠，祠壇高眇路逶迤。三十六梯入河漢，樵人往往見蛾眉。蛾眉嬋娟又宜笑，一見樵人下靈廟。仙車欲駕五雲飛，香扇斜開九華照。含情遲佇惜韶年，願侍君邊復中旋。江妃玉佩留爲念，嬴女銀簫空自憐。仙俗途殊兩情遽，感君無盡辭君去。遥見明星是妾家，風飄雪散不知處。故人家在西長安，賣藥往來投此山。綵雲蕩漾不可見，緑蘿蒙茸鳥綿蠻。欲求玉女長生法，日夜燒香應自還。

春女行（一作歌）

紫臺穹跨連緑波，紅軒鈴匝垂纖羅。中有一人金作面，隅幌玲瓏遥可見。忽聞黄鳥鳴且悲，鏡邊含笑著春衣。羅袖嬋娟似無力，行拾落花比容色。落花一度無再春，人生作樂須及辰。君不見楚王臺上紅顔子，今日皆成狐兔塵。

古蛾眉怨

君不見宜春苑中九華殿，飛閣連連直如髮。白日全含朱鳥窗，流雲半入蒼龍闕。宫中綵女夜無事，學鳳吹簫弄清越。珠簾北卷待凉風，繡户南開向明月。忽聞天子憶蛾眉，寶鳳銜花揲兩螭。傳聲走馬開金屋，夾路鳴環上玉墀。長樂彤庭宴華寢，三千美人曳花（一作光）錦。燈前含笑更羅衣，帳裏承恩薦瑶枕。不意君心半路迴，求仙别作望仙臺。琳琅（一作倉）禁闥遥相憶，紫翠巖房晝不開。欲向人間種桃實，先從海底覓蓬萊。蓬萊可求不可上，孤舟縹緲知何往。黄金作盤銅作莖，青（一作晴）天白露掌中擎。王母嫣然感君意，雲車羽旆欲相迎。飛廉觀前空怨慕，少君何事（一作辜）須相誤。一朝埋没茂陵田，賤妾蛾眉不重顧。宫車晚出向南山，仙衛逶迤去不還。朝晡泣對麒麟樹，樹下蒼苔日漸斑。人生百年夜將半，對酒長歌莫長歎。情（一作拚）知白日不可私（一作期），一死一生何足算。

子夜春歌

春氣滿林香，春遊不可忘。落花吹欲盡，垂柳折還長。桑女淮南曲，金鞍塞北裝。行行小垂手，日暮渭川陽。

奉和聖製同二相已下羣官樂遊園宴

未極人心暢，如何帝道明。仍嫌酺宴促，復罷樂遊行。陸海披珍藏，天河直（一作望）斗城。四關青靄合，數處白雲生。飪（一作鼎）餗調元氣，歌鐘溢雅聲。空慚堯舜日，力（一作至）德杳（一作春）難名。

奉和聖製送張說上集賢學士賜宴得筵字

東壁起集賢，貴得從（一作後）神仙。首命台階老，將崇御府員。送人鏘玉佩，中使拂瓊筵。和樂薰風解，湛恩時雨連。長材成磊落，短翮強翩（一作翾）翩（一作翩）。徒仰蓬萊地，（一作峻）何階不讓緣。

奉和聖製送張尚書巡邊

紫綬（一作盤）尚書印，朱軿丞相車。登朝身許國，出閫將辭家。不憚炎蒸苦，親嘗走集（一作馬）賒。選徒軍有政（一作令），誓卒爾無譁。帝樂風初起，王城日半斜。寵行流聖作，寅餞照台華。騎歷河南樹，旌摇塞北沙。榮懷應盡服，嚴殺已先加。業峻靈祇保，功成道路嗟。寧如鑿空使，遠致石榴花。

涼州詞二首

蒲萄美酒夜光杯，欲飲琵琶馬上催。醉臥沙場君莫笑，古來征戰幾人回。

秦中花鳥已應闌，塞外風沙猶自寒。夜聽胡笳折楊柳，教人意氣（一作氣盡）憶長安。

春日歸思

楊柳青青杏發花年光誤客轉思家不知湖上菱歌女
幾箇春舟在若耶

觀蠻童爲伎之作

長裙錦帶還留客廣額青娥亦效嚬共惜不成金谷妓
虛令看殺玉車人

全唐詩

孟雲卿

孟雲卿河南人一曰武昌人第進士爲校書郎與杜甫
元結友善詩一卷

古别離

朝日上高臺離人怨秋草但見萬里天不見萬里道君
行本迢遠苦樂良難保宿昔夢同衾憂心常傾倒含酸
欲誰訴展轉傷懷抱結一作白髮年已遲一作深征行去何早寒
暄有時謝憔悴難再好人皆筭年壽死者何曾老少壯
無見一作會無期水深風浩浩

今别離一作别離曲

結髮生别離相思復相保如何一作何知日已久五變庭中草
渺渺大海途悠悠吳江島但恐不出門出門無遠道遠
道行既難家貧衣復單嚴風吹積雪晨起鼻何酸人生
各有志豈不懷所安分明天上日生死願一作誓同歡

悲哉行

孤兒去慈親遠客喪主人莫吟苦辛曲此曲誰忍聞可
聞不可說去去無期别一作形迹行人念前程不待參辰没一作晨設
朝亦常苦饑暮亦常苦饑飄飄萬餘里貧賤多是非少
年莫遠遊遠遊多不歸

行行且遊獵篇

少年多武力勇氣冠幽州何以縱心賞馬啼春草頭遲
遲平原上狐兔奔林丘猛虎忽前逝俊鷹連下鞲俯身
逐南北軽捷固難儔所發無不中失之如我讐豈唯務
馳騁猶爾暴田疇殘殺非不痛古來良有由

古挽歌

草草閭巷喧塗車儼成位冥冥何所須一作得盡一作惑我生人
意北卬路非遠此别終天地臨穴頻撫棺至哀反無淚
爾形未衰老一作色猶曾稚爾息纔一作備童稚骨肉安一作不可離皇天
若一作苦容易房帷即靈帳庭宇爲哀次薤露歌若斯人生
盡如寄

放歌行

吾觀天地圖世界亦可一作何小落落大海中飄浮數洲島
賢愚與蟻蝨一種同草草地脉日夜流天衣有時掃東
山謂居士了我生死道目見難噬臍心通可親腦軒皇
竟磨滅周孔亦衰老永謝當時人吾將寶非寶

傷懷贈一作酬故人一作友

稍稍一作稍稍晨鳥一作雞翔淅淅草上霜人生早罹一作艱苦壽命恐
不長二十學已成三十名不彰豈無同門友貴賤易中
腸驅馬行萬里悠悠過帝鄉幸因弦歌末得上君子堂
衆樂一作衆樂互喧奏獨子一作余備笙簧一作篁坐中無知音安得神揚
揚一作洋洋顧因高風起上感白日光

鄴城一作中懷古

朝一作欲發淇水南將尋北燕路魏家舊城闕寥落無人住
伊昔天地屯曹公一作瞞獨中一作守據羣臣將北面白日忽西
暮三臺竟寂寞萬事良難固雄圖一作豪安在哉衰草霑霜
露崔嵬長河北尚見應劉墓古樹藏龍蛇荒茅伏狐兔
永懷故池館數子連章句逸興驅山河雄詞變雲霧我
行覩遺跡精爽如可遇斗酒將酹君悲風白楊樹

傷情

爲長心易憂早孤意常傷出門先躊躇入戶亦彷徨此
生一何苦前事安可忘兄弟先我没孤幼盈我傍舊居
近東南河水新爲梁松柏今在茲安忍思故鄉四時與
日月萬物各有常秋風已一作以一起草木無不霜行行當
自勉一作勉旃不忍再思量

傷時二首一作宋郊

徘徊宋郊上不覩平生親獨立正傷心悲風來孟津大
方載羣物生死有常倫虎豹不相食哀哉人食人豈伊
一作知逢世運天道亮云云

太空流素月三五何明一作皎明光耀侵白日賢愚迷至精
四時更變化天道有虧盈常恐今夜一作已没須臾還復生

田園觀雨兼晴後作

貧賤少情欲借一作惜荒種南陂我非老農圃安得良土宜
秋成不廉儉歲餘多餒飢顧視倉廩間有糧不成炊晨
登南園上暮歌清蟬悲早苗既芃芃晚田尚離離五行
孰堪廢萬物當及時賢哉數夫子開翅慎勿遲

汴河阻風

清晨自梁宋挂席之楚荆一作城出浦風漸惡傍灘舟欲橫
大河噴一作復東注羣動一作洶皆昏一作昏冥白霧魚龍氣黑一作黃雲
牛馬一作虎形蒼茫迷所適危安一作色懼一作安暫寧信此天地内
孰爲身命輕丈夫苟未達所向須存誠一作有成前路捨舟去
東南仍一作應曉一作曉晴

行路難

君不見高山萬仞連蒼昊天長地久成埃塵君不見長
松百尺多勁節狂風暴雨終摧折古今何世無聖賢吾
愛伯陽眞乃天金堂玉闕朝羣仙拍手東海成桑田海
中之水愼勿枯烏鳶啄蚌傷明珠行路難艱險莫躕躇

途中寄友人

昔時聞遠路，謂是等閑行。及到求人地，始知爲客情。事將公道肯，塵遠馬蹄生。儻使長如此，便堪休去程。

寒食

二月江南花滿枝，他鄉寒食遠堪悲。貧居往往無煙火，不獨明朝爲子推。

新安江上寄處士

深潭與淺灘，萬轉出新安。人遠禽魚靜，山空水木寒。嘯起青蘋末，吟鷳白雲端。即事遂幽賞，何必掛儒冠。

句

羣物歸大化，六龍頹西荒。[感懷]安知浮雲外，日月不運行。[苦雨。見張爲主客圖]

全唐詩

張巡

張巡，蒲州河東人。開元末，舉進士第三，以書判拔萃入等。天寶中，爲真源令。祿山之亂，巡起兵討賊，後至睢陽，與太守許遠嬰城固守。經年乏食，城陷，死之。巡博通羣書，爲文操紙筆立就。有謝金吾表云：想峨眉之碧峰，豫遊西蜀；追綠耳於懸圃，保壽南山。臣被圍四十七日，凡一千八百餘戰。當臣効命之時，是賊滅亡之日。文辭悲壯，讀者哀之。詩二首。

聞笛

岧嶤試一臨，虜騎附[一作俯]城陰。不辨風塵色，安知天地心。營[一作門]開邊月近，戰苦陣雲深。旦夕更樓上，遙聞橫笛音[一作吟]。

守睢陽作

接戰春來苦，孤城日漸危。合圍侔月暈，分守若[一作效]魚麗。屢厭黃塵起，時將白羽揮。裹瘡猶出陣，飲血更登陴。忠信應難敵，堅貞諒不移。無人報天子，心計欲何施。

張抃

張抃，滑人。與張巡固守睢陽，城陷死難者三十六人，抃其一也。宋汪應辰作廟記云：初顯於湖湘間，後及江右，至玉山皆祀之。碑載詩一首。

題衡陽泗州寺

一水悠悠百粵通，片帆無柰信秋風。幾層峽浪寒春月，盡日江天雨打蓬。漂泊漸搖青草外，鄉關誰念雪園東。未知今夜依何處，一點漁燈出葦叢。

賀蘭進明

賀蘭進明，開元十六年登進士第。祿山亂，以御史大夫爲節度使，守臨淮。張巡被圍睢陽，遣南霽雲乞師，進明嫉巡聲威，不應，巡遂陷沒。肅宗時，爲北海太守，詔行在，上以爲南海太守，攝御史大夫、嶺南節度使，後貶秦州司馬。詩七首。

古意二首

秦庭初指鹿，羣盜滿山東。忤意皆誅死，所言誰肯忠。武關猶未啓，兵入望夷宮。爲祟非涇水，人君道自窮。

崇蘭生澗底，香氣滿幽林。采采欲爲贈，何人是同心。日暮徒盈把，裴回憂思深。慨然紉雜佩，重奏丘中琴。

行路難五首

君不見巖下井，百尺不及泉。君不見山上苗[一作萬]，數寸凌雲煙。人生賦命亦如此，何苦太息自憂煎。但願親友長含笑，相逢不乏[一作其]杖頭錢。寒夜邀歡須秉燭，豈得[一作不]常思花柳年。

君不見門前柳，榮耀暫[一作幾]時蕭索久。君不見陌上花，狂風吹去落誰家。鄰[一作誰]家思婦見之歎，蓬首不梳心歷亂。盛年夫壻長別離，歲暮相逢色已[一作凋]換。

君不見芳樹枝，春花落盡蜂不窺。君不見梁上泥，秋風始高燕不棲。蕩子從軍事征戰，娥眉嬋娟守空閨。獨宿自然堪下淚，況復時聞烏夜啼。

君不見雲中月，暫盈還復缺。君不見林下風，聲遠意難窮。親故平生或聚散，歡娛未盡尊酒空。歎息青青陵上柏，歲寒能有幾人同。

君不見東流水，一去無窮已。君不見西郊雲，日夕空氛氳。羣鴈裴回不能去，一鴈悲[一作驚]鳴復失羣。人生結交在終始，莫以[一作爲]升沈中路分。

閭丘曉

閭丘曉，爲濠州刺史。祿山之亂，張鎬檄之救宋州張巡圍，以後期杖死。詩一首。

夜渡江

舟人自相報，落日下芳潭。夜火連淮市，春風滿客帆。水窮滄海畔，路盡小山南。且喜鄉園近，言榮意未甘[一作能令意味甘]。

庚光先

庚光先，新野人。官至吏部侍郎。嘗陷安祿山，不受僞署。詩一首。

奉和劉採訪縉雲南嶺作

百越城池枕海圻，永嘉山水復相依。懸蘿弱篠垂清淺，宿雨朝暾和翠微。鳥訝山經傳不盡，花隨月令數仍稀。幸陪謝客題詩句，誰與王孫此地歸。

韋丹

韋丹字文明京兆萬年人早孤從外祖顏眞卿學擢明經調安遠令以讓庶兄入紫閣山復舉五經高第順宗爲太子時以殿中侍御史爲舍人尋拜司封郎中使新羅故事𥚃州縣官十人以便其私號私覿官丹曰使外國不足於貲宜上請安有賣官受錢奏聞帝命有司與之還爲容州刺史遷河南少尹召拜諫議大夫奏劉闢當誅憲宗褒美使代李康爲劒南東川節度使丹至漢中上言康守方盡力不可易乃徵還終江南西道觀察使宣宗讀元和實錄見丹政事卓然詔上丹功狀刻於碑謂宰相周墀曰丹有子否與好官乃拜其子宙爲侍御史三遷度支郎中丹有詩二首

思歸寄東林澈上人 并序

澈公近以匡盧七詠見寄及吟咏之皆麗絶于文圃也此七詠者俾予益發歸歟之興且芳時勝侶卜遊于三二道人必當攀躋千仞之峰觀九江之派是時也飄然而去不希京口之顧黙然而遊不假東門之送天地爲一朝萬物任陶鑄夫二林翼翼松逕幽邃則何必措足于丹霄馳心于太古矣偶爲思歸絶句詩一首以寄上人法友幸先達其深趣矣

王事紛紛無暇日浮生冉冉只如雲已爲平子歸休計
五老巖前必共聞

荅澈公

空山泉落松窗靜閑地草生春日遲白髮漸多身未退
依依常在永禪師

蕭昕

蕭昕字中明梁鄱陽王七世孫居河南中博學宏詞科調壽安尉累遷左補闕從明皇幸蜀奉冊於靈武代宗立進中書舍人禮部侍郎德宗朝以太子太師致仕詩二首

洛出書

海內昔凋瘵天綱斯滓溺龜靈啓聖圖龍馬負書出大
哉明德盛遠矣彝倫秩地數作乂功人免爲魚恤既彰
千國理豈止百川溢永賴至於今疇庸未云畢

臨風舒錦

麗錦匹云終襜襜一作當襜展向風花開翻覆翠色亂動搖紅
縷散悠揚一作颺裏文迴照灼中低垂疑步障吹起作晴虹
既與丘遲夢深知卓氏功還鄉將製服從此表亨通

李希仲

李希仲趙郡人天寶初宰偃師范陽兵起挈家避亂入江淮詩三首

東皇太一詞

吉日初齋戒靈巫穆上皇焚香布瑤席鳴珮奠椒漿緩
舞花飛滿清歌水去長迴波送神曲雲雨滿瀟湘

薊北行二首

旄頭有精芒胡騎獵秋草羽檄南渡河邊庭用兵早漢
家愛征戰宿將今已老辛苦羽林兒從戎榆關道

一身救邊速烽火通一作連薊門前軍飛鳥斷格鬬塵沙昏
寒日鼓聲急單于夜將一作火奔當須徇忠義身死報國恩

楊志堅

楊志堅臨川人與顏眞卿同時詩一首

送妻 志堅嗜學而貧其妻告離志堅以詩送之時顏眞卿爲內史妻持詩詣州請公牒求別醮眞卿判云王歡之廩既虛豈遵黃卷朱買之妻必去寧見錦衣汚辱鄉閭敗傷風化若無褒貶僥倖者多遂笞之後遂無棄夫者

平生志業在琴詩頭上如今有二絲漁父尚知谿谷暗
山妻不信出身遲荆釵任意撩新鬢明鏡從他別畫眉
今日便同行路客相逢即是下山時

全唐詩

孟浩然

孟浩然字浩然襄陽人少隱鹿門山年四十乃遊京師常於太學賦詩一坐嗟伏與張九齡王維爲忘形交維私邀入內署適明皇至浩然匿牀下維以實對帝喜曰朕聞其人而未見也詔浩然出誦所爲詩至不才明主棄帝曰卿不求仕朕未嘗棄卿奈何誣我因放還採訪使韓朝宗約浩然偕至京師欲薦諸朝會與故人劇飲懽甚不赴朝宗怒辭行浩然亦不悔也張九齡鎮荆州署爲從事開元末疽發背卒浩然爲詩佇興而作造意極苦篇什既成洗削凡近超然獨妙雖氣象清遠而采

秀内映藻思所不及當明皇時章句之風大得建安體論者推李杜爲尤介其間能不媿者浩然也集三卷今編詩二卷

從張丞相遊南紀城獵戲贈裴迪張參軍

從禽非吾樂不好雲夢田歲暮登城望偏令鄉思懸公卿有幾幾（一作數乎）車（一作聯）騎何翩翩世祿金張貴官曹幕府賢（一作連）順時行殺氣飛刃爭割鮮十里屆賓館徵聲匝妓筵高標回落日平楚散（一作壓）芳煙何意狂歌客從公亦在旃

登江中孤嶼贈白雲先生王迥

悠悠清江水水落沙嶼出回潭石下深綠篠岸傍密鮫人潛不見漁父歌自逸憶與君別時泛舟如昨日夕陽開返照中坐興非一南望鹿門山歸來恨如（一作相）失

晚春臥病寄張八

南陌春將晚北窗猶臥病林園久不遊草木一何盛狹逕花障迷（一作將盡）閑庭竹掃淨翠羽戲蘭苕赬鱗動荷柄念我平生好江鄉遠從政雲山阻夢思衾枕勞歌（一作感）詠歌（一作感）詠復何爲同心恨別離世途皆自媚流俗寡相知賈誼才空逸安仁鬢欲絲（一作垂）遙情每東注奔晷復西馳常恐塡溝壑無由振羽儀窮通若有命欲向論中推

秋登蘭山寄張五（一作九月九日峴山寄張子容一作秋登萬山寄張文儃）

北（一作此）山白雲裏隱者自怡悅相望試（一作始）登高心飛逐鳥滅（一作心隨雁飛滅）愁因薄暮起興是清秋發時見歸村人（一作村人歸）沙行（一作平沙）渡頭歇天邊樹若薺江畔舟如月何當載酒來共醉重陽節

入峽寄弟

吾昔與爾（一作汝）輩讀書常閉門未嘗冒湍險豈顧垂堂言自此歷江湖辛勤難具論往來行旅弊開鑿禹功存壁（一作直）立千峯（一作巖）峻潨流萬壑奔我來凡幾宿無夕不聞猿浦上搖（一作思）歸戀舟中失夢魂淚沾明月峽心斷鶺鴒原離闊星難聚秋深露已繁因君下南楚書此示（一作寄）鄉園

湖中（一作襄陽）旅泊寄閻九司戶防

桂水通百越扁舟期曉發荊雲蔽三巴夕望不見家襄王夢行雨才子謫長沙長沙饒瘴癘胡爲苦留滯久別思款顏承歡懷接袂接袂杳無由徒增旅泊愁清猿不可聽沿月下湘流

大堤行寄萬七

大堤行樂處車馬相馳突歲歲春草生踏青二三月王孫挾珠彈遊女矜羅襪攜手今莫同江花爲誰發

仲夏歸漢南園寄京邑耆舊（一作仲夏歸南園寄京邑舊遊）

嘗讀高士傳最嘉陶徵君日躭（一作耽）田園趣自謂羲皇人予復何爲者棲棲徒問津中年廢丘壑上國（一作十上）旅風塵忠欲事明主孝思侍老親歸來當炎夏（一作冒炎暑）耕稼不及春扇枕北窗下采芝南澗濱因聲謝同列吾慕潁陽眞

題雲門山（一作寺一作遊龍門寺）寄越府包戶曹徐起居

我行適諸越夢寐懷所歡久負獨往願今來恣遊盤台嶺踐磴石耶溪泝林湍捨舟入香界登閣憩旃檀晴山秦望近春水鏡湖寬遠懷（一作行）佇應接卑位徒勞安白雲日夕滯滄海去（一作揭）來觀故國眇天末良朋在朝端遲爾同攜手何時方挂冠

宿揚子津寄潤州長山劉隱士

所思在建業（一作夢寐）欲往大江深日夕望京口煙波愁我心心馳茅山洞目極楓樹林不見少微星（一作隱）星（一作風）霜勞（一作徒）夜吟

書懷貽京邑同好

維先自鄒魯家世重儒風詩禮襲遺訓趨庭霑（一作紹）末躬晝夜常自強詞翰（一作賦）頗亦工（一作攻）三十既成立嗟吁命不通慈親向羸老喜懼在深衷甘脆朝不足簞瓢夕屢空執鞭慕夫子捧檄懷毛公感激遂彈冠安能守固窮當途訴知已投刺匪求蒙秦楚邈離異翩飛何日同

還山貽湛法師

幼（一作幻）聞無生理常欲觀此身心跡罕兼遂崎嶇多在塵晚途歸舊壑偶與支公鄰導以微妙法結爲清淨因（近本無以上二句下有喜得林下契共推席上珍念茲泛苦海方便示迷津四句）煩惱業頓捨山林情轉殷朝來問疑義夕話得淸眞墨妙稱古絕詞華驚世人禪房閉虛靜花藥連冬春平石藉琴硯落泉灑衣巾欲知冥滅意（一作意冥滅）朝夕海鷗馴

夏日（一作夕）南亭懷辛大

山光忽西落（一作發）池月漸東上散髮乘夕涼開軒臥閑敞荷風送香氣竹露滴清響欲取鳴琴彈恨無知音賞感此懷故人中宵勞夢想

秋宵月下有懷

秋空明月懸光彩露霑濕驚鵲棲未（一作不）定飛螢捲簾入庭槐寒影疏鄰杵夜聲急佳期曠何許望望空佇立

將適天台留別臨安李主簿

枳棘君尚棲匏瓜吾豈繫念離當夏首（一作誰念離亭下）漂（一作淚）泊指炎裔江海非墮（一作惰）遊田園失歸計定山既早發漁浦亦宵濟泛泛隨波瀾行行任艫枻故林日已遠羣木坐成翳羽人在丹丘吾亦從此逝

送丁大鳳進士赴舉呈張九齡

吾觀鷦鷯賦君負王佐才惜無金張援十上空歸來棄置鄉園老翻飛羽翼摧故人今在位岐路莫遲回

送吳悅遊韶陽

五色憐鳳雛南飛適鷓鴣楚人不相識何處求椅梧去去日千里茫茫天一隅安能與斥鷃決起但槍榆

適越留別譙縣張主簿申屠少府

朝乘汴河流（一作去）夕次譙縣界幸值（一作因）西風吹得與故人會君學梅福隱余從（一作隨）伯鸞邁別後能相思浮雲在（一作去）吳會

送陳七赴西軍

吾觀非常者碌碌在目前君負鴻鵠志蹉跎書劍年一聞邊烽動萬里忽爭先余亦赴京國（一作闕）何當獻凱還

送從弟邕下第後尋會稽

疾風吹征帆倏爾向空沒千里在（一作去）俄頃三江坐超忽向來共歡娛日夕成楚越落羽更分飛誰能不驚骨

送辛大之鄂渚不及

送君不相見日暮獨愁緒（一作余楚詞曰眇眇兮愁予余予唐韻竝有上聲或改作緒非）江上空（一作久）裴回天邊迷處所郡邑經樊鄧山河（一作雲山）入嵩汝蒲輪去漸遙石逕徒延佇

江上別流人

以我越鄉客（一作里）逢君謫居者分飛黃鶴樓流落（一作宕）蒼梧野驛使乘雲去征帆沿溜下不知從此分還袂何時把

宴包二融宅（一作宴鮑二宅）

閑居枕清洛左右接大野門庭無雜賓車轍多長者是時（一作歲）方盛夏風物自蕭灑五日休沐歸相攜竹林下開襟成歡趣對酒不能罷煙暝棲鳥迷（一作還）余將（一作亦）歸白社

與王昌齡宴王道士房（一作與王昌齡宴黃十一）

歸來臥青山常夢遊清都漆園有傲吏惠好（一作我，一作縣）在招呼書幌神仙籙畫屏山海圖酌霞復對此宛似入蓬壺

襄陽公宅飲

窈窕夕陽（一作陰）佳（一作在）芊茸春色好欲覓淹留處無過狹斜道綺席卷龍鬚香杯浮瑪瑙北林積修樹南池生別島手撥金翠花心迷玉紅（一作芝）草談笑光六義發論明三倒座非陳子驚門還魏公掃榮辱（一作華）應無間歡娛當共保

尋香山湛上人

朝遊訪名山山遠在（一作若）空翠氛氳亘百里日入行始至杖策尋故人解鞭暫停騎石門殊豁險篁逕轉森（一作深）邃法侶欣相逢清談曉不寐平生慕眞隱累日探（一作求）奇（一作靈）異野老朝入田（一作雲）山僧暮歸寺松泉多逸（一作清）響苔壁饒古意谷口聞鐘聲林端識香氣（近本以上二句在第五第六）願言投此山身世兩相棄

雲門寺西六七里聞符公蘭若最幽與薛八同往

謂予獨迷（一作遊）方逢子亦在野結交指松柏問法尋蘭若小溪劣容舟怪石屢驚馬所居最幽絕所住（一作往）皆靜者雲簇興座隅天空落階下（以上二句一作密篠夾路傍清泉流舍下）上人亦何聞（一作閑）塵念都已捨四禪合眞如一切是虛假願承甘露潤喜得惠風灑依止託（一作此）山門誰能（一作願，又作知誰）效丘也

宿天台桐柏觀

海行信風帆夕宿逗雲島緬尋滄洲趣近愛赤城好捫蘿亦踐苔輟櫂恣探（一作窮）討息陰憩桐柏采秀弄芝草鶴唳清露垂雞鳴信潮早願言解纓紱（一作絡）從此去（一作無）煩惱高步凌四明（一作辟）玄蹤得三老紛吾遠遊意學（一作樂）彼長生道日夕望三山雲濤空浩浩

峴潭（一作山）作

石潭傍隈隩沙岸（一作榜）曉夤緣試垂竹竿釣果得槎（一作查）頭鯿美人騁金錯纖手膾紅鮮因謝陸內史蓴羹何足傳

題終南翠微寺空上人房（一作宿終南翠微寺）

翠微終南裏雨後宜返照閉關久沈冥杖策一登眺遂造幽人室始知靜者妙儒道雖異門雲林頗同調兩心相喜（一作喜相）得畢景共談笑暝還高窗眠（一作昏）時見遠山燒緬懷赤城標更憶臨海嶠風泉有清音（一作聽）何必蘇門嘯

初春漢中漾舟

羊公峴山下（一作漾舟逗何處）神女漢皋曲雪罷冰復開春潭千丈綠輕舟恣來往探翫無厭足波影搖妓釵沙光逐人目傾杯魚鳥醉聯句鷺花續良會難再逢日入須秉燭（一作輕舟）（二句良會二句宋刻並無）

宿業師（一作來公）山房期（一作待）丁大不至

夕陽度西嶺羣壑倏已暝松月生夜涼風泉滿清聽樵人歸欲盡煙（一作磴）鳥棲初定之子期宿（一作未）來孤琴（一作宿）候蘿逕

耶溪泛舟

落景餘清輝輕橈（一作櫂）弄溪渚澄明（一作泓澄）愛水物臨泛何容與白首垂釣翁新妝浣紗女相看（一作看看）似（一作未）相識脉脉不得語

彭蠡湖中望廬山

太虛生月暈舟子（一作中）知天風挂席候（一作知）明發眇漫平湖中中流見匡阜勢壓九江雄黤黕容霽（一作疑黛）色崢嶸當曉（一作曙）空香爐（一作鑪峰）初上日瀑布（一作水）噴成虹久欲追尚子況茲懷遠公我來限（一作恨）于役未暇息微躬淮海途將半星霜歲欲窮寄言巖棲者畢趣當來同

登（一作題）鹿門山（題下一有懷古二字）

清曉因興來乘流越江峴沙禽近方（一作初，又作相）識浦樹遙（一作遠）莫辨漸至（一作到）鹿門山山明翠微淺巖潭多屈曲舟檝屢回轉昔聞龐德公采藥遂不返金澗餌（一作養）芝朮石牀臥苔蘚紛吾感耆舊結攬事攀踐隱迹今尚存高風邈已遠白雲何時去丹桂空偃蹇探討意未窮回艇（一作艫）夕陽晚

遊明禪師西山蘭若

西山多奇狀秀出倚前楹停午收彩翠夕陽照分明吾師住其下禪坐證（一作說）無生結廬就嵌窟剪茗（一作竹）通往（一作徑）行談空對樵叟授法與山精日暮方辭去田園歸冶城

登望楚山最高頂

山水觀形勝襄陽美會稽最高唯望楚曾未一攀躋石壁疑削成衆山比全低晴明試登陟目極無端倪雲夢掌中小武陵花處迷暝還歸騎下蘿月映（一作在）深谿

疾愈過龍泉寺精舍呈易業二公

停午聞山鐘起行散（一作送）愁疾尋林采芝去轉谷松翠（一作蘿）密傍見精舍開長廊飯僧畢石渠（一作梁）流雪水金子（一作鳥）耀霜橘竹房思舊遊過憩終永日入洞窺石髓傍崖采蜂蜜日暮辭遠公虎溪相送出

萬山潭作

垂釣坐盤石水清心亦（一作益）閑魚行（一作遊）潭樹下猿挂島藤間游女昔解佩傳聞於此山求之不可得沿月櫂歌還

與黃侍御北津泛舟

津無蛟龍患日夕常安流本欲避驄馬何如（一作知）同鷁舟豈伊今日幸曾是昔年遊莫奏琴中鶴且隨波上鷗隄緣九里郭山面百城樓自顧躬耕者才非管樂儔聞君薦草澤從此泛滄洲

洗然弟竹亭

吾與二三子平生結交深俱懷鴻鵠志昔（一作共）有鶺鴒心逸氣假毫翰清風在竹林達（一作遠）是酒中趣琴上偶然音

山中逢道士雲公

春餘草木繁耕種滿田園酌酒聊自勸農夫安與言忽聞荊山子時出桃花源采樵過北谷賣藥來西村村煙日云夕榛路有歸客杖策前相逢依然是疇昔邂逅歡覯止殷勤叙離隔謂予摶扶桑輕舉振六翮奈何偶昌運獨見遺草澤既笑接輿狂仍憐孔丘厄物情趨勢利吾道貴閑寂偃息西山下門庭罕人迹何時還清溪從

爾鍊丹液

越中逢天台太乙子

仙穴逢羽人停艫向前拜問余涉風水何處遠行邁登陸尋天台順流下吳會茲山夙所尚安得問（一作聞）靈怪上逼青天高俯臨滄海大雞鳴見日出常覿仙人旆（一作每與仙人會）往來（一作去去又作來去）赤城中逍遙白雲外莓苔異人間瀑布當（一作作）空界福庭長自然（一作不死）華頂（一作勝境）舊稱最永此（一作懷又作願）從之（一作此）遊何當濟所屆

家園臥疾畢太祝曜（一無此字）見尋

伏枕舊遊曠笙簧（一作歌）勞夢思平生重交結迨此令人疑冰室無煖氣炎（一作火）雲空赫曦隙駒不暫駐日聽涼蟬悲壯圖哀未立斑白恨吾衰夫子自南楚緬懷嵩汝期顧予衡茅下兼致稟物資脫分趨庭禮殷勤伐木詩脫君車前鞅設我園中葵斗酒須寒興明朝難重持（一本無以上八句）

白雲先生（一無此四字）王迥見訪

閑歸（一作歸閑）日無事雲臥晝不起有客款柴扉自云巢居子居閑好芝朮（一作花木）采藥來城市家在鹿門山常遊澗澤水手持白羽扇腳步青芒履聞道鶴書徵臨流還洗耳

田園（一作家）作

弊廬隔塵喧惟先養（一作尚）恬素卜鄰近（一作勞）三徑植果盈千樹粵余任推遷三十猶未遇書劍時將晚丘園日已（一作空）暮晨興自多懷晝坐常寡悟沖天羨鴻鵠爭食羞（一作嗟）雞鶩望斷金馬門勞歌采樵路鄉曲無知已朝端乏親故誰能為揚雄一薦甘泉賦

采樵作

采樵入深山山深樹重疊橋崩臥槎擁路險垂藤接日落伴將稀山風拂蘿（一作薜）衣長歌負輕策平野望煙歸

自潯陽泛舟經明（一作湖）海

大江分九流（一作派）淼淼（一作漫漫一作淼漫）成水鄉舟子乘利涉往來至（一作過又作經）潯陽因之泛五湖流浪經三湘觀濤壯枚發弔屈痛沈湘魏闕心恆（一作常）在金門詔不忘遙憐上林雁冰泮也（一作已）同翔

早發漁浦潭

東（一作晨）旭早光芒（一作光蒼茫）渚禽已（一作似）驚聒臥聞漁浦口橈聲暗相撥日出氣象分始知江湖（一作路）闊美人常晏起（一作然）照影弄流沫飲水畏驚猿祭魚時（一作常）見獺舟行自無悶況值晴景豁

經七里灘

予奉垂堂誡千金非所輕為多山水樂頻作泛舟行五嶽追向子三湘弔屈平湖經洞庭闊江入新安清復聞嚴陵瀨乃在茲湍（一作川又作此行）路疊障數百里沿洄非一趣彩翠相氛氳別流亂奔注釣磯平可坐苔磴滑難步猨飲石下潭鳥還日邊樹觀奇恨來晚倚棹惜將暮揮手弄潺湲從茲洗塵慮

歲暮海上作

仲尼既云（一作已）歿余亦浮于海昏（一作又）見斗柄回方（一作始）知歲星（一作新歲）改虛舟任所適垂釣非有待為問乘槎人滄洲（一作浪）復誰（一作何）在

南歸阻雪（一作南陽北阻雪）

我行滯宛許日夕望京豫曠野莽茫茫鄉山在何處孤煙村際起歸雁天邊去積雪覆平皋（一作湍）饑鷹捉寒兔少年弄文墨屬意在章句十上恥還家裴回守歸路

聽鄭五愔彈琴

阮籍推名飲清風滿（一作坐）竹林半酣下衫袖拂拭龍唇琴一杯彈一曲不覺夕陽沈予意在山水聞之諧夙心

同張明府清鏡歎

妾有盤龍鏡清光常晝發自從生塵埃有若霧中月愁來試取照坐歎生白髮寄語邊塞人如何久離別

庭橘

明發覽羣物萬木何陰森凝霜漸漸水庭橘似懸金女伴爭攀摘摘窺礙葉深並生憐共蔕相示感同心骨刺紅羅被香黏翠羽簪擎來玉盤裏全勝在幽林

早梅

園中有早梅年例犯寒開少婦曾（一作爭）攀折將歸插鏡臺猶言看不足更欲剪刀裁

清明即事

帝里重清明人心自愁思車聲上路合柳色東城翠花落草齊生鶯飛蝶雙戲空堂坐相憶酌茗聊代醉

和盧明府送鄭十三還京兼寄之什

昔時風景登臨地今日衣冠送別筵醉坐（一作閑臥）自傾彭澤酒思歸長望白雲天洞庭一葉驚秋早濩落空嗟滯江島寄語朝廷當世人何時重見長安道

高陽池送朱二

當昔襄陽雄盛時山公常醉習家池池邊釣女日（一作自）相隨妝成照影競（一作近）來窺澄（一作紅）波澹澹芙蓉發綠岸毿毿（一作彤彤）楊柳垂一朝物變人亦非四面荒涼人徑（一作住）稀意氣豪華何處在空餘草露濕羅（一作征）衣此地朝來餞行者翻向此中牧征馬征馬分飛日漸斜見此空為人所嗟殷勤為訪桃源路予亦歸來松子家

鸚鵡洲送王九之（一作遊）江左

昔登江上黃鶴樓遙愛江中鸚鵡洲洲勢逶迤遶（一作還）碧流鴛鴦鸂鶒滿灘（一作沙）頭灘頭日落沙磧長金沙熠熠（一作耀耀）動飆光舟人牽錦纜浣女結羅裳月明全見蘆花白風起遙聞杜若香君行采采莫相忘

送王七尉松滋得陽臺雲

君不見巫山神女作行雲霏紅（一作虹蜺）沓翠曉氛氳嬋娟流（一作遊）入楚（一作襄）王夢倏忽（一作覺後）還隨零雨分空中飛（一作曉）去復飛來朝朝暮暮下陽臺愁君此去（一作處）為仙尉便逐行雲去不回

夜歸鹿門山歌

山寺鐘鳴晝已昏漁梁（一作陽）渡頭爭渡喧人隨沙路（一作岸）向江村余亦乘舟歸鹿門鹿門月照開煙（一作煙中）樹忽到（一作辨）龐公棲隱處巖扉松（一作草）徑（一作樵一作遲非遙）長寂寥（一作寞）惟有幽人夜來去

長樂宮

秦城舊來稱窈窕漢家更衣應不少紅粉邀君在何處青樓苦夜長難曉長樂宮中鐘暗來可憐歌舞慣相催歡娛此事今寂寞惟有年年陵樹哀

示孟郊（按浩然與郊年代邈不相及詩題疑有繆誤）

蔓草蔽極野蘭芝結孤根衆音何其繁伯牙獨不喧當
時高深意舉世無能分鍾期一見知山水千秋聞爾其
保靜節薄俗徒云云

全唐詩

孟浩然

和張丞相春朝對雪

迎氣當春至(一作立)承恩喜雪來潤從河漢下(一作落)花逼豔陽
開不覩豐年瑞焉(一作安)知燮理才撒鹽如可擬願糝和羹
梅

和張明府登鹿門作(一作山)

忽示登高作能寬旅寓情弦歌既多暇山水思微(一作彌)清
草得(一作色)風光先(一作先)動虹因雨氣(一作後)成謬承巴里和非敢應
同聲

和張二自穰縣還途中遇雪

風吹沙海雪漸(一作來)作柳園春宛轉隨香騎輕盈伴玉人
歌疑郢中客態比洛川神今日南歸楚雙飛似入秦

和賈主簿弁九日登峴山

楚萬重陽日羣公賞讌來共乘休沐暇同醉菊花杯逸
思高秋發歡情落景催國人咸寡和遥媿洛陽才

望洞庭湖贈張丞相(一作臨洞庭)

八月湖水平涵虛混太清氣蒸雲夢澤波撼(一作動)岳陽城
欲濟無舟楫端居恥聖明坐觀(一作徒憐)垂釣者(一作叟)空(一作徒)有羨
魚情

贈道士參寥

蜀琴久不弄玉匣細塵生絲脆弦將斷金徽色尚榮知
音徒自惜聾俗本相輕不遇鍾期聽誰知鸞鳳聲

京還贈張(一作王)維

拂衣何處去(一作去何處)高枕南山南欲徇五斗祿其如七不
堪早朝非晚(一作晏)起束帶異抽簪因向智者説遊魚思舊
潭

題李十四莊兼贈綦毋校書

聞君息陰(一作蔭)地東郭柳林間左右瀍澗水門庭緱氏山
抱琴來取醉垂釣坐乘閑歸客莫相待尋(一作緣)源殊未還

九日龍沙作寄劉大眘虛

龍沙豫章北九日挂帆過風俗因時見湖山發興多客
中誰送酒櫂裏自成歌歌竟乘流去滔滔任夕波

寄趙正字

正字芸香閣幽人竹素(一作葉)園經過宛如昨歸臥寂無喧
高鳥能擇木羝羊漫(一作屢)觸藩物情今已見從此(一作徒自)願(一作欲)
忘(一作無)言

洞庭湖寄閻九

洞庭秋正闊余欲泛歸船莫辨荆吴地唯餘水共天渺
瀰江樹没合沓海潮(一作湖)連遲爾為舟楫相將濟巨川

秦中感秋寄遠上人(一作崔國輔詩)

一丘常欲臥三徑苦無資北土(一作上)非吾願東林懷我師
黃金然桂盡壯志逐年衰日(一作日)夕涼風至聞蟬但益悲

宿永嘉江寄山陰崔少府國輔

我行窮水國君使入京華相去日千里孤帆天一涯臥
聞海潮至起視江月斜借問同舟客何時到永嘉

上巳洛中寄王九迥(一作王迥十九)

卜洛成周地浮杯上巳筵鬭雞寒食下走馬射堂前垂
柳金堤合平沙翠幙連不知王逸少何處會羣賢

聞裴侍御朏自襄州司户除豫州司户因以投
寄

故人荆府(一作河)掾尚有柏臺威移職自樊(一作沔)衍芳聲聞帝
畿昔余(一作予共)臥林巷載酒過柴扉松菊無時(一作君)賞鄉園欲
懶(一作懶欲)歸(一作飛)

江上寄山陰崔少府國輔

春堤楊柳發憶與故人期草木本無意榮枯自有時山
陰定遠近江上日相思不及蘭亭會(一作事)空吟祓禊詩

夜泊廬江聞故人在東(一有林字)寺以詩寄之

江路經廬阜松門入虎谿聞君尋寂樂清夜宿招提石
鏡山精怯禪枝(一作林)怖鴿棲一燈如悟道為照客心迷

宿桐廬江寄廣陵舊遊

山暝聞(一作聽)猿愁滄江急夜流風鳴兩岸葉月照一孤舟
建德非吾土維揚憶舊遊還將兩(一作數)行淚遥寄海西頭

南還舟中寄袁太祝

沿泝非便習風波厭苦辛忽聞遷谷鳥來報五(一作武)陵春
嶺北回征帆(一作櫂)巴東問故人桃(一作花)源何處是(一作在何處)遊子
正迷津

東陂遇雨率爾貽謝南池

田家春事起丁壯就東陂殷殷雷聲作森森雨足垂海
虹晴始見河柳潤初移予意在耕鑿因君問土宜(一作問君田事宜)

行至汝墳寄盧徵君

行乏憩予駕依然見汝墳洛川方罷雪嵩嶂有殘雲曳
曳半空裏明明(一作溶溶)五色分聊題一時興因寄盧徵君

寄天台道士

海上求仙客三山望幾時焚香宿華頂裛露采靈芝屢
躡(一作踐)莓苔滑將尋汗漫期倘因松子去長與世人辭

唐城館中早發寄楊使君

犯霜驅曉駕數里見唐城旅館歸心逼荒村客思盈訪人留後信策蹇赴前程欲識離魂斷長空聽雁聲

澗南即事貽皎上人

弊廬在郭外素產惟田園左右林野曠不聞朝（一作城）市喧釣竿垂北澗樵唱入南軒書取幽棲事將尋靜者論（一作言）

重酬李少府見贈

養疾衡簷（一作茅）下由來浩氣眞五行將禁火十步任（一作想，又作枉）尋春致敬惟桑梓邀歡即主（一作故）人回（一作還）看後彫色青翠有松筠

九日懷襄陽（題上一有途中二字）

去國似（一作已）如昨倏然（一作焉）經杪秋峴山不可（一作望不）見風景令人愁誰采籬下菊應閑池上樓宜城多美酒（一作名醞）歸與葛彊遊

初出關旅亭夜坐懷王大校書

向夕槐煙起蔥蘢池館曛客中無偶坐關外惜離羣燭至螢光滅荷枯雨滴聞永懷芸（一作蓬）閣友寂寞滯揚雲

人日登南陽驛門亭子懷漢川諸友

朝來登陟處不似豔陽時異縣殊風物羈懷多所思剪花驚歲早看柳訝春遲未有南飛雁裁書（一作衣）欲寄誰

早寒江上有懷（一作江上思歸）

木落雁南（一作初）度北風江上寒我家襄（一作湘，又作江）水上（一作曲）遙隔楚雲（一作山）端鄉淚客中盡孤（一作歸）帆天際（一作外）看迷津欲有問平海夕漫漫

閑園懷蘇子

林園雖少事幽獨自多違向夕開簾坐庭陰落景（一作葉落）微鳥過（一作從）煙樹宿螢傍水軒飛感念同懷子京華去不歸

同盧明府餞張郎中除義王府司馬海園作（一作就張園作）（題下一無海園作三字）

上國山（一作星）河列（一作裂）賢王邸（一作甲）第開故人分職去潘令寵行來冠蓋趨梁苑江湘（一作山）失楚材豫愁軒騎動賓客散池臺

送張子容進士赴舉（一作赴進士舉）

夕曛山照滅送客出柴門惆悵野中別殷勤岐路（一作辭後）言茂林予偃息喬木爾飛翻無使谷風誚須令友道存

送張參明經舉兼向涇州覲省

十五綵衣年承歡慈（一作戀）母前孝廉因歲貢懷橘向秦川四座推文舉中郎許仲宣泛舟江上別誰不仰神仙

送張祥之房陵

我家南渡頭慣習野人舟日夕弄清淺林湍逆上流山河（一作鄢陵）據形勝天地生豪酋君意在利往（一作涉）知音期自（一作暗，又一作嗔）投

送吳宣從事（一作送蘇六從軍）

才有幕中士（一作畫）寧（一作而）無塞上勳漢兵將滅虜王粲始從軍旌旆邊庭去山川地脈分平生一匕首感激贈夫君

送桓子之郢成禮

聞君馳綵騎躞蹀指南荊（一作判衡）爲結潘楊好言過鄢郢城摽梅詩有贈羔雁禮將行今夜神仙女應來感夢情

留別王侍御維

寂寂竟何待朝朝空自歸欲尋芳草去惜與故人違當路誰相假知音世所稀秖應守索（一作寂）寞還掩故園扉

早春潤州送從弟還鄉

兄弟遊吳國庭闈戀楚關已多新歲感（一作改）更餞白眉還歸泛西江水離筵北固山鄉園欲有贈梅柳著（一作看）先攀

峴山餞（一作贈）房琯崔宗之

貴賤平生隔軒車是日來青陽一覲止雲路（一作霧）豁然開祖道衣冠列分亭驛騎催方期九日聚還待二星回

送謝錄事之越

清旦江天迥涼風西北吹白雲向吳會征帆亦相隨想到耶溪日應探禹穴奇仙書倘相示予在此（一作北）山陲

洛中送奚三還揚州

水國無邊際舟行共（一作典）使（一作便）風羨君從此去朝夕見鄉中予亦離家久南歸恨不同音書若有問江上會相逢

送告八從軍

男兒一片氣何必五車書好勇方過我多才便起予運籌將入幕養拙就閑居正待功名遂從君繼兩疎

送元公之鄂渚尋觀主張驂鸞

桃花春水漲之子忽乘流峴首辭（一作離下）蛟浦江中（一作邊）問鶴樓贈君青竹杖送爾白蘋洲應是神仙子（一作輩）相期（一作逢）汗漫遊

送王五昆季省覲

公子戀庭闈勞歌涉海涯（一作沂）水乘舟楫去親望老萊歸斜日催烏鳥清江照綵衣平生急難意遙仰鶺鴒飛

送崔遏（一作邊，一作易）

片玉來誇楚治中作主人江山增潤色詞賦動陽春別館當虛敞離情任吐伸因聲兩京舊誰念臥漳濱

送盧少府使入秦

楚關望秦國相去千里餘州縣勤王事山河轉使車祖筵江上列離恨別前書願及芳年賞嬌鶯二月初

送袁十（一有三字）嶺南尋弟

早聞牛渚詠今見鶺鴒心羽翼嗟零落悲鳴別故林蒼梧白雲遠煙水洞庭深萬里獨飛去南風遲爾音

永嘉別張子容

舊國余歸楚新年子北征挂帆愁海路分手戀朋情日夕故園意汀洲春草生何時一杯酒重與季鷹傾

東京留別諸公（一題作京還別新豐諸友）

吾道昧所適驅車還向東主人開舊館留客醉新豐樹繞溫泉綠塵遮晚（一作曉）日紅拂衣從此去高步躡華嵩

送袁太祝尉豫章

何幸遇休明觀光來上京相逢武陵客獨送豫章行隨牒牽黃綬離羣會墨卿江南佳麗地山水舊難名

都下送辛大之鄂

南國辛居士言歸舊竹林未逢調鼎用徒有濟川心予亦忘機者田園在漢陰因君故鄉去遙（一作還）寄式微吟

送席大

惜爾懷其寶迷邦倦客遊江山歷全楚河洛越成周道路疲千里鄉園老一丘知君命不偶同病亦同憂

送賈昇主簿之荊府

奉使推能者勤王不暫閑觀風隨按察乘騎度荊關送別登何處開筵舊峴山征軒明日遠空望郢門間

送王大校書

導漾自嶓冢東流爲漢川維桑君有意解纜我開筵雲雨從茲別林端意渺然尺書能不恡時望鯉魚傳

遊江西留別富陽裴劉二少府（一題作浙江西上留別裴劉二少府）

西上遊（一作浙）江西臨流恨（一作悃）解攜千山疊成嶂萬水瀉（一作谿合）爲溪石淺流難泝（一作注）藤長險易躋誰憐問津者（一作客）歲晏此中迷

廣陵別薛八（一題作送友東歸）

士有不得志棲棲吳楚間廣陵相遇罷彭蠡泛舟還檣出江中樹波連海上山風帆明日遠何處更追攀

送洗然弟進士舉

獻策金門去承歡綵服違以吾一日長念爾聚星稀昏定須溫席寒多未授衣桂枝如已擢早逐雁南飛

崔明府宅夜觀妓

白日既云暮朱顏亦已酡畫堂初點燭金幌半垂羅長袖平陽曲新聲子夜歌從來慣留客茲夕爲誰多

同盧明府早秋宴張郎中海亭

側聽弦歌宰文書遊夏徒故園欣賞竹爲邑幸來蘇華省曾聯事仙舟復與俱欲知臨泛久荷露漸成珠

盧明府早秋宴張郎中海園即事得秋字（一作盧象詩）

邑有弦歌宰翔鸞（一作巳狎）狎野（一作鷗）鷗眷言華省舊暫拂（一作滯）海池遊鬱島藏深竹前溪對舞樓更聞書即事雲物是清秋

宴榮二山池（一題作宴榮山人池亭）

甲第開金穴（一作金張宅）榮期樂自多櫪嘶支遁馬池養右軍鵝竹引攜（一作稽）琴入花邀載酒（一作戴客）過山公來取醉時唱接䍦歌

夏日與崔二十一同集衞明府宅（一作宴衞明府宅遇北使）

言避一時暑池亭五月開喜逢金馬客同飲玉人杯舞鶴乘軒至遊魚擁釣來座中殊未起簫管莫相催

清明日宴梅（一作張）道士房

林臥愁春盡開軒（一作搴帷）覽物華忽逢青鳥使邀入（一作我）赤松家丹竈初開火仙桃正落（一作發）花童顏若可駐何惜醉流霞

寒夜張明府宅宴

瑞雪初盈尺寒宵始半更列筵邀酒伴刻燭限詩成香炭金爐煖嬌弦玉指清醉來方欲臥不覺曉雞鳴（末二句一作厭厭不覺醉歸路曉霞生）

宴張別駕新齋

世業傳珪組江城佐股肱高齋徵學問虛薄濫先登講論陪諸子文章得舊朋士元多賞激衰病恨無能

與諸子登峴山

人事有代謝往來成古今江山留勝跡我輩復登臨水落魚梁淺天寒夢澤深羊公碑字（一作尚）在讀罷淚沾襟

與杭州薛司戶登樟（一作梓）亭樓作

水樓一登眺（一作望）半出青林高帟幕英僚敞芳筵下客叨山藏伯禹穴城壓伍胥濤今日觀溟漲垂綸學（一作欲）釣鼇

尋天台山

吾友（一作愛）太乙子餐霞臥赤城欲尋華頂去不憚惡谿名歇馬憑雲宿揚帆截海行高高翠微裏遙見石梁橫

同曹三御史行泛湖歸越

秋入詩人意（一作興）巴歌和者稀泛湖同逸旅（一作旅泊）吟會是思歸白簡徒推薦滄洲已拂衣杳冥雲外（一作海）去誰不羨鴻飛

晚泊潯陽望廬山

挂席幾千里名山都未逢泊舟潯陽郭始見香爐峰嘗讀遠公傳永懷塵外蹤東林精舍近日暮但聞鐘

陪張丞相登嵩陽樓

獨步人何在嵩陽有故樓歲寒問耆舊行縣擁諸侯林莽（一作決）北彌望沮漳東會流客中遇知已無復越鄉憂

武陵泛舟

武陵川路狹前櫂入花林莫測幽源裏仙家信幾深水回青嶂合雲度綠溪陰坐聽閑猿嘯彌清塵外心

與顏錢塘登障樓（一作樟亭）望潮作

百里聞雷震鳴弦暫輟彈府中連騎出江上待潮觀照日秋雲（一作空）迥浮天（一作雲）渤澥寬驚濤來似雪一坐凜生寒

姚開府山池

主人新邸第相國舊池臺館是招賢闢樓因教舞開軒車人已散簫管鳳初來今日龍門下誰知文舉才

夏日浮舟過陳大水亭（一作浮舟過滕逸人別業）

水亭涼氣多閑櫂晚來過澗影見松（一作藤）竹潭香聞芰荷野童扶醉舞山鳥助（一作笑）酣歌幽賞未云徧煙光（一作花）奈夕何

與白明府遊江

故人來自遠邑宰復初臨執手恨爲別同舟無異心沿洄洲渚趣演漾弦歌音誰識（一作爲）躬耕者年年梁甫吟

遊鳳林寺西嶺

共喜年華好來遊水石間煙容開遠樹春色滿幽山壺酒朋情洽琴歌野興閑莫愁歸路暝招月伴人還

秋日陪（一作和題上無秋日二字）李侍御渡松滋江

南紀西江闊皇華御史雄截流寧假楫挂席自生風僚寀爭攀鷁魚龍亦避驄坐聽（一作聞）白雲唱翻入櫂歌中

陪獨孤使君同與蕭員外證登萬山亭

萬山青嶂曲千騎使君遊神女鳴環佩仙郎接獻酬徧觀雲夢野自愛江城樓何必東南守空傳沈隱侯

秋登張明府海亭

海亭秋日望委曲見江山染翰聊題壁傾壺一解顏歌（一作歡）逢彭澤令歸賞故園間予亦將琴史棲遲共取閑

臨渙裴明府席遇張十一房六（一題作臨渙裴讚席遇張十六）

河縣柳林邊河橋晚泊船文叨才子會官喜故人連（一作憐）笑語同今夕輕肥異往年晨風理歸（一作征）櫂吳楚各依然

梅道士水亭

傲吏非凡吏名流即道流隱居不可見高論莫能酬水接仙源近山藏鬼谷幽再來迷處所花下問漁舟

遊景空（一作光）寺蘭若

龍象經行處山腰度石關屢迷青嶂合時愛綠蘿閑宴息花林下高談竹嶼間寥寥隔塵事疑是入雞山

陪李侍御訪聰上人禪居（一作陪柏臺友訪聰上人）

欣逢柏臺友（一作舊）共謁聰公禪石室無人到繩牀見虎眠陰崖常抱雪枯澗爲生泉出處雖云異同歡在法筵

遊精思觀回王白雲在後

出谷未停午到一作至家日已曛回瞻下山一作山下路但見牛羊羣樵子暗相失草蟲寒不聞衡門猶未掩佇立望一作待夫君

夏日辨玉法師茅齋

夏日茅齋裏無風坐亦涼竹林深一作新筍穊一作稚藤架引梢長燕覓巢窠處蜂來造蜜房物華皆可翫花藥四時芳

與張折衝遊耆闍寺

釋子彌天秀將軍武庫才橫行塞北盡獨步漢南來貝葉傳金口山樓一作櫻作賦開因君振嘉藻江楚氣雄哉

遊精思題觀主山房

誤入桃源裏初憐竹逕深方知仙子宅未有世人尋舞鶴過閑砌飛猿嘯密林漸通玄妙理深得坐忘心

宿立公房

支遁初求道深公笑買山何如石巖趣自入户庭間苔澗春泉滿蘿軒夜月閑能令許玄度吟臥不知還

尋陳一作滕逸人故居

人事一朝盡荒蕪三徑休始聞漳浦臥奄作岱宗遊池水猶含一作涵墨風一作山雲已落秋今宵一作朝泉壑裏何處覓藏舟

尋梅道士一作尋梅道士張山人

彭澤先生柳山陰道士鵝我來從所好停策漢陰一作夏雲多重以觀一作寬魚樂因之鼓枻歌崔徐迹未朽千載揖清波

陪姚使君題惠上人房題下一有得青字三字

帶雪梅初煖含煙柳尚青來窺童子偈得聽法王經會理知無我觀空厭有形迷心應覺悟客思未一作不遑寧

晚春題遠上人南亭

給園支遁隱虛寂養身一作閑和春晚羣木秀間一作關關黃鳥歌林棲居士竹池養右軍鵝炎一作花月北窗下清風期再過

題大禹寺義公禪房

義公習禪處一作寂結構一作宇依空林户外一峰秀堦前羣一作衆壑深夕陽連一作照雨足空翠落庭陰看取蓮花淨應一作方知不染心

尋白鶴巖張子容一作顏隱居

白鶴青巖半幽人有隱一作舊居階庭空水石林壑罷樵漁歲月青松老風霜苦竹疎一作餘覩茲懷舊業回一作杖一作攜策返吾廬

題融公蘭若一作題容山主蘭若

精舍買金開一作地流泉遶砌回芰荷薰講席松柏映一作繞香臺法雨晴飛一作霏去天花晝下來談玄殊未已一作談未了一作乘歸騎夕陽催

過景空一作光寺故融公蘭若一題作過潛上人舊房一作悼正弘禪師

池上青蓮宇林間白馬泉故人成異物過客一作想獨潛然既禮新松塔還尋舊石筵平生竹如意猶挂草堂前

題一作憶張野一作逸人園廬

與君園廬竝微尚頗亦同耕釣方自逸壺觴趣不空門無俗士駕人有上皇風何處一作必先賢傳惟稱龐德公

李少府與楊一作王九再來

弱歲早登龍今來喜再逢如何春月柳猶憶歲寒松煙火臨寒食笙歌達一作咽曙鐘喧喧鬭雞道行樂羨朋從

尋張五回夜園作一無下四字

聞就龐公隱移居近洞一作澗湖興來林是竹歸臥谷名愚挂席樵風便開軒琴月孤歲寒何用賞霜落故園蕪

裴司士一作功員司户一作士見尋一題作裴司士見訪

府僚能枉駕一作顧家醞復新開落日池上酌清風松下來廚人具雞黍稚子摘楊梅誰道山公醉猶能騎馬回

春中喜王九相尋一題作晚春

二月湖水清家家春鳥鳴林花掃更落徑草踏還生酒伴來相命開尊共解酲當杯已入手歌妓莫停聲

李氏園林臥疾

我愛陶家趣園林無俗情春雷百卉坼寒食四鄰清伏枕嗟公幹歸山一作田羨子平年年白社客空滯洛陽城

過故人莊

故人具雞黍邀我至田家綠樹村邊合青山郭外斜開筵面場圃把酒話桑麻待到重陽日還來就菊花

張七及辛大見尋南亭醉作一作張七及辛大見訪

山公能飲酒居士好彈箏世外交初得林中契已并納涼風颯至逃暑日將傾便就南亭裏餘尊惜解酲

歲暮歸南山一題作歸故園作一作歸終南山

北闕休上書南山歸敝廬不才明主棄多一作臥病故人疎白髮催年老一作去青陽逼歲除永懷愁不寐一作寢松月夜窗一作堂虛

南山下與老圃期種瓜

樵牧南山近林閭北郭賒先人留素業老圃作鄰家不種千株橘惟資五色瓜邵平能就我開徑剪一作有蓬麻

泝江至武昌

家本洞湖一作庭上歲時歸思催客心徒欲速江路苦遭回殘凍因風解新正度一作梅變臘開行看武昌柳髣髴映樓臺

舟中曉一作晚望

挂席東南望青山水國遙舳艫爭利涉來往接一作任風潮問我今何去一作適天台訪石橋坐看霞色曉一作晚疑是赤城標

自洛之越

皇皇三十載書劍兩無成山水尋吴越風塵厭洛京扁舟泛湖海長揖謝公卿且樂杯中物一作酒誰論世上名

途中遇晴

已失巴一作武陵雨一作巳失五陵道猶逢蜀坂泥天開斜景遍山出晚雲低餘濕猶霑草殘流尚入溪今宵有明月鄉思遠悽悽

歸至郢中

遠遊經海嶠返櫂歸山阿日夕見喬木鄉關一作園在一作成伐柯愁隨江路盡喜一作意入郢門多左右看桑土依然即匪他

夕次蔡陽館

日暮馬行疾城荒人住稀聽歌知一作疑近楚投館忽如歸魯堰田疇廣章陵氣色微明朝拜嘉一作家慶須著老萊衣

他鄉七夕

他鄉逢七夕旅館益羇愁不見穿鍼婦空懷故國樓緒

風初減熱新月始臨（一作登）秋誰忍窺河漢迢迢問（一作望）斗牛

夜泊牛渚趁薛八船不及

星羅牛渚夕風退鷁舟遲浦溆嘗同宿煙波忽間之榜歌空裏失船火望中疑明發泛潮（一作湖）海茫茫何處期

曉入南山

瘴氣曉氛氳南山復（一作没）水雲鯤飛今始見鳥墮舊來聞地接長沙近江從汨渚分賈生曾弔屈予亦痛斯文

夜渡湘水（一作崔國輔詩）

客舟（一作行）貪利涉闇（一作夜）裏渡湘川露氣聞芳杜歌聲識采蓮（一作暗）榜人投岸火漁子宿潭煙行侶時（一作遥）相問潯（一作涔）陽何處邊

赴京途中遇雪

迢遞秦京道蒼茫歲暮天窮陰連晦朔積雪滿（一作遍）山川落雁迷沙渚饑烏集（一作噪）野田客愁空佇立不見有人煙

途次（一作落日）望鄉

客行愁落日鄉思重相催況在他山外天寒夕鳥來雪深迷郢路雲暗失陽臺可歎悽惶（一作栖遑）子高（一作狂又作勞）歌誰爲媒

永嘉上浦館逢張八子容（一題作永嘉浦逢張子容客卿）

逆旅相逢處江村日暮時衆山遥對酒孤嶼共題詩廨宇鄰蛟室人煙接島夷鄉園（一作關）萬餘里失路一相悲

宿武陽（一作陵）即事（一作宿武陽川）

川暗夕陽盡孤舟泊岸初嶺猿相叫嘯潭嶂（一作影）似空虛就枕滅明燭扣舷聞夜漁雞鳴問何處人物是秦餘

渡揚子江

桂檝（一作掛席）中流望京江（一作空波）兩畔明林開揚子驛山出潤州城海盡邊陰靜江寒朔吹生更聞楓葉下淅瀝度秋聲

田家元日

昨夜斗回北今朝歲起東我年已強仕無禄尚憂（一作悄尚）農桑野就耕父（一作野老就耕去）荷鋤隨牧童田家占氣候共說此年豐

九日得新字

初九（一作九日）未成旬重陽即此晨登高聞古（一作尋故）事載酒訪幽人落帽恣歡飲授衣同試新茱萸正可佩折取寄情親

除夜樂城逢張少府

雲海泛（一作訪）甌閩風潮（一作濤）泊島濱何知歲除夜得見故鄉親余是乘槎客君爲失路人平生復能幾一別十餘春

歲除夜會樂城張少府宅

疇昔通家好相知（一作思）無間然續明催畫燭守歲接長筵舊曲梅花唱新正柏酒傳客行隨處樂不見度年年

寒夜

閨夕綺窗閉佳人罷縫衣理琴開寶匣就枕臥重（一作羅）幃夜久燈花落薰籠香氣微錦衾重自煖遮莫曉霜飛

賦得盈盈樓上女

夫壻久離別青樓空望歸妝成卷簾坐愁思嬾縫衣燕子家家入楊花處處飛空牀難獨守誰爲報（一作解）金徽

春意（一題作春怨）

佳人能畫眉妝罷出簾帷照水空自愛折花將遺誰春情多豔逸春意倍相思愁心極楊柳一種亂如絲

閨情

一別隔炎涼君衣忘短長裁縫無處等以意忖情量畏瘦疑傷窄防寒更厚裝半啼封裹了知欲寄誰將

美人分香

豔色本傾城分香更有情髻鬟垂欲解眉黛拂能輕舞學平陽態歌翻子夜聲春風狹斜道含笑待逢迎

傷峴山雲表觀主

少小學書劒秦吳多歲年歸來一登眺陵谷尚依然豈意餐霞客溘（一作忽）隨朝露先因之問閭里把臂幾人全

題梧州陳司馬山齋（一作宋之問詩）

南國無霜霰連年對物華青林暗換葉紅蕊亦開花春去無山鳥秋來見海槎流芳雖可悅會自泣長沙

歲除夜有懷（一題作除夜）

迢遞三巴路羈危萬里身亂山殘雪夜孤燭異鄉人漸與骨肉遠轉於奴僕親那堪正飄泊來日歲華新

登安陽城樓

縣城南面漢江流江漲（一作嶂）開成南雍州才子乘春來騁望羣公暇日坐銷憂樓臺晚映青山郭羅綺晴驕（一作嬌）綠水洲向夕波搖明月動更疑神女弄珠遊

登萬歲樓

萬歲樓頭望故鄉獨令鄉思更茫茫天寒雁度堪垂淚日（一作月）落猿啼欲斷腸曲引古堤臨凍浦斜分遠岸近枯楊今朝偶見同袍友却喜家書寄八行

除夜有懷

五更鐘漏欲相催四氣推遷往復回帳裏殘燈纔去（一作猶有）焰爐中香氣盡成灰漸看春逼芙蓉枕頓覺寒銷竹葉杯守歲家家應未臥相思那得夢魂來

春情（一作晴）

青樓曉日（一作色）珠簾映紅粉春妝寶鏡催已厭交歡憐枕席相將遊戲繞池臺坐時衣帶縈纖草行即裙裾掃落梅更道明朝不當作相期共鬬管絃來

長安早春（一作張子容詩）

關戍（一作開國）惟東井（一作漢）城池起北辰咸歌太平日共樂建寅春雪盡青山樹冰開黑水濱草迎金埒馬花伴玉樓人鴻漸看無數鶯歌聽欲頻何當遂榮（一作桂枝）擢歸及柳條新

荊門上張丞相

共理分荊國招賢媿不材召南風更闡丞相閣還開覲止欣眉睫沈淪拔草萊坐登徐孺榻頻接李膺杯始慰蟬鳴柳（一作稻）俄看雪間梅四時年籥盡千里客程催日下瞻歸翼沙邊厭曝鰓佇聞宣室召星象列三台（一作復中台）

陪張丞相登荊城樓因寄薊州（一作蘇臺）張使君及浪泊戍主劉家

薊門天北畔銅柱日南端出守聲彌遠投荒法未寬側身聊倚望攜手莫同歡白璧無瑕玷青松有歲寒府中丞相閣江上使君灘興盡回舟去方知行（一作玆）路難

陪張丞相祠紫蓋山途經玉泉寺

望秩宣王命齋心待漏行青衿列胄子從事有參卿五馬尋歸路雙林指化城聞鐘度門近照膽玉泉清皁蓋依松憩緇徒擁錫迎天宮上兜率沙界豁迷明欲就終焉志恭（一作先）聞智者名人隨逝水沒（一作歎）波（一作山）逐覆舟傾想

像若在眼周流空復情謝公還欲臥誰與濟蒼生

陪張丞相自松滋江東泊渚宮

放溜下松滋登舟命檝師詎（一作寧）忘經濟日不憚沍寒時洗幘豈獨古濯纓良在茲政成人自理機息鳥無疑雲物凝（一作吟）孤嶼江山辨四維晚來風稍急（一作緊）冬至日行遲獵響驚雲夢漁歌激楚辭渚宮何處是川暝欲安之

和張（一作趙）判官（一作于判官）登萬山亭因贈洪府都督韓公

韓公是（一作美）襄士（一作土）日賞城西岑結搆意不淺巖潭趣轉（一作亦）深皇華一動詠荊國幾謠（一作盛謳）吟舊徑蘭勿剪新堤柳欲陰砌傍餘怪石沙上有閑禽自牧豫章郡空瞻楓樹林因聲寄流水善聽在知音耆舊眇不接崔徐無處尋物情多貴遠賢俊豈無（一作遺）今遲爾長江暮澄清一洗心

和宋太史（一作大使）北樓新亭

返耕意未遂日夕登城隅誰道（一作謂）山林近坐爲符竹拘麗譙非改作軒檻是新圖遠水自嶓冢長雲吞具區願隨（一作爲）江燕賀羞逐府僚趨欲識狂歌者（一作客）丘園一豎儒

贈蕭少府

上德如流水（一作流如水）安仁道若山聞君秉高節而得奉清顏鴻漸昇儀羽牛刀列下班處腴能不潤居劇體常閑去詐（一作許）人無諂除邪吏息姦欲知清與潔明月照（一作在）澄灣

秦中苦雨思歸贈袁左丞賀侍郎

苦（一作爲）學三十載閉門江漢陰用賢遭聖日（一作明發逢聖代）羈旅屬秋霖豈直昏墊苦亦爲權勢沈二毛催白髮百鎰罄黃金淚憶峴山墮愁懷湘水深謝公積憤懣莊舄空謠吟躍馬非吾事狎鷗宜（一作眞）我心寄言當路者去矣北山岑

同張明府碧溪贈答

別業聞新製同聲和者多還看碧溪答不羨綠珠歌自有陽臺女朝朝拾翠過綺筵（一作舞庭）鋪錦繡妝牖閉藤蘿秩滿休閑日春餘景氣（一作色）和仙鳧能作伴羅襪共凌波曲（一作別）島尋花藥回潭折芰荷更憐斜日照紅粉豔青娥

久滯越中貽謝南池會稽賀少府

陳平無產業尼父倦東西負郭昔云翳問津今亦（一作已）迷未能忘魏闕空此滯秦稽兩見夏雲起再聞春鳥啼懷仙梅福市訪舊若耶溪聖主賢爲寶君（一作卿）何隱遯棲

送韓使君除洪州都曹（韓公父常爲襄州使）

述職撫荊衡分符襲寵榮往來看擁傳前後賴專城勿翦棠猶在波澄水更清重推江漢理旋改豫章行召父多遺愛羊公有令名衣冠列祖道耆舊擁前旌（一作程）峴首晨風送（一作接）江陵夜火迎無才慙孺子千里媿同聲

送莫甥兼諸昆弟從韓司馬入西軍

念爾習詩禮未曾違（一作常離）戶庭平生早偏露（一作嚴君先早露）萬里更飄零坐棄三牲養（一作冬業）行觀八陣形飾裝辭故里謀策赴邊庭壯志吞鴻鵠遙心伴鶺鴒所從文且（一作與）武不戰自應寧

峴山送蕭員外之荊州

峴山江岸曲郢水郭門前自古登臨處非今獨黯然亭樓明落照（一作日）井邑秀通川澗竹生幽興林風入管絃再飛鵬激水一舉鶴沖天佇立三荊使看君駟馬旋

送王昌齡之嶺南

洞庭去遠近楓葉早驚（一作經）秋峴首羊公愛長沙賈誼愁土毛（一作辰）無縞紵鄉味有槎（一作查）頭已抱沈痼（一作痾）疾更貽魑魅憂數年同筆硯茲夕間（一作異）衾裯意氣今何在相思望斗牛

峴山送張去非遊巴東（一題作峴山亭送朱大）

峴山南郭外送別每登臨沙岸江村近松（一作村）門山寺深一言予有贈三峽爾將（一作相）尋祖席宜城酒征途雲夢林蹉跎遊子意眷戀故人心去矣勿淹滯巴東（一作江）猿夜吟

奉先張明府休沐還鄉海亭宴集（探得階字）

自君理畿甸予亦經江淮萬里書信斷數年雲雨乖歸來休澣日始得賞心諧朱紱恩雖重滄洲趣每懷樹低新舞閣山對舊書齋何以發秋興陰蟲鳴夜階

宴張記室宅

甲第金張館門庭車（一作軒）騎多家封漢陽郡文會楚材過曲島浮觴酌前山入詠歌妓堂花映發書閣柳逶迤玉指調箏柱金泥飾舞羅寧（一作誰）知書劍者歲月獨蹉跎

宴崔明府宅夜觀妓

畫堂（一作書室）觀妙妓長夜正留賓燭吐蓮花豔妝成桃李春髻鬟低舞席衫袖掩歌脣汗濕偏宜粉羅輕詎著身調移箏柱促歡會酒杯頻倘使曹王見應嫌洛浦神

盧明府九日峴山宴袁（一作馬）使君張郎中崔員外

宇宙誰開闢江山此鬱盤登臨今古用風俗歲時觀地理荊州分天涯楚塞寬百城今刺史華省舊郎官共美重陽節俱懷落帽歡酒邀彭澤載琴輟武城彈獻壽先浮菊尋幽或藉蘭煙虹鋪藻翰（一作麗）松竹挂衣冠叔子神如在山公興未闌傳（一作常）聞騎馬醉還向習池看

登龍興寺閣

閣道乘空出披軒遠目開逶迤見江勢客至屢緣回茲郡何填委遙山復幾哉蒼蒼皆草木處處盡樓臺驟雨一陽散行舟四海來鳥歸餘興遠周覽更裴回

登總持寺浮圖

半空躋寶塔晴望盡京華竹遶渭川遍山連上苑斜四門（一作郊）開帝宅阡陌俯人家累劫從初地爲童憶聚沙一窺功德見彌益道心加坐覺諸天近空香送（一作逐）落花（一無一窺功德見二句）

與崔二十一遊鏡湖寄包賀二公

試覽鏡湖物中流到（一作見）底清不知鱸魚味但識鷗鳥情帆得樵風送春逢穀雨晴將探（一作特尋）夏禹穴稍背越王城府掾（一作守）有包子文章推賀生滄浪醉後唱因此寄同聲

夜登孔伯昭南樓時沈太清朱昇在座

誰家無風月此地有琴尊山水會稽郡詩書孔氏門再來值秋杪高閣夜（一作閑）無喧華燭罷然蠟清絃方奏鵾沈生隱侯胤朱子買臣孫好我意不淺登茲共（一作同）話言

陪盧明府泛舟回（一有峴山二字）作

百里行春返清流逸興多鷁舟隨雁泊（一作鳥沒）江火共星羅已救田家旱仍醫（一作憂）俗化訛文章推後輩風雅激頹波高岸迷陵谷新聲滿櫂歌猶憐不才子（一作調者）白首未登科

臘月八日於剡縣石城寺禮拜

石壁開金像香山倚（一作繞）鐵圍下生彌勒見回向一心歸竹柏（一作松竹）禪庭古樓臺世界稀夕嵐增氣色餘照發光輝

講席邀談柄，泉堂施浴衣。願承功德水，從此濯塵機。

同獨孤使君東齋作

郎官舊華省，天子命分憂。襄土歲頻旱，隨車雨再流。雲陰自南楚，河潤及東周。廨宇宜新霽，田家賀有秋。竹間殘照入，池上夕陽浮。寄謝東陽守，何如八詠樓。

同王九題就師山房

晚憩支公室，故人逢右軍。軒窗避炎暑，翰墨動新文。竹蔽（一作開）簷前（一作窗裏）日，雨隨階下雲。周（一作同）遊清蔭徧，吟臥夕陽曛。江靜棹歌歇，溪深樵語聞。歸途未忍去，攜手戀清芬。

冬至後過吳張二子檀溪別業

卜築因自然，檀溪不更穿。園廬二友接，水竹數家連。直與（一作取）南山對，非關選地偏。（一本此下有卜鄰依孟母，共井讓王宣。曾是歌三樂，仍聞詠五篇四句）草堂時偃曝，蘭枻（一作櫂）日周旋。外事情都遠（一作盡），中流性所便。閑垂太公釣，興發子猷船。余亦幽棲者，經過竊慕焉。梅花殘（一作初）臘月（一作日），柳色半春天。鳥泊隨陽雁，魚藏縮項鯿。停杯問山簡，何似習池邊。

韓大使東齋會岳上人諸學士

郡守虛陳榻，林間召楚材。山川祈雨畢，雲物（一作品）喜晴開。抗禮尊縫掖，臨流揖渡杯。徒攀朱仲李，誰（一作吏）薦和羹梅。翰墨緣情製，高深以意裁。滄洲趣不遠，何必問蓬萊。

上巳日澗南園期王山人陳七諸公不至

搖艇候明發，花源弄晚春。在山懷綺季，臨漢憶荀陳。上巳期三月，浮杯興十旬。坐歌空有待，行樂恨無鄰。日晚蘭亭北，煙開（一作花）曲水濱。浴蠶逢姹女，采艾值幽人。石壁堪題序，沙場好解紳（一作神）。羣公望不至，虛擲此芳晨。

齒坐呈山南諸隱

習公有遺坐，高在白雲陲。樵子不見識，山僧賞自知。以余為好事，攜手一來窺。竹露閑夜滴，松風清晝吹。從來抱微尚，況復感前規。於此無奇策，蒼生奚以為。

來（一作本）闍黎新亭作

八解禪林秀，三明給苑才。地偏香界遠，心淨水亭開。傍險山查立，尋幽石逕回。瑞花長自下，靈藥豈須栽。碧網交紅樹，清泉盡綠苔。戲魚聞法聚，閑鳥誦經來。棄象玄應悟，忘言理必該。靜中何所得，吟詠也徒哉。

西山尋辛諤

漾舟尋（一作乘）水便，因訪故人居。落日清川裏，誰言獨羨魚。石潭窺洞徹，沙岸歷紆徐。竹嶼見垂釣，茅齋聞讀書。款言忘景夕，清興屬涼初。回也一瓢飲，賢哉常晏如。

題長安主人壁

久廢南山田，叨（一作謬）陪東閣賢。欲隨平子去，猶未獻甘泉。枕籍（一作席）琴書滿，褰帷遠岫連。我來如昨日，庭樹忽鳴蟬。促織驚寒女，秋風感長年。授衣當九月，無褐竟誰憐。

行出東山望漢川（一題作行至漢川作）

異縣非吾土，連山盡綠篁。平田出郭少，盤坂入雲長。萬壑歸於漢（一作海），千峰劃彼蒼。猿聲亂楚峽，人語帶巴鄉。石上攢椒樹，藤間綴（一作養）蜜房。雪餘春未煖，嵐解晝初陽。征馬疲登頓，歸帆愛渺茫。坐欣沿溜下，信宿見維（一作浮）桑。

夜泊宣城界（一題作旅行欲泊宣州界）

西塞沿江島，南陵問驛樓。湖平津濟闊，風止客帆收。去去懷前浦，茫茫泛夕流。石逢羅剎礙，山泊敬亭幽。火識（一作熾）梅根冶，煙迷楊葉洲。離家復水宿，相伴賴沙鷗。

下灨石

灨石三百里，沿洄千嶂間。沸聲常活活（一作浩浩），洊勢亦潺潺。跳沫魚龍沸，垂藤猿狖攀。榜人苦奔峭，而我忘險艱。放溜情彌（一作深）愜（一作遠），登艫目自閑。暝帆何處宿（一作泊），遙指落星灣。

初年樂城館中臥疾懷歸作

異縣天隅僻，孤帆海畔過。往來鄉信斷，留滯客情多。臘月聞雷震，東風感歲和。蟄蟲驚戶穴，巢鵲眄庭柯。徒對芳尊酒，其如伏枕何。歸歟（一作來）理舟楫，江海正無波。

醉後贈馬（一作島）四

四海重然諾，吾嘗聞白眉。秦城遊俠客（一作宸），相得半酣時。

贈王九（題上一有口號二字）

日暮田家遠，山中勿久淹。歸人須早去，稚子望陶潛。

登峴山亭寄晉陵張少府

峴首風湍急，雲帆若鳥飛。憑軒試一問，張翰欲來歸。

送朱大入秦

遊人武陵去，寶劍直千金。分手脫相贈，平生一片心。

送友人之京

君登青雲去，予望青山歸。雲山從此別，淚濕薜蘿衣。

送張郎中遷京

碧溪常共賞，朱邸忽遷榮。豫有相思意，聞君琴上聲。

同張將薊門觀燈

異俗非鄉俗，新年改故年。薊門看火樹，疑是燭龍然。

張郎中梅園中（一作作）

綺席鋪蘭杜，珠盤折芰荷。故園留不住，應是戀絃歌。

北澗泛舟

北澗流恒滿，浮舟觸處通。沿洄自有趣，何必五湖中。

春曉

春眠不覺曉，處處聞啼鳥。夜來風雨聲，花落知多少（一作欲知昨夜風，花落無多少）。

洛中訪袁拾遺不遇

洛陽訪才子，江嶺作流人。聞說梅花早，何如北（一作此）地春。

尋菊花潭主人不遇

行至菊花潭，村西日已斜。主人登高去，雞犬空在家。

檀溪尋故人（一題作檀溪尋古）

花伴（一作苑）成龍竹，池分躍馬溪。田園人不見，疑向洞中棲（一作武陵迷）。

揚子津望京口

北固臨京口，夷山近（一作對）海濱。江風白浪起，愁殺渡頭人。

同儲十二洛陽道中作

珠彈繁華子，金羈遊俠人。酒酣白日暮，走馬入紅塵。

初下浙江舟中口號

八月觀潮（一作濤）罷，三江越海潯。回瞻魏闕路，空（一作無）復子牟心。

宿建德江

移舟泊煙（一作幽）渚，日暮客愁新。野曠天低樹，江清月近人。

問舟子

向夕問舟子，前程復（一作無）幾多。灣頭正堪（一作好）泊，淮裏足風

波

戲題（一作戲贈主人）

客醉眠未起主人呼解醒已言雞黍熟復道（一作說）甕頭清

涼州詞

渾成紫檀金屑文作得琵琶聲入雲胡地迢迢三萬里
那堪馬上送明君
異方之樂令人悲羌笛胡笳不用吹坐看今夜關山月
思殺邊城游俠兒

送新安張少府歸秦中（一題作越中送人歸秦中）

試登秦嶺（一作望）望秦川遙憶青門春可憐仲月送君從此
去瓜時須及邵平田

送杜十四之江南（一無題下三字一題作送杜晃進士之東吳）

荊吳相接水爲（一作連）鄉君去春江（一作江村）正淼茫日暮征帆何
處泊（一作泊何處）天涯一望斷人腸

渡浙江問舟中人（一題作濟江問舟人一作崔國輔詩）

潮落江平未有風扁舟（一作舠）共濟與君同時時引領望天
末何處青山是越中

初秋

不覺初秋夜漸長清風習習重淒涼炎炎暑退茅齋靜
堦下叢莎有露光

過融上人蘭若

山頭（一作間）禪室挂僧衣窗外無人水（一作溪）鳥飛黃昏半在下
山路卻聽泉聲戀翠微

句

微雲淡河漢疎雨滴梧桐（王士源云浩然常閒遊秘省秋月新霽諸英聯詩次當浩然云云舉坐嗟其清絶不復爲綴）

逐逐懷良馭蕭蕭顧樂鳴（省試騏驥長鳴詩見丹陽集）

全唐詩目（第三函）

第四冊

李白（一卷至八卷）

全唐詩

李白

李白字太白隴西成紀人涼武昭王暠九世孫或曰山東人或曰蜀人白少有逸才志氣宏放飄然有超世之心初隱岷山益州長史蘇頲見而異之曰是子天才英特可比相如天寶初至長安往見賀知章知章見其文歎曰子謫仙人也言於明皇召見金鑾殿奏頌一篇帝賜食親爲調羹有詔供奉翰林白猶與酒徒飲於市帝坐沈香亭子意有所感欲得白爲樂章召入而白已醉左右以水頮面稍解援筆成文婉麗精切帝愛其才數宴見白常侍帝醉使高力士脫鞾力士素貴恥之擿其詩以激楊貴妃帝欲官白妃輒沮止白自知不爲親近所容懇求還山帝賜金放還乃浪跡江湖終日沈飲永王璘都督江陵辟爲僚佐璘謀亂兵敗白坐長流夜郎會赦得還族人陽冰爲當塗令白往依之代宗立以左拾遺召而白已卒文宗時詔以白歌詩裴旻劍舞張旭草書爲三絕云集三十卷今編詩二十五卷

古風

大雅久不作吾衰竟誰陳王風委蔓草戰國多荊榛龍虎相啖食兵戈逮狂秦正聲何微茫哀怨起騷人揚馬激頹波開流蕩無垠廢興雖萬變憲章亦已淪自從建安來綺麗不足珍聖代復元古垂衣貴清真羣才屬休明乘運共躍鱗文質相炳煥衆星羅秋旻我志在刪述垂輝映千春希聖如有立絕筆於獲麟

蟾蜍薄太清蝕此瑤臺月圓光虧中天金魄遂淪沒蝃蝀入紫微大明夷朝暉浮雲隔兩曜萬象昏陰霏蕭蕭長門宮昔是今已非桂蠹花不實天霜下嚴威沈歎終永夕感我涕沾衣

秦皇掃六合虎視何雄哉飛（一作揮）劍決浮雲諸侯盡西來明斷自天啓大略駕羣才收兵鑄金人函谷正東開銘功會稽嶺騁望琅琊臺刑徒七十萬起土驪山隈尚採不死藥茫然使心哀連弩射海魚長鯨正崔嵬額鼻象五嶽揚波噴雲雷鬐鬣蔽青天何由覩蓬萊徐市載秦女樓船幾時迴但見三泉下金棺葬寒灰

鳳飛九千仞五章備綵珍銜書且虛歸空入周與秦橫絕歷四海所居未得鄰吾營紫河車千載落風塵藥物祕海嶽採鉛青溪濱時登大樓山舉手（一作首）望仙真羽駕滅去影飆車絕迴輪尚恐丹液遲志願不及申徒霜鏡中髮羞彼鶴上人桃李何處開此花非我春唯應清都境長與韓衆親

太白何蒼蒼星辰上森列去天三百里邈爾與世絕中有綠髮翁披雲臥松雪不笑亦不語冥棲在巖穴我來逢真人長跪問寶訣粲然啓玉齒（一作忽自哂）授以鍊藥說銘骨傳其語竦身已電滅仰望不可及蒼然五情熱吾將

營丹砂永與世人別

代馬不思越越禽不戀燕情性有所習土風固其然(一作其固然)昔別雁門關今戍龍庭前驚沙亂海日飛雪迷胡天蟣蝨生虎鶡心魂逐旌旃苦戰功不賞忠誠難可宣誰憐李飛將白首沒三邊

五鶴西北來飛飛淩太清仙人綠雲上自道安期名兩兩白玉童雙吹紫鸞笙去影忽不見回風送天聲我欲一問之(一作舉首遠望之)飄然若流星願餐金光草壽與天齊傾(一作客有鶴上仙飛飛淩太清揚言碧雲裏自道安期名兩兩白玉童雙吹紫鸞笙飄然下倒影倏忽無留形遺我金光草服之四體輕將隨赤松去對博坐蓬瀛)

咸陽二三月宮柳黃金枝綠幘誰家子賣珠輕薄兒日暮醉酒歸白馬驕且馳意氣人所仰冶遊方及時子雲不曉事晚獻長楊辭賦達身已老草玄鬢若絲投閣良可歎但為此輩嗤

莊周夢胡蝶胡蝶為莊周一體更變易萬事良悠悠乃知蓬萊水復作清淺流青門種瓜人舊日東陵侯富貴故(一作固)如此營營何所求

齊有倜儻生魯連特高妙明月出海底一朝開光曜卻秦振英聲後世仰末照意輕千金贈顧向平原笑吾亦澹蕩人拂衣可同調

黃河走東溟白日落西海逝川與流光飄忽不相待春容捨我去秋髮已衰改人生非寒松年貌豈長在吾當乘雲螭吸景駐光彩(一作誰能學天飛三秀與君採)

松柏本孤直難為桃李顏昭昭嚴子陵垂釣滄波間身將客星隱心與浮雲閑長揖萬乘君還歸富春山清風灑六合邈然不可攀使我長歎息冥棲巖石間

君平既棄世世亦棄君平觀變窮太易探元化羣生寂寞綴道論空簾閉幽情騶虞不虛來鸑鷟有時鳴安知天漢上白日懸高名海客去已久誰人測沉冥

胡關饒風沙蕭索竟終古木落秋草黃登高望戎虜荒城空大漠邊邑無遺堵白骨橫千霜嵯峨蔽榛莽借問誰凌虐天驕毒威武赫怒我聖皇勞師事鼙鼓陽和變殺氣發卒騷中土三十六萬人哀哀淚如雨且悲就行役安得營農圃不見征戍兒豈知關山苦(一本此下有爭鋒徒死節秉鉞皆庸豎戰士死蒿萊將軍獲圭組四句)李牧今不在邊人飼豺虎

燕昭延郭隗遂築黃金臺劇辛方趙至鄒衍復齊來奈何青雲士棄我如塵埃珠玉買歌笑糟糠養賢才方知黃鶴舉千里獨裴回

寶劍雙蛟龍雪花照芙蓉精光射天地雷騰不可衝一去別金匣飛沈失相從風胡滅已久所以潛其鋒吳水深萬丈楚山邈千重雌雄終不隔神物會當(一作相)逢

金華牧羊兒乃是紫煙客我願從之遊未去髮已白不知繁華子擾擾何所迫崑山採瓊蕊(一作葉)可以煉精魄

天津三月時千門桃與李朝為斷腸花暮逐東流水前水復後水古今相續流新人非舊人年年橋上遊雞鳴海色動謁帝羅公侯月落西上陽(一作上陽西)餘輝半城樓衣冠照雲日朝下散皇州鞍馬如飛龍黃金絡馬頭行人皆辟易志氣橫嵩丘入門上高堂列鼎錯珍羞香風引趙舞清管隨齊謳七十紫鴛鴦雙雙戲庭幽行樂爭晝夜自言度千秋功成身不退自古多愆尤黃犬空歎息綠珠成釁讎何如鴟夷子散髮櫂(一作弄)扁舟

西嶽(一作上)蓮花山迢迢見明星素手把芙蓉虛步躡太清霓裳曳廣帶飄拂昇天行邀我登雲臺高揖衛叔卿恍恍與之去駕鴻凌紫冥俯視洛陽川茫茫走胡兵流血塗野草豺狼盡冠纓

昔我遊齊都登華不注峯茲山何峻秀綠翠如芙蓉蕭颯古仙人了知是赤松借予一白鹿自挾兩青龍含笑凌倒景欣然願相從(一本此十句作一首)泣與親友別欲語再三咽勗君青松心努力保霜雪世路多險艱白日欺紅顏分手各千里去去何時還(一本此八句作一首)在世復幾時倏如飄風度空聞紫金經白首愁相誤撫己忽自笑沉吟為誰故名利徒煎熬安得閑余步終留赤玉舄東上蓬萊(一作山)路秦帝如我求蒼蒼但煙霧(一本此十二句作一首)

郢客吟白雪遺響飛青天徒勞歌此曲舉世誰為傳試為巴人唱和者乃數千吞聲何足道歎息空淒然

秦水別隴首幽咽多悲聲胡馬顧朔雪躞蹀長嘶鳴感物動我心緬然含歸情昔視秋蛾飛今見春蠶生嫋嫋桑柘葉萋萋柳垂榮急節謝流水羈心搖懸旌揮涕且復去惻愴何時平

秋露白如玉團團下庭綠我行忽見之寒早悲歲促人生鳥過目胡乃自結束景公一何愚牛山淚相續物苦不知足得隴又望蜀人心若波瀾世路有屈曲三萬六千日夜夜當秉燭

大車揚飛塵亭午暗阡陌中貴多黃金連雲開甲宅路逢鬬雞者冠蓋何輝赫鼻息干虹蜺行人皆怵惕世無洗耳翁誰知堯與跖

世道日交喪澆風散淳源不採芳桂枝反棲惡木根所以桃李樹吐花竟不言大運有興沒羣動爭飛奔歸來廣成子去入無窮門

碧荷生幽泉朝日豔且鮮秋花冒綠水密葉羅青煙秀色空絕世馨香竟誰傳坐看飛霜滿凋此紅芳年結根未得所願託華池邊

燕趙有秀色綺樓青雲端眉目豔皎月一笑傾城歡常恐碧草晚坐泣秋風寒纖手怨玉琴清晨起長歎焉得偶君子共乘雙飛鸞

容顏若飛電時景如飄風草綠霜已白日西月復東華鬢(一作髮)不耐秋颯然成衰蓬古來賢聖人一一誰成功君子變猿鶴小人為沙蟲不及廣成子乘雲駕輕鴻

三季分戰國七雄成亂麻王風何怨怒世道終紛拏至人洞玄象高舉凌紫霞仲尼欲浮海吾祖之流沙聖賢共淪沒臨岐胡咄嗟

玄風變太古道喪無時還擾擾季葉(一作市井)人雞鳴趨四關但識金馬門誰(一作詎)知蓬萊山白首死羅綺笑歌無時閑綠酒哂丹液青娥凋素顏(一作萋萋千金骨風塵凋素顏)大儒揮金椎琢之詩禮間蒼蒼三株樹冥目焉能攀

鄭客西入關行行未能已白馬華山君相逢平原里璧遺鎬池君明年祖龍死秦人相謂曰吾屬可去矣一往桃花源千春隔流水

蓐收肅金氣西陸弦海月秋蟬號階軒感物憂不歇良辰竟何許大運有淪忽天寒悲風生夜久衆星沒惻惻

不忍言哀歌逮明發
北溟有巨魚身長數千里仰噴三山雪(一作雲)横吞百川水
憑陵隨海運煇赫因風起吾觀摩天飛九萬方未已
羽檄如流星虎符合專城喧呼救邊急羣鳥皆夜鳴白
日曜紫微三公運權衡天地皆得一澹然四海清借問
此何為荅言楚徵兵渡瀘及五月將赴雲南征(一作行)怯卒
非戰士炎方難遠行(一作征)長號别嚴親日月慘光晶泣盡
繼以血心摧兩無聲困獸當猛虎窮魚餌奔鯨千去不
一回投軀豈全生如何舞干戚一使有苗平
醜女來效顰還家驚四鄰壽陵失本步笑殺邯鄲人一
曲斐然子雕蟲喪天真棘刺造沐猴三年費精神功成
無所用楚楚且華身大雅思文王頌聲久崩淪安得郢
中質一揮成斧斤
抱玉入楚國見疑古所聞良寶終見棄徒勞三獻君直
木忌先伐芳蘭哀自焚盈滿天所損沈冥道為羣東海
沈碧水西關乘紫雲魯連及柱史可以躡清芬(此詩一作感興云竭來荊山客誰為珉玉分良寶絕見棄虛持三獻君直木忌先伐芬蘭哀自焚盈滿天所損沈冥道所羣東海有碧水西山多白雲魯連及夷齊可以躡清芬)
燕臣昔慟哭五月飛秋霜庶女號蒼天震風擊齊堂精
誠有所感造化為悲傷而我竟何辜遠身金殿傍(一本無此二句)
浮雲蔽紫闥白日難回光羣沙穢明珠衆草凌孤芳古
來共歎息流淚空霑裳
孤蘭生幽園衆草共蕪没雖照陽春暉復悲高秋月飛
霜早淅瀝綠豔恐休歇若無清風吹香氣為誰發
登高望四海天地何漫漫霜被羣物秋風飄大荒寒榮
華東流水萬事皆波瀾白日掩徂輝浮雲無定端梧桐
巢燕雀枳棘棲鴛鸞且復歸去來劍歌行(一作悲)路難(一作登高望四海天地何漫漫霜被羣物秋風飄大荒寒殺氣落喬木浮雲蔽層巒孤鳳鳴天倪遺聲何辛酸遊人悲舊國撫心亦盤桓倚劍歌所思曲終涕泗瀾)
鳳飢不啄粟所食唯琅玕焉能與羣雞刺蹙(一作蹙促)爭一餐
朝鳴崑丘樹夕飲砥柱湍歸飛海路遠獨宿天霜寒幸
遇王子晉結交青雲端懷恩未得報感别空長歎
朝弄紫泥海(一作朝駕碧鸞車)夕披丹霞裳揮手折若木拂此西
日光雲臥(一作舉)遊八極玉顏已千(一作如清)霜飄飄入無倪稽首
祈上皇呼我遊太素玉杯賜瓊漿一餐歷萬歲何用還
故鄉永隨長風去天外恣飄揚(一本無此二句)
搖裔雙白鷗鳴飛滄江流宜與海人狎豈伊雲鶴儔寄
形(一作影)宿沙月沿芳戲春洲吾亦洗心者忘機從爾遊
周穆八荒意漢皇萬乘尊淫樂心不極雄豪安足論西
海宴王母北宮邀上元瑤水聞遺歌玉杯竟空言靈跡
成蔓草徒悲千載魂
綠蘿紛葳蕤繚繞松柏枝草木有所託歲寒尚不移奈
何夭桃色坐歎葑菲詩玉顏豔紅彩雲髮非素絲君子
恩已畢賤妾將何為
八荒馳驚飆萬物盡凋落浮雲蔽頹陽洪波振大壑龍
鳳脱罔罟飄颻將安託去去乘白駒空山詠場藿
一百四十年國容何赫然隱隱五鳳樓峨峨横三川王
侯象星月賓客如雲煙(以上六句一作帝京信佳麗國容何赫然劍戟擁九關歌鍾沸三川蓬萊象天構珠翠誇雲仙)
鬭雞金宮裏蹴踘瑤臺邊舉動搖白日指揮回青天當
塗何翕忽失路長棄捐獨有揚執戟閉關草太玄
桃花開東園含笑誇白日偶蒙東風榮生(一作矜)此豔陽質
豈無佳人色但恐花不實宛轉龍火飛零落早相失詎
知南山松獨立自蕭颸(此詩一作感興云芙蓉嬌綠波桃李誇白日偶蒙春風榮生此豔陽質豈無佳人色但恐花不實宛轉龍火飛零落互相失詎知凌寒松千載長守一)
秦皇按寶劍赫怒震威神逐日巡海右驅石駕(一作架)滄津
徵卒空九寓作橋傷萬人但求蓬島藥豈思農鳸春力
盡功不贍千載為悲辛
美人出南國灼灼芙蓉姿皓齒終不發芳心空自持由
來紫宮女共妬青蛾眉歸去瀟湘沚沈吟何足悲
宋國梧臺東野人得燕石(一作宋人枉千金去國買燕石)誇作天下珍却哂
趙王璧趙璧無緇磷燕石非貞真流俗多錯誤豈知玉
與珉
殷后亂天紀楚懷亦已昏夷羊滿中野菉葹盈高門比
干諫而死屈平竄湘源虎口何婉孌女嬃空嬋媛彭咸
久淪没此意與誰論
青春流驚湍朱明(一作火)驟回薄不忍看秋蓬飄揚竟何託
光風滅蘭蕙白露洒葵藿(一作委蕭藿)美人不我期草木日零
落
戰國何紛紛兵戈亂浮雲趙倚兩虎鬭晉為六卿分姦
臣欲竊位樹黨自相羣果然田成子一旦殺齊君
倚劍登高臺悠悠送春目蒼榛蔽層丘瓊草隱深谷鳳
鳥鳴西海欲集無珍木鸒斯得所居蒿下盈萬族晉風
日已頹窮途方慟哭(以上六句一作鶢鶋衆鳥飛翱翔在珍木羣花亦便娟榮耀非一族歸來愴途窮日暮還慟哭)
齊瑟彈(一作揮)東吟秦弦弄西音慷慨動顏魄(一作色)使人成荒
淫彼美佞邪子婉孌來相尋一笑雙白璧再歌千黃金
珍色不貴道詎惜飛光沈安識紫霞客瑤臺鳴素(一作玉)琴
越客採明珠提攜出南隅清輝照海月美價傾皇都獻
君君按劍懷寶空長吁魚目復相哂寸心增煩紆
羽族稟萬化小大各有依周周亦何辜六翮掩不揮願
銜衆禽翼一向黃河飛飛者莫我顧歎息將安歸
我到(一作行)巫山渚尋古登陽臺天空綵雲滅地遠清風來
神女去已久襄王安在哉荒淫竟淪替(一作没)樵牧徒悲哀
惻惻泣路岐哀哀悲素絲路岐有南北素絲易變移萬
事固如此人生無定期田竇相傾奪賓客互盈虧世途
多翻覆(一作谷風刺輕薄)交道方嶮巇斗酒强然諾寸心終自疑張
陳竟火滅蕭朱亦星離衆鳥集榮柯窮魚守枯池嗟嗟
失權(一作懽)客勤問何所規(一作悲)

遠別離

遠別離古有皇英之二女乃在洞庭之南瀟湘之浦海水直下萬里深誰人不言此離苦日慘慘兮雲冥冥猩猩啼煙兮鬼嘯雨我縱言之將何補皇穹竊恐不照余之忠誠雲（一作雷）憑憑兮欲吼怒堯舜當之亦禪禹君失臣兮龍為魚權歸臣兮鼠變虎或言（一作云）堯幽囚舜野死九疑聯綿皆相似重瞳孤墳竟何（一作誰）是帝子泣兮綠雲間隨風波兮去無還慟哭兮遠望見蒼梧之深山蒼梧山崩湘水絕竹上之淚乃可滅

公無渡河

黃河西來決崑崙咆哮（一作吼）萬里觸龍門波滔天堯咨嗟大禹理百川兒啼不窺家殺湍堙洪水九州始蠶麻其害乃去茫然風沙被髮之叟狂而癡清晨臨（一作徑）流欲奚為旁人不惜妻止之公無渡河苦渡之虎可搏河難憑公果溺死流海湄有長鯨白齒若雪山公乎公乎挂罥（一作骨）於其間箜篌所悲竟不還

蜀道難

噫吁戲危乎高哉蜀道之難難於上青天蠶叢及魚鳧開國何茫然爾來四萬八千歲不與秦塞通人煙西當太白有鳥道可以橫絕峨眉巔地崩山摧壯士死然後天梯石棧相（一作方）鉤連上有六龍回日之高標（一作橫河斷海之浮雲）下有衝波逆折之回川黃鶴之飛尚不得過猨猱欲度愁攀援（一作緣）青泥何盤盤百步九折縈巖巒捫參歷井仰脅息以手撫膺坐長歎問君（一作征人）西遊何時（一作當）還畏途巉巖不可攀但見悲鳥號古（一作枯）木雄飛雌從（一作呼雌一作從雌）繞林間又聞子規啼夜月愁空山蜀道之難難於上青天使人聽此凋朱顏連峯去天不盈尺（一作入煙幾千尺）枯松倒挂倚絕壁飛湍瀑流爭喧豗砯崖轉石萬壑雷其險也如（一作若）此嗟爾遠道之人胡為乎來哉劍閣崢嶸而崔嵬一夫當關萬夫（一作人）莫開所守或匪親（一作人）化為狼與豺朝避猛虎夕避長蛇磨牙吮血殺人如麻錦城雖云樂不如早還家蜀道之難難於上青天側身西望長咨（一作令人）嗟

梁甫吟

長嘯梁甫吟何時見陽春君不見朝歌屠叟辭棘津八十西來釣渭濱寧羞白髮照清（一作淥）水逢時吐（一作壯）氣思經綸廣張三千六百釣風期（一作雅）暗與文王親大賢虎變愚不測當年頗似尋常人君不見高陽酒徒起草中長揖山東隆準公入門不拜（一作入門開說一作一開游說）騁雄辯兩女輟洗來趨風東下齊城七十二指揮（一作麾）楚漢如旋蓬狂客（一作生）落魄（一作拓）尚如此何況壯士當羣雄我欲攀龍見明主雷公砰訇震天鼓帝傍投壺多玉女三時大笑開（一作生）電光倏爍晦冥起風雨閶闔九門不可通以額扣關閽者怒白日不照吾精誠杞國無事憂天傾猰貐磨牙競人肉騶虞不折生草莖手接飛猱搏彫虎側足焦原未言苦智者可卷愚者豪世人見我輕鴻毛力排南山三壯士齊相殺之費二桃吳楚弄兵無劇孟亞夫咍爾為徒勞梁甫吟梁甫吟聲正悲張公兩龍劍神物合有時風雲感會起屠釣大人峴屼當安之

烏夜啼

黃雲城邊烏欲棲歸飛啞啞枝上啼機中織錦（一作閨中織婦）秦川（一作家）女碧紗如煙隔窗語停梭悵然憶遠人（一作向人問故夫）獨宿孤（一作空）房（一作欲說遼西）淚如雨

烏棲曲

姑蘇臺上烏棲時吳王宮裏醉西施吳歌楚舞歡未畢青山欲（一作猶）銜半邊日銀箭金壺（一作金壺丁丁）漏水多起看秋月墜江波東方漸高奈樂（一作爾）何

戰城南

去年戰桑乾源今年戰蔥河道洗兵條支海上波放馬天山雪中草萬里長征戰三軍盡衰老匈奴以殺戮為耕作古來唯見白骨黃沙田秦家築城避（一作備）胡處漢家還有烽火然烽火然不息征戰（一作長征）無已時野戰格鬭死敗馬號鳴向天悲烏鳶啄人腸銜飛上挂枯樹枝（一作銜飛上枯枝）士卒塗草莽將軍空爾為乃知兵者是凶器聖人不得已而用之

將進酒

君不見黃河之水天上來奔流到海不復迴君不見高堂明鏡悲白髮朝如青絲暮成雪人生得意須盡歡莫使金樽空對月天生我材必有用千金散盡還復來烹羊宰牛且為樂會須一飲三百盃岑夫子丹丘生將進酒君（一作杯）莫停與君歌一曲請君為我側耳聽鐘鼓饌玉不足貴（一作鐘鼎玉帛豈足貴）但願長醉不願（一作復）醒古來聖賢皆寂寞惟有飲者留其名陳王昔時宴平樂斗酒十千恣讙謔主人何為言少錢徑須沽取對君酌五花馬千金裘呼兒將出換美酒與爾同銷萬古愁

行行遊且獵篇

邊城兒生年不讀一字書但將遊獵誇輕趫胡馬秋肥宜白草騎來躡影何矜（一作可憐）驕金鞭拂雪（一作雲）揮鳴鞘半酣呼鷹出遠郊弓彎（一作彎弧）滿月不虛發雙鶬迸落連飛髇（一作鶻）海邊觀者皆辟易猛氣英風振沙磧儒生不及遊俠人白首下帷復何益

飛龍引二首

黃帝鑄鼎於荊山鍊丹砂丹砂成黃金騎龍飛上太清家雲愁海思令人嗟宮中綵女顏如花飄然揮手凌紫霞從風縱體登鸞車登鸞車侍軒轅遨遊青天中其樂不可言

鼎湖流水清且閑軒轅去時有弓劍古人傳道留其間後宮嬋娟多花顏乘鸞飛煙亦不還騎龍攀天造天關造天關聞天語長雲河車載玉女載玉女過紫皇紫皇乃賜白兔所擣之藥方後天而老彫三光下視瑤池見王母蛾眉蕭颯如秋霜

天馬歌

天馬來出月支窟背為虎文龍翼骨嘶青雲振綠髮蘭筋權奇走滅沒騰崑崙歷西極四足無一蹶雞鳴刷燕晡秣越神行電邁躡慌惚天馬呼飛龍趨目明長庚臆雙鳧尾如流（一作煙）星首渴烏口噴紅光汗溝朱（一作珠）曾陪時龍躡天衢羈金絡月照皇都逸氣稜稜凌九區白璧如山誰敢沽回頭笑紫燕但覺爾輩愚天馬奔戀君軒駷

（音竦）躍驚矯浮雲翩萬里足躑躅遙瞻閶闔門不逢寒風子誰採逸景孫白雲在青天（一本無青字）丘陵遠崔嵬（一作崔嵬遠）鹽車上峻坂倒行逆施畏日晚伯樂翦拂中道遺少盡其力老棄之願逢田子方惻然爲我悲（一作思）雖有玉山禾不能療苦飢嚴霜五月凋桂枝伏櫪銜冤摧兩眉請君贖獻穆天子猶堪弄影舞瑤池

行路難三首

金樽清酒斗十千玉盤珍羞直萬錢停杯投筯不能食拔劍四顧心茫然欲渡黃河冰塞川將登太行雪滿山（一作暗天）閑來垂釣碧（一作坐）溪上忽復乘舟夢日邊行路難行路難多岐路今安在長風破浪會有時直挂雲帆濟滄海

大道如青天我獨不得出羞逐長安社中兒赤雞白狗（一作雉）賭梨栗彈劍作歌奏苦聲曳裾王門不稱情淮陰市井笑韓信漢朝公卿忌賈生君不見昔時燕家重郭隗擁篲折節（一作腰）無嫌猜劇辛樂毅感恩分輸肝剖膽效英才昭王白骨縈爛（一作蔓）草誰人更掃黃金臺行路難歸去來

有耳莫洗潁川水有口莫食首陽蕨含光混世貴無名何用孤高比雲月吾觀自古賢達人功成不退皆殞身子胥既棄吳江上屈原終投湘水濱陸機雄才（一作才多）豈自保李斯稅駕苦不早華亭鶴唳詎可聞上蔡蒼鷹何足道君不見吳中張翰稱（一作眞）達生秋風忽憶江東行且樂生前一杯酒何須身後千載名

長相思

長相思在長安絡緯秋啼金井闌微（一作凝）霜淒淒簟色寒孤燈不明（一作寐）思欲絕卷帷望月空長歎美人如花（一作佳期迢迢）隔雲端上有青冥之長天下有淥水之波瀾天長路遠魂飛苦夢魂不到關山難長相思摧心肝

上留田行

行至上留田孤墳何崢嶸積此萬古恨春草不復生悲風四邊來腸斷白楊聲借問誰家地埋沒蒿里塋古老向余言言是上留田蓬科馬鬣今已平昔之弟死兄不葬他人於此舉銘旌一鳥死百鳥鳴一獸走百獸驚桓山之禽別離苦欲去迴翔不能征田氏倉卒骨肉分青天白日摧紫荊交柯之木本同形東枝顦顇西枝榮無心之物尚如此參商胡乃尋天兵孤竹延陵讓國揚名高風緬邈頹波激清尺布之謠塞耳不能聽

春日行

深宮高樓入紫清金作蛟龍盤繡（一作繡作）楹佳人當窗弄白日弦將手語彈鳴箏春風吹落君王耳此曲乃是昇天行因出天池泛蓬瀛樓船蹙沓波浪驚三千雙蛾獻歌笑撾鐘考鼓宮殿傾萬姓聚舞歌太平我無爲人自寧三十六帝欲相迎仙人飄翩下雲輧帝不去留鎬京安能爲軒轅獨往入窅冥小臣拜獻南山壽陛下萬古垂鴻名

前有一樽酒行二首（一本無一字）

春風東來忽相過金樽淥酒生微波落花紛紛稍覺多美人欲醉朱顏酡青軒桃李能幾何流光欺人忽蹉跎君起舞日西夕當年意氣不肯平（一作傾）白髮如絲歎何益

琴奏龍門之綠桐玉壺美酒清若空催弦拂柱與君飲看朱成碧顏始紅胡姬貌如花當壚笑春風笑春風舞羅衣君今不醉將（一作欲）安歸

夜坐吟

冬夜夜寒覺夜長沈吟久坐坐北堂冰合井泉月入閨金（一作青）缸青凝（一作凝明）照悲啼金（一作青）缸滅啼轉多掩妾淚聽君歌歌有聲妾有情情聲合兩無違一語不入意從君萬曲梁塵飛

野田黃雀行

遊莫逐炎洲翠棲莫近吳宮燕吳宮火起焚巢（一作爾）窠炎洲逐翠遭網羅蕭條兩翅蓬蒿下縱有鷹鸇奈若（一作爾）何

箜篌謠

攀天莫登龍走山莫騎虎貴賤結交心不移唯有嚴陵及光武周公稱大聖管蔡寧相容漢謠一斗粟不與淮南春兄弟尚路人吾心安所從他人方寸間山海幾千重輕言託朋友對面九疑峯開（一作多）花必早落桃李不如松管鮑久已死何人繼其蹤

雉朝飛

麥隴青青三月時白雉朝飛挾兩雌錦衣繡翼何離褷犢牧（一作犢深）採薪感之悲春天和白日暖啄食飲泉勇氣滿爭雄鬬死繡頸斷雉子班奏急管弦傾心酒美（一作心傾美酒）盡玉椀枯楊枯楊爾生稊（一作荑）我獨七十而孤棲彈弦寫恨意不盡瞑目歸黃泥

上雲樂

金天之西白日所没康老胡雛生彼月窟巉巖容儀戍削風骨碧玉炅炅雙目瞳黃金拳拳兩鬢紅華蓋垂下睫嵩嶽臨上脣不覩詭譎貌豈知造化神大道是文康之嚴父元氣乃文康之老親撫頂弄盤古推車轉天輪云見日月初生時鑄冶火精與水銀陽烏未出谷顧兔半藏身女媧戲黃土團作愚下人散在六合間濛濛若沙塵生死了不盡誰明此胡是仙眞西海栽若木東溟植扶桑別來幾多時枝葉萬里長中國有七聖半路頹洪（一作鴻）荒陛下應運起龍飛入咸陽赤眉立盆子白水興漢光叱咤四海動洪濤爲簸揚舉足蹋紫微天關自開張老胡感至德東來進仙倡五色師子九苞鳳皇是老胡雞犬鳴舞飛帝鄉淋漓颯沓進退成行能胡歌獻漢酒跪雙膝立（一作並）兩肘散花指天舉素手拜龍顏獻聖壽北斗戾南山摧天子九九八十一萬歲長傾萬歲（一作年一作壽）杯

白鳩辭（一作夷則格上白鳩拂舞辭）

鏗鳴鐘考朗鼓歌白鳩引拂舞白鳩之白誰與鄰霜衣雪襟誠可珍含哺七子能平均食不噎（一作咽）性安馴首農政鳴陽春天子刻玉杖鏤形賜耆人白鷺（一作鷹）之（一作亦）白非純眞外潔其色心匪仁闕五德無司晨胡爲啄我葭下之紫鱗鷹鸇鵰鶚貪而好殺鳳凰雖大聖不願以爲臣

日出行（一作日出入行）

日出東方隈似從地底來歷天又入海六龍所舍安在哉其始與終古不息（一作其行終古不休息）人非元氣安得與之久裴徊草不謝榮於春風木不怨落於秋天誰揮鞭策驅四運萬物興歇皆自然羲和羲和汝奚汨没於荒淫之波

魯陽何德駐景揮戈逆道違天矯誣實多吾將囊括大塊浩然與溟涬同科

胡無人

嚴風吹霜海草凋筋幹精堅胡馬驕漢家戰士三十萬將軍兼領（一作護者）霍嫖姚流星白羽腰間插劍花秋蓮光出匣天兵照雪下玉關虜箭如沙射金甲雲龍風虎盡交回太白入月敵可摧敵可摧旄頭滅履胡之腸涉胡血懸胡青天上埋胡紫塞傍胡無人漢道昌（一本此下有陛下之壽三千霜但歌大風雲飛揚安得猛士兮守四方胡無人漢道昌五句）

北風行

燭龍棲寒門光曜猶旦開日月照之何不及此唯有北風號怒天上來燕山雪花大如席片片吹落軒轅臺幽州思婦十二月停歌罷笑雙蛾摧倚門望行人念君長城苦寒良可哀別時提劍救邊去遺此虎紋金鞞靫（一作鞞釵）中有一雙白羽箭蜘蛛結網生塵埃箭空在人今戰死不復回不忍見此物焚之已成灰黃河捧土尚可塞北風雨雪恨難裁

俠客行

趙客縵胡纓吳鉤霜雪明銀鞍照白馬颯沓如流星十步殺一人千里不留行事了拂衣去深藏身與名閑過信陵飲脫劍膝前橫將炙啖朱亥持觴勸侯嬴三盃吐然諾五嶽倒爲輕眼花耳熱後意氣素霓生救趙揮金槌邯鄲先震驚千秋二壯士烜赫大梁城縱死俠骨香不慚世上英誰能書閣下白首太玄經

全唐詩

李白

關山月

明月出天山蒼茫雲海間長風幾萬里吹度玉門關漢下白登道胡窺青海灣由來征戰地不見有人還戍客望邊色（一作邑）思歸多苦顏高樓當此夜歎息未應閑（一作還）

獨漉篇

獨漉水中泥水濁不見月不見月尚可水深行人沒越鳥從南來胡鷹亦北渡我欲彎弓向天射惜其中道失歸路落葉別樹飄零隨風客無所托悲與此同羅幃舒卷似有人開明月直入無心可猜雄劍挂壁時時龍鳴不斷犀象繡澀苔生國恥未雪何由成名神鷹夢澤不顧鴟鳶爲君一擊鵬摶（一作摶鵬）九天

登高丘而望遠

登高丘望遠海六鼇骨已霜三山流安在扶桑半摧折白日沈光彩銀臺金闕如夢中秦皇漢武空相待精衛費木石黿鼉無所憑君不見驪山茂陵盡灰滅牧羊之子來攀登盜賊劫寶玉精靈竟何能窮兵黷武今如此鼎湖飛龍安可乘

陽春歌

長安白日照春空綠楊結烟垂裊風披香殿前花始紅流芳發色繡户中繡户中相經過飛燕皇后輕身舞紫宮夫人絕世（一作代）歌聖君三萬六千日歲歲年年奈樂何

楊叛兒

君歌楊叛兒妾勸新豐酒何許最關人烏啼白門柳烏啼隱楊花君醉留妾家博山爐中沈香火雙煙一氣凌紫霞

雙燕離

雙燕復雙燕雙飛令人羨玉樓珠閣不獨棲金窗繡户長相見柏梁失火去因入吳王宮吳宮又焚蕩雛盡巢亦空憔悴一身在孀雌憶故雄雙飛難再得傷我寸心中

山人勸酒

蒼蒼雲松落落綺皓春風爾來爲阿誰蝴蝶忽然滿芳草秀眉霜雪顏桃花骨青髓綠長美好（一作秀眉雪霜桃花貌青髓綠髮長美好）稱是秦時避世人勸酒相歡不知老各守麋（一作麂）鹿志恥隨龍虎爭欻起佐太子漢王（一作皇）乃復驚顧謂戚夫人彼翁羽翼成歸來商（一作南）山下泛若雲無情舉觴酹巢由洗耳何獨（一作太）清浩歌望嵩嶽意氣還（一作還）相傾

于闐採花

于闐採花人自言花相似明妃一朝西入胡胡中美女多羞死乃知漢地多名姝胡中無花可方比丹青能令醜者妍無鹽翻在深宮裏自古妒蛾眉胡沙埋皓齒

鞠歌行

玉不自言如桃李魚目笑之卞和恥楚國青蠅何太多連城白璧遭讒毀荊山長號泣血人忠臣死爲刖足鬼聽曲知甯戚夷吾因小妻秦穆五羊皮買死百里奚洗拂青雲上當時賤如泥朝歌鼓刀叟虎變磻谿中一舉釣六合遂荒營丘東平生渭水曲誰識（一作數）此老翁奈何今之人雙目送飛（一作征）鴻

幽澗泉

拂彼白石彈吾素琴幽澗愀兮流泉深善手明徽高張清心寂歷似千古松颸颼兮萬尋中見愁猨弔影而危處兮叫秋木而長吟客有哀時失職（一作志）而聽者淚淋浪以潺襟乃緝商綴羽潺湲成音吾但寫聲發情於妙指

殊不知此曲之古今幽澗泉鳴深林

王昭君二首

漢家秦地月流影照（一作送）明妃一上玉關道天涯去不歸漢月還從東海出明妃西嫁無來日燕支長寒雪作花蛾眉憔悴没胡沙生乏黄金枉圖畫死留青塚使人嗟

昭君拂玉鞍上馬啼紅頰今日漢宫人明朝胡地妾

中山孺子妾歌

中山孺子妾特以色見珍雖然不如延年妹亦是當時絶世人桃李出深井花豔驚上春一貴復一賤關天豈由身芙蓉老秋霜團扇羞網塵戚姬髡髮（一作髴）入春市萬古共悲辛

荆州歌（一作樂）

白帝城邊足風波瞿塘五月誰敢過荆州麥熟繭成蛾繰絲憶君頭緒多撥穀飛鳴奈妾何

雉子斑（一作設辟邪伎鼓吹雉子斑曲辭）

辟邪伎作鼓吹驚雉子班之奏曲成喔咿振迅欲飛鳴扇錦翼雄風生雙雌同飲啄趫悍誰能争乍向草中耿介死不求黄金籠下生天地至廣大何惜遂物情善卷讓天子務光亦逃名所貴曠士懷朗然合太清

相逢行

相逢紅塵内高揖黄金鞭萬户垂楊裏君家阿那邊

有所思（一作古有所思行）

我思仙（一作佳）人乃在碧海之東隅海寒多天風白波連山倒蓬壺（一作天）長鯨噴湧不可涉撫心茫茫淚如珠西來青鳥東飛去願寄一書謝麻姑

久别離

别來幾春未還家玉窗五見櫻桃花况有錦字書開緘使人嗟至此腸斷彼心絶雲鬟緑鬢罷梳（一作攬）結愁如回飈亂白雪去年寄書報陽臺今年寄書重相催東風兮東風爲我吹行雲使西來待來竟不來落花寂寂委青苔

白頭吟

錦水東北流波蕩雙鴛鴦雄巢漢宫樹雌弄秦草芳寧同萬死碎綺翼不忍（一作分）雲間兩分張此時阿嬌正嬌妬獨坐長門愁日暮但願君恩顧妾深豈惜黄金買詞（一作將買）賦相如作賦得黄金丈夫好新多異心一朝將聘茂陵女文君因贈（一作賦）白頭吟東流不作西歸水落花辭條羞故林兔絲固（一作本）無情隨風任傾倒誰使女蘿枝而來强縈抱兩草猶一心人心不如草莫卷龍鬚席從他生網絲且留琥珀枕或有夢來時覆水再收豈滿杯棄妾已去難重迴古來得意不相負秖今惟見青陵臺（一作錦水東流碧波蕩雙鴛鴦雌巢漢宫樹雌弄秦草芳相如去蜀謁武帝赤車駟馬生輝光一朝再覽大人作萬乘忽欲凌雲翔聞道阿嬌失恩寵千金買賦要君王相如不憶貧賤日位高金多聘私室茂陵姝子皆見求文君歡愛從此畢淚如雙泉水行墮紫羅襟五更雞三唱清晨白頭吟長吁不整緑雲鬢仰訴青天哀怨深城崩杞梁妻誰道土無心東流不作西歸水落花辭枝羞故林頭上玉燕釵是妾嫁時物贈君表相思羅袖幸時拂莫捲龍鬚席從他生網絲且留琥珀枕還有夢來時鸘鷫裘在錦屏上自君一挂無由披妾有秦樓鏡照心勝照井願持照新人雙對可憐影覆水却收不滿杯相如還謝文君迴古來得意不相負秖今惟有青陵臺）

採蓮曲

若耶溪傍採蓮女笑隔荷花共人語日照新妝水底明風飄香袂（一作袖）空中舉岸上誰家遊冶郎三三五五映垂楊紫騮嘶入落花去見此踟蹰空斷腸

臨江王節士歌

洞庭白波木葉稀燕鴻始入吴雲飛吴雲寒燕鴻苦風號沙宿瀟湘浦節士悲秋（一作感）淚如雨白日當天心照之可以事明主壯士憤雄風生安得倚天劍跨海斬長鯨

司馬將軍歌（以代隴上健兒陳安）

狂風吹古月竊弄章華臺北落明星動光彩南征猛將如雲雷手中電擊（一作曳）倚天劍直斬長鯨海水開我見樓船壯心目頗似龍驤下三蜀揚兵習戰張虎旗江中白浪如銀屋身居王帳臨河魁紫髯若戟冠崔嵬細柳開營揖天子始知灞上爲嬰孩羌笛横吹阿嚲迴向月樓中吹落梅將軍自起舞長劍壯士呼聲動九垓功成獻凱見明主丹青畫像麒麟臺

君道曲（梁之雅歌有五篇今作一章）

大君若天覆廣運無不至軒后爪牙嘗先太山稽如心之使臂小白鴻翼於夷吾劉葛魚水本無二土扶（一作可）成墻積德爲厚地

結襪子

燕南壯士吴門豪筑中置鉛魚隱刀感君恩重許君命太山一擲輕鴻毛

結客少年場行

紫燕黄金瞳啾啾（一作稜稜）摇緑鬉平明相馳逐結客洛門東少年學劍術凌轢白猨公珠袍曳錦帶匕首插吴鴻由來萬夫勇挾此生雄風託交從劇孟買醉入新豐笑盡一杯酒殺人都市中羞道易水寒從（一作徒）令日貫虹燕丹事不立虚没秦帝宫舞陽死灰人安可與成功

長干行二首

妾髮初覆額折花門前劇郎騎竹馬來遶牀弄青梅同居長干里兩小無嫌猜十四爲君婦羞顔未嘗（一作嘗不）開低頭向暗壁千喚不一迴十五始展眉願同塵與灰常存抱柱信豈（一作恥）上望夫臺十六君遠行瞿塘灩澦堆五月不可觸猨聲（一作鳴）天上哀門前遲（一作舊）行跡一一生緑（一作蒼）苔苔深不能掃落葉秋風早八月胡蝶來（一作黄）雙飛西園草感此傷妾心坐愁紅顔老早晚下三巴預將書報家相迎不道遠直至長風沙

憶妾（一作昔）深閨裏煙塵不曾識嫁與長干人沙頭候風色五月南風興思君下（一作在）巴陵八月西風起想君發揚子去來悲如何見少離别多湘潭幾日到妾夢越風波昨夜狂風度吹折江頭樹淼淼暗無邊行人在何處好乘浮雲驄佳期蘭渚東鴛鴦緑蒲上翡翠錦屏中自憐十五餘顔色桃花紅那作商人婦愁水復愁風（此篇一作張潮，黄庭堅作李益）

古朗月行

小時不識月呼作白玉盤又疑瑶臺鏡飛在白（一作青）雲端仙人垂兩足桂樹作（一作何）團團白兔擣藥成問言與誰（一作誰與）餐蟾蜍蝕圓影大明夜已殘羿昔落九烏天人清且安陰精此淪惑去去不足觀憂來其如何悽愴（一作惻）摧心肝

上之回

三十六離宫樓臺與天通閣道步行月美人愁烟空恩疎寵不及桃李傷春風淫樂意何極金輿向回中萬乘出黄道千旗揚彩虹前軍細柳北後騎甘泉東豈問渭川老寧邀襄野童但慕（一作秋慕）瑶池宴歸來樂未窮

獨不見

白馬誰家子，黃龍邊塞兒。天山三丈雪，豈是遠行時。春蕙忽秋草，莎雞鳴西（一作曲）池。風摧寒欆（一作梭），響月入霜閨。悲憶與君別，年種桃齊。蛾眉桃今百餘尺，花落成枯枝。終然獨不見，流淚空自知。

白紵辭三首

揚清歌（一作音），發皓齒，北方佳人東鄰子。且（一作旦）吟白紵停綠水，長袖拂面為君起。寒雲夜卷霜海空，胡風吹天飄塞鴻。玉顏滿堂樂未終，館娃日落歌吹濛（一作中）。

月寒江清夜沈沈，美人一笑千黃金。垂羅舞縠揚哀音，郢中白雪且莫吟，子夜吳歌動君心。動君心，冀君賞，願作天池雙鴛鴦，一朝飛去青雲上。

吳刀剪綵（一作綺）縫舞衣，明妝麗服奪春暉。揚眉轉袖若雪飛，傾城獨立世所稀。激楚結風醉忘歸，高堂月落燭已微，玉釵挂纓君莫違。

鳴雁行

胡雁鳴，辭燕山，昨發委羽朝度關。一一銜蘆枝，南飛散落天地間，連行接翼往復還。客居煙波寄湘吳，凌霜觸雪毛體枯。畏逢矰繳驚相呼，聞弦虛墜良可吁。君更彈射何為乎。

妾薄命

漢帝寵（一作重）阿嬌，貯之黃金屋。咳唾落九天，隨風生珠玉。寵極愛還歇，妒深情卻疏。長門一步地，不肯暫迴車。雨落不上天，水覆難再（一作重難）收。君情與妾意，各自東西流。昔日芙蓉花，今成斷根草。以色事他人，能得幾時好。

幽州胡馬客歌

幽州胡馬客，綠眼虎皮冠。笑拂兩隻箭，萬人不可干。彎弓若轉月，白雁落雲端。雙雙掉鞭行，遊獵向樓蘭。出門不顧後，報國死何難。天驕五單于，狼戾好凶殘。牛馬散北海，割鮮若虎餐。雖居燕支山，不道朔雪寒。婦女馬上笑，顏如赬玉盤。翻飛射鳥獸，花月醉雕鞍。旄頭四光芒，爭戰若蜂攢。白刃灑赤血，流沙為之丹。名將古誰是，疲兵良可歎。何時天狼滅，父子得閑安。

全唐詩

李白

門有車馬客行

門有車馬賓（一作客），金鞍曜朱輪。謂從丹（一作雲）霄落，乃是故鄉親。呼兒掃中堂，坐客論悲辛。對酒兩不飲，停觴淚盈巾。歎我萬里遊，飄飄三十春。空談帝（一作霸）王略，紫綬不挂身。雄劍藏玉匣，陰符生素塵。廓落無所合，流離湘水濱。借問宗黨間，多為泉下人。生苦百戰役，死託萬鬼鄰。北風揚胡沙，埋翳周與秦。大運且如此，蒼穹寧匪仁。惻愴竟何道，存亡任大鈞。

君子有所思行

紫閣連終南，青冥天倪色。凭崖望咸陽，宮闕羅北極。萬井驚畫出，九衢如弦直。渭水銀河清（一作清銀河），橫天流不息。朝野盛文物，衣冠何翕赩。廄馬散連山，軍容威絕域。伊皐運元化，衛霍輸筋力。歌鐘樂未休（一作休明），榮去老還逼。圓光過滿缺，太陽移中昃。不散東海金，何爭西飛（一作輝）匿。無作牛山悲，惻愴淚沾臆。

東海有勇婦（代關中有賢女）

梁山感杞妻，慟哭為之傾。金石忽暫開，都由激深情。東海有勇婦，何慚蘇子卿。學劍越處子，超然（一作騰）若流星。捐軀報夫讎，萬死不顧生。白刃耀素雪，蒼天感精誠。十步兩躩（一作跳）躍，三呼一交兵。斬首掉國門，蹴踏五藏行。豁此伉儷憤，粲然大義明。北海李使（一作府）君，飛章奏天庭。捨罪警風俗，流芳播滄瀛。名（一作志）在列女籍，竹帛已光榮。淳于免詔獄，漢主為緹縈。津妾一棹歌，脫父於嚴刑。十子若不肖，不如一女英。豫讓斬空衣，有心竟無成。要離殺慶忌，壯夫所素（一作素所）輕。妻子亦何辜，焚之買虛聲。豈如東海婦，事立獨揚名。

黃葛篇

黃葛生洛溪，黃花自綿冪。青煙蔓長條，繚繞幾百尺。閨人費素手，採緝作絺綌。縫為絕國衣，遠寄日南客。蒼梧大火落，暑服莫輕擲。此物雖過時，是妾手中跡。

白馬篇

龍馬花雪毛，金鞍五陵豪。秋霜切玉劍，落日明珠袍。鬬雞事萬乘，軒蓋一何高。弓摧南山虎，手接太行猱。酒後競風采，三杯弄寶刀。殺人如剪草，劇孟同遊遨。發憤去函谷，從軍向臨洮。叱咤萬戰場（一作經百戰），匈奴盡奔逃（一作波濤）。歸來使酒氣，未肯拜（一作下）蕭曹。羞入原憲室，荒淫（一作徑）隱蓬蒿。

鳳吹笙曲（一作鳳笙篇送別）

仙人十五愛吹笙，學得崑丘彩鳳鳴。始聞鍊氣餐金液，復道朝天赴玉京。玉京迢迢幾千里，鳳笙去去無窮（一作邊）已。欲歎離聲發絳唇，更嗟別調流纖指。此時惜別詎堪聞，此地相看未忍分。重吟真曲和清吹，卻奏仙歌響綠雲。綠雲紫氣向函關，訪道應尋緱氏山。莫學吹笙王子晉，一遇浮丘斷不還。

怨歌行（長安見內人出嫁，友人令余代為之）

十五入漢宮，花顏笑春紅。君王選玉色，侍寢金屏（一作錦幌）中。薦枕嬌夕月，卷衣戀春（一作香）風。寧知趙飛燕，奪寵恨無窮。沈憂能傷人，綠鬢成霜蓬。一朝不得意，世事徒為空。鷫鸘換美酒，舞衣罷雕龍（一作龍）。寒苦不忍言，為君奏絲桐。腸斷弦亦絕，悲心夜忡忡。

塞下曲六首

五月天山雪，無花祇有寒。笛中聞折柳，春色未曾看。曉戰隨金鼓，宵眠抱玉鞍。願將腰下劍，直為斬樓蘭。

天兵下北荒，胡馬欲南飲。橫戈從百戰，直為銜恩甚。握

雪海上餐拂沙隴頭寢何當破月氏然後方高枕
駿馬似(一作如)風飈鳴鞭出渭橋彎弓辭漢月插羽破天驕
陣解星芒盡營空海霧消功成畫麟閣獨有霍嫖姚
白馬黃金塞雲砂遶夢思那堪愁苦節遠憶邊城兒螢
飛秋窗滿月度霜閨遲摧殘梧桐葉蕭颯沙棠枝無時
獨不見流淚空自知
塞虜乘秋下天兵出漢家將軍分虎竹戰士卧龍沙邊
月隨弓影胡霜拂劒花玉關殊未入少婦莫長嗟
烽火動沙漠連照甘泉雲漢皇按劒起還召李將軍兵
氣(一作殺)天上合鼓聲隴底聞橫行負勇氣一戰淨妖氛

來日大難

來日一身攜糧負薪道長(一作長鳴)食盡苦口焦脣今日醉飽
樂過千春仙人相存誘我遠學海淩三山陸憩五嶽乘
龍天飛目瞻兩角授以仙(一作神)藥金丹滿握蟪蛄蒙恩深
愧短促思塡東海強銜一木道重天地軒師廣成蟬翼
九五以求長生下士大笑如蒼蠅聲

塞上曲

大漢無中策匈奴犯渭橋五原秋草綠胡馬一何驕命
將征西極橫行陰山側燕支落漢家婦女無華色轉戰
渡黃河休兵樂事多蕭條清萬里瀚海寂無波

玉階怨

玉階生白露夜久侵羅襪却下水晶簾玲瓏望秋月

襄陽曲四首

襄陽行樂處歌舞白銅鞮江城回淥水花月使人迷
山公醉酒時酩酊高(一作襄)陽下頭上白接䍦倒著還騎馬
峴山臨漢江水綠沙如雪(一作水色如霜雪)上有墮淚碑青苔久磨
滅
且醉習家池莫看墮淚碑山公欲上馬笑殺襄陽兒

大堤曲

漢水臨(一作橫)襄陽花開大堤暖佳期大堤下淚向南雲滿
春風無復(一作復無)情吹我夢魂散不見眼中人天長音信斷

宮中行樂詞八首(奉詔作　明皇坐沈香亭意有所感欲得白爲樂章召入而白已醉左右以水頮面稍解援筆成文婉麗精切)

小小生金屋盈盈在紫微山花插寶髻石竹繡羅衣每
出(一作上)深宮裏常隨步輦歸只愁歌舞散(一作罷)化作綵雲飛
柳色黃金嫩梨花白雪香玉樓巢(一作關)翡翠金(一作珠)殿鎖鴛
鴦選妓隨雕(一作朝)輦徵歌出洞房宮中誰第一飛燕在昭
陽
盧橘爲秦樹蒲萄出漢宮煙花宜落日絲管醉春風笛
奏龍吟水簫鳴鳳下空君王多樂事還與萬方同(一作何必向回中)
玉樹(一作殿)春歸日(一作好)金宮樂事多後庭朝未入輕輦夜相
過笑出花間語嬌來竹(一作燭)下歌莫教明月去留著醉嫦
娥
繡戶香風暖紗窗曙色新宮花爭笑日池草暗生春綠
樹聞歌鳥青樓見舞人昭陽桃李月羅綺自(一作坐)相親
今日明光裏還須結伴遊春風開紫殿天樂下朱樓豔
舞全知巧嬌歌半欲羞更憐花月夜宮女笑藏鉤
寒雪梅中盡春風柳上歸宮鶯嬌欲醉簷燕語還飛遲
日明歌席新花豔舞衣晚來移綵仗行樂泥光輝
水綠南薰殿花紅北闕樓鶯歌聞太液鳳吹繞瀛洲素
女鳴珠珮天人弄綵毬今朝風日好宜入未央遊

清平調詞三首(天寶中白供奉翰林禁中初重木芍藥得四本紅紫淺紅通白者移植於興慶池東沈香亭會花開上乘照夜白太眞妃以步輦從詔選梨園中弟子尤者得樂一十六色李龜年以歌擅一時手捧檀板押衆樂前欲歌之上曰賞名花對妃子焉用舊樂詞遂命龜年持金花牋宣賜李白立進清平調三章白承詔宿酲未解因援筆賦之龜年歌之太眞持頗梨七寶杯酌西涼州蒲萄酒笑領歌詞意甚厚上因調玉笛以倚曲每曲徧將換則遲其聲以媚之太眞飲罷斂繡巾重拜上自是顧李翰林尤異於學士)

雲想衣裳花想容春風拂檻露華濃若非羣玉山頭見
會向瑤臺月下逢
一枝穠(一作紅)豔露凝香雲雨巫山枉斷腸借問漢宮誰得
似可憐飛燕倚新妝
名花傾國兩相歡長得君王帶笑看解釋春風無限恨
沈香亭北倚闌干

入朝曲(一作鼓吹入朝曲)

金陵控海浦淥水帶吳京鐃歌列騎吹颯沓引公卿槌
鐘速嚴妝伐鼓啟重城天子憑玉几(一作案)劒履若雲行日
出照萬戶簪裾爛明星朝罷沐浴閑遨遊閬風亭濟濟
雙闕下歡娛樂恩榮

秦女休行(魏協律都尉左延年所作今擬之)

西門秦氏女秀色如瓊花手揮白楊刀(一作刃)清晝殺讐家
羅袖灑赤血英氣(一作聲)凌紫霞直上西山去關吏相邀遮
壻爲燕國王身被詔獄加犯刑若履虎不畏落爪牙素
頸未及斷摧眘伏泥沙金雞忽放赦大辟得寬賒何慙
聶政姊萬古共驚嗟

秦女卷衣

天子居未央妾侍(一作來)卷衣裳顧無紫宮寵敢拂黃金牀
水至亦不去熊來尚可當微身奉(一作捧)日月飄若螢之(一作火)
光願君采葑菲無以下體妨

東武吟(一作出東門後書懷留別翰林諸公　又作還山留別金門知己)

好古笑流俗素聞賢達風方希佐明主長揖辭成功白
日在高天迴光燭微躬恭承鳳凰詔欻起雲蘿中清切
紫霄(一作垣)迥優游丹禁通君王賜顏色聲價凌煙虹乘輿
擁翠蓋扈從金城東寶馬麗絕景錦衣入新豐依(一作倚)巖
望松雪對酒鳴絲桐因學揚子雲獻賦甘泉宮天書美
片善清芬播無窮歸來入(一作向)咸陽談笑皆王公(一本無此二句)一
朝去金馬飄落成飛蓬賓客(一作友)日疏散玉樽亦已空(一作已成空)
才力猶可倚(一作恃)不慙世上雄閑作東武吟曲盡情未
終書此謝知己吾尋黃綺翁(一作扁舟尋釣翁)

邯鄲才人嫁爲厮養卒婦

妾本崇(一作叢)臺女揚蛾入丹闕自倚顏如花寧知有凋歇
一辭玉階下去若朝雲沒每憶邯鄲城深宮夢秋月君
王不可見惆悵至明發

出自薊北門行

虜陣橫北荒胡星耀精芒羽書速驚電烽火晝連光虎
竹救邊急戎車森已行明主不安席按劒心飛揚推轂
出猛將連旗登戰場兵威衝絕幕殺氣凌穹蒼列卒(一作陣)
赤山下開營紫塞傍孟冬(一作秋)風沙緊旌旗颯凋傷畫
角悲海月征衣卷天霜揮刃斬樓蘭彎弓射賢(一作聲)王單
于一平蕩種落自奔亡收功報天子行歌(一作歌舞)歸咸陽

洛陽陌

白玉誰家郎回車渡天津看花東陌上驚動洛陽人

北上行

北上何所苦北上緣太行磴道盤且峻巉巖凌穹蒼馬足蹶側石車輪摧高岡沙塵接幽州烽火連朔方殺氣毒劍戟嚴風裂衣裳奔鯨夾黃河鑿齒屯洛陽前行無歸日返顧思舊鄉慘慼冰雪裏悲號絕中腸尺布不掩體皮膚劇枯桑汲水澗谷阻採薪隴坂長猛虎又掉尾磨牙皓秋霜草木不可餐飢飲零露漿歎此北上苦停驂爲之傷何日王道平開顏覩天光

短歌行

白日何短短百年苦易滿蒼穹浩茫茫萬劫太極長麻姑垂兩鬢一半已成霜天公見玉女大笑億千場吾欲攬六龍迴車挂扶桑北斗酌美酒勸龍各一觴富貴非所願與（一作爲）人駐顏（一作頹，一作流）光

空城雀

嗷嗷空城雀身計何戚促本與鷦鷯羣不隨鳳凰族提攜四黃口飲乳未嘗足食君糠粃餘嘗恐烏鳶逐（一作啄）恥涉太行險羞營覆車粟天命有定端守分絕所欲

全唐詩

李白

發白馬

將軍發白馬旌節度黃河簫鼓聒川嶽滄溟湧濤（一作淇）波武安有振瓦易水無寒歌鐵騎若雪山飲流涸滹沱揚兵獵月窟轉戰略朝那倚劍登燕然邊烽列嵯峨蕭條萬里外耕作五原多一掃清大漠包虎戢金戈

陌上桑

美女渭橋東（一作細綺衣）春還事蠶作五馬如飛龍（一作花）青絲結金絡不知誰家子調笑來相謔妾本秦羅敷玉顏豔名都綠條暎素手採桑向城隅使君且不顧況復論秋胡寒螿愛碧草鳴鳳棲青梧託心自有處但怪傍人愚徒令白日暮高駕空踟躕

枯魚過河泣

白龍改常服偶被豫且制誰使爾爲魚徒勞訴天帝作書報鯨鯢勿恃風濤勢濤落歸泥沙翻遭螻蟻噬萬乘慎出入柏人以爲識（一作誡）

丁督（一作都）護歌

雲陽上征去兩岸饒商賈吳牛喘月時拖船一何苦水濁不可飲壺漿半成土一唱督（一作都）護歌心摧淚如雨萬人鑿盤石無由達江滸君看石芒碭掩淚悲千古

相逢行

朝騎五花馬謁帝出銀臺秀色誰家子雲車（一作中）珠箔開金鞭遙指點玉勒近遲回夾轂相借問疑（一作知）從天上來蹙（一作邀）入青綺門當歌共銜杯（一作嬌羞初解珮，語笑共銜杯）銜杯暎歌扇似月雲中見相見不得（一作相）親不如不相見相見情已（一作已情）深未語可知心胡爲守空閨孤眠愁錦衾錦衾與羅幃纏綿會有時春風正澹蕩暮雨來何遲願因三青鳥更報長相思光景不待人須臾髮成絲當年失行樂老去徒傷悲持此道密意毋令曠佳期（一本長相思下無此六句）

千里思

李陵沒胡沙蘇武還漢家迢迢五原關朔雪亂邊花（一作愁見雪如花）一去隔絕國思歸但長嗟鴻雁向西北因（一作飛）書報天涯

樹中草

鳥銜野田草誤入枯桑裏客土植危根逢春猶不死草木雖無情因依尚可生如何同枝葉各自有枯榮

君馬黃

君馬黃我馬白馬色雖不同人心本無隔共作遊冶盤雙行洛陽陌長劍既照曜高冠何赩赫各有千金裘俱爲五侯客猛虎落陷穽壯夫時屈厄相知在急難獨好亦（一作知）何益

擬古

融融白玉輝暎我青蛾眉寶鏡似空水落花如風吹出門望帝子蕩漾不可期安得黃鶴羽一報佳人知

折楊柳

垂楊拂綠水搖豔（一作豔裔）東風年花明玉關雪葉暖金牕煙美人結長想（一作恨）對此（一作相對）心淒然攀條折春色遠寄龍庭前（一作沙邊）

少年子

青雲年少（一作岑）子挾彈章臺左鞍馬四邊開突如流星過金丸落飛鳥夜入瓊樓臥夷齊是何人獨守西山餓

紫騮馬

紫騮行且嘶雙翻碧玉蹄臨流不肯渡似惜錦障泥白雪關山（一作城）遠黃雲海戍（一作樹）迷揮鞭萬里去安得念（一作戀）春閨

少年行二首

擊筑飲美酒劍歌易水湄經過燕太子結託并州兒少年負壯氣奮烈自有時因擊（一作聲）魯句踐爭博勿相欺

五陵年少金市東銀鞍白馬度春風落花踏盡遊何處笑入胡姬酒肆中

白鼻騧

銀鞍白鼻騧綠地障泥錦細雨春風花落時（一作春風細雨落花時）揮鞭直（一作且）就胡姬飲

豫章行

胡風吹代馬（一作燕人攢赤羽）北擁魯陽關吳兵照海雪西討何時還半渡上遼津黃雲慘無顏老母與子別呼天野草間白馬（一作百鳥）繞旌旗悲鳴相追攀白楊秋月苦早落豫章山本爲休明人斬虜素不閑豈惜戰鬬死爲君掃凶頑精感石沒羽豈云憚險艱樓船若鯨飛波蕩落星灣此曲不可奏三軍鬢成斑

沐浴子

沐芳莫彈冠浴蘭莫振衣處世忌太潔至（一作志）人貴藏暉滄浪有釣叟吾與爾同歸

高句驪

金花折風帽白馬小遲回翩翩舞廣袖似鳥海東來

舍利弗

金繩界寶地珍木蔭瑶池雲間妙音奏天際法蠡吹

静夜思

牀前看月光疑是地上霜舉頭望山月低頭思故鄉

淥水曲

淥水明秋月(一作日)南湖採白蘋荷花嬌欲語愁殺蕩舟人

鳳凰曲

嬴女吹玉簫吟弄天上春青鸞不獨去更有攜手人影滅彩雲斷遺聲落西秦

鳳臺曲

嘗聞秦帝女傳得鳳凰聲是日逢仙子當時别有情人吹綵簫去天借綵雲迎曲(一作心)在身不返空餘弄玉名

從軍行

從軍玉門道逐虜金微山笛奏梅花曲刀開明月環鼓聲鳴海上兵氣擁雲間願斬單于首長驅静鐵關

秋思

春陽如昨日碧樹鳴黄鸝蕪然蕙草暮颯爾涼風吹天秋木葉下月冷莎雞悲坐愁羣芳歇白露凋華滋

春思

燕草如碧絲秦桑低綠枝當君懷歸日是妾斷腸時春風不相識何事入羅幃

秋思

燕支(一作關氏)黄葉落妾望自(一作白)登臺海上(一作月出)碧雲斷單于(一作蟬聲)秋色來胡兵沙塞合漢使玉關回征客無歸日空悲蕙草摧

子夜吳歌(一作子夜四時歌)

春歌

秦地羅敷女採桑綠水邊素手青條上紅妝白日鮮蠶飢妾欲去五馬莫留連

夏歌

鏡湖三百里菡萏發荷花五月西施採人看隘若耶回舟不待月歸去越王家

秋歌

長安一片月萬戶擣衣聲秋風吹不盡總是玉關情何日平胡虜良人罷遠征

冬歌

明朝驛使發一夜絮征袍素手抽針冷那堪把剪刀裁縫寄遠道幾日到臨洮

對酒行

松子栖金華安期入蓬海此人古之仙羽化竟何在浮生速流電倏忽變光彩天地無凋換容顔有遷改對酒不肯飲含情欲誰待

估客行(一作樂)

海客乘天風將船遠行役譬如雲中鳥一去無蹤跡

擣衣篇

閨裏佳人年十餘顰蛾對影恨離居忽逢江上春歸燕銜得雲中尺素書玉手開緘長歎息狂(一作征)夫猶戍交河北萬里交河水北流願為雙燕泛中洲君邊雲擁青絲騎妾處苔生紅粉樓樓上春風日將歇誰能攬鏡看愁髮曉吹員管隨落花夜擣戎衣向明月明月高高刻漏長真珠簾箔掩蘭堂横垂寶幄同心結半拂瓊筵蘇合香瓊筵寶幄連枝錦燈燭熒熒照孤寢有便憑將金剪刀為君留下相思枕摘盡庭蘭不見君紅巾拭淚生氤氲明年若更征邊塞願作陽臺一段雲

少年行(此詩嚴粲云是僞作)

君不見淮南少年游俠客白日毬獵夜擁擲呼盧百萬終不惜報讐千里如咫尺少年游俠好經過渾身裝束皆綺羅蕙蘭相隨喧妓女風光去處滿笙歌驕矜自言不可有俠士堂中養來久好鞍好馬乞與人十千五千旋沽酒赤心用盡為知己黄金不惜栽桃李桃李栽來幾度春一回花落一回新府縣盡為門下客王侯皆是平交人男兒百年且樂命何須徇(一作讀)書受貧病男兒百年且榮身何須徇節甘風塵衣冠半是征戰士窮儒浪作林泉民遮莫枝根長百丈不如當代多還往遮莫姻親連帝城不如當身自簪纓看取富貴眼前者何用悠悠身後名

長歌行

桃李待(一作得)日開榮華照當年東風動百物草木盡欲言枯枝無醜葉涸水吐清泉大力運天地羲和無停鞭功名不早著竹帛將何宣桃李務青春誰能貫白日富貴與神仙蹉跎成兩失金石猶銷鑠風霜無久質畏落日月後强歡(一作歌)與酒秋霜不惜人倏忽侵蒲柳

長相思

日色已盡花含煙月明欲素愁不眠趙瑟初停鳳凰柱蜀琴欲奏鴛鴦弦此曲有意無人傳願隨春風寄燕然憶君迢迢隔青天昔日(一作時)横波目今成流淚泉不信妾腸斷歸來看取明鏡前

美人在時花滿堂美人去後空(一作花)餘(一作餘牀)牀中繡被卷不寢(一作不卷)至今三載猶聞香(一作餘香)香亦竟不滅人亦竟不來相思黄葉落(一作盡)白露點(一作濕)青苔(此篇一作寄遠)

猛虎行(此詩蕭士贇云是僞作)

朝作猛虎行暮作猛虎吟腸斷非關隴頭水淚下不為雍門琴旌旗(一作旌旗)繽紛兩河道戰鼓驚山欲傾(一作顛)倒秦人半作燕地囚胡馬翻銜洛陽草一輸一失關下兵朝降夕叛幽薊城巨鼇未斬海水動魚龍奔走安得寧頗似楚漢時翻覆無定止朝過博浪沙暮入淮陰市張良未遇韓信貧劉項存亡在兩臣暫到下邳受兵畧來投漂母作主人賢哲棲棲古如此今時亦棄青雲士有策不敢犯龍鱗竄身南國避胡塵寶書玉(一作長)劍挂高閣金鞍駿馬散故人昨日方為宣城客掣鈴交通二千石有時六博快壯心遶牀三匝呼一擲楚人每道張旭奇心藏風雲世莫知三吳邦伯皆(一作多)顧盼四海雄俠兩追隨(一作皆相推)蕭曹曾作沛中吏攀龍附鳳當有時漂陽酒樓三月春楊花茫茫(一作漠漠)愁殺人胡雛(一作人)綠眼吹玉笛吳歌白紵飛梁塵丈夫相見(一作到處)且為樂槌牛撾鼓會衆賓我從此去釣東海得魚笑寄情相親

去婦詞(一作顧況詩)

古來有棄婦棄婦有歸處今日妾辭君辭君遣何去本家零落盡慟哭來時路憶昔未嫁君聞君却周旋綺羅錦繡段有贈黄金千十五許嫁君二十移所天自從結

鬢日未幾離君緬山川家家盡歡喜孤妾長自憐幽閨
多怨思盛色無十年相思若循環枕席生流泉流泉咽
不掃獨夢關山道及此見君歸君歸妾已老物情惡衰
賤新寵方妍好掩淚出故房傷心劇秋草自妾為君妻
君東妾在西羅幃到曉恨玉貌一生啼自從離別久不
覺塵埃厚嘗嫌玳瑁孤猶羨鴛鴦偶歲華逐霜霰賤妾
何能久寒沼落芙蓉秋風散楊柳以比顦顇顏空持舊
物還餘生欲何寄誰肯相牽攀君恩既斷絶相見何年
月悔傾連理杯虛作同心結女蘿附青松貴欲相依投
浮萍失綠水教作若為流不歎君棄妾自歎妾緣業憶
昔初嫁君小姑纔倚牀今日妾辭君小姑如妾長回頭
語小姑莫嫁如兄夫

全唐詩

李白

襄陽歌

落日欲沒峴山西倒著接䍦花下迷襄陽小兒齊拍手
攔街爭唱白銅鞮傍人借問笑何事笑殺山翁(一作公)醉似
泥鸕鷀杓鸚鵡杯百年三萬六千日一日須傾三百杯
遙看漢水鴨頭綠恰似葡萄初醱(一作潑)醅此江若變作春
酒壘麴便築糟丘臺千金駿馬換小(一作少)妾笑(一作醉)坐雕鞍
歌落梅車傍側挂一壺酒鳳笙龍管行相催咸陽市中
歎黃犬何如月下傾金罍君不見晉朝羊公一片石龜
頭(一作龍)剝落生莓苔淚亦不能為之墮心亦不能為之哀

(一本此下有誰能憂彼身後事金鳧銀鴨葬死灰二句)清風朗(一作明)月不用一錢買玉山自
倒非人推舒州杓力士鐺李白與爾同死生襄王雲雨
今安在江水東流猨夜聲

南都行

南都信佳麗武關橫西關白水眞人居萬商羅鄽闤高
樓對紫陌甲第連青山此地多英豪邈然不可攀陶朱
與五羖名播天壤間麗華秀玉色漢女嬌朱顏清歌遏
流雲豔舞有餘閑遨遊盛宛洛冠蓋隨風還走馬紅陽
城呼鷹白河灣誰識臥龍客長吟愁鬢斑

江上吟

木蘭之枻沙棠舟玉簫金管坐兩頭美酒樽中置千斛
載妓隨波任去留仙人有待乘黃鶴海客無心隨白鷗
屈平詞賦懸日月楚王臺榭空山丘興酣落筆搖五嶽
詩成笑傲凌滄洲功名富貴若長在漢水亦應西北流

侍從宜春苑奉詔賦龍池柳色初青聽新鶯百
囀歌

東風已綠瀛洲草紫殿紅樓覺春好池南柳色半青青
縈烟嫋娜拂綺城垂絲百尺挂雕楹上有好鳥相和鳴
間關早得春風情春風卷入碧雲去千門萬戶皆春聲
是時君王在鎬京五雲垂暉耀紫清仗出金宮隨日轉
天回玉輦繞花行始向蓬萊看舞鶴還過茝石聽新鶯
新鶯飛繞上林苑願入簫韶雜鳳笙

玉壺吟

烈士擊玉壺壯心惜暮年三杯拂劍舞秋月忽然高詠
涕泗漣鳳凰初下紫泥詔謁帝稱觴登御筵揄揚九重
萬乘主謔浪赤墀青瑣賢朝天數換飛龍馬敕賜珊瑚
白玉鞭世人不識東方朔大隱金門是謫仙西施宜笑
復宜嚬醜女效之徒累身君王雖愛蛾眉好無奈宮中
妬殺人

豳歌行上新平長史兄粲

豳谷稍稍振庭柯涇水浩浩揚湍波哀鴻酸嘶暮聲急
愁雲蒼慘寒氣多憶昨去家此為客荷花初紅柳條碧
中宵出飲三百杯明朝歸揖二千石寧知流寓變光輝
胡霜蕭颯繞客衣寒灰寂寞憑誰暖落葉飄揚何處歸
吾兄行樂窮曛旭滿堂有美顏如玉趙女長歌入綵雲
燕姬醉舞嬌紅燭狐裘獸炭酌流霞壯士悲吟寧見嗟
前榮後枯相翻覆何惜餘光及棣華

西嶽雲臺歌送丹丘子

西嶽崢嶸何壯哉黃河如絲天際來黃河萬里觸山動
盤渦轂轉秦地雷榮光休氣紛五彩千年一清聖人在
巨靈咆哮擘兩山洪波噴箭(一作流)射東海三峯卻立如欲
摧翠崖丹谷高掌開白帝金精運元氣石作蓮花雲作
臺雲臺閣道連窈冥中有不死丹丘生明星玉女備灑
掃麻姑搔背指爪輕我皇手把天地戶丹丘談天與天
語九重出入生光輝東來蓬萊復西歸玉漿儻惠故人
飲騎二茅龍上天飛

元丹丘歌

元丹丘愛神仙朝飲潁川之清流暮還嵩岑之紫烟三
十六峯長周旋長周旋躡星虹身騎飛龍耳生風橫河
跨海與天通我知爾遊心無窮

扶風豪士歌

洛陽三月飛胡沙洛陽城中人怨嗟天津流水波赤血
白骨相撐如亂麻我亦東奔向吳國浮雲四塞道路賒
東方日出啼早鴉城門人開掃落花梧桐楊柳拂金井
來醉扶風豪士家扶風豪士天下奇意氣相傾山可移
作人不倚將軍勢飲酒豈顧尚書期雕盤綺食會眾客
吳歌趙舞香風吹原嘗春陵六國時開心寫意君所知
堂中各有三千士明日報恩知是誰撫長劍一揚眉清
水白石何離離脫吾帽向君笑飲君酒為君吟張良未
逐赤松去橋邊黃石知我心

同族弟金城尉叔卿燭照山水壁畫歌

高堂粉壁圖蓬瀛燭前一見滄洲清洪波洶湧山崢嶸
皎若丹丘隔海望赤城光中乍喜嵐氣滅謂逢山陰晴
後雪迴溪碧流寂無喧又如秦人月下窺花源了然不
覺清心魂祇將疊嶂鳴秋猨與君對此歡未歇放歌行
今達明發卻顧海客揚雲帆便欲因之向溟渤

白毫子歌

淮南小山白毫子乃在淮南小山裏夜臥松下雲（一作雲）朝餐石中髓小山連綿向江開碧峰巉巖綠水迴余酌白毫子獨酌流霞杯拂花弄琴坐青苔綠蘿樹下春風來南窗蕭颯松聲起憑崖一聽清心耳可得見未得親八公攜手五雲去空餘桂樹愁殺人

梁園吟

我浮黃雲（一作河）去京闕挂席欲進波連山天長水闊厭遠涉訪古始及平臺間平臺爲客憂思多對酒遂作梁園歌却憶蓬池阮公詠因吟淥水揚洪波洪波浩蕩迷舊國路遠西歸安可得人生達命豈暇愁且飲美酒登高樓平頭奴子搖大扇五月不熱疑清秋玉盤楊梅爲君設吳鹽如花皎白雪持鹽把酒但飲之莫學夷齊事高潔（一作何用孤高比雲月）昔人豪貴信陵君今人耕種信陵墳荒城虛照碧山月古木盡入蒼梧雲梁王宮闕今安在枚馬先歸不相待舞影歌聲散淥池空餘汴水東流海沈吟此事淚滿衣黃金買醉未能歸連呼五白行六博分曹賭酒酣馳輝歌且謠意方遠東山高臥時起來欲濟蒼生未應晚

鳴皋歌送岑徵君（時梁園三尺雪在清泠池作）

若有人兮思鳴皋阻積雪兮心煩勞洪河凌兢不可以徑度氷龍鱗兮難容舠邈仙山之峻極兮聞天籟之嘈嘈霜厓縞皓以合沓兮若長風扇海湧滄溟之波濤玄猨綠羆舔（同餂）舕（音演）崟岌危柯振石駭膽慄魄羣呼而相號峯崢嶸以路絕挂星辰於巖嶅送君之歸兮動鳴皋之新作交鼓吹兮彈絲觴清泠之池閣君不行兮何待若反顧之黃鶴掃梁園之羣英振大雅於東洛巾征軒兮歷阻折尋幽居兮越巘崿盤白石兮坐素月琴松風兮寂萬壑望不見兮心氛氳蘿冥冥兮霰紛紛水橫洞以下淥波小聲而上聞虎嘯谷而生風龍藏溪而吐雲寡鶴清唳飢鼯嚬呻魂獨處此幽默兮愀空山而愁人雞聚族以爭食鳳孤飛而無隣蝘蜓嘲龍魚目混珍嫫母衣錦西施負薪若使巢由桎梏於軒冕兮亦奚異乎夔龍蹩躠於風塵哭何苦而救楚笑何誇而却秦吾誠不能學二子沽名矯節以耀世兮固將棄天地而遺身白鷗兮飛來長與君兮相親

鳴皋歌奉餞從翁清歸五厓山居（河南府陸渾縣有鳴皋山）

憶昨鳴皋夢裏還手弄素月清潭間覺時枕席非碧山側身西望阻秦關麒麟閣上春還早著書却憶伊陽好青松來風吹古（一作石）道綠蘿飛花覆烟草我家仙翁（一作公）愛清眞才雄草聖凌古人欲臥鳴皋絕世塵鳴皋微茫在何處五厓峽（一作谿）水橫樵路身披翠雲裘袖拂紫烟去去時應過嵩少間相思爲折三花樹

勞勞亭歌（在江寧縣南十五里古送別之所一名臨滄觀）

金陵勞勞送客堂蔓草離離生道傍古情不盡東流水此地悲風愁白楊我乘素舸同康樂朗詠清川飛夜霜昔聞牛渚吟五章今來何謝袁家郎苦竹寒聲動秋月獨宿空簾歸夢長

橫江詞六首

人道（一作言）橫江好儂道橫江惡一風三日（一作一月）吹倒山（一作猛風吹倒天門山）白浪高於瓦官閣

海潮南去過潯陽牛渚由來險馬當橫江欲渡風波惡一水牽愁萬里長

橫江西望阻西秦漢（一作楚）水東連（一作流）揚子津白浪如山那可渡狂風愁殺峭帆人

海神來（一作東）過惡風迴浪打天門石壁開浙江八月何如此濤似連山噴雪來

橫江館前津吏迎向余東指海雲生郎今欲渡緣何事如此風波不可行

月（一作日）暈天風霧不開海鯨東蹙百川迴驚波一起三山動公無渡河歸去來

金陵城西樓月下吟

金陵夜寂涼風發獨上高樓望吳越白雲映水搖空城白露垂珠滴秋月月下沈吟久不歸古來相接眼中稀解道澄江淨如練令人長憶謝玄暉

東山吟（土山去江寧城二十五里晉謝安攜妓之所一作醉過謝安東山作東山吟）

攜妓東土山（一作東山去）悵然悲謝安我妓今朝如花月他妓古墳荒草寒白雞夢後三百歲洒酒澆君同所歡酣來自作青海舞秋風吹落紫綺冠彼亦一時此亦一時浩浩洪流之詠何必奇

僧伽歌

眞僧法號號僧伽有時與我論三車問言誦呪幾千徧口道恒河沙復沙此僧本住南天竺爲法頭陀來此國戒得長天秋月明心如世上青蓮色意清淨貌稜稜亦不減亦不增瓶裏千年鐵柱（一作舍利）骨手中萬歲胡孫藤嗟予落魄江淮（一作湖）久罕遇眞僧說空有一言散盡波羅夷再禮渾除犯輕垢

白雲歌送劉十六歸山

楚山秦山皆白雲白雲處處長隨君長隨君君入楚山裏雲亦隨君渡湘水湘水上女蘿衣白雲堪臥君早歸（一作勾雲歌送友人云楚山秦山皆白雲白雲處處長隨君君今還入楚山裏雲亦隨君渡湘水湘水上女蘿衣白雲早臥早行君早起）

金陵歌送別范宣

石頭巉巖如虎踞凌波欲過滄江去鍾山龍盤走勢來秀色橫分歷陽樹四十餘帝三百秋功名事跡隨東流白馬小兒誰家子泰清之歲來關囚（一作吹唇虎嘯鳳皇樓）金陵昔時何壯哉席卷英豪天下來冠蓋散爲烟霧盡金輿玉座成寒灰扣劍悲吟空咄嗟梁陳白骨亂如麻天子龍沈景陽井誰歌玉樹後庭花此地傷心不能道目下離離長春草送爾長江萬里心他年來訪南山老（一作皓）

笑歌行（以下二首蘇軾云是僞作）

笑矣乎笑矣乎君不見曲如鉤古人知爾封公侯君不見直如弦古人知爾死道邊張儀所以只掉三寸舌蘇秦所以不墾二頃田笑矣乎笑矣乎君不見滄浪老人歌一曲還道滄浪濯吾足平生不解謀此身虛作離騷遣人讀笑矣乎笑矣乎趙有豫讓楚屈平賣身買得千年名巢由洗耳有何益夷齊餓死終無成君愛身後名我愛眼前酒飲酒眼前樂虛名何處有男兒窮通當有時曲腰向君君不知猛虎不看几上肉洪鑪不鑄囊中錐笑矣乎笑矣乎甯武子朱買臣扣角行歌背負薪今

日逢君君不識豈得不如佯狂人

悲歌行

悲來乎悲來乎主人有酒且莫斟聽我一曲悲來吟悲來不吟還不笑天下無人知我心君有數斗酒我有三尺琴琴鳴酒樂兩相得一杯不啻千鈞金悲來乎悲來乎天雖長地雖久金玉滿堂應不守富貴百年能幾何死生一度人皆有孤猨坐啼墳上月且須一盡杯中酒悲來乎悲來乎鳳皇不至河無圖微子去之箕子奴漢帝不憶李將軍楚王放却屈大夫悲來乎悲來乎秦家李斯早追悔虛名撥向身之外范子何曾愛五湖功成名遂身自退劒是一夫用書能知姓名惠施不肯千萬乘卜式未必窮一經還須黑頭取方伯莫謾白首為儒生

全唐詩

李白

秋浦歌十七首

秋浦長似秋蕭條使人愁客愁不可度行上東大樓正西望長安下見江水流寄言向江水汝意憶儂不遙傳一掬淚為我達揚州

秋浦猨夜愁黃山堪白頭清溪非隴水翻作斷腸流欲去不得去薄遊成久遊何年是歸日雨淚下孤舟

秋浦錦駝鳥人間天上稀山雞羞淥水不敢照毛衣

兩鬢入秋浦一朝颯已衰猨聲催白髮長短盡成絲

秋浦多白猨超騰若飛雪牽引條上兒飲弄水中月

愁作秋浦客强看秋浦花山川如剡縣風日似長沙

醉上山公馬寒歌甯戚牛空吟白石爛淚滿黑貂裘

秋浦千重嶺水車嶺最奇天傾欲墮石水拂寄生枝

江祖一片石青天掃畫屏題詩留萬古綠字錦苔生

千千石楠樹萬萬女貞林山山白鷺滿澗澗白猨吟君莫向秋浦猨聲碎客心

邏人（一作叉）橫鳥道江祖出魚梁水急客舟（一作行）疾山花拂面香

水如一匹練此地即平天耐可乘明月看花上酒船

淥水淨素月月明白鷺飛郎聽採菱女一道夜歌歸

爐火照天地紅星亂紫煙赧郎明月夜歌曲動寒川

白髮三千丈緣愁似个長不知明鏡裏何處得秋霜

秋浦田舍翁採魚水中宿妻子張白鷴結罝映深竹

桃波（一作陂）一步地了了語聲聞闇與山僧別低頭禮白雲

當塗趙炎少府粉圖山水歌

峩眉高出西極天羅浮直與南溟連名公繹思揮彩筆驅山走海置眼前滿堂空翠如可掃赤城霞氣蒼梧烟洞庭瀟湘意渺綿三江七澤情洄沿驚濤洶湧向何處孤舟一去迷歸年征帆不動亦不旋飄如隨風落天邊心搖目斷興難盡幾時可到三山巔西峯崢嶸噴流泉橫石蹙水波潺湲東崖合沓蔽輕霧深林雜樹空芊綿此中冥昧失晝夜隱几寂聽無鳴蟬長松之下列羽客對坐不語南昌仙南昌仙人趙夫子妙年歷落青雲士訟庭無事羅衆賓杳然如在丹青裏五色粉圖安足珍真仙可以全吾身若待功成拂衣去武陵桃花笑殺人

永王東巡歌十一首（永王璘明皇子也天寶十五年安祿山反詔璘領山南嶺南黔中江南四道節度使十一月璘至江陵募士得數萬遂有窺江左意十二月引舟師東巡）

永王正月東出師天子遙分龍虎旗樓船一舉風波靜江漢翻為雁鶩池

三川北虜亂如麻四海南奔似永嘉但用東山謝安石為君談笑靜胡沙

雷鼓嘈嘈喧武昌雲旗獵獵過尋陽秋毫不犯三吳悅春日遙看五色光

龍蟠虎踞帝王州帝子金陵訪古丘春風試暖昭陽殿明月還過鳷鵲樓

二帝巡遊俱未迴五陵松柏使人哀諸侯不救河南地更喜賢王遠道來

丹陽北固是吳關畫出樓臺雲水間千巖烽火連滄海兩岸旌旗繞碧山

王出三山按五湖樓船跨海次陪都戰艦森森羅虎士征帆一一引龍駒

長風挂席勢難迴海動山傾古月摧君看帝子浮江日何似龍驤出峽來

祖龍浮海不成橋漢武尋陽空射蛟我王樓艦輕秦漢却似文皇欲渡遼（此首蕭士贇云是僞作）

帝寵賢王入楚關掃清江漢始應還初從雲夢開朱邸更（一作直）取金陵作小山

試借君王玉馬鞭指揮戎虜坐瓊筵南風一掃胡塵靜西入長安到日邊

上皇西巡南京歌十首（天寶十五載六月己亥祿山陷京師七月庚辰次蜀郡八月癸巳皇太子即皇帝位於靈武十二月丁未上皇天帝至自蜀郡大赦以蜀郡為南京）

胡塵輕拂建章臺聖主西巡蜀道來劒壁門高五千尺石為樓閣九天開

九天開出一成都萬户千門入畫圖草樹雲山如錦繡秦川得及此間無

華陽春樹號（一作似）新豐行入新都若舊宮柳色未饒秦地綠花光不減上陽（一作林）紅

誰道君王行路難六龍西幸萬人歡地轉錦江成渭水天迴玉壘作長安

萬國同風共一時錦江何謝曲江池石鏡更明天上月後宮親（一作新）得照蛾眉

濯錦清江萬里流雲帆龍舸下揚州北地雖誇上林苑南京還有散花樓

錦水東流繞錦城星橋北挂象天星四海此中朝聖主峨眉山下列仙庭

秦開蜀道置金牛漢水元通星漢流天子一行遺聖跡

錦城長作帝王州

水綠天青不起塵風光和暖勝三秦萬國烟花隨玉輦西來添作錦江春

劒閣重關蜀北門上皇歸馬若雲屯少帝長安開紫極雙懸日月照乾坤

峨眉山月歌

峨眉山月半輪秋影入平羌江水流夜發清溪向三峽思君不見下渝州

峨眉山月歌送蜀僧晏入中京

我在巴東三峽(一作月)時西看明月憶峨眉月出峨眉照滄海與人萬里長相隨黃鶴樓前月華白此中忽見峨眉客峨眉山月還送君風吹西到長安陌長安大道橫九天峨眉山月照秦川黃金獅子乘高座白玉麈尾談重玄我似浮雲殢吳越君逢聖主遊丹闕一振高名滿帝都歸時還弄峨眉月

赤壁歌送別

二龍爭戰決雌雄赤壁樓船掃地空烈火張天照雲海周瑜於此破曹公君去滄江望(一作夫)澄碧鯨鯢唐突留餘跡一一書來報故人我欲因之壯心魄

江夏行

憶昔嬌小姿春心亦自持爲言嫁夫壻得免長相思誰知嫁商賈令人却愁苦自從爲夫妻何曾在鄉土去年下揚州相送黃鶴樓眼看帆去遠心逐江水流只言期一載誰謂歷三秋使妾腸欲斷恨君情悠悠東家西舍同時發北去南來不逾月未知行李遊何方作箇音書能斷絕適來往南浦欲問西江船正見當壚女紅粧二八年一種爲人妻獨自多悲悽對鏡便垂淚逢人只欲啼不如輕薄兒旦暮長相隨悔作商人婦青春長別離如今正好同懽樂君去容華誰得知

懷仙歌

一鶴東飛過滄海放心散漫知何在仙人浩歌望我來應攀玉樹長相待堯舜之事不足驚自餘囂囂直可輕巨鼇莫戴三山去我欲蓬萊頂上行

玉真仙人詞

玉真之仙人時往太華峯清晨鳴天鼓飈欻騰雙龍弄電不輟手行雲本無蹤幾時入少室王母應相逢

清溪行(一作宣州清溪)

清溪清我心水色異諸水借問新安江見底何如此人行明鏡中鳥度屏風裏向晚猩猩啼空悲遠遊子

酬殷明佐見贈五雲裘歌

我吟謝朓詩上語朔風颯颯吹飛雨謝朓已沒青山空後來繼之有殷公粉圖珍裘五雲色曄如晴天散彩虹文章彪炳光陸離應是素娥玉女之所爲輕如松花落金粉濃似苔錦含碧滋遠山積翠橫海島殘霞飛丹映江草凝毫採掇花露(一作霧)容幾年功成奪天造故人贈我我不違著令山水含清暉頓驚謝康樂詩興生我衣襟前林壑斂暝色袖上雲霞收夕霏羣仙長歎驚此物千崖萬嶺相縈鬱身騎白鹿行飄颻手翳紫芝笑披拂相如不足誇鷫鸘王恭鶴氅安可方瑤臺雪花數千點片片吹落春風香爲君持此淩蒼蒼上朝三十六玉皇下窺夫子不可及矯首相思空斷腸

臨路歌

大鵬飛兮振八裔中天摧兮力不濟餘風激兮萬世遊扶(一作搏)桑兮挂石(一作左)袂後人得之傳此仲尼亡兮誰爲出涕

古意

君爲女蘿草妾作兔絲花輕條不自引爲逐春風斜百丈託遠松纏綿成一家誰言會面(一作合)易各在青山厓女蘿發馨香兔絲斷人腸枝枝相糾結葉葉競飄揚生子不知根因誰共芬芳中巢雙翡翠上宿紫鴛鴦若識二草心海潮亦可量

山鷓鴣詞

苦竹嶺頭秋月輝苦竹南枝鷓鴣飛嫁得燕山胡雁壻欲銜我向雁門歸山雞翟雉來相勸南禽多被北禽欺紫塞嚴霜如劒戟蒼梧欲巢難背違我今誓死不能去哀鳴驚叫淚沾衣

歷陽壯士勤將軍名思齊歌(并序　以下二首蕭士贇云是僞作)

歷陽壯士勤將軍神力出於百夫則天太后召見奇之授遊擊將軍賜錦袍玉帶朝野榮之後拜橫南將軍大臣慕義結十友即燕公張說館陶公郭元振爲首余壯之遂作詩

太古歷陽郡化爲洪川在江山猶鬱盤龍虎秘光彩蓄洩數千載風雲何霮䨴特生勤將軍神力百夫倍

草書歌行

少年上人號懷素草書天下稱獨步墨池飛出北溟魚筆鋒殺盡中山兔八月九月天氣涼酒徒詞客滿高堂牋麻素絹排數廂宣州石硯墨色光吾師醉後倚繩牀須臾掃盡數千張飄風驟雨驚颯颯落花飛雪何茫茫起來向壁不停手一行數字大如斗怳怳如聞神鬼驚時時只見龍蛇走左盤右蹙如驚電狀同楚漢相攻戰湖南七郡凡幾家家家屏障書題徧王逸少張伯英古來幾許浪得名張顛老死不足數我師此義不師古古來萬事貴天生何必要公孫大娘渾脫舞

和盧侍御通塘曲

君誇通塘好通塘勝耶溪通塘在何處遠在尋陽西青蘿裊裊挂烟樹白鷴處處聚沙堤石門中斷平湖出百丈金潭照雲日何處滄浪垂釣翁鼓櫂漁歌趣非一相逢不相識出沒繞通塘浦邊清水明素足別有浣沙吳女郎行盡綠潭潭轉幽疑是武陵春碧流秦人雞犬桃花裏將比通塘渠見羞通塘不忍別十去九遲回偶逢佳境心已醉忽有一鳥從天來月出青山送行子四邊苦竹秋聲起長吟白雪望星河雙垂兩足揚素波梁鴻德耀會稽日寧知此中樂事多

全唐詩

李白

贈孟浩然

吾愛孟夫子風流天下聞紅顏棄軒冕白首臥松雲醉月頻中聖迷花不事君高山安可仰徒此揖清芬

贈從兄襄陽少府皓

結髮未識事所交盡豪雄却秦不受賞擊晉(一作救趙)寧爲功(一本此下有脫身白刃裏殺人紅塵中當朝揖高義舉世稱英雄四句)小節豈足言退耕舂陵東歸來無產業生事如轉蓬一朝烏裘敝百鎰黃金空彈劍徒激昂出門悲路窮吾兄青雲士然諾聞諸公所以陳片言片言貴情通棣華儻不接甘與秋草同

淮海對雪贈傅靄(一作淮南對雪贈孟浩然)

朔雪落吳天從風渡溟渤海樹成陽春江沙浩明月(一本此下有飄颻四荒外想像千花發瑤草生階墀玉塵散庭闕四句)興從剡溪起思繞梁園發寄君郢中歌曲罷心斷絕(一本此四句作剡溪興空在郢路歌未歇寄君梁父吟曲盡心斷絕)

贈徐安宜

白田見楚老歌詠徐安宜製錦不擇地操刀良在茲清風動百里惠化聞京師浮人若雲歸耕種滿郊岐川光淨麥隴日色明桑枝訟息但長嘯賓來或解頤青橙(一作橪)拂戶牖白水流園池遊子滯安邑懷恩未忍辭翳君樹桃李歲晚託深期

贈任城盧主簿

海鳥知天風竄身魯門東臨觴不能飲矯翼思凌空鐘鼓不爲樂烟霜誰與同歸飛未忍去流淚謝鴛鴻

早秋贈裴十七仲堪

遠海動風色吹愁落天涯南星變大火熱氣餘丹霞光景不可迴六龍轉天車荊人泣美玉魯叟悲匏瓜功業若夢裏撫琴發長嗟裴生信英邁屈起多才華歷抵海岱豪結交魯朱家復攜兩少女豔色驚荷葩(一作花)雙歌入青雲但惜白日斜窮溟出寶貝大澤饒龍蛇明主儻見收烟霞路非賒時命若不會歸應鍊丹砂(一作知飛萬里道勿使歲寒嗟)

贈范金卿二首

君子枉清盼不知東走迷離家來幾月絡緯鳴中閨桃李君不言攀花願成蹊那能吐芳信惠好相招攜我有結綠珍久藏濁水泥時人棄此物乃與燕珉齊摭拭欲贈之申眘路無梯遼東慙白豕楚客羞山雞徒有獻芹心終流泣玉啼祇應自索漠留舌示山妻

范宰不買名弦歌對前楹爲邦默自化日覺冰壺清百里雞犬靜千廬機杼鳴浮人少蕩析愛客多逢迎遊子覩嘉政因之聽頌聲

贈瑕丘王少府

皎皎鸞鳳姿飄飄神仙氣梅生亦何事來作南昌尉清風佐鳴琴寂寞道爲貴一見過所聞操持難與羣毫揮魯邑訟目送瀛洲雲我隱屠釣下爾當玉石分無由接高論空此仰清芬

東魯見狄博通

去年別我向何處有人傳道遊江東謂言挂席度滄海却來應是無長風

見京兆韋參軍量移東陽二首

潮水還歸海流人却到吳相逢問愁苦淚盡日南珠

聞說金華渡東連五百灘全勝若耶好莫道此行難猨嘯千谿合松風五月寒他年一攜手摇艇入新安

贈丹陽橫山周處士惟長

周子橫山隱開門臨城隅連峯入戶牖勝槩凌方壺時作白紵詞放歌丹陽湖水色傲溟渤川光秀菰蒲當其得意時心與天壤俱閑雲隨舒卷安識身有無抱石耻獻玉沈泉笑探珠羽化如可作相攜上清都

玉眞公主別館苦雨贈衞尉張卿二首

秋(一作愁)坐金張館繁陰晝不開空烟迷雨色蕭颯望中來翳翳昏墊苦沈沈憂恨催清秋何以慰白酒盈吾杯吟詠思管樂此人已成灰獨酌聊自勉誰貴經綸才彈劍謝公子無魚良可哀

苦雨思白日浮雲何由卷稷卨和天人陰陽乃(一作仍)驕蹇秋霖劇倒井昏霧橫絕巘欲往咫尺塗遂成山川限潨奔溜聞(一作瀉)浩浩驚波轉泥沙塞中途牛馬不可辨飢從漂母食閑綴羽陵簡園家逢秋蔬藜藿不滿眼蠨蛸結思幽蟋蟀傷褊淺厨竈無青煙刀机生綠蘚投筯解鷫鸘換酒醉北堂丹徒布衣者慷慨未可量何時黃金盤一斛薦檳榔功成拂衣去摇曳滄洲傍

贈韋祕書子春二首

谷口鄭子眞躬耕在巖石高名動京師天下皆籍籍斯人竟不起雲臥從所適苟無濟代心獨善亦何益惟君家世者偃息逢休明談天信浩蕩說劍紛縱橫謝公不徒然起來爲蒼生祕書何寂寂無乃羈豪英且復歸碧山安能戀金闕舊宅樵漁地蓬蒿已應沒却顧女几峯胡顏見雲月

徒爲風塵苦一官已白鬚氣同萬里合訪我來瓊都披雲覩青天捫蝨話良圖留侯將綺里出處未云殊終與安社稷功成去五湖(一本二詩合作一首)

贈韋侍御黃裳二首

太華生長松亭亭凌霜雪天與百尺高豈爲微飆折桃李賣陽豔路人行且迷春光掃(一作拂)地盡碧葉成黃泥願君學長松慎勿作桃李受屈不改心然後知君子

見君乘驄馬知上太山(一作行)道此地果摧輪全身以爲寶我如豐年玉棄置秋田草但勗冰壺心無爲歎衰老

贈薛校書

我有吳越曲無人知此音姑蘇成蔓草麋鹿空悲吟未誇觀濤作空鬱釣鼇心舉手謝東海虛行歸故林

贈何七判官昌浩

有時忽惆悵匡坐至夜分平明空嘯咤思欲解世紛心隨長風去吹散萬里雲羞作濟南生九十誦古文不然拂劍起沙漠收奇勳老死阡陌間何因揚清芬夫子今管樂英才冠三軍終與同出處豈將沮溺羣

讀諸葛武侯傳書懷贈長安崔少府叔封昆季

漢道昔云季羣雄方戰爭霸圖各未立割據資豪英赤伏起頹運臥龍得孔明當其南陽時隴畝躬自耕魚水三顧合風雲四海生武侯立岷蜀壯志吞咸京何人先見許但有崔州平余亦草間人頗懷拯物情晚途值子玉華髮同衰榮託意在經濟結交爲弟兄毋令管與鮑

千載獨知名

贈郭將軍

將軍少年出武威（一作豪俠有英威）入（一作昔）掌銀臺護紫微平明拂劍朝天去薄暮垂鞭醉酒歸愛子臨風吹玉笛美人向月舞羅衣疇昔雄豪如夢裏相逢且欲醉春暉（一作今日相逢俱失路何年霸上昇泰暉）

駕去溫泉後贈楊山人

少年落魄楚漢間風塵蕭瑟多苦顏自言管葛竟誰許長吁莫錯還閉關一朝君王垂拂拭剖心輸丹雪胸臆忽蒙白日回景光直上青雲生羽翼幸陪鸞輦出鴻都身騎飛龍天馬駒王公大人借顏色金璋紫綬來相趨當時結交何紛紛片言道合惟有君待吾盡節報明主然後相攜臥白雲

溫泉侍從歸逢故人

漢帝長楊苑誇胡羽獵歸子雲叨侍從獻賦有光輝激賞搖天筆承恩賜御衣逢君奏明主他日共翻飛

贈裹十四

朝見裹叔則朗如行玉山黃河落天走東海萬里寫入胸懷間身騎白黿不敢度金高南山買君顧裹回六合無相知飄若浮雲且西去

贈崔侍郎

黃河二（一作三）尺鯉本在孟津居點額不成龍歸來伴凡魚故人東海客一見借吹噓風濤儻相見（一作因）更欲凌崑墟（一本此下有何當赤車使再往名相如二句）

述德兼陳情上哥舒大夫

天為國家孕英才森森矛戟擁靈臺浩蕩深謀噴江海縱橫逸氣走風雷丈夫立身有如此一呼三軍皆披靡衛青謾作大將軍白起真成一豎子

雪讒詩贈友人

嗟予沈迷猖獗已久五十知非古人嘗有立言補過庶存不朽包荒匿瑕蓄此頑醜月出致譏貽愧皓首感悟遂晚事往日遷白壁何辜青蠅屢前羣輕折軸下沈黃泉衆毛飛骨上凌青天萋斐暗成貝錦粲然泥沙聚埃珠玉不鮮洪焰爍山發自纖煙蒼波蕩日起于微涓交亂四國播于八埏拾塵掇蜂疑聖猜賢哀哉悲夫誰察予之貞堅彼婦人之猖狂不如鵲之彊彊彼婦人之淫昏不如鶉之奔奔坦蕩（一作皎皎）君子無悅簧言擢髮續（一作贖）罪罪乃孔多傾海流惡惡無以過人生實難逢此織羅積毀銷金沈憂作歌天未喪文其如余何妲己滅紂褒女惑周天維蕩覆職此之由漢祖呂氏食其在傍秦皇太后毒亦淫荒螮蝀作昏遂掩太陽萬乘尚爾匹夫何傷辭殫意窮心切理直如或妄談昊天是殛子野善聽離婁至明神靡遁響鬼無逃形不我遐棄庶昭忠誠

贈參寥子

白鶴飛天書南荊訪高士五雲在峴山果得參寥子骯髒辭故園昂藏入君門天子分玉帛百官接話言毫墨時灑落探玄有奇作著論窮天人千春祕麟閣長揖不受官拂衣歸林巒余亦去金馬藤蘿同所歡相思在何處桂樹青雲端

贈饒陽張司戶燧

朝飲蒼梧泉夕棲碧海煙寧知鸞鳳意遠託椅桐前慕蘭豈畏古攀嵇是當年愧非黃石老安識子房賢功業嗟落日容華棄徂川一語已道意三山期著鞭蹉跎人間世寥落壺中天獨見遊物祖探元窮化先何當共攜手相與排冥筌

贈清漳明府姪聿

我李百萬葉柯條布中州天開青雲器日為蒼生憂小邑且割雞大刀佇烹牛雷聲動四境惠與清漳流弦歌詠唐堯脫落隱簪組心和得天真風俗猶太古牛羊散阡陌夜寢不扃戶問此何以然賢人宰吾土舉邑樹桃李垂陰亦流芬河堤繞綠水桑柘連青雲趙女不治容提籠晝成羣繰絲鳴機杼百里聲相聞訟息鳥下階高臥披道帙蒲鞭挂簷枝示恥無撲抶琴清月當戶人寂風入室長嘯無一言陶然上皇逸白玉壺冰水壺中見底清清光洞毫髮皎潔照羣情趙北美佳政燕南播高名過客覽行謠因之誦德聲

贈臨洺縣令皓弟（時被訟停官）

陶令去彭澤茫然太古心大音自成曲但奏無弦琴釣水路非遠連鼇意何深終期龍伯國與爾相招尋

贈郭季鷹

河東郭有道於世若浮雲盛德無我位清光獨映君恥將雞並食長與鳳為羣一擊九千仞相期凌紫氛

鄴中贈王大（一作鄴中王大勸入高鳳石門山幽居）

一身竟無託遠與孤蓬征千里失所依復將落葉并中途偶良朋問我將何行欲獻濟時策此心誰見明君王制六合海塞無交兵壯士伏草間沈憂亂縱橫飄飄不得意昨發南都城紫燕櫪下（一作上）嘶青萍匣中鳴投軀寄天下長嘯尋豪英恥學琅琊人龍蟠事躬耕富貴吾自取建功及春榮我願執爾手爾方達我情相知同一己豈惟弟與兄抱子弄白雲琴歌發清聲臨別意難盡各希存令名

贈華州王司士

淮水不絕濤瀾高盛德未泯生英髦知君先負廟堂器今日還須贈寶刀

贈盧徵君昆弟

明主訪賢逸雲泉今已空二盧竟不起萬乘高其風河上喜相得壺中趣每同滄州即此地觀化遊無窮水落海上清（一作青）鼇背覩方蓬與君弄倒景攜手凌星虹

贈新平少年

韓信在淮陰少年相欺凌屈體若無骨壯心有所憑一遭龍顏君嘯咤從此興千金答漂母萬古共嗟稱而我竟何為寒苦坐相仍長風入短袂兩手如懷冰故友不相恤新交寧見矜摧殘檻中虎羈紲韝上鷹何時騰風雲搏擊申所能

贈崔侍郎（一作御）

長劍一杯酒男兒方寸心洛陽因劇孟託宿話胸襟但仰山嶽秀不知江海深長安復攜手再顧重千金君乃輶軒（一作軒轅）佐予叨翰墨林高風摧秀木虛彈落驚禽不取回舟興而來命駕尋扶搖應借力桃李願成陰笑吐張

儀舌愁爲莊舃吟誰憐明月夜腸斷聽秋砧

走筆贈獨孤駙馬

都尉朝天躍馬歸香風吹人花亂飛銀鞍紫鞚照雲日左顧右盼生光輝是時僕在金門裏待詔公車謁天子長揖蒙垂國士恩壯心剖出酬知己一别蹉跎朝市間青雲之交不可攀儻其公子重回顧何必侯嬴長抱關

贈嵩山焦鍊師（并序）

嵩丘有神人焦鍊師者不知何許婦人也又云生於齊梁時其年貌可稱五六十常胎息絶穀居少室廬遊行若飛倏忽萬里世或傳其入東海登蓬萊竟莫能測其往也余訪道少室盡登三十六峯聞風有寄灑翰遙贈

二室凌青天三花含紫煙中有蓬海客宛疑麻姑仙道在喧莫染跡高想已綿時餐金鵞蘂（一作蛾藥）屢讀青（一作古）苔篇八極恣遊憩九垓長周旋下瓢酌頳水舞鶴來伊川還歸空山上獨拂秋霞眠蘿月挂朝鏡松風鳴夜弦潛光隱嵩嶽鍊魄棲雲幄霓裳（一作衣）何飄飄（一作萎蕤）鳳吹轉緜邈願同西王母下顧東方朔紫書儻可傳銘骨誓相學

口號贈徵君鴻（此公時被徵）

陶令辭彭澤梁鴻入會稽我尋高士傳君與古人齊雲臥留丹壑天書降紫泥不知楊伯起早晚向關西

上李邕

大鵬一日同風起摶搖直上九萬里假令風歇時下來猶能簸却滄溟水世人見我恒殊調聞余大言皆冷笑宣父猶能畏後生丈夫未可輕年少（此首蕭士贇云是僞作）

贈張公洲革處士

列子居鄭圃不將衆庶分革侯遁南浦常恐楚人聞抱甕灌秋蔬心閑遊天雲每將瓜田叟耕種漢水濱時登張公洲入獸不亂羣井無桔槔事門絶刺繡文長揖二千石遠辭百里君斯爲眞隱者吾黨慕清芬

全唐詩目（第三函）

第五冊

李白（九卷至十七卷）

全唐詩

李白

秋日鍊藥院鑷白髮贈元六兄林宗

木落識歲秋瓶冰知天寒桂枝日已綠拂雪凌雲端弱齡接光景矯翼攀鴻鸞投分三十載榮枯同所歡長吁望青雲鑷白坐相看秋顏入曉鏡壯髮凋危冠窮與鮑生賈饑從漂母餐時來極天人道在豈吟歎樂毅方適趙蘇秦初說韓卷舒固在我何事空摧殘

書情贈蔡舍人雄

嘗高謝太傅（一作嘗聞謝安石）攜妓東山門楚舞醉碧雲吳歌斷清猨躞因蒼生起談笑安黎元余亦愛此人丹霄冀飛飜遭逢聖明主敢進興亡言（一本此下有蛾眉積讒妬魚目嗤璵璠二句）白璧竟何辜青蠅遂成冤一朝去京國十載客梁園猛犬吠九關殺人憤（一作本無嫌）精魂皇穹雪冤枉白日開氛昏泰階得夔龍桃李滿中原倒海索明月凌山採芳蓀愧無横草功虛負雨露恩跡謝雲臺閣心隨天馬轅夫子王佐才而今復誰論層飈振六翮不日思騰騫我縱五湖櫂煙濤恣崩奔夢釣子陵湍英風（一作芬）緬猶存彼（一作徒）希客星隱弱植不足援千里一迴首萬里一長歌黃鶴不復來清風愁奈何舟浮瀟湘月山倒洞庭波投汨笑古人臨濠得天和閑時田畝中搔背牧雞鵞别離解相訪應在武陵多

憶襄陽舊遊贈馬少府巨

昔爲大堤客曾上山公樓開窻碧嶂滿拂鏡滄江流高冠佩雄劒長揖韓荆州此地别夫子今來思舊遊朱顏君未老白髮我先秋壯志恐蹉跎功名若雲浮歸心結遠夢落日懸春愁空思羊叔子墮淚峴山頭（一作何時共攜手更醉峴山頭）

對雪獻從兄虞城宰

昨夜梁園裏弟寒兄不知庭前看玉樹腸斷憶連枝

訪道安陵遇蓋還爲余造眞籙臨别留贈

清水見白石仙人識青童安陵蓋夫子十歲與天通懸河與微言談論安可窮能令二千石撫背驚神聰揮毫贈新詩高價掩山東至今平原客感激慕清風學道北海仙傳書蘂珠宮丹田了玉闕白日思雲空爲我草眞

籙天人慙妙工七元洞豁落八角輝星虹三災蕩璿璣蛟龍翼微躬舉手謝天地虛無齊始終黃金滿高堂荅荷難克充下笑世上士沉魂北羅酆昔日萬乘墳今成一科蓬贈言若可重實此輕華嵩

贈崔郎中宗之（時謫官金陵）

胡雁拂海翼翱翔鳴素秋驚雲辭沙朔飄蕩迷河洲有如飛蓬人去逐萬里遊登高望浮雲彷彿如舊丘日從海傍沒水向天邊流長嘯倚孤劍目極心悠悠歲晏歸去來富貴安可求仲尼七十說歷聘莫見收魯連逃千金珪組豈可酬時哉苟不會草木爲我儔希君同攜手長往南山幽

贈崔諮議

綠驥本天馬素非伏櫪駒長嘶向清風倏忽凌九區何言西北至却走東南隅世道有翻覆前期難豫圖希君一翦拂猶可騁中衢

贈昇州王使君忠臣

六代帝王國三吳佳麗城賢人當重寄天子借高名巨海一邊靜長江萬里清應須救趙策未肯棄侯嬴

贈別從甥高五

魚目高泰山不如一璵璠賢甥即明月聲價動天門能成吾宅相不減魏陽元自顧寡籌略功名安所存五木思一擲如繩繫窮猿櫪中駿馬空堂上醉人喧黃金久已罄爲報故交恩聞君隴西行使我驚心魂與爾共飄颻雲天各飛翻江水流或卷此心難具論貧家（一作居）羞好客語拙覺辭繁三朝空錯莫對飯（一作飲）却慚冤自笑我非夫生事多契闊蓄積萬古憤向誰得開豁天地一浮雲此身乃毫末忽見無端倪太虛可包括去去何足道臨岐空復愁肝膽不楚越山河亦衾裯雲龍若相從明主會見收成功解（一作若）相訪溪（一作綠）水桃花流

贈裴司馬

翡翠黃金縷繡成歌舞衣若無雲間月誰可比光輝秀色一如此多爲衆女譏君恩移昔愛失寵秋風歸愁苦不窺鄰泣上流黃機天寒素手冷夜長燭復微十日不滿匹鬢蓬亂若絲猶是可憐人容華世中稀向君發皓齒顧我莫相違

敘舊贈江陽宰陸調

泰伯讓天下仲雍揚波濤清風蕩萬古跡與星辰高開吳食東溟陸氏世英髦多君秉古節嶽立冠人曹風流少年時京洛事遊遨腰間延陵劍玉帶明珠袍我昔鬬雞徒連延五陵豪邀遮相組織呵嚇來煎熬君開萬叢人鞍馬皆辟易告急清憲臺脫余北門厄間宰江陽邑翦棘樹蘭芳城門何肅穆五月飛秋霜好鳥集珍木高才列華堂時從府中歸絲管儼成行但苦隔遠道無由共銜觴江北荷花開江南楊梅熟正好飲酒時懷賢在心目掛席拾海月乘風下長川多沽新豐醁滿載剡溪船中途不遇人直到爾門前大笑同一醉取樂平生年

（一本作太伯讓天下仲雍揚波濤清風蕩萬古跡與星辰高開吳食東溟陸氏世英髦大子特峻秀岳立冠人曹風流少年時京洛事遊遨騁驊紅陽燕玉劍明珠袍一諾許他人千金雙錯刀滿堂青雲士望美期丹霄我昔北門厄摧如一枝蕙有虎挾雞徒連延五陵豪邀遮來組織呵嚇相煎熬君披萬人叢脫我如從牢此恥竟未刷且食綏山桃非天雨文章所祖託風騷蒼蓬老壯髮長策未逢遇別君幾何時君無相思否鳴琴坐高樓淥水淨窗牖政成聞雅頌人吏皆拱手投刃有餘地迴車攝江陽錯雜非易理先威挫豪強城門何肅穆五月飛秋霜好鳥集珍木高才列華堂時從府中歸絲管儼成行但苦隔遠道無由共銜觴江北荷花開江南楊梅鮮掛席拾海月乘風下長川多沽新豐醁滿載剡溪船中途不遇人直到爾門前大笑同一醉取樂平生年）

贈從孫義興宰銘

天子思茂宰天枝得英才朗然清秋月獨出映吳臺落筆生綺繡操刀振風雷蠖屈雖百里鵬騫望三台退食無外事琴堂向山開綠水寂以閑白雲有時來河陽富奇藻彭澤縱名杯所恨不見之猶如仰昭回元惡昔滔天疲人散幽草驚川無活鱗舉邑罕遺老誓雪會稽恥將奔宛陵道亞相素所重投刃應桑林獨坐傷激揚神融一開襟絃歌欣再理和樂醉人心蠹政除害馬傾巢有歸禽壺漿候君來聚舞共謳吟農人棄蓑笠蠶女隳纓簪歡笑相拜賀則知惠愛深（亞相李公重之以能政中丞李公免罷以移官）歷職吾所聞稱賢爾爲最化洽一邦上名馳三江外峻節貫雲霄通方堪遠大能文變風俗好客留軒蓋他日一來遊因之嚴光瀨

草創大還贈柳官迪

天地爲橐籥周流行太易造化合元符交媾騰精魄自然成妙用孰知其指的羅絡四季間綿微無一隙日月更出沒雙光豈云隻姹女乘河車黃金充轅軛執樞相管轄摧伏傷羽翮朱鳥張炎威白虎守本宅相煎成苦老消鑠凝津液髣髴明窗塵死灰同至寂擣（一作鑄）冶入赤色十二周律曆赫然稱大還與道本無隔白日可撫弄清都在咫尺北酆落死名南斗上生籍抑予是何者身在方士格才術信縱橫世途自輕擲吾求仙棄俗君曉損勝益不向金闕遊思爲玉皇客鸞車速風電龍騎無鞭策一舉上九天相攜同所適

贈崔司戶文昆季

雙珠出海底俱是連城珍明月兩特達餘輝傍照人英聲振名都高價動殊鄰豈伊箕山故特以風期親惟昔不自媒擔簦西入秦攀龍九天上忝列歲星臣布衣侍丹墀密勿草絲綸才微惠渥重讒巧生緇磷一去已十載今來復盈旬清霜入曉鬢白露生衣巾側見綠水亭開門列華茵千金散義士四坐無凡賓欲折月中桂持（一作特）爲寒者薪路傍已竊笑天路將何因垂恩儻丘山報德有微身

贈溧陽宋少府陟

李斯未相秦且逐東門兔宋玉事襄王能爲高唐賦常聞綠水曲忽此相逢遇掃灑青天開豁然披雲霧葳蕤紫鸞鳥巢在崐山樹驚風西北吹飛落南溟去早懷經濟策特受龍顏顧白玉棲青蠅君臣忽行路人生感分義貴欲呈丹素何日清中原相期廓天步

戲贈鄭溧陽

陶令日日醉不知五柳春素琴本無弦漉酒用葛巾清風北窗下自謂羲皇人何時到栗里一見平生親

贈僧崖公

昔在朗陵東學禪白眉空大地了鏡徹迴旋寄輪風攬彼造化力持爲我神通晚謁泰山君親見日沒雲中夜臥山月（一作夜臥雪上月）拂衣逃人羣授余金仙道曠劫未始聞冥機發天光獨朗謝垢氛虛舟不繫物觀化遊江濆江濆遇同聲道崖乃僧英說法動海嶽遊方化公卿手秉玉

麈尾如登白樓亭微言注百川亹亹信可聽一風鼓羣有萬籟各自鳴啓閉八牕牖託宿掣電霆自言歷天台搏壁躡翠屏凌兢石橋去恍惚入青冥昔往今來歸絕景無不經何日更攜手乘杯向蓬瀛

遊溧陽北湖亭望瓦屋山懷古贈同旅 一作贈孟浩然

朝登北湖亭遙望瓦屋山天清白露下始覺秋風還遊子託主人仰觀眉睫間目色送飛鴻邈然不可攀長吁相勸勉何事來吳關聞有貞義女振窮溧水灣清光了在眼白日如披顏高墳五六墩崒兀棲猛虎遺跡翳九泉芳名動千古子胥昔乞食此女傾壺漿運開展宿憤入楚鞭平王凜冽天地間名若懷霜雪壯夫或未達十步九太行與君拂衣去萬里同翱翔

醉後贈從甥高鎮

馬上相逢揖馬鞭客中相見客中憐欲邀擊筑悲歌飲正值傾家無酒錢江東風光不借人枉殺落花空自春黃金逐手快意盡昨日破產今朝貧丈夫何事空嘯傲不如燒却頭上巾君爲進士不得進我被秋霜生旅鬢時清不及英豪人三尺童兒重廉藺匣中盤劒裝䱜 音鵲又音錯 魚閑在腰間未用渠且將換酒與君醉醉歸託宿吳專諸

贈秋浦柳少府

秋浦舊蕭索公庭人吏稀因君樹桃李此地忽芳菲搖筆望白雲開簾當翠微時來引山月縱酒酣清暉而我愛夫子淹留未忍歸

贈崔秋浦三首

吾愛崔秋浦宛然陶令風門前五楊柳井上二梧桐山鳥下廳事簷花落酒中懷君未忍去惆悵意無窮

崔令學陶令北牕常晝眠抱琴時弄月取意任無弦見客但傾酒爲官不愛錢東皐春事起種黍早歸田 一作東皐多種黍勸爾早耕田

河陽花作縣秋浦玉爲人地逐名賢好風隨惠化春水從天漢落山逼畫屏新應念金門客投沙弔楚臣

望九華贈青陽韋仲堪

昔在九江上遙望九華峰天河掛綠水秀出九芙蓉我欲一揮手誰人可相從君爲東道主於此臥雲松

全唐詩

李白

贈王判官時余歸隱居廬山屏風疊

昔別黃鶴樓蹉跎淮海秋俱飄零落葉各散洞庭流中年不相見蹭蹬遊吳越何處我思君天台綠蘿月會稽風月好却遶剡溪迴雲山海上出人物鏡中來一度浙江北十年醉楚臺荊門倒屈宋梁苑傾鄒枚苦 一作若 笑我誇誕知音安在哉大盜割鴻溝如風掃秋葉吾非濟代人且隱屏風疊中夜天中望憶君思見君明朝拂衣去永與海鷗羣

在水軍宴贈幕府諸侍御

月化五白龍翻飛凌九天胡沙驚北海電掃洛陽川虜箭雨宮闕皇輿成播遷英王受廟略秉鉞清南邊雲旗卷海雪金戟羅江煙聚散百萬人弛張在一賢霜臺降羣彥水國奉戎旃繡服開宴語天人借樓船如登黃金臺遙謁紫霞仙卷身編蓬下冥機四十年寧知草間人腰下有龍泉浮雲在一決誓欲清幽燕願與四座公靜談金匱篇齊心戴朝恩不惜微軀捐所冀旄頭滅功成追魯連

贈武十七諤 并序

門人武諤深於義者也質本沉悍慕要離之風潛釣川 一作江 海不數數於世間事聞中原作難西來訪余余愛子伯禽在魯許將冒胡兵以致之酒酣感激援筆而贈

馬如一匹練明日過吳門乃是要離客西來欲報恩笑開燕匕首拂拭竟無言狄犬吠清洛天津成塞垣愛子隔東魯空悲斷腸猨林回棄白璧千里阻同奔君爲我致之輕齎涉淮源精誠合天道不媿遠遊 一作鄧攸 魂

贈閭丘宿松

阮籍爲太守乘驢上東平剖竹十日間一朝風化清偶來拂衣去誰測主人情夫子理宿松浮雲知古城掃地物莽然秋來百草生飛鳥還舊巢遷人返躬耕何慙宓子賤不減陶淵明吾知千載後却掩二賢名

獄中上崔相渙

胡馬渡洛水血流征戰場千門閉秋景萬姓危朝霜賢相燮元氣再欣海縣康台庭有夔龍列宿粲成行羽翼三元聖發輝兩太陽應念覆盆下雪泣拜天光

中丞宋公以吳兵三千赴河南軍次尋陽脫余之囚參謀幕府因贈之

獨坐清天下專征出海隅九江皆渡虎三郡盡還珠組練明秋浦樓船入郢都風高初選將月滿欲平胡殺氣橫千里軍聲動九區白猨慙劒術黃石借兵符戎虜行當翦鯨鯢立可誅自憐非劇孟何以佐良圖

流夜郎贈辛判官

昔在長安醉花柳五侯七貴同杯酒氣岸遙凌豪士前風流肯落他人後夫子紅顏我少年章臺走馬著金鞭文章獻納麒麟殿歌舞淹留玳瑁筵與君自謂長如此寧知草動風塵起函谷忽驚胡馬來秦宮桃李向明 一作胡 開我愁遠謫夜郎去何日金雞放赦回

贈劉都使

東平劉公幹南國秀餘芳一鳴即朱紱五十佩銀章飲水事戎幕衣錦華水鄉銅官幾萬人諍訟清玉堂吐言貴珠玉落筆迴風霜而我謝明主銜哀投夜郎歸家酒債多門客粲成行高談滿四座一日傾千觴所求竟無緒裘馬欲摧藏主人若不顧明發釣滄浪

贈常侍御

安石在東山，無心濟天下。一起振橫流，功成復瀟灑。大賢有卷舒，季葉輕風雅。匡復屬何人，君爲知音者。傳聞武安將，氣振長平瓦。燕趙期洗清，周秦保宗社。登朝若有言，爲訪南遷賈。

贈易秀才

少年解長劍，投贈即分離。何不斷犀象，精光暗往時。蹉跎君自惜，竄逐我因誰。地遠虞翻老，秋深宋玉悲。空摧芳桂色，不屈古松姿。感激平生意，勞歌寄此辭。

經亂離後天恩流夜郎憶舊遊書懷贈江夏韋太守良宰

天上白玉京，十二樓五城。仙人撫我頂，結髮受長生。誤逐世間樂，頗窮理亂情。九十六聖君，浮雲挂空名。天地賭一擲，未能忘戰爭。試涉霸王略，將期軒冕榮。時命乃大謬，棄之海上行。學劍翻自哂，爲文竟何成。劍非萬人敵，文竊四海聲。兒戲不足道，五噫出西京。臨當欲去時，慷慨淚沾纓。嘆君倜儻才，標舉冠羣英。開筵引祖帳，慰此遠徂征。鞍馬若浮雲，送余驃騎亭。歌鍾不盡意，白日落昆明。十月到幽州，戈鋋若羅星。君王棄北海，掃地借長鯨。呼吸走百川，燕然可摧傾。心知不得語，却欲棲蓬瀛。彎弧懼天狼，挾矢不敢張。攬涕黃金臺，呼天哭昭王。無人貴駿骨，騄耳空騰驤。樂毅儻再生，于今亦奔亡。蹉跎不得意，驅馬還貴鄉。逢君聽弦歌，肅穆坐華堂。百里獨太古，陶然臥羲皇。徵樂昌樂館，開筵列壺觴。賢豪間青娥，對燭儼成行。醉舞紛綺席，清歌繞飛梁。歡娛未終朝，秩滿歸咸陽。祖道擁萬人，供帳遙相望。一別隔千里，榮枯異炎涼。炎涼幾度改，九土中橫潰。漢甲連胡兵，沙塵暗雲海。草木搖殺氣，星辰無光彩。白骨成丘山，蒼生竟何罪。函關壯帝居，國命懸哥舒。長戟三十萬，開門納兇渠。公卿如犬羊，忠讜醢與葅。二聖出遊豫，兩京遂丘墟。帝子許專征，秉旄控強楚。節制非桓文，軍師擁熊虎。人心失去就，賊勢騰風雨。惟君固房陵，誠節冠終古。僕臥香爐頂，餐霞漱瑤泉。門開九江轉，枕下五湖連。半夜水軍來，潯陽滿旌旃。空名適自誤，迫脅上樓船。徒賜五百金，棄之若浮煙。辭官不受賞，翻謫夜郎天。夜郎萬里道，西上令人老。掃蕩六合清，仍爲負霜草。日月無偏照，何由訴蒼昊。良牧稱神明，深仁恤交道。一忝青雲客，三登黃鶴樓。顧慚禰處士，虛對鸚鵡洲。樊山霸氣盡，寥落天地秋。江帶峨眉雪，川橫三峽流。萬舸此中來，連帆過揚州。送此萬里目，曠然散我愁。紗窗倚天開，水樹綠如髮。窺日畏銜山，促酒喜得月。吳娃與越豔，窈窕誇鉛紅。呼來上雲梯，含笑出簾櫳。對客小垂手，羅衣舞春風。賓跪請休息，主人情未極。覽君荊山作，江鮑堪動色。清水出芙蓉，天然去雕飾。逸興橫素襟，無時不招尋。朱門擁虎士，列戟何森森。剪鑿竹石開，縈流漲清深。登臺坐水閣，吐論多英音。片辭貴白璧，一諾輕黃金。謂我不愧君，青鳥明丹心。五色雲間鵲，飛鳴天上來。傳聞赦書至，却放夜郎迴。暖氣變寒谷，炎煙生死灰。君登鳳池去，忽棄賈生才。桀犬尚吠堯，匈奴笑千秋。中夜四五歎，常爲大國憂。旌旆夾兩山，黃河當中流。連雞不得進，飲馬空夷猶。安得羿善射，一箭落旄頭。

江夏使君叔席上贈史郎中

鳳凰丹禁裏，銜出紫泥書。昔放三湘去，今還萬死餘。仙郎久爲別，客舍問何如。涸轍思流水，浮雲失舊居。多慚華省貴，不以逐臣踈。復如竹林下，叨陪芳宴初。希君生羽翼，一化北溟魚。

博平鄭太守自廬山千里相尋入江夏北市門見訪却之武陵立馬贈別

大梁貴公子，氣蓋蒼梧雲。若無三千客，誰道信陵君。救趙復存魏，英威天下聞。邯鄲能屈節，訪博從毛薛。夷門得隱淪，而與侯生親。仍要鼓刀者，乃是袖槌人。好士不盡心，何能保其身。多君重然諾，意氣遙相託。五馬入市門，金鞍照城郭。都忘虎竹貴，且與荷衣樂。去去桃花源，何時見歸軒。相思無終極，腸斷朗江猨。

江上贈竇長史

漢求季布魯朱家，楚逐伍胥去章華。萬里南遷夜郎國，三年歸及長風沙。聞道青雲貴公子，錦帆遊戲西江水。人疑天上坐樓船，水淨霞明兩重綺。相約相期何太深，棹歌搖艇月中尋。不同珠履三千客，別欲論交一片心。

贈王漢陽

天落白（一作上略）玉棺，王喬辭葉縣。一去未千年，漢陽復相見。猶乘飛鳧舄，尚識仙人面。鬢髮何青青，童顏皎如練。吾曾弄海水，清淺嗟三變。果愜麻姑言，時光速流電。與君數杯酒，可以窮歡宴。白雲歸去來，何事坐交戰。

贈漢陽輔錄事二首

聞君罷官意，我抱漢川湄。借問久疎索，何如聽訟時。天清江月白，心靜海鷗知。應念投沙客，空餘弔屈悲。

鸚鵡洲橫漢陽渡，水引寒煙沒江樹。南浦登樓不見君，君今罷官在何處。漢口雙魚白錦鱗，令傳尺素報情人。其中字數無多少，祗是相思秋復春。

江夏贈韋南陵冰

胡驕馬驚沙塵起，胡雛飲馬天津水。君爲張掖近酒泉，我竄三巴九千里。天地再新法令寬，夜郎遷客帶霜寒。西憶故人不可見，東風吹夢到長安。寧期此地忽相遇，驚喜茫如墮煙霧。玉簫金管喧四筵，苦心不得申長句。昨日繡衣傾綠尊，病如桃李竟何言。昔騎天子大宛馬，今乘款段諸侯門。賴遇南平豁方寸，復兼夫子持清論。有似山開萬里雲，四望青天解人悶。人悶還心悶，苦辛長苦辛。愁來飲酒二千石，寒灰重暖生陽春。山公醉後能騎馬，別是風流賢主人。頭陀雲月多僧氣，山水何曾稱人意。不然（一作能）鳴笳按鼓戲滄流，呼取江南女兒歌棹謳。我且爲君槌碎黃鶴樓，君亦爲吾倒却鸚鵡洲。赤壁爭雄如夢裏，且須歌舞寬離憂。

贈盧司戶

秋色無遠近，出門盡寒山。白雲遙相識，待我蒼梧間。借問盧躭鶴，西飛幾歲還。

贈從弟南平太守之遙二首

少年不得意，落魄無安居。願隨任公子，欲釣吞舟魚。常時飲酒逐風景，壯心遂與功名疎。蘭生谷底人不鋤，雲在高山空卷舒漢家天子馳駟馬赤車蜀道迎相如天門九重謁聖人龍顏一解四海春彤庭左右呼萬歲拜賀明主收沉淪翰林秉筆回英盼麟閣崢嶸誰可見承恩初入銀臺門（一作侍從甘泉宮）著書獨在金鑾殿龍駒雕鐙白玉鞍象牀綺席黃金盤當時笑我微賤者却來請謁為交歡一朝謝病遊江海疇昔相知幾人在前門長揖後門關今日結交明日改愛君山岳心不移隨君雲霧迷所為夢得池塘生春草使我長價登樓詩別後遙傳臨海作可見羊何共和之

東平與南平今古兩步兵素心愛美酒不是顧專城謫官桃源去尋花幾處行秦人如舊識出户笑相迎（南平時因飲酒過度貶武陵）

贈潘侍御論錢少陽

繡衣柱史何昂藏鐵冠白筆橫秋霜三軍論事多引納堦前虎士羅干將雖無二十五老者且有一翁錢少陽眉如松雪齊四皓調笑可以安儲皇君能禮此最下士九州拭目瞻清光

贈柳圓

竹實滿秋浦鳳來何苦飢還同月下鵲三繞未安枝夫子即瓊樹傾柯拂羽儀懷君戀明德歸去日相思

流夜郎半道承恩放還兼欣剋復之美書懷示息秀才

黃口為人羅白龍乃魚服得罪豈怨天以愚陷網目鯨鯢未翦滅豺狼（一作虎）屢翻覆悲作楚地囚何日（一作由）秦庭哭遭逢二明主前後兩遷逐去國愁夜郎投身竄荒谷半道雪屯蒙曠如鳥出籠遥欣剋復美光武安可同天子巡劒閣儲皇守扶風揚袂正北辰開襟攬羣雄胡兵出月窟雷破關之東左掃因右拂旋收洛陽宮迴輿入咸京席卷六合通叱咤開帝業（一作宇）手成天地功大駕還長安兩日忽再中一朝讓寶位劒璽傳無窮媿無秋毫力誰念矍鑠翁弋者何所慕高飛仰冥鴻棄劒學丹砂臨鑪雙玉童寄言息夫子歲晚陟方蓬

贈張相鎬二首（時逃難在宿松山作　蕭士贇云此下八首非白作）

神器難竊弄天狼窺紫宸六龍遷白日四海暗胡塵昊穹降元宰君子方經綸澹然養浩氣歘起持大鈞秀骨象山嶽英謀合鬼神佐漢解鴻門生唐為後身擁旄秉金鉞伐鼓乘朱輪虎將如雷霆總戎向東巡諸侯拜馬首猛士騎鯨鱗澤被魚鳥悅令行草木春聖智不失時建功及良辰醜虜安足紀可貽幗與巾倒瀉溟海珠盡為入幕珍馮異獻赤伏鄧生倏來臻庶同昆陽舉再覩漢儀新昔為管將鮑中奔吳隔秦一生欲報主百代思榮親其事竟不就哀哉難重陳臥病宿松山（一作古松滋）蒼茫空四鄰風雲激壯志枯槁驚常倫聞君自天來目張氣益振亞夫得劇孟敵（一作國）空（一作定）無人捫蝨對桓公願得論悲辛大塊方噫氣何辭鼓青蘋斯言儻不合歸老漢江濱

本家隴西人先為漢邊將功略蓋天地名飛青雲上苦戰竟不侯富（一作當）年頗惆悵世傳崆峒勇氣激金風壯英烈遺厥孫百代神猶王十五觀奇書作賦凌相如龍顏惠殊寵麟閣憑天居（一作侍從承明廬）晚途未云已蹭蹬遭讒毀想像晉末時崩騰胡塵起衣冠陷鋒鏑戎虜盈（一作荆棘生）朝市石勒窺神州劉聰劫天子撫劒夜吟嘯雄心日千里誓欲斬鯨鯢澄清洛陽水六合（一作三台）灑霖雨萬物（一作六合）無彫枯我揮一杯水自笑何區區因人恥成事貴欲決良圖滅虜不言功飄然陟（一作向）蓬壺惟有安期舄留之滄海隅

聞謝楊兒吟猛虎詞因此有贈

同州隔秋浦聞吟猛虎詞晨朝來借問知是謝楊兒

宿清溪主人

夜到清溪宿主人碧巖裏簷楹挂星斗枕席響風水月落西山時啾啾夜猨起

繫尋陽上崔相渙三首

邯鄲四十萬同日陷長平能迴造化筆或蕫一人生

毛遂不墮井曾參寧殺人虛言誤公子投杼惑慈親白璧雙明月方知一玉真

虛傳一片雨枉作陽臺神縱為夢裏相隨去不是襄王傾國人（此首蕭士贇云非上崔相）

巴陵贈賈舍人

賈生西望憶京華湘浦南遷莫怨嗟聖主恩深漢文帝憐君不遣到長沙

全唐詩

李白

贈別舍人弟臺卿之江南

去國客行遠還山秋夢長梧桐落金井一葉飛銀牀覺罷攬明鏡鬢毛颯已霜良圖委蔓草古貌成枯桑欲道心下事時人疑夜光因為洞庭葉飄落之瀟湘令弟經濟士謫居我何傷（一作出門見我傷）潛虬隱尺水著論談興亡客遇（一作見）王子喬口傳不死方入洞過天地登真朝玉皇吾將撫爾背揮手遂翱翔（一作凌蒼蒼）

醉後贈王歷陽（歷陽和州也）

書禿千兔毫詩裁兩牛腰筆蹤起龍虎舞袖拂雲霄雙

歌二胡姬更奏遠清朝舉酒挑朔雪從君不相饒

贈歷陽褚司馬（時此公爲稚子舞故作是詩）

北堂千萬壽侍奉有光輝先同稚子舞更著老萊衣因爲小兒啼醉倒月下歸人間無此樂此樂世中稀

對雪醉後贈王歷陽

有身莫犯飛龍鱗有手莫辮猛虎鬚君看昔日汝南市白頭仙人隱玉壺子猷聞風動窻竹相邀共醉杯中綠歷陽何異山陰時白雪飛花亂人目君家有酒我何愁客多樂酣秉燭遊謝尚自能鸜鵒舞相如免脫鷫鸘裘清晨（一作興罷）鼓棹過江去千里相思明月樓（一作他日西看却月樓）

贈宣城宇文太守兼呈崔侍御

白若白鷺鮮清如淸唳蟬受氣有本性不爲外物遷飲水箕山上食雪首陽顛迴車避朝歌掩口去盜泉岧嶢廣成子倜儻魯仲連卓絕二公外丹心無間然昔攀六龍飛今作百鍊鉛懷恩欲報主投佩向北燕彎弓綠弦開滿月不憚堅閑騎駿馬獵一射兩虎穿回旋若流光轉背落雙鳶胡虜三嘆息兼知五兵權鎗鎗突雲將郤掩我之妍多逢勦絕兒先著祖生鞭據鞍空矍鑠壯志竟誰宣蹉跎復來歸憂恨坐相煎無風難破浪失計長江邊危苦惜頹光金波忽三圓時遊敬亭上閑聽松風眠或弄宛溪月虛舟信洄沿顏公二（一作三）十萬盡付酒家錢興發每取之聊向醉中仙（一作眠）過此無一事靜談秋水篇君從九卿來水國有豐年魚鹽滿市井布帛如雲煙下馬不作威冰壺照清川霜眉邑中叟皆美太守賢時時慰風俗往往出東田竹馬數小兒拜迎白鹿前含笑問使君日晚可迴旋遂歸池上酌掩抑清風絃曾標橫浮雲下撫謝朓肩樓高碧海出樹古青蘿懸光祿紫霞杯伊昔忝相傳良圖掃沙漠別夢繞旌旃富貴日成疎願言杳無緣登龍有直道倚玉阻芳筵敢獻繞朝策思同郭泰船何言一水淺似隔九重天崔生何傲岸縱酒復談玄身爲名公子英才苦迍邅鳴鳳託高梧凌風何翩翩安知慕羣客彈劒拂秋蓮

贈宣城趙太守悅

趙得寶符盛山河功業存三千堂上容出入擁平原六國揚清風英聲何喧喧大賢茂遠業虎竹光南藩錯落千丈松虯龍盤古根枝下無俗草所植唯蘭蓀憶在南陽時始承國士恩公爲柱下史脫繡歸田園伊昔簪白筆幽都逐遊魂持斧冠三軍霜清天北門差池宰兩邑鶚立重飛翻焚香入蘭臺起草多芳言夔龍一顧重矯翼凌翔鵷赤縣揚雷聲彊項閑至尊驚飇頹秀木跡屈道彌敦出牧歷三郡所居猛獸奔遷人同衛鶴謬上懿公軒自笑東郭履側慙狐白溫閑吟步竹石精義忘朝昏顦顇成醜士風雲何足論獼猴騎土牛羸馬夾雙轅願借羲皇景爲人照覆盆溟海不振蕩何由縱鵬鯤所期玄（一作要）津白（一作日）倜儻假騰騫

贈從弟宣州長史昭

淮南（一作北）望江南千里碧山對我行倦（一作盡）過之半落青天外宗英佐雄郡水陸相控帶長川豁中流千里瀉吳會君心亦如此包納無小大搖筆起風霜推誠結仁愛訟庭垂桃李賓館羅軒蓋何意蒼梧雲飄然忽相會才將聖不偶命與時俱背獨立山海間空老聖明代知音不易得撫劒增感慨當結九萬期中途莫先退

於五松山贈南陵常贊府

爲草當作蘭爲木當作松蘭秋香風遠松寒不改容松蘭相因依蕭艾徒丰茸雞與雞並食鸞與鸞同枝揀珠去沙礫但有珠相隨遠客投名賢眞堪寫懷抱若惜方寸心待誰可傾倒虞卿棄趙相便與魏齊行海上五百人同日死田橫當時不好賢豈傳千古名願君同心人於我少留情寂寂還寂寂出門迷所適長鋏歸來乎（一作長劒歌歸來）秋風思歸客

自梁園至敬亭山見會公談陵陽山水兼期同遊因有此贈

我隨秋風來瑤草恐衰歇中途寡名山安得弄雲月渡江如昨日黃葉向人飛敬亭愜素尚弭櫂流清輝氷谷明且秀陵巒抱江城粲粲吳與史衣冠耀天京水國饒英奇潛光臥幽草會公眞名僧所在即爲寶開堂振白拂高論橫青雲雪山掃粉壁墨客多新文爲余話幽棲且述陵陽美天開白龍潭月映清秋水黃山望石柱突兀誰開張（一作白柱撐星漢西崖誰開張）黃鶴久不來子安在蒼茫東南焉可窮山鳥飛絕處（一作猨狖絕行處）稠疊千萬峰相連入雲去聞此期振策歸來空閉關相思如明月可望不可攀何當移白足早晚凌蒼山且寄一書札令予解愁顏

贈友人三首

蘭生不當户別是閑庭草夙被霜露欺紅榮已先老謬接瑤華枝結根君王池顧無馨香美叨沐清風吹餘芳若可佩卒歲長相隨

袖中趙匕首買自徐夫人玉匣閉霜雪經燕復歷秦其事竟不捷淪落歸沙塵持此願投贈與君同急難（一作歲寒）荆卿一去後壯士多摧殘長號易水上爲我揚波瀾鑿井當及泉張帆當濟川廉夫唯重義駿馬不勞鞭人生貴相知何必金與錢

慢世薄功業非無胷中畫謔浪萬古賢以爲兒童劇立產如廣費匡君懷長策但苦山北寒誰知（一作分）道南宅歲酒上逐風霜鬢兩邊白蜀主思孔明晉家望安石時人（一作來）列五鼎談笑期一擲虎伏被胡塵漁歌遊海濱弊裘恥妻嫂長劒託交親夫子秉家義羣公難與隣莫持西江水空許東溟臣他日青雲去黃金報主人

陳情贈友人

延陵有寶劒價重千黃金觀風歷上國暗許故人深歸來挂墳松萬古知其心懦夫感達節壯士（一作氣）激青（一作素）衿鮑生薦夷吾一舉置齊相斯人無良朋豈有青雲望臨財不苟取推（一作揣）分固辭讓後世稱其賢英風邈難尚論交但若此友道孰云喪多君騁逸藻掩映當時人舒文振頹波秉德冠彝倫卜居乃此地共井爲比隣清琴弄雲月美酒娛冬春薄德中見捐忽之如遺塵英豪未豹變自古多艱辛他人縱以疎君意宜獨親奈何成離居相去復幾許飄風吹雲霓蔽目不得語投珠冀相（一作有）報按劒恐相距所思採芳蘭欲贈隔荆（一作修）渚沈憂心若醉積恨淚如雨願假東壁輝餘光照貧女

贈從弟冽

楚人不識鳳重(一作高)價求山雞獻主昔云是今來方覺迷自居漆園北久別咸陽西風飄落日去節變流鶯啼桃李寒未開幽關豈來(一作求)蹊逢君發花萼若與青雲齊及此桑葉綠春蠶起中閨日出布穀鳴田家擁鋤犁顧余乏尺土東作誰相攜傳說降霖雨公輸造雲梯羌戎事未息君子悲塗泥報國有長策成功羞執珪無由謁明主杖策還蓬藜他年爾相訪知我在磻溪

贈閭丘處士

賢人有素業乃在沙塘陂竹影掃秋月荷衣(一作花)落古池閑讀山海經散帙臥遙帷且耽田家樂遂曠林中期野酌勸芳酒園蔬烹露葵如能樹桃李爲我結茅茨

贈錢徵君少陽(一作送趙雲卿)

白玉一杯酒綠楊三月時春風餘幾日兩鬢各成絲秉燭唯須飲投竿也未遲如逢渭川(一作水)獵猶可帝王師

贈宣州靈源寺仲濬公

敬亭白雲氣秀色連蒼梧下映雙溪水如天落鏡湖此中積龍象獨許濬公殊風韻逸江左文章動海隅觀心同水月解領得明珠今日逢支遁高談出有無

贈僧朝美

水客凌洪波長鯨湧溟海百川隨龍舟噓吸竟安在中有不死者探得明月珠高價傾宇宙餘輝照江湖苞卷金縷褐蕭然若空無誰人識此寶竊笑有狂夫了心何言說各勉黃金軀

贈僧行融

梁有湯惠休常從鮑照遊峨眉史懷一獨映陳公出卓絕二道人結交鳳與麟行融亦俊發吾知有英骨海若不隱珠驪龍吐明月大海乘虛舟隨波任安流賦詩旃檀閣縱酒鸚鵡洲待我適東越相攜上白樓

贈黃山胡公求白鷴(并序)

聞黃山胡公有雙白鷴蓋是家雞所伏自小馴狎了無驚猜以其名呼之皆就掌取食然此鳥耿介尤難畜之余平生酷好竟莫能致而胡公輟贈於我唯求一詩聞之欣然適會宿意因援筆三叫文不加點以贈之

請以雙白璧買君雙白鷴白鷴白如錦白雪恥容顏照影玉潭裏刷毛琪樹間夜棲寒月靜朝步落花閑我願得此鳥翫之坐碧山胡公能輟贈籠寄野人還

登敬亭山南望懷古贈竇主簿

敬亭一迴首目盡天南端仙者五六人常聞此遊盤谿流琴高水石聳麻姑壇白龍降陵陽黃鶴呼子安羽化騎日月雲行翼鸞鷖(一作鶴)下視宇宙間四溟皆(一作空)波瀾汰絕目下事從之復何難百歲落半途前期浩漫漫彊食不成味清晨起長嘆願隨子明去鍊火燒金丹

經亂後將避地剡中留贈崔宣城

雙鵝飛洛陽五馬渡江徼何意上東門胡雛更長嘯中原走豺虎烈火焚宗廟太白晝經天頹陽掩餘照王城皆蕩覆世路成奔峭四海望長安嚬眉寡西笑蒼生疑落葉白骨空相弔連兵似雪山破敵誰能料我垂北溟翼且學南山豹崔子賢主人歡娛每相召胡牀紫玉笛却坐青雲叫楊花滿州城置酒同臨眺忽思剡溪去水石遠清妙雪盡天地明風開湖山貌悶爲洛生詠醉發吳越調赤霞動金光日足森海嶠獨散萬古意閑垂一溪釣猨近天上啼人移月邊棹無以墨綬苦來求丹砂要華髮長折腰將貽陶公誚

獻從叔當塗宰陽冰

金鏡霾六國亡新亂天經焉知高光起自有羽翼生蕭曹安屼岏耿賈摧攙槍吾家有季父傑出聖代英雖無三台位不借四豪名激昂風雲氣終協龍虎精弱冠燕趙來賢彥多逢迎魯連善談笑季布折公卿遙知禮數絕常恐不合并惕想結宵夢素心久已冥顧慚青雲器謬奉玉樽傾山陽五百年綠竹忽再榮高歌振林木大笑喧雷霆落筆灑篆文崩雲使人驚吐辭又炳煥五色羅華星秀句滿江國高才掞天庭宰邑艱難時浮雲空古城居人若薙草掃地無纖莖惠澤及飛走農夫盡歸耕廣漢水萬里長流玉琴聲雅頌播吳越還如泰階平

小子別金陵來時白下亭羣鳳憐客鳥差池相哀鳴各拔五色毛意重泰山輕贈微所費廣斗水澆長鯨彈劍歌苦寒嚴風起前楹月銜天門曉霜落牛渚清長歎即歸路臨川空屏營

書懷贈南陵常贊府

歲星入漢年方朔見明主調笑當時人中天謝雲雨一去麒麟閣遂將朝市乖故交不過門秋草日上階當時何特達獨與我心諧置酒淩歊臺歡娛未曾歇歌動白紵山舞迴天門月問我心中事爲君前致辭君看我才能何似魯仲尼大聖猶不遇小儒安足悲雲南五月中頻喪渡瀘師毒草殺漢馬張兵奪雲(一作秦)旗至今西二河流血擁僵屍將無七擒略魯女惜園葵咸陽天下樞累歲人不足雖有數斗玉不如一盤粟賴得契宰衡持鈞慰風俗自顧無所用辭家方來歸霜驚壯士髮淚滿逐臣衣以此不安席蹉跎身世違終當滅衛謗不受魯人譏

贈汪倫(白遊涇縣桃花潭村人汪倫常醞美酒以待白)

李白乘舟將欲行忽聞岸上踏歌聲桃花潭水深千尺不及汪倫送我情

全唐詩

李白

安陸白兆山桃花岩寄劉侍御綰(一作春歸桃花岩貽許侍御)

雲臥三十年好閑復愛仙蓬壺雖冥絕鸞鶴心悠然歸來桃花岩得憩雲窗眠(此六句一作幼采紫房談早愛滄溟仙心跡頗相誤世事空徂遷歸來丹巖曲得憩青霞眠)對嶺人共語飲潭猨相連時昇翠微上邈若羅浮巔兩岑抱東壑一嶂橫西天樹雜日易隱崖傾月難圓(一作延)芳草換野色飛蘿搖春煙入遠構石室選幽開上田獨此林下意杳無區中緣永辭霜臺客千載方來旋

淮南臥病書懷寄蜀中趙徵君蕤

吳會一浮雲飄如遠行客(一作萬里無主人一身獨爲容)功業莫從就歲光

屢奔迫良圖俄棄捐衰疾乃綿劇古琴藏虛匣長劒挂空壁楚冠(一作懷)懷(一作奏)鍾儀越吟比莊舄國門遥天外鄉路遠山隔(一作臥來恨已久興發思逾積)朝憶相如臺夜夢子雲宅旅情初結緝秋氣方寂歷風入松下清露出草間白故人不可見幽夢誰與適寄書西飛鴻贈爾慰離析

寄弄月溪吳山人

嘗聞龐德公家住洞湖水終身棲鹿門不入襄陽市夫君弄明月滅景清淮裏高蹤邈難追可與古人比清揚杳莫覩白雲空望美待我辭人間携手訪松子

秋山寄衛尉張卿及王徵君

何以折相贈白花青桂枝月華若夜雪見此令人思雖然剡溪興不異山陰時明發懷二子空吟招隱詩

望終南山寄紫閣隱者

出門見南山引領意無限秀色難爲名蒼翠日在眼有時白雲起天際自舒卷心中與之然託興每不淺何當造幽人滅跡棲絕巘

夕霽杜陵登樓寄韋繇

浮陽(一作雲)滅霽景萬物生秋容登樓送遠目伏檻觀羣峰原野曠超緬關河紛雜(一作錯)重清暉映竹日翠色明雲松蹈海寄遐想還山迷舊蹤徒然迫晚暮未果諧心胷結桂空佇立折麻恨莫從思君達永夜長樂聞疎鐘

秋夜宿龍門香山寺奉寄王方城十七丈奉國瑩上人從弟幼成令問

朝發汝海東暮棲龍門中水寒夕波急木落秋山空望極九霄迥賞幽萬壑通目皓沙上月心清松下風玉斗横網戶銀河耿花宮興在趣方逸歡餘情未終(一作思尺世宣暢微冥眞理融)鳳駕憶王子虎溪懷遠公桂枝坐蕭瑟棣華不復同流恨寄伊水盈盈焉可窮

春日獨坐寄鄭明府

燕麥青青遊子悲河堤弱柳鬱金枝長條一拂春風去盡日飄揚無定時我在河南別離久那堪坐此對窻牖情人道來竟不來何人共醉新豐酒

寄淮南友人

紅顏悲舊國青歲歇芳洲不待金門詔空持寶劒遊海雲迷驛道江月隱鄉樓復作淮南客因逢桂樹留

沙丘城下寄杜甫

我來竟何事高臥沙丘城城邊有古樹日夕連秋聲魯酒不可醉齊歌空復情思君若汶水浩蕩寄南征

聞丹丘子於城北營石門幽居中有高鳳遺跡僕離羣遠懷亦有棲遁之志因叙舊以寄之

春華滄江月秋色碧海雲離居盈寒暑對此長思君思君楚水南望君淮山北夢魂雖飛來會面不可得疇昔在嵩陽同衾臥羲皇綠蘿笑簪紱丹壑賤巖廊晚途各分析乘興任所適僕在雁門關君爲峨眉客心懸萬里外影滯兩鄉隔長劒復歸來相逢洛陽陌陌上何喧喧都令心意煩迷津覺路失託勢隨風飜以兹謝朝列長嘯歸故園故園恣閑逸求古散縹帙久欲入(一作尋)名山婚娶(一作嫁)殊未畢人生信多故世事豈惟一念此憂如焚悵然若有失聞君臥石門宿昔契彌敦方從桂樹隱不羡桃花源高風起遐曠幽人跡復存松風清瑶瑟溪月湛芳樽安居偶佳賞丹心期此論

淮陰書懷寄王宗成(一作王宗城)

沙墩至梁苑二十五長亭大舶夾雙艣中流鵝鸛鳴雲天掃空碧川嶽涵餘清飛鳧從西來適與佳興幷眷言王喬舄婉孌故人情復此親懿會而增交道榮沿洄且不定飄忽悵徂征暝投淮陰宿欣得漂母迎斗酒烹黄雞一餐感素誠予爲楚壯士不是魯諸生有德必報之千金恥爲輕緬書羇孤意遠寄櫂歌聲

聞王昌齡左遷龍標遥有此寄

楊花落盡(一作楊州花落)子規啼聞道龍標過五溪我寄愁心與明月隨風直到夜郎西

寄王屋山人孟大融

我昔東海上勞山餐紫霞親見安期公食棗大如瓜中年謁漢主不愜還歸家朱顏謝春輝白髮見生涯所期就金液飛步登雲車願隨夫子天壇上閑與仙人掃落花

憶舊遊寄譙郡元參軍

憶昔洛陽董糟丘爲余天津橋南造酒樓黄金白璧買歌笑一醉累月輕王侯海内賢豪青雲客就中與君心莫逆迴山轉海不作難傾情倒意無所惜我向淮南攀桂枝君留洛北愁夢思不忍別還相隨相隨迢迢訪仙城三十六曲水迴縈一溪初入千花明萬壑度盡松風聲銀鞍金絡倒平地漢東太守來相迎紫陽之眞人邀我吹玉笙餐霞樓上動仙樂嘈然宛似鸞鳳鳴袖長管催欲輕舉漢中太守醉起舞手持錦袍覆我身我醉横眠枕其股當筵意氣凌九霄星離雨散不終朝分飛楚關山水遥余既還山尋故巢君亦歸家渡渭橋君家嚴君勇貔虎作尹幷州遏戎虜五月相呼度太行摧輪不道羊腸苦行來北凉歲月深感君貴(一作重)義輕黄金瓊杯綺食青玉案使我醉飽無歸心時時出向城西曲晉祠流水如碧玉浮舟弄水簫鼓鳴微波龍鱗莎草綠興來携妓恣經過其若楊花似雪何紅粧欲醉宜斜日百尺清潭寫翠娥翠娥嬋娟初月輝美人更唱舞羅衣清風吹歌入空去歌曲自繞行雲飛此時行(一作歡)樂難再遇西遊因獻長楊賦北闕青雲不可期東山白首還歸去渭橋南頭一遇君酇臺之北又離羣問余別恨知多少落花春暮爭紛紛言亦不可盡情亦不可極呼兒長跪緘此辭寄君千里遥相憶

月夜江行寄崔員外宗之

飄飄(一作颻)江風起蕭颯海樹秋登艫美清夜挂席移輕舟月隨碧山轉水合青天流杳如星河上但覺雲林幽歸路方浩浩徂川去悠悠徒悲蕙草歇復聽菱歌愁岸曲迷後浦沙明瞰前洲懷君不可見望遠增離憂

宿白鷺洲寄楊江寧

朝别朱雀門暮棲白鷺洲波光摇海月星影入城樓望美金陵宰如思瓊樹憂徒令魂入夢飜覺夜成秋綠水解人意爲余西北流因聲玉琴裏蕩漾寄君愁

新林浦阻風寄友人

潮水定可信天風難與期清晨西北轉薄暮東南吹以

此難挂席佳期益相思海月破圓影菰蔣生綠池昨日北湖梅開花已滿枝今朝東門柳夾道垂青絲歲物忽如此我來定幾時紛紛江上雪草草客中悲明發新林浦空吟謝朓詩（一本題作金陵阻風雪書懷寄楊江寧云潮水定可信天風難與期清晨西北轉薄暮東南吹以此難挂席沿洄頗淹遲使索金陵書又切賢宰知弦歌止遏客惠化聞京師歲物忽如此我來復幾時紛紛江上雪草草客中悲明發新林浦空吟謝朓詩）

寄韋南陵冰余江上乘興訪之遇尋顏尚書笑有此贈

南船正東風北船來自緩江上相逢借問君語笑未了風吹斷聞君攜伎訪情人應爲尚書不顧身堂上三千珠履客甕中百斛金陵春恨我阻此樂淹留楚江濱月色醉遠客山花開欲然春風狂殺人一日劇三年乘興嫌太遲焚却子猷船夢見五柳枝已堪挂馬鞭何日到彭澤長歌陶令前

題情深樹寄象公

腸斷枝上猨淚添山下樽白雲見我去亦爲我飛翻

北山獨酌寄韋六

巢父將許由未聞買山隱道存跡自高何憚去人近紛吾下玆嶺地閑喧亦泯門橫羣岫開水鑿衆泉引屏高而在雲竇深莫能準川光晝昏凝林氣夕淒緊於焉摘朱果兼得養玄牝坐月觀寶書拂霜弄瑤軫傾壺事幽酌顧影還獨盡念君風塵游傲爾令自哂（一本此下有安知世上人名利空蠢蠢二句）

寄當塗趙少府炎

晚登高樓望木落雙江清寒山饒積翠秀色連州城目送楚雲盡心悲胡雁聲相思不可見迴首故人情

寄東魯二稚子（在金陵作）

吳地桑葉綠吳蠶已三眠我家寄東魯誰種龜陰田春事已不及江行復茫然南風吹歸心飛墮酒樓前樓東一株桃枝葉拂青煙此樹我所種別來向三年桃今與樓齊我行尚未旋嬌女字平陽折花倚桃邊折花不見我淚下如流泉小兒名伯禽與姊亦齊肩雙行桃樹下撫背復誰憐念此失次第肝腸日憂煎裂素寫遠意因之汶陽川（嬌女字平陽下一作嬌女字平陽有弟與齊肩雙行桃樹下折花倚桃邊折花不見我淚下如流泉）

獨酌清溪江石上寄權昭夷

我攜一樽酒獨上江祖石自從天地開更長幾千尺舉杯向天笑天迴日西照永願坐此石長垂嚴陵釣寄謝山中人可與爾同調

禪房懷友人岑倫（時南遊羅浮兼泛桂海自春徂秋不返僕旅江外書情寄之）

嬋娟羅浮月搖艷桂水雲美人竟獨往而我安得羣一朝語笑隔萬里懽情分沉吟綵霞沒夢寐羣（一作覽）芳歇歸鴻渡三湘遊子在百粵邊塵染衣劍白日彫華髮春風（一作氣）變楚關秋聲落吳山草木結悲緒風沙淒苦顏朅來已永久頹思如循環飄飄（一作飆）限江裔想像空留滯離憂每醉心別淚徒盈袂坐愁青天末出望黃雲蔽目極何悠悠梅花南（一作徧）嶺頭空長（一作長空）滅征（一作去）鳥水闊無還舟寶劍終難託金囊非易求歸來儻有問桂樹山之幽

全唐詩

李白

廬山謠寄盧侍御虛舟

我本楚狂人鳳歌笑孔丘手持綠玉杖朝別黃鶴樓五嶽尋仙不辭遠一生好入名山遊廬山秀出南斗傍屏風九疊雲錦張影落明湖青黛光金闕前開二峯長銀河倒挂三石梁香爐瀑布遙相望迴崖沓嶂凌蒼蒼翠影紅霞映朝日鳥飛不到吳天長登高壯觀天地間大江茫茫去不還黃雲萬里動風色白波九道流雪山好爲廬山謠興因廬山發閑窺石鏡清我心謝公行處蒼苔沒早服還丹無世情琴心三疊道初成遙見仙人綵雲裏手把芙蓉朝玉京先期汗漫九垓上願接盧敖遊太清

下尋陽城汎彭蠡寄黃判官

浪動灌嬰井尋陽江上風開帆入天鏡直向彭湖東落景轉疎雨晴雲散遠空（一作返景照疎雨輕煙澹遠空）名山發（一作中流得）佳興清賞亦何窮石鏡挂遙月香爐滅彩虹（一作瀑布灑青壁遙山挂彩虹）相思俱對此舉目與君同

書情寄從弟邠州長史昭

自笑客行久我行定幾時綠楊已可折攀取最長枝翩翩弄春色延佇寄相思誰言貴此物意願（一作厚）重瓊蕤昨夢見惠連朝吟謝公詩東風引碧草不覺生華池臨翫忽云夕杜鵑夜鳴悲懷君芳歲歇庭樹落紅滋

寄王漢陽

南湖秋月白王宰夜相邀錦帳郎官醉羅衣舞女嬌笛聲喧沔鄂歌曲上雲霄別後空愁我相思一水遙

春日歸山寄孟浩然

朱紱遺塵境青山謁梵筵金繩開覺路寶筏度迷川嶺樹攢飛栱巖花覆谷泉塔形標海月樓勢出江煙香氣三天下鐘聲萬壑連荷秋珠已滿松密蓋初圓鳥聚疑聞法龍參若護禪愧非流水韻叨入伯牙弦

流夜郎永華寺寄尋陽羣官

朝別凌煙樓賢豪滿行舟暝投永華寺賓散予獨醉願

結九江流添成萬行淚寫意寄廬嶽何當來此地天命有所懸安得苦愁思

流夜郎至西塞驛寄裴隱

揚帆借天風水驛苦不緩平明及西塞已先投沙伴迴巒引群峰橫蹙楚山斷砅衝萬壑會震沓百川滿龍怪潛溟波俟（一作候）時救炎旱我行望雷雨安得霑枯散鳥去天路長人愁（一作悲）春光短空將澤畔吟寄爾江南管

自漢陽病酒歸寄王明府

去歲左遷夜郎道琉璃硯水長枯槁今年敕放巫山陽蛟龍筆翰生輝光聖主還聽子虛賦相如却與（一作欲）論文章願掃鸚鵡洲與君醉百場嘯起白雲飛七澤歌吟淥水動三湘莫惜連船沽美酒千金一擲買春芳

望漢陽柳色寄王宰

漢陽江上柳望客引東枝樹樹花如雪紛紛亂若絲春風傳我意草木別前知（一作發前輝）寄謝弦歌宰西來定未遲

江夏寄漢陽輔錄事

誰道此水廣狹如一匹練江夏黃鶴樓青山漢陽縣大語猶可聞故人難可見君草陳琳檄我書魯連箭報國有壯心龍顏不迴眷西飛精衛鳥東海何由填鼓角徒悲鳴樓船習征戰抽劍步霜月夜行空庭徧長呼結浮雲埋沒顧榮扇他日觀軍容投壺接高宴

早春寄王漢陽

聞道春還未相識走傍寒梅訪消息昨夜東風入武陽（一作昌）陌頭楊柳黃金色碧水浩浩雲茫茫美人不來空斷腸預拂青山一片石與君連日醉壺觴

江上寄巴東故人

漢水波浪遠巫山雲雨飛東風吹客夢西落此中時覺後思白帝佳人與我違瞿塘饒賈客音信莫令稀

江上寄元六林宗

霜落江始寒楓葉綠未脫客行悲清秋永路苦不達滄波眇川汜白日隱天末停櫂依林巒驚猿相叫聒夜分河漢轉起視溟漲闊涼風何蕭蕭流水鳴活活浦沙淨如洗海月明可掇蘭交空懷思瓊樹詎解渴勗哉滄洲心歲晚庶不奪幽賞頗自得興遠與誰豁

寄從弟宣州長史昭

爾佐宣州郡守官清且閑常誇雲月好邀我敬亭山五落洞庭葉三江遊未還相思不可見歎息損朱顏

涇溪東亭寄鄭少府諤

我遊東亭不見君沙上行將白鷺群白鷺行時散飛去又如雪點青山雲欲往涇溪不辭遠龍門蹙波虎眼轉杜鵑花開春已闌歸向陵陽釣魚晚

宣州九日聞崔四侍御與宇文太守遊敬亭余時登響山不同此賞醉後寄崔侍御二首

九日茱萸插鬢傷早白登高望山海滿目悲古昔遠訪投沙人因爲逃名（一作名山）客故交竟誰在獨有崔亭伯重陽不相知載酒任所適手持一枝菊調笑二千石日暮岸幘歸傳呼隘阡陌彤襜雙白鹿賓從何輝赫夫子在其間遂成雲霄隔良辰與美景兩地方虛擲晚從南峰歸蘿月下水壁却登郡樓望松色寒轉碧咫尺不可親棄我如遺舄

九卿天上落五馬道傍來列戟朱門曉褰帷碧嶂開登高望遠海召客得英才紫綬歡情洽黃花逸興催山從（一作依）圖上見溪即（一作向）鏡中迴遙羨重陽作應過戲馬臺

寄崔侍御

宛溪霜夜聽猿愁去國長爲不繫舟獨憐一雁飛南海却羨雙溪解北流高人屢解陳蕃榻過客難（一作還）登謝朓樓此處別離同落葉朝朝分散敬亭秋

涇溪南藍山下有落星潭可以卜築余泊舟石上寄何判官昌浩

藍岑竦天壁突兀如鯨額奔蹙橫澄潭勢吞落星石沙帶秋月明水搖寒山碧佳境宜緩棹清輝能留客恨君阻歡遊使我自驚惕所期俱卜築結茅鍊金液

早過漆林渡寄萬巨

西經大藍山南來漆林渡水色倒空青林煙橫積素漏流昔吞翕沓浪競奔注潭落天上星龍開水中霧嶢（一作曉）巖注公柵突兀陳焦墓嶺峭紛上干川明屢迴顧因思萬夫子解渴同瓊樹何日覩清光相歡詠佳句

遊敬亭寄崔侍御（一本作登古城望府中寄崔侍御）

我家敬亭下輒繼謝公作相去數百年風期宛如昨登高素秋月下望青山郭俯視鴛鷺群（一作府中鴻鷺群）飲啄自鳴躍夫子雖蹭蹬瑤臺雪中鶴獨立窺浮雲其心在寥廓時來顧我笑一飯葵與藿世路如秋風相逢盡蕭索腰間玉具劍意許無遺諾（一作願爲經冬柏不逐天霜落）壯士不可輕相期在雲閣

三山望金陵寄殷淑

三山懷謝朓水澹（一作淥水）望長安蕪沒河陽縣秋江正北看盧龍霜氣冷鳷鵲月光寒耿耿憶瓊樹天涯寄一懽

自金陵泝流過白壁山翫月達天門寄句容王主簿

滄江泝流歸白壁見秋月秋月照白壁皓如山陰雪幽人停宵征賈客忘早發進帆天門山迴首牛渚沒川長信風來日出宿霧歇故人在咫尺新賞成胡越寄君青蘭花惠好庶不絕

寄上吳王三首

淮王愛八公攜手綠雲中小子忝枝葉亦攀丹桂叢謬以詞賦重而將枚馬同何日背淮水東之觀土風

坐嘯廬江靜閑聞進玉觴去時無一物東壁挂胡牀

英明廬江守聲譽廣平籍灑掃黃金臺招邀青雲客客曾與天通出入清禁中襄王憐宋玉願入蘭臺宮

李白

秋日魯郡堯祠亭上宴別杜補闕范侍御

我覺秋興逸，誰云秋興悲。山將落日去，水與晴空宜。魯酒白玉壺，送行駐金羈。歇（一作軟）鞍憩古木，解帶挂橫枝。歌鼓川上亭，曲度神飆吹。（一本無此二句，却添南歌憶郢客，東轉見齊姬。清波忽澹蕩，白雪紛逶迤。一隔范杜遊，此歡忽若遺三韻）雲歸碧海夕，鴈没青天時。相失各萬里，茫然空爾思。

別魯頌

誰道泰山高，下却魯連節。誰云秦軍衆，摧却魯連舌。獨立天地間，清風灑蘭雪。夫子還倜儻，攻文繼前烈。錯落石上松，無爲秋霜折。贈言鏤寶刀，千歲庶不滅。

別中都明府兄

吾兄詩酒繼陶君，試宰中都天下聞。東樓喜奉連枝會，南陌愁爲落葉分。城隅淥水明秋日，海上青山隔暮雲。取醉不辭留夜月，鴈行中斷惜離羣。

夢遊天姥吟留別（一作別東魯諸公）

海客談瀛洲，煙濤微茫信難求。越人語天姥，雲霓明滅或可覩。天姥連天向天橫，勢拔五嶽掩赤城。天台四萬八千丈，對此欲倒東南傾。我欲因之夢吴越，一夜飛度鏡湖月。湖月照我影，送我至剡溪。謝公宿處今尚在，淥水蕩漾清猨啼。脚著謝公屐，身登青雲梯。半壁見海日，空中聞天雞。千巖萬轉路不定，迷花倚石忽已暝。熊咆龍吟殷巖泉，慄深林兮驚層巔。雲青青兮欲雨，水澹澹兮生煙。列缺霹靂，丘巒崩摧。洞天石扇，訇然中開。青冥浩蕩不見底，日月照耀金銀臺。霓爲衣兮風爲馬，雲之君兮紛紛而來下。虎鼓瑟兮鸞迴車，仙之人兮列如麻。忽魂悸以魄動，怳驚起而長嗟。惟覺時之枕席，失向來之煙霞。世間行樂亦如此，古來萬事東流水。別君去時何時還，且放白鹿青崖間，須行即騎訪名山。安能摧眉折腰事權貴，使我不得開心顏。

留別曹南羣官之江南

我昔釣白龍，放龍溪水傍。道成本欲去，揮手凌蒼蒼。時來不關人，談笑遊軒皇。獻納少成事，歸休辭建章。十年能西笑，覽鏡如秋霜。閉劍琉璃匣，鍊丹紫翠房。身佩豁落圖，腰垂虎鞶囊。仙人駕彩鳳，志在窮遐荒。戀子四五人，裴回未翱翔。東流送白日，驟歌蘭蕙芳。仙宮兩無從，人間久摧藏。范蠡說句踐，屈平去懷王。飄飄（一作颻颻）紫霞心，流浪憶江鄉。愁爲萬里別，復此一銜觴。淮水帝王州，金陵繞丹陽。樓臺照海色，衣馬搖川光。及此北望君，相思淚成行。朝雲落夢渚，瑤草空高堂。帝子隔洞庭，青楓滿瀟湘。懷君路綿邈，覽古情凄涼。登岳眺百川，杳然萬恨長。知（一作却）戀峨眉去，弄景偶騎羊。

留別于十一兄逖裴十三遊塞垣

太公渭川水，李斯上蔡門。釣周獵秦安黎元，小魚䨲兔何足言。天張雲卷有時節，吾徒莫嘆羝觸藩。于公白首大梁野，使人悵望何可論。既知朱亥爲壯士，且願束心秋毫裏。秦趙虎爭血中原，當去抱關救公子。裴生覽千古，龍鸞炳文章。悲吟雨雪動林木，放書輟劍思高堂。勸爾一杯酒，拂爾裘上霜。爾爲我楚舞，吾爲爾楚歌。且探虎穴向沙漠，鳴鞭走馬凌黃河。耻作易水別，臨岐淚滂沱。

留別王司馬嵩

魯連賣談笑，豈是顧千金。陶朱雖相越，本有五湖心。余亦南陽子，時爲梁甫吟。蒼山容偃蹇，白日惜頹侵。願一佐明主，功成還舊林。西來何所爲，孤劍託知音。鳥愛碧山遠，魚遊滄（一作江）海深。呼鷹過上蔡，賣畚向嵩岑。他日閑相訪，丘中有素琴。

夜別張五

吾多張公子，別酌酣高堂。聽歌舞銀燭，把酒輕羅裳。橫笛弄秋月，琵琶彈陌桑。龍泉解錦帶，爲爾傾千觴。

魏郡別蘇明府因北遊

魏都接燕趙，美女誇芙蓉。淇水流碧玉，舟車日奔衝。青樓夾兩岸，萬室喧歌鍾。天下稱豪貴，遊此每相逢。（一作天下稱豪遊此中每相逢）洛陽蘇季子，劍戟森詞鋒。六印雖未佩，軒車若飛龍。黃金數百鎰，白璧有幾雙。散盡空掉臂，高歌賦還邛。落魄乃如此，何人不相從。遠別隔兩河，雲山杳千重。（一作雲天滿愁容）何時更杯酒，再得論心胸。

留別西河劉少府

秋（一作我）髮已種種，所爲竟無成。閑傾魯壺酒，笑對劉公榮。謂我是方朔，人間落歲星。白衣千萬乘，何事去天庭。君亦不得意，高歌羨鴻冥。世人若醯雞，安可識梅生。雖爲刀筆吏，緬懷在赤城。余亦如流萍，隨波樂休明。自有兩少妾，雙騎駿馬行。東山春酒綠，歸隱謝浮名。

潁陽別元丹丘之淮陽

吾將元夫子，異姓爲天倫。本無軒裳契，素以煙霞親。嘗恨迫世網，銘意俱未伸。松柏雖寒苦，羞逐桃李春。悠悠市朝間，玉顏日緇磷。所失重山岳，所得輕埃塵。精魄漸蕪穢，衰老相憑因。我有錦囊訣，可以持君身。當餐黃金藥，去爲紫陽賓。萬事難並立，百年猶崇晨。別爾東南去，悠悠多悲辛。前志庶不易，遠途期所遵。已矣歸去來，白雲飛天津。

留別廣陵諸公（一作留別邯鄲故人）

憶昔作少年，結交趙與燕。金羈絡駿馬，錦帶橫龍泉。寸心無疑事，所向非徒然。晚節覺此疎，獵精草太玄。空名束壯士，薄俗棄高賢。中回聖明顧，揮翰凌雲煙。騎虎不敢下，攀龍忽墮天。還家守清真，孤潔勵秋蟬。鍊丹費火石，採藥窮山川。卧海不關人，租税遼東田。乘興忽復起，櫂歌溪中船。臨醉謝葛强，山公欲倒鞭。狂歌自此別，垂釣滄浪前。

廣陵贈別

玉瓶沽美酒，數里送君還。繫馬垂楊下，銜盃大道間。天邊看淥水，海上見青山。興罷各分袂，何須醉別顏。

感時留別從兄徐王延年從弟延陵

天籟何參差，噫然大塊吹。玄元包（一作苞）橐籥，紫氣何逶迤。七葉運皇化，千齡光本支。仙風生指樹，大雅歌螽斯。諸王若鸞虬，肅穆列藩維。哲兄錫茅土，聖代羅（一作含）榮滋。九卿領徐方，七步繼陳思。伊昔全盛日，雄豪動京師。冠劍朝鳳闕，樓船侍龍池。鼓鐘出朱邸，金翠照丹墀。君王一顧眄，選色獻蛾眉。列戟十八年，未曾輒遷移。大臣小喑鳴謫竄天南垂長沙不足舞貝錦且成詩佐郡浙江西病閑絕驅馳階軒日苔蘚鳥雀噪簷帷時乘平肩輿出入畏人知北宅聊偃憩歡愉恤惸嫠羞言梁苑地烜赫耀旌旗兄弟八九人吳秦各分離大賢達機兆豈獨慮安危小子謝麟閣雁行忝肩隨令弟字延陵鳳毛出天姿清英神仙骨芬馥茝蘭蕤夢得春草句將非惠連誰深心紫河車與我特相宜金膏猶罔象玉液尚磷緇伏枕寄賓館宛同清漳湄藥物多見饋珍羞亦兼之誰道溟渤深猶言淺恩慈鳴蟬遊子意促織念歸期驕陽何太（一作火）赫海水爍龍龜百川盡凋枯舟楫閣中逵策馬搖涼月通宵出郊圻泣別目眷眷傷心步遲遲願言保明德王室佇清夷摻袂何所道援毫投此辭

別儲邕之剡中

借問剡中道東南指越鄉舟從廣陵去水入會稽長竹色溪下綠荷花鏡裏香辭君向天姥拂石卧秋霜

留別金陵諸公

海水昔飛動三龍紛戰爭鍾山危波瀾傾側駭奔鯨黃旗一掃蕩割壤開吳京六代更霸王遺跡（一作都）見都（一作空）城至今秦淮間禮樂秀羣英地扇鄒魯學詩騰顏謝名五月金陵西祖余白下亭欲尋廬峰頂先遶漢水行香爐紫煙滅瀑布落太清若攀星辰去揮手緬含情

口號（一作口號留別金陵諸公）

食出野田美酒臨遠水傾東流若未盡應見別離情

金陵酒肆留別

風吹（一作白門）柳花滿店香吳姬壓（一作勸）酒喚（一作使）客嘗金陵子弟來相送欲行不行各盡觴請君試問（一作問取）東流水別意與之誰短長

金陵白下亭留別

驛亭三楊樹正當白下門吳煙暝長條漢水齧古根向來送行處迴首阻笑言別後若見之爲余一攀翻

別東林寺僧

東林送客處月出白猨啼笑別廬山遠何煩過虎溪

竄夜郎於烏江留別宗十六璟

君家全盛日台鼎何陸離斬鼇翼媧皇鍊石補天維一迴日月顧三入鳳皇池失勢青門傍種瓜復幾時猶會眾（一作衡）賓客三千光路岐皇恩雪憤懣松柏含榮滋我非東牀人令姊忝齊眉浪跡未出世空名動京師適遭雲羅解翻謫夜郎悲拙妻莫邪劍及此（一作比）二龍隨慙君湍波苦千里遠從之白帝曉猨斷黃牛過客遲遙瞻明月峽西去益相思

留別龔處士

龔子棲閑地都無人世喧柳深陶令宅竹暗辟疆園我去黃牛峽遙愁白帝猨贈君卷葹草心斷竟何言

贈別鄭判官

竄逐勿復哀慚君問寒灰浮雲本無意吹落章華臺遠別淚空盡長愁心已摧二（一作三）年吟澤畔顦顇幾時迴

黃鶴樓送孟浩然之廣陵

故人西辭黃鶴樓煙花三月下揚州孤帆遠影碧山盡唯見長江天際流

將遊衡嶽過漢陽雙松亭留別族弟浮屠談皓

秦欺趙氏璧却入邯鄲宮本是楚家玉還來荊山中丹彩瀉（一作照）滄溟精輝凌白虹青蠅一相點流落此時同卓絕道門秀談玄乃支公延蘿結幽居剪竹繞芳叢涼花拂戶牖天籟鳴虛空憶我初來時蒲萄開景風今茲大火落秋葉黃梧桐水色夢沅湘長沙去何窮寄書訪衡嶠但與南飛鴻

留別賈舍人至二首

大梁白雲起飄颻來南洲裛回蒼梧野十見羅浮秋鼇抃山海傾四溟揚洪流意欲託孤鳳從之摩天遊鳳苦道路難翱翔還崑丘不肯銜我去哀鳴慙不周遠客謝主人明珠難暗投拂拭倚天劍西登岳陽樓長嘯萬里風掃清胷中憂誰念劉越石化爲繞指柔

秋風吹胡霜凋此簷下芳折芳怨歲晚離別悽以傷謬攀青瑣賢延我於北堂君爲長沙客我獨之夜郎勸此一杯酒豈惟道路長割珠兩分贈寸心貴不忘何必兒女仁相看淚成行

渡荊門送別

渡遠荊門外來從楚國遊山隨平野盡江入大荒流月下飛天鏡雲生結海樓仍連故鄉水萬里送行舟

聞李太尉大舉秦兵百萬出征東南懦夫請纓冀申一割之用半道病還留別金陵崔侍御十九韻

秦出天下兵蹴踏燕趙傾黃河飲馬竭赤羽連天明太尉杖旄鉞雲旗繞彭城三軍受號令千里肅雷霆函谷絕飛鳥武關擁連營意在斬巨鼇何論鱠長鯨（一作鯢與鯨）恨無左車略多愧魯連生拂劍照嚴霜彫戈鬘胡纓願雪會稽恥將期報恩榮半道謝病還無因東南征亞夫未見顧劇孟阻先行天奪壯士心長吁別吳京金陵遇太守倒屣相（一作欣）逢迎羣公咸祖餞四座羅朝英初發臨滄觀醉棲征虜亭舊國見秋月長江流寒聲帝車信迴轉河漢復縱橫孤鳳向西海飛鴻辭北溟因之出寥廓揮手謝公卿

別韋少府

西出蒼龍門南登白鹿原欲尋商山皓猶戀漢皇恩水國遠行邁仙經深討論洗心向溪月清耳敬亭猨築室在人境閉門無世喧多君枉高駕贈我以微言交乃意氣合道因風雅存別離有相思瑤瑟與金樽

南陵別兒童入京

白酒新熟山中歸黃雞啄黍秋正肥呼童烹雞酌白酒兒女嬉笑牽人衣高歌取醉欲自慰起舞落日爭光輝游說萬乘苦不蚤著鞭跨馬涉遠道會稽愚婦輕買臣余亦辭家西入秦仰天大笑出門去我輩豈是蓬蒿人

別山僧

何處名僧到水西乘舟（一作杯）弄月宿涇溪平明別我上山去手攜金策踏雲梯騰身轉覺三天近舉足迴看萬嶺低謔浪肯居支遁下風流還與遠公齊此度別離何日見相思一夜暝猨啼

贈別王山人歸布山

王子析道論微言破秋毫還歸布山隱興入天雲高

去安可遲瑤草恐衰歇我心亦懷歸屢夢松上月傲然遂獨往長嘯開巖扉林壑久已蕪石道生薔薇願言弄笙鶴歲晚來相依

江夏別宋之悌

楚水清若空遙将碧海通人分千里外興在一杯中谷鳥吟晴日江猨嘯晚風平生不下淚於此泣無窮

全唐詩

李白

南陽送客

斗酒勿爲薄寸心貴不忘坐惜故人去偏令遊子傷離顏怨芳草春思結垂楊揮手再三別臨岐空斷腸

送張舍人之江東

張翰江東去正值秋風時天清一鴈遠海闊孤帆遲白日行欲暮滄波杳難期吳洲如見月千里幸相思

送王屋山人魏萬還王屋（并序）

王屋山人魏萬云自嵩宋沿吳相訪數千里不遇乘興遊台越經永嘉觀謝公石門後於廣陵相見美其愛文好古浪跡方外因述其行而贈是詩（一作見王屋山人魏萬云自嵩歷兗遊梁入吳計程三千里相訪不遇因下江東尋諸名山往復百越後於廣陵一面遂乘興共過金陵此公愛奇好古獨出物表因述其行李遂有此作）

僊人東方生浩蕩弄雲海沛然乘天遊獨往失所在（一作東方不辭家獨訪紫泥海時人少相逢往往失所在）魏侯繼大名本家聊攝城卷舒入元化跡與古賢并十三弄文史揮筆如振綺辯折田巴生心齊魯連子西涉清洛源頗驚人世喧采秀卧王屋因窺洞天門揭來遊嵩峰羽客何雙雙朝攜月光子暮宿玉女牕鬼谷上窈窕龍潭下奔潨東浮汴河水訪我三千里逸興滿吳雲飄颻浙江汜揮手杭越間樟亭望潮還濤卷海門石雲橫天際山白馬走素車雷奔駭心顏遙聞會稽美且度（一作弄）耶溪水萬壑與千巖崢嶸鏡湖裏秀色不可名清輝滿江城人遊月邊去舟在空中行此中久延佇入剡尋王許笑讀曹娥碑沈吟黃絹語天台連四明日入向國清五峰轉月色百里行松聲靈溪沿越華頂殊超忽石梁橫青天側足履半月忽然思永嘉不憚海路賒挂席歷海嶠迴瞻赤城霞赤城漸微沒孤嶼前嶢兀水續萬古流亭空千霜（一作山）月縉雲川谷難石門最可觀瀑布挂北斗莫窮此水端噴壁灑素雪空濛生晝寒却思（一作尋）惡溪去寧懼惡溪惡咆哮七十灘水石相噴薄路創李北海巖開謝康樂松風和猨聲搜索連洞壑徑出梅花橋雙溪納歸潮落帆金華岸赤松若可招沈約八詠樓城西孤岧嶤岧嶤四荒外曠望羣川會雲卷天地開波連浙西大亂流新安口北指嚴光瀨釣臺碧雲中邈與蒼嶺對稍稍來吳都裴回上姑蘇煙綿橫九疑漭蕩見五湖目極心更遠悲歌但長吁迴橈楚江濱揮策揚子津身著日本裘（裘則朝卿所贈日本布爲之）昂藏出風塵五月造我語知非佁儗（一作儓）人相逢樂無限水石日在眼徒干五諸侯不致百（一作千）金產吾友揚子雲弦歌播清芬雖爲江寧宰好與山公羣乘興但一行且知我愛君君來幾何時僊臺應有期東窗緑玉樹定長三五枝至今天壇人當笑爾歸遲我苦惜遠别茫然使心悲黃河若不斷白首長相思

送當塗趙少府赴長蘆

我來揚都市送客回輕舠因誇楚太子便覩廣陵濤仙尉趙家玉英風凌四豪維舟至長蘆目送煙雲高搖扇對酒樓持袂把蟹螯前途儻相思登嶽一長謠

送友人尋越中山水

聞道稽山去偏宜謝客才千巖泉灑落萬壑樹縈迴東海橫秦望西陵遶越臺湖清霜鏡曉濤白雪山來八月枚乘筆三吳張翰杯此中多逸興早晚向天台

送族弟凝之滁求婚崔氏

與爾情不淺忘筌已得魚玉臺挂寶鏡持此意何如坦腹東牀下由來志氣疎遙知向前路擲果定盈車

送友人遊梅湖

送君遊梅湖應見梅花發有使寄我來無令紅芳歇暫行新林浦定醉金陵月莫惜一鴈書音塵坐胡越

送崔十二遊天竺寺

還聞天竺寺夢想懷東越每年海樹霜桂子落秋月送君遊此地已屬流芳歇待我來歲行相隨浮溟渤

送楊山人歸天台

客有思天台東行路超忽濤落浙江秋沙明浦陽月今遊方厭楚昨夢先歸越且盡秉燭歡無辭凌晨發我家小阮賢剖竹赤城邊詩人多見重官燭未曾然興引登山屐情催泛海船石橋如可度攜手弄雲煙

送溫處士歸黃山白鵝峰舊居

黃山四千仞三十二蓮峰丹崖夾石柱菡萏金芙蓉伊昔昇絕頂下窺天目松仙人鍊玉處羽化留餘蹤亦聞溫伯雪獨往今相逢採秀辭五岳攀巖歷萬重歸休白鵝嶺渴飲丹砂井鳳吹我時來雲車爾當整去去陵陽東行行芳桂叢迴溪十六度碧嶂盡晴空他日還相訪乘橋躡綵虹

送方士趙叟之東平

長桑曉洞視五藏無全牛趙叟得秘訣還從方士遊西過獲麟臺爲我弔孔丘念别復懷古潸然空淚流

送韓準裴政孔巢父還山

獵客張兔罝不能挂龍虎所以青雲人高（一作浩）歌在巖戸韓生信英彥裴子含清眞孔侯復秀出俱與雲霞親峻節凌遠松同衾卧盤石斧氷嗽寒泉三子同二屐時時或乘興往往雲無心出山揖牧伯長嘯輕衣簪昨宵夢裏還云弄竹溪月今晨魯東門帳飲與君别雪崖滑去馬蘿逕迷歸人相思若煙草歷亂無冬春

送楊少府赴選

大國置衡鏡準平天地心羣賢無邪人朗鑒窮情深吾君詠南風袞冕彈鳴琴時泰多美（一作英）士京國會（一作富）纓簪山苗落澗底幽松出高岑夫子有盛才主司得球琳流水非鄭曲前行遇知音衣工剪綺繡一誤傷千金何惜刀尺餘不裁寒女衾我非彈冠者感别但開襟空谷無白駒賢人豈悲吟大道安棄物時來或招尋爾見山吏部當應無陸沈

對雪奉餞任城六父秩滿歸京

龍虎謝鞭策鵷鸞不司晨君看海上鶴何似籠中鶉獨用天地心浮雲乃吾身雖將簪組狎若與煙霞親季父有英風白眉超常倫一官即夢寐脫屣歸西秦竇公敞華筵墨客盡來臻燕歌落胡鴈郢曲迴陽春征馬百度嘶遊車動行塵躊躇未忍去戀此四座人餞離駐高駕惜别空殷勤何時竹林下更與步兵鄰

魯郡堯祠送吳五之瑯琊

堯没三千歲青松古廟存送行奠桂酒拜舞清心魂日色促歸人連歌倒芳樽馬嘶俱醉起分手更何言

魯郡堯祠送竇明府薄華還西京（時久病初起作）

朝策犂眉騧舉鞭力不堪强扶愁疾向何處角巾微服（一作步）堯祠南長楊掃地不見日石門噴作金沙潭笑誇故人指絶境山光水色青於藍廟中往往來擊鼓堯本無心爾何苦門前長跪雙石人有女如花日歌舞銀鞍繡轂往復迴簸林蹶（一作氷）石鳴風雷遠煙空翠時明滅白鷗歷亂長飛雪紅泥亭子赤闌干碧流環轉青錦湍深沈百丈洞海底那知不有蛟龍蟠君不見綠珠潭水流東海綠珠紅粉沈光彩綠珠樓下花滿園今日曾無一枝在昨夜秋聲閶闔來洞庭木落騷人哀遂將三五少年輩登高遠望形神開生前一笑輕九鼎魏武何悲銅雀臺我歌白雲倚窻牖爾聞其聲但揮手長風吹月度海來遥勸仙人一杯酒酒中樂酣宵向分舉觴酹堯堯可聞何不令臯繇擁篲横八極直上青天揮（一作掃）浮雲高陽小飲眞瑣瑣山公酩酊何如我竹林七子去道賒蘭亭雄筆安足誇堯祠笑殺五湖水至今顦顇空荷花爾向西秦我東越暫向瀛洲訪金闕藍田太白若可期爲余掃灑石上月

金鄉送韋八之西京

客自長安來還歸長安去狂風吹我心西挂咸陽樹此情不可道此别何時遇望望不見君連山起煙霧

送薛九被讒去魯

宋人不辨玉魯賤東家丘我笑薛夫子胡爲兩地遊黄金消衆口白璧竟難投梧桐生蒺藜綠竹乏佳實鳳凰宿誰家遂與羣雞匹田家養老馬窮士歸其門蛾眉笑躄者賓客去平原却斬美人首三千還駿奔毛公一挺劍楚趙兩相存孟嘗習狡兔三窟賴馮諼信陵奪兵符爲用侯生言春申一何愚刎首爲李園賢哉四公子撫掌黄泉裏借問笑何人笑人不好士爾去且勿諠桃李竟何言沙丘無漂母誰肯飯王孫

單父東樓秋夜送族弟沈之秦（時凝弟在席）

爾從咸陽來問我何勞苦沐猴而冠不足言身騎土牛滯東魯沈弟欲行凝弟留孤飛一鴈秦雲秋坐來黄葉落四五北斗已挂西城樓絲桐感人弦亦絶滿堂送君皆惜别卷簾見月清興來疑是山陰夜中雪明日斗酒别惆悵清路塵遥望長安日不見長安人長安宫闕九天上此地曾經爲近臣一朝復一朝髮白心不改屈原憔悴滯江潭亭伯流離放遼海折翮翻飛隨轉蓬聞弦虚墜下霜空聖朝久棄青雲士他日誰憐張長公

送族弟凝至晏堌（單父三十里）

雪滿原野白戎裝出盤遊揮鞭布獵騎四顧登高丘兔起馬足間蒼鷹下平疇喧呼相馳逐取樂銷人憂舍此戒禽荒微聲列齊謳鳴雞發晏堌别鴈驚涞溝西行有東音寄與長河流

魯城北郭曲腰桑下送張子還嵩陽

送别枯桑下凋葉落半空我行懵道遠爾獨知天風誰念張仲蔚還依蒿與蓬何時一杯酒更與李膺同

全唐詩

李白

送魯郡劉長史遷弘農長史

魯國一杯水難容横海鱗仲尼且不敬況乃尋常人白玉換斗粟黄金買尺薪閉門木葉下始覺秋非春聞君向西遷地即鼎湖鄰寶鏡匣蒼蘚丹經埋素塵軒后上天時攀龍遺小臣及此留惠愛庶幾風化淳魯縞如白煙五縑不成束臨行贈貧交一尺重山岳相國齊晏子贈行不及言託陰當樹李忘憂當樹萱他日見張禄綈袍懷舊恩

送族弟單父主簿凝攝宋城主簿至郭南月橋去迴棲霞山留飲贈之

吾家青萍劍操割有餘閑往來糾二邑此去何時還鞍馬月橋南光輝岐路間賢豪相追餞却到棲霞山羣花散芳園斗酒開離顔樂酣相顧起征馬無由攀

魯郡東石門送杜二甫

醉别復幾日登臨徧池臺何時石門路重有金樽開秋波落泗水海色明徂徠飛蓬各自遠且盡手中杯

魯郡堯祠送張十四遊河北

猛虎伏尺草雖藏難蔽身有如張公子骯髒在風塵豈無横腰劍屈彼淮陰人擊筑向北燕燕歌易水濱歸來泰山上當與爾爲鄰

杭州送裴大澤赴廬州長史

西江天柱遠東越海門深去割慈親戀行憂報國心好
風吹落日流水引長吟五月披裘者應知不取金

灞陵行送別

送君灞陵亭灞水流浩浩上有無花之古樹下有傷心
之春草我向秦人問路岐云是王粲南登之古道古道
連綿走西京紫闕(一作闕)落日浮雲生正當今夕斷腸處黃
鸝(一作驪歌)愁絕不忍聽

送賀監歸四明應制

久辭榮祿遂初衣曾向長生說息機真訣自從茅氏得
恩波寧阻(一作許)洞庭歸瑶臺含霧星辰滿仙嶠浮空島嶼
微借問欲棲珠樹鶴何年却向帝城飛

送竇司馬貶宜春

天馬白銀鞍親承明主歡鬭雞金宮裏射鴈碧雲端堂
上羅中貴歌鍾清夜闌何言謫南國拂劍坐長歎趙璧
爲誰點隋珠枉被彈聖朝多雨露莫厭此行難

送羽林陶將軍

將軍出使擁樓船江上旌旗拂紫煙萬里橫戈探虎穴
三杯拔劍舞龍泉莫道詞人無膽氣臨行將贈繞朝鞭

送程劉二侍郎兼獨孤判官赴安西幕府

安西幕府多材雄喧喧惟道三數公繡衣貂裘明積雪
飛書走檄如飄風朝辭明主出紫宮銀鞍送別金城空
天外飛霜下蔥海火旗雲馬生光彩胡塞清塵幾日歸
漢家草綠遥相待

送姪良攜二妓赴會稽戲有此贈

攜妓東山去春光半道催遥看若桃李雙入鏡中開

送賀賓客歸越

鏡湖流水漾清波狂客歸舟逸興多山陰道士如相見
應寫黃庭換白鵝

送張遥之壽陽幕府

壽陽信天險天險橫荆關苻堅百萬衆遥阻八公山不
假築長城大賢在其間戰夫若熊虎破敵有餘閑張子
勇且英少輕衛霍孱投軀紫髯將千里望風顏勗爾効
才略功成衣錦還

送裴十八圖南歸嵩山二首

何處可爲別長安青綺門胡姬招素手延(一作留)客醉金樽
臨當上馬時我獨與君言風吹芳蘭折日没鳥雀喧舉
手指飛鴻此情難具論同歸無蚤晚潁水有清源

君思潁水綠忽復歸嵩岑歸時莫洗耳爲我洗其心洗
心得真情洗耳徒買名謝公終一起相與濟蒼生

同王昌齡送族弟襄歸桂陽二首(一作同王昌齡、崔國輔送李舟歸郴州)

秦地見碧草楚謡對清樽把酒爾何思鷓鴣啼南園余
欲羅浮隱猶懷明主恩躊躇紫宮戀孤負滄洲言終然
無心雲海上同飛翻相期乃不淺幽桂有芳根

爾家何在瀟湘川青莎白石長沙邊昨夢江花照江日
幾(一作月)枝正發東窻前覺來欲往心悠然魂隨越鳥飛南
天秦雲連山海相接桂水橫煙不可涉送君此去令人
愁風帆茫茫隔河洲春潭瓊草綠可折西寄長安明月
樓

送外甥鄭灌從軍三首

六博爭雄好彩來金盤一擲萬人開丈夫賭命報天子
當斬胡頭衣錦回

丈八蛇矛出隴西彎弧拂箭白猨啼破胡必用龍韜策
積甲應將熊耳齊

月蝕西方破敵時及瓜歸日未應遲斬胡血變黃河水
梟首當懸白鵲旗

送于十八應四子舉落第還嵩山

吾祖吹橐籥天人信森羅歸根復太素羣動熙元和炎
炎(一作火)四真人摛辯若濤波交流無時寂楊墨日成科夫子
聞洛誦誇才才固多爲金好踊躍久客方蹉跎道可束
賣之五寶溢山河勸君還嵩丘開酌盼庭柯三花如未
落乘興一來過

送別

尋陽五溪水沿洄直入巫山裏勝境由來人共傳君到
南中自稱美送君別有八月秋颯颯蘆花復益愁雲帆
望遠不相見日暮長江空自流

送族弟綰從軍安西

漢家兵馬乘北風鼓行而西破犬戎爾隨漢將出門去
剪虜若草收奇功君王按劍望邊色(一作邑)旄頭已落胡天
空匈奴繫頸數應盡明年應入蒲萄宮

送梁公昌從信安北征

入幕推英選捐書事遠戎高談百戰術鬱作萬夫雄起
舞蓮花劍行歌明月弓將飛天地陣兵出塞垣通祖席
留丹景征麾拂彩虹旋應獻凱入麟閣佇深功

送白利從金吾董將軍西征

西羌延國討白起佐軍威劍決浮雲氣弓彎明月輝馬
行邊草綠旌(一作旗)卷曙霜飛抗手凛相顧寒風生鐵衣

送張秀才從軍

六駮食猛虎恥從駑馬羣一朝長鳴去矯若龍行雲壯
士懷遠略志存解世紛周粟猶不顧齊珪安肯分抱劍
辭高堂将投崔冠軍長策掃河洛寧親歸汝墳當令千
古後麟閣著奇勳

送崔度還吳(度故人禮部員外國輔之子)

幽燕沙雪地萬里盡黃雲朝吹歸秋鴈南飛日幾羣中
有孤鳳雛哀鳴九天聞我乃重此鳥綵章五色分胡爲
雜凡禽雞鶩輕賤君舉手捧爾足疾心若火焚拂羽淚
滿面送之吳江濆去影忽不見躊躇日將曛

送祝八之江東賦得浣紗石

西施越溪女明豔光雲海未(一作來)入吳王宮殿時浣紗古
石今(一作故)猶在桃李新開映古查菖蒲猶短出平沙昔時
紅粉(一作顏)照流水今日青苔覆落花君去西秦適東越碧
山青江幾超忽若到天涯思故人浣紗石上窺明月

送侯十一

朱亥已擊晉侯嬴尚隱身時無魏公子豈貴抱關人余
亦不火食遊梁同在陳空餘湛盧劍贈爾託交親

魯中送二從弟赴舉之西京(一作送族弟鍠)

魯客向西笑君門若夢中霜凋逐臣髮日憶明光宮復
羨二龍去才華冠世雄平衢騁高足逸翰凌長風舞袖
拂秋月歌筵聞蚕鴻送君日千里良會何由同

奉餞高尊師如貴道士傳道籙畢歸北海

道隱不可見靈書藏洞天吾師四萬劫歷世遞相傳別杖留青竹行歌躡紫煙離心無遠近長在玉京懸

金陵送張十一再遊東吳

張翰黃花句風流五百年誰人今繼作夫子世稱賢再動游吳櫂還浮入海船春光白門柳霞色赤城天去國難爲別思歸各未旋空餘賈生淚相顧共悽然

送紀秀才遊越

海水不滿眼觀濤難稱心即知蓬萊石却是巨鼇簪送爾遊華頂令余發舃吟仙人居射的道士住山陰禹穴尋溪入雲門隔嶺深綠蘿秋月夜相憶在鳴琴

送長沙陳太守二首

長沙陳太守逸氣凌青松英主賜五馬本是天池龍湘水迴九曲衡山望五峰榮君按節去不及遠相從

七郡長沙國南連湘水濱定（一作吳）王垂舞袖地窄不迴身莫小二千石當安遠俗人洞庭鄉路遠遙羨錦衣春

送楊燕之東魯

關西楊伯起漢日舊稱賢四代三（一作五）公族清風播人天夫子華陰居開門對玉蓮何事歷衡霍雲帆今始還君坐稍解顏爲君歌此篇我固侯門士謬登聖主筵一辭金華殿蹭蹬長江邊二子魯門東別來已經年因君此中去不覺淚如泉

送蔡山人

我本不棄世世人自棄我一乘無倪舟八極縱遠柂燕客期躍馬唐生安敢譏採珠勿驚龍大道可暗歸故山有松月遲爾翫清暉

送蕭三十一之魯中兼問稚子伯禽

六月南風吹白沙吳牛喘月氣成霞水國鬱（一作歊）蒸不可處時炎道遠無行車夫子如何涉江路雲帆嫋嫋金陵去高堂倚門望伯魚魯中正是趨庭處我家寄在沙丘傍三年不歸空斷腸君行旣識伯禽子應駕小車騎白羊

送楊山人歸嵩山

我有萬古宅嵩陽玉女峰長留一片月挂在東溪松爾去掇仙草菖蒲花紫茸（一作君行到此峰餐霞駐衰容）歲晚或相訪青天騎白龍

送殷淑三首

海水不可解連江夜爲潮俄然浦嶼闊岸去酒船遙惜別耐取醉鳴榔且長謠天明爾當去應便有風飄

白鷺洲前月天明送客回青龍山後日早出海雲來流水無情去征帆逐吹開相看不忍別更進手中杯

痛飲龍筇下燈青月復寒醉歌驚白鷺半夜起沙灘

送岑徵君歸鳴臯山

岑公相門子雅望歸安石奕世皆夔龍中台竟三拆至人達機兆高揖九州伯奈何天地間而作隱淪客貴道能（一作皆）全眞潛輝臥幽鄰（一作鱗）探元入窅默觀化游無垠光武有天下嚴陵爲故人雖登洛陽殿不屈巢由身余亦謝明主今稱偃蹇臣登高覽萬古思與廣成鄰蹈海寧受賞還山非問津西來（一作終期）一搖扇共拂元規塵

送范山人歸泰山

魯客抱白鶴（一作雞）別余往泰山初行若片雲（一作雪）杳在青崖間高高至天門日觀（一作海日）近可攀雲山望不及此去何時還

送韓侍御之廣德

昔日繡衣何足榮今宵貰酒與君傾暫就東山賒月色酣歌一夜送泉明

送通禪師還南陵隱靜寺

我聞隱靜寺山水多奇蹤巖種朗公橘門深杯渡松道人制猛虎振錫還孤峰他日南陵下相期谷口逢

送友人

青山橫北郭白水遶東城此地一爲別孤蓬萬里征浮雲遊子意落日故人情揮手自茲去蕭蕭班馬鳴

送別

斗酒渭城邊壚頭醉不眠梨花千樹雪楊葉萬條煙惜別傾壺醑臨分贈馬鞭看君頳上去新月到應圓

江上送女道士褚三清遊南嶽

吳江女道士頭戴蓮花巾霓衣（一作裳）不濕雨特異陽臺雲足下遠遊履凌波生素塵尋仙向南嶽應見魏夫人

送友人入蜀

見說蠶叢路崎嶇不易行山從人面起雲傍馬頭生芳樹籠秦棧春流遶蜀城升沈應已定不必問君平

送李青歸南葉（一作華）陽川

伯陽仙家子容色如青春日月祕靈洞雲霞辭世人化心養精魄隱几窅天眞莫作千年別歸來城郭新

送舍弟

吾家白額（一作馬）駒遠別臨東道他日相思一夢君應得池塘生春草

送別得書字

水色南天遠舟行若在虛遷人發佳興吾子訪閑居日落看歸鳥潭澄羨（一作憐）躍魚聖朝思賈誼應降紫泥書

送麴十少府

試發清秋興因爲吳會吟碧雲斂海色流水折江心我有延陵劍君無陸賈金艱難此爲別惆悵一何深

送張秀才謁高中丞（并序）

余時繫潯陽獄中正讀留侯傳秀才張孟熊蘊滅胡之策將之廣陵謁高中丞余嘉子房之風感激于斯人因作是詩以送之

秦帝淪玉鏡（一作六雄滅金虎）留侯降氛氳感激黃石老經過滄海君壯士揮金槌報讐六國聞智勇冠終古蕭陳難與羣兩龍爭鬬時天地動風雲酒酣（一作縱橫）舞長劍倉卒解漢紛宇宙初倒懸鴻溝勢將分英謀信奇絕夫子揚清芬（一作夫子稱卓絕超然繼清芬）胡月入紫微三光亂天文高公鎮淮海談笑却妖氛採爾幕中畫戡難光殊勳我無燕霜感玉石俱燒焚但灑一行淚臨岐竟何云

尋陽送弟昌峒鄱陽司馬作

桑落洲渚連滄江無雲煙潯陽非剡水忽見子猷船飄然欲相近來遲杳若仙人乘海上月帆落湖中天一覩無二諾朝懽更勝昨爾則吾惠連吾非爾康樂朱紱白銀章上官佐鄱陽松門拂中道石鏡迴清光搖扇及于越水亭風氣涼與爾期此亭期在秋月滿時過或未來兩鄉心已斷吳山對楚岸彭蠡當中州相思定如此有窮盡年愁

餞校書叔雲

少年費白日歌笑矜朱顏不知忽已老喜見春風還惜別且爲歡裵回桃李間看花飲美酒聽鳥臨晴山向晚竹林寂無人空閉關

送王孝廉覲省

彭蠡將天合姑蘇在日邊寧親候海色欲動孝廉船窈窕晴江轉參差遠岫連相思無晝夜東泣似長川

同吳王送杜秀芝赴舉入京

秀才何翩翩王許回也賢暫別廬江守將遊京兆天秋山宜落日秀水出寒烟欲折一枝桂還來雁沼前

洞庭醉後送絳州呂使君果（一作杲）流澧州

昔別若夢中天涯忽相逢洞庭破秋月縱酒開愁容贈劍刻玉字延平兩蛟龍送君不盡意書及雁迴峯

與諸公送陳郎將歸衡陽（并序）

仲尼旅人文王明夷苟非其時聖賢低眉況僕之不肖者而遷逐枯槁固非其宜朝心不開暮髮盡白而登高送遠使人增愁陳郎將義風凜然英思逸發來下曹城之榻去邀才子之詩動清興於中流泛素波而徑去諸公仰望不及連章祖之序慚起予輒冠名賢之首作者嗤我乃爲撫掌之資乎衡山蒼蒼入紫冥下看南極老人星迴飈吹散五峰雪往往飛花落洞庭氣清嶽秀有如此郎將一家拖金紫門前食客亂浮雲世人皆比孟嘗君江上送行無白璧臨岐惆悵若爲分

送趙判官赴黔府中丞叔幕

廓落青雲心交結黃金盡富貴翻相忘令人忽自哂蹭蹬鬢毛斑盛時難再還巨源咄石生何事馬蹄間綠蘿長不厭却欲還東山君爲魯曾子拜揖高堂裏叔繼趙平原偏承明主恩風霜推獨坐旌節鎮雄藩虎士秉金鉞蛾眉開玉樽才高幕下去義重林中言水宿五溪月霜啼三峽猨東風春草綠江上候歸軒

送陸判官往琵琶峽

水國秋風夜殊非遠別時長安如夢裏何日是歸期

送梁四歸東平

玉壺挈美酒送別强爲歡大火南星月長郊北路難殷王期負鼎汶水起垂竿莫學東山卧參差老謝安

江夏送（一作祖）友人

雪點翠雲裘送君黃鶴樓黃鶴振玉羽西飛帝王州鳳無琅玕實何以贈遠遊裵回相顧影淚下漢江流

送郄昂謫巴中

瑤草寒不死移植滄江濱東風灑雨露會入天地（一作池）春予若洞庭葉隨波送逐臣思歸未可得書此謝情人

江夏送張丞

欲別心不忍臨行情更親酒傾無限月客醉幾重春藉草依流水攀花贈遠人送君從此去迴首泣迷津

賦得白鷺鷥送宋少府入三峽

白鷺拳一足月明秋水寒人驚遠飛去直向使君灘

送二季之江東

初發强中作題詩與惠連多慚一日長不及二龍賢西塞當中路南風欲進船雲峰出遠海帆影挂清川禹穴藏書地匡山種杏田此行俱有適遲爾早歸旋

江西送友人之羅浮

桂水分五嶺衡山朝九疑鄉關渺安西流浪將何之素色愁明湖秋渚晦寒姿疇昔紫芳意已過黃髮期君王縱疎散雲壑借巢夷爾去之羅浮我還憩峨眉中闊道萬里霞月遥相思如尋楚狂子瓊樹有芳枝

宣州謝朓樓餞別校書叔雲（一作倍侍御叔華登樓歌）

棄我去者昨日之日不可留亂我心者今日之日多煩憂長風萬里送秋雁對此可以酣高樓蓬萊文章建安骨中間小謝又清發俱懷逸興壯思飛欲上青天覽日月抽刀斷水水更流舉杯銷愁愁更（一作復）愁人生（一作男兒）在世不稱意明朝散髮弄扁舟（一作舉棹還滄洲）

宣城送劉副使入秦

君即劉越石雄豪冠當時淒清橫吹曲慷慨扶風詞虎嘯俟騰躍雞鳴遭亂離千金市駿馬萬里逐王師結交樓煩將侍從羽林兒統兵捍吳越豺虎不敢窺大勳竟莫敘已過秋風吹秉鉞有季公凜然負英姿寄深且戎幕望重必台司感激一然諾縱橫兩無疑伏奏歸北闕鳴騶忽西馳列將咸出祖英寮惜分離斗酒滿四筵歌嘯宛溪湄君攜東山妓我詠北門詩貴賤交不易恐傷中園葵昔贈紫騮駒今傾白玉巵同歡萬斛酒未足解相思此別又千里（一作此外別千里）秦吳渺天涯月明關山苦水劇隴頭悲借問幾時還春風入黃池無令長相憶折斷綠楊枝

涇川送族弟錞

涇川三百里若耶羞見之錦石照碧山兩邊白鷺鷥佳境千萬曲客行無歇時上有琴高水下有陵陽祠仙人不見我明月空相知問我何事來盧敖結幽期蓬山振雄筆繡服揮清詞江湖發秀色草木含榮滋置酒送惠連吾家稱白眉愧無海嶠作敢闕河梁詩見爾復幾朔俄然告將離中流漾彩鷁列岸叢金羈歎息蒼梧鳳分棲瓊樹枝清晨各飛去飄落天南垂望極落日盡秋深暝猨悲寄情與流水但有長相思

五松山送殷淑

秀色發江左風流奈若何仲文了不還獨立揚清波載酒五松山頹然白雲歌中天度落月萬里遥相過撫酒惜此月流光畏蹉跎明日別離去連峰鬱嵯峨

送崔氏昆季之金陵（一作秋夜崔八丈水亭送別）

放（一作笑）歌倚東樓行子期曉發秋風渡江來吹落山上月主人出美酒滅燭延清光二崔向金陵安得不盡觴水客弄歸櫂雲帆卷輕霜扁舟敬亭下五兩先飄揚峽石入水花碧流日更長思君無歲月西笑阻河梁

登黄山凌歊臺送族弟溧陽尉濟充泛舟赴華陰（得齊字）

鸞乃鳳之族翱翔紫雲霓文章輝五色雙在瓊樹棲一朝各飛去鳳與鸞俱啼炎赫五月中朱曦爍河堤爾從泛舟役使我心魂悽秦地無碧草南雲喧鼓鼙君王減玉膳早起思鳴雞漕引救關輔疲人免塗泥宰相作霖雨農夫得耕犂靜者伏草間羣才滿金閨空手無壯士窮居使人低送君登黄山長嘯倚（一作上）天梯小舟若鳧鴈大舟若鯨鯢開帆散長風舒卷與雲齊日入牛渚晦蒼然夕烟迷相思定（一作在）何許（一作所）杳在洛陽西

送儲邕之武昌

黄鶴西（一作高）樓月長江萬里情春風三十度空憶武昌城送爾難爲别銜杯惜未傾湖連張樂地山逐泛舟行諾爲楚人重詩傳謝朓清滄浪吾有曲寄入櫂歌聲

全唐詩目（第三函）

第六冊

李白（十八卷至二十五卷）

全唐詩

李白

詶談少府

一尉居倏忽梅生有僊骨三事或可羞匈奴哂千秋壯心屈黄綬浪跡寄滄洲昨觀荆峴作如從雲漢遊老夫當暮矣蹀足懼驊騮

詶宇文少府見贈桃竹書筒

桃竹書筒綺繡文良工巧妙稱絶羣靈心圓映三江月彩質疊成五色雲中藏寶訣峨眉去千里提攜長憶君

五月東魯行荅汶上君（一作翁）

五月梅始（一作子）黄蠶凋桑柘空魯人重織作機杼鳴簾櫳顧余不及仕學劍來山東舉鞭訪前途獲笑汶上翁下愚忽壯士未足論窮通我以一箭書能取聊城功終然不受賞羞與時人同西歸去直道落日昏陰虹此（一作我）去爾勿言甘心爲轉蓬

早秋單父南樓詶竇公衡

白露見日滅紅顔隨霜凋别君若俯仰春芳辭秋條泰山嵯峨夏雲在疑是白波漲東海散爲飛雨川上來遥帷却卷清浮埃知君獨坐青軒下此時結念同所懷（一作同懷者）我閉南樓看道書幽簾清寂在仙居曾無好事來相訪賴爾高文一起予

山中問荅

問余何意（一作事）栖碧山笑而不荅心自閑桃花流水窅然去别有天地非人間

荅友人贈烏紗帽

領得烏紗帽全勝白接䍦山人不照鏡稚子道相宜

詶張司馬贈墨

上黨碧松烟夷陵丹砂末蘭麝凝珍墨精光乃堪掇黄頭奴子雙鴉鬟錦囊養之懷袖間今日贈予蘭亭去興來灑筆會稽山

荅湖州迦葉司馬問白是何人

青蓮居士謫仙人酒肆藏名三十春湖州司馬何須問金粟如來是後身

荅長安崔少府叔封遊終南翠微寺太宗皇帝金沙泉見寄

河伯見海若傲然誇秋水小物昧遠圖寧知通方士多君紫霄意獨往蒼山裏地古寒雲深巖高長風起初登翠微嶺復憩金沙泉踐苔朝霜滑弄波夕月圓飲彼石下流結蘿宿溪烟鼎湖夢渌水龍駕空（一作何）茫然早行子午關（一作間又作峰）却登山路遠（一作却歎山路遠又作頻識關路遠）拂琴聽霜猨滅燭乃星飯人烟無明（一作同）異鳥道絶往返攀崖倒青天下視白日晚既過（一作還）石門隱還唱（一作闕）石潭歌涉雪搴紫芳（一作採紫蘭）濯纓想（一作掬）清波此人不可見此地君自過爲余謝風泉其如幽意何

酬崔五郎中

朔雲橫高天，萬里起秋色。壯士心飛揚，落日空歎息。長嘯出原野，凜然寒風生。幸遭聖明時，功業猶未成。奈何懷良圖，鬱悒獨愁坐（一作空獨坐）。杖策尋英豪，立談乃知我。崔公生民秀，緬邈青雲姿。制作參造化，託諷含神祇。海嶽尚可傾，吐諾終不移。是時霜飈寒，逸興臨華池。起舞拂長劍，四座皆揚眉。因得窮懽情，贈我以新詩。又結汗漫期，九垓遠相待。舉身憩蓬壺，濯足弄滄海。從此凌倒景，一去無時還。朝遊明光宮，暮入閶闔關。但得長把袂，何必嵩丘山。

以詩代書答元丹丘

青鳥（一作鳥）海上來，今朝發何處。口銜雲錦字（一作書），與我忽飛去。鳥去凌紫煙，書留綺窗前。開緘方（一作時）一笑，乃是故人傳。故人深相勗，憶我勞心曲。離居在咸陽，三見秦草綠。置書雙袂間，引領不暫閑。長望（一作歎）杳難見，浮雲橫遠山。

金門答蘇秀才

君還石門日，朱火始改木。春草如有情，山中尚含綠。折芳愧遙憶，永路當自勗。遠見故人心，平生以此足。巨海納百川，麟閣多才賢。獻書入金闕，酌醴奉瓊筵。屢忝白雲唱，恭聞黃竹篇。恩光照拙薄，雲漢希騰遷。銘鼎倘云遂，扁舟方渺然。我留在金門，君去卧丹壑。未果三山期，遙欣一丘樂。玄珠寄象罔，赤水非寥廓。願狎東海鷗，共營西山藥。棲巖君寂滅，處世余龍蠖。良辰不同賞，永日應閑居。鳥吟簷間樹，花落窗下書。緣溪見綠篠，隔岫窺紅蕖。採薇行笑歌，眷我情何已。月出石鏡間，松鳴風琴裏。得心自虛妙，外物空頹靡。身世如兩忘，從君老煙水。

酬坊州王司馬與閻正字對雪見贈

遊子東南來，自宛適京國。飄然無心雲，倏忽復西北。訪戴昔未偶，尋嵇此相得。愁顏發新懽，終宴敘前識。閻公漢庭舊，沈鬱富才力。價重銅龍樓，聲高重門側。寧期此相遇，華館陪遊息。積雪明遠峰，寒城鎖春色。主人蒼生望，假我青雲翼。風水如見資，投竿佐皇極。

酬中都小吏攜斗酒雙魚於逆旅見贈

魯酒若琥珀（一作琥珀色），汶魚紫錦鱗。山東豪吏有俊氣，手攜（一本此下有酒來我飲之鱠作別離處二句）此物（一作特）贈遠人。意氣相傾兩相顧，斗酒雙魚表情素。雙鰓呀呷鰭鬣張，蹳剌銀盤欲飛去。呼兒拂几霜刃揮，紅肌花落白雪霏。為君下筯一餐飽（一作罷），醉著金鞍上馬歸。

酬張卿夜宿南陵見贈

月出魯城東，明如天上雪。魯女驚莎雞，鳴機應秋節。當君相思夜，火落金風高。河漢挂戶牖，欲濟無輕舠。我昔辭林丘，雲龍忽相見。客星動太微，朝去洛陽殿。爾來得茂彥，七葉仕漢餘。身為下邳客，家有圯橋書。傳說未夢時，終當起巖野。萬古騎辰星，光輝照天下。與君各未遇，長策委蒿萊。寶刀隱玉匣，鏽澀空莓苔。遂令世上愚，輕我土與灰。一朝攀龍去，蛙黽安在哉。故山定有酒，與爾傾金罍。

酬岑勳見尋就元丹丘對酒相待以詩見招

黃鶴東南來，寄書寫心曲。倚松開其緘，憶我腸斷續。不以千里遙，命駕來相招。中逢元丹丘，登嶺宴碧霄。對酒忽思我，長嘯臨清飈。蹇予未相知，茫茫綠雲垂。俄然素書及，解此長渴飢。策馬望山月，途窮造階墀。喜茲一會面，若覩瓊樹枝。憶君我遠來，我懽方速至。開顏酌美酒，樂極忽成醉。我情既不淺，君意方亦深。相知兩相得，一顧輕千金。且向山客笑，與君論素心。

答從弟幼成過西園見贈

一身自瀟灑，萬物何囂諠。拙薄謝明時，棲閑歸故園。二季過舊壑，四鄰馳華軒。衣劍照松宇，賓徒光石門。山童薦珍果，野老開芳樽。上陳樵漁事，下敘農圃言。昨來荷花滿，今見蘭苕繁。一笑復一歌，不知夕景昏。醉罷同所樂，此情難具論。

酬王補闕惠翼莊廟宋丞泚贈別

學道三千（一作十）春，自言義和人。軒蓋宛若夢，雲松長相親。偶將二公合，復與三山鄰。喜結海上契，自為天外賓。鸞翮我先鎩，龍性君莫馴。朴散不尚古，時訛皆失真。勿踏荒溪坡，朅來浩然津。薜帶何辭楚，桃源堪避秦。世迫且離別，心在期隱淪。酬贈非炯誡，永言銘佩紳。

酬裴侍御對雨感時見贈

雨色秋來寒，風嚴清江爽。孤高繡衣人，瀟灑青霞賞。平生多感激，忠義非外獎。禍連積怨生，事及徂川往。楚邦有壯士，鄢郢翻掃蕩。申包哭秦庭，泣血將安仰。鞭屍辱已及，堂上羅宿莽。頗似今之人，蟊賊（一作蠹）陷忠讜。渺然一水隔，何由稅歸鞅。日夕聽猨怨，懷賢盈夢想。

酬崔侍御（一本此下有成甫二字）

嚴陵不從萬乘遊，歸卧空山釣碧流。自是客星辭帝座，元非太白醉揚州。

翫月金陵城西孫楚酒樓達曙歌吹日晚乘醉著紫綺裘烏紗巾與酒客數人櫂歌秦淮往石頭訪崔四侍御

昨翫西城月，青天垂玉鉤。朝沽金陵酒，歌吹孫楚樓。忽憶繡衣人，乘船往石頭。草裹烏紗巾，倒被紫綺裘。兩岸拍手笑，疑是王子猷。酒客十數公，崩騰醉中流。謔浪櫂海客，喧呼傲陽侯。半道逢吳姬，卷簾出揶揄。我憶君到此，不知狂與羞。一月（一作月下）一見君，三杯便回橈。舍舟共連袂，行上南渡橋。興發歌綠水，秦客為之搖。雞鳴復相招，清宴逸雲霄。贈我數百字，字字凌風飈。繫之衣裘上，相憶每長謠。

江上答崔宣城

太華三芙蓉，明星玉女峰。尋仙下西嶽，陶令忽相逢。問我將何事，湍波歷幾重。貂裘非季子，鶴氅似王恭。謬忝燕臺召，而陪郭隗蹤。水流知入海，雲去或從龍。樹繞蘆洲月，山鳴鵲鎮鐘。還期如可訪，台嶺蔭長松。

答族姪僧中孚贈玉泉仙人掌茶（并序）

余聞荊州玉泉寺近清溪諸山，山洞往往有乳窟，窟中多玉泉交流。其中有白蝙蝠，大如鴉。按仙經，蝙蝠一名仙鼠，千歲之後，體白如雪，棲則倒懸，蓋飲乳水而長生也。其水邊處處有茗草羅生，枝葉如碧玉。唯玉泉眞公常采而飲之，年八十餘歲，顏色如桃李。而此茗清香滑熟，異於他者，所以能還童振枯扶人壽也余遊金陵見宗僧中孚示余茶數十片拳然重疊其狀如手號爲仙人掌茶蓋新出乎玉泉之山曠古未覿因持之見遺兼贈詩要余答之遂有此作後之高僧大隱知仙人掌茶發乎中孚禪子及青蓮居士李白也

常聞玉泉山山洞多乳窟仙鼠如白鴉倒懸清溪月茗生此中石玉泉流不歇根柯灑芳津採服潤肌骨叢（一作楚）老卷綠葉枝枝相接連曝成仙人掌似拍洪崖肩舉世未見之其名定誰傳宗英乃禪伯投贈有佳篇清鏡燭無鹽顧慚西子妍朝坐有餘興長吟播諸天

酬裴侍御留岫師彈琴見寄

君同鮑明遠邀彼休上人鼓琴亂白雪秋變江上春瑤草綠未衰攀翻寄情親相思兩不見流淚空盈巾

張相公出鎮荊州尋除太子詹事余時流夜郎行至江夏與張公去千里公因太府丞王昔使車寄羅衣二事及五月五日贈余詩余答以此詩

張衡殊不樂應有四愁詩慙君錦繡段贈我慰相思鴻鵠復矯翼鳳凰憶故池榮樂一如此商山老紫芝

醉後答丁十八以詩譏余搥碎黃鶴樓（此詩楊慎云是僞作）

黃鶴高樓已搥碎黃鶴仙人無所依黃鶴上天訴玉帝卻放黃鶴江南歸神明太守再雕飾新圖粉壁還芳菲一州笑我爲狂客少年往往來相譏君平簾下誰家子云是遼東丁令威作詩調我驚逸興白雲遶筆窗前飛待取明朝酒醒罷與君爛漫尋春暉

答裴侍御先行至石頭驛以書見招期月滿泛洞庭

君至石頭驛寄書黃鶴樓開緘識遠意速此南行舟風水無定準湍波或（一作成）滯留憶昨新月生西簷若瓊鉤今來何所似破鏡懸清秋恨不三五明平湖泛澄流此歡竟莫遂狂（一作枉）殺王子猷巴陵定遙遠持贈解人憂

答高山人兼呈權顧二侯

虹霓掩天光哲后起康濟應運生夔龍開元掃氛翳太微廓金鏡端拱清遐裔輕塵集嵩嶽虛點盛明意謬揮紫泥詔獻納青雲際讒惑英主心恩疏佞臣計彷徨庭闕下歎息光陰逝未作仲宣詩先流賈生涕挂帆秋江上不爲雲羅制山海向東傾百川無盡勢我於鴟夷子相去千餘歲運闊英達稀同風遙執袂登艫望遠水忽見滄浪枻高士何處來虛舟渺安繫衣貌本淳古文章多佳麗延引故鄉人風義未淪替顧侯達語默權子識通蔽曾是無心雲俱爲此留滯雙萍易飄轉獨鶴思凌厲明晨去瀟湘共謁蒼梧帝

答杜秀才五松見贈（五松山在南陵銅坑西五六里）

昔獻長楊賦天開雲雨歡當時待詔承明裏皆道揚雄才可觀勅賜飛龍二天馬黃金絡頭白玉鞍浮雲蔽日去不返總爲秋風摧紫蘭角巾東出商山道採秀行歌詠芝草路逢園綺笑向人兩君解來一何好聞道金陵龍虎盤還同謝朓望長安千峰夾水向秋浦五松名山當夏寒銅井炎爐歊九天赫如鑄鼎荊山前陶公矍鑠呵赤電回祿睢盱揚紫煙此中豈是久留處便欲燒丹從列仙愛聽松風且高臥颼颼吹盡炎氛（一作風）過登崖獨立望九州陽春欲奏誰相和聞君往年遊錦城章仇尚書倒屣迎飛箋絡繹奏明主天書降問迴恩榮骯髒不能就珪組至今空揚高蹈名夫子工文絕世奇五松新作天下推吾非謝尚邀彥伯異代風流各一時一時相逢樂在今袖拂白雲開素琴彈爲三峽流泉音從茲一別武陵去去後桃花春水深

至陵陽山登天柱石酬韓侍御見招隱黃山

韓衆騎白鹿西往華山中玉女千餘人相隨在雲空見我傳祕訣精誠與天通何意到陵陽遊目送飛鴻天子昔避狄與君亦乘驄擁兵五陵下長策遏胡戎時泰解繡衣脫身若飛蓬鸞鳳翻羽翼啄粟坐樊籠海鶴一笑之思歸向遼東黃山過石柱巘崿上攢叢因巢翠玉樹忽見浮丘公又引王子喬吹笙舞松風朗詠紫霞篇請開蘂珠宮步綱繞碧落倚樹招青童何日可攜手遺形入無窮

酬崔十五見招

爾有鳥跡書相招琴溪飲手跡尺素中如天落雲錦讀罷向空笑疑君在我前長吟字不滅懷袖且三年

答王十二寒夜獨酌有懷（此詩蕭士贇云是僞作）

昨夜吳中雪子猷佳興發萬里浮雲卷碧山青天中道流孤月孤月滄浪河漢清北斗錯落長庚明懷余對酒夜霜白玉牀金井水崢嶸人生飄忽百年內且須酣暢萬古情君不能狸膏金距學鬬雞坐令鼻息吹虹霓君不能學哥舒橫行青海夜帶刀西屠石堡取紫袍吟詩作賦北窗裏萬言不直一杯水世人聞此皆掉頭有如東風射馬耳魚目亦笑我請（一作謂）與明月同驊騮拳跼不能食蹇驢得志鳴春風折楊皇華合流俗晉君聽琴枉清角巴人誰肯和陽春楚地由來賤奇璞黃金散盡交不成白首爲儒身被輕一談一笑失顏色蒼蠅貝錦喧謗聲曾參豈是殺人者讒言三及慈母驚與君論心握君手榮辱於余亦何有孔聖猶聞傷鳳麟董龍更是何雞狗一生傲岸苦不諧恩疏媒勞志多乖嚴陵高揖漢天子何必長劍拄頤事玉階達亦不足貴窮亦不足悲韓信羞將絳灌比禰衡恥逐屠沽兒君不見李北海英風豪氣今何在君不見裴尚書土墳三尺蒿棘（一作下）居少年早欲五湖去見此彌將鍾鼎疏

遊南陽白水登石激作

朝涉白水源，暫與人俗疎。島嶼佳境色，江天涵清虛。目送去海雲，心閑遊川魚。長歌盡落日，乘月歸田廬。

遊南陽清泠泉

惜彼落日暮，愛此寒泉清。西輝逐流水，蕩漾遊子情。空歌望雲月，曲盡長松聲。

尋魯城北范居士失道落蒼耳中見范置酒摘蒼耳作

雁度秋色遠，日靜無雲時。客心不自得，浩漫將何之。忽憶范野人，閑園養幽姿。茫然起逸興，但恐行來遲。城壕失往路，馬首迷荒陂。不惜翠雲裘，遂爲蒼耳欺。入門且一笑，把臂君爲誰。酒客愛秋蔬，山盤薦霜梨。他筵不下筯，此席忘朝飢。酸棗垂北郭，寒瓜蔓東籬。還傾四五酌，自詠猛虎詞。近作十日歡，遠爲千載期。風流自簸蕩，謔浪偏相宜。酣來上馬去，却笑高陽池。

東魯門泛舟二首

日落沙明天倒開，波搖石動水縈迴。輕舟泛月尋溪轉，疑是山陰雪後來。

水作青龍盤石堤，桃花夾岸魯門西。若教月下乘舟去，何啻風流到剡溪。

秋獵孟諸夜歸置酒單父東樓觀妓

傾暉速短炬，走海無停川。冀餐圓丘草，欲以還頹年。此事不可得，微生若浮煙。駿發跨名駒，雕弓控鳴弦。鷹豪魯草白，狐兔多肥鮮。邀遮相馳逐，遂出城東田。一掃四野空，喧呼鞍馬前。歸來獻所獲，炮炙宜霜天。出舞兩美人，飄颻若雲仙。留歡不知疲，清曉方來旋。

遊泰山六首（天寶元年四月從故御道上泰山）

四月上泰山，石屏（一作平）御道開。六龍過萬壑，澗谷隨縈迴。馬跡遶碧峯，于今滿青苔。飛流灑絕巘，水急松聲哀。北眺崿嶂奇，傾崖向東摧。洞門閉石扇，地底興雲雷。登高望蓬瀛，想象金銀臺。天門一長嘯，萬里清風來。玉女四五人，飄颻下九垓。含笑引素手，遺我流霞杯。稽首再拜之，自愧非仙才。曠然小宇宙，棄世何悠哉。

清曉騎白鹿，直上天門山。山際逢羽人，方瞳好容顏。捫蘿欲就語，却掩青雲關。遺我鳥跡書，飄然落巖間。其字乃上古，讀之了不閑。感此三歎息，從師方未還。

平明登日觀，舉手開雲關。精神四飛揚，如出天地間。黃河從西來，窈窕入遠山。憑崖攬（一作覽）八極，目盡長空閑。偶然值青童，綠髮雙雲鬟。笑我晚學仙，蹉跎凋朱顏。躊躇忽不見，浩蕩難追攀。

清齋三千（一作十）日，裂素寫道經。吟誦有所得，衆神衛我形。雲行信長風，颯若羽翼生。攀崖上日觀，伏檻窺東溟。海色動遠山，天雞已先鳴。銀臺出倒景，白浪翻長鯨。安得不死藥，高飛向蓬瀛。

日觀東北傾，兩崖夾雙石。海水落眼前，天光遙（一作搖）空碧。千峯爭攢聚，萬壑絕凌歷。緬彼鶴上仙，去無雲中跡。長松入雲（一作霄）漢，遠望不盈尺。山花異人間，五月雪中白。終當遇安期，於此鍊玉液。

朝飲王母池，暝投天門關。獨抱綠綺琴，夜行青山間。山明月露白，夜靜松風歇。仙人遊碧峯，處處笙歌發。寂靜娛（一作聽）清暉，玉真連翠微。想像鸞鳳舞，飄颻龍虎衣。捫天摘匏瓜，恍惚不憶歸。舉手弄清淺，誤攀織女機。明晨坐相失，但見五雲飛。

秋夜與劉碭山泛宴喜亭池

明宰試舟楫，張燈宴華池。文招梁苑客，歌動郢中兒。月色望不盡，空天交相宜。令人欲泛海，只待長風吹。

攜妓登梁王棲霞山孟氏桃園中

碧草已滿地，柳與梅爭春。謝公自有東山妓，金屏笑坐如花人。今日非昨日，明日還復來。白髮對綠酒，強歌心已摧。君不見梁王池上月，昔照梁王樽酒中。梁王已去明月在，黃鸝愁醉啼春風。分明感激眼前事，莫惜醉臥桃園東。

與從姪杭州刺史良遊天竺寺

挂席凌蓬丘，觀濤憩樟樓。三山動逸興，五馬同遨遊。天竺森在眼，松風颯驚秋。覽雲測變化，弄水窮清幽。疊嶂隔遙海，當軒寫歸流。詩成傲雲月，佳趣滿吳洲。

同友人舟行遊台越作

楚臣傷江楓，謝客拾海月。懷沙去瀟湘，挂席泛溟渤。蹇予訪前跡，獨往造窮髮。古人不可攀，去若浮雲沒。願言弄倒景，從此鍊真骨。華頂窺絕溟，蓬壺望超忽。不知青春度，但怪綠芳歇。空持釣鼇心，從此謝魏闕。

下終南山過斛斯山人宿置酒

暮從碧山下，山月隨人歸。却顧所來徑，蒼蒼橫翠微。相攜及田家，童稚開荊扉。綠竹入幽徑，青蘿拂行衣。歡言得所憩，美酒聊共揮。長歌吟松風，曲盡河星（一作星河）稀。我醉君復樂，陶然共忘機。

朝下過盧郎中敘舊遊

君登金華省，我入銀臺門。幸遇（一作逢）聖明主，俱承雲雨恩。復此休浣時，閑爲疇昔言。却話山海事，宛然林壑存。明湖思曉月，疊嶂憶清猿。何由返初服，田野醉芳樽。

侍從遊宿溫泉宮作

羽林十二將，羅列應星文。霜仗懸秋月，霓旌卷夜雲。嚴更千戶肅，清樂九天聞。日出瞻佳氣，蔥蔥繞聖君。

邯鄲南亭觀妓

歌鼓（一作妓）燕趙兒，魏妹弄鳴絲。粉色豔日（一作月）彩，舞袖（一作衫）拂花枝。把酒顧美人，請歌邯鄲詞。清箏何繚繞，度曲綠雲垂。平原君安在，科斗生古池。座客三千人，于今知有誰。我輩不作樂，但爲後代悲。

春日遊羅敷潭

行歌入谷口，路盡無人躋。攀崖度絕壑，弄水尋迴溪。雲從石上起，客到花間迷。淹留未盡興，日落羣峯西。

春陪商州裴使君遊石娥溪（時欲東歸遂有此贈）

裴公有儒標，拔俗數千丈。澹蕩滄洲雲，飄颻紫霞想。剖竹商洛間，政成心已閑。蕭條出世表，冥寂閉玄關。我來屬芳節，解榻時相悅。褰帷對雲峯，揚袂指松雪。蹔出東城邊，遂遊西巖前。橫天聳翠壁，噴壑鳴紅泉。尋幽殊未歇，愛此春光發。溪傍饒名花，石上有好月。命駕歸去來，

露華生翠（一作綠）苔滄留惜將晚復聽清猨哀清猨斷人腸
遊子思故鄉明發首東路此懽焉可忘

陪從祖濟南太守泛鵲山湖三首

初謂鵲山近寧知湖水遙此行殊訪戴自可緩歸橈
湖闊數千里湖光摇碧山湖西正有月獨送李膺還
水入北湖去舟從南浦回遙看鵲山轉却似送人來

春日陪楊江寧及諸官宴北湖感古作

昔聞顏光祿攀龍宴京（一作重明）湖樓船入天鏡帳殿開雲衢君王歌大風如樂豐沛都延年獻佳作邈與詩人俱我來不及此獨立鍾山孤楊宰穆清風（一作飈）芳聲騰海隅英僚滿四座粲若瓊林敷鷁首弄倒景蛾眉綴明珠新弦採（一作來）梨園古舞嬌吴歈曲度繞雲（一作清）漢聽者皆歡娛雞棲何嘈嘈沿（一作江）月沸笙竽古之帝宫苑今乃人樵蘇感此勸一觴願君覆瓢壺榮盛（一作盛時）當作樂無令後賢吁

宴鄭參卿山池

爾恐碧草晚我畏朱顏移愁看楊花飛置酒正相宜歌聲送落日舞影迴清池今夕不盡杯留歡更邀誰

遊謝氏山亭

淪老臥江海再歡天地清病閑久寂寞歲物徒芬榮借君西池遊聊以散我情掃雪松下去捫蘿石道行謝公池塘上春草颯已生花枝拂人來山鳥向我鳴田家有美酒落日與之傾醉罷弄歸月遙欣稚子迎

把酒問月（故人賈淳令予問之）

青天有月來幾時我今停杯一問之人攀明月不可得月行却與人相隨皎如飛鏡臨丹闕綠烟滅盡清輝發但見宵從海上來寧知曉向雲間沒白兔擣藥秋復春嫦娥孤棲與誰鄰今人不見古時月今月曾經照古人古人今人若流水共看明月皆如此唯願當歌對酒時月光長照金樽裏

同族姪評事黯遊昌禪師山池二首

遠公愛康樂為我開禪關蕭然松石下何異清涼山花將色不染水與心俱閑一坐度小劫觀空天地間
客來花雨際秋水落金池片石寒青錦疎楊挂綠絲高僧拂玉柄童子獻霜梨惜去愛佳景煙蘿欲暝時

金陵鳳皇臺置酒

置酒延落景金陵鳳皇臺長波寫萬古心與雲俱開借問往昔時鳳皇為誰來鳳皇去已久正當今日迴明君越義軒天老坐三台豪士無所用彈弦醉金罍東風吹山花安可不盡杯六帝沒幽草深宫寞綠苔置酒勿復道歌鍾但相催

秋浦清溪雪夜對酒客有唱山鷓鴣者

披君（一作我）貂襜褕對君白玉壺雪花酒上滅頓覺夜寒無客有桂陽至能吟山鷓鴣清風動窗竹越鳥起相呼持此足為樂何煩笙與竽

與周剛清溪玉鏡潭宴別（潭在秋浦桃樹陂下余新名此潭）

康樂上官去永嘉遊石門江亭（一作中）有孤嶼千載跡猶存我來游（一作憇）秋浦三入桃陂源千峯照積雪萬壑盡啼猨興與謝公合文因周子論掃厓去落葉席（一作帶）月開清樽溪當大樓南溪水正南奔迴作玉鏡潭澄明洗心魂此中得佳境可以絕囂喧清夜方歸來酣歌出平原別後經此地為余謝蘭蓀

遊秋浦白笴陂二首

何處夜行好月明白笴陂山光摇積雪猨影挂寒枝但恐佳景晚小令歸櫂移人來有清興及此有相思
白笴夜長嘯爽然溪谷寒魚龍動陂水處處生波瀾天借一明月飛來碧雲端故鄉不可見腸斷正西看

宴陶家亭子

曲巷幽人宅高門大士家池開照膽鏡林吐破顏花綠水藏春日青軒祕晚霞若聞弦管妙金谷不能誇

在水軍宴韋司馬樓船觀妓

摇曳帆在空清流（一作川）順歸風詩因鼓吹發酒為劒歌雄對舞青樓妓雙鬟白玉童行雲且莫去留醉楚王宫

流夜郎至江夏陪長史叔及薛明府宴興德寺南閣

紺殿橫江上青山落鏡中岸迴沙不盡日暎水成空天樂流（一作聞）香閣蓮舟颺晚風恭陪竹林宴留醉與陶公

泛沔州城南郎官湖（并序）

乾元歲秋八月白遷於夜郎遇故人尚書郎張謂出使夏口沔州牧杜公漢陽宰王公觴于江城之南湖樂天下之再平也方夜水月如練清光可掇張公殊有勝槩四望超然乃顧白曰此湖古來賢豪遊者非一而枉踐佳景寂寥無聞夫子可為我標之嘉名以傳不朽白因舉酒酹水號之曰郎官湖亦猶鄭圃之有僕射陂也席上文士輔翼岑靜以為知言乃命賦詩紀事刻石湖側將與大別山共相磨滅焉

張公多逸興共泛沔城隅當時秋月好不減武昌都四座醉清光為歡古來無郎官愛此水因號郎官湖風流若未滅名與此山俱

陪侍郎叔遊洞庭醉後三首

今日竹林宴我家賢侍郎三杯容小阮醉後發清狂
船上齊橈樂湖心泛月歸白鷗閑不去爭拂酒筵飛
剗却君山好平鋪湘水流巴陵無限酒醉殺洞庭秋

夜泛洞庭尋裴侍御清酌

日晚湘水綠孤舟無端倪明湖漲秋月獨泛巴陵西過憩裴逸人巖居陵丹梯抱琴出深竹為我彈鵾雞曲盡酒亦傾北窗醉如泥人生且行樂何必組與珪

陪族叔刑部侍郎曄及中書賈舍人至遊洞庭五首

洞庭西望楚江分水盡南天不見雲日落長沙秋色遠不知何處弔湘君
南湖秋水夜無烟耐可乘流直上天且就（一作問）洞庭賒月色將船買酒白雲邊
洛陽才子謫湘川元禮同舟月下仙記得長安還欲笑不知何處是西天
洞庭湖西秋月輝瀟湘江北早鴻飛醉客滿船歌白苧不知霜露入秋衣
帝子瀟湘去不還空餘秋草洞庭間淡掃明湖開玉鏡丹青畫出是君山

楚江黃龍磯南宴楊執戟治樓

五月入五洲碧山對青樓故人楊執戟春賞楚江流一見醉(一作波)漂月三杯歌(一作謡)櫂謳桂枝攀不盡他日更相求

銅官山醉後絕句

我愛銅官樂千年未擬還要須迴舞袖拂盡五松山

與南陵常贊府遊五松山(山在南陵銅井西五里有古精舍)

安石泛溟渤獨嘯長風還逸韻動海上高情出人間靈異可並跡澹然與世閑我來五松下置酒窮躋攀徵古絕遺老因名五松山五松何清幽勝境美沃州蕭颯鳴洞壑終年風雨秋響入百泉去聽如三峽流剪竹掃天花且從傲吏遊龍堂若可憩吾欲歸精修

宣城青溪(一作入清溪山)

青溪勝桐廬水木有佳色山貌日高古石容天傾側綵鳥昔未名白猿初相識不見同懷人對之空歎息

與謝良輔遊涇川陵巖寺

乘君素舸泛涇西宛似雲門對若溪且從康樂尋山水何必東遊入會稽

遊水西簡鄭明府

天宮水西寺雲錦照東郭清湍鳴迴溪綠水遶飛閣涼風日瀟灑幽客時憩泊五月思貂裘謂言秋霜落石蘿引古蔓岸筍開新籜吟翫空復情相思爾佳作鄭公詩人秀逸韻宏寥廓何當一來遊愜我雪山諾

九日登山

淵明歸去來不與世相逐為無杯中物遂偶本州牧因招白衣人笑酌黃花菊我來不得意虛過重陽時題輿何俊發遂結城南期築土按響山俯臨宛水湄胡人叫玉笛越女彈霜絲自作英王胄斯樂不可窺赤鯉湧琴高白龜道馮夷靈仙如彷彿莫酹遥相知古來登高人今復幾人在滄洲違宿諾明日猶可待連山似驚波合沓出溟海揚袂揮四座酩酊安所知齊歌送清揚起舞亂參差賓隨落葉散帽逐秋風吹別後登此臺願言長相思

九日

今日雲景好水綠秋山明攜壺酌流霞搴菊泛寒榮地遠松石古風揚弦管清窺觴照歡顏獨笑還自傾落帽醉山月空歌懷友生

九日龍山飲

九日龍山飲黃花笑逐臣醉看風落帽舞愛月留人

九月十日即事

昨日登高罷今朝更舉觴菊花何太苦遭此兩重陽

陪族叔當塗宰遊化城寺升公清風亭

化城若化出金牓天宮開疑是海上雲飛空結樓臺升公湖上(一作山)秀粲然有辯才濟人不利己立俗無嫌猜了見水中月青蓮出塵埃閑居清風亭左右清風來當暑陰廣殿太陽為裴回茗酌待幽客珍盤薦彫梅飛文何灑落萬象為之摧季父擁鳴琴德聲布雲雷雖遊道林室亦舉陶潛杯清樂動諸天長松自吟哀留歡若可盡劫石乃成灰

全唐詩

李白

登錦城散花樓

日照錦城頭朝光散花樓金窗夾繡戶珠箔懸銀(一作瓊)鉤飛梯綠雲中極目散我憂(一作愁)暮雨向三峽春江繞雙流今來一登望如上九天遊

登峨眉山

蜀國多仙山峨眉邈難匹周流試登覽絕怪安可悉青冥倚天開(一作闢)彩錯疑畫出泠然紫霞賞果得錦囊術雲間吟瓊簫石上弄寶瑟平生有微尚歡笑自此畢烟容如在顏塵累忽相失儻逢騎羊子攜手凌白日

大庭庫

朝登大庭庫雲物何蒼然莫辨陳鄭火空霾鄒魯煙我來尋梓慎觀化入寥天古木朔氣多松風如五弦帝圖終冥沒歎息滿山川

登單父陶少府半月臺

陶公有逸興不與常人俱築臺像半月迴向(一作過出)高城隅置酒望白雲商(一作高)飆起寒梧秋山入遠海桑柘羅平蕪水色淥且明(一作清)令人思鏡湖終當過江去愛此暫踟躕

天台曉望

天台鄰四明華頂高百越門標赤城霞樓棲滄島月憑高登遠覽直下見溟渤雲垂大鵬翻波動巨鼇沒風潮爭洶湧神怪何翕忽觀奇跡無倪好道心不歇攀條摘朱實服藥鍊金骨安得生羽毛千春臥蓬闕

早望海霞邊

四明三千里朝起赤城霞日出紅光散分輝照雪厓一餐嚥瓊液五內發金沙舉手何所待青龍白虎車

焦山望寥山

石壁望松寥宛然在碧霄安得五綵虹駕天作長橋仙人如愛我舉手來相招

杜陵絕句

南登杜陵上北望五陵間秋水明落日流光滅遠山

登太白峰

西上太白峯，夕陽窮登攀。太白與我語，爲我開天關。願乘泠風去，直出（一作上）浮雲間。舉手可近月，前行若無山。一別武功去，何時復見還。

登邯鄲洪波臺置酒觀發兵

我把兩赤羽，來遊燕趙間。天狼正可射，感激無時閑。觀兵洪波臺，倚劍望玉關。請纓不繫越，且向燕然山。風引龍虎旗，歌鐘昔（一作憶一作共）追攀。擊筑落高月，投壺破愁顏。遙知百戰勝，定掃鬼方還。

登新平樓

去國登茲樓，懷歸傷暮秋。天長落日遠，水淨寒波流。秦雲起嶺樹，胡雁飛沙洲。蒼蒼幾萬里，目極令人愁。

謁老君廟

先君懷聖德，靈廟肅神心。草合人蹤斷，塵濃鳥跡深。流沙丹竈滅，關路紫煙沈。獨傷千載後，空餘松柏林。

秋日登揚州西靈塔

寶塔凌蒼蒼，登攀覽四荒。頂高元氣合，標出海雲長。萬象分空界，三天接畫梁。水搖金刹影，日動火珠光。鳥拂瓊簾度，霞連繡栱張。目隨征路斷，心逐去帆揚。露浴梧楸白，霜催橘柚黃。玉毫如可見，於此照迷方。

登金陵冶城西北謝安墩（此墩即晉太傅謝安與右軍王羲之同登超然有高世之志余將營園其上故作是詩也）

晉室昔橫潰，永嘉遂南奔。沙塵何茫茫，龍虎鬬朝昏。胡馬風漢草，天驕蹙中原。哲匠感頹運，雲鵬忽飛翻。組練照楚國，旌旗連海門。西秦百萬衆，戈甲如雲屯。投鞭（一作策）可填江，一埽不足論（一作一朝爲我吞）。皇運有返正，醜虜無遺魂。談笑遏橫流，蒼生望斯存。冶城訪古跡（一作至今古城隅），猶有謝安墩。憑覽周地險，高標絕人喧。想像東山姿，緬懷右軍言。梧桐識嘉樹，蕙草留芳根。白鷺映春洲，青龍見朝暾。地古雲物在，臺傾禾黍繁。我來酌清波，於此樹名園。功成拂衣去，歸入（一作長嘯）武陵源。

登瓦官閣

晨登瓦官閣，極眺金陵城。鐘山對北戶，淮水入南榮。漫漫雨花落，嘈嘈天樂鳴。兩廊振法鼓，四角吟（一作吹）風箏。杳出霄漢上，仰攀日月行。山空霸氣滅，地古寒陰生。寥廓雲海晚，蒼茫宮觀平。門餘閶闔字，樓識鳳凰名。雷作百山動，神扶萬栱傾。靈光何足貴，長此鎮吳京。

登梅岡望金陵贈族姪高座寺僧中孚

鍾山抱金陵，霸氣昔騰發。天開帝王居，海色照宮闕。羣峯如逐鹿，奔走相馳突。江水九道來，雲端遙明沒。時遷大運去，龍虎勢休歇。我來屬天清，登覽窮楚越。吾宗挺禪伯，特秀鸞鳳骨（一作吾宗道門秀，特異鸞鳳骨）。衆星羅青天，明（一作朗）者獨有月。冥居順生理，草木不剪伐。煙窗引薔薇，石壁老野蕨。吳風謝安屐，白足傲履韈。幾宿一下山（一作下山來），蕭然忘干謁。談經演金偈，降鶴舞海雪。時聞天香來，了與世事絕。佳遊不可得，春風惜遠別。賦詩留巖屏，千載庶不滅。

登金陵鳳凰臺

鳳凰臺上鳳凰遊，鳳去臺空江自流。吳宮花草埋幽徑，晉代衣冠成古丘。三山半落青天外，二水中分白鷺洲。總爲浮雲能蔽日，長安不見使人愁。

望廬山瀑布水二首

西登香爐峯，南見瀑布水。挂流三百（一作千）丈，噴壑數十里。欻如飛電（一作練）來，隱若白虹起。初驚河漢（一作銀河）落，半灑雲天裏（一作半瀉金潭裏）。仰觀勢轉雄，壯哉造化功。海風吹不斷，江（一作山）月照還空。空中亂潨射，左右洗青壁。飛珠散輕霞，流沫沸穹石。而我樂名山，對之心益閑。無論漱瓊液，還得洗塵顏。且諧宿所好，永願辭人間。

日照香爐生紫煙，遙看瀑布挂前川（一作廬山上與星斗連，日照香爐生紫烟）。飛流直下三千尺，疑是銀河落九天。

登廬山五老峯

廬山東南五老峯，青天削出金芙蓉。九江秀色可攬結，吾將此地巢雲松。

江上望皖公山

奇峯出奇雲，秀木含秀氣。清宴皖公山，巉絕稱人意。獨遊滄江上，終日淡無味。但愛茲嶺高，何由討靈異。默然遙相許，欲往心莫遂。待吾還丹成，投跡歸此地。

望黃鶴樓

東望黃鶴山，雄雄半空出。四面生白雲，中峯倚紅日。巖巒行穹跨，峯嶂亦冥密。頗聞列仙人，於此學飛術。一朝向蓬海，千載空石室。金竈生烟埃，玉潭祕清謐。地古遺草木，庭寒老芝朮。蹇予羨攀躋，因欲保閑逸。觀奇徧諸嶽，茲嶺不可匹。結心寄青松，永悟客情畢。

鸚鵡洲

鸚鵡來過吳江水，江上洲傳鸚鵡名。鸚鵡西飛隴山去，芳洲之樹何青青。烟開蘭葉香風暖，岸夾桃花錦浪生。遷客此時徒極目，長洲孤月向誰明。

九日登巴陵置酒望洞庭水軍（時賊逼華容縣）

九日天氣清，登高無秋雲。造化闢川嶽，了然楚漢分。長風鼓橫波，合沓蹙龍文。憶昔傳遊豫，樓船壯橫汾。今茲討鯨鯢，旌旆何繽紛。白羽落酒樽，洞庭羅三軍。黃花不掇手，戰鼓遙相聞。劍舞轉頹陽，當時日停曛。酣歌激壯士，可以摧妖氛。齷齪東籬下，淵明不足羣。

秋登巴陵望洞庭

清晨登巴陵，周覽無不極。明湖映天光，徹底見秋色。秋色何蒼然，際海俱澄鮮。山青滅遠樹，水綠無寒烟。來帆出江中，去鳥向日邊。風清長沙浦，山（一作霜）空雲夢田。瞻光惜頹髮，閱水悲徂年。北渚既蕩漾，東流自潺湲。郢人唱白雪，越女歌採蓮。聽此更腸斷，憑崖淚如泉。

與夏十二登岳陽樓

樓觀岳陽盡，川迥（一作向）洞庭開。雁引愁心去（一作雁別秋江去），山銜好月來。雲間連（一作逢）下榻，天上接行杯。醉後涼風起，吹人舞袖迴。

登巴陵開元寺西閣贈衡嶽僧方外

衡嶽有闌（一作開）士，五峯秀真骨。見君萬里心，海水照秋月。大臣南溟去，問道皆請謁。灑以甘露言，清涼潤肌髮。明湖落天鏡，香閣凌銀闕。登眺餐惠風，新花期啟發。

與賈至舍人於龍興寺剪落梧桐枝望灉湖

剪落青梧枝，灉湖坐可窺。雨洗秋山淨，林光澹碧滋。水閑明鏡轉，雲繞畫屏移。千古風流事，名賢共此時。

挂席江上待月有懷

待月月未出望江江自流倏忽城西郭青天懸玉鉤素華雖可攬清景不同遊耿耿金波裏空瞻鳷鵲樓

金陵望漢江

漢江迴萬里派作九龍盤橫潰豁中國崔嵬飛迅湍六帝淪亡後三吳不足觀我君混區宇垂拱衆流安今日任公子滄浪罷釣竿

秋登宣城謝朓北樓

江城如畫裏山曉望晴空兩水夾明鏡雙橋落彩虹人煙寒橘柚秋色老梧桐誰念北樓上臨風懷謝公

望天門山

天門中斷楚江開碧水東流至(一作直)北迴兩岸青山相對出孤帆一片日邊來

望木瓜山

早起見日出暮見棲鳥還客心自酸楚況對木瓜山

登敬亭北二小山余時送客逢崔侍御並登此地

送客謝亭北逢君縱酒還屈盤戲白馬大笑上青山迴鞭指長安西日落秦關帝鄉三千里杳在碧雲間

過崔八丈水亭

高閣橫秀氣清幽併在君簷飛宛溪水窗落敬亭雲猨嘯風中斷漁歌月裏聞閑隨白鷗去沙上自爲羣

登廣武古戰場懷古

秦鹿奔野草逐之若飛蓬項王氣蓋世紫電明雙瞳呼吸八千人橫行起江東赤精斬白帝叱咤入關中兩龍不並躍五緯與天同楚滅無英圖漢興有成功按劍清八極歸酣歌大風伊昔臨廣武連兵決雌雄分我一杯羹太皇乃汝翁戰爭有古跡壁壘頹層穹猛虎嘯(一作吟)洞壑飢鷹鳴(一作獵)秋空翔雲列曉陣殺氣赫長虹撥亂屬豪聖俗儒安可通沉湎呼豎子狂言非至公撫掌黃河曲嗤嗤阮嗣宗

安州應城玉女湯作(荊州記云常有玉女乘車投此泉)

神女歿幽境湯池流大川陰陽結炎炭造化開靈泉地底爍朱火沙傍歊素煙沸珠躍明(一作晴)月皎鏡函空天氣浮蘭芳滿色漲桃花然精覽萬殊入潛行七澤連愈疾功莫尚變盈道乃全濯濯氣清泚(一作濯纓掬清泚)晞髮弄潺湲散下楚王國分澆宋玉田可以奉巡幸奈何隔窮偏獨隨朝宗水赴海輸微涓

之廣陵宿常二南郭幽居

綠水接柴門有如桃花源忘憂或假草滿院羅叢萱冥色湖上來微雨飛南軒故人宿茅宇夕鳥棲楊園還惜詩酒別深爲江海言明朝廣陵道獨憶此傾樽

夜下征虜亭(丹陽記亭是晉太安中征虜將軍謝安所立因以爲名)

船下廣陵去月明征虜亭山花如繡頰江火似流螢

下途歸石門舊居

吳山高越水清握手無言傷別情將欲辭君挂帆去離魂不散煙郊樹此心鬱悵誰能論有愧叨承國士恩雲物共傾三月酒歲時同餞五侯門羨君素書嘗滿案含丹照白霞色爛余嘗學道窮冥筌夢中往往遊仙山何當脫屣謝時去壺中別有日月天俛仰人間易凋朽鍾峰五雲在軒牖惜別愁窺玉女窗歸來笑把洪崖手隱居寺隱居山陶公鍊液棲其間靈神閉氣昔登攀恬然但覺心緒閑數人不知幾甲子昨夜(一作來)猶帶冰霜顏我離雖則歲物改如今了然失所在別君莫道不盡歡懸知樂客遙相待石門流水徧桃花我亦曾到秦人家不知何處得雞豕就中仍見繁桑麻翛然遠與世事間裝鸞駕鶴又復遠何必長從七貴遊勞生徒聚萬金產挹君去長相思雲遊雨散從此辭欲知悵別心易苦向暮春風楊柳絲

客中行

蘭陵美酒鬱金香玉椀盛來琥珀光但使主人能醉客不知何處是他鄉

太原早秋

歲落衆芳歇時當大火流霜威出塞早雲色渡河秋夢繞邊城月心飛故國樓思歸若汾水無日不悠悠

奔亡道中五首

蘇武天山上田橫海島邊萬重關塞斷何日是歸年

亭伯去安在李陵降未歸愁容變海色短服改胡衣

談笑三軍卻交游七貴疏仍留一隻箭未射魯連書

函谷如玉關幾時可生還洛陽爲易水嵩嶽是燕山俗變羌胡語人多沙塞顏申包惟慟哭七日鬢毛斑

淼淼望湖水青青蘆葉齊歸心落何處日沒大江西歇馬傍春草欲行遠道迷誰忍子規鳥連聲向我啼

郢門秋懷

郢門一爲客巴月三成弦朔風正搖落行子愁歸旋杳杳山外日茫茫江上天人迷洞庭水雁度瀟湘煙清曠諧宿好緇磷及此年百齡何蕩漾萬化相推遷空謁蒼梧帝徒尋溟海仙已聞蓬海淺豈見三桃圓倚劍增浩歎捫襟還自憐終當遊五湖濯足滄浪泉

至鴨欄驛上白馬磯贈裴侍御

側疊萬古石橫爲白馬磯亂流若電轉舉權揚珠輝臨驛卷緹幕升堂接繡衣情親不避馬爲我解霜威

荊門浮舟望蜀江

春水月峽來浮舟望安極正是桃花流依然錦江色江

色綠且明茫茫與天平逶迤巴山盡搖曳楚雲行雪照
聚沙雁花飛出谷鶯芳洲却已轉碧樹森森迎流目浦
烟夕揚帆海月生江陵識遥火應到渚宫城

上三峽

巫山夾青天巴水流若茲巴水忽可盡青天無到時三
朝上黄牛三暮行太遲三朝又三暮不覺鬢成絲

自巴東舟行經瞿唐峽登巫山最高峰晚還題
壁

江行幾千里海月十五圓始經瞿塘峽遂步巫山巔巫
山高不窮巴國盡所歷日邊攀垂蘿霞外倚穹石飛步
凌絶頂極目無纖烟却顧失丹壑仰觀臨青天青天若
可捫銀漢去安在望雲知蒼梧記水辨瀛海周遊孤光
晚歷覽幽意多積雪照空谷悲風鳴森柯歸途行欲曛
佳趣尚未歇江寒早啼猨松暝已吐月月色何悠悠清
猨響啾啾辭山不忍聽揮策還孤舟

早發白帝城（一作白帝下江陵）

朝辭白帝彩雲間千里江陵一日還兩岸猨聲啼不盡
輕舟已過萬重山

秋下荆門

霜落荆門江樹空布帆無恙挂秋風此行不為鱸魚鱠
自愛名山入剡中

江行寄遠

刳木出吴楚危槎百餘尺疾風吹片帆日暮千里隔别
時酒猶在已為異鄉客思君不可得愁見江水碧

宿五松山下荀媪家

我宿五松下寂寥無所歡田家秋作苦鄰女夜舂寒跪
進雕胡飯月光明素盤令人慚漂母三謝不能餐

下涇縣陵陽溪至澁灘

澁灘鳴嘈嘈兩山足猨猱白波若卷雪側足不容舠漁
子與舟人撑折萬張篙

下陵陽沿高溪三門六剌灘

三門横峻灘六剌走波瀾石驚虎伏起水狀龍縈盤何
慙七里瀨使我欲垂竿

夜泊黄山聞殷十四吴吟

昨夜誰為吴會吟風生萬壑振空林龍驚不敢水中卧
猨嘯時聞巖下音我宿黄山碧溪月聽之却罷松間琴
朝來果是滄洲逸酤酒醍（一作提）盤飯霜栗半酣更發江海
聲客愁頓向杯中失

宿鰕湖

雞鳴發黄山暝投鰕湖宿白雨映寒山森森似銀竹提
攜採鈆客結荷水邊沐半夜四天開星河爛人目明晨
大樓去岡隴多屈伏當與持斧翁前溪伐雲木

西施

西施越溪女出自苧蘿山秀色掩今古荷花羞玉顔浣
紗弄碧水自與清波閒皓齒信難開沈吟碧雲間句踐
徵絶豔揚蛾入吴關提攜館娃宫杳渺詎可攀一破夫
差國千秋竟不還

王右軍

右軍本清真瀟灑出（一作在）風塵山陰過羽客愛此好鵝賓
掃素寫道經筆精妙入神書罷籠鵝去何曾别主人

上元夫人

上元誰夫人偏得王母嬌嵯峩三角髻餘髮散垂腰裘
披青毛錦身著赤霜袍手提嬴女兒閑與鳳吹簫眉語
兩自笑忽然隨風飄

蘇臺覽古

舊苑荒臺楊柳新菱歌清唱不勝春只今惟有西江月
曾照吴王宫裏人

越中覽古

越王句踐破吴歸義士還鄉（一作家）盡錦衣宫女如花滿春
殿只今惟有鷓鴣飛

商山四皓

白髮四老人昂藏南山側偃卧松雪間冥翳不可識雲
窗拂青靄石壁横翠色龍虎方戰爭於焉自休息秦人
失金鏡漢祖昇紫極陰虹濁太陽前星遂淪匿一行佐
明聖（一作兩）倏起生羽翼功成身不居舒卷在胸臆窅冥合
元化茫昧信難測飛聲塞天衢萬古仰遺則

過四皓墓

我行至商洛幽獨訪神仙園綺復安在雲蘿尚宛然荒
凉千古跡蕪没四墳連伊昔鍊金鼎何年閉玉泉隴寒
惟有月松古漸無煙木魅風號去山精雨嘯旋紫芝高
詠罷青史舊名傳今日併如此哀哉信可憐

峴山懷古

訪古登峴首憑高眺襄中天清遠峰出水落寒沙空弄
珠見遊女醉酒（一作月）懷山公感歎發秋興長松鳴夜風

蘇武

蘇武在匈奴十年持漢節白雁上林飛空傳一書札牧
羊邊地苦落日歸心絶渴飲月窟水飢餐天上雪東還
沙塞遠北愴河梁别泣把李陵衣相看淚成血

經下邳圯橋懷張子房

子房未虎嘯破産不為家滄海得壯士椎秦博浪沙報
韓雖不成天地皆振動潛匿遊下邳豈曰非智勇我來
圯橋上懷古欽英風惟見碧流水曾無黄石公歎息此
人去蕭條徐泗空

金陵三首

晉家南渡日此地舊（一作即）長安地即帝王宅山為龍虎盤
（一作碧宇樓臺滿青山龍虎盤）金陵空壯觀天塹（一作江塹）淨波瀾醉客回橈去吴
歌且自歡（一作誰云行路難）

地擁金陵勢城迴江（一作漢）水流當時百萬户夾道起朱樓
亡國生春草離宫没古丘空餘後湖月波上對江（一作瀛）洲

六代興亡國三杯為爾歌苑方秦地少（一作小）山似洛陽多
古殿吴花草深宫晉綺羅併隨人事滅東逝與（一作只）滄波

秋夜板橋浦泛月獨酌懷謝朓

天上何所有迢迢白玉繩斜低建章闕耿耿對金陵漢
水舊如練霜江夜清澄長川瀉落月洲渚曉寒凝獨酌
板橋浦古人誰可徵玄暉難再得灑酒（一作淚）氣塡膺

入彭蠡經松門觀石鏡緬懷謝康樂題詩書遊
覽之志

謝公之彭蠡因此遊松門余方窺石鏡兼得窮江源將
欲（一作欲將）繼風雅豈徒清心魂前賞逾所見後來道空存况

屬臨汎美而無洲渚喧漾水向東去漳流直南奔空濛三川夕回合千里昏青桂隱遥月綠楓鳴愁猨水碧或可采金精祕莫論吾將學仙去冀與琴高言一作過彭蠡湖云謝公入彭蠡因此遊松門余方窺石鏡兼得窮江源前賞跡可見後來道空存而欲繼風雅豈惟清心蒐雲海方助興波濤何足論青嶂憶遥月綠蘿鳴愁猨水碧或可採金膏祕莫言余將振衣去羽化出囂煩

盧江主人婦

孔雀東飛何處棲盧江小吏仲卿妻爲客裁縫君自見城烏獨宿夜空啼

陪宋中丞武昌夜飲懷古

清景南樓夜風流在武昌庾公愛秋月乘興坐胡牀龍笛吟寒水天河落曉霜我心還不淺懷古醉餘觴

望鸚鵡洲懷禰衡

魏帝營八極蟻觀一禰衡黃祖斗筲人殺之受惡名吴江賦鸚鵡落筆超羣英鏘鏘振金玉句句欲飛鳴鷙鶚啄孤鳳千春傷我情五嶽起方寸隱然詎可平才高竟何施寡識冒天刑至今芳洲上蘭蕙不忍生

宿巫山下

昨夜巫山下猨聲夢裏長桃花飛綠水三月下瞿塘雨色風吹去南行拂楚王高丘懷宋玉訪古一霑裳

金陵白楊十字巷

白楊十字巷北夾湖溝道不見吴時人空生唐年草天地有反覆宮城盡傾倒六帝餘古丘樵蘇泣遺老

謝公亭蓋謝朓范雲之所遊

謝公離別處風景每生愁客散青天月山空碧水流池花春映日窗竹夜鳴秋今古一相接長歌懷舊遊

紀南陵題五松山

聖達有去就潛光愚其德魚與龍同池龍去魚不測當時版築輩豈知傅說情一朝和殷羹光氣爲列星伊尹生空桑捐庖佐皇極桐宮放太甲攝政無愧色三年帝道明委質終輔翼曠哉至人心萬古可爲則時命或大繆仲尼將一作其奈何鸞鳳忽覆巢麒麟不來過龜山蔽魯國有斧且無柯歸來歸去來一作歸去來歸去宵濟越洪波

夜泊牛渚懷古此地即謝尚聞袁宏詠史處

牛渚西江夜青天無片雲登舟望秋月空憶謝將軍余亦能高詠斯人不可聞明朝挂帆席一作洞庭去楓葉落一作正紛紛

姑孰十詠一作李赤詩

姑孰溪

愛此溪水閑乘流興無極漾楫怕鷗驚垂竿待魚食波翻曉霞影岸疊春山色何處浣紗人紅顏未相識

丹陽湖

湖與元氣連風波浩難止天外賈客歸雲間片帆起龜遊蓮葉上鳥宿蘆花裏少女棹歸舟歌聲逐流水

謝公宅

青山日將暝寂寞謝公宅竹裏無人聲池中虛月白荒庭衰草徧廢井蒼苔積惟有清風閑時時起泉石

陵歊臺

曠望登古臺臺高極人目疊嶂列遠空雜花間平陸閑雲入窗牖野翠生松竹欲覽碑上文苔侵豈堪讀

桓公井

桓公名已古廢井曾未竭石甃冷蒼苔寒泉湛孤月秋來桐暫落春至桃還發路遠人罕窺誰能見清徹一作潔

慈姥竹

野竹攢石生含煙映江島翠色落波深虛聲帶寒早龍吟曾未聽鳳曲吹應好不學蒲柳凋貞心嘗自保

望夫山

顒望臨碧空怨情感離別江草不知愁巖花但爭發雲山萬重隔音信千里絕春去秋復來相思幾時歇

牛渚磯

絕壁臨巨川連峰勢相向亂石流洑間迴波自成浪但驚羣木秀莫測精靈狀更聽猨夜啼憂心醉江上

靈墟山

丁令辭世人拂衣向仙路伏鍊九丹成方隨五雲去松蘿蔽幽洞桃杏深隱處不知曾化鶴遼海歸幾度

天門山

迥出江山上雙峰自相對岸映松色寒石分浪花碎參差遠天際縹緲晴霞外落日舟去遥迴首沈青靄

全唐詩

李白

與元丹丘方城寺談玄作

茫茫大夢中惟我獨先覺騰轉風火來假合作容貌滅除昏疑盡領略入精要澄慮觀此身因得通寂照朗悟前後際始知金仙妙幸逢禪居人酌玉坐相召彼我俱若喪雲山豈殊調清風生虛空明月見談笑怡然青蓮宮永願恣遊眺

尋高鳳石門山中元丹丘

尋幽無前期乘興不覺遠蒼厓渺難涉白日忽欲晚未窮三四山已歷千萬轉寂寂聞猨愁行行見雲收高松

來好月空谷宜清秋溪深古雪在石斷寒泉流峯巒秀中天登眺不可盡丹丘遙相呼顧我忽而哂遂造窮谷間始知靜者閑留歡達永夜清曉方言還

安州般若寺水閣納涼喜遇薛員外乂

翛然金園賞遠近含晴光樓臺成海氣草木皆天香忽逢青雲士共解丹霞裳水退池上熱風生松下涼吞討破萬象搴窺臨衆芳而我遺有漏與君用無方心垢都已滅永言題禪房

魯中都東樓醉起作

昨日東樓醉（一作城飲）還應（一作歸來）倒接䍦阿誰扶上馬不省下樓時

對酒醉題屈突明府廳

陶令八十日長歌歸去來故人建昌宰借問幾時迴風落吳江雪紛紛入酒杯山翁今已醉舞袖為君開

月下獨酌四首

花間（一作下，一作前）一壺酒獨酌無相親舉杯邀明月對影成三人月既不解飲影徒隨我身暫伴月將影行樂須及春我歌月裴回我舞影零亂醒時同交歡醉後各分散永結無情遊相期邈雲漢（一作碧巖畔）

天若不愛酒酒星不在天地若不愛酒地應無酒泉天地既愛酒愛酒不愧天已聞清比聖復道濁如賢賢聖既已飲何必求神仙三杯通大道一斗合自然但得酒中趣勿為醒者傳

三月咸陽城（一作時）千花晝如錦（一作好鳥吟清風落花散如錦，一作園鳥語成歌庭花笑如錦）誰能春獨愁對此徑須飲窮通與修短造化夙所稟一樽齊死生萬事固難審醉後失天地兀然就孤枕不知有吾身此樂最為甚

窮愁千萬端（一作有千端）美酒三百杯（一作唯數杯）愁多酒雖少酒傾愁不來所以知酒聖酒酣心自開辭粟臥首陽（一作伯夷）屢空飢顏回當代不樂飲虛名安用哉蟹螯即金液糟丘是蓬萊且須飲美酒乘月醉高臺

春歸終南山松龕舊隱

我來南山陽事事不異昔卻尋溪中水還望巖下石薔薇緣東窗女蘿遶北壁別來能幾日草木長數尺且復命酒樽獨酌陶永夕

冬夜醉宿龍門覺起言志

醉來脫寶劍旅憩高堂眠中夜忽驚覺起立明燈前開軒聊直望曉雪河冰壯哀哀歌苦寒鬱鬱獨惆悵傅說版築臣李斯鷹犬人歘起匡社稷寧復長艱辛而我胡為者歎息龍門下富貴未可期殷憂向誰寫去去淚滿襟舉聲梁甫吟青雲當自致何必求知音

尋山僧不遇作

石徑入丹壑松門閉青苔閑階有鳥跡禪室無人開窺窗見白拂挂壁生塵埃使我空歎息欲去仍裴回香雲徧山起花雨從天來已有空樂好況聞青猿哀了然絕世事此地方悠哉

過汪氏別業二首

遊山誰可遊子明與浮丘疊嶺礙河漢連峯橫斗牛汪生面北阜池館清且幽（一作清幽）我來感意氣搥炰列珍羞掃石待歸月開池漲寒流酒酣益爽氣為樂不知秋

疇昔未識君知君好賢才隨山起館宇鑿石營池臺星火（一作大火）五月中景風從南來數枝石榴發一丈荷花開恨不當此時相過醉金罍我行值木落月苦清猿哀永夜達五更吳歈送瓊杯酒酣欲起舞四座歌相催日出遠海明軒車且裴回更遊龍潭去枕石拂莓苔

待酒不至

玉壺繫青絲沽酒來何遲山花向我笑正好銜杯時晚酌東窗（一作軒）下流鶯復在茲春風與醉客今日乃相宜

獨酌

春草如有意羅生玉堂陰東風吹愁來白髮坐相侵獨酌勸孤影閑歌面芳林長松爾何知（一作本無情）蕭瑟為誰吟手舞石上月膝橫花間琴過此一壺外悠悠非我心（一本云春草遍綠野新鶯有佳音落日不盡歡恐為愁所侵獨酌勸孤影閑歌面芳林清風尋空來巖松與共吟手舞石上月膝橫花下琴過此一壺外悠悠非我心）

友人會宿

滌蕩千古愁留連百壺飲良宵宜清談皓月未（一作誰）能寢醉來臥空山天地即衾枕

春日獨酌二首

東風扇淑氣水木榮春暉白日照綠草落花散且飛孤雲還空山衆鳥各已歸彼物皆有託吾生獨無依對此石上月長醉歌（一作歌醉）芳菲

我有紫霞想緬懷滄洲間思（一作且）對一壺酒澹然萬事閑橫琴倚高松把酒望遠山長空去鳥沒落日孤雲還但恐光景晚宿昔成秋顏

金陵江上遇蓬池隱者（時於落星石上以紫綺裘換酒為歡）

心愛名山遊身隨名山遠羅浮麻姑臺此去或未返遇君蓬池隱就我石上飯空言不成歡強笑惜日晚綠水向雁門黃雲蔽龍山歎息兩客鳥裴回吳越間共（一作語）一執手留連夜將久解我紫綺裘且換金陵酒酒來笑復歌興酣樂事多水影弄月色清光奈愁何明晨挂帆席離恨滿滄波

月夜聽盧子順彈琴

閑坐夜（一作夜坐）明月幽人彈素琴忽聞悲風調宛若寒松吟白雪亂纖手綠水清虛心鍾期久已沒世上無知音

清溪半夜聞笛

羌笛梅花引吳溪隴水情（一作清）寒山秋浦月腸斷玉關聲（一作情）

日夕山中忽然有懷

久臥青（一作名）山雲遂為青（一作名）山客山深雲更好賞弄終日夕月銜樓間峯泉漱階下石素心自此得真趣非外借鼯啼桂方秋風滅籟歸寂緬思洪厓術欲往滄海隔雲車來何遲撫几空歎息

夏日山中

嬾搖白羽扇裸體青林中脫巾挂石壁露頂灑松風

山中與幽人對酌

兩人對酌山花開一杯一杯復一杯我醉欲眠卿且去明朝有意抱琴來

春日醉起言志

處世若大夢胡為勞其生所以終日醉頹然臥前楹覺來盼庭前一鳥花間鳴借問此何時春風語流鶯感之

欲歎息對酒還自傾浩歌待明月曲盡已忘情

廬山東林寺夜懷

我尋青蓮宇獨往謝城闕霜清東林鐘水白虎溪月天香生虛空天樂鳴不歇宴坐寂不動大千入毫髮湛然冥真心曠劫斷出沒

尋雍尊師隱居

羣峭碧摩天逍遙不記年撥雲尋古道倚石聽流泉花暖青牛臥松高白鶴眠語來江色暮獨自下寒烟

與史郎中欽聽黃鶴樓上吹笛

一為遷客去長沙西望長安不見家黃鶴樓中吹玉笛江城五月落梅花

對酒

勸君莫拒杯春風笑人來桃李如舊識傾花向我開流鶯啼碧樹明月窺金罍昨日一作來朱顏子今日白髮催棘生石虎殿鹿走姑蘇臺自古帝王宅城闕閉黃埃君若不飲酒昔人安在哉

醉題王漢陽廳

我似鷓鴣鳥南遷懶北飛時尋漢陽令取醉月中歸

嘲王歷陽不肯飲酒

地白風色寒雪花大如手笑殺陶淵明不飲杯中酒浪撫一張琴虛栽五株柳空負頭上巾吾於爾何有

獨坐敬亭山

衆鳥高飛盡孤雲獨去閑相看兩不厭只有敬亭山

自遣

對酒不覺暝落花盈我衣醉起步溪月鳥還人亦稀

訪戴天山道士不遇

犬吠水聲中桃花帶雨濃樹深時見鹿溪午不聞鐘野竹分青靄飛泉挂碧峰無人知所去愁倚兩三松

秋日與張少府楚城韋公藏書高齋作

日下空庭暮城荒古跡餘地形連海盡天影落江虛舊賞人雖隔新知樂未疎彩雲思作賦丹壁間藏書楂擁隨流葉萍開出水魚夕來秋興滿回首意何如

秋夜獨坐懷故山

小隱慕安石遠遊學屈一作子平天書訪江海雲臥起咸京入侍瑤池宴出陪玉輦行誇胡新賦作諫獵短書成但奉紫霄顧非邀青史名莊周空說劍墨翟恥論兵拙薄遂疎絕歸閑事耦耕顧無蒼生望空愛紫芝榮寥落暝霞色微茫舊壑情秋山綠蘿月今夕為誰明

憶崔郎中宗之遊南陽遺吾孔子琴撫之潸然感舊

昔在南陽城唯餐獨山蕨憶與崔宗之白水弄素月時過菊潭上縱酒無休歇泛此黃金花頹然清歌發一朝摧玉樹生死殊飄忽留我孔子琴琴存人已歿誰傳廣陵散但哭邙山骨泉戶何時明長掃一作歸狐兔窟

憶東山二首

不向東山久薔薇幾度花白雲還自散明月落誰家

我今攜謝妓長嘯絕人羣欲報東山客開關掃白雲

望月有懷

清泉映疎松不知幾千古寒月搖清波流光入窗戶對此空長吟思君意何深無因見安道興盡愁人心

對酒憶賀監二首并序

太子賓客賀公於長安紫極宮一見余呼余為謫仙人因解金龜換酒為樂歿後對酒悵然有懷而作是詩

四明有狂客風流賀季真長安一相見呼我謫仙人昔好杯中物翻一作今為松下塵金龜換酒處卻憶淚沾巾

狂客歸四明山陰道士迎敕賜鏡湖水為君臺沼榮人亡餘故宅空有荷花生念此杳如夢淒然傷我情

重憶一首

欲向江東去定將誰舉杯稽山無賀老卻櫂酒船回

春滯沅湘有懷山中

沅湘春色還風暖烟草綠古之傷心人於此腸斷續予非懷沙客但美採菱曲所願歸東山寸心於此足

落日憶山中

雨後烟景綠晴天散餘霞東風隨春歸發我枝上花花落時欲暮見此令人嗟願遊名山去學道飛丹砂

憶秋浦桃花舊遊時竄夜郎一本無時竄夜郎四字

桃花春水生白石今出沒搖蕩女蘿枝半搖青天月不知舊行徑初拳幾枝蕨三載夜郎還於茲鍊金骨

全唐詩

李白

越中秋懷

越水遶碧山周迴數千里乃是天鏡中分明畫相似一本有四句作路遶思仲連遊山慕康樂攀雲窮千峰弄水涉萬壑愛此從冥搜永懷臨湍遊一作幽一為滄波客十見紅蕖秋觀濤壯天險望海令人愁路遐迫西照歲晚悲東流何必探禹穴逝將歸蓬丘不然五湖上亦可乘扁舟

效古二首

朝入天苑中謁帝蓬萊宮青山映輦道碧樹搖蒼空謬題金閨籍得與銀臺通待詔奉明主抽毫頌清風歸時

落日晚蹀躞浮雲驄人馬本無意飛馳自豪雄入門紫鴛鴦金井雙梧桐清歌弦古曲美酒沽新豐快意且爲樂列筵坐羣公光景不可留生世如轉蓬早達勝晚遇羞比垂釣翁

自古有秀色西施與東鄰蛾眉不可妬況乃效其矉所以尹婕妤羞見邢夫人低頭不出氣塞默少精神寄語無鹽子如君何足珍

擬古十二首

青天何歷歷明星如白石(一作白如石)黄姑與織女相去不盈尺銀河無鵲橋非時將安適閨人理紈素遊子悲行役瓶冰知冬寒霜露欺遠客客似秋葉飛飄飖不言歸別後羅帶長愁寬去時衣乘月託宵夢因之寄金徽

高樓入青天下有白玉堂明月看欲墮當窗懸清光遥夜一美人羅衣霑秋霜含情弄柔瑟彈作陌上桑弦聲何激烈風捲遶飛梁行人皆躑躅棲鳥起迴翔但寫妾意苦莫辭此曲傷願逢同心者飛作紫鴛鴦

長繩難繫日自古共悲辛黄金高北斗不惜買陽春石火無留光還如世中人即事已如夢後來我誰身提壺莫辭貧取酒會四鄰仙人殊恍惚未若醉中眞

清都綠玉樹灼爍瑶臺春攀花弄秀色遠贈天仙人香風送紫蘂直到扶桑津取掇世上豔所貴心之珍相思傳一笑聊欲示情親

今日風日好明日恐不如春風笑於人何乃愁自居吹簫舞彩鳳酌醴鱠神魚千金買一醉取樂不求餘達士遺天地東門有二疏愚夫同瓦石有才知卷舒無事坐悲苦塊然涸轍(一作鮒)魚

運速天地閉胡風結飛霜百草死冬月六龍頹西荒太白出東方彗星揚精光鴛鴦非越鳥何爲眷南翔惟昔鷹將犬今爲侯與王得水成蛟龍爭池奪鳳凰北斗不酌酒南箕空簸揚

世路今太行迴車竟何託萬族皆凋枯遂無少可樂曠野多白骨幽魂共銷鑠榮貴當及時春華宜照灼人非崑山玉安得長璀錯身沒期不朽榮名在麟閣

月色不可掃客愁不可道玉露生秋衣流螢飛百草日月終銷毁天地同枯槁蟪蛄啼青松安見此樹老金丹寧誤俗昧者難精討爾非千歲翁多恨去世早飲酒入玉壺藏身以爲寶

生者爲過客死者爲歸人天地一逆旅同悲萬古塵月兔空擣藥扶桑已成薪白骨寂無言青松豈知春前後更嘆息浮榮安足珍

仙人騎彩鳳昨下閬風岑海水三清淺桃源一見尋遺我綠玉杯兼之紫瓊琴杯以傾美酒琴以閑素心二物非世有何論珠與金琴彈松裏風杯勸天上月風月長相知世人何倏忽

涉江弄秋水愛此荷花鮮攀荷弄其珠蕩漾不成圓佳人綵雲裏欲贈隔遠天相思無由見悵望涼風前(又折荷有贈云 涉江翫秋水愛此紅蕖鮮攀荷弄其珠蕩漾不成圓佳期彩雲重欲贈隔遠天相思無由見悵望涼風前)

去去復去去辭君還憶君漢水既殊流楚山亦此分人生難稱意豈得長爲羣越燕喜海日燕鴻思朔雲別久容華晚琅玕不能飯日落知天昏夢長覺道遠望夫登高山化石竟不返

感興六首(集本八首內二首與古風同前已附註不重錄)

瑶姬天帝女精彩化朝雲宛轉入宵夢無心向楚君錦衾抱秋月綺席空蘭芬茫昧竟誰測虛傳宋玉文

洛浦有宓妃飄飖雪爭飛輕雲拂素月了可見清輝解珮欲西去含情詎相違香塵動羅襪綠水不霑衣陳王徒作賦神女豈同歸好色傷大雅多爲世所譏

裂素持作書將寄萬里懷眷眷待遠信竟歲無人來征鴻務隨陽又不爲我棲委之在深篋蠹魚壞其題何如投水中流落他人開不惜他人開但恐生是非

十五遊神仙仙遊未曾歇吹笙坐(一作吟)松風汎瑟窺海月西山玉童子使我鍊金骨欲逐黄鶴飛相呼向蓬闕

西國有美女結樓青雲端蛾眉豔曉月一笑傾城歡高節不可奪炯心如凝丹常恐彩色晚不爲人所觀安得配君子共乘雙飛鸞

嘉穀隱豐草草深苗且稀農夫既不異孤穗將安歸常恐委曉隴忽與秋蓬飛烏得薦宗廟爲君生光輝

寓言三首

周公負斧扆成王何夔夔武王昔不豫剪爪投河湄賢聖遇讒慝不免人君疑天風拔大木禾黍咸傷萎管蔡扇蒼蠅公賦鴟鴞詩金縢若不啟忠信誰明之

搖裔雙彩鳳婉孌三青禽往還瑶臺裏鳴舞玉山岑以歡秦娥意復得王母心區區精衛鳥銜木空哀(一作流)吟

長安春色歸先入青門道綠楊不自持從風欲傾倒海燕還秦宮雙飛入簾櫳相思不相見託夢遼城東

秋夕旅懷

涼風度秋海吹我鄉思飛連山去無際流水何時歸目極浮雲色心斷明月暉芳草歇柔豔白露催寒衣夢長銀漢落覺罷天星稀含悲想舊國泣下誰能揮

感遇四首

吾愛王子晉得道伊洛濱金骨既不毁玉顔長自春可憐浮丘公猗靡與情親舉首白日間分明謝時人二仙去已遠夢想空殷勤

可歎東籬菊莖疏葉且微雖言異蘭蕙亦自有芳菲未泛盈樽酒徒霑清露輝當榮君不采飄落欲何依

昔余聞姮娥竊藥駐雲髮不自嬌玉顔方希鍊金骨飛去身莫返含笑坐明月紫宮誇蛾眉隨手會凋歇

宋玉事楚王立身本高潔巫山賦綵雲郢路歌白雪舉國莫能和巴人皆卷舌一感登徒言恩情遂中絶

翰林讀書言懷呈集賢(一本此下有院內二字)諸學士

晨趨紫禁中夕待金門詔觀書散遺帙探古窮至妙片言苟會心掩卷忽而笑青蠅易相點白雪難同調本是疏散人屢貽褊促誚雲天屬清朗林壑憶遊眺或時清風來閑倚欄(一作檐)下嘯嚴光桐廬溪謝客臨海嶠功成謝人間(一作君)從此一投釣

尋陽紫極宮感秋作

何處聞秋聲翛翛北窗竹迴薄萬古心攬之不盈掬靜坐觀衆妙浩然媚幽獨白雲南山來就我檐下宿懶從唐生決羞訪季主卜四十九年非一往不可復野情轉

瀟灑世道有翻覆陶令歸去來田家酒應熟

江上秋懷

餐霞臥舊壑散髮謝遠遊山蟬號枯桑始復知天秋朔雁別海裔越燕辭江樓颯颯風卷沙茫茫霧縈洲黃雲結暮色白水揚寒流惻愴心自悲潺湲淚難收蘅蘭方蕭瑟長嘆令人愁

秋夕書懷（一作秋日南遊書懷）

北風吹海雁南渡落寒聲感此瀟湘客淒其流浪情海懷結滄洲（一作遠心飛蒼梧）霞（一作遐）想遊赤城始探蓬壺事（一作術）旋覺天地輕澹然吟（一作思）高秋閑臥瞻太清蘿月掩（一作隱）空幕松霜結（一作皓）前楹（一作松雲散前楹）滅見息群動獵微窮至精桃花有源水可以保吾生

避地司空原言懷

南風昔不競豪聖思經綸劉琨與祖逖起舞雞鳴晨雖有匡濟心終為樂禍人我則異於是潛光皖水濱卜築司空原北將天柱鄰雪霽萬里月雲開九江春俟乎泰階平然後託微身傾家事金鼎年貌可長新所願得此道終然保清真寔景奔日馭攀星戲河津一隨王喬去長年玉天賓

上崔相百憂章（時在潯陽獄）

共工赫怒天維中摧鯤鯨噴蕩揚濤起雷魚龍陷人成此禍胎火焚崑山玉石相磓仰希霖雨灑寶炎煨箭發石開戈揮日迴鄒衍慟哭燕霜颯來微誠不感猶縶夏臺蒼鷹搏攫丹棘崔嵬豪聖凋枯王風傷哀斯文未喪東嶽豈頹穆逃楚難鄒脫吳災見機苦遲二公所咍驥不驟進麟何來哉星離一門草擲二孩萬憤結習（一作緝）憂從中催金瑟玉壺盡為愁媒舉酒太息泣血盈杯台星再朗天網重恢屈法申恩棄瑕取材冶長非罪尼父無猜覆盆儻舉應照寒灰

萬憤詞投魏郎中

海水渤潏人罹鯨鯢蓊胡沙而四塞始滔天於燕齊何六龍之浩蕩遷白日於秦西九土星分嗸嗸棲棲南冠君子呼天而啼戀高堂而掩泣淚血地而成泥獄戶（一作時當）春而不草獨幽怨而沈迷兄九江兮弟三峽悲羽化之難齊穆陵關北愁愛子豫章天南隔老妻一門骨肉散百草遇難不復相提攜樹榛拔桂囚鸞寵雞舜昔授禹伯成耕犁德自此衰吾將安棲好我者恤我不好我者何忍臨危而相擠子胥鴟夷彭越醢醢自古豪烈胡為此繄蒼蒼之天高乎視低如其聽卑脫我牢犴儻辨美玉君收白珪

荊州賊平臨洞庭言懷作

修蛇橫洞庭吞象臨江島積骨成巴陵遺言聞楚老水窮三苗國地窄三湘道歲宴天崢嶸時危人枯槁思歸阻喪亂去國傷懷抱郢路方丘墟章華亦傾倒風悲猨嘯苦木落鴻飛早日隱西赤沙月明東城草關河望已絕氛霧行當掃長叫天可聞吾將問蒼昊

覽鏡書懷

得道無古今失道還衰老自笑鏡中人白髮如霜草捫心空嘆息問影何枯槁桃李竟何言終成南山皓

田園言懷

賈誼三年謫班超萬里侯何如牽白犢飲水對清流

江南春懷

青春幾何時黃鳥鳴不歇天涯失鄉（一作歸）路江外老華髮心飛秦塞雲影滯楚關月身世殊爛漫田園久蕪沒歲宴何所從長歌謝金闕

聽蜀僧濬彈琴

蜀僧抱綠綺西下峨眉峰為我一揮手如聽萬壑松客心洗流水餘響入霜鐘不覺碧山暮秋雲暗幾重

魯東門觀刈蒲

魯國寒事早初霜刈渚蒲揮鐮若轉月拂水生連珠此草最可珍何必貴龍鬚織作玉牀席欣承清夜娛羅衣能再拂不畏素塵蕪

詠鄰女東窗海石榴

魯女東窗下海榴世所稀珊瑚映綠水未足比光輝清香隨風發落日好鳥歸願為東南枝低舉拂羅衣無由共攀折引領望金扉

南軒松

南軒有孤松柯葉自綿冪清風無閑時瀟灑終日夕陰生古苔綠色染秋煙碧何當凌雲霄直上數千尺

詠山樽二首

蟠木不彫飾且將斤斧疎樽成山岳勢材是棟梁餘外與金罍並中涵玉醴虛慚君垂拂拭遂忝玳筵居（此首題一作詠柳少府山瘦木樽）

擁腫寒山木嵌空成酒樽愧無江海量偃蹇在君門

初出金門尋王侍御不遇詠壁上鸚鵡（一作敕放歸山留別王侍御不遇詠鸚鵡）

落羽辭金殿孤鳴咤（一作託）繡衣能言終見棄還向隴西（一作山）飛

紫藤樹

紫藤挂雲木花蔓宜陽春密葉隱歌鳥香風留美人

觀放白鷹二首

八月邊風高胡鷹白錦毛孤飛一片雪百里見秋毫

寒冬十二月蒼鷹八九毛寄言燕雀莫相啅自有雲霄萬里高

觀博平王志安少府山水粉圖（一作壁）

粉壁為空天丹青狀江海遊雲不知歸日見白鷗在博平真人王志安沈吟至此願挂冠松溪石磴帶秋色愁客思歸坐曉寒

題雍丘崔明府丹竈

美人為政本忘機服藥求仙事不違葉縣已泥丹竈畢瀛洲當伴赤松歸先師有訣神將助大聖無心火自飛九轉但能生羽翼雙鳧忽去定何依

觀元丹丘坐巫山屏風

昔遊三峽見巫山見畫巫山宛相似疑是天邊十二峰飛入君家彩屏裏寒松蕭瑟如有聲陽臺微茫如有情錦衾瑤席何寂寂楚王神女徒盈盈高（一本有唐字）咫尺如千里翠屏丹崖燦如綺蒼蒼遠樹圍荊門歷歷行舟泛巴水水石潺湲萬壑分煙光草色俱氛氳溪花笑日何年發江客聽猨幾歲聞使人對此心緬邈疑入嵩丘夢綵

雲

求崔山人百丈崖瀑布圖

百丈素崖裂四山丹壁開龍潭中噴射晝夜生風雷但見瀑泉落如潀雲漢來聞君寫真圖島嶼備縈迴石黛刷幽草曾青澤古苔幽緘儻相傳何必向天台

見野草中有曰白頭翁者

醉入田家去行歌荒野中如何青草裏亦有白頭翁折取對明鏡宛將衰鬢同微芳似相誚留恨向東風

流夜郎題葵葉

慙君能衛足嘆我遠移根白日如分照還歸守故園

瑩禪師房觀山海圖

真僧閉精宇滅跡含達觀列嶂圖雲山攢峰入霄漢丹崖森在目清晝疑卷幔蓬壺來軒窗瀛海入几案煙濤爭噴薄島嶼相凌亂征帆飄空中瀑水灑天半崢嶸若可陟想像徒盈嘆杳與真心冥遂諧靜者翫如登赤城裏揭步滄洲畔即事能娛人從茲得消散

白鷺鷥

白鷺下秋水孤飛如墜霜心閑且未去獨立沙洲傍

詠槿

園花笑芳年池草豔春色猶不如槿花嬋娟玉階側芬榮何夭促零落在瞬息豈若瓊樹枝終歲長翕赩

詠桂

世人種桃李皆在金張門攀折爭捷徑及此春風暄一朝天霜下榮耀難久存安知南山桂綠葉垂芳根清陰亦可託何惜樹君園

白胡桃

紅羅袖裏分明見白玉盤中看卻無疑是老僧休念誦腕前推下水晶珠

巫山枕障

巫山枕障畫高丘白帝城邊樹色秋朝雲夜入無行處巴水橫天更不流

南奔書懷（一作自丹陽南奔道中作　此詩蕭士贇云是僞作）

遙夜何漫漫（一作何時旦）空歌白石爛甯戚未匡齊陳平終佐漢攙搶掃河洛直割鴻溝半歷數方未遷雲雷屢多難天人秉旄鉞虎竹光藩翰侍筆黃金臺傳觴青玉案不因秋風起自有思歸歎主將動讒疑王師忽離叛自來白沙上（一作兵纏滄海上）鼓譟丹陽岸賓御如浮雲從風各消散舟中指可掬城上骸爭爨草草出近關行行昧前算南奔劇星火北寇無涯畔顧乏七寶鞭留連道傍翫太白夜食昴長虹日中貫秦趙興天兵茫茫九州亂感遇明主恩頗高祖逖言過江誓流水志在清中原拔劍擊前柱悲歌難重論

全唐詩

李白

題隨州紫陽先生壁

神農好長生風俗久已成復聞紫陽客早署丹臺名喘息餐妙氣步虛吟真聲道與古仙合心將元化并樓疑出蓬海鶴似飛玉京松雪窗外曉池水階下明忽耽笙歌樂頗失軒冕情終願惠金液提攜凌太清

題元丹丘山居

故人棲東山自愛丘壑美青春臥空林白日猶不起松風清襟袖石潭洗心耳羡君無紛喧高枕碧霞裏

題元丹丘潁陽山居 并序

丹丘家於潁陽新卜別業其地北倚馬嶺連峰嵩丘南瞻鹿臺極目汝海雲巖映鬱有佳致焉白從之遊故有此作

仙遊渡潁水訪隱同元君忽遺蒼生望獨與洪崖羣卜地初晦跡興言且成文却顧北山斷前瞻南嶺分遙通汝海月不隔嵩丘雲之子合逸趣而我欽清芬舉跡倚松石談笑迷朝曛益（一作終）願狎青鳥拂衣棲江濆

題瓜州新河餞族叔舍人賁

齊公鑿新河萬古流不絕豐功利生人天地同朽滅兩橋對雙閣芳樹有行列愛此如甘棠誰云敢攀折吳關倚此固天險自茲設海水落斗門湖平見沙汭我行送季父弭棹徒流悅楊花滿江來疑是龍山雪惜此林下興愴爲山陽別瞻望清路塵歸來空寂滅

洗腳亭

白道向姑熟洪亭臨道傍前有昔時井下有五丈牀樵女洗素足行人歇金裝西望白鷺洲蘆花似朝霜送君此時去回首淚成行

勞勞亭

天下傷心處勞勞送客亭春風知別苦不遣柳條青

題金陵王處士水亭（此亭蓋齊朝南苑　又是陸機故宅）

王子耽玄言賢豪多在門好鵝尋道士愛竹嘯名園樹色老（一作秀）荒苑池光蕩華軒此堂見明月更憶陸平原掃拭青玉簟為余置金尊醉罷（一作後）欲歸去花枝宿鳥喧何時復來此再得洗囂煩

題嵩山逸人元丹丘山居 并序

白久在廬霍元公近遊嵩山故交深情出處無間巖信頻及許爲主人欣然適會本意當冀長往不返欲便舉家就之兼書共遊因有此贈

家本紫雲山道風未淪落沈懷丹丘志沖賞歸寂寞朅來遊閩荒捫涉窮禹鑿夤緣泛潮海偃蹇陟廬霍憑雷躡天窗弄影憩霞閣且欣登眺美頗愜隱淪諾三山曠幽期四岳聊所託故人契嵩潁高義炳丹雘滅跡遺紛囂終言本峰壑自矜林端好不羨朝市樂偶與真意并

頓覺世情薄爾能折芳桂吾亦採蘭若拙妻好乘鸞嬌女愛飛鶴提攜訪神仙從此鍊金藥

題江夏修靜寺(此寺是李北海舊宅)

我家北海宅作寺南江濱空庭無玉樹高殿坐幽人書帶留青草琴堂(一作臺)冪素塵平生種桃李寂滅不成春

題宛溪館

吾憐宛溪好百尺照心明(一作久照心益明)何謝新安水千尋見底清白沙留月色綠竹助秋聲却笑嚴湍上于今獨擅名

題東谿公幽居

杜陵賢人清且廉東溪卜築歲將淹宅近青山同謝脁門垂碧柳似陶潛好鳥迎春歌後院飛花送酒舞前簷客到但知留一醉盤中秪有水晶鹽

嘲魯儒

魯叟談五經白髮死章句問以經濟策茫如墜煙霧足著遠遊履首戴方山巾緩步從直道未行先起塵秦家丞相府不重褒衣人君非叔孫通與我本殊倫時事且未達歸耕汶水濱

懼讒

二桃殺三士詎假劍如霜衆女妬蛾眉雙花競春芳魏姝信鄭褎掩袂對懷王一惑巧言子朱顏成死(一作損)傷行將泣團扇戚戚愁人腸

觀獵

太守耀清威乘閑弄晚暉江沙橫獵騎山火遶行圍箭逐雲鴻落鷹隨月兔飛不知白日暮歡賞夜方歸

觀(一作聽)胡人吹笛

胡人吹玉笛一半是秦聲十月吳山曉梅花落敬亭愁聞出塞曲淚滿逐臣纓却望長安道空懷戀主情

軍行(一作從軍行一作行軍)

騮馬新跨(一作誇)白玉鞍戰罷沙場月色寒城頭鐵鼓聲猶震匣裏金刀血未乾

從軍行

百戰沙場碎鐵衣城南已合數重圍突營射殺呼延將獨領殘兵千騎歸

平虜將軍妻

平虜將軍婦入門二十年君心自有悅妾寵豈能專出解牀前帳行吟道上篇古人不唾井莫忘昔纏綿

春夜洛城聞笛

誰家玉笛暗飛聲散入春風滿洛城此夜曲中聞折柳何人不起故園情

嵩山採菖蒲者

神仙(一作人)多古貌雙耳下垂肩嵩嶽逢漢武疑是九疑仙我來採菖蒲服食可延年言終忽不見滅影入雲烟喻帝竟莫悟終歸茂陵田

金陵聽韓侍御吹笛

韓公吹玉笛倜儻流英音風吹繞鍾山萬壑皆龍吟王子停鳳管師襄掩瑤琴餘韻度江去天涯安可尋

流夜郎聞酺不預

北闕聖人歌太康南冠君子竄遐荒漢酺聞奏鈞天樂願得風吹到夜郎

放後遇恩不霑

天作雲與雷霈然德澤開東風日本至白雉越裳來獨棄長沙國三年未許回何時入宣室更問洛陽才

宣城見杜鵑花(一作杜牧詩題云子規)

蜀國曾聞子規鳥宣城還見杜鵑花一叫一迴腸一斷三春三月憶三巴

白田馬上聞鶯

黃鸝啄紫椹五月鳴桑枝我行不記日誤作陽春時蠶老客未歸白田已繰絲驅馬又前去捫心空自悲

三五七言

秋風清秋月明落葉聚還散寒鴉棲復驚相思相見知何日此時此夜難爲情

雜詩

白日與明月晝夜尚(一作常)不閑況爾悠悠人安得久世間傳聞海水上乃有蓬萊山玉樹生綠葉靈仙每登攀一食駐玄髮再食留紅顏吾欲從此去去之無時還

寄遠十一首

三鳥別王母銜書來見(一作相)過腸斷若剪弦其如愁思何遙知玉窗裏纖手弄雲和奏曲有深意青松交女蘿寫水山井中同泉豈殊波秦心與楚恨皎皎爲誰多

青樓何所在乃在碧雲中寶鏡挂秋水(一作月)羅衣輕春風新妝坐落日悵望金(一作錦)屏空念此(一作剪綵)送短書願因雙飛鴻

本作一行書殷勤道相憶一行復一行滿紙情何極瑤臺有黃鶴爲報青樓人朱顏凋落盡白髮一何新自知未應還離居(一作君)經三春桃李今若爲當窗發光彩莫使香風飄留與紅芳待

玉筯落春鏡坐愁湖陽水聞與陰麗華風煙接鄰里青春已復過白日忽相催但恐荷(一作飛)花晚令人意已摧相思不惜夢日夜向陽臺

遠憶巫山陽花明淥江暖躊躇未得往淚向南雲滿春風復無情吹我夢魂斷不見眼中人天長音信短

陽臺隔楚水春草生黃河(一作陰雲隔楚水轉蓬落渭河)相思無日夜浩蕩若流波流波向海去欲見終無因(一作定遠珠江濱)遙將一點淚遠寄如花人

妾在春陵東君居漢江島一日望花光往來成白道(一作日采蘼蕪上山成白道)一爲雲雨別此地生秋草秋草秋蛾飛相思愁落暉何由一相見滅燭解羅衣(一本無此二句落暉下有昔時攜手去今日流淚歸遙知不得意玉筯點羅衣四句)

憶昨東園桃李紅碧枝與君此時初別離金瓶落井無消息令人行歎復坐思坐思行歎成楚越春風玉顏畏銷歇碧窗紛紛下落花青樓寂寂空明月兩不見但相思空留錦字表心素至今緘愁不忍窺

長短春草綠緣階如有情卷施心獨苦抽却死還生覩物知妾意希君種後庭閑時當採掇念此莫相輕

魯縞如玉霜筆(一作剪)題月氏書寄書白鸚鵡西海慰離居行數雖不多字字有委曲天末如見之開緘淚相續淚盡恨轉深千里同此心(一作千里若在眼萬里若在心)相思千萬里一書直千金

愛君芙蓉嬋娟之艷色可餐兮難再得憐君冰玉清迴之明心情不極兮意已深朝共琅玕之綺食夜同鴛鴦之錦衾恩情婉孌忽爲別使人莫錯亂愁心亂愁心涕如雪寒燈厭夢魂欲絕覺來相思生白髮盈盈漢水若可越可惜凌波步羅韈美人美人兮歸去來莫作朝雲暮雨兮飛陽臺

長信宮（一作長信怨）

月皎昭陽殿霜清長信宮天行乘玉輦飛燕與君同別有歡娛處（一作更有留情處）承恩樂未窮誰憐團扇妾獨坐怨秋風

長門怨二首

天迴北斗挂西樓金屋無人螢火流月光欲到長門殿別作深宮一段愁

桂殿長愁不記春黃金四屋起秋塵夜懸明鏡青天上獨照長門宮裏人

春怨

白馬金羈遼海東羅帷繡被臥春風落月低軒窺燭盡飛花入戶笑牀空

代贈遠

妾本洛陽人狂夫幽燕客渴飲易水波由來多感激胡馬西北馳香鬃搖綠絲鳴鞭從此去逐虜蕩邊陲昔去有好言不言久離別燕支多美女走馬輕風雪見此不記人恩情雲雨絕啼流玉筯盡坐恨金閨切織錦作短書腸隨回文結相思欲有寄恐君不見察焚之揚其灰手跡自此滅

陌上贈美人（一作小放歌行）

駿馬驕行踏落花垂鞭直拂五雲車美人一笑褰珠箔遙指紅樓是妾家

閨情

流水去絕國浮雲辭故關水或戀前浦雲猶歸舊山恨君流（一作龍）沙去棄妾漁陽間玉筯夜垂（一作日夜）流雙雙落朱顏黃鳥坐相悲綠楊誰更攀織錦心草草挑燈淚斑斑窺鏡不自識況乃狂夫還

代別情人

清水本不動桃花發岸傍桃花弄水色波蕩搖春光我悅子容艷子傾我文章風吹綠琴去曲度紫鴛鴦昔作一水魚今成兩枝鳥哀哀長雞鳴夜夜達五（一作天）曉起折相思樹歸贈知寸心覆水不可收行雲難重尋天涯有度鳥莫絕瑤華音

代秋情

幾日相別離門前生穭葵寒蟬聒梧桐日夕長鳴悲白露濕螢火清霜凌兔絲空掩紫羅袂（一作空聞掩羅袂）長啼無盡時

對酒

蒲萄酒金叵羅吳姬十五細馬馱青黛畫眉紅錦靴道字不正嬌唱歌玳瑁筵中懷裏醉芙蓉帳底奈君何

怨情

新人如花雖可寵故人似玉由來重花性飄揚不自持玉心皎潔終不移故人昔新今尚故還見新人有故時請看陳后黃金屋寂寂珠簾生網絲

湖邊採蓮婦

小姑織白紵未解將人語大嫂採芙蓉溪湖千萬重長兒行不在莫使外人逢願學秋胡婦貞心比古松

怨情

美人捲珠簾深坐顰蛾眉但見淚痕濕不知心恨誰

代寄情楚詞體

君不來兮徒蓄怨積思而孤吟雲陽一去已遠隔巫山綠水之沈沈留餘香兮染繡被夜欲寢兮愁人心朝馳余馬於青樓怳若空而夷猶浮雲深兮不得語卻惆悵而懷憂使青鳥兮銜書恨獨宿兮傷離居何無情而雨（一作兩）絕夢雖往而交疏橫流涕而長嗟折芳洲之瑤華送飛鳥以極目怨夕陽之西斜願爲連根同死之秋草不作飛空之落花

學古思邊

銜悲上隴首腸斷不見君流水若有情幽哀從此分蒼茫愁邊色惆悵落日曛山外接遠天天際復有雲白雁從中來飛鳴苦難聞足繫一書札寄言難離羣離羣心斷絕十見花成雪胡地無春暉征人行不歸相思杳如夢珠淚濕羅衣

思邊（一作春怨）

去年何時君別妾南園綠草飛蝴蝶今歲何時妾憶君西山白雪暗晴雲玉關去此三千里欲寄音書那可聞

口號吳王美人半醉

風動荷花水殿香姑蘇臺上宴吳王西施醉舞嬌無力笑倚東窗白玉牀

代美人愁鏡二首

明明金鵲鏡了了玉臺前拂拭交冰月光輝何清圓紅顏老昨日白髮多去年鉛粉坐相誤照來空淒然

美人贈此盤龍之寶鏡燭我金縷之羅衣時將紅袖拂明月爲惜普照之餘暉影中金鵲飛不滅臺下青鸞思獨絕藁砧一別若箭弦去有日來無年狂風吹卻妾心斷玉筯并墮菱花前

贈段七娘

羅韈凌波生網塵那能得計訪情親千杯綠酒何辭醉一面紅妝惱殺人

別內赴徵三首

王命三徵去未還明朝離別出吳關白玉高樓看不見相思須上望夫山

出門妻子強牽衣問我西行幾日歸歸時儻佩黃金印莫學蘇秦不下機

翡翠爲樓金作梯誰人獨宿倚門啼（一作捲簾愁坐待鳴雞）夜坐（一作泣）寒燈連曉月行行淚盡楚關西

秋浦寄內

我今尋陽去辭家千里餘結荷倦（一作愁）水宿卻寄大雷書雖不同辛苦愴離各自居我自入秋浦三年北信疏紅顏愁落盡白髮不能除有客自梁苑手攜五色魚開魚得錦字歸問我何如江山雖道阻意合不爲殊

自代內贈

寶刀截流水無有斷絕時妾意逐君行纏綿亦如之別

來門前草秋巷春轉碧（一作春盡秋轉碧）埽盡更還生萋萋滿行
跡鳴鳳始相得雄驚雌各飛遊雲落何山一往不見歸
佔容發大樓（一作東海）知君在秋浦梁苑空錦衾陽臺夢行雨
妾家三作相失勢去西秦猶有（一作存）舊歌管淒清聞四鄰
曲度入紫雲啼無眼中人（此下一本有女弟爭笑弄悲羞淚盈巾二句）妾似井底桃
開花向誰笑君如天上月不肯一迴照窺鏡不自識別
多憔悴深安得秦吉了爲人道寸心

秋浦感主人歸燕寄內

霜凋楚關木始知殺氣嚴寥寥金天廓婉婉綠紅潛胡
燕別主人雙雙語前簷三飛四迴顧欲去復相瞻豈不
戀華屋終然謝珠廉我不及此鳥遠行歲已淹寄書道
中歎淚下不能緘

送內尋廬山女道士李騰空二首

君尋騰空子應到碧山家水舂雲母碓風埽石楠花若
愛幽居好相邀弄紫霞

多君相門女學道愛神仙素手掬青靄羅衣曳紫煙一
往屏風疊乘鸞着玉鞭（一作不著鞭）

贈內

三百六十日日日醉如泥雖爲李白婦何異太常妻

在潯陽非所寄內

聞難知慟哭行啼入府中多君同蔡琰流淚請曹公知
登吳章嶺昔與死無分崎嶇行石道外折入青雲相見
若悲歎哀聲那可聞

南流夜郎寄內

夜郎天外怨離居明月樓中音信疎北雁春歸看欲盡
南來不得豫章書

越女詞五首（越中書所見也）

長干吳兒女眉目艶新月屐上足如霜不着鴉頭襪

吳兒多白皙好爲蕩舟劇賣眼擲春心折花調行客

耶溪採蓮女見客棹歌迴笑入荷花去佯羞不出來

東陽素足女會稽素舸郎相看月未墮白地斷肝腸

鏡湖水如月耶溪女似雪新妝蕩新波光景兩奇絕

浣紗石上女

玉面耶溪女青娥紅粉妝一雙金齒屐兩足白如霜

示金陵子（一作金陵子詞）

金陵城東誰家子（一作金陵子）竊聽琴聲碧（一作夜）窗裏落花一片天
上來隨人直渡西江水楚歌吳語嬌不成似能未能最
有情謝公正要東山妓攜手林泉處處行

出妓金陵子呈盧六四首

安石東山三十春傲然攜妓出風塵樓中見我金陵子
何似陽臺雲雨人

南國新豐酒東山小妓歌對君君不樂花月奈愁何

東道煙霞主西江詩酒筵相逢不覺醉日墮歷陽川

小妓金陵歌楚聲家僮丹砂學鳳鳴我亦爲君飲清酒
君心不肯向人傾

巴女詞

巴水急如箭巴船去若飛十月三千里郎行幾歲歸

哭晁卿衡

日本晁卿辭帝都征帆一片繞蓬壺明月不歸沉碧海
白雲愁色滿蒼梧

自漂水道哭王炎三首

白楊雙行行白馬悲路傍晨興見曉月更似發雲陽漂
水通吳關逝川去未央故人萬化盡閉骨茅山岡天上
墜玉棺泉中掩龍章名飛日月上義與風雲翔逸氣竟
莫展英圖俄夭傷楚國一老人來嗟龔勝亡有言不可
道雪泣憶蘭芳

王公希代寶棄世一何早弔死不及哀殯宮已秋草悲
來欲脫劍挂向何枝哭向茅山雖未摧一生淚盡丹
陽道

王家碧瑤樹一樹忽先摧海內故人泣天涯弔鶴來未
成霖雨用先失濟川材一罷廣陵散鳴琴更不開

哭宣城善釀紀叟

紀叟黃泉裏還應釀老春夜臺無曉日沽酒與何人（一作題戴老酒店云戴老黃泉下還應釀大春夜臺無李白沽酒與何人）

宣城哭蔣徵君華

敬亭埋玉樹知是蔣徵君安得相如草空餘封禪文池
臺空有月詞賦舊凌雲獨挂延陵劍千秋在古墳

全唐詩

李白 補遺

鞠歌行（以下見文苑英華）

麗莫似漢宮妃謙莫似黃家女黃女持謙齒髮高漢妃
恃麗天庭去人生容德不自保聖人安用推天道君不
見蔡澤嵌枯詭怪之形狀大言直取秦丞相又不見田
千秋才智不出人一朝富貴如有神二侯行事在方冊
泣麟老人終困厄夜光抱恨良歎悲日月逝矣吾何之

胡無人

十萬羽林兒臨洮破郅支殺添胡地骨降足漢營旗塞
闊牛羊散兵休帳幕移空餘隴頭水嗚咽向人悲

月夜金陵懷古

蒼蒼金陵月，空懸帝王州。天文列宿在，霸業大江流。綠水絕馳道，青松摧古丘。臺傾鳷鵲觀，宮没鳳凰樓。別殿悲清暑，芳園罷樂遊。一聞歌玉樹，蕭瑟後庭秋。

冬日歸舊山

未洗染塵纓，歸來芳草平。一條藤徑綠，萬點雪峰晴。地冷葉先盡，谷寒雲不行。嫩篁侵舍密，古樹倒江橫。白犬離村吠，蒼苔壁上生。穿廚孤雉過，臨屋舊猨鳴。木落禽巢在，籬疎獸路成。拂牀蒼鼠走，倒篋素魚驚。洗硯修良策，敲松擬素貞。此時重一去，去合到三清。

望夫石

髣髴古容儀，含愁帶曙輝。露如今日淚，苔似昔年衣。有恨同湘女，無言類楚妃。寂然芳靄內，猶若待夫歸。

對雨

卷簾聊舉目，露濕草綿芊。古岫藏雲毳，空庭織碎煙。水紋愁不起，風線重難牽。盡日扶犂叟，往來江樹前。

曉晴一作晚晴

野涼疎雨歇，春色徧萋萋。魚躍青池滿，鶯吟綠樹低。野花妝面濕，山草紐斜齊。零落殘雲片，風吹掛竹谿。

初月

玉蟾離海上，白露濕花時。雲畔風生爪，沙頭水浸眉。樂哉弦管客，愁殺戰征兒。因絕西園賞，臨風一詠詩。

雨後望月

四郊陰靄散，開戶半蟾生。萬里舒霜合，一條江練橫。出時山眼白，高後海心明。爲惜如團扇，長吟到五更。

賦得鶴送史司馬赴崔相公幕

崢嶸丞相府，清切鳳凰池。羨爾瑤臺鶴，高棲瓊樹枝。歸飛晴日好，吟弄惠風吹。正有乘軒樂，初當學舞時。珍禽在羅網，微命若游絲。願托周周羽，相銜漢水湄。

送客歸吴

江村秋雨歇，酒盡一帆飛。路歷波濤去，家惟坐臥歸。島花開灼灼，汀柳細依依。別後無餘事，還應埽釣磯。

送友生遊峽中

風靜楊柳垂，看花又別離。幾年同在此，今日各驅馳。峽裏聞猨叫，山頭見月時。殷勤一杯酒，珍重歲寒姿。

送袁明府任長沙

別離楊柳青，樽酒表丹誠。古道攜琴去，深山見峽迎。暖風花繞樹，秋雨草沿城。自此長江內，無因夜犬驚。

鄒衍谷

燕谷無暖氣，窮巖閉嚴陰。鄒子一吹律，能迴天地心。

雜言用投丹陽知己兼奉宣慰判官以下見詩紀。第八句缺字

客從崑崙來，遺我雙玉璞。云是古之得道者，西王母食之餘。食之可以凌太虛，受之頗謂絕今昔。求識江淮人猶乎比石，如今雖在卞和手。　正憔悴，了了知之亦何益。恭聞士有調，相如始從鎬京還。復欲鎬京去，能上秦王殿。何時迴光一相眄，欲投君，保君年。幸君持取無棄捐，無棄捐，服之與君俱神仙。

觀魚潭

觀魚碧潭上，木落潭水清。日暮紫鱗躍，圓波處處生。涼煙浮竹盡，秋月照沙明。何必滄浪去，茲焉可濯纓。

自廣平乘醉走馬六十里至邯鄲登城樓覽古書懷

醉騎白花馬一作駱，西走邯鄲城。揚鞭動一作度柳色，寫鞚春風生。入郭登高樓，山川與雲平。深宮翳綠草一作雉堞古冢，萬事傷人情。相如章華巔，猛氣折秦嬴。兩虎不可鬬，廉公終負荆。提攜袴中兒，杵臼及程嬰。立孤就白刃一作空孤獻白刃，必死耀丹誠。平原三千客，談笑盡豪英。毛君能穎脫，二國且同盟。皆爲黃泉土，使我涕縱橫。磊磊石子岡，蕭蕭白楊聲。諸賢没此地，碑版有殘銘。太古共今時，由來互一作同哀榮。傷哉何足道，感激仰空名。趙俗愛長劍，文儒少逢迎。閑從博陵一作徒遊，暢飲雪朝酲。歌酣易水動，鼓震叢臺傾。日落把燭歸，凌晨向燕京。方陳五餌策，一使胡塵清。

宣州長史弟昭贈余琴谿中雙舞鶴詩以見志

令弟佐宣城，贈余琴谿鶴。謂言天涯雪，忽向窗前落。白玉爲毛衣，黃金不肯博。背風振六翮，對舞臨山閣。顧我如有情，長鳴似相託。何當駕此物，與爾騰寥廓。

題舒州司空山瀑布

斷崖如削瓜，嵐光破崖綠。天河從中來，白雲漲川谷。玉案赤文字，世眼不可讀。攝身凌青霄，松風拂我足。

金陵新亭

金陵風景好，豪士集新亭。舉目山河異，偏傷周顗情。四坐楚囚悲，不憂社稷傾。王公何慷慨，千載仰雄名。

上清寶鼎詩前首見東觀餘論，後首見王直方詩話

我居清空表，君處紅埃中。仙人持玉尺，廢君多少才。玉尺不可盡，君才無時休。

嚥服十二環，奄有仙人房。暮騎紫麟去，海氣侵肌涼。贈我纍纍珠，靡靡明月光。

題許宣平菴壁見詩話類編

我吟傳舍詠，來訪真人居。煙嶺迷高跡，雲林隔太虛。窺庭但蕭瑟，倚杖空躊躇。應化遼天鶴，歸當千歲餘。

戲贈杜甫以下見唐詩紀事

飯顆山頭逢杜甫，頂戴笠子日卓午。借問別來一作何因太瘦生，總爲從前作詩苦。

春感詩白隱居戴天大匡山，往來旁郡，依潼江趙徵君蕤。蕤亦節士，任俠有氣，善爲縱橫學，著書號長短經。白從學歲餘，去遊成都，賦此詩。益州刺史蘇頲見而異之

茫茫南與北，道直事難諧。榆莢錢生樹，楊花玉糝街。塵縈遊子面，蝶弄美人釵。却憶青山上，雲門掩竹齋。

白微時，募縣小吏，入令卧内，嘗驅牛經堂下。令妻怒，將加詰責。白亟以詩謝云

素面倚欄鉤，嬌聲出外頭。若非是織女，何得問牽牛。

句

焰隨紅日去，煙逐暮雲飛。令一日賦山火詩云：野火燒山後，人歸不歸。思軏不屬，白從旁綴其下句，令慙止

綠鬓隨波散，紅顏逐浪無。因何逢伍相，應是想秋胡。白從令觀漲，有女子溺死江上。令賦詩云：二八誰家女，漂來倚岸蘆。鳥窺眉上翠，魚弄口旁珠。令復苦吟，白輒應聲繼之

舉袖露條脫，招我飯胡麻。見二老堂詩話

全唐詩

韋應物

韋應物京兆長安人少以三衞郎事明皇晚更折節讀書永泰中授京兆功曹遷洛陽丞大曆十四年自鄠令制除櫟陽令以疾辭不就建中三年拜比部員外郎出爲滁州刺史久之調江州追赴闕改左司郎中復出爲蘇州刺史應物性高潔所在焚香埽地而坐唯顧況劉長卿丘丹秦系皎然之儔得厠賓客與之酬倡其詩閑澹簡遠人比之陶潛稱陶韋云集十卷今編詩十卷

擬古詩十二首

辭君遠行邁飲此長恨端已謂道里遠如何中險艱流水赴大壑孤雲還暮山無情尚有歸行子何獨難驅車背鄉園朔風（一作吹）卷行迹嚴冬霜斷肌日入不遑息憂歡容（一作客，一作懽）鬢變寒暑人事易中心君詎知冰玉徒貞白

黃鳥何關關幽蘭亦靡靡此時深閨婦日照紗（一作綺）窗裏娟娟雙青娥微微啓玉齒自惜桃李年誤身遊俠子無事久離別不知今生死

峩峩高山巔浼浼青川流世人不自悟馳謝如驚飆百金非所重厚意良難得旨酒親與朋芳年樂京國京城繁華地軒蓋凌晨出垂楊十二衢隱映金張室漢宮南北對飛觀齊白日游泳屬芳時（一云遊冶詠芳時）平生自云畢

綺樓何氛氳朝日正杲杲四壁含清風丹霞射其牖玉顏上哀囀絕耳非世有但感離恨情不知誰家婦孤雲忽無色邊馬爲回首曲絕碧天高餘聲散秋草徘徊帷中意獨夜不堪守思逐朔風翔一去千里道

嘉樹藹初綠蘼蕪吐幽芳君子不在賞寄之雲路長長信難越惜此芳時歇孤鳥去不還緘情向天末

月滿秋夜長驚烏號北林天河橫未落斗柄當西南寒蛩悲洞房好鳥無遺音商飆一夕至獨宿懷重衾舊交日（一作目）千里隔我浮與沉人生豈草木寒暑移此心

酒星非所酌月桂不爲食虛薄空有名爲君長歎息蘭蕙雖可懷芳香與時息豈如凌霜葉歲暮藹顏色折柔將有贈延意千里客草木知賤微所貴寒不易

神州高爽地遐瞰靡不通寒月野無綠寥寥天宇空陰陽不停馭貞脆各有終汾沮何鄙儉考槃何退窮反志解牽跼無爲尚勞躬美人奪南國一笑開芙蓉清鏡理容（一作雲）髮褰簾出深重豔曲呈皓齒舞羅不堪風慊慊情有待贈芳爲我容可嗟青樓月流影君帷中

春至林木變洞房夕含清單居誰能裁好鳥對我鳴良人久燕趙新愛移平生別時雙鴛綺留此千恨情碧草生舊迹綠琴歇芳聲思（一作顧）將魂夢歡反側寐不成攬衣迷所次起望空前庭（一云覽衣迷處所夕起望前庭）孤影中自惻不知雙涕零

秋天無留景萬物藏光輝落葉隨風起（一作遠）愁人獨何依華（一作明）月屢圓缺君還浩無期如何雨絕天（一云如何雲雨絕）一去音問（一作臺）違

有客天一方寄我孤桐琴迢迢萬里隔託此傳幽音冰霜中自結龍鳳相與吟絃以明直道（一云絃以昭清直）漆以固（一作形）交深

白日淇上沒空閨生遠愁寸心不可限淇水長悠悠芳樹自妍芳（一云自交結又云房樹正妍鬱）春禽自相求徘徊東西廂孤妾誰與儔年華逐絲淚一落俱不（一作難）收

雜體五首

沈沈匣中鏡爲此塵垢蝕輝光何所如月在雲中黑南金既雕錯鞶帶共輝飾空存（一作有）鑒物名坐使妍蚩惑美人竭肝膽思照冰玉色自非磨瑩工日日空嘆息

古宅（一作宇）集祆鳥羣號枯樹枝黃昏窺人室鬼物相與期居人不安寢搏擊思此時豈無鷹與鸇飽肉不肯飛既乖逐鳥節空養凌雲姿孤負肉食恩何異城上鴟

春羅雙鴛鴦出自寒夜女心精煙霧色指歷千萬緒長安貴豪家（一作室）妖豔不可數裁此百日功唯將一朝舞舞罷復裁新豈思勞者苦

同聲自相應體質不必齊誰知賈人鐸能使大（一作音）樂諧鏗鏘發宮徵和樂變其哀人神既昭享鳳鳥（一作皇）亦下來豈非至賤物一奏升天階物情苟有合莫問玉與泥

碌碌荆山璞卞和獻君門荆璞非有求和氏非有恩所獻知國寶至公不待言是非吾（一作語）欲默此道今豈存

與友生野飲效陶體

攜酒花林下前有千載墳於時不共酌奈此泉下人始自翫芳物行當念徂春聊舒遠世蹤坐望還山雲且遂一歡笑焉知賤與貧

效何水部二首

玉宇含清（一作秋）露香籠散輕煙應當結沈抱難從茲夕眠

夕漏起遙恨蟲響（一作鴻音）亂秋陰反覆相思字中有故人心

效陶彭澤

霜露悴百草時菊獨妍華物性有如此寒暑其奈何掇英泛濁醪日入會田家盡醉茅簷下一生豈在多

大梁亭會李四栖梧作

梁王昔愛才千古化不泯(平聲)至今蓬池上遠集八方賓車馬平明合城郭滿埃塵逢君一相許豈要平生親入仕三十載如何獨未伸英聲乆籍籍臺閣多故人置酒發清彈相與(一作將)樂佳辰孤亭得長望白日下廣津富貴良可取(一作求)朅來西入秦秋風旦夕起安得客梁陳

燕李錄事

與君十五侍皇闈曉拂爐煙上赤墀花開漢苑經過處雪下驪山沐浴時近臣零落今猶在仙駕飄颻不可期此日相逢(一作逢君)思(一作非)舊日一杯成喜亦(一作又)成悲

淮上喜會梁川故人

江漢曾爲客相逢每醉還浮雲一別後流水十年間歡笑情如舊蕭疎鬢已斑何因北(一作不)歸去淮上對(一作有)秋山

揚州偶會前洛陽盧耿主簿(應物頃貳洛陽常有連騎之遊)

楚塞故人稀相逢本不期猶存袖裏字忽怪鬢中絲客舍盈樽酒江行滿篋詩更能連騎出還似洛橋時

賈常侍林亭燕集

高賢侍天陛(一作階)跡顯心獨幽朱軒騖關右池館在東周繚繞接都城氤氲望嵩丘羣公盡詞客方駕永日遊朝旦氣候佳逍遥寫煩憂綠林藹已布華沼澹不流没露摘幽草涉煙翫輕舟圓荷既出水廣廈可淹留放神遺所拘觥罰屢見酬樂燕良未極安知有沈浮醉罷各云散何當復相求

月下會徐十一草堂

空齋無一事岸幘故人期暫輟觀書夜還題翫月詩遠鍾高枕後清露捲簾時暗覺新秋近殘河欲曙遲

移疾會詩客元生與釋子法朗因貽諸祠曹

對此嘉樹林獨有戚戚顔抱瘵知曠職淹旬非樂閑釋子來問訊詩人亦扣關道同意(一作適)暫遣客散疾徐還園徑自幽靜玄蟬噪其間高窻瞰遠郊暮色起秋山英曹幸休暇悢悢(一作恨恨)心所攀

慈恩伽藍清會

素友俱薄世屢招清景賞鳴鐘悟音聞宿昔心已往重門相洞達高宇亦遐(一作通)朗嵐嶺曉城分清陰夏條長(一作清條夏陰長)氤氛芳臺馥蕭散竹池廣平荷隨波泛迴飇激林響蔬食遵道侶泊懷遺滯想何彼塵昏人區區在天壤

夜偶詩客操公作

塵襟一瀟灑清夜得禪公遠自鶴林寺了知人世空驚禽翻暗葉流水注幽叢多謝非玄度聊將詩興同

與韓庫部會王祠曹宅作

閈(一作閑)門蔭堤柳秋渠含夕清微風送荷氣坐客散塵纓守默共無悋抱冲俱寡營良時頗高會琴酌共開情

晦日處士叔園林燕集

遽看蓂葉盡坐闕芳年賞賴此林下期清風滌煩想始萌動新煦佳禽發幽響嵐嶺對高齋春流灌蔬壤樽酒遺形迹道言屢開獎幸蒙終夕懽聊用税歸鞅

扈亭西陂燕賞

杲杲朝陽時悠悠清陂望嘉樹始氤氲春遊方浩蕩況逢文翰侶愛此孤舟漾綠野際遥波橫雲分疊嶂公堂日爲倦幽襟自兹曠有酒今滿盈願君盡弘量

西郊燕集

濟濟衆君子高宴及時光羣山靄遐矚綠野布熙陽列坐遵曲岸披襟襲蘭芳野庖薦嘉魚激澗泛羽觴衆鳥鳴茂林綠草延高岡盛時易徂謝浩思坐飄颺眷言同心友兹遊安可忘

春宵燕萬年吉少府中孚南館

始見斗柄迴復兹霜月霽河漢上縱橫春城夜迢遞賓筵接時彥樂燕凌芳歲稍愛清觴滿仰歎高文麗欲去返郊扉端爲一歡滯

滁州園池燕元氏親屬

日暮遊清池疎林羅(一作籠)高天餘綠飄霜露夕氣變風煙水門架危閣竹亭列廣筵一展私姻禮屢歎芳樽前感往在兹會傷離屬頽年明晨復云去且願此流連

郡樓春燕

衆樂雜軍鞞高樓邀上客思逐花光亂賞餘山景夕爲郡訪彫瘵守程難損益聊假一杯歡暫忘終日迫

南塘泛舟會元六昆季

端居倦時燠輕舟泛迴塘微風飄襟散橫吹繞林長雲澹水容夕雨微荷氣凉一寫悁勤意(一云川上意)寧用訴(一作計)華觴

郡齋雨中與諸文士燕集

兵衛森畫戟宴寢凝清香海上風雨至逍遥池閣凉煩痾近(一作正)消散嘉賓復滿堂自慙居處崇未覩斯民康理會是非遣性達形迹忘鮮肥屬時禁蔬菓幸見嘗俯飲一杯酒仰聆金玉章神歡體自輕意欲凌風(一作雲)翔吴中盛文史羣彥今汪洋方知大藩地(一作盛)豈曰財賦彊(一作疆)

軍中冬燕

滄海已云晏皇恩猶念勤式燕徧恒秩柔遠及斯人兹邦實大藩伐鼓軍樂陳是時冬服成戎士氣益振虎竹謬朝寄英賢降上賓旋罄周旋禮娛無海陸珍庭中丸劍闌堂上歌吹新光景不知晚觥酌豈言頻單醪昔所感大醵況同忻顧謂軍中士仰答何由申

司空主簿琴席

煙華方散薄蕙氣猶含露澹景發清琴幽期默玄(一作云)悟流連白雪意斷續迴風度掩抑雖已終忡忡在幽素

與郇老對飲

鬢眉雪色猶嗜酒言辭淳朴古人風鄉村年少生離亂見話先朝如夢中

城中臥疾知閻薛二子屢從邑令飲因以贈之

車（一作良）馬日蕭蕭胡不枉（一作在）我廬方來從令飲卧病獨何如秋風起漢（一作江）皐開户望平蕪卽此悰（一作稀）音素（一作表）焉知中密疎渴者不思火寒者不求水人生羇寓（一作旅）時去就當如此猶希心異跡（一作從利心迹異）眷眷存終始

聽嘉陵江水聲寄深上人

鑿崖泄奔湍稱古神禹跡夜喧山門店獨宿不安席水性自云（一作爲）靜石中本無聲如何兩相激雷轉空山驚貽之道門舊（一作友）了此物我情

高陵書情寄三原盧少府

直方難爲進守此微賤班開卷不及顧沉埋案牘間兵凶久（一作互）相踐徭賦豈得閑促戚下可哀寛政身致患日夕思自退出門望故山君心儻如此攜手相與還

假中對雨呈縣中僚友

卻足甘（一作堪）爲笑閑居夢杜陵殘鶯知夏淺社（一作時）雨報年登流麥非關忘收書獨不能自然憂曠職緘此謝良朋

贈蕭河南

厭劇辭京縣褒賢待詔書鄭侯方繼業潘令且閑居霽後三川冷秋深（一作餘）萬木疎對琴無一事新興復何如

示從子河南尉班（并序）

永泰中余任洛陽丞以撲抶軍騎時從子河南尉班亦以剛直爲政俱見訟於居守因詩示意府縣好我者豈曠斯文

拙直余恒守公方爾所存同占朱鳥尅俱起小人言立政思懸棒謀身類觸藩不能林下去衹戀府廷恩

趨府候曉呈兩縣僚友

趨府不遑安中宵出户看滿天星尚在近壁燭仍（一作猶）殘立馬頻驚曙垂簾卻避寒可憐同宦者應（一作始）悟下流難

贈李儋

絲桐本異質音響合（一作令）自然吾觀造化意二物相因緣誤觸龍鳳嘯靜聞寒夜泉心神自安宅煩慮頓可捐何因知久要絲白漆亦堅

贈盧嵩

百川注東海東海無虛盈泥滓不能濁澄波非益清恬然自安流日照萬里晴雲物不隱象三山共分明奈何疾風怒忽若砥柱傾海水雖無心洪濤亦相驚怒號在倏忽誰識變化情

寄馮著

春雷起萌蟄土壤日已疎胡能遭盛明才俊伏里閭偃仰遂真性所求惟斗儲披衣出茅屋盥漱臨清渠吾道亦自適退身保玄虛幸無職事牽且覽案上書親友各馳騖誰當訪敝廬思君在何夕明月照廣除

早春對雪寄前殿中元侍御

掃雪開幽徑端居望故人猶殘臘月酒更值早梅春幾日東城陌何時曲水濱聞閑且共賞莫待繡衣新

贈王侍御

心同野鶴與塵遠詩似冰壺見底清府縣同趨昨日事升沉不改故人情上陽秋晚蕭蕭雨洛水寒來夜夜聲自歎猶爲折腰吏（一作客）可憐驄馬路傍行

将往江淮寄李十九儋（余自西京至李又發河洛同道不遇）

鶱鶱東向來文䴉亦西飛如何不相見羽翼有高卑徘徊到河洛華屋未及窺秋風飄我行遠與淮海期迴首隔煙霧遥遥兩相思陽春自當返短翮欲追隨

自鞏洛舟行入黄河卽事寄府縣僚友

夾水蒼山路向東東南山豁大河通寒樹依微遠天外夕陽明滅亂流中孤邨幾歲臨伊岸一鴈初晴下朔風爲報洛橋遊宦侶扁舟不繫與心同

寄盧庾

悠悠遠離别分此歡會難如何兩相近反使心不安亂發思一櫛垢衣思一浣（協韻）豈如望友生對酒起長歎時節異京洛孟冬天未寒廣陵多車馬日夕自遊盤獨我何耿耿非君誰爲歡

發廣陵留上家兄兼寄上長沙

将違安可懷宿戀復一方家貧無舊業薄宦各飄颻執板身有屬淹時心恐惶拜言不得留聲結淚滿裳漾漾動行舫亭亭遠相望離晨苦須臾獨往道路長蕭條風雨過得此海氣涼感秋意已違況自結中腸推道固當遣及情豈所忘何時共還歸舉翼鳴春陽

初發揚子寄元大校書

悽悽去親愛泛泛入煙霧歸棹洛陽人殘鐘廣陵樹今朝此爲别何處還相遇世事波上舟沿洄安得住

淮上卽事寄廣陵親故

前舟已眇眇欲渡誰相待秋山起暮鐘楚雨連滄海風波離思滿（一作遠）宿昔容鬢改獨鳥下東南廣陵何處在

寄洪州幕府盧二十一侍御（自南昌令拜頃同官洛陽）

忽報南昌令乘驄入郡城同時趨府客此日望塵迎文苑臺中妙冰壺幕下清洛陽相去遠猶使故林榮

經少林精舍寄都邑親友

息駕依松嶺高閣一攀緣前瞻路已窮旣詣喜更延出巘聽萬籟入林濯幽泉鳴鐘生道心暮磬（一作鶴）空雲煙獨往雖暫適多累終見牽方思結茅地歸息期暮年

同長源歸南徐寄子西子烈有道

東洛何蕭條相思邈遐路策駕復誰遊入門無與晤（一作出入亦無晤）還因送歸客達此緘中素屢睽心所歡豈得顔如故所歡不可睽嚴霜晨凄凄如彼萬里行孤妾守空閨臨觴一長歎素欲何時諧

雪中聞李儋過門不訪聊以寄贈

度門能不訪冒雪屢西東已想人如玉遥憐馬似驄乍迷金谷路稍變上陽宮還比相思意紛紛正滿空

同德精舍養疾寄河南兵曹東廳掾

逍遥東城隅雙樹寒葱蒨廣庭流華月高閣凝餘霰杜門非養素抱疾阻良讌孰謂無他人思君歲云變官曹亮先黍陳躅慙俊彦豈知晨與夜相代不相見緘書問所如（一作知）詶藻當芬絢

同德寺雨後寄元侍御李博士

川上風雨來須臾滿城闕岧嶤青蓮界（一作宇）蕭條孤興發前山遽已淨陰靄夜來歇喬木生夏涼流雲吐華月嚴

城自有限一水非難越相望曙河（一作何）遠高齋坐超忽

同德閣期元侍御李博士不至各投贈二首

庭樹忽已暗故人那（一作何）不來祇因厭煩暑永日坐霜臺

官榮多所繫閑居亦愆期高閣猶相望青山欲暮時

使雲陽寄府曹

夙駕祇府命冒炎不遑息百里次雲陽閭閻問漂溺上天屢愆氣胡不均寸澤仰瞻喬樹顛見此洪流跡良苗免湮沒蔓草生宿昔頹墉滿故墟喜返將安宅周旋涉塗潦側峭緣溝脉仁賢憂斯民賤子甘所役公堂衆君子言笑思與覿

過扶風精舍舊居簡朝宗巨川兄弟

佛刹出高樹晨光閭井中年深念陳迹迨此獨忡忡零落逢故老寂寥悲草蟲舊宇多改構幽篁延本藂棲止事如昨芳時去已空佳人亦携手再往今不同新文聊感舊想子意無窮

贈令狐士曹（自八月朔旦同使藍田滲留涉季事先半日而不相待故有戲贈）

秋簷（一作霜）滴滴對牀寢山路迢迢聯騎行到家俱及東籬菊何事先歸半日程

贈馮著

契闊仕兩京念子亦飄蓬方來屬追往十載事不同歲晏乃云至微褐還未充慘悽遊子情風雪自關東華觴發懽顏嘉藻播清風始此盈抱恨曠然一夕中善蘊豈輕售懷才希國工誰當念素士零落歲華空

對雨寄韓庫部協

颯至池館涼靄然和曉霧蕭條集新荷氤氳散高樹閑居興方澹默想心已屢暫出仍濕衣況君東城住

寄子西

夏景已難度懷賢思方續喬樹落疎陰微風散煩燠傷離枉芳札忻遂見心曲藍上舍已成田家雨新足託鄰素多欲（一作願）殘帙猶見束日夕上高齋但望東原綠

縣內閑居贈溫公

滿郭春色嵐已昏鵶棲散吏掩重門雖居世網常清淨夜對高僧無一言

對雪贈徐秀才

靡靡寒欲收靄靄陰還結晨起望南端千林散春雪妍光屬瑤階亂緒陵新節無為掩扉臥獨守袁生轍

西郊遊宴寄贈邑僚李巽

升陽曖春物置酒臨芳席高宴闕英僚衆賓寡懽懌是時尚多壘板築興頹壁羇旅念越疆領徒方祇役如何嘉會日當子憂勤夕西郊鬱已茂春嵐重如積何當返徂雨雜英紛可惜

對雨贈李主簿高秀才

邐迤曙雲薄散漫東風來青山滿春野微雨灑輕埃吏局勞佳士賓筵得上才終朝狎文墨高興共徘徊

休沐東還胄貴里示端

宦遊三十載田野久已疎休沐遂茲日一來還故墟山明宿雨霽風煖百卉舒泓泓野泉潔熠熠林光初竹木稍摧翳園場亦荒蕪俯驚鬢已衰周覽昔所娛存沒惻私懷遷變傷里閭欲言少留心中復畏簡書世道良自退榮名亦空虛與子終攜手歲晏當來居

朝請後還邑寄諸友生

宰邑分甸服夙駕朝上京是時當暮春休沐集友生抗志青雲表俱踐高世名樽酒且歡樂文翰亦縱橫良遊昔所希累讌夜復明晨露含瑤琴夕風殞素英一旦遵歸路伏軾出京城誰言再念別忽若千里行閑（一作開）閣寡喧訟端居結幽情況茲晝方永展轉何由平

灃上西齋寄諸友（七月中善福之西齋作）

絕岸臨西野曠然塵事遙清川下邐迤茅棟上岧嶢玩月愛佳夕望山屬清朝俯砌視歸翼開襟納遠飈等陶辭小秩效朱方負樵閑遊忽無累心跡隨景超明世重才彥雨露降丹霄羣公正雲集獨予忻寂寥

獨遊西齋寄崔主簿

同心忽已別昨事方成昔幽徑還獨尋綠苔見行跡秋齋正蕭散煙水易昏夕憂來結幾重非君不可釋

紫閣東林居士叔緘賜松英丸捧對忻喜蓋非塵侶之所當服輒獻詩代啓

碧澗蒼松五粒稀侵雲采去露沾衣夜啓羣僊合靈藥朝思俗侶寄將歸道場齋戒今初服人事葷羶已覺非一望嵐峰拜還使腰間銅印與心違

秋集罷還途中作謹獻壽春公黎公

束帶自衡門奉命宰王畿君侯枉高鑒舉善掩瑕疵斯民本已安工拙兩無施何以酬明德歲晏不磷緇時節乃來集欣懷方載馳平明大府開一得拜光輝溫如春風至肅若嚴霜威羣屬所載瞻而忘倦與飢公堂燕華筵禮罷復言辭將從平門道憩車灃水湄山川降嘉歲草木蒙潤滋孰云還本邑懷戀獨遲遲

閑居贈友

補吏多下遷罷歸聊自度園廬既蕪沒煙景空澹泊閑居養痾瘵守素甘葵藿顏鬢日衰耗冠帶亦寥落青苔已生路綠筠始分籜夕氣下遙陰微風動疎薄草玄良見誚杜門無請託非君好事者誰來（一作能）顧寂寞

四禪精舍登覽悲舊寄朝宗巨川兄弟

蕭散人事憂迢遞古原行春風日已暄百草亦復生躋閣謁金像攀雲造禪扃新景林際曙雜花川上明徂歲方緬邈陳事尚縱橫溫泉有佳氣馳道指京城攜手思故日山河留恨情存者邈難見去者已冥冥臨風一長慟誰畏（一作謂）行路驚

善福閣對雨寄李儋幼遐

飛閣凌太虛晨躋鬱崢嶸驚飈觸懸檻白雲冒層甍太陰布其地密雨垂八紘仰觀固不測俯視但冥冥感此窮秋氣沈鬱命友生及時未高步羇旅遊帝京聖朝無隱才品物俱昭形國士秉繩墨何以表堅貞寸心東北馳思與一會幷我車夙已駕將逐晨風征郊塗住成淹默默阻中情

寺居獨夜寄崔主簿

幽人寂不（一作無）寐木葉紛紛落寒雨暗深更流螢度高閣坐使青燈曉還傷夏衣薄寧知歲方晏離居更蕭索

九日灃上作寄崔主簿倬二李端繫

淒淒感時節望望臨灃涘翠嶺明華秋高天澄遙滓川

寒流愈迅霜交物初委林華索已空晨禽迎飇起時菊乃盈泛濁醪自爲美良遊雖可娛殷念在之子人生不自省營欲無終已孰能同一酌陶然冥斯理

西郊養疾聞暢校書有新什見贈久佇不至先寄此詩

養病愜清夏郊園敷卉木窻夕(一作戶)含澗涼雨餘愛筠綠披懷始高詠對琴轉幽獨仰子遊羣英吐詞如蘭馥還聞枉嘉藻佇望延昏旭唯見草青青閉戶灃水曲

灃上寄幼遐

寂寞到城闕惆悵返柴荊端居無所爲念子遠徂征夏晝人已息我懷獨未寧忽從東齋起元元尋澗行罥罣叢榛密披翫孤花明曠然西南望一極山水情周覽同遊處逾恨阻音形壯圖非旦夕君子勤令名勿復久留燕蹉跎在北京

善福精舍示諸生

湛湛嘉樹陰清露夜景沈悄然羣物寂高閣似陰岑方以玄默處豈爲名跡侵法妙(一作如)不知歸獨此抱冲襟齋舍無餘物陶器與單衾諸生時列坐共愛風滿林

晚出灃上贈崔都水

臨流一舒嘯望山意轉延隔林分落景餘霞明遠川首起趣東作已看耘夏田一從民里居歲月再徂遷昧質得全性世名良自牽行忻攜手歸聊復飲酒眠

寓居灃上精舍寄于張二舍人

萬木藂雲出香閣西連碧澗竹林園高齋猶宿遠山曙微霰下庭寒雀喧道心淡泊對流水生事蕭疎空掩門時憶故交那得見曉排閶闔奉明恩

開元觀懷舊寄李二韓二裴四兼呈崔郎中嚴家令

宿昔清都燕分散各西東車馬行跡在霜雪竹林空方軫故物念誰復一樽同聊披道書暇還此聽松風

春日郊居寄萬年吉少府中孚三原少府偉夏侯校書審

谷鳥時一囀田園春雨餘光風動林早高鵰照日初獨飲澗中水吟咏老氏書城闕應多事誰憶此閑居

灃上醉題寄滁武

芳園知夕燕西郊已獨還誰言不同賞俱是醉花間

西郊期滁武不至書示

山高鳴過雨澗樹(一云林澗)落殘花非關春不待當由期自賒

灃上對月寄孔諫議

思懷在雲闕泊素守中林出處雖殊跡明月兩知心

將往滁城戀新竹簡崔都水示端

停車欲去繞叢竹偏愛新筠十數竿莫遣兒童觸瓊粉留待幽人迴日看

還闕首途寄精舍親友

休沐日云滿冲然將罷觀嚴車候門側晨起正(一作整)朝冠山澤含餘雨川澗注驚湍攬轡遵東路(一作登前路)迴首一長嘆居人已不見高閣在林端

秋夜南宮寄灃上弟及諸生

暝色起煙閣沈抱積離憂況兹風雨夜蕭條梧葉秋空宇感涼至頹顏驚歲周日夕遊闕下山水憶同遊

途中書情寄灃上兩弟因送二甥却還

華簪豈足戀幽林徒自違遙知別後意寂寞掩郊扉迴首昆池上更羨爾同歸

雪夜下朝呈省中一絕

南望青山滿禁闈曉陪鴛鷺正差池共愛朝來何處雪蓬萊宮裏拂松枝

韋應物

寄柳州韓司戶郎中

達(一作遠)識與昧機智殊迹同靜於焉得攜手屢賞清夜景瀟灑陪高詠從容羨華省一逐風波遷南登桂陽嶺舊里門空掩歡(一作新)遊事皆屛悵望城闕遙幽居時序永春風吹百卉和煦變閭井獨悶終日眠篇書不復省唯當望雨露霑子荒遐境

寄令狐侍郎

三山有瓊樹霜雪色逾新始自風塵交中結綢繆姻西掖方掌誥南宮復司春夕燕華池月朝奉玉階塵衆寶歸和氏吹噓多俊人羣公共然諾聲問邁時倫孤鴻旣高舉鷰雀在荊榛翔集且不同豈不欲殷勤一旦遷南郡江湖渺無垠寵辱良未定君子豈緇磷寒暑已推斥別離生苦辛非將會面目書札何由申

閑居寄端及重陽

山明野寺曙鐘微雪滿幽林人跡稀閑居寥落生高興無事風塵獨不歸

園林晏起寄昭應韓明府盧主簿

田家已耕作井屋起晨煙園林鳴好鳥閑居猶獨眠不覺朝已晏起來望青天四體一舒散情性亦忻然還復茅簷下對酒思數賢束帶理官府簡牘盈目前當念中林賞覽物遍山川上非遇明世庶以道自全

寄大梁諸友

分竹守南譙弭節過梁池雄都衆君子出餞擁河湄燕謔始云洽方舟已解維一爲風水便但見山川馳昨日次睢陽今夕宿符離雲樹愴重疊烟波念還期相敦在勤事海內方勞師

新秋夜寄諸弟

兩地俱秋夕相望共(一作在)星河高梧一葉下空齋歸思多方用憂人瘼況自抱微痾無將別來近顏鬢已蹉跎

郊園聞蟬寄諸弟

去歲郊園別聞蟬在蘭省今歲臥南譙蟬鳴歸路永夕

響依山谷餘悲散秋景（一作餘聲發秋嶺）緘書報此時（一作遠景）此心方耿耿

寄中書劉舍人

雲霄路竟别中年跡暫同比翼趨丹陛連騎下南宮佳詠邀清月幽賞滯芳蘪迨予一出守與子限西東晨露方愴愴（一作蒼）離抱更忡忡忽睹九天詔秉綸歸國工玉座浮香氣秋禁散凉風應向横門度（一作旁）環珮杳玲瓏光輝恨未矚歸思坐難通蒼蒼松桂姿想在掖垣中

郡齋感秋寄諸弟

首夏辭舊國窮秋臥滁城方如昨日别忽覺徂歲驚高閣收煙霧池水晚澄清（一作明）户牖已淒爽晨夜感深情昔遊郎署間是月天氣晴（一作清）授衣還西郊曉露田中（一作野）行采菊投酒中昆弟自同傾簪組聊掛辟焉知有世榮一旦居遠郡山川間音形大道庶無累及兹念已盈

郡中對雨贈元錫兼簡楊凌

宿雨冒空山空城響秋葉沈沈暮色至淒淒凉氣入蕭條林表散的礫荷上集夜霧著衣重新苔侵履濕遇兹端憂日賴與嘉賓接

冬至夜寄京師諸弟兼懷崔都水

理郡無異（一作美）政所憂在素飡徒令去京國羈旅當歲寒子（一作玄）月生一氣陽景極南端已懷時節感更抱别離酸私燕席（一作夕）云罷還齋夜方闌邃幕沈空宇（一作月）孤燈照牀單應同兹夕念寧忘故歲歡川途恍悠邈涕下一闌干

元日寄諸弟兼呈崔都水

一從守兹郡兩鬓生素髮新正加我年故歲去超忽淮濱益時候了似仲秋月川谷風景溫城池草木發高齋屬多暇惆悵臨芳物日月昧還期念君何時歇

寄職方劉郎中

相聞二十載不得展平生一夕（一作旦）南宮遇聊用寫中情端服光朝次羣烈慕（一作器）英聲歸來坐粉闈揮筆乃縱横始陪文翰遊歡燕難久并予因謬忝出君爲沈疾嬰别離寒暑過荏苒春草生故園兹日隔新禽池上鳴郡中永無事歸思徒自盈

社日寄崔都水及諸弟羣屬

山郡多暇日社時放吏歸坐閣獨成悶行塘閱清輝春風動高柳芳園掩夕扉遥思里中會心緒悵微微

寒食日寄諸弟

禁火曖佳辰念離獨傷抱見此野田花心思杜陵道聯騎定（一作竟）何時予今顔已老

三月三日寄諸弟兼懷崔都水

暮節看已謝兹晨愈可惜風澹意傷春池寒花斂夕（一作色）對酒始依依懷人還的的誰當曲水行相思尋舊跡

贈李儋侍御

風光山郡少來看廣陵春殘花猶待客莫問意中人

寄楊協律

吏散門閣掩鳥鳴山郡中遠念長江别俯覺座隅空舟泊南池雨簟捲北樓風併罷芳樽燕爲愴昨時同

郡齋贈王卿

無術謬稱簡素飡空自嗟秋齋雨成滯山藥寒始華濩落人皆笑幽獨歲逾賒唯君出塵意賞愛似山（一作僧）家

簡恒璨

室（一作臺）虚多凉氣（一作風）天高屬秋時空庭夜風雨草木曉離披簡書日云曠文墨誰復持聊因遇澄静一與道人期

閑居寄諸弟

秋艸生庭白露時故園諸弟益相思盡日高齋無一事芭蕉葉上獨題詩

登樓寄王卿

踏閣攀林恨不同楚雲滄海思無窮數家砧杵秋山下一郡荆榛寒雨中

寄暢當（聞以子弟被召從軍）

寇賊起東山英俊方未閑聞君新應募籍籍動京關出身文翰場高步不可攀青袍未及解白羽插腰間昔爲瓊樹枝（一作姿）今有風霜顔秋郊細柳道走馬一夕還丈夫當爲國破敵如摧山何必事州府坐使鬓毛斑

贈崔員外

一别十年事相逢淮海濱還思洛陽日更話府中人且對清觴滿寧知白髮新忽忽何處去車馬冒風塵

寄李儋元錫

去年花裏逢君别今日花開已一年世事茫茫難自料春愁黯黯（一作忽忽）獨成眠身多疾病思田里邑有流亡愧俸錢聞道欲來相問訊西樓望月幾迴圓

京師叛亂寄諸弟

弱冠遭世難二紀猶未平羇離官（一作守）遠郡虎豹滿西京上懷犬馬戀下有骨肉情歸去在何時流淚忽霑纓憂來上北樓左右但軍營函谷行人絶淮南春草生鳥鳴野田間思憶故園（一作里）行何當四海晏甘與齊民耕

贈琮公

山僧一相訪吏案正盈前出處似殊致喧静兩皆（一作依）禪暮春華池宴清夜高齋眠此道本無得寧復有忘筌

寄諸弟（建中四年十月三日京師兵亂自滁州間道遣使明年興元甲子歲五月九日使還作）

歲暮兵戈亂京國帛書間道訪存亡還信忽從天上落唯知彼此淚千行

寄恒璨

心絶去來緣跡（一作蹤）順（一作斷）人間事獨尋秋草徑夜宿寒山寺今日郡齋閑思問楞伽字

簡郡中諸生

守郡臥秋閣四面盡荒山此時聽夜雨孤燈照窗間藥園日蕪没書帷長自閑惟當上客至論詩一解顔

寄全椒山中道士

今朝郡齋冷忽念山中客澗底束（一作采）荆薪歸來煮白石欲持一瓢酒遠慰（一作寄）風雨夕落葉滿（一作遍）空山何處尋行跡

寄釋子良史酒

秋山僧冷病聊寄三五杯應瀉山瓢裏還寄此瓢來

重寄

復寄滿瓢去定見空瓢來若不打瓢破終當費酒材

答釋子良史送酒瓢

此瓢今已到山瓢知已空且飲寒塘水遥將回也同（一作遥知回也風）

簡陟巡建三甥盧氏生

忽羨後生連榻話獨依寒燭一齋空時流歡笑事從別把酒吟詩待爾同

覽褒子臥病一絕聊以題示沈氏生全眞

念子抱沈疾霜露變滁城獨此高窗下自然無世情

寄璨師

林院生夜色西廊上紗燈時憶長松下獨坐一山僧

寄盧陟

柳葉遍寒塘曉霜凝高閣累日此流連別來成寂寞

途中寄楊邈裴緒示褒子永陽縣館中作

上宰領淮右下國屬星馳霧野騰曉騎霜竿裂凍旗蕭陟連岡莽莽望空陂風截鴈嘹唳雲參樹參差高齋明月夜中庭松桂姿當睽一酌恨況此兩旬期

宿永陽寄璨律師

遙知郡齋夜凍雪封松竹時有山僧來懸燈獨自宿

雪行寄褒子

淅瀝覆寒騎飄飆暗川容行子郡城曉披雲看杉松

寄裴處士

春風駐遊騎晚景澹山暉一問清泠子獨掩荒園扉草木雨來長里閭人到稀方從廣陵宴花落未言歸

偶入西齋院示釋子恒璨

僧齋地雖密忘子跡要賒一來非問訊自是看山花

示全眞元常元常趙氏生

余辭郡符去爾爲外事牽寧知風雪夜復此對牀眠始話南池飲更詠西樓篇無將一會易歲月坐推遷

寄劉尊師

世間荏苒縈此身長望碧山到無因白鶴徘徊看不去遙知下有清都人

寄盧山椶衣居士

兀兀山行無處歸山中猛虎識椶衣俗客欲尋應不遇雲溪道士見猶稀

因省風俗與從姪成緒遊山水中道先歸寄示

累宵同燕酌十舍攜征騎始造雙林寂遐搜洞府祕羣峰繞盤鬱懸泉仰特一作時異陰壑雲松埋陽崖煙花媚每慮觀省牽中乖遊踐志我尚山水行子歸棲息地一操臨流袂上聳干雲轡獨往倦危途懷沖一作忡寡幽致賴爾還都期方將登樓遲

寒食寄京師諸弟

雨中禁火空齋冷江上流鶯獨坐聽把酒看花想諸弟杜陵寒食草青青

歲日寄京師諸李端武等

獻歲抱深惻僑居念歸緣常患親愛離始覺世務牽少事河陽府晚守淮南壖平生幾會散已及蹉跎年昨日罷符竹家貧遂留連部曲多已去車馬不復全閑將酒爲偶默以道自詮聽松南巖寺見月西澗泉爲政無異術當責豈望遷終理一作裹來時裹歸鑿杜陵田

簡盧陟

可憐白雪曲未遇知音人恓惶戎旅下蹉跎淮海濱澗樹含朝雨山鳥哢餘春我有一瓢酒可以慰風塵

西澗即事示盧陟

寢扉臨碧澗晨起澹忘情空林細雨至圓文遍水生永日無餘事山中伐木聲知子塵喧久暫可散一作解煩纓

登郡寄京師諸季淮南子弟

始罷永陽守復臥潯陽樓懸檻飄寒雨危堞侵一作淩江流迨茲聞雁夜重憶別離秋徒有盈樽酒鎮此百端憂

寄黃尊師

結茅種杏在雲端掃雪焚香宿石壇靈祇不許世人到忽作雷風登嶺難

寄黃劉二尊師

廬山兩道士各在一峰居矯掌白雲表晞髮陽和初清夜降眞侶焚香滿空虛一作廬中有無爲樂自然與世疏道尊不可屈符守豈暇餘高齋遙致敬願示一編書

秋夜寄丘二十二員外

懷君屬秋夜散步詠涼天山空松子落幽人應未眠

贈丘員外二首

高詞棄浮靡貞行表鄉閭未眞南宮拜聊偃東山居大藩本多事日與文章疏每一覯之子高詠遂起予宵晝方連燕煩悗亦頓祛格言雅誨闕善謔矜數餘久躅思遊曠窮慘遇陽舒虎丘愜登眺吳門悵躊躇方此戀攜手豈云還舊墟告諸吳子弟文學爲何如

跡與孤雲遠心將野鶴俱那同石氏子每到府門趨

贈李判官

良玉定爲寶長材世所稀佐幕方巡郡奏命布恩威食蔬程獨守飲冰節靡違決獄興邦頌高文禀天機賓館在林表望山啓西扉下有千畝田決漭吳土肥始耕已見穫袗絺今授衣政拙勞詳省淹留未得歸雖慚且忻願日夕覯光輝

寄皎然上人

吳興老釋子野雪蓋精廬詩名徒自振道心長晏如想茲棲禪夜見月東峰初鳴鐘一作磬驚巖壑焚香滿空虛叨慕端成舊未識豈爲疏願以碧雲思方君怨別餘茂苑文華地流水古僧居何當一遊詠倚閣吟躊躇

贈舊識

少年遊太學負氣蔑諸生蹉跎三十載今日海隅行

復理西齋寄丘員外

前歲理西齋得與君子同迨茲已一周悵望臨春風始自疎林竹還復長榛叢端正良難久蕪穢易爲功援斧開衆鬱如師啓蒙蒙庭宇還清曠煩抱亦舒通海隅雨雪霽春序風景融時物方如故懷賢思無窮

和張舍人夜直中書寄吏部劉員外

西垣草詔罷南宮憶上才月臨蘭殿出涼自鳳池來松桂生丹禁鴛鷺集雲臺託身各有所相望徒徘徊

和李二主簿寄淮上綦毋三

滿城憐傲吏終日賦新詩請去聲報淮陰客春帆浪作音佐期

寄二嚴士良婺牧士元郴牧

絲竹久已懶今日遇君忺打破蜘蛛千道網總爲鶺鴒兩箇嚴

全唐詩

韋應物

李五席送李主簿歸西臺

請告嚴程盡西歸道路寒欲陪鷹隼集猶戀鶺鴒單洛邑人全少嵩高雪尚殘滿臺誰不故報我在微官

送崔押衙相州（頃任內黄令）

禮樂儒家子英豪燕趙風驅雞嘗理邑走馬却從戎白刃千夫闢黄金四海同嫖姚恩顧下諸將指揮中別路憐芳草歸心伴塞鴻鄴城新騎滿魏帝舊臺空望闕應懷戀遭時貴立功萬方如已靜何處欲輸忠

送宣城路錄事

江上宣城郡孤舟遠到時雲林謝家宅山水敬亭祠綱紀多閑日觀遊得賦詩都門且盡醉此別數年期

送李十四山東遊（一作山人東遊）

聖朝有遺逸披膽謁至尊豈是貿榮寵誓將救元元權豪非所便書奏寢禁門高歌長安酒忠憤不可吞欻來客河洛日與靜者論濟世飜小事丹砂駐精魂東遊無復繫梁楚多大蕃高論動侯伯疎懷脱塵喧送君都門野飲我林中樽立馬望東道白雲滿梁園踟躕欲何贈空是平生言

送李二歸楚州（時李季弟牧楚州被訟赴急）

情人南楚別復詠在原詩忽此嗟岐路還令泣素絲風波朝夕遠音信往來遲好去扁舟客青雲何處期

送閻寀赴東川辟

冰炭俱可懷孰云熱與寒何如結髮友不得攜手懽晨登嚴霜野送子天一端祇承簡書命俯仰豸角冠上陟白雲嶠下冥玄谿湍離羣自有託歷險得所安當念反窮巷登朝成慨嘆

送令狐岫宰恩陽

大雪天地閉羣山夜來晴居家猶苦寒子有千里行行安得辭荷此蒲璧榮賢豪爭追攀飲餞出西京樽酒豈不歡暮春自有程離人起視日僕御促前征逶遲歲已窮當造巴子城和風被草木江水日夜清從來知善政離別慰友生

送馮著受李廣州署爲錄事

鬱鬱楊柳枝蕭蕭征馬悲送君灞陵岸糾郡南海湄名在翰墨場羣公正追隨如何從此去千里萬里期大海吞東南橫嶺隔地維建邦臨日域溫燠御四時百國共臻奏珍奇獻京師富豪虞興戎繩墨不易持州伯荷天寵（一作龍選）還當翊丹墀子爲門下生終始豈見遺所願酌貪泉心不爲磷緇上將翫國士下以報渴飢

送元倉曹歸廣陵

官閑得去住告別戀音徽（一作輝）舊國應無業他鄉到是歸楚山明月滿淮甸夜鐘微何處孤舟泊遙遙心曲違

送唐明府赴溧水（三任縣事）

三爲百里宰已過十餘年祇嘆官如舊旋聞邑屢遷魚鹽濱海利薑蔗傍湖田到此安甿俗琴堂又晏然

喜於廣陵拜覲家兄奉送發還池州

青青連枝樹苒苒久別離客遊廣陵中俱到若有期俯仰敘存歿哀腸發酸悲收情且爲歡累日不知飢夙駕多所迫復當還歸池長安三千里歲晏獨何爲南出登閶門驚飆左右吹所別諒非遠要令心不怡

送章八元秀才擢第往上都應制

決勝文場戰已酣行應辟命復才堪旅食不辭遊闕下春衣未换報江南天邊宿鳥生歸思關外晴山滿夕嵐立馬欲從何處別都門楊柳正毿毿

送張侍御祕書江左覲省

莫歎都門路歸無駟馬車繡衣猶在篋芸（一作蓬）閣已觀書沃野收紅稻長江釣白魚晨飡亦可薦（一作潔）名利欲何如

賦得鼎門送盧耿赴任

名因定鼎地門對鑿龍山水北樓臺近城南車馬還稍開芳野靜欲掩暮鐘閑去此無嗟屈前賢尚抱關

賦得浮雲起離色送鄭述誠

遊子欲言去浮雲那得知偏能見行色自是獨傷離晚帶城遙暗秋生峰尚奇還因朔吹斷疋馬與相隨

餞雍聿之潞州謁李中丞

鬱鬱雨（一作兩）相遇出門草青青酒酣拔劍舞慷慨送子行驅馬涉大河日暮懷洛京前登太行路志士亦未平薄遊五府都高步振英聲主人才且賢重士百金輕絲竹促飛觴夜讌達晨星娛樂易淹暮諒在執高情

上東門會送李幼舉南遊徐方

離絃既罷彈罇酒亦已闌聽我歌一曲南徐在雲端雲端雖云邈行路本非難諸侯皆愛才公子遠結歡濟濟都門宴將去復盤桓令姿何昂昂良馬遠遊冠意氣且爲別由來非所嘆

送洛陽韓丞東遊

仙鳥何飄飄綠衣翠爲襟顧我差池羽咬咬懷好音徘徊洛陽中遊戲清川潯神交不在結歡愛自中心駕言忽徂征雲路邈且深朝遊尚同啄夕息當異林出餞宿東郊列筵屬城陰舉酒欲爲樂憂懷方（一作何）沈沈

送鄭長源

少年一相見（一作得）飛轡河洛間歡遊不知罷中路忽言還泠泠鵾絃哀悄悄冬夜閑丈夫雖耿介遠別多苦顏君行拜高堂速駕難久攀雞鳴儔侶發朔雪滿河關須臾在今夕罇酌且循環

送李儋

別離何從生乃在親愛中反念行路子拂衣自西東日昃不留宴嚴車出崇墉行遊（一作役）非所樂端憂（一作慮）道未通

春野百卉（作豐）發清川思無窮芳時坐離散世事誰可同歸當掩重關默默想音容

賦得暮雨送李胄（一作渭）

楚江微雨裏建業暮鐘時漠漠帆來重冥冥鳥去遲海門深不見浦樹遠含滋相送情無限沾襟比散絲

留別洛京親友

握手出都門駕言適京師豈不懷舊廬惆悵與子辭麗日坐高閣清觴醼華池昨遊倏已過後遇良未知念結路方永歲陰野無暉單車我當前（一作去）暮雪子獨歸臨流一（一云漸遥）相望零淚忽沾衣

賦得沙際路送從叔象

獨樹沙邊人跡稀欲行愁遠暮鍾時野泉幾處侵應盡不遇山僧知問誰

送榆次林明府

無嗟千里遠亦是宰王畿策馬雨中去逢人關外稀邑傳榆石在路遶晉山微別思方蕭索新秋一葉飛

雜言送黎六郎（壽陽公之子）

冰壺見底未爲清少年如玉有詩名聞話嵩峰多野寺不嫌黃綬向陽城朱門嚴訓朝辭去騎出東郊滿飛絮河南庭下拜府君陽城歸路山氛氳山氛氳長不見鈞臺水淥荷已生少姨廟寒花始徧縣閑吏傲與塵隔移竹疏泉常岸幘莫言去作折腰官豈似長安折腰客

天長寺上方別子西有道（時任京兆府功曹攝高陵宰別田曹盧康戶曹韓賢因而有作）

假邑非拙素況乃別伊人聊登釋氏居攜手戀（一作念）茲晨高曠出塵表逍遥滌心神青山對芳苑列樹遶（一作盈）通津車馬無時絶行子倦風塵今當遵往路佇立欲何申唯持貞白志以慰心所親

送黎六郎赴陽翟少府

試吏向嵩陽春山躑躅芳腰垂新綬色衣滿舊芸香喬樹別時綠客程關外長祗應傳善政日夕慰高堂

送別覃孝廉

思親自當去不第未蹉跎家住青山下門前芳草（一作流水）多秭歸通遠徼巫峽注驚波州舉年年事還期復幾何

送開封盧少府

雄藩車馬地作尉有光輝滿席賓常侍（一作待）闐街燭夜歸關河征旆遠煙樹夕陽微到處無留滯梁園花欲稀

送槐廣落第歸揚州

下第常稱屈少年心獨輕拜親歸海畔似舅得詩名晚對青山別遥尋芳草行還期應不遠寒露濕蕪城

送汾城王主簿

少年初帶印汾上又經過芳草歸時徧情人故郡多禁鐘春雨細宮樹野煙和相望東橋別微風起夕波

送澠池崔主簿

邑帶洛陽道年年應此行當時匹馬客今日縣人迎暮雨投關郡春風別帝城東西殊不遠朝夕待佳聲

送顏司議使蜀訪圖書

軺駕一封急（一作傳）蜀門千嶺曛詎分江轉字但見路緣雲山館夜聽雨秋猿獨叫羣無爲久留滯聖主待遺文

奉送從兄宰晉陵

東郊暮草歇千里夏雲生立馬愁將夕看山獨送行依微吳苑樹迢遞晉陵城慰此斷行別邑人多頌聲

贈別河南李功曹（宏辭登科拜官）

耿耿抱私戚寥寥獨掩扉臨觴自不飲況與故人違故人方琢磨瓌朗代所稀憲禮更右職文翰灑天機聿（一作揭）來自東山羣彥仰餘輝談笑取高第綰綬即言歸洛都遊燕地千里及芳菲今朝章臺別楊柳亦依依雲霞未改色山川猶夕暉忽復不相見心思亂霏霏

送五經趙隨登科授廣德尉

明經有清秩當在石渠中獨往宣城郡高齋謁謝公寒原正蕪漫（一作沒）夕鳥自西東秋日不堪別淒淒多朔風

宴別幼遐與君貺兄弟

乖闕（一作闊）意方（一作云）弭安知忽來翔累日重歡宴一旦復離傷置酒慰茲夕秉燭坐華堂契闊未及展晨星出東方征人慘已辭車馬儼成（一作來）裝我懷自無歡原野滿春光羣（一作芳）水含時澤野雉鳴朝陽平生有壯志不覺淚霑裳況自守空宇日夕但徬徨

送宣州周錄事

清時重儒士糾郡屬伊人薄遊長安中始得一交親英豪若雲集餞別塞城闉高駕臨長路日夕起風塵方念清宵宴已度芳林春從茲一分手緬邈吳與秦但覯年運駛安知後會因唯當存令德可以解悁勤

謝櫟陽令歸西郊贈別諸友生（大曆十四年六月二十三日自鄠縣制除櫟陽令以疾辭歸善福精舍七月二十日賦此詩）

結髮仕（一作事）州縣蹉跎在文墨徒有排雲心何由生羽翼幸遭明盛日萬物蒙生植獨此抱微痾頹然謝斯職世道方荏苒郊園思偃息爲歡日已延君子情未極馳觴（一作驅馳）忽云晏高論良難測遊步清都宮迎風嘉樹側晨起西郊道原野分黍稷自樂陶唐人服勤在微力佇君列丹陛出處兩爲得

送端東行

世承清白遺（一作世事留清白）躬服古人言從官（一作官）俱守道歸來共閉門驅車何處去暮雪滿平原

送姚孫還河中（孫一作系）

上國旅遊罷故園生事微風塵滿路起行人何處歸留思芳樹飲惜別暮春暉幾日投關郡河山對掩扉

始除尚書郎別善福精舍（建中二年四月十九日自前櫟陽令除尚書比部員外郎）

簡略非世器委身同草木逍遥精舍居飲酒自爲足累日曾一櫛對書常懶讀社臘會高年山川恣遊矚明世方選士中朝懸美祿除書忽到門冠帶便拘束愧忝郎署跡謬蒙君子錄俯仰垂華纓飄颻翔輕轂行將親愛別戀此西澗曲遠峰明夕川夏雨生衆綠迅風飄野路（一作吹往路）迴首不遑宿明晨下煙閣白雲在幽谷

送常侍御卻使西蕃

歸奏聖朝行萬里卻銜天詔報蕃臣本是諸生守文墨今將匹馬靜煙塵旅宿關河逢暮雨春耕亭鄣識遺民此去多應收故地寧辭沙塞往來頻

送郗詹事

聖朝列羣彥穆穆佐休明君子獨知止懸車守國程忠良信舊德文學播英聲既獲天爵美況將齒位幷書奏蒙省察命駕乃東征皇恩賜印綬歸爲田里榮朝野同

稱歎園綺躅齊名長衢軒蓋集飲餞出西京時屬春陽節草木已含英洛川當盛宴斯焉爲達生

送蘇評事

季弟仕譙都元兄坐蘭省言訪始忻忻念離當耿耿嵯峨夏雲起迢遞山川永登高望去塵紛思終難整（一作罄）

送李侍御益赴幽州幕

二十揮篇翰三十窮典墳辟書五府至名爲四海聞始從車騎幕今赴嫖姚軍契闊晚相遇草感遽離羣悠悠行子遠眇眇川途分登高望燕代日夕生夏雲司徒擁精甲誓將除國氛儒生幸持斧可以佐功勳無言羽書急坐闕相思文

自尚書郎出爲滁州刺史（留別朋友兼示諸弟）

少年不遠仕秉笏東西京中歲守淮郡奉命乃征行素懸省閤姿況忝符竹榮效愚方此始顧私豈獲幷徘徊親交戀愴恨昆友情日暮風雪起我去子還城登塗建隼旟勒駕望承明雲臺煥中天龍闕鬱上征晨輿奉早朝玉露霑華纓一朝從此去服膺理庶甿皇恩儻歲月歸復厠羣英

送元錫楊淩

荒林翳山郭積水成秋晦端居意自違況別親與愛歡筵慊未足離燈悄已對還當掩郡閣佇君方此會

送楊氏女

永日方感感出門復悠悠女子今有行大江泝輕舟爾輩況無恃撫念益慈柔幼爲長所育（幼女爲楊氏所撫育）兩別泣不休對此結中腸義往難復留自小闕內訓（言早無恃）事姑貽我憂賴茲託令門仁恤庶無尤貧儉誠所尚資從豈待（一作在）周孝恭遵婦道容止順其猷別離在今晨見爾當何秋居閑始自遣臨感忽難收歸來視幼女零淚緣纓流

送中弟（一作送崔肅）

秋風（一作氣）入疎戶離人起晨朝山郡多風雨西樓更蕭條嗟予淮海老送子關河遙同來不同去沈憂寧復消

寄別李儋

首戴惠文冠心有決勝籌翩翩四五騎結束向幷州名在相公幕（一作府）丘山恩未酬妻子不及顧親友安得留宿昔同文翰交分共綢繆忽枉別離札涕淚一交流遠郡臥殘疾（一作雨）涼氣滿西樓想子臨長路時當淮海秋

送倉部蕭員外院長存

襆被蹉跎老江國情人邂逅此相逢不隨鴛鷺朝天去遙想蓬萊臺閣重

送王校書

同宿高齋換時節共看移石復栽杉送君江浦已惆悵更上西樓看遠帆

送丘員外還山

長棲白雲表蹔訪高齋宿還辭郡邑諠歸泛松江淥結茅隱蒼嶺伐薪響深谷同是山中人不知往來躅靈芝非庭草遼鶴委（一作匪）池鶩終當署里門一表高陽族

重送丘二十二還臨平山居

歲中始再覯方來又解攜纔留野艇語已憶故山棲幽澗人夜汲深林鳥長啼還持郡齋酒慰子（一作此）霜露淒

送鄭端公弟移院常州

時瞻憲臣重禮爲內兄全公程儻見責私愛信不僁況昔陪朝列今茲俱海壖清觴方對酌（一作笑燕）天書忽告遷豈徒咫尺地使我心思綿應當自此始歸拜雲臺前

送房杭州（孺復）

專城未四十暫謫豈蹉跎風雨吳門夜惻愴別情多

送陸侍御還越

居藩久不樂遇子聊一欣英聲頗籍甚交辟迺時珍繡衣過舊里驄馬輝四鄰（一作輝光耀四鄰）敬恭尊郡守箋簡具州民謬忝誠所愧思懷方見申置榻宿清夜加籩醼良辰遵塗還盛府行舫遶長津自有賢方伯得此文翰賓

聽江笛送陸侍御（同丘員外賦題）

遠聽江上笛臨觴一送君還愁獨宿夜更向郡齋聞

送丘員外歸山居

郡閣始嘉宴青山憶舊居爲君量革履且願住藍轝

送崔叔清遊越

忘茲適越意愛我郡齋幽野情豈好謁詩興一相留遠水帶寒樹閶門望去舟方伯憐文士無爲成滯遊

送雲陽鄒儒立少府侍奉還京師

建中卽藩守天寶爲侍臣歷觀兩都士多閱諸侯人鄒生乃後來英俊亦罕倫爲文頗瓌麗稟度自貞醇甲科推令名延閣播芳塵再命趨王畿請告奉慈親一鍾信榮祿可以展歡欣昆弟俱時秀長衢當自伸聊從郡閣暇美此時景新方將極娛宴已復及離晨（一云蕪後乃離辰一作蕪後）省署慙再入江海綿十春今日閶門路握手子歸秦

送豆盧策秀才

歲交冰未（一作始又作水）泮地卑海氣昏子有京師遊始發吳閶門新黃含遠林微綠生陳根詩人感時節行道當憂煩古來濩落者俱不事田園文如金石韻豈乏知音言方辭郡齋榻爲（一作已）酌離亭罇無爲倦羈旅一去高飛翻

送王卿

別酌春林啼鳥稀雙旌背日晚風吹却憶回來花已盡東郊立馬望城池

送劉評事

聲華滿京洛藻翰發陽春未遂鵷鴻舉尚爲江海賓吳中高宴罷西上一遊秦已想函關道遊子冒風塵籠禽羨歸翼遠守懷交親況復歲云暮凜凜冰霜辰旭霽開郡閣寵餞集文人洞庭摘朱實松江獻白鱗丈夫豈恨別一酌且歡忻

送雷監赴闕庭

才大無不備出入爲時須雄藩精理行秘府擢文儒詔書忽已至焉得久踟躕方舟趁朝謁觀者盈路衢廣筵列衆賓送爵無停迂攀餞誠愴恨（一作悴）賀榮且歡娛長陪柏梁宴日向丹墀趨時方重右職蹉跎獨海隅

送秦系赴潤州

近作新婚鑷白髯長懷舊卷映藍衫更欲攜君虎丘寺不知方伯望征帆

送孫徵赴雲中

黃驄少年舞雙戟目視傷人皆辟易百戰曾誇隴上兒一身復作雲中客寒風動地氣蒼茫橫吹先悲出塞長

敲石軍中傳夜火斧冰河畔汲朝漿前鋒直指陰山外虜騎紛紛翦應碎匈奴破盡看君歸金印酬功如斗大

全唐詩

韋應物

期盧嵩枉書稱日暮無馬不赴以詩答

佳期不可失終願枉衡門南陌人猶度西林日未昏庭前空倚杖花裏獨留罇莫道無來駕知君有短轅

任洛陽丞答前長安田少府問

相逢且對酒相問欲何如數歲猶卑吏家人笑著書告歸應(一作今)未得榮宦又知疎日日生春草空令憶舊居

假中枉盧二十二書亦稱卧疾兼訝李二久不訪問以詩答書因亦戲李二

微官何事勞趨走服藥閑眠養不才花裏棊盤憎鳥汙枕邊書卷訝風開故人問訊緣同病芳月相思阻一杯應笑王戎成俗物遥持麈尾獨徘徊

酬盧嵩秋夜見寄五韻

喬木生夜涼月華滿前墀去君咫尺地勞君千里(一作萬)思素秉棲遁志況貽招隱詩坐見林木榮(一云坐覩經濟策)願赴滄洲期何能待歲晏攜手當此時(盧詩云歲晏以爲期)

酬鄭戶曹驪山感懷

蒼山何鬱盤飛閣凌上清先帝昔好道下元朝百靈白雲已蕭條麋鹿但縱橫泉水今尚煖舊林亦青青我念綺襦歲扈從當太平小臣職前驅馳道出灞亭翻翻日月旗殷殷鼙鼓聲萬馬自騰驤八駿按轡行日出煙嶠綠氛氳麗層甍登臨起遐想沐浴懽聖情朝燕詠無事時豐賀國禎日和絃管音下使萬室聽海內湊朝貢賢愚共歡榮合沓車馬喧西聞長安城事往世如寄感深迹所經申章報蘭藻一望雙涕零

答李澣三首

孤客逢春暮緘情寄舊遊海隅人使遠書到洛陽秋

馬卿猶有壁漁父自無家想子今何處扁舟隱荻花

林中觀易罷溪上對鷗閑楚俗饒辭客何人最往還

酬柳郎中春日歸揚州南郭見別之作

廣陵三月花正開花裏逢君醉一迴南北相過殊不遠暮潮從去早潮來

酬豆盧倉曹題庫壁見示

掾局勞才子新詩動洛川運籌知決勝聚米似論邊宴罷常分騎晨趨又比肩莫嗟年鬢改郎署定推先

酬李儋

開門臨廣陌旭旦車駕喧不見同心友徘徊憂且煩都城二十里居在艮與坤人生所各務乖闊累朝昏湛湛罇中酒青青芳樹園緘情未及發先此枉瑤璠邁世超高躅(一作矚)尋流得真源明當策疲馬與子同笑言

酬元偉過洛陽夜燕

三載寄關東所懽皆遠違思懷方耿耿忽得觀容輝親燕在良夜歡攜闕中闈問我猶杜門不能奮高飛明燈照四隅炎炭正可依清觴雖云酌所媿乏珍肥晨裝復當行寥落星已稀何以慰心曲佇子西還歸

酬韓質舟行阻凍

晨坐枉嘉藻持此慰寢興中獲辛苦奏長河結陰冰皓曜羣玉發淒清孤景凝(一作澄)至柔反成堅造化安可恒方舟未得行鑿飲空兢兢寒苦彌時節待泮豈所能何必涉廣川荒衢且升騰殷勤宣中意庶用達吾朋

李博士弟以余罷官居同德精舍共有伊陸名山之期久而未去枉詩見問中云宋生昔登覽末云那能顧蓬蓽直寄鄙懷聊以爲答

初夏息衆緣雙林對禪客枉茲芳蘭藻促我幽人策冥搜企前哲逸句陳往迹髣髴陸渾南迢遞千峰碧從來遲高駕自顧無物役山水心所娱如何更朝夕晨興涉清洛訪子高陽宅莫言往來踈駑馬知阡陌

寄酬李博士永寧主簿叔廳見待

解鞍先幾日款曲見新詩定向公堂醉遥憐獨去時葉霑寒雨落鐘度遠山遲晨策已云整當同林下期

答令狐士曹獨孤兵曹聯騎暮歸望山見寄

共愛青山住近南行牽吏役背雙騶枉書獨宿對流水遥羨歸時滿夕嵐

答李博士

休沐去人遠高齋出林杪晴山多碧峰顥氣疑秋曉端居喜良友枉使千里路緘書當夏時開緘時已度簷鶵已飄颻荷露方蕭颯夢遠竹窗幽行稀蘭徑合舊居共南北往來只如昨問君今爲誰日夕度清洛

答劉西曹(時爲京兆功曹)

公館夜云寂微涼羣樹秋西曹得時彥華月共淹留長嘯舉清觴志氣誰與儔千齡事雖邈俯念忽已周篇翰如雲興京洛頗優游詮文不獨古理妙即同流淺劣見推許恐爲識者尤空慙文璧贈日夕(一作久)不能酬

答貢士黎逢(時任京兆功曹)

茂等(一作才)方上達諸生安可希栖神澹物表渙汗布令詞如彼崑山玉本自有光輝鄙人徒區區稱歎亦何爲彌

月曠不接公門但(一作役)驅馳蘭章忽有贈持用慰所思不見心尚(一作微)密況當相見時

答韓庫部(協)

良玉表貞度麗藻頗爲工名列金閨籍心與素士同日晏下朝來車馬自生風清宵有佳興皓月直南宮矯翮方上征顧我邈忡忡豈不願攀舉執事府庭中智乖時亦蹇才大命有(一作爲)通還當以道推解組守蒿蓬

答崔主簿倬

朗月分林靄遥管動離聲故驩良已阻空宇澹無情窈窕雲雁沒蒼茫河漢橫蘭章不可答冲襟徒自盈

答徐秀才

鉛鈍謝貞器時秀猥見稱豈如白玉仙(一作仙鶴)方與紫霞升清詩舞豔雪孤抱瑩玄冰一枝非所貴懷書思武(一作茂)陵

答東林道士

紫閣西邊第幾峯茅齋夜雪虎行蹤遥看黛色知何處欲出山門(一作欲向西山)尋暮鐘

答長寧令楊轍

皓月升林表公堂滿清輝嘉賓自遠至觴飲夜何其宰邑視京縣歸來無寸資瓌文溢衆寶雅正得吾師廣川含澄瀾茂(一作芳)樹擢華滋短才何足數枉贈媿妍詞歡盻良見屬素懷亦已披何意雲棲翰不嫌蓬艾卑但恐河漢沒回車首路岐

答馮魯秀才

晨坐枉瓊藻知子返中林澹然山景晏泉谷響幽禽髣髴塵跡逍遥舒道心顧我腰間綬端爲華髮侵簿書勞應對篇翰曠不尋薄田失鋤耨生苗安可任徒令慙所問想望東山岑

答崔主簿問兼簡溫上人

緣情生衆累晚悟依道流諸境一已寂了將身世浮閒居澹無味忽復四時周靡靡芳草積稍稍新篁抽即此抱餘素塊然誠寡儔自適一忻意愧蒙君子憂

清都觀答幼遐

逍遥仙家子日夕朝玉皇興高清露沒渴飲瓊華漿解組一來款披衣拂天香粲然顧我笑綠簡發新章泠泠如玉音(一作響)馥馥若蘭芳浩意坐盈此月華殊未央却念喧譁日何由得清涼疎松抗(一作枕)高殿密竹陰長廊榮名等糞土攜手隨風翔

善福精舍答韓司錄清都觀會宴見憶

弱志厭衆紛抱素寄精廬皦皦仰時彥悶悶(平聲)獨爲愚之子亦辭秩高蹤罷馳驅忽因西飛禽贈我以瓊琚始表仙都集復言歡樂殊人生各有因契闊不獲俱一來田野中日與人事疎水木澄秋景逍遥清賞餘枉駕懷前諾引領豈斯須(一作須臾)無爲便高翔邈矣不可迂

答長安丞裴說

出身忝時士於世本無機爰以林壑趣遂成頑鈍姿臨流意已凄采菊露未稀舉頭見秋山萬事都若遺獨踐幽人蹤邈將親友違髦士佐京邑懷念枉貞詞久雨積幽抱清罇宴良知從容操劇務文翰方見推安能戢羽翼顧此林栖時

奉酬處士叔見示

挂纓守貧賤積雪臥郊園叔父親降趾壺觴攜到門高齋樂宴罷清夜道心存即此同疎氏可以一忘言

答庫部韓郎中

高士不羈世頗將榮辱齊適委華冕去欲還幽林栖雖懷承明戀忻與物累暌逍遥觀運流誰復識端倪而我豈高(一作能)致偃息平門西愚者世所遺沮溺共耕犂風雪積深夜園田掩荒蹊幸蒙相思札款曲期見攜

答暢校書當

偶然棄官去投跡在田中日出照茅屋園林(一作種園)養愚蒙雖云無一資罇酌會不空且忻百穀成仰嘆造化功出入與民伍作事靡不同時伐南澗竹夜還灃水東貧蹇自成退豈爲高人蹤覽君金玉篇彩色發我容(一作蒙)日月欲爲報方(一作歷)春已徂冬

答崔都水

深夜竹亭雪孤燈案上書不遇無爲化(一作法)誰復得閒居

酬令狐司錄善福精舍見贈

野寺望山雪空齋對竹林我以養愚地生君道者心

灃上精舍答趙氏外生伉

遠跡出塵表寓身雙樹林如何小子伉(一作弟)亦有超世心擔書從我遊攜手廣川陰雲開夏郊綠景晏青山沈對榻遇清夜獻詩合(一作全)雅音所推苟禮數於性道豈深隱拙在冲默經世昧古今無爲率爾言可以致華簪

答趙氏生伉

暫與雲林別忽陪鴛鷺翔看山不得去知爾獨相望

答端

郊園夏雨歇閑院綠陰生職事方無効幽賞獨違情物色坐如見離抱悵多盈況感夕涼氣聞此亂蟬鳴

答史館張學士段(一作同)柳庶子學士集賢院看花見寄兼呈柳學士

班楊秉文史對院自爲鄰餘香掩閣去遲日看花頻似雪飄闈闥從風點近臣南宮有芳樹不並禁垣春

答王郎中

臥閣枉芳藻覽旨悵秋晨守郡猶羈寓無以慰嘉賓野曠歸雲盡天清曉露新池荷涼已至窗梧落漸頻風物殊京國邑里但荒榛賦繁屬軍興政拙媿斯人髦士久臺閣中路一漂淪歸當列盛朝(一作明)豈念臥淮濱

答崔都水

亭亭心中人迢迢居秦關常緘素札去(一作問)適枉華章還憶在灃郊時攜手望秋山久嫌官府勞初喜罷秩閑終年不事業寢食長慵頑不知爲時來(一作何爲來)名籍挂郎間攝衣辭田里華簪耀頹顏卜居又依仁日夕正追攀牧人本無術命至苟復遷離念積歲序歸途眇山川郡齋有佳月園林含清泉同心不在宴罇酒徒盈前覽君陳迹遊詞意俱悽妍忽忽已終日將酬不能宣氓稅況重疊公門極熬煎責逋甘首免(一作退)歲晏當歸田勿厭守窮轍(一作賤)慎爲名所牽

答王卿送別

去馬嘶春草歸人立夕陽元知數日別要使兩情傷

答裴丞說歸京所獻

執事頗勤久行去亦傷乖家貧無僮僕吏卒升寢齋衣服藏內篋藥草曝前階誰復知次第濩落且安排還期在歲晏何以慰吾懷

答裴處士

遺民愛精舍乘犢入青山來署高陽里不遇白衣還禮賢方化俗聞風自款關況子逸羣士栖息蓬蒿間

答楊奉禮

多病守山郡自得接嘉賓不見三四日曠若十餘旬臨觴獨無味對榻已生塵一詠舟中作灑雪忽驚新煙波見棲旅景物具昭陳秋塘唯落葉野寺不逢人白事廷吏簡閑居文墨親高天池閣靜寒菊霜露頻應當整孤棹歸來展殷勤

答端

坐憶故園人已老寧知遠郡雁還來長瞻西北是歸路獨上城樓日幾迴

答僩奴重陽二甥（僩奴趙氏甥伉　重陽崔氏甥播）

弃職曾守拙翫幽遂忘喧山澗依硗碏竹樹蔭清源貧居煙火濕（一作絕）歲熟梨棗繁風雨飄茅屋蒿草沒瓜園羣屬相歡悅不覺過朝昏有時看禾黍落日上秋原飲酒任眞性揮筆肆狂言一朝忝蘭省三載居遠藩復與諸弟子篇翰每相敦西園休習射南池對芳樽山藥（一作藭）經雨碧海榴凌霜飜念爾不同此悵然復一論重陽守故家僩子旅湘沅俱有緘中藻惻惻動離魂不知何日見衣上淚空存

答重陽

省札陳往事愴憶數年中一身朝北闕家累守田農望山亦臨水暇日每來同性情一疎散園林多清風忽復隔淮海夢想在灃東病來經時節起見秋塘空城郭連榛嶺鳥雀噪溝叢坐使驚霜鬢撩亂已如蓬

酬劉侍郎使君（劉太眞）

瓊樹凌霜雪葱蒨如芳春英賢雖出守本自玉階人宿昔陪郎署出入仰清塵孰云俱列郡比德豈爲鄰風雨飄海氣清涼悅心神重門深夏晝賦詩延衆賓方以歲月舊每蒙君子親繼作郡齋什遠贈荆山珍高閑（一作山城）庶務理遊眺景物新朋友亦遠集燕酌在佳辰始唱已慙拙將酬益難仲濡毫意僶俛一用寫悁勤

答令狐侍郎（令狐峘）

一凶乃一吉一是復一非孰能逃斯理亮在識其微三黜故無慍高賢當庶幾但以親交戀音容邈難希況昔別離久俱忻藩守歸朝宴方陪廁山川又乖違吳門冒海霧峽路凌連磯同會在京國相望涕沾衣明時重英才當復列彤闈白玉雖塵垢拂拭還光輝

酬張協律

昔人鬻春地今人復一賢屬余藩守日方君卧病年麗思阻文（一作文）宴芳蹤闕賓筵經時豈不懷欲往事屢牽公府適煩倦開緘瑩新篇非將握中寶何以比其妍感茲棲寓詞想復痾瘵纏空宇風霜交幽居情思綿當以貧非病孰云白未玄邑中有其人憔悴卽我愆由來牧守重英俊得薦延匪人等鴻毛斯道何由宣遭時無早晚蘊器俟良緣觀文心未衰勿藥疾當痊（一云當自痊）晨期簡牘罷馳慰子悁然

答秦十四校書（秦系）

知掩山扉三十秋魚須翠碧弃牀頭莫道謝公方在郡五言今日爲君休

答賓

斜月纔鑒帷凝霜偏冷枕持情須耿耿故作單牀寢

答鄭騎曹青橘絕句（一作故人重九日求橘書中戲贈）

憐君卧病思新橘試摘猶酸亦未黃書後欲題三百顆洞庭須待滿林霜

奉和聖製重陽日賜宴

聖心憂萬國端居在穆清玄功致海宴錫讌表文明恩屬重陽節雨應此時晴寒菊生池苑高樹出宮城捧藻千官處垂戒百王程復覩開元日臣愚獻頌聲

和吳舍人早春歸沐西亭言志

曉漏戒中禁清香肅朝衣一門雙（一作兩）掌誥伯侍仲（一作仲侍）言歸亭高性情曠職密交遊稀賦詩樂無事解帶偃南扉陽春美時澤旭霽望山暉幽禽響（一作好鳥幽）未轉東原綠猶微名雖列僊爵心已遣（一作遺）塵機卽事同巖隱聖渥良難違

奉和張大夫戲示青山郎

天生逸世姿竹馬不曾騎覽卷冰將釋援毫露欲垂金貂傳幾葉玉樹長新枝榮祿何妨早甘羅亦小兒

答河南李士巽題香山寺

洛都遊宦日少年攜手行投杯起芳席總轡振華纓關塞有佳氣巖開伊水清攀林憩佛寺登高望都城蹉跎二十載世務各所營茲賞長在夢故人安得并前歲守九江恩詔赴咸京因途再登歷山河屬晴明寂寞僧侶少蒼茫林木成牆宇或崩剝不見舊題名舊遊況存歿獨此淚交橫交橫誰與同書壁貽友生今茲守吳郡綿思方未平子復經陳迹一感我深情遠蒙惻愴篇中有金玉聲反覆終難答金玉尚爲輕

答故人見諭

素寡名利心自非周圓器徒以歲月資屢蒙藩條寄時風重書札物情敦貨遺機杼十縑單慵疎百函愧常負交親責且爲一官累況本濩落人歸無置錐地省已已知非枉書見深致雖欲効區區何由枉其志

酬閻員外陟

寒夜阻良覿叢竹想幽居虎符子已誤金丹子何如讌集觀農暇笙歌聽訟餘雖蒙一言教自愧道情疎

酬秦徵君徐少府春日見寄（一作奉酬秦徵君系春日撫州西亭野望兼寄徐少府）

終日愧無政與君聊散襟城根山半腹亭影水中心朗詠竹窗靜野情花逕深那能有餘興不作剡溪尋

冬夜宿司空曙野居因寄酬贈

南北與山鄰蓬庵庇一身繁霜疑有雪荒草似無人遂性在耕稼所交唯賤貧何緣張椽傲每重德璋親

長安遇馮著

客從東方來衣上灞陵雨問客何爲來（一作來何爲）采山因買斧冥冥花正開（一作滿）颺颺燕新乳昨別今已春鬢絲生幾縷

將發楚州經寶應縣訪李二忽於州館相遇月
夜書事因簡李寶應

孤舟欲夜發衹爲訪情人此地忽相遇留連意更新停
杯嗟別久對月言家貧一問臨卭令如何待上賓

廣陵遇孟九雲卿

雄藩本帝都遊士多俊賢夾河樹鬱鬱華館千里連新
知雖滿堂中意頗未宣忽逢翰林友歡樂斗酒前高文
激頹波四海靡不傳西施且一笑衆女安得妍明月滿
淮海哀鴻逝長天所念京國遠我來君欲(一作獨)還(一作又旋)

淮上遇洛陽李主簿

結茅臨古渡臥見長淮流窗裏人將老門前樹已秋寒
山獨過雁暮雨遠來舟日夕逢歸客那能忘舊遊

路逢崔元二侍御避馬見招以詩見贈

一臺稱二妙歸路望行塵俱是攀龍客空爲避馬人見
招翻跼蹐相問良殷勤日日吟趨府彈冠豈有因

逢楊開府

少事武皇帝無賴恃恩私身作里中橫家藏亡命兒朝
持(一作柟一作拆)樗蒲局暮竊東鄰姬司隸不敢捕立在(一作登)白玉
墀驪山風雪夜長楊羽獵時一字都不識飲酒肆頑癡
武皇升仙去憔悴被人欺讀書事已晚把筆學題詩兩
府始收跡南宮謬見推非才果不容出守撫惸嫠忽逢
楊開府論舊涕俱垂坐客何由識惟有故人知

休暇日訪王侍御不遇

九日驅馳一日閑尋君不遇又空還怪來詩思清人骨
門對寒流雪滿山

因省風俗訪道士姪不見題壁

去年澗水今亦流去年杏花今又拆山人歸來問是誰
還是去年行春客

全唐詩

韋應物

有所思

借問堤(一作江)上柳青青爲誰春空遊昨日地不見昨日人
繚繞萬家井往來車馬塵莫道無相識要非心所親

暮相思

朝出自不還暮歸花盡發豈無終日會惜此花間月空
館忽相思微鐘坐來(一作未)歇

夏夜憶盧嵩

靄靄高館暮開軒滌煩襟不知湘雨來瀟灑在幽林(一云不知微蕭灑山鳥鳴幽林)炎月得涼夜芳樽誰與斟故人南北居累月間徽
音人生無閑日歡會當在今反側候天旦層城苦沈沈

春思

野花如雪繞江城坐見年芳憶帝京闤闠曉開凝碧樹
曾陪鵷鷺聽流鶯

春中憶元二

雨歇萬井春柔條已含綠徘徊洛陽陌惆悵杜陵曲遊
絲正高下啼鳥還斷續有酒今不同思君瑩如玉

懷素友子西

廣陌並遊騎公堂接華襟方歡遽見別永日獨沈吟階
暝流暗駛氣疎露已侵層城湛深夜片月生幽林往款
良未遂來覲曠無音恒當清觴宴思子玉山岑耿耿何
以寫密言空委心

對韓少尹所贈硯有懷

故人謫遐遠留硯寵斯文白水浮香墨清池滿夏雲念
離心已永感物思徒紛未有桂陽使裁書一報君

月晦憶去年與親友曲水遊讌

晦賞念前歲京國結良儔騎出宣平里飲對曲池流今
朝隔天末空園傷獨遊雨歇林光變塘綠鳥聲幽凋甿
積逋稅華鬢集新秋誰言戀虎符終當還舊丘

清明日憶諸弟

冷食方多病開襟一忻然終令思故郡煙火滿晴川杏
粥猶堪食榆羹已稍煎唯恨乖親燕坐度此芳年

池上懷王卿

幽居捐世事佳雨散園芳入門靄已綠水禽鳴春塘重
雲始成夕忽霽尚殘陽輕舟因風泛郡閣望蒼蒼私燕
阻外好臨歡一停觴茲遊無時盡旭日願相將

立夏日憶京師諸弟

改序念芳辰煩襟倦日永夏木已成陰公門晝恒靜長
風始飄閣疊雲纔吐嶺坐想離居人還當惜徂(一作光)景

曉至園中憶諸弟崔都水

山郭恒悄悄林月亦娟娟景清神已澄(一作謐)事簡慮絕牽
秋塘徧衰草曉露洗紅蓮不見心所愛茲賞豈爲妍

懷瑯琊深標二釋子

白雲埋大壑陰崖滴夜泉應居西石室月照山蒼然

雨夜感懷

微雨灑高林塵埃自蕭散耿耿心未平沈沈夜方半獨
驚長簟冷遽覺愁鬢換誰能當此夕不有盈襟歎

雲陽館懷谷口

清泚階下流云自谷口源念昔白衣士結廬在石門道
高杳無累景靜得忘言山夕綠陰滿世移清賞存吏役
豈遑暇幽懷復朝昏雲泉非所濯蘿月不可援長往遂
真性暫遊恨卑喧出身既事世高躅難等論

憶灃上幽居

一來當復去猶此厭樊籠況我林栖子朝服坐南宮唯
獨問啼鳥還如灃水東

重九登滁城樓憶前歲九日歸灃上赴崔都水
及諸弟讌集悽然懷舊

今日重九讌去歲在京師聊廻出省步一赴郊園期嘉
節始云邁周辰已及茲秋山滿清景當賞屬乖離凋散
民里閭摧翳衆木衰樓中一長嘯惻愴起涼颸

始夏南園思舊里

夏首雲物變雨餘草木繁池荷初帖水林花已掃園縈
叢蝶尚亂依閣鳥猶喧對此殘芳月憶在漢陵原

登蒲塘驛沿路見泉谷邨墅忽想京師舊居追
懷昔年

青山導騎遶春風行旆舒均徭視屬城問疾躬里閭煙水依泉谷川陸散樵漁忽念故園日復憶驪山居荏苒斑鬢及夢寢婚宦初不覺平生事咄嗟二紀餘存歿闊已永悲多歡自踈高秩非爲美闌干淚盈裾

經函谷關

洪河絶山根單軌出其側萬古爲要樞往來何時息秦皇旣恃險海内被吞食及嗣同覆顛咽喉莫能塞炎靈詎西駕婁子非經國徒欲扼諸侯不知恢至德聖朝及天寶豺虎起東北下沈戰死魂上結窮冤色古今雖共守成敗良可識藩屏無俊賢金湯獨何力馳車一登眺感慨中自惻

經武功舊宅

兹邑昔所遊嘉會常在目歷載俄二九始往今來復感感居人少茫茫野田綠風雨經舊墟毀垣迷往躅門臨川流駛樹有羇雌宿多累恒悲往長年覺時速欲去中復留徘徊（一作彷徨）結心曲

往雲門郊居塗經迴流作

兹晨乃休暇適往田家廬原谷徑塗澀春陽草木敷纔遵板橋曲復此清澗紆崩窒方見射迴流忽已舒明滅泛孤景杳靄含夕虛無將爲邑志一酌澄波餘

乘月過西郊渡

遠山含紫氛春野靄云暮值此歸時月留連西澗渡謬當文墨會得與羣英遇賞逐亂流翻心將清景悟行車儼未轉芳草空盈步已舉候亭火猶愛村原樹還當守故扃悵恨秉幽素

晚歸澧川

凌霧朝閶闔落日返清川簪組方暫解臨水一翛然昆弟忻來集童稚滿眼前適意在無事攜手望秋田南嶺横爽氣高林繞遥阡野廬不鋤理翳翳起荒煙名秩斯逾分廉退愧不全已想平門路晨騎復言旋

授衣還田里

公門懸甲令澣濯遂其私晨起懷愴恨野田寒露時氣收天地廣風凄草木衰山明始重疊川淺更逶迤煙火生閭里禾黍積東菑終然可樂業時節一來斯

夕次盱眙縣

落帆逗（一作透）淮鎮停舫臨孤驛浩浩風起波冥冥日沈夕人歸山郭暗雁下蘆洲白獨夜憶秦關聽鐘未眠客

春月觀省屬城始憩東西林精舍

因時省風俗布惠迨高年建隼出潯陽整駕遊山川白雲斂晴壑羣峰列遥天嶔嵜石門狀杳靄香爐烟榛荒屢罥罣偪側殆覆顛方臻釋氏廬時物屢華妍曇遠昔經始於兹閟幽玄東西竹林寺灌注寒澗泉人事旣云泯歲月復已綿殿宇餘丹紺磴閣峭欹懸佳士亦棲息善身絶塵緣今我蒙朝寄教化敷里鄽道妙苟爲得出處理無偏心當同所尚跡豈辭纏牽

自蒲塘驛迴駕經歷山水

館宿風雨滯始晴行蓋轉潯陽山水多草木俱紛衍崎嶇緣碧澗蒼翠踐苔蘚高樹夾潺湲崩石横陰獻野杏依寒拆餘雲冒嵐淺性愜形豈勞境殊路遺緬憶昔終南下佳遊亦屢展時禽下流暮紛思何由遣

山行積雨歸途始霽

攬轡窮登降陰雨遘二旬但見白雲合不睹巖中春急澗豈易揭峻塗良難遵深林猿聲冷沮洳虎跡新始霽升陽景山水閱清晨雜花積如霧百卉萋已陳鳴騶屢驤首歸路自忻忻

傷逝（此後十九首盡同德精舍舊居傷懷時所作）

染白一爲黑焚木盡成灰念我室中人逝去亦不迴結髮二十載賓敬如始來提攜屬時屯契闊憂患災柔素亮爲表禮章夙所該仕公不及私百事委令才一旦入閨門四屋滿塵埃斯人旣已矣觸物但傷摧單居移時節泣涕撫嬰孩知妄謂當遣臨感要難裁夢想忽如睹驚起復徘徊此心良無已遶屋生蒿萊

往富平傷懷

晨起凌嚴霜慟哭臨素帷駕言百里塗惻愴復何爲昨者仕公府屬城常載馳出門無所憂返室亦熙熙今者掩筠扉但聞童稚悲丈夫須出入顧爾内無依銜恨已酸骨何況苦寒時單車路蕭條迴首長逶遲飄風忽截野嘹唳雁起飛昔時同往路獨往今詎知

出還

昔出喜還家今還獨傷意入室掩無光銜哀寫虛位悽動幽幔寂寂驚寒吹幼女復何知時來庭下戲咨嗟日復老錯莫身如寄家人勸我飡對案空垂淚

冬夜

杳杳日云夕鬱結誰爲開單衾自不暖霜霰已皚皚晚歲淪夙志驚鴻感深哀深哀當何爲桃李忽凋摧幃帳徒自設冥寞豈復來平生雖恩重遷去託窮埃抱此女曹恨顧非高世才振衣中夜起河漢尚裵回

送終

奄忽逾時節日月獲其良蕭蕭車馬悲祖載發中堂生平同此居一旦異存亡斯須亦何益終復委山岡行出國南門南望鬱蒼蒼日入乃云造慟哭宿風霜晨遷俯玄廬臨訣但遑遑方當永潛翳仰視白日光俯仰遽終畢封樹已荒凉獨留不得還欲去結中腸童稚知所失啼號捉我裳卽事猶倉卒歲月始難忘

除日

思懷耿如昨季月已云暮忽驚年復新獨恨人成故冰池始泮綠梅援（一作稍）還飄素淑景方轉延朝朝自難度

對芳樹

迢迢芳園樹列映清池曲對此傷人心還如故時綠風條灑餘靄露葉承新旭佳人不再攀下有往來躅

月夜

皓月流春城華露積芳草坐念綺窗空翻傷清景好清景終若斯傷多人自老

歎楊花

空蒙不自定況值暄風度舊賞逐流年新愁忽盈素纔縈下苑曲稍滿東城路人意有悲歡時芳獨如故

過昭國里故第

不復見故人一來過故宅物變知景暄心傷覺時寂池荒野筠合庭綠幽草積風散花意謝鳥還（一作啼）山光夕宿

昔方同賞詎知今念昔緘室在東廂遺器不忍覩柔翰全分意芳巾尚染澤殘工委筐篋餘素經刀尺收此還我家將還復愁惕永絕攜手歡空存舊行迹冥冥獨無語杳杳將何適唯思今古同時緩傷與戚

夏日

已謂心苦傷如何日方永無人不晝寢獨坐山中靜悟澹將遺慮學空庶遺境積俗易爲侵愁來復難整

端居感懷

沈沈積素抱婉婉屬之子永日獨無言忽驚振衣起方如在幃室復悟永終已稚子傷恩絕盛時若流水暄涼同寡趣朗晦俱無理寂性常喻人滯情今在己空房欲云暮巢燕亦來止夏木遽成陰綠苔誰復履感至竟何方幽獨長如此

悲紈扇

非關秋節至詎是恩情改掩嚬人已無委篋涼空在何言永不發暗使銷光彩

閑齋對雨

幽獨自盈抱陰淡亦連朝空齋對高樹疎雨共蕭條巢燕翻泥濕蕙花依砌消端居念往事倏忽苦驚飈

林園晚霽

雨歇見青山落日照林園山多（一作夕）煙鳥亂林清風景翻提攜唯子弟蕭散在琴言（一作尊）同遊不同意耿耿獨傷魂

秋夜二首

庭樹轉蕭蕭陰蟲還戚戚獨向高齋眠夜聞寒雨滴微風時動牖殘燈尚留壁惆悵平生懷偏來委今夕

霜露已淒淒星漢復昭回朔風中夜起驚鴻千里來蕭條涼葉下寂寞清砧哀歲晏仰空宇心事若寒灰

感夢

歲月轉蕪漫形影長寂寥髣髴覩微夢感嘆起中宵綿思靄流月驚魂颯迴飈誰念茲夕永坐令顏鬢凋

同德精舍舊居傷懷

洛京十載別東林訪舊扉山河不可望存沒意多違時遷跡尚在同去獨來歸還見窗中鴿日暮遶庭飛

悲故交

白璧眾求瑕素絲易成汙萬里顛沛還高堂已長暮積憤方盈抱纏哀忽逾度念子從此終黃泉竟誰訴一爲時事感豈獨平生故唯見荒丘原野草塗朝露

張彭州前與緱氏馮少府各惠寄一篇多故未答張已云沒因追哀敘事兼遠簡馮生

君昔掌文翰西垣復石渠朱衣乘白馬輝光照里閭余時忝南省接讌媿空虛一別守茲郡蹉跎歲再除長懷關河表永日簡牘餘郡中有方塘涼閣對紅蕖金玉蒙遠貺篇詠見吹噓未答平生意已沒九原居秋風吹寢門長慟涕漣如覆視緘中字奄爲昔人書髮鬢已云白交友日彫疎馮生遠同恨憔悴在田廬

東林精舍見故殿中鄭侍御題詩追舊書情涕泗橫集因寄呈閻澧州馮少府

仲月景氣佳東林一登歷中有故人詩淒涼在高壁精思長懸（一作懷）世音容已歸寂墨澤傳灑餘磨滅親翰跡平生忽如夢百事皆成昔結騎京華年揮文篋笥積朝廷重英彥時輩分珪璧永謝柏梁陪獨闕金門籍方嬰存歿感豈暇林泉適雨餘山景寒風散花光夕新知雖滿堂故情誰能覿唯當同時友緘寄空悽感

同李二過亡友鄭子故第（李與之故非予所識）

客車名未滅沒世恨應長斜月知何照幽林判自芳故人驚逝水寒雀噪空牆不是平生舊遺蹤要可傷

話舊（亭中對兄姊話蘭陵崇賢懷真已來故事泫然而作）

存亡三十載事過悉成空不惜霑衣淚併話一宵中

至開化里壽春公故宅

寧知府中吏故宅一徘徊歷階存往敬瞻位泣餘哀廢井沒荒草陰牖生綠苔門前車馬散非復昔時來

睢陽感懷

豺虎犯天綱昇平無內備長驅陰山卒略踐三河地張侯本忠烈濟世有深智堅辟梁宋間遠籌吳楚利窮年方絕輸鄰援皆攜貳使者哭其庭救兵終不至重圍雖可越藩翰諒難弃飢喉待危巢懸命中路墜甘從鋒刃斃莫奪堅貞志宿將降賊庭儒生獨全義空城唯白骨同往無賤貴哀哉豈獨今千載當歔欷

廣德中洛陽作

生長太平日不知太平歡今還洛陽中感此方苦酸飲藥本攻病毒腸翻自殘王師涉河洛玉石俱不完時節屢遷斥山河長鬱盤蕭條孤煙絕日入空城寒蹇劣乏高步緝遺守微官西懷咸陽道躑躅心不安

閶門懷古

獨鳥下高樹遙知吳苑園淒涼千古事日暮倚閶門

感事

霜雪皎素絲何意墜墨池青蒼猶可濯黑色不可移女工再三嘆委弃當此時歲寒雖無褐機杼誰肯施

感鏡

鑄鏡廣陵市菱花匣中發夙昔嘗許人鏡成人已沒如冰結圓器類璧無絲髮形影終不臨清光殊不歇一感平生言松枝樹（一作挂）秋月

歎白髮

還同一葉落對此孤鏡曉絲縷乍難分楊花復相遶時役人易衰吾年白猶少

全唐詩

韋應物

登高望洛城作

高臺造雲端遐瞰周四垠雄都定鼎地勢據萬國尊河岳出雲雨土圭酌乾坤舟通(一作盈)南越貢城背北邙原帝宅夾清洛丹霞捧朝暾蔥龍瑶臺榭窈窕雙闕門十載構屯難兵戈若(一作久)雲屯膏腴滿榛蕪比屋空毀垣聖主乃東眷俾賢拯元元熙熙居守化泛泛太府恩至損當(一作方)受益苦寒必生溫平明四城開稍見市井喧坐感理亂迹永懷經濟言吾生自不達空鳥何翩翻天高水流遠日晏城郭昏裵回訖旦夕聊用寫憂煩

同德寺閣集眺

芳節欲云晏遊遨樂相從高閣照丹霞飀飀含遠風寂寥氛氳廓超忽神慮空旭日霽皇州岧嶢見兩宮嵩少多秀色羣山莫與崇三川浩東注瀍澗亦來同陰陽降大和宇宙得其中舟車滿川陸四國靡不通舊堵今既葺庶甿亦已豐周覽思自奮行當遇時邕

登寶意寺上方舊遊(寺在武功曾居此寺)

翠嶺香臺出半天萬家煙樹滿晴川諸僧近住不相識坐聽微(一作岩)鐘記往年

登樂遊廟作

高原出東城鬱鬱見咸陽上有千載事乃自漢宣皇頹壖久凌遲陳迹翳丘荒春草雖復綠驚風但飄揚周覽京城內雙闕起中央微鐘何處來暮色忽蒼蒼歌吹喧萬井車馬塞康莊昔人豈不爾百世同一傷(一作暢)歸當守冲漠跡寓心自忘

登西南岡卜居遇雨尋竹浪至灃壖縈帶數里清流茂樹雲物可賞

登高創危構林表見川流微雨颯已至蕭條川氣秋下尋密竹盡忽曠沙際遊紆曲(一作直)水分野綿延稼盈疇寒花明廢墟樵牧笑榛丘雲水成(一作交)陰澹竹樹更清幽適自戀佳賞(一作愜心賞又一作幽賞)復茲永日留

灃上與幼遐月夜登西岡翫花

置酒臨高隅佳人自城闕已翫滿川花還看滿川月花月方浩然賞心何由歇

臺上遲客

高臺一悄(一作聊)望遠樹間朝暉但見東西騎坐(一作端)令心賞違始霽郊原綠暮春啼鳥稀徒然對芳物何能獨醉歸

登樓

茲樓日登眺流歲暗蹉跎坐厭淮南守秋山紅樹多

善福寺閣

殘霞照高閣青山出遠林晴明一登望瀟灑此幽襟

樓中月夜

端令倚懸檻長望抱沈憂寧知故園月今夕在茲樓衰蓮送餘馥華露湛新秋坐見蒼林變清輝愴已休(一作收)

寒食後北樓作

園林過新節風花亂高閣遥聞擊鼓聲蹴鞠軍中樂

西樓

高閣一長望故園何日歸煙塵擁(一作在)函谷秋鴈過來稀

夜望

南樓夜已寂暗鳥動林間不見城郭事沈沈唯四山

晚登郡閣

悵然高閣望已掩東城關春風偏送柳夜景欲沈山

登重玄寺閣

時暇陟雲構晨霽澄景光始見吳都(一作郡)大十里鬱蒼蒼山川表明麗湖海吞大荒合沓臻水陸駢闐會四方俗繁節又喧雨順物亦康禽魚各翔泳草木遍芬芳於茲省甿俗一用勸農桑誠知虎符忝但恨歸路長

觀早朝

伐鼓通嚴城車馬溢廣躔煌煌列明燭朝服照華鮮金門杳深沈尚聽清漏傳河漢忽已沒司閽啟晨關丹殿據龍首崔嵬對南山寒生千門裏日照雙闕間禁旅下成列爐香起中天輝輝覩明聖濟濟行(音航)俊賢愧無鴛鷺姿短翮空飛還誰當假毛羽雲路相追攀

陪元侍御春遊

何處醉春風長安西復東不因俱罷職豈得此時同貰酒宣平里尋芳下苑中往來楊柳陌猶避昔年驄

遊龍門香山泉

山水本自佳遊人已忘慮碧泉更幽絕賞愛未(一作不)能去潺湲寫幽磴繚繞帶(一作對)嘉樹激轉忽殊流歸泓又同注羽觴自成(一作伐)翫永日亦延趣靈草有時香仙(一作山)源不知處還當候圓月攜手重遊寓

龍門遊眺

鑿山導伊流中斷若天闢都門遥相望佳氣生朝夕素懷出塵意適有攜手客精舍遶(一作繚)層阿千龕鄰(一作鱗)峭壁緣雲路猶緬憩澗鐘已寂花樹發煙華淙流散石脈長嘯招遠風臨潭漱金碧日落望都城人間何役役(一作裵回悵還駕城闕多物役)

洛都遊寓

東風日已和元化亮無私草木同時植生條有高卑罷官守園廬豈不懷渴飢窮通非所干跼促當何為佳辰幸可遊親友亦相追朝從華林宴暮返東城期掇英出蘭皋翫月步川坻軒冕誠可慕所憂在縶維

再遊龍門懷舊侶(嘗與竇黃州洛陽韓丞澠池李丞容鄭二尉同遊)

兩山鬱相對晨策方上干靄靄眺都城悠悠俯清瀾邈矣二三子茲焉屢遊盤良時忽已周獨往念前歡好鳥始云至衆芳亦未闌遇物豈殊昔慨傷自有端

莊嚴精舍遊集

良遊因時暇乃在西南隅綠煙凝層城豐草滿通衢精舍何崇曠煩跼一弘舒架虹施廣蔭構雲眺八區即此塵境遠忽聞幽鳥殊新林(一作秋)泛景光叢綠含露濡永日亮難遂平生少歡娛誰能遽還歸幸與(一作得)高士俱

府舍月遊

官舍(一作寺)耿深夜佳月喜同遊橫河俱半落泛露忽驚秋散彩疎羣樹分規澄素流心期與浩景蒼蒼殊未收

任鄠令渼陂遊眺

野水灩長塘煙花亂晴日氤氳綠樹多蒼翠千山出遊魚時可見新荷尚未密屢往心獨閑恨無理人術

西郊遊矚

東風散餘沍陂水淡已綠（一本作淥）煙芳何處尋杳藹春山曲新禽哢暄節晴光泛嘉木一與諸君遊華觴忻見屬

再遊西郊渡

水曲一追遊遊人重懷戀嬋娟昨夜月還向波中見驚禽棲不定流芳寒未徧攜手更何時佇看花似霰

月溪與幼遐君貺同遊（一作時二子還城）

岸篠覆迴溪迴溪曲如月沈沈水容綠寂寂流鶯（一作鶯初）歇淺石方凌亂遊禽時出沒半雨夕陽霏緣源雜花發明晨重來此同心應已闕

與幼遐君貺兄弟同遊白家竹潭

清賞非素期偶遊方自得前登絕嶺險下視深潭黑密竹已成暮歸雲殊未極春鳥依谷暄紫蘭含幽色已將芳景遇復款平生憶終念一歡別臨風還默默

秋夕西齋與僧神靜遊

晨登西齋望不覺至夕曛正當秋夏交原野起煙氛坐聽涼飆舉華月稍披雲漠漠山猶隱灩灩川始分物幽夜更殊境靜興彌臻息機非傲世于時乏嘉聞究空自為理況與釋子羣

觀田家

微雨衆卉新一雷驚蟄始田家幾日閑耕種從此起丁壯俱在野場圃亦就理歸來景常晏飲犢西澗水飢劬不自苦膏澤且為喜倉廩無宿儲徭役猶未已方慙不耕者祿食出閭里

園亭覽物

積雨時物變夏綠滿園新殘花已落實高笋半成筠守此幽棲地自是忘機人

觀灃水漲

夏雨萬壑湊灃漲（一作流）暮渾渾草木盈川谷澶漫一平吞槎梗方瀰泛濤沫亦洪翻北來注涇渭所過無安源雲嶺同昏黑觀望悸心魂舟人空斂棹風波正自奔

陪王卿郎中遊南池

鵷鴻俱失侶同為此地遊露浥荷花氣風散柳園秋煙草凝衰嶼星漢泛歸流林高初上月塘深未轉舟清言屢往復華樽始獻酬終憶秦川賞端坐起離憂

南園陪王卿遊矚

形跡雖拘檢世事澹無心郡中多山水日夕聽幽禽几閣文墨暇園林春景深雜花芳意散綠池暮色沈君子有高躅相攜在幽尋一酌何為貴可以寫沖襟

遊西山

時事方擾擾幽賞獨悠悠弄泉朝涉澗采石夜歸州揮翰題蒼峭下馬歷嵌丘所愛唯山水到此卽淹留

春遊南亭

川明氣已變巖寒雲尚擁南亭草心綠春塘泉脈動景煦聽禽響雨餘看柳重逍遙池館華益媿專城寵

再遊西山

南譙古山郡信是高人居自歎乏弘量終朝親簿書於時忽命駕秋野正蕭疎積逋誠待責尋山亦有餘測測石泉冷曖曖煙谷虛中有釋門子種果（一作藥）結茅廬出身厭名利遇境卽躊躇守直雖多忤視險方晏如況將塵埃外襟抱從此舒

遊靈巖寺

始入松路永獨忻山寺幽不知臨絕檻乃見西江流吳岫分煙景楚甸散林丘方悟關塞眇重軫故園愁聞鐘戒歸騎憩澗惜良遊地疎泉谷狹春深草木稠茲焉賞未極清景（一作澹）期杪秋

與盧陟同遊永定寺北池僧齋

密竹行已遠子規啼更深綠池芳草氣閑齋春樹陰晴蝶飄蘭逕遊蜂遶花心不遇君攜手誰復此幽尋

遊溪

野水煙鶴唳楚天雲雨空翫舟清景晚垂釣綠蒲中落花飄旅衣歸流澹清風緣源不可極遠樹但青葱

遊開元精舍

夏衣始輕體遊步愛僧居果園新雨後香臺照日初綠陰生晝靜（一作寂）孤花表春餘符竹方為累形跡一來疎

襄武館遊眺

州民知禮讓訟簡得遨遊高亭憑古地山川當暮秋是時秔稻熟西望盡田（一作平）疇仰恩慙政拙念勞喜歲收澹泊風景晏繚繞雲樹幽節往情惻惻天高思悠悠嘉賓幸雲集芳樽始淹留還希習池賞（一作還喜曲池濱）聊以駐鳴騶

秋景詣瑯琊精舍

屢訪塵外跡未窮幽賞情高秋天景遠始見山水清上陟巖殿憩暮看雲壑平蒼茫寒色起迢遞晚鐘鳴意有清夜戀身為符守嬰悟言（一作方愛）緇衣子蕭灑中林行

同韓郎中閑庭南望秋景

朝下抱餘素地高心本閑如何趨府客罷秩見秋山疎樹共寒意遊禽同暮還因君悟清景西望一開顏

慈恩精舍南池作

清境豈云遠炎氛忽如遺重門布綠陰菡萏滿廣池石髮散清淺林光動漣漪緣崖摘紫房扣檻集靈龜浥浥餘露氣馥馥幽襟披積喧忻物曠耽玩覺景馳明晨復趨府幽賞當反思

雨夜宿清都觀

靈飆動閶闔微雨灑瑤林復此新秋夜高閣正沈沈曠歲恨殊跡茲夕一披襟洞戶含涼氣網軒構層陰況自展良友芳樽遂盈斟適悟委前妄清言怡道心豈戀腰間綬如彼籠中禽

善福精舍秋夜遲諸君

廣庭獨閒步夜色方湛然丹閣已排雲皓月更（一作正）高懸繁露降秋節蒼林鬱芊芊仰觀天氣涼高詠古人篇撫己亮無庸結交賴羣賢屬予翹思時方子中夜眠相去隔城闕佳期屢徂（一作阻）還如何日夕待見月三四圓

東郊

吏舍跼終年出郊曠清曙楊柳散和風青山澹吾慮依叢適自憩緣澗還復去微雨靄芳原春鳩鳴何處樂幽心屢止遵事跡猶遽終罷斯（一作期）結廬慕陶真可庶

秋郊作

清露澄境遠旭日照林初一望秋山淨蕭條形迹疎登原忻時稼采菊行故墟方願沮溺耦淡泊守田廬

行寬禪師院

北望極長廊斜扉映一作掩叢竹亭午一來尋院幽僧亦獨
唯聞山鳥啼愛此林下宿

神靜師院

青苔幽巷徧新林露氣微經聲在深竹高齋獨掩扉憩
樹愛嵐嶺聽禽悅朝暉方耽靜中趣自與塵事違

精舍納凉

山景寂已晦野寺變蒼蒼夕風吹高殿露葉散林光清
鐘始戒夜幽禽尚歸翔誰復掩扉卧不詠南軒凉

藍嶺精舍

石壁精舍高排雲聊直上佳遊愜始願忘險得前賞崖
傾景方晦谷轉川如掌綠林含蕭條飛閣起弘敞道人
上方至深夜還獨往日落羣山陰天秋百泉響所嗟累
已成安得長偃仰

道晏寺主院

北鄰有幽竹潛筠穿我廬往來地已密心樂道者居殘
花廻往節輕條蔭夏初聞鐘北窻起嘯傲永日餘

義演法師西齋

結茅臨絕岍隔水聞清磬山水曠蕭條登臨散情性稍
指緣原騎還尋汲澗逕長嘯倚亭樹悵然川光暝

澄秀上座院

繚繞西南隅鳥聲轉幽靜秀公今不在獨禮高僧影林
下器未收何人適煮茗

至西峯蘭若受田婦饋

攀崖復緣澗遂造幽人居鳥鳴泉谷暖土起萌甲舒聊
登石樓憩下翫潭中魚田婦有嘉獻潑撒新歲餘常怪
投錢飲事與賢達疎今我何爲答鰥寡欲焉如

曇智禪師院

高年不復出門徑一作援衆草生時夏方新雨果藥發餘榮
疎澹下林景流暮幽禽情身名兩俱遣獨此野寺行

起度律師同居東齋院

釋子喜相偶幽林俱避喧安居同僧夏清夜諷道言對
閣景恆晏步庭陰始繁逍遥無一事松風入南軒

遊瑯琊山寺

受命恤人隱茲遊久未遑鳴騶響幽澗一作谷前旌耀崇岡
青冥臺砌寒綠縟草木香塡壑躋花界疊石構雲房經
製隨巖轉繚繞豈定方新泉泄陰壁高蘿蔭綠塘攀林
一栖止飲水得清涼物累誠可遣疲甿終未忘還歸坐
郡閣但見山蒼蒼

同越瑯琊山趙氏生時辟彊

石門有雪無行跡松壑凝烟滿衆香餘食施庭寒鳥下
破衣掛樹老僧亡

詣西山深師

曹溪舊弟子何緣住此山世有征戰事心將流水閑掃
林驅虎出宴坐一林間藩守寧爲重擁騎造雲關

尋簡寂觀瀑布

躡石欹危過急澗攀崖迢遞弄懸泉猶將虎竹爲身累
欲付歸人絕世緣

簡寂觀西澗瀑布下作

淙一作深流絕壁散虛煙翠澗深叢際松風起飄來灑塵襟
窺蘿翫猿鳥解組傲雲林茶果邀眞侶觴酌洽同心曠
歲懷茲賞行春始重尋聊將橫吹笛一寫山水音

遊南齋

池上鳴佳禽僧齋日幽寂高林晚露清紅藥無人摘春
水不生煙荒岡筠翳石不應朝夕遊良爲蹉跎客

南園

清露夏天曉荒園野氣通水禽遥泛雪池蓮迥披紅幽
林詎知暑環舟似不窮頓灑塵喧意長嘯滿襟風

西亭

亭宇麗朝景簾牖散暄風小山初搆石珍樹正然紅弱
藤已扶樹一作援幽蘭欲成叢芳心幸如此佳人時不同

夏景園廬

羣木晝陰靜北窻涼氣多閑居逾時節夏雲已嵯峨搴
葉愛繁緑緣澗弄驚波豈爲論夙志對此青山阿

夏至避暑北池

晝晷已云極宵漏自此長未及施政教所憂變炎凉公
門日多暇是月農稍忙高居念田里苦熱安可當亭午
息羣物獨遊愛方塘門閉陰寂寂城高樹蒼蒼綠筠尚
含粉圓荷始散芳於焉灑煩抱可以對華觴

題從姪成緒西林精舍書齋

棲身齒一作始多暮息心君獨少慕謝始精文依僧欲觀妙
洌泉前階注清池北窗照果藥雜芬敷松筠疎蒨峭屢
躋幽人境每肆芳辰眺採栗玄猿窟擷芝丹林嶠紵衣
豈寒御蔬食非飢療雖甘巷北單一作簞豈塞青紫耀郡有
優賢榻朝編貢士詔欲同一作未朱輪載勿憚移文誚

題鄭弘憲侍御遺愛草堂

居士近依僧青山結茅屋疎松映嵐晚春池含苔綠繁
華冒陽嶺新禽響幽谷長嘯攀喬林慕茲高世躅

同元錫題瑯琊寺

適從郡邑喧又茲三伏熱山中清景多石罅寒泉潔花
香天界事松竹人間別殿分嵐嶺明磴臨懸一作玄壑絕昏
旭窮陟降幽顯盡披閱欽一作嶔駭風雨區寒知龍蛇穴情
虛澹泊生境寂塵妄滅經世豈非道無爲厭車一作歸轍

題鄭拾遺草堂

借地結茅棟橫竹掛朝衣秋園雨中綠幽居塵事違陰
一作涼井夕蟲亂高林霜果稀子有白雲意構此想巖扉

全唐詩

韋應物

詠玉

乾坤有精物至寶無文章雕琢爲世器眞性一朝傷

詠露珠

秋荷一滴露清夜墜玄天將來玉盤上不定始知圓

詠水精

映物隨顏色含空無表裏持來向明月的皪愁成水

詠珊瑚

絳樹無花葉非石亦非瓊世人何處得蓬萊石上生

詠瑠璃

有色同寒冰無物隔纖塵象筵看不見堪將對玉人

詠琥珀

曾爲老茯神本是寒松液蚊蚋落其中千年猶可覩

詠曉

軍中始吹角城上河初落深沈猶隱帷晃朗先分閣

詠夜

明從何處去暗從何處來但覺年年老半是此中催

詠聲

萬物自生（一作此）聽太空恒寂寥還從（一作應）靜中起却向靜中消

任洛陽丞請告一首

方鑿不受圓直木不爲輪揆材各有用反性生苦辛折腰非吾事飲水非吾貧休告臥空館養病絕囂塵遊魚自成族野鳥亦有羣家園杜陵下千歲心氛氳天晴嵩山高雪後河洛春喬木猶未芳百草日已新著書復何爲當去東皋耘

縣齋

仲春時景好草木漸舒榮公門且無事微雨園林清決決水泉動忻忻衆鳥鳴閑齋始延矚東作興庶甿即事翫文墨抱沖披道經於焉日淡泊徒使芳尊盈

晚出府舍與獨孤兵曹令狐士曹南尋朱雀街歸里第

分曹幸同簡聯騎方恆素還從廣陌歸不覺青山暮翩翩鳥未沒杳杳鐘猶度尋草遠無人望山多枉路聊參世士跡嘗得靜者顧出入雖見牽忘身緣所晤（一作明）

休暇東齋

由來東帶士請謁無朝暮公暇及私身何能獨閑步摘葉愛芳在捫竹怜粉汚岸幘偃東齋夏天清曉露懷仙閱眞語貽友題幽素榮達頗知疎恬然自成度綠苔日已滿幽寂誰來顧

夜直省中

河漢有秋意南宮生早凉玉漏殊杳杳雲闕更蒼蒼華燈發新燄輕（一作爐）煙浮夕香顧跡知爲忝束帶愧周行

郡内閑居

棲息絕塵侶孱鈍得自怡腰懸竹使符心與（一作如）廬山緇永日一酣寢起坐兀無思長廊獨看雨衆藥發幽姿今夕已云罷明晨復如斯何事能爲累寵辱豈要辭

燕居即事

蕭條竹林院風雨叢蘭折幽鳥林上啼青苔人跡絕燕居日已永夏木紛成結几閣積羣書時來北窗閱

幽居

貴賤雖異等出門皆有營獨無外物牽遂此幽居情微雨夜來過不知春草生青山忽已曙鳥雀繞舍鳴時與道人偶或隨樵者行自當安蹇劣（一作拙）誰謂薄世榮

野居書情

世事日可見身名良蹉跎尚瞻白雲嶺聊作負薪歌

郊居言志

負暄衡門下望雲歸遠山但要尊中物餘事豈相關交無是非責且得任疎頑日夕臨清澗逍遙思慮閑出去唯空屋弊簀委窗間何異林棲鳥戀此復來還世榮斯獨已頹志（一作思）亦何攀唯當歲豐熟閭里一歡顏

夏景端居即事

北齋有凉氣嘉樹對層城重門永日掩清池夏雲生遇此庭訟簡始聞蟬初鳴逾懷故園愴默默以緘情

始至郡

湓城古雄郡（一作鎮）橫江千里馳高樹上迢遞峻堞繞欹危井邑煙火晚郊原草樹滋洪流蕩（一作蕩）北阯崇嶺鬱南圻斯民本樂生逃逝竟何爲旱歲屬荒歉舊逋積如坻到郡方逾月終朝理亂絲賓朋未及讌簡牘已云疲昔賢播高風得守愧無施豈待干戈戢且願撫惸嫠

郡中西齋

似與塵境（一作世）絕蕭條齋舍秋寒花獨經雨山禽時到州清觴養眞氣玉書示道流豈將符守戀幸已棲心幽

新理西齋

方將甿訟理久翳西齋居草木無行次閑暇一芟除春陽土脉起膏澤發生初養條刊朽枿護藥鋤穢（一作荒）蕪稍稍覺林聳歷歷忻竹疎始見庭宇曠頓令煩抱舒茲焉即可愛何必是吾廬

曉坐西齋

冬冬城鼓動稍稍林鴉去柳意不勝春巖光已知曙寢齋有單絺（一作締）靈藥爲朝茹盥漱忻景清焚香澄神慮公門自常事道心寧易（一作異）處

郡齋臥疾絕句

香爐宿火滅蘭燈宵影微秋齋獨臥病誰與覆寒衣

寓居永定精舍（蘇州）

政拙忻罷守閑居初理生家貧何由往夢想在京城野寺霜露月農興羈旅情聊租二頃田方課子弟耕眼暗文字廢身閑道心精即與人羣遠豈謂是非嬰

永定寺喜辟強夜至

子有新歲慶獨此苦寒歸夜叩竹林寺山行雪滿衣深爐正燃火空齋共掩扉還將一尊對無言百事違

野居

結髮屢辭秩立身本疎慢今得罷守歸幸無世欲患棲止且偏僻嬉遊無早晏逐兔上坡岡捕魚緣赤澗高歌意氣在貰酒貧居慣時啓北窗扉豈將文墨間

同褒子秋齋獨宿

山月皎如燭風霜時動竹夜半鳥驚棲窗間人獨宿

餌黃精

靈藥出西山服食採其根九蒸換凡骨經著上世言候火起中夜馨香滿南軒齋居感衆靈藥術啓妙門自懷物外心豈與俗士論終期脫印綬永與天壤存

昭國里第聽元老師彈琴

竹林高宇霜露清朱絲玉徽多故情暗識啼烏與別鶴秖緣中有斷腸聲

野次聽元昌奏橫吹

立馬蓮塘吹橫笛微風動柳生水波北人聽罷淚將落南朝曲中怨更多

樓中閱清管

山陽遺韻在林端橫吹驚響迴憑高閣曲怨繞秋城漸

瀝危葉振蕭瑟涼氣生始遇茲管賞已懷故園情

寒食

晴明寒食好春園百卉開綵繩拂花去輕毬度閣來長歌送落日緩吹逐殘杯非關無燭罷良爲羈思催

七夕

人世拘形迹别去間山川豈意靈仙偶相望亦彌年夕衣清露濕晨駕秋風前臨歡定不住當爲何所牽

九日

今朝把酒復惆悵憶在杜陵田舍時明年九日知何處世難還家未有期

秋夜

暗窗涼葉動秋天（一作齋）寢席單憂人半夜起明月在林端一與清景遇每憶平生歡如何方惻愴披衣露更（一作轉）寒

秋夜一絶

高閣漸凝露涼葉稍飄闈憶在南宮直夜長鐘漏稀

滁城對雪

晨起滿闈雪憶朝閶闔時玉座分曙早金爐上煙遲飄散雲臺下凌亂桂樹姿廁跡鴛鷺末蹈舞豐年期今朝覆山郡寂寞復何爲

雪中

空堂歲已晏密室獨安眠壓篠夜偏積覆閣曉逾妍連山暗古郡驚風散一川此時騎馬出忽省京華年

詠春雪

裹回輕雪意似惜豔陽時不悟風花冷翻令梅柳遲

對春雪

蕭屑杉松聲寂寥寒夜慮州貧人吏稀雪滿山城曙春塘看幽谷棲禽愁未去開闈正亂流寧辨花枝處

對殘燈

獨照碧窗久欲隨寒燼滅幽人將遽眠解帶翻成結

對芳尊

對芳尊醉來百事何足論遥見青山始一醒欲著接離還復昏

夜對流螢作

月暗竹亭幽螢光拂席流還思故園夜更度一年秋自愜觀書興何慙秉燭遊府中徒冉冉明發好歸休

對新篁

新緑苞初解嫩氣筍猶香含露漸舒葉抽叢稍自長清晨止亭下獨愛此幽篁

夏花明

夏條緑已密朱蕚綴明鮮炎炎日正午灼灼火俱燃翻風適自亂照水復成妍歸視窗間字熒煌滿眼前

對萱草

何人樹萱草對此郡齋幽本是忘憂物今夕（一作日）重生憂叢疎露始滴芳餘蝶尚留還思杜陵圃離披風雨秋

見紫荆花

雜英紛已積含芳獨暮春還如故園樹忽憶故園人

翫螢火

時節變衰草物色近新秋度月影纔斂繞竹光復流

對雜花

朝紅爭景新（一作鮮）夕素含露翻妍姿如有意流芳復滿園單棲守遠郡永日掩重門不與花爲偶終遣與誰言

種藥

好讀神農書多識藥草名持縑購山客移蒔羅衆英不改幽澗色宛如此地生汲井旣蒙澤插楥亦扶傾陰穎夕房斂陽條夏花明悦翫從茲始日夕繞庭行州民自寡訟養閑非政成

西澗種柳

宰邑乖所願僶俛愧昔人聊將休暇日種柳西澗濱置鍤息微倦臨流睇歸雲封壤自人力生條在陽（一作王）春成陰豈自取爲茂屬佗辰延詠留佳賞山水變夕曛

種瓜

率性方鹵莽理生尢自踈今年學種瓜園圃多荒蕪衆草同雨露新苗獨翳如直以春窘迫過時不得鋤田家笑枉費日夕轉空虛信非吾儕事且讀古人書

喜園中茶生

潔性不可汙爲飲滌塵煩此物信靈味本自出山原聊因理郡餘率爾植荒園喜隨衆草長得與幽人言

移海榴

葉有苦寒色山中霜霰多雖此蒙陽景移根意如何

郡齋移杉

擢幹方數尺幽姿已蒼然結根西山寺來植郡齋前新含野露氣稍靜高窗眠雖爲賞心遇豈有巖中緑

花徑

山花夾徑幽古甃生苔澀胡牀理事餘玉琴承露濕朝與詩人賞夜攜禪客入自是塵外蹤無令吏趨急

慈恩寺南池秋荷詠

對殿含涼氣裁規覆清沼衰紅受露多餘馥依人少蕭蕭遠塵跡颯颯凌秋曉節謝客來稀迴塘方獨遶

題桐葉

參差剪緑綺瀟灑覆瓊柯憶在灃東寺偏書此葉多

題石橋

遠學臨海嶠橫此莓苔石郡齋三四峰如有靈仙（一作山）跡方愁暮雲滑始照寒池碧自與幽人期逍遥竟朝夕

池上

郡中臥病久池上一來賒榆柳飄枯葉風雨倒橫查

滁州西澗

獨憐幽（一作芳）草澗邊生（一作行）上有黄鸝深樹（一作處）鳴春潮帶雨晚來急野渡無人舟自横

西塞山

勢從千里奔直入江中斷嵐橫秋塞雄地束驚流滿

山耕叟

蕭蕭垂白髮默默詎知情獨放寒林燒多尋虎跡行暮歸何處宿來此空山耕

上方僧

見月出東山上方高處禪空林無宿火獨夜汲寒泉不下藍溪寺今年（一作來）三十年

煙際鐘

隱隱起何處迢迢送落暉蒼茫隨思遠蕭散逐（一作入）煙微秋野寂云（一作方）晦望山僧獨歸

始聞夏蟬

徂夏暑未晏蟬鳴景已曛一聽知何處高樹但侵雲響悲遇衰齒節謝屬離羣還憶郊園日獨向澗中聞

射雉

走馬上東岡朝日照野田野田雙雉起翻射斗迴鞭雖無百發中聊取一笑妍羽分繡臆碎頭一作頸弛錦鞘懸方將悅羇旅非關學少年弢弓一長嘯憶在灞城阡

夜聞獨鳥啼

失侶度山覓投林舍北啼今將獨夜意偏知對影栖

述園鹿

野性本難畜翫習亦逾年麑斑始力直麚角已蒼然仰首嚼園柳俯身飲清泉見人若閑暇蹶起忽低騫茲獸有高貌凡類寧比肩不得遊山澤跼促誠可憐

聞鴈

故園眇何處歸思方悠哉淮南秋雨夜高齋聞鴈來

子規啼

高林滴露夏夜清南山子規啼一聲鄰家孀婦抱兒泣我獨展轉何時明一作為情

始建射侯

男子本懸弧有志在四方虎竹忝明命熊侯始張皇賓登時事畢諸將備戎裝星飛的屢破鼓譟武更揚曾習鄒魯學亦陪鵷鷺翔一朝願投筆世難激中腸

仙人祠

蒼岑古仙子清廟閟華容千載去寥廓白雲遺舊蹤歸來灞陵上猶見最高峰

鷓鴣啼一作李嶠詩

可憐鷓鴣飛飛向樹南枝南枝日照暖北枝霜露滋露滋不堪栖使我夜常啼願逢雲中鶴銜我向寥廓願作城上烏一年生九雛何不舊巢住枝弱不得一作若去何意道苦辛客子常畏人

全唐詩

韋應物

長安道

漢家宮殿含雲煙兩宮十里相連延晨霞出沒弄丹闕春雨依微自甘泉春雨依微春尚早長安貴遊愛芳草寶馬橫來下建章香車却轉避馳道貴遊誰最貴衛霍世難比何能蒙主恩幸遇邊塵起歸來甲第拱皇居朱門峩峩臨九衢中有流蘇合歡之寶帳一百二十鳳凰羅列含明珠下有錦鋪翠被之粲爛博山吐香五雲散麗人綺閣情飄颻頭上鴛釵雙翠翹低鬟曳袖迴春雪聚黛一聲愁碧霄山珍海錯棄藩籬烹猶炰羔如折葵既請列侯封部曲還將金印授盧兒歡榮一作容若此何所苦但苦白日西南馳

行路難一作連環歌

荊山之白玉兮良工琱琢雙環連月蝕中央鏡心穿故人贈妾初相結恩在環中尋不絕人情厚薄苦須臾昔似連環今似玦連環可碎不可離如何物在人自移上客勿遽歡聽妾歌路難旁人見環環可憐不知中有長恨端

橫塘行

妾家住橫塘夫壻郗家郎玉盤的歷雙白魚寶簟玲瓏透象牀象牀可寢魚可食不知郎意何南北岸上種蓮豈得生池中種檟豈得成丈夫一去花落樹妾獨夜長心未平

貴遊行

漢帝外家子恩澤少封侯垂楊拂白馬曉日上青樓上有顏如玉高情世一作非無儔輕裾含碧煙窈窕似雲浮良時無還景促節為我謳忽聞豔陽曲四坐亦已柔賓友仰稱歎一生何所求平明擊鍾食入夜樂未休風雨愁歲候兵戎橫九州焉知坐上客草草心所憂

酒肆行

豪家沽酒長安陌一旦起樓高百尺碧疏玲瓏含春風銀題彩幟邀上客迴瞻丹鳳闕直視樂遊苑四方稱賞名已高五陵車馬無近遠晴景悠揚三月天桃花飄徂柳垂筵繁絲急管一時合他壚鄰肆何寂然主人無厭且專利百斛須臾一壺費一作貴初醲後薄為大偷飲者知名不知味深門潛醞客來稀終歲醇醲味不移長安酒徒空擾擾路傍過去那得知

相逢行

二十登漢朝英聲邁今古適從東方來又欲謁明主猶酣新豐酒尚帶灞陵雨邂逅兩相逢別來問一作間寒暑寧知白日晚暫向花間語忽聞長樂鐘走馬東西去

烏引雛

日出照東城春烏鵶鵶雛和鳴雛和鳴羽猶短巢在深林春正寒引飛欲集東城暖羣雛襹褷睥睨高舉翅不及墜蓬蒿雄雌來去飛又引音聲上下懼鷹隼引雛烏爾心急急將何如何得比日搜索雀卵啖爾雛

鳶奪巢

野鵲野鵲巢林梢鴟鳶恃力奪鵲巢吞鵲之肝啄鵲腦竊食偷居還自保鳳凰五色百鳥尊知鳶為害何不言霜鸇野鶻得殘肉同啄羶腥不肯逐可憐百鳥紛縱橫雖有深林何處宿

鷰銜泥

銜泥燕聲嘍嘍尾涎涎秋去何所歸春來復相見豈不解決絕高飛碧雲裏何為地上銜泥滓銜泥雖賤意有營杏梁朝日巢欲成不見百鳥畏人林野宿翻遭網羅俎其肉未若銜泥入華屋燕銜泥百鳥之智莫與齊

鼙鼓行

淮海生雲暮慘澹廣陵城頭鼙鼓暗寒聲坎坎風動邊忽似孤城萬里絕四望無人煙又如虜騎截遼水胡馬不食仰朔天座中亦有燕趙士聞鼙不語客心死何況鰥孤火絕無晨炊獨婦夜泣官有期

古劍行

千年土中兩刃鐵土蝕不入金星滅沈沈青脊鱗甲滿蛟龍無足蛇尾斷忽欲飛動中有靈豪士得之敵國寶仇家舉意半夜鳴小兒女子不可近龍蛇變化此中隱

夏雲奔走雷闐闐恐成霹靂飛上天

金谷園歌

石氏滅金谷園中水流絶當時豪右爭驕侈錦爲步障四十里東風吹花雪滿川紫氣凝閣朝景妍洛陽陌上人迴首絲竹飄飄入青天晉武平吳恣歡燕餘風靡靡朝廷變嗣世衰微誰肯憂二十四友日日空追遊追遊詎可足共惜年華促禍端一發埋恨長百草無情春自綠

溫泉行

出身天寶今年幾頑鈍如鎚（一作鍇）命如紙作官不了却來歸還是杜陵一男子北風慘慘投溫泉忽憶先皇遊幸年身騎廐馬引天仗直入華清列御前玉林瑤雪滿寒山上昇玄閣遊絳煙平明羽衛朝萬國車馬合沓溢四鄽蒙恩每浴華池水扈獵不蹂渭北田朝廷無事共歡燕美人絲管從九天一朝鑄鼎降龍馭小臣髯絶不得去今來蕭瑟（一作索）萬井空唯見蒼山起煙霧可憐蹭蹬失風波仰天大叫無奈何弊裘羸馬凍欲死賴遇主人杯酒多

學仙二首

昔有道士求神仙靈眞下試心確然千金巨石一髮懸臥之石下十三年存道忘身一試過名奏玉皇乃升天雲氣冉冉漸不見留語弟子但精堅

石上鑿井欲到水惰心一起中路止豈不見古來三人俱弟兄結茅深山讀仙經上有青冥倚天之絶壁下有颼飀萬壑之松聲仙人變化爲白鹿二弟翫之兄誦讀讀多七過可乞言爲子心精得神仙可憐二弟仰天泣一失毫釐千萬年

廣陵行

雄藩鎮楚郊地勢鬱岧嶤雙旌擁萬戟中有霍嫖姚海雲助兵氣寶貨益軍饒嚴城動寒角晚騎踏霜橋翕習英豪集振奮士卒驍列郡何足數趨拜等卑寮日晏方云罷人逸馬蕭蕭忽如京洛間遊子風塵飄歸來視寶劍功名豈一朝

蕚綠華歌

有一人兮昇紫霞書名玉牒兮蕚綠華仙容矯矯兮雜瑤珮輕衣重重兮蒙絳紗雲雨愁思兮望淮海鼓吹蕭條兮駕龍車世淫濁兮不可降胡不來兮玉斧家

王母歌（一作玉女歌）

衆仙翼神母羽蓋隨雲起上遊玄極杳冥中下看東海一盃水海畔種桃經幾時千年開花千年子玉顏眇眇何處尋世上茫茫人自死

馬明生遇神女歌

學仙貴功亦貴精神女變化感馬生石壁千尋啓雙檢中有玉堂（一作牀）鋪玉簟立之一隅不與言玉體安隱三日眠馬生一立（一作粒）心轉堅知其丹白蒙哀憐安期先生來起居請示金鐺玉佩天皇書神女呵責不合見仙子謝過手足戰大瓜玄棗冷如冰海上摘來朝霞凝賜仙復坐對食訖頷之使去隨煙升（一作使隨玄煙升）乃言馬生合不死少姑教勑令付爾安期再拜將生出一授素書天地畢

石鼓歌

周宣大獵兮岐之陽刻石表功兮煒煌煌石如鼓形數止十風雨缺訛苔蘚澀今人濡紙脫其文既擊既埽白黑分忽開滿卷不可識驚潛動蟄走云云喘逶迤相糾錯乃是宣王之臣史籀作一書遺此天地間精意長存世冥寞秦家祖龍還刻石碣石之罘李斯跡世人好古猶共（一作法）傳持來比此殊懸隔

寶觀主白鸍鴒歌

鸍鴒鸍鴒衆皆如漆爾獨如玉鸍之鴒之衆皆蓬蒿下爾自三山來（叶音黎）三山處子下人間綽約不妝冰雪顏仙鳥隨飛來掌上來掌上時拂拭人心鳥意自無猜玉指霜毛本同色有時一去凌蒼蒼朝遊汗漫暮玉堂巫峽雨中飛暫濕杏花林裏過來香日夕依仁全羽翼空欲銜環非報德豈不及阿母之家青鳥兒漢宮來往傳消息

彈棊歌

圓天方地局二十四氣子劉生絶藝難對曹客爲歌其能請從中央起中央轉闘破欲闌零落勢背誰能彈此中舉一得六七旋風忽散霹靂疾履機乘變安可當置之死地翻取強不見短兵反掌收已盡唯有猛士守四方四方又何難橫擊且緣邊豈如昆明與碣石一箭飛中隔遠天神安志愜動十全滿堂驚視誰得然

全唐詩

韋應物

聽鶯曲

東方欲曙花冥冥啼鶯相喚亦可聽乍去乍來時近遠纔聞南陌又東城忽似上林翻下苑綿綿蠻蠻如有情欲轉不轉意自嬌羌兒弄笛曲未調前聲後聲不相及秦女學箏指猶澀須臾風暖朝日曒流音變作百鳥喧誰家懶婦驚殘夢何處愁人憶故園伯勞飛過聲跼促戴勝下時桑田綠不及流鶯日日啼花間能使萬家春意閑有時斷續聽不了飛去花枝猶裊裊還棲碧樹鏁千門春漏方殘一聲曉

白沙亭逢吴叟歌

龍池宮裏上皇時羅衫寶帶香風吹滿朝豪士今已盡欲話舊遊人不知白沙亭上逢吴叟愛客脫衣且沽酒問之執戟亦先朝零落艱難却負樵親觀文物蒙雨露見我昔年侍丹霄冬狩春祠無一事歡遊洽宴多頒賜嘗陪月夕竹宮齋每返溫泉灞陵醉星歲再周十二辰爾來不語今爲君盛時忽去良可恨一生坎壈何足云

送褚校書歸舊山歌

握珠不返泉匣玉不歸山明皇重士亦如此忽怪褚生何得還方稱羽獵賦未拜蘭臺職漢篋亡書已暗傳嵩丘遺簡還能識朝朝待詔青鏁闈中有萬年之樹蓬萊池世人仰望棲此地生獨徘徊意何爲故山可往薇可採一自人間星歲改藏書壁中苔半侵洗藥泉中月還在春風飲餞灞陵原莫厭歸來朝市喧不見東方朔避世從容金馬門

五弦行

美人爲我彈五絃塵埃忽靜心悄然古刀幽磬初相觸千珠貫斷落寒玉中曲又不喧徘徊夜長月當軒如伴風流縈豔雪更逐落花飄御園獨鳳寥寥有時隱碧霄來下聽還近燕姬有恨楚客愁言之不盡聲能盡末曲感我情解幽釋結和樂生壯士有仇未得報拔劍欲去憤已平夜寒酒多愁遽明

驪山行

君不見開元至化垂衣裳厭坐明堂朝萬方訪道靈山降聖祖沐浴華池集百祥千乘萬騎被原野雲霞草木相輝（一作生）光禁仗圍山曉霜切離宮積翠夜漏長玉堦寂歷朝無事碧樹萎蕤寒更芳三清小鳥傳仙語九華眞人奉瓊漿下元昧爽漏恒（一作編）秩登山朝禮玄元室翠華稍隱天半雲丹閣光明海中日羽旗旄節憩瑤臺清絲妙管從空來萬井九衢皆仰望彩雲白鶴方徘徊憑高覽古（一作或望）嗟寰宇造化茫茫思悠哉秦川八水長繚繞漢氏五陵空崔嵬乃言聖祖奉丹經以年爲日億萬齡蒼生咸壽陰陽泰高謝前王出塵外英豪共理天下晏戎夷讋伏兵無戰時豐賦斂未告勞海闊珍奇亦來獻千戈一起文武乖歡娛已極人事變聖皇弓劍墜幽泉古木蒼山閉宮殿纘承鴻業聖明君威震六合驅妖氛太平遊幸今可待湯泉嵐嶺還氛氳

漢武帝雜歌三首

漢武好神仙黃金作臺與天近王母摘桃海上還感之西過聊問訊欲來不來夜未央殿前青鳥先迴翔綠鬟紫雲裾曳霧雙節飄颻下仙步白日分明到世間碧空何處來時路玉盤捧桃將獻君踟蹰未去留彩雲海水桑田幾翻覆中間此桃四五熟可憐穆滿瑤池燕正值花開不得薦花開子熟安可期邂逅能當漢武時顔如芳華潔如玉心念我皇多嗜欲雖留桃核桃有靈人間糞土種不生由來在道（一作德）豈在藥徒勞方士海上行掩扇一言相謝去如煙非煙不知處

金莖孤峙兮凌紫煙漢宮美人望杳然通天臺上月初出承露盤中珠正圓珠可飲壽可永武皇南面曙欲分從空下來玉杯冷世間綠翠亦作囊八月一日仙人方仙方稱上藥靜者服之常綽約柏梁沈飲自傷神猶聞駐顔七十春乃知甘醲皆是腐腸物獨有淡泊之水能益人千載金盤竟何處當時鑄金恐不固蔓草生來春復秋碧天何言空墜露

漢天子觀風自南國浮舟大江屹不前蛟龍索鬬風波黑春秋方壯雄武才彎弧叱浪連山開愕然觀者千萬衆舉麾齊呼一矢中死蛟浮出不復靈舳艫千里江水清鼓鼙餘響數日在天吴深入魚鼈驚左有佽飛落霜翮右有孤兒貫犀革何爲臨深親射蛟示威以奪諸侯魄威可畏皇可尊平田校獵書猶陳此日從臣何不言獨有威聲振千古君不見後嗣尊爲武

椶櫚蠅拂歌

椶櫚爲拂登君席青蠅掩（一作撩）亂飛四壁文如輕羅散如髮馬尾氂牛不能絜柄出湘江之竹碧玉寒上有纖羅縈縷尋未絕左揮右灑繁暑清孤松一枝風有聲麗人紈素可憐色安能點白還爲黑

信州錄事參軍常曾古鼎歌

三年糾一郡獨飲寒泉井江南鑄器多鑄銀罷官無物唯古鼎彫螭（一作虫）刻篆相錯盤地中歲久青苔寒左對蒼山右流水云有古來葛仙子葛仙埋之何不還耕者鎗然得其間持示世人不知寶勸君鍊丹永壽考

夏冰歌

出自玄泉杳杳之深井汲在朱明赫赫之炎辰九天含露未銷鑠閶闔初開賜貴人碎如墜瓊方截璐粉壁生寒象筵布玉壺紈扇亦玲瓏座有麗人色俱素咫尺炎涼變四時出門焦灼君詎知肥羊甘醴心悶悶飲此瑩然何所思當念闌干鑿者苦臘月深井汗如雨

黿頭山神女歌

黿頭之山直上洞庭連青天蒼蒼煙樹閉古廟中有蛾眉成水仙水府沈沈行路絕蛟龍出沒無時節魂同魍魎潛太陰身與空山長不滅東晉永和今幾代雲髮素顔猶盼睞陰（一作沈）深靈氣靜凝美的皪龍綃雜瓊珮山精木魅不敢親昏明想像如有人蕙蘭瓊芳積煙露碧窗松月無冬春舟客經過奠椒醑巫女南音歌激楚碧水冥空惟（一作見）鳥飛長天何處雲隨雨紅葉綠蘋芳意多玉靈蕩漾凌清波孤峰絕島儼相向鬼嘯猿啼垂女蘿皓雪瓊枝殊異色北方絕代徒傾國雲沒煙銷不可期明堂翡翠無人得精靈變態狀無方游龍宛轉驚鴻翔湘妃獨立九疑暮漢女菱歌春日長始知仙事無不有可惜吴宮空白首

寇季膺古刀歌

古刀寒鋒青槭槭少年交結平陵客求之時（一作年）代不可知千痕萬穴如星離重疊泥沙更剝落縱橫鱗甲相參差古物有靈知所適貂裘拂之橫廣席陰森白日掩雲虹錯落池光動金碧知君寶此誇絕代求之不得心常愛厭見今時繞指柔片鋒折刃猶堪佩高山成谷蒼海塡英豪埋沒誰所捐吴鉤斷馬不知處幾度煙塵今獨全夜光投人人不畏知君獨識精靈器酧恩結思心自知死生好惡不相棄白虎司秋金氣清高天寥落雲崢

全唐詩目第三函
第八冊
孟彥深 劉灣 孫昌胤 喬琳
柳渾共一卷
張謂一卷
岑參四卷

全唐詩
孟彥深
孟彥深字士源登天寶二年進士第爲武昌令元結居樊上常作退谷銘曰干進之客不得遊之又作杯湖銘曰爲人厭者勿汎杯湖孟士源嘗黜官無情干進在武昌不爲人厭可遊退谷可汎杯湖矣詩一首
元次山居武昌之樊山（一作上）新春大雪以詩問之
江山十日雪雪深江霧濃起來望樊山但見羣玉峰林鶯却不語野獸翻有蹤山中應大寒短褐何以完（一作安）皓氣凝書帳清著釣魚竿懷君欲進謁谿滑渡舟難
劉灣

嶸月肅風淒古堂淨精芒切切如有聲何不跨蓬萊斬長鯨世人所好殊遼闊千金買鉛徒一割
凌霧行
秋城海霧重職事凌晨出浩浩合元天溶溶迷朗（一作朝）日纔看含鬢白稍視（一作似）霑衣密道騎全不分郊樹都如失霏微誤噓吸膚腠生寒慄歸當飲一杯庶用蠲斯疾
樂燕行
良辰且燕樂樂往不再來趙瑟正高張音響清塵埃一彈和妙謳吹去繞瑤臺豔雪凌空散舞羅起徘徊輝輝發衆顏灼灼歎令才當喧既無寂中飲亦停杯華燈何遽升馳景忽西頹高節亦云立安能滯不迴
采玉行
官府徵白丁言采藍谿玉絕嶺夜無家深榛雨中宿獨婦餉糧還哀哀（一作畏荒）舍南哭
難言
掬土移山望山盡（一作還）投石填海望海滿持索捕風幾時得將刀斫水幾時斷未若不相知中心萬仞何由款
易言
洪爐熾炭燎一毛大鼎炊湯沃殘雪疾影隨形不覺至千鈞引縷不知絕未若同心言一言和同解千結
三臺二首（按樂苑唐天寶中羽調曲有三臺又有急三臺）
一年一年老去明日後日花開未報長安平定萬國豈得銜杯
冰泮寒塘始綠雨餘百草皆生朝來門閤無事晚下高齋有情
上皇三臺
不寐倦長更披衣出戶行月寒秋竹冷風切夜窗聲
答暢參軍
秉筆振芳步少年且吏遊官閑高興生夜直河漢秋念與清賞遇方抱沈疾憂嘉言忽見贈良藥同所瘳高樹起栖鴉晨鐘滿皇州凄清露華動曠朗景氣浮偶宦心非累處喧道自幽空虛爲世薄子獨意綢繆
南池宴錢子辛賦得科斗

臨池見科斗美爾樂有餘不憂網與釣幸得免爲魚且願充文字登君尺素書
詠徐正字畫青蠅
誤點能成物迷眞許一時筆端來已久座上去何遲顧白曾無變聽雞不復疑詎勞才子賞爲入國人詩
虞獲子鹿（并序）
虞獲子鹿憫囿鹿也遭虞之機張見畜于人不得遂其天性焉
虞獲子鹿畜之城陬園有美草池有清流但見蹙蹙亦聞呦呦誰知其思巖谷云（一作之）游
陪王郎中尋孔徵君
俗吏閑居少同人會面難偶隨香署客來訪竹林歡暮館花微落春城雨暫寒甕間聊共酌莫使宦情闌
送宮人入道
捨寵求仙畏色衰辭天素面立天墀金丹擬駐千年貌寶鏡休勻八字眉公主與收珠翠後君王看戴角冠時從來宮女皆相妒說著瑤臺總淚垂
和晉陵陸丞早春遊望（一作杜審言詩）
獨有宦遊人偏驚物候新雲霞出海曙梅柳渡江春淑氣催黃鳥晴光照綠蘋忽聞歌古調歸思欲霑巾
九日
一爲吳郡守不覺菊花開始有故園思且喜衆賓來

劉灣字靈源西蜀人天寶進士祿山之亂以侍御史居衡陽與元結相友善詩六首

出塞曲 一作劉濟詩

將軍在重圍音信絕不通羽書如流星飛入甘泉宮倚是并州兒少年心膽雄一朝隨召募百戰爭王公去年桑乾北今年桑乾東死是征人死功是將軍功汗馬牧 一作敗 秋月疲卒臥霜風仍聞左賢王更將 一作欲 圍雲中

雲南曲

百蠻亂南方羣盜如蝟起騷然疲中原征戰從此始白門太和城來往一萬里去者無全生十人九人死岱馬臥陽山燕兵哭瀘水妻行求死夫父行求死子蒼天滿愁雲白骨積空壘哀哀雲南行十萬同已矣

李陵別蘇武

漢武愛邊功李陵提步卒轉戰單于庭身隨漢軍沒李陵不愛死心存歸漢闕誓欲還國恩不爲匈奴屈身辱家已無長居虎狼窟胡天無春風虜地多積雪窮陰愁殺人況與蘇武別發聲天地哀執手肺腸絕白日爲我愁陰雲爲我結生爲漢宮臣死爲胡地骨萬里長相思終身望南月

虹縣嚴孝子墓

至性教不及因心天 一作天然得 所資禮聞三年喪爾 一作汝 獨終身期下由 一作布 骨肉恩上報父母慈禮聞哭有卒汝獨哀無時前有松柏林荊蓁 一作棘 結朦朧墓門白日閉泣血黃泉中草服蔽枯骨垢容戴飛蓬衆聲哭蒼天萬木皆悲風

對雨愁悶寄錢大郎中

積雨細紛紛飢寒命不分攬衣愁見肘窺鏡覓從文九陌成泥海千山盡濕雲龍鍾驅欵段到處倍思君

即席賦露中菊

衆芳春競發寒菊露偏滋受氣何曾異開花獨自遲晚成猶有分欲採未過時勿棄東籬下看隨秋草衰

孫昌胤

孫昌胤登天寶進士第柳宗元與韋中立書稱其爲子舉冠禮事人以爲迂詩四首

遇旅鶴

靈鶴產絕境昂昂無與儔羣飛滄海曙一叫雲山秋野性方自得人寰何所求時因戲祥風偶爾來中州中州帝王宅園沼深且幽希君惠稻粱欲并離丹丘不然奮飛去將適汗漫游肎作池上鶩年年空沈浮

清明

清明暮春裏悵望北山陲燧火開新焰桐花發故枝沈冥慚歲物歡宴阻朋知不及林間鳥遷喬並羽儀

和司空曙劉眘虛九日送人

京邑歎離羣江樓喜遇君開筵當九日汎菊外浮雲朗詠山川霽酣歌物色新君看酒中意未肎喪斯文

越裳獻白翟 一作雉 仙芝詩

聖哲符休運伊皐列上台覃恩丹徼遠入貢素翬來北闕欣初見南枝顧未迴斂容殘雪淨矯翼片雲開馴擾將無懼翻飛幸莫猜甘從上苑裏飲啄自裴回

喬琳

喬琳太原人天寶間舉進士累授興平尉郭子儀辟爲節度掌書記拜監察御史貶巴州司戶歷果綿遂三州刺史入爲大理少卿國子祭酒又出爲懷州刺史以張涉稱引拜御史大夫平章事後受朱泚僞署伏誅詩一首

綿州越王樓即事

三蜀澄清郡政閑登樓攜酌日躋攀頓覺胷懷無俗事迴看掌握是人寰灘聲曲折涪州水雲影低銜富樂山行雁南飛似鄉信忽然西笑向秦關

柳渾

柳渾字夷曠一字惟深本名載襄州人天寶初擢進士第大曆中累官至尚書右丞貞元三年以兵部侍郎同中書門下平章事集十卷今存詩一首

牡丹

近來無奈牡丹何數十千錢買一顆今朝始得分明見也共戎葵不校多

全唐詩

張謂

張謂字正言河南人天寶二年登進士第乾元中爲尚書郎大曆間官至禮部侍郎三典貢舉詩一卷

讀後漢逸人傳二首

子陵没已久讀史思其賢誰謂潁陽人千秋如比肩嘗聞漢皇帝曾是曠周旋名位苟無心對君猶可眠東過富春渚樂此佳山川夜臥松下月朝看江上煙釣時如有待釣罷應忘筌生事在林壑悠悠經暮年于今七里瀨 一作灘 遺迹尚依然高臺竟寂寞流水空潺湲

龐公南郡人家在襄陽里何處偏來往襄陽東陂是誓將業田種終得保妻子何言二千石乃欲勸吾仕鸛鶚巢茂林龍蟄穴深水萬物從所欲吾心亦如此不見鹿門山朝朝白雲起采藥復采樵優游終暮齒

同孫構免官後登薊樓

昔在五 一作十 陵時年少心亦壯嘗矜有奇骨必是封侯相東走到營州投身似邊將一朝去鄉國十載履亭障部曲皆武夫功成不相讓猶希虜塵動更取林胡帳去年大將軍忽 一作勿 負樂生謗北別傷士卒南遷死炎瘴濩落悲無成行登薊丘上長安三千里日夕西南望寒沙榆塞沒秋水灤河漲策馬從此辭雲山保閒放

代北州老翁答

負薪老翁往北州北望鄉關生客愁自言老翁有三子兩人已向黃沙死如今小兒新長成明年聞道又徵兵定知此別必零落不及相隨同死生盡將田宅借鄰伍且復伶俜去鄉土在生本求多子孫及有誰知更辛苦近傳天子尊武臣強兵直欲靜胡塵安邊自合有長策何必流離中國人

湖上對酒行

夜坐不厭湖上月晝行不厭湖上山眼前一尊又長滿心中萬事如等閑主人有黍百餘石濁醪數斗應不惜即今相對一作逢不盡歡別後相思復何益茱萸灣頭歸路賒願君且宿黃公家風光若此人不醉參差辜負東園花

贈喬琳一作劉眘虛詩

去年上策不見收今年寄食仍淹留羨君有酒能便醉羨君無錢能不憂如今五侯不愛一作待客羨君不問一作過五侯宅如今七貴方自尊羨君不過七貴門丈夫會應有知已世上悠悠何足論

邵陵作

嘗聞虞帝苦憂人祇爲蒼生不爲身已道一作到一朝辭北闕何須五月更南巡昔時文武皆銷鑠今日精靈常寂寞斑竹年來笋自生白蘋春盡花空落遙望零陵見舊丘蒼梧雲起至今愁惟餘帝子千行淚添作瀟湘萬里流一作秋

寄李侍御

柱下聞周史書中慰越吟近看三歲字遙見百年心價以吹噓長恩從顧盼深不栽桃李樹何日得成陰

寄崔澧州

共褉臺郎被俱褰郡守帷罰金殊往日鳴玉幸同時五馬來何晚雙魚贈已遲江頭望鄉月無夜不相思

送裴侍御歸上都

楚地勞行役秦城罷鼓鼙舟移洞庭岸路出武陵谿江月隨人影山花趁一作逐馬蹄離魂將別夢先已一作爾到關西

送青龍一公

事佛輕金印勤王度玉關不知從樹下還肯一作許到人間楚水青蓮淨吳門白日閑聖朝須助理一作治絕一作切莫愛東山

送韋侍御赴上都

天朝辟書下風憲取才難更謁麒麟殿重簪獬豸冠月明湘水夜霜重桂林寒別後頭堪白時時鏡裏看

餞田尚書還兗州

忠義三朝許威名四海聞更乘歸曾詔猶憶破胡勳別路逢霜雨行營對雪雲明朝郭門外長揖大將軍

送杜侍御赴上都

避馬臺中貴登車嶺外遙還因貢賦禮來謁大明朝地入商山路鄉連渭水橋承恩返南越尊酒重相邀

道林寺送莫侍御一作麓州精舍送莫侍御歸寧

何處堪留客香林隔翠微薜蘿通驛騎山竹挂朝衣霜引臺烏集風驚塔鴈飛飲茶勝飲酒聊以送將一作君歸

別睢陽故人

少小客遊梁依然似故鄉城池經戰陣人物恨存亡夏雨桑條綠秋風麥穗黃有書無寄處相送一霑裳

郡南亭子宴一作春宴

亭子春城外朱門向綠林柳枝經雨重松色帶烟深瀌酒迎山客穿池集水禽白雲常在眼聊足慰人心

早春陪崔中丞浣花溪宴得暄字

旌節臨溪口寒郊斗覺暄紅亭移酒席畫鷁逗江村雲帶歌聲颺風飄舞袖翻花間催秉燭川上欲黃昏

讌鄭伯璵宅

正月風光好逢君上客稀曉風催鳥囀春雪帶花飛堂上吹金管庭前試舞衣僕錢供酒債一作價行子未須歸

夜同宴用人字

北斗回新歲東園值早春竹風能醒酒花月解留人邑宰陶元亮山家鄭子真平生頗同道相見日相親

過從弟制疑官舍竹齋

羨爾方爲吏衡門獨宴如野猨偷紙筆山鳥汚圖書竹裏藏公事花間隱使車不妨垂釣坐時膾小江魚

揚州雨中張十七宅觀妓一作劉長卿詩

夜色帶寒煙燈花拂更然殘妝添石黛豔舞落金鈿掩笑須欹扇迎歌乍動弦不知巫峽雨何事海西邊

登金陵臨江驛樓

古戍依重險高樓見五梁山根盤驛道河水浸城牆庭樹巢鸚鵡園花隱麝香忽然江浦上憶作捕魚郎

同王徵君湘中有懷一作嚴維詩

八月洞庭秋瀟湘水北流還家萬里夢爲客五更愁不用開書帙一作篋偏宜上酒樓故人京洛滿一作客何日復同遊

官舍早梅

堦下雙梅樹春來晝不成晚時花未一作易落陰處葉難生摘子防人到攀枝畏鳥驚風光先占得桃李莫相輕

玉清公主挽歌一作代宗之女

學鳳年猶小乘龍日尚賒初封千户邑忽駕五雲車地接金人岸山通一作藏玉女家秋風何太早吹落禁園花

別韋郎中

星軺計日赴岷峨雲樹連天阻笑歌南入洞庭隨鴈去西過巫峽聽猨多崢嶸洲上飛黃蝶灩澦堆邊起白波不醉郎中桑落酒教人無奈別離何

送皇甫齡宰交河

將軍帳下來從客小邑彈琴不易逢樓上胡笳傳別怨尊中臘酒爲誰濃行人醉出雙門道少婦愁看七里烽今日相如輕武騎多應朝暮一作旦客臨邛

杜侍御送貢物戲贈

銅柱朱崖道路難伏波橫海舊登壇越人自貢珊瑚樹漢使何勞獬豸冠疲馬山中愁日晚孤舟江上畏春寒由來此貨稱難得多恐君王不忍看

春園家宴

南園春色正相宜大婦同行少婦隨竹裏登樓人不見花間覓路鳥先知櫻桃解結垂簷子楊柳能低入户枝山簡醉來歌一曲參差笑殺郢中兒

西亭子言懷

數叢芳草在堂陰幾處閑花映竹林攀樹玄猨呼郡吏

傍谿白鳥應家禽青山看景知高下流水聞聲覺淺深
官屬不令拘禮數時時緩步一相尋

辰陽即事 一作劉長卿詩題云感懷

青楓落葉正堪悲黃菊殘花欲待誰水近偏逢寒氣早
山深常見日光遲愁中卜命看周易病裏招魂讀楚詞
自恨不如湘浦鴈春來即是北歸時

送僧

童子學修道誦經求出家手持貝多葉心念優曇花得
度一作虔北州近隨緣東路賒一身求清淨百衲納袈裟鍾
嶺更飛錫爐峰期結跏深心大海水廣願恒河沙此去
不堪別彼行安可涯殷勤結香火來世上牛車

同諸公遊雲公禪寺 一作院

共許尋雞足誰能惜馬蹄長空淨雲雨斜日半虹霓簷
下千峰轉窗前萬木低看花尋徑遠聽鳥入林迷地與
喧聞一作卑隔人將物我齊不知樵客意何事武陵谿

哭護國上人

昔喜三身淨今悲萬劫長不應歸北斗應一作多是向西方
舍利衆生得袈裟弟子將鼠行殘藥梡一作枕蟲網舊繩牀
別起千花塔空畱一草堂支公何處在神理竟茫茫

送盧舉使河源

故人行役向邊州匹馬今朝不少畱長路關山何日盡
滿堂絲竹一作管為君愁

題長安壁主人

世人結交須黃金黃金不多交不深縱令然諾暫相許
終是悠悠行路心

長沙失火後戲題蓮花寺

金園寶刹半長沙燒劫旁延一萬家樓殿縱隨煙焰去
一作畫火中何處出一作有蓮花

早梅

一樹寒梅白玉條迥臨村路傍谿橋不知近水花先發
疑是經春一作冬雪未銷

贈趙使君美人

紅粉青蛾映楚雲桃花馬上石榴裙羅敷獨向東方去
漫學他家作使君

句

嵇山賀老麤知名吳郡張顛曾不易　奔蛇走虺勢入
坐驟雨旋風聲滿堂 贈懷素見顏真卿集

全唐詩

岑參

岑參南陽人文本之後少孤貧篤學登天寶三載進士
第由率府參軍累官右補闕論斥權佞改起居郎尋出
為虢州長史復入為太子中允代宗總戎陝服委以書
奏之任由庫部郎出刺嘉州杜鴻漸鎮西川表為從事
以職方郎兼侍御史領幕職使罷流寓不還遂終於蜀
參詩辭意清切迥拔孤秀多出佳境每一篇出人競傳
寫比之吳均何遜焉集八卷今編四卷

北庭西郊候封大夫受降回軍獻上

胡地苜蓿美輪臺征馬肥大夫討匈奴前月西出師甲
兵未得戰降虜來如歸橐駝何連連穹帳亦纍纍陰山
烽火滅劒水羽書稀却笑霍嫖姚區區徒爾為西郊候
中軍平沙懸落暉驛馬從西來雙節夾路馳喜鵲捧金
印蛟龍盤畫旗如公未四十富貴能及時直上排青雲
傍看疾若飛前年斬樓蘭去歲平月支天子日殊寵朝
廷方見推何幸一書生忽蒙國士知側身佐戎幕斂衽
事邊陲自逐定遠侯亦着短後衣近來能走馬不弱并
州兒

初至西虢官舍南池呈左右省及南宮諸故人

黜官自西掖待罪臨下陽空積犬馬戀豈思鵷鷺行素
多江湖意偶佐山水鄉滿院池月靜捲簾溪雨涼軒窗
竹翠濕案牘荷花香白鳥上衣桁青苔生筆牀數公不
可見一別盡相忘敢恨青瑣客無情華省郎早年迷進
退晚節悟行藏他日能相訪嵩南舊草堂

過梁州奉贈張尚書大夫公

漢中二良將今昔各一時韓信此登壇尚書復來斯手
把銅虎符身總丈人師錯落北斗星照耀黑水湄英雄
若神授大材濟時危頃歲遇雷雲精神感靈祇動業振
青史恩德繼鴻私羌虜昔未平華陽積僵屍人煙絕墟
落鬼火依城池巴漢空水流褒斜惟鳥飛自公布德政
此地生光輝百堵創里閭千家恤惸嫠層城重鼓角甲
士如熊羆坐嘯風自調行春雨仍隨芃芃麥苗長藹藹
桑葉肥浮客相與來羣盜不敢窺何幸承嘉惠小年即
相知富貴情易疎相逢心不移置酒宴高館嬌歌雜青
絲錦席繡拂盧玉盤金屈巵春景透高戟江雲簇長麾
櫪馬嘶柳陰美人映花枝門傳大夫印世擁上將旗承
家令名揚許國苦節施戎幕寧久駐台階不應遲別有
彈冠士希君無見遺

登北庭北樓呈幕中諸公

嘗讀西域傳漢家得輪臺古塞千年空陰山獨崔嵬二
庭近西海六月秋風來日暮上北樓殺氣凝不開大荒
無鳥飛但見白龍堆 即堆 舊國眇天末歸心日悠哉上將
新破胡西郊絕煙埃邊城寂無事撫劒空徘徊幸得趨

幕中託身厠羣才早知安邊計未盡平生懷

初過隴山途中呈宇文判官

一驛過一驛驛騎如星流平明發咸陽暮及隴山頭隴水不可聽嗚咽令人愁沙塵撲馬汗霧露凝貂裘西來誰家子自道新封侯前月發安西路上無停留都護猶未到來時在西州十日過沙磧終朝風不休馬走碎石中四蹄皆血流萬里奉王事一身無所求也知塞垣苦豈爲妻子謀山口月欲出先照關城樓谿流與松風靜夜相颼飀（一作颼）別家（一作來）賴歸夢山塞多離憂與子且攜手不愁前路脩

陪狄員外早秋登府西樓因呈院中諸公

常愛張儀樓西山正相當千峯帶積雪百里臨城牆煙氛掃晴空草樹映朝光車馬隘百井里閈盤二江亞相自登壇時危安此方威聲振蠻貊惠化鍾華陽旌節羅廣庭戈鋋凜秋霜階下貔虎士幕中鵷鷺行今我忽登臨顧恩不望鄉知己猶未報鬢毛颯已蒼時命難自知功業豈暫忘蟬鳴秋城夕鳥去江天長兵馬休戰爭風塵尚蒼茫誰當共攜手賴有冬官郎

冬夜宿仙遊寺南涼堂呈謙道人

太乙連太白兩山知幾重路盤石門窄匹馬行才通日西倒山寺林下逢支公昨夜山北時星星聞此鐘秦女去已久仙臺在中峯簫聲不可聞此地留遺蹤石潭積黛色每歲投金龍亂流爭迅湍噴薄如雷風夜來聞清磬月出蒼山空空山滿清光水樹相玲瓏迥廊映密竹秋殿隱深松燈影落前谿夜宿水聲中愛茲林巒好結宇向谿東相識唯山僧鄰家一釣翁林晚栗初拆枝寒梨已紅物幽興易愜事勝趣彌濃願謝區中緣永依金人宮寄報乘輦客簪裾爾何容

潼關鎮國軍勾覆使院早春寄王同州

胡寇尚未盡大軍鎮關門旌旗遍草木兵馬如雲屯聖朝正用武諸將皆承恩不見征戰功但聞歌吹喧儒生有長策閉口不敢言昨從關東來思與故人論何爲廊廟器至今居外藩黃霸寧淹留蒼生望騰騫卷簾見西岳仙掌明朝暾昨夜聞春風戴勝過後園各自限官守何由敘涼溫離憂不可忘襟背思樹萱

青山峽口泊舟懷狄侍御

峽口秋水壯沙邊且停橈奔濤振石壁峯勢如動搖九月蘆花新彌令客心焦誰念在江島故人滿天朝無處豁心胸憂來醉能銷往來巴山道三見秋草彫狄生新相知才調凌雲霄賦詩析造化入幕生風飈把筆判甲兵戰士不敢驕皆云梁公後遇鼎還能調離別倏經時音塵殊寂寥何當見夫子不歎鄉關遙

寄青城龍谿奐道人

五嶽之丈人西望青瞢瞢（一作懵懵）雲開露崖嶠百里見石稜龍谿盤中峯上有蓮華僧絕頂小（一作少）蘭若四時嵐氣（一作翠）凝身同雲虛無心與谿清澄誦戒龍每聽賦詩人則稱杉風吹（一作令）袈裟石壁懸孤燈久欲謝微祿誓將歸大乘願聞開士說庶以心相應

梁州對雨懷麹二秀才便呈麹大判官時疾贈余新詩

江上雲氣黑旱山昨夜雷水惡平明飛雨從嶓冢來濛濛隨風過蕭颯鳴庭槐隔簾濕衣巾當暑涼幽齋麹生住相近言語阻且乖臥疾不見人午時門始開終日看本草藥苗滿前堦兄弟早有名甲科皆秀才二人事慈母不弱古老萊昨歎攜手遲未盡平生懷愛君有佳句一日吟幾迴

潼關使院懷王七季友

王生今才子（一作人）時輩咸所仰何當見顏色終日勞夢想驅車到關下欲往阻河廣滿目徒春華思君罷心賞開門見太華朝日映高掌忽覺蓮花峯別來更如長無心顧微祿有意在獨往不負林中期終當出塵網

至大梁（一作官）却寄匡城（一作康）主人

一從棄魚釣十載干明王無由謁天階却欲歸滄浪仲秋至東郡遂見天雨霜昨日夢故山蕙草（一作芳蕙）色已黃平明辭鐵丘薄暮遊大梁仲秋蕭條景拔剌飛鵝鶬四郊陰氣（一作氛）閉萬里無晶光長風吹白茅野火燒枯桑故人南燕吏籍籍名更香聊以玉壺贈置之君子堂

宿華陰東郭客舍憶閻防

次舍山郭近解鞍鳴鐘時主人炊新粒行子充夜飢關月生首陽照見華陰祠蒼茫秋山晦蕭瑟寒松悲久從園廬別遂與朋（一作相）知辭舊壑蘭杜晚歸軒今已遲

宿東谿王屋李隱者

山店不鑿井百家同一泉晚來南村黑雨色和人煙霜畦吐寒菜沙鴈噪河田隱者不可見天壇飛鳥邊

郊行寄杜位

崢嶸空城煙淒清（一作涼）寒山景秋風引歸夢昨夜到汝潁近寺聞鐘聲映陂見樹影所思何由見東北徒引領

懷葉縣關操姚曠韓涉李叔齊

數子皆故人一時吏宛葉經年總不見書札徒滿篋斜日半空庭旋風走梨葉去君千里地言笑何時接

西蜀旅舍春歎寄朝中故人呈狄評事

春與人相乖柳青頭轉白生平未得意覽鏡私自惜四海猶未安一身無所適自從兵戈動遂覺天地窄功業悲後時光陰歎虛擲却爲文章累幸有開濟策何負當途人無心矜窘厄回瞻後來者皆欲肆（一作相）轥轢起草思南宮寄言憶西掖時危任舒卷身退知損益窮巷草轉深閑門日將夕橋西暮雨黑籬外春江碧昨者初識君相看俱是客聲華同道術世業通往昔早須歸天階不得安孔席吾先稅歸鞅舊國如咫尺

太白東溪張（一作李）老舍即事寄舍弟姪等（一本題上有宿字題下無等字）

渭上秋雨過北風何（一作暮）騷騷天晴諸山出太白峯最高主人東溪老兩耳生長毫遠近知百歲子孫皆二毛中庭井闌上一架獼猴桃石泉飯香粳酒甕開新槽愛茲田中趣始悟世上勞我行有勝事書此寄爾曹

上嘉州青衣山中峯題惠淨上人幽居寄兵部楊郎中（并序）

青衣之山在大江之中屹然迴絕崖壁蒼峭周廣七里長波四匝有惠淨上人廬于其顛唯繩牀竹

杖而已恒持蓮花經十年不下山予自公浮舟聊一登眺友人夏官弘農楊侯清談之士也素工爲文獨立於世與余有方外之約每多獨往之意今者幽躅勝槩歎不得與此公俱爰命小吏刮磨石壁以識其事乃詩以達楊友爾

青衣誰開鑿獨在水中央浮舟一躋攀側逕緣（一作沿）穹蒼絕頂詣（一作訪）老僧豁然登上方諸嶺一何小三江奔茫茫蘭若向西開峨眉正相當猿鳥樂鐘磬松蘿泛天香江雲入袈裟山月吐繩牀早知清淨理久乃機心忘尚以名宦拘聿來夷獠鄉吾友不可見鬱爲尚書郎早歲愛丹經留心向青囊渺渺雲智遠幽幽海懷長勝賞欲與俱引領遙相望爲政媿無術分憂幸時康君子滿天朝老夫憶滄浪況值廬山遠抽簪歸法王

入劍門作寄杜楊二郎中時二公並爲杜元帥判官

不知造化初此山誰開坼雙崖倚天立萬仞從地劈雲飛不到頂鳥去難過壁速駕畏巖傾單行愁路窄平明地仍黑停午日暫赤凜凜三伏寒巉巉五丁迹與時忽開閉作固或順逆磅礴跨岷峨巍蟠限蠻貊星當觜參分地處西南僻陡覺煙景殊杳將華夏隔劉氏昔顛覆公孫曾敗績始知德不脩恃此險何益相公總師旅遠近罷金革杜母來何遲蜀人應更惜暫回丹青慮少用開濟策二友華省郎俱爲幕中客良籌佐戎律精理皆碩畫高文出詩騷奧學窮討賾聖朝無外户寰宇被德澤四海今一家徒然劍門石

鞏北秋興寄崔明允

白露披梧桐玄蟬晝夜號秋風萬里動日暮黃雲高君子佐休明小人事蓬蒿所適在魚鳥焉能徇錐刀孤舟向廣武一鳥歸成皋勝槩日相與思君心鬱陶

春遇南使貽趙知音

端居春心醉襟背思樹萱美人在南州爲爾歌北門北風吹煙物戴勝鳴中園枯楊長（一作抽）新條芳草滋舊根網絲結寶琴塵埃被空樽適遇江海信聊與南客論

冀州客舍酒酣貽王綺寄題南樓（時王子欲應制舉西上）

夫子傲常調詔書下徵求知君欲謁帝秣馬趨西周逸足何駸駸美聲實風流學富贍清詞下筆不能休君家一何盛赫奕難爲儔伯父四五人同時爲諸侯憶昨始相值值君客貝丘相看復乘興攜手到冀州前日在南縣與君上北樓野曠不見山白日落草頭客舍梨花繁深花隱鳴鳩南鄰新酒熟有女彈箜篌醉後或狂歌酒醒滿離憂主人不相識此地難淹留吾廬終南下堪與王孫遊何當肯相尋澧上一孤舟

終南雲際精舍尋法澄上人不遇歸高冠東潭石淙望秦嶺微雨作貽友人

昨夜雲際宿旦（一作適）從西峯（一作嶺一作風）回不見林中僧微雨潭上來諸峯皆青翠秦嶺獨不開石鼓有時鳴秦王安在哉東南雲開處突兀獼猴臺崖口懸瀑流半空白皚皚（河嶽英靈無上四句有水深嚙山口吼沫相喧豗二句）噴壁四時雨傍村終日雷北瞻長安道日夕生塵埃若訪張仲蔚衡門滿（一作映）蒿萊

敬酬杜華淇上見贈兼呈熊曜

杜侯實才子盛名不可及祇曾效（一作寫）一官今已年四十是君同時者已有尚書郎憐君獨未遇淹泊在他鄉我從京師來到此喜相見共論窮途事不覺淚滿面憶昨癸未歲吾兄自江東得君江湖詩骨氣凌謝公熊生尉淇上開館常待客喜我二人來歡笑朝復夕縣樓壓春岸戴勝鳴花枝吾徒在舟中縱酒兼彈棊三月猶未還寒愁滿春草賴蒙瑤華贈諷詠慰懷抱

酬成少尹駱谷行見呈

聞君行路難惆悵臨長衢豈不憚險艱王程剩相拘憶昨蓬萊宮新授刺史符明主仍賜衣價直千萬餘何幸承命日得與夫子俱攜手出華省連鑣赴長途五馬當路嘶按節投蜀都千崖（一作巖）信縈折一徑何盤紆層冰滑征輪密竹礙隼旟深林迷昏旦棧道凌空虛飛雪縮馬毛烈風擘我膚峯攢望天小亭午見日初夜宿月近人朝行雲滿車泉澆石鏬坼火入松心枯亞尹同心者風流賢大夫榮祿上及親之官隨板輿高價振臺閣清詞出應徐成都春酒香且用俸錢沽浮名何足道海上堪乘桴

虢中酬陝西甄判官見贈

微才棄散地拙宦慙清時白髮徒自負青雲難可期胡塵暗東洛亞相方出師分陝振鼓鼙二崤滿旌旗夫子廊廟器迥然青冥姿閫外佐戎律幕中吐兵奇前者驛使來忽枉行軍詩晝吟庭花落夜諷山月移昔君隱蘇門浪跡不可羈詔書自徵用令譽天下知別來春草長東望轉相思寂寞山城暮空聞畫角悲

送許子擢第歸江寧拜親因寄王大昌齡

建業控京口金陵款滄溟君家臨秦淮傍對石頭城十年自勤學一鼓遊上京青春登甲科動地聞香名解榻皆五侯結交盡羣（一作時）英六月槐花飛忽思蓴菜羹跨馬出國門丹陽返柴荊楚雲引歸帆淮水浮客程到家拜親時入門有光榮鄉人盡來賀置酒相邀迎閑眺北顧（一作登江一作因登）樓醉眠湖上亭月從海門出照見茅山青昔爲帝王州今幸天地（一作下）平五朝變人世千載空江聲玄元告靈符丹洞獲其銘皇帝受玉冊羣臣羅天庭喜氣薄太陽祥光徹窅冥奔走朝萬國崩騰集百靈王兄尚謫宦屢見秋雲生孤城帶後湖心與湖水清一縣無諍辭有時開道經黃鶴垂兩翅徘徊但悲（一作悲且）鳴相思不可見空望牛女星

武威送劉單判官赴安西行營便（一作使）呈高開府

熱海亘鐵門火山赫金方白草磨天涯湖沙莽茫茫夫子佐戎幕其鋒利如霜中歲學兵符不能守文章功業須及時立身有行藏男兒感忠義萬里忘越鄉孟夏邊候遲胡國草木長馬疾過飛鳥天窮超夕陽都護新出師五月發軍裝甲兵二百萬錯落黃金光揚旗拂崑崙伐鼓震蒲昌太白引官軍天威臨大荒西望雲似蛇戎夷知喪亡渾驅大宛馬繫取樓蘭王曾到交河城風土斷人腸寒驛遠如點邊烽互相望赤亭多飄風鼓怒不可當有時無人行沙石亂飄揚夜靜天蕭條鬼哭夾道傍地上多髑髏皆是古戰場置酒高館夕邊城月蒼蒼

軍中宰肥牛堂上羅羽觴紅淚金燭盤嬌歌豔新妝望
君仰青冥短翮難可翔蒼然西郊道握手何慨慷

送王大昌齡赴江寧

對酒寂不語悵然悲送君明時未得用白首徒攻文澤
國從一官滄波幾千里羣公滿天闕獨去過淮水舊家
富春渚嘗憶臥江樓自聞君欲行頻望南徐州窮巷獨
閉門寒燈靜深屋北風吹微雪抱被肯同宿君行到京
口正是桃花時舟中饒孤興湖上多新詩潛虬且深蟠
黃鵠舉未一作鶴飛來晚惜君青雲器努力加餐飯

送祁樂歸河東

祁樂後來秀挺身出河東往年詣驪山獻賦溫泉宮天
子不召見揮鞭遂從戎前月還長安囊中金已空有時
忽乘興畫出江上峰牀頭蒼梧雲簾下天台松忽如高
堂上颯颯生清一作閶風五月火雲屯氣燒天地紅鳥且不
敢飛子行如轉蓬少華與首陽隔河勢爭雄新月河上
出清光滿關中置酒灞亭別高歌披心胸君到故山時
爲謝五一作君謝老翁

北庭貽宗學士道別

萬事不可料歎君在軍中讀書破萬卷何事來從戎曾
逐李輕車西征出太蒙荷戈月窟外擐甲崑崙東兩度
皆破胡朝廷輕戰功十年祗一命萬里如飄蓬容鬢老
胡塵衣裘脆邊風忽來輪臺下相見披心胸飲酒對春
草彈碁聞夜鐘今且還龜茲臂上懸角弓平沙向旅館
匹馬隨飛鴻孤城倚大磧海氣迎邊空四月猶自寒天
山雪濛濛君有賢主將何謂泣途窮時來整六翮一舉
凌蒼穹

送許拾遺恩歸江寧拜親

詔書下青瑣駟馬還吳洲束帛仍賜衣恩波漲滄流微
祿將及親向家非遠遊看君五斗米不謝萬户侯適出
西掖垣如到南徐州歸心望海日鄉夢登江樓大江盤
金陵諸山橫石頭楓樹隱茅屋橘林繫漁舟種藥疏故
畦釣魚垂舊鉤對月京口夕觀濤海門秋天子憐諫官
論事不可一作肯休早來丹墀下高駕無淹留

虢州郡齋南池幽興因與閻二侍御道別

池色淨天碧水涼雨淒淒快風從東南荷葉翻向西性
本愛魚鳥未能返巖谿中歲徇微官遂令心賞睽及茲
佐山郡不異尋幽棲小吏趨竹徑訟庭侵藥畦胡塵暗
河洛二陝震鼓鞞故人佐戎軒逸翮凌雲霓行軍在函
谷兩度聞鶯啼相看紅旗下飲酒白日低聞君欲朝天
駟馬臨道嘶仰望浮與沈忽如雲與泥夜眠驛樓月曉
發關城雞惆悵西郊暮鄉書對君題

青龍招提歸一上人遠遊吳楚別詩

久交應真侶最歎青龍僧棄官向二年削髮歸一乘了
然瑩心身潔念樂空寂名香泛窗户幽磬清曉夕往年
仗一劍由是佐二庭於焉久從戎兼復解論兵世人猶
未知天子願相見朝從青蓮宇暮入白虎殿宮女擎錫
杖御筵出香爐說法開藏經論邊窮陣圖忘機厭塵喧
浪迹向江海思師石可訪惠遠峰猶在今旦飛錫去何
時持鉢還湖煙冷吳門淮月銜楚山一身如浮雲萬里
過江水相思眇天末一作外南望無窮已

送李翥遊江外

相識應十載見君只一官家貧祿尚薄霜降衣仍單惆
悵秋草死蕭條芳歲闌且尋滄洲路遥指一作望吳雲端匹
馬關塞遠孤舟江海寬夜眠楚煙濕曉飯湖山寒砧淨
紅鱠落袖香朱橘團帆前見禹廟枕底聞嚴灘便獲賞
心趣豈歌行路難青門須醉別少爲解征鞍

送王著作赴淮西幕府

燕子與百勞一西復一東天空信寥廓翔集何時同知
已悵難遇良朋非易逢憐君心相親與我家又通言笑
日無度書札凡幾封湛湛萬頃陂森森千丈松不知有
機巧無事干心胸滿堂皆酒徒豈復羨王公早年抱將
略累歲依幕中昨者從淮西歸來奏邊功承恩長樂殿
醉出明光宮逆旅悲寒蟬客夢驚飛鴻發家見春草却
去聞秋風月色冷楚城淮光透霜空各自務功業當須
激深衷別後能相思何嗟山水重

送張秘書充劉相公通汴河判官便赴江外覲省

前年見君時見君正泥蟠去年見君處見君已風搏朝
趨赤墀前高視青雲端新登麒麟閣適脫解豸冠劉公
領舟楫汴水揚波瀾萬里江海通九州天地寬昨夜動
使星今旦送征鞍老親在吳郡令弟雙同官鱸鱠剩堪
憶蓴羹殊可餐既參幕中畫復展膝下歡因送故人行
試歌行路難何處路最難最難在長安長安多權貴珂
珮聲珊珊儒生直如弦權貴不須干斗酒取一醉孤琴
爲君彈臨岐欲有贈持以握中蘭

冬宵家會餞李郎司兵赴同州

急管雜青絲玉瓶金屈卮寒天高堂夜撲地飛雪時賀
君關西掾新綬腰下垂白面皇家郎逸翮青雲姿明旦
之官去他辰良會稀惜別冬夜短務歡盃行遲季女猶
自小老夫未令歸且看匹馬行不得鳴鳳飛昔歲到馮
翊人煙接京師曾上月樓頭遥見西嶽祠沙苑逼官舍
蓮峰壓城池多暇或自公讀書復彈棊州縣信徒勞雲
霄亦可期應須力爲政聊慰此相思

送顏平原并序

十二年春有詔補尚書十數公爲郡守上親賦詩
觴羣公宴于蓬萊前殿仍贈以繒帛寵餞加等參
美顏公是行爲寵別章句

天子念黎庶詔書換諸侯仙郎授剖符華省輟分憂置
酒會前殿賜錢若山丘天章降三光聖澤該九州吾兄
鎮河朔拜命宣皇猷駟馬辭國門一星東北流夏雲照
銀印暑雨隨行輈赤筆仍在篋鑪香惹衣裘此地鄰東
溟孤城弔滄洲海風掣金戟導吏呼鳴騶郊原北連燕
剽劫風未休魚鹽隘里巷桑柘盈田疇爲郡豈淹旬政
成應未秋易俗去猛虎化人似馴鷗蒼生已望君黃霸
寧久留

送狄員外巡按西山軍得霽字

兵馬守西山中國非得計不知何代策空使蜀人弊八
州崖谷深千里雲雪閉泉澆閣道滑水凍繩橋脆戰士
常苦飢糗糧不相繼胡兵猶不歸空山積年歲儒生識

損益言事皆審諦狄子幕府郎有謀必康濟胸中懸明鏡照耀無巨細莫辭冒險艱可以裨節制相思江樓夕愁見月澄霽

虢州送鄭興宗弟歸扶風別廬

佐郡已三載豈能長後時出關少親友賴汝常相隨今旦忽言別愴然俱淚垂平生滄洲意獨有青山知州縣不敢說雲霄誰敢期因懷東谿老最憶南峯緇爲我多種藥還山應未遲

灃頭送蔣侯

君住灃水北我家灃水西兩村辨喬木五里聞鳴雞飲酒溪雨過彈棊山月低徒聞（一作開）蔣生徑爾去誰相攜

送永壽王贊府逕（一作遥）歸縣（得蟬字）

當官接閑暇暫得歸林泉百里路不宿兩鄉山復連夜深露濕簟月出風驚蟬且盡主人酒爲君從醉眠

南池宴餞辛子賦得蝌斗子

臨池見蝌斗羨爾樂有餘不憂網與釣幸得免爲魚且願充文字登君尺素書

登嘉州凌雲寺作

寺出飛鳥外青峯戴朱樓搏壁躋半空喜得登上頭始知宇宙濶下看三江流天晴見峩眉如向波上浮迴曠煙景豁陰森棕柟稠願割區中緣永從塵外遊迴風吹虎穴片雨當龍湫僧房雲濛濛夏月寒颼颼回合俯近郭寥落見遠舟勝槩無端倪天宮可淹留一官詎足道欲去令人愁

與高適薛據登慈恩寺浮圖

塔勢如湧出孤高聳天宮登臨出世界磴道盤虛空突兀壓神州崢嶸如鬼工四角礙白日七層摩蒼穹下窺指高鳥俯聽聞驚風連山若波濤奔湊似朝東青槐夾馳道宮館何玲瓏秋色從西來蒼然滿關中五陵北原上萬古青濛濛淨理了可悟勝因夙所宗誓將挂冠去覺道資無窮

登千福寺楚金禪師法華院多寶塔

多寶滅已久蓮華付吾師寶塔凌太空忽如湧出時數年功不成一志堅自持明主親夢見世人今始知千家獻黃金萬匠磨琉璃既空泰山木亦罄天府貲焚香如雲屯幡蓋珊珊垂悉窣神繞護衆魔不敢窺作禮覩靈境焚香方證疑庶割區中緣脫身恒在茲

出關經華嶽寺訪法華雲公

野寺聊解鞍偶見法華僧開門對西嶽石壁青稜層竹徑厚蒼苔松門盤紫藤長廊列古畫高殿懸孤燈五月山雨熱三峯火雲蒸側聞樵人言深谷猶積冰久願尋此山至今嗟未能謫官忽東走王程苦相仍欲去戀雙樹何由窮一乘月輪吐山郭夜色空清澄

春半與羣公同遊元處士別業

郭南處士宅門外羅羣峯勝槩忽相引春華今正濃山厨竹裏爨野碓藤間舂對酒雲數片捲簾花萬重巖泉嗟到晚州縣欲歸慵草色帶朝雨灘聲兼夜鐘愛茲清俗慮何事老塵容況有林下約轉懷方外蹤

陪羣公龍岡寺泛舟（得盤字）

漢水天一色寺樓波底看鐘鳴長空夕月出孤舟寒映酒見山火隔簾聞夜灘紫鱗掣芳餌紅燭然金盤良友興正愜勝遊情未闌此中堪倒載須盡主人歡

終南山雙峯草堂作

斂跡歸山田息心謝時輩晝還草堂臥但與雙峯對興來恣佳遊事愜符勝槩著書高牕下日夕見城內曩爲世人誤遂負平生愛久與林壑辭及來松杉大偶茲近精廬屢得名僧會有時逐樵漁盡（一作永）日不冠帶崖口上新月石門破蒼靄色向羣木深（一作沈）光搖一潭碎緬懷鄭生谷頗憶嚴子瀨勝事猶可追斯人邈千載

左僕射相國冀公東齋幽居（同黎拾遺賦獻）

丞相百僚長兩朝居此官成功雲雷際翊聖天地安不矜南宮貴祇向東山看宅占鳳城勝牕中雲嶺寬午時松軒夕六月藤齋寒玉珮罥女蘿金印耀牡丹山蟬上衣桁野鼠緣藥盤有時披道書竟日不着冠幸得趨省闥常欣在門闌何當復持衡短翮期風摶

過緱山王處士黑石谷隱居

舊居緱山下偏識緱山雲處士久不還見雲如見君別來逾十秋兵馬日紛紛青谿開戰場黑谷屯行軍遂令巢由輩遠逐麋鹿羣獨有南澗水潺湲如昔聞

緱山西峯草堂作

結廬對中嶽青翠常在門遂耽水木興盡作漁樵言頃來闕章句但欲閑心魂日色隱空谷蟬聲喧暮村曩聞道士語偶見清淨源隱几閱吹葉乘秋眺歸根獨遊念求仲開徑招王孫片雨下南澗孤峯出東原棲遲慮益澹脫略道彌敦野靄晴拂枕客帆遥入軒尚平今何在此意誰與論佇立雲去盡蒼蒼月開園

觀楚國寺璋上人寫一切經院南有曲池深竹

璋公不出院羣木閉深居誓寫一切經欲向萬卷餘揮毫散林鵲研墨警池魚音翻四句偈字譯五天書鳴鐘竹陰晚汲水桐花初雨氣潤衣鉢香煙泛庭除此地日清淨諸天應未如不知將錫杖早晚躡空虛

尋鞏縣南李處士別業

先生近南郭茅屋臨東川桑葉隱村戶蘆花映釣船有時著書暇盡日牕中眠且喜閭井近灌田同一泉

聞崔十二（一作三十）侍御灌口夜宿報恩寺

聞君尋野寺便（一作夜）宿支公房溪月冷深殿江雲擁迴廊然燈松林靜煮茗柴門香勝事不可接相思幽興長

自潘陵尖還少室居止秋夕憑眺

草堂近少室夜靜聞風松月出潘陵尖照見十六峯九月山葉赤谿雲淡秋容火點伊陽村煙深嵩角鐘尚子不可見蔣生難再逢勝愜只自知佳趣爲誰濃昨詣山僧期上到天壇東向下望雷雨雲間見回龍夕與人羣疎轉愛丘壑中心澹水木會興幽魚鳥通稀微了自釋出處乃不同況本無宦情誓將依道風

南池夜宿思王屋青蘿舊齋

池上臥煩暑不櫛復不巾有時清風來自謂羲皇人天晴雲歸盡雨洗月色新公事常不閑道書日生塵早年家王屋五別青蘿春安得還舊山東谿垂釣綸

過王判官西津所居

勝迹不在遠，愛君池館幽。素懷巖中諾，宛得塵外遊。何必到清谿，忽來見滄洲。潛移岷山石，暗引巴江流。樹密晝先夜，竹深夏已秋。沙鳥上筆牀，谿花簪簾鉤。夫子賤簪冕，注心向林丘。落日出公堂，垂綸乘釣舟。賦詩憶楚老，載酒隨江鷗。翛然一傲吏，獨在西津頭。

因假歸白閣西草堂

雷聲傍太白，雨在八九峰。東望白閣雲，半入紫閣松。勝槩紛滿目，衡門趣彌濃。幸有數畝田，得延二仲蹤。早聞達士語，偶與心相通。誤徇一微官，還山愧塵容。釣竿不復把，野碓無人舂。惆悵飛鳥盡，南谿聞夜鐘。

題華嚴寺瓌公禪房

寺南幾十峰，峰翠晴可掬。朝從老僧飯，昨日崖口宿。錫杖倚枯松，繩牀映深竹。東谿草堂路，來往行自熟。生事在雲山，誰能復羈束。

東歸留題太常徐卿草堂 在蜀

不謝古名將，吾知徐太常。年纔三十餘，勇冠西南方。頃曾策匹馬，獨出持兩鎗。虜騎無數來，見君不敢當。漢將小衛霍，蜀將凌關張。卿月益清澄，將星轉光芒。復居少城北，遥對岷山陽。車馬日盈門，賓客常滿堂。曲池蔭高樹，小徑穿叢篁。江鳥飛入簾，山雲來到牀。題詩芭蕉滑，對酒椶花香。諸將射獵時，君在翰墨場。聖主賞勳業，邊城最輝光。與我情綢繆，相知久芬芳。忽作萬里别，東歸三峽長。

太一石鱉崖口潭舊廬招王學士

驟雨鳴淅瀝，颼飀谿谷寒。碧潭千餘尺，下見蛟龍蟠。石門吞衆流，絶岸呀層巒。幽趣倏萬變，奇觀非一端。偶逐干祿徒，十年皆小官。抱板尋舊圃，弊廬臨迅湍。君子滿清朝，小人思挂冠。釀酒漉松子，引泉通竹竿。何必濯滄浪，不能釣嚴灘。此地可遺老，勸君來考槃。

林臥

偶得魚鳥趣，復茲水木涼。遠峰帶雨色，落日搖川光。臼中西山藥，袖裏淮南方。唯愛隱几時，獨遊無何鄉。

驪姬墓下作 夷吾重耳墓隔河相去十三里

驪姬北原上，閉骨已千秋。澮水日東注，惡名終不流。獻公恣耽惑，視子如仇讎。此事成蔓草，我來逢古丘。蛾眉山月苦，蟬鬢野雲愁。欲弔二公子，橫汾無輕舟。

東歸晚次潼關懷古

暮春别鄉樹，晚景低津樓。伯夷在首陽，欲往無輕舟。遂登關城望，下見洪河流。自從巨靈開，流血千萬秋。行行潘生賦，赫赫曹公謀。川上多往事，淒涼滿空洲。

楚夕旅泊古興

獨鶴唳江月，孤帆凌楚雲。秋風冷蕭瑟，蘆荻花紛紛。忽思湘川老，欲訪雲中君。騏驎息悲鳴，愁見豺虎羣。

先主武侯廟

先主與武侯，相逢雲雷際。感通君臣分，義激魚水契。遺廟空蕭然，英靈貫千歲。

文公講堂

文公不可見，空使蜀人傳。講席何時散，高臺豈復全。豐碑文字滅，冥漠不知年。

揚雄草玄臺

吾悲子雲居，寂寞人已去。娟娟西江月，猶照草玄處。精怪喜無人，睢盱藏老樹。

司馬相如琴臺

相如琴臺古，人去臺亦空。臺上寒蕭條，至今多悲風。荒臺漢時月，色與舊時同。

嚴君平卜肆

君平曾賣卜，卜肆蕪已久。至今杖頭錢，時時地上有。不知支機石，還在人間否。

張儀樓

傳是秦時樓，巍巍至今在。樓南兩江水，千古長不改。曾聞昔時人，歲月不相待。

昇僊橋

長橋題柱去，猶是未達時。及乘駟馬車，却從橋上歸。名共東流水，滔滔無盡期。

萬里橋

成都與維揚，相去萬里地。滄江東流疾，帆去如鳥翅。楚客過此橋，東看盡垂淚。

石犀

江水初蕩潏，蜀人幾爲魚。向無爾石犀，安得有邑居。始知李太守，伯禹亦不如。

龍女祠

龍女何處來，來時乘風雨。祠堂青林下，宛宛如相語。蜀人競祈恩，捧酒仍擊鼓。

使交河郡郡在火山脚其地苦熱無雨雪獻封大夫

奉使按胡俗，平明發輪臺。暮投交河城，火山赤崔巍。九月尚流汗，炎風吹沙埃。何事陰陽工，不遣雨雪來。吾君方憂邊，分閫資大才。昨者新破胡，安西兵馬回。鐵關控天涯，一作崖 萬里何遼哉。煙塵不敢飛，白草空皚皚。軍中日無事，醉舞傾金罍。漢代李將軍，微功合一作今可咍。

與鮮于庶子自梓州成都少尹自褒城同行至利州道中作

剖竹向西蜀，岷峨眇天涯。空深北闕戀，豈憚南路賒。前日登七盤，曠然見三巴。漢水出嶓冢，梁山控褒斜。棧道籠迅湍，行人貫層崖。巖傾劣通馬，石窄難容車。深林怯魑魅，洞穴防龍蛇。水種新插秧，山田正燒畬。夜猿嘯山雨，曙鳥鳴江花。過午方始飯，經時旋及瓜。數公各遊宦，千里皆辭家。言笑忘羇旅，還如在京華。

下外江舟懷終南舊居

杉冷曉猿悲，楚客心欲絶。孤舟巴山雨，萬里陽臺月。水宿已淹時，蘆花白如雪。顔容老難賴，把鏡悲鬢髮。早年好金丹，方士傳口訣。敝廬終南下，久與眞侶别。道書誰更開，藥竈煙遂滅。頃來壓塵網，安得有仙骨。巖壑歸去來，公卿是何物。

安西館中思長安

家在日出處，朝來起東風。風從帝鄉來，不異家信通。絶域地欲盡，孤城天遂窮。彌年但走馬，終日隨飄蓬。寂寞不得意，辛勤方在公。胡塵淨古塞，兵氣屯邊空。鄉路眇天外，歸期如夢中。遥憑長房術，爲縮天山東。

暮秋山行

疲馬臥長坂夕陽下通津山風吹空（一作長）林颯颯如有人蒼旻霽涼雨石路無飛塵千念集暮節萬籟悲蕭晨鶗鴂昨夜鳴蕙草色已陳況在遠行客自然多苦辛

赴犍爲經龍閣道

側徑轉（一作摶）青壁危梁透滄波汗流出鳥道膽碎窺龍（一作魚）渦驟雨暗谿口（一作溪谷）歸雲網松蘿屢聞羌兒笛厭聽巴童歌江路險復永夢魂愁更多聖朝幸典郡不敢嫌岷峨

江上（一作山）阻風雨

江上風欲來泊舟未能發氣昏雨已過突兀山復出積浪成高丘盤渦爲嵌窟雲低岸花掩水漲灘草沒老樹蚴蜕皮崩崖龍退骨平生抱忠信艱險殊可忽

經火山

火山今始見突兀蒲昌東赤焰燒虜雲炎氛蒸塞空不知陰陽炭何獨然此中我來嚴冬時山下多炎風人馬盡汗流孰知造化功

題鐵門關樓

鐵關天西涯極目少行客關門一小吏終日對石壁橋跨千仞危路盤兩崖窄試登西樓望一望頭欲白

早上五盤嶺

平旦驅駟馬曠然出五盤江迴兩崖鬬日隱羣峰攢蒼翠煙景曙森沈雲樹寒松疎露孤驛花密藏迴灘棧道谿雨滑畬田原草乾此行爲知己不覺蜀道難

峨眉東脚臨江聽猿懷二室舊廬

峨眉煙翠新昨夜秋雨洗分明峰頭樹倒插秋江底久別二室間圖他五斗米哀猿不可聽北客欲流涕

東歸發犍爲至泥谿舟中作

前日解侯印泛舟歸山東平旦發犍爲逍遙信回風七月江水大滄波漲秋空復有峨眉僧誦經在舟中夜泊防虎豹朝行逼魚龍一道鳴迅湍兩邊走連峰猿拂岸花落鳥啼簷樹重煙靄吳楚連泝沿湖海通憶昨在西掖復曾入南宮日出朝聖人端笏陪羣公不意今棄置何由豁心胸吾當海上去且學乘桴翁

阻戎瀘間羣盜（戊申歲余罷官東歸屬斷江路時淹泊戎州作）

南州林莽深亡命聚其間殺人無昏曉屍積填江灣餓虎銜髑髏飢烏啄心肝腥裛灘草死血流江水殷夜雨風蕭蕭鬼哭連楚山三江行人絕萬里無征船唯有白鳥飛空見秋月圓罷官自南蜀假道來茲川瞻望陽臺雲惆悵不敢前帝鄉北近日瀘口南連蠻何當遇長房縮地到京關願得隨琴高騎魚向雲煙明主每憂人節使恒在邊兵革方禦寇爾惡胡不悛吾竊悲爾徒此生安得全

郡齋閑坐

負郭無良田屈身狥微祿平生好疎曠何事就羈束幸曾趨丹墀數得侍黃屋故人盡榮寵誰念此幽獨州縣非宿心雲山欣滿目頃來廢章句終日披案牘佐郡竟何成自悲徒碌碌

衙郡守還（洪邁曰監司郡守初上事既受官吏參謁至晡時僚屬復伺於客次胥吏立庭下通刺曰衙以聽進退之命）

世事何反覆一身難可料頭白翻折腰還家私自笑所嗟無產業妻子嫌不調五斗米留人東谿憶垂釣

行軍詩二首（時扈從在鳳翔）

吾竊悲此生四十幸未老一朝逢世亂終日不自保胡兵奪長安宮殿生野草傷心五陵樹不見二京道我皇在行軍兵馬日浩浩胡雛尚未滅諸將懇征討昨聞咸陽敗殺戮淨如埽積屍若丘山流血漲豐鎬干戈礙鄉國豺虎滿城堡村落皆無人蕭條空桑棗儒生有長策無處豁懷抱塊然傷時人舉首哭蒼昊

早知逢世亂少小謾讀書悔不學彎弓向東射狂胡偶從諫官列謬向丹墀趨未能匡吾君虛作一丈夫撫劒傷世路哀歌泣良圖功業今已遲覽鏡悲白鬚平生抱忠義不敢私微軀

秋夕聽羅山人彈三峽流泉

皤皤岷山老抱琴鬢蒼然衫袖拂玉徽爲彈三峽泉此曲彈未半高堂如空山石林何颼飀忽在牕戶間繞指弄嗚咽青絲激潺湲演漾怨楚雲虛徐韻秋煙疑兼陽臺雨似雜巫山猿幽引鬼神聽淨令耳目便楚客腸欲斷湘妃淚斑斑誰裁青桐枝絙以朱絲絃能含古人曲遞與今人傳知音難再逢惜君方老年曲終月已落惆悵東齋眠

尹相公京兆府中棠樹降甘露詩

相國尹京兆政成人不欺甘露降府庭上天表無私非無他人家豈少羣木枝被茲甘棠樹美掩召伯詩團團甜如蜜晶晶凝若脂千柯玉光碎萬葉珠顆垂崑崙何時來慶雲相逐飛魏宮銅盤貯漢帝金掌持王澤布人和精心動靈祇君臣日同德禎瑞方潛施何術令大臣感通能及茲忽驚政化理暗與神物期却笑趙張輩徒稱今古稀爲君下天酒麴糵將用時

劉相公中書江山畫障

相府徵墨妙揮毫天地窮始知丹青筆能奪造化功瀟湘在簾間廬壑橫座中忽疑鳳凰池暗與江海通粉白湖上雲黛青天際峰晝日恒見月孤帆如有風巖花不飛落澗草無春冬擔錫香鑪緇釣魚滄浪翁如何平津意尚想塵外蹤富貴心獨輕山林興彌濃喧幽趣頗異出處事不同請君爲蒼生未可追赤松

精衛

負劒出北門乘桴適東溟一鳥海上飛云是帝女靈玉顏溺水死精衛空爲名怨積徒有志力微竟不成西山木石盡巨壑何時平

石上藤（得上字）

石上生孤藤弱蔓依石長不逢高枝引未得凌空上何處堪託身（一作可堪託）爲君長萬丈

臨河客舍呈狄明府兄留題縣南樓

黎陽城南雪正飛黎陽渡頭人未歸（一作渡口人渡稀）河邊酒家堪寄宿主人小女能縫衣故人高臥黎陽縣一別三年不相見邑中雨雪偏着時隔河東郡人遥羨鄴都唯見古時丘漳水還如舊日流城上望鄉應不見朝來好是嬾登樓

客舍悲秋有懷兩省舊遊呈幕中諸公

三度爲郎便白頭一從出守五經秋莫言聖主長不用其那蒼生應未休人間歲月如流水客舍秋風今又起不知心事向誰論江上蟬鳴空滿耳

白雪歌送武判官歸京

北風捲地白草折胡天八月即飛雪忽然一夜春風來千樹萬樹梨花開散入珠簾濕羅幕狐裘不煖錦衾薄將軍角（一作雕）弓不得控都護鐵衣冷難着瀚海闌干百丈（一作千尺）冰愁雲黲淡萬里凝中軍置酒飲歸客胡琴琵琶與羌笛紛紛暮雪下轅門風掣紅旗凍不翻輪臺東門送君去去時雪滿天山路山迴路轉不見君雪上空留馬行處

熱海行送崔侍御還京

側聞陰山胡兒語西頭熱海水如煮海上衆鳥不敢飛中有鯉魚長且肥（海中有赤鯉）岸傍青草常不歇空中白雪遥旋滅蒸沙爍石然虜雲沸浪炎波煎漢月陰火潛燒天地鑪何事偏烘西一隅勢吞月窟侵太白氣連赤坂通單于送君一醉天山郭正見夕陽海邊落柏臺霜威寒逼人熱海炎氣爲之（一作君）薄

輪臺歌奉送封大夫出師西征

輪臺城頭夜吹角輪臺城北旄頭落羽書昨夜過渠黎單于已在金山西戍樓西望煙塵黑漢兵屯在輪臺北上將擁旄西出征平明（一作小胡）吹笛大軍行四邊伐（一作戍）鼓雪海湧三軍大呼陰山動虜塞兵氣連雲屯戰場白骨纏草根劒河風急雪片闊沙（一作河）口石凍馬蹄脱亞相勤王甘苦辛誓將報主靜邊塵古來青史誰不見今見功名勝古人

敷水歌送竇漸入京

羅敷昔時秦氏女千載無人空處所昔時流水至今流萬事皆逐東流去此水東流無盡期水聲還似舊來時岸花仍自羞紅臉隄柳猶能學翠眉春去秋來不相待水中月色長不改羅敷養蠶空耳聞使君五馬今何在九月霜天水正寒故人西去度征鞍水底鯉魚幸無數願君別後垂尺素

天山雪歌送蕭治（一作沼）歸京

天山有雪常不開千峰萬嶺雪崔嵬北風夜捲赤亭口一夜天山雪更厚能兼漢月照銀山復逐胡風過鐵關交河城邊飛鳥絶輪臺路上馬蹄滑晻靄寒氛萬里凝闌干陰崖千丈冰將軍狐裘臥不暖都護寶刀凍欲斷正是天山雪下時送君走馬歸京師雪中何以贈君別惟有青青松樹枝

火山雲歌送別

火山突兀赤亭口火山五月火雲厚火雲滿山凝未開飛鳥千里不敢來平明乍逐胡風斷薄暮渾隨塞雨回繚繞斜吞鐵關樹氛氳半掩交河戍迢迢征路火山東山上孤雲隨馬去

青門歌送東臺張判官

青門金鎖平旦開城頭日出使車回青門柳枝正堪折路傍一日幾人別東出青門路不窮驛樓官樹灞陵東花撲征衣看似繡（一作錦）雲隨去馬色疑驄胡姬酒壚日未午絲繩玉缸酒如乳灞頭落花沒馬蹄昨夜微雨花成泥黃鸝翅濕飛轉低關東尺書醉嬾題須臾望君不可見揚鞭飛鞚疾如箭借問使乎何時來莫作東飛伯勞西飛燕

梁園歌送河南王說判官

君不見梁孝王脩竹園頹牆隱轔勢仍存嬌娥曼臉成草蔓羅帷珠簾空竹根大梁一旦人代改秋月春風不相待池中幾度雁新來洲上千年鶴應在（梁園中有雁池鶴洲）梁園二月梨花飛却似梁王雪下時當時置酒延枚叟肯料平臺狐兔走萬事翻覆如浮雲昔人空在今人口單父古來稱宓生祗今爲政有吾兄（家兄時宰單父）輶軒若過梁園道應傍琴臺聞政聲

走馬川行奉送出師西征（一作行）

君不見走馬川行雪海邊（一作君不見走馬滄海邊）平沙莽莽黃入天輪臺九月風夜吼一川碎石大如斗隨風滿地石亂走匈奴草黃馬正肥金山西見煙塵飛漢家大將西出師將軍金甲夜不脱半夜軍行戈相撥風頭如刀面如割馬毛帶雪汗氣蒸五花連錢旋作冰幕中草檄硯水凝虜騎聞之應膽懾料知短兵不敢接車師西門佇獻捷

函谷關歌送劉評事使關西

君不見函谷關崩城毁壁至今在樹根草蔓遮古道空谷千年長不改寂寞無人空舊山聖朝無外（一作事）不須關白馬公孫何處去青牛老人更不還蒼苔白骨空滿地月與古時長相似野花不省見行人山鳥何曾識關吏故人方乘使者車吾知郭丹却不如請君時憶關外客行到關西多致書

胡笳歌送顔真卿使赴河隴

君不聞胡笳聲最悲紫髯綠（一作碧）眼胡人吹吹之一曲猶未了愁殺樓蘭征戍兒涼秋八月蕭關道北風吹斷天山草崑崙山南月欲斜胡人向月吹胡笳胡笳怨兮將送君秦山遥望隴山雲邊城夜夜多愁夢向月胡笳誰喜聞

秦箏歌送外甥蕭正歸京

汝不聞秦箏聲最苦五色纏弦十三柱怨調慢聲如欲語一曲未終日移午紅亭水木不知暑忽彈黃鐘和白紵清風颯來雲不去聞之酒醒淚如雨汝歸秦兮彈秦聲秦聲悲兮聊送汝

與獨孤漸道別長句兼呈嚴八侍御

輪臺客舍春草滿穎陽歸客腸堪斷窮荒絶漠鳥不飛萬磧千山夢猶嬾憐君白面一書生讀書千卷未成名五侯貴門脚不到數畝山田身自耕興來浪跡無遠近

及至辭家憶鄉信無事垂鞭信馬頭西南幾欲窮天盡
秦使三年獨未歸邊頭詞客舊來稀借問君來得幾日
到家不覺換春衣高齋清晝卷帷幕紗帽接䍦慵不着
中酒朝眠日色高彈棊夜半燈花落冰片高堆金錯盤
滿堂凜凜五月寒桂林蒲萄新吐蔓武城刺蜜未可餐
軍中置酒夜撾鼓錦筵紅燭月未午花門將軍善胡歌
葉河蕃王能漢語知爾園林壓渭濱夫人堂上泣羅帬
魚龍川北盤谿雨鳥鼠山西洮水雲臺中嚴公於我厚
別後新詩滿人口自憐棄置天西頭因君爲問相思否

送費子歸武昌

漢陽歸客悲秋草旅舍葉飛愁不掃秋來倍憶武昌魚
夢着只在巴陵道曾隨上將過祈連離家十年恒在邊
劍鋒可惜虛用盡馬蹄無事今已穿知君開館常愛客
樗蒱百金每一擲平生有錢將與人江上故園空四壁
吾觀費子毛骨奇廣顙大口仍赤髭看君失路尚如此
人生貴賤那得知高秋八月歸南楚東門一壺聊出祖
路指鳳皇山北雲衣沾鸚鵡洲邊雨勿歎蹉跎白髮新
應須守道勿羞貧男兒何必戀妻子莫向江村老卻人

送韓巽入都覲省便赴舉

槐葉蒼蒼柳葉黃秋高八月天欲霜青門百壺送韓侯
白雲千里連嵩丘北堂倚門望君憶東歸扇枕後秋色
洛陽才子能幾人明年桂枝是君得

送李副使赴磧西官軍

火山六月應更熱赤亭道口行人絶知君慣度祈連城
豈能愁見輪臺月脫鞍（一作衣）暫入酒家壚送君萬里西擊
胡功名祇向馬上取眞是英雄一丈夫

涼州館中與諸判官夜集

彎彎月出挂城頭城頭月出照梁（一作涼）州涼州七里（一作城）十
萬家胡人半解彈琵琶琵琶一曲腸堪斷風蕭蕭兮夜
漫漫河西幕中多故人故人別來三五春花門樓前見
秋草豈能貧賤相看老一生大笑能幾迴斗酒相逢須
醉倒

酒泉太守席上醉後作

琵琶長笛曲相和羌兒胡雛齊唱歌渾炙犂牛烹野駝
交河美酒歸（一作金）巨羅三更醉後軍中寢無奈秦山歸夢
何

偃師東與韓樽同詣景雲（英華無景雲二字）暉上人即事

山陰老僧解楞伽潁陽歸客遠相過煙深草濕昨夜雨
雨後秋風渡漕河空山終日塵事少平（一作出）郊遠見行人
小（一作人行渺）尚書磧上黃昏鐘別駕渡頭一歸鳥

醉題匡城周少府廳壁

婦姑城南風雨秋婦姑城中人獨愁雲遮卻望鄉處
數日不上西南樓故人薄暮公事閑玉壺美酒琥珀殷
潁陽秋草今黃盡醉臥君家猶未還

燉煌太守後庭歌

燉煌太守才且賢郡中無事高枕眠太守到來山出泉
黃砂磧裏人種田燉煌耆舊鬢皓然願留太守更五年
城頭月出星滿天曲房置酒張錦筵美人紅妝色正鮮
側垂高髻插金鈿醉坐藏鉤紅燭前不知鉤在若箇邊
爲君手把珊瑚鞭射得半段黃金錢此中樂事亦已偏

喜韓樽相過

三月灞陵春已老故人相逢耐醉倒甕頭春酒黃花脂
祿米只充沽酒資長安城中足年少獨共韓侯開口笑
桃花點地紅斑（一作如錦）斑有酒留君且莫還與君兄弟日攜
手世上虛（一作浮）名好是閑

銀山磧西館

銀山磧口風似箭鐵門關西月如練雙雙愁淚沾馬毛
颯颯胡沙迸人面丈夫三十未富貴安能終日守筆硯

感遇

五花驄馬七香車云是平陽帝子家鳳皇城頭日欲斜
門前高樹鳴春鴉漢家魯元君不聞今作城西一古墳
昔來唯有秦王女獨自吹簫乘白雲

太白胡僧歌并序

太白中峰絶頂有胡僧不知幾百歲眉長數寸身
不製繒帛衣以草葉恒持楞伽經雲壁迴絶人跡
罕到嘗東峰有鬬虎弱者將死僧杖而解之西湫
有毒龍久而爲患僧器而貯之商山趙叟前年采
茯苓深入太白偶值此僧訪我而說予恒有獨往
之意聞而悅之乃爲歌曰

聞有胡僧在太白蘭若去天三百尺一持楞伽入中峰
世人難見但聞鐘䆫邊錫杖解兩虎牀下鉢盂藏（一作盛）一
龍草衣不鍼復不線兩耳垂肩眉覆面此僧年幾那得
知手種青松今十圍心將流水同清淨身與浮雲無是
非商山老人已曾識願一見之何由得山中有僧人不
知城裏看山空黛色

衞節度赤驃馬歌

君家赤驃畫不得一團旋風桃花色紅纓紫鞚珊瑚鞭
玉鞍錦韉黃金勒請君鞲（一作鞁）出看君騎尾長窣地如紅
絲自矜諸馬皆不及卻憶百金新買時香街紫陌鳳城
內滿城見者誰不愛揚鞭驟急白汗流弄影行驕碧蹄
碎紫髯胡雛金剪刀平明剪出三鬉高櫪上看時獨意
氣衆中牽出偏雄豪騎將獵向南山口城南狐兔不復
有草頭一點疾如飛卻使蒼鷹翻向後憶昨看君朝未
央鳴珂擁蓋滿路香始知邊將眞富貴可憐人馬相輝
光男兒稱意得如此駿馬長鳴北風起待君東去掃胡
塵爲君一日行千里

田使君美人舞如蓮花北鋋歌此曲本出北同城

美人舞如蓮花旋世人有眼應未見高堂滿地紅氍毹
試舞一曲天下無此曲胡人傳入漢諸客見之驚且歎
慢臉嬌娥纖復穠輕羅金縷花蔥龍回裾轉袖若飛雪
左鋋右鋋生旋風琵琶橫笛和未匝花門山頭黃雲合
忽作出塞入塞聲白草胡沙寒颯颯翻身入破如有神
前見後見回回新始知諸曲不可比采蓮落梅徒聒耳
世人學舞祇是舞恣（一作姿）態豈能得如此

裴將軍宅蘆管歌

遼東九月蘆葉斷遼東小兒采蘆管可憐新管清且悲
一曲風飄海頭滿海樹蕭索天雨霜管聲寥亮月蒼蒼
白狼河北堪愁恨玄兔城南皆斷腸遼東將軍長安宅
美人蘆管會佳客弄調啾颼勝洞簫發聲窈窕欺橫笛

夜半高堂客未回，祇將蘆管送君杯。巧能陌上驚楊柳，復向園中誤落梅。諸客愛之聽未足，高捲珠簾列紅燭。將軍醉舞不肯休，更使美人吹一曲。

韋員外家花樹歌

今年花似去年好，去年人到今年老。始知人老不如花，可惜落花君莫埽。君家兄弟不可當，列卿御史尚書郎。朝回花底恒會客，花撲玉缸春酒香。

醉後戲與趙歌兒

秦州歌兒歌調苦，偏能立唱濮陽女。座中醉客不得意，聞之一聲淚如雨。向使逢着漢帝憐，董賢氣咽不能語。

范公叢竹歌并序

職方郎中兼侍御史范公乃於陝西使院內種竹，新製叢竹詩以見示。美范公之清致雅操，遂爲歌以和之。

世人見竹不解愛，知君種竹府城內。此君託根幸得地，種來幾時聞已大。盛暑脩脩叢色寒，閑宵槭槭葉聲乾。能清案牘簾下見，宜對琴書牕外看。爲君成陰將蔽日，迸筍穿堦踏還出。守節偏凌御史霜，虛心願比郎官筆。君莫愛南山松樹枝，竹色四時也不移。寒天草木黃落盡，猶自青青君始知。

玉門關蓋將軍歌

蓋將軍，真丈夫，行年三十執金吾，身長七尺頗有鬚。玉門關城迥且孤，黃沙萬里白草枯。南鄰犬戎北接胡，將軍到來備不虞。五千甲兵膽力麤，軍中無事但歡娛。暖屋繡簾紅地爐，織成壁衣花氍毹。燈前侍婢瀉玉壺，金鐺亂點野酡酥。紫紱金章左右趨，問着只是蒼頭奴。美人一雙閑且都，朱脣翠眉映明矑一作眸。清歌一曲世所無，今日喜聞鳳將雛。可憐絕勝秦羅敷，使君五馬謾踟蹰。野草繡窠紫羅襦，紅牙縷馬對樗蒲。玉盤纖手撒一作擲作盧，眾中誇道不曾輸。櫪上昂昂皆駿駒，桃花叱撥價最殊。騎將獵向城南隅，臘日射殺千年狐。我來塞外按邊儲，爲君取醉酒剩沾。醉爭酒盞相喧呼，忽一作却憶咸陽舊酒徒。

贈酒泉韓太守

太守有能政，遙聞如古人。俸錢盡供客，家計常清貧。酒泉西望玉關道，千山萬磧皆白草。辭君走馬歸長安，憶君倏忽令人老。

贈西嶽山人李岡

君隱處，當一星，蓮花峰頭飯黃精，仙人掌上演丹經。鳥可到，人莫攀，隱來十年不下山。袖中短書誰爲達，華陰道士賣藥還。

送張獻心充副使歸河西雜句

將門子弟君獨賢，一從受命常在邊。未至三十已高位，腰間金印色赭然。前日承恩白虎殿，歸來見者誰不羨。篋中賜衣十重餘，案上軍書十二卷。看君謀智若有神，愛君詞句皆清新。澄湖萬頃深見底，清冰一片光照人。雲中昨夜使星動，西門驛樓出相送。玉瓶素蟻臘酒香，金鞭白馬紫遊韁。花門南，燕支北，張掖城頭雲正一作積雲黑，送君一去天外憶。

送郭乂雜言

地上青草出，經冬今始歸。博陵無近信，猶未換春衣。憐汝不忍別，送汝上酒樓。初行莫早發，且宿霸橋頭。功名須及早，歲月莫虛擲。早年已工詩，近日兼注易。何時過東洛，早晚度盟津。朝歌城邊柳嚲地，邯鄲道上花撲人。去年四月初，我正在河朔。曾上君家縣北樓，樓上分明見恒嶽。中山明府待君來，須計行程及早回。到家速寬長安使，待汝書封我自開。

送魏升卿一作叔卿擢第歸東都因懷魏校書陸渾喬潭

井上桐葉雨一作赤，灞亭卷秋風。故人適戰勝，匹馬歸山東。問君今年三十幾，能使香名滿人耳。君不見三峯直上五千仞，見君文章亦如此。如君兄弟天下稀，雄辭健筆皆若飛。將軍金印羣紫綬，御史鐵冠重繡衣。喬生作尉別來久，因君爲問平安否。魏侯校理復何如，前日人來不得書。陸渾山下佳可賞，蓬閣閑時日應往。自料青雲未有期，誰知白髮偏能長。壚頭青絲白玉瓶，別時相顧酒如傾。搖鞭舉袂忽不見，千樹萬樹空蟬鳴。

送魏四落第還鄉

東歸不稱意，客舍戴勝鳴。臘酒飲未盡，春衫縫已成。長安柳枝春欲來，洛陽梨花在前開。魏侯池館今尚在，猶有太師歌舞臺。君家盛德豈徒然，時人注意在吾賢。莫令別後無佳句，祇向壚頭空醉眠。

送宇文南金放後歸太原寓居因呈太原郝主簿

歸去不得意，北京關路賒。却投晉山老，愁見汾陽花。翻作灞陵客，憐君丞相家。夜眠旅舍雨，曉辭春城鴉。送君繫馬青門口，胡姬壚頭勸君酒。爲問太原賢主人，春來更有新詩否。

西亭子送李司馬

高高亭子郡城西，直上千尺與雲齊。盤崖緣壁試攀躋，羣山向下飛鳥低。使君五馬天半嘶，絲繩玉壺爲君提。坐來一望無端倪，紅花綠柳鶯亂啼，千家萬井連迴谿。酒行未醉聞暮雞，點筆操紙爲君題。爲君題，惜解攜，草萋萋，没馬蹄。

漁父

扁舟滄浪叟，心與滄浪清。不自道鄉里，無人知姓名。朝從灘上飯，暮向蘆中宿。歌竟還復歌，手持一竿竹。竿頭釣絲長丈餘，鼓枻乘流無定居。世人那得識一作解深意，此翁取適非取魚。

登古鄴城

下馬登鄴城，城空復何見。東風吹野火，暮入飛雲殿一作入暮飛雲電。城隅南對望陵臺，漳水東流不復回。武帝宮中人去盡，年年春色爲誰來。

邯鄲客舍歌

客從長安來，驅馬邯鄲道。傷心叢臺下，一帶生蔓草。客舍門臨漳水邊，垂楊下繫釣魚船。邯鄲女兒夜沽酒，對客挑燈誇數錢。酩酊醉時日正午，一曲狂歌壚上眠。

宿蒲關東店憶杜陵別業

關門鎖歸客，一夜夢還家。月落河上曉，遙聞秦樹鴉。長

安二月歸正好杜陵樹邊純是花

感遇

北山有芳杜靡靡花正發未及得采之秋風忽吹殺君不見拂雲百丈青松柯縱使秋風無奈何四時常作青黛色可憐杜花不相識

優鉢羅花歌并序

參嘗讀佛經聞有優鉢羅花目所未見天寶庚申歲參忝大理評事攝監察御史領伊西北庭度支副使自公多暇乃於府庭內栽樹種藥爲山鑿池婆娑乎其間足以寄傲交河小吏有獻此花者云得之於天山之南其狀異於衆草勢巃嵸如冠弁嶷然上聳生不傍引攢花中折一作拆駢葉外包異香騰風秀色媚景因賞而歎曰爾不生於中土僻在遐裔使牡丹價重芙蓉譽高惜哉夫天地無私陰陽無偏各遂其生自物厥性豈以偏地而不生乎豈以無人而不芳乎適此花不遭小吏終委諸山谷亦何異懷才之士未會明主擯于林藪耶因感而爲歌歌曰

白山南赤山北其間有花人不識綠莖碧葉好顏色葉六瓣花九房夜掩朝開多異香何不生彼中國兮生西方移根在庭媚我公堂恥與衆草之爲伍何亭亭而獨芳何不爲人之所賞兮深山窮谷委嚴霜吾竊悲陽關道路長曾不得獻于君王

蜀一作戎葵花歌英華作劉眘虛詩注云附見岑參詩

昨日一花開今日一花開今日花正好昨日花已老始知人老不如花可惜落花君莫掃上二句與韋員外家花樹歌相重他本多無此二句人生不得長少年莫惜牀頭沽酒錢請君有錢向酒家君不見蜀葵花

題李士曹廳壁畫度雨雲歌

似出棟梁裏如和風雨飛掾曹有時不敢歸謂言雨過濕人衣

入蒲關先寄秦中故人

秦山數點似青黛渭上一作水一條如白練京師故人不可見寄將兩眼看飛燕

全唐詩

岑參

長門怨

君王嫌妾妬閉妾在一作向長門舞袖垂新寵愁眉結舊恩綠錢侵履跡紅粉濕啼痕羞被夭桃笑看春獨不言

寄左省杜拾遺

聯步趨丹陛分曹限紫微曉隨天仗入暮惹御香歸白髮悲花落青雲羨鳥飛聖朝無闕事自覺諫書稀

歲暮磧外寄元撝

西風傳戍鼓南望見前軍沙磧人愁月山城犬吠雲別家逢逼歲出塞獨離羣髮到陽關白書今遠報君

寄宇文判官

西行殊未已東望何時還終日風與雪連天沙復山二年領公事兩度過陽關相憶不可見別來頭已斑

宿關西客舍寄東山嚴許二山人時天寶初七月初三日在內學見有高一本有近字道舉徵別本俱作七月三日在內學見有高道舉徵宿關西客舍寄東山嚴許二山人

雲送關西雨風傳渭北秋孤燈然客夢寒杵搗鄉愁灘上思嚴子山中憶許由蒼生今有望飛詔下林丘

丘中春臥寄王子

田中開白室林下閉玄關卷跡人方處無心雲自閑竹深喧暮鳥花缺露春山勝事那能說王孫去未還

江行夜宿龍吼灘臨眺思峩眉隱者兼寄幕中諸公

官舍臨江口灘聲人一作已慣聞水煙晴吐月山火夜燒雲且欲尋方士無心戀使君異鄉何可住況復久離羣

漢川山行呈成少尹

西蜀方攜手南宮憶比肩平生猶不淺羈旅轉相憐山店雲迎客江村犬吠船秋來取一醉須待月光眠

奉和杜相公初發京城作

按節辭黃閣登壇戀赤墀銜恩期報主授律遠行師野鵲迎金印郊雲拂畫旗叨陪幕中客敢和出車詩

敬酬李判官使院即事見呈

公府日無事吾徒只是閑草根侵柱礎苔色上門關飲硯時見鳥卷簾晴對山新詩吟未足昨夜夢東還

虢州酬辛侍御見贈

門柳葉已大春花今復闌鬢毛方二色愁緒日千端夫子屢新命鄙夫仍舊官相思難見面時展尺書看

酬崔十三侍御登玉壘山思故園見寄

玉壘天晴望諸峰盡覺低故園江樹北斜日嶺雲西曠野看人小長空共鳥齊高山徒仰止不得日攀躋

南樓送衞憑得歸字

近縣多過一作來客似君誠亦稀南樓取涼好便送故人歸鳥向望中滅雨侵晴處飛應須乘月去且爲解征衣

送王伯倫應制授正字歸

當年最稱意數子不如君戰勝時偏許名高人共(一作總)聞半天城北雨斜日灞西雲科斗皆成字無令錯古文

送宇文舍人出宰元城(得陽字)

雙鳧出未央千里過河陽馬帶新行色衣聞舊御香縣花迎墨綬關柳拂銅章別後能爲政相思淇水長

崔駙馬山池重送宇文明府(得苗字)

竹裏過紅橋花間藉綠苗池涼醒別酒山翠拂行鑣鳳去妝樓閉鳧飛葉縣遙不逢秦女在何處聽吹簫

送李郎尉武康

潘郎腰綬新霅上縣花春山色低官舍湖光映吏人不須嫌邑小莫即恥家貧更作東征賦知君有老親

磧西頭送李判官入京

一身從遠使萬里向安西漢月垂鄉淚胡沙費(一作損)馬蹄尋河愁地盡過磧覺天低送子軍中飲家書醉裏題

陪使君早春西亭送王贊府赴選(得歸字)

西亭繫五馬爲送故人歸客舍草新出關門花欲飛到來逢歲酒却去換春衣吏部應相待如君才調稀

送劉郎將歸河東(同用邊字)

借問虎賁將從軍凡幾年殺人寶刀缺走馬貂裘穿山雨醒別酒關雲迎渡船謝君賢主將豈忘輪臺邊(參曾北庭事趙中丞故有下句)

滻水東店送唐子歸嵩陽

野店臨官路重城壓御隄山開灞水北雨過杜陵西歸夢秋能作鄉書醉嬾題橋回忽不見征馬尚聞嘶

西亭送蔣侍御還京(得來字)

忽聞驄馬至喜見故人來欲語多時別先愁計日回山河宜晚眺雲霧待(一作賴)君開爲報烏臺客須憐白髮催

水亭送劉顒使還歸節度(得低字)

無計留君住應須絆馬蹄紅亭莫惜醉白日眼看低解帶憐高柳移牀愛小谿此來相見少正(一作政)事各東西

送楊錄事充潼關判官(得江字一作充使)

夫子方寸裏秋天澄霽江關西望第一郡內政無雙狹室下珠箔連宵傾玉缸平明(一作使乎)猶未醉斜月隱書(一作高一作吟)牕

送裴判官自賊中再歸河陽幕府

東郊未解圍忠義似君稀誤落胡塵裏能持漢節歸卷簾山對酒上馬雪沾衣却向嫖姚幕翩翩去若飛

送陝縣王主簿赴襄陽成親

六月襄山道三星漢水邊求凰應不遠去馬躡須鞭野店愁中雨江城夢裏蟬襄陽多故事爲我訪先賢

送李卿賦得孤島石(得離字)

一片他山石巉巉映小池綠窠攢剝蘚尖碩(一作項)坐鸕鷀水底看常倒花邊勢欲攲君心能不轉卿月豈相離

送王錄事却歸華陰(王錄事自華陰尉授虢州錄事參軍旬日却復舊官)

相送欲狂歌其如此別何攀轅人共惜解印日無多仙掌雲重見關門路再過雙魚莫不寄縣外是黃河

送二十二兄北遊尋羅中

斗柄欲東指吾兄方北遊無媒謁明主失計干諸侯夜雪入穿履朝霜凝敝裘遙知客舍飲醉裏聞春鳩

送鄭堪歸東京汜水別業(得閑字)

客舍見春草忽聞思舊山看君灞陵去匹馬成皐還對酒風與雪向家河復關因悲宦遊子終歲無時閑

送崔全被放歸都觀省

夫子不自衒世人知者稀來傾阮氏酒去着老萊衣渭北草新出關東花欲飛楚王猶自惑宋玉且將歸

送孟孺卿落第歸濟陽

獻賦頭欲白還家衣已穿羞過灞陵樹歸種汶陽田客舍少鄉信牀頭無酒錢聖朝徒側席濟上獨遺賢

送裴校書從大夫淄川觀省

尚書未(一作應東)出守愛子向青州一路通關樹孤城近海樓懷中江橘熟倚處戟門秋更奉輕軒去知君無客愁

送楊千牛(一作秋)趁歲赴汝南郡觀省便成婚(得寒字)

問吉轉征鞍安仁道姓潘歸期明主賜別酒故人歡珠箔障鑪煖狐裘耐臘寒汝南遙倚望蚤去及春盤

送胡象落第歸王屋別業

看君尚少年不第莫悽然可即疲獻賦山村歸種田野花迎短褐河柳拂長鞭置酒聊相送青門一醉眠

送顏韶(得飛字)

遷客猶未老聖朝今復歸一從襄陽住幾度梨花飛世事了可見憐君人亦稀相逢貪醉臥未得作春衣

送杜佐下第歸陸渾別業

正月今(一作初)欲半陸渾花未開出關見青草春色正東來夫子且歸去明時方愛才還須及秋賦莫即隱蒿萊

送張郎中赴隴右觀省卿公(時張卿公亦充節度留後)

中郎鳳一毛世上獨賢豪弱冠已銀印出身唯寶刀還家卿月迥度隴將星高幕下多相識邊書醉嬾操

送楚丘麴少府赴官

青袍美少年黃綬一神仙微子城東面梁王苑北邊桃花色似馬榆莢小於錢單父聞相近家書早爲傳

送蜀郡李掾(一作接非)

飲酒俱未醉一言聊贈君功曹善爲政明主還應聞夜宿劍門月朝行巴水雲江城菊花發滿道香氛氳

送鄭少府赴滏陽

子眞河朔尉邑里帶清漳春草迎袍色晴花拂綬香青山入官舍黃鳥度宮牆若到銅臺上應憐魏寢荒

還高冠潭口留別舍弟

昨日山有信秖今耕種時遙傳杜陵叟怪我還山遲獨向潭上酌無人林下棊東谿憶汝處閑臥對鸕鷀

醴泉東谿送程皓元鏡微入蜀(得寒字)

蜀郡路漫漫梁州過七盤二人來信宿一縣醉衣冠谿逼春衫冷林交宴席寒西南如噴酒遙向雨中看

夏初醴泉南樓送太康顏少府

何地堪相餞南樓出萬家可憐高處送遠見故人車野果新成子庭槐欲作花愛君兄弟好書向潁中誇

送嚴詵擢第歸蜀

巴江秋月新閣道發征輪戰勝眞才子名高動世人工文能似舅擢第去榮親十月天官待應須早赴秦

送張直公歸南鄭拜省

夫子思何速世人皆歎奇萬言不加點七步猶嫌遲對酒落日後還家飛雪時北堂應久待鄉夢促征期

送周子落第遊荆南

足下復不第家貧尋故人且傾湘南酒羞對關西塵山店橘花發江城楓葉新若從巫峽過應見楚王神

送薛彥偉擢第東歸

時輩似君稀青春戰勝歸名登郄詵第身着老萊衣稱意人皆羡還家馬若飛一枝誰不折棣萼獨相輝

送楊瑗（一作張子）尉南海

不擇南州尉高堂有老親樓臺重蜃氣邑里雜鮫人海暗三山雨花（一作江）明五嶺春此鄉多寶玉慎莫厭清貧

鳳翔府行軍送程使君赴成州

程侯新出守好日發行軍拜命時人羡能官聖主聞江樓黑塞雨山郭冷秋雲竹馬諸童子朝朝待使君

送張昇卿宰新淦

官柳葉尚小長安春未濃送君潯陽宰把酒青門鐘水驛楚雲冷山城江樹重遙知南湖上祗對香爐峰

送陳子歸陸渾別業

雖不舊相識知君丞相家故園伊川上夜夢方山花種藥畏春過出關愁路賖青門酒壚別日暮東城鴉

稠桑驛喜逢嚴河南中丞便別（得時字）

駟馬映花枝人人夾路窺離心且莫問春草自應知不謂青雲客猶思紫禁時（參乘西掖曾聯接）別君能幾日看取鬢成絲

送蒲秀才擢第歸蜀

去馬疾如飛看君戰勝歸新登郄詵第更著老萊衣（上四句與送薛彥詩相同）漢水行人少巴山客舍稀向南風候暖臘月見春輝

送郭司馬赴伊吾郡請示李明府（郭子是趙節度同好）

安西美少年脫劍卸弓弦不倚將軍勢皆稱司馬賢秋山城北面古治郡東邊江（一作池）上舟中月遙思李郭仙

送滕亢擢第歸蘇州拜親

送爾姑蘇客滄波秋正涼橘懷三箇去桂折一枝將（一作香）湖上山當舍天邊水是鄉江村人事少時作捕魚郎

送任郎中出守明州

罷起郎官草初封刺史符城邊樓枕海郭裏樹侵湖郡政傍連楚朝恩獨借吳觀濤秋正好莫不上姑蘇

臨洮客舍留別祁四

無事向邊外至今仍不歸三年絕鄉信六月未春衣客舍洮水聒孤城胡雁飛心知別君後開口笑應稀

送弘文李校書往漢南拜親

未識已先聞清辭果出羣如逢禰處士似見鮑參軍夢暗巴山雨家連漢水雲慈親思愛子幾度泣霑帬

送李別將攝伊吾令充使赴武威便寄崔員外

詞賦滿書囊胡爲在戰場行間脫寶劍邑里挂銅章馬疾飛（一作行）千里鳧飛向五涼遙知竹林下星使對星郎

送四鎮薛侍御東歸

相送淚沾衣天涯獨未歸將軍初得罪門客復何依夢去湖山闊書停隴雁稀園林幸接近一爲到柴扉

送張都尉東歸

白羽綠弓弦年年只在邊還家劍鋒盡出塞馬蹄穿逐虜西踰海平胡北到天封侯應不遠燕頷豈徒然

送樊侍御使丹陽便覲

臥病窮巷晚忽驚驄馬來知君京口去借問幾時回驛舫江風引鄉書海雁催慈親應倍喜愛子在霜臺

送張卿郎君赴硤石尉

卿家送愛子愁見灞頭春草羡青袍色花隨黃綬新縣西函谷路城北大陽津日暮征鞍去東郊一片塵

送顏少府投鄭陳州

一尉便垂白數年唯草玄出關策匹馬逆旅聞秋蟬愛客多酒債罷官無俸錢知君羈思少所適主人賢

趙少尹南亭送鄭侍御歸東臺（得長字）

紅（一作江）亭酒甕香白面繡衣郎砌冷蟲喧座簾疎雨（一作月）到牀鐘催離興急絃逐（一作緩）醉歌長關樹應先落隨君滿鬢（一作路）霜

祁四再赴江南別詩

萬里來又去三湘東復西別多人換鬢行遠馬穿蹄山驛秋雲冷江帆暮雨低憐君不解說相憶在書題

送許員外江外置常平倉

詔置海陵倉朝推畫省郎還家錦服貴出使繡衣香水驛風催舫江樓月透牀仍懷陸氏橘歸獻老親嘗

送秘省虞校書赴虞鄉丞

花綬傍腰新關東縣欲春殘書厭科斗舊閣別麒麟虞坂臨官舍條山映吏人看君有知己坦腹向平津

送江陵泉少府赴任便呈衛荆州

神仙吏姓梅人吏待君來渭北草新出江南花已開城邊宋玉宅峽口楚王臺不畏無知己荆州甚愛才

奉送李太保兼御史大夫充渭北節度使（即太尉光弼弟）

詔出未央宮登壇近總戎上公周太保副相漢司空弓抱（一作挽）關西月旗翻渭北風弟兄皆許國天地荷成功

送江陵黎少府

悔繫腰間綬翻爲膝下愁那堪漢水遠更值楚山秋新橘香官舍征帆拂縣樓王城（一作程）不敢住豈是愛荆州

虢州送天平何丞入京市馬

關樹晚蒼蒼長安近夕陽回風醒別酒細雨濕行裝習戰邊塵黑防秋塞草黃知君市駿馬不是學燕王

送揚州王司馬

君家舊淮水水上到揚州海樹青官舍江雲黑郡樓東南隨去鳥人吏待行（一作歸）舟爲報吾兄道如今已白頭

陝州月城樓送辛判官入奏

送客飛鳥外城頭樓最高樽前遇風雨窻裏動波濤謁帝向金殿隨身唯寶刀相思灞陵月祗有夢偏勞

送王七錄事赴虢州

早歲即相知嗟君最後時青雲仍未達白髮欲成絲小店關門樹長河華岳祠弘農人吏待莫使馬行遲

閿鄉送上官秀才歸關西別業

風塵奈汝（一作爾）何終日獨波波親老無官養家貧在外多醉眠輕白髮春夢渡黃河相去關城（一作山）近何時更肯過

送羽林長孫將軍赴歙州

剖竹向江濆，能名計日聞。隼旟新刺史，虎劒舊將軍。驛舫宿湖月，州城浸海雲。青門酒樓上，欲別醉醺醺。

送崔主簿赴夏陽

常愛夏陽縣，往年曾再過。縣中饒白鳥，郭外是黃河。地近行程少，家貧酒債多。知君新稱意，好得奈春何。

送梁判官歸女几舊廬

女几知君憶，春雲相逐歸。草堂開藥裹，苔壁取荷衣。老竹移時小，新花舊處飛。可憐眞傲吏，塵事到山稀。

送懷州吳別駕

灞上柳枝黃，壚頭酒正香。春流飲去馬，暮雨濕行裝。驛路通函谷，州城接太行。覃懷人總喜，別駕得王祥。

送人歸江寧

楚客憶鄉信，向家湖水長。住愁春草綠，去喜桂枝香。海月迎歸楚，江雲引到鄉。吾兄應借問，爲報鬢毛霜。

送襄州任別駕

別乘向襄州，蕭條楚地秋。江聲官舍裏，山色郡城頭。莫羨黃公蓋，須乘彥伯舟。高陽諸醉客，唯見古時丘。

送李司諫歸京得長字

別酒爲誰香，春官駁正郎。醉經秦樹遠，夢怯漢川長。雨過風頭黑，雲開日脚黃。知君解起草，早去入文昌。

送綿州李司馬秩滿歸京因呈李兵部

久客厭江月，罷官思早歸。眼看春光一作色老，羞見梨花飛。劒北山居小，巴南音信稀。因君報兵部，愁淚日沾衣。

送崔員外入秦一作奏因訪故園

欲謁明光殿，先一作應趨建禮門。仙郎去得意，亞相正承恩。竹裏巴山道，花間漢水源。憑將兩行淚，爲訪邵平園。

送柳錄事赴梁州

英掾柳家郎，離亭酒甕香。折腰思漢北，隨傳過巴陽。江樹連官舍，山雲到臥牀。知君歸夢積，去去劒川長。

送韋侍御先歸京得寬字

聞欲朝龍闕，應須拂豸冠。風霜隨馬去，炎暑爲君寒。客淚題書落，鄉愁對酒寬。先憑報親友，後月到一作客長安。

送裴侍御赴一作趁歲入京得陽字

羨他驄馬郎，元日謁明光。立處聞天語，朝回惹御香。臺寒柏樹綠，江暖柳條黃。惜別津亭暮，揮戈憶魯陽。

送顏評事入京

顏子人歎屈，宦遊今未遲。佇聞明主用，豈負青雲姿。江柳秋吐葉，山花寒滿枝。知君客一作第愁處，月滿一作出一作落巴川時。

送趙侍御歸上都

驄馬五花毛，青雲歸處高。霜隨驅夏暑，風逐振江濤。執簡皆推直，勤王豈告勞。帝城誰不戀，回望動離騷。

送楊子

斗酒渭城邊，壚頭耐醉眠。梨花千樹雪，楊一作柳葉萬條煙。惜別添壺酒，臨岐贈馬鞭。看君頗上去，新月到家圓。

送人赴安西

上馬帶胡鉤，翩翩度隴頭。小來思報國，不是愛封侯。萬里鄉爲夢，三邊月作愁。早須清黠虜，無事莫經秋。

發臨洮將赴北庭留別得飛字

聞說輪臺路，連年一作年年見雪飛。春風曾一作長不到，漢使亦應一作來稀。白草通疏勒，青山過武威。勤王敢道遠一作不敢道遠思，私向夢中歸。

臨洮泛舟趙仙舟自北庭罷使還京

白髮輪臺使，邊功竟不成。雲沙萬里地，孤負一書生。池上風迴舫，橋西雨過城。醉眠鄉夢罷，東望羨歸程。

春日醴泉杜明府承恩五品宴席上賦詩

鳧舄舊稱仙，鴻私降自天。青袍移草色，朱綬奪花然。邑裏雷仍震，臺中星欲懸。吾兄此棲棘，因得賀初筵。

早春陪崔中丞同泛浣花谿宴

旌節臨谿口，寒郊陡覺暄。紅亭移酒席，畫舸逗江村。雲帶歌聲颺，風飄舞袖翻。花間催秉燭，川上欲黃昏。

喜華陰王少府使到南池宴集

有客至鈴下，自言身姓梅。仙人掌裏使，黃帝鼎邊來。竹影拂棋局，荷香隨酒杯。池前堪醉臥，待月未須回。

行軍雪後月夜宴王卿家

子夜雪華餘，卿家月影初。酒香薰枕席，爐氣煖軒除。晚歲宦情薄，行軍歡宴疎。相逢剩取醉，身外盡空虛。

梁州陪趙行軍龍岡寺北庭泛舟宴王侍御得長字

誰宴霜臺使，行軍粉署郎。唱歌江鳥沒，吹笛岸花香。酒影搖新月，灘聲聒夕陽。江鐘聞已暮，歸棹綠川長。

奉陪封大夫宴得征字時封公兼鴻臚卿

西邊虜盡平，何處更專征。幕下人無事，軍中政已成。座參殊俗語，樂雜異方聲。醉裏東樓月，偏能照列卿。

陪封大夫宴瀚海亭納涼得時字

細管雜青絲，千杯倒接䍦。軍中乘興出，海上納涼時。日沒鳥飛急，山高雲過遲。吾從大夫後，歸路擁旌旗。

虢州西亭陪端公宴集

紅亭出鳥外，駿馬繫雲端。萬嶺窻前睥，千家肘底看。開瓶酒色嫩，踏地葉聲乾。爲逼霜臺使，重裘也覺寒。

陪使君早春東郊遊眺得春字

太守擁朱輪，東郊物候新。鶯聲隨坐嘯，柳色喚行春。谷口雲迎馬，谿邊水照人。郡中叨佐理，何幸接芳塵。

雪後與羣公過慈一作報恩寺

乘興忽相招，僧房暮與朝。雪融雙樹濕，沙闇一作閉一燈燒。竹外山低塔，藤間院隔一作接橋。歸家如一作好欲嬾，俗慮向來銷。

與鄠縣羣官泛渼陂

萬頃浸天色，千尋窮地根。舟移城入樹，岸潤水浮村。闕鷺驚簫管，潛蚪傍酒樽。暝來呼小吏，列火儼歸軒。

與鄠縣源少府泛渼陂得人字

載酒入天色，水涼難醉人。清搖縣郭動，碧洗雲山新。吹笛驚白鷺，垂竿跳紫鱗。憐君公事後，陂上日娛賓。

終南東谿中作

谿水碧於草，潺潺花底流。沙平堪濯足，石淺不勝舟。洗藥朝與暮，釣魚春復秋。興來從所適，還欲向滄洲。

與鮮于庶子泛漢江

急管更須吹，杯行一作金杯莫遣遲。酒光紅琥珀，江色碧琉璃。日影浮歸櫂，蘆花罥釣絲。山公醉不醉，問取葛彊知。

晦日陪侍御泛北池

春池滿復寬晦節耐邀歡月帶蝦蟆冷霜隨獬豸寒水雲低錦席岸柳拂金盤日暮舟中散都人夾道看

登涼州尹臺寺

胡地三月半梨花今始開因從老僧飯更上夫人臺清唱雲不去彈弦風颯來應須一倒載還似山公回

登總持閣

高閣逼諸天登臨近日邊晴開萬井樹愁看五陵煙檻外低秦嶺窗中小渭川蚤知清淨理常願奉金仙

奉陪封大夫九日登高

九日黃花酒登高會昔聞霜威逐亞相殺氣傍中軍橫笛驚征雁嬌歌落塞雲邊頭幸無事醉舞荷吾君

郡齋平望江山

水路東連楚人煙北接巴山光圍一郡江月照千家庭樹純栽橘園畦半種茶夢魂知憶處無夜不京華

宿岐州北郭嚴給事別業

郭外山色暝主人林館秋疎鐘入臥內片月到牀頭遞夜惜已半清言殊未休君雖在青瑣心不忘滄洲

暮秋會嚴京兆後廳竹齋

京兆小齋寬公庭半藥闌甌香茶色嫩牕冷竹聲乾盛德中朝貴清風畫省寒能將吏部鏡照取寸心看

省中即事

華省謬爲郎蹉跎鬢已蒼到來恒襆被隨例且含香竹影遮牕暗花陰拂簟涼君王新賜筆草奏向明光

尋陽七郎中宅即事

萬事信蒼蒼機心久已忘無端來出守不是厭爲郎雨滴芭蕉赤霜催橘子黃逢君開口笑何處有他鄉

攜琴酒尋閻防崇濟寺所居僧院（得濃字）

相訪但尋鐘門寒古殿松彈琴醒暮酒卷幔引諸峰事愜林中語人幽物外蹤吾廬幸接近茲地興偏慵

春尋河陽陶處士別業

風煖日暾暾黃鸝飛近村花明潘子縣柳暗陶公門藥椀搖山影魚竿帶水痕南橋車馬客何事苦喧喧

晚過盤石寺禮鄭和尚

暫詣高僧話來尋野寺孤岸花藏水碓谿水（一作竹）映風爐頂上巢新鵲（一作鶴）衣中帶（一作得）舊珠談禪未得去輟棹且踟蹰

尋少室張山人聞與偃師周明府同入都

中峰鍊金客昨日遊人間葉縣鳧共去葛陂龍暫還春雲湊深水秋雨懸空山寂寂清谿上空餘丹竈閑

虢州臥疾喜劉判官相過水亭

臥疾嘗晏起朝來頭未梳見君勝服藥清話病能除低柳共繫馬小池堪釣魚觀棋不覺暝月出水亭初

武威（一作城）春暮（一作寒）聞宇文判官西使還已到晉昌

岸（一作片）雨過城頭黃鸝上戍樓塞花飄客淚邊柳挂鄉愁白髮悲明鏡青春換敝裘君從萬里使聞已到瓜州

虢州南池候嚴中丞不至

池上日相待知君殊未回徒教柳葉長漫使梨花開駟馬去不見雙魚空往來思想（一作相思）不解說孤負舟中杯

春興思南山舊廬招柳建正字

終歲不得意春風今復來自憐蓬鬢改羞見梨花開西掖誠可戀南山思早回園廬幸接近相與歸蒿萊

郡齋南池招楊轔

郡僻人事少雲山常（一作遮）眼前偶從池上醉便向舟中眠與子居最近周官情又偏閑時耐相訪正有牀頭錢

高冠（一作官）谷口招（一作贈）鄭鄠

谷口來相訪空齋不見君澗花然暮雨潭樹煖春雲門徑稀人迹簷峰下鹿羣衣裳與枕席山靄碧氛氳

題新鄉王釜廳壁

憐君守一尉家計復清貧祿米嘗不足俸錢供與人城頭蘇門樹陌上黎陽塵不是舊相識聲同心自親

題山寺僧房

牕影搖羣木牆陰載一峰野爐風自爇山碓水能舂勤學翻知誤爲官好欲慵高僧暝不見月出但聞鐘

漢上題韋氏莊

結茅聞楚客卜築漢江邊日落數歸鳥夜深聞扣舷水痕侵岸柳山翠借厨煙調笑提筐婦春來蠶幾眠

題永樂韋少府廳壁

大河南郭外終日氣昏昏白鳥下公府青山當縣門故人是邑尉過客駐征軒不憚煙波闊思君一笑言

題金城臨河驛樓

古戍依重險高樓見五涼山根盤驛道河水浸城牆庭樹巢鸚鵡園花隱麝香忽如江浦上憶作捕魚郎

初授官題高冠草堂

三十始一命宦情多欲闌自憐無舊業不敢恥微官澗水吞樵路山花醉藥欄秪緣五斗米辜負一漁竿

題虢州西樓

錯料一生事蹉跎今白頭縱橫皆失計妻子也堪羞明主雖然棄丹心亦未休愁來無去處祇上郡西樓

夜過盤石隔河望永樂寄閨中效齊梁體

盈盈一水隔寂寂二更初波上思羅襪魚邊憶素書月如眉已畫雲似鬢新梳春物知人意桃花笑索居

河西春暮憶秦中

渭北春已老河西人未歸邊城細草出客館梨花飛別後鄉夢數昨來家信稀涼州三月半猶未脫寒衣

過酒泉憶杜陵別業

昨夜宿祈連今朝過酒泉黃沙西際海白草北連天愁裏難消日歸期尚隔年陽關萬里夢知處杜陵田

早發焉耆懷終南別業

曉笛別鄉淚秋冰鳴馬蹄一身虜雲外萬里胡天西終日見征戰連年聞鼓鼙故山在何處昨日夢清谿

宿鐵關西館

馬汗踏成泥朝馳幾萬蹄雪中行地角火處宿天倪塞迥心常怯鄉遙夢亦迷那知故園月也到鐵關西

首秋輪臺

異域陰山外孤城雪海邊秋來唯有雁夏盡不聞蟬雨拂氈牆濕風搖毳幕羶輪臺萬里地無事歷三年

北庭作

雁塞通鹽澤龍堆接醋溝孤城天北畔絕域海西頭秋雪春仍下朝風夜不休可知年四十猶自未封侯

輪臺即事

輪臺風物異，地是古單于。三月無青草，千家盡白榆。蕃書文字別，胡俗語音殊。愁見流沙北，天西海一隅。

還東山洛上作

春流急不淺，歸枻去何遲。愁客葉舟裏，夕陽花水時。雲晴開蝃蝀，櫂發起鸕鷀。莫道東山遠，衡門在夢思。

楊固店

客舍梨葉赤，鄰家聞擣衣。夜來嘗有夢，墜淚緣思歸。洛水行欲盡，緱山看漸微。長安祇千里，何事信音稀。

巴南舟中思陸渾別業

瀘水南州(一作舟)遠，巴山北客稀。嶺雲撩亂起，谿鷺等閒飛。鏡裏愁衰鬢，舟中換旅衣。夢魂知憶處，無夜不先歸。

晚發五渡

客厭巴南地，鄉鄰劍北天。江村片雨外，野寺夕陽邊。芋葉藏山徑，蘆花雜(一作間)渚田。舟行未可住，乘月且須牽。

巴南舟中夜市(一作夜書事)

渡口欲黃昏，歸人爭渡喧。近鐘清野寺，遠火點(一作照)江村。見雁思鄉信，聞猿積淚痕。孤舟萬里外(一作夜)，秋月不堪論。

江上春歎

臘月江上煖，南橋新柳枝。春風觸處到，憶得故園時。終日不如意，出門何所之。從人覓顏色，自笑弱男兒。

初至犍爲作

山色軒檻內，灘聲枕席間。草生公府靜，花落訟庭閒。雲雨連三峽，風塵接百蠻。到來能幾日，不覺鬢毛斑。

使院中新栽柏樹子呈李十五栖筠

愛爾青青色，移根此地來。不曾臺上種，留向磧中栽。脆葉欺門柳，狂花笑院梅。不須愁歲晚，霜露豈能摧。

詠郡齋壁畫片雲(得歸字)

雲片何人畫，塵侵粉色微。未曾行雨去，不見逐風歸。只怪偏凝壁，回看欲惹衣。丹青忽借便，移向帝鄉飛。

臨洮龍興寺玄上人院同詠青木香叢

移根自遠方，種得在僧房。六月花新吐，三春葉已長。抽莖高錫杖，引影到繩牀。只爲能除疾，傾心向藥王。

成王挽歌

幽山悲舊桂，長坂愴餘蘭。地底孤燈冷，泉中一鏡寒。銘旌門客送，騎吹路人看。漫作琉璃椀，淮王誤合丹。

苗侍中挽歌二首

攝政朝章重，持衡國相尊。筆端通造化，掌內運乾坤。青史遺芳滿，黃樞故事存。空悲渭橋路，誰對漢皇言。

天子悲元老，都人惜上公。優賢几杖在，會葬市朝空。丹旐飛斜日，清笳怨暮風。平生門下客，繼美廟堂中。

故僕射裴公挽歌三首

盛德資邦傑，嘉謨作世程。門瞻駟馬貴，時仰八龍名。罷市秦人送，還鄉絳老迎。莫埋丞相印，留着付玄成。

五(一作三)府瞻高位，三台喪大賢。禮容還故絳，寵贈(一作遇)冠新田。氣歇汾陰鼎，魂飛京兆阡。先時劍已沒，隴樹久蒼然。

富貴徒言久，鄉閭歿後歸。錦衣都未着，丹旐忽先飛。哀挽辭秦塞，悲笳出帝畿。還(一作遙)知九原上，漸覺(一作遠)弔人稀。

河西太守杜公挽歌四首

蒙叟悲藏壑，殷宗惜濟川。長安非舊日，京兆是新阡。黃霸官猶屈，蒼生望已愆。唯餘卿月在，留向杜陵懸。

鼓角(一作吹)城中出，墳塋郭外新。雨隨思太守，雲從送夫人。萬里埋雙劍，松門閉萬春。回瞻北堂上，金印已生塵。

憶昨明光殿，新承天子恩。剖符移北地，授鉞領西門。塞草迎軍幕，邊雲拂使軒。至今聞隴外，戎虜尚亡魂。

漫漫澄波闊，沈沈大廈深。秉心常匪席(一作石)，行義每揮金。汲引窺蘭室，招攜入翰林。多君有令子，猶注世人心。

故河南尹岐國公贈工部尚書蘇公挽歌二首

河尹恩榮舊，尚書寵贈新。一門傳畫戟，幾世駕朱輪。夜色何時曉，泉臺不復春。唯餘朝服在，金印已生塵。

白日扃泉戶，青春掩夜臺。舊堂階草長，空院砌花開。山晚銘旌去，郊寒騎吹回。三川難可見，應惜庾公才。

韓員外夫人清河縣君崔氏挽歌二首

令德當時重，高門舉世推。從夫榮已絕，封邑寵難追。陌上人皆惜，花間鳥亦悲。仙郎看隴月，猶憶畫眉時。

遽聞傷別劍，忽復歎藏舟。燈冷泉中夜，衣寒地下秋。青松弔客淚，丹旐路人愁。徒有清河在，空悲逝水流。

西河郡太原守張夫人挽歌

鵲印慶仍傳，魚軒寵莫先。從夫元凱貴，訓子孟軻賢。龍是雙歸日，鸞非獨舞年。哀容今共盡，悽愴杜陵田。

南溪別業

結宇依青嶂，開軒對翠疇。樹交花兩色，溪合水重流。竹徑春來埽，蘭樽夜不收。逍遙自得意，鼓腹醉中遊。

全唐詩

岑參

奉和中書舍人賈至早朝大明宮

雞鳴紫陌曙光寒，鶯囀皇州春色(一作欲)闌。金闕(一作綠)曉鐘開萬戶，玉階仙仗擁千官。花迎(一作明)劍珮星初落，柳拂旌旗露未乾。獨有鳳皇池上客，陽春一曲和皆難。

和祠部王員外雪後早朝即事

長安雪後似春歸，積素凝華連曙暉。色借玉珂迷曉騎，光添銀燭晃朝衣。西山落月臨天仗，北闕晴雲捧禁闈。聞道仙郎歌白雪，由來此曲和人稀。

奉和(一本有杜字)相公發益昌

相公臨戎別（一作發）帝京擁麾持節遠橫行朝登劒閣雲隨馬夜渡巴江雨洗兵山花萬朶迎（一作垂）征蓋川柳千條拂（一作拔）去旌暫到蜀城應計日須知明主待持衡

秋夕讀書幽興獻兵部李侍郎

年紀蹉跎四十強自憐頭白始爲郎雨滋苔蘚侵堦綠秋颯梧桐覆井黃驚蟬也解求高樹旅雁還應厭後行覽卷試穿鄰舍壁明燈何惜借餘光

使君席夜送嚴河南赴長水（得時字）

嬌歌急管雜青絲銀燭金杯映翠眉使君地主能相送河尹天明坐莫辭春城月出人皆醉野戍花深馬去遲寄聲報爾山翁道今日河南勝昔時

暮春虢州東亭送李司馬歸扶風別廬

柳嚲鶯嬌花復殷紅亭綠酒送君還到來函谷愁中月歸去磻谿夢裏山簾前春色應須惜世上浮名好是閑西望鄉關腸欲斷對君衫袖淚痕斑

九日使君席奉餞衛中丞赴長水

節使橫行西（一作東）出師鳴弓擐甲羽林兒臺上霜風凌草木軍中殺氣傍旌旗預（一作須）知漢將宣威日正是胡塵欲滅時爲報使君多泛菊更將絃管醉東籬

西掖省即事

西掖重雲開曙暉北山疎雨點朝衣千門柳色連青瑣三殿花香入紫微平明端笏陪鵷列薄暮垂鞭信馬歸官拙自悲頭白盡不如巖下（一作石）偃（一作掩）荊扉

首春渭西郊行呈藍田張二主簿

迴風度雨渭城西細草新花踏作泥秦女峰頭雪未盡胡公陂上日初低愁窺白髮羞微祿悔別青山憶舊谿聞道輞川多勝事玉壺春酒正堪攜

赴嘉州過城固縣尋永安超禪師房

滿寺枇杷冬著花老僧相見具袈裟漢王城北雪初霽韓信臺西日欲斜門外不須催五馬林中且聽演三車豈料巴川多勝事爲君書此報京華

酬暢當嵩山尋麻道士見寄（一作盧綸詩）

聞逐樵夫閑看棋忽逢人世是秦時開雲種玉嫌山淺渡海傳書怪鶴遲陰洞石幢微有字古壇松樹半無枝煩君遠示青囊籙願得相從一問師

和刑部成員外秋夜寓直寄臺省知已

列宿光三署仙郎直五宵時衣天子賜廚膳大官調長樂鐘應近明光漏不遙黃門持被覆侍女捧香燒筆爲題詩點燈緣起草挑竹喧交砌葉柳擁拂牕條粉署榮新命霜臺憶舊寮名香播蘭蕙重價蘊瓊瑤擊水翻滄海摶風透赤霄微才喜同舍何幸忽聞韶

送盧郎中除杭州赴任

罷起郎官草初分刺史符海雲迎過楚江月引歸吳城底濤聲震樓端蜃氣孤千家窺驛舫五馬飲春湖柳色供詩用鶯聲送酒須知君望鄉處枉道上姑蘇

奉送李賓客荊南迎親

迎親辭舊苑恩詔下儲闈昨見雙魚去今看駟馬歸驛帆湘水闊客舍楚山稀手把黃香扇身披萊子衣鵲隨金印喜烏傍板輿飛勝作東征賦還家滿路輝

送嚴維下第還江東

勿歎今不第似君殊未遲且歸滄洲去相送青門時望鳥指鄉遠問人愁路疑敝裘沾暮雪歸櫂帶流澌嚴子灘復在謝公文可追江皐如有信莫不寄新詩

六月三十（一作十三）日水亭送華陰王少府還縣（得潭字）

亭晚人將別池涼酒未酣關門勞夕夢仙掌引歸驂荷葉藏魚艇藤花罥客簪殘雲收夏暑新雨帶秋嵐失路情無適離懷思不堪賴茲庭户裏別有小江潭

餞王岑（一作崟）判官赴襄陽道

故人漢陽使走馬向南荊不厭楚山路祇憐襄水清津頭習氏宅江上夫人城夜入橘花宿朝穿桐葉行害羣應自懾持法固須平暫得青門醉斜光速去程

送薛弁歸河東

薛侯故鄉處五老峰西頭歸路秦樹滅到鄉河水流看君馬首去滿耳蟬聲愁獻賦今未售讀書凡幾秋應過伯夷廟爲上關城樓樓上能相憶西南指雍州

送薛播擢第歸河東

歸去新戰勝盛名人共聞鄉連渭川樹家近條山雲夫子能好學聖朝全用文弟兄負世譽詞賦超人羣雨氣醒別酒城陰低暮曛遙知出關後（一作去）更有一終軍

送陶銑棄舉荊南覲省

明時不愛璧浪跡東南遊何必世人識知君輕五侯采蘭度漢水問絹過荊州異國有歸興去鄉無客愁天寒楚塞雨月淨襄陽秋坐見吾道遠令人看白頭

送史司馬赴崔相公幕（一作無名氏詩一作李白詩一本題上有賦得鶴三字）

崢嶸丞相府清切鳳皇池羨爾瑤臺鶴高棲瓊樹枝歸飛晴日好吟弄惠風吹正有乘軒樂初當學舞時珍禽在羅網微命若遊絲願托周南羽相銜谿水湄

送嚴黃門拜御史大夫再鎮蜀川兼覲省

授鉞辭金殿承恩戀玉墀登壇漢主用講德蜀人思副相韓安國黃門向子期刀州重入夢劒閣再題詞春草連青綬晴花間赤旗山鶯朝送酒江月夜供詩許國分憂日榮親色養時蒼生望已久來去不應遲

送郭僕射節制劒南

鐵馬擐紅纓幡旗出禁城明王親授鉞丞相欲專征玉饌天厨送金杯御酒傾劒門乘嶮過閣道踏空行山鳥驚吹笛江猿看洗兵曉雲隨去陣夜月逐行營南仲今時往西戎計日平將心感知已萬里寄懸旌

早秋與諸子登虢州西亭觀眺

亭高出鳥外客到與雲齊樹點千家小天圍萬嶺低殘紅挂陜北急雨過關西酒榼緣青壁瓜田傍綠谿微官何足道愛客且相攜唯有鄉園處依依望不迷

佐郡思舊遊（并序）

己亥歲春三月參自補闕轉起居舍人夏四月署虢州長史適見秋草涼風復來昔桓譚出爲六安丞常忽忽不樂今知之矣悲州縣瑣屑思掖垣清閑呈左右省舊遊

幸得趨紫殿却憶侍丹墀史筆衆推直諫書人莫窺平生恒自負垂老此安卑同類皆先達非才獨後時庭槐宿鳥亂階草夜蟲悲白髮今無數青雲未有期

滅胡曲

都護新滅胡士馬氣亦麤蕭條虜塵淨突兀天山孤

尚書念舊垂賜袍衣率題絕句獻上以申感謝

富貴情還在相逢豈間然綈袍更有贈猶荷故人憐

憶長安曲二章寄龐漼

東望望長安正值日初出長安不可見喜（一作但）見長安日

長安何處在只在馬蹄下明日歸長安爲君急走馬

寄韓樽

夫子素多疾别來未得書北庭苦寒地體內今何如

醉裏送裴子赴鎮西

醉後未能别待醒方送君看君走馬去直上天山雲

題井陘雙谿李道士所居

五粒松花酒雙谿道士家唯求縮却地鄉路莫教賒

題雲際南峰眼上人讀經堂（眼公不下此堂十五年矣）

結宇題三藏焚香老一峰雲間獨坐臥祇是對山松

題梁鍠城中高居

高（一作居）住最高處千家恒眼前題詩飲酒後只對諸峰眠

題三會寺蒼頡造字臺

野寺荒臺晚寒天古木悲空堦有鳥跡猶似造書時

日沒賀延磧作

沙上見日出沙上見日沒悔向萬里來功名是何物

西過渭州見渭水思秦川

渭水東流去何時到雍州憑添兩行淚寄向故園流

經隴頭分水

隴水何年有潺潺逼路傍東西流不歇曾斷幾人腸

秋思

那知芳歲晚坐見寒葉墮吾不如腐草翻飛作螢火

行軍九日思長安故園（時未收長安）

強欲登高去無人送酒來遥憐故園菊應傍戰場開

戲題關門

來亦一布衣去亦一布衣羞見關城吏還從舊路歸

歎白髮

白髮生偏（一作太）速交（一作教）人不奈何今朝兩鬢上更較數莖多

題平陽郡汾橋邊柳樹（參曾居此郡八九年）

此地曾居住今來宛似歸可憐汾上柳相見也依依

失題

帝鄉北近日瀘口南連蠻何當遇長房縮地到京關

獻封大夫破播仙凱歌六首

漢將承恩西破戎捷書先奏未央宮天子預開麟閣待祇今誰數貳師功

官軍西出過樓蘭營幕傍臨月窟寒蒲海曉霜凝馬（一作劍）尾蔥山夜雪撲旌竿

鳴笳疊（一作擂）鼓擁回軍破國平蕃昔未聞丈夫鵲印摇（一作迎）邊月大（一作天）將龍旗掣海雲

日落轅門鼓角鳴千羣面縛出蕃城洗兵魚海雲迎陣秣馬龍堆月照營

蕃軍遥見漢家營滿谷連山遍哭聲萬箭千刀一夜殺平明流血浸空城

暮雨旌旗濕未乾胡煙（一作塵）白草日光寒昨夜將軍連曉戰蕃軍只見馬空鞍

春興戲題贈李侯

黄雀始欲銜花來君家種桃花未開長安二月眼看盡寄報春風早爲催

過燕支寄杜位

燕支山西酒泉道北風吹沙卷白草長安遥在日光邊憶君不見令人老

題苜蓿峰寄家人

苜蓿峰邊逢立春胡蘆河上淚沾巾閨中只是空相憶不見沙場愁殺人

玉關寄長安李主簿

東去長安萬里餘故人何惜一行書玉關西望堪腸斷況復明朝是歲除

武威送劉判官赴磧西行軍

火山五月行人少看君馬去疾如鳥都護行營太白西角聲一動胡天曉

虢州後亭送李判官使赴晉絳（得秋字）

西原驛路挂城頭客散紅亭雨未收君去試看汾水上白雲猶似漢時秋

五月四日送王少府歸華陰（得留字）

仙掌分明引馬頭西看一點是關樓五月也須應到舍知君不肯更淹留

原頭送范侍御（得山字）

百尺原頭酒色殷路傍驄馬汗斑斑别君祇有相思夢遮莫千山與萬山

送李明府赴睦州便拜覲太夫人

手把銅章望海雲夫人江上泣羅帬嚴灘一點舟中月萬里煙波也夢君

虢州西山亭子送范端公（得濃字）

百尺紅亭對萬峰平明相送到齋鐘驄馬勸君皆卸却使君家醖舊來濃

奉送賈侍御使江外

新騎驄馬復承恩使出金陵過海門荊南渭北難相見莫惜衫襟着酒痕

崔倉曹席上送殷寅充石相判官赴淮南

清淮無底綠江深宿處津亭楓樹林駟馬欲辭丞相府一樽須盡故人心

送崔子還京

匹馬西從天外歸揚鞭只共鳥爭飛送君九月交河北雪裏題詩淚滿衣

酒泉太守席上醉後作

酒泉太守能劒舞高堂置酒夜擊鼓胡笳一曲斷人腸座上相看淚如雨

題觀樓

荒樓荒井閉空山關令乘雲去不還羽蓋霓旌何處在空留藥臼向人間

草堂村尋羅生不遇

數株谿柳色依依深巷斜陽暮鳥飛門前雪滿無人迹應是先生出未歸

山房春事二首

風恬日煖蕩春光戲蝶遊蜂亂入房數枝門柳低衣桁一片山花落筆牀

梁園日暮亂飛鴉極目蕭條三兩家庭樹不知人死一作去盡春來還發舊時花

逢入京使

故園東望路漫漫雙袖龍鍾淚不乾馬上相逢無紙筆憑君傳語報平安

過磧

黃沙磧裏客行迷四望雲天直下低為言地盡天還盡行到安西更向西

磧中作

走馬西來欲到天辭家見月兩回圓今夜不知何處宿平沙萬里絕人煙

赴北庭度隴思家

西向輪臺萬里餘也知鄉信日應疎隴山鸚鵡能言語為報家人數寄書

胡歌

黑姓蕃王貂鼠裘葡萄宮錦醉纏頭關西老將能苦戰七十行兵仍未休

趙將軍歌

九月天山風似刀城南獵馬縮寒毛將軍縱博場場勝賭得單于貂鼠袍

醉戲竇子美人

朱脣一點桃花殷宿妝嬌羞偏髻鬟細看只似陽臺女醉着莫許歸巫山

秋夜聞笛

天門街西聞擣帛一夜愁殺湘南客長安城中百萬家不知何人吹夜笛

戲問花門酒家翁

老人七十仍沽酒千壺百甕花門口道傍榆莢仍似錢摘來沽酒君肯否

春夢

洞房一作庭昨夜春風起故人尚隔一作遠憶美人湘江水枕上片時春夢中行盡江南數千里

冬夕

浩汗霜風刮天地溫泉火井無生意澤國龍蛇凍不伸南山瘦柏消殘翠

句

初程莫早發且宿灞橋頭陸渭南稱此句至工

全唐詩目　第三函

第九冊

全唐詩

沈宇

沈宇太子洗馬詩三首

武陽送別

菊黃蘆白雁初飛羌笛胡笳淚滿衣送君腸斷秋江水一去東流何日歸

擣衣

日暮遠天青霜風入後庭洞房寒未掩砧杵夜泠泠

代閨人

楊柳青青鳥亂吟春風一作花香靄洞房深百花簾下朝窺鏡明月窗前夜理琴

張鼎

張鼎司勳員外郎詩三首

江南遇雨

江天寒意少冬月雨仍飛出戶愁為聽從風灑客衣旅魂驚處斷鄉信意中微幾日應晴去孤舟且欲歸

鄴城引

君不見漢家失統三靈變魏武爭雄六龍戰蕩海吞江制中國迴天運斗應南面隱隱都城紫陌開迢迢分野黃星見流年不駐漳河水明月俄終鄴國一作城宴文章猶入管弦新帷座空銷狐兔塵可惜望陵歌舞處松風四面暮愁人

僧舍小池

引出白雲根潺潺漲蘚痕冷光摇砌錫疎影露枝猿淨帶凋霜葉香通洗藥源貝多文字古宜向此中翻

薛奇童（一作章）

薛奇童大理司直詩七首

擬古

沙塵朝蔽日失道還相遇寒影波上雲秋聲月前樹川氣生曉夕野陰乍煙霧沈沈滮池水人馬不敢渡吮癰世所薄挾纊恩難顧不見古時人中宵淚橫注

和李起居秋夜之作

過庭聞禮日趨侍記言回獨臥玉窗前卷簾殘雨來高秋南斗轉涼夜北堂開水影入朱戶螢光生綠苔簡成良史筆年是洛陽才莫重白雲意時人許上台

吳聲子夜歌（一作崔國輔詩題云古意）

淨掃黃金堦飛霜皓（一作皎）如雪下簾彈箜篌不忍見秋月

塞下曲

驕虜初南下煙塵暗國中獨召李將軍夜開甘泉宮一身許明主萬里總元戎霜甲臥不暖夜半聞邊風胡天早飛雪荒徼多轉蓬寒雲覆水重秋氣連海空金鞍誰家子上馬鳴角弓自是幽幷客非論愛立功

雲中行

雲中小兒吹金管向晚因風一川滿塞北雲高心已悲城南木落腸堪斷憶昔魏家都此方涼風觀前朝百王千門曉映山川色雙闕遙連日月光舉杯稱壽永相保日夕歌鐘徹清昊將軍汗馬百戰場天子射獸五原草寂寞金輿去不歸陵上黃塵滿路飛河邊不語傷流水川上含情歎落暉此時獨立無所見日暮寒風吹客衣

楚宮詞（一作怨詩）二首

禁苑春風起流鶯繞合歡玉窗通日氣珠箔捲輕寒楊葉垂陰砌梨花入井闌君王好長袖新作舞衣寬

日晚梧桐落微寒入禁垣月懸三雀觀霜度萬秋門豔舞矜新寵愁容泣舊恩不堪深殿裏簾外欲黃昏

楊諫

楊諫永樂丞詩二首

長孫十一東山春夜見贈

故人謝城闕揮手碧雲期谿月照隱處松風生興時舊林日云暮芳草歲空滋甘與子成夢請君同所思

贈知已

江南折芳草江北贈佳期江澗水復急過江常苦遲蘋白蘭葉青恐度先香時美人碧雲外寧見長相思

張萬頃

張萬頃開寶間進士詩三首

東溪待蘇戶曹不至

洛陽城東伊水西千花萬竹使人迷臺上柳枝臨岸低門前荷葉與橋齊日暮待君君不見長風吹雨過青溪

登天目山下作

去歲離秦望今冬使楚關淚添天目水髮變海頭山別母烏南逝辭兄雁北還宦遊偏不樂長爲憶慈顏

送裴少府

夕膳望（一作思）東周晨裝不少留酒中同樂事關外越離憂座濕秦山雨庭寒渭水秋何當鷹隼擊來拂故林游

沈頌

沈頌無錫尉詩六首

旅次灞亭

閑琴開旅思清夜有愁心圓月正當戶微風猶在林蒼茫孤亭上歷亂多秋音言念待明發東山幽意深

春旦歌

常聞嬴女玉簫臺奏曲情深彩鳳來欲登此地銷歸恨却羨雙飛去不回

早發西山

游子空有懷賞心杳無路前程數千里乘夜連輕馭繚繞松篠中蒼茫猶未曙遙聞孤村犬暗指人家去疲馬懷澗泉征衣犯霜露喧呼谿鳥驚沙上或騫翥娟娟東岑月照耀獨歸處

送人還吳

人心不忘鄉矧余客已久送君江南去秋醉洛陽酒贈言幽徑蘭別思河堤柳征帆暮風急望望空延首

送金文學還日東

君家東海東君去因秋風漫漫指鄉路悠悠如夢中煙霧積孤島波濤連太空冒險當不懼皇恩措爾躬

衛中作

衛風愉豔宜春色淇水清泠增暮愁總使榴花能一醉終須萱草暫忘憂

梁鍠

梁鍠官執戟天寶中人詩十五首

天長節

日月生天久年年慶一迴時平祥不去壽遠節長來連吹千家笛同朝百郡杯願持金殿鏡處處照遺才

長門怨

妾命何偏薄君王去不歸欲令遙見悔樓上試春衣空殿看人入深宮羨鳥飛翻悲因買賦索鏡照空輝

美人春臥（一作怨）

妾家巫峽陽羅幌（一作帳）寢蘭堂（一作銀牀）曉日臨窗久春風引夢長落釵仍挂鬢（一作猶罥長）微汗欲消黃縱使朦朧覺魂猶逐楚王

名姝詠

阿嬌年未多弱體性能和怕重愁拈鏡憐輕喜曳羅臨津雙洛浦對月兩嫦娥獨有荊王殿時時暮雨過

豔女詞

露井桃花發雙雙燕並飛美人姿態裏春色上羅衣自愛頻開鏡時羞欲掩扉不知行路客遙惹五香歸

狷氏子

杏梁初照日碧玉後堂開憶事臨妝笑春嬌滿鏡臺含聲歌扇舉顧影舞腰迴別有佳期處青樓客夜來

戲贈歌者

白晳歌童子哀音絕又連楚妃臨扇學盧女隔簾傳曉燕喧喉裏春鶯囀舌邊若逢漢武帝還是李延年

七夕汎舟

雲端有靈匹掩映拂妝臺夜久應搖珮天高響不來片

歡秋始展殘夢曉翻催却怨填河鵲留橋又不（一作欲）迴

崔駙馬宅詠畫山水扇

畫扇出秦樓誰家贈列侯小含吳剡縣輕帶楚揚州掩作山雲暮摇成隴樹秋坐來傳與客漢水又迴流

觀王美人海圖障子

宋玉東家女常懷物外多自從圖渤海誰爲覓湘娥白鷺栖脂粉赬魴躍綺羅仍憐轉嬌眼別恨一横波

聞百舌鳥

百舌聞他郡間關媚物華歛形藏一葉分響出千花坐愛時褰幌行藏或駐車不須應獨感三載已辭家

省試方士進恒春草

東吳有靈草生彼剡谿傍既亂莓苔色仍連菌萏香掇之稱遠士持以奉明王北闕顔彌駐南山壽更長金膏徒騁妙石髓莫矜良倘使霑涓滴還游不死方

代征人妻喜夫還

征夫走馬發漁陽少婦含嬌開洞房千日廢臺還挂鏡數年塵面再新妝春風喜出今朝户明月虛眠昨夜牀莫道幽閨書信隔還衣總是舊時香

贈李中華

莫向嵩山去神仙多誤人不如朝魏闕天子重賢臣

詠木老人（一作傀儡吟，一作詠窟磊子人。明皇雜錄云：李輔國矯制遷明皇西宮，戚戚不樂，日一蔬食，嘗詠此詩。或云明皇所作）

刻木牽絲作老翁雞皮鶴髮與真同須臾弄罷寂無事還似人生一夢中

句

堂高憑上望宅廣乘車行（咏郭令公宅。見封氏見聞錄）

全唐詩

杜儼

杜儼新安丞詩一首

客中作

書劍催人不暫閑洛陽羈旅復秦關容顔歲歲愁邊改鄉國時時夢裏還

趙良器

趙良器兵部員外詩二首

三月三日曲江侍宴

聖祖發神謀靈符叶帝求一人光錫命萬國荷時休雷解圜丘畢雲需曲水遊岸花迎步輦仙仗擁行舟睿藻天中降恩波海外流小臣同品物陪此樂皇猷

鄭國夫人挽歌詞

淑德延公胄宜家接帝姻桂宮男掌僕蘭殿女昇嬪恩澤昭前命盈虛變此辰百年今已矣彤管列何人

黃麟

黃麟金部員外郎詩一首

郡中客舍

蟲響亂啾啾更人正數籌魂歸洞庭夜霜臥洛陽秋微月有時隱長河到曉流起來還囑雁鄉信在吳洲

郭向

郭向太子尉詩一首

途中口號（一作盧僎詩）

抱玉三朝楚懷書十上秦年年洛陽陌花鳥弄歸人

郭良

郭良金部員外郎詩二首

題李將軍山亭

鳳轄將軍位龍門司隸家衣冠爲隱逸山水作繁華徑出重林草池摇兩岸花誰知貴公第（一作子）亭院有煙霞

早行

早行星尚在數里未天明不辨雲林色空聞風水聲月從山上落河入斗間横漸至重門外依稀見洛城

王喬

王喬安定太守詩一首

過故人舊宅

故人軒騎罷歸來舊宅（一作園）園林閑不開唯餘挾瑟樓中婦哭向平生歌舞臺

徐九皋

徐九皋河陰尉詩五首

關山月

玉塞抵長城金徽暎高闕遥心萬餘里直望三邊月霜静影逾懸露晞光漸没思君不可見空歎將焉歇

戰城南

塞北狂胡旅城南敵漢圍巉嵒一鼓氣拔利（一作刺）五兵威虜騎瞻山哭王師拓地飛不應須寵戰當遂勒金徽（一作微）

詠史

亡國秦韓代榮身劉項年金椎擊政後玉斗碎增前聖主稱三傑明離保四賢已申黃石祭方慕赤松仙

途中覽鏡

四海遊長倦百年愁半侵賴窺明鏡裏時見丈夫心

送部四鎮人往單于別知故

天下今無事雲中獨未寧忝驅更戍卒方逵送（一作送逵）邊庭馬飲長城水軍占太白星國恩行可報何必守經營

閻寬

閻寬醴泉尉詩五首

松滋江北阻風

江風久未歇山雨復相仍巨浪天涯起餘寒川上凝憂人勞夕惕鄉事僫晨興遠聽知音駭誠哉不可陵

曉入宜都渚

問俗周楚甸川行眇江潯興隨曉光發道會春言深回眺佳氣象遠懷得山林佇應舟楫用曷務歸閑心

古意

庭樹發華滋瑶草復葳蕤好鳥飛相從愁人深此時天中有靈匹日夕嚬蛾眉願逐飄風花千里入遥帷心逝愛不見空歌悲莫悲

春宵覽月

月生東荒外天雲收夕陰愛見澄清景象吾虛白心耳目靜無譁神超道性深乘興得至樂寓言因永吟

秋懷

下帷長日晝虛館早凉生芳草猶未薦如何蜻蛚鳴秋風已振衣客去何時歸爲問當途者寧知心有違

李收（一作牧）

李收右武衛（一作左武衛）錄事詩二首

和中書侍郎院壁畫雲

粉壁畫雲成如能上太清影從霄漢發光照掖垣明暎篠多幽趣臨軒得野情獨思作霖雨流潤及生靈

幽情

幽人惜春暮潭上折芳草佳期何時還欲寄千里道

程彌綸

程彌綸開寶間進士詩一首

懷魯

曲阜國尼丘山周公邈難問夫子猶啓關履風雩兮若見游夏興兮魯顔天孫天孫何爲兮兮學且難負星明而東（一無東字）遊閒閒

屈同仙（一作屈同）

屈同仙千牛兵曹詩二首

燕歌行

君不見（一本無此三字）漁陽八月塞草腓征人相對并思歸雲和朔氣連天黑（一作暗）蓬雜驚（一作胡）沙散野飛是時天地陰埃遍瀚海龍城皆習（一作血）戰兩軍鼓角暗相聞四面旌旗看不見昭君遠嫁已年多戎狄無厭不復（一作尚不）和漢兵候月秋防塞胡騎乘冰夜渡河河塞東西萬餘里地與京華不相似燕支山下（一作上）少春（一作光）暉黃沙磧裏無流水金戈玉劍十年征紅粉青樓多怨情厭向殊鄉（一作方）久離別秋來愁聽擣衣聲

烏江女

越豔誰家女朝遊江岸傍青春猶未嫁紅粉舊來娼錦袖盛朱橘銀鉤摘紫房見人羞不語回艇入溪藏

豆盧復

豆盧復前崇玄生詩二首

昌年宮之作（一本無之字）

但有離宮處君王每不居旗門芳草合輦路小（一作老）槐疎殿閉山煙滿窗凝野靄虛豐年多望幸春色待鑾輿

落第歸鄉留別長安主人

客裏愁多不記春聞鶯始歎柳條新年年下第東歸去羞見長安舊主人

荆冬倩

荆冬倩校書郎詩一首

奉試詠青

路闢天光遠春還月道臨草濃河畔色槐結路邊陰未映君王史先標胄子襟經明如可拾自有致雲心

梁洽

梁洽開寶間進士詩一首

觀漢水

發源自嶓冢東注經襄陽一道入溟渤別流爲滄浪求思詠游女投弔悲昭王水濱不可問日暮空湯湯

鄭紹

鄭紹武進尉詩一首

遊越溪

溪水碧悠悠猿聲斷客愁漁潭逢釣楫月浦值孤舟訪泊隨煙火迷途視斗牛今宵越鄉意還取醉忘憂

朱斌

朱斌處士詩一首

登樓（一作王之渙詩）

白日依山盡黃河入海流欲窮千里目更上一重樓

梁德裕

梁德裕四門助教詩二首

感寓二首

彩雲呈瑞質五色發人寰獨作龍虎狀孤飛天地間隱隱臨北極峩峩象南山恨在帝鄉外不逢枝葉攀

幽澗生蕙若幽渚老江蘺榮落人不見芳香徒爾爲不及綠萍草生君紅蓮池左右美人弄朝夕春風吹葉洗

玉泉水珠清湛露滋心亦願如此託君君不知

常非月

常非月西河尉詩一首

詠談容娘

舉手整花鈿翻身舞錦筵馬圍行處匝人壓（一作簇）看場圓歌要（一作索）齊聲和情教細語傳不知心大小容得許多憐

張良璞

張良璞長安尉詩一首

覽史

亭年八十已歷數窮蒼生七虎門源上咆哮關內鳴建都用鶉宿設險因金城舜曲煙火起汾河珠翠明海雲引天仗朔雪留邊兵作孽人怨久其亡鬼信盈素靈感劉季白馬從子嬰昏虐不務德百代無芳聲

孫欣

孫欣開寶間人詩一首

奉試冷井詩

仙閣井初鑿靈液沁（一作忽）成泉色湛青苔裏寒凝紫綆邊銅缾向影落玉甃抱虛圓永願調神鼎堯時泰萬年

王羨門

王羨門開寶間人詩一首

都中閑居

君王巡海內北闕下明臺雲物天中少煙花歲後來河從御苑出山向國門開寂寞東京裏空留賈誼才

苟挺章

苟挺章國子進士天寶三年編國秀集集中幷載挺章詩二首

江南弄

春江可憐事最在美人家鸚鵡能言鳥芙蓉巧笑花地（一作馬）銜金作埒水抱玉爲沙薄晚青絲騎長鞭赴狹斜

少年行

任氣稱張放銜恩在少年玉階朝就日金屋夜升天軒騎青雲際笙歌綠水邊建章明月好留醉伴風煙

樓穎

樓頴天寶中進士作國秀集序詩五首

伊水門

朝涉伊水門伊水入門流愜心乃成興澹然汎孤舟霏微傍青靄容與隨白鷗竹陰交前浦柳花媚中洲日落陰雲生彌覺玆路幽聊以恣所適此外知何求

東郊納涼憶左威衛李録事收昆季太原崔參軍三首并序

僕三伏於通化門東北數里避暑之地地即故倅天官顧公之舊林今貳宰君李公之別業右抵禁籞斜界沁園空水相輝步虹橋而下視竹木交映弄仙櫂而傍窺足滌煩襟陶蒸暑獨往成興恨不與數公共之率然有作因以見意

水竹誰家宅幽庭向苑門今知季倫沼舊是辟疆園飢鷺窺魚靜鳴鴉帶子喧興成祗自適欲白返忘言

納涼每選地近得青門東林與繚垣接池將沁水通枝交帝女樹橋映美人虹想是忘機者悠悠在興中

林間求適意池上得清飈稍稍斜回檝時時一度橋水光壁際動山影浪中搖不見李元禮神仙何處要

西施石

西施昔日浣紗津石上青苔思殺人一去姑蘇不復返岸旁桃李爲誰春

李康成

李康成天寶中與李杜同時其赴使江東劉長卿有詩送之嘗撰玉臺後集自陳後主隋煬帝江總庾信沈宋王楊盧駱而下二百九人詩六百七十首彙爲十卷自載其詩八篇今存四首

江南行

楊柳青青鶯欲啼風光摇蕩綠蘋齊金陵城頭日色低日色低情難極水中鳧鷖雙比翼（文苑英華首有梅花落好使香車度二句）

采蓮曲

采蓮去月沒春江曙翠鈿（一作釵）紅袖水中央青荷蓮子雜衣香雲起風生歸路長歸路長那得久各迴船兩摇手

玉華仙子歌

紫陽仙子名玉華珠盤承露餌丹砂轉態凝情五雲裏嬌顔千歲芙蓉花紫陽綠女矜無數遥見玉華皆掩嫮高堂初日不成妍洛渚流風徒自憐璇階霓綺閣碧題霜羅幕仙娥桂樹長自春王母桃花未嘗落上元夫人賓上清深宮寂歷厭層城解佩空憐鄭交甫吹簫不逐許飛瓊溶溶紫庭步渺渺瀛臺路蘭陵貴士謝相逢濟北書生尚迴顧滄洲傲吏愛金丹清心迴望雲之端羽蓋霓裳一相識傳情寫念長無極長無極永相隨攀霄歷金闕弄影下瑶池夕宿紫府雲母帳朝餐玄圃崐崙芝不學蘭香中道絶却教青鳥報相思

自君之出矣（樂府作辛弘智詩）

自君之出矣弦吹絶無聲思君如百草撩亂逐春生

句

因緣苟會合萬里猶同鄉運命倘不諧隔壁無津梁（經籍攷云康成編玉臺後集中間自載其詩八首如河陽居家女長篇一首押五十二韻若欲與木蘭及孔雀東南飛之作方駕者末四句云云亦佳）

楊貴

楊貴天寶三年登第詩一首

時興

貴人昔未貴咸願顧寒微及自登樞要何曾問布衣平明登紫閣日晏下彤闈擾擾路傍子無勞歌是非

李清

李清登天寶十二年進士第詩一首

詠石季倫

金谷繁華石季倫只能謀富不謀身當時縱與綠珠去猶有無窮歌舞人

陳季

陳季天寶十五年及第詩二首

鶴警露

南國商飈動東皋野鶴鳴溪松寒暫宿露草滴還驚欲有高飛意空聞召侣情風間傳藻質月下引清聲未假摶扶勢焉知羽翼輕吾君開太液願得應皇明

湘靈鼓瑟

神女泛瑶瑟古祠嚴野亭楚雲來泱漭湘水助清泠妙指徵幽契繁聲入杳冥一彈新月白數曲暮山青調苦荆人怨時遥帝子靈遺音如可賞試奏爲君聽

王邕

王邕天寶進士詩二首

湘靈鼓瑟

寶瑟和琴韻靈妃應樂章依稀聞促柱髣髴夢新妝波外聲初發（一作新度）風前曲正長凄清（一作涼）和萬籟斷續繞三湘轉覺雲山迥空懷杜若芳誰能傳此意雅奏在宫商

嵩山望幸

峻極位何崇方知造化功降靈逢聖主望幸表維嵩隱映連青壁嵯峨向碧空象車因叶瑞龍駕願升中萬歲聲長在千巖氣轉雄東都歌盛事西笑佇皇風

莊若訥

莊若訥天寶進士詩一首

湘靈鼓瑟

帝子鳴金瑟餘聲（一作音）自抑揚悲風絲上斷流水曲中長出沒遊魚聽逶迤彩鳳翔微音時（一作初）扣徵雅韻乍含商神理誠難測幽情詎可量至今聞古調應恨滯三湘

魏璀

魏璀天寶進士詩一首

湘靈鼓瑟

瑶瑟多哀怨朱弦且莫聽扁舟三楚客藂竹二妃靈淅瀝聞餘響依稀欲辨形柱間寒水碧曲裏暮山青良馬悲銜草遊魚思繞萍知音若相遇終不滯南溟

王顥

王顒永州太守詩一首

懷素上人草書歌（一本作王邕詩，今從統籤另編）

衡陽雙峽揷天峻，青壁巉巉萬餘仞。此中靈秀衆所知，草書獨有懷素奇。懷素身長五尺四，嚼湯誦咒吁可畏。銅鉼錫杖倚閑庭，斑管秋毫多逸意。或粉壁，或綵牋，蒲葵絹素何相鮮。忽作風馳如電掣，更點飛花兼散雪。寒猨飲水撼枯藤，壯士拔山伸勁鐵。君不見張芝昔日稱獨賢，君不見近日張旭爲老顚。二公絶藝人所惜，懷素傳之得眞跡。崢嶸蹙出海上山，突兀狀成湖畔石。一縱又一橫，一欹又一傾。臨江不羨飛帆勢，下筆長爲驟雨聲。我牧此州喜相識，又見草書多慧力。懷素懷素不可得，開卷臨池轉相憶。

竇冀

竇冀官御史詩一首

懷素上人草書歌

狂僧揮翰狂且逸，獨任天機摧格律。龍虎慚因點畫生，雷霆却避鋒鋩疾。魚牋絹素豈不貴，只嫌局促兒童戲。粉壁長廊數十間，興來小豁胸（一作心）襟氣。長幼集，賢豪至，枕糟藉麴猶半醉。忽然絶叫三五聲，滿壁縱横千萬字。吴興張老爾莫顚，葉縣公孫我何謂。如熊如羆不足比，如虺如蛇不足擬。涵物爲動鬼神泣，狂風入林花亂起。殊形怪狀不易説，就中驚燥尤枯絶。邊風殺氣同慘烈，崩槎卧木爭摧折。塞草遥飛大漠霜，胡天亂下陰山雪。偏看（一作有）能事轉新奇，郡守王公同賦詩。枯藤勁鐵媿三舍，驟雨寒猨驚一時。此生絶藝人莫測，假此常爲護持力。連城之璧不可量，五百年知草聖當。

魯收

魯收大曆時人詩一首

懷素上人草書歌

吾觀文士多利用，筆精墨妙誠堪重。身上藝能無不通，就中草聖最天縱。有時興酣發神機，抽毫點（一作汍）墨縱横揮。風聲吼烈隨手起，龍蛇迸落空壁飛。連拂數行勢不絶，藤懸查蹙生奇節。劃然放縱驚雲濤，或時頓挫縈毫髮。自言轉腕無所拘，大笑羲之用陣圖。狂來紙盡勢不盡，投筆抗聲連叫呼。信知鬼神助此道，墨池未盡書已好。行路談君口不容，滿堂觀者空絶倒。所恨時人多笑聲，唯知賤實（一作寶）翻貴名。觀爾向來三五字，顚奇何謝張先生。

朱逵（一作逵）

朱逵處士詩一首

懷素上人草書歌

幾年出家通宿命，一朝却憶臨池聖。轉腕摧鋒增崛崎，秋毫繭紙常相隨。衡陽客舍來相訪，連飲百杯神轉王。忽聞風裏度飛泉，紙落紛紛如跕鳶。形容脫略眞如助（一作脫落任眞助），心思周游在何處。筆下惟看激電流，字成只畏盤龍去。怪狀崩騰若轉蓬，飛絲歷亂如迴風。長松老死倚雲壁，蹙浪相翻驚海鴻。于今年少尚如此，歷覩（一作觀）遠代無倫比。妙絶當動鬼神泣，崔蔡幽魂更心死。

許瑤

許瑤官御史詩一首

題懷素上人草書

志在新奇無定則，古瘦灕纚半無墨。醉來信手兩三行，醒後却書書不得。

全唐詩

包佶

包佶字幼正，天寶六年及進士第，累官諫議大夫。坐善元載貶嶺南。劉晏奏起爲汴東兩稅使。晏罷，以佶充諸道鹽鐵輕貨錢物使，遷刑部侍郎，改祕書監，封丹陽郡公。詩一卷。

祀風師樂章

迎神

太皞御氣，句芒肇功。蒼龍青旗，爰候祥風。律以和應，神以感通。鼎俎脩蠁，時惟禮崇。

奠幣登歌

旨酒告潔，青蘋應候。禮陳瑶幣，樂獻金奏。彈弦自昔，解凍惟舊。仰瞻肸蠁，羣祥來湊。

迎俎酌獻

德盛昭臨，迎拜巽方。爰候發生，式薦馨香。酌醴具舉，工歌再揚。神歆入律，恩降百祥。

亞獻終獻

肸蠁備，玉帛陳。風動物，樂感神。三獻終，百神臻。草木榮，天下春。

送神

微穆敷華能應節，飄揚發彩宜行慶。送迎（一作迎送）靈駕神心饗，跪拜靈壇禮容盛。氣和草木發萌芽，德暢禽魚遂翔泳。永望翠蓋逐流雲，自兹率土調春令。

祀雨師樂章

迎神

陟降左右，誠達幽圓。作解之功，樂惟有年。雲軿戾止，灑霧飄煙。惟馨展禮，爰列豆籩。

奠幣登歌

歲正朱明，禮布玄制。惟樂能感，與神合契。陰霧離披，靈馭摇裔。膏澤之慶，期於稔歲。

迎俎酌獻

陽開幽蟄，躬奉蠁（一作郊）禮。備節應，震來靈降。動植求聲，飛沈允望。時康氣茂，惟神之貺。

亞獻終獻

奠既備獻將終神行令瑞飛空迎乾德祈歲功乘煙燎儼從風

送神

整駕升車望寥廓垂陰薦祉蕩昏氛饗時靈旣僾如在樂罷餘聲遥可聞飲福陳誠禮容備撤俎終獻曙光分跪拜臨壇結空想年年應節候油雲

答竇拾遺臥病見寄

今春扶病移滄海幾度承恩對白花送客屢聞簾（一作簷）外鵲銷愁已辨酒中虵瓶開枸杞懸泉水鼎鍊芙蓉伏火砂誤入塵埃牽吏役羞將簿領到君家

對酒贈故人

扶起離披菊霜輕喜重開醉中驚老去笑裏覺愁來月送人無盡風吹浪不回感時將有寄詩思澀難裁

同李吏部伏日口號呈元庶子路中丞

火炎逢六月金伏過三庚幾度衣裳汗（一作澣）誰家枕簟清頒冰無下位裁扇有高名吏部還開甕殷勤二客情（一作卿）

嶺下臥疾寄劉長卿員外

唯有貧兼病能令親愛疎歲時供放逐身世付空虛脛弱秋添絮頭風曉廢梳波瀾喧衆口藜藿靜吾廬喪馬思開卦占鵩嬾發書十年江海隔離恨子知予

戲題諸判官廳壁

六十老翁無（一作何）所取二三君子不相遺願留今日交歡意直到隳官謝病時

酬兵部李侍郎晚過東廳之作（時自刑部侍郎拜祭酒）

酒禮慙先祭刑書已曠官詔馳黃紙速身在絳紗安聖位登堂靜生徒跪席寒庭槐暫搖落幸爲入春看

昭德皇后挽歌詞

西汜馳暉過東園別路長歲華唯隴柏春事罷公桑龜兆開泉户禽巢閉畫梁更聞哀禮過明詔制心喪

秋日過徐氏園林

回塘分越水古樹積吳煙掃竹催鋪席垂蘿待繫船鳥窺新鎛栗龜上半攲蓮屢入忘歸地長嗟俗事牽

雙山過信公所居

遥禮前朝塔微聞後夜鐘人間第四祖雲裏一雙峰積雨封苔徑多年亞石松傳心不傳法誰可繼高蹤

尚書宗兄使過詩以奉獻

洛下交親滿歸閑意有餘翻嫌舊坐宅却駕所（一作新）懸車腹飽山僧供頭輕侍婢梳上官唯揖讓半祿代耕鉏雨散三秋別風傳一字書勝遊如可繼還欲並園廬

抱疾謝李吏部贈訶黎勒葉

一葉生西徼齎來上海查歲時經水府根本別天涯方士眞難見商胡輒自誇此香同異域看色勝仙家茗飲暫調氣梧丸喜伐邪幸蒙祛老疾深願駐韶華

奉和柳相公中書言懷

運籌時所貴前席禮偏深羸駕歸貧宅攲冠出禁林鳳巢方得地牛喘最關心雅望期三入東山未可尋

客自江南話過亡友朱司議故宅

交臂多相共（一作失）風流憶此人海翻移里巷書蠹積埃塵奉佛棲禪久辭官上疏頻故來分半宅惟是舊交親

酬于侍郎湖南見寄十四韻

桂嶺千崖斷湘流一派通長沙今賈傳東海舊于公章甫經殊俗離騷繼雅風金閨文作字玉匣氣成虹翰墨時招（一作無）侶丹青夙在公（一作工）主恩留左掖人望積南宮巧拙循名異浮沈顧位同九遷歸上略三已契愚衷責謝庭中吏（一作禮）悲寬塞上翁楚材欣有適燕石愧無功山曉重嵐外林春苦霧中雪花翻海鶴波影倒江楓去札頻逢信回帆早挂空避賢方有日非敢愛微躬

朝拜元陵

宮前石馬對中峰雲裏金鋪閉幾重不見露盤迎曉日唯聞木斧扣寒松

發襄陽後却寄公安人

揮淚送迴人將書報所親晚年多疾病中路有風塵王粲頻徵楚君恩許入秦還同星火去馬上別江春

立春後休沐

心與青春背新年亦掩扉漸窮無相學惟避不材譏積病攻難愈銜恩報轉微定知書課日優詔許辭歸

宿廬山贈白鶴觀劉尊師

蒼蒼五老霧中壇杳杳三山洞裏官手護崑崙象牙簡心推霹靂棗枝盤春飛雪粉如（一作加）毫潤曉漱瓊膏冰齒寒漸恨流年筋力少惟思露冕事星冠

觀壁畫九想圖

一世榮枯無異同百年哀樂又歸空夜闌鳥鵲相爭處林下眞僧在定中

送日本國聘賀使晁巨卿東歸

上才生下國東海是西鄰九譯蕃君使千年聖主臣野情偏得禮木性本含眞（一作仁）錦帆乘風轉金裝照地新孤城開蜃閣曉日上朱輪早識來朝歲塗山玉帛均

顧著作宅賦詩

幾年江海煙霞乘醉一到京華已覺不嫌羊酪誰能長守兔罝脫巾偏招相國逢竹便認吾家冬在芸臺閣裏煩君日日登車

近獲風痺之疾題寄所懷

病夫將已矣無可答君恩衾枕同羇客圖書委外孫久來從吏道常欲奉空門疾走機先息攲行力漸煩無醫能却老有變是游魂鳥宿還依伴蓬飄莫問根寓形齊指馬觀境制心猨唯借南榮地清晨暫負暄

奉和常閣老晚秋集賢院即事寄贈徐薛二侍郎

秘殿掖垣西書樓苑樹齊秋煙凝縹帙曉色上璇題門接承明近池連太液低疎鐘文馬駐繁葉綵禽栖職美綸將綍榮深組及珪九霄偏眷顧三事早提攜對案臨青玉窺書捧紫泥始歡新遇重還（一作懷）惜舊遊暌左宦登吳岫分家渡越溪賦中頻歎鵩卜處幾聽雞望闕應多戀臨津不用迷柏梁思和曲朝夕候金閨

酬顧況見寄

于越城邊楓葉高（一作落）楚人書裏寄離騷寒江鸂鶒思儔侶歲歲臨流刷羽毛

歲日作（一作口號）

更勞今日春風至枯樹無枝可寄花覽鏡唯看飄亂髮
臨風誰爲駐浮槎

元日觀百僚朝會

萬國賀唐堯清晨會百寮花冠蕭相府繡服霍嫖姚壽
色凝丹檻歡聲徹九霄御鑪分獸炭仙管弄雲韶日照
金觴動風吹玉佩搖都城獻賦者不得共趨朝

再過金陵

玉樹歌終王氣收鴈行高送石城秋江山不管興亡事
一任斜陽伴客愁

寄楊侍御（一作包何詩）

一官何幸得同時十載無媒獨見遺今日不論腰下組
請君看取鬢邊絲

全唐詩

李嘉祐

李嘉祐字從一趙州人天寶七年擢第授秘書正字坐
事謫鄱江令調江陰入爲中臺郎上元中出爲台州刺
史大曆中復爲袁州刺史與嚴維劉長卿冷朝陽諸人
友善爲詩麗婉有齊梁風集一卷今編詩二卷

江上曲

江心澹澹芙蓉花江口蛾眉獨浣紗可憐應是陽臺女
對坐鷺鷥嬌不語掩面羞看北（一作此）地人回身（一作首）忽作空
山語（一作巫山雨）蒼梧秋色不堪論千載依依帝子魂君看峰
上斑斑竹盡是湘妃泣淚痕

傷吳中

館娃宮中春已歸闔閭城頭鶯已飛復見花開人又老
橫塘寂寂柳依依憶昔吳王在宮闕館娃滿（一作貴）眼看花
發舞袖朝欺陌上春歌聲夜怨江邊月古來人事亦猶
今莫厭清觴與綠琴獨向西山聊一笑白雲芳草自知
心

夜聞江南人家賽神因題即事

南方淫祀（一作祠）古風俗楚嫗（一作媼）解（一作能）唱迎神曲鎗鎗銅鼓
蘆葉深寂寂瓊筵江水綠雨過風清洲渚閑椒漿醉盡
迎神還（一作神欲還）帝女凌空下湘岸番君隔浦向堯山月隱
回塘猶自舞一門依倚神之祐韓康靈（一作賣）藥不復求扁
鵲醫方曾莫覩逐客臨江空自悲月明流水無已時聽
此迎神送神曲攜觴欲弔屈原祠

古興

十五小家女雙鬟人不如蛾眉暫一見可直千金餘白
從得向蓬萊裏出入金輿乘玉趾梧桐樹上春鴉鳴曉
伴君王猶未起莫道君恩長不休婕妤團扇苦悲秋君
看魏帝鄴都裏惟有銅臺漳水流

雜興

花間昔日黃鸝囀妾向青樓已生怨花落黃鸝不復來
妾老君心亦應變君心比妾心妾意舊來深一別十年
無尺素歸時莫贈路傍金

送韋邕少府歸鍾山（一本題作送韋山人歸鍾山別業）

祈門官罷後（一作簿書閑罷後）負笈向桃源萬卷長開帙千峰不閉
（一作掩）門綠楊垂野渡（一作徑）黃鳥傍山村念爾能高枕丹墀會
一論

送盧員外往饒州

爲郎復典郡錦帳映朱輪露冕隨龍節停橈得水人早
霜蘆葉變寒雨石榴新莫怪諳風土三年作逐臣

送裴五歸京口

君罷江西日家貧爲一官還歸五陵去（一作上）只向遠峰看
暮色催人別秋風待雨寒遙知到三徑唯有菊花殘

送嚴維歸越州

艱難只用武歸向浉河東松雪千山暮林泉一水通鄉
心緣綠草野思看青楓春日（一作好）偏相憶裁書寄剡中

送杜士瞻楚州覲省

風流與才思俱似晉時人淮月歸心促（一作速）江花入興新
雲深滄海暮柳暗白田春共道官猶小憐君孝養親

送裴宣城上元所居

水流過海稀爾去換春衣淚向檳榔盡身隨鴻鴈歸草
思晴後發花怨雨中飛想到金陵渚酣歌對落暉

留別毘陵諸公

久作涔（一作岑）陽令丹墀忽再還淒涼辭澤國離亂到鄉山
北固灘（一作潮）聲滿南徐草色閑知心從此別相憶鬢毛斑

送獨孤拾遺先輩先赴上都

行春日已曉桂檝逐寒煙轉曲遙峰出看濤極浦連入
京當獻賦封事更聞天日日趨黃閣應忘雲海邊

常州韋郎中泛舟見餞

主人憑軾貴送客汎舟稀逼岸隨芳草回橈背落暉映
花雙節駐臨水伯勞飛醉與羣公狎春塘露冕歸

送崔侍御入朝

十年猶執憲萬里獨歸春舊國逢芳草青雲見故人潘
郎今鬢白陶令本家貧相送臨京口停橈淚滿巾

送岳州司馬弟之任

岳陽天水外念爾一帆遥野墅人煙迥山城鴈影多有
時巫峽色終日洞庭波丞相今爲郡應無勞者歌

裴侍御見贈斑竹杖

騷人誇竹杖贈我意何深萬點湘妃淚三年賈誼心願
持終白首誰道貴黃金他日歸愚谷偏宜綠綺琴

送張觀（一作勸）歸袁州

羨爾湘東去煙花尚可親綠芳深映鳥（一作馬）遠岫遞迎人
飢狖啼初日殘鶯惜暮春遙憐謝客興佳句又應新

冬夜饒州使堂餞相公五叔赴歙州

丞相過邦牧清絃送羽觴高情同客醉子夜爲人長斜
漢初過斗寒雲正護霜新安江自綠明主待惟良

蔣山開善寺（一作崔峒詩）

山殿秋雲裏香煙出翠微客尋朝磬至僧背夕陽歸下界千門在前朝萬事非看心兼送目葭菼自依依

晚發江寧道中呈嚴維

惆悵遥江路蕭條落日過蟬鳴獨樹急鴉向古城多轉曲隨青嶂因高見白波潘生秋徑草嚴子意如何

句容縣東青陽館作

句曲千峰暮歸人向遠煙風摇近水葉雲護欲晴一作霜天夕照留山館秋光落草一作野田征途傷斜日一騎獨翩翩

晚春宴無錫蔡明府一作長耆西亭

茅簷閑寂寂無事覺人和井近時澆圃城低下見河興緣芳草積情向遠峰多别日歸吴地停橈更一過

送王端赴朝

君承明主意日日上丹墀東閣論兵後南宫草奏期人稀傷河處槐暗入關時獨遣吴州客平陵結夢思

送王正字山寺讀書

欲究先儒教還過支遁居山一作篠堦閑聽法竹逕一作寺獨看書向日荷新卷迎秋柳半疎風流有佳句不一作又似帶經鋤

送房明府罷長寧令湖州客舍

君爲萬里宰恩及五湖人未滿先求退歸閑不厭貧遠峰晴更近殘柳雨還新要自趨丹陛明年雞樹親

詠螢

映水光難定凌虚體自輕夜風吹不滅秋露洗還明向燭仍分焰投書更有情猶將流亂影來此傍簷楹

送李中丞楊判官

射策名先著論兵氣自雄能全季布諾不道魯連功流水蒹葭外諸山睥睨中别君秋日晚回首夕陽空

至七里灘作

遷客投於越臨江淚滿衣獨隨流水遠轉覺故人稀萬木迎秋序千峰駐晚暉行舟猶未已惆悵暮潮歸

南浦渡口

寂寞横塘路新篁覆水低東風潮信滿時雨稻秔齊寡婦共租稅漁人逐鼓鼙慚無卓魯術解印謝黔黎

暮秋遷客增思寄京華

宋玉怨三秋張衡復四愁思鄉雁北至欲一作歎别水東流倚樹看黄葉逢人訴一作話白頭佳期不可失一作見落日自登樓

送蘇修往上饒

愛爾無羈束雲山恣意過一身隨遠岫孤櫂任輕波世事關心少漁家寄宿多蘆花泊舟處江月奈人何

題王十九茆堂

滿庭多種藥入里作山家終日能留客凌寒亦對花海鷗過竹嶼門柳拂江沙知爾卑棲意題詩美白華

送弘志上人歸湖州

山林唯幽靜行住不妨禪高月穿松逕殘陽過水田一作泉詩從宿世悟法爲本師傳能使南人敬修持香火緣

送陸士倫宰義興

陽羨蘭陵近高城帶水閑淺流通野寺緑茗蓋春山長吏多一作先愁罷遊人詎肯還知君日清淨無事掩重關

和張舍人中書宿直

漢主留才子春城直紫微對花閶闔静過竹吏人稀詔催添燭將朝欲更衣玉堂宜歲久且莫厭彤闈

司勳王郎中宅送韋九郎中往濠州

憐爾因同舍看書似外家出關逢落葉傍水見寒花送遠添秋思將衰戀歲華清淮倍相憶回首莫令賒

晚春送吉校書歸楚州吉中孚曾爲道士

詩人饒楚思淮上及春歸舊浦菱花發一作待閑門柳絮飛高名鄉曲重少事道流稀定向漁家醉殘陽臥釣磯

送嚴二擢第東歸

驟官就賓薦時輩詎爭先盛業推儒行高科獨少年迎秋見衰葉餘照逐鳴蟬舊里三峰下開門古縣一作道前

送冷朝陽及第東歸江寧

高第由佳句諸生似者稀長安帶酒别建業候潮歸稚子歡迎櫂鄰人爲掃扉含情過舊浦鷗鳥亦依依

送越州辛法曹之任

但能一官適莫羨五侯尊山色垂一作同趨府潮聲自到門緣塘剡溪路映竹五湖村王謝登臨處依依今尚存

送樊兵曹潭州謁韋大夫

塞鴻歸欲盡北客始辭春零桂雖逢竹湘川少見人江花鋪淺水山木暗殘春修刺轅門裏多憐爾爲親

送杜御史還廣陵

慚君從弱歲一作冠顧我比諸昆同事元戎久俱承國士恩隨鶯過淮水看柳向轅門草色金陵岸思心那可論

送兖州杜别駕之任

停車邀别乘促軫奏胡笳若見楚山暮因愁浙水賒河堤經淺草村徑歷蘩花更有堪悲處梁城春日斜

題裴十六少卿東亭

平津舊東閣深巷見南山卷箔嵐煙潤遮牕竹影閑傾茶兼落帽戀客不開關斜照窺簾外川禽時往還

同皇甫侍御題薦福寺一公房

虚室獨焚香林空静磬長閑窺數竿竹老在一繩床啜茗翻眞偈然燈繼夕陽人歸遠相送步屧出回廊

送從姪端之東都

虜近人行少憐君獨出城故關逢落葉寒日逐徂征聞笛添歸思看山愜野情皇華今絶少龍頷也相迎

送王諫議充東都留守判官

時稱謝康樂别事漢平津衰柳寒關道高車左掖臣背河見北雁到洛問東人憶昔遊金谷相看華髮新

和都官苗員外秋夜省直對雨簡諸知已

多一作久雨南宫夜仙郎寓一作上直時漏長丹鳳闕秋冷一作老白雲司一作詞螢影侵堦亂鴻聲出苑遲蕭條人吏散一作靜小謝有新詩

送從弟歸河朔

故鄉那可到令弟獨能歸諸將矜旄節何人重布衣空城流水在荒澤舊村稀秋日平原路蟲鳴桑葉飛

送崔夷甫員外和蕃

君過湟中去尋源未是賒經春逢白草盡日度黄沙雙節行爲伴孤烽到似家和戎非用武不學李輕車

春日長安送從弟尉吴縣

春愁能浩蕩，送別又如何。人向吳臺遠，鶯飛漢苑多。見花羞白髮，因爾憶滄波。好是神仙尉，前賢亦未過。

元日無衣冠入朝寄皇甫拾遺冉從弟補闕紓

伏奏隨廉使，周行外冗員。白髭空受歲，丹陛不朝天。秉燭千官去，垂簾一室眠。羨君青瑣裏，並冕入爐煙。

和韓郎中揚子津翫雪寄嚴維

雪深揚子岸，看柳盡成梅。山色潛知近，潮聲只聽來。夜禽驚曉散，春物受寒催。粉署生新興，瑶華寄上才。

送王牧往吉州謁王使君叔

細草綠汀洲，王孫耐（一作奈）薄遊。年華初冠帶，文體舊弓裘。野渡花爭發，春塘水亂流。使君憐（一作矜）小阮，應念倚門愁。

廣陵送林宰

清政過前哲，香名達至尊。明通漢家籍，重識府公恩。春景生雲物，風潮斂雪痕。長吟策羸馬，青楚入關門。

贈衛南長官赴任

吏曹難茂宰，主意念疲人。更事文犀節，還過白馬津。雲間辭北闕，樹裏出西秦。爲報陶明府，裁書莫厭貧。

自常州還江陰途中作

處處空籬落，江村不忍看。無人花色慘，多雨鳥聲寒。黃霸初臨郡，陶潛未罷（一作去）官。乘春務征伐，誰肯問凋殘。

潤州楊別駕宅送蔣九侍御收兵歸揚州

沴（一作冷）氣清金虎，兵威壯鐵冠。揚旌川色暗（一作晚），吹角水風寒。人對輜軿醉，花垂（一作看）睥睨殘。羨歸丞相閣（一作府），空望舊門（一作闌）欄。

仲夏江陰官舍寄裴明府

萬室邊江次，孤城對海安。朝霞晴作雨，濕氣晚生寒。苔色侵衣桁，潮痕上井欄。題詩招茂宰，思爾欲辭官。

送夏侯審參軍遊江東

袖中多麗句，未遣世人聞。醉夜眠江月，閑時逐海雲。荻花寒漫漫，鷗鳥暮羣羣。若到長沙苑，漁家更待君。

送袁員外宣慰勸農畢赴洪州使院

聖主臨前殿，殷憂遣使臣。氣迎天詔喜，恩發土膏春。草色催歸櫂，鶯聲爲送人。龍沙多道里，流水自（一作日）相親。

送侍御史四叔歸朝

淮南頻送別，臨水惜殘春。攀折隋宮柳，淹留秦地人。含情歸上國，論舊見平津。更接天津近，餘花映綬新。

登楚州城望驛路十餘里山村竹林相次交映

十里山村道，千峯櫟樹林。霜濃竹枝亞，歲晚荻花深。草市多樵客，漁家足水禽。幽居雖可羨，無那子牟心。

奉陪韋潤州遊鶴林寺

野寺江城近，雙旌五馬過。禪心超忍辱，梵語問多羅。松竹閑僧老，雲煙晚日和（一作多）。寒塘歸路轉，清磬隔微波。

奉酬路五郎中院長新除工部員外見簡

一門同秘省，萬里作長城。問絹蓮花府，揚旗細柳營。詞鋒偏却敵，草奏直論兵。何幸新詩贈，真（一作甘）輸小謝名。

送韋司直西行（此公深入道門）

不恥青袍故，尤宜白髮新。心朝玉皇帝，貌似紫陽人。湘浦眠鎖日，桃源醉度春。能文兼證道，莊叟是前身。

送上官侍御赴黔中

莫向黔中路，令人到欲迷。水聲巫峽裏，山色夜郎西。樹隔朝雲合，猨窺曉月啼。南方饒翠羽，知爾飲清溪。

送元侍御還荊南幕府

迢遞荊州路，山多水又分。霜林澹寒日，朔（一作朝）鴈（一作故）蔽南雲。八座由持節，三湘亦置軍。自當行直指，應不爲功勳。

登湓城浦望廬山初晴直省齋敕催赴江陰

西望香爐雪，千峯晚色（一作照）新。白頭悲作吏，黃紙苦（一作更）催人。多負登山屐，深藏漉酒巾。傷心公府內，手板日相親。

九日

惆悵重陽日，空山野菊新。兼葭百戰地，江海十年人。歎老堪衰柳，傷秋對白蘋。孤樓聞夕磬，塘路向城闉。

九日送人

晴景應重陽，高臺愴遠鄉。水澄千室倒，霧卷四山長。受節人逾老，驚寒菊半黃。席前愁此別，未別已沾裳。

春日淇上作（一作漢口春）

淇上（一作水）春風（一作來）漲，鴛鴦逐（一作逆）浪飛。清明桑葉小，度雨杏花稀。衛女紅粧薄，王孫白馬肥。相將踏青去，不解惜羅衣。

送從叔陽冰祗召赴都

自小從遊慣，多由戲笑偏。常時矜禮數，漸老荷優憐。見主承休命，爲郎貴晚年。伯喈文與篆，虛作漢家賢。

送友人入湘

聞說湘川路，年年苦雨（一作湖水）多。猨啼巫峽雨，月照洞庭波。窮海人還去，孤城鴈共過。青山不可極，來往自蹉跎。

送裴員外往江南

公務江南遠，留驩幕下榮。楓林緣楚塞，水驛到湓城。岸草知春晚，沙禽好夜驚。風帆幾度泊，處處暮潮聲。

登秦嶺

南登秦嶺頭，回望始堪愁。漢闕青門遠，高山藍水流。三湘遷客去，九陌故人遊。從此辭鄉淚，雙垂不復收。

送張惟儉秀才入舉

清秀過終童，攜書訪老翁。以吾爲世舊，憐爾繼家風。淮岸經霜柳，關城帶月鴻。春歸定得意，花送到東中。

送韋侍御湖南幕府

執憲隨征虜，逢秋出故關。雨多愁郢路，葉下識衡山。地遠從軍樂，兵強分野閑。皇家不易將，此去未應還。

同皇甫冉赴官留別靈一上人

法許廬山遠，詩傳休上人。獨歸雙樹宿，靜與百花親。對物（一作劫）雖留興，觀空已悟身。能令折腰客，遥賞竹房春。

送客遊荊州

草色隨驄馬，悠悠共出秦。水傳雲夢曉，山接洞庭春。帆影連三峽，猨聲在四鄰。青門一分首，難見杜陵人。

與鄭錫遊春

東門垂柳長，回首獨心傷。日暖臨芳草，天晴憶故鄉。映花鶯上下，過水蝶悠颺。借問同行客，今朝淚幾行。

故燕國相公輓歌二首

文若爲全德，留侯是重名。論公（一作功）長不宰，因病得無生。大夢依禪定，高墳共（一作仰）化城。自應憐寂滅，人世但傷情。

共美持衡日，皆言折檻時。蜀侯（一作臣）供廟略，漢主缺台司。車馬行仍止，笳簫咽又悲。今年杜陵陌（一作柏），殄瘁百花遲。

故吏部郎中贈給事中韋公挽歌二首

神理今何在斯人竟若斯顏淵徒有德伯道且無兒白髮令非老青雲數有奇誰言夕郎拜翻向夜臺悲

社里東城接松阡北地開聞笳春色慘執紼故人哀終日南山對何時渭水回仁兄與恩舊相望泣泉臺

全唐詩

李嘉祐

和袁郎中破賊後經剡縣山水上太尉

受律仙郎貴長驅下會稽鳴笳山月曉搖旆野雲低翦寇人皆賀迴軍馬自嘶地閑春草綠城靜夜烏啼破竹清閩嶺看花入剡溪元戎催獻捷莫道事攀躋

送評事十九叔入秦

白露沾蕙草王孫轉憶歸蔡州新戰罷郢路去人稀謁帝不辭遠懷親空有違孤舟看落葉平楚逐斜暉北闕見端冕南臺當繡衣唯余播遷客只伴鷓鴣飛

贈王八衢（一本此下有州字）

丹地偏相逐清江若有期腰金才子貴剖竹老人遲桂楫閑迎客茶甌對說詩渚田分邑里山桂樹罙恩心靜無華鬢人和似古時別君遠山去幽獨更應悲

入睦州分水路憶劉長卿

北闕忤明主南方隨白雲泝洄灘草色應接海鷗羣建德潮已盡新安江又分回看嚴子瀨朗詠謝安文雨過暮山碧猨吟秋日曛吳洲不可到刷鬢爲思君

奉和杜相公長興新宅卽事呈元相公

意有空門樂居無甲第奢經過容法侶雕飾讓侯家隱樹重簷肅開園一逕斜據梧聽好鳥行藥寄名花夢蝶雷清簟垂貂坐絳紗當山不掩戶映日自傾茶雅望歸安石深知在叔牙還成吉甫頌贈荅比瑤華

江湖秋思

趨陪禁掖鴈行隨遷向江潭鶴髮垂素浪遙疑八谿水清楓忽似萬年枝嵩南春徧傷魂夢壺口雲深隔路岐共望漢朝多霈澤蒼蠅早晚得先知

送朱（一作宋）中舍游江東

孤城郭外送王孫越水吳洲共爾論野寺山邊斜有逕漁家竹裏半開門青楓獨映搖前浦白鷺閑飛過遠村若到西陵征戰處不堪秋草自傷魂

送竇拾遺赴朝因寄中書十七弟（竇拾遺叔向其弟竇舒也）

自歎未霑黃紙詔那堪遠送赤墀人老爲僑客偏相戀素是詩家倍益親妻兒共載無羈思鴛鷺同行不負身憑爾將書通令弟唯論華髮愧頭巾

自蘇臺至望亭驛人家盡空春物增思悵然有作因寄從弟紓

南浦菰蔣覆白蘋東吳黎庶逐黃巾野棠自發空臨（一作流）水江燕初歸不見人遠岫（一作樹）依依如送客平田渺渺獨傷春那堪回首長洲苑烽火年年報虜塵

承恩量移宰江邑臨鄱江悵然之作

四年謫宦滯江城未厭門前鄱水清誰言宰邑化黎庶欲別雲山如弟兄雙鷗爲底無心狎白髮從他遶鬢生惆悵閑眠臨極浦夕陽秋草不勝情

題靈臺縣東山村主人

處處征胡人漸稀山村寥落暮煙微門臨莽蒼經年閉身逐嫖姚幾日歸貧妻白髮輸殘稅餘寇黃河未解圍天子如今能用武衹應歲晚息兵機

同皇甫冉登重玄閣

高閣朱欄不厭遊蒹葭白水遶長洲孤雲獨鳥川光暮萬井千山海色秋清梵林中人轉靜夕陽城上角偏愁誰憐（一作堪）遠作秦吳別離恨歸心雙淚流

宋州東登望題武陵驛

梁宋人稀鳥自啼登壚一望倍含悽白骨半隨河水去黃雲猶傍郡城低平陂戰地花空落舊苑春田草未齊明主頻移虎符守幾時行縣向黔黎

晚登江樓有懷

獨坐南樓佳興新青山綠水共爲鄰爽氣遙分隔浦岫斜光偏照渡江人心閑鷗鳥時相近事簡魚竿私自親只憶帝京不可到秋琴一弄欲沾巾

遊徐城河忽見清淮因寄趙八

自緣遲暮憶滄洲翻愛南河濁水流初過重陽惜殘菊行看舊浦識羣鷗朝霞映日同歸處暝柳搖風欲別秋長恨相逢卽分首含情掩淚獨回頭

題遊仙閣白（一作息）公廟

仙冠輕舉竟何之薜荔緣堦竹映祠甲子不知風馭日朝昏唯見雨來時霓旌翠蓋終難遇流水青山空所思逐客自憐雙鬢改焚香多負白雲期

送鄭正則漢陽迎婦

錦字相催鳥急飛郎君暫脫老萊衣遙想雙眉待人畫行看五馬送潮歸望夫山上花猶發新婦江邊鶯未稀令秩和鳴眞可羨此行誰道負春輝

送皇甫冉往安宜

江皋盡日唯煙水君向白田何日歸楚地蒹葭連海迥隋朝楊柳映堤稀津樓故市無行客山館荒城閉落暉若問行人與征戰使君雙淚定霑衣

晚發咸陽寄同院遺補

征戰初休草又衰咸陽晚眺淚堪垂去路全無千里客秋田不見五陵兒秦家故事隨流水漢代高墳對石碑回首青山獨不語羨君談笑萬年枝

早秋京口旅泊章侍御寄書相問因以贈之時七夕

移家避寇逐行舟厭見南徐江水流吳越（一作地）征徭非舊日秣陵凋弊不宜秋千家閉戶無砧杵七夕何人望斗牛衹有同時驄馬客偏宜（一作題）尺牘問窮愁

秋曉（一作晚）招隱寺東峯茶宴送內弟閻伯均歸江州

萬畦新稻傍山村數里深松到寺門幸有香茶留稺子

（一作學）不堪秋草送王孫。煙塵怨別唯愁隔，井邑蕭條誰忍論。莫怪臨岐獨垂淚，魏舒偏念外家恩。

送嚴員外（一作劉長卿詩）

春風倚棹闔閭城，水國春寒陰復晴。細雨濕衣看不見，閑花落地聽無聲。日斜江上孤帆影，草綠湖南萬里情。君去若逢相識問，青袍今已誤儒生。

赴南中留別褚七少府湖上林亭（一作劉長卿詩）

種田東郭傍春陂，萬事無情把釣絲。綠竹放侵行逕裏，青山常對卷簾時。紛紛花發門空閉，寂寂鶯啼日更遲。從此別君千萬里，白雲流水憶佳期。

與從弟正字從兄兵曹宴集林園

竹窗松戶有佳期，美酒香茶慰所思。輔嗣外生還解易，惠連群從總能詩。簷前花落春深後，谷裏鶯啼日暮時。去路歸程仍待月，垂韁不控馬行遲。

酬皇甫十六侍御曾見寄（此公時貶舒州司馬）

自顧衰容累玉除，忽承優詔赴銅魚。江頭鳥避青旄節，城裏人迎露網車。長沙地近悲才子，古郡山多憶舊廬。更枉新詩思何苦，離騷愁（一作怨）處亦無如。

暮春宜陽郡齋愁坐忽枉劉七侍御新詩因以酬答

子規夜夜題檐葉，遠道逢春（一作春來）半是愁。芳草伴人還易老，落花隨水亦東流。山臨睥睨恒多雨，地接瀟湘畏及秋。唯羨君爲周柱史，手持黃紙到滄洲。

送舍弟

諸謝偏推永嘉守，三何獨許水曹郎。老兄鄙思難儔匹，令弟清詞堪比量。疊嶂入雲藏古寺，高秋背月轉南湘。定知馬上多新句，早寄袁溪當八行。

送從弟永任饒州錄事參軍

一官萬里向千溪，水宿山行魚浦西。日晚長煙高岸近，天寒積雪遠峰低。蘆花渚裏鴻相叫，苦竹叢邊猿暗啼。聞道慈親倚門待，到時蘭葉正萋萋。

送馬將軍奏事畢歸滑州使幕

吳門別後蹈滄州，帝里相逢俱白頭。自歎馬卿常帶病，還嗟李廣未封侯。棠梨宮裏瞻龍袞，細柳營前著豹裘。想到滑臺桑葉落，黃河東注荻花秋。

聞逝者自驚

亦知死是人間事，年老聞之心自疑。黃卷清琴總爲累，落花流水共添悲。願將從藥看真訣，又欲休官就本師。兒女眼前難喜捨，彌憐雙鬢漸如絲。

傷歙州陳二使君

憐君辭滿（一作苦）臥滄洲，一旦云亡萬事休。慈母斷腸妻獨泣，寒雲慘色水空流。江村故老長懷惠，山路孤猨亦共愁。寂寞荒墳近漁浦，野松孤月即千秋。

白田西憶楚州使君弟

山陽郭裏無潮，野水自向新橋。魚網平鋪荷葉，鷺鷥閒步稻苗。秣陵歸人惆悵，楚地連山寂寥。却憶士龍寶閣，清琴綠竹（一作水）蕭蕭。

送陸澧還吳中（一作劉長卿詩）

瓜步寒潮送客，楊花暮雨霑衣。故鄉南望何處，秋水連天獨歸。

春日憶家（一作春日歸山）

自覺勞鄉夢，無人見客心。空餘庭草色，日日伴愁襟。

遠寺鐘

疎鐘何處來，度竹兼拂水。漸逐微風聲（一作歛），依依猶在耳。

白鷺

江南淥水多，顧影逗輕波。落日秦雲裏，山高奈若何。

夜宴南陵留別

雪滿前庭月色閑，主人留客未能還。預愁明日相思處，匹馬千山與萬山。

題前溪館

兩年謫宦在江西，舉目雲山要自迷。今日始知風土異，潯陽南去鷓鴣啼。

過烏公山寄錢起員外

雨過青山猨叫時，愁人淚點石榴枝。無端王事還相繫，腸斷蒹葭君不知。

寄王舍人竹樓

傲吏身閑笑五侯，西江取竹起高樓。南風不用蒲葵扇，紗帽閑眠對水鷗。

韋潤州後亭海榴

江上年年小雪遲，年光獨報海榴知。寂寂山城風日暖，謝公含笑向南枝。

送崔十一弟歸北京

潘郎美貌謝公詩，銀印花驄年少時。楚地江皐一爲別，晉山沙水獨相思。

訪韓司空不遇

圖畫風流似長康，文詞體格效陳王。蓬萊對去（一作奏對）歸常晚，叢竹（一作當）閑飛滿夕陽。

題道虔上人竹房

詩思禪心共竹閑，任他流水向（一作到）人間。手持如意高窗裏，斜日沿江千萬山。

秋朝木芙蓉

水面芙蓉秋已衰，繁條到是著花時。平明露滴垂紅臉，似有朝愁暮落悲。

袁江口憶王司勳王吏部二郎中起居十七弟

京華不啻三千里，客淚如今一萬雙。若個最爲相憶處，青楓黃竹入袁江。

答泉州薛播使君重陽日贈酒

欲強登高無力去，籬邊黃菊爲誰開。共知不是潯陽郡，那得王弘送酒來。

題張公洞

空山杳杳鸞鳳飛，神仙門戶開翠微。主人白髮雪霞衣，松間留我談玄機。

句

水田飛白鷺，夏木囀黃鸝。（李肇稱嘉祐有此句，王右丞取以爲七言。今集中無之）

白馬撼金珂，紛紛侍從多。身居驃騎幕，家住滹沱河。（少年行 詩式）

溪北映初星。（海錄碎事）

全唐詩

包何

包何字幼嗣潤州延陵人融之子與弟佶齊名世稱二包登天寶進士第大曆中爲起居舍人詩一卷

送泉州李使君之任（一作送李使君赴泉州）

傍海皆荒服分符重漢臣雲山百越路市井十洲人執玉來朝遠還珠入貢頻連年不見雪到處即行春

和孟虔州閑齋即事

古郡鄰江嶺公庭半薜蘿府寮閑不入山鳥靜偏過睥睨臨花柳欄干枕芰荷麥秋今欲至君聽兩岐歌

同李郎中淨律院梡子樹

本（一作木）梡稀難識沙門種則生葉殊經寫字子爲佛稱名濾水澆新長燃燈暖更榮亭亭無別意只是勸修行

同閻伯均宿道士觀有述

南國佳人去不迴洛陽才子更須媒綺琴白雪無心弄羅幌清風到曉開冉冉修篁依戶牖迢迢列宿映樓臺縱令奔月成仙去且作行雲入夢來

送烏程王明府貶巴江

一片孤帆無四鄰北風吹過五湖濱相看盡是江南客獨有君爲嶺外人

同舍弟佶班韋二員外秋苔對之成詠

每看苔蘚色如向薄書閒幽思纏芳樹高情寄遠山雨痕連地綠日色出林斑郄笑興公賦臨危滑石間

送王汶（一作文）宰江陰

郡北（一作此郡）乘流去花間竟日行海魚朝滿市江鳥夜喧城上酒非關病援琴不在聲應緣五斗米數日滯淵明

和苗員外寓直中書（一作和苗員外寓直寄臺中舍弟）

朝列稱多士君家有二難貞爲臺裏柏芳作省中蘭夜宿（一作直）分曹潤（一作閒）晨（一作朝）趨接武歡每憐雙闕下鴈序入鴛鷺

闕下芙蓉

一人理國致昇平萬物呈祥助聖明天上河從闕下過江南花向殿前生慶雲垂蔭開難落湛露爲珠滿不傾更對樂懸張宴處（一作筵筵）歌工欲奏採蓮聲

江上田家

近海川原薄人家本自稀黍苗期臘酒霜葉是寒衣市井誰（一作雖）相識漁樵夜始歸不須騎馬問恐畏（一作是）狎鷗飛

送韋侍御奉使江嶺諸道催青苗錢

近遠（一作遠近）從王事南行處處經手持霜簡白心在夏苗青迴鴈書應報愁猨夜（一作宮）屢聽因君使絕域方物盡來庭

和程員外春日東郊即事

郎官休浣憐遲日野老歡娛爲有年幾處折花驚蝶夢數家留葉待蠶眠藤垂宛（一作委）地縈珠履泉迸侵階浸綠錢直到閉關朝謁去鶯聲不散（一作語）柳含煙

裴端公使院賦得隔簾見春雨

細雨未成霖垂簾但覺陰唯看上砌濕不遣入簷深度隙霑霜簡因風潤綺琴須移戶外屨簷溜夜相侵

相里使君第七男生日（一作生日）

娶妻生子復生男獨有君家衆所談荀氏八龍唯欠一桓山四鳳已過三他時幹蠱聲名著今日懸弧宴樂酣誰道衆賢能繼體須知箇箇出於藍

同諸公尋李方直不遇

聞說到揚州吹簫憶舊遊人來多不見莫是上迷樓

婺州留別鄧使君

西掖馳名久東陽出守時江山婺女分風月隱侯詩別恨雙溪急留歡五馬遲迴舟映沙嶼未遠剩相思

寄楊侍御（一作包佶詩）

一官何幸得同時十載無媒獨見遺今日不論腰下組請君看取鬢邊絲

賦得秤送孟孺卿

願以金秤錘（一作錘秤）因君贈別離鉤懸新月吐衡舉衆星隨掌握須（一作應）平執錙銖必盡知由來投分審莫放（一作被）弄權移

長安曉望寄崔補闕（一作司空曙詩）

迢遞山河擁帝京參差宮殿接雲平風吹曉漏經長樂柳帶晴煙出禁城天淨笙歌臨路發日高車馬隔塵行自憐久滯諸生列未得金閨籍姓名（曙詩末句與此異云獨有淺才甘未達自慚名在魯諸生）

賈邕

賈邕天寶九年登進士第詩一首

送蕭穎士(一作夫子)赴東府得路字(劉太眞撰序)

蕭夫子赴東府門人送者十二人劉太眞爲之序云先師微言既絶者千有餘載至夫子而後洵美無度得夫天和頃東倭之人踰海來賓舉其國俗願師於夫子夫子辭以疾而不之從也退然貧居述作萬卷去其浮辭存乎正言昔左氏失於煩穀梁失於短公羊失於俗而夫子爲其折衷王公交辟拒而不應從官三年始叅謀於洛京家兄與先鳴者六七人奉壺開筵執弟子之禮於路左太眞以文求進以無聞見舉而不悋爲夫子羞春雲輕陰草色新碧皎皎疋馬出於青門吾徒喟然瞻望不及賦詩仰餞者自相里造賈邕以下凡十二人皆及門之選也(按序稱賦詩十二人紀事以鄔載不預會僅得九人之詩所闕者相里造及劉太眞詩其一人并姓名亦逸之矣穎士門人可考者自賦詩諸賢外有尹徵王恒盧異盧士式趙匡閻士和柳并及李陽李幼卿皇甫冉陸渭而賈邕之受業在穎士客濮陽時云)

子欲適東周門人盈岐路高標信難仰薄官非始務綿邈千里途衰回四郊暮征車日云遠撫已慙深顧

劉舟(一作冉)

劉舟天寶中登進士第詩一首

送蕭穎士(一作夫子)赴東府得適字

大名掩諸古獨斷無不適德遂天下宗官爲幕中客驪山浮雲散灞峴零雨夕請業非遠期圓光再生魄

長孫鑄

長孫鑄天寶十二年登進士第詩一首

送蕭穎士(一作夫子)赴東府得離字

大德詎可擬高梧有長離素懷經綸具昭世猶安卑落日去關外悠悠隔山陂我心如浮雲千里相追隨

房白

房白天寶中登進士弟詩一首

送蕭穎士(一作夫子)赴東府得還字

夫子高世蹟時人不可攀今予亦云幸謬得承溫顏良策資入幕遂行從近關青春灞亭别此去何時還

元晟

元晟河南府進士詩一首

送蕭穎士(一作夫子)赴東府得引字

吾見夫子德誰云習相近數仞不可窺言味終難盡處喧慮常澹作吏心亦隱更有嵩少峰東南爲勝引

劉太冲

劉太冲彭城人天寶十二年登進士第詩一首

送蕭穎士(一作夫子)赴東府得淺字

吾師繼微言贊述在墳典寸祿聊自資平生宦情鮮透遲東州(一作周)路春草深復淺日遠夫子門中心曷由展

姚發

姚發天寶十二年登進士第詩一首

送蕭穎士(一作夫子)赴東府得草字

天生良史筆浪跡擅文藻中夏授叅謀東夷願聞道行軒颳春日餞席藉芳草幸得師季良欣畱篚笥寶

鄭愕

鄭愕天寶十二年登進士第詩一首

送蕭穎士(一作夫子)赴東府得往字

斤溪數畝田素心擬長往緊君曲得引使我纓俗網風塵豈不勞道義成心賞春郊桃李月忍此戒征兩

殷少野

殷少野天寶十二(一作六)年登進士第詩一首

送蕭穎士(一作夫子)赴東府得散字

官閑幕府下聊以任縱誕文學魯仲尼高標嵇中散出門時雨潤對酒春風暖感激知己恩别離魂欲斷

鄔載

鄔載天寶十二年登進士第詩一首

送蕭穎士(一作夫子)赴東府得君字

策名十二載獨立先斯文邇(一作爾)來及門者半已昇青雲青雲豈無姿黄鵠素不羣一辭芸香吏幾歲滄江濆散職既不羈天聽(一作聰)亦昭聞雖承急賢詔未謁陶唐(一作唐虞)君薄俸還自急此言那足云和風媚東郊時物滋南薰蕙草正可摘豫章猶未分宗師忽千里使我心氛氳

全唐詩

皇甫曾

皇甫曾字孝常冉母弟也天寶十二載登進士第歷侍御史坐事徙舒州司馬陽翟令詩名與兄相上下當時比張氏景陽孟陽云集一卷今編詩一卷

奉陪韋中丞使君遊鶴林寺

古寺傳燈久層城閉閣閑香花同法侶旌旆入深山寒磬虛空裏孤雲起滅間謝公憶高臥徒御(一作望)欲東(一作忘)還

奉送杜侍御還京(一作杜中丞一作林中丞)

罷戰回龍節朝天上(一作識一作見)鳳池寒生五湖道春入(一作及)萬年枝召(一作郡)化多遺愛胡(一作官)清已畏知懷恩偏感别墮淚

向旌麾

酬鄭侍御（一作高郵）秋夜見寄

搖落空林夜河陽興已生未（一作欲）辭公府步知結遠山情高柳風難定寒泉月助明袁公方臥雪尺素及柴荊

酬竇拾遺秋日見呈（時此公自江陰令除諫官）

孤城永巷時相見衰柳閑門日半斜欲送近臣朝魏闕猶憐殘菊在陶家

韋使君宅海榴詠

淮陽臥理有清風臘月榴花帶雪紅閉閣寂寥常對此江湖心在數枝中

送普上人還陽羨（一作皇甫冉詩）

花宮難久別道者憶千燈殘雪入林路暮山歸寺僧日光依嫩草泉響滴春冰何用求方便看心是一乘

送李中丞歸本道（一作送人作使歸）

上將還專席（一作宜分閫）雙旌復出（一作去）秦關河三晉路賓從五原人孤戍雲連海平沙雪度春（一作碣石山通海滹沱雪度春）酬恩看玉劒何處有烟塵

和謝舍人雪夜寓直

禁省夜沈沈春風雪滿林滄洲歸客夢青瑣近（一作侍）臣心揮翰宣（一作宜）鳴玉承恩在賜金建章寒漏起（一作章臺寒雁起）更助掖垣深

尋劉處士

幾年人不見林下掩柴關留客當清夜逢君話舊山隔城寒杵急帶月早鴻還南陌雖相近其如隱者閑

哭（一作傷）陸處士

從此無期見柴門（一作扉）對雪開二毛逢世難萬恨掩泉臺返照空堂夕孤城弔客迴漢家偏訪道猶畏（一作未）鶴書來

烏程水樓留別

悠悠千里去惜此一尊同客散高樓上帆飛細雨中山程隨遠水楚思在（一作望一作任）青楓共說前期易滄波處處同（一作通）

題贈吳（一作雲）門（一作送雲林）邕上人

春山唯一室獨坐草萋萋身寂心成道花閑（一作開）鳥自啼細泉松徑裏返景竹林西晚與門人別依依出虎溪

送陸鴻漸山人採茶回（一本無回字）

千峯待逋客香茗復叢生採摘知深處烟霞羨獨行幽期山寺遠野飯石泉清寂寂燃燈夜（一作火）相思一磬（一作磬一）聲

寄劉員外長卿

南憶新安郡千山帶夕陽斷猨知夜久秋草助江長疎髮應成素青松獨耐霜愛才稱漢主題柱待回鄉（一作劉郎）

寄張仲（一作衆）甫

悲風生舊浦雲嶺隔東田伏臘同雞黍柴門閉雪天孤村明夜火稚子候歸船靜者心相憶離居畏度年

送元侍御充使湖南

雲夢南行盡三湘萬里流山川重分手（一作首）徒御亦悲秋白簡勞王事清猨助客愁離羣復多病歲晚憶滄洲

晚至華陰

臘盡促歸心行人及華陰雲霞仙掌出松柏古祠深野渡冰生岸寒川燒隔林溫泉看（一作程）漸近（一作遠）宮樹晚沈沈

送孔徵士

谷口山多（一作多山一作多齒）處君歸不可尋家貧青史在身老白雲深掃雪開松徑疏泉過竹林餘（一作余）生負丘壑相送亦何心

秋興

流螢與落葉秋晚共紛紛返照城中盡寒砧雨外聞離人見衰鬢獨鶴暮（一作慕）何羣楚客在千里相思看碧雲

送歸中丞使新羅

南幰（一作憲）銜恩去東夷泛海行天遙辭上國水盡到孤城已變炎涼氣仍愁浩淼程雲濤不可極來往見雙旌

送少微上人東南遊

石梁人不到獨往更迢迢乞食山家少尋鐘野寺遙松門風自掃瀑布雪難消秋夜聞清梵餘音逐海潮

送韋判官赴閩中

孤棹閩中客雙旌海上軍路人從北少海（一作嶺）水向南分野鶴傷秋別林猨忌夜聞漢家崇亞相知子（一作汝）遠邀勳

送人還（一作往）荊州（一作李嘉祐詩）

草色隨驄馬悠悠同出秦水傳雲夢曉山接洞庭春帆影連三峽猨聲近四隣青門一分手難見杜陵人

寄淨虛上人初至雲門（一作劉長卿詩）

寒蹤白雲裏法侶自提攜竹徑通城下松門隔水西方同沃洲去不似武陵迷彷彿方（一作心）知處高峯是會稽

春和杜相公移入長興宅奉呈諸宰執

欲向幽偏適還從絕地移秦官鼎食貴堯世土階卑戟戶槐陰滿書窗竹葉垂才（一作纔）分午夜漏遙隔萬年枝北闕深恩在東林遠夢知日斜門掩（一作杳）暎山遠樹參差論道齊鴛（一作鸞）翼題詩憶鳳池從公亦何幸長與珮聲隨

路中口號

還鄉不見家年老眼多淚車馬上河橋城中好天氣

山下泉

漾漾帶山光澄澄倒林影那知石上喧却憶（一作益）山中靜

早朝日寄所知

長安雪夜（一作後）見歸鴻紫禁朝天拜舞同曙色漸分雙闕下（一作裏）漏聲遙在百花中爐煙乍起開仙仗玉佩纔成（一作成行）引上公共荷發生同雨露不應黃葉久隨風

秋夕寄懷契（一作素）上人

已見槿花朝委露獨悲孤鶴（一作憔悴）在人羣眞僧出世心無事靜夜名香手自焚窗臨絕澗聞（一作同）流水客至孤峯掃白雲更想清晨誦經處獨看松上雪（一作雨）紛紛

張芬（一作芳）見訪郊居作

林中雨散早涼生已有迎秋促織聲三徑荒蕪羞對客十年衰老愧稱兄愁心自惜江蘺晚（一作短）世事方看木槿榮君若罷官攜手日（一作去）尋山莫算（一作計）白雲程

贈鑒上人（一作贈別鑒公）

律儀傳教誘僧臘老煙霄樹色依禪誦泉聲入寂寥寶龕（一作龍）經末劫（一作來遠國）畫壁見南朝深竹（一作戶）風開合寒潭（一作泉）月動搖息心歸靜理愛道坐（一作定至）中宵更欲尋眞去乘船過海潮

奉寄中書王舍人

腰金載筆謁承明至（一作志）道安禪得此生西掖幾年綸綍

貴東山遥夜辟蘿情風傳刻漏星河曙月上梧桐雨露清聖主好文誰爲薦閉門空賦子虛成

送湯中丞和蕃

繼好中司出天心外國知已傳堯雨露更說漢威儀隴上應回首河源復載馳孤峯問徒御空磧見旌麾春草鄉愁起邊城旅夢移莫嗟行遠地此去荅恩私

送和西蕃使

白簡初分命黃金已在腰恩華通外國徒御發中朝雨雪從邊起旌旗上隴遥暮天沙漠漠空磧馬蕭蕭寒路隨河水關城見柳條和戎先罷戰知勝霍嫖姚

送王相公赴幽州

台衮兼戎律勤憂秉化元鳳池東被寵龍節北方尊長路山河轉前驅鼓角喧人安布時令地遠荅君恩暮日平沙迥秋風大旆翻漁陽在天末戀別信陵門

送徐大夫赴南海

舊國當分閫天涯荅聖私大軍傳羽檄老將拜旌旗位重登壇後恩深弄印時何年諫獵賦今日飲泉詩海内求民瘼城隅見島夷由來黃霸去自有上台期

贈沛(一作霈)禪師

南嶽滿(一作滿)湘沅(一作源)吾師經利涉身歸沃洲老名與支公接淨教傳荆吳道緣止漁獵觀空色不染對境心自愜室中人寂寞門外山重(一作稠)疊天台積幽夢早晚當(一作處歸)負笈

苧嶺四望

漢家仙仗在咸陽洛水東流出建章野老至今猶望幸離宮秋樹獨蒼蒼

過劉員外長卿别墅(一作碧澗別業)

謝客開山後郊扉積(一作去)水通江湖千里(一作十年)别衰老一尊同返照寒川滿平田暮雪空滄洲自有趣不便(一作復泣)哭途窮

遇風雨作(一作樵漁詩)

草草理夜裝涉江又登陸望路殊未窮指期今已促傳呼戒徒馭振轡轉林麓陰雲擁巖端霑雨當山腹震雷如在耳飛電來照目獸跡不敢窺馬蹄惟務速虔心若齋禱濡體如沐浴萬竅相怒號百泉暗奔瀑危梁慮足跌峻坂憂車覆問我何以然前日愛微祿轉知人代事纓組乃徽束向若家居時安枕春夢熟遵途稍已近候吏來相續曉霽心始安林端見初旭

送商州杜中丞赴任

安康地理接商於帝命專城總賦輿夕拜忽辭青瑣闥晨裝獨捧紫泥書深山古驛分騶騎芳草閑雲逐隼旟綺皓清風千古在因君一爲謝巖居

送著公歸越

誰能愁此别到越會相逢長憶雲門寺門前千萬峯石牀埋積雪山路倒枯松莫學白居(一作衣)士無人知去蹤

送鄭秀才貢舉

西去意如何知隨貢士科吟詩向月路驅馬出煙蘿晚色寒蕪遠秋聲候雁多自憐歸未得相送一勞歌

錫杖歌送明楚上人歸佛川(一作德興詩)

上人遠自西天至頭陀行遍南朝寺口翻貝葉古字經手持金策聲泠泠護法護身惟振錫石瀨雲溪深寂寂乍來松徑風露寒遥暎霜天月成魄後夜空山禪誦時寥寥挂在枯樹枝眞法嘗傳心不住東西南北隨緣路佛川此去何時迴應眞莫便遊天台

玉山嶺上作

悠悠驅匹馬征路上連岡晚翠深雲竇寒臺淨石梁秋花偏似雪楓葉不禁霜愁見前程遠空郊下夕陽

國子柳博士兼領太常博士輒申賀贈

博士本秦官求才帖職難臨風曲臺淨對月碧池寒講學分陰重齋祠曉漏殘朝衣辨色處雙綬更宜看

送裴秀才貢舉

儒衣羞此别去抵漢公卿賓貢年猶少篇章藝已成臨流惜暮景話别起鄉情離酌不辭醉西江春草生

贈老將

白草黃雲塞上秋曾隨驃騎出并州轆轤劒折虬鬚白轉戰功多獨不侯

全唐詩

高適

高適字達夫渤海蓨人舉有道科釋褐封丘尉不得志去游河右哥舒翰表爲左驍衛兵曹掌書記進左拾遺轉監察御史潼關失守適奔赴行在擢諫議大夫節度淮南李輔國譖之左授太子少詹事出爲蜀彭二州刺史進成都尹劒南西川節度使召爲刑部侍郎轉散騎常侍封渤海縣侯永泰二年卒贈禮部尚書謚曰忠適喜功名尚節義年過五十始學爲詩以氣質自高每吟一篇已爲好事者傳誦開寶以來詩人之達者惟適而已集二卷今編四卷

銅雀妓

日暮銅雀迥秋深玉座清蕭森松柏望委鬱綺羅情君恩不再得妾舞為誰輕

塞下曲

結束浮雲駿翩翩出從戎且憑天子怒復倚將軍雄萬鼓雷殷地千旗火生風日輪駐霜戈月魄懸琱弓青海陣雲匝黑山兵氣衝戰酣太白高戰罷旄頭空(一本無戰酣二句)萬里不惜死一朝(一作陣)得成功畫圖麒麟閣入朝明光宮大笑向文士一經何足窮古人昧此道往往成老翁

塞上

東出盧龍塞浩然客思孤亭堠列萬里漢兵猶備胡邊塵漲北溟虜騎(一作塞馬)正南驅轉鬬豈長策和親非遠圖惟昔李將軍按節出皇(一作臨此)都總戎掃大漠一戰擒單于常懷感激心願効縱橫謨倚劒欲誰語關(一作山)河空鬱紆

薊門行五首

薊門逢古(一作故)老獨立思氛氳一身既零丁頭鬢白紛紛勳庸今已矣不識霍將軍

漢家能用武開拓窮異域戍卒厭糠覈降胡飽衣食關(一作開)亭試一望吾欲淚沾臆

邊城十一月雨雪亂霏霏元戎號令嚴人馬亦輕肥羌胡無盡日征戰幾時歸

幽州多騎射結髮重橫行一朝事將軍出入有聲名紛紛獵秋草相向角弓鳴

黯黯(一作茫茫)長城外日沒更煙塵胡騎雖憑陵漢兵不顧身古樹滿空塞黃雲愁殺人

效古贈崔二

十月河洲時一看有歸思風飆生慘烈雨雪暗天地我輩今胡為浩哉迷所至緬懷當塗者濟濟居聲位邈然在雲霄寧肯更淪躓周旋多燕樂門館列車騎美人芙蓉姿狹室蘭麝氣金鑪陳獸炭談笑正得意豈論草澤中有此枯槁士我慙經濟策久欲甘棄置君負縱橫才如何尚顑頷長歌增鬱怏對酒不能醉窮達自有時夫子莫下淚

鉅鹿贈李少府

李侯雖薄宦時譽何籍籍駿馬常借人黃金每留客投壺華館靜縱酒涼風夕即此遇神仙吾欣知損益

東平留贈狄司馬(曾與田安西充判官)

古人無宿諾茲道以(一作未)為難萬里赴知己一言誠可歎馬蹄經月窟劒術指樓蘭地出北庭盡城臨西海寒森然瞻武庫則是(一作剛若)弄儒翰入幕綰銀綬乘軺兼鐵冠練兵日精銳殺敵無遺殘獻捷見天子論功俘可汗激昂丹墀下顧盼青雲端誰謂縱橫策翻為權勢干將軍既坎壈使者亦辛酸耿介挹(一作揖)三事羈離從一官知君不得意他日會鵬摶

過盧明府有贈

良吏不易得古人今可傳靜然本諸已以此知其賢我行挹高風羨爾兼少年胸懷豁清夜史漢如流泉明日復行春逶迤出郊壇登高見百里桑野鬱芊芊時平俯鵲巢歲熟多人烟奸猾唯閉戶逃亡歸種田迴軒自郭南老幼滿馬前皆賀蠶農至(一作事)而無徭役牽君觀黎庶心撫之誠萬全何幸逢大道願言烹小鮮能奏明廷主(一作誰能奏明主)一試武城弦

單父逢鄧司倉覆倉庫因而有贈

邦牧今坐嘯羣賢趨紀綱四人忽不擾耕者遙相望粲府中妙授詞如履霜炎炎伏熱時草木無晶光匹馬度睢水清風何激揚校緡閱帑藏發廩欣斯箱邂逅得相逢歡言至夕陽開襟自公餘載酒登琴堂舉梧挹山川寓目窮毫芒白鳥向田盡青蟬歸路長醉中不惜別況乃正遊梁

薊門不遇王之渙郭密之因以留贈

適遠登薊丘茲晨獨搔屑賢交不可見吾願終難說迢遞千里遊羇離十年別才華仰清興功業嗟芳節曠蕩阻雲海蕭條帶風雪逢時事多謬失路心彌折行矣勿重陳懷君但愁絕

寄孟五少府

秋氣(一作風)落窮巷離憂兼暮蟬後時已如此高興亦徒然知君念淹泊憶我屢周旋征路見來雁歸人悲遠天平生感(一作各)千里相望在貞堅(一作賢)

苦雨寄房四(一作休)昆季

獨坐見多雨況茲兼索居茫茫十月交窮陰千里餘彌望無端倪北風擊林簌白日(一作月)渺難覩(一作見)黃雲爭卷舒安(一作焉)得造化功曠然一掃除滴瀝簷宇愁寥(一作寂)寥談笑疎泥塗擁城郭水潦盤丘墟惆悵憫田農裴回傷里閭曾是力井(一作耕)稅曷為(一作云)無斗儲萬事切中懷十年思上書君門嗟緬邈身計念居諸沈吟顧草茅鬱怏任盈虛黃鵠(一作鶴)不可羨雞鳴時起予故人平臺側高館臨通衢兄弟方荀陳才華冠應徐彈棊自多暇飲酒更(一作復)何如知人想林宗直道慙史魚攜手風流(一作流風)在開襟鄙吝祛寧能訪窮巷相與對園(一作嘉一作家)蔬

和賀蘭判官望北海作

聖代務平典輶軒推上才迢遙(一作亭)溟海際曠望滄波開四牡未遑息三山安在哉巨鼇不可釣高浪何崔嵬湛湛朝百谷茫茫連九垓挹流納廣大觀異增遲迴日出見魚目月圓知蚌胎跡非想像到心以精靈猜遠色帶孤嶼虛聲涵殷雷風行越裳貢水遏天吳災攬轡隼將擊忘機鷗復來緣情韻騷雅獨立遺塵埃吏道竟殊(一作吾)用翰林仍忝陪長鳴謝知己所媿非龍媒

和崔二少府登楚丘城作

故人亦不遇異縣久棲託辛勤失路意感歎登樓作清晨眺原野獨立窮寥廓雲散芒碭山水還睢陽郭繞梁即襟帶封衛多漂泊事古悲城池年豐愛墟落相逢俱未展攜手空蕭索何意千里心仍求百金諾公侯皆我輩動用在謀畧聖心思賢才朅來刈葵藿

酬司空璲少府

飄飄未得意感激與誰論昨日遇夫子仍欣吾道存江山滿詞賦札翰起涼溫吾見風雅作人知德業尊驚飆蕩萬木秋氣屯高原燕趙何蒼茫鴻雁來翩翻此時與君別握手欲無言

酬李少府

出塞魂屢(一作猶)驚懷賢意難說誰知吾道間乃在客中別日夕捧瓊瑤相思無休歇伊人雖薄宦舉代推高節述作凌江山聲華滿冰雪一登薊丘上(一作山)四顧何慘烈來雁無盡時邊風正騷屑將從崖谷遁且與沈浮絕君若登青雲余當投魏闕

酬裴秀才

男兒貴得意何必相知早飄蕩與物永(一作華)蹉跎覺年(一作身)老長卿無產業季子慙妻嫂此事難重陳未於(一作為)眾人道

酬陸少府

朝臨淇水岸還望衛人邑別意在山阿征途背原隰蕭蕭(一作稍稍)前村口唯見轉蓬入水渚人去遲霜天雁飛急固應不遠別(一作我行應不遠)所與路(一作終)未及欲濟川上舟相思空佇立

奉酬北海李太守丈人夏日平陰亭

天子股肱守丈人山嶽靈出身侍丹墀舉翮凌青冥當昔皇運否人神俱未寧諫官莫敢議酷吏方專刑谷永獨言事匡衡多引經兩朝納深衷萬乘無不聽盛烈播南史雄詞豁東溟誰謂整隼旟翻然憶柴扃寄書汶陽客迴首平陰亭開封見千里結念存百齡隱軫江山麗(一作來)氛氳蘭茝馨自憐遇時休漂泊隨流萍春野變木德夏天臨火星一生徒羨魚四十猶聚螢從此日閑放焉能懷拾青

酬馬八效古見贈

深(一作谿)崖無綠竹秀色徒氛氳時代種桃李無人顧此君柰何冰雪操尚與蒿萊羣願託靈仙子一聲吹入雲

酬鴻臚裴主簿雨後睢陽北樓見贈之作(一作王昌齡詩)

暮霞照新晴歸雲猶相逐有懷晨昏暇想見登眺目問禮侍彤襜題詩訪茅屋高樓多古今陳事滿陵谷地久微子封臺餘孝王築裵回顧霄漢豁達俯川陸遠水對秋城長天向喬木公門何清淨列戟森已肅不歎攜手稀恒思着鞭速終當拂羽翰輕舉隨鴻鵠

酬裴員外以詩代書

少時方浩蕩遇物猶塵埃脫畧身外事交遊天下才單車入燕趙獨立心悠哉寧知戎馬間忽展平生懷且欣清論高豈顧夕陽頹題詩碣石館縱酒燕王臺北望沙漠垂漫天雪皚皚臨邊無策略覽古空裵回樂毅吾所憐拔齊翻見猜荊卿吾所悲適秦不復迴然諾多死地公忠成禍胎與君從此辭每恐流年催如何俱老大始復忘形骸兄弟真二陸聲名連八裴乙未將星變賊臣候天災胡騎犯龍山乘輿經馬嵬千官無倚着萬姓徒悲哀誅呂鬼神動安劉天地開奔波走風塵倏忽值雲雷擁旄出淮甸入幕徵楚材誓當剪鯨鯢永以竭駑駘小人胡不仁讒我成死灰賴得日月明照耀無不該留司洛陽宮詹府唯蒿萊是時掃氛祲尚未殲渠魁背河列長圍師老將亦乖歸軍劇風火散卒爭椎埋一夕瀍洛空生靈悲曝腮衣冠投草莽予欲馳江淮登頓宛葉下棲遑襄鄧隈城池何蕭條邑屋更崩摧縱橫荊棘叢但見瓦礫堆行人無血色戰骨多青苔遂除彭門守因得朝玉階激昂仰鵷鷺獻替欣鹽梅驅傳及遠藩憂思鬱難排罷人紛爭訟賦稅如山崖所思在畿甸曾是魯宓儕自從拜郎官列宿煥天街那能訪遐僻還復寄瓊瓌金玉本高價壎篪終易諧朗詠臨清秋涼風下庭槐何意寇盜間獨稱名義偕辛酸陳侯誄(陳二補闕銘誄即裴所爲)歎息季鷹杯白日屢分手青春不再來臥看中散論愁憶太常齋酬贈徒爲爾長歌還自咍

酬龐十兵曹

憶昔遊京華自言生羽翼懷書訪知己末路空相識許國不成名還家有慙色託身從畎畝浪跡初自得雨澤感天時耕耘忘帝力同人洛陽至問我睢水北遂爾款津涯淨然見胸臆高談懸物象逸韻投翰墨別岸迴無垠海鶴鳴不息梁城多古意攜手共悽惻懷賢想鄒枚登高思荊棘世情惡疵賤之子憐孤直酬贈感并深離憂豈終極

同呂員外酬田著作幕(一作莫)門軍西宿盤山秋夜作

磧路天早秋邊城夜應永遙傳戎旅作已報關山冷上將頓盤阪諸軍徧泉井綢繆閫外書慷慨幕中請能使勳業高動令氛霧屏遠途能自致短步終難騁羽翮時一看窮愁始三省人生感然諾何嘗若形影白髮知苦心陽春見佳境(一作景)星河連塞絡刁斗兼山靜憶君霜露時使我空引領

酬祕書弟兼寄幕下諸公并序

乙亥歲適徵詣長安時侍御楊公任通事舍人詩書起予蓋終日矣今年適自封丘尉統吏卒於青夷途經博陵得太守賈公之政相見如舊他日之意存焉司業張侯周旋迨茲僅三十載將疇昔是好匪窮達之異乎族弟祕書鴈序之白眉者風塵一別俱東西南北之人愴然相逢適與願契旅館之暇長懷益增因賦是詩愧非六義之流也

亞相膺時傑羣才遇良工翩翩幕下來拜賜甘泉宮信知命世奇適會非常功侍御執邦憲清詞煥春叢末路望繡衣他時常發蒙孰云三軍壯懼我彈射雄誰謂萬里遙在我樽俎中光祿經濟器精微自深衷前席屢榮問長城兼在躬高蹤激頹波逸翮馳蒼穹將副節制籌欲令沙漠空司業志應徐雅度思沖融相思三十年憶昨猶兒童今來抱青紫忽若披鵷鴻說劒增慷慨論交持始終祕書即吾門虛白無不通多才陸平原碩學鄭司農獻封到關西獨步歸山東永意久知處嘉言能亢宗客從梁宋來行役隨轉蓬酬贈欣元弟憶賢瞻數公游鱗戲滄浪鳴鳳棲梧桐並負垂天翼俱乘破浪風眈眈天府間偃仰誰敢同何意搆廣廈翻然顧雕蟲應知阮步兵惆悵此途窮

淇上酬薛三據兼寄郭少府微(一作王昌齡詩)

自從別京華我心乃蕭索十年守章句萬事空寥落北上登薊門茫茫見沙漠倚劒對風塵慨然思衛霍拂衣去燕趙驅馬悵不樂天長滄洲路日暮邯鄲郭酒肆或淹留漁潭屢棲泊獨行備艱險所見窮善惡永願拯芻蕘孰云(一作辭)干鼎鑊皇情念淳古時俗何浮薄理道資(一作須)

任賢安人在求瘼故交負靈奇逸氣抱謇諤隱軫經濟具縱橫建安作才望忽先鳴風期無宿諾飄颻勞州縣迢遞限言謔東馳眇貝丘西顧彌虢略淇水徒自流浮雲不堪託吾謀適可用天路豈寥廓不然買山田一身與耕鑿且欲同鷦鷯焉能志鴻鵠（一作鶴）

酬岑二十主簿秋夜見贈之作

舍下蛩亂鳴居然自蕭索緬懷高秋興忽枉清夜作感物我心勞涼風驚二毛池枯菡萏死月出梧桐高如何異鄉（一作州）縣復得交才彥汨沒嗟後時蹉跎恥相見箕山別來久魏闕誰不戀獨有江海心悠悠（一作然）未嘗倦

答侯少府

常日好讀書晚年學垂綸漆園多喬木睢水清粼粼詔書下柴門天命敢逡巡赫赫三伏時十日到咸秦褐衣不得見黃綬翻在身吏道頓羈束生涯難重陳北使經大寒關山饒苦辛邊兵若芻狗戰骨成埃塵行矣勿復言歸歟傷我神如何燕趙陲忽遇平生親開館納征騎彈弦娛遠賓飄颻天地間一別方茲晨東道有佳作南朝無此人性靈出萬象風骨超常倫吾黨謝王粲羣賢推郄詵明時取秀才落日過蒲津節苦名已富祿微家轉貧相逢愧薄遊撫已荷陶鈞心事正堪盡離居（一作憂）寧太頻兩河歸路遙二月芳草新柳接漳沱暗鶯連渤海春誰謂行路難猥當希代珍提握每終日相思猶比鄰江海有扁舟丘園有角巾君意定何適我懷知所遵浮沈各異宜老大貴全真莫作雲霄計遑遑隨縉紳

宋中別周梁李三子

曾是不得意適來兼別離如何一尊酒翻作滿堂悲周子負高價梁生多逸詞周旋梁宋間感激建安時白雪（一作雲）正如此青雲（一作天）無自疑李侯懷英雄（一作清英）骯髒乃天資方寸且無間衣冠當在斯俱爲千里遊忽（一作勿）念兩鄉辭且見壯心在莫嗟攜手遲涼風吹北原落日滿（一作照）西陂露下草初白天長雲屢滋我心不可問（一作得）君去（一作兮）定何之京洛多知已誰能憶左思

宋中別李八

歲晏誰不歸君歸意可說將趨倚門望還念同人別駐馬臨長亭飄然事明發蒼茫眺千里正值苦寒節舊國多轉蓬平臺下明月世情薄疵賤夫子懷賢哲行矣各勉旃吾當挹餘烈

別王徹

歸客自南楚悵然思北林（一作臨）蕭條秋風暮迴首江淮深留君終日（一作留連愁作）歡或爲梁父吟時輩想鵬舉他人嗟陸沈載酒登平臺贈君千里心浮雲暗長路落日有歸禽離別未足悲辛勤當自任吾知十年後季子多黃金

送蕭十八與房侍御迴還

常苦（一作悲）古人遠今見斯人古澹泊遺聲華周旋必鄒魯故交在梁宋遊方出庭户匹馬鳴朔風一身濟河滸辛勤采蘭詠款曲翰林主歲月催別離庭闈遠風土寥寥寒煙靜莽莽夕陰吐（一作雲苦）明發不在茲青天眇難覩

宋中送族姪式顏（時張大夫貶括州使人召式顏遂有此作）

大夫擊東胡胡塵不敢起胡人山下哭胡馬海邊死部曲盡公侯輿臺亦朱紫當時有勳業末路遭讒毀轉旆燕趙間剖符括蒼裏弟兄莫相見親族遠枌梓不改青雲心仍招布衣士平生懷感激本欲候知已去矣難重陳飄然自茲始遊梁且未遇適越今何以鄉山西北愁竹箭東南美崢嶸縉雲外蒼莽幾千里旅雁悲啾啾朝昏孰云已登臨多瘴癘動息在風水雖有賢主人終爲客行子我攜一尊酒滿酌聊勸爾勸爾惟一言家聲勿淪滓

又送族姪式顏

惜君才未遇愛君才若此世上五百年吾家一千里俱遊帝城下忽在梁園裏我今行山東離憂不能已

贈別王十七管記

故交吾未測薄宦空年歲晚節蹤曩賢雄詞冠當世堂中皆食客門外多酒債產業曾未言衣裘與人敝飄颻戎幕下出入關山際轉戰輕壯心立談有邊計雲沙自迴合天海空迢遞星高漢將驕月盛胡兵銳沙深冷陘斷雪暗遼陽閉亦謂掃欃槍旋驚陷蜂蠆歸旌告東捷鬭騎傳西敗遙飛絶漢書已築長安第畫龍俱在葉寵鶴先居衛勿辭部曲勳不藉將軍勢相逢季冬月悵望窮海裔折劍留贈人嚴裝遂云邁我行將悠紆（說文與緬同）及此還羈滯曾非濟代謀且有臨深誡隨波混清濁與物同醜麗眇憶青巖棲寧忘褐衣拜自言愛（一作借）水石本欲親蘭蕙何意薄松筠翻然重菅蒯恆深取與分孰慢平生契欻曲雞黍期酸辛別離袂逢時愧名節遇坎悲淪替適趙非解紛遊燕往（一作獨）無說浩歌方振蕩逸翮思凌厲倏若異鵬摶吾當學蟬蛻

漣上別王秀才

飄飄經遠道客思滿窮秋浩蕩對長漣君行殊未休崎嶇山海側想像無前儔何意（一作豈謂）照乘珠忽然欲暗投東路方蕭條楚歌復悲愁暮帆使人感去鳥兼離憂行矣當自愛壯年莫悠悠余亦從此辭異鄉難久留贈言豈終極慎勿滯滄洲

贈別沈四逸人（一作士）

沈侯未可測其況信浮沈十載常獨坐幾人知此心乘舟蹈滄海買劍投黃金世務不足煩有田西山岑我來遇知已遂得開清襟何意閭閻間沛然江海深疾風掃秋樹濮上多鳴砧耿耿尊酒前聯雁飛愁音（一作陰）平生重離別感激對孤琴（一作吟）

送韓九

惆悵別離日裴回歧路前歸人望獨樹匹馬隨秋蟬常與天下士許君兄弟賢良時正可用行矣莫徒然

送崔錄事赴宣城

大國非不理小官皆用才欲行宣城印住飲洛陽杯晚景爲人別長天無鳥迴舉帆風波渺倚棹江山來羨爾兼乘興蕪湖千里開

別（一作送）張少府

歸客留不住朝雲縱復橫馬頭向春草斗柄臨高城嗟我久離別羨君看弟兄歸心更難道回首一（一作益）傷情

淇上別劉少府子英

近來住淇上蕭條惟空林又非耕種時閑散多自任伊

君獨知我驅馬欲招尋千里忽攜手十年同苦心求仁見交態於道喜甘臨逸思乃天縱微才應陸沈飄然歸故鄉不復問離襟南登黎陽渡莽蒼寒雲陰桑葉原上起河淩山下深途窮更遠別相對益（一作悲）吟

別耿都尉

四十能學劒時人無此心如何耿夫子感激投知音翩翩白馬來二月青草深別易小千里興酣傾百金

全唐詩

高適

宋中遇林慮楊十七山人因而有別

昔余涉漳水驅車行鄴西遙見林慮山蒼蒼戞天倪邂逅逢爾曹說君彼巖棲蘿徑垂野蔓石房倚雲梯秋韭何青青藥苗數百畦栗林隘谷口栝樹森迴谿耕耘有山田紡績有山妻人生苟（一作但）如此何必組與珪誰謂遠相訪曩情殊不迷簷前舉醇醪竈下烹隻雞朔風忽振蕩昨夜寒螿啼遊子益思歸罷琴傷解攜出門盡原野白日黯已低始驚道路難終念言笑睽因聲謝岑壑歲暮一攀躋

酬別薛三蔡大留簡韓十四主簿

迨㴱辭京華辛勤異鄉縣登高俯滄海迴首淚如霰同人久離別失路還相見薛侯懷直道德業應時選蔡子負清才當年擢賓薦韓公有奇節詞賦凌羣彥讀書嵩岑間作吏滄海甸伊余寡棲託感激多慍見縱誕非爾情飄淪任疵賤忽枉瓊瑤作乃深平生眷始謂吾道存終嗟客遊倦歸心無晝夜別事除言宴復值涼風時蒼茫夏雲變

送虞城劉明府謁魏郡苗太守

天官蒼生望出入承明廬肅肅領舊藩皇皇降璽書茂宰多感激良將復吹噓永懷一言合誰謂千里疏對酒忽命駕茲情何起予炎天晝如火極目無行車長路出雷澤浮雲歸孟諸魏郡十萬家歌鐘喧里閭傳道賢君至閉關常晏如君將挹高論定是問樵漁今日逢明聖吾爲陶隱居

途中酬李少府贈別之作

西上逢節換東征私自憐故人今臥疾欲別還留連舉酒臨南軒夕陽滿中筵寧知江上興乃在河梁偏行李多光輝札翰忽相鮮誰謂歲月晚交情尚貞堅終嗟州縣勞官謗復迍邅雖負忠信美其如方寸懸連帥扇清風千里猶眼前曾是趨藻鏡不應翻棄捐日來知自強風氣殊未痊可以加藥物胡爲輙憂煎驅馬出大梁原野一悠然柳色感行客雲陰愁遠天皇明燭幽遐德澤普照宣鵷鴻列霄漢燕雀何翩翩余亦愜所從漁樵十二年種瓜漆園裏鑿井盧門邊去去勿重陳生涯難勉旃或期遇春事與爾復周旋投報空回首狂歌謝比肩

睢陽酬別暢大判官

吾友遇知已策名逢聖朝高才擅白雪逸翰懷青霄承詔選嘉賓（一作賢）慨然即驅軺清晝下公館尺書忽相邀留歡惜別離畢景駐行鑣言及沙漠事益令胡馬驕丈夫拔東蕃聲冠霍嫖姚兜鍪衝矢石鐵甲生風飈諸將出冷（一作井）陘連營濟石橋酋豪盡俘馘子弟輸征徭邊庭絕刁斗戰地成漁樵榆關夜不扃塞口長蕭蕭降胡滿薊門一一能射鵰軍中多宴樂馬上何輕趫戎狄本無厭羈縻非一朝飢附誠足用飽飛安可招李牧制儋藍遺風豈寂寥君還謝幕府慎勿輕芻蕘

宴韋司戶山亭院

人幽想靈山意愜憐遠水習靜務爲適所居還復爾汲流漲華池開酌宴君子苔逕試窺踐石屏可攀倚入門見中峰攜手如萬里橫琴了無事垂釣應有以高館何沈沈颯然涼風起

同諸公登慈恩寺浮圖

香界泯羣有浮圖豈諸相登臨駭孤高披拂欣大壯言是羽翼生迥出虛空上頓疑身世別乃覺形神王宮闕皆戶前山河盡簷向秋風昨夜至秦塞多清曠千里何蒼蒼五陵鬱相望盛時慚阮步末宦知周防輸效獨無因斯焉可遊放

同薛司直諸公秋霽曲江俯見南山作

南山鬱初霽曲江湛不流若臨瑤池前想望崑崙丘迴首見黛色眇然波上秋深沈俯崢嶸清淺延阻修連潭萬木影插岸千巖幽杳靄信難測淵淪無暗投片雲對漁父獨鳥隨虛舟我心寄青霞世事慚白鷗得意在乘興忘懷非外求良辰自多暇欣與數子遊

登廣陵棲靈寺塔

淮南富登臨茲塔信奇最直上造雲族憑虛納天籟迥然碧海西獨立飛鳥外始知高興盡適與賞心會連山黯吳門喬木吞楚塞城池滿窗下物象（一作華）歸掌內遠思駐江帆暮時（一作晴）結春靄軒車疑蠢動造化資大塊何必了無身然後知所退

登百丈峰二首

朝登百丈峰遙望燕支道漢壘青冥間胡天白如掃憶昔霍將軍連年此（一作北）征討匈奴終不滅寒山徒草草唯見（一作有）鴻雁飛令人傷懷抱

晉武輕後事惠皇終已昏豺狼塞瀍洛胡羯爭乾坤四海如鼎沸五原徒自尊而今白庭路猶對青陽門朝市不足問君臣隨草根

同羣公秋登琴臺

古跡使人感琴臺空寂寥靜然顧遺塵千載如昨朝臨眺自茲始羣賢久相邀德與形神高孰知天地遙四時何倏忽六月鳴秋蜩萬象歸白帝平川橫赤霄猶是對夏伏幾時有涼飈燕雀滿簷楹鴻鵠搏扶搖物性各自得我心在漁樵兀然還復醉尚握尊中瓢

同羣公出獵海上

畋獵自古昔況伊心賞俱偶與羣公遊曠然出平蕪層陰漲溟海殺氣窮幽都鷹隼何翩翩馳驟相傳呼豺狼竄榛莽麋鹿罹艱虞高鳥下騂弓困獸鬬匹夫塵驚大澤晦火燎深林枯失之有餘恨獲者無全軀咄彼工拙間恨非指蹤徒猶懷老氏訓感歎此歡娛

同羣公題鄭少府田家（此公昔任白馬尉今寄住滑臺）

鄭侯應悽惶五十頭盡白昔爲南昌尉今作東郡客與語多遠情論心知所益秋林既清曠窮巷空淅瀝蝶舞園更閑雞鳴日云夕男兒未稱意其道固無適勸君且杜門勿歎人事隔

同羣公題中山寺

平原十里外稍稍雲巖深遂及清淨所都無人世心名僧既禮謁高閣復登臨石壁倚松徑山田多栗林超遙盡巘崿逼側仍嶇嶔吾欲休世事於焉聊自任

同羣公宿開善寺贈陳十六所居

駕車出人境避暑投僧家裴回龍象側始（一作如）見香林花讀書不及經飲酒不勝茶知君悟此道（一作理）所未搜（一作披）袈裟談空忘外物持誡破諸邪則是無心地相看（一作知）唯月華

同韓四薛三東亭翫月

遠遊悵不樂茲賞吾道存款曲故人意辛勤清夜言東亭何寥寥佳境無朝昏堦墀近洲渚戶牖當郊（一作高）原矧乃窮周旋游時（一作目）怡討論樹陰蕩瑤瑟月氣延清尊明河（一作月）帶飛雁野火連荒村對此更愁予悠哉懷故園

同敬八盧五泛河間清河

清川在城下沿泛多所宜同濟愜數公翫物欣良時飄飄波上興燕婉舟中詞昔陟乃平原今來忽漣漪東流達滄海西流延滹池雲樹共晦明井邑相逶迤稍隨歸月帆若與沙鷗期漁父更留我前潭水未滋

同房侍御山園新亭與邢判官同遊

隱隱春城外朦朧陳跡深君子顧榛莽興言傷古今決河導新流疏逕蹤舊林開亭俯川陸時景宜招尋肅穆逢使軒夤緣事登臨忝遊芝蘭室還對桃李陰岸遠白波來氣喧（一作暄）黃鳥吟因睹歌頌作始知經濟心灌壇有遺風單父多鳴琴誰爲久州縣蒼生懷德音

同馬太守聽九思法師講金剛經

吾師晉陽寶傑出山河最途經世諦間心到空王外鳴鐘山虎伏說法天龍會了義同建瓴梵法若吹籟深知億劫苦善喻恆沙大捨施割肌膚攀緣去親愛招提何清淨良牧駐輕蓋露冕衆香中臨人覺苑內心持佛印久標割魔軍（一作鬼）退願開（一作闡）初地因永奉彌天對

漣上題樊氏水亭

漣上非所趣偶爲世務牽經時駐歸棹日夕對平川莫論行子愁且得主人賢亭上酒初熟廚中魚每鮮自說宦遊來因之居住偏煮鹽滄海曲種稻長淮邊四時常晏如百口無飢年菱芋藩籬下漁樵耳目前異縣少朋從我行復迍邅向不逢此君孤舟已言旋明日又分首（一作手）風濤還眇然

同呂判官從哥舒大夫破洪濟城迴登積石軍多福（一本有寺字）七級浮圖

塞口連濁河轅門對山寺寧知鞍馬上獨有登臨事七級凌太清千崖列蒼翠飄飄（一作飆）方寓目想像見深意高興殊未平涼風颯然至拔城陣雲合轉旆胡星墜大將何英靈官軍動天地君（一作常）懷生羽翼本欲附騏驥款段苦不前青冥信難致一歌陽春後三歎終自愧

三君詠 并序

開元中適遊於魏郡郡北有故太師鄭公舊館里中有故尚書郭公遺業邑外又有故太守狄公生祠焉覩物增懷遂爲三君詠

魏鄭公 徵

鄭公經綸日隋氏風塵昏濟代取高位逢時敢直言道光先帝業義激舊君恩寂寞臥龍處英靈千載魂

郭代公 元振

代公實英邁津涯浩難識擁兵抗矯徵仗節歸有德縱橫負才智顧盼安社稷流落勿重陳懷哉爲悽惻

狄梁公 仁傑

梁公乃貞固勳烈垂竹帛昌言太后朝潛運儲君策待賢開相府共理登方伯至今青雲（一作霄）人猶是門下客

宓公琴臺詩三首

甲申歲適登子賤琴臺賦詩三首首章懷宓公之德千祀不朽次章美太守李公能嗣子賤之政再造琴臺末章多邑宰崔公能繼子賤之理

宓子昔爲政鳴琴登此臺琴和人亦閑千載稱其才臨眺忽悽愴人琴安在哉悠悠此天壤唯有頌聲來

邢伯感遺事慨然建琴堂乃知靜者心千載猶相望入室想其人出門何茫茫唯見白雲合東臨鄒魯鄉

皤皤邑（一作巴）中老自誇邑中理何必升君堂然後知君美開門無犬吠早臥常晏起昔人不忍欺今我還復爾

李雲南征蠻詩 并序

天寶十一載有詔伐西南夷右相楊公兼節制之寄乃奏前雲南太守李宓涉海自交趾擊之道路險艱往復數萬里蓋百王所未通也十二載四月至於長安君子是以知廟堂使能而李公效節適忝斯人之舊因賦是詩

聖人赫斯怒詔伐西南戎肅穆廟堂上深沈節制雄遂令感激士得建（一作見）非常功料死不料敵顧恩寧顧終鼓行天海外轉戰蠻夷中梯巘近高鳥穿林經毒蟲鬼門無歸客北戶多南風蜂蠆隔萬里雲雷隨九攻長驅大浪破急擊羣山空餉道忽已遠懸軍垂欲窮精誠動白日憤薄連蒼穹野食掘田鼠晡餐兼僰僮收兵列亭堠拓地彌西東臨事恥苟免履危能飭躬將星獨照耀邊色何溟濛瀘水夜可涉交州今始通歸來長安道召見

甘泉宮廉藺若未死孫吳知暗同相逢論意氣慷慨謝深衷

題尉遲將軍新廟

周室既板蕩賊臣立嬰兒將軍獨激昂誓欲酬恩私孤城日無援高節終可悲家國共淪亡精魂空在斯沈沈積冤氣寂寂無人知良牧懷深仁與君建明祠父子俱血食軒車每逶迤我來薦蘋蘩感歎興此詞晨光上階闥殺氣翻旌旗明明幽冥理至誠信莫欺唯夫二千石多慶方自茲

觀李九少府翥樹宓子賤神祠碑

吾友吏茲邑亦嘗懷宓公安知夢寐間忽與精靈通一見興永歎再來激深衷賓從何逶迤二十四老翁於焉建層碑突兀長林東作者無愧色行人感遺風坐令高岸盡獨對秋山空片石勿謂輕斯言固難窮龍盤色絲外鵲顧偃波中形勝駐羣目堅貞指蒼穹我非王仲宣去矣徒發蒙

同觀陳十六史興碑并序

楚人陳章甫繼毛詩而作史興碑遠自周末迨乎隋季善惡不隱蓋國風之流未藏名山刊在樂石僕美其事而賦是詩焉

荆衡氣偏秀江漢流不歇此地多精靈有時生才傑伊人今獨步逸思能間發永懷掩風騷千載常矻矻新碑亦崔嵬佳句懸日月則是刊石經終然繼檮杌我來觀雅製慷慨變毛髮季主盡荒淫前王徒貽厥東周既削弱兩漢更淪沒西晉何披猖五胡相唐突作歌乃彰善比物仍惡訐感歎將謂誰對之空咄咄

宋中十首

梁王昔全盛賓客復多才悠悠一千年陳跡唯高臺寂寞向秋草悲風千里來

朝臨孟諸上忽見芒碭間赤帝終已矣白雲長不還時清更何有禾黍徧空山

景公德何廣臨變莫能欺三請皆不忍妖星終自移君心本如此天道豈無知

梁苑白日暮梁山秋草時君王不可見脩竹令人悲九月桑葉盡（一作落）寒風鳴樹枝

登高臨舊國懷古對窮秋落日鴻雁度寒城砧杵愁昔賢不復有行矣莫淹留

出門望終古獨立悲且歌憶昔魯仲尼悽悽此經過衆人不可向伐樹將如何

逍遙漆園吏冥沒不知年世事浮雲外閑居大道邊古來同一馬今我亦忘筌

五霸遞征伐宋人無戰功解圍幸奇說易子傷吾衷唯見盧門外蕭條多轉蓬

常愛宓子賤鳴琴能自親邑中靜無事豈不由其身何意千年後寂寞（一作寥）無此人

閼伯去已久（一作遠）高丘臨道傍人皆有兄弟爾獨爲參商終古猶如此而今（一作人）安可量

薊中（一作送兵還）作

策馬自沙漠（一作海）長（一作上）驅登塞垣邊城何（一作高）蕭條白日黃雲昏一到征戰處每愁胡虜翻豈無安邊書諸將已承恩惆悵孫吳事歸來獨閉門

自淇涉黃河途中作十三首

川上常極目世情今已閑去帆帶落日征路隨長山親友若雲霄可望不可攀於茲任所愜浩蕩風波間

清晨泛中流羽族滿汀渚黃鵠何處來昂藏寡儔侶飛鳴無人見飲啄豈得所雲漢爾固知胡爲不輕舉

野人頭盡白與我忽相訪手持青竹竿日暮淇水上雖老美容色雖貧亦閑放釣魚三十年中心無所向

南登滑臺上卻望河淇間竹樹夾流水孤城（一作村）對遠山念茲川路闊羨爾沙鷗閑長想（一作遙憶）別離處猶（一作獨）無音信還

東入黃河水茫茫汎紆直北望太行山峩峩半天色山河相映帶深淺未可測自昔有賢才相逢不相識

秋日登滑臺臺高秋已暮獨行既未愜懷土悵無趣晉宋何蕭條羌胡散馳騖當時無戰略此地即邊戍兵革徒自勤山河孰云固乘閑喜臨眺感物傷遊寓惆悵落日前飄颻遠帆處北風吹萬里南雁不知數歸意方浩然雲沙更迴互

亂流自茲遠（一作始）倚檝時一望遙見楚漢城崔嵬高山上天道昔未測人心無所向屠釣稱侯王龍蛇爭霸王緬懷多殺戮顧此生慘愴聖代休甲兵吾其得閑放

茲川方悠邈（一作悠）雲沙無前後古堰（一作塔）對河壖長林出淇口獨行非吾意東向（一作南）日已久憂來誰得知且酌尊中酒

朝從北岸來泊船南河（一作河南）滸試共野人言深覺農夫苦去秋雖薄熟今夏猶未雨耕耘日勤（一作自劬）勞租稅兼舄鹵園蔬空（一作定）寥落産業（一作薄産）不足數尚有獻芹心無因見明主

茫茫濁河注懷古臨河濱禹功本豁達漢跡方因循坎德昔（一作竟）滂沱馮夷胡不仁激（一作渤）潏陵隄防東郡多悲辛天子忽驚悼從官皆負薪畚築豈無謀祈禱如有神宣房今安在高岸空嶙峋

我行倦風湍輟棹將問津空傳歌瓠子感慨獨愁人孟夏桑葉肥穠陰（一作濛濛）夾長津蠶農有時節田野無閑人臨水狎漁樵（一作商）望山懷隱淪誰能去京洛顦顇對風塵（自孟夏以下英華作一首）

朝景入平川川長復垂柳遙看魏公墓突兀前山後憶昔大業時羣雄角（一作各）奔走伊人何電邁獨立風塵首傳檄舉敖倉擁兵屯洛口連營一百萬六合如可有方項終比肩亂隋將假手力爭固難恃驕戰曷能久若使學蕭曹功名當不朽

皤皤河濱叟相遇似有恥輟榜聊問之答言盡終始一生雖貧賤九十年未死且喜對兒孫彌慙遠城市結廬黃河曲垂釣長河裏漫（一作濱）漫望雲沙蕭條聽風水所思強飯食永願在鄉里萬事吾不知其心只如此

宋中遇陳二（一作兼）

常忝（一作參）鮑叔義所期（一作寄）王佐才如何守苦節獨此（一作自）（一作歸）無良媒離別十年外（一作內）飄颻千里來安知（一作能）罷官後惟見柴門開窮巷隱東郭高堂詠南陔籬根長花草井上

生（一作口垂）莓苔伊昔（一作寧敢）望霄漢於今倦蒿萊（一作終然俟塵埃）男兒命未（一作須命）達（一作須達命又作人生各有命）且盡（一作醉）手中杯

宋中遇劉書記有別

何代無秀士高門生此才森然覩毛髮若見河（一作江）山來幾載困常調一朝時運催白身謁明主待詔登雲臺相逢梁宋間與我醉蒿萊寒楚眇千里雪天晝（一作閉）不開末路終離別不能強悲哀男兒爭富貴勸爾莫遲迴

魯郡途中遇徐十八錄事（時此公學王書嗟別）

誰謂嵩潁客遂經鄒魯鄉前臨少昊墟始覺東蒙長獨行豈吾心懷古激中腸聖人久已矣游夏遙相望裴回野澤間左右多悲傷日出見闕里川平知汶陽弱冠負高節十年思自強終然不得意去去任行藏

遇冲和先生

冲和生何代或謂遊東濱三命謁金殿一言拜（一作授）銀青自云多方術往往通神（一作精）靈萬乘親問道六宮無敢聽昔去（一作者）限霄漢今來覩儀形頭戴鶡鳥（一作雞鳳）冠手搖白鶴翎終日飲醇酒不醉復不醒常（一作猶）憶雞鳴山每誦西昇經拊背念離別依然出户庭莫見今如此曾為一客星

魯西至東平

沙岸拍不定石橋水橫流問津見魯俗（一作叟）懷古傷家丘寥落千載後空傳襃聖侯

東平路作三首

南圖適不就東走豈吾心索索涼風動行行秋水深蟬鳴木葉落茲夕更愁霖

明時好畫策動欲干王公今日無成事依依親老農扁舟向何處吾愛汶陽中

清曠涼夜月裴回孤客舟渺然風波上獨愛（一作夢）前山秋秋至復搖落空令行者愁

東平路中遇大水

天災自古有昏墊彌今秋霖霪（一作霔）溢川原澒洞涵田疇指途適汶陽挂席經蘆洲永望齊魯郊白雲何悠悠傍沿鉅野澤大水縱橫流蟲蛇擁獨樹麋鹿奔行舟稼穡隨波瀾西成不可求室居相枕藉蛙黽聲啾啾仍憐穴蟻漂益羨雲禽游農夫無倚著野老生殷憂聖主當（一作多）深仁廟堂運良籌倉廩終爾給田租應罷收我心胡鬱陶征旅亦悲愁縱懷濟時策誰肯論吾謀

登壠（壠應作隴詩同）

壠頭遠行客壠上分流水流水無盡期行人未云已淺才登一命孤劒通萬里豈不思故鄉從來感知已

苦雪四首

二月猶北風天陰雪冥冥寥落一室中悵然慚百齡苦愁正如此門柳復青青

惠連發清興袁安念高臥余故非斯人為性兼懶惰賴茲尊中酒終日聊自過

濛濛灑平陸淅瀝至幽居且喜潤羣物焉能悲斗儲故交久不見鳥雀投吾廬

孰云久閑曠本自保知寡窮巷獨無成春條秖盈把安能羨鵬舉且欲歌牛下乃知古時人亦有如我者

哭單父梁九（一作洽）少府

開篋淚沾臆見君前日書夜臺今（一作空）寂寞猶是子雲居疇昔探（一作貪）靈奇登臨賦山水同舟南浦（一作楚）下（一作夜）望月西江裏契濶多別離綢繆到生死九原即（一作知）何處（一作在）萬事皆如此晉山徒峩峩斯人已冥冥常時祿且薄歿後家復貧妻子在遠道弟兄無一人十上多苦辛一官恆自哂青雲將可（一作何）致白日忽先（一作西）盡唯有（一作獨）身後名空留無（一作流）遠近

哭裴少府

世人誰不死嗟君非生慮扶（一作無）病適到官田園在何處公才羣吏感葬事他人助余亦未識君深悲哭君去

全唐詩

高適

行路難二首

長安少年不少錢能騎駿馬鳴金鞭五侯相逢大道邊美人弦管爭留連黃金如斗不敢惜片言如山莫棄捐安知顦顇讀書者暮宿靈（一作虛）臺私自憐

君不見富家翁舊時貧賤誰比數一朝金多結豪貴萬事勝人健如虎子孫成行（一作生長）滿眼前妻能管絃妾能舞自矜一身忽（一作朝見）如此却笑傍人獨愁苦東鄰少年安所如席門窮巷出無車有才不肯學干謁何用年年空讀書

秋胡行（一作魯秋胡）

妾本邯鄲未嫁時容華倚翠人未知一朝結髮從君子將妾迢迢東魯（一作路）陲時逢大道無艱阻君方遊宦從陳汝蕙樓獨臥頻度春彩閣辭君幾徂暑三月垂楊蠶未眠攜籠結侶南陌邊道逢行子不相識贈妾黃金買少年妾家夫壻經離久寸心誓與長相守願言行路莫多情道（一作送）妾貞心在人口日暮蠶飢相命歸攜籠端飾來庭闈勞心苦力終無恨所冀（一作貴）君恩即（一作那）可依聞說行人已歸止乃是向來贈金子相看顏色不復言相顧懷慙有何已從來自隱無疑背直為君情也相會如何咫尺仍有情況復迢迢千里外誓將（一作此時）顧恩不顧身念君

此日赴河津莫道向來不得意故欲留規誡後人

古大梁行

古城莽蒼（一作蒼茫）饒荊榛驅馬荒城愁殺人魏王宮觀（一作館，一作殿）盡禾黍信陵賓客隨灰塵憶昨雄都舊朝市軒車照耀歌鐘起軍容帶甲三十萬國步連營（一作衡）一（一作五）千里全盛須臾那可論高臺曲池無復存遺墟但見狐狸迹（一作窟）古地空餘草木根暮天搖落傷懷抱倚劍悲歌對秋草俠客猶傳朱亥名行人尚識夷門道白璧黃金萬户侯寶刀駿馬填山丘年代淒涼不可問往來唯有水東流

邯鄲少年行

邯鄲城南（一作西）游俠子自矜（一作言）生長邯鄲裏千場縱博家仍富幾度報讎身不死宅中歌笑日紛紛門外車馬常（一作嚚）如雲（一作如雲屯）未知肝膽向誰是令人却憶平原君君不見今人（一作即今）交態薄黃金用盡還疏索以茲感歎（一作激）辭舊遊更於時事無所求且與少年飲美酒往來射獵西山頭

燕歌行并序

開元二十六年（英華作十六年）客有從御史大夫張公出塞而還者作燕歌行以示適感征戍之事因而和焉

漢家煙塵在東北漢將辭家破殘賊男兒本自重橫行天子非常賜（一作借）顏色摐金伐鼓下榆關旌旆逶迤碣石間校尉羽書飛瀚海單于獵火照狼山山川蕭條極邊土胡騎憑陵雜風雨戰士軍前半死生美人帳下猶歌舞大漠窮秋塞草腓（一作衰）孤城落日鬬兵稀身當恩遇恒輕敵力盡關山未解圍鐵衣遠戍辛勤久玉筯應啼別離後少婦城南欲斷腸征人薊北空回首邊庭（一作風）飄颻那可度（一作越）絕域蒼茫（一作黃）更何（一作何所）有殺氣三時（一作日）作陣雲寒聲（一作風）一夜傳刁斗相看白刃血（一作雪，一作徒）紛紛死節從來豈顧勳君不見沙場征戰苦至今猶憶李將軍

古歌行

君不見漢家三葉從代至高皇舊臣多富貴天子垂衣方晏如廟堂拱手無餘議蒼生偃臥休征戰露臺百金以爲費田舍老翁不出門洛陽少年莫論事

人日寄杜二拾遺

人日題詩寄草堂遥憐故人思故鄉柳條弄色不忍見梅花滿枝空（一作堪）斷腸身在遠藩（一作南蕃）無所預心懷百憂復千慮今年人日空相憶明年人（一作此）日知何處一臥東山三十春豈知書劍老風塵龍鍾還忝二千石愧爾東西南北人

九日酬顏少府

簷前白日應可惜籬下黃花爲誰有行（一作客）子迎霜未授衣主人得錢始（一作肯）沽酒蘇秦顦顇人（一作時）多厭蔡澤棲遲（一作棲遑）世看醜縱使登高只斷腸不如獨坐空搔首

留別鄭三韋九兼洛下諸公

憶昨相逢論久要顧君哂我輕常調羈旅雖同白社遊詩書已作青雲料蹇質（一作躓）蹉跎竟不成年過四十尚躬耕長歌達者（一作士）栢中物大（一作冷）笑前人身後名幸逢明盛多招隱高山大澤徵求盡此時亦（一作也，一作苟）得辭漁樵青袍裹身荷聖朝犁牛釣竿不復見縣人邑吏來相邀遠路鳴蟬秋興發華堂美酒離憂銷不知何日更攜手應念茲晨去（一作尚）折腰（一作去遥）

送楊山人歸嵩陽

不到嵩陽動十年舊時（一作家）心事已徒然一二故人不復見三十六峰猶眼前夷門二月柳條色流鶯數聲淚沾臆鑿井耕田不我招知君以此忘帝力山人好去嵩陽路惟余眷眷長相憶

送別

昨夜離心正鬱陶三更白露西風高螢飛木落何淅瀝此時夢見西歸客曙鐘寥亮三四聲東鄰嘶馬使人驚攬衣出户一相送唯見歸雲縱復橫

贈別晉三處士

有人家住清河源渡河問我游梁園手持道經注已畢心知內篇口不言盧門十年見秋草此心惆悵誰能道知己從來不易知慕君爲人與君好別時九月桑葉疏出門千里無行車愛君且欲君先達今上求賢早上書

送渾將軍出塞

將軍族貴兵且強漢家已是渾邪王子孫相承在朝野至今部曲燕支下控弦盡用陰山兒登（一作臨）陣常騎大宛馬銀鞍玉勒繡蝥弧每逐嫖姚破骨都李廣從來先將士衛青未肯學孫吳傳有沙場千萬騎昨日邊庭羽書至城頭畫角三四聲匣裏寶刀晝夜鳴意氣能甘萬里去辛勤判（一作動）作一年行黃雲白草無前後朝建旌旄夕刁斗塞下應多俠少年關西不見春楊柳從軍借問所從誰擊劍酣歌當此時遠別無輕繞朝策平戎早寄仲宣詩

送蔡山人

東山布衣明古今自言獨未逢知音識者闕見一生事到處豁然千里心看書學劍長辛苦近日方思謁明主斗酒相留醉復醒悲歌數年淚如雨丈夫遭遇不可知買臣主父皆如斯我今蹭蹬無所似看爾崩騰何若爲

封丘作（一作縣）

我本漁樵孟諸野一生自是悠悠者乍可狂歌草澤中寧堪作吏風塵下秪言小邑無所爲公門百事皆有期拜迎官長心欲碎（一作破）鞭撻黎庶令人悲歸（一作悲）來向家問妻子舉家盡笑今如此生事應須南畝田世情付與東流水夢想舊山安在哉爲銜君命且（一作日）遲迴乃知梅福徒爲爾轉憶陶潛歸去來

題李別駕壁

去鄉不遠逢知己握手相歡得如此禮樂遥傳魯伯禽賓客爭過魏公子酒筵暮散明月上櫪馬長鳴春風起一生稱意能幾人今日從君問終始

寄宿田家

田家老翁住東陂說道平生隱在茲鬢白未曾記日月山青每到識春時門前種柳深成巷野谷流泉添入池牛壯日耕十畝地人閑常掃一茅茨客來滿酌清尊酒感興平吟才子詩巖際窟中藏鼴鼠潭邊竹裏隱鸕鷀村墟日落行人少醉後無心怯路岐今夜只應還寄宿明朝拂曙與君辭

別韋參軍（英華作二首）

二十解(一作辭)書劒西遊長安城舉頭望君門屈指取公卿國風冲融邁三五朝廷歡(一作禮)樂彌寰宇白璧皆言賜近臣布衣不得干明主歸來洛陽無負郭東過梁宋非吾土兔苑爲農歲不登雁池垂釣心長苦世人遇(一作向)我同衆人唯君於我最(一作情)相親且喜百年有(一作見)交態未嘗(一作當)一日辭家貧(以下英華另作一首)彈棊擊筑白日晚縱酒高歌楊柳春歡娛未盡分散去使我惆悵驚心神丈夫(一作當)終不作兒女別(一作悲)臨岐涕淚沾衣巾

送田少府貶蒼梧

沈吟對遷客惆悵西南天昔爲一官未得意今向萬里令人憐念茲斗酒成暌間停舟歎君日將晏遠樹應憐北地春行人卻羨南歸雁丈夫窮達未可知看君不合長數奇江山到處堪乘興楊柳青青那足悲

平臺夜遇李景參有別

離心(一作憂)忽悵(一作浩)然(一作離憂心忽悵)策馬對秋天孟諸薄暮涼風起歸客相逢渡睢水昨時(一作憶昨)攜手已(一作向)十年今(一作明)日分途各千里歲物蕭條滿路岐此行浩蕩令人悲家貧羨爾有微祿欲往從之何所之

送郭處士往萊蕪兼寄苟山人

君爲東蒙客往來東蒙畔雲臥臨嶧陽山行窮日觀少年詞賦皆可聽秀眉白面風清泠身上未曾染名利口中猶未知膻腥今日還山意無極豈辭世路多相識歸見萊蕪九十翁爲論別後長相憶

賦得還山吟送沈四山人

還山吟天高日暮寒山深送君還山識君心人生老大須恣意看君解作一生事山間偃仰無不至石泉淙淙若風雨桂花松子常滿地賣藥囊中應有錢還山服藥又長年白雲勸盡杯中物明月相隨何處眠眠時憶問醒時事夢魂可以相周旋

崔司錄宅燕大理李卿

多雨殊未已秋雲更沈沈洛陽故人初解印山東小吏來相尋上卿才大名不朽早朝至尊暮求友豁達常推海內賢殷勤但酌尊中酒飲醉欲言歸剡溪門前駟馬光照衣路傍觀者徒唧唧我公不以爲是非

同鮮于洛陽於畢員外宅觀畫馬歌

知君愛鳴琴仍好千里馬永日恒思單父中有時心到宛城下遇客丹青天下才白生胡雛控龍媒主人娛賓畫障開只言騏驥西極來半壁趦趄勢不住滿堂風飄颯然度家僮愕視欲先鞭櫪馬驚嘶還屢顧始知物妙皆可憐燕昭市駿豈徒然縱令剪拂無所用猶勝駑駘在眼前

同河南李少尹畢員外宅夜飲時洛陽告捷遂作春酒歌

故人美酒勝濁醪故人清詞合風騷長歌滿酌惟吾曹高談正可揮麈毛半醉忽然持蟹螯洛陽告捷傾前後武侯腰間印如斗郎官無事時飲酒杯中綠蟻吹轉來甕上飛花拂還有前年持節將楚兵去年留司在東京今年復拜二千石盛夏五月西南行彭門劒門蜀山裏昨逢軍人劫奪我到家但見妻與子賴得飲君春酒數十杯不然令我愁欲死

同李九士曹觀壁畫雲作

始知帝鄉客能畫蒼梧雲秋天萬里一片色只疑飛盡猶氛氳

見薛大臂鷹作(一作李白詩)

寒楚十二月蒼鷹八九毛寄言燕雀莫相啅(一作忌)自有雲霄萬里高

畫馬篇(同諸公宴睢陽李太守各賦一物)

君侯櫪上驄貌在丹青中馬毛連錢蹄鐵色圖畫光輝驕玉勒馬行不動勢若來權奇蹴踏無塵埃感茲絕代稱妙手遂令談者不容口麒麟獨步自可珍駑駘萬匹知何有終未如他櫪上驄載華轂騁飛鴻荷君剪拂與君用一日千里如旋風

詠馬鞭

龍竹養根凡幾年工人截之爲長鞭一節一目皆天然珠重重星連連繞指柔純金羈不直規不圓把向空中捎一聲良馬有心日馳千

塞下曲(一作賀蘭)

君不見芳樹枝春花落盡蜂不窺君不見梁上泥秋風始高燕不棲蕩子從軍事征戰蛾眉嬋娟守空閨獨宿自然堪下淚況復時聞烏(一作鳥)夜啼

漁父歌

曲岸深潭一山叟駐眼看鉤不移手世人欲得知姓名良久問他不開口筍皮笠子荷葉衣心無所營守釣磯料得孤舟無定止日暮持竿何處歸

全唐詩

高適

部落曲

蕃軍傍塞遊代馬噴風秋老將垂金甲閼支着錦裘琱戈蒙豹尾紅旆插狼頭日暮天山下鳴笳漢使愁

贈杜二拾遺

傳道招提客詩書自討論佛香時入院僧飯屢過門聽法還應難(一作疏)尋經剩欲翻草玄今已畢此外復(一作後更)何言

醉後贈張九旭

世上謾相識此翁殊不然興來書自聖醉後語尤顛白髮老閑事青雲在目前牀頭一壺酒能更幾回眠

途中寄徐錄事(比以王書見贈)

落日風雨至秋天鴻雁初離憂不堪比旅館復何如君又幾時去我知音信疎空多篋中贈長見右軍書

酬衛八雪中見寄

季冬憶淇上落日歸山樊舊宅帶流水平田臨古村雪中望來信醉裏開衛門果得希代寶緘之那可論

送白少府送兵之隴右

踐更登隴首遠別指臨洮爲問關山(一作中)事何如州縣勞軍容隨赤羽樹色引青袍誰斷單于臂今年太白高

河西送李十七

邊城多遠別此去莫徒然問禮知才子登科及少年出

門看落日驅馬向秋天高價人爭重行當早着鞭

送張瑤貶五谿尉

他日維楨幹明時懸鎮鄒江山遥去國妻子獨還家離別無嫌遠沈浮勿強嗟南登有詞賦知爾弔長沙

別韋五

徒然酌杯酒不覺散人愁相識仍遠別欲歸翻旅遊夏雲滿郊甸明月照河洲莫恨征途遠東看漳水流

別劉大校書

昔日京華去知君才望新應猶作賦好莫歎在官貧且復傷遠別不然愁此身清風（一作青楓）幾萬里江上一歸人

宋中別司功叔各賦一物得商丘

商丘試一望隱隱帶秋天地與辰星在城將大路遷干戈悲昔事墟落對窮年即此傷離緒悽悽賦酒筵

送蔡十二之海上（時在衛中）

黯然何所爲相對但悲酸季弟念離別賢兄救急難河流冰處盡海路雪中寒尚有南飛雁知君不忍看

別韋兵曹

離別長千里相逢數十年此心應不變他事已徒然惆悵春光裏蹉跎柳色前逢時當自取看爾欲先鞭

獨孤判官部送兵

餞君嗟遠別爲客念周旋征路今如此前軍猶眇然出關逢漢壁登隴望胡天亦是封侯地期君早着鞭

別從甥萬盈

諸生曰萬盈四十乃知名宅相予偏重家丘人莫輕美才應自料苦節豈無成莫以山田薄今春又不耕

別崔少府

知君少得意汶上掩柴扉寒食仍留火春風未授衣皆言黃綬屈早向青雲飛借問他鄉事今年歸不歸

別（一作送）馮判官

碣石遼西地漁陽薊北天關山唯一道雨雪盡三邊才子方爲客將軍正渴（一作愛）（一作慕）賢遥知幕府下書記日翩翩

淇上送韋司倉往滑臺

飲酒莫辭醉醉多適不愁孰知非遠別終念對窮（一作新）秋滑臺門外見淇水眼前流君去應回首風波滿渡頭

送崔功曹赴越

傳有東南別題詩報客居江山知不厭州縣復何如莫恨吴歈曲嘗看越絕書今朝欲乘興隨爾食鱸魚

送蹇秀才赴臨洮

悵望日千里如何今二毛猶思陽谷去莫厭隴山高倚馬見雄筆隨身唯寶刀料君終自致勳業在臨洮

廣陵別鄭處士

落日知分手春風莫斷腸興來無不愜才在亦何傷溪水堪垂釣江田耐插秧人生只爲此亦足傲羲皇

別孫訢

離人去復留白馬黑貂裘屈指論前事停鞭惜舊遊帝鄉那可忘旅館日堪愁誰念無知己年年睢水流

送劉評事充朔方判官賦得征馬嘶

征馬向邊州蕭蕭嘶不休思深應帶別聲斷爲兼秋岐路風將遠關山月共愁贈君從此去何日大刀頭

送魏八

更沽淇上酒還泛驛前舟爲惜故人去復憐嘶馬愁雲山行處合風雨興中秋此路無知己明珠莫暗投

贈別褚山人

攜手贈將行山人道姓名光陰蓟子訓才術褚先生牆上梨花白尊中桂酒清洛陽無二價猶是慕風聲

別王八

征馬嘶長路離人挹佩刀客來東道遠歸去北風高時候何蕭索鄉心正（一作更）鬱陶傳君遇知己行日有綈袍

送董判官

逢君說行邁倚劍別交親幕府爲才子將軍作主人近關多雨雪出塞有風塵長策須當用男兒莫顧身

送鄭侍御謫閩中

謫去君無恨閩中我舊過大都秋雁少只是夜猿多東路雲山合南天瘴癘和自當逢雨露行矣慎風波

送李侍御赴安西

行子對飛蓬金鞭指鐵驄功名萬里外心事一杯中虜障燕支北秦城太白東離魂莫惆悵看取寶刀雄

送裴別將之安西

絕域眇難躋悠然信馬蹄風塵經跋涉搖落怨暌攜地出流沙外天長甲子西少年無不可行矣莫悽悽

宴郭校書因之有別

綵服趨庭訓分交載酒過芸香名早著蓬轉事仍多苦戰（一作戰苦）知機息窮愁奈別何雲霄莫相待年鬢已蹉跎

同李太守北池泛舟宴高平鄭太守

每揖龔黃事還陪李郭舟雲從四岳起（一作去）水向百城流幽意隨登陟嘉言即獻酬乃知縫掖貴今日對諸侯

同崔員外綦毋拾遺九日宴京兆府李士曹

今日好相見羣賢仍廢曹晚晴催翰墨秋興引風騷絳葉擁虛砌黃花隨濁醪閉門無不可何事更登高

同羣公十月朝宴李太守宅

良牧徵高賞褰帷問考槃歲時當正月甲子入初寒已聽甘棠頌欣陪旨酒歡仍憐門下客不作布衣看

武威同諸公過楊七山人得藤字

幕府日多暇田家歲復登相知恨不早乘興乃無恒窮巷在喬木深齋垂古藤邊城唯有醉此外更何能

同羣公登濮陽聖佛寺閣

落日登臨處悠然意不窮佛因初地識人覺四天空來雁清霜後孤帆遠樹中裴回傷寓目蕭索對寒風

同衛八題陸少府書齋

知君薄州縣好靜無冬春散帙至棲鳥明燈留故人深房臘酒熟高院梅花新若是周旋地當令風義親

淇上別業

依依西山下別業桑林邊庭鴨喜多雨鄰雞知暮天野人種秋菜古老開原田且向世情遠吾今聊自然

入昌松東界山行

鳥道幾登頓馬蹄無暫（一作復）閑崎嶇出長坂合沓猶前山石激水流處天寒松色間王程應未盡且莫顧刀環

使青夷軍入居庸三首

匹馬行將久征途去轉難不知邊地別秖訝客衣單谿

泠泉聲苦山空木葉乾莫言關塞極雲雪尚漫漫
古鎭青山口寒風落日時巖巒鳥不過冰雪馬堪遲出
塞應無策還家賴有期東山足松桂歸去結茅茨
登頓驅征騎棲遲愧寶刀遠行今若此微祿果徒勞絶
坂水連下羣峰雲共高自堪成白首何事一青袍

自薊北歸

驅馬薊門北北風邊馬哀蒼茫遠山口豁達胡天開五
將已深入前軍止半迴誰憐不得意長劍獨歸來

東平別前衛縣李寀少府

黃鳥翩翩楊柳垂春風送客使人悲怨別自驚千里外
論交却憶十年時雲開汶水孤帆遠路繞梁山匹馬遲
此地從來可乘興留君不住益凄其

夜別韋司士得城字

高館張燈酒復清夜鐘殘月雁歸聲只言啼鳥堪求侶
無那春風欲送行黃河曲裏沙爲岸白馬津邊柳向城
莫怨他鄉暫離別知君到處有逢迎

送李少府貶峽中王少府貶長沙

嗟君此別意何如駐馬銜杯問謫居巫峽啼猿數行淚
衡陽歸雁幾封書青楓江上秋天遠白帝城邊古木疎
聖代即（一作祇）今多雨露暫時分手莫躊躇

同陳留崔司户早春宴蓬池

同官載酒出郊圻晴日東馳雁北飛隔岸春雲邀翰墨
傍簷垂柳報芳菲池邊轉覺虛無盡臺上偏宜酩酊歸
州縣徒勞那可度後時連騎莫相違

金城北樓

北樓西望滿晴空積水連山勝畫中湍上急流聲若箭
城頭殘月勢如弓垂竿已羨磻谿老體道猶思塞上翁
爲問邊庭更何事至今羌笛怨無窮

同顔六少府旅宦秋中之作

傳君昨夜悵然悲獨坐新齋木落時逸氣舊來凌燕雀
高才何得混妍媸跡留（一作勞）黃綬人多歎心在青雲世莫
知不是鬼神無正直從來州縣有瑕疵

重陽

節物驚心兩鬢華東籬空繞未開花百年將半仕三已
五畝就荒天一涯豈有白衣來剝啄一從烏帽自敧斜
眞成獨坐空搔首門柳蕭蕭噪暮鴉

古樂府飛龍曲留上陳左相（陳希烈）

德以精靈降時膺夢寐求蒼生謝安石天子富平侯尊
俎資高論巖廊挹（一作揖）大猷相門連户牖卿族嗣弓裘（一作鄉才
傳世業相府盛嘉謀）豁達雲開霽（一作景）清明月映秋能爲吉甫頌善用
子房籌階砌（一作户牖）思攀陟門闌尚阻修高山不易仰大匠
本難投跡與松喬合心緣啟沃留公才山吏部書癖杜
荊州幸沐千年聖何辭一尉休折腰知寵辱迴首見沈
浮天地莊生馬江湖范蠡舟逍遥堪自樂浩蕩信無憂
去此從黃綬歸歟任白頭風塵與霄漢瞻望日悠悠

留上李右相（一作奉贈李右相林甫）

風俗登淳古君臣挹大庭深沈謀九德密勿契千齡獨
立調元氣淸心豁窅冥本枝連帝系長策冠生靈傅説
明殷道蕭何律漢刑鈞衡持國柄柱石總（一作賢）朝經隱軫
江山藻氛氲鼎鼐銘興中皆白雪（一作潔白）身外即（一作盡）丹青江
海呼窮鳥詩書問聚螢吹噓成羽翼提握動芳馨倚伏
悲還笑棲遲（一作升沈）醉復醒恩榮初就列含育忝宵形有竊
丘山惠無時枕席寧壯心瞻落景生事感浮（一作流）萍莫以
才難用終期善易聽未爲門下客徒謝少微星

同李員外賀哥舒大夫破九曲之作

遙傳副丞相昨日破西蕃作氣羣山動揚軍大旆翻奇
兵邀轉戰連弩絶歸奔泉噴諸戎血風驅死虜魂頭飛
攢萬戟面縛聚轅門鬼哭黃埃暮天愁白日昏石城與
巖險鐵騎皆（一作若）雲屯長策一言決高蹤百代存威稜
沙漠忠義感乾坤老將黯無色儒生安敢論解圍憑廟
算止殺報君恩唯有關河渺蒼茫空樹墩

信安王幕府詩（并序）

開元二十年國家有事林胡詔禮部尚書信安王
總戎大舉時考功郎中王公司勳郎中劉公主客
郎中魏公侍御史李公監察御史崔公咸在幕府
詩以頌美數公見於詞凡三十韻

雲紀軒皇代星高太白年廟堂咨上策幕府制中權盤
石藩維固昇壇禮樂先國章榮印綬公服貴貂蟬樂善
旌深德輸忠格上玄剪桐光寵錫題劍美貞堅聖祚雄
圖廣師貞武德虔雷霆七校發旌旆五營連華省徵羣
乂霜臺舉二賢豈伊公望遠曾是茂才遷並秉韜鈐術
兼該翰墨筵帝思麟閣像臣獻柏梁篇振玉登遼甸摐
金歷薊壖度河飛羽檄橫海泛樓船北伐聲逾邁東征
務以專講戎喧涿野料敵靜居延軍勢持三略兵戎自
九天朝瞻授鉞去時聽偃戈旋大漠風沙裏長城雨雪
邊雲端臨碣石波際隱朝鮮夜壁冲高斗寒空駐彩旃
倚弓玄兔月飲馬白狼川庶物隨交泰蒼生解倒懸四
郊增氣象萬里絶風煙關塞鴻勳著京華甲第全落梅
橫吹後春色凱歌前直道常兼濟微才獨棄捐曳裾誠
已矣投筆尚悽然作賦同元淑能詩匪仲宣雲霄不可
望空欲仰神仙

東平旅遊奉贈薛太守二十四韻

頌美馳千古欽賢仰大猷晉公標逸氣汾水注長流神
與公忠節天生將相儔青雲本自負赤縣獨推尤御史
風逾勁郎官草屢修鵷鸞粉署起鷹隼柏臺秋出入交
三事飛鳴揖五侯軍書陳上策廷議借前籌肅肅趨朝
列雝雝引帝求一麾俄出守千里再分憂不改任棠水
仍傳晏子裘歌謡隨舉扇旌旆逐鳴騶郡國長河繞川
原大野幽地連堯泰嶽山向禹青州汶上春帆渡秦亭
晚日愁遺墟當少昊懸象逼奎婁即此逢清鑒終然喜
暗投叨承解榻禮更得問縑遊高興陪登陟嘉言忝獻
酬觀碁知戰勝探象會冥搜眺聽情何限冲融惠勿休
祗應齊語默寧肯問沈浮然諾長懷季棲遑輒累丘平
生感知已方寸豈悠悠

眞定即事奉贈韋使君二十八韻

飄泊懷書客遲迴此路隅問津驚棄置投刺忽踟躕方
伯恩彌重蒼生詠已蘇郡稱廉叔度朝議管夷吾乃繼
三台側仍將四岳俱江山澄氣象崖谷倚冰壺詔寵金
門策官榮葉縣鳧擢才登粉署飛步躡雲衢起草徵調

墨焚香即宴娛光華揚盛矣霄漢在茲乎隱軫推公望逶迤協帝俞軒車辭魏闕旌節副幽都始佩仙郎印俄兼太守符尤多蜀郡理更得潁川謨城邑推雄鎮山川列舊圖舊燕當絕漠全趙對平蕪曠野何瀰漫長亭復鬱紆始泉遺俗近活水戰場無月換思鄉陌星迴記斗樞歲容歸萬象和氣發鴻爐淪落而誰遇棲遑有是夫不才羞擁腫干祿謝侏儒契濶慚行邁羇離憶友于田園同季子儲蓄異陶朱方欲呈高義吹噓揖大巫永懷吐肝膽猶憚阻榮枯解榻情何限忘言道未殊從來貴縫掖應是念窮途

和竇侍御登涼州七級浮圖之作

化塔屹中起孤高宜上躋鐵冠雄賞眺金界寵招攜空色在軒戶邊聲連鼓鼙天寒萬里北地豁九州西清輿揖才彥峻風和端倪始知陽春後具物皆筌蹄

酬河南節度使賀蘭大夫見贈之作

高閣憑欄檻中軍倚旆旌感時常激切於己即忘情河華屯妖氣伊瀍有戰聲嫓無戡難策多謝出師名秉鉞知恩重臨戎覺命輕股肱瞻列岳脣齒賴長城隱隱摧鋒勢光光弄印榮魯連眞義士陸遜豈書生直道寧殊智先鞭忽抗行楚雲隨去馬淮月尚連營撫劒堪投分悲歌益不平從來重然諾況值欲橫行

奉酬睢陽路太守見贈（一作貽）之作

盛才膺命代高價動良時帝簡登藩翰人和發詠思神仙去華省鵷鷺憶丹墀清淨能無事優游即賦詩江山紛想像雲物共（一作動）萎蕤逸氣劉公幹玄言向子期多慙汲引速翻愧激昂遲相馬知何限登龍反自疑風塵吏道迫行邁旅心悲拙疾徒爲爾窮愁欲問誰秋庭一片葉朝鏡數莖絲州縣甘無取丘園悔莫追瓊瑤生篋笥光景借茅茨他日青霄裏猶應訪所知

奉酬睢陽李太守

公族稱王佐朝經允帝求本枝疆我李盤石冠諸劉禮樂光輝盛山河氣象幽系高周柱史名重晉陽秋華省膺推擇青雲寵宴遊握蘭多具美前席有嘉謀賦得黃金賜言皆白璧酬着鞭驅駟馬操刃解全牛出鎮兼方伯承家復列侯朝瞻孔北海時用杜荆州廣固纔登陟毘陵忽阻修三台冀入夢四岳尚分憂郡邑連京口山川望石頭海門當建節江路引鳴騶俗見中興理人逢至道休先移白額橫更息赭衣偷梁國歌來晚徐方怨不留豈伊齊政術將以變澆浮訟簡知能吏刑寬察要囚坐堂風偃草行縣雨隨輈地是蒙莊宅城遺閼伯丘孝王餘井徑微子故田疇冬至招搖轉天寒蟋蟀收猿巖飛雨雪兔苑落梧楸列戟霜侵戶褰幃月在鉤好賢常解榻乘興每登樓逸足橫千里高談注九流詩題青玉案衣贈黑貂裘窮巷軒車靜閑齋耳目愁未能方管樂翻欲慕巢由講德良難敵觀風豈易儔寸心仍有適江海一扁舟

送柴司戶充劉卿（一作鄉）判官之嶺外

嶺外資雄鎮朝端寵節旄月卿臨幕府星使出詞曹海對羊城濶山連象郡高風霜驅瘴癘忠信涉波濤別恨隨流水交情脫寶刀有才無不適行矣莫徒勞

送蔡少府赴登州推事

膠東連即墨萊水入滄溟國小常多事人訛屢抵刑公才徵郡邑詔使出郊坰標格誰當犯風謠信可聽崢嶸大峴口邐迤汶陽亭地迥雲偏白天秋山更青祖筵方卜晝王事急侵星勸爾將爲德斯言蓋有聽

秦中送李九赴越

攜手望千里于今將十年如何每離別心事復迍邅適越雖有以出關終耿然愁霖（一作秋林）不可向長路或難前（一作聯）吳會獨行客山陰秋夜船謝家徵故事禹穴訪遺編鏡水君所憶蓴羹余舊便歸來莫忘此兼示濟江篇

餞宋八充彭中丞判官之嶺南（一作外）

覩君濟時略使我氣填膺長策竟不用高才徒見稱一朝知己達累日詔書徵羽翮忽然就（一作動）風飈誰敢凌舉鞭趨（一作投）嶺嶠（一作嶂）屈指冒炎蒸北雁送馳驛南人思飲冰彼邦本倔強習俗多驕矜翠羽干平法黃金撓直繩若將除害馬愼勿信蒼蠅魑魅寧無患忠貞適有憑猿啼山不斷鳶跕路難登海峤出交阯江城連始興繡衣當節制幕府盛威稜勿憚九嶷險須令百越澄立談多感激行李即嚴凝離別胡爲者雲霄遲爾昇

陪竇侍御泛靈雲池

白露時先降清川思不窮江湖仍塞上舟楫在軍中舞換臨津樹歌饒向迴（一作晚）風夕陽連積水邊色滿秋空乘興宜投轄邀歡莫避驄誰憐持弱羽猶欲伴鵷鴻

陪竇侍御靈雲南亭宴詩得雷字（并序）

涼州近胡高下其池亭蓋以耀蕃落也幕府董帥雄勇徑踐戎庭自陽關而西猶枕席矣軍中無事君子飲食宴樂宜哉白簡在邊清秋多興況水具舟檝山兼亭臺始臨泛而寫煩仍登陟以寄傲絲桐徐奏林木更爽觴蒲萄以遞歡指蘭茝而可掇胡天一望雲物蒼然雨蕭蕭而牧馬聲斷風嫋嫋而邊歌幾處又足悲矣員外李公曰七日者何牛女之夕也夫賢者何得謹其時請賦南亭詩列之於後

人幽宜眺聽目極喜亭臺風景知愁在關山憶夢迴秖言殊語默何意忝遊陪連唱波瀾動冥搜物象開新秋歸遠樹殘雨擁（一作應）輕雷簷外長天盡尊前獨鳥來常吟塞下曲多謝幕中才河漢徒相望嘉期安在哉

同熊少府題盧主簿茅齋（盧兼有人倫）

虛院野情在茅齋秋興存孝廉趨下位才子出高門乃繼幽人靜能令學者尊江山歸謝客神鬼下劉根階樹時攀折窗書任討論自堪成獨往何必武陵源

同朱五題盧使君義井

高義唯良牧深仁自下車寧知鑿井處還是飲冰餘地即泉源久人當汲引初體清能鑒物色洞（一作淡）每含虛上善滋來往中和浹里閭濟時應未竭懷惠復何如

同郭十題楊主簿新廳

華館曙沈沈惟良正在今用材兼柱石聞物象高深更得芝蘭地兼營枳棘林向風扃戟戶當署近棠陰勿改安卑節聊閑理劇心多君有知己一和郢中吟

秋日作

端居值秋節此日更愁辛寂寞無一事蒿萊通四鄰閉門生白髮回首憶青春歲月不相待交游隨衆人雲霄何處託愚直有誰親舉酒聊自勸窮通信爾身

硤陽城

荒城在高岸凌眺俯清淇傳道漢天子而封審食其奸淫且不戮茅土孰云宜何得英雄主返令兒女欺母儀良已失臣節豈如斯太息一朝事乃令人所嗤

赴彭州山行之作

峭壁連崆峒攢峰疊翠微鳥聲堪駐馬林色可忘機怪石時侵徑輕蘿乍拂衣路長愁作客年老更思歸且悅巖巒勝寧嗟意緒違山行應未盡誰與玩芳菲

詠史

尚有綈袍贈應憐范叔寒不知天下士猶作布衣看

送兵到薊北

積雪與天迥屯軍連塞愁誰知此行邁不爲覓封侯

同羣公題張處士菜園

耕地桑柘間地肥菜常熟爲問葵藿資何如廟堂肉

逢謝偃

紅顔愴爲别白髮始相逢唯餘昔時淚無復舊時容

田家春望

出門何所見春色滿平蕪可歎無知已高陽一（一作憶）酒徒

閑居

柳色驚心事春風厭索居方知一杯酒猶勝百家書

封丘作

州縣才難適雲山道欲窮揣摩慚黠吏棲隱謝愚公

九曲詞三首

許國從來徹廟堂連年不爲在疆（一作壇）場將軍天上封侯印御史臺中異姓王

萬騎爭歌楊柳春千場對舞繡騏驎到處盡逢歡洽事相看總是太平人

鐵騎橫行鐵嶺頭西看邏逤取封侯青海只今將飲馬黃河不用更防秋

營州歌

營州少年厭（一作滿，一作歇，一作愛）原野狐（一作皮）裘蒙茸獵城下虜（一作魯）酒千鍾（一作杯）不醉人胡兒十歲能騎馬

玉真公主歌

常言龍德本天仙誰謂仙人每學仙更道玄元指李日多於王母種桃年

仙宮仙府有眞仙天寶天仙秘莫傳爲問軒皇三百歲何如大道一千年

和王七玉門關聽吹笛（一作塞上聞笛）

胡人吹（一作羌）笛戍樓間樓上蕭條海（一作明）月閑借問落梅凡幾曲從風一夜滿關山（一作塞上聽吹笛云雪淨胡天牧馬還月明羌笛戍樓間借問梅花何處落風吹一夜滿關山）

别董大二首

十里黃雲白日曛北風吹雁雪紛紛莫愁前路無知己天下誰人不識君

六翮飄颻私自憐一離京洛十餘年丈夫貧賤應未足今日相逢無酒錢

送桂陽孝廉

桂陽年少西入秦數經甲科猶白身即今江海一歸客他日雲霄（一作山）萬里人

送李少府時在客舍作

相逢旅館意多違暮雪初晴候雁飛主人酒盡君未醉薄暮途遙歸不歸

聽張立本女吟

危冠廣袖楚宮妝獨步閑庭逐夜涼自把玉釵敲砌竹清歌一曲月如霜

初至封丘作

可憐薄暮宦遊子獨卧虛齋思無已去家百里不得歸到官數日秋風起

除夜作

旅館寒燈獨不眠客心何事轉悽然故鄉今夜思千里愁鬢（一作霜鬢）明朝又（一作更）一年

李峴

李峴信安郡王禕之第三子樂善下士以門蔭入仕歷京兆府尹天寶中楊國忠惡其不附己出爲長沙太守時京兆雨災米麥踊貴百姓謠曰欲得米粟賤無過追李峴其爲政得人心如此乾元二年拜中書侍郎同平章事坐言事切直謫蜀州刺史代宗召爲禮部尚書尋復知政事初收東京按治逆黨多所全活終衢州刺史集一卷今存詩一首

劒池

闔閭葬日勞人力嬴政穿來役鬼功澄碧尚疑神物在等閑雷雨起潭中

李栖筠

李栖筠字貞一世爲趙人吉甫之父舉進士高第調冠氏主簿太守李峴視若布衣交擢殿中侍御史爲李峴三司判官三遷吏部員外郎判南曹累進工部侍郎元載忌之出爲常州刺史以治行加銀青光祿大夫封贊皇縣子拜浙西都團練觀察使尋爲御史大夫力抗權邪卒贈吏部尚書栖筠喜奬善而樂人攻己短爲天下士所歸稱贊皇公詩二首

張公洞

一徑深窈窕上升翠微中忽然靈洞前日月開仙宮道

士十二人往還馭清風焚香入深洞巨石如虛空夙夜備蘋藻詔書祠張公五雲何裴回玄鶴下蒼穹我本道門子願言出塵籠掃除方寸間幾與神靈通宿昔勤夢想契之在深衷遲迴將不還章綬繫我躬稽首謝眞侶辭滿歸崆峒

投宋大夫

十處投人九處違家鄉萬里又空歸嚴霜昨夜侵人骨誰念高堂未授衣

徐浩

徐浩字季海越州人少舉明經工草隸以張說薦爲麗正殿校理三遷右拾遺張守珪表佐幽州幕改監察御史歷憲部郎中肅宗即位拜中書舍人時天下事殷詔令俱出其手文詞贍給加尚書右丞除國子祭酒尋貶盧州長史代宗徵還仍拜中書舍人遷工部侍郎嶺南節度觀察使又爲吏部侍郎集賢殿學士爲李栖筠所彈貶明州别駕終彭王傅卒贈太子少師世稱其書法如怒猊抉石渴驥奔泉詩二首

寶林寺作

兹山昔飛來遠自琅琊臺孤岫龜形在深泉鰻井開越王屢登陟何相傳詞才塔廟崇其巔規模稱壯哉禪堂清溽潤高閣無恢炱照耀珠吐月鏗轟鐘隱雷揆余久纓弁末路遭邅迴一棄滄海曲六年稽嶺隈逝川惜東駛馳景憐西頹腰帶愁疾減容顏衰悴催賴居兹寺中法士多瓌能洗心聽經論禮足蠲凶灾永願依勝侶清江乘度杯

謁禹廟

畝澮敷四海川源滌九州既膺九命錫乃建洪範疇鼎革固天啟運興匪人謀肇開宅土業永庇昏墊憂山足靈廟在門前清鏡流象筵陳玉帛容衛儼戈矛探穴圖書朽卑宮堂殿修梅梁今不壞松祏古仍留負責故鄉近揭來申祖羞爲魚知造化歎鳳仰徽猷不復聞夏樂唯餘奏楚幽婆娑非舞羽鏜鞳異鳴球盛德吾無間高功誰與儔灾淫破凶慝祚聖擁神休出谷鶯初語空山猨獨愁春暉生草樹柳色暖汀洲恩貸題輿重榮殊衣錦遊宦情同械繫生理任桴浮地極臨滄海天遥過斗牛精誠如可諒他日寄冥搜

薛令之

薛令之閩之長溪人肅宗爲太子時令之以右補闕兼侍讀積歲不遷乃棄官徒步歸鄉里及肅宗即位以舊恩召而令之已前卒詩二首

自悼（紀事云開元中令之爲右庶子時東宮官僚清淡令之題詩自悼明皇幸東宮覽之索筆題其傍曰啄木口觜長鳳皇毛羽短若嫌松桂寒任逐桑榆暖遂謝病歸）

朝日上團團照見先生盤盤中何所有苜蓿長闌干飯澀匙難綰羹稀筯易寛只可（一作無以）謀朝夕何由保歲寒

靈巖寺

草堂棲在靈山谷勤苦詩書向燈燭柴門半掩寂無人惟有白雲相伴宿

鄒紹先

鄒紹先劉長卿同時人曾爲河南判官與長卿相往還詩一首

湘夫人

楓（一作風）葉下秋渚二妃愁渡湘疑山空杳藹何處望君王日落水雲裏悠悠（一作油油）心自傷

李穆

李穆劉長卿壻詩一首

寄妻父劉長卿（一作嚴維詩題作送桐廬寄劉員外）

處處雲山無盡時桐廬南望轉參差舟人莫道新安近欲（一作遠）上潺湲行自遲（時劉在新安郡）

馮著

馮著韋應物同時人嘗受李廣州署爲錄事應物有詩以送其行詩四首

短歌行

寂寞草中蘭亭亭山上松貞芳日有分生長耐相容結根各得地幸沾雨露功參辰無停泊且顧一西東君但開懷抱猜（一作情）恨莫怱怱

洛陽道

洛陽宮中花柳春洛陽道上無行人皮裘氈帳不相識萬户千門閉春色春色深（一本無此三字）春色深君王一去何時尋春雨灑（一作春色深）春雨灑周南一望堪淚下蓬萊殿中寢胡人鳷鵲樓前放胡馬聞君欲行西入秦（一作入西秦行）君行不用過天津天津橋上多胡塵洛陽道上愁殺人

行路難

男兒輱軻徒搔首入市脱衣且沽酒行路難權門慎勿干平人爭路相摧殘春秋四氣更（一作相）迴換人事何須再三歎君不見雀爲鴿鷹爲鳩東海成田谷爲岸負薪客歸去來龜反顧鶴裴回黄河岸上起塵埃（一本作負薪起塵埃無客歸去至岸上十四字）相逢未相識何用强相猜行路難故山應不改茅舍漢中在白酒杯中聊一歌蒼蠅蒼蠅柰爾何

燕銜泥

雙燕碌碌飛入屋屋中老人喜燕歸裴回繞我牀頭飛去年爲爾逐黄雀雨多屋漏泥土落爾莫厭老翁茅屋低梁頭作窠梁下棲爾不見東家黄鷔鳴嘖嘖虵盤瓦滿鼠穿壁豪家大屋爾莫居驕兒少婦採爾雛井旁寫水泥自足銜泥上屋隨爾欲

王迴

王迴家鹿門號白雲先生與孟浩然善詩一首

同孟浩然宴賦（一作題壁歌）

屈宋英聲今止已江山繼嗣多才子作者于今盡相似聚宴王家其樂矣共賦新詩發宫徵書于屋壁彰厥美

李曄

李曄宗室子官弘農太守宗正卿賈至常爲撰制詞詩一首

尚書都堂瓦松

華省祕儼蹤高堂露瓦松葉因春後長花爲雨來濃影混鴛鴦色光含翡翠容天然斯所寄地勢太無從接棟臨雙闕連甍近九重寧知深澗底霜雪歲兼封

敬括

敬括字叔弓河東人少以文詞稱鄉舉進士又應制登科累官右拾遺内供奉殿中侍御史天寶末以不附楊

國忠出爲刺史遷給事中兵部侍郎大理卿大曆初詔
選循良爲近輔以括爲同州刺史入爲御史大夫卒詩
一首

省試七月流火

前庭一葉下言念忽悲秋變節金初至分寒(一作空)火正流
氣含涼夜早光拂夏雲收助月微明散沿河麗景浮禮
標時令爽詩興國風幽自此觀邦(一作邪)正深知王業休

第一冊

杜甫 一卷至五卷

全唐詩

杜甫

杜甫字子美其先襄陽人曾祖依藝爲鞏令因居鞏甫天寶初應進士不第後獻三大禮賦明皇奇之召試文章授京兆府兵曹參軍安祿山陷京師肅宗即位靈武甫自賊中遯赴行在拜左拾遺以論救房琯出爲華州司功參軍關輔饑亂寓居同州同谷縣身自負薪采梠餔糒不給久之召補京兆府功曹道阻不赴嚴武鎮成都奏爲參謀檢校工部員外郎賜緋武與甫世舊待遇甚厚乃於成都浣花里種竹植樹枕江結廬縱酒嘯歌其中武卒甫無所依乃之東蜀就高適既至而適卒是歲蜀帥相攻殺蜀大擾甫攜家避亂荊楚扁舟下峽未維舟而江陵亦亂乃泝沿湘流遊衡山寓居耒陽卒年五十九元和中歸葬偃師首陽山元稹志其墓天寶間甫與李白齊名時稱李杜然元稹之言曰李白壯浪縱恣擺去拘束誠亦差肩子美矣至若鋪陳終始排比聲韻大或千言次猶數百詞氣豪邁而風調清深屬對律切而脫棄凡近則李尚不能歷其藩翰況堂奧乎白居易亦云杜詩貫穿古今盡工盡善殆過於李元白之論如此蓋其出處勞佚喜樂悲憤好賢惡惡一見之於詩而又以忠君憂國傷時念亂爲本旨讀其詩可以知其世故當時謂之詩史舊集詩文共六十卷今編詩十九卷

奉贈韋左丞丈二十二韻（韋濟天寶七載爲河南尹遷尚書左丞）

紈袴不餓死儒冠多誤身丈人試靜聽賤子請具陳甫昔少（一作妙）年日早充觀國賓讀書破萬卷下筆如有神賦料揚雄敵詩看子建親李邕求識面王翰願卜（一作爲）鄰自謂頗挺出（一作生 一作特）立登要路津致君堯舜上再使風俗淳此意竟蕭條行歌非隱淪騎驢三十載旅食（一作客）京華春朝扣富兒門暮隨肥馬塵殘杯與冷炙到處潛悲辛主上頃見徵欻然欲求伸青冥却垂翅蹭蹬無縱鱗（天寶中詔徵天下士有一藝者皆得詣京師就選李林甫抑之奏令考試遂無一人得第者）甚愧丈人厚甚知丈人眞每於百寮上猥誦佳句新竊效貢公喜難甘原憲貧焉能心怏怏秖是走踆踆今欲東入海即將西去秦尚憐終南山回首清渭濱常擬報一飯況懷辭大臣白鷗沒（一作波）浩蕩萬里誰能馴

送高三十五書記（高適渤海人解褐爲封丘尉不就客遊河西哥舒翰奇之表爲書記）

崆峒小麥熟且（一作吾）願休王師請公問主將焉用窮荒爲（積石軍每歲麥熟吐蕃獲之邊人呼爲吐蕃麥莊天寶六年哥舒翰擊大破之後不敢復至八載又克其石堡城然自此用兵河西不已故追言戒之欲適告翰也）飢鷹未飽肉側翅隨人飛高生跨鞍馬有似幽幷（一作幷州）兒脫身簿尉中始與捶楚（唐簿尉有罪輒受鞭撻）辭借問今何官觸熱向武威答云（一作言）一書記所媿國士知人實不易知更（一作尤）須愼其儀（一作宜）十年出幕府自可持旌麾（一作旗）此行旣特達足以慰所思（一作亦足慰遠思）男兒功名遂亦在老大時常恨結驩淺各在天一涯又如參與商慘慘中腸（一作中腸安不）悲驚風吹（一作飄）鴻鵠不得相追隨黃塵翳沙漠念子何當（一作時）歸邊城有餘力早寄從軍詩

贈李白

二年客東都所歷厭機巧野人對羶腥蔬食常不飽豈無青精（一作杋 一作飿）飯使我顏色好苦乏大（一作買）藥資山林迹如埽李侯金閨彥（一作深）脫身事幽討亦（一作未）有梁宋遊方期拾瑤草

遊龍門奉先寺（龍門即伊闕一名闕口在河南府北四十里）

已從招提遊更宿招提境陰壑生虛（一作靈）籟月林散清影天闕（一作闚 一作閱 一作關 一作開）象緯逼雲臥衣裳冷欲覺聞晨鐘令人發深省

望嶽

岱宗夫如何齊魯青未了造化鍾神秀陰陽割昏曉盪胷生曾雲決眥入歸鳥會當凌絕頂一覽衆山小

陪李北海宴歷下亭（天寶初李邕爲北海太守歷下亭在齊州以歷山得名）

東藩駐皁蓋北渚淩青荷（一作清河 一作清荷）海內（一作右）此亭古濟南名士多（原注時邑人蹇處士在座）雲山已發興玉佩仍當歌修竹不受暑交流空涌波蘊眞愜所遇落日將如何貴賤俱物役從公難重過

同李太守登歷下古城員外新亭亭對鵲湖（原注時李之芳自尚書郎出齊州置此亭）

新亭結構罷隱見清湖陰跡籍臺觀舊氣溟（一作冥）海嶽深圓荷想自昔遺堞感至今芳宴此時具（一作俱）哀絲（一作絃）千古心主稱壽尊客筵秩宴北（一作密）林不阻蓬華興得兼（一作兼得）梁甫吟

玄都壇歌寄元逸人

故人昔隱東蒙峰已佩含景（公孫端劍銘含景吐商）蒼精龍（劍之在左蒼龍象也）故人今居子午谷獨在（一作茲）陰崖結（一作白）茅屋屋前太古玄都壇青石漠漠常（一作松）風寒子規夜啼山竹裂王母晝下雲旗翻（一作蟠）知君此計成（一作誠）長往芝草琅玕日應長鐵鏁（終南大秦嶺有采蜜人山行尋鐘聲而入至一寺旁有大竹林一二頃截竹盛蜜歸以告戍卒卒復往取竹見崖垂鐵鎖長三丈掣鎖欲上二虎踞崖大呼驚怖而返）高垂不可攀致身福地何蕭爽

今夕行（原注自齊趙西歸至咸陽作）

今夕何夕歲云徂更長燭明不可孤咸陽客舍一事無相與博塞（一作賭博）爲歡娛馮陵大叫呼五白（招魂成梟而牟呼五白五白梟盧雉皆博齒也）袒跣不肯成梟盧（一作年）英雄有時亦如此邂逅豈即非良圖君莫笑劉毅從來布衣願家無儋石輸百萬

貧交行

翻手作雲覆手雨紛紛輕薄何須數君不見管鮑貧時交此道今人棄如土

兵車行

車轔轔馬蕭蕭行人弓箭各在腰耶孃妻子走相送塵埃不見咸陽橋牽衣頓足闌（一作欄）道哭哭聲直上干雲霄道傍過者問行人行人但云點行頻或從十五北防河便至四十西營田（開元十五年以吐蕃爲邊害詔隴右河西兵集臨洮朔方兵集會州防秋至冬初無寇而罷）去時里正（唐制百戶爲一里里置正一人）與裹頭歸來頭白還（一作猶）戍邊邊亭（一作庭）流血成海水武（一作我）皇（唐人稱太宗爲文皇明皇爲武皇）開邊意未已君不聞漢家山東（太行之東唐都長安凡河北諸道皆爲山東）二百州千村萬落生荊杞縱有健婦把鋤犂禾生隴畝無東西況復秦兵耐苦戰被驅不異犬與雞長者雖有問役夫敢申恨且如今年冬未休關（一作隴）西卒（一作役夫心益憤如今縱得休還爲隴西卒　通鑑天寶九載十二月關西遊奕使王難得擊吐蕃克五橋拔樹敦城）縣官急索（一作縣官云急索）租租稅從何出信知生男惡反是生女好生女猶是（一作得）嫁比鄰生男（一作兒）埋沒隨百草君不見青海頭古來白骨無人收新鬼煩冤舊鬼哭天陰雨濕聲（一作悲）啾啾（錢謙益曰天寶十載鮮于仲通討南詔蠻士卒死者六萬制大募兩京及河南北兵以擊南詔人莫肯應楊國忠遣御史分道捕人枷送軍所此詩序南征之苦設爲役夫問荅之詞君不聞以下言征戍之苦海內驛騷不獨南征一役爲然也）

高都護驄馬行（高仙芝開元末爲安西副都護）

安西都護胡青驄聲價欻然來向東此馬臨陣久無敵與人一心成大功功成惠養（赭白馬賦願終惠養）隨所致飄飄（一作飆）遠自流沙至雄姿未受伏櫪恩猛氣猶思戰場利腕（一作踠）促蹄高如踣鐵交河幾蹴曾冰裂五花（剪騣爲瓣或三花或五花或云印以三花飛鳳之字）散作雲滿身萬里方看汗流血長安壯兒不敢騎走過掣電傾城知青絲絡頭爲君老何由却出橫門道（長安城北出西頭第一門曰橫門其外有橫橋）

天育驃騎（一本有圖字）歌（天育廐名未詳所出）

吾聞天子之馬走千里今之畫圖無乃是是何意態雄且傑駿（一作驂）尾蕭梢朔風起毛爲綠縹（一作驃）兩耳黃眼有紫燄雙瞳方矯矯（一作然）龍性（一作驕一作龍性逸）合（東坡書作含）變化卓立天骨森開張伊昔太僕張景順監牧攻駒（一作考牧攻駒一作考牧神駒）閱清峻遂令大奴（漢官邑王使大奴以衣車載女子注奴之尤長大者此言景順之牧馬奴耳）守（一作字）天育別養驥子憐神俊（一作駿）當時四十萬匹馬張公歎其材盡下故獨寫眞傳世人見之座右久更新年多物化空形影嗚呼健步無由騁如今豈無騕褭與驊騮時無王良伯樂死即休

白絲行

繰絲須長不須白越羅蜀錦金粟尺象（一作牙）牀玉手亂殷紅萬草千花動凝碧已悲素質隨時染（一作改）裂下鳴機色相射美人細意熨帖平裁縫滅盡鍼線迹春天衣著爲君舞蛺蝶飛來黃鸝語落絮游絲亦有情隨風照日宜（一作疑）輕舉香汗輕（一作清）塵污顏色（一作似微污一作污不著一作似顏色）開新合故置何（一作相）許君不見才（一作志）士汲引難恐懼棄捐忍羇旅

秋雨歎三首

雨中百草秋爛死階下決明顏色鮮著葉滿枝翠羽蓋開花無數黃金錢涼風蕭蕭吹汝急恐汝後時難獨立堂上書生空白頭臨風三齅馨香泣

闌（一作蘭）風長（去聲一作伏一作仗）雨（一作東風細雨）秋紛紛四海（一作萬里）八荒同一雲去馬來牛不復辨濁涇清渭何當分禾（一作木）頭生耳黍穗黑農夫田婦（一作父）無消息城中斗米換（一作抱）衾裯相許寧論兩相直

長安布衣誰比數反鎖衡門守環堵老夫不出長蓬蒿稚子無憂走（音奏）風雨雨聲颼颼催早寒胡雁翅濕高飛難秋來未曾（一作省）見白日泥污后（一作厚）土何時乾

歎庭前甘菊花

檐（一作階一作庭）前甘菊移時晚青蘂重陽不堪摘明日蕭條醉盡（一作盡醉）醒殘花爛熳開何益籬邊野外多衆芳采擷細瑣升中堂念茲空長大枝葉結根失所纏（一作埋）風霜

醉時歌（原注贈廣文館博士鄭虔）

諸公衮衮登臺（一作華）省廣文先生官獨冷甲第紛紛厭粱肉廣文先生飯不足先生有道出羲皇先生有才（一作文一作所談）（一作所誠一作所抱）過屈宋德尊一代常轗軻（一作壈）名垂萬古知何用杜陵野客人更（一作見）嗤被褐短窄（一作穴）鬢如絲日糴太（一作泰）倉五升米時赴鄭老同襟（一作衾）期得錢即相覓沽酒不復疑忘形到爾汝痛飲眞（一作直）吾師清夜沈沈動春酌燈（一作檐）前細雨檐（一作燈）花落但覺高歌有（一作感）鬼神焉知餓死填溝壑相如逸才親滌器子雲識字終投閣先生早賦歸去來石田茅屋荒蒼苔儒術於我何有哉孔丘盜跖俱塵埃不須聞此意慘愴生前相遇且銜杯

醉歌行（原注別從姪勤落第歸　勤一作勸）

陸機二十作文賦汝更小年能綴文總角草書又神速世上兒子徒紛紛驊騮作駒已汗血鷙鳥舉翮連青雲詞源（一作賦）倒流（一作傾）三峽水筆陣獨埽千人軍只今年（一作生）纔十六七射策君門期第一舊穿楊葉眞自知暫蹶霜蹄未爲失偶然擢秀非難取會是排風有毛質汝身已（一作即）見唾成珠汝伯何由髮如漆春光澹（一作潭）沲秦東亭渚蒲牙白水荇青風吹客衣日杲杲樹攪離思花冥冥酒盡沙頭雙玉缾衆賓皆（一作已）醉我獨醒乃知貧賤別更苦吞聲躑躅涕淚零

贈衛八處士

人生不相見動如參與商今夕（一作此）復何夕共此燈燭（一作宿此燈）光少壯能幾時鬢髮各已蒼訪舊（一作問）半爲鬼驚（一作鳴）呼熱中腸焉知二十載重上君子堂昔別君未婚兒女忽成行怡然敬父執問我來何方問荅乃未已（一作未及已）兒女（一作驅兒）羅酒漿夜雨翦春韭新（一作晨）炊間（一作聞）黃粱主稱會面難一舉累（一作纍）十觴十（一作百）觴亦不醉（一作辭）感子故意長明日隔山岳世事兩茫茫

苦雨奉寄隴西公兼呈王徵士（原注隴西公即漢中王瑀徵士琅邪王徹）

今秋乃淫雨仲月來寒風羣木水光下萬象（一作家）雲氣中所思礙行潦九里信不通悄悄素滻路迢迢天漢東願騰六尺馬（一作駒）背若孤征鴻劃見公（一作君）子面超然歡笑同奮飛既胡越局促傷樊籠一飯四五起憑軒心力窮嘉蔬沒混濁時菊碎榛叢鷹隼亦屈猛烏鳶何所蒙式瞻北鄰居取適南巷翁掛席釣川漲焉知清興終

同諸公登慈恩寺塔（原注時高適薛據先有此作按寺乃高宗在東宮時爲文德皇后立故名慈恩）

高標跨蒼天（一作穹）烈風無時休自非曠（一作壯）士懷登茲翻百
憂方知象教力足（一作立）可追冥搜仰穿龍蛇窟始出（一作驚）枝
撐幽七星在北户（一作户北）河漢聲西流羲和鞭白日少昊行
清秋秦（一作泰）山忽破碎涇渭不可求俯視但一氣焉能辨
皇州回首叫虞舜蒼梧雲正愁惜哉瑶池飲（一作燕）日晏崑
崙丘黄鵠去不息哀鳴何所投君看隨陽雁各有稻粱
謀

示從孫濟（濟字應物官給事中京兆尹）

平明跨驢出未知（一作委）適誰門權門多噂沓且復尋諸孫
諸孫貧無事宅舍如荒村堂前自生竹堂後自生萱萱
草秋已死竹枝霜不蕃（一作翻 一作繁）淘米少汲水汲多井水渾
刈葵莫放手放手傷葵根阿翁嬾情久覺兒行步奔所
來（一作求）爲宗族亦不爲盤飧小人利口實（一作實利口）薄俗難可
（一作具）論勿受外嫌猜同姓古所敦

九日寄岑參（參南陽人）

出門復入門雨（一作兩）脚但如（一作仍）舊所向泥活活（一作浩浩）思君令
人瘦沈吟坐西（一作秋）軒（一作軒窗下 一作吟臥）飲（一作飯）食錯昏晝寸步曲江頭
難爲一相就吁嗟呼（一作乎）蒼生稼穡不可救安得誅雲師
疇能補天漏大明韜日月曠野號禽獸君子強逶迤小
人困馳驟維南有崇山恐（一作盜）與川浸溜是節（一作時）東籬菊
紛披爲誰秀岑生多新詩（一作語）性亦嗜醇酎采采黄金花
何由滿（一作瀟）衣袖

送孔巢父謝病歸遊江東兼呈李白（巢父字弱翁冀州人與李白等隱徂徠號竹溪六逸）

巢父掉頭不肎住東將入海隨煙霧詩卷長留天地間
釣竿欲拂珊瑚（一作三株）樹深山大澤龍蛇遠春寒野陰風景
暮（一作花繁草青春日暮）蓬萊織（一作仙人玉）女回雲車指點虛無是征（一作引歸）路
自是君身有仙骨世人那得知其故惜君只欲苦死留
富貴何如草頭露（一作我欲苦留留君富貴何如草頭易晞露）蔡侯靜者意有餘清夜
置酒臨前除罷琴惆悵月照（一作點）席幾歲寄我空中書南
尋禹穴見李白道甫問信今何如（一本云巢父掉頭不肎住東將入海隨煙霧書卷長攜天地間釣竿欲拂珊瑚樹我擬把袂苦留君富貴何如草頭露深山大澤龍蛇遠花繁草青風景暮仙人玉女回雲車指點虛無引歸路若逢李白騎鯨魚道甫問信今何如）

飲中八仙歌

知章（賀知章會稽人自稱秘書外監）騎馬似乘船眼花落井水底眠汝陽（讓皇帝長子璡封汝陽王）
三斗始朝天道逢（一作見）麴車口流涎恨不移封向
酒泉左相（李適之天寶元年爲左丞相）日興費萬錢飲如長鯨吸百川銜
杯樂聖稱世（一作避）賢宗之（崔宗之日用之子襲封齊國公）瀟灑美少年舉觴白
眼望青天皎如玉樹臨風前蘇晉（晉珦之子官至左庶子）長齋繡佛前
醉中往往愛逃禪李白一斗詩百篇長安市上酒家眠
天子呼來不上船自稱臣是酒中仙張旭（旭善草書）三杯草聖
傳脫帽露頂王公前揮毫落紙如雲煙焦遂（甘澤謠布衣焦遂爲陶峴客）
五斗方卓然高談雄辯驚四筵

曲江三章章五句（曲江在杜陵西北五里開元中開鑿爲勝境南有紫雲樓芙蓉苑西有杏園慈恩都人遊賞盛於中和上巳）

曲江蕭條秋氣高菱荷枯折隨風濤遊子空嗟垂二毛
白石素沙亦相蕩哀鴻獨叫求其曹
即事非今亦非古長歌激越梢林莽比屋豪華固難數
吾人甘作心似灰弟姪何傷淚如雨
自斷此生休問天杜曲幸有桑麻田故將移住南山邊
短衣匹馬隨李廣看射猛虎終殘年

麗人行

三月三日天氣新長安水邊多麗人態濃意遠淑且真
肌理細膩骨肉勻繡（一作畫）羅衣裳照暮春蹙金孔雀銀麒
麟頭上何所有翠微（一作爲）㔩（烏合反）葉（一作匌匎）垂鬢脣背（一作身）後何
所見珠壓腰衱（一作襻 一作肢）穩稱身就中雲幕椒房親賜名大
國虢與秦紫駝之峰（一作珍）出翠釜水精之盤行素鱗犀箸
厭飫久未下鸞刀縷切空（一作坐）紛綸黄門飛鞚不動塵御
廚絡繹（一作絲絡）送八珍簫鼓（一作管）哀吟感鬼神賓從雜（一作合）遝實
要津後來鞍馬何逡巡當軒（一作道）下馬入錦茵楊花雪落
覆（音副）白蘋青鳥飛去銜紅巾炙手可熱勢（一作世）絶倫慎莫
近（一作向）前丞相嗔（明皇每年十月幸華清宮楊國忠姊妹五家扈從每家爲一隊著一色衣五家合隊照暎如百花之煥發遺鈿墮舄瑟瑟珠翠燦爛芳馥於路而國忠私於虢國不避雄狐之刺每入朝或聯鑣方駕不施幃幔同入禁中）

樂遊園歌（原注晦日賀蘭楊長史筵醉中作 英華作晦日賀蘭楊長史筵醉歌 漢神爵中起樂遊苑在萬年縣南亦名樂遊原唐長安中太平公主置亭原上每正月晦日三月三日九月九日士女畢集）

樂遊古園崒（一作萃）森爽煙緜碧草萋萋長公子華筵勢最
高秦川（水出秦嶺下一名樊川）對酒平如掌長生木瓢示（一作樂）真率更調
鞍馬狂（一作雄）歡賞青春波浪芙蓉園白日雷霆夾（一作甲）城仗
閶闔晴開昳（音迭 一作訣 一作映）蕩蕩曲江翠幕排銀牓拂水低徊舞
袖翻緣雲清切歌聲上却憶年年人醉時只今未醉已
先悲數莖白髮那拋得百罰（一作剌）深杯亦（一作辭）不辭聖朝亦
（一作已）知賤士醜一物自（一作但）荷皇天慈（一作私）此身飲罷（一作罷飲）無歸
處獨立蒼茫自詠詩

渼陂行（陂在鄠縣西五里周一十四里）

岑參兄弟皆好奇攜我遠來遊渼陂天地黤慘忽異色
波濤萬頃堆琉璃琉璃汗漫泛舟入事殊興極憂思集
鼉作鯨吞不復知惡風白浪何嗟及主人錦帆相爲開
舟子喜甚無氛埃鳧鷖散亂櫂謳發絲管啁啾空翠來
沈竿續蔓（一作縵）深莫測菱（一作芡）葉荷花靜（一作淨）如拭宛在中流
渤澥清下歸無極（一作臨無地）終南黑半陂已南純浸山動影
裊窕沖融間船舷暝戛雲際寺（雲際山有大安寺）水面月出藍田關
（即秦嶢關在藍田縣南六十里）此時驪龍亦吐珠馮夷擊鼓羣龍趨湘妃漢
女出歌舞金支（房中歌金支秀華樂上衆飾也）翠旗光有無咫尺但愁雷雨
至蒼茫不曉神靈意少壯幾時奈老何向來哀樂何其
多

渼陂西南臺

高臺面蒼陂六月風日冷蒹葭離披去天水相與永懷
新目似擊接要心已領彷像識鮫人空濛辨魚艇錯磨
終南翠顛倒白閣（紫閣黄閣白閣三峰相去不甚遠）影崷（一作嶠）崒（西京賦岂嵕嶕崒）增光
輝（一作陰）乘陵（風賦乘陵高城）惜俄頃勞生媿嚴（遵）鄭（樸）外物慕張（良）
邴（曼容）世復輕驊騮吾甘雜鼃黽知歸俗可忽取適（一作足）事
莫竝身退豈待官老來苦便（平聲）靜況資菱芡足庶結茅
茨迥從此具扁舟彌年逐清景

戲簡鄭廣文虔兼呈蘇司業源明（蘇源明武功人爲東平太守召爲國子司業）

廣文到官舍繫（一作置）馬堂階下醉則（一作即）騎馬歸頗遭官長
罵才名四（一作三）十年坐客寒無氊賴（一作近）有蘇司業時時與
（一作乞）酒錢

夏日李公（一作李家令）見訪（黄鶴云按宗室世系當是李炎時爲太子家令）

遠林暑氣薄，公子過我遊。貧居類村塢，僻近城南樓。旁舍頗淳樸，所願(一作須)亦易求。隔屋喚西家，借問有酒不。牆頭過濁醪，展席俯長流。清風左右至，客意已驚秋。巢多衆鳥鬬(一作喧)，葉密鳴蟬稠。苦道(一作遭)此物聒，孰謂(一作語)吾廬幽。水花晚色靜(一作淨)，庶足充淹留。預恐尊中盡，更起爲君謀。

奉同郭給事湯東靈湫作(驪山溫湯之東有龍湫)

東山(即驪山)氣鴻濛(一作濛鴻)，宮殿居上頭。君來必十月，樹羽臨九州。陰火煮玉泉，噴薄漲巖幽。有時浴赤日，光抱空中樓。閣風入轍跡，曠(一作廣)原(一作野)延冥搜。沸(一作拂)天萬乘動，觀水百丈湫。幽靈(一作靈湫)斯(一作新)可佳(一作怪)，王命官屬休。初聞龍用壯，擘石摧林丘。中夜窟宅改，移因風雨秋。倒懸瑤池影，屈注蒼(一作滄)江流。味如甘露漿，揮弄滑且柔。翠旗澹偃蹇，雲車紛少留。簫鼓蕩四溟，異香泱漭浮。鮫(一作蛟)人獻微(一作徵)綃，曾祝(穆天子朝於燕然奉鉾南面曾祝佐之曾重也)沈豪牛。百祥奔盛明，古先莫能儔。坡陀金蝦蟇(喻安祿山)，出見蓋有由。至尊顧之笑，王母(唐人多以王母比貴妃)不肎(一作遺)收。復歸虛無底，化作長黃虯(一作龍與虯)。飄飄(一作飄飆)青瑣郎，文彩珊瑚鉤。浩歌淥水曲，清絕聽者愁。

夜聽許十損(一作許十一一作許十無損字)誦詩愛而有作

許生五臺(山在代州五臺縣)賓，業白(寶積經有純白業五戒十善四禪四定皆屬善名)出石辟。余亦師粲可(達摩傳慧可慧可傳粲)，身猶縛禪寂。何階子方便，謬引爲匹敵。離索晚相逢，包蒙欣有擊(易九二包蒙上九擊蒙)。誦詩渾(一作混)遊衍，四座皆(一作俱)辟易。應手看捶鉤，清心聽鳴鏑。精微穿溟涬(音幸)，飛動摧霹靂。陶謝不枝梧，風騷共推激。紫燕(一作鸞)自超詣，翠駮(中曲之山有獸如馬爪牙如虎一角能食豹名曰駮)誰翦剔。君意人莫知，人間夜寥闃。

橋陵詩三十韻因呈縣內諸官(睿宗葬橋陵改蒲城爲奉先官如赤縣)

先帝昔晏駕，茲山朝百靈。崇岡擁象設，沃野開天庭。即事壯重險，論功超五丁。坡陀因(一作用)厚地(一作力)，却略羅峻屏。雲闕虛冉冉，風松肅泠泠。石門霜露(一作霧)白，玉殿莓苔青。宮女晚(一作曉)知曙，祠官(一作臣)朝見星。空梁簇畫戟，陰井敲銅缾。中使日夜(一作相)繼(一作日繼夜)，惟王心不寧。豈徒卹備享，尚謂求無形。孝理敦國政，神凝推道經。瑞芝產廟柱，好鳥鳴(一作巢)(一作宿)巖扃。高岳前嵂崒，洪河左瀅濙(錢謙益注謂瀅玉篇同滎胡坰烏迥二切無瑩音瀅字玉篇韻略俱無毛氏據此詩增恐非當作濴按類篇濴玄扃切瀠濴小水貌)。金城蓄峻址，沙苑交回汀。永與奧區固，川原紛眇冥。居然赤縣立，臺榭爭岧亭。官屬果稱是，聲華眞(一作宜)可聽。王劉美竹潤，裴李春蘭馨。鄭氏才振古，啖侯筆不停。遺辭必中律，利物常發硎。綺繡相展轉，琳琅愈(一作逾)青熒。側聞魯恭化，秉德崔瑗銘。太史候鳧影，王喬隨鶴翎。朝儀限霄漢，客思回林坰。轗軻辭下杜，飄颻陵(一作凌)濁涇。諸生舊短褐，旅泛一浮萍。荒歲兒女瘦，暮途涕泗零。主人念老馬，廨署(一作宇)容(一作客)秋螢。流寓理豈愜，窮愁醉未醒。何當擺俗累，浩蕩乘滄溟。

沙苑行(沙苑在馮翊縣南東西八十里南北三十里其地宜畜牧唐置沙苑監掌牛馬諸牧)

君不見左輔白沙如白水(一作白如水)，繚以周牆百餘里。龍媒昔是渥洼生，汗血今稱獻於此。苑中騋牝三千匹，豐草青青寒不死。食(音字)之豪健西域無(一作勝西域)，每歲攻(一作收一作牧)駒冠邊鄙。王有虎臣司苑門，入門天廄皆雲屯。驌驦一骨獨當御，春秋二時歸(一作朝)至尊。至尊內外馬盈億(一作內外馬數將盈億)，伏櫪在坰空大存。逸羣絕足信殊傑，倜儻權奇難具論。纍纍塠阜藏奔突，往往坡陀縱超越。角壯飜同(一作騰)麏鹿遊，浮深簸蕩黿鼉窟。泉(一作海)出巨魚長比人，丹砂作尾黃金鱗。豈知異物同精氣，雖未成龍亦有神。

驄馬行(原注太常梁卿敕賜馬也李鄧公愛而有之命甫製詩)

鄧公馬癖人共知，初得花驄大宛種。夙昔傳聞思一見，牽來左右神皆竦。雄姿逸態何崷崒，顧影驕嘶自矜寵。隅目青熒夾鏡懸，肉駿(一作駿)碨礧連錢動。朝來久(一作少)試華軒下，未覺千金滿高價。赤汗微生白雪毛，銀鞍却覆香羅帕。卿家舊賜公取(一作有)之(一作能取)，天廄眞龍此其亞。晝洗須騰涇渭深，朝(一作夕一作最)趨可刷幽并夜。吾聞良驥老始成，此馬數年人更驚。豈有四蹄疾於鳥，不與八駿俱先鳴。時俗造次那得致，雲霧晦冥方降精。近聞下詔喧都邑，肎使(一作知有)騏驎地上行。

去矣行(鮑欽止曰天寶十四載甫在率府數上賦頌不蒙采錄欲辭職去作去矣行)

君不見鞲上鷹，一飽則飛掣。焉能作堂上燕，銜泥附炎熱。野人曠蕩無靦顏，豈可久在王侯間。未試囊中餐玉法，明朝且入藍田山(後魏李預雅玉七十枚爲屑日服食之藍田山出美玉)。

自京赴奉先縣詠懷五百字(原注天寶十四載十二月初作)

杜陵有布衣，老大意轉拙。許身一何愚，竊(一作遍)比稷與契。居然成濩落，白首甘(一作苦)契(一作挈)闊。蓋棺事則已，此志常覬豁。窮年憂黎元，歎息腸內熱(一作腹內熱)。取笑同學翁，浩歌彌激烈。非無江海志，蕭灑送(一作送)日月。生逢堯舜(一作爲)君，不忍便永訣。當今廊廟具，構廈豈云缺。葵藿傾太陽，物性固莫奪(一作難奪)。顧惟螻蟻輩，但自求其穴。胡爲慕大鯨，輒擬偃溟渤。以茲悟(一作誤)生理，獨恥事干謁。兀兀遂至今，忍爲塵埃沒。終愧巢與由，未能易其節。沈飲聊自適(一作遣)，放歌頗愁絕。歲暮百草零，疾風高岡裂。天衢陰崢嶸，客子中夜發。霜嚴衣帶斷，指直不得(一作能)結。凌晨過驪山，御榻在嵽嵲。蚩尤塞寒空，蹴蹋崖谷滑。瑤池氣鬱律，羽林相摩戛。君臣(一作聖君)留歡娛，樂動殷樛嶱(一作膠葛一作蟉虬一作福蝎蝎一作湯蝎)。賜浴皆長纓(一作華清)，與宴(一作謀)非短褐。彤庭所分帛，本自寒女出。鞭撻(一作箠)其夫家，聚斂貢城闕。聖人筐篚恩，實欲(一作願)邦國活。臣如忽至理，君豈棄此物。多士盈朝廷，仁者宜戰慄。況聞內金盤，盡在衛霍室。中堂舞(一作有)神仙，煙霧散(一作蒙)玉質。煖客貂鼠裘，悲管逐清瑟。勸客駝蹄羹，霜橙壓香橘。朱門酒肉臭，路有凍死骨。榮枯咫尺異，惆悵難再述。北轅就涇渭，官渡又改轍。羣冰(一作水)從西下，極目高崒兀。疑是崆峒來，恐觸天柱折。河梁幸未坼，枝撐聲窸窣。行旅相攀援，川廣不(一作且)可越。老妻寄(一作既)異縣，十口隔風雪。誰能久不顧，庶往共飢渴。入門聞號咷，幼子飢(一作餓)已卒。吾寧舍一哀，里巷亦(一作猶)嗚咽。所愧爲人父，無食致夭折。豈知秋未(一作禾)登，貧窶有倉卒。生常(一作當)免租稅，名不隸征伐。撫迹猶(一作獨)酸辛，平人固騷屑。默思失業徒，因念遠戍卒。憂端齊(一作際)終南，澒洞不可掇。

奉先劉少府新畫山水障歌(英華題作新畫山水障歌奉先尉劉單宅作)

堂上不合生楓樹，怪底江山(一作山川)起煙霧。聞君埽却赤縣圖，乘興遣畫滄洲趣。畫師亦無數，好手不可遇。對此融心神，知君重毫素。豈但祁岳(畫錄有名無迹者二十五人祁岳在李國恒之上一云乃祁樂之誤岑參有送祁樂詩)與鄭虔，筆迹遠過楊契丹(隋參軍楊契丹山東人六法兼修)。得非懸圃裂(一作坼)，無乃瀟湘飜。悄然坐我天姥下，耳邊已似聞清猨。反思前夜風雨急，乃(一作恐)是蒲(一作滿)城鬼神入。元氣淋漓障猶濕，

眞宰上訴天應泣野亭春還雜花遠漁翁暝蹋孤舟立
滄浪水深青溟闊（一作滄浪之水深且闊）欹岸（一作峰）側島（一作岸）秋毫末不見
湘妃鼓瑟時至今斑竹臨江活劉侯天機精愛畫入骨
髓自有兩兒郎揮灑亦莫比大兒聰明到能添老樹巔
崖裏小兒心孔開貌（音邈）得山僧及童子若耶溪雲門寺
（俱在會稽）吾獨胡爲在泥滓青鞋布韈從此始

白水（即奉先）縣崔少府十九翁高齋三十韻（原注天寶十五載五月作）

客從南縣來浩蕩無與適旅食白日長況當朱炎赫高
齋坐林杪信宿游衍闃清晨陪躋攀傲睨俯峭壁崇岡
相枕帶曠野懷（一作迴，一作迥）咫尺始知賢主人贈此遣愁寂危
階根青冥曾冰生淅瀝上有無心雲下有欲落石泉聲
聞復急（一作息）動靜隨所擊（一作激）鳥呼藏其身有似懼彈射吏
隱道（一作適，一作通，一作識）性情茲焉其窟宅白水見舅氏諸翁乃仙
伯杖藜長松陰作尉窮谷僻爲我炊雕胡逍遙展良覿
坐久風頗愁（一作怒）晚來山更碧相對十丈蛟欻翻盤渦坼
何得空裏雷殷殷尋地脈煙氛（一作氣）藹崷（一作嶠）崒魍魎森慘
戚崑崙崆峒顛回首如（一作知）不隔前軒頹（一作摧）反照巉絕華
岳赤兵氣漲林巒川光雜鋒鏑知是相公軍（天寶十四載祿山反拜哥舒翰
爲兵馬副元帥以討祿山明年正月加同平章事）鐵馬雲（一作煙）霧積玉觴淡無味胡羯豈強
敵長歌激屋梁淚下流衽席人生半哀樂天地有順逆
慨彼萬國夫休明備征狄（一作敵）猛將紛塡委廟謀蓄長策
東郊何時開帶甲且來（一作未）釋欲告清宴罷（一作疲）難拒幽明
迫三歎酒食旁何由似平昔

三川觀水漲二十韻（原注天寶十五載七月中避寇時作按三川屬鄜州以華池黑水洛水同會得名）

我經華原來不復見平陸北上唯土山連天走窮（一作穹）谷
火雲無時出（一作出無時）飛電常在目自多窮岫雨行潦相豗
（一作灰）蹙蓊（音烏）匌（音闔又音溘）川氣黃羣流會空曲清晨望高浪忽
謂陰崖踣（音匐）恐泥竄蛟龍登危聚麋鹿枯查卷拔樹礧
磈共充塞聲吹鬼神下勢閱人代速不有萬穴歸何以
尊四瀆及觀泉源漲反懼江海覆漂沙坼岸去（一作去岸）漱壑
松柏禿乘陵（一作凌）破山門回幹裂（一作倒）地軸交洛赴洪河及
關豈信宿應沈數州沒如聽萬室哭穢濁殊未清風濤
怒猶蓄（一作畜）何時通舟車陰氣不（一作亦）黲黷浮生有蕩汩吾

道正羈東人寰難容身石壁滑側足雲雷此（一作屯）不已艱
險路更躋普天無川梁欲濟願水縮因悲中林士未脫
衆魚腹舉頭向蒼天安得騎鴻鵠

悲陳陶（陳濤斜在咸陽縣一名陳陶澤至德元年十月房琯與安守忠戰敗績於此）

孟冬十郡良家子血作陳陶澤中水野曠（一作廣）天清（一作晴）無
戰聲四萬義軍同日死羣胡歸來血（一作雪）洗箭仍唱（一作鏃箭）胡
歌飲都市都人回面向北啼日夜更望官軍至（一作前後官軍苦如此）

悲青坂

我軍青坂在東門天寒飲馬太白窟黃頭奚兒日向西
數騎彎弓敢馳突山雪河冰野（一作晚，一作已）蕭瑟（一作颼，一作颯）青是烽
（一作人）煙白人骨焉得附書與我軍忍待明年莫倉卒（蘇軾曰琯既敗猶欲持重有所伺而中人邢延恩等促戰倉皇失據遂及於敗故後篇云）

哀江頭

少陵（漢宣帝葬杜陵許后葬南園謂之小陵後人呼爲少陵杜甫家焉）野老吞聲哭春日潛行曲江
曲江頭宮殿鎖千門細柳新蒲爲誰綠憶昔霓旌下南
苑苑中萬物生顏色昭陽殿裏第一人同輦隨君侍君
側輦前才（一作詞）人帶弓箭白馬嚼（一作噍）齧黃金勒翻身向天
（一作空）仰射雲一箭（一作笑，一作發）正墜雙飛翼明眸皓齒今何在血
污遊魂歸不得清渭東流劍閣深去住彼此無消息人
生有情淚霑臆江水（一作草）江花豈終極黃昏胡騎塵滿城
欲往城南忘南（一作望城）北

哀王孫（舊書天寶十五載六月九日潼關不守十二日明皇自延秋出幸蜀親王妃主俱不及從）

長安城頭頭（一作多，一作頸）白烏夜飛延秋門上呼又向（一作來）人家
啄大屋屋底達官走避胡金鞭斷折九馬死骨肉不待
（一作得）同馳驅腰下寶玦青珊瑚可憐王孫泣路隅問之不
肯道姓名但道困苦乞爲奴已經百日竄荊棘身上無
有完肌膚高帝子孫盡隆（一作高）準（音拙）龍種自與常人殊豺
狼在邑龍在野王孫善保千金軀不敢長語臨交衢且
爲王孫立斯須昨夜東（一作春）風吹血腥東來槖（一作駱）駝滿舊
都朔方健兒好身手昔何勇銳今何愚竊聞天（一作太）子已
傳位聖德北服南單于花門剺面請雪恥慎勿出口他
人狙哀哉王孫慎勿疏五陵佳氣無時無

大雲寺贊公房四首（武后幸光明寺沙門宣政進大雲經中有女主之符因改爲大雲經寺）

心在水精域衣霑春雨時洞門盡徐步深院果幽期到
扉（一作屐，一作履）開復閉撞鐘齋及茲醒醐長發性飲（一作飯）食過
（一作倒）扶衰把臂有多日開懷無媿辭黃鸝（一作鶯）度結構紫鴿下
罘罳（一作芳菲，一作芳）意會所適花邊行自遲湯休起我病微笑
索題詩

細軟青絲履光明白氎巾深藏供老宿取用及吾身自
顧轉無趣交情何尚新道林才不世惠遠德過人雨瀉
暮簷竹風吹青（一作春）井芹天陰對圖畫最覺潤龍鱗

燈影照無睡心清聞妙香夜深殿突兀風動金鋃鐺天
黑閉春院地清棲暗芳玉繩迴斷絕鐵鳳森翺翔梵放
時出寺鐘殘仍殷牀明朝在沃野苦見塵沙黃

童兒汲井華慣捷（一作健）缾上（一作在）手霑灑不濡地埽除似無
帚明（一作晨）霞爛複閣霽霧搴高牖側塞被徑花飄颻委墀
（一作階）柳艱難世事迫隱遯佳期後晤語契深心那能總箝
口奉辭還杖策暫別終回首泱泱（一作淡淡）泥污人听听（與狺同）國
多狗既未免羈絆（一作寓）時來憩奔走近公如白雪執熱煩
何有

全唐詩
杜甫

蘇端薛復筵簡薛華醉歌

文章有神交有道端復得之名譽早愛客滿堂盡豪翰
（一作傑）開筵上日（一作月）思芳草安得健步移遠梅亂插繁花向
晴昊千里猶殘舊冰雪百壺且試開懷抱垂老惡聞戰
鼓悲急（一作羽）觴爲緩憂心擣少年努力縱談笑看我形容
已枯槁坐中薛華善（一作能）醉歌歌辭自作風格老近來海
內爲（一作無）長句汝與山東李白好何（遜）劉（孝綽）沈（約）謝（朓）力未
工才兼鮑昭愁絕倒諸生頗盡新知樂萬事終傷不自
保氣酣日落西風來願吹野水添（一作注）金杯如澠之酒常

快意亦（一作不）知窮愁（一作未知窮達）安在哉忽憶雨時秋井塌古人白骨生青苔如何不飲令心哀

晦日尋崔戢李封

朝光入甕牖尸（一作方，一作宴）寢驚敝裘起行視天宇春氣漸和柔興來（一作得興，一作乘興）不暇懶今晨梳我頭出門無所待徒步覺自由杖藜復恣意免值公與侯晚定崔李交會心真罕儔每過得酒傾（一作喫）二宅可淹留喜結仁里歡況因令節求李生園欲荒舊（一作有）竹頗修修引客看埽除隨時成獻酬崔侯初筵色已畏空尊愁未知天下士至（一作志）性有此不草牙既青出蠭聲亦暖遊思見農器陳何當甲兵休上古葛天民（一作氏）不貽黃屋（一作綺）憂至今阮籍等熟醉為身謀威鳳高其（一作自高）翔長鯨吞九州地軸為之翻百川皆亂流當歌欲一放淚下恐莫收濁醪有妙理庶用（一作與）慰沈浮

雨過蘇端（原注：端置酒）

雞鳴風雨（一作雲）交久旱雲（一作雨）亦好杖藜入春泥無食起我早諸家憶所歷一飯（一作飽）跡便（一作更）埽蘇侯得數過歡喜每傾倒也復（一作復也）可憐人呼兒具梨棗濁醪必在眼盡醉攄懷抱紅稠屋角花碧委（一作秀）牆隅草親賓縱（一作絕）談謔喧鬧畏（一作慰）衰老況蒙霈澤垂糧粒或自保妻孥隔軍壘撥棄不擬道

喜晴（一作喜雨）

皇天久不雨既雨晴亦佳出郭眺西郊肅肅（一作蕭蕭）春增華青熒陵陂麥窈窕桃李（一作杏）花春夏各有實我飢豈無涯干戈雖橫放慘澹鬬龍蛇甘澤不猶愈且耕今未賒丈夫則帶甲婦女終在家力難及黍稷得種菜與麻千載商山芝往者東門瓜其人骨已朽（一作滅）此道誰疵瑕英賢遇轗軻遠引蟠泥沙顧慙昧所適回首白日斜漢陰有鹿門滄海有靈（一作雲）查焉能學眾口咄咄空（一作同）咨嗟

送率府程錄事還鄉（原注：程攜酒饌相就取別）

鄙夫行衰謝抱病昏妄（一作忘）集常時往還人記一不識十程侯晚相遇與語才傑立熏然耳目開頗覺聰明入千載得鮑叔末契有所及意鍾（一作中）老柏青義動修蛇蟄若人可數見慰我垂白泣告（一作生）別無淹晷百憂復相襲內愧突不黔庶羞以（一作似，一作明）賙給素絲挈長魚碧酒隨玉粒途窮見交態世梗悲路澀東風吹春冰泱莽（一作漭）后土濕念君惜羽翮既飽更思戢莫作翻雲鶻聞呼向禽急

述懷一首（此已下自賊中竄歸鳳翔作）

去年潼關破妻子隔絕久今夏草木長脫身得西走麻鞋見天子衣袖露兩肘朝廷愍生還親故傷老醜涕淚授拾遺流離主恩厚柴門雖得去未忍即開口寄書問三川不知家在否比聞同罹禍殺戮到雞狗山中漏茅屋誰復依戶牖摧頹蒼松根地冷骨未朽幾人全性命盡室豈相偶嶔岑（一作崟）猛虎場鬱結回我首自寄一封書今已十月後反畏消息來寸心亦何有漢運初中興生平老耽酒沈思歡會處恐作窮獨（一作途）叟

送長孫九侍御赴武威判官

驄馬新鑿蹄銀鞍被來好繡衣黃白（北齊樂曲懷黃綰白，疑指金銀印）郎騎向交河道問君適萬里取別何草草天子憂涼州嚴程到須早去秋群胡反不得無電埽此行收（一作牧）遺甿風俗方再造族父領元戎（時杜鴻漸為河西節度使）名聲國（一作闔）中老奪我同官良飄颻按城堡使我不能餐令我惡懷抱若人才思闊溟漲浸（一作漫）絕島尊前失詩流塞上得（一作多）國寶皇天悲送遠雲雨白浩浩東郊尚烽火朝野色枯槁西極柱亦傾如何正穹昊

送樊二十三侍御赴漢中判官

威弧不能弦（弧矢星擬射狼，弧不直狼則盜賊起）自爾無寧歲川谷血橫流豺狼沸相噬天子從北來（靈武在鳳翔北）長驅振凋敝頓兵岐梁下卻跨沙漠裔二京陷未收四極我得制蕭索（一作瑟）漢水清緬通淮湖稅使者紛星散王綱尚旒綴南伯從事賢君行立談際生（一作坐）知七曜曆手畫三軍勢冰雪淨聰明雷霆走精銳幕府輟諫官朝廷無此（一作比）例至尊方旰食仗爾布嘉惠補闕暮徵入柱史晨征憩（一作補闕入柱史晨征固多憩）正當艱難時實藉長久計回風吹獨樹白日照執袂慟哭蒼煙根山門萬重（一作里）閉居人莽牢落遊子方迢遞裴回悲生離局促老一世陶唐歌遺民後漢更列（一作別）帝恨無匡復姿（一作資）聊欲從此逝

送從弟亞赴安西（一作河西）判官（杜亞字次公，京兆人，肅宗在靈武，上書論時政，授校書郎。時杜鴻漸節度河西，辟為從事）

南風作秋聲殺氣薄炎熾盛夏鷹隼擊時危異人至令弟草中來蒼然（一作茫）請論事詔書引上殿奮舌動天意兵法五十家爾腹為篋笥應對如轉丸（一作圓）疏通略文字經綸皆新語足以正神器宗廟尚為灰君臣俱（一作皆）下淚崆峒地無軸青（一作清）海天軒輊（一作輖，見潘岳賦）西極最瘡痍連山暗烽燧帝曰大布衣藉卿佐元帥坐看清流沙所以子奉使歸當再前席適遠非歷（一作虛）試須存武威郡為畫長久利孤峰石戴驛快馬金纏轡黃羊飫不羶蘆（一作魯）酒多還醉踴躍常人情慘澹苦士志安邊敵何有反正計始遂吾聞駕鼓車不合用騏驥龍吟回其頭夾輔待所致

送韋十六評事充同谷郡防禦判官

昔沒賊中時潛與子同遊今歸行在所王事有去留偪側兵馬間主憂急良籌子雖軀幹小老（一作志）氣橫九州挺身艱難際張目視寇讎朝廷壯其節奉詔令參謀鑾輿駐鳳翔同谷為咽喉西扼弱水道南鎮枹罕（一作氐羌）陬此邦承平日剽劫吏所羞況乃胡未滅控帶莽悠悠府中韋使君道足示懷柔令姪才俊茂二美又何求受詞太白腳走馬仇池頭古色（一作邑）沙土裂積陰雪雲（一作霜雪）稠（一作積雪陰雲稠）羌父豪豬靴（一作帽）羌兒青兕裘（一作漢兵黑貂裘）吹角向月窟蒼山旌旆愁鳥驚出死樹龍怒拔老湫古來無人境今代橫戈矛傷哉文儒士憤激馳林丘中原正格鬬後會何緣由百年賦命定豈料沈與浮且復戀良友握手步道周論兵遠壑淨（一作靜）亦可縱冥搜題詩得秀句札翰時相投

塞蘆子（蘆子關屬夏州北，去塞門鎮一十八里）

五城（朔方鎮表，朔方節度領定遠、安豐二軍及三受降城，為五城）何迢迢迢迢隔河水邊兵盡東征城內空荆杞思明割懷衛秀巖西未已迴（一作洄）略大荒來（一作東）崤函蓋虛爾延州（塞門鎮本屬延州，開元二年移就蘆子關）秦北戶關防猶可倚焉得一萬人疾驅塞蘆子岐（一作頃）有薛大夫（薛景仙為扶風太守，賊寇至，擊卻之）旁制山賊起近聞昆戎徒為退三百里蘆關扼兩寇深意實在此誰能（一作敢）叫帝閽（一作門）胡行速如鬼

彭衙行（郃陽縣西北有彭衙城）

憶昔避賊初北走經險艱夜深彭衙道（一作門）月照白水山盡室久徒步逢人多厚顏參差谷鳥吟（一作鳴）不見遊子還癡女飢咬我啼畏虎狼（一作猛虎）聞懷中掩其口反側聲愈嗔小兒強解事故索苦李餐一旬半雷雨泥濘相牽攀既無禦雨（一作濕）備徑滑衣又寒有時經（一作最）契闊竟日數里間野果充餱糧卑枝成屋椽早行石上水暮宿天邊煙少留周（一作固，一作同）家窪欲出蘆子關故人有孫宰高義薄曾雲延客已曛黑張燈啟重門煖湯濯我足翦紙招我魂從此出妻孥相視涕闌干眾雛爛熳睡喚起霑盤餐誓將與夫子永結為弟昆遂空所坐堂安居奉我歡誰肯艱難際豁達露心肝別來歲月周胡羯仍構患何當有翅翎飛去墮爾前

北征（原注歸至鳳翔墨制放往鄜州作按鄜在鳳翔東北故曰北征）

皇帝二載秋閏八月初吉杜子將北征蒼茫問家室維時遭艱虞（一作危）朝野少暇日顧慚恩私被詔許歸蓬蓽拜辭（一作奉）詣闕下（一作閶門）怵惕久未出雖乏諫諍姿恐君有遺失君誠中興主經緯固密勿東胡反未已臣甫憤所切揮涕戀行在道途（一作路）猶恍惚乾坤含（一作合）瘡痍憂虞何時畢靡靡逾阡陌人煙眇蕭瑟（一作索）所遇多被傷呻吟更流血回首鳳翔縣旌旗晚明滅前登寒山重屢得飲馬窟邠郊入地底涇水中蕩潏猛虎立我前蒼崖吼時裂菊垂今秋花石戴（一作帶，一作載）古車轍青雲動高興幽事亦可悅山果多瑣細羅生雜橡栗或紅如丹砂或黑如點漆雨露之所濡甘苦（一作酸）齊結實緬（一作縹）思桃源內益歎身世拙坡陀望鄜時巖谷（一作谷巖）互出沒我行已水濱我僕猶木末鴟鳥（一作梟）鳴黃桑野鼠拱亂穴夜深（一作中）經戰場寒月照白骨潼關百萬師往者散（一作敗）何卒遂令半秦民殘害為異物況我墮（一作隨）胡塵及歸盡華髮經年至茅屋妻子衣百結慟哭松聲回（一作迴）悲泉共幽（一作鳴）咽平生所嬌兒顏色白勝雪見耶背面啼垢膩腳不韤牀前兩小女補綻才（一作纔）過膝海圖坼波濤舊繡移曲折天吳及紫鳳顛倒在裋（一作短）褐老夫情懷惡嘔泄（一作咽）臥數日（一作數日臥嘔泄）那無囊中帛救汝寒凜慄粉黛亦解苞（一作包）衾裯稍羅列瘦妻面復光癡女頭自櫛學母無不為曉妝隨手抹移時施朱鉛狼藉畫眉闊生還對童稚似欲忘飢渴問事競挽鬚誰能即嗔喝翻思在賊愁甘受雜亂聒新歸且慰意生理焉能說（一作脫）至尊尚蒙塵幾日休練卒仰觀（一作看）天色改坐（一作旁）覺祆氣（一作氛）豁陰風西北來慘澹隨回鶻其王願助順其俗善（一作喜）馳突送兵五千人驅馬一萬匹此輩少為貴四方服勇決所用皆鷹騰破敵過（一作如）箭疾聖心頗虛佇時議氣欲奪伊洛指掌收西京不足拔官軍請深入蓄銳何（一作可，一作伺）俱發此舉開青徐旋瞻略恒碣昊天積霜露正氣有肅殺禍轉亡胡歲勢成擒胡月胡命其能久皇綱未宜絕憶昨（一作昔）狼狽初事與古先別姦臣竟葅醢同惡隨蕩析不聞夏殷（當作殷周）衰中自誅褒妲周漢獲再興宣光果明哲桓桓陳將軍仗鉞奮忠烈微爾人盡非于今國猶活淒涼大同殿寂寞白獸闥都人望翠華佳氣向金闕園陵固有神掃灑數不缺煌煌太宗業樹立甚宏達

得舍弟消息

風吹紫荊樹色與春庭暮花落辭故枝風回返（一作反）無處骨肉恩書重漂泊難相遇猶有淚成河經天復東注

徒步歸行（原注贈李特進自鳳翔赴鄜州途經邠州作）

明公壯年值時危經濟實藉英雄姿國之社稷今若是武定禍亂非公誰鳳翔千官且飽飯衣馬不復能輕肥青袍朝士最困者白頭拾遺徒步歸人生交契無老少論交（一作心）何必先同調妻子山中哭向天須公櫪上追風驃

玉華宮（貞觀二十一年作玉華宮後改為寺在宜君縣北鳳皇谷）

溪回（一作迴）松風長蒼鼠竄古瓦不知何王殿遺構絕壁下陰房鬼火青壞道哀湍瀉萬籟真笙竽（一作竽瑟）秋色（一作氣，一作光）正（一作極）蕭灑美人為黃土況乃粉黛假當時侍金輿故物獨石馬憂來藉草坐浩歌淚盈把冉冉征途間誰是長年者

九成宮（本隋仁壽宮貞觀修以避暑更名九成在麟遊縣西五里）

蒼山入百里崖斷如杵臼曾宮憑風回（一作迴）岌嶪土囊口立神扶棟梁（一作宇）鑿翠開戶牖其陽產靈芝其陰宿牛斗紛披（一作扶）長松倒（一作側）揭巘怪石走哀猿啼一聲客淚迸林藪荒哉隋家帝製此今頹朽向使國不亡焉為巨唐有雖無新增修尚置（一作署）官居守（九成宮置總監一人副監一人丞簿錄事各一人）巡非瑤水遠迹是雕牆後我行（一作來）屬時危仰望嗟歎久天王守（音狩）太白駐馬更搔（一作回）首

羌村

崢嶸赤雲西日腳下平地柴門鳥雀噪歸客（一作客子）千里至妻孥怪我在驚定（一作走）還拭淚世亂遭飄蕩生還偶然遂鄰人滿牆頭感歎亦歔欷夜闌更秉燭相對如夢寐

晚歲迫偷生還家少歡趣嬌兒不離膝畏我復卻去憶昔好追涼故繞池邊樹蕭蕭北風勁撫事煎百慮賴知禾黍（一作黍秫，一作黍稌）收已覺糟牀注如今足斟酌且用慰遲暮

羣雞正（一作忽）亂叫客至雞鬬爭（一作正生）驅雞上樹木始聞叩柴荊父老四五人問我久遠行手中各有攜傾榼濁復清苦（一作莫）辭酒味薄黍地無人耕兵革既未息兒童（一作郎）盡東征請為父老歌艱難愧深（一作餘）情歌罷仰天歎四座淚縱橫

偪仄（一作側）行贈畢曜（一作息息行篇中字亦作息息一作贈畢四曜）

偪仄何偪仄我居巷南子巷北可恨鄰里間十日不一見顏色自從官馬送還官行路難行澀如棘我貧無乘非無足昔者相過今不得實不是（一作未敢）愛微軀（一作慵相訪）又非關足無力（一本二句起處無實又二字）徒步翻愁官長怒此心炯炯君應識曉來急雨春風顛睡美不聞鐘鼓傳東家蹇驢許借我泥滑不敢騎朝天已令請急會通籍（一作已令把牒還請假）男兒信（一作性）命絕可憐焉能終日心拳拳憶君誦詩神凜然辛夷始花亦（一作又）已落況我與子非壯年街頭酒價常苦貴方外酒徒稀醉眠速宜（一作徑須）相就飲一斗恰有三百青銅錢（建中三年置肆釀酒斛收直三千）

送李校書二十六韻（李舟隴西人後封隴西縣男父岑水部郎中晉州刺史）

代北有豪鷹生子毛盡赤渥洼騏驥兒（一作種）尤異是龍（一作虎）脊李舟名父子清峻流（一作時）輩伯人間好（一作妙）少年不必須白皙十五富文史十八足賓客十九授校書二十聲輝

赫（一作煇，一作烜，一作熾）衆中每一見使我潛動魄自恐二男兒辛勤養無益乾元元（一作二）年春萬姓始安宅舟也衣綵衣告我欲遠適倚門固有望斂衽就行役南登吟白華已見楚山碧藹藹咸陽都冠蓋日雲（一作已如）積何時太夫人堂上會親戚汝翁草明光天子正前席歸期豈爛漫（一作慢）別意終感激顧我蓬屋姿謬通金閨（一作門）籍小來習性懶晚節（一作歲）慵轉劇每愁悔吝作如覺天地窄羨君齒髮新行已能夕惕臨岐意頗切對酒不能喫回身視綠野慘澹如荒澤老雁春忍（一作忍春）飢哀號待枯麥時哉高飛燕絢練新羽翮長雲濕褒斜漢水饒巨石無令軒車遲衰疾悲夙昔

洗兵馬（原注：收京後作）

中興諸將收山東捷書日（一作夜，一作夕）報清晝同河廣傳聞一葦過胡危（一作兒）命在破竹中祇殘鄴城不日得獨任朔方無限功（郭子儀領朔方軍屢破賊拔衛州進圍鄴城）京師皆騎汗血馬回紇（回紇以驍騎三千助討安慶緒）餧肉蒲萄宮已喜皇威清海岱常思仙仗過崆峒（山在平涼縣西）三年笛裏關山月萬國兵前草木風成王（廣平王俶）功大心轉小郭相（中書令郭子儀）謀深（一作猷）古來少司徒（李光弼加檢校司徒）清鑒懸明鏡尚書（王思禮遷兵部尚書）氣與秋天杳二三豪俊為時出整頓乾坤濟時了東走無復憶鱸魚南飛覺有安巢（一作枝）鳥青春復隨冠冕入紫禁（一作駕）正耐煙花繞鶴禁通霄鳳輦備雞鳴問寢龍樓（一作蛇）曉攀龍附鳳勢（一作世）莫當天下盡化為侯王（加封蜀郡靈武元從功臣。肅宗獨厚郭湜李輔國輩）汝等豈知蒙（一作象）帝力時來不得誇身強關中既留蕭丞相（謂杜鴻漸。肅宗至平涼，鴻漸悉錄軍資儲廥上之。上喜曰：靈武，吾之關中，卿乃蕭何也）幕下復用張子房（時張鎬代房琯為相，故下專言之）張公一生江海客身長九尺鬚眉蒼徵起適遇風雲會扶顛始知籌策良青袍白馬更何有後漢今周喜再昌寸地尺天皆入貢奇祥異瑞爭來送不知何國致白環復道諸山得銀甕隱士（謂李泌。時求歸衡山）休歌紫芝曲詞人解（一作角）撰河清（一作清河）頌（時楊炎輩爭獻靈武受命鳳翔出師頌之類）田家望望惜雨乾布穀處處催春種淇上健兒歸莫嬾城南思婦愁多夢安得壯士挽天河淨洗甲兵長不用

留花門（甘州東北千餘里有居延海，又北三百里有花門山堡，又東北千里至回紇牙帳。肅宗還西京，葉護辭歸，奏曰：回紇戰兵留在沙苑，今歸靈夏取馬，更為陛下收范陽餘孽）

北門（一作北方，一作花門）天驕子飽肉氣勇決高秋馬肥健挾矢射漢月自古以為患詩人厭薄伐修德使其來羈縻固不絕胡為傾國至出入暗金闕中原有驅除隱忍用此物公主（寧國公主妻回紇可汗）歌黃鵠君王指白日連雲屯左輔百里見積雪長戟鳥休飛哀笳曙（一作曉）幽咽田家最恐懼麥倒桑枝折沙苑臨清渭泉香草豐潔渡河不用船千騎常撇烈（一作滅沒，一作撩）胡塵踰太行雜種抵京室花門既須留原野轉蕭瑟

病後遇（一作過）王倚飲贈歌

麟角（一作鱗魚）鳳觜世莫識（一作辨）煎膠續弦奇自見尚看王生抱此懷在于甫也何由羨且遇王生慰疇昔素知賤子甘貧賤酷見凍（一作陳）餒不足恥多病沈年苦無健王生怪我顏色惡答云伏枕艱難徧瘧癘三秋孰可忍寒熱百日相交戰頭白眼暗坐有胝肉黃皮皺命如線惟生哀我未平復為我力致美殽膳遣人向市賒香粳喚婦出房親自饌長安冬菹酸且綠金城土酥靜如練兼求富（一作畜）豪（一作畜家）且割鮮密沽斗酒諧終宴故人情義（一作味）晚誰似令我手腳輕欲漩（一作旋）老馬為駒信（一作總）不虛當時得意況深眷但使殘年飽喫飯只願無事常相見

湖城東遇孟雲卿復歸劉顥宅宿宴飲散因為醉歌（蔡本題上有冬末以事之東都七字。孟雲卿，河南人，與元結、杜甫輩相友善）

疾風吹塵暗河縣行子隔手不相見湖城城南（一作東，一作北）一開眼駐馬偶識雲卿面向（一作況）非劉顥為地主嬾回鞭轡成高宴（一作城南）劉侯歎（一作歡）我攜客來置酒張燈促華饌且將款曲終今夕（一作今冬）休語（一作話）艱難尚酣戰照室紅爐促曙光（一作曙花）縈（一作旋，一作紫）窗素月垂文（一作秋）練天開地裂長安陌（一作春）寒盡春生（一作陌春寒）洛陽殿豈知驅車復同軌可惜刻漏隨更箭人生會合不可常庭樹雞鳴淚如線（一作霰）

閿鄉姜七少府設膾戲贈長歌

姜侯設膾當嚴冬昨日今日皆天風河凍未漁（一作取魚，一作黃河美魚，一作黃河冰魚，一作黃河味魚）不易得鑿冰恐侵河伯宮饔人受魚鮫人手洗魚磨刀魚眼紅無聲細下飛碎（一作素）雪有骨已剁觜（平聲，喙也）春蔥偏勸腹腴媿年少軟炊香飯（一作粳）緣老翁落砧何曾白紙濕放箸未覺金盤空新歡便飽姜侯德清觴異味情屢極東歸貪（一作貧）路自覺難欲別上馬身無力可憐為人好心事於我見子真顏色不恨我衰子貴時悵望且為今相憶

戲贈閿鄉秦少公（一作翁，一作府，唐人稱尉為少公）短歌

去年行宮當（一作守）太白朝回君是同舍客同心不減骨肉親每語見許文章伯今日時清兩京道相逢苦覺人情好昨夜邀歡樂更無多才依舊能潦（一作傾）倒

李鄠縣丈人胡馬行

丈人駿馬名胡騮前年避胡（一作賊）過金牛回鞭卻走見天子朝飲漢水暮靈州自矜胡騮奇絕代乘出千人萬人愛一聞說盡急難材轉益愁向駑駘輩頭上銳耳批秋竹腳下高蹄削寒玉始知神龍別有種不比俗（一作凡）馬空多肉洛陽大道時再清累日喜得俱東行鳳臆龍（一作麟）鬐（一作麟，一作麟鬐）未易識側身注目長風生

義鶻（宋刻諸本皆有行字）

陰崖有蒼（一作二）鷹養子黑柏顛白蛇登其巢吞噬（一作之）恣（一作資）朝餐雄飛遠求食雌者鳴辛酸力強不可制黃口無（一作寧）半存其父從西歸（一作來）翻身入長煙斯須領健鶻痛（一作寃）憤寄（一作慎愬）所宣斗上捩孤影噭哮（一作無聲）來九天修鱗脫遠枝巨顙坼老拳高空得蹭蹬短（一作茂）草辭蜿蜒折尾能一掉（一作擺）飽（一作飢）腸皆（一作今）已（一作以，一作已皆）穿生雖滅眾雛死亦垂千年物情有報復快意貴目前茲實鷙鳥最急難心炯（一作皎）然功成失所往（一作在）用舍何其賢近經潏水湄此事樵夫（一作人）傳飄蕭覺素髮凜（一作烈，一作若）欲衝儒冠人生許與（一作計有）分只在（一作亦存）顧盼間聊為義鶻行用（一作永）激壯士肝

畫鶻行（一作畫雕）

高堂見生（一作老）鶻颯爽動秋骨初驚無拘攣（一作卷）何得立突兀乃知畫師妙功（一作巧）刮造化窟寫作（一作此）神駿姿充君眼中物烏鵲滿樛枝軒然恐其出側腦看青霄寧為眾禽沒長翮如刀劍人寰可超越乾坤空崢嶸粉墨且蕭瑟緬思（一作想）雲沙際自有煙霧質吾今意何傷顧步獨紆鬱

瘦馬行（一作老馬）

東郊瘦（一作老）馬使我傷骨骼（一作骸）硉兀如堵牆絆之欲動轉敧側此豈有意仍騰驤細看六（一作火）印帶官字（監牧馬右髀皆印官字）衆道三（一作官）軍遺路旁皮乾剝落雜（一作盡）泥滓毛暗蕭條連雪霜去歲奔波逐餘寇驊騮不慣不得將士卒多騎內廄馬惆悵恐是病乘黃當時歷塊誤一蹶委棄非汝能（一作難）周防見人慘澹若哀訴失主錯莫無晶（一作精）光天寒遠放雁爲伴（一作侶）日暮不（一作未）收（一作衣）烏啄瘡誰家且養願終惠更試明年春草長

新安吏（原注收京後作雖收兩京賊猶充斥錢謙益曰以下諸詩皆乾元二年自華州之東都道途所感而作）

客行新安道喧呼聞點兵借問新安吏縣小更無丁府帖（一作符）昨夜（一作日）下次選中男（天寶三載制百姓年十八爲中男）行中男絕短小何以守王城肥男有母送瘦男獨伶俜白水暮東流青山猶（一作聞）哭聲莫自使眼枯收汝淚縱橫眼枯即（一作卻）見骨天地終無情我軍取（一作至，一作收）相州日夕望其平豈意賊難料歸軍星散營（九節度圍鄴日久軍無統帥且乏食史思明自魏來救戰於安陽官軍潰郭子儀斷河陽橋保東京）就糧近故壘練卒依舊京掘壕不到水牧馬役亦輕（此下俱言子儀留守事）況乃王師順撫養甚分明送行勿泣血（一作垂泣）僕射如父兄（子儀因滴水之敗從司徒降右僕射）

潼關吏（安祿山兵北哥舒翰請堅守潼關明皇聽楊國忠言力趣出兵翰撫膺慟哭而出兵至靈寶潰關遂失守）

士卒何草草築城潼關道大城鐵不如小城萬丈餘借問潼關吏修關（一作築城）還備胡要我下馬行爲我指山隅連雲列戰格飛鳥不能踰胡來但自守豈復憂西都丈（一作大）人視要處窄（一作穿）狹容單車艱難奮長戟萬（一作千）古用一夫哀哉桃林戰百萬化爲魚請囑防關將慎勿（一作莫）學哥舒

石壕吏（陝縣有石壕鎮）

暮投石壕邨有吏夜捉人（如延切見列女頌）老翁踰牆走老婦出門看（一作看門，一作首）吏呼一何怒婦啼一何苦聽婦前致詞三男鄴城戍一男附書至（一作到）二男新戰死存（一作在）者且（一作是）偷生死者長已矣室中更無人惟（一作所）有乳下孫有孫（一作孫有）母未去出入（一作更）無完帬（一作孫母未便出見吏無完帬）老嫗力雖衰請從吏夜歸急應河陽役（李光弼與郭子儀相繼守河陽城）猶得備晨炊夜久語聲絕如聞泣幽咽天明登前途獨與老翁別

新婚別

兔絲附蓬麻引蔓故（一作固）不長嫁女與征夫不如棄路旁結髮爲妻子（一作子妻，一作君妻）席不煖君牀暮婚晨告別無乃太忽忙君行雖（一作既）不遠守邊赴（一作戍）河陽妾身未分明何以拜姑嫜父母養我時日（一作月）夜令我藏生女有所歸雞狗（一作犬）亦得（一作相）將君今（一作生）往死（一作死生）地沈痛迫中腸誓欲隨君去（一作往）形勢反蒼黃勿爲（一作改）新婚念努力事戎行婦人在軍中兵氣恐不揚自嗟貧家女久致（一作致此）羅襦裳羅襦不復施對君洗紅妝仰視百鳥飛大小必雙翔人事（一作生）多錯迕與君永相望

垂老別

四郊未寧靜垂老（一作死）不得安子孫陣亡盡焉用身獨完投杖出門去同行爲辛酸幸有牙齒存（一作好）所悲骨髓（一作肉）乾男兒既介冑長揖別上官老妻臥路啼歲暮衣裳單孰知是死別且復傷其寒此去必不歸還聞勸加餐土門（井陘口名土門八陘之一）壁甚堅杏園（汲縣有杏園鎮土門杏園皆在河北）度亦難勢異鄴城下縱死時猶（一作獨）寬人生有離合豈擇衰老（一作盛）端憶昔少壯日遲回竟長歎萬國盡征戍（一作東征）烽火被岡巒積屍草木腥流血川原丹何鄉爲樂土安敢尚盤桓棄絕蓬室居塌然摧肺肝

無家別

寂莫天寶後園廬但蒿藜我里百（一作萬）餘家世亂各東西存者無消息死者爲（一作委）塵泥賤子因陣敗歸來尋舊（一作故）蹊人（一作久）行見空巷（一作室）日瘦氣慘悽但對狐與貍豎毛怒我啼四鄰何所有一二老寡妻宿鳥戀本枝安辭且窮棲方春獨荷鋤日暮還灌畦縣吏知我至召令習鼓鞞雖從本州役內顧無所攜近行止一身遠去終轉迷家鄉既盪盡遠近理亦齊永痛長病母五年委溝谿生我不得力終身兩酸嘶人生無家別何以爲蒸黎

夏日歎

夏日出東北陵天經（一作經，天陵）中街（即中道黃道所經也）朱光徹厚地鬱蒸何由開上蒼久無雷無乃號令乖雨降不濡物良田起黃埃飛鳥苦熱死池魚涸其泥萬人尚流冗舉目唯蒿萊至今大河北化（一作盡）作虎與豺浩蕩想幽薊王師安在哉對食不能餐我心殊未諧眇然貞觀初難與數子偕（謂長孫房魏之流）

夏夜歎

永日不可暮炎蒸毒我（一作中）腸安得萬里風飄颻吹我裳昊天出華月茂林延疏光仲夏苦夜短開軒納微涼虛明見纖毫羽蟲亦飛揚物情無巨細自適固其常念彼荷戈士窮年守邊疆何由一洗濯執熱互相望竟夕擊刁斗喧聲連萬方青紫雖被體不如早還鄉北城悲笳發鸛鶴號且翔況復（一作懷）煩促倦激烈思時康

立秋後題

日月不相饒節序昨夜隔玄蟬無停號秋燕已如客平生獨往願惆悵年半百罷官亦由人何事拘形役

全唐詩

杜甫

貽阮隱居（昉）

陳留風俗衰人物世不數塞上得阮生迥繼先父祖（謂阮籍咸輩）貧知靜者性自（一作白）益毛髮古車馬入鄰家蓬蒿翳環堵清詩近道要識子（一作字）用心苦尋我草徑微褰裳踏寒雨更議居遠邨避喧甘猛虎足明箕潁客榮貴如糞土

遣興三首

下馬古戰場四顧但茫然風悲浮雲去黃葉墜（一作隨）我前朽骨穴螻蟻又爲蔓草纏故老行歎息今人尚開邊漢

虜互勝負（一作失約）封疆不常全安得廉恥（一作頗）將三軍同晏眠高秋登寒（一作塞）山南望馬邑州降虜東擊胡壯健盡不留穹廬莽牢落上有行雲愁老弱哭道路願聞甲兵休鄴中事反覆（一作何蕭條）死人積如丘諸將已茅土載驅誰與謀豐年孰（一作既，一作亦）云遲甘澤不在早耕田秋雨足禾黍已映道春苗九月交顏色同日老勸汝衡門士勿悲尚枯槁時來展材力先後無醜好但訝鹿皮翁忘機對芳（一作荒，一作芝）草

昔遊

昔謁華蓋君深求洞宮腳（一作緣絕，一作崑玉腳）玉（一作人）棺已上天白日亦寂（一作冥）寞暮升艮岑（一作峰）頂巾几猶未却弟子四五人入來淚俱落余時遊名山發軔在遠壑良覿違夙願含淒向寥廓林昏罷幽磬竟夜伏石閣王喬下天壇微月映皓鶴晨溪響（一作嚮）虛駃（一作駛）歸徑行已昨豈辭青鞋胝悵望（一作惆悵）金匕藥東蒙赴舊隱尚憶同志樂休（一作伏）事董先生（憶昔行所謂衡陽董鍊師也）于今獨蕭索胡爲客關塞道意久衰薄妻子亦何人丹砂負前諾雖悲鬒（一作鬢）髮變未憂筋力弱扶（一作杖）藜望清秋有興入廬霍

幽人

孤雲亦羣遊神物有（一作識）所歸麟（一作靈）鳳在赤霄何當（一作嘗）一來儀往與惠荀（一作詢，錢謙益曰舊注惠昭荀珏惠遠許詢俱謬甫邈詩中有送惠二過東溪詩云空谷滯斯人與此詩滄洲意相合詢或其名也）輩中年滄洲期天高無消息棄我忽若遺內懼非道流幽人見（一作在）瑕疵洪濤隱語笑（一作笑語）鼓枻蓬萊池崔嵬扶桑日照耀珊瑚枝風帆倚翠蓋（一作轍）暮把東皇衣咽漱元和津所思煙霞（一作霧）微知名未足稱局促商山芝五湖復浩蕩歲暮有餘悲（末懷李泌時泌隱衡山）

佳人

絕代有佳人幽居在空（一作山）谷自云良家子零落依草木關中昔喪敗（一作亂）兄弟遭殺戮官高何足論不得收骨肉世情惡衰歇萬事隨轉燭夫婿輕薄兒新人已（一作美）如玉合昏尚知時鴛鴦不獨宿但見新人笑那聞舊人哭在山泉水清出山泉水濁侍婢賣珠回牽蘿補茅屋摘花不插髮（一作鬓，一作鬢）采柏動盈匊（一作掬）天寒翠袖薄日暮倚修竹

赤谷西崦人家（赤谷在秦州西南七十里曹劉戰此谷水盡赤故名）

躋險不自喧（一作宣，一作安）出郊已清目溪回日氣暖徑轉山田熟鳥雀依茅茨藩籬帶松菊如行武陵暮欲問桃花（一作源）宿

西枝邨尋置草堂地夜宿贊公土室二首

出郭眄細岑披榛得微路溪行一流水曲折方屢渡贊公湯休徒好靜心迹素昨枉霞上作盛論巖中趣怡然共攜手恣意同遠步捫蘿澀先登陟巘眩反顧要求陽岡暖苦陟（一作步，一作涉）陰嶺沍惆悵老大藤沈吟屈蟠樹卜居意未展杖策回且暮層巔（一作天）餘落日草蔓已多露

天寒鳥已歸月出人（一作山）更（一作已，一作以）靜土室延白光松門耿疏影躋攀倦日短語樂寄夜永明然林中薪暗汲石底井（一作泉）大師京國舊德業天機秉從來支許遊興趣江湖迥數奇謫關塞道廣存箕潁何知戎馬間復接塵事屏幽尋豈一路遠色有諸嶺晨光稍曚曨更越西南頂

寄贊上人

一昨陪錫杖卜鄰南山幽年侵腰腳衰未便陰崖秋重岡北面起竟日陽光留茅屋買（一作置）兼土斯焉心所求近聞西枝西有谷杉黍（一作漆，即桼）稠亭午頗和暖石（一作沙）田又足收當期寒（一作塞）雨乾宿昔齒疾瘳裴回虎穴上面勢龍泓頭柴荊具茶茗逕（一作遙）路通林丘與子成二老來往亦風流

太平寺泉眼

招提憑高岡疏散連草莽出泉枯柳根汲引歲月古石間（一作門）見海眼天畔縈水府廣深丈尺間宴息敢輕侮青白二小蛇幽姿可時覩如絲氣或上爛熳爲雲雨山頭到山下鑿井不盡土取供十方僧香美勝牛乳北風起寒文弱藻舒（一作勝）翠縷明涵客衣淨細蕩林影趣何當宅下流餘潤通藥圃三春溼黃精一食生毛羽

夢李白二首（李白臥廬山永王璘又迫致之璘敗坐繫尋陽獄長流夜郎久之得釋）

死別已吞聲生別常惻惻江南瘴癘地逐（一作遠）客無消息故人入我夢明我長相憶恐非平生魂路遠（一作迷）不可測魂來楓葉（一作林）青魂（一作夢）返關塞黑君今在羅網何以（一作似）有羽翼落月滿屋梁猶疑照（一作見）顏色水深波浪闊無使蛟龍得

浮雲終日行遊子久不至三夜頻夢君情親見君意告歸常局促苦道來不易江湖多風波（一作秋多風）舟楫恐失墜出門搔白首若（一作苦）負平生志冠蓋滿京華斯人獨顦顇孰云網恢恢將老身（一作才）反累千秋萬歲名寂莫身後事

有懷台州鄭十八司戶（虔）

天台隔三江（一作江海）風浪無晨暮鄭公縱得歸老病不識路昔如水（一作江，一作天）上鷗今如（一作爲）罝中兔性命由他人悲辛但狂顧山鬼獨一腳蝮蛇長如樹呼號傍孤城歲月誰與度從來禦魑魅多爲（一作被）才名誤夫子嵇阮流更被（一作遭）時俗惡海隅微小吏眼暗髮垂素黃帽映（一作鳩杖近）青袍非供折腰具平生一杯酒見我故人遇相望無所成乾坤莽回互

遣興五首（黃鶴本以陶潛賀公孟浩然三首入龐德公一首後）

蟄龍三冬臥老鶴萬里心昔時賢俊人未遇猶視今嵇康不得死（一作且不死）孔明有知音又如壠底（一作隴坻）松用舍在所尋大哉霜雪幹歲久爲枯林

昔者（一作在昔）龐德公未曾入州府襄陽耆舊間處士節獨（一作猶）苦豈無濟時策（一作術）終竟（一作歲）畏羅（一作罪）罟林茂鳥有歸水深魚知聚舉家依（一作隱）鹿門劉表焉得取

我今日夜憂諸弟各異方不知死與生何況道路長避寇一分散飢寒永相望豈無柴門歸（一作埽）欲出畏虎狼仰看雲中雁禽鳥亦有行

蓬生非無根漂蕩隨高風天寒落萬里不復歸本叢客子念故宅三年門巷空悵望但烽火戎車滿關東生涯能幾何常在羇旅中

昔在洛陽時親友相追攀送客東郊道遨遊宿南山煙塵阻長河樹羽成皋間回首載酒地豈無一日還丈夫貴壯健慘慼非朱顏

遣興五首

朔風飄胡雁慘澹帶砂礫長林何蕭蕭秋草萋更碧北里富熏天高樓夜吹笛焉知南鄰客九月猶絺綌

長陵銳頭兒出獵待明發騂(一作解)弓金爪鏑白馬蹴微雪
未知所馳逐但見暮光滅歸來懸兩狼門户有旌節
漆有用而割膏以明自煎蘭摧白露下桂折秋風前府
中羅舊尹沙道尚依然赫赫蕭京兆今爲時所憐(京兆尹蕭炅與鮮于仲通輩皆爲宰相私人故云)
猛虎憑其威往往遭急縛雷吼徒咆哮枝撐已在脚忽
看皮寢處無復睛閃爍人有甚於斯足以勸(一作戒)元惡
朝逢(一作逆)富家葬前後皆(一作見)輝光共指親戚大緦麻百夫
行送者各有死不須羨其強君看束縳(一作縛)去亦得歸山
岡

遣興五首(黃鶴本以我今日夜憂蓬生非無根昔在洛陽時三首入地用莫如馬後)

天用莫如龍有時繫扶桑頓轡海徒涌神人身更長性
命苟不存英雄徒自強吞聲勿復道眞宰意茫茫
地用莫如馬無良復誰記此日千里鳴追風可君意君
看渥洼種態與駑駘異不雜(一作在)蹄齧間逍遙有能事
陶潛避俗翁未必能達道觀其著詩集頗亦恨枯槁達
生豈是足默識蓋不早有子賢與愚何其挂懷抱
賀公雅吳語在位常清狂上疏乞骸骨黃冠歸故鄉爽
氣不可致斯人今則亡山陰一茅宇江(一作淮)海日凄凉
吾憐孟浩然裋褐即長夜賦詩何必多往往凌鮑謝清
江空舊魚(一作舊魚美)春雨餘甘蔗每望東南雲令人幾悲吒

前出塞九首(草堂本前出塞編入天寶末亂以前在京師作諸本皆與後出塞同編前出塞爲徵秦隴之兵赴交河而作後出塞爲徵東都之兵赴薊門而作也)

戚戚去故里悠悠赴交河公家有程期亡命嬰禍羅君
已富土境開邊一何多棄絕父母恩吞聲行負戈
出門日已遠不受徒旅欺骨肉恩豈斷男兒死無時走
馬脫轡頭手中挑青絲捷下萬仞(一作丈)岡俯身試搴旗
磨刀嗚咽水水赤刃傷手欲輕腸斷聲心緒亂已久丈
夫誓許國憤惋復何有功名圖騏驎戰骨當速朽
送徒既有長遠戍亦有身生死向前去不勞吏怒嗔路
逢相識人附書與六親哀哉兩決絕不復同(一作問)苦辛
迢迢萬餘里領我赴三軍軍中異苦樂主將寧盡聞隔
河見胡騎倏忽數百羣我始爲奴僕(一作衛青奮於奴僕)幾時樹功勳
挽弓當挽強用箭當用長射人先射馬擒賊(一作寇)先擒王
殺人亦有限列(一作立)國自有疆苟能制侵陵豈在多殺傷
驅馬天雨雪軍行入高山逕危抱寒石指落曾冰間已
去漢月遠何時築城還浮雲暮南征可望不可攀
單于寇我壘百里風塵昏雄劍四五動彼軍爲我奔虜
其名王歸繫頸授轅門潛身備行列一勝何足論
從軍十年餘能無分寸功衆人貴苟得欲語羞雷同中
原有鬭爭況在狄與戎丈夫四方志安可辭固(一作困)窮

後出塞五首

男兒生世間及壯當封侯戰伐有功業焉能守舊丘召
募赴薊門軍動不可留千金買馬鞭(一作鞍)百金裝刀頭閭
里送我行親戚擁道周斑白居上列酒酣進庶羞少年
別有贈含笑看吳鉤
朝進東門營(一作營門)暮上河陽橋落日照大旗馬鳴風蕭蕭
平沙列萬幕部伍各見招中天懸明月令嚴夜寂寥悲
笳數聲動壯士慘不驕借問大將誰(天寶二年祿山入朝進驃騎大將軍)恐是霍
嫖姚
古人重守邊今人(一作日)重高勳豈知英雄主出師亙(一作直)長
雲六合已一家四夷且孤軍遂使貔(一作螭)虎(一作武)士奮身勇
所聞拔劍擊大荒日收胡馬羣誓開玄冥北持以奉吾
君
獻凱日繼踵兩蕃靜無虞漁陽豪俠地擊鼓吹笙竽雲
帆轉遼海粳稻來東吳越羅與楚練照耀輿臺軀主將
位益崇氣驕凌上都邊人不敢議議者死路衢(初祿山逆節漸露有言其反者明皇輒縛送之遂無敢言者)
我本良家子出師亦多門將驕益愁思身貴不足論躍
馬二十年恐辜明主恩坐見幽州騎長驅河洛昏中夜
間道歸故里但空邨惡名幸脫免窮老無兒孫

別贊上人

百川日東流客去亦不息我生苦(一作若)漂蕩何時有終極
贊公釋門老放逐來上國還爲世塵嬰頗帶顦顇色楊
枝晨在手豆子雨(一作兩)已熟是身如浮雲安可限南北異
縣逢舊友(一作交)初忻寫胷臆天長關塞寒(一作遠)歲暮飢凍(一作寒)
逼野風吹征衣欲別向曛(一作昏)黑馬嘶(一作鳴)思故櫪歸鳥盡
斂翼古來聚散地宿昔長荊棘相看俱衰年出處各努
力

萬丈潭(原注同谷縣作潭在縣東南七里一本此詩編入七歌後發同谷縣前)

青溪合(一作含)冥莫神物有顯晦龍依積水蟠窟壓萬丈內
跼步凌垠堮(一作鄂)側身下煙靄前臨洪濤寬卻立蒼石大
山色(一作危)一徑盡崖(一作岸)絕兩壁對削成根虛無倒影垂澹
瀩(一作對一作賴)黑如(一作爲一作知)灣潔底清見光炯碎孤雲(一作峰)倒來深
飛鳥不在外高蘿成帷(一作帳)幄寒木累(一作壘一作疊)旌旆遠川曲
通流嵌竇潛洩瀨造幽無人境發興自我輩告歸遺恨
多將老斯遊最閉藏修鱗蟄出入巨石(一作爪)礙何事(一作當)暑
(一作炎)天過快意風雨(一作雲)會

兩當縣吳十侍御江上宅(兩當水出大散嶺西南流入故道川縣以水名吳侍御名郁以言事被謫家居兩當)

寒城朝煙澹山谷落葉赤陰風千里來吹汝江上宅鵾
雞號枉渚日色傍阡陌借問持斧翁幾年長沙客哀哀
失木狖矯矯避弓翮亦知故鄉樂未敢思夙昔昔在鳳
翔都共通金閨(一作門)籍天子猶蒙塵東郊暗長戟兵家忌
間諜此輩常接跡臺中領舉劾君必愼剖析不忍殺無
辜所以分白黑上官權許與失意見遷斥仲尼甘旅人
向子識損益朝廷非不知閉口休歎息(一本仲尼一聯在朝廷一聯下)余時忝
諍臣丹陛實咫尺相看受狼狽至死難塞責行邁心多
違出門無與適於公負明義惆悵頭更白

發秦州(原注乾元二年自秦州赴同谷縣紀行)

我衰更嬾拙生事不自謀無食問樂土無衣思南州漢
源十月交天氣涼如(一作如涼)秋草木未黃落況聞山水(一作東)幽
栗亭(同谷有栗亭鎭)名更佳下有良田疇充腸多薯蕷崖蜜亦易
求密竹復冬筍清池可方舟雖傷(一作云)旅寓遠庶遂平生
遊此邦俯要衝實恐人事稠應接非本性登臨未銷憂
谿谷無異石(一作名)塞田始微收豈復慰老夫(一作大)惘(一作炯)然難
久留日色隱孤戍烏啼滿城頭中宵驅車去飲馬寒塘
流磊落星月高蒼茫雲霧浮大哉乾坤內吾道長悠悠

赤谷

天寒霜雪繁遊子有所之豈但歲月暮重來未有（一作亦未）期
晨發赤谷亭險艱（一作難）方自茲亂石無改轍我車已載脂
山深苦多風落日童稚飢悄然䢵墟迥煙火何由追貧
病轉零落（一作飄零）故鄉不可思常恐死道路永爲高人嗤

鐵堂峽（鐵堂山在天水縣東五里峽有鐵堂莊）

山風吹遊子縹緲乘險絕峽形藏堂隍壁色立積（一作精）鐵
徑摩穹蒼蟠石與厚地裂修纖無垠（一作限）竹嵌空（一作孔）太始
雪威遲哀壑底徒旅慘不悅（一作徒懷松柏悅）水寒長冰橫我馬骨
正折生涯抵弧矢盜賊殊未滅飄蓬踰三年回首肝肺
熱

鹽井（鹽井在成州長道縣有鹽官故城）

鹵（鹽池也）中草木白青（一作直）者官（一作青）鹽煙官作既有程煑鹽煙
在川汲井歲榾榾（一作搰搰）出車日連連自公斗三百轉致斛
六千君子慎止足小人苦喧闐我何良歎嗟物理固自
（一作亦固）然

寒硤

行邁日悄悄山谷勢多端雲門轉絕岸積阻霾天寒寒
硤不可度我實（一作貧）衣裳單況當仲冬交泝沿增波瀾野
人尋煙語行子傍水餐此生免荷殳未敢辭路難

法鏡寺

身危適他州勉強終勞苦神傷山行深愁破崖寺古嬋
娟碧鮮（一作蘚）淨蕭摵寒籜聚回回（一作洄洄）山（一作石）根水冉冉松上
雨洩雲蒙清晨初日翳復吐朱甍半光炯戶牖粲可數
拄（一作柱）策忘前期出蘿已亭午冥冥子規叫微徑不復（一作敢）
取

青陽峽

塞外苦厭山南行道（一作登路）彌惡岡巒相經亙雲水氣參錯
林迴硤角來天窄（一作穿）壁面削磎西五里石奮怒向我落
仰看日車側俯恐坤軸弱魑魅嘯有（一作有任）風霜霰浩漠漠
昨憶（一作憶昨）踰隴坂高秋視吳岳（肅宗在鳳翔改汧陽縣吳山爲西岳）東笑蓮華卑
北知崆峒薄超然侔壯觀已謂殷（一作隱）寥廓突兀猶趁人
及茲歎（一作谷）冥莫（一作漠）

龍門鎮（龍門鎮在成縣東後改府城鎮）

細泉兼輕冰沮洳棧道濕不辭辛苦行迫（一作迨）此短景急
石門雪雲（一作雲雷）隘（一作溢）古鎮峰巒集旌竿暮慘澹風水白刃
澀胡馬屯成皐防虞此何及（言安史兵屯成皐而置戍於此道里遙遠不相及）嗟爾遠戍
人山寒夜中泣

石龕

熊羆咆我東虎豹號我西我後鬼長嘯我前狨又啼天
寒昏無日山遠道路迷驅車石龕下仲冬見虹蜺伐竹
（一作木）者誰子悲歌上（一作抱）雲梯爲官采美箭五歲供梁齊苦
云直簳（一作竿）盡無以充（一作應）提攜柰何漁陽騎颯颯驚烝黎

積草嶺（原注同谷縣界）

連峰積長陰白日遞隱見颼颼林響交慘慘石狀變山
分（一作外）積草嶺路異明（一作鳴）水縣旅泊吾道窮（一作東）衰年歲時
倦卜居尚百里休駕投諸彥邑有佳主人情如已會面
來書語絕妙遠客驚深眷食蕨不願（一作厭）餘茅茨眼中見

泥功（一作公）山（貞元五年於同谷西境泥公山權置行成州）

朝行青泥上暮在青泥中（青泥嶺在興州）泥濘（一作穽）非一時版築勞
人功不畏道途（一作路）永乃（一作反）將（一作及此）汨沒同白馬爲鐵驪小
兒成老翁哀猿（一作猱）透却墜死鹿力所窮寄語北來人後
來莫怱怱

鳳皇臺（原注山峻不至高頂　方輿勝覽鳳皇臺在同谷縣東南十里二石如闕漢有鳳皇來棲故名）

亭亭鳳皇臺北對西康州（武德初置）西伯今寂莫鳳聲亦悠悠
山峻路絕蹤石林氣高浮安得萬丈梯爲君上（一作居）上頭
恐有無母雛飢寒日啾（一作喁）啾我能剖心出（一作血）飲啄慰孤
愁心以當竹實炯然無（一作忘）外求血以當醴泉豈徒比清
流所貴（一作重）王者瑞敢辭微命休坐看綵翮長（一作巢）舉（一作縱）意
八極周自天銜瑞圖（一作圖讖）飛下十二樓圖以奉（一作獻）至尊鳳
以垂鴻猷再光中興業一洗蒼生憂深衷正（一作正）爲此羣
盜何淹留

乾元中寓居同谷縣作歌七首

有客有客字子美白頭亂（一作短）髮垂過（一作兩）耳歲拾橡栗隨
狙公天寒日暮山谷裏中原無書（一作主）歸不得手脚凍皴
皮肉死嗚呼一歌兮歌已（一作獨）哀悲風爲我從天（一作東）來
長鑱長鑱白木柄我生託子以爲命黃精（一作獨）無苗山雪
盛短衣數挽不掩脛此時與子空（一作同）歸來男呻女吟四
壁靜嗚呼二歌兮歌始放鄰（一作閭）里爲我色惆悵
有弟有弟在遠（一作各）方三人各瘦何人強生別展轉不相
見胡塵暗天道路長東飛駕鵝後鶖鶬安得送我置汝
旁嗚呼三歌兮歌三發汝歸何處收（一作取）兄骨
有妹有妹在鍾離良人早歿諸孤癡長淮浪高蛟龍怒
十年不見來何時（一作遲）扁舟欲往箭滿眼杳杳南國多旌
旗嗚呼四歌兮歌四奏林猨（一作竹林猨）爲我啼清晝
四山多風溪水急寒雨（一作風）颯颯枯樹（一作樹枝）濕黃蒿古城雲
不開白（一作玄）狐跳梁黃狐立我生何爲在窮谷中夜起坐
萬感集嗚呼五歌兮歌正長魂招不來歸故鄉
南有龍兮在山湫古木巃嵸枝相樛木葉黃落龍正蟄
蝮蛇東來水上遊我行怪此安（一作寒）敢出拔劒欲斬且復
休嗚呼六歌兮歌思（一作怨遲）遲溪壑爲我回春姿
男兒生不成名身已老三（一作十）年飢走荒山道長安卿相
多少年富貴應須致身早山中儒生舊相識但話宿昔
傷懷抱嗚呼七歌兮悄終曲仰視皇天白日速

發同谷縣（原注乾元二年十二月一日自隴右赴劒南紀行）

賢有不黔突聖有不煖席況我飢愚人（一作夫）焉能尚安宅
始來茲山中休駕喜（一作嘉）地僻柰何迫物累一歲四行役
（夏發華州冬離秦州十一月至成州十二月發同谷）忡忡去絕境杳杳更遠適停驂龍潭雲
回首白（一作虎）崖石臨岐別數子握手淚再滴交情無舊深
（一作雖無舊深知一作雖舊情深知）窮老多慘慼平生嬾拙意偶值棲遁跡去住
與願違仰慚林間翮

木皮嶺（嶺在同谷河池二縣間黃巢亂王鐸置關於此以扼秦隴路極險阻）

首（去聲）路栗亭西尚想鳳皇邨季冬攜童（一作幼）穉辛苦赴蜀
門南登木皮嶺艱險不易論汗流被我體祁寒爲之暄
遠岫（一作峘）爭輔佐千巖自崩奔始知五岳外別（一作更）有（一作見）他
山尊仰干（一作看）塞大明俯入裂厚坤再聞虎豹鬭屢蹋風
水昏高有廢閣道摧折如短（一作斷）轅下有冬青林石上走
長根西崖特秀發煥若靈芝繁潤聚金碧氣清無沙土
痕憶觀崑崙圖（一作墟）目擊懸圃存對此欲何適默傷垂老
魂

白沙渡（屬劍州）

畏途隨長江（即嘉陵江）渡口下絕岸差池上舟楫杳窕入雲漢天寒荒野外日暮中流半我馬向北嘶山猨飲相喚水清石礧礧沙白灘漫漫迥（一作脩）然洗愁辛多病一疏散高壁抵嶔崟（一作岑）洪濤越凌亂臨風獨回首攬轡復三歎

水會（一作回）渡

山行有常程中夜尚未安微月沒已久崖傾路何難大江動（一作當）我前洶若溟渤寬篙師暗理楫歌笑輕波瀾霜濃木石滑風急（一作烈，一作冽）手足寒入舟已千憂陟巘仍萬盤迴（一作迴）眺（一作出）積水（一作石）外始知眾星乾遠遊令人瘦衰疾慚加餐

飛仙閣（飛仙嶺在略陽東南徐佐卿化鶴於此故名上有閣道百間總名連雲棧）

土（一作出）門山行窄微徑緣（一作徑微上）秋毫棧雲闌干峻梯石結構牢萬壑欹疏林（一作竹）積陰帶奔濤寒日外澹泊長風中怒號歇鞍在地底始覺所歷高往來雜坐臥人馬同疲勞浮生有定分飢飽豈可逃歎息謂妻子我何隨汝（一作爾）曹

五盤（七盤嶺在廣元縣北一名五盤棧道盤曲有五重）

五盤雖云險山色佳有餘仰凌棧道（一作閣）細俯映江木疏地僻無網罟水清反多魚好鳥不妄飛野人半巢居喜見淳樸俗坦然心神舒東郊尚格鬭巨（一作臣）猾何時除故鄉有弟妹流落隨丘墟成都萬事好（一作在）豈若歸吾廬

龍門閣（龍門山在利州綿谷縣東北八十里一名蔥嶺有石穴高數十丈故號龍門他閣雖險尚附山腰微徑可緣此獨石壁斗立虛鑿石孔架木為道尤險絕）

清江下龍門絕壁無尺土長風駕高（一作白）浪浩浩自太古危途中縈（一作縈）盤（一作盤道）仰望垂線縷滑石欹誰鑿浮梁裊相拄目眩隕雜花頭風吹過（一作過飛）雨百年不敢料一墜那得取飽聞（一作知）經瞿塘足見度大庾終身歷艱險恐懼從此數

石櫃閣（石閣橋在綿谷縣北一里自城北至大安軍界棧閣橋閣共一萬五千三百一十六間最著者石櫃龍門）

季冬（一作冬季）日已長山晚半天赤蜀道多早（一作草）花江間饒奇石石櫃曾波上臨虛蕩高壁清暉回羣鷗瞑色帶遠客羈棲負幽意感歎向絕跡信甘孱懦嬰不獨凍餒迫優游謝康樂放浪陶彭澤吾衰未自安（一作由）謝爾性所（一作有）適

桔柏渡（在昭化縣）

青冥寒江渡駕竹為長橋竿濕煙（一作竹竿濕）漠漠江永（一作水）風蕭蕭連笮動嫋娜征衣颯飄颻急流鴇鷁散絕岸黿鼉驕西轅自茲異東逝不可要高通荊門路闊會滄海潮孤光隱顧眄遊子悵寂寥無以洗心胷前登但山椒

劍門（大劍小劍二山在劍州北二十五里全蜀外戶兩崖陡闢如門有閣道三十里）

惟天有設險劍門（一作閣）天下壯連山抱西南石角皆北向兩崖崇墉倚刻畫城郭狀一夫怒臨關（一作門）百萬未可傍（一作仰）珠玉（一作玉帛）走中原岷峨氣悽愴三皇五帝前雞犬各（一作莫）相（一作自）放後王尚柔遠職貢道已喪至今英雄人高視見霸王并吞與割據極力不相讓吾將罪真宰意欲鏟疊嶂恐此復偶然臨風默（一作黯）惆悵

鹿頭山（山上有關在德陽縣治北）

鹿頭何亭亭是日慰飢渴連山西南斷俯見千里豁遊子出京華（一作咸京）劍門不可越及茲險阻盡始喜原野闊殊方昔三分霸氣曾閒發天下今一家雲端失雙闕悠然想揚馬繼起名碑兀有文（一作才）令人傷何處埋爾骨紆餘脂膏地慘澹豪俠窟仗鉞非老臣宣風豈專達冀公（一作裴冕）（封冀國公拜成都尹）柱石姿論道邦國活斯人亦何幸公鎮踰歲月

成都府

翳翳桑榆日照我征衣裳我行山川異忽在天一方但逢新人民未卜見故鄉大江東流去（一作從東來）游子去日（一作日月）長曾城填華屋季冬樹木蒼喧然名都會吹簫間（一作奏）笙簧信美無與適側身望川梁鳥鵲夜各歸中原杳茫茫初月出不高眾星尚爭光自古有羈旅我何苦哀傷

全唐詩

杜甫

石筍行（石筍在成都西門外二株雙蹲一南一北陸游曰其狀不類筍乃累石為之）

君不見益州城西門陌（一作街）上石筍雙高蹲古來（一作老，一作流）相傳是海眼苔蘚蝕（一作食）盡波濤痕雨多（一作來）往往得瑟瑟（石筍街乃真珠樓基昔胡人立大秦寺其門十間悉以珠玉貫之為簾後摧毀故多瑟瑟乃碧珠也）此事恍惚難明論恐是昔時卿相墓（一作冢）立石為表今仍存惜哉俗態好蒙蔽亦如小臣媚至尊政化錯迕失大體坐看傾危受厚恩嗟爾石筍擅虛名後來未識猶駿奔安得壯士擲天外使人不疑見本根

石犀行（李冰作石犀五頭以厭水精穿石犀溪於江南名犀牛里）

君不見秦時蜀太守刻石立作三（當作五）犀牛自古雖有厭勝法天生江水向（一作須）東流蜀人矜誇一千載汎溢不近張儀樓（即宣明門樓）今年灌口（一作注）損戶口此事或恐為神羞終藉（一作修築）隄防出眾力高擁木石當清秋先王作法皆正道鬼怪何得參人謀嗟爾三（當作五）犀不經濟皷訛只與長川逝但見元氣常（一作相）調和自免洪濤恣凋瘵安得壯士（一作者）提天綱再平水土犀奔（一作蒼）茫

杜鵑行

君不見昔日蜀天子化作杜鵑似老烏寄巢生子不自啄羣鳥至今與（一作為）哺雛雖同君臣有舊禮骨肉滿眼身羈孤業工竄伏深樹裏（一作頭）四月五月偏號呼其聲哀痛口流血所訴何事常區區爾豈（一作惟）摧殘始（一作如）發憤羞帶羽翮傷形愚蒼天變化誰料得萬事反覆何所無萬事反覆何所無豈憶當殿羣臣趨（上元元年七月明皇遷居西內高力士流巫州置如仙媛於歸州玉真公主出居玉真觀明皇不懌因不茹葷辟穀寖以成疾詩云骨肉滿眼身羈孤蓋謂此也）

贈蜀僧閭丘師兄（原注太常博士均之孫成都人）

大師銅梁秀籍籍名家孫嗚呼先博士炳靈精氣奔惟（一作往）昔武皇后臨軒御乾坤多士盡儒冠墨客靄雲屯當時上紫殿不獨卿相尊世傳閭丘筆（六朝以有韻者為文無韻者為筆所謂閭丘筆也或改筆為字謂杜審言以詩閭丘均以字同侍武后者誤）峻極逾（一作倚）崐崘鳳藏丹霄暮（一作穴）龍去（一作出）白水渾青熒雪嶺東碑碣舊製存斯文散都邑高價越璵璠晚看作者意妙絕與誰論吾祖詩冠古同年蒙主

恩豫章夾日月歲久空深根小子思疎闊豈能達詞門窮愁（一作秋）一揮淚相遇即諸昆我住錦官城兄居祇樹園地近慰旅愁往來當丘樊天涯歇滯雨粳稻臥不翻漂然薄遊倦始（一作如）與道侶（一作旅）敦景晏步修廊而無車馬喧夜闌接軟語（一作夜石詞赤軟）落月如金盆漠漠世界黑（一作空一作欠）驅車爭奪繁惟有摩尼珠可照濁水源

泛溪

落景下高堂進舟泛回溪誰謂築居小未盡喬木西遠郊信荒僻秋色有餘淒練練峰上雪纖纖雲表霓童戲左右岸（一云童兒戲左右）罟弋畢提攜翻倒荷芰亂指揮徑路迷得魚已割（一作劇）鱗采藕不洗泥人情逐鮮美物賤事已（一作迷）睽吾郤靄暝姿異舍雞亦棲蕭條欲何適出處無可齊衣上見新月霜中登故畦濁醪自初熟東城多鼓鼙

題壁畫馬歌（一作題壁上韋偃畫歌偃京兆人善畫馬名畫記作鶠）

韋侯別我有所適知我憐君（一作渠）畫無敵戲（一作試）拈禿筆掃驊騮欻見騏驎出東壁一匹齕草一匹嘶坐看千里當霜蹄時危安得真致此與人同生亦同死

戲題畫山水圖歌（一本題下有王宰二字宰蜀人善畫玲瓏嵌空山水）

十日畫一水五日畫一石能事不受相促迫王宰始肯留真跡壯哉崑崙方壺（一作大）圖挂君高堂之素壁巴陵洞庭日本東赤（一作南）岸水與銀河通中有雲氣隨飛龍舟人漁子入浦漵山木盡亞（一作帶）洪濤風尤工遠勢古莫比咫尺應須論（一作千一作行）萬里焉得幷州快剪刀翦取吳松半江水

題李尊師松樹障子歌

老夫清晨梳白頭玄都道士來相訪握髮（一作手）呼兒延入戶手提新畫青松障障子松林靜杳冥憑軒忽若無丹青陰崖却承（一作成）霜雪（一作露一作霧）幹偃蓋反走虬龍形老夫平生好奇古對此興與精靈聚已知仙客意相親更覺良工心獨苦松下丈人巾屨同偶坐似（一作自）是商（一作南）山翁悵望（一作惆悵）聊歌紫芝曲時危慘澹來悲風

戲爲雙松圖歌（韋偃畫）

天下幾人畫古松（一作樹）畢宏（宏天寶中御史善畫松）已老韋偃少絕筆長風起纖末滿堂動色嗟神妙兩株慘裂苔蘚皮屈鐵交錯回高枝白摧朽骨龍虎死黑入太陰雷雨垂（一作隨）松根胡僧憩寂莫龐眉皓首無住著偏袒右肩露雙脚葉裏松子僧前落韋侯韋侯數相見我有一匹好東（一作素一作東）絹重之不減錦繡段已令拂拭光凌亂請公放筆爲直幹

投簡成華兩縣諸子（舊注爲成都華原兩縣附郭爲次亦一云咸陽華原咸乃成之誤）

赤縣官曹擁材傑輭裘快馬當冰雪長安（一作夜）苦寒誰獨悲杜陵野老骨欲折南山豆苗早荒穢青門瓜地新凍裂鄉里兒童項領成朝廷故舊禮數絕自然棄擲與時異況乃疎頑臨事拙飢臥動即向一旬敝裘（一作衣）何啻聯百結君不見空牆日色晚此老無聲淚垂血

徐卿二子歌

君不見徐卿二子生絕奇感應吉夢相追隨孔子釋氏親抱送並是天上麒麟兒大兒九齡色清澈秋水爲神玉爲骨小兒五歲氣食牛滿堂賓客皆回頭吾知徐公百不憂積善袞袞生公侯丈夫生兒有如此二雛者名位豈肯卑微休（一作異時名位豈肯卑微休）

病柏

有柏生崇岡童童狀車（一作青）蓋偃蹙（一作蹇）龍虎姿主當風雲會神明依正直故老多再拜豈知千年根中路顏色壞出非不得地蟠據亦高大歲寒忽無憑（一作用）日夜柯葉改丹（一作碧）鳳領九雛哀鳴翔其外鴟鴞志意滿養子穿穴（一作窟）內客從何鄉來佇立久吁怪靜求元（一云無根）精理浩蕩難倚賴

病橘

羣（一作伊）橘少生意雖多亦奚爲惜哉結實小（一作少）酸澀如棠棃剖（一作割）之盡蠹蠱（一作蝕）采掇爽其（一作所）宜紛然不適口豈只存其皮蕭蕭半死葉未忍（一作悤悤）別故枝玄冬霜雪積況乃回風吹嘗聞蓬萊殿羅列瀟湘姿此物歲不稔玉食失光（一作少）輝寇盜尚憑陵當君減膳時汝病是天意吾諗（一作愁）罪（一作敢）有司憶昔南（一作閩）海使奔騰獻荔支百馬死山谷到今者舊悲

枯椶

蜀門多椶（一作栟）櫚高者十八九其皮割剝甚雖衆亦易朽徒布（一作有）如雲葉青黃歲寒後交橫集斧斤凋喪先蒲柳傷時苦軍乏一物官盡取嗟爾江漢人生成復何有有同枯椶木使我沈歎久死者即已休生者何（一作能）自守啾啾黃雀啅（一作啄）側見寒蓬走念爾形影乾（一作枯形影）摧殘沒藜莠

枯枏

楩枏枯崢嶸鄉黨皆莫記不知幾百歲慘慘無生意上枝摩皇（一作蒼）天下根蟠厚地巨圍雷霆坼（一作折）萬孔蟲蟻萃凍雨落流膠衝風奪佳氣白鵠遂不來天雞爲愁思猶含棟梁具無復霄漢（一作雲霄）志良工古昔少識者出涕淚種榆水中央成長何容易截承金露盤褭褭不自畏

麗春

百草競春華麗春應最勝少須（一作頃）好顏色（一作顏色好）多漫枝條賸紛紛桃李枝處處總能移如何貴此重（一作稀如可貴重）却怕有人知

丈人山（山在青城縣北黃帝封青城山爲五岳丈人）

自爲青城客不唾（古詩千里不唾井）青城地爲愛丈人山丹梯近幽意丈人祠西佳氣濃緣雲擬住最高峰埽除白髮黃精在君看他時冰雪容

百憂集行（王筠詩百憂俱集斷人腸）

憶年（一作昔）十五心尚孩健如黃犢走復來庭前八月梨棗熟一日上樹能千回即今倏忽已五（一作年纔五六）十坐臥只多少行立強將笑語供主人悲見生涯百憂集入門依舊四壁空老妻覩我顏色同癡兒未知父子禮叫怒索飯啼門東（庖廚之門在東）

戲作花卿歌（上元二年梓州刺史段子璋反襲東川節度使李奐於緜州自稱梁王改元成都尹崔光遠率將花驚定攻拔之斬子璋奐得復位）

成都猛將有花卿學語小兒知姓名用如快鶻風火生見賊唯多身始輕緜州副使著柘（一作赭）黃我卿埽除即日平子章（一作璋）髑髏血模糊手提擲還崔大夫李侯重有此節度人道我卿絕世（一作代）無既稱絕世無天子何不喚取守京都

入奏行贈西山檢察使竇侍御（錢謙益曰：明皇自蜀還，於綿益二州各置一節度，百姓勞敝。高適爲蜀州刺史，請罷東川以一劍南，甫爲王進論巴蜀情形表，亦與適合。此行入奏，疑謂此。）

竇侍御，驥之子，鳳之雛。年未三十忠義俱，骨鯁絕代無。炯如一段清冰出萬壑，置在迎風寒露（一作露寒）之玉壺。蔗漿歸廚金盌凍，洗滌煩熱足以寧君軀。政用（一作整）疏通合典則，戚聯豪貴耽文儒。兵革（一作甲兵）未息人未蘇，天子亦念西南隅。吐蕃憑陵氣頗麤，竇氏檢察應時須。運糧繩橋壯士喜，斬木火井窮猿（一作寒）呼。八州刺史思一戰，三城守邊卻可圖。（劍南西川節度統松維恭蓬雅黎姚悉八州，姚維松三州當吐番衝要。一云彭州有三守捉城，又有七盤安遠龍溪三城，皆在茂州界上也。）此行入奏計未小，密奉聖旨恩宜（一作應）殊。繡衣春當（一作飄飄）霄漢立，綵服日向（一作綵綵）庭闈趨（一本此下有開濟人所仰，飛騰正時須）。省郎京尹必俯拾（一作相付），江花未落還成都。江花未落還成都（一本無此疊句。一作還成都多暇），肯訪浣花老翁無（一作公來肯訪浣花老）。爲君酤（一作酣）酒滿眼酤（二句一云攜酒肯訪浣花老，爲君），（著衫將髭鬚）與奴白飯馬青芻（一本無此句）。

柟（一作高）樹爲風雨所拔歎

倚江柟樹草堂前，故（一作古）老相傳二百年。誅茅卜居總爲此，五月髣髴聞寒蟬。東南飄風動地至，江翻石走流雲氣。幹（一作榦）排雷雨猶力爭，根斷泉源豈天意。滄波（一作蒼茫）老樹性所愛，浦上童童一青蓋（一作蒼茫）。野客頻留懼雪霜，行人不過聽竽籟。虎倒龍顛委榛棘（一作荊），淚痕血點垂胷臆。我有新詩何處吟，草堂自此無顏色。

茅屋爲秋風所破歌

八月秋高風怒號，卷我屋上三重茅。茅飛度江灑（一作滿）江郊，高者挂罥長林梢，下者飄轉沈塘（一作堂）坳。南邨羣童欺我老無力，忍能對面爲盜賊。公然抱茅入竹去，脣焦口燥呼不得，歸來倚杖自歎息。俄頃風定雲墨色，秋天漠漠向昏黑。布衾多年冷似（一作象）鐵，驕兒惡臥踏裏裂。牀牀（一作頭）屋漏無乾處，雨腳如麻未斷絕。自經喪亂少睡眠，長夜霑濕何由徹。安得廣廈千萬間，大庇天下寒士俱歡顏，風雨不動安如山。嗚呼何時眼前突兀見此屋，吾廬獨破（一作壞）受凍死（一作意）亦足。

大雨

西蜀冬不雪，春農尚嗸嗸。上天回哀眷，朱（一作清）夏雲鬱陶。執熱乃沸鼎，纖絺成縕袍。風雷颯萬里，霈澤施蓬蒿。敢辭茅葦漏，已喜黍豆高。三日無行人，二（一作大）江聲怒號。流惡邑里清，矧茲遠江皋。荒庭步鸛鶴，隱几望波濤。沈疴聚藥餌，頓忘所進勞。則知潤物功，可以貸不毛。陰色靜隴畝，勸耕自官曹。四鄰耒耜出（一作出耒耜），何必吾家操。

溪漲

當時浣花橋，溪水纔尺餘。白石（一作日）明可把，水中有行車。秋夏忽泛溢，豈惟（一作伊）入吾廬。蛟龍亦狼狽，況是鼈與魚。茲晨已半落，歸路跬步疏。馬嘶未敢動，前有深塡淤（一作澱）。青青屋東麻，散亂牀上書。不意（一作知）遠山雨，夜來復何如。我遊都市間（一作所），晚憩必邨墟。乃知久行客，終日思其居。

戲贈友二首

元年建巳月（是月代宗改元，復以建巳月爲四月），郎有焦校書。自誇足膂力，能騎生馬駒。一朝被馬踏，脣裂版齒無。壯心不肯已，欲得東擒胡。

元年建巳月，官有王司直。馬驚折左臂，骨折面如墨。駘漫（一作慢）深（一作染）泥何不避，雨色勸君休。歎恨未必不爲福。

遭田父泥飲美嚴中丞

步屧隨春風，邨邨自花柳。田翁逼社日，邀我嘗春酒。酒酣誇新尹，畜眼未見有。回頭指大男，渠是弓弩手。名在飛騎籍，長番歲時久。前日放營農，辛苦救衰朽。差科死則已，誓不舉家走。今年大作社，拾遺能住否。叫婦開大瓶，盆中爲吾取。感此氣揚揚，須知風化首。語多雖雜亂，說尹終在口。朝來偶然出，自卯將及酉。久客惜人情，如何拒鄰叟。高聲索果栗，欲起時被肘。指揮過無禮，未覺邨野醜。月出遮我留，仍嗔問升斗。

喜雨

春旱天地昏，日色赤如血。農事都已（一作未）休，兵戈況騷屑。巴人困軍須，慟哭厚土熱。滄江夜來雨，真宰罪一雪。穀根小（一作少）蘇息，沴氣終不滅。何由見寧歲，解我憂思結。崢嶸羣（一作東）山雲，交會未斷絕。安得鞭雷公，滂沱洗吳越。（原注：時聞浙右多盜）

漁陽

漁陽突騎猶精銳，赫赫雍王都（一作前）節制。猛將飄然恐後時，本朝不入非高計。祿山北築雄武城，舊防敗走歸其營。繫書請問燕者舊，今日何須十萬兵。（寶應元年九月，魯王适改封雍王，爲天下兵馬元帥，統河東朔方及諸道行營回紇等兵十餘萬討史朝義，會兵於陝州。甫在梓閬，王授鉞，作此詩以諷河北諸將，飄然而來，猶恐後時，乃擁兵不朝，豈高計乎，末又舉祿山往事以戒之。）

天邊行

天邊老人歸未得，日暮東臨大江哭。隴右河源不種田，胡騎羌兵入巴蜀。洪濤滔天風拔木，前飛禿鶖後鴻鵠（一作黃）。九度附書向洛陽，十年骨肉無消息。

大麥行

大麥乾枯小麥黃，婦女（一作人）行泣夫走藏。東至集壁西梁洋（四州皆屬山南西道），問誰腰鐮胡與羌。豈無蜀兵三千人，部領（一作薄）辛苦江山長。安得如鳥有羽翅，託身白雲還故鄉。

苦戰行

苦戰身死馬將軍，自云伏波之子孫。干戈未定失壯士，使我歎恨傷精魂。去年江南（一作南行）討狂賊，臨江把臂難再得。別時孤雲今不飛，時獨看雲淚橫臆。（遂州在涪江之南，故曰江南。蓋必死於段子璋之亂者。）

去秋行

去秋涪江木落時，臂槍（一作蒼）走馬誰家兒。到今不知白骨處，部曲有去皆無歸。遂州城中漢節在，遂州城外巴人稀。戰場冤魂每夜哭，空令野營猛士悲。

述古三首

赤驥頓長纓，非無萬里姿。悲鳴淚至地，爲問馭者誰。鳳皇從東（一作天）來，何意復高飛。竹花不結實，念子忍朝飢。古時君臣合，可以物理推。賢人識定分，進退（一作用）固（一作因）其宜。

市人日中集，於利競錐刀。置膏烈火上，哀哀自煎熬。農人望歲稔，相率除蓬蒿。所務穀（一作農）爲本，邪贏無乃勞。舜舉十六相，身尊道何高。秦時任商鞅，法令如牛毛。

漢光得天下，祚永固有開。豈惟高祖聖，功自蕭曹來。經綸中興業，何代無長才。吾慕寇鄧勳，濟時信良哉。耿賈亦宗臣，羽翼共裴回。休運終四百，圖畫在雲臺。

全唐詩

杜甫

觀打魚歌

緜州江水之（一作水）東津，魴魚鱍鱍色勝銀。漁人漾舟沈大網，截江一擁數百鱗。衆魚常才盡却棄，赤鯉騰出如有神。潛龍無聲老蛟怒，回（一作西）風颯颯吹沙塵。饔子左右揮雙刀，膾飛金盤白雪高。徐州禿尾（即鱮似魴而大頭）不足憶（一作惜），漢陰槎頭遠遁逃。魴魚肥美知第一，既飽歡娛亦蕭瑟。君不見朝來割素鬐，咫尺波濤永相失。

又觀打魚

蒼江魚（一作漁）子清晨集，設網提綱萬（一作取）魚急。能者操舟疾若風，撐突波濤挺叉入。小魚脫漏不可記（一作紀），半死半生猶戢戢。大魚傷損皆垂頭，屈強泥沙（一作沙頭）有時立。東津觀魚已再來，主人罷鱠還傾杯。日暮蛟龍改窟穴，山根鱣鮪隨雲雷。干戈兵革鬬未止（一作干戈格鬬尚未已），鳳皇麒麟安在哉。吾徒胡爲縱此樂，暴殄天物聖所哀。

越王樓歌（太宗子越王貞爲緜州刺史，作臺於州城西北，樓在臺上）

緜州州府何磊落，顯慶年中越王作。孤城西北起高樓，碧瓦朱甍照城郭。樓下長江百丈清，山頭落日半輪明。君王舊跡今人賞，轉見千秋萬古情。

海棕行（亦椶類，但不皮而幹葉皆於杪。一云波斯棗，木無旁枝，三五年一著子）

左緜公館清江濆，海棕一株高入雲。龍鱗犀甲相錯落，蒼棱白皮十抱文。自（一作但）是衆木亂紛紛，海棕焉知身出羣。移栽北辰不可得，時有西域胡僧識。

姜楚公畫角鷹歌（姜皎，上邽人，善畫鷹鳥，官至太常卿，封楚國公）

楚公畫鷹鷹戴角，殺氣森森（一作如）到幽朔。觀者貪愁（一作徒驚）掣臂（一作辟）飛，畫師不是無心學。此鷹寫真在左緜，却嗟真骨遂虛傳。梁間燕雀休驚怕，亦未摶空上九天。

相逢歌（一作從行）贈嚴二別駕（一作嚴別駕相逢歌）

我行入東川，十步一回首。成都亂罷氣蕭颯（一作瑟，一作索），浣花草堂亦何有。梓中（一作州）豪俊（一作貴）大者誰，本州從事知名久。把臂開尊飲我酒，酒酣擊劍蛟龍吼。烏帽拂塵青螺（一作騾）粟，紫衣將炙緋衣走。銅盤燒蠟光（一作炎）吐日，夜如何其初促膝。黃昏始扣主人門，誰謂俄頃（一作我傾）膠在漆。萬事盡付形骸外，百年未見（一作及）歡娛畢。神傾意豁真佳士，久客多憂今愈疾。高視乾坤又可（一作何）愁，一軀（一作體）交態同（一作真）悠悠。垂老遇君未恨晚，似君須向古人求。

光祿坂行（在梓州銅山縣）

山行落日下絕壁，西望千山萬山（一作水）赤。樹枝有鳥亂鳴時（一作棲），暝色無人獨歸客。馬驚不憂深谷墜，草動只怕長弓射。安得更似開元中，道路即今多（一作何）擁隔。

冬到金華山觀，因得故拾遺陳公學堂遺跡（陳子昂，射洪人，少讀書金華山。後節度使李叔明爲立旌德碑於山之讀書堂側）

涪右衆山內，金華紫崔嵬。上有蔚藍天，垂光抱瓊臺。繫舟接絕壁，杖策窮縈回。四顧俯層巔，澹然川谷開。雪嶺日色（一作光）死，霜鴻有餘哀。焚香玉女跪，霧裏仙人來。陳公讀書堂，石柱仄青苔。悲風爲我起，激烈傷雄才。

陳拾遺故宅（宅在射洪縣東七里東武山下）

拾遺平昔居，大屋（一作宅）尚修椽。悠揚（一作悠）荒山日，慘澹（一作舊犖）故園（一作國）煙。位下曷足傷，所貴者聖賢。有才繼騷雅，哲匠不比肩。公生揚馬後，名與日月懸。同遊英俊人，多秉輔佐權。彥昭（趙彥昭，字奐然，甘州人，與郭元振、張說相友善）超（一作趙）玉價，郭振起通泉（元振爲通泉尉）。到今素壁滑，灑翰銀鉤連。盛事會一時，此堂豈千年。終古立（一作占）忠義，感遇有遺編。

謁文公上方

野寺隱喬木，山僧高下居。石門日色異，絳氣橫扶疏。窈窕（一作官）入風磴，長蘿紛卷舒。庭前猛虎臥，遂得文公廬。俯視萬家邑，煙塵對階除。吾師雨花外，不下十年餘。長者自布金，禪龕只晏如。大（一作火）珠脫玷翳，白月（一作日）當空虛。甫也南北人，蕪蔓少耘鋤。久遭詩酒汙，何事忝簪裾。王侯與螻蟻，同盡隨丘墟。願聞第一義，回向心地初。金篦刮眼膜，價重百車渠。無生有汲引，茲理儻吹噓。

奉贈射洪李四丈（明甫）

丈人屋上烏，人好烏亦好。人生意氣豁，不在相逢早。南京亂初定，所向邑（一作色）枯槁。遊子無根株，茅齋付秋草。東征下月峽，挂席窮海島。萬里須十金，妻孥未相保。蒼茫風塵際，蹭蹬騏驎老。志士懷感傷，心胸已傾倒。

早發射洪縣南途中作

將老憂貧窶，筋力豈能及。征途乃（一作後，一作復）侵星，得使諸病入。鄙人寡道氣，在困無獨立。俶裝逐徒旅，達曙（一作曉）淩險澀。寒日出霧遲，清江轉山急。僕夫行不進，駑馬若（一作苦）維縶。汀洲稍疏散，風景開快（一作悄）悒。空慰所尚懷，終非曩遊集。衰顏偶一破，勝事難屢（一作皆空）挹。茫然阮籍途，更灑楊朱泣。

通泉驛南去通泉縣十五里山水作

溪行衣自濕，亭午氣始散。冬溫蚊蚋在（一作集），人遠鳧鴨亂。登頓生曾陰，攲傾出高岸。驛樓衰柳側，縣郭輕煙畔。一川何綺麗，盡目（一作日）窮壯觀。山色遠寂莫，江光夕滋漫。傷時（一作知）媿孔父，去國同王粲。我生苦飄零，所歷有嗟歎。

過郭代公故宅（郭元振，貴鄉人，宅在京師宣陽里。此當是尉通泉時所居）

豪俊初未遇，其跡或脫略。代公尉通泉，放意何自若。及夫登袞冕，直氣森噴薄（一本此下有精魄凜如在，所歷終蕭索）。磊落見異人，豈伊常情度。定策神龍後（先天二年，明皇誅太平公主，睿宗御承天門，大臣俱走匿，獨郭元振總兵扈宿禁中，事定，封代國公。此云神龍，蓋太平擅寵亂政，禍胎在神龍時也），宮中翕清廓。俄頃辨尊親，指揮存顧託。羣公有（一作見）慚色，王室無削弱。迥出名臣上，丹青照臺閣。我行得遺跡（一作址），池館皆疏鑿。壯公臨事斷，顧步涕橫落。草堂（本精魄凜如在一聯在此下）高詠寶劍篇（武后索其文，上寶劍篇），神交付冥漠。

觀薛稷少保書畫壁（稷，汾陰人，工書畫，官至太子少保，封晉國公。以太平公主亂，坐知謀，賜死）

少保有古風得之陜郊篇（稷秋日還京詩云驅車越陜郊）惜哉功名忤但見書畫傳我游梓州東遺跡涪江邊畫藏青蓮界書入金牓懸仰看垂露姿不崩亦不騫鬱鬱三大字（通泉壽聖寺聚古堂有薛稷所書慧普寺三字徑三尺）蛟龍岌相纏又揮西方變發地扶屋椽慘澹壁飛動到今色未填此行疊壯觀郭薛俱才賢不知百載後誰復來通泉

通泉縣署屋壁後薛少保畫鶴（稷尤善畫鶴屏風六扇鶴樣自稷始）

薛公十一鶴皆寫青田真（青田有雙白鶴年年生子長大便去只餘二老鶴在耳多云神仙所養）畫色久欲盡蒼然猶出塵低昂各有意磊落如長人佳此志氣遠豈惟粉墨新萬里不以力羣遊森會神威遲白鳳態非是倉庚鄰高堂未傾覆常（一作幸）得慰嘉賓曝露牆壁外終嗟風雨頻赤霄有真骨恥飲洿池津冥冥任所往脫略誰能馴

陪王侍御同登東山最高頂宴姚通泉晚攜酒泛江（東山在潼川涪江上）

姚公美政誰與儔不減昔時陳太丘邑中上客有柱史多暇日陪驄馬遊東山高頂羅珍羞下顧城郭銷我憂清江白日落欲盡復攜美人登綵舟笛聲憤怨（一作怒）哀中流妙舞逶迤夜未休燈前往往大魚出聽曲低昂如有求三更風起寒浪湧取樂喧呼覺船重滿空星河光破碎四座賓客色不動請公臨深（一作江）莫相違回船罷酒上馬歸人生歡會豈有極無使霜過（一作露）霑人衣

春日戲題惱郝使君兄（一本無兄字）

使君意（一作俊）氣凌青霄憶昨歡娛常見招細馬時鳴金騕褭佳人屢出董嬌饒（一作嬈）東流江水西飛燕可惜春光不相見願攜王趙兩紅顏再騁肌膚如素練通泉百里近梓州請（一作諸）公一來開我愁舞處重看花滿面尊前還有錦纏頭

短歌行贈王郎司直（草堂本此首編入大曆三年以詩中仲宣樓頭之句宜客荊州時作也）

王郎酒酣拔劍斫地歌莫哀我能拔爾抑塞磊落之奇才豫章翻風白日動鯨魚跋浪滄溟開且脫佩劍（一作劍佩）休裴回西得諸侯棹錦水欲向何門趿（一作躧）珠履仲宣樓頭春色（一作已）深青眼高歌望吾子眼中之人吾老矣

短歌行送祁錄事歸合（一作卬）州因寄蘇使君

前者途中一相見人事經年記君面後生相動（一作勸）何寂寥君有長才不貧賤君今起柁春江流余亦沙邊具小舟幸為達書賢府主江花未盡會江樓

陪章留後惠義寺餞嘉州崔都督赴州（節度使朝覲擇置留後一人時章彝爲梓州留後）

中軍待上客令肅事有恒前驅入寶地祖帳飄金繩南陌（一作伯）既留歡茲山亦深登清聞樹杪磬遠謁雲端僧回策匪新岸（一作崖）所攀仍舊藤耳激洞門飈目存寒谷冰出塵閟軌躅畢景遺炎蒸永願坐長夏將衰棲大乘羇旅惜宴會艱難懷友朋勞生共幾何離恨兼相仍

將適吳楚留別章使君留後兼幕府諸公得柳字

我（一作甫）來入蜀門歲月亦已久豈惟長兒童自覺成老醜常恐性坦率失身為杯酒近辭痛飲徒折節萬夫（一作人）後昔如（一作若）縱壑魚今如喪家狗既無遊方戀行止復何有相逢半新故取別隨薄厚不意青草湖扁舟落吾手眷眷章梓州開筵俯高柳樓前出騎馬帳下羅賓友健兒簸紅旗此樂或（一作幾）難朽日車隱崑崙鳥雀噪戶牖波濤未足畏（一作慰）三峽徒雷吼所憂盜賊多重見衣冠走中原消息斷黃屋今安否終作適荊蠻安排用莊叟隨雲拜東皇挂席上南斗有使即寄書無使長回首

山寺（原注得開字章留後同遊）

野寺根（一作限）石壁諸龕徧崔嵬前佛不復辨百身一莓苔雖（一作惟）有古殿存世尊亦塵埃如聞龍象泣足令信者哀使君騎紫馬捧擁從西來樹羽靜千里臨江久裴回山僧衣藍縷告訴棟梁摧公為顧（一作領）賓徒（一作從一作兵從）咄嗟檀施開吾知多羅樹却倚蓮華臺諸天必歡喜鬼物無嫌猜以茲撫士卒孰曰非周才窮子失淨處（見法華經）高人憂禍胎歲晏風破肉荒林寒可迴思量入（一作人）道苦自哂同嬰孩

椶拂子

椶拂且薄陋豈知身効能不堪代白羽有足除蒼（一作青）蠅熒熒金錯刀擢擢朱絲繩非獨顏色好亦用（一作由）顧盼稱吾老抱疾病家貧臥炎蒸咂膚倦撲滅賴爾甘服膺物微世競棄義在誰肎徵三歲清秋至未敢闕緘縢

桃竹杖引贈章留後（竹兼可為簟名桃笙）

江心（一作上）蟠石生桃竹蒼波噴浸尺度足斬根削皮如紫玉江妃水仙惜不得梓潼使君（一作者）開一束滿堂賓客皆歎息憐我老病贈兩莖出入爪甲鏗有聲老夫復欲東南征乘濤鼓枻（一作棹）白帝城路幽必為鬼神奪拔（一作伏）劍或與蛟龍爭重為告曰杖兮杖兮爾之生也甚正直慎勿見水踴躍學變化為龍使我不得爾之扶持滅跡於君山湖上之青峰噫風塵澒（一作鴻）洞兮豺虎咬人忽失雙杖兮吾將曷從

寄題江外草堂（原注梓州作寄成都故居）

我生性放誕雅欲逃自然嗜酒愛風（一作修）竹卜居必（一作此）林泉遭亂到蜀江臥痾遣（一作遺）所便誅茅初一畝廣地方（一作必）連延經營上元始斷手寶應年敢謀土木麗自覺面勢堅（一作賢）臺亭（一作亭臺）隨高下敞豁當清川雖（一作惟）有會心侶數能同釣船干戈未偃息安得酣歌眠蛟龍無定窟黃鵠摩蒼天古來達士志（一作賢達士）寧受外物牽顧惟魯鈍姿豈識悔吝先偶攜老妻去慘澹凌風煙事跡無固必幽貞媿雙全尚念四小松蔓草易（一作已）拘纏霜骨不甚長永為鄰里憐

韋諷錄事宅觀曹將軍畫馬圖（一本下有歌字一本有引字曹霸官左武衛將軍）

國初已來畫鞍馬神妙獨數江都王（江都王緒霍王元軌子善書畫）將軍得名三（一作四）十載人間又見真乘黃曾貌先帝照夜白龍池十日飛霹靂內府殷紅馬腦盌（一作盤）婕妤傳詔才人索盌賜將軍拜舞歸輕紈細綺相追飛（一作隨）貴戚權門得筆跡始覺屏障生光輝昔日太宗拳毛騧（太宗六駿五曰拳毛騧平劉黑闥所乘）近時郭家師子花今之新（一作畫）圖有二馬復令識者久歎嗟此皆騎戰一敵萬縞素漠漠開風沙其餘七匹亦殊絕迥若寒空動煙雪霜蹄蹴踏長楸間馬官廝養森成列可憐九馬（曹將軍九馬圖後藏薛紹彭家）爭神駿顧視清高氣深穩借問苦心愛者誰後有韋諷前支遁憶昔巡幸新豐宮翠華拂天來向東騰驤磊落三萬匹皆與此圖筋骨同自從獻寶

朝河宗用穆天子西征事秦陵在奉先縣金粟山 無復射蛟江水中用漢武帝事 君不見金粟明皇堆前松柏裏龍媒去盡鳥呼風

送韋諷上閬州錄事參軍

國步猶艱難兵革未衰息萬方哀一作尚嗷嗷十載一作年供軍食庶官務割剝不暇憂反側誅求何多門賢者貴爲德一作賢俊媿爲力韋生富春秋洞徹有清識操持紀綱地喜見朱絲直當令一作因循豪奪吏自此無顔色必若救瘡痍先應去蟊賊揮淚臨大江高天意悽惻行行樹佳政慰我深相憶

丹青引贈曹將軍霸

將軍魏武之子孫於今爲庶爲清門英雄割據雖一作皆已矣文彩風流猶一作今尚存學書初學衛夫人衛夫人名鑠展之女李矩妻學書於鍾繇但恨無一作未過王右軍王羲之學書於衛夫人丹青不知老將至富貴於我如浮雲開元之中一作年常引見承恩數上南熏殿凌煙功臣少顔色將軍下筆開生面當是重畫良相頭上進賢冠猛將腰間大羽箭褒公鄂公貞觀十七年詔閻立本畫凌煙閣功臣二十四人鄂國公尉遲敬德第七褒國公段志玄第十毛髮動英姿颯爽一作颯來一作猶酣戰先帝天一作御馬玉花驄畫工如山貌不同是日牽來赤墀下迥一作覓立閶闔生長風詔謂將軍拂絹素意一作法匠慘澹經營中斯須九重眞龍出一洗萬古凡馬空玉花却在御榻上榻上庭前屹相向明皇好大馬西域大宛歲有獻貢命悉圖其駿至尊含笑催賜金圉人太僕皆惆悵弟子韓幹幹大梁人初師曹霸後入供奉令師陳閎對曰陛下內廄馬乃臣師也早入室亦能畫馬窮殊相一作狀幹惟畫肉不畫骨忍使驊騮氣凋喪將軍畫一作盡善蓋有神必一作偶逢佳士亦寫眞即今飄泊干戈際屢一作妙一作善畫貌尋常行路人途窮反遭俗眼白世上未有如公貧一作他富至今我徒貧 但看古來盛名下終日坎壈纏其身

閬州東樓筵奉送十一舅往青城縣得昏字

曾城有高樓一作會制古丹雘存迢迢百餘尺豁達開四門東樓在保寧府治南嘉陵江上雖有一作會車馬客而無人世喧遊目俯大江列筵慰別魂是時秋冬交節往顔色昏天寒鳥獸休一作伏霜露在草根今我送舅氏萬感集清尊豈伊山川間回首盜賊繁高賢意不暇王命久崩奔臨風欲慟哭聲出已復吞

嚴氏溪放歌行溪在閬州東百餘里

天下甲一作兵馬未盡銷豈免溝壑常漂漂劍南歲月不可度邊頭公卿仍獨一作何其驕費心姑息是一役肥肉大酒徒相要嗚呼古人已糞土獨覺志士甘漁樵況我飄轉一作蓬無定所終日慽慽忍羇旅秋宿一作夜霜一作清溪素月高喜得與子長夜語東遊西還力實倦從此將身更何許知子松根長茯苓遲暮有意來同煮

南池在閬中縣東南即彭道將魚池

崢嶸巴閬間所向盡山谷安知有蒼池萬頃浸坤軸呀然閬城南枕一作控帶巴江腹菱荷入異縣粳稻共比屋皇天不無意美利戒止足高田失西成此物頗豐熟清源多衆魚遠岸富喬木獨歎楓香林春時好顔色南有漢王一作主祠池在漢高祖廟旁終朝走巫祝歌舞散靈衣荒哉舊風俗高堂一作皇亦明王魂魄猶正直不應空陂上縹緲親酒食淫祀自古昔非唯一川瀆干戈浩茫茫地僻傷極目平生江海一作溟渤興遭亂身局促駐馬問漁舟躊躇慰羇束

發閬中

前有毒蛇後猛虎溪行盡日無邨塢江風蕭蕭雲拂地山木慘慘天欲雨女病妻憂歸意速一作急秋花錦石誰復一作能數別家三月一得書一作書來避地何時免愁苦

寄韓諫議舊本有注字一云注乃汯之誤韓休之子汯上元中爲諫議大夫此詩爲李泌隱衡山而作欲諫議薦之也

今我不樂思岳陽身欲奮飛病在牀美人娟娟隔秋水濯足洞庭望八荒鴻飛冥冥日月白青楓葉赤天雨一作飛霜玉京羣帝集北斗或騎騏驎翳鳳皇芙蓉旌旗一作旄煙霧樂一作落影動倒景搖瀟湘星宮之君醉瓊漿羽人稀少不在旁似聞昨者一作夜赤松子恐是漢代韓張良昔隨劉氏定長安帷幄未改神慘傷國家成敗吾豈敢色難腥腐餐風一作楓香周南留滯古所一作莫惜南極老人應壽昌美人胡爲隔秋水焉得置之貢玉堂

憶昔二首

憶昔先皇謂肅宗巡朔方千乘萬騎入咸陽陰山驕子汗血馬長驅東胡胡走藏鄴城反覆不足怪關中小兒李輔國閑廄馬家小兒壞紀綱張后不樂上爲忙至今今上謂代宗猶撥亂勞身焦思補四方我昔近侍叨奉引出兵一作兵出整肅不可當一作忘爲留猛士守未央致使岐雍防西羌犬戎直來坐御牀百官跣足隨天王程元振數譖郭子儀遂解兵柄乾元後數年邠鳳西北盡陷番戎代宗幸陝詩蓋指此 願見北地傅介子老儒不用尚書郎

憶昔開元全盛日小邑猶藏萬家室稻米流脂粟米白公私倉廩俱豐一作富一作盈實九州道路無豺虎一作狼遠行不勞吉日出齊紈魯縞車班班男耕女桑不相失宮中聖人奏雲門天下朋友皆膠漆百餘年間未災變叔孫禮樂蕭何律豈聞一絹直萬錢有田種穀今流血洛陽宮殿燒焚盡宗廟新除狐兔穴傷心不忍問耆舊復恐初從亂離說小臣魯鈍無所能朝廷記識蒙祿秩周宣中興望我皇灑血一作淚江漢身一作長衰疾

冬狩行原注時梓州刺史章彝兼侍御史留後東川

君不見東川節度兵馬雄校獵亦似觀成功夜發猛士三千人清晨合圍步驟同禽獸已斃十七八殺聲落日回蒼穹幕前生致九青兕駱駝巃嵸垂玄熊東西南北百里間髣髴蹴蹋寒山空有鳥名鸜鵒力不能高飛逐走蓬肉味不足登鼎俎何爲見羈虞羅中春蒐冬狩侯一作候得同使君五馬一馬驄彝兼侍御故云一馬驄況今攝行大將權號令頗有前賢風飄然時危一老翁十年厭見旌旗紅喜君士卒甚整肅爲我回轡擒西戎草中狐兔盡何益天子不在咸陽宮朝廷雖無幽王禍得不哀痛塵再蒙嗚呼得不哀痛塵再蒙時代宗幸陝詔徵天下兵無一人應召者故感激言之

自平

自平宮中一作中宮一作中官呂太一中使呂太乙爲市舶使矯詔募兵作亂收珠南海千餘日近供生犀翡翠稀復恐征戎一作戍干戈密蠻溪豪族小一作山動搖世封刺史非時一作常朝蓬萊殿前一作裏諸主將才如伏波不得驕

釋悶

四海十年不解兵犬戎一作羊也復臨咸京失道非關出襄野黃帝將見大隗至襄城之野揚鞭忽是過胡一作湖城即今蕪湖晉明帝察王敦軍於湖在當塗縣豺狼塞路人斷絕烽火照夜屍縱橫天子亦應厭奔走羣公固合思升平但恐誅求不改轍聞道嬖孽能一作令全生江

邊老翁錯料事眼暗不見風塵清

贈別賀蘭銛

黃雀飽野粟羣飛動荆榛今君（一作吾）抱何恨寂莫向時人老驥倦驤首蒼（一作飢）鷹愁易馴高賢世未識固合嬰飢貧國步初返正（代宗幸陝初還）乾坤尚風塵悲歌鬢髮白遠赴湘吳春我戀岷下芋君思千里（千里湖在溧陽縣）蓴生離與死別自古鼻酸辛

別唐十五誡因寄禮部賈侍郎（賈至）

九載一相逢百年能幾何復爲萬里別送子山之阿白鶴久同林潛魚本同河未知棲集期衰老強高歌歌罷兩悽惻六龍忽蹉跎相視鬢皓白況難駐義和胡星墜燕地漢將仍橫戈蕭條四海內人少豺虎多少人慎莫投多虎信所過飢有易子食獸猶畏虞羅子負經濟才天門鬱嵯峨飄颻（一作飄）適東周來往若（一作亦）崩波南宮吾故人白馬金盤陀雄筆映千古見賢心靡（一作匪）他念子善師事歲寒守舊柯爲吾謝賈公病肺臥江沱

閬山歌

閬州城東靈（一作雪）山白閬州城北玉臺（一作壺）碧松浮欲盡不盡雲江動將崩未（一作已）崩石那知根無鬼神會已覺氣與嵩華敵中原格鬬且未歸應結茅齋看（一作著一作應著茅齋向）青辟

閬水歌

嘉陵江色（一作山）何所似石黛碧玉相因依正憐日破浪花（一作閬山）出更復春從沙際歸巴童蕩槳欹側過水雞銜魚來去飛閬中勝事可腸斷閬州城南天下稀

草堂

昔我去草堂蠻夷塞成都今我歸草堂成（一作此）都適無虞請陳初亂時反復乃須臾（一作斯須）大將赴朝廷羣小起異圖（初嚴武入朝徐知道反旋爲其下李忠厚所殺）中宵斬白馬盟歃氣已麤西取邛南兵北斷劒閣隅布衣數十人亦擁專城居其勢不兩大始聞蕃漢殊西卒却倒戈賊臣互相誅焉知肘腋禍自及梟獍（一作境）徒義士皆痛憤紀綱亂相踰一國實三公萬人欲爲魚唱和作威福孰肯（一作能）辨無辜眼前列杻械背後吹笙竽談笑行殺戮濺（一作流）血滿長衢到今用鉞地風雨聞號呼鬼（一作人）妾與鬼馬色悲充爾娛國家法令在此又足驚吁賤子且奔走三年望東吳弧矢暗江海難爲遊五湖不忍竟舍此復來薙榛蕪入門四松在步屧萬竹疏舊犬喜我歸低徊入衣裾鄰舍喜我歸酤酒攜胡蘆（一作提榼壺）大官喜（一作知）我來遣騎問所須城郭喜（一作知）我來賓客隘（一作溢）郵墟天下尚未寧健兒勝腐儒飄颻（一作飄）風塵際何地置（一作致）老夫於時見（一作是）疣贅骨髓幸未枯飲啄媿殘生食薇不敢餘

四松

四松初移時大抵三尺強別來忽三載（一作歲）離立如人長會看根不拔莫計枝凋傷幽色幸（一作會）秀發疎柯亦（一作已）昂藏所插小藩籬本亦有隄防終然振撥損得愜（一作媿）千葉黃敢爲故林主黎庶猶未康避賊今始歸春草滿空堂覽物歎衰謝及茲慰淒涼清風爲我起灑面若微霜足以（一作爲）送老姿（一作資）聊待（一作將）偃蓋張我生無根帶（一作蔕）配爾（一作汝）亦茫茫有情且賦詩事迹可兩（一作兩可）忘勿矜千載後慘澹蟠穹蒼

水檻

蒼江多風飆雲雨晝夜飛茅軒駕巨浪焉得不低垂遊子久在外門戶無人持高岸尚如（一作爲）谷何傷浮柱攲扶顛有勸誡恐貽識者嗤既殊大廈傾可以一木支臨川視萬里何必闌檻爲人生感故物慷慨有餘悲

破船

平生江海心宿昔具扁舟豈惟青溪上日傍柴門遊蒼皇避亂兵緬邈懷舊丘鄰人亦已非野竹獨修修船舷不重扣埋沒已經秋仰看西飛翼下媿東逝流故者或可掘新者亦易求所悲數奔竄白屋難久留

營屋

我有陰江竹能令朱夏寒陰通積水內高入浮雲端甚（一作如）疑鬼物憑不顧翦伐殘東偏若面勢戶牖永可安愛惜已六載茲晨去千竿蕭蕭見白日洶洶開奔湍度堂匪華麗養拙異考槃草茅雖薙葺衰疾方少寬洗然順所適此足代加餐寂無斤斧響庶遂憩息歡

除草（原注去蕁草也蕁音潛一云郎毒麻一云山韭非大約是惡草）

草有害於人曾何生阻修其毒甚蠭蠆其多彌道周清晨步前林江色未散憂芒刺在我眼焉能待高秋霜露（一作雪）一霑凝（一作衣）蕙葉亦難留荷鋤先童稚日入仍討求轉致水中央豈無雙釣舟頑根易滋蔓敢使依舊丘自茲（一作移）藩籬曠更覺松竹幽芟夷不可闕疾惡信如讎

揚旗（原注二年夏六月成都尹嚴公置酒公堂觀騎士試新旗幟）

江（一作風）雨颯長夏府中有餘清我公會賓客肅肅有異聲初筵閱軍裝羅列照廣庭庭空六（一作四）馬入駊騀揚旗（一作旆）旌回回偃飛蓋熠熠迸流星來纏（一作衝）風飆急去擘山岳傾材歸俯身盡妙取略地平虹霓就掌握舒卷隨人輕三州陷犬戎（廣德元年劒南節度高適不能軍吐蕃陷松維保三州）但見西嶺青公來練猛士欲奪天邊城此堂不易升庸蜀日已寧吾徒且加餐休適蠻與荆

太子張舍人遺織成褥段

客從西北來遺我翠（一作細）織成開緘風濤湧中有掉尾鯨逶迤羅水族瑣細不足名客云充君褥承君終宴榮空堂魑魅（一作魍魎）走高枕形神清領客珍重意顧我非公卿留之懼不祥施之混柴荆服飾定尊卑大哉萬古程今我一賤老裋（一作短）褐更無營煌煌珠宮物寢處禍所嬰（一作縈）歎息當路子干戈尚縱橫掌握有權柄衣馬自（一作已）肥輕李鼎死岐陽實以驕貴盈來瑱賜自盡氣豪直阻兵皆（一作昔）聞黃金多坐見悔吝生奈何田舍翁受此厚貺情錦鯨卷還客始覺心和平振我麤席塵媿客茹（一作飯）藜羹（史稱嚴武累年在蜀肆志逞欲恣行猛政窮極奢靡甫在幕下此詩特借以諷諭朋友責善之道也）

莫相疑行

男兒生無所（一作生無）成頭皓白牙齒欲落真可惜憶獻三賦蓬萊宮自怪一日聲輝（一作燀一作烜）赫集賢學士如堵牆觀我落筆中書堂往時文彩動人主此（一作今）日飢寒趨路旁晚將末契託（一作節契）年少當面輸（一作論）心背面笑寄謝悠悠世上兒不（一作莫）爭好惡莫相疑

別蔡十四著作

賈生慟哭後寥落無其人安知蔡夫子高義邁等倫獻

書謁皇帝志已清風塵流涕灑丹極萬乘為酸辛天地則創痍朝廷當（一作多）正臣異才復間出周道日惟新使蜀見知己別顏始一伸主人竟城府（謂嚴武）扶櫬歸咸秦巴道此相逢會我病江濱憶念鳳翔都聚散俄十春我衰不足道但願子意（一作音）陳稍令社稷安自契魚水親我雖消渴甚敢忘帝力勤尚思未朽骨復覩耕桑民積水駕三峽浮龍倚長津（一作輪囷）揚舲洪濤間仗子濟物身鞍馬下秦塞王城通北辰玄甲聚不散兵久食恐貧窮谷無粟帛使者來相因若憑（一作逢）南轅吏（一作使）書札到天垠

全唐詩目　第四函

第二冊

杜甫　六卷至九卷

杜甫

杜鵑

西川有杜鵑東川無杜鵑涪萬（一作南）無杜鵑雲安有杜鵑我昔遊錦城結廬錦水邊有竹一頃餘喬木上參天杜鵑暮春至哀哀叫其間我見常再拜重是古帝魂生子百鳥巢百鳥不敢嗔（一作喧）仍為餧其子禮若奉至尊鴻雁及羔羊有禮太古前行飛與跪乳識序如（一作又）知恩聖賢古（一作吾）法則付與（一作之）後世傳君看禽鳥情猶解事杜鵑今忽暮春間值我病經年身病不能拜淚下如迸泉（舊注上皇幸蜀還肅宗以李輔國離間遷之西內悒悒而崩此詩感是而作但首四句有無互見不知何義夏竦謂是詩序亦無解黄希吳曾引樂府東亦有樵郭西亦有樵魚戲蓮葉東魚戲蓮葉西謂甫正用此格詩體則然義終難辨至王誼伯分指當時刺史尤穿鑿可笑）

客居

客居所居堂前江後山根下塹萬尋岸蒼濤鬱飛翻蔥青眾木梢邪豎雜石痕子規晝夜啼壯士斂精魂峽開四千里水合數百源人虎相半居相傷終兩存蜀麻久不來吳鹽擁荊門西南失大將（謂郭英乂為崔旰所殺）商旅自星奔今又降元戎（時以杜鴻漸為蜀帥）已聞動行軒舟子候利涉亦憑節制尊我在路中央生理不得論臥愁病脚廢徐步視小園短畦帶碧草悵望思王孫鳳隨其皇去籬雀暮喧繁覽物想故國十年別荒（一作鄉）邨日暮歸幾翼北林空自昏安得覆八溟為君洗乾坤稷契易為力犬戎何足吞儒生老無成臣子憂四番（一作藩一作思翻）篋中有舊筆情至時復援

客堂

憶昨離少城而今異楚蜀舍舟復深山窅窕一林麓棲泊雲安縣消中內相毒舊疾甘載（一作戰一作再）來衰年得（一作弱）無足死為殊方鬼頭白免短促老馬終望雲南雁意在北別家長兒女欲起懶筋力客堂序節改具物對羈束石暄蕨芽紫渚秀蘆筍綠巴鶯（一作稼）紛未稀徼麥早向熟悠悠日動江漠漠春辭木臺郎選才俊自顧亦已極（嚴武奏甫為參謀檢校尚書工部員外郎）前輩聲名人埋沒何所得居然綰章紱受性本幽獨平生憩息地必種數竿竹事業只濁醪營葺但草屋上公（即指嚴武）有記者累奏資薄祿主憂豈濟時身遠彌曠

職循（一作修）文廟算正獻可天衢直尚想趨朝廷毫髮裨社稷形骸今若是進退委行色

石研詩（原注平侍御者）

平公今詩伯秀發吾所羨奉使三峽中長嘯得石研巨璞禹鑿餘異狀君獨見其滑乃波濤其光或雷電聯坳各盡墨多水遞隱現揮灑容數人十手可對面比公頭上冠貞（一作正）質未為賤當公賦佳句況得終清宴公含起草姿不遠明光殿致於丹青地知汝隨顧眄

水閣朝霽奉簡嚴雲安（一作雲安嚴明府）

東城抱春岑江閣鄰石面崔嵬晨雲白朝旭（一作日）射芳甸雨檻臥花叢風牀展書卷（一作輕幔）鉤簾宿鷺起丸藥流鶯囀呼婢取酒壺續兒誦文選晚交嚴明府矧此數相見

贈鄭十八賁（雲安令）

溫溫士君子令我懷抱盡靈芝冠眾芳安得闕親近遭亂意不歸竄身跡非隱細人尚姑息吾子色愈謹高懷見物理識者安肯哂卑飛欲何待捷徑應未忍示我百篇文詩家一標準羈離交屈宋牢落值顏閔水陸迷畏途（一作長）藥餌駐修軫古人日以遠青史字不泯步趾詠唐虞追隨飯葵堇數杯資好事異味煩縣尹心雖在朝謁力與願矛盾抱病排金門衰容豈為敏

三韻三篇

高馬勿唾（一作捶）面長魚無損鱗辱馬馬毛焦困魚魚有神君看磊落士不肯易其身

蕩蕩萬斛船影若揚（一作搖）白虹起檣必椎牛掛席集眾功自非風動天莫置大水中

烈（一作列）士惡多門小人自同調名利苟可取殺身傍權要何當官曹清爾輩堪一笑

青絲（青絲白馬用侯景事以比僕固懷恩）

青絲白馬誰家子麤豪且逐風塵起不聞漢主放妃嬪（肅代二宗曾兩放宮嬪）近靜潼關埽蜂蟻殿前兵馬破汝時十月即為虀粉期未（一作不）如（一作知）面縛歸金闕萬一皇恩下玉墀

近聞（永泰元年郭子儀與回紇約共擊吐蕃次年二月吐蕃來朝詩紀其事）

近聞犬戎遠遁逃牧馬不敢侵臨洮渭水逶迤白日淨

隴山蕭瑟秋雲高，崆峒五原亦無事。北庭數有關中使，似聞贊普（吐蕃稱王爲贊普，相爲大論小論）更求親。舅甥和好應難棄（文成、金城二公主先後降吐蕃）。

蠶穀行

天下郡國向萬城，無有一城無甲兵。焉得鑄甲作農器，一寸荒田牛得耕。牛盡（一作得）耕（一本有田字），蠶亦成。不勞烈士淚滂沱，男穀女絲行復歌。

折檻行

嗚呼房魏不復見，秦王學士時難羨。青衿冑子困泥塗，白馬將軍若雷電。千載少似朱雲人，至今折檻空嶙峋。婁公不語宋公語，尚憶先皇容直臣。（永泰二年，以觀軍容使左監門衛大將軍魚朝恩判國子監事，故曰青衿冑子困泥塗，白馬將軍若雷電。當時大臣箝口，效婁師德之畏遜，而不能繼宋璟之忠讜，故以折檻爲諷）

引水

月峽瞿塘雲作頂，亂石崢嶸俗無井。雲安酤水奴僕悲，魚復移居心力省。白帝城西萬竹蟠，接筒引水喉不乾。人生留滯生理難，斗水何直百憂寬。

古柏行（此夔州諸葛廟柏，即夔州十絕句所云武侯祠堂不可忘，中有松柏參天長也）

孔明廟前（一作階）有老柏，柯如青銅根如石。霜（一作蒼）皮溜雨（一作水）四十圍，黛色參天二千尺。君臣已與時際會，樹木猶爲人愛惜。雲來氣接巫峽長，月（一作日）出寒通雪山白。憶昨路繞錦亭（一作城）東，先主武侯同閟宮。崔嵬枝幹郊原古，窈窕丹青戶牖空。落落盤踞雖得地，冥冥孤高多烈風。扶持自是神明力，正直原因造化功。大廈如傾要梁棟，萬牛回首丘山重。不露文章世已驚，未辭翦伐誰能送。苦心豈免容螻蟻，香（一作密）葉終（一作曾）經（一作驚）宿鸞鳳。志士幽人莫怨嗟（一作傷），古來材大難爲（一作皆難）用。

縛雞行

小奴縛雞向市賣，雞被縛急相喧爭。家中厭雞食蟲蟻，不知雞賣還遭烹。蟲雞於人何厚薄，吾叱奴人解其縛。雞蟲得失無了時，注目寒江倚山閣。

負薪行

夔州處女髮半華，四十五十無夫家。更遭喪亂嫁不售，一生抱恨堪（一作長）咨嗟。土風坐男使女立，應（一作男）當門戶女出入。十猶（一作有）八九負薪歸，賣薪得錢應（一作當）供給。至老雙鬟（一作鬟）只垂頸，野花山葉銀釵並。筋力登危集市門，死生射利兼鹽井。面妝首飾雜啼痕，地褊衣寒困石根。若道巫山女粗醜，何得此（一作北）有昭君邨（邨連巫峽，有昭君宅，宅旁有擣練石，傍香溪）。

最能行

峽中丈夫絕輕死，少在公門多在水。富豪有錢駕大舸，貧窮取給行艓（音葉，舟小如葉也）子。小兒學問止論語，大兒結束隨商旅。欹帆側柁入波濤，撇漩捎濆無險阻。朝發白帝暮江陵，頃來目擊信有徵。瞿塘漫天虎鬚（一作眼）怒，歸州長年（蜀中呼柁師爲長年三老）行（一作與）最能。此鄉之人氣（一作器）量窄，誤競南風疏北客。若道土（一作上）無英俊才，何得山有屈原宅（宅在秭歸縣北）。

寄裴施州（裴冕坐李輔國貶施州刺史）

廊廟之具裴施州，宿昔一逢無此（一作比）流。金鐘大鏞在東序，冰壺玉衡（一作珩）懸清秋。自從相遇感（一作減）多病，三歲爲客寬邊愁。堯有四岳明至理，漢二千石眞分憂。幾度寄書白鹽北，苦寒贈我青羔（一作絲，一作縑）裘。霜雪回光避錦袖，龍蛇（一作蛟龍）動篋蟠銀鉤。紫衣使者辭（一作辟）復命，再拜故人謝佳政。將老已失子孫憂，後來況接才華盛（英華此句下有遙憶書樓碧池映七字）。

鄭典設自施州歸

吾憐滎陽秀，冒暑初有適。名賢慎所出（一作出處），不肯妄行役。旅茲殊俗遠（一作還），竟以屢空迫。南謁裴施州，氣合無險僻。攀援懸根木，登頓入天（一作矢）石。青山自一川，城郭洗憂慽。聽子話此邦，令我心悅懌。其俗則（一作甚）純樸，不知有主客。溫溫諸侯門，禮亦如古昔。敕廚倍常羞（冕性侈靡，好尚車服，營珍饌），杯盤頗狼藉。時雖屬喪亂，事貴（一作當）賞匹敵。中宵愜良會，裴鄭非遠戚。羣書一萬卷，博涉供務隙。他日辱銀鉤，森疏見矛戟。倒屣喜旋歸，畫地求（一作來）所歷。乃聞風土質，又重田疇闢。刺史似寇恂，列郡宜競惜（一作借，音迹）。北風吹瘴癘，羸老思散策。渚拂蒹葭塞（一作寒），嶠穿蘿蔦冪。此身仗兒僕，高興潛有激。孟冬方首路，強飯取崖壁。歎爾疲駑駘，汗溝（馬中脊）血不赤。終然備外飾，駕馭何所益。我有平肩輿，前途猶準的。翩翩入鳥道，庶脫蹉跌厄。

柴門

孤（一作迮）舟登瀼西，回首望兩崖。東城乾旱天，其氣如焚柴。長影沒窈窕，餘光散唅呀。大江蟠嵌根，歸海成一家。下衝割坤軸，竦壁攢鏌鋣。蕭颯灑秋色，氛（一作氣）昏霾日車。峽（一作峽廣溪乃三峽之首）門自此始，最窄容浮查。禹功翊造化，疏鑿就欹斜。巨（一作巴）渠決太古，衆水爲長蛇。風煙渺吳蜀，舟楫通鹽麻。我今遠遊子，飄轉混泥沙。萬物附本性，約（一作處）身（一作性）不願（一作欲）奢。茅棟蓋一牀，清池有餘花。濁醪與脫粟，在眼無咨嗟。山荒人民少，地僻日夕佳。貧病（一作賤）固其常，富貴任生涯。老於干戈際，宅幸蓬蓽遮。石亂上雲氣，杉清（一作青）延月（一作日）華。賞妍又分外，理愜夫何誇。足了垂白年，敢居高士差。書此豁平昔，回首猶暮霞。

貽華陽柳少府

繫馬喬木間，問人野寺門。柳侯披衣笑（一作嘯），見我顏色溫。並坐石下堂（一作堂下石，一作石堂下），俛視大江奔。火雲洗月露，絕壁上朝暾。自非曉相訪，觸熱生病根。南方六七月，出入異中原。老少多暍死，汗踰水漿翻。俊才得之子，筋力不辭煩。指揮當世事，語及戎馬存。涕淚（一作流涕）濺我裳，悲氣（一作風）排帝閽。鬱陶抱長策，義仗知者論。吾衰臥江漢，但媿識璵璠。文章一小技，於道未爲尊。起予幸斑白，因是託子孫。俱客古信州（夔本梁信州），結廬依毀垣。相去四五里，徑微山葉繁。時危挹佳士，況免軍旅喧。醉從趙女舞，歌鼓秦人盆。子壯顧我傷，我驩兼淚痕。餘生如過鳥，故里今空邨。

雷

大旱山岳燋，密雲復無（一作如覆）雨。南方瘴癘地，罹此農事苦。封內必舞雩，峽中喧擊鼓。眞龍竟寂莫，土梗（土人也）空俯僂（一作僂俯）。吁嗟公私病，稅斂缺不補。故老仰面啼，瘡痍向誰數。暴尪或前聞，鞭巫非稽古。請先偃甲兵，處分聽人主。萬邦但各業，一物休盡取。水旱其數（一作數至）然，堯湯免親覩。上天鑠金石，羣盜亂豺虎。二者存一端，愆陽不猶愈。昨宵殷其雷，風過齊萬弩。復吹霾翳散，虛覺神靈聚。氣暍腸胃融，汗滋（一作濕）衣裳污（一作腐）。吾衰尤（一作猶）拙計（一作計拙），失望築場圃。

火

楚（一作焚）山經月火，大旱則斯舉。舊俗燒蛟（一作蛇）龍，驚惶致雷雨爆嶔魑魅泣崩凍嵐陰昈（西京賦赫昈昈以弘敞昈赤文音戶火焚凍崩而嵐陰皆赤也）羅落沸百泓根源皆萬（一作太）古青林一灰爐雲氣無處所入夜殊（一作珠）赫然新秋照牛女風吹巨燄作河櫂（一作澹，一作漢）騰（一作勝）煙柱勢欲焚崐崘光彌焮（香靳切左傳行火所焮炙也）洲渚腥至焦長蛇聲吼（一作吼爭）纏猛虎神物已高飛不（一作只）見石與土爾寧要謗讟憑此近熒侮薄關長吏憂甚昧至精主遠還誰撲滅將恐及環堵流汗臥江亭更深氣如縷

七月三日亭午已後較熱退晚加小涼穩睡有詩因論壯年樂事戲呈元二十一曹長

今茲商用事餘熱亦已末衰年旅炎方生意從此活亭午減汗流北鄰耐人聒晚風爽烏匼（烏匼當作帢巾也至匼字乃匼匝鮑昭詩銀屏匼匝而甫詩馬頭金匼匝又盧杞匼匝取容俱不以言巾）筋力蘇摧折閉目踰十旬大江不止渴退藏恨雨師健步聞（一作供）旱魃園蔬抱金玉無以供采掇密雲雖聚散徂暑終（一作經）衰歇前聖眷焚巫武王親救暍陰陽相主客時序遞回斡灑落唯清秋昏霾一空闊蕭蕭紫塞雁南向欲行列歘思紅顏日霜露凍階闥胡馬挾雕弓鳴弦不虛發長鈚（箭雙葉回鈚）逐（一作及）狡兔突羽當滿月惆悵白頭吟蕭條游俠窟臨軒望山閣縹緲安可越高人鍊丹砂未念將朽骨少壯跡頗疎歡樂曾倏忽杖藜風塵際老醜難翦拂吾子得神仙本是池中物賤夫美一睡煩促嬰詞筆

牽牛織女

牽牛出河西織女處其東萬古永相望七夕誰見同神光（一作仙）意（一作竟）難候此事終蒙朧颯然精靈合何必秋遂通亭（一作逢）亭新妝立龍駕具曾空（一作穹）世人亦爲爾祈請走兒童稱家隨豐儉白屋達公宮膳夫翊堂殿鳴玉淒房櫳曝衣徧天下曳月揚微風蛛絲小人態曲綴（一作掇）瓜果中初筵濃重露日出甘所終（一作從）嗟汝未嫁女秉心鬱忡忡防身動如律竭力機杼中雖無姑舅事敢昧織作功明明君臣契咫尺或未容義無棄禮法恩始夫婦恭小大有佳期戒之在至公方圓苟齟齬丈夫多英（一作勿替丈夫）雄

毒熱寄簡崔評事十六弟

大暑（一作火）運金氣荊揚不知秋林下有塌翼水中無行舟千室但埽地閉關人事休老夫（一作大）轉不樂旅次兼百憂蝮蛇暮偃蹇空牀難暗投炎宵惡明燭況乃懷舊丘開襟仰内弟（一作第）執熱露白頭束帶負芒刺接居成阻修何當清霜飛會子臨江樓載聞大易義諷興（一作咏）詩家流蘊藉異時輩檢身非苟求皇皇使臣體信是德業優楚材擇杞梓漢苑歸驊騮短章達我心理爲（一作待）識者籌

殿中楊監見示張旭草書圖（殿中監掌天子服御事楊監謂楊炎）

斯人已云亡草聖祕難得及茲煩見示滿目一淒惻悲風生微綃萬里起古色鏘鏘鳴玉動落落羣松直連山蟠其間溟漲與筆力有練實先書臨池眞盡墨俊拔爲之主暮年思轉極未知張王後誰竝百代則嗚呼東吳精（李頎贈張顛詩皓首窮草隸時稱太湖精）逸氣感清識楊公拂篋笥舒卷忘寢食念昔揮毫端不獨觀酒德

楊監又出畫鷹十二扇

近時馮紹正（官少府監善畫鷹鳥）能畫鷙鳥樣明公出此圖無乃傳其狀殊姿各獨立清絕心有向（一作尚）疾禁千里馬氣敵萬人將憶昔驪山宮冬移含元仗天寒大羽獵此物神俱王當時無凡材百中皆用壯粉墨形似間識者一惆悵干戈少暇日眞骨老崖嶂爲君除狡兔會是翻（一作飛）鞲上

送殿中楊監赴蜀見相公（杜鴻漸鎮蜀辟楊炎爲判官）

去水絕還波洩雲無定姿人生在世間聚散亦暫時離別重相逢偶然豈定（一作足）期送子清秋暮風物（一作動）長年悲豪俊貴勳業邦家頻出師相公鎮梁益軍事無孑遺解榻再見今用才復擇誰況子已高位爲郡得固辭難拒供給費愼哀漁奪私干戈未甚息紀綱正所持泛舟巨石橫登陸草露滋山門日易久（一作夕）當念居者思

贈李十五丈別（李秘書文嶷）

峽人鳥獸居其室附層顛下臨不測江中有萬里船多病紛倚薄少留改歲年絕域誰慰懷開顏喜名賢孤陋忝末親等級敢比肩人生意頗（一作氣）合相與襟袂連一日兩遣（一作遣兩）僕三日一共（一作共二）筵揚論展寸心壯筆過飛泉玄成美價存子山舊業傳不聞八尺軀常受衆目憐且爲辛苦行蓋被生事牽北回白帝櫂南入黔陽天汧公（李勉封汧國公）制方隅迥出諸侯先封内如太古時危獨蕭然清高金莖（一作掌）露（一作莖掌）正直朱絲弦昔在堯四岳今之黃潁川于邁恨不同所思無由宣山深水增波解榻秋露懸客遊雖云久主要（一作亦思）月再圓晨集風渚亭醉操雲嶠篇丈夫貴知己歡罷念歸旋

西閣曝日

凜冽倦玄冬負暄嗜飛閣羲和流德澤顓頊媿倚薄毛髮具（一作且）自和（一作私）肌膚潛沃若太陽信深仁衰氣歘有託歘傾煩注眼容易收病脚流離（一作瀏漓）木杪（一作梢）猨翩躚山顛鶴用（一作朋）知苦聚散哀樂日（一作亦）已作（一作昨）即事會賦詩人生忽如昨（一作錯）古來遭喪亂賢聖盡蕭索胡爲將暮年憂世心力弱

課伐木（并序）

課隸人伯夷幸（一作辛）秀信行等入谷斬陰木人日四根止維條伊枚正直挺然晨征暮返委積庭内我有藩籬是缺是補載伐篠簜伊仗（一作杖）支持則旅次於小安山有虎知禁若恃爪牙之利必昏黑摚（一作撐）突（一作搪）夔人屋壁列（一作例）樹白菊（一作蔔）鏝爲牆實以竹示式遏爲與虎近混淪乎無良賓客憂（一作蟲）害馬之徒苟活爲幸可嘿息已作詩示宗武（一作文）誦

長夏無所爲客居課奴（一作童）僕清晨飯其腹（一作腸）持斧入白谷青冥曾巔後十里斬陰木人肩四根已亭午下山麓尚聞丁丁聲功課日各足蒼皮成委積（一作積委）素節相照燭藉汝跨小籬當仗（一作杖，一作材）苦（一作若）虛竹空荒咆熊羆乳獸待人肉不示知禁情豈惟干戈哭城中賢府主（當是柏都督茂琳）處貴如白屋蕭蕭理體淨蠭蠆不敢毒虎穴連里閭隄防舊風俗泊舟滄江岸久客愼所觸舍西崖嶠壯雷雨蔚含蓄牆宇資屢（一作累）修衰年怯幽獨爾曹輕執熱爲我忍煩促秋光近青岑季月當泛菊報之以微寒共給酒一斛

園人送瓜

江間雖炎瘴瓜熟亦不早柏公鎮夔國滯務茲（一作資）一埽食新先戰士共少及溪（一作窮）老傾筐蒲鴿青滿眼顏色好

竹竿接嵌竇引注來鳥道沈浮亂水玉愛惜如芝草落
刃嚼冰霜開懷慰枯槁許以秋蔕除仍看小童(一作兒)抱(一作飽)
東陵(一作溪)跡蕪絕楚漢休征討園人非故侯種此何草草

信行遠修水筒(原注引水筒)

汝性不茹葷清靜僕夫內秉心識本(一作根)源於事少滯礙
雲端水筒坼林表山石碎觸熱藉子修通流與廚會往
來四十里荒險崖谷大日曛驚未餐(一作食)貌赤愧相對浮
瓜供老病裂餅嘗所愛於斯答恭謹足以殊殿最詎要
方士符何假將軍蓋(一作佩)行諸直如筆用意崎嶇外

槐葉冷淘

青青高槐葉采掇付中廚新麪來近市汁滓宛相俱入
鼎資過熟加餐愁欲無碧鮮俱照箸香飯兼苞蘆經齒
冷於雪勸人投此(一作比)珠願隨金騕褭走置錦屠蘇(又作廜廝平屋也又酒名屠蘇昔人居屠蘇造酒故名)路遠思恐泥興深終不渝獻芹則小小薦
藻明區區萬里露寒殿開冰清玉壺君王納涼晚此味
亦時須

行官張望補稻畦水歸(行官是行田者韓愈書有行官自南來)

東屯大江北(一作枕大江)百頃平若案六月青稻多千畦碧泉
亂插秧適云已引溜加溉灌更僕往方塘決渠當斷岸
公私各地著浸潤無天旱主守問家臣分明(一作朋)見溪伴
(一作畔)芊芊(一作芊芊 一作竿竿)炯翠羽剡剡生(一作向)銀漢鷗鳥鏡裏來關山
雲邊看秋菰成黑米精鑿(一作轂)傳(一作傅)白粲(漢書注擇米使白粲粲然)玉粒足
晨炊紅鮮(江浙以紅米爲紅鮮)任霞散終然添旅食作苦期壯觀遺
穗及衆多我倉戒滋蔓

催宗文樹雞柵

吾衰怯行邁旅次展崩迫愈風傳烏雞秋卵方漫喫自
春生成者隨母向百翩驅趁制不禁喧呼山腰宅課奴
殺青竹終日憎(一作增 一作帽)赤幘(搜神記一書生明術數夜半宿安陽城南亭有赤幘者過生曰此西舍老雄雞也)踏
藉盤案翻塞蹊使之隔牆東有隙(一作閑散)地可以樹高柵避
熱時來(一作未)歸問兒所爲跡織籠曹其內令入不得擲稀
間可(一作苦)突過觜爪(一作距)還汙席我寬螻蟻遭彼免狐貉厄
應宜各長幼自此均勍敵籠柵念有修近身見(一作知)損益
明明領處分一一當剖析不昧風雨晨亂離減憂感其
流則凡鳥其氣心匪石倚賴窮歲晏撥煩去(一作及)冰釋未
似尸鄉翁(祝雞翁居洛陽尸鄉北山下)拘留蓋阡陌

園官送菜(并序)

園官送菜把本數日闕矧苦苣馬齒掩乎嘉蔬傷
小人妒害君子菜不足道也比而作詩

清晨蒙(一作送)菜把常荷地主(即送瓜詩柏都督)恩守者愆實數略有
其名存苦苣(一名褊苣)刺如鍼馬齒(莧類)葉亦繁青青嘉蔬色埋
沒在(一作自)中園園吏未足怪世事固(一作因)堪論嗚呼戰伐久
荊棘暗長原乃知苦苣輩傾奪蕙草根小人塞道路爲
態何喧喧又如馬齒盛氣擁葵荏昏點染不易虞絲麻
雜羅紈一經器(一作氣)物內永挂麤刺痕志士采紫芝放歌
避戎軒畦丁負籠至感動百慮端

上後園山腳

朱夏熱所嬰清旭(一作旦)步北林小園背高岡挽葛上崎崟
曠望延駐目飄颻散疎襟潛鱗恨水(一作川)壯去翼依雲深
勿謂地無疆劣於山有陰石櫟(音原其皮可療飢)徧天下水陸兼
浮沈自我登隴首十年經碧岑劒門來巫峽薄倚(一作倚薄)浩
至今故園暗戎馬骨肉失追尋時危無消息老去多歸
心志士惜白日久客藉黃金敢爲蘇門嘯庶作梁父吟

驅豎子摘蒼耳(即卷耳)

江上秋已分林(一作村)中瘴猶劇畦丁告勞苦無以供日夕
蓬莠獨(一作猶)不焦野蔬暗泉石卷耳況療風童兒且(一作僕先)時
摘侵星驅之去爛熳任遠適放筐亭(一作當)午際洗剝相蒙
冪登牀半生熟下箸還小益加點瓜薤間依稀橘(一作木)奴
跡亂世誅求急黎民糠籺窄飽食復何心荒哉膏粱客
富家廚肉臭戰地骸骨白寄語惡少年黃金且休擲

秋行官張望督促東渚耗(一作刈)稻向畢清晨遣女
奴阿稽豎子阿段往問

東渚雨今足佇聞秔稻香上天無偏頗蒲稗各自長人
情見非類田家戒其荒功夫競搰搰除草置岸旁穀者
命之(一作令士)本客居安可忘青春具所務勤墾免亂常吳牛
力容易竝驅(去聲)動莫當(一作紛遊場)豐苗亦已穊(一作溉)雲水照方
塘有生固蔓延靜一資隄防督領不無人提攜(一作挈)頗在
綱荊揚風土暖肅肅候微霜尚恐主守疎用心未甚臧
清朝遣婢僕寄語踰崇岡西成聚必散不獨陵我倉豈
要仁里譽感此亂世忙北風吹蒹葭蟋蟀近中堂荏苒
百工休鬱紆遲暮傷

阻雨不得歸瀼西甘林

三伏適已過驕陽化爲霖欲歸瀼西宅阻此江浦深壞
舟百版坼峻岸復萬尋篙工初一棄恐泥勞寸心佇(一作倚)
立東城隅悵望高飛禽草堂亂懸圃不隔崐崘岑昏
渾衣裳外曠絕同層陰園甘長成時三寸如黃金諸侯
舊上計厥貢傾千林邦人不足重所迫豪吏侵客居暫
封殖日夜偶瑤琴虛徐五株態側塞煩胷襟焉得(一作能)輟
兩(一作雨)足杖藜出嶇嶔條流數翠實偃息歸碧潯拂拭烏
皮几喜聞樵牧音令兒快搔背脫我頭上簪

雨(一本合下二首作雨三首)

峽雲行清曉煙霧相裹回風吹蒼江樹(一作去)雨灑石壁來
淒淒生餘寒殷殷兼出(一作山)雷白谷變氣候朱炎安在哉
高鳥濕不下居人門未開楚宮久已滅幽佩爲誰哀侍
臣書王夢賦有冠古才冥冥翠龍(穆天子馬名)駕多自巫山臺

雨二首

青山澹無姿白露誰能數片片水上雲蕭蕭沙中雨殊
俗狀巢居曾臺俯(一作附)風渚佳客適萬里沈思情延佇挂
帆遠色外驚浪滿吳楚久陰蛟螭出寇盜(一作冠蓋)復幾許

空山中宵陰微冷先枕席迴風起清曙(一作曉)萬象萋已碧
落落出岫雲渾渾倚天石日假何道行雨含長江白連
檣荊州船有士荷矛戟南防草鎮慘霑濕赴遠役羣盜
下辟山總戎備強敵水深雲光廓鳴櫓各有適漁艇息
悠悠(一作自)夷歌負樵客留滯一老翁書時記朝夕

晚登瀼上堂

故躋瀼岸高頗免崖石擁開襟野堂豁繫馬林花動雉
堞粉如(一作似)雲山田麥無壠春氣晚更生江流靜猶湧四
序嬰我懷羣盜久相踵黎民困逆節天子渴垂拱所思
注東北深峽轉修聳衰老自成病郎官未爲冗淒其望
呂葛不復夢周孔濟世數嚮時斯人各枯冢(指房琯張鎬嚴武之流)楚

星南天黑蜀月西霧重安得隨鳥翎迫此懼將恐

又上後園山脚

昔我遊山東憶戲東嶽陽窮秋立日觀矯首望八(一作北)荒朱崖(在南海中)著毫髮碧海吹衣裳蓐收(金神主秋)困用事玄冥(水神主冬)蔚強梁逝水自朝宗鎭名(一作石)各其方平原獨顧頹農力廢耕桑非(一作北)關風露凋曾是戍役傷於時國用富足以守邊疆朝廷任猛將遠奪戎虜場(追感安祿山討奚契丹及反亂之事)到今事反覆故老淚萬行龜蒙不復見況乃懷舊(一作故)鄉肺萎屬久戰骨出熱中腸憂來杖匣劒更上林北岡瘴毒猨鳥落峽乾南日黃秋風亦已起江漢始如湯登高欲有往蕩析川無梁哀彼遠征人去家死路旁不及祖父塋纍纍冢相當

雨

山雨不作泥江雲薄爲霧晴飛半嶺鶴風亂平沙樹明滅洲景微隱見巖姿露拘悶出門遊曠絕經目趣消中日伏枕臥久塵及屨豈無平肩輿莫辨望鄉路兵戈浩未息蛇虺反相顧悠悠邊月破鬱鬱流年度鍼灸阻朋曹糠籺對童孺一命須屈色新知漸成故窮荒益自卑飄泊欲誰訴尪羸愁應接俄頃恐違(一作危)迕浮俗何萬端幽人有獨(一作高)步龐公竟獨往尚子終罕遇宿留洞庭秋天寒瀟湘素杖策可入舟送此齒髮暮

甘林

舍舟越西岡入林解我衣青芻適馬性好鳥知人歸晨光映遠岫夕露見日晞遲暮少寢食清曠喜荊扉經過倦俗態在野無所(一作或)違試問甘藜藿未肯羨輕肥喧靜不同科出處各天機勿矜朱門是陋此白屋非明朝步鄰里長老可以依時危賦斂數脫粟爲爾揮相攜行荳田秋花靄菲菲子實不得喫貨市送王畿盡添軍旅用迫此公家威主人長跪問(一作辭)戎馬何時稀我衰易悲傷屈指數賊圍勸其死王命愼莫遠奮飛

雨

行雲遞崇高飛雨靄而至潺潺石間溜汩汩松上駛亢陽乘秋熱百穀皆(一作亦)已棄皇天德澤降焦卷有生意前雨傷卒暴今雨喜容易不可無雷霆間作鼓增氣佳聲達中宵所望時一致清霜九月天髣髴見滯穗郊扉及我私(一作栽耘)我圃日蒼翠恨無抱甕力庶減臨江費(舊注峽內無井取江水喫)

種萵苣(并序　江東名萵筍　按萵苣)

既雨已秋堂下理小畦隔種一兩席許萵苣向二旬矣而苣不甲坼伊人(一作獨野)莧青青傷時君子或晚得微祿轗軻不進因作此詩

陰陽一錯(一作也)亂驕蹇不復理枯旱於其中炎方慘如燬植物半蹉跎嘉生將已矣雲雷欻奔命師伯集所使指麾赤白日澒洞青光(一作雲色)起雨聲先已(一作以)風散足盡西靡山泉落滄江霹靂猶在耳終朝紆颯沓信宿罷瀟灑堂下可以畦呼童對經始苣兮蔬之常隨事蓺其子破塊數席間荷鋤功易止兩旬不甲坼空惜埋泥滓野莧迷汝來宗生(吳都賦宗生高岡)實於此此輩豈無秋亦蒙寒露委翻然出地速滋蔓戶庭毀因知邪干正掩抑至沒齒賢良雖得祿守道不封己擁塞敗芝蘭衆多盛荊杞中園陷蕭艾老圃永爲恥登於白玉盤藉以如霞綺莧也無所施胡顏入筐篚

暇日小園散病將種秋菜督勒(一作勤)耕牛兼書觸目

不愛入州府畏人嫌我眞及乎歸茅宇(一作及歸在茅宇)旁舍未曾嗔老病忌(一作恐)拘束應接喪精神江村意自(一作日)放林木心所欣秋耕屬地濕山雨近甚勻冬菁飯之半牛力晚(一作晩)來新深耕種數畝未甚後四鄰嘉蔬既不一名數頗具陳荊巫非苦寒采擷接青春飛來兩白鶴暮啄泥中芹雄者左翮垂損傷已露(一作及)筋一步再流血尚經(一作驚)矰繳勤三步六號叫志屈悲哀頻鸞皇不相待側頸訴高旻杖藜俯沙渚爲汝鼻酸辛

全唐詩

杜甫

八哀詩(并序)

傷時盜賊未息興起王公李公歎舊懷賢終于張相國八公前後存歿遂不詮次焉

贈司空王公思禮

司空出東夷(高麗也)童稚刷勁翮追隨燕薊兒穎銳(一作脫)物不隔服事哥舒翰意(一作氣)無流沙磧未甚拔行間犬戎大充斥短小精悍姿屹然強寇敵貫穿百萬衆出入由咫尺馬鞍懸將首甲外控鳴鏑洗劒青海水刻銘天山石九曲非外蕃其王轉深辟飛兔不近駕鷙鳥資遠擊曉達兵家流飽聞春秋癖胷襟日沈靜肅肅(一作蕭蕭)自有適潼關初潰散萬乘猶辟易偏裨無所施元帥見手格太子入朔方至尊狩梁益胡馬纏伊洛中原氣甚逆肅宗登寶位塞望勢敦迫(一作逼)公時徒步至請罪將厚責際會清河公間道傳玉冊(哥舒翰敗潼關思禮走行在肅宗將斬之清河公房琯時自蜀奉冊命至諫上以爲可收後効遂釋之)天王拜跪畢讜議果冰釋翠華卷飛雪(一作飛雪中)熊虎亙阡陌屯兵鳳皇山帳殿涇渭闢金城(景龍四年送金城公主於始平縣改名金城非河西金城也時思禮爲關內節度使鎭此故云)賊咽喉詔鎭雄所搤禁暴清(一作靖)無(一作靜)雙爽氣春淅瀝巷有從公歌野多青青麥及夫哭廟後復領太原役(一作長安)(平思禮先入清宮遷兵部尚書李光弼從河陽代爲太原尹北京留守尋加守司空)恐懼祿位高悵望王土窄不得見清時嗚呼就窀穸(厚夜也)永(一作空)繫五湖舟悲甚田橫客

千秋汾晉間事與雲水白昔觀文苑傳豈述廉藺績（一作頗蹟）
嗟嗟（一作諾諾一作喏喏）鄧大夫士卒終倒戟（鄧景山爲太原尹爲軍衆所殺）

故司徒李公光弼（光弼已封王贈太保稱司徒者以其功名著於司徒時洗兵馬亦云司徒清鑒懸明鏡）

司徒天寶末北收晉陽甲胡（一作犢）騎攻吾城愁寂意不愜
人安若泰山薊北斷右脅朔方氣乃（一作多）蘇黎首見帝業
二宮泣西郊九廟起頹壓未散河陽卒思明僞臣妾復
自碣石來火焚乾坤獵高視笑祿山公又大獻捷（一作獻大捷）
異王（異姓封王也寶應元年五月光弼進封臨淮郡王）冊崇動小敵信所怯擁兵鎮河汴
千里初妥帖（上元二年以光弼爲副元帥統河南等八道行營節度出鎮臨淮）青蠅紛（一作徒）營營風雨
秋一葉內省未入朝死淚終映睫（宦官魚朝恩程元振用事日謀中傷之吐番入寇代宗召光弼入援因畏禍遷延不至田神功等遂不受節制恥愧成疾薨）大屋去高棟長城埽遺堞平生白羽
扇零落蛟龍匣雅望與（一作歎）英姿惻愴槐里接三軍晦光
彩烈士痛稠疊直筆在史臣將來洗箱篋吾思哭孤冢
南紀阻歸楫扶顛永蕭條未濟失利涉疲苶（乃結切莊子苶然疲役而不知歸）
竟何人灑涕巴東峽

贈左僕射鄭國公嚴公武

鄭公瑚璉器華岳金天晶（唐封華岳神爲金天王）昔在童子日已聞老
成名嶷然大賢（謂武父挺之）後復見秀骨清開口取將相小心
事友生閱書百紙（一作氏）盡落筆四座驚歷職匪父任嫉邪
常力爭漢儀尚整肅胡騎忽縱橫飛傳自河隴逢人問
公卿不知萬乘（一作乘輿）出雪涕風悲鳴受詞劍閣道謁帝蕭
關城寂莫雲臺仗飄颻沙塞旌江山少使者笳鼓凝皇
情壯士血相視（一作見）忠臣氣不（一作未）平密論貞觀體揮發岐
陽征感激動四極聯翩收二京西郊牛酒再（一作至）原（一作九）廟
丹青明匡汲俄寵辱衛霍竟哀榮四登會府地（武長安拜京兆少尹寶應元年拜京兆尹兩鎮劒南俱兼成都尹四登會府也）三掌華陽兵（華陽黑水惟梁州武初出刺綿州遷東川節度再拜成都尹充劒南節度再遷黃門侍郎拜成都尹充劒南節度乃三掌華陽兵也）京兆空柳色（一作市）尚書無履聲羣烏自朝
夕白馬休橫行諸葛蜀人愛文翁儒化成公來雪山重
公去雪山輕記室得何遜韜鈐延子荊（武嘗延甫爲參謀故以何遜自比）四郊
失壁壘虛館開（一作閑）逢迎堂上指圖（一作書）畫軍中吹玉笙豈
無成都酒憂國只細傾時觀錦水釣問俗終相并意待
犬戎滅人藏紅粟盈以茲報主願庶或（一作獲）裨世程炯炯
一心在沈沈二豎嬰顏回竟短折賈誼徒忠貞飛旐出
江漢孤舟轉荊衡虛無（一作寫一作橫）馬融笛悵望龍驤塋空餘
老賓客身上愧簪纓

贈太子太師汝陽郡王璡

汝陽讓帝（讓皇帝憲本名成器初立爲太子後因明皇有平韋氏功讓儲位謚曰讓）子眉宇真天人虯鬚
（一作顏）似太宗色映塞外（一作寒夜）春往者開元中主恩視遇頻出
入獨非時禮異見羣臣愛其謹潔極倍此骨肉親從容
聽（一作退）朝後或在風雪晨忽思格猛獸苑囿騰清塵羽旗
動若一萬馬肅駪駪詔王來射雁拜命已挺身箭出飛
鞚內上又（一作入）回翠麟翻然紫塞翮下拂明月輪胡人雖
獲多天笑不爲新王每中一物手自與金銀袖中諫獵
書扣馬久上陳竟無銜橛虞聖聰（一作慈）矧多仁官免供給
費水有在藻鱗匪唯帝老大皆是王忠勤晚年務置醴
門引申白賓（漢楚元王與白生申公同受詩於浮丘伯穆生不嗜酒元王爲設醴）道大容無能永懷
侍芳茵好學尚貞（一作正）烈義形必霑巾揮翰綺繡揚篇什
若有神川廣不可泝墓久狐兔鄰宛彼漢中郡（王弟漢中王瑀）文
雅見天倫何以開（一作慰）我悲泛舟俱遠津溫溫昔風味少
壯已書紳舊遊易磨滅衰謝增（一作多）酸辛

贈祕書監江夏李公邕

長嘯宇宙間高才日陵（一作淪）替古人不可見前輩復誰繼
憶昔李公存詞林有根柢聲華當健筆灑落富清製風
流散金石追琢山岳銳情窮造化理學貫天人際干謁
走其門碑版照四裔各滿深望還森然起凡例蕭蕭白
楊路洞徹（一作洄徹）寶珠惠龍宮墖廟湧（一作踴）浩劫浮雲（一作空）衛宗
儒俎豆事故吏去思計眄睞已皆虛跋涉曾不泥向來
映當時豈獨（一作特）勸後世豐屋珊瑚鉤騏驎織成罽（居例切）紫
騮隨劍几義取無虛歲（邕尤長碑頌中朝衣冠及天下寺觀多齎金帛求其文）分宅脫驂間
感激懷未濟衆歸賙給美擺落多藏（一作臧）穢獨步四十年
風聽九皋唳嗚呼江夏姿竟掩宣尼袂往者武后朝引
用多寵嬖否臧太常議（太常博士李處直議韋巨源謚曰昭邕再駁之）面折二（一作三）張勢
（宋璟劾張昌宗兄弟反狀武后不應邕在階下大言曰璟所陳當聽）衰俗凜生風排蕩秋旻霽忠貞負
冤（一作怨）恨宮闕深旒綴放逐早聯翩低垂困炎厲（一作癘）日斜
鵩鳥入魂斷蒼梧帝榮（一作策）枯走不暇星駕無安稅幾分
漢廷竹夙擁文侯篲終悲洛陽獄事近小臣敝（一作斃）禍階
初負謗易力何深嚌（嚌嘗也唐藝文傳儒嚌道真）伊昔臨淄亭酒酣託末
契重敘東都別朝陰改軒砌論文到崔蘇（融味道）指（一作推）盡
流水逝近伏盈川（楊炯）雄未甘特進（李嶠）麗是非張相國（燕公說）
相扼一危脆爭名古豈然鍵捷（一作關鍵鍵捷二字廣韻通用）欻不閉例（一作倒）
及吾家詩曠懷埽氛翳慷慨嗣真作（原注知李大夫乃杜審言詩）咨嗟玉
山桂鍾律儼高懸鯤鯨噴迢遞坡陀青州血蕪沒汶陽
瘞（李林甫素忌邕因傳以柳勣罪牽連遣人就郡杖殺之）哀贈竟蕭條恩波延揭厲子孫存
如綫舊客舟凝滯君臣尚論兵將帥接燕薊朗吟六公
篇（張柬等五王洎狄相六公皆邕詩）憂來豁蒙蔽

故祕書少監武功蘇公源明

武功少也孤徒步客（一作寓）徐兗讀書東岳中十載考墳典
時下萊蕪郭忍飢浮雲巘負米晚爲身每食臉必泫夜
字照爇薪垢衣生（一作帶）碧蘚庶以勤苦志報茲劬勞顯（一作願）
學蔚醇儒姿文包舊史善灑落（一作決）辭幽人歸來潛京輦
射君東堂策（一作射策君東堂晉武帝詔諸賢良方正華會東堂策問）宗匠集精選制可題（一作制題）
墨未乾乙科（一作休聲經策全得爲甲科策得四帖以上爲乙科）已大闡文章日自負吏祿
亦累踐（一作掾吏）晨趨閶闔內足踏宿昔趼一麾出守還黃屋
朔風卷不暇陪八駿虜庭悲所遺平生滿尊酒斷此朋
知展憂憤病二秋有恨石（一作不）可轉肅宗復社稷得無逆
順辨范曄顧其兒李斯憶黃犬祕書茂松意（一作祕書茂松色一作屢辟祠壇墠前）（後百卷文祕籍皆禁爛篆刻揚雄流溟漲本末淺一本屢作再從一本作屢侍篆刻作制作）溟漲本末（一作末）淺青熒芙
蓉劍犀兕豈獨劃（止兗切）反爲後輩褻予實苦懷緬煌煌齋
房芝（漢武帝有芝房歌時宰相王璵以祈禱媚上源明極言之）事絕（一作終）萬手搴（音蹇）垂之俟來者
正始徵（一作貞）勸勉不要（一作惡）懸黃金胡爲投乳（一作亂）贊（音眊）結交
三十載吾與誰游衍滎陽（謂鄭虔）復冥莫罪罟已橫罥（音泫）嗚
呼子逝日始泰則（一作郎）終蹇長安米萬錢凋喪盡餘喘戰
伐何當解歸帆阻清沔尚纏漳水疾永負蒿里餞

故著作郎貶台州司戶滎陽鄭公虔

鶢鶋至魯門不識鐘鼓饗孔翠望赤霄愁思（一作入）雕籠養
滎陽冠衆儒早聞名公賞地崇士大夫況乃氣精（一作清一作氣精）
爽（原注往者公在疾蘇許公頲位尊望重素未相識早愛才名躬自撫問後結忘年之分遠邇嘉之）天然生知姿學立
游夏上神農極闕漏黃石媿師長藥纂西極（一作域）名兵流

四·二 二二二

指諸掌(原注公著薈蕞等諸書又撰胡本草七卷)貫穿無遺恨薈蕞何技癢(虔宋集異聞成書四十餘
卷蘇源明請名會粹取爾雅序會粹舊說也一云薈蕞草多而小言者書多小碎事也)圭臬(圭以測日景臬以平水)星經奧蟲篆
丹青廣子雲窺未徧方朔諧太枉神翰顧不一體變鍾
兼兩文傳天下口大字猶在牓昔獻書畫圖新詩亦俱
往滄洲動玉陛(一作階)宣(一作寡一作宮)鶴誤一響三絕自御題(明皇題其詩與
書畫曰鄭虔三絕)四方尤所仰嗜酒益疎放彈琴視天壤形骸實
土木親近唯几杖未曾寄(一作記)官曹突兀倚書幌晚就芸
香閣胡塵昏坱莽反覆歸聖朝點染無滌盪老蒙台州
掾泛泛(一作遐泛)淛江槳覆穿四明雪飢拾楢溪橡空聞紫芝
歌不見杏壇丈天長眺東南秋色餘魍魎別離慘至今
斑白徒懷曩春深秦(一作泰)山秀葉墜清渭朗劇談王侯門
野稅林下鞅操紙終夕酣時物集遐想詞場竟疎闊平
昔濫吹(一作咨一作推)獎百年見存歿牢落吾安放(一作傲)蕭條阮咸
在出處同世網他日訪江樓含悽述飄蕩(原注著作與今秘書監鄭君審篇翰齊價
謫江陵故有阮咸江樓之句)

故右僕射相國張公九齡(英華有曲江二字)

相國生南紀金璞無留礦仙鶴下人間獨立霜毛整矯
然江海(一作漢)思復與雲路永寂莫想土(一作玉)階未遑(一作嘗)等箕
潁上君白玉堂倚君金華省碣石(一作竭力)歲崢嶸天地(一作沍)日
蛙黽退食吟大庭何心記(一作託)榛梗骨驚畏曩哲鬚(一作鬢)變
負人境雖蒙換蟬冠右地忝(女六切)多幸敢忘(一作志)二疏歸痛
迫蘇躭井(九齡乞歸養母不許後以母喪解職)紫綬(一作金紫)映暮年荊州(九齡嘗薦周子諒周得罪以舉非其人貶
荊州長史)謝所領庾公興不淺黃霸鎮每靜賓客引調同諷詠
在務屏詩罷地有餘(一作詩地能有餘)篇終語清省一陽發陰管淑
氣含公鼎乃知君子心用才文章境散帙起翠螭倚薄
巫廬竝綺麗玄暉擁儀誅任昉騁自我(一作成)一家則(一作削)未
缺隻字警千秋滄海南名繫朱鳥(南宮赤帝其精為朱鳥乃南方七宿)影歸老
(一作徼)守故林戀闕悄(一作當)延頸波濤良史筆蕪絕大庾嶺向
時禮數隔制作難上請再讀徐孺碑猶思理煙艇

寫懷二首

勞生共乾坤何處異風俗冉冉自趨競行行見羈束無
貴賤不悲無富貧亦足萬古一骸骨鄰家遞歌哭鄙夫
到巫峽三歲如轉燭全命甘留滯忘情任榮辱朝班及
暮齒日給還脫粟編蓬石城東采藥山北(一作林)谷用心霜
雪間不必條蔓綠非關故安排曾是順幽獨達士如弦
直小人似鉤曲曲直我不知負暄候樵牧
夜深坐南軒明月照我厀驚風飜河漢梁棟已出日(一作日已
出)羣生各一宿飛動自儔匹吾亦驅其兒營營為私實
(一作室)天寒行旅稀歲暮日月疾榮名忽(一作或)中人世亂如蟣
蝨古者三皇前滿腹志願畢胡為有結繩陷此膠與漆
禍首燧人氏厲階董狐筆君看燈燭張轉使飛蛾密放
神八極外俯仰俱蕭瑟終契如往還(一作終然契真如)得匪合仙術
(一作歸匪金仙術)

可歎

天上浮雲如(一作似)白衣斯須改變如蒼狗古往今來共一
時人生萬事無不有近者抉眼去其夫(一作眯)河東女兒身
姓柳丈夫正色動引經酆城客子王季友羣書萬卷常
暗誦孝經一通看在手貧窮老瘦家賣屐(一作履)好事就之
為攜酒豫章太守高帝孫(謂李勉)引為賓客敬頗久聞(一作問)道
三年未曾語小心恐懼閉其口太守得之更不疑人生
反覆看亦(一作已)醜明月無瑕(即指季友為妻所棄事)豈容易紫氣鬱鬱猶
衝斗時危可仗真豪俊二人得置君側否太守頃者領
山南邦人思之比父母王生早曾拜顏色高山之外皆
培塿用為羲和天為成用平水土地為厚王也論道阻
江湖李也丞疑(一作凝)曠前後死為星辰終不滅致君堯舜
焉肎朽吾輩碌碌飽飯行風后力牧長回首

觀公孫大娘弟子舞劍器行(并序)

大曆二年十月十九日夔府別駕元持(一作特)宅見臨
潁李十二娘舞劍器壯其蔚跂問其所師(一本此下有答字)曰
余公孫大娘弟子也開元三(一作五)載余尚童穉記於
郾城觀公孫氏舞劍器渾脫瀏灕頓挫獨出冠時
自高頭宜春梨園二伎(一作教)坊內人洎外供奉曉是
舞者聖文神武皇帝初公孫一人而已玉貌錦(一作繡)
衣況余白首今茲弟子亦匪盛顏既辨其由來知
波瀾莫二撫事慷慨聊為劍器行往者吳人張旭
善草書帖數常於鄴(一作葉)縣見公孫大娘舞西河劍
器自此草書長進豪蕩感激即公孫可知矣

昔有佳人公孫氏一舞劍氣動四方觀者如山色沮喪
天地為之久低昂㸌(音霍)如羿射九日落矯如羣帝驂龍
翔來(一作末)如雷霆收震怒罷如江海凝清光絳脣珠袖兩
寂莫況(一作晚一作脫)有弟子傳芬芳臨潁美人在白帝妙舞此
曲神揚揚與余問答既有以感時撫事增惋傷先帝侍
女八千人公孫劍器初第一五十年間似反掌風塵傾
動(一作澒洞)昏王室梨園子弟散如煙女樂餘姿映寒日金粟
堆南木已拱瞿唐石城草(一作暮)蕭瑟玳筵急管曲復終樂
極哀來月東出老夫不知其所往足繭荒山轉愁疾(一作蹙)

往在

往在西京日(一作時)胡來滿彤(一作丹)宮中宵焚九廟雲漢為之
紅解瓦飛十里繐帷紛(一作粉)曾(一作層)空疚心惜木主一一灰
悲風合昏排鐵騎清旭(一作曉)散錦驋(廣韻驋子曰驋祿山陷兩京以橐駝運御府珍寶故云一作幪)
賊臣表逆節(一作帥)相賀以成功是時妃嬪戮連為糞土叢
當宁陷玉座白間剝畫蟲不知二聖處私泣百歲翁車
駕既云還楹桷歘穹崇故老復涕泗祠官樹椅桐宏壯
不如初已見帝力雄前春禮郊廟祀事親聖躬微軀忝
近臣景從陪羣公登階捧玉冊峨冕耿(一作聆)金鐘侍祠恧
先露(一作霑)掖垣邇濯龍天子惟孝孫五雲起九重鏡奩換
粉黛翠羽猶蔥朧前者厭羯胡後來遭犬戎俎豆腐(一作爛)
膻肉罘罳行角弓安得自西極申命空山東盡驅詣闕
下士庶塞關中主將曉逆順元元歸始終一朝自罪已
(一作罪己)萬里車書通鋒鏑供鋤犁征戍(一作伐)聽所從冗官各
復業土著還力農君臣節儉足朝野歡呼(一作娛)同中興似
(一作比)國初繼體如太宗端拱納諫諍和風日沖融赤墀櫻
桃枝隱映銀絲籠千春薦陵寢永永垂無窮京都不再
火涇渭開愁容歸號故松柏老去苦(一作若)飄蓬

昔遊

昔者與高(適)李(白)晚(一作同)登單父臺寒蕪際碣石萬里風雲
來桑柘葉如雨飛藿去(一作共)裴回清霜大澤凍禽獸有餘
哀是時倉廩實洞達寰區(一作瀛)開猛士思滅胡將帥望三
台君王無所惜駕馭英雄材幽燕盛用武供給亦勞哉

吳門轉粟帛泛海陵蓬萊肉食三（一作四）十萬獵射起黃（一作塵）
埃隔河憶長眺青歲已摧頹不及少年日無復故人杯
賦詩獨流涕亂世想賢才有（一作君）能（一作若）市駿骨莫恨少龍
媒商山議得失蜀主脫嫌猜呂尚封國邑傅說已鹽梅
景晏楚山深水鶴去低回龐公任本性攜子臥蒼苔（市駿以下言果能求賢則商山諸葛呂尚傅說之流世豈少其人哉惟甫漂泊楚山終當爲龐公高隱耳）

壯遊

往昔（一作者）十四五出遊（一作入）翰墨場斯文崔魏徒（原注崔鄭州尚魏豫州啓心）
以我似（一作比）班揚七齡思即壯開口詠鳳皇九齡書大字
有作成一囊性豪業嗜酒嫉惡懷剛腸脫略（一作落）小時輩
結交皆老蒼飲酣視八極俗物都茫茫東下姑蘇臺已
具浮海航到今有遺恨不得窮扶桑王謝風流遠闔廬
丘墓荒劒池石壁仄長洲荷芰香嵯峨閶門北清廟映
回（一作池）塘每趨吳太伯撫事淚浪浪枕戈憶句踐渡浙想
秦皇蒸魚聞匕首除道哂要章（說文腰作要除道腰章用朱買臣事）越女天下
白鑑湖五月涼剡溪蘊秀異欲罷不能忘歸帆拂天姥
中歲貢舊鄉氣劘屈賈壘目（一作日）短曹劉牆忤下考功第
獨辭京尹堂放蕩齊趙間裘馬頗清狂春歌叢臺上冬
獵青丘旁呼鷹皁（一作紫）櫪（一作櫟）林逐獸雲雪岡射飛曾縱鞚
引（一作跋）臂落鶖鶬蘇侯據鞍喜（原注監門胄曹蘇預）忽如攜葛強快意
八九年西歸到咸陽許與必詞伯賞（一作貴）遊實賢王曳裾
置醴地奏賦入明光天子廢食召羣公會軒裳脫身無
所愛（一作受）痛飲信行藏黑貂不（一作寧）免敝斑鬢兀稱觴杜曲
晚（一作換 一作挽）耆舊四郊多白楊坐深鄉黨敬日（一作自）覺死生忙
朱門任（一作務）傾奪赤族迭羅殃國馬竭粟豆官雞輸稻粱
舉隅見煩費引古惜興亡河朔風塵起岷山行幸長兩
宮各警蹕萬里遙相望崆峒殺氣黑少海旌旗黃禹功
亦命子涿鹿親戎行翠華擁英（一作吳）岳螭虎噉豺狼爪牙
一不中胡兵更陸梁大（一作天）軍載草草凋瘵滿膏肓備員
竊補袞憂憤心飛揚上感九廟焚（一作毀）下憫萬民（一作蒼生）瘡斯
時伏青蒲廷爭守御牀君辱敢愛死赫怒幸無傷聖哲
體仁恕宇縣復小康哭廟灰燼中鼻酸朝未央小臣議
論絕老病客殊方鬱鬱苦不展羽翮困低昂秋風動哀
鑿碧蕙捐（一作損）微芳之推避賞從漁父濯滄浪榮華敵勳
業歲暮有嚴霜吾觀鴟夷子才格出尋常羣凶逆未定
側佇英俊翔

遣懷

昔我遊宋中惟梁孝王都名今陳留亞劇則貝魏俱邑
中九萬家高棟照通衢舟車半天下主客多歡娛白刃
讎不義黃金傾有無殺人紅塵裏報答在斯須憶與高
李輩（適白）論交入酒壚兩公壯藻思得我色敷腴氣酣登
吹（一作文）臺懷古視平蕪芒碭雲一去雁鶩空相呼先帝正
好武寰海未凋枯猛將收西域長戟破林胡百萬攻一
城獻捷不云輸組練棄如泥尺土負（一作勝）百夫拓境功未
已元和辭大爐亂離朋友盡合沓歲月徂吾衰將焉託
存歿再嗚呼蕭條益堪愧獨在天一隅（一作蕭條病益甚塊獨天一隅）乘黃
已去矣凡馬徒區區不復見顏鮑繫舟臥荊巫臨餐吐
更食常恐違撫孤

同元使君春陵行（有序）

覽道州元使君結春陵行兼賊退後示官吏作二
首志之曰當天子分憂之地效漢官（舊作朝）良吏之目
今（一作日）盜賊未息知民疾苦得結輩十數公落落然
參錯天下爲邦伯萬物吐（一作姓壯）氣天下少（一作小）安可得
矣（一作已）不意復見比興體制微婉頓挫之詞感而有
詩增諸卷軸簡知我者不必寄元（一作云）

遭亂髮盡（一作遂）白轉衰病相嬰（一作縈）沈緜盜賊際狼狽江漢
行歎時藥力薄爲客羸瘵成吾人詩家秀（一作流）博采世上
名粲粲元道州前聖畏後生觀乎春陵作欻見俊哲情
復覽賊退篇結也實國楨賈誼昔流慟匡衡常引經道
州憂（一作哀）黎庶詞氣浩縱橫兩章對秋月（一作水）一字偕（一作皆）華
星致君唐虞際純（一作淳）樸憶（一作意）大庭何時降璽書用爾爲
丹青（公卿者神化之丹青）獄訟永（一作久）衰息豈唯偃甲兵悽惻念誅求
薄斂近休明乃知正人意不苟飛長纓涼飆振南岳之
子寵若驚色阻（一作沮）金印大興含滄浪（一作溟）清我多長卿病
日夕思朝廷肺枯渴太甚漂泊公孫城呼兒具紙筆隱
几臨軒楹作詩呻吟內墨澹字欹傾感彼危苦詞庶幾
知者聽

李潮八分小篆歌

蒼頡鳥跡既茫昧字體變化如浮雲陳倉石鼓（其石粗有鼓形字刻石旁其數有十初在陳倉野中韓愈爲博士時請於祭酒欲以數槖駝輿致太學不從鄭餘慶始遷之鳳翔愈以爲宣王鼓韋應物以爲文王鼓宣王刻歐陽修集古錄始設三疑鄭樵摘丞殹二字見於秦斤秦權而以爲秦鼓程大昌又云成王之鼓左傳成有岐陽之蒐其字乃番吾之跡）又（一作文）已訛大小二
篆生八分（宣王太史籀著大篆十五篇與蒼頡古文或異秦李斯胡毋敬輩改省爲小篆程邈獻隸書主於徒隸簡易王次仲作八分蓋小篆古形猶存其半八分已減小篆之半隸又減八分之半本謂之楷書楷隸大範相同張懷瓘謂程邈以後之隸與鍾王之今楷爲一意歐陽修以八分爲隸洪适因之迄無定說）秦
有李斯漢蔡邕中間作者寂不聞嶧山之碑野火焚棗
木傳刻肥失眞苦縣光和（苦縣老子碑蔡邕書樊毅西岳碑漢光和中立）尚骨立（一作力）書
貴（一作畫）瘦硬方通神惜哉李蔡不復（一作可）得吾甥李潮下筆
親尚書韓擇木（昌黎人）騎曹蔡有鄰（濟陽人）開元已來數八分潮
也奄有二子成三人況潮小篆逼秦相快劒長戟森相
向八分一字直百（一作千）金蛟龍盤拏肉屈強吳郡張顛誇
草書草書非古空雄壯豈如吾甥不流宕丞相中郎丈
人行巴東（一作江）逢李潮逾月求我歌我今衰老才力薄潮
乎潮乎柰汝何

覽柏中允（一作丞）兼子姪數人除官制詞因述父子
兄弟四美載歌絲綸

紛然喪亂際見此忠孝門蜀中寇亦甚柏氏功彌存深
誠補王室戮力自元昆三止錦江沸獨清玉壘昏高名
入竹帛新渥照乾坤子弟先卒伍芝蘭疊璵璠同心注
師律灑血在戎軒絲綸實具載紱冕已殊恩奉公舉骨
肉誅叛經寒溫（一作暄）金甲雪猶凍朱旗塵不飜每聞戰場
說欻激懦氣奔聖主國多盜賢臣官則尊方當節鉞用
必絕祲沴（音戾）根吾病日回首雲臺誰再論作歌挹盛事
推轂期孤騫

聽楊氏歌

佳人絕代歌獨立發皓齒滿堂慘不樂響下清虛裏（一作浮雲
裏）江城帶素月況乃清夜起老夫悲暮年壯士淚如水
玉杯久寂莫金管迷宮徵勿云聽者疲愚智心盡死古
來傑出士豈待（一作特）一知己吾聞昔秦青傾側（一作倒）天下
耳

荊南兵馬使太常卿趙公大食刀歌

太常樓船聲嗷嘈問兵刮寇趨（一作超）下牢（楚地有上下牢）牧出令奔飛百艘猛蛟突獸紛騰逃白帝寒城駐錦袍玄冬示我胡國刀壯士短衣頭虎毛憑軒拔鞘天爲高翻風轉日木（一作水）怒號冰翼雪（一作雲）澹傷哀猱鐫錯碧甖鸊鵜膏鋩鍔已（一作鋩鍔）瑩虛（一作靈）秋濤鬼物撇捩辭（一作亂）坑壕蒼水使者捫赤絛龍伯國人罷釣鼇芮公（恐是衛伯玉）回首顏色勞分閫（一作壼）救世用賢豪趙公玉立高歌起攬環結佩相終始萬歲持之護天子得君亂絲與君理蜀江如線如鍼（一作如水）水荊岑彈丸心未已賊臣惡子休干紀魑魅魍魎徒爲耳妖腰亂領敢欣喜用之不高亦不庳不似長劒須天倚吁嗟光祿英雄弭大食寶刀聊可比丹青宛轉麒麟裏光芒六合無泥滓

王兵馬使二角鷹

悲臺蕭颯（一作瑟）石龍嵸哀壑杈枒浩呼（一作汚）洶中有萬里之長江迴風滔（一作陷）日孤光動角鷹翻倒壯士臂將軍玉帳軒翠（一作昂，一作勇）氣二鷹猛腦徐侯穟（一作條，徐墜）目如愁胡視天地杉雞竹兔不自惜溪（一作孩）虎野羊俱辟易鞲上鋒稜十二翮將軍勇銳與之敵將軍樹勳起安西崑崙虞泉入馬蹄白羽曾肉三狻猊敢決豈不與之齊荊南芮公得將軍亦如角鷹下翔（一作入朔）雲惡鳥飛飛啄金屋安得爾輩開其羣驅出六合梟鸞分

狄明府（博濟一作寄狄明府）

梁公曾孫我姨弟不見十年官濟濟大賢之後竟陵遲浩蕩古今同一體比看叔伯四十人有才無命百寮底今者兄弟一百人幾人卓絕秉周禮在汝更用文章爲長兄白着復天啓汝門請從曾翁（一作公）說太后當朝多巧詆（一作計）狄公執政在末年濁河終（一作中）不汚清濟國嗣初將付諸武公獨廷諍守丹陛禁中決冊（一作冊決）請（一作詔）房陵（武后廢中宗爲盧陵王遷房州欲立武三思爲太子仁傑泣諫曰母子姑姪孰親若立三思他日廟不祔姑后感悟迎中宗還宮）前（一作滿）朝長老皆流涕太宗社稷一朝正漢官威儀重昭洗時危始識不世才誰謂荼苦甘如薺汝曹又宜列土（一作鼎）食身使門戶多旌棨胡爲漂泊岷漢間干謁王侯頗歷抵（一作詆）況乃山高水有波秋風蕭蕭露泥泥虎之飢下巉喦蛟之橫出清洪早歸來黃土泥衣（一作黃土汚人）眼易眯

秋風二首

秋風淅淅吹巫山上牢下牢修水關吳檣楚柁牽百丈暖向神（一作成）都（唐志光宅元年號東都曰神都）寒未還要路何日罷長戟戰自青羌連百（一作白）蠻中巴不曾（一作得）消息好暝傳戍鼓長雲間

秋風淅淅吹我衣東流之外西日微天清（一作晴）小城擣練急石古細路行人稀不知明月爲誰好早晚孤帆他（一作也）夜歸會將白髮倚庭樹故園池臺今是非

久雨期王將軍不至

天（一作山）雨蕭蕭滯（一作帶）茅屋空山無以慰幽獨銳頭將軍來何遲令我心中苦不足數看黃霧亂玄雲時聽嚴風折喬木泉源泠泠雜猿狖泥濘（一作滓）漠漠飢鴻鵠歲暮窮陰耿未已人生會面難再得憶爾腰下鐵絲箭射殺林中雪色鹿前者坐皮因問毛知子歷險人馬勞異獸如飛星宿落應弦不礙蒼山高安得突騎只五千崒然着骨皆爾曹走平亂世相催促一豁明主正鬱陶憶（一作恨）昔范增碎玉斗未使吳兵著白袍昏昏閶闔閉氛祲十月荊南雷怒號

別李祕書始興寺所居

不見祕書心若失及見祕書失心疾安爲動主理信然我獨覺子神充實（一作精神實）重聞西方止（一作正）觀經老身古寺風泠泠妻兒待我（一作來，一作米）且歸去他日杖藜來細聽

虎牙行（虎牙在荊門之北江水峻急）

秋（一作北）風欻吸（一作欻欻）吹南國天地慘慘無顏色洞庭揚波江漢迴虎牙銅柱皆傾側巫峽陰岑朔漠氣峯巒窈窕谿谷黑杜鵑不來猿狖寒（一作啼）山鬼幽憂雪霜逼楚老長嗟憶炎瘴三尺角弓兩斛力壁立石城橫塞起金錯旌竿滿雲直漁陽突騎獵青丘犬戎鏁甲聞（一作圍）丹極八荒十年防盜賊征戍誅求寡妻哭遠客中宵淚霑臆

錦樹行（因篇內有錦樹二字摘以爲題非正賦錦樹也與上虎牙同）

今日苦短昨日休歲云暮矣增離憂霜凋碧樹待（一作行，一云作）錦樹萬壑東逝無停留荒戍之城石色古東郭老人住青丘飛書白帝營斗粟琴瑟几杖柴門幽青（一作春）草萋萋盡枯死天馬（一作驥）跂（一作跛）足隨氂牛自古聖賢多薄命姦雄惡少皆封侯（一作封公侯）故國三年一消息終南渭水寒悠悠五陵豪貴反顛倒鄉里小兒狐白裘生男墮地要膂力一生（一作生女）富貴傾邦國莫愁父母少黃金天下風塵兒亦得

赤霄行

孔雀未知牛有角渴飲寒泉逢觝觸赤霄懸圃須往來翠尾金花不辭辱江中淘河（即鵜鶘）嚇飛燕銜泥却落羞華屋皇孫猶曾蓮（音輦）勺（下邽有蓮勺故城漢宣帝微時嘗受困處）困衛（一作魏）莊見貶傷其足老翁慎莫怪少年葛亮貴和書有篇（陳壽定諸葛氏集目錄凡二十四篇貴和第十一）丈夫垂名動萬年記憶細故非高賢

前苦寒行二首（王僧虔技錄清調有六曲一苦寒行）

漢時長安雪一丈牛馬毛寒縮如蝟楚江巫峽冰入懷虎豹哀號又堪記秦城老翁荊揚客慣習炎蒸歲絺綌玄冥祝融氣或交手持白羽未敢釋

去年白帝雪在山今年白帝雪在地凍埋蛟龍南浦縮寒刮（一作劃）肌膚北風利楚人四時皆麻衣楚天萬里（一作頃）無晶輝三足之烏足（一作骨）恐斷羲和送將何所歸（一作迭送將安歸，一作送之將安歸）

後苦寒行二首

南紀巫廬瘴不絕太古以來無尺雪蠻夷長老怨苦寒崑崙天關凍應（一作欲）折玄猿口噤不能嘯白鵠翅垂眼流（一作出）血安得春泥補地裂

晚（一作曉）來江門（一作邊，一作間）失大木猛風中夜吹（一作飛）白屋天兵斬斷（一作新斬）青海戎殺氣南行動地軸不爾苦寒何太（一作其）酷巴東之峽生凌澌彼蒼回軒（一作輊，一作幹）人得知

晚晴

高唐（一作堂）暮冬雪壯哉舊瘴無復似塵埃崖沈谷沒白皚皚江石缺裂青楓摧南天三旬苦霧開赤日照耀從西來六龍寒急光裵回照我衰顏忽落地口雖吟詠心中哀未怪及時少年子揚眉結義黃金臺洎（一作洄）乎吾生何飄零支離委絕同死灰

復陰

方冬合沓玄陰塞昨日晚晴今日黑萬里飛蓬映天過孤城樹羽揚風直江濤簸（一作欺）岸黃沙走雲雪埋山蒼兕

吼君不見夔子之國杜陵翁牙齒半落左耳聾

夜歸

夜來歸來衝虎過山黑家中已眠臥傍見北斗向江低仰看明星當空大庭前把燭嗔（一作瞋）兩炬峽口驚猿聞一箇白頭老罷舞復歌杖藜不睡誰能那

寄柏學士林居

自胡之反持干戈天下學士亦奔波歎彼幽棲載典籍蕭然暴露依（一作向）山阿青山萬里（一作重）靜散地白雨（一作羽）一洗空垂蘿亂代飄零余（一作餘）到此古人成敗子如何荊揚春冬異風土巫峽日夜多雲（一作風）雨赤葉楓林百舌鳴黃泥野（一作花）岸天雞舞盜賊縱橫甚密邇形神寂莫甘辛苦幾時高議排金門各使蒼生有環堵

寄從孫崇簡

嵯峨白帝城東西南有龍湫北虎溪吾孫騎曹不騎（一作記）馬業學尸鄉多養雞龐公隱時盡室去武陵春樹他人迷與汝林居未相失近身藥裹酒長攜牧豎（一作叟）樵童亦無賴莫令斬斷青雲梯

奉酬薛十二丈判官見贈

忽忽峽中睡悲風（一作秋）方一醒西來有好鳥爲我下青冥羽毛淨（一作盡）白雪慘澹飛雲汀既蒙主人顧舉翮唳孤亭持以比佳士及此慰揚舲清文動哀玉見道發新硎欲學鴟夷子待勤燕山銘誰重斷蛇劒（一作國重斬邪劒）致君君未聽志在麒麟閣無心雲母屏卓氏近新寡豪家朱門（一作戶）扃相如才（一作琴）調逸銀漢會雙星客來洗粉黛日暮拾流螢不是無膏火勸郎勤六經老夫自汲澗野水日泠泠我歎黑頭白君看銀印青臥病識山鬼爲農知地形誰矜坐錦帳苦厭食魚腥東西兩岸坼（一作岸兩坼）橫（一作積）水注滄溟碧色忽（一作苦）惆悵風雷搜百靈空中右（一作有）白虎赤節引娉婷自云帝里（一作季）女噀雨鳳皇翎襄王薄行跡莫學冷如丁（一作冰，一作令威丁）千秋一拭淚夢覺有微馨人生相感動金石兩青熒丈人但安坐休辨渭與涇龍蛇尚格鬬灑血暗郊坰吾聞聰明主治（一作活）國用輕刑銷兵鑄農器今古歲方寧文（一作天）王日儉德俊乂始盈庭榮華貴少壯豈食楚江萍

醉爲馬墜諸公攜酒相看

甫也諸侯老賓客罷酒酣歌拓金戟騎馬忽憶少年時散蹄迸落瞿塘石白帝城門水雲外低身直下八千尺粉堞電轉紫遊韁東得平岡出天壁江村野堂爭入眼垂鞭（一作肩）嚲鞚凌紫陌向來皓首驚萬人自倚紅顏能騎射安知決臆追風足朱汗驂驒猶噴玉不虞一蹶終損傷人生快意多所辱職當憂戚伏衾枕況乃遲暮加煩促明（一作朋）知來問腆我顏杖藜強起依僮僕語盡還成開口笑提攜別埽清谿曲酒肉如山又一時初筵哀絲動豪竹共指西日不相貸喧呼且覆杯中淥何必走馬來爲問（一作不爲身）君不見嵇康養生遭（一作被）殺戮

別李義

神堯十八子十七王其門道（道王元慶）國洎（一作及）舒（舒王元明）國督（一作實）唯親弟昆中外貴賤殊余亦忝諸孫（李義當是道國之裔，甫則舒國後裔之外孫也）丈人嗣三葉（一作王業）之子白玉溫道國繼德業請從丈人論丈人領宗卿肅穆古制敦先朝納諫諍直氣橫乾坤子建文筆壯河間經術存爾（一作溫）克富詩禮骨清慮不喧洗（一作洒）然遇知己談論淮湖（一作河）奔憶昔初見時小襦繡芳蓀長成忽會面慰我久疾魂三峽春冬交江山雲霧昏正宜且聚集恨此當離尊莫怪執杯遲我衰涕唾煩重問子何之西上岷江源願子少干謁蜀都足戎軒誤失將帥意不如親故恩少年早歸來梅花已飛飜努力慎風水豈惟數盤餐猛虎臥在岸蛟螭出無痕王子自愛惜老夫困石根生別古所嗟發聲爲爾吞

送高司直尋封閬州

丹雀銜書來暮棲何鄉樹驊騮事天子辛苦在道路司直非冗官荒山甚無趣借問泛舟人胡爲入雲霧與子姻婭間既親亦有故萬里長江邊邂逅一相遇長卿消渴再公幹沈緜屢清談慰老夫開卷得佳句時見文章士欣然澹（一作談）情素伏枕聞別離疇能忍漂寓良會苦短促溪行水奔注熊羆咆空林游子慎馳鶩西謁巴中侯艱險如跬步主人不世才先帝常特顧拔爲天軍佐崇大王法度淮海生清風南翁尚思慕公宮造廣廈木石乃無數初聞伐松柏猶臥天一柱我瘦（一作病）書不成成字讀（一作字）亦誤爲我問故人勞心練征戍

君不見簡蘇徯

君不見道邊廢棄池君不見前者摧折桐百年死樹中琴瑟一斛舊水藏蛟龍丈夫蓋棺事始定君今幸未成老翁何恨顦顇在山中深山窮谷不可處霹靂魍魎兼狂（一作幷）風

贈蘇四徯

異縣昔同遊各云厭轉蓬別離已五年尚在行李中戎馬日衰息乘輿安九重有才何棲棲將老委所窮爲郎未爲賤其奈疾病攻子何面黧黑不（一作焉）得豁心胷巴蜀倦剽掠（一作劫）下愚成土風幽薊已削平荒徼尚彎弓斯人脫身來豈非吾道東乾坤雖寬大所適裝囊空肉食哂菜色少壯欺老翁況乃主客間古來偪側同君今下荊揚獨帆如飛鴻二州豪俠場人馬皆自雄一請甘飢寒再請甘養蒙

寄薛三郎中據

人生無賢愚飄飄若埃塵自非得神仙誰免危（一作克免）其身與子俱白頭役役（一作沒沒）常苦辛雖爲尚書郎不及村野人憶昔村野人其樂難具陳藹藹桑麻交公侯爲等倫天未厭戎馬我輩本常（一作長）貧子尚客荊州我亦滯江濱峽中一臥病瘧癘終冬春春復加肺氣此病蓋有因早歲與蘇鄭痛飲情相親二公化爲土嗜酒不失眞余今委修短豈得恨命屯聞子心甚壯所過信席珍上馬不用扶每（一作忽）扶必怒嗔賦詩賓客間揮灑動八埏乃知蓋代手才力老益神青草洞庭湖東浮滄海漘君山可避暑況足采白蘋子豈無扁舟往復江漢津我未下瞿塘空念禹功（一作力）勤聽說松門峽吐藥攬衣巾高秋却束帶鼓枻視青旻鳳池日澄碧濟濟多士新余病不能起健者勿逡巡上有明哲君下有行化臣

大覺高僧蘭若（原注：和尚去冬往湖南）

巫山不見廬山遠松林（一作間）蘭若秋風晚一老猶鳴日暮

鐘諸僧尚乞齋時飯香爐峰色隱晴湖種杏仙家近白榆飛錫去年啼邑子獻花何日許門徒

全唐詩

杜甫

宿青溪驛奉懷張員外十五兄之緒

漾舟千山内日入泊枉（一作荒）渚我生本飄飄今復在何許石根青楓林猿鳥聚儔侶月明游子靜畏虎不得語中夜懷友朋乾坤此深阻浩蕩前後間佳期付（一作赴）荆楚

敬寄族弟唐十八使君（甫自撰萬年縣君京兆杜氏墓誌云其先系統於伊祁分姓於唐杜）

與君陶唐後盛族多其人聖賢冠史籍枝派羅源津在今氣（一作最）磊落巧僞莫敢親介立實吾弟濟時肯殺身物白諱受玷行高無汚真得罪永泰末放之五溪濱鸞鳳有鎩翮先儒曾抱麟雷霆霹（一作劈）長松骨大却生筋一失不足傷念子孰自珍泊舟楚宮岸戀闕浩酸辛除名配清江厥土巫峽鄰登陸將首途筆札枉所申歸朝跼病肺敘舊思重陳春風洪濤壯谷轉頗彌旬我能泛中流搪突鼉獺瞋長年已省柁慰此貞良臣

憶昔行

憶昔北尋小有洞洪河怒濤過輕舸辛勤不見華蓋君艮岑青輝慘么麼（不長曰么細小曰麼）千崖無人萬壑靜三步回頭五步坐秋山眼冷魂未歸仙賞心違淚交隨弟子誰依白茅（一作石）室盧老獨啓青銅鎖巾拂香餘擣藥塵階（一作前）除灰死燒丹火懸圃滄洲莽空闊金節羽衣飄婀娜落日初霞閃餘映倏忽東西無不可松風澗水聲合時青兕黃熊啼向我徒然咨嗟撫遺迹至今夢想仍猶佐（一作左）祕訣隱文須内教晚歲何功使（一作收）願果更討（一作覓）衡陽董鍊師南浮（一作游）早鼓瀟湘柁

魏將軍歌

將軍昔著從事衫鐵馬馳突重兩銜披堅執銳略西極崑崙月窟東嶄巖君門羽林萬猛士惡若哮虎子所監五年起家列霜戟一日過海收風帆平生流輩徒蠢蠢長安少年氣欲盡魏侯骨聳精爽緊華岳峰尖見秋隼星躔寶校金盤陀（馬裝也）夜騎天駟超天河欃槍熒惑不敢動翠蕤雲旓相蕩摩吾爲子起歌都護（樂府有丁督護歌一曰阿都護李白集亦作丁都護）酒闌插劍肝膽露鉤陳蒼蒼風玄武（一作玄武幕）萬歲千秋奉明主臨江節士安足數（宋陸厥有臨江節士歌）

北風

北風破南極朱鳳日威（一作低）垂洞庭秋欲雪鴻雁將安歸十年殺氣盛六合人煙稀吾慕漢初老時清猶茹芝

客從

客從南溟來遺我泉客（泉先又名泉客即鮫人泣則成珠）珠珠中有隱字欲辨不成書緘之篋笥久以俟公家須開視化爲血哀今徵斂無

白馬

白馬東北來空鞍貫雙箭可憐馬上郎意氣今誰見近時主將戮中夜商（一作傷）於戰喪亂死多門嗚呼淚如霰

白鳧行

君不見黃鵠高於五尺童化爲白鳧似（一作象）老翁故畦遺穗已蕩盡天寒歲（一作日）暮波濤中鱗介腥羶素不食終日忍飢西復東魯門鶢鶋亦蹭蹬聞道如（一作于）今猶避風

朱鳳行

君不見瀟湘之山衡山高山巔（一作巖）朱鳳聲（一作鳴）嗷嗷側身長顧求其羣（一作曹）翅垂口噤心甚勞（一作勞勞）下愍百鳥在羅網黃雀最小猶難逃願分竹實及螻蟻盡（一作忍）使鴟梟相怒號

惜別行送向卿進奉端午御衣之上都

肅宗昔在靈武城指揮猛將收咸京向公泣血灑行殿佐佑卿相乾坤平逆胡冥寞隨煙燼卿家兄弟功名震麒麟圖（一作閣）畫鴻雁行紫極出入黃金印尚書勳業超千古雄鎮荆州繼吾祖裁縫雲霧成御衣拜跪題封向（一作賀）端午向卿將命寸心赤青山落日江潮白卿到朝廷說老翁漂零已是滄浪客（廣德元年衛伯玉拜江陵尹尋加檢校工部尚書此云鎮荆州謂伯玉也繼吾祖者杜預昔以鎮南大將軍都督荆州諸軍事向卿者尚書將命之人也）

醉歌行贈公安顏少府請顧八題壁（一作贈公安縣顏十少府）

神仙中人不易得顏氏之子才孤標天馬長鳴待駕馭秋鷹整翮當雲霄君不見東吳顧文學君不見西漢杜陵老詩家筆勢君不嫌詞翰升堂爲君埽是日霜風凍七澤烏蠻落照銜赤壁酒酣耳熱忘頭白感君意氣無所惜一爲歌行歌主客（一作醉歌行歌主客）

夜聞觱篥

夜聞觱篥滄江上衰年側耳情所嚮鄰舟一聽多感傷塞曲三更欻悲壯積雪飛霜此夜寒孤燈急管復風（一作奔）湍君知天地（一作下）干戈滿不見江湖（一作湘）行路難

發劉郎浦（浦在石首縣昭烈納吳女處）

挂帆早發劉郎浦疾風颯颯昏亭午舟中無日不沙塵岸上空村盡豺虎十日北風風未回客行歲晚晚（一作尤）相催白頭厭伴漁人宿黃帽青鞋歸去來

別董頲

窮冬急風水逆浪開帆難士子甘旨闕不知道里寒有求彼樂土南適小長安（地在南陽縣）到（一作別）我舟楫去覺君衣裳單素聞趙公（鄧州守）節兼盡賓主歡已結門廬（一作閭）望無令霜雪殘老夫纜亦解脫粟朝未餐飄蕩兵甲際幾時懷抱寬漢陽頗寧靜峴首試考槃當念著白帽（一作皁褐）采薇青雲端

送重表姪王砅（一作砯砅力制切履石渡水也今作厲）評事使南海

我之曾祖（一作老）姑爾之高祖母爾祖未顯時歸爲尚書（王珪也）婦隋朝大業末房杜（史載王珪微時與房杜游其母窺見大驚敕具酒食盡歡曰二客公輔器子必與之偕貴）俱交友長者來在門荒年自餬口家貧無供給客位但箕帚俄頃羞頗珍（一作頗羞珍）寂寥人散後入怪鬢髮空吁嗟爲之久自陳翦髻鬟鬻市充桮（一作酤）酒上云天下亂宜與英俊

厚向竊窺數公經綸亦俱有次問最少年虬𩕳十八九子等成大名皆因此人手下云風雲合龍虎一吟吼願展丈夫雄得辭兒女醜秦王時在坐眞氣驚户牖及乎貞觀初尚書踐台斗夫人常肩輿上殿稱萬壽六宮師柔順法則化妃后至尊均嫂叔盛事垂不朽鳳雛無凡毛五色非爾曹往者胡作逆乾坤沸嗷嗷吾客左（一作在）馮翊爾家同遁逃爭奪至徒步塊獨委蓬蒿逗留熱爾腸十里却呼號自下所騎馬右持腰間刀左牽紫遊韁飛走使我高苟活到今日寸心銘佩牢亂離又聚散宿昔恨滔滔水花笑白首春草隨青袍廷評近要津節制收英髦北驅漢陽傳南泛上瀧舠家聲肎墜地利器當秋毫番禺親賢領籌運神功操大夫出盧宋（一作宗）寶貝休脂膏洞主降接武海胡船千艘我欲就丹砂跋涉覺身勞安能陷糞土有志乘鯨鼇或驂鸞騰天聊（一作不）作鶴鳴皋

詠懷二首

人生貴是男丈夫重天機未達善一身得志行所爲嗟余竟轗軻將老逢艱危胡雛逼神器逆節同所歸河雒化爲血公侯（一作卿）草間啼西京復陷没翠蓋蒙塵飛萬姓悲赤子兩宮棄紫微倏忽向二紀奸雄多是非本朝再樹立未及貞觀時日給在軍儲上官督有司高賢迫形勢豈暇相扶持疲苶苟懷策棲屑無所施先王實罪己愁痛正爲兹歲月不我與蹉跎病於斯夜看豐城氣回首蛟龍池齒髮已自料意深陳苦（一作昔）詞

邦危壞法則聖遠益愁慕飄飖桂水遊悵望蒼梧暮潛魚不銜鉤走鹿無反顧皦皦幽曠心拳拳異平素衣食相拘閡（五溉切）朋知限流寓風濤上春沙千（一作十）里侵（一作浸）江樹逆行少（一作值）吉日時節空復度井竈任塵埃舟航煩數具牽纏加老病瑣細隘俗務萬古一死生胡爲足名數多憂污桃源拙計泥銅柱未辭炎瘴毒擺落跋涉懼虎狼窺中原焉得所歷住葛洪及許靖避世常此路賢愚誠等差自愛各馳騖羸瘠且如何魄奪鍼灸屢擁滯僮僕慵稽留篙師怒終當挂帆席天意難告訴南爲祝融客勉強親杖屨結託老人星羅浮展衰步

送顧八分文學適洪吉州（集古錄顧戒奢善八分，英華題內無洪字）

中郎石經後八分蓋顛顇顧侯運鑪錘筆力破餘地昔在開元中韓（擇木）蔡（有鄰）同贔屭玄宗妙其書是以數子至御札早流傳揄揚非造次三人竝入直恩澤各不二顧於韓蔡內辨眼工小字分日示（一作侍）諸王鉤深法更祕文學與我遊蕭疏外聲利追隨二十載浩蕩長安醉高歌卿相宅文翰飛省寺視我揚馬（一作班揚）間白首不相棄驊騮入窮巷必脫黃金轡一論朋友難遲暮敢失墜古來事反覆相見橫涕泗嚮者玉珂人誰是青雲器才盡傷形體（一作骸）病渴汙官位故舊獨依然時危話顛躓我甘多病老子負憂世志胡爲困衣食顏色少稱遂遠作辛苦行順從衆多意舟檝無根蒂蛟鼉好爲祟況兼水賊繁特戒風飇駛崩騰戎馬際（一作險）往往殺長吏子干東諸侯勸（一作勤）勉防縱恣邦以民爲本魚飢費香餌請哀瘡痍深告訴皇華使使臣精所擇進德知歷試惻隱誅求情固應賢愚異列（一作烈）士惡苟得俊傑思自致贈子猛虎行出郊載酸鼻

上水遣懷

我衰太平時身病戎馬後蹭蹬多拙爲安得不皓首驅馳四海內童穉日餬口但遇新少年少逢舊親友低顏下色地故人知善誘後生血氣豪舉動見老醜窮迫挫曩懷常如中風走一紀出西蜀於今向南斗孤舟亂春華（一作草）暮齒依蒲柳冥冥九疑葬聖者骨亦（一作已）朽蹉跎陶唐人鞭撻日月久中間屈賈輩讒毀竟自取鬱没（一作悒）二悲魂蕭條猶在否崷崒清湘石逆行雜林藪篙工密逞巧氣若酣杯酒歌謳互激遠（一作越）回斡明受（一作相）授善（一作蓋）知應觸類各藉穎脫手古來經濟才何事獨罕有蒼蒼衆色晚熊挂玄蛇吼黃羆在樹顛正爲羣虎守羸骸將何適履險顏益厚庶與達者論吞聲混瑕垢

遣遇

磬折辭主人開帆駕洪濤春水滿南國朱崖雲日高舟子廢寢食飄風爭所操我行匪利涉謝爾從者勞石間采蕨女鬻菜（一作市）輸官曹丈夫死百役暮返空村號聞見事略同剡及錐刀貴人豈不仁視汝如莠蒿索錢多門户喪亂紛嗷嗷奈何黠吏徒漁奪成逋逃自喜遂生理花時甘（一作貫）縕袍

解（一作遣）憂

減米散同舟路難思共濟向來雲濤盤衆力亦不細呀坑（一作帆，一作吭。夢弼曰：呀坑乃難口也。趙曰：淡坑如口之呀開也）瞥眼過飛櫓本無蒂得失瞬息間致遠宜恐泥百慮視安危分明曩賢計兹理庶可廣拳拳期勿替

宿鑿石浦（浦在湘潭縣西）

早宿賓從勞仲春江山麗飄風過無時舟檝敢不（一作不敢）繫回塘澹暮色日没衆星嘒缺月殊未生青燈死分翳窮途多俊異亂世少恩惠鄙夫亦放蕩草草頻卒（一作年）歲斯文憂患餘聖哲垂象繫

早行

歌哭俱在曉行邁有期程孤舟似昨日聞見同一聲飛鳥數（一作散）求食潛魚亦（一作何）獨驚前王作網罟設法害生成碧藻非不茂高帆終日征干戈未（一作異）揖讓崩迫開（一作關）其情

過津口

南岳自兹近湘流東逝深和風引桂楫春日漲雲岑回首過（一作道）津口而多楓樹林白魚困密網黃鳥喧嘉音物微限通塞惻隱仁者心瓮餘不盡酒厀有無聲琴聖賢兩寂莫眇眇獨開襟

次空靈岸（宜作空舲，湘水縣有空泠峽，又有空舲灘）

沄沄逆素浪落落展清眺幸有舟檝遲得盡所歷妙空靈霞石峻楓栝（一作桔）隱奔峭青春猶無（一作有）私白日亦（一作已）偏照可使營吾居（一作屋）終焉託長嘯毒瘴未足憂兵戈滿邊徼嚮者留遺恨恥爲達人誚迴帆覬賞延佳處領其要

宿花石戍（長沙有瀿口花石二戍）

午辭空靈岑夕得花石戍岸疏開闢水（一作山）木雜今古樹地蒸南風盛春熱西日暮四序本平分氣候何迴互茫茫天造（一作地）間（一作闢）理亂豈恆數繫舟盤藤輪策杖古樵路罷（音疲）人不在村野圃泉自注柴扉雖蕪没農器尚牢固

山東殘逆氣吳楚守王度誰能扣君門下令減征賦

早發

有求常百慮斯文亦吾病以茲朋故多窮老驅馳幷早
行篙師怠席挂風不正昔人戒垂堂今則奚奔命濤飜
黑蛟躍日出黃霧映煩促瘴豈侵頹倚睡未(一作還)醒僕夫
問盥櫛暮顏靦(一作未)青鏡隨意簪葛巾仰慚林花盛側聞
夜來寇幸喜囊中淨艱危作遠客干請傷直性薇蕨餓
首陽粟馬資歷聘賤子欲適從疑誤此二柄(謂采薇歷聘借用韓非二柄篇字)

次晚洲

參錯雲石稠坡陀風濤壯晚洲適知名秀色固異狀棹
經垂猨把身在度鳥上擺浪散帙妨危沙折(一作坼)花當羇
離暫愉悅羸老反惆悵中原未解兵吾得終疎放

望嶽

南嶽配朱鳥秩禮自百王欻吸領地靈鴻(一作澒)洞半炎方
邦家用祀典在德非馨香巡守何寂寥有虞今則亡洎
(一作汩)吾隘世網行邁越瀟湘渴日絕壁出漾舟清光旁祝
融五(一作三)峰尊峰峰次低昂紫蓋獨不朝爭長嶫相望恭
聞魏夫人(南岳夫人姓衛名華存字賢安晉司徒魏舒女劉文生妻後得道升天)羣仙夾翱翔有時五
峰氣散風如飛霜牽迫限(一作恨)修途未暇杖崇岡歸來覬
命駕沐浴休玉堂三歎問府主(即岳神仙府洞府之主也)曷以贊我皇牲
璧忍(一作感)衰俗神其思降祥

湘江宴餞裴二端公(裴虯)赴道州

白日照舟師朱旗散廣川羣公餞南伯肅肅秩初筵鄙
人奉末眷佩服自早年義均骨肉地懷抱罄所宣盛名
富事業無取媿高賢不以喪亂嬰保愛金石堅計拙百
寮下氣蘇君子前會合苦不久哀樂本相纏交遊颯向
盡宿昔浩茫然促觴激百慮掩抑淚潺湲熱雲集曛(一作初集)
黑缺月未生天白團爲我破華燭蟠長煙鴰鶡(一作鶬鶊 一作鵾鶏)催
明星解袂從此旋上請減兵甲下請安井田永念病渴
老附書遠山巔

清明

著處繁花務(一作矜華)是(一作足)日長沙千人萬人出渡頭翠柳豔(一作遠)
明眉爭道朱蹄驕齧膝此都好遊湘西寺諸將亦(一作方)

自軍中至馬援征行在眼前葛強親近同心事金鐙下
山紅粉(一作日)晚牙檣捩柁青樓遠古時喪亂皆可知人世
悲歡暫相遣弟姪雖存不得書干戈未息苦離(一作難)居逢
迎少壯非吾道況乃今朝更祓除

風雨看舟前落花戲爲新句

江上人家桃樹(一作李)枝春寒(一作風)細雨出疎籬影遭碧水潛
勾引風妒紅花却倒吹吹花困癲(一作懶)傍舟檝水光風力
俱相怯赤憎(赤憎猶生憎亦方言也)輕薄遮入(一作人)懷珍重分明不來接
(一作折)溼久飛遲半日(一作欲)高縈沙惹草細於毛蜜蜂蝴蝶生
情性(一作住)偷眼蜻蜓避百勞

岳麓山道林二寺行

玉泉之南麓山殊道林林壑爭盤紆寺門高開洞庭野
殿脚插入赤沙湖五月寒風冷佛(一作拂)骨六時天樂朝香
爐地靈步步雪山草僧寶人人滄海珠塔劫(一作級)宮牆(一作壇)
壯麗敵香(一作石)廚松道清涼(一作崇)俱蓮花(一作池)交響共命鳥金
牓雙迴三足烏方丈涉海費時節懸圃尋河知有無暮
年且喜經行近春日兼蒙暄暖扶飄然斑白身(一作將)奚適
傍此煙霞茅可誅桃源人家易制度橘洲田土仍膏腴
潭府邑中甚淳古太守庭內不喧呼昔遭衰世皆晦迹
今幸樂國養微軀依止老宿亦未晚富貴功名焉足圖
久爲野(一作謝)客尋幽慣細學何(當作周)顒免興孤一重一掩吾
肺腑山(一作仙)鳥山花吾友于宋公(原注之問也)放逐曾題壁物色
分留與(一作待)老夫

奉送魏六丈佑少府之交廣

賢豪贊經綸功成空名(一作名空)垂子孫不振耀(一作沒不振)歷代皆
有之鄭公四葉孫長大常苦飢衆中見毛骨猶是麒麟
兒磊落貞觀事致君樸直詞家聲蓋六合行色何其微
遇我蒼梧陰(一作野)忽驚會面稀議論有餘地公侯來未遲
虛思黃金貴自笑青雲期長卿久病渴武帝元同時季
子黑貂敝得無妻嫂欺尚爲諸侯客獨屈州縣卑南游
炎海甸浩蕩從此辭窮途仗神道世亂輕土宜解帆歲
云暮可與春風歸出入朱門家華屋刻蛟螭玉食亞王
者樂張游子悲侍婢豔傾城綃綺輕(一作煙)霧霏掌(一作堂)中琥

珀鍾行酒雙逶迤新歡繼明燭梁棟星辰飛兩情顧眄
合珠碧贈于斯上貴見肝膽下貴不相(一作見)疑心事披寫
間氣酣達(一作遠)所爲錯揮鐵如意莫避珊瑚枝始兼(一作無)逸
邁興終慎賓主儀戎馬闇天宇嗚呼生別離

別張十三建封

嘗讀唐實錄國家草昧初劉(文靜)裴(寂)建首義龍見尚躊
躇秦王撥亂姿一劒總兵符汾晉爲豐沛暴隋竟滌除
宗臣則廟食後祀何疎蕪彭城英雄種宜膺將相圖爾
惟外曾孫倜儻汗血駒眼中萬少年用意盡崎嶇相逢
長沙亭乍問緒業餘乃吾故人子童丱聯居諸(張建封兗州人父玠少豪
俠安祿山將李庭偉脅下城邑玠率鄉豪集兵殺之太守韓擇木方遣使奏聞玠流蕩江南不言其功甫父爲兗州司馬當以趨庭之日與玠遊也)揮手
灑衰淚仰看八尺軀內外名家流風神蕩江湖范雲堪
晚(一作結)友嵇紹自不孤擇材征南幕(大曆初道州刺史裴虯薦建封於觀察使韋之晉辟爲參謀奏
授左清道兵曹不樂吏役而去)湖(一作潮)落回鯨魚載感賈生慟復聞樂毅書主
憂急盜賊師老荒京都舊丘豈稅駕大廈傾宜扶君臣
各有分管葛本時須雖當霰雪嚴未覺栝柏枯高義在
雲臺嘶鳴望天衢羽入埽碧海功業竟何如

暮秋枉裴道州手札率爾遣興寄近(一作遞)呈蘇渙
侍御

久客多枉友朋書素書一月凡一束虛名但蒙寒溫(一作暄)
問泛愛不救溝壑辱齒落未是無心人舌存恥作窮途
哭道州手札適復至紙長要自三過讀盈把那須滄海
珠入懷本倚崑山玉撥棄潭州百斛酒蕪沒瀟岸千株
菊使我晝立煩兒孫令我夜坐費燈燭憶子初尉永嘉
去紅顏白面花映肉軍符侯印取豈遲紫燕騄耳行甚
速聖朝尚飛戰鬬塵濟世宜引英俊人黎元愁痛會蘇
息夷狄跋扈徒逡巡授鉞築壇聞意旨頹綱漏網期彌
綸郭欽上書見大計劉毅答詔驚羣臣他日更僕語不
淺明公論兵氣益振傾壺簫管黑(一作理 一作動)白髮儛劒霜雪
吹青春宴筵曾語蘇季子後來傑出雲孫比茅齋定王
城郭門藥物楚老漁商市市北肩輿每聯袂郭南抱甕
亦隱几無數將軍西第成早作丞相東山起鳥雀苦肥
秋粟菽蛟龍欲蟄寒沙水天下鼓角何時休陣前部曲

終日死附書與裹因示蘇此生已媿須人扶致君堯舜
付公等早據要路思捐軀

奉贈李八丈判官(曛)

我丈時(一作特)英特宗枝神堯後珊瑚市則無騄驥人得有
早年見標格秀氣衝(一作通)星斗事業富清機官曹正獨守
頃來樹嘉(一作佳)政皆已傳衆口艱難體貴安冗長吾敢取
區區猶歷試炯炯更持久討論實解頤操割紛應手篋
書積諷諫宮闕限奔走入幕未展材(一作才)秉鈞孰爲偶所
親問淹泊泛愛惜衰朽垂白亂(一作辭一作慕)南翁委身希北叟
(南翁北叟俱知陰陽倚伏事)眞成窮轍鮒或似喪家狗秋枯洞庭石風颯
長沙柳高興激荆衡知音爲回首

歲晏行

歲云暮矣多北風瀟湘洞庭白雪(一作雲)中漁父天寒網罟
凍莫徭(長沙雜夷有名莫徭)射雁鳴桑弓去年米貴闕軍食今年米
賤大傷農高馬達官厭酒肉此輩杼軸茅茨空楚人重
魚不重鳥汝休枉殺南飛鴻況聞處處鬻男女割慈忍
愛還租庸往日用錢捉私鑄今許(一作來)鉛錫和青銅刻泥
爲之最易得好惡不合長相蒙萬國城頭吹畫角此曲
哀怨何時終

追酬故高蜀州人日見寄(幷序)

開文書帙中檢所遺忘因得故高常侍適往居在
成都時高任蜀州刺史人日相憶見寄詩淚灑行
間讀終篇末自枉詩已十餘年莫記存歿又六七
年矣老病懷舊生意可知今海內忘形故人獨漢
中王(一作郡王)瑀與昭州敬使君超先在愛而不見情見
乎辭大曆五年正月二十一日却追酬高公此作

自蒙(一作枉)蜀州人日作不意清詩久零落今晨散帙眼忽
開(一作明)迸淚幽吟事如昨嗚呼壯士多慷慨合沓高名動
寥廓歎我悽悽求友篇感時(一作君)鬱鬱匡君(一作時)略錦里春
光空爛熳瑤墀侍臣已冥莫瀟湘水國傍黿鼉鄠杜秋
天失鵰鶚東西南北更誰(一作堪)論白首扁舟病獨存遙(一作猶)
拱北辰纏寇盜欲傾東海洗乾坤邊塞西蕃(一作羌)最充斥
衣冠南渡多崩奔鼓瑟至今悲帝子曳裾何處覓王門
文章曹植波瀾闊服食劉安德業尊長笛誰能(一作鄰家)亂愁
思昭州詞翰與招魂

蘇大侍御訪江浦賦八韻記異(草堂詩本無此題竟以序爲題八韻詩止七韻疑有脫誤)

蘇大侍御渙靜者也旅於江側凡(一作乃)是不交州府
之客人事都絕久矣肩輿江浦忽訪老夫舟檝而
已茶酒內余請誦近詩肯吟數首才力素壯詞句
動人接對明日憶其湧思雷出書篋几杖之外殷
殷留金石聲賦八韻記異亦見老夫傾倒於蘇至
矣

龐公不浪出蘇氏今有之再聞誦新作突過黃初詩乾
坤幾(一作泊)反覆揚馬宜同時今晨清鏡中勝食齋房芝余
髮喜却變白間生(一作添)黑絲昨(一作永)夜舟火滅(一作接天一作天接)湘娥簾
外悲百靈未敢散風破(一作波一作浪)寒江遲

題衡山縣文宣王廟新學堂呈陸宰

旄頭彗紫微無復俎豆事金甲相排蕩青衿一顦顇嗚
呼已十年儒服弊於地征夫不遑息學者淪素志我行
洞庭野欻得文翁肆侁侁胄子行若舞風雩至周室宜
中興孔門未應棄是以資雅才渙然立新意衡山雖小
邑首唱恢大義因見縣尹心根源舊宮闕講堂非曩構
大屋加塗墍下可容百(一作萬)人牆隅亦深邃何必三千徒
始壓戎馬氣林木在庭戶密幹疊蒼翠有井朱夏時轆
轤凍階戺(音士)耳聞讀書聲殺伐災髣髴故國延歸望衰
顏減愁思南紀改(一作妝)波瀾西河共風味采詩倦跋涉載
筆尚可記(一作常記異一作紀奇異)高歌激宇宙凡百慎失墜

入衡州

兵革自久遠興衰看帝王漢儀甚照耀胡馬何猖狂老
將一失律清邊生戰場君臣忍瑕垢河岳空金湯重鎮
如割據輕權絕紀綱軍州體不一寬猛性所將嗟彼苦
節士(謂潭州刺史崔瓘爲臧玠所殺)素于圓鑿方寡妻從爲郡兀者安堵(一作短)
牆凋弊惜邦本哀矜存事常旌麾非其任府庫實過防
恕(一作怒)已獨在此多憂增內傷偏裨限酒肉卒伍單衣裳
元惡(謂臧玠)迷是似聚謀(一作謀)洩康莊竟流帳下血大降湖南
殃烈火發中夜高煙焦上蒼至今分粟帛殺氣吹沅湘
福善理顛倒明徵天莽茫銷魂避飛鏑累足穿豺狼隱
忍枳棘刺遷延胝趼瘡遠歸兒侍側猶乳女在旁久客
幸脫免暮年慚激昂蕭條向水陸汩沒隨魚商報主身
已老入朝病見妨悠悠委薄俗鬱鬱回剛腸參錯走洲
渚舂容轉林篁片帆左(一作在)郴岸通郭前衡陽華表雲鳥
埤(一作陴)名園花草香旗亭壯邑屋烽櫓蟠(一作臥)城隍中有古
刺史(謂陽濟也)盛才冠巖廊扶顛待柱石獨坐飛風霜昨者間
瓊樹高談隨羽觴無論再繾綣已是安蒼黃劇孟七國
畏馬卿四賦良門闌蘇生在(蘇生侍御渙)勇銳白起強問罪(時澧
州楊子琳道州裴虯衡州陽濟各舉兵討玠)富形勢凱歌懸否臧氛埃期必埽蚕蚋
焉能當橘(一作繘)井舊地宅仙山引舟航此行厭暑雨厥土
聞清涼諸舅(謂崔偉公時攝郴州甫將往依焉)剖符近開緘書札光頻繁命屢
及磊落字百行江總外家養謝安乘興長下流匪珠玉
擇木羞鸞皇我師嵇叔夜世賢張子房(原注彼掾張勸)柴荆寄樂
土鵬路觀翱翔

舟中苦熱遣懷奉呈楊中丞(即陽濟時兼御史中丞)通簡臺省諸公

媿爲湖外客看此戎馬亂中夜混黎甿脫身亦奔竄平
生方寸心反掌(一作當)帳下難嗚呼殺賢良不叱白刃散吾
非丈夫特沒齒埋冰炭恥以風病辭胡然泊湘岸入舟
雖苦熱垢膩可溉灌痛彼道邊人形骸改昏旦中丞連
帥職封內權得按身當問罪先縣實諸侯半士卒既輯
睦啓行促精悍似聞上游兵稍逼長沙館鄰好彼克修
天機自明斷南圖卷雲水北拱戴霄漢美名光史臣長
策何壯觀驅馳數公子咸願同伐叛聲節哀有餘夫何
激衰懦(叶儺去聲)偏裨表三上鹵莽同一貫始謀誰其間回首
增憤惋宗英李端公守職甚昭煥變通迫脅地謀畫焉
得算王室不肯微凶徒略無憚此流須卒斬神器資強
幹扣寂豁煩襟皇天照嗟歎(通鑑臧玠之亂澧州刺史楊子琳討之取賂而還初崔旰殺郭英乂子琳起兵討旰杜鴻漸各授官以和解之及子琳攻旰敗還縱兵涪夔衞伯玉請於朝以爲峽州團練使甫詩所謂褊裨表三上鹵莽同一貫者合前後三叛言之也始謀誰其間蓋追論鴻漸伯玉故曰回首增憤惋唐藩鎮有事俱用褊裨上表假衆論以脅制朝廷也)

聶耒陽以僕阻水書致酒肉療飢荒江詩得代懷興盡本韻至縣呈聶令陸路去方田驛四十里舟行一日時屬江漲泊於方田

耒陽馳尺素見訪荒江眇(一作渺)義士烈女家風流吾賢紹昨見狄相孫許公人倫表前期(一作朝)翰林後屈跡縣邑小知我礙湍濤半旬獲浩溔(溔玉篇以沼切上林賦浩溔潢漾)麾下殺元戎湖邊有飛旐孤舟增鬱鬱僻路殊悄悄側驚猿猱捷仰羨鸛鶴矯禮過宰肥羊愁當置清醥人非西喻蜀興在北坑趙方行郴岸靜未話長沙擾崔師乞已至澧卒用矜少問罪消息真開顏憩亭沼(原注聞崔侍御潩乞師於洪府師已至袁州北楊中丞琳問罪將士自澧上達長沙矣錢謙益曰舊書本傳甫遊衡山寓居耒陽啗牛肉白酒一夕而卒於耒陽元稹墓誌扁舟下荊楚間竟以寓卒旅殯岳陽公卒於耒陽殯於岳陽史誌皆可考據近代有爲杜工部耒陽祠堂記者大略曰子美出瞿塘下江陵登岳陽樓望見衡岳抵耒陽適江水暴漲爲驚湍所漂僅得遺靴因壘土築虛冢塋之解繒有詩云蔡倫池上霧如紙杜老祠前秋日黃爲問靴洲江上水流船三日到衡陽按此則杜甫之殁不特以牛肉白酒升羅汨羅之醉矣耒陽縣志杜甫祠墓在縣治北二里蓼溪漁隱謂考襄陽岳陽俱無杜甫墓惟耒陽有之大抵賢者所在人各引以爲重不妨耒陽自葬子美之遺靴而嗣業所葬元稹所誌乃在鞏縣首陽可不必聚辨也)

全唐詩

杜甫

冬日洛城北謁玄元皇帝廟(原注廟有吳道子畫五聖圖唐書高宗乾封元年追尊老子爲玄元皇帝制兩京諸州各置廟在東都者改爲太微宮此詩作於稱廟之時當是開元末年)

配極玄都閟憑虛(一作高一作空)禁禦(一作籞)長守祧嚴具禮(老君廟置令丞各一員)掌節鎮非常碧瓦初寒外金莖一氣旁山河扶繡戶日月近雕梁仙李盤根大(老子生而能言指李樹爲姓唐以李氏出自老君追崇爲祖)猗蘭奕葉光世家遺(一作隨)舊史(開元中敕升老子莊子爲列傳首在伯夷之上)道德付(一作冠)今王(明皇親注道德經令舉子習之減尚書論語而考試老子)畫手看前輩吳生(吳道子陽翟人)遠擅場森羅移地軸妙絕動宮牆五聖(天寶八年明皇以符瑞相繼上高祖太宗高宗中宗睿宗謚號又畫像於老君廟)聯(一作連)龍袞千官列(一作引)雁行冕旒俱秀發旌旆盡飛揚翠柏深留景紅梨迥得霜風箏吹玉柱露井凍(一作動)銀牀身退卑周室經傳拱漢皇谷神(老子谷神不死注谷養也神乃五藏之神)如不死養拙更何鄉(一作方)

贈韋左丞丈濟(天寶七年以韋濟爲河南尹遷尚書左丞)

左轄(六典左右丞掌管轄省事糾察憲章)頻虛位今年得舊儒相門韋氏在經術漢臣(一作官)須時議歸前烈(一作列)天倫恨莫俱(嗣立三子孚恆濟皆知名孚恆皆先歿)鴒原荒宿草鳳沼接亨衢有客雖安命衰容豈壯夫家人憂几杖甲子混泥途不謂矜餘力還來謁大巫歲寒仍顧遇日暮且踟躕老驥思千里飢鷹待一呼君能微感激亦足慰榛蕪(一作折骨效區區)

投贈哥舒開府翰二十韻(翰乃突騎施首領哥舒部落之裔蕃人多以部落爲氏初爲王忠嗣衙將後代爲節度屢著功河西進封西平郡王)

今代麒麟(一作騏驎)閣何人第一功君王自神武駕馭必英雄開府當朝傑論兵邁古風先鋒百勝(一作戰)在略地(一作妙略)兩隅空青海無(一作飛)傳箭天山早挂弓廉頗仍走敵魏絳已和戎每惜河湟棄新兼節制通智謀垂睿(一作春)想出入冠諸公日月低秦樹乾坤繞漢宮胡人愁逐北宛馬又從東受命邊沙(一作軍麾)遠歸來御席同軒墀曾寵鶴畋獵舊非熊茅土加名數山河誓始終策行遺(一作宜)戰伐契合動昭融勳業青冥上交親氣槩中未爲珠履客已見(一作是)白頭翁壯節初題柱生涯獨轉蓬幾年春草歇今日暮途窮軍事留孫楚行間識呂蒙(一作鄉曲輕周處將軍拔呂蒙嚴武高適輩皆共軍事魯炅曲環輩皆其部將)防身一長劍將欲倚崆峒(一作腰間有長劍聊欲倚崆峒)

上韋左相二十韻(見素天寶元年改侍中爲左相中書令爲右相十五載見素從明皇幸蜀至巴西詔兼左相封豳國公)

鳳曆軒轅紀龍飛四十春八荒開壽域一氣轉洪鈞霖雨思賢佐丹青憶老(一作直一作舊)臣(原注相公之先人遺風餘烈至今稱之)應圖求駿馬驚代得麒麟沙汰江河濁調和鼎鼐新韋賢初相漢范叔已歸秦盛業今如此傳經固絕倫豫樟深出地滄海闊無津北斗司喉舌東方(顧命司馬第四畢公領之康王之誥畢公率東方諸侯入應門右見素兼兵部尚書故以畢公比之)領搢紳持衡留藻鑑聽履上星辰獨步才超古餘波德照鄰(一作餘陰照北鄰)聰明過管輅尺牘倒陳遵豈是池中物由來席上珍廟堂知至理風俗盡還淳才傑俱登用愚蒙但隱淪長卿多病久子夏索居頻(一作貧)回首驅流俗生涯似衆人巫咸不可問鄒魯莫容身感激時將晚蒼茫興有神爲公(一作君)歌此曲涕淚在衣巾

奉贈太常張卿二十韻(均黃鶴云均未嘗爲太常卿此詩當是贈垍之誤)

方丈三韓外崑崙萬國西建標天地闊詣絕古今迷氣得神仙迥恩承雨露低(時均以求仙得幸)相門清議衆儒術大名齊軒冕羅天(一作高)闕琳琅識介珪伶官詩必誦夔樂典猶稽健筆凌鸚鵡銛鋒瑩鸊鵜友于皆挺拔公望各端倪通籍踰青瑣亨衢照紫泥靈虬傳夕箭歸馬散霜蹄能事聞重譯嘉謨及遠黎弼諧方一展班序更何躋適越空顛躓遊梁竟慘悽謬知終畫虎微分是醯雞萍泛(一作跡)無休日桃陰想舊蹊吹噓人所羨騰躍事仍睽碧海眞難涉青雲不可梯顧深慙(一作忘)鍛鍊才小辱提攜檻束哀猿叫(一作巧)枝驚夜鵲棲幾時陪羽獵應指釣璜溪

敬贈鄭諫議十韻

諫官非不達詩義早知名破的由來事先鋒孰敢爭思飄雲物外(一作動)律中鬼神驚毫髮無遺恨波瀾獨老成野人寧得所天意薄浮生多病休儒服冥搜信客旌築居仙縹緲旅食歲崢嶸使者求顏闔諸公厭禰衡將期一諾(一作語)重欻使寸心傾君見途窮哭宜憂阮步兵

奉贈鮮于京兆二十韻(鮮于仲通天寶末爲京兆尹)

王國稱多士賢良復幾人異才應間出(一作世)爽氣必殊倫

始見張京兆宜居漢近臣驊騮開道路鶻鶚離風塵侯伯知何等（一作算）文章實致身奮飛超等級容易失沈淪脫略磻溪釣操持郢匠斤雲霄今已逼台衮更誰親鳳穴雛皆好龍門客又新義聲紛感激敗績自逡巡途遠（一作永）欲何向天高難重陳學詩猶孺子（一作子夏）鄉賦念（一作忝）嘉賓不得同鼂錯吁嗟後郄詵計疏疑翰墨時過憶松筠獻納紆皇眷中間謁紫宸且隨諸彥集方覬薄才伸破膽遭前政（謂李林甫）陰謀獨秉鈞微生霑忌刻萬事益酸辛交合丹青地恩傾雨露辰有儒愁餓死早晚報平津

贈特進汝陽王二十韻

特進羣公表天人夙德升霜蹄千里駿風翮九霄鵬服禮求毫髮惟（一作推）忠忘寢興聖情常有眷朝退若無憑仙醴（一作醽）來（一作求）浮蟻奇毛或賜鷹清關塵不雜中使日相乘晚節嬉遊簡平居孝義稱自多親棣萼誰敢問山陵（寧王憲讓皇帝墓號惠陵子璡表辭不許）學業醇儒富辭（一作才）華哲匠能筆飛鸞聳立章罷鳳騫騰精理通談笑忘形向友朋寸長（一作賜）堪繾綣一諾豈驕矜已忝歸曹植何知對李膺招要恩屢至崇重力難勝披霧初歡夕高秋爽氣澄尊罍臨極浦鳧雁宿張燈花月窮游宴炎天避鬱蒸研寒金井水檐動玉壺冰瓢飲唯三徑巖棲在百層（一作巖居異一縢）且（一作謬）持蠡測海況挹酒如澠鴻寶寧全祕丹梯庶可凌淮王門有（一作下）客終不媿孫登

鄭駙馬宅宴洞中（明皇臨晉公主下嫁鄭潛曜神禾原有蓮花洞乃鄭氏故居）

主家陰洞細煙霧留客夏簟清（一作青）琅玕春酒杯濃琥珀薄冰脈椀碧瑪瑙寒誤疑茅堂（一作屋）過江麓（一作底）已入風磴霾雲端自是秦樓壓鄭谷時聞雜佩聲珊珊

李監宅（一作李鹽鐵。一云開元中李令問爲祕書監飲饌豪奢或即其人尚有一首見吳若逸詩中）

尚覺王孫貴豪家意頗濃屏開金孔雀褥隱繡芙蓉且食雙魚美誰看異味重門闌多喜色女壻近乘龍

重題鄭氏東亭（原注在新安界）

華亭入翠微秋日亂清暉（一作睛）崩石欹山樹清漣曳水衣（苔也）紫鱗衝岸躍蒼隼護巢歸向晚尋征路殘雲傍馬飛

題張氏隱居二首

春山無伴獨相求伐木丁丁山更幽澗道餘寒歷冰雪石門斜日到林丘不貪夜識金銀氣遠害朝看麋鹿遊乘興杳然迷出（一作去）處對君疑是泛虛舟

之子時相見邀人晚興留霽（一作濟）潭鱣發發春草鹿呦呦杜酒偏勞勸張梨不外求前村山路險歸醉每無愁

天寶初南曹小司寇舅於我太夫人（甫祖母盧氏）堂下累（一作壘）土爲山一匱（一作簣詩同）盈尺以代彼朽木承諸焚香瓷甌甚安矣旁植慈竹蓋茲數峰嶔岑嬋娟宛有塵外數（一本無數字一作格）致乃不知興之所至而作是詩

一匱功盈尺三峰意出羣望中疑在野幽處欲生雲慈竹春陰覆香爐曉勢分惟南將獻壽佳氣日氛氳

龍門（即伊闕）

龍門橫野斷驛樹出城來氣色皇居近金銀佛寺開往還時屢改川水（一作陸）日悠哉相閱征途上生涯盡幾迴

奉寄河南韋尹丈人（原注甫故廬在偃師承韋公頻有訪問故有下句韋即韋濟）

有客傳河尹逢人問孔融青囊仍隱逸章甫尚西東鼎食分（一作爲）門戶詞場繼國風尊榮瞻地絕疏放憶途窮濁酒尋陶令丹砂訪葛洪江湖漂短（一作裋）褐霜雪滿飛蓬牢落乾坤大周流（一作旋）道術空謬慚知薊子真怯笑揚雄盤錯神明懼謳歌德義豐尸鄉餘土室難說祝（一作誰話）雞翁（偃師縣有尸鄉亭翁居尸鄉北山下）

贈李白

秋來相顧尚飄蓬未就丹砂媿葛洪痛飲狂歌空度日飛揚跋扈爲誰雄

與任城許主簿遊南池（池在濟寧州境）

秋水通溝洫城隅進（一作集）小船晚涼看洗馬森木亂鳴蟬菱熟經時（一作旬）雨蒲荒八月天晨朝降白露遙憶舊青氈

登兗州城樓

東郡趨庭日（時甫父閑爲兗州司馬）南樓縱目初浮雲連海嶽（一作岱）平野入青徐孤嶂秦碑在荒城魯殿餘從來多古意臨眺獨躊躇

劉九法曹鄭瑕丘石門宴集

秋水清無底蕭然靜客心掾曹乘逸興鞍馬去相尋（一作到荒林）能吏逢聯璧華筵直一金晚來橫吹好泓下亦龍吟（一作尊酒宜如此人生復至今白頭逢晚歲相顧一悲吟）

暫如臨邑至𡺸（音宅）山湖亭奉懷李員外率爾成興（鵲山湖在歷城東門外𡺸疑鵲之誤）

野亭逼湖水歇馬高林間鼉吼風奔浪魚跳日映山暫遊阻詞伯卻望懷青關靄靄生雲霧唯應促駕還

對雨書懷走邀許十一簿公（一作許主簿）

東岳雲峰起溶溶滿太虛震雷翻幕燕驟雨落河（一作溪）魚座對賢人酒門聽長者車相邀媿泥濘騎馬到階除

已上人茅齋（舊注謂齊己非）

已公茅屋下可以賦新詩枕簟入林僻茶瓜留客遲江蓮搖白羽天棘（天門冬蔓高丈餘其葉如絲通志柳一名天棘則非蔓矣）夢（一作蔓）青絲空忝許詢輩難酬支遁詞

房兵曹胡馬詩

胡馬大宛名鋒稜瘦骨成竹批雙耳峻風入四蹄輕所向無空闊真堪託死生驍騰有如此萬里可橫行

畫鷹

素練風（一作如）霜起蒼鷹畫作殊㩳（荀勇切竦也）身思狡兔側目似愁胡絛鏇光堪擿軒楹勢可呼何當擊凡鳥毛血灑平蕪

與李十二白同尋范十隱居（李白集有尋魯城北范居士詩）

李侯有佳句往往似陰鏗余亦東蒙客憐君如弟兄醉眠秋共被攜手日（一作月）同行更想幽期處還尋北郭生入門高興發侍立小童清落景聞寒杵屯雲對古城向來吟橘頌誰（一作惟）欲（一作與）討蓴羹不願論簪笏悠悠滄海情

臨邑舍弟書至苦雨黃河泛溢隄防之患簿領所憂因寄此詩用寬其意（甫有送弟穎赴齊州詩或穎曾官臨邑）

二儀積風雨百谷漏波濤聞道洪河坼遙（一作還）連滄海高職思（一作司）憂悄悄郡國訴嗸嗸舍弟卑棲邑防川領簿曹尺書前日至版築不時操難假黿鼉力空瞻烏鵲毛燕南吹畎畝濟上沒蓬蒿螺蚌滿近郭蛟螭乘九皋徐關深水府碣石小秋毫白屋留孤樹青天（一作雲）矢（一作失）萬艘吾

衰同泛梗利涉想蟠桃倚(一作却)賴天涯釣猶能掣巨鼇

過宋員外之問舊莊(原注：員外季弟執金吾見知於代，故有下句。宋之問官考功員外郎，弟之悌自羽林將軍出爲劍南節度)

宋公舊池館零落守(一作首)陽阿枉道祇從入吟詩許更過淹留問耆老寂寞向山河更識將軍樹悲風日暮多

夜宴左氏莊

風林(一作林風)纖月落衣露淨(一作靜)琴張暗水流花徑春星帶草堂檢書燒燭短看(一作說)劍(一作煎茗)引杯長詩罷聞吳詠扁舟意不忘

送蔡希曾(一作魯)都尉還隴右因寄高三十五書記(原注：時哥舒入奏，勒蔡子先歸)

蔡子勇成癖彎弓西射胡健(一作男)兒寧鬭死壯士恥爲儒官是先鋒得材緣挑(上聲)戰須身輕一鳥過槍急萬人呼雲幕隨開府春城赴(一作入)上都馬頭金狎帢(一作匼匝，一作帢匝)駝背錦模糊咫尺雲(一作雪)山路(一作自至青雲外)歸飛青(一作西)海隅上公猶(一作獨)寵錫突將且前驅漢使(一作水)黃河遠涼州白麥枯因君問消息好在阮元瑜

春日憶李白

白也詩無敵(一作數)飄然思不羣清新庾開府俊逸(一作豪邁)鮑參軍渭北春天樹江東日暮雲何時一尊酒重與細論(一作講)文

贈陳二補闕

世儒多汩沒夫子獨聲名獻納開東觀君王問長卿皁雕寒始(音試)急天馬老能行自到青冥裏休看白髮生

寄高三十五書記(適)

歎惜高生老新詩日又多美名人不及佳句法如何主將收才子崆峒足凱歌聞君已朱紱且得慰蹉跎

送裴二虬作尉永嘉

孤嶼亭何處天涯水氣中故人官就此絕境興(一作與)誰同隱吏逢梅福遊山憶謝公扁舟吾已就(一作具，一作買)把釣(一作只是)待秋風

城西陂泛舟(即渼陂)

青蛾皓齒在樓船橫笛短簫悲遠天春風自信牙檣動遲日徐看錦纜牽魚吹細浪搖歌(一作歆)扇燕蹴飛花落舞筵不有小舟能盪槳(一作艓)百壺那送酒如泉

贈田九判官(梁丘。哥舒翰討安祿山，以田梁丘爲行軍司馬)

崆峒使節上青霄河隴降王款聖朝宛馬總肥春(或作秦)首蓿將軍只數漢(一作霍)嫖姚(此言哥舒翰，下言田梁丘)陳留阮瑀誰爭長京兆田郎(漢靈帝曰田鳳爲京兆田郎)早見招麾下賴君才並入獨能無意向漁樵

贈獻納使(一本無使字)起居田舍人(澄)

獻納司存雨露邊(一作偏)地分清切任才賢舍人退食收封事宮女開函近(一作捧)御筵曉漏追飛(一作邀)青瑣闥晴窗點檢白雲篇揚雄更有河東賦唯待吹噓送上天

送韋書記赴安西

夫子歘通貴雲泥相望懸白頭無藉(無所依藉也，作籍誤)在朱紱有哀憐書記赴三捷(一作接)公車留二年欲浮江海去此別意蒼(一作茫)然

陪鄭廣文遊何將軍山林十首(山林在韋曲西塔陂)

不識南塘(一作唐)路今知第五橋名園依綠水野竹上青霄谷口舊相得濠梁同見招平生爲幽興未惜馬蹄遙

百頃風潭上千重(一作章)夏木清卑枝低結子接葉暗巢鶯鮮鯽銀絲膾香芹碧澗羹翻疑柁樓底晚飯越中行

萬里戎王子(舊注：謂月支花名)何年別月支異花開絕域滋蔓匝清池漢使徒空到神農竟不知(言此花張騫未經見，本草未經載也)露翻兼雨打開坼日(一作漸)離披

旁舍連高竹疏籬帶晚花碾渦深沒馬藤蔓曲藏(一作垂)蛇詞賦工無(一作何)益山林跡未賒盡捻(同拈)書籍賣來問爾東家

賸水滄江破殘山碣石開綠垂風折筍紅綻雨肥梅銀甲彈箏用金魚(一作盤)換酒來興移無灑埽隨意坐莓苔

風磴吹陰(一作梅)雪雲門吼瀑泉酒醒思臥簟衣冷欲(一作得)裝綿野老來看客河魚不取錢只疑淳樸處自有一山川

棘(一作棟，音同棘)樹寒雲色茵蔯(蒿類，因陳苗而生，故名)春藕香脆添生菜美陰益(一作蓋)食單(一作簞)涼野鶴清晨出(一作至)山精(山精如人，一足，長四尺，夜出晝匿)白日藏石林蟠水府百里獨蒼蒼

憶過楊柳渚走馬定昆池(安樂公主鑿定昆池)醉把青荷葉狂遺白接䍠刺船思郢客解水乞吳兒坐對秦山晚江湖興頗隨

牀上書連屋階前樹拂雲將軍不好武稚子總能文醒酒微風入聽詩靜夜分絺衣挂蘿薜涼月白紛紛

幽意忽不愜歸期無柰何出門流水注(一作住)回首白雲(一作雜花)多自笑燈前舞誰憐醉後歌祇應與朋好風雨亦來過

重過何氏五首

問訊東橋竹將軍有報書倒衣還命駕高枕乃吾廬花妥鶯捎蝶溪喧獺趁魚重來休沐地眞作野人居

山雨尊仍在沙沈榻未移犬迎曾(一作憎)宿客鴉護落巢兒雲薄翠微寺(長安縣南太和谷有太和宮，後改翠微宮，又改寺)天清(一作寒)黃子陂(在樊川)向來幽興極步屧(一作履，一作屐)過東籬

落日平臺上春風啜茗時石闌斜點(一作照)筆桐葉坐題詩翡翠鳴衣桁蜻蜓立釣絲自今幽興熟(一作自逢今日興)來往亦無期

頗怪朝參嬾應耽野趣長雨拋金鎖甲苔臥綠沈槍手自移蒲柳家纔足稻粱看君用幽意白日到羲皇

到此應常宿相留可判年蹉跎暮容色(一作鬢)悵望好林泉何路(一作日)霑微祿歸山買薄田斯遊(一作終身)恐不遂把酒意茫然

冬日有懷李白

寂寞書齋裏終朝獨爾思更尋嘉樹傳不忘角弓詩短褐(一作裋)風霜入還丹日月遲未因乘興去空有鹿門期

杜位宅守歲(位出襄陽房，官考功員外郎、湖州刺史。後因李林甫諸壻貶新州。甫又有寄從弟位詩云：近聞寬法離新州是也)

守歲阿戎(一作咸。通鑑注：晉宋間人多呼弟爲阿戎)家椒盤已頌花盍簪喧櫪馬列炬散林鴉四十明朝過飛騰暮景斜誰能更拘束爛醉是生涯

與鄠縣源大少府宴渼陂(得寒字)

應爲西陂好金錢罄一餐飯抄雲子(碎雲母比米之白)白瓜嚼水精寒無計迴船下空愁避酒難主人情爛熳持荅翠琅玕

崔駙馬山亭宴集(京城東有崔惠童駙馬山池)

蕭史幽棲地，林間蹋鳳毛。洑流何處入，亂石閉門高。客醉揮金椀，詩成得繡袍。清秋多宴會（一作賞樂），終日困香醪。

九日楊奉先會白水崔明府

今日潘懷縣（潘岳），同時陸浚儀（陸雲）。坐開桑落酒，來把菊花枝。天宇清霜淨，公堂宿霧披。晚酣留客舞，鳧舄共差池（一作參差）。

贈翰林張四學士（垍）

翰林逼華蓋（華蓋九星蔽覆帝座），鯨力破滄溟。天上張公子，宮中漢客星（漢成帝每與張放微行，稱富平侯家，故童謠曰張公子時相見。徐陵詩：張星舊在天河上）。賦詩拾翠殿，佐酒望雲亭。紫誥仍兼綰，黃麻似六經。內分（一作頒）金帶赤，恩與荔枝青。無復隨高鳳，空餘泣聚螢。此生任春草，垂老獨漂萍。儻憶山陽會，悲歌在一聽。

送張二十參軍赴蜀州因呈楊五侍御

好去張公子，通家別恨添。兩行秦樹直，萬點（一作朵）蜀山尖。御史新驄馬，參軍舊紫髯。皇華吾善處，於汝定無嫌。

陪諸貴公子丈八溝攜妓納涼晚際遇雨二首（下杜城南有第五橋丈八溝）

落日放船好，輕風生浪遲。竹深留客處，荷淨納涼時。公子調冰水，佳人雪藕絲。片雲頭上黑，應是雨催詩。

雨來霑席上，風急（一作惡）打船頭。越女紅裙濕，燕姬翠黛愁。纜侵隄柳繫，幔宛（一作卷）浪花浮。歸路翻蕭颯，陂塘五月秋。

白水明府舅宅喜雨（得過字）

吾舅政如此，古人誰復過。碧山晴又濕，白水雨偏多。精禱既不昧，歡娛將謂何。湯年旱頗甚，今日醉弦歌。

陪李金吾花下飲

勝地初相引，余（一作徐）行得自娛。見輕吹鳥毳，隨意數花鬚。細草稱偏（一作偏稱）坐，香醪懶再酤。醉歸應犯夜，可怕李金吾。

贈高式顏

昔別是（一作人）何處，相逢皆老夫。故人還寂寞，削跡共艱虞。自失論文友，空知賣酒壚。平生飛動意，見爾不能無。

贈比部蕭郎中十兄（原注：甫從姑子也）

有美生人傑，由來積德門。漢朝丞相系，梁日帝王孫。蘊藉為郎久，魁梧秉哲尊。詞華傾後輩，風雅藹孤騫。宅相榮姻戚，兒童惠討論。見知真自幼，謀拙醜（一作愧）諸昆。漂蕩雲天闊，沈埋日月奔。致君時已晚，懷古意空存。中散山陽鍛，愚公野谷（杜山北有愚公谷）村。寧紆長者轍，歸老任乾坤。

九日曲江

綴席茱萸好，浮舟菡萏衰。季秋時欲半（一作百年秋已半），九日意兼悲。江水清源曲，荊門此路疑。晚來（一作年）高興盡，搖蕩菊花期。

承沈八丈東美除膳部員外阻雨未遂馳賀奉寄此詩（東美乃佺期之子）

今日西京掾，多除內省郎（原注：府掾四人，同日拜郎）。通家惟沈氏，謁帝似馮唐。詩律羣公問，儒門舊史長。清秋便寓直，列宿頓輝光。未暇申宴（一作安）慰，含情空激揚。司存何所比，膳部默悽傷（原注：甫大父昔任此官）。貧賤人事略，經過霖潦妨。禮同諸父長，恩豈布衣忘。天路牽騏驥，雲臺引棟梁。徒懷貢公喜，颯颯鬢毛蒼。

奉留贈集賢院崔于二學士（國輔、休烈）

昭代將垂白，途窮乃叫閽。氣衝星象表，詞感帝王尊。天老（黃帝以天老配中台）書題目，春官驗討論。倚風遺鶂路，隨水到龍門。竟與蛟螭雜，空聞（一作寧聞，一作寧無）燕雀喧。青冥猶契闊（一作連澒洞），陵厲不（一作小）飛騰。儒術誠難起，家聲庶已存。故山多藥物，勝槩憶桃源。欲整還鄉旆，長懷禁掖垣。謬稱三賦在，難述二公恩（原注：甫獻三大禮賦出身，二公常謬稱述）。

故武衛將軍輓歌三首

嚴警當寒夜，前軍落大星。壯夫思感（一作敢）決，哀詔惜精靈。王者今無戰，書生已勒銘。封侯意疏闊，編簡為誰青。

舞劍過人絕，鳴弓射獸能。銛鋒行愜順，猛噬失蹻騰。赤羽（一作雨）千夫膳，黃河十月冰。橫行沙漠外，神速至今稱。

哀輓青門去，新阡絳水遙。路人紛雨泣，天意颯風飄。部曲精仍銳，匈奴氣不驕。無由覩雄略，大樹日蕭蕭。

官定後戲贈（原注：時免河西尉，為右衛率府兵曹）

不作河西尉，淒涼為折腰。老夫怕趨走，率府且逍遙。耽酒須微祿，狂歌託聖朝。故山歸興盡，回首向風飆。

九日藍田崔氏莊

老去悲秋強自寬，興來今（一作終）日盡君歡。羞將短髮還吹帽，笑倩旁人為正冠。藍水遠從千澗落，玉山高並兩峰寒。明年此會知誰健（一作在），醉（一作再）把茱萸子細看。

崔氏東山草堂

愛汝玉山草堂靜，高秋爽氣相（一作多）鮮新。有時自發鐘磬響，落日更見漁樵人。盤剝白鴉谷（谷在縣東南二十里）口栗，飯煮青泥坊（縣有青泥驛）底芹（一作蓴）。何為西莊王給事，柴門空閉鎖（一作好）松筠。（王維官給事中，晚築輞川別業，後捨為清源寺）

對雪

戰哭多新鬼，愁吟獨老翁。亂雲低薄暮，急雪舞迴風。瓢棄（一作弄）尊無綠，爐存火似紅。數州消息斷，愁坐正書空。

月夜

今夜鄜州月，閨中只獨看。遙憐小兒女，未解憶長安。香霧雲鬟濕，清輝玉臂寒。何時（一作當）倚虛幌，雙照淚痕乾。

遣興

驥子（宗武小字）好男兒，前年學語時。問知人客姓，誦得老夫詩。世亂憐渠小，家貧仰母慈。鹿門攜不遂（一作有處），雁足繫難期。天地軍麾滿，山河戰角悲。儻（一作東）歸（一作鳥道去無期）免相失，見日（一作爾）敢辭遲。

元日寄韋氏妹

近聞韋氏妹，迎在漢鍾離。郎伯殊方鎮，京華舊國移。春城回北斗，郢樹發南枝。不見朝正使，啼痕滿面垂。

春望

國破山河在，城春草木深。感時花濺淚，恨別鳥驚心。烽火連三月，家書抵萬金。白頭搔更短，渾欲不勝簪。

憶幼子（原注：字驥子，時隔絕在鄜州）

驥子春猶隔，鶯歌暖正繁。別離驚節換，聰慧（一作惠）與誰論。澗水空山道，柴門老樹村。憶渠愁只（一作即）睡，炙背俯晴軒。

一百五日夜對月

無家對寒食，有淚如金波。斫却（一作折盡）月中桂，清光應更多。仳（一作披）離放紅蘂，想像嚬青蛾。牛女漫愁思，秋期猶渡河。

全唐詩目 第四函

第三冊

杜甫 十卷至十三卷

全唐詩

杜甫

喜達行在所三首（原注自京竄至鳳翔）

西憶岐陽信無人遂却回眼穿當（一作看）落日心死著寒灰
霧（一作茂）樹行相引蓮峰（一作連山）望忽（一作或）開所親驚老瘦辛苦賊
中來
愁（一作秋）思胡笳夕淒涼漢苑春生還今日事間道暫時人
司隸章初覩南陽氣已新喜心飜倒極嗚咽淚（一作涕）霑巾
死去憑誰報歸來始自憐猶瞻太白雪喜遇武功天影
靜千官（一作門）裏心蘇七校前今朝漢社稷新數中興年

得家書

去憑遊客寄（一作休汝騎）來爲附家書今日知消息他鄉且舊
居熊兒（宗文小名）幸無恙驥子最憐渠臨老羈孤極傷時會合
踈二毛趨帳殿一命侍鑾輿北闕妖氛滿西郊白露初
涼風新過雁秋雨欲生魚農事空山裏眷言終（一作終篇言）荷
鋤

奉贈嚴八閣老（唐兩省相呼爲閣老時嚴武爲給事中屬黃門省）

扈聖（一作扈從一作今日）登黃閣明公獨妙年蛟龍得雲雨鵰鶚在秋
天客禮容踈放官曹可（一作許）接聯新詩句句好應任老夫
傳

奉送郭中丞兼太僕卿充隴右節度使三十韻（郭英乂）

詔發西山（一作山西）將秋屯（一作營）隴右兵淒涼餘部曲燀（一作烜）赫舊
家聲（英乂父知運都督隴右威震西陲）鵰鶚乘時去驊騮顧主鳴艱難須（一作思）
上策容易即前程斜日當軒蓋高（一作歸）風卷旆旌松悲天
水冷沙亂雪山清和虜猶懷惠防邊不（一作詎）敢驚古來於
異域鎮靜示（一作得）專征燕薊奔封豕周秦觸駭鯨中原何
慘黷餘（一作遺）孽尚縱橫箭入昭陽殿笳吟細柳營內人（宜春院女伎謂之內人）
紅袖泣（一作短）王子白衣行宸極袄（一作妖）星動（一作大）園陵（一作林）
殺氣平空餘金椀出無復繐帷輕毀廟天飛雨焚宮火
徹明罘罳（織絲爲羅網之狀以蓋宮殿檐戶間）朝共落槍（一作楡木似梗）桷夜同傾三月師
逾整羣胡（一作兇）勢就烹瘡痍（一作恭承）親接戰勇決（一作餘勇）冠垂成妙
譽期元宰殊恩且列卿幾時迴節鉞戮力埽欃槍（一作彗星）圭

竇（一作蓬戶）三千士雲梯七十城恥非齊說客祇（一作甘）似魯諸生
通籍微班忝周行獨坐榮隨肩趨漏刻短髮寄（一作媿）簪纓
徑欲依劉表還疑（一作能無）厭禰衡漸衰那（一作寧）此別忍淚獨含
情廢邑狐狸語空郵虎豹爭人頻墜塗炭公豈忘精誠
元帥調新律（一作鼎）前軍壓舊京安邊仍扈從莫作（一作無使）後功
名

送楊六判官使西蕃

送遠秋風落西征海氣寒帝京氛祲滿人世別離難絕
域遙懷怒和親願結歡敕書憐贊普兵甲望長安宣命
（一作令）前程急惟良待士寬子雲清自守今日起爲官垂淚
方投筆傷時即據鞍儒衣山鳥怪漢節野童看邊酒排
金醆（一作盌）夷歌捧玉盤草輕（一作肥）蕃馬健雪重拂廬乾愼爾
參籌畫從茲正羽翰歸來權可取九萬一朝摶
月

天上秋期近人間月影清入河蟾不沒擣藥兔長生只
益丹心苦能添白髮明干戈知滿地（一作道）休照國西營

留別賈（至）嚴（武）二閣老兩院補闕（得雲字一作兩院遺補諸公得聞字）

田園須暫往（一作往）戎馬惜離羣去遠留詩別愁多任酒醺
一秋常苦雨今日始無雲山路時（一作晴）吹角（一作笛）那堪處處
聞

晚行口號

三川不可到歸路晚山稠落雁浮寒水飢烏集戍樓市
朝今日異喪亂幾時休遠媿梁江總還家尚黑頭

獨酌成詩

燈花何太喜酒綠（一作色）正相親醉裏從爲客詩成覺有神
兵戈猶在眼儒術豈謀身共（一作苦）被微官縛低頭媿野人

行次昭陵（唐太宗昭陵在醴泉縣九嵕山西北時甫詔許之鄜州視家道里所經）

舊俗疲庸主羣雄問獨夫讖歸龍鳳質威定虎狼都天
屬尊堯典（唐高祖諡神堯以其傳位如讓禪也）神功協禹謨風雲隨絕（一作逸）足日月
繼（一作亭）高衢文物多師古朝廷半老儒直詞寧戮辱賢路
不崎嶇往者災猶降蒼生喘未蘇指麾安率土盪滌撫
洪爐壯士悲陵邑幽人拜鼎湖玉衣晨自舉鐵（一作石）馬汗
常趨（潼關之戰賊兵時見黃旗軍掠陣是日奏昭陵前石人馬俱流汗）松柏瞻虛（一作靈）殿塵沙立暝（一作暗）

途寂寥開國日流恨滿山隅

重經昭陵

草昧英雄起謳歌歷數歸風塵三尺劍社稷一戎衣翼亮貞文德丕承戢武威聖圖天廣大宗祀日光輝陵寢盤空曲熊羆守翠微再窺松柏路還見（一作有）五雲飛

喜聞官軍已臨賊境二十韻

胡虜（一作騎）潛京縣官軍擁賊壕鼎魚猶假息穴蟻欲何逃帳殿羅玄冕轅門照白袍秦山當警蹕漢苑入旌旄路失（一作濕）羊腸險雲橫雉尾高五原（畢白鹿少陵高陽細柳）空壁壘八水（灞滻涇渭灃鎬潦潏）散風濤今日看天意遊魂貸爾曹乞降那更得尚詐莫徒勞元帥歸龍種司空（郭子儀）握（一作擁）豹韜前軍（一作旌）（李嗣業）蘇武節左將（僕固懷恩）呂虔刀兵氣回飛鳥威聲沒巨鼇戈鋋開雪色弓矢尚（一作向）秋毫天步艱方盡時和運更遭誰云遺毒螫（一作蠆）已是沃腥臊睿想（一作思）丹墀近神行羽衛牢花門騰絕漠拓（一作柘）羯（西域呼勇健者爲拓羯）渡臨洮此輩感恩至羸俘何足操鋒先衣染血騎突劍吹毛喜覺都城動悲憐（一作連）子女號家家賣釵釧只待獻春醪（至德二載九月丁亥廣平王將朔方等軍及回紇西域之衆十五萬發鳳翔癸卯大軍入西京甲辰捷書至鳳翔）

收京三首

仙仗離丹極妖星照玉除須爲下殿走不可好樓居（一作得非羣盜起難作九重居）暫屈汾陽駕（莊子堯見四子於汾水之陽窅然喪其天下）聊飛燕將書依然七廟略更與萬方初

生意甘衰白天涯正寂寥忽聞哀痛詔又下聖明朝羽翼懷（一作慙）商老文思憶帝堯叨逢罪己日霑灑（一作灑涕）望青霄（錢謙益曰收京時上皇在蜀詔定行日肅宗汲汲御丹鳳樓下制故曰忽聞哀痛詔又下聖明朝靈武諸臣爭誇擁立之功至有蜀郡靈武功臣之目故以商老羽翼刺之明皇內禪故目之曰帝堯肅宗已即大位而用商老故事則仍以東朝目之也）

汗馬收宮闕春城剷賊壕賞應歌杕杜歸及薦櫻桃雜虜橫戈數（一作槊）功臣甲第高萬方頻（一作同）送喜無乃聖躬勞

臘日

臘日常（一作年）年暖尚遙今年臘日凍全消侵陵雪色還萱草漏洩春光有（一作是）柳條縱酒欲謀良（一作長）夜醉還（一作歸）家初散（一作放）紫（一作北）宸朝口脂面藥隨恩澤（景龍中臘日賜近臣口脂面藥）翠管銀罌下九霄

紫宸殿退朝口號

户外昭容紫袖垂雙瞻御座引朝儀（宮人引導至天祐間始革）香飄合殿春風轉花覆千官淑景移晝漏希（一作聲）聞高閣報天顏有喜近臣知宮中每出歸東省會送夔龍集（一作到）鳳池

曲江二首

一片花飛減卻春風飄萬點正愁人且看欲盡花經（一作驚）眼莫厭傷多酒入脣江上小堂（一作棠）巢翡翠花（一作苑即芙蓉苑）邊高冢臥麒麟細推物理須行樂何用（一作事）浮名（一作榮）絆此身

朝回日日典春衣每日江頭盡醉歸酒債尋常（八尺曰尋倍尋曰常）行處有人生七十古來稀穿花蛺蝶深深見（一作舞）點水蜻蜓款款（一作緩緩）飛傳語風光共流轉暫時相賞莫相違

曲江對酒

苑外江頭坐不歸水精春（一作宮）殿轉霏微桃花細逐楊花落（一作欲共梨花語）黃鳥時（一作仍）兼白鳥飛縱飲久判人共棄懶朝真與世相違吏（一作含）情更覺滄洲遠老大悲傷未拂衣

曲江對（一作值）雨

城上春雲覆苑牆江亭晚色靜年（一作天）芳林花著雨燕脂落（一作濕）水荇牽風翠帶長龍武新軍深（一作經）駐輦芙蓉別殿謾焚香何時詔（一作重）此金錢會暫（一作爛）醉佳人錦瑟旁（錢謙益曰此亦懷上皇南內之詩也玄宗用萬騎軍以平韋氏改爲龍武軍親近宿衛於興慶宮南樓每置酒眺望必由夾城以達曲江芙蓉苑今深居南內昔日之駐輦遊幸皆不可得金錢之會亦無復開元之盛矣）

奉和賈至舍人早朝大明宮（賈至洛陽人與父曾俱爲中書舍人）

五夜漏聲催曉箭九重（一作天）春色醉仙桃旌旗日暖龍蛇動宮殿風微燕雀高朝罷香煙攜滿袖詩成珠玉在揮毫欲知世掌絲綸美（原注舍人先世嘗掌絲綸）池上於（一作如）今有（一作得）鳳毛

宣政殿退朝晚出左掖（掖門在兩旁如人之臂掖）

天門日射黃金牓春殿晴曛（一作熏）赤羽旗宮草微微（一作霏霏）承委佩鑪煙細細駐遊絲雲近蓬萊常好（一作五）色雪殘鳷鵲亦多時侍臣緩步歸青瑣退食從容出每遲

題省中院壁（一本無院字）

掖垣竹埤梧十尋洞門對霤（一作雪）常陰陰落花遊絲白日靜鳴鳩乳燕青春深腐儒衰晚謬通籍退食遲迴違寸心袞職曾無一字補許身媿比雙南金

春宿左省

花隱掖垣暮啾啾棲鳥過星臨萬户動月傍九霄多不寢（一作寐）聽金鑰（一作鏁）因風想玉珂明朝有封事數問夜如何

送翰林張司馬（一作學士）南海勒碑（原注相國製文）

冠冕通南極文章落上台詔從三殿（一作天上）去碑到百蠻開野館濃（一作穠）花發春帆細雨來不知滄海上（一作使）天遣幾時回

晚出左掖

晝刻傳呼淺春旗簇仗齊退朝花底散歸院柳邊迷樓雪融城濕宮雲去殿低避人焚諫草騎馬欲雞棲

曲江陪鄭八丈南史飲

雀啄江頭黃（一作楊）柳花鵁鶄鸂鶒滿晴沙自知白髮非春事且盡芳尊戀物華近侍即今難浪跡此身那得更無家丈人文（一作才）力猶強健豈傍青門學種瓜

送賈閣老出汝州

西掖梧桐樹空留一院陰艱難歸故里去住損春心宮殿青門隔雲山紫邏深人生五馬貴莫受二毛侵

鄭駙馬池臺喜遇鄭廣文同飲

不謂生戎馬何知共酒杯然臍郿塢敗握（一作秃）節漢臣回白髮千莖雪丹心一寸（一作片）灰別離經死（一作此）地披寫忽登臺重對秦簫發俱過阮宅（一作巷）來留連（一作醉留）春夜舞（一作席一作苑夜）淚落強（一作更一作舞淚落）裴回

送鄭十八虔貶台州司户傷其臨老陷賊之故闕爲面別情見於詩

鄭公樗散鬢成（一作如）絲酒後常稱老畫師萬里傷心嚴譴日百年垂死中興時蒼惶（一作伶俜）已就長途往邂逅無端出餞遲便與先生應永訣九重泉路（一作下）盡交期

題鄭十八著作虔（一作丈）

台州地闊（一作僻）海冥冥雲水長和島嶼青亂後（一作繾綣）故人雙別淚春深（一作飄飄）逐客一浮萍酒酣懶舞誰相拽詩罷能吟不復聽第五橋東流恨水皇陂岸北結愁亭賈生對鵩傷王傅蘇武看羊陷賊庭可念此翁（一作心一作公）懷（一作常）直道也霑新國用輕刑禰衡實恐遭江夏方朔虛傳是歲星窮

巷悄然(一作朝)車馬絕案頭乾死讀書螢

端午日賜衣

宮衣亦有名端午被恩榮細葛含風軟香羅疊雪輕自天題處濕當暑著來清意內稱(一作恰稱身)長短終身荷聖情

贈畢四(曜)

才大今詩伯家貧苦宦卑飢寒奴僕賤顏狀老翁爲同調嗟誰惜論文笑自知流傳江鮑體相顧免無兒

酬孟雲卿

樂極傷頭白更長(一作深)愛燭紅相逢難(一作雖)衮衮告別莫怱怱但恐天河落寧辭酒醆空明朝牽世務揮淚各西東

奉贈王中允(維)

中允聲名久如今契闊深共傳收庾信(侯景亂庾信奔江陵元帝承制除爲御史中丞)不比得陳琳(明皇云從賊之臣毀謗朝廷如陳琳之檄曹操者多矣王維獨情痛賦秋槐落葉詩故曰不當比之陳琳也)一病(維陷賊時詐稱瘖疾)緣明主三年獨此心窮愁應有作試誦白頭吟

奉陪鄭駙馬韋曲二首

韋曲花無賴家家惱殺人綠尊雖(一作須)盡日白髮好禁(一作傷)春石角鉤衣破藤枝(一作蘿一作梢)刺眼新何時占叢竹頭戴小烏巾

野寺垂楊裏春畦亂水間美花多映竹好鳥不歸山城郭終何事風塵豈駐顏誰能共公子薄暮欲俱還

奉荅岑參補闕見贈

窈窕清禁闥(一作闕)罷朝歸不同君隨丞相後我往(一作住)日華東冉冉柳枝碧娟娟花蘂紅故人得佳句獨(一作猶)贈白頭翁

送許八拾遺歸江寧覲省甫昔時嘗客遊此縣於許生處乞瓦棺寺維摩圖樣志諸篇末

詔許(一作天語)辭中禁慈顏(一作家榮)赴(一作拜)北堂聖朝新孝理祖席(一作行子)倍輝(一作恩)光內(一作贈)帛擎偏重宮衣著更香淮陰清(一作新)夜驛京口渡江航春隔雞人晝秋期燕子涼賜書誇父老壽酒樂城隍(一作竹引趨庭曙山添扇枕涼十年過父老幾日賽城隍)看畫曾飢渴追蹤恨(一作限)淼茫虎頭金粟影神妙獨難忘

因許八奉寄江寧旻上人

不見旻公三十年封書寄與淚潺湲舊來好事今能否老去新詩誰與(一作爲)傳棊局動隨尋(一作幽)澗竹袈裟憶上泛湖船聞君話我爲官在頭白昏昏只醉眠

至德二載甫自京金光門出問(一作間)道歸鳳翔乾元初從左拾遺移華州掾與親故別因出此門有悲往事

此道昔歸順西郊胡正(一作騎)繁至今殘破膽應(一作猶)有未招魂近得(一作侍)歸京邑移官豈(一作遠)至尊無才日衰老駐馬望千門

寄高三十五詹事(適以淮南節度爲李輔國所短除太子詹事)

安穩高詹事兵戈久索居時來如(一作知)宦達歲晚莫情疎天上多鴻雁池(一作河)中足鯉魚相看過半百不寄一行書

路逢襄陽楊少府入城戲呈楊員外綰(原注甫赴華州日許寄員外茯苓一本戲題四韻附呈許員外爲求茯苓)

寄語楊員外山寒少茯苓歸來稍暄(一作候和)暖當爲斸青冥翻動(一作倒)神仙(一作龍蛇)窟封題鳥獸形兼將老藤杖扶汝醉初醒

題鄭縣亭子(鄭縣游春亭在西溪上一名西溪亭)

鄭縣亭子澗之濱戶牖憑高發興新雲斷岳蓮臨大路天(一作道)晴(一作清)宮(一作宮)柳暗長春巢邊野雀(一作鵲)羣欺燕花底山蜂遠趁人更欲題詩滿青竹晚來幽獨恐傷神

早秋苦熱堆案相仍(原注時任華州司功)

七月六日苦炎熱(一作蒸)對食暫餐還不能每(一作常)愁夜中(一作來)自足蝎況(一作仍)乃秋後轉多蠅束帶發狂欲大叫簿書何急來相仍南望青松架短(一作絕)壑安得(一作能)赤腳蹋層冰

望岳

西岳崚嶒(一作危稜)竦處尊諸峰羅立(一作列)如(一作似)兒孫安得仙人九節杖(漢武帝登少室見一女子以九節杖指日閉目食日精)拄到玉女洗頭盆(華山玉女祠前有五石臼名玉女洗頭盆)車箱入谷無歸(一作回)路箭栝(一作闊一作關一作筈按韻會栝與筈括俱通)通天有一門稍待西(一作秋)風涼冷後高尋白帝(白帝治西岳)問眞源

至日遣興奉寄北省舊閣老兩院故人(一作補遺)二首

去歲茲辰捧御牀五更三點入鵷行欲知趨走傷心地正想氛氳滿眼香無路從容陪語笑有時顛倒著衣裳何人錯憶(一作却認)窮愁日愁日(一作日日)愁隨一線長憶昨逍遙供奉班去年今日侍龍顏麒麟不動鑪煙上孔雀(一作轉)徐開扇影還玉几(一作座)由來天北極朱衣只在殿中間孤城此日堪腸斷愁對寒雲雪(一作白)滿山

得弟消息二首

近有平陰信遙憐舍弟存側身千里道寄食一家村烽舉新酣戰啼垂舊血痕不知臨老日招得幾人(一作時)魂

汝懦歸無計吾衰往未期浪傳烏鵲喜深負鶺鴒詩生理何顏面憂端且歲時兩京三十口雖在命如絲

憶弟二首(原注時歸在南陸渾莊)

喪亂聞吾弟飢寒傍濟州人稀吾(一作書)不到兵在見何由憶昨狂催走無時病去憂即今千種恨惟共水東流

且喜河南定不問鄴城圍百戰今誰在三年望汝歸故園花自發春日鳥還飛斷絕人煙久東西消息稀

得舍弟消息

亂後誰歸得他鄉勝故鄉直(一作若)爲心厄苦久念(一作得)與(一作汝)存亡汝書猶在壁汝妾(一作室)已辭房舊犬知愁恨垂頭傍我牀

秦州雜詩二十首

滿目悲生事因人作遠遊遲迴度隴怯浩蕩及(一作入)關愁水落魚龍(汧水出小隴山東北流成淵名魚龍水)夜山空(一作通)鳥鼠(鳥鼠同穴故名在渭源縣西)秋西征問烽火心折此淹留

秦州山(一作城)北寺勝跡(一作傳是)隗囂宮苔蘚山門古(一作故)丹青野殿空月明垂葉露雲逐渡溪風清渭無情極愁時獨向東

州圖領同谷驛道出流沙降虜兼千帳居人有萬家馬驕珠(一作朱)汗落胡舞白蹄(一作題)斜(白題國以白堊其首舞則頭偏故云)年少臨洮子(一作至)西來亦自誇

鼓角緣邊郡川原欲夜時秋聽殷地發風散入雲悲抱葉寒蟬靜歸來(一作山)獨鳥遲萬方(一作年)聲一槩吾道竟何之

南使宜天馬由來萬匹強浮雲連陣沒秋草徧(一作滿)山長聞說眞龍種仍殘(一作空餘)老驌驦哀鳴思戰鬭迥立向蒼蒼

城上胡笳奏山邊漢節歸防河赴滄海奉詔發金微(一作徽)士苦形骸黑旌(一作林)疎鳥獸稀那聞(一作堪)往來戍恨解鄴城

闉。

莽莽萬重山，孤城山（一作石）谷間。無風雲出塞，不夜月臨關。屬國歸何晚，樓蘭斬未還。煙塵獨（一作一）長望，衰颯正摧（一作催）顏。

聞道尋源使，從天此路迴。牽牛去幾許，宛馬至今來。一望幽燕隔，何時郡國開。東征健兒盡，羌笛暮吹哀。

今日明人眼，臨池好驛亭。叢篁低地碧，高柳半天青。稠疊多幽事，喧呼閱使星。老夫如有此，不異在郊坰。

雲氣接昆崙，涔涔塞雨繁。羌童看渭水，使（一作估）客向（一作尚）河源。煙火軍中幕，牛羊嶺上村。所居秋草淨，正閉小蓬門。

蕭蕭古塞冷，漠漠秋雲（一作風）低。黃鵠翅垂雨，蒼鷹飢啄泥。薊門誰自北，漢將獨征西。不意書生耳（一作眼），臨衰厭（一作見）鼓鞞。

山頭南（一作東）郭寺，水號北流泉。老樹空庭得，清渠一邑傳。秋花危石底，晚景臥鐘邊（一作前）。俛仰悲身世，溪風為颯（一作蕭）然。

傳道東柯谷（在秦州東南五十里，有杜甫祠，即甫寓居姪佐草堂也），深藏數十家。對門藤蓋瓦，映竹水穿沙。瘦地飜宜粟，陽坡可種瓜。船人近相報，但恐失桃花。

萬古仇池穴，潛通小有天。神魚人（一作今）不見，福地語真傳。近接西南境，長懷十九泉。何時（一作當）一茅屋，送老白雲邊。

未暇泛滄海，悠悠兵馬間。塞門風（一作風寒）落木，客舍雨連山。阮籍行多興，龐公隱不還。東柯遂疏懶（一作放），休鑷鬢毛斑。

東柯好崖谷，不與眾峰羣。落日邀雙鳥，晴天養（一作卷）片雲。野人矜（一作吟）險絕，水竹會平分。采藥吾將老，兒童未遣聞。

邊秋陰易久（一作夕），不復辨晨光。檐雨亂淋幔，山雲低度牆。鸕鶿窺淺井，蚯蚓上深（一作高）堂。車馬何蕭索，門前百草長。

地僻秋將盡，山高客（一作夜）未歸。塞雲多斷續，邊日少光輝。警急烽常報，傳聞（一作聲）檄屢飛。西戎外甥國，何得迕（一作近）天威。

鳳林（屬河州）戈未息，魚海（在河州西）路常難。候火雲烽（一作峰）峻，懸軍幕（一作暮）井乾。風連西極動，月過北庭寒。故老思飛將，何時（一作人）議築壇。

唐堯真自聖，野老復何知。曬藥能無婦，應門幸（一作亦）有兒。藏書聞禹穴，讀記憶（一作悟）仇池。為報鴛行舊，鷦鷯在一枝。

月夜憶舍弟

戍鼓斷人行，秋邊（一作邊秋）一雁聲。露從今夜白，月是故鄉明。有弟皆分散（一作羇旅），無家問死生。寄書長不避（一作達），況乃未休兵。

宿贊公房（原注：京中大雲寺主，謫此安置）

杖錫何來此（一作久），秋風已颯然。雨荒深院菊，霜倒半池蓮。放逐寧違（一作虧）性，虛空不離禪。相逢成夜宿，隴月向人圓。

東樓

萬里流沙道，西征（一作行一作征西）過北（一作此）門。但（一作俱）添新（一作征）戰骨，不返舊征（一作死生）魂。樓角臨風迥，城陰帶水（一作雨）昏。傳聲看驛使，送節向河源。

雨晴（一作秋霽）

天水（一作外一作際一作永）秋雲薄，從西萬里風。今朝好晴景，久雨不妨農。塞（一作岸）柳行疏翠，山梨結小紅。胡笳樓上發，一雁入高空。

寓目

一縣蒲萄熟，秋山苜蓿多。關雲常帶雨，塞水不成河。羌女輕（一作搖）烽燧，胡兒制（一作掣）駱駝。自傷遲暮眼，喪亂飽經過。

山寺

野寺殘僧少，山園細路高。麝香眠石竹，鸚鵡啄金桃。亂石（一作水）通人過，懸崖置屋牢。上方重閣晚，百里見秋（一作纖）毫。

即事（乾元二年回紇從郭子儀戰相州不利，奔還西京。四月回紇死，欲以寧國公主殉葬，因無子得歸）

聞道花門破，和親事卻非。人憐漢公主，生得渡河歸。秋思拋雲髻（一作鬢），腰支勝（一作賸）寶衣。羣兇猶索戰，回首意多違。

遣懷

愁眼看霜露，寒城菊自花。天風隨斷柳，客淚墮清（一作晴）笳。水淨樓（一作城）陰直，山昏塞日斜。夜來歸鳥盡，啼殺後棲鴉。

天河

常時任顯晦，秋至輒（一作最一作轉）分明。縱被微雲掩，終能（一作當一作輸）永夜清。含星動雙闕，伴月照邊城。牛女年年渡，何曾風浪生。

初月

光細（一作常時）弦豈（一作初一作欲）上，影斜輪未安。微升古（一作紫）塞（一作堞）外，已隱暮雲端。河漢不改色，關山空自寒。庭前有白露，暗滿菊花團（一作闌）。

歸燕

不獨避霜雪，其如儔侶稀。四時無失序，八月自知歸。春色豈相訪（一作誤），眾雛還識機。故巢儻未毀，會傍主人飛。

擣衣

亦知戍不返，秋至拭清砧。已近苦（一作暮）寒月，況經（一作驚）長別心。寧辭擣熨（一作衣）倦，一寄塞垣深。用盡閨中力，君聽空外音。

促織

促織甚微細，哀音（一作聲）何動人。草根吟（一作冷）不穩，牀下夜（一作意）相親。久客得無淚，放（一作故）妻難及晨。悲絲（一作絃）與急管，感激異天真。

螢火

幸因腐草出，敢近太陽飛。未足臨書卷，時能點客衣。隨風隔幔小，帶雨傍林微。十月清霜重，飄零何處歸。

蒹葭

摧折不自守（一作與），秋風吹若何。暫時花戴（一作載）雪，幾處葉（一作隨水）沈波。體弱春風（一作甲一作苗）早，叢長夜露多。江湖後搖落，亦（一作只）恐歲蹉跎。

苦竹

青冥亦自守，軟弱強扶持。味苦夏蟲避，叢卑春鳥疑。軒墀曾不重，翦伐欲（一作亦）無辭。幸近幽人屋，霜根結在茲。

除架

束薪已零落，瓠葉轉（一作卷）蕭（一作相）疏。幸結白花了，寧辭青蔓除。秋蟲聲不去，暮雀意何如。寒事今牢落，人生亦有初。

廢畦

秋蔬擁霜露，豈敢惜凋殘。暮景數枝葉，天風吹汝寒。綠霑泥滓盡，香與歲時闌。生意春如昨，悲君白玉盤。

夕烽

夕烽來不近（一作止一作明照灼），每日（一作了了）報平安。塞上傳光（一作聲）小，雲邊

落（一作數）點殘照，秦通警急過隴自艱難（一作談鎗仍再減煙迴不勝寒）聞道（一作恐照）蓬萊殿千門立馬看（一作城中幾道看）

秋笛

清商欲盡奏奏苦血霑衣他日傷心極征人白骨歸相逢恐恨過故作發聲微不見秋雲動悲風稍稍飛

送遠

帶甲滿天地胡爲君遠行親朋盡一哭鞍馬去孤城草木歲月晚關河霜雪清別離已昨日因見古人情

觀兵

北庭送壯士貔虎數尤多精銳舊無敵邊隅今若何妖氛擁白馬元帥待彫戈莫守鄴城下斬鯨遼海波（乾元元年十月郭子儀等九節度圍相州明年三月史思明來援戰於城下官軍潰而圍解初李光弼欲與朔方軍同逼魏城圍史思明得曠日持久則鄴城必拔魚朝恩不可而止詩謂不當困守鄴城老師乏餽以致援師之至也）

不歸

河間尚征（一作戰）伐汝骨在空城從弟人皆有終身恨不平數金憐俊邁總角愛聰明面上三年土春（一作秋）風草（一作吹）又生

天末懷李白

涼風起天末君子意如何鴻雁幾時到江湖秋水多文章憎命達魑魅喜人過應共冤魂語投詩贈汨羅

獨立

空外一鷙鳥河間雙白鷗飄飄搏擊便容易往來遊草露亦多濕蛛絲仍未收天機近人事獨立萬端憂

日暮

日落風亦起城頭烏（一作鳥）尾訛黃雲高未動白水已揚波羌婦語還哭（一作笑）胡兒行且歌將軍別換（一作上一作換駮）馬夜出擁彫戈

空囊

翠柏苦猶食晨（一作明）霞高（一作朝）可餐世人共鹵莽吾道屬艱難不爨井晨凍無衣牀夜寒囊空恐羞澀留得一錢看

病馬

乘爾亦已久天寒關塞深塵中老盡力歲晚病傷心毛骨豈殊衆馴良猶至今物微意不淺感動一沈吟

蕃劍

致（一作至）此自僻遠又非珠玉裝如何有奇怪每夜吐光芒虎氣必騰趠（一作上）龍身寧久藏風塵苦未息持汝奉明王

銅缾

亂後碧井廢時清瑤殿深銅缾未失水百丈有哀音側想美人意應非（一作悲）寒甃沈蛟龍半缺落猶得折黃金

觀安西兵過赴關中待命二首（李嗣業以鎮西北庭兵同郭子儀討安慶緒安西即鎮西舊名也）

四（一作西）鎮富精銳摧鋒皆絕倫還聞獻（一作就）士卒足以靜風塵老馬夜知道蒼鷹飢（一作秋）著人臨危經久戰用急（一作意）始如（一作使）神

奇兵不在衆萬馬救中原談笑無河北心肝奉至尊孤雲隨殺氣飛鳥避轅門竟日留歡（一作觀）樂城池未覺喧

送人從軍

弱水應無地陽關已近天今君渡沙磧累月斷人煙好武寧論命封侯不計年馬寒防失道雪沒錦鞍韉

野望

清秋望不極迢遞起曾陰遠水兼天淨孤城隱霧深葉稀風更落山迥日初沈獨鶴歸何晚昏鴉已滿林

示姪佐（原注佐草堂在東柯谷）（佐出襄陽房侍御史暐之子官大理正）

多病秋風落君來慰眼前自聞茅屋趣只想竹林眠滿谷山雲起侵籬澗水懸嗣（一作阮）宗諸子姪早覺仲容賢

佐還山後寄三首

山晚浮（一作黃）雲合歸時恐路迷澗寒人欲到村（一作林）黑鳥應棲野客茅茨小田家樹木低舊諳疎嬾叔須汝故相攜

白露黃粱熟分張素有期已應春得細頗覺寄來遲味豈同金（一作甘）菊香宜配綠（一作紫）葵老人佗日愛正想滑流匙

幾道泉澆圃交橫落慢（一作幔）坡葳蕤秋葉少（一作小一作菜色）隱映野雲多隔沼連香芰通林帶女蘿甚聞霜薤白重惠（一作薦）意如何

從人覓小胡孫許寄

人說南州路山猨樹樹懸舉家聞若駭（一作共愛）爲寄小如拳預哂愁胡面初（一作何）調見馬鞭許求聰慧（一作惠）者童稚捧應癲

秋日阮（一作陳）隱居致薤三十束

隱者柴門（一作荆）內畦蔬繞舍秋盈筐承露薤不待致書求束比青芻色圓齊玉箸頭衰年關鬲冷味煖并（一作腹）無憂

秦州見敕（一作除）目薛三璩（一作據）授司議郎畢四曜除監察與二子有故遠喜遷官兼述索居凡三十韻

大雅何寥闊（一作廓）斯人尚典刑交期余潦倒材力爾精靈二子聲（一作陛）同日諸生困一經文章開宊（一作突）奧（一作隩）遷擢潤朝廷舊好何由展新詩更憶聽別來頭并白相見眼終青伊昔貧皆甚同憂心（一作歲）不寧棲遑分半菽浩蕩逐流萍俗態猶猜忌（一作忍）妖氛忽（一作遂）杳冥獨慙投漢閣俱（一作但）議哭秦庭還蜀衹無補（一作益）囚梁亦固扃華夷相混合宇宙一羶腥帝力收三統天威總四溟舊都俄望幸清廟肅惟馨雜種雖（一作難）高壘（一作壁）長驅甚建瓴焚香淑景殿漲水望雲亭法駕初還日羣公若會星宮臣仍點染柱史正零丁官忝趨棲鳳朝回歎（一作欲）聚螢喚人看騕褭不嫁惜娉婷掘劍知埋獄（一作掘獄即埋劍）提刀見發硎侏儒應共飽漁父忌偏醒旅泊窮清渭長吟望濁涇羽書還似急烽火未全停師老資殘寇戎生及近坰忠臣辭憤激烈士涕飄零上（一作小）將盈邊鄙元勳溢鼎銘仰思調玉燭誰定握（一作淬）青萍隴俗輕鸚鵡原情類鶺鴒秋風動關塞高臥想儀形

寄彭州高三十五使君適虢州岑二十七長史參三十韻

故（一作古）人何寂寞今我獨淒涼老去才難（一作雖）盡秋來興甚長物情尤可見辭客未能忘海內知名士雲端各異方高岑殊緩步沈（約）鮑（照）得同（一作周）行意愜關飛動篇終接混茫舉天悲富（一作嘉）駱（賓王）近代惜盧（照鄰）王（勃）似爾官仍貴前賢命可傷諸侯非棄擲半刺（別駕任居刺史之半長史即別駕）已翱翔詩好幾時見書成無信（一作使）將男兒行處是客子鬭（一作閒）身強羇旅推賢聖沈緜抵咎殃三年猶瘧疾（原注時患瘧疾）一鬼不（一作未）銷亡隔日搜脂髓增寒抱雪霜徒然潛隙地有靦屢鮮妝

（二語皆時俗避亂事）何太龍鍾極於今出處妨無錢居帝里盡室在
邊疆劉表雖遺恨龐公至死藏心微傍魚鳥肉瘦怯豺
狼隴草蕭蕭白洮雲片片黃彭門（一作天彭）劒閣外虢略鼎湖
旁荊玉簪頭冷巴箋染翰光烏麻（即胡麻）蒸續曬丹橘露應
嘗豈異神仙宅俱兼山水鄉竹齋燒藥竈花嶼讀書牀
更得清新否遙知對屬忙舊官寧改漢（刺史本漢官）淳俗本歸
唐（號本晉地）（一作不離）濟世宜公等安貧亦士常蚩尤終戮辱胡羯漫
猖狂會待祆氛靜（一作滅）論文暫裹糧

寄岳州賈司馬六丈巴州嚴八使君兩閣老五十韻

衡岳啼猨裏巴州鳥道邊故人俱不利（一作別）謫宦兩悠（一作茫）
然開闢乾坤正（一作大）榮枯雨露偏長沙才子遠釣瀨客星
懸憶昨趨行殿殷憂捧御筵討胡愁李廣奉使待張騫
無復雲臺仗虛修水戰船蒼茫城七十流落劒三千畫
角吹（一作歊）秦晉（一作塞）旄頭俯澗瀍小儒輕董卓有識笑苻堅
浪作禽填海那將血（一作矢）射天萬方思助順一鼓氣無前
陰散陳倉北晴熏太白巔亂麻屍積衞破竹勢臨燕法
駕還雙闕王師下八川此時霑奉引佳氣拂周旋貔虎
開（一作閶）金甲（一作匣）麒麟受玉鞭侍臣諳入仗廄馬解登仙花
動朱樓雪城凝碧樹煙衣冠心慘愴故老淚潺湲哭廟
悲風急朝正霽景鮮月分梁漢米春得（一作給）水衡錢內蘂
繁於纈宮莎（一作花）軟勝緜恩榮同拜手出入（一作處）最隨肩晚
著華堂醉寒重繡被眠轡齊兼秉燭書枉滿懷牋每覺
升元輔深期列大賢秉鈞方咫尺鎩翮再聯翩禁掖朋
從改（一作換）微班性命全青蒲甘受（一作就）戮白髮竟誰憐弟子
貧原憲諸生老伏（一作服）虔師資謙未達鄉黨敬何（一作推）先舊
好腸堪斷新愁（一作秋）眼欲穿翠乾危棧竹紅膩小湖（一作池）蓮
賈筆論孤憤嚴詩賦幾篇定知深意苦（一作好）莫使衆人傳
貝錦無停織朱絲有斷弦浦鷗防碎首霜鶻不空拳地
僻昏炎瘴山稠隘石泉且將棊度日應用酒爲年典郡
終微眇治中（高宗初改治中爲司馬）實棄捐安排求傲吏比興展歸田
去去才難得蒼蒼理又玄古人稱逝矣吾道卜終焉隴
外翻投迹漁陽復控弦笑爲妻子累甘與歲時遷親故
行稀少兵戈動接聯他鄉饒夢寐失侶自屯邅多病加
（一作成貞陶甄）淹泊長吟阻靜便如公盡雄俊志在必騰騫（一作公如盡憂患何事）

寄張十二山人彪三十韻

獨臥嵩陽（一作雲）客三違潁水春艱難隨老母慘澹向時人
謝氏尋山屐陶公漉酒巾羣兇彌宇宙此物在風塵歷
下辭姜被關西得孟鄰早通交契密晚接道流新靜者
心多妙（一作好）先生藝絕倫草書何太（一作應甚）苦詩興不無神曹
植休前輩張芝更後身數篇吟可老一字買堪貧將恐
曾防寇深潛（一作情）託所親寧聞倚門夕盡力潔飧晨疎嬾
爲名誤驅馳喪我眞索居猶（一作尤）寂寞相遇益悲（一作酸）（一作愁）辛
流轉（一作轉徙）依邊徼逢迎念席珍時來故舊少亂後別離頻
世祖修高廟文公賞從臣商山猶入楚源（一作湍）水不離（一作知）（一作流）
秦存想青龍祕騎行白鹿馴耕巖非谷口結草即（一作欲）
河濱肘後符應驗囊中藥未陳旅（一作放）懷殊不愜良覿渺
無因自古皆悲恨浮生有屈伸此邦今（一作全）尚武何處且
依仁鼓角凌天籟關山信（一作倚）月輪官場（一作壕）羅鎮（一作錦）磧賊
火近洮岷蕭索論兵（一作功）地蒼茫鬬將辰大軍多處所餘
孽尚紛綸高興知籠鳥斯文起（一作豈）獲麟窮秋正搖落回
首望松（一作湘）筠

寄李十二白二十韻

昔年有狂客號爾謫仙人筆落驚（一作聞）風雨詩成泣鬼神
聲名從此大汨沒一朝伸文彩承殊渥流傳必絕倫龍
舟移櫂晚獸錦奪袍新白日來深殿青雲滿後塵乞歸
優詔許遇我宿心親未負（一作遂）幽棲志兼全寵辱身劇（一作戲）
談憐野逸嗜酒見天眞醉舞梁園夜行歌泗水春才高
心不展道屈善無鄰處士禰衡俊諸生原憲貧稻粱求
未足薏苡謗何頻五嶺炎蒸地（時白流夜郎）三危放逐臣幾年
遭鵩鳥獨泣（一作立）向（一作不獨泣）麒麟蘇武先還漢黃公豈事秦
楚筵辭醴日梁獄上書辰已用當時法誰將此義（一作議）陳
老吟秋月下病起暮江濱莫怪恩波隔乘槎與（一作得）問津

全唐詩

杜甫

蜀相（諸葛亮祠在昭烈廟西）

承相祠堂何處尋錦官城外柏森森映堦碧草自春色
隔葉黃鸝空（一作多）好音三顧頻煩（一作繁）天下計兩朝開濟老
臣心出師未捷（一作用）身先死長使英雄淚滿襟

卜居

浣花流（一作之，一作溪，溪在成都西郭外，一名百花潭）水水西頭主人爲卜林塘幽已
知出郭少塵事更有澄江銷客愁無數蜻蜓齊上下一
雙鸂鶒對沈浮東行萬里堪乘興須向山陰上（一作入）小舟

一室

一室他鄉遠（一作老）空林暮景懸正愁聞塞笛獨立見江船
巴蜀來多病荊蠻去幾年（一作千）應同王粲宅留井峴山前
（襄陽峴山下王粲故宅前有一井人呼爲仲宣井）

梅雨

南京（明皇幸蜀還改成都爲南京）西（一作犀）浦道四月熟黃梅湛湛（一作黯黯）長江去
冥冥細雨來茅茨疎易濕雲霧密難開竟日蛟龍喜盤
渦與岸迴

爲農

錦里煙塵外江村八九家圓荷浮小葉細麥落（一作墮）輕花
卜宅從茲老爲農去國賒遠慚句漏令不得問丹砂

有客（一作賓至）

幽棲地僻經過少老病人扶再拜難豈有文章驚海內
漫勞車馬駐江干竟日淹留佳客坐百年麤糲（音辣）腐儒
餐不（一作莫）嫌野外無供給乘興還來看藥欄

狂夫

萬里橋（諸葛亮送費禕聘吳禕歎曰萬里之行始于此橋因名）西一（一作新）草堂百花潭水即滄
浪風含翠篠娟娟靜（一作淨）雨裛紅蕖冉冉香厚祿故人書
斷絕恒飢稚子色淒涼欲填溝壑唯疎放自笑狂夫老
更狂

賓至（一作有客）

患氣經時久臨江卜宅新喧卑方避俗疎快頗宜人有
客過茅宇呼兒正葛巾自鋤稀菜甲小摘爲情親

王十五司馬弟出郭相訪兼遺營茅屋貲

客裏何遷次江邊正寂寥肯來尋一老愁破是今朝憂我營茅棟攜錢過野橋他鄉唯表弟還往莫辭遙

堂成

背郭堂成蔭白茅緣江路熟俯青郊榿林礙日吟風葉籠竹和煙滴露梢暫止（一作下）飛烏將數子頻來語燕定新巢旁人錯比揚雄宅嬾惰（一作慢）無心作解嘲

田舍

田舍清江曲（一作上）柴門古道旁草深迷市井地僻嬾衣裳櫸（一作楊一作柜）柳枝枝弱枇杷樹樹（一作對對）香鸕鷀西日照曬翅滿魚梁

進艇

南京久客耕南畝北望傷神坐（一作臥）北窗晝引老妻乘小艇晴看稚子浴清江俱飛蛺蝶元相逐並蔕芙蓉本自雙茗飲蔗漿攜所有瓷甖無謝玉爲缸

西郊

時出碧雞坊西郊向草堂市橋官柳細江路（一作岸）野梅香傍架齊書帙看題減（一作撿）藥囊無人覺（一作競一作與）來往疏嬾意何長

所思

苦憶荊州醉司馬（原注崔吏部漪）謫官（一作居）樽俎（一作酒）定常開九江日落醒何處一柱觀頭眠幾回可憐懷抱向人盡欲問平安無使來故憑錦水將雙淚好過瞿塘灩澦堆

江村

清江一曲抱村流長夏江村事事幽自去自來（一作歸）堂（一作梁）上燕相親相近水中鷗老妻畫紙爲（一作成）碁局稚子敲鍼作釣鉤多病所須唯藥物（一作但有故人供祿米　供一作分）微軀此外更何（一作無）求

江漲

江漲柴門外兒童報急流下牀高數尺倚杖沒中洲細動迎風燕輕搖逐浪鷗漁人縈小楫容易拔（一作捩）船頭

野老

野老籬前（一作邊）江岸迴柴門不正逐江開漁人網集澄潭下賈客船隨返照來長路關心悲劍閣片雲何意（一作事一作行）傍（雲幾處）琴臺王師未報收東郡城闕秋生畫角哀

雲山

京洛雲山外音書靜不來神交作賦客力盡望鄉臺衰疾江邊臥親朋日暮迴白鷗元水宿何事有餘哀

遣興

干戈猶未定弟妹各何之拭淚霑襟（一作巾）血梳頭滿面絲地卑荒野大天遠暮江遲衰疾那能久應無見汝時（一作期）

北鄰

明府豈辭滿藏身方告勞青錢買野竹白幘岸江皋愛酒晉山簡能詩何水曹時來訪老疾步屧到蓬蒿

南鄰

錦里先生烏角巾園收芋粟（一作栗）不全貧慣看賓客（一作門户）兒童喜得食階除鳥雀馴秋水纔深（一作添）四五尺野航（一作艇）恰受兩三人白沙翠竹江村（一作山）暮（一作路）相對（一作送）柴門（一作籬南）月色新

出郭

霜露晚淒淒高天逐望低遠煙鹽井上斜景雪峰西故國猶兵馬他鄉亦（一作正）鼓鼙江城今夜客還與舊烏啼

過南鄰朱山人水亭

相近竹參差相過人不知幽花欹滿樹小水細通池歸客村非遠殘樽席更移看君多道氣從此數追隨

恨別

洛城一別四（一作三）千里胡騎長驅五六（一作六七）年草木變衰行劍外兵戈阻絕老江邊思家步月清宵立憶弟看雲白日眠聞道河陽近乘勝司徒急爲破幽燕（謂李光弼乘河陽之勝直擣幽燕也）

寄賀蘭銛

朝野歡娛後乾坤震蕩中相隨萬里日總作白頭翁歲晚仍分袂江邊更轉蓬勿云俱異域飲啄幾回同

寄楊五桂州譚（原注因州參軍段子之任）

五嶺皆炎熱宜人獨桂林梅花萬里外雪片一冬深（一作黃鶴）（云嶺南無雪惟桂林有之）聞此寬相憶爲邦復好音江邊送孫楚遠附白頭吟

逢唐興劉主簿弟

分手開元末連年絕尺書江山且相見戎馬未安居劍外官人冷關中驛騎疏輕舟下吳會主簿意何如

和裴迪登新津寺寄王侍郎（原注王時牧蜀　英華作奉和裴十四迪新津山寺）

何限（一作恨）倚山木吟詩秋葉黃蟬聲集古寺鳥影度寒塘風物悲遊子登臨憶侍郎老夫貪佛（一作賞一作費）日隨意宿僧房

敬簡王明府（甫嘗爲唐興縣宰王潛作客館記疑即王明府）

葉縣郎官宰周南太史公神仙才有數流落意無窮驥病思偏秣鷹愁（一作秋）怕苦籠看君用高義恥與萬人同

重簡王明府

甲子西南異冬來只薄寒江雲何夜盡（一作靜）蜀雨幾時乾行李須相問窮愁豈有（一作自）寬君聽鴻鴈響恐致稻粱難

建都十二韻

蒼生未蘇息胡馬半乾坤議在雲臺上誰扶黃屋尊建都分魏闕下詔闢荊門恐失東人望其如西極存時危當雪恥計大豈輕論雖倚三階正終愁萬國翻牽裾恨不死漏網荷殊恩永負漢庭哭遙憐湘水魂窮冬客江劍（一作劍外）隨事有田園風斷青蒲節霜埋翠竹根衣冠空穰穰關輔久（一作遠）昏昏願枉（一作唯駐一作願駐）長安日光輝照北原（錢謙益曰此詩因建南都而追思分鎮之事也初房琯建分鎮討賊之議肅宗以此惡琯貶之後從呂諲請置南都于荊州甫聞建都之詔追惜琯議牽裾以下自敘移官之事蓋甫之移官以救琯而琯之得罪以分鎮故牽連及之是歲七月上皇移幸西內九月置南都革南京爲蜀郡荊州蜀都一置一革甫心痛之而不敢訟言也）

歲暮

歲暮遠爲客邊隅還用兵煙塵犯雪嶺鼓角動江城天地日流血朝廷誰請纓濟時敢愛死寂寞壯心驚

和裴迪登蜀州東亭送客逢早梅相憶見寄（梁建安王偉都督揚徐二州辟何遜爲記室遜有早梅詩）

東閣官梅動詩興還如何遜在揚州此時對雪遙相憶送客逢春（一作花）可（一作更）自由幸不折來傷歲暮若爲看去亂鄉（一作春）愁江邊一樹垂垂發朝夕催人自白頭

寄贈王十將軍承俊

將軍膽氣雄臂懸兩角弓纏結青驄馬出入錦城中時危未授鉞勢屈難爲功賓客滿堂上何人高義同

暮登四(一作西)安寺鐘樓寄裴十(迪)

暮倚高樓對雪峰僧來不語自鳴鐘孤城返照紅將斂近市浮煙翠且重多病獨愁常闃寂故人相見未從容知君苦思緣詩瘦大(一作太)向交遊萬事慵

散愁二首

久客宜旋旆興王未息戈蜀星陰見少江雨夜聞多百萬傳(一作轉)深入寰區望匪它司徒(李光弼)下燕趙收取舊山河

聞道并州鎮尚書(王思禮)訓士齊幾時通薊北當日報關西戀闕丹心破霑衣皓首啼老魂招不得歸路恐長迷

奉酬李都督表丈早春作

力疾坐清曉來時(一作詩，一作采詩)悲早春轉添愁伴客更覺老隨人(一作身)紅入桃花嫩青歸柳葉新望鄉應未已四海尚風塵

客至(原注：喜崔明府相過)

舍南舍北皆春水但見(一作有)羣鷗日日來花徑不曾緣客掃蓬門今始爲君開盤餐市遠無兼味樽酒家貧只舊醅肯與鄰翁相對飲隔籬呼取盡餘桮

遣意二首

囀枝黃鳥近泛渚白鷗輕一徑野花落孤村春水生衰年催釀黍細雨更(一作夜)移橙漸喜交遊絕幽居不用名

簷影微微落津流脈脈斜野船(一作松)明細火宿鴈聚圓(一作寒)沙雲掩初弦月香傳小樹花鄰人有美酒稚子夜(一作也)能賒

漫成二首

野日荒荒(一作野月茫茫)白春(一作江)流泯泯清渚蒲隨地有村徑逐門成只作披衣慣常從漉酒生眼前無俗物多病也身輕

江皋已仲春花下復清晨仰面貪看鳥回頭錯應人讀書難字過對酒滿壺頻近識峩嵋老(東山隱者)知予懶是真

春夜喜雨

好雨知時節當春乃(一作及)發生隨風潛入夜潤物細無聲野徑雲俱黑江船火獨明曉看紅濕處花重錦官城

春水

三月桃花浪(一作水)江流復舊痕朝來沒沙尾(一作岸)碧色動柴門接縷垂芳餌連筒灌小園已添無數鳥爭浴故相喧(一作不知無數鳥何意更相喧)

春水生二絕

二月六夜春水生門前小灘(一作籬)渾欲平鸕鷀鸂鶒莫漫喜吾與汝曹俱眼明

一夜水高二尺強數日不可更禁當南市津頭有船賣無錢即買繫籬旁

江亭

坦腹江亭暖(一作臥)長吟野望時水流心不競雲在意俱遲寂寂春將晚欣欣物自私故林歸未得排悶強裁詩(一作江東猶苦戰回首一顰眉)

村夜

蕭蕭風色(一作風色蕭蕭)暮江頭人不行村舂雨外急鄰火夜深明胡羯何多難漁樵寄此生中原有兄弟萬里正含情

早起

春來常早起幽事頗相關帖石防隤岸開林出遠山一丘藏曲折緩步有躋攀童僕來城市瓶中得酒還

可惜

花飛有底急老去願春遲可惜歡娛地都非少壯時寬心應是酒遣興莫過詩此意陶潛解吾生後汝期

落日

落日在簾鉤溪邊春事幽芳菲緣岸圃樵爨倚灘舟啅雀爭枝墜飛蟲滿院遊濁醪誰造汝一酌(一作酌罷)散千憂(一作罷人憂)

獨酌

步屧(一作履，一作倚杖)深林晚開樽獨酌遲仰蜂黏落絮(一作蘂)行(戶郎切)(一作倒)蟻上枯梨薄劣慚真隱幽偏得自怡本無軒冕意不是傲當時

徐步

整履(一作屐，一作屣)步青蕪荒庭日欲晡芹泥隨燕觜花蘂(一作蘂粉)上蜂鬚把酒從衣濕吟詩信杖扶敢論才見忌實有醉如愚

寒食

寒食江村路(一作樹)(一作落)風花高下飛汀煙輕冉冉竹日靜暉暉田父(一作舍)要皆去鄰家鬧(一作問)不違地偏相識盡雞犬亦忘歸(一作機)

高柟

柟樹色冥冥江邊一蓋青近根開藥圃接葉製茅亭落景陰猶合微風韻可聽尋常絕醉困臥此片時醒

惡樹

獨遶虛齋徑常持小斧柯幽陰成頗雜惡木剪還多枸杞因(一作固)吾有雞棲(皁莢樹名雞棲)奈汝(一作爾)何方知不材者(一作木)生長漫婆娑

石鏡(成都一丈夫化爲女子，美而豔，蜀王納爲妃，未幾物故，王哀念之，遣五丁擔武都之土爲塚，高七丈，上有石圓五寸，徑五尺，瑩徹如鏡)

蜀王將此鏡送死置空山冥寞憐香骨提攜近玉顏衆妃無復歎千騎亦虛還獨有傷心石埋輪月宇間

琴臺(司馬相如宅在州西笮橋北，有琴臺)

茂陵多病後尚愛卓文君酒肆人間世琴臺日暮雲野花留寶靨蔓草見羅帬歸鳳求皇意寥寥不復聞

遊修覺寺

野寺江天豁山扉花竹幽詩應有神助吾得及春遊徑石相(一作深)縈帶川雲自(一作晚)去留禪枝宿衆鳥漂轉暮歸愁

後遊

寺憶新(一作曾，一作重)遊處橋憐再渡時江山如有待花柳更無私野潤煙光薄沙暄日色遲客愁全爲減捨此復何之

題新津北橋樓(得郊字)

望極春城上開筵近鳥巢白花簷外朵青柳檻前梢池水觀爲政廚煙覺遠庖西川供客(一作遠)眼(一作醉客)唯有(一作偏愛)此江郊

江漲

江發蠻夷漲山添雨雪流大聲吹地轉高浪蹴天浮魚

驚爲人得蛟龍不自謀輕帆好去便吾道付（一作在）滄洲

晚晴

村晚驚風度庭幽過雨霑夕陽薰細草江色映疏簾書亂誰能帙杯乾可自添時聞有餘論未怪老夫潛（王符有潛夫論）

朝雨

涼氣晚（一作曉）蕭蕭江雲亂眼飄風鴛藏近渚雨燕集深條黃綺終辭（一作投）漢巢由不見堯草堂樽酒在幸得過清朝（一作宵）

江上值（一作置）水如海勢聊短述

爲人性僻耽佳句語不驚人死不休老去詩篇渾漫興（一作與）春來花鳥莫深愁新添水檻供垂釣故著浮槎替入舟焉得思如陶謝手令渠述作與同遊

送裴五赴東川

故人亦流落高義動乾坤何日通燕塞相看老蜀門東行應暫別北望苦銷魂凜凜悲秋意非君誰與論

赴青城縣出成都寄陶王二少尹

老恥妻孥笑（一作老被樊籠役）貧嗟出入勞客情投異縣詩態憶吾曹（一作君）東郭滄江（一作浪）合西山白雪高文章差底病回首興滔滔

因崔五侍御寄高彭州（適）

百年已過半秋至轉饑寒爲問彭州牧何時救急難

野望因過常少仙

野橋齊度馬秋望轉悠哉竹覆青城合江從灌口來入村樵徑引嘗果栗皺（一作園）開落盡高天日幽人未遣迴

寄杜位（原注位京中宅近西曲江詩尾有述）

近聞寬法離（一作別）新州（時位因李林甫諸壻貶官）想見懷歸尚百憂逐客雖皆萬里去悲君已是十年流干戈況復塵（一作行）隨眼鬢髮還應雪（一作白）滿頭玉壘題書心緒亂何時更得曲江遊

奉簡高三十五使君

當代論才子如公復幾人驊騮開道路鷹隼出風塵行色秋將晚交情老更親天涯喜相見披豁對（一作道）吾眞

送韓十四江東覲省

兵戈不見老萊衣歎息人間萬事非我已無家尋弟妹君今何處訪庭闈黃牛峽靜灘聲轉（一作急）白馬江寒樹影稀此別應（一作還）須各努力故鄉猶恐未同（一作堪）歸

酬高使君相贈

古寺僧牢落空房客（一作得）寓居故人供祿米鄰舍與園蔬雙樹容聽法三車肯載書（窺基師以三車自隨前乘經論箱袠中乘自御後乘妓女食饌詩言我如三車自隨但當用以載書耳）草玄吾豈敢賦或似（一作比）相如

草堂即事

荒村建子月（上元二年建子月壬午朔上受朝賀如正旦儀以其月爲歲首）獨樹老夫家霧（一作雪）裏江船渡風前徑竹斜寒魚依密藻宿鷺起圓沙蜀酒禁愁得無錢何處賒

魏十四侍御就弊廬相別

有客騎驄馬江邊問草堂遠尋留藥價惜別到（一作倒）文場入幕旌旗動歸軒錦繡香時應念衰疾書疏（一作迹）及滄浪

徐九少尹見過

晚景孤村僻行軍（唐以少尹爲行軍長史）數騎來交新徒有喜禮厚媿無才賞靜憐雲竹忘歸步月臺何當看花蘂欲發照江梅

范二員外邈吳十侍御郁特枉駕闕展待聊寄此（一本下有作字）

暫往比鄰去（一作至）空聞二妙歸幽棲誠簡略衰白已光輝野外貧家遠村中好客稀論文或不媿肯重欵柴扉

王十七侍御掄許攜酒至草堂奉寄此詩便請邀高三十五使君同到

老夫臥穩朝慵起白屋寒多暖始開江鸛（一作鶴）巧當幽徑浴鄰雞還過短牆來繡衣屢許攜家醖皁蓋能忘折野梅戲假霜威促山簡須成一醉（一作醉裏）習池迴

王竟攜酒高亦同過共用寒字

臥病荒郊遠通行小徑難故人能領客攜酒重相看自媿無鮭（一作蝦）菜空煩卸馬鞍移樽勸山簡頭白恐風寒（原注高每云汝年幾且不必小于我故此句戲之）

陪李七司馬皂江上觀造竹橋即日成往來之人免冬寒入水聊題短作簡李公二首（第二首草堂本題云觀作橋成月夜舟中有述還呈李司馬）

伐竹（一作代木）爲橋結構同褰裳不涉往來通天寒白鶴歸華表日落青龍見水中顧我老非題柱客知君才是濟川功合歡（一作觀）却笑千年事驅石何時到海東

把燭成橋（一作橋成）夜迴舟坐客（一作客坐）時天高雲去盡江迥月來遲衰謝多扶病招邀屢有期異方乘此興樂罷不無悲

李司馬橋了（一作成）承（一本無承字）高使君自成都回

向來江上手紛紛三日成功事出羣已傳童子騎青竹總（一作馬）擬橋東待使君

少年行二首

莫笑田家老瓦盆自從盛酒長（一作養）兒孫傾銀注瓦（一作玉）驚人眼共醉終同臥竹根

巢燕養（一作引）雛（一作兒）渾去盡江花結子已（一作也）無多黃衫年少來宜（一作宜來）數不見堂前東逝波

野人送朱櫻

西蜀櫻桃也自紅野人相贈滿筠籠數迴細寫愁仍破萬顆勻圓訝許同憶昨賜霑門下省退朝擎出大明宮金盤玉箸無消息此日嘗新任轉蓬

即事

百寶裝腰帶眞珠絡臂韝笑時花近眼舞罷錦纏頭

贈花卿

錦城絲管日紛紛半入江風半入雲此曲秖應天上有人間能（一作去）得幾回聞

少年行

馬上（一作騎馬）誰家薄媚（一作白面）郎臨階（一作軒）下馬坐（一作踏）人牀不通姓字麤豪（一作疎）甚指點銀瓶索酒嘗（一作酒未嘗）

觀李固請司馬弟山水圖三首

簡易高人意（一作體）匡牀竹火爐寒天留遠客碧海挂新圖雖對連山好貪看絕島孤羣仙不愁思冉冉下蓬壺

方丈渾連水天台總映雲人間長見畫老去（一作身老）恨空聞范蠡舟偏小王喬鶴不羣此生隨萬物何路出塵氛

高浪垂翻屋崩崖欲壓牀野橋（一作樓）分子細沙岸繞微茫紅浸珊瑚短青懸薜荔長浮查並坐得（一作相並坐）仙老暫相將

題桃樹

小徑升堂舊不斜五株桃樹亦從遮高秋總餧（一作餽）貧人實來歲還舒滿眼花簾戶每宜通乳燕兒童莫信打慈鴉寡妻羣盜非今日天下車書正（一作已）一家

蕭八明府晛（一作實）處覓桃栽

奉乞桃栽一百根春前爲送浣花村河陽縣裏雖無數濯錦江邊（一作頭）未滿園

從韋二明府續處覓綿（一作錦）竹

華軒藹藹他年到綿竹亭亭出縣高江上舍前無此物幸分蒼翠拂波濤

憑何十一少府邕覓榿木栽

草堂塹西無樹林（一作木）非子誰復見幽心飽聞榿木三年大與致溪邊十畝陰

憑韋少府班覓松樹子（一本下有栽字）

落落出羣非欅柳青青不朽豈楊梅欲存老蓋千年意爲覓霜根數寸栽（一作來）

又于韋處乞大邑瓷盌

大邑燒瓷輕且堅扣如哀（一作寒）玉錦城傳君家白盌勝霜雪急送茅齋也可憐

詣徐卿覓果栽

草堂少花今欲栽不問綠李與黃梅石笋街中却歸去果園坊裏爲求來

贈別何邕

生死論交地何由見一人悲君隨燕雀薄宦走風塵綿谷元通漢沱江不向秦五陵花滿眼傳語故鄉春

贈別鄭鍊赴襄陽

戎馬交馳際柴門老病身把君詩過日（一作目）念此別驚神（一作念別驚神）地濶峩眉晚（一作曉一作遠）天高峴首春爲於耆舊內試覓姓龐人

重贈鄭鍊

鄭子將行罷使臣囊無一物獻尊親江山路遠羈離日裴馬誰爲感激人

全唐詩

杜甫

奉和嚴中丞西城晚眺十韻

汲黯匡君切廉頗出將頻直詞才不世雄略動（一作用）如神政簡移風速詩清立意新層城臨暇（一作蝦）景絕域望餘春旗尾蛟龍會樓頭燕雀馴地平江動蜀天濶樹浮秦帝念深分閫軍須遠筭緡花羅封蛺蝶瑞錦送麒麟辭第輸高義觀圖憶古人征南多興緒事業闇相親

嚴中丞枉駕見過（原注：嚴自東川除西川，勑令兩川都節制）

元戎小隊出郊坰問柳尋花到野亭川合東西瞻使節地分南北任流（一作孤）萍扁舟不獨如張翰白（一作皂）帽還應（一作應兼）似管寧寂寞（一作今日）江天雲霧裏何人道有少微星

廣州段功曹到得楊五長史譚書功曹却歸聊寄此詩

衛青開幕府楊僕將樓船漢節梅花外春城海水邊銅梁書遠及珠浦使將旋貧病他鄉老煩君萬里傳

得廣州張判官叔卿書使還以詩代意（叔卿魯人見甫雜述）

鄉關胡騎遠（一作滿）宇宙蜀城偏忽得炎州信遙從月峽傳雲深驃騎幕夜隔孝廉船却寄雙愁眼相思（一作望）淚點懸

送段功曹歸廣州

南海春天外功曹幾月程（一作行）峽雲籠樹小湖日落（一作蕩）船明交趾丹砂重韶州白葛輕幸君因旅（一作估）客時寄錦官城

絕句漫興九首（冷齋詩話：漫興當作漫與，言即景率意之作也。蘇軾、黃庭堅、楊廷秀襲用之，俱押入語韻，姜堯章蟋蟀詞與段復之詞亦然。元以前未有讀作興字者，迨楊廉夫始作漫興七首，妄云學杜，其徒吳復從而傅會之，於是世人盡改杜集之與爲興矣）

眼見（一作前）客愁愁不醒無賴春色到江亭即遣花開（一作飛）深造次（一作從）便覺（一作教）鶯語太丁寧

手種桃李非無主野老牆低還似（一作是）家恰似春風相（一作入）欺得夜來吹折數枝花

熟（一作耐）知（一作孰知）茅齋絕低小江上燕子故來頻銜泥點污琴書內更接飛蟲打著人

二月已破三月來漸老逢春能幾迴莫思（一作辭）身外無窮事且盡生前有限杯

腸斷春江（一作江春）欲盡（一作白）頭杖藜徐步立芳洲顛狂柳絮隨風去輕薄桃花逐水流

嬾慢無堪不出村呼兒日在掩柴門蒼苔濁酒林中靜碧水春風野外昏

糝徑楊花鋪白氊點溪荷葉疊（一作累）青錢（一作鈿）笋（一作竹）根稚（一作雉）子無人見沙上鳧雛傍母眠

舍西柔桑葉可拈江畔細麥復纖纖人生幾何春已夏不放香醪如蜜甜

隔戶（一作戶外）楊柳弱嫋嫋恰似十五女兒腰誰謂朝來不作意狂風挽斷最長條

江畔獨步尋花七絕句

江上被花惱不徹無處告訴只顛狂走覓南鄰愛酒伴經旬出飲獨空牀（原注：斛斯融吾酒徒）

稠花亂蘂畏（一作裹）江濱行步欹危實（一作獨）怕春詩酒尚堪驅使在未須料理白頭人

江深竹靜兩三家多事紅花映白花報答春光知有處應須美酒送生涯

東望少城花滿煙百花高樓更可憐誰能載酒開金盞喚（一作鎖）取佳人舞繡筵

黃師塔前江水東春光嬾困倚微風桃花一簇開無主可愛深紅愛（一作映一作與）淺紅

黃四娘家花滿蹊，千朵萬朵壓枝低。留連戲蝶時時舞，自在嬌鶯恰恰啼。

不是愛（一作看）花即肯（一作欲，一作索）死，只恐花盡老相催。繁枝容易紛紛落，嫩蘂（一作葉）商量細細開。

三絕句

楸樹馨香倚釣磯，斬新花蘂未應飛。不如醉裏風吹（一作春風）盡，可（一作何）忍醒時雨打稀。

門外鸕鷀去（一作久）不來，沙頭忽見眼相猜。自今已後知人意，一日須來一百回。

無數春筍滿林生，柴門密掩斷人行。會須上番（去聲）看成竹，客至從嗔不出迎。

戲爲六絕句

庾信文章老更成，凌雲健筆意縱橫。今人嗤點流傳賦，不覺前賢畏後生。

楊王（一作王楊）盧駱當時體，輕薄爲文哂未休。爾曹身與名俱滅，不廢江河萬古流。

縱使盧王操翰墨，劣于漢魏近風騷。龍文虎脊皆君馭，歷塊過都見爾曹。

才力應難誇（一作跨）數公，凡今誰是出羣雄。或看翡翠蘭苕上，未掣鯨魚碧海中。

不薄今人愛古人，清詞麗句必爲鄰。竊攀屈宋宜方駕，恐與齊梁作後塵。

未及前賢更勿疑，遞相祖述復先誰。別裁僞體親風雅，轉益多師是汝師。

（錢謙益曰：當甫之世，羣兒之謗傷者或不少矣，故借庾信四子以發其意。嗤點流傳，輕薄爲文，皆指並時之人也。盧王之文劣于漢魏，而能江河萬古者，以其近于風騷也。況其上薄風騷，而又不劣于漢魏者乎。凡今誰是出羣雄，甫所以自命也。蘭苕翡翠，指當時研揣聲病、尋摘章句之徒。鯨魚碧海，則元稹所謂渾涵汪洋、千彙萬狀、兼古人而有之者，非甫誰足以當之。不薄今人以下，惜時人之是古非今，不知別裁而正告之。齊梁以下，對屈宋言之，皆今人也。不薄今人而愛古，期於清詞麗句必與古人爲鄰則可耳。今人侈言屈宋，而轉作齊梁之後塵，又曰今人之未及前賢，以其遞相祖述，沿流失源，而不知誰爲之先也。騷雅漢魏，至于齊梁唐初，靡不有眞面目，舍是則皆僞體也。別者區別之，裁者裁而去之，果能別裁僞體，則近于風雅矣。自風雅而下至于庾信四子，孰非我師，故曰轉益多師是汝師。呼之曰汝，所謂爾曹也。）

江頭四詠

丁香

丁香體柔弱，亂結枝猶墊。細葉帶浮毛，疎花披素豔。深栽小齋後，庶近（一作使）幽人占。晚墮蘭麝中，休懷粉身念。

梔子

梔子比衆木，人間誠未多。於身色有用，與道氣傷（一作相）和。紅取風霜實，青看雨露柯。無情移得汝，貴在映江波。

鸂鶒

故使籠寬織，須知動損毛。看雲莫悵望，失水任呼號。六翮曾經剪，孤飛卒（一作只）未高。且無鷹隼慮，留滯莫辭勞。

花鴨

花鴨無泥滓，堦前（一作中庭）每緩行。羽毛知獨立，黑白太分明。不覺羣心妬，休牽衆眼驚。稻粱霑（一作知）汝在，作意莫先鳴。

畏人

早花隨處發，春鳥異方啼。萬里清江上，三年（一作峰）落日低。畏人成小築，褊性合幽棲。門逕（一作逕沒）從榛草，無心走（一作待）馬蹄。

遠遊

賤子何人記，迷芳（一作方）著處家。竹風連野色，江沫擁春沙。種藥扶衰病，吟詩解歎嗟。似聞胡騎走，失喜問京華。

野望

西山白雪三奇（一作城，一作年）戍（在彭州），南浦清江萬里橋。海內風塵諸弟隔，天涯涕淚一身遙。唯將遲暮供多病，未有涓埃荅聖朝。跨馬出郊時極目，不堪人事日（一作自）蕭條。

官池春鴈二首

自古稻粱多不足，至今鸂鶒亂爲羣。且休悵望看春水，更恐歸飛隔暮雲。

青春欲盡急還鄉，紫塞寧論尚有霜。翅在雲天終不遠，力微矰繳絕須防。

水檻遣心（一作興）二首

去郭軒楹敞，無村（一作材）眺望賒。澄江平少岸，幽樹晚多花。細雨魚兒出，微風燕子斜。城中十萬户，此地兩三家。

蜀天常夜雨，江檻已朝晴。葉潤林塘密，衣乾枕席清。不堪秪（一作支）老病，何得尚（一作向）浮名。淺把涓涓酒，深憑送此生。

屏跡三首

用拙存（一作誠）吾道，幽居近物情。桑麻深雨露，燕雀半生成。村鼓時時急，漁舟箇箇輕。杖藜從白首，心跡喜雙清。

晚起家何事，無營地轉幽。竹光團（一作團）野色，舍（一作山）影漾江流。失學從兒嬾，長貧任婦愁。百年渾得醉，一月不梳頭。

衰顏（一作年）甘屏迹，幽事供高臥。鳥下竹根行，龜開萍葉過。年荒酒價乏，日併園蔬課。猶酌甘泉歌（一作獨酌酣且歌，一作獨酌酌甘泉），歌長擊樽破。

奉酬嚴公寄題野亭之作

拾遺曾奏數行書，嬾性從來水竹居。奉引濫騎沙苑馬，幽棲眞釣錦江魚。謝安不倦登臨費（一作賞），阮籍焉知禮法疎。枉沐（一作何日）旌麾出城府，草茅無（一作荒）徑欲教鋤。

中丞嚴公雨中垂寄見憶一絕奉荅二絕（一作嚴公雨中見寄一絕奉荅兩絕）

雨映行宮（一作官，一作雲。明皇出蜀，以行宮爲道觀）辱贈詩，元戎肯赴野人期（一作欲動野人知）。江邊老病雖無力，強擬晴天理釣絲。

何日雨晴雲出溪，白沙青石先（一作洗）無泥。只須伐竹開荒徑，倚（一作拄）杖穿花聽馬嘶（一作鳥啼）。

謝嚴中丞送青城山道士乳酒一瓶

山瓶乳酒下青雲，氣味濃香幸見分。鳴鞭走送憐漁父，洗盞開嘗對馬軍（原注：軍州謂驅使騎爲馬軍）。

嚴公仲夏枉駕草堂兼攜酒饌（得寒字。草堂本一作鄭公枉駕攜饌訪水亭）

竹裏行厨洗玉盤，花邊立馬簇金鞍。非關使者徵求急，自識將軍禮數寬。百年地闢（一作僻）柴門迥，五月江深草閣寒。看弄漁舟移白日，老農何有罄交歡。

嚴公廳宴同詠蜀道畫圖（得空字）

日臨公館靜，畫滿（一作列）地圖雄。劍閣星橋北，松州雪嶺東。華夷山不斷，吳蜀水相通。興與煙霞會，清樽幸不空。

奉送嚴公入朝十韻

鼎湖（時因二聖山陵，召嚴武爲橋道使）瞻望遠，象闕憲章新。四海猶多難，中原憶舊臣。與時安反側，自昔有經綸。感激張天步，從容靜塞塵。南圖迴羽翮，北極捧星辰。漏鼓還思晝，宮鶯罷囀春。空留玉帳術（李靖有玉帳經一卷），愁殺錦城人。閣道通丹地，江潭隱白蘋。此生那老蜀，不死會歸秦。公若登台輔，臨危莫愛身。

送嚴侍郎到綿州同登杜使君江樓(得心字)

野興每難盡江樓延賞心歸朝送使節落景惜登臨稍稍煙集渚微微風動襟重船依淺瀨輕鳥度層陰檻峻背幽谷窗虛交茂林燈(一作花)光散遠近月彩靜高深城擁朝來客天橫醉後參窮途衰謝意苦調短長吟此會共能幾諸孫(指杜使君)賢至今不勞朱戶閉自待白河沈

奉濟驛重送嚴公四韻

遠送從此別青山空復情幾時杯重把昨夜月同行列郡謳歌惜三朝出入榮江村獨歸處(一作去)寂寞養殘生

送梓州李使君之任(原注故陳拾遺射洪人也篇末有云)

籍甚黃丞相能名自潁川近看除刺史還喜得吾賢五馬何時到雙魚會早傳老思筇竹杖(一作杖拄)冬要錦衾眠不作臨岐恨惟聽舉最先火雲揮汗日山驛醒心泉遇害陳公殞(陳子昂爲縣令段簡所辱收繫獄中而卒)於今蜀道憐君行射洪縣爲我一潛然

巴西驛亭觀江漲呈竇使君(一作竇十五使君)

宿雨南江漲波濤亂遠峰孤亭凌噴薄萬井逼舂容霄漢愁高鳥泥沙困老龍天邊同客舍攜我豁心胷

九日登梓州城

伊昔黃花酒如今白髮翁追歡筋力異望遠歲時同弟妹悲歌裏朝廷(一作乾坤)醉眼中兵戈與關塞此日意無窮

九日奉寄嚴大夫

九日應愁思經時冒險艱不眠持漢節何路出巴山小驛香醪嫩重巖細菊(一作雨)斑遙知簇鞍馬迴首白雲間(寶應元年四月召嚴武入朝徐知道反武阻兵九月尚未出巴)

黃草

黃草峽西船不歸赤甲山下行人(一作人行)稀秦中驛使無消息蜀道兵(一作干)戈有是非萬里秋風吹錦水誰家別淚濕羅衣莫愁劍閣終堪據聞道松州已被圍

懷舊

地下蘇司業情親獨有君那因喪(一作衰)亂後便有(一作更作)死生分老罷知明鏡悲來望白雲自從失詞伯不復更論文(原注公前名預緣避御諱改爲源明)

所思(原注得台州鄭司户虔消息)

鄭老身仍竄台州信所(一作始)傳爲農山澗曲臥病海雲邊世已疎儒素人猶乞酒錢徒勞望牛斗無計劚龍泉

不見(原注近無李白消息)

不見李生久佯狂眞可哀世人皆欲殺吾意獨憐才敏捷詩千首飄零酒一桮匡山讀書處頭白好(一作始)歸來

題玄武禪師屋壁(屋在中江大雄山)

何年顧虎頭滿壁(一作座)畫瀛(一作滄)州赤日石林氣青天江海流(一作水)錫飛常近鶴桮度不驚鷗似得廬山路眞隨惠遠遊

客夜

客睡何曾著秋天不肯明卷(一作入)簾殘月影高枕遠江聲計拙無衣食途窮仗友生老妻書數紙應悉未歸情

客亭

秋窗猶曙色落木(一作木落)更天(一作高)風日出寒山外江流宿霧中聖朝無棄物老病已成(一作衰)翁多少殘生事飄零似轉蓬

秋盡

秋盡東行且未迴茅齋寄在少城隈籬邊老卻陶潛菊江上徒逢袁紹桮(袁紹大會賓客鄭玄後至傾倒一座甫以玄自比也)雪嶺獨看西日落(一作暮)劍門猶阻北人來不辭萬里長爲客懷抱何時得好開(一作好一開)

陪王侍御宴通泉東山野亭

江水東流去清樽日復斜異方同宴賞何處是京華亭景臨山水村煙對浦沙狂歌過于(一作形)勝得醉即爲家

野望

金華山北(一作南)涪水西仲冬風日始淒淒山連越巂蟠三蜀水散巴渝下五溪獨鶴不知何事舞飢烏似欲向人啼射洪春酒寒仍綠目極傷神誰爲攜

聞官軍收河南河北(一作收兩河時史朝義兵敗走死廣陽諸將田承嗣李懷仙等俱來降)

劍外忽傳收薊北初聞涕淚滿衣裳卻看妻子愁何在漫卷詩書喜欲狂白日(一作首)放歌須縱酒青春作伴好還鄉即從巴峽穿巫峽便下襄陽向洛陽(原注余田園在東京)

涪江泛舟送韋班歸京(得山字)

追餞同舟日傷春(一作心)一水間飄零爲客久衰老羨君還花遠(一作雜)重重樹雲輕處處山天涯故人少更益(一作憶)鬢毛斑

春日梓州登樓二首

行路難如此登樓望欲迷身無卻少壯跡有但(一作但有)羈栖江水流城郭春風入鼓鞞雙雙新燕子依舊已銜泥

天畔登樓眼隨春(一作風)入故園戰場今始定移(一作移)柳更能存厭蜀交遊冷思吳勝事繁應須理舟楫長嘯下荊門

郪城西原送李判官兄武判官弟赴成都府

憑高送所親久坐惜芳辰遠水非無浪他山自有春野花隨處發官(一作妖)柳著行新天際傷愁別離筵何太頻

泛江送魏十八倉曹還京因寄岑中允參范郎中季明

遲日深春(一作江)水輕舟送別筵帝鄉愁緒外春色淚痕邊見酒須相憶將詩莫浪傳若逢岑與范爲報各衰年

送路六侍御入朝

童稚情親四(一作三)十年中間消息兩茫然更爲後會知何地忽漫相逢是別筵不分(一作忿)桃花紅勝錦生憎柳絮白於(一作如)綿劍南春色還無賴觸忤愁人到酒邊

泛江送客

二月頻送客東津江欲平煙花山際重舟楫浪前輕淚逐勸桮下(一作落)愁連吹笛生離筵不隔日那得易爲情

上牛頭寺(牛頭山在郪縣西南下有長樂寺)

青山意不盡袞袞上牛頭無復能拘礙眞成浪出遊花濃春寺靜竹細野池幽何處鶯啼切移時獨未休

望牛頭寺

牛頭見鶴林梯逕繞幽深(一作秀麗一何深)春色浮(一作流)山外天河宿(一作沒)殿陰傳燈無白日布地有黃金休作狂歌老迴看不住心

上兜率寺

兜率知名寺眞如會法堂江山有巴蜀棟宇自齊梁庾信哀雖久何顒(當作周顒周好佛)好不忘白牛(法華經以大白牛駕寶車)車遠近且

欲上慈航

望兜率寺

樹密當山徑，江深隔寺門。霏霏雲氣重（一作動），閃閃浪花翻。不復知天大，空餘見佛尊。時應清盥（一作興）罷，隨喜給孤園。

甘（古通作柑）園

春日清江岸，千甘二頃園。青雲羞（一作著）葉密，白雪避花繁。結子隨邊使，開筒近至尊。後於桃李熟，終得獻金門。

數陪李（一作章）梓州泛江有女樂在諸（一作渚）舫戲爲豔曲二首贈李（一作章）

上客迴空騎，佳人滿近船。江清歌扇底，野曠舞衣前。玉袖凌風並，金壺隱浪偏。競將明媚色，偷眼豔陽天（一作年）。

白日移歌袖，清霄近笛牀。翠眉縈度曲，雲鬢儼分行。立馬千山暮，迴舟一水香。使君自有婦，莫學野鴛鴦。

登牛頭山亭子

路出雙林外，亭窺萬井中。江城孤照日，山谷（一作春）遠含風。兵革身將老，關河信不通。猶殘數行淚，忍對百花叢。

陪李（一作章）梓州王閬州蘇遂州李果州四使君登惠義寺

春日無人境，虛空不住天。鶯花隨世界，樓閣寄（一作倚）山巔。遲暮身何得，登臨意惘（一作寂）然。誰能解金印，瀟灑共安禪。（一作三車將五馬，若簡合安禪）

送何侍御歸朝（李梓州泛舟筵上作　李一作章）

舟楫諸侯餞，車輿使者歸。山花相映發，水鳥自孤飛。春日垂霜鬢，天隅把繡衣。故人從此去（一作遠），寥落寸心違。

江亭送眉州辛別駕昇之（得蕪字）

柳影含雲幕（一作重），江波近酒壺。異方驚會面，終宴惜征途。沙晚低風蝶，天晴喜浴鳧。別離傷老大，意緒日荒蕪。

涪城縣香積寺官閣

寺下春江深不流，山腰官閣迴添愁。含風翠壁孤雲細，背日丹楓萬木稠。小院迴廊春（一作清，一作深）寂寂，浴鳧飛鷺晚悠悠。諸天合在藤蘿外，昏黑應須到上頭。

戲題寄上漢中王三首（原注：時王在梓州，初至，斷酒不飲，篇有戲述。漢中王瑀，寧王憲之子）

西漢親王子，成都老客星。百年雙白鬢，一別五秋（一作飛）螢。忍斷杯中物，祇（一作眠）看座右銘。不能隨皁蓋，自醉逐浮萍。

策杖時能出，王門異昔遊。已知嗟不起，未許醉相留。蜀酒濃無敵，江魚美可求。終思一酩酊，淨掃鴈池（梁王兔園有鴈池）頭。

羣盜無歸路，衰顏會遠方。尚憐詩警策，猶記（一作憶）酒顛狂。魯衛彌尊重，徐陳略喪亡（用曹丕與吳質書）。空餘枚（一作故）叟在，應念早升堂。

陪章留後侍御宴南樓（得風字）

絕域長夏晚，茲樓清宴同。朝廷燒棧北（廣德元年吐蕃入大震關），鼓角滿天（一作漏天。峽道有大小漏天）東。屢食將軍第（一作邸），仍騎（一作驕）御史驄。本無丹竈術（一作訣），那免白頭翁。寇盜狂歌外，形骸痛飲中。野雲低渡水，簷雨細隨風。出號江城黑，題詩蠟炬（一作燭）紅。此身醒覆醉，不擬哭途窮。

臺上（得涼字）

改席臺能（一作爲）迴，留門月復光。雲行（一作霄）遺暑濕，山谷進風涼。老去一杯足，誰憐屢舞長。何須把官燭，似惱鬢毛蒼。

送王十五判官扶侍還黔中（得開字）

大家東征逐子（班大家賦：余隨子兮東征）迴，風生洲渚錦帆開。青青竹筍迎船出，日日（一作白白）江魚入饌來。離別不堪無限意，艱危深仗濟時才。黔陽信使應稀少，莫怪頻頻（一作煩）勸酒杯。

倦夜（吳曾漫錄云：顧陶類編題作倦秋夜）

竹涼侵臥內，野月滿（一作徧）庭隅。重露成涓滴，稀星乍有無。暗飛螢自照，水宿鳥相呼（一作飛螢自照水，宿鳥競相呼）。萬事干戈裏，空悲清夜徂。

悲秋

涼風動萬里，羣盜尚縱橫。家遠傳（一作待）書日，秋來爲客情。愁窺高鳥過，老逐衆人行。始欲投三峽，何由見兩京。

對雨

莽莽天涯雨，江邊獨立時。不愁巴道路，恐濕漢旌旗。雪嶺防秋急，繩橋戰勝遲。西戎甥舅禮，未敢背恩私。

警急（原注：時高公適領西川節度）

才名舊楚將，妙略擁兵機。玉壘雖傳檄，松州會解圍。和親知拙計，公主漫無歸。青海今誰得，西戎實飽飛。

王命

漢（一作漠）北豺狼滿，巴西道路難。血埋諸將甲，骨斷使臣（一作君）鞍（廣德元年，李之芳等使吐蕃被留）。牢落新燒棧，蒼茫舊築壇（嚴武入朝，吐蕃陷河西隴右，又圍松州，高適不能制，故思武也）。深懷喻蜀意，慟哭望王官（一作京鑾）。

征夫

十室幾人在，千山空自多。路衢唯見哭，城市不聞歌。漂梗無安地，銜枚有荷戈。官軍未通蜀，吾道竟如何。

有感五首

將帥蒙恩澤，兵戈有歲年。至今勞聖主，何以報皇天。白骨新交戰，雲臺舊拓邊（武德以來，開拓邊境，地連西域，皆置都督府州縣。開元中置朔方等處節度使以統之。祿山反後，數年間，西北數十州相繼淪沒，盡陷河西隴右之地）。乘槎斷消息，無處覓張騫。

幽薊餘蛇（一作封）豕（史朝義下諸降將仍據幽魏之地），乾坤尚虎狼。諸侯春不貢，使者日相望。慎勿吞青海，無勞問越裳。大君先息戰，歸馬華山陽。

洛下舟車入，天中貢賦均。日聞紅粟腐，寒待翠華春。莫取金湯固，長令宇宙新。不過行儉德，盜賊本王臣（錢謙益曰：自吐蕃入寇，車駕東幸，程元振勸帝都洛陽，郭子儀奏請亟還京師，以爲東周土地狹阨險不足恃，適爲戰場。明明天子，躬儉節用，黜素飡，去冗食，抑豎刁易牙之權，任蘧瑗史鰌之直，則黎元自理，盜賊自平。甫詩正槩括大意）。

丹桂（喻王室）風霜急，青梧（喻宗枝）日夜凋。由來強幹地，未有不臣朝。受鉞親賢往，卑宮制詔遙。終依古封建，豈獨聽簫韶（甫與房琯每建分封討賊之議）。

盜滅人還亂，兵殘將自疑。登壇名絕假，報主（一作效主）爾何遲。領郡輒無色，之官皆有詞。願聞哀痛詔，端拱問瘡痍（錢謙益曰：開元以前有事於外則命使，否則止。自置八節度、十採訪，始有坐而爲使者。其後名號益廣，大抵生于置兵，盛于專利，普于銜命。於是爲使則重，爲官則輕。天寶末，佩印有至四十，大曆中請俸有至千貫者。官官內外悉屬之使。此詩云登壇名絕假，謂諸將兼官太多，所謂坐而爲使也。領郡輒無色，州郡皆權臣所管，不能自達，故曰無色也。之官皆有詞，所謂爲使則重，爲官則輕也）。

送元二適江左（一本原注：元結也。考次山集，未嘗入蜀，亦未嘗至江左。且與後注應孫吳科舉不合，殆非是）

亂後今相見，秋深復遠行。風塵爲客日，江海送君情。晉室丹陽尹，公孫白帝城。經過自愛惜，取次莫論兵（原注：元常應孫吳科舉）。

章梓州水亭（原注：時漢中王兼道士席謙在會，同用荷字韻）

城晚通雲霧，亭深到芰荷。吏人橋外少，秋水席邊多。近屬淮王至，高門薊子過。荊州愛山簡，吾醉亦長歌。

翫月呈漢中王

夜深露氣清江月滿江城浮（一作游）客轉危坐歸舟應獨行關山同一照（一作點）烏鵲自多驚欲得淮王術風吹暈已生

戲作寄上漢中王二首（原注王新誕明珠）

雲裏不聞雙鴈過掌中貪見（一作看）一珠新秋風嫋嫋吹江漢只在他鄉何處人

謝安舟楫風還起梁苑池臺雪欲飛杳杳東山攜漢妓（一作攜妓去）泠泠（一作陰陰）修竹待王歸（時漢中王謫官蓬州）

投簡梓州幕府兼簡韋十郎官（一本無官字）

幕下郎官安穩無從來不奉一行書固（一作不）知貧病人須棄（一作何事）能（一作關）使韋郎跡也疎

登高

風急天高猨嘯哀渚清沙白鳥飛迴無邊落木蕭蕭下不盡長江衮衮來萬里悲秋常作客百年多病獨登臺艱難苦恨繁霜鬢潦倒新停濁酒桮

九日

去年登高郪縣北今日重在涪江濱苦遭白髮不相放羞見黃花無數新世亂鬱鬱久為客路難悠悠常傍人酒闌却憶十年事腸斷驪山清路塵

遣憤

聞道花門將論功未盡歸自從收帝里誰復總戎（一作兵）機蜂蠆（一作軍麾）終懷毒雷霆可震威莫令鞭血地再濕漢臣衣（錢謙益曰回紇既助順收河北賊平恣行暴掠前後賜賚府藏為竭初雍王見回紇可汗不于帳前舞蹈引韋少華魏琚等榜箠至死漢臣鞭血正記此事）

章梓州（一作使君）橘亭餞成都竇少尹（得涼字）

秋日野亭千橘香玉盤錦席高雲涼主人送客何所作行酒賦詩殊未央衰老應為難離（一作難為應離）別賢聲此去有輝光預傳籍籍新京尹（一作兆）青史無勞數（一作缺）趙張

送陵州路使君赴（一作之）任

王室比（一作此）多難高官皆武臣（時多以武將領刺史）幽燕通使者岳牧用詞人國待賢良急君當拔擢新佩刀成氣象行蓋出風塵戰伐乾坤破瘡痍府庫貧衆寮宜潔白萬役但（一作物役）平均霄漢瞻佳士（一作家事）泥塗任此身秋天正搖落迴首大江濱

薄暮

江水長流（一作最深）地山雲薄暮時寒花隱亂草宿鳥擇（一作探）深枝舊國見何日高秋心苦悲人生不再好鬢髮白（一作自）成絲

西山三首（即岷山捍阻羌夷全蜀巨障）

夷界荒山頂蕃州積雪邊築城依（一作連）白帝（西方之帝非白帝城也）轉粟上青天蜀將分旗鼓羌兵助（一作動）井泉（一作鎧鋌）西戎背和好殺氣日相纏

辛苦三城戍長防萬里秋煙塵侵火井雨雪閉松州風動將軍幕（一作蓋）天寒使者裘漫山賊營（一作成壁）壘迴首得無憂

（廣德元年吐蕃陷松維保三城及雲山新築二城高適不能救於是劍南西山諸州亦入于吐蕃）

子弟猶深入關城未解圍蠶崖（蠶崖關在導江西北五十里）鐵馬瘦灌口米船稀辯士安邊策元戎決勝威今朝烏鵲喜欲報凱歌歸

薄遊

淅淅（一作漸漸）風生砌團團日（一作月）隱牆遙（一作滿）空秋鴈滅（一作過）半嶺暮雲長（一作張）病葉多先墜（一作隳）寒花只暫香巴城添淚眼今夜復清（一作秋）光

贈韋贊善別

扶病送君發自憐猶不歸秖應盡客淚復作掩荊扉江漢故人少音書從此稀往還二十載歲晚寸心違

送李卿曄（曄淮安忠公琇之子時以罪貶嶺南）

王子思歸日長安已亂兵霑衣問行在走馬向承明暮景巴蜀僻春風江漢清晉山（介山在綿上以子推自比）雖自棄魏闕尚含情

絕句

江邊踏青罷迴首見旌旗風起春城暮高樓鼓角悲

城上（一作空城）

草滿巴西綠空城（一作城空）白日長風吹花片片春動（一作蕩）水（一作送雨）茫茫八駿隨天子羣臣從武皇遙聞出巡守早晚徧遐荒

舍弟占歸草堂檢校聊示此詩

久客應吾道相隨獨爾來孰知江路近頻為草堂迴鵝鴨宜長數柴荊莫浪開東林竹影薄臘月更須栽

傷春五首（原注巴閬僻遠傷春罷始知春前已收宮闕）

天下兵雖滿春光（一作青春）日自濃西京疲百戰北闕任羣兇關塞三千里煙花一萬重蒙塵清路急御宿且（一作有）誰供（廣德元年吐蕃陷京師代宗幸華州百官奔散無復供擬）殷復前王道周遷舊國容蓬萊足雲氣應合總從龍

鶯入新年語花開滿故枝天青（一作清）風捲幔草碧水通（一作連）池牢落官軍速（一作遠）蕭條萬事危鬢毛元自白淚點向來垂不是無兄弟其如有別離巴山春色靜北望轉逶迤

日月還相鬬星辰屢合（一作亦屢）圍不成誅執法（指程元振輩）焉得變危機大角纏兵氣鉤陳出帝畿煙塵昏御道耆舊把天衣（一作固無牽白馬幾至著青衣）行在諸軍闕來朝大將稀賢多隱屠釣王肯載同歸

再有朝廷亂難知消息真近傳（一作聞）王在洛復道使歸（一作通）秦奪馬悲公主登車泣貴嬪蕭關迷北上滄海欲東巡敢料安危體猶多老大臣豈（一作得）無嵇紹血霑灑屬車塵

聞說初東幸孤兒却走多難分太倉粟競棄魯陽戈胡虜登前殿王公出御河得無（一作忍為）中夜舞誰（一作宜）憶大風歌

春色生烽燧幽人泣薜蘿君臣重修德猶足見時和

王閬州筵奉酬十一舅惜別之作

萬壑樹聲滿千崖秋氣高浮舟（一作雲）出郡郭別酒寄江濤良會不復久此生何太勞窮愁但（一作惟）有骨羣盜尚如毛吾舅惜分手使君寒贈袍沙頭暮黃鵠失侶自（一作亦）哀號

放船

送客蒼溪縣山寒雨不開直愁騎馬滑故作泛舟迴青惜峰巒過黃知橘柚來江流大（一作天）自在坐穩興悠哉

奉待嚴大夫

殊方又喜故人來重鎮還須濟世才常怪偏裨終日待不知旌節隔年迴欲辭巴徼啼鶯合遠下荊門去鷁催身老時危思會面一生襟（一作懷）抱向誰開

奉寄高常侍（一作寄高三十五大夫）

汶上相逢年頗多飛騰無那故人何總戎楚蜀應全未

方駕（一作價）曹劉不啻過今日朝廷須汲黯中原將帥憶廉頗天涯春色催遲暮別淚遙添錦水波

奉寄章十侍御（原注：時初罷梓州刺史東川留後將赴朝廷章彝初爲嚴武判官後爲武所殺武再鎮蜀彝已入覲豈未行而殺之耶）

淮海維揚一俊人金章紫綬照青春指麾能事迴天地訓練強兵動鬼神湘西不得歸關羽河内猶宜借寇恂朝覲從容問幽仄勿云江漢有（一作老）垂綸

將赴荊南寄別李劍州

使君高義驅今古寥落三年坐劍州但見文翁能化俗（一作蜀）焉知李廣未封侯路經灩澦雙蓬鬢天入滄浪一釣舟戎馬相逢更何日春風迴首仲宣樓

奉寄別馬巴州（原注：時甫除京兆功曹在東川）

勳業終（一作眞）歸馬伏波功曹非（一作無）復漢蕭何扁舟繫纜沙邊久南國浮雲水上多獨把魚竿終遠去難隨鳥（一作烏）翼一相過知君未愛春湖色興在驪駒白玉珂

泛江

方舟不用楫極目總無波長日容盃酒深江淨綺羅亂離還奏樂飄泊且聽歌故國流清渭如今花正多

陪王使君晦日泛江就黃家亭子二首

山豁何時斷江平不肯流稍知花改岸始驗鳥隨舟結束多紅粉歡娛恨白頭非君愛人客晦日更添（一作禁）愁

有徑金沙軟無人碧草芳野畦連蛺蝶江檻俯鴛鴦日晚煙花亂風生錦繡香不須吹急管衰老易悲傷

南征

春岸桃花水雲帆楓樹林偷生長避地適遠更霑襟老病南征日君恩北望心百年歌自苦未見有知音

久客

羇旅知交態淹留見俗情衰顏聊自哂小吏最相輕去國哀王粲傷時哭賈生狐狸何足道豺虎正（一作亂）縱橫

春遠

肅肅花絮晚菲菲紅素輕日長唯鳥雀春遠獨柴荊數有關中亂何曾劍外清故鄉（一作園）歸不得地入亞夫營

暮寒

霧隱平郊樹風含廣岸波沈沈春色靜慘慘暮寒多戍鼓猶長擊林鶯遂不歌忽思高宴會朱袖拂雲和

雙燕

旅食驚雙（一作雙飛）燕銜泥入此堂應同避燥濕且復過（一作遇）炎涼養子風塵際來時道路長今秋天地在吾亦離殊方

百舌

百舌來何處重重祇報春知音兼衆語整翮豈多身花密藏難（一作難相）見枝高聽轉新過時如發口君側有讒人

地隅

江漢山重阻風雲地一隅年年非故物處處是窮途喪亂秦公子（王粲本秦川貴公子）悲涼（一作秋）楚大夫平生心已折行路日荒蕪

游子

巴蜀愁誰語吳門興杳然九江春草外三峽暮帆前厭就成都卜休爲吏部眠蓬萊如可到衰白問羣（一作神）仙

歸夢

道路時通塞江山日寂寥偷生唯一老伐叛已三朝雨急青楓暮雲深黑水遙夢歸（一作魂）歸未（一作亦）得不用楚辭招

江亭王閬州筵餞蕭遂州

離亭非舊國春色是他鄉老畏歌聲斷（一作短）愁隨（一作從）舞（一作繼）曲長二天開寵餞五馬爛生（一作輝）光川路風煙接俱宜（一作看）下鳳皇

絕句二首

遲日江山麗春風花草香泥融飛燕子沙暖睡鴛鴦

江碧鳥逾白山青花欲燃今春看又過何日是歸年

滕王亭子（原注：亭在玉臺觀内王高宗調露年中任閬州刺史　一本滕王亭子二首玉臺觀二首不分題）

君王臺榭枕巴山萬丈丹梯尚可攀春日鶯啼脩竹裏仙家犬吠白雲間清江錦（一作碧）石傷心麗嫩蘂濃花滿目班人到於今歌出牧來遊此地不知還

玉臺觀（原注：滕王造）

中天積翠玉臺（一作虛）遙上帝高居絳節朝遂有馮夷來擊鼓始知嬴女善吹簫江光隱見黿鼉窟石勢參差（一作差池）烏鵲橋更肯（一作有）紅顏生羽翼（一作輸）便應黃髮老漁樵

滕王亭子

寂寞春山路君王不復行古牆猶竹色虛閣自松聲鳥雀荒村暮雲霞過客情尚思歌吹入千騎把（一作擁）霓旌

玉臺觀

浩劫因王造（一作起）平臺訪古遊綵雲蕭史駐文字魯恭留宮闕通羣帝乾坤到十洲人傳有笙鶴時過此（一作北）山頭

渡江

春江不可（一作用）渡二月已風濤舟楫欹斜疾（一作甚）魚龍偃臥高渚花兼（一作張）素錦汀草亂青袍戲問垂綸客悠悠見（一作是）汝曹

喜雨

南國旱（一作早）無雨今朝江出雲入空纔漠漠灑迥已紛紛巢燕高飛盡林花潤色分晚來聲不絕應得夜深聞

送韋郎司直歸成都

竄身來蜀地同病得韋郎天下干（一作兵）戈滿江邊歲月長別筵花欲暮春日鬢（一作鬢邑）俱蒼爲問南溪竹（一作笋）抽梢合過牆（原注：余草堂在成都西郭）

將赴成都草堂途中有作先寄嚴鄭公五首（寶應二年嚴武封鄭國公復節度劍南）

得歸茅屋赴成都直（一作眞）爲文翁再剖符但使閭閻還揖讓敢論松竹久荒蕪魚知丙穴（一在沔陽一在順政一在雅州一在邛州一在萬州一在達州此應指邛州去成都較近）由來美酒憶郫筒（郫縣酒以竹筒盛之）不用酤五馬舊曾諳小徑幾回書札待潛夫

處處青江帶白蘋故園猶得見殘春雪山斥候無兵馬錦里逢迎有主人休怪兒童延俗客不教鵝鴨惱比鄰

習池未覺風流盡況復荊州賞更新

竹寒沙碧浣花溪菱（一作橘）刺藤梢咫尺迷過客徑須愁出入居人不自解東西書籤藥裹封蛛網野店山橋送馬蹄豈（一作肯）藉荒庭春草（一作新月）色先判一飲醉如泥

常苦沙崩損藥欄也從江檻落風湍新松恨不高（一作長）千尺惡竹應須斬萬竿生理祇憑黃閣老衰顏（一作容）欲付（一作赴）紫金丹三年奔走空皮骨信有人間行路難

錦官（一作館）城西生事（一作生事城西）微烏皮几在還思歸昔去爲憂

亂兵入今來已恐鄰人非側身天地更懷古迴首風塵甘(一作且)息機共説總戎雲鳥陣不妨遊子芰荷衣

別房太尉墓(在閬州)

他鄉復行役駐馬別孤墳近淚無乾土低空(一作空山)有斷雲對碁陪謝傅把劒覔徐君唯見林花落鶯啼送客聞

自閬州領妻子却赴蜀山行三首

汩汩(一作揖揖一作浥浥)避羣盜悠悠經十年不成向南國復作遊西川物役水虛照魂傷山寂然我生無倚著盡室畏途邊

長林偃風色迴復(一作首)意猶迷衫裛翠微潤馬銜青草嘶棧(一作徑)懸斜避石橋斷却尋溪何日干(一作兵)戈盡飄飄愧老妻

行色遞隱見人煙時有無僕夫穿竹語稚子入雲呼轉石驚魑魅抨(聘平聲彈也)弓落狖鼯眞供一笑樂似欲慰窮途

山館(一作移居公安山館編入江陵詩後)

南國晝多霧北風天正寒路危行木杪身遠(一作迴)宿雲端山鬼吹燈滅廚人語夜闌雞鳴問前館世亂敢求安

行次鹽亭縣聊題四韻奉簡嚴遂州蓬州兩使君諮議諸昆季(嚴震及弟礪皆梓州鹽亭人)

馬首見鹽亭高山擁縣青雲溪花淡淡(一作漠漠)春郭水泠泠全蜀多名士嚴家聚德星長歌意無極好爲老夫聽

倚杖(原注鹽亭縣作)

看花雖郭內(一作外)倚杖即溪邊山縣早休市江橋春聚船狎(一作野)鷗輕白浪(一作日)歸鴈喜青(一作清)天物色兼生意淒涼憶去年

陪王漢州留杜綿州泛房公西湖(房琯刺漢州時所鑿)

舊相恩追後春池賞不稀闕庭分未到舟楫有光輝豉化蓴絲熟刀鳴鱠縷飛使君雙皁蓋灘淺正相依

舟前小鵝兒(原注漢州城西北角官池作官池即房公湖)

鵝兒黃似酒對酒愛新鵝引頸嗔船逼(一作過)無行亂眼多翅開遭宿雨力小困滄波客散層城暮狐狸奈若何

得房公池鵝

房相西亭鵝一羣眠沙泛浦白於(一作如)雲鳳皇池上應迴首爲報籠隨王右軍

答楊梓州

悶到房(一作楊)公池水頭坐逢楊子鎮東州却向青溪不相見迴船應(一作因)載阿戎遊

登樓

花近高樓傷客心萬方多難此登臨錦江春色來(一作水流)天地玉壘浮雲變古今北極朝廷終不改西山寇盜莫相侵可憐後主還祠廟日暮聊爲梁甫吟

春歸

苔徑臨江竹茅簷覆地花別來頻甲子倏忽(一作歸到)又春華倚杖看孤石傾壺就淺沙遠鷗浮水靜輕鷰受風斜世路雖多梗吾生亦有涯此身(一作且應)醒復醉乘興即爲家

歸鴈

東來萬里客亂定(一作走)幾年歸腸斷江城鴈高高正(一作向)北飛

贈王二十四侍御契四十韻(王契字佐卿京兆人元結有送契之西蜀序)

往往雖相見飄飄媿此身不關輕紱冕俱(一作但)是避風塵一別星橋夜三移斗柄春敗亡非赤壁奔走爲黃巾子(一作爾)去何瀟灑余藏異隱淪書成無過鴈衣故有懸鶉恐懼行裝數伶俜臥疾(一作病)頻曉鶯工迸淚秋月解傷神會面嗟黧黑含悽話苦辛接輿還入楚王粲不歸秦錦里殘丹竈花溪得釣綸消(一作宵)中祇自惜晚起索誰親伏柱聞周史乘槎有(一作似)漢臣鴛鴻不易狎龍虎未宜馴客則(一作即)挂冠至交非傾蓋新由來意氣合直取性情眞浪跡同生死無心恥賤貧偶然存蔗芋幸各對松筠麤飯依他日窮愁怪此辰女長裁褐穩男大卷書勻漰(一作堋蜀人以堰爲堋)口江如練蠶崖雪似銀名園當翠巘野棹沒青蘋屢喜王侯宅時邀(一作逢)江海人追隨不覺晚款曲動彌旬但使芝蘭秀何煩(一作須)棟宇鄰山陽無俗物鄭驛正留賓出入並鞍馬光輝叅(一作忝)席珍重遊先主廟更歷少城闉石鏡通幽魄琴臺隱絳脣送終惟糞土結愛獸荊榛置酒高林下觀碁積水濱區區甘累跡稍稍息勞筋網聚粘圓鯽絲繁煮細蓴長(一作檝)歌敲柳癭小睡凭藤輪農月須知課田家敢忘勤浮生難去食良會惜清晨列國兵戈暗今王德教淳要聞除猰貐休作畫麒麟洗眼看輕薄虛懷任屈伸莫令膠漆地萬古重雷陳

寄董卿嘉榮十韻

聞道君牙帳防秋近赤霄下臨千雪嶺(一作仞雪)却背五繩橋海內久戎服京師今晏朝犬羊曾爛熳宮闕尚蕭條猛將宜嘗膽龍泉必在腰黃圖遭污辱月窟可焚燒會取干戈利無令斥候驕居然雙捕虜自是一嫖姚落日思輕騎高(一作秋)天憶射鵰雲臺畫形像皆爲掃氛妖

寄司馬山人十二韻

關內昔分袂天邊今轉蓬驅馳不可説談笑偶然同道術曾留意先生早擊蒙家家迎薊子處處識壺公長嘯峨嵋北潛行玉壘東有時騎猛虎虛室使仙童髮少何勞白顏衰肯更紅望雲悲轗軻畢景羨冲融喪亂形仍役淒涼信不通懸旌要路口倚劒短亭中永作殊方客殘生一老翁相哀骨可換亦遣馭清風

黃河二首

黃河北岸海西軍椎鼓鳴鐘天下聞鐵馬長鳴不知(一作如)數胡人高鼻動成羣(雍王适至陝州回紇屯於河北僕固懷恩與回紇左殺爲前鋒所謂河北海西軍也)

黃河西(一作北一作南俱非)岸是吾(一作故)蜀欲須供給家無粟願驅衆庶戴君王混一車書棄金玉

寄李十四員外布十二韻(原注新除司議郎兼萬州別駕雖尚伏枕已聞理裝)

名叅漢望苑(漢武爲太子置博望苑以通賓客)職述景題輿(周景爲陳蕃題輿)巫峽將之郡荊門好附書遠行無自苦內熱比何如正是炎天闊那堪野館疎黃牛平駕浪畫鷁上凌虛試待盤渦歇方期解纜初悶能過小徑自(一作日)爲摘嘉蔬渚柳元幽僻村花不掃除宿陰繁素柰過雨亂紅蕖寂寂夏先晚泠泠風有餘江清心可瑩竹冷髮堪(一作宜)梳直作移巾几秋帆發弊廬

歸來

客裏有所過(一作適)歸來知路難開門野鼠走散帙壁魚乾洗杓開新醞低頭拭小盤(一作著小冠)憑誰給麴糵細酌老江干

王錄事許脩草堂貲不到聊小詰

爲嗔王錄事不寄草堂貲昨屬愁春雨能忘欲漏時

寄邛州崔錄事

邛州崔錄事聞在果園坊(坊在成都)久待無消息終朝有底忙
應愁江樹遠怯見野亭荒浩蕩風塵(一作烟)外誰知酒熟香

過故斛斯校書莊二首(原注：老儒艱難時病於庸蜀歎其没後方授一官 英華注即斛斯融)

此老已云殁鄰人嗟亦(一作歎未)休竟無宣室召徒有茂陵求
妻子寄他食園林非昔遊空餘繐帷在淅淅野風秋
燕入非旁舍鷗歸祇故池斷橋無復板臥柳自生枝遂
有山陽作多慚鮑叔知素交零落盡白首淚雙垂

立秋(一本有日字)雨院中有作

山雲行絕塞大火復西流飛雨動華屋蕭蕭梁棟秋窮
途愧知己暮齒借前籌已費清晨謁那成長者謀解衣
開北户高枕對南樓樹濕風涼進江喧水氣浮禮寬心
有適節爽病微瘳主將歸調鼎吾還訪舊丘

奉和嚴大夫軍城早秋

秋風褭褭動高旌玉帳分弓射虜營已收滴博(嶺在維州)雲間
戍更奪(一作欲取)蓬婆雪外城(雪山外有蓬婆嶺)

院中晚晴懷西郭茅舍

幕府秋風日夜清澹雲疏雨過高城葉心朱實看(一作堪)時
落階面青苔先自(一作老更)生復有樓臺銜暮景不勞鐘鼓報
新晴浣花溪裏花饒笑肯信吾兼(一作令)吏隱名

到村

碧澗雖多雨秋沙先(去聲 一作亦)少泥蛟龍引子過荷芰逐花
低老去參戎幕歸來散馬蹄稻粱須就列榛草即相迷
蓄積思江漢疏頑(一作頑疏)惑(一作感)町畦稍(一作暫)酬知己分還入故
林棲

宿府

清秋幕府井梧(一作桐)寒獨宿江城蠟炬(一作燭)殘永夜角聲悲
自語中天月色好誰看風塵荏苒音書絕關塞蕭條行
路難已忍伶俜十年事強移棲息一枝安

遣悶奉呈嚴(一本有鄭字)公二十韻

白水魚竿客清秋鶴髮翁胡爲來(一作居)幕下秖合在舟中
黃卷真如律青袍也自公老妻憂坐痺(音秘 濕病也)幼女問頭
風平地專欹倒分曹失異同禮甘衰力就義忝上官通
疇昔論詩蚤光輝仗鉞雄寬容存性拙剪拂念途窮露
裛思藤架煙霏想桂叢信然龜觸網直作鳥窺籠西嶺
紆村北南江遶舍東竹皮寒舊翠椒實雨新紅浪簸船
應坼杯乾甕即空藩籬生野徑斤斧任樵童束縛酬知
已蹉跎効小忠周防期稍稍太簡遂匆匆曉入朱扉啓
昏歸畫角終不成尋別業未敢息微躬烏鵲愁銀漢駑
駘怕錦幪會希全物色時放倚梧桐

送舍弟頻(一作頲 一作穎)赴齊州三首

岷嶺南蠻北徐關東海西此行何日到送汝萬行啼絕
域惟高枕清風獨杖藜危時暫相見衰白意都迷
風塵暗不開汝去幾時來兄弟分離苦形容老病催江
通一柱觀日落望鄉臺客意長東北齊州安在哉
諸姑今海畔兩弟亦山東去傍干戈覓來看道路通短
衣防戰地匹馬逐秋風莫作俱流落長瞻碣石鴻

嚴鄭公階下新松(得霑字)

弱質豈自負移根方爾瞻細聲聞(一作侵)玉帳疏翠近珠簾
未見紫烟集虛蒙清露霑何當一百丈欹蓋擁高簷

嚴鄭公宅同詠竹(得香字)

綠竹半含籜新梢纔出牆色侵書帙晚陰過酒樽涼雨
洗娟娟淨風吹細細香但令無剪伐會見拂雲長

奉觀嚴鄭公廳事岷山沱江畫圖十韻(得忘字)

沱水流(一作臨)中座岷山到(一作對 一作赴)此(一作北)堂白波吹(一作侵)粉壁青
嶂插雕梁直訝杉松冷兼疑菱荇香雪雲虛點綴沙草
得微茫嶺鴈隨毫末川蜺飲練光霏紅洲蘂亂拂黛石
蘿長暗谷(一作谷暗)非關雨丹楓(一作楓丹)不爲霜秋成(一作城)玄圃外景
物洞庭旁繪事功殊絕幽襟興激昂從來謝太傅丘壑
道難忘

晚秋陪嚴鄭公摩訶池泛舟(得溪字 池在張儀子城內)

湍駛風醒酒船迴(一作行)霧起隄高城秋自落雜樹晚相迷
坐觸鴛鴦起巢傾翡翠低莫須驚白鷺爲伴宿清溪

初冬

垂老戎衣窄歸休寒色(一作氣)深漁舟上急水獵火著高林
日有習池醉愁來梁甫吟干戈未偃息出處遂何心

至後

冬至至後日初長遠在劍南思洛陽青袍白馬有何意
金谷銅駝非故鄉梅花欲開不自覺棣萼一別永相望
愁極本憑詩遣興詩成吟詠轉淒涼

正月三日歸溪上有作簡院內諸公

野外堂依竹籬邊水向城蟻浮仍臘味鷗泛已春聲藥
許鄰人劚書從稚子擎白頭趨幕府深覺負平生

敝廬遣興奉寄嚴公

野水平橋路春沙映竹村風輕粉蝶喜花暖蜜蜂喧把
酒宜(一作且)深酌題詩好細論府中瞻暇日江上憶詞源跡
忝(一作寄)朝廷舊情依節制尊還思長者轍恐避席爲門

春日江村五首

農務村村急春流岸岸深乾坤萬里眼時序百年心茅
屋還堪賦桃源自可尋艱難賤(一作淺 一作昧)生理飄泊到如今
迢遞來三蜀蹉跎有(一作又)六年客身逢故舊發興自林泉
過懶從衣結頻遊任履穿藩籬無限景(一作頗無限)恣意買(一作向)
江天
種竹交加翠栽桃爛熳紅經心石鏡月到面雪山風赤
管隨王命銀章付老翁豈知牙齒落名玷薦賢中
扶病垂朱紱歸休步紫苔郊扉存(一作在)晚計幕府媿羣材
燕外晴絲卷鷗邊水葉開鄰家送魚鱉問我數能來
羣盜哀王粲中年召賈生登樓初有作前席竟爲榮宅
入先賢傳才高處士名異時懷二子春日復含情

絕句六首

日出籬東水雲生舍北泥竹高鳴翡翠沙僻舞鵾(一作鶤)雞
藹藹花蘂亂飛飛蜂蝶多幽棲身懶動客至欲如何
鑿井交椶葉(舊注交椶作井硬 一云雨壞甃井以椶葉覆之)開渠斷竹根扁舟輕褭纜
小徑曲通村
急雨捎溪足斜暉轉樹腰隔巢黃鳥竝翻藻白魚跳
舍下筍穿壁庭中藤刺(一作到)簷地晴絲冉冉江白草纖纖
江動月移石溪虛雲傍花鳥棲知故道帆過宿誰家

絕句四首

堂西長筍別開門塹北行椒却背村梅熟許同朱老喫
松高擬對阮生論（原注朱阮劍外相知）
欲作魚梁雲復（一作覆）湍因驚四月雨聲寒青溪先有蛟龍
窟竹石如山不敢安
兩箇黃鸝鳴翠柳一行白鷺上青天窗含西嶺千秋雪
門泊東吳萬里船（原注西山白雪四時不消）
藥條藥（一作菜）甲潤青青色過棕亭入草亭苗滿空山慙取
譽根居隙地怯成形

全唐詩目　第四函
第四冊
杜甫　十四卷至十九卷

全唐詩
杜甫

哭嚴僕射歸櫬
素幔隨流水歸舟返舊京老親如（一作知）宿昔部曲異平生
風送（一作逆）蛟龍雨（一作匣）天長驃騎營一哀三峽暮遺後見君
情

宴戎州楊使君東樓
勝絶驚身老情忘發興奇座從歌妓密樂任主人爲重
碧拈（一作黏一作擘一作拓）春（一作筒）酒輕紅擘荔枝樓高欲愁思橫笛未
休吹

渝州候嚴六侍御不到先下峽
聞道乘驄發沙邊待至今不知雲雨散虛費短長吟山
帶烏蠻闊江連白帝深船經一柱觀留眼（一作滯）共登臨

撥悶（一作贈嚴二別駕）
聞道雲安麴米春（唐人呼酒爲春）纔傾一醆即醺人乘舟取醉非
難事下峽消愁定幾巡長年三老遥憐汝棙柂開頭（一作鳴鐃）
捷有神已辦青錢防雇直當令美味入吾脣

聞高常侍亡（原注忠州作）
歸朝不相見蜀使忽傳亡虛歷金華省何殊地下郎致
君丹檻折哭友白雲長獨步詩名在秖令故舊傷

宴忠州使君姪宅
出守吾家姪殊方此日歡自須遊阮巷（一作舍）不是怕湖（一作溪）
灘樂助長歌逸（一作送）杯（一作林）饒旅思寬昔曾如意舞牽率強
爲看

禹廟（此忠州臨江縣禹祠也）
禹廟空山裏秋風落日斜荒庭垂橘柚古屋畫龍蛇雲
氣生虛（一作噓清）壁江聲走白沙早知乘四載（去聲仰乘輴等乘字義）疏鑿
控（一作流落）三巴

題忠州龍興寺所居院壁
忠州三峽内井邑聚雲根小市常爭米孤城早閉門空
看（一作豈）過客淚莫覓主人恩淹泊（一作薄）仍愁虎深居賴獨園

旅夜書懷
細草微風岸危檣獨夜舟星垂（一作隨）平野闊月湧大江流
名豈文章著官因（一作應）老病休飄飄（一作零）何所似天地（一作外）一
沙鷗

別常徵君
兒扶猶杖策臥病一秋強白髮少新洗寒衣寛總長故
人憂見及此別淚相忘各逐萍流轉來書細作行

三絶句
前（一作去）年渝州殺刺史今年開州殺刺史羣盜相隨劇虎
狼食人更肯留妻子
二十一家同入蜀惟殘一人出駱谷自說二女齧臂時
回頭却向秦雲哭
殿前兵馬雖驍雄縱暴略與羌渾同聞道殺人漢水上
婦女多在官軍中

十二月一日三首
今朝臘月春意動雲安縣前江可憐一聲何處送書鴈
百丈誰家上水（一作瀨）船未將梅蕊驚愁眼要（一作更）取楸（一作椒）花
媚遠天明光起草人所羡肺病幾時朝日邊
寒輕市上山煙碧日滿樓前江霧黃負鹽出井此谿女
打鼓發船何郡郎新亭舉目風景切茂陵著書消渴長
春花不愁不爛漫楚客唯聽棹相將
即看燕子入山扉豈有黃鸝歷翠微短短桃花臨水岸
輕輕柳絮點人衣春來準擬開懷久老去親知見面稀
他日一杯難強進重嗟筋力故山違

又雪

南雪不到地青崖霑未消微微向日薄脈脈去人遙冬熱鴛鴦病峽深豺虎驕愁邊有江水焉得北之朝

奉漢中王手札

國有乾坤大王今叔父尊剖符來蜀道歸蓋取荊門峽險通舟過(一作峻)江長注海奔主人留上客避暑得名園前後緘書報分明餜玉恩天雲浮絕壁風竹在華軒已覺良(一作涼)宵永(一作遠)何看駭浪翻入期朱邸雪朝傍紫微垣枚乘文章老河間禮樂存悲秋宋玉宅失路武陵源淹薄俱崖口東西異石根夷音迷咫尺鬼物傍(一作倚)黃昏犬馬誠為戀狐狸不足論從容草奏罷宿昔奉清罇

贈崔十三評事公輔

飄飄(一作颻)西極馬來自渥洼池颯飁定(一作寒一作鄧)山桂低徊風雨枝我聞龍正直道屈爾何為且有元戎命悲歌識者誰(一作知)官聯辭冗長行路洗欹危脫劒主人贈去帆春色隨陰沉鐵鳳闕教練羽林兒天子朝侵早雲臺仗數移分軍應供給百姓日支離黠吏因封己公才或守雌燕王買(一作貫)駿骨渭老得熊羆活國名公在拜壇羣寇疑氷壺動瑤碧野水失蛟螭入幕諸彥集(一作聚)渴賢高選宜騫騰坐可致九萬起於斯復進出矛戟昭然開鼎彝會看之子貴歎及老夫衰豈但江曾決還思霧一披暗塵生古鏡拂匣照西施舅氏多人物無慙困翮垂

長江二首

衆水會涪萬瞿塘爭一門朝宗人共挹盜賊爾誰尊孤石隱如馬高蘿垂飲猨歸心異波浪何事即飛翻

浩浩終不息乃知東極臨(一作深)衆流歸海意萬國奉君心色借瀟湘闊聲驅灩澦深(一作沉)未辭添霧雨接上遇(一作過)衣襟

承聞故房相公靈櫬自閬州啓殯歸葬東都有作二首

遠聞房太守(一作尉)歸葬陸渾山一德興王後孤魂久客間孔明多故事(陳壽等定諸葛亮故事二十四篇以進)安石竟崇班他日嘉陵涕仍沾楚水還

丹旐飛飛日初傳發閬州風塵終不解江漢忽同流劒動新(一作親)身匣書歸故國樓盡哀知有處為客恐長休

雲安九日鄭十八攜酒陪諸公宴

寒花開已盡菊蘂獨盈枝舊摘人頻異輕香酒暫隨地偏初衣裌山擁更登危萬國皆戎馬酣歌淚欲垂

答鄭十七郎一絕

雨後過畦潤花殘步屧遲把文驚小陸好客見當時

將曉二首

石城除擊柝鐵鎖欲開關鼓角悲荒塞星河落曙(一作曉)山巴人常小梗蜀使動無還垂老孤帆色飄飄犯百(一作白)蠻

軍吏回官燭舟人自楚歌寒沙蒙薄霧落月去清波壯惜身名晚衰慙應接多歸朝日簪笏筋力定如何

懷錦水居止二首

軍旅西征僻風塵戰伐多猶(一作獨)聞蜀父老不忘舜謳歌天險終難立柴門豈重過朝朝巫峽水遠逗(一作遶)錦江波

萬里橋南(一作西)宅百花潭北莊層軒皆面水老樹飽經霜雪嶺界天白錦城曛日黃惜哉形勝地回首一茫茫

子規

峽裏雲安縣江樓翼瓦齊兩邊山木合終日子規啼眇眇春風見蕭蕭夜色淒(一作悽)客愁那聽此故作傍(一作衞旅)人低

立春

春日春盤細生菜忽憶兩京梅發時盤出高門行白玉菜傳纖手送青絲巫峽寒江那對眼杜陵遠客不勝悲此身未知歸定處呼兒覓紙一題詩

漫成一絕(一本無一絕二字)

江月去人只數尺風燈照夜欲三更沙頭宿鷺聯拳靜(一作起)船尾跳魚撥(一作跋一作潑)剌鳴

老病

老病巫山裏稽留楚客中藥殘他日裹花發去年叢夜足霑沙雨春多逆水風合分雙賜筆猶作一飄蓬

南楚

南楚青春異暄寒早早分無名江上草隨意嶺頭雲正月蜂相見非時鳥共聞杖藜妨躍馬不是故離羣

寄常徵君

白水青山空復春徵君晚節傍風塵楚妃堂上色殊衆海鶴階前鳴向人萬事糾紛猶絕粒一官羈絆實藏身開州入夏知涼冷不似雲安毒熱新

寄岑嘉州(原注州據蜀江外)

不見故人十年餘不道故人無素書願逢顏色關塞遠豈意出守江城居外江三峽且相接斗酒新詩終日(一作自)疎謝朓每篇堪諷誦馮唐已老聽吹噓泊船秋夜經春草伏枕青楓限玉除眼前所寄選何物贈子雲安雙鯉魚

移居夔州郭

伏枕雲安縣遷居白帝城春知催柳別江與(一作已)放船清農事聞人說山光見鳥情禹功饒斷石且就土微平

船下夔州郭宿雨濕不得上岸別王十二(一作二十)判官

依沙宿舸船石瀨月娟娟風起春燈亂江鳴夜雨懸晨鐘雲外(一作岸)濕勝地石堂煙(一作偏)柔艣輕鷗外含悽(一作情)覺汝賢

雨不絕

鳴雨既過漸細(一作細雨)微映空搖颺如絲飛階前短草泥不亂院裏長條風乍稀舞石旋應將乳子行雲莫自濕仙衣眼邊江舸何忽促未待(一作得)安流逆浪歸

崔評事弟許相迎不到應慮老夫見泥雨怯出必愆佳期走筆戲簡

江閣要賓許馬迎午時起坐自天明浮雲不負青春色細雨何孤白帝城身過花間霑濕好醉於馬上往來輕虛疑皓首衝泥怯實少銀鞍傍險行

宿江邊閣(即後西閣)

暝色延山徑高齋次水門薄雲巖際宿孤月浪中翻鸛鶴追飛靜(一作盡)豺狼得食喧不眠憂戰伐無力正乾坤

夜宿西閣曉呈元二十一曹長

城暗更籌急樓高雨雪微稍通綃幕霽遠帶玉繩稀門鵲晨光起(一作喜)牆(一作檣)烏宿處飛寒江流甚細有意待人歸

西閣口號 呈元二十一

山木抱雲稠，寒江繞上頭。雪崖纔變石，風幔不依樓。社稷堪流涕，安危在運籌。看君話王室，感動幾銷憂。

西閣雨望

樓雨霑雲幔，山寒一作高著水城。徑添沙面出，湍減石稜生。菊蘂淒疎放，松林駐遠情。滂沲朱檻濕，萬慮傍一作倚簷楹。

不離西閣二首

江柳非時發，江花冷色頻。地偏應有瘴，臘近已含春。失學從愚子，無家住一作任老身。不知西閣意，肯別定留一作向人。

西閣從人別，人今亦故亭。江雲飄素練一作菜，石壁斷一作空青。滄海先迎日，銀河倒列星。平生耽勝事，吁駭一作怪始初經。

西閣三度期大昌嚴明府同宿不到

問子能來宿，今疑索故要。匣琴虛夜夜，手板自朝朝。金吼霜鐘徹，花催臘一作蠟炬銷。早鳧江檻底，雙影漫飄颻。

西閣二首

巫山小搖落，碧色見一作是松林。百鳥各相命，孤雲無一作非自心。層軒俯江壁，要路亦高深。朱紱猶紗帽，新詩近玉琴。功名不早立，衰病謝知音。哀世非一作無王粲，終然一作朝學越吟。

懶心似江水，日夜向滄洲。不道含香賤，其如鑷白休。經過調一作凋碧柳，蕭索一作瑟倚朱樓。畢娶何時竟，消中得自由。豪一作餘華看古往，服食寄冥搜。詩盡人間興，兼須入海求。

閣夜

歲暮陰陽催短景，天涯霜雪霽寒宵。五更鼓角聲悲壯，三峽星河影動搖。野哭幾一作千家聞戰伐，夷歌數一作是處起漁樵。臥龍躍馬終黃土，人事依依一作音塵一作音書漫寂寥。

西閣夜

恍惚寒山暮，逶迤白霧昏。山虛風落石，樓靜月侵門。擊柝可憐子，無衣何處村。時危關百慮，盜賊爾猶存。

瀼西寒望 夔人以澗水通江者爲瀼。大昌縣西有千頃池，水分三道，其一南流奉節縣，爲西瀼水

水色含羣動，朝光切太虛。年侵一作終頻悵望，興遠一蕭疎。猨挂時相學，鷗行炯自如。瞿唐春欲至，定卜瀼西居。

入宅三首 大曆二年春甫自西閣遷赤甲

奔峭背赤甲，斷崖當白鹽。客居愧遷次，春酒一作色漸多添。花亞欲移竹，鳥窺新捲簾。衰年不敢恨，勝槩欲相兼。

亂後居難定，春歸客未還。水生魚復浦，雲暖麝香山。半一作判頂梳頭白，過眉拄杖斑。相看多使者，一一問函關。

宋玉歸州宅，雲通白帝城。吾人淹老病，旅食豈才名。峽口風常急，江流氣不平。只應與兒子，飄轉任浮生。

赤甲

卜居赤甲遷居新，兩見巫山楚水春。炙背可以獻天子，美芹由來知野人。荆州鄭薛 鄭審、薛據 寄詩一作書近，蜀客郗岑 郗昂、岑參 非我鄰。笑接郎中評事飲，病從深酌道吾眞。

卜居

歸羨遼東鶴，吟同楚執珪。未成遊碧海，著處覓丹梯。雲障一作嶂寬江左一作北，春耕破瀼西。桃紅客若至，定似昔一作晉人逃。

暮春題瀼西新賃草屋五首

久嗟三峽客，再與暮春期。百舌欲無語，繁花能幾時。谷虛雲氣薄，波亂日華遲。戰伐何由定，哀傷不在茲。

此邦千樹橘，不見比封君。養拙干戈際，全生麋鹿羣。畏人江北草，旅食瀼西雲。萬里巴渝曲，三年實飽聞。

綵雲陰復白，錦樹曉一作晚來青。身世雙蓬鬢，乾坤一草亭。哀歌時自短一作惜，醉舞爲誰醒。細雨荷鋤立，江猨吟翠屛。

壯年一作志學書劍，他日委泥沙。事主非無祿，浮生即有涯。高齋依藥餌，絕域改春華。喪亂丹心破，王臣未一家。

欲陳濟世策，已老尚書郎。未息豺虎鬭，空慙鴛鷺行。時危人事急一作遽，風逆一作急羽毛傷。落日悲江漢，中宵淚滿床。

園

仲夏流多水，清晨向小園。碧溪搖艇闊，朱果爛枝繁。始爲江山靜，終防市井喧。畦蔬繞茅屋，自足媚盤餐。

豎子至

樝梨且一作纔綴碧，梅杏半傳黃。小子幽園至，輕籠熟柰香。山風猶滿把，野露及新嘗。欲寄一作較枕江湖客，提攜日月長。

示獠奴阿段 蔡云：南蠻別種無名字，男稱阿謩、阿段，女稱阿夷、阿等之類

山木蒼蒼落日曛，竹竿褭褭細泉分。郡人入夜爭餘瀝，豎一作稚子尋源獨不聞。病渴三更迴白首，傳聲一注濕青雲。曾驚陶侃胡奴異，陶侃有胡奴，胡僧見之曰：此海山使者也。是夜即失所在 怪爾常穿虎豹羣。

秋野五首

秋野日疎一作荒蕪，寒江動碧虛。繫舟蠻井絡一作路，卜宅楚村墟。棗熟從一作行人打，葵荒欲自一作且鋤。盤餐老夫食，分減及溪一作谿魚。

易識浮生理，難教一物違。水深魚極樂，林茂鳥知歸。吾一作衰老甘貧病，榮華有是非。秋風吹几杖，不厭此一作北山薇。

禮樂攻吾短，山林引興長。掉頭紗帽仄，曝背竹書光。風落收松子，天寒割蜜房。稀疎小紅翠，駐屐近微香。

遠岸秋沙白，連山晚照紅。潛鱗輸駭浪，歸翼會高風。砧響家家發，樵聲箇箇同。飛霜任青女，賜被隔南宮。

身許麒麟畫，年衰鴛鷺羣。大江秋易盛，空峽夜多聞。徑隱千重石，帆留一片雲。兒童解蠻語，不必作參軍。郝隆詩：娵隅躍清池。桓溫問是何物，答曰：蠻以魚爲娵隅。溫曰：何爲作蠻語？答曰：千里從公，僅得蠻府參軍，安得不作蠻語

溪上

峽內淹留客，溪邊四五家。古苔生迮音窄一作濕一作窄地，秋竹隱疎花。塞俗人無井，山田飯有沙。西江使船至，時復問京華。

樹間

岑寂雙甘樹，婆娑一院香。交柯低几杖，垂實礙衣裳。滿歲如松碧，同時待菊黃。幾迴霑葉一作落露，乘月坐胡牀。

課小豎鉏斫舍北果林枝蔓荒穢淨訖移牀三首 一作秋日閑居三首

病枕依茅棟，荒鉏淨果林。背堂資僻遠，在野興清深。山雉防求敵，江猨應獨吟。洩雲高不去，隱几亦無心。

衆壑生寒早，長林卷霧齊。青蟲懸就日，朱果落封一作成泥。薄俗防人一作狸面，全身學馬蹄。吟詩坐一作重迴首，隨意葛巾低。

籬弱門何向，沙虛岸只一作自摧。日斜魚更食，客散鳥還來。寒水光難定，秋山響易哀。天涯稍曛黑，倚杖更一作獨裴回。

寒雨朝行視園樹

柴門雜（一作擁）樹向千株丹橘黃甘此（一作北）地無江上今朝寒雨歇籬中秀（一作邊新）色畫屏紆桃蹊李徑年雖故（一作古）梔子紅椒豔復殊鏁石藤梢元自落倚（一作到）天松骨見來枯林香出實垂將盡葉蔕辭（一作離）枝（一作柯）不重蘇愛日恩光蒙借貸清霜殺氣得憂虞衰顏更（一作動）覓藜床坐緩步仍須竹杖扶散騎未知雲閣處啼猨僻在楚山隅

季秋江村

喬木村墟古疎籬野蔓懸清（一作素）琴將暇日白首望霜天登俎黃甘重支床錦石圓遠遊雖寂寞難見此山川

小園

由來巫峽水本自楚人家客病留因藥春深買爲花秋庭風落果瀼岸雨頹沙問俗營寒事將詩待物華

自瀼西荆扉且移居東屯茅屋四首

白鹽危嶠北赤甲古城東平地一川穩高山四面同煙霜淒野日秔稻熟天風人事傷蓬轉吾將守桂叢

東屯復瀼西一種住青溪來往皆（一作兼）茅屋淹留爲稻畦市喧宜近利（原注西居近市）林僻此無蹊若訪衰翁語須令賸客迷

道北馮都使高齋見一川子能渠細石吾亦沼清泉枕帶（一作席）還相似柴荆即有焉斫畬應費日解纜不知年

牢落西江外參差北戶間久遊巴子國（一作宅）臥病楚人山幽獨移佳境清深隔遠關寒空見鴛鷺迴首憶（一作想）朝班

茅堂檢校收稻二首

香稻三秋末平田百頃間喜無多屋宇幸不礙雲山御裌侵寒氣嘗新破旅顏紅鮮終日有玉粒未吾慳

稻米炊能白秋葵煮復新誰云滑易飽老藉軟俱勻種幸房州熟苗同伊闕（甫有莊墅在河南）春無勞映渠盌（車渠也彝盌銘珍逾渠盌）自有色如銀

東屯月夜

抱疾漂萍老防邊舊穀屯春農親異俗歲月在衡門青女霜楓重黃牛峽水喧泥留虎鬭跡月挂客愁村喬木澄稀影輕雲倚細根數驚聞雀噪暫睡想猨蹲日轉東方白風來北斗昏天寒不成寢無夢寄（一作有）歸魂

東屯北崦

盜賊浮生困誅求異俗貧空村惟見鳥落日未（一作不）逢人步壑風吹面看松露滴身遠山迴白首戰地有黃塵

從驛次草堂復至東屯（一本有茅屋二字）二首

峽內（一作山裏）歸田客（一作合）江邊借馬騎非尋戴安道似向習家池峽險（一作地）風煙僻（一作合）天寒橘柚垂築場看斂積一學楚人爲

短景難高臥衰年強此身山家蒸栗暖野飯射麋新世路知交薄門庭畏客頻牧童斯（一作須）在眼田父實爲鄰

暫往（一作住）白帝復還東屯

復作歸田去猶殘穫稻功築場憐穴蟻拾穗許村童落杵光輝白除（一作殊）芒子粒紅加餐可扶老倉庾（一作廩）慰飄蓬

刈稻了詠懷

稻穫空雲水川平對石門寒風疎落（一作草）木旭（一作曉）日散雞豚野哭初聞戰樵歌稍出村無家問消息作客信乾坤

上白帝城（公孫述僭位於此自稱白帝）

城峻隨天辟（城臨大江）樓高更（一作望）女牆江流思夏后風至憶襄王老去聞悲角人扶報夕陽公孫初恃險躍馬意何長

上白帝城二首

江城含變態一上一回新天欲今朝雨山歸萬古春英雄餘事業衰邁久風塵取醉他鄉客相逢故國人兵戈猶擁蜀賦斂強（一作尚）輸秦不是煩形勝深慙（一作愁）畏損神

白帝空祠廟孤雲自往來江山城宛轉棟宇客裴回勇略今何在當年亦壯哉後人將酒肉虛殿日塵埃谷鳥鳴還過林花落又開多慙病無力騎馬入青苔

武侯廟（廟在白帝西郊）

遺廟丹青落（一作古）空山草木長猶聞辭後主不復臥南陽

八陣圖（諸葛亮八陣圖有三一在夔一在彌牟鎮一在棊盤市此在夔之永安宮前者）

功蓋三分國名高八陣圖江流石不轉遺恨失吞吳

謁先主廟（劉昭烈廟在奉節縣東六里）

慘淡風雲會乘時各有人力侔分社稷志屈偃經綸復漢留長策中原仗老臣雜耕心未已歐（嘔同）血事酸辛（雜耕嘔血皆諸葛亮事）霸氣西南歇雄圖曆數屯錦江元過楚劒閣復通秦舊俗存祠廟空山立（一作泣）鬼神虛簷交（一作扶）烏道（一作過）枯木半龍鱗竹送清（一作青）溪月苔移玉座春閭閻兒女換歌舞歲時新絕域歸舟遠荒城繫馬頻如何對搖落況乃久風塵孰（一作勢）與關張並功臨耿鄧親應（一作繼）天才不小得士（一作土）契無鄰遲暮堪帷幄飄零且釣緡向來憂國淚寂寞灑衣巾

白鹽山（白鹽崖高千餘丈在州城東十七里）

卓立羣峰外蟠根積水邊（下臨神淵）他皆任厚地爾（一作我）獨近高天白牓千家邑清秋萬估（一作里一作古）船詞人取佳句刻畫竟誰傳（一作刷練始堪傳）

灩澦堆

巨積（一作石）水中央江寒出水長沉牛荅雲雨如馬戒舟航天意存傾覆神功接混茫干戈連解纜行止憶垂堂

灩澦

灩澦既沒孤根深西來水多愁太陰江天漠漠鳥雙去風雨時時龍一吟舟人漁子歌迴首估客胡商淚滿襟寄語舟航惡年少休翻鹽井橫（一作摸一作擲）黃金

白帝

白帝城中（一作頭）雲出門（一作若屯）白帝城下雨翻盆高江急峽雷霆鬭翠（一作古）木蒼（一作長）藤日月昏戎（一作去）馬不如歸馬逸千家今有百（一作十）家存哀哀寡婦誅求盡慟哭秋原何處村

白帝城樓

江度寒山閣城高絕塞樓翠屏宜晚對白谷會深遊急急能鳴鴈輕輕不下鷗彝陵春色起漸擬放扁舟

曉望白帝城鹽山

徐步移班杖看山仰白頭翠深開斷壁紅（一作江）遠結飛樓日出清（一作寒）江望暄和散旅愁春城見松雪始擬進歸舟

白帝城最高樓

城尖徑昃（一作仄）旌旆愁獨立縹緲之飛樓峽坼雲霾龍虎臥（一作睡）江清日抱黿鼉遊扶桑西枝對（一作封）斷石弱水東影隨長流杖藜歎世者誰子泣血迸空迴白頭

白帝樓

漠漠虛無裏連連睥睨侵樓光去日遠峽影入江深臘

破思端綺春歸待一金去年梅柳意還欲攪邊心

陪諸公上白帝城(一本有頭字)(一本有樓字)宴越公堂之作(越公楊素所建)

此堂存古製城上俯江郊落構垂雲雨荒階蔓草茅柱穿蜂溜蜜棧缺燕添巢坐接春杯氣心傷豔藥梢英靈如過隙宴衎願投膠莫問東流水(一作水清淺)生涯未即拋

峽隘

聞說江陵府雲沙靜(一作淨)眇然白魚如切玉朱橘不論錢水有遠湖樹人今何處船青山各(一作若)在眼却望峽中天

諸葛廟

久遊巴子國屢入武侯祠竹日斜虛寢溪風滿薄帷君臣當共濟賢聖亦同時翊戴歸先主并吞更出師蟲蛇穿畫壁巫覡醉蛛絲欻憶吟梁父躬耕也(一作起)未遲

峽口二首

峽口大江間西南控百(一作白)蠻城欹連粉堞岸斷更青山開闢多(一作當)天險防隅一水關亂離聞鼓角秋氣動衰顏

時清關失險世亂戟如林去矣英雄事荒哉割據心蘆花留客晚楓樹坐猨深疲薾煩親故諸侯數賜金(原注主人柏中丞頻分月俸)

天池

天池馬不到嵐壁鳥纔通百頃青雲杪層波白石中鬱紆騰秀氣蕭瑟浸寒空直對巫山出(一作峽)兼疑夏禹功魚龍開闢有菱芡(一作芰)古今同(一作豐)聞道奔雷黑初看浴日紅飄零神女雨斷續楚王風欲問支機石如臨獻寶宮九秋驚鴈序萬里狎漁翁(一作樵童)更是無人處誅茅(一作勞)任薄躬

瞿塘兩崖

三峽傳何處雙崖壯此門入天猶石色穿水忽雲根猱玃鬚髯古蛟龍窟宅尊羲和冬(一作驂)馭近愁畏日車翻

夔州歌十絕句

中巴之東巴東山江水開闢流其間白帝高爲三峽鎮夔州(一作瞿唐)險過百牢關(關在漢中西南)

白帝夔州各異城(古白帝在夔州城東)蜀江楚峽混殊名(瞿唐舊名西陵峽與荊州西陵混)英雄割據非天意(一作相)霸主(一作王)并吞在物情

羣雄競起問(一作間)前朝(一作向)王者無外見今朝(音潮)比訝漁陽結怨恨元聽舜日舊簫韶

赤甲白鹽俱刺天閭閻繚繞接山巔楓林橘樹丹青合複道重樓錦繡懸

瀼東瀼西一萬家江北江南(一作江南江北)春冬花背飛鶴子遺瓊蘂相趂鳧雛入蔣牙

東屯稻畦一百頃北有澗水通青苗晴浴狎鷗分處處雨隨神女下朝朝

蜀麻吳鹽自古通萬斛之舟行若風長年三老長歌裏白晝(一作買)攤錢(一作白馬灘前)高浪中

憶昔咸陽都市合山水之圖張賣時巫峽曾經寶屏見楚宮猶對碧峯疑

武侯祠堂(一作生祠)不可忘中有松柏參天長干戈滿地客愁破雲日如火炎天涼

閬風玄圃與蓬壺中有高堂(一作唐)天下無借問夔州壓何處峽門江腹擁城隅

上卿翁請修武侯廟遺像缺落時崔卿權夔州(崔卿甫之舅氏)

大賢爲政即多聞刺史真符不必分尚有西郊諸葛廟臥龍無首對江濆

全唐詩

杜甫

偶題

文章千古事得失寸心知作者皆殊列名聲豈浪垂騷人嗟不見漢道盛於斯前輩飛騰入餘波綺麗爲後賢兼舊列(一作制一作利一作例)歷代各清規法自儒家有心從弱歲疲永懷江左逸多病(一作謝)鄴中奇騄驥皆良馬騏驎帶好兒車輪徒已斲堂構惜(一作肯)仍虧漫作潛夫論虛傳幼婦碑(一作詞)緣情慰漂蕩抱疾屢遷移經濟慙長策飛棲假一枝塵沙傷蜂蠆江峽繞蛟螭蕭瑟唐虞遠聯翩楚漢危聖朝兼盜賊異俗更喧卑鬱鬱星辰劍蒼蒼雲雨池兩都開幕府萬寓插軍麾南海殘銅柱東風避月支音書恨烏鵲號怒怪熊羆稼穡分詩興柴荊學土宜故山迷白閣秋水隱(一作憶)黃(一作皇)陂不敢要佳句愁來賦別離

秋興八首

玉露凋傷楓樹林巫山巫峽氣蕭森江間波浪兼天湧塞上風雲接地陰叢菊兩(一作重)開他日淚孤舟(時方艤舟以俟出峽)一繫故園心寒衣處處催刀尺白帝城高急暮砧

夔府孤城落日斜每依南(一作北)斗望京華聽猨實下三聲淚奉使虛隨八月查畫省香爐違伏枕山樓粉堞隱悲笳請看石上藤蘿月已映洲前蘆荻花

千家山郭靜朝暉一日(一作百處一作日日)江樓坐翠微信宿漁人還汎汎清秋燕子故飛飛匡衡抗疏功名薄劉向傳經心事違同學少年多不賤五陵衣馬自輕肥

聞道長安似奕棊百年世事不勝(一作堪)悲王侯第宅皆新主文武衣冠異昔時直北關山金鼓振征西車馬(一作騎)羽書遲(一作馳)魚龍寂寞秋江冷(魚龍以秋日爲夜)故國平居有所思

蓬萊宮闕對南山承露金莖霄漢間西望瑤池降王母(楊貴妃初度女道士故唐人多以王母比之)東來紫氣滿函關(唐以老子爲祖屢徵符瑞)雲移雉尾開宮扇日繞龍鱗識聖顏一卧滄江驚歲晚幾迴青瑣照(一作點)朝班

瞿唐峽口曲江頭萬里風煙接素秋花萼夾城通御氣芙蓉小苑入邊愁朱簾繡柱圍黃鵠(一作鵠)錦纜牙檣起白

鷗迴首可憐歌舞地秦中自古帝王州

昆明池水漢時功武帝旌旗在眼中織女機絲虛月夜（一作夜月）石鯨鱗甲動秋風波漂菰米沈雲黑露冷蓮房墜粉紅關塞極天唯鳥道江湖滿地一漁翁

昆吾（亭名在藍田）御宿（川名在樊川）自逶迤紫閣峰陰入渼陂（一本二句倒轉）香稻（一作紅稻）（一作紅飯）啄餘（一作殘）鸚鵡粒碧梧棲老鳳皇枝佳人拾翠春相問仙侶同舟晚更移綵筆昔遊（一作曾）干氣象白頭吟望苦低垂

詠懷古跡五首（吳若本作詠懷一章古跡四首）

支離東北風塵際漂泊西南天地間三峽樓臺淹日月五溪衣服共雲山羯胡事主終無賴詞客哀時且未還庾信平生最蕭瑟暮年詩賦動江關（庾信仕周年侵二毛時有鄉關之思乃作哀江南賦）

搖落深知宋玉（一作為主）悲風流儒雅亦吾師悵望千秋一灑淚蕭條異代不同時江山故宅空文藻雲雨荒臺豈夢思最是楚宮俱泯滅舟人指點到今疑

羣山萬壑赴荊門生長明妃尚有村一去紫臺連朔漠獨留青塚向黃昏畫圖省識春風面環珮空歸月夜魂千載琵琶作胡語分明怨（一作愁）恨曲中論

蜀主窺吳幸三峽崩年亦在永安宮（劉備改魚復為永安仍於州西置永安宮）翠華想像空（一作寒）山裏玉殿虛無野寺中古廟杉松巢水鶴歲時伏臘走村翁武侯祠屋常鄰近一體君臣祭祀同（原注殿今為寺廟在宮之東）

諸葛大名垂宇宙宗臣遺像肅清高三分割據紆籌策萬古雲霄一羽毛伯仲之間見伊呂（張輔樂葛優劣論孔明將與伊呂爭儔豈與樂毅為伍）指揮若定失蕭曹（崔浩典論云諸葛亮不能與蕭曹亞匹）福（一作運）移漢祚難恢（一作終難）復志決身殲軍務勞

諸將五首

漢朝陵墓對南山胡虜千秋尚入關昨日玉魚（漢楚王戊太子死天子賜玉魚一雙以斂）蒙葬地早時金盌（盧充與崔少府女幽婚贈充金盌乃向時殉葬物也）出人間見（音現）愁汗馬西戎逼曾閃朱旗北斗殷（於顏切紅色也一作闕）多少材官守涇渭將軍且莫破愁顏（錢謙益曰安祿山犯闕繼以吐蕃焚毀不已必有發掘陵寢之虞故告戒諸將以守涇渭也是春吐蕃請和郭子儀遣兵屯奉天）

韓公本意築三城擬絕天驕拔漢旌豈謂盡煩回紇馬翻然遠救朔方兵（郭子儀以孤軍起朔方濟上之戰克復長安斬賊之戰再收東都皆用回紇之力）胡來不覺潼關隘龍起猶聞晉水清（唐高祖之龍門代水清）獨使至尊憂社稷諸君何以答升平

洛陽宮殿化為烽休道秦關百二重滄海未全歸禹貢薊門何處盡（一作覓）堯封（時河北諸鎮皆安史餘孽盤據）朝廷袞職雖多預（一作誰爭補）天下軍儲不自供稍喜臨邊王相國肯銷金甲事春農（廣德二年王縉以同平章事代李光弼都統行營歲餘遷河南副元帥）

迴首扶桑銅柱標冥冥氛祲未（一作不）全銷越裳翡翠無消息南海明珠久寂寥殊錫曾為大司馬總戎皆插侍中貂炎風朔雪天王地只在忠臣（一作良）翊聖朝（錢謙益曰此深戒朝廷不當使中官出將也楊思勗討安南五溪殘酷好殺故越裳不貢呂太一收珠南海阻兵作亂故南海不靖李輔國以中官拜大司馬所謂殊錫也魚朝恩等以中官為觀軍容使所謂總戎也炎風朔雪皆天王之地只當精求忠良以翊朝安得偏信一二中人據將帥之重任自取潰僨乎）

錦江春色逐人來巫峽清秋萬壑哀正憶往時嚴僕射共迎中使望鄉臺主恩前後三持節（嚴武一鎮東川兩鎮劍南）軍令分明數舉杯西蜀地形天下險安危須仗出羣材

秋日夔府詠懷奉寄鄭監審李賓客之芳一百韻（鄭審官祕書少監時謫貶江陵李之芳留吐蕃歸拜禮部尚書改太子賓客）

絕塞烏蠻北孤城白帝邊飄零仍百里消渴已三年雄劍鳴開匣羣書滿繫船（一作所向皆窮轍餘生日繫船）亂離心不展（一作轉）衰謝日蕭然筋力妻孥問菁華歲月遷登臨多物色陶冶賴詩篇峽束滄（一作蒼）江起巖排石（一作古）樹（一作石楠）圓拂雲霾楚氣朝（一作潮）海蹴吳天煮井為鹽速燒畬（楚俗燒榛種田曰畬）度地偏有時驚疊嶂何處覓平川鸂鶒雙雙舞獼猿壘壘懸碧蘿長似帶錦石小如錢春草何曾歇寒花亦可憐獵人吹戍火野店引山泉喚起搔頭急扶行幾屐穿兩京猶薄產四海絕隨肩幕府初交辟郎官幸備員爪時猶（一作仍）（一作拘）旅寓萍泛苦（一作若）齎緣藥餌虛狼藉秋風灑靜便開襟驅（一作社）瘴癘明目掃（一作拂）雲煙高宴諸侯禮佳人上客前哀箏傷老大華屋豔神仙南內開元曲常時弟子傳法歌聲變轉滿座涕潺湲（原注都督柏中丞筵聞梨園弟子李仙奴歌）弔影夔州僻回腸杜曲煎即今龍廐水莫帶犬戎羶（原注西京龍廐門苑馬門也渭水流苑馬門內）耿賈扶王室蕭曹拱御筵乘（一作秉）威滅蜂蠆戮力効（一作敎）鷹鸇舊物森猶在凶徒惡未悛國須行戰伐人憶止戈鋋奴僕何知禮恩榮錯與權胡星一彗孛（一作閽）黔首（一作首惡）遂拘攣哀痛絲綸切煩苛法令蠲業成陳始王兆喜出於畋（謂代宗）宮禁經綸密台階翊戴全熊羆載呂望鴻雁美周宣側聽中興主長吟不世賢音徽一柱數道里下牢千（原注鄭在江陵李在夷陵）鄭李光時論文章並我先陰何尚清省沈宋欻聯翩律比崑崙竹音知燥濕弦風流俱善價愜當久忘筌置驛常如此登龍蓋有焉雖云隔禮數不敢墜周旋高視收人表虛心味道玄馬來皆汗血鶴唳必青田羽翼商山起蓬萊漢閣連管寧紗帽淨江令錦袍鮮（江總有山水納袍賦）東郡（夷陵在夔州東）時題壁南湖（江陵有湖亭）日扣舷遠遊凌絕境佳句染華牋每欲孤飛去徒為百慮牽生涯已寥落國步乃（一作尚）迍邅衾枕成蕪沒池塘作棄捐（原注平生多病卜築遣懷）別離憂怛怛伏臘涕漣漣露菊班豐鎬秋蔬（一作菰）影澗瀍共誰論昔事幾處有新阡富貴空迴首喧爭懶著鞭兵戈塵漠漠江漢月娟娟局促看秋燕蕭疎聽晚蟬雕蟲蒙記憶烹鯉問沈綿卜羨君平杖（嚴君平挂百錢杖頭事與阮孚同岑參卜肆詩亦云至今杖頭錢時時地下有）偷存子敬氈囊虛把釵釧米盡坼花鈿甘子陰涼葉茅齋八九椽陣圖沙北岸市暨瀼西巔（原注峽人目市井處曰市暨）羈絆心常折棲遲病即痊紫收（一作秧）岷嶺（一作下）芋白種陸池（一作家）蓮色好梨勝頰穰多栗過拳敕廚唯一味求飽或三鱣兒去看魚笱（一作俗異鄰蛟室）人來（一作朋）坐馬韉縛柴門窄窄通竹溜涓涓塹抵公畦稜（原注京師農人指田遠近多云幾稜稜音去聲）村依野廟壖缺籬將棘拒倒石賴藤纏借問頻朝謁何如穩醉（一作晝）眠誰云行不逮（一作達）自覺坐能堅霧雨銀章澀馨香粉署妍紫鸞無近遠黃雀任翩翾困學違從眾明公各勉旃聲華夾宸極早晚到星躔懇諫留匡鼎諸儒引服虔不逢（一作過）輸鯁直會是正陶甄宵旰憂虞軫黎元疾苦駢雲臺終日畫青簡為誰編行路難何有招尋興已專由來具飛檝暫擬控鳴弦身許雙峰寺（蘄州雙峰山有東山寺曹溪寶林寺後亦有雙峰）門求七祖禪（禪門南能北秀分列二宗弟子各立其師為六祖北宗遂立秀之弟子普寂為七祖能後無聞焉甫歸心南宗故曰身許雙峰欲求七祖也）落帆追宿昔衣褐向真詮安石名高晉（原注鄭高簡得謝太傅之風）昭王客赴燕（原注李宗親有燕昭之美燕周之裔）途中非阮籍查上似張騫披拂（一作晤）（一作裕）雲寧在淹留景不延風期終破浪水怪莫飛涎他日辭神女傷春怯杜鵑淡交隨

聚散澤國繞迴旋本自依迦葉(天竺二十五祖之首)何曾藉偓佺(偓佺食松實體生
毛數寸能飛行逐走馬)鑪峯生轉盼橘井(在馬嶺山)尚高褰東走窮歸鶴南征
盡跕鳶(馬援曰我在浪泊西里仰視飛鳶跕跕墮水中)晚聞多妙教卒踐塞前愆顧凱
丹青列頭陁琬琰鐫(王草頭陁寺碑為世所重)衆香深黯黯幾地(佛家有十地)肅
芊芊勇猛為心極清羸任體孱金篦空刮眼鏡象未離
銓(一作平等未難銓)

贈李八(一作公)祕書別三十韻

往時中補右扈蹕上元初(錢謙益注中補右者必李祕書是時官右補闕屬中書省故云上元初謂上之二元初
非若寄題草堂詩經營上元始也)反氣凌行在妖星下直廬六龍瞻漢闕(一作殿)
萬騎略(一作集)姚(一作嬀)墟(舜居安原名嬀墟亦名姚墟在漢中西城縣西北時肅宗在鳳翔與漢中接壤)玄朔迴(一作巡)
天步神都憶帝車一戎纔汗馬百姓免為魚通籍蟠螭
印差肩列鳳輿事殊迎代邸喜異賞朱虛寇盜方歸順
乾坤欲晏如不才同補袞奉詔許牽裾鴛鷺叨雲閣麒
麟滯玉除(一作石渠)文園多病後中散舊交疎飄泊哀相見平
生意有餘風煙巫峽遠臺榭楚宮虛(一作除)觸目非論故新
文尚起予清秋凋碧柳別浦落紅蕖消息多旗幟經過
歎里閭戰連脣齒國軍急羽毛書幕府籌頻問(原注山劍元帥杜相公初
屈幕府參籌畫相公朝謁今赴後期也)山家藥正鋤(原注祕書比卧青城山中)台星入朝謁使節
有吹噓西蜀災長弭南翁憤始攄對䝉抏(音桓損挫也一作坑)士卒乾
沒費倉儲勢藉兵須用功無禮忽諸御鞍金騕褭宮硯
玉蟾蜍拜舞銀鉤落恩波錦帕舒此行非不濟良友昔
相於去旆(一作棹)依顏色沿流想疾徐沈綿疲井臼倚薄似
樵漁乞(去聲)米煩佳客鈔詩聽小胥杜陵斜晚照潏水帶
寒淤莫話清溪髮蕭蕭白映梳

寄劉峽州伯華使君四十韻

峽內多雲雨秋來尚鬱蒸遠山(一作天)朝白帝深水謁(一作出)夔
陵遲暮嗟為客西南喜得朋哀猨更(一作勢)起坐落雁失飛
騰伏枕思瓊樹臨軒對玉繩青松寒不落碧海闊逾澄
昔歲文為理羣公價盡增家聲同令聞(劉允濟與王勃齊名又與杜審言同仕則天朝
蓋伯華之祖父也)時論以儒稱太后當(一作臨)朝肅多才接跡昇翠虛
捎魍魎丹極上鵾鵬宴引春壺滿(一作酒)恩分夏簟冰彫章
五色筆紫殿九華燈學並盧(照鄰)王(勃)敏書偕褚(遂良)薛(稷)
能老兄真不墜小子獨無承近有風流作聊從月繼(一作峽一
作虛竄穴也一作)徵放蹄知赤驥捩翅服蒼鷹卷軸來何晚襟懷庶
可憑會期吟諷數益破旅愁凝雕刻初誰料(一作解)纖毫欲
自矜神融躡飛動戰勝洗侵凌妙取筌蹄棄高宜百萬
層白頭遺恨在青竹幾人登迴首追談笑勞歌跼寢興
年華紛已矣世故莽相仍刺史諸侯貴郎官列宿應潘
生驂(一作安雲)閣遠黃霸璽書增乳贙(胡犬切有力也)號攀石飢鼯訴落
藤藥囊親道士灰劫問胡僧憑久烏皮折(一作綻)簪稀(一作閑)白
帽稜(一作皁)林居看蟻穴野食行(去聲一作幸一作待)魚罾筋力交彫喪飄
零免戰兢皆(一作昔一作嘗)為百里宰正似六安丞(桓譚諫用讖斥為六安丞)姹女
(即汞也)縈新裹丹砂冷舊秤但求椿壽永莫慮杞天崩鍊骨
調情性張兵撓棘矜(徐樂傳奮棘矜即戟矜戟之把也)養生終自惜伐數(一作扳)
必全懲政術甘疎誕詞場媿服膺展懷詩誦魯割愛酒
如澠(原注平生所好消渴止之)咄咄寧書字冥冥欲避矰江湖多白鳥(大戴禮丹
鳥羞白鳥丹鳥丹良也白鳥蚊蚋也凡有翼者為鳥)天地有青蠅

夔府書懷四十韻

昔罷河西尉初興薊北師不才名位晚敢恨省郎遲扈
聖崆峒日端居灩澦時萍流仍汲引樗散尚恩慈遂阻
雲(一作靈)臺宿(一作伯)常懷湛露詩翠華森遠矣白首颯淒其拙
被林泉滯生逢酒賦(鄒陽為酒賦)欺文園終寂寞漢閣自磷緇
病隔君臣議(一作讖)慚紆德澤私揚鑣驚主辱拔劍撥年衰
社稷經綸地風雲際會期血流紛在眼涕灑亂交頤四
瀆樓船汎中原鼓角悲賊壕連白翟(晉文公攘戎狄居西河圁洛間號白翟赤翟)戰
瓦落丹墀先帝嚴靈(一作虛)寢(肅宗收京哭廟)宗臣切受遺(郭子儀受遺詔委以河東軍事)
恒山猶突騎遼海競張旗田父嗟膠漆(用以為弓)行人避蒺藜
總戎存大體降將飾卑詞楚貢何年絕堯封舊俗疑長
吁翻北寇(安史餘黨)一望卷西夷(謂吐蕃)不必陪玄圃超然待具茨
凶(一作休)兵鑄農器講殿闢書帷廟算高難測天憂實在茲
形容真潦倒荅效莫支持使者分王命羣公各典司恐
乖均賦斂不似問瘡痍萬里煩供給孤城最怨思綠林
寧小患雲夢欲難追即事須嘗膽蒼生可察眉(郗雄能察盜於眉睫
之間見列子)議(一作義)堂猶集鳳正觀是元龜處處喧飛檄家家急
競錐蕭車(漢使蕭育乘三公車按南郡盜賊)安不定蜀使下何之釣瀨疎墳
籍耕巖進奕棊地蒸餘破扇冬煖更纖絺豺遘(一作搆)哀登
楚(王粲七哀詩豺虎方遘患又登荊州城樓作賦故曰登楚)麟傷泣象尼衣冠迷適越藻繪憶
遊睢(襄邑南有睢渙二水能出文章陳琳書遊睢渙者學藻繢之采)賞月延秋桂傾陽逐露葵大
庭終反樸京觀且僵尸高枕虛眠晝哀歌欲和誰南宮
載勳業凡百慎交綏(左傳出戰交綏言戰未交而兩退也)

解悶十二首

草閣柴扉星散居浪翻江黑雨飛初山禽引子哺紅果
溪友(一作女)得錢留白魚

商胡離別下揚州憶上西(一作蘭)陵故驛樓為問淮南米貴
賤老夫乘興欲東流(一作遊)

一辭故國十經秋每見秋瓜憶故丘(一作侯)今日南(一作東)湖采
薇蕨何人為覓鄭瓜(一作素)州(原注今鄭祕監審)

沈范早知何水部曹劉不待薛郎中(原注水部郎中薛據)獨當省署開
文苑兼泛滄浪學釣翁

李陵蘇武是吾師孟子(原注校書郎雲卿)論文更不疑(一本第二句作首句)一飯
未曾留俗客數篇今見古人詩

復憶襄陽孟浩然清詩句句盡堪傳即今耆舊無新語
漫釣槎頭縮頸(一作項)鯿

陶冶性靈在(一作存)底物新詩改罷自長吟孰(一作熟)知二謝將
能事頗學(一作覺)陰何苦用心

不見高人王右丞藍田丘壑漫(一作蔓)寒藤最傳秀句寰區
滿未絕風流相國能(原注右丞弟今相國縉)

先帝貴妃今(一作俱)寂寞荔枝還復入長安炎方每續朱纓
獻玉座應悲白露盤(以下四首專言荔枝追感驛送之事卒致嘆於士之不遇不及一物隱括張九齡荔枝賦意)

憶過瀘戎摘荔枝青峯隱映石逶迤京中舊(一作華應)見無顏
色紅顆酸甜只自知

翠瓜碧李沈玉甃赤梨葡萄寒露成可憐先不異枝蔓
此物娟娟長遠生

側生(蜀都賦側生荔枝)野岸及江蒲(一作浦翹注戎僰以畝為蒲釋名以草團屋曰蒲)不熟丹宮滿玉
壺雲壑布衣駘背死勞生重(一作人害)馬翠眉須

復愁十二首

人煙生處僻(一作遠處)虎跡過新蹄野鶻(一作鶴一作鵰一作雉)翻窺草村船
逆上溪

釣艇收緡盡昏鴉(一作鷗)接翅歸(一作稀)月生初學扇雲細不成

衣

萬國尚防寇故園今若何昔歸相識少早已戰場多身覺省郎在家須農事歸年深荒草徑老恐失柴扉金絲鏤(一作縷)箭鏃皁尾製(一作掣)旗竿一自風塵起猶嗟行路難

胡虜何曾盛干戈不肯休閭閻聽小子談話(一作笑)覓封侯貞觀銅牙弩開元錦獸張花門小前(一作箭)好此物棄沙場今日翔麟馬(太宗十驥九曰翔麟紫)先宜駕鼓車無勞問河北諸將覺(一作角一作擢一作摧)榮華任轉江淮粟休添苑囿兵由來貔虎士不滿鳳皇城江上亦秋色火雲終不移巫山猶錦樹南國且黃鸝每恨陶彭澤無錢對菊花如今九日至自覺酒須賒病減詩仍拙吟多意有餘莫看江總老猶被賞時魚(銀魚也)

承聞河北諸道節度入朝歡喜口號絕句十二首

祿山作逆降天誅更有思明亦已無洶洶人寰猶不定時時鬬戰欲何須

社稷蒼生計必安蠻夷雜種錯相干周宣漢武今王是孝子忠臣後代看

喧喧道路多歌(一作好童)謠河北將軍盡入朝(大曆二年淮南李忠臣汴宋田神功鳳翔李抱玉俱先後入朝河北諸鎮未有入朝者或傳聞未實耳)始(一作自)是乾坤王室正却交(一作敎)江漢客魂銷

不(一作北)道諸公無表來茫然(一作茫茫)庶事遣(一作使)人猜擁兵相學干戈銳使者徒勞百萬(一作萬里)迴(此追言前此拒順之事)

鳴玉鏘金盡正臣修文偃武不無人興王會靜(一作盡)妖氛氣聖壽宜過一萬春

英雄見事若通神聖哲爲心小一身燕趙休矜出佳麗宮闈不擬選才人

抱病江天白首郎空山樓閣暮春光衣冠是日朝天子草奏何時(一作人)入帝鄉

澶(音憚縱逸也莊子澶漫爲樂)漫山東一百州削成如桉抱青丘苞茅重入歸關內王祭還供盡海頭

東逾遼水北滹沱星象風雲喜(一作氣)共和紫氣關臨天地闊黃金臺貯俊賢多

漁陽突騎邯鄲兒酒酣並轡金鞭垂意氣即歸雙闕舞雄豪復遣五陵知

李相將軍(謂光弼)擁薊門白頭雖老(一作惟有)赤心存竟能盡說諸侯入知有從來天子尊

十二年來多戰場天威已息陣堂堂神靈漢代中興主功業汾陽異姓王

喜聞盜賊蕃寇總退口號五首

蕭關隴水入官軍青海黃河卷塞雲北極(一作闕)轉愁(一作深)龍虎氣西戎休縱犬羊羣(大曆二年九月吐蕃入寇靈州路嗣恭擊破之旋引去)

贊普多教使入秦數通和好止(一作尚)煙塵朝廷忽用哥舒將殺伐虛悲公主親(此追言開元末金城公主卒後竟失和親及天寶間哥舒翰攻拔石堡城事)

崆峒西極(一作北)過崑崙駞馬由來擁國門逆氣數年吹路斷蕃人聞道漸星奔

勃律(大小勃律在吐蕃西去中國九千里)天西采玉河(于闐玉州乃河源所出有三玉河東白玉西綠玉又西烏玉)堅昆碧盌(堅昆在蔥嶺北出琉璃盌)最來多舊隨漢使千堆寶少(一作小)答胡(一作朝)王萬匹羅

今春喜氣滿乾坤南北東西拱至尊大曆二(一作三)年調玉燭玄元皇帝聖雲孫

洞房

洞房環珮冷玉殿起秋風秦地應新月龍池滿舊宮繫舟今夜遠清漏往時同萬里黃山北園陵白露中(漢黃山宮在武帝茂陵北借以喻明皇泰陵也)

宿昔

宿昔青門裏蓬萊仗數移花嬌迎雜樹龍喜出平池落日(一作月)留王母微風倚少兒(以衛少兒比貴妃諸姊妹)宮中行樂祕少有外人知

能畫

能畫毛延壽投壺郭舍人每蒙天一笑復似(一作以)物皆(一作初)春政化平如水皇恩(一作明)斷若神時時用抵戲亦未雜風塵

鬬雞

鬬雞初賜錦舞馬既(一作解)登牀簾下宮人出樓前御柳(一作曲)長仙遊終一閟女樂久無香寂寞驪山道清秋草木黃

鸚鵡(一作翦羽)

鸚鵡含愁思聰明憶別離翠衿渾短盡紅觜漫多知未有開籠日空殘舊宿枝世人憐復損何用羽毛奇

歷歷

歷歷開元事分明在眼前無端盜賊起忽已歲時遷巫峽西江外秦城北斗邊爲郎從白首卧病數秋天

洛陽

洛陽昔陷沒胡馬犯潼關天子初愁思都人慘別顏清笳去宮闕翠蓋出關山故老仍流涕龍髯幸再攀

驪山

驪山絕望幸花萼罷登臨地下無朝燭人間有賜金鼎湖龍去遠銀海雁飛深萬歲蓬萊日長懸舊羽林

提封

提封漢天下萬國尚同心借問懸車(一作軍)守何如儉德臨時徵俊乂入草竊(一作莫虜)犬羊侵願戒兵猶火恩加四海深

覆舟二首

巫峽盤渦曉黔陽貢物秋丹砂同隕石翠羽共沈舟(張儀傳積羽沈舟)羈使空斜影龍居(一作宮)閟積流篙工幸不溺俄頃逐輕鷗

竹宮時望拜桂館或求仙姹女臨波日神光照夜年徒聞斬蛟劒無復爨犀船使者隨秋色迢迢獨上天

垂白(一作白首)

垂白(一作白首)馮唐老清秋宋玉悲江喧長少睡樓迴獨移時多難身何補無家病不辭甘從千日醉未許七哀詩(曹植王粲張載俱有七哀詩)

草閣

草閣臨無(一作蕪)地柴扉永不關魚龍迴夜水星月動秋山久(一作夕)露清(一作晴)初濕高雲薄未還汎舟慚小婦飄泊損紅顏

江月

江月光於(一作如)水高樓思殺人天邊長作客老去一霑巾玉露團清影銀河沒半輪誰家挑錦字滅燭(一作燭滅)翠眉嚬

江上

江上日多雨蕭蕭荆楚秋高風下木葉永夜攬貂裘勳業頻看鏡行藏獨倚樓時危思報主衰謝不能休

中夜

中夜江山靜危樓望北辰長爲萬里客有媿百年身故國風雲氣高堂戰伐塵胡鶵負恩澤嗟爾太平人

江漢

江漢思歸客乾坤一腐儒片雲天共遠永夜月同孤落日心猶壯秋風病欲疎（一作蘇）古來存老馬不必取長途

白露

白露團甘子清晨散馬蹄圃開連石樹船渡入江溪憑几看魚樂迴鞭急（一作至）鳥棲漸知秋實美幽徑恐多蹊

孟氏（集有過孟十二倉曹十四主簿兄弟詩）

孟氏好兄弟養親唯小園承顏胝手足坐客强盤餐負米力（一作寒一作夕）葵外讀書秋樹根卜鄰慚近舍訓子學（一作覺）誰門（一作先）

吾宗（原注衛倉曹崇簡）

吾宗老孫子質樸古人風耕鑿安時論衣冠與世同在家常早起憂國願年豐語及君臣際經書滿腹中

有歎

壯心久零落白首寄人間天下兵常鬬（原注閬蜀官軍自圍普還一作遂）江東客未還窮猨號雨雪老馬怯（一作望一作泣）關山武德開元際蒼生豈重攀

冬深（一作即日）

花葉隨天意江溪共石根早霞隨類（一作淚）影寒水各依（一作流）痕易下楊朱淚難招楚客魂風濤暮不穩舍棹宿誰門

不寐

瞿塘夜水黑城內改更籌翳翳月沈霧輝輝星近樓氣衰甘少寐心弱恨和（一作知一作多一作容）愁多壘（一作壘恨）滿山谷桃源無處求

月圓

孤月當樓滿寒江動夜扉委波金不定照席綺逾依未缺空山靜高懸列宿稀故園松桂（一作菊）發萬里共清輝

中宵

西閣百尋餘中宵步綺疏飛星過水白落月動沙虛擇木知幽鳥潛波想巨魚親朋滿天地兵甲少來書

遣愁

養拙蓬爲戶茫茫何所開江通神女館地隔望鄉臺漸惜容顏老無由弟妹來兵戈與人事回首一悲哀

秋清

高秋蘇病（一作肺或作肺非）氣白髮自能梳藥餌憎加減門庭悶掃除杖藜還客拜愛竹遣兒書十月江平穩輕舟進所如

傷秋

林（一作村）僻來人少山長去鳥微高秋收畫（一作藏羽）扇久客掩荆扉懶慢頭時櫛艱難帶減圍將軍猶（一作思）汗馬天子尚戎衣白蔣風飇脆殷檉曉夜稀何年減（一作滅）豺虎似有故園歸

秋峽

江濤萬古峽肺氣久衰翁不寐防巴虎全生狎楚童衣裳垂素髮門巷落丹楓常怪商山老兼存翊贊功

南極

南極青山衆西江白谷分古城疎落木荒戍密寒雲歲月蛇常見風飇虎或（一作忽）聞近身皆鳥道殊俗自人羣睥睨登哀柝矛（一作蝥）弧照夕曛亂離多醉尉愁殺李將軍

搖落

搖落巫山暮寒江東北流煙塵多戰鼓風浪少行舟鵝費羲之墨貂餘季子裘長懷報明主卧病復高秋

耳聾

生年鶡冠子歎世鹿皮翁眼復幾時暗耳從前月聾猨鳴秋淚缺雀噪晚愁空黃落驚山樹呼兒問朔風

獨坐二首

竟日雨冥冥雙崖洗更青水花寒落岸山鳥暮過庭煖老須燕玉充飢憶楚萍胡笳在樓上哀怨不堪聽

白狗斜臨北黃牛更在東峽雲常照夜江月（一作日）會兼風曬藥安垂老應門試小童亦知行不逮苦恨耳多聾

遠遊

江閣浮高棟（一作凍）雲長出斷山塵沙連越嶲風雨暗荆蠻雁矯銜蘆內猨啼失木間弊裘蘇季子歷國未知還

夜（一作秋夜客舍）

露下天高（一作空山）秋水（一作氣）清空山獨夜旅魂驚疎燈自照孤帆宿新月猶懸雙杵鳴南菊（一作國）再逢人卧病北書不至（一作到）雁無情步蟾（一作簷）倚杖看牛斗銀漢遙應接鳳城

暮春

卧病擁塞在峽中瀟湘洞庭虛映空楚天不斷四時雨巫峽常吹千里風沙上草閣柳新闇（一作暗）城邊野池蓮欲紅暮春鴛鷺立洲渚挾子翻飛還一叢

晴二首

久雨巫山暗新晴錦繡文（一作紋）碧知湖外（一作上）草紅見海東雲竟日鶯相和摩霄鶴數羣野花乾更落風處急紛紛

啼鳥爭引子鳴鶴不歸林下食遭泥去高飛恨久陰雨聲衝塞盡日氣射江深迴首周南客驅馳魏闕心

雨

始賀天休雨還嗟地出雷驟看浮（一作巫）峽過密作（一作塞密）渡江來牛馬行無色蛟龍鬬不開干戈盛陰氣未必自陽臺

月三首

斷續巫山雨天河此夜新若無青嶂月愁殺白頭人魍魎移深樹蝦蟆動半輪故園當北斗直指（一作想）照西秦

併照（一作點）巫山出新窺楚水清羈棲愁（一作秋）裏見二十四迴明必驗升沈體如知進退情不違銀漢落亦伴玉繩橫

萬里瞿塘峽（一作月）春來六上弦時時開暗室故故滿青天爽合風襟靜高當淚臉懸南飛有烏鵲夜久落江邊

雨

萬木雲深隱連山雨未開風扉掩不定水鳥過（一作去）仍迴鮫館如鳴杼樵舟豈伐枚清凉破炎毒衰意欲登臺

晚晴

返（一作晚）照斜初徹（一作散）浮雲薄未歸江虹明遠（一作近）飲峽雨落餘飛鳧雁（一作鶴）終高去熊羆覺自肥秋分客尚在竹露夕微微（一作久）

夜雨

小雨夜復密迴風吹早秋野（一作夜）涼侵閉戶江滿帶維舟通籍恨（一作限）多病爲郎忝薄遊天寒出巫峽醉別仲宣樓

更題

只應踏初雪騎馬發荊州直怕巫山雨眞傷白帝秋羣公蒼玉珮天子翠雲裘同舍晨趨侍胡爲淹此（一作此滯）留

歸

東帶還騎馬東西卻渡船林中才有地峽外絕無天虛白高人靜喧卑俗累牽他鄉悅遲暮不敢廢詩篇

返照

楚王宮北正黃昏白帝城西過雨痕返照入江翻石壁歸雲擁樹失山村衰年肺病唯高枕絕塞愁時早閉門不可久留豺虎亂南方實有未招魂

熱三首

雷霆空霹靂雲雨竟虛無炎赫衣流汗低垂氣不蘇乞爲寒水玉願作冷秋菰何（一作那）似兒童歲風涼出舞雩

瘴雲終不滅瀘水復西來閉戶人高臥歸林鳥卻迴峽中都似火江上只空（一作聞）雷想見陰宮雪風門颯踏（一作沓）開

朱李沈不冷彫胡（一作菰）炊屢新將衰骨盡痛被褐（一作暍）味空頻歘翕炎蒸景飄颻征戍人十年可解甲爲爾一霑巾

日暮

牛羊下來久各已閉柴門風月自清夜江山非故園石泉流暗壁草露滴秋根（一作滿秋原一作滴）頭白燈明裏何須花燼繁

八月十五夜月二首

滿目飛明鏡歸心折大刀轉蓬行地遠攀桂仰天高水路疑霜雪林棲見羽毛此時瞻白兔直欲數秋毫

稍下巫山峽猶銜白帝城氣沈全浦暗輪仄半樓明刁斗皆催曉蟾蜍且自傾（一作清）張弓倚殘魄不獨漢家營

十六夜翫月

舊挹金波爽皆傳玉露秋關山隨地闊河漢近人流谷口樵歸唱孤城笛起愁巴童渾不寢（一作寐）半夜有行舟

十七夜對月

秋月仍圓夜江村獨老身捲簾還照客倚杖更隨人光射潛虯動明翻宿鳥頻茅齋依橘柚清切露華新

村雨

雨聲傳兩夜寒事颯高秋挈（一作攬）帶看朱紱開箱覩黑裘世情只益睡盜賊敢忘憂松菊新霑洗茅齋慰遠遊

雨晴

雨時（一作晴）山不改晴罷峽如新天路看殊俗秋江思殺人有猨揮淚盡無犬附（一作送）書頻故國愁眉外長歌欲損神

晚晴吳郎見過北舍

圃畦新（一作佳）雨潤媿子廢鉏來竹杖交頭拄柴扉隔（一作掃）徑開欲棲羣鳥亂未去小童催明日重陽酒相迎自醱醅

暝

日下四山陰山庭嵐氣侵牛羊歸徑險鳥雀聚枝深正枕當星劒收書動玉琴半扉開燭影欲掩見清砧

雲

龍似（一作自一作以）瞿唐會江依白帝深終年常起峽每夜必通林收穫辭霜渚分明在夕岑高齋非一處秀氣豁煩襟

月

四更山吐月殘夜水明樓塵匣元開鏡風簾自上鉤兔應疑鶴髮蟾亦戀貂裘斟酌姮（音恒）娥寡天寒耐九秋

雨四首

微雨不滑道斷雲疏復行紫崖奔處黑白鳥去邊明秋日新霑影寒江舊落聲柴扉臨野碓半得（一作濕）擣香秔

江雨舊無時天晴忽散絲暮秋霑物冷今日過雲遲上馬迴（一作回）休出看鷗坐不辭高（一作層）軒當瀲灩潤色靜書帷

物色歲將晏天隅人未歸朔風鳴淅淅寒雨下霏霏多病久加飯衰容新授衣時危覺凋喪（一作喪亂）故舊短書稀

楚雨石苔滋京華消息遲山寒青兕叫江晚白鷗飢神女花鈿落鮫人織杼悲繁憂不自整終日灑如絲

夜

絕岸風威動寒房燭影微嶺猨霜外宿江鳥夜深飛獨坐親雄劒哀歌歎短衣煙塵繞閶闔白首壯心違

晨雨

小雨晨光內初來葉上聞霧交纔灑地風逆（一作折）旋隨雲暫起柴荊色輕霑鳥獸羣麝香山一半亭午未全分

返照

返照開巫峽寒空半有無已低魚復暗不盡白鹽孤荻岸如秋水松門似畫圖牛羊識僮僕既夕應傳呼

向夕

畎畝孤城外江村亂水中深山催短景喬木易高風鶴下雲汀（一作河）近雞棲草屋同琴書散明燭長夜始堪終

曉望

白帝更聲盡陽臺曙色分高峯寒（一作初）上日疊嶺宿霾（一作未收）雲地坼江帆隱天清木葉聞荊扉對麋鹿應共爾爲羣

雷

巫峽中宵動滄江十月雷龍蛇不成蟄天地劃爭迴卻碾空山過深蟠絕壁來何須妒雲雨霹靂楚王臺

雨

冥冥甲子雨已度立春時輕箑煩相向纖絺恐自疑煙添纔有色風引更如絲直覺巫山暮兼催宋玉悲

朝二首

清旭楚宮南霜空萬嶺含野人時獨往雲木曉相參俊鶻無聲過飢烏下食貪病身終不動搖落任江潭

浦帆（去聲）晨初發郊扉冷未開村（一作林）疏黃葉墜野靜白鷗來礎潤休全濕雲晴欲半迴巫山冬可怪昨夜有奔雷

晚

杖藜尋晚巷（一作巷晚）炙背近牆暄人見幽居僻吾知拙養尊朝廷問府主耕稼學山村歸翼飛棲定寒燈亦閉門

夜二首

白（一作向）夜月休弦燈花半委（一作委半）眠號山無定鹿落樹有驚蟬暫憶江東鱠兼懷雪下船蠻歌犯星起空（一作重）覺在天邊

城郭悲笳暮村墟過翼稀甲兵年數久賦歛夜深歸暗樹依巖落明河繞塞微斗斜人更望月細鵲休飛

宗武生日

小子何時見，高秋此日生。自從都邑語，已伴（一作律）老夫名。詩是吾家事，人傳世上情。熟精文選理，休覓綵衣輕。凋瘵筵初秩，欹斜坐不成。流霞分（一作飛）片片（一作幾），涓滴就徐傾。

又示宗武

覓句新知律，攤書解滿牀。試吟青玉案，莫羨（一作帶）紫羅囊。假（一作暇）日從時飲，明年共我長。應須飽經術，已似愛文章。十五男兒志，三千弟子行。曾參與游夏，達者得升堂。

熟食日（秦人呼寒食爲熟食）示宗文宗武

消渴游江漢，羇棲尚甲兵。幾年逢熟食，萬里逼清明。松柏邛（一作邙）山路，風花（一作光）白帝城。汝曹催我老，回首淚縱橫。

又示兩兒

令節成吾老，他時見汝心。浮生看物變，爲恨與年深。長葛書難得，江州涕不禁。團圓思弟妹，行坐白頭吟。（長葛江州必弟妹所在）

社日兩篇

九農（一作秋豐）成德業，百祀發光輝。報効神如在，馨香舊不違。南翁巴曲醉，北雁塞聲微。尚想東方朔，詼諧割肉歸。

陳平亦分肉，太史竟論功。今日江南老，他時渭北（一作水）童。歡娛看絕塞，涕淚落秋風。鴛鷺迴金闕，誰憐病峽中。

九日五首（吳若本注闕一首，趙次公以風急天高一首足之，云未嘗闕）

重陽獨酌（一作少飲）杯中酒，抱病起（一作獨，一作豈）登江上臺。竹葉於人既無分，菊花從此不須開。殊方日落玄猨哭，舊國霜前白雁來。弟妹蕭條各何往，干戈衰謝兩相催。

舊日重陽日，傳杯不放杯。即今蓬鬢改，但媿菊花開。北闕心長戀，西江首獨回。茱萸（一作萸房）賜朝士，難得一枝來。

舊與蘇司業，兼隨鄭廣文。采花香泛泛（一作簇簇，一作漠漠），坐客醉紛紛。野樹歌（一作歌）還倚，秋砧醒却聞。歡娛兩冥漠（一作寞），西北有孤雲。

故里樊川菊，登高素滻源。他時一笑（一作醉）後，今日幾人存。巫峽蟠江路，終南對國門。繫舟身萬里，伏枕淚雙痕。爲客裁烏帽，從兒具綠尊。佳辰對（一作帶）羣盜，愁絕更誰（一作堪）論。

九日（一作日高，一作登高）諸人集於林

九日明朝是，相要舊俗非。老翁難早出，賢客幸知歸。舊采黃花賸，新梳白髮微。漫看年少樂，忍淚已霑衣。

大曆二年九月三十日

爲客無時了，悲秋向夕終。瘴餘夔子國，霜薄楚王宮。草敵虛嵐翠，花禁冷葉（一作蘂）紅。年年小搖落，不與故園同。

十月一日

有瘴非全歇，爲冬亦不（一作不亦）難。夜郎溪日暖，白帝峽風寒。蒸裹（見齊民要術）如千室，焦糟（一作糖）幸一柈。茲辰南國重，舊俗自相歡。

孟冬

殊俗還多事，方冬變所爲。破甘（一作爪）霜落爪，嘗稻雪翻匙。巫峽（一作岫）寒都薄，烏蠻（一作沙，一作黔溪）瘴遠隨。終然減灘瀨，暫喜息蛟螭。

冬至

年年至日長爲客，忽忽窮愁泥殺人。江上形容吾獨老，天邊（一作涯）風俗自相親。杖藜雪後臨丹壑，鳴玉（一作明主）朝來散紫宸。心折此時無一寸，路迷何處見（一作是）三秦。

小至（至前一日即會要小冬日）

天時人事日相催，冬至陽生春又來。刺繡五紋（一作文）添弱線，吹葭六琯動浮灰。岸容待臘將舒柳，山意衝寒欲放梅（一作破）。雲物不殊鄉國異，教兒且覆掌中杯。

覽物（一作峽中覽物）

曾爲掾吏趨三輔，憶在潼關詩興多。巫峽忽如瞻華岳，蜀江猶似見黃河。舟中得病移衾枕，洞口經春長薜蘿。形勝有餘風土惡，幾時回首一高歌。

憶鄭南玭（玭，蒲眠切，珠也。宋弘曰：淮水出玭珠。吳若本注：玭疑作玼，音泚，玉色鮮潔也。師民瞻及草堂本俱無玭字，詩中但憶伏毒寺舊游。鄭南乃鄭縣之南也）

鄭南伏毒寺（一作守，與上下義多不合），瀟灑到江心。石影銜珠閣，泉聲帶玉琴。風杉曾曙倚，雲嶠憶春臨。萬里滄浪（一作蒼茫）外，龍蛇只自深。

懷灞上游

悵望東陵道，平生灞上游。春濃停野騎，夜宿敞雲樓。離別人誰在，經過老自休。眼前今古意，江漢一歸舟。

愁（原注：強戲爲吳體）

江草日日喚愁生，巫（一作春）峽泠泠非世情。盤渦鷺浴底心性，獨樹花發自分明。十年戎馬暗萬國，異域賓客老孤城。渭水秦山（一作川）得見否，人經罷病虎縱橫。

晝夢

二月饒睡昏昏然，不獨夜短晝分眠。桃花氣暖眼自醉，春渚日落夢相牽。故鄉門巷荊棘底，中原君臣豺虎邊。安得務農息戰鬬，普天無吏橫索錢。

覽鏡呈柏中丞

渭水流關內，終南在日邊。膽銷豺虎窟，淚入犬羊天。起晚堪從事，行遲更學（一作覺）仙。鏡中衰謝色，萬一故人憐。

即事

暮春三月巫峽長，皛皛（胡了切）行雲浮（一作無）日光。雷聲忽送千峰雨，花氣渾如百和香。黃鶯過水翻迴去，燕子銜泥濕不妨。飛閣卷簾圖畫裏，虛無只少對瀟湘。

即事（一作天畔）

天畔羣山孤草亭，江中風浪雨冥冥。一雙白魚不受釣，三寸黃甘猶自青。多病馬卿無日起，窮途阮籍幾時醒。未聞細柳散金甲，腸斷秦川（一作州）流濁涇。

悶

瘴癘浮三蜀，風雲暗百蠻。卷簾唯白水，隱几亦青山。猨捷長難見，鷗輕故不還。無錢從滯客，有鏡巧催顏。

戲作俳諧體遣悶二首

異俗吁可怪，斯人難並居。家家養烏鬼（一云川人呼豬作烏鬼聲，一云夔人呼鸕鷀爲烏鬼。一云峽近烏蠻，俗於正月設牲酒田間，祭兵大將名養烏鬼，以禳厲氣。元稹江陵詩病賽烏稱鬼，則烏鬼乃神名），頓頓食黃魚。舊識能爲（一作難）態，新知已暗疎。治生且耕鑿，只有不關（一作開）渠。

西歷青羌板（一作坂），南留白帝城（原注：頃歲自秦涉隴，從同谷縣去遊蜀，留滯於巫山）。於菟（一作穀於，一作穀菟）侵客恨，粔籹（音巨女，見招魂蜜餌也）作人情。瓦卜傳神語，畬田費火聲。是（一作耕）非何處定，高枕笑浮生。

得舍弟觀書自中都（至德二年以西京爲中京）已達江陵今茲暮春月末行李合到夔州悲喜相兼團圓可待賦

詩卽事情見乎詞
爾到(一作過)江陵府何時到峽州亂離生有別聚集病應瘳
颯颯開啼眼朝朝上水樓老身須付託白骨更何憂
喜觀卽到復題短篇二首
巫峽千山暗終南萬里春病中吾見弟書到汝爲人意
答(一作竟)兒童問來經戰伐新泊船悲喜後款款話(一作議)歸秦
待爾嗔烏鵲拋書示鶺鴒枝間喜不去原上急曾經江
閣嫌津柳風帆數驛亭應論十年事愁(一作撚)絕始星星
舍弟觀歸藍田迎新婦送示兩篇
汝去迎妻子高秋念却迴卽今螢已亂好與雁同來東
望西江水(一作永)南遊北戶開卜居期靜處會有故人杯
楚塞難爲路(一作別)藍田莫滯留衣裳判白露鞍馬信清秋
滿峽重江水開帆八月舟此時同一醉應在仲宣樓
第五弟豐獨在江左近三四載寂無消息覓使
寄此二首
亂後嗟吾在羈棲見汝難草黃騏驥病沙晚(一作暖)鶺鴒寒
楚設關城險吴吞水府寬十年朝夕淚衣袖不曾乾
聞汝依山寺杭州定越州風塵淹別日江漢失(一作共)清秋
影著啼猿樹魂飄結蜃樓明年下春水東盡白雲求(一作遊)
舍弟觀赴藍田取妻子到江陵喜寄三首
汝迎妻子達荆州消息眞傳解我憂鴻雁影來連峽內
鶺鴒飛急到沙頭嶢關險路今虛遠禹鑿寒江正穩流
朱紱卽當隨綵鷁青春不假報黃牛
馬度(一作瘦)秦關(一作山)雪正深北來肌骨苦寒侵他鄉就我生
春色故國移居見客心賸欲(一作歡劇)提攜如意舞喜多行坐
白頭吟巡檐索共(一作近)梅花笑冷蘂(一作落)疎枝半不禁
庾信羅含俱有宅(俱在江陵)春來秋去作誰家短牆若在從殘
草喬木如存可假花卜築應同蔣詡徑爲園須似邵平
瓜比年(一作因)病(一作斷)酒開涓滴弟勸兄酬何怨嗟
江雨有懷鄭典設
春雨闇闇塞(一作發)峽中早晚來自楚王宮亂波分披已打
岸弱雲狼藉不禁風寵光蕙葉與多碧點注桃花舒小
紅谷口子眞正憶汝岸高瀼滑(一作闊)限西東

王十五前閣會
楚岸收新雨春臺引細風情人來石上鮮膾出江中鄰
舍煩書札肩輿強老翁病身虛俊味何幸飫兒童
寄韋有夏郎中(顔眞卿東方朔碑陰有朝城主簿韋有夏疑卽此)
省郎憂病士書信有柴胡飲子頻通汗懷君想報珠親
知天畔少藥味峽中無歸楫生衣臥春鷗洗翅呼猶聞
上急水早作取平途萬里皇華使爲僚記腐儒
陪柏中丞觀宴將士二首
極樂三軍士誰知百戰場無私齊綺饌久坐密金章醉
客霑鸚鵡佳人指鳳皇幾時來翠節特地引紅妝
繡段裝檐額金花帖鼓腰一夫先舞劍百戲後歌樵(一作鐎刁斗也)
江樹城孤遠雲臺使寂寥漢朝頻選將應拜霍嫖姚
七月一日題終明府水樓二首
高棟曾軒已自涼秋風此日灑衣裳翛然欲下陰山雪
不去非無漢署香絕辟過雲開錦繡疎松夾(一作隔)水奏笙
簧看君宜著王喬履眞賜還疑出尚方(原注終明府功曹也兼攝奉節令故有此句作觀秦卽眞也)
宓子彈琴邑宰日終軍棄繻英妙時承家節操尚不泯
爲政風流今在茲可憐賓客盡傾蓋何處老翁來賦詩
楚江巫峽半雲雨清簟疎簾看奕棊
季秋蘇五弟纓江樓夜宴崔十三評事韋少府
姪三首
峽險江驚急樓高月迴明一時今夕會萬里故鄉情星
落黃姑渚秋辭白帝城老人因酒病堅坐看君傾
明月生長好浮雲薄漸(一作暫)遮悠悠照邊(一作遠)塞悄悄憶京
華清動杯中物高隨海上查不眠瞻白兔百過落烏紗
對月那無酒登樓況有江聽歌驚白鬢笑舞拓秋窗尊
蟻添相續沙鷗竝一雙盡憐君醉倒更覺片(一作我)心降
九月一日過孟十二倉曹十四主簿兄弟
藜杖侵寒露蓬門啓曙煙力稀經樹歇老困撥書眠秋
覺追隨盡來因孝友偏清談見滋味爾輩可忘年
過客相尋
窮老眞無事江山已定居地幽忘盥櫛客至罷琴書挂

壁移筐(一作留)果呼兒問(一作間)煑魚時聞繫舟楫及此問吾廬
孟倉曹步趾領新酒醬二物滿器見遺老夫
楚岸通秋屐胡牀面夕畦藉糟(酒德頌枕麴藉糟一作籍)分汁滓甕醬落
提攜飯糲添香味朋來有醉泥理生那免俗方法報山
妻
柳司馬至
有使歸三峽相過問兩京函關猶出(一作自)將渭水更屯兵
設備邯鄲道和親邏些城(吐蕃號其國都爲邏些城)幽燕唯鳥去商洛少
人行衰謝身何補蕭條病轉嬰霜天到宮闕戀主寸心
明
簡吴郎司法
有客乘舸自忠州遣騎安置瀼西頭古堂本買藉疎豁
借汝遷居停宴遊(時甫又移居東屯故以瀼西草堂借吴郎)雲石熒熒高葉曙(一作曉)風
江颯颯亂帆秋却爲姻婭過逢地許坐曾軒數散愁
又呈吴郎
堂前撲棗(漢王吉婦以漢東家棗實被遣)任西鄰無食無兒一婦人不爲困
窮寧有此祇緣恐懼轉須親卽防(一作知)遠客雖多事使(一作便)
插疎籬却甚眞已訴徵求貧到骨正思戎馬淚盈巾
覃山人隱居
南極老人自有星北山移文誰勒銘徵君已去獨松菊
哀壑無光留戶庭予見亂離不得已子知出處必須經
高車駟馬帶傾覆悵望秋天虛翠屏
柏學士茅屋
碧山學士焚銀魚白馬却走身巖居古人已用三冬足
年少今(一作曾)開萬卷餘晴雲滿戶團傾蓋秋水浮階溜決
渠富貴必從勤苦得男兒須讀五車書
題柏大兄弟山居屋壁二首
叔父朱門貴郎君玉樹高山居精典籍文雅涉風騷江
漢終吾老雲林得爾曹哀弦繞白雪未與俗人操
野屋流寒水山籬帶薄雲靜應連虎穴喧已去人羣筆
架霑窗雨書籤映隙曛蕭蕭千里足(一作馬)箇箇五花文
戲寄崔評事表姪蘇五表弟韋大少府諸姪
隱豹深愁雨潛龍故起雲泥多仍徑曲心醉阻賢羣忍

待(一作對)江山麗還披鮑謝文高樓憶疎豁(一作闊)秋興坐氛氳

秋日寄題鄭監湖上亭三首

碧草逢(一作違)春意沅湘萬里秋池要山簡馬月淨(一作靜)庾公樓磨滅餘篇翰平生一釣舟高唐寒浪減(一作滅)髣髴識昭丘

新作湖邊宅還聞賓客過自須開竹逕誰道避雲蘿官序潘生拙才名賈傅多舍舟應轉(一作卜)地鄰接意如何

暫阻(一作住)蓬萊閣終爲江海人揮金應物理拖玉豈吾身羹煑秋蓴滑(一作弱)杯迎(一作凝)露菊新賦詩分氣象佳句莫頻(一作辭)頻

謁真諦寺禪師

蘭若山高處煙霞嶂(一作障)幾重凍泉依細石晴雪落長松問法看詩忘(一作妄)觀身向酒慵未能割妻子卜宅近前峰

別崔潩因寄薛據孟雲卿(原注內弟潩赴湖南幕職)

志士惜妄動知深(一作深知)難固辭如何久磨礪但取不磷緇夙夜聽憂主飛騰急濟時荊州過(一作遇)薛孟爲報欲論詩

送李八祕(一作校)書赴杜相公幕(原注相公朝謁令赴後期也杜鴻漸以黃門侍郎同平章事鎮蜀)

青簾白舫益州來巫峽秋濤天地迴石出(灩澦堆)倒聽楓葉下櫓搖背指菊花開貪趨相府今晨發恐失佳期後命催南極一星朝北斗五雲多處是三台

巫峽敝廬奉贈侍御四舅別之澧朗

江城秋日落山鬼閉門中行李淹吾舅誅茅問老翁赤眉猶世亂青眼只途窮傳語桃源客人今出處同

奉送十七舅下邵桂

絕域三冬暮浮生一病身感深辭舅氏別後見何人縹緲蒼梧帝推遷孟母鄰昏昏阻雲水側望苦傷神

送覃二判官

先帝(一作皇)弓劍遠小臣餘此生蹉跎病江漢不復謁承明餞爾白頭日永懷丹鳳城遲遲戀屈宋渺渺臥荊衡魂斷航舸失天寒沙水清肺肝若稍愈亦上赤霄行

季夏送鄉弟韶陪黃門從叔(即杜鴻漸)朝謁

令弟尚爲蒼水使(原注韶比兼關江使通成都外江下峽舟船)名家莫出杜陵人比(一作此)來相國兼安蜀歸赴朝廷已入秦舍舟策馬論兵地拖玉腰金報主身莫度清秋吟蟋蟀早聞黃閣畫麒麟

送十五弟侍御使蜀

喜弟文章進添余別興牽數杯巫峽酒百丈內江船未息豺狼鬭空催犬馬年歸朝多便道搏擊望秋天

送田四弟將軍將夔州柏中丞命起居江陵節度陽城郡王衛公幕(一作夔府送田將軍赴江陵)

離筵罷多酒起地發寒塘回首中丞座馳牋異姓王燕辭楓樹日雁度麥城霜空(一作定)醉山翁酒遙憐似葛強

送王十六判官

客下荊南盡君今復入舟買薪猶白帝鳴櫓少(一作已)沙頭衡霍生春早瀟湘共海浮荒林庾信宅爲仗主人留

奉送卿二翁統節度鎮軍還江陵

火旗還錦纜白馬出江城嘹唳吟(一作鳴)笳發蕭條別浦清寒空巫峽曙落日渭陽明(一作情)留滯嗟衰疾何時見息兵

送鮮于萬州遷巴州(鮮于旻乃仲通子有父風)

京兆先時傑琳琅照一門朝廷偏注意(一作壐)接近與名藩祖帳排(一作維)舟數寒江觸石喧看君妙爲政他日有殊恩

寄杜位(原注頃者與位同在故嚴尚書幕)

寒日經檐短窮猨失木悲峽中(一作筵)爲客恨江上(一作竝)憶君時天地身何在(一作往)風塵病敢辭封書兩行淚霑灑裹新詩

奉寄李十五祕書文嶷二首

避暑雲安縣秋風早下來暫留(一作之)魚復浦同過楚王臺猨鳥千崖窄江湖萬里開竹枝歌未好畫舸莫(一作且)遲(一作輕)回

行李千金贈衣冠八尺身飛騰知有策意度不無神班秩兼通貴公侯出異人玄成負文彩世業豈沈淪

奉送韋中丞之晉赴湖南

寵渥徵黃漸權宜借寇頻湖南安背水峽內憶行春王室仍多故蒼生倚大臣還將徐孺子(一作榻)處處待高人

送李功曹之荊州充鄭侍御判官重贈

曾聞宋玉宅每欲到荊州此地生涯晚遙悲(一作通)水國秋孤城一柱觀落日九江流使者雖光彩青楓遠自愁

送孟十二倉曹赴東京選(太宗時以歲旱穀貴東人選者集洛川謂之東選)

君行別老親此去苦家貧藻鏡留連客江山顦顇人秋風楚竹冷夜雪鞏梅春朝夕高堂念應宜綵服新

憑孟倉曹將書覓土婁舊莊

平居喪亂後不到洛陽岑爲歷雲山問無辭荊棘深北風黃葉下南浦白頭吟十載江湖客茫茫遲暮心

別蘇徯(原注赴湖南幕)

故人有遊子棄擲傍天隅他日憐才命居然屈壯圖十年猶塌翼絕倒爲驚吁消渴今如在(一作此)提攜愧老夫豈知臺閣舊先(一作洗)拂鳳皇雛得實(一作食)飜蒼竹棲枝把翠梧北辰當宇宙南岳據江湖國帶風塵色兵張虎豹符數論封內事揮發府中趨贈爾(一作汝)秦人策莫鞭轅下駒

存歿口號二首(每篇一存一歿是時席謙曹霸存畢曜鄭虔歿)

席謙不見近彈棊畢曜仍傳舊小詩玉局他年無限笑(一作事)白楊今日幾人悲(原注道士席謙善彈棊畢曜善爲小詩)

鄭公粉繪隨長夜曹霸丹青已白頭天下何曾有山水人間不解重驊騮(原注高士滎陽鄭虔善畫山水曹霸善畫馬)

奉漢中王手札報韋侍御蕭尊師亡

秋日蕭韋逝淮王報峽中少(一作小)年疑柱史多術怪仙公不但時人惜祇應吾道窮一哀侵疾病相識自兒童處處鄰家笛飄飄客子蓬強吟懷舊賦已作白頭翁

哭王彭州掄

執友驚淪沒斯人已寂寥新文生沈謝異骨降松喬北部初高選東堂早見招蛟龍纏倚劒鸞鳳夾吹簫歷職漢庭久中年胡馬驕兵戈闇(一作閙)兩觀寵辱事三朝蜀路江干(一作干戈)窄彭門(一作闕)地里(一作理)遙解龜生碧草諫獵阻清霄頃壯戎麾出叨陪幕府要將軍臨氣候猛士塞風飈井漏(一作渫一作滿)泉誰汲烽疎火不燒前籌自多(一作多自)暇(一作假)隱几接終朝翠石俄雙表寒松竟後凋贈詩焉敢墜染翰欲無聊再哭經過罷離魂去住銷之官方玉折寄葬與萍漂曠望渥洼道霏微河漢橋夫人先即世令子各清標巫峽長雲雨秦城近斗杓馮唐毛髮白歸興日蕭蕭

見螢火

巫山秋夜螢火飛簾疎巧入坐人衣忽驚屋裏琴書冷復亂檐邊星宿稀却繞井闌添箇箇偶經花蘂弄輝輝滄江白髮愁看汝來歲如今歸未歸

吹笛

吹笛秋山風（一作風山）月清誰家巧作斷腸聲風飄律呂相和切月傍（一作倚）關山幾處明胡騎中宵堪北走武陵一曲想南征故園楊柳今搖（一作摧一作花）落何得愁中曲（一作却）盡生

孤雁（一作後飛雁）

孤雁不飲啄飛鳴聲（一作聲飛）念羣誰憐一片影相失萬重雲望盡（一作斷）似猶見哀多如更（一作更復）聞野鵶無意緒鳴噪自紛紛（一作亦）

鷗

江浦寒鷗戲無他亦自饒却思飜玉羽隨意點春苗雪暗還須浴（一作落）風生一任飄幾羣滄海上清影日蕭蕭

猨

褭褭啼虛辟蕭蕭挂冷枝艱難人不見（一作免）隱見爾如知慣習元從衆全生或用奇前林騰每及父子莫相離

黃魚

日見巴東峽黃魚出浪新脂膏兼飼犬（江陵及彭蠡俱以魚飼犬）長大不容身（黃魚長者二三丈）筒桶（一作筩一作箭）相沿久風雷肎爲神（一作伸）泥沙卷涎沫回首怪龍鱗

白小

白小羣分命天然二寸魚細微霑水族風俗當園蔬（靖州之俗凶事不食酒肉以魚爲蔬名魚菜）入肆銀花亂傾箱雪片虛生成猶拾（一作拾）卵盡取義何如

麂

永與清溪別蒙將玉饌俱無才逐仙隱（葛仙翁化爲白麂二足時出女几山上）不敢恨庖廚亂世輕全物微聲及禍樞衣冠兼盜賊饕餮用斯須

雞

紀德名標五初鳴度必三（夜至雞三鳴始爲正月一日）殊方聽有異失次曉無慙問俗人情似充庖爾輩堪氣交亭育際巫峽漏司南

玉腕騮（原注江陵節度衛公馬也）

聞說荊南馬尚書玉腕騮頓驂（一作驂驔）飄赤汗跼蹐顧長楸胡虜三年入乾坤一戰收舉鞭如有問欲伴習池遊

見王監兵馬使說近山有白黑二鷹羅者久取竟未能得王以爲毛骨有異他鷹恐臘後春生騫飛避暖勁翮思秋之甚眇不可見請余賦（一本有二字）詩

雪（一作雲）飛玉立盡清秋不惜奇毛恣遠遊在野只教心力破（一作瞻）千（一作干一作于）人何事網羅求一生自獵知無敵百中爭能恥下韝鵬礙九天須却避兔藏（一作經一作營）三穴（一作窟）莫深憂

黑鷹不省人間有度海疑從北極來正翮摶風超紫塞立（一作立）冬幾夜宿陽臺虞羅自各虛施巧春雁同歸必見猜萬里寒空祇一日金眸玉爪不（一作未）凡材

全唐詩

杜甫

太歲日（大曆三年歲次戊申正月丙午朔三日爲戊申日乃太歲日也）

楚岸行將老巫山坐復春病多猶是客謀拙竟何人閶闔開黃道衣冠拜紫宸榮光懸日月賜與出金銀（唐制當於是日慶賀）愁寂鴛行斷參差虎穴鄰西江元下蜀北斗故臨秦散地逾高枕生涯脫要津天邊梅柳樹相見幾回新

元日示宗武

汝啼吾手戰吾笑汝身長處處逢正月迢迢滯遠方飄零還柏酒（一作葉）衰病只藜牀訓諭（一作諭）青衿子名慙白首郎賦詩猶落筆獻壽更稱觴不見江東弟高歌淚數行（原注第五弟豐漂泊江左近無消息）

遠懷舍弟穎觀等

陽翟空知處荊南近得書積年仍遠別多難不安居江漢春風起冰霜昨夜除雲天猶錯莫花蕚尚蕭疎對酒都疑夢吟詩正憶渠舊時元日會鄉黨羨吾盧

續得觀書迎就當陽居止正月中旬定出三峽

自汝到荊府書來數喚吾頌椒添諷詠禁火卜歡娛（一作呼）舟楫因人動形骸用杖扶天旋夔子國春近岳陽湖發日排南喜傷神散北吁飛鳴還接翅行序密銜蘆俗薄江山好時危草木蘇馮唐雖晚達終覲在皇都

將別巫峽贈南卿兄瀼西果園四十畝

苔竹素所好萍蓬無（一作不）定居遠遊長兒子幾地別林廬雜藥紅相對他時錦不如具舟將出峽巡圃念攜鋤正月喧鶯末（一作未）茲辰放鷁初雪籬梅可折風榭柳微舒託贈卿家有因歌野興疎殘生逗（一作逼）江漢何處狎樵漁

送大理封主簿五郎親事不合却赴通州主簿前閬州賢子余與主簿平章鄭氏女子垂欲納（一有采字）鄭氏伯父京書至女子已許他族親事遂停

禁臠去東牀趨庭赴北堂風波空遠涉琴瑟幾（原注音洎）虛張渥水出騏驥崑山生鳳皇兩家誠款款中道許蒼蒼頗謂秦晉匹從來王謝郎青春動才調白首缺輝光玉潤終孤立珠明得闇藏餘寒折花卉恨別滿江鄉

人日兩篇（一作二首）

元日到人日未有不陰時冰雪鶯難至春寒花較遲雲隨白水落風振紫山悲蓬鬢稀疎久無勞比素絲

此日此時人共得一談一笑俗相看尊前柏葉休隨酒勝裏金花巧耐寒佩劒衝星聊暫拔匣琴流水自須彈早春重引江湖興直道無憂行路難

江梅

梅蘂臘前破梅花年後多絕知春意好（一作早）最奈客愁何雪樹元（一作能）同色江風亦自波故園不可見巫岫鬱嵯峨

庭草

楚草經寒碧逢春入眼濃舊低收葉舉新掩卷牙重步

履宜輕過開筵得屢供看花隨節序不敢強爲容

大曆三年春白帝城放船出瞿塘峽久居夔府將適江陵漂泊有詩凡四十韻

老向巴人裏今辭楚塞隅入舟翻不樂解纜獨長吁窄轉深啼狖虛隨亂（一作落）浴鳧石苔凌几杖空翠撲肌膚疊壁排霜劍奔泉濺水珠杳冥藤上下濃澹樹榮枯神女峰娟妙昭君宅有無曲留明怨惜（一作別）夢盡失歡娛擺闔盤渦沸欹斜激浪輸風雷纏地脈冰雪耀天衢鹿角真走（一作趨）險狼頭（原注鹿角狼頭俱灘名）如跋胡惡灘寧變色高臥負微軀書史全傾撓裝囊半壓濡生涯臨臬兀死地脫斯須不有平川決（一作快）焉知眾壑趨乾坤霾漲海雨露洗春蕪鷗鳥牽絲颺驪龍濯錦紆落霞沈綠綺殘月壞金樞泥筍苞初荻沙茸出小蒲雁兒爭水馬（山海經諸毗之水中多水馬即江賦騎馬也）燕子逐檣烏絕島容煙霧環洲納曉晡前聞辨陶牧（登樓賦北彌陶牧陶鄉名郭外爲牧）轉眄拂宜都縣郭南畿好（原注路入松滋縣）津亭北望孤勞心依憩息朗詠劃昭蘇意遣樂還笑衰迷賢與愚飄蕭將素髮汨沒聽洪鑪丘壑曾忘返文章敢自誣此生遭聖代誰分哭窮途臥疾淹爲客蒙恩早廁儒廷爭酬造化樸直乞江湖灩澦險相迫滄浪深可逾浮名尋已已懶計卻區區喜近天皇寺先披古畫圖（原注此寺有晉右軍書張僧繇畫孔子洎顏子十哲形像）應經帝子渚同泣舜蒼梧朝士兼戎服君王按湛盧旄頭初俶擾鶉首麗泥塗甲卒身雖貴書生道固殊出塵皆野鶴歷塊匪轅駒伊呂終難降韓彭不易呼五雲高太甲（太甲疑六甲一星之名）六月曠摶扶回首黎元病爭權將帥誅山林託疲苶未必免崎嶇

巫山縣汾州唐使君十八弟宴別兼諸公攜酒樂相送率題小詩留於屋壁

臥病巴東久今年強作歸故人猶遠謫茲日倍多違接宴身兼杖聽歌淚滿衣諸公不相棄擁別惜光輝

春夜峽州田侍御長史津亭留宴（得筵字）

北斗三更席西江萬里船杖藜登水榭揮翰宿春天白髮煩（一作須）多酒明星惜此筵始知雲雨峽忽盡下牢邊

泊松滋江亭

沙帽隨鷗鳥扁舟繫此亭江湖深更白松竹遠微（一作還）青一柱全應近高唐莫再經今宵南極外甘作老人星

行次古城店泛江作不揆鄙拙奉呈江陵幕府諸公

老年常道路遲日復山川白屋花開裏孤城麥秀邊濟江元自闊下水不勞牽風蝶勤依槳春鷗懶避船王門高德業幕府盛才賢行色兼多病蒼茫泛愛前

乘雨入行軍六弟宅

曙角凌雲罷春城帶雨長水花分塹弱巢燕得泥忙令弟雄軍佐凡才汙省郎萍漂忍流涕衰颯近中堂

宴胡侍御書堂（原注李尚書之芳鄭秘監審同集歸字韻）

江湖春欲暮牆宇日猶微闇闇春（一作書）籍滿輕輕花絮飛翰林名有素墨客興無違今夜文星動吾儕醉不歸

書堂飲既夜復邀李尚書下馬月下賦絕句

湖水（一作月）林風相與清殘尊下馬復同傾久判野鶴如霜鬢遮莫鄰雞下五更

上巳日徐司錄林園宴集

鬢毛垂領白花蘂亞枝紅欹倒衰年廢招尋令節同薄（一作蕩）衣臨積水吹面受和風有喜留攀桂無勞問轉蓬

奉送蘇州李二十五長史丈之任

星坼台衡地（用張華事）曾爲人所憐公侯終必復（李是適之之後）經術昔相（一作竟）傳食德見從事克家何妙年一毛生鳳穴三尺獻龍泉赤壁浮春暮姑蘇落海邊客間頭最白惆悵此離筵

暮春江陵送馬大卿公恩命追赴闕下

自古求忠孝名家信有之吾賢富才術此道未磷緇玉府標孤映霜蹄去不疑激揚音韻徹籍甚眾多推潘陸應同調孫吳亦異時北辰徵事業南紀赴恩私卿月升金掌王春度玉墀熏風行應律湛露即歌詩天意高難問人情老易悲尊前江漢闊後會且深期

暮春陪李尚書李中丞過鄭監湖亭泛舟（得過字韻）

海內文章伯湖邊意緒多玉尊移晚興桂楫帶酣歌春日繁魚鳥江天足芰荷鄭莊賓客地衰白遠來過

奉送蜀州柏二別駕將中丞命赴江陵起居衛尚書太夫人因示從弟行軍司馬佐（別駕乃中丞之弟衛伯玉時爲荊南節度檢校工部尚書）

中丞問俗畫熊頻愛弟傳書彩鷁新遷轉五州防禦使起居八座太夫人楚宮臘送荊門水白帝雲偷碧海春報與惠連詩不惜知吾斑鬢總如銀

夏日楊長寧宅送崔侍御常正字入京（得深字韻）

醉酒揚雄宅升堂子賤琴不堪垂老鬢還對欲分襟天地西江遠星辰北斗深烏臺俯麟閣長夏白頭吟

和江陵宋大少府暮春雨後同諸公及舍弟宴書齋

渥洼汗血種天上麒麟兒才士得神秀書齋聞爾爲棣華晴雨好綵服暮春宜朋酒日歡會老夫今始知

宇文晁尚書之甥崔彧司業之孫（中有脫字）尚書之子重泛鄭監（審）前湖

郊扉俗遠長幽寂野水春來更接連錦席淹留還出浦葛巾欹側未迴船尊當霞綺輕初散棹拂荷珠碎却圓不但習池歸酩酊君看鄭谷去夤緣

多病執熱奉懷李尚書（之芳）

衰年正苦病侵凌首夏何須氣鬱蒸大水淼茫炎海接奇峰硉兀火雲升思霑道暍黃梅雨敢望宮恩玉井冰不是尚書期不顧（陳遵留北部刺史飲不遣去刺史入叩遵母曰當對尚書有期會乃自後閤逸去）山陰野（一作夜）雪興難乘

水宿遣興奉呈羣公

魯鈍仍多病逢迎遠復迷耳聾須畫字髮短不勝篦澤國雖勤雨炎天竟淺泥小江還積浪弱纜且長堤歸路非關北行舟却向西暮年漂泊恨今夕（一作久客）亂離啼童穉頻書札盤餐詎（一作具）糝藜我行何到此物理直難齊高枕翻星月嚴城疊鼓鼙風號聞虎豹水宿伴鳧鷖異縣驚虛往同人惜解攜蹉跎長泛鷁展轉屢鳴雞嶷嶷瑚璉器陰陰桃李蹊餘波期救涸費日苦輕齎支（一作杖）策門闌邃肩輿羽翮低自傷甘賤役誰愍強幽棲巨海能無釣浮雲亦有梯勳庸思樹立語默可端倪贈粟囷應指登

橋柱必題丹心老未折時訪武陵溪

奉賀陽城（一作城陽）郡王太夫人恩命加鄧國太夫人（原注陽城郡王衞伯玉也）

衞幕銜恩重潘輿送喜頻濟時瞻上將錫號戴慈親富貴當如此尊榮邁等倫郡依封土舊國與大名新紫誥鸞迴紙清朝燕賀人遠傳冬筍味更覺綵衣春奕葉班姑史芬芳孟母鄰義方兼有訓詞翰兩如神委曲承顏體騫飛報主身可憐忠與孝雙美畫（一作映）騏驎

江陵望幸（肅宗上元元年置南都於荊州號江陵府以呂諲爲尹尋罷廣德元年復以衞伯玉尹江陵）

雄都元壯麗望幸歘威神地利西通蜀天文北照秦風煙含越鳥舟楫控吳人未枉周王駕終期漢武巡甲兵分聖旨居守付宗臣早發雲臺仗（一作路）恩波起涸鱗

江邊星月二首

驟雨清秋夜金波耿玉繩天河元自白江浦（一作渚）向來澄映物連珠斷緣空一鏡升餘光隱（一作憶）更漏況乃露華凝

江月辭風纜（一作檻）江星別霧（一作露）船雞鳴還曙（一作曉）色鷺浴自清（一作晴）川歷歷竟誰種悠悠何處圓客愁殊未已他夕始相鮮

舟月對驛近寺

更深不假燭月朗自明船金刹青楓外朱樓白水邊城烏啼眇眇野鷺宿娟娟皓首江湖客鉤簾獨未眠

舟中

風餐江柳下雨臥驛樓邊結纜排魚網連檣並米船今朝雲細薄昨夜月清圓飄泊南庭老祇應學水仙

遣悶

地闊平沙岸舟虛小洞房使塵來驛道城日避烏檣（一作檣）暑雨留蒸濕江風借夕涼行雲星隱見疊浪月光芒螢鑒緣帷徹蛛絲罥鬢長哀箏猶凭几鳴笛竟霑裳倚著（同着）如秦贅過逢類楚狂氣衝看劍匣穎脫撫錐囊妖孽關東臭兵戈隴右創時清疑武略世亂踈文場餘力浮於海端憂問彼蒼百年從萬事故國耿難忘

江陵節度陽城郡王新樓成王請嚴侍御判官賦七字句同作

樓上炎天冰雪生高飛燕雀賀新成碧窗宿霧濛濛濕朱栱浮雲細細輕杖鉞褰帷瞻具美投壺散帙有餘清自公多暇延參佐江漢風流萬古情

又作此奉衞王

西北樓成雄楚都遠開山岳散江湖二儀清濁還高下三伏炎蒸定有無推轂幾年唯鎮靜曳裾終日盛文儒白頭授簡焉能賦媿似相如爲大夫

舟（一本有中字）出江陵南浦奉寄鄭少尹（審）

更欲投何處飄然去此都形骸元土木舟楫復江湖社稷纏妖氣干戈送老儒百年同棄物萬國盡窮途雨洗平沙靜天銜闊岸紆鳴螿隨泛梗別燕赴秋菰棲託難高臥飢寒迫向隅寂寥相呴沫浩蕩報恩珠溟漲鯨波動衡陽雁影徂南征問懸榻東逝想乘桴濫竊商歌聽時憂卞泣誅經過憶鄭驛斟酌旅情孤

江南逢李龜年

岐王（範）宅裏尋常見崔九（原注殿中監崔滌中書令湜之弟）堂前幾度聞正是（一作值）江南好風景落花時節又逢君

官亭夕坐戲簡顏十少府

南國調寒杵西江浸日車客愁連蟋蟀亭古帶蒹葭不返青絲鞚虛燒夜燭花老翁須地主細細酌流霞

秋日荊南述懷三十韻

昔承推獎分媿匪挺生材遲暮宮臣忝艱危袞職陪揚鑣（一作鞭）隨日馭折檻出雲臺（首句起至此追憶與房琯牽連罷斥事）罪戾寬猶活干戈塞未開星霜玄鳥變身世白駒催伏枕因超忽扁舟任往來九鑽巴噀火三蟄楚祠雷望帝傳應實昭王問不迴蛟螭深作橫豺虎亂雄猜素業行已矣浮名安在哉琴烏曲怨憤庭鶴舞摧頹秋雨（一作水）漫湘水（一作竹）陰風過嶺梅苦搖求食尾常曝報恩顋結舌防讒柄探腸有禍胎蒼茫步兵哭展轉仲宣哀飢藉（入聲一作籍）家家米愁徵處處杯休爲貧士歎任受眾人咍得喪初難識榮枯劃易該差池分組冕合沓起蒿萊不必伊周地皆知（一作登）屈宋才漢庭和異域晉史坼中台霸業尋常體忠臣忌諱災羣公紛戮力聖慮窅（一作睿）裴回數見銘鍾鼎真宜法斗魁願聞鋒鏑鑄莫使棟梁摧盤石圭多翦凶門轂少推垂旒資穆穆祝網但恢恢赤雀翻然至黃龍詎（一作不）假媒賢非夢傅野隱類鑿顏坏自古江湖客冥心若死灰

秋日荊南送石首薛明府辭滿告別奉寄薛尚書（景仙）頌德敘懷斐然之作三十韻

南征爲客久西候別君初歲滿歸鳧鳥秋來把雁書荊門留美化姜被就離居聞道和親入（景仙出使吐蕃同論泣陵入朝）垂名報國餘連枝不日並八座幾時除往者胡星孛恭惟漢網疎風塵相澒洞天地一丘墟殿瓦鴛鴦坼宮簾翡翠虛鉤陳摧徼道槍槊（長楊賦木擁槍累即柵也）失儲胥文物陪巡守（一作狩）親賢病拮据公時呵猰貐首唱卻鯨魚勢愜宗蕭相（原注郭令公）材非一范睢（原注諸名將）屍填太行道血走浚儀渠滏口師仍會函關憤已攄（追述景仙守扶風事）紫微臨大角皇極正乘輿賞從頻峨冕殊私（一作恩）再直廬（原注公舊執金吾新授羽林前後二將軍）豈惟高衞霍曾是接應徐降集翻翔鳳追攀絕眾狙侍臣雙宋玉戰策兩穰苴鑒澈勞懸鏡荒蕪已荷鋤嚮來披述作（原注石首處見公新文一卷卷一作通）重此憶吹噓白髮甘凋喪青雲亦卷舒經綸功不朽跋涉體何如（原注公頃奉使和蕃已見上）應訝耽湖橘常餐占野蔬十年嬰藥餌萬里狎樵漁揚子淹投閣鄒生惜曳裾但驚飛熠燿不記改蟾蜍煙雨封巫峽江淮略孟諸湯池雖險固遼海尚填淤努力輸肝膽休煩獨起予

哭李尚書（之芳）

漳濱與蒿里逝水竟同年欲挂（一作把）留徐劍猶迴憶戴船相知成白首此別間黃泉風雨嗟何及江湖涕泫然修文將管輅奉使失張騫史閣行人在詩家秀句傳客亭鞍馬絕旅櫬網蟲懸復魄（一作塊）昭丘遠歸魂素滻偏樵蘇封葬地喉舌罷朝天秋色凋春草王孫若箇邊

重題

涕泗不能收哭君余（一作餘）白頭兒童相識（一作顧）盡宇宙此生浮江雨銘旌濕湖風井逕秋還瞻魏太子賓客減應劉（原注公歷禮部尚書薨於太子賓客）

獨坐

悲愁（一作秋）回白首倚杖背孤城江斂洲渚出天虛風物清

滄溟服(一作帳)衰謝朱紱負平生仰羨黄昏鳥投林羽翮輕

暮歸

霜黄碧梧白鶴棲城上擊柝復烏啼客子入門月皎皎誰家擣練風淒淒南渡桂水闕舟檝北歸秦(一作洛)川多鼓鞞年過半百不稱意明日看雲還杖藜

移居公安敬贈衛大郎(鈞)

衛侯不易得余病汝知之雅量涵高遠清襟照等夷平生感意氣少小愛文辭河海由來合風雲若有期形容勞宇宙質樸謝軒墀自古幽人泣流年壯士悲水煙通徑草秋露接園葵入邑豺狼鬬傷弓鳥雀飢白頭供宴語烏几伴棲遲交態遭輕薄今朝豁所思

公安送韋二少府匡贊

逍遥公(後周韋夐號逍遥公唐嗣立號小逍遥公)後世多賢送爾維舟惜此筵念我能書(一作常能)數字至將詩不必萬人傳時危兵甲黄塵裏日短江湖白髮前古往今來皆涕淚斷腸分手各風煙

贈虞十五司馬

遠師虞祕監今喜識玄孫形像丹青逼家聲器宇存淒涼憐筆勢浩蕩問詞源爽氣金天豁清談玉露繁佇鳴南岳鳳欲化北溟鯤交態知浮俗儒流不異門過逢聯客位日夜倒芳尊沙岸風吹葉雲江月上軒百年嗟已半四座敢辭喧書籍終相與青山隔故園

公安縣懷古

野曠呂蒙營(蒙封孱陵侯即此地)江深劉備城(備奔吳孫權推爲左將軍居此時人呼爲左公故名公安)寒天催日短風浪與雲平灑落君臣契飛騰戰伐名維舟倚前浦長嘯一含情

公安送李二十九弟晉肅入蜀余下沔鄂

正解柴桑纜仍看蜀道行檣烏相背發塞雁一行鳴南紀連銅柱西江接錦城憑將百錢卜飄泊問君平

宴王使君宅題二首

漢主追韓信蒼生起謝安吾徒自漂泊世事各艱難逆旅招邀近他鄉思(一作意)緒寬不材甘朽質高臥豈泥蟠

泛愛容霜鬟(一作鬢)留歡卜夜閑(一作闌一作上夜闌)自吟詩送老相勸酒開顏戎馬今何地鄉園獨舊(一作在)山江湖隋清月酩酊任扶還

留別公安太易沙門

隱居欲就廬山遠麗藻初逢休上人數問舟航留製作長開篋笥擬心神沙村白雪仍含凍江縣紅梅已放春先蹋爐峰置蘭若徐飛錫杖出風塵

全唐詩

杜甫

曉發公安(原注數月憩息此縣)

北城擊柝復欲罷東方明星亦不遲鄰雞野哭如昨日物色生態能幾時舟檝眇然自此去江湖遠適無前期出門轉眄已陳迹藥餌扶吾隨所之

泊岳陽城下

江國踰千里山城僅百層岸風翻夕浪舟雪灑寒燈留滯才難盡艱危氣益增圖南未可料變化有鯤鵬

纜船苦風戲題四韻奉簡鄭十三判官(泛)

楚岸朔風疾天寒鶬鴰呼漲沙霾草樹舞雪渡江湖吹帽時時落維舟日日孤因聲置驛外爲覓酒家壚

登岳陽樓

昔聞洞庭水今上岳陽樓吳楚東南坼乾坤日夜浮親朋無一字老病有孤舟戎馬關山北憑軒涕泗流

陪裴使君登岳陽樓

湖闊兼雲霧樓孤屬晚晴禮加徐孺子詩接謝宣城雪岸叢梅發春泥百草生敢違漁父問從此更南征

過南岳入洞庭湖

洪波忽爭道岸轉異江湖鄂渚分雲樹衡山引舳艫翠牙穿裛槳(一作蔣)碧節上(一作吐)寒蒲病渴身何去春生力更無壤童犂雨雪漁屋架泥塗欹側風帆滿微冥水驛孤悠悠迴赤壁浩浩略蒼梧帝子留遺恨曹公屈壯圖聖朝光御極殘孽駐艱虞才淑隨廝養名賢隱鍛鑪邵平元入漢張翰後歸吳莫怪啼痕數危檣逐夜烏

宿青草湖(重湖南青草北洞庭)

洞庭猶在目青草續爲名宿槳依農事郵籤報水程寒冰爭倚薄雲月遞微明湖雁雙雙起人來故北征

宿白沙驛(原注初過湖南五里)

水宿仍餘照人煙復此亭驛邊沙舊白湖外草新青萬象皆春氣孤槎自客星隨波無限月(一作景)的的近南溟

湘夫人祠(即黄陵廟)

肅肅湘妃廟空牆碧水春蟲書玉珮蘚燕舞翠帷塵晚泊登汀樹微馨借(一作香惜)渚蘋蒼梧恨不盡染淚在叢筠

祠南夕望

百丈牽江色孤舟泛日斜興來猶杖屨目斷更雲沙山鬼迷春竹湘娥倚暮花湖南清絕地萬古一長嗟

登(一作發)白馬潭

水生春纜沒日出野船開宿鳥行猶去叢花(一作花叢)笑不來人人傷白首處處接金杯莫道新知要南征且未回

歸雁

聞道今春雁南歸自廣州見花辭漲海避雪到羅浮是物關兵氣何時免客愁年年霜露隔不過五湖秋(大曆二年嶺南節度使徐浩奏十一月二十五日當管懷集縣陽雁來先是五嶺之外翔雁不到浩以陽爲君德雁隨陽者臣歸君之象詩蓋深譏之)

野望

納納乾坤大行行郡國遥雲山兼五嶺風壤帶三苗野樹侵江闊春蒲長雪消扁舟空老去無補聖明朝

入喬口(原注長沙北界)

漠漠舊京遠遲遲歸路賒殘年傍水國落日對春華樹蜜早蜂亂江泥輕燕斜賈生骨已朽悽惻近長沙

銅官渚守風(渚在寧鄉縣)

不(一作亦)夜楚帆落避風湘渚間水耕先浸草春火更燒山早泊雲物晦逆行波浪慳飛來雙白鶴過去杳難攀

北風(原注新康江口信宿方行)

春生南國瘴氣待北風蘇向晚霾殘日初宵鼓大鑪爽

攜卑濕地聲拔洞庭湖萬里魚龍伏三更鳥獸呼滌除貪破浪愁絕付摧枯執熱沈沈在凌寒往往須且知寬疾肺不敢恨危途再宿煩舟子衰容問僕夫今晨非盛怒便道即（一作卻）長驅隱几看帆席雲山湧坐隅

雙楓浦（在瀏陽縣）

輟櫂青楓浦雙楓舊已摧自驚衰謝力不道棟梁材浪足浮紗帽皮須截錦苔江邊地有主暫借上天迴

奉送王信州崟北歸

朝廷防盜賊供給愍誅求下詔選郎署傳聲能典（一作典信）州蒼生今日困（一作起）天子嚮時憂井屋有煙起瘡痍無血流壤歌唯海甸畫角自山樓白髮寐常早荒榛農復秋解龜踰臥轍遣騎覓扁舟徐榻不知（一作能）倦頴川何以酬塵生（一作老塵）形管筆寒膩黑貂裘高義終焉在斯文去矣休別離同雨散行止各雲浮林熱鳥開口江渾魚掉頭尉佗（當是指崔旰輩）雖北拜太史尚南留軍旅應都息寰區要盡收九重思諫諍八極念懷柔徙倚瞻王室從容仰廟謀故人持雅論絕塞豁窮愁復見陶唐理甘爲汗漫遊

江閣臥病走筆寄呈崔盧兩侍御

客子庖廚薄江樓枕席清衰年病祇瘦長夏想爲情滑憶（一作喜）彫胡飯香聞錦帶羹溜匙兼暖腹誰欲致（一作覓）杯甖

潭州送韋員外牧韶州（迢）

炎海韶州牧風流漢署郎分符先令望同舍有輝光白首多年疾秋天昨夜涼洞庭無過雁書疏莫相忘

江閣對雨有懷行營裴二端公（裴虯與討臧玠故有行營）

南紀（一作極）風濤壯陰晴屢不分野流行地日江入度山雲層閣憑雷殷長空水面（一作面水）文雨來銅柱北應（一作意）洗伏波軍

酬韋韶州見寄

養拙江湖外朝廷記憶疏深慙長者轍重得故人書白髮絲難理（一作並）新詩錦不如雖無南去雁看取北來魚

千秋節有感二首（八月二日爲明皇千秋節）

自罷千秋節頻傷八月來先朝常宴會壯觀已塵埃鳳紀編生日龍池塹劫灰湘川新涕淚秦樹遠樓臺寶鏡羣臣得金吾萬國迴衢尊不重飲白首獨餘哀

御氣雲樓敞含風綵仗高仙人張內樂王母獻宮桃羅襪紅蕖豔金羈白雪毛舞階銜壽酒走索背秋毫聖主他年貴邊心此日勞桂江流向北滿眼送波濤

晚秋長沙蔡五侍御飲筵送殷六參軍歸澧州觀省

佳士欣相識慈顏望遠遊甘從投轄飲肯作置書郵高鳥黃雲暮寒蟬碧樹秋湖南冬不雪吾病得淹留

湖中（一作南）送敬十使君適廣陵

相見各頭白其如離別何幾年一會面今日復悲歌少壯樂難得歲寒心匪他氣纏霜匣滿冰置玉壺多遭亂實漂泊濟時曾琢磨形容吾校老膽力爾誰過秋晚岳增翠風高湖湧波鶱騰訪知己淮海莫蹉跎

長沙送李十一（銜）

與子避地西康州洞庭相逢十二秋遠媿尚方曾賜履竟非吾土倦登樓久存膠漆應難並一辱泥塗遂晚收李杜齊名（用杜密李膺比李固杜喬舊事爲喻）眞忝竊朔雲寒菊倍離憂

重送劉十弟判官

分源豕韋派（言劉杜同出也范宣子曰在商爲豕韋氏在周爲唐杜氏）別浦雁賓秋年事推兄忝人才覺弟優經過辦豐劒意氣逐吳鉤垂翅徒衰老先鞭不滯留本枝凌歲晚高義豁窮愁他日臨江待長沙舊驛樓

奉贈盧五丈參謀（琚　原注時丈人使自江陵在長沙待恩旨先支率錢米）

恭惟同自出（甫祖母盧氏即所誌范陽太君者）妙選異高標入幕知孫楚披襟得鄭僑丈人藉才地門閥冠雲霄老矣逢迎拙相於契託饒賜錢傾府待爭米駐（一作貯）船遙鄰好艱難薄泯（一作眦）心杼軸焦客星空伴使寒水不成潮素髮乾垂領銀章破在腰說詩能累夜醉酒或連朝藻翰惟牽率湖山合動搖時清非造次興盡卻蕭條天子多恩澤蒼生轉寂寥休傳鹿是馬莫信鵩如（一作爲）鴞未解依依袂還斟泛泛瓢流年疲蟋蟀體物幸鷦鷯辜（一作孤）負滄洲願誰云晚見招

登舟將適漢陽

春宅棄汝去秋帆催客歸庭蔬尚在眼浦浪已吹衣生理飄蕩拙有心遲暮違中原戎馬盛遠道素書稀塞雁與時集檣烏終歲飛鹿門自此往永息漢陰機

暮秋將歸秦留別湖南幕府親友

水閣蒼梧野（一作晚）天高白帝秋途窮那免哭身老不禁愁大府才能會諸公德業優北歸衝雨雪誰（一作俱）憫敝貂裘

送盧十四弟侍御護韋尚書（之晉）靈櫬歸上都二十韻

素幕渡江遠朱幡登陸微悲鳴駟馬顧失涕萬人揮參佐哭辭畢門闌誰送歸從公伏事久之子俊才稀長路更執紼此心猶倒衣感恩義不小懷舊禮無違墓待龍驤詔臺迎獬豸威深衷見士則雅論在兵機戎狄乘妖氣塵沙落禁闈往年朝謁斷他日埽除非但促（一作整）銅壺箭休添玉帳旂動詢黃閣老肯慮白登圍萬姓瘡痍合羣兇（一作雄）嗜慾肥刺規多諫諍端拱自光輝儉約前王體風流後代希對揚期特達衰朽再芳菲空裏愁書字山中疾采薇撥杯要忽罷抱被宿何依眼冷看征蓋兒扶立釣磯清霜洞庭葉故就別時飛

哭李常侍嶧二首

一代風流盡修文地下深斯人不重見將老失知音短日行梅嶺寒山（一作江）落桂林長安若箇畔（一作伴）猶想映貂金

青瑣陪雙入銅梁阻一辭風塵逢我地江漢哭君時次第尋書札呼兒檢贈詩發揮王子表（漢書有王子侯表）不媿史臣詞

哭韋大夫之晉

悽愴郇瑕色（一作邑一作地）差池弱冠年丈（一作大一作士）人叨禮數文律早周旋臺閣黃圖裏簪裾紫蓋邊尊榮眞不忝端雅獨翛然貢喜音容間馮招（左思詩馮公豈不偉白首不見招）病疾纏南過駭倉卒北思悄聯緜鵩鳥長沙諱犀牛蜀郡憐素車猶慟哭寶劒欲高懸漢道中興盛韋經亞相傳沖融標世業磊落映時賢城府深朱夏江湖眇霽天綺樓關（一作高）樹頂飛旐汎堂前帟（音亦）幕疑（一作旋）風燕笳簫急暮蟬興殘虛白室跡斷孝廉船童孺交遊盡喧卑俗事牽老來多涕淚情在強詩篇誰寄方隅理朝難將帥權春秋褒貶例名器重雙

全

舟中夜雪有懷盧十四侍御（一作郎）弟

朔風吹桂水朔（一作大）雪夜紛紛暗度南樓月寒深北渚雲燭斜初近見舟重竟無聞不識山陰道聽雞更憶君

對雪

北雪犯長沙胡雲冷萬家隨風且間（一作闘）葉帶雨不成花金錯囊從（一作徒）罄銀壺酒易賒無人竭浮蟻有待至昏鴉

樓上

天地空搔首頻抽白玉簪皇輿三極北身事五湖南戀闕勞肝肺論（一作掄）材愧杞柟亂離難自救終是老湘潭

冬晚送長孫漸舍人歸州

參卿（參謀也）休坐幄蕩子不還鄉南客瀟湘外西戎鄠杜旁衰年傾蓋晚費日繫舟長會面思來札銷魂逐去檣雲晴鷗更舞風逆雁無行匣裏雌雄劒吹毛任選將

暮冬送蘇四郎徯兵曹適桂州

飄飄蘇季子六印佩何遲早作諸侯客兼工古體詩爾賢埋照久余病長年悲盧綰須征日樓蘭要斬時歲陽初盛動王化久磷緇為入蒼梧廟看雲哭九疑

風疾舟中伏枕書懷三十六韻奉呈湖南親友

軒轅休製律虞舜罷彈琴尚錯雄鳴管猶傷半死心（四句言風）疾聖賢名古邈羈旅病年侵舟泊常依震湖平早（一作半）見參如聞馬融笛若倚仲宣襟故國悲寒望羣雲慘歲陰水鄉霾白屋（一作蜃）楓岸疊（一作壘）青岑鬱鬱冬炎瘴濛濛雨滯淫鼓迎非（一作方）祭鬼彈落似鴞禽興盡纔無悶愁來遽不禁生涯相汨沒時物自（一作正）蕭森疑惑尊中弩淹留冠上簪牽裾驚魏帝投閣為劉歆狂走終奚適微才謝所欽吾安藜不糝汝貴玉為琛烏几重重縛鶉衣寸寸鍼哀傷同庾信述作異陳琳十暑岷山葛三霜楚戶砧叨陪錦帳座久放白頭吟反樸時難遇忘機陸易沈應過數粒食得近四知金春草封歸恨源花費獨尋轉蓬憂悄悄行藥病涔涔瘞夭追潘岳持危覓鄧林蹉跎飜學步感激在知音却假蘇張舌高誇周宋鐔（鐔劒鼻也莊子天子之劒以周宋為鐔韓魏為鋏）納流迷浩汗峻址得嶔崟城府開清旭松筠（一作篁）起碧潯披顏爭倩倩逸足競駸駸朗鑒存愚直皇天實照臨公孫仍恃險侯景未生擒書信中原闊干戈北斗深畏人千里井問俗九州箴戰血流依舊軍聲動至今葛洪尸定解許靖力還（一作難）任家事丹砂訣無成涕作霖

奉贈蕭二十使君

昔在嚴公幕俱為蜀使臣艱危參大府前後間清塵（原注嚴再領成都余復參幕府）起草鳴先路乘槎動要津王鳧聊暫出蕭雉只相馴終始任安義荒蕪孟母鄰聯翩匍匐禮意氣死生親（原注嚴公歿後老母在堂使君溫凊之問甘脆之禮名數若已之庭闈焉太夫人喪事又首諸孫主典撫孤之情不減骨月則膠漆之契可知矣）張老（晉大夫張孟語稱張老）存家事嵇康有故人食恩慙鹵莽鏤骨抱酸辛巢許山林志夔龍廊廟珍鵬圖仍矯翼熊軾且移輪磊落衣冠地蒼茫土木身塤箎鳴自合金石瑩逾新重憶羅江外同遊錦水濱結歡隨過隙懷舊益霑巾曠絕含香舍稽留伏枕辰停驂雙闕早迴雁五湖春不達長卿病從來原憲貧監河受貸粟一起轍中鱗

奉送二十三舅錄事崔偉之攝郴州

賢良歸盛族吾舅盡知名徐庶高交友（庶與崔州平善蓋以州平比偉）劉牢出外甥泥塗豈珠玉環堵但柴荊衰老悲人世驅馳厭甲兵氣春江上別淚血渭陽情舟鷁排風影林烏反哺聲永嘉多北至句漏且南征必見公侯復終聞盜賊平郴州頗涼冷橘井尚淒清從役（一作事）何蠻貊居官志在行

送魏二十四司直充嶺南掌選崔郎中判官兼寄韋韶州（嶺南交黔等州得任土人以郎中御史充使選補謂之南選）

選曹分五嶺使者歷三湘才美膺推薦君行佐紀綱佳聲斯（一作期）共（一作不）遠雅節在周防明白山濤鑒嫌疑陸賈裝故人湖外少春日嶺南長憑報韶州牧新詩昨寄（一作夜）將

送趙十七明府之縣

連城為寶重茂宰得才新山雉迎舟楫江花報邑人論交翻恨晚臥病却愁春惠愛南翁悅餘波及老身

燕子來舟中作

湖南為客動經春燕子銜泥兩度新舊入故園常識主如今社日遠看人可憐處處巢君（一作居）室何異飄飄託此身暫語船檣還起去穿花落水（范德機云善本作帖水）益霑巾

同豆盧峰知字韻（一本作同豆盧峰貽主客李員外子棐知字韻）

鍊金歐冶子噴玉大宛兒符彩高無敵聰明達所為夢蘭他日應折桂早年知爛漫通經術光芒刷羽儀謝庭瞻不遠潘省會於斯倡和將雛曲田翁號鹿皮

歸雁二首

萬里衡陽雁今年又北歸雙雙瞻客上一一背人飛雲裏相呼疾沙邊自宿稀繫書元（一作無）浪語愁寂（一作絕）故山薇

欲雪違胡地先花別楚雲却過清渭影高起洞庭羣塞北春陰暮江南日色曛傷弓流落羽行斷不堪聞

小寒食舟中作

佳辰強飯（一作飲）食猶寒隱几蕭條帶鶡冠春水船如天上坐老年花似霧中看娟娟戲蝶過閑（一作開）幔片片輕鷗下急湍雲白山青萬餘里愁看直（一作西）北是長安

清明二首

朝來新火起新煙湖色春光淨客船繡羽銜（一作衝）花他自得紅顏騎竹我無緣胡童結束還難有楚女腰肢亦可憐不見定王城（漢長沙定王發封此）舊處長懷賈傅井依然虛霑焦（宜作周）舉為寒食實藉嚴君賣卜錢鐘鼎山林各天性濁醪粗飯任吾年

此身飄泊苦西東右臂偏枯半耳聾寂寂繫舟雙下淚悠悠伏枕左書空十年蹴踘將雛遠萬里鞦韆習俗同旅雁上雲歸紫塞家人鑽火用青楓秦城樓閣煙（一作鶯）花裏漢主山河錦繡中風水（一作春去）春來洞庭闊白蘋愁殺白頭翁

發潭州（時自潭之衡）

夜醉長沙酒曉行湘水春岸花飛送客檣燕語留人賈傅才未有褚公書絕倫高名前後事回首一傷神

迴櫂

宿昔試（一作世）安命自私猶畏天勞生繫一物為客費多年衡岳江湖大蒸池（蒸水在衡陽城北）疫癘偏散才嬰薄（一作舊）俗有跡負前賢巾拂那關眼缾罍易滿船火雲滋垢膩凍雨裛沈（一作塵）綿強飯蓴添滑端居茗續煎清思漢水上涼憶峴山巔順浪飜堪倚迴帆又省牽吾家碑（杜預碑）不昧王氏井

依然几杖將衰齒茅茨寄短椽灌園曾取適遊寺可終焉遂性同漁父成名（一作功）異魯連篙師煩爾送朱夏及寒泉

贈韋七贊善

鄉里衣冠不乏賢杜陵韋曲未央前爾家最近魁三象（原注斗魁下兩兩相比爲三台）時論同歸（一云因傒）尺五天（原注俚語云城南韋杜去天尺五）北走關山（一作河）開雨雪南遊花柳塞雲（一作風）煙洞庭春色悲公子鰕菜忘歸范蠡（一作萬里）船

奉（一本無奉字）酬寇十侍御錫見寄四韻復寄寇

往別郇瑕地於今四十年來簪御府筆故泊洞庭船詩憶傷心處春深把臂前南瞻按百越黃帽待君偏

酬郭十五受判官

才微歲老（一作晚）尚虛名臥病江湖春復生藥裹關心詩總廢花枝照眼句還成只同燕石能星隕自得隋珠覺夜明喬口橘洲風浪促繫帆何惜片時程

衡州送李大夫七丈勉赴廣州

斧鉞下青冥樓船過洞庭北風隨爽氣南斗避文星日月籠中鳥乾坤水上萍王孫丈人行垂老見飄零

全唐詩

杜甫 補遺

哭長孫侍御（一作杜誦詩以下四首他集互見）

道爲謀（一作諫一作詩）書重名因賦頌雄禮闈曾擢桂憲府舊（一作近）乘驄流水生涯盡浮雲世事空唯餘舊臺柏蕭瑟九原中

虢國夫人（一作張祜集靈臺二首之一）

虢國夫人承主恩平明上馬入宮（祐集作金）門却嫌脂粉涴顏色澹埽蛾眉朝至尊

軍中醉飲寄沈八劉叟（一作暢當詩）

酒渴愛江清餘甘（一作酣）漱晚汀輭沙攲坐穩冷石醉眠醒野膳隨行帳華音發從伶數杯君不見醉（一作都）已遣沈冥

杜鵑行（一作司空曙詩）

古時杜宇稱望帝魂作杜鵑何微細跳枝竄葉樹木中搶佯（一作翔）瞥捩雌隨雄毛衣慘黑貌（一作自）顦顇眾鳥安肯相尊崇隳（一作陋）形不敢棲華屋短翮唯願巢深叢穿皮啄朽觜欲禿苦飢始得食一蟲誰言養雛不自哺此語亦足爲愚蒙聲音咽咽如（一作藏若）有謂號啼略與嬰兒同口乾垂血轉迫促似欲（一作欲以）上訴於蒼穹蜀人聞之皆起立至今斆學（一作相效）傳遺風迺知變化不可窮豈知昔日居深宮嬪嬙（一作妃）左右如花紅

聞惠二過東溪特一送（一作送惠二歸故居一作聞惠子過東溪　以下七首吳若本逸詩）

惠子白駒（一作魚一作驢）瘦歸溪唯病身皇天無老眼空谷滯（一作泣）斯人崖蜜松花熟（一作白一作古）山杯（一作郫酴）竹葉新（一作春）柴門了無（一作生）事黃（一作園）綺未稱臣

舟泛洞庭（一作過洞庭湖）

蛟室圍青草龍堆擁（一作隱）白沙護江（一作堤）盤古木迎櫂舞神鴉破浪南風正收颿（一作回檣一作歸舟）畏日斜雲山千萬疊底處上仙槎（一作湖光與天遠直欲泛仙槎）

李鹽鐵二首（一首題作李監宅已見第九卷中）

落葉（一作華館）春風起高城煙霧開雜花分戶映嬌燕入檐回一見能傾產（一作座）虛懷只愛才鹽官雖絆驥名是漢庭來

長吟

江渚翻鷗戲官橋帶柳陰江飛競渡日草見蹋春（一作青）心已撥形骸累真爲爛漫深賦詩歌（一作新）句穩不免（一作覺）自長吟

絕句九首（前六首已見第十三卷中）

聞道巴山裏春船正好行（一作還）都將百年興一望九江城（一作山）

水檻溫江口茅堂石筍西移船先主廟洗藥浣沙（一作花）溪

設（一作謾）道春來好狂風大放顛吹（一作飛）花隨水去翻却釣魚船

瞿唐懷古（以下草堂逸詩拾遺）

西南萬壑注勍敵兩崖開地與山根裂江從月窟來削成當白帝空曲隱陽臺疏鑿功雖美陶鈞力大哉

送司馬入京

羣盜至今日先朝忝從臣歎君能戀主久客羨歸秦黃閣長司諫丹墀有故人向來論社稷爲話涕霑巾

惜別行送劉僕射判官（僕射乃其主將劉乃僕射之判官也）

聞道南行市駿馬不限匹數軍（一作官）中須襄陽幕府天下異主將儉省憂艱虞祗收壯健勝鐵甲豈因格鬬求龍駒而今西北自反胡騏驎蕩盡一匹無龍媒真種在帝都子孫永落西南隅向非戎事備征伐君肯辛苦越江湖江湖凡馬多顦顇衣冠往往乘蹇驢梁公（疑梁崇義曾爲山南節度）富貴於身疏號令明白人安居俸錢時散士子盡府庫不爲驕豪虛以茲報主寸心赤氣却西戎迴北狄羅網羣馬籍（一作藉）馬多氣（一作用）在驅馳出金帛劉侯奉使光推擇滔才略滄溟窄杜陵老翁秋繫船扶病相識長沙驛強梳白髮提胡盧手把（一作兼）菊花路旁摘九州兵革浩茫茫三歎聚散臨重陽當杯對客忍流涕（一作涕淚）君（一無君字）不覺老夫神內傷

呀（張口貌）鶻行

病鶻孤（一作卑）飛俗眼醜每夜江邊宿衰柳清秋落日（一作月）已側身過雁歸鴉錯回首緊腦雄姿迷所向疏翮稀毛不可狀強神迷復皁雕前俊才早在蒼鷹上風濤颯颯寒山陰熊羆欲蟄（一作熱）龍蛇深念爾此時有一擲失聲濺血

非其心

狂（一作短）歌行贈四兄

與兄行年校一歲賢者是兄愚者（一作足）弟兄將富貴等浮雲弟切功名好權勢長安秋雨十日泥我曹鞴馬聽晨雞公卿朱門未開鎖我曹已到肩相齊吾兄睡穩方舒膝不襪不巾蹋曉日男啼女哭莫我知身上須繒腹中實今年思我來嘉州嘉州酒重（一作香）花繞（一作滿）樓樓頭喫酒樓下臥長歌短詠（一作歌）還相酬四時八節還拘禮女拜弟妻男拜弟幅巾鞶帶不挂身頭脂足垢何曾洗吾兄吾兄巢許倫一生喜怒長任真日斜枕肘寢已熟啾啾唧唧爲何（一作何爲）人（右五篇乃蘇州太守袁煜如晦所收見舊集補遺）

逃難

五十頭白翁南北逃世難疎布纏枯骨奔走苦不暖（叶去）（贅）已衰病方入四海一塗炭乾坤萬里內莫見容身畔妻孥復隨我回首共悲歎故國莽丘墟鄰里各分散歸路從此迷涕盡湘江岸

寄高適

楚隔乾坤遠難招病客魂詩名惟我共世事與誰論北闕更新主南星落故園定知相見日爛漫倒芳尊

送靈州李判官

犬戎腥四海回首一茫茫血戰乾坤赤氛迷日月黃將軍專策略幕府盛材良近賀中興主神兵動朔方

與嚴二郎奉禮別

別君誰暖眼將老病纏身出涕同斜日臨風看去塵商歌還入夜巴俗自爲鄰尚媿微軀在遙聞盛禮新山東羣盜散闕下受降頻諸將歸應盡題書報旅人

巴西驛亭觀江漲呈竇使君二首

轉驚波作怒（一作惡）即恐岸隨流賴有杯中物還同海上鷗關心小剡縣傍眼見揚州爲接情人飲朝來減半（一作片）愁

向晚波微（一作猶）綠連空岸腳青日兼春有暮愁與醉無醒漂泊猶杯酒躊躇此驛亭相看萬里外同是一浮萍

遣憂

亂離知又甚消息苦難真受諫無今日臨危憶古人（一作傷故臣）紛紛乘白馬攘攘著黃巾隋氏留（一作營）宮室焚燒何太頻（吳曾漫錄云見顧陶類選）

早花

西京安穩未不見一人來臘日（一作月）巴江曲山花已自開盈盈當雪杏豔豔待春（一作香）梅直苦風塵暗誰憂容（一作客）鬢催

巴山

巴山遇中使云自峽（一作陝）城來盜賊還奔突乘輿恐未回天寒邵伯樹地闊望仙臺狼狽風塵裏羣臣安在哉

收京（一本有闕字）

復道收京邑兼聞殺犬戎衣冠却扈從車駕已還宮克復成如此安危（一作扶持）在數公莫令回首地慟哭起悲風

巴西聞收宮闕送班司馬入京

聞道收宗廟鳴鑾自陝歸傾都看黃屋正殿引朱衣劒外春天遠巴西敕使稀念君經世亂匹馬向王畿

花底

紫萼扶千蘂黃鬚照萬花忽疑行暮雨何事入朝霞恐是潘安縣堪留衞玠車深知好顏色莫作委泥沙

柳邊

只道梅花發那知柳亦新枝枝總到地葉葉自開春紫燕時翻翼黃鸝不露身漢南應老盡霸上遠愁人

送竇九歸成都

文章亦不盡竇子才縱橫非爾更苦節何人符大名讀書雲閣觀問絹錦官城我有浣花竹題詩須一行

贈裴南部（一本以下作原注）聞袁判官自來欲有按問

塵滿萊蕪甑堂橫單父琴人皆知飲水公輩不偷金梁獄書因上（一作應作）秦臺鏡欲臨獨醒時所嫉羣小謗能深即出黃沙在何須白髮侵使君傳舊德已見直繩心

奉使（一作送）崔都水翁下峽

無數涪江筏鳴橈總發時別離終不久宗族忍相遺白狗黃牛峽朝雲暮雨祠所過頻問訊到日自題詩

題郪縣郭三十二明府茅屋壁

江頭且繫船爲爾獨相憐雲散灌壇雨春青彭澤田頻驚適小國一擬問高天別後巴東路逢人問幾賢

遣悶戲呈路十九曹長

江浦雷聲喧昨夜春城雨色動微寒黃鸝竝坐交愁濕白鷺羣飛大劇乾晚節漸於詩律細誰家數去酒杯寬惟吾最（一作君醉）愛清狂客百徧相看（一作過）意未闌

隨章留後新亭會送諸君

新亭有高會行子得良時日動映江幕風鳴排檻旗絕葷終不改勸酒（一作醉）欲無詞（一作辭）已墮峴山淚因題零雨詩

東津送韋諷攝閬州錄事

聞說江山好憐君吏隱兼寵行舟遠泛怯（一作惜）別酒頻添推薦非承乏操持必去嫌他時如按縣不得慢陶潛

客舊館

陳迹隨人事初秋別此亭重來梨葉赤依舊竹林青風幔何（一作前）時卷寒砧昨夜聲（一作當聽）無由出江漢愁緒（一作秋渚）月（一作日）冥冥

閬州奉送二十四舅使自京赴任青城

聞道王喬舄名因太史傳如何碧雞使把詔紫微天秦嶺愁回馬涪江醉泛船青城漫汚雜吾舅意淒然

愁坐

高齋常見野愁坐更臨門十月山寒重孤城月水（一作水氣）昏葭萌氐種迥左擔犬戎存（一作屯）終日憂奔走歸期未敢論

陪鄭公秋晚北池臨眺

北池雲水闊華館闢秋風獨鶴元依渚衰荷且映空采菱寒刺上蹋藕野泥中素檝分曹往金盤小徑通萋萋露草碧片片晚旗紅杯酒霑津吏衣裳與釣翁異方初豔菊故里亦高桐摇落關山思淹留戰伐功嚴城殊未掩清宴已知終何補參卿事（一作軍乏）歡娛到薄躬

去蜀

五載客蜀郡一年居梓州如何關塞阻轉作瀟湘游世（一作萬）事已黃髮殘生隨白鷗安危大臣在不（一作何）必淚長流

放船

收帆下急水卷幔逐回灘江市戎戎暗山雲淰淰寒村荒（一作荒林）無徑入獨鳥怪人看已泊城樓底何曾夜色闌

哭台州鄭司户蘇少監

故舊誰憐我平生鄭與蘇存亡不重見喪亂獨前途豪俊何人（一作誰人）在文章埽地無羈遊萬里闊凶問一年俱白首中原上清秋大海隅夜臺當北斗泉路著（一作窅）東吳得罪台州去時危棄碩儒移官蓬閣後穀貴歿潛夫流慟嗟何及銜冤有是夫道消詩興廢心息酒爲徒許與才雖薄追隨跡未拘班揚名甚盛嵇阮逸相須會取君臣合寧銓品命殊賢良不必展廊廟偶然趨勝決風塵際功安造化鑪從容拘（一作詢）舊學慘澹閟陰符擺落嫌疑久哀傷志力輸俗依縣谷異客對雪山孤童稚思諸子交朋列友于情乖清酒送望絶撫墳呼瘧病（一作痢）餐巴水瘴瘓老蜀都飄零迷哭處天地日榛蕪（右二十七篇朝奉大夫員安宇所收）

送王侍御往東川放生池祖席

東川詩友合此贈怯輕爲況復傳宗近空然惜別離梅花交近野草色向平池儻憶江邊臥歸期願早知

惠義寺送王少尹赴成都（得峰字）

苒苒谷中寺娟娟林表峰闌干上處遠結構坐來重騎馬行春徑衣冠起晚（一作暮）鐘雲門青（一作春）寂寂此別惜相從（右二篇見王原叔本）

避地

避地歲時晚竄身筋骨勞詩書遂（一作逐）牆壁奴僕且旌旄行在僅聞信此生隨所遭神堯舊天下會見出腥臊（右一篇見趙次翁本題云至德二載丁酉作）

惠義寺園送辛員外

朱櫻此日垂朱實郭外誰家負郭田萬里相逢貪握手高才却望足離筵

又送

雙峰寂寂對春臺萬竹青青照（一作送）客杯細草留連侵坐輭殘花悵望近人開同舟昨日何由得竝馬今朝未擬迴直到緜州始分首江邊樹裏共誰來（右二篇見卞圜本竝見吳若本）

九日登梓州城

客心驚暮序賓雁下襄（一作滄）州共賞重陽節言尋戲馬遊湖風秋戍（一作扶）柳江雨暗山樓且酌東籬菊聊祛南國愁

（右一篇見文苑英華）

闕題

三月雪連夜未應傷物華只緣春欲盡留著伴梨花（右一首及下逸句見合璧事類）

句

寒食少天氣東風多柳花　小桃知客意春盡始開花

全唐詩目　第四函

第五冊

賈至一卷

錢起四卷

全唐詩

賈至

賈至字幼鄰洛陽人父曾開元初掌制誥至擢明經第爲單父尉拜起居舍人知制誥父子繼美帝常稱之肅宗擢爲中書舍人坐小法貶岳州司馬寶應初召復故官除尚書左丞大曆初封信都縣伯遷京兆尹右散騎常侍卒謚曰文集十卷今編詩一卷

自蜀奉册命往朔方途中呈韋左相文部房尚書門下崔侍郎

胡羯亂中夏鑾輿忽南巡衣冠陷戎寇狼狽隨風塵齒公秉大節臨難不顧身激昂白刃前濺血下沾巾尚書抱忠義歷險披荆榛扈從出劍門登翼岷江濱時望挹侍郎公才標搢紳亭亭崑山玉皎皎無緇磷顧惟乏經濟扞牧陪從臣永願雪會稽仗（一作劍）清咸泰太皇時內禪神器付嗣君新命集舊邦至德被遠人捧册自南服奉詔趨北軍覲謁心載馳違離難重陳策馬出蜀山畏途上緣雲飲啄叢篝間棲息虎豹羣崎嶇凌危棧惴慄（一作慄）驚心神峭壁上嶔岑大江下沄沄皇風扇八極異類懷深仁元兇誘黠虜肘腋生妖氛明主信英武威聲赫四鄰（一作鄰）誓師自朔方旗幟何繽紛鐵騎照白日旄頭拂秋旻將來（一作侯）盪滄溟寧止蹴崑崙古來有屯難否泰長相因夏康纘禹績代祖復漢勳于役各勤王驅馳拱紫

宸豈惟太公望往昔逢周文誰謂三傑才功業獨殊倫感此慰行邁無爲歌苦辛

贈裴九侍御昌江草堂彈琴

朔風吹疎林積雪在崖巘鳴琴草堂響小澗清且淺沈吟東山意欲去芳歲晚悵望黃綺心白雲若在眼

巴陵早秋寄荊州崔司馬吏部閻功曹舍人

謫居瀟湘渚再見洞庭秋極目連江漢西南浸斗牛滔滔盪雲夢瀁瀁搖巴丘曠如臨渤澥窅疑造瀛洲君山麗中波蒼翠長夜浮帝子去永久楚詞尚悲秋我同長沙行時事加百憂登高望舊國胡馬滿東周宛葉遍蓬蒿樊鄧無良疇獨攀青楓樹淚灑滄江流故人西掖寮同扈岐陽蒐差池盡三黜蹭蹬各南州相去雖地接(一作近)不得從之遊耿耿雲陽臺迢迢王粲樓跂予暮霞裏誰謂無輕舟

閑居秋懷寄陽翟陸贊府封丘高少府

今日霖雨霽颯然高館涼秋風吹二毛烈士加慨慷憶昔皇運初衆寶俱龍驤解巾佐幕府脫劍升明堂郁郁被慶雲昭昭翼太陽鯨魚縱大壑鸑鷟鳴高岡信矣草創時泰階速賢良一言頓遭逢片善蒙恩光我生屬聖明感激竊自彊崎嶇郡邑權連騫翰墨場天朝富英髦多士如珪璋盛才溢下位蹇步徒猖狂閉門對羣書几案在我旁枕席想遠遊聊欲浮滄浪八月白露降玄蟬號枯桑艤舟臨清川迢遞愁思長我有同懷友各在天一方離披不相見浩蕩隔兩鄉平生霞外期宿昔共行藏豈無蓬萊樹歲晏空蒼蒼

送友人使河源

送君魯郊外下車上高丘蕭條千里暮日落黃雲秋舉酒有餘恨論邊無遠謀河源望不見旌旆去悠悠

送李侍御

我年四十餘已歎前路短羈離洞庭上安得不引滿李侯忘情者與我同疎懶孤帆泣瀟湘望遠心欲斷

送耿副使歸長沙

畫舸欲南歸江亭且留宴日暮湖上雲蕭蕭若流霰昨夜相知者明發不可見惆悵西北風高帆爲誰扇

送夏侯子之江夏

扣楫洞庭上清風千里來留歡一杯酒欲別復裵回相見楚山下漁舟憶釣臺羨君還舊里歸念獨悠哉

寓言二首

春草紛碧色佳人曠無期悠哉千里心欲采商山芝歎息良會晚如何桃李時懷君晴川上佇立夏雲滋

凛凛秋閨夕綺羅早知寒玉砧調鳴杵始擣機中紈憶昨別離日桐花覆井欄今來思君時白露盈堦溥聞有關河信欲寄雙玉盤玉以委貞心盤以薦嘉餐嗟君在萬里使妾衣帶寬

燕歌行

國之重鎮惟幽都東威九夷北制胡五軍精卒三十萬百戰百勝擒單于前臨滹沱後(一作陘)易水崇山沃野亘千里昔時燕山重賢士黃金築臺從隗始倏忽興王定(一作空)薊丘漢家又以封王(一作五)侯蕭條魏晉爲橫流鮮卑竊據朝五州我唐區夏餘十紀軍容武備赫萬祀彤弓黃鉞授元帥墾耕大漠爲內地季秋膠折邊草腓治兵羽獵因出師千營萬隊連旌旗望之如火忽電馳匈奴懾竄窮髮北大荒萬里無塵飛君不見(一本無君不見三字)隋家昔爲天下宰窮兵黷武征遼海南風不競多死聲鼓卧旗折黃雲橫六軍將士皆死盡戰馬空鞍歸故營時移(一作還)道革天下平白環入貢滄海清自有農夫已高枕無勞校尉重橫行

巴陵寄李二戶部張十四禮部(時貶岳州司馬)

江南春(一作芳)草初冪冪愁殺江南獨愁客秦中楊柳也應新轉憶秦中相憶人萬里鶯花不相見登高一望淚沾巾

長門怨

獨坐思千里春庭曉景長鶯喧翡翠幙柳覆(一作暗)鬱金堂舞蝶縈愁緒繁花對靚妝深情託瑤瑟絃斷不成章

銅雀臺

日暮銅臺靜西陵鳥雀歸撫絃心斷絕聽管淚霏微靈几臨朝奠空牀卷夜衣蒼蒼川上月應照妾魂飛

侍宴曲

雲陛褰珠(一作衣)扆(一作裳)天(一作井)墀覆綠楊隔簾妝隱(一作掩)映向席舞低昂鳴珮長廊靜開冰廣殿涼歡餘劍履散同輦入昭陽

對酒曲二首

梅發柳依依黃鸝(一作鶯)歷亂飛當歌憐景色對酒惜芳菲曲水浮花氣流風散舞衣通宵留暮雨上客莫言歸

春來酒味濃舉酒對春叢一酌千憂散三杯萬事空放歌乘美景醉舞向東風寄語尊前客生涯任轉蓬

送陸協律赴端州

越井人南去湘川水北流江邊數杯酒海內(一作外)一孤舟嶺嶠同仙客京華即舊遊春心將別恨萬里共悠悠

送王員外赴長沙

攜手登臨處巴陵天一隅春生雲夢澤水溢洞庭湖共歎虞翻枉同悲阮籍途長沙舊卑濕今古不應殊

送夏侯參軍赴廣州

聞道衡陽外由來雁不飛送君從此去書信定應稀雲海南溟遠煙波北渚微勉哉孫楚吏綵服正光輝

長沙別李六侍御

月明湘水白霜落洞庭乾放逐長沙外相逢路正難雲歸帝鄉遠鴈報朔方寒此別盈襟淚雍門不假彈

岳陽樓宴王員外貶長沙(一題作南州有贈)

極浦三春草高樓萬里心楚山晴靄碧湘水暮流深忽與朝中舊同爲澤畔吟停杯試北望還欲淚沾巾

詠馮昭儀當熊

白羽插雕弓蜺旌動朔風平明出金屋扈輦上林中逐獸長廊靜呼鷹御苑空王孫莫諫獵賤妾解(一作自)當熊

早朝大明宮呈兩省僚友

銀燭熏(一作朝)天紫陌長禁城春色曉蒼蒼千條弱柳垂青瑣百囀流鶯繞(一作滿)建章劍珮聲隨玉墀步衣冠身惹(一作染)御爐香共沐恩波鳳池上朝朝染翰侍君王

白馬

白馬紫連錢(一作乾)嘶鳴丹闕前聞珂自蹀躞不要下金鞭

贈薛瑤英(元載末年納薛瑤英爲姬以體輕不勝重衣於外國求龍綃衣之惟至及楊炎與載善得見其歌舞各贈詩)

舞怯銖衣重笑疑桃臉開方知漢成帝虛築避風臺

出塞曲

萬里平沙一聚塵南飛羽檄北來人傳道五原烽火急
單于昨夜寇(一作扣)新秦

春思二首

草色青青柳色黃桃花歷亂李花香東風不爲吹愁去
春日偏能惹恨長

紅粉當壚弱柳垂金花臘酒解酴醾笙歌日暮能留客
醉殺長安輕薄兒

勤政樓觀樂

銀河帝女下三清紫禁笙歌出九城爲報延州來聽樂
須知天下欲昇平

贈陝掾梁宏

梁子工文四十年詩顛名過草書顛白頭仍作功曹掾
祿薄難供沽酒錢

答嚴大夫

今夕秦天一鴈來梧桐墜葉擣衣催思君獨步華亭月
舊館秋陰生綠苔

送李侍郎(一作御)赴常州

雪晴雲散北風寒楚水吳山道路難今日送君須盡醉
明朝相憶路漫漫

初至巴陵與李十二白裴九同泛洞庭湖三首

江上相逢皆舊遊湘山永望不堪愁明月秋風洞庭水
孤鴻落葉一扁舟

楓岸紛紛落葉多洞庭秋水晚來波乘興輕舟無近遠
白雲明月弔湘娥

江畔楓葉初帶霜渚邊菊花亦已黃輕舟落日興不盡
三湘五湖意何長

西亭春望

日長風煖柳青青北鴈歸飛入窅冥岳陽城上聞吹笛
能使春心滿洞庭

君山

湘中老人讀黃老手援紫藟坐碧草春至不知湖水深
日暮忘却巴陵道

洞庭送李十二赴零陵

今日相逢落葉前洞庭秋水遠連天共說金華舊游處
回看北斗欲潸然

江南送李卿

雙鶴南飛度楚山楚南相見憶秦關願值迴風吹羽翼
早隨陽鴈及春還

送王道士還京

一片仙雲入帝鄉數聲秋鴈至衡陽借問淸都舊花月
豈知遷客泣瀟湘

巴陵夜別王八員外(一作蕭靜詩題云三湘有懷)

柳絮飛時別洛陽梅花發後到(一作在)三湘世情已逐浮雲
散離恨空隨江水長

別裴九弟

西江萬里向東流今夜江邊駐客舟月色更添春色好
蘆風似勝竹風幽

送南給事貶崖州

疇昔丹墀與鳳池即今相見兩相悲朱崖雲夢三千里
欲別俱爲慟哭時

重別南給事

謫宦三年尚未回故人今日又重來聞道崖州一千(一作萬)
里今朝須盡數千杯

岳陽樓重宴別王八員外貶長沙

江路東連千里潮青雲北望紫微遙莫道巴陵湖水闊
長沙南畔更蕭條

全唐詩

錢起

錢起字仲文吳興人天寶十載登進士第官祕書省校
書郎終尚書考功郎中大曆中與韓翃李端輩號十才
子詩格新奇理致清贍集十三卷今編詩四卷

紫參歌(并序)

紫參幽芳也五葩連萼狀飛禽羽舉俗名之五鳥
花起故山道人蘭若尤豐此藥校書劉公詠歌之

俾予繼組

遠公林下滿青苔春藥偏宜間石開往往幽人尋水見
時時仙蝶隔雲來陰陽雕刻花如鳥對鳳連鷄一何小
春風宛轉虎溪傍紫翼紅翹翻霽光貝葉經前無住色
蓮花會裏暫留香蓬山才子憐幽性白雪陽春動新詠
應知仙卉老雲霞莫賞夭桃滿蹊逕

瑪瑙杯歌

瑤溪碧岸生奇寶剖質披心出文藻良工雕飾明且鮮
得成珍器入芳筵含華炳麗金尊側翠斝瓊觴忽無色
繁弦急管催獻酬倏若飛空生羽翼琪璘蘭英照豹斑
滿堂詞客盡朱顏花光來去傳香袖霞影高低傍玉山
王孫彩筆題新詠碎錦連珠復輝映世情貴耳不貴奇
謾說海底珊瑚枝寧及琢磨當妙用燕歌楚舞長相隨

鋤藥詠

蒔藥穿林復在巘濃香秀色深能淺雲氣垂來裛露偏
松陰占（一作古）處知春晚拂曙殘鶯百囀催縈泉帶石幾花
開不隨飛鳥緣枝去如笑幽人出谷來對之不覺忘疎
嬾廢卷荷鋤嫌日短豈無萱草樹堦墀惜爾幽芳世所
遺但使芝蘭出蕭艾不辭手足皆胼胝寧學陶潛空嗜
酒頽齡捨此事東菑

病鶴篇

獨鶴聲哀羽摧折沙頭一點留殘雪三山侶（一作仙）伴能遠
翔五里裴回忍爲別驚羣各畏野人機誰肎相將霞水
飛不及川梟長比翼隨波雙泛復雙歸碧海滄江深且
廣目盡天倪安得往雲山隔路不隔心宛頸和鳴長在
想何時白霧捲青天接影追飛太液前

片玉篇

至寶未爲代所奇韞靈示璞荆山陲獨使虹光天子識
不將清韻世人知世人所貴惟燕石美玉對之成瓦礫
空山埋照凡幾年古色蒼痕宛自然重溪幂幂暗雲樹
一片熒熒光石泉美人之鑒明且徹玉指提攜嘆奇絕
試勞香袖拂莓苔不覺清心皎冰雪連城美價幸逢時
命代良工豈見遺試作珪璋禮天地何如瓀珹在堦墀

畫鶴篇（省中作）

點素凝姿任畫工霜毛玉羽照簾櫳借問飛鳴華表上
何如粉繢綵屏中文昌宮近芙蓉闕蘭室絪縕香且結
鑪氣朝成緱嶺雲銀燈夜作華亭月日暖花明梁燕歸
應驚片雪在仙闈主人顧盻千金重誰肎裴回五里飛

秋霖曲

君不見聖主旰食憂元元秋風苦雨暗九門鳳凰池裏
沸泉騰蒼龍闕下生雲根陰精離畢太淹度倦鳥將歸
不知樹愁陰慘淡時殷雷生靈墊溺若寒灰公卿紅粒
爨丹桂黔首白骨封青苔貂裘玉食張公子炰炙熏天
戟門裏且如歌笑日揮金應笑禹湯能罪已鶴鳴蛙躍
正及（一作其）時豹隱蘭凋亦可悲焉得太阿決屏翳還令率
土見朝曦

白石枕（并序）

起與監察御史畢公耀交之厚矣頃於藍水得片
石皎然霜明如其德也許爲枕贈之及琢磨將成
炎暑已謝俗曰猶班女之扇可退也君子曰不然
此眞畢公之佳賞也故珍而賦之

琢珉勝水碧所貴素且貞曾無白圭玷不作浮磬鳴捧
來太陽前一片新冰清沈沈風憲地待爾秋已至璞堅
難爲功誰怨晚成器比德無磷緇論交亦如此

賦得青城山歌送楊杜二郎中赴蜀軍

蜀山西南千萬重仙經最說青城峰青城嶔岑倚空碧
遠壓峨嵋吞劍壁錦屏雲起易成霞玉洞花明不知夕
星臺二妙逐王師阮瑀軍書王粲詩日落猨聲連玉笛
晴來山翠傍旌旗綠蘿春月營門近知君對酒遙相思

送李大夫赴廣州

一賢間氣生麟趾鳳凰羽何意人之望未爲王者輔出
鎮忽推才盛哉文且武南越寄維城雄雄擁（一作推一作寄）甲兵
鼓門通幕府天井入軍營厥俗多豪侈古來難致禮唯
君飲冰心可酌貪泉水忠臣感聖君徇義不邀勳龍鏡
逃山魅霜風破嶂雲征途凡幾轉魏闕如（一作終）在眼向郡
海潮迎指鄉關樹遠按節化甌閩下車佳政新應（一作當）令
尉陀俗還作上皇人支離交俊哲弱冠至華髮昔許霄
漢期今嗟鵬鷃別圖南不可御惆悵守薄暮（一作劣）

送崔校書從軍

雁門太守能愛賢麟閣書生亦投筆寧唯玉劒報知已
更有龍韜佐師律別馬連嘶出御溝家人幾夜望刀頭
燕南春草傷心色薊北黃雲滿眼愁聞道輕生能擊虜
何嗟少壯不封侯

送張將軍征西（一作西征）

長安少年唯好武金殿承恩爭破虜沙場烽火隔天山
鐵騎征西（一作西征）幾歲還戰處黑雲霾瀚海愁中明月度陽
關玉笛聲悲離酌晚金方路極行人遠計日霜戈盡敵
歸回首戎城空落暉始笑子卿心計失徒看海上節旄
稀

送修武元少府

寸祿榮色養此行寧歎惜自今（一作矜）黃綬采蘭時不厭丹
墀芳草色百戰荒城復井田幾家春樹帶人煙黎甿久
厭蓬飄苦遲爾西南惠月傳

送崔十三東遊

千里有同心十年一會面當杯緩箏柱倏忽催離宴丹
鳳城頭噪晚鴉行人馬首夕陽斜灞上春風留別袂關
東新月宿誰家官柳依依兩鄉色誰能此別不相憶

送鄔三落第還鄉

郢客文章絕世稀常嗟時命與心違十年失路誰知已
千里思親獨遠歸雲帆春水將何適日愛東南暮山碧
關中新月對離尊江上殘花待歸客名宦無媒自古遲
窮途此別不堪悲荷衣垂釣且安命金馬招賢會有時

送馬明府赴江陵

陶令南行心自永江天極目澄秋景萬室遙方（一作知）犬不
鳴雙梟下處人皆靜清風高興得湖山門柳蕭條雙翟
（一作鶴）閑黃花滿把應相憶落日登樓北望還

送畢侍御謫居

崇蘭香死玉簪折志士吞聲甘徇節忠藎不爲明主知
悲來莫向時人說滄浪之水見心清楚客辭天淚滿纓
百鳥喧喧噪一鶚上林高枝亦難託寧嗟人世棄虞翻
且喜江山得康樂自憐黃綬老嬰身妻子朝來勸隱淪
桃花洞裏舉家去此別相思復幾春

送褚大落第東歸

離琴彈苦調美人慘向隅頃來荷策干明主還復扁舟
歸五湖漢家側席明敭久豈意遺賢在林藪玉堂金馬
隔青雲墨客儒生皆白首昨夢芳洲采白蘋歸期且喜
故園春稚子只思陶令至文君不厭馬卿貧剡中風月
久相憶池上舊遊應再得酒熟寧孤芳杜春詩成不枉
青山色念此那能不羨歸長楊（一作上陽）諫獵事皆違他日東
流一乘興知君爲我掃荆扉

送傅管記赴蜀軍

終童之死誰繼出燕頷儒生今俊逸主將早知鸚鵡賦
飛書許載蛟龍筆峨眉玉壘指霞標鳥沒天低幕府遙

巴山雨色藏征旆漢水猨聲咽短簫賜璧腰金應可料才畧縱橫年且妙無人不重樂毅賢何敵能當魯連嘯日暮黃雲千里昏壯心輕別不銷魂勸君用却龍泉劍莫負平生國士恩

送張少府

愁雲破斜照別酌勸行子蓬驚馬首風雁拂天邊水寸晷如三歲離心在萬里

行路難

君不見明星映空月太陽朝升光盡歇君不見凋零委路蓬長風飄舉入雲中由來人事何嘗定且莫驕奢笑賤窮

盧龍塞行送韋掌記

雨雪紛紛黑山外行人共指盧龍塞萬里飛沙咽鼓鼙三軍殺氣凝旌旆陳琳書記本翩翩料敵張兵奪酒泉聖主好文兼好武封侯莫比漢皇年

效古秋夜長

秋漢飛玉霜北風掃荷香含情紡織孤燈盡拭淚相思寒漏長簷前碧雲靜如水月弔棲烏啼烏起誰家少婦事鴛機錦幕雲屏深掩扉白玉窗中聞落葉應憐寒女獨無衣

臥病李員外題扉而去

僻陋病者居蒿萊行逕失誰知簪紱貴能問幽憂疾珂聲未駐門蘭氣先入室沈痾不冠帶安得候蓬蓽清揚(一作青陽)去莫尋離念頃來侵雀栖高窗靜日出修桐陰枕上憶君子悄悄唯苦心

酬王維春夜竹亭贈別

山月隨客來主人興不淺今宵竹林下誰覺花源遠惆悵曙(一作曉)鶯啼孤雲還絕巘

山中寄時校書

蓬萊紫氣(一作之子)溫如玉唯予知爾陽春曲別來幾日芳蓀綠百花酒滿(一作滿眼)不見君青山一望心(一作腸)斷續

送李四擢第歸覲省

當年貴得意文字各爭名齊唱陽春曲唯君金玉聲懸黎寶中出高價世難掩鴻羽不低飛龍津徒自險直矜鸚鵡賦不貴芳桂枝少俊蔡邕許長鳴唐舉知梁城下熊軾朱戟何暐耀才子欲歸寧棠花已含笑高門知慶大子孝覺親榮獨攬還珠美寧唯問絹情離筵不盡醉摻(一作操)袂一何早馬蹄西別輕樹色東看好行塵忽不見惆悵青門道

過曹鈞隱居(一作者)

荃蕙有奇性馨香道為人不居衆芳下寧老空林春之子秉高節攻文還守眞素書寸陰盡流水怨情(一作聲)新濟濟振纓客煙霄各致身誰當舉玄晏不使作良臣

哭曹鈞

苦節推白首憐君負此生忠盡名空在(一作立)家貧道不行朝來相憶訪蓬蓽只謂淵明猶臥疾忽見江南弔鶴來始知天上文星失嘗恨知音千古稀那堪夫子九泉歸一聲鄰笛殘陽裏酹酒空堂淚滿衣

東陽郡齋中詒南山招章十(一作東陽郡齋書事)

霽來海半(一作畔)山隱映城上(一作中)起中峰落照時殘雪翠微裏同心久為別孤興那對此良會何遲遲清揚(一作陽)瞻則邇

清(一作青)泥驛迎獻王侍御

候館掃清晝使車出明光森森入郭樹一道引飛霜仰視驄花白多慚綬色黃鷦鷯無羽翼顧假憲烏翔

沭陽古渡作

日落問津處雲霞殘碧空牧牛避田燒退鷁隨潮風迴首故鄉遠臨流此路窮翩翩青冥去羨彼高飛鴻

臥疾答劉道士

白露蠶(一作蟲)已絲(一作急)空林日淒清寥寥晝扉掩獨臥秋窗明寶字比仙藥羽人寄柴荊長吟想風馭悅若升蓬瀛

夢尋西山準上人

別處秋泉聲至今猶在耳何嘗夢魂去不見雪山子新月隔林時千峰(一作燈)翠微裏言忘心更寂跡滅雲自起覺來纓上塵如洗功德水

長安旅宿

九秋旅夜長萬感何時歇蕙花漸寒暮心事猶楚越直躬邅世道咫步隔天闕每聞長樂鐘載泣靈臺月明旦北門外歸途堪白髮

過桐柏山

秋風過楚山山靜秋聲晚賞心無定極仙步亦清遠返照雲竇空寒流石苔淺羽人昔已去靈跡欣方踐投策謝歸途世緣從此遣

李士曹廳對雨

春雨暗重城訟庭深更寂終朝人吏少滿院煙雲集(一作積)溼鳥壓花枝新苔宜砌石掾曹富文史清興對詞客愛爾蕙蘭叢芳香飽時澤

登勝果寺南樓雨中望嚴協律

微雨侵晚陽連山半藏碧林端陟香榭雲外遲來客孤村凝片煙去水生遠白但佳川原趣不覺城池夕更喜眼中人清光漸咫尺

冬夜題旅館

退飛憶林藪樂業羨黎庶四海盡窮途一枝無宿處嚴冬北風急中夜哀鴻去孤燭思何深寒窗坐難曙勞歌待明發惆悵盈百慮

自終南山晚歸

采苓日往還得性非樵隱白水到初潤青山辭尚近絕境勝無倪歸途興不盡沮溺時返顧牛羊自相引逍遙不外求塵慮從茲泯

早渡伊川見舊鄰作

鵾雞鳴早霜秋水寒旅涉漁人昔鄰舍相見具舟楫出浦興未盡向山心更愜村落通白雲茅茨隱紅葉東皐滿時稼歸客欣復業

夕發箭場巖下作

行役不遑安在幽機轉發山谷無明晦溪霞自與沒朝櫛杉下風夕飲石上月懿爾青雲士垂纓朝鳳闕寧知採竹人每食慚薇蕨

同李五夕次香山精舍訪憲上人

彼岸聞山鐘仙舟過苕水松門入幽映石逕趨迤邐初

月開草堂遠公方觀止忘言在閑夜凝念得微理泠泠功德池相與滌心耳

雨中望海上懷鬱林觀中道侶

山觀海頭雨懸沫動煙樹只疑蒼茫裏鬱島欲飛去大塊怒天吳驚潮蕩雲路羣真儼盈想一葦不可渡惆悵赤城期願假輕鴻馭

廣德初鑾駕出關後登高愁望二首

長安不可望望處邊愁起鞏轂混戎夷山河空表裏黃雲壓城闕斜照移烽壘漢幟遠成霞胡馬來如蟻不知涿鹿戰早晚蚩尤死渴日候河清沈憂催暮齒

愁看秦川色慘慘雲景晦乾坤暫運行品物遺覆載黃塵漲戎馬紫氣隨龍旆掩泣指關東日月妖氛外臣心寄遠水朝海去如帶周德更休明天衢佇開泰

獨往覆釜山寄郎士元

賞心無遠近芳月好登望勝事引幽人山下復山上將尋洞中藥復愛湖外嶂古壁苔入雲陰溪樹穿浪誰言世緣絕更惜知音曠鶯啼綠蘿春迴首還(一作遠)惆悵

送王季友赴洪州幕下

列郡皆用武南征所從誰諸侯重才畧見子如瓊枝撫劍感知己出門方遠辭煙波帶幕府海日生紅旗問我何功德負恩留玉墀銷魂把別袂愧爾酬明時

客舍贈鄭貢

結交意不薄匪席言莫違世義隨波久人生知已稀先鳴誓相達未遇還相依一望金門詔三看黃鳥飛暝投同旅食朝出易儒衣嵇向林廬接攜手行將歸

山中春仲寄汝上王恒頴川沈冲(一作中)

隱者守恬泊春山日深淨誰知蟠木材得性無人境座隅泉出洞竹上雲起嶺飢狖入山廚飲虹過藥井前溪堪放逸仲月好風景遊目來遠思摘芳寄汝頴

南中春意(一作思)

入仕無知言遊方隨世道平生顧開濟遇物干懷抱已阻青雲期甘同散樗老客遊南海曲坐見韶陽蚤舊國別佳人他鄉思芳草惜無鴻鵠翅安得凌蒼昊

東陵藥堂寄張道士

木落蒼山空當軒秋水色清旦振衣坐永吟意何極願言金丹壽一假鸞鳳翼日夕開眞經言忘心更默玄都有仙子採藥早相識煙霞(一作路)難再期焚香空歎息

苦雨憶皇甫冉

涼雨門巷深窮居成習靜獨吟愁霖雨更使秋思永疲痾苦昏墊日夕開軒屏草木森已悲衾幬清且冷如何遊宦客江海隨泛梗延首長相思憂襟孰能整

寄任山人

天階崇黼黻世路有趨競獨抱中孚爻誰知苦寒詠行潦難朝海散材空遇聖豈無鳴鳳時其如問津命所思青山郭再夢綠蘿逕林泉春可遊羨爾得其性

登秦嶺半巖遇雨

屏翳忽騰氣浮陽慘無暉千峰挂飛雨(一作瀑)百尺摇翠微震電(一作霓)閃雲逕奔流翻石磯倚巖假松蓋臨水羨荷衣不得采苓去空思乘月歸且憐東皐上水(一作黍)色侵荊扉

杪秋南山西峰題準上人蘭若

向山看霽色步步豁幽性返照亂流明寒空千嶂淨石門有餘好霞殘月欲映上詣遠公廬孤峰懸一逕雲裏隔窗火松下聞(一作閒下)山磬客到兩忘言猨心與禪定

田園雨後贈鄰人

安排常任性偃臥晚開戶樵客荷蓑歸向來春山雨殘雲虹未落返景霞初吐時鳥鳴村墟新泉遶林圃堯年尚恬泊鄰里成太古室邇人遂遙相思怨芳杜

天門谷題孫逸人石壁

崖石(一作口)亂流處竹深斜照歸主人臥磻石心耳滌清暉春雷近作解空谷半芳菲雲棟綵虹宿藥圃蝴蝶飛惡囂慕嘉遯幾夜瞻少微相見竟何說忘情同息機

藍溪休沐寄趙八給事

蟲鳴歸舊里田野秋農閑即事敦夙尚衡門方再關夕陽入東籬爽氣高前山霜蕙後時老巢禽知暝還侍臣黃樞寵鳴玉青雲間肎想觀魚處寒泉照鬢斑

遊輞川至南山寄谷口王十六

山色不厭遠我行隨處(一作趣)深蹟幽青蘿逕思絕孤霞岑獨鶴引過浦鳴猨呼入林褰裳百泉裏一步一清心王子在何處隔雲雞犬音折麻定延佇乘月期招尋

藍田溪與漁者宿

獨遊屢忘歸況此隱淪處濯髮清泠泉月明不能去更憐垂綸叟靜若沙上鷺一論白雲心千里滄洲(一作浪)趣蘆中夜火盡浦口秋山曙歎息分枝禽何時更相遇

淮上別范大

悲風隕涼葉送歸怨南楚窮年將別離寸晷申宴語長淮流不盡征櫂忽復舉碧落半愁雲黃鶴時顧侶遊宦且未達前途各修阻分袂一相嗟良辰更何許

離居夜雨奉寄李京兆

永夜不可度蛩吟秋雨滴寂寞想章臺始歎雲泥隔雷聲匪君車猶時過我廬電影非君燭猶能明我目如何瓊樹枝夢裏看不足望望佳期阻愁生寒草綠

歎畢少府以持法無隱見繫

用法本禁邪盡心翻自極畢公在囹圄世事何糾纆翠鳳呈其瑞虞羅寄鍛翼囚中千念時窗外百花色落景閉圜扉春蟲網叢棘古人不念文紛淚莫霑臆

小園招隱

支離鮮兄弟形影如手足但遂飲冰節甘辭代耕祿斑衣在林巷始覺無羈束交柯低戶陰閑鳥將雛宿窮通世情阻日夜苔徑綠誰言北郭貧能分晏嬰粟

過溫逸人舊居

返眞難合道懷舊仍無弔浮俗漸澆淳斯人誰繼妙聲容在心耳寧覺阻言笑玄堂閉幾春拱木齊雲嶠鶴傳居(一作若)士舞猨得蘇門嘯酹酒片陽微空山想埋照

縣內水亭晨興聽訟

晨光起宿露池上判黎甿借問秋泉色何如拙宦情磨鉛辱利用策蹇愁前程昨夜明月滿中心如鵲驚負恩時易失多病績難成坐惜寒塘晚霜風吹杜蘅

海畔秋思

匡濟難道合去留隨興牽偶爲謝客事不顧平子田魏

闕貢趣楚比身長棄捐箕裘空在念咄咄(一作拙拙)誰推賢無用即明代養痾仍壯年日夕望佳期帝鄉路幾千秋風晨夜起零落愁芳荃

太子李舍人城東別業(一作李祭酒別業俯視川林前帶雷岫)

南山轉羣木昏曉擁山翠小澤近龍居清蒼常雨氣君家北原(一作源)上千金買勝事丹闕退朝迴白雲迎賞至新晴村落外處處煙景異片水明斷岸(一作崖)餘霞入古寺東皐指歸翼目盡有餘意

谷口新居寄同省朋故

種黍傍煙溪榛蕪兼沮洳亦知生計薄所貴隱身處橡栗石上村(一作林)莓苔水中路蕭然授衣日得此還山趣汲井愛秋泉結茅因古樹閑雲與幽鳥對我不能去寄謝鵷鷺羣狎鷗拙所慕

京兆尹廳前甘棠樹降甘露

內史用堯意理京宣惠慈氣和祥則降孰謂天難知濟旱露為兆有如塤應箎豈無天桃樹灑此甘棠枝玉色與人淨珠光臨筆垂協風與之俱物性皆熙熙何必鳳池上方看作霖時

秋夜作

萬計各無成寸心日悠漫浮生竟何窮巧曆不能算流落四海間辛勤百年半商歌向秋月哀韻兼浩歎寤寐怨佳期美人隔霄漢寒雲度窮水別業遶垂幔窗中問談雞長夜何時旦

觀村人牧山田

六府且未盈三農爭務作貧民乏井稅塉土皆墾鑿禾黍入寒雲茫茫半山郭秋來積霖雨霜降方銍穫中田聚黎甿反景空村落顧慚不耕者微祿同衛鶴庶追周任言敢負謝生諾

裴侍郎湘川迴以青竹筒相遺因而贈之

楚竹青玉潤從來湘水陰緘書取直節君子知虛心入用隨憲簡積文不受金體將丹鳳直色映秋霜深寧肎假伶倫謬為龍鳳吟唯將翰院(一作苑)容昔(一作惜)秘瑤華音長跪捧嘉貺歲寒慚所欽

東城初陷與薛員外王補闕暝投南山佛寺

日昃石門裏松聲山寺寒香雲空靜影定水無驚湍洗足解塵纓忽覺天形(一作影)寬清鐘揚虛谷微月深重巒噫我朝露世翻浮(一作汝)與波(一作浮)瀾行運遘憂患何緣親盤桓庶將鏡中象盡作無生觀

奉和張荊州巡農晚望

太清靄雲雷陽春陶物象明牧行春令仁風助昇長時和俗勤業播殖農厥壤陰陰桑陌連漠漠水田廣郡中忽無事方外還獨往日暮駐歸軒湖山有佳賞宣城傳逸韻千載誰此響

送包何東遊

水國當獨往送君還念茲湖山遶近色昏旦煙霞時子好謝公跡常吟孤嶼詩果乘扁舟去若與白鷗期野趣及春好客遊欣此辭入雲投館僻采碧過帆遲江上日迴首琴中勞別思春鴻刷歸翼一寄杜蘅枝

酬陶六辭秩歸舊居見東

靖節昔高尚令孫嗣清徽舊廬雲峯下獻歲車騎歸去俗因解綬憶山得採薇田疇春事起里巷相尋稀淵明醉乘興閑門猶掩扉花禽驚曙月鄰女上鳴機畢娶願已果養恬志寧違吾當挂朝服同爾緝荷衣

奉使採箭幹竹谷中晨興赴嶺

孤客倦夜坐聞猨乘早發背溪已斜漢登棧尚殘月重峯轉森爽幽步更超越雲木耸鶴巢風蘿掃虎穴人羣徒自遠世役終難歇入山非買山采竹異采蕨誰見子牟意悄勞書魏闕

同嚴逸人東溪泛舟

子陵江海心高跡此閑放漁舟在溪水曾是敦夙尚朝霽收雲物垂綸獨清曠寒花古岸傍唳鶴晴沙上紛吾好貞逸不遠來相訪已接方外遊仍陪郢中唱歡言盡佳酌高興延秋望日暮浩歌還紅霞亂青嶂

過沈氏山居

雞鳴孤煙起靜者能卜築喬木出雲心閑門掩山腹貧交喜相見把臂歡不足空林留宴言永日清耳目泉聲冷尊俎荷氣香童僕往往仙犬鳴樵人度深竹酒酣出谷口世網何羈束始願今不從區區折腰祿

贈柏巖老人

日與麋鹿羣賢哉買山叟龐眉忽相見避世一何久林棲古崖曲野事佳春後瓠葉覆荊扉栗苞垂囊牖獨歌還獨酌不耕亦不耦硗田隔雲溪多雨長稂莠煙霞得情性身世同芻狗寄謝營道人天真此翁有

送薛判官赴蜀

橫笛(一作吹)聲轉悲羽觴酣欲別舉目叩關遠離心不可說邊陲勞帝念日下降才傑路極巴水長天銜劍峯缺單車動夙夜越境正炎節星橋過客稀火井蒸雲熱陰符能制勝千里在坐決始見儒者雄長纓繫餘孽

詔許昌崔明府拜補闕

儒者久營道詔書方問賢至精一耀世高步誰同年何樹可棲鳳高梧枝拂天朊身梟舄棄載筆虎闈前日月傳軒后衣冠眞列仙則知驪龍珠不祕清泠泉才子貴難見郢歌空復傳惜哉效顰客心想(一作賞)勞嬋娟

仲春晚尋覆釜山

蝴蝶弄和風飛花不知晚王孫尋芳草步步忘路遠況我愛青山涉趣皆遊踐縈迴必中路陰晦陽復顯古岸生新泉霞峯映雪巘交枝花色異奇石雲根淺碧洞志忘歸紫芝行可搴應嗤嵇叔夜林臥方沈湎

贈東鄰鄭少府

一聞白雪唱願見清揚久誰謂結綬來得陪趨府後小邑藍溪上卑棲愜所偶忘言復連牆片月亦攜手草色同春遲鶯聲共高柳美景百花時平生一盃(一作盞)酒聖朝法天地以我為芻狗秩滿歸白雲期君訪谷口

謝張法曹萬頃小山(一作假)暇景見憶

樂道隨去處養和解朝簪茅堂近丹闕佳致亦(一作何)深退食不趨府忘機還在林清風亂流上永日小山陰解籜雨中竹將雛花際禽物華對幽寂弦酌兼詠吟自昔仰高步及茲勞所欽郢歌叨纓組知己復知音

罷章陵令山居過中峯道者二首

寧辭圍令秩不改淵明調解印無與言見山始一笑幽
人還絶境誰道苦奔峭隨雲剩渡溪出門更垂釣吾廬
青霞裏窗樹玄猨嘯微月淸風來方知散髮妙
丘壑趣如此暮年始棲偃賴遇無心雲不笑歸來晚鳴
鳩拂紅枝初服傍淸畎昨日山僧來猶嫌嘉遯淺託君
紫陽家路滅心更遠梯雲創其居抱犢上絶巘杏田溪
一曲霞境（一作遲）峰幾轉路（一作跂）石挂飛泉謝公應在眼願言
攜手去採藥長不返

登覆釜山遇道人二首

晨策趣無涯名山深轉秀三休變覆景萬轉迷宇宙攀
崖到天窗入洞窮玉溜側逕蹲怪石飛蘿擲鷩狖花間
鍊藥人雞犬和乳竇散髮便迎客采芝仍滿袖郭璞賦
遊仙始願今可就

眞氣重嶂裏知君嘉遯幽山堦壓丹穴藥井通洑（一作伏）流
道者帶經出洞中攜我遊欲驂白蜺去且爲紫芝留忽
憶武陵事別家疑數秋

尋華山雲臺觀道士

秋日西山明勝趣引孤策桃源數曲盡洞口兩岸坼還
從罔象來忽得仙靈宅霓裳誰之子霞酌能止客殘陽
在翠微攜手更登歷林（一作竹）行拂煙雨溪望亂金碧飛鳥
下天窗裊松際雲壁稍尋玄蹤遠宛入寥天寂願言葛
仙翁終年鍊玉液

海上臥病寄王臨

離客窮海陰蕭辰歸思結一隨浮雲滯幾怨黃鵠別妙
年即沈痾生事多所闕劍中負明義枕上惜玄髮之子
良史才華簪偶時哲相思千里道愁望飛鳥絶歲暮氷
雪（一作霜）寒淮湖不可越百年去心慮孤影守薄劣獨餘慕
侶情金石無休歇

登玉山諸峰偶至悟眞寺

郭南雲水佳訟簡野情發紫芝每相引黃綬不能緤稍
入石門幽始知靈境絶冥搜未寸晷仙逕俄九折蟠木
蓋石梁崩岸（一作崖）露雲穴數峰拔崑崙（一作嶠）秀色與空澈（一作徹）
玉氣交晴虹桂花留曙月半巖採珉者一點如片雪眞
賞無前程奇觀寧暫輟更聞東林磬可聽不可說興中
尋覺化寂爾諸象滅

長安客舍贈李行父明府

藏器待（一作偶）時少知人自古難遂令丹穴鳳晚食金琅玕
誰謂兵戈際鳴琴方一彈理煩善用簡濟猛能兼寬夙
夜念黎庶寢興非宴安洪波未靜壑何樹不驚鸞梟鴞
傍京輦毗心懸灌壇高槐暗苦雨長劍生秋寒旅食還
爲（一作時）客饑年亦盡歡親勞攜斗水往往救泥蟠但恐酬
明義蹉跎芳歲闌

美楊侍御淸文見示

伯牙道喪來弦絶無人續誰知絶唱後更有難和曲層
峰與淸流逸勢競奔蹙淸文不出戶彷像皆在目霧雪
看滿懷蘭荃坐盈掬孤光碧潭月一片崑崙玉初見歌
陽春韶光變枯木再見吟白雪便覺雲肅肅則知造化
源方寸能展縮斯文不易遇淸爽心豈足願言書諸紳
可以爲佩服

山居新種花藥與道士同遊賦詩

自樂魚鳥性寧求農牧資淺深愛巖壑疏鑿盡幽奇雨
花相助好鶯鳴春草時種蘭入山翠引葛上花枝風露
拆紅紫緣溪復映池新泉香杜若片石引（一作隱）江蘺宛謂
武陵洞潛應造化移杖策攜煙客滿袖掇芳蕤蝴蝶舞
留我仙雞鬧傍籬但令黃精熟不慮韶光遲笑指雲蘿
逕樵人那得知

初黃綬赴藍田縣作

蟠木無匠伯終年棄山樊苦心非良知安得入君門忽
忝英達顧寧窺造化恩螢光起腐草雲翼騰沈鯤（一作鵾）片
石世何用良工心所存一叨尉京甸三省慚黎元賢尹
正趨府僕夫儼歸軒眼中縣胥色耳裏蒼生言居人散
山水即景（一作境）眞桃源鹿聚入田逕雞鳴隔嶺村傖和俗
久淸（一作靜）到邑政空論且嘉訟庭寂前堦滿芳蓀

歸義寺題震上人壁（寺即神堯皇帝讀書之所龍飛後創爲精舍）

入谷逢雨花香綠引幽步招提饒泉石萬轉同一趣向
背森碧峰淺深羅古樹堯皇未登極此地曾隱霧祕讖
得神謀因高思虎踞太陽忽臨照物象俄光煦梵王宮
始開長者金先布白水入禪境碭山通覺路往往無心
雲猶起潛龍處仍聞七祖後佛子繼調御溪鳥投慧燈
山蟬飽甘露不作解纓客寧知捨筏喻身世已悟空歸
途復（一作獨）何去

全唐詩

錢起

奉和聖製登會昌山應制（一作趙起詩）

睿想入希夷眞遊到具茨玉鑾登嶂遠雲輅出花遲泉
壑凝神處陽和布澤時六龍多順動四海正雍熙

省中對雪寄元判官拾遺昆季（一作寄謝舍人昆季）

萬點瑤臺雪飛來錦帳前瓊枝應比淨鶴髮敢爭先（一作妍）
散影成花月流光透竹煙今朝謝家興幾處郢歌傳

山齋獨坐喜玄上人夕至（一作見訪）

舍下虎溪徑煙霞入暝開柴門兼竹靜山月與僧來心
瑩紅蓮（一作蓮花）水言忘綠茗杯前峰曙更好（一作早）斜漢欲西迴

秋夜寄張韋二主簿

涼夜褰簾好輕雲（一作風）過月初碧空河色（一作漢）淺紅（一作松）葉露（一作落，一作雨）聲虛道阻（一作隔）天難問機忘世易（一作久）疎不知雙翠鳳棲棘復何如

歸故山路逢鄰居隱者

握手雲棲路潸然恨幾重誰知綠林盜長占彩霞峰心死池塘草聲悲石徑松無因芳杜月琴酒更相逢

落第劉拾遺相送東歸

不醉百花酒傷心千里歸獨收和氏玉還採舊山薇出處離心盡榮枯會面稀預愁芳草色一徑入衡闈

和劉七讀書

夜雨深館靜苦心黃卷前雲陰留墨沼螢影傍華編夢鳥富清藻通經仍妙年何愁丹穴鳳不飲玉池泉

早下江寧

暮天微雨散涼吹片帆輕雲物高秋節山川孤客情霜蘋留楚水寒鴈別吳城宿浦有歸夢愁猨莫夜鳴

登復州南樓

孤樹延春日（一作色）他山捲曙霞客心湖上鴈歸思日邊花行李迷方久歸期涉歲賖故人雲路隔何處寄瑤華

江陵晦日陪諸官泛舟

節物堪爲樂江湖有主人舟行深更好山趣久彌新尊酒平生意煙花異國春城南無夜月長袖莫留賓

縣城秋夕

山城日易夕愁生（一作坐）先掩扉俸薄不沽酒家貧忘授衣露重蕙花落月冷莎雞飛効拙慚無補雲林歎再歸

秋夜梁七兵曹同宿二首

一笑不可得同心相見稀摘菱頻貰酒待月未扃扉星影低驚鵲蟲聲傍旅衣卑棲歲已晚共羨鴈南飛

好欲（一作飲）棄吾（一作真）道今宵又遇君老夫相勸酒稚子待題文月下誰家笛城頭幾片雲如何此幽興明日重離羣

和萬年成少府寓直

赤縣新秋夜文人藻思催鐘聲自仙掖月色近霜臺一葉兼螢度孤雲帶鴈來明朝紫書下應問長卿才

春夜過長孫繹別業

佳期難再得清夜此雲林帶竹新泉冷穿花片月深含毫凝逸思酌水話幽心不覺星河轉山枝驚曙禽

題溫處士山居

誰知白雲外（一作裏）別有綠蘿春苔繞溪邊徑花深（一作侵）洞裏人逸妻看種藥稚子伴垂綸頼上逃堯者何如此養眞

題陳季壁

郢人何苦調飲水仍布衾煙火晝不起蓬蒿春欲深前庭少喬木鄰舍聞新禽雖有徵賢詔終傷不遇心

贈鄰居齊六司倉

沈冥衆所遺咫尺絕佳期始覺衡門下翛然太古時（一作姿）雞聲共鄰（一作村）巷燭影隔茅茨坐惜牛羊遲芳蓀白露滋

送征鴈

秋空萬里淨（一作靜）嘹唳獨（一作隔）南征風急（一作淩）翻霜冷雲開見月驚塞長怯（一作憐）去翼影滅有餘聲悵望遙天外鄉愁滿目生

宴鬱林觀張道士房

滅跡人間世忘歸象外情竹壇秋月冷山殿夜鐘清仙侶披雲集霞杯達曙傾同歡不可再朝暮赤龍迎

秋夕與梁鍠文宴

客到衡門（一作閑林）下林（一作秋）香蕙草（一作芳蕙）時好風能自至明月不須期秋日（一作水，又作月）翻荷影晴光（一作霜）脆柳枝（一作絲）留歡美清夜寧覺曉鐘遲（一作微官是底物，許日廢言詩）

哭空寂寺玄上人（一作少林寺哭暉上人）

淒然雙樹下垂淚遠公房燈續生前火爐添沒後香陰堦明片雪（一作古松韻舊榻）寒竹響空廊寂滅應爲樂塵心徒自傷

題精舍寺

勝景不易遇入門神頓清房房占山色處處分泉聲詩思竹間得道心松下生何時來此地擺落世間情

開元觀遇張侍御

碧落忘歸處佳期不厭逢晚涼生玉井新暑避煙松欲醉流霞酌還醒度竹鐘更憐琪樹下歷歷見遙峰

和人秋歸終南山別業

舊居三顧後晚節重幽尋野逕到門盡山窗連竹陰昔年鶯出谷今日鳳歸林物外凌雲操誰能繼此心

故相國苗公挽歌

灞（一作霸）陵誰寵葬漢主念蕭何盛業留青史浮榮逐逝波隴雲仍作雨薤露已成歌悽愴平津閣秋風弔客過

酬劉員外雨中見寄

苦雨滴蘭砌秋（一作淒）風生葛衣潢汚三逕絕碪杵四鄰稀分與玄豹隱不爲湘燕飛慚君角巾折猶冐問衡闈

賦得歸雲送李山（一作友）人歸華山

秀色橫千里歸雲積幾重欲依毛女岫初卷少姨峰蓋影隨征馬衣香拂臥龍秪應函谷上眞氣日溶溶

過褒長官新亭

茅屋多新意芳林昨試移野人知石路戲鳥認花枝慢（一作漫）水縈蓬戶閑雲挂竹籬到家（一作來）成一醉歸馬不能騎

寄郢州郎士元使君

龍節知無事江城不掩扉詩傳過客遠書到（一作別）故人稀坐嘯看潮起行春送鴈歸望舒三五夜思盡謝玄暉

過長孫宅與朗上人茶會

偶與息心侶忘歸才子家玄談兼藻思綠茗代榴花岸幘看雲卷含毫任景斜松喬若逢此不復醉流霞

下第題長安客舍

不遂青雲望愁看黃鳥飛梨花度寒食客子未春衣世事隨時變交情與我違空餘主人柳相見却依依

陪考功王（一作韋）員外城東池亭宴

無雙錦帳郎絕境（一作景）有林（一作池）塘鶴靜疎羣羽蓮開失衆芳晴（一作青）山看不厭流水趣何長日晚催歸騎鐘聲下（一作促）夕陽

過孫員外藍田山居

不知香署客謝病翠微間去幄蘭將老辭車雉亦閑近窗雲出洞當戶竹連山對酒溪霞晚家人採蕨還

秋園晚沐

黃卷在窮巷歸來生道心五株衰柳下三徑小園深倒

薙翻戍宇寒花不假林麗肴謝羣彦獨酌且閑吟

窮秋對雨

晦日連苦雨動息更邅迴生事萍無定愁心雲不開翟門悲暝雀墨竈上寒苔始信宣城守乘流畏曝腮

裴迪南門秋夜對月（一作裴迪書齋翫月之作）

夜來詩酒興（一作意）月滿（一作獨上）謝公樓影閉重門靜寒生獨樹秋鵲（一作鶴）驚隨葉散螢遠入煙流今夕遙天末清光（一作暉）幾處愁

和蜀縣段明府秋城望歸期

製錦蜀江靜飛鳧漢闕遙一茲風靡草再視露盈條旅望多愁思秋天更泬寥河陽傳麗藻清韻入歌謠

晚歸藍田酬王維給事（一作中書常舍人）贈別

卑棲却得性每與白雲歸徇祿仍懷橘看山免採薇（一作別山）（知昨日春露已霑衣采蕨頻盈手看花空厭歸）暮禽先去馬新月待開扉霄漢時回首知音青瑣闈

再得畢侍御書聞巴中臥病（一作疾）

芳信來相續同心遠更親數重雲外樹不隔眼中人夢寐花驄色相思黃鳥（一作蕙草）春更聞公幹病一夜二毛新

宿新里館

愁人待曉雞秋雨暗淒淒度燭螢時滅傳書鴈漸低客來知計誤夢裏泣津迷無以逃悲思寒螿處處啼（一本作十句從迷字下云每食皆彈鋏歸山耐杖藜叔牙先得路何日救沈泥）

谷口書齋寄楊補闕

泉壑帶茅茨雲霞生薜帷竹憐新雨後山愛夕陽時閑鷺棲常早秋花落更遲家童掃蘿逕昨與故人期

衡門春夜

不厭晴林下微風度葛巾寧唯北牕月（一作客）自謂上皇人

題吳通微主人

叢篠輕新暑孤花占晚春寄言莊叟蝶與爾得天真

食貧無盡日（一作不知青雲器）有（一作良）願幾時諧長嘯秋光晚誰知志士懷朝煙不起竈寒葉欲連堦飲水仍留我孤燈點（一作吟詩）靜夜齋

晚次宿預館

鄉心不可問秋氣又相逢飄泊方千里離悲復幾重迴雲隨去鴈寒露滴鳴蛩延頸遙天末如聞故國鐘

藍上茅茨期王維補闕

山中人不見雲去夕陽過淺瀨寒魚少叢蘭秋蝶多老年疎世事幽性樂天和酒熟思才子溪頭望玉珂

春宵（一作夜）寓直

養拙（一作性）慣雲臥爲郎如鳥棲不知仙閣峻惟覺玉繩低帳喜香煙暖詩慚賜筆題未央春漏促殘夢謝（一作許）晨雞

新昌里言懷

性拙偶從宦心閑多掩扉雖看北堂草不忘舊山薇花月霽來好雲泉堪夢歸如何建章漏催著早朝衣

秋夜（一作晚秋）寄袁（一作王）中丞王（一作袁）員外

一夕盈千念方知別者勞衰榮難會面魂夢暫同袍片月臨堦（一作城）早晴河度鴈高應憐蔣生逕秋露滿蓬蒿

九日閑居寄登高數子

初服棲窮巷重陽憶舊遊門閑謝病日心醉授衣秋酒盡寒花笑庭空暝雀愁今朝落帽客幾處管弦留

晚入宣城界（一作春江晚行）

斜日片帆陰春風孤客心山來指樵路（一作大）岸去惜花林海氣蒸雲黑潮聲隔雨深鄉愁不可道浦宿聽猨（一作草色晚鶯）吟

靜夜酬通上人問疾

東林生早涼高枕遠公房大士看心後中宵清（一作滴）漏長驚蟬出暗柳微月隱迴廊何事沈痾久含毫問藥王

奉陪使君十四叔晚憩大雲門寺

野寺千家外閑行晚暫過炎氛臨水盡夕照傍林多境對知心妄人安覺政和繩牀搖麈尾佳趣滿滄波

省中春暮酬嵩陽焦道士見招（一作中書省言懷因酬嵩陽張道士見寄）

朝花飛暝林對酒傷春心流年催素髮不覺映華簪垂老遇知己（一作明代）酬恩看寸陰如何紫芝（一作多慙紫陽）客相憶白雲深

酬苗發員外宿龍池寺見寄

寧知待漏客清夜此從容（一作在雲松）暫別迎車雉還隨護法龍香煙輕上月林嶺（一作棲鴿）靜聞鐘郢曲傳甘露塵心洗幾重

貞懿皇后挽詞

淑麗詩傳美徽章禮飾（一作節）哀有恩加象服無日祀高禖曉月孤秋殿寒山出夜臺通靈深眷想青鳥獨飛來

歲初歸舊山（一本題下有酬寄皇甫侍御六字又作獻歲初歸舊居酬皇甫侍御見寄）

欲知愚谷好久別與春還鶯暖初歸樹雲晴却戀山石田耕種少野客性（一作舊）情閑求仲應難見殘陽且掩關

鑾駕避狄歲寄別韓雲卿

白髮壯心死愁看國步移關山（一作河）慘無色親愛忽驚離影絕龍分劍聲哀鳥戀枝茫茫雲海外相憶不相知

詠白油帽送客

薄質慚加首愁（一作微）陰幸庇身卷舒無定日行止必依人已沐脂膏惠寧辭雨露頻雖同客衣色不染洛陽塵

藍上採石芥寄前李明府

淵明遺愛處山芥綠芳初詎此春陰色猶滋夜雨餘隔溪煙葉小覆石雪花舒采采還相贈瑤華信不如

送賨法師往上都

遠近化人天王城指日邊寧君迎說法童子伴隨緣到處花爲雨行時杖出泉今宵松月下門閉想安禪

送沈少府還江寧

遠宦碧雲外此行佳興牽湖山入閭井鷗鳥傍神仙斜日背鄉樹春潮迎客船江樓新詠（一作興）發應與政聲傳

送虞說擢第東遊

湖山不可厭東望有餘情片玉登科後孤舟任興行月中嚴子瀨花際楚王城歲暮雲臯鶴聞天更一鳴

送少微師西行（一作送僧自吳遊蜀）

隨緣忽西去何日返東林世路寧嗟（一作無期）別空門久息（一作不住）心人煙一飯少山雪獨行深天外猨啼處誰聞清梵音

送崑山孫少府

徇祿近滄海乘流看碧霄誰知仙吏去宛與世塵遙遠帆背歸鳥孤舟抵（一作泜）上潮懸知訟庭靜窗竹日蕭蕭

送屈突司馬充安西書記

制勝三軍勁澄清萬里餘星飛龐統驥箭發魯連書海月低雲旆江霞入錦車遙知太阿劍計日斬鯨魚

送時暹避難適荊南

三歎把離袂七哀深我情雲天愁遠別豺虎擁前程駐馬戀攜手隔河聞哭聲相思昏若夢淚眼幾時明

送邊補闕東歸（一本無此二字）省覲（一作覲省）

東去有餘意（一作景）春風生賜（一作風生賜錦）衣鳳皇銜詔下才子采蘭歸斗酒百花裏情人（一作人情）一笑稀別離須計日相望在彤闈

送彈琴李長史往（一作赴）洪州

抱（一作攜）琴為傲吏孤棹復南行幾度（一作處）秋江水皆添白雪聲佳期來客夢幽思（一作興）緩王程佐牧無勞問心和政自平

送宋徵君讓官還山

至人無滯跡謁帝復思玄魏闕辭花綬春山有杏田紫霞開別酒（一作酌）黃鶴舞離弦今夜思君夢遙遙入洞天

送陳供奉恩敕放歸覲省

得意今如此清光不可攀臣心堯日下鄉思楚雲間楊柳依歸棹芙蓉棲舊山采蘭兼衣錦何似買臣還

送外甥范勉赴任常州長史兼覲省

憐君展驥去能解倚門愁就養仍榮祿還鄉即畫遊橘花低客舍蓴菜繞歸舟與報垂綸叟知吾世網留

隴右送韋三還京

春風起東道握手望京關柳色從鄉至鶯聲送客還嘶驂顧近驛歸路出他山舉目情難盡羈離失志間

送元評事歸山居

憶家望雲路東去獨依依水宿隨漁火山行到竹扉寒花催酒熟山犬喜人歸遙羨書窗下千峰出翠微

送武進韋明府

理邑想無事鳴琴不下堂井田通楚越津市半漁商盧橘垂殘雨紅蓮折早霜送君催白首臨水獨思鄉

送上官侍御

執簡朝方下乘軺去不賒感恩輕遠道入幕比還家碣石春雲色邯鄲古樹花飛書報明主烽火（一作戍）靜天涯

送郭秀才制舉下第南遊

失志思浪跡知君晦近名出關塵漸遠過郢興彌清山盡溪初廣人閑舟自行探幽無旅思莫畏楚猨鳴

送夏侯審校書東歸

楚鄉飛鳥沒（一作外）獨與碧雲（一作片帆）還破鏡催歸客殘陽見舊山詩成流水上夢盡落花間儻寄相思字愁人定解顏

送衛功曹赴荊南

漢家仍用武才子晚成名惆悵江陵去誰知魏闕情碧雲愁楚水春酒醉宜城定想褰帷政還聞坐嘯聲

送馬使君赴鄭州

東土忽無事專城復任賢喜觀班瑞禮還在偃兵年膏雨帶滎水歸人耕圃田遙知下車日萬井起新煙

送郎四補闕東歸

無事共干世多時廢隱淪相看戀簪組不覺老風塵勸酒憐今別傷心倍去春徒言樹萱草何處慰離人

送陸三出尉

春草晚來色東門愁送君盛才仍下位明代負奇文且樂神仙道終隨鴛鷺羣梅生寄黃綬不日在青雲

送安都秀才北還

年少工文客言離却解顏不嗟荊寶退能喜綵衣還新月來前館高陽出故關相思東北望燕趙隔青山

送褚十一澡擢第歸吳覲省

林表吳山色詩人思不忘向家流水便懷橘綵衣香滿酌留歸騎前程未夕陽傖茲江海去誰惜杜蘅芳

送費秀才歸衡州

南望瀟湘渚詞人遠憶家客心隨楚水歸棹宿江花不畏心期阻惟愁面會賒雲天有飛翼方寸佇瑤華

送陸郎中

事邊仍戀主舉酒復悲歌粉署含香別轅門載筆過鶯聲出漢苑柳色過漳河相憶情難盡離居春草多

送僧歸日本（一作東）

上國隨緣住（一作至，一作去）來（一作東）途若夢行浮天（一作雲）滄海遠去世法舟（一作船）輕水月通禪觀魚龍聽梵聲惟憐一（一作慧）燈（一作塔）影萬里眼中明

送楊皥擢第遊江南

行人臨水去新詠復新悲萬里高秋月（一作色）孤山遠別時挂帆嚴子瀨酹酒敬亭祠歲宴無芳杜如何寄所思

送田倉曹歸覲

青絲絡驄馬去府望梁城節下趨庭處（一作出）秋來懷橘情別筵寒日晚歸路碧雲生千里相思夜愁看新月明

送張管書記（一作送張管記從軍）

邊事多勞役儒衣逐鼓鼙日寒關樹外峰盡塞雲西河廣篷難度天遙鴈漸低班超封定遠之子去思齊

送蕭常侍北使

絳節引雕戈鳴騶動玉珂戎城去日遠漢使隔年多鴈宿常連雪沙飛半渡河明光朝即迴杕杜早成歌

送李棲桐道舉擢第還鄉省侍

幾年深道要一舉過賢關名與玄珠出鄉宜晝錦還蓮舟同宿浦柳岸向家山欲見寧親孝儒衣稚子斑

送柳道士

去世能成道遊仙不定家歸期千歲鶴行邁五雲車海上春應盡壺中日未斜不知相憶處琪樹幾枝花

送陸珽侍御使新羅

衣冠周柱史才學我鄉人受命辭雲陛傾城送使臣去程滄海月歸思上林春始覺儒風遠殊方禮樂新

重送陸侍御使日本

萬里三韓國行人滿目愁辭天使星遠臨水澗（一作簡）霜秋雲佩迎仙島虹旌過蜃樓定知懷魏闕迴首海西頭

送陸贄擢第還蘇州

鄉路歸何早雲間喜擅名思親盧橘熟帶雨客帆輕夜火臨津驛晨鐘隔浦城華亭養仙羽計日再飛鳴

送虞說擢第南歸覲省

南風起別袂心到衡湘間歸客（一作客路）楚山（一作天）遠孤舟雲水閑愛君採蓮（一作蘭）處花島連家山得意且寧省人生難此（一作能幾）還

送原公南遊

有意兼程去，飄然二一作兩翼輕。故鄉多久別，春草不傷情。洗鉢泉初暖，焚香曉更清。自言一作嫌難解縛，何日伴師行。

送萬兵曹赴廣陵

秋日思還一作遠客，臨流語別離。楚城將坐嘯，郢曲有餘悲。山晚桂花老，江寒蘋葉衰。應須楊得意，更誦長卿辭。

送李判官赴桂州幕

欲知儒道貴，縫掖見諸侯。且感千金諾，寧辭萬里遊。鴈峰侵瘴遠，桂水出雲流。坐惜離居晚，相思綠蕙秋。

題蘇公林亭

平津東閣在，別是竹林期。萬葉秋聲裏，千家落照時。門隨深巷靜，窗過遠鐘遲。客位苔生處，依然又賦詩。

賦得寒雲輕重色送子恂入京

無限寒雲色，蒼茫淺更深。從龍如有瑞，捧日不成陰。積翠全低嶺，虛明半出林。帝鄉遙在目，鐵馬又駸駸。

賦得叢蘭曙後色送梁侍御入京

曙色傳芳意，分明錦繡叢。蘭生霽後日，花發夜來風。不向三峰裏，全勝一縣中。遥知大一作天苑内，應待五花驄。

賦得餘氷一本題下有送人二字

曉日一作月餘氷上，春池一鏡明。多從履處薄，偏向飲時清。比雪光仍在，因風片不成。更隨舟楫去，猶可助堅貞。

賦得浦口望斜月送皇甫判官

起見西樓月，依依向浦斜。動搖生淺浪，明滅照寒沙。水渚猶疑雪，梅林不辨花。送君無可贈，持此代瑤華。

賦得綿綿思遠道送岑判官入嶺

極目煙霞外，孤舟一使星。興中尋白雪一作碧落，夢裏過滄溟。夜月松江戍，秋風竹塢亭。不知行遠近，芳草日青青。

江寧春夜裴使君席送蕭員外

花院日扶疎，江雲自卷舒。主人熊軾任，歸客雉門車。曙月稀星裏，春煙紫禁餘。行看石頭戍，記得是南徐。

送薛八謫居

東水將孤客，南行路幾千。虹翻潮一作湖上雨，鳥落瘴中天。謫去寧留恨，思歸豈待年。銜杯且一醉，別淚莫潸然。

送衡陽歸客

歸客愛鳴榔，南征憶舊鄉。江山追宋玉，雲雨憶荊王。醉裏宜城近，歌中郢路長。憐君從此去，日夕望三湘。

送員外侍御入朝

別思亂無緒，妖氛猶未清。含香五夜客，持賦十年兄。霜拂金波樹，星迴玉斗城。自憐江上鶴，垂翅羨飛鳴。

送李諫議歸荊州

歸舟同不繫，纖草剩忘憂。禁掖曾通籍，江城舊列侯。暮帆依夏口，春雨夢荊州。何日朝雲陛，隨君拜冕旒。

送元中丞江淮轉運一作王維詩

薄税歸天府，輕徭賴使臣。歡霑賜帛老，恩及卷綃人。去問殊一作珠官俗，來經幾劫一作石砝春。東南御一作高又作卸亭上，莫問一作使有風塵。

送唐別駕赴郢州

少年從事好，此去別愁輕。滿座詩人興，隨君郢路行。蒹葭侵驛樹，雲水抱山城。遥愛下車日，江皐春草生。

送鄭巨及第後歸覲

多才白華子，初擢桂枝名。嘉慶送歸客，新秋帶雨行。離人背水去，喜鵲近家迎。別贈難爲此，衰年畏後生。

宿遠上人蘭若

香花閉一林，眞士此看心。行道白雲近，然燈翠壁深。梵筵清水月，禪坐冷山陰。更說東溪好，明朝秉興尋。

酬元秘書晚出藍溪見寄

野興引才子，獨行幽徑遲。雲留下山處，鳥靜出溪時。拙宦不忘隱，歸休常在茲。知音倘相訪，炊黍掃茅茨。

別張起居時多故

有別時留恨，銷魂況在今。風濤初振海，鵷鷺各辭林。舊國關河絕，新秋草露深。陸機嬰世網，應負故山心。

郭司徒廳夜宴一本題下有別字

秋堂復夜闌，舉目盡悲端。霜堞鳥一作烏聲苦，更樓月色寒。美人深別意，斗酒少留歡。明發將何贈，平生雙玉盤。

初至京口示諸弟

還家百戰後，訪故幾人存。兄弟得相見，榮枯何處論。新詩添卷軸，舊業見兒孫。點檢一作檢點一作感慨平生事，焉能出華一作杜門。

月下洗藥

汲井向新月，分流入衆芳。溼花低桂影，翻葉靜泉光。露下添餘潤，蜂驚引暗香。寄言養生客，來此共提一作盈筐。

晚春永寧墅小園獨坐寄上王相公

東閣一何靜，鶯聲落日愁。夔龍暫爲別，昏旦思兼秋。蕙草出籬外，花枝寄竹幽。上方傳雅頌，七夕讓風流。

歲暇題茅茨

谷口逃名客，歸來遂野心。薄田供歲酒，喬木待新禽。溪路春雲重，山廚夜一作野火深。桃源應漸好，仙客許相尋。

九日登玉山

霞景青山上，誰知此勝遊。龍沙傳往事，菊酒對今秋。步石隨雲起，題詩向水流。忘歸更有處，松下片雲幽。

宴崔駙馬玉山別業

金榜開青瑣，驕奢半隱淪。玉簫惟送酒，羅袖愛留賓。竹館煙催暝，梅園雪誤一作映春。滿朝辭賦客，盡是入林人。

春谷幽居

黃鳥鳴園柳，新陽改舊陰。春來此幽興，宛是謝公心。掃逕蘭芽一作芳出，添池山影深。虛名隨振鷺，安得久棲林。

賦得池上雙丁香樹

得地移根遠，交柯遶指柔。露香濃結桂，池影鬬蟠虯。黛葉輕筠綠，金花笑菊秋。何如南海外，雨露隔炎洲。

題樊川杜相公別業

數畝園林好，人知賢相家。結茅書閣儉，帶水槿籬斜。古樹生春蘚，新荷卷落花。聖恩加玉鉉，安得臥青霞。

酬盧十一過宿

乞還方未遂，日夕望雲林。況復逢青草，何妨一作芳問此心。閉門公務散，枉策故情深。遥夜他鄉宿，同君梁甫吟。

崔十四宅問候

曉日早鶯啼，江城旅思迷。微官同寄傲，移疾阻招攜。遠水閶闔內，青山雉堞西。王孫莫久臥，春草欲萋萋。

山路見梅感而有作

莫言山路僻還被好風催行客淒涼過村籬冷落開晚溪寒水照晴日數蜂（一作峰）來重憶江南酒何因把一杯

詠門上畫（一本有小字）松上元王杜三相公（一作崔峒詩）

昔聞生澗底今見起毫端衆草此時沒何人知歲寒豈能裨棟宇且欲出門闌只在丹青筆淩雲也不難

早發東陽

信風催過客早發梅花橋數雁起前渚千艘爭便潮將隨浮雲去日惜故山遥惆悵煙波末佳期在碧霄

舟中寄李起居

南（一作兩）行風景好昏旦水臯閑春色郢中樹晴霞湖上山去家旅帆遠回首暮潮還蕙草知（一作欲）何贈故人雲漢間

夜雨寄寇校書

秋館煙雨合重城鐘漏深佳期阻清夜孤興發離心燭影出綃幕蟲聲連素琴此時蓬閣友應念昔同衾

喜李侍御拜郎官入省

粉署花驄入丹霄紫誥垂直廬鷺漏近賜被覺霜移漢主前瑶席穰侯許鳳池應憐後行雁空羨上林枝

蘇端林亭對酒喜雨

小雨飛林頂浮涼入晚多能知留客處偏與好風過濯錦翻紅蕊跳珠亂碧荷芳尊深幾許此興可酣歌

見上林春雁翔青雲寄楊起居李員外

上林春更好賓雁不知歸顧影憐青籞傳聲入紫微夜陪池鷺宿朝出苑花飛寧憶寒鄉侶鸞凰一見稀

偶成

含毫意不淺微月上簾櫳門靜吏人息心閑囹圄空蘇星入疎樹驚鵲倦秋風始覺牽卑劇宵眠亦在公

漁潭值雨

日入林島異鶴鳴風草間孤帆泊枉渚飛雨來前山客意念留滯川途忽阻艱赤亭仍數里夜待安流還

題蕭丞小池

鶯鳴蕙草緑朝與情人（一作人情）期林沼忘言處鴛鴻養翮時春泉滋藥暖晴日度花遲此會無辭醉良辰難再追

錢起

送集賢崔八叔承恩括圖書

雨露滿儒服天心知子虛還勞五經笥更訪百家書贈別傾文苑光華比使車晚（一作曉）雲隨客散寒樹出關疎相見應朝夕歸期在玉除

送張五員外東歸楚州

纓珮不爲美人羣寧免辭杳然黃鵠去未負白雲期此別清興盡高秋臨水時好山枉帆僻浪跡到家遲他日詔書下梁鴻安可追

閑居寄包何

去名即棲遁何必歸滄浪種藥幽不淺杜門喧自忘林眠多曉夢鴉散驚初陽片雪幽雲至迴風鄰果香佳期碧天末惆悵紫蘭芳（一作房）

津梁寺尋李侍御

禪林絶過客柱史正焚香馴鴿不猜隼慈雲能護霜驄聲隔暗竹吏事散空廊霄漢期鴛鷺狐狸避憲章遶堦春色至屈草待君芳

山園秋晚寄杜黃裳少府

惆悵佳期阻園林秋景閑終朝碧雲外唯見暮禽還泉石思攜手煙霞不閉關杖藜仍把菊對卷也看山望望離心起非君誰解顔

東溪杜（一作社）野人致酒

萬重雲樹下數畝子平居野院羅泉石荆扉背里閭早冬耕鑿暇弋雁復烹魚靜掃寒花徑唯邀傲吏車晚來留客好小雪下山初

憶山中寄舊友

數歲白雲裏與君同采薇樹深煙不散溪靜鷺忘飛更憶東巖趣殘陽破翠微脫巾花下醉洗藥月前歸風景今還好如何與世（一作此興）違

東臯早春寄郎四校書

禄微賴學稼歲起歸衡茅窮達（一作途）戀明主耕桑亦（一作迹）近郊夜來霽山雪陽氣動林梢蘭（一作萌）蕙暖初吐春鳩鳴欲巢（一作始）蓬萊時入夢知子憶貧（一作卑）交

玉山東溪題李叟屋壁

霞景已斜照煙溪方瞑投山家歸路僻轍跡亂泉流野老採薇暇蝸廬招客幽磨麑突荒院鸕鶿步閑疇偶此愜真性令人輕宦遊

温泉宮禮見

新豐佳氣滿聖主在温泉雲曖（一作暖）龍行處山明日馭前順風求至道側席問遺賢靈雪瑶墀降晨霞綵仗（一作旆）懸滄溟不讓水疵賤也朝天

遊襄陽泉石晚歸

遊目隨山勝迴橈愛浦長往來幽不淺昏旦興難忘木末看歸翼蓮西失夕陽人聲指閭井野趣惜林塘稍近垂楊路菱舟擁岸香

夏日陪史郎中宴杜郎中果園

何事重逢迎春醪晚更清林端花自老池上月初明路入仙郎次烏連柱史名竹陰疎柰院（一作苑）山翠傍蕪城引滿不辭醉風來待曙更

南溪春耕

荷蓑趣（一作起）南逕戴勝鳴條枚溪雨有餘潤土膏寧厭開溝塍落花盡耒耜度雲迴誰道耦耕倦仍兼勝賞催日長農有暇悔不帶經來

省試湘靈鼓瑟

善鼓（一作拊）雲和瑟常聞帝子靈馮夷空（一作徒）自舞楚客不堪聽苦調淒金石清音入杳冥蒼梧來（一作成）怨慕白芷動芳馨流水傳瀟（一作湘）浦悲風過洞庭曲終人不見江上數峰青

觀法駕自鳳翔迴

攙搶一掃滅閶闔九重開海晏鯨鯢盡天旋日月來聖情蘇品物龍御（一作馭）闢雲雷曉漏移仙仗朝陽出帝臺周慚散馬出禹讓澮川迴欲識封人願南山舉酒杯

題玉山村叟屋壁（一本無屋字）

谷口好泉石居人能陸沈牛羊下（一作上）山小（一作去）煙火（一作雨）隔雲（一作林）深一逕入溪色數家連竹陰藏虹辭晚雨驚隼落

殘禽涉趣皆流（一作留）目將歸羨（一作必）在林却思黃綬事辜負
紫芝心

縣中池竹言懷

官小志已足時清免負薪卑棲且得地榮耀不關身自
愛賞心處叢篁流水濱荷香度高枕山（一作春）色滿南鄰道
在即爲樂機忘寧厭貧却愁丹鳳詔來訪漆園人

山園棲隱

守靜信推分灌園樂在茲且忘堯舜力寧顧尚書期晚
景采蘭暇空林散帙時卷荷藏露滴黃口觸蟲絲三徑
與嚣遠一瓢常自怡情人半雲外風月詎相思

送王諫議任東都居守

車徒鳳掖東去去洛陽宮暫以青蒲隔還看紫禁同經
過乘雨露瀟灑出鴛鴻官署名臺下雲山舊苑中暮天
雙闕靜秋月九重（一作門）空且喜成周地詩人播國風

送鄭書記

決勝無遺策辭天便請纓出身唯殉死報國且能兵受
命麒麟殿參謀驃騎營短簫催別酒斜日駐前旌義勇
千夫敵風沙萬里行幾年丹闕下佚印錫書生

送族姪赴任（一作之郡）

林下不成興仲容微祿牽客程千里遠別念一（一作片）帆懸
欲歎卑棲去其如勝趣偏雲山深郡郭花木淨潮田坐
嘯帷應下離居月復圓此時知小阮相憶綠尊前

長安落第作

始願今如此前途復若何無媒獻詞賦生事日蹉跎不
遇張華識空悲甯戚歌故山歸夢遠新歲客愁多剛羽
思喬木登龍恨失波散才非世用回首謝雲蘿（一作羅）

酬長孫繹藍溪寄杏

愛君藍水上種杏近成田拂逕清陰合臨流彩實懸清
香和宿雨佳色出晴煙懿此傾筐贈想（一作相）知懷橘年芳
馨來滿袖瓊玖願訓篇把玩情何極雲林若眼前

藥堂秋暮

隱來未得道歲去媿雲松茅屋空山暮荷衣白露濃唯
憐石苔色不染世人蹤潭靜宜孤鶴山深絕遠鐘有時
丹竈上數點綵霞重勉事壺公術仙期待赤龍

哭常徵君

萬化一朝盡窮泉悲此君如何丹竈術能誤紫芝焚不
遂蒼生望空留封禪文遠年隨逝水眞氣盡浮雲山閉
龍蛇蟄林寒麋鹿羣傷心載酒地仙菊爲誰薰

送鮑中丞赴太原軍營

年壯才仍美時來道易行寵兼三獨任威肅貳師營將
略過南仲天心寄北京雲旂臨塞色龍笛出關聲漢月
隨霜去邊塵計日清漸知王事好文武用書生

奉送劉相公江淮催轉運

國用資戎事臣勞爲主憂將徵任土貢更發濟川舟擁
傳星還去過池鳳不留唯高飲水（一作冰）節稍淺別家愁落
葉淮邊雨孤山海上秋遙知謝公興微月上（一作在）江樓

送李秀才落第遊荊楚

翠羽雖（一作難）成夢遷鶯尚後羣名逃郄詵策興發謝玄文
昏旦扁舟去江山幾路分上潮吞海日歸雁出湖雲詩
思應須苦猨聲莫厭聞離居見新月那得不思君

奉陪郭常侍宴滻川山池

掖垣攜愛客勝地賞年光向竹過賓館尋山到妓堂歌
聲掩金谷舞態出平陽地滿簪裾影花添蘭麝香鶯啼
春未老酒冷日猶長安石風流事須歸問（一作騎）省郎

寇中送張司馬歸洛

戎狄寇周日衣冠適洛年客亭新驛騎歸（一作關）路舊人煙
吾道將東矣秋風更颯然雲愁百戰地樹隔兩鄉天旅
思蓬飄陌驚魂雁怯弦今朝一尊酒莫惜醉離筵

奉和宣城張太守南亭秋夕懷友

池館蟪蛄聲梧桐秋露晴月臨朱戟靜河近畫樓明捲
幔浮涼入聞鐘永夜清片雲懸曙斗數雁過秋城羽扇
揚風暇瑤琴悵（一作寄）別情江山飛麗藻謝朓讓前名

過山人所居因寄諸遺補

空谷春雲滿愚公晦跡深一隨玄豹隱幾換綠蘿陰絕
徑人稀到芳蓀我獨尋厨煙住峭壁酒氣出重林蝴蝶
晴還舞黃鸝晚暫吟所思青瑣客瑤草寄幽心

過鳴皋隱者

磻石老紅鮮（一作蘚）徵君臥幾年飛（一作百）泉出林下一徑過（一作窮）
崖巔雞犬逐人靜雲霞宜地偏終朝數峯勝不遠一壺
前仲月霽春雨香風生藥田丹溪不可別瓊草色芊芊

送楊錡歸隱

悔作掃門事還吟招隱詩今年芳草色不失故山期遙
想白雲裏采苓春日遲溪花藏石徑巖翠帶茅茨九轉
莫飛去三迴良在茲還嗤茂陵客貧病老明時

酬劉起居臥病見寄

承顏看彩服不覺別丹墀味道能忘病過庭更學詩繚
垣多畫戟遠岫入書帷竹靜攜琴處林香讓果時聲同
叨眷早交澹在年衰更枉兼金贈難爲繼組詞

陪南省諸公宴殿中李監宅

將門高勝霍相子寵過韋宦貴攀龍後心傾待士時壺
觴開雅宴鴛鷺眷相隨舞退燕姬曲歌徵謝朓詩晚鐘
過竹靜醉客出花遲莫惜留餘興良辰不可追

山齋讀書寄時校書杜叟

日愛蘅茅（一作芳）下閑觀山海圖幽人自守樸窮谷也名愚
倒（一作隔）嶺和溪雨新泉到戶樞叢蘭齊稱子蟠木老潛夫
憶戴差過剡遊仙慣入壺濠梁時一訪莊叟亦吾徒

晚歸藍田舊居

雲卷東皐下歸來省故蹊泉移憐石在林長（一作近）覺原低
舊里情難盡前山賞未迷引藤看古木嘗酒兕春雞興
（一作性）與時髦背年將野老齊才微甘引退應得遂霞棲

寄袁州李嘉祐員外

誰謂江山阻心親夢想偏容輝常在目離別任經年郡
國通流水雲霞共遠天行春鶯幾囀遲客月頻圓雁有
歸（一作還）鄉羽人無訪戴船顧微黃霸入相見玉墀前

禁闈翫雪寄薛左丞

玄雲低禁苑飛雪滿神州虛白生臺榭寒光入冕旒粉
凝宮壁靜乳結洞門幽細繞迴風轉輕隨落羽浮怒濤
堆砌石新月孕簾鉤爲報詩人道豐年頌聖猷

春暮過石龜谷題温處士林園（一作送温逸人）

隱几(一作垂白)無名老(一作者)何年此陸沈丘園自(一作應)得性婚嫁不嬰(一作關)心歲計因山薄霞棲在谷深設置(一作盧)連草色曬(一作曝)藥背(一作避)松陰觸興雲生岫隨耕鳥下林搢頤笑來客頭上有朝簪

宿畢侍御宅

交情頻更好子有古人風晤語清霜裏平生苦節同心惟二仲合室乃一瓢空落葉寄(一作繞)秋菊(一作竹)愁雲低夜鴻(一作叢蘭思暗蟲)薄寒燈影外殘漏雨聲中明發南昌去迴看御史驄

中書遇雨

濟旱惟宸慮爲霖即上台雲銜七曜起雨拂九門來綸閣飛絲度龍渠激霤迴色翻池上藻香裛鼎前杯湘燕皆舒翼沙鱗豈曝腮尺波應萬(一作爲)假虞海載沿洄

適楚次徐城

去家隨旅雁幾日到南荊行邁改鄉邑苦辛淹晦明畏途在淫雨未暮息趨程窮木對秋館寒鴟愁古城迷津坐爲客對酒默含情感激念知己匣中孤劍鳴

經李蒙頹陽舊居

同心而早世天道亦何論獨有山陽宅平生永不諼青溪引白鳥流涕弔芳蓀蔓草入空室叢篁毀舊垣遊還在眼神理更忘言唯見東山月人亡不去門

贈漢陽隱者

當年不出世知子餐霞人樂道復安土遺榮長隱身衡茅古林曲秔稻清江濱桂棹爲漁暇荷衣禦暑新欵顏行在(一作在行)役幽興惜今晨分首天涯去再來芳杜春

巨魚縱大壑

巨魚縱大壑遂性似乘時奮躍風生鬣騰凌浪鼓鰭龍攄回地軸鯤化想天池方快吞舟意尤殊在藻嬉傾危嗟幕燕隱晦誚泥龜喻士逢明主才猷得所施

送李九歸河北

文武資人望謀猷簡聖情南州初臥鼓東土復維城寄重分符去威仍出閫行斗牛移八座日月送雙旌別戀瞻天起仁風應物生佇聞收組練銜玉會承明

送丁著作佐台郡

多年金馬客名遂動歸輪佐郡紫書下過門朱綬新揚舲望海嶽入境背風塵水驛偏乘月梅園別受春帶經臨府吏鱠鯉待鄉人始見美高士逍遙在搢紳

送王使君赴太原行營

太白明無象皇威未戢戈諸侯持節鉞千里控山河漢驛雙旌度胡沙七騎過驚蓬(一作峰)連雁起牧馬入雲多不賣盧龍塞能消瀚海波須傳出師頌(一作表)莫奏式微歌

送王使君移鎮淮南

共許徐方牧能臨河內人郡移棠轉茂車至鹿還馴吏事嘉師旅鸞行惜搢紳別心傾祖席愁望盡征輪紫誥徵(一作詔)黃晚蒼生借寇頻顧言青瑣拜早及上林春

李四勸爲尉氏尉李七勉爲開封尉(惟伯與仲有令譽因美之)

美政惟兄弟時人數俊賢皇枝雙玉樹吏道二梅仙自理堯唐俗唯將禮讓傳采蘭花萼聚就日雁行聯黃綬俄三載青雲未九遷廟堂爲宰制幾日試龍泉

春夜宴任六昆季宅

際晚綠煙起入門芳樹深不才叨下客喜宴藹諸簪夜月仍攜妓清風更在林彩毫揮露色銀燭動花陰自接通家好應(一作因)知待士心向隅逢故識茲夕願披襟

閑居酬張起居見贈

在林非避世守拙自離羣弱羽謝風水(一作木)窮愁依典墳良知不遐棄新詠獨相聞能使幽興苦坐忘清景曛前山帶喬木暮鳥聯歸雲向夕野人思難忘騎省文

奉和王相公秋日戲贈元校書

才妙心仍遠名疎跡可追清秋聞禮暇新雨到山時勝事唯愁盡幽尋不厭遲弄雲憐鶴去隔水許僧期賢相敦高躅雕龍憶所思芙蓉洗清露願比謝公詩

過楊駙馬亭子

衣冠在漢庭(一作京)臺榭接天成彩鳳翻簫曲祥鱣入館名歌鐘芳月曙林嶂碧雲生亂水歸潭淨高花映竹明退朝追宴樂閒閣(一作沈酣)醉簪纓長袖留嘉客棲烏下禁城

山下別杜少府

把手意難盡前山日漸低情人那忍別宿(一作夕)鳥尚同棲寸晷戀言笑佳期欲阻睽離雲愁出岫去水咽分溪莊叟幾虛說楊朱空自迷傷心獨歸路秋草更萋萋

晚出青門望終南別業

能清(一作捐)謝脁思(一作府)暫下承明廬遠山新水(一作水斷山)下寒阜微雨餘更憐歸鳥去宛到臥龍居笑指叢(一作家)林上閑雲自卷舒寧心鳴鳳(一作鳳鳴知)日卻意(一作憶)釣璜初處貴有餘興伊周位不如

送嚴士良侍奉詹事南遊

疏傳獨知止曾參善愛親江山侍行邁長幼出囂(一作風)塵握手想千古此心能幾人風光滿長陌(一作路)草色傍征輪日夕望荊楚鶯鳴芳杜新漁(一作汀)煙月(一作日)下淺花嶼(一作鳥)水中春點翰遙(一作時)相憶含情向(一作寄)白蘋

題祕書王迪城北池亭

子喬來魏闕明主賜衣簪從宦辭人事同塵即道心還追大隱跡寄此鳳城陰昨夜新煙雨池臺清且深伏泉通粉壁迸筍出花林晚沐常多暇春(一作香)醪時獨斟西南漢宮月復對綠窗琴(一作吟)

過王舍人宅

入門花柳暗知是近臣居大隱心何遠高風物自疎翛然靜者事宛得上皇餘雞犬偷仙藥兒童授(一作受)道書清吟送客後微月上城初彩筆有新詠文星垂太虛承恩金殿宿應薦馬相如

過瑞龍觀道士

不知誰氏子鍊魄家洞天鶴待成丹日人尋種杏田靈山含道氣物性皆自然白鹿顧瑞草驪龍蟠玉泉得茲象外趣便割區中緣石竇采雲母霞堂陪列仙主人善止客柯爛忘歸年

送沈仲(一作沖)

天樸非外假至(一作志)人常晏如心期邈霄漢詞律響瓊琚舉酒常歎息無人達子虛夜光失隋掌驥騄伏鹽車考室晉山下歸田秦歲初寒雲隨路合落照下城餘千里還同術無勞怨索居

和韋侍御寓直對雨

名貫四科首班宜二妙齊如何厭白簡未得步金閨寓直晦秋雨吟餘聞遠雞漏聲過旦冷雲色向窗低誰謂霄漢近翻嗟心事暌蘭滋人未握霜曉鵲還棲佇見田郎字親勞御筆題

奉和聖製登朝元閣

六合紆玄覽重軒啓上清石林飛棟出霞頂泰堦平拂曙鑾輿上晞陽瑞雪晴翠微回日馭丹巘駐天行御氣升銀漢垂衣俯錦城山通玉苑迴河抱紫關明感物乾文動凝神道化成周王陟喬嶽列辟讓英聲

奉和杜相公移長興宅奉呈元相公

守貴常思儉平津此意深能卑丞相宅何謝故人心種蕙初抽帶移篁不改陰院梅朝助鼎池鳳夕歸林覺路經中得滄洲夢裏尋道高仍濟代恩重豈投簪報國誰知己推賢共作霖興來文雅振清韻掞雙金

送任先生任唐山丞

再命果良願幾年勤說詩上公頻握髮才子共垂帷琢玉成良器出門偏憐離腰章佐墨綬耀錦到茅茨樹老見家日潮平歸縣時衣催蓮女織頌聽海人詞鴻鵠志應在荃蘭香未衰金門定回首雲路有佳期

送外甥懷素上人歸鄉侍奉

釋子吾家寶神清慧有餘能翻梵王字妙盡伯英書遠鶴無前侶孤雲寄太虛狂來輕世界醉裏得真如飛錫離鄉(一作江)久寧親喜(一作是)臘初故池殘雪滿(一作在)寒柳霽煙疎壽酒還嘗藥晨餐不薦魚遙知禪誦外健筆賦閑居

送張中丞赴桂州

出守求人瘼推賢動聖情紫臺初下詔阜蓋始專城寵借飛霜簡威加却月營雲衢降五馬林木(一作桂水 一作秋水)引雙旌鳳仰敦詩禮鶯聞假甲兵戍樓雲外靜訟閣竹間清化佇還珠美心將片玉貞寇恂朝望重計日謁承明

送王相公赴范陽

翊聖衔恩重頻年按節行安危皆報國文武不緣名受脤仍調鼎爲霖更洗兵幕開丞相閣旗總貳師營料敵知無戰安邊示(一作白)有征代雲橫馬首燕雁拂笳聲去鎮關河靜歸看日月明欲知瞻戀(一作望)切遲暮一書生

送蔣尚書居守東都

鳳輦幸秦久周人徯帝情若非君敏德誰鎮洛陽城前席命才彥舉朝推令名綸言動北斗職事守東京鄭履下天去蓬輪滿路聲出關秋樹直對闕遠山明肅肅保釐處水流宮苑清長安日西笑朝夕袞衣迎

送李兵曹赴河中

能荷鍾鼎業不矜紈綺榮侯門三事後儒服一書生昔志學文史立身爲士英驪珠難隱耀(一作曜)皋鶴會長鳴休命且隨牒候時常振纓寒蟬思關柳匹馬向蒲城秋日黯將暮黄河如欲清黎人思坐嘯知子樹佳聲

罷官後酬元校書見贈

心期悵已阻交道復何如自我辭丹闕惟君到故廬忘機貧負米憶戴出無車(一作未忘金馬詔猶負茂陵書)鄰犬吠初服家人愁斗儲秋堂入閑夜雲月思離居窮巷聞砧冷荒枝應(一作映)鵲疎宦名隨落葉生事感枯魚臨(一作流)水仍揮手知音未棄余

同鄔戴關中旅寓

文士皆求遇今人誰至公靈臺一寄宿楊柳再春風更惜忘形友頻年失志同羽毛(一作衣)齊燕雀心事阻鴛鴻留滯慚歸養飛鳴恨觸籠橘懷鄉夢裏書去客愁中殘雪迷歸雁韶光棄斷蓬吞悲問唐舉何路出屯蒙

新豐主人

明代少知己夜光頻暗投迍邅終薄命動息盡窮愁白欲歸飛鵠當爲不繫舟雙垂素絲淚幾弊皁貂裘藴鳥棲幽樹孤雲出舊丘蛩悲衣褐夕雨暗轉蓬秋客裏馮諼劒歌中甯戚牛主人能縱酒一醉且忘憂

夕遊覆釜山道士觀因登玄元廟

冥搜過物表洞府次溪傍已入瀛洲遠誰言仙路長孤煙出深竹道侶正焚香鳴磬愛山靜步虛宜夜涼仍同象帝廟更上紫霞岡霽月懸琪樹明星映碧堂傾思丹竈術願采玉芝芳儻把浮丘袂乘雲別舊鄉

陪郭常侍令公東亭宴集

盛業山河列重名劒履榮班貂爲相子開閣引時英美景池臺色佳期宴賞情詞人載筆至仙妓出花迎暗竹朱輪轉迴塘玉佩鳴舞衫招戲蝶歌扇隔啼鶯飲德心皆醉披雲興轉清不愁懽樂盡積慶在和羹

太子李舍人城東(一作中)別業與二三文友逃暑

下馬失炎暑重門深綠篁宫臣禮嘉客林表開蘭堂茲夕(一作日)興難盡澄罍照墨場鮮風吹印綬密坐皆馨香美景惜文會清吟遲羽觴(一本無上四句)東林晚來好目極(一作極目)趣何長鳥道挂疎雨人家殘夕陽城隅擁歸騎留醉(一作酌)戀瓊芳(一作筆)

柏崖老人號無名先生男削髮女黄冠自以雲泉獨樂命予賦詩

古也憂婚嫁君能樂性腸(一作道場)長男棲月宇少女炫(一作衒)霓裳問爾餐霞處春山芝桂旁鶴前飛九轉壺裏駐三光與我開龍嶠披雲靜藥堂胡麻兼藻緑石髓隔花香帝力言何有椿年喜漸長窅然高象外寧不傲羲皇

贈李十六

半面喜投分數年欽盛名常思夢顔色誰憶(一作意)訪柴荆忽聽欵扉響欣然倒屣迎蓬蒿駐騶馭雞犬傍簪纓酌水即嘉宴新知甚故情僕夫視日色棲鳥催車聲自爾宴言後至今門館清何當更乘興林下已苔生

裴僕射東亭

鳳扆任迮濟雲溪難退還致君超列辟得道在榮班朱戟綠垣下高齋芳樹間隔花開遠水廢卷愛晴山晚沐值清興知音同解顔藉蘭開賜酒留客下重關仙犬逐人靜朝車映竹閑則知真隱逸未必謝區寰軒后三朝顧赤松何足攀

中書王舍人輞川舊居

幾年家絶巘滿徑種芳蘭帶石買松貴通溪漲水寬誦經連谷響吹律減雲寒誰謂桃源裏天書問考槃一從解蕙帶三入偶蟬冠今夕復何夕歸休尋舊歡片雲(一作雲)隔蒼翠春雨半林湍藤長穿松蓋花繁壓藥欄景深青

眼下與絕紲毫端笑向同來客登龍此地難

送襄陽盧判官奏開河事

千里趨魏闕一言簡聖聰河流引關外國用贍秦中有詔許其策隨山興此功連雲積石阻計日安波通飛櫂轉年穀利人勝歲豐言歸漢陽路拜手蓬萊宮紫殿賜衣出青門酣酌同晚陽過微雨秋水見新鴻坐惜去車遠愁看離館空因思郢川守南楚滿清風

奉送戸部李郎中充晉國副節度出塞

德佐調梅用忠輸擊虜年子房推廟略漢主託兵權受命榮中禁分麾鎮左賢風生黒山道星下紫微天始願文經國俄看武定邊鬼方堯日遠幕府代雲連汗馬將行矣盧龍已肅然關防驅使節花月眷離筵自忝知音遇而今感義偏淚聞橫吹落心逐去旌懸帝念夔能政時須説濟川勞還應即爾朝暮玉墀前

奉和中書常舍人晚秋集賢院即事寄徐薛二侍御

文星垂太虛辭伯綜羣書彩筆下鴛掖褒衣來石渠典墳探奥旨造化覩權輿述聖魯宣父通經漢仲舒窗明宜縹帶地肅近丹除清晝删詩暇高秋作賦初露盤侵漢聳宮柳度鵶踈靜對連雲閣晴聞過闕車舊僚云出矣晚歲復何如海嶠瞻歸路江城夢直廬含毫思兩鳳望遠寄雙魚定笑巴歌拙還參麗曲餘

和范郎中宿直中書曉翫清池贈南省同僚兩垣（一作西）遺補

青瑣留才子春池靜禁林自矜仙鳥勝宛在掖垣深引泒形庭裏含虛玉砌陰漲來知聖澤清處見天心蘭氣飄紅岸文星動碧潯鳳棲長近日虬臥欲爲霖席寵雖高位流謙乃素襟焚香春（一作殘）漏盡假寐曉鶯吟丹地宜清泚（一作切）朝陽復照臨司言兼逸趣鼓興接（一作屬）知音六義驚（一作先）摛藻三臺響（一作嚮）擲金爲憐風水外落（一作鱗）羽此漂（一作先飛）沈

錢起

同程九早入中書（一作錢珝詩）

漢家賢相重英奇蟠木何材也見知不意雲霄能自致空驚鵷鷺忽相隨臘雪初明柏子殿春光欲上萬年枝獨慙皇鑒明如日未厭春（一作螢）光向玉墀

仲春宴王補闕城東小池（一作山）

王孫興至幽尋好芳草春深景氣和藥院愛隨流水入山齋喜與白雲過猶嫌巢鶴窺人遠不厭叢花對客多醉來倚玉無餘事目送歸鴻笑復歌

夜宿靈臺寺寄郎士元

西日橫山含碧空東方吐月滿禪宮朝瞻雙頂青冥上夜宿諸天色界中石潭倒獻（一作洑，一作映）蓮花水塔院空聞松柏風萬里故人能尚爾知君視聽我心同

題郎士元半日吳村別業兼呈李長官

半日吳村帶晚霞閑門高柳亂飛鵶橫雲嶺外千重樹流水聲中一兩家愁人昨夜相思苦閏月今年春意賒自歎梅生頭似雪却憐潘令縣如花

猷川雪後送僧粲臨還京時避世臥疾

連步青溪幾萬重有時共立在孤峯齋到盂空餐雪麥經（一作參聖）傳金字坐雲松呻吟獨臥猷川水振錫先聞長樂鐘回望羣山攜手處離心一一涕無從

和李員外扈（一作從）駕幸溫（一作湯）泉宮

未央月曉度踈鐘鳳輦（一作步）時巡出九重雪（一作雨）霽山門迎瑞日雲開水殿候飛龍輕寒不入宮中樹佳氣常薰（一作浮）仗外峯遙羨枚皐扈（一作先扈）仙蹕偏承霄漢渥恩濃

長信怨

長信螢來一葉秋蛾眉淚盡九重幽鳷鵲觀前明月度芙蓉闕下絳河流鴛衾久別難爲夢鳳管遙聞更起愁誰分（一作念）昭陽夜歌舞君王玉輦正淹留

送河南陸少府

雲間陸生美且奇銀章朱綬暎金羈自料抱材將致遠寧嗟趨府暫牽卑東城社日催巢燕上苑秋聲散御梨

朝夕詔書還柏署行看飛隼集高枝

送李評事赴潭州使幕

湖南遠去有餘情蘋葉初齊白芷生謾説簡書催物役遥知心賞緩王程興過山寺先雲到嘯引江帆帶月行幕下由來貴無事佇聞談笑靜黎甿

送李九貶南陽

玉柱金罍醉不歡雲山驛道向東看鴻聲斷續暮天遠柳影蕭疎秋日寒霜降幽林霑蕙若弦驚翰苑失鴛鸞秋來回首君門阻馬上應歌行路難

送裴頔（一作廸）侍御使蜀

柱史纔年四十强鬚髯玄髮美清揚朝天繡服乘恩貴出使星軺滿路光錦水繁花添麗藻峩嵋明月引飛觴多才自有雲霄望計日應追鴛鷺行

送韋信愛子歸覲

離舟解纜到斜暉春水東流燕北（一作北雁）飛才子學詩趨露冕棠花含笑待斑衣稍聞江樹啼猨近轉覺山林過客稀借問還珠盈合浦何如鯉也入庭闈

送興平王少府遊梁

舊識相逢情更親攀歡甚少愴離頻黃綬罷來多遠客青山何處不愁人日斜官樹聞蟬滿（一作晚）雨過關城見月新梁國遺風重詞賦諸侯應念馬卿貧

送張員外出牧岳州

鳳凰銜詔與何人善政多才寵寇恂臺上鴛鸞爭送遠岳陽雲樹待行春自憐黃閣知音在不厭彤幨出守頻應笑馮唐衰且拙世情相見白頭新

送孫十尉溫縣

飛花落絮滿河橋千里傷心送客遥不惜芸香染黃綬惟憐鴻羽下青霄雲衢有志終驤首吏道無媒且折腰急管繁弦催一醉頹陽不駐引征鑣

送鍾評事應宏詞下第東歸

芳歲歸人嗟轉蓬含情回首灞陵東蛾眉不入秦臺鏡鵷羽還驚宋國風世事悠揚春夢裏年光寂寞旅愁中勸君稍盡離筵酒千里佳期難再同

送嚴維尉河南

蕙葉青青花亂開，少年趨府下蓬萊。甘泉未獻(一作厭)揚雄賦，吏道何勞賈誼才。征陌獨愁飛蓋遠，離筵只惜暝鐘催。欲知別後相思處，願植瓊枝向柏臺。

送馬員外拜官覲省

二十爲郎事漢文，鴛雛驥子自爲羣。筆精已許臺中妙，劍術還令世上聞。歸覲屢經槐里月，出師常笑棘門軍。莫言來往朝天遠，看取鳴鞘入斷雲。

送冷朝陽擢第後歸金陵覲省

萊子晝歸今始好，潘園景色夏偏濃。夕陽流水吟詩去，明月青山出竹逢。兄弟相歡初讓果，鄉人爭賀舊登龍。佳期少別俄千里，雲樹愁看過(一作歷)幾重。

九日宴浙江西亭

詩人九日憐芳菊，筵客高齋宴浙江。漁浦浪花搖素壁，西陵樹色入秋窗。木奴向熟懸金實，桑落新開瀉玉缸。四子醉時爭講習，笑論黃霸舊爲邦。

和王員外雪晴早朝

紫微晴雪帶恩光，繞仗偏隨鴛鷺行。長信月留寧避曉，宜春花滿不飛香。獨看積素凝清禁，已覺輕寒讓太陽。題柱盛名兼絕唱，風流誰繼漢田郎。

避暑納涼

木槿花開畏日長，時搖輕扇倚繩牀。初晴草蔓緣新筍，頻雨苔衣染舊牆。十旬河朔應虛醉，八柱天台好納涼。無事始然知靜勝，深垂紗帳詠滄浪。

早夏

楚狂身世恨情多，似病如憂正是魔。花萼敗春多寂寞，葉陰迎夏已清和。鸝黃好鳥搖深(一作紅)樹，細白佳人著紫羅。軍旅閱詩裁不得，可憐風景遣如何。

題嵩陽焦道士石壁

三峯花畔(一作半)碧堂懸，錦里真人此得仙。玉體(一作醴)纔飛西蜀雨，霓裳欲向大羅天。彩雲不散燒丹竈，白鹿時藏種玉田。幸入桃源因(一作應)去世，方期丹訣一延年。

題延州聖僧穴

定力無涯不可稱，未知何代坐禪僧。默默山門宵閉月，熒熒石壁晝然燈。四時樹長書經葉，萬歲巖懸拄杖藤。昔日捨身緣救鴿，今時出見有飛鷹。

樂遊原晴望上(一作寄)中書李侍郎

爽氣朝來(一作分)萬里清，憑高一望九秋(一作愁)輕。不知鳳沼(一作傳說)霖初霽，但覺(一作見)堯天日轉明。四野山河通(一作同)遠色，千家砧杵共秋聲。遙想(一作指)青雲丞相府，何時開閤引(一作對)書生。

幽居春暮書懷(一作石門暮春，一作藍田春暮)

自哂鄙夫多野性，貧(一作閒)居數畝半臨湍(一作村湍)。溪雲雜雨來茅屋，山雀(一作鳥)將雛到(一作至)藥欄。仙籙滿牀閑不厭，陰符在篋老羞看。更憐童子宜春服，花裏尋師指(一作到)杏壇。

謁許由廟

故向箕山訪許由，林泉物外自清幽。松上挂瓢枝幾變，石間洗耳水空流。綠苔唯見遮三徑，青史空傳謝九州。緬想古人增歎惜，颯然雲樹滿巖秋。

過張成侍御宅

丞相幕中題(一作吐)鳳人，文章心事每相親。從軍誰謂仲宣樂，入室方知顏子貧。杯裏紫茶香代酒，琴中綠水靜留賓。欲知別後相思意，唯願瓊枝入夢頻。

酬考功楊員外見贈佳句(黃卷讀來今已老，白頭受屈不曾言)

上林諫獵知才薄，尺組承恩愧命牽。潢潦難滋滄海潤，螢光空盡太陽前。虛名濫接登龍士，野性寧忘種黍田。相國無私人守樸，何辭老去上皇年。

寄永嘉王十二

永嘉風景入新年，才子詩成定可憐。夢裏還鄉不相見，天涯憶戴復誰傳。花傾曉露垂如淚，鶯拂遊絲斷若弦。願得回風吹海雁，飛書一宿到君邊。

七盤嶺阻寇聞李端公先到南楚

日暮窮途淚滿襟，雲天南望羨飛禽。阮(一作隴)腸暗與泒鴻(一作鳧)斷，江水遙連別恨深。明月既能通憶夢，青山何用隔同心。秦楚眼看成絕國，相思一寄白頭吟。

酬趙給事相尋不遇留贈

誰憶(一作意)顏生窮巷裏，能勞馬跡破春苔。忽看童子掃花處，始愧夕郎題鳳來。斜景適隨詩興盡，好風纔送珮聲迴。豈無雞黍期他日，惜此殘春阻綠杯。

山中酬楊補闕見過

日暖風恬種藥時，紅泉翠壁薜蘿垂。幽溪鹿過苔還靜，深樹雲來鳥不(一作未)知。青瑣同心多逸興，春山載酒遠相隨。卻慙(一作思)身外(一作事)牽纓冕，未(一作寧)勝杯(一作林)前倒接䍦。

同王鏑起居程浩郎中韓翃舍人題安國寺用上人院

慧眼沙門真遠公，經行宴坐有儒風。香緣不絕簪裾會，禪想寧妨藻思通。曙後鑪煙生不滅，晴來堦色並歸空。狂夫入室無餘事，唯與天花一笑同。

尋司勳李郎中不遇

知己知音同舍郎，如何咫尺阻清揚。每恨蒹葭傍(一作倚)芳樹，多慚新燕入華堂。重花不隔陳蕃榻，修竹能深夫子牆。唯有早朝趨鳳閣，朝時憐羽接鴛行。

贈張南史

紫泥何日到滄洲，笑向東陽沈隱侯。黛色晴峯(一作山)雲外出，縠文江水縣前流。使臣自欲論公道，才子非關厭薄遊。溪畔秋蘭雖可佩，知君不得少停舟(數江蘭溪之別名也)。

暇日覽舊詩因以題詠

逍遙心地得關關，偶被功名涴(一作浼)我閑。有壽亦將歸象外，無詩兼不戀人間。何窮默識輕洪範，未喪斯文勝大還。笸篋靜開難似此，蕊珠春色(一作雪)海中山。

漢武出獵

漢家無事樂時雍，羽獵年年出九重。玉帛不朝金闕路，旌旗長繞綵霞峯。且貪原獸輕黃屋，寧畏漁人犯白龍。薄暮方歸長樂觀，垂楊幾處綠烟濃。

宴曹王宅

賢王駟馬退朝初，小苑三春帶雨餘。林沼葱蘢多貴氣，樓臺隱映接天居。仙雞引敵穿紅藥，宮燕銜泥落綺疏。自歎平生相識願，何如今日厠應徐。

重贈趙給事

久飛鴛掖出時髦，恥負平生稽古勞。玉樹滿庭家轉貴，

雲衢獨步位初高能迂騶馭尋蝸舍不惜瑤華報木桃應念潛郎守貧病常悲休沐對蓬蒿

贈闕下（一作闕下贈）裴舍人

二月黃鶯（一作鸝）飛上林春城紫禁（一作陌）曉陰陰（一作沈沈一本二句倒用）長樂鐘聲花外盡龍池柳色雨中深陽和不散窮途恨霄漢長懷（一作懸）捧日心獻賦十年猶未遇羞將白髮對華簪

登劉賓客高齋（時公初退相一作春題劉相公山齋）

能以功成疏寵位不將心賞負雲霞林間客散孫弘閣城（一作壇）上山宜綺季家蝴蝶晴連（一作供）池岸草黃鸝晚（一作曉）出柳園花（一作山蝶成羣爭遠蔓黃鸝命子暗移花）日陪鯉也趨文苑誰道門生隔絳紗

哭辛霽

流水辭山花別枝隨風一去絕還期昨夜故人泉下宿今朝白髮鏡中垂音徽寂寂空成夢容範朝朝無見時旦暮餘生幾息在不應存沒未嘗悲

和慕容法曹尋漁者寄城中故人

孤煙一點綠溪渚漁父幽居即舊基飢鷺不驚收釣處閑麛應乳負暄時茅齋對雪開尊好稗子焚枯飯客遲勝事宛然懷抱裏頃來新得謝公詩

山花

山花照塢復燒溪樹樹枝枝盡可迷野客未來枝畔立流鶯已向樹邊啼從容只是愁風起眷戀常須向（一作到）日西別有妖妍勝桃李攀來折去亦成蹊

送楊著作歸東海

楊柳出關色東行千里期酒酣暫輕別路遠始相思欲識離心盡斜陽（一作光）到海時（一本無末二句）

送李協律還東京

芳草忽無色王孫復入關長河侵驛道匹馬傍雲山愁見離居久螢飛秋月閑

秋館言懷

蟋蟀已秋思蕙蘭仍碧滋蹉跎獻賦客歎息此良時日夕雲臺下商歌空自悲

和劉明府宴縣前山亭

城隅勞心處雪後歲芳開山暎千花出泉經萬井來翔鸞欲下舞上客且留杯

新雨喜得王卿書問

苦雨暗秋徑寒花垂紫苔愁中綠尊盡夢裏故人來果有相思字銀鉤新月開

賦得巢燕送客

能棲杏梁際不與黃雀羣夜影寄紅燭朝飛高碧雲含情別故侶花月（一作宛似）惜春分

題張藍田訟堂

角巾高枕向晴山訟簡庭空不用關秋風窗下琴書靜夜（一作落）景門前人吏閑稍覺淵明歸思遠東臯月出片雲還

江行無題一百首（一作錢珝詩）

傾酒向漣漪乘流東（一作欲）去時寸心同尺璧投此報馮夷

江曲全縈楚雲飛（一作氣）半自秦峴山回首望如別故關（一作鄉）人（往年累登峴亭）

浦煙（一作寒）函夜色（一作永夜）冷日轉秋旻自有沈碑石（一作在）清光不照人

楚岸雲空（一作初）合楚城人不來只（一作秖）今誰善舞莫恨發陽臺（一作歷臺）

行背青山郭吟當白露秋風流無屈宋空詠古荊州

晚來漁父喜罾（一作網）重欲收遲恐有長江使金錢顧贖龜

去指龍沙路徒懸象闕（一作魏）心夜涼無遠夢不爲偶聞砧

霽雲疎有葉雨浪細無花穩放扁舟去江天自有涯

好日當（一作長）秋半層波動旅腸已行千里外誰與共秋光

潤色非東里官曹更建章宦遊難自定來喚櫂船郎

夜江清未曉徒惜月光（一作先）沈不是因行樂堪傷老大心

翳日多喬木維舟取束薪靜聽江叟語俱（一作盡）是厭兵人

箭漏日初短汀煙草未（一作木）衰雨餘（一作微）雖更綠不是采蘋時

山雨（一作水）夜來漲喜魚跳滿江岸沙平欲盡垂蓼入船窗

渚邊新雁下舟上獨淒涼俱是南來客憐君綴一行

牽路沿（一作緣）江狹沙崩岸不平盡知行處險誰肎載時輕

雲密連江暗風斜著物鳴一杯眞戰將笑爾作愁兵

柳拂斜開（一作陽）路籬邊數戶村可能還有意不掩向江門

不識桓公（一作相如）渴徒吟子美詩江清唯獨看心外更誰知

憔悴異靈均非讒作逐臣如逢漁父問未是獨醒人

水涵秋色靜雲帶夕陽高詩癖非吾病何妨吮短毫

登（一作帶）舟非（一作維）古岸還似阻西陵箕伯無多少回頭詎不能

帆翅初張處雲鵬怒翼同莫愁千里路自有到來風

秋（一作愁）雲久無雨江燕社猶飛却笑舟中客今年未得歸

佳節雖逢菊浮生（一作塞）正似（一作是）萍故山何處望荒岸小長亭

行到楚江岸蒼茫人正迷秖知秦塞遠格磔鷓鴣啼

月下江流靜村荒人語稀鷺鷥雖有伴仍（一作乃）共影雙飛

斗轉月未落舟行夜已深有村知不遠風便數聲砧

櫂驚沙鳥迅飛濺夕陽波不顧魚多處應防一目羅

漸覺江天遠難逢故國書可能無往事空食鼎中魚

岸草連荒色村聲樂稔年晚晴初（一作貪）獲稻閑却采蓮（一作菱）船

灘淺爭（一作多）遊鷺江清易見魚怪來吟未足秋物欠紅蕖

蛩響依莎（一作沙）草螢飛透水煙夜涼誰詠史空泊運租船

睡穩蓬舟輕風微浪不驚任君（一作居人）蘆葦岸終夜動秋聲

自念（一作守）平生意曾期一郡符豈（一作可）知因謫宦斑鬢入江湖

煙渚復煙渚畫屏休（一作還）畫屏引愁天末去數點暮山青

水天涼夜月不是惜（一作少）清光好物（一作景）隨人祕（一作物）秦淮憶建康

古來多思客搖落恨江潭今日秋風至蕭疎獨（一作過）沔南

暎竹疑村好穿蘆覺渚幽漸安無曠土薑芋當農收

秋風動客心寂寂不成吟飛上危檣立啼烏（一作鶯）報好（一作鳥不）知音

見底高秋水開懷萬里天旅吟還有伴沙柳數枝蟬

九日自佳節扁舟無一杯曹園舊尊酒戲馬憶高臺

兵火有餘燼貧村纔數家無人爭曉渡殘月下寒沙

渚禽菱芡足，不向稻粱爭。靜宿涼灣月，應無失侶聲。

輕雲未護（一作擭）霜，樹杪橘初黃。信是知名物，微風過水香。

渺渺望天涯，清漣浸赤霞。難逢星漢使，烏鵲日（一作白）乘槎。

土曠深耕少，江平遠釣多。生平皆棄本，金革竟如何。

海月非常物，等閑不可尋。披沙應有地，淺處定無金。

風晚冷颼颼，蘆花已白頭。舊來紅葉寺，堪憶玉京秋。

風好來無陣，雲閑去有蹤。釣歌無遠近，應喜罷艨艟。

吳疆連楚甸，楚俗異吳鄉。漫把尊中物，無人啄蟹筐（一作黃）。

岸綠野煙遠，江紅斜照微。撐開小漁艇，應到月明歸。

雨餘江始漲，漾漾見流薪。曾歎河（一作溝）中木，斯言憶古人。

葉（一作乘）舟維夏口，煙野獨行時。不見頭陀寺，空懷幼婦碑。

晚泊武昌岸，津亭疎柳風。數株曾手植，好事憶陶公。

墜露曉猶濃（一作霞半日猶紅），秋花（一作清風）不易逢。涉江雖已晚，高樹搴（一作攀）芙蓉。

舟航依浦定，星斗滿江寒。若比陰霾日，何妨夜未闌。

近戍離金落，孤岑望火門。唯將知命意，瀟灑向乾坤。

叢菊生堤上，此花長後時。有人還採掇，何必在（一作及）春期。

夕景殘霞落，秋寒細雨晴。短纓何用濯，舟在月中行。

堤（一作根）壞漏（一作滿）江水，地坳成野塘。晚荷人不折，留取（一作此）作秋香。

左（一作失）宦終何路，擄懷亦自寬。襞箋嘲白鷺，無意喻臯鸞。

樓空人不歸，雲似去時衣。黃鶴無心下，長應笑令威。

白帝朝驚浪，潯陽（一作陽臺）暮瞑雲。等閑生險易，世路秪如君。

櫓慢開（一作生）輕浪，帆虛帶白雲。客船雖狹小，容得庾（一作瘦）將軍。

風雨正甘（一作酣）寢，雲霓忽晚晴。放歌雖（一作須）自遣，一歲又崢嶸。

靜看秋江水，風微浪漸平。人間馳競處，塵土自波成。

風動（一作借）帆方疾，風回櫂却遲。較量人世事，不校一毫釐。

咫尺愁風雨，匡廬不可登。秪疑雲（一作香）霧窟，猶有六朝僧。

幽思正遲遲，沙邊濯弄時。自憐非博物，猶未識鳧葵。

曾有煙波客，能歌西塞山。落帆唯待月，一釣紫菱灣。

千頃水紋細，一拳嵐影孤。君山寒樹綠，曾過洞庭湖。

光潤重湖水，低斜遠雁行。未曾無興詠，多謝沈東陽。

晚菊繞江壘，忽如開古屏。莫言時節過，白日有餘馨。

秋寒鷹隼健，逐雀下雲空。知是江湖闊，無心擊塞鴻。

日落長亭晚，山門步障青。可憐（一作能）無酒分，處處（一作更覓）有旗亭（一作星）。

江草何多思，冬青尚滿洲。誰能驚鵩鳥，作賦為沙鷗。

遠岸無行樹，經霜有半紅。停船搜（一作拔）好句，題葉贈江楓。

身世比行舟，無風亦暫休。敢言終破浪，唯願穩乘流。

數畝蒼苔石，煙濛鶴卵洲。定因詞客遇（一作過），名字始風流。

興閑停桂楫，路好過松門。不負佳山水，還開酒一尊。

幽懷念煙水，長恨隔龍沙。今日滕王閣，分明見落霞。

短楫休敲桂，孤根自駐萍。自憐非劍氣，空向斗牛星。

江流何渺渺，懷古獨依依。漁父非賢者，蘆中但有磯。

高浪如銀屋，江風一發時。筆端降太白，才大語終奇。

細竹漁家路，晴陽看結罾（一作罶）。喜來邀客坐，分與折腰菱。

幸有煙波興，寧辭筆硯勞。緣情無怨刺（一作刺怨），却似反離騷。

平湖五百里，江水想通波。不柰扁舟去，其如決計何。

數峯雲斷處，去岸暎高（一作西）山。身到韋（一作章）江日，猶應（一作應猶）未得閑。

一灣斜照水，三版順風船。未敢相邀約，勞生秪自憐。

江雨正霏微，江村晚渡稀。何曾妨釣艇，更待得魚歸。

沙上獨行時，高吟（一作吟情）到楚詞（一作祠）。難將垂岸蓼，盈（一作應）把當江蘺。

新野舊樓名，潯陽勝賞情。照人長一色，江月共淒清。

願飲西江水，那吟北渚愁。莫教留滯跡，遠比蔡昭侯。

湖口分江水，東流獨有情。當時好風物，誰伴謝（一作為伴）宣城。

潯陽江畔菊，應似古來秋。為問幽棲客，吟時得酒不。

高峯有佳號，千尺倚寒松（一作風）。若使鑪煙在，猶應為上公。

萬木已清霜，江邊村事忙。故溪黃稻熟，一夜夢（一作覺）中香。

楚水苦縈迴，征帆落又開。可緣非直路，却有好風來。

遠謫歲時晏，暮江風雨寒。仍愁繫舟處，驚夢近長灘。

言懷

夜月霽未（一作來）好，雲泉堪夢歸。如何建章漏，催著早朝衣。

和張僕射塞下曲（一作盧綸詩）

月黑雁飛高，單于夜遁逃。欲將輕騎逐，大雪滿弓刀。

送李明府去官

謗言三至後，直道歎何如。今日藍溪水，無人不（一作助，又作勖）夜魚（一作漁）。

赴章陵詶李卿贈別

一官叨下秩，九棘謝知音。芳草文園路，春愁滿別心。

逢俠者

燕趙悲歌士，相逢劇孟家。寸心言不盡，前路日將斜。

郎員外見尋不遇

軒騎來相訪，漁樵悔晚歸。更憐垂（一作乘）露跡，花裏點牆衣。

過李侍御宅（一作過故呂侍御宅）

不見承明客，愁聞長樂鐘（一作翰墨成千古，恩榮謝九重）。馬卿何早世，漢主欲登封。

宿洞口館（一作驛）

野竹通溪冷，秋泉（一作蟬，一作泉聲，又作蟬聲）入戶鳴。亂（一作往）來人不到，芳草上（一作寒）堦生。

九日寄姪綮等

采菊偏相憶，傳香寄便風。今朝竹林下，莫使桂尊空。

梨花

豔靜如籠月，香寒未逐風。桃花徒照地，終被笑妖紅。

題崔逸人山亭

藥徑深紅蘚，山窗滿翠微。羨君花下酒（一作醉），蝴蝶夢中飛。

藍田溪雜詠二十二首

登臺（一作望山臺）

望山登春臺，目盡趣難極。晚景下平阡，花際霞峯色。

板橋

靜宜樵隱度，遠與車馬隔。有時行藥來，喜遇歸山客。

石井

片霞照仙井，泉底桃花紅。那知幽石下，不與武陵通。

古藤

引蔓出雲樹，垂綸覆巢鶴。幽人對酒時，苔上閑花落。

晚歸鷺

池上靜難厭雲間欲去晚忽背夕陽飛乘興(一作剩與)清風遠

洞仙謡(一作伺山徑)

幾轉到青山數重度流水秦人入雲去知向桃源裏

藥圃

春畦生百藥花葉香初霽好容似風光(一作日與光風)偏來入叢蕙

石上苔

淨(一作靜)與溪色連幽宜松雨(一作露)滴誰知古石上不染世人跡

窗裏山

遠岫見如近千里(一作重)一窗裏坐來石上雲乍謂壺中起

竹間路

暗歸草堂靜半入花園(一作源)去有時載酒來不與清風遇

竹嶼

幽鳥清漣上興來看不足新篁壓水低昨夜鴛鴦宿

砌下泉

穿雲來自遠激砌流偏駛能資庭户幽更引海禽至

戲鷗

乍依菱蔓聚盡向蘆花滅更喜好風來數片翻晴雪

遠山鐘

風送出山鐘雲霞度水淺欲知(一作尋)聲盡處鳥滅寥天遠

東陂(一作皇子陂)

永日興難忘掇芳春陂曲新晴花枝下愛此苔水綠

池上亭

臨池構杏梁待客歸煙塘水上褰簾好蓮開杜若香

銜魚翠鳥

有意蓮葉間瞥然下高樹擘波得潛魚一點翠光去

石蓮花

幽石生芙蓉百花慚美色遠笑越溪女聞芳不可識

潺湲(一作溪)聲

亂石跳素波寒聲聞(一作來)幾處颼飀暝風引散出空林去

松下雪

雖因朔風至不向瑶臺側唯助苦寒松偏明後彫色

田鶴

田鶴望碧霄無風亦自舉單飛後片雲早晚及前侶

題南陂

家住鳳城南門臨古陂曲時憐上林雁半入池塘宿

傷秋

歲去人頭白秋來樹葉黃搔頭向黃葉與爾共悲傷

送崔山人歸山

東山殘雨挂斜暉野客巢由指翠微别酒稍酣乘興去知君不羨白雲歸

題禮上人壁畫山水

連山畫出映禪扉粉壁香筵(一作煙)滿翠微坐來鑪氣縈空散(一作微)共指晴雲向嶺歸

送歐陽子還江華郡

江華勝事接湘濱千里湖山入興新才子思歸催去棹汀(一作江)花且爲駐殘春

暮春歸故山草堂(一作劉長卿詩題云晚春歸山居題窗前竹)

谷口春殘(一作殘春)黃鳥稀辛夷花盡杏花飛始憐幽竹山窗下不改清陰待我歸

訪李(一本有少字)卿不遇

畫戟朱樓映晚霞高梧寒柳度飛鴉門前不見歸軒至城上愁看落日斜

與趙莒茶讌

竹下忘言對紫茶全勝羽客醉(一作對)流霞塵心洗盡興難盡一樹蟬聲片影斜

故王維右丞堂前芍藥花開悽然感懷

芍藥花開出舊欄春衫掩泪再來看主人不在花長在更勝青松守歲寒

送張參及第還家

大(一作太)學三年聞琢玉東堂一舉早成名借問還家何處好玉(一作中)人含笑下機迎

夜泊鸚鵡洲

月照溪邊一罩蓬夜聞(一作聞)清唱有微風小樓深巷敲方響水國人家在處同

歸雁

瀟湘何事等閑回水碧沙明兩岸苔二十五弦彈夜月不勝清怨却飛來

春郊

水遶(一作透)冰渠漸有聲氣融煙塢晚來明東風好作陽和使逢草逢花報發生

晚歸嚴明府題門

降士林霧蕙草寒弦(一作空)驚翰苑失鴛鸞秋中回首君門阻馬上應歌行路難

秋夜送趙冽歸襄陽

斗酒忘言良夜深紅萱露滴鵲(一作滴露鴻)驚林欲知别後思今夕漢水東流(一作遊)是寸心

送符别駕還郡(一作還鐵塘)

驥足駸駸吴越關(一作間)屏星復與紫書還已知從事元無事城上愁看海上山

同王員外雕城絶句

三軍版築脱金刀黎庶翻慚將士勞不憶(一作意)新城連嶂起(一作障)唯驚畫角入雲高

過故洛城

故城門外(一作前)春日斜故城門裏無人家市朝欲認不知處漠漠野田空草花

校獵曲

長楊殺氣連雲飛漢主秋畋正掩圍重門日晏紅塵出數騎胡(一作畋)人獵獸歸

晚過橫灞寄張藍田

亂水東流落照時黃花滿徑客行(一作來)遲林端忽見南山色馬上還吟陶令詩

九日田舍

今日陶(一作山一作吾)家野興偏東籬黃菊映(一作滿)秋田浮雲暝鳥飛將盡(一作稍飛去)始達青山(一作愛平林)新月前

長安落第

花繁柳暗九門深對飲悲歌淚滿襟數日鶯花皆落羽一回春至一傷心

全唐詩

元結

元結字次山河南人少不羈十七乃折節向學擢上第復舉制科國子司業蘇源明薦之結上時議三篇擢右金吾兵曹參軍攝監察御史爲山南西道節度參謀以討賊功遷監察御史裏行代宗立授著作郎久之拜道州刺史爲民營舍給田免徭役流亡歸者萬餘進容管經略使罷還京師卒年五十贈禮部侍郎集十卷今編詩二卷

二風詩 并序

天寶丁亥中元子以文辭待制闕下著皇謨三篇二風詩十篇將欲求干司匭氏以裨天監會有司奏待制者悉去之於是歸於州里後三歲以多病習靜於商餘山病間遂題括存之此亦古之賤士不忘盡臣之分耳其義有論訂之

治風詩五篇

至仁

古有仁帝能全仁明以封天下故爲至仁之詩二章四韻十二句

猗皇至聖兮至惠至仁德施蘊蘊蘊如何不全不鈌

猗皇至聖兮至儉至明化流瀛瀛瀛瀛如何不虢不絶莫知所覗

莫知其極一作豔

至慈

古有慈帝能保靜順以涵萬物故爲至慈之詩二章四韻十四句

至化之深兮猗猗娭娭同嬉如煦如吹如負如持而不知其慈故莫周莫止靜和而止

至化之極兮瀛瀛溶溶如涵一本無如涵二字如封如隨如從而不知其功故莫由莫已順時而理

至勞

古有勞王能執勞儉以大功業故爲至勞之詩三章六韻二十四句

至哉勤績不盈不延誰能頌之我請頌焉於戲勞王勤亦何極濟爾九土山川溝洫

至哉險德不豐不敷誰能頌之我請頌夫於戲勞王儉亦何深戒爾萬代奢侈荒淫

至哉茂功不升不圯誰能頌之我請頌矣於戲勞王功亦何大去爾兆庶洪湮災害

至正

古有正王能正慎恭和以安上下故爲至正之詩一章四韻八句

爲君之道何以爲明功不濫賞罪不濫刑讜言則聽諂言不聽王至是然可爲明焉

至理

古有理王能守清一以致無刑故爲至理之詩一章三韻十二句

理何爲兮系修文德加之清一莫不順則意彼刑法設以化人致使無之而化益純所謂代刑以道去殺嗚呼嗚呼人不斯察

亂風詩五篇

至荒

古有荒王忘戒慎道以逸豫失國故爲至荒之詩一章三韻十二句

國有世謨仁信勤欶王實憯荒終亡此乎焉有力恣諂惑而不亡其國嗚呼亡王忍爲此心敢正亡王永爲世箴

至亂

古有亂王肆極凶虐亂亡乃已故爲至亂之詩二章二韻十二句

嘻乎王家曾有凶王中世失國豈非驕荒復復之難令則可忘

嘻乎亂王王心何思暴淫虐惑無思不爲生人寃怨言何極之

至虐

古有虐王昏毒狂忍無惡不及故爲至虐之詩二章四韻十八句

夫爲君上兮慈順明恕可以化人忍行昏恣獨樂其身一徇所欲萬方悲哀於斯而喜當云何哉

夫爲君上兮兢慎儉約可以保身忍行荒惑虐暴於人前世失國如王者多於斯不寤當如之何

至惑

古有惑王用姦臣以虐外寵妖女以亂内内外用亂至於崩亡故爲至惑之詩二章六韻二十句

賢聖爲上兮必儉約戒身鑒察化人所以保福也如何不思荒恣是爲上下隔塞人神怨㬰音備敖惡無厭不畏

顛隆

聖賢爲上兮必用賢正黜姦佞之臣所以長久也如何反是以爲亂矣寵邪信惑近佞好諛廢嫡立庶忍爲禍謨

至傷

古有傷王以崩盪之餘無惡不爲也亂亡之由固在累積故爲至傷之詩一章二韻十二句

夫何傷兮傷王乎欲何爲乎將蠹枯矣無人救乎蠹枯及矣不可救乎嗟傷王自爲人君變爲人奴爲人君者忘戒（一本有此字）乎

補樂歌十首（并序）

自伏羲（一作羲軒）氏至于殷室凡十代樂歌有其名無其辭考之傳記而義或存焉嗚呼樂聲自太古始百世之後盡亡古音嗚呼樂歌自太古始百世之後遂亡古辭今國家追復純古列祠往帝歲時薦享則必作樂而無雲門咸池韶夏之聲故探其名義以補之誠不足全化金石反正宮羽而或存之猶乙乙冥冥有純古之聲豈幾乎司樂君子道和焉爾凡十篇十有九章各引其義以序之命曰補樂歌

網罟

網罟伏羲氏之樂歌也其義蓋稱伏羲能易人取禽獸之勞凡二章章四句

吾人苦兮水深深網罟設兮水不深

吾人苦兮山幽幽網罟設兮山不幽

豐年

豐年神農氏之樂歌也其義蓋稱神農教人種植之功凡二章章四句

猗太帝兮其智如神分草實兮濟我生人

猗太帝兮其功如天均四時兮成我豐年

雲門

雲門軒轅氏之樂歌也其義蓋言雲之出潤蓋萬物如帝之德無所不施凡二章章四句

玄雲溶溶（一作滇滇）兮垂雨濛濛類我聖澤兮涵濡不窮

玄雲漠漠兮含映逾光類我聖德兮溥（一作麻）被無方

九淵

九淵少昊氏之樂歌也其義蓋稱少昊之德淵然深遠凡一章章四句

聖德至深兮奫奫（紆倫切，一作蘊蘊）如淵生類娭娭（嬉同）兮孰知其然

五莖

五莖顓頊氏之樂歌也其義蓋稱顓頊得五德之根莖凡一章章八句

植植萬物兮滔滔根莖五德涵柔兮渢渢（音風，又音泛）而生其生如何兮秞秞（音由）天下皆自我君兮化成

六英

六英高辛氏之樂歌也其義蓋稱帝嚳能總六合之英華凡二章章六句

我有金石兮擊考（一作拊）崇崇（一作淙淙）與汝歌舞兮上帝之風由六合兮英華渢渢

我有絲竹兮韻和泠泠與汝歌舞兮上帝之聲由六合兮根底（一作柢）贏贏

咸池

咸池陶唐氏之樂歌也其義蓋稱堯德至大無不備全凡二章章四句

元化油油兮孰知其然至德汩汩兮順之以先

元化浘浘（音尾）兮孰知其然至道泱泱兮由之以全

大韶

大韶有虞氏之樂歌也其義蓋稱舜能紹先聖之德凡二章章四句

森森羣象兮日見生成欲聞朕初兮玄封冥冥

洋洋至化兮日見深柔欲聞大（一作涵）濩兮大淵油油

大夏

大夏有夏氏之樂歌也其義蓋稱禹治水其功能大中國凡三章章四句

茫茫下土兮乃生九州山有長岑兮川有深流

茫茫下土兮乃均四方國有安乂（一作民人）兮（一作有國安人）野有封疆

茫茫下土兮乃歌萬年上有茂功兮下戴仁天

大濩

大濩有殷氏之樂歌也其義蓋稱湯救天下濩然得所凡二章章四句

萬姓苦兮怨且哭不有聖人兮誰護（一作濩）育

聖人生兮天下和萬姓熙熙兮舞且歌

系樂府十二首（并序）

天寶辛未中元子將前世嘗可稱歎者爲詩十二篇爲引其義以名之總命曰系樂府古人詠歌不盡其情聲者化金石以盡之其歡怨甚邪戲盡歡怨之聲者可以上感於上下化於下故元子系之

思太古

東南三千里沅湘爲太湖湖上山谷深有人多似愚嬰孩寄樹顛就水捕鴮（於都切）鱸所歡同鳥獸身意復何拘吾行遍九州此風皆已無吁嗟聖賢教不覺久躊躕

隴上歎

援車登隴坂窮高遂停駕延望戎狄鄉巡迴復悲咤滋移有情教草木猶可化聖賢禮讓風何不遍西夏父子忍猜害君臣敢欺詐所適今若斯悠悠欲安舍

頌東夷

嘗聞古天子朝會張新樂金石無全聲宮商亂清濁東（一作束）驚且悲歎節變何煩數始知中國人耽此亡純朴爾爲外方客何爲獨能覺其音若或在蹈海吾將學

賤士吟

南風發天和和氣天下流能使萬物榮不能變羇愁爲愁亦何爾自請說此由諂競實多路苟邪皆共求嘗聞古君子指以爲深羞正方終莫可江海有滄洲

欸乃曲

誰能聽欸乃欸乃感人情不恨湘波深不怨湘水清所嗟豈敢道空羨江月明昔聞扣斷舟引釣歌此聲始歌悲風起歌竟愁雲生遺曲今何在逸爲漁父行

貧婦詞

誰知苦貧夫家有愁怨妻請君聽其詞能不爲酸悽（一作

嘶所憐抱中兒不如山下麑(一作麛)空念庭前地化爲人吏蹊出門望山澤回頭(一作顧)心復迷何時見府主長跪向之啼

去鄉悲

躊躕古塞關悲歌爲誰長日行見孤老羸弱相提將聞其呼怨聲聞聲問其方乃言無患苦豈棄父母鄉非不見其心仁惠誠所望念之何可說獨立爲悽傷

壽翁興

借問多壽翁何方自修育惟云順所然忘情學草木始知世上術勞苦化(一作分)金玉不見充所求空鬪肆(一作恣)耽欲清和存王母潛濩無亂黷誰正好長生此言堪佩服

農臣怨

農臣何所怨乃欲干人主不識天地心徒然怨風雨將論草木患欲說昆蟲苦巡迴宮闕傍其意無由吐一朝哭都市淚盡歸田畝謠頌若采之此言當可取

謝大(一作天)龜

客來自江漢云得雙大(一作天)龜且言龜甚靈問我君何疑自昔保方正顧嘗無妄私順和固鄙分全守眞常規行之恐不及此外將何爲惠恩如可謝占問敢終辭

古遺歎

古昔有遺歎所歎何所爲有國遺賢臣萬世爲冤悲所遺非遺望所遺非可遺所遺非遺用所遺在遺之嗟嗟山海客全獨竟何辭心非膏濡類安得無不遺

下客謠

下客無黃金豈思主人憐客言勝黃金主人然不然珠玉成(一作誠)彩翠綺羅如嬋娟終恐見斯好有時去君前豈知保忠信長使令德全風聲與時茂歌頌萬千年

漫歌八曲(并序)

壬寅中漫叟得免職事漫家樊上修耕釣以自資作漫歌八曲與縣大夫孟士源欲士源唱而和之

故城東

漫惜故城東良田野草生說向縣大夫大夫勸我耕耕者我爲先耕者相次焉誰愛故城東今爲近郭田

西陽城

江北有大洲洲上堪力耕此中宜五穀不及西陽城城畔多野桑城中多古荒衣食可力求此外何所望

大回中

樊水欲東流大江又北來樊山當其南此中爲大回回中魚好遊回中多釣舟漫欲作漁人終焉無所求

小回中

叢石橫大江人言是釣臺水石相衝激此中爲小回回中浪不惡復在武昌郭來客去客船皆向此中泊

將牛何處去二首

將牛何處去耕彼故城東相伴有田父相歡惟牧童

將牛何處去耕彼西陽城叔閑修農具直者伴我耕(叔閑漫叟韋氏甥直者漫叟長子也)

將船何處去二首

將船何處去釣彼大回中叔靜能鼓橈正者隨弱翁(叔靜漫翁李氏甥正者漫翁次子也)

將船何處去送客小回南有時逢惡客還家亦少酣

引極三首(并序)

引極興也喻也引之言演極之言盡演意盡物引興極喻故曰引極

思元極

天曠莽兮杳泱茫氣浩浩兮色蒼蒼上何有兮人不測積清寥兮成元極彼元極兮靈且異思一見兮藐難致思不從兮空自傷心慅悍兮意惶懷思假翼兮鸞鳳乘長風兮上羾(音貢)揖元氣兮本深實餐至和兮永終日

望仙府

山鑿落兮眇嶔岑雲溶溶兮木棽棽中何有兮人不覿遠欷差兮閟仙府彼仙府兮深且幽望一至兮藐無由望不從兮知如何心混混兮意渾和思假足兮虎豹超阻絕兮淩趠詣仙府兮從羽人餌五靈兮保清眞

懷潛君

海浩淼兮汩洪溶流蘊蘊兮濤洶洶下何有兮人不聞深溢漭兮居潛君彼潛君兮聖且神思一見兮藐無因思不從兮空踯躅心回迷兮意縈紆思假鱗兮鯤龍激沆浪兮奔從拜潛君兮索玄寶佩元符兮軌皇道

演興四首(并序)

商餘山有太靈古祠傳云豢龍氏祠大帝所立祠在少餘西乳之下邑人修之以祈田子因爲招詞訟閔之文以演興辭曰

招太靈

招太靈兮山之巔山屹岦兮水淪漣祠之蘱(音賴壞也)兮眇何年木修修兮草鮮鮮嗟魑魅兮淫厲自古昔兮祟祭禧太靈兮端清予願致夫精誠久惝兮恍恍招捃擩兮呼風風之聲兮起飀飀吹玄雲兮散而浮望太靈兮儼而安瀸油溶兮都清閑

初祀

山之乳兮葺太祠木孫爲桷兮木母欀雲纓爲楫兮愚木楄洞淵禪兮揭巍巍塗木蘭兮蒔糅蔦被弱草兮禘礿聯佗渾洪兮馥闐闐管化石兮洞剡天翹修釤(山鑒切大鎌也)兮掉蕪殳靈巫讕(力水切)兮舞顒于薦天鮮兮酒陽泉獻水芸兮飯霜秈與太靈兮千萬年

訟木魅(第二十句缺一字)

登高峰兮俯幽谷心悴悴兮念羣木見樗栲兮相陰覆憐棲榕兮不豐茂見榛梗之森梢閔樅檜兮合蠹槢(音習)橈橈兮未堅樟桹桹兮可屈欀(音蜜香木)林樽兮不香拔丰茸兮已實豈元化之不均兮非雨露之偏殊諒理性之不等於順時兮不如瘱吾心以冥想終念此兮不怡佁予莫識天地之意兮願截惡木之根傾梟獍之古巢取童以爲薪劃大木使飛焰徯枯腐之燒焚實非吾心之不仁惠也豈恥夫善惡之相紛且欲畚三河之膏壤裨濟水之清漣將封灌乎善木令橚橚以梴梴尚畏乎衆善之未茂兮爲衆惡之所挑凌思聚義以爲曹令敷扶以相勝取方所以柯如兮吾將出於南荒求壽藤與蟠木吾將出於東方祈有德而來歸輔神檉與堅香且憂顒之翩翩又愁傃(同欲)之奔馳及陰陽兮不和惡此土之失時令神檉兮不茂使堅香兮不滋重嗟惋兮何補每

齊心以精意切援祝於神明冀感通於天地猶恐衆妖
兮木魅魍魎兮山精上誤惑於靈心經紿于言兮不聽
敢引佩以指水誓吾心兮自明

閔嶺中 首句缺一字

羣山以延想吾獨閔乎嶺中彼嶺中兮何有有天含
之玉峰殊閟絶之極顛上聞産乎翠茸欲采之以將壽
眇不知夫所從大淵蘊蘊兮絶巖岌岌非梯梁以通險
當無路兮可入彼猛毒兮曹聚必憑託乎阻修常儗儗
兮伺人又如何兮不愁彼妖精兮變怪必假見於風雨
常閔閔而伺人又如何兮不若從仁兮託信將徑往
兮不難久懷懷以悢悢卻遅迴而永歎懼大靈兮不知
以予心爲永惟若不可乎遂已吾終保夫直方則必棠
皮箄莫遥切以爲矢弦毋筱同篠以爲弧化毒銅以爲戟剌棘
竹以爲殳得猛烈之材獲與之而並驅且春剌乎惡毒
又引射夫妖怪盡羣類兮使無令善仁一作人兮不害然後
采棫榕以駕深狀樅穗兮梯險躋予身之飄飄承予步
之跳跳入嶺中而登玉峰極閟絶而求翠茸將吾壽兮
隨所從思未得兮馬如龍獨騎蔽於山顛久低迴而悒
瘀空仰訟一作訴於上玄彼至精兮必應寧古有而今無將
與身而皆亡豈言之而已乎

元結

閔荒詩一首 并序

天寶丙戌中元子浮隋河至淮陰間其年水壞河
防得隋人冤歌五篇考其歌義似冤怨時主故廣
其意采其歌爲閔荒詩一篇其餘載于異録

煬皇嗣君位隋德滋昏幽日作及身禍以爲長世謀居
常恥前王不思天子遊意欲出明堂便登浮海舟令行
山川改功與玄造侔河淮可支合峰嶂生回溝封隕下
澤中作山防逸流船艫狀龍鷁若負宮闕浮荒娛未央
極始到滄海頭忽見海門山思作望海樓不知新都城
已爲征戰丘當時有遺歌歌曲太冤愁四海非天獄何
爲非天囚天囚正凶忍爲我萬姓讐人將引天釤人將
持天鋋所欲充其心相與絶悲憂自得隋人歌每爲隋
君羞欲歌當陽春似覺天下秋更歌曲未終如有怨氣
浮奈何昏王心不覺此怨尤遂令一夫唱四海欣提矛
吾聞古賢君其道常静柔慈惠恐不足端和忘所求嗟
嗟有隋氏惛惛誰與儔

忝官引

天下昔無事僻居養愚鈍山野性所安熙然自全順忽
逢暴兵起閭巷見軍陣將家瀛海濱自棄同芻糞往在
乾元初聖人啓休運公車詣魏闕天子垂清問敢誦王
者箴亦獻當時論朝廷愛方直明主嘉忠信屢授不次
官曾與專征印兵家未曾學榮利非所徇偶得兇醜降
功勞媿方寸爾來將四歲慙恥言可盡請取冤者辭爲
吾忝官引冤辭何者苦萬邑餘灰燼冤辭何者悲生人
盡鋒刃冤辭何者甚力役遇勞困冤辭何者深孤弱亦
哀恨無謀救冤者禄位安可近而可愛軒裳其心又干
進此言非所戒此言敢貽訓實欲辭無能歸耕守吾分

春陵行 并序

癸卯歲漫叟授道州刺史道州舊四萬餘户經賊
已來不滿四千大半不勝賦稅到官未五十日承
諸使徵求符牒二百餘封皆曰失其限者罪至貶
削於戲若悉應其命則州縣破亂刺史欲焉逃罪
若不應命又即獲罪戾必不免也吾將守官靜以
安人待罪而已此州是春陵故地故作春陵行以
達下情

軍國多所需切責在有司有司臨郡縣刑法競欲施供
給豈不憂徵斂又可悲州小經亂亡遺人實困疲大鄉
無十家大族命單羸朝餐是草根暮食仍木皮出言氣
欲絶意速行步遲追呼尚不忍況乃鞭撲之郵亭傳急
符來往跡相追更無寬大恩但有迫促期欲令鬻兒女
言發恐亂隨悉使索其家而又無生資聽彼道路言怨
傷誰復知去冬山賊來殺奪幾無遺所願見王官撫養
以惠慈奈何重驅逐不使存活爲安人天子命符節我
所持州縣忽亂亡得罪復是誰逋緩違詔令蒙責固其
宜前賢重守分惡以禍福移亦云貴守官不愛能適時
顧惟孱弱者正直當不虧何人采國風吾欲獻此辭

賊退示官吏 并序

癸卯歲西原賊入道州焚燒一本無焚燒二字殺掠幾盡而去
明年賊又攻永破邵不犯此州邊鄙而退豈力能
制敵歟蓋蒙其傷憐而已諸使何爲忍苦徵斂故
作詩一篇以示官吏

昔歲逢太平山林二十年泉源在庭户洞壑當門前井
稅有常期日晏猶得眠忽然遭世變數歲親戎旃今來
典斯郡山夷又紛然城小賊不屠人貧傷可憐是以陷
鄰境此州獨見全使臣將王命豈不如賊焉令彼徵斂
者迫之如火煎誰能絶人命以作時世賢思欲委符節
引竿自刺船將家就魚麥歸老江湖一作海邊

寄源休 并序

辛丑中元結與族弟源休皆爲尚書郎在荆南府
幕休以曾任湖南久理長沙結以曾遊江州將兵
鎮九江自春及秋不得相見故抒所懷以寄之

天下未偃兵儒生預戎事功勞安可問且有忝官累昔
常以荒浪不敢學爲吏況當在兵家言之豈容易忽然
向三嶺境外爲偏帥時多尚矯詐進退多欺貳縱有一

直方則上似姦智誰爲明信者能辨此勞畏

雪中懷孟武昌

冬來三度雪農者歡歲稔我麥根已濡各得在倉廩天寒未能起孺子驚人寢云有山客來籃中見冬筍燒柴爲温酒煮鱖爲作湌客亦愛杯尊思君共杯飲所嗟山路閑時節寒又甚不能苦相邀興盡還就枕

與党評事 并序

大理評事党曄好閑自退元子愛之作詩贈焉

自顧無功勞一歲官再遷跼身班次中常竊愧耻焉加以久荒浪惛愚性頗全未知在冠冕不合無拘牽勸強所不及於人或未然豈忘惠君子恕之識見偏且欲因我心順爲理化先彼云萬物情有願隨所便愛君得自遂令我空淵禪

與党侍御 并序

庚子中元子次山爲監察御史党茂宗罷大理評事次山愛其高尚曾作詩一篇與之及次山未辭殿中茂宗已受監察釆茂宗嘗相誚戲之意又作詩與之

衆坐吾獨歡或問歡爲誰高人党茂宗復來官憲司昔吾順元和與世行自遺茂宗正作吏日有趨走疲及吾汗冠冕茂宗方矯時誚吾順讓者乃是干進資今將問茂宗茂宗欲何辭若云吾無心此來復何爲若云吾有羞於此還見嗤誰言萬類心閑之不可窺吾欲喻茂宗茂宗宜聽之長轅有修轍馭者令爾馳山谷安可怨筋力當自悲嗟嗟党茂宗可爲識者規

與瀼溪鄰里 并序

乾元元年元子將家自全于瀼溪上元二年領荆南之兵鎮於九江方在軍旅與瀼溪鄰里不得如往時相見遊又知瀼溪之人日轉窮困故作詩與之

昔年苦逆亂舉族來南奔日行幾十里愛君此山村峰谷呀回映誰家無泉源修竹多夾路扁舟皆到門瀼溪中曲濱其陽有閑園鄰里昔贈我許之及子孫我嘗有匱乏鄰里能相分我嘗有不安鄰里能相存斯人轉貧弱力役非無冤終以瀼濱訟無令天下論

招孟武昌 并序

漫叟作退谷銘指曰干進之客不能遊之作杯湖銘指曰爲人厭者勿泛杯湖孟士源嘗黜官無情干進在武昌不爲人厭可遊退谷可泛杯湖故作詩招之

風霜枯萬物退谷如春時窮冬涸江海杯湖澄清漪湖盡到谷口單船近堦墀湖中更何好坐見大江水欹石爲水涯半山在湖裏谷口更何好絶壑流寒泉松桂蔭茅舍白雲生坐邊武昌不干進武昌人不厭退谷正可遊杯湖任來泛湖上有水鳥見人不飛鳴谷口有山獸往往隨人行莫將車馬來令我鳥獸驚

招陶別駕家陽華作

海内厭兵革騷騷十二年陽華洞中人似不知亂焉誰能家此地終老可自全草堂背巖洞幾峰軒户前清渠匝庭堂出門仍灌田半崖盤石徑高亭臨極巔引望見何處迤邐隴北川杉松幾萬株蒼蒼滿前山巖高曖華陽飛溜何潺潺洞深迷遠近但覺多洄淵晝遊興未盡日暮不欲眠探燭飲洞中醉昏漱寒泉始知天下心耽愛各有偏陶家世高逸公忍不獨然無或畢婚嫁竟爲俗務牽

遊石溪示學者

小溪在城下形勝堪賞愛尤宜春水滿水石更殊怪長山勢迴合井邑相縈帶石林繞舜祠西南正相對階庭無爭訟郊境罷守衛時時溪上來勸引辭學輩今誰不務武儒雅道將廢豈忘二三子旦夕相勉勵

遊潓泉示泉上學者

顧吾漫浪久不欲有所拘每到潓泉上情性可安舒草堂在山曲澄瀾涵階除松竹陰幽徑清源湧坐隅築塘列圃畦引流灌時蔬復在郊郭外正堪靜者居愜心則自適喜尚人或殊此中若可安不服一作佩銅虎符

喻瀼溪鄉舊遊

往年在瀼濱瀼人皆忘情今來遊瀼鄉瀼人見我驚我心與瀼人豈有辱與榮瀼人異其心應爲我冠纓昔賢惡如此所以辭公卿貧窮老鄉里自休還力耕況曾經逆亂日厭聞戰爭尤愛一溪水而能存讓名終當來其濱飲啄全此生

喻舊部曲

漫遊樊水陰忽見舊部曲尚言軍中好猶望有所屬故令爭者心至死終不足與之一杯酒喻使燒戎服兵興向十年所見堪歎哭相逢是遺人當合識榮辱勸汝學全生隨我畬退谷

喻常吾直 時爲攝官

山澤多飢人閭里多壞屋戰爭且未息徵斂何時足不能救人患不合食天粟何況假一官而苟求其禄近年更長吏數月未爲速來者罷而官豈得不爲辱勸爲辭府主從我遊退谷谷中有寒泉爲爾洗塵服

漫問相里黄州

東鄰有漁父西鄰有山僧各問其性情變之俱不能公爲二千石我爲山海客志業豈不同今已殊名跡相里不相類相友且相異何況天下人而欲同其意人意苟不同分寸不相容漫問軒裳客何如耕釣翁

訓裴雲客

自厭久荒浪於時無所任耕釣以爲事來家樊水陰甚醉或漫歌甚閑亦漫吟不知愚僻意稱得雲客心雲客方持斧與人正相臨符印隨坐起守位常森森縱能有相招豈暇來山林

酬孟武昌苦雪

積雲閑山路有人到庭前云是孟武昌令獻苦雪篇長吟未及終不覺爲懐然古之賢達者與世竟何異不能救時患諷諭一作論以全意知公惜春物豈非愛時和知公苦陰雪傷彼災患多姦宄正驅馳不合問君子林鶯與野獸無乃怨於此兵興向九歲稼穡誰能憂何時不發卒何日不殺牛耕者日已少耕牛日已希皇天復何忍更又恐斃之自經危亂來觸物堪傷歎見君問我意只

益胸中亂山翕飢不飛山木凍皆折懸泉化爲氷寒水近不熱出門望天地天地皆昏昏時見雙峰下雪中生白雲

漫酬賈沔州（并序）

賈德方與漫叟者懼漫叟不能甘窮獨懼漫叟又須爲官故作詩相喻其指曰勸爾莫作官作官不益身因德方之意遂漫酬之

往年壯心在嘗欲濟時難奉詔舉州兵令得誅暴叛上將屢顛覆偏師嘗救亂未曾弛戈甲終日領簿案出入四五年憂勞忘昏旦無謀静兇醜自覺愚且愞豈欲皁櫪中爭食麧（下没切）與䴱（下辦切麧糠中可食者牛馬食餘草節曰䴱）去年辭職事所懼貽憂患天子許安親官又得閑散自家樊水上性情尤荒慢雲山與水木似不憎吾漫以茲忘時世日益無畏憚漫醉人不嗔漫眠人不喚漫遊無遠近漫樂無早晏漫中漫亦忘名利誰能算聞君勸我意爲君一長歎人誰年八十我已過其半家中孤弱子長子未及冠且爲兒童主種藥老谿澗

送孟校書往南海（并序　一作別孟校書）

平昌孟雲卿與元次山同州里以詞學相友幾二十年次山今罷守舂陵雲卿始典校芸閣於戲材業次山不如雲卿詞賦次山不如雲卿通和次山不如雲卿在次山又詡然求進者也誰言時命吾欲聽之次山今且未老雲卿少次山六七歲雲卿聲名滿天下知已在朝廷及次山之年雲卿何事不可至勿隨長風乘興蹈海勿愛羅浮往而不歸南海幕府有樂安任鴻與次山最舊請任公爲次山一白府主趣資裝雲卿使北歸慎勿令徘徊海上諸公第作歌送之

吾聞近南海乃是魑魅鄉忽見孟夫子歡然遊此方忽喜海風來海帆又欲張漂漂隨所去不念歸路長君有失母兒愛之似阿陽始解隨人行不欲離君傍相勸早旋歸此言慎勿忘

別何員外

誰能守清躅誰能嗣世儒吾見何君饒爲人有是夫黜官二十年未曾暫崎嶇終不病貧賤寥寥無所拘忽然逢知己數月領官符猶是尚書郎收賦來江湖人皆悉蒼生隨意極所須比盜無兵甲似偷又不如公能獨寛大使之力自輸吾欲探時謡爲公伏奏書但恐抵忌諱未知肯聽無不然且相送醉歡於坐隅

宴湖上亭作

廣亭蓋小湖湖亭實清曠軒窗幽水石怪異尤難狀石尊能寒酒寒水宜初漲岸曲坐客稀桮浮上搖漾遠水入簾幕淅瀝吹酒舫欲去未回時飄飄正堪望酣興思共醉促酒更相向舫去若驚鳧溶瀛滿湖浪朝來暮忘返暮歸獨惆悵誰肯愛林泉從吾老湖上

夜宴石魚湖作

風霜雖慘然出遊熙天正（一作晴）登臨日暮歸置酒湖上亭高燭照泉深光華溢軒楹如見海底日曈曈始欲生夜寒閉窗戶石溜何清泠若在深洞中半崖聞水聲醉人疑舫影呼指遞相驚何故有雙魚隨吾酒舫行醉昏能誕語勸醉能忘情坐無拘忌人勿限醉與醒

劉侍御月夜讌會（并序）

兵興已來十一年矣獲與同志歡醉達旦詠歌取適無一二焉乙巳歲彭城劉靈源在衡陽逢故人或有在者日（一作曰）昔相會第歡遠遊始與諸公待月而笑語竟與諸公愛月而歡醉詠歌夜久賦詩言懷於戲文章道喪蓋久矣時之作者煩雜過多歌兒舞女且相喜愛系之風雅誰道是邪諸公嘗欲變時俗之淫靡爲後生之規範今夕豈不能道達情性成一時之美乎

我從蒼梧來將耕舊山田踟躕爲故人且復停歸船日夕得相從轉覺和樂全愚愛涼風來明月正滿天河漢望不見幾星猶粲然中夜與欲酣改坐臨清川未醉恐天旦更歌促繁弦歡娛不可逢請君莫言旋

樊上漫作

漫家郎亭下復在樊水邊去郭五六里扁舟到門前山竹繞茅舍庭中有寒泉西邊雙石峰引望堪忘年四鄰皆漁父近渚多閑田且欲學耕釣於斯求老焉

登殊亭作

時節方大暑試來登殊亭憑軒未及息忽若秋氣生主人既多閑有酒共我傾坐中不相異豈限醉與醒漫歌無人聽浪語無人驚時復一回望心目出四溟誰能守纓佩日與災患并請君誦此意令彼惑者聽

石魚湖上作（并序）

潓泉南上有獨石在水中狀如遊魚魚凹處修之可以貯（姜魚切）酒水涯四匝多欹石相連石上堪人坐水能浮小舫載酒又能繞石魚洄流乃命湖曰石魚湖鐫銘於湖上顯示來者又作詩以歌之

吾愛石魚湖石魚在湖裏魚背有酒樽繞魚是湖水兒童作小舫載酒勝一杯座中令酒舫空去復滿來湖岸多欹石石下流寒泉醉中一盥漱快意無比焉金玉吾不須軒冕吾不愛且欲坐湖畔石魚長相對

引東泉作

東泉人未知在我左山東引之傍山來垂流落庭中宿霧含朝光掩映如殘虹有時散成雨飄灑隨清風衆源發淵竇殊怪皆不同此流又高懸灕灕（乎表切）在長空山林何處無茲地不可逢吾欲解纓佩便爲泉上翁

登白雲亭

出門見（一作上）南山喜逐松徑行窮高欲極遠始到白雲亭長山繞井邑登望宜新晴州渚曲湘水縈迴隨郡城九疑千萬峰嵺嵺天外青煙雲無遠近皆傍林嶺生俯視松竹間石水何幽清涵映滿軒戶娟娟如鏡明何人病惛濃積醉且未醒與我一登臨爲君安性情

潓陽亭作（并序）

初得潓泉則爲亭於泉上因開簷霤又得石渠泉渠相宜亭更加好以亭在泉北故命之曰潓陽亭

問吾常讌息泉上何處好獨有潓陽亭令人可終老前軒臨潓泉憑几漱清流外物自相擾淵淵還復休有時出東戶更欲簷下坐非我意不行石渠能留我峰石若

鱗次欹垂復旋迴爲我引㶌泉泠泠簷下來天寒宜泉
溫泉寒宜天暑誰到㶌陽亭其心肯思去

登九嶷第二峰

九疑第二峰其上有仙壇杉松映飛泉蒼蒼在雲端何
人居此處云是魯女冠不知幾百歲燕坐餌金丹相傳
羽化時雲鶴滿峰巒婦中有高人相望空長歎

題孟中丞茅閣

小山爲郡城隨水能縈紆亭亭最高處今是西南隅杉
大老猶在蒼蒼數十株垂陰滿城上枝葉何扶踈乃知
四海中遺事誰謂無及觀茅閣成始覺形勝殊憑軒望
熊湘雲榭連蒼梧天下正炎熱此然氷雪俱客有在中
坐頌歌復何如公欲舉遺材如此佳木歟公方庇蒼生
又如斯閣乎請達謡頌聲願公且踟躕

窊尊詩（在道州）

嶢嶢小山石數峰對（一作戴）窊亭窊石堪爲樽狀類不可名
巡迴數尺間如見小蓬瀛尊中酒初漲始有島嶼生豈
無日觀峰直下臨滄溟愛之不覺醉醉卧還自醒醒醉
在尊畔始爲吾性情若以形勝論坐隅臨郡城平湖近
階砌遠山復青青異木幾十株枝條冒簷楹盤根滿石
上皆作龍蛇形酒堂貯釀器户牖皆罌缾此尊可常滿
誰是陶淵明

朝陽巖下歌

朝陽巖下湘水深朝陽洞口寒泉清零陵城郭夾湘岸
巖洞幽奇帶郡城荒蕪自古人不見零陵徒有先賢傳
水石爲娱安可羨長歌一曲留相勸

無爲洞口作

無爲洞口春水滿無爲洞傍春雲白愛此踟躕不能去
令人悔作衣冠客洞傍山僧皆學禪無求無欲亦忘年
欲問其心不能問我到山中得無悶

宿無爲觀

九疑山深幾千里峰谷崎嶇人不到山中舊有仙姥家
十里飛泉遶丹竈如今道士三四人茹芝錬玉學輕身
霓裳羽蓋傍臨壑飄颻似欲來雲鶴

宿洄溪翁宅

長松萬株遶茅舍怪石寒泉近巖下老翁八十猶能行
將領兒孫行拾稼吾羨老翁居處幽吾愛老翁無所求
時俗是非何足道得似老翁吾即休

說洄溪招退者（在州南江華縣）

長松亭亭滿四山山間乳竇流清泉洄溪正在此山裏
乳水松膏常灌田松膏乳水田肥良稻苗如蒲米粒長
糜色如珈玉液酒酒熟猶聞松節香溪邊老翁年幾許
長男頭白孫嫁女問言只食松田米無藥無方向人語
浯溪石下多泉源盛暑大寒冬大溫屠蘇宜在水中石
洄溪一曲自當門吾今欲作洄溪翁誰能住我舍西東
勿憚山深與地僻羅浮尚有葛仙翁

宿丹崖翁宅

扁舟欲到瀧口湍春水湍瀧上水難投竿來泊丹崖下
得與崖翁盡一歡丹崖之亭當石顛破竹半山引寒泉
泉流掩映在木杪有若白鳥飛林間往往隨風作霧雨
濕人巾履滿庭前丹崖翁愛丹崖棄官幾年崖下家兒
孫棹船抱酒甕醉裏長歌揮釣車吾將求退與翁遊學
翁歌醉在魚舟官吏隨人往未得却望丹崖慙復羞

石魚湖上醉歌（并序）

漫叟以公田米釀酒因休暇則載酒於湖上時取
一醉歡醉中據湖岸引臂向魚取酒使舫載之徧
飲坐者意疑倚巴丘酌於君山之上諸子環洞庭
而坐酒舫泛泛然觸波濤而往來者乃作歌以長
之

石魚湖似洞庭夏水欲滿君山青山爲樽水爲沼酒徒
歷歷坐洲島長風連日作大浪不能廢人運酒舫我持
長瓢坐巴丘酌飲四坐以散愁

橘井

靈橘無根井有泉世間如夢又千年鄉園不見重歸鶴
姓字今爲第幾仙風泠露壇人悄悄地閑荒徑草綿綿
如何躡得蘇君跡白日霓旌擁上天

石宮四詠

石宮春雲白白雲宜蒼苔拂雲踐石徑俗士誰能來
石宮夏水寒寒水宜高林遠風吹蘿蔓野客熙清陰
石宮秋氣清清氣宜山谷落葉逐霜風幽人愛松竹
石宮冬日煖煖日宜溫泉晨光靜水霧逸者猶安眠

欸乃曲五首

大曆丁未中漫叟結爲道州刺史以軍事詣都使
還州逢春水舟行不進作欸乃五首（一作章）令舟子唱
之蓋以取適於道路云（一作耳）詞曰

偶存名跡在人間順俗與時未安閑來謁大官兼問政
扁舟却入九疑山
湘江二月春水平滿月和風宜夜行唱橈欲過平陽戍
守吏相呼問姓名
千里楓林煙雨深無朝無暮有猨吟停橈靜聽曲中意
好是雲山韶濩音
零陵郡北湘水東浯溪形勝滿湘中溪口石顛堪自逸
誰能相伴作漁翁
下瀧船似入深淵上瀧船似欲昇天瀧南始到九疑郡
應絶高人乘輿船

全唐詩

張繼

張繼字懿孫襄州人登天寶進士第大曆末檢校祠部
員外郎分掌財賦於洪州高仲武謂其累代詞伯秀發
當時詩體清迴有道者風今編詩一卷

郢城西樓吟（一作郎士元詩）

連山盡塞（一作處）水縈迴山上戍（一作城）門臨水開珠簾（一作朱欄）直下
一百丈日暖遊鱗自相向昔人愛（一作受）險閉層城今人復
愛閑江清（郎集作今日愛閑江復清）沙洲楓岸無來客草綠花開（一作紅）山鳥
鳴

登丹陽樓（一作郎士元詩）

寒皐那可望旅客又初還迢遞高樓上蕭疎凉（一作曠）野間暮晴依遠水秋興屬連山浮（一作游）客時相見霜彫朱（一作動）翠顏

春夜皇甫冉宅歡宴（一作對酒）

流落時相見悲歡共此情興因尊酒洽愁為故人輕暗滴花莖（一作垂）露斜暉月過城那知橫吹笛（一作曲）江外作邊聲

會稽秋晚奉呈于太守

寂寂（一作寞）訟庭幽森森戟户秋山光隱危堞湖色上高樓禹穴探書罷天台作賦遊雲浮（一作浮雲）將越客歲晚共淹留

題嚴陵釣臺

舊隱人如在清風亦似秋客星沈夜壑釣石俯春流鳥向喬（一作深）枝聚魚依淺瀨遊古來芳餌下誰是不吞鉤

清明日自西午橋至瓜巖村有懷

晚霽龍門雨春生汝穴風鳥啼官路靜花發毀垣空鳴玉甃時輩垂絲學老翁舊遊人不見惆悵洛城東

洛陽作（一作初出徽安門）

洛陽天子縣金谷石崇（一作家）鄉草色侵官道花枝出苑牆書成休逐客賦罷遂為郎貧賤非吾事西遊思（一作當）自強

晚次淮陽

微凉風葉下楚俗轉清閒侯館臨秋水郊扉掩暮山月明潮漸近（一作滿）露濕雁初還浮客了無定萍流淮海間

送竇十九判官使江南

遊客（一作宦）淹星紀裁詩鍊土風今看乘傳去那與問津同南郡迎（一作過）徐子（一作穉）臨川謁謝公思歸一惆悵於越古亭中

江上送客遊廬山

楚客自相送霑裳春水邊晚來風信好併發上江船花映新林岸雲開瀑布泉惬心應在此佳句向誰傳

酬張二十員外前國子博士竇叔向

故交日零落心賞寄何人幸與馮唐遇心同跡復親語言未終夕離別又傷春結念溢城下聞猨詩興新

會稽郡樓雪霽（一作望雪）

江城昨夜雪如花郢客登樓齊望（一作望齊）華夏（一作大）禹壇前仍聚玉西施浦（一作渚）上更飛沙（一作飄紗）簾櫳向晚寒風度睥睨初晴落景斜數處微明銷不盡湖山清（一作青）映越人家

馮翊西樓（一作郎士元詩）

城上西樓倚暮天樓中歸望正淒然近郭亂山橫古渡野莊喬木帶新烟北風吹雁聲能苦遠客辭家月再圓陶令好文常對酒相招那惜醉為眠（一作和白雲篇）

送鄒判官往陳留（一作洪州送鄒紹充河南租庸判官）

齊宋（一作魯）傷心（一作分迎）地頻年此用兵女停襄邑杼農廢汶陽耕國使（一作使者）乘軺去諸侯（一作藩）擁節迎深仁荷（一作佐又作賴）君子薄賦恤黎甿火燎原猶熱波（一作風）搖海未平應將否泰理一問魯諸生

酬李書記校書越城秋夜見贈

東越秋城夜西人白髮年寒城警刁斗孤憤抱龍泉鳳輦棲岐下鯨波鬬洛川量空海陵粟賜乏水衡錢投閣嗤揚子飛書代魯連蒼蒼不可問余亦賦思玄

感懷（一作陸沈詩題作上禮部楊侍郎）

調與時人背（一作等）心將靜者論終年帝（一作在）城裏不識五侯門

長相思

遼陽望河縣白首無由（一作人）見海上珊瑚枝年年寄春燕

奉寄皇甫補闕

京口情人別久揚州估客來疎潮至潯陽回（一作來）去相思無處通書

楓橋夜泊（一作夜泊楓江）

月落烏啼霜滿天江楓漁父（一作火）對愁眠姑蘇城外寒山寺夜半鐘聲到客船

閶門即事

耕夫召（一作占）募逐樓船春草青青萬頃田試上吳門窺郡郭清明幾處有新煙

安公房問法

流年一日復一日世事何時是了時試向東林問禪伯遣將心地學琉璃

上清詞

紫陽宮女捧丹砂王母令（一作今）過漢帝家春風不肯停仙馭卻向蓬萊看杏花

送顧況泗上覲叔父

吳鄉歲貢足嘉賓後進之中見此人別業更臨洙泗上擬將書卷對殘春

留別（一作皇甫冉詩題作又得雲字）

何事千年遇聖君坐令雙鬢老江雲南行更入山深淺岐路悠悠水自分

送張中丞歸使幕（一作韓翃詩）

獨受主恩歸當朝似者稀玉壺分御酒金殿賜春衣拂席流鶯醉鳴鞭駿馬肥滿臺簪白筆捧手戀清輝

華州夜宴庾侍御宅（一作韓翃詩）

世故他年別心期此夜同千峯孤燭外片雨一更中酒客逢山簡詩人得謝公自憐驅匹馬拂曙向關東

贈章八元

相見談經史江樓坐夜闌風聲吹户響燈影照人寒俗薄交游盡時危出處難衰年逢二妙亦得悶懷寬

城西虎跑寺（第七句缺二字）

石勢虎蹲伏山形龍屈盤寺開梁殿閣墳掩晉衣冠出澗泉聲細斜陽塔影寒近城多　棲息此中安

諸主簿宅會畢庶子錢員外郎使君（一作韓翃詩）

開甕臘酒熟主人心賞同斜陽疎竹上殘雪亂山中更喜宣城印朝廷與謝公

奉送王相公赴幽州（一作韓翃詩題下有巡邊二字）

黃閣開幃幄丹墀拜冕旒位高湯左相權總漢諸侯不改周南化仍分趙北憂雙旌過易水千騎入幽州塞草連天暮邊風動地愁無因隨遠道結束佩吳鉤

重經巴丘

昔年高接李膺歡日泛仙舟醉碧瀾詩句亂隨青草落酒腸俱逐洞庭寬浮生聚散雲相似往事冥微夢一般今日片帆城下去秋風回首淚闌干

九日巴丘楊公臺上宴集

淒淒霜日上高臺水國秋涼客思哀萬疊銀山寒浪起

一行斜字早鴻來誰家搗練孤城暮何處題衣遠信回
江漢路長身不定菊花三笑旅懷開

遊靈巖

靈巖有路入煙霞臺殿高低釋子家風滿迴廊飄墜葉
水流絕澗泛秋花青松閱世風霜古翠竹題詩歲月賒
誰謂無生眞可學山中亦自有年華

河間獻王墓

漢家宗室獨稱賢遺事閑中見舊編偶過河間尋往跡
却憐荒塚帶寒煙頻求千古書連帙獨對三雍策幾篇
雅樂未與人已逝雄歌依舊大風傳

秋日道中

齊魯西風草樹秋川原高下過東州道邊白鶴來華表
陌上蒼麟臥古丘九曲半應非禹跡三山何處是仙洲
徑行俯仰成今古却憶當年賦遠遊

華清宮

天寶承平奈樂何華清宮殿鬱嵯峩朝元閣峻臨秦嶺
羯鼓樓高俯渭河玉樹長飄雲外曲霓裳閑舞月中歌
只今惟有溫泉水嗚咽聲中感慨多

春申君祠

春申祠宇空山裏古柏陰陰石泉水日暮江南無主人
彌令過客思公子蕭條寒景傍山村寂寞誰知楚相尊
當時珠履三千客趙使懷慚不敢言

人日代客子是日立春

人日兼春日長懷復短懷遙知雙彩勝併在一金釵

寄鄭員外

經月愁聞雨新年苦憶君何時共登眺整屐待晴雲

飲李十二宅

重門敞春夕燈燭靄餘輝醉我百尊酒留連夜未歸

山家

板橋人渡泉聲茅簷日午雞鳴莫嗔焙茶煙暗却喜曬
穀天晴

歸山

心事數莖白髮生涯一片青山空林有雪相待古道無
人獨還

金谷園

綵樓歌館正融融一騎星飛錦帳空老盡名花春不管
年年啼鳥怨東風

鄱亭

雲淡山橫日欲斜鄱亭下馬對殘花自從身逐征西府
每到開時不在家

宿白馬寺

白馬馱經事已空斷碑殘刹見遺蹤蕭蕭茅屋秋風起
一夜雨聲羈思濃

明德宮

碧瓦朱楹白晝閑金衣寶扇曉風寒摩雲觀閣高如許
長對河流出斷山

讀嶧山碑

六國平來四海家相君當代擅才華誰知頌德山頭石
却與他人戒後車

句

漢月經時掩胡塵與歲深（詠鏡。見詩式）

全唐詩

韓翃

韓翃字君平南陽人登天寶十三載進士第淄青侯希
逸宣武李勉相繼辟幕府建中初以詩受知德宗除駕
部郎中知制誥擢中書舍人卒翃與錢起盧綸輩號大
曆十才子爲詩興致繁富一篇一詠朝野珍之集五卷
今編詩三卷

令狐員外宅宴寄中丞

寒色凝羅幕同人清夜期玉杯留醉處銀燭送歸時獨
坐隔千里空吟對雪詩

褚主簿宅會畢庶子錢員外郎使君（一作張參詩）

開甕臘酒熟主人心賞同斜陽疎竹上殘雪亂天山（一作中）
更喜宣城印朝廷與謝公

送李明府赴滑州

渭城寒食罷送客歸遠道烏帽背斜暉青驪踏春草酒
醒孤燭夜衣冷千山早去事沈尚書應憐詞賦好

送李司直赴江西使幕

斂版辭漢廷進帆歸楚幕三江城上轉九里人家泊好
酒近宜城能詩謝康樂雨晴西山樹日出南昌郭竹露
點衣巾湖煙溼扃鑰主人蒼玉佩後騎黃金絡高視領
八州相期同一鶚行當報知己從此飛寥廓

祭嶽回重贈孟都督

封作天齊王清祠太山下魯公秋賽畢曉日回高駕從
騎盡幽并同人皆沈謝自矜文武足一醉寒溪夜

送南少府歸壽春

人言壽春遠此去先秋到孤客小翼舟諸生高翅帽淮
風生竹簟楚雨移茶竈若在（一作上）八公山題詩一相報

贈別崔司直赴江東兼簡常州獨孤使君

愛君青袍色芳草能相似官重法家流名高墨曹吏春
衣淮上宿美酒江邊醉楚酪沃雕胡湘羹糝香餌前朝
山水國舊日風流地蘇山（一作小）逐青驄江家驅白鼻右軍
尚少年（一作年少）三領東方騎亦過小丹陽應知百城貴

經月巖山（并序）

信州西三十里山名仙人城下有月巖山其狀秀拔中有山門如滿月之狀余因役過其下聊賦是詩

驅車過閩越路出饒陽西仙山翠如畫簇簇生虹蜺羣峯若侍從衆阜如嬰提巖巒互吞吐嶺岫相追攜中有月輪滿皎潔如圓珪玉皇恣遊覽到此神應迷嫦娥曳霞帔引我同攀躋騰騰上天半玉鏡懸飛梯瑤池何悄悄鸞鶴煙中棲回頭望塵世露下寒凄凄

送客之江寧

春流送客不應賒南入徐州見柳花朱雀橋邊看淮水烏衣巷裏問王家千閭萬井無多事闢戶開門向山翠楚雲朝下石頭城江燕雙飛瓦棺寺吳士風流甚可親相逢嘉賞日應新從來此（一作北）地夸羊酪自有蓴羹定却（一作時寄）人

送山陰姚丞攜妓之任兼寄山陰蘇少府

東風香草路南客心容與白皙吳王孫青蛾柳家女都門數騎出河口片帆舉夜簟眠橘洲春衫傍楓嶼山陰政簡甚從容到罷唯求物外蹤落日花邊剡溪水晴烟竹裏會稽峯才子風流蘇伯玉同官曉暮應相逐加餐共愛鱸魚肥醒酒仍憐甘蔗熟知君練思本清新季子如今德有鄰他日如尋始寧墅題詩早晚寄西人

和高平朱（一作米）參軍思歸作

髯參軍髯參軍身爲北州吏心寄東山雲坐見萋萋芳草綠遙思往日晴江曲刺船頻向剡中回捧被曾過越人宿花裏鶯啼白日高春樓把酒送車螯狂歌好愛陶彭澤佳句唯稱謝法曹平生樂事多如此忍爲浮名隔千里一雁南飛動客心思歸何（一作可）待秋風起

贈別成明府赴劒南

朝爲（一作主）三室印晚爲三蜀人遙知下車日正及巴山春縣道橘花裏驛流江水濱公門輙無事賞地能相親解衣初醉綠芳夕應採蹲鴟薦佳客霽水（一作光）遠暎西川時闕望碧雞飛古祠愛君樂事佳興發天外銅梁多夢思

送孫潑赴雲中

黃驄少年舞雙戟目視旁人皆辟易百戰能誇隴上兒一身復作雲中客寒風動地氣蒼茫橫吹先悲出塞長敲石軍中傳夜火斧冰河畔汲朝漿前鋒直指陰山外虜騎紛紛膽應碎匈奴破盡人（一作始，一作看）看歸金印酬功如斗大

送客還江東

還家不落春風後數日應沽越人酒池畔花深鬭鴨欄橋邊雨洗藏鴉柳遙憐內舍著新衣復向（一作喜）鄰家醉落暉把手閑歌香橘下空山一望鷓鴣飛

送夏侯侍郎（自大理兼侍御史攝登州中路徵納吉之禮愛弟攝青州司馬故備述其事）

元戎車右早飛聲御史府中新正名翰墨已齊鍾大理風流好繼謝宣城從軍曉別龍驤幕六騎先驅嘶近郭前路應留白玉臺行人輙美（一作羨）黃金絡使君下馬愛瀛洲簡貴將求物外遊聽訟不聞烏布帳迎賓暫著紫綈裘公庭日夕羅山翠功遂心閑無一事移書或問島邊人立仗時呼鈴下吏事業初傳小夏侯中年劒笏在西州浮雲飛鳥兩相忘（一作望）他日依依城上樓

送李湜下第歸衛州便遊河北

莫嗟太常屈便入蘇門嘯道在應未遲勿作我身料輕雲日下不成陰出對流芳攬（一作擾）別心萬雉城東春水濶千人鄉北晚花深舊竹青青常繞宅到時疎曠應自適佳期縱得上宮遊旅食還爲北邙客路出司州勝景長西山翠色帶清漳仙人磯近茱萸澗銅雀臺臨野馬岡憂道主人多愛士何辭策馬千餘里高譚魏國訪先生修刺平原過內史一舉青雲在早秋恐君從此便淹留有錢莫向河間用載筆須來闕下遊

張山人草堂會王方士

嶼花晚山日長蕙帶麻襦食草堂一片水光飛入戶千竿竹影亂登牆園梅熟家醞香新湮頭巾不復篸相看醉倒臥藜牀

送蓨縣劉主簿楚

起家得事平原侯晚出都門辭舊遊草色連綿幾千里青驪蹀躞路旁子花深近縣宿河陽竹暎春舟渡淇水鄴下淹留佳賞新羣公舊日心相親金盤曉鱠朱衣鮒玉簟宵迎翠羽人王程書使前期促他日應知舉鞭速寒水浮瓜五（一作六）月時把君衣（一作香）袖長河曲

題玉山觀禪師蘭若（一本有歌字）

玉山宴坐移年月錫杖承恩詣丹闕先朝親與會龍華紫禁鳴鐘白日斜宮女焚香把經卷天人就席禮袈裟禪牀久臥虎溪水蘭若初開鳳城裏不出囂塵見遠公道成何必青蓮宮朝持藥（一作盂）鉢千家近暮倚繩牀一室空掖垣揮翰君稱美遠客陪遊問眞理薄宦深知誤此心回心願學雷居士

贈別上元主簿張著

上書一見平津侯劒笏斜齊秣陵尉朝垂綬帶迎遠客暮鎖印囊飛上（一作小）吏長樂花深萬井時同官無事有歸期回船對酒三生渚繫馬焚香五願祠日日澄江帶山翠綠芳都在經過地行人看射領軍堂遊女題詩光宅寺風流才調愛君偏此別相逢定幾年惆悵浮雲迷遠道張侯樓上月娟娟

別氾水縣（一本有陳字）尉

未央宮殿金開鑰詔引賢良卷珠箔花間賜食近丹墀烟裏揮毫對青閣萬年枝影轉斜光三道先成君激昂谷永直言身不顧郤詵高第（一作地）轉名香綠槐陰陰出關道上有蟬聲下秋草奴子平頭駿馬肥少年白皙登王畿五侯客舍偏留宿一縣人家爭看歸南向千峯北臨水佳期賞地應窮此賦詩或送鄭行人舉酒常陪魏公子自憐寂寞會君稀猶著前時博士衣我欲低眉問知已若將無用廢東歸

別李明府

寵光五世腰青組出入珠宮引簫鼓醉舞雄王玳瑁牀嬌嘶駿馬珊瑚柱胡兒夾鼓越婢隨行捧玉盤嘗荔枝羅山道士請人送林邑使臣調象騎愛君一身遊上國闕下名公如舊識萬里初懷印綬歸湘江過盡嶺花飛五侯焦石烹江筍千戶沈香染客衣別後想君（一作相思）難可見蒼梧雲裏空山縣漢苑芳菲入夏闌待君障日蒲葵

扇

送中兄典邵州

官騎連西向楚雲朱軒出餞晝紛紛百城兼領安南國雙筆遙揮王一本空此字左君一路諸侯爭館穀洪池高會荊臺曲玉顏送酒銅鍉歌金管留人石頭宿北雁初回江燕飛南湖春暖著春衣湘君祠對空山掩漁父焚香日暮歸百事無留到官後重門寂寂垂高柳零陵過贈石香溪洞口人來飲醇酒登樓暮結邵陽情萬里蒼波煙靄生他日新詩應見報還如宣遠在安城

送萬巨

漢相見王陵揚州事張禹風帆木蘭檝水國蓮花府百丈一作項清江十月天寒城鼓角曉鐘前金鑪促膝諸曹吏玉管繁聲美少年有時過向長干地遠對湖光近山翠好逢南苑看人歸也向西池留客醉高一作疎柳垂煙橘帶霜朝遊石渚暮橫塘紅牋色奪風流座白苧詞傾翰墨場夫子前年入朝後高名籍籍時賢口共憐詩興轉清新繼遠一作纖遠家聲在此身屈指待為青瑣客回頭莫羨白亭人

送巴州楊使君

白雲縣北千山口青歲欲開殘雪後前驅錦帶魚皮鞮側佩金璋虎頭綬南鄭侯家醉落暉東關陌上著鞭歸愁看野一作磧馬隨官騎笑取秦人帶客旗使者下車憂疾苦豪家一作吏銷聲出公府萬里歌鐘相慶時巴童聲一作擊節渝兒舞

送王侍御赴江西兼寄李袁州

中朝理章服南國隨旌旆臘酒湘城隅春衣楚江外垂簾白角簟下筯鱸魚鱠雄筆佐名公虛舟應時輩按俗承流幾路清平明山靄春江雲溢城詩贈魚司馬汝水人逢王右軍綠蘋白芷遙相引孤興幽尋知不近井上銅人行見無湖中石燕飛應盡禮門前直事仙郎一作建禮門前真省郎腰垂青綬領咸宜一作陽花間五一作竹馬迎君日雨霽煙開玉女岡

寄雍丘竇明府第十二句缺一字第十五句缺第十六句缺一字

少年結綬騁金羈許下如看瓊樹枝入里親過朗陵伯出門高視頴川兒西遊太府東乘傳泗上諸侯誰不羨時輩寧將白筆期高流屹向丹霄見何事飄飛不及羣虎班突騎來紛紛吳江垂釣楚山醉身寄滄波心白雲中歲胡塵靜如掃一官又罷行將老薛公薦士得君初領黃金千室餘機盡獨親沙上鳥家貧唯向釜中魚出重門煙樹裏感物吟詩對暮天懷人倚杖臨秋水別離幾日問前期鳴雁亭邊人去時獨坐不堪朝與夕高風蕭索亂蟬悲

贈一本有別字兗州孟都督

少年親事冠軍侯中歲仍還北兗州露冕寧誇漢車服下帷常討魯春秋後齋草色連高閣事簡人稀獨行樂閑心近掩陶使君詩興遥齊謝康樂遠山重疊水逶迤落日東城閑望時不見雙親辦豐膳能留五馬一作柳盡佳期北場爭轉黃金勒愛客華亭賞秋色卷簾滿地鋪氍毹一作氍吹角一作管鳴弦開玉壺願學平原十日飲此時不忍歌驪駒

別孟都督

平蕪霽色寒城下美酒百壺爭勸把連呼寶劍銳頭兒少駐金羈大頭一作宛又作頴馬一飲留歡分有餘寸心懷思一作惠復何如他時相憶若一作如相問青瑣門前開素書

送別鄭明府

長頭大鼻鬢如雪早歲連兵劒鋒折千金盡去無斗儲雙袖破來空百結獨戀郊扉已十春高陽酒徒連此身路傍誰識鄭公子谷口應知漢逸人兒女相悲探井臼前功豈在他人後勸君不得學淵明且策驢車辭五柳

贈別王侍御赴上都

翩翩馬上郎執簡佩銀章西向洛陽歸鄠杜回頭結念蓮花府朝辭芳草萬歲街暮宿春山一泉塢青青樹色傍行衣乳燕流鶯相間飛遠過三峯臨八水幽尋佳賞偏如此殘花片片細柳風落日疎鐘小槐雨相思掩泣復何如公子門前人漸疎幸有心期當小暑葛衣紗帽望回車

贈別太常李博士兼寄兩省舊遊

兩年戴武弁趨侍明光殿一朝簪惠文客事信陵君篇異當朝執香非寓直熏差肩何記室攜手李將軍玉鐙初回酸棗館金鈿正舞石榴裙忽驚萬事隨流水不見雙旌逐塞雲感舊撫心多寂寂與君相遇頭初白暫誇五首軍中詩還憶萬年枝下客昨日留歡今送歸空披秋水映斜暉閑吟佳句對孤鶴惆悵寒霜落葉稀一作天霜落葉

寄哥舒僕射

萬里長城家一生唯報國腰垂紫文一作艾綬一作綬手控黃金勒高視黑頭翁一作稍公遙吞白騎賊先麾牙門將轉鬬黃河北帳下親兵皆少年錦衣承日繡行纏輾轤寶劍初出鞘宛轉角弓初一作乍上弦步人一作又抽箭大如笛前把兩矛後雙戟左盤右射紅塵中鶻入鴉羣有誰敵殺將破軍白日餘回旛舞旆北風初郡一作羣公楯鼻好磨墨走馬為君飛羽書

贈別華陰道士

紫府先生舊同學腰垂彤管貯靈藥耻論方士小還丹好飲仙人太玄酪芙蓉山頂玉池西一室平臨萬仞溪晝灑瑤臺五雲溼夜行金燭七星齊回身暫下青冥裏方外相尋有知已賣鮓市中何許人釣魚坐上誰家子青青百草雲臺春煙駕霓衣白角巾露葉獨歸仙掌去迴風片雨謝時人

送崔秀才赴上元兼省叔父

寒塘斂暮雪臘鼓迎春早匹馬五城人重裘千里道淮山輕露溼江樹狂風掃楚縣九醞醲揚州百花好練湖東望接雲陽女市西遊入建康行樂遠誇紅布旆風流近賭紫香囊詩家行輩如君少極目苦心懷謝朓煙開日上版橋南吳岫青青出林表

全唐詩

韓翃

贈別韋兵曹歸池州

南陵八月天暮色遠峰前楚竹青陽路吳江赤馬船黸一作艭金諸一作上客貴佩玉主人賢終日應相送歸期一作西歸定幾年

寄武陵李少府

小縣春山口一作生白公孫吏隱時楚歌催晚醉蠻語入新詩桂水遙相憶花源暗有期郢門千里外莫怪尺書遲

贈張建

結客平陵下當年倚俠遊傳看轆轤劍醉脫驌驦裘翠羽雙鬟妾珠簾百尺樓春風坐相待晚一作曉日莫淹留

送監軍李判官

上客佩雙劍一作吳鉤東城喜再遊舊從張博望新事鄭長秋路水回一作過金勒看一作邊風試錦裘知君不久住漢將掃旄頭

送客歸廣平

家在趙邯鄲歸心輒自歡晚杯狐腋暖春雪馬毛寒孟月途中破輕冰水上殘到時楊柳色奈向故園看

送張儋水路歸北海

千里東歸客孤心憶舊游片帆依白水高枕臥青州柏寢寒蕪變梧臺宿雨一作水收知君心興遠每上海邊樓

送故人歸魯

魯客多歸興居一作故人悵合一作別情雨餘衫袖冷風急馬蹄輕秋草靈光殿寒雲曲阜城知君拜親一作覲親後少婦下機迎

送故人歸蜀

一騎西南遠翩翩入劍門客衣筒布潤山舍荔枝繁古廟祠金馬春江帶一作抱白一作釣白黿自應成旅逸愛客有王孫

酬程延秋夜即事見贈

長簟迎風早空城澹月華星河秋一雁砧杵夜千家節候看應晚心期臥亦一作正賒向來吟秀句不覺已鳴鴉

送郭贊府歸淮南

駿馬淮南客歸時引望新江聲六合暮楚色萬家春白苧歌西曲黃苞寄北人不知心賞後早晚見一作促行塵

題龍興寺澹師房

雙林彼上人詩興轉相親竹裏經聲晚門前山色春捲簾苔點淨下筯藥苗新記取無生理歸來問此身

送客遊江南

南使孤帆遠東風任意吹楚雲殊不斷江鳥暫相隨月淨鴛鴦水春生荳蔻枝賞稱佳麗地君去莫應知

送高員外赴淄青使幕

遠水流春色回風送落暉人趨雙節近馬遞百花歸山驛嘗官酒關城度客衣從來赤管筆提向幕中稀

尋胡處士不遇

到來心自足不見亦相親說法思居士忘機憶丈人微風吹藥案晴日照茶巾幽興殊未盡東城飛暮塵

贈張道者

採藥三山罷乘風五日歸翦荷成舊屋剉蘗染新衣玉粒指一作捐應久丹砂驗不微坐看青節引要一作更與白雲飛

題蘇許公林亭一作錢起詩

平津東閣在別是竹林期萬葉秋聲裏千家落照時門隨深巷靜窗過遠鐘遲客舍一作位又作住苔生處依依一作然又賦詩

送元詵還江東一作送太常元博士歸潤州

過一作渡江秋色在一作東詩興與歸心客路隨一作綠楓岸人家掃橘林潮聲當晝起山翠近南深幾日華陽洞寒花引獨一作猶自尋

送一作桂客遊江南

桂水隨去遠賞心知有餘衣香楚山橘手鱠湘波魚芳芷不共把浮雲悵離居遙想汨羅上弔屈秋風初

送海州姚別駕

少年為長史東去事諸侯坐覺千間靜閒隨五馬遊行人楚國道暮雪鬱林州他日知相憶春風海上樓

送夏侯審

謝公鄰里在日夕問一作望佳期春水人歸後東田花盡時下樓閒待月行樂一作藥笑題詩他日吳中路千山入夢思

送趙評事赴洪州使幕

孤舟行遠近一路過湘東官屬張廷尉身隨杜幼公山河映湘竹水驛帶青楓萬里思君處秋江夜雨中

送李侍御赴徐州行營

少年兼柱史東至舊徐州遠屬平津閣前驅博望侯向營淮水一作月滿吹角楚天秋客夢依依處寒山對白樓

送李秀才歸江南一作送孫革及第歸江南

過淮芳草歇千里又東歸野水吳山出家林一作村越鳥飛荷香隨去棹梅雨點行一作溫征衣無數滄一作蒼江一作洲客如君達者稀

題僧房一作題慈恩寺振上人院

披衣聞客至關鎖此時開鳴磬夕陽盡捲簾秋色一作氣來名香連竹徑清梵出花臺身在心無住一作事他方一作時到幾回

送壽州陳錄事

壽陽南渡口斂笏見諸侯五兩一作片雨楚雲暮千家淮水秋開簾對芳草送客上春洲請問山中桂王孫幾度遊

送趙陸司兵歸使幕

客路青蕪遍關城白日低身趨雙節近名共五雲一作侯齊遠水公田上春山郡舍西無因得攜手東望轉悽悽

送蔣員外端公歸淮南

淮南芳草色，日夕引歸船。御史王元貺，郎官顧彥先。光風千日暖，寒食百花燃。惆悵佳期近，澄江與暮天。

題慈仁（一作恩）寺竹院

千峰對古寺，何異到西林。幽磬蟬聲下，閑窗竹翠陰。詩人謝客輿，法侶遠公心。寂寂爐煙裏，香花欲暮深。

贈鄆（一作郢）州馬使君

東方千萬騎，出望使君時。暮雪行看盡，春城到莫遲。路人趨墨幘，官柳度青絲。他日鈴齋內，知君亦賦詩。

送張丞歸使幕（一作送張綱詩）

獨受主恩歸，當朝似者稀。玉壺分御酒，金殿賜春衣。拂席流鶯醉，鳴鞭駿馬肥。滿臺簪白筆，捧手戀清暉。

贈長洲何主簿

桂席逐歸流，依依望虎丘。殘春過楚縣，夜雨宿吳洲（一作州）。野寺吟詩入，溪橋折筍游。到官無一事，清靜有諸侯。

送崔過（一作遇）歸淄青幕府

平陵車馬客，海上見旌旗。舊驛千山下，殘花一路時。春衣過水冷，暮雨出關遲。莫道青州客，迢迢在夢思。

田倉曹東亭夏夜飲得春字

薛公門下人，公子又相親。玉佩迎初夜，金壺醉老春。葛衣香有露，羅幕靜無塵。更羨風流外，文章是一秦。

贈王逖

端笏事龍樓，思閑輒告休。新調赭白馬，暫試黑貂裘。珠履迎佳客，金錢與莫愁。座中豪貴滿，誰道不風流。

送深州吳司馬歸使幕

東門送遠客，車馬正紛紛。舊識張京兆，新隨劉領軍。行聽看暮雨，歸雁踏青雲。一去蘇臺北，佳聲幾日聞。

華亭（一作州）夜宴庾侍御宅（一作張繼詩）

世故他年別，心期此夜同。千峰孤燭外，片雨一更中。酒客逢山簡，詩人得謝公。自憐驅匹馬，拂曙向關東。

送客之上谷

北客悲秋色，田園憶去來。披衣朝易水，匹馬夕燕臺。風翦荷花碎，霜迎栗罅開。賞心知不淺，累月故人杯。

同中書劉舍人題青龍上房

西掖歸來後，東林靜者期。遠峰春雪裏，寒竹暮天時。笑說（一作問）金人偈，閑聽寶月詩。更憐茶興在，好出下方遲。

宴吳王宅

玉管簫聲合，金杯（一作盃）酒色殷。聽歌吳季札，縱飲漢中山。稱壽爭離席，留歡輒上關。莫言辭客醉，猶得曳裾還。

題薦福寺衡嶽暕（一作禪）師房

春城乞食還，高論此中閑。僧臘堦前樹（一作草），禪心江上山。疎簾看雪捲，深戶映花關。晚送門人出（一作去），鐘聲杳（一作度）靄間。

送戴迪赴鳳翔幕府

青春帶文綬，去事魏征西。上路金羈出，中人玉筯齊。當歌酒萬斛，看獵馬千蹄。自有從軍樂，何須怨解攜。

送郢州郎使君

千人插羽迎，知是范宣城。暮雪楚山冷，春江漢水清。紅鮮供客飯，翠竹引舟行。一別何時見，相思芳草生。

送李中丞赴辰州

白羽逐青絲，翩翩南下（一作去）時。巴人迎道路，蠻帥（一作塞）引旌旗。暮雨山開少，秋江（一作風）葉落遲。功成益（一作莫）地（一作他），日應見竹郎祠。

送劉侍御赴陝州

金羈映驌驦，後騎佩干將。把酒春城晚，鳴鞭曉路長。帶冰新溜澀，間雪早梅香。明日懷賢處，依依御史牀。

李中丞宅夜宴送丘侍御赴江東便往辰州

積雪臨階夜，重裘對酒時。中丞違沈約，才子送丘遲。一路三江上，孤舟萬里期。辰州佳興在，他日寄新詩。

送李侍御歸宣州使幕

春草東江外，翩翩北路歸。官齊魏公子，身逐謝玄暉。山色隨行騎，鶯聲傍客衣。主人池上酌，攜手暮花飛。

東城水亭宴李侍御副使

東門留客（一作別）處，沽酒用錢刀。秋水牀下急，斜暉林外高。金羈絡騕褭，玉匣閉豪曹。去日隨戎幕，東風見伯勞。

送秘書謝監赴江西使幕

謝監憶山程，辭家萬里行。寒衣傍楚色，孤枕宿潮（一作湖）聲。小寇不足問，新詩應漸清。府公相待日，引旆出江城。

送江陵元司錄

新領州從事，曾為朝大夫。江城竹使待，山路橘官扶。片雨三江道，殘秋五葉湖。能令詩思好，楚色與寒蕪。

送李舍人攜家歸江東覲省

二十青宮吏，成名似者稀。承顏陸郎去，攜手謝娘歸。夜月回孤燭，秋風試夾衣。扁舟楚水上，來往速如飛。

送劉侍御赴令公行營

東城躍紫騮，西路大刀頭。上客劉公幹，元戎郭細侯。一軍偏許國，百戰又防秋。請問蕭關道，胡塵早晚收（一作休）。

送蘇州姚長史

江城驛路長，煙樹過雲陽。舟領青絲纜，人歌白玉郎。葛衣行柳翠，花簟宿荷香。別有心期處，湖光滿訟堂。

送金華王明府

縣舍江雲裏，心閑境又偏。家貧（一作資）陶令酒（一作菊），月俸沈郎錢。黃蘖香山路，青楓暮雨天。時聞引車騎，竹外到（一作向）銅泉。

送田倉曹汴州覲省

拜慶承天寵，朝來辭漢宮。玉杯分湛露，金勒借追風。古驛秋山下，平蕪暮雨中。翩翩魏公子，人看渡關東。

送張渚赴越州

白面誰家郎，青驄照地光。桃花開緩色，蘇合借衣香。暮雪連峰近，春江海市長。風流似張緒，別後見垂楊。

奉和元相公家園即事寄王相公

共列中台貴，能齊物外心。回車青閣晚，解帶碧茸深。寒水分（一作臨）畦入，晴花度竹尋。題詩更相憶，一字重千金。

送道士姪歸池陽

銀角桃枝杖，東門贈別初。幽州尋馬客，瀛岸送驢車。野飯秋山靜，行衣落照餘。燕南辜從少，此去意何如。

送劉長上歸城南別業

數刻是歸程，花間落照明。春衣香不散，駿馬汗猶輕。南渡春流淺，西風片雨晴。朝還會相就，飯爾五侯鯖。

贈張五諲歸濠州別業

常知罷官意果與世人疏復此涼風起仍聞濠上居故山期採菊秋水憶觀魚一去蓬蒿逕羨君閑有餘

送營（一作管）城李少府

懷祿兼就養更懷（一作憐）趨府心晴山東里近春水北門深新綬映芳草舊家依（一作看）遠林還乘鄭小駟蹀躞縣城陰

魯中送魯使君歸鄭州

城中金絡騎出餞沈東陽九月寒露白六關秋草黃齊謳聽處妙魯酒把來香醉後著鞭去梅山道路長

送夏侯校書歸上都

後輩傳佳句高流愛美名青春事賀監黃卷問張生暮雪重裘醉寒山匹馬行此回將詣闕幾日諫書成

送李明府赴連州

萬里向南湘孤舟入桂陽諸侯迎（一作近）上客小吏拜官郎春服橦花細初筵木槿芳看承雨露速不待荔枝香

送盧大理趙侍御祭東嶽兼寄孟兗州

東嶽昔有事兩臣朝望歸驛亭開歲酒齋舍著新衣上客鍾大理主人陶武威仍隨御史馬山路滿光輝

送皇甫大夫赴浙東（第四句缺二字）

舟師分水國漢將領秦官麾下同心吏軍中　　端吳門秋露溼楚驛暮天寒豪貴東山去風流勝謝安

送韋秀才

東人相見罷秋草獨歸時幾日孫弘閣當年謝脁詩寒山葉落早多雨路行遲好憶金門步功名自有期

全唐詩

韓翃

送客一歸襄陽二歸潯陽

南驅匹馬會心期東望扁舟愜夢思斂斗山（一作坡）前春色早（一作華邑）香鑪峰頂暮煙時空林欲訪麗（一作辛）居士古寺應懷遠法師兩地由來堪取興三賢他日幸留詩

送故人赴江陵尋庾牧

主人持節拜荊州走馬應從一路遊斑竹岡連山雨暗枇杷門向楚天秋佳期笑把齋中酒遠意閑登城上樓文體此時看又別吾知小庾甚風流

送客水路歸陝

相風竿影曉來斜渭水東流去不賒枕上未醒秦地酒舟前已見陝人家春橋楊柳應齊葉古縣棠梨也作花好是吾賢佳賞地行逢三月會連沙

送丹陽劉太真

長干道上落花朝羨爾當年賞事饒下箭已憐鵝炙美開籠不奈鴨媒嬌春衣晚入青楊巷細馬初過皂莢橋相訪不辭千里遠西風好借木蘭橈

送客歸江州

東歸復得采真遊江水迎君日夜流客舍不離青雀舫人家舊在白鷗（一作蘋）洲風吹山帶遙知雨露溼荷裳已報秋聞道泉明居止近籃輿相訪為（一作會）淹留

題張逸人園林

花源一曲映茅堂清論閑階坐夕陽麈尾手中毛已脫蟹螯尊上味初香春深黃口（一作鳥）傳窺樹雨後青苔散點牆更道小山宜助賞呼兒舒簟醉巖芳

又題張逸人園林

藏頭不復見時人愛此雲山奉養真露色點衣孤嶼曉花（一作月）枝妨帽小園春時（一作閑）攜幼稚諸峰上閑濯眷鬚一水濱興罷歸來還對酌茅簷挂著紫荷巾

送劉將軍

明光細甲照錏鍜昨日承恩拜虎牙膽大欲期（一作斯）姜伯約功多不讓李輕車青巾校尉遙相許墨（一作黑）稍（一作鞘）將軍莫大（一作大莫）誇闕下來時親伏奏胡塵未盡不為家

送（一作寄贈）鄭員外（鄭時在熊尚書幕府）

風流不減杜陵時五十為郎未是遲孺子亦知名下士樂人爭唱卷中詩身齊吏部還多醉心順尚書自有期要路眼青（一作看）知已在不應窮巷久低眉

寄徐州鄭使君

江城五馬楚雲邊不羨雍容畫省年才子舊稱何水部使君還繼謝臨川射堂草遍收殘雨官路人稀對夕天雖臥郡齋千里隔與君同見月初圓

送襄垣王君歸南陽別墅

郁門霽後不飛塵草色萋萋滿路春雙兔坡東千室吏三鴉水上一歸人愁眠客舍衣香滿走渡河橋馬汗新少婦比來多遠望應知蟢子上羅巾

送王誕渤海使赴李太守行營

少年結客散黃金中歲連兵掃綠林渤海名王曾折首漢家諸將盡傾心行人去指徐州近飲馬回看泗水深喜見明時鍾太尉功名一似舊淮陰

送王少府歸杭州

歸舟一路轉青蘋更欲隨潮向富春吳郡陸機稱地主錢塘蘇小是鄉親葛花滿把能消酒梔子同心好贈人早晚重過魚浦宿遙憐佳句篋中新

贈王隨

青雲自致晚（一作未）應遙朱邸新婚樂事饒飲罷更憐雙袖舞試來偏愛五花驕帳裏鑪香春夢曉堂前燭影早更朝更說毬場新雨歇王孫今日定相邀

同題仙游觀（一本題上無同字）

仙臺下見五城樓風物淒淒宿雨收山色遙連秦樹晚砧聲近報漢宮秋疏松影落空壇靜細草香閑（一作開）小洞幽何用別尋方外去人間亦自有丹丘

訪王起居不遇留贈

雙龍闕下拜恩初天子令君注起居載筆已齊周右史論詩更事謝中書行聞漏滴隨金仗入對爐煙侍玉除賀客自知來獨晚青驪不見意何如

送劉評事赴廣州使幕

征南官屬似君稀才子當今劉孝威蠻府參軍趨傳舍交州刺史拜行衣前臨瘴海無人過却望衡陽少雁飛為報蒼梧雲影道明年早送客帆歸

送冷朝陽還上元

青絲綰引木蘭船名遂身歸拜慶年落日澄江烏榜外秋風疎柳白門前橋通小市家林近山帶平湖野寺連別後依依寒食（一作夢）裏共君攜手在東田

送高別駕歸汴州

信陵門下（一作家）識君偏駿馬輕裘正少年寒雨送歸千里外東風沈（一作留）醉百花前身隨玉帳心應愜官佐龍（一作銅）符勢又全久客未知何計是參差去借汶陽田

送康洗馬歸滑州

腰佩雕弓漢射聲東歸銜命見雙旌青絲玉勒康侯馬孟（一作白）水金堤滑伯城臘雪夜看宜縱飲寒蕪晝獵（一作踏）不妨行懷君又隔千山遠（一作外）別後（一作夜）春風百草生

寄上田僕射

家封薛縣異諸（一作褚）田（一作詩傳）報主榮親義兩全僕射臨戎謝安石大夫持憲杜延年金裝畫出羅千騎玉粲晨飡直萬錢應念一身留闕下閶門遙寄魯西偏

送王光輔歸青州兼寄儲（一作朱）侍郎

幾回（一作通又作封）奏事建章宮聖主偏知漢將功身著紫衣趨闕下口銜丹詔出關東蟬聲驛路秋山裏草色河橋落照中遠憶故人滄海別當年好躍五花驄

宴楊駙馬山池（一作陳羽詩又作朱灣詩）

垂楊拂岸草茸茸繡戶簾前花影重鱠下玉盤紅（一作金）縷細酒開金甕綠醅濃中朝駙馬何平叔南國詞人陸士龍落日泛舟同醉處回潭百丈映千峰

送長史李少府入蜀

行行獨出故關遲南望千山無盡期見舞巴童應暫笑聞歌蜀道又堪悲孤城晚閉清江上匹馬寒嘶白露時別後此心君自見山中何事不相思

送客還江東

不妨高臥順流歸五兩行看掃翠微鼯鼠夜喧孤枕近鵁鶄曉避客船飛一壺先醉桃枝簟百和初熏苧（一作越）布衣君到新林江口泊吟詩應賞謝玄暉

寄令狐尚書

立身榮貴復何如龍節紅旗從板輿妙略多推霍驃騎能文獨見沈尚書臨風高會千門（一作人）帳映水連營百乘車他日感恩慚未報舉家猶似涸池魚

扈從郊廟因呈兩省諸公

丹墀列士主恩同厩馬翩翩出漢宮奉引乘輿金仗裏親嘗賜食玉盤中晝趨行殿旌門北夜宿齋房刻漏東明日駕迴承雨露齊將萬歲及春風

送端州馮（一作高）使君

白皙風流似有鬚一門豪貴領蒼梧三峰亭暗橋邊宿八桂林香節下趨玉樹群兒爭翠羽金盤少妾揀明珠懷君樂事不可見騣馬翩翩新虎符

送王府張參軍附學及第東歸

鄰家不識鬬雞翁閉戶能齊隱者風顏步曾為小山客成名因事大江公一身千里寒蕪上單馬重裘臘月中寂寂故園行見在暮天殘雪洛城東

送齊明府赴東陽

綠絲帆繂（一作[illegible]）桂為檣過盡淮山楚水長萬里移家背春穀一官行府向東陽風流好愛杯中物豪蕩仍欺陌上郎別後心期如在眼猨聲煙色樹蒼蒼

魯中送從事歸滎陽

故園衰草帶滎波歲晚知如君思何輕橐歸時魯縞薄寒（一作滿）衣縫處鄭綿多萬人都督鳴騶送百里邦君枉騎過累路盡逢知已在曾無對酒不高歌

兗州送李明府使蘇州便赴告（一作吉）期（一本題上無兗州二字）

莫言水國去迢迢白馬吳門見不遙楓樹林中經楚雨木蘭舟上蹋江潮空山古寺千年石草色寒隄百尺橋早晚廬家蘭室在（一作外）珊瑚玉佩徹青霄

送田明府歸終南別業

故園此日多心賞窗下（一作外）泉流（一作流泉）竹外雲近館應逢沈道士比鄰自識卞田君離宮樹影登山見上苑鐘聲過雪聞相勸早移（一作趨）丹鳳闕不須常戀白鷗群

家兄自山南罷歸獻詩敘事

時輩已爭先吾兄未著鞭空嗟鑷鬚（一作鬢）日猶（一作獨）是屈腰年不以殊方遠仍論水（一作賞）地偏襄橙隨客路漢竹引歸船雲木（一作外）巴東峽林泉（一作中）峴北川池餘騎馬處宅似臥龍邊夜簟千峰月朝窗萬井煙朱荷江女院青稻楚人田縣舍多瀟灑城樓入（一作得）醉眠黃苞柑正熟紅縷鱠仍鮮坐厭牽絲倦因從解綬旋初辭五斗米唯奉一囊錢室好（一作愛）生虛白書耽守太玄櫪中嘶款段階下引潺湲落照淵明柳春風叔夜弦絳紗儒客帳丹訣羽人篇雅論承安石新詩與惠連興清湖見底襟豁霧開天魏闕心猶繫周才道豈捐一丘無自（一作自無）逸三府會招賢

奉送王相公縉（一本無此字）赴幽州巡邊（一本作奉送王相公赴范陽一作張繼詩）

黃閣開帷幄丹墀侍（一作拜）冕旒位高湯左相權總漢諸侯不改周南化仍分趙北憂雙旌過易水千騎入幽州塞草連天暮邊風動地秋（一作愁）無因隨（一作陪）遠道結束佩吳鉤

寄贈虢州張參軍

三十事諸侯賢豪冠北州桃花迎駿馬蘇合染輕裘觀妓將軍第題詩關尹樓青林朝送客綠嶼晚回舟好粟分通子名香贈莫愁洗杯新酒熟把燭故人留百雉歸雲過千峰宿雨收蒹葭露下晚菡萏水中秋憶昨陪行樂常時接獻酬佳期雖霧散惠問亦川流開卷醒堪解含毫思苦（一作若）抽無因達情意西望日悠悠

送李中丞赴商州

五馬渭橋東連嘶逐（一作背）曉風當年紫髯將他日黑頭公不異金吾寵兼齊玉帳雄閑營春雪下吹角暮山空香驛松陰裏寒猨黛色中郡齋多賞事好與故人同

漢宮曲二首

駿馬繡（一作錦）障泥紅塵撲四蹄歸時何太晚日照杏花西

繡幕珊瑚鉤春開（一作香閑）翡翠樓深情不肎道嬌倚鈿箜篌

陪孟都督祭嶽途中有贈

封疆七百里祿秩二千石擁節祠太山寒天霜草白
宿甑山
山中今夜何人闕下(一作門外)當年近臣青瑣應須早去白雲
何用相親
別甑山
一身趨侍丹墀西路翩翩去時惆悵青山綠水何年更
是來(一作歸)期
送陳明府赴淮南
年華近逼(一作過)清明落日微風送行黃鳥綿蠻芳樹紫騮
躞蹀東城花間一杯促膝煙外千里含情應渡淮南信
宿諸侯擁旆相迎
送客知(一作之)鄂州
江口千家帶楚雲江花亂點雪紛紛春風落日誰相見
青翰舟中有鄂君
寒食(一作寒食日即事)
春城無(一作風何)處不飛(一作關)花寒食東風御柳斜日暮(一作夜)漢宮
傳蠟燭輕(一作青)煙散入五侯家
羽林騎(一作羽林少年行)
駿(一作騘)馬牽來御柳中鳴鞭欲向(一作過)渭橋東紅蹄亂蹋春
城雪花頷(一作驕頻)斷上苑風
看調馬
鴛鴦赭白齒新齊晚日花中(一作間)散(一作放)碧蹄玉勒斗(一作作)回
初噴沫金鞭欲下不成嘶
寄贈衡州楊使君
湘竹斑斑湘水春衡陽太守虎符新朝來笑向歸鴻道
早晚南飛見主人
宿石邑山中
浮雲不共此山齊山靄蒼蒼望(一作翠)轉迷曉月暫飛高(一作千)
樹裏秋河隔在數峰西
江南曲(一作李益詩)
長樂花枝雨點(一作滴)銷江城日暮好相邀春樓不閉葳蕤
鎖綠水回通(一作連)宛轉橋
贈張千牛

蓬萊闕下是天(一作君)家上路新回白鼻騧急管晝催平樂
酒春衣夜宿杜陵花
漢宮曲二首
五柞宮中過臘看萬年枝上雪花殘綺窗夜閉玉堂靜
素綆朝穿(一作垂)金井寒
家在(一作漢室)長陵小市中珠簾繡户對春風君王昨日移仙
仗玉輦迎將入漢宮(此首一作李益詩)
贈李翼
王孫別舍擁朱輪不羨空名樂此身門外碧潭春洗馬
樓前紅燭夜迎人
少年行
千點斕(一作斑)斒玉勒(一作斕噴玉)驄青絲結尾繡纏鬉鳴(一作揮)鞭曉(一作晚)
出章(一作銅)臺路葉葉春衣(一作依又作隨)楊柳風
題玉真觀李祕書院
白雲斜日影深松玉宇瑤壇知幾重把酒題詩人散後
華陽洞裏有疏鐘
送客之潞府
官柳青青匹馬嘶迴風暮雨入銅鞮佳期別在春山裏
應是人薓五葉齊
送客貶五溪
南過猨聲一逐臣回看秋草淚霑巾寒天暮雪(一作雨)空山
裏幾處蠻家是主人
送齊山人歸長白山
舊事仙人白兔公掉頭歸去又乘風柴門流水依然在
一路寒山萬木中
寄襄鄆州
烏紗靈壽對秋風悵望浮雲濟水東官樹陰陰鈴閣暮
州人轉憶白頭(一作鬚)翁
梁城贈一(一作二)同幕
五營河畔列旌旗吹角鳴鼙日暮時曾是信陵門下客
雨迴相弔不勝悲
河上寄故人(第五句缺一字)
河流曉天濮水清煙日暖昆吾臺上春深顓項城邊鶯

聲亂啁鶻　花片細點龍泉西望情人早至猶應得醉
芳年
留題寧川香蓋寺壁
愛遠登高塵眼開爲憐蕭寺上經臺山川誰識龍蛇蟄
天地自迎風雨來柳放寒條秋已老雁搖孤翼暮空迴
何人會得其中事又被殘花落日催
寄柳氏
章臺柳章臺柳顏色青青今在否縱使長條似舊垂也
應攀折他人手

全唐詩目第四函
第七冊
獨孤及二卷
郎士元一卷
皇甫冉二卷

獨孤及

獨孤及字至之洛陽人天寶末以道舉高第補華陰尉代宗召爲左拾遺俄改太常博士遷禮部員外郎歷濠舒二州刺史以治課加檢校司封郎中賜金紫徙常州卒謚曰憲集三十卷內詩三卷今編詩二卷

海上寄蕭立

朔風翦塞草寒露日夜（一作始）結行行到瀛壖歸思生暮節驛樓見萬里延首望遼碣遠海入大荒平蕪際窮髮舊國在夢想故人胡且越契闊阻風（一作夙）期荏苒成雨別海西望京口兩地各天末索居動經秋再笑知曷月（一本無此二句）日南望中盡（一作目窮南雲盡）唯見飛鳥滅音（一作清）塵未易得何由慰飢渴

三月三日自京到華陰於水亭獨酌寄裴六薛八

祗役匪遑息經時客三秦還家問節候知到上巳辰山縣何所有高城閉青春和風不吾欺桃杏滿四鄰舊友適遠別誰當接歡欣呼兒命長瓢獨酌湘吳醇一酌一朗詠既酣意亦申言筌雙兩忘霞月祗相新裴子塵表物薛侯席上珍寄書二傲吏何日同車茵詎肯使空名終然羈此身他（一作何）年解桎梏長作海上人

代書寄上裴六冀劉二潁

昔余馬首東君在海北汭（音芮入聲）盡屏簿領書相與議巖穴載來詣佳境每山有車轍長嘯林木動高歌唾壺缺此辭月未周虜馬嘶絳闕猛虎踞大道九州當中裂聞君棄孤城猶自握漢節恥棲惡木影忽與故山別脫烏挂嶺雲冏然若鳥逝（入聲）唯留潺湲水分付練溪月爾來大谷梨白花再成雪關梁限天險歡樂竟兩絕大盜近削平三川今底寧勾芒布春令屏翳收雷霆伊洛日夜漲鳴皋蘭杜青鶱鶱兩黃鵠何處遊青冥疇昔切玉刀應如新發硎及時當樹勳高懸景鐘銘莫抱白雲意徑往丹丘庭功成儻長揖然後謀滄濱

客舍月下對酒醉後寄畢四燿

鄉路風雪深生事憂患迫天長波瀾廣高舉無六翮獨立寒夜移幽境思彌積霜月照膽淨銀河入簷白沽酒聊自勞開樽坐簷隙主人奏絲桐能使高興劇清機暫無累獻酢更絡繹慷慨葛天歌愔愔廣陵陌既醉萬事遺耳熱心亦適視身兀如泥瞪目傲今昔故人間城闕音信兩脈脈別時前盟在寸景莫自擲（先是畢贈及詩云洪鑪無火停日月速若飛忽然衝人身飲酒不須疑）心與白日鬬十無一滿百寓形薪火內甘作天地客與物無親疎斗酒勝竹帛何必用自苦將貽古賢責

下弋陽江舟中代書寄裴侍御

故鄉隅西日去水連長天前路知幾許但指天南邊愴恨極浦外隱映青山連東風滿帆來五兩如弓弦遙羨繡衣客冏然馬首先得餐武昌魚不顧潯陽田屈指數別日忽乎成兩年百花已滿眼春草漸碧鮮豈是離居時奈何于役牽洞庭有深涉曷日期歸旋且作異鄉料詎知攜手緣離憂未易銷莫道樽酒賢

癸卯歲赴南豐道中聞京師失守寄權士繇韓幼深

種田不遇歲策名不遭時胡塵晦落日西望泣路岐猛虎嘯北風麏麚皆載馳深泥駕疲牛躑躅余何之詰屈白道轉繚繞清溪隨荒谷嘯山鬼深林啼子規長歎指故山三奏歸來詞不逢眼中人調苦車逶遲士繇松筠操幼深瓊樹姿別來平安否何階一申眷白雲失帝鄉遠水恨天涯昴藏雙威鳳曷月還西枝努力愛華髮盛年振羽儀但令迍難康不負滄洲期莫作新亭泣徒使夷吾嗤

賈員外處見中書賈舍人巴陵詩集覽之懷舊代書寄贈

海岸望青瑣雲長天漫漫十年不一展知有關山難適逢阮始平立馬問長（一作平）安取公詠懷詩示我江海瀾暫若窺武庫森然矛戟寒眼明遺頭風心悅忘朝餐大駕今返正熊羆扈鳴鑾公遊鳳凰沼獻可在筆端繫越有長纓封關祗一丸冏（一作矯）然翔寥廓仰望慚（一作在）羽翰嘉會不我與相思歲云殫唯當袖佳句持比青琅玕

代書寄上李廣州

皖水望番禺迢迢青天末鴻鴈飛不到音塵何由達獨有輿人歌隔雲聲諠聒皆稱府君仁百越賴全活推誠魚鱉信持正魑魅怛疲民保中和性足無夭閼天子咨四岳伫公濟方割幾時復旋歸入踐青瑣闥賤子託明德緣若松上葛別離鄙悋生結念思所豁門欄關山阻岐路天地闊唯憑萬里書持用慰飢渴

夏中詶于逖畢燿問病見贈

救物智所昧學仙願未從行藏兩乖角蹭蹬風波中薄宦恥降志臥痾非養蒙閉關涉兩旬羈思浩無窮鸑鷟何處來雙舞下碧空離別隔雲雨惠然此相逢把手賀疾間舉杯欣酒濃新詩見久要清論激深衷高館舒夜簟（一作夏）開門延微風火雲赫嵯峨日暮千萬峯遙指故山笑相看撫號鐘聲和由心清（一作親）事感知氣同出處未易料且歌緩愁容願君崇明德歲暮如青松

詶梁二十宋中所贈兼留別梁少府

少讀黃帝書肯不笑機事意猶負深衷未免名跡累厭貧學干祿欲徇（一作詢）賓王利甘爲風波人豈復江海意擔簦平臺下是日飲羈思逢君道寸心暫喜一交臂緒言未及竟離念已復至寗侯望南丘雲雨成兩地途殊跡方間河廣流且駛暮帆望不及覽贈心欲醉愛君如金錫昆弟皆茂異奕赫連絲衣榮養能錫類君子道未長深藏青雲器巨鱗有縱時今日不足議唯當加餐飯好我袖中字別離動經年莫道分首易

庚子歲避地至玉山詶韓司馬所贈

滄海疾風起洪波駭恬鱗已無濟川分甘作乘桴人揮手謝秣陵舉帆指甌閩安知風塵表偶與瓊瑤親共悲行路難況逢江南春故園忽如夢返復知何辰曠野豺虎滿深山蘭蕙新枉君灞陵什迴首徒酸辛

奉和李大夫同呂評事太行苦熱行兼寄院中諸公

駟馬上太行修途亘遼碣王程無留駕日昃未遑歇請

問此何時恢台朱明月長虵稽天討上將方北伐明主命使臣皇華得時傑已忘羊腸險豈憚濕（一作溫）風熱搖策汗滂滄（一作淹）登岸思紓結炎雲如煙火谿谷將恐竭晝景赩可畏涼飈何由發山長飛鳥墮目極行車絕趙魏方俶擾安危俟明哲歸路豈不懷飲冰有苦節會同傳檄至疑議立談決況有阮元瑜翩翩秉書札起予歌赤坂永好踰白雪誰念剖竹人無因執羈紲

詶皇甫侍御望天灊山見示之作

早歲慕五嶽嘗爲塵機礙孰知天柱峯今與郡齋對隱嶙抱元氣氤氳含青靄雲崖媚遠空石壁寒古塞漢皇南遊日望秩此昭配法駕到谷口禮容振荒外焚柴百神趨執玉萬方會天旋物順動德布澤霶霈講武威已耀學仙功未艾黃金竟何成洪業遽淪昧度世若一瞬昨朝已千載如今封禪壇唯見雲雨晦長望哀往古勞生慙大塊清暉幸相娛幽獨知所賴寒城春方正初日明可愛萬殊喜陽和余亦荷時泰山色日夜綠下有清淺瀨愧作拳僂人沈迷簿書內登臨歎拘限出處悲老大況聽郢中曲復識湘南態思免物累牽敢令道機退瞞然（一作永日）誦佳句持此（一作比）秋蘭佩

送陳兼應辟兼寄高適賈至

結綠處燕石卞和不必知所以王佐才未能忘茅茨罷官梁山外穫稻楚水湄適會傅巖人虛舟濟川時天網忽搖頓公才難棄遺鳳凰翔千仞今始一鳴岐上馬指國門舉鞭謝書帷預知大人賦掩却歸來詞天子方在宥朝廷張四維料君能獻可努力副疇咨舊友滿皇州高冠飛翠緌相逢絳闕下應道軒車遲高侯秉戎翰策馬觀西夷方從幕中事參謀王者師賈生去洛陽焜燿琳瑯姿芳名動北步逸韻凌南皮肅肅舉鴻毛冷（一作氷）然順風吹波流有同異由是限別離漢塞隔隴底秦川連鎬池白雲日夜滿道里安可思夢想浩盈積物華愁變衰因君附錯刀送遠益凄其四海各橫絕九霄應易期不知故巢燕決起棲何枝

送相里郎中赴江西

君把一尺詔南遊濟滄浪受恩忘險艱不道歧路長戎狄方搆患休牛殊未遑三秦千倉空戰卒如餓狼委輸資外府諏謀寄賢良有才當陳力安得遂翺翔豈不慎井賦賦均人亦康遙知軒車到萬室安耕桑火伏金氣騰昊天欲蒼茫寒蟬慘巴鄧秋色愁沅湘昨日攜手西於今芸再黃歡娛詎幾許復向天一方躑躅話世故惆悵舉離觴共求數刻歡戲謔君此堂今日把手笑少時各他鄉身名同風波聚散未易量咼月還朝天及時開智囊前期儻猶闊加飯勉自強

觀海

北登渤澥島迴首秦東門誰尸（一作施）造物功鑿此天池（一作地）源頊洞吞百谷周流無四垠廓然混茫際望見天地根白日自中吐扶桑如可捫超遙（一作迢遞）蓬萊峯想像金臺存秦帝昔（一作曾）經此登臨冀飛翻揚旌百神會望日羣山奔徐福竟何成羨門徒空言唯見石橋足千年（一作里）潮水痕

初晴抱琴登馬退山對酒望遠醉後作

年長心易感況爲憂患纏壯圖迫世故行止兩茫然王旅方伐叛虎臣皆被堅魯人著儒服甘就南山田挈榼上高磴超遙望平川滄江大如綖隱映入遠天荒服何所有山花雪中然寒泉得日景吐霤鳴潺湲舉酒勸白雲唱歌慰頹年微風度竹來韻我號鍾弦一彈一引滿耳熱知心宣曲終余亦酣起舞山水前人生幾何時太半百憂煎今日羈愁破始知濁酒賢

同徐侍郎五雲溪新庭（一作亭）重陽宴集作

萬峯蒼翠色雙溪清淺流已符東山趣況值江南秋白露天地肅黃花門館幽山公惜美景肯爲芳樽留五馬照池塘繁弦催獻酬臨風孟嘉帽乘興李膺舟騁望傲千古當歌遺四愁豈令永和人獨擅山陰遊

雨晴後陪王員外泛後湖得溪字

遠山媚平楚宿雨漲清溪沿泝任舟檝歡言無町畦酒酣相視笑心與白鷗齊

題思禪寺上方

溪口聞法鼓停橈登翠屏攀雲到金界合掌開禪扃律衆山抱空濛花雨零老僧指香樓云是不死庭眇眇于越路茫茫春草青遠山噴百谷繚繞馳東溟目極道何（一作想）在境照心亦冥驍然諸根空破結如破瓶（一本無此二句）下視三界狹但聞五濁腥山中有良藥吾欲驂天形

季冬自嵩山赴洛道中作（第二十五句缺一字，二十六句缺三字）

皇運偶中變長虵食中土天蓋西北傾衆星隕如雨胡塵動地起千里聞戰鼓死人成爲阜流血塗草莽策馬何紛紛捐軀抗豺虎甘心赴國難誰謂荼蘗苦天子初受命省方造區宇斬鯨安溟波截鼇作天柱三微復正統五玉（一作土）歸文祖不圖漢官儀今日忽再覩升高望京邑佳氣連海浦寶鼎歆景雲明堂舞干羽虎臣激昂禦侮腐儒著縫掖何處議鄒魯西上轘轅山丘陵橫今古和氣蒸萬物臘月春靄吐得爲太平人窮達不足數他日遇封禪著書繼三五

早發若峴驛望廬山

雨罷山翠鮮泠泠東風好斷崖雲生處是向峯頂道誰謂峯頂遠跂予可瞻討忘緣祛天機脫屣恨不早衹恐歲云暮遂與空名老心往跡未并慚愧山上草

寒夜溪行舟中作

日沈諸山昏寂歷羣動宿孤舟獨不繫風水夜相逐雲歸恒星白霜下天地肅月輪大如盤金波入空谷魏闕萬里道羈念千慮束倦飛思故巢敢望桐與竹沈吟登樓賦中夜起三復憂來無良方歸候春酒熟

壬辰歲過舊居

少年事遠遊出入燕與秦離居歲周天猶作勞歌人負劒渡潁水歸馬自知津緣源到舊廬攬涕尋荒榛鄰里喜相勞壺觴展殷勤酒闌擊筑（一作竹）語及此離會因丈夫隨世波豈料百年身今日負鄙願多慙故山春

丙戌歲正月出洛陽書懷

往歲衣褐見受服金馬門擬將忠與貞來酬主人恩天地暫雷雨洪波生平原窮鱗遂蹭蹬夙昔事罕存幸逢帝出震授鉞清東藩白日忽再中萬方咸駿奔王風從西來春光滿乾坤蟄蟲競飛動余亦辭籠樊遭遇思自

強寵辱安足言唯將四方志迴首謝故園

傷春懷歸

誰謂鄉可望在天地涯但有時命同萬里共歲華昨夜南山雨殷雷坼萌芽源桃不余欺先發秦人家寂寂戶外掩遲遲春日斜源桃默無言秦人獨長嗟不惜中腸苦但言會合賒思歸吾誰訴笑向（一作指，一本缺）南枝花

雜詩

百花結成子春物捨我去流年惜不得獨坐（一作立）空閨暮心自有所待甘爲物華悞未必千黃金買得一人顧

山中春思

獺祭川水大人家春日長獨謠晝不暮搔首魃年芳靡草知節換含葩向新陽不嫌三徑深爲我生池塘亭午井竈閑雀聲響空倉花落沒屐齒風動群木香歸路雲水外天涯杳茫茫獨卷萬里心深入山鳥行芳景勿相迫春愁未遽忘

全唐詩

獨孤及

雨後公超谷北原眺望寄高拾遺

崖口雨足收清光洗高天虹蜺斂殘霧山水含碧鮮遠空霞破露月輪薄雲片片成魚鱗五陵如薺渭如帶目極千里關山春朝來爽氣未易說晝取花峯贈遠人

自東都還濠州奉訓王八諫議見贈

關西仕時俱稚容（天寶中及尉華陰鄭縣別後經祿山之亂鄭縣殘毀城移于州西）彪彪之鬢始相逢天地變化縣城改獨有故人交態在不言會合跡未并循以歲寒心相待洛陽居守寄鄜侯君著貂冠參運籌高閣連雲騎省夜新文會友涼風秋青袍白面昔攜手冉冉府趨君記否雲分雨散十五年始得一笑樽酒前未遑少留驟遠別況值旅鴈鳴秋天二華舊遊如夢想他時再會（一作又，或作遊）何由緣賴君贈我郢中曲別後相思被管弦

官渡柳歌送李員外承恩往揚州覲省

君不見官渡河兩岸三月楊柳枝千條萬條色一一勝綠絲花作鉛粉絮葉成翠羽帳此時送遠人悵望春水上遠客折楊柳依依兩含情夾郎木蘭舟送郎千里行郎把紫泥書東征覲庭闈脫却貂襜褕新著五綵衣雙鳳并兩翅將雛東南飛五兩得便風幾日到揚州莫貪揚州好客行剩淹留郎到官渡頭春闈（一作闌）已應久殷勤道遠別爲謝大堤柳攀條儻相憶五里一回首明年柳枝黃問郎還家否

東平蓬萊驛夜宴平盧楊判官醉後贈別姚太守置酒留宴（題上一無東平二字，題下一作贈別觀海）

驛樓漲海壖秋月寒城邊相見自不足況逢主人賢夜清酒濃人如玉一斗何啻直十千木蘭爲樽金爲杯江南急管盧女弦齊童如花解郢曲起舞激楚歌採蓮國知別多相逢少樂極哀至心嬋娟少留莫辭醉前路方悠然明日分飛儻相憶祇應遙望西南天

同岑郎中屯田韋員外花樹歌

東風動地吹花發渭城桃李千樹雪芳菲可愛不可留武陵歸客心欲絕金華省郎惜佳辰祇持棣萼照青春君家自是成蹊處況有庭花作主人

和李尚書畫射虎圖歌

飢虎呀呀立當路萬夫震恐百獸怒彤弓金鏃當者誰鳴鞭飛控流星馳居然畫中見眞態若務除惡不顧私時和年豐五兵已白額未誅壯士恥分銖遠邇懸彀中不中不發思全功捨矢如破石可裂應弦盡敵山爲空殺氣滿堂觀者駭颯若崖谷生長風精微入神在毫末作績造物可同功方叔秉鉞受命新丹青起予氣益振底綏靜難巧可擬嗟歎不足聲成文他時代天育萬物亦以此道安斯民

和贈遠

憶得去年春風至中庭桃李映瑣窗美人挾瑟對芳樹玉顏亭亭與花雙今年新花如舊時去年美人不在茲借問離居恨深淺祇應獨有庭花知

和題藤架

蕈蕈葉成幄璀璀花落架花前離心苦愁至無日夜人去藤花千里強藤花無主爲誰芳相思歷亂何由盡春日迢迢如線長

江上代書寄裴使君

何地離念劇江皐風雪時艱難傷遠道老大怯前期疇昔行藏計祇將力命推能令書信數猶足緩相思

詣開悟禪師問心法次第寄韓郎中

障深聞道晚根鈍出塵難獨切相從慣迷途自謂安得知身垢妄始喜額珠完欲識眞如理君嘗法味看

登後湖（一作登麥湖亭）傷春懷京師故舊

昨日看搖落驚秋方怨咨幾經開口笑復及看花時世事空名束生涯素髮知山山春草滿何處不相思

暮春於山谷寺上方遇恩命加官賜服訓皇甫侍御見賀之作

天書到法堂朽質被榮光自笑無功德殊恩謬激揚還登建禮署猶忝會稽章佳句慙相及稱仁豈易當

荅李滁州題庭前石竹花見寄

殷（烏閑切）疑曙霞染巧類匣刀裁不怕南風熱能迎小暑開遊蜂憐色好思婦感年催覽贈添離恨愁腸日幾迴

得李滁州書以玉潭莊見託因書春思以詩代荅

春物行將老懷君意詎堪朱顏因酒強白髮對花慙日日思瓊樹書書話玉潭知同百口累曷日辦抽簪

荅李滁州憶玉潭新居見寄

從來招隱地未有剖符人山水能成癖巢夷擬獨親猪肝無足累馬首敢辭勤掃灑潭中月他時望德鄰

將赴京荅李紓贈別

膠漆常投分荊蠻各倦遊帝鄉今獨往溝水便分流甘

作遠行客深慙不繫舟思君帶將綬豈直日三秋

和張大夫秋日有懷呈院中諸公

至公無暇日高閣閉秋天肘印拘王事籬花思長年績成心不有慮澹物猶牽竊效泉魚躍因聞郢曲妍

和大夫秋夜書情即事

上畧當分閫高情善閉關忘機羣動息無戰五兵閑鈐閣風傳漏書窗月滿山方知秋興作非惜二毛斑

送虢州王録事之任

謂子文章達當年羽翼高一經俄白首三命尚青袍未遇須藏器安卑莫告勞盤根儻相值試用發硎刀

送長孫將軍拜歙州之任

臨難敢横行遭時取盛名五兵常典校四十又專城浪逐樓船破風從虎竹生島夷今可料繫頸有長纓

送何員外使湖南

夙昔皆黄綬差池復瑣闈上田無晚熟逸翮果先飛前路舟休繫故山雲不歸王程儻未復莫遣鯉書稀

送江陵全少卿赴府任

冡司方春選劇縣得英髦固是攀雲漸何嗟趨府勞楚山迎驛路漢水漲秋濤騫翥方兹始看君六翮高

送虞秀才擢第歸長沙

充賦名今遂安親事不違甲科文比玉歸路錦爲衣海運同鵾化風帆若鳥飛知君到三逕松菊有光輝

送陽翟張主簿之任

舊聞陽翟縣西接鳳高山作吏同山隱知君處劇閑少年當効用遠道豈辭艱遲子揚名後方期綵服還

送游員外赴淮西

多君有奇略投筆佐元戎已佩郎官印兼乘御史驄使星隨驛騎歸路有秋風莫道無書札他年懷袖空

送馬鄭州

使君朱兩轓春日整東轅芳草成臯路青山凉水源勉修循吏跡以謝主人恩當使仁風動遥聽輿頌諠

送義烏韋明府

妙年能致身陳力復安親不憚關山遠寧辭簿領勤過江雲滿路到縣海爲鄰每歎違心賞吴門正早春

送陳王府張長史還京

論齒弟兄列爲邦前後差十年方一見此别復何嗟極目故關道傷心南浦花少時相憶處招手望行車

水西館泛舟送王員外

單醪敢獻酢曲沼荷經過汎覽親魚鳥賡縁涉芰荷劇談增惠愛美景借清和明日汀洲草依依奈别何

李卿東池夜宴得池字

政成機不擾心愜宴忘疲去燭延高月傾罍就小池舞盤迴雪動弦奏躍魚隨自是山公興誰令下士知

九月九日李蘇州東樓宴

是菊花開日當君乘興秋風前孟嘉帽月下庾公樓酒解留征客歌能破别愁醉歸無以贈祗奉萬年酬

蕭文學山池宴集

檀欒千畝緑知是辟彊園遠岫當庭户諸花覆水源主人邀盡醉林鳥助狂言莫問愁多少今皆付酒樽

與韓侍御同尋李七舍人不遇題壁留贈

三徑何寂寂主人山上山亭空簷月在水落釣磯閑藥院雞犬静酒壚苔蘚班知君少機事當待暮雲還

喜辱韓十四郎中書兼封近詩示代書題贈

各牽于役間遊遨獨坐相思正鬱陶長跪讀書心甏緩短章投我曲何高宦情緣木知非願王事敦（丁回切）人敢告勞所歎在官成遠别徒言屹水纔（去聲）容舠

早發龍沮館舟中寄東海徐司倉鄭司户

沙禽相呼曙色分漁浦鳴榔十里聞正當秋風渡楚水況值遠道傷離羣津頭却望後湖岸别處已隔東山雲停艫目送北歸翼惜無瑶華持寄君

詶常鄮縣見贈

愛君修政若修身鰥寡來歸乳雉馴堂上五弦銷暇日邑中千室有陽春謂乘鳧舃朝天子却愧猪肝累主人辭後讀君懷縣作定知三歲字猶新

登山谷寺上方答皇甫侍御卧疾闕陪車騎之後

楚宫香閣攀霞上天柱孤峯指掌看漢主馬蹤成蔓草（寺中間石上有竅穴，古老相傳云漢武帝馬跡）法王身相示空棺（禪門第三祖璨大師遺塔在此寺，身荼毗收舍利，重起塔供養，天寶中别駕李常開棺取金）雲扶踴塔青霄庳（少耆切）松蔭禪庭白日寒不見戴逵心莫展賴將新贈比琅玕

答皇甫十六侍御北歸留别作

正當楚客傷春地豈是騷人道别時俱徇空名嗟欲老況將行役料前期勞生多故應同病羸馬單車莫自悲明日相望隔雲水解顔唯有袖中詩

答李滁州見寄

相逢遽歎别離牽三見江臯蕙草鮮白髮俱生歡未再滄洲獨往意何堅愁看郡內花將歇忍過山中月屢圓終日望君休汝騎愧無堪報起予篇

得柳員外書封寄近詩書中兼報新主行營兵馬因代書戲答

郎官作掾心非好儒服臨戎政已聞説劒嘗宗漆園吏戒嚴應笑棘門軍遥知抵掌論皇道時復吟詩向白雲百越待君言即叙相思不敢憎離羣

同皇甫侍御齋中春望見示之作

望遠思歸心易傷況將衰鬢偶年光時攀芳樹愁花盡晝掩高齋厭日長甘比流波辭舊浦忍看新草遍横塘因君贈我江楓詠春思如今未易量

傷春贈遠

去水流年日並馳年光客思兩相隨峇嗟斑鬢今承弁慙愧新荷又發池楊柳透迤愁遠道鷓鴣啁哳怨南枝憶君何啻同瓊樹但向春風送别離

奉和中書常舍人晚秋集賢院即事寄贈徐薛二侍御

漢家金馬署帝座紫微郎圖籍凌羣玉歌詩冠柏梁陰陰萬年樹肅肅五經堂揮翰忘朝食研精待夕陽晴空露盤迴秋月瑣窗凉遠興生斑鬢高情寄縹囊葳蕤雙鸑鷟夙昔並翱翔汲冡同刊謬蓬山共補亡差池摧羽翮流落限江湘禁省一分袂昊天三雨霜石渠遺跡滿水國暮雲長早晚朝宣室歸時道路光

江寧訓鄭縣劉少府兄贈別作

往年脁縫掖接武仕關西結綬腰章並趨墀手板齊仙山不用買朋酒日相攜抵掌誇潭壑忘情向組珪事遷時既往年長跡逾睽何爲青雲器猶嗟濁水泥役牽方遠別道在或先迷莫見良田晚遭時亦杖藜

送李賓客荊南迎親

宗室劉中壘文場謝客兒當爲天北斗曾使海西陲毛節精誠著銅樓羽翼施還申供帳別言赴倚門期恩涯霑行李晨昏在路岐君親兩報遂不敢議傷離

題玉潭

碧玉徒強名冰壺難比德唯當寂照心可並奫淪色

海上懷華（一作洛）中舊遊寄鄭縣劉少府造渭南王少府崟

涼風臺上三峯月（王任鄭縣日於城角築小臺號涼風臺每與數公置酒登臨望二華雲月）不夜城邊萬里沙離別莫言關塞遠夢魂長在子眞家

和虞部韋郎中尋楊駙馬不遇

金屋瓊臺蕭史家暮春三月渭州花到君仙洞不相見謂已吹簫乘早霞

李張皇甫閤權等數公並有送別之作見寄因答

洞庭正波蘋葉衰豈是秦吳遠別時謝君篋中綺端贈何以報之長相思

將還越留別豫章諸公

客鳥倦飛思舊林裴徊猶戀衆花陰他時相憶雙航葦莫問吳江深不深

送別荊南張判官

輶車駱（一作駟）馬往從誰夢浦蘭臺日更遲欲識桃花最多處前程問取武陵兒

陪王員外北樓宴待月

勸酒論心夜不疲含情有待問誰思佇看晴月澄澄影來照江樓酩酊時

垂花塢醉後戲題（賦得俱字韻　并序）

莊周臺南十許步有丘一成上有樛藤垂花而蔓草荒之且隔大溝路不可陟道士張太和伐薪爲堰封土以壅澮余亦命薙氏治蕪穢而剗宿莽遂闢爲登賦之位位廣二席席間足以函尊酒二簋三月戊子及羣英由堰而升焉諸花倒垂下拂杯案紫葩縭縰如釵如旒衆君子瞻弄之不足故秉燭進酒以繼落日欲稱醉而不能也因命其地曰垂花塢堰曰緣花堰亦餙之以詩云

紫蔓青條拂酒壺落花時與竹風俱歸時自負花前醉笑向儵魚問樂無

全唐詩

郎士元

郎士元字君胄中山人天寶十五載擢進士第寶應初選畿縣官詔試中書補渭南尉歷右拾遺出爲郢州刺史與錢起齊名自丞相以下出使作牧二君無詩祖餞時論鄙之故語曰前有沈宋後有錢郎集二卷今編詩一卷

題劉相公三湘圖

昔別醉（一作歲別）衡霍邇來憶南州今朝平津邸兼得瀟湘遊稍辨郢（一作荊）門樹依然芳杜洲微明（一作月）三巴峽咫尺萬里流飛（一作去）鳥不知倦遠帆生暮愁涔陽指天末北渚空悠悠枕上見漁父坐中常狎鷗誰言魏闕下自有東山幽

長安逢故人

數年音信斷不意在長安馬上相逢久人中欲認難一官今懶道雙鬢竟羞看莫問生涯事只應持釣竿

送韋湛判官

高閣晴（一作清）江上重陽古戍閑聊因送歸客更此望鄉山惜（一作闊）別心能醉經秋鬢自斑臨流興不盡悵惘水雲間

送長沙韋明府（一本題下有之縣二字）

秋入長沙縣蕭條旅宦心煙波連桂水官舍映楓林雲日（一作樹）楚天（一作山）暮沙汀白露深遙知訟堂裏佳（本作嘉）政在鳴琴

送孫願（一作顧）

悠然（一作悠）富春客憶與暮潮歸擢第人多羨如君獨步稀亂流江渡淺遠色海山微若訪新安路嚴陵有釣磯

送林宗配雷州（一作送王棼流雷州）

昨日三峯尉今朝萬里人平生任孤直豈是不防身海霧多爲瘴山雷乍作鄰遙憐北戶（一作窗）月與子獨相親

送洪州李別駕之任

南去秋江遠孤舟興自多能將流水引更入洞庭波夏口帆初上潯陽鴈正過知音在霄漢佐郡豈蹉跎

送楊中丞和蕃

錦車登隴日邊草正萋萋舊好尋（一作隨）君長新愁聽（一作送）鼓鼙河源飛鳥外雪嶺大荒西漢壘今猶在遙知路不迷

送李將軍赴定州（一作送彭將軍）

雙旌漢飛將萬里授（一作獨）橫戈春色臨邊（一作關）盡黃雲出塞多鼓鼙悲絕漠烽戍（一作火）隔長河莫斷（一作想到）陰山路（一作北）天驕已請和

關羽祠送高員外還荊州

將軍禀天姿義勇冠今昔走馬百戰場一劍萬人敵雖（一作誰）爲感恩者竟是思歸客流落荊巫間裴回故鄉隔離筵對祠宇灑酒暮天碧去去勿復言銜悲向陳（一作塵）跡

送張南史（一作寄李紓）

雨餘深巷靜獨酌送殘春車馬雖嫌僻鶯花不弃（一作厭）貧蟲絲（一作聲）粘戶網鼠跡印牀塵借問（一作閒道）山陽（一作陰）會如今有幾人

送奚賈歸吳

東南富春渚曾是謝公遊今日奚生去新安江正秋（一作流）水清迎（一作容清）過客霜（一作楓）葉落（一作伴）行舟遙想赤亭下聞猨應夜愁

送陸員外赴潮州

含香臺上客剖竹海邊州楚地（一作驛又作使）多歸信閩溪足亂流今朝永嘉興（一作路）重見謝公遊

送裴補闕入河南（一作東）幕

皎然青瑣客何事動行軒苦節酬知己清吟去掖垣秋

城臨海樹寒月（一作日）上營門鄒魯詩書國（一作地）應無鞞鼓喧

送韓司直路出延陵（一作劉長卿詩）

遊吳還適越來往任風波復送王孫去其如春草何岸（一作江）明殘雪在潮滿夕陽多季子留遺廟停舟試一過

盩厔縣鄭礒宅送錢大（一作送別錢起又作送友人別）

暮蟬不可聽落葉豈堪聞共是悲秋客那知此路分荒城背流水遠鴈入寒雲陶令門前（一作東籬）菊餘花可贈君

送元詵還丹陽別業

已知成傲吏復見解朝衣應向丹陽郭秋山獨（一作對）掩扉草堂連古寺江日動晴暉一別滄洲遠蘭橈幾歲歸

送崔侍御往容州宣慰

秦（一作春）原獨立望湘川擊隼南飛向楚天奉詔不言空問俗（一作慰）清時因得訪遺賢荊門曉色兼梅雨桂水春風過客（一作驛）船疇昔常聞陸賈說故人今日豈徒然

朱方南郭留別皇甫冉（一作皇甫冉詩題作潤州南郭留別）

縈迴楓葉岸留滯木蘭橈吳岫新經雨江天正落潮故人勞見愛行客自無憀（一作聊）若問前程事孤雲入剡遙

贈張五諲歸濠州別業

常知罷官意果與世人疎復此涼風起仍聞濠上居故山期採菊秋水憶觀魚一去蓬蒿徑羨君閑有餘

送王司馬赴潤州

暫屈文爲吏聊將祿代耕金陵且不遠山水復多名楚塞因高出寒潮入夜生離心逐春草直到建康城

留盧秦卿（一作司空曙詩）

知有前期在歡如（一作難分）此夜中無將故人酒不及古淳（一作石尤）風

贈强山人

或棹輕舟或杖藜尋常適（一作隨）意釣前溪草堂竹逕在何處落日孤煙寒渚西

贈韋（一作韓）司直

聞君感歎二毛初舊友相依（一作邀）萬里餘烽火（一作戍）有時驚暫定甲兵無處可安居客來吳地星霜久家在平陵音信踈昨日（一作夜）風光（一作東風又作春風）還入户登山臨水意何如

石城館酬王將軍

誰能繡衣客肯駐木蘭舟連鴈沙邊至孤城江上秋歸帆背南浦楚塞入西樓何處看離思滄波日夜流

酬王季友題半日村別業兼呈李明府

村映寒原日已斜煙生密竹早歸鴉長溪南路當羣岫半景東鄰照數家門通小徑連芳草馬飲春泉踏淺沙欲待主人林上月還思潘岳縣中花

酬二十八秀才見寄

昨夜山月好故人果相思清光到枕上嫋嫋涼風時永意能在我惜無攜手期

冬夕寄青龍寺源公

斂屨入寒竹安禪過漏聲高松殘子落深井凍痕生罄風枝動懸燈雪屋明何當招我宿乘月（一作興）上方行

塞下曲

寶刀塞下兒身經（一作輕身）百戰曾百勝壯心竟未嫖姚知白草山頭日初沒黃沙戍下悲歌（一作笳）發（一作城下歌聲發）蕭條夜靜邊風吹獨倚營門望秋月

柏林寺南望

溪上遙聞精舍鐘泊舟微徑度深松青山霽後雲猶在畫出東（一作西）南四五峰

宿杜判官江樓

適楚豈吾願思歸秋向深故人江樓月永（一作夜）夜千里心葉落覺（一作攪）鄉夢鳥啼驚越吟寥寥更何有斷續空（一作孤）城砧

春宴王補闕城東別業

柳陌乍隨洲勢轉花源忽傍竹陰開能將瀑水清人境直取流鶯送酒杯山下古松當綺席簷前片雨滴春苔地主同聲復同舍留歡不畏夕陽催

郢城西樓吟（一作張繼詩）

連山盡處（一作塞）水縈迴山上戍（一作城）門臨水開朱欄直下一百丈日暖遊鱗自相向昔人愛險閉層城今日愛閑江復清（張繼集作今人復愛閑江清）沙洲楓岸無來客草綠花紅山鳥鳴聽鄰家吹笙

鳳吹聲如隔綵霞不知牆外是誰家重門深鎖無尋處疑有碧桃千樹花

登丹陽北樓（一作張繼詩）

寒皐那可望旅望又初還迢遞高樓上蕭條曠（一作涼）野閑（一作間）暮晴依遠水秋興屬連山浮（一作游）客時相見霜凋動（一作朱）翠顏

題精舍寺（一作酬王季友秋夜宿露臺寺見寄）

石林精舍武溪東（一作中）夜扣禪關（一作扉）謁遠公月在上方諸品靜僧持半偈萬緣空秋山竟日聞猨嘯（一作蒼苔古道行應遍）落木寒泉聽不窮惟有（一作更憶）雙峰最高頂此心期與故人同

雙林寺謁傅大士

草露（一作徑）經前代津梁及後人此方今示滅何國更分身月色空知夜松陰不記春猶憐下生日應在一微塵

題尹真人祠

窅窅雲旗去不還陰陰祠宇閉空山我來始悟丹青妙稽首如逢氷雪顏

山中即事

入谷多春興乘舟棹碧潯山雲昨夜雨溪水曉來深

湘夫人二首（樂府詩作一首）

蛾眉對湘水遙哭蒼梧山（一作間）萬乘既已歿孤舟誰忍還至今楚竹上猶有淚痕斑

南有涔陽路渺渺多新愁桂酒神降（一作昔神降回）時迴風（一作風波）江上秋彩雲忽無處碧水空安流

蓋少府新除江南尉問風俗

聞君作尉向江潭吳越風煙到自（一作處）諳客路尋常隨竹影人家大底傍山嵐緣溪花木偏宜遠避地衣冠盡向南惟有夜猨啼海樹思鄉望國意難堪

春宴張舍人宅

懶尋芳草徑來接侍臣筵山色知殘雨墻陰覺暮天鶯啼（一作歸）漢宮柳花隔（一作隱）杜陵煙地與東城（一作鄰）接春光醉目前

寄李袁州桑落酒

色比瓊漿猶嫩香同甘露仍春十千提攜一斗遠送瀟

湘故人

贈萬生（一作贈高萬生）下第還吳

直道多不偶，美才應息機。灞陵春欲暮，雲海獨言歸。爲客成白首，入門嗟布衣。尊羹若可憶，慙出掩柴扉。

送大德講（一作講師）時河東徐明府招

遠近（一作主）人天王城，指日邊宰君迎。說法童子伴隨緣，到處花爲雨行。時杖出泉令宵松月下，開閤想安禪。

赴無錫別靈一上人（一作劉長卿詩，一作皇甫冉詩）

高僧本姓竺，開士舊名林。一入春山裏，千峯不可尋。新年芳草徧（一作終）度（一作日），白雲深。欲問（一作徇）微官去，懸知訝此心。

送粲上人兼寄梁鎮員外

季月還鄉獨未能，林行溪宿厭層冰。尺素欲傳三署客，雪山（一作中）愁送五天（一作溪）僧。連空朔氣橫秦苑，滿目寒雲隔灞陵。借問從來香積寺，何時攜手更同登。

送韋逸人歸鍾山（一作皇甫冉詩）

逸人歸路遠，弟子出山迎。服藥顏猶（一作雖）駐，耽書癖已成。柴扉多（一作度）歲月，藜杖見公卿。更作儒林傳，應須載姓名。

登無錫北樓（一作皇甫冉詩）

秋興因危堞，歸心過遠山。風霜征雁早，江海旅人還。驛樹寒仍密，漁舟晚更閑。仲宣何所賦，秖欲滯柴關（一作秖欲數在荊蠻）。

和王相公題中書叢竹寄上元相公

多時仙掖裏，色並翠琅玕。幽意含煙月，清陰庇蕙蘭。枝繁宜露重，葉老愛天寒。竟日雙鸞止，孤吟爲一看。

酬蕭二十七侍御初秋言懷

楚客秋多興，江林月漸生。細枝涼葉動，極浦早鴻聲。勝賞睽前夕，新詩報遠情。曲高慙和者，惆悵閉寒城。

奉和杜相公益昌路作

春半梁山正落花，台衡受律向天涯。南去猨聲傍雙節，西來江色遶千家。風吹畫角孤城曉，林映蛾眉片月斜。已見廟謨能喻蜀，新文更喜報金（一作京）華。

賦得長洲苑送李惠

草深那可訪，地（一作主）阻相傳。散漫三秋雨，疎蕪萬里煙。都迷採蘭處，强記館娃年。客有遊吳者，臨風思眇然。

別房士清

世路還相見，偏堪淚滿衣。那能郢門別，獨向鄴城歸。平楚看蓬轉，連山望鳥飛。蒼蒼歲陰暮，況復惜馳（一作餘）暉。

送彭偃房由赴朝因寄錢大郎中李十七舍人

衰病已經年，西峯望楚天。風光欺鬢髮，秋色換山川。寂寞浮雲外，支離漢水邊。平生故人遠，君去話潸然。

送李遂之越

未習風波事，初爲東越遊。露霑湖草晚（一作曉），月照海山秋。梅市門何處，蘭亭水向（一作尚）流。西興（一作陵）待潮信，落日滿孤舟。

送鄭正則徐州行營（一作皇甫冉詩）

從軍非隴頭，師（一作帥）在古徐州。氣勁三河卒，功全萬戶侯。元戎閫外略，才子握（一作幄）中籌。莫聽關山曲，還生塞上愁。

送錢拾遺歸兼寄劉校書

墟落歲陰暮，桑榆煙景昏。蟬聲靜空館，雨色隔秋原。歸客不可望，悠然林外（一作鸞上）村。終當報芸閣，攜手醉柴門。

送郴縣裴明府之任兼充宣慰

白蘋楚水三湘遠，芳草秦城二月初。連雁北飛看欲盡，孤舟南去意何如。渡江野老思求瘼，候館郴人憶下車。別後天涯何所寄，故交惟有袖中書。

送李敖湖南書記

憐君才與阮家同，掌記能資亞相雄。入楚豈忘看淚竹，泊舟應自愛江楓。誠知客夢煙波裏，肯厭猨鳴夜雨中。莫信衡湘書不到，年年秋雁過巴東。

送麴司直

曙雪蒼蒼兼曙雲，朔風煙（一作燕）雁不堪聞。貧交此別無他贈，唯有青山遠送君。

送別

穆陵關上秋雲起，安陸城邊遠行子。薄暮寒蟬三兩聲，迴頭（一作望）故鄉千萬里。

咸陽西樓別竇審

西樓迴起寒原上，霽日遙分萬井間。小苑城隅連渭水，離宮曙色近京關。亭皐寂寞傷孤客，雲雪蕭條滿衆山。時命如今猶未偶，辭君擬欲拂衣還。

聞蟬寄友人（一作李端詩）

昨日始聞鶯，今朝蟬又鳴。朱顏向華髮，定是幾年程。故國白雲遠，閑居青草生。因垂數行淚，書寄十年兄。

送李騎曹之靈武寧侍

一歲一歸寧，涼天數騎行。河來當塞曲，山遠與沙平。縱獵旗風卷，聽笳帳月生。新鴻引寒色，迴日滿京城。

馮翊西樓（一作張繼詩）

城上西樓倚暮天，樓中歸望正淒然。近郭亂山橫古渡，野莊喬木帶新煙。北風吹雁聲能苦，遠客辭家月再圓。陶令好文常對酒，相招一和白雲篇（張繼集作相招那惜醉爲眠）。

郢城秋望

白首思歸歸不得，空山聞雁雁聲哀。高城落日望西北，又見秋風逐水來。

夜泊湘江

湘山木落洞庭波，湘水連雲秋雁多。寂寞舟中誰借問，月明只自聽漁歌。

留別常著

歲晏蒼郊蓬轉時，遊人相見說歸期。宓君堂上能留客，明日還家應未遲。

送張光歸吳

看取庭蕪白露新，勸君不用久風塵。秋來多見長安客，解愛鱸魚能幾人。

聞吹楊葉者二首

妙吹楊葉動悲笳，胡馬迎風起恨賒。若是雁門寒月夜，此時應卷盡驚沙。

天生一藝更無倫，寥亮幽音妙入神。吹向別離攀折處，當應合有斷腸人。

全唐詩

皇甫冉

皇甫冉字茂政，潤州丹陽人，晉高士謐之後。十歲能屬文，張九齡深器之。天寶十五載舉進士第一，授無錫尉，歷左金吾兵曹。王縉爲河南帥，表掌書記。大曆初，累遷右補闕，奉使江表，卒於家。冉詩天機獨得，遠出情外。集三卷，今編詩二卷。

潤州南郭留別（一作郎士元詩）

縈迴楓葉岸，留滯木蘭橈。吳岫新經雨，江天正落潮。故人勞見愛，行客自無聊（一作若）。君問前程事，孤雲入剡遙。

祭張公洞二首（一本作排律一首）

堯心知稼穡，精意遶山川。風雨神祇（一作斯）應，笙鏞詔命傳。沐蘭祇掃地，酌桂佇靈仙。拂霧陳金策，焚香拜玉筵。

雲開小有洞，日出大羅天。三鳥隨王母，雙童翊子先。何時種桃核，幾度看桑田。倏忽煙霞散，空巖騎吏旋。

臨平道贈同舟人

遠山誰辨江（一作山），南北長路空（一作長）。隨樹淺深流，蕩颻飄颻此。何極唯應行客共知心。

巫山峽（一作高）

巫峽見巴東，迢迢出半空。雲藏神女館，雨到楚王宮。朝暮泉聲落，寒暄樹色同。清猿不可聽，偏在九秋中。

長安路（一作韓翃詩）

長安九城路，戚里五侯家。結束趨平樂，聯翩抵狹斜。高樓臨遠（一作積）水，複道出繁花。唯見（一作有）相如宅，蓬門度歲華。

送朱逸人

時人多不見，出入五湖間。寄酒全吾道，移家愛遠山。更看秋草暮，欲共白雲還。雖在風塵裏，陶潛身自閑。

西陵寄靈一上人（一本題下有朱放二字）

西陵遇風（一作潮）處，自古是通津。終日空江上，雲山若待人。汀洲寒事早，魚鳥興情新。迴望山陰路，心中（一作中心，一作吾志）有所親。

赴無錫寄別靈一淨虛二上人（一本有還字）雲門所居（一作劉長卿詩，一作郎士元詩）

高僧本姓竺，開士舊名林。一入春山裏，千峰不可尋。新年芳草徧，終日白雲深。欲徇微官去，懸知訐此心。

舟中送李八（得迴字）

詞客金門未有媒，遊吳適越任舟迴。遠水迢迢分手去，天邊山色待人來。

與張補闕王鍊師自徐方清路同舟南下於臺頭寺留別趙員外裴補闕同賦雜題一首

朝朝春事晚，泛泛行舟遠。淮海思無窮，悠揚煙景中。幸將仙子去，復與故人同。高枕隨流水，輕帆任遠風。鐘聲野寺迥，草色故城空。送別高臺上，裴回共惆悵。懸知白日斜，定是猶相望。

酬張二仲彝

吳洲見芳草，楚客動歸心。屈宋鄉山古，荊衡煙雨深。覊難十載別，羈旅四愁侵。澧月通沅水，湘雲入桂林。已看生白髮，當爲之黃金。江海時相見，唯聞梁甫吟。

三月三日義興李明府後亭泛舟（一作劉長卿詩）

江南煙景復如何，聞道新亭更可過。處處藝蘭春浦綠，萋萋藉草遠山多。壺觴須就陶彭澤，時（一作風）俗猶傳晉永和。更使輕橈徐轉去，微風落日水增波。

少室山韋鍊師昇仙歌

紅霞紫氣晝（一作晝）氳氳，絳節青幢（一作童）迎少君。忽從林下昇天去，空使時人禮白雲。

獨孤中丞筵陪餞韋使君赴昇州

中司龍節貴，上客虎符新。地控吳襟帶，才高漢縉紳。泛舟應度臘，入境便行春。處處歌來暮，長江建業人。

送王緒剡中（一作送王公還剡中別業）

不見關山去，何時到剡中。已聞成竹（一作樹）木，更道長兒童。籬落雲常聚，村墟（一作埽）水自通。朝朝憶玄度，非（一作常）是對清風。

訓李郎中侍御秋夜登福州城樓見寄

辛勤萬里道，蕭索九秋殘。月照閩中夜，天凝海上寒。王程無地遠，主意在人安。遙寄登樓作，空知行路難。

同李司直諸公暑夜南餘（一作徐）館

何處多明月，津亭暑夜深。煙霞不可望，雲樹更沈沈。好是吳中隱，仍爲洛下吟。微官朝復夕，牽強亦何心。

贈普門上人（一作題普門上人房，一作劉長卿詩）

支公身欲（一作已）老，長在沃州多。慧力堪傳教，禪功久伏魔。山雲隨坐夏，江草伴頭陀。借問迴（一作明）心後，賢愚去幾何。

與諸公同登無錫北樓（一作郎士元詩）

秋興因危堞，歸心過遠山。風霜征雁早，江海旅人閑（一作還）。驛樹寒仍密，漁舟晚自還（一作閒）。仲宣何所賦，秪歎在荊蠻（一作滯關）。

同李蘇州傷美人

王珮石榴裙，當年嫁使君。專房猶（一作獨）見寵，傾國衆皆聞。歌舞常（一作長）無對，幽明忽此分。陽臺千萬里，何處作朝（一作行）雲。

送李錄事（一作裴員外）赴饒州

北人南去雪紛紛，雁叫汀沙（一作洲）不可聞。積水長天隨遠客（一作色），荒城（一作荒林，又作泒舟）極浦足寒雲。山從建業千峰出（一作起，又作斷），江至（一作自，又作到）潯陽九派分。借問督郵纔弱冠，府中年少不如君。

同諸公有懷絕句

舊國迷江樹，他鄉近海門。移家南渡久，童稚解方言。

題魏仲光淮山所居

人群不相見，乃在白雲間。問我將何適，羨君今獨閑。朝

朝汲淮水暮上龜山幸已安貧定當（一作惟）從鬢鬢斑

送鄭判官赴徐州（一作郎士元詩）

從軍非隴頭師在古徐州氣勁三河卒功多萬里侯元戎閫外令才子幄中籌莫聽關山曲還生出塞愁

送顧長（一作中史又作長史）往新安（一作劉長卿詩）

由來山水客復道向新安半是乘潮便全非行路難晨裝林月在野飯（一作飲）浦（一作渚）沙寒嚴子千年後何（一作誰）人釣舊灘

秋夜有懷高三十五兼呈空和尚（一作劉長卿詩）

晚節聞君趣道深結茅栽樹近東林大師幾度曾摩頂高士何年遂發心北渚三更聞過雁西城萬里動寒砧不見支公與玄度相思擁膝坐長吟

途中送權三兄弟（一本無題上二字一作送權驊）

淮海風濤起江關憂思長同悲鵲遶樹獨作雁隨陽山晚雲初雪汀寒月照霜由來濯纓處漁父愛滄浪

送裴闈（得歸字）

道向毗陵豈是歸客中誰與換春衣今夜孤舟行近遠子（一作紫）荊零雨正霏霏

雜言湖山歌送許鳴謙（并序）

夫子隱者也耕於湖山之田孤雲無心飛鳥無跡伯仲邕（一作邑）友家人怡怡貞白之風旁行於澆俗矣始惠然而去又翻然而歸春田雪餘具物繁殖結我幽夢湖間一峯酒而歌歌之以送遠

湖中之山兮波上青桂颸颸兮雨冥冥君歸兮春早滿山兮碧草晨春暮汲兮心何求澗户巖扉兮身自老東嶺西峰兮同白雲雞鳴犬吠兮時相聞幽芳媚景兮當嘉月踐石捫蘿兮恣超忽空山寂寂兮賴陽人旦夕孤雲隨一身

雜言迎神詞二首（并序）

吳楚之俗與巴渝同風日見歌舞祀者問其故荅曰及夏不雨慮將無年復云家有行人不歸憑是景福夫此二者皆我所懷寄地種苗將成枯草弟爲臺官羈旅京師秉筆爲迎神送神詞以應其聲亦寄所懷也

迎神

故庭户列芳鮮目眇眇心綿綿因風託雨降瓊筵紛下拜屢加籩人心望歲祈豐年

送神

露霑衣月隱壁氣淒淒人寂寂風迴雨度虛瑤席來無聲去無跡神心降和福遠客

屏風上各賦一物得携琴客

不是向空林應當就磐石白雲知隱處芳草迷行跡如何秖役心見爾攜琴客

江草歌送盧判官

江皋兮春早江上兮芳草雜蘼蕪兮杜蘅作（一作作）叢秀兮欲（一作復）羅生被（一作彼）遙隰兮經長衍（一作坂）雨中深兮煙中淺目眇眇兮增愁步遲遲兮堪搴澧之浦兮湘之濱思夫君兮送美人吳洲曲兮楚鄉路遠孤城兮依獨戍新月能分裛露時夕陽照見連天處問君行邁將何之淹泊沿洄風日遲處處汀洲有芳草王孫詎肯念歸期

題畫帳二首

山水

桂水饒楓杉荊南足烟雨猶疑黛色中復是雒陽岨

遠帆

朝見巴江（一作山）客暮見巴江（一作山）客雲帆儻暫停（一作駐）中路陽臺夕

落第後東遊留別

功（一作學）成方自得何事學干求果以浮名誤深貽達士羞九江連漲海萬里任虛舟歲晚同懷客相思波上鷗

雜言月洲歌送趙冽還襄陽

漢之廣矣中有洲洲如月兮水環流流聒聒兮湍與瀨草青青兮春更（一作復）秋苦竹林香楓樹樵子罛師幾家住萬山飛雨一川來巴客歸船傍洲去歸人不可遲芳杜滿洲時無限風煙皆自悲莫辭貧賤阻（一作隔）心期家住洲頭定近遠朝泛輕橈暮當返不能隨爾臥芳洲自念天機一何淺

寄劉八山中

東皐若近遠苦雨隔還期閏歲風霜晚山田收穫遲茅簷燕去後樵路菊黄時平子遊都久知君坐見嗤

答張諲劉方平兼呈賀蘭廣

野性難馴狎荒郊自閉門心閑同海鳥日夕戀山村屢枉瓊瑤贈如今（一作令）道術存遠峯時振策春雨耐香源復有故人在寧聞盧（一作詹）鵲喧青青草色綠終是待王孫

澧水送鄭豐鄠縣讀書

麥秋中夏涼風起送君西郊及澧水孤煙遠樹動離心隔岸江流若千里早年江海謝浮名此路雲山愜爾情上古全經皆在口秦人如見濟南生

九日寄鄭豐

重陽秋已晚千里信仍稀何處登高望知君正憶歸還當採時菊定未授寒衣欲識離居恨郊園（一作原）正（一作晝）掩扉

酬包評事壁畫山水見寄

一官知所傲本意在雲泉濡翰生新興群峯忽眼前黛中分遠近筆下起風煙巖翠深樵路湖光出釣船寒侵赤城頂日照武陵川若覽名山誌仍聞招隱篇遂令江海客惆悵憶閑田

渡汝水向太和山

落日事搴（一作搴淺）陟西南投一峯誠知秋水淺但怯無人蹤

秋怨

長信多秋氣（一作草）昭陽借（一作惜）月華那堪閉永巷聞道選良家

贈鄭山人

白首滄洲客陶然得此生龐公採藥去萊氏與妻行乍見還州里全非隱姓名枉帆臨海嶠貰酒秣陵城伐木吳山曉持竿越水清家人恣（一作忘）貧賤物外任衰榮忽爾辭林壑高歌至上京避喧心已慣念遠夢頻成石路寒花發江田臘雪明玄纁倘有命何以遂躬耕

劉方平西齋對雪

對酒閑齋晚開軒臘雪時花飄疑節候色淨潤簾帷委樹寒枝弱縈空去雁遲自然堪訪戴無復四愁詩

福先寺尋湛然寺主不見

寂然空佇立往往報疎鐘高館誰留客東南二室峰川原通霽色田野變春容惆悵層城暮猶言歸路逢

河南鄭少尹城南亭送鄭判官還河東

使臣懷餞席亞尹有前溪客是仙舟裏途從御苑西泉聲喧暗竹草色引長堤故絳青山在新田綠樹齊天秋聞別鵠(一作鶴)關曉待鳴雞應歎沈冥者年年津路迷

登玄元廟

古廟川原迴重門禁籞連海童紛翠蓋羽客事瓊筵御路分疎柳離宮出苑田興新無向背望久辨山川物外將遺老區中誓絕緣函關若遠近紫氣獨依然

冬夜集賦得寒漏

清冬洛陽客寒漏建章臺出禁因風徹縈窗共月來偏將殘瀨雜乍與遠鴻哀遙夜重城警流年滴水催閒齋堪坐聽況有故人杯

玄元觀送李源(一作深)李風(一作颯)還奉先華陰

此去那知道路遙寒原紫府上迢迢莫辭別酒和(一作傾又作注)瓊液乍唱離歌和鳳簫遠水東流浮落景繚垣西轉失行鑣華山秦塞長相憶無使音塵頓寂寥

劉方平壁畫山

墨妙無前性生筆先迴溪已失遠嶂猶連側徑樵客長林野煙青峰之外何處雲天

登山歌

青山前青山後登高望兩處兩處今何有煙景滿川原離人堪白首

和鄭少尹祭中岳寺北訪蕭居士越上方

肅寺祠靈境尋真到隱居寅緣幽谷遠蕭散白雲餘晚節持僧律他年著道書海邊曾狎鳥濠上正觀魚寂靜求無相淳和覩太初一峯綿歲月萬性任盈虛籬隔溪(一作門掩林)鐘度窗(一作空)臨澗木疎謝公懷舊壑迴駕復何如

秋夜寄所思

寂寞坐遙夜清風何處來天高散騎省月冷建章臺鄰笛哀聲急城砧朔氣催芙蓉已委絕誰復可爲媒

賦得郢路悲猨(一本題下有送客二字)

悲猨何處發郢路第三聲遠客知秋暮空山益夜清啾啾深眾木嗷嗷入孤城坐覺盈心耳翛然適楚情

雜言無錫惠山寺流泉歌

寺有泉兮泉在山鏘金鳴玉兮長潺潺作潭鏡兮澄寺內泛巖花兮到人間土膏脈動知春早隈隩陰深長苔草處處縈迴石磴喧朝朝盥漱山僧老僧自老松自新流活活無冬春任疏鑿兮與汲引若有意兮山中人偏依佛界通仙境明滅玲瓏媚林嶺宛如太室臨九潭詎減天台望三井我來結綬未經秋已厭微官憶舊遊且復遲迴猶未去此心祇爲靈泉留

清明日青龍寺上方賦得多字

上方偏可適季月況堪過遠近水聲至東西山色多夕陽留徑草新葉變庭柯已度清明節春秋如客何

與張諲宿劉八城東莊

人閒當歲暮田野尚逢迎萊子多嘉(一作家)慶陶公得此生寒蕪連古渡雲樹近嚴城雞黍無辭薄貧交但貴情

寄劉方平

坐憶山中人窮棲事南畝煙霞相親外墟落今何有潘郎作賦年陶令辭官後達生遺(一作貴)自適良願固無負田取頹水流樹入陽城口歲暮憂思盈離居不堪久

曾東遊以詩寄之

出郭離言多迴車始知遠寂然層城暮更念前山轉總(一作縱)轡栽成皐浮舟背梁苑朝朝勞延首往往若在眼落日孤雲還邊愁迷楚關如何溆(一作淑)花發復對遊子顏古寺杉栝(一作松)裏連檣洲渚間煙生海西岸雲見吳南山驚風掃蘆荻翻浪連天白正是揚帆時偏逢江上客由來許(一作論)佳句況乃愜所適差我天姥峰翠色春更碧氣凄湖上雨月淨剡中夕釣艇或相逢江蘺又堪摘迢迢始寧墅蕪沒謝公宅朱槿列摧(一作推列)墉蒼苔徧幽石顧予任疎懶期爾振羽翮滄洲未可行須售金門策

適荊州途次南陽贈何明府

千里獨遊日有懷誰與同言過細陽令一遇朗陵公清節邁多士斯文傳古風閭閻知俗變原野識年豐吾道方在此前程殊未窮江天經峴北客思滿巴東夢渚夕愁遠山(一作巴)丘晴望通應嗟出處異流蕩楚雲中

秋夜戲題劉方平壁

鴻悲月白時將謝正可招尋惜遙夜翠帳蘭房曲且深寧知戶外清霜下

問正上人疾

醫王猶有疾妙理競難窮餌藥應隨病觀身轉悟空地閑花欲雨窗冷竹生風幾日東林去門人待遠公

山中五詠

門柳

接影武昌城分行漢南道何事閑(一作閒)門外空對青山老

遠山

少室盡西峯鳴皐隱南面柴門縱(一作啟)復閑(一作開)終(一作今)日窗中見

南澗

上路(一作客)各乘軒高明(一作朋)盡鳴玉寧知澗下人自愛輕波淥

春早

草徧頹陽山花開武陵水春色既已同人心亦相似

山館

山館長寂寂閑雲朝夕來空庭復何有落日照青苔

送竇十九叔向赴(一作入)京

氷結楊柳津從吳去入秦徒云還上國誰爲作中人驛樹同霜霰漁舟伴苦辛相如求一謁詞賦遠隨身

登石城戍望海寄諸暨嚴少府

平明登古戍徙倚待寒潮江海方回合雲林自寂寥詎能知遠近徒見蕩煙霄即此滄洲路嗟君久折腰

和(一作同)樊潤州秋日登城樓

露冕臨平楚寒城帶早霜時同借河内人是臥淮陽積水澄天塹連山入帝鄉因高欲見下非是愛秋光

寄江東李判官

遠懷不可道歷稔勸離憂洛下聞新雁江南想暮秋澄

清佐八使綱紀案諸侯地識吳平久才當晉用求時賢幾殂謝擒藻繼風流更有西陵作還成北固遊歸途（一作程）限尺牘王事在扁舟山色臨湖盡猿聲入夢愁

送蔣評事往福州

江上春常早閩中客去稀登山怨迢遞臨水惜芳菲煙樹何時盡風帆幾日歸還看復命處盛府有光輝

送從弟豫貶遠州（一作劉長卿詩題作送從弟貶袁州）

何事成遷客思歸不見鄉遊吳經萬里弔屈過三湘水與荊巫接山通鄢郢長名嗟黃綬繫才（一作身）是白眉良獨結南枝恨應思北雁行憂來沽楚酒玄鬢莫凝霜

送錢唐路少府赴制舉

公車待詔（一作詣）赴長安客裏新正阻舊歡遲日未能銷野雪晴花偏自犯江寒東濱道路通秦塞北闕威儀識（一作擁又）漢官共（一作時）許郄詵（一作生）工射（一作能對）策恩榮請向一枝看（一作覲）

賦得荊溪夜湍送蔣逸人歸義興山

驚湍流不極夜度識雲岑長帶溪沙淺時因山雨深方同七里路更遂五湖心揭厲朝將夕潺湲古至今花源君若（一作壽）許雖遠亦相尋

送孔黨赴舉

入貢列諸生詩書業早成家承孔聖後身有魯儒名楚水通滎浦春山擁漢京愛君方弱冠爲賦少年行

齊郎中筵賦得的的帆向浦留別

一帆何處去正在望中微浦迥搖空色汀迴見落暉每爭高鳥度能送遠人歸偏似南浮客悠揚無所依

送陸鴻漸棲霞寺採茶

採茶非採菉遠遠上層崖布葉春風暖盈筐白日斜舊知山寺路時宿野人家借問王孫草何時泛椀花

泊丹陽與諸人同舟至馬林溪遇雨

雲林不可望溪水更悠悠共載人皆客離家春是秋遠山方對枕細雨莫迴舟來往南徐路多爲芳草留

太常魏博士遠出賊庭江外相逢因叙其事

烽火驚戎塞豺狼犯帝畿川原無稼穡日月翳光輝里社枌榆毀宮城騎吏非羣生被慘毒雜虜耀輕肥多士從芳餌唯君識禍機心同合浦葉命寄首陽薇恥作纖鱗喣方隨高鳥飛山經商嶺出水泛漢池歸離別霜凝鬢逢迎淚迸衣京華長路絕江海故人稀秉節身常苦求仁志不違秪應窮野外耕種且相依

送包佶賦得天津橋（第三句缺）

洛陽歲暮作征客　相望依然一水間
相思已如千年隔晴烟霽景滿天津鳳闕龍樓映水濱豈無朝夕軒車度其奈相逢非所親鞏樹甘陵愁遠道他鄉一望人堪老君報還期在早春橋邊日日看芳草

上禮部楊侍郎

郢匠掄材日轅輪必盡呈敢言當一幹徒欲隸諸生末學慙鄒魯深仁錄弟兄餘波知可挹弱植更求榮績愧他年敗功期此日成方因舊桃李猶冀（一作異）載飛鳴道淺猶懷分時移但自驚關門驚暮節林壑廢春畊十里嵩峯近千秋潁水清煙花迷戍谷墟落接陽城渺默思鄉夢遲迴知己情勞歌終此曲還是苦辛行

宿嚴維宅送包七（一作劉長卿詩題下作送包佶）

江湖同避地分手自依依盡室今爲客經秋空念歸歲儲無別墅寒服羨鄰機草色村橋晚蟬聲江樹稀夜涼宜共醉時難惜相違何事隨陽侶汀洲忽背飛

同張侍御詠興寧寺經藏院海石榴花

嫩葉生初茂殘花少更鮮結根龍藏側故欲並（一作競又作抗）青蓮

崔十四宅各賦一物得簷柳

官渡老風烟潯陽媚雲日漢將營前見胡笳曲中出復在此簷端垂陰仲長室

送段明府

遙夜此何其霜空殘杳靄方嗟異鄉別蹔是同公（一作人）會海味秒更疎野水寒猶大離人轉吳岫旅雁從燕塞日夕望前期勞心白雲外

送王司直（一作劉長卿詩）

西塞雲山遠東風（一作南）道路長人心勝潮水相送過潯陽

婕妤春怨（一本無春字）

花枝出建章鳳管發昭陽借問承恩者雙蛾幾許長

送魏十六還蘇州

秋夜深深北（一作沈沈一作此）送君陰蟲切切不堪聞歸（一作孤）舟明日毗（一作月）陵道迴首姑蘇是白雲

婕妤怨

由來詠團扇今已值秋風事逐時（一作又）皆往恩無日再中早鴻聞上苑寒露下深宮顏色年年謝相如賦豈工

送客

旗鼓軍威重關山客路賒待封甘度隴回首不思家城下（一作上）春山（一作風）路（一作晚）營中瀚海沙河源雖萬里音信寄來查

秋日東郊（一作林）作

閑看秋水心無事臥（一作坐）對寒松手自栽廬岳高僧留偈別茅山道士寄書來燕知社日辭巢去菊爲重陽冒雨開淺薄將何稱獻納臨岐終日自（一作獨）遲（一作裴）迴

秋夜宿嚴維宅

昔聞玄度宅門向會稽峯君住東湖下清風繼舊蹤秋深臨水月夜半隔山鐘世故多離別良宵詎可逢

見諸姬學玉臺體

豔唱召燕姬清弦待盧女由來道姓秦誰不知家楚傳盃見目成結帶明心許寧辭玉輦迎自堪金屋貯朝朝作（一作云）行雲襄王迷處所

酬張二倉曹揚子所居見寄兼呈韓郎中

孤雲獨鶴自悠悠別後經年尚泊舟漁父置詞相借問郎官能賦許依投折芳遠寄三春草乘興閑（一作來）看萬里流莫怪杜門頻乞假不堪扶病拜龍樓

送安律師

出家童子歲愛此雪山人長路經千里孤雲伴一身水中應見月草上豈傷春永日空林下心將何物親

題盧十一所居（一作盧十）

春風來幾日先入辟疆園身外無餘事閑吟晝閉門

送陸灃（一作澧）郭鄖

纔見吳洲百草春已聞燕雁一聲新秋風何處催年急

偏逐山行水宿人

山中（一作半）横雲（一作題書帳）

湘水風日滿楚山朝夕空連峰雖已見猶念長雲中

題裴二十一新園（一作題裴園新園又作裴周）

東郭訪先生西郊尋隱（一作舊）路久爲江南客自有雲陽樹已得閒（一作丘）園心不知公府步開（一作閉）門白日晚倚杖青山暮果熟任霜封籬疎從水度窮年無（一作常）牽綴往事惜淪悞唯見耦（一作獨）耕人朝朝自來去

寄高雲

南徐風日好悵望毘陵道毘陵有故人一見恨無因獨戀青山久唯令白髮新每嫌持手板時見著頭巾煙景臨寒食農桑接仲春家貧仍嗜酒生事今何有芳草遍江南勞心憶攜手

全唐詩

皇甫冉

温泉（一作湯）即事

天仗星辰轉霜冬景氣和樹含温液潤山入繚垣多丞相金錢賜平陽玉輦過魯儒求一謁無路獨如何（一作接興來自楚朝夕值行歌）

送張南史（效何記室體）

馬卿工詞賦位下年將暮謝客愛雲山家貧身不閑風波杳未極幾處逢相識富貴人皆變誰能念貧賤岸有經霜草林有故年枝俱應待春色獨使客心悲

廬山歌送至弘法師兼呈薛江州

釋子去兮訪名山禪舟容與兮住仍前猿啾啾兮怨月江淼淼兮多煙東林西林兮入何處上方下方兮通石路連湘接楚饒桂花事久年深無杏樹使君愛人兼愛山時引雙旌萬木間政成人野皆不擾遂令法侶性安閑

送薛秀才

雖是尋山客還同慢世人讀書惟務靜無禄不憂貧野色春冬樹雞聲遠近鄰郗公即吾友合（一作益）與爾相親

使往（一作至）壽州淮路寄劉長卿（一作判官）

榛草荒凉村落空驅馳卒歲亦何功蒹葭曙色蒼蒼遠蟋蟀秋聲處處同鄉路遥知淮浦外故人多在楚雲東日夕煙霜（一作波）那可道壽陽西去水無窮

酬李司兵直夜見寄

江城聞鼓角旅宿復何如寒月此宵半春風舊歲餘徒云資薄禄未必勝閑居見欲扁舟去誰能畏簡書

送薛判官之越

時難自多務職小亦求賢道路無辭遠雲山併在前樟亭待潮處已是越人烟

同温丹（一作司）徒登萬歲樓（一作劉長卿詩）

高樓獨立（一作上）思依依極浦遥山合（一作涵）翠微江客不堪頻北顧（一作望）塞鴻何事復（一作獨又作又）南飛丹陽古渡寒煙積瓜步空洲遠樹稀聞道王師猶轉戰誰能談笑解重圍

賦得簷燕

拂水競何忙傍簷如有意翻風去每遠帶雨歸偏駛今君裁杏梁更欲年年去

送李萬州赴饒州覲省（得西字）

前程觀（一作歡）拜慶舊館（一作異縣）惜招攜荀氏風流遠胡家清白齊川迴吴岫失塞瀾楚雲低舉目親（一作觀）魚鳥驚心怯鼓鼙人稀漁浦外灘淺定山西無限青青草王孫去不迷

送鄭判官赴河南（一作劉長卿詩）

看君發原隰四牡去皇皇始罷滄江吏還隨粉署郎海沂軍未息河畔歲仍荒征稅人全少榛蕪虜近亡所行知宋遠相隔歎淮長早晚裁書寄銀鉤佇八行

宿淮陰南樓酬常伯能

淮陰日落上南樓喬木荒城古渡頭浦外野風初入户窗中海月早知秋滄波一望通（一作知）千里畫角三聲起百憂佇立分宵絶（一作獨立宵分遠）來客煩君步屧（一作屐又作履）忽相求

送歸中丞使新羅

詔使殊方遠朝儀舊典行浮天無盡處望日計前程暫喜孤山出長愁積水平野風飄叠鼓海雨濕危旌異俗知文教通儒有令名還將大戴禮方外授諸生

小江懷靈一上人

江上年年春早津頭日日人行借問山陰遠近猶聞薄暮鐘聲

送唐别駕赴郢州

莫歎辭家遠方看佐郡榮長林通楚塞高嶺見秦城雪向嶢關下人從郢路迎翩翩駿馬去自是少年行

送魏中丞還河北

寧知貴公子本是魯諸生上國風塵舊中司印綬榮辛勤戎旅事雪下護羌營

送李使君赴邵州

出送東方騎行安南楚人城池春足雨風俗夜迎神郢路逢歸客湘川問去津爭看使君度皂蓋雪中新

寄振上人無礙寺所居

戀親時見在人羣多在東山（一作南）就白雲獨坐焚香誦經

處深山古寺雪紛紛

酬李補闕

十年歸客但心傷三徑無人已自荒夕宿靈臺伴煙月晨趨建禮逐衣裳偶因麋鹿隨豐草謬荷鴛鸞借末行縱有諫書猶未獻春風拂地日空長

故齊王贈承天皇帝挽歌

禮盛追崇（一作宗）日人知友悌恩舊居從代邸新隴入文園鴻寶仙書祕龍旂帝服尊蒼蒼松裏月萬古此高原

贈恭順皇后挽歌

徂謝年方久哀榮事獨稀雖殊百兩迓同是九泉歸詔使歸金策神人送玉衣空山竟不從寧肯學湘妃

病中對石竹花

散點空堦下閑凝細雨中那能久相伴嗟爾殢秋風

寄鄭二侍御歸新鄭無礙寺所居

何事休官早歸來作鄭人雲山隨伴侶伏臘見鄉親南畝無三徑東林寄一身誰當便靜者莫使甑生塵

送盧（一作盧）山人歸林慮山

無論行遠近歸向舊煙林寥落人家少青冥鳥道深白雲長滿目芳草自知心山色連東海相思何處尋

送滎別駕赴華州

直到羣（一作三）峯下應無累日程高車入郡舍流水出關城草色田家迴槐陰府吏迎還將海沂詠籍甚漢公卿（一本缺此五字）

送常大夫加散騎常侍赴朔方

故壘煙塵（一作霞）後新軍河塞間金貂寵漢將玉節度蕭關澶漫沙中雪依稀漢口山人知竇車騎計日勒銘還

送王翁信還剡中舊居

海岸耕殘雪溪沙釣夕陽客（一作家）中何所有春草漸看長

酬張繼（并序）

懿孫余之舊好祇役武昌枉（一本無此字）六言詩見懷今（一作余）以七言裁答蓋拙於事者繁而費也

悵望南徐登北固迢遙西塞恨（一作限又作望）東關落日臨川問音信寒潮唯帶夕陽還

送柳八員外赴江西

岐路窮（一作多）無極長江九派分行人隨旅雁楚樹入湘雲久在征南役何殊薊北勳離心不可問歲暮雪紛紛

賦長道一絕送陸邃潛夫（并序一本無題上五字）

頃者江淮征鎮屢有掄材之舉子不列焉有司之過乎方耕山釣湖避人如逃寇徒欲羅高鴻捕深魚窮年竭日其可得也今齒髮向暮執勞無力衆雛嗷嗷開口待哺如有知者子其行乎無爲自苦一絕賦長道（二字一作之）

高山迴欲登遠水深難渡杳杳復漫漫行人別家去

又得雲字（一作張繼詩題作留別）

何事千年遇聖君坐令雙鬢老如（一作江）雲南行更入深山淺（一作深淺）岐路悠悠水自分

送陸潛夫往茅山賦得華陽洞（一本題上有重字）

游仙洞兮訪真官奠瑤席兮禮石壇忽髣髴兮雲擾杳陰深兮夏寒欲迴頭兮揮手便辭家兮可否有婚嫁（一作姻）兮嬰纏綿（一作待）歸來兮已久

又送陸潛夫茅山尋友

登山自補屐訪友不齎粮坐嘯（一作歌）青楓（一作松）晚行吟白日長人烟隔水見草氣入林香誰作招尋侶清齋宿紫陽

賦得越山三韻（一本題上有又送陸潛夫五字）

西陵猶隔水北岸已春山獨鳥連天去孤雲伴客還秪應結茅宇出入石林間

送盧郎中使君赴京

三年期上國萬里自東滇曲蓋遵長道油幢憇短亭楚雲山隱隱淮雨草青青康樂多新興題詩紀所經

楊氏林亭探得古槎

千年古貌多八月秋濤晚偶被主人留那知來近遠

送鄭二之茅山

水流絕澗終日草長深山暮春犬吠雞鳴幾處條桑種杏何人

和王給事（一本有維字）禁省梨花詠

巧解逢（一作迎）人笑還（一作偏）能亂蝶飛春時風（一作風時）入戶幾片落朝衣

送鄭員外入茅山居

但（一作且）見全家去寧知幾日還白雲迎谷口流水出人間冠冕情（一作人）遺世神仙事滿山其中應有物豈貴一身閑

送志彌師往淮南

已能持律藏復去禮禪亭長老偏摩頂時流尚誦經獨行寒野曠旅宿遠山青眷屬空相望鴻飛已杳冥

謝韋大夫柳栽

本在胡笳曲今從漢將營濃陰方待庇弱植豈無情比雪花應吐藏烏葉未成五株蒙遠賜應使號先生

問李二司直所居雲山

門外水流（一作流水）何處天邊樹遶誰家山色東西多少朝朝幾度雲遮

劉侍御朝命許停官歸侍

孟孫唯問孝萊子復辭官幸遂溫清願其甘稼穡難採芝供上藥拾槿奉晨餐棟裏雲藏雨山中暑帶寒非時應有筍閑地盡生蘭賜告承優詔（一作老）長筵永日歡

送陸鴻漸赴越（并序）

君自數百里訪予羈病牽力迎門握手心喜宜涉旬日始至焉究孔釋之名理窮歌詩之麗則遠墅孤島通舟必行魚梁釣磯隨意而往餘興未盡告去遐征夫越地稱山水之鄉轅門當節鉞之重進可以自薦求試退可以閑居保和吾子所行蓋不在此尚書郎鮑侯知子愛子者將推食解衣以拯其極講德遊藝以凌其深豈徒嘗鏡水之魚宿耶溪之月而已吾是以無間勸其晨裝同賦送遠客一絕

行隨新樹深夢隔重江（一作山）遠迢遞風日間蒼茫洲渚晚

送竇叔向

楚客怨逢秋閑吟興非一棄官守貧病作賦推文律樵徑未經（一作沾）霜茅簷初負日今看泛月去偶見乘潮出卜地會爲鄰還依仲長室

題蔣道士房

軒窗縹緲起烟霞誦訣存思白日斜聞道崑崙有仙籍何時青鳥送丹砂

夜集張諲所居(得飄字)

江南成久客門館日蕭條惟有圖書在多傷鬢髮凋諸生陪講誦稚子給漁樵虛室寒燈靜空堦落葉飄滄洲自有趣誰道隱須招

酬權器

南望江南滿山雪此情惆悵將誰說徒隨羣吏不曾閑顧與諸生爲久別聞君靜坐轉耽書種樹葺茅還(一作遠)舊居終日白雲應自足明年芳草又何如人生有懷若(一作苦)不展出入公門猶未免迴舟朝夕(一作早晚)待春風先報華陽洞深淺

寄劉方平大谷田家

故山聞獨往樵路憶相從氷結泉聲絕霜清野翠濃籬邊頹陽道竹外少姨峯日夕田家務寒煙隔幾重

送雲陽少府(得歸字)

渭曲春光無遠近池陽谷口倍芳菲官舍村橋來幾日殘花寥落待君歸

魯(一作曾)山送別(一作劉長卿詩)

淒淒遊子若飄蓬明月清罇祇暫同南望千山如黛色愁君客路在其中

題高雲客舍

孤興日自深浮雲非所仰窗中西城(一作嶺)峻樹外東川廣晏起簪葛巾閑吟倚藜杖阮公道在醉莊子生常養五柳轉扶疎千峰恣來往清秋香秔穫白露寒菜長吳國滯風煙平陵延夢想時人趨纓弁高鳥違羅網世事徒亂紛吾心方浩蕩唯將山與水處處諧真賞

臺頭寺願上人院古松下有小松裁毫末新生與纖草不辨重其有凌雲干霄之志與趙八貟外裴十補闕同賦之

細草亦全高秋毫乍堪比及至干霄日何人復居此

漁子溝寄趙貟外裴補闕(一本題上有淮口二字)

欲逐淮潮上暫停漁子溝相望知不見終是屢迴頭

送崔使君赴壽州(一作劉長卿詩)

列郡專城分國憂彤幨皁蓋古諸侯仲華遇主年猶少公瑾論兵位已酬草色青青宜建隼蟬聲處處雜鳴騶千里相思如可見淮南木落早驚秋

送謝十二(一作二十)判官

四牡驅馳千里餘越山稠疊海林疎不辭終日離家遠應爲劉公一紙書

送處州裴使君赴京

使君朝北闕車騎發東方別喜天書召寧憂地脉長山行朝復夕水宿露爲霜秋草連秦塞孤帆落漢陽新衔趨建禮舊位識文昌唯有東歸客應隨南雁翔

送田濟之揚州赴選

家貧不自給求祿爲荒年調補無高位卑棲屈此賢江山欲霜雪吳楚接風煙相去誠非遠離心亦渺然

送袁郎中破賊北歸(第七句缺)

優詔親賢時獨稀中途紫紱(一作綬)換征衣黃香省闥登朝去楊僕樓船振旅歸萬里長聞隨戰角十年不得掩(一作偃)郊扉
但將詞賦奉恩輝

同李萬晚望南岳寺懷普門上人

釋子身心無垢紛(一作氛)獨將衣鉢去人羣相思晚望松林寺唯有鐘聲出白雲

奉和獨孤中丞遊法華寺

謝君臨郡府越國舊山川訪道三千界當仁五百年巖空騶馭響樹密旆旌連閣影凌空壁松聲助亂泉開門得初地伏檻接諸天向背春光滿樓臺古制(一作製)全羣峰爭彩翠百谷會風煙香象隨僧久祥烏報客先清心乘暇日稽首慕良緣法證無生偈詩成大雅篇蒼生望已久迴駕獨依然

之京留別劉方平

客子慕儔侶舍悽整晨裝邀歡日不足況乃前期長離袂惜嘉月遠還(一作懷)勞折芳遲迴越二陵迴首但蒼茫(一作蒼)喬木清宿雨故關愁夕陽人言長安樂其奈緬相望

出塞

吹角出塞門前瞻即胡地三軍盡迴首皆洒望鄉淚轉念關山長行看風景異由來征戍客負得(一作各負)輕生義

赴李(一作季)少府莊失路

君家南郭白雲連正待情人(一作天晴)弄石泉月照煙花迷客路蒼蒼何處是伊川

雨雪

風沙悲久戍雨雪更勞師絕漠無人境將軍苦戰時山川迷向背氛霧失旌旗徒念天涯隔(一作事)中人(一作年年)芳草期

館陶李丞舊居

盛名天下挹餘芳棄置終身不拜郎詞藻世傳平子賦園林人比鄭公鄉門前墜葉浮秋水籬外寒皐帶夕陽日日青松成古木秖應來者爲心傷

送劉兵曹還隴山居

離堂徒讌語行子但悲辛雖是還家路終爲隴上人先秋雪已滿迮夏草初新唯有聞羌笛梅花曲裏春

同李三月夜作

霜風驚度雁月露皓(一作皎)疎林處處砧聲發星河秋夜深

同裴少府安居寺對雨

共結尋真會還當退食初爐煙雲氣合林葉雨聲餘溽暑銷珍簟浮涼入綺疏歸心從念遠懷此復何如

送元晟(一作盛)歸潛山所居(一作送王山人歸別業)

深山秋事(一作意)早君(一作歸)去復(一作意)何如裛露收新稼迎寒葺舊廬題詩即招隱作賦是(一作足)閑居別後空(一作應)相憶嵇康懶寄書

送康判官往新安賦得江路西南永(一作劉長卿詩)

不向新安去那知江路長猿聲比(一作近)廬霍水色勝瀟湘驛樹(一作路)收殘雨漁家帶夕陽何須愁旅泊使者有輝光

宿洞靈觀

孤煙靈洞遠積雪滿(一作幕)山寒松柏凌高殿莓苔封古(一作石)壇客來清夜久仙去白雲殘明日開金籙焚香更(一作又)沐蘭

酬盧十一過宿

乞還方未遂日夕望雲林況復逢(一作經)春草何勞(一作妨)問此

心閑（一作閒）門公務散枉策故情深遙（一作靜）夜他鄉酒同君梁甫吟

酬裴十四（得晏字）

淮海各聯翩三年方一見素心終不易玄髮何須變舊國想平陵春山滿陽羨隣雞莫遽唱共惜良夜晏

彭祖井（一本題上有奉和王相公五字）

上公旌節在徐方舊井莓苔近寢堂訪古因知彭祖宅得仙何必葛洪鄉清虛不共春池竟（一作競）盥漱偏宜夏日長聞道延年如玉液欲將調鼎獻明光

奉和對雪（一本作奉和王相公喜雪）

春雪偏當夜暄風却變寒庭深不復掃城曉更宜看命酒閒（一作閑）令（一作令又作全）酌披裘（一作裘）晚未冠連營鼓角動忽似戰桑乾

送蕭獻士（一本題下有往鄴中三字）

惆悵煙郊晚依然此送君長河隔旅夢浮客伴孤（一作閒）雲淇上春山直黎陽大道分西陵倘一弔應有士衡文

賣藥人處得南陽朱山人書

賣藥何爲者逃名市井居唯通遠山信因致逸人書已報還丹効全將世事疎秋風景溪（一作溪景）裏蕭散寄樵漁

初出沅江夜入湖

放溜出江口迴瞻松栝深不知舟中月更引湖間心

送裴員外往（一作赴）江南

分務江南遠留歡幔下榮楓林縈（一作縈）楚塞（一作澤）水驛到湓城岸草知春晚沙禽好夜驚風帆幾泊處（一作日到一作度泊）處處暮潮清（一作平）

奉和王相公早春登徐州城

落日憑危堞春風似故鄉川流通楚塞山色遶徐方壁壘依寒草旌旗動夕陽元戎資上策南畝起（一作富）耕桑

奉和對山僧（一作同杜相公對山僧）

吏散重門掩僧來閒閣閑遠心馳北闕春興寄東山草長風光裏鶯喧（一作啼）靜默間芳辰不可住惆悵暮禽還

奉和待勤照上人不至

東洛居賢相南方待本師旌麾儼欲動杯（一作杖）錫杳仍遲積雪迷何處驚風泊幾時大臣能護法況有故山期

奉和漢祖廟下之作

古廟風煙積春城車騎過方修漢祖祀更使沛童歌寢帳巢禽出香煙水霧和神心降福處應在故鄉多

和朝郎中揚子翫雪寄山陰嚴維

凝陰晦長箔積雪滿通川征客寒猶去愁人晝更眠謝家興詠日漢將出師年聞有招尋興隨君訪戴船

閑居作

多病辭官罷閑居作賦成圖書唯藥籙飲食止藜羹學謝淹中術詩無鄴下名不堪趨建禮詎是厭承明已輟金門步方從石路行遠山期道士高柳覓先生性懶尤因疾家貧自省（一作少）營種苗雖尚短穀價幸全輕篇詠投康樂壺觴就步兵何人肯相訪開戶一逢迎

歸渡洛水

暝色赴春愁歸人南渡頭渚煙空翠合灘月碎光流澧浦饒芳草滄浪有釣舟誰知放歌客此意正悠悠

送鄭二員外

置酒竟長宵送君登遠道羈心看旅雁晚泊依秋草秋草尚芊芊離憂亦渺然元戎辟才彥行子犯風煙風煙積惆悵淮海殊飄蕩明日是重陽登高遠相望

酬崔侍御期籍道士不至兼寄

一心求妙道幾歲候眞師丹竈今何在（一作處）白雲無定期昆崙煙景絕汗漫往還遲君但焚香待人間到有時

送裴陟歸常州

夜雨須停棹秋風暗入衣見君嘗北望何事却南歸

贈別（一作贈別權三客舍）

南橋春日暮楊柳帶青（一作清）渠不得同攜手空成（一作城）意有餘

和袁郎中破賊後經剡中山水

武庫分帷幄儒衣事鼓鼙兵連越徼外寇盡海門西節比全疎勒功當雪會稽旌旗迴剡嶺士馬濯（一作躍）耶（一作靈）溪受律梅初發班師草未齊行看佩金（一作侯）印豈得訪丹梯

徐州送丘侍御之越

時鳥催春色離人惜歲華遠山隨擁傳芳草引還家北固潮當濶西陵路稍斜縱令寒食過猶有鏡中花

閑居（一作王維詩）

桃紅復含宿雨柳綠更帶春煙花落家童未掃鶯啼山客猶眠

送延（一作江）陵陳法師赴上元

延陵初罷講建業去隨緣翻譯推多學壇場最少年浣衣逢（一作隨）野水乞食向人煙遍禮南朝寺（一作峰頂）焚香古像前

賦得海邊樹

歷歷緣荒岸溟溟入遠天每同沙草發長共水雲連搖落潮風早離披海雨偏故傷遊子意多在客舟前

題昭上人房

沃洲傳教後百衲老空林慮盡朝昏磬禪隨坐臥心鶴飛湖草迥門閉野雲深地（一作顧）與天台接中峯早晚尋

送李使君赴撫州

遠送臨川守還同康樂侯歲時徒改易今古接風流五馬嘶長道雙旌向本州鄉心寄西北應上郡城樓

同樊潤州遊郡東山

北固多陳迹東山復盛遊鐃聲發大道草色引行騶此地何時有長江自古流頻隨公府步南客寄徐州

酬楊侍御寺中見招

貧居依柳市閑步在蓮宮高閣宜春雨長廊好嘯風誠如雙樹下豈比一丘中

重陽日酬李觀

不見白衣來送酒但令（一作憐）黃菊自開花愁看日晚良辰過步步行尋陶令家

寄權器

露濕青蕪時欲晚水流黃葉意無窮節近重陽念歸否眼前籬菊帶秋風

酬李判官度梨嶺見寄

隴首怨西征嶺南雁（一作應）北顧行人與流水共向閩中去

送魏六侍御葬

哭葬寒郊外行將何所從盛曹徒列柏新墓已栽松海

月同千古江雲覆（一作復）幾重舊書曾諫獵遺草議登封疇昔輕三事當期老一峯門臨商嶺道窗引洛城鐘應積泉中恨無因世上逢招尋偏見厚疎慢亦相容張范唯通夢求羊永絕蹤誰知長卿疾歌賦不還邛

送張道士歸茅山謁李尊師

向山獨有一人行近洞應逢雙鶴迎嘗以素書傳弟子還因白石號先生無窮杏樹行時（一作何年）種幾許芝田向（一作帶）月耕師事少君年歲久欲隨旄節往層城

酬裴補闕吳寺見尋（一作酬裴補闕中天寺見寄）

東林初結構（一作社）已有晚鐘聲窗户背流水房廊半架城遠山重疊見芳草淺深生每與君攜手多煩長老迎

送王相公之（一作赴）幽州

自昔蕭曹任難兼衛霍功勤勞無遠近旌節屢西東不選三河卒還令萬里通雁行緣古塞馬鬣起長風（一作御閑分善馬武庫出彤弓）遮虜關山靜防秋鼓角雄徒思一攀送羸老（一作病）蓽門中

題竹扇贈別

湘竹殊堪製齊紈且未工幸親芳袖日猶帶舊林風掩笑歌筵裏傳書臥閣中竟將爲別贈寧與合歡同

歸陽羨兼送劉八長卿

湖上孤帆別江南謫宦歸前程愁更遠臨水淚沾衣雲夢春山徧瀟湘過客稀武陵招我隱歲晚閉（一作向）柴扉

東郊迎春

曉見蒼龍駕東郊春已迎緣雲天仗合玄象太階平佳氣山川秀和風政令行句陳霜騎肅御道雨師清律向韶陽變人隨草木榮遙觀（一作歡）上林樹（一作苑）今日遇遷鶯

招隱寺送閻（一作閭）判官還江州

離別邗逢秋氣悲東林更作上方期共知客路浮雲外暫愛僧房墜葉時長江九派人歸少寒嶺千重雁度遲借問潯陽在何處每看潮落一相思

送李山人還（一本題下有山字）

從來無檢束只欲老煙霞雞犬聲相應深山有幾家

韋中丞西廳海榴

海花（一作榴又作流）爭讓候榴花犯雪先開內史家來客朝朝鈴閣下從公步屧玩年華

洪澤館壁見故禮部尚書題詩

底事洪澤壁空留黃絹詞年年淮水上行客不勝悲

望南山雪懷山寺普上人

夜夜夢蓮宮無由見遠公朝來出門望知在雪山中

送夔州班使君

晚日照樓邊三軍拜峽前白雲隨浪散青壁與山連萬嶺岷峨雪千家橘柚川還如赴河內天上去經年

尋戴處士

車馬長安道誰知大隱心蠻僧留古鏡蜀客寄新琴曬藥竹齋暖擣茶松院深思君一相訪殘雪似山陰

早發中巖寺別契上人

蒼蒼松桂陰殘月半西岑素壁寒燈暗紅爐夜火深廚開山鼠散鐘盡嶺猿吟行役方如此逢師懶話心

華清宮

驪岫接新豐岧嶢駕翠空鑿山開祕殿隱霧閉仙宮絳闕猶棲鳳雕梁尚帶虹温泉曾浴日華館舊迎風肅穆瞻雲輦沈深閉綺櫳東郊倚望處瑞氣靄濛濛

送孔巢父赴河南軍（一作劉長卿詩）

江城相送阻煙波況復新秋一雁過聞道全師征北虜更言諸將會南河邊心杳杳鄉人絕塞草青青戰馬多共許陳琳工奏記知君名宦未蹉跎

李二侍御丹陽東去新亭

姑蘇東望海陵間幾度裁書信未還長在府中持白簡豈知天畔有青山人歸極浦寒流廣雁下平蕪秋野閑舊日新亭更攜手他鄉風景亦相關

夜發沅江寄李潁川劉侍郎（時二公貶于此）

半夜回舟入楚鄉月明山水共蒼蒼孤猨更發秋風裏不是愁人亦斷腸

浪淘沙二首（一作皇甫松詩）

蠻歌荳蔻北人愁松雨蒲風野艇秋浪起鵁鶄眠不得寒沙細細入江流

灘頭細草接疎林惡浪罾船半欲沈宿鷺眠洲非舊浦去年沙觜是江心

春思（一作劉長卿詩）

鶯啼燕語報新年馬邑龍堆路幾千家住秦城鄰漢苑心隨明月到胡天機中錦字論長恨樓上花枝笑獨眠爲問元戎竇車騎何時反旆勒燕然

逢莊納因贈

世故還相見天涯共向東春歸江海上人老別離中郡吏名何晚沙鷗道自同甘泉須早獻且莫歎飄蓬

送韋山人歸鍾山所居（一作郎士元詩）

逸人歸路遠弟子出山迎服藥顏雖駐耽書癖已（一作未）成柴扉度歲月藜杖見公卿更作（一作闕）儒林傳還應有姓名

送普門上人（一作皇甫曾詩題下有還陽羨三字）

花宮難（一作雖）久別道者憶千燈殘雪入林路深（一作暮）山歸寺僧日光依嫩草泉響滴春冰何用求方便看心是一乘

怨回紇歌二首

白首南朝女愁聽異域歌收兵頡利國飲馬胡蘆河毳布腥膻久穹廬歲月多雕巢城上宿吹笛淚滂沱

祖席駐征櫂開帆信候潮隔煙桃葉泣吹管杏花飄船去鷗飛閣人歸塵上橋別離惆悵淚江路濕紅蕉

句

微官同侍蒼龍闕直諫偏推白馬生（寄李補闕出詩式）

全唐詩目　第四函

第八冊

全唐詩

劉方平

劉方平河南人邢襄公政會之後與元德秀善不仕詩一卷

代宛轉歌二首

星參差明（一本無明字）月二八燈五枝黃鶴瑤琴將別去芙蓉羽帳惜空垂歌宛轉宛轉恨無窮願為潮（一作波）與浪俱起碧流中

曉將近黃姑織女銀河盡（一作隱）九華錦衾無復情千金寶鏡誰能引歌宛轉宛轉傷別離願作楊與柳同向玉窗垂

烏棲曲二首

蛾眉曼臉傾城國鳴環動佩新相識銀漢斜臨白玉堂芙蓉行障掩燈光

畫舸雙艚錦為纜芙蓉花發蓮葉暗門前月色映橫塘感郎中夜度瀟湘

巫山高

楚國巫山秀清猨日夜啼萬重春樹合十二碧峰齊峽出朝雲下江來暮雨西陽臺歸路直不畏向家迷

巫山神女

神女藏難識巫山秀莫群今宵為大雨昨日作孤雲散漫愁巴峽徘徊戀楚君先王為立廟春樹幾氛氳

梅花落

新歲芳梅樹繁花（一作苞）四面同春風吹漸落一夜幾枝空少（一作小）婦今如此長城恨不窮莫將遼海雪來比後庭中

銅雀妓

遺令奉君王嚬蛾強一妝歲移陵樹色恩在舞衣香玉座生秋氣銅臺下夕陽淚痕霑井幹舞袖為誰長

秋夜思（一作淮上秋夜）

旅夢何時盡征途望每賒晚秋淮上水新月楚人家猨嘯空山近鴻飛極浦斜明朝南岸去言（一作定）折桂枝花

秋夜泛舟

林塘夜發舟蟲響荻颼颼萬影皆因月千聲各為秋歲華空復晚鄉思不堪愁西北浮雲外伊川何處流

折楊枝

官（一作空）渡初楊柳風來亦動搖武昌行路好應為最長條葉映黃鸝夕花繁白雪朝年年攀折意流恨入纖腰

班婕妤（一作婕妤怨）

夕殿別君王宮深（一作深宮）月似霜人幽（一作愁）在長信螢出向昭陽露浥紅蘭濕（一作死）秋凋碧樹傷惟當合歡扇從此篋中藏

新春

南陌春風早東隣曙色斜一花開楚國雙燕入盧家眠罷梳雲髻妝成上錦車誰知如昔日更浣越溪紗

寄嚴八判官

洛陽新月動秋砧瀚海沙場天半陰出塞能全仲叔策安親更切老萊心漢家宮裏風雲曉羌笛聲中雨雪深懷袖未傳三歲字相思空作隴頭吟

秋夜寄皇甫冉鄭豐

洛陽清夜白雲歸城裏長河列宿稀秋後見飛千里鴈月中聞擣萬家衣長憐西雍青門道久別東吳黃鵠磯借問客書何所寄用（一作中）心不啻兩鄉違

寄隴右嚴判官

副相西征重（一作日）蒼生屬望晨還同周薄伐不取漢和親虜陣摧枯易王師決勝頻高旗臨鼓角太白靜風塵赤

狄爭歸化青羌已請臣遙傳閫外美盛選幕中賓玉劍光初發氷壺色自眞忠貞期報主章服豈榮身邊草含風綠征鴻過月新胡笳長出塞隴水半歸秦絕漠多來往連年厭苦辛路經西漢雪家鄉後園春誰念煙雲裏深居汝潁濱一叢黃菊地九日白衣人松葉疎開嶺桃花密映津纔書若有寄爲訪許由鄰

擬娼樓節怨

上苑離離鶯度昆明纂纂蒲生時光春華可惜何須對鏡含情

採蓮曲

落日晴江裏荊歌豔楚腰採蓮從小慣十五即乘潮

長信宮

夢裏君王近宮中河漢高秋風能再熱團扇不辭勞

京兆眉

新作蛾眉樣誰將月裏同有（一作自）來凡幾日相效滿城中

春雪

飛雪帶春風裴回亂繞空君看似花處偏在洛陽東

望夫石

佳人成古石蘚駁覆花黃猶有春山杏枝枝似薄妝

送別

華亭霽色滿今朝雲裏檣竿去轉遙莫怪山前深復淺清淮一日兩迴潮

夜月

更深月色半人家北斗闌干南斗斜今夜偏知春氣暖蟲聲新透綠窗紗

春怨

紗窗日落漸黃昏金屋無人見淚痕寂寞空庭春欲（一作又）晚梨花滿地不開門

代春怨

朝日殘鶯伴妾啼開簾只見草萋萋庭前時有東風入楊柳千條盡向西

劉太眞

劉太眞宣州人師蕭穎士天寶末舉進士大曆中拜起居郎歷臺閣自中書舍人轉工部刑部二侍郎坐事貶信州刺史貞元四年重九賜宴曲江亭帝製詩序賜羣寮各一本命簡文詞之士應制同用清字明日於延英門進之於是朝臣畢和上自考定以太眞李紓等爲上等集三十卷今存詩三首

宣州東峰亭各賦一物得古壁苔（同賦袁傪崔何王緯高傪李岑蘇寓）

（袁傪一作郭澹）

苒苒温寒泉綿綿古危壁光含孤翠動色與暮雲寂深淺松月間幽人自登歷

顧十二況左遷過韋蘇州房杭州韋睦州三使君皆有郡中燕集詩辭章高麗鄙夫之所仰慕顧生既至留連笑語因亦成篇以繼三君子之風焉

寵至乃不驚罪及非無由奔迸歷畏途緬邈赴偏（一作荒）陬牧此彫弊甿屬當賦斂秋夙興諒無補旬暇焉敢休前日懷友生獨登城上樓迢迢西北望遠思不可收今日車騎來曠然銷人憂晨迎東齋飯晚度南溪遊以我碧流水泊君青翰舟莫將遷客程不爲勝境留飛札謝三守斯篇希見酬

貢院寄前主司蕭尚書聽（一作呂渭詩）

獨坐貢闈裏愁心芳草生山公昨夜事應見此時情

袁傪

袁傪官御史中丞兵部侍郎詩二首

東峰亭同劉太眞各賦一物得垂澗藤

寒澗流不息古藤終日垂迎風仍未定拂水更相宜新花與舊葉惟有幽人知

喜陸侍御破石埭草寇東峰亭賦詩

古寺東峰上登臨興有餘同觀白簡使新報赤囊書幾處閑烽堠千方慶里閭欣欣夏木長寂寂晚煙徐戰罷言歸馬還師賦出車因知越范蠡湖海意如何

崔何

崔何官御史詩二首

東峰亭各賦一物得嶺上雲

佇立增遠意中峰見孤雲溶溶傍危石片片宜夕曛漸向羣木盡殘飛更氤氳

喜陸侍御破石埭草寇東峰亭賦詩

絕景西溪寺連延近郭山高深清扃外行止翠微間江激煙塵靜川源草樹閑中丞健步到柱史捷書還一戰清戎越三吳變險艱功名麟閣上得詠入秦關

王緯

王緯官給事中詩二首

東峰亭各賦一物得幽徑石

片石東溪上陰崖剩阻修雨餘青石靄歲晚綠苔幽從來不可轉今日爲人留

喜陸侍御破石埭草寇東峰亭賦詩

蜂蠆聚吳州推賢奉聖憂忠誠資上策仁勇佐前籌草木成鵝鸛戈鋋復斗牛戎車一戰後殘壘五兵收野靜山戎險江平水面流更憐羈旅客從此罷葵丘

郭澹

郭澹天寶大曆間人詩二首

東峰亭各賦一物得臨軒桂

青青芳桂樹幽陰在庭軒向日陰還合從風葉乍翻共看霜雪後終不變涼暄

喜陸侍御破石埭草寇東峰亭賦詩

介冑鷹揚出山林蟻聚空忽聞飛簡報曾是坐籌功逈夜昏氛滅危亭眺望雄茂勳推世上餘興寄杯中喜色煙霞改歡忻里巷同幸茲尊俎末飮至又從公

高傪

高傪天寶大曆間人詩一首

東峰亭各賦一物得林中翠

杳靄無定狀霏微常滿林清風光不散過雨色偏深幽意賞難盡終朝再招尋

李岑

李岑天寶大曆間人詩一首

東峰亭各賦一物得棲煙鳥

從來養毛羽昔日曾飛遷變轉對朝陽差池棲夕煙遇此枝葉覆鳳舉冀冲天

蘇寓

蘇寓天寶大曆間人詩一首

東峰亭各賦一物得寒溪草

羃歷溪邊草遊人不厭看餘芳幽處老深色望中寒幸得陪情興青青賞未闌

袁邕

袁邕天寶大曆間人詩一首

東峰亭各賦一物得陰崖竹

終歲寒苔色寂寥幽思深朝歌猶夕嵐日永流清陰龍鍾負煙雪自有凌雲心

李紓（一作舒）

李紓字仲舒天寶末拜祕書省校書郎大曆初以吏部侍郎李卿薦爲左補闕累遷司封員外郎知制誥改中書舍人歷禮部侍郎嘗奏享武成王不當視文宣廟又奉詔爲興元紀功述及郊廟樂章諸所論著甚衆貞元中重陽應制詩與劉太眞皆爲上等今其詩不傳存樂章十三首

唐德明興聖廟樂章（唐書禮儀志曰明皇天寶二年三月追尊皐繇爲德明皇帝涼武昭王爲興聖皇帝其廟樂第一迎神第二登歌奠幣第三迎俎第四酌獻第五亞獻終獻第六送神）

迎神

元尊九德佐堯光宅烈祖太宗方周作伯響懷霜露樂變金石白雲清風騤騤來格

登歌奠幣

四時有典百事來祭尊祖奉宗嚴禋大帝禮先蒼璧奠備黝制於萬斯年熙成帝系

迎俎

盛牲實俎涓選休成鼎煁陽燧玉盥陰精有飶嘉豆既和大羹侑以清樂細齊人情

德明酌獻

清廟奕奕和樂雍雍器尊犧象禮屬宗公白水方祼黃流在中謨明之德萬古清風

興聖酌獻

閟宮靜謐合樂周張泰尊始獻百末重觴震澹存誠庶幾迪嘗遙源之祚天漢靈長

亞獻終獻

惟清惟肅靡聞靡見舉備九成儀終三獻慶彰曼壽胙撤嘉薦瘞玉埋牲禮神斯徧

送神

元精回復靈貺緜滋風灑蘭路雲搖桂旗高丘緬邈涼部逶遲瞻望靡及纏綿永思

讓皇帝廟樂章

迎神

皇矣天宗德先王季因心則友克讓以位爰命有司式尊前志神其降靈昭饗祀事

奠幣

惟帝時若去而上仙祀用商武樂備宮懸白璧加薦玄纁告虔子孫拜後承茲吉蠲

迎俎

祀盛體薦禮協粢盛方周假廟用魯純牲捧撤祇敬擊拊和鳴受釐歸胙既戒而平

酌獻

八音具舉三壽既盥潔茲宗彝瑟彼圭瓚蘭肴重錯椒醑飄散降祚維城永爲藩翰

亞獻終獻

秩禮有序和音既同九儀不忒三揖將終孝感藩后相維辟公四時之典永永無窮

送神

奠獻已事昏昕載分風搖雨散靈衞絪縕龍駕帝服已（一作上）騰五雲泮宮復閟寂寞無聞

于邵

于邵字相門京兆萬年人天寶末進士登科書判超絕授崇文館校書郎歷比部郎中出爲巴州刺史時夷獠聚衆圍州邵遣使諭降儒服出城羣盜羅拜解散節度使李抱玉以聞遷梓州後爲禮部侍郎史館修撰當時大詔令皆出其手貞元中重陽應制詩居次等今不傳存樂章五首

釋奠武成王樂章（唐釋奠武成王舊以文宣王樂章用之貞元中詔于邵補造）

迎神

卜畋不從兆發非熊乃傾荒政爰佐一戎盛烈載垂命祀維崇日練上戊宿嚴閟宮迎奏嘉至感而遂通

奠幣登歌

管磬升壇薌集上公進嘉幣執信以通優如及恢帝功錫后邑四維張百度立綿億載邈難挹

迎俎酌獻

五齊絜九牢碩梡嶡循罍斝滌進具物揚鴻勳和奏發高靈寂虔告終緜祉錫昭秩祀永無易

亞獻終獻

貳觴以獻三變其終顧此非馨尚達斯衷茅縮可致神歆載融始神翊周拯溺除凶時維降祐永絕興戎

送神

明祀方終備樂斯闋黝纁就瘞豆籩告撤肸蠁尚餘光景云滅返歸虛極神心則悅

全唐詩

王之渙

王之渙并州人兄之咸之賁皆有文名天寶間與王昌齡崔國輔鄭昈聯唱迭和名動一時詩六首

登鸛雀樓（一作朱斌詩）

白日依山盡黃河入海流欲窮千里目更上一層樓

送別

楊柳東風（一作門）樹青青夾御河近來攀折苦應爲別離多

涼州詞二首（集異記云開元中之渙與王昌齡高適齊名共詣旗亭貰酒小飲有梨園伶官十數人會讌三人因避席隈映擁爐以觀焉俄有妙妓四輩奏樂皆當時名部昌齡等私相約曰我輩各擅詩名每不自定甲乙今者可以密觀諸伶所謳若詩入歌詞之多者爲優初謳昌齡詩次謳適詩又次復謳昌齡詩之渙自以得名已久因指諸妓中最佳者曰待此子所唱如非我詩即終身不敢與子

黃河遠（爭衡次至雙鬟發聲果謳黃河云云因大諧笑諸伶詣問語其事乃競拜乞就筵席三人從之飲醉竟日○一本次句爲第一句黃河遠上作黃沙直上）上白雲間一片孤城萬仞山羌笛何須怨楊柳春光不度玉門關

單于北望拂雲堆殺馬登壇祭幾迴漢家天子今神武不肯和親歸去來

宴詞

長隄春水綠悠悠畎入漳河一道流莫聽聲聲催去櫂桃溪淺處不勝舟

九日送別

薊庭蕭瑟故人稀何處登高且送歸今日暫同芳菊酒明朝應作斷蓬飛

閻防

閻防開元天寶間有文名謫官長沙司戶孟浩然有湖中旅泊寄閻九司戶詩又嘗與薛據讀書終南豐德寺詩五首

晚秋石門禮拜（一作禮佛）

輕策臨絕壁招提謁金仙舟車無由（一作遊）徑巖嶠乃屬天躑躅淹昃景夷猶望新弦石門變暝色谷口生人煙陽鴈叫平楚秋風急寒川馳暉苦代謝浮脆慙貞堅永欲臥丘壑息心依梵筵誓將歷劫願無以外物牽

百丈谿新理茅茨讀書

浪迹棄人世還山自幽獨始傍巢由蹤吾其獲心曲荒庭何所有老樹半空腹秋蜩鳴北林暮鳥穿我屋棲遲樂遵渚恬曠寡所欲開卦推盈虛散帙攻節目養閑度人事達命知止足不學東周（一作國）儒俟時勞伐輻

宿岸道人精舍

早歲參道風放情入寥廓重因息（一作經因息）心侶遂果巖下諾斂跡辭人間杜門守寂寞秋風翦蘭蕙霜氣冷淙壑山牖見然燈竹房（一作白）聞擣藥願言捨塵事所趣非龍蠖

夕次鹿門山作

麗公嘉遯所浪跡難追攀浮舟暝始至抱杖聊自閑雙巖（一作闕）開鹿門百谷集珠灣噴薄湍上水舂容漂裏山焦原不足險（一作險巇見）梁壑未成艱我行自春仲夏鳥忽緜蠻

蕙草色已晚客心殊倦（一作未）還遠遊非避地訪道愛童顏安能徇機巧爭奪錐刀間

與永樂諸公夜泛黃河作

煙深載酒入但覺暮川虛映水見山火鳴榔聞夜漁愛茲山水趣忽與人世（一作世人）疎無暇（一作假）然官燭中流有望舒

句

熊踞庭中樹龍蒸棟裏雲

薛據

薛據河中寶鼎人開元十九年登第尚書水部郎中贈給事中據與王維杜甫最善子美贈詩云文章開突奧才力老益神高適贈詩云隱軫經濟具縱橫建安作劉長卿亦有贈詩皆推重之據爲人骨鯁有氣魄詩十二首

懷哉行

明時無廢人廣廈無棄材良工不我顧有用（一作因）寧自媒懷策望君門歲晏空遲迴秦城多車馬日夕飛塵埃伐鼓千門啓鳴珂雙闕來我聞雷雨施天澤（一作下）罔不該何意斯人徒棄之如死灰主好臣必効時禁權不（一作必）開俗流實驕矜得志輕草萊文王賴多士漢帝資羣才一言竝拜相片善咸居台夫君（一作丈夫）何不遇爲泣黃金臺

古興

日中望雙（一作仙）闕軒蓋揚飛塵鳴珮初罷朝自言皆近臣光華滿道路意氣安可親歸來宴高堂廣筵羅八珍僕妾盡綺紈歌舞夜達晨四時固相代誰能久要津已看覆前車未見易後輪丈夫須兼濟豈能（一作得）樂一身君今皆得志肯顧憔悴人

冬夜寓居寄儲太祝（一作綦毋潛詩）

自爲洛陽客夫子吾知音愛義能下士時人無此心奈何離居夜巢鳥飛空林愁坐至月上復聞南鄰砧

登秦望山

南登秦望山目極大海空朝陽半蕩漾晃朗天水紅谿壑爭噴薄江湖遞交通而多漁商客不悟歲月窮振緡迎早潮弭櫂候長（一作遠）風予本萍泛者乘流任西東茫茫

天際帆棲泊何時同將尋會稽迹從此訪任公

西陵口觀海

長江漫湯湯近海勢彌廣在昔胚渾（一作腥）凝融爲百川決（一作長）地形失端倪天色潰（一作滑）滉漾東南際萬里極目遠無象山影乍浮沇潮波忽來往孤帆或不見櫂歌猶想像日暮長風起客心空振蕩浦口霞未收潭心月初上林嶼幾邅迴亭皋時偃仰歲晏訪蓬瀛眞游非外獎

題鶴林寺

道門隱形勝向背臨法橋松覆山殿冷花藏溪路遙珊瑚寶幡挂錟錟明燈燒遲日半空谷春風連上潮少憑水木興暫忝身心調願謝攜手客茲山禪侶饒

初去郡齋書懷（一作初去郡書情）

肅徒辭汝潁懷古獨悽然尚想文王化猶思巢父賢時移多讒巧大道竟誰傳況是（一作見）疾風起悠悠旌旆懸征鳥（一作鴻）無返翼歸流不停川已經霜雪下乃（一作仍）驗松柏堅回首望城邑迢迢間雲煙志士不傷物小人皆自妍感時惟責已在道非怨天從此適樂土東歸知（一作得）幾年

出青門往南山下別業

舊居在南山夙駕自城（一作伊）闕榛莽相蔽虧去爾漸超忽散漫餘雪晴蒼茫季冬月寒風吹長林白日原上沒懷抱曠莫伸相知阻胡越弱年好棲隱鍊藥在巖窟及此離垢氛興來亦因物末路期赤松斯言庶不伐

泊震澤口

日落草木陰舟徒泊江汜蒼茫萬象開合沓聞風水洄沿值漁翁窹寱（一作嗷嘈）逢樵子雲開天宇靜月明照萬里早鴈湖上飛晨鐘海邊起獨坐嗟遠游登岸望孤洲零落星欲盡曈曨氣漸收行藏空自秉智識仍未周伍胥既仗劍范蠡亦乘流歌竟鼓楫去三江多客愁

題丹陽陶司馬廳壁

高齋清洞徹儒風入進難詔書增寵命才子益能官門帶山光晚城臨江水寒唯餘好文客時得詠幽蘭

古興

投珠恐見疑抱玉但垂泣道在君不舉功成嘆何及

早發上東門（一作綦毋潛詩題作落第後口號）

十五能文西入秦三十無家作路人時命不將明主合布（一作素）衣空惹（一作染）洛陽塵

句

省署開文苑滄浪學釣翁（紀事云此二句據之詩也子美懷據詩即用為句云獨當省署開文苑兼泛滄浪學釣翁）

窮冬時短晷日盡西南天

姚係

姚係宰相崇之曾孫為門下典儀韋應物集有送姚係還河中詩或云河中人詩十首

秋夕會友

倦客易相失懽遊無良（一作浪）辰忽然一夕間稍慰闔家貧白露下庭梧孤琴始悲辛迴風入幽草蟲響滿四鄰會遇更何時持栢重殷勤

荊山獨往

宿昔山水上抱琴聊躑躅山遠去難窮琴悲多斷續嵓重丹陽樹泉咽閒陰谷時下白雲中淹留秋水曲秋水石欄深潺湲如噴玉雜芳被陰岸墜露方消綠恣此平生懷獨游還自足

五老峰大明觀贈隱者

雲觀此山北與君攜手稀林端涉橫水洞口入斜暉頗覺（一作見）鸞鶴遍忽為煙霧飛故人清和客默會琴心微丹術幸可授青龍當未歸悠悠平生意此日復相違

送周愿判官歸嶺南

早蟬望秋鳴夜琴怨離聲眇然多異感值子江山行由來重義人感激事縱橫往復念遐阻淹留慕平生晨奔九衢餞（一作棧）暮始萬里程山驛風月榭海門煙霞（一作霧）城易綃泉源近拾翠沙潊明蘭蕙一為贈貧交空復情

送陸渾主簿趙宗儒之任

山中眇然意此意乃平生常日望鳴皋（一作騶）遙對洛陽城故人吏（一作更）為隱懷此若（一作為）蓬瀛夕氣冒（一作渭）巖上晨流瀉岸明存亡區中事影響羽人情溪寂值猨下雲歸聞鶴聲及茲春始暮花葛正明榮（一作相縈）會有攜手日悠悠去無程

楊參軍莊送宇文邈

秋雲冒原隰野鳥滿林聲愛此田舍事稽君車馬程離堂慘不喧脈脈復盈盈蘭葉一經霜（一作露）香銷為贈輕燈光耿方寂蟲思隱餘（一作遍）清相望忽無際如含江海情

京西遇舊識兼送往隴西

蟬鳴一何急日暮秋風樹即此不勝愁隴陰人更去相逢與相失共是亡羊路

古別離

涼風已嫋嫋露重木蘭枝獨上高樓望行人遠不知輕寒入洞戶明月滿秋池燕去鴻方（一作來）至年年是別離

野居池上看月

悠然雲間月復此照池塘泣露蒼茫濕沈波澹灩光應門當未曙歌吹滿昭陽遠近徒傷目清輝靄自長

庭柳

裊裊柳楊枝當軒雜珮垂交陰總共密分條各自宜因依似永久（一作夕）攬結更傷離愛此陽春色秋風莫遽吹

令狐峘

令狐峘德棻五世孫登進士第祿山之亂隱居南山豹林谷司徒楊綰未仕時亦避地谷中嘗止峘舍賞其博學及綰為禮部侍郎引入史館建中初為禮部侍郎典貢舉執政楊炎有所請托峘得其私書奏之德宗惡其訐貶衡州別駕詩二首

硤州旅舍奉懷蘇州韋郎中（公頻有尺書頗積離鄉之思）

儒服學從政遂為塵事嬰銜命東復西孰堪異鄉情懷祿且懷恩策名敢逃名羨彼農畝人白首親友并江山入秋氣草木彫晚榮方塘寒露凝旅館涼飆生懿交守東吳夢想聞頌聲雲水方浩浩離憂何時平

釋奠日國學觀禮聞雅頌

肅肅先師廟依依冑子羣滿庭陳舊禮開戶拜清芬萬舞當華燭簫韶入翠雲頌歌清曉聽雅吹度風聞澹泊調元氣中和美聖君唯餘東魯客蹈舞向南薰

滕珦

滕珦東陽人歷茂王傅太和初以右庶子致仕四品給券還鄉自珦始詩一首

釋奠日國學觀禮聞雅頌

太學時觀禮東方曉色分威儀何棣棣環珮又紛紛古樂從空盡清歌幾處聞六和成遠吹九奏動行雲聖上尊儒學春秋奠茂勳幸因陪齒列聊以頌斯文

全唐詩

常袞

常袞京兆人天寶末舉進士歷太子正字寶應二年為翰林學士考功員外郎中知制誥文章俊拔當時推重永泰元年遷中書舍人累上章陳西北利害代宗甚顧遇之加集賢院學士大曆初拜門下侍郎同平章事與楊綰並掌機務後出為福建觀察使集十卷今存詩九首

奉和聖製麟德殿燕百寮應制

雲闕御筵張山呼聖壽長玉闌豐瑞草金陛立神羊台鼎資庖膳天星奉酒漿蠻夷陪作位犀象舞成行網已

袪三面歌因守四方千秋不可極花發滿宮香

晚秋集賢院即事寄徐薛二侍郎

穆穆上清居沈沈中祕書金鋪深内殿石甃淨寒渠花樹臺斜倚空煙閣半虛縹囊披錦繡翠軸卷瓊琚墨潤冰文繭香銷蠹字魚翻黄桐葉老吐白桂花初舊德雙遊處聯芳十載餘北朝榮庾薛西漢盛嚴徐侍講親華扆徵吟一作詩步綺疏綴簾金翡翠賜硯玉蟾蜍序一作移秩東南遠離憂歲月除承明期重入江海意何如

早秋望華清宮樹因以成詠一作盧綸詩

可憐雲木叢滿禁碧濛濛色潤靈泉近陰清輦路通玉壇標八桂金井識雙桐交映凝寒露相和起夜風數枝盤石上幾葉落雲中燕拂宜秋霽蟬鳴覺晝空翠屏更隱見珠綴共瓏瓏雷雨生成早樵蘇禁令雄野藤高助綠仙果迥呈紅惆悵繚垣暮茲山聞暗蟲

和考功員外杪秋憶終南舊宅之作一作和大理袁卿杪秋憶山下舊居以下六首一作盧綸詩

靜憶溪邊宅知君許謝公曉霜凝耒耜初日照梧桐澗鼠喧藤蔓山禽竄石叢白雲當嶺雨黄葉繞階風野菓垂橋上高泉落水中歡榮來自間羸賤賞曾通月滿珠藏海天晴鶴在籠餘陰如可寄願得隱牆東

題金吾郭將軍石洪茅堂

雲戟曙沈沈軒墀清且深家傳成棟美堯寵結茅心玉佩多依石油幢亦在林爐香諸洞暖殿影衆山陰草奏風生筆筵開雪滿琴客從龍闕至僧自虎溪尋瀟灑延清賞周流會素襟終朝惜塵步一醉見華簪

登棲霞寺一作奉和李益遊棲巖寺

林香雨氣新山寺綠無塵遂結雲外侶共遊天上春鶴鳴金閣麗僧語竹房鄰待月水流急惜花風起頻何方非壞境此地有歸人迴首空門外皤然一幻身

逢南中使寄嶺外故人

見說南來處蒼梧指桂林過秋天更煖邊海日長陰巴路緣雲出蠻鄉入洞深信回人自老夢到月應沈碧水通春色青山寄遠心炎方難久客爲爾一霑襟

代員將軍罷戰後歸故里

結髮事疆場全生到海一作偶到鄉連雲防鐵嶺同日破漁陽牧馬胡天晚移軍磧路長枕戈眠古戍吹角立繁霜歸老勳仍在酬恩虜未忘獨行過邑里多病對農桑雄劒依塵橐兵符寄藥囊空餘麾下將猶逐羽林郎

詠冬瑰花奉和中書李舍人昆季詠寄徐郎中之作

獨鶴寄煙霜雙鸞思晚芳舊陰依謝宅新豔出蕭牆蝶散摇輕露鶯銜入夕陽雨朝勝濯錦風夜劇焚香麗日千層豔孤霞一片光密來驚葉少動處覺枝長布影期高賞留春爲遠方嘗聞贈瓊玖叨和愧升堂

句

風候已應同嶺北雲山仍喜似終南題漳浦驛方輿勝覽

褚朝陽

褚朝陽登天寶進士第詩三首

登聖善寺閣一題作登少室山

飛閣青霞裏先秋獨早涼天花映一作散窗近月桂拂簷香華岳三峰小黄河一帶長空間一作闇指歸路煙際有垂楊

五絲

越人傳楚俗截竹競縈絲水底深休也日中還賀之章施文勝賫列匹美於姬錦繡侔新段羔羊寢舊詩但誇端午節誰薦屈原祠把酒時伸奠汨羅空遠而

奉上徐中書

中禁仙池越鳳凰池邊詞客紫薇郎既能作頌雄風起何不時吹蘭蕙香

全唐詩

蘇源明

蘇源明字弱夫武功人天寶中登第累遷國子司業祿山之亂不受僞署肅宗復兩京擢考功郎中終祕書少監與杜甫鄭虔善詩二首

小洞庭洄源亭讌四郡太守詩并序序内缺一字

天寶十二載七月辛丑東平太守扶風蘇源明觴濮陽太守清河崔公季重魯郡太守隴西李公蘭濟南太守太原田公琦濟陽太守隴西李公倓于洄源亭既尊封壤乃密惠好前此濟陽以河堤之虞夫役之弊請南略我宿及魯之中都宿人訟其不便源明請廢濟陽以平陰長清屬濟南盧東阿歸我陽穀隸濮陽役均三邦利倍二邑不可則分我壽西入濮陽東入濟陽魯之中都北入於我書貢闕旨下陳留陳留太守王公盛德帝俞才美人與自總連率實惟澄清　命屬官湖城主簿王于說會五太守於東平議縣乃不割郡亦仍舊已事修讌姑以爲别若夫階抱孤嶠軒飛庋潭俎殘暑於重林遞高秋於絶壑其盤何有臑鹿腴羊其俎何有燔兎膾魴李下彫籠冰之以寒水瓜割銛刃巾之以疎絺禮交乎上當世高賢之相允樂動乎下前古中和之合作抑抑焉堂堂焉奚一人之

富有而羣后之緝熙也司土庀舟以待司功設被以告徹饌更服陳羞絜尊自洄源起廣泊左拂鼇尾右遵吾山倒屹岫於波際指梁岑於林缺移搖敞豁瞑眇虛曠太皡苗裔可記任宿伯禹山川空流濟汶所遇多感祇牢爲歡婥態目成以留客嫮容色授以勸酒繁絲疎管紛爾自會雅舞清唱倏然同引既醉源明以手版扣舷而歌歌闋鳥獸聞之低昂而相鳴魚鼈聞之沿洄而或躍茲官吏安次而不易彼人庶樂業而不遷喜之哉樂之哉字渦泊曰小洞庭盛集五太守高讌云爾

小洞庭兮牽方舟風嫋嫋兮離平流牽方舟兮小洞庭雲微微兮連絕陘層瀾壯兮緬以没重巖轉兮超以忽馮夷逝兮護輕橈蛟龍行兮落增（一作中）潮泊中湖（一作潮）兮澹而閑並曲漵兮悵而還適予手兮非予期將解袂兮蘂予思尚君子兮壽厥身承明主兮憂斯人（史稱廢濟陽詩序縣郡仍舊或其初議云）

秋夜小洞庭離讌詩（并序）

源明從東平太守徵國子司業須昌外尉袁廣載酒於洄源亭明日遂行及夜留讌會莊子若訥過歸莒相里子同禕過如魏陽穀管城青陽權衡二主簿在坐皆故人也徹饌新尊移方舟中有宿鼓有汶篁濟上嫣然能歌者五六人共載止洄源東柳門入小洞庭遲夷徬徨眇緬曠漾流商雜徵與長言者啾焉合引潛魚驚或躍宿鳥飛復下眞嬉遊之擇耳源明歌云云曲闋袁子曰君公行當揮翰右垣豈止典冑米廩邪廣不敢受賜獨不念四三賢源明醉曰所不與君子及四三賢同恐懼安樂有如秋水晨前而歸及醒或說嚮之陳事源明局局然笑曰狂夫之言不足罪也乃志爲序

浮漲湖兮莽迢遙川后禮兮扈予橈横增沃（一作没）兮蓬仙延川后福兮易（一作異）予舷（一作船）月澄凝兮明空波星磊落兮耿秋河夜既良兮酒且多樂方作兮奈別何（右二詩太和中天平節度使令孤楚立石有文題云自源明造楚時僅八十年洄源亭渦泊已迷其處矣文見楚集）

鄭虔

鄭虔滎陽人天寶初爲協律郎坐事謫官明皇愛其才特置廣文館授爲博士遷著作郎以陷安禄山貶台州司户叅軍最善杜甫又與祕書監鄭審篇翰齊價虔工畫山水好書常苦無紙乃於慈恩寺貯柹葉數屋日往取葉肄書歲久殆盡嘗自寫其詩并畫以獻帝親署其尾曰鄭虔三絶今存詩一首

閨情

銀鑰開香閣金臺照夜燈長征君自慣獨臥妾何曾

畢耀（杜甫集作曜）

畢耀官監察御史與杜甫善詩三首

古意

璇閨繡户斜光入千金女兒倚門立横波美目雖往來羅袂遙遙不相及聞道今年初避人珊珊挂鏡長隨身願得侍兒爲道意後堂羅帳一相親

情人玉清歌（一作張南容詩）

洛陽有人名玉清（一作洛陽城中有一人名玉清）可憐玉清如其名善踏斜柯能獨立嬋娟花豔無人及珠爲帬玉爲纓臨春風吹玉笙悠悠滿天星黃金閣上晚妝成雲和曲中爲曼聲玉梯不得蹈搖袂兩盈盈城頭之日復何情

贈獨孤常州（見紀事）

洪爐無久停日月速若（一作如）飛忽然衝人身飲酒不須疑

韋濟

韋濟思謙之孫嗣立之子早以辭翰聞開元初調補鄄城令對詔第一擢醴泉令爲政簡易三遷庫部員外郎歷户部侍郎天寶七載再爲河南尹遷尚書左丞三代皆省轄衣冠榮之詩一首

奉和聖製次瓊嶽應制

陸海披晴雪千旗獵早陽岳臨秦路險河遶漢垣長行漏通鳷鵲離宮接建章都門信宿近歌舞從周王

田澄（一作登）

田澄天寶時官獻納使起居舍人杜甫嘗有詩贈之詩一首

成都爲客作

蜀郡將之遠城南萬里橋衣緣鄉淚濕貌以客愁銷地富魚爲米山芳桂是樵旅遊唯得酒今日過明朝

沈東美

沈東美佺期子初爲府掾天寶中除膳部員外郎詩一首

奉和苑舍人宿直晚翫新池寄南省友

傳聞閶闔裏寓直有神仙史爲三墳博郎因五字遷晨臨翔鳳沼春注躍龍泉去似登天上來如看鏡前影搖宸翰發波淨列星懸既濟仍懷友流謙欲進賢彈冠聲實貴覆被渥恩偏温室言雖阻文場契獨全玉珂光赫奕朱紱氣蟬聯興逸潘仁賦名高謝脁篇青雲仰不逮白雪和難牽苒苒胡爲此甘心老歲年

蘇渙

蘇渙嘗訪杜甫於江浦甫請誦新作有詩美之渙善放白弩巴中號爲弩跖後變節從學鄉賦擢第累遷至侍御史佐湖南崔中丞瓘幕府崔遇害遂踰嶺扇動哥舒晃跋扈交廣伏誅詩四首

變律（本十九首今存三首）

日月東西行寒暑冬夏易陰陽無停機造化渺莫測（一本作日月東西行照在大荒北其中有燭龍靈怪人莫測）開目爲晨光（一作暉）閉目爲夜色一開復一閉明晦無休息居然六合外（一作内）曠哉天地德天地且不言世人浪（一作强）喧喧

毒蜂成一窠高挂惡木枝行人百步外目斷魂亦飛長安大道邊（一作傍）挾彈誰家兒右手持金丸引滿無所疑一中紛下來勢若風雨隨身如萬箭攢宛轉迷所之徒有疾惡心奈何不知幾

養蠶爲素絲葉盡蠶不老傾筐對空林此意向誰道一女不得織萬夫受其寒一夫不得意四海行路難禍亦不在大福亦不在先世路險孟門吾徒當勉旃

贈零陵僧（一本下有兼送謁徐廣州六字一作懷素上人草書歌　第十九句缺一字）

張顛没在二十年謂言草聖無人傳零陵沙門繼其後新書大字大如斗興來走筆如旋風醉後耳熱心更凶忽如裵旻舞雙劍七星錯落纏蛟龍又如吴生畫神鬼

魑魅魍魎驚本身鉤鎖相連勢不絕倔強毒蛇爭屈鐵西河舞劒氣凌雲孤蓬自振唯有君今日華堂看灑落四座喧呼歎佳作迴首邀余賦一章欲令羨價齊鍾張琅誦句三百字何似醉僧顛復狂忽然告我遊南溟言祈亞相求大名亞相書翰凌獻之見君絕意必深知南中紙價當日貴只恐貪泉成墨池

全唐詩

劉昚虛

劉昚虛江東人天寶時官夏縣令詩一卷

江南曲

美人何蕩漾湖上風日(一作月)長玉手欲有贈裴回雙明璫歌聲隨綠水怨色起青(一作春)陽(一作朝)日暮還家望雲波橫洞房

九日送人

海上正搖落客中還別離同舟去未已遠送新相知流水意何極滿尊徒爾爲從來菊花節早已醉東籬

暮秋楊子江寄孟浩然

木葉紛紛下東南日煙(一作雨)霜林山相晚(一作曉)暮天海空(一作深)青蒼暝色況復久秋聲亦何長孤舟兼微月獨夜仍越鄉寒笛對京口故人在襄陽詠思勞今夕江漢遙相望

潯陽陶氏別業

陶家習先隱種柳長江邊朝夕潯陽郭白衣來幾年霽雲明孤嶺秋水澄寒天物象自清曠野情何綿聯蕭蕭丘中賞明宰非徒然願守黍稷稅歸耕東山田

登廬山峰頂寺

孤峰臨萬象秋氣何高清天際南郡出林端西江明山門二緇叟振錫聞幽聲心照有無界業懸前後生雖(一作徒)知眞機靜尚與愛網并方首金門路未遑參道情

尋東溪還湖中作

出山更回首日暮清溪深東嶺新別處數猨叫空林昔遊有初迹此路還獨尋幽興方在往歸懷復爲今雲峰勞前意湖水成遠心望望已超越坐鳴舟中琴

送韓平兼寄郭微

上客夜相過小童能酤酒即爲臨水處正值歸鴈後前路望鄉山(一作關)近家見門柳到時春未暮風景自應有余憶東州(一作周)人經年別來久殷勤爲傳語日夕念攜手兼問前寄書書中(一作中書)復達否

寄閻防(防時在終南豐德寺讀書)

青冥南山口(一作色)君與緇錫鄰深路入古寺亂花隨暮春紛紛對寂莫往往落衣巾松色空照(一作照字)水經聲時有人晚心復南望山遠情獨親應以修往業亦惟立此身深林度空夜煙月資清眞莫歎(一作欲)文明日彌年徒隱淪

海上詩送薛文學歸海東

何處歸且遠送君東悠悠滄溟千萬里日夜一孤舟曠望絕國所微茫天際愁有時近仙境不定若夢遊或見青色古(一作石)孤山百里(一作丈)秋前心方杳眇後路勞夷猶離別惜吾道風波敬皇休春浮花氣遠思逐海水流日暮驪歌後永懷空滄洲

越中問海客

風雨滄洲暮一帆今始歸自云發南海萬里速如飛初謂落何處永將無所依冥茫漸西見山色越中微誰念去時遠人經此路稀泊舟悲且泣使我亦霑衣浮海焉用說憶鄉難久違縱爲魯連子山路有柴扉

闕題

道由白雲盡春與青溪長時有落花至遠隨流水香閑門向山路深柳讀書堂幽映每白日清輝照衣裳

寄江滔求孟六遺文

南望襄陽路思君情轉親偏知漢水廣應與孟家鄰在日貪爲善昨來聞更貧相如有遺草一爲問家人

積雪爲小山

飛雪伴春還春庭曉自閑虛心應任道遇賞遂成山峰小形全秀巖虛勢莫攀以幽能皎潔謂近可循環孤影臨氷鏡寒光對玉顏不隨遲日盡留顧歲華間

贈喬琳(一作張謂詩)

去年上策不見收今年寄食仍淹留羨君有酒能共醉羨君無錢能不憂如今五侯不待客羨君不問五侯宅如今七貴方自尊羨君不過七貴門丈夫會應有知已世上悠悠何足論

茙葵花歌(一作岑參詩)

昨日一花開今日一花開今日花正好昨日花已老人生不得長(一作恒)少年莫惜牀頭酤酒錢請君有錢向酒家君不見茙葵花

句

歸夢如春水悠悠遶故鄉　駐馬渡江處望鄉待歸舟

息夫牧

冬夜宴蕭十丈因餞殷郭二子西上并序

序云冬十有二月家君宰邑許下夫子問津潁上二賢將馳會府皆適茲土夜處狹室列座有位尊甲儼如或捧觴上壽或摳衣請益始崇詩以闕禮終講信而脩睦然後文飽於德義潤其身頃夫子升堂之後若盧賈劉尹之徒半紀間接武鳴躍實夫子訓之導之斯至也今殷郭二子天資才幹而加之鏃羽觀光王庭俯拾地芥其誰曰不然飛霜靄林寒氣總至月落匝户夜將向晨座隅謙謙畢醉温克則知孔門宴餞異於他日二三子終身識之夫子以家君政事百里無事命門弟子賦詩鳴琴亦以釋仳離之怨焉小子不敏忝居門人之末敢不敬書其事詩曰

有琴斯鳴于宰之庭君子莅止其心孔平政既告成德以永貞鳴琴有衎于潁之畔彼之才髦其年未冠聞詩聞禮斐兮璨璨鳴琴其怡于潁之湄二子翰飛言戾京師有鬱者桂爰一作戴攀其枝琴既鳴矣宵既清矣烘煁有煒酒醴惟旨喟我寤歎吁其別矣

宋華

宋華濮陽宰詩一首

蟬鳴一篇五章并序

蟬鳴感秋興送將歸也僻守外邑而蘭陵子相過詰朝言歸賦詩見志以申贈焉

蟬其鳴矣於彼疎桐庇影容跡何所不容嘒嘒其長永託于風未見君子我心忡忡既見君子樂且有融

彼蟬鳴矣於林之表含風飲露以樂吾道有懷載遷伊誰云保未見君子我心悄悄既見君子披豁予抱

蟬鳴蟬鳴幽暢乎而肅肅爾庭遠近涼颸言赴高柳叢篁間之思而不見如渴如饑亦既覯止我心則夷

蟬鳴伊何時運未與匪歎秋徂怨斯路阻願言莫從鬱悒誰語君子至止慰我延佇何斯違斯倏爾遐舉

歲之秋深蟬其夕吟披衣軒除蕭蕭風林我友來斯言告離衿何以叙懷臨水鳴琴何以贈言委順浮沉

鄒象先

鄒象先開元二十三年進士與蕭潁士爲同年生仕臨渙尉詩一首

寄蕭潁士補正字一本無補正字三字

六月度開一作關雲三峯翫山翠爾時黄綬屈別後青雲致

按紀事象先尉臨渙潁士自京邑無成東歸有贈象先詩來年蕭補正字象先寄詩重述前事蕭後亦有荅詩

韋建

韋建開元天寶間人爲河南令與蕭潁士劉長卿遊詩二首

河中晚霽

湖廣舟自輕江天欲澄霽是時清楚望氣色猶霾曀踟躕金霞白波上日初麗煙紅落鏡中樹木生天際杳杳涯欲斑濛濛雲復閉言垂星漢明又覩寰瀛勢微興從此愜悠然不知歲試歌滄浪清遂覺乾坤細肯念客衣薄將期永投袂遲迴漁父間一作問一雁聲嘹唳

泊舟盱眙一作常建詩誤

泊舟淮水次霜降夕流清夜久潮侵岸天寒月近城平沙依鴈宿候館聽雞鳴鄉國雲霄外誰堪羈旅情

殷寅

殷寅陳郡人早孤事母以孝聞應宏詞舉爲永寧尉與蕭潁士善詩二首

銓試後徵山別業寄源侍御

別業在徵山登高望畿甸嚴令天地肅城闕如何見藹藹王侯門華軒日遊衍幸逢休明代山虜尚交戰投策去園林率名皆拜選聖君性則哲濟濟多英彦褒楷能清通山濤急推薦諛才甘自屛薄伎忝餘眷雖承國士恩尚乏中人援疇昔相知者今茲秉天憲朱紱何赫赫繡衣復葱蒨

玄元皇帝應見賀聖祚無疆

應曆生周日脩祠表漢年復茲秦嶺上更似霍山前昔贊神功啓今符聖祚延已題金簡字仍訪玉堂仙睿祖光元始曾孫體又玄言因六夢接慶叶九齡傳北闕心超矣南山壽固然無由同拜慶竊抃賀陶甄

柳中庸

柳中庸名淡以字行河東人宗元之族御史并之弟也與弟中行皆有文名蕭潁士以女妻之仕爲洪府户曹詩十三首

秋怨

玉樹起涼煙凝情一葉前別離傷曉鏡搖落思秋弦漢壘關山月胡笳塞北天不知腸斷夢空遶幾山川

春思贈人

紅粉當三五青娥艷一雙綺羅迴錦陌弦管入花江落雁驚金彈拋杯瀉玉缸誰知褐衣客顦顇在書窗

幽院早春

草短花初拆苔青柳半黄隔簾春雨細高枕曉鶯長無事含閑夢多情識異香欲尋蘇小小何處覓錢塘

寒食戲贈

春暮越江邊春陰寒食天杏花香麥粥柳絮伴鞦韆酒是芳菲節人當桃李年不知何處恨已解入箏弦

聽箏

抽弦促柱聽秦箏無限秦人悲怨聲似逐春風知柳態如隨啼鳥識花情誰家獨夜愁一作悲燈影何處空樓思月明更入幾重離別恨江南歧路洛陽城

河陽橋送別

黄河流出有浮橋晉國歸人此路遥若傍闌干千里望北風驅馬雨蕭蕭

征一本下有人字怨

歲歲金河復玉關朝朝馬策與刀環三春白雪歸青塚萬里黄河遶黑山

涼州曲二首

關山萬里遠征人一望關山淚滿巾青海戍頭空有月黄沙磧裏本無春

高檻連天望武威窮陰拂地戍金微九城弦管聲遥發

一夜關山雪滿飛

江行

繁陰乍隱洲落葉初飛浦蕭蕭（一作蕭洲）楚客帆暮入寒（一作日暮秋）江雨

丁評事宅秋夜宴集

翠幙卷回廊銀燈開後堂風鸞擁砌葉月冷滿庭霜綺席人將醉繁弦夜未央共憐今促席誰道客愁長

夜渡江（一作姚崇詩）

夜渚帶浮煙蒼茫晦遠天舟輕不覺動纜急始知牽聽笛遙尋岸聞香暗識蓮唯看去帆影常恐（一作似）客心懸

揚子途中

楚塞望蒼然寒林古戍邊秋風人渡水落日雁飛天

崔惠童

崔惠童博州人右驍衛將軍冀州刺史庭玉之子尚明皇晉國公主詩一首

宴城東莊（一作崔惠詩，一作崔思詩）

一月主人（一作人生）笑幾回相逢相識（一作值）且銜杯眼看春色如流水今日殘（一作飛）花昨日開

崔敏童

崔敏童駙馬都尉惠童之昆弟也詩一首

宴城東莊

一年始有（一作又過）一年春百歲曾無百歲人能向花前（一作中）幾回醉十千沽酒莫辭貧（一作頻）

苗晉卿

苗晉卿字元輔潞州壺關人擢進士第累遷吏部郎中知選事久之進侍郎天寶二載較書判以御史中丞張倚之子奭爲第一議者不平帝御花萼樓覆實奭持紙終日筆不下人謂之曳白坐貶安康太守俄充河北採訪使肅宗召赴行在拜左相廣德中以太保致仕永泰初卒謚懿獻詩一首

奉和聖製早登太行山中言志

金吾戒道清羽騎動天聲砥路方南絕（一作紀）重巖始北征關樓前望遠河邑下觀平喜氣迴輿合祥風入（一作轉）旆輕祝堯三老至會禹百神迎月令農先急春蒐禮復（一作後）行仍親后上祭更理晉陽兵不似勞車轍空留八駿名

賈耽

賈耽字敦詩滄州南皮人天寶中舉明經授臨清縣尉上疏論時政改正平尉從事河東撿校膳部員外郎歷邠州刺史政績茂異入爲鴻臚卿自大曆至貞元三爲節鎮徵拜右僕射同中書門下平章事在相位十三年世稱其淳德耽好地理學外國使至必訊其山川土俗因誤海內華夷圖及古今郡國縣道四夷述四十卷表獻之詩一首

賦虞書歌

衆書之中虞書巧體法自然歸大道不同懷素只攻顛豈類張芝惟創草形勢素筋骨老父子君臣相揖抱孤青似竹更颼颼瀾白如波長浩渺能方正不隳倒功夫未至難尋奧須知孔子廟堂碑便是青箱中至寶

趙居貞

趙居貞鼓城人歷吳郡採訪使天寶中官北海郡太守詩一首

雲門山投龍詩（并序　序首行缺一字，詩第十八句缺二字）

有唐天寶玄默歲月巳巳中散大夫使持節北海郡諸軍事北海郡太守柱國天水趙居貞登雲門山投金龍環璧奉爲開元天地大寶聖文神武皇帝祈福也先是投禮太守不行以掾吏代之余是年病目庚止以爲聖上祈祐宜牧守躬親吏輒代非禮也余撰良日爰及中元下元並躬行爲聖上祈壽祝拜焚香投龍禮畢有瑞雲從洞門而出五色紛郁迴翔空中聲曰皇帝壽一萬一千一百歲預禮者悉聞之余乃手舞足蹈賦詩以歌其事遂於巖前刻石壁以紀之

曉登雲門山直上一千尺絕頂彌孤聳盤途幾傾窄前對豎裂峯下臨削成壁陽巘靈芝秀陰崖半天赤大壑靜不波渺溟無際極是時雪初霽沍寒水更積披展送龍儀寧安服狐白沛恩惟聖主祈福在方伯三元章醮昇五域

覲帝幕翠微亘機茵丹洞闢祝起鳴天鼓拜傳端素冊霞間朱紱縈嵐際黃裳襞玉策奉誠信仙佩俟奔驛香氣入岫門瑞雲出巖石至誠必招感大福旋來格空中忽神言帝壽萬千百

蕭華

蕭華徐國公嵩之子天寶末歷官兵部侍郎上元初以中書侍郎同平章事忤李輔國矯詔罷爲禮部侍郎尋貶峽州司馬卒詩一首

扈從迴鑾應制

粤在（一作自）秦京日議乎封禪難豈知陶唐主道濟蒼生安惟彼烈祖事增修實榮觀聲名朝萬國玉帛禮三壇纂

聖德重光建元功載刊仍開(一作闢)舊馳道不記昔迴鑾羽
衛(一作騎)搖晴日弓戈生早寒猶思檢玉處卻望白雲端

李岑

李岑天寶中宋州刺史詩二首

西河郡太原守張夫人輓歌

鵲印慶仍傳魚軒寵莫先從夫元凱貴訓子孟軻賢龍
是雙歸日鸞非獨舞年哀榮今共盡悽愴杜陵田

玄元皇帝應見賀聖祚無疆

皇綱歸有道帝系祖玄元運表南山祚神通北極尊大
同齊日月興廢應乾坤聖后趨庭禮宗臣稽首言千官
欣肆覲萬國賀深恩錫宴雲天接飛聲雷地喧祥光浮
紫閣喜氣繞皇軒未預承天命空勤望帝門

元友讓

元友讓元結子見永州志按元結集載長子友直次子
友正此蓋其幼子也詩一首

復游浯溪

昔到纔三歲今來鬢已蒼剝苔看篆字薙草覓書堂引
客登臺上呼童掃樹旁石渠疏擁水門徑劚叢篁田地
潛更主林園盡廢荒悲涼問耆耋疆界指垂楊

蔣冽

蔣冽儀鳳中宰相高智周之外孫第進士考功員外郎
終尚書左丞詩七首

南溪別業

結宇依青嶂開軒對綠疇樹交花兩色溪合水同(一作重)流
竹徑春(一作風)來掃蘭尊夜不收逍遙自得意鼓腹醉中遊

古意

冉冉紅羅帳開君玉樓上畫作同心鳥銜花兩相向春
風正可憐吹暎綠窗前妾意空相感君心何處邊

臺中書懷

持憲當休明飭躬免顛沛直繩備豪右正色清冠蓋寄
切才恨薄職雄班匪大坐居三獨中立在百僚外簡牘
時休暇依然秋興多披書唯胃鯁循跡少閑和庭樹凌
霜柏池傾萎露荷歲寒應可見感此遂成歌

經埋輪地

漢家張御史晉國綠珠樓時代邈已遠共謝洛陽秋洛
陽大道邊舊地尚依然下馬獨太息擾擾城市喧時(一作詩)
人欣(一作歎)綠珠詩滿金谷園千載埋輪地無人與一言正
直死猶忌況乃未死前汨羅有翻浪恐是嫌屈原我聞
太古水上與天相(一作漢)連如何一落地又作九曲泉萬古
惟高步可以旌我賢(一本無如何以下四句)

山行見鵲巢

鵲巢性本高更在西山木朝下清泉戲夜近明月宿非
直避網羅兼能免傾覆豈憂五陵子挾彈來相逐

巫山之陽香谿之陰明妃神女舊跡存焉

神女歸巫峽明妃入漢宮擣衣餘石在薦枕舊臺空行
雨有時度谿流何日窮至今詞賦裏悽愴寫遺風

夜飛鵲

北林夜方久南月影頻移何嘗飛三匝猶言未得枝

蔣渙

蔣渙冽之弟擢進士天寶末爲給事中永泰初歷鴻臚
卿日本使嘗遺金帛不受惟取牋一番爲書以貽其副
終禮部尚書詩五首

途次維揚望京口寄白下諸公

北望情何限南行路轉深晚帆低荻葉寒日下楓林雲
白蘭陵渚煙青建業岑江天秋向盡無處不傷心

登棲霞寺塔

三休尋磴道九折步雲霓瀝澗臨江北郊原極海西沙
平瓜步出樹遠綠楊低南指晴天外青峯是會稽

和徐侍郎(一有中丞)書叢篠詠(一無詠字)

中禁夕沈沈幽篁別作林色連雞樹近影落鳳池深爲
重淩霜節能虛應(一作受)物心年年承雨露長對紫庭陰

故太常卿贈禮部尚書李公及夫人輓歌二首

白簡嘗持憲黃圖復尹京能標百郡則威肅一朝清典
秩崇三禮臨戎振五兵更聞傳世業才子有高名

封樹遵同穴生平此共歸鏡埋鸞已去泉掩鳳何飛薤
輓疑笳曲松風思翟衣揚名將寵贈泉路滿光輝

段懷然

段懷然台州刺史天寶中人詩一首

挽湧泉寺僧懷玉(高僧傳玉修淨土業天寶元年感瑞往生)

我師一念登初地佛國笙歌兩度來唯有門前古槐樹
枝低只爲挂銀臺

張偁

張偁九齡族孫見宰相世系表紀事云天寶至德間人
詩一首

辭房相公

秋風颯颯雨霏霏愁殺悽遑一布衣辭君且作隨陽鳥(一作雁)
海內無家何處歸

陳孫

陳孫明皇時人詩一首

移耶溪舊居呈陳元初校書

雞犬漁舟裏長謠任興行即令邀客醉已被遠山迎書
笈將非重荷衣著甚輕謝安無個事忽起爲蒼生

李峯

李峯開州刺史詩一首

西河郡太原守張夫人挽歌(一作李岑詩)

鵲印慶仍傳魚軒寵莫先從夫元凱貴訓子孟軻賢龍
是雙歸日鸞非獨舞年哀(一作衰)榮今共盡悽愴杜陵田

沈千運

沈千運吳興人家於汝北爲詩力矯時習一出雅正王
季友于逖孟雲卿張彪趙微明元季川皆其同調也乾
元中季川兄結嘗編七人詩爲篋中集千運爲之冠詩
五首

感懷弟妹(一作汝墳示弟妹)

今日春(一作天)氣暖東風杏花拆筋力久(一作又)不如卻羨(一作歎)澗
中石神仙杳難準(一作信)中壽稀(一作幾)滿百近世多夭傷喜見
鬢(一作髭)髮白杖藜竹樹間宛宛舊行(一作行舊)跡豈知林園(一作園中)主
卻是林園(一作園中)客兄弟可(一作所)存半空爲亡者惜冥冥(一作寞寞)無

再期哀哀望松柏骨肉能幾人年大自（一作漸）疎隔性情誰免此與我不相易（一作而義何不易）唯念（一作顧）得爾輩時（一作相）看慰朝夕平生茲已矣此外盡非適

贈史脩文

故人阻（一作隔）千里會面非別（一作前）期握手於此地當歡反成悲念離宛猶昨俄已經數（一作二十）期疇昔皆少年別來鬚（一作鬢）如絲不道舊姓名相逢知是誰曩遊盡騫翥與君仍布衣豈曰無其才命理應有時別路漸欲少不覺生涕洟

濮中言懷

聖朝優賢良草澤無遺匿人生各有命（一作志）在余胡不淑一生但區區（一作教）五十無寸祿衰退當棄捐貧賤招毀（一作時）讟（一作禍）棲棲去人世屯躓日窮迫不如守田園歲晏望豐熟壯年失宜盡老大無筋力始覺（一作悋）前計非將（一作方）貽後生福童兒新學稼（一作穡）少（一作小）女未能織顧此煩知己終日求衣食

山中作

棲隱非別（一作別無）事所願離風塵不辭城邑遊禮樂拘束人邇來歸山林庶（一作世）事皆吾身何者為形骸誰是智與仁（一作辯智與諸仁）寂寞了閑事而（一作然）後知天真咳唾矜（一作驚）崇華迂俯相屈伸如何巢與由天子不知（一作得）臣

古歌

北邙不種田但種松與柏松柏未生處留待市朝客

王季友

王季友河南人家貧賣履博極羣書豫章太守李勉引為賓客甚敬之杜甫詩所謂豐城客子王季友也詩十一首

別李季友

棲鳥不戀枝喈喈在同聲行子馳（一作遲）出户依依主人情昔時霜臺鏡醜婦羞爾形閉匣二十年皎潔常獨（一作猶）明今日照離別前途白髮生

寄韋子春（一作山中贈十四秘書兄）

出山秋雲曙（一作秘芸署）山木（一作色）已再春食我山中藥不憶山中人山中誰余密白髮日相（一作惟見）親雀鼠晝夜無知我廚廩貧依依北舍松不厭吾南隣有情盡棄捐土石為同身夫子質千尋天澤枝葉新余以（一作也）不材壽非智免斧斤（夫子以下四句篋中集本無）

雜詩

采山仍（一作不）采隱在山（一作木）不在深持斧事遠遊固非（一作悲）匠者心翳翳青桐枝樵爨日所侵斧（一作樵）聲出巖壑四聽無知音豈為鼎下薪當復堂上琴鳳鳥久不棲且與枳棘林

滑中贈崔高士瑾

夫子保藥命外身得無咎日月不能老化腸為（一作無）筋否十年前見君甲子過我壽于（一作云）何今相逢華髮在我後近而知其遠少見今白首遙信蓬萊宮不死世世有玄石采盈擔神方秘其肘問家惟指雲愛氣常言酒攝生固如此履道當不朽未能太玄（一作虛）同願亦天地久實腹以芝朮賤形（一作體）乃芻狗自勉將勉余良藥在苦口

還山留別長安知己

出山不見家還山見家在山門是門前此去長樵采青溪誰招隱白髮自相待惟餘（一作伴）澗底松依依色不改

代賀若（一作枝）令譽贈沈千運

相逢問姓名亦存別時無子今有孫山上雙松（一作峰）長不改百家（一作年）唯有三家村村南村（一作東）西車馬道一宿通舟水浩浩澗（一作河）中磊磊十里石河上淤泥種桑麥（一作河中遊泥種稻）平坡塚墓皆我親（一作古塚背我拆）滿田（一作户）主人是舊客舉聲酸鼻問同年十人六七（一作七人）歸下泉分手如何更此地回頭不語（一作下去）淚潸然

酬李十六岐

鍊丹文武火未成賣藥販履（一作屨）俱逃名出谷迷行洛陽道乘流醉臥滑臺城城下故人久離怨一歡適我（一作緦）兩家願朝飲杖懸沽酒錢暮餐囊有松花飯于何（一作河）車馬日憧憧李膺門館爭登龍千賓揖對若流水五經發難如叩鐘下筆新詩行滿壁立談古人坐在席問我草堂有臥雲知（一作哂）我山儲（一作廚中）無儋石自耕自刈食為天如鹿如麋飲野泉亦知世上公卿貴且養丘中草木年

宿東溪李十五山亭

上山下山入山（一作溪）谷溪中落日留我宿松石依依當主人主人不在意（一作情）亦足名花（一作花石）出地兩重階絕頂平天一小齋本意由來是山水何用相逢語（一作話又作憶）舊懷

觀于舍人壁畫山水

野人宿在人家少朝見此山謂山曉半壁仍棲嶺上雲開簾欲放（一作放出）湖中鳥獨坐長松是阿誰再三招手起來遲于公大笑向予說小弟丹青能爾為

玉壺冰（紀籤云作此詩者另一王季友）

玉壺知素結止水復中澄堅白能虛受清寒得自凝分形同曉鏡照物掩宵燈壁映圓光入（一作出）人驚爽氣凌金罍何足貴瑶席幾回升正值求珪瓚提攜共飲冰

古塞（一本有下字）曲（河嶽英靈集作陶翰詩紀事作王季友詩）

進軍飛狐北窮寇勢將變日落沙塵昏背河更一戰騂馬黃金勒彫弓白羽箭射殺左賢王歸奏未央殿欲言塞下事天子不召見東出咸陽門哀哀淚如霰

于逖

于逖開元時人李白獨孤及皆有詩贈之亦與元結友善詩二首

野外行

老病無樂事歲秋悲更長窮郊日蕭索生意已蒼黃小弟髮亦白兩男俱不強有才且未達況我非賢良幸以朽鈍姿野外老風霜寒鴉噪晚景喬木思故鄉魏人宅蓬池結網佇鱣魴水清魚不來歲暮空彷徨

憶舍弟

衰門少（一作鮮）兄弟兄弟唯兩人饑寒各流浪感念傷我神夏期秋未來安知無他因不怨別天長但願見爾身茫茫天地間萬類各有親安知汝與我乖隔（一作異）同胡秦何時對形影憤懣當共陳

張彪

張彪潁洛間人天寶末將母避亂杜甫詩所稱張山人者是也詩四首

雜詩

富貴多勝事，貧賤無良圖。上德兼濟心，中才不如愚。商者多巧智，農者爭一作多膏腴。儒生未遇時，衣食不自如。久與故交別，他榮我窮居。到門懶入門，何況千里餘。君子有褊性，矧一作況乃尋常徒。行行任天地，無爲强親疎。

神仙

神仙可學無，百歲名大約。天地何蒼茫一作茫茫，人間半哀樂。浮生亮多惑，善事翻爲惡。爭先等馳驅一作驅馳，中路苦瘦弱。長老思養壽，後生笑寂莫。五穀非長年，四氣乃靈藥。列子何必待，吾心滿寥廓。

北遊還酬孟雲卿

忽忽忘一作望前事，志願能相乖。衣馬久羸弊，誰信文與才。善道居貧賤，潔服蒙塵埃。行行無定心，壈坎難歸來。慈母憂疾一作疢疹，至家一作室念栖一作棲哀一作依偎。與君宿姻親，深見中外懷。俟余惜時節，悵望臨高臺。

古別離

別離無遠近，事歡情亦悲。不聞車輪聲，後會將何時。去日忘寄書，來日乖前期。縱知明當返，一息千萬思。

趙徵明

趙徵明，天水人，工書，竇臮述書賦稱之。詩三首。

回軍跛者

旣老又不全，始得離邊城。一枝假枯木，步步向南行。去時日一百，來時月一一作二。月程常恐道路旁，掩棄狐兔塋。所願死鄉里，到日不願生。聞此哀怨一作哭詞，念念不忍聽。惜無異一作化人術，倏忽具爾形。

挽歌詞

寒日蒿上明，凄凄郭東路。素車誰家子，丹旐引將去。原下荆棘叢，叢邊有新墓。人間痛一作長傷別，此是長別處。曠野多蕭條，青松一作風悲白楊樹。

思歸一作古離別

爲別未幾日，去日如三秋。猶疑望一作可見，日日上高樓。惟見分手處，白蘋滿芳洲。寸心寧死別，不忍生離憂。

元季川

元季川，大曆、貞元間詩人也。一云名融，元結弟。詩四首。

泉上雨後作

風雨一作動蕩繁一作暑雷一作雨，息佳霽初。衆峰帶雲雨一作閒，淸氣一作風入我廬。颯颯涼一作鮮飈來，臨窺一作窗臨愜所圖。綠蘿長新蔓，裊裊垂坐隅。流水復簷下，丹砂發淸渠。養葛爲我衣，種芋一作芳一作芋爲我蔬。誰是一作能晼晩與，畦壠漫連野蕪。

登雲中

灌田東山下，取樂一作藥在爾休。淸興相引行，日三四周。白鷗與我心，不厭此中遊。窮覽頗有適，不極趣無幽。慘然歌采薇，曲晝心悠悠。

山中曉興

河漢降玄霜，昨來節物殊一作疏。魄無神仙姿，豈一作亦有陰陽俱。靈鳥望不見，慨然悲高梧。華葉隨風揚，珍條雜榛蕪。爲君寒谷吟，歎息知何如。

古遠行

悠悠遠行者，羈獨當時思。道與日月長，人無茅舍期。出門萬里心，誰不傷別離。縱遠當白髮，歲月悲今時。何況異形容，安須與爾悲。

全唐詩

秦系

秦系，字公緒，會稽人。天寶末，避亂剡溪。北都留守薛兼訓奏爲右衛率府倉曹參軍，不就。建中初，客泉州南安，有九日山，大松百餘章，俗傳東晉時所植。系結廬其上，穴石爲研，注老子，彌年不出。張建封聞系不可致，請就加校書郎。自號東海釣客，與劉長卿善，以詩相贈答。權德輿曰：長卿自以爲五言長城，系用偏師攻之，雖老益壯。其後東渡秣陵，年八十餘卒。南安人思之，號其山爲高士峰。詩一卷。

晚秋拾遺朱放訪山居

不逐時人後，終年獨閉關。家中貧自樂，石上卧常閑。墜粟添新味，寒花帶老顏。侍臣當獻納，那得到空山。

題女道士居不餌芝朮四十餘年 一作馬戴詩

不餌住雲溪，休丹罷藥畦。杏花虛結子，石髓任成泥。掃地青牛卧，栽松白鶴棲。共知仙女麗，莫是阮郎妻。

山中枉張宙員外書期訪衡門

常恨相知晩，朝來枉數行。卧雲驚聖代，拂石候仙郎。時果連枝熟，春醪滿甕香。貧家仍有趣，山色滿湖光。

山中贈張正則評事系時授右衛佐，以疾不就

終年常避喧，師事一作自注五千言。流水閑過院，春風與閉門。山茶邀上客，桂實落前軒。莫强一作何事教余起，微官一作言不足論。

題鏡湖野老所居一作馬戴詩

湖裏尋君去，樵風往返吹。樹喧巢鳥出，路細葑田移。遞学成魚網，枯根是酒卮。老年唯自適，生事任羣兒。

早秋宿崔業居處

從來席不暖，爲爾便淹留。雖忝今相會，雲山昔共遊。上簾宜晩景，卧簟覺新秋。身事何須問，余心正四愁。

贈烏程楊革明府

策杖政成時，清溪弄釣絲。當年潘子貌，避病沈侯詩。濾酒迎賓急，看花署字遲。楊梅今熟未，與我兩三枝。

徐侍郎素未相識時攜酒命饌兼命諸詩客同

訪會稽山居

忽道仙翁至幽人學拜迎華簪窺甕牖珍味代藜羹洗
硯魚仍戲移樽鳥不驚蘭亭攀叙却會此越中營

春日閑居三首

一似桃源隱將令過客迷礙冠門柳長驚夢院鶯啼澆
藥泉流細圍碁日影低舉家無外事共愛草萋萋
長謡朝復暝幽獨幾人知老鶴兼雛弄叢篁帶笋移白
雲將袖拂青鏡出簷窺邀取漁家叟花間把酒巵
寂寂池亭裏軒窗間綠苔游魚牽荇沒戲鳥踏花摧小
徑僧尋去高峯鹿下來中年曾屢辟多病復遲迴

題石室山王宁所居（罷官學道）

白雲知所好柏葉幸加餐石鏡妻將照仙書我借看鳥
來翻藥椀猿飲怕魚竿借問簷前樹何枝曾挂冠

送王道士

眞人俄整舄雙鶴屢飛翔恐入壺中住須傳肘後方霓
裳雲氣潤石徑朮苗香一去何時見仙家日月長

將移耶溪舊居留贈嚴維秘書（一作留呈嚴長史陳秘書）

鷄犬漁舟裏長謡任興行耶邀落日（一作即令邀客）醉已被遠山
迎書篋（一作簽又作笈）將非重荷衣著甚輕謝安無箇事忽起爲
蒼生

秋日過僧惟則故院

衰草經行處微燈舊道場門人失譚柄野鳥上禪牀科
斗書空古栴檀鉢自香今朝數行淚却灑約公房

山中奉寄錢起員外兼簡苗發員外

空山歲計是胡麻窮（一作江）海無梁泛一槎稚子唯能覓梨
栗逸妻相共老烟霞高（一作朗）吟麗句驚巢鶴閑閉春風看
落花借問省（一作部）中何水部今人幾箇屬詩家

獻薛僕射（有序）

系家于剡山向盈一紀大曆五年人或以其文聞
于鄴留守薛公無何奏系右衛率府倉曹參軍意
所不欲以疾辭免因將命者輒獻斯詩

由來那敢議輕肥散髮行歌自採薇逋客未能忘野興
辟書翻遣脫荷衣家中匹婦空相笑池上羣鷗盡欲飛
更乞大賢容小隱益看愚谷有光輝

鮑防員外見尋因書情呈贈（曾與系同舉場）

少小爲儒不自強如今嬾復見侯王覽鏡已（一作自）知身漸
老買山將作計偏長荒凉鳥獸同三逕撩亂琴書共一
牀猶有郎官來問疾時人莫道我佯狂

寄浙東皇甫中丞

閑閑麋鹿或相隨一兩年來鬢欲衰琴硯共依春酒甕
雲霞覆著破柴籬注書不向時流說種藥空令道者知
久帶紗巾仍藉草山中那得見朝儀

題章野人山居（一作馬戴詩）

帶郭茅亭詩興饒回看一曲倚危橋門前山色能深淺
壁上湖光自動摇閑花散落塡書帙戲鳥低飛礙柳條
向此隱來經幾載如今已是漢家朝

山中枉皇甫温大夫見招書

十年木屐步苔痕石上松間水自喧三辟草堂仍被褐
數行書札忽臨門卧多共息嵇康病才劣虛同郭隗尊
亞相已能憐潦倒山花笑處莫啼猿

題茅山李尊師山居（一作嚴維詩）

天師百歲少如童不到山中竟不逢洗藥每臨新瀑水
步虛時上最高峯籬間五月留殘雪座右千年蔭老松
此去人寰今遠近回看雲壑一重重

耶溪書懷寄劉長卿員外（時在睦州）

時人多笑樂幽棲晚起閒行獨杖藜雲色卷舒前後嶺
藥苗新舊兩三畦偶逢野果將呼子屢折荊釵亦爲妻
擬共釣竿長往復嚴陵灘上勝耶溪

山中崔大夫有書相問（一作崔大夫有書問余山中）

客在煙霞裏閑閑逐狎鷗終年常裸足連日半蓬頭帶
月乘漁艇迎寒綻鹿裘已于人事少多被挂冠留素業
堆千卷清風至一丘蒼黃倒藜杖傴僂覩銀鉤跡愧巢
由隱才非管樂儔從來自多病不是傲王侯

張建封大夫奏系爲校書郎因寄此作

久是煙霞客潭深釣得魚不知芸閣上遺校幾多書

會稽山居寄薛播侍郎袁高給事高參舍人

稷禼今爲相明君復是堯寧知買臣困猶負會稽樵

閑居覽史

長策胸中不復論荷衣藍縷閉柴門當時漢祖無三傑
爭得咸陽與子孫

山中贈耿拾遺湋兼兩省故人

數片荷衣不蔽身青山白鳥豈知貧如今非是秦時世
更隱桃花亦笑人

秋日送僧志幽歸山寺（一作馬戴詩）

禪室繩牀在翠微松間荷笠一僧歸磬聲寂歷宜秋夜
手冷燈前自衲衣

題僧明惠房

簷前朝暮雨添花八十眞僧飯一（一作熟）麻入定幾時將出
定不知巢燕污袈裟

答泉州薛播使君重陽日贈酒

欲強登高無力也籬邊黃菊爲誰開共知不是潯陽郡
那得王弘送酒來

題洪道士山院

霞外主人門不扃數株桃樹藥囊青閑行池畔隨孤鶴
若問多應道姓丁

期王鍊師不至

黃精蒸罷洗瓊杯林下從留石上苔昨日圍碁未終局
多乘白鶴下山來

題贈張道士山居

盤石垂蘿即是家回頭猶看五枝花松間寂寂無煙火
應服朝來一片霞

山中書懷寄張建封大夫

昨日年催（一作新）白髮新身如麋鹿不知貧時時亦被羣兒
笑賴有南山四老人

山中贈諸暨丹丘明府

荷衣半破帶莓苔笑向陶潛酒甕開縱醉還須上山去
白雲那肯下山來

奉寄晝公

簑笠雙童傍酒船湖山相引到房前團（一作巴）蕉何事教人

見暫借空牀守坐禪

宿雲門上方

禪室遙看峰頂頭白雲東去水長流松間儻許幽人住不更將錢買沃州（一作洲）

即事奉呈郎中韋使君（時系試秘書省校書郎）

久臥雲間已息機青袍忽著狎鷗飛詩興到來無一事郡中今有謝玄暉

曉雞

黯黯嚴城罷鼓鼙數聲相續出寒棲不嫌驚破紗窗夢却恐爲妖半夜啼

全唐詩

任華

任華李杜同時人初爲桂州刺史參佐嘗與賈京尹杜中丞嚴大夫牋多所致責又與庾中丞書云華本野人常思漁釣尋當杖策歸乎舊山非有機心致斯扣擊其亦狂狷之流歟詩三首

寄李白

古來文章有能奔逸氣聳高格清人心神驚人魂魄我聞當今有李白大獵（一作鵬）賦鴻猷文嗤長卿笑子雲班張所作瑣細不入耳未知卿雲得在嗤笑限登廬山觀瀑布海風吹不斷江月照還空（一作明）余愛此兩句登天台望渤海雲垂大鵬飛山壓巨鼇背斯言亦好在（一本無在字）至於他作多不拘常律振擺超騰既俊且逸或醉中操（一作掃）紙或興來（一作乘興）走筆手下忽然（一作有）片雲飛眼前劃見孤峰出而我有時白日忽欲睡睡覺欻然起攘臂任生知有君君也知有任生未中間聞道在長安及余戾止君已江東訪元丹邂逅不得見君面每常（一作有時）把酒向東望良久見說往年在翰林胸中矛戟何森森新詩傳在宮人口佳句不離明主心身騎天馬多意氣目送飛鴻對豪貴承恩召入凡幾迴待詔歸來仍半醉權臣妬盛名羣犬多吠聲有敕放君却歸隱淪處（一本無處字）高歌大笑出關去且向東山爲外臣諸侯交迓馳朱輪白璧一雙買交者黃金百鎰相知人平生傲岸其志不可測數（一本無數字）十年爲客未嘗一日低顏色八詠樓中坦腹眠五侯門下無心憶繁花越臺上細柳吳宮側綠水青山知有君白雲明月偏相識養高兼養閑可望不可攀莊周萬物外范蠡五湖間人傳（一作又聞）訪道滄海上丁令王喬每往還蓬萊徑是曾到來方丈豈唯一丈伊余每欲乘興往（一作遠）相尋江湖擁隔勞寸心今朝忽遇東飛翼寄此一章表胸臆儻能報我一（一作以）片言但訪任華有人識

寄杜拾遺

杜拾遺名甫第二才甚奇任生與君別別來已多時何嘗一日不相思杜拾遺知不知昨日有人誦得數篇黃絹詞吾怪異奇特借問果然（一本無然字）稱是杜二之所爲勢攫虎豹氣騰蛟螭滄海無風似鼓蕩華嶽平地欲奔馳曹劉俯仰慚大敵沈謝逡巡稱小兒昔在帝城中盛名君一個諸人見所作無不心膽破郎官叢裏作狂歌丞相閣中常醉臥前年皇帝歸長安承恩闊步青雲端積翠扈游花匼匝披香寓直月團欒英才特達承天睠公卿無（一作誰）不相欽羨只緣汲黯好直言遂使安仁却爲掾如今避地錦城隅幕下英寮每日相隨（一作就）提玉壺半醉起舞捋髭鬚乍低乍昂傍若無古人制禮但爲防俗士豈得爲君設之乎而我不飛不鳴亦何以只待朝廷有知己已曾讀却無限書拙詩一句兩句在人耳如今看之總無益又不能崎嶇傍（一作倚）朝市且當事耕稼豈得便徒爾南陽葛亮爲友朋東山謝安作鄰里閑常把琴弄悶即攜樽起鶯啼二月三月時花發千山萬山裏此時幽曠無人知火急將書憑驛使爲報杜拾遺

懷素上人草書歌

吾嘗好奇古來草聖無不知豈不知右軍與獻之雖有壯麗之骨恨無狂逸之姿中間張長史獨放蕩而不羈以顛爲名傾蕩於當時張老顛殊不顛於懷素懷素顛乃是顛人謂爾從江南來我謂爾從天上來負顛狂之墨妙有墨狂之逸才狂僧前日動京華朝騎王公大人馬暮宿王公大人家誰不造素屏誰不塗粉壁粉壁搖晴光素屏凝曉霜待君揮灑兮不可彌忘駿馬迎來坐堂中金盆盛酒竹葉香十杯五杯不解意（一作起）百杯已後始顛狂一顛一狂多意氣大叫一聲起攘臂揮毫倏忽千萬字有時一字兩字長丈二翕若長鯨潑剌動海島欻若長蛇戍律透深草回環繚繞相拘連千變萬化在眼前飄風驟雨相擊射速祿颯拉動簷隙擲華山巨石以爲點掣衡山陣雲以爲畫興不盡勢轉雄恐天低而地窄更有何處最可憐裊裊枯藤萬丈懸萬丈懸拂秋水映秋天或如絲或如髮風吹欲絕又不絕鋒芒利如歐冶劍勁直渾是并州鐵時復枯燥何䙰褷忽覺陰山突兀橫翠微中有枯松錯落一萬丈倒挂絕壁蹙枯枝千魑魅兮萬魍魎欲出不可何閃屍又如翰海日暮愁陰濃忽然躍出千黑龍夭矯偃蹇入乎蒼穹飛沙走石滿窮塞萬里颼颼西北風狂僧有絕藝非數仞高牆不足以逞其筆勢或逢花箋與絹素凝神執筆守恒度別來筋骨多情趣霏霏微微點長露三秋月照丹鳳樓二月花開上林樹終恐絆騏驥之足不得展千里之步狂僧狂僧爾雖有絕藝猶當假良媒不因禮部張公將爾來如何得聲名一旦諠九垓

魏萬

魏萬嘗居王屋山後名顥上元初登第初遇李白於廣陵白曰爾後必著大名於天下因盡出其文命集之其

還王屋山也白爲之序稱其愛文好古今存詩一首

金陵酬李翰林謫仙子

君抱碧海珠我懷藍田玉各稱希代寶萬里遥相燭長卿慕藺久子猷意已深平生風雲(一作雅)人暗合江海心去秋忽乘興命駕來東土謫仙遊梁園愛子在鄒魯二處一不見拂衣向江東五兩挂海(一作淮)月扁舟隨長風南遊吴越徧高揖二千石雪(一作雲)上天台山春逢翰林伯宣父敬項橐(一作託)林宗重黄生一長復一少相看如弟兄惕然意不盡更逐西南去同舟入秦淮建業龍盤處楚歌對吴酒(一作醉)借問承恩初宫買長門賦天迎駟馬車才高世難容道廢可推命安石重攜妓子房空謝病金陵百萬户六代帝王都虎石據西江鍾山臨北湖(一作二湖)山信爲美王屋人相待應爲岐路多不知歲寒在君游早晚還勿久風塵間此别未遠别秋期到仙山

崔宗之

崔宗之名成輔以字行日用之子襲封齊國公歷左司郎中侍御史謫官金陵與李白詩酒唱和常月夜乘舟自采石達金陵詩一首

贈李十二白

涼風八九月白露滿空庭耿耿意不暢捎捎(一作稍稍)風葉聲思見雄俊士共話今古情李侯忽來儀把袂苦不早清論既抵掌玄談又(一作多)絶倒分明楚漢事歷歷王霸道擔囊無俗物訪古千里餘袖有匕首劍懷中茂陵書雙眸光照人詞賦凌子虛酌酒弦素琴霜氣正(一作風氣)凝潔平生心中事今日爲君説我家有别業寄在嵩之陽明月出高岑清谿澄素光雲散窗户静風吹松桂香子若同斯遊千載不相忘

崔成甫

崔成甫官挍書郎再尉關輔貶湘陰有澤畔吟李白爲之序其爲陝縣尉時韋堅爲陝郡太守兼水陸轉運使鑿潭望春樓下成甫因變得(丁錠反)体(鄴童反)歌爲得寶歌堅命舟人歌之成甫又廣爲十闋今不傳存詩一首

贈李十二白

我是瀟湘放逐臣君辭明主漢江濱天外常求太白老金陵捉得酒仙人

嚴武

嚴武字季鷹華州人工部侍郎挺之之子以蔭調太原府參軍累遷殿中侍御史從明皇入蜀擢諫議大夫至德初房琯以其名臣子薦爲給事中歷劍南節度使入爲太子賓客兼御史大夫改吏部侍郎尋轉黄門侍郎再爲成都尹以破吐蕃功進撿校吏部尚書封鄭國公最善杜甫其復鎮劍南甫往依之詩六首

寄題杜拾遺錦江野亭

漫向江頭把釣竿懶眠沙草愛風湍莫倚善題鸚鵡賦何須不著鵕鸃冠腹中書籍幽時曬肘後醫方静處看興發會能馳駿馬應須直到使君灘

酬别杜二

獨逢堯典日再覩漢官時未効風霜勁空慚雨露私夜鐘清萬户曙漏拂千旗並向殊庭謁俱承别館追斗城憐舊路渦水惜歸期(自注昔會秦州今别巴嶺)峰樹還相伴江雲更對垂試迴滄海櫂莫妬敬亭詩柢是書應寄無忘酒共持但令心事在未肯鬢毛衰最悵巴山裏清猨醒(一作惱)夢思

題巴州光福寺楠木

楚江長流對楚寺楠木幽生赤崖背臨谿插石盤老根苔色青蒼山雨痕高枝闇葉鳥不度半掩白雲朝與暮香殿蕭條轉密陰花龕滴瀝垂清露聞道偏多越水頭煙生霽斂使人愁月明忽憶湘川夜猨叫還思鄂渚秋看君幽靄幾千丈寂寞窮山今遇賞亦知鐘梵報黄昏猶卧禪牀戀奇響

班婕妤(一作嚴識玄詩)

賤妾如桃李君王若歲時秋風一已勁摇落不勝悲寂寂蒼苔滿沈沈緑草滋繇華非此日指輦競何辭

巴嶺答杜二見憶

卧向巴山落月時兩鄉千里夢相思可但步兵偏愛酒也知光禄最能詩江頭赤葉楓愁客籬外黄花菊對誰跂馬望君非一度冷猨秋鴈不勝悲

軍城早秋

昨夜秋風入漢關朔雲邊月(一作雪)滿西山更催飛將追驕虜莫遣沙場疋馬還

韋迢

韋迢京兆人爲都官郎歷嶺南節度行軍司馬卒贈同州刺史與杜甫友善其出牧韶州甫有詩送之存詩二首

潭州留别杜員外院長

江畔長沙驛(一作澤)相逢纜客船大名詩獨步小郡海西偏地濕愁飛鵩天炎畏跕鳶去留俱失意把臂共潸然

早發湘潭寄杜員外院長

北風昨夜雨江上早來涼楚岫千峰翠湘潭一葉黄故人湖外客白首尚爲郎相憶無南鴈何時有報章

郭受

郭受大曆間人杜甫有酬郭十五判官詩蓋受曾爲衡陽判官詩一首

寄杜員外(員外垂示詩因作此寄上)

新詩海内流傳久舊德朝中屬望勞郡邑地卑饒霧雨江湖天闊足風濤松花酒熟傍看醉蓮葉舟輕自學操春興不知凡幾首衡陽紙價頓能高(衡陽出五家紙又云出五里紙)

全唐詩

韓滉

韓滉字太沖少師休之子以蔭補騎曹參軍至德初青齊節度鄧景山辟爲判官授監察御史累遷吏部員外郎大曆中改郎中擢尚書左丞德宗朝爲江淮轉運使加同平章事工書兼善丹青詩二首

晦日呈諸判官

晦日新晴春色嬌萬家攀折渡長橋年年老向江城寺不覺春風換柳條

聽樂悵然自述 一作病中遣妓 一作司空曙詩

萬事傷心對管弦 一作在月前 一身含淚向春煙 一作憔悴對花眠 黃金用盡教歌舞留與他人樂少年

竇蒙

竇蒙字子全肅宗時試國子司業兼太原縣令詩一首

題弟臮述書賦後 臮官檢校戶部員外郎富詞藻精草隸嘗製述書賦論書家起史籀迄唐至德一百九十八人并及署證印記徵求保褫等事總七千六百四十言臮亡蒙題賦云

受命別家鄉思歸每斷腸季江留被在子敬與琴亡吾弟當平昔才名荷寵光作詩通小雅獻賦掩長楊流轉三千里悲啼百萬行庭前紫荆樹何日再芬芳

張濯

張濯登上元進士第詩二首

迎春東郊

顓頊時初謝句芒令復陳飛灰將應節賓日已知春考曆明三統迎祥受萬人衣冠宵執玉壇墠曉清塵肅穆來東道回環拱北辰仗前花待發旂處柳疑新雲斂黃山際冰開素滻濱聖朝多慶賞希爲薦沈淪

題舜廟

古都遺廟出河 一作山 濆 一作汾 萬代千秋仰聖君蒲坂城邊長逝水蒼梧野外不歸雲寥寥象設魂應在 一作老 寂寂虞篇德已聞向晚風吹庭下柏猶疑琴曲韻 一作咏 南薰

王綽

王綽登上元進士第詩一首

迎春東郊

玉管潛移律東郊始報春鑾輿應寶運天仗出佳辰睿澤光時輩恩輝及物新虬螭動旌旆煙景入城闉御柳初含色 一作摇日 龍池漸啟津誰憐在陰者得與蟄蟲伸

鄭錫

鄭錫登寶應進士第寶曆間爲禮部員外詩十首

邯鄲少年行

霞鞍金口騮豹袖紫貂裘家住叢臺近 一作下 門前漳水流喚人呈楚舞借客試吳鉤見說秦兵至甘心赴國讎

隴頭別

秋盡初移幙霑裳一送君據鞍窺古堠開竈爇寒雲登隴人迴首臨關馬顧羣從來斷腸處皆向此中分

度關山

象弭插文犀魚腸瑩鸊鵜水聲分隴咽馬色度關迷曉幕胡沙慘危烽漢月低仍聞數騎將更欲出遼西

出塞

關山落葉秋掩淚望營州遼海雲沙暮幽燕旌旆愁戰餘能送陣身老未封侯去國三千里歸心紅粉樓

玉階怨

長門寒水流高殿曉風秋昨夜鴛鴦夢還陪豹尾游前魚不解泣共輦豈關羞那及輕身燕雙飛上玉樓

千里思

渭水通胡苑輪臺望漢關帛書秋海斷錦字夜機閑旅夢蟲催曉邊心雁帶還惟餘兩鄉思一夕度關山

襄陽樂

春生峴首東先煖習池風拂水初含綠驚林未吐紅渚邊游漢女桑下問龐公磨滅懷中刺曾將示孔融

送客之江西

乘軺奉紫泥澤國渺天涯九派春潮滿孤帆暮雨低草深鶯斷續花落水東西更有高唐處知君路不迷

望月

高堂新月明虛殿夕風清素影紗窗霽浮涼羽扇輕稍隨微露滴漸逐曉參橫遙憶雲中詠蕭條空復情

出塞曲

校尉徵兵出塞西別營分騎過龍 一作瀧 溪沙平虜跡風吹盡霧失烽煙道易迷玉靶半開鴻已落金河欲渡馬連嘶會當繫取天驕入不使軍書夜刺 一作到 閨

古之奇

古之奇登寶應進士第嘗爲馬燧辟置幕府李端有詩贈之詩一首

秦人謠

微生祖龍代却思堯舜道何人仕帝庭拔殺指佞草姦臣弄民柄天子恣衷抱上下一相蒙馬鹿遂顛倒中國既板蕩骨肉安可保人生貴年壽吾恨死不早

李陽冰

李陽冰字仲温趙郡人李白之從叔寶應元年爲當塗令白往依之曾爲白序其詩集官止將作少監工篆書詩一首

阮客舊居

阮客身何在仙雲洞口橫人間不到處今日此中行

全唐詩

嚴維

嚴維字正文越州山陰人至德二載進士擢辭藻宏麗科調諸暨尉辟河南幕府終祕書省校書郎與劉長卿善詩一卷

酬耿拾遺題贈

掩扉常自靜驛吏忽傳呼水巷鷩馴鳥藜床起病軀顧身悲欲老戒子力爲儒明日公西(一作歸)去煙霞復作徒

酬王侍御西陵渡見寄

前年萬里別昨日一封書郢曲西陵渡秦官使者車柳塘薰晝日花水溢春渠若不嫌雞黍先令掃弊廬

酬劉員外見寄

蘇耽佐郡時近出白雲司藥補清羸疾窗吟絕妙詞柳塘春水慢(一作漫)花塢夕陽遲欲識懷君意明(一作朝)朝訪檝師

同韓(一作韋)員外宿雲門寺

小嶺路難近仙郎此夕過潭空觀月定澗靜見雲多竹翠煙深鎖松聲雨點和萬緣俱不有對境自垂蘿

酬諸公宿鏡水宅

幸免低頭向府中貴將藜藿與君同陽雁叫霜來枕上寒山映月在湖中詩書何德名夫子草木推年長數公聞道漢家偏尚少此身那此(一作比)訪芝翁

送薛尚書入蜀(一作郪)

早情不敢(一作可)論拜首入(一作手立)轅門列郡諸侯長登朝八座尊凝笳臨水發行旆向風飜幾許遺黎(一作民)泣同懷父母恩

送李祕書往儋州

魑魅曾爲伍蓬萊近拜郎臣心瞻北闕家事在南荒莎草山城小毛洲海驛長玄成知必大寧是泛滄浪

送人入金華(一作贈別東陽客)

明月雙溪水清(一作春)風八詠樓昔(一作少)年爲客處今日送君遊

送崔峒使往睦州兼寄薛司户

如今相府用(一作重)英髦獨往南州肯告勞冰水近開漁浦出雪雲初卷定山高木奴花映(一作發)桐廬縣青雀舟隨白露濤使者應須訪廉吏府中惟有范功曹

送房元直赴北京

猶道樓蘭十萬師書生疋馬去何之臨岐未斷歸家目(一作日)望月空吟出塞詩常欲激昂論上策不應憔悴老明時遙知到日逢寒食彩筆長裾會晉祠

荆溪館呈丘義興

失路荆溪上依人(一作仁)忽暝投長橋今夜月陽羡古時州野燒明山郭寒更出縣樓先生能館我無事五湖遊

一公新泉(一作題靈一上人院新泉)

山下新泉出泠泠北去(一作比法)源落池纔有響噴(一作濆又作濺)石未成痕獨映孤松色殊分衆鳥喧唯當清夜月(一作月夜)觀此啓禪(一作定)門

奉試水精環(一本無奉試二字)

王室符長慶環中得水精任圓循不極見素賁仍貞信是天然瑞非因樸斲成無瑕勝玉美至潔過冰清未肯齊珉價寧同雜佩聲能銜任黃雀亦欲應時明(一作鳴)

自雲陽歸晚泊陸澧宅

天陰行易晚前路故人居孤棹所思久寒林相見初閑燈忘夜永清漏任更疎(一作餘)明發還須去離家幾歲(一作歲歲)除

九日陪崔郎中北山讌

上客南臺至重陽此會文菊芳寒露洗杯翠(一作桐葉)夕陽曛務簡人同醉溪閑鳥自羣府中官最小唯有孟參軍

留別鄒紹劉長卿

中年從一尉自笑此身非道在甘微祿時難(一作輕)恥息機晨趨本郡府晝掩故山扉待見干戈畢何妨更採薇

書情獻相公(一本獻下有劉字)

年來白髮欲星星誤却生涯是一經魏闕望中(一作來)何日見商歌奏罷復誰聽孤根獨棄慙山木弱質(一作植)無成狀水萍今日更須詢哲匠不應休去老巖扃

贈送朱放

昔年居漢水日醉習家池道勝迹常在名高身不知欲(一作久)依天目住新自始寧移生事曾無長惟將白接䍦

剡中贈張卿侍御

辟疆年正少公子貴初還早列月(一作何)卿位新參柱史班千夫馳驛道駟馬入家山深巷烏衣盛高門畫戟閑逶迤天樂下照耀剡溪間自賤遊章句空爲衰草顔

贈萬經

萬公長慢世昨日(一作夜)又隨官縱酒真彭澤論詩得建安家山伯禹穴別墅小(一作少)長干輒有時人至窗前白眼看

書情上李蘇州(一本州下有大夫二字)

東土苗人尚有殘皇皇亞相出朝端手持國憲羣僚畏口喻天慈百姓安禮數自憐今日絕風流(一作塵)空計往年歡誤著青袍將十載忍令(一作來)漁浦却垂竿

餘姚祗役奉簡鮑參軍

童年獻賦在皇州方寸思量君與侯萬事無成新白首雨春虛擲對滄流歌詩盛賦文星動簫管新亭晦日遊知己欲依何水部鄉人今正賤東丘

奉和獨孤中丞遊雲門寺

絕壑開花界耶溪極上源光輝三獨(一作石)坐登陟五雲門深木鳴騶馭晴山曜武賁亂泉觀坐臥疎磬發朝昏蒼翠新秋色莓苔積雨痕上方看度鳥後夜聽吟猿異跡焚香對新詩酌茗論歸來還撫俗諸老莫攀轅

奉和皇甫大夫夏日遊花嚴(一作巖)寺(時大夫昆季同行)

初第(一作地)華嚴(一作花嚴)會王家少長行到宮龍節駐禮塔雁行

成蓮界千峯靜梅天一雨清禪庭未可戀聖主寄蒼生

宿法華寺

一夕雨沈沈哀猨萬木陰（一作吟）天龍來護法長老密看心魚梵空山靜紗燈古殿深無生久已學白髮浪相侵

題茅山李尊師所居（一作秦系詩）

天師百歲少如童不到山中更不逢洗藥每臨新瀑水步虛時遶最高峯籬根五月留殘雪座右千年蔭古松此去人寰知近遠迴看路隔一重重

送薛居士和州讀書

孤雲獨鶴共悠悠萬卷經書一葉舟楚地巢城民舍少煙村社樹鷺湖秋蒿萊織妾晨炊黍隅（一作籬）落耕童夕放牛年少不應辭苦節諸生若遇亦封侯

送李端（一作盧綸詩）

故關衰草遍離別正堪悲路出寒雲外人歸暮雪時少孤爲客早多難識君遲掩泣空相向風塵何所期

宿天竺寺

方外主人名道林怕將水月淨身心居然對我說無我寂歷山深將夜深

丹陽送韋參軍

丹陽郭裏送行舟一別心知兩地秋日晚江南望江北寒鴉飛盡水悠悠

入唐溪

嘯終萬籟起吹去當溪雲環嶼或明昧遠峯尚氛氲雨新翠葉發夜早玄象分金澗流不盡入山深更聞

送桃巖成上人歸本寺

長老歸緣起桃花憶舊巖清晨雲抱石深夜月籠杉道具門人捧齋糧谷鳥銜餘生願依止文字欲三緘

酬普選二上人期相會見寄

本意宿東林因聽子賤琴遙知大小朗（傳燈錄惠朗禪師號大朗振朗禪師號小朗）已斷去來心夜靜溪聲近庭寒月色深寧知塵外意定後便成吟

相里使君宅聽澄上人吹小管

秦僧吹竹閉秋城早在梨園稱主情今夕襄陽山太守座中流淚聽商聲

贈別至弘上人

最稱弘偃少早歲草茆居年老從僧律生知解佛書衲衣求壞帛野飯拾春蔬章句無求斷時（一作詩）中學有餘

奉和劉祭酒傷白馬（此馬敕賜寧王轉贈祭酒）

沛艾如龍馬來從上苑中棣華恩見賜伯舅禮仍崇鏡點黃金眼花開白雪驄性柔君子德足逸大王風色照鳴珂靜聲連噴玉雄食場恩未盡過隟命旋終練影依雲沒銀鞍向月空仍聞樂府唱猶（一作應）念代勞功

哭靈一上人

一公何不住空有遠公名共說岑山路今時不可行舊房松更老新塔草初生經論傳緇侶文章遍墨卿禪林枝幹折法宇棟梁傾誰復修僧史應知傳已成（一本無後四句）

題鮑行軍小閣

宇下無留事經營意獨新文房已得地相閣是推輪席上招賢急山陰對雪頻虛明先旦暮啓閉異冬春談笑兵家法逢迎幕府賓還將負暄處時借在陰人

陪皇甫大夫謁禹廟

竹使羞殷薦松龕拜夏祠爲魚歌德（一作致美）後舞羽降神時文（一作仗）衛瞻如在精靈信有期夕陽陪醉止塘上鳥咸遲

同王徵君湘中有懷（一作張謂詩）

八月洞庭秋瀟湘水北流還家萬里夢爲客五更愁不用看書帙偏宜上酒樓故人京洛滿何日復同遊

奉和皇甫大夫祈雨應時雨降

致和知必感歲旱未書災伯禹明靈降元戎禱請來九成陳夏樂三獻奉殷罍掣曳旗交電鏗鏘鼓應雷行雲依蓋轉飛雨逐車回欲識皇天意爲霖貺在哉

贈別劉長卿時赴河南嚴中丞幕府

早見登郎署同時跡（一作即）下僚幾年江路永今去國門遙文變騷人體官移漢帝朝望山吟度日接枕話通宵萬里趨公府孤帆恨（一作限）信潮匡（一作康）時知已老聖代恥逃堯

晦日宴遊

晦日湔裾俗春樓致酒時出山還已醉謝客舊能詩溪柳薰晴淺巖花待閏遲爲邦久無事比屋自熙熙

夏日納涼

山陰過野客鏡裏接仙郎盥漱臨寒水褰闈入夏堂杉松交日影枕簟上湖光衮衮承嘉話清風納晚涼

僧房避暑

支公好閑寂庭宇愛林篁幽曠無煩暑恬和不可量蕙風清水殿荷氣雜天香明月談空坐怡然道術忘

九日登高

詩家九日憐芳菊遲客高齋瞰浙江漢（一作漁）浦浪花搖素壁西陵樹色入秋（一作雲）窗木奴向熟懸金實桑落新開瀉玉缸四子醉時爭講德笑論黃霸屈爲邦

九月十日即事

家貧惟種竹時幸故人看菊度重陽少林經閏月寒宿醒猶落帽華髮強扶冠美景良難得今朝更盡歡

送丘爲下第歸蘇州

滄江一身客獻賦空十年明主豈能好今人誰舉賢國門稅征駕旅食謀歸旋皦日媚春水綠蘋香客船無媒既不達余亦思歸田

送少微上人東南遊

舊遊多不見師在翟公門瘴海空山熱雷州白日昏片心應爲法萬里獨無言人盡酬恩去平生未感恩

贈送崔子向（一本無贈字）

旅食來江上求名赴洛陽新詩蹤謝守內學似支郎行怯秦爲客心依越是鄉何人作知己送爾淚浪浪

答劉長卿七里瀨重送

新安非欲（一作故）枉帆過海內如君有幾何醉裏別時秋水色老人南望一狂歌

歲初喜皇甫侍御至

湖上新正逢故人情深應不笑家貧明朝別後門還掩修竹千竿一老身（一作人）

送舍弟

疎懶吾成性才華爾自強早稱眉最白何事綬仍黃時暑嗟于邁家貧念聚糧秪應宵夢裏詩興屬池塘

示外生

牽役非吾好寬情爾在傍經過悲井邑起坐倦舟航相宅生應貴逢時學可强無輕吾未用世事有行藏

詠孩子

嘉客會初筵宜時魄再圓衆皆含笑戲誰不點頭憐繡被花堪摘羅綳色欲妍將鶵有舊曲還入武城弦

酬謝侍御喜王宇及第見賀不遇之作

寂寞柴門掩經過柱史榮老夫寧有力半子自成名柳映三橋發花連上道明緘書到別墅郢曲果先成

秋日與諸公文會天[缺字]寺

相訪從吾道因緣會爾時龍盤餘帝宅花界古人祠明月虛空色青林大小枝還將經濟學來問道安師

荅劉長卿蛇浦橋月下重送

月色今宵最明庭閑夜久天清寂莫(一作寂寞)多年老(一作在)宦慇懃遠別深情溪臨修竹煙色風落高梧雨聲耿耿相看不寐遙聞曉柝山城

發桐盧寄劉員外

處處雲山無盡時桐盧南望轉參差舟人莫道新安近欲上潺湲行自遲

秋夜船行

扁舟時屬暝月上有餘輝海鶴秋還去漁人夜不歸中流何寂寂孤棹也依依一點前村火誰家未掩扉

遊灊陵山

入山未盡意勝跡聊獨尋方士去在昔藥堂留至今四隅白雲閑一路清溪深芳秀悵春目高閑宜遠心潭分化丹水路遠(一作黛出)昇仙林此道人不悟坐鳴松下琴

重送新安劉員外

秋江渺渺水空波越客孤舟欲榜歌手折衰楊悲老大故人零落已無多

憶長安 共十二詠丘丹等同賦各見本集

五月

憶長安五月時君王避暑華池進膳甘瓜朱李續命芳蘭綵絲競處高明臺榭槐陰柳色通逵

狀江南 共十二詠丘丹等同賦各見本集

季春

江南季春天蓴葉細如弦池邊草作逕湖上葉如船

句

五色鶩綵鳳千里象驄威(張侍御孩子)　三伏軒車動堯心急諫官名通内籍貴立近御牀寒(送皇甫拾遺歸朝)　波從少海息雲自大風開(代宗輓歌 並詩式)

全唐詩

顧況

顧況字逋翁海鹽人肅宗至德進士長於歌詩性好恢諧嘗爲韓滉節度判官與柳渾李泌善渾輔政以校書徵泌爲相稍遷著作郎悒悒不樂求歸坐詩語調謔貶饒州司户參軍後隱茅山以壽終集二十卷今編詩四卷

琴歌

琴調秋些胡風遶雪峽泉聲咽佳人愁些

上古之什補亡訓傳十三章

上古一章

上古愍農也

嗟哉上古生棄與柱勾龍是生(一作民主)乃有甫田惟彼甫田有萬斯年開利之源無乃塞源一廛亦官百廛亦官嗇夫孔艱浸兮暵兮申有螽兮惟馨祀是恧豈止餒與寒嗇夫咨咨稊盛苗衰耕之耰之穫之鋤之犂手胼足胝水之蛭螾吮喋我肌我姑自思胡不奮飛東人利百西人利百有匪我心胡爲不易河水活活萬人逐末俾爾之愉悅兮

左車二章

左車憑險也震爲雷兄長之左東方之師也憑險不已君子憂心而作是詩

左車有慶萬人猶病曷可去之于嵩孔盛敏爾之生胡爲波迸

左車有赫萬人毒螫曷可去之于嵩孔碩敏爾之生胡爲草戚

築城二章

築城刺臨戎也寺人臨戎以墓塼爲城壁

築城登登于以作固咨爾寺兮發郊外冢墓死而無知猶或不可若其有知惟上帝是愬

築城弈弈于以固敵咨爾寺兮發郊外冢甓死而無知猶或不可若其有知惟上帝是讁

持斧一章

持斧啟戎士也戎士伐松柏爲蒸薪孝子徘徊而作是詩

持斧持斧無翦我松柏兮(一本有柏下之土藏吾親之體魄兮二句)

十月之郊一章

十月之郊造公(一作宮)室也君子居公(一作宮)室當思布德行化焉

十月之郊羣木肇生陽潛地中舒達勾萌噎其蔚兮不可以遊息乃燔蒺藜乃夷荊棘乃繇彼曲直匠氏度思登斧以時澤梁蓁蓁無或夭枝有巨根蔕生混茫際呼吸羣籟萬人揮斤坎坎有厲陸遷水濟百(一作萬)力殫弊審方面勢姑博其製作爲公(一作宮)室公(一作宮)室既成禦燥濕風

日棟之斯厚榱之斯密如翼于飛如鱗櫛比緣以周墉城以崇階俯而望之矗與雲齊礧砆硟砆藻井旋題丹素之爍兮椒桂之馥兮高閣高閣珠綴結絡金鋪爛若不集于鳥雀繪事告畢賓筵秩秩乃命旨酒（一本有乃鼓二字）琴瑟琴瑟在堂莫不靜謐周環掩關仰不漏日冬日嚴凝言納其陽和風載昇夏日鬱蒸言用于陰涼風颯輿有匪君子自賢不已乃夢乘舟乃夢乘車夢人占之更爽其居炎炎則移皎皎則虧木實之繁兮明年息枝爰處若思胡寧不爾思

燕于巢一章

燕于巢審日辰也燕不以甲乙銜泥

燕燕于巢綴葺維戊甲兮乙兮不宜有謬飛龍在天雲掩于斗曷日于雨乃曰庚午彼日之差亦孔斯醜昔在羲和湎淫不修我筮我龜莫我告繇胥乃征之彝倫九疇君子授律是禡是禷三五不備罔克攸遂惠此蒸人毋廢爾事爾莫我從維來者是冀

蘇方一章

蘇方諷商胡舶舟運蘇方歲發扶南林邑至齊國立盡

蘇方之赤在胡之舶其利乃博我土曠兮我居闐兮我衣不白兮朱紫爛兮傳瑞曄兮相唐虞之維百兮

陵霜之華一章

陵霜之華傷不實也

陵霜之華我心憂嗟陰之勝矣而陽不加坱軋陶鈞（一作大）乃帝乃神乃舒乃屯烈烈嚴秋熙熙陽春職生有倫令華發非其辰辰屬東方之仁遐想三五黃帝登雲堯年百餘二儀分位六氣不渝二景如璧五星如珠陵霜之華兮何不妄敷

囝一章

囝哀閩也（囝音蹇閩俗呼子爲囝父爲郎罷）

囝生閩方閩吏得之乃絕其陽爲臧爲獲致金滿屋爲髡爲鉗如視草木天道無知我罹其毒神道無知彼受其福郎罷別囝吾悔生汝及汝既生人勸不舉不從人言果獲是苦囝別郎罷心摧血下隔地絕天及至黃泉不得在郎罷前

我行自東一章

我行自東不遑居也

我行自東山海其空旅棘有叢我行自西壘與雲齊雨雪淒淒我行自南烈火滿林日中無禽霧雨淫淫我行自北燭龍寡色何枉不直我憂京京何道不行兮

採蠟一章

採蠟怨奢也荒巖之間有以纊蒙其身腰藤造險及有羣蜂肆毒哀呼不應則上捨藤而下沈（一本有之字）[illegible]

採採者蠟于泉谷兮煌煌中堂烈華燭兮新歌善舞弦柱促兮荒巖之人自取其毒兮

棄婦詞（李白集中亦有之元人蕭士贇謂此篇顧況棄婦詞也後人添增數句竄入太白集中）

古人雖（一作有）棄婦棄婦有歸處今日妾辭君辭君欲何（一作遣妾）何處去本（一作舊）家零落盡慟哭來時路憶昔未嫁君聞君甚周旋及與同結髮值君適幽燕孤魂託飛鳥兩眼如流泉（以上四句一作綺羅錦繡段有贈黃金千十五許嫁君二十移所天結髮日未久離居緬山川家家盡歡樂賤妾空自憐幽閨多沈思盛事無十年相思若循環枕席生流泉）流泉咽不燥萬里（一作獨夢）關山道及至（一作此）見君歸君歸妾已老物情棄（一作惡華）衰歇新寵方妍好抆（一作掩）淚出故房傷心劇秋草（此下一本有自妾爲君妻君東妾在西羅幃到曉恨玉貌一生啼妾有嫁時服輕雲淡翠霞琉璃作斗帳四角金蓮花自從離別後不覺塵埃厚嘗嫌玳瑁孤獨恨梧桐偶玉顏逐霜霰賤妾何能守寒沼落芙蓉秋風散楊柳十六句）妾以（一作以此）憔悴捐（一作顏）羞將（一作空持）舊物還餘生欲有（一作亦何）寄誰肯相留連（一作空攀）空牀對虛牖不覺塵埃厚寒水芙蓉花秋風暗楊柳（以上四句一作君恩既斷絕相見何年月悔傾連理杯虛作同心結女蘿附青松貴在相依投浮萍共綠水教作若爲流不念君棄妾自歎妾緣薄）記得（一作憶昔）初嫁君小姑始（一作纔）扶牀今日君棄妾（一作妾辭君）小姑如妾長回頭語小姑莫嫁如兄夫

遊子吟

故櫪思疲馬故窠思迷禽浮雲蔽我鄉躑躅遊子吟遊子悲久滯浮雲鬱東岑客堂無絲桐落葉如秋霖嚚哉遠遊子所以悲滯淫一爲浮雲詞憤塞誰能禁馳歸（一作暉）百年內唯願展所欽胡爲不歸歟坐使年病侵未老霜遶鬢非狂火燒心太行何艱哉北斗不可斟夜靜星河出耿耿辰與參佳人貞青天尺素重於金泬寥羣動異眇默諸境森苔衣上閑階蟋蟀（一作蜻蛚）催寒碪立身計幾悞道險無容針三年不還家萬里遺錦衾夢魂無重阻離憂罔（一作因）古今胡爲不歸歟辜（一作孤）負匣中琴腰下是何物牽纏曠登尋朝與名山期夕宿楚水陰楚水殊演漾名山窅嶇嶔客從洞庭來婉孌瀟湘深橘柚在南國鴻雁遺秋音下有碧草洲上有青楠林引燭窺洞穴凌波睥天琛蒲荷影參差鳧鶴雛淋涔浩歌惜芳杜散髮輕華簪胡爲不歸歟淚下沾衣襟鳶飛戾霄漢螻蟻制鱣鱏赫赫大聖朝日月光照臨聖主雖啓迪奇（一作吾）人分湮沈層城登（一作發）雲韶王（一作玉）府鏘球琳鹿鳴志豐草況復虞人箴

擬古三首（第一首一作長安古意）

龍劍昔藏影送雄留其雌人生阻歡會神物亦別離碧樹感秋落佳人無還期夜琴爲君咽浮雲爲君滋愛而傷不見星漢（一作使星）徒參差

幽居盼天造胡息運行機春葩妍既榮秋葉瘁以飛滔滔川之逝日沒月光輝所貴法乾健于道悟入微任彼聲勢徒得志方誇毗

浮生果何慕老去羨介推陶令何足錄彭澤歸已遲空負漉酒巾乞食形諸詩吾惟抱貞素悠悠白雲期

傷子

老夫哭愛（一作哀）子日暮千行血聲逐斷猿悲跡（一作路）隨飛鳥滅老夫已七十不作多時別

春遊曲（二首一作一首）

遊童蘇合帶倡女蒲葵扇初日映城時相思忽相見褰裳踏露草理鬢回花面薄暮不同歸留情此芳甸

柘彈連錢馬銀鉤妥隋鬟採桑春陌上踏草夕陽間意合詞先露心誠貌却閑明朝若相憶雲雨出巫山

從軍行二首

弭節結徒侶速征赴龍城單于近突圍烽燧屢夜驚長弓挽滿月劍華霜雪明遠道百草殞峭覺寒風生風寒欲砭肌爭奈裘襖輕回首家不見候雁空中鳴笳奏還

以哀肅肅趣嚴程寄語塞外胡擁騎休橫行

少年膽氣凴好勇萬人敵仗劍出門去三邊正艱厄怒目時一呼萬騎皆辟易殺人蓬麻輕走馬汗血滴醜虜何足清天山坐寧謐不有封侯相徒負幽并客

塞上曲

黠虜初南下塵飛塞北境漢將懷不平讐擾當遠屏金革臥不暖起舞霜月冷點軍三十千(一作年)部伍嚴以整酣戰祈成功于焉罷邊釁

弋陽溪中望仙人城

何草乏靈姿無山不孤絕我行雖云蹇偶勝聊換節上界浮中流光響洞明滅晚(一作曉)禽曝霜羽寒魚依石髮自有無還心隔波望松雪

嚴公釣臺作

靈芝產遐方威鳳家(一作駕)重霄嚴生何耿潔託志肩夷巢漢后雖則貴子陵不知高糠粃當世道長揖蘷龍朝掃門彼何人升降不同朝捨舟遂長往山谷多清飈

蕭寺偃松

凄凄百卉病亭亭雙松迥直上古寺深橫拂秋殿冷輕響入龜目(一作息)片陰栖鶴頂山中多好樹可憐無比並

獨遊青龍寺

春風入香刹暇日獨遊衍曠然蓮花臺作禮月光面乘茲第八識出彼超二見擺落區中緣無邊廣弘願長廊朝雨畢古木時禽囀積翠暖遙原雜(一作離)英紛似霰鳳城騰日窟龍首橫天堰蟻步避危階蠅飛響深殿大通智勝佛幾劫道場現

初秋蓮塘歸

秋光淨無跡蓮消錦雲紅只有溪上山還識揚舲翁如何白蘋花幽渚笑涼風

從江西至彭蠡入浙西淮南界道中寄齊相公

大賢舊丞相作鎮江山(一作上)雄自鎮江山(一作上)來何人得如公處士待徐孺仙人期葛洪一身控上遊八郡趨下風比屋除畏溺林塘曳煙虹生人罷虔劉井稅均且(一作以)充大府肅無事歎然(一作言)接悲翁心清百丈泉目送孤飛鴻

數年鄱陽掾抱責栖微躬首陽及汨羅無乃褊其衷楊朱并阮籍未免哀途窮四賢雖得仁此怨何怨怨老氏齊寵辱於陵一窮通本師留度門平等冤親同能依二諦法了達三輪空真境靡方所出離內外中無邊盡未來定惠(一作慧)雙修功蹇步慙寸進飾裝隨轉蓬朝行楚水陰夕宿吳洲東吳洲復(一作覆)白雲楚水飄丹楓晚霞燒迴潮千里光曈曈莫開海上影桂吐淮南叢何當翼明庭草木生春(一作昭)融

寄上兵部韓侍郎奉呈李戶部盧刑部杜三侍郎

道路五千里門闌三十年當時攜手人今日無半全詠題官舍內賦韻僧房前公登略彴橋況榜龍(一作朧)舸船遠寺吐朱閣春潮浮綠煙鵁鴻翔鄧林沙鴇飛吳田諸子紛出祖中宵久留連坐客三千人皆稱主人賢國士分如此家臣亦依然身在(一作從)薜蘿中頭刺文案邊故吏已重疊門生從聯翩得罪爲何名無階問皇天出門多岐路命駕無由緣伏承諸侍郎顧念猶迍邅聖代逢三宥營魂空九遷

長安竇明府後亭

君爲長安令我美長安政五日一朝天南山對明鏡鳥飛青苔院水木相輝映客至南雲(一作薰)鄉絲桐展歌詠吏人何蕭蕭(一作肅肅)終歲無喧競欲識明府賢邑中多百姓

謝王郎中見贈琴鶴

此琴等焦尾此鶴方胎生赴節何徘徊理感物自并獨立江海上一彈天地清朱絃動瑤華白羽飄玉京因想羨門輩眇然四體輕子喬翔鄧林王母遊層城忽如(一作然)落靈署鸞鳳相和(一作呼)鳴何由玉女牀(一作女牀山)去食琅玕英

和翰林吳舍人兄弟西齋

君家誠易知易知復難同新裁尺一詔早入明光宮西齋何其高(一作遠)上與星漢通永懷洞庭石春色相玲瓏久懷巴峽泉夜落君絲桐信是怡神所迢迢蔑華嵩鳥飛晴雲滅疊嶂盤虛空君家誠易知易知意難窮

望初月簡于吏部

汎寥中秋夜坐見如鉤月始從西南升又欲西南沒全移河上影暫透林間缺縱待三五時終爲千里別

上湖至破山贈文周蕭元植

一別二十年依依過故轍湖上非往態夢想頻虛結二子伴我行我行感徂節後人應不識前事寒泉咽一別二十年人堪幾回別

酬信州劉侍郎兄

劉兄本知命屈伸不介懷南州管靈山可惜曠土棲(一作士華)樵隱同一徑竹樹薄西齋烏陵嶂合杳月配波(一作陂)徘徊薄宦修禮數長景謝譚諧願爲南州民輸稅事鉏犁胡爲走不止風雨驚邅迴

奉酬劉侍郎

幾迴新秋影壁(當作壁)滿蟾又缺鏡破似(一作自)傾臺輪斜同覆轍雖分上林桂還照滄洲雪暫伴顛頟人歸華耿不滅

酬本部韋左司(一題作奉和同郎中韋使君郡齋雨中宴集　時況左遷饒州)

好鳥依佳樹飛雨灑高城況與二三(一作數君)子列坐分兩楹文雅一何盛(一作麗)林塘含餘清府君(一作我公)未歸朝遊子不待晴白雲帝城遠滄江楓葉鳴却略欲一言(一作欲無言)(一作拜手)零淚和酒傾寸心久(一作已)摧折別離重(一作万)骨驚安得凌風(一作霜)翰肅肅賓天京

酬房杭州

郡樓何其曠亭亭廣而深故人牧餘杭留我披胸衿滿篋閱新作璧玉誕清音流水入洞天宵豁欲(一作相)凌臨闚險延北阜雜道陟南岑朝從山寺還醒醉動笑(一作愁)吟荷花十餘里月色攢湖林父老惜使君却欲速華簪

酬漳州張九使君

故人窮越徼狂生起悲愁山海萬里別草木十年秋鞭馬廣陵橋出祖張漳州促膝晴簪珥闚幌戛琳球短題自茲簡華篇詎能酬無階承明庭高步相追遊南方㘯桂枝凌冬捨溫裘猿唫郡齋中龍靜檀欒流薜(一作薛)鹿莫徭洞網魚盧亭洲(一作舟)心安處處安處處思遐陬

在滁苦雨歸桃花崦傷親友畧盡

廢棄忝殘生後來亦先夭詩人感風雨長夜何時曉去

國宦情無近鄉歸夢少庇身絕中授甘靜忘外擾麗景變重陰洞山空木表靈潮若可通寄謝西飛鳥

苦雨（一本題下有思歸桃花崦五字）

朝與佳人期碧樹生紅萼暮與佳人期飛雨灑清閣佳人窅何許中夜心寂寞試憶花正開復驚葉初落行騎飛泉鹿臥聽雙海鶴嘉願有所從安得處其薄

贈別崔十三長官

眞玉燒不熱寶劍拗不折欲別崔侠心崔侠心如鐵復如金剛鎖無有功不徹仍於直道中行事不詆訐崔侠兩兄弟垂範繼芳烈相識三十年致書字不滅我來宣城郡飲水仰清潔藹藹北阜松峩峩南山雪顧生歸山去知作幾年別

哭從兄萇

洞庭違鄂渚嫋嫋秋風時何人不客遊獨與帝子期黃鵠鍛飛翅青雲歎沈姿身終一騎曹高蓋者爲誰從駕至梁漢金根復京師皇恩溢九垠不記屠沽兒立身有高節滿卷多好詩赫赫承明庭羣公黙無詞草木正搖落哭兄鄱水湄共居雲陽里轜輌多別離人生倏忽間旅襯飄若遺稚子新學拜枯楊生一枝（一本無此四句）人生倏忽間精爽無不之舊國數千里家人由未知人生倏忽間安用才士爲

華山西岡遊贈隱玄叟

羣峰鬱初霽潑黛若鬟沐失風鼓唅呀搖撼千灌木木葉微蹄黃石泉淨停淥危磴蘿薜牽迴步入幽谷我心寄青霞世事慚蒼鹿遂令巢許輩于焉謝塵俗想是悠悠雲可契去留躅

歸陽蕭寺有丁行者能修無生忍擔水施僧況歸命稽首作詩

化佛示持帚仲尼稱執鞭列生御風歸飼豕如人焉曹溪第六祖踏碓逾三年伊人自何方長綏趨遥泉開士行何苦雙瓶胝兩肩蕭寺百餘僧東廚正揚煙露足沙石裂外形巾褐穿若其有此身豈得安穩眠獨出違順境不爲寒暑還大聖於其（一作空）中領我心之虔萬法常空滅無生因忍全一國一釋迦一燈分百千永願遺世知（一作智）現身彌勒前潛容偏虛空靈響不可傳智慧舍利佛（一作弗）神通自乾（一作目犍）連阿若憍陳如迦葉迦旃（一作檀）延左右二菩薩文殊并普賢身披六銖衣億劫爲大僊寶塔寶樓閣重簷交梵天譬如一明珠共贊光白圓天魔波旬等降伏金剛堅野叉羅剎鬼亦赦塵垢纏乃致金翅鳥吞龍護洪淵一十一衆中身意皆快然八河注大海中有楞伽船佛法付國王平等無頗偏天子事端拱大臣行其權玉堂無蠅飛五月氷凜筵盡力答明主猶自招罪愆九族無白身百花動（一作洞）嬋娟神聖惡如此救華不能妍祿山一微胡驅馬來自燕宛彼宮闕麗如何犬羊羶苦哉千萬人流血成丹川此輩（一作賊）之死後鑊湯所熬煎業風吹其魂猛火燒其煙獨有丁行者無憂樹枝邊市頭盲老人長者乞一錢韜照多密用爲君吟此篇

大茅嶺東新居憶亡子從眞

谷鳥猶呼兒山人夕霑襟懷哉隔生死悵矣徒登臨東門憂不入西河遇亦深古來失中道偶向經中尋大象無停輪倏忽成古今其夭非不幸錬形由太陰凡欲攀雲階譬如火鑄金虛室留舊札洞房掩閑琴泉源登方諸上有空青林彷彿通寤寐蕭寥邈微音軟草被汀洲鮮雲畧浮沈頹景宣疊麗紺波響飄淋石窟含雲巢迢迢耿南岑悲恨自茲斷情慶詎能侵眞靜一時變坐起唯從心

烏啼曲二首

玉房掣鎖聲翻葉銀箭添泉遶霜（一作霜遶）堞畢逋撥剌月（一作日）銜城八九雛飛其母驚此是天上老鴉鳴人間（一作我聞）老鴉無此聲搖風雜佩耿華燭夜聽羽人彈此曲東方曈曈（一作曨）赤日旭

月出江林西江林寂寂城鴉啼昔人何處爲此曲今人何處聽不足城寒月曉馳思深江上青草爲誰綠

幽居弄

苔衣生花（一本疊花字）露滴月入西林蕩東壁扣商占角兩三聲洞戶谿（一作深）窗一冥寂獨去滄洲無四鄰身嬰世網此何身關情命曲寄惆悵久別山南山裏人

公子行

輕薄兒面（一作白）如玉紫陌春風纏馬足雙鐙懸金縷鶻飛長衫刺雪生犀束綠槐夾道陰初成珊瑚幾節敵流星紅肌拂拂酒光獰（一作凝）當街背拉金吾行朝遊鼕鼕鼓聲發暮遊鼕鼕鼓聲絕入門不肯自升堂美人扶踏金階月

古離別

西江上風動麻姑嫁時浪西山爲水水爲塵不是人間離別人

長安道

長安道人無衣馬無草何不歸來山中老

龍宮操（并序）

顧況曰壬子癸丑二年大水時在滁遂作此操蓋大曆中也

龍宮月明光參差精衛銜石東飛時鮫人織綃采藕絲翻江倒海（一作漢）傾吳蜀漢女江妃杳相續龍王宮中水不足

梁廣畫花歌

王母欲過劉徹家飛瓊夜入雲軿車紫書分付與青鳥却向人間求好花上元夫人最小女頭面端正能言語

手把梁生畫花看凝嚬掩笑心相許心相許爲白阿孃從嫁與

送別日晚歌（一本題上無送別二字）

日窅窅（一作靄靄）兮下山望佳人兮不還花落兮屋上草生兮堦（一作前）間日日兮春風芳菲兮欲歇（一作減）老不可兮更少君何爲兮輕別

行路難三首（本集止有前二首英華第三首居前合爲一首）

君不見擔雪塞井空（一作徒）用力炊砂作飯豈堪食（一作喫）一生肝膽向人盡相識不如不相識冬青樹上挂凌霄歲晏花凋樹不凋凡物各自有根本種禾終不生荳苗行路難行路難（一本有不知二字）何處是平道中心無事當富貴今日看（一作覺）君顏色好

君不見少年頭上如雲髮少壯如雲老如雪豈知灌頂有醍醐能使清涼頭不熱呂梁之水挂飛流黿鼉蛟蜃不敢遊少年恃險若平地獨倚長劍凌清秋行路難行路難昔（一本有日字）少年今已老（一本有佳日春光不長好一句）前朝竹帛事皆空日暮牛羊占（一作古）城草

君不見古人（一作來）燒水銀變作北邙山上塵藕絲掛在虛空中（一作桂山在虛空 一作挂身在虛空）欲落不落愁殺人睢水英雄多血刃建章宮闕成煨（一作灰）燼淮王身死桂樹（一作枝）折徐福（一作市）一去音書絕行路難行路難生死（一本有有命二字）皆由天秦皇漢武遭不脫汝獨何人學神仙

悲歌（有序）

情思發動聖賢所不免也故師乙陳其宜延陵審其音理亂之所經王化之所興信無逃於聲教豈徒文彩之麗耶遂作歌以悲之

邊城路今人犂田昔人墓岸上沙昔日（一作時）江水今人家今人昔人共長歎四氣相催節迴換明月皎皎入華池白雲離離渡霄（一作青）漢

二（一作悲歌一作短歌行此首才調集分二首各四句）

我欲昇天天隔霄我欲渡水水無橋我欲上山山路險我欲汲井井泉遙越人翠被今何夕獨立沙邊江草碧紫燕西飛欲寄書白雲何處逢來（一作蓬萊）客（以上二首一本合作一首）

三（以下三首一本合爲一首題作遠思曲）

新繫青絲百尺繩心在君家轆轤上我心皎潔君不知轆轤一轉一惆悵

四

何處春風吹曉幕江南淥水通朱閣美人二八面如花泣向春（一作東）風畏花落

五

臨春風聽春鳥別時多見時少愁人夜永（一作夜）不得眠瑤井玉繩相對曉

六（一作攀龍引）

軒轅黃帝初得仙鼎湖一去三千年周流三十六洞天洞中日月星辰聯騎龍駕景遊八極軒轅弓劍無人識東海青童寄消息（本集自臨春風至軒轅以下爲一首列之第三篇文苑所載多脫畧今從文粹及集本添入）

春草謠

春草不解行隨人上東（一作空）城正月二月色綿綿千里萬里傷人情

苔蘚山歌

野人夜夢江南山江南山深松桂閑野人覺後長歎息帖蘚黏苔作山色閉門無事任盈虛終日欹眠觀四如一如白雲飛出壁二如飛雨巖前滴三如騰虎欲咆哮四如懶龍遭霹靂嶮峭嵌空潭洞寒小兒兩手扶欄干

同裴觀察東湖望山歌

浴鮮積翠栖靈異石洞花宮橫半空（胡震亨云每句上四言下三言各爲韻）夜光潭上明星啟風雨壇邊樹如洗水淹徐孺宅恒乾繩墜洪崖井無底主人載酒東（一作春）湖陰遙望西山三四岑

八月五日歌

四月八日明星出摩耶夫人降前（一作千）佛八月五日佳氣新昭成太后生聖人開元九年燕公說奉詔聽置千秋節丹青廟裏貯姚宋花萼樓中宴岐薛清樂靈香幾處聞鸞歌鳳吹動祥雲已於武庫見靈鳥仍向晉山逢老君率土普天無不樂河清海晏窮寥廓梨園弟子傳法曲張果先生進仙藥玉座淒涼遊帝京悲翁迴首望（一作感）承明雲韶九奏杳然遠唯有五陵松柏聲

露青竹杖（一作鞭）歌

鮮于仲通正當年章仇兼瓊在蜀川約束蜀兒採馬鞭蜀兒採鞭不敢眠橫截斜飛（一作度）飛鳥邊繩橋夜上層崖顛頭插白雲跨飛泉採得馬鞭長且堅浮漚丁子珠聯聯灰煮蠟楷光爛然章仇兼瓊持上天上天雨露何其偏飛龍閑廐馬數千朝飲吳江夕秣燕紅塵撲轡汗濕韉師子麒麟聊比肩江面（一作曲江）昆明洗刷牽四蹄踏浪頭枎天蛟龍稽顙河伯虔拓羯胡雛腳手鮮陳閎韓幹丹青妍欲貌未貌眼欲穿金鞍玉勒錦連乾騎入桃花楊柳煙十二樓中奏管絃樓中美人奪神仙爭愛大家把此鞭祿山入關關破年忽見揚州北邙（一作郎）前抵有人還千一錢亭亭筆直無皴節磨捋（一作將）形相一條鐵市頭格是（一作終）無人別江海賤臣不拘繩垂窗（一作精）掛影西窗鉠稚子覓衣挑仰穴家童拾薪幾拗折玉潤猶沾玉壘雪碧鮮似染萇弘血蜀帝城（一作祠）邊子規咽相如橋上文君絕往年策馬降至尊七盤九折橫劍門穆王八駿超崑崙安用冉冉孤生根聖人不貴難得貨金玉珊瑚誰買恩

金璫玉珮歌

贈君金璫太霄之玉珮金鎖禹步之流珠五嶽真君之秘籙九天丈人之寶書東井沐浴辰已畢先進洞房上奔日借問君欲何處來黃姑織女機邊出

瑤草春（并序）

隴西李迅者納別宅監奴出迅不喜欲訪故人爲刺史強而配焉既歸而不合監奴投井而死因作瑤草春歌以悲之

瑤草春杳容與江南豔歌京（一作凉）西舞執心輕子都信節冠秋胡議以腰支嫁時論自有夫蟬鬢蛾眉明井底燕裙裾袂（一作帶又作越帶）縈轆轤李生聞之淚如綆不忍回頭看此井月中桂樹落一枝池上鴒鶄喚孤影露桃穠李自成谿流水終天不向西翠帳綠窗寒寂寂錦茵羅薦夜淒淒瑤草春丹井遠別後相思意深淺

蕭鄲草書歌

蕭子草書人不及洞庭葉落秋風急上林花開春露濕

花枝濛濛向水垂(一作泣)見君數行之灑落石上之松松下鶴若把君書比仲將不知誰在(一作上)凌雲閣

范山人畫山水歌

山峥嵘水泓澄漫漫汗汗一筆耕一草一木棲(一作妻)神明忽如空中有物物中有聲復如遠道望鄉客夢遶山川身不行

嵇山道芬上人畫山水歌

鏡中(一作湖)眞僧白道芬不服朱審李將軍涤(一作漫)汗(一作墨汁)平鋪洞庭水筆頭點出蒼梧雲且看八月十五夜月下看山盡如畫(一作畫分)

杜秀才畫立走水牛歌

崑崙兒騎白象時時鎖著師子項奚奴跨馬不搭鞍立走水牛驚漢官江村小兒好誇騁脚踏牛頭上牛領淺草平田擦過時大蟲著(一作看)鈍幾落井杜生知我戀滄洲畫作一障張牀頭八十老婆拍手笑妬他織女嫁牽牛

梁司馬畫馬歌

畫精神畫筋骨一團旋風瞥滅没仰秣如上賀蘭山低頭欲飲長城窟此馬昂然獨此(一作出)羣阿爺是龍飛入雲黄沙枯磧無寸草一日行過千里道展處把筆欲描時司馬一騧賽傾倒

丘小府小鼓歌

地盤山鷄(一作鳴)猶可像坎坎砰砰隨手長夜半高樓沈(一作客)醉時萬里踏橋亂山響

宜城放琴客歌(并序)(柳渾封宜城縣伯)

琴客宜城愛妾也宜城請老愛妾出嫁不禁人之欲而私耳目之娱達者也況承命作歌

佳人玉立生此(一作北)方家住邯鄲不是倡頭髻鬟手爪長善撫琴瑟有文章新妍(一作研)籠裙雲母光朱絃綠水喧洞房忽聞斗酒初决絶日暮浮雲古離別巴猿啾啾峽泉咽淚落羅衣顔色暍不知誰家更張設絲履墻偏釵股折南山闌干千丈雪七十非人不暖熱人情厭薄(一作消歇)古共然相公心在持事堅上善若水任方圓憶昨好之今棄捐服藥不如獨自眠從他更嫁一少年

李供奉彈箜篌歌

國府樂手彈箜篌赤黄條索金鎝頭早晨有敕鴛鴦殿夜靜遂(一作逐)歌明月樓起坐可憐能抱撮大指調絃中指撥腕頭花落舞製(一作衣)裂手下鳥驚飛撥刺珊瑚席一聲一聲鳴錫錫羅綺屏一絃一絃如撼鈴急彈好遲亦好宜遠聽宜近聽左手低右手舉易調移音天賜與大絃似秋雁聯聯度隴關小絃似春燕喃喃向人語手頭疾腕頭軟來來去去如風卷聲清泠泠鳴索索垂珠碎玉空中落美女爭窺玳瑁簾聖人卷上眞珠箔大絃長小絃短小絃緊快大絃緩初調鏘鏘似鴛鴦水上弄新聲入深似太清仙鶴遊秘館李供奉儀容質身才稍稍六尺一在外不曾輙教人内裏聲聲不遣出指剝葱腕削玉饒鹽饒醬五味足弄調人間不識名彈盡天下崛奇曲胡曲漢曲聲皆好彈着曲髓曲肝腦往往從空入户來瞥瞥隨風落春草草頭只覺風吹入風來草即隨風立草亦不知風到來風亦不知聲緩急爇玉燭點(一作照)銀燈光照手實可憎只照箜篌絃上手不照箜篌聲裏能馳鳳闕拜鸞殿天子一日一迴見王侯將相立(一作五)馬迎巧聲一日一迴變實可重不惜千金買一弄銀器胡瓶馬上馱瑞錦輕羅滿車送此州好手非一國一國東西盡南北除却天上化下來若向人間實難得

劉禪奴彈琵琶歌(咸相國韓公夢)

樂府只傳横吹好琵琶寫出關山道鸝雁出塞繞黄雲邊馬仰天嘶白草明妃愁(一作怨)中漢使迴蔡琰愁處胡笳哀鬼神知妙欲收響陰風切切四面來李陵寄書别蘇武自有生人無此苦當時若值霍驃姚滅盡烏孫奪公主

李湖州孺人彈箏歌

武帝昇天留法曲凄情掩抑絃柱促上陽宫人(一作女)怨青苔此夜想夫憐碧玉思婦高樓刺壁窺(一作看)愁猿叫月鸚呼兒寸心十指有長短妙入神處無人知獨把梁州凡幾拍風沙對面胡秦隔聽中忘却前溪碧醉後猶疑邊草白

鄭女彈箏歌

鄭女八歲能彈箏春風吹落天上聲一聲雍門淚承睫兩聲赤鯉露鬐鬣三聲白猿臂拓頰鄭女出參丈人時落花惹斷遊空絲高樓不掩許聲出羞殺百舌黄鶯兒

諒公洞庭孤橘歌

不種自生一株橘誰教渠向堦前出不羡江陵千木奴下生白蟻子上生青雀雛飛花簷蔔旃檀香結實如綴摩尼珠洞庭橘樹籠煙碧洞庭波月連沙白待取天公放恩赦儂家定作湖中客

送行歌

送行人歌一曲何者爲泥何者玉年華已向秋草裏(一作衰)春夢猶傳故山緑

險竿歌

宛陵女兒擘飛手長竿横空上下走已能輕險若平地豈肯身爲一家婦宛陵將士天下雄一下定却長稍弓翻身挂影恣騰蹋反綰頭髻盤旋風盤旋風撇飛鳥驚猿遶樹枝裹頭上打鼓不聞時手蹉脚跌蜘蛛絲忽雷掣斷流星尾矐睒劃破蚩尤旗若不隨仙作仙女即應嫁賊生賊兒中丞方略通變化外户不扃從女嫁

洛陽行送洛陽韋七明府(一有贈字)

始上龍門望洛川洛陽桃李豔陽天最好當年二三月上陽宫樹千花發疏家父子錯掛冠梁鴻夫妻虛適越

黄鵠樓歌送獨孤助

故人西去黄鵠樓西江之水上天流黄鵠杳杳江悠悠黄鵠徘徊故人别離壺酒盡清絲絶緑嶼没餘煙白沙連曉月

廬山瀑布歌送李顧

飄白霓挂丹梯應從織女機邊落不遣潯陽湖(一作潮)向西火雷劈山珠噴日五老峰前九江溢九江悠悠萬古情古人行盡今人行老人也欲上山去上箇深山無姓名

朝上清歌

潔眼朝上清綠景開紫霞皇皇紫微君左右皆靈娥曼聲流睇和清歌些些至陽無謖其樂多些旌蓋颯沓簫鼓

和些金鳳玉麟鬱騈羅些反風名香香氣遐些瓊田瑤草壽無涯些君着玉衣升玉車些欲降瓊宮玉女家些其桃千年始着花些蕭寥天清而滅雲目瓊瓊兮情感珮隨香兮夜聞肅肅兮愔愔洛天和兮洞靈心和爲丹兮雲爲馬君乘之觴于瑤池之上兮三光羅列而在下

剡紙歌

雲門路上山陰雪中有玉人持玉節宛委山裏（一作裘）禹餘糧石中黃子黃金屑剡溪剡紙生剡藤噴水搗後爲蕉葉欲寫金人金口經寄與山陰山裏僧手把山中紫羅筆思量點畫龍蛇出政是垂頭蹋翼時不免向君求此物

全唐詩　顧況

洛陽早春

何地避春愁終年憶舊遊一家千里外百舌五更頭客路偏逢雨鄉山不入樓故園桃李月伊水向東流

步虛詞（太清宮作）

迴步遊三洞清心禮七眞飛符超羽翼焚（一作禁）火醮星辰殘藥沾雞犬靈（一作空）香出鳳麟壺中無窄處願得一容身

鄱陽大雲寺一公房

盡日陪遊處斜陽（一作暉）竹院清定中觀有漏言外（一作下）證無生色界聊傳法空門不用情欲知相去近鐘鼓兩聞聲

送友失意南歸

衣揮京洛塵完璞伴歸人故國青山徧滄江白髮新鄰荒收酒幔屋古布苔茵不用通名姓漁樵共主賓

南歸

老病力難任猶多鏡雪侵鱸魚消宦況鷗鳥識歸心急雨江帆重殘更驛樹深鄉關殊可望漸漸入吳音

閑居自述

榮辱不關身誰爲疎與親有山堪結屋無地可容塵白髮偏添壽黃花不笑貧一樽朝暮醉陶令果何人

題歙（一作攝）山棲霞寺

明徵君舊宅陳後主題詩跡在人亡處山空月滿時寶瓶無破響道樹有低枝已是傷離客仍逢靳尚祠

經廢寺（一本前半首作五言絶句）

不知何世界有處似南（一作前）朝石路無人掃松門被火燒斷幡猶挂剎故板尚擔橋數卷殘經在多年字欲銷

送李道士（一本題下有歸桃花塢四字）

人境年虛擲仙源日未斜羨君乘竹杖辭我隱桃花鳥去寧知路雲飛似憶家莫愁客鬢（一作髮）改自有紫河車

酬唐起居前後見寄二首

愁人空望國驚鳥不歸林莫話彈冠事誰知結襪心霜凋樹吹斷土蝕劍痕深欲作懷沙賦明時恥自沈

何處弔靈均江邊一老人漢儀君已接楚奏我空頻直道其如命平生不負神自傷庚子日鵩鳥上承塵

奉酬茅山贈賜并簡綦母正字（一本題上作奉酬韋夏卿送歸茅山）

玉帝居金闕靈山幾處朝簡書猶有畏神理詎能超鶴廟新家近龍門舊國遙離懷結不斷玉洞（一作洞府）一吹簫

白蘋洲送客

莫信梅花發由來謾報春不才充野客扶病送朝臣闕下搖青珮洲邊採白蘋臨流不痛飲鷗鳥也欺人

春鳥詞送元秀才入京

春來繡羽齊暮向竹林棲禁苑銜花出河橋隔樹啼尋聲知去遠顧影念飛低別有無巢鷰猶窺幕上泥

別江南

江城吹曉角愁殺遠行人漢將猶防虜吳官欲向秦布帆輕白浪錦帶入紅塵將底求名宦平生但任眞

空梁落燕泥

卷幕參差（一作差池）燕常銜濁水泥爲黏珠履跡未等畫梁齊舊點痕猶淺新巢緝尚低不緣頻上落那得此飛棲

上元夜憶長安

滄州老一年老去憶秦川處處逢珠翠家家聽管絃雲車龍闕下火樹鳳樓前今夜滄州夜滄州夜月圓

酬揚州白塔寺永上人

塔上是何緣香燈續細煙松枝當麈尾柳絮替蠶綿浮草經行徧空花義趣圓我來雖爲法暫借一牀眠

送韋秀才赴舉

鄱陽中酒地楚老獨醒年芳桂君應折沈灰我不然洛橋浮逆水關樹接非（一作飛）煙唯有殘生夢猶能到日邊

送使君

天中洛陽道海上使君歸拂霧趨金殿焚香入瑣闈山亭傾別酒野服間朝衣他日思朱鷺知從小苑飛

歷陽苦雨（一作夜雨）

襄（一作哀）城秋雨晦楚客不歸心亥市風煙接隋宮草路深離憂翻獨笑用事感浮陰夜夜空階響唯餘蚯蚓（一作蜻蛚）吟

傷大理謝少卿

舊館絕逢迎新詩何處呈空留封禪草已作岱宗行梆（一作析）盡風吹析（一作折）堦崩雪遶平無因重來此剩哭兩三聲

經徐侍郎墓作

不知山吏部墓作（一作在）石橋東宅兆鄉關異平生翰墨空夜泉無曉日枯樹足悲風更想幽冥事唯應有夢同

鄭公合祔挽歌

草露前朝事荊茅聖主封空傳餘竹帛永絕舊歌鐘清鏡無雙影窮泉有幾重笳簫最悲處風入九原松

相國晉公挽歌二首

玉節朝天罷洪爐造化新中和方作聖太素忽收神盛德橫千古高標出四鄰欲知言不盡處處有遺塵

疑笳催曉奠丹旐向青山夕照新塋近秋風故吏還本朝（一作期）光漢代從此掃胡關今日天難問浮雲滿世間

晉公魏國夫人柳氏挽歌

魚軒海上遙鸞影月中銷雙劍來時合孤桐去日凋夕陽迷隴隧秋雨咽笳簫畫翣無留影銘旌已度橋

義川公主挽詞

弄玉吹簫後湘靈鼓瑟時月邊丹桂落風底白楊悲雜珮分泉户餘香出繐帷夜臺飛鏡匣偏共掩蛾眉

憶山中

春還不得還家在最深山蕙圃泉澆濕松窗月映閑薄田臨谷口小職向人間去處但無事重門深閉關

送大理張卿（一題作送張衛尉）

春色依依惜(一作傷)解攜月卿今夜泊隋堤白沙洲上江蘺長綠樹村邊謝豹啼遷客比(一作此又作本)來無倚仗故人相去隔雲泥越禽唯有南枝分目(一作白)送孤(一作歸)鴻飛向西

宿湖邊山寺

羣峰過雨澗淙淙松下扉扃白鶴雙香透經窗籠檜栢雲生梵宇濕旛幢蒲團僧定風過席葦岸漁歌月墮江誰悟此生同寂滅老禪慧力得心降

湖南客中春望

鳴雁嗷嗷北向頻淥波何處是通津風塵海内憐雙鬢涕淚天涯慘一身故里音書應望絕異鄉景物又更新便拋印綬從歸隱吳渚香蓴漫吐春

閑居懷舊

日長鼓腹愛吾廬洗竹澆花興有餘騷客空傳成相賦晉人已負絕交書貧居謫所誰推轂仕向侯門恥曳裾今日思來總皆罔汗青功業又何如

寄江南鶴林寺石氷上人

山川重復出(一作重復重)心地闇相逢忽憶秋江月如聞古寺鐘湖平南北岸雲抱兩三峰定力超香象真言攝毒龍風中何處鶴石上幾年松爲報煙霞道人間共不容

樂府

暖谷春光至宸遊近甸榮雲隨天仗轉風入御簾輕翠蓋浮佳氣朱樓倚太清朝臣冠劍退宮女管絃迎細草承雕輦繁花入幔城文房開聖藻武衛宿天營玉醴隨觴至銅壺逐漏行五星含土德萬姓徹中聲親祀先崇典躬推示勸耕國風新正樂農器近消兵道德關河固刑章日月明野人同鳥獸率舞感昇平

送從兄(一有奉李)使新羅

六氣銅渾轉三光玉律調河宮清奉貴海嶽晏來朝地絕提封入天平賜(一作錫)貢饒揚威輕破虜柔服恥征遼曙色黃金闕寒聲白鷺潮樓船非習戰驄馬是嘉招帝女飛銜石鮫人賣淚綃管寧雖不偶徐市(一作福)儻相邀獨島緣空翠孤霞上泬寥蟾蜍同漢月螮蝀異秦橋水豹橫吹浪花鷹迴拂霄晨裝凌莽渺夜泊記招搖幾路通員嶠何山是沃焦颶風晴汩(一作白)起陰火暝潛燒鬢(一作鬒)髮成新髻人參長舊苗扶桑銜(一作迎)日近析木帶津遥夢向愁中積魂當別處銷臨川思結網見彈欲求鴞(一作鴨)共散羲和曆誰差甲子朝滄波伏(一作仗)忠信譯語辨謳謠疊鼓鯨鱗隱陰帆鷁首飄南溟垂大翼西海飲文鰩(文選吳都賦注文鰩常行西海而遊東海)指景尋靈草排雲聽洞簫封侯萬里外未肯後班超

山居即事

下泊降茅仙蕭閑隱洞天楊君閑上法司命駐流年崦合桃花水窗分柳谷煙抱孫堪種樹倚杖問耘田世事休相擾浮名任一邊由來謝安石不解飲靈泉

題盧道士房

秋砧響落木共坐茅君家唯見兩童子門外汲井花空壇靜白日神鼎飛丹砂麈尾拂霜草金鈴搖霽霞上章塵世隔看弈桐陰斜稽首問仙要黃精堪餌花

全唐詩 顧況

夢後吟

醉中還有夢身外已無心明鏡唯知老青山何處深

題靈山寺(戰鳥)

覺地本隨身靈山重結因如何戰鳥佛不化捕魚人

題元陽觀舊讀書房贈李範

此觀十年遊此房千里宿還來舊窗下更取君書讀

永嘉

東甌傳舊俗風日江邊好何處樂神聲夷歌出煙島

青弋江

淒清回泊夜淪波激石響村邊草市橋月下罟師網

聽山鷓鴣

誰家無春酒何處無春鳥夜宿桃花村踏歌接天曉

山逕柳(以下十四首一作臨平塢雜題)

宛轉若遊絲淺深栽綠崦年年立春後即被啼鶯占

石上藤

空山無鳥跡何物如人意委曲結繩文離披草書字

薜荔菴

薜荔作禪菴重疊菴邊樹空山徑欲絕也有人知處

芙蓉榭

風擺蓮衣乾月背鳥巢寒文魚翻亂葉翠羽上危欄

欹松漪

湛湛碧漣漪老松欹側臥悠揚綠蘿影下拂波紋破

焙茶塢

新茶已上焙舊架憂生醭旋旋續新烟呼兒劈寒木

彈琴谷

谷中誰彈琴琴響谷冥寂因君扣商調草蟲驚暗壁

白鷺汀

靃靡汀草碧淋森鷺毛白夜起沙月中思量捕魚策

千松嶺

終日吟天風有時天籟止問渠何旨意恐落凡人耳

黃菊灣

時菊凝曉露露華滴秋灣仙人釀酒熟醉裏飛空山

臨平湖

采藕平湖上藕泥封藕節船影入荷香莫衝蓮柄折

山春洞

引燭踏仙泥時時亂乳燕不知何道士手把靈書卷

石竇泉

吹沙復噴石曲折仍圓旋野客漱流時杯粘落花片

古仙壇

遠山誰放燒疑是壇邊醮仙人錯下山拍手壇邊笑

題山頂寺

遥聞林下語知是經行所日暮香風時諸天散花雨

天寶題壁

五十餘年別伶傳道不行却來書處在惆悵似前生

哭李別駕

故人行跡滅秋草向南悲不欲頻回步孀妻正哭時

春雨不聞百舌

百舌春來啞愁人共待晴不關秋水事飲恨亦無聲

憶鄱陽舊遊

悠悠南國思夜向江南泊楚客斷腸時月明楓子落

春懷

園鶯啼已倦樹樹隕香紅不是春相背當由已自翁

洛陽陌二首

鶯聲滿御隄隄柳拂絲齊風送名花落香紅襯馬蹄

珂珮逐鳴騶王孫結伴遊金丸落飛鳥乘興醉青樓

寄淮上柳十三

葦蕭中闢户相映緑淮流莫訝春潮闊鷗邊可泊舟

送李泌（缺）

昔別吴堤雨春帆去較遲江波千里緑

山中夜宿

涼月掛層峰蘿牀落葉重掩關深畏虎風起撼長松

登樓

高閣成長望江流雁叫哀淒涼故吴事麋鹿走荒臺

江上

江清白鳥斜蕩槳罥蘋花聽唱菱歌晚迴塘月照沙

溪上

採蓮溪上女舟小怯摇風驚起鴛鴦宿水雲撩亂紅

田家

帶水摘禾穗夜擣具晨炊縣帖取社長嗔怪見官遲

宿山中僧

不爇香爐煙蒲團坐如鐵嘗想同夜禪風蹢松頂雪

梅灣

白石盤盤磴清香樹樹梅山深不吟賞姑負委蒼苔

思歸

不能經綸大經甘作草莽閑臣青鎖應須長別白雲漫與相親

歸山作

心事數莖白髮生涯一片青（一作春）山空林有雪相待古道（一作路）無人獨還

過山農家

板橋人渡泉聲茆簷日午雞鳴莫嗔焙茶煙暗却喜曬穀天晴

代佳人贈別

萬里行人欲渡溪千行珠淚滴爲泥已成殘夢隨君去猶有驚烏半夜啼

憶故園

惆悵多山人復稀杜鵑啼處淚霑衣故園此去千餘里春夢猶能夜夜歸

題葉道士山房

水邊垂（一作楊）柳赤欄橋洞裏仙人碧（一作吹）玉簫近得麻姑音（一作書）信否潯陽江（一作向）上不通潮

送李秀才入京

五湖秋葉滿行船八月靈槎欲上天君向（一作入）長安余適越獨登秦望（一作嶺）望秦川

越中席上（一作局席）看弄老人

不到山陰十二春鏡（一作會）中相見白頭新此生不復爲年少今日從他弄老人

聽劉安唱歌

子（一作午）夜新聲何處傳悲翁（一作歌）更憶太平年即今法曲無人唱已逐霓裳飛上天

櫻桃曲

百舌猶來上苑花遊人獨自憶京華遥知寢廟嘗新後敕賜櫻桃向幾家

山中（一作朱放詩題作山中聽子規）

野人愛（一作自愛）向山中宿況在葛洪丹井西庭前有箇長松樹夜半子規來上啼

贈（一作貽）朱放

野客歸時無四鄰黔婁別久案常貧漁樵舊路不堪入何處空山猶有人

江村亂後

江村日暮尋遺老江水東流横浩浩竹裏閑窗不見人門前舊路生青草

望簡寂觀

青嶂青溪直復斜白雞白犬到人家仙人住在最高處向晚春泉流白花

五兩歌送張夏

竿頭五兩風裊裊水上雲帆逐飛鳥送君初出揚州時霭霭曈曈江溢曉

臨海所居三首

此是昔年征戰處曾經永日絶人行千家寂寂對流水唯有汀洲春草生

此去臨溪不是遥樓中望見赤城標不知疊嶂重霞裏更有何人度石橋

家在雙峰蘭若邊一聲秋磬發孤煙山連極浦鳥飛盡月上青林人未眠（此首題一作江上故居）

聽角思歸

故園黄葉滿青苔夢後城頭曉角哀此夜斷腸人不見起行殘月影徘徊

酬柳相公（紀事有時宰曾招致將以好官命之況以詩答之）

天下（一作四海）如今已太平相公何事（一作用）喚狂生箇身恰（一作此生還）

似籠中鶴東望滄溟（一作瀛洲）叫數（一作聲）

題明霞臺

野人本自不求名欲向山中過一生莫嫌憔悴無知已
別有煙霞似弟兄

哭絢法師

楚客停橈欲問誰白沙江草麴塵絲生公手種殿前樹
唯有花開鶗鴂悲

送柳宜城葬

嗚笳已逐春風咽匹馬猶依舊路嘶遙望柳家門外樹
恐聞黃鳥向人啼

宮詞五首

禁柳煙中聞曉烏風吹玉漏盡銅壺內官先向蓬萊殿
金合開香瀉御鑪

玉樓天半起笙歌風送宮嬪笑語和月殿影開聞夜漏
水精簾卷近銀（一作秋）河

玉階容衛宿千官風獵青旂曉仗寒侍女先來薦瓊蘂
露漿新下九霄盤

九重天樂降神仙步舞分行踏錦筵嘈囋一聲鐘鼓歇
萬人樓下拾金錢

金吾持戟護新簷天樂聲傳萬姓瞻樓上美人相倚看
紅妝透出水精簾

尋桃花嶺潘三姑臺

桃花嶺上覺天低人上青山馬隔溪行到三姑學仙處
還如劉阮二郎迷

夜中望仙觀

日暮銜花飛鳥還月明溪上見青山遙知玉女窗前樹
不是仙人不得攀

送李侍御往吴興（一題作送李侍郎從宣城取洞庭路往吴興）

世間只（一作唯）有情難說今夜應無不醉人若向洞庭山下
過暗知澆瀝聖姑神

奉和韓晉公晦日呈諸判官（一本無下四字）

江南無處不聞歌晦日中軍樂更多不是風光催柳色
却緣威令動陽和

子規

杜宇冤亡積有時年年啼血動人悲若教恨魄皆能化
何樹何山着子規

海鷗詠

萬里飛來爲客鳥曾蒙丹鳳借枝柯一朝鳳去梧桐死
滿目鴟鳶奈爾何

贈韋清（一作青）將軍

身執金吾主禁兵腰間寶劍重橫行接輿亦是狂歌者
更就將軍乞一聲（青善歌）

贈僧二首

家住義興東舍溪溪邊莎草雨無泥上人一向心入定
春鳥年年空自啼

出頭皆是新年少何處能容老病翁更把浮榮喻生滅
世間無事不虛空

登樓望水

鳥啼花發柳含煙擲却風光憶少年更上高樓望江水
故鄉何處一歸船

湖中（一作洞庭秋日）

青草湖邊日色低黃茅嶂裏鷓鴣啼丈夫飄蕩今如此
一曲長歌楚水西

歲日作（一作歲日口號）

不覺老將春共至更悲攜手幾人全還丹寂寞羞明鏡
手把屠蘇讓少年

山中贈客

山中好處無人別澗梅僞作山中雪野客相逢夜不眠
山中童子燒松節

王郎中妓席五詠

箜篌

玉作搔頭金步搖高張苦調響連宵欲知寫盡相思夢
度水尋雲不用橋

舞

汗浥新裝畫不成絲催急節舞衣輕落花遶樹疑無影
回雪從風暗有情

歌（一作王郎中席歌妓）

柳拂青樓花滿衣能歌宛轉世應稀空中幾處聞清響
欲遶行雲不遣飛

箏

秦聲楚調怨無窮隴水胡笳咽復通莫遣黃鶯花裏囀
參差撩亂妬春風

笙

欲寫人間離別心須聽鳴鳳似龍吟江南曲盡歸何處
洞水山雲知淺深

送李山人還玉溪

好鳥共鳴臨水樹幽人獨欠買山錢若爲種得千竿竹
引取君家一眼泉

送少微上人還鹿門

少微不向吴中隱爲箇生緣在鹿門行入漢江秋月色
襄陽耆舊幾人存

宿昭應

武帝祈靈太乙壇新豐樹色繞千官那（一作豈）知今夜長生
殿獨閉山門（一作空山）月影寒

題琅邪上方

東晉王家在（一作住）此溪南朝樹色隔窗低碑沈字滅昔人
遠谷鳥猶向寒花啼

安仁港口望仙人城

樓臺采翠遠分明聞說仙家在此城欲上仙城無路上
水邊花裏有人聲

寄祕書包監

一別長安路幾千遙知舊日主人憐賈生只是三年謫
獨自無才已四年

小孤山

古廟楓林江水邊寒鴉接飯雁橫天大孤山遠小孤出
月照洞庭歸客船

送李秀才遊嵩山

嵩山石壁挂飛流無限神仙在上頭采得新詩題石壁
老人惆悵不同遊

從剡溪至赤城

靈溪宿處接靈山窈映高樓向月閑夜半鶴聲殘夢裏猶疑琴曲洞房間

葉上題詩從苑中流出

花落深宮鶯亦悲（一作愁見鶯啼紫燕飛）上陽宮女斷腸時君恩不閉東流水葉上題詩寄與（一作欲寄）誰

崦裏桃花

崦裏桃花逢女冠林間杏葉落仙壇老人方授上清籙夜聽步虛山月寒

聽子規（一本題上有攝山二字）

棲霞山中子規鳥口邊血出啼不了山僧後夜初出（一作入）定聞似不聞山月曉

竹枝曲（一作詞）

帝子蒼梧不復歸洞庭葉下荆（一作楚）雲飛巴人夜唱竹枝後腸斷曉猿聲漸稀

尋僧二首

方丈玲瓏花竹閑已將心印出人間家家門外長安道何處相逢是寶山

彌天釋子本高情往往山中獨自行莫怪狂人游楚國蓮花只在淤泥生

桃花曲

魏帝宮人舞鳳樓隋家天子泛龍舟君王夜醉春眠晏不覺桃花逐水流

贈遠

暫出河邊思遠道却來窗下聽新鶯故人一別幾時見春草還從舊處生

早春思歸有唱竹枝歌者坐中下淚

渺渺春生楚水波楚人齊唱竹枝歌與君皆是思歸客拭淚看花奈老何

送郭秀才

故人曾任丹徒令買得青山擬獨耕不作草堂招遠客却將垂柳借啼鶯

宮詞

長樂宮連上苑春玉樓金殿豔歌新君門一入無由出唯有宮鶯得見人

悼稚

稚子比來騎竹馬猶疑只在屋東西莫言道者無悲事曾聽巴猿向月啼

山僧蘭若

絶頂茅菴老此生寒雲孤木伴經行世人那得知幽徑遥向青峰禮磬聲

句

崦合桃花水窗鳴柳谷泉（題柳谷泉見應天府志）　頹垣化爲陂陸地堪乘舟（以下並見張爲主客圖）　汀洲渺渺江籬短疑是疑非兩斷腸　巫峽朝雲暮不歸洞庭春水晴空滿　龍吟四澤欲興雨鳳引九雛警宿鳥（七星管歌通典）　新婦磯邊月明女兒浦口潮平（漁父詞野客叢談）

全唐詩目（第四函）

第十册

耿湋（二卷）

戎昱（一卷）　竇叔向　竇常　竇牟　竇羣

竇庠　竇鞏（共一卷）

全唐詩

耿湋

耿湋字洪源河東人登寶應元年進士第官右拾遺工詩與錢起盧綸司空曙諸人齊名號大曆十才子湋詩不深琢削而風格自勝集三卷今編詩二卷

發南康夜泊灨石中

倦客乘歸舟春溪杳將暮羣林結暝色孤泊有佳趣夜山轉長江赤月吐深樹颯颯松上吹泛泛（一作泥泥）花間露險石俯潭渦跳湍礙沿泝豈唯垂堂戒兼以臨深懼稍出回雁峰明登斬蛟柱連雲向重山杳未見鍾路

過王山人舊居

故宅春山中來逢（一作過）夕陽入汲少井味變開稀戶樞澀樹朽鳥不棲階閒雲自濕先生何處去惆悵空獨立

晚次昭應

落日向林路東風吹麥隴藤草蔓古渠牛羊下荒塚驪宫户久閉温谷泉長湧爲問全盛時何人最榮寵

聽早蟬歌

蟬鳴兮夕曛聲和兮夏雲白日兮將短秋意兮已滿乍悲鳴（一作吟）兮欲長猶嘶澀兮多斷風蕭蕭兮轉清韻嘒嘒兮初成依婆娑之古樹思遼落之荒城閑院支頤深林倚策猶（一作獨）惆悵而無語鬢星星而已白

蘆花動

連素穗翻秋氣細節疎莖任長吹共作月中聲孤舟發鄉思

賦得寒蛩

爾誰造鳴何早趯趯連聲徧階草復與夜雨和遊人聽堪老

宣城逢張二南史

全家宛陵客文雅世難逢寄食年將老干時計未從秋來句曲水雨後敬亭峯西北長安遠登臨恨幾重

題童子寺

半偈留何處全身棄此中雨餘沙塔壞月滿雪山空聳刹臨回磴朱樓間碧叢朝朝日將暮長對晉陽宮

夏日寄東溪隱者

日華浮野水草色合遙空處處山依舊年年事不同閑田孤壘外暑雨片雲中惆悵多塵累無由訪釣翁

之江淮留別京中親故

長雲迷一雁漸遠向南聲已帶千霜鬢初爲萬里行繁蟲滿夜草連雨暗秋城前路諸侯貴何人重客卿

太原送許侍御出幕歸東都

昔隨劉越石今日獨歸時汾水風煙冷并州花木遲荒庭增別夢野雨失行期莫向山陽過鄰人夜笛悲

華州客舍奉和崔端公春城曉望

不語看芳徑悲春嬾獨行向人微月在報雨早霞生貧病催年齒風塵掩姓名賴逢驄馬客郢曲緩羇情

題清蘿翁雙泉

側弁向清漪門中夕照移異源生暗石疊響落秋池葉擁沙痕沒流回草蔓隨泠泠無限意不獨遠公知

酬李文(一作汶)

落照長楊苑秋天渭水濱初飛萬木葉又長一年人貧病仍爲客艱虞更問津多慙惠然意今日肯相親

贈嚴維

許詢清論重寂寞住山陰野路接(一作客投)寒(一作荒)寺閑門當(一作傍)古林海田秋熟早湖水夜漁深世上窮通理誰人(一作能)奈此心

春日題苗發竹亭

春亭及策上郎吏謝玄暉閑詠疎篁近高眠遠岫微偏宜留野客暫得解朝衣猶憶東溪裏雷(一作當)雲掩故扉

題孝子陵

荒墳秋陌上霜露正霏霏松柏自成拱苫廬長不歸浮埃積蓬鬢流血在(一作存)麻衣何必曾參傳千年至行稀

題莊上人房

不語焚香坐心知道已成流年衰此世定力見他生暮雪餘春冷寒燈續晝明尋常五侯至敢望下階迎

宋中

日暮黃雲合年深白骨稀舊村喬木在秋草遠人歸廢井莓苔厚荒田路徑微唯餘近山色相對似依依

秋夜思歸

來時猶暑服今已露漫漫多雨逢初霽深秋生夜寒投人心似(一作自)切爲客事皆難何處無留滯誰能暫問看

送李端

世上許劉楨洋洋風雅聲客來空改歲歸去未成名遠近天初暮關河雪半晴空懷諫書在回首戀承明

送崔明府赴青城

清冬賓御出蜀道翠微間遠霧開羣壑初陽照近關霜潭浮紫菜雪棧繞青山當似遺民去柴桑政自閑

送王將軍出塞

漢家邊事重竇憲出臨戎絕漠秋山在陽關舊路通列營依茂草吹角向高風更就燕然石行看奏虜功(一作看銘破虜功)

雨中留別

東西無定客風雨未休時憫默此中別飄零何處期青山違舊隱白髮入新詩歲歲迷津路生涯漸可悲

送楊將軍

一身良將後萬里討烏孫落日邊陲靜秋風鼓角喧遠山當磧路茂草向營門生死酬恩寵功名豈敢論

送夏侯審遊蜀

暮峰和玉壘回望不通秦更問蜀城路但逢巴語人石林鶯囀曉板屋月明春若訪嚴夫子無嫌卜肆貧

送張侍御赴郴州別駕

佐郡人難料分襟日復斜一帆隨遠水百口過長沙明月江邊夜平陵夢裏家王孫對芳草愁思杳無涯

送苗贊(一作賦)赴陽翟丞

夕陽秋草上去馬弟兄看年少初辭闕時危遠效官山行獨夜雨旅宿二陵寒詩興生何處嵩陽羽客壇

送絳州郭參軍

遠事諸侯出青山古晉城連行麴水闇獨入議中兵夜雨新田濕春風曙角鳴人傳府公政記室有參卿

常州留別

萬里南天外求書禹穴間往來成白首旦暮見青山夜浦涼雲過秋塘好月閑殷勤陽羨桂別此幾時攀

關山月

月明邊徼靜戍客望鄉時塞古柳衰盡關寒榆發遲蒼蒼萬里道戚戚十年悲今夜青樓上還應照(一作有)所思

代宋州將淮上乞師

脣齒幸相依危亡故遠(一作郡)歸身輕(一作經)百戰出(一作後)家在數重圍上將堅深壘殘兵鬭落暉常聞鐵劍利早晚借餘威

秋晚臥疾寄司空拾遺曙盧少府綸

寒几坐空堂疎髯似積霜老醫迷舊疾朽藥誤新方晚果紅低樹秋苔綠徧牆慙非蔣生徑不敢望求羊

贈海明上人(一作贈朗公)

來自西天竺(一作竺國)持經奉紫微年深梵語變行苦俗流(一作人)歸月上安禪久苔生出院稀梁間有馴鴿不去復(一作亦)何依(一作爲無機)

津亭有懷

津亭一望鄉淮海晚茫茫草沒棲洲鷺天連暎浦檣往來通楚越旦暮易漁商惆悵緘書畢何人向洛陽

晚投江澤浦即事呈柳兵曹泥

落日過重霞輕烟上遠沙移舟衝荇蔓轉浦入蘆花斷岸迂來客連波漾去槎故鄉何處在更道向天涯

東郊別業

東皋占薄田，耕種過餘年。護藥栽山刺，澆蔬引竹泉。晚雷期稔歲，重霧報晴天。若問幽人意，思齊沮溺賢。

早朝

鐘鼓餘聲裏，千官向紫微。冒寒人語少，乘月燭來稀。清漏聞馳道，輕霞映瑣闈。猶看嘶馬處，未啟掖垣扉。

屏居盩厔

百年心不料，一卷日相知。乘興偏難改，憂家是強爲。縣城寒寂寞，峰樹遠參差。自笑無謀（一作媒）者，秖應道在斯。

進秋隼

豈悟因羅者，迎霜獻紫微。夕陽分素臆，秋色上花衣。舉翅雲天近，回眸燕雀稀。應隨明主意，百中有光輝。

詠宣州筆

寒竹慙虛受，纖毫任幾重。影端緣守直，心動懶藏鋒。落紙驚風起，搖空見露濃。丹青與文事，捨此復何從。

春日洪州即事

鍾陵春日好，春水滿南塘。竹宇分朱閣，桐花間綠楊。蹉跎看鬢色，留滯惜年芳。欲問羇愁發，秦關道路長。

雪後宿王純池州草堂

宿君湖上宅，琴韻靜參差。夜雪入秋浦，孤城連貴池。流年看共老，銜酒發中悲。良會應難再，晨雞自有期。

旅次漢故（一作好）時

我行過漢時，寥落見孤城。邑里經多難，兒童識五兵。廣川桑遍綠，叢薄雉連鳴。惆悵蕭關道，終軍願請纓。

過三郊驛却寄楊評事時此子郭令公欲有表薦

冉冉青衫客，悠悠白髮人。亂山孤驛暮，長路百花新。終歲行他縣，全家望此身。更思君去就，早晚問平津。

隴西行

雪下陽關路，人稀隴戍頭。封狐猶未翦，邊將豈無羞。白草三冬色，黃雲萬里愁。因思李都尉，畢竟不封侯。

巴陵逢洛陽鄰舍（一作書情寄故人）

因君知北（一作世）事，流浪（一作恨）已忘機。客久（一作久客）多人識（一作厭），年高（一作馬年）衆病歸。連雲湖（一作朝）色遠，度雪雁聲稀。又說家林盡，悽傷淚滿衣。

哭張融

早歲能文客，中年與世違。有家孀婦少，無子弔人稀。繐帳塵空暗（一作積），銘旌雨不飛。依然舊鄉路，寂寞幾回歸。

送友貶嶺南

暮年從遠謫，落日別交親。湖上北飛雁，天涯南去人。夢成湘浦夜，淚盡桂陽春。歲月茫茫意，何時雨露新。

春日即事二首

詩書成志業，懶慢致蹉跎。聖代丹霄遠，明時白髮多。淺謀堪自笑，窮巷憶誰過。寂寞前山暮（一作路），歸人樵採歌。

數畝東皋宅，青春獨屏居。家貧僮僕慢，官罷友朋疏。強飲沽來酒，羞看讀了書。閒花開（一作更）滿地，惆悵復何如。

贈田家翁

老人迎客處，籬落稻畦間。蠶屋朝寒閉，田家晝雨閑。門閻新薙草，蹊徑（一作樵採）舊諳山。自道誰相及（一作友），邀予試往還。

贈韋山人

失意成逋客，終（一作經）年獨掩扉。無機狎鷗慣，多病見人稀。流水知行藥，孤雲伴採薇。空齋莫閑笑（一作暮還坐），心事與時違。

濬公院懷舊

遠公傳教畢，身沒向他方。弔客來何見，門人閉影堂。紗燈臨古砌，塵札在空牀。寂寞疏鐘後，秋天有夕陽。

雨中宿義興寺

遙夜宿東林，蟲聲階草深。高風初落葉，多雨未歸心。家國身猶負，星霜鬢已侵。滄洲縱不去，何處有知音。

送王祕書歸江東

迴首望知音，迢迢桑柘林。人歸海郡遠，路入雨天深。萬木經秋葉，孤舟向暮心。唯餘江畔草，應見白頭吟。

渭上送李藏器移家東都

求名雖（一作須）有據（一作捷），學稼（一作道）又無田（一作緣）。故國三千里，新春五十年。移家還作客，避地莫知賢。洛浦今何處，風帆去渺然。

春尋柳先生

言是商山老，塵心莫問年。白髯垂策短，烏帽據梧偏。酒熟飛巴雨，丹成見海田。疏雲披遠水，景動石牀前。

題藏公院

古院林公住，疏篁近井桃。俗年人見少，禪地自知高。藥草（一作物）誠多翫，滄濱在一毫。仍悲次宗輩，塵事日爲勞。

夏夜西亭即事寄錢員外

高亭賓客散，暑夜醉相和。細汗迎（一作延）衣集，微涼待扇過。風還池色定，月晚樹陰多。遙想隨行者，珊珊動曉珂。

與清江上人及諸公宿李八昆季宅

湯公多外友，洛社自相依。遠客還登會，秋懷欲忘歸。驚風林果少，驟雨砌蟲稀。更過三張價，東遊愧陸機。

春日即事

鄰里朝光徧，披衣夜醉醒。庖廚非舊火，林木發新青。接果移天性，疏泉逐地形。清明來幾日，戴勝已堪聽。

秋夜會宿李永宅憶江南舊遊

偶宿俱南客，相看喜盡歸。湖山話不極，歲月念空違。子夜高梧冷，秋陰遠漏微。那無此良會，惜在謝家稀。

冬夜尋李永因書事贈之

棲遑偏降志，疵賤倍修身。近覺多衰鬢，深知獨故人。天垂五夜月，霜覆九衢塵。不待逢沮溺，而今惡問津。

立春日宴高陵任明府宅

春灰今變候，密雪又霏霏。坐客同心滿，流年此會稀。風成空處亂，素積夜來飛。且共銜杯酒，陶潛不得歸。

春日遊慈恩寺寄暢當

浮世今何事，空門此諦真。死生俱是夢，哀樂詎關身。遠草光連水，春篁色離塵。當從庾中庶，詩客更何人。

晚秋過蘇少府

九江迷去住，羣吏且因依。高木秋垂露，寒城暮掩扉。隨雲心自遠，看草伴應稀。肯信同年友，相望青瑣闈。

登鸛雀樓

久客心常醉，高樓日漸低。黃河經海內，華嶽鎮關西。去遠千帆小，來遲獨鳥迷。終年不得意，空覺負東溪。

賦得沙上雁

衡陽多道里弱羽復哀音還塞知何日驚弦亂此心夜
陰前侶遠秋冷後湖深獨立汀洲意寧知（一作憂）霜霰侵

夜尋盧處士

月高雞犬靜門掩向寒塘夜竹深茅宇秋庭冷石牀住
山年已遠服藥壽偏長虛棄如吾者逢君益自傷

邠州留別

終歲山川路（一作長路來還去）生涯總（一作竟）幾（一作若）何艱難爲客慣貧賤
受恩多暮角寒山色秋風遠水波（一作暮角飄長韻寒流起細波）無人見惆
悵垂鞚入煙蘿（一作懸慈茂陵宅春色又相過）

贈張將軍（一作開府）

寥落軍城暮重門返照間鼓鼙經雨暗士馬過秋閑慣
守臨邊郡曾營近海（一作磧）山關西舊業在夜夜夢中還（一作誰云張校尉萬里鑿空還）

贈隱公（一作贈隱上人）

世間無近遠定裏徧曾過東海經長在南朝寺最多暮
年聊（一作休）化俗初地即（一作却）摧魔今日忘塵慮看心義若何

贈別安邑韓少府

子真能自在（一作詭）江海意何如門掩疎塵吏心閑閱道書
古城寒欲雪遠客暮無車杳杳思前路誰堪千里餘

送胡校書秋滿歸河中

古樹汾陰（一作陽）道悠悠東去長位卑仍解印身老又（一作得）還
鄉河水平秋岸關門向夕陽音書須數附（一作寄）莫學晉嵇
康

送河中張胄曹往太原計會迴

北風長至遠四牡向幽并衰木新田路寒蕪故絳城遙
聽邊上信遠計朔南程料變當臨事遙知外國情

送郭正字歸郢上

濟江篇已出（一作上）書府俸猶貧積雪商山道全家楚塞人
大堤逢落日廣漢望通津却別（一作到）漁潭下鷺鷗那可（一作肯）
親

題李孝廉書房

野情專易外（一作商瞿傳易敎）一室向青山業就三編絕心通萬事（一作
象）閑鶯稀（一作啼）春木上草徧暮堦（一作夕陽）間莫道歸（一作符）繻在來
時棄故關

酬暢當

同遊漆沮後已是十年餘幾度曾相夢何時定得書月
高城影盡霜重柳條疎且對尊中酒千般想未如

留別解縣韓明府（一作別解明府）

閑人州縣厭賤士友朋譏朔雪逢初下秦關獨暮歸寒
茅（一作蕪）下（一作上）原淺殘雪（一作燒）過風微一路何相慰唯君能政
稀（一作致歸）

遊鍾山紫芝觀

繫舟仙宅下清磬落春風雨數芝田長雲開石路重古
房清磴接深殿紫烟濃鶴駕何時去遊人自不逢

晚秋宿裴員外寺院（得逢字）

仲言多麗藻晚水獨芙蓉梁苑仍秋過仁祠又夜逢同
林通暗竹去雨帶寒鐘顧向空門裏修持比晝（一作畫）龍

秋夜喜盧司直嚴少府訪宿

寂寂閉層城悠悠此夜情早涼過鬢髮秋思入柴荊嚴
子多高趣盧公有盛名還如杜陵下暫拂蔣元卿

下邽客舍喜叔孫主簿鄭少府見過

良宵復杪秋把酒說羈遊落木東西別寒萍遠近流蕭
條旅館月寂歷曙更籌不是仇梅至何人問百憂

盩厔客舍

寥寂荒壘下客舍雨微微門見苔生滿心慚吏到稀籬
花看未發海燕欲先歸無限堪惆悵誰家復擣衣

宿韋員外宅

傳經韋相後賜筆漢家郎幽閤諸生會寒宵幾刻長座
中燈泛酒簷外月如霜人事多飄忽邀歡詎可忘

登沃州山

沃州初望海攜手盡時髦小暑開鵬翼新蓂長鷺濤月
如芳草遠身比夕陽高羊祜傷風景誰云異我曹

宿岐山姜明府廳

暝色休羣動秋齋遠客情細風和雨氣寒竹度簾聲日
覺蹉跎近天教懶慢成誰能謁卿相朝夕羨浮榮

上巳日

共來修禊事內顧一悲翁玉鬢風塵下花林絲管中故
山離水石舊侶失鵷鴻不及遊魚樂裴回蓮葉東

登樂遊原

園廟何年廢登臨有故丘孤村連日靜多雨及霖休常
與秦山對曾經漢主遊豈知千載後萬事水東流

題惟幹上人房

繩牀茅屋下獨坐味閑安苦行無童子忘機避宰官是
非齊已久夏臘比應難更悟眞如性塵心稍自寬

會鳳翔張少尹南亭

遠過張正見詩興自依依西府軍城暮南庭吏事稀草
簷宜日過花圃任煙歸更料重關外羣僚候啟扉

早春宴高陵滑少府（得昇字）

且寬沈簿領應賴酒如澠春夜霜猶下東城月未昇清
言饒醉客亂舞避寒燈名字書仙籍諸生病未能

寒蜂採菊蕊

遊颺下晴空尋芳到菊叢帶聲來蕊上連影（一作歛）在香中
去住霑餘霧高低順過風終慚異蝴蝶不與夢蒐通

題楊著別業

柳巷向陂斜回陽噪亂鴉農桑子雲業書籍蔡邕家暮
葉初翻砌寒池轉露沙如何守儒行寂寞過年華

送太僕寺李丞赴都到桃林塞

遠過桃林塞休年自昔聞曲河隨暮草重阜接閑雲造
父爲周御詹嘉守晉軍應多懷古思落葉又紛紛

宋中

百戰無軍食孤城陷虜塵爲傷多易子翻弔淺爲臣漫
漫東流水悠悠南陌人空思前事往向曉淚霑巾

陪譙湖州公堂

謝公爲楚郡坐客是瑤林文府重門奧儒源積浪深壺
觴邀薄醉笙磬發高音末至才仍短難隨白雪吟

尋覺公因寄李二端司空十四曙

少年嘗昧道無事日悠悠及至悟生死尋僧已白頭雲
迴廬瀑雨樹落給園秋爲我謝宗許塵中難久留

送郭秀才赴舉

鄉賦鹿鳴篇君爲貢士先新經夢筆夜纔比棄繻年海雨沾隋柳江潮赴楚船相看南去雁（一作岸去）離恨倍潸然

送王閏（一作潤）

相送臨漢（一作寒）水愴然望故關江蕪連夢澤楚雪入商山語我他年舊看君此日還因將自悲淚一灑别離間

送蜀客還

萬峯深積翠路向此中難欲暮多羈思因高莫遠看卓家人寂寞揚子業荒殘唯見岷江水悠悠帶月寒

送海州盧録事

之官逢計吏風土問如何海口朝陽近青州春氣多郊原鵬影到樓閣蜃雲和損益關從事期聽勞者歌

登鍾山館

匹馬宜春路蕭條背館心澗花寒夕雨潭水黑朝林野市魚鹽隘江村竹葦深子規何處發青樹滿高岑

秋日（一作落照）

照耀天山外飛鵶幾共過微紅拂秋漢片白透長波影促寒汀薄光殘古木多金霞與雲氣散漫復相和

贈苗員外

爲郎日賦詩小謝少年時業繼儒門後心多道者期晚（一作曉）迥長樂殿新出夜（一作永）明祠行樂西園暮春風動柳絲

詣順公問道

此身知是妄遠遠詣支公何法住持後能逃生死中秋苔經古徑擁葉滿疎叢方便如開誘南宗與北宗

廢慶寶寺（一作司空曙詩）

黃葉前朝寺無僧寒（一作閑）殿開池晴龜出暴松暝鶴飛迴古井（一作砌）碑横草陰廊畫雜苔禪宫亦銷（一作衰）歇塵世轉堪哀

赴許州留别洛中親故

淳風今變俗末學誤爲文幸免投湘浦那辭近汝墳山遮魏闕路日隱洛陽雲（一作城）誰念聯翩翼烟中獨失羣

送葉尊師歸虔州

風馭南行遠長山與夜江羣祇離分野五嶽拜旌幢石髓調金鼎雲漿實玉釭狺狺吠聲曉洞府有仙厖

全唐詩

耿湋

酬張少尹秋日鳳翔西郊見寄

鼎氣孕河汾英英濟舊勳劉生曾任俠張率自能文官佐征西府名齊將上軍秋山遥出浦野鶴暮離羣遠恨邊笳起勞歌騎吏聞廢關人不到荒戍日空曛草木涼初變陰晴景半分疊蟬臨積水亂燕入過（一作高）雲麗藻終思我衰髯亦爲君閑吟寡和曲庭葉漸紛紛

春日書情寄元校書伯和相國元子

數歲平津邸諸生出門（一作問）時羈孤力行早疎賤託身遲芳草看無厭青山到未期貧居悲老大春日上茅茨衞玠瓊瑶色玄成鼎鼐姿友朋漢相府兄弟謝家詩律合聲雖應勞歌調自悲流年不可住惆悵鏡中絲

奉送崔侍御和蕃

萬里華戎隔風沙道路秋新恩明主啟舊好使臣修旌節隨邊草關山見戍樓俗殊人左袵地遠水西流日暮氷先合春深雪未休無論善長對博望自封侯

春日即事

芳菲那變易年鬢自蹉跎室與千峯對門唯二仲過官情知已少生事託人多草色微風長鶯聲細雨和幾時猶滯拙終日望恩波縱欲論相報無如漂母何

仙山行

深溪人不到杖策獨緣源花落尋無徑雞鳴覺近村數翁皆藉草對奕復傾尊看畢初爲（一作圍）局歸逢幾世孫雲迷入洞處水引出山門惆悵歸城郭樵柯迹尚存

得替後書懷上第五相公

誰語恓惶客偏承顧盼私應逾骨肉分敢忘死生期山縣唯荒壘雲屯盡老師庖人寧自代食蘗謬相推黃綬名空罷青春鬢又衰還來掃門處猶未報恩時獨立花飛滿無言月下遲不知丞相意更欲遣何之

入塞曲

將軍帶十圍重錦製戎衣猨臂銷弓力虬鬚長劒威首登平樂宴新破大宛歸樓上誅姬笑門前問客稀暮烽玄兔急秋草紫騮肥未奉君王詔高槐晝掩扉

送姚校書因歸河中

十年相見少一歲又還鄉去住人惆悵東西路渺茫古陂無茂草高樹有殘陽委棄秋來（一作收餘）稻彫疎採後桑月輪生舜廟河水出（一作入）關牆明日過閭里光輝芸閣郎（一作香）

題清源寺（即王右丞故宅）

儒墨兼宗道雲泉隱舊（一作舊結）廬孟城今寂寞輞水自紆餘内學銷多累西林（一作園）易故居深房春竹老細雨夜鐘疎陳跡留金地遺文在石渠不知登座客誰得（一作學）蔡邕書

奉送蔣尚書兼御史大夫東都留守

副相威名重春卿禮樂崇錫珪仍拜下分命遂居東髙旆翻秋日清鐃引細風蟬稀金谷樹草徧德陽宫敎用儒門儉兵依武庫雄誰云千載後周召獨爲公

喜侯十七校書見訪

東城獨屏居有客到吾廬發廩因春黍開畦復翦蔬許酣令乞酒辭窶任無魚徧出新成句更通未悟書藤絲秋不長竹粉雨仍餘誰爲（一作謂）須張燭涼空有望舒

晚春青門林亭燕集

都門連騎出東野柳如絲秦苑看山處王孫逐草時歡遊難再得衰老是前期林靜鶯啼遠春深日過遲落花今夕思秉燭古人詩對酒當爲樂雙杯未可辭

晚秋東遊寄猗氏第五明府解縣韓明府

步出青門去疎鐘隔上林四郊多難日千里獨歸心暮鳥聲偏苦秋雲色易陰亂墳松柏少野徑草茅深灞滻衰安履汾南宓賤琴何由聽白雪秖益淚霑襟

奉和元承（一作丞）杪秋憶終南舊居

白玉郎仍少羊車上路平秋風揺遠草舊業起高情亂樹通秦苑重原接杜城溪雲隨暮淡野水帶寒淸廣樹（一作榭）留峯翠閑門響葉聲近樵應已燒多稼又新成解佩從休沐承家豈退耕恭侯有遺躅何事學泉明

晚夏即事臨南居

何須學從宦其柰本無機蕙草芳菲歇青山早晚歸廣庭餘落照高枕對閑扉樹色迎秋老蟬聲過雨稀艱難

逢事異去就與時違遙憶衡門外蒼蒼三徑微

省試驪珠詩

是日重泉下言探徑寸珠龍鱗今不逆魚目也應殊掌上星初滿盤中月正孤酬恩光莫及照乘色難踰欲問投人否先論按劍無儻憐希代價敢對此冰壺

元日早朝

九陌朝臣滿三朝候鼓賖遠珂時接韻攢炬偶成花紫貝爲高闕黃龍建大牙參差萬戟合左右八貂斜羽扇紛朱檻金鑪隔翠華微風傳曙漏曉日上春霞環珮聲重疊蠻夷服等差樂和天易感山固壽無涯渥澤千年聖車書四海家盛明多在位誰得守蓬麻

送歸中丞使新羅（一本題下有冊立弔祭四字）

遠國通王化儒林得使臣六（一作立）君成典冊萬里（一作行弔）奉絲綸雲水連孤棹恩私在一身悠悠龍節去渺渺蜃樓新望裏行還（一作仍山）暮波中歲又春昏明看日御（一作脚又作色）靈怪問舟人城邑分華夏衣裳擬縉紳他時禮命畢歸路勿（一作不）迷津

贈興平鄭明府

海內兵猶在關西賦未均仍勞持斧使尚宰茂陵人遙夜重城掩清宵片月新綠琴聽古調白屋被深仁跡與儒生合心惟靜者親深情先結抃薄宦早趨塵貧病休何日艱難過此身悠悠行遠道冉冉過（一作遇）良辰明主知封事長沮笑問津棲遑忽相見欲語淚霑巾

和王懷州觀西營秋射（得寒字）

謝公親校武草碧露漫漫落葉停高駕空林滿從官迎籌皆疊鼓揮箭或移竿名借三軍勇功推百中難主皮山郡晚飲算柳營寒明日開鈴閣新詩雙玉盤

晚登虔州即事寄李侍御

章溪與貢水何事會波瀾萬里歸人少孤舟行路難春光浮曲浪暮色隔連灘花發從南早江流向北寬故交參盛府新角聳危冠楚劍期終割隋珠惜未彈酒醒愁轉極別遠淚初乾顧保喬松質青青過大（一作歲）寒

奉和第五相公登鄱陽郡城西樓

茂德爲邦久豐貂舊相尊發生傳雨露均養助乾坤曉肆登樓目春（一本缺）銷戀闕魂女牆分吏事遠（一作闕一本缺）道啟津門盜浦潮聲盡鍾陵暮色繁夕陽移夢土芳草接湘源封內羣甿復兵間百賦存童牛耕廢畝壕木（一作水）遶新村野步漁聲（一作歌）溢荒祠鼓舞喧高齋成五字遠岫發孤猨一顧承英達多榮及子孫家貧仍受賜身老未酬恩屬和瑤華曲堪將繫組綸

甘泉詩（并序）

甘泉美良牧也覃懷舊水鹹鹵人多赧（一作疫）患天愍遺甿是生王公惠和旣敷妙用潛應頃修壘虞寇鑿井便漑忽遇醴泉香美若飴遂命水工浚渫餘泥葺欄備綆維人所欲萬餅繼絜道路紛紛旣蠲諸邪亦愈羣瘵豈止夫宜盥漱之用增烹飪之味客乃率然遂賦茲什

異井甘如醴深仁遠未涯氣寒堪破暑源淨自蠲邪修綆懸冰甃新桐（一作梧）蔭玉沙帶星凝曉露拂霧湧秋華綠溢涵千仞清泠飲萬家何能葛洪宅終日閉煙霞

發綿津驛

孤舟北去暮心傷細雨東風春草長杳杳短亭分水陸隆隆遠鼓集漁商千叢野竹連湘浦一派寒江下吉陽欲問長安今遠近初年（一作逢）塞雁有歸行

塞上曲

慣習干戈事鞍馬初從少小在邊城身微久屬千夫長家遠多親五郡兵懶說疆場曾大獲且悲年鬢老長征塞鴻過盡殘陽裏樓上淒淒（一作嗚嗚）暮角聲

路旁老人

老人獨坐倚官樹欲語潸然淚便垂陌上歸心無產業城邊戰骨有親知餘生尚在艱難日長路多逢輕薄兒綠水青山雖似舊如今貧後復何爲

贈別劉員外長卿

清如寒玉直如絲世故多虞事莫期建德津亭人別夜新安江水月明時爲文易老皆知苦謫宦無名倍足悲不學朱雲能折檻空羞獻納在丹墀

宿萬固（一作回）寺因寄嚴補闕

曉隨樵客到青冥因禮山僧宿化城鐘梵已休初入定有無皆離本難名雲開半夜千林靜月上中峰萬壑明爲報故人雷處士塵心終日自勞生

岐陽客舍呈張明府

逸妻稚子應溝壑歸路茫茫東去遙涼葉下時心悄悄空齋夢裏雨蕭蕭星霜漸見侵華髮生長虛聞在聖朝知己只今何處在故山無事別漁樵

奉和李觀察登河中白樓

城上高樓飛鳥齊從公一遂躡丹梯黃河曲盡流天外白日輪輕（一作傾）落海西玉樹九重長在夢雲衢一望杳如迷何心更和陽春奏況復秋風聞戰鼙

朝下寄韓舍人

侍臣鳴珮出西曹鸞殿分階翊綵旄瑞氣迴浮青玉案日華遙上赤霜袍花間焰焰雲旗合鳥外亭亭露掌高肯念萬年芳樹裏隨風一葉在蓬蒿

賀李觀察禱河神降雨

質明齋祭北風微驂馭千羣擁廟扉玉帛纔敷雲淡淡笙鏞未撤雨霏霏路邊五稼添膏長河上雙旌帶溼歸若出敬亭山下作何人敢和謝玄暉

上將行（一作上將行軍中丞）

蕭關掃定犬羊羣（一作胡塵已滅天山外）閉閣層城白日（一作陰陰日復）曛櫪上驊騮嘶鼓角門前老將識風雲旌旗四面寒山映（一作高秋見）絲管（一作竹）千家靜夜聞誰道古來多簡冊（一作計最）功臣（一作成）唯有衛（一作是李）將軍（一作更想他時看竹帛功成不獨霍將軍）

許下書情寄張韓二舍人

謫宦軍城老更悲近來頻夜夢丹墀銀杯乍（一作然）滅心中火金鑷唯多鬢上絲（一作火漸鑷漸多鬢上絲）繞院（一作履又作徑）綠苔聞雁處滿庭黃葉閉門時故人高步雲衢上肯念前程杳未期

九日

重陽寒寺滿秋梧客在南樓顧老夫步蹇強登遊藻井髮稀那更插茱萸橫空過雨千峰出大野新霜萬葉枯（一作萬壑鋪）更望尊中菊花酒殷勤能得幾回沽

送大谷高少府

縣屬幷州北近胡悠悠此別宦仍孤應知史筆思循吏莫料韓門笑魯儒古塞草青宜牧馬春城月暗好啼烏彫殘貴有親仁術梅福何須去隱吴

同李端春望

二毛羈旅尚迷津萬井鶯花雨後春宮闕參差當晚日山河迤邐靜纖塵和風醉裏承恩客芳草歸時失意人南北東西各自去年年依舊物華新

嶽祠送薛近貶官

枯松老柏仙山下白帝祠堂枕古逵遷客無辜祝史告神明有喜女巫知遥思桂浦人空去遠過衡陽雁不隨度嶺梅花翻向北回看不見樹南枝

送友人遊江南

遠別悠悠白髮新江潭何處是通津潮聲偏懼初來客海味唯甘久住人漠漠煙光前浦晚青青草色定山春汀洲更有南迴雁亂起聯翩北向秦

長門怨

閒道昭陽宴嚬蛾落葉中清歌逐寒月遥夜入深宮

秋日

反照入閭巷憂來與誰（一作愁來誰共）語古道無（一作少）人行秋風動禾黍

秋夜

高秋夜分後遠客雁來時寂寞重門掩無人問所思

慈恩寺殘春

雙林花已盡葉色占殘芳若問同遊客高年最斷腸

早次省（一作鄠）縣界

疋馬曉路（一作言）歸悠悠渭川道晴山向孤城秋日滿白草

路傍墓

石馬雙雙當古樹不知何代公侯墓墓前靡靡（一作菲菲）春草深唯有行人看碑路

代園中老人

傭賃難（一作誰）堪一老身皤皤力役在青春林園手種唯吾事桃李成陰歸別人

古意

雖言千騎上頭居一世生離恨有餘葉下綺窗銀燭冷含啼自草錦中書

涼州詞

國使翻翻隨旆旌隴西歧路足荒城氊裘牧馬胡雛小日暮蕃歌三兩聲

安邑王校書居

秋來池館清夜聞宮漏聲迢遞玉山迴泛灔銀河傾琴上松風至窗裏竹煙生多君不家食孰云事巖耕

登總持寺閣

今日登高閣三休忽自悲因知筋力減不及往年時草樹還如舊山河亦在茲龍鍾兼老病更有重來期

寄錢起（一作司空曙詩）

草長花落樹羸病強尋春無復少年意空餘華髮新青原高見水白社靜逢人寄謝南宮客軒車不見親

宿青龍寺故曇上人院

年深宮院在閒客自相逢閉戶臨寒竹無人有夜鐘降龍今已去巢鶴竟何從坐見繁星曉淒涼識舊峯

新蟬（一作司空曙詩）

今朝蟬忽鳴遷客若為情便覺一年謝能令萬感生微風方滿樹落日稍沈城為問同懷者淒涼聽幾聲

秋中雨田園即事

漠漠重雲暗蕭蕭密雨垂為霖淹古道積日滿荒陂五稼何時穫孤村幾戶炊亂流發通圃腐葉著秋枝暮鷽新樵溼晨漁舊浦移空餘去年菊花發在東籬

拜新月（一作李端詩）

開簾見新月便即下堦拜細語人不聞北風吹裙帶

客行贈人

旅行雖別路日暮各思歸欲下今朝淚知君亦溼衣

贈山老人

白首獨一身青山為四鄰雖行故鄉陌不見故鄉人

贈胡居士

孔融過五十海內故人稀相府恩猶在知君未拂衣

薦福寺送元偉

送客攀花後尋僧坐竹時明朝莫回望青草馬行遲

觀鄰老栽松

雖過老人宅不解老人心何事斜陽裏栽松欲待陰

哭麴象（一作司空曙詩）

憶昨秋風起君曾歎逐臣何言芳草日自作九泉人

哭苗垂

舊友無由見孤墳草欲長月斜鄰笛盡車馬出山陽

題雲際寺故僧院

白髮怱怱色青山草草心遠公仍下世從此別東林

句

高樹多涼吹疎蟬足斷聲（見海錄碎事）

全唐詩

戎昱

戎昱荊南人登進士第衛伯玉鎮荊南辟爲從事建中中爲辰虔二州刺史集五卷今編詩一卷

塞下（一作上）曲

慘慘寒日沒北風卷蓬根將軍領疲兵却入古塞門回頭指陰山殺氣成黃雲

上山望胡兵胡馬馳驟速黃河冰已合意又向南牧嫖姚夜出軍霜雪割人肉

塞北無草木烏鳶巢僵屍泱漭沙漠空終日胡風吹戰卒多苦辛苦辛無四時

晚渡西海西向東看日沒傍岸砂礫堆半和戰兵骨單于竟未滅陰氣常勃勃

城（一作樓）上畫角哀即（一作則）知兵心苦試問左右人無言淚如雨何意休明時終年事鼙鼓

北風凋白草胡馬日駸駸夜後戍樓月秋來邊將心鐵衣霜露（一作雪）重戰馬歲年深自有盧龍塞煙塵飛至今

苦哉行五首（寶應中過滑州洛陽後同王季友作）

彼鼠侵我廚縱貍授粱肉鼠雖爲君却貍食自須足冀雪大國恥翻是大國辱羶腥逼綺羅磚瓦雜珠玉登樓非騁望目笑是心哭何意天樂中至今奏胡曲

官軍收洛陽家住洛陽里夫壻與兄弟目前見傷死吞聲不許哭還遣衣羅綺上馬隨匈奴數秋黃塵裏生爲名家女死作塞垣鬼鄉國無還期天津哭流水

登樓望天衢目極淚盈睫彊笑無笑容須妝舊花靨昔年買奴僕奴僕來碎葉豈意未死間自爲匈奴妾一生忽至此萬事痛苦業得出塞垣飛不如彼蜂蝶

妾家清河邊七葉承貂蟬身爲最小女偏得渾家憐親戚不相識幽閨十五年有時最遠出秖到中門前前年狂胡來懼死翻生全今秋官軍至豈意遭戈鋋匈奴爲先鋒長鼻黃髮拳彎弓獵生人百步牛羊羶腦身落虎口不及歸黃泉苦哉難重陳暗哭蒼蒼天

可汗奉親詔今月歸燕山忽如亂刀劒攪妾心腸間出戶望北荒迢迢玉門關生人爲死別有去無時還漢月割妾心胡風凋妾顏去去斷絕魂叫天天不聞

苦辛行

且莫奏短歌聽余苦辛詞如今刀筆士不及屠沽兒少年無事學詩賦豈意文章復相悞東西南北少知音終年竟歲悲行路仰面訴天天不聞低頭告地地不言天地生我尚如此陌上他人何足論誰謂西江深涉之固無憂誰謂南山高可以登之遊險巇唯有世間路一晌令人堪白頭貴人立意不可測等閑桃李成荊棘風塵之士深可親心如雞犬能依人悲來却憶漢天子不棄相如家舊貧勸君且飲酒酒能散羈愁誰家有酒判一醉萬事從他江水流

長安秋夕（一作中秋感懷）

八月更漏長愁人起常早閉門寂無事滿院（一作地）生秋草昨宵西（一作北）窗夢夢入荊南（一作門）道遠客歸去來在家貧亦好

羅江客舍

山縣秋雲闇茅亭暮雨寒自傷庭葉下誰問客衣單有興時添酒（一作開卷）無聊懶整冠近來鄉國夢夜夜到長安

贈岑郎中

童年未解讀書時誦得郎中數首詩四海煙塵猶隔闊十年魂夢每相隨（一作思）雖披雲（一作欣披）霧逢迎疾已恨趨風拜德（一作識）遲天下無人鑒詩句不尋詩伯重（一作更）尋誰

聞笛（一作李益詩）

入夜思歸切笛聲清（一作寒）更哀愁人不願聽自到枕前（一作邊）來風起塞雲斷夜深關月開平明獨惆悵飛盡一庭梅

漢上題韋氏莊

結茅同楚客卜築漢江邊日落數歸鳥夜深聞扣舷水痕侵岸柳山翠借廚煙調笑提筐婦春來蠶幾眠

閨情

側聽宮官說知君寵尚存未能開笑頰先欲換愁魂寶鏡窺粧影紅衫裛淚痕昭陽今再入寧敢恨長門

衡陽春日遊僧院

曾共劉諮議同時事道林與君相掩淚來客豈知心堦雪凌春積爐煙向暝深依然舊童子相送出花林

玉臺體題湖上亭

湖入縣西邊湖頭勝事偏綠竿初長笋紅顆未開蓮蔽日高高樹迎人小小船清風長入坐夏月似秋天

早梅

一樹寒梅白玉條迥臨村路傍溪橋應緣（一作不知）近水花先發疑是經春（一作冬）雪未銷

移家別湖上亭

好是（一作去）春風湖上亭柳條藤蔓繫離情黃鶯久住渾相識欲別頻啼四（一作三）五聲

客堂秋夕

隔窗螢影滅復流北風微雨虛堂秋蟲聲竟夜引鄉淚蟋蟀何自知人（一作知人自）愁四時不得一日樂以此方悲客遊惡（一作牢落）寂寂江城無所聞梧桐葉上偏蕭索

湖南雪中留別

草草還草草湖東別離早何處愁殺人歸鞍雪中道出門迷轍跡雲水白浩浩明日武陵西相思鬢堪老

贈別張駙馬

上元年中長安陌見君朝下欲歸宅飛龍騎馬三十匹（一作四）玉勒雕鞍照初日數里衣香遙撲人長衢雨歇無纖塵從奴斜抱勑賜錦雙雙蹙出金麒麟天子愛壻皇后弟獨步明時負權勢一身敻躍承殊澤甲第朱門聳高戟鳳凰樓上伴吹簫鸚鵡杯中醉留客泰去否來何足論宮中晏駕人事翻一朝負譴辭丹闕五年待罪湘江源冠冕淒涼幾遷改眼看桑田變成海華堂金屋別賜人細眼黃頭總何在渚宮相見寸心悲懶欲今時問昔時看君風骨殊未歇不用愁來雙淚垂

涇州觀元戎出師

寒日征西將蕭蕭萬馬叢吹笳覆樓雪祝纛滿旗風遮虜黃雲斷燒羌白草空金鐃肅天外玉帳靜霜中朔野長城閉河源舊路通衛青師自老魏絳賞何功槍壘依沙迴轅門壓塞雄燕然如可勒萬里願從公

從軍行

昔從李都尉雙鞬照馬蹄擒生黒山北殺敵黄雲西太
白沈虜地邊草復萋萋歸來邯鄲市百尺青樓梯感激
然諾重平生膽力齊芳筵暮歌發豔粉輕鬟低半酣（一作醉）
秋風起鐵騎門前嘶遠戍報烽火孤城嚴鼓鼙揮鞭望
塵去少婦莫含啼

古意

女伴朝來說知君欲棄捐嬾梳明鏡下羞到畫堂前有
淚霑脂粉無情理管弦不知將巧笑更遣向誰憐

聽杜山人彈胡笳（一本題下有歌字）

綠琴胡笳誰妙彈山人杜陵名庭蘭杜君少與山人友
山人沒來今已久當時海內求知音囑付胡笳入君手
杜陵攻琴四十年琴聲在音不在弦座中爲我奏此曲
滿堂蕭颯如窮邊第一第二拍淚盡蛾眉沒蕃客更聞
出塞入塞聲穹廬氈帳難爲情胡天雨雪四時下五月
不曾芳草生須臾促軫變宮徵一聲悲兮一聲喜南看
漢月雙眼明却顧胡兒寸心死迴鶻數年收洛陽洛陽
士女皆驅將豈無父母與兄弟聞此哀情皆斷腸杜陵
先生證此道沈家祝家皆絶倒如今世上雅風衰若箇
深知此聲好世上愛箏不愛琴則明此調難知音今朝
促軫爲君奏不向俗流傳此心

詠史（一作和蕃）

漢家青史上計拙是和親社稷依明主安危託婦人豈
能將玉貌便擬靜胡（一作煙）塵地下千年骨誰爲輔佐臣

桂州臘夜

坐到三更盡歸仍萬里賒雪聲偏傍竹寒夢不離家曉
角分殘漏孤燈落碎花二年隨驃騎辛苦向天涯

再赴桂州先寄（一作上）李大夫

玷玉甘長棄朱門喜再遊過因讒後重恩合死前酬養
驥須憐瘦栽松莫厭秋今朝兩行淚一半血和流

題招提寺

招提精舍好石壁向江開山影水中盡鳥聲天上來一
燈傳歲月深院（一作殿）長莓苔日暮雙林磬泠泠（一作玲玲）送客回

謫官辰州冬至日懷

去年長至在長安策杖曾簪獬豸冠此歲長安逢至日
下堦遥想雪霜寒夢隨行伍朝天去身寄窮荒報國難
北望南郊消息斷江頭唯有淚闌干

贈韋況徵君

身欲逃名名自隨鳳銜丹詔降茅茨苦節難違天子命
貞心唯有老松知回看藥竈封題密強入蒲輪引步遲
今日巢由舊冠帶聖朝風化勝堯時

送吉州閻使君入道二首

聞道桃源去塵心忽自悲余當從宦日君是棄官時金
汞封仙骨靈津嚥玉池受傳三籙備起坐五雲隨洞裏
花常發人間鬢易衰他年會相訪莫作爛柯棊

盧陵太守近隳官霞（一作月）帔初朝五（一作玉）帝壇風過鬼神延
（一作迎）受籙夜深龍虎衛燒丹冰容入鏡纖埃靜玉液添（一作傾）
餅漱齒寒莫遣桃花迷客路千山萬水訪君難

入劍門

劍門兵革後萬事盡堪悲鳥鼠無巢穴兒童話别離山
川同昔日荆棘是今時征戰何年定家家有畫旗

過商山

雨暗商山過客稀路傍孤店閉柴扉卸鞍良久茅簷下
待得巴（一作主）人樵採歸

閏春宴花溪嚴侍御莊

一團青（一作春）翠色云是子陵家山帶新晴雨溪留閏月花
瓶開巾漉酒地坼筍抽芽綵縟（一作何幸）承顔面（一作服）朝朝賦（一作奏）
白華

歲暮客懷

異鄉三十口親老復家貧無事乾坤内虚爲翰墨人歲
華南去後愁夢北來頻惆悵江邊柳依依又欲春

秋望興慶宫

先皇歌舞地今日未遊巡幽咽龍池水淒凉御榻塵隨
風秋樹葉對月老宫人萬事如桑海悲來欲慟（一作動）神

送鄭鍊師貶辰州

辰州萬里外想得逐臣心謫去刑名枉人間痛惜深誤
將瑕指玉遂使謾（一作謗）消金計日西歸在休爲澤畔吟

雲夢故城秋望

故國遺墟在登臨想舊遊一朝人事變千載水空流夢
渚鴻聲（一作毛）晚（一作鷗飛晚）荆門樹色秋片雲凝不散遥挂望鄉
愁

秋日感懷

洛陽岐路信悠悠無事辭家兩度秋日下未馳千里足
天涯徒泛五湖舟荷衣半浸緣鄉淚玉貌潛銷是客愁
説向長安親與故誰憐歲晚尚淹留

送王明府入道

何事陶彭澤明時又挂冠爲耽泉石趣不憚薜蘿寒輕
雪籠紗帽孤猨傍醮壇懸懸（一作思）老松下金竈夜燒丹

秋月（一作江城秋夜）

江干入夜杵聲秋百尺疎桐挂斗牛思苦自看（一作綠）明月
苦人愁不是月華愁

賦得鐵馬鞭

成器雖因匠懷剛本自天爲憐持寸節長擬靜三邊未
入英髦用空存鐵石堅希君剖腹取還解抱龍泉

聞顔尚書陷賊中

聞説（一作傳道）征南没那堪故吏聞能持蘇武節不受馬超動
國破無家（一作人）信天秋有鴈羣同榮不同辱今日負將軍

送蘇參軍

憶昨青襟醉裏分酒醒迴首悵離羣舟移極浦城初掩
山束長江日早曛客（一作老）來有恨空思德别後誰人更議
文常歎蘇生官太屈應緣才似鮑參軍

成都元十八侍御

不見元生已數朝浣花溪路去非遥客舍早知渾寂寞
交情豈謂更蕭條空有寸心思會面恨無單酌遣相邀
驊驄（一作騮）幸自能馳驟何惜揮鞭過柞橋

觀衛尚書九日對中使射破的

盛宴傾黄菊殊私降紫泥月營開射圃霜旆拂晴霓出
將三朝貴彎弓五善齊腕迴金鏃滿的破綠弦低勇氣
干牛斗歡聲震鼓鼙忠臣思報國更欲取關西

辰州聞大駕還宮

聞道鑾輿歸魏闕，望雲西拜喜成悲。寧知朧水煙銷日，再有園林秋薦時。渭水戰添亡虜血，秦人生覩舊朝儀。自慚出守辰州畔，不得親隨日月旗。

辰州建中四年多懷

荒徼辰陽遠，窮秋瘴雨深。主恩堪灑血，邊宦更何心。海上紅旗滿，生前白髮侵。竹寒寧改節，隼靜早因禽。務退門多掩，愁來酒獨斟。天涯憂國淚，無日不霑襟。

上桂州李大夫

今日辭門館，情將衆別殊。感深翻有淚，仁過曲憐愚。晚（一作曉）鏡傷秋鬢，晴寒切病軀。煙霞（一作波）萬里闊，宇宙一身孤（一作迂）。倚馬才寧有，登龍意豈無。唯於方寸內，暗貯報恩珠。

江城秋霽

霽後江城風景涼，豈堪登眺只堪傷。遠天螮蝀收殘雨，映水鷗鷺近夕陽。萬事無成空過日，十年多難不還鄉。不知何處銷茲恨，轉覺愁隨夜夜長。

上李常侍

旌旗曉過大江西，七校前驅萬隊齊。千里政聲人共喜，三軍令肅馬前嘶。恩霑境內風初變，春入城陰柳漸低。桃李不須令更種，早知門下舊成蹊。

上湖南崔中丞

山上青松陌上塵，雲泥豈合得相親。舉世盡嫌良馬瘦，唯君不棄（一作厭）臥龍貧。千金未必能移性，一諾從來許殺身。莫道書生無感激，寸心還是報恩人。

早春雪中

陰雲萬里晝（一作畫）漫漫，愁坐關心事幾般。爲報春風休下雪，柳條初放（一作發）不禁寒。

雲安阻雨

日長巴峽雨濛濛，又說歸舟路未通。遊人不及西江水，先得東流到渚宮。

湖南春日二首

自憐春日客長沙，江上無人轉憶家。光景却添鄉思苦，簷前數片落梅花。

三湘漂寓若流萍，萬里湘（一作江）鄉隔洞庭。羇客春來心欲碎，東風莫遣柳條青。

送陸秀才歸覲省

武陵何處在，南指楚雲陰。花萼連枝（一作芳）近，桃源去路深。啼鶯徒寂寂，征馬已駸駸。隄上千年柳，條條挂我心。

戲題秋月

秋宵月色勝春宵，萬里天涯靜寂寥。近來數夜飛霜重，只畏娑娑樹葉凋。

宿湘江

九月湘江水漫流，沙邊唯覽月華秋。金風浦上吹黃葉，一夜紛紛滿客舟。

戲贈張使君

數載蹉跎罷搢紳，五湖乘興轉迷津。如今野客無家第，醉處尋常是主人。

別公安賈明府

葉縣門前江水深，淺於羇客報恩心。把君詩卷西歸去，一度相思一度吟。

霽雪（一作韓舍人書窗殘雪）

風卷寒（一作黃）雲（一作長空）暮雪晴，江煙洗盡柳條（一作枝）輕。簷前數片無人埽，又得書窗一夜明。

漢陰弔崔員外墳

遠別望有歸，葉落（一作落葉）望春暉。所痛泉路人，一去無還期。荒墳遺漢陰，墳樹啼子規。存沒抱冤滯，孤魂意何依。豈無骨肉親，豈無深相知。曝露不復問，高名亦何爲。相攜慟君罷，春日空遲遲。

題槿花

自用金錢買槿栽，二年方始得花開。鮮紅（一作紅鮮）未許佳人見，蝴蝶爭知早到來。

題宋玉亭

宋玉亭前悲暮秋，陽臺路上雨初收。應緣此處人多別，松竹蕭蕭也帶愁。

過東平軍

晝角初鳴殘照微，營營鞍馬往來稀。相逢士卒皆垂淚，八座朝天何日歸。

送辰（一作新）州鄭使君

誰人不譴謫，君去獨堪傷。長子家無弟（一作第），慈親老在堂。驚魂隨驛吏，冒暑向炎方。未到猨啼處，參差已斷腸。

江上柳送人（一本題上有賦得二字）

江柳斷腸色，黃絲垂未齊。人看幾重恨，鳥入一枝低。鄉淚正堪落，與君又解攜。相思萬里道，春去夕陽西。

湘南曲

虞帝南遊不復還，翠蛾幽怨水雲間。昨夜月明湘浦宿，閨中珂珮度空山。

桂州西山登高上陸大夫

登高上山上，高處更堪愁。野菊他鄉酒，蘆花滿眼秋。風煙連楚郡，兄弟客（一作愛）荆州。早晚朝天去，親隨定遠侯。

寄鄭鍊師

平生金石友，淪落向辰州。已是二年客，那堪終日愁。尺書渾不寄，兩鬢計應秋。今夜相思月，情人南海頭。

八月十五日

憶昔千秋節，懽娛萬國同。今來六親遠，此日一悲風。年少逢胡亂，時平似夢中。梨園幾人在，應是涕（一作泣）無窮。

征人歸鄉

三月江城柳絮飛，五年遊客送人歸。故將別淚和鄉淚，今日闌干濕汝衣。

駱家亭子納涼

江湖思渺然，不離國門前。折葦魚沈藻，攀藤鳥出煙。生衣宜水竹，小酒入詩篇。莫怪侵星坐，神清不欲眠。

逢朧西故人憶關中舍弟

莫話邊庭事，心摧不欲聞。數年家朧地，舍弟殁胡軍。每念支離苦，常嗟骨肉分。急難何日見，遙哭朧西雲。

秋夜（一本有宿字）梁十三廳事

今來秋已暮，還恐未成歸。夢裏家仍遠，愁中葉又飛。竹聲風度急，燈影月來微。得見梁夫子，心源有所依。

成都暮雨秋（秋一作雨）

九月龜城暮，愁人閉草堂。地卑多雨潤，天暖少秋霜。緞

欲傾新酒其如憶故鄉不知更漏意惟向客(一作耗)邊長

酬梁二十

渚宮無限客相見獨相親長路皆同病無言似一身歲寒唯愛竹憔悴不堪春細與知音說攻文恐慢人

花下宴送鄭鍊師

愁裏惜春深聞幽即共尋貴看花柳色圖放別離心客醉花能笑詩成花(一作酒)伴吟爲君調綠綺先奏鳳歸林

秋館雨後得弟兄書即事呈李明府

弟兄書忽到一夜喜兼愁空館復聞雨貧家怯到秋坐中孤燭暗窗外數螢流試以他鄉事明朝問子游

寄梁淑

長憶江頭執別時論文未有不相思鴈過經秋無尺素人來終日見新詩心思食蘖何由展家似流萍任所之悔學秦人南避地武陵原上又徵師

送張秀才之長沙

君向長沙去長沙僕舊諳雖之(一作云)桂嶺北終是闕(一作洞)庭南山靄生朝雨江煙作夕嵐松醪能醉客慎勿滯湘潭

塞下(一作上)曲

漢將歸來虜塞空旌旗初下玉關東高蹄戰馬三千匹落日平原秋草中

送僧法和(一作送亮法師)

達士心無滯他鄉總是家問經翻貝葉論法指蓮花欲契真空義先開智慧芽不知飛錫後何處是洹沙

送嚴十五郎之長安

送客身爲客思家愴別家暫收雙眼淚遥想五陵花路遠征車迴山迴劍閣斜長安君到日春色未應(一作曾)賒

冬夜宴梁十三廳

故人能愛客秉燭會吾曹家爲朋徒罄心緣翰墨勞夜寒銷臘酒霜冷重綈袍醉臥西窗下時聞鴈(一作響)高

收襄陽城二首

悲風慘慘雨修修峴北山低草木愁暗發前軍連夜戰平明旌旆入襄州

五營飛將擁霜戈百里僵屍滿灩河日暮歸來看劍血將軍却恨殺人多

出軍

龍繞旌竿獸滿旗翻營乍似雪中(一作山)移中軍一隊三千騎盡是并州遊俠兒

和李尹種葛

弱質人皆棄唯君手自栽藟含霜後竹香惹臘前梅擬託凌雲勢須憑接引材清(一作綠)陰如可惜黃鳥定飛來

送零陵妓(一作送妓赴于公召)

寶鈿香蛾翡翠裙裝成掩泣欲行雲殷勤好取襄王意莫向陽臺夢使君

採蓮曲二首

雖聽採蓮曲詎識採蓮心漾檝愛花遠回船愁浪深煙生極浦色日落半江陰同侶憐波靜看妝墮玉簪

涔陽女兒花滿頭毿毿同泛木蘭舟秋風日暮南湖裏爭唱菱歌不肯休

塞上曲

胡風略地燒連山碎葉孤城未下關山頭烽子聲(一作聲)聲叫知是將軍夜獵還

寂上人禪房

俗塵浮垢閉禪關百歲身心幾日閑安得此生同草木無營長在四時間

桂州口號

畫角三聲動客愁曉霜如雪覆江樓誰道桂林風景暖到來重著皁貂裘

紅槿花

花是深紅葉麴塵不將桃李共爭春今日驚秋自憐客折來持贈少年人

哭黔中薛大夫

亞相何年鎮百蠻生涯萬事瘴雲間夜郎城外誰人哭昨日空餘旌節還

感春

看花淚盡知春盡魂斷看花秖恨春名位未霑身欲老詩書寧救眼前貧

途中寄李二(一作李益詩)

楊柳煙含灞岸春年年攀折爲行人好風若借低枝便莫遣青絲埽路塵

寄許鍊師(一作李益詩)

埽石焚香禮碧空露華偏濕蘂珠宮如何說得天壇上萬里無雲月正中

下第留辭顧侍郎

綺陌彤彤花照塵王門侯邸盡朱輪城南舊有山村路欲向雲霞覓主人

題雲公山房(一作權德輿詩又作楊巨源詩)

雲公蘭若深山裏月明松殿微風起試問空門清淨心蓮花不著秋潭水

別離作(一作戴叔倫詩)

手把杏花枝未曾經別離黃昏掩門後寂寞自心知

九日賈明府見訪

獨掩衡門秋景閑洛陽才子訪柴關莫嫌濁酒君須醉雖是貧家菊也斑同人願得長擕手久客深思一破顏却笑孟嘉吹帽落登高何必上龍山

開元觀陪杜大夫中元日觀樂(第八句缺一字)

今朝歡稱玉京天況值關東俗理年舞態疑迴紫陽女歌聲似遏綵雲仙盤空雙鶴驚几劍灑砌三花度管弦落日香塵擁歸騎　風油幕動高煙

中秋夜登樓望月寄人

西樓見月似江城脈脈悠悠倚檻情萬里此情同皎潔一年今日最分明初驚桂子從天落稍誤蘆花帶雪平知稱玉人臨水見可憐光彩有餘清

贈宜陽張使君

暫作宜陽客深知太守賢政移千里俗人戴兩重天舊郭多新室閑坡盡闢田倘令黃霸在今日恥同年

移家別樹

千(一作手)種庭前樹人移樹不移看花愁作別不及未栽時

成都送嚴十五之江東

江東萬里外別後幾悽悽峽路花應發津亭柳正齊酒

傾遲日暮川闊遠天低心繫征帆上隨君到剡溪

送李參軍

好住好住王司户珍重珍重李參軍一東一西如別鶴一南一北似浮雲月照疎林千片影風吹寒水萬里紋別易會難今古事非是余今獨與君

題嚴氏竹亭

子陵棲遁處堪繫野人心溪水浸山影嵐煙向竹陰忘機看白日留客醉瑶琴愛此多詩興歸來步步吟

送王端公之太原歸覲相公

杜史今何適西行詠陟岡也知人惜別終美鳫成行春雨桃花靜離尊竹葉香到時丞相閤應喜棣華芳

旅次寄湖南張郎中

寒江近户漫流聲竹影臨窗亂月明歸夢不知湖水闊夜來還到洛陽城

晚次荆江

孤舟大江水水涉無昏曙雨暗迷津時雲生望鄉處漁翁閑自樂樵客紛多慮秋色湖上山歸心日邊樹徒稱竹箭美未得楓林趣向夕垂釣還吾從落潮去

同辛兗州巢父盧副端岳相思獻酬之作因紓歸懷兼呈辛魏二院長楊長寧

暮角發高城情人坐中起臨觴不及醉分散秋風裏離有明月期離心若千里前歡反惆悵後會還如此焉得夜淹留一回終宴喜羇遊復牽役館至重湖水早晚泛歸舟吾從數君子

撫州處士湖泛舟送北迴兩指此南昌縣查溪蘭若別

移樽鋪山曲祖帳查溪陰鋪山即遠道查溪非故林悽然誦新詩落淚霑素襟郡政我何有別情君獨深禪庭古樹秋宿雨清沈沈揮袂故里遠悲傷去住心

耒陽谿夜行一作為傷杜甫作

乘夕棹歸舟緣源二轉幽月明看嶺樹風靜聽溪流嵐氣船間入霜華衣上浮猨聲雖此夜不是別家愁

桂城早秋

遠客驚秋早江天夜露新滿庭惟有月空館更何人卜命知身賤傷寒舞劍頻猨啼曾下淚可是爲憂貧

桂州歲暮

歲暮天涯客寒窗欲曉時君恩空自感鄉思夢先知重誼人愁別驚棲鵲戀枝不堪樓上角南向海風吹

宿桂州江亭呈康端公

獨向東亭坐三更待月開螢光入竹去水影過江來露滴千家靜年流一葉催龍鍾萬里客正合故人哀

全唐詩

竇叔向

竇叔向字遺直京兆人代宗時常衮爲相引爲左拾遺内供奉衮貶出爲溧水令五子羣常牟庠鞏皆工詞章有聯珠集行於時叔向工五言名冠時輩集七卷今存詩九首

寒食日恩賜火

恩光及小臣華燭忽驚春電影隨中使星輝拂路人幸因榆柳暖一照草茅貧

端午日恩賜百索

仙宫長命縷端午降殊私事盛蛟龍見恩深犬馬知餘生儻可續終冀荅明時

貞懿皇后挽歌三首今存二首

二陵恭婦道六寢盛皇情禮遜生前貴恩追歿後榮幼王親捧土愛女復連塋東望長如在誰云向玉京

後庭攀畫柳上陌咽清笳命婦羞蘋葉都人插柰花壽宫星月異仙路往來賒縱有迎仙一作神術終悲隔絳紗

秋砧送邑一作包大夫

斷續長門下清冷逆旅秋征夫應待信寒女不勝愁帶月飛城上因風散陌頭離居偏入聽況復送歸舟

過擔石湖

曉發漁門戍晴看擔石湖日銜高浪出天入四空無尺寸一作尺分洲島纖毫指一作辨舳艫渺然從此去誰念客帆孤

春日早朝應制

紫殿俯千官春松應合歡御爐香焰暖馳道玉聲寒乳燕翻珠綴祥烏集露盤宫花一萬樹不敢舉頭看

酬李袁州嘉祐

少年輕會復輕離老大關心總是悲強說前程聊自慰未知攜手定何時公才屈指登黃閣匪服胡顔上赤墀想到長安誦佳句滿朝誰不念瓊枝

夏夜宿表兄話舊

夜合花開香滿庭夜深微雨醉初醒遠書珍重何曾達舊事淒涼不可聽去日兒童皆長大昔年親友半凋零明朝又是孤舟別愁見河橋酒幔青

句

禁兵環素帟宫女哭寒雲哀挽第三首止存二句見聯珠集叙

竇常

竇常字中行大曆中及進士第隱居廣陵之柳楊著書二十年不出後淮南節度杜佑辟爲參謀元和間自湖南判官入爲侍御史轉水部員外郎出刺朗州固陵潯陽臨川四郡入爲國子祭酒致仕卒贈越州都督有集十八卷今存詩二十六首

晚次方山精舍却寄張薦員外

楚臘還無雪江春又足風馬羸三逕外人病四愁中西塞波濤闊南朝寺舍空猶銜步兵酒宿醉在除一作餘東

和裴端公樞蕪城秋夕簡遠近親知

歲積登朝戀秋加陋巷貧宿酲因夜歇佳句得愁新晝日憑幽几何時上軟輪漢廷風憲在應念匪躬人

項亭懷古

力取誠多難天亡路亦窮有心裁帳下無面到江東命厄留雖處年銷逐鹿中漢家神器在須廢拔山功

奉使西還早發小磵館寄盧滁州邁

野棠花覆地山館夜來陰馬蹟穿雲去雞聲出澗深清風時偃草久旱或爲霖試與惇犛話猶堅借寇心

早發金釣店寄奚十唐大二茂才

出門山未曙，風葉暗蕭蕭。月影臨荒柵，泉聲近廢橋。歲經秋後役，程在洛中遙。寄謝金門侶，弓旌俁見招。

途中立春寄楊郇伯

浪跡終年客，驚心此地春。風前獨去馬，澤畔耦耕人。老大交情重，悲涼外物親。子雲今在宅，應見柳條新。

故秘監丹陽郡公延陵包公挽歌詞

卓絕明時第，孤貞貴後貧。郄詵爲胄子，季札是鄉人。筆下調金石，花間領搢紳。那堪歸葬日，哭渡柳楊津。

涼國惠康公主挽歌

玉立分堯緒，笄年下相門。早加于氏對，偏占館陶恩。淚有潛成血，香無却返魂。共知何駙馬，垂白抱天孫。

哭張倉曹南史

萬事竟蹉跎，重泉恨若何。官臨環衛小，身逐轉蓬多。麗藻嘗專席，閑情欲爛柯。春風宛陵路，丹旐在滄波。

北固晚眺

水國芒種後，梅天風雨涼。露蠶開晚簇（蠶露於外，淮西皆然），江燕繞危檣。山趾北來固，潮頭西去長。年年此登眺，人事幾銷亡。

謁三閭廟

君非三諫寤，禮許一身逃。自樹終天戚，何裨事主勞。衆魚應餌骨，多士盡餔糟。有客椒漿奠，文衰不繼騷。

茅山贈梁尊師

雲屋何年客，青山白日長。種花春掃雪，看籙夜焚香。上象壺中闊，平生醉裏忙。幸承仙籍後，乞取大還方。

謁諸葛武侯廟

永安宮外有祠堂，魚水恩深祚不長。角立一方初退舍，擬稱三漢更圖王。人同過隙無留影，石在窮沙尚啓行。歸蜀降吳竟何事，爲陵爲谷共蒼蒼。

奉賀太保岐公承恩致政（一作仕）

君爲宮（一作召公爲）保及清時，冠蓋初閑拜武（一作舞）遲。五色詔中宣九德，百寮班外置三師。山泉遂性休稱疾，子弟能官各受詞。不學鑄金思范蠡，乞言猶許上丹墀。

之任武陵寒食日途次松滋渡先寄劉員外禹錫

杏花榆莢曉風前，雲際離離上峽船。江轉數程淹驛騎，楚曾三户少人煙。看春又過清明節，算老重經癸巳年（憲宗元和八年）。幸得（一作在）柱（一作杜，一作住）山當郡舍（湘州柱山在郡東十七里，即今德山），在朝長詠卜居篇。

奉寄辰州房使君郎中

漢代文明今盛明，猶將賈傅暫專城。何妨密旨先符竹，莫是除書誤姓名。蝸舍喜時春夢去，隼旟行處瘴江清。新年只可三十二，却笑潘郎白髮生。

立春後言懷招汴州李匡衙推

閒齋夜擊唾壺歌，試望夷門奈遠何。每聽寒笳離夢斷，時窺清鑑旅愁多。初驚宵漏丁丁促，已覺春風習習和。海內故人君最老，花開鞭馬更相過。

奉送職方崔員外攝中丞新羅册使

帝命海東使，人行天一涯。辨方知木德，開國有金家。册拜申恩重，留歡作限賒。順風鯨浪勢（一作熱），初日錦帆斜。夜色潛然火，秋期獨往槎。慰安皆喻旨，忠信自無瑕。髮美童年髻，簪香（一作香簪）子月花。便隨琛賮入，正朔在中華。

酬舍弟牟秋日洛陽官舍寄懷十韻

幼爲逃難者，纔省用兵初。去國三苗外，全生四紀（一作絶）餘。老頭親帝里，歸處失吾廬。逝水猶嗚咽，祥雲自卷舒。正郎曾首拜，亞尹未平除。幾變陶家柳，空傳魏闕書。思凌天際鶴，言甚轍中魚。玉立知求已，金聲乍起予。在朝魚水分，多病雪霜居。忽報陽春曲，縱横恨不如。

求自試

仙禁祥雲合，高梧彩鳳遊。沈冥求自試，通鑒果蒙收。文墨悲無位，詩書誤白頭。陳王抗表日，毛遂請行秋。雙劍曾埋獄，司空問斗牛。希垂拂拭惠，感激願相投。

花發上林

上苑曉沈沈，花枝亂綴陰。色浮雙闕近，春入九門深。向暖風初扇，餘寒雪尚侵。豔回秦女目，愁處越人心。繞繞時縈蝶，關關乍引禽。寧知幽谷羽，一舉欲依林。

過宋氏五女舊居（宋氏女姊五人，貞元中同入宮）

謝庭風韻婕妤才，天縱斯文去不迴。一宅柳花今似雪，鄉人擬築望仙臺。

還京樂歌詞

百戰初休十萬師，國人西望翠華時。家家盡唱升平曲，帝幸梨園親製詞。

商山（一作四皓）祠堂即事

奪嫡心萌事可憂，四賢西笑暫安劉。後王不敢論珪組，土偶人前枳樹秋。

七夕（一本有寄懷二字）

露盤花水望三星，髣髴虛無爲降（一作降匹）靈。斜漢没時人不寐，幾條蛛網下風庭。

杏山館聽子規

楚塞餘春聽漸稀，斷猿今夕讓霑衣。雲埋老樹空山裏，髣髴千聲一度飛。

竇牟

竇牟，字貽周，舉貞元進士第。歷佐從事，後爲留守判官，檢校尚書都官郎中，出爲澤州刺史，改國子司業，卒。有集十卷，今存詩二十一首。

史館候別蔣拾遺不遇

千門萬户迷，佇立月華西。畫戟晨光動，春松宿露低。主文親玉扆，通籍入金閨。肯念從戎去，風沙事鼓鞞。

早赴臨（一作銀）臺立馬待漏口號寄弟羣

上陌行初盡，嚴城立未開。人疑早朝去，客是遠方來。伏奏徒將命，周行自引才。可憐霄漢曙，鴛鷺正徘徊。

緱氏拜陵迴道中呈李舍人少尹

忽忝諸卿位，仍陪長者車。禮容皆若舊，名籍自憑虛。上路花偏早，空山雲甚餘。却愁新詠發，酬和不相如。

陪韓院長韋河南同尋劉師不遇（以同尋師三字分韻牟得同字）

仙客誠難訪，吾人豈易同。獨遊應駐景，相顧且吟風。藥畹瓊枝秀，齋軒粉壁空。不題三五字，何以達壺公。

送東光呂少府之官連帥奏授

遠愛東光縣，平臨若木津。一城先見日，百里早驚春。德禮邀才重，恩輝拜命新。幾時裁尺素，滄海有枯鱗。

送劉公達判官赴天德軍幕

特建青油幕量(一作重)分紫禁師自然知召子不用問從誰文武輕車少腥膻左衽衰北風如有寄畫取受降時(軍有東西受降城)

故秘監丹陽郡公延陵包公挽歌

台鼎嘗虛位夔龍莫致堯德音冥秘府風韻散清朝天上文星落林端玉樹凋有吳君子墓返葬故山遙

望終南

日愛南山好時逢夏景殘白雲兼似雪清晝乍生寒九陌峰如墜千門翠可團欲知形勝盡都在紫宸看

秋夕閑居對雨贈別盧七侍御坦

燕燕辭巢蟬蛻枝窮居積雨壞藩籬夜長簷霤寒無寢日晏廚煙溼未炊悟主一言那可學從軍五首竟徒爲故人驄馬朝天使洛下秋聲恐要知

晚過敷水驛卻寄華州使院張鄭二侍御

春雨如煙又若絲曉來昏處晚晴時仙人掌上芙蓉沼柱史關西松柏祠幾許歲華銷道路無窮王事繫戎師迴瞻二妙非吾侶日對三峰自有期

洛下閑居夜晴觀雪寄四遠諸兄弟

雪月相輝雲四開終風助凍不揚埃萬重瓊樹宮中接一直銀河天上來荆楚歲時知染翰湘吳醇酎憶銜杯強題縑素無顏色鴻鴈南飛早晚迴

天津曉望因寄呈分司一二省郎

萬乘西都去千門正位虛鑿龍橫碧落提象出華胥望幸宮嬪老迎春海燕初保釐纔半仗容衞盡空廬要自詞難擬懸來畫不如散郎無所屬聊事穆清居

早入朝書事

紫陌紛如畫彤庭鬱未晨列星沈騎火殘月暗車塵隱軫排霄翰差池跨海鱗玉聲餘似樂香澤散成春歎息驅羸馬分明識故人一生三不遇今作老郎身

元日喜聞大禮寄上翰林四學士中書六舍人二十韻

有事郊壇畢無私日月臨歲華春更早天瑞雪猶深玉輦迴時令金門降德音翰飛鴛別侶藥植桂爲林粉澤資鴻筆薰和本素琴禮成戎器下恩徹鬼方沈麟爵來稱紀官師退絕箴道風黃閣靜祥景紫垣陰壽酒朝時獻農書夜直尋國香煴翠幄庭燎赩紅衾漢魏文章盛堯湯雨露霑(一作湛)密辭投水石精義出沙金宸眷親唯敬鈞衡近匪侵疾驅千里駿清唳九霄禽慶賜迎新服齋莊棄舊簪忽思班女怨遙聽越人吟末路甘貧病流年苦滯淫夢中青瑣闥歸處碧山岑竊抃聞韶濩觀光想韎任大哉環海晏不竽子牟心

奉使至邢州贈李八使君

獨占龍岡部深持虎節居盡心敷吏術含笑掩兵書禮飾華纓重才牽雅製餘茂陰延驛路溫液逗官渠南畝行春罷西樓待客初甕頭開綠蟻砧下落紅魚牧伯風流足輶軒若(一作苦)澀虛今宵鈴閣內醉舞復何如

秋日洛陽官舍寄上水部家兄

洛陽歸老日此縣忽爲君白髮兄仍見丹誠帝豈聞九衢橫逝水二室散浮雲屈指豪家盡傷心要地分禁中周幾鼎源上漢諸墳貔虎今無半狐狸宿有羣威聲慙北部仁化樂南薰野蘗飢來食天香靜處焚壯年唯喜酒幼學便訶文及爾空衰暮離憂詎可聞

李舍人少尹惠家醞一小榼立書絕句

禁瑣天漿嫩虞行夜月寒一瓢那可醉應遣試嘗看

酬舍弟庠罷舉從州辟書

之荆且願依劉表折桂終慙見郄詵舍弟未應絲作鬢園公不用印隨身

奉酬楊侍郎十兄見贈之作

翠羽雕蟲日日新翰林工部欲何神自悲由瑟無彈處今作關西門下人

杏園渡

衞郊多壘少人家南渡天寒日又斜君子素風悲已矣杏園無復一枝花

奉誠園聞笛(園馬侍中故宅)

曾絕朱纓吐錦茵欲披荒草訪遺塵秋風忽灑西園淚滿目山陽笛裏人

竇羣

竇羣字丹列兄弟皆擢進士第獨羣以處士客于毗陵韋夏卿薦之爲左拾遺轉膳部員外郎兼侍御史知雜事出爲唐州刺史武元衡李吉甫共引之召拜吏部郎中元衡輔政復薦爲中丞後出爲湖南觀察使改黔中坐事貶開州刺史稍遷容管經畧使召還卒詩二十三首

雪中遇直

寒光凝雪彩限直居粉闈恍疑白雲上乍覺金印非樹色靄虛空琴聲諧素徽明晨阻通籍獨卧挂朝衣

東山月下懷友人

東山多喬木月午始蒼蒼雖殊碧海狀愛此青苔光高下滅華燭參差啓洞房佳人夢餘思寶瑟愁應商皎潔殊未已沈吟限一方宦情哂雞口世路倦羊腸彼美金石分春言蘭桂芳清暉詎同夕耿耿但相望

時興

夙心曠何許日暮依林薄流水不待人孤雲時映鶴濛濛千萬花曷爲神仙藥不遇爛柯叟報非舊城郭

題劍

丈夫得寶劍束髮曾書紳嗟吁一朝遇願言千載鄰心許霤家(一作冢)樹辭直斷佞臣焉能爲繞指拂拭試時人

黔中書事

萬事非京國千山擁麗譙佩刀看日曬賜馬傍江調言語多重譯壺觴每獨謠沿流如著翅不敢問歸橈

冬日曉思寄楊二十七鍊師

雨霜地如雪松桂青參差鶴警晨光上步出南軒時所遇各有適我懷亦自怡願言緘素封昨夜夢瓊枝

貞元末東院嘗接事今西川武相公于茲三周謬領中憲徘徊廳宇多獲文篇夏日即事因寄四韻

重軒深似谷列柏鎮含烟境絕蒼蠅到風生白雪前彈冠驚迹近專席感恩偏霄漢朝來下油幢路幾千

北地一作容州

何事到容州，臨池照白頭。興隨年已往，愁與水長流。僶俛思逋客，辛勤悔飯牛。詩人亦何意，樹草欲忘憂。

雨後月下寄懷羊二十七資州

夕霽涼飆至，翛然心賞諧。清光松上月，虛白郡中齋。置酒平生在，開衿顧見乖。殷勤寄雙鯉，夢想入君懷。

奉酬西川武相公晨興贈友見示之作

碧樹分曉色，宿雨弄清光。猶聞子規啼，獨念一聲長。眷眷軫芳思，依依寄遠方。情同如蘭臭，惠比返魂香。新什驚變雅，古瑟代沈湘。殷勤見知己，掩抑繞中腸。隙駟不我待，路人易相忘。孤老空許國，幽報期蒼蒼。

晨游昌師院

深庭芳草濃，曉井山泉溢。林馥亂沈煙，石潤侵經室。幽巖鳥飛靜，晴嶺雲歸密。壁蘚凝蒼華，竹陰滿晴日。生期半宵夢，憂緒仍非一。若無高世心，安能此終畢。

同王晦伯朱遐景宿慧山寺毘陵志云貞元四年羣與晦伯遐景同宿慧山寺賦詩題壁羣再至則王已殂謝復留跋於後李瀚爲刻石勒其顛

共訪青山寺，曾隱南朝人。問古松桂老，開襟言笑新。步移月亦出，水映石磷磷。予洗腸中酒，君濯纓上塵。皓彩入幽抱，清氣逼蒼旻。信此澹忘歸，淹留冰玉鄰。

草堂夜坐

匣中三尺劍，天上少微星。勿謂相去遠，壯心曾不停。

經潼關贈宇文十

古有弓旌禮，今徵草澤臣。方同白衣見，不是棄繻人。

觀畫鶴

華亭不相識，衛國復誰知。悵望沖天羽，甘心任畫師。

右司十一兄

晚自臺中歸，永寧里南望山色，悵然有懷，呈上

白髮侵侵生有涯，青襟曾愛紫河車。自憐悟主難歸去，馬上看山恐到家。

中牟縣經曾公廟嘗修名臣累繫司徒公

青史編名在箧中，故林遺廟揖仁風。還將文字如顏色，暫下蒲車爲魯公。

初入諫司喜家室至

一旦悲歡見孟光，十年辛苦伴滄浪。不知筆硯緣封事，猶問傭書日幾行。

春雨

昨日偷閑看花了，今朝多雨奈人何。人間盡似一作是逢花雨，莫愛芳菲濕綺羅。

送內弟袁德師

南渡登舟即水仙，西垣有客思悠然。因君相問爲官意，不賣毘陵負郭田。

贈劉大兄院長

萬年枝下昔同趨，三事行中半已無。路自長沙忽相見，共驚雙鬢別來殊。

假日尋花

武陵緣源不可到，河陽帶縣詎堪誇。枝枝如雪南關外，一日休閑盡屬花。

自京將赴黔南

風雨荊州二月天，羣從湖南改黔。問人初雇峽中船。西南一望雲和水，猶道黔南有四千。

竇庠

竇庠，字胄卿，釋褐授國子主簿。韓皋鎮武昌，辟爲推官。皋移鎮京口，用爲度支副使，改殿中侍御史，歷登、澤、信、婺四州刺史。庠天授倜儻，氣在物表，一言而合，期於歲寒。爲五字詩，頗得其妙。詩二十一首。

留守府酬皇甫曙侍御彈琴之什

青瑣晝無塵，碧梧陰似水。高張朱弦琴，靜舉白玉指。洞簫又奏繁，寒磬一聲起。鶴警風露中，泉飛雪雲裏。泠泠分雅鄭，析析諧宮徵。座客無俗心，巢禽亦傾耳。衛國知有人，齊竽偶相濫。有時趨絳紗，盡日隨朱履。那令雜鯀手，出假求焦尾。幾載遺正音，今朝自君始。

金山行潤州金山寺寺在江心

西江中濡波四截，湧出一峰青堞一作蠕。堞外如削成，中缺裂陽氣。發生陰氣結，是時炎天五六月，上有火雲下冰雪。夜色晨光相蕩沃，積翠流霞滿坑谷。龍泓徹底沙布金，鳥道插雲梯甃玉。架險凌虛隨指顧，榱桷玲瓏皆固護。斡流倒景不可窺，萬仞千崖生跬步。日華重重一作瞳瞳上金牓，丹楹碧砌眞珠網。此時天海風浪清，吳楚萬家皆在掌。瓊樓菌閣紛明媚，曲檻迴軒深且邃。海鳥夜上珊瑚枝，江花曉落琉璃地。有時倒影沈江底，萬狀分明光似洗。不知水上有樓臺，却就波中看閉啓。舟人忘却江水深，水神誤到人間世。歘然風生波出沒，瀖濩晶瑩無定物。居人相顧非人間，如到日宮經月窟。信知靈境長有靈，住者不得無仙骨。三神山上蓬萊宮，徒有丹青人未逢。何如此處靈山宅，清涼不與囂塵隔。曾到金山處處行，夢魂長羨金山客。

于闐鐘歌送靈徹上人歸越鐘在越靈嘉寺從天竺飛來

海中有國傾神功，烹金化成九乳鐘。精氣激射聲沖瀜，護持海底諸魚龍。聲有感，神無方，連天雲水無津梁。不知飛在靈嘉寺，一國之人皆若狂。東南之美天下傳，環文萬象無雕鐫。有靈飛動不敢懸，鎖在危樓五百年。有時清秋日正中，繁霜滿地天無風。一聲洞徹八音盡，萬籟悄然星漢空。徒言凡質千鈞重，一夫之力能振動。大鳴小鳴須在君，不擊不考終不聞。高僧訪古稽山曲，終日當之言不足。手提文鋒百鍊成，恐刜此鐘無一聲。

太原送穆質南遊

今朝天景清，秋入晉陽城。露葉離披處，風蟬三數聲。那言苦行役，值此遠徂征。莫話心中事，相看氣不平。

四皓驛聽琴送王師簡歸湖南使幕

朱弦韻正調，清夜似聞韶。山館月猶在，松枝雪未消。城笳三奏曉，別鶴一聲遙。明日思君處，春泉翻寂寥。

夜行古戰場

山斷塞初平，人言古戰庭。泉冰聲更咽，陰火焰偏青。月落雲沙黑，風迴草木腥。不知秦與漢，徒欲弔英靈。

奉和王侍郎春日喜李侍郎崔給諫張舍人韋諫議見訪因命觴觀樂之什

華館遲嘉賓，逢迎淑景新。錦筵開絳帳，玉佩下朱輪。曲裏三仙會，風前百囀春。欲知忘味處，共仰在齊人。

酬謝韋卿二十五兄俯贈輒敢書情
大賢持贈一明璫蓬蓽初驚滿室光埋沒劍中生紫氣
塵埃瑟上動清商荊山璞在終應識楚國人知不是狂
莫恨伏轅身未老會將筋力是一作事王良

奉酬侍御家兄東洛閑居夜晴觀雪之什
洛陽宮觀與天齊雪淨雲消月未西清淺乍分銀漢近
輝光漸覺玉繩低綠醽乍熟堪聊酌黃竹篇成好命題
應念武關山斷處空愁簿領候晨雞

勅目至家兄棠淮南僕射杜公奏授祕校兼節
度參謀同書寄上
朝市三千里園廬二十春步兵終日飲原憲四時貧桂
樹留人久蓬山入夢新鶴書承處重鵲語喜時頻草奏
才偏委嘉謀事最親榻因徐孺解醴爲穆生陳衞國今
多士荊州好寄身煙霄定從此非假問陶鈞

酬韓愈侍郎登岳陽樓見贈時子權知岳州事
巨浸連空闊危樓在杳冥稍分巴子國欲近老人星昏
旦呈新候川原按舊經地圖封七澤天限鎖重扃萬象
皆歸掌三光豈遁形月車纔碾浪日御已翻溟落照金
成柱餘霞翠擁屏夜光疑漢曲寒韻辨湘靈山晚一作曉雲
常碧湖春草徧青軒黃曾舉樂范蠡幾揚舲有客初留
鷁貪程尚數蓂自當徐孺榻不是謝公亭雅論冰生水
雄材刃發硎座中瓊玉潤名下茝蘭馨假手誠知拙齎
心匪暫寧每慚公府粟却憶故山苓苦調當三歎知音
願一聽自悲由也瑟敢墜孔悝銘野杏初成雪松醪正
滿瓶莫辭今日醉長恨古人醒

東都嘉量亭獻留守韓僕射
卜築三川上儀刑萬井中度材垂後儉選勝掩前功雲
構中央起煙波四面通乍疑游汗漫稍似入崆峒㢊閈
高低盡山河表裏窮峰巒從地碧宮觀倚天紅靈檻如
朝蜃飛橋狀晚虹曙霞晴錯落夕靄溼葱蘢庾亮樓何
陋一作峴陳蕃榻更崇有時閑講德永日靜觀風玉斝飛無
算金鐃奏未終重筵開玳瑁上客集鵷鴻接武空慚蹇
脩文敢並雄豈須登峴首然後奉羊公

段都尉別業
曾識將軍段匹磾幾場花下醉如泥春來欲問林園主
桃李無言鳥自啼

靈臺鎮贈丘岑中丞
曉日天山雪半晴紅旗遙識漢家營近來胡騎休南牧
羊馬城邊春草生

贈道芬上人善畫松石
雲濕烟封不可闚畫時唯有鬼神知幾回逢著天台客
認得巖西最老枝

金山寺
一點青螺白浪中全依水府與天通晴江萬里雲飛盡
鼇背參差日氣紅

冬夜寓懷寄王翰林一作翰林王補闕
滿地霜蕪葉下枝幾回吟斷四愁詩漢家若欲論封禪
須及相如未病時

醉中贈符載
白社會中嘗共醉青雲路上未相逢時人莫小池中水
淺處無妨有臥龍

龍門看花
無葉無枝不見空連天撲地遲纔通山鶯驚起酒醒處
火焰燒人雪噴風

陪留守韓僕射巡內至上陽宮感興二首
翠輦西歸七十春玉堂珠綴儼埃塵武皇弓劍埋何處
泣問上陽宮裏人
愁雲一作烟漠漠草離離太乙句陳處處疑薄暮毀垣春雨
裏殘花猶發萬年枝

竇鞏
竇鞏字友封登元和進士累辟幕府入拜侍御史轉司
勳員外刑部郎中元稹觀察浙東奏爲副使又從鎮武
昌歸京師卒鞏雅裕有名於時平居與人言若不出口
世稱囁嚅翁白居易編次往還詩尤長者號元白往還
集鞏亦與焉詩三十九首

老將行一作吟
烽煙猶未盡年鬢暗相催輕敵心空在彎弓手不開馬
依秋草病柳傍故營摧唯有酬恩客時聽說劍來

贈蕭都官
蕭郎自小賢愛客不言錢有酒輕寒夜無愁倚少年閑
尋織錦字醉上看花船好是關身事從人道性偏

忝職武昌初至夏口書事獻府主相公
白髮放櫜鞬梁王愛舊一作舊愛全竹籬江畔宅梅雨病中天
時奉登樓讌閑脩上水船邑一作時人興謗易莫遣鶴支一本缺
錢

早秋江行
迴望湓城遠西風吹荻花暮潮江勢闊秋雨鴈行斜多
醉渾無夢頻愁欲到家漸驚雲樹轉數點是晨鴉

題任處士幽居
紅葉江邨夕孤煙草舍貧水清魚識釣林靜犬隨人採
掇山無主扶持藥有神客來唯勸酒蝴蝶是前身

漢陰驛與宇文十相遇旋歸西川因以贈別
吳蜀何年別相逢漢水頭望鄉心共醉握手淚先流宿
霧千山曉春霖一夜愁離情方浩蕩莫說去刀州

早春松江野望
江邨風雪霽曉望忽驚春耕地人來早營巢鵲語頻帶
花移樹小插槿作籬新何事勝無事窮通任此身

少婦詞
坐惜年光變遼陽信未通燕迷新畫一作晝屋春識舊花叢
夢繞天山外愁翻錦字中昨來誰是伴鸚鵡在簾櫳

歲晚喜遠兄弟至書情
幾年滄海別相見竟一作意多違鬢髮緣愁白音書爲嬾稀
新詩徒有贈故國未同歸人事那堪問無言是與非

登玉鉤亭奉獻淮南李相公
西南城上高高處望月分明似玉鉤朱檻入雲看鳥滅
綠楊如薺遶江流定知有客嫌陳榻從此無人上庾樓
今日卷簾天氣好不勞騎馬看揚州

南陽道中作
東風雨洗順陽川蜀錦花開綠草田彩雉鬬時頻駐馬

酒旗翻處亦雷錢新晴日照山頭雪薄莫人爭渡口船早晚到家春欲盡今年寒食月初圓

哭呂衡州八郎中

今朝血淚問蒼蒼不分先悲旅館喪人送劍來歸隴上鴈飛書去叫衡陽還家路遠兒童小埋玉泉深晝夜長望盡素車秋草外欲將身贖返魂香

江陵遇元九李六二侍御紀事書情呈十二韻

自兒人相愛如君愛我稀好閑容問道攻短每言非夢想何曾間追歡未省違看花憐後到避酒許先歸柳寺春堤遠津橋曙月微漁翁隨去處禪客共因依蓬閣初疑義霜臺晚畏威學深通古字心直觸危機肯滯荆州掾猶香柏署衣山連巫峽秀田傍渚宮肥美玉方齊價遷鶯尚怯飛佇看霄漢上連步侍彤闈

遊仙詞

海上神山綠溪邊杏樹紅不知何處去月照玉樓空

贈阿史那都尉

較獵燕山經幾春雕弓白羽不離身年來馬上渾無力望見飛鴻指似人

陝府賓堂覽房杜二公仁壽年中題紀手跡

仁壽元和二百年濛籠水墨淡如煙當時憔悴題名日漢祖龍潛未上天

早春送宇文十歸吳

春遲不省似今年（一作新）二月無花雪滿天村店閉門何處宿夜深遙喚渡（一作陽）江船

經竇車騎故城

荒陂古堞欲千年名振圖書劍在泉今日諸孫拜墳樹愧無文字續燕然

贈王氏小兒

竹林會裏偏憐小淮水清時最覺賢莫倚兒童輕歲月丈人曾共爾同年

唐州東途作

綠林兵起結愁雲白羽飛書未解紛天子欲開三面網莫將弓箭射官軍

新羅進白鷹

御馬新騎禁苑秋白鷹來自海東頭漢皇無事須游獵雪亂爭飛錦臂韝

秋夕

護霜雲映月朦朧烏鵲爭飛井上桐夜半酒醒人不覺滿池荷葉動秋風

襄陽寒食寄宇文籍

煙水初銷見萬家東風吹柳萬條斜大堤欲上誰相伴馬踏春泥半是花

奉使薊門

自從身屬富人侯蟬噪槐花已四秋今日一莖新白髮懶騎官馬到幽州

送劉禹錫

十年憔悴武陵溪鶴病深林玉在泥今日太行平似砥九霄初倚入雲梯

送元稹西歸

南州風土滯龍媒黃紙初飛敕字來二月曲江連舊宅阿婆情熟牡丹開

過驪山

翠輦紅旌去不回蒼蒼宮樹鎖青苔有人說得當時事曾見長生玉殿開

洛中即事

高梧葉盡鳥巢空洛水潺湲夕照中寂寂天橋車馬絕寒鴉飛入上陽宮

尋道者所隱不遇（一作于鵠詩題作訪隱者不遇）

籬外涓涓澗水流槿花半點夕陽收欲題名字知相訪又恐芭蕉不奈秋

寄南游兄弟

書來未報（一作南游兄弟）幾時還知在三湘（一作湖）五嶺間獨立衡門秋水闊寒鴉飛去日銜山

宮人斜

離宮路遠北原斜生死恩深不到家雲雨今歸何處去黃鸝飛上野棠花

代鄰叟

年來七十罷耕桑就暖支羸強下牀滿眼兒孫身外事閑梳白髮對殘（一作向斜）陽

新營別墅寄家兄

懶性如今成野人行藏由興不由身莫驚此度歸來晚買得西山（一作岩）正值春

南游感興

傷心欲問前朝事惟見江流去不回日暮東風春草綠鷓鴣飛上越王臺

題劍津

風前推折千年劍巖下澄空萬古潭雙劍變成龍化去兩溪相並水歸南

放魚（一作武昌）

金錢贖得免（一作兒）刀痕聞道禽魚亦感恩好去長江千萬里不須辛苦上龍門

永寧小園寄接近校書（一作羊士諤詩）

故里心期奈別何手栽（一作移）芳樹憶庭柯東皋黍熟君應醉梨葉初紅白露多

從軍別家

自笑儒生著戰袍書齋壁上挂弓刀如今便是征人婦好織迴文寄竇滔

悼妓東東

芳菲美豔不禁風未到春殘已墜紅惟有側輪車上鐸耳邊長似叫東東

全唐詩

韋元甫

韋元甫初任白馬尉採訪使韋陟深器之奏充支使累遷蘇州刺史浙江西道團練觀度等使大曆初徵拜尚書右丞出爲淮南節度使詩一首

木蘭歌

木蘭抱杼嗟借問復爲誰欲聞所慽慽感激彊其顏老父隸兵籍氣力日衰耗豈足萬里行有子復尚少胡沙沒馬足朔風裂人膚老父舊羸病何以彊自扶木蘭代父去秣馬備戎行易却紈綺裳洗却鉛粉妝馳馬赴軍幕慷慨攜干將朝屯雪山下暮宿青海傍夜襲燕支虜更攜于闐羌將軍得勝歸士卒還故鄉父母見木蘭喜極成悲傷木蘭能承父母顏却卸巾鞲理絲黃昔爲烈士雄今爲嬌一作復子容親戚持酒賀父母始知生女與男同門前舊軍都十年共崎嶇本結弟兄交死戰誓不渝今者見木蘭言聲雖是顏貌殊驚愕不敢前歎息徒嘻吁世有臣子心能如木蘭節忠孝兩不渝千古之名焉可滅

王鋋

王鋋大曆中爲綿州刺史詩一首

登越王樓見喬公詩偶題

雲架重樓出郡城虹梁雅韻仲宣情越王空置千年跡丞相兼揚萬古名過鳥時時銜客會閑風往往弄江聲謬將蹇步尋高躅魚目驪珠豈繼明

潘炎

潘炎禮部侍郎坐劉晏增貶澧州司馬詩一首

清如玉壺冰

琰玉性惟堅成壺體更圓虛心含景象應物受寒泉溫潤資天質清貞稟自然日融光乍散雪照色逾鮮至鑒功寧宰無私照豈偏明將冰鏡對白與粉花連拂拭終爲美提攜佇見傳勿令毫髮累遺恨鮑公篇

張叔良

張叔良登廣德二年進士第詩一首

長至日上公獻壽

鳳闕晴鐘動雞人曉漏長九重初啓鑰三事正稱觴日至龍顏近天旋聖曆昌休光連雪淨瑞氣雜爐香化被君臣洽恩霑士庶康不因稽舊典誰得紀朝章

呂牧

呂牧東平人永泰二年擢進士第自尚書郎爲澤州刺史詩一首

涇渭揚清濁

涇渭橫秦野逶迤近帝城二渠通作潤萬户映皆清明晦看殊色潺湲聽一聲岸虛深草掩波動曉煙輕御獵思投釣漁歌好濯纓合流知禹力同共到滄瀛

韋夏卿

韋夏卿字雲客京兆萬年人大曆中與弟正卿同舉賢良方正高等授高陵主簿累遷刑部員外郎擢給事中出爲常蘇二州刺史徐州節度使張建封辟爲徐泗行軍司馬俄召爲吏部侍郎進撿校工部尚書東都留守改太子少保詩三首

別張賈

東簡下高閣買符驅短轅故人惜分袂結念醉芳罇切切別思纏蕭蕭征騎煩臨歸無限意相視却忘言

送顧況歸茅山

聖代爲遷客虛皇作近臣法尊稱大洞一作已受上清畢法學淺忝初真夏卿初受正一鸞鳳文章麗煙霞翰墨新羨君尋句曲白鵠是三神

和丘員外題湛長史舊居

道勝物能齊累輕身易退苟安一丘上何必三山外雲霞長若綺松石常如黛徒有昔王過竟遺青史載詩因埜寺詠酒向山椒酹異時逢爾知茲辰駐余旆

綦毋誠

綦毋誠官正字詩一首

同韋夏卿送顧況歸茅山

謫宦聞嘗賦遊仙便作詩白銀雙闕戀青竹一龍騎先入茅君洞旋過葛稚陂無然列禦寇五日有還期

姚倫

姚倫揚州大都督府參軍詩二首

感秋

試向疎林望方知節候殊亂聲千葉下寒影一巢孤不蔽秋天雁驚飛夜月烏霜風與春日幾度遣榮枯

過章秀才洛陽客舍

達人心自適旅舍當閑居不出來時徑重一作猶看讀了書晚山嵐色近斜日樹陰疎盡是忘言客聽君誦子虛

于結

于結大曆間人崔寧嘗欲薦爲御史爲楊炎所沮詩一首

賦得生芻一束

比玉人應重爲芻物自輕向風傾弱葉裛露示纖莖蒨練宜春景芊綿對雨情每慙蘋藻用多謝蕙蘭榮孺子才雖遠公孫策未行諮詢（一作詢謀）如不棄終冀及微生

鄭孺華

鄭孺華大曆間人詩一首

賦得生芻一束

孫弘期射策長倩贈生芻至潔心將比忘憂道不孤芝蘭方入室蕭艾莫同途馥馥香猶在青青色更殊芳寧九春歇薰豈十年無葑菲如堪採山苗自可逾

張叔卿

張叔卿官御史詩二首

空靈岸

寒盡鴻先去江迴客未歸早知名是幻不敢繡爲衣霧積川原暗山多郡縣稀今朝下湘岸更逐鷓鴣飛

流桂州

莫問蒼梧遠而今世路難胡塵不到處即是小長安

房孺復

房孺復琯之子七歲即解綴文歷官杭辰兩州刺史容州經畧使詩一首

酬竇大閑居見寄

來自三湘到五溪青楓無樹不猨啼名慙竹使宦情少路隔桃源歸思迷鵩鳥賦成知性命鯉魚書至恨暌攜煩君強著潘年比騎省風流詎可齊

楊郇伯

楊郇伯與竇常同時詩一首

送妓人出家

盡出花鈿與四隣雲鬟剪落厭殘春暫驚風燭難留世便是蓮花不染身貝葉欲翻迷錦字梵聲初學悞梁塵從今豔色歸空後湘浦應無解珮人

陳潤

陳潤大曆間人終坊州鄜城縣令詩八首

宿北樂館

欲眠不眠夜深淺越鳥一聲空山遠庭木蕭蕭落葉時溪聲雨聲聽不辨溪流潺潺雨習習燈影山光滿窗入棟裏不知渾是雲曉來但覺衣裳濕

東都所居寒食下作

江南寒食早二月杜鵑鳴日暖山初綠春寒雨欲晴浴蠶當（一作看）社日改火待清明更喜瓜田好令人憶邵平

登西靈塔

塔廟出招提登臨碧海西不知人意遠漸覺鳥飛低稍與雲霞近如將日月齊遷喬未得意徒欲躡雲梯

送騶徵君

野人膺辟命溪上掩柴扉黃卷猶將去青山豈更歸馬留苔蘚迹人脫薜蘿衣他日相思處天邊望少微

賦得浦外虹送人

日影化爲虹彎彎出浦東一條微雨後五色片雲中輪勢隨天度橋形跨海通還將飲水處持送使車雄

賦得秋河曙耿耿

晚望秋高（一作曉鏡高秋）夜微明欲曙河橋成鵲已去機罷女應過月上殊開練雲行類動波尋源不可到耿耿復如何

賦得池塘生春草（一作陳陶詩）

謝公遺詠處池水夾通津古往人何在年來草自春色宜波際綠香愛雨中新今日青青意空悲行路人

闕題

丈夫不感恩感恩寧有淚心頭感恩血一滴染天地

杜誦

杜誦大曆間詩人詩一首

哭長孫侍郎（一作杜甫詩）

道爲詩書（一作謀猷）重名因賦頌雄禮闈曾擢桂憲府既（一作近）乘驄流水生涯盡浮雲世事空唯餘舊臺（一作松）柏蕭瑟九原中

鄭丹

鄭丹大曆間詩人蘄州錄事參軍詩二首

明皇帝挽歌

律曆千年會車書萬里同固期常戴日（一作載物）豈意厭觀風地慘新疆理城摧舊戰功山河萬古壯（一作在）今夕盡歸空

肅宗挽歌

國以重明受天從諒闇移諸侯方北面白日忽西馳龍影當泉落鴻名向廟垂永言青史上還見戴（一作載）無爲

鄭昈

鄭昈大曆詩人詩一首

落花

早春見花枝朝朝恨發遲直看花落盡却意未開時以此方人世彌令感盛衰始知山簡遠頻向習家池

朱長文

朱長文大曆間江南詩人詩六首

宿新安江深渡館寄鄭州王使君

霜飛十月中搖落衆山空孤館閑寒木大江生夜風賦詩忙（一作情）有意（一作憶）沈約在關東

春眺揚州西上（一無上字）崗寄徐員外

蕪城西眺極蒼流漠漠春煙間曙樓瓜步早潮吞建業蒜山晴雪照揚州隋家故事不能問鶴在仙（一作山）池期我遊（一本無此二句）

送李司直歸浙東幕兼寄鮑將軍（一作朱灣詩）

翩翩書記早曾聞二十年來願見君今日相逢悲（一作朝廷思）白髮同時幾許在青雲人從北固山邊去水到西陵渡口分會作王門曳裾客爲余前謝鮑將軍（自注：時節度大夫初封東平郡王）

望中有懷

龍向洞中銜雨出鳥從花裏帶香飛白雲斷處見明月黃葉落時聞擣衣

題虎丘山西寺

王氏家山昔在茲陸機爲賦陸雲詩青蓮香匝東西宇日月與僧無盡時

吳興送梁補闕歸朝賦得荻花

柳家汀洲孟冬月雲寒水清荻花發一枝持贈朝天人願（一作應）比蓬萊殿前雪

句

夜靜忽疑身是夢更聞寒雨滴芭蕉（宿僧房。見詩式）

戴叔倫

戴叔倫字幼公潤州金壇人劉晏管鹽鐵表主運湖南嗣曹王皋領湖南江西表佐幕府皋討李希烈留叔倫領府事試守撫州刺史俄即眞遷容管經略使綏徠蠻落威名流聞德宗嘗賦中和節詩遣使者寵賜世以爲榮集十卷今編詩二卷

獨不見

前宮路非遠舊苑春將遍玉戶看早梅雕梁數飛(一作歸)燕身輕逐舞袖香暖傳歌扇自和秋風詞長侍昭陽殿誰信後庭人年年獨不見

去婦怨

出戶不敢啼風悲日悽悽心知恩義絕誰忍分明別下坂車轔轔畏逢鄉里親空持牀前幔却寄家中人忽辭王吉去爲是秋胡死若(一作欲)比今日情煩寃不相似

古意

悠悠南山雲濯濯東流水念我平生歡托居在東里失旣不足憂得亦不爲喜安貧固其然處賤寧獨恥雲閑(一作開)虛我心水淸澹吾味雲水俱無心斯可長伉儷

南野

治田長山下引流坦溪曲東山有遺塋南野起新築家世素業儒子孫鄙食祿披雲朝出畊帶月夜歸讀身勤竟亡疲團圃欣在目野芳綠可採泉美淸可掬茂樹延晚涼早田候秋熟茶烹松火紅酒吸荷杯綠解佩臨淸池撫琴看修竹此懷誰與同此樂君所獨

曾遊

泊舟古城下高閣快登眺大江會彭蠡羣峰豁玄嶠淸影涵空明黛色凝遠照碑留太史書詞刻長公調絕粒感楚囚丹衷猶照耀懷哉不可招憑闌一悲嘯

江行

漾舟晴川裏挂席候風生臨泛何容與愛此江水淸蘆洲隱遙嶂露日映孤城自顧疎野性屢忘鷗鳥情聊復於時顧暫欲解塵纓驅馳非吾願虛懷浩已盈

孤鴻篇

江上雙飛鴻飲啄行相隨翔風一何厲中道傷其雌顧影明月下哀鳴聲正悲已無矰繳患豈乏稻粱資嗈嗈慕儔匹遠集淸江湄中有孤文鵷翩翩好容儀共欣相知遇畢志同棲遲野田鴟鴞鳥相妒復相疑鴻志(一作鵷鴻)不汝較奮翼(一作羽)起高飛焉隨腐鼠欲負此雲霄期

感懷二首

尺帛無長裁淺水無長流水淺易成枯帛短誰人收人生取舍間趨競固非優舊交跡雖疎中心自云稠新交意雖密中道生怨尤踟躕復踟躕世路今悠悠

主人飲君酒勸君弗相違但當盡弘量觴至無復辭人生百年中會合能幾時不見枝上花昨滿今漸稀花落還再開人老無少期古來賢達士飲酒不復疑

喜雨

閑居倦時燠開軒俯平林雷聲殷遙空雲氣布層陰川上風雨來灑然滌煩襟田家共歡笑溝澮亦已深團團聚鄰曲斗酒相與斟樵歌野田中漁釣滄江潯蒼天暨有念悠悠終我心

歎葵花

今日見花落明日見花開花開能向日花落委蒼苔自不同凡卉看時幾日(一作日幾)迴

從軍行

丈夫四方志結髮事遠遊遠遊歷燕薊獨戍邊城陬西風壠水寒明月關山悠(一作愁)酬恩仗孤劍十年弊貂裘封侯屬何人蹉跎雪盈頭老馬思故櫪窮鱗憶深流彈鋏動深慨浩歌氣橫秋報國期努力功名良見收

九日與敬處士左學士同賦采菊上東山便爲首句

采菊上東山山高路非遠江湖乍遼負城郭亦在眼晝日市井喧閏年禾稼晚開尊會佳客長嘯臨絕巘戲鶴唳且閑斷雲輕不卷鄉心各萬里醉話時一展喬木列遙天殘陽貫平坂徒憂征車重自笑謀慮淺却顧郡齋中寄傲與君同

奉天酬別鄭諫議雲逵盧拾遺景亮見別之作(一本無雲逵盧拾遺景亮見別之作)

巨孽盜都城傳聞天下驚陪臣九江畔走馬來赴難伏奏見龍顏旋持手詔還單車(一作車馬)不可駐朱檻未遑攀故人出相餞共悲行路難臨岐荷贈言對酒獨傷魂世故山川險憂多思慮昏重陰蔽芳月壘嶺明舊雪泥積轍更深木冰花不發鄭君間世賢忠孝乃雙全大義棄妻子至淳易生死知心三四人越境千餘里駿馬帳前發驚塵路傍起樓頭俛首看莫敢相留止拜闕奏(一作奉)良圖留中沃聖謨洗兵救衞(一作收魏)郡誘敵討幽都名亞典屬國良選諫大夫從容九霄上談笑授(一作解)陰符盧生富才術特立居近密採掇獻吾君朝(一作明)廷視聽新寬饒狂自比汲黯直爲鄰就列繼三事主文當七人可憐長守道不覺五逢春昔去城南陌各爲天際客關河煙霧深寸步音塵隔羈旅忽相遇別離又茲夕前悲涕未乾後喜心已感而我方老大頗爲風眩迫夫君并少年何爾鬢髮白惆悵語不盡裴回情轉劇一尊自共持以慰長相憶

梧桐

亭亭南軒外貞幹修且直廣葉結靑陰繁花連素色天資(一作然)韶雅性不愧知音識

孤石

迴若千仞峰孤危不盈尺早晚他山來猶帶煙雨跡貞堅自有分不亂和氏璧

花

花發炎景中芳春獨能久因風任開落向日無先後若待秋霜來蘭蓀共何有

竹

卷籜正離披新枝復蒙密倏倏月下聞裊裊林際出豈獨對芳菲終年色如一

懷素上人草書歌

楚僧懷素工草書古法盡能新有餘神淸骨竦意眞率醉來爲我揮健筆始從破體變風姿一一花開春景遲忽爲壯麗就枯澀龍蛇騰盤獸屹立馳毫驟墨劇奔駟

滿坐失聲看不及心手相師勢轉奇詭形怪狀翻合宜
人（一作有）人細（一作若）問此中妙懷素自言初不知

女耕田行

乳燕入巢笋成竹誰家二女種新穀無人無牛不及犁
持刀斫地翻作泥自言家貧母年老長兄從軍未娶嫂
去年災疫牛囤空截絹買刀都市中頭巾掩面畏人識
以刀代牛誰與同姊妹相攜心正苦不見路人唯見土
疏通畦隴防亂苗（一作田）整頓溝塍待時雨日正南岡下餉
歸可憐朝雉擾驚飛東鄰西舍花發盡共惜餘芳淚滿
衣

柳花歌送客往桂陽

滄浪渡頭柳花發斷續因風飛不絕搖烟拂水積翠間
綴雪含霜誰忍攀夾岸紛紛送君去鳴櫂孤尋到何處
移家深入桂水源種柳新成花更繁定知別後消散盡
却憶今朝傷旅魂

邊城曲

人生莫作遠行客遠行莫戍黃沙磧黃沙磧下八月時
霜風裂膚百草衰塵沙晴天迷道路河水悠悠向東去
胡笳聽徹雙淚流羈魂（一作浮雲）慘慘生邊愁原頭獵火（一作犬）夜
相向馬蹄蹴蹋層冰上不似京華俠少年清歌妙舞落
花前

屯田詞

春來耕田遍沙磧老稚欣欣種禾麥麥苗漸長天苦晴
土乾确确鉏不得新禾未熟飛蝗至青苗食盡餘枯莖
捕蝗歸來守空屋囊無寸帛缾無粟十月移屯來向城
官教去伐南山木驅牛駕車入山去霜重草枯牛凍死
艱辛歷盡誰得知望斷天南淚如雨

巫山高

巫山峩峩高插天危峰十二凌紫煙瞿塘嘈嘈急如弦
洄流勢逆將覆船雲梯豈可進百尺那能牽陸行巉巖
水不前灑淚向流水淚歸東海邊含愁對明月明月空
自圓故鄉回首思綿綿側身天地心茫然

早春曲

青樓昨夜東風轉錦帳凝寒覺春淺垂楊搖絲鶯亂啼
裊裊煙光不堪翦博山吹雲龍腦香銅壺滴愁更漏長
玉頰啼紅夢初醒羞見青鸞鏡中影儂家少年愛遊逸
萬里輪蹄去無跡朱顏未衰消息稀腸斷天涯草空碧

白苧詞

館娃宮中露華冷月落啼鵐散金井吳王扶頭酒初醒
秉燭張筵樂清景美人不眠憐夜永起舞亭亭亂花影
新裁白苧勝紅綃玉佩珠纓金步搖回鸞轉鳳意自嬌
銀筝錦瑟聲相調君恩如水流不斷但願年年此同（一作同此）
宵東風吹花落庭樹春色催人等閑去大家爲歡莫延
佇頃刻銅龍報天曙

行路難

出門行路難富貴安可期淮陰不免惡少辱阮生亦作
窮途悲顛倒英雄古來有封侯却屬屠沽兒長安車馬
隨輕肥青雲賓從紛交馳白眼向人多意氣宰牛烹羊
如折葵讌樂寧知白日短時時醉擁雙蛾眉揚雄閉門
空讀書門前碧草春離離不如拂衣且歸去世上浮名
徒爾爲

相思曲

高樓重重閉明月腸斷僊郎（一作先年）隔年（一作江）別紫簫橫笛寂
無聲獨向瑤窗坐愁絕魚沈鴈杳天涯路始信人間別
離苦恨滿牙牀翡翠衾怨折金釵鳳皇股井深轆轤嗟
綆短衣帶相思日應緩將刀斫水水復連揮刃割情情
不斷落紅亂逐東流水一點芳心爲君死妾身願作巫
山雲飛入仙郎夢魂裏

送別錢起

陽關多古調無奈醉中聞歸夢吳山遠離情楚水分孤
舟經暮雨征路入秋雲後夜同明月山窗定憶君

送張南史

陋巷無車轍煙蘿總是春賈生獨未達原憲竟忘貧草
座留山月荷衣遠洛塵最憐知己在林下訪閑人

春日早朝應制

仙仗肅朝官承平聖主歡月沈宮漏靜雨濕禁花寒丹
荔來金闕朱櫻貢玉盤六龍扶御日只許近臣看

早行寄朱山人放

山曉旅人去天高秋氣悲明河川上沒芳草露中衰（一作滋）
此別又千（一作萬）里少年能幾時心知（一作青冥）剡溪路聊且寄前
（一作心與謝公）期

除夜宿石頭驛（一作石橋館）

旅館誰相問寒燈獨可親一年將盡夜萬里未歸人寥
落悲前事支（一作羈）離笑此身愁（一作衰）顏與衰（一作愁）鬢明日又（一作去）
逢春

吳明府自遠而來留宿（一作盧新吳航忽遠至留宿弊居）

出門逢故友衣服滿塵埃歲月不可問山川何處來綺
（一作倚）城容弊宅散職寄靈臺自（一作願）此留君醉相歡得幾回

客夜與故人偶集（一作江鄉故人偶集客舍）

天秋月又滿城闕夜千重還作江南會翻疑夢裏逢風
枝驚暗（一作鳴散）鵲露草覆寒蛩羈旅長（一作常）堪醉相留畏曉鐘

送友人東歸（一作逢許評事干詩題云送盧評事東歸一作方）

萬里楊柳色出關送（一作逢）故人輕煙拂流水落日照行塵
積夢江湖闊（一作遠）憶家兄弟貧裹回灞亭上不語自（一作共）傷
春

江上別張歡（一作勸）

年年五湖上厭見五湖春長醉非關酒多愁不爲貧山
川（一作舊山）迷道路伊（一作清）洛困（一作晴）風塵今日扁舟別俱爲滄海
人

廣陵送趙（一作王）主簿自蜀歸絳州寧覲（一本無絳州寧覲四字）

將歸汾水上遠省（一作自）錦城來已泛西江盡仍隨北鴈迴
暮雲征馬速曉月故關開漸向庭闈近留君醉一杯

別友人（一作汝南逢董校書又作別董校書）

擾擾倦行役相逢陳蔡間如何（一作何爲）百年內不見一人閑
對酒惜餘景問程愁亂山秋風萬里道（一作至）又出（一作度）穆陵
關

宿城南盛本道懷皇甫冉

暑夜宿城南懷人夢不成高樓邀落月疊鼓送殘更隔
浦雲林近滿川風露清東碕不可見矯首若爲情

暉上人獨坐亭

蕭條心境外兀坐獨參禪蘿月明盤石松風落澗泉性空長入定心悟自通玄去住渾無跡青山謝世緣

送崔融

王者應無敵天兵動遠征建牙連朔漠飛騎入胡城夜月邊塵影秋風隴水聲陳琳能草檄含笑出長平

遊少林寺

步入招提路因之訪道林石龕苔蘚積香徑白雲深雙樹含秋色孤峰起夕陰屧廊行欲遍回首一長吟

崇德道中

暖日菜心稠晴煙麥穗抽客心雙去翼歸夢一扁舟廢塔巢雙鶴長波漾白鷗關山明月到愴惻十年遊

雨

歷歷愁心亂迢迢獨夜長春帆江上雨曉鏡鬢邊霜啼鳥雲山靜落花溪水香家人亦念我與汝黯相忘

過賈誼宅

一謫長沙地三年歎逐臣上書憂漢室作賦弔靈均舊宅秋（一作愁）荒草西風客薦（一作薦客）蘋淒凉回首處不見洛陽人

冬日有懷李賀長吉

歲晚齋居寂情人動我思每因一尊酒重和百篇詩月冷猨啼慘天高鴈去遲夜郎流落久何日是歸期

送郎士元

白髮金陵客懷歸不暫留交情分兩地行色載孤舟黃葉蟬吟晚滄江鴈送秋何年重會此詩酒復追遊

春江獨釣

獨釣春江上春江引趣長斷煙栖草碧流水帶花香心事仝沙鳥浮生寄野航荷衣塵不染何用濯滄浪

山居即事

巖雲掩竹扉去鳥帶餘暉地僻生涯薄山深俗事稀養花分宿雨翦葉補秋衣野渡逢漁子同舟蕩月歸

賦得長亭柳

濯濯長亭柳陰連灞水流雨搓金縷細煙裹翠絲柔送客添新恨聽鶯憶舊遊贈行多折取那得到深秋

客中言懷

白髮照烏紗逢人只自嗟官閑如致仕客久似無家夜雨孤燈夢春風幾度花故園歸有日詩酒老生涯

山行

山行分曙色一路見人稀野鳥啼還歇林花墮不飛雲迷棲鶴寺水澀釣魚磯回首天將暝逢僧話未歸

春日訪山人

遠訪山中客分泉謾煮茶相攜林下坐共惜鬢邊華歸路逢殘雨沿溪見落花候門童子問遊樂到誰家

卧病

門掩青山卧莓苔積雨深病多知藥性客久見人心衆鳥趨林健孤蟬抱葉吟滄洲詩社散無夢盍朋簪

贈月溪羽士

月明溪水上誰識步虛聲夜靜金波冷風微玉練平自知塵夢遠一洗道心清更弄瑤笙罷秋空鶴又鳴

贈行脚僧

補衲隨緣住難違（一作違難）塵外蹤木杯能渡水鐵鉢肯降龍到處棲雲榻何年卧雪峰知師歸日近應偃舊房松

重遊長真寺

同到長真寺青山四面同鳥啼花竹暗人散户庭空蒲澗千年雨松門午夜風舊遊悲往日回首各西東

晚望

山氣碧氤氳深林帶夕曛人歸孤嶂晚犬吠隔溪雲杉竹何年種煙塵此地分桃源寧異此猶恐世間聞

寄贈翠巖奉上人

蘭若倚西岡年深松桂長似聞葛洪井還近贊公房挂衲雲林淨翻經石榻涼下方一回首煙露日蒼蒼

過龍灣五王（一本無此二字）閣訪友人不遇

野橋秋水落江閣暝煙微白日又欲午高人猶未歸青林依古（一作石）塔虛館靜柴扉坐久思題字翻憐柹葉稀

與友人過山寺

共有春山興幽尋此日同談詩訪靈徹入社愧陶公竹暗閑房雨茶香別院風誰知塵境外路與白雲通

賦得古井（一本無此四字）送王明府

古井庇幽亭涓涓一竇明仙源通海水靈液孕山精久旱寧同涸長年秪自清欲彰貞白操酌獻使君行

送耿十三湋復往遼海

仗劒萬里去孤城遼海東旌旗愁落日鼓角壯悲風野迥邊塵息烽消戍壘空轅門正休暇投策拜元戎

寄禪師寺華上人次韻三首

百年渾是客白髮總盈顛佛國三秋別雲臺五色連朝盤香積飯夜甕落花泉遙憶談玄地月高人未眠

禪心如落葉不逐曉風顛猊坐翻蕭瑟皐比喜接連芙蓉開紫霧湘玉映清泉白晝談經罷閑從石上眠

德士名難避風流學濟顛禮羅加璧至薦鶚與雲連塵世休飛錫松林且枕泉近聞離講席聽雨半山眠

獨坐

白髮懷閩嶠丹心戀薊門官閑勝道院宅遠類荒村二月霜花薄羣山雨氣昏東菑春事及好向野人論

李大夫見贈因之有呈

何言訪衰疾旌旆重淹留謝禮誠難荅裁詩豈易酬江清寒照動山迥野雲秋一醉龍沙上終歡勝舊遊

長沙（一作亭）送梁副端歸京

奏書歸闕下祖帳出湘東滿座他鄉別何年此會同藉芳憐岸草聞笛怨江風且莫乘流去心期在醉中

和尉遲侍郎夏杪聞蟬

楚人方苦熱柱史獨聞蟬晴日暮江上驚風一葉前蕩搖清管雜幽咽野風傳旅舍閑君聽無由更晝眠

和李相公勉晦日蓬池遊宴（同字）

高會吹臺中新年月桂空貂蟬臨野水旌旆引春風細草縈斜岸纖條出故叢微文復看獵寧與解神同

彭婆館逢韋判官使還

受辭分路遠會府見君稀雨雪經年去軒車此日歸暮春愁見（一作更）別久客順（一作喜）相依寂寞伊川上楊花空自飛

酬別劉九郎評事傳（一作專）經同泉字

舉袂（一作袖）掩離弦柱（一作聽）君愁思篇忽驚池上鷺（一作鷥）下（一作正）咽

龍頭泉對牖牆陰滿臨扉日影圓賴聞黃太守章句此中傳

漢南遇方評事（一作襄州遇房評事由）

移家住漢陰不復問（一作向）華簪貰酒宜城近燒田夢澤深暮山逢鳥入寒水見魚沈與物皆無累終年愜本心

湘中懷古

昔人從逝水有客弔秋風何意千年隔論心一日同楚亭方作亂漢律正酬功倏忽桑田變讒言亦已空

京口懷古

大江橫萬里古渡渺千秋浩浩波（一作風）聲險蒼蒼天色愁三方歸漢鼎一水限吳州霸國今何在清泉（一作波）長自流

逢友生言懷（一作別）

安親非避地羈旅十餘年道長時流許家貧故舊憐相逢今歲暮遠別一方偏去住俱難說江湖正渺然

長門怨

自憶專房寵曾居第一流移恩向他處（一作何處去一作向何去）暫妒不容收夜靜（一作久一作夕）管弦（一作絲管）絕月明宮殿秋空將舊時意長望鳳皇樓

郊園即事寄蕭侍郎（一作呈蕭常州復）

衰鬢辭餘秩秋風入故園結茅成暖室汲（一作脩）井及清源鄰里桑麻接兒童笑語喧終朝非役（一作無事）役聊寄（一作向）遠人言

贈韋評事儹

與道共浮沈人間歲月深是非園吏夢憂喜（一作得失）塞翁心細草（一作竹）誰開徑芳條自結陰由來居物外無事可抽簪

送少微上人入蜀

十方俱是夢（一作知不繫）一念偶尋山望刹經巴寺持瓶向蜀關亂猨心本定流水性長閑世俗多離別（一作恨）王城幾日還

送道虔上人遊方（一作方干詩）

律儀通外學詩思入禪（一作玄）關煙景隨緣到（一作人別）風姿（一作標）與道閑貫花留靜室咒水度空山誰識浮雲意悠悠天地間

送萬律師頭陁寺

相傳五部學更有一人成此日靈山去（一作此夕分身去）何方半座迎麻衣逢雪暖草履（一作屩）躡雲輕若見中林石應知第四生

舟中見雨

今夜初聽雨江南杜若青功名何鹵莽兄弟總彫零夢遠愁蝴蝶情深愧鶺鴒撫孤終日意身世尚流萍

送僧南歸

兵塵猶澒洞僧舍亦徵求師向江南去予方轂下留風霜兩足白宇宙一身浮歸及梅花發題詩寄隴頭

江干

江干望不極樓閣影繽紛水氣多爲雨人煙遠是雲予生何濩落客路轉辛勤楊柳牽愁思和春上翠帬

過友人隱居

瀟灑絕塵喧清溪流遶門水聲鳴石瀨蘿影到林軒地靜留眠鹿庭虛下飲猨春花正夾岸何必問桃源

宿天竺寺曉發羅源

黃昏投古寺深院一燈明水砌長杉列風廊敗葉鳴山雲留別偈王事速歸程迢遞羅源路輕輿候曉行

留宿羅源西峯寺示輝上人

一宿西峯寺塵煩暫覺清遠林生夕籟高閣起鐘聲山寂僧初定廊深火自明雖云殊出處聊與說無生

題橫山寺

偶入橫山寺湖山景最幽露涵松翠濕風湧浪花浮老衲供茶盌斜陽送客舟自緣歸思促不得更遲留

泛舟

風軟扁舟穩行依綠水堤孤尊秋露滑短櫂晚煙迷夜靜月初上江空天更低飄飄信流去誤過子猷溪

宿靈巖寺

馬疲盤道峻投宿入招提雨急山溪漲雲迷嶺樹低凉風來殿角赤日下天西偃腹虛簷外林空鳥恣啼

江上別劉駕

天涯芳草遍江路又逢春海月留人醉山花笑客貧離杯傾祖帳征騎逐行塵回首風流地登臨少一人

南軒

野居何處是軒外一橫塘座納薰風細簾垂白日長面山如對畫臨水坐流觴更愛閑花木欣欣得向陽

泊鴈

泊鴈鳴深渚收霞落晚川柝隨風斂陣樓映月低弦漠漠汀帆轉幽幽岸火然壑危通細路溝曲繞平田

巡諸州漸次空靈戍（一無巡諸州三字）

寒盡鴻先至（一作去）春（一作江）回客未歸蚕知名是病（一作幻）不敢繡爲衣霧積川原暗山多郡縣稀明朝下湘岸更逐鷓鴣飛

潭州使院書情寄江夏賀蘭副端

雲雨一蕭散悠悠關復（一作路）河俱從汎舟役近隔洞庭波楚（一作春）水去不盡秋風今又過無因得相見却恨寄書多

過柳（一作郴）州

地盡江（一作江盡湘）南戍山分桂北林火雲三月合石路九疑深暗谷隨風過危橋共鳥尋羈魂愁似（一作已愁一作腸自）絕不復待猨吟

經巴東嶺

巴山不可上徒馭亦裵回舊棧歌難度朝雲濕未開瀑泉飛雪雨驚獸走風雷此去無停（一作亭）候（一作堠）征人幾日回

過申州

萬人曾戰死幾處見休兵井邑初安堵兒童未長成凉風吹古木野火入殘營牢落千餘里山空水復清

次下牢韻

獨立荒亭上蕭蕭對晚風天高吳塞闊日落楚山空猨叫三聲斷江流一水通前程千萬里一夕宿巴東

潘處士宅會別

相邀寒影晚惜別故山空鄰里疎林在池塘野水通十年難遇（一作多難）後一醉幾人同復此悲行子蕭蕭逐轉（一作遠）蓬

暮春沐髮晦日書懷寄韋功曹渢李録事從訓王少府純

朝沐敞南闈（一作扉）盤跚待日晞持（一作搦）梳髮更落覽鏡意多

違吾友見嘗少春風去不歸登高(一作臨)取(一作至)一醉猶可及芳菲

長安早春贈萬評事

春風歸(一作過)戚里曉日上花枝清管新鶯(一作聲)發重門細柳垂經過千騎客調笑五陵兒何事靈臺客(一作宿)狂歌自(一作獨)不知

留別宋處士

留歡方繼燭此會豈他人鄉里遊從舊兒童內外親夜深愁不醉老去別何頻莫折園中柳相看惜暮春

留別道州李使君圻

瀧路下丹徼郵童揮畫橈山回千騎隱雲(一作雪)斷兩鄉遙漁滬擁寒溜畬田落遠燒維舟更相憶惆悵坐空(一作通)宵

將遊東都留別包諫議

衰客慙墨綬素舸逐秋風雲雨恩難報江湖意已終縣當仙洞口路出故園東唯有新離恨長留夢寐中

灞岸別友

車馬去遲遲離言未盡時看花一醉別會面幾年期樵路高山館漁洲楚帝祠南登回首處猶得望京師

臨川從事還別崔法曹

謬官辭獲免濫獄會平反遠與故人別龍鍾望所言陰天寒不雨古木夜多猨老病北歸去餘年學灌園

海上別薛舟(一作丹)

行旅悲摇落風波厭別離客程秋草遠心事故人知暮鳥翻江岸征徒起路岐自應無定所還似欲相隨

婺州路別錄事

府中相見少江上獨行遙會日起離恨新年別舊寮春雲猶伴雪寒渚未通潮回首羣山暝思君轉寂寥

建中癸亥歲奉天除夜宿武當山北茅平村

歲除日又暮山險路仍新驅傳迷深谷瞻星記北辰古亭聊假寐中夜忽逢人相問皆嗚咽傷心不待春

京口送(一作逢)皇甫司馬副端曾舒州辭滿歸去(一本無去字)東都

潮水忽復過(一作至)雲帆儼欲(一作若)飛故園雙闕下左宦十年歸晚景照華髮涼風吹繡(一作別)衣淹留更一醉老去莫相違

送李審之桂州謁中丞叔

知音不可遇才子向天涯遠水下山急孤舟上路賒亂雲收暮雨雜樹落疎(一作秋)花到日應文會風流勝阮家

送王翁信及第歸江東舊隱(一作方干詩題云送友及第歸浙東)

南行無俗侶秋鴈與寒(一作閒)雲野趣(一作性)自多(一作心)愜名香日總(一作名香人共一作鄉名人共)聞吳山中路斷浙水半江分此地登臨慣含情一送君

送李明府之任

身爲百里長家寵五諸侯含笑聽猨狖摇鞭望斗牛梅花堪比雪芳草不知秋別後南風起相思夢嶺頭

送郭太祝中孚歸江東

鄉人去欲盡北鴈又南飛京洛風塵久江湖(一作淮)音信稀舊山知獨往一醉莫相違未得辭羈旅無勞問是非

新秋夜寄江右友人

遙夜獨不寐寂寥蓬户中河明五陵上月滿九門東舊知親友(一作萬里交親)散故園江海空懷歸正南望此夕起秋風

清明日送鄧芮二子還鄉(一作方干詩)

鐘鼓喧離日(一作室)車徒促夜裝曉廚新變(一作出)火輕柳暗翻霜(一作飛)傳(一作轉)鏡看華髮持(一作傳)杯話故鄉每嫌兒女淚今日自霑裳

送謝夷甫宰餘姚縣(餘姚一作鄮縣)

君去方爲宰(一作縣)干(一作兵)戈尚未銷邑中殘老小亂後少官僚廨宇經兵(一作山)火公田沒海潮到時應(一作因)變俗新政(一作譽)滿餘姚

送柳道時余北還(一作送觀察李判官巡彬州)

征役各異路(一作行役各遠路)煙波同旅愁輕橈上桂水大艑下揚州何處成後會今朝分舊遊離心比楊柳蕭颯不勝秋

送萬户曹之任揚州便歸舊隱

擬歸雲壑去聊寄宦名中俸禄資生事文章實(一作詩篇記)國風聽潮回(一作翻)楚浪看月照隋宮儻有登樓望(一作夜)還應伴庚公

送李長史縱之任常州

不與名利隔且爲江漢遊吳山本佳麗謝客舊淹留狹道(一作路)通陵口貧家住蔣州思歸復怨別寥落詎關秋

南賓送蔡侍御遊蜀

巴江秋欲盡遠別更凄然月照高唐(一作堂)峽人隨賈客船積雲藏(一作横)嶮路流水促(一作送)行年不料相逢日空悲尊酒前

送崔拾遺峒江淮(一作東)訪圖書

九門思(一作重辭)諫議萬里採風謠關外逢秋月天涯過晚潮鴈來(一作飛)雲杳杳木落浦蕭蕭空怨他鄉別迴舟暮寂寥

九日送洛陽李丞之任

爲文通絕境從宦及良辰洛下知名早腰邊結綬新且傾浮菊酒聊拂染衣塵獨恨滄波侶秋來別故人

奉陪李大夫九日宴龍沙

邦君採菊地近接旅人居一命招衰疾清光照里閭去官慙比謝下榻貴同徐莫怪沙邊倒偏霑杯酌餘

送車參軍江陵(一作送韋參軍一作釋清江詩)

槐花落盡柳陰清蕭索涼天楚客情海上舊山無的信東門(一作汴東)歸路不堪行身隨幻境勞(一作無)多事跡學禪心厭有名公子道存知不棄欲依劉表住南荆

遊清溪蘭若(兼隱者舊居)

西看疊嶂幾千重秀色孤標此一峰丹竈久閑荒宿草碧潭深處有潛龍靈仙已去空巖室(一作穴)到客唯聞古寺鐘遠對白雲幽隱在年年(一作年時)不離舊杉松

贈史開府

南天胡馬獨悲嘶白首相逢話鼓鼙野戰頻年沙朔外旌竿高與雪峰齊扁舟遠泛輕全楚落日愁看舊紫泥早晚瑤階歸伏奏獨(一作猶)能晝地取關西

登樓望月寄鳳翔李少尹

陌上涼風槐葉凋夕陽清露濕寒條登樓望月楚山迥月到南樓山獨遙心送情人趨鳳闕目隨陽鴈極煙霄軒轅(一作車)不重無名客此地還(一作誰)能訪寂寥

和汴州李相公勉人日喜春

年來日日春光好今日春光好更新獨獻菜羹憐應節
遍傳金勝喜逢人煙添柳色看猶淺鳥踏梅花落已頻
東閣此時聞一曲翻令和者不勝春

奉酬盧端公飲後贈諸公見示之作

佐幕臨戎旌旆間五營無事萬家閑風吹楊柳漸拂地
日映樓臺欲下山綺席畫開留上客朱門半掩擬重關
當時不敢辭先醉誤（一作悟）逐羣公倒載還

贈司空拾遺

侍臣何事辭雲陛江上彈冠見雪花望闕未承丹鳳詔
開門空對楚（一作野）人家陳琳草奏才還在王粲登樓興不
賒高館更容塵外客仍令歸去待瓊華

越溪村居

年來橈（一作晚）客寄禪扉多話貧居在翠微黃雀（一作鳥）數聲催
柳變清溪一路踏花歸空林野寺經過少落日深山伴
侶稀負米到家春未盡風蘿閑掃釣魚磯

贈韓道士（一作張祕詩）

日暮秋風吹野花上清歸客意無涯桃源寂寂煙霞（一作雲）
閉天路悠悠星漢斜還似世人生白髮定知（一作教）仙骨變
黃芽東城南陌頻相見應是壺中別有家

寄萬德躬故居

日暮山風吹女蘿故人舟楫定如何呂仙祠下寒砧急
帝子閣前秋水多闕海風塵鳴戍鼓江湖煙雨暗漁蓑
何時醉把黃花酒聽爾南征長短歌

寄司空曙

細雨柴門生遠愁向來詩句若爲酬林花落處頻中酒
海燕飛時獨倚樓北郭晚晴山更遠南塘春盡水爭流
可能相別還相憶莫遣楊花笑白頭

過故人陳羽山居

向來攜酒共追攀此日看雲獨未還不見山中人半載
依然松下屋三間峰攢仙境丹霞上水遶漁磯綠玉灣
却望夏洋懷二妙滿崖霜樹曉斑斑

弔暢當

萬里江南一布衣早將佳句動京畿徒聞子敬遺琴在
不見相如駟馬歸朔雪恐迷新冢草秋風愁老故山薇
玉堂知己能銘述猶得精魂慰所依

寄劉禹錫

謝相園西石徑斜知君習隱暫爲家有時出郭行芳草
長日臨池看落花春去能忘詩共賦客來應是酒頻賒
五年不見西山色悵望浮雲隱落霞

寄孟郊

亂餘城郭怕經過到處閑門長薜蘿用世空悲聞道淺
入山偏喜識僧多醉歸花徑雲生屨樵罷松巖雪滿蓑
石上幽期春又暮何時載酒聽高歌

贈徐山人

亂餘山水半凋殘江上逢君春正闌針自指南天窅窅
星猶拱北夜漫漫漢陵帝子黃金椀晉代神仙白玉棺
回首風塵千里外（一作別）故園煙雨五峰寒

過賈誼舊居

楚鄉卑濕歎殊方鵩賦人非宅已荒謾有長書憂漢室
空將哀些弔沅湘雨餘古井生秋草葉盡疏林見夕陽
過客不須頻太息咸陽宮殿亦凄涼

宮詞

紫禁迢迢宮漏鳴夜深無語獨含情春風鸞鏡愁中影
明月羊車夢裏聲塵暗玉階綦跡斷香飄金屋篆煙清
貞心一任蛾眉妒買賦何須問馬卿

漢（一作送）宮人入道

蕭蕭白髮出宮門羽服星冠道意存霄漢九重辭鳳闕
雲山何處訪桃源瑤池醉月勞仙夢玉輦乘春却帝恩
回首吹簫天上伴上陽花落共誰言

二靈寺守歲

守歲山房迥絕緣燈光香灺共蕭然無人更獻椒花頌
有客同參柏子禪已悟化城非樂界不知今夕是何年
憂心悄悄渾忘寐坐待扶桑日麗天

暮春感懷

杜宇聲聲喚客愁故園何處此登樓落花飛絮成春夢
剩水殘山異昔遊歌扇多情明月在舞衣無意（一作緒）綵雲
收東皇去後韶華盡老圃寒香别有秋
四十無聞懶慢身放情丘壑任天眞悠悠往事杯中物
赫赫時名扇外塵短策看雲松寺晚疏簾聽雨草堂春
山花水鳥皆知己百遍相過不厭貧

哭朱放

幾年湖海挹餘芳豈料蘭摧一夜霜人世空傳名耿耿
泉臺杳隔路茫茫碧窗月落琴聲斷華表雲深鶴夢長
最是不堪回首處九泉煙冷樹蒼蒼

酬盩厔耿少府湋見寄

方丈蕭蕭落葉中暮天深巷起悲風流年不盡人自老
外事無端心已空家近小山當海畔身留環衛蔭（一作隱）牆
東遙聞相訪頻逢雪一醉寒宵誰與同

贈慧上人

仙槎江口槎溪寺幾度停舟訪未能自恨頻年爲遠客
喜從異郡識高僧雲霞色曬禪房衲星月光涵古殿燈
何日却飛眞錫返故人丘木翳寒藤

漸（一作交）至涪州先寄王員外使君縱

文敎通（一作留）夷俗均輸問火田江分巴字水樹入夜郎煙
毒瘴含秋氣（一作景）陰崖蔽（一作閉）曙天路難空計日身老不由
年將命寧知（一作辭）遠歸心詎可傳星郎復何意（一作事）出守五
溪邊

和河南羅主簿送校書兄歸江南

兄弟泣殊方天涯指故鄉斷雲無定處歸鴈不成行草
莽人煙少風波水驛長上虞親渤澥東楚隔瀟湘古戍
陰傳火寒蕪曉帶霜海門潮瀲瀲沙岸荻蒼蒼京輦辭
芸（一作芝）閣蘅芳（一作衡方）憶草堂知君始寧隱還緝舊荷裳

曉聞長樂鐘聲

漢苑鐘聲早秦郊曙色分霜凌萬户徹風散一城聞已
啟蓬萊殿初朝鴛鷺羣虛心方應物大扣欲干雲近雜
雞人唱新傳鳧氏文能令翰苑客流聽思氛氳

聽霜鐘

渺渺飛霜夜寥寥遠岫鐘出雲疑斷續入户乍春容度
枕頻驚夢隨風幾韻松悠揚來不已杳靄去何從髣髴

煙嵐隔依稀巖嶠（一作岫）重此時聊一聽餘響繞千峰

同前

寥亮來豐嶺分明辨古鐘應霜如自擊中節每相從靜聽非閑扣潛應蘊聖蹤風間時斷續雲外更春（一作沖）容虛警和清籟雄鳴隔亂峰因知（一作之）諭知己（一作音）感激更難逢

全唐詩

戴叔倫

酬崔法曹遺劒

臨風脫佩劒相勸靜胡塵自料無筋力何由答故人

敬報孫常州二首

衰病苦奔走未嘗追舊遊何言問憔悴此日駐方舟

遠道曳故屐餘春會高齋因言別離久得盡平生懷

將赴東陽留上包諫議

敝邑連山遠仙舟數刻同多慚屢回首前路在泥中

荅崔法曹

後會知不遠今歡亦願留江天梅雨散況在月中樓

問嚴居士易

自公來問易不復待加年更有垂簾會遙知續草玄

新年第二夜荅處上人宿玉芝觀見寄

陽春已三日會友間昨夜可愛剡溪僧獨尋陶景舍

赴撫州對酬崔法曹夜雨滴空堦五首

雨落濕孤客心驚比棲鳥空堦夜滴繁相亂應到曉

高會棗樹宅清言蓮社僧兩鄉同夜雨旅館又無燈

謗議不自辨親朋那得知雨中驅馬去非是獨傷離

離室雨初晦客程雲陡暗方為對吏人敢望郵童探

縱酒常擲盞狂歌時入室離羣怨雨聲幽抑方成疾

又酬曉燈離暗室五首

知疑姦叟謗閑與情人話猶是別時燈不眠同此夜

寒燈揚曉焰重屋驚春雨應想遠行人路逢泥濘阻

燈光照虛屋雨影懸空壁一向簷下聲遠來愁處滴

楚僧話寂滅俗慮比虛空賴有殘燈喻相傳昏暗中

雨聲亂燈影明滅在空堦併枉五言贈知同萬里懷

同賦龍沙墅

回轉沙岸近欹斜林嶺重因君訪遺跡此日見眞龍

昭君詞

漢宮若遠近路在寒沙（一作塞）上到死不得歸何人共南望

勸陸三飲酒

寒郊好天氣勸酒莫辭頻擾擾鍾陵市無窮不醉人

關山月二首

月出照關山秋風入未還清光無遠近鄉淚半書（一作宵）間

一鴈過連營繁霜覆古城胡笳在何處半夜起邊聲

送王司直

西塞雲山遠東風道路長人心勝潮水相送過潯陽

宿無可上人房

偶來人境外何處染囂塵倘許棲林下僧中老此身

山居

麋鹿自成羣何人到白雲山中無外事終日醉醺醺

口號

白髮千莖雪寒窗嬾著書最憐吟苜蓿不及向桑榆

夜坐

夜靜河漢高獨坐庭前月忽起故園思動作經年別

隄上柳

垂柳萬條絲春來織別離行人攀折處閨妾斷腸時

遣興

明月臨滄海閑雲戀故山詩名滿天下終日掩柴關

贈張揮使

謫戍孤城小思家萬里遙漢廷求衛霍劒珮上青霄

偶成

野水連天碧峯巒入海青滄浪者誰子一曲醉中聽

畫蟬

飲露身何潔吟風韻更長斜陽千萬樹無處避螳螂

題天柱山圖

拔翠五雲中擎天不計功誰能凌絕頂看取日升東

松鶴

雨濕松陰涼風落松花細獨鶴愛清幽飛來不飛去

草堂一上人

一公持一鉢相復度遙岑地瘦無黃獨春來草更深

題黃司直園

為憶去年梅凌寒特地來門前空臘盡渾未有花開

北山游亭

西崦水泠泠沿岡有游亭自從春草長遙見祗青青

贈李唐山人（一作李山人唐）

此意無所欲（一作靜無事）閉門風景遲柳條將白髮相對共垂絲

題秦隱君麗句亭

北（一作比）人歸欲盡猶（一作獨）自住蕭山閉戶不曾（一作暫）出詩名滿世間

荅孫常州見憶

畫鵶春風裏迢遙去若飛那能寄相憶不並子猷歸

送裴明州（一本有郎中效三字）效南朝體

沅（一作瀟）水連湘水千波萬浪中知郎未得去慚愧石尤風

戲留（一作留別）顧十一明府

江明雨初歇，山暗雲猶濕。未可動歸橈，前程風浪急（一作正）。

答崔載華

文案日成堆，愁眉拽不開。偷歸甕間臥，逢箇楚狂來。

將赴行營勸客同醉

絲管霜天夜，煙塵淮水西。明朝上征去，相伴醉如泥。

夏夜江樓會別

不作十日別，煩君此相留。雨餘江上月，好醉竹間樓。

歲除日奉推事使牒追赴撫州辨對留別崔法曹陸大祝處士上人同賦人字口號（一本題作歲除日追赴撫州辨對留別崔法曹）

上國杳未到，流年忽復新。回車不自識，君定送何人。

江館會別

離亭一會宿，能有幾人同。莫以回車泣，前途不盡窮。

容州回逢陸三別（一本無別字）

西南積水遠，老病喜生歸。此地故人別，空餘淚滿衣。

古意寄呈王侍郎

夜光貯懷袖，待報一顧恩。日向江湖老，此心誰爲論。

送李大夫渡口阻風

浪息定何時，龍門到恐遲。輕舟不敢渡，空立望旌旗。

過三閭廟（一本無廟字）

沅湘流不盡，屈宋（一作子）怨何深。日暮秋煙（一作風）起，蕭蕭楓樹林。

泊湘口

湘山千嶺樹，桂水九秋波。露重猨聲絕，風清月色多。

遊道林寺

佳山路不遠，俗侶到常稀。及此煙霞暮，相看復欲歸。

後宮曲

初入長門宮，謂言君戲妾。寧知秋風至，吹盡庭前葉。

新別離（一作戎昱詩）

手把杏花枝，未曾經別離。黃昏掩閨後，寂寞心自知（一作自心知）。

夏日登鶴巖偶成

天風吹我上層岡，露灑長松六月涼。願借老僧雙白鶴，碧雲深處共翱翔。

題淨居寺

玉壺山下雲居寺，六百年來選佛場。滿地白雲關不住，石泉流出落花香。

昭君詞

漢家宮闕夢中歸，幾度氊房淚濕衣。惆悵不如邊鴈影，秋風猶得向南飛。

織女詞

鳳梭停織鵲無音，夢憶仙郎夜夜心。難得相逢容易別，銀河爭似妾愁深。

塞上曲二首

軍門頻納受降書，一劒橫行萬里餘。漢祖謾誇婁敬策，卻將公主嫁單于。

漢家旌幟滿陰山，不遣胡兒匹馬還。願得此身長報國，何須生入玉門關。

閨怨

看花無語淚如傾，多少春風怨別情。不識玉門關外路，夢中昨夜到邊城。

春怨

金鴨香消欲斷魂，梨花春雨掩重門。欲知別後相思意，回看羅衣積淚痕。

旅次寄湖南張郎中

閉門茅底偶爲鄰，北阮那憐南阮貧。卻是梅花無世態，隔牆分送一枝春。

題友人山居

四郭青山處處同，客懷無計答秋風。數家茅屋清溪上，千樹蟬聲落日中。

別鄭谷

朝陽齋前桃李樹，手栽清蔭接比鄰。明年此地看花發，愁向東風憶故人。

贈鶴林上人

日日澗邊尋茯苓，巖扉常掩鳳山青。歸來挂衲高林下，自翦芭蕉寫佛經。

題稚川山水

松下茅亭五月涼，汀沙雲樹晚（一作冊）蒼蒼。行人無限秋風思，隔水青山似故鄉。

過柳溪道院

溪上誰家掩竹扉，鳥啼渾似惜春暉。日斜深巷無人跡，時見梨花片片飛。

荔枝

紅顆真珠誠可愛，白鬚太守亦何癡。十年結子知誰在，自向中庭種荔枝。

憶原上人

一兩棕鞋八尺藤，廣陵行遍又金陵。不知竹雨竹風夜，吟對秋山那寺燈。

閑思

伯勞東去鶴西還，雲總無心亦度山。何似嚴陵灘上客，一竿長伴白鷗閑。

蘭溪棹歌

涼月如眉挂柳灣，越中山色鏡中看。蘭溪三日桃花雨，半夜鯉魚來上灘。

蘇溪亭

蘇溪亭上草漫漫，誰倚東風十二闌。燕子不歸春事晚，一汀煙雨杏花寒。

敬酬陸山人二首

黨議連誅不可聞，直臣高士去紛紛。當時漏奪無人問，出宰東陽笑殺君。

由來海畔逐樵漁，奉詔因乘使者車。卻掌山中子男印，自看猶是舊潛夫。

答崔法曹賦四雪

楚僧蹋雪來招隱，先訪高人積雪中。已別剡溪逢雪去，雪山修道與師同。

撫州被推昭雪答陸太祝三首

求理由來許便宜，漢朝龔遂不爲疵。如今謗起翻成累，唯有新人子細知。

貧交相愛果無疑，共向人間聽直詞。從古以來何限枉，

慚知暗室不曾欺

春風旅館長庭蕪，俛首低眉一老夫。已對鐵冠窮事本，不知廷尉念寃無。

送獨孤愰還京

舉家相逐還鄉去，不向秋風怨別時。湖水兩重山萬里，定知行盡到京師。

臨流送顧東陽

海上獨歸慚不及，邑中遺愛定無雙。蘭橈起唱逐流去，却恨山溪通外江。

行營送馬侍御

萬里羽書來未絕，五關烽火晝仍傳。故人多病盡歸去，唯有劉禎不得眠。

送秦系

五都來往無舊業，一代公卿盡故人。不肯低頭受羈束，遠師溪上拂纓塵。

送裴判官回湖南

莫怕南風且盡歡，湘山多雨夏中寒。送君萬里不覺遠，此地曾為心鐵官。

再巡道永留別

鬢下初驚白髮時，更逢離別助秋悲。從今不學四方事，已共家人海上期。

別崔法曹

欲作別離西入秦，芝田棗逕往來頻。東湖此夕更留醉，逢著廬山學道人。

送蕭二

擬向田間老此身，寒郊怨別甚於春。又聞故里朋遊盡，到日知逢何處人。

湘川野望

懷王獨與佞人謀，聞道忠臣入亂流。今日登高望不見，楚雲湘水各悠悠。

將至道州寄李使君

九疑深路遶山回，木落天清猨晝哀。猶隔簫韶一峯在，遙傳五馬向東來。

與虞沔州謁藏眞上人

故侯將我到山中，更上西峯見遠公。共問置心何處好，主人揮手指虛空。

題招隱寺

昨日臨川謝病還，求田問舍獨相關。宋時有井如今在，却種胡麻不買山。

過珥瀆單老（老一作宅）

毫末成圍海變田，單家依舊住溪邊。比來已向人間老，今日相過却少年。

族兄各年八十餘見招游洞

鶴髮婆娑鄉里親，相邀共看往年春。擬將兒女歸來住，且是茅山見老人。

登高回乘月尋僧（一作登高迴醉中乘月與崔法曹尋楚僧方外各賦一絕）

插鬢茱萸來未盡，共隨明月下沙堆。高綱寂寂不相問，醉客無端入定來。

贈殷（一本有御史二字）亮

日日河邊見水流，傷春未已復悲秋。山中舊宅無人住，來往風塵共白頭。

夜發袁（一作烏，一作猨）江寄李潁川劉侍御（時二公留貶在此。一本題止夜發烏江作五字）

半夜回舟入楚鄉，月明山水共蒼蒼。孤猨更叫（一作發）秋風裏，不是愁人亦斷腸。

對酒示申屠學士

三（一作千）重江水萬重山，山裏春風（一作青春）度日閑。且向白雲求一醉，莫教愁夢到鄉關。

對月答袁（一作元）明府

山下孤城月上遲，相留一醉本無期。明年此夕遊何處，縱有清（一作秋）光知對（一作見）誰。

送前上饒嚴明府攝玉山

家在故林吳楚間，冰為溪水玉為山。更將舊政化鄰邑，遙見逋人相逐還。

聽歌回馬上贈崔法曹（一本題止聽歌回三字）

秋風裏許杏花開，杏樹傍邊醉客來。共待夜深聽一曲，醒人騎馬斷腸迴。

酬駱侍御答詩

風傳晝閣空知曉，雨濕江城不見春。堆案遶牀君莫怪，已經愁思古時人。

送孫直遊郴州

孤舟上水過湘沅，桂嶺南枝花正繁。行客自知心有托，不聞驚浪與啼猨。

麓山寺會送尹秀才

湖上逢君亦不閑，暫將離別到深山。飄蓬驚鳥那自定，強欲相留雲樹間。

送董頎

霜鴈羣飛下楚田，羈人掩淚望秦天。君行江海無定所，別後相思何處邊。

別張員外

木葉紛紛湘水濱，此中何事往頻頻。臨風自笑歸時（一作何）晚，更送浮雲逐故人。

送張評事

城郭喧喧爭送遠，危梁裊裊渡東津。楊花展轉引征騎，莫怪山中多看人。

送呂少府

共醉流芳獨歸去，故園高士日相親。深山古路無楊柳，折取桐花寄遠人。

送人游嶺南

少別華陽萬里遊，近南風景不曾秋。紅芳綠筍是行路，縱有啼猨聽却幽。

妻亡後別妻弟

楊柳青青滿路垂，贈行惟折古松枝。停舟一對湘江哭，哭罷無言君自知。

和崔法曹建溪聞猨

曾向巫山峽裏行，羈猨一叫一回驚。聞道建溪腸欲斷，的知斷著第三聲。

湘南即事

盧橘花開楓葉衰，出門何處望京師。沅湘日夜東流（一作歸）

去不爲愁人住少時

代書寄京洛舊遊

今年十月溫風起湘水悠悠生白蘋欲寄遠書還不敢却愁驚動故鄉人

蘄州行營作

蘄水城西向北看桃花落盡柳花殘朱旗半捲山川小白馬連嘶草樹寒

題武當逸禪師蘭若

我身一作生本似一作是遠行客況是亂時多病身經山涉水向何處羞見竹林禪定人

穀城逢楊評事

遠自五陵獨竄身筑陽山中歸路新橫流夜長不得渡駐馬荒亭逢故人

聽韓使君美人歌

仙人此夜忽凌波更唱瑤臺一遍歌嫁與將軍天上住人間可得再相過

轉應詞

邊草邊草邊草盡來共一作兵老山南山北雪晴千里萬里月明明月明月胡笳一聲愁絕

精舍對雨

空門寂寂澹吾身溪雨微微洗客塵臥向白雲晴未盡任他黃鳥醉芳春

宿灌陽灘

十月江邊蘆葉飛灌陽灘冷上舟遲今朝未遇高風便還與沙鷗宿水湄

酬贈張衆甫

野人無本意散木任天材分向空山老何言上苑來迢遥千里道依倚九層臺出處寧知命輪轅豈自媒更慙張處士相與別蒿萊

客舍秋懷呈駱正字士則

無言堪自喻偶坐更相悲木落驚年長門閑惜草衰買山猶未得諫獵又非時設被浮名繫歸休漸欲遲

寄中書李舍人紓

萍翻蓬自卷不共本心期復入重城裏頻看百草滋水流歸思遠花發長年悲盡日春風起無人見此時

贈康老人洽

酒泉布衣舊才子少小知名帝城裏一篇飛入九重門樂府喧喧聞至尊宮中美人皆唱得七貴因之盡相識南鄰北里日經過處處淹留樂事多不脫弊裘輕錦綺長吟佳句掩笙歌賢王貴主於我厚駿馬蒼頭如已有暗將心事隔風塵盡擲年光逐杯酒青門幾度見春歸折柳尋花送落暉杜陵往往逢秋暮望月臨風攀古樹繁霜入鬢何足論舊國連天不知處爾來倏忽五十年却憶當時思眇然多識故侯悲宿草曾看流水沒桑田百人會中一身在被褐飲瓢終不改陌頭車馬共營營不解如君任此生

暮春遊長沙東湖贈辛兗州巢父二首

湘流分曲浦繚繞古城東岸轉千家合林開一鏡空人生無事少心賞幾回同且復忘羈束悠悠落照中

回環路不盡歷覽意彌新古木畬田火澄江盪槳人緩歌尋極浦一醉送殘春莫恨長沙遠他年憶此辰

同兗州張秀才過王侍御參謀宅賦十韻 柳字

十年官不進斂跡無怨咎漂蕩海內遊淹留楚鄉久因參戎幕下寄宅湘川口翦竹開廣庭瞻山敞虛牖閑門早春至陋巷新晴後覆地落殘梅和風褭輕柳逢迎車馬客邀結風塵友意愜時會文夜長聊飲酒秉心轉孤直沈照隨可否豈學屈大夫憂慙對漁叟

同辛兗州巢父盧副端岳相思獻酬之作因抒歸懷兼呈辛魏二院長楊長寧

暮角發高城情人坐中起臨觴不及醉分散秋風裏雖有明日期離心若千里前歡反惆悵後會還如此焉得夜淹留一回終宴喜羈遊復牽役皆去重湖水早晚泛歸舟吾從數君子

酬袁太祝長卿小湖村山居書懷見寄

背江居隙地辭職作遺人耕鑿資餘力樵漁逐四鄰麥秋桑葉大梅雨稻田新籬落栽山果池塘養海鱗放歌聊自足幽思忽相親余亦歸休者依君老此身

送汶水王明府

何時別故鄉歸去佩銅章親族移家盡閭閻百戰場背關餘古木近塞足風霜遺老應相賀知君不下堂

奉同汴州李相公勉送郭布殿中出巡

軒車出東閣都邑遶南河馬首先春至人心比歲和省風傳隱恤持法去煩苛却想埋輪者論功此日多

送東陽顧明府罷歸

祖帳臨鮫室黎人擁鷁舟坐藍高士去繼組鄙夫留白日落寒水青楓遶曲洲相看作離別一倍不禁愁

撫州對事後送外生宋垓歸饒州覲侍呈上姊夫

淮汴初喪亂蔣山烽火起與君隨親族奔迸辭故里京口附商客海門正狂風憂心不敢住夜發驚浪中雲開方見日潮盡爐峯出石壁轉棠陰鄱陽寄茅室淹留三十年分種越人田骨肉無半在鄉園猶未旋爾家習文藝旁究天人際父子自相傳優游聊卒歲學成不求達道勝那貧時入閭巷醉好是羲皇人頃因物役牽偶逐簪組輩謗書喧朝市撫已慙淺昧世業大小禮近通顏謝詩念渠還領會非敢獨爲師

永康孫明府頲秩滿將歸枉路訪別

門前水流咽城下亂山多非是還家路寧知枉騎過風煙復欲隔悲笑屢相和不學陶公醉無因奈別何

將赴湖南留別東陽舊寮兼示吏人

智力苦不足黎甿殊未安忽從新命去復隔舊寮歡曉路整車馬離亭會衣冠冰堅細流咽燒盡亂峯寒耆老相餞送兒童亦悲酸桐鄉寄生怨欲話此情難

撫州處士胡泛見送北迴兩館至南昌縣界查溪蘭若別

移罇鋪山曲祖帳查溪陰鋪山即遠道查溪非故林悽然誦新詩落淚霑素襟郡政我何有別情君獨深禪庭古樹秋宿雨清沈沈揮袂千里遠悲傷去住心

將巡郴永途中作

行役留三楚思歸又一春自疑冠下髮聊此鏡中人機息知名誤形衰恨道貧空將舊泉石長與夢相親

桂陽北嶺偶過野人所居聊書卽事呈王永州邕李道州圻

大吠空山響林深一逕存隔雲尋板屋渡水到柴門日晝風煙靜花明草樹繁乍疑秦世客漸識楚人言不記逃鄉里居然長子孫種田燒險谷汲井鑿高原畦葉藏春雉庭柯宿旅猨嶺陰無瘴癘地隙有蘭蓀内戶均皮席枯瓢沃野餐遠心知自負幽賞詎能論轉步重崖合瞻途落照昏他時願攜手莫比武陵源

下阜亭瀧行八十里聊狀艱險寄靑苗鄭副端胡陽

瀧水天際來阜山地中坼盤渦幾十處疊溜皆千尺直寫卷沈沙驚翻衝絶壁淙淙振崖谷洶洶竟朝夕人語不自聞日光亂相射艤舟始搖漾舉棹旋奔激旣下同建瓴半空方避石前危苦未盡後險何其迫倏閃疾風雷蒼皇蕩魂魄因隨伏流出忽與跳波隔遠想欲回軒豈茲還泛鷁雲涯多候館努力勤登歷

少女生日感懷

五逢晬日今方見置爾懷中自惘然乍喜老身辭遠役翻悲一笑隔重泉欲教針線嬌難解暫弄琴書性已便還有蔡家殘史籍可能分與外人傳

張評事涉秦居士系見訪郡齋卽同賦中字

軺車忽枉轍郡府自生風遣吏山禽在開罇野客同古牆抽臘筍喬木颺春鴻能賦傳幽思清言盡至公城欹殘照入池曲大江通此地人來少相歡一醉中

小雪

花雪隨風不厭看更多還肯失[一作恐]林巒愁人正在書[一作西]窗下一片飛來一片寒

句

鄰里龍沙北[臨川六詠]　麥秋桑葉大梅雨稻田新籬落栽山果池塘養錦鱗

全唐詩

張建封

張建封字本立南陽人少喜文章尚氣節歷官御史大夫徐泗濠節度使有詩文二百三十篇今存詩二首

競渡歌

五月五日天晴明楊花繞江啼曉鶯使君未出郡齋外江上早聞齊和聲使君出時皆有準馬前已被紅旗引兩岸羅衣破暈香銀釵照日如霜刃鼓聲三下紅旗開兩龍躍出浮水來棹影斡波飛萬劍鼓聲劈浪鳴千雷鼓聲漸急標將近兩龍望標目如瞬坡上人呼霹靂驚竿頭綵挂虹蜺暈前船搶水已得標後船失勢空揮橈瘡眉血首爭不定輸岸一朋心似燒只將輸贏分罰賞兩岸十舟五來往須臾戲罷各東西競脫文身請書上吾今細觀競渡兒何殊當路權相持不思得岸各休去會到摧車折楫時

酬韓校書愈打毬歌

僕本修文持筆者今來帥領紅旌下不能無事習蛇矛閑就平場學使馬軍中伎癢驍智材競馳駿逸隨我來護軍對引相向去風呼月旋朋先開俯身仰擊復傍擊難於古人左右射齊觀百步透短門誰羨養由遙破的儒生疑我新發狂武夫愛我生雄光杖移鬃底拂尾後星從月下流中場人不約心自一馬不鞭蹄自疾凡情莫辨捷中能拙目翻驚巧時失韓生訝我爲斯藝勸我徐驅作安計不知戎事竟何成且愧吾人一言惠

于良史

于良史徐州張建封從事詩七首

春山夜月

春山[一作來]多勝事賞翫夜忘歸掬水月在手弄花香滿衣興來無遠近欲去惜芳菲南望鳴鐘[一作鐘鳴]處樓臺深翠微

宿藍田山口奉寄沈員外

山暝飛羣鳥川長泛四鄰煙歸河畔草月照渡頭人朋友懷東道鄉關戀北辰去留無所適岐路獨迷津

冬日野望寄李贊府[一本無野望二字]

地際朝陽滿天邊宿霧收風兼殘雪起河帶斷冰流北闕馳心極南圖尚旅遊登臨思不已何處得銷愁[一作憂]

閑居寄薛華[一作據]

隱几讀黃老閑居耳目清僻居人事少多病道心生雨洗山林濕鴉鳴池館晴晚來因廢卷行藥至西城[一作殘日上高城]

江上送友人

看爾動行棹未收離別筵千帆忽見及亂却故人船紛泊雁羣起逶迤沙溆連長亭十里外應是少人煙

田家秋日送友

蒼茫日初宴遙野雲初收殘雨北山裏夕陽東渡頭舟依漁溆合水入田家流何意君迷駕山林應有秋

自吟

出身二十年髮白衣猶碧日暮倚朱門從朱汚袍赤

崔膺

崔膺博陵人張建封愛其才以爲客詩二首

感興

富貴難義合困窮易感恩古來忠烈士多出貧賤門世上桃李樹[一作樹桃李]但結繁華子白屋抱關人青雲壯心死本以勢利交勢盡交情已如何失情後始歎門易軌

別佳人[一作省妓詩]

壠上流泉壠下分斷腸嗚咽不堪聞嫦娥一入月中去巫峽千秋空白雲

馮宿

馮宿字拱之婺州人貞元中登進士第張建封辟爲掌書記長慶初以刑部郎中知制誥太和初爲河南尹歷工刑二部侍郎東川節度使集四十卷今存詩二首

御溝新柳

夾道天渠遠垂絲御柳新千條宜向日萬戶共迎春輕翠含煙發微音逐吹頻靜看思渡口迴望憶江濱嫋嫋分遊騎依依駐旅人陽和如可及攀折在兹辰

酬白樂天劉夢得（一作尹河南酬樂天夢得）

共稱洛邑難其選何幸天書用不才遙約和風新草木且令新雪靜塵埃臨岐有愧傾三省別酌無辭醉百杯明歲杏園花下集須知春色自東來（每春宴接諸公杏園宴會）

陸長源

陸長源字泳之海之孫也歷汝州刺史貞元中爲宣武節度司馬總留後事軍亂遇害詩三首

樂府答孟東野戲贈

芙蓉初出水菡萏露中花風吹著枯木無柰值空槎

酬孟十二新居見寄

大道本夷曠高情亦冲虛因隨白雲意偶逐青蘿居青蘿紛縈密四序無慘舒餘清濯子襟散彩還吾廬去歲登美第策名在公車將必繼管蕭豈惟躡應徐首夏尚清和殘芳遍丘墟褰幃蔭窗柳汲井滋園蔬達者貴知心古人不願餘愛君蔣生逕且著茂陵書

答東野夷門雪（郊客于汴將歸賦夷門雪贈別長源答此）

好丹與素道不同失意得途事皆別東鄰少年樂未央南客思歸腸欲絕千里長河冰復冰雲鴻冥冥楚山雪

句

忽然一曲稱君心破却中人百家產（諷刺以下並紀事） 城外平人驅欲盡帳中猶打衮花毬

張衆甫

張衆甫字子初清河人河南壽安縣尉罷秩僑居雲陽後拜監察御史爲淮寧軍從事詩三首

寄興國池鶴上劉相公

馴狎經時久褵褷短翮存不隨淮海變空媿稻粱恩獨立秋天靜單棲夕露繁欲飛還斂翼詎（一作詎）敢望乘軒

送李司直使吳（得家字依次用）

使臣（一作君）方擁傳王事遠辭家震澤逢殘雨新豐過（一作遇）落花水萍千葉散風柳萬條斜何處看（一作有）離恨春江無限沙

送李觀之宣州謁袁中丞賦得三州渡

古渡大江濱西南距要津自當舟檝路應濟往來人翻浪驚飛鳥回風起綠蘋君看波上客歲晚獨垂綸

王武陵

王武陵字晦伯太原人官尚書郎詩二首

宿慧山寺（有序）

戊辰秋八月吳郡朱遐景自秦還吳南次無錫命余及故人竇丹列會於惠山之精舍是時山林始秋高興在木涼風白雲起於座隅逍遙於長松之下偃息於磐石之上仰視雲嶺俯瞰寒泉夕陽西歸皓月東出羣動皆息視身如空立言妙論以極窮輿丹列有遁世之志遐景有塵外之心余亦樂天知命怡然契合視富貴如浮雲一歌一詠以紓情性夫良辰嘉會古人所惜序述不作是闕文也

山林之下景物秀茂賦詩道意以紀方外之遊

秋日遊古寺秋山正蒼蒼泛舟次巖磴稽首金仙堂下有寒泉流上有珍禽翔石門吐明月竹木涵清光中夜河沈沈但聞松桂香曠然出塵境憂慮澹已忘

秋暮登北樓

秋滿空山悲客心山樓晴望散幽襟一川紅樹迎霜老數曲清溪繞寺深寒氣急催遙塞雁夕風高送遠城砧三年海上音書絕鄉國蕭條惟夢尋

朱宿

朱宿字遐景吳郡人官拾遺詩二首

宿慧山寺

古寺隱秋山登攀度林樾悠然青蓮界此地塵境絕機閑任晝昏慮澹知生滅微吹遞遙泉疎松對殘月庭虛露華綴池淨荷香發心悟形未留遲遲履歸轍歲月人間促煙霞此地多殷勤竹林寺更得幾迴過

全唐詩目 第五函

第二冊

盧綸 五卷

崔琮 李竦 張惟儉 章八元

張莒 史延 韓濬 鄭輅

王濯 獨孤綬 仲子陵 張佐

丁澤 閻濟美 張少博 周徹

高拯 王表 獨孤授 王儲

周渭 共一卷

盧綸

盧綸字允言，河中蒲人。大曆初數舉進士不第。元載取其文以進，補閿鄉尉，累遷監察御史，輒稱疾去。坐與王縉善，久不調。建中初，爲昭應令。渾瑊鎭河中，辟元帥判官，累遷檢校戶部郎中。貞元中，舅韋渠牟表其才，驛名之，會卒。集十卷，今編詩五卷。

送惟良上人歸江南（一作郢上人）

落日映危檣，歸僧向岳陽。注缾寒浪靜，讀律夜船香。苦霧沈山影，陰霾（一作霞）發海光。羣生一何負，多（一作臨）病禮（一作別）醫王。

送韓都護還邊

好勇知名早，爭雄上將間。戰多春入塞，獵慣夜登（一作燒）山。陣合龍蛇動，軍移草木閑。今來部曲盡，白首過蕭關。

送吉中孚校書歸楚州舊山（中孚自仙官入仕）

青袍芸閣郎，談笑挹侯王。舊籙藏雲穴，新詩滿帝鄉。名高閑不得，到處人爭識。誰知冰雪顏，已雜風塵色。此去復如何，東皐歧路多。藉芳（一作茅）臨紫陌，回首憶（一作望）滄波。年來倦蕭索，但說淮南樂。並檝湖上（一作中）遊，連檣月中（一作下）泊。沿溜（一作流）入閶（一作閭，一作閤）門，千燈夜市喧。喜逢鄰舍伴，遙語問鄉園。下淮風自急，樹杪分郊邑。送客隨岸行，離人出帆（一作船）立。漁村繞水田，澹澹（一作浦）隔晴煙。欲就林中醉，先期石上眠。林昏天未曙，但向雲邊去。暗入無路山，心知有花處。登高日轉明，下望見春城。洞裏草空長，冢邊人自耕。寥寥行異境，過盡千峰影。露色凝古壇，泉聲落寒井。仙成不可期，多別自堪悲。爲問桃源客，何人見亂時。（一本此篇分作絶句十一首）

送姨弟裴均尉諸曁（此子先君元相舊判官）

相悲得成長，同是外家恩。舊業廢三畝，弱年成（一作承）一門。城開山日早，吏散渚禽喧。東閣謬容止，予心君莫言。

送鄧州崔長史

出山車騎次諸侯，坐領圖書見督郵。遶郭桑麻通淅口，滿川風景接襄州。高城鳥過方催夜，廢壘蟬鳴不待秋。聞說元規偏愛月，知君長得伴登樓。

送鹽鐵裴判官入蜀

傳詔收方貢，登車著賜衣。榷商蠻客富，稅地芋田肥。雲白風雷歇，林清洞穴稀。炎涼君莫問，見即在忘歸。

送魏廣下第歸揚州

楚鄉雲水內，春日衆山開。淮浪參差起，江帆次第來。獨歸初失桂，共醉忽停杯。漢詔年年有，何愁掩上才。

送潘述應宏詞下第歸江南

愁與醉相和，昏昏竟若何。感年懷闕久，失意夢鄉多。雨裏行青草，山前望白波。江樓覆棋好，誰引仲宣過。

送從舅成都縣丞廣歸蜀

褒谷通岷嶺，青冥此路深。晚程椒瘴熱，野飯荔枝陰。古郡三刀夜，春橋萬里心。唯應對楊柳，暫醉卓家琴。

送宋校書赴宣州幕

南想宣城郡，清江野戍閑。艨艟高映浦，睥睨曲隨山。名寄圖書內，威生將吏間。春行板橋暮，應伴庾公還。

送李縱別駕加員外郎却赴常州幕

霄漢正聯飛，江湖又獨歸。暫歡同賜被，不待易朝衣。山雨迎軍晚，蘆風候火微。還當宴鈴閣，謝守亦光輝。

送元贊府重任龍門縣

二職亞陶公，歸程與夢同。柳垂平澤雨，魚躍大河風。混跡威長在，孤清志自雄。應嗤向隅者，空寄路塵中。

送黎燧尉陽翟

玉貌承嚴訓，金聲稱上才。列筵青草偃，驟馬綠楊開。潘縣花添發，梅家鶴暫來。誰知望恩者，空逐路人回。

送丹陽趙少府（即給事中涓親弟）

恭聞林下別，未至亦霑裳。荻岸雨聲盡，江天虹影長。佩韋宗嬾慢，偷橘愛芳香。遙想從公後，稱榮在上堂。

送菊潭王明府

組綬掩衰顏，輝光里第間。晚涼（一作涼宵）經灞水，清晝入商山。行境逢花發，彈琴見鶴還。唯應理農後，鄉老賀君閑。

送陳明府赴萍縣

素舸載陶公，南隨萬里風。梅花成雪嶺，橘樹當家僮。祠掩荒山下，田開野荻中。歲終書善績，應與古碑同。

送申屠正字往湖南迎親兼謁趙和州因呈上侍郎使君弁戲簡前歷陽李明府

曉月朣朦（一作朧）映水關，水邊因到歷陽山。千艘財（一作物）貨朱橋下，一曲閭閻青荻間。坦腹定逢潘令醉，上樓應伴庾公閑。歡餘若問南行計，知念天涯負米還。

送李尚書郎君昆季侍從歸覲滑州

鳳雛聯翼美王孫，綵服戎裝擬塞垣。金鼎對筵調野膳，玉鞭齊騎引行軒。冰河一曲旌旗滿，墨詔千封雨露繁。更說務農將罷戰，敢持謌頌慶晨昏。

送張調參軍侍從歸覲荊南因寄長林司空十四曙（得潛字）

玉勒侍行襜，郗超未有髯。守儒輕獵騎（一作騎獵），承誨訪沈潛。雲勢將峰雜，江聲與峽兼。還當見王粲，應念二毛添。

送馬尚書郎君侍從歸覲太原

玉人垂玉鞭，百騎帶櫜鞬。從賞野郵靜，獻新秋果鮮。塞屯豐雨雪，虜帳失山川。遙想稱觴後，唯當共被眠。

送張成季往江上賦得垂楊

垂楊真可憐，地勝覺春偏。一穗雨聲裏，千條池色前。露繁光的皪，日麗影團圓。若到隋堤望，應逢花滿船。

送陝府王司法

東門雪覆塵，出送陝城人。粉郭朝喧市，朱橋夜掩津。上寮應重學，小吏已甘貧。謝朓曾爲掾，希君一比鄰。

送太常李主簿歸覲省

粲粲美仍都，清閑一貴儒。定交分玉劒，發詠寫冰壺。風景隨台位，河山入障（一作陣）圖。上堂多慶樂，肯念谷中愚。

送從叔程歸西川幕

千山冰雪晴，山靜錦花明。羣鶴棲蓮府，諸戎拜柳營。浪依巴字息，風入蜀關清。豈念在貧巷，竹林鳴鳥聲。

送萬巨

把酒留君聽琴，難堪歲暮離心。霜葉無風自落，秋雲不雨空陰。人愁荒村路細，馬怯寒溪水深。望斷（一作盡）青山獨立，更知何處相尋。

途中遇雨馬上口號留別張劉二端公
陰雷慢轉野雲長駿（一作驄）馬雙嘶愛雨涼應念龍鍾在泥
滓（一作客）欲摧肝膽事王章（一作君王）
送夔州班使君
曉日照樓船三軍拜峽前白雲隨浪散青壁與城連萬
嶺岷峨雪千家橘柚川還知楚（一作知赴）河内天子許經年
送從舅成都丞廣（一本有南字）歸蜀（一作李端詩）
巴字天邊水秦人去是歸棧長山雨響溪亂火田稀俗
富行應樂官雄祿豈微魏舒終有淚還識甯家衣
無題（第七句缺）
恥將名利託交親只向尊前樂此身才大不應成滯客
時危且喜是閑人高歌猶愛思歸引醉語惟誇漉酒巾
豈能偏遣老風塵
題念濟寺
靈空聞偈夜清淨雨裏花枝朝暮開故友（一作里）九泉留語
別逐臣千里寄書來
河口逢江州朱道士因聽琴
廬山道士夜攜琴映月相逢辨語音引坐霜中彈一弄
滿船商客有歸心
送夏侯校書歸華陰別墅
山前白鶴村竹雪覆柴門侯客定爲忝務農因燎原乳
水懸暗井蓮石照晴軒貰酒鄰里睦曝衣（一作禾）場圃喧依
然望君去余性亦（一作何）昏
送絳州郭參軍
炎天故絳路千里麥花香董澤雷聲發（一作晚）汾橋水氣涼
府趨隨宓賤野宴接王祥送客今何幸經宵醉玉堂
中書舍人李座上送潁陽徐少府
潁陽春色似河陽一望繁花一縣香今日送官（一作君）君最
恨可憐才子白鬢長
與從弟瑾同下第後出關言別
同作金門獻賦人二年悲見故園春到關不沾新雨露
還家空帶舊風塵
雜花飛盡柳陰陰官路逶迤綠草深對酒已成千里客
望山空寄兩鄉心
出關愁暮一沾裳滿野蓬生古戰場孤村樹色昏殘雨
遠寺鐘聲帶夕陽
誰憐苦志已三冬却欲躬耕學老農流水白雲尋不盡
期君何處得相逢
赴虢州留別故人
世故相逢各未閑百年多在別離間昨夜秋風今夜雨
不知何處入空山
冬夜贈別友人
愁聽千家流水聲相思獨向月中行侵堦暗草秋（一作冬又作寒）
霜重遍（一作遶）郭寒山夜月明連年客舍唯多病數畝田園
又廢耕更送乘軺歸上國應憐貢禹未成名
送顧秘書獻書後歸岳州
黃葉落不盡蒼苔隨雨生當軒置尊酒送客歸江城竹
裏聞機杼舟中見弟兄岳陽賢太守應爲改鄉名
送衛司法河中覲省（即故王吏部延昌外甥）
出身因強學不以外家榮年少無遺事官閑有政聲曉
山臨野渡落日照軍營共賞高堂下連行弟與兄
送從叔牧永州
五侯軒蓋行何疾零陵太守登車日零陵太守泪盈巾
此日長安方欲春虎符龍節照岐路何苦愁爲江海人
彼方韶景無時節山水諸花恣開發客投津戍少聞猨
鴈過瀟湘更逢雪郡齋無事好閑眠秔稻油油綠滿川
浪裏爭迎三蜀貨月中喧泊九江船今朝小阮同夷老
欲問明年（一作君）借幾年
送趙眞長歸夏縣舊山依陽徵君讀書
臨杯忽泫然非是惡離弦塵陌望松雪我衰君少年幽
（一作閑）僧曝山果寒鹿守冰泉感物如有待況依同也賢
留別耿湋侯釗馮著
相識少相知與君俱已衰笙鏞新宅第岐路古山陂學
道功難就爲儒事本遲惟當與漁者終老遂其私
送渾鍊歸覲却赴闕庭
露幕擁簪裾台庭餞伯魚綵衣人競看銀詔帝親書知
子當元老爲臣餞二踈執珪期已迫捧膳步寧徐而我
誠愚者夫君豈病諸探題多決勝餞玉每分餘榮比成
功後恩同造化初甑塵方欲合籠翮或將舒榆筴錢難
比楊花雪不如明朝古隄路心斷玉人車
送崔邠拾遺
皎潔無瑕清玉壺曉（一作晚）乘華幰向天衢石建每聞宗謹
孝劉歆不敢衒師儒諫修郊廟開宸慮議按休徵淺瑞
圖今日攀車復何者轅門垂白一愚夫
送渾別駕赴舒州
江平蘆荻齊五兩貼檣低遶郭覆晴雪滿船（一作川）聞曙雞
鱣鲂宜入貢橘柚亦成蹊還似海沂日風清無鼓鼙
送從叔士準赴任潤州司士
雲起山城暮沈沈江上天風吹建業雨浪入廣陵船久
是吳門客嘗聞謝守賢終悲去國遠淚盡竹林前
送尹樞令狐楚及第後歸覲
佳人比香草君子即芳蘭寶器金罍重清音玉珮寒貢
文齊受寵獻禮（一作醴）兩承歡鞍馬并汾地爭迎陸與潘
東潭宴餞河南趙少府
十載奉戎軒日聞君子言方將賀榮爵遽乃愴離尊岸
轉臺閣麗潭清弦管繁松篁難晦節雨露不私恩坐使
吏相勉居爲儒所尊可憐桃李樹先發信陵門
賦得館娃宮送王山人遊江東
蒼蒼楓樹林草合廢宮深越水風浪起吳王歌管沈燕
歸巢已盡鶴語塚難尋旅泊彼何夜希君抽玉琴
送暢當還舊山
常逢明月馬塵間是夜照君歸處山山中松桂花盡發
頭白屬君如等閑
敷顏魯公送挺贇歸翠微寺
挺贇惠學該儒釋袖有顏徐眞草跡一齋三請紀行詩
誚我垂鞭弄鳴鏑寺懸金榜半山隅石路荒涼松樹枯
虎跡印雪大如斗閏月暮天過得無
送契玄法師赴内道場
昏昏醉老夫灌頂遇醍醐嬪御呈心鏡君王賜髻珠降

魔須戰否，問疾敢行無。深契何相秘，儒宗本不殊。

送暢當赴山南幕

含情脫佩刀，持以佐賢豪。是月霜霰下，伊人行役勞。事將名共易，文與行空高。去矣奉戎律，悲君為我曹。

顏侍御廳叢篁詠送薛存誠

玉幹百餘莖，生君此堂側。拂簾寒雨響，擁砌深溪色。何事鳳皇雛，茲焉理歸翼。

秋晚河西縣樓送渾中允赴朝闕

高樓吹玉簫，車馬上河橋。歧路自奔隘，壺觴終寂寥。芳蘭生貴里，片玉立清朝。今日台庭望，心遙非地（一作路）遙。

達奚中丞東齋壁畫山水各賦一物得樹杪懸泉送長安趙元陽少府

素壁畫飛泉，從雲落樹顛。練垂疑葉響，雲矸覺枝（一作松）偏。利物得雙劒，為儒當一賢。應思灑塵陌，調饍亦芳鮮。

送信州姚使君

朱幡（一作旛）徐轉候（一作擁）羣官，猨鳥無聲郡宇寬。楚國上腴收賦重，漢家良牧得人難。銅鉛滿穴山能富，鴻鴈連羣（一作洲）地亦寒。幾日政聲聞（一作關，一作開）户外，九江行旅得相歡。

送暢當

四望無極路，千里流大河。秋風滿離袂，唯老事唯多。

送史兵曹判官赴樓煩

渥洼龍種散雲時，千里繁花乍別（一作合）離。中有重臣承霈澤，外無輕虜犯旌旗。山川自與郊坰合，帳幕時因水草移。敢謝親賢得瓊玉，仲宣能賦亦能詩。

送曇延法師講罷赴上都

金縷袈裟國大師，能銷壞宅火燒時。復來擁膝說無住，知向人天何處期。

送道士郄彝素歸內道場

病老正相仍，忽逢張道陵。羽衣風淅淅，仙貌玉稜稜。叱我問中壽，教人祈上昇。樓居五雲裏，幾與武皇登。

賦得彭祖樓送楊德宗歸徐州幕

四戶八窗明，玲瓏逼上清。外欄黃鵠下，中柱紫芝生。每帶雲霞色，時聞簫管聲。望君兼有月，幢蓋儼層城。

送餞從叔辭豐州幕歸嵩陽舊居

白髮宗孫侍坐時，願持壽酒前致詞。鄙詞何所擬，請自邊城始。邊城貴者李將軍，戰鼓遙疑天上聞。屯田布錦周千里，牧馬攢花溢萬羣。白雲本是喬松伴，來遶青營復飛散。三聲畫角咽不通，萬里蓬根一時斷。豐州聞說似涼州，沙塞晴明部落稠。行客已去依獨戍，主人猶自在高樓。夢親旌旆何由見，每阻（一作值）清風一回面。洞裏先生那怪遲，人天無路自無期。砂泉丹井非同味，桂樹榆林不並枝。吾翁致身殊得計，地仙亦是三千歲。莫著戎衣期上清，東方曼倩逢人輕。

送靜居法師

五色香幢重復重，寶輿升座發神鐘。薝蔔名花飄不斷，醍醐法味灑何濃。九天論道當宸眷，七祖傳心合聖蹤。願比靈山前世別，多生還得此相逢。

送劉判官赴豐州（一作赴天德軍）

銜杯吹急管，滿眼起風砂。大漠山沈雪，長城草發花。策行須恥戰，虜在莫言家。余亦祈勳者，如何別左車。

將赴京留獻令公

沙鶴驚鳴野雨收，大河風物颯然秋。力微恩重諒難報，不是行人不解愁。

落第後歸山下舊居留別劉起居昆季

寂寞過朝昏，沈憂豈易論。有時空卜命，無事可酬恩。寄食依鄰里，成家望子孫。風塵知世路，衰賤到君門。醉裏因多感，愁中欲強言。花林逢廢井，戰地識荒園。悵別臨晴野，悲春上古原。鳥歸山外樹，人過水邊村。潘岳方稱老，嵇康本厭喧。誰堪將落羽，迴首仰飛翻。

將赴閿鄉灞上留別錢起員外

暖景登橋望，分明春色來。離心自惆悵，車馬亦裴回。遠雪和霜積，高花占日開。從官竟何事，憂患已相催。

虢州逢侯釗同尋南觀因贈別（時居停務）

相見翻惆悵，應憐責廢官。過深慙祿在，識淺賴刑寬。獨失耕農業，同思弟姪歡。衰貧羞客過，卑束會君難。放鶴登雲壁，澆花遶石壇。輿還江海上，跡在是非端。林密風聲細（一作結），山高雨色（一作氣）寒。悠然此中別，賓僕亦闌干（一作珊）。

赴池州拜覲舅氏留上考功郎中舅（時舅氏初貶官池州）

孤賤易蹉跎，其如酷似何。哀榮同族少，生長外家多。別國桑榆在，沾衣血淚和。應憐失行鴈，霜霰寄煙波。

送從姪滁州覲省

愛爾似龍媒，翩翩千里迴。書從外氏學，竹自晉時栽。擁棹逢鷗舞，憑闌見雨來。上堂多慶樂，不醉莫停杯。

奉和聖製麟德殿宴百寮

雲闢（一作闕）御筵張，山呼聖壽長。玉欄豐瑞草，金陛立神羊。台鼎資庖膳，天星奉酒漿。蠻夷陪作位，犀象舞成行。綱已祛三面，歌因守四方。千秋不可極，花發滿宮香。

和考功王員外杪秋憶終南舊居（一作和大理裴卿杪秋憶山下舊居，一作岑參詩，一作常袞詩）

靜憶溪邊宅，知君許謝公。曉霜凝耒耜，初日照梧桐。澗鼠喧藤蔓，山禽竄石藂。白雲當嶺雨，黃葉遶堦風。野果垂橋上，高泉落水中。懽榮來自間，贏賤賞（一作往）曾（一作難）同。月滿珠藏海，天晴鶴在籠。餘陰如可寄，願得隱牆東。

酬暢當尋嵩岳麻道士見寄

聞逐樵夫閑看棋，忽逢人世是秦時。開雲種玉嫌山淺，渡海傳書怪鶴遲。陰洞石牀（一作幢）微有字，古壇松樹半無枝。煩君遠示青囊籙，願得相從一問師。

酬李端長安寓居偶詠見寄（一本作酬暢當尋嵩山麻道士見寄第二首）

自別前峰隱，同為外累侵。幾年親酒會，此日有僧尋。學稼功還棄，論邊事亦沈。眾歡徒滿目，專愛久離心。覽鬢絲垂鏡，彈琴（一作弦）泪灑襟（一作琴）。訪田悲洛下，寄宅憶山陰。薄溜漫青石，橫雲架碧林。壞簷藤障密，衰菜（一作棟）棘籬深。流散俱多故，憂傷併在今。唯當竢高躅，歸止共抽簪。

和常舍人晚秋集賢院即事十二韻寄贈江南徐薛二侍郎

綸閣九華前，森沈綵（一作綺）仗連。洞門開旭日，清禁肅秋天。霜滿朝容備，鐘餘漏（一作曉）唱傳。搖璫陪羽扇，端弁入爐煙。麟筆刪金篆，龍綃薦玉編。汲書荀勗定，漢史蔡邕專。御竹潛通筍，宮池暗瀉泉。亂藂縈弱蕙，墜葉灑枯蓮。列署

齊遊日重江並謫年登封思議草侍講憶同筵滄海風濤廣黜山瘴雨偏唯應緘上實贈遠一呈妍

訓苗員外仲夏歸郊居遇雨見寄

雷響風仍急人歸鳥亦還亂雲方至水驟雨已喧山田鼠依林上池魚戲草間因茲屏(一作高臥)埃霧一詠一開顏

和太常王卿立秋日即事

蒿(一作嵩山)高雲日明潘岳賦初成籬槿花無色堦桐葉有聲絳紗垂簟淨白羽謝衣輕鴻鴈悲天遠龜魚覺水清別弦添楚思牧馬動邊情田雨農官問林風苑吏驚松篁終茂盛(一作盛茂)蓬艾自衰榮遙仰憑軒夕惟應喜(一作善 一作苦)宋生

和李使君三郎早秋城北亭樓宴崔司士因寄關中弟張評事時遇

黃花古城路上盡見青山桑柘晴川口牛羊落照閒野情隨卷幔軍士(一作事)隔重關道合偏多賞官微獨不閑鶴分琴久罷書到鴈應還為謝登龍客瓊枝寄一攀

和趙端公九日登石亭上和州家兄

洛浦想江津悲懽共此辰採花湖岸菊望國舊樓人鴈別聲偏苦松寒色轉新傳書問漁叟借寇爾何因

酬趙少尹戲示諸姪元陽等因以見贈

八龍三虎儼成行瓊樹花開鶴翼張且請同觀舞鸜鵒何須竟哂食檳榔歸時每愛懷朱橘戲處常聞佩紫囊謬入阮家逢慶樂竹林因得奉壺觴

奉和戶曹叔夏夜寓直寄呈同曹諸公并見示

斂板捧清詞恭聞侍直時暮塵歸衆騎蹇宇捨諸司華月先燈至清風與簟隨亂螢光熠熠行樹影離離龍臥人寧識鵬搏鷃豈知便因當五夜敢望竹林期

和金吾裴將軍使往河北宣慰因訪張氏昆季舊居兼寄趙侍郎趙卿拜陵未迴

飛軒不駐輪感激漢儒臣氣懾千夫勇恩傳萬里春古原收野燎寒笛怨空鄰書此達良友五(一作杜)陵風雨頻

和太常李主簿秋中山下別墅即事

清秋來幾時宋玉已先知曠朗霞映竹澄明山滿池茸橋雙鶴赴(一作起)收果衆猨隨韶樂方今奏雲林徒蔽虧

訓章渚秋夜有懷見寄

蕭條良夜永秋草對衰顏露下鳥初定月明人自閑獨悲無舊業共喜出時艱為問功成後同遊何處山

同吉中孚夢桃源

春雨夜不散夢中山亦陰雲中碧潭水路暗紅花林花水自深淺無人知古今

夜靜春夢長夢逐仙山客園林滿芝朮雞犬傍籬柵錢處花下人看子笑頭白

同柳侍郎題侯釗侍郎新昌里(一作訓侯釗侍郎春日見寄)

清源君子居左右盡(一作滿)圖書三逕春自足一瓢歡有餘庭莎成野席闌藥是家蔬幽顯豈殊迹昔賢徒病諸

訓孫侍御春日見寄

經過里巷春同是謝家鄰顧我覺衰早荷君留醉頻松高猶覆草鶴起暫縈塵始悟達人志患名非患貧

和王員外冬夜寓直

高步長裾錦帳郎居然自是漢賢良潘岳叙年因鬢髮揚雄託諫在文章九天韶樂飄寒月萬戶香塵裛曉(一作夜)霜坐見重門儼朝騎可憐雲路獨翱翔

訓金部王郎中省中春日見寄

南宮樹色曉森森雖有春光未有陰鶴侶正疑芳景引玉人那為簿書沈山含瑞氣偏當日鶯逐輕風不在林更有阮郎迷路處萬林紅樹一溪深

奉和陝州十四翁中丞寄雷州二十翁司戶

驄飛獨不前洄落海南天賈傳竟行矣鄒公唯泫然瘴開山更遠路極水無邊沈劣本多感況聞原上篇

和李中丞訓萬年房署少府過汾州景雲觀因以寄上房與李早年同居此觀

顯晦澹無迹賢哉常晏如何警孤鶴忽乃傳雙魚叙以泉石舊悵然風景餘低徊青油幕夢寐白雲居玉洞桂香滿雪壇松影疎沈思矚仙侶紆組正軍書積學早成道感恩難遂初梅生諒多感歸止豈吾(一作無)廬

訓陳翃郎中冬至攜柳郎竇郎歸河中舊居見寄

三旬一休沐清景滿林廬南郭群儒從東牀兩客居燒煙(一作晨)浮雪野麥隴潤冰渠班白皆持酒蓬茅盡有書終期買寒渚同此利蒲魚

訓李益端公夜宴見贈

戚戚一西東十年今始同可憐歌酒夜相對兩衰翁

和陳翃郎中拜本府少尹兼侍御史獻上侍中因呈同院諸公

金印垂鞍白馬肥不同疏廣老方歸三千士裏文章伯四十年來錦繡衣節比青松當澗直心隨黃雀繞簷飛鄉中賀者唯爭路不識傳呼獬豸威

和王倉少尹暇日言懷

清秋多暇日況乃是夫君習靜通仙事書空閱篆(一作錄)文鶴飛終上漢鶴夢不離雲無限煙霄路何嗟迹未分

和崔侍郎遊萬固(一作回)寺

聞說中方高樹林曙華先照囀春禽風雲才子冶遊思蒲柳老人惆悵心石路青苔花漫漫雪簷垂溜玉森森賀君此去君方至河水東流西日沈

和裴延齡尚書寄題果州謝舍人仙居

飄然去謁八仙翁自地從天香滿空紫蓋迴標雙鶴上語音猶(一作遙)在五雲中青溪不接漁樵路丹井唯傳草木風歌此因思捧金液露盤長慶漢皇宮

訓崔侍御早秋臥病書情見寄時君亦抱疾在假中

擲地金聲信有之瑩然冰玉見清詞元凱癖成官始貴相如渴甚貌逾衰荒園每覺蟲鳴早華館常聞客散遲寂寞罷琴風滿樹幾多黃葉落蛛絲

訓靈澈上人(一作口號戲贈靈澈上人時奉事入城)

軍人奉役本無期落葉(一作葉落)花開總不知走馬城中頭雪白若為將面見湯師

敬訓大府二十四舅覽詩卷因以見示

郄公憐戇亦憐愚忽賜金盤徑寸珠徹底碧潭滋涸溜壓枝紅豔照枯株九門洞啟延高論百辟聯行挹大儒顧已文章非酷似敢將幽劣俟洪爐

雨中詶友人

看山獨行歸竹院水遶前堦草生遍空林細雨暗（一作明晴寂）無聲唯有愁心兩相見

詶人失題

孤鸞將鶴羣晴日麗（一作暖）春雲何幸晚飛者清音長此聞

哭司農苗主簿

原頭殯御遶新塋原下（一作上）行人望哭聲更想秋山連古木唯應石上見君名

得耿湋司法書因敘長安故友零落兵部苗員外發秘省李校書端相次傾逝潞府崔功曹峒長林司空丞曙俱謫遠方余以摇落之時對書增歎因呈河中鄭倉曹暢參軍昆季

鬢似衰蓬心似灰驚悲相集老相催故友九泉留語別逐臣千里寄書來塵容帶病何堪問淚眼逢秋不喜開幸接野居宜屣（一作縱）步巢君清夜（一作論一作夢）一申哀

同兵部李紓侍郎刑部包佶侍郎哭皇甫侍御曾

攀龍與泣麟哀樂不同塵九陌霄漢侶一燈冥漠人舟沈驚海闊蘭折怨霜頻已矣復何見故山應更春

綸與吉侍郎中孚司空郎中署苗員外發崔補闕峒耿拾遺湋李校書端風塵追遊向三十載數公皆負當時盛稱榮耀未幾俱沈下泉暢博士當感懷前蹤有五十韻見寄輒有所詶以申悲舊兼寄夏侯侍御（一作郎）審侯倉曹釗

稟命孤且賤少爲病所嬰八歲始讀書四方遂有兵童心幸不羈此去負平生是月胡入洛明年天隕星夜行登灞陵惝怳靡所征雲海一翻蕩魚龍俱不寧因浮襄江流遠寄鄱陽城鄱陽富學徒誚我戇無營諭以詩禮義勗隨賓薦名舟車更滯留水陸互陰晴曉望怯雲陣夜愁驚鶴聲凄凄指宋郊浩浩入秦京沴氣既風散皇威如日明方逢粟比金未識公與卿十上不可待三年竟無成偶爲達者知揚我于王廷素志且不立青袍徒見縈昏孱夙自保靜躁本殊形始趨甘棠陰旋遇密人迎考實績無取責能才固輕新豐古離宮宮樹鎖雲扃中復蒞茲邑往惟曾所經繚垣何逶迤水殿亦崢嶸夜雨滴金砌陰風吹玉楹官曹雖檢率國步日夷平命蹇固安分禍來非有萌因逢駭浪飄幾落無辜刑巍巍登壇臣獨正天柱傾悄悄失途子分將秋草并百年甘守素一顧乃拾青相逢十月交衆卉飄已零感舊諒戚戚問孤懇煢煢侍郎文章宗傑出淮楚靈掌賦若吹籟司言如建瓴郎中善餘慶雅韻與琴清鬱鬱松帶雪蕭蕭鴻入冥員外真貴儒弱冠被華纓月香飄桂實乳溜滴瓊英補闕思沖融巾拂藝亦精（一作六藝亦精明）綵蝶戲芳圃瑞雲凝（一作滋）翠屏拾遺興難侔逸調曠無程九醞貯彌潔三花寒轉馨校書才智雄舉世一娉婷賭墅鬼神變屬詞鸞鳳驚差肩曳長裾總轡奉和鈴共賦瑶臺雪同觀金谷箏（一作笙）倚天方比劍沈井（一作水）忽如瓶神昧不可問天高莫爾聽君持玉盤珠瀉我懷袖盈讀罷涕交頤願言躋百齡

詶李叔度秋夜喜相遇因傷關東寮友喪逝見贈

寒月照秋城秋風泉澗鳴過時見蘭蕙獨夜感衰榮酒散同移疾（一作病）心悲似遠行以愚求作友何德敢稱兄谷變波長急松枯藥未成恐看新鬢色怯問故人名野澤雲陰散荒原日氣生羈飛本難定非是惡弦驚

同李益傷秋

歲去人頭白秋來樹葉黃搔頭向黃葉與爾共悲傷

白髮嘆

髮白曉梳頭女驚妻淚流不知絲色後堪得幾回秋

逢病軍人

行多有病（一作無力）住無糧萬里還鄉未到鄉蓬鬢哀吟古城下不堪秋氣入金瘡

村南逢病叟

雙膝過頤頂在肩四鄰知姓不知年臥驅鳥雀惜禾黍猶恐諸孫無社錢

七夕詩（同用秋字一作他鄉七夕）

祥光若可求閨女夜登樓月露浩方下河雲凝不流鉛華潛警曙機杼暗傳秋迴想歛餘眺人天俱是愁

七夕詩（同用期字）

涼風吹玉露河漢有幽期星彩光仍隱雲容掩復離良宵驚曙早閏歲怨秋遲何事金閨子空傳得網絲

長門怨

空空（一作宮）古廊殿寒月落斜暉臥聽未央曲滿箱歌舞衣

妾薄命

妾年初二八兩度嫁狂夫薄命今猶在堅貞掃地無

倫開府席上賦得詠美人名解愁

不敢苦相留明知不自由嚬眉乍欲語歛笑又低頭舞態兼些（一作微兼）醉歌聲似帶羞今朝總見也只不（一作要）解人愁

王評事駙馬花燭詩

萬條銀燭引天人十月長安半夜春步障三千隘將（一作無間）斷幾多珠翠落香塵

一人女婿萬人憐一夜調（一作稠）疎抵百年爲報司徒好將息明珠解轉又能圓

人主人臣是親家千秋萬歲保榮華幾時曾向高天上得見今宵月裏花

比翼和鳴雙鳳皇欲棲（一作玉梅）金帳滿城香平明却入天泉裏日氣曈曨五色光

和趙給事白蠅拂歌

華堂多衆珍白拂稱殊異柄裁沈節香襲人上結爲文下垂穗霜縷霏微瑩且柔虎鬚乍細龍髯稠皎然素色不因染淅爾涼風非爲秋羣蠅青蒼恣遊息廣庖萬品無顔色金屏成點玉成瑕晝眠宛轉空咨嗟此時滿筵看一舉荻花忽旋楊花舞砉如寒隼驚暮禽颯若繁埃得輕雨主人説是故人留每誠如新比白頭若將揮玩閑臨水願接波中一白鷗

蕭常侍瘿柏亭歌

柏之異者山中靈何人斷絕爲君亭雲翻浪捲不可識鳥獸成形花倒植莓苔舊點色尚青霹靂殘痕節猶黑金貂主人漢三老構此窮年下朝早心規目製不暫疲匠者受之無一詞清晨拂匣菱生鏡落日憑闌星滿池攢攢鬬栱無斤跡根瘿聯懸同素壁數層亂瀉雲裏峯萬片爭呈雪中石重簾不動自飄香似到瀛洲白玉（一作雪）堂水精如意刀金（一作方同一作方含）色雲母屏風透（一作遂）掩光四堦綿綿被纖草草上依微衆山道松間汲井煙翠寒洞裏圍碁天景好愚儒敢欲賀成功鸞鳳棲翔固不同應念廢材今接地一枝思寄戶庭中

慈恩寺石磬歌

靈山石磬生海西海（一作波）濤平處與山齊長省老僧同佛力咒使鮫人往求得珠穴沈成綠浪痕天衣拂盡蒼苔色星漢徘徊山有風禪翁靜扣月明中羣仙下雲龍出水鸞鶴交飛半空裏山（一作城）精木魅不可聽落葉秋砧一時起花宮杳杳（一作梵宮香散）響泠泠無數沙門昏夢醒古廊燈下見行道疎林（一作柳）池邊聞誦經徒壯（一作使）洪鐘祕高閣萬金費盡工雕鑿豈如全質挂青松數葉殘雲一片峯吾師寶之壽中國願同劫石無終極

送張郎中還蜀歌

秦家御史漢家郎親專兩印征殊方功成走馬朝天子伏檻論（一作談）邊若流水曉離僊署趨紫微夜接高儒讀青史瀘南五將望君還願以天書示百蠻曲棧重江初過雨前旌後騎不同山迎車拜舞多耆老舊卒新營遍青草塞口雲生火候遲煙中鶴唳軍行早黃花川下水交橫遠映（一作鷹）孤霞蜀國晴邛竹筍長椒瘴起荔枝花發杜鵑鳴迴首岷峨半天黑傳鴟接膝何由得空令豪士仰威名無復貧交恃顏色垂楊不動雨紛紛錦帳胡瓶爭送君須臾醉起簫笳發空見紅（一作雙）旌入白（一作塞）雲

宴席賦得姚美人拍箏歌（美人曾在禁中）

出簾仍有鈿箏隨見罷翻令恨識遲微收皓腕纏紅袖深遏朱弦低翠眉忽然高張應繁（一作踈）節玉指迴旋若飛雪鳳簫韶（一作龍）管寂不喧繡幕紗窗儼秋月有時輕弄和郎歌慢處聲遲情更多已愁紅臉能佯醉又恐朱門難再過昭陽伴（一作宮）裏最聰明出到人間纔長成遙知禁曲難翻處猶是君王說小名

陳翃郎中北亭送侯釗侍御（一作送劉侍御）賦得帶氷流歌

溪中鳥鳴春景旦一派寒氷忽開散璧方鏡員流不斷白雲鱗鱗滿河漢壘處淺旋處深撇捩寒魚上復沈羣鵝鼓舞揚清音主人有客簪白筆玉壺貯水光如一持此贈君君飲之聖君識君氷玉姿

棲巖寺隋文帝馬腦盞歌

天宮寶器隋朝物鏁在金函比金骨開函捧之光乃發阿脩羅王掌中月五雲如拳輕復濃昔曾噀酒今藏龍規形環影相透徹亂雪繁花千萬重可憐貞質無今古可嘆隋陵一抔土宮中豔女滿宮春得親此寶能幾人一留寒殿殿將壞唯有幽光通隙塵山中老僧省似雪忍死相傳保扃鐍

難綰刀子歌

黃金鞘裏青蘆葉麗若翦成銛且婜（一作捷）輕氷薄玉狀不分一尺寒光堪決雲吹毛可試不可觸似有蟲搜闕裂文淬之幾墮前池水焉知不是蛟龍子割雞刺虎皆若空願應君心逐君指并州難綰竟何人每成此物如有神

臘日（一作月）觀咸寧王部曲娑勒擒豹歌

山頭曈曈日將出山下獵圍照初日前林有獸未識名將軍促騎無人聲潛形踠（一作蜿）伏草不（一作未）動雙鵰旋轉羣鴉鳴陰方質子才三十譯語受詞蕃語揖捨鞍解甲疾如風人忽虎蹲獸人立欻然扼顙批其頤爪牙委地涎淋漓既蘇復吼抝仍怒果叶英謀生致之拖自深叢目如電萬夫失容千馬戰傳呼賀拜聲相連殺氣騰凌陰滿川始知縛虎如縛鼠敗虜降羌生（一作在）眼前（一作皆自覩）祝爾嘉詞爾（一作身）無苦獻爾（一作看）將隨犀象舞苑中流水禁中山期爾攫搏開天顏非熊之兆慶無極願紀雄名傳百蠻

賦得白鷗歌送李伯康歸使

積水深源（一作沈）白鷗翻（一作飛）翻倒影光素于潭之間銜魚魚落（一作銜魚落）亂鶩鳴爭撲蓮蔂蓮葉（一作華）傾（一作爭撲蓮蔂葉傾）爾不見波中鷗鳥閑無營何必汲汲勞其生柳花冥濛大堤口悠揚相和作無有輕隨去浪杳不分細舞清（一作春）風亦（一作何）有（一作久）似君換得白鵝時獨凭闌干雪滿池今日還同看鷗鳥如何羽翮復參差復參差海濤瀾漫何由期

皇帝（一本有聖字）感詞

提劍風雷（一作雲）動垂衣日月明禁花呈瑞色國老見星精發棹魚先躍窺巢鳥不驚山呼一萬歲直入九重城

天香（一作衣）五鳳彩御馬六龍文雨露清馳道風雷（一作雲）翊上軍高旍（一作樓）花外轉行漏樂（一作獄）前聞時見金鞭舉空中指瑞雲

妙算干戈止神謀宇宙清兩階文物盛七德武功成校獵長楊苑屯軍細柳營歸來獻明主歌舞溢（一作滿一作隘）春城

天樂下天中雲輧儼在空鉛黃豔河漢笑語合笙鏞已見長（一作今）隨鳳仍聞不避（一作射）熊（一作驪）君王親試舞（一作問）閶闔靜無風

盧綸

天長久詞(三首附宮中樂二首一作天長詞一作天長地久詞)

玉砌紅花樹香風不敢吹春光解天意偏發殿南枝(天長久萬年昌)

虹橋千步廊半在水中央天子方清(一作消)暑宮娃起夜(一作人重暮)妝(天長久萬年昌)

辭輦復當熊傾心奉六(一作上)宮君王若看貌(一作見)甘在眾妃中(天長久萬年昌)

雲日呈祥禮物殊形庭生獻五單于塞垣(一作天)萬里無飛鳥可是(一作在)邊城用郅都

臺殿雲深(一作涼)秋色(一作風日)微君王初賜六宮衣樓船泛罷(一作羅泛)歸猶早行遣(一作道)才人鬬射飛

和張僕射塞下曲

鷲翎金僕姑燕尾繡蝥弧獨立揚新令千營共一呼

林暗草驚風將軍夜引弓平明尋白羽沒在石稜中

月黑鴈飛高單于夜遁逃欲將輕騎逐大雪滿弓刀

野幕敞瓊筵羌戎賀勞旋醉和金甲舞雷鼓動山川

調箭又呼鷹俱聞出世(一作百中)能奔狐(一作猨)將迸雉掃盡古丘陵

亭亭七葉貴蕩蕩一隅清他日題麟閣唯應獨不名(一作誰知獨有名)

古豔詩

殘妝色淺髻鬟開笑映朱簾覰客來推醉唯知弄花鈿潘郎不敢使人催

自拈裙帶結同心暖處偏知(一作多)香氣深愛捉狂夫問閑事不知歌舞用黃金

孤松吟詶渾贊善

深山荒松枝雪壓半離披朱門青松樹萬葉承(一作乘)清露露重色逾鮮吟風似遠泉天寒香自發日麗影常圓陰郊一夜雪榆柳皆枯折迴首望君家翠蓋滿瓊花捧君青松曲自顧同衰木曲罷不相親深山頭白人

從軍行(一作李端詩題云塞上)

二十在邊城軍中得勇名卷旗收(一作爭)敗馬占(一作斷)磧擁(一作護)殘兵覆陣烏鳶起燒山草木明(一作鳴)塞閑思遠獵師老厭分營雪嶺無人跡氷河足鴈聲李陵甘此沒惆悵漢公卿

和馬郎中畫鶴贊

高高華亭有鶴在屏削玉點漆乘軒姓丁暮雲冥冥雙垂雪翎晨光炯炯一直朱頂含音儼容絕粒遺影君以為真相期緱嶺

送朝長史赴荆南舊幕(末二句缺)

元瑜思舊幕幾夜夢旌旆暑退蒹葭雨秋生鼓角天月明三峽路浪裏九江船

送渭南崔少府歸徐郎中幕(第七句缺)

葉下山邊路行人見自悲夜寒逢雪處日暖到村時語少心長苦愁深醉(一作意)自遲

羨有幕中期

寄鄭七綱

小來落托復迍邅一辱君知二十年捨去形骸容傲慢引隨兄弟共團圓羈遊不定同雲聚薄宦相縈若網牽他日吳公如記問願將黃綬比青氈

逢南中使因寄嶺外故人

見說南來處蒼梧接桂林過秋天更暖邊(一作近)海日長陰巴路緣雲出蠻鄉入洞深信迴人自老夢到月應沈碧水通春色青山寄遠心炎方難久客為爾一沾襟(一作莫使鬢毛侵)

代員將軍罷戰後歸舊里贈朔北(一作地)故人(一作常袞詩)

結髮事壇場全生俱到(一作到處)鄉連雲防鐵嶺同日破漁陽牧馬胡天晚(一作曉)移軍磧路長枕戈眠古戍吹角立繁霜歸老勳仍在酬恩虜(一作慮)未亡(一作忘)獨行(一作愁)過邑里多病對農桑雄劒依塵橐(一作席)陰(一作兵)符寄藥囊空餘麾下將(一作士)猶逐羽林郎

江北憶崔汶

夜問江西客還知在楚鄉全身出部伍盡室逐漁商晴日遊瓜步新年對漢陽月昏驚浪白瘴起覺雲黃望嶺家何處登山淚幾行閩中傳有雪應且住南康

早春歸盩厔舊居(一作別業)却寄耿拾遺湋李校書端

野日初晴麥壠分竹園相接(一作村林)鹿成羣幾(一作萬)家廢井生青(一作秋一作新)草一樹繁花傍(一作對)古墳引水忽驚氷滿澗向田空見石和雲可憐荒(一作芳)歲青山下(一作裏)惟有松枝好寄(一作寄與)君

春日山中憶崔峒吉中孚(一作寄李舍人)

延步愛清晨空山日照春蜜房那有主石室自無鄰泉急魚依藻花繁鳥近人誰言失徒侶唯與老相親

客舍喜崔補闕司空拾遺訪宿

步月訪諸鄰蓬居宿近臣烏(一作弊)裘先醉客清鏡早朝人壞壁煙垂網香街火照塵悲榮俱是分吾亦樂吾貧

苦雨聞包諫議欲見訪戲贈

草氣廚煙咽不開繞牀連壁盡生苔常時多病因多雨那敢煩君車馬來

客舍苦雨即事寄錢起郎士元二員外

積雨暮凄凄羈人狀鳥(一作獨自)棲響空宮樹接覆水野雲低穴蟻多隨草巢蜂半墜泥𧍒池牆蘚合擁溜瓦松齊舊圃平如海新溝曲似溪壞闌留眾蝶欹棟止(一作上)羣雞莠盛終無實槎枯返(一作遂)有荑綠萍藏廢井黃葉隱危堤閭里歡將絕朝昏望亦迷不知霄漢侶何路可相攜(一作事攀躋)

郊居對雨寄趙涓給事包佶郎中

暑雨青山裏隨風到野居亂漚浮曲砌懸溜響(一作滴)前除塵鏡愁多掩蓬頭嬾更梳夜窗凄枕席陰壁潤圖書蕭颯宜(一作移)新竹龍鍾拾野蔬石泉空自咽藥圃不堪鋤濁水淙深轍荒蘭擁敗渠繁枝留宿鳥碎浪出寒(一作隱游一作隱行)魚桑屐(一作屨)時登望荷衣自卷舒應憐在泥滓無路託高車

藍溪期蕭道士採藥不至

春風生百藥(一作草)幾處术苗香人遠花空落溪深日復長病多知藥性老近憶仙方清(一作青)節何由見三山桂自芳

雪謗後書事上皇甫大夫

盛德總羣英高標仰國楨獨安巡狩日曾掩趙張名業就難辭寵朝回更授兵曉川分牧馬夜雪覆連營長策威殊俗嘉謀翊聖明畫圖規陣勢夢筆紀山行綬拂池

中影珂搖竹外聲賜歡徵妓樂陪醉問（一作見）公卿却憶經前事翻疑得此生分深存沒感恩在子孫榮覽鏡愁將老捫心喜復驚豈言沈族重但覺殺身輕有淚沾墳典無家集弟兄東西遭世難流浪識交情閱古宗文舉推才慕正平應憐守貧賤又欲事躬耕

春日憶司空文明

桃李風多日欲陰百勞飛處落花深貧居靜久難逢信知隔春山不可尋

臥病寓居龍興觀枉馮十七著作書知罷攝洛陽赴緱氏因題十四韻寄馮生幷贈喬尊師（時予罷推官）

乞假依山宅蹉跎屬歲周弱荑輕採拾鈍質稱歸休潘岳衰將至劉楨病未瘳步遲乘羽客起晏滯書郵幸以編方驗終貽骨肉憂灼龜爐氣冷曝藥樹陰稠語命心堪醉傷離夢亦愁蕈氈居已絕鸞鶴見無由世累如塵積年光劇水流躡雲知有路濟海豈無舟倚玉翻成難投磚敢望酬卑棲君就祿羸憊我逢秋腐葉填荒轍陰螢出古溝依然在遐想願子勵風猷

秋夜寄馮著作

河漢淨無雲鴻聲此夜聞素心難（一作雖）比石蒼鬢欲如君露權月中落風螢池上分何言千（一作十）載友同迹不同羣

洛陽早春憶吉中孚校書司空曙主簿因寄清江上人

值迥逢高駐馬頻雪晴閑看洛陽春鶯聲報遠同芳信柳色邀歡似故人酒貌昔將花共艷鬢毛今與草爭新年來百事皆無緒唯與湯師結淨因

偶逢姚校書憑附書達河南郄推官因以戲贈

寄書常切到常遲今日憑君君莫辭若（一作君）問玉人殊易識蓮花府裏最清羸

夜中得循州趙司馬侍郎書因寄回使

瘴海寄雙魚中宵達我居兩行燈下淚一紙嶺南書地說炎蒸極人稱老病餘殷勤報（一作祝）賈傅莫共酒杯疏

晚次新豐北野老家書事呈贈韓質明府

機鳴春響日暾暾雞犬相和漢古村數派清泉黃菊盛一林寒露紫梨繁衰翁正席矜新社稚子齊襟讀古論共說年來但無事不知何者是君恩

書情上大尹十兄

紫陌絕纖埃油幢千騎來剖辭紛若雨犇吏殷成雷聖澤初憂壅羣心本在台海鱗方潑剌雲翼暫徘徊芳室芝蘭茂春蹊桃李開江湖餘派少鴻鴈遠聲哀命厭蓍龜誘年驚弟姪催磨鉛慙砥礪揮策愧駑駘玉管能喧谷金爐可變灰應憐費思者銜淚亦銜枚

春思貽李方陵（一本無陵字）

長安三月春難別復難親不識冶遊伴多逢憔悴人漸知權澹薄轉覺老殷勤去矣盡如此此辭悲未陳

驛中望山戲贈渭南陸贊主簿

官微多懼事多同拙性偏無主驛功山在門前登不得鬢毛衰盡路（一作落）塵中

太白西峯偶宿車祝二尊師石室晨登前巘憑眺書懷即事寄呈鳳翔齊員外張侍御（一作郎）

弱齡誠昧鄙遇勝惟求止如何羈滯中得步青冥裏青冥有桂蘂冰雪雨仙翁毛節未歸海丹梯閑倚空逍遙擬上清洞府不知名醮罷雨雷至客辭山忽明山明鳥聲樂日氣生岧（一作石）嶤岧（一作石）嶤樹倏倏白雲如水流白雲消散盡隴塞儼然秋積阻關河固綿聯烽戍稠五營承廟略四野失邊愁吁嗟繫塵役又負靈仙迹芝朮自芳香泥沙幾沈溺書此欲沾衣平生事每違煙霄不可仰鸞鶴自追隨

贈韓山人

見君何事不慙顏白髮生來未到山更嘆無家又無藥往來唯在酒徒間

贈李果毅

向日磨金鏃當風著錦衣上城邀賊語走馬截鵰飛

春日書情贈別司空曙

壯志隨年盡謀身意（一作獨，一作覺，一作竟）未安風塵交契闊（一作絕）老大別離難臘近晴多暖春遲夜却寒誰堪（一作憐）少兄弟三十又（一作復）無官（一作五十未爲官）

冬曉呈鄰里

終夜寢衣冷開門思曙光空堦一菼葉華室四鄰霜望闕覺天迴憶山愁路荒途中（一作中途）一留滯雙鬢颯然蒼

首冬寄河東昭德里書事貽鄭損倉曹

清冬和暖天老鈍晝多眠日愛閭巷靜每聞官吏賢寒葅供家食腐葉（一作藥）宿廚煙且復執杯酒無煩輕議邊

渾贊善東齋戲贈陳歸

長裾珠履颯輕塵閒以琴書列上賓公子無譬可邀請侯羸此坐是何人

春日臥病示趙季黃（時陷在賊中）

病中饒泪眼常昏聞說花開亦閉門語少漸知琴思苦臥多唯覺鳥聲喧黃埃滿市圖書賤黑霧連山虎豹尊今日支離顧形影向君凡在幾重恩

秋幕中夜（一作幕中秋夜）獨坐遲明因陪陳翃郎中晨謁上公因（一作聊）書即事兼呈同院諸公

風淒露泫然明月在山巔獨倚古庭樹仰看深夜天葉翻螢不定蟲思草無邊南舍機杼發東方雲景鮮簪裳肅已整車騎儼將前百雉拱雙戟萬夫尊一賢琳瑯多謀蘊律呂更相宣曉桂香浥露新鴻晴滿川熙熙造化功（一作功化）穆穆唐堯年顧已草同賤誓心金匪堅蹇辭慙自寡渴病老難痊書此更何問邊韶唯晝眠

寄贈庫部王郎中（時充折糴使）

諤諤漢名臣從天令若春敘辭皆詒旨稱官（一作使）即星辰草木承風偃雲雷施澤均威懲治粟尉恩洽讓田人泉貨方將散京坻自此陳五營俱益竈千里不停輪未遠金門籍旋清玉塞塵碩儒推慶重良友（一作史）頌公（一作功）頻鶴髮逢新鏡龍門躍舊鱗荷君偏有問深感浩難申

寄贈暢當山居

古村荒石路歲晏獨言歸山雪厚三尺社榆麄十圍虬龍寧守蟄鸞鶴豈矜飛君子固安分毋聽勞者譏

偶宿山中憶暢當

深山夜雪晴坐憶曉山明讀易罷三卷彈琴當五更薜

蘿枯有影崗巒凍無聲此夕一相望君應知我誠

秋中野望寄舍弟綬兼令呈上西川尚書舅

憂來思遠望高處殊非愜夜露濕蒼山秋陂滿黃葉人隨雁迢遞棧與雲重疊骨肉暫分離形神遂疲薾紅旌渭陽騎幾日勞登涉蜀道藹松筠巴江盛舟檝小生即何限簡誨偏盈篋舊恨尚塡膺新悲復縈睫因求種瓜利自喜歸耕捷井臼賴依鄰兒童亦勝汲(一作笈)塵容不在照雪鬢那堪鑷唯有滄霞心知夫(一作未)與天接

行藥前軒呈董山人

不覺老將至瘦來方自驚朝昏多病色起坐有勞聲膝暖(一作體綠)苦肌(一作睛)痒藏虛唯耳鳴桑公富靈術一為保餘生

翫春因寄馮衛二補闕戲呈李益(時君與李新除侍御史)

掖垣春色自天來紅藥當堦次第開萱草蘩蘩爾何物等閑穿破綠莓苔

新移北廳因貽同院諸公兼呈暢博士

華軒邇台座顧影忝時倫弱質偃彌曠清風來亦頻恩輝坐凌邁景物恣芳新終乃愧吾友無容私此身

與張擢對酌

張翁對盧叟一榼山村酒傾酒請予歌忽蒙張翁呵呵予官非屈曲有怨詞多歌罷謝張翁所思殊不同予悲方為老君責一何空曾看樂官錄向是悲翁曲張老聞此詞汪汪泪盈目盧叟醉言龐一杯凡數呼迴頭顧張老敢欲戲為儒

喜從弟激初至

儒服策羸車惠然過我廬叙年懃已長稱從意何疎作吏清無比為文麗有餘應嗤受恩者頭白讀兵書

尋賈尊師

玉洞秦時客焚香映綠蘿新傳左慈訣曾與右軍鵝井臼陰苔遍方書古字多成都今日雨應與酒相和

秋中過獨孤郊居(即公主子)

開(一作閑)園過水到郊居共引家童拾野蔬高樹夕陽連古巷菊花梨葉滿荒渠秋山近處行過寺夜雨寒時起讀書帝里諸親別來久豈知王粲愛樵漁

同耿拾遺春中題第四郎新修書院(一作同錢員外春中題薛載少府新書院)

得接西園會多因野性同引藤連樹影移石(一作柏)間花叢學就晨昏外歡生禮樂中春遊隨墨客夜宿伴潛公散帙燈驚燕開簾月帶風朝朝在門下自與五侯通

春日題杜叟山下別業

白鳥羣飛山半晴渚田相接有泉聲園中曉露青叢合橋上春風綠野明雲影斷來峯影出林花落盡草花生今朝醉舞同君樂始信幽人不愛榮

過終南柳處士

五(一作)老正相尋圍棋到煮金石摧丹井閉月過洞門深猨鳥三時下藤蘿十里陰綠泉多草氣青壁少花林自愧非仙侶何言見道心悠哉宿山口雷雨夜沈沈

宿澄上人院

竹窗聞遠水月出似溪中香覆經年火旛飄後夜風性昏知道晚學淺喜言同一悟歸身處何山路不通

題李沆林園

古巷牛羊出重門接柳陰閑看入竹路自有向山心種藥齊幽石耕田到遠林願同詞賦客得興(一作與)謝家深

全唐詩

盧綸

過司空曙村居

南北與山鄰蓬庵庇一身繁霜疑有雪枯草似無人遂性在(一作存)耕稼所交唯賤貧何言張掾傲每重德璋親

題念濟寺暈上人院

泉響竹瀟瀟潛公居處遥虛空聞偈夜清淨雨花朝放鶴臨山閣降龍步石橋世塵徒委積劫火定焚燒苔壁雲難聚風篁露易搖浮生亦無著況乃是芭蕉

題楊虢縣竹亭

夜宿密公室話餘將晝興遶堦三逕雪當户一池冰家訓資風化心源隱政能明朝復何見萊(一作葉)草古溝塍

過樓觀李尊師(一作過李尊師院)

城闕望煙霞常悲仙路賒寧知樵子徑得到葛洪家犬吠松間月人行洞裏花留詩千歲(一作載)鶴送客五雲車訪(一作傲)世山空在觀棋日未斜不知塵俗士誰解種胡麻

雪謗後逢李叔度

相逢空握手往事不堪思見少情難盡愁深語自遲草生分路處雨散出山時強得寬離恨唯當說後期

春日過李侍御(一作郎)

高柳滿春城東園有鳥聲折花朝露滴漱石野泉清心許陶家醉詩逢謝客呈應憐末行吏曾是魯諸生

出山逢耿湋

雲雪離披山(一作千)萬里別來曾住最高峯暫到人間歸不得長安陌上又相逢

題金吾郭將軍石伏茅堂(一作常袞詩)

雲戟曙沈沈軒墀清且深家傳成棟美堯寵結茅心玉佩多依石油幢亦在林爐香諸洞暖殿影衆山陰草奏風生筆筵開雪滿琴客從龍闕至僧自虎溪尋蕭灑延清賞風流會素襟終朝息塵步一醉間華簪

題賈山人園林

竹影朦朧松影長素琴清簟好風涼連春詩會煙花滿半夜酒醒蘭蕙香五字每將稱玉友一尊曾不顧金囊

長沙流謫君非遠莫遣英名負洛陽

秋夜同暢當宿藏公院

禮足一垂淚醫王知病由風螢方喜夜露槿已傷秋顧以兒童（一作章）愛每從仁者求將祈（一作求）竟何得滅跡在緇流

重同暢當苵公院聞琴

悞以音聲祈遠公請將徽軫付秋風漾漾硤流吹不盡月華如在白波中

同耿湋宿陸澧旅舍

當軒雲月開清夜故人栝擁褐覺霜下抱琴聞鴈來迎風君顧步臨路我遲迴雙鬢共如此此懽非易陪

題苗員外竹間亭

高齋絕行塵開簾似有春風傾竹上雪山對酒邊人步暖先逢日書空遠見鄰還同內齋暇登賞及諸姻

奉陪侍中登白樓（一作奉陪渾侍中五日登白鶴樓）

高樓倚玉梯朱檻與雲齊顧盼親（一作臨）霄漢諠諳息鼓鼙洪河斜（一作迴）更直野雨急仍低今日陪尊俎唯當（一作還應）醉似泥

九日奉陪侍郎（一作陪渾侍中）登白樓

碧霄孤鶴發清音上宰因添望闕心睥睨三層連步障茱萸一朵映華簪紅霞似綺河如帶白露團珠菊散金此日所從何所問儼然冠劍（一作蓋）擁成林

春日喜雨奉和馬侍中宴白樓

鸜鵒相呼綠野寬鼎臣閑倚玉欄干洪河擁沫流仍急蒼嶺和雲色更寒豔豔風光呈瑞歲泠泠歌頌振琱盤今朝醉舞共（一作同）鄉老不覺傾（一作頻）欹（一作斜）獬豸冠

奉陪侍中遊石笋溪十二韻

朝日照靈山山溪浩紛錯圖書無舊記鯀禹應新鑿雙壁瀉天河一峰吐蓮蕚潭心亂雪卷嵓腹繁珠落彩蛤攢錦囊芳蘿嫋花索猨羣曝陽嶺龍穴腥陰壑靜得漁者言閑聞洞仙博欹松倚朱幰廣石屯油幕國泰事畱侯山春縱康樂間關殊狀鳥爛熳無名藥欲驗少君方還吟大隱作旌幢不可駐古塞新沙漠

九日奉陪侍中宴白（一本有鶴字）樓

露白菊氛氳西樓盛襲（一作龍盛）文玉筵秋令節金鉞漢元勳說劍風生座抽琴鶴遶雲謏儒無以荅願得備前軍

九日奉陪侍中宴後亭

玉壺傾菊酒一顧得淹畱彩筆徵枚叟花筵舞莫愁管弦能駐景松桂不停秋為謝蓬蒿輩如何霜霰稠

九日奉陪令公登白樓同詠菊

瓊尊猶有（一作有儼）菊可以獻畱侯願比三花秀非同百卉秋金英分蘂（一作葉）細玉露結房稠黃雀知恩在銜飛亦上樓

奉陪渾侍中上巳日泛渭河

青（一作素）舸錦帆開浮天接上台晚鶯和玉笛春浪動金罍舟檝方朝海鯨鯢自曝腮應憐似萍者空逐榜人回

奉陪侍中春日過武安君廟

長裾間貔虎遺廟盛攀登白羽三千騎紅林一萬層元臣達幽契祝史告明徵撫坐悲今古瞻容感廢興迴風卷蒹柏驟雨濕諸陵倏忽煙花霽當營看月生

過玉貞公主影殿

夕照臨（一作開）窗起暗塵青松繞（一作鎖）殿不知春君看白髮誦經者半是宮中歌舞人

題嘉祥殿南溪印禪師壁畫影堂

雙屐（一作履）參差錫杖斜衲衣交膝對天花瞻容（一作空）悟問脩持劫似指前溪無數沙

題伯夷廟

中條山下黃礓石壘作夷齊廟裏神落葉滿堦塵滿座不知澆酒為（一作是）何人

早春遊樊川野居却寄李端校書兼呈崔峒補闕司空曙主簿耿湋拾遺

白水遍溝塍青山對杜陵晴明人望鶴曠野鹿隨僧古柳連巢折荒堤帶草崩陰橋全覆雪瀑（一作深）溜半垂冰鬬鼠摇松影遊龜落石層韶光偏不待衰敗巧相仍桂樹曾爭折龍門幾共登琴師阮校尉詩和柳吳興舐筆求書扇張屏看畫蠅卜鄰空遂約問卦獨無徵投足經危路收才遇直繩守農窮自固行樂病何能掩帙蓬蒿晚臨川景氣澄颯然成一叟誰更慕鶱騰

同錢郎中晚春過慈恩寺

不見僧中舊仍逢雨後春惜花將愛寺俱是白頭人

曲江春望

菖蒲翻葉柳交枝暗上蓮舟鳥不知更到無花最深處玉樓金殿影參差

翠黛紅粧畫鷁中共驚雲色帶微風簫管曲長吹未盡花南水北雨濛濛

泉聲遍野入芳洲擁沫吹花草上（一作上碧）流落日（一作月）行人漸無路巢烏（一作蜂）乳燕滿高樓

春日陪李庶子遵善寺東院曉望

映竹水田分當山起鴈羣陽峰高對寺陰井下通雲雪畫（一作盡）唯逢鶴花時此見君由來禪誦地多有謝公文

華清宮

漢家天子好經過白日青山宮殿多見說只今生草處禁泉荒石已相和

水（一作天）氣朦朧滿（一作暖）畫梁一迴開殿滿山香宮娃幾許經歌舞白首翻令憶建章

題興善寺後池

隔窗棲白鶴（一作鳥）似與鏡湖鄰月照何年樹花逢幾遍（一作世一作番一作度）人岸莎青有路苔徑（一作逕石）綠無塵永願容依止僧（一作山）中老此身

陪中書李紓舍人夜泛東池

看月復聽琴移舟出樹陰夜村機杼急秋水芰荷深石靜龜潛上萍開果（一作葉）暗沈何言奉杯酒（一作杯酒興）得見五湖心

宴趙氏昆季書院因與會文并率爾投贈

詩禮挹餘波相懽在琢磨琴尊方會集珠玉忽駢羅謝族風流盛于門福慶多花攢騏驥櫪錦絢鳳凰窠詠雪因饒妹書經為愛鵞仍聞廣練被更有遠儒過

題天華觀

峰嶂徘徊霞景新一潭寒水絕纖鱗朱字靈書千萬軸（一作卷）蒼髯道士兩三人芝童解說壺中事玉管能畱天上春眼見仙丹求不得漢家簪紱（一作綬）在羸身

宿石甕寺

殿有寒燈草有螢千林萬壑寂無聲烟凝積水龍蛇蟄
露濕空山星漢明昏靄霧中悲世界曙霞光裏見王城
迴瞻相好因垂淚苦海波濤何日平

題悟眞寺

萬峯交掩一峯開曉色常從天上來似到西方諸佛國
蓮花影裏數樓（一作層）臺

題雲際寺上方

松高蘿蔓輕中有石牀平下界水長急上方燈自明空
門不易啟初地本無程迴步忽山盡萬緣從此生

九日同司直九叔崔侍御登寶雞南樓

把菊歎將老上樓悲未還短長新白髮重（一作稠）疊舊青山
霜氣清衿袖琴聲引醉顏竹林唯七友何幸亦登攀

同王員外雨後登開元寺南樓因寄西巖警（一作謷）
上人

過雨開樓看晚虹白雲相逐水相通寒蟬噪暮野無日
古樹傷秋天有風數穗遠煙凝壠上一枝繁果憶山中
何言暫別東林友惆悵人間事不同

同趙進馬元陽春日登長春宮古城望河中因
寄鄭損倉曹（損，進馬之舅）

城頭春靄曉濛濛指望關橋滿袖風雲騎閑嘶宮柳外
玉人愁立草花中鐘分寺路山光綠河繞軍州日氣紅
跡忝已成（一本此二字缺）方戀賞此時離恨與君同

同崔峒補闕慈恩寺避暑

寺涼高樹合卧石綠陰中伴鶴慚僊侶依僧學老翁魚
沈荷葉露鳥散竹林風始悟塵居者應將火宅同

春日登樓有懷

花正濃時人正愁逢花却欲替花羞年來笑伴皆歸去
今日晴明（一作春風）獨上樓

長安春望

東風吹雨過青山却望千門草（一作柳）色閑家在夢中何日
到春生（一作歸，又作來）江上幾人還川原繚繞浮雲外宮闕參差
落照間誰念爲儒逢世難（一作多失意）獨將衰鬢客秦關

冬日登城樓有懷因贈程騰

生涯何事多羈束賴此登臨暢心目郭南郭北無數山
萬井逶迤流水間彈琴對酒不知暮岸幘題詩身自（一作旦）
閑風聲肅肅鴈飛絶雲色茫茫欲成雪遙思海客天外
歸坐想征人兩頭別世情多以（一作似）風塵隔泣盡無因畫（一作對）
籌策誰知白首窗下人不接朱門坐中客賤亦不足
歎貴亦不足陳長卿未遇楊朱泣蔡澤無媒原憲貧如
今萬乘方用武國命天威借貔虎窮達皆爲身外名公
侯可廢刀頭取君不見漢家邊將在邊庭白羽三千出
井陘當風看獵擁珠翠豈在終年窮一經

過仙遊寺

上方下方雪中路白雲流水如閑步（一作閑數步）數峯行盡（一作峯到
晝時）猶未歸寂寞經聲竹陰暮

同路郎中韓侍御春日題野寺

寺前山遠古陂寬寺裏人稀（一作移）春草寒何事最堪悲色
相折花將與老僧看

奉和李益遊栖巖寺（一作登西巖寺，一作常袞詩）

林香雨氣新山寺綠無塵遂結雲外賞（一作侶）共遊天上春
鶴鳴金闕（一作閣）麗僧語（一作話）竹房鄰待月水流急惜花風起
頻何方非壞境此地有歸人迴首空門路皤（一作皓）然一幻
身

秋夜同暢當宿潭上西亭

圓月出山頭七賢林下遊梢梢寒葉墜灎灎月波流鳧
鵠共思曉菰蒲相與秋明當此中別一爲望汀洲

山中一絶

飢食松花渴飲泉偶從山後到山前陽坡軟草厚如織
因（一作閑）與鹿麛相伴眠

與暢當夜泛秋潭

螢火颭蓮叢水涼多夜風離人將落葉俱在一船中

秋夜宴集陳翃（一作雄）郎中圃亭美校書郎張正元

歸鄉

泉清蘭菊稠紅果落城溝保慶臺榭古感時琴瑟秋碩
儒歡頗至名士禮能周爲謝邑中少無驚池上鷗

春遊東潭

移舟試望家漾漾似天涯日暮滿潭雪白鷗和柳花

同薛存誠登栖巖寺

衰蹇步難前上山如上天塵泥來自晚猨鶴到何先萬
壑應孤磬百花通一泉蒼蒼此明月下界正沈眠

河中府崇福寺看花

聞道山花如火紅平明登寺已經風老僧無見亦無說
應與看人心不同

冬日宴郭監林亭

玉勒聚如雲森森鷺鶴羣據梧花罽接沃盥石泉分華
味慙初識新聲喜盡聞此山招老賤敢不謝夫君

奉和李舍人昆季詠玫瑰花寄贈徐侍郎（一作郎中，一作
常袞詩）

獨鶴寄煙霜雙鸞思晚芳舊陰依謝宅新豔出蕭（一作丘）牆
蝶散（一作起）摇輕露鶯銜入夕陽雨朝勝濯錦風夜劇焚香
斷（一作麗）日（一作燒）千層（一作重）豔孤霞一（一作萬）片光密來驚葉少動處
覺枝長布影期高賞留春爲遠方嘗聞贈瓊玖叨和愧
升（一作登）堂

同耿湋司空曙二拾遺題韋員外東齋花樹

綠砌紅花樹狂風獨未吹光中疑有燄密處似無枝鳥
動香輕發人愁影屢移今朝數片落爲報漢郎知

觀袁修（一作傪）侍郎（一作崔郎中）漲新池

引水香（一作春）山近穿雲復遶林纔聞籬外響已覺石邊深
滿處侵苔色澄來見柳陰微風月明夜知有五湖心

和徐法曹贈崔洛陽斑竹杖以詩見答

玉幹一尋餘苔花錦不如勁堪和醉倚輕好向空書採
拂稽山曲因依釋氏居方辰將獨步豈與此君疏

早（一作仲）秋望華清宮中樹因以成詠（一作常袞詩）

可憐雲木藂滿禁碧濛濛色潤靈（一作虛）泉近陰清輦路通
玉壇標八桂金井識雙桐交映疑寒露相和起夜風數
枝盤石上幾葉落雲中燕拂宜秋霽蟬鳴覺晝空翠屏
更隱見珠綴共玲瓏雷雨生成早樵蘇禁令雄野藤高
助綠仙果迴呈紅惆悵繚垣暮茲山聞暗蛩

小魚詠寄涇州楊侍郎

蓮花影裏暫相離，纔出浮萍值罟師。上得龍門還失浪，九江何處是歸期。

賦中與嚴越卿曲江看花

紅枝欲折紫枝殷(一作嫣)，隔水連宮不用攀。會待長風吹落盡，始能開眼向青山。

同暢當詠蒲團

團團錦花結，乃是前溪蒲。擁坐稱儒褐，倚眠宜病夫。唯當學禪寂，終老與之俱。

焦籬店醉題(時看弄鄒翁伯)

洛下渠頭百卉新，滿筵歌笑獨傷春。何須更弄郃(一作卻)翁伯，即我此身如此人。

陳翃中丞東齋賦白玉簪

美矣新成太華峰，翠蓮枝折葉重重。松陰滿澗閑飛鶴，潭影通雲暗上龍。漠漠水香風頗馥，涓涓乳溜味何濃。因聲遠報浮丘子，不奏登封時不容。

新茶詠寄上西川相公二十三舅大夫二十舅

三獻蓬萊始一嘗，日調金鼎閲芳香。貯之玉合才半餅，寄與阿連(一作誰)題數行。

泊揚子江岸

山映(一作影)南徐暮，千帆入古(一作吉)津。魚驚出浦火，月照渡江人。清鏡催雙鬢，滄波寄一身。空憐莎草色，長接故園春。

晚次鄂州(至德中作)

雲開遠見漢陽城，猶是孤帆一日程。估客晝眠知浪靜，舟人夜語覺潮生。三湘衰(一作愁)鬢逢秋色，萬里歸心對月明。舊業已隨征戰盡，更堪江上鼓鼙聲。

夜投(一本有然字)豐德寺謁海上人(一作李端詩)

半夜中峰有磬聲，偶逢樵者問山名。上方月曉聞僧語(一作話)，下路(一作界)林疎見客行。野鶴巢邊松最老，毒龍潛處水偏清。願得遠公知姓字，焚香洗鉢過浮生。

江行次武昌縣

家寄五湖間，扁舟往復還。年年生白髮，處處上青山。去國空知遠，安身竟不閑。更悲江畔柳，長是北人攀。

夜泊金陵

圓月出高城，蒼蒼照水營。江中正吹笛，樓上又無更。洛下仍傳箭，關西欲進兵。誰知五湖外，諸將但(一作將更)爭名。

渡浙江

前船後船未相及，五兩頭平北風急。飛沙卷地日色昏，一半征帆浪花(一作潮浪)濕。

全唐詩

盧綸

李端公(一作嚴維詩，題作送李端)

故關衰草遍，離別自(一作正)堪悲。路出寒雲外，人歸暮雪時。少孤為客早(一作慣)，多難識君遲。掩淚空相向，風塵何處期。

秋晚山中別業

樹老野泉清，幽人好獨行。去閑知路靜，歸晚喜山明。蘭芟通荒井，牛羊出古城。茂陵秋最冷(一作晚)，誰念一書生。

關口逢徐邁

廢寺連荒壘，那知見子真。關城夜有雪，冰渡曉無人。酒裏唯多(一作移)病，山中頗作鄰。常聞兄弟樂，誰肯信(一作唯見謝)家貧。

山中詠古木

高木已蕭索，夜雨復秋風。墜葉鳴(一作荒)竹，斜根擁斷蓬。半侵山色(一作影)裏，長在水聲中。此地何人到，雲門去(一作閒路)亦通。

訓李端公(一本無端字)野寺病居見寄

野寺鐘昏(一作昏鐘)山正陰，亂藤高竹(一作下)水聲深。田夫就餉還依草，野雉驚飛不過林。齋沐暫思同靜室，清羸已覺助禪心。寂寞日長誰問疾，料君惟取古方尋。

送少微上人遊蜀

瓶鉢繞禪衣，連宵宿翠微。樹開巴水遠，山曉蜀星稀。識遍中朝貴，多諳外學非。何當一傳付，道侶願知歸。

送寧國夏侯丞

楚國青蕪上，秋雲似白波。五湖長路少，九派亂(一作斷)山多。謝守通詩宴，陶公許醉過。憮然(一作無錢)餞離阻，年鬢兩蹉跎。

送袁偁

諫獵名空久，多因病與貧。買書行幾市，帶雨別何人。客路山連水，軍州日映塵。凄凉一分手，俱恨老相親。

贈別李紛

頭白乘驢懸布囊，一迴言別淚千行。兒孫滿眼無歸處，唯到尊前似故鄉。

罪(一作非)所送苗員外上都

謀身當議罪，寧遣友朋聞。禍近防難及，愁長事(一作思)未分。寂寥驚遠語，幽閉望歸雲。親戚如相見，唯應泣向君。

送李校書赴東川幕

泥坂望青城，浮雲與棧平。字形知國號，眷勢識山名。編簡塵封閣，戈鋋雪照營。男兒須聘用，莫信筆堪耕。

至德中贈內兄劉贊

時難訪親戚，相見喜還悲。好學年空在，從戎事已遲。聽琴泉落處，步履雪深時。惆悵多邊信，青山共有期。

春日灞亭同苗員外寄皇甫侍御(一作侍郎)(一作庚)

坐見春雲暮，無因報所思。川平人去遠，日暖鴈飛遲。對酒山長在，看花鬢自衰。誰堪登灞岸，還作舊(一作異)鄉悲。

送顏推官遊銀夏謁韓大夫

叢篁（一作杯）叫寒笛滿眼塞山青才子尊前畫將軍石上銘
獵聲雲外響戰血雨中腥苦樂從來事因君一涕零

咸陽送房濟侍御歸太原幕（昔嘗與濟同遊此邑）

舊居無舊鄰似見故鄉（一作園）春復對別離酒欲成衰老人
客衣頻染淚軍旅亦多塵握手重相勉平生心所因

寶泉寺送李益端公歸邠寧幕

參差巖障東雲日晃龍宮石淨非因雨松涼不爲風戀
泉將鶴並偷果與猨同眼界塵雖染心源蔽（一作路）已通蓮
花國何限貝葉字無窮早晚登麟閣慈門欲付公

送何召下第後歸蜀

褒斜行客過棧道響危空路濕雲初上山明（一作暄）日正中
水程通海貨地利雜吳風一別金門遠何人復薦雄

宿定陵寺（寺在陵內）

古塔荒臺出禁牆磬聲初盡漏聲長雲生紫殿幡花濕
月照青山松柏香禪室夜聞風過竹奠筵朝啓露霑裳
誰悟威靈同寂滅更堪砧杵發昭陽

送彭開府往雲中覲使君兄

一門三代貴非是主恩偏破虜山銘在承家劍藝全奪
旗貂帳側射虎雪林前鴈塞逢兄弟雲州發管弦涷河
光帶日枯草淨無煙儒者曾脩（一作親）武因貽上將篇

送李緗

舊國仍連五將營儒衣何處謁公卿波翻遠水蒹葭動
路入寒村機杼鳴嵇康書論多歸興謝氏家風有學名
爲問西來雨中客空山幾處是前程

送內弟韋宗仁歸信州覲省

常嗟外族弟兄稀轉覺心孤是送歸醉掩壺觴人有淚
夢驚波浪日（一作愁穿魂夢月）無輝烹魚綠岸煙浮（一作迷）草摘（一作採）橘
青溪露濕衣聞說江樓長卷幔幾回風起望胡威

長安疾後首秋夜即事（一作陳羽詩）

九重深鎖禁城秋月過南宮漸映樓紫陌夜深槐露滴
碧空雲盡火星流清風刻漏傳三殿甲第歌鐘樂五侯
楚客病來鄉思苦寂寥燈下不勝愁

送崔琦赴宣州幕

五馬臨流待幕賓羨君談笑出風塵身閑就養寧辭遠
世難移家莫厭貧天際曉山三峽路津頭臘市九江人
何處遙知最惆悵滿湖青草鴈聲春

送楊暐東歸

登樓掩泣話歸期楚樹荆雲發遠思日裏揚帆聞戍鼓
舟中酹（一作酌）酒見山祠西江風浪何時盡北客音（一作魚）書欲
寄誰若說湓城楊司馬知君望國有新詩

至德中途中書事卻寄李僩

亂離無處不傷情況復看碑對古城路遶寒山人獨去
月臨秋水鴈空驚顏衰重喜歸鄉國身賤多慚問姓名
今日主人還共醉應憐世故一儒生

奉和太常王卿酬中書李舍人中書寓直春夜
對月見寄

露如輕雨月如霜不見星河見鴈行虛暈入池波自泛
滿輪當苑桂多香春臺幾望黃龍闕雲路寧分白玉郎
是夜巴歌應金石豈殊螢影對清光

訓包佶郎中覽拙卷後見寄

令伯支離晚讀書豈知詞賦稱相如枉（一作狂）逢花木無新
思拙就（一作伏）溪潭（一作源）損舊居禁路看山歌（一作珂）自緩雲司玩
月漏應疎（一作夜應初）沈憂敢望金門召空媿巴歈並（一作問）子虛

送史宷滑州謁賈僕射

朱門洞啓儼行車金鏑裝囊半是書君向東州問徐亂
羊公何事滅吹魚

送鮑中丞赴太原

分路引鳴騶喧喧似隴頭暫移西掖望全解北門憂尊
幕臨都護分（一作親）曹制督郵積冰營不下盛雪獵方休白
草連胡帳黃雲擁戍樓今朝送旌旆一戢曾儒羞

送耿拾遺湋充括圖書使往江淮

傳令收遺籍諸儒喜餞君孔家唯有地禹穴但生雲編
簡知還（一作還知）續蟲魚亦自分如逢北山隱一爲謝移文

送郭判官赴振武

黃河九曲流繚繞古邊州鳴鴈飛初夜羌胡正晚秋淒
涼（一作清）金管思迢遞玉人愁七葉推（一作雖）多慶須懷殺敵憂

春江夕望

洞庭芳草遍楚客莫思歸經難人空老逢春鴈自飛東
西兄弟遠存沒友朋稀獨立還垂淚天南一布衣

送元昱尉義興

欲戍雲海別一夜夢天涯白浪緣江雨青山繞縣花風
標當劇部冠帶稱儒家去矣謝親愛知予髮已華

送黎兵曹往陝府結親（所昏即君從母女弟）

郎馬雨如龍春朝上路逢鴛鴦初集水薜荔欲依松步
帳歌（一作障珂）聲轉妝臺燭影重何言在陰者得是戴侯宗

送樂平苗明府

累職比柴桑清秋入楚鄉一船燈照浪兩岸樹凝霜亭
吏趨寒霧山城斂曙光無辭折腰久仲德在鴛行

晚到盩厔耆老家

老翁曾舊識相引出柴門苦話別時事因尋溪上村數
年何處客近日幾家存冒雨看禾黍逢人憶子孫亂藤
穿井口流水到籬根惆悵不堪住空山月又昏

臥病書懷

苦心三十載白首遇艱難舊地成孤客全家賴釣竿羸
衰緣藥盡起晚爲山寒老病今如此無人更問看

落第後歸終南別業

久爲名所誤春盡始歸山落羽羞言命逢人強破顏交
疎貧病裏身老是非間不及東溪月漁翁夜往還

送朝邑（一作夏縣）張明（一作少）府（此公善琴）

千室暮山西浮雲與樹齊剖辭雲落紙擁吏雪成泥野
火蘆千頃河田水萬畦不知琴月夜誰得聽烏啼

送李方東歸（即故李校書端親弟）

故交三四人聞別共霑巾舉目是陳事滿城無至親身
從喪日病家自儉年貧此去何堪遠遺孤在舊鄰

秋晚霽後野望憶夏侯審

天晴禾黍平暢目亦傷情野店雲日麗孤莊砧杵鳴川
原唯寂寞岐路自縱橫前後無儔侶此懷誰與呈

送王尊師（一作道士）

夢別一仙人霞衣滿鶴身旌幢天路晚（一作遠）桃杏海山春種玉非求稔燒金不爲貧自憐頭白早（一作向白）難（一作誰）與葛洪親

送撫州周使君（即侍中之壻）

周郎三十餘天子賜魚書龍節隨雲水金鐃動里閭松聲三楚遠鄉思百花初若轉弘農守蕭咸事不如

贈別司空曙

有月曾同賞無秋不共悲如何與君別又是菊花時

送王錄事赴任蘇州（即舍人堂弟）

古堤迎拜路萬里一帆前潮作澆田雨雲成煮海煙吏閑唯重法俗富不憂邊西掖今宵詠還應（一作須）寄阿連

大梵山寺院奉呈趣上人趙中丞

漸欲（一作數疊）休人事僧房學閉關伴魚浮水上看鶴向林間寺古秋仍早松深暮更閑月中隨道友夜夜坐空山

送恒操上人歸江外覲省

依佛不違親高堂與寺鄰問安雙樹曉求膳一僧貧持咒過龍廟翻經化海人還同惠休去儒者亦霑巾

上巳日陪齊相公花樓宴

鍾陵暮春月飛觀延羣英晨霞耀中軒滿席羅金瓊持杯凝遠睇觸物結幽情樹色（一作抄）參差綠湖光瀲灩明禮卑瞻絳帳恩浹厠華纓徒記山陰興祓禊（一作念此，一作今日）乃爲榮

寒食

孤客飄飄歲載華況逢寒食倍思家鶯啼遠墅多從柳人哭荒墳亦有花濁水秦渠通渭急黄埃京洛上原斜驅車西近長安好宮觀參差半隱霞

舟中寒食

寒食空江曲孤舟渺水前關雞沙鳥異禁火岸花然日霽開愁望波喧警醉眠因看數莖鬢倍欲惜芳年

元日早朝呈故省諸公

萬戟淩霜布森森瑞氣間垂衣當曉日上壽對南山濟濟延多士躚躚舞百蠻小臣無事諫空愧伴鳴環

元日朝迴中夜書情寄南宮二故人

鳴珮隨鵷鷺登堦見冕旒無能裨聖代何事別滄洲闕夜貧還醉浮名老漸羞鳳城春欲晚郎吏憶同遊

裴給事宅白牡丹（一作裴潾詩）

長安豪貴惜春殘爭翫街西（一作賞新開）紫牡丹別有玉盤承露冷無人起就月中看

送韋判官得雨中山

前峰後嶺碧濛濛草擁驚泉樹帶風人語馬嘶聽不得更堪長路在雲中

送宛丘任少府

帶綬別鄉親東爲千里人俗訛唯競祭地古不留春野戍雲藏火軍城樹擁塵少年何所重才子又清貧

送永陽崔明府

鶴唳蒹葭曉（一作岸）中流見楚城浪清風乍息山白月猶明廢路開荒木歸人種古營懸聞正訛俗郈曼更（一作最）知名

割飛二刀子歌

我家有翦刀人云鬼國鐵裁羅裁綺無鈍時用來三年一股折南中匠人淳用鋼再令盤屈隨手傷畋鍜割飛二刀子色迎霽雪鋒含霜兩條神物秋冰薄刃淬初蟾鞘金錯越戟吳鉤不足誇斬犀切玉應懷怍日試曾磨漢水邊掌中怙懷聲泠然神驚魄悸却收得刃頭已吐微微煙刀乎刀乎何燁燁魑魅須藏怪須懾若非良工變爾形只向裁縫委箱篋

送郎士元使君赴郢州

賜衣兼授節行日郢中聞花發登山廟天晴（一作清）閱水軍漁商三楚接郡邑九江分高興應難遂元戎有大勳

春詞

北苑羅裙帶塵衢錦繡鞍醉眠芳樹下半被落花埋

清如玉壺冰

玉壺冰始結循吏政初成既有虛心鑒還如照膽清瑤池慙洞澈金鏡讓澄明氣若朝霜動形隨夜月盈臨人能不蔽待物本無情怯對圓光裏妍蚩自此呈（一作生）

山店（一作王建詩）

登登山路行時盡決決溪泉到處聞風動葉聲山犬吠一家（一作幾）松火隔秋雲

全唐詩

崔琮

崔琮登大曆二年進士第詩一首

長至日上公獻壽

應律三陽首朝天萬國同斗邊看子月臺上候祥風五夜鐘初動（一作曉）千門日正融玉階文物盛仙仗武貔雄率舞皆羣辟稱觴即上公南山爲聖壽長對未央宮

李竦

李竦大曆二年登進士第官户部尚書鄧岳觀察使詩一首

長至日上公獻壽

候曉金門闢乘時玉（一作寶）曆長羽儀瞻上宰雲物麗初陽漢禮方傳珮堯年正捧觴日行臨觀闕帝錫洽珪璋盛美超三代洪休降百祥自憐朝末坐空此詠無疆

張惟儉

張惟儉宣城當塗人大曆六年進士第官和州刺史詩一首

賦得西戎獻白玉環

當時無外守方物四夷通列土金河北朝天玉塞東自將荆璞比不與鄭環同正朔雖傳漢衣冠尚帶戎幸承提佩寵多媿琢磨功絕域知文教爭趨上國風

章八元

章八元睦州桐廬人登大曆六年進士第貞元中調句容主簿卒詩一卷今存六首

新安江行

江源南去（一作出）永野渡暫維梢古戍懸魚網空林露鳥巢雪晴山脊見沙淺浪痕交自笑無媒者逢人作（一作即）解嘲

酬劉員外月下見寄

夜涼河漢白卷箔出南軒過月鴻爭遠辭枝葉暗翻獨（一作高）謠聞麗曲綏步接清言宣室思前席行看拜主恩

寄都官劉員外

舊宅平津邸槐陰接漢宮鳴騶馳道上寒日（一作月）直廬中白雪歌偏麗青雲宦早通悠然（一作悠）一縫掖千里限（一作快）清風

題慈恩寺塔

十層突兀在虛空四十門開面面風却怪鳥飛平地上自驚人語半天中迴梯暗踏如穿洞絕頂初攀似出籠落日鳳城佳氣合滿城春樹雨濛濛

歸桐廬舊居寄嚴長史

昨辭夫子棹歸舟家在桐廬憶舊丘三月暖時花競發兩溪分處水爭流近聞江老傳鄉語遙見家山減旅愁或在醉中逢夜雪懷賢應向剡川遊

天台道中示同行

八重巖崿疊晴空九色煙霞遶洞宮仙道多因迷路得莫將心事問樵翁

張莒

張莒長山人登大曆九年進士第大中時官吏部員外郎詩一首

元日望含元殿御扇開合（大曆十三年吏部試）

萬國來朝（一作初）歲千年（一作秋）覲（一作覿）聖君輦迎仙仗出扇匣御香焚俯對朝容近先知曙色分晁旒開處見鐘磬合時聞影動承朝日花攢似慶雲蒲葵那可比徒用隔炎氛

史延

史延登大曆九年進士第詩一首

清明日賜百僚新火

上苑連侯第清明及暮春九天初改火萬井屬良辰頒賜恩逾洽承時慶自（一作亦）均翠煙和柳嫩紅焰出花新寵命尊三老祥光燭萬人太平當此日空復荷陶甄（一作鈞）

韓濬

韓濬江東人大曆九年進士及第詩一首

清明日賜百僚新火

朱（一作玉）騎傳紅燭天廚賜近臣火隨黃道見煙遶白榆新榮耀分他日（一作室）恩光共此辰更調金鼎膳還暖玉堂人灼灼千門曉煇煇萬井春應憐螢聚夜（一作者）瞻望及東（一作獨無）鄰

鄭轅

鄭轅大曆九年進士詩一首

清明日賜百僚新火

改火清明後優恩賜近臣漏殘丹禁晚燧發白榆新瑞彩來雙闕神光煥四隣氣回侯第暖煙散帝城春利用調羹鼎餘輝燭縉紳皇明如照隱願及聚螢人

王濯

王濯大曆九年進士第詩一首

清明日賜百僚新火

御火傳香殿華光及侍臣星流中使馬燭耀九衢人轉（一作傳）影連金屋分輝麗錦茵焰迎紅蘂發煙染綠條春助律和風早添爐煖氣新誰憐一寒士猶望照東鄰

獨孤綬

獨孤綬大曆十年登進士第舉博學宏詞嘗試馴象賦德宗稱之特書第三詩一首

投珠於泉

至道歸淳樸明珠被棄捐天真來照乘成性却沈泉不是靈蛇吐非緣（一作猶疑）合浦還岸傍隨月落波底共星懸致遠終無脛懷貪遂息肩欲知恭儉德所寶在惟賢

仲子陵

仲子陵峨眉人大曆中登第歷官常侍詩一首

秦鏡

萬古（一作里）秦時鏡從來抱至精依臺月自吐在匣水常清爛爛金光發澄澄物象生雲天皆洞鑒表裏盡虛明但見人窺膽全勝響應聲妍媸定可識何處更逃情

張佐

張佐大曆中進士詩二首

秦鏡

樓上秦時鏡千秋獨有名菱花寒不落冰質夏長清龍在形難掩人來膽易呈昇臺宜遠照開匣乍藏明皎色新磨出圓規舊鑄成愁容如可鑒當欲拂塵纓

憶遊天台寄道流（見吳紗集）

憶昨天台到赤城幾朝仙籟耳中生雲龍出水風聲急海鶴鳴皋日色清石笋半山移步險桂花當澗拂衣輕今來盡是人間夢劉阮茫茫何處行

丁澤

丁澤大曆十年試東都第一詩三首

龜負圖（東都試）

天意將垂象神龜出負圖五方行有配八卦義寧孤作瑞旌君德披文叶帝謨乘流喜得路逢聖幸存軀蓮葉池通泛桃花水自浮還尋九江去安肯曳泥塗

上元日夢王母獻白玉環

夢中朝上闕下拜天顏彷彿瞻王母分明獻玉環靈姿趨甲帳悟道契玄關似見霜姿白如看月彩彎霓裳歸物外鳳曆曉人寰仙聖非相遠昭昭寤寐間

良田無晚歲

人功雖未及地力信非常不任耕耘早偏宜黍稷良無年皆有獲後種亦先芳膴膴盈千畝青青保萬箱何須祭田祖詎要察農祥況是春三月和風日又長

閻濟美

閻濟美大曆十年進士第元和初刺華州貞元末歷福建觀察使終工部尚書詩二首

下第獻座主張謂

蹇諤王臣直文明雅量全望爐金自躍應物鏡何偏南國幽沈盡東堂禮樂宣轉令遊藝士更惜至公年芳樹歡新景青雲泣暮天唯愁鳳池拜孤賤更誰憐

天津橋望洛城殘雪

新霽洛城端，千家積雪寒。未收清禁色，偏向上陽殘。

張少博

張少博大曆進士詩二首

尚書郎上直聞春漏

建禮含香處，重城待漏辰。徐聲傳鳳闕，曉唱辨雞人。銀箭聽將盡，銅壺滴更新。催籌當五夜，移刻及三春。杳杳從天遠，泠泠出禁頻。直廬殘響曙，肅穆對鉤陳。

雪夜觀象闕待漏

殘雪初晴後，鳴珂奉闕庭。九門傳曉漏，五夜候晨扃。北斗橫斜漢，東方落曙星。煙氛初動色，簪珮未分形。雪重猶垂白，山遙不辨青。雞人更唱處，偏入此時聽。

周徹

周徹大曆進士詩一首

尚書郎上直聞春漏

建禮通華省，含香直紫宸。靜聞銅史漏，暗識桂宮春。滴瀝疑將絕，清泠發更新。寒聲臨鴈沼，疎韻應雞人。迥入千門徹，行催五夜頻。高臺閑自聽，非是駐征輪。

高拯

高拯大曆十三年進士第詩一首

及第後贈試官

公子求賢未識真，欲將毛遂比常倫。當時不及三千客，今日何如十九人。

王表

王表大曆十四年登進士第官至秘書少監詩三首

賦得花發上林大曆十四年侍郎潘炎試

御苑一作上院春何早，繁花已繡一作滿林。笑迎明主仗，香拂美人簪。地接樓臺近，天垂雨露深。晴光來戲蝶，夕景動棲禽。欲托凌雲勢，先開捧日心。方知桃李樹，從此別一作必成陰。

清明日登城春望寄大夫使君

春城閑望愛晴天，何處風光不眼前。寒食花開千樹雪，清明日出萬家煙。興來促席唯同舍，醉後狂歌盡少年。聞說鶯啼却惆悵，詩成不見謝臨川。

成德樂

趙女乘春上畫樓，一聲歌發滿城秋。無端更唱關山曲，不是征人亦淚流。

獨孤授

獨孤授大曆十四年登第詩一首

花發上林

上苑韶容早，芳菲正吐花。無言向春日，閑笑任年華。潤色籠輕靄，晴光豔晚霞。影連千戶竹，香散萬人家。幸邇樓臺近，仍懷雨露賒。願君垂採摘，不使落風沙。

王儲

王儲大曆十四年登第詩一首

賦得花發上林

東陸和風至，先開上苑花。穠枝藏宿鳥，香蘂拂行車。散白憐晴日，舒紅愛晚霞。桃間留御馬，梅處入胡笳。城郭連增媚，樓臺映轉華。豈同幽谷草，春至發猶賒。

周渭

周渭大曆十四年登第詩二首

賦得花發上林

灼灼花凝雪，春來發上林。向風初散蘂，垂葉欲成陰。人過香隨遠，煙晴色自深。淨時空結霧，疎處未藏禽。菶苜何年植，閒關幾日吟。一枝如可冀，不負折芳心。

贈龍興觀主吳崇岳

褚爲冠子布爲裳，吞得丹霞壽最長。混俗性靈常樂道，出塵風格早休糧。枕中經妙誰傳與，肘後方新自寫將。百尺松梢幾飛步，鶴棲板上禮虛皇。

全唐詩目第五函

第三冊

李益二卷

李端三卷

全唐詩

李益

李益字君虞姑臧人大曆四年登進士第授鄭縣尉久不調益不得意北遊河朔幽州劉濟辟爲從事嘗與濟詩有怨望語憲宗時召爲祕書少監集賢殿學士自負才地多所凌忽爲衆不容諫官舉其幽州詩句降居散秩俄復用爲祕書監遷太子賓客集賢學士判院事轉右散騎常侍太和初以禮部尚書致仕卒益長於歌詩貞元末與宗人李賀齊名每作一篇教坊樂人以賂求取唱爲供奉歌辭其征人歌早行篇好事畫爲屏障集一卷今編詩二卷

從軍有苦樂行（時從司空魚公北征　魚一作冀）

勞者且莫（一作勿）歌我欲（一作歌）送君觴從軍有苦樂此曲樂未央僕居在（一作本居　又作本起）隴上隴水斷人腸東過秦宮路宮路（一作樹）入咸陽時逢漢帝出諫獵至長楊詎馳遊俠窟非結少年場一旦承嘉惠輕身（一作命）重恩光秉筆參帷帟從軍至朔方邊地多陰風草木自淒涼斷絕海雲去出沒胡沙長參差引雁翼隱轔騰軍裝劒文夜如水馬汗凍成霜俠氣五都少矜功六郡良山河起目前睚眦死路傍北逐驅獯（一作種）虜西臨復舊疆昔還賦（一作歎）餘資今出乃贏糧一矢弢夏服我弓不再張寄語（一作言）丈夫雄苦樂身自當

登長城（一題作塞下曲）

漢家今上郡秦塞古長城有日雲長慘無風沙自驚當今聖天子不戰四夷平

雜曲

妾本蠶家女不識貴門儀藁砧持玉斧交結五陵兒十日或一見九日在路岐人生此夫壻富貴欲何爲楊柳徒可折南山不可移婦人貴結髮寧有再嫁資嫁女莫望高女心願所宜寧從賤相守不願貴相離藍葉鬱重重藍花若榴色少婦歸少年華光（一作光華）自相得誰言配君子以奉百年身有義即夫壻無義還他人愛如寒爐火棄若秋風扇山嶽起面前相看不相見丈夫非小兒何用強相知不見朝生菌易成還易衰征客欲臨路居人還出門北風河梁上四野愁雲繁豈不戀我家夫壻多感恩前程有日月勳績在河源少婦馬前立請君聽一言春至草亦生誰能無別情殷勤展心素見新莫忘故遙望孟門山殷勤報君子既爲隨陽雁勿學西流水嘗聞生別離悲莫悲於此同器不同榮堂下即千里與君貧賤交何異萍上水託身天使然同生復同死

送遼陽使還軍

征人歌且行北上遼陽城二月戎馬息悠悠邊草生青山出塞斷代地入雲平昔者匈奴戰多聞殺漢兵平生報國憤（一作意）日夜角弓鳴勉君萬里去勿使虜塵驚

賦得早燕送別

碧草縵（一作漫）如綫去來雙燕飛長門未有春先入班姬殿梁空繞不（一作復）息簷寒窺欲遍今至隨紅蕚（一作蓋）昔還悲素扇一別與秋鴻差池詎相見

秋晚溪中寄懷大理齊司直（時齊分司洛下　有東山之期）

鳳翔屬明代羽翼文葳蕤崑崙進琪樹飛舞下瑤池振儀自西眷東夏復分釐國典唯平法伊人方在斯荒寧（一作亭）桁楊肅芳輝蘭玉滋明質鶩高景飄颻服纓緌天寒清洛苑秋夕白雲司況復空巖側蒼蒼幽桂期歲寒坐流霰山川猶別離浩思憑尊酒氛氳獨含辭

溪中月下寄楊子尉封亮

蘅若奪幽色銜思恍無悰宵長霜霧（一作霰）多歲晏淮海風團團山中月三五離夕（一作席）同露凝朱弦絕觴至蘭玉空清光液流波盛明難再逢嘗恐河漢遠坐窺烟景窮小人諒處陰君子樹大（一作元）功永願厲高翼慰我丹桂叢

春晚賦得餘花落（得起字）

留春春竟去春去花如此蝶舞遶應稀鳥驚飛詎已衰紅辭故蕚繁綠扶彫蕊自委不勝愁庭風那更起

聞亡友王七嘉禾寺得素琴

故人惜此去留琴明月前今來我訪舊淚灑白雲天詎欲匣孤響送君歸夜泉撫琴猶可絕況此故無弦何必雍門奏然後淚（一作使）潺湲

校書郎楊凝往年以古鏡貺別今追贈以詩

明鏡出匣時明如雲間月一別青春鑑回光照華髮美人昔自愛鞶帶手中（一作所）結願以（一作似）三五期經天無玷缺

置酒行（一本無行字）

置酒命所歡憑觴遂爲戚日往不再來茲辰坐成昔百齡非久長五十將半百胡爲勞我形已縶（一作鬢　又作翼）還復白西山鸞鶴羣（一作顧）矯矯煙霧翮明霞（一作訣）發金丹陰洞潛水碧安得凌風羽崦嵫駐靈魄無然坐衰老慙歎（一作觀）東陵柏

長社竇明府宅夜送王屋道士常究子

旦隨三鳥去羽節凌霞光暮與雙鳧宿雲車下紫陽天壇臨月近洞水出山長海嶠年年別丘陵徒自傷

觀回軍三韻

行行上隴頭隴月（一作麥）暗悠悠萬里將軍沒回旌隴戍（一作樹）秋誰令嗚咽水重入故營流

華山南廟

陰山臨古道古廟閉山碧（一作廟閉空山碧）落日春草中搴芳薦瑤席明靈達精意髣髴如不隔巖（一作微）雨神降時回飇入松柏常聞坑儒後此地返（一作曾返）秦璧自古害忠良神其輔宗祏

喜邢校書遠至對雨同賦遠曉飯阮返五韻

雀噪空城陰木衰羇思遠已（一作似）蔽青山望徒悲白雲晚別離千里風雨中同一飯開徑說逢康臨觴方接阮旅宦竟何如勞飛思自返

城西竹園送裴佶王達

葳蕤凌風竹寂寞離人觴愴懷非外至沈鬱自中腸遠行從此始別袂重淒霜

月下喜邢校書至自洛

天河夜未央漫漫復蒼蒼重君遠行至及此明月光華星映衰柳暗水入寒塘客心定何似餘歡方自長

北至太原

炎祚昔昏替皇基此鬱盤玄命久已集撫運良乃（一作乃良）艱南阨羊腸險北走雁門寒始於一戎定垂此億世安唐風本憂思王業實艱難中曆雖橫潰天紀未可干聖明

所興國靈嶽固不殫咄咄薄遊客斯言殊不刋

入華山訪隱者經仙人石壇

三考四(一作西)嶽下官曹少休沐久負青山諾今還獲所欲嘗聞玉清洞金簡受玄籙夙駕昇天行雲遊恣霞宿(一作雲霞恣遊宿)平明矯輕策捫石入空曲仙人古石壇苔蘚青瑤局陽桂凌煙紫陰蘿冒水綠隔世(一作山)聞丹經懸泉注明玉前驚羽人會白日天居肅問我將致辭笑之自相目竦身雲遂起仰見雙白鵠墮其一紙書文字類鳥足視之了不識三返又三復歸來問方士舉世莫解讀何必若蜉蝣然後爲跼促鄙哉宦游子身志俱降辱再往不及期勞歌叩山木

罷鏡

手中青銅鏡照我少年時衰颯一如此清光難復持欲令孤月掩從遣半心疑縱使逢人見猶勝自見悲

華陰東泉同張處士詣藏律師兼簡縣內同官因寄齊中書

蒼崖抱寒泉淪照洞金碧潛鱗孕明晦山靈閟幽(一作精)賾前峯何其詭萬變窮日夕松老風易悲山秋雲更白故人邑中吏五里仙霧隔美質簡瓊瑤英聲鏗金石煩君竟相問問我此何適我因贊時理書寄西飛翮哲匠熙百工日月被光澤大國本多士荊岑無遺璧高網彌八紘皇圖明四闢羣材既兼暢顧我在草澤貴無身外名賤有區中役忽忽百齡內殷殷千慮迫人生已如寄在寄復爲客舊國不得歸風塵滿阡陌

答郭黃中孤雲首章見贈

孤雲生西北從風東南飄帝鄉日已遠蒼梧無還飈已矣玄鳳歎嚴霜集靈茗君其勉我懷歲暮孰不彫

合源溪期張計不至

霜露肅時序緬然方獨尋暗溪遲仙侶寒澗聞松禽寂歷茲夜(一作夜茲)永清明秋序深微波澹澄夕煙景含虛林素志久淪否幽懷方自吟(一作今)

竹溪

訪竹越雲崖即林若溪絕寧知修幹下漠漠秋苔潔清光溢空曲茂色臨幽澈採摘愧芳鮮奉君歲暮節

送諸暨王主簿之任

別愁已萬緒離曲方三奏遠宦一辭鄉南天異風候秦城歲芳老越國春山秀落日望寒濤公門閉清晝何用慰相思裁書寄關右

罷秩後入華山採茯苓逢道者

委綬來(一作釆)名山觀奇恣所停山中若有聞言此不死庭遂逢五老人一謂西嶽靈或聞樵人語飛去入昴星授我出雲路蒼然凌石屏視之有文字乃古黃庭經左右長松列動搖風露零上蟠千年枝陰虬負青冥下結九秋霰流膏爲茯苓取之砂石間異若龜鶴形況聞秦宮女華髮變已青有如上帝心與我千萬齡始疑有仙骨鍊魂可永寧何事逐豪遊飲啄以羶腥神物亦自閟風雷護此扃欲傳山中寶回策忽已暝乃悲世上人求醒終不醒

自朔方還與鄭式瞻崔稱鄭子周岑贊同會法雲寺三門避暑

予本疎放士竭來非外矯誤落邊塵中愛山見山少始投清涼宇門值煙岫表參差互明滅彩翠竟昏曉泠泠遠風來過此羣木杪英英二三彥襟曠去煩擾(一作撓)遊川出潛魚息陰勸飛鳥徜徉不可窮唯於此心了

來從竇車騎行(一作自朔方行)

束髮逢世屯懷恩抱明義讀書良有感(一作不武)學劒慙非智遂別魯諸生來從竇車騎追兵赴邊急絡馬黃金轡出入燕南陲由來重意氣自經皐蘭戰(一作入)又破樓煩地西北護三邊東南留一尉時過歘如雲(一作如雲雨)參差不自(一作自不)意將軍失恩澤萬事從此異置酒高臺上薄暮秋風至長戟與我歸歸來同棄置自酌還自飲非名又非利歌出易水寒琴下雍門淚出逢平樂舊言在天階侍問我從軍苦自陳少年貴丈夫交四海徒論身自致漢將不封侯蘇卿勞(一作來又作還)遠使今我終此曲此曲誠不易貴人難識心何由知忌諱

夜發軍中

邊馬櫪上驚雄劒匣中鳴半夜軍書至匈奴寇六城中堅分暗陣太乙起神兵出沒風雲合蒼黃豺虎爭今日邊庭戰緣賞不緣名

將赴朔方早發漢武泉

弭蓋出故關窮秋首邊路問我此何爲平生重一顧風吹山下草繫馬河邊樹奉役良有期回瞻終未屢去鄉幸未遠戎衣今已故豈惟幽朔寒念我機中素去矣勿復言所酬知音(一作者)遇

城傍少年(一作漢宮少年行)

生長邊城傍出身事弓馬少年有膽氣獨獵陰山下偶與匈奴逢曾擒射鵰者名懸壯士籍請君少相假

游子吟

女羞夫壻薄客恥主人賤遭遇同衆流低回愧相見君非青銅鏡何事空照面莫以衣上塵不謂心如練人生當榮盛待士勿言倦君看白日馳何異弦上箭

飲馬歌

百馬飲一泉一馬爭上游一馬噴成泥百馬飲濁流上有滄浪客對之空歎息自顧纓上塵裹回終日夕爲問泉上翁何時見沙石

蓮塘驛(在盱眙界)

五月渡淮水南行遶山陂江村遠雞應竹裏聞繰絲楚女肌髮美蓮塘煙露滋菱花覆碧渚黃鳥雙飛時渺渺泝洄遠憑風託微詞斜光動流睇此意難自持女歌本輕豔客行多怨思女蘿蒙幽蔓擬上青桐枝

五城道中

金鐃隨玉節落日河邊路沙鳴後騎來雁起前軍度五城鳴斥堠三秦新召募天寒白登道塞濁陰山霧仍聞舊兵老尚在烏蘭戍笳簫漢思繁旌旗邊色故寢興倦弓甲勤役傷風露來遠賞不行鋒交勳乃茂未知朔方道何年罷兵賦

與王楚同登青龍寺上方

連岡出古寺流睇移芳讌鳥沒漢諸陵草平秦故殿搖光淺深樹拂木(一作水)參差鷰春心斷易迷遠目傷難徧壯

日各輕年暮年方自見

登夏州城觀送行人賦得六州胡兒歌

六州胡兒六蕃語十歲騎羊逐(一作射)沙鼠沙頭牧馬孤雁飛漢軍遊騎貂錦衣雲中征戍三千里今日征行(一作人)何歲歸無定河邊數株柳共送行人一杯酒胡兒起作和(一作六)蕃歌齊唱嗚嗚盡垂手心知舊國西州遠西向胡天望鄉久回頭忽作異方聲一聲回盡征人首蕃音虜曲一(一作自)難分似說邊情向塞雲故國關山無限路風沙滿眼堪斷魂不見天邊青作(一作草)塚古來愁殺漢昭君

從軍夜次六胡北飲馬磨劒石爲祝殤辭

我行空磧見沙之磷磷與草之冪冪半沒胡兒磨劒石當時洗劒血成川至今草與沙皆赤我因扣石問以言水流嗚咽幽草根君寧獨不怪陰燐吹火熒熒又爲碧有鳥自稱蜀帝魂南人伐竹湘山下交根接葉滿淚痕請君先問湘江水然我此恨乃可論秦亡漢絕三十國關山戰死知何極風飄雨灑水自流此中有冤消不得爲之彈劒作哀吟風(一作蓬)沙四起雲沈沈滿營戰馬嘶欲盡畢昴不見胡天陰東征曾弔長平苦往往晴明獨風雨年移代去感精魂空山月暗聞鼙鼓秦坑趙卒四十萬未若格鬬傷戎虜聖君破胡爲六州六州又盡爲(一作空)胡丘韓公三城斷胡路漢甲百萬屯邊秋乃分司空授朝土擁以玉節臨諸侯漢爲一雪萬世讐我今抽刀勸劒石告爾萬世爲唐休又聞招魂有美酒爲我澆酒祝東流殤爲魂兮可以歸還故鄉些沙場地無人兮爾獨不可以久留

登天壇夜見海(一本海下有日字)

朝遊碧峯三十六夜上天壇月邊宿仙人攜我搴玉英壇上夜半東方明僊鐘撞撞近海日海中離離三山出霞梯赤城遙可分霓旌絳節倚彤雲八鸞五鳳紛在御王母欲上朝元君羣仙指此爲我說幾見塵飛滄海竭竦身別我期丹宮空山處處遺清風九州下視杳未旦一半浮生皆夢中始知武皇求不死去逐瀛洲羨門子

大禮畢皇帝御丹鳳門改元建中大赦

大明曈曈天地分六龍負日升天門鳳凰飛來銜帝籙言我萬代金皇孫靈雞鼓舞承天赦高翔百尺垂朱幡宸居穆清受天曆建中甲子合上元昊穹景命即已至王(一作三)事乃可酬乾坤升中告成答玄貺泥金檢玉昭鴻恩云亭之事略可記七十二君寧獨尊小臣欲上封禪表(一作草)久而未就(一作名)歸文(一作陵)園

輕薄篇

豪不必馳千騎雄不在垂雙鞬天生俊氣自相逐出與鵰鶚同飛翻朝行九衢不得意下鞭走馬城西原忽聞燕雁一聲去回鞍挾彈平陵園歸來青樓曲未半(一作卒)美人玉色當金尊淮陰少年不相下酒酣半笑倚市門安知我有不平色白日欲落紅塵昏死生容易如反掌得意失意由一言少年但飲莫相問此中報讐亦(一作兼)報恩

野田行(一作千鵲詩)

日沒出古城野田何茫茫寒狐嘯(一作上)青塚鬼火燒白楊昔人未爲泉下客行到此中曾斷腸

古別離

雙劒欲別風(一作心)淒然雌沈水底雄上天江回漢轉兩不見雲交雨合知何年古來萬事皆由命何用臨岐苦涕漣(一作涕若相連)

效古促促曲爲河上思婦作

促促何促促黃河九回曲嫁與棹船郎空牀將影宿不道君心不如石那教(一作令)妾貌長如玉

漢宮少年行

君不見上宮警夜營八屯鼕鼕街鼓朝朱軒玉墀霜仗擁未合少年排入銅龍門暗聞弦管九天上宮漏沈沈清吹繁平明走馬絕馳道呼鷹挾彈通繚垣玉籠金鎖養黃口探雛取卵伴王孫分曹陸博快一擲迎歡先意笑語喧巧爲柔媚學優孟儒衣嬉戲冠沐猿晚來香街經柳市行過倡舍宿桃根相逢杯酒(一作酒後)一言失迴朱點白聞至尊金張許史伺顏色王侯將相莫敢論豈知人事無定勢朝歡暮戚如掌翻椒房寵移子愛奪一夕秋風生戾園徒用黃金將買賦寧知白玉暗成痕持杯收水水已覆徙薪避火火更熾欲求四老張丞相南山如天不可上

全唐詩

李益

竹窗聞風寄苗發司空曙

微風驚暮坐臨牖思悠哉開門復動竹疑是故人來時滴枝上露稍沾(一作沿)階下苔何當一入幌爲拂綠琴埃

賦得垣衣

漠漠復霏霏爲君垣上衣昭陽輦下草應笑此生非掩藹(一作奄藹，一作蓊薆)青春去(一作暮)蒼茫白露稀(一作晞)猶勝萍逐水流浪不相依

送人流貶

漢章雖約法秦律已除名謗遠人多惑官微不自明霜

風先獨樹瘴雨失荒城疇昔長沙事三年召賈生

送人南歸

人言下江疾君道下江遲五月江路惡南風驚浪時應知近家喜還有異鄉悲無奈孤舟夕山歌聞竹枝

水亭夜坐賦得曉霧

月落寒霧起沈思浩通川宿禽囀木散山澤一蒼然漠漠沙上路(一作驚)沄沄洲外田猶當依遠樹斷續欲窮天

送常曾侍御使西蕃寄題西川

凉王宮殿盡蕪沒隴雲西今日聞君使雄心逐鼓鼙行當收漢壘直可取蒲泥舊國無由到煩君下(一作走)馬題

入南山至全師蘭若

木隕(一作落)水歸壑寂然無念(一作始)心南行有真子被褐息山陰石路瑤草散松門寒景深吾師亦何愛(一作授)自起定中吟

送韓將軍還邊

白馬羽林兒揚鞭薄暮時獨將輕騎出暗與伏兵期雨雪移軍遠旌旗上壠遲聖心戎寄重未許讓恩私

晚春臥病喜振上人見訪

臥牀如(一作殊)舊日窺戶易傷春靈壽扶衰力芭蕉對病身道心空寂寞時物自芳新旦夕誰相訪唯當攝(一作揖)上人

春行

侍臣朝謁罷戚里自相過落日青絲騎春風白紵歌恩承三殿近獵向五陵多歸路南橋望垂楊拂細波

洛陽河亭奉酬留守羣公追送(一作李益詩)

離亭餞落暉臘酒減春(一作征)衣歲晚煙霞重川寒雲樹微戎裝千里至舊路十年歸還似汀洲雁相逢又背飛

尋紀道士偶會諸叟

山陰尋(一作逢)道士映竹羽衣新侍坐雙童子陪遊五老人水花松下靜壇草雪中春見說桃源洞如今猶避秦

同蕭鍊師宿太乙廟

微月空山曙春祠謁少君落花壇上拂(一作掃)流水洞中聞酒引芝童奠香餘桂子(一作女)焚鶴飛將羽節遥向赤城分

送同落第者東歸

東門有行客落日滿前山聖代誰知者滄洲今獨還片雲歸海暮流水背城閒余亦依嵩潁(一作嶺)松花深閉關

送柳判官赴振武

邊庭漢儀重旌甲似(一作事)雲中虜地山川壯單于鼓角雄關寒塞榆落月白胡天風君逐嫖姚將麒麟有戰功

述懷寄衡州令狐相公

調元方翼聖軒蓋忽言東道以中樞密心將外理同白頭生遠浪丹葉下高楓江上蕭疎雨何人對謝公

喜入蘭陵望紫閣峯呈宣上人

薙草開三徑巢林喜一枝地寬留種竹泉淺欲開池紫閣當疎牖青松入壞籬從今安僻陋蕭相是吾師

喜見外弟又言別

十年離亂(一作亂離)後長大一相逢問姓驚初見稱名憶舊容別來滄海事語罷暮天鐘明日巴陵道秋山又幾重

立春日寧州行營因賦朔風吹飛雪

邊聲日夜合朔風驚復來龍山不可望千里一裴回捐扇破誰執素紈輕欲裁非時妬桃李自是舞陽臺

獻劉濟

草綠古燕州鶯聲引獨遊雁歸天北畔春盡海西頭向日花偏落馳年水自流感恩知有地不上望京樓

哭柏巖禪師

遍與傍人別臨終盡不愁影堂誰為掃坐塔自看修白日鐘邊晚青苔鉢上秋天涯禪弟子空到柏巖遊

赴邠寧留別

身承漢飛將束髮即言兵俠少何相問從來事不平黃雲斷朔吹白雪擁沙城幸應邊書募橫戈會取名

紫騮馬

爭場看鬬雞白鼻紫騮嘶漳水春閨晚叢臺日向低歌鞍珠作汗試劒玉如(一作為)泥為謝紅梁鷰年年妾獨棲

夜上受降城聞笛(一作戎昱詩)

入夜思歸(一作歸思)切笛聲清更哀愁人不願聽自到枕前來風起塞雲斷夜深關月開平明獨惆悵落(一作飛)盡一庭梅

同崔邠(一作頌)登鸛雀樓

鸛雀樓西(一作南)(一作前)百尺檣汀洲雲樹共茫茫漢家簫鼓空流水魏國山河半夕陽事去千年猶恨速愁來一日即為(一作知)長風煙(一作塵)併起(一作是)思歸(一作鄉)望遠目非春亦自傷

奉酬崔員外副使攜琴宿使院見示

忽聞此夜攜琴宿遂歎常時塵吏喧庭木已衰空月亮城砧自急對霜繁猶持副節留軍府未為高詞直掖垣誰問南飛長繞樹官微同在謝公門

送賈校書東歸寄振上人(一作振上人院喜見賈弁兼酬別)

北風吹(一作南)雁數聲悲況指前林是別時秋草不堪頻送遠白雲何處更相期山隨匹馬行看暮路入寒城獨去遲為向東州故人道江淹已擬惠休詩

過馬嵬二首

路至牆垣問樵者顧予云是太真宮太真血染馬蹄盡朱閣影隨天際空丹壑不聞歌吹夜玉堦唯有薜蘿風世人莫重霓裳曲曾致干戈是此中

金甲銀旌盡已回蒼茫羅袖隔風埃濃香猶自隨鸞輅恨魄無由(一作因)離馬嵬南內真人悲帳殿東溟方士問蓬萊唯留坡畔彎環月時送殘輝入夜臺(此首一作李遠詩)

鹽州過胡兒飲馬泉(一作過五原胡兒飲馬泉)

綠楊著水草如煙舊是胡兒飲馬泉(鸊鵜泉在豐州城北胡人飲馬於此)幾處吹笳明月夜何人倚劒白雲天從來凍合關山路今日分流漢使前莫遣行人照容鬢恐驚憔悴入新年

宿馮翊夜雨贈主人

危心驚夜雨起望漫悠悠氣耿殘燈暗聲繁高樹秋涼軒辭夏扇風幌攬輕裯思緒蓬初斷歸期燕暫留關山諳已失臉淚逆難收賴君時一笑方能解四愁

送襄陽李尚書

天寒發梅柳憶昔到襄州樹暖然紅燭江清展碧油風煙臨峴首雲水接昭丘俗尚春秋學詞稱文選樓都門送旌節符竹領諸侯漢沔分戎寄黎元減聖憂時追山簡興本自習家流莫廢思康樂詩情滿沃洲

春日晉祠同聲會集得疎字韻

風壤瞻唐本山祠閱晉餘水亭開帝幕巖樹引簪裾地

綠苔猶少林黃柳尚疎菱茗生皎鏡金碧照澄虛翰苑聲何舊賓筵醉止初中州有遼雁好爲繫邊書

再赴渭北使府留別

結髮逐鳴鼙連兵追谷蠡山川搜伏虜鎧甲被重犀故府旌旗在新軍羽校一作檄齊報恩身未死識路馬還嘶列嶂高烽舉當營太白低平戎七尺劒封檢一丸泥截海取一作收蒲類跑泉飲鸊鵜漢庭中選重更事五原西

送歸中丞使新羅冊立弔祭一作李端詩

東望扶桑日何年是到時片帆通雨露積水隔華夷浩渺風來遠虛明鳥去遲長波靜雲月孤島宿旌旗別葉傳秋意迴潮動客思滄溟無舊路何處問前期

賦得路傍一株柳送邢校書赴延州使府

路傍一株柳此路向延州延州在何處此路起悠悠一作遙愁

重贈邢校書

俱從四方事一作士共會九秋中斷蓬與落葉相值各因風

照鏡

衰鬢朝臨鏡將看却一作各自疑慙君明似月照我白如絲

書院無曆日以詩代書問路侍御六月大小

野性迷堯曆松窗有道經故人爲柱史爲我數堦蓂

聞雞贈主人

膠膠司晨鳴報爾東方旭無事戀君軒今君重鳧鵠

登白樓見白鳥席上命鷓鴣辭

一鳥如霜雪飛向一作下白樓前問君何以至天子太平年

石樓山見月一作宿青山石樓

紫塞連年戍黃砂磧路窮故人一作山今夜宿見月石樓中

惜春傷同幕故人孟郎中一本有杜侍御三字兼呈去年看花友

畏老身全一作今老逢春解惜春今年看花伴已少去年人

嘉禾寺見亡友王七題壁

今日憶君處憶君君豈知空餘暗塵字讀罷淚仍垂

聽唱赤白桃李花

赤白桃李花先皇在時曲欲向西宮唱西宮官樹綠

江南詞一作曲

嫁得瞿塘賈朝朝悞妾期早知潮有信嫁與弄潮兒

贈内兄盧綸

世故中年別餘生此會同却將悲一作愁與病來一作獨對朗陵翁

答竇二曹長留酒還榼

榼小非由一作圖榼星郎是酒星解酲元有數不用嚇劉伶

答廣宣供奉問蘭陵居

居北有朝路居南無住人勞師問家第山色是南鄰

乞寬禪師瘿山罍呈宣供奉

石色凝秋蘚峰形若夏雲誰留秦苑地好贈杏溪君

觀騎射

邊頭射鵰將走馬出中軍遠見平原上翻身向暮雲

幽州賦詩見意時佐劉幕一作題太原落漢驛西堠

征戍在桑乾年年薊水寒殷勤驛西路一作堠北一作此去一作路向一作到長安

軍次陽城烽舍北流泉

何地可潛然陽城烽樹一作舍邊今朝望鄉客不飲北流泉

金吾子

繡帳博山鑪銀鞍馮子都黃昏莫攀折驚起欲栖烏

山鷓鴣詞一本題上無山字

湘江斑竹枝錦翅鷓鴣飛處處湘雲合郎從何處歸

立秋前一日覽鏡

萬事銷身外生涯在鏡中唯將滿鬢雪明日對秋風

代人乞花

繡户朝眠起開簾滿地花春風解人意欲一作吹落妾西家

上洛橋

金谷園中柳春來似舞腰何堪好風景獨上洛陽橋

揚州懷古

故國歌鐘地長橋車馬塵彭城閣邊柳偏似不勝春

水宿聞雁

早雁忽爲雙驚秋風水窗夜長人自起星月滿空江

揚州早雁

江上三千雁年年過故宮可憐江上月偏照斷根蓬

下一本有樓

話舊全一作今應老一作遠逢春喜又悲看花行拭淚倍覺下樓遲

度破訥沙二首一作塞北行次度破訥沙

眼見風來沙旋移經年不省草生時莫言一作無端塞北無春到一作色總有春來何處知

破訥沙頭雁正飛鸊鵜泉上戰初歸平明日出東南地滿磧寒光生鐵衣

拂雲堆

漢將新從虜地來旌旗半一作送上拂雲堆單于每一作馬近一作向沙場獵南望陰山一作山陰哭始回

中橋北送穆質兄弟應制戲贈蕭二策

洛水橋邊雁影疎陸機兄弟駐行車欲陳漢帝登封草猶待蕭郎寄内書

九月十日雨中過張伯佳一作雄期柳鎮一作雄未至以詩招之

柳吴興近無消息張長公貧苦寂寥唯有角巾霑雨至手持殘菊向西招

汴河曲

汴水東流無限春隋家宫闕一作苑已一作盡成塵行人莫上長堤望風一作吹起楊花愁殺人

塞下曲

蕃州部落能結束朝暮一作朝馳獵黃河曲燕歌未斷塞鴻飛牧馬羣嘶邊草綠

秦築長城城已摧漢武北上單于臺古來征戰虜不盡今日還復天兵來

黃河東流流九折沙場埋恨何時絶蔡琰没去造胡笳蘇武歸來持漢節

爲報如今都護雄匈奴且莫下雲中請書塞北陰山石願比燕然車騎功一本合作一首

夜上西城聽梁州曲二首

行人夜上西城宿聽唱梁州雙笎逐此時秋月滿關山

何處關山無此曲
鴻雁新從北地來聞聲一半却飛回金（一作交）河戍客（一作辛）腸
應斷更在秋風百尺臺

暖川（一作入秋征）

胡風凍合鸊鵜泉牧馬千羣逐（一作洛）暖川塞外征行（一作人）無
盡日年年移帳雪中天

過馬嵬

漢將如雲不直言寇來翻罪綺羅恩託君休（一作莫）洗蓮花
血留記千年妾淚痕

答許五端公馬上口號

曉逐旌旗俱白首少遊京洛共緇塵不堪身外悲前事
强向杯中覓舊春

牡丹（一作詠牡丹贈從兄正封）

紫蕊（一作艷）叢開未到家却教遊客賞繁華始知年少求名
處滿眼空中別有花

邊思

腰懸錦帶佩吳鉤走馬曾防玉塞秋莫笑關西將家子
秖將詩思入涼州

奉和武相公春曉聞鶯（一作蜀川聞鶯）

蜀道山川心易驚（一作西道山川音不平）綠窗殘夢曉聞鶯分明似（一作自）
寫（一作雪）文君恨萬怨千愁弦上聲

送客還幽州

惆悵秦城送獨歸薊門雲樹遠依依秋來（一作空）莫射南飛
雁從（一作縱）遣乘春更北飛

柳楊送客（一作揚州萬里送客）

青楓江畔白蘋洲楚客傷離不待秋君見隋朝更何事
柳楊（一作津）南渡水悠悠

從軍北征

天山雪後海風寒橫笛偏吹行路難磧裏征人三十萬
一時回向（一作首）月明（一作中）看

聽曉（一作鳴）角

邊霜昨夜墮關榆（一作繁霜一夜落平蕪）吹角當城漢（一作片）月孤無限（一作數）
塞鴻飛不度秋風卷（一作吹）入小單于

宮怨

露溼晴花春（一作宮）殿香月明歌吹在昭陽似將海水添宮
漏共滴（一作作）長門一夜長

暮過回樂烽

烽火高飛百尺臺黃昏遙自（一作見）磧西（一作南）來昔時征戰回
應樂今日從軍樂未回

奉和武相公郊居寓目

黃扉晚下禁垣鐘歸坐南闈山萬重獨有月中高興盡
雪峯明處見寒松

詣紅樓院尋廣宣不遇留題

柿葉翻紅霜景秋碧天如水倚紅樓隔窗愛竹無人問
遣向鄰房覓户鉤

回軍行

關城榆葉早疎黃日暮沙雲古戰場表請回軍掩塵骨
莫教士卒哭龍荒

邠寧春日

桃李年年上國新風沙日日塞垣人傷心更見庭前柳
忽有千條欲占春

古瑟怨

破瑟悲秋已減弦湘靈沈怨不知年感君拂拭遺音在
更奏新聲明月天

夜宴觀石將軍舞

微月東南上戍樓琵琶起舞錦纏頭更聞橫笛關山遠
白草胡沙西塞秋

春夜聞笛

寒山吹笛喚春歸遷客相看（一作逢）淚滿衣洞庭一夜無窮
雁不待天明盡北飛

揚州送客（一本題下有聞笛二字）

南行直入鷓鴣羣萬歲橋邊一送君聞道（一作簟裏）望鄉聞（一作聽）
不得梅花暗落嶺頭雲

統漢峯（一作烽）下（一作過降户至統漢烽）

統漢峯（一作烽）西降户營黃河戰（一作沙白）骨擁長城只今已勒燕
然石北（一作此）地無人空月明

避暑女冠

霧袖煙裾雲母冠碧琉璃（一作花瑤）簟井冰寒焚香欲使（一作降）三
清（一作青）鳥靜拂（一作掃）桐陰上玉壇

行舟

柳花飛（一作吹）入正行舟臥引菱花信碧流聞道風光滿揚
子天晴共上望鄉樓

隋宮燕

燕語如傷舊國春宮花一（一作旋）落已成塵自從一閉風光
後幾度飛來不見人

送人歸岳陽

煙草連天楓樹齊岳陽歸路子規啼春江萬里巴陵戍
落日看沈碧水西

上汝州郡樓

黃昏鼓角似邊州三十年前上此樓今日山城（一作川）對垂
淚傷心不獨爲悲秋

臨滹沱見蕃使列名

漠南春色到滹沱碧柳青青塞馬多萬里關山今不閉
漢家頻許郅支和

寫情

水紋珍簟思悠悠千里佳期一夕休從此無心愛良夜
任他明月下西樓

夜上受降城聞笛

回樂峯（一作烽）前沙似雪受降城下（一作上一作外）月如霜不知何處
吹蘆管（一作笛）一夜征人盡望鄉

赴渭北宿石泉驛南望黃堆烽

邊城已在虜城中烽火南飛入漢宮漢庭議事先黃老
麟閣何人定戰功

逢歸信偶寄

無事將心寄柳條等閑書字滿芭蕉鄉關若有東流信
遣送揚州近驛橋

贈毛仙翁

玉樹溶溶仙氣深含光混俗似無心長愁忽作鶴飛去
一片孤雲何處尋

長干行（黄魯直云李白集中長干行二篇其後篇乃李益所作胡震亨從之增入益集）

憶妾深閨裏煙塵不曾識嫁與長干人沙頭候風色五月南風興思君下巴陵八月西風起想君發揚子去來悲如何見少離別多湘潭幾日到妾夢越風波昨夜狂風度吹折江頭樹渺渺暗無邊行人在何處好乘浮雲驄佳期蘭渚東鴛鴦綠浦上翡翠錦屏中自憐十五餘顏色桃花紅那作商人婦愁水復愁風

和丘員外題湛長史舊居

昔降英王顧屏身幽巖曲靈波結繁茄爽籟赴鳴玉運轉春華至歲來山草綠青松掩落暉白雲竟空谷伊人撫遺歎惻惻芳又縟云誰斅美香分毫寄明牧

送客歸振武

駿馬事輕車軍行萬里沙胡山通嗢落漢節繞渾邪桂滿天西月蘆吹塞北笳別離俱報主路極不爲賒

府試古鏡

舊是秦時鏡今藏古匣中龍盤初挂月鳳舞欲生風石黛曾留殿朱光適在宮應祥知道泰鑑物覺神通肝膽誠難隱妍媸信易窮幸居君子室長願免塵蒙

贈宣大師

一國沙彌獨解詩人人道勝惠林師先皇詔下徵還日今上龍飛入內時看月憶來松寺宿尋花思作杏溪期因論佛地求心地秖說常吟是住持

漢宮詞（一作韓翃詩）

漢室（翃集作家在）長陵小市東（翃集作中）珠簾繡戶對春風君王昨日移仙仗玉輦將迎入漢中（翃集作宮）

江南曲（一作韓翃詩）

長樂花枝雨點銷江城日暮好相邀春樓不閉葳蕤鎖綠水回連宛轉橋

宿石邑山中

浮雲不共此山齊山靄蒼蒼望轉迷曉月暫飛高樹裏秋河隔在數峯西

寄贈衡州楊使君

湘竹斑斑湘水春衡陽太守虎符新朝來笑向歸鴻道早晚南飛見主人

途中寄李二（一作戎昱詩）

楊柳含煙灞岸春年年攀折爲行人好風若借低枝便莫遣青絲掃路塵

寄許鍊師（一作戎昱詩）

掃石焚香禮碧空露華偏溼蕊珠宮如何說得天壇上萬里無雲月在中

失題（此盧綸詩題作赴虢州留別故人）

世故相逢各未閑百年多在別離間昨夜秋風今夜雨不知何處入空山

塞下曲

伏波惟願裹尸還定遠何須生入關莫遣隻輪歸海窟仍留一箭射天山

上黃堆烽

心期紫閣山中月身過黃堆烽上雲年髮已從書劍老戎衣更逐霍將軍

句

閑庭草色能留馬當路楊花不避人（見張爲主客圖）

全唐詩

李端

李端字正己趙郡人大曆五年進士與盧綸吉中孚韓翃錢起司空曙苗發崔峒耿湋夏侯審唱和號大曆十才子嘗客駙馬郭曖第賦詩冠其坐客初授校書郎後移疾江南官杭州司馬卒集三卷今編詩三卷

古別離二首

水國葉黃時洞庭霜落夜行舟聞（一作問）商估宿在楓林下此地送君還茫茫似夢間後期知幾日前路轉多山巫峽通湘浦迢迢隔雲雨天晴見海檣（一作嶠一作橋）月落聞津鼓人老自多愁水深難急流清宵歌一曲白首對汀洲

與君桂陽別令君岳陽待後事忽差池前期日空在木落雁嗷嗷洞庭波浪高遠山雲似蓋極浦樹如毫朝發能幾里暮來風又起如何兩處愁皆在孤舟裏昨夜天月明長川寒且清菊花開欲盡薺菜泊來生下江帆勢速五兩遙相逐欲問去時人知投何處宿空令猿嘯時泣對湘簟（一作潭）竹

折楊柳（一作折楊柳送別）

東城攀柳葉柳葉低着草少壯莫輕年輕年有衰老柳發遍川岡登高堪斷腸雨煙輕漠漠何樹近君鄉贈君折楊柳顏色豈能久上客莫沾巾佳人正回首新柳送君行古柳傷君情突兀臨荒渡婆娑出舊營隋家兩岸盡陶宅五株榮（一作平）日暮偏愁望春山有鳥聲（一本截後八句爲五律）

留別柳中庸

惆悵流水時蕭條背城路離人出古亭嘶馬入寒樹江海正風波相逢（一作蓬）在（一作向）何處

野亭三韻送錢員外

野菊開欲稀寒泉流漸淺（一作緩）幽人步林後歎此年華晚倚杖送行雲尋思故山遠

歸山招王逵

日長原野靜杖策步幽巘雉雊麥苗陰蝶飛溪草晚我生好閒放此去殊未返自是君不來非關故山遠

過谷口元贊善所居（一作贈池陽谷口）

入谷詠君來秋泉已堪涉林間人獨坐月下山相接重露濕蒼苔明燈照黃(一作紅)葉故交一不見素髮何稠疊

旅次岐山得山友書却寄鳳翔張尹

本與戴徵君同師竹上坐偶爲名利引久廢論眞果昨日山信迴寄書來責我

九日贈司空文明

我有惆悵詞待君醉時說長來逢九日難與菊花別摘却正開花暫言花未發

蕪城

昔人登此地丘壠已前悲今日又非昔春風能幾時風吹城上樹草没城邊路城裏月明時精靈自來去(洪邁取後四句爲絕句)

送吉中孚拜官歸楚州

才子神骨清虛竦(一作疎)眉眼明貌應同衛玠鬢且異潘生初戴莓苔幘來過丞相宅滿堂歸道師衆口宗詩伯須臾里巷傳天子亦知賢出詔升高士馳聲在少年自爲才哲愛日與侯王會匡主一言中榮親千里外更聞仙士友往往東回首驅石不成羊指(一作指)丹空斃狗孤帆淮上歸商估夜相依海霧寒將盡天星曉欲稀潮頭來始歇浦口喧爭發鄉樹尚和雲鄰船猶帶月到洞必傷情巡房見舊名醮疎壇路澀汲少井欄傾別我長安道前期共須老方隨水向山肯惜花辭島悵望執君衣今朝風景好

荆州泊

南樓西下時月裡聞來棹桂水舳艫迴(一作還)荆州津濟鬧移帷望(一作捲)星漢引帶思容貌今夜一江人唯應妾身覺

春遊樂(一作曲)

遊童蘇合彈(一作帶)倡女蒲葵扇初日映城時相思忽相見褰裳蹋路草理鬢回花面薄暮不同歸留情此芳甸

千里思

凉州風月美遙望居延路汎汎下天雲青青緣塞樹燕山蘇武上海島田橫住更是草生時行人出門去

白鷺詠

迴起來應近高飛去自遙映林同落雪拂水狀翻潮猶有幽人興相逢到碧霄

冬夜與故友聚送吉校書

途窮別則怨何必天涯去共作出門人不見歸鄉路殷勤執杯酒悵望送親故月色入閑軒風聲落高樹雲霄望且遠齒髮行應暮九日泣黃花三秋悲白露君行過洛陽莫向青山度

與苗員外山(一作出)行

古人留路去今日共君行若待青山盡應逢白髮生誰知到蘭若流落一書名

早春同庾侍郎題青龍上方院

相見惜餘輝齊行登古寺風煙結遠恨山水含芳意車馬莫前歸留看巢鶴至

送從叔赴洪州

榮家兼佐幕叔父似還鄉王粲名雖重郗超鬢未長鳴橈過夏口斂笏見潯陽後夜相思處中庭月一方

送路司諫侍從叔赴洪州

郗超本絕倫得意在芳春勳業耿家盛風流荀氏均聲名金作賦白皙玉爲身斂笏辭天子乘龜從丈人度關行且獵鞍馬何蹀躞猿嘯暮應愁湖流春好涉潯陽水分送于越山相接梅雨細如絲蒲帆輕似葉逢風驚不定值石波先疊樓見遠公廬船經徐稺業邑人多秉筆州吏亦負笈村女解妝魚津童能用檝唯我有荆扉無成未得歸見君兄弟出今日自霑衣

病後遊青龍寺

病來形貌穢齋沐入東林境靜聞神遠身羸向道深芭蕉高自折荷葉大先沈

夜尋司空文明逢深上人因寄晉侍御

鶴裘筇竹杖語笑過林中正是月明夜陶家見遠公自嫌山客務不與漢官同

長安書事寄薛戴

朔雁去成行哀蟬響如昨時芳一憔悴暮序何蕭索笑語且無聊逢迎多約略三山不可見百歲空揮霍故事盡爲愁新知無復樂夫君又離別而我加寂寞惠遠縱相尋陶潛祇獨酌主人恩則厚客子才自薄委曲見提攜因循成蹇剝論邊書未上招隱詩還作貴者已朝餐豈能敦宿諾飛禽雖失樹流水長思壑千里寄瓊枝夢寐青山郭

鮮于少府宅看花

謝家能植藥萬簇相縈倚爛熳綠苔前嬋娟青草裏垂欄復照戶映竹仍臨水驟雨發芳香迴風舒錦綺孤光雜(一作耀)新故衆色更重累散碧出疎莖分黃成細蘂游蜂高更下驚蝶坐還起玉貌對應慙霞標(一作操)方不似春陰憐弱蔓夏日同短晷迴落報(一作勞)榮衰交關紅紫花時苟未賞老至誰能止上客屢移牀幽僧勞憑几初合雖薄劣却得陪君子敢問賢主人何如種桃李

慈恩寺懷舊(并序)

余去夏五月與耿湋司空文明吉中孚同陪故考功王員外來游此寺員外相國之子雅有才稱遂賦五物俾君子射而歌之其一曰凌霄花公寔賦焉因次諸屋壁以識其會今夏又與二三子游集于斯流涕語舊既而攜手入院值凌霄更花遺文在目良友逝矣傷心如何陸機所謂同宴一室蓋痛此也觀者必不以秩位不侔則契分曾(一作甚)厚詞理不至則悲哀在中因賦首篇故書之

去者不可憶舊遊相見時凌霄徒更發非是看花期倚玉交文友登龍年月久東閣許聯牀西郊亦攜手彼蒼何曖昧薄劣翻居後重入遠師谿誰嘗陶令酒伊昔會禪宮容輝在眼中籃輿來問道玉柄解談空孔席亡顏子僧堂失謝公遺文一書壁新竹再移叢始聚終成散朝歡暮不同春霞方照日夜燭忽迎風蟻鬭聲猶在鶚災道已窮問天應默默歸宅太匆匆悽其履還路莽蒼雲林暮九陌似無人五陵空有霧緬懷山陽笛永恨平原賦錯莫過門欄分明識行路上智本全眞郗公況重臣唯應撫靈運暫是憶嘉賓存信松猶小緘哀草尚新鯉庭埋玉樹那忍見門人

贈薛戴

曉霧（一作露）忽爲霜，寒蟬還罷響。行人在長道，日暮多歸想。射策本何功，名登絳帳中。遂矜丘室重，不料阮途窮。交結慙時輩，龍鍾似老翁。機非鄙夫正，懶是平生性。欹枕鴻雁高，閉關花藥盛。廚煙當雨絕，階竹連窗暝。欲賦苦饑行，無如消渴病。舊業歷胡塵，荒原少四鄰。田園空有處，兄弟未成人。毛義心長苦，袁安家轉貧。今呈胸臆事，當爲淚沾巾。

東門送客

綠楊新草路，白髮故鄉人。既壯還應老，遊梁復滯秦。逢花莫漫折，能有幾多春。

送韓紳卿

春雨昨開花，秋霜忽霑草。榮枯催日夕，去住皆須老。君望漢家原，高墳漸成道。

襄陽曲

襄陽堤路長，草碧柳枝黃。誰家女兒臨夜妝，紅羅帳裏有燈光。雀釵翠羽動明璫，欲出不出脂粉香。同居女伴正衣裳，中庭寒月白如霜。賈生十八稱才子，空得門前一斷腸。

胡騰兒（一作歌）

胡騰身是涼州兒，肌膚如玉鼻如錐。桐布輕衫前後卷，葡萄長帶一邊垂。帳前跪作本音語，拾（一作拈）襟攪（一作擺）袖爲君舞。安西舊牧收淚看，洛下詞人抄曲與。揚眉動目踏花氈，紅汗交流珠帽偏。醉卻東傾又西倒，雙靴柔弱滿燈前。環行急蹴皆應節，反手叉腰如卻月。絲桐忽奏一曲終，嗚嗚畫角城頭發。胡騰兒，胡騰兒，故鄉路斷知不知。

贈康洽

黃鬚康兄酒泉客，平生出入王侯宅。今朝醉臥又明朝，忽憶故鄉頭已白。流年恍惚瞻西日，陳事蒼茫指南陌。聲名恒壓鮑參軍，班位不過揚執戟。邇來七十遂無機，空是咸陽一布衣。後輩輕肥賤衰朽，五侯門館許因依。自言萬物有移改，始信桑田變成海。同時獻賦人皆盡，共壁題詩君獨在。步出東城風景和，青山滿眼少年多。漢家尚壯今則老，髮短心長知奈何。華堂舉杯白日晚，龍鍾相見誰能免。君今已反我正來，朱顏宜笑能幾回。借問朦朧花樹下，誰家畚插築高臺。

瘦馬行

城傍牧馬驅未過，一馬徘徊起還臥。眼中有淚皮有瘡，骨毛焦瘦令人傷。朝朝放在兒童手，誰覺舉頭看故鄉。往時漢地相馳逐，如雨如風過平陸。豈意今朝驅不前，蚊蚋滿身泥上腹。路人識是名馬兒，（一作衰）疇昔三軍不得騎。玉勒金鞍既已遠（一作過），追奔獲獸有誰知。終身櫪上食君草，遂與駑駘一時老。儻借長鳴隴上風，猶期一戰安西道。

雜（一作樵）歌呈鄭錫司空文明

昨宵夢到亡何鄉，忽見一人山之陽。高冠長劍立石堂，鬢眉颯爽瞳子方。胡麻作飯瓊作漿，素書一帙在柏牀。啖我還丹拍我背，令（一作命）我延年在人代。乃書數字與我持，小兒歸去須讀之。覺來知是虛無事，山中雪平雲覆地。東嶺啼猿三四聲，捲簾一望心堪碎。蓬萊有梯不可躡，向海回頭淚盈睫。且聞童子是蒼蠅，誰謂莊生異蝴蝶。學仙去來辭故人，長安道路多風塵。

雜歌

漢水至清，泥則濁。松枝至堅，蘿則弱。十三女兒事他家，顏色如花終索寞。蘭生當門燕巢幙，蘭芽未吐燕泥落。爲姑偏忌諸嫂良，作婦翻嫌壻家惡。人生照鏡須自知，無鹽何用妒西施。秦庭野鹿忽爲馬，巧僞亂真君試思。伯奇掇蜂賢父逐，曾參殺人慈母疑。酒沽千日人不醉，琴弄一絃心已悲。常聞善交無爾汝，讒口甚甘良藥苦。山雞錦翼豈鳳凰，隴鳥人言止鸚鵡。向栩非才徒隱竈，田文有命那關戶。犀燭江行見鬼神，木人登席呈歌舞。樂生東去（一作仕）終居趙，陽虎北轅翻適楚。世間反覆不易陳，緘此貽君淚如雨。

烏棲曲

白馬逐朱（一作牛）車，黃昏入狹斜。狹斜柳樹烏爭宿，爭枝未得飛上屋。東房少婦壻從軍，每聽烏啼知夜分。

送客東歸

昨夜東風吹盡雪，兩京路上梅花發。行人相見便東西，日暮溪頭飲馬別。把君衫袖望垂楊，兩行淚下思故鄉。

王敬伯歌

妾本舟中女，聞君江上琴。君初感妾意（一作數），妾亦感君心。遂出合歡被，同爲交頸禽。傳杯唯畏淺，接膝猶嫌遠。侍婢奏箜篌，女郎歌宛轉。宛轉怨如何，中庭霜漸多。霜多葉可惜，昨日非今夕。徒結萬重歡，終成一宵客。王敬伯，綠水青山從此隔。

救生寺望春寄暢當

東西南北望，望遠悲潛蓄。紅黃綠紫花，花開看不足。今年與子少，相隨他年與子老相逐。

荊門（一本此下有雨字）歌送兄赴夔州

余兄佐郡經西楚，餞行因賦荊門雨。霹靂燮燮聲漸繇，浦裏人家收市喧。重陰大點過欲盡，碎浪柔文相與翻。雲間悵望荊衡路，萬里青山一時暮。琵琶寺裏響空廊，熨斗陂前濕荒戍。沙尾長檣發漸稀，竹竿草屩涉流歸。夷陵已遠（一作遶邑）半成燒，漢上游倡始濯衣。船門相對多商估，葛服龍鍾篷下語。自是湘州石鷰飛，那關齊地商羊舞。曾爲江客念江行，腸斷秋荷雨打聲。摩天古木不可見，住岳高僧空得名。今朝拜首臨欲別，遙憶荊門雨中發。

妾薄命

憶妾初嫁君，花鬟如綠雲。迴燈入綺帳，轉面脫羅裙。折步教人學，偷香與客熏。容顏南國重，名字北方聞。一從失恩意，轉覺身顦顇。對鏡不梳頭，倚窗空落淚。新人莫恃新，秋至會無春。從來閉在長門者，必是宮中第一人。

全唐詩

李端

關山月

露濕月蒼蒼關頭榆葉黃迴輪照海遠分彩上樓長水凍頻移幕兵疲數望鄉只應城影外萬里共胡霜

度關山

雁塞日初晴狐（一作孤）關雪復（一作霽雪）平危樓（一作竿）緣廣漢古竇傍長城拂劍金星出彎弧玉羽鳴（一作輕）誰知係虜者賈誼是書生（洪邁取前四句爲絕句）

巫山高（一作巫山高和皇甫拾遺）

巫山十二峯（一作重）皆在碧虛中迴合雲藏月（一作日）霏微雨帶風猿聲寒過澗（一作度水）樹色暮連空愁向高唐望清秋見楚宮

雨雪曲

天山一丈雪雜雨夜霏霏濕馬胡歌亂經烽漢火微丁零蘇武別（一作住）疎勒范羌歸若看（一作著）關頭下（一作過）長榆葉定稀

春遊樂

柘彈連錢馬銀鉤妥（一作倭）墮鬟摘桑春陌上踏草夕陽間意合辭先露心誠貌却閒明朝若相憶雲雨出巫山

山下泉

碧水映丹霞濺濺度淺沙暗通山下草流出洞中花淨色和雲落喧聲遶石斜明朝更尋去應到阮（一作劉）郎家

送客赴洪州（一作送鄭侍御）

草色隨驄馬悠悠共出秦水傳雲夢曉山接洞庭春帆影連三峽猿聲在四鄰青門一分手難見杜陵人

與鄭錫遊春

東門垂柳長迴首獨心傷日暖臨芳草天晴憶故鄉暎花鶯上下過水蝶飛揚借問同行客今朝淚幾行

送友人（一作送友人南遊）

聞說湘川路年年古木（一作弔古）多猿啼巫峽夜月照洞庭波窮海人還去孤城雁與過青山不同賞（一作不可到）來往自蹉跎

題從叔沆林園

阮宅閒園暮窗中見樹陰樵歌依遠草僧語過長林鳥哢（一作上）花間曲（一作井）人彈竹裏琴自嫌身未老已有住山心

送少微上人入（一作遊）蜀

削髮本求道何方不是歸松風開法席（一作遲）江（一作蓮）月濯禪衣飛閣蟬鳴早漫天客過稀戴顒常執筆不覺此身非

雨後遊輞川

驟雨歸山盡頹陽入輞川看虹登晚墅踏石過春泉紫葛藏仙井黃花出野田自知無路去迴步就人煙

同皇甫侍御題惟一上人房

焚香居一室盡日見空林得道輕年暮安禪愛夜深東西皆是夢存沒豈關心唯羨諸童子持經在竹陰

同苗（一作裴）員外宿薦福寺僧舍

潘安秋興動涼夜宿僧房倚杖雲離月垂簾竹有霜迴風生（一作吹）遠逕落葉颯長廊一與交親會空貽別後傷

送客往（一作赴）湘江

識君年已老孤棹向瀟湘素髮臨高鏡清晨入遠鄉三山分夏口五兩映涔陽更逐巴東（一作江）客南行淚幾行

送友人遊蜀

嘉陵天氣好百里見雙流帆影緣巴字（一作寺）鐘聲出漢州綠原春草晚青木暮猿愁本是風流地遊人易白頭

送友人遊江東

江上花開盡南行見杪（一作少見）春鳥聲悲古木雲影入通津返景斜連草迴潮暗動蘋謝公今在郡應喜得詩人

送樂平苗明府得家字

本自求彭澤誰云道里賒山從石（一作古）壁斷江向弋陽斜暮（一作草）色隨楓樹陰雲暗荻花諸侯舊調鼎應重宰臣家

過宋州

睢陽陷虜日外絕救兵來世亂忠臣死時清明主哀荒郊春草徧故壘野花開欲爲將軍哭東流水不迴

茂陵山行陪韋金部（一作招金部韋員外）

宿雨朝來歇空山秋氣清盤雲雙鶴下隔水一蟬鳴古道黃花落平蕪赤燒生茂陵雖有病猶得伴君行

江上逢司空曙（一作岳陽逢司空文明得關中書）

共爾（一作有）髫年故相逢萬里餘新春兩行淚故（一作舊）國一封書夏口帆初落（一作泊）涔（一作潯一作衡）陽雁正（一作已）疎唯當執杯酒暫食漢江魚（襄陽耆舊傳漢水中有魚甚美）

逢王泌自東京至

逢君自鄉至雪涕問田園幾處生喬木誰家在舊村山峰橫二室水色映千門愁見游從處如今花正繁

山中期吉中孚

行人路不同花落到山中水暗蒹葭霧月明楊柳風年華驚已擲志業颯然空何必龍鍾後方期事遠公

酬前大理寺評事張芬

君家舊林壑寄在亂峯西近日春雲滿相思路亦迷聞鐘投野寺待月過前溪悵望成幽夢依依識故蹊

賦得山泉送房造

泉水山邊去高人月下看潤松秋色淨落澗夜聲寒委曲穿深竹潺湲過遠（一作淺）灘聖朝無隱者早晚罷漁竿

宿興善寺後堂池（一本無堂字）

草堂高樹下月向後池生野客如（一作同）僧靜（一作坐）新荷共水平錦鱗沉不食繡羽亂相鳴即事思江海誰能萬里行

憶皎然上人

未得從師去人間萬事勞雲門不可見山木已應高向日開柴戶驚秋問敝袍何由宿峯頂窗裏望波濤

贈衡岳隱禪師

舊住衡州寺，隨緣偶北來。夜禪(一作寒)山雪下，朝汲竹門開。半偈傳初(一作宵)盡，羣生意未迴。唯當與樵者，杖錫入天台。

雲陽觀(一作宿華陽洞)寄袁稠(一作元陽觀寄元稱)

花洞晚陰陰(一作滿沉沉)，仙壇隅杏林。漱泉春谷冷，擣藥夜窗深。石上開仙酌，松間對玉琴。戴家溪北住，雪後去相尋。

晚遊東田寄司空曙

暮來思遠客，獨立在東田。片雨(一作影)無妨景(一作雨)，殘虹不映天。別愁逢夏果，歸興入秋蟬。莫作䝉官意，陶潛(一作公)未必賢。

題崔端公園林

上士愛清輝，開門向翠微。抱琴看鶴去，枕石待雲歸。野坐苔生席，高眠竹挂衣。舊山東望遠，惆悵暮花飛。

早春雪夜寄盧綸兼呈秘書元丞

聞君隨謝朓，春夜宿前川(一作山前)。看竹雲垂地(一作嶺)，尋僧月滿田(一作雪滿船)。熊寒方入樹，魚樂稍離船。獨夜羈愁客，惟知惜故(一作暮)年。

早春夜集耿拾遺宅

如何逋客會，忽在侍臣家。新草猶停雪，寒梅未放花。銜杯雞欲唱，逗月雁應斜。年齒俱憔悴，誰堪故國賒。

元丞宅送胡濬及第東歸覲省

登龍兼折桂，歸去當(一作賞)高車(一作居)。舊楚楓猶在，前隋柳已疎。月中逢海客，浪裏得鄉書。見說江邊住，知君不厭魚。

送魏廣下第歸揚州寧親

遊宦今空返，浮淮一雁秋。白雲陰澤國，青草遶揚州。調膳過花下，張筵到水頭。崑山仍有玉，歲晏莫淹留。

歸山與酒徒(一作友人)別

野客本無事，此來非有求。煩君徵樂餞(一作藥溪)，未免憶山愁。

冬夜寄韓(一作韋)弇(一作秋夜寄司空文明)

紅燭侵明月，青娥促白頭。童心久已盡，豈爲豔歌留。

獨坐知霜下，開門見木衰。壯應隨日去，老豈與人期。廢井蟲鳴早，陰階菊發遲。興來空憶戴，不似剡溪時。

聞吉道士還俗因而有贈

聞有華陽客，儒裳謁紫微。舊山連藥賣，孤鶴帶雲歸。柳市名猶在，桃源夢已稀。還鄉見鷗鳥，應愧背船飛。

韋員外東齋看花

入花凡幾步，此樹獨相(一作將)留。發豔紅枝合，垂煙綠水幽。併開偏覺好，未落已成(一作看)愁。一到芳菲下，空招(一作貽)兩鬢秋。

邊頭作

邠郊泉脈動，落日上城樓。羊馬水草足，羌胡帳幕稠。射鵰過海岸，傳(一作殘)箭怯(一作宵)邊州。何事歸朝將，今年又拜侯。

宿深上人院聽遠泉

泉聲宜遠聽，入夜對支公。斷續來方盡，潺湲咽又通。何年出石下，幾里在山中。君(一作若)問窮源處，禪心與此同。

茂陵村行贈何兆

春天黃鳥囀，野逕白雲閑。解帶依芳草，支頤想故山。人行九州路，樹老五陵間。誰道臨邛遠，相如自憶還。

送友人還洛

去國渡關河，蟬鳴古樹多。平原正超忽，行子復蹉跎。去事不可想，舊遊難再過。何當嵩岳下，相見在煙蘿。

送戴徵士還山

柔桑錦臆雉，相送到煙霞。獨隱空山裏，閑門幾樹花。草生楊柳岸，鳥囀竹林家。不是謀生拙，無爲末路賒(一作肥遯超然興味賒)。

秋日旅舍別司空文明

涼風颯窮巷，秋思滿高(一作同)雲。吏隱俱不就，此心仍別君。素懷宗淡泊，羈旅念功勳。轉憶西林寺，江聲月下聞。

旅舍對雪贈考功王員外

楊花驚滿路，麪市忽狂風。驟下搖蘭葉，輕飛集竹叢。欲將瓊樹比，不共玉人同。獨望徽之棹，青山在雪中。

送丁少府往唐上

因君灞陵別，故國一迴看。共食田文飯，先之梅福官。江風轉(一作薄)日暮，山月滿灘寒。不得同舟望，淹留歲月闌。

贈李龜年

青春事漢主，白首入秦城。遍識才人字(一作時人號)，多知舊曲名。風流隨故事，語笑合新聲。獨有垂楊樹，偏傷日暮情。

送郭補闕歸江陽

東門春尚淺，楊柳未成陰。雁影愁斜日，鶯聲怨故林。隋宮江上遠，梁苑雪中深。獨有懷歸客，難爲欲別心。

早春會王逵主人得蓬字

今年華鬢色，半在故人中。欲寫無窮恨，先期一醉同。綠叢猶覆雪，紅萼已凋風。莫負歸山契，君看陌上蓬。

宿山寺思歸

僧房秋雨歇，愁臥夜更深。欹枕聞鴻雁，迴燈見竹林。歸螢入草盡，落月映窗沉。拭淚無人覺，長謠向壁陰。

送客赴江陵寄郢州郎士元

露下晚蟬愁，詩人舊怨秋。沅湘莫留滯，宛洛好遨遊。飲馬逢黃菊，離家值白頭。竟陵明月夜，爲上庾公樓。

送客賦得巴江夜猿

巴水天邊路，啼猿傷客情。遲遲雲外盡，杳杳樹中生。殘月暗將落，空霜寒欲明。楚人皆掩淚，聞到第三聲。

秋日憶暕上人

一從持鉢別，更未到人間。好靜居貧寺，遺名棄近山。雨前縫百衲，葉下閉重關。若便潯陽去，須將舊客還。

寄上舍人叔

車馬朝初下，看山憶獨尋。會知逢水盡，且愛入雲深。殘雨開斜日，新蟬發迴林。阮咸雖別巷，遙識此時心。

送古之奇赴安西幕

疇昔十年兄，相逢五校營。今宵舉杯酒，隴月見軍城。堠火經陰絕，邊人接曉行。殷勤送書記，強虜幾時平。

送張芬歸江東兼寄柳中庸

久是天涯客，偏傷落木時。如何故國見，更欲異鄉期。鳥暮東西急，波寒上下遲。空將滿眼淚，千里怨相思。

送丘丹歸江東

故山霜落久，才子憶荊扉。旅舍尋人別，秋風逐雁歸。夢愁楓葉盡，醉惜菊花稀。肯學求名者，經年未拂衣。

臥病寄苗員外

故人初未貴，相見得淹留。一自朝天去，因成計日遊。月

明應獨醉葉下宵同愁因恨劉楨病空園臥見秋

送楊皐擢第歸江東（一作送表丈楊皐）

隋堤望楚國江上一歸人綠氣千檣暮青風萬里春試
才初得桂泊渚肯傷蘋拜手終悽愴恭承中外親

題鄭少府林園

謝家今日晚（一作暖）詞客願抽毫櫪馬方迴影池鵝正理毛
竹筒傳水遠麈尾坐僧高獨有宗雷賤過君著（一作肴）敝袍

送吉中孚拜官歸業

南入華陽洞無人古樹寒吟詩開舊帙帶綬上荒壇因
病求歸易霑恩更隱難孟宗應獻鮓家近守漁官

送楊少府赴陽翟（即舍人之弟）

冠帶仁兄後光輝壽母前陸雲還入洛潘岳更張筵井
邑嵩山對園林潁水連東人欲相送旅舍已潸然

慈恩寺暕上人房招耿拾遺

悠然對惠遠共結故山期汲井樹陰下閉門亭午時地
闊花落厚石淺水流遲願與神仙客同來事本師

宿山寺雪夜寄吉中孚

獨愛僧房竹春來長到池雲遮皆晃朗雪壓半低垂不
見侵山葉空聞拂地枝鄙夫今夜興唯有子猷知

贈趙神童

聖朝殊漢令才子少登科每見先鳴早常驚後進多獨
居方寂寞相對覺蹉跎不是通家舊頻勞文舉過

宿雲際寺贈深上人

暫別青藍寺今來髮欲斑獨眠孤燭下風雨在前山壞
宅終須去空門不易還支公有方便一厲啓玄關

送從兄赴洪州別駕兄善琴

援琴兼愛竹遙夜在湘沅鶴舞月將下烏啼霜正繁亂
流喧橘岸飛雪暗荊門佐郡無辭屈其如相府恩

山中期張芬不至

石（一作古）堤春草碧雙燕向西飛帳望雲天暮佳人何處歸
藥欄蟲網遍苔井水痕稀譙道嵇康嬾山中自掩扉

寄暢當

麥秀草芊芊幽人好晝眠雲霞生嶺上猿鳥下牀前頽
子方敦行支郎久住禪中林輕暫別約署已經年

送義興元少府

逢君惠連第（一作弟）初命更光輝已得羣公祖終妨太傅譏
路長人反顧草斷鷰迴飛本是江南客還同衣錦歸

臥病別鄭錫

病來喜無事多臥竹林間此日一相見明朝還掩關幽
人愛（一作戀）芳草志士惜頽顏歲宴不我棄期君在故山

書志贈暢當（并序）

余少尚神仙且未能去友人暢當以禪門見導余心知必是未得其門因寄詩以咨焉

少喜（一作嘉）神仙術未去已蹉跎壯志一為累浮生事漸多
衰顏不相識歲暮定相過請問宗居士君其奈老何

送諸暨裴少府（公先人元相公判官）

山公訪嵇紹趙武見韓侯事去恩猶在名成淚却流一
官同北去千里赴南州才子清風後無貽相府憂

送鄭宥入蜀迎觀

寧親西陟險君去異王陽在世誰非客還家即是鄉劍
門千轉盡（大劍山即劍門也）巴水一支長（嘉陵江、潼江、小劍水皆巴水也）請語愁猿道
無煩促淚行

送耿拾遺湋使江南括圖書

驅傳草連天回風滿樹蟬將過夫子宅前（一作亦）問孝廉船
漢使收三篋周詩採百篇別來將（一作留）有淚不是怨流年

送王少府遊河南

馬卿方失意東去謁諸侯過宋人應少遊梁客獨愁鳥
翻千室暮蟬急兩河秋僕本無媒者因君淚亦流

送別駕赴晉陵即舍人叔之兄

諸宗稱叔父從子亦光輝謝朓中書直王祥別乘歸江
帆衝雨上海樹隔潮微南阮貧無酒唯將淚濕衣

臥病寄閻案

病中貪好景強步出幽居紫葛垂山徑黃花繞野渠荒
林飛老鶴敗堰過遊魚縱憶同年友無人可寄書

晚夏聞蟬寄（一本有鄭字）廣文（一作郎士元詩）

昨日鶯轉聲（一作始聞鶯）今朝蟬忽（一作又）鳴朱顏向華髮定是幾
年程故國白雲遠閒居青草生因垂數行淚書報（一作寄）十
年兄

歸山居寄錢起

帳望青山下回頭淚滿巾故鄉多古樹落日少行人髮
鬢將回色簪纓未到身誰知武陵路亦有漢家臣

曉發爪州

曉發悲行客停橈獨未前寒江半有月野戍漸無煙棹
唱臨高岸鴻嘶發遠田誰知避徒御對酒一潸然

江上喜逢司空文明

秦人江上見握手淚沾巾落日見秋草暮年逢故人非
夫長作客多病淺謀身臺閣舊親友誰曾見苦辛

同苗發慈恩寺避暑

追涼尋寶剎畏日望璇題臥草同鴛侶臨池似虎溪樹
閑人跡外山晚鳥行西若問無心法蓮花隔淤泥

送潘述宏詞下第歸江外（第七句缺二字）

唱高人不和此去淚難收上國經年住長江滿目流奕
棊知勝偶射策請焚舟應是田（一作由）　　玄成許爾遊

送張少府赴夏縣

雖為州縣職還欲抱琴過樹古聞風早山枯見雪多雞
聲連絳市馬色傍黃河太守新臨郡還逢五袴歌

酬秘書元丞郊園臥疾見寄

聞說漳濱臥題詩怨歲華求醫主高手報疾到貧家撤
枕銷行蟻移杯失晝蛇明朝九衢上應見玉人車

送成都韋丞還蜀

蜀門雲樹合高棧有猿愁驅傳加新命之官向舊遊晨
裝逢酒雨夜夢見刀州遠別長相憶當年莫滯留

晚秋旅舍寄苗員外

爭途苦不前貧病遂連牽向暮同行客當秋獨長年晚
花唯有菊寒葉已無蟬吏部逢今日還應甕下眠

送惟良上人歸潤州

擬詩偏不類又送上人歸寄世同高鶴尋仙稱（一作山補）壞衣
雨行江草短露坐海帆稀正被空門縛臨岐乞解圍

送何兆下第還蜀

重江不可涉孤客莫晨裝高（一作古）木莎城小（一作下）殘星（一作霞）棧道長裹猿楓子落過（一作送）雨荔枝香勸爾成都住文翁有草（一作學）堂（一作舊房）

送友人宰湘陰

從宦舟行遠浮湘又入閩蒹葭無朔雁檉栝有蠻神傳吏閒調象山精暗訟人唯須千樹橘暫救李衡貧

送元晟歸江東舊居

澤國舟車接關門雨雪乖春天行故楚夜月下清淮講易居山寺論詩到郡齋蔣家人暫別三路草連堦

送黎少府赴陽翟

詩禮稱才子神仙是丈人玉山那惜醉金谷已無春白馬如風疾青袍奪草新不嫌鳴吠客願用百年身

送夏侯審遊蜀

西望煙綿樹愁君上蜀時同林息商客隔棧見眾師石滑羊腸險山空杜宇悲琴心正幽怨莫奏鳳凰詩

單推官廳前雙桐詠

封植因高興孤貞契素期由來得地早何事結花遲葉重凝煙後條寒過雨時還同李家樹爭賦角弓詩

送宋校書赴宣州幕

浮舟壓芳草容裔逐江春遠避看書吏行當入幕賓夜潮衝老樹曉雨破輕蘋鴛鷺多傷別欒家德在人

送趙給事姪尉丹陽

太傅憐羣從門人亦賤回入官先愛子賜酒許同杯淮海春多雨蒹葭夜有雷遥知拜慶後梅尉稱仙才

宿瓜洲寄柳中庸

懷人同不寐清夜起論文月魄正出海雁行斜上雲寒潮來灩灩秋葉下紛紛便送江東去徘徊祇待君

夜宴虢縣張明府宅逢宇文評事

虢田留古宅入夜足秋風月影來窗裏燈光落水中微詩逢謝客飲酒得陶公更愛疎籬下繁霜濕菊叢

冬夜集張尹後閣

乘龜兼戴豸白面映朱衣安石還須起泉明不得歸廛門常吏在登席舊寮稀遠客長先醉那知亞相威

將之澤潞留別王郎中

弱年知已少前路主人稀貧病期相惜艱難又憶歸事成應未卜身賤又無機幸到龍門下須因羽翼飛

晚次巴陵

雪後柳條新巴陵城下人烹魚邀水客載酒奠山（一作江）神雲去低（一作歸）斑竹波迴（一作風來）動白蘋不堪逢楚老日暮正江春

送荀道士歸廬山

先生歸有處欲別笑無言綠水到山口青林連洞門月明尋石路雲霽望花源早晚還乘鶴悲歌向故園

送張淑歸覲叔父

日慘長亭暮天高大澤閑風中聞草木雪裏見江山馬向塞雲去人隨古道還阮家今夜樂應在竹林間

送郭參軍赴絳州

登車君莫望故絳柳條春蒲澤逢胡雁桃源見晉人佐軍髯尚短擲地思還新小謝常攜手因之醉路塵

送袁稠遊江南

江南衰草遍十里見長亭客去逢揺落鴻飛入杳冥空城寒雨細深院曉燈青欲去行人起徘徊恨酒醒

送夏中丞赴寧國任

楚縣入青楓長江一派通板橋尋謝客古邑事陶公片雨妝山外連雲上漢東陸機猶滯洛念子望南鴻

送衛雄下第歸同州

不（一作下）才先上第詞客却空還邊地行人少平蕪盡日閑一蟬陂樹裏眾火隴（一作龍）雲間（一作頭關）羨汝歸茅屋書窗見遠（一作晚）山

送單少府赴扶風

少年趨盛府顏色比花枝范句非童子楊脩豈小兒叨陪丈人行常恐阿戎欺此去雲霄近看君逸足馳

題山中別業

舊宅在山中閑門與寺通往來黃葉路交結白頭翁晚筍難成竹秋花不滿叢生涯祇麤糲吾豈諱言窮

送司空文明歸江上舊居

野菊有黃花送君千里還鴻來燕又去離別惜容顏流水通歸夢行雲失故關江風正揺落宋玉莫登山

送新城戴叔倫明府

遥想隋堤路春天楚國情（一作晴）白雲當海斷青草隔淮生雁起斜還直潮回遠復平萊蕪不可到一醉送君行

送雍丘任少府

叢車餞才子路走許東偏遠水同春色繁花勝雪天鳥行侵楚邑樹影向殷田莫學生鄉思梅真正少年

送雍郢州

厭郎思出守（一作寺）遂領漢東軍望月逢殷浩緣江送范雲城閑煙草遍浦迥雪林分誰伴樓中宿吟詩估客聞

寄王密卿

酒樂今年少僧期近日頻買山多爲竹卜宅不緣貧志業歸初地文章寄此身嵇康雖有病猶得見情人

與蕭遠上人游少華山寄皇甫侍御

尋危兼採藥渡水又登山獨與高僧去逍遥落日間漸看閭里遠自覺性情閑迴首知音在因令悵望還

代村中老人答

京洛風塵後村鄉煙火稀少年曾失所衰暮欲何依夜靜臨江哭天寒踏雪歸時清應不見言罷淚盈衣

贈故將軍

平生在邊日鞍馬若星流獨出間千里相知滿九州恃功凌主將作氣見王侯誰道廉頗老猶能報遠讐

送陸郎中歸田司空幕

漢家分列宿東土佐諸侯結束還軍府光輝過御溝農桑連紫陌分野入青州覆被恩難報西看成白頭

酬晉侍御見寄

野客蒙詩贈殊恩欲報難本求文舉識不在子眞官細雨雙林暮重陽九日寒貧齋一叢菊願與上賓看

送銅澤王歸城

昔聞公族出其（一作賓）從亦高車爲善唯求樂分貧必及疎身承漢枝葉手習魯詩書尚說無功德三年在石渠

江上別柳中庸

秦人江上見握手便霑衣近日相知少往年親故稀遠遊何處去舊業幾時歸更向巴陵宿堪聞雁北飛

喜皇甫郎中拜諭德兼集賢學士

爲郎三載後寵命一朝新望苑遷詞客儒林拜丈人鶯飛綺閣曙柳拂畫堂春幾日調金鼎諸君欲望塵

送黎兵曹往陝府結婚

東方發車騎君是上頭人奠雁逢良日行媒及仲春時稱渡河婦宜配坦牀賓安得同門吏揚鞭入後塵

送竇兵曹

梨花開上苑遊女著羅衣聞道情人怨應須走馬歸御橋遲日暖官渡早鶯稀莫遣佳期過看看蝴蝶飛

留別故人（一作李頎詩）

此別不可道此心當語誰春風灞水上飲馬桃花時誤作好文士祇應遊宦遲留書下朝客我有故山期

奉送宋中丞使河源

東周遣戍役才子欲離羣部領河源去悠悠隴水分笳聲悲塞草馬首渡關雲辛苦逢炎熱何時及漢軍

都亭驛送郭判官之幽州幕府

幕府參戎事承明伏奏歸都亭使者出杯酒故人違細雨霑官騎輕風拂客衣還從大夫後吾黨亦光輝

送王羽林往秦州

秦州貴公子漢日羽林郎事主來中禁榮親上北堂輶車花擁路寶劍雪生光直掃三邊靖承恩向建章

送友入關（一本題上有代從兄衛丞四字）

聞君帝城去西望一沾巾落日見秋草暮年逢故人非才長作客有命懶謀身近更嬰衰疾空思老漢濱

代宗輓歌

祖庭三獻罷嚴衛百靈朝警蹕移前殿宮車上渭橋寒霜凝羽葆野吹咽笳簫已向新京兆誰云天路遙

張左丞輓歌二首

素旆低寒水清笳出曉風鳥來傷賈傅馬立葬滕公松柏青山上城池白日中一朝今古隔唯有月明同

禍集鈞方災生劍忽飛無由就日拜空憶自天歸門吏看還葬宮官識賜衣東堂哀贈畢從此故臣稀

奉和王元二相避暑懷杜太尉（一作奉和王元二相公於中書東廳避暑悽然懷杜太尉）

艱難嘗共理海晏更相悲況復登堂處分明避暑時綠槐千穗綻丹藥一番遲蓬蓽今何幸先朝（一作聞）大雅詩

青龍寺題故曇上人房

遠公留故院一徑雪中微童子逢皆老門人問亦稀翻經徒有處攜履遂無歸空念尋巢鶴時來傍影飛

早春夜望

舊雪逐泥沙新雷發草芽曉霜應傍鬢夜雨莫催花行矣前途晚歸歟故國賒不勞報春盡從此惜年華

宴伊東岸

晴洲無遠近一樹一潭春芳草留歸騎朱櫻擲舞人空花對酒落小翠隔林新竟日皆攜手何由遇此辰

雲際中峰居喜見苗發（一作祖詠詩）

自得中峰住深林亦閉關經秋無客到入夜有僧還暗澗泉聲小荒村樹影閑高窗不可望星月滿空山

宿洞庭

白水連天暮洪波帶日流風高雲夢夕月滿洞庭秋沙上漁人火煙中賈客舟西園與南浦萬里共悠悠

江上賽神

疎鼓應繁絲送神歸九疑蒼龍隨赤鳳帝子上天時驟雨歸山疾長江下日遲獨憐遊宦子今夜泊天涯

奉和元丞侍從遊南城別業

垂朱領孫子從宴在池塘獻壽回龜顧和羹躍鯉香高松先草晚平石助泉涼餘橘期相及門生有陸郎

送從舅成都丞廣南歸蜀（一作盧綸詩）

巴字天邊水秦人去是歸棧長山雨響溪亂火田稀俗富行應樂官雄祿豈微魏舒終有淚還濕甯家衣

全唐詩

李端

贈郭駙馬（郭令公子曖尚昇平公主令於席上成此詩）

青春都尉最風流二十功成便拜侯金距鬭雞過上苑玉鞭騎馬出長楸熏香荀令偏憐少傅粉何郎不解愁日暮吹簫楊柳陌路人遙指鳳凰樓

方塘似鏡草芊芊初月如鉤未上弦新開金埒看調馬舊賜銅山許鑄錢楊柳入樓吹玉笛芙蓉出水妬花鈿今朝都尉如相顧（一作許）原脫長裾學少年

宿淮浦憶司空文明

愁心一倍長離憂夜思千重戀舊遊秦地故人成遠夢楚天涼雨在孤舟諸溪近海潮皆應獨樹邊淮葉盡流別恨轉（一作宜）深何處寫前程唯有一登樓

送濮陽錄事赴忠州

成名不遂（一作著）雙旌遠主（一作空）印還爲一郡雄赤葉黃花隨野岸青山白水映江楓巴人夜語（一作話）孤舟裏越鳥春啼萬（一作東）壑中聞說古書多未校肯令才子久西東

送馬尊師（一作送侯道士）

南入商山松路深石牀溪水晝陰陰雲中採藥隨青（一作花）節洞裏耕田映綠林直上煙霞空舉手迴經丘壠自傷心武陵花木應長在願與漁（一作門）人更一尋

題元注林園

謝家門館似山林，碧石青苔滿樹陰。乳鵲眄巢花巷靜，鳴鳩鼓翼竹園深。桔槔轉水兼通藥，方丈留僧共聽琴。獨有野人箕踞慣，過君始得一長吟。

野寺病居喜盧綸見訪

青青麥壠白雲陰，古寺無人新草深。乳燕拾泥依古井，鳴鳩拂羽歷花林。千年駁蘚明山履，萬尺垂蘿入水心。一臥漳濱今欲老，誰知才子忽相尋。

送皎然上人歸山

適來世上豈緣名，適去人間豈爲情。古寺山中幾日到，高松月下一僧行。雲陰鳥道苔(一作山)方合，雪映龍潭水更清。法主欲歸須有說，門人流淚厭浮生。

贈道士

姓氏不書高士傳，形神自得逸人風。已傳花洞將秦接，更指茅山與蜀通。嫩說歲年齊絳老，甘爲鄉曲號涪翁。終朝賣卜無人識，敝服徒行入市中。

題雲際寺準上人房

高僧居處似天台，錫杖銅瓶對綠苔。竹巷雨晴春(一作新)鳥轉，山房日午老人來。園中鹿過椒枝動，潭底龍遊水沫開。獨夜焚香禮遺像，空林月出始應迴。

山中寄苗員外

鳥鳴花發空山裏，衡岳幽人藉草時。既近淺流安筆硯，還因平石布蓍龜。千尋楚水橫琴望，萬里秦城帶酒思。聞說潘安方寓直，與君相見漸難期。

憶故山贈司空曙

漢主金門正召才，馬卿多病自遲迴。舊山蹔別老將至，芳草欲闌歸去來。雲在高天風會起，年如流水日長(一作相)催。知君素有栖禪意，歲晏蓬門遲(一作待)爾開。

閑園即事贈考功王員外

南陌晴雲稍變霞，東風動柳水紋斜。園林帶雪潛生草，桃李雖(一作迎)春未有花。幸接上賓登鄭驛，羞爲長女似黃家。今朝一望還成暮(一作夢)，欲別芳菲戀歲華。

寄盧山眞上人

高僧無跡本難尋，更得禪行去轉深。青草湖中看五老，白雲山上宿雙林。月明潭色澄空性，夜靜猨聲證道心。更謝說公南座好，煙蘿到地幾重陰。

題覺公新蘭若

頭白禪師何處還，獨開蘭若樹林間。鬼因巫祝傳移社，神見天人請施山。猛虎聽經金磬動，獨猴獻蜜雪窗閒。新齋結誓如相許，願與雷宗永閉關。

贈道者

窗(一作空)中忽有鶴飛聲，方士因知道欲成。來取圖書安枕裏，便驅雞犬向山行。花開深洞仙門小，路過懸橋羽節輕。送客自傷身易老，不知何處待先生。

代棄婦答賈客(一作妾薄命)

玉壘城邊爭走馬，銅鞮市裏共乘舟。鳴環動珮恩無(一作能)盡，掩袖低巾淚不流。疇昔將歌邀客醉，如今欲舞對君羞。忍懷賤妾平生曲(一作好)，獨上襄陽舊酒樓。

和李舍人直中書對月見寄

名卿步月正淹留，上客裁詩怨別遊。素魄近成班女扇，清光遠似庾公樓。嬋娟更稱凭高望，皎潔能傳自古愁。盈手入懷皆不見，陽春曲麗轉難酬。

臥病聞吉中孚拜官寄元秘書昆季

漢家採使不求聲，自慰文章道欲行。毛遂登門雖異賞，韓非入傳濫齊名。雲歸暫愛青山出，客去還愁白髮生。年少奉親皆願達，敢將心事向玄成。

江上逢柳中庸

舊住衡山曾夜歸，見君江客憶荊扉。星沉嶺上人行早，月過湖西鶴唳稀。弱竹萬株頻礙幘，新泉數步一褰衣。今來唯有禪心在，鄉路翻成向翠微。

戲贈韓判官紳卿

少尋道士居嵩嶺，晚事高僧住沃洲。齒髮未知何處老，身名且被外人愁。欲隨山水居茅洞，已有田園在虎丘。獨怪子猷緣掌馬，雪時不肯更乘舟。

送周長史

青楓樹裏宣城郡，獨佐諸侯上板橋。江客亦能傳好信，山僧多解說南朝。雲陰出浦看帆小，草色連天見雁遙。別有空園落桃杏，知將絲組繫蘭橈。

題故將軍莊

曾將數騎過(一作戰)桑乾，遙對單于飭馬鞍。塞北征兒諳(一作思)用劍，關西宿將許登壇。田園蕪沒歸耕晚，弓箭開離出獵難。唯有老身如刻畫，猶期聖主解衣看。

夜投豐德寺謁海上人(一本作盧綸詩)

半夜中峰有磬聲，偶尋(一作逢)樵者問山名。上方月曉聞僧語，下界林疎見客行。野鶴巢邊松最老，毒龍潛處水偏清。願得遠山知姓字，焚香洗鉢過餘生。

塞上(一本作盧綸詩，題作從軍行)

二十在邊城，軍中得勇名。卷旗收敗馬，占磧擁殘兵。覆陣烏鳶起，燒山草木明。塞閑思遠獵，師老厭分營。雪嶺無人跡，冰河足雁聲。李陵甘此沒，惆悵漢公卿。

送彭將軍雲中覲兄

聞說蒼鷹守，今朝欲下韝。因令白馬將，兼道覓封侯。略地關山冷，防河雨雪稠。翻弓騁猨臂，承箭惜貂裘。設伏軍謀密，坑降塞邑愁。報恩唯有死，莫使漢家羞。

奉贈苗員外

朱戶敞高扉，青槐礙落暉。八龍承慶重，三虎遞朝歸。坐竹人聲絕，橫琴鳥語稀。花慚潘岳貌，年稱老萊衣。葉暗新櫻熟，絲長粉蝶飛。應憐魯儒賤，空與故山違。

酬丘拱外甥覽余舊文見寄

丘遲本才子，始冠即周旋。舅乏郗鑒愛，君如衛玠賢。禮將金友等，情向玉人偏。鄙俗那勞似，龍鍾却要憐。投軌聊取笑，贈綺一何妍。野坐臨黃菊，溪行踏綠錢。巖高雲反下，洞黑水潛穿。僻嶺猨偷栗，枯池雁唼蓮。身居霞外寺，思發月明田。猶恨縈塵網，昏昏過歲年。

贈岐山姜明府

昨夜聞山雨，歸心便似遲。幾迴驚葉落，即到白頭時。雁影將魂去，蟲聲與淚期。馬卿兼病老，宋玉對秋悲。謝客纔爲別，陶公已見思。非關口腹累，自是雪霜姿。釀酒栽黃菊，炊粳折綠葵。山河方入望，風日正宜詩。牧豎寒騎馬，邊烽晚立旗。蘭凋猶有氣，柳脆不成絲。別後如相問，

高僧知所之

下第上薛侍郎

蓬華春風起開簾却自悲如何飄梗處又到採蘭時明鏡方重照徵誠寄一辭家貧求祿早身賤報恩遲幸得皮存矣須勞翼長之銘肌非厚答肉骨是前期縱覺新人好寧忘舊主疑終慙太丘道不爲小生私

奉和秘書元丞杪秋憶終南舊居

高門有才子能履古人蹤白社陶元亮青雲阮仲容田園忽歸去車馬杳難逢廢巷臨秋水支頤向暮峰行魚避楊柳驚鴨觸芙蓉石竇紅泉細山橋紫菜重鳳雛終食竹鶴侶暫巢松顧接煙霞賞羈離計不從

送歸中丞使新羅（一作李益詩）

東望扶桑日何年是到時片帆通雨露積水隔華夷浩淼風來遠虛㝠鳥去遲長波靜雲月孤島宿旌旗別葉傳秋意迴潮動客思滄溟無舊路何處問前期

暮春尋終南柳處士

麗者一居士鶉服隱堯時種荳初成畝還丹舊日師入溪花徑遠向嶺鳥行遲紫葛垂苔壁青菰映柳絲偶來塵外事暫與素心期終恨遊春客同爲歲月悲

雪夜尋太白道士

雪路夜朦朧尋師杳樹東石壇連竹靜醮火照山紅再拜開金籙焚香使玉童蓬瀛三島至天地一壺通別客曾留藥逢舟或借風出遊居鶴上避禍入羊中過洞偏迴首登門未發蒙桑田如可見滄海幾時空

得山中道友書寄苗錢二員外

有謀皆轗軻非病亦遲迴壯志年年減馳暉日日催還山不及伴到闕又無媒高臥成長策徵官稱下才詩人識何謝居士別宗雷跡向塵中隱書從谷口來藥欄遭鹿踐澗戶被猿開野鶴巢雲竇遊龜上水苔新歡追易失故思渺難裁自有歸期在勞君示劫灰

酬前駕部員外郎苗發

馬融方直校閱簡復持鉛素業高風繼青春壯思全論文多在夜宿寺不虛年自署區中職同荒郭外田山鄰三徑絕野意八行傳煮玉矜新法留符識舊仙涵苔溪溜淺搖浪竹橋懸複洞潛棲鷺疎楊半翳蟬詠歌雖有和雲錦獨成妍應以馮唐老相譏示此篇

宿薦福寺東池有懷故園因寄元校書

暮雨風吹盡東池一夜涼伏流迴弱荇明月入垂楊石竹閒開碧薔薇暗吐黃倚琴看鶴舞搖扇引桐香舊笥方辭籜新蓮未滿房林幽花晚發地遠草先長撫枕愁華鬢凭欄想故鄉露餘清漢直雲卷白榆行驚鵲仍依樹遊魚不過梁繫舟偏憶戴炊黍願期張末路還思借前恩詎敢忘從來叔夜嬾非是接輿狂衆病嬰公幹羣憂集孝璋慙將多誤曲今日獻周郎

送王副使還并州

并州近胡地此去事風沙鐵馬垂金絡貂裘犯雪花曾持兩郡印多比五侯家繼世新恩厚從軍舊國賒戍煙千里直邊雁一行斜想到清油幕長謀出左車

晚春過夏侯校書值其沉醉戲贈

欹冠枕如意獨寢落花前姚馥清時醉邊韶白日眠曝褌還當屋張幕便成天謁客唯題鳳偷兒欲覘氊失杯猶離席墜履反登筵本是墻東隱今爲甕下僊臥龍髯乍磔栖蝶腹何便阮藉供琴韻陶潛餘秫田人逢毂陽望春似永和年顧我非工飲期君行見憐嘗知渴羌好亦覺醉胡賢炙熟樽方竭車回轄且全暝風仍作雨灑地即成泉自鄙新豐過遲迴惜十年

哭張南史因寄南史姪叔宗

爭路忽摧車沈鉤未得魚結交唯我少喪舊自君初諫草文難似圍棊智不如仲宣新有賦叔夜近無書地閉滕公宅山荒謝客廬殲良從此恨福善竟成虛釀酒多同醉烹雞或取餘阮咸雖永別豈共仲容疎

長安感事呈盧綸

十五事文翰大兒輕孔融長裾遊邸第笑傲五侯中諫獵一朝寢論邊素未工蹉跎潘鬢至蹭蹬阮途窮貸布憐寧與無金命未通王陵固似戇郭最遂非雄斂板辭羣彥回車訪老農詠詩懷洛下送客憶山東沈病魂神濁清齋思慮空羸將衛玠比冷共鄴侯同草舍纔遮雨荊窗不礙風梨教通子守酒是遠師供捫虱欣時泰迎猫達歲豐原門唯有席井飲但加葱少壯矜齊德高年覺宋聾寓書先論嬾讀易反求蒙昔慕能鳴雁今憐半死桐秉心猶似矢搔首忽如蓬赤葉翻藤架黃花蓋菊叢聊將呈匠伯今已學愚公

遊終南山因寄蘇奉禮士尊師苗員外

半嶺逢仙駕清晨獨採芝壺中開白日霧裏捲朱旂猨鳥知歸路松蘿見會時雞聲傳洞遠鶴語報家遲童子閑驅石樵夫樂看棊依稀醉後拜恍惚夢中辭海上終難接人間益自疑風塵甘獨老山水但相思顧得燒丹訣流沙永待（一作侍）師

長安書事寄盧綸

弱冠家廬岳從師歲月深翻同老夫見殊寡少年心及此時方晏因之名亦沈趨途非要路避事樂空林素業在山下青泉當樹陰交遊有凋喪離別代追尋向秀初聞笛鍾期久罷琴殘愁猶滿貌餘淚可霑襟勿以朱顏好而忘白髮侵終期入靈洞相與鍊黃金

送郭良輔下第東歸

獻策不得意馳車東出秦暮年千里客落日萬家春

妾薄命

自從君棄妾憔悴不羞人唯餘壞粉淚未免映衫勻

送暕上人遊春

獨將支遁去欲往戴顒家晴野人臨水春山樹發花

晦日同苗員外遊曲江

晦日同攜手臨流一望春可憐楊柳陌愁殺故鄉人

溪行逢雨與柳中庸

日落衆山昏（一作晷旁）蕭蕭暮雨緐那堪兩處宿共聽一聲猨

和張尹憶東籬菊

傳書報劉尹何事憶陶家若爲籬邊菊山中有此花

幽居作

山舍千年樹江亭萬里雲回潮迎伍相驟雨送湘君

題雲際寺暕上人故院

全唐詩目　第五函

第四冊

全唐詩

暢當

暢當河東人初以子弟被召從軍後登大曆七年進士第貞元初爲太常博士終果州刺史與弟諸皆有詩名詩一卷

南充謝郡客遊澧州留贈宇文中丞（一作王昌齡詩誤）

僕本蓬蒿人忝當州郡使量力頗及早謝歸今即已蕭若凌虛襟帶頓銷靡車服率然來涔陽作遊子鬱鬱寡開顏默默獨行李忽逢平生友一笑方在此秋情寧風日楚思浩雲水爲語弋林者冥冥鴻遠矣

宿報恩寺精舍

白髮忽忽色青山草草心遠公仍下世從此別東林

觀鄰老栽松

雖過老人宅不解老人心何事殘陽裏栽松欲待陰

贈胡居士

孔融過五十海內故人稀相府恩猶在知君未拂衣

薦福寺送元偉

送客攀花後尋僧坐竹時明朝莫回望青草馬行遲

哭苗垂（一作過故友墓）

舊友無由見孤墳草欲長月斜鄰笛盡車馬出山陽

客行贈馮著

旅行雖別路日暮各思歸欲下今朝淚知君亦濕衣

蕪城（一作蕪城懷古）

風吹城上樹草沒城邊（一作下）路城裏月明時精靈自來去

此首即前蕪城篇末四句

贈山中老人

白首獨一身青山爲四鄰雖行故鄉陌不見故鄉人

拜新月（一作耿湋詩）

開簾見新月便即下階拜細語人不聞北風吹裙帶

聽箏

鳴箏金粟柱素手玉房前欲得周郎顧時時誤拂弦

贈何兆

文章似揚馬風骨又清羸江漢君猶在英靈信未衰

同司空文明過堅上人故院（一作過堅上人影堂逢司空曙）

我與雷居士平生事遠公無人知是舊共到影堂中

雜詩

主第辭高飲石家赴宵會金谷走車來玉人騎馬待

感興

香爐最高頂中有高人住日暮下山來月明上山去

問張山人疾

先生沈病意何如蓬艾門前客轉疎不見領徒過絳帳唯聞與婢削丹書

江上送客

故人南去漢江陰秋雨蕭蕭雲夢深江上見人應下淚由來遠客易傷心

閨情

月落星稀天欲明孤燈未滅夢難成披衣更向門前望不忿朝來鵲喜聲

送劉侍郎

幾人同去（一作入）謝宣城未及酬恩隔死生唯有夜猨知客恨嶧陽溪路第三聲

重送鄭宥歸蜀因寄何兆

黃花西上路何如青壁連天雁亦疎爲報長卿休滌器漢家思見茂陵書

宿石澗店聞婦人哭

山店門前一婦人哀哀夜哭向秋雲自說夫因征戰死朝來逢著舊將軍

與道者別

聞說滄溟今已淺何當白鶴更歸來舊師唯有先生在忍見門人掩淚回

長門怨（一作長信宮）

金壺漏盡禁門開飛燕昭陽侍寢回隨分獨眠秋殿裏遙聞語笑自天來

憶友懷野寺舊居（一作答司空文明懷野寺舊居）

自嫌野性共人疎憶向西林更結廬寄謝山陰許都講昨來頻得遠公書

聽夜雨寄盧綸

暮雨蕭條過鳳城霏霏颯颯重還輕聞君此夜東林宿聽得荷池幾番（一作度）聲

昭君詞

李陵初送子卿回漢月明時惆悵（一作明照帳）來憶著長安舊遊處千門萬戶玉樓臺

春晚游鶴林寺寄使府諸公

野寺尋春花已遲背巖惟有兩三枝明朝攜酒猶堪醉爲報春風且莫吹

鐘梵送沈景星多露漸光風中蘭靡靡月下樹蒼蒼夜殿若山橫深松如澗涼羸然虎溪子遲我一虛牀杳杳空寂舍濛濛蓮桂香擁褐依西壁紗燈靄中央

自平陽（一作平阿）館赴郡

晨興平陽（一作平阿）館見月沈江水溶溶山霧披肅肅沙鷺起奉恩謬符竹伏軾省頑鄙何當施教化愧迎小郡吏寥落火耕俗征途青冥裏德綏及吾民不德將鹿矣（一作刑施無乃）耳擒姦非性能多慰會衰齒恭承共理詔恒懼墜諸地

天柱隱所重答江州應物（下四字一作寄江州）

寂寞一悵望秋風山景清此中惟草色翻意見人行荒徑饒松子深蘿絕鳥聲陽崖全帶日寬嶂偶通耕拙昧難容世貧寒（一作閑）別有情煩君瓊玖贈幽懶百無成

山居酬韋蘇州見寄

孤柴（一作茅）泄煙處此中山叟居觀雲寧有事耽酒詎知餘水定鶴翻去松歌峰儼如猶煩使君問更欲結深（一作環）廬

春日過奉誠園（一作由江一作玉林園）

帝里陽和日（一作早）遊人到御園暖催新景氣春認舊蘭蓀詠德先臣沒成蹊大樹存見桐猶近井看柳尚依門獻地非更宅遺忠永奉恩又期攀桂後來賞百花繁

軍中醉飲寄沈八劉叟（一作杜甫詩）

酒渴愛江清餘酣漱晚汀軟莎欹坐穩冷石醉眠醒野膳隨行帳華音發從伶數杯君不見都已遣沈冥

偶宴西蜀摩訶池

珍木鬱清池風荷（一作和風）左右披淺觴寧及醉慢舸不知移蔭簟流光冷凝簪照影欹（一作蔭竹簟光冷照流簪影欹）胡爲獨羈者雪涕向漣漪

奉送杜中丞赴洪州

詔出鳳凰宮新恩連帥雄江湖經戰陣草木待仁風豪右貪（一作豪猾）威愛紓餘德簡通多慙君子顧攀餞路塵中

九日陪皇甫使君泛江宴赤岸亭

羈旅逢佳節逍遙（一作逍遙）忽見招同傾菊花酒緩櫂木蘭橈平楚堪愁思長江去（一作亦）寂寥猿啼不離峽灘沸鎮如潮舉目關山異傷心鄉國遙徒言歡滿座誰覺客魂消

蒲中道中二首

蒼蒼中條山厥形極奇魂我欲涉其崖濯足黃河水

古刹棲柿林綠陰覆蒼瓦歲晏來品題拾葉總堪寫

登鸛雀樓

迥臨飛鳥上高出世塵間天勢圍平野河流入斷山

宿潭上二首

夜潭有仙舸與月當水中嘉賓愛明月遊子驚秋風

青蒲野陂水白露明月天中夜秋風起心事坐潸然

別盧綸

故交君獨在又欲與君離我有新秋淚非關宋玉（一作秋氣）悲

題沈八齋

江齋一入何亭亭因寄淪漣心杳冥綠綺琴彈白雪引烏絲絹勒黃庭經

暢諸

早春

獻歲春猶淺園林未盡開雪和新雨落風帶舊寒來聽鳥聞歸鴈看花識早梅生涯知幾日更被一年催

全唐詩

陸贄

陸贄字敬輿嘉興人登進士第中博學宏詞調鄭尉罷歸復以書判拔萃補渭南尉德宗立由監察御史召爲翰林學士貞元八年拜中書侍郎同平章事裴延齡搆之貶忠州別駕順宗立召還詔未至卒贈兵部尚書謚曰宣集二十七卷今存三首

曉過南宮聞太常清樂

南宮聞古樂拂曙聽初驚煙靄遙迷處絲桐暗辨名節隨新律改聲帶緒風輕合雅將移俗同和自感情遠音兼曉漏餘響過春城九奏明初日寥寥天地清

禁中春松

陰陰清禁裏蒼翠滿春松雨露恩偏近陽和色更（一作正）濃高枝分曉日（一作月）虛吹（一作宿鄰）雜宵鐘香助鑪煙遠形疑蓋影重願待千載（一作歲）壽不羨五株封儻（一作長一作幸）得迴天眷全勝老碧峰

賦得御園芳草

陰陰御園裏瑤草日光長靃靡含煙霧依稀帶夕陽雨餘萋更密風暖蕙初香擁仗緣馳道乘輿入建章湮煙搖不散細影亂無行恒恐韶光晚何人辨早芳

句

遠堦流瀧瀧來砌樹陰陰（仕江淮尉題廳見語林）

張濛

張濛與陸贄同時詩一首

曉過南宮聞太常清樂

玉珂經禮寺金奏過南宮雅調乘清曉飛聲向遠空慢隨飄去雪輕逐度來風迴出重城裏傍聞九陌中應將肆夏比更與五英同一聽南薰曲因知大舜功

常沂

常沂與陸贄同時詩一首

禁中春松

映殿松偏好森森列禁中攢柯霑聖澤疏蓋引皇風晚色連秦苑春香滿漢宮操將金（一作貞）石固材與直臣同翠影宜青瑣蒼枝秀碧空還知沐天眷千載更蔥蘢

周存

周存與陸贄同時詩二首

禁中春松

幾歲含貞節青青紫禁中日華留偃蓋雉尾轉春風不爲繁霜改那將衆木同千條攢翠色百尺澹晴空影密金莖近花明鳳沼通安知幽澗側獨與散樗叢

西戎獻馬

天馬從東道皇威被遠戎來參八駿列不假貳師功影別流沙路嘶流上苑風望雲時蹀足向月每爭雄禀異才難狀標奇志豈同驅馳如見許千里一朝通

黎逢

黎逢登大曆十二年進士第詩二首

小苑春望宮池柳色

上林新柳變小苑幕天晴始望和煙密遥憐拂水輕色
承陽氣暖陰帶御溝清不厭隨風弱仍宜向日明垂絲
遍閣榭飛絮觸簾旌漸到依依處思聞出谷鶯

夏首猶清和（一作張書詩）

早夏宜初景和光起禁城祝融將御節炎帝啟朱明日
送殘花晚（一作映林花麗）風過（一作高風）御苑清郊原浮麥氣池沼發荷
英樹影臨山動（一作爽）禽飛入漢輕幸逢堯禹化全勝谷中
情

張昔

張昔大曆進士第詩一首

小苑春望宮池柳色

小苑春初至皇衢日更清遥分萬條柳迴出九重城隱
映龍池潤參差鳳闕明影宜宮雪曙色帶禁煙晴深淺
殘陽變高低曉吹輕年光正堪折欲寄一枝榮

丁位

丁位大曆進士第詩一首

小苑春望宮池柳色

小苑宜春望宮池柳色輕低昂含曉景縈轉帶新晴似
蓋芳初合如絲蔭漸成依依連水暗嫋嫋出墻明雖以
陽和發能令旅思生他時花滿路從此接遷鶯

元友直

元友直結之子大曆進士詩一首

小苑春望宮池柳色

柳色新池遍春光御苑晴葉依青閣密條向碧流傾路
暗陰初重波搖影轉清風從垂處度煙就望中生斷續
游蜂聚飄颻戲蝶輕怡然變芳節願及一枝榮

楊系

楊系大曆進士第詩一首

小苑春望宮池柳色

勝游從小苑宮柳望春晴拂地青絲嫩縈風綠帶輕光
含煙色遠影透水文清玉笛吟何得金閨畫豈成皇風
吹欲斷聖日映逾明願駐高枝上還同出谷鶯

崔績

崔績大曆進士第詩一首

小苑春望宮池柳色

帝京春氣早御柳已先榮嫩葉隨風散浮光向日明悠
揚生別意斷續引芳聲積翠連馳道飄花出禁城柔條
依水弱遠色帶煙輕南望龍池畔斜光照晚晴

張季略

張季略大曆進士第詩一首

小苑春望宮池柳色

韶光歸漢苑柳色發春城半見離宮出纔分遠水明青
葱當淑景隱映媚新晴積翠煙初合微黄葉未生迎春
看尚嫩照日見先榮儻得辭幽谷高枝寄一名

裒達

裒達大曆進士第詩一首

小苑春望宮池柳色

勝遊經小苑閑望上春城御路韶光發宮池柳色輕乍
濃含雨潤微澹帶雲晴羃歷殘煙斂搖揚落照明幾條
垂廣殿數樹影高旌獨有風塵客思同雨露榮

裒達

裒達大曆進士第詩一首

南至日太史登臺書雲物

圓丘纔展禮佳氣近初分太史新簪筆高臺紀彩雲煙
空和縹緲曉色共氛氳道泰資賢輔年豐荷聖君恭惟
司國瑞兼用察人（一作天）文應念懷鉛客終朝望碧雰

沈迥

沈迥大曆進士第詩一首

小苑春望宮池柳色

今來游上苑春染柳條輕濯濯方含色依依若有情分
行臨曲沼先發媚重城拂水枝偏弱搖風絲已生變黄
隨淑景吐翠逐新晴佇立徒延首衷回欲寄誠

全唐詩

楊憑

楊憑字虛受弘農人與弟凝凌皆工文辭大曆中踵擢
進士第時稱三楊憑重交游尚氣節與穆質許孟容李
鄘相友善號楊穆許李歷事節度府召爲監察御史累
拜京兆尹與李夷簡素有隙因擿發他罪欲抵以死憲
宗以憑治京兆有績但貶臨賀尉俄徙杭州長史以太
子詹事卒詩一卷

長安春夜宿開元觀

霓裳下晚煙留客杏花前徧問人寰事新從洞府天長
松皆掃月老鶴不知年爲説蓬瀛路雲濤幾處連

晚泊江戍

旅棹依遥戍清湘急晚流若爲南浦宿逢此北風秋雲
月孤鴻晚關山幾路愁年年不得意零落對滄洲

巴江雨夜

五嶺天無雁三巴客問津紛紛輕漢暮漠漠暗江春青
草連湖岸蘇花憶楚人芳菲無限路幾夜月明新

邊塞行

九原臨得水雙足是重城獨許爲儒老相憐從騎行細
叢榆塞迥高點雁山晴聖主嗤炎漢無心自勒兵

樂游園望月

炎靈全盛地明月半秋時今古人同望盈虧節暗移彩
凝雙月迥輪度八川遲共惜鳴珂去金波送酒卮

千葉桃花

千葉桃花勝百花孤榮春晚駐年華若教避俗秦人見
知向河源舊侶誇

春中汎舟

仙郎歸奏（一作秦）過湘東正值三湘二月中惆悵滿川桃杏
醉醉看還與曲江同

雨中怨秋

辭家遠客愴秋風千里寒雲與斷蓬日暮隔山投古寺
鐘聲何處雨濛濛

秋日獨遊曲江

信馬閑過憶所親秋山行盡路無塵主人莫惜松陰醉還有千錢沽酒人

寄別

晚煙洲霧共蒼蒼河雁驚飛不作行迴旆轉舟行數里歌聲猶自逐清湘

邊情

新種如今屢請和玉關邊上幸無他欲知北海苦辛處看取節毛餘幾多

早發湘中

按節鳴笳中貴催紅旌白旆滿船開迎愁盜浦登城望西見荊門積水來

海榴

海榴殷色透簾櫳看盛看衰意欲同若許三英隨五馬便將濃豔鬭繁紅

春情

暮雨朝雲幾日歸如絲如霧濕人衣三湘二月春光早莫逐狂風繚亂飛

送客往荊州

巴丘過日又登城雲水湘東一日平若愛春秋繁露學正逢元凱鎮南荊

贈馬鍊師

心嫌碧落更何從月帔花冠冰雪容行雨若迷歸處路近南（一作前）惟見祝融峰

湘江泛舟

湘川洛浦三千里地角天涯南北遙除却同傾百壺外不愁誰奈兩魂銷

送別

江㟁梅花雪不如看君驛馭向南徐相聞不必因來雁雲裏飛輧落素書

贈竇牟（一作竇洛陽牟見簡篇章偶贈絕句）

直用天才衆却瞋應欺李杜久爲塵南荒不死中華老別玉翻同西國人

全唐詩

楊凝

楊凝，字懋功，由協律郎三遷侍御史，爲司封員外郎，徙吏部，稍遷右司郎中，終兵部郎中。集二十卷，今存一卷。

送別

樽酒郵亭暮雲帆驛使歸野鷗寒不起川雨凍難飛吳會家移遍軒轅夢去稀姓楊皆足淚非是強沾衣

送客東歸

君向古營州邊（一作春）風戰地愁草青縵（一作蒙）別路柳亞拂孤樓人意傷難醉鶯啼咽不流芳菲只合樂離思返如秋

送客歸湖南

湖南樹色（一作葉）盡了了辨（一作見）潭州雨散今爲別雲飛何處遊情來偏似醉淚迸（一作送）不成流郵向蕭條路緣湘篁（一作黃）竹愁

送客歸淮南

畫舸照河堤暄風百草齊行絲直細蝶去燕旋遺泥郡向高天近人從別路迷非關御溝上今日各東西

春情

舊宅洛川陽曾遊遊俠場水添楊柳色花絆綺羅香趙瑟多愁曲秦家足豔妝江潭遠相憶春夢不勝長

秋夜聽擣衣

砧杵聞秋夜裁縫寄遠方聲微漸濕露響細未經霜鵲啼遮樹風簾不礙涼雲中望何處聽此斷人腸

從軍行

都尉出居延強兵集五千還將張博望直救范祁連漢卒悲簫鼓胡姬濕采旃如今意氣盡流淚挹流泉

和直禁省

宵直丹宮近風傳碧樹涼漏稀銀箭滿月度網軒光鳳詔裁多暇蘭燈夢更長此時顏范貴十步舊連行

留別

玉節隨東閣金閨別舊僚若爲花滿寺躍馬上河橋

送客往洞庭

九江歸路遠萬里客舟還若過巴江水湘東滿碧煙

別友人

倦客驚危路傷禽遶樹枝非逢暴公子不敢涕流離

初渡淮北岸

別夢雖難覺悲魂最易銷殷勤淮北岸鄉近去家遙

詠雨

塵浥多人路泥歸足燕家可憐繚亂點濕盡滿宮花

柳絮

河畔多楊柳追遊盡狹斜春風一回送亂入莫愁家

花枕

席上沈香枕樓中蕩子妻那堪一夜裏長濕兩行啼

送客往鄜州

新參將相（一作幕）事（一作西）平錦帶騂弓結束輕曉上關城吟畫角暗馳（一作驅）羸馬發支兵回中地近（一作遠）風常急鄜畤年多草自生近喜扶陽係戎相從來衞霍笑長纓

送客往夏州

憐君此去過居延古塞黃雲共渺然沙潤獨行尋（一作尋邊）馬跡路迷遙指戍樓（一作人）煙夜投孤店愁吹笛朝望行塵避控弦聞有故交今從騎何須著論更言錢

春霽晚（一作曉）望

細雨晴深小苑東春雲開氣逐光風雄兒走馬神光上靜女看花佛寺中書劍學多心欲嬾田園荒廢望頻空南歸路極天連海惟有相思明月同

唐昌觀玉蕊花

瑤華瓊蕊種何年蕭史秦嬴向紫煙時控綵鸞過舊邸摘花持獻玉皇前

別李協

江邊日暮不勝愁送客霑衣江上樓明月峽添明月照蛾眉峰似兩眉愁

初次巴陵

西江浪接洞庭波積水遙連天上河鄉信爲憑誰寄去汀洲燕雁漸來多

上巳

帝京元巳足繁華細管清弦七貴家此日風光誰不共

全唐詩

楊凌

楊凌字恭履少以篇什著聲官終侍御史詩一卷

奉酬韋滁州寄示

淮揚為郡暇坐惜流芳歇散懷累榭風清暑澄潭月陪燕辭三楚戒途綿百越非當遠別離雅奏何由發

梅里旅夕

滄洲東望路旅棹儈羈遊楓浦蟬隨岸沙汀鷗轉流露天星上月水國夜生秋誰忍持相憶南歸一葉舟

鍾陵雪夜酬友人

窮臘催年急陽春怯和歌殘燈閃壁盡夜雪透窗多歸路山川險遊人夢寐過龍洲不可泊歲晚足驚波

潤州水樓

歸心不可留雪桂一叢秋葉雨空江月螢飛白露洲野蟬依獨樹水郭帶孤樓遙望山川路相思萬里遊

江上秋月

朧雁送鄉心羈情屬歲陰驚秋黃葉遍愁暮碧雲深月色吳江上風聲楚木林交親幾重別歸夢併愁侵

閣前雙槿

群玉開雙槿丹榮對絳紗含煙疑出火隔雨怪舒霞向晚爭辭蘂迎朝鬬發花非關後桃李為欲繼年華

小苑春望宮池柳色

上苑閑游早東風柳色輕儲胥遙掩映池水隔微明春至條偏弱寒餘葉未成和煙變濃淡轉日異陰晴不獨芳菲好還因雨露榮行人望攀折遠翠暮愁生

送客往睦州

水闊盡南天孤舟去渺然驚秋路傍客日暮數聲蟬

送客之蜀

西蜀三千里巴南水一方曉雲天際斷夜月峽中長

剡溪看花

花落千迴舞鶯聲百囀歌還同異方樂不奈客愁多

江中風

白浪暗江中南泠路不通高檣帆自滿出浦莫呼風

紛紛皆是掖垣花

春怨

花滿簾櫳欲度春此時夫壻在咸秦綠窗孤寢難成寐紫燕雙飛似弄人

送客歸常州

行到河邊從此辭寒天日遠暮帆遲可憐芳草成衰草公子歸時過綠時

送別

春愁不盡別愁來舊淚猶長新淚催相思倘寄相思字（一作子）君到揚州揚子迴

送客入蜀

劍閣迢迢夢想間行人歸路遶梁山明朝騎馬搖鞭去秋雨槐花子午關

送別

仙花笑盡石門中石室重重掩綠空夔下雲峰能幾日却迴煙駕馭春風

殘花

五馬踟蹰在路岐南來只為看花枝鶯銜蝶弄紅芳盡此日深閨那得知

戲贈友人

湘陰直與地陰連此日相逢憶醉年美酒非如平樂貴十升不用一千錢

贈同遊（首句缺一字）

此風雨後已覺減年華若待皆無事應難更有花管弦臨夜急榆柳向江斜且莫看歸路同須醉酒家

送人出塞

北風吹雨雪舉目已悽悽戰鬼秋頻哭征鴻夜不棲沙平關路直磧廣郡樓低此去非東魯人多事鼓鼙

尋僧元皎因病

此僧迷有著因病得尋師話盡山中事歸當月上時高松連寺影亞竹入窗枝閒憶草堂路相逢非素期

夜泊渭津

飄飄東去客一宿渭城邊遠處星垂岸中流月滿船涼歸夜深簟秋入雨餘天漸覺家山小殘程尚幾年

晚夏逢友人

一別同袍友相思已十年長安多在客久病忽聞蟬驟雨纔沾地陰雲不徧天微涼堪話舊移榻晚風前

別譴者

此地聞猶惡人言是所之一家書絕久孤驛夢成遲八月三湘道聞猨冒雨時不須祠楚相臣節轉堪疑

行思

千里豈云去欲歸如路窮人間無暇日馬上又秋風破月銜高岳流星拂曉空此時皆在夢行色獨怱怱

感懷題從舅宅

鄣家庭樹下幾度醉春風今日花還發當時事不同流言應未息直道竟難通徒遣相思者悲歌向暮空

與友人會

蟬吟槐蘂落的的是愁端病覺離家遠貧知處事難真交無所隱深語有餘歡未必聞歌吹羈心得暫寬

下第後蒙侍郎示意指於新先輩宣恩感謝

才薄命如此自嗟兼自疑遭逢好交日黜落至公時倚玉甘無路穿楊却未期更慙君侍坐問許可言詩

詠破扇

粉落空牀棄塵生故篋留先來無一半情斷不勝愁

賈客愁

山水路悠悠逢灘即殢留西江風未便何日到荆州

即事寄人

中禁鳴鐘日欲高北窗欹枕望頻搔相思寂寞青苔合

唯有春風啼伯勞

早春雪中

新年雨雪少晴時屢失尋梅看柳期鄉信憶隨回鴈早

江春寒帶故陰遲

北行留別

日日山川烽火頻山河重起舊煙塵一生孤負龍泉劍

羞把詩書問故人

秋原野望

客鴈秋來次第逢家書頻寄兩三封夕陽天外雲歸盡

亂見青山無數峰

春霽花萼樓南聞宮鶯

祥煙瑞氣曉來輕柳變花開共作晴黃鳥遠啼鳷鵲觀

春風流出鳳皇城

明妃怨

漢國明妃去不還馬馱絃管向陰山匣中縱有菱花鏡

羞對單于照舊顏

句

南園桃李花落盡春風寂寞搖空枝（詩式）

全唐詩

司空曙

司空曙字文明（一作初）廣平人登進士第從韋皐於劍南貞

元中爲水部郎中終虞部郎中詩格清華爲大曆十才

子之一集三卷今編詩二卷

題玉真觀公主山池院

香殿留遺影春朝玉户開羽衣重素几珠網儼輕（一作塵）埃

石自蓬山得泉經太液來柳絲遮綠浪花粉落青苔鏡

掩鸞空在霞消鳳不迴唯餘古桃（一作壇）樹傳是上仙栽

送永陽崔明府

古國羣舒地前當桐柏關連綿江上雨稠疊楚南山沙

館行帆息楓洲（一作州又作舟）候吏還乘篮若有暇精舍在林間

送曹三同（一作原）猗（一作桐椅）遊山寺

山蹋青無盡涼秋古寺深何時得連策此夜更聞琴窮

水雲同穴過僧虎共林殷勤如念我遺爾挂冠心

送崔校書赴梓幕

碧峯天柱下鼓角鎮南軍管記催飛檄蓬萊輟校文棧

霜朝似雪江霧晚成雲想出褒中望巴庸方路分

送夔州班使君

魚（一作蜀）國巴庸路麾幢漢守過曉樯爭市隘夜鼓祭神多

雲白當山雨風清滿峽波夷陵舊人吏猶誦兩岐歌

送菊潭王明府

業成洙泗客皓髮著儒衣一與遊人別仍聞帶印歸林

多宛地古雲盡漢山稀莫愛潯陽隱嫌官計亦非

送太易上人赴東洛

遥見登山處青蕪雪後春雲深岳廟火寺宿洛陽人餌

藥將齋折唯詩與道親凡經幾回別麈尾不離身

和王卿（一作太常）立秋即事

秋宜何處看試問白雲官暗入蟬鳴樹微侵蝶繞蘭向

風涼稍動近日暑猶殘九陌浮埃減千峯爽氣攢換衣

防竹暮沈果訝泉寒宮響傳花杵天清出露盤高禽當

側弁遊鮪對憑欄一奏招商曲空令繼唱難

和李員外與舍人詠玫（一作苳）瑰花寄徐侍郎

仙吏紫薇郎奇花共翫芳攢星排綠蔕照眼發紅光暗

妬翻堦藥（一作蘂）遥連直署香遊枝蜂繞易礙刺鳥銜妨露

溼凝衣粉風吹散蕊黃叢龍珠樹合煥爛錦屛張留客

勝看竹思人比愛棠如傳採蘋詠遠思滿瀟湘

冬夜耿拾遺王秀才就宿因傷故人

舊時聞笛淚今夜重沾衣方恨同人（一作袍）少何堪相見稀

竹煙凝澗壑林雪似芳菲多謝勞車馬應憐獨掩扉

早春遊慈（一作報）恩南池

山寺臨池水春愁望遠生蹋橋逢鶴起尋竹值泉横新

柳絲猶短輕（一作柔）蘋葉未成還如虎溪上日暮伴僧行

雨夜見投之作

出户繁星盡池塘暗不開動衣涼氣度遶樹遠聲來燈

外初行電城隅偶（一作忽）隱雷因知謝文學曉望比塵埃

龍池寺望月寄韋使君閻別駕

清光此夜中萬古望應同當野山沈霧低城樹有風花

宮紛共邃水府皓相空遥想高樓上唯君對（一作望）庾公

秋夜憶與善院寄苗發

右軍多住寺此夜後池秋自與山僧伴那因洛客愁卷

簾霜靄靄滿目水悠悠若有詩相贈期君憶惠休

病中寄鄭十六兄（一本題下有榮字）

倦枕欲徐行開簾秋月明手便筇杖冷頭喜葛巾輕綠

草前侵水黃花半上城虛消此塵景不見十年兄

衛明府寄枇杷葉以詩荅

傾筐呈綠葉重疊色何鮮詎是秋風裏猶如曉露前（一作傳）

仙方當見重消疾本應便全勝甘蕉贈空投謝氏篇

過慶寶寺（一作耿湋詩題作廢寶光寺）

黃葉前朝寺無僧寒（一作閑）殿開池晴龜出曝松暮（一作暝）鶴飛

迴古井（一作砌）碑横草陰廊畫雜苔禪宮亦銷（一作衰）歇塵世轉

堪哀

奉和張大夫酬高山人

野客居鈴閣重門將校稀豸冠親穀弁龜印識荷衣座

右（一作坐久）寒颸（一作泉）爽談餘暮角微蒼生須太傅山在豈容歸

送嚴使君遊山

家楚依三户辭州選一錢酒杯同寄世客櫂任銷年赤燒兼山遠青蕪與浪連青春明月夜知上郢君船

送柳震歸蜀

白日雙流靜西看蜀國春桐花能乳鳥竹節競祠神寒步徒相望先鞭不可親知從江僕射登榻更何人

送樂平苗明府

天際山多處東安古邑（一作邑吏）深綠田通竹里白浪隔楓林詩有江僧和門唯越客尋應將放魚化一境表吾心

贈送鄭錢二郎中

梅含柳已動昨日起東風惆悵心徒壯無如鬢作翁百年飄若水萬緒盡歸空何可宗禪客遲迴岐路中

酬鄭十四望驛不得同宿見贈因寄張參軍

逢君喜成淚暫似故鄉中謫宦猶多懼清宵不得終月煙高有鶴宿（一作霜）草淨無蟲明日郗超會應思下客同

暮春野望寄錢起（一作耿湋詩）

草長花落樹羸病強尋春無復少年意空餘華髮新青原高（一作晴）見水白社靜逢人寄謝南宮客軒車不可（一作見）親

送王使君小子孝廉登科歸省

年少通經學登科尚佩觿張馮本名士蔡廓是佳兒鞍馬臨岐路龍鍾對別離寄書胡太守請（一作清）與故人知

雲陽寺石竹花

一自幽山別相逢此寺中高低俱出（一作有）葉深淺不分叢野蝶難爭白庭榴暗讓紅誰憐芳最久春露到秋風

送高勝重謁曹王

江上（一作水）青楓岸陰陰萬里春朝辭郢城酒暮見洞庭人興比乘舟訪恩懷倒屣親想君登舊榭重喜掃芳塵

閑園書事招暢當

聞蟬晝眠後欹枕對蓬蒿羸病嬾尋戴田園方詠陶傍簷蟲挂靜出樹蝶飛高惆悵臨清鏡思君見鬢毛

過錢員外

爲郎頭已白跡向市朝稀移病居荒宅安貧著敗衣野園隨客醉雪寺伴僧歸自說東峯下松蘿滿故扉

贈庾侍御

年少身無累相逢憶此時雪過雲寺宿酒向竹園期白髮今催老清琴但起悲唯應逐宗炳內學願爲師

贈李端

共憶南浮（一作樓）日登高望若何楚田湖草遠江寺海榴多載酒尋山宿思人帶雪過東西幾回別此會各蹉跎

送流人

聞說南中事悲君重竄身山村楓子鬼江廟石郎神童稚留荒宅圖書託故人青門好風景爲爾一沾巾

過胡居士（一作湖上）覩王右丞遺文

舊日相知盡深居獨一身閉門空（一作唯）有雪看竹永無人每許前山隱曾憐陋巷貧題詩今尚在暫爲拂流（一作留）塵

送郎使君赴郢州

使君持節去雲水滿前程楚寺多連竹江檣遠映城登樓向月望賽廟傍山行若動思鄉詠應貽謝步兵

賊平後送人北歸

世亂同南去時清獨北還他鄉生白髮舊國見青山曉月過殘壘繁星宿故關寒禽與衰草處處伴愁顏

觀獵騎（一作公子行）

纏臂繡綸巾貂裘窄稱身射禽風助箭走（一作驟）馬雪翻（一作飛）塵金埒爭開道香車爲駐輪翩翩不知處傳（一作應）是霍家親

同苗員外宿薦福常師房（一作秋喜盧綸同宿寺）

浮生共多故聚宿喜君同人息時聞磬燈搖乍有風霜階疑（一作寒霜凝）水際夜木似山中一願持（一作投）如意長來事遠公

送喬廣下第歸淮南

遙想長淮盡荒堤楚路斜戍旗標白浪罟網入青葭啼（一作歸）鳥仍臨水愁人更見（一作看）花東堂一枝在爲子惜年華

風箏

高風吹玉柱萬籟忽齊飄颯樹遲難度縈空細漸銷松泉鹿門夜笙鶴洛濱朝坐與真僧聽支頤向寂寥

閑居寄苗發

漸向浮生老前期竟若何獨身居處靜永夜坐時多厭逐青林客休吟白雪歌支公有遺寺重與謝（一作戴）安過

送王先生歸南山

儒中年最老獨有濟南生愛子方傳業無官自耦耕竹通山舍遠雲接雪（一作玉）田平願作門人去相隨隱姓名

寄天台秀師

天台瀑布寺傳有白頭師幻跡示（一作是）羸病空門無住持雪晴看鶴去海夜與龍期永願親鉼屨呈功（一作澄心）得問疑

送夏侯審赴寧國

青圻連白浪曉日渡南津山疊陵陽樹舟多建業人煙霞高占（一作古）寺楓竹暗停（一作亭）神如接玄暉集江丞獨（一作猶城）見親

雲陽館與韓紳（一作韓升卿）宿別

故人江海別幾度隔山川乍見翻疑夢相悲各問年孤燈寒照雨溼竹暗浮煙更有明朝恨離杯惜共傳

送盧使君赴夔州

鐃管隨旌旆高秋遠上巴白波連霧雨青壁斷蒹葭凭几雙童靜登樓萬井斜政成知變俗當應畫輪車

夜聞回雁

雁響天邊過高高望不分颼飀傳細雨嘹唳隔長雲散向誰家盡歸來幾客聞還將今夜意西海話蘇君

賦得的的帆向浦

向浦參差去隨波遠近還初移芳草裏正在夕陽間隱映回孤驛微明出亂山向空看不盡歸思滿江關

秋思呈尹植裴說（一本題下有鄭洞二字）

靜向嬾相偶年將衰共催前途懂不（一作未）集往事恨空來晝景委紅葉月華銷（一作鋪）綠苔沈思竟何有坐結玉琴哀

閑園即事寄暕公

欲就東林寄一身尚憐兒女未成人柴門客去殘陽在藥圃蟲喧秋雨頻近水方同梅市隱曝衣多笑阮家貧深山蘭若何時到羨與閑雲作四鄰

題暕上人院

閉門不出自焚香擁褐看山歲月長雨後綠苔生石井秋來黃葉遍繩牀身閑何處無真性年老曾言（一作來）隱故

鄉吏說本師同學在幾時攜手見(一作向)衡陽

長安曉望寄程補闕(一作包何詩)

迢遞山河擁帝京參差宮殿接雲平風吹曉漏經長樂柳帶晴煙出禁城天淨笙歌臨路發(一作奏)日高車馬隔塵行獨有淺才甘未達多慚名在魯諸生

下第日書情寄上叔父

微才空覺滯京師末學曾爲叔父知雪裏題詩偏見賞林間飲酒獨令隨遊客盡傷春色老貧居還惜暮陰移欲歸江海尋山去願報何人得桂枝

南原(一作浦)望漢宮

荒原空有漢宮名衰草茫茫雉堞平連雁下時秋水在行人過盡暮煙生西陵歌吹何年絕南陌登臨此日情故事悠悠不可問寒禽野水自縱橫

早夏寄元校書

獨遊野徑送(一作自)芳菲高竹林居接翠微綠岸草深蟲入徧青蘋花盡蝶來稀珠荷薦果香寒簟玉柄搖風滿夏衣蓬蓽永無車馬到更當齋夜憶玄暉

贈衡岳(一作嶽陽)隱禪師

擁褐安居南岳頭白雲高寺見衡州石窗湖水搖寒月楓樹猨聲報夜秋講席舊逢山(一作沙)鳥至梵經初向竺僧求垂垂(一作自知)身老將傳法因下人間遂北(一作逐此)遊

題凌雲寺

春山古寺遶滄波石磴盤空鳥道過百丈金身開翠壁萬龕燈焰隔煙蘿雲生客到侵衣溼花落僧禪覆地多不與方袍同結社下歸塵世竟如何

晦日益州北池陪宴

臨泛從公日仙舟翠幕張七橋通碧沼(一作澗)雙樹接花塘玉燭收寒氣金波隱夕光野閶(一作闌)歌管思水靜綺羅香遊騎縈林遠飛橈截岸長郊原懷灞滻陂澤寫江潢常侍傳花詔偏禪問羽觴豈令南峴首千載播餘芳

送曲山人之衡州

白石先生眉髮光(一作老)已分甜(一作紺)雪飲紅漿衣巾半染煙霞氣(一作色)語笑兼和藥草香茅洞玉聲流暗水衡山碧色(一作氣)暎朝陽千年城郭如相問華表峩峩有夜霜

立秋日

律變新秋至蕭條自此初花酣蓮報謝葉在柳呈疎澹日非(一作月多)雲暎清風似雨餘卷簾涼暗度迎(一作卻)扇暑先除草靜多翻燕波澄乍露魚今朝散騎省作賦興何如

詠古寺花

共愛芳菲此樹中千跗萬萼(一作蕊)裹(一作裛)枝紅遲遲欲去猶回望覆地無人滿寺風

酬張芬有赦後見贈(一作司空圖詩)

紫鳳朝銜五色書陽春忽布(一作報)網羅除已將心變寒灰後豈料光生腐草餘建水風煙收客淚杜陵花竹夢郊居勞君故有詩相贈欲報瓊瑤恨不如

哭苗員外呈張參軍(苗公即參軍舅氏)

思君甯家宅久接竹林期嘗值偷琴處親聞比玉時高人不易合弱冠早相知(一作追)試藝臨諸友能文即我師凌寒松未老先暮槿何衰季子生前別羊曇醉後悲壽堂乖一慟奠席阻長辭因瀝殊方淚遙成墓下詩

金陵懷古

輦路江楓暗宮庭野草春傷心庾開府老作北朝臣

發渝州却寄韋判官

紅燭津亭夜見君繁弦急管兩紛紛平明分(一作攜)手空江轉唯有猨聲滿(一作嘯)水雲

送盧徹之太原謁馬尚書

榆落鵰飛關塞秋黃雲晝角見并州翩翩羽騎雙旌後上客親(一作新)隨郭細侯

峽口送友人

峽口花飛欲盡春天涯去住淚沾巾來時萬里同爲客今日飜成送故人

故郭婉儀挽歌

一日辭秦鏡千秋別漢宮豈唯泉路掩長使月輪空苦色凝朝露悲聲切暝風婉儀餘舊德仍載禮經中

送翰林張學士嶺南勒聖碑

漢恩天外洽周頌日邊稱文獨司空羨書兼太尉能出關逢北雁度嶺逐南鵬使者翰林客餘春歸灞陵

送吉校書東歸

少年芸閣吏罷直暫歸休獨與親知別行逢江海秋聽猨看楚岫隨雁到吳洲處處園林好何人待子猷

早春遊望

東風春未足試望秦城曲青草狀寒蕪黃花似秋菊壯將歡共去老與悲相逐獨作遊社人暮過威輦宿

秋日趨府上張大夫

重城洞啟肅秋煙共說羊公在鎮年鞭鼓暗驚林葉落旌旗遙拂雁行偏石過橋下書曾受星降人間夢已傳謫吏何能沐風化空將歌頌拜車前

竹裏徑

幽徑行迹稀清陰苔色古蕭蕭風欲來乍似蓬(一作逢)山雨

黃子陂

岸芳春色曉水影夕陽微寂寂深煙裏漁舟夜不歸

田鶴

散下渚田中隱見菰蒲裏哀鳴自相應欲作凌風起

藥園

春園芳已遍綠蔓雜紅英獨有深山客時來辨藥名

石井

苔色遍春石桐陰入寒井幽人獨汲時先樂殘陽影

板橋

橫遮野水石前帶荒村道來往見愁人清風柳陰好

石蓮花

今逢石上生本自波中有紅豔秋風裏誰憐眾芳後

遠寺鐘

杳杳疎鐘發因(一作月)風清復引中宵獨聽之似與東林近

松下雪

不隨晴野盡獨向深松積落照入寒光偏能伴幽寂

新柳

全欺芳蕙晚似妬寒梅疾撩亂發青條春風來幾日

唐昌公主院看花

遺殿空長閉乘鸞自不回至今荒草上寥落舊花開

別張讃

今日山晴後殘蟬菊發時登樓見秋色何處最相思

晚思

蛩餘窗下月草溼階前露晚景凄我衣秋風入庭（一作何）樹

留（一作別）盧秦卿（一作郎士元詩）

知有前期在難分（一作數如）此夜中無將故人酒不及石尤（一作古淳）風

登峴亭

峴山回首望秦關南向荊州幾日還（一作一身放逐向荊蠻平楚茫茫失路關）今日登臨唯有淚不知風景在何山

哭麴山人（一作耿湋詩）

憶昔秋風起君曾歎逐臣何言芳草日自作九泉人

過堅上人故院與李端同賦

舊依支遁宿曾與戴顒來今日空林下唯知見綠苔

病中嫁女妓

萬事傷心在目前一身垂淚對花筵黃金用盡教歌舞留與他人樂少年

江村即事

釣罷歸來不繫船江村月落正堪眠縱然一夜風吹去只在蘆花淺水邊

全唐詩

司空曙

送鄭明府貶嶺南

青楓江色晚楚客獨傷春共對一尊酒相看萬里人猜嫌成謫宦正直不防身莫畏炎方久年年雨露新

寄衛明府常見短靴褐裘又務持誦是以有末句之贈

柴桑官舍近東林兒稚初髫即道心側寄繩牀嫌凭几斜安苔幘懶穿簪高僧靜望山僮逐走吏喧來水鴨沈翠竹黃花皆佛性莫教塵境誤相侵

酬李端校書見贈

綠槐垂（一作初）穗乳烏飛忽憶山中獨未歸青鏡流年看髮變白雲芳草與心違作（一作多）逢酒客春（一作朝）遊慣久別林僧夜坐稀昨日聞君到城闕莫將簪弁勝（一作責）荷衣

過盧秦卿舊居

五柳茅茨楚國賢桔槔蔬圃水涓涓黃花寒後難逢蝶紅葉晴來忽有蟬韓康助採君臣藥支遁同看內外篇為問潛夫空著論如何（一作何如）侍從賦甘泉

秋園（一本題下有戲題二字）

傷秋不是惜年華別憶春風碧玉家強向衰藜見芳意茱萸紅實似繁花

送王使君赴太原拜節度副使

新從劉太尉結束向并州絡腦青絲騎盤囊錦帶鉤出關逢將校下嶺擁戈矛亜（一作雪）閉黃雲冷山傳畫角秋劍鋒將破虜函（一作遠）道罷登樓豈作書生老當封萬戶侯

擬百勞歌

朱絲紐（一作細）弦金點雜雙蒂芙蓉共開合誰家稚女著羅裳紅粉青眉嬌暮妝木難（一作栖）作牀牙作席雲母屏風光照壁玉顏年幾新上頭迴身（一作頭）斂笑多自羞紅銷月落不復見可惜當時誰拂面

迎神

吉日兮臨水沐青蘭兮白芷假山鬼兮請東皇託靈均兮邀帝子吹參差兮正苦舞婆娑兮未已鸞旌圓蓋望欲來山雨霏霏江浪起神既降兮我獨知目成再拜為陳詞

送神

神之去迴風嫋嫋雲容與桂尊瑤席不復陳蒼山綠水暮愁人

殘鶯百囀歌同王員外耿拾遺吉中孚李端遊慈恩各賦一物

殘鶯一何怨百囀相尋續始辨下將高稍分長復促綿蠻巧狀語機節終如曲野客賞應遲幽僧聞詎足禪齋深樹夏陰清零落空餘三兩聲金谷箏中傳不似山陽笛裏寫難成憶昨亂啼無遠近晴宮曉色偏相引送暖初隨柳色來辭芳暗逐花枝盡歌殘鶯歌殘鶯悠然萬感生謝朓羇懷方一聽何郎閑吟本多情乃知衆鳥非儔比暮噪晨鳴倦人耳共愛奇音那可親年年出谷待新春此時斷絕為君惜明日玄蟬催髮白

過終南（一本有山字）柳處士

雲起山蒼蒼林居蘿薜荒幽人老深境素髮與青裳（一作囊）雨滌莓苔綠風搖松桂（一作蘭茜）香洞泉分溜（一作派）淺巖筍出藜長敗屨安松砌餘棊在石牀書名一為別還路已堪傷

春送郭大之官

明府之官官舍春春風辭我兩三人可憐江縣閑無事手板支頤獨詠貧

送鄭錫（曙曾事此公季父）

漢陽雲樹清無極蜀國風煙思不堪莫怪別君偏有淚十年曾事晉征南

同張參軍喜李尚書寄新琴

新琴傳鳳凰晴景稱高張白玉連徽淨朱絲繫（一作絃擊）爪長輕埃隨拂拭雜（一作新）籟滿鏗鏘暗想山泉合如親蘭蕙芳正聲消鄭衛古狀掩笙簧遠識賢人意清風頗激揚

苦熱

暑氣發炎州焦煙遠未收嘯風兼熾燄揮汗訝成流鸛鸛投林盡龜魚擁石稠漱泉齊飲酎衣葛剩兼裘長簟貪欹枕輕巾懶挂頭招商如有曲一為取新秋

送人歸黔府

伏波簫鼓水雲中長戟如霜大旆紅油幕曉開飛鳥絕翩翩上將獨趨風

雜興

月沒遼城暗出師雙龍金角曉天悲黃塵滿目隨風散不認將軍燕尾旗

歲暮懷崔峒耿湋

臘月江天見春色白花青柳疑寒食洛陽舊社各東西楚國遊人不相識

觀妓

翠蛾紅臉不勝情管絕弦餘發一聲銀燭搖搖塵暗下

卻愁紅粉淚痕生

過長林湖西酒家

湖草青青三兩家門前桃杏一般花遷人到處唯求醉聞說漁翁有酒賒

過閻釆病居

每逢佳節何曾坐唯有今年不得遊張邴臥來休送客菊花楓葉向誰秋

送程秀才

悠悠多路歧相見又別離東風催節換睒睒春陽散楚草漸煙綿江雲亦蕪漫送子悵何窮故關如夢中蹉人盡還北旅雁辭南國楓樹幾回青逐臣歸不得

長林令衞象餳絲結歌

主人琱盤盤素絲寒女眷眷墨子悲乃言（一作旁）假使餳爲之八珍重沓失顏色手援玉箸不敢持始狀芙蓉新出水仰坼重衣傾萬蕊又如合歡交亂枝紅茸向暮花參差吳蠶絡繭抽尚絕細縷纖毫看欲減雪髮羞垂倭墮鬟繡囊畏並茱萸結我愛此絲巧妙絕世間無爲君作歌陳座隅

酬崔峒見寄（一作江湖秋思）

趨陪禁掖雁行隨（一作稀）遷放江潭鶴髮垂素浪遙疑太液水青楓忽似萬年枝嵩南春遍愁（一作傷）魂夢壺（一作湖）口雲深隔路歧共望漢朝多沛澤蒼蠅早晚得先知

聞春雷

水國春雷早闐闐若衆車自憐遷逐者猶滯蟄藏餘

晚秋西省寄上李韓二舍人

晝漏傳清唱天恩（一作隅一本缺）禁旅秋雁親承露掌砧隔曝衣樓賜膳中人送餘香侍女收仍聞勞上直晚步鳳池頭

下武昌江行望涔陽

悠悠次（一作向）楚鄉楚（一作契）口下涔陽雪隱洲渚暗沙高蘆荻黃漁人共留滯水鳥自喧翔懷土年空盡春風又淼茫

送史申之峽州

峽口巴江外無（一作水）風浪亦翻蒹葭新有雁雲雨不離猿行客思鄉遠愁人賴酒昏檀郎好聯句共（一作莫）滯謝家門

送王閏

相送臨寒水蒼然望故關江蕪連夢澤楚雪入商山話我他年舊看君此日還（一作閑）因將自悲淚一灑別離間

江園書事寄盧綸

種柳南江邊閉門三四年豔花（一作俗人）那勝竹凡鳥不如蟬嗜酒漸嬰（一作思）渴讀書多欲眠平生故交在白首遠相憐

送鄭況往淮南

西楚見南關蒼蒼落日間雲離大雷樹潮入秣陵山登戍因高望停橈放溜閑陳公有賢榻君去豈空還

題江陵臨沙驛樓

江天清更愁風柳入江樓雁惜楚山晚蟬知秦樹秋淒涼多獨醉零落半同遊豈復（一作獲）平生意蒼然蘭杜洲

新蟬（一作聞蟬詩）

今朝蟬忽鳴遷（一作羈）客若爲情便（一作漸）覺一年老能（一作猶）令萬感生微風方（一作初）滿樹落日稍沈城爲問同懷者淒涼聽幾聲

送張弋

擁櫂江天曠蒼然下郢城氷霜葭菼變雲澤鷓鴣鳴酒倦臨流醉人逢置榻迎嘗聞藉東觀不獨魯諸生

送僧無言歸山

袈裟出塵外山徑幾盤緣人到白雲樹鶴沈青草田龕泉朝請盥松籟夜和禪自昔聞多學逍遙注一篇

和盧校書文若早入使院書事（第六句缺一字）

解帶獨裴回秋風如水來軒墀涇繁露琴几拂輕埃晨鳥猶在葉夕蟲餘　苔蒼然發高興相仰坐難陪

送史澤之長沙

謝朓懷西府單車觸火雲野蕉依戍客廟竹映湘君夢渚巴山斷長沙楚路分一杯從別後風月不相聞

田家

田家喜雨足鄰老相招攜泉溢溝塍壞麥高桑柘低呼兒催放犢宿（一作邀）客待烹雞搔首蓬門下如（一作知）將軒冕齊

送盧堪

羈貧不易去此日始西東旅舍秋霖葉（一作夜林）行人寒（一作塞）草風酒醒餘恨在野餞暫遊同莫使孀生刺空留懷袖中

送柳震入蜀

粉堞連青氣喧喧雜萬家夷人祠竹節蜀鳥乳桐花酒報新豐景琴迎抵峽斜多聞滯遊客不似在天涯

送李嘉祐正字括圖書兼往揚州覲省

不事蘭臺貴全多韋帶風儒官比劉向使者得陳農晚燒平蕪外朝陽疊浪東歸來喜調膳寒筍出林中

送劉侍御

獄成收夜燭整豸出登車黃葉辭荊楚青山背漢初早朝新羽衞晚下步徒胥應念長沙謫思鄉不食魚

送龐判官赴黔中

天遠風煙異西南見一方亂山來蜀道諸水出辰陽堆案青油暮看棋畫角長論（一作諭）文誰可制記室有何郎

送人遊嶺南

萬里南遊客交州見柳條逢迎人易合時日酒能消浪曉浮青雀風溫解黑貂囊金如未足莫恨故鄉遙

送曹同（一作桐）椅

青春（一作山）三十餘衆藝盡無如中散詩傳畫將軍扇續書楚田晴下雁江日暖遊（一作多）魚惆悵空相送歡遊自此疎

送鄂州張別駕襄陽覲省

蒼蒼峴亭（一作峯）路臘月漢陽（一作江）春帶雪半山寺行沙隔水人王祥因就宦萊子不違親正恨殊鄉別千條楚柳新

送魏季羔遊長沙覲兄（一本無季字）

蘆荻湘江水蕭蕭萬里秋鶴高看迴野蟬遠入中流訪友多成滯攜家不厭遊惠連仍有作知得從兄酬

雜言

伏餘西景移風雨（一作與）灑輕絺燕拂青蕪地蟬鳴紅葉枝

翫花與衞象（一作衞長林）同醉

衰鬢千莖雪（一作白）他鄉一樹花今朝與君醉忘卻在長沙

送王尊師歸湖州

煙蕪滿洞青山遶幢節飄空紫鳳飛金闕乍看迎日麗玉簫遙聽隔花微多開石髓供調膳時御霓裳奉易衣莫學遼東華表上千年始欲一迴歸

九日洛（一作落）東亭

風息斜陽盡遊人曲落間採花因覆酒行草轉看山柳散新霜下天晴早雁還傷秋非騎省玄鬢白成斑

九日送人

送人冠獬豸值節佩茱萸均賦徵三壤登車出五湖水風淒落日岸葉颯衰蕪自恨塵中使何因在路隅

哭王注

已歎漳濱臥何言驛隙難異才傷促短諸友哭門闌古道松聲暮荒阡草色寒延陵今葬子空使魯人觀

遇谷口道士

一見林中客開知州縣勞白雲秋色遠蒼嶺夕陽高自說名因石誰逢手種桃丹經儻相授何用戀青袍

喜外弟盧綸見（一作訪）宿

靜夜四無鄰荒居舊業貧雨中黃葉樹燈下白頭人以我獨沈久愧君相見頻平生自有（一作有深）分況是蔡家親

深上人見訪憶李端

雁稀秋色盡落日對寒山避事多稱疾留僧獨閉關心歸塵俗外道勝有無間仍憶東林友相期久不還

宿青龍寺故曇上人院

年深宮院在舊客自相逢閉戶臨寒竹無人有夜鐘降龍今已去巢鶴竟何從坐見繁星曉淒涼識舊峯

送張鍊師還峩嵋山

太一天壇天柱西垂蘿為幌（一作挽）石為梯前登靈境青霄絕下視人間白日低松籟（一作韻）萬聲和管磬丹光五色雜虹（一作雲）霓春山一入尋無路鳥響煙深（一作深林）水滿溪

逢江客問南中故人因以詩寄

南客何時去相逢問故人望鄉空淚落嗜酒轉家貧疎懶辭微祿東西任老身上樓多看月臨水共傷春五柳終期隱雙鷗自可親應憐折腰吏冉冉在風塵

送皐法師

江草知寒柳半衰行吟怨別獨遲遲何人講席投如意唯有東林遠法師

送鄭佶歸洛陽

蒼蒼楚色水雲間一醉春風送爾還何處鄉心最堪羨汝南初見洛陽山

分流水

古時愁別淚滴作分流水日夜東西流分流幾千里通塞兩不見波瀾各自起與君相背飛去去心如此

和耿拾遺元日觀早朝

元日（一作朔）爭朝闕奔流若會溟路塵和薄霧騎火接低星門響（一作漏泛）雙魚鑰車喧百子鈴冕旒當翠殿幢戟滿彤庭積（一作表）歲方編瑞乘春即省（一作宥）刑大官（一作諸侯）陳禹玉司曆獻堯蓂壽酒三觴退簫韶九奏停太陽開物象霈澤及生靈南陌高山碧（一作祥光紫）東方曉氣青自憐揚子賤歸草太玄經

塞下（一作上）曲

寒柳接胡桑軍門向大荒幕營隨月魄兵氣長星芒橫吹催春酒重裘隔夜霜氷開不防虜青草滿遼陽

關山月

蒼茫明月上夜久光如積野幕冷胡霜關樓宿邊客隴頭秋露暗磧外寒沙白唯有故鄉人霑裳此聞笛

御製雨後出城觀覽敕朝臣已下屬和

上上開鴉野師師出鳳城因知聖主念得（一作能）遂老農情隴麥垂秋合郊塵得雨清時新薦玄祖歲足富（一作布）蒼生卻馬川原靜聞雞水土平薰弦歌舜德和鼎致堯名覽物欣多稼垂衣御大明史官何所錄稱瑞滿天京

奉和常舍人（一本有袞字）晚秋集賢院即事寄徐薛二侍郎

藹藹鳳凰宮蘭臺玉署通夜霜凝樹羽朝日照相風宮附（一作亞）三台貴儒開百氏宗司言陳禹命（一作拜）侍講發堯聰香卷青編內鉛分綠字中綴簾從太史鏘珮揖群公池接天泉碧林交御果紅寒龜登故（一作敗）葉秋蝶戀疎叢顏謝徵文並鍾裴直（一作議）事同離群驚海鶴屬思怨江楓地遠姑蘇外山長越絕東懸當哲匠後下曲本難工

題鮮于秋（一作暎）林園

雨後園林好幽行迴（一作迴又作向）野通遠山芳草外流水落花中客醉悠悠慣鶯啼處處同夕陽（一作舊春）自一望日暮杜陵東

登秦嶺

南登秦嶺頭迴首始堪憂漢闕青門遠商山藍水流三湘遷客去九陌故人遊從此思鄉淚雙垂不復收

獨遊寄衛長林

草綠春陽動遲遲澤畔遊戀花同野蝶愛水劇江鷗身外唯須醉人間盡（一作半）是愁那知鳴玉者不羨賣瓜侯

望水

高樓（一作原）晴見水楚色靄相和野極空如練（一作雪）天遙不辨波永無人跡到時有鳥行過況是蒼茫外殘陽照最（一作更）多

望商山路

南見青山道依然去國時已甘長避地誰料有還期雨露殘陽薄人愁獨望遲空殘華髮在前事不堪思

題落葉

霜景催危葉今朝半樹空蕭條故國異零落旅人同颯岸浮寒水依堦擁夜蟲隨風偏可羨得到洛陽宮（一作城中）

寄準上人

昨聞歸舊寺暫別欲經年樵客應同步（一作出）鄰僧定伴禪後峯秋有雪遠澗夜鳴泉偶與支公論人間自共傳

送況上人還荊州因寄衛侍御象

惠持遊蜀久策杖欲（一作忽）西還共別此宵月獨歸何處山對鷗沙草畔洗足野雲間知有玄暉會齋心受八關

別盧綸（一作綸別曙詩）

有月多同賞無秋不共悲如何與君別又是菊黃時

雪二首

樂遊春苑望鵞毛宮殿如星樹似毫漫漫一川橫渭水太陽初出五陵高

王屋南崖見洛城石龕松寺上方平半山槲葉當窗下一夜曾聞雪打聲

酬衛長林歲日見呈

地暖雪花摧天春斗柄迴朱泥一九藥柏葉萬年杯旅

雁辭人去繁霜滿，鏡來今朝彩盤上。神燕不須雷

杜鵑行（一作杜甫詩）

古時杜宇稱望帝，魂作杜鵑何微細。跳枝竄葉樹木中，搶翔瞥捩雌隨雄。毛衣慘黑自顦顇，衆鳥安肎相尊崇。隳形不敢栖華屋，短翮唯願巢深叢。穿皮啄朽觜欲秃，苦飢始得食一蟲。誰言養雛不自哺，此語亦足爲愚蒙。聲音咽囈若有謂，號啼略與嬰兒同。口乾垂血轉迫促，似欲上訴於蒼穹。蜀人聞之皆起立，至今相效傳遺風。乃知變化不可窮，豈知昔日居深宮，嬪妃左右如花紅。

寄胡居士

日暖風微南陌頭，青田紅樹起春愁。伯勞相逐行人別，岐路空歸野水流。徧地尋僧同看雪，誰期載酒共登樓。爲言惆悵嵩陽寺，明月高松應獨遊。

寒塘

曉髮梳臨水，寒塘坐見秋。鄉心正無限，一雁度南樓。

爲李魏公賦謝汧公

白雪高吟際，青霄遠望中。誰言路遐曠，宮徵暗相通。

梁城老人怨（一作陳羽詩）

朝爲耕種人，暮作刀槍鬼。相看父子血，共染城壕水。

全唐詩

崔峒

崔峒，博陵人。登進士第，爲拾遺、集賢學士，終於州刺史。藝文傳云終右補闕。大曆十才子之一也。詩一卷。

揚州選蒙相公賞判雪後呈上

自得山公許，休耕海上田。慙看長史傳，欲棄釣魚船。窮巷殷憂日，蕪城雨雪天。此時瞻相府，心事比旌懸。

客舍書情寄趙中丞

東楚復西秦，浮雲類此身。關山勞策蹇，僮僕慣投人。孤客來千里，全家託四鄰。生涯難自料，中夜問（一作見）親情。

客舍有懷因呈諸在事

讀書常苦節，待詔豈辭貧。暮雪猶驅馬，晡飡又寄人。愁來占吉夢，老去惜良辰。延首平津閣，家山日已春。

書懷寄楊郭李王判官

慣作雲林客，因成懶漫人。吏欺從政拙，妻笑理家貧。李郭應時望，王楊入幕頻。從容丞相閣，知憶故園春。

奉和給事寓直

桂枝家共折，雞樹代相傳。忝向鸞臺下，仍看鴈影連。夜闌方步月，漏盡欲朝天。知去丹墀近，明王許薦賢。

初入集賢院贈李獻仁（曾於常山縣官）

燕代官初罷，江湖路便分。九遷從命薄，四十幸人聞。跡愧趨丹禁，身曾繫白雲。何由返滄海，昨日謁明君。

酬李補闕雨中寄贈

十年隨馬宿，幾度受人恩。白髮還鄉井，微官有子孫。竹窗寒雨滴，苦砌夜蟲喧。獨媿東垣友，新詩慰旅魂。

初除拾遺酬丘二十二見寄（一作初拜命酬丘丹見贈）

江海久垂綸，朝衣忽掛身。丹墀初（一作方）謁帝，白髮免羞人。才愧文章士，名當諫諍臣。空餘薦賢分（一作力），不敢負交親。

劉展下判官相招以詩答之

國有非常寵，家承異姓勳。背恩慙皎日，不義若浮雲。但使忠貞在，甘從玉石焚。竄身如有地，夢寐見明君。

送侯山人赴會稽

仙客辭蘿月，東來就一官。且歸滄海住，猶向白雲看。猨

叫江天暮，蟲聲野浦寒。時遊鏡湖裏，爲我把魚竿。

宿禪智寺上方演大師院

石林（一作床）高幾許，金剎在中峰。白日空山梵，清（一作晴）霜後夜鐘。竹窗迴翠壁，苔徑入寒松。幸接無生法，疑心怯所從。

題空山人石室

早晚悟無生，頭陀不到城。雲山知夏臘，猨鳥見脩行。地僻無溪路，人尋逐水聲。年年深谷裏，誰識遠公名。

登蔣山開善寺（一作李嘉祐詩）

山殿秋雲裏，香煙出翠微。客尋朝磬至（一作食），僧背夕陽歸。下界千門見，前朝（一作期）萬事非。看心兼送目，葭菼暮依依。

題崇福寺禪院

僧家竟何（一作更無）事，掃地與焚香。清磬度山翠，閑雲來竹房。身心塵外遠，歲月坐中長。向晚禪堂掩（一作閉），無人空夕陽。

秋晚送丹徒許明府赴上國因寄江南故人

秋暮之彭澤，籬花遠近逢。君書前日至，別後此時重。寒夜江邊月，晴天海上峰。還知南地（一作北）客，招引住新豐。

送薛仲方歸揚州

佳句應無敵，貞心不有猜。（一作暫回）慙爲丈人行，怯見後生才。泛舸貪斜月，浮橈值早梅。綠楊新過雨，芳草待君來。

送韋員外還京

十年離亂後，此去若爲情。春晚香山綠，人稀（一作頹）豫水清。野陂看獨樹，關路逐殘鶯。前殿朝明主，應憐白髮生。

潤州送友人

見君還此地，灑淚向江邊。國士勞相問，家書無處傳。荒城胡（一作關）馬跡，塞木戍人煙。一路堪愁思，孤舟何渺然。

送張芬東歸

喧喧五衢上，鞍馬自驅馳。落日臨阡陌，貧交欲別離。早知時事異，堪（一作豈）與世人隨。握手將何贈，君心我獨知。

送蘇脩遊上饒

愛爾無羈束，雲山恣意過。一身隨遠岫，孤棹任輕波。世事關情少，漁家寄宿多。蘆花淺淡（一作泊船）處，江月奈人何。

送陸明府之盱眙

陶令之官去，窮愁慘別魂。白煙橫海戍，紅葉下（一作近）淮村。

滄浪搖山郭，平蕪到縣門。政成堪吏隱，免負（一作就）府公恩。

江南迴逢趙曜因送任十一赴交城主簿

江上長相憶，因高北望看。不知攜老幼，何處度艱難。屈指同人盡，傷心故里殘。遙憐驅疋馬，白首到微官。

送薛良史往越州謁從叔

辭家年（一作日）已久，與子分偏（一作仍）深。易得相思（一作思鄉）淚，難爲欲別心。孤雲隨浦口，幾日到山陰。遙想蘭亭下，清風滿竹林。

送丘二十二之（一作歸）蘇州

積水與寒煙，嘉禾路幾千。孤猨啼海島，羣鴈起湖田。曾見（一作寄）長洲苑（一作沙汻），嘗聞大雅篇。却將封事去，知爾愛（一作意）閑眠。

登潤州芙蓉樓

上古人何在，東流水不歸。往來潮有信，朝暮事成非。煙樹臨沙靜，雲帆入海稀。郡樓多逸興，良牧謝玄暉。

江上書懷

骨肉天涯別，江山日落時。淚流襟上血，髮變（一作白）鏡中絲。胡越書難到，存亡夢豈知。登高回首罷，形影自相隨。

春日憶姚氏外甥

離亂人相失，春秋鴈自飛。祇緣行路遠，未必寄書稀。二月花無數，頻年意有違。落暉看過後，獨坐淚沾衣。

送眞上人還蘭若

得道雲林久（一作下），年深暫一歸。出山逢世亂，乞食覺人稀。半偈初傳法，中（一作千）峰又掩扉。愛憎（一作離）應不染，塵俗自依依。

潤州送師弟自江夏往台州

遠客乘流去，孤帆向夜開。春風江上使，前日漢陽來。別路猶千里，離心重一杯。剡溪木未落，羨爾過天台。

送李道士歸山

秋城臨古路，城上望君還。曠野入寒草，獨行隨遠山。授人鴻寶內，將犬白雲間。早晚燒丹罷，遙知氷雪寒。

宿江西竇主簿廳（與此公七兄聯官）

廣庭方緩步，星漢話中移。月滿關山（一作水關）道，鳥（一作烏）啼霜樹枝。時艱難會合，年長重親知。前事成金石，悽然淚欲垂。

喜逢妻弟鄭損因送入京

亂後自江城，相逢喜復驚。爲經多載別，欲問小時名。對酒悲前事，論文畏後生。遙知盈卷軸，紙貴在江城。

詠門下畫小松上元王杜三相公（一作箋起詩）

昔聞生澗底，今見起毫端。衆草此時沒，何人知歲寒。豈能裨棟宇，且貴出門闌。只在丹青意，凌雲也不難。

寄上禮部李侍郎

吳楚相逢處，江湖共泛時。任風舟去遠，待月酒行遲。白髮常同歎，青雲本要期。貴來君却少，秋至老偏（一作堪）悲（一作鬢雲我先悲）。玉佩明朝盛，蒼苔陋巷滋。追尋恨無路，唯有夢相思。

書情寄上蘇州韋使君兼呈吳縣李明府

數年湖上謝浮名，竹杖紗巾遂性情。雲外有時逢寺宿，日西無事傍江行。陶潛縣裏看花發，庾亮樓中對月明。誰念獻書來萬里，君王深在九重城。

題桐廬李明府官舍（一作贈同官李明府）

訟堂寂寂對煙霞，五柳門前聚曉（一作集曉）鵶。流水聲中視公事，寒山影裏見人家。觀風競（一作共）美新爲政，計日還知舊（一作履更）觸邪。可惜陶潛無限酒（一作興），不逢籬菊正開花。

贈竇十九（時公車待詔長安）

靈臺暮宿意多違，木落花開羨客歸。江海幾時傳錦字，風塵不覺化緇衣。山陽會裏同人少，灞曲農時故老稀。幸得漢皇容直諫，憐君未遇覺人非。

虔州見鄭表新詩因以寄贈

梅花嶺裏見新詩，感激情深過楚詞。平子四愁今莫比，休文八詠自同時。萍鄉露冕眞堪惜，風沼鳴珂已訝遲。才子風流定難見，湖南春草但相思。

贈元秘書

舊書稍稍出風塵，孤客逢秋感此身。秦地謬爲門下客，淮陰徒笑市中人。也聞阮籍尋常醉，見說陳平不久貧。幸有故人茅屋在，更將心（一作閑）事問情親。

送韋八少府判官歸東京

玄成世業紫眞官，文似相如貌勝潘。鴻鴈南飛人獨去，雲山一別歲將闌。清淮水急桑林晚，古驛霜多柹葉寒。瓊樹相思何日見，銀鉤數字莫爲難。

送馮八將軍奏事畢歸滑臺幕府

王門別後到滄洲，帝里相逢俱白頭。自歎馬卿常帶疾，還嗟李廣不封侯。棠梨宮裏瞻龍衮，細柳營中著虎裘。想到滑臺桑葉落，黃河東注杏園秋。

送王侍御佐婺州（一作郎士元詩，題云蓋少府新除江南尉問風俗）

聞君作尉（一作不須惆悵）向江潭，吳越風煙到自諳。客路尋常經竹徑（一作隨竹影），人家大底傍山嵐。緣溪花木偏宜遠，避地衣冠盡向（一作在）南。惟有夜猨啼海樹，思鄉望北（一作國）意難堪。

越中送王使君赴江華

皂蓋春風自越溪，獨尋芳樹（一作草）桂陽西。遠水浮雲隨馬去，空山弱篠向雲低。遙知異政荊門北，舊許新詩康樂齊。萬里相思在何處，九疑殘雪白猿啼。

送皇甫冉往白田

江邊盡日雉鳴飛，君向白田何日歸。楚地蒹葭連海迥，隋朝楊柳映堤稀。津樓故市無行客，山館空庭閉落暉。試問疲人與征戰，使君雙淚定沾衣。

題蘭若

絕頂茅菴老此生，寒雲孤木獨經行。世人那得知幽逕，遙向青（一作中）峰禮磬聲。

送賀蘭廣赴選

而今用武爾攻文，流輩千時獨臥雲。白髮青袍趨會府，定應衡鏡却慚君。

清江曲內一絕（一作折腰體）

八月長江去浪平，片帆一道帶風輕。極目不分天水色，南山南是岳陽城。

武康郭外望許緯先生山居

湖上千峰帶落暉，白雲開處見柴扉。松門一逕仍生草，應是仙人（一作先生）向郭稀。

全唐詩

苗發

苗發宰相晉卿之子終都官員外郎大曆十才子之一也詩二首

送司空曙之蘇州

盤門吳舊地蟬盡草秋時歸國人皆久移家君獨遲廣陵經水宿建鄴有僧期若到西霞寺應看江總碑

送孫德諭罷官(一作任)往黔州(孫父嘗牧此州因奉家也)

中歲分符典石城兩朝趨陛謁承明闕下昨承歸老疏天南今切去鄉情親知握手三秋(一作回)別几杖扶身萬里行伯道暮年無嗣子欲將家事託門生

吉中孚

吉中孚鄱陽人大曆十才子之一始爲道士後官校書郎登宏辭興元中歷翰林學士戶部侍郎詩一卷今存一首

送歸中丞使新羅冊立弔祭

官稱漢獨坐身是魯諸生絕域通王制窮天向水程島中分萬象日處轉雙旌氣積魚龍窟濤翻水浪聲路長經歲去海盡向山行復道殊方禮人瞻漢使榮

夏侯審

夏侯審大曆十才子之一官侍御史詩一首

詠被中繡鞵

雲裏蟾鉤落鳳窩玉郎沈醉也摩挲陳王當日風流減只向波間見襪羅

王烈

王烈大曆間人詩五首

行路難

行客滿長路路長(一作難)良足哀白日持角弓射人而取財千金誰家子紛紛死黃埃見者不敢言言者不得回家人各望歸豈知長不來

雪

雪飛當夢蝶風度幾驚人半夜一窗曉平明千樹春花園應失路白屋忽爲鄰散入仙廚裏還如雲母塵

酬崔峒

徇世甘長往逢時忝一官欲朝青瑣去羞向白雲看縈寵無心易艱危抗節難思君寫懷抱非敢和幽蘭

塞上曲二首

紅顏歲歲老金微磧年年臥鐵衣白草城中春不入黃花戍上鴈長飛

孤城夕對戍樓閑迴合青冥萬仞山明鏡不須生白髮風沙自解老紅顏

衛象

衛象大曆間江南詩人官侍御詩二首

傷李端

才子浮生促泉臺此路賒官卑楊執戟年少賈長沙人去門栖鵩災成酒誤蚍唯餘封禪草留在茂陵家

古詞

鵲血琱(一作調)弓濕未乾鷿鵜新淬(一作染)劒光(一作花)寒遼東老將鬢成雪猶向旄頭夜夜看

崔季卿

崔季卿峒之從孫詩一首

晴江秋望

八月長江萬里晴千帆一道帶風輕盡日不分天水色洞庭南是岳陽城

何兆

何兆蜀人詩二首

贈兄

洛陽紙價因兄貴蜀地紅牋爲弟貧南北東西九千里除兄與弟更無人

玉蘂花(一作嚴休復詩)

羽車潛下玉龜山塵世何緣覩蕣顏惟有多情天上雪好風吹上綠雲鬟

句

芙蓉十二池心漏薝蔔三千灌頂香(見焦氏筆乘)

奚賈

奚賈富春人詩三首

嚴陵灘下寄常建

日入溪水靜尋真此亦難乃知滄洲人道成(一作成道)仍(一作因)釣竿漾楫乘(一作坐)徽月振衣生早寒紛吾成獨往自速耽考槃已息漢陰誚且同濠上觀曠然心無涯誰問容膝安

謁李尊師

萬物返常性惟道貴自然先生容(一作亦)其微隱几爲列仙鍊魄閉瓊戶養毛飛洞天將知逍遙久得道無歲年

尋許山人亭子

桃源若遠近漁子櫂輕舟川路行難盡人家到漸幽山禽拂席起溪水入庭流君是何年隱如今成白頭

句

眠澗花自落步林鳥不飛谿谷何蕭條日入人獨行

落日下平楚孤煙生洞庭(見詩式)

張南史

張南史字季直幽州人好弈棊其後折節讀書遂入詩境以試參軍避亂居揚州再召未赴而卒詩一卷

富陽南樓望浙江風起

南樓渚風起樹杪見滄波稍覺征帆上蕭蕭暮雨（一作五兩）多沙洲殊未極雲水更相和欲問任公子垂綸意若何

奉酬李舍人秋日寓直見寄

秋日金華直遙知玉佩清九重門更肅五色詔初成槐落宮中影鴻高苑外聲鵷從魏闕下江海寄幽情

同韓侍郎秋朝使院

重門啓曙關一葉報秋還露井桐柯濕風庭鶴翅閒忘情簪白筆假夢入青山惆悵祇應此難裁語默間

送朱大（一作文）遊塞（一作送朱大北遊）

歲暮一（一作欲）爲別江湖聊自寬且無人事處（一作戀）誰謂客行難郢曲憐公子吳州憶伯鸞蒼蒼遠山際松柏獨宜寒

送鄭錄事赴太原

歎息不相見紅顏今白頭重爲西候別方起北風愁六月胡天冷雙城汾水流盧諶即故吏還復向并州

送余贊善使還赴薛尚書幕

音書不可論河塞雪紛紛雁足期蘇武狐裘見薛君城池通紫陌鞍馬入黃雲遠棹（一作憶）漳渠水平流幾處分

送李侍御入茅山採藥

苦縣家風在茅山道籙傳聊聽驄馬使卻就紫陽仙江海生岐路雲霞入洞天莫令千歲鶴飛到草堂前

寄中書李舍人

昨宵淒斷處對月與臨風鶴病三江上蘭衰百草中題詩隨謝客飲酒寄黃翁早歲心相待還因貴賤同

和崔中丞中秋月

秋夜月偏明西樓獨有情千家看露濕萬里覺天清映水金波動銜山桂樹生不知飛鵲意何用此時驚

西陵懷靈一上人兼寄朱放

淮海風濤起江關憂思長同悲鵲遶樹獨坐雁隨陽山晚雲藏（一作和）雪汀寒月照霜由來濯纓處漁父愛滄浪

寄靜虛上人雲門

寒日白雲裏法侶自提攜竹徑通城下松門隔水西方同沃洲去不自武陵迷髣髴心疑（一作知）處高峯是會稽

送司空十四北遊宋州

九拒危城下蕭條送爾歸寒風吹畫角暮雪犯征衣道里猶成間親朋重與違白雲愁欲斷看入大梁飛

殷卿宅夜宴

日暗城烏宿天寒櫪馬嘶詞人留上客妓女出中閨積雪連燈照迴廊映竹迷太常今夜宴誰不醉如泥

宣城雪後還望郡中寄孟侍御（一作立春後開元觀送強文學還京）

臘後年華變關西驛騎遙塞鴻連暮雪江柳動寒條山水還鄣郡圖書入漢朝高樓非別處故使百憂銷

獨孤常州北亭

北洫敞高明憑軒見野情朝回五馬跡更勝百花名海樹凝煙遠湖田見鶴清雲光侵素壁水影蕩閒楹俗賴褰帷謁人歡倒屣迎始能崇結構獨有謝宣城

早春書事奉寄中書李舍人

儒服山東士衡門洛下居風塵遊上路簡冊委空廬戎馬生郊日賢人避地初竄身初浩蕩投跡豈躊躇翠羽憐窮鳥瓊枝顧散樗還令親道術倒欲混樵漁敝縕袍多補飛蓬鬢少梳誦詩陪賈誼酌酒伴應璩鶴膝兵家備鳧茨儉歲儲泊舟依野水開逕接園蔬暫閱新山澤長懷故里閭思賢乘朗月覽古到荒墟在竹慚充箭爲蘭幸免鋤那堪聞相府更遣詣公車蹇足終難進嚬眉竟未舒事從因病止生寄負恩餘不見神仙久無由鄙悋祛帝庭張禮樂天閣繡簪裾日色浮青瑣香煙近玉除神清王子敬氣逐馬相如銅漏時常靜金門步轉徐唯看五字表不記八行書宿昔投知已周旋謝起予祇應高位隔詎是故情疎爲報周多士須憐楚子虛一身從棄置四節苦居諸柳發三條陌花飛六輔渠靈盤浸沆瀣龍首映儲胥北海樽留客西江水救魚長安同日遠不敢詠歸歟

陸勝（一作瑛）宅秋暮雨中探韻同作

同人永日自相將深竹閒園偶辟疆已被秋風教憶鱠更聞寒雨勸飛觴歸心莫問三江水旅服徒（一作從）沾九日（一作月）霜醉裏欲尋騎馬路蕭條幾處有垂楊

春日道中寄孟侍御

春來游子傍（一作傷）歸路時有白雲遮（一作斷）獨行水流亂赴石潭響花開（一作發）不知山樹名誰家魚網求鮮食幾處人煙事火耕昨日已嘗村酒熟一杯思與孟嘉傾

江北春望贈皇甫補闕

閒園柳綠井桃紅野逕荒墟左右通清迥獨連江水北芳菲更似洛城東時看雨歇人（一作雲）歸岫每覺潮來樹起風聞道金門堪避世何須身與海鷗同

酬張二倉曹楊子閒居見寄兼呈韓郎中左補闕皇甫冉

孤雲獨鶴自悠悠別後經年尚泊舟漁父致詞相借問仙郎能賦許依投折芳遠計三春草乘興閒看萬里流莫怪杜門頻乞假不堪扶病拜龍樓

秋夜聞鴈寄南十五兼呈空和尚（一作和空上人）

晚節聞君道趣深結茅栽樹近東林禪（一作大）師幾度曾摩頂高士何年更發心北渚三更聞過鴈西城萬木動寒砧不見支公與玄度相思擁膝坐長吟

雪（以下六首俱一字至七字）

雪雪花片玉屑結陰風凝暮節高嶺虛晶平原廣潔初從雲外飄還向空中噎千門萬户皆靜獸炭皮裘自熱此時雙舞洛陽人誰悟郢中歌斷絕

月

月月暫盈還缺上虛空生溟渤散彩無際移輪不歇桂殿入西秦菱歌映南越正看雲霧秋卷莫待關山曉沒天涯地角不可尋清光永夜何超忽

泉

泉泉色淨苔鮮石上激雲中懸津流竹樹脈亂山川扣玉千聲應含風百道連太液併歸池上雲陽舊出宮邊北陵井深鑿不到我欲添淚作潺湲

竹

竹竹披山連谷出東南殊草木葉細枝勁霜停露宿成林處處雲抽筍年年玉（一作天）風乍起爭韻池水相涵更綠卻尋庾信小園中閒對數竿心自足

花

花花深淺芬葩凝爲雪錯爲霞鶯和蝶到苑占宮遮已迷金谷路頻駐玉人車芳草欲陵芳樹東家半落西家願得春風相伴去一攀一折向天涯

草

草草折宜看好滿地生催人老金殿玉砌荒城古道青青千里遙悵悵三春早每逢南北離別乍逐東西傾倒一身本是山中人聊與王孫慰懷抱

全唐詩目第五函

第五冊

王建六卷

全唐詩

王建

王建字仲初潁川人大曆十年進士初爲渭南尉歷秘書丞侍御史太和中出爲陝州司馬從軍塞上後歸咸陽卜居原上建工樂府與張籍齊名宮詞百首尤傳誦人口詩集十卷今編爲六卷

送人

白日向西（一作天）沒黃河復東流人生足著地寧免四方遊我行無返顧祝（一作況）子勿回頭當須向前去何用起離憂但恐無廣路平地作山丘今我車與馬欲疾反停留蜀客多積貨邊人易封侯男兒戀家鄉歡樂爲仇讎丁寧相勸勉苦口幸無尤對面無相成不如豺虎儔彼遠不寄書此寒莫寄裘與君俱絕蹟兩念無因由

主人故亭

主人昔專城城南起高亭貴與賓客遊工（一作上）者夜不寧酒食宴圃人栽接望早成經年使家僮遠道求異英郡中暫閒暇遶樹引諸生開泉浴山禽爲愛山中聲世間事難保一日各徂征死生不相及花落實方榮我來至此中守吏非本名重君昔爲主相與下馬行舊鳥日日摧池水不復清豈無後人賞所貴手自營澆酒向所思風起如有靈此去不重來重來傷我形

古從軍

漢家（一作軍）逐單于日沒處（一作交）河曲浮雲道旁起行子車下宿槍城圍鼓角氈帳依山谷馬上懸壺漿刀頭分頰（一作頰）肉來時高堂上父母親結束回面（一作首）不見家（一作客）風吹破衣服金瘡在（一作生）肢節相與拔（一作取）箭鏃聞道西涼州家家婦女（一作人）哭

邯鄲主人

遠客無主人夜投邯鄲市飛蛾繞殘燭半夜人醉起壚邊酒家女遺我緗綺被合成雙鳳花宛轉不相離縱令顏色改（一作故）勿遺合歡異一念始爲難萬金誰足貴門前長安道去者如流水晨風羣鳥翔裏回別離此

泛水曲

載酒入煙浦方舟泛綠波子酌我復飲子飲我還歌蓮深微路通（一作通路）峰曲幽氣（一作風）多閱芳無留瞬弄桂不停柯水上秋日（一作月）鮮西山碧峩峩茲歡良可貴誰復更來過

江南雜體二首

江上風翛翛竹間湘水流日夜桂花落行人去悠悠復見離別處蟲（一作蟲）聲陰雨秋

處處江草（一作山）綠行人發（一作）瀟湘瀟湘回雁多日夜思故鄉春夢不知數空山蘭蕙（一作桂）芳

遠征歸

萬里發遼陽處處問家鄉回車不淹轍雨雪滿衣裳行見日月疾坐思道路長但令不征戍暗鏡生重光

思遠人

妾思常懸懸，君行復綿綿。征途向何處，碧海與青天。歲久（一作覺人）自有念，誰令長在邊。少年若不歸，蘭室如黃泉。

傷近者不見

離人隔中庭，幸不爲遠征。離梁下有壁，聞語亦聞行。天涯尚寄信，此處不傳情。君能並照水，形影自分明。

元日早朝

大國禮樂備，萬邦朝元正。東方色未動，冠劍門已盈。帝居在蓬萊，肅肅鐘漏清。將軍領羽林，持戟巡宮城。翠華皆宿陳，雪仗羅天兵。庭燎遠煌煌，旗上日月明。聖人龍火衣，寢殿開璇扃。龍樓橫紫煙，宮女天中行。六蕃倍（一作陪）位次，衣服各異形。舉頭看玉牌，不識宮殿名。左右雉（一作翟，又作羣）扇開，蹈舞分滿庭。朝服帶金玉，珊珊相觸聲。泰階備雅樂，九奏鸞鳳鳴。裴回慶雲中，竽（一作笙）磬寒錚錚。三公再獻壽，上帝錫永貞。天明告四方，羣后保太平。

聞故人自征戍回

昔聞著征戍，三年一還鄉。今來不換兵，須死在戰場。念子無氣力，徒學事戎行。少年得生還（一作隨），有同蹋穹蒼。自去報爾家，再行上高堂。爾弟修廢櫪，爾母縫新裳。恍恍恐不真，猶未苦（一作若來）承望。每日空出城，畏渴攜壺漿。安得縮地經，忽使在我傍。亦知遠行勞，人悴馬玄黃。慎莫多停留，苦我（一作哉）居者腸。

七泉寺上方

長年好名山，本性今得從。回看塵迹遙，稍見麋鹿蹤。老僧雲中居，石門青重重。陰泉養成龜，古壁飛却（一作虬）龍。掃石禮新經，懸幡上高峰。日夕猿鳥合，覓食聽山鐘。將火尋遠泉，煮茶傍寒松。晚隨收藥人，便宿南澗中。晨起衝露行，濕花枝茸茸。歸依向禪師，願作香火翁。

從元太守夏讌西樓

六月晨亦熱，卑居多煩昏。五馬遊西城，几杖隨朱輪。西樓臨方塘，嘉木當華軒。梟鷙滿中流，有酒復盈尊。山東地無山，平視大海根。高風涼氣來，灝景沈清源。青衿儼坐傍，禮容益敦敦（一作存存）。願爲顏氏徒，歌詠夫子門。

酬柏侍御聞與韋處士同遊靈臺寺見寄

西域傳中說，靈臺屬雍州。有泉皆聖迹，有石皆佛頭。所出薝蔔香，外國俗（一作欲）來求。毒蛇護其下，樵者不可偷。古碑在雲巔，備載置寺由。魏家移下來，後人始增脩。近與韋處士，愛此山之幽。各自具所須，竹籠盛茶甌。牽馬過危棧，襞衣涉奔流。草開平路盡，林下大石稠。過郭（一作廻廊）轉經峰，忽見東西樓。瀑布當寺門，迸落衣裳秋。石苔鋪紫花，溪葉裁碧油（一作流）。松根載（一作戴）殿高，飄颻仙山浮。縣中賢大夫，一月前此遊。賽神賀得雨，豈暇多停留。二十韻新詩，遠寄尋山儔。清泠玉澗泣，冷切石磬愁。君名高難閑，余身愚終休。相將長無因，從今生離憂。

荊南贈別李肇著作轉韻詩

輝天復耀（一作輝）地，再爲歌詠始。素傳學道徒（一作素業傳學徒），清門有君子。文瀾瀉潺潺，德峰來壘壘。兩京二十（一作十二）年，投食公卿（一作卿相）間。封章既不下，故舊多慙顏。賣馬市耕牛，却歸湘浦山。麥收（一作秋）蠶上簇，衣食應豐足。碧澗伴僧禪，秋山對雨宿。且歡身體適（一作遂），幸免纓組束。上宰鎮荊州，敬重同歲遊。歡逢通世友，簡授畫（一作盡）戎籌。遲遲就公食，愴愴別野裘。主人開宴席，禮數無形迹。醉笑或顛吟，發談皆損益。臨甃理芳鮮，升堂引賓客。早歲慕嘉名，遠思今始平。孔門忝同轍，潘館（一作室）幸諸甥。自知再婚娶，豈望爲親情。欣欣還切切，又二千里別。楚筆防寄書，蜀茶憂遠熱。關山足（一作正）重疊，會合何時節。莫歎（一作勸）各從軍，且愁岐路分。美人停玉指，離瑟不中聞。爭向巴山夜，猿聲滿碧雲。

早發金堤驛

蟲聲四野合，月色滿城白。家家閉戶眠，行人發孤驛。離家尚苦熱，衣服唯輕絡。時節忽復遷，秋風徹經脈。人睡落塹轍，馬驚入蘆荻。慰遠時問程，驚昏忽搖策。從軍豈云樂，憂患常縈積。唯願在（一作任）貧家（一作在家貧），團圓過朝夕。

和裴相公道中贈別張相公

雲間雙鳳鳴，一去一歸城。鞍馬朝天色（一作邑），封章戀闕情。日臨宮（一作宫）樹高，煙蓋沙草平。會當戎事息，聯影遶池（一作江）行。

和錢舍人水植詩

盆裏盛野泉，晚鮮幽更（一作池）好。初活草根浮，重生荷葉小。多時水馬（一作鳥）出，盡日蜻蜓遶。朝早獨來看，冷星沈碧曉。

題壽安南館

明棠（一作琛）竹間亭，天暖幽桂碧。雲生四面山，水接當階石。濕樹（一作堤）浴鳥痕，破苔臥鹿跡。不緣塵駕觸，堪（一作復）作商皓宅。

送張籍歸江東

清泉浄塵緇，靈藥釋昏狂。君詩發大雅，正氣回我腸。復令五彩姿，潔白歸天常。昔歲同講道，青襟在師傍。出處兩相因，如彼衣與裳。行行成此歸（一作行成歸此，一作歸計），離我適咸陽。失意未還家，馬蹄盡四方。訪余詠新文，不倦道路長。僮僕懷昔念，亦如還故鄉。相親惜晝夜，寢息不異牀。猶將在遠道，忽忽起思量。黃金未爲罍，無以把酒漿。所念俱貧賤，安得相發揚。回車遠歸省，舊宅江南廂。歸鄉非得意（一本缺此五字），但貴情義彰。五月天氣熱，波濤毒於湯。慎勿多飲酒，藥膳願自強。

勵學

買地不肥實，其繁繫耕鑿。良田少鋤理，蘭焦香亦薄。勿以聽者迷，故使宮徵錯。誰言三歲童，還能分善惡。孜孜日求益，猶恐業未博。況我性頑蒙，復不勤脩學。有如朝暮食，暫虧憂隕穫。若使無六經，賢愚何所託。

山中寄及第故人

長長南山松，短短北磵楊。俱承日月照，幸免斤斧傷。去年與子別，誠言暫還鄉。如何棄我去，天路忽騰驤。誰謂有雙目，識貌不識腸。豈知心內乖，著我薜蘿裳。尋君向前事，不歎今異翔。往往空室中，寤寐（一作語）說珪璋。十年居此溪，松桂日蒼蒼。自從無佳（一作故）人，山中不（一作少）輝光。盡棄所留藥，亦焚舊草堂。還君誓已書，歸我學仙方。既爲參與辰，各願（一作願各）不相望。始終名利途，慎勿罹咎殃。

求友

鑒形須明（一作初）鏡，療疾須良醫。若無傍人見，形疾安自知。世路薄言行，學成棄其師。每懷一飯恩，不重勸勉詞。

學既不誠朋友道日虧遂作名利交四海爭奔馳常慕正直人生死不相離苟能成我身甘與（一作爲）僮僕隨我言彼當信彼道我無疑針藥及病源以石投（一作探）深池終朝舉善道敬愛當行之縱令誤所見亦貴本相規不求立名聲所貴去瑕玼（一作疵）各願貽子孫永爲後世資

寄李益少監兼送張實遊幽州

大雅廢已久人倫失其常天若不生君誰復爲文綱迷者得道路溺者遇舟航國風人已變山澤增輝光星辰有其位豈合離帝傍賢人既遐征鳳鳥（一作皇）安來翔少小慕高名所念隔山岡集卷新紙封每讀常焚香古來難自達取鑑在（一作有）賢良未爲知音故徒恨名不彰諒無（一作誰）金石堅性命豈能長常恐一世中不上君子堂偉（一作倞）哉清河子少年志堅强篋中有素文千里求發揚自顧音韻乖無因合宮商幸君達精誠爲我求回章

寄崔列中丞

火山無冷地（一作氣）濁流無清源人生在艱世何處避讒言諸侯鎮九州天子開四門尚有忠義士不得申其寃嘉木移遠植爲我當行軒君子居要途易失主人恩我愛古人道師君直且溫貪泉誓不飲邪路誓不奔如何非罔坂故使車輪翻妓妾隨他人家事幸獲（一作護）存當時門前客默默空寃煩從今遇明代善惡亦須論莫以曾見疑直道遂不敦

諭時

去者如弊帷來者如新衣鮮華非久長色落還棄遺詎知行者夭豈悟壯者衰區區未死間回面相是非好聞苦不樂好視忽生疵乃明萬物情皆逐人心移古今盡如此達士將何爲

贈王侍御

愚者昧邪正貴將平道行君子抱仁義不懼（一作懽）天地傾三受主人辟方出咸陽城遲疑匪自崇將顯求賢名自來掌軍書無不盡臣誠何必操白刃始致海内平恭（一作忝）事四海人甚於敬公卿有惡如已辱聞善如已榮或人居飢寒進退陳中情徹晏（一作宴）聽苦辛坐臥身不寧以心應所求盡家猶爲輕衣食有親疎但恐踰禮經我今願求益詎敢爲友生幸君揚素風永作來者程

宋氏五女

貝州宋處士若（一作廷）芬五女若華若昭若倫若憲若茵（一作荀）

五女誓終養貞孝内自持兔絲自縈紆不上青松枝晨昏在親傍閑則讀書詩自得聖人心不因儒者知（一作資）少年絶音華貴絶父母詞素釵垂兩髦短窄（一作穿）古時衣（一作儀）行成聞四方徵詔環珮隨同時入皇宮聯影步玉墀鄉中尚其風重爲脩茅茨聖朝有良史將此爲女師

送于丹移家洺州

憶昔門館前君當童子年今來見成長俱過遠（一作迷）所傳詩禮不外學兄弟相攻研如彼販海翁豈種溪中田四方尚爾文獨我敬爾賢但愛金玉聲不貴金玉（一作石）堅孤遺一室中寢食不相捐飽如腸胃同疾若膚體連耕（一作居）者求沃土漚者求深源彼邦君子居一日可徂（一作得）遷念此居處近各爲衣食牽從今不見面猶勝異山川既乖歡會期鬱鬱兩難宣素琴苦（一作若）無徽安得宮商全他皆緩別日我願促行軒送人莫長歌長歌離恨延羸馬不知去過門常盤旋會當爲爾鄰有地容一泉

留别舍弟

孤賤相長（一作長相）育未曾爲遠遊誰不重歡愛晨昏闕珍羞出門念衣單草木當窮秋非疾有憂歎實爲人子尤世情本難合對面隔山丘況復干戈地懦夫何所投與爾俱長成尚爲溝壑憂豈非輕歲月少小不勤修從今解思量勉力謀善猷但（一作伊）得成爾身衣食寧我求固合受此訓蹐（一作情）慢爲身羞（一作讐）歲暮當歸來慎莫懷遠遊

壞屋

官家有壞屋居者願離得苟或幸其遷（一作還）回（一作因）循任傾側若當君子住一日還脩飾必使換榱（一作椽）楹先須木端直永令雀與鼠無處求棲息堅固傳後人從今勉勞力以茲喻臣下亦可成邦國雖曰愚者詞將來幸無惑

送薛蔓應舉

四海重貢獻珠貴（一作貝）稱至珍聖朝開禮闈所貴集嘉賓若生在世間此路出常倫一士登甲科九族光彩新憧憧車馬徒爭路（一作踏）長安塵萬目視高天（一作天高）昇者得（一作寧）苦辛況子當少年丈（一作文）人在咸秦出門見宮闕獻賦侍（一作待）朱輪有賢大國豐無子一家貧男兒富邦家豈爲榮其身煌煌文明代俱幸生此辰自顧非國風難以合聖人子去東堂上我歸南澗濱願君勤作書與我山中鄰

將歸故山留别杜侍御（一作郎）

有川不得涉有路不得行沈沈百憂中一日如一生錯來干諸侯石田廢春耕虎戟衞重門何因達中誠日月俱照輝（一作耀）山川異陰晴如何百里間開目不見明我今歸故山誓與草木并願君去丘坂長使道路平

送韋處士老舅

憶昨癡小年不知有經籍常隨童子遊多向外家（一作人）劇偷花入鄰里弄筆書牆壁照水學梳頭應門未穿幘人前賞文性梨果蒙不惜賦字詠新泉探題得幽石自從出關輔三十年作客風雨一飄飖親情多阻隔如何二千里塵土驅蹇瘠良久陳苦辛從頭歎衰白既來今又去暫笑還成慼落日動征車春風卷離席雲臺觀西路華嶽祠（一作峰）前柏會得過帝鄉重尋舊行蹟

送同學故人

各爲四方人此地同事師業成有先後不得長相隨出林多道路緣岡復遶陂念君辛苦行令我形體疲黃葉蹐車前四散當此時亭上夜蕭索山風水離離

幽州送申稷評事歸平盧

行子繞天北山高塞（一作寒）復深升堂展客禮臨水濯纓襟（一作衿一作塵纓）驅馳戎地馬聚散林間禽一杯瀉東流各願無異心薊亭雖苦寒春夕勿重衾從軍任白頭莫責故山岑

溫門山

早入溫門山羣峰亂如戟崩崖欲相觸呀（一作谺）斷行跡脫屐尋淺流定足畏欹石路盡十里溪地多千歲栢洞門晝陰黑深處惟石壁似見丹砂光亦聞鍾乳滴靈池出山底沸水衝地脈暖氣成溫煙濛濛窗中白隨僧入

古寺便是雲外客月出天氣涼夜鐘山寂寂

代故人新姬侍疾

雙轂不回轍子疾已在旁侍坐長搖扇迎醫漸(一作暫)下牀(一作近醫漸下牀)新施箱中幔未洗來時妝奉君纏綿意幸願莫相忘

採桑

鳥鳴(一作啼)桑葉間綠條復柔柔(一作葉綠條復柔)攀看去手近放(一作散)下長長鉤黃花蓋野田白馬少年遊所念豈回顧(一作志)良人在高樓

曉思

曉氣生綠水春條露霏霏(一作靡靡)林間棲鳥散遠念征人起幽花宿含彩早蝶寒弄翅君行非晨風詎能從門至(首聯一作春條露霏霏曉氣生綠水)

早起

回燈正衣裳(一作冠)出戶星未稀堂前候姑(一作始)起環珮生晨輝暗池光幕壓密樹花蕨甤九城鐘漏絕遙聽直郎歸

酬張十八病中寄詩

本性慵遠行綿綿病自生見君綢繆思慰我寂寞情風幌夜不掩秋燈照雨明彼愁此又憶一夕兩盈盈

全唐詩

王建

涼州行

涼州四邊沙皓皓(一作浩浩)漢家無人開舊道邊頭州縣盡胡兵將軍別(一作當)築防秋城萬里人家(一作征人)皆已沒年年旌節發西京多來中國收婦女一半生男(一作來)爲漢語蕃人舊日不耕犂相學如今種禾黍驅羊亦著錦爲衣爲惜氈裘防鬬(一作樹)時養蠶繰繭成疋帛那堪(一作得一作將)繞帳作旌旗城頭山鷄鳴角角洛陽家家學(一作教)胡樂

寒食行

寒食家家出古城老人看屋少年行丘壟年年無舊道車徒散行(一作車蹤散亂)入衰草牧兒(一作童)驅牛下塚頭(一作邊)畏有家人來灑掃遠人無墳水頭祭還引婦姑望鄉拜三日無火燒紙錢紙錢(一作哀哀)那得到黃泉但看壟上無新土此中白骨應無主

促刺詞(一作促促行)

促刺復促刺(一作促促復刺刺)水中無魚山無石少年雖嫁不得歸(一作將)頭白猶著父母衣田邊舊宅(一作四邊田宅)非所(一作我)有我身不及逐鷄飛出門若有歸死處猛虎當衢(一作塗)向前去百年不遣踏君(一作居)門在家誰喚爲新婦豈不見他鄰舍娘嫁來常在舅姑傍

壟(一作隴)頭水

壟水何年壟頭別不在山中亦嗚咽征人塞耳馬不行未到壟頭聞水聲謂是西流入蒲海還聞北去(一作海)繞龍城壟東壟西多屈曲野麋飲水長簇簇胡兵夜回水傍住憶著來時磨劒處向前無井復(一作亦)無泉放馬回看壟頭(一作西)樹

北邙行(一作北邙山)

北邙山頭少閑土(一作坐)盡是洛陽人舊墓舊墓(一作洛陽)人家歸葬多堆著黃金無買處天涯悠悠葬日促岡坂崎嶇不停轂高張素幔繞銘旌夜唱挽歌山下宿洛陽城北復城(一作西併)東魂車祖馬長相逢車轍廣若長安路蒿草少(一作多)於松柏樹澗底盤陀(一作山頭澗底)石(一作古)漸稀盡向墳前作羊虎誰家石碑文字滅後人重取書年月朝朝車馬送葬回還起大宅與高臺

溫泉宮行

十月一日天子來青繩御路無塵埃宮前內裏湯各別每箇白玉芙蓉開朝元閣向山上起城繞青山龍(一作籠)暖水夜開金殿看星河宮女知更月明裏武皇得仙王母去山鷄晝鳴(一作啼)宮中樹溫泉決決出宮流宮使年年修玉樓禁兵去盡無射獵日西麋鹿登城頭梨園弟子偷曲譜頭白人間教歌舞

春詞

紅煙滿戶日照梁天絲軟弱(一本缺)蟲飛揚菱花霍霍繞帷光美人對鏡著衣裳庭中並種相思樹夜夜還棲雙鳳凰

遼東行

遼東萬里遼水曲古戍無城復無屋黃雲蓋地雪(一本缺此三字)作山不惜黃金買(一作貴)衣服戰回各自收弓箭正西回面家鄉遠年年郡縣送征人將與遼東作丘坂寧爲草木鄉中生有身不向遼東行

塞上梅(一作曲)

天山路傍一株(一作枝)梅年年花發黃雲下昭君已歿漢使回前後征人惟繫馬日夜風吹滿隴頭還隨隴水東西流此花若近長安路九衢年少無攀處

戴勝詞

戴勝誰與爾爲名木(一作水)中作窠牆上鳴聲聲催我急種穀人家向田不歸宿紫冠采采(一作深深)褐羽斑銜得蜻蜓飛過屋可憐白鷺滿綠池不如戴勝知天時

鞦韆(一作秋千)詞

長長絲繩紫復碧嫋嫋橫枝高百尺少年兒女重鞦韆盤巾(一作中)結帶分兩邊身輕裙薄易生力雙手向空如鳥翼下來立定(一作地)重繫衣復畏斜風高不得傍人送上那足貴終賭(一作睹)鳴(一作明)璫鬬(一作闘)自(一作鬬身)起回回若與高樹齊頭上寶釵從墮地眼前爭勝難爲休足踏平地看始愁

開池得古釵

美人開池北堂下拾得寶釵金(一作全)未化鳳凰半在雙股齊鈿花落處生(一作作)黃泥當時墮地覓不得暗想窗中還夜啼可知將來對夫婿鏡前學梳古時髻莫言至死亦不遺還似前人初得時

賽神曲

男抱琵琶女作舞主人再拜聽神語新婦上酒勿(一作莫)辭勤使爾舅姑無所苦椒漿湛湛桂座新一雙長箭繫紅巾但願牛羊滿家宅十月報賽南山神青天無風水復碧(一作損)龍馬上鞍牛服軛紛紛醉舞踏衣裳把酒路旁勸行客

田家留客

人家(一作客)少能留我屋客有新漿馬有粟遠行僮僕應苦飢新婦廚中炊欲熟不嫌田家破門戶蠶房新泥無風土行人但飲(一作飯)莫畏貧明府上來何(一作可)苦辛丁寧回語屋(一作房)中妻有客勿令兒夜啼雙塚(一作井)直西有縣路我教丁男送君去

精衛詞

精衛誰教爾填海海邊石子青磊磊但得海水作枯池海中魚龍(一作鱷)何所爲口穿豈爲空銜石山中草木無全枝朝在樹頭暮海裏飛多羽折時墮水高山未盡海未平願我身死子還生

老婦歎鏡

嫁時明鏡老猶在黃金鏤畫(一作鏤畫)雙鳳背憶昔咸陽初買來(一作時)燈前自繡芙蓉帶十年不開一片鐵長向暗中梳白髮今日後牀重照看生死終當此長別

望夫石

望夫處江悠悠化爲石不回頭上(一作山)頭日日風復雨行人歸來石應語

別鶴曲

主人一去池水絕池鶴散飛不相別青天漫漫碧水(一作海)重知向何山風雪中萬里雖然音影在(一作隔)兩心終是死生同池邊巢破松樹死樹頭年年烏生子

烏棲曲

章華宮人(一作中)夜上樓君王望月西山頭夜深宮殿門不鎖白露滿山山葉墮

雉將雛

雉咿喔雛出鷇毛斑斑觜啄啄學飛未(一作不)得一尺高還逐母行旋母腳麥壟淺淺難(一作雖)蔽身遠去戀雛低怕人時時土中鼓兩翅引雛拾蟲不相離

白紵歌二首

天河漫漫北斗璨(一作燦)宮中烏啼知夜半新縫白紵舞衣成來遲邀得吳王迎低鬟轉面掩雙袖玉釵浮動秋風生酒多夜長夜(一作天)未(一作不)曉月明燈光兩相照後庭歌聲(一作舞)更窈窕

館娃宮中春日暮荔枝木瓜花滿樹城頭烏棲休擊鼓青娥彈瑟白紵舞夜天曈曈不見星宮中火照西江明美人醉起無次第墮釵遺珮滿中庭此時但願可君意回晝爲宵亦不寐年年奉君君莫棄

短歌行

人初生日初出上山遲下山疾百年三萬六千朝夜裏分將強半日有歌有舞須早爲昨日健於今日時人家見生男女好不知男女催人老短歌行無樂聲

飲馬長城窟

長城窟長城窟邊多馬骨古來此地無井泉賴得秦家築城卒征人飲馬愁不回長城變作望鄉堆蹄蹤(一作跡)未(一作不)乾人去近續後馬來泥汚(一作濘)盡枕弓睡著待水生不見陰山在前陣馬蹄足肬裝馬頭(一作馬裝頭)健兒戰死誰封侯

烏夜啼

庭樹烏爾何不向別處棲夜夜夜半當戶啼家人把燭出洞戶(一作房)驚棲失羣飛落樹一飛直欲飛上天回回不離舊棲處未明重繞主人屋欲下空中黑相觸風飄雨濕亦不移君家樹頭多好枝

簇蠶辭

蠶欲老箔(一作薄)頭作繭絲皓皓場寬地高風日多不向中庭曬(一作曝)萬草神蠶急作莫悠揚年來(一作老)爲爾祭神桑但得青天不下雨上無蒼蠅下無鼠新婦拜簇願繭稠女灑桃漿男打鼓三日開箔(一作薄)雪團團先將新繭送縣官已聞鄉里催織作去(一作送)與誰人身上著

渡遼水

渡遼水此去咸陽五千里來時父母知隔生重(一作裏)著衣裳如送死亦有白骨歸咸陽營家(一作塋冢)各與題本鄉身在應無回渡(一作遼)日駐馬相看遼水傍

空城雀

空城雀何不飛來人家住空城無人種禾黍土間生子草間長滿地蓬蒿幸無主近村雖有高樹枝雨中無食長苦飢八月小兒挾弓箭家家畏向(一作我)田頭飛但能不出空城裏秋時百草皆有子報言(一作黃口)黃口莫啾啾長爾得成無橫死

水運行

西江運船立紅幟萬棹千帆繞江水(一作去)去年六月無稻苗已說水鄉人餓(一作飢)死縣官部船日算程暴風惡雨亦不停在生有樂當有苦三年作官一年行壞舟畏鼠復畏漏恐向太倉折升斗辛勤耕種非毒藥看著不入農夫口用盡百金不爲費但得一金即爲利遠徵海稻供邊食豈如多種邊頭地

當窗織

歎息復歎息園中有棗行人食貧家女爲富家(一作大)織翁母隔牆不得力水寒手澁絲脆斷續來續去心腸爛草蟲(一作急)促促機下啼(一作鳴)兩日催成一疋半輸官上頂(一作頭)有零落姑未得衣身不著當窗却羨青樓倡十指不動衣盈箱

失釵怨(一作歎)

貧女銅釵惜於(一作如)玉失却來尋一(一作三)日(一本缺)哭嫁時女伴與(一作爲)作妝頭戴此釵如鳳凰雙杯行酒六親喜我家新婦宜拜堂鏡中乍無失髻(一作無髻)樣初起猶疑在(一作隨)牀上高樓翠鈿飄舞塵明日從頭一遍新

春燕詞

新燕新燕(一作春燕春燕)何不定東家綠池西家井飛鳴當戶影悠揚一遶簷頭一遶梁黃姑說向新婦女(一作去)去年墮子汙衣箱已能辭山復過海幸我堂前故巢在求食慎勿愛高飛空中飢鳶爲爾害辛勤作窠(一作巢)在畫梁(一本缺此三字)願得年年主人富

主人故池

高(一作曲)(一作西)池高閣上(一作相)連起荷葉團團蓋秋水主人已遠涼風生舊客不來芙蓉死

古宮怨

乳(一作亂)烏啞啞飛復啼城(一作宮)頭晨夕宮中棲吳王別殿繞江水後宮不開美人死

關山月

營開道白前軍發，凍輪當磧光悠悠。照見三堆兩堆骨，邊風割面天欲明。金沙嶺西（一作頭）看看沒。

贈離曲

合歡葉墮梧桐秋，鴛鴦背飛水分流。少年使我忽相棄，雌號雄鳴夜悠悠。夜長月沒蟲切切，冷風入房燈焰滅。若知中（一作去）路各西東，彼此不忘（一作結）同心結。收取頭邊蛟龍枕，留著箱中雙雉裳。我今焚却舊房物，免使他人登爾牀。

宛轉詞（一作古謠）

宛宛轉轉勝上紗，紅紅綠綠苑中花。紛紛泊泊夜飛鴉，寂寂寞寞離人家。

水夫謠

苦哉生長當驛邊，官家使我牽驛船。辛苦日多樂日少，水宿沙行如海鳥。逆風上水萬斛重，前驛迢迢後（一作波）淼淼。半夜緣堤雪和雨，受他驅遣還復去。衣（一作夜）寒衣濕披短蓑（一作莎），臆穿足裂忍痛何。到明辛苦無（一作何）處說，齊聲騰踏牽船出（一作歌）。一間茆屋何所直，父母之鄉（一作邦）去不得。我願此水作平田，長使水夫不怨天。

田家行

男聲欣欣女顏悅，人家不怨言語別。五月雖熱麥風清，簷頭索索繰車鳴。野蠶作繭人不取，葉間撲撲秋蛾生。麥收上場絹在軸，的知輸得官家足。不望（一作願）入口復上身，且免向城賣黃犢。回（一作田）家衣食無厚薄，不見縣門身即樂。

去婦

新婦去年胼（一作胝）手足，衣不暇縫蠶廢簇。白頭使我憂家事，還如夜裏燒殘燭。當初為取（一作信）傍人語，豈道如今自辛苦。在時縱嫌織絹遲，有絲不上鄰家（一作人）機。

神樹詞

我家家西老棠樹，須晴即晴雨即雨。四時八節上杯盤，願神莫（一作不）離神處所。男不著丁女在舍，官事上下無言語。老身長健樹婆娑，萬歲千年作神主。

祝鵲

神鵲神鵲好言語，行人早回多利賂。我今庭中栽好樹，與汝作巢當報汝。

古謠（一作雜詠）

一東一西壠（一作隴）頭水，一聚一散天邊霞。一來一去道上客，一顛一倒池中（一作上）麻。

公無渡河

渡頭惡天（一作風）兩岸遠，波濤塞川如疊坂。幸無白刃驅向前，何用將身自棄捐。蛟龍嚙骨（一作飽）魚食血（一作肉），黃泥直下無青天。男兒縱輕婦人語，惜君性命還須取。婦人無力挽斷（一作短）衣，舟沈身死悔難追。公無渡河公須（一本無須字）自為。

海人謠

海人無家海裏住，採珠役（一作殺）象為歲賦。惡波橫天山塞路，未央宮中常滿庫。

行見月

月初生，居人見月一月行。行（一作月）行一年十二月，強半馬上看盈（一作圓）缺。百年歡樂能幾何，在家見少行見多。不緣衣食相驅遣，此身誰願長奔波。箧中有帛倉有粟，豈向天涯走碌碌。家人（一作中）見月望我歸，正是道上思家時。

七夕曲

河邊獨自看（一作對）星宿，夜織天絲（一作孫）難接續。拋梭振鑷（一作躡）動明（一作鳴）璫，為有秋期眠（一作恨）不足。遙愁（一作想）今夜河水隔，龍駕車轅鵲填石。流蘇翠帳星渚間，環珮無聲燈寂寂。兩情纏綿忽如故，復畏秋風生曉路（一作露）。幸回郎意且（一作住）斯須，一年中別今始初。明星未出（一作明）少停車。

兩頭纖纖

兩頭纖纖青玉玦，半白半黑頭上髮。偪偪仆仆（一作腷腷膞膞）春冰裂，磊磊落落桃花（一作初）結。

獨漉歌

獨獨漉漉（一作獨漉獨漉）鼠食貓肉，烏日中鶴（一作雀）露宿。黃河水直人心曲。

寄遠曲

美人別來無處所，巫山月明湘江雨。千回相（一作想）見不分明，井底看星夢中語。兩心相對尚難知，何況萬里不相疑。（一本無後二句）

傷韋令孔雀詞

可憐孔雀初得時，美人為爾別開池。池邊鳳凰作伴侶，羌聲鸚鵡無言語（一作尊花飛）。雕籠玉架嫌不棲，夜夜思歸向南舞（一作南海枝）。如今憔悴人見惡，萬里更求新孔雀。熱眠雨水飢拾（一作食）蟲，翠尾盤泥金彩（一作扮）落。多時人養不解飛，海山風黑何處歸。

傷鄰家鸚鵡詞

東家小女不惜錢，買得鸚鵡獨自憐。自從死却家中女，無人更（一作復）共鸚鵡語。十日不飲（一作食）一滴漿，淚漬綠毛頭似鼠。舌關啞咽畜哀怨，開籠放飛離人眼。短聲亦絕翠臆翻，新墓崔嵬舊巢遠。此禽有志女有靈，定為連理相並生。

春來曲

春欲來，每日望春門早開。黃衫白馬帶塵土，逢著探春人却回。御堤內園曉過急，九衢大宅家家入。青帝（一作看春）少女染桃花，露妝初出紅猶濕。光風暾暾蝶宛宛，遶（一作庭）樹氣匝枝（一作花）柯軟。可憐寒食街中郎，早起著得單衣裳。少年即見（一作是）春好處，似我白頭無好樹。

春去曲

春已去，花亦不知春去處。緣岡繞澗却歸來，百回（一作日）看著無花樹。就中一夜東風惡，收紅拾紫無遺落。老夫不比少年兒，不中數與春別離。

東征行

桐柏水西賊星落，梟雛夜飛林木惡。相國刻日波濤清，當朝自請東南征。舍人為賓侍郎副，曉覺蓬萊欠珮聲。玉階舞蹈謝旌節，生死向前山可穴。同時賜馬并賜衣，御樓看帶弓刀發。馬前猛士三百人，金書左右紅旗新。司庖常（一作掌）膳皆得對，好事將軍封爾身。男兒生殺在手裏，營門老將皆憂死。曈曈白日當南山，不立功名終不還。

荆門行

江邊行人暮悠悠，山頭殊未見荆州。峴亭西南路多曲，櫟林深深石鏃鏃（一作簇簇）看炊紅米煮白魚夜向雞鳴店家宿南中三月蚊蚋生黃昏不聞人語聲生紗帷疏薄如霧隔衣噆（作答切）膚耳邊鳴欲明不待燈火起喚得官船過蠻水女兒停客茆屋新開門掃地桐花裏犬聲撲撲寒溪煙人家燒竹種山田巴雲欲雨薰石熱麋鹿度（一作過，一作欲）江蟲出穴大蛇過處一山腥野牛驚跳雙角折斜分漢水橫千（一作湘）山山青水綠荆門關向前問箇長沙路舊是屈原沉溺處誰家丹旐已南來逢著流人從此（一作北）去月明山鳥多不棲下枝飛上高枝啼主人念遠心不懌羅衫臥對（一作對錦）章臺（一作對臥章華）夕紅燭交橫各自歸酒醒還是他鄉客壯年留滯尚思家況復（一作是）白頭在天涯

鏡聽詞

重重摩挲嫁時鏡夫婿遠行憑鏡聽回身不遣別人知人意丁寧鏡神聖懷中收拾雙錦帶恐畏街頭見驚怪嗟嗟嚓嚓（音切）下堂階獨自竈前來跪拜出門願不聞悲哀郎在（一作身）任郎回未（一作不）回月明地上人過盡好語多同皆道來卷帷上牀喜不定與郎裁衣失翻正可中三日得相見重繡錦（一作鏡）囊磨鏡面

行宮詞

上陽宮到蓬萊殿行宮巖巖遙相見向前天子行幸多馬蹄車轍山川遍當（一作常）時州縣每年修皆留內人看玉案禁兵奪得明堂後長閑（一作開）桃源與綺繡（一作岫）開元歌舞古（一作百）草頭梁州樂人世嫌舊官家之人作宮戶不泥宮牆斫宮樹兩邊仗屋半崩摧夜火入林燒殿柱休封中岳六十年行宮不見人眼穿

羽林行

長安惡少出名字樓下劫商樓上醉天明下直明光宮散入五陵松柏中百回殺人身合死赦書尚有收城功九衢一日消息定鄉吏籍中重改姓出來依舊屬羽林立在殿前射飛禽

射虎行

自去射虎得虎歸官差射虎得虎遲獨行以死當虎命兩人因（一作相）疑終不定朝朝暮暮空手回山下綠苗成道徑遠立不敢（一作敢）汚箭鏃聞死還來分虎肉惜留猛虎著深（一作看）山射殺恐畏終身閑

遠將歸

遠將歸勝未別離時在家相見熟新歸（一作婦）歡不足去願車輪遲回思馬蹄速但令在舍（一作家）相對貧不向（一作願）天涯金遶身

尋橦歌

人間百戲皆可學尋橦不比諸餘樂重梳短髻下金鈿紅帽青巾各一邊身輕足捷勝男子繞竿四面爭先緣習多倚附敧（一作欺）竿滑上下蹁躚皆著襪翻身垂頸欲落地却住把腰（一作橦）初似歇大竿百夫擎不起裊裊半在青雲（一作天）裏纖腰女兒不動容戴行直舞一曲終回頭但覺人眼見矜難恐畏天無風險中更險何曾（一作無蹤）失山鼠懸頭猿挂膝小垂一手當舞盤斜㩳雙蛾看落日斯須改變（一作遍）曲解新貴欲（一作舞）歡他平地人散時滿面（一作自覺，一作地）生顏色行步依前無氣力

銅雀臺

嬌愛更何日高臺空數層含啼映雙袖不忍看西陵漳水東流無復來百花輦路為蒼苔青樓月夜長寂寞碧雲日莫空裵回君不見鄴中萬事非昔時古人不在今人悲春風不逐君王去草色年年舊宮路宮中歌舞已浮雲空指行人往來處

雞鳴曲

雞初鳴明星照東屋雞再鳴紅霞生海腹百官待漏雙闕前聖人亦挂山龍服寶釵命婦燈下起環珮玲瓏曉光裏直內初燒玉案香司更尚（一作常）滴銅壺水金吾衛裏直（一作更）郎妻到明不睡聽晨雞天頭日月相送迎夜棲旦鳴人不迷

送衣曲

去秋送衣渡黃河今秋送衣上隴（一作龍）坂婦人不知道徑處但問（一作聞）新移軍近遠半年著道經雨濕開籠見風衣領急舊來十月初點衣與郎著向營中集絮時厚厚綿纂纂貴欲征人身上暖願身莫著裹屍歸願妾不死長送衣

斜路行

世間娶容非（一作不）娶婦中庭牡丹勝松樹九衢大道人不行走馬奔車逐斜路斜路行熟直路荒東西豈是（一作不）橫太行南樓彈弦北戶舞行人到此多回（一作彷）徨頭白如絲面如蠒亦學少年行不返縱令自解思故鄉輪折蹄穿白日晚誰將古曲換斜音回取行人斜路心

織錦曲

大（一作一）女身為織錦戶名在縣家供進簿長頭起樣呈作官聞道官家中苦難回花側葉與人別唯恐（一作愁）秋天絲線乾紅縷葳蕤紫茸軟蝶飛參差花宛轉一梭聲盡重一梭玉腕不停羅袖卷窗中夜久睡髻偏橫釵欲墮垂著肩合衣臥時參沒後停燈起在雞鳴前一匹千金亦不賣限日未成宮（一作官）裏怪錦江水涸貢轉多宮中盡著單絲羅莫言山積無盡日百尺高樓一曲歌

擣衣曲（一作送衣曲）

月明中庭擣衣石掩帷下堂來擣帛婦姑相對神（一作初）力生雙揎白腕調杵聲高樓敲玉節會成家家不睡皆起聽秋天丁丁復凍凍玉釵低昂衣帶動夜深月落冷如刀濕著一雙纖手痛回編易裂看生熟鴛鴦紋成水波曲重燒熨斗帖兩頭與郎裁作迎寒裘

秋夜曲二首

天清漏長霜泊泊蘭綠收榮桂膏涸高樓雲鬟弄嬋娟古瑟暗斷秋風弦玉關遙隔萬里道金刀不剪雙淚泉香囊火死香氣少向帷合眼何時曉（一作向誰眠，一作闌何時曉）城烏作營啼野月秦州（一作川）少婦生離別

秋燈向壁掩洞房良人此夜直明光天河悠悠漏水長南樓（一作南斗）北斗兩相當

題台州（一作天台）隱靜寺

隱靜靈仙（一作山）寺天鑿杯度飛來建巖壑五峰直上插銀河一澗當空瀉寥廓崆峒黯淡碧琉璃（一作琉璃殿）白雲吞吐紅蓮閣不知勢壓天幾重鐘聲常聞（一作在）月中落

全唐詩

王建

送人遊塞

初晴天墮絲晚色上春枝城下路分處邊頭人去時停車數行日勸酒問回期亦是茫茫客還從此別離

塞上逢故人

百戰一身在相逢白髮生何時得鄉信每日算歸程走馬登寒壠驅羊入廢城羌笳三兩曲人醉海西營

南中

天南多鳥聲州縣半無城野市依蠻姓山郵逐水名瘴煙沙上起陰火雨中生獨有求珠客年年入海行

汴路水驛

晚泊水邊驛柳塘初起風蛙鳴蒲葉下魚入稻花中去舍已云遠問程猶向東近來多怨別不與少年同

淮南使廻留別竇侍御

戀戀春恨結綿綿淮草深病身愁至夜遠道畏逢陰忽逐酒盃會暫同風景心從今一分散還是曉枝禽

汴路卽事

千里河(一作何)煙直青槐夾岸長天涯同此路人語各殊方草市迎江貨津橋稅海商廻看故宮柳憔悴不成行

山居

屋在瀑泉西茅簷(一作房)下(一作屋)有溪閑門留野鹿分食養(一作與)山雞桂熟長收子蘭生不作畦初開洞中路深處轉松梯

醉後憶山中故人(一作故人山中)

花開草復秋雲水自悠悠因醉暫無事在山(一作生)難免愁遇晴須看月鬬(一作闘)健且登樓暗想山中伴如今盡白頭

送流人

見說長沙去(一作路)無親亦共愁陰雲鬼門夜寒雨瘴江秋水國山魈引蠻鄉洞主留漸看歸處遠(一作阻)垂白住炎州

貧居

眼底貧家計多時總莫嫌蠹生騰藥紙(一作囊)字暗(一作脫)換書籤避雨拾(一作濕)黃葉(一作避濕堆黃葉)遮風下黑簾近來身不健時就

六壬占

過趙居士擬置草堂處所

休師竹林北空可兩三間雖愛獨居好終來相伴閑猶嫌近前樹爲礙(一作愛)看南山的有深耕處春初須早還

新開望山處

新開望山處今朝減病眠應移千里道猶(一作獨)自數峰偏故欲遮春巷還來遶暮天老夫行步弱免到寺門前

題東華觀

路盡煙水(一作光)外院門題上清鶴雛靈(一作虛)解語瓊葉軟無聲白髮道心熟黃衣仙骨輕寂寥虛境裏(一作還歸對蔓草)何處覓長生

飯僧

別屋炊香飯薰辛不入家溫(一作濾)泉調葛麪(一作粉)淨手摘藤花蒲鮓除青葉芹虀帶紫芽顧師常伴食消氣有薑茶

照鏡

忽自見憔悴壯年人亦疑髮緣多病落力爲不行衰暖手揉雙目看圖引四肢老來眞愛道所恨覺還遲

歸昭應留別城中

喜得近京城官卑意亦榮並牀歡未定離室思還生計拙偷閑住經過買日行如無自來分一驛是遙程

答寄芙蓉冠子

一學芙蓉葉初開映水幽雖經小(一作巧)兒手不稱老夫頭枕上眠常(一作初)戴風前醉恐柔明年有閏闕此樣必難求

長安春遊

騎馬傍閑坊新(一作春)衣著雨香桃花紅粉醉柳樹(一作絮)白雲狂不覺愁春去何曾得日長牡丹相次發城裏又須忙

冬夜感懷

晚年恩愛少耳目靜於僧竟(一作竟)夜不聞語空房唯有燈氣噓寒被濕霜入破窗(一作冷階月照)(一作月照冷階)疑斷得人間事長如此亦能

初到昭應呈同僚

白髮初爲吏有慙年少郎自知身上拙不稱世間忙(一作強)秋雨懸牆綠暮山宮(一作官)樹黃同官若容許長借老僧房

縣丞廳卽事

宮殿半山上人家高下居古廳眠受魘老吏語多虛雨水洗荒竹溪沙塡廢渠聖朝收外府皆自九天除

閑居卽事

老病貪光景尋常不下簾妻愁耽酒僻人怪考詩嚴小婢偷紅紙嬌兒弄白髯有時看舊卷未免意中嫌

林居

荒林四面通門在野田中頑僕長如客(一作友)貧居未勝蓬舊綿衣不煖新草屋多風唯去山南近閑親販藥翁

原上新居十三首

新占原頭地本無山可歸荒藤生葉晚老杏著花稀厨舍近(一作新)泥竈家人初飽薇弟兄今四散何日更相依

一家榆柳新四面遠無鄰人少愁聞病莊孤幸得貧(一作鄰)耕牛長願飽樵僕每憐勤終日憂衣食何由得此身

長安無舊識百里是天(一作生)涯寂寞思逢客(一作友)荒涼喜見花訪僧求賤藥將(一作抒)馬中(一作市)豪家乍(一作昨)得新蔬菜朝盤忽覺奢

雞鳴村舍遙花發亦蕭條野竹初生筍溪田未得苗家貧僮僕瘦春冷菜蔬焦甘分長如此無名在聖朝

春來梨棗盡啼哭小兒飢鄰富雞常(一作長)去莊貧客漸稀借牛耕地晚賣樹(一作穀)納錢遲牆下當官路依山補竹籬

自埽一間房唯鋪獨臥牀野羹溪菜滑山紙水苔香陳藥初和白(一作蜜)新經未入黃近來心力少休讀養生方

擬作讀經人空房置淨巾鎖茶藤篋密曝藥竹牀新老病應隨業因緣不離身焚香向居士無計出諸塵

移家近住郵貧苦自安存細問梨果植遠求花藥根倩人開廢井趁犢入新園長愛當山立黃昏不閉門

和煖遶林行新貧足喜聲埽渠憂竹旱澆(一作澆)地引蘭生山客憑栽(一作移)樹家僮使入城門前粉辟上書著縣官名

任處鐘鼓外免爭當路橋身閑時却困兒病可(一作向)來嬌雞睡日陽暖蜂狂(一作忙)花艷燒長安足門戶疊疊看登朝

近來年紀到世事總無心古碣憑人搨閑詩任客吟送

經還野苑移石入幽林谷口春風惡梨花蓋地深

嬾更學諸餘林中埽地居膩衣穿不洗白髮短慵梳苦相常多淚勞生（一作心）自悟虛（一作少娛）閑行人事絕親故亦無書住處去山近傍園麋鹿行野桑穿井長荒竹過牆生新識鄰里面未諳郵社情石田無力及賤賃與人耕

送李評事使蜀

勸酒不依巡明朝萬里人轉江雲棧細近驛板橋（一作柳條）新石冷啼猿影松昏戲鹿塵少年爲客好況是益州春

新修道居

世間無所入學道處新成兩面有山色六時聞磬聲閑加經遍數老愛字分明若得離煩惱焚香過一生

贈洪誓（一作哲）師

老僧眞古畫閑坐語中聽識病方書聖諳山草木靈人來多（一作還）施藥願滿不持經相伴尋溪竹秋苔襪履青

題法雲禪院僧

不剃頭多日禪來白髮長合郵迎住寺同學乞修房覺少持經力憂無養病糧上山猶得在自解衲衣裳

贈溪翁

溪田借四鄰不省解憂身看日和仙藥書符救病人伴僧齋過夏中酒臥經旬應得丹砂（一作霜）力春來黑髮新

謝李續（一作績）主簿

館舍幸相近因風及病身一官雖隔水四韻（一作五字）是同人褰臥朦朧曉貧居冷落春少年無不好莫恨滿頭塵

寒食（一作張籍詩）

田舍清明日家家出火遲白衫眠古巷紅索搭高枝紗帶生難結銅釵重欲垂斬新衣踏（一作著）盡還似去年時

貽小尼師

新剃青頭髮生來未埽（一作畫）眉身輕禮拜穩心慢記經遲喚起猶侵曉催齋已過時春晴堦下立私地弄花枝

惜歡

當歡須且歡過後買應難歲去停燈守花開把火（一作燭）看狂來欺酒淺愁盡覺天寬次第頭皆白齊年人已（一作幾個）殘

山中惜花

忽（一作愁）看花漸稀罪（一本缺）過酒醒時（一作遲）尋覓風來處驚張夜落時遊絲纏（一作縈）故蘂宿夜守空枝開取當軒（一作溪）地年年樹底期

和武門下傷韋令孔雀

孤號秋閣陰韋令在時禽覓伴海山黑思鄉橘柚深舉頭聞舊曲顧尾惜殘金顛頞不飛去重君池上心

題所賃宅牡丹花

賃宅得花饒初開恐是妖粉（一作霞）光深紫膩肉色退（一作遠）紅嬌且願風留著惟愁日炙燋（一作銷）可憐零落蘂收取作香燒

隱者居

山人住處高看日上蟠桃雪縷青山脈雲生白鶴毛朱書護身咒水噀斷邪刀何物中（一作堪）長食胡麻慢火熬

昭應官舍

繞廳春草合知道縣家閑行見雨遮院臥看人上山避風新浴後請假未醒間朝客輕卑吏從他不往還

送嚴大夫赴桂州

嶺頭分界候（一作堠）一半屬湘潭水驛門旗出山巒洞主參辟邪犀角重解酒荔枝甘莫歎京華遠安南更有南

望行人

自從江樹秋日日望江樓夢見離珠浦書來在桂州不同（一作顛）魚比目（一作比目魚）終恨水分流久不開明鏡多應是白頭

塞上

漫漫復淒淒黃沙暮漸迷人當故鄉立馬過舊營嘶斷雁逢冰磧回軍占雪溪夜來山下哭應是送降奚

杜中丞書院新移小竹

此地本無竹遠從山寺移經年求養法隔日記澆時嫩綠卷新葉殘黃收故枝色經寒不動聲與靜相宜愛護出常數稀稠看自知貧來緣（一作原）未有客散獨行遲

同于汝錫賞白牡丹

曉日花初吐春寒白未凝月光裁（一作栽）不得蘇合點難勝柔膩於（一作霑）雲葉新鮮掩鶴膺統心黃倒暈側莖（一作面）紫重稜乍斂看如睡初開問欲譍並香幽蕙死比艷美人憎價數千金貴形相兩眼疼自知顏色好愁被彩光凌

送吳（一作李）郎中赴忠州

西臺復南省清白上天知家每因窮（一作貧）散官多爲直移遙（一作遷）邊（一作遷裝一作搖鞭）過驛近買藥出城遲朝野（一作達）憑人（一作朝達留詩）別親情伴酒悲故園愁去後白髮想迴時何處忠州界山頭卓（一作丘）望旗

照鏡

終日自纏繞此身無適緣萬愁生旅夜百病湊衰年少睡憎明屋慵行待暖（一作晚）天癢頭梳有蝨風耳炙聞蟬搖（一作換）白方多錯迴金法不全家貧（一作悲）何所戀時在老僧邊

秋日送杜虔州

憶（一作記）得宿新宅別來餘蕙香初聞守郡遠（一作遠郡）一日臥空牀野（一作井）驛煙火濕路人消息狂山樓添鼓角村柵立旗槍晚渚露荷敗早衙風桂涼謝家章句出江月少輝光

送鄭權尚書南海

七郡雙旌貴人皆不憶迴戎頭龍腦鋪關口象牙堆勅設薰鑪出蠻辭咒節開市喧山賊破金賤海船來白氎家家織紅蕉處處栽已將身報國莫起望鄉臺

題別遺愛草堂兼呈李十使君（李十亦嘗隱廬山白鹿洞）

曾住鑪峰下書堂對藥臺斬新蘿徑合依舊竹牕開砌水親看決池荷手自栽五年方鑿至一宿又須回縱未長歸得猶勝不到來君家白鹿洞聞道亦生苔

賞牡丹

此花名價別開艷益皇都香遍苓菱（一作菱）死紅燒躑躅枯軟光籠細脈妖色暖鮮膚滿蘂攢黃粉含稜縷絳蘇好和薰御服堪畫入宮圖晚態愁新婦殘粧望病夫教人知箇數留客賞斯須一夜輕風起千金買亦無

全唐詩
王建

贈王樞密（建初爲渭南尉，值内官王守澄，蓋宗人之分，因過飲，語及漢桓靈信任中官起黨錮興廢之事。守澄深憾曰：吾弟所作宮詞，天下皆誦於口，禁掖深邃，何以知之？建不能對。爲詩以贈，其事遂寢）

三（一作先）朝行坐鎮相隨，今上春宮見小（一作長）時。脫下御衣先
賜（一作偏得）著，進來龍馬每（一作便）教騎。長承密旨歸家少，獨奏（一作對）
邊機（一作情）出殿遲。自是姓同親向說（一作不是當家頭向說，一作不爲姓同偏向說），九重
爭得（一作遣）外人知。

早秋過龍武李將軍書齋

高樹（一作寺）蟬聲秋巷裏，朱門冷靜似閑居。重裝（一作修）墨畫數
莖竹，長著香薰一架書。語笑侍兒知禮數，吟哦野客任
狂疎。就中愛讀英雄傳，欲立功勳恐不如。

江陵即事

瘴雲梅雨不成泥，十里津樓（一作頭）壓大堤。蜀女下沙迎水
客，巴童傍驛賣山鷄。寺多紅藥燒人眼，地足青苔染馬
蹄。夜半獨眠愁在遠，北看歸路隔蠻溪。

題花子贈渭州陳判官

膩如雲母輕如粉，艷勝香黃薄勝蟬。點綠斜蒿新葉嫩，
添紅石竹晚花鮮。鴛鴦比翼人初帖，蛺蝶重飛樣未傳。
況復蕭郎有情思，可憐春日鏡臺前。

送從姪擬赴江陵少尹

江陵（一作荊州）少尹好閑官，親故皆來勸自寬。無事日長貧不
易，有才年少屈終難。沙頭欲（一作且）買紅螺盞，渡口多呈白
角盤。應向章華臺下醉，莫衝雲雨夜深寒。

華清宮感舊

塵到朝元（一作火照中原）邊使急（一作闇道朝元天使急），千官夜發六龍回。輦前
月照羅衫（一作衣）淚，馬上（一作宮裏）風吹蠟燭（一作炬）灰。公主妝樓金鎖
澀，貴妃湯殿玉蓮（一作池）開。有時雲外聞天樂，知（一作即，一作疑，一作應）是
先皇沐浴來。

九仙公主舊莊

仙居五里外門西，石路親回御馬蹄。天使來栽宮裏樹，
羅衣自買院前溪。野牛行傍（一作渡）澆花井，本主分將灌藥
畦。樓上鳳皇飛去後，白雲紅葉屬山鷄。

郭家溪亭

高亭望見長安樹，春草岡西舊院斜。光動綠煙遮岸竹，
粉開紅艷塞溪花。野泉聞洗親王馬，古柳曾停貴主車。
妝閣書樓傾側盡，雲山新賣與官家。

題金家竹溪

少年因病離天仗，乞得歸家自養（一作蓋爲）身。買斷竹溪無別
主，散分泉水與新鄰。山頭鹿下長驚犬，池面魚行不怕
人。鄉使到來（一作門）常款語，還聞世上有功臣。

題應聖觀（觀即李林甫舊宅）

精思堂上畫三身，回作仙宮度美人。賜額御書金字貴，
行香天樂羽衣新。空廊鳥啄（一作雨滴）花甎縫，小殿蟲緣玉像
塵。頭白女冠（一作官）猶說得，薔薇（一作枯株）不似已前春。

同于汝錫遊降聖觀

秦時桃樹滿山坡，騎鹿先生降大羅。路盡溪頭逢地少，
門連内裏見天多。荒泉壞簡朱砂暗，古塔殘經篆字訛。
聞說開元齋醮日，曉移行漏帝親過。

逍遙翁溪亭

逍遙翁（一作公）在此裴回，帝改溪名起石臺。車馬到春常借
問，子孫因選暫歸來。稀疎野竹人移折，零落蕉花雨打
開。無主青山何所直，賣供官稅不如灰。

尋李山人不遇

山客長須（一作鬍）少在時，溪中放鶴洞中碁。生金有氣尋還
遠，仙藥成窠見即移。莫爲無家陪寺食（一作宿），應緣將米寄
人炊。從頭石上留名去，獨向南峰問老師。

題石甕寺

青崖白石（一作古寺）夾城東，泉脈鐘聲内裏通。地壓龍蛇（一作神龍）山
色別，屋連宮殿匠名同。簷燈經夏紗籠黑，溪葉先秋臘
樹紅。天子親題詩總在，畫扉長鏁碧（一作壁）龕中。

早登西禪寺閣

上方臺殿第三層，朝壁紅窗日氣凝。煙霧開時分遠寺，
山川（一作渚）晴處見崇陵。沙灣漾水圖新粉，綠野荒阡暈色
繒。莫說城南月燈（一作燈月）閣，自諸樓看總難勝。

題江寺兼求藥子

隋朝舊寺楚江頭，深謝師僧引客遊。空賞野花無過夜，
若看琪樹即須秋。紅珠落地求誰與，青角垂階自不收。
願乞野人三兩粒，歸家將助小庭幽。

題詵法師院

三年說戒龍宮裏，巡禮還來向水行。多愛貧窮人遠請，
長修破落寺先成。秋天盆底新荷色，夜地房前小竹聲。
僧院不求諸處好，轉經唯有一窗明。

酬于汝錫曉雪見寄

欲明天色（一作風定）白漫漫，打葉穿簾雪（一作正）未乾（一作雪打書窗竹葉乾）。薄落
堦前人踏盡，差池樹裏鳥銜殘。旋銷迎暖沾牆少，斜舞
遮春到地難。勞動更裁新樣綺，紅燈一夜剪刀寒。

從軍後寄山中友人

愛仙無藥（一作計）住溪貧，脫却山衣事（一作伴）漢臣。夜半聽雞梳
白髮，天明走馬入紅塵。村童近去嫌腥食，野鶴高飛避
俗人。勞動先生遠相示（一作視），別來弓箭不離身。

寄汴州令狐相公

三軍江口擁雙旌，虎帳長開自教兵。機鏁惡徒狂寇盡，
恩驅老將壯心生。水門向晚茶商鬧，橋市通宵酒客行。
秋日梁王池閣好，新歌散入管絃聲。

別李贊侍御

同受艱難驃騎營，半年中聽揭槍聲。草頭送酒驅村樂，
賊裏看花著探兵。講易工夫尋已聖，說詩門戶別來情。
薦書自入無消息，賣盡寒衣却出城。

和蔣（一作滕）學士新授章服

五色箱中絳服春，笏花成就白魚新。看宣賜處驚回眼，
著謝恩時便稱身。瑞草唯承天上露，紅鸞不受世間塵。
翰林同賀文章出，驚動茫茫下界人。

歲晚自感

人皆欲得長年少，無那排門白髮催。一向破除愁不盡，
百方回避老須來。草堂未辦終須置，松樹難成亦且栽。
瀝酒願從今日後，更逢二十度花開。

昭應官舍

癡頑終日羨人閑，却喜因官得近山。斜對寺樓分寂寂，

遠從溪路借潺潺盻身多病唯親藥空院無錢不要關
文案把來看未會雖（一作須）書一字甚慙顏

寄舊山僧

因依老宿發心初半學修（一作觀）心半讀書雪後（一作夜）每常同
席（一作屋）臥花時未省兩山居獵人箭底求傷雁釣戶竿頭
乞（一作救）活魚一（一作自）向風塵取煩惱不知（一作身）衰病日難除

武陵春日

尋春何事却悲涼春到他鄉憶故鄉秦女洞桃欹澗碧
楚王堤柳舞煙黃波濤入夢家山遠名利關身客路長
不似冥心叩塵寂玉編金軸有仙方

寄分司張郎中

一別京華年歲久卷中多見嶺南詩聲名已壓衆人上
愁思未平雙鬢知江郡遷移猶遠地仙官榮寵是分司
青天白日當頭上會有求閑不得時

上武元衡相公

旌旗坐鎮蜀江雄帝命重開舊閣崇褒貶唐書天曆上
捧持堯日慶雲中孤情迥出鸞皇遠健思潛搜海嶽空
長得蕭何爲國相自西流水盡朝宗

上張弘靖相公

傳封三世盡河東（一作河東三世盡傳封）家占中條第一峰旱（一作早）歲天
教作霖雨明時帝用補山龍草開舊路沙痕在日照新
池鳳跡重卑散自知霄漢隔若爲門下賜從容

上裴度舍人

小松雙對鳳池開履跡衣香（一作重）逼上台天意皆從彩毫
出宸心盡向紫煙來非時玉案呈宣旨每日金階謝賜
回（一作賜對）仙侶何因記名姓縣丞頭白走塵埃

上杜元穎相公

學士金鑾殿後居天中行坐侍龍輿承恩不許離牀謝
密詔常教倚案書馬上喚遮紅觜鴨船頭看釣赤鱗魚
閑曹散吏無相識猶記荊州拜謁初

贈盧汀諫議

青蛾不得在牀前空室焚香獨自眠功證詩篇離景象
藥（一作樂）成官位屬神仙閑過寺觀長衝夜立送封章直上
天近見蘭臺諸吏說御詩（一作題）新集未教傳

賀楊巨源博士拜虞部員外

合歸蘭署已多時上得金梯亦未遲兩省郎官開道路
九州山澤屬曹司諸生拜別收書卷舊客看來讀制詞
殘著幾丸仙（一作丹）藥在分張（一作章）還遣病夫知

贈郭將軍

承恩新拜上將軍當直巡更近五雲天下表章經院過
宮中語笑隔牆聞密封計策非時奏別賜衣裳到處薰
向晚臨階看號簿眼前風景任支分

贈田將軍

初從學院別先生便領偏師得戰名大小獨當三百陣
縱橫祇用五千兵回殘疋帛歸天庫分好旌旗入禁營
自執金吾長上直蓬萊宮裏夜巡更

贈胡泟（一作証）將軍

書生難得是金吾近日登科記總無半夜進儺當玉殿
未明排仗到銅壺朱牌面上分官契黃紙頭邊押勅符
恐要蕃中新道路指揮重畫五城圖

留別田尚書

擬報平生未殺身難離門館起居頻不看匣裏釵頭古
猶戀機中錦樣新一旦甘爲漳岸老全家却作杜陵人
朝天路在驪山下專望紅旗拜舊塵

送唐大夫罷節歸山

年少平戎老學仙表求（一作成）骸骨乞生全不堪腰下懸金
印已向雲西（一作間）寄玉田旌節抱歸官路上公卿送到國
門前人間雞犬同時去遙聽笙（一作歷）歌隔水煙

送司空神童

杏花壇上授書時不廢中庭趁蝶飛暗寫五經收部秩
初年七歲著衫衣秋堂白髮先生別古巷青襟舊伴歸
獨向鳳城持薦表萬人叢裏有光輝

送振武張尚書

回天轉地是將軍扶助（一作冊）春宮上五雲撫背恩雖同骨
肉擁旄名未敵功勳盡收壯勇填兵數不向蕃渾奪馬
羣閑即單于臺下獵威聲直到海西聞

送吳諫議上饒州

鄱陽太守是眞人琴在牀頭籙在身曾向先皇邊諫事
還應上帝處稱臣養生自有年支藥稅戶應停月進銀
淨掃水堂無侍女下街（一作衙）唯共鶴殷勤

贈閻少保

髭鬢雖白體輕健九十三來却少年問（一作聞）事愛知天寶
裏識人皆是武皇前玉裝劍珮身長帶絹寫方書子不
傳侍女常時教合藥亦聞私地學求仙

送魏州李相公

百代功勳一日成三年五度換雙旌閑來不對人論戰
難處長先自請行旗下可聞誅敗將陣頭多是用降兵
當朝面受新恩去算料妖星不敢生

贈索暹將軍

渾身著箭瘢猶在萬槊千刀總過來輪劍直衝生馬隊
抽旗旋踏死人堆聞休鬬戰心還癢見說煙塵眼即開
泪滴先皇堦下土南衙班裏趁朝回

贈王屋道士赴詔

玉皇符詔（一作到）下天壇玳瑁頭簪白角冠鶴遺院（一作洞）中童
子養鹿憑山下老人看法成不怕刀槍利（一作梯峻）體（一作丹）實（一作髓）
常欺石榻寒能斷世（一作人）間腥血味長生只要一丸丹

贈王處士

松樹當軒雪滿池青山掩障（一作帳）碧紗幮（一作帷）鼠來案上常
偷水鶴在牀前亦看碁道士寫將行氣法家童授與步
虛詞世間有似君應少便（一作願）乞從今作我師

洛中張籍新居

最是城中閑靜處更回門向寺前開雲山且喜重重見
親故應須得得來借倩學生排藥合留連處士乞松栽
自君移到無多日牆上人名滿綠苔

題裴處士碧虛溪居

鳥聲眞似深山裏平地人間自（一作也）不同春圃紫芹（一作苗）長
卓卓暖泉青草一叢叢松臺前後花皆別竹崦高低水
盡通細問來時從近遠溪名載入縣圖中

送阿史那將軍安西迎舊使靈櫬（一作送史將軍）

漢家都護邊頭沒舊將麻衣萬里迎陰地背行山下火
風天錯到一作磧西城單于送葬還垂泪部曲招魂亦道
名卻入杜陵秋巷裏路人來去讀銘旌

贈崔禮駙馬 按唐書諸宗時駙馬無崔禮其人順宗東陽公主下嫁崔杞恐作杞是

鳳皇樓閣連宮樹天子崔郎自愛貧金埒減添栽藥地
玉鞭平與賣書人家中弦管聽常少分外詩篇看一作有即
新一月一回陪内宴馬蹄猶厭踏香塵

贈太清盧一作宮道士

上清道士未昇天南岳中華作散仙書賣八分通字學
丹燒九轉定人年修行近日形如鶴一作鸖導引多時骨似
綿想向諸山尋一作巡禮遍卻回還守老君前

送宮人入道

休梳叢鬢洗紅妝頭戴芙蓉出未央弟子抄將一作留歌遍
疊宮人分散舞衣裳問師初得經中字入靜猶燒内裏
香發願蓬萊見王母卻歸人世一作城闕又作闕下施仙方

上李吉甫相公

聖朝齊賀說逢殷霄漢無雲日月真金鼎調和一作元天膳
美瑤池沐浴賜衣新兩河開地山川正四海休兵造化
仁曾向山東為散吏當今竇憲是賢臣

上李益庶子

紫煙樓閣碧紗亭上界詩仙獨自行奇險驅回還寂寞
雲山經用始鮮明藕絲紋縷裁來滑鏡水波濤濾得清
昏思願因秋露洗幸容堦下禮先生

題元郎中新宅

近移松樹初栽藥經帙書籤一切新鋪設暖房迎道士
支分閑院著醫人買來高石雖然貴入得朱門未免貧
惟一作雖有好詩名字出倍教年少損心神

初授太府丞言懷

除書亦下一作不屬微班喚作官曹便不閑檢案事多關市
井聽人言志一作不在雲山病童喚一作嗔著唯行慢老馬鞭多
轉放頑此去仙宮無一里遙看松樹衆一作皆家攀

贈李愬僕射

唐州將士死生同盡逐雙旌舊鎮空獨破淮西功業一作家傳
大新除隴右世家雄知時每笑論兵法識勢還輕立戰
功次第各分茅土貴殊勳倂在一門中

書贈舊渾二曹長

二年同在華清下入縣門中最近鄰替飲觥籌知戶小
助成書屋見家貧夜棊臨散停分客朝浴先回各送人
僮僕使來傳語熟至今行酒校殷勤

上崔相公

枯桂衰蘭一遍春唯將道德定君臣施行聖澤山川潤
圖畫天文彩色新開閣覆看祥瑞曆封名直進薜蘿人
應一作愁憐老病一作漸老無知已自別溪中滿鬢塵

寄楊十二秘書

初移古寺正南方靜是浮山遠是莊人定猶行背街鼓
月高還去打僧房新詩欲寫中朝滿舊卷常抄外國將
閑出天門醉騎馬可憐蓬閣秘書郎

謝田贊善見寄

五侯三任一作仕一作貴未相一作將稱頭白如絲作縣丞錯判符曹
羣吏笑亂書巖石一山僧自知酒病衰腸怯遥怕春殘
百鳥凌年少力生猶不敵況加顛頓悶騰騰

晚秋病中

萬事風吹過耳輪貧兒活計亦曾聞偶逢新語書紅葉
難得閑人話白雲霜下野花渾著地寒來溪鳥不成羣
病多體痛無心力更被頭邊藥氣熏

薛二十一作十二池亭

每箇樹邊消一日遶池行匝又須行異花多是非時有
好竹皆當要處生斜竪小橋看島勢遠移山石作泉聲
浮萍著岸風吹歇一作散水面無塵晚更清

故梁國公主池亭

平陽池館枕秦川門鎖南山一朶煙素柰花開西子面
綠榆枝散沈郎錢裝簷玳瑁隨風落傍岸鵁鶄逐暖眠
寂寞空餘歌舞地玉簫聲絕鳳歸天

題柱國寺

皇帝施錢修此院半居天上半人間丹梯暗出三重閣
古像斜開一面山松柏自穿空地少川原不稅小僧閑
行香天使長相續早起離城日午一作暮還

昭應官舍書事

縣在華清宮北面曉看樓殿正相當慶雲出處依時報
御果呈一作頒來每度嘗臘月近湯泉不凍夏天臨渭屋多
涼兩衙一作年早被官拘束登閣巡溪亦屬忙

昭應李郎中見貽佳作次韻奉酬

窗戶風涼一作吹四面開陶公愛晚上高臺中庭不熱青山
入野水初晴白鳥來精思道心緣境熟麤疎文字見一作和
詩回諸生圍遶新篇讀玉闕仙官少此才

閑說一作聞說

桃花百葉不成春鶴壽千年也未神秦隴州緣鸚鵡貴
王侯家為牡丹貧歌頭舞遍回回別鬢樣眉心一作分日日
新鼓動六街騎馬出相逢總是學狂人

自傷

衰門海内幾多人滿眼公卿總不親四授官資元七品
再經婚娶尚單身圖書亦為頻移盡兄弟還因數散貧
獨自在家長似客黃昏哭向野田春

田侍中宴席

香熏羅幕暖成煙火照中庭燭滿筵整頓舞衣呈玉腕
動搖謌扇露金鈿青蛾側座一作華堂閒坐調雙管彩鳳斜飛入
五弦雖是沂公門下客爭將肉眼看雲天一作神仙

寒食日看花

早入公門到夜歸不因寒食少閑時顛狂遶樹猿離鏁
跳躑緣岡馬斷羈酒汙衣裳從客笑醉饒言語覓花知
老來自喜身無事仰面西園得詠詩

和少府崔卿微雪早朝

蓬萊春雪曉猶殘點地成花遶百官已傍祥鸞迷殿角
還穿瑞草入袍襴無多白玉階前濕積漸青松葉上乾
粉畫南山稜一作棱郭出初晴一半隔雲看

和胡將軍寓直

宮鴉棲定一作盡禁槍攢樓殿深嚴一作光月色寒進狀直穿金
戟槊探更先傍玉鉤欄漏傳五點班初合鼓動三聲仗
已端遥見正南宣不坐新栽松樹喚人看

春日五(一作午)門西望

百官朝下五門西，塵起春風過玉堤(一作滿御堤)。黄帕蓋鞍呈了(一作過)馬，紅羅繫項(一作項一作繫項)鬭回雞(江鄰幾雜志云：此聯爲呈馬了鬭雞回)。館(一作宮)松枝(一作葉)重(一作古)牆(一作城葉重)頭出，御(一作渠)柳條長水面齊。唯有教坊南草綠(一作色)，古苔(一作城)陰地(一作處)冷凄凄。

長安早春

霏霏漠漠遶皇州，銷雪欺寒不自由。先向紅妝添曉夢，爭來白髮送新愁。暖催衣上縫羅(一作人)勝，晴報窗中點綵毬。每度暗來還暗去，今(一作年)年須遣蝶遲(一作蜂一作遠)留。

早春病中

日日春風階下起，不吹光彩上寒株。師教絳服禳衰月，妻許青衣侍病夫。健羨人家多力子，祈求道士有神符。世間方法從誰問(一作方法從誰信)，臥處還看藥草圖。

上陽宮

上陽花木不曾秋，洛水穿宮處處流。畫閣紅樓宮女笑，玉簫金管路人愁。幔城入澗橙花發，玉輦登山桂葉稠。曾讀列仙王母傳，九天未勝此中遊。

李處士故居

露濃煙重草萋萋，樹映闌干柳拂隄。一院落花無客醉，半窗殘月有鶯啼。芳筵想像情難盡，故樹荒涼路欲迷。風景宛然人自改，却經(一作鶴)門外(一作巷)馬頻嘶。

寄賈島(一作張籍贈項斯詩)

盡日吟詩坐忍飢，萬人中覓似君稀。僮眠冷榻朝猶臥，驢(一作門當古巷風偏入)放秋田夜不歸。傍暝旋(一作併)收紅(一作新)落葉，覺寒(一作欲)猶著(一作重)舊生衣。曲江池畔時時(一作北雁)到，爲(一作尤)愛鸕鷀雨後飛(一作兩翼飛一作水裏飛)。

村居即事

休看小字大書名，向日持經眼却明。時過無心求富貴，身閑不夢見公卿。因尋寺裏薰辛斷，自別城中禮數生。斜月照房新睡覺，西峰半夜鶴來聲。

維揚冬末寄幕中二從事

江上數株桑棗樹，自從離亂更荒涼。那堪旅館經殘臘，祇把空書寄故鄉。典盡客衣三尺雪，鍊精詩句一頭霜。故人多在芙蓉幕，應笑孜孜道未光。

寄杜侍御

何須服藥覓昇天，粉閣爲郎即是仙。買宅但幽從索價，栽松取活不爭錢。退朝寺裏尋荒塔，經宿城南看野泉。道氣清凝(一作寧)分曉爽，詩情冷瘦(一作秀)滴秋鮮。學通儒(一作傳)釋三千卷，身擁旌旗二十年。春巷偶過同戶飲，暖窗時與(一作語)對牀眠。破除心力緣書癖，傷瘦(一作損)花枝爲酒顛。今日總(一作愁)來歸聖代(一作今日總離車馬地)，丈人先達幸相憐。

寄上韓愈侍郎

重登(一作於)大學領儒流，學浪詞鋒壓九州。不以雄名疎(一作殊)野賤，唯將直氣折王侯。詠傷松桂(一作柏)青山瘦，取盡珠璣碧海愁。敘述異篇經總別(一作核)，鞭驅險句最(一作物)先投。碑文合遣貞魂謝，史筆應令諂骨羞。清俸探將還酒債，黄金旋得起書樓。參(一作客)來擬設官人禮，朝退多逢月閣(一作下)遊。見說(一作向)雲泉求住處，若無知薦一生休。

贈華州鄭大夫

此官出入鳳池頭，通化門前第一州。少華山雲當驛起，小敷溪水入城流。空閑地內人初滿，詞訟牌前草漸稠。報狀拆開知足雨，赦書宣過喜無囚。自來不說雙旌貴，恐替長教百姓愁。公退晚涼無一事(一作吏散月高衙府靜)，步行攜客上南樓。

寄賀田侍中東平功成

使回高品滿城傳，親見沂公在陣前。百里旗幡衝即斷，雨重衣甲射皆穿。探知點檢兵應怯，算得新移柵未堅。營被數驚乘勢破，將經頻敗遂生全。密招殘寇防人覺，遥斬元兇恐自專。首讓諸軍無敢近，功歸部曲不爭先。開通州縣斜連海，交割山河直到燕。戰馬散驅還逐草，肉牛齊散却耕田。府中獨拜將軍貴，門下兼分宰相權。唐史上頭功第一，春風雙節好朝天。

送裴相公上太原

還攜堂印向并州，將相兼權是武侯。時難獨當天下事，功成却進手中籌。再三陳乞鑪煙裏，前後封章玉案頭。朱架(一作祭)早朝立(一作排)劍戟，綠槐殘雨(一作花裏)看張油。遥知塞雁從今好，直得漁陽已北愁。邊鋪警巡旗盡換，山城候館壁(一作欲過)重脩。千羣白刃兵迎節，十對紅妝妓打毬。聖主分明交暫去，不須高起見京樓。

全唐詩

王建

題栢巖禪師影堂

山中磚塔閉松下，影堂新恨不生前。識今朝禮畫身

送人

河亭收酒器，語盡各西東。回首不相見，行車秋雨中。

春意二首

去日丁寧別，情知寒食歸。緣逢好天氣，教熨看花衣。

誰是杏園主，一枝臨古岐。從傷早春意，乞取欲(一作舊)開枝。

夜聞子規

子規啼不歇，到曉口應穿。況是不眠夜，聲聲在耳邊。

四望驛松

當初北澗(一作此間)別，直至此庭中。何意聞鞞(一作聲)耳，聽君(一作他)枝上風。

江館

水面細風生，菱歌慢慢聲。客亭臨小市，燈火夜妝明。

題江臺驛(一作江臺驛有題)

水北金臺路，年年行客稀。近聞天子使，多取雁門歸。

贈謫者

何罪過長沙，年年北望家。重封嶺頭信，一樹海邊花。

戲酬盧秘書

芸香閣裏人，採(一作手)摘御園春。取此和仙藥，猶治老病身。

小松

小松初數尺，未有直生枝。閑即傍邊立，看多長却遲。

秋夜

夜久葉露滴，秋蟲入戶飛。卧多骨髓冷，起覆舊綿衣。

水精

映水色不別，向月光還度。傾在荷葉中，有時看是露。

香印

閑坐燒印香（一作香印），滿戶松柏氣。火盡轉分明，青苔碑上字。

秋燈

向壁暖悠悠（一作孤燈），羅（一作對秋）幃寒寂寂。斜照碧山圖，松間一片石。

落葉

陳綠向（一作尚）參差，初紅已重疊。中庭初（一作新）掃地，繞樹（一作池）三兩葉。

園果

雨中梨果病，每樹無數箇。小兒出入（一作戶）看，一半鳥啄破。

野菊

晚艷出荒籬，冷香著秋水。憶向山中見（一作尋），伴蛩（一作蟲）石壁裏。

荒園

朝日滿園霜，牛衝籬落壞。掃掠黃葉中，時時一窠薤。

南澗

野桂香滿溪，石莎寒覆水。愛此南澗頭，終日潺湲（一作潺）裏。

晚蝶

粉翅嫩如水，繞砌乍依風。日高山露解，飛入菊（一作叢）花中。

田家

啾啾雀滿樹，靄靄東坡雨。田家夜無食，水中摘禾黍。

新嫁娘詞三首

鄰家人未（一作不）識，牀上坐堆堆。郎來傍門戶，滿口索錢財。

錦幛兩邊橫，遮掩侍（一作待）娘行。遣郎鋪簟席，相並拜親情。

三日入廚下，洗手作羹湯。未諳姑食性，先遣小姑（一作娘）嘗。

故行宮

寥落古行宮，宮花寂寞紅。白頭宮女在，閑坐說玄宗。

酬從姪再看詩本（一作酬從姪借詩本）

眼（一作看）暗沒功夫，慵來翦刻麤（一作磨一作客鬢）。自看花樣古，稱得少年無。

別自栽小樹

去年今日栽，臨去見花開。好住守空院，夜間人不來。

早發汾南

橋上車馬發，橋南煙樹開。青山斜不斷，迢遞故鄉來。

宮中三臺詞二首

魚藻池邊射鴨，芙蓉園裏看花。日色柘袍（一作黃）相似，不著紅鸞扇遮。

池北池南草綠（一作色），殿前殿後花紅。天子千年（一作秋）萬歲，未央明月清風。

江南三臺詞四首

揚州橋邊少（一作小）婦，長安（一作干）城（一作市）裏商人。二（一作三）年不得消息，各自拜鬼求神。

青草湖（一作臺）邊草色，飛猿嶺上猿聲。萬里湘江（一作三湘）客到，有風有雨人行。

樹頭花落花開，道（一作岸）上人去人來。朝愁暮愁（一作恨）即老，百年幾度三臺。

聞（一作關）身強健且（一作早）爲，頭白齒落難追。準擬百年千歲，能得（一作不知）幾許多時。

御獵

青山直遶（一作入）鳳城頭，滻水斜分入御溝。新教（一作校）內人唯射鴨，長隨天子苑東遊。

長門燭

秋夜牀前蠟燭微，銅壺滴盡曉鐘遲。殘光（一作花）欲（一作吹）滅還吹著，年少宮人未（一作不）睡時。

過綺岫宮（東都永寧縣西五里）

玉樓傾倒（一作側）粉牆空，重疊青山遶故宮。武帝去來羅袖盡，野花黃蝶領春風。

朝天詞十首寄上魏博田侍中

山川初展（一作定）國圖寬，未識龍顏坐不安。風動白髯旌節下，過時天子御樓看。

相感君臣總淚流，恩深舞蹈不知休。初從戰地來無物，唯奏新添十八州。

催修水（一作奏催三）殿宴沂公，與別（一作別與）諸侯總不同。隔月太常先習樂，金書牌轟彩雲中。

無人敢奪在先籌，天子門邊送與毬。遥索綵（一作十）箱新樣錦，內人舁出（一作到）馬前頭。

御馬牽來親自試，珠毬到處玉蹄知。殿頭宣賜連催上，未解紅纓不敢騎。

老作三公經獻壽，臨時猶自語差池。私從班裏來長跪，捧上金杯便合儀。

四海無波乞放閑，三封手疏（一作跪）犯（一作獻）龍顏。他時若有邊塵動，不待天書自出山。

胡馬悠悠未盡歸，玉關猶隔吐蕃旗。老臣一（一作三）表求高卧，邊事從今欲（一作遣）問誰。

威容難畫改頻頻，眉目分毫恐不真。有詔別圖書閣上，先教粉本定風神。

重賜弓刀內宴回，看人城外滿樓（一作高）臺。君臣不作多時別，收盡邊旗當日來。

霓裳詞十首

弟子部中留一色，聽風聽水（一作雨）作霓裳。散聲未足重來授，直到牀前見上皇。

中管五弦初半曲，遥教合上隔簾聽。一聲聲向天頭落，效（一作學）得仙人夜唱經。

自直（一作入）梨園得出稀，更番上曲不教歸。一時跪拜霓裳徹，立地階前賜紫（一作彩）衣。

旋翻新（一作修曲）譜（一作自）聲初足（一作起），除却（一作在）梨園未教人。宣與（一作示）書家分手寫，中官走馬賜功臣。

伴教霓裳有貴妃，從初直到曲成時。日長耳裏聞聲熟，拍數分毫錯總知。

弦索摐摐隔綵雲，五更初發一山（一作滿宮）聞。武皇自（一作目）送西王母，新換（一作染）霓裳月（一作日）色裙。

敕賜宮人澡浴回，遥看美女院門開。一山星月霓裳動，好字先從殿裏（一作後）來。

傳呼法部按霓裳新得承恩別作行應是（一作日曉）貴妃樓上看內人舁下（一作出）綵羅箱

朝元閣上山風起（一作風初起）夜聽霓裳玉露（一作露索）寒宮女月中（一作明）更替（一作潛）立黃金梯滑並行難

知向（一作在）華清年（一作秋）月滿山頭山底種長生去時留下霓裳曲總（一作半）是離宮別館聲

宮前早春（一作華清宮）

酒幔高樓一百家宮前楊柳寺前花內園分得溫湯水二（一作三）月中旬已進（一作破）瓜

奉同曾郎中題石甕寺得嵌韻

寺門（一作天宮）連內遶丹巖下界雲開數過帆（一作塵蓋雲間落數帆）遙指上皇翻曲處百官題字滿西嵌

舊宮人

先帝舊宮宮女在亂絲猶挂鳳皇釵霓裳法曲渾拋却獨自花間埽玉堦

新授戒尼師

新短方裙疊作稜聽鐘洗鉢繞青蠅自知戒相分明後先出壇場禮大僧

太和公主和蕃

塞黑雲黃欲渡河風沙眯眼雪相和琵琶淚濕行聲小斷得人腸不在多

元太守同遊七泉寺

盤磴回廊古塔深紫芝紅藥入雲尋晚吹簫管秋山裏引得獮猴出象（一作橡）林

望定州寺

回看佛閣青山半三四年前到上頭省得老僧留不住重尋更可（一作可更）有因由

道中寄杜書記

西南東北暮天斜巴字江邊楚樹花珍重荊州杜書記閑時多在廣師家

聽琴

無事此身離白雲松風溪水不曾聞至心聽著仙翁引今看青山圍繞君

贈陳評事

識君雖向歌鐘會說事不離雲水間春夜酒醒長起坐燈前一紙洞庭山

寄畫松僧

天香寺裏古松僧不畫枯松落石層最愛臨江兩三樹水禽棲處解無藤

花褐裘

對織芭蕉雪毳新長縫雙袖窄裁身到頭須向邊城著消殺秋風稱獵塵（一作愁殺秋風射獵塵）

夜看美人宮棊

宮棊布局不依經黑白分明（一作相和）子數停巡拾玉沙天漢曉猶殘織女兩三星

上田僕射

一方新地隔河煙曾（一作會）接諸生聽管弦却憶去年寒食會看花猶在水堂前

江陵道中

菱葉參差萍葉重新蒲半折夜來風江村水落平地出溪畔漁船青草中

冬至後招于秀才

日近山紅暖氣新一陽先入御溝春聞閑（一作君）立馬（一作乘閑走馬）重來此沐浴明年稱意身

別曲

毒蛇在腸瘡滿背去年別家今別弟馬頭對哭各東西天邊柳絮無根蒂

長安別

長安清明好時節只宜相送不宜別惡心（一作他）牀上銅片明照見離人白頭髮

宮人斜

未央牆西青草路宮人斜裏紅妝墓一邊載出一邊來更衣不減尋常數

春詞

良人朝早（一作早朝）半夜起櫻桃如珠露如水下堂把火送郎回移枕重眠曉窗裏

野池

野池水滿連秋隄菱花結實蒲葉齊川口雨晴風復止蜻蜓上下魚東西

題崔秀才里居

自知名出休呈卷愛去人家遠處居時復打門無別事鋪頭來索買殘書

酬柘侍御答酒

茱萸酒法大家同好是盛來白椀中這度自知顏色重不消詩裏弄溪翁

別藥欄

芍藥丁香手裏栽臨行一日繞千回外人應怪難辭別總是山中自取來

長門

長門閉定不求生燒却頭花卸却箏病臥玉窗秋雨下遙聞別院喚人聲

題渭亭

雲開遠水傍秋天沙岸蒲帆隔野煙一片蔡州青草色日西鋪在古臺邊

過喜祥山館

夜過深山算驛程三回黑地聽泉聲自離軍馬身輕健得向溪邊盡足行

送遷客

萬里潮州一逐臣悠悠青草海邊春天涯莫道無回日上嶺還逢向北人

廢寺

廢寺亂來爲縣驛荒松老柏不生煙空廊屋漏畫僧盡梁上猶書天寶年

題禪師房

浮生不住葉隨風填海移山總是空長向人間愁老病誰來閑坐此房中

看石楠花

留得行人忘却歸雨中須是石楠枝明朝獨上銅臺路容見花開少許時

長安縣後亭看畫

水凍橫橋雪滿池　新排石笋繞巴籬　縣門斜掩無人吏　看畫雙飛白鷺鷥

華嶽廟二首

女巫遮客買神盤　爭取琵琶廟裏彈　聞有馬蹄生拍樹　路人來去向南看

自移西嶽門長鎖　一箇行人一遍開　上廟參天今見在　夜頭風起覺神來

酬趙侍御

年少同爲鄴下游　閑尋野寺醉登樓　別來衣馬從勝舊　爭向邊塵滿白頭

鑷白

總道老來無用處　何須白髮在前生　如今不用偷年少　拔却三莖又五莖

送山人二首

嵩山古寺離來久　回見溪橋野葉黃　辛苦老師看守處　爲懸秋藥閉空房

山客狂來跨白驢　袖中遺却潁陽書　人間亦有妻兒在　抛向嵩陽古觀居

揚州尋張籍不見

別後知君在楚城　揚州寺裏覓君名　西江水闊吳山遠　却打船頭向北行

宿長安縣後齋

新向金階奏罷兵　長安縣裏繞池行　喜歡得伴山僧宿　看雪吟詩直到明

夜看揚州市

夜市千燈照碧雲　高樓紅袖客紛紛　如今不似時平日　猶自笙歌徹曉聞

寄韋諫議

百年看似暫(一作片)時間　頭白(一作白首)求官亦未閑　獨有龍門韋諫議　三徵不起戀青山

尋補闕舊宅

知得清名二十年　登山上坂乞新篇　除書近拜侍臣去　空院烏啼風竹前

初冬旅遊

遠投人宿趁房遲　僮僕傷寒馬亦飢　爲客悠悠十月盡　莊頭栽竹已過時

江館對雨

鳥聲愁雨似秋天　病客思家一向眠　草館門臨廣州路　夜聞蠻語小江邊

雨過山村

雨裏雞鳴一兩家　竹溪村路板橋斜　婦姑相喚浴蠶去　閑看(一作着)中庭梔子花

山店(一作盧綸詩)

登登石路何時盡　決決溪泉到處聞　風動葉聲山犬吠　一(一作幾)家松火隔秋雲

雨中寄東溪韋處士

雨中溪破無乾地　浸著牀頭濕著書　一箇月來山水隔　不知茅屋若爲居

乞竹

乞取池西三兩竿　房前栽著病時看　亦知自惜難判割　猶勝橫根引出欄

人家看花

年少狂疎逐君馬　去來憔悴到京華　恨無閑地栽仙藥　長傍人家看好花

未央風

五更先起玉階東　漸入千門萬戶中　總向高樓吹舞袖　秋風還不及春風

歸山莊

長安寄食半年餘　重向人邊乞薦書　山路獨歸衝夜雪　落斜騎馬避柴車

寒食憶歸

京中曹局無多事　寒食貧兒要在家　遮莫杏園勝別處　亦須歸看傍村花

留別張廣文

謝恩新入鳳皇城　亂定相逢合眼明　千萬求方好將息　杏花寒食的同行

送鄭山人歸山

玉作車轅蒲作輪　當初不起(一作記)潁陽人　一家總入嵩山去　天子何因(一作因何)得諫臣

傷墮水烏

一烏墮水百烏啼　相弔相號遶故堤　眼見行人車輾過　不妨同伴各東西

看棊

彼此抽先局勢平　傍人道死的還生　兩邊對坐無言語　盡日時聞下子聲

設(一作秘)酒寄獨孤少府

自看和釀一依方　緣看(一作綠著)松花色較黃　不分君家新酒熟　好詩(一作時)收得被回將

贈人二首(一作贈工部郎中)

金爐煙裏要班頭　欲得歸山可自由　每度報朝愁入閤(一作閣)　在先教示小千牛

多在蓬萊少(一作可)在家　越緋衫上有紅霞　朝回不向諸餘處　騎馬城西檢校花

樓前

天寶年前勤政樓　每年三日作千秋(一作聽歌)　飛龍老馬曾教舞　聞著音聲總(一作忽)舉頭

寄劉蕡問疾

年少病多應爲酒　誰家將息過今春　賒來半夏重熏(一作煎)盡　投著山中舊主人

聽雨(一作司空圖詩)

半夜思家睡裏愁　雨聲落落(一作滴滴)屋簷頭　照泥星出依前黑　淹爛庭花不肯休

新晴

夏夜新晴星校少　雨收殘水入天河　簷前熟著(一作著熟)衣裳坐　風冷渾無撲火蛾

秋日後(一作新晴後)

住處近山常足雨　聞晴曬曝舊芳茵　立秋日後無多熱　漸覺生衣不著身

哭孟東野二首
吟損（一作哭盡）秋天月不明蘭無香氣鶴無聲自從東野先生
死側近雲山得散行
老松臨死不生枝東野先生早哭兒但是洛陽城裏客
家傳一本杏（一作長）殤詩
寄蜀中薛濤校書（一作胡曾詩）
萬里橋邊女校書枇杷花裏閉門（一作寄閉）居掃眉才子于今
少（一作知，一作無多，多少）管領春風總不如
路中上田尚書
去路（一作婦）何詞見六親手中刀尺不如人可憐池閣秋風
夜愁（一作怨）綠嬌紅一遍新
于主簿廳看花
小葉稠枝粉壓摧暖風吹動鶴翎開若無別事爲留滯
應便抛（一作抛却貧）家宿看來
江樓對雨（一作面）寄杜書記
竹煙花雨（一作竹風斜雨，又作竹煙江雨）細相和看著閑書睡更多好是主
人無事日應持小酒（一作拍）按新歌
觀蠻妓
欲說昭君斂翠蛾清聲委曲怨于歌誰家年少春風裏
抛與金錢唱好多
送顧非熊秀才歸丹陽
江城柳色海門煙欲到茅山始下船知道君家當瀑布
菖蒲潭在草堂前
老人歌
白髮老（一作歌）人垂泪行上皇生日出京城如今供奉多新
意錯唱當時一半聲
和元郎中從八月十二（一作一）至十五夜翫月五首
半秋（一作夜）初入中旬夜已向堦前守月明從未圓時看却
好一分分（一作一）見傍輪生
亂雲遮却臺東月不許教依次第看莫爲詩家先見鏡
（一作境，一作影）被他籠與作艱難
今夜月明勝昨夜新添桂樹近東枝立多地濕舁牀坐
看過牆西寸寸遲
月似圓來色漸（一作漸漸）凝玉盆盛水欲侵稜夜深盡放家（一作佳）
人睡（一作醉）直到天明不炷燈
合望月時常望月分明不得似今年仰頭五（一作午）夜風中
立（一作坐）從未圓時（一作團圓）直到圓
對酒
爲病比來渾斷絕（一作酒）緣（一作因）花不免却知聞從來事（一作樂）事
關身少主領春風只在君
曉望華清宮
曉來樓閣更鮮明日出闌干見鹿行武帝自知身不死
看修玉殿號長生
贈李愬僕射二首
和雪翻營一夜行神旗凍定馬無聲遙看火號連營赤
知是先鋒已上城
旗旛四面下（一作著）營稠手詔頻來老將憂（一作愁）每日城南空
挑戰不知生縛入唐州
秋夜對雨寄石甕寺二秀才
夜山秋雨（一作秋山夜雨）滴空廊燈照堂（一作房）前樹葉光對坐讀書
終（一作經）卷後自披（一作鋪）衣被（一作服）掃僧房
華清宮前柳
楊柳宮前忽地春在先（一作先歸）鶯動探春人曉來唯欠驪山
雨洗却枝頭（一作秋條）綠上（一作土）塵
別楊校書
從軍秣（一作抹，一作走）馬十三年白髮營中聽早蟬故作老丞身
不避縣名昭應管山泉
和門下武相公春曉聞鶯
侵黑行飛一兩聲春寒囀小未分明若教更解諸餘語
應向宮花不惜（一作說）情
田侍郎（一作中）歸鎮（一作上魏博，田侍中八首）
去處長將決勝籌回回身在陣前頭賊城破後先鋒入
看著紅妝不敢收
熨帖朝衣抛戰袍夔龍班裏侍中高對時先奏牙間（一作門）
將次第天恩與節旄
踏著家鄉馬腳輕暮山秋色眼前明老人上酒齊頭（一作行）
拜得侍中來盡再生
功成誰不擁藩方富貴還須是本鄉萬里雙旌汾水上
玉鞭遙指白雲莊
鼓吹旛旗（一作旗旛）道兩邊行男走女喜騈闐（一作闐闐）舊交省得當
時別指點如今却少年
廣場破陣樂初休彩纛高于百尺樓老將氣雄爭起舞
管弦回作大纏頭
笳（一作感）聲萬里動燕山（一作寒煙）草白天清塞馬閑觸處不如（一作知生）
別處樂（一作不知生處樂）可憐秋月照江關（一作山）
將士請衣忘却貧綠窗紅燭酒樓新家家盡踏還鄉曲
明月街中不絕人
寄廣文張博士
春明門外作卑官病友經年不得看莫道長安近于日
昇天却易到城難
早春書情
漸老風光不著人花溪柳陌早逢（一作大家）春近來行到門前
少趁暖閑眠似病人
唐昌觀玉蕊花
一樹籠鬆玉刻成飄廊點地色輕輕女冠夜覓香來處
唯見堦前碎（一作璧）月明
眼病寄同官
天寒眼痛少心情隔霧看人夜裏行年少往來常不住
牆西凍地馬蹄聲
九日登叢臺
平原池閣在誰家雙塔叢臺野菊花零落故宮無入路
西來澗水繞城斜
題酸棗縣蔡中郎碑
蒼苔滿字土埋龜風雨銷磨絕妙詞不向圖經中舊見
無人知是蔡邕碑
江陵使至汝州
回看巴路在雲間寒食離家麥熟還日暮數峰青似染
商人說是汝州山
十五夜望月寄杜郎中

中庭地白樹棲鴉，冷一作今露無聲濕桂花。今夜月明人盡望，不知秋思在一作落誰家。

寄同州田長史

除聽好語耳常聾，不見詩人眼底一作亦空。莫怪出城爲長史，總一作秪緣山在白雲中。

外按

夾城門向野田開，白鹿非時出洞來。日暮秦陵塵土起，從東外按使初回。

全唐詩

王建

宮詞一百首

蓬萊正殿壓金一作雲鼇，紅日初生碧海濤。閑一作開著五門遙北望，柘一作赭黃新帕一作帊御牀高。

殿前傳點各依班，召對西來八一作六詔蠻。上得青花龍尾道，側身偷覷正南山。

龍一作籠煙日暖紫一作紫氣曈曈，宣政門當一作開玉殿一作仗風。五刻閣前卿相出，下簾聲在半天中。

白玉窗前一作中起草臣，櫻桃初赤一作出賜嘗新。殿頭傳語金階遠，只進詞來謝聖人。

內人對御疊花牋，繡坐移來玉案邊。紅蠟燭前一作光中呈草本，平明昇一作出閣門宣。

千牛仗下放朝初，玉案傍邊立起居。每日進一作請來金鳳紙，殿頭無事不多一作教書。

延英引對碧衣郎，江硯宣毫各別牀。天子下簾親考試，宮人手裏過茶湯。一作元稹詩

未一作永明一作平明開著九重關，金畫黃龍五色幡。直到一作至銀臺一作排排仗合，聖人三殿對一作冊西番。

少年天子重一作愛邊功，親到凌煙畫閣中。教覓勳臣寫圖本，長將一作長留殿裏作屏風。

丹鳳樓門一作前把火開，五雲金輅下天來。一作先排法駕出蓬萊階一作砌一作棚前走馬人宣慰一作傳語，天子南郊一宿一作當日回。

樓前立仗看宣赦，萬歲聲長拜舞一作再拜齊。日照彩盤高百尺，飛仙爭上取金雞。

集賢殿裏圖書滿，點一作校勘頭邊御印同。真跡進來依數字一作字數，別收一作知鎖在玉函中。

秘一作秋殿清齋刻漏長，紫微宮女夜焚一作燒香。拜陵日近一作到公卿發，鹵簿分頭入一作出太常。

新調白馬怕一作拍鞭聲，供奉騎來遶殿行。爲一作先報諸王侵早入一作起，隔門催進打毬名。

對御難爭第一籌，殿前不打背身毬。內人唱好龜茲急，天子鞘一作梢回一作龍輿過玉樓。

新衫一樣殿頭黃，銀帶排方獺尾長。總把玉一作金鞭騎御馬，綠鬃紅額麝香一作煙香。

羅衫葉葉繡重重，金鳳銀鵝各一叢。每遍舞時一作頭分兩向一作句，太平萬歲字當中。

魚藻宮一作池中鎖翠娥，先皇行處不曾過。如今池底休鋪錦，菱角雞頭積漸多。

殿前明日中和節，連夜瓊林散舞衣。傳報所司分蠟燭，監開一作門金一作宮鎖放人歸。

五更三一作五點索金車，盡放宮人出看花。仗下一時一作邊催立馬，殿頭先報內園家。

城東北面一作南北望雲樓，半下珠簾半上鉤。騎馬行人長遠過一作速，恐一作忽防天子在樓頭。

射生宮女宿紅妝，把一作請得新弓各自張。臨上馬時齊賜酒，男兒跪拜謝君王。

新秋白兔大於拳，紅耳霜毛趁草眠。天子不教人射殺，玉鞭遮到馬蹄前。

內鷹籠脫解紅絛一作縚，鬬勝爭飛出手高。直上碧一作到青雲還卻下，一雙金爪掬一作菊花毛。

競渡船頭掉采旗，兩邊濺一作泥水濕羅衣。池東爭向池西岸，先一作去到先書上字歸。

燈前飛入一作出玉階蟲，未臥常聞半夜鐘。看著中元齋日到，自盤金線繡真容。

紅燈睡裏喚春雲一作月，上三更直宿分。金砌雨來行步滑，兩人擡起隱花裙。

一時起立吹簫管，得寵人來滿殿迎。整頓衣裳皆著卻，舞頭當拍第三聲。一作節

琵琶先抹六么一作綠腰頭，小管丁寧側調愁。半夜美人雙唱起一作起唱，一聲聲出鳳皇樓。

春池日暖少風波，花裏牽船水上歌。遙索劒南新樣錦，東宮先釣一作報得魚多。

十三初學擘箜篌，弟子名中被點留。昨日教坊新進入，並房宮女與梳頭。

紅蠻桿撥貼一作帖胸前，移坐當頭近御筵。用力獨彈金殿響，鳳皇飛下一作出四條弦。

春風吹雨灑一作曲旗竿一作春風吹展曲旗竿，得出一作自得深宮不怕寒。誇道自家能走一作上馬，團一作園中橫過覓人看。

粟金腰一作犀帶象一作玳牙錐，散插紅翎玉突枝。旋獵一邊一作還引馬歸，來雞兔一作花鴨遶鞍垂。

雲駮花驄各試行，一般毛色一般纓。殿前來往重騎過，欲得君王別賜名。

每夜停燈一作熨熨御衣，銀熏籠底火霏霏一作微微。遙聽帳裏君王覺，上直鐘聲一作上番鐘聲始得歸。

因喫櫻桃病放歸，三年著破一作盡舊羅衣。內中人識從來去一作內中人待從來還去，結得金一作頭花上貴妃。

欲迎天子看花去下得金堦却悔行恐見失恩人舊院
同來(一作頭)憶著五弦聲
往來舊院不堪(一作中)修近勑宣徽(一作教近金鑾)別起樓聞有美人
新進入(一作入內)六宮未見一時愁(一作宮中未識大家愁)
自誇(一作知)歌舞勝諸人恨未承恩(一作邀勒君王)出內頻連夜(一作奉勑)宮
中修別(一作理)院地衣簾額一時新
悶來無處可思量旋下金堦旋憶(一作下)牀收得山丹紅蘂
粉鏡前(一作當中)洗却麝香黃
蜂鬚蟬翅薄鬆鬆浮動搔頭似有風一度出時抛一遍
金條零落滿函中
合暗報來門鎖了夜深應別喚笙歌房房下著珠簾睡
月過金堦白(一作冷)露多
御厨不食索時新每見花開即苦(一作是)春白日卧多嬌似
病隔簾教喚女醫人
叢叢洗手遶金盆旋拭紅巾入殿門衆裏遥抛新(一作金)摘
(一作橘)子在前收得便承恩
御池(一作波)水色春來好處處分流白玉渠密奏君王知(一作和)
入月(一作用)喚人相伴洗裙裾
移來女樂部頭邊新賜花檀木(一作大)五弦緶得紅羅手帕
子中(一作當)心細(一作香一作更)畫一雙蟬
新晴草(一作水)色綠(一作暖)溫暾山(一作岸)雪初消漸出(一作水一作漾水一作水漸)渾
今日踏青歸校晚傳聲留著望春(一作苑東)門
兩樓(一作登)相(一作新一作新樓兩換)換珠簾額中尉明朝設內家一樣金
盤五千面紅酥點出牡丹花
盡送春來(一作毬一作舞送香毬)出內家記巡傳把一枝花散時各自
燒紅燭相逐行歸不上車
家常愛著舊衣裳空插紅梳不作妝忽地下堦裙帶解
非時應得見君王
別(一作宣)勑教歌不出房一聲一遍奏(一作報)君王再三博士留
殘拍索向宣徽作徹章
行中第一爭(一作頭)先舞博士傍邊亦被欺忽覺管弦偷破
拍(一作先破拍一作偷急遍)急翻(一作翻翻)羅袖不教知
私縫黃帔(一作同黃縫校)捨釵梳欲得金仙觀裏(一作內)居近被君王
(一作天恩)知識字收來案上檢文書
月泠江清(一作冷天晴)近獵(一作臘)時玉階金瓦雪澌澌(一作離離)浴堂門
外抄名入公主家人謝面脂
未承恩澤一家愁乍到宮中憶外頭求守(一作首)管弦聲款
逐(一作新學管弦聲尚澀)側商調裏唱伊州
東風潑火(一作潑)雨新休舁(一作弄)盡春泥掃(一作風蕩)雪溝走馬犢車
當御路漢陽宮(一作公)主進(一作謝)鷄毬
風簾水閣壓芙蓉四面鉤欄在水中避熱不歸金殿宿
秋河織女夜妝(一作燈)紅
聖人生日明朝是私地教人(一作先須)屬內監自寫金花紅牓
子前頭先進(一作在前進上)鳳皇衫
避暑(一作脫)昭陽(一作儀)不擲盧井邊含水噴鴉雛內中數日無
呼喚搨(一作寫)得滕王蛺蝶圖
內宴初秋(一作休)入二更殿前燈火一天(一作時)明中宮傳旨音
聲散(一作宮官分半音聲住)諸院門開觸處行
玉蟬(一作錢)金雀(一作掌)三層插翠髻高叢(一作鬃)綠鬢虛舞處春風
吹落地歸來(一作當時)別賜一頭梳
樹葉初成鳥護(一作出)窠石榴花裏(一作底)笑聲多衆(一作舞)中遺却
金釵子拾得從他要贖(一作賞)麽(一作羅一作賞羅一作拾得從饒購贖以下五首一作花蘂夫人詩)
小殿初成(一作新裝)粉未(一作欲)乾貴妃姊妹自來看爲逢好日先
移入續向街(一作階)西索牡丹
內人相續報花開准擬君王便看來逢(一作縫)着五弦琴(一作紅)
繡袋宜春院裏按歌回
巡吹慢遍不相和暗數看誰(一作暗看誰人)曲校多明日梨花園
(一作園花)裏見先須逐(一作直)得內家歌
黃金合裏盛紅雪重結香羅四出花一一傍邊書勑字
中官(一作分明)送與大臣家
未(一作天)明東上閣(一作閤)門開排仗聲從後殿(一作殿裏)來阿監兩邊
相對立遥聞索馬一時回
宮人早起(一作拍手)笑相呼不識堦(一作庭)前掃地夫乞與金錢爭
借問外頭還似此間無(以下十首一作花蘂夫人詩)
小隨阿姊(一作不隨阿妹)學吹笙見好(一作好見)君王賜(一作乞)與(一作乞賜)名夜拂
玉牀朝把鏡黃金殿外(一作堦下)不教行
日高殿裏有香煙萬歲聲長動九天妃子院中初(一作新)降
誕內人爭乞(一作分得)洗兒錢
宮花不共(一作與)外花(一作邊)同正月長生(一作先)一半(一作朵)紅供御櫻
桃看守別直無鴉鵲到園中
殿前鋪設兩邊樓寒食宮人步打毬一半走來爭(一作齊)跪
拜上棚先謝得頭籌
太儀前日暖房來囑向朝(一作昭)陽乞藥栽勑賜一窠紅躑
躅謝恩未了奏花開
御(一作牀)前新(一作謝)賜紫羅襦步步(一作不下)金堦上軟輿宮局總來
爲喜樂院中新拜內尚書
鸚鵡誰教轉舌關內人手裏養來姦語多更覺(一作近更)承恩
澤數對君王憶隴山
分朋(一作明)閑坐賭櫻桃收却投壺玉腕勞各把沈香雙陸
子局中鬬累阿誰高(一作鬬得壘高高)
禁寺紅樓內裏通笙歌引駕夾城東(一作香山引駕夾城中)裹頭宮監
堂(一作女簾)前立手把牙鞘竹彈弓
春風院院落花堆金鎖生衣(一作衣生)掣不開更築歌臺起妝
殿明朝先進畫圖來
舞來汗濕羅衣徹樓上人扶下玉梯歸到院中重洗面
金花盆(一作盆水)裏潑銀(一作紅)泥(以下三首一作花蘂夫人詩)
宿妝殘粉未明天總立(一作在)昭陽花樹邊寒食內人長白
打庫中先散與金錢
衆中偏(一作愛)得君王笑(一作喚)偷把金箱筆硯開書破紅蠻隔
子上旋推(一作催)當直美(一作內)人來
教遍宮娥唱遍(一作盡)詞暗中頭白沒人知樓中日日歌聲
好不問從初學阿誰
青樓(一作黛眉一作蛾眉)小(一作少)婦砑裙長總被抄名入教坊春設殿
前多(一作爲)隊舞朋(一作棚)頭各自(一作別)請衣裳
水中芹葉土中花拾得還將避衆家總待別人般數盡
袖中拈出(一作拾得)鬱金芽(一作艾心芹葉初生小紙圖時新不鬬花總待大家般數盡袖中拈出鬱金芽一作花蘂夫人詩)
玉簫改調箏移柱(一作移纖拈)催換(一作赴)紅羅繡舞筵未戴(一作著)柘
枝花帽子兩行宮監在簾前
窗窗戶戶院相當總有珠簾玳瑁牀雖道君王不來宿

帳中長是炷牙（一作香）（一作帳中長衙下著香囊）
兩入珠簾滿殿涼　避風新出玉（一作石）盆湯　內人恐要秋衣着　不住熏籠換好香
金吾除夜進儺名　畫袴朱衣四隊行　院院燒燈如白日　沈香火底坐吹笙（一作關音聲）
樹頭樹底覓殘紅　一片西飛一片東　自是桃花貪結子　錯教人恨五更風
金殿當頭紫閣重　仙人掌上玉芙蓉　太平天子朝迎（一作今元）日　五色雲車（一作中）駕六龍
鴛鴦瓦上瞥（一作忽）然聲（一作鷩）　晝寢宮娥夢裏驚（一作聲）　元是我王金彈子（一作音皇）　海棠花下打流鶯
忽地金輿向月陂　內人接着便相隨　却回龍武軍前過　當處（一作殿）教開（一作看）臥鴨池（一作兒）
畫作天河刻作牛　玉梭金鑷采橋頭　每年宮裏（一作女）穿針夜　敕賜諸親（一作新恩）乞巧樓
春來睡困不梳頭　懶逐君王苑北遊　暫向玉花階上坐　簸錢贏得兩三籌
步行送入（一作出）長門裏（一作遠）　不許來辭舊院花　只恐他時身到此　乞恩求赦（一作乞求恩赦）放還家（一作乞來自在得還家）
縑（一作嫌）羅不著索輕容　對面教人染退（一作褪）紅　衫子成來一遍出　明朝半片在園中（一作今朝看處滿園中）
彈棋玉指兩參差　背局（一作階迴）臨虛鬭著危　先打角頭紅子落　上三金字（一作子）半邊垂
後宮宮女無多少　盡向（一作起得）園中笑一團　舞蝶落花相覓（一作看）著　春風共語亦應難（一作花蕊夫人詩）
宛轉黃金白柄長　青荷葉子畫鴛鴦　把來不是呈新樣　欲進微風到御牀
供御香方加減頻　水沈山麝每回新　內中不許相傳出　已被醫家寫與人
藥童食後送雲漿　高殿無風扇少涼　每到日中重掠鬢　衩衣騎馬繞宮廊

句

單于不向南牧馬　席其遍滿天山下（詠席。其簾賴府羣玉酉陽雜俎云：席其一名塞蘆，生胡地，古詩亦有千里席其草之句）
卻公不易勝　莫著外家欺（見事文類聚）　錦江詩弟子　時寄五花牋（以下見海錄碎事）
花燒落第眼　雨破到家程
一朝金鳳庭前下　當是虛皇詔沈羲
宣城四面水茫茫　草蓋江城竹夾牆

全唐詩目第五函

第六冊

劉商二卷			
陳翊	劉復	冷朝陽	于尹躬
柳郴	李子卿共一卷		
朱灣一卷			
丘丹	賈弇	沈仲昌	謝良輔
鮑防	杜奕	鄭槩	陳元初
呂渭	范燈	樊珣	劉蕃共一卷
張志和	張松齡	陸羽共一卷	
郭鄖	韋同則	李夷簡	李約共一卷
于鵠一卷			
劉長川	鄭常	陳存	王觀
崔璀	鄭審	朱彬	李彥遠
范元凱共一卷			
劉迥	李幼卿	李深	羊滔
薛戎	謝勮共一卷		

全唐詩

劉商

劉商字子夏，彭城人。少好學，工文，善畫。登大曆進士第。官至檢校禮部郎中、汴州觀察判官。集十卷，今編詩二卷。

銅雀妓

魏主矜蛾眉　美人於玉臺　畫夜歌舞　竟未足盛色　如轉圜夕陽　落深谷　仍令身歿後　尚縱平生慾　紅粉淚縱橫（一作紅粉橫淚痕）　調絃向空屋　舉頭君不在　惟見西陵木　玉輦豈再來　嬌鬟爲誰綠　那堪秋風裏　更舞陽春曲　曲罷情（一作終）不勝　凭闌向西哭　臺邊生野草　來去罥羅縠　況復陵寢間　雙雙見麋鹿

哭韓淮端公兼上崔中丞

堅貞與和璧　利用歸干將　金玉徒自寶　高賢無比方　挺生巖松姿　孤直凌雪霜　亭亭結清陰　不競桃李芳　讀書哂霸業　翊贊思皇王　千載有疑議　一言能否臧　儒風久淪弊　顏閔壽不長　邦國豈（一作旣）殄瘁　斯人今又亡　別離長春草　存沒隔楚鄉　聞問尚書慟　淚凝向日黃　奄忽薤露晞　杳冥泉夜長　賢愚自修短　天色空蒼蒼　銘旌歛歸魂　荊棘生路傍　門柳日蕭索　繐帷掩空堂　燈孤晦處明　高節歿後彰　芳蘭已灰燼　幕府留餘香　常愛獨坐尊　繡衣如雁行　至今虛左位　言發淚霑裳

秋夜聽嚴紳巴童唱竹枝歌

巴人遠從荊山（一作江）客　回首荊山楚雲隔　思歸夜唱竹枝歌　庭槐葉落秋風多　曲中歷歷叙鄉土　鄉思綿綿楚詞古　身騎吳牛不畏虎　手提簑笠欺風雨　猨啼日暮江岸邊　綠蕪（一作林）連山水連天　來時十三今十五　一成新衣已再補　鴻雁南飛報鄰伍　在家歡樂辭家苦　天晴露白鐘漏遲　淚痕滿面看竹枝　曲終寒竹風梟梟　西方落日東方曉

烏夜啼（一作烏棲曲）

遶樹啞啞驚復棲　含烟碧樹高枝齊（一作遠）　月明露濕枝亦滑　城上女墻西月低　愁人出戶聽烏啼　團團明月墮墻

西月中有桂樹日中有伴侶何不上天去一聲啼到曙

隨陽雁歌送兄南遊

塞鴻聲聲飛不住終日南征向何處大漢窮陰多沍寒分飛不得長懷安春去秋來年歲疾湖南薊北關山難寒飛萬里胡天雪夜度千門漢家月去住應多兩地情東西動作經年別南州風土復何如春雁歸時早寄書

賦得射雉歌送楊協律表弟赴婚期

昔日才高容貌古相敬如賓不相覩手奉蘋蘩喜盛門心知禮義感君恩三星照戶春空盡一樹桃花竟不言結束車輿强遊往和風霽日東臯上鸞鳳參差陌上行麥苗縈隴雉初鳴修容盡飾將何益極慮呈材欲導情六藝從師得機要百發穿楊含絶妙白羽風馳碎錦毛青娥怨處嫣然笑楊生詞賦比潘郎不似前賢貌不揚聽調琴弄能和室更解彎弧足自防秋深爲爾持圖扇莫忘曾連飛一箭

泛舒城南溪賦得沙鶴歌奉餞張侍御赴河南元博士赴楊州拜覲僕射

終日閭閻逐羣雞喜逢野鶴臨清溪綠苔春水水中影夜月平沙沙上栖驚謂汀洲白蘋發又疑曲渚前年雪紫頂昂藏肯狎人一聲嘹唳（一作喉）冲天闕素質翩翩帶落暉湖南渭陽相背飛東西分散別離促宇宙蒼茫相見稀皇華地仙如鶴馭乘駕飄飄留不住延望乘虛入紫霞陌頭回首空烟樹會使搏風羽翮輕九霄雲路隨先鳴

姑蘇懷古送秀才下第歸江南

姑蘇臺枕吳江水層級鱗差向天倚秋高露白萬林空低望吳田三百里當時雄盛如何比千仞無根立平地臺前夾（一作來）月吹玉鸞臺上迎涼撼金翠銀河倒瀉君王醉灩酒峩冠眄西子宮娃酣態舞娉婷香飈四颯（一作颸）青城（一作眞珠）墜伍員結舌長噓戲忠諫無因到君耳城烏啼盡海霞銷深掩金扉日高睡王道潛隳伍員死可嘆斗間瞻王氣會稽句踐擁長矛萬馬鳴蹄掃空壘瓦解冰銷眞可耻凝豔妖芳安足恃可憐荒堞晚冥濛麋鹿呦呦達（一作遶）遺址君懷逸氣還東吳吟狂日日遊姑蘇興來下筆到（一作倒）奇景瑤盤迸灑蛟人珠大鵬矯翼翻雲衢嵩峰霽後凌天孤海潮秋打羅刹石月魄夜當彭蠡湖有時凝思家虛無霓幢彷彿遊仙都琳瑯暗戛玉華殿天香靜裛金芙蕖君聲日下聞來久清瞻何人敢敵手我逃名迹遁西林不得灞陵傾別酒莫便五湖爲隱淪年年三十昇仙人

金井歌

文明化洽天地清和氣（一作元氣）氤氳孕至靈（一作精）瑞雪不散抱層嶺陽谷霞光射山頂薤草披沙石竇開生金曜日明金井處衡相賀爲禎祥畏人採攫持殳戕羊馳馬走塵滿道郡邸封章開建章君王儉德先簡易瞻國肥家在仁義山澤藏金與萬人宣言郡邑無專利閭閻少長競奔湊黃金滿袖家富有驩心蹈舞歌皇風願載謳歌青史中

柳條歌送客

露井夭桃春未到遲日猶寒柳開早高枝低枝飛鸝黃千條萬條覆宮墻幾回離別折欲（一作欲折）盡一夜東風吹又長毿毿拂人行不進依依送君無遠近青春去住隨柳條郤寄來人以爲信

胡笳十八拍

第一拍

漢室將衰兮四夷（一作方）不賓動干戈兮征戰頻哀哀父母生育我見離亂兮當此辰紗窗對鏡未經事將謂珠簾能蔽身一朝胡騎入中國蒼黃處處逢胡人忽將薄命委鋒鏑可惜紅顏隨虜塵

第二拍

馬上將余向絶域厭生求死死不得戎羯腥膻豈是人豺狼喜怒難姑息行盡天山足霜霰風土蕭條近胡國萬里重陰鳥不飛寒沙莽莽無南北

第三拍

如羈囚兮在縲紲憂慮萬端無處說使余刀兮翦余髮食余肉兮飲余血誠知殺身願如此以余爲妻不如死早被蛾眉累此身空悲弱質柔如水

第四拍

山川路長誰記得何處天涯是鄉國自從驚怖少精神不覺風霜損顏色夜中歸夢來又去朦朧豈解傳消息漫漫胡天叫不聞明明漢月應相識

第五拍

水頭宿兮草頭坐風吹漢地衣裳破羊脂沐髮長不梳羔子皮裘領仍左狐襟貉袖腥復膻晝披行兮夜披卧氈帳時移無定居日月長兮不可過

第六拍

怪得春光不來久胡中風土無花柳天翻地覆誰得知如今正南看北斗姓名音信兩不通終日經年常閉口是非取與在指撝言語傳情不如手

第七拍

男兒婦人帶弓箭塞馬蕃羊卧霜霰寸步東西豈自由偷生乞死非情願龜茲觱篥愁中聽碎葉琵琶夜深怨竟夕無雲月上天故鄉應得重相見

第八拍

憶昔私家恣嬌小遠取珍禽學馴擾如今淪棄念故鄉悔不當初放林表朔風蕭蕭寒日暮星河寥落胡天曉旦夕思歸不得歸愁心想似籠中鳥

第九拍

當日蘇武單于問道是賓鴻解傳信學他刺血寫得書書上千重萬重恨髯胡少年能走馬彎弓射飛無遠近遂令邊雁轉怕人絶域何由達方寸

第十拍

恨凌辱兮惡腥膻憎胡地兮怨胡天生得胡兒欲棄捐及生母子情宛然貌殊語異憎還愛心中不覺常相牽朝朝暮暮在眼前腹生手養寧不憐

第十一拍

日來月往相催遷迢迢星歲欲周天無冬無夏卧霜霰水凍草枯爲一年漢家甲子有正朔絶域三光空自懸幾回鴻雁來又去腸斷蟾蜍虧復圓

第十二拍

破瓶落井空永沈，故鄉望斷無歸心。寧知遠使問姓名，漢語泠泠傳好音。夢魂幾度到鄉國，覺後翻成哀怨深。如今果是夢中事，喜過悲來情不任。

第十三拍

童稚牽衣雙在側，將來不可留又憶。還鄉惜別兩難分，寧棄胡兒歸舊國。山川萬里復邊戍，背面無由得消息。淚痕滿面對殘陽，終日依依向南北。

第十四拍

莫以胡兒可羞恥，恩情亦各言其子。手中十指有長短，截之痛惜皆相似。還鄉豈不見親族，念此飄零隔生死。南風萬里吹我心，心亦隨風度遼水。

第十五拍

歎息襟懷無定分，當時怨來歸又恨。不知愁怨情若何，似有鋒鋩擾方寸。悲歡竝行情未快，心意相尤自相問。不緣生得天屬親，豈向仇讎結恩信。

第十六拍

去時只覺天蒼蒼，歸日始知胡地長。重陰白日落何處，秋雁所向應南方。平沙四顧自迷惑，遠近悠悠隨雁行。征途未盡馬蹄盡，不見行人邊草黃。

第十七拍

行盡胡天千萬里，唯見黃沙白雲起。馬飢跑雪銜草根，人渴敲冰飲流水。燕山髣髴烽戍鼙鼓如聞漢家壘，努力前程是帝鄉，生前免向胡中死。

第十八拍

歸來故鄉見親族，田園半蕪春草綠。明燭重燃煨燼灰，寒泉更洗沈泥玉。載持巾櫛禮儀好，一弄絲桐生死足。出入關山十二年，哀情盡在胡笳曲。

雜言同豆盧郎中郭南七里橋哀悼姚倉曹

橋邊足離別，終日為悲辛。登橋因歎逝，却羨別離人。橋下東流水，芳樹櫻桃蘂。流水與潮迴，花落明年開。可憐三語掾，長作九泉灰。宿昔歡遊在何處，花前飲足求仙去。

春日臥病

楚客經年病，孤舟人事稀。晚晴江柳變，春暮（一作夢）塞鴻歸。今日方知命，前身（一作生）自覺非。不能憂歲計，無限故山薇。

題禪居廢寺

凋殘精舍在，連步訪緇衣。古殿門空掩，楊花雪亂飛。鶴巢松影薄，僧少磬聲稀。青眼能留客，疎鐘逼夜歸。

題山寺（一作題悟空寺）

扁舟水淼淼，曲岸復長塘。古寺春山上，登樓憶故鄉。雲烟橫極浦，花木擁迴廊。更有思歸意，晴明陟上方。

題楊侍郎新亭

毘陵過柱史，簡易在茅茨。芳草如（一作和）花種，修篁帶筍移。徑幽人未賞，簷靜燕初窺。野客憐霜壁，青松畫一枝。

同徐城季明府遊重光寺題晃師壁（一作同遊重光寺題僧壁）

野寺僧房遠，陶潛引客來。鳥喧殘果落，蘭敗幾花開。眞性知無住，微言欲望迴。竹風清磬晚，歸策步蒼苔。

送林袞侍御東陽秩滿赴上都

幾年烏府內，何處逐梟歸。關吏迷驄馬，銅章累繡衣。野亭山草綠，客路柳花飛。況復長安遠，音書從此稀。

送人之江東

含香仍佩玉，宜入鏡中行。盡室隨乘興，扁舟不計程。渡江霖雨霽，對月夜潮生。莫慮當炎暑，稽山水木清。

送李元規昆季赴舉

見誦甘泉賦，心期折桂歸。鳳雛皆五色，鴻漸又雙飛。別思看哀柳，秋風動客衣。明朝問禮處，斐覺雁行稀。

送楊閑侍御拜命赴上都

賀客移星使，絲綸出紫微。手中霜作簡，身上繡為衣。驄馬朝天疾，臺烏向日飛。親朋皆避路，不是送人稀。

賦得月下聞蛩送別

物候改秋節，炎涼此夕分。暗蟲聲徧草，明月夜無雲。清迥簷外見，淒其籬下聞。感時兼惜別，羈思自紛紛。

重陽日寄上饒李明府

重陽秋雁未銜蘆，始覺他鄉節候殊。旅館但知聞蟋蟀，郵童不解獻茱萸。陶潛何處登高醉，倦客停橈一事無。來歲公田多種黍，莫教黃菊笑楊朱。

同諸子哭張元易

盛德高名總是空，神明福善大朦朧。遊魂永永無歸日，流水年年自向東。素帷旅櫬鄉關遠，丹旐孤燈客舍中。伯道共悲無後嗣，孀妻老母斷根蓬。

合肥至日愁中寄鄭明府

失計為卑吏，三年滯楚鄉。不能隨世俗，應是昧行藏。白璧空無玷，黃沙只自傷。暮天鄉思亂，曉鏡鬢毛蒼。灰管移新律，窮陰變一陽。歲時人共換，幽憤日先長。拙宦慚知己，無媒悔自強。迍邅羞薄命，恩惠費餘光。衆口誠難稱，長川却易防。魚竿今尚在，行此掉滄浪。

送盧州賈使君拜命

考績朝稱貴，時清武用文。二天移外府，三命佐元勳。佩玉兼高位，摐金闕上軍。威容冠是鐵，圖畫閣名芸。人詠甘棠茂，童謠竹馬羣。懸旌風肅肅，臥轍淚紛紛。特達恩難報，升沈路易分。侯嬴不得從，心逐信陵君。

全唐詩

劉商

怨婦

淨掃黃金階，飛霜皎如雪。下簾彈箜篌，不忍見秋月。

綠珠怨

從來上臺榭，不敢倚闌干。零落知成血，高樓直下看。

古意

達曉（一作連曙）寝衣冷，開帷（一作門）霜露凝。風吹昨夜淚，一片枕前冰。

哭蕭抡

何處哭故人，青門水如箭。當時水頭別，從此不相見。

送從弟赴上都

車騎秦城遠囊裝楚客貧月明思遠道詩罷訴何人

登相國寺閣

晴日登臨好春風各望家垂楊夾城路客思逐楊花

酬濬上人采藥見寄

玉英期共采雲嶺獨先過應得靈芝也詩情一倍多

曲水寺枳實

枳實遶僧房攀枝置藥囊洞庭山上橘霜落也應黄

酬問師

虛空無處所髣髴似琉璃詩境何人到禪心又過詩

殷秀才求詩

傾蓋見芳姿晴天瓊樹枝連城猶隱石唯有卞和知

行營即事

萬姓厭干戈三邊尚未和將軍誇寶劍功在殺人多

送劉寰北歸

南巢登望縣城孤半是青山半是湖知爾素多山水興此回歸去更來無

送王閈歸蘇州

深山窮谷沒人來邂逅相逢眼漸開雲鶴洞宮君未到夕陽帆影幾時回

送人往虔州

莫歎乘軺道路賒高樓日日望還家人到南康皆下淚唯君笑向此中花

送僧往湖南（一作送清上人）

閑出東林日影斜稻苗深淺映袈裟船到南湖風浪靜可憐秋水照蓮花

送元使君自楚移越

露冕行春向若耶野人懷惠欲移家東風二月淮陰郡唯見棠棃一樹花

移居深山謝別親故

不食黄精不采薇葛苗爲帶草爲衣孤雲更入深山去人絕音書鴈自飛

送王永二首（一作合溪送王永歸東郡）

君去春山誰共遊鳥啼花落水空流如今送別臨溪水他日相思來水頭

綿衣似熱裌衣寒時景雖和春已闌誠知暫別那惆悵明日藤花獨自看

送別

灞岸青門有弊廬昨來聞道半丘墟陌頭空送長安使舊里無人可寄書

送王貞

清陽玉潤復多才邂逅佳期過早梅槿花亦可浮杯上莫待東籬黄菊開

送薛六暫遊揚州

志在乘軒鳴玉珂心期未快隱青蘿廣陵行路風塵合城郭新秋砧杵多

送楊行元赴舉

晚渡邗溝惜別離漸看烽火馬行遲千鈞何處穿楊葉二月長安折桂枝

行營送人

鞞鼓喧喧對古城獨尋歸鳥馬蹄輕回來看覓鶯飛處即是將軍細柳營

滑州送人先歸

河水冰消鴈北飛寒衣未足又春衣自憐漂蕩經年客送別千回獨未歸

送濬上人

木落前山霜露多手持寒錫遠（一作送）頭陀眼看庭樹梅花發不見詩人獨詠歌

高郵送弟遇北遊

門臨楚國舟船路易見行人易別離今日送君心最恨孤帆水下又風吹

送豆盧郎赴海陵

煙波極目已霑襟路出東塘水更深看取海頭秋草色一（一作恰）如江上別離心

送女子

青娥宛宛聚爲裳烏鵲橋成別恨長惆悵梧桐非舊影不悲鴻鴈暫隨陽

酬道芬寄畫松

聞道鉛華學沈寧寒枝淅瀝葉青青一株將比囊中樹若箇年多有茯苓

山翁持酒相訪以畫松酬之

白社風霜驚（一作逼）暮年銅瓶桑落慰秋天憐君意厚留新畫不著松枝當酒錢

題潘師房

渡水傍山尋石壁（一作壁）白雲飛處洞門開仙人來往行無跡石徑春風長綠苔

謝自然却還舊居

仙侶招邀自有期九天升降五雲隨不知辭罷虛皇日更向人間住幾時

寄李儋

挂却衣冠披薜荔世人應是笑狂愚年來漸覺髭鬚黑欲寄松花君用無

贈頭陀師

少壯從戎馬上飛雪山童子未緇衣秋山年長頭陀處說我軍前射虎歸

贈嚴四草屨

輕微菅蒯將何用容足偷安事頗同日入信陵賓館靜贈君閑步月明中

題劉偃莊

何事退耕滄海畔閑看富貴白雲飛門前種稻三回熟縣裏官人四考歸

題黄陂夫人祠

蒼山雲雨逐明神唯有香名萬歲春東風三月黄陂水只見桃花不見人

題道濟上人房

何處營求出世間心中無事即身閑門外水流風葉落唯將定性對前山

棃樹陰

福庭人靜少攀援雨露偏滋影易繁磊落紫香香（一作金風）亞

樹清陰滿地晝當軒

秋蟬聲

蕭條旅舍客心驚斷續僧房靜又清借問蟬聲何所爲人家古寺兩般聲

歸山留別子姪二首

車馬驅馳人在世東西南北鶴隨雲莫言貧病無留別百代簪纓將付君

不逐浮雲不羨魚杏花茅屋向陽居鶴鳴華表應傳語鴈度霜天懶寄書

與湛上人院畫松

水墨乍成巖下樹摧殘半隱洞中天猷公曾住天台寺陰雨猨聲何處聞

白沙宿竇常宅觀妓

楊子澄江映晚霞柳條垂岸一千家主人留客江邊宿十月繁霜見杏花

上巳日兩縣寮友會集時主鄠不遂馳赴輒題以寄方寸〔一作上巳日縣寮會集不遂馳赴〕

踏青看竹共佳期春水晴山祓禊詞獨坐鄠亭心欲醉櫻桃花（一作落）盡暮愁時

懷張璪

苔石蒼蒼臨澗水陰風裊裊動松枝世間唯有張通會流向衡陽那得知

與于中丞

萬頃荒林不敢看買山容足擬求安田園失計全蕪沒何處春風種蕙蘭

袁十五遠訪山門

僻居謀道不謀身避病桃源不避秦遠入青山何所見寒花滿徑白頭人

行營病中

心許征南破虜歸可言羸病臥戎衣遲遲不見憐弓箭惆悵秋鴻敢近飛

合谿水漲寄敬山人

共愛碧谿臨水住相思來往踐莓苔而今却欲嫌谿水雨漲春流隔往來

不羨花

惆悵朝陽午又斜剩栽桃李學仙家花開花落人如舊誰道容顏不及花

醉後

春草（一作月）秋風老此身一瓢長醉任家貧醒來還愛浮萍草漂寄官河不屬人

題水洞二首

桃花流出武陵洞夢想仙家雲樹春今看水入洞中去却是桃花源裏人

長看巖穴泉流出忽聽懸泉入洞聲莫摘山花抛水上花浮出洞世人驚

代人村中悼亡二首

花落茅簷轉寂寥魂隨暮雨此中銷邇來庭柳無人折長得垂枝一萬條

虛室無人乳燕飛蒼苔滿地履痕稀庭前唯有薔薇在花似殘粧葉似衣

觀獵三首

夢非熊虎數年間驅盡豺狼宇宙閑傳道單于聞校獵相期不敢過陰山

日隱寒山獵未歸鳴絃落羽雪霏霏梁園射盡南飛鴈淮楚人驚陽鳥啼

松月東軒許獨遊深恩未報復淹留梁園日暮從公獵每過青山不舉頭

畫石

蒼蘚千年粉繪傳堅貞一片色猶全那知忽遇非常用不把分銖補上天

詠雙開蓮花

菡萏新花曉竝開濃粧美笑面相隈西方采畫迦陵鳥早晚雙飛池上來

夜聞鄰管

何事霜天月滿空鸝雛百囀向春風鄰家思婦更長短楊柳如絲在管中

山中寄元二侍御二首

心期汗漫臥雲扃家計漂零水上萍桃李向秋彫落盡一枝松色獨青青

拖紫鏘金濟世才知君倚玉望三台深山窮谷無人到唯有狂愚獨自來

上崔十五老丈

天漢乘槎可問津寂寥深景到無因看花獨往尋詩客不爲經時謁丈人

袁德師求畫松

柏偃松敧勢自分森梢古意出浮雲如今眼暗畫不得舊有三株持贈君

早夏月夜問王開

清風首夏夜猶寒嫩筍侵階竹數竿君向蘇臺長見月不知何事此中看

裴十六廳即事

主人能政訟庭閑帆影雲峰户牖間每到夕陽嵐翠近只言籬障倚前山

春日行營即事

風引雙旌馬首齊曹南戰勝日平西爲儒不解從戎事花落春深聞鼓鼙

畫樹後呈濬師

翔鳳邊風十月寒蒼山古木更摧殘爲君壁上畫松柏勁雪嚴霜君試看

弔從甥

日晚河邊訪憚獨衰柳寒蕪遶茅屋兒童驚走報人來孀婦開門一聲哭

句

郵筒不解獻茱萸（容齋隨筆）

趙侯首帶鹿耳巾規模出自陶弘景（鹿耳巾歌　海錄碎事）

陳翃（一作詡）

陳翃字載物閬縣人大曆中登進士第貞元中官戶部郎中知制誥詩十卷今存七首

登城樓作

井邑白雲間嚴城遠帶山沙墟陰欲暮郊色淡方閑孤徑迴榕岸層巒破枳關寥寥分遠望暫得一開顏

宴柏臺

華臺陳桂席密樹宴清真柏葉猶霜氣桃花似漢津青尊照深夕綠綺映芳春欲憶相逢後無言蘋海人

過馬侍中亭

草色照雙扉軒車到客稀苔衣香屐迹花綬少塵飛薄望憐池淨開畦愛雨肥相過忘日昃坐待白雲歸

寄邵校書棨

愛酒時稱僻高情自不凡向人方白眼違俗有青巖雲際開三徑煙中挂一帆相期同歲晚閑輿與松杉

龍池春草

青春光鳳苑細草徧龍池曲渚交蘋葉迴塘惹柳枝因風初苒苒覆岸欲離離色帶金堤靜陰連玉樹移日光浮靃靡波影動參差豈比生幽遠芳馨眾不知

郊行示友人

水開長鏡引諸巒春洞花深落翠寒醉向綠蘿驚自醒與君清耳聽松端

送別蕭二

橘花香覆白蘋洲江引輕帆入遠遊千里雲天風雨夕憶君不敢再登樓

劉復

劉復登大曆進士第官水部員外郎詩十六首

遊仙

稅駕倚扶桑逍遙望九州二老佐軒轅移戈戮蚩尤功成棄之去乘龍上天遊天上見玉皇壽與天地休俯視崑崙宮五城十二樓王母何窈眇玉質清且柔揚袂折瓊枝（一作芳）寄我天東頭相思千萬歲大運浩悠悠安用知吾道日月不能周寄音青鳥翼謝爾碧海流

寺居清晨

高枕對曉月衣巾清且涼露華朝未晞滴瀝含虛光隔竹聞汲井開扉見焚香幽心感衰病結念依法王青冥早雲飛杳靄（一作嫋）空鳥翔此情皆有釋（一作適）悠然知所忘

出東城

步出（一作步步出）東城門獨行已徜徉伊洛泛清流密林含朝陽芳景雖可矚憂懷在中腸人生幾何時苒苒隨流光願得心所親尊酒坐高堂一為浮沈隔會合殊未央雙戲水中鳧和鳴自翱翔我無此羽翼安可以比方

經禁城

日沒路且長遊子欲涕零荒城無人路秋草飛寒螢東南古丘墟莽蒼馳郊坰黃雲晦斷岸枯井臨崩亭昔人竟何之窮泉獨冥冥蒼苔沒碑版朽骨無精靈俛仰寄世間忽如流波萍金石非汝壽浮生等朦朧不如學神仙服食求丹經

出三城留別幕中三判官

翔禽託高柯倦客念主人恩義有所知（一作歸）四海同一身況皆曠（一作廣）大姿翰音見良辰陳規佐武略高視據要津常願投素誠今果得所申金罍列四座廣廈無氛塵留連徂暑中觀望歷數旬河山險以固士卒勇且仁飭裝去來歸相追越城闉愧無青玉案緘佩永不泯

送劉秀才南歸（一作陳詡詩）

鳥啼楊柳垂此別千萬里古路入商山春風生灞水停車落日在罷酒離人起蓬戶寄龍沙送歸情詎已

送王（一作汪）倫

春江（一作天）日未曛楚客酣送君翩翩孤黃鶴萬里滄洲雲四方各有志（一作心）豈得常顧羣山連巴湘遠水與荊吳分清光日修阻（一作阻修）尺素安可論相思寄夢寐瑤草空氛氳

長相思

長相思在桂林蒼梧山遠瀟湘深秋堂零淚倚金瑟朱顏摇落隨光陰長宵嘹唳鴻命侶河漢蒼蒼隔牛女寧知一水不可渡況復萬山修且阻綠綺文雙鴛昔時贈君君可憐何言一去瓶落井流塵歇滅金爐前

長歌行

淮南木落秋雲飛楚宮商歌今正悲青春白日不與我當壚舉酒勸君持出門驅馳四方事徒用辛勤不得意三山海底無見期百齡世間莫虛棄君不見金城帝業漢家有東制諸侯欲長久姦雄竊命風塵昏函谷重關不能守龍蛇出沒經兩朝胡虜憑陵大道銷河水東流宮闕盡五陵松柏自蕭蕭

春遊曲

春風戲狹斜相見莫愁家細酌蒲桃酒嬌歌玉樹花裁衫催白紵迎客走朱車不覺重城暮爭棲柳上鴉

雜曲

寶劍飾文犀當風似切泥逢君感意氣貰酒杜陵西趙女顏雖少宛駒驀正齊嬌多不肎別更待夜烏啼

春雨

細雨度深閨鶯愁欲懶啼如煙飛漠漠似露濕淒淒草色行看靡花枝暮欲低曉聽鍾鼓動早送錦障泥

夕次襄邑

何處成吾道經年遠路中客心猶向北河水自歸東古戍飄殘角疎林振夕風輕舟難載月那與故人同

夏日

暎日紗窗深且閑含桃紅日石榴殷銀瓶綆轉桐花井

沈水煙銷金博山文簟象床嬌倚瑟綵奩銅鏡懶拈環明朝戲去誰相伴年少相逢狹路間

送黃曄明府岳州湘陰赴任（一作劉三復詩）

擬占名場第一科龍門十上困風波三年護塞從戎遠萬里投荒失意多花縣到時銅墨貴葉舟行處水雲和遙知布惠蘇民後應向祠堂弔汨羅

禪門寺暮鐘

簨簴高懸于闐鐘黃昏發地殷龍宮遊人憶到嵩山夜疊閣連樓滿太空

冷朝陽

冷朝陽金陵人登大曆進士第爲薛嵩從事詩十一首

同張深秀才遊華嚴寺

同遊雲外寺渡水入禪關立埽窗前石坐看池上山有僧飛錫到留客話松間不是緣名利好來長伴閑

中秋與空上人同宿華嚴寺

埽榻相逢宿論詩舊梵宮磬（一作鐘）聲迎鼓盡月色過山窮庭簇（一作宿）安禪草窗飛帶火蟲一宵何惜別回首隔秋風

宿柏巖寺

幽寺在巖中行唯一徑通客吟孤嶠月蟬噪數枝風秋色生苔砌泉聲入梵宮吾師修道處不與世間同

登靈善寺塔

飛閣青霞裏先秋獨早涼天花映窗近月桂拂（一作覆）簷香華岳三峰小黃河一帶長空間指歸路煙處有垂楊

瀑布泉

瀑溪半空裏霖落石房邊風激珠光碎山欹練影偏急流難起浪迸沫祇如煙自古惟今日淒涼一片泉

冬日逢馮法曹話懷

分襟二年內多少事相干禮樂風全變塵埃路漸難秋林新葉落霜月滿庭寒雖喜逢知己他鄉歲又闌

送唐六赴舉

秋色生邊思送君西入關草衰空大野葉落露青山故國煙霞外新安道路間碧霄知己在（一作遇）香桂月中攀

送遠上人歸京

夏臘歲方深思歸徹曙吟未離銷雪院已有過雲心寒磬清函谷孤鐘宿華陰別京遊舊寺月色似雙（一作霜）林

別郎上人

過雲尋釋子話別更依依靜室開來久遊人到自稀觸風香氣盡隔水磬聲微獨傷孤松立塵中多是非

立春

玉律傳佳節青（一作春）陽應此（一作北）辰土牛呈歲稔綵燕表年春臘盡星迴次寒餘月建寅風光行（一作何）處好雲物望中新流水初銷凍潛魚欲振鱗梅花將柳色偏思越鄉人

送紅線（潞州節度使薛嵩有青衣善彈阮咸琴手紋隱起如紅線因以名之一日辭去朝陽爲詞）

採菱歌怨木蘭舟送客魂銷百尺樓還似洛妃乘霧去碧天無際水空（一作東）流

于尹躬

于尹躬大曆進士元和間爲中書舍人左遷洋州刺史詩一首

南至日太史登臺書雲物

至日行時令登臺約禮文官稱伯趙氏色辨五方雲晝漏聽初發陽光望漸分司天爲歲備持簡出人羣惠愛周微物生靈荷聖君長當有嘉瑞郁郁復紛紛

柳郴（一作郯）

柳郴大曆間進士集一卷今存詩二首

贈別二首

江浦程千里離尊淚數行無論吳與楚俱是客他鄉

何處最悲辛長亭臨古津往來舟檝路前後別（一作有）離人

句

他鄉生白髮舊國有青山（賊平後送客還鄉　見紀事）

李子卿

李子卿大曆末與崔損同第詩一首

望終南春雪

山勢抱西秦初年瑞雪頻色搖鶉野霽影落鳳城春輝耀銀峰逼晶明玉樹親尚寒由氣勁不夜爲光新荆岫全疑近崑丘宛合鄰餘輝儻可借迴照讀書人

全唐詩

朱灣

朱灣字巨川西蜀人自號滄洲子貞元元和間爲李勉永平從事詩一卷

九日登青山

昔人惆悵處繫馬又（一作共）登臨舊地煙霞在多時草木深水將空合色雲與我無心想見（一作緬想）龍山會良辰亦似今

秋夜宴王郎中宅賦得露中菊

衆芳春競發寒菊露偏滋受氣何曾異開花獨自遲晚成猶待賞（一作有分）欲採未過時忍棄東籬下看隨秋草衰（一作看他送盛衰）

奉使設宴戲擲籠籌

今日陪樽俎良籌復在茲獻酬君有禮賞罰我無私莫怪斜相向還將正自持一朝權入手看取令行時

詠雙陸骰子

采采應緣白鑽心不爲名掌中猶可重手下莫言輕有對唯求敵無私直任爭君看一擲後當取擅場聲

詠壁上酒瓢呈蕭明府

不是難提挈行藏固有期安身未得所開口欲從誰應物心無倦當壚柄會持莫將成廢器還有對樽時

詠玉

歌（一作獻）玉屢招疑終朝省復思既哀黃鳥興還復白圭詩請益先求友將行必擇師誰知不鳴者獨下董生帷

送陳偃賦得白鳥翔翠微（一作賦得白鶴翔翠微送陳偃下第）

不知鷗與鶴天畔弄晴暉背日分明見臨川相映微淨中雲一點回處雪孤飛正好南（一作高）枝住（一作立）翩翩何所歸（一作依）

題段上人院壁畫古松

石上盤古根謂言天生有（一作朽）安知草木性變在畫師手陰深方丈間直趣幽且閑木紋離披勢搓捽中裂空心火燒出掃成三寸五寸枝便是（一作作）千年萬年物莓苔濃淡色（一作意）不同一面（一作半）死皮生蠹蟲風霜未必來到此氣色杳在寒山中孤標可玩不可取能使支公道場古

逼寒節寄崔七（崔七湖州崔使君之子）
閑庭只是長莓苔三徑曾無車馬來旅館尚愁寒食火
羈心懶向不然灰門前下客雖彈鋏溪畔窮魚且曝腮
他日趨庭應問禮須言陋巷有顏回
長安喜雪（一作陳羽詩）
千門萬戶雪花浮點點無聲落瓦溝全似玉塵消更積
半成冰片結還流光含曉色清天苑輕逐微風遶御樓
平地已霑盈尺潤年豐須荷富人侯
宴楊駙馬山亭（一作陳羽詩）
垂楊拂岸草茸茸繡戶窗前花影重鱠下玉盤紅縷細
酒開金甕綠醅濃中朝駙馬何平叔南國詞人陸士龍
落日泛舟同醉處回潭百丈映千峰
過宣上人湖上蘭若
十年湖上結幽期偏向東林遇遠師未道姓名童子識
不酬言語上人知閑花落日滋苔徑細雨和煙著柳枝
問我別來何所得解將無事當無爲
同達奚宰遊竇子明仙壇（一作同竇明府遊仙壇）
松檜陰深一徑微中峰石室到人稀仙官不住青山在
故老相傳白日飛華表問栽何歲木片雲留著去時衣
今朝茂宰尋真處暫駐雙鳧且莫歸
平陵寓居再逢寒食
幾迴江上泣途窮每遇良辰歎轉蓬火燧知從新節變
灰心還與故人同莫聽黃鳥愁啼處自有花開久（一作向）客
中貧病固應無撓事但將懷抱醉春風
尋隱者韋九山人於東溪草堂
尋（一作窮）得仙源訪隱淪漸來深處漸無塵初行竹裏唯通
馬直到花間始見人四面雲山誰作主數家煙火自爲
鄰路傍樵客何須問朝市如今不是秦
假攝池州留別東溪隱居
一官仍是假豈願數離羣愁鬢看如雪浮名認是雲暫
辭南國隱莫勒北山文今後松溪月還應夢見君
詠柏板
赴節心長在從繩道可（一作自）觀須知片木用莫向（一作作）散材

看空爲歌偏苦仍愁和即難既能親掌握願得接同歡
箏柱子
散木今何幸（一作在）良工不棄捐力微（一作徽）慙一柱材薄仰（一作命）羣
弦且喜聲相應寧辭跡屢遷知音如見賞雅調爲君傳
送李司直歸浙東幕兼寄鮑行（一作參）軍持節大夫
翩翩書記早曾聞二十年來願見君今日相逢悲白髮
同時幾許在青雲人從北固山邊（一作前）去水到西陵（一作谿）渡
口分會（一作曾）作王門曳裾客爲余前謝鮑參軍
初拜東平郡王（一作朱長文詩）
七賢廟
常慕晉高士放心日沈冥湛然對一壺土木爲我形下
馬訪陳迹披榛詣荒庭相看兩不言猶謂醉未醒長嘯
或可擬幽琴難再聽同心不共世空見蘚門青
同清江師月夜聽堅正二上人爲懷州轉法華
經歌
若耶谿畔雲門僧夜閑燕坐聽真乘蓮花祕偈藥草喻
二師身住口不住鑿井求泉會到源閉門避火終逃路
前心後心皆此心梵音妙音柔軟音清冷霜磬有時動
寂歷空堂宜夜深向來不寐何所事一念纔生百慮息
風翻亂葉林有聲雪映閑庭月無色玄關密跡難可思
醒人悟兮醉人疑衣中繫寶覺者誰臨川内史宇得之
寒城晚角（一作潤州）
高臺高晝角雄五更初發寒城中寒城北臨大河水
淇門賊烽隔岸是長風送過黎陽川我軍氣雄賊心死
羇人此夜寐不成萬里邊情枕上生乍（一作作）似隴頭戍寒泉
幽咽流不住又如巴江頭啼猨帶雨斷續愁忽憶嫖姚
北征伐空山宿兵寒對月一聲老將起三奏行人發冀
馬爲之嘶朔雲爲之結二十年來天下兵到處不曾無
此聲洛陽陌長安路角聲朝朝兼暮暮（一作角聲朝暮）平居聞之尚
難度何況天山征戍兒雲中下營雪裏吹
重陽日陪韋卿讌
何必龍山好南亭賞不睽清規陳侯事雅興謝公題入
座青峰近當軒遠樹齊仙家自有月莫歎夕陽西

全唐詩
丘丹
丘丹蘇州嘉興人諸暨令歷尚書郎隱臨平山與韋應
物鮑防呂渭諸牧守往還存詩十一首
憶長安
四月
憶長安四月時南郊萬乘旌旗嘗酎玉巵更獻含桃絲
籠交馳芳草落花無限金張許史相隨
狀江南
季冬
江南季冬月紅蟹大如䖘湖水龍爲鏡爐峰氣作煙
和韋使君秋夜見寄
露滴梧葉鳴秋風桂花發中有學仙侶吹簫弄山月
奉酬韋蘇州使君
久作煙霞侶暫將簪組親還同褚伯玉入館忝州人（一作民）
和韋使君聽（一作臨）江笛送陳侍御（一作侍郎）
離樽聞夜笛寥亮入寒城月落車馬散悽惻主人情
奉酬韋使君送歸山之作
側聞郡守至偶乘黃犢出不別桃源（一作園）人一見經累日
蟬鳴念秋稼蘭酌動離瑟臨水降麾幢野艇纔容膝參
差碧山路目送江帆疾渉海得驪珠棲梧慚鳳質媿非
鄭公里歸掃蒙籠室

奉酬重送歸山

賣藥有時至自知來往疎遽辭池上酌新得山中書步出芙蓉府歸乘觳觫車猥蒙招隱作豈愧班生廬

經湛長史草堂（一作題湛長史舊居　有序）

無錫縣西郊七里有慧山寺卽宋司徒右長史湛茂之之别墅也舊名歷山故南平王劉鑠有過湛長史歷山草堂詩湛有酬和其文野而興特以松石自怡逍遥沈寂終見止足之意可謂當時高賢矣至齊竟陵王友江淹亦有繼作余登兹山以覩三篇列於石壁仰覽遺韻若穆清風遽訪湛氏胄裔山下猶有一二十族得十三代孫略觀其譜書殘墨塵蠧年世雖邈塋壠尚存余披宋史累不見其人心每惻歎悲夫斯人也而史闕書然有其一篇則爲不朽矣因復追緝六韻以次三賢之末時有釋若冰者踪跡兹山修念之餘鑿嵌注壑釃入諸界無非金碧鉢帽之資悉償工費是以道友邑僚風翫嘉賞嗚呼得非茂之之緣果而陰騭於上人不然者何竭慮之至耶余聖唐山令臣也屏居臨平山墅亦有年矣嘗諷茂之之篇句云衰廢歸丘樊歲寒見松柏不覺禪意超散若在廬霍之間矣異時同歸猶茂之之不忘也嗟乎湛君用刊巖石徯俟後世之知我者得不繼之乎貞元六年歲在庚午檢校尚書户部員外郎兼侍御史丘丹誌

身退謝名累道存嘉止足設醴降華幡挂冠守空谷偶尋野外寺仰慕賢者躅不見昔簪裾猶有舊松竹煙霞雖異世風韻如在矚余即江海上（一作人）歸轍青山曲

蕭山祇園寺

東晉許徵君西方彦上人生時猶定見悟後了前因（一本無此四句）靈塔多年古高僧苦行頻碑存纔記日藤老豈知春車（一作散）騎歸蕭詧雲林識許詢千秋不相見悟定是吾身

奉使過石門觀瀑　有序

謝康樂宋景平中爲永嘉守有宿石門巖上詩余六代叔祖梁中書侍郎天監中有過石門瀑布詩後亦爲此郡小子大曆中奉使竊有繼作雖不足克紹祖德追踪昔賢蓋造奇懷感之志也

溪上望懸泉耿耿雲中見披榛上巖岫峭壁正東面千仞瀉聯珠一潭噴飛霰嵯㠑滿山響坐覺炎氛變照日類虹霓從風似綃練靈奇既天造惜處窮海甸吾祖昔登臨謝公亦遊衍王程懼淹泊下磴空延眷千里雷尚聞巒迴樹葱蒨此來共賤役探討愧前彦永欲洗塵纓終當愜此願

秋夕宿石門館

暝從石門宿搖落四巖空潭月漾山足天河瀉澗中杉松寒似雨猨鳥夕驚風獨卧不成寢蒼然想謝公

賈弇

賈弇長樂人登大曆進士第爲校書郎詩一首

狀江南

孟夏

江南孟夏天慈竹筍如編蠶氣爲樓閣蛙聲作管弦

沈仲昌

沈仲昌臨汝人登天寶九年進士第詩一首

狀江南

仲秋

江南仲秋天鱆鼻大如船雷是樟亭浪苔爲界石錢

謝良輔

謝良輔天寶十一年進士第德宗時商州刺史詩四首

憶長安

正月

憶長安正月時和風喜氣相隨獻壽彤庭萬國燒燈青玉五枝終南往往殘雪渭水處處流澌

十二月

憶長安臘月時溫泉彩仗新移瑞氣遥迎鳳輦日光先暖龍池取酒蝦蟇陵下家家守歲傳卮

狀江南

仲春

江南仲春天細雨色如煙絲（一作疎）爲武昌柳布作石門泉

孟冬

江南孟冬天荻穗軟如綿綠絹芭蕉裂黄金橘柚懸

鮑防

鮑防字子慎襄陽人天寶末進士第歷福建江西觀察使貞元中累禮部侍郎遷工部尚書致仕防善屬文尤工詩與中書舍人謝良弼友善時號鮑謝詩八首

憶長安

二月

憶長安二月時玄鳥初至禖祠百囀宫鶯繡羽千條御柳黄絲更有曲江（一作池）勝地此來寒食佳期

狀江南

孟春

江南孟春天荇葉大如錢白雲裝梅樹青袍似葑田

雜感

漢家海内承平久萬國戎王皆稽首天馬常銜苜蓿花胡人歲獻葡萄酒五月荔枝初破顔朝離象郡夕函關鴈飛不到桂陽嶺馬走先過（一作從）林邑山甘泉御果垂仙閣日暮無人香自落遠物皆重近皆輕雞雖有德不如鶴

送薛補闕入朝（一作鮑溶詩）

平原門下十餘人獨受恩多未殺身每歎陸家兄弟少更憐楊氏子孫貧柴門豈（一作已）斷施行馬魯酒那堪（一作能）醉近臣賴有軍中遺令在猶將談笑對（一作靜）風塵

東峰亭（一作鮑溶詩）

人日陪宣州范中丞傳正與范侍御傳眞（一作貞）宴

人日春風綻早梅謝家兄弟看花來吳姬對酒歌千曲秦女留人酒百杯絲柳向空輕（一作初）婉轉玉山看日漸裴回流光易去懽難得莫厭頻頻上此臺

上巳寄（一作呈　下有浙東二字）孟中丞（一作鮑溶詩）

世間禊事風流處鏡裏雲山若畫屏今日會稽王内史好將賓客醉蘭亭

秋暮憶中秋夜與王璠侍御賞月因愴遠離聊以奉寄（見鮑溶集作寄王璠侍御）

前月月明夜，美人同遠（一作清）光。清（一作音）塵一以間，今夕坐相忘（一作望）。風落芙蓉露，疑（一作凝）餘繡被香。

元日早朝行（見鮑溶集，旌旗以下缺三字，下有斷爾春風前直如朱絃非爾妍二句，師曠以下句俱無）

乾元發生春爲宗，盛德在木（一作天）斗建東。東方歲星大明宮，南山喜氣搖晴空。望雲五等舞萬玉，獻壽一聲出千峰。文昌隨（一作垂）彩禮樂正，太平（一作白）下直旌旗紅。師曠應律調黃鍾，王良運策調時龍。玄冥無事歸朔土，青帝放身入朱宮。九韶九變五聲裏，四方四友一身中。天何言哉樂無窮，廣成彭祖爲三公。野臣潛隨擊壤老，日下鼓腹歌可封。

杜奕

杜奕，貞元時人。詩一首。

憶長安

三月

憶長安，三月時，上苑遍是花枝。青門幾場送客，曲水竟（一作競）日題詩。駿馬金鞭（一作鞍）無數，良辰美景追隨。

鄭槩

鄭槩，貞元時人。詩二首。

憶長安

六月

憶長安，六月時，風臺水榭（一作閣）逶迤。朱果雕籠香透，分明紫禁寒隨。塵驚九衢客散，赭珂（一作汗）滴瀝青驪。

狀江南

孟秋

江南孟秋天，稻花白如氈。素腕慙新藕，殘妝妒晚蓮（一作煙）。

陳元初

陳元（一作允）初，校書郎，居廬源。僧靈一有送元初卜居廬源詩。詩一首。

憶長安

七月

憶長安，七月時，槐花點散（一作散點）罘罳。七夕針樓競出，中元香供初移。繡轂金鞍無限，遊人處處歸遲（一作隨）。

呂渭

呂渭，字君載，河中人。第進士，爲浙西支使，後貶歙州司馬。貞元中，累遷禮部侍郎，出爲潭州刺史。詩五首。

憶長安

八月

憶長安，八月時，闕下天高舊儀。衣冠共頒金鏡，犀象對舞丹墀。更愛終南灞上，可憐秋草碧滋。

狀江南

仲冬

江南仲冬天，紫蔗節如鞭。海將鹽作雪，山用火耕田。

貞元十一年知貢舉，榜（一作闕）闈不能定去留，寄詩前主司

獨坐貢闈裏，愁多芳草生。仙翁昨日事，應見此時情。

皇帝移晦日爲中和節（一作王季友詩，誤）

皇心不向晦，改節號中和。淑氣同風景，嘉名別詠謌。湔裙移舊俗，賜尺下新科。曆象千年正，酺醵四海多。花隨春令發，鴻（一作鳥）度歲陽過。天地齊休慶，歡聲欲盪波。

經湛長史草堂

巖居舊風景，人世今成昔。木落古山空，猨啼秋月白。誰同西府僚，幾謝南平客。摧殘松桂老，蕭散煙雲夕。跡留異代遠，境入空門寂。惟有草堂僧，陳詩在石壁。

范燈

范燈，貞元時人。詩二首。

憶長安

九月

憶長安，九月時，登高望見昆池。上苑初開露菊，芳林正獻霜梨。更想千門萬戶，自明砧杵參差。

狀江南

季夏

江南季夏天，身熱汗如泉。蚊蚋成雷澤，袈裟作水田。

樊珣

樊珣，貞元時人。詩二首。

憶長安

十月

憶長安，十月時，華清士馬相馳。萬國來朝漢闕，五陵共獵秦祠。晝夜歌鐘不歇，山河四塞京師。

狀江南

仲夏

江南仲夏天，時雨下如川。盧橘垂金彈，甘蕉吐白蓮。

劉蕃

劉蕃，登天寶六年進士第。詩二首。

憶長安

十一月

憶長安，子月時，千官賀至丹墀。御苑雪開瓊樹，龍堂冰作瑤池。獸炭氈爐正好，貂裘狐白相宜。

狀江南

季秋

江南季秋天，栗熟（一作實）大如拳。楓葉紅霞舉，蒼蘆（一作蘆花）白浪川（一作穿）。

張志和

張志和字子同婺州金華人年十六舉明經肅宗時待詔翰林後不復仕進居江湖自稱煙波釣叟詩九首

太寥歌

化元靈哉碧虛清哉紅霞明哉冥哉茫哉惟化之工無疆哉

空洞歌

無自而然自然之元無造而化造化之端廓然慤然其形團圞反爾之視絕爾之思可以觀

漁父歌（西吳記云湖州磁湖鎮道士磯即志和所謂西塞山前也志和有漁父詞刺史顏眞卿與陸鴻漸徐士衡李成矩倡和）

西塞山前白鷺飛桃花流水鱖魚肥青箬笠綠蓑衣斜風細雨不須歸

釣臺漁父褐爲裘兩兩三三舴艋舟能縱棹慣乘流長江白浪不曾憂

霅谿灣裏釣漁翁舴艋爲家西復東江上雪浦邊風笑著荷衣不歎窮

松江蟹舍主人歡菰飯蓴羹亦共餐楓（一作梧）葉落荻花乾醉宿漁舟不覺寒

青草湖中月正圓巴陵漁父棹歌連釣車子橛頭船樂在風波不用仙

上巳日憶江南禊事

黃河西繞郡城流上巳應無祓禊遊爲憶淥江春水色更隨宵夢向吳洲

漁父

八月九月蘆花飛南谿老人垂釣歸秋山入簾翠滴滴野艇倚檻雲依依却把漁竿尋小徑閑梳鶴髮對斜暉翻嫌四皓曾多事出爲儲皇定是非

張松齡

張松齡志和兄也詩一首

和答弟志和漁父歌（松齡懼志和放浪不返爲築室越州東郭和其詞以招之）

樂是（一作在）風波釣是閑草堂松徑已勝攀太湖水洞庭山狂風浪起且須還

陸羽

陸羽字鴻漸撰茶經三卷或云自太子文學徙太常寺太祝不就詩二首

歌（太和中復州有一老僧云是陸弟子常諷此歌）

不羨黃金罍不羨白玉杯不羨朝入省不羨暮入臺惟羨西江水曾向金陵城下來

會稽東小山

月色寒潮入剡溪青猨叫斷綠林西昔人已逐東流去空見年年江草齊

句

辟疆舊林間怪石紛相向（龍月辟疆園見紀事）　絕澗方險尋亂巖亦危造（見海錄碎事）　瀉從千仞石寄逐九江船（題康王谷泉見統志）

郭鄖

郭鄖毘陵人大曆貞元間詩人詩一首

寒食寄李補闕

蘭陵士女滿晴川郊外紛紛拜古埏萬井閭閻皆禁火九原松柏自生煙人間後事悲前事鏡裏今年老去年介子終知祿不及王孫誰肯一相憐

韋同則

韋同則建中時詩人詩一首

仲月賞花

梅花似雪柳含煙南地風光臘月前把酒且須拚却醉風流何必待歌筵

李夷簡

李夷簡字易之貞元初登進士第累遷殿中侍御史元和時拜御史中丞歷山南節度尋拜御史大夫進門下侍郎同平章事詩一首

西亭暇日書懷十二韻獻上（一本有武元衡三字）相公（亭爲衡鎮蜀時撰）

勝賞不在遠憮然念玄（一作冥）搜茲亭有殊致經始富人侯澄澹分沼沚縈迴間林丘荷香奪芳麝石溜當鳴球撫俗來康濟經邦去咨謀寬明洽時論惠愛聞甿謳代斲豈容易守成獲優游文翁舊學校子產昔田疇琬琰富佳什池臺想舊遊誰言矜改作曾是日增修憲省忝陪屬岷峨嗣徽猷提攜當有路勿使滯刀州

李約

李約字存博汧公勉之子自稱蕭齋官兵部員外郎詩十首

城南訪裴氏昆季

相思起中夜夙駕訪柴荊早霧桑柘隱曉光溪澗明村蹊蒿棘間往往斷新耕貧野煙火微晝無烏鳶聲田頭逢餉人道君南山行南山千里峰盡是相思情野老無拜揖村童多裸形相呼看車馬顏色喜相驚荒圖雞豚樂雨牆禾莠生欲君知我來壁上空書名

歲日感懷

曙氣變東風，蟾壺夜漏窮新春幾人老舊曆四時空身賤悲添歲家貧喜過冬稱觴惟有感歡慶在兒童

從軍行三首

看圖閑教陣畫地靜論邊烏壘天西戍鷹姿塞上川路長唯一作須算一作日月書遠每題年無復生還望翻思未別前

柵壕一作高三面鬬箭盡舉烽頻營柳和煙暮關榆帶雪春邊城多老將磧路少歸人殺一作點盡金一作三河卒年年添塞塵

候火起雕城塵沙擁戰聲遊軍藏漢幟降騎說蕃情霜落一作降滹沱一作武池淺秋深太白明嫖姚方虎視不覺一作學說一作請添兵

贈韋況

我有心中事不與韋三說秋夜洛陽城明月照張八

觀祈雨

桑條無葉土生煙簫管迎龍水廟前朱門幾處看歌舞猶恐春陰咽管弦

江南春

池塘春暖水紋開堤柳垂絲間野梅江上年年芳意早蓬瀛春色逐潮來

過華清宮

君王遊樂萬機輕一曲霓裳四海兵玉輦升天人已盡故宮猶有樹長生

病中宿宜陽館聞雨

難眠夏夜抵秋賒簾幔深垂窗燭斜風吹桐竹更無雨白髮病人心到家

全唐詩

于鵠

于鵠大曆貞元間詩人也隱居漢陽嘗爲諸府從事詩一卷

江南曲

偶一作閒向江邊採白蘋還隨女伴賽江神衆中不敢一作得分明語暗擲金錢卜遠人

山中寄樊僕射一作寄襄陽樊司空

卻憶東溪日同年事魯一作同學儒僧房閑共宿酒肆醉相扶天畔一作江上雙旌貴山中病客孤無謀一作媒還有計春谷種桑榆

題宇文裒一作褒山寺讀書院

讀書林下寺不出動經年草一作閣連一作通僧院山廚共石泉雲一作雪庭一作亭無履跡龕壁有燈煙年少今頭白刪詩到幾篇

贈蘭若僧

一身禪誦苦灑掃古花宮靜室門常閉深蘿月不通懸燈喬木上鳴磬亂幡中附入高僧傳長稱二遠公

題鄰居

僻巷鄰家少茅簷喜並居蒸梨常共竈澆薤亦同渠傳屐朝尋藥分燈夜讀書雖然在城市還得似樵漁

山中自述

三十無名客空山獨臥秋病多知藥性年長信人愁螢影竹窗下松聲茅屋頭近來心更靜不夢世間遊

山中寄韋鈺一作鉦

嬾成身病日一作似病因醉臥多時送客出谿少讀書終卷遲幽窗聞墜葉一作露晴一作秋景見遊絲早晚來收藥門前有紫芝

南谿書齋

茅屋往來久山深不置門草生垂井口花落擁籬根入院將鶵鳥尋蘿抱子猿曾逢異人說風景似桃源

夜會李太守宅一作宿太守李公宅

郡齋常夜埽一作靜不臥獨吟詩把燭近幽客升堂戴接䍦微風吹凍葉餘一作殘雪落寒枝明日逢山伴須令隱者知

題柏一作北臺山僧

上方唯一室禪定對山一作金容行道臨孤壁持齋聽遠鐘枯藤離舊樹朽石落高一作危峰不向雲間一作中見還一作唯應夢裏逢

寄續尊師

得道任髮白亦一作每逢城市遊新經天上取稀一作靈藥洞中收春木帶枯葉新蒲生漫流年年望靈鶴常在此山頭

題南峰褚道士一作題終南峰褚尊師

得道南山一作終南久曾教四皓碁閉一作閒門醫病鶴倒篋養神龜松際風長在泉中草不衰誰知茅屋裏有路向峨嵋

贈不食姑

不食非關藥天生是女仙見人還起拜留伴亦開田無窟一作屋尋溪宿兼衣掃葉眠不知何代女猶帶剪刀錢

送李明府歸別業

寄家丹水邊歸去種春田白髮無知己空山又一年鹿裘長酒氣茅屋有茶煙亦擬辭人世何溪有瀑泉

題樹下禪師一作僧

久行多不定樹下是禪牀寂寂心一作身無住年年日自長蟲蛇同宿一作在磵草木共經霜已見南人說天台有舊一作上房

宿王尊師隱居

夜愛雲林好寒天月裏行青牛眠樹影白犬吠猨聲一磬山一作上院靜千燈谿路明從來此峰客幾箇得長生

題服柏先生

服柏不飛鍊閑眠閉草堂有泉唯一作誰盥漱留火爲焚香新雨閑門靜孤松滿院凉仍聞枕中術曾一作親授漢淮王

哭凌霄山光上人

身沒碧峰裏門人改葬期買山尋主遠壘塔化人遲鬼火穿一作燒空院秋螢入素帷黃昏溪路上閒哭竺乾師

途中寄楊涉一作陟

蕭蕭蘆荻晚業一作一逕入荒陂日色雲收一作歸處蛙聲雨歇時前村見來久贏馬自行遲聞作王門客應閑一作梁白接

離

送韋判官歸薊門

桑乾歸路遠，聞說亦愁人。有雪常經夏，無花空到春。下營雲外火，收（一作妝）馬月中塵。白首從戎客，青衫（一作袍）未離身。

出塞（一本有曲字）

蔥嶺秋塵起，全（一作收）軍取月支。山川引行陣，蕃漢列旌旗。轉戰疲兵少，孤城外救遲。邊人逢聖代，不見偃戈時。

微雪軍將（一作將軍）出，吹笳天未明。觀兵登古戍，斬將對雙旌。分陣瞻山勢，潛兵（一作軍）制馬鳴。如今青（一作新）史上，已有滅胡名。

單于驕愛獵，放火到軍城。乘（一作待）月調新馬（一作弩），防秋置遠營。空山朱戟影，寒磧鐵衣聲。度水逢（一作逢，一作著降）胡說，沙陰有伏兵。

贈李太守

幾年爲郡（一作太）守，家似布衣貧。沽酒迎幽客，無金與近臣。擣茶書院靜，講易藥堂春。歸闕功成後，隨車有野人。

送張司直入單于（一作送客遊邊）

若過（一作到）并州北，誰人不憶家。寒深無伴侶（一作去伴），路盡有平沙。磧冷唯逢鴈，天春不見花。莫隨征（一作邊）將意，垂老事輕車。

惜花

夜來花欲盡，始（一作偏）惜兩三枝。早起尋稀處，閑眠記落時。藥焦蜂自散，蔕折蝶還移（一作稀）。攀著慇勤別，明年更有期。

春山居

獨來多任性，惟與白雲期。深處花開盡，遲眠人不知。水流山暗處，風起月明時。望見南峰近，年年嬾更移。

遊瀑泉寺

日夕尋未遍，古木寺高低。粉壁猶遮嶺，朱樓尚隔溪。廚窗通澗鼠，殿跡立山雞。更有無人處，明朝獨向西。

送宮人入道歸山

十歲（一作五）吹簫入漢宮，看修水殿種芙蓉。自傷白髮辭金屋，許著黃衣（一作喜戴黃冠）向玉（一作雪）峰。解語老猨開曉戶，學飛雛（一作引雛飛）鶴落（一作下）高松。定知別後宮中伴，應聽緱山半夜鐘。

巴女謠

巴女騎牛唱竹枝，藕絲菱葉傍江時。不愁日暮還家錯，記得芭蕉出槿籬。

公子行

少年初拜大長秋，半醉垂鞭見列侯。馬上抱雞三市鬬，袖中攜劒五陵遊。玉簫金管迎歸院，錦袖紅妝擁上樓。更向院西（一作東）新買宅，月波（一作碧波，一作月陂）春水入門流。

長安遊

久臥長安春復秋，五侯長樂客長愁。繡簾朱轂逢花住，錦幨銀珂觸雨遊。何處少年吹玉笛，誰家鸚鵡語紅樓。年年只是看他貴，不及南山任白頭。

別齊太守

花裏南樓春夜寒，還如王屋上天壇。歸山不道無明月，誰共（一作肯）相從到曉看。

登古城

獨上閑城却下遲，秋山慘慘冢纍纍。當時還有登城者，荒草如今知是誰。

哭劉夫子

近問南州客，云亡已數春。痛心曾受業，追服恨無親。孀婦歸鄉里，書齋屬四鄰。不知經亂後，奠祭有何人。

醉後寄山中友人

昨日山家春酒濃，野人相勸久從容。獨憶卸冠眠細草，不知誰送出深松。都忘醉後逢廉度，不省歸時見魯恭。知已尚嫌身酩酊，路人應恐笑龍鍾。

溫泉僧房

雲裏前朝寺，修行獨幾年。山村無施食，盥漱亦安禪。古塔巢溪鳥，深房閉谷泉。自言曾（一作僧）入室，知處梵王天。

題美人

秦女窺人不解羞，攀花趁蝶出牆頭。胸前空帶宜男草，嫁得蕭郎愛遠遊。

尋李暹

任性常多出，人來得見稀。市樓逢酒住，野寺送僧歸。簷下懸秋葉，籬頭曬褐衣。門前南北路，誰肯入柴扉。

尋李逸人舊居

舊隱松林下，衝泉入兩涯（一作崖）。琴書隨弟子，雞犬在鄰家。茅屋長黃菌，槿籬生白花。幽墳無處訪，恐是入煙霞。

贈碧玉

新繡籠幂荳蔻花，路人笑上返金車。霓裳禁曲無人解，暗問梨園弟子家。

舟中月明夜聞笛

浦裏移舟候信風，蘆花漠漠夜江空。更深何處人吹笛，疑是孤（一作龍）吟寒水中。

送遷客二首

得罪誰人送，來時不到家。白頭無侍子，多病向天涯。蒼凌江水黃昏見，塞花如今賈誼賦，不漫說長沙。

流人何處去，萬里向江州。孤驛瘴煙重，行人巴草秋。上帆南去遠，送鴈北看愁。遍問炎方客，無人得白頭。

贈王道者（一作贈隱者）

去尋長（一作多）不出（一作在，一作見），門似絕人行。牀下石苔滿，屋頭秋草生。學琴寒月（一作冬日）短，寫易晚（一作曉）窗明。唯到（一作有）黃昏後，溪中聞磬聲。

題合溪乾洞（又見劉商集，題作題潘師房）

渡水傍山尋絕壁，白雲飛處洞天開。仙人來往行無跡，石徑春風長綠苔。

過張老園林（一作村園）

身老無修飾，頭巾用白紗。開門朝掃徑，輦（一作鑪）水夜澆花。藥氣聞深巷，桐陰到數家。不愁還酒債，腰下有丹砂。

寓意（一作荊南陪楚尚書惜落花，一作襄陽席上看花時因小蠻作）

自小（一作老大）看花長（一作情，一作猶）不足，江邊尋得數株（一作沿江正遇一枝）紅。黃昏人散東（一作春）風起（一作日斜人散東風起），吹落（一作向）誰家明月中。

哭王都護

老將明王識，臨終拜上公。告哀鄉路遠，助葬（一作戰）戍城空。素幔朱門裏，銘旌秋巷中。史官如不濫，獨傳說英雄。

餞司農宋卿立太尉碑了還江東

追立新碑日，憐君苦一身。遠移深澗石，助立故鄉人。草色荒墳綠，松陰古殿春。平生心已遂，歸去得垂綸。

送唐大夫讓節（一本有度字）歸山（一作送唐中丞入道）

年老功成（一作臣）乞罷兵玉階匍匐進雙旌朱門鸎瓦爲仙觀白領狐裘出帝城侍女（一作婢）休梳官樣髻蕃（一作閹）童新改道家名到時浸髮春泉裏猶夢紅（一作江）樓簫管聲

買山吟

買得幽山（一作居）屬漢陽槿籬疎處種桄榔唯有獨猴來往熟弄人拋果滿書堂

古詞三首

素絲帶金地窗間掬飛塵倫得鳳凰釵門前乞行人

新長青絲髮啞啞言語黠隨人敲銅鏡街頭救明月

東家新長兒與妾同時生竝長兩心熱到大相呼名

秦越人洞中詠

扁鵲得仙處傳是西南峰年年山下人長見騎白龍洞門黑無底日夜唯雷風清齋將入時戴星（一作花）兼抱松石徑陰且寒地響知（一作如）遠鐘似行山林外聞葉履（一作屐）聲重低礙更俯身漸遠晝夜同時時白蝙蝠飛入茅衣中行久路轉窄靜聞水淙淙但願逢一人自得朝天宮

宿西山修下元齋詠

幽人在何處松檜深冥冥西峰望紫雲知處（一作有）安期生沐浴溪水暖新衣禮仙名脫屐（一作履）入靜堂遠像隨禮行碧紗籠寒燈長幡綴金鈴林下聽法人起坐（一作陵）枯葉聲啓奏修律儀天曙山鳥鳴分行布茅列坐滿中庭持齋候撞鐘玉函散寶經焚香開卷時照耀金室明投簡石洞深稱過（一作遇）上帝靈學道能苦心自古無不成

過凌霄洞天謁張先生祠

戢戢（一作落落亂）亂峰裏一峰獨凌天下看如（一作知）尖高上有十里泉志（一作至）人愛幽深一住五十（一作十五）年懸牘（一作犢）到其上乘牛耕藥田衣食不下求乃是雲中仙山僧獨知處相引衝碧煙斷崖晝昏黑槎梟橫隻（一作雙）椽面壁攀石稜養力方敢前累歇日已沒始到茅堂邊見客不問誰禮質無周旋醉臥枕欹樹（一作木）寒坐展青氊折松掃藜床秋菓顏色鮮鍊蜜敲石炭洗澡乘瀑泉（一本無此二句）白犬舐客衣鸞走聞腥膻乃知軒冕徒寧比雲壑眠

早上凌霄第六峰入紫谿禮白鶴觀祠

路轉第六峰傳是十里程放石試淺深砚壁虵鳥驚欲下先褰衣路底（一作低）避枯莖迴途歇嵌窟（一作竭）整帶重冠纓及到紫石溪晻晻已天明漸近神仙居桂花濕溟溟陰苔無人蹤時得白鶴翎忽然見朱樓象牌題玉京沈沈五雲影香風散縈縈清齋上玉（一作列上）堂窗户懸水精青童撞（一作搗）金屑杵臼聲丁丁膻腥遥問誰稽首稱姓名若容在溪口願乞殘雲英

山中訪道者（一作入白芝溪尋黃尊師）

觸煙入溪口岈岈（一作芃芃）唯欆欏其中盡（一作飛）碧流十里不通屐出林山始轉（一作尚未明）絕（一作細）徑緣（一作懸）峭壁把藤借行勢側足憑石脈（一作顏）感牙齗行處先滑猿猱（一作猱）跡忽然風景異乃到神仙宅天晴茅屋頭殘雲蒸氣白隔窗梳髮聲久立聞吹笛（一作簫）抱琴出門來不顧（一作是）人間客山院不灑掃四時自虛寂落葉埋長松出地纔數（一作滿）尺曾讀上清經知（一作去）注長生籍願示不死方何山有瓊液

寄盧儼員外秋衣詞

寄遠空以心心誠亦難知篋中有秋帛裁作遠客衣縫製雖女功尺度手自持容貌常目中長短不復疑斜縫密且堅遊客多塵緇意欲都無言瀚濯耐歲時殷勤託行人傳語愼勿遺別來年已老亦聞鬢成絲縱然更相逢握手唯是悲所寄莫復棄願見長相思

種樹

一樹新栽益四鄰野夫如到舊山春樹成多是人先老垂白看他攀折人

哭李暹（一作趙嘏詩）

驅馬街中哭送君靈車碾雪隔城聞唯有山僧與樵客共舁孤櫬入幽墳

古挽歌

雙轅出郭門綿綿東西道送死多於生幾人得終老見此切肺肝（一作肺腸）不如（一作唯有）歸山好不聞哀哭聲默默安懷抱時盡從物化（一作奄然）又免生憂擾（一作撓）世間壽者稀盡爲悲傷惱（一作早）

送哭誰家車（一作郎）靈輀（一作車）紫帶長青童抱何物明月與香囊可惜羅衣色看舁入水泉莫愁埏道暗燒漆得千年（以上二首一本合作一首）

陰（一作切）風吹黃蒿挽歌度秋水車馬却歸城孤墳月明（一作明月）裏

悼孩子

年長始一男心亦頗自娛生來歲未周奄然却歸無褓送不以衣瘞埋於中衢乳母抱出門所生亦隨呼嬰孩無哭儀禮經不可踰親戚相問時抑悲空歎吁襁褓在舊床每見立踟躕靜思益傷情（一作惜）畏老爲獨夫

別舊山

舊伴同遊盡却回雲中獨宿守花開自是去人身漸老暮山流水任東來

寄周惲

家在荒陂長似秋蓼花芹葉水蟲幽去年相伴尋山客明月今宵何處遊

野田行（一作李益詩）

日暮出古城野田何茫茫寒狐上孤冢鬼（一作魑）火燒白楊昔人未爲泉下客若到此中還斷腸

塞上（一作出塞）曲

行人朝走馬直走薊城傍薊城通漢北萬里別吳鄉海上一烽火沙中百戰場軍書發上郡春色度河陽嫋嫋漢宮柳青青胡地桑琵琶出塞曲橫笛斷君腸

襄陽寒食（一本此下有寄宇文籍五字）

煙水初銷見萬家東風吹柳萬條斜大堤欲上誰相伴馬踏春泥半是花

汎舟入後谿（一作羊士諤詩）

雨餘芳草淨沙塵水綠沙平一帶春唯有啼鵑似留客桃花深處更無人

全唐詩

劉長川

劉長川肅代間詩人詩二首

寶劍篇

寶劍不可得相逢幾許難令朝一度見赤色照人寒匣裏星文動環邊月影殘自然神鬼伏無事莫空彈

將赴東都上李相公

四海兵初偃平津閣正開誰知大爐下還有不然灰

鄭常

鄭常肅代間人詩一卷今存三首

寄邢（一作常）逸人

羨君無外事日與世情違（一作稀）地僻人難到溪深鳥自飛儒衣荷葉老野飯藥苗肥疇昔江湖（一作若問湖邊）意而（一作如）今憶共歸

送頭陀上人赴廬山寺

僧家無住著早晚出東林得（一作行）道非（一作無）真相頭陀是苦心持齋山果熟倚錫野雲深溪寺誰相待香花與梵音

謫居漢陽白沙口阻雨因題驛亭

漢陽無遠近（一作知近遠）見說過湓城雲雨經春客江山幾日程終隨鷗鳥去秪待海潮生前路逢漁父多慚（一作愁）問姓名

陳存

陳存大曆貞元間詩人詩六首

穆陵路

西遊匣長劍日暮湘楚間歇馬上秋草逢人問故關孤村綠塘水曠野白雲山方念此中去何時此路還

清溪館作

指途清溪裏左右唯深林雲蔽望鄉處雨愁爲客心遇人多物役聽鳥時幽音何必滄浪水庶兹浣塵襟

寓居武丁館

暑雨飄（一作颭）已過涼飈觸幽衿虛館無喧塵綠槐多晝陰俯視古苔積仰聆早蟬吟放卷一長想閉門千里心

楚州贈別周愿侍御

漂泊楚水來捨舟坐高館途窮在中路孤征慕前伴風雨一留宿關山去欲嬾淮南木葉飛夜聞廣陵散

送劉秀才南歸（一作劉復詩）

鳥啼楊柳垂此別千萬里古路入商山春風去灞水俜車落日在罷酒離人起蓬戶寄龍沙送歸情詎已

丹陽作（一作朱彬詩）

暫入新豐市猶聞舊酒香抱琴沽一醉盡日臥垂楊

王觀

王觀大曆貞元間人或云太和時人詩一首

早行

雞唱催人起又生前去愁路明殘月在山露宿雲收村店煙火動漁家燈燭幽趨名與趨利行役幾時休

崔璀

崔璀字汝器博陵人累官至澧州刺史大曆中遷湖南觀察使爲別將臧玠所害詩一首

贈營妓（詩話總龜云崔左轄璀牧江外郡祖席夜闌一營妓先辭歸崔與詩曰）

寒簷寂寂雨霏霏候館蕭條燭燼微只有今宵同此宴翠娥佯醉欲先歸

鄭審

鄭審繇之子乾元中袁州刺史大曆初祕書監出爲江陵少尹詩二首

酒席賦得匏瓢

華閣與賢開仙瓢自遠來幽林嘗伴許陋巷亦隨回挂影憐紅壁傾心向綠杯何曾斟酌處不使玉山頹

奉使巡檢兩京路種果樹事畢入秦因詠

聖德周天壤韶華滿帝畿九重承渙汗千里樹芳菲陝塞餘陰薄關河舊色微發生和氣動封植衆心歸春露條應弱秋霜果定肥影移行子蓋香撲使臣衣入遲迷馳道分行接禁闈何當扈仙蹕攀折奉恩輝

朱彬

朱彬大曆貞元間詩人詩一首

丹陽作（一作陳存詩）

暫入新豐市猶聞舊酒香抱琴沽一醉盡日臥垂楊

李彥遠（一作暐）

李彥遠大曆貞元間詩人詩一首

採桑

採桑畏日高不待春眠足攀條有餘態那矜（一作憐）貌如玉千金豈不贈五馬空躑躅何以變真性幽篁雪中綠

范元凱

范元凱内江人與兄崇凱俱有才名詩一首

章仇公（兼瓊）席上詠真珠姬（章仇公大曆中蜀州刺史）

神女初離碧玉階彤雲猶擁牡丹鞋應知子建憐羅襪顧步裵回拾翠釵

全唐詩

劉迥

劉迥字陽卿知幾子以剛直稱大曆初吉州刺史終諫議大夫給事中集五卷今存詩四首

爛柯山四首（按此詩見信安志爛柯山石刻並見者李幼卿李深謝勮羊滔薛戎五人或一時同詠或先後繼唱皆列於後）

白雲引策杖苔徑誰往還漸見松樹偃時聞鳥聲閑豁然喧氛盡獨對萬重山（最高頂）

石橋架絕壑蒼翠橫鳥道憑檻雲脚下頹陽日猶蚤霓裳倘一遇千載長不老（石橋）

靈境偶一尋洞天碧雲上爛柯有遺跡羽客何由訪日

暮帳欲還晴煙滿千嶂（仙人碁）
繩牀宴坐久石窟絕行跡能在人代中遂將人代隔白
雲風颺飛（一作孤峰上）非欲待歸客（石室二禪師）

李幼卿

李幼卿字長夫隴西人大曆中以右庶子領滁州刺史
滁州有庶子泉以幼卿得名詩五首

前年春與獨孤常州兄花時爲別倏已三年矣
今鶯花又爾覩物增懷因之抒情聊以奉寄（時蒙溪谿居在義興益增懷遡）

近日霜毛一番新別時芳草兩迴春不堪花落花開處
況是江南江北人薄宦龍鍾心懶慢故山寥落水奫淪
緣君愛我疵瑕少願竊仁風寄老身（紀事云幼卿有別業在常州義興曰玉潭莊任滁州日以書托刺史獨孤及及爲題玉潭云碧玉徒强名冰壺難比德唯當寂照心可並奫淪色幼卿所謂故山寥落水奫淪是也）

遊爛柯山四首

拂霧理孤策薄霄眺層岑迴升煙霧外豁見天地心物
象不可及遲回空詠吟
巨石何崔嵬橫橋架山頂傍通日月過仰望虹霓迴聖
者開津梁誰能度兹嶺
二仙自圍碁偶與樵夫會仙家異人代俄頃千年外笙
鶴何時還儀形尚相對
石室過雲外二僧儼禪寂不語對空山無心向來客作
禮未及終忘循舊形跡

李深

李深字士達兵部郎中衢州刺史詩四首

遊爛柯山四首

尋源路不迷絕頂與雲齊坐引羣峰小平看萬木低雙
林春色上正有子規啼
嵌空橫洞天磅礴倚崖巘宛如虹勢出可賞不可轉眞
輿得津梁抽簪永游衍
羽客無姓名仙碁但聞見行看負薪客坐使桑田變懷
古正怡然前山早鶯囀
稽首期發蒙吾師豈無說安禪即方丈演法皆寂滅鳴
磬雨花香齋堂飯松屑

羊滔

羊滔泰山人大曆中宏詞及第詩四首

遊爛柯山

步登春巖裏更上最遠山聊見宇宙闊遂令身世閑清
輝賞不盡高駕何時還
石梁聳千尺高盼出林巨壑躡丹虹排雲弄清影路
期訪道客遊衍空井井（第二句缺一字）
採薪窮冥搜深路轉清暎安知洞天裏偶坐得棋聖至
今追靈跡可用陶静性
沙門何處人攜手俱滅跡深入不動境乃知眞圓寂有
時歸羅浮白日見飛錫

薛戎

薛戎字元夫河中人歷衢湖常三州刺史終浙東觀察
使詩四首

遊爛柯山

登巖已寂歷絕頂更岧嶢響像如天近窺臨與世遥悠
然暢心目萬慮一時銷
聖遊本無跡留此示津梁架險知何適遺名但不亡只
今成佛宇化度果難量
二仙行自適日月徒遷徙不語寄手談無心引樵子蒙
分一丸藥相偶窮年祀
仙山習禪處了知通李釋昔作異時人今成相對寂便
是不二門自生瞻仰意

謝勮

謝勮不知何許人詩四首

遊爛柯山

獨凌清景出下視衆山中雲日遥相對川原無不通自
致高標末何心待馭風
宛演橫半規穹崇翠微上雲扃掩苔石千古無人賞寧
知後賢心登此共來往
仙奕示樵夫能言忘歸路因看斧柯爛孫子髮已素孰
云遺跡久舉意如旦暮
仙僧會眞要應物常淵默惟將無住理轉與信人說月
影清江中可觀不可得

全唐詩目（第五函）

第七冊

崔元翰

崔元翰名鵬以字行博陵人擢進士第一人又舉宏詞歷官禮部員外知制誥終比部郎中集三十卷今存詩七首

奉和聖製三日書懷因以示百寮

佳節上（一作尚）元已芳時屬暮春流觴想蘭亭捧劒傳金人風輕水初綠日遲（一作晴）花更新天文信昭回皇道頗敷陳恭已每從儉清心常保真戒茲遊衍樂書以示羣臣

奉和聖製重陽旦日百寮曲江宴示懷

偶聖覩昌期受恩慚弱質幸逢良宴會況是清秋日遠岫對壺觴澄瀾映簪紱炰羔備豐膳集鳳調鳴律薄劣廁英豪歡娛忘衰疾平皐行雁下曲渚雙鳧出沙岸菊開花霜枝果垂實天文見成象帝念資勤恤探道得玄珠齋心居特室豈如橫汾唱其事徒（一作從）驕逸

奉和聖製中元日題奉敬寺

妙道非本說殊途成異名聖人得其要俱以化羣生鳳吹從上苑龍宮連外城花鬘列後（一作廣）殿雲車駐前庭松竹含新秋（一作韻）軒窗有餘清緬懷崆峒事須繼簫管（一作管弦）聲離相境都寂忘言理更精域中信稱大天下乃爲輕屈已由濟物堯心豈所榮

奉和登玄武樓觀射即事書懷賜孟涉應制

寧歲常有備殊方靡不賓禁營列武衛帝座彰威神講事一臨幸加恩徧撫巡城高鳳樓聳場迥獸侯新飲羽連百中控弦踰六鈞揀材盡爪士受任皆信臣光賞文藻麗便繁心膂親復如觀太清昭爛垂芳辰

清明節郭侍御偶與李侍御孔校書王秀才遊開化寺臥病不得同遊賦得十韻兼呈馬十八郎丞公

山色入層城鍾聲臨復岫乘閑息邊事探異憐春候曲閣下重階迴廊遥對霤石間花徧落草上雲時覆鑽火見樵人飲泉逢野獸道情親法侶時望登朝右執憲糺姦邪刊書正訛謬茂才當時選公子生人秀贈荅繼篇章歡娛重朋舊垂簾獨衰疾擊缶酬金奏

雜言奉和聖製至承光院見自生藤感其得地因以成詠應制

新藤正可翫得地又逢時羅生密葉交綠蔓欲布清陰垂紫蕤已帶朝光暖猶含輕露滋遥依千華殿稍上萬年枝餘芳連桂樹積潤傍蓮池豈如幽谷無人見空覆荒榛雜兔絲聖心對此應有感隱迹如斯誰復知懷賢勞永歎比物賦新詩聘丘園訪茅茨爲謝中林士王道本無私

雨中對後簷叢竹

含風摇硯水帶雨拂牆衣乍似秋江上漁家半掩扉

獨孤良器

獨孤良器貞元中官右司郎中詩一首

賦得沈珠於泉

皎潔沈泉水熒煌照乘珠沈非將寶契還與不貪符風折璿成浪空涵影似浮深看星并入靜向月同無光價憐時重亡情信道樞不應無脛至自爲暗投殊

高崇文

高崇文字崇文其先自渤海徙幽州崇文少籍平盧軍貞元中隨韓全義鎮長武城累官金吾將軍全義入覲崇文掌行營節度留務憲宗朝拜東川節度使西蜀平封南平郡王同中書門下平章事卒謚曰威武詩一首

雪席口占

崇文宗武不崇文提戈出塞號將軍那箇髆兒射雁落白毛空裏亂紛紛

羅珦（一作炯）

羅珦會稽人家於廬州貞元中刺本郡以治行聞再遷京兆尹詩一首

行縣至浮查山寺

三十年前此布衣鹿鳴西上虎符歸行時賓從過前寺到處松杉長舊圍野老競遮官道拜沙鷗遥避隼旟飛春風一宿琉璃地自有泉聲愜素機

皇甫澈（一作激）

皇甫澈貞元中蜀州刺史詩四首

賦四相詩并序

蜀州刺史廳壁記居相位者前後四公謨明弼諧遷轉歷此顧已無取忝迹於斯景行遺烈嗟歎之不足也謹述其行事詠其休美庶將來君子知聖朝之德云爾

中書令漢陽王張柬之

周曆革元命天步值艱阻烈烈張漢陽左袒清諸武休明神器正文物舊儀覩南向翊大君西宮朝聖母茂勳鏤鐘鼎鴻勞食茅土至今稱五王卓立邁萬古

中書令鍾紹京

景龍仙駕遠中禁奸釁結謀猷叶聖朝披鱗奮英節青宮閶闔啟滌穢氛沴滅紫氣重昭回皇天新日月從容廟堂上肅穆人神悅唐元佐命功輝煥何烈烈

禮部尚書門下侍郎平章事李峴

時來遇明聖道濟寧邦國猗歟瑚璉器竭我股肱力進賢黜不肖錯枉舉諸直宦官既却坐權奸（一作豎）亦移職載踐每若驚三已無慍色昭昭垂憲章來世實作則

門下侍郎平章事王縉

舟檝濟巨川山河資秀氣服膺究儒業屈指取高位北征戮驕悍東守輯攜貳論道致巍巍持衡無事事知已不易遇宰相固有器瞻事華壁中來者誰其嗣

張登

張登南陽人江南士椽滿歲計相表爲殿中侍御史董賦江南俄拜漳州刺史集六卷今存詩七首

上已泛舟得遲字

令節推元已天涯喜有期初筵臨泛地舊俗祓禳時杜渚潮新上殘春日正遲竹枝遊女曲桃葉渡江詞風鷁今方退沙鷗亦未疑且同山簡醉倒載莫褰帷

送王主簿遊南海

平生推久要留滯共三年明日東南路窮荒霧露天曠懷常寄酒素業不言錢道在貧非病時來醜亦妍過山乘蠟屐涉海附樓船行矣無爲恨宗門有大賢

重陽宴集同用寒字

錫宴逢佳節窮荒亦共歡恩深百日澤雨借九秋寒望氣人謠洽臨風客以難座移山色在杯盡菊香殘欲識投醪遍應從落帽看還宵須命燭舉首謝三官

仲秋夜郡内西亭對月 第七句缺一字

天高月滿影悠悠一夜炎荒併覺秋氣與露清凝衆草色如霜白怯輕裘高臨華宇還知隙靜映長江不共流直西傾河漢曙遺風猶想武昌樓

冬至夜郡齋宴別前華陰盧主簿 并序 序内缺一字

范陽盧君道濘以適越越人悅之稅車休徒三旬之間然後飭行李之命時日南至登與賓客僚吏會別於郡齋釃酒卜夜夜艾酒酣而不能自已故咸請詩之由是探韻而賦賦不出志大抵感時傷遠又美盧君擇其所從而不惑　頌征南有奔走之德焉

虎宿方冬至雞人積夜籌相逢一尊酒共結兩鄉愁王儉花爲府盧諶幄内琴明朝更臨水悵望嶺南流

小雪日戲題絶句

甲子徒推小雪天刺梧猶綠槿花然融和長養無時歇却是炎洲雨露偏

招客遊寺

江城吏散捲 一作倦 春陰山寺鳴鐘隔雨深招取遺民赴僧社竹堂分坐靜看心

句

孤高齊帝石蕭灑晉亭峰 見漳州名勝志　境曠窮山外城標漲海頭

韋執中

韋執中京兆人河南縣令歷泉州刺史詩一首

陪韓退之寶貽周同尋劉尊師不遇得師字

早尚逍遙境常懷汗漫期星郎同訪道羽客杳何之物外求仙侶人間失我師不知柯爛者何處看圍棊

邵真

邵真成德軍李寶臣書記也寶臣子惟岳倚田悅拒命真切諫不從兵敗召真議歸順悅遣扈岌來責惟岳懼斬真以謝後王武俊表其忠贈户部尚書詩一首

尋人偶題

日昃不復午落花難歸樹人生能幾何莫厭相逢遇

何頻瑜

何頻瑜建中中藍田尉詩一首

牆陰殘雪

積雪還因地牆陰久尚殘影添斜月白光借夕陽寒皎潔開簾近清熒步履看狀花飛著樹如玉不成盤冰薄方寧及霜濃比亦難誰憐高臥處歲暮歎袁安

駱浚

駱浚起家度支司書後嘗典州郡有令名詩一首

題度支雜事典庭中柏樹 語林云度支使見此詩語李吉甫因薦用

幹聳一條青玉直葉鋪千疊綠雲低爭如燕雀偏巢此却是鴛鸞不得棲

羅讓 一作尙

羅讓字景宣迥之子少以文學知名舉進士宏辭賢良方正皆高第歷尚書郎散騎常侍終江西觀察使集三十卷今存詩二首

梢雲 一作曹松

殊質資靈貺凌空發瑞雲梢梢含樹彩 一作影 郁郁動霞文不比因風起全非觸石分葉光閑泛灔枝杪靜氛氳隱見心無宰裴回慶自君翻飛如可託長願在橫汾

閏月定四時

月閏隨寒暑疇人定職司餘分將考日積算自成時律候行宜表陰陽運不欺氣薰灰琯驗數扐卦辭推六律文明序三年理暗移當知歲功立唯是奉無私

全唐詩

陳京

陳京字慶復陳宣都王叔明五世孫擢進士第累遷太常博士擢右補闕與趙需張薦共劾盧杞終秘書少監詩一首

享文恭太子廟樂章

歌以德發聲以樂貴樂善名存追仙禮畢鸞旌拱修鳳鳴合次神聽皇慈仲月皆至

韋渠牟

韋渠牟京兆萬年人少慧悟涉覽經史初爲道士後爲僧韓滉表試校書郎德宗誕日召之同佛老師講論大義愛其辯博因奏七十詣詩旬日再轉右補闕内供奉遷諫議大夫數召對奏事終太常卿詩集十卷今存二十一首

步虛詞十九首

玉簡真人降金書道籙通煙霞方蔽日雲雨已生風四極威儀異三天使命同那將人世戀不去上清宮

羽駕正翩翩雲鴻最自然霞冠將月曉珠珮與星連鏤玉留新訣雕金得舊編不知飛鸞鶴更有幾人仙

上帝求仙使真符取玉郎三才閑布象二景鬱生光騎吏排龍虎笙歌走鳳皇天高人不見暗入白雲鄉

鸞鶴共裵回仙官使者催香花三洞啟風雨百神來鳳

篆文初定龍泥印已開何須生羽翼始得上瑤臺
羽節忽排煙蘇君已得仙命風驅日月縮地走山川幾
處留丹竈何時種玉田一朝騎白虎直上紫微天
靜發降靈香思神意智長虎存時促步龍想更成章扣
齒風雷響挑燈日月光仙雲在何處髣髴滿空堂
幾度遊三洞何方召百神風雲皆守一龍虎亦全眞執
節仙童小燒香玉女春應須絕巖內委曲問皇人
上法杳無營玄修似有情道宮瓊作想眞帝玉爲名召
岳馳旌節驅雷發吏兵雲車降何處齋室有仙卿
羽衛一何鮮香雲起暮煙方朝太素帝更向玉清天鳳
曲凝猶吹龍驂儼欲前眞文幾時降知在永和年
大道何年學眞符此日催還持金作印未要玉爲臺羽
節分明授霞衣整頓裁應緣五雲使教上列仙來
獨自授金書蕭條詠紫虛龍行還當馬雲起自成車九
轉風煙合千年井竈餘參差從太一壽等混元初
道學已通神香花會女眞霞牀珠斗帳金薦玉輿輪一
室心偏靜三天夜正春靈官竟誰降仙相有夫人
上界有黃房仙家道路長神來知位次樂變叶宮商競
把瑠璃盞都傾白玉漿霞衣最芬馥蘇合是靈香
珠佩紫霞纓夫人會八靈太霄猶有觀絕宅豈無形暮
雨裹回降仙歌宛轉聽誰逢玉妃輦應檢九眞經
西海辭金母東方拜木公雲行疑帶雨星步欲凌風羽
袖揮丹鳳霞巾曳彩虹飄飄九霄外下視望仙宮
玉樹襍金花天河織女家月邀丹鳳舄風送紫鸞車霧
轂籠綃帶雲屛列錦霞瑤臺千萬里不覺往來賒此首一作吳筠詩
舞鳳凌天出歌麟入夜聽雲容衣眇眇風韻曲泠泠扣
齒端金簡焚香檢玉經仙宮知不遠祇近太微星
紫府與玄洲誰來物外遊無煩騎白鹿不用駕青牛金
化顏應駐雲飛鬢不秋仍聞碧海上更用玉爲樓此首一作吳筠詩
鑾鶴復驂鸞全家去不難雞聲隨羽化犬影入雲看釀
玉當成酒燒金且轉丹何妨五色綬次第給仙官
覽外生盧綸詩因以示此
衛玠清談性最強明時獨拜正員郎關心珠玉曾無價
滿手瓊瑤更有光謀略久參花府盛才名常帶粉闈香
終期內殿聯詩句共汝朝天會柏梁
贈竇五判官
故舊相逢三兩家愛君兄弟有聲華文輝錦綵珠垂露
逸興江天綺散霞美玉自矜頻獻璞眞金難與細披沙
終須撰取新詩品更比芙蓉出水花

竇參

竇參字時中岐州人以門廕累官中丞德宗以爲宰相
後貶郴州別駕賜死詩三首

湖上閑居一作閑居湖上

避影將息陰自然知音稀向來深林中偶亦有所窺飛
鳥口銜食引雛上高枝高枝但各有一作但各子其子安知宜不宜
止止復何云物情何自私一作方可知

遷謫江表久未歸

一自經放逐褢回無所從便爲寒一作出山雲不得隨飛龍
名豈不欲保歸豈不欲早苟一作苦無三月資難適千里道
離心與羈思終日常草草人生年幾齊憂苦即先老誰
能假羽翼使我暢懷抱

登潛山觀

山勢欲相抱一條微徑盤攀蘿歇復行始得凌仙壇閒
道葛夫子此中鍊還丹丹成五色光服之生羽翰靈草
空自綠餘霞誰共餐至今步虛處猶有孤飛鸞幽幽古
殿門下壓浮雲端萬丈水聲落四時松色寒旣入無何
鄉轉嫌人事難終當遠塵俗高臥從所安

盧羣

盧羣字載初范陽人曹王皐節度江西奏爲判官入爲
監察御史累遷兵部郎中秘書監終天成軍節度使詩
一首

淮西席上醉歌

祥瑞不在鳳凰麒麟太平須得邊將忠臣衛霍眞誠奉
主貔虎十萬一身江河潛注息浪蠻貊欵塞無塵但得
百寮師長肝膽不用三軍羅綺金銀

韋皋

韋皋字城武一作武臣京兆人始仕爲建陵挽郎張鎰節度鳳
翔署營田判官德宗狩奉天授隴州刺史置奉義軍拜
節度使帝自梁洋還召爲左金吾衛將軍遷大將軍貞
元元年出爲劍南西川節度使在蜀二十餘年封南康
郡王詩三首

天池晚櫂

雨霽天池生意足花間誰詠採蓮曲舟浮十里芰荷香
歌發一聲山水綠春暖魚拋水面綸晚晴鷺立波心玉
扣舷歸載月黃昏直至更深不假燭

贈何遐第三句缺一字

腰間寶劍七星文掌上彎弓挂六鈞箭發　雲雙鴈落
始知秦地有將軍

憶一作寄玉簫玉簫者江夏姜使君家青衣也皐微時客于姜與之有情以玉指環及一詩遺之訂後約久之玉簫鬱念成疾死姜以環著中指塟焉後皐鎭蜀生日東川獻歌姬亦名玉簫而貌正同中指肉隱起如所著玉環時以爲感皐意再生云

黃雀銜來已數春別時留解贈佳人長江不見魚書至
爲遣相思夢入秦

李愿

李愿隴右人晟之子以父勳拜太子賓客終檢校司空
河中節度詩二首

觀翟玉妓

女郎閨閣春抱瑟坐花茵艷粉宜斜燭羞蛾慘向人寄
情搖玉柱流眄整羅巾幸以芳香袖承君宛轉塵

思婦

良人久不至惟恨錦屛孤顰頞衣寬日空房問女巫

王智興

王智興字匡諫懷州人起牙將自貞元至太和歷戰功
進位侍中封鴈門郡王詩一首

徐州使院賦長慶中智興爲徐州節度一日從事於使院會飲賦詩智興召護軍俱至從事屛去翰墨智興曰適聞作詩何獨見棊而罷復以牋陳席上小吏亦置牋於智興前於是引毫立成云云四座驚嘆

三十年前老健兒剛被郎中遣作詩江南花柳從君詠
塞北煙塵我獨知

袁高

袁高字公頤恕己之孫擢進士第建中中拜京畿觀察

使坐累貶韶州刺史復拜給事中憲宗時特贈禮部尚書詩一首

茶山詩

禹貢通遠俗所(一作始)圖在安人後王失其本職吏不敢陳亦有姦佞者因茲欲求伸動生千金費日使萬姓貧我來顧渚源得與茶事親甿輟耕農耒(一作黎甿輟農桑)采采(一作採擷)實苦辛一夫旦當役盡室皆同臻捫葛上欹壁蓬頭入荒榛終朝不盈掬手足皆鱗皴(一作皴鱗)悲嗟遍空山草木爲不春陰嶺芽未吐使者牒已頻心爭造化功走挺麋鹿均選納無晝夜搗聲昏繼晨衆工何枯櫨俯視彌傷神皇帝尚巡狩東郊路多堙周迴遶天涯所獻愈艱勤况減兵革困重茲固疲民未知供御餘誰合分此珍顧省忝邦守又慙復因循茫茫滄海間丹憤何由申

崔子向

崔子向貞元間爲檢校監察御史後終南海從事詩三首

送惟詳律師自越之義興

陽羨諸峰頂何曾異剡山雨晴人到寺木落夜開關綫衲紗燈亮(一作晃)看心錫杖閑西方知有社未得與師還

上鮑大夫(防)

行盡江南塞北時無人不誦鮑家詩東堂桂樹何年折直至如今少一枝

題越王臺

越井崗頭松柏老越王臺上生秋草古木多年無子孫牛羊(一作野人)踐踏成官道

張署

張署河間人貞元中監察御史謫臨武令歷刑部郎虔澧二州刺史終河南令詩一首

贈韓退之

九疑峰畔二江前戀闕思鄉日抵年白簡趨朝曾竝命蒼梧左宦一聯翩鮫人遠泛漁舟水鵩鳥閑飛露裏天渙汗幾時流率土扁舟西下共歸田

歸登

歸登字冲之吳縣人崇敬之子貞元初策賢良爲右拾遺轉右補闕起居舍人順宗爲皇太子登父子侍讀及即位以東宮恩拜給事中遷工部侍郎復爲皇太子諸王侍讀累進工部尚書卒謚曰憲詩一首

享惠昭太子廟樂章(請神)

嘉薦既陳祀事孔明間歌在堂萬舞在庭外則盡物內則盡誠鳳笙如聞歆其潔精

全唐詩

朱放

朱放字長通襄州人隱於越之剡溪嗣曹王皐鎮江西辟節度參謀貞元初召爲拾遺不就詩一卷

剡溪行却寄新別者

潺湲寒溪上自此成離別迴首望歸人移舟逢暮雪頻行識草樹漸老傷年髮唯有白雲心爲向東山月

九日陪劉中丞宴昌樂寺送梁廷評

獨坐三臺妙重陽百越間水心觀遠俗霜氣入秋山不棄遺簪舊寧辭落帽還仍聞西上客咫尺謁天顏

經故賀賓客鏡湖道士觀

已得歸鄉里逍遙一外臣那隨流水去不待鏡湖春雪裏登山屐林間漉酒巾空餘道士觀誰是學仙人

送著公歸越(一作皇甫曾詩)

誰能愁此別到越會相逢長憶雲門寺門前千萬峰石牀埋積雪山路倒枯松莫學白道(一作衣)士無人知去蹤

秣陵送客入京

秣陵春已至君去學歸鴻綠水琴聲切青袍草色同鳥喧金谷樹花滿洛陽宮日日相思處江邊楊柳風

靈(一作雲)門寺贈靈一上人

所思勞旦(一作日)夕惆悵去湘(一作湖)東禪客知何在春山幾處同獨行殘雪裏相見暮雲中請住東林寺彌(一作窮)年事遠公

江上送別

浦邊新見柳搖時北客相逢只自悲惆悵空知思後會艱難不敢料前期行看漢月愁征戰共折江花怨別離向夕孤城分首處寂寥橫笛爲君吹

歸桐廬舊居寄嚴長史(一作章八元詩)

昨辭天子棹歸舟家在桐廬憶舊丘三月暖時花競發兩溪分處水爭流近聞江老傳鄉語遥見家山減旅愁或在醉中逢夜雪懷賢應向剡川遊

竹

青林(一作什)何森然沈沈獨曙前出墻同淅瀝開戶滿嬋娟籜卷初呈粉苔侵亂上錢疎中思水過深處若山連疊夜常棲露(一作鸞)清朝乍有蟬砌陰迎緩策簷翠對欹眠迸笋雙分箭繁梢一向偏月過驚散雪風動極聞泉幽谷添詩譜高人欲製篇蕭蕭意何恨不獨往湘川

銅雀妓

恨唱歌聲咽愁翻舞袖遲西陵日欲暮是妾斷腸時

毘陵留別

別離非一處此處最傷情白髮將春草相隨日日生

題竹(一作鶴)林寺

歲月人間促煙霞此地多殷勤竹林寺能(一作更)得幾迴過

答陸澧

松葉堪爲酒，春來釀幾多。不辭山路遠，踏雪也相過。

楊子津送人

今朝楊子津，忽見五溪人。老病無餘事，丹砂乞五斤。

山中謁皇甫曾

尋源路已盡，笑入白雲間。不解乘軺客，那知有此山。

剡山夜月（一題剡溪舟行）

月在沃洲山上，人歸剡縣溪邊。漠漠黃花覆水，時時白鷺驚船。

九日與楊凝崔淑期登江上山會有故不得往因贈之

欲從攜手登高去，一到門前意已無。那得更將頭上髮，學他年少插茱萸。

山中聽子規（一作顧況詩）

幽人自愛山中宿，又近葛洪丹井西。窗中有箇長松樹，半夜子規來上啼。

亂後經淮陰岸

荒村古岸誰家在，野水浮雲處處愁。唯有河邊衰柳樹，蟬聲相送到揚州。

送張山人

知君住處足風煙，古寺荒村在眼前。便欲移家逐君去，唯愁未有買山錢。

別李季蘭

古岸新花開一枝，岸傍花下有分離。莫將羅袖拂花落，便是行人腸斷時。

遊石澗寺

聞道幽深石澗寺，不逢流水亦難知。莫道山僧無伴侶，獼猴（一作猿猱）長在古松枝。

新安所居答相訪人所居蕭使君爲制

謝公見我多愁疾（一作病），爲我開門對碧山。君若欲來看猿鳥，不須爭把桂枝攀。

送魏校書

長恨江南足別離，幾迴相送復相隨。楊（一作柳）花撩亂撲流水，愁殺人行知不知。

送溫台

耿耿天涯君去時，浮雲流水自相隨。人生一世長如客，何必今朝是別離。

句

愛彼雲外人，求取澗底泉。風吹芭蕉拆，鳥啄梧桐落。（並詩式）

全唐詩

武元衡

武元衡，字伯蒼，河南緱氏人。建中四年，登進士第，累辟使府，至監察御史。後改華原縣令，德宗知其才，召授比部員外郎，歲內三遷至右司郎中，尋擢御史中丞。順宗立，罷爲右庶子。憲宗即位，復前官，進戶部侍郎。元和二年，拜門下侍郎平章事，尋出爲劍南節度使。八年，徵還秉政，早朝爲盜所害，贈司徒，謚忠愍。臨淮集十卷，今編詩二卷。

古意

蜀國春與秋，岷江朝夕流。長波東接海，萬里至揚州。開門面淮甸，楚俗饒歡宴。舞榭黃金梯，歌樓白雲（一作雪）面。蕩子未言歸，池塘月如練。

塞下曲

草枯馬蹄輕，角弓勁如石。驕虜初欲來，風塵暗南國。走檄召都尉，星火剿羌狄。吾身許報主，何暇避鋒鏑。白露濕鐵衣，半夜待攻擊。龍沙早立功，名向（一作高）燕然勒。

獨不見

荊門一柱觀，楚國三休殿。環珮儼神仙，輝光生顧盼。春風細腰舞，明月高堂宴。夢澤水連雲，渚宮花似霰。俄驚白日晚，始悟炎涼變。別島（一作川見）異波瀾（一作濤），離鴻分海縣。南北斷相聞，歎嗟獨不見。

旬假南（一作西）亭寄熊郎中

旬休屏戎事，涼雨北窗眠。江城一夜雨（一作一夜江城夢），萬里繞山川。草木散幽氣，池塘鳴早蟬。妍芳落春後，旅思生秋前。紅槿粲（一作報）庭豔，綠蒲繁渚煙。行歌獨謠酌，坐發朱絲弦。哀玉（一作生）不可扣，華燭（一作鶴）徒湛然。聞君樂（一作東）林卧，郡閣曠周旋。酬對龍象侶，灌（一作泛）注清冷泉。如何無礙智，猶苦病纏牽。

晨興寄贈竇（一作何）使君（一作晨興贈友寄呈竇使君）

江陵歲方晏，晨起眄庭柯。白露傷紅葉，清風斷綠蘿。徇時真氣索，念遠懷憂（一作幽懷）多。夙昔樂（一作東）山意，縱橫南浦波。有美嬋娟子，百慮攢雙蛾。緘情鬱不舒，幽行騁復羅（一作幽竹自騁羅）。爲子（一作予）歌苦寒，酌（一本缺，一作旨）酒朱顏酡。世事浮雲（一作兩鬢倏云）變，功名將奈何。

秋日對酒

行年過始衰，秋至獨先悲。事往憐（一作悴）神魄，感深滋涕洟。百憂紛在慮（一作百慮紛然在），一醉兀無思。寶瑟拂塵匣，徽音（一作清韻）凝朱絲。幽圃蕙蘭氣，煙窗松桂姿。我乏濟時畧，杖節撫藩（一作坤）維。山川大兵後，牢落空城池。驚沙猶振野，綠草生荒陂。物變風雨順，人懷天地慈。春耕事秋戰，戎馬去封陲。波瀾暗超忽，堅白亦磷緇。客有自嵩潁，重徵棲隱期。丹訣學仙晚，白雲歸谷遲。君恩不可報，霜露繞南枝。

安邑里中秋懷寄高員外

原憲素非貧，嵇康自寡欲。守道識通窮，達命齊榮辱。庭梧變葱蒨，籬菊揚芳馥。隧葉翻夕霜，高堂瞬華燭。況茲寒夜永，復歎流年促。感物思殷勤，懷賢心躑躅。雄詞封禪草，麗句陽春曲。高德十年兄，異才千里足。咫尺邈雪霜，相望如瓊玉。欲識歲寒心，松筠更秋綠。

送唐次

都門去馬嘶，灞水春（一作東）流淺。青槐驛路長（一作直），白日離尊（一作亭）晚。望望煙景微，草色行人遠。

秋夜雨中懷友

庭空雨鳴驕，天寒雁啼苦。青燈淡吐光，白髮悄無語。幾年不與（一作共）聯牀吟，君方客吳我猶（一作客）楚。

望夫石

佳名（一作人）望夫處苔蘚封孤石萬里水連天巴江（一作山）暮雲碧湘妃泣下竹成斑（一作淚竹下成林）子規夜啼江樹白（一作水深）

行路難

君不見道傍廢井傍開花原是昔年驕貴家幾度美人來照影濯纖笑引銀瓶綆風飄雨散今奈何繡閣雕甍綠苔多笙歌鼎沸君莫矜豪奢未必長多金休說編氓朴無恥至竟終須合天理非故敗他却成此蘇張終作多言鬼行路難路難不在九折灣

長相思

長相思隴雲愁單于臺上望伊州鴈書絶蟬鬢秋行人天一（一本缺二字一作山北）畔暮雨海西頭殷勤大河水東注不還流

出塞作

夙駕逾人境長驅出塞垣邊風引去騎胡沙拂征轅奏笳山月白結陣瘴雲昏雖云風景異華夏亦喜（一本缺此二字）地理通樓煩白羽矢飛先火礮黃金甲耀奪朝暾要須灑掃龍沙淨歸謁明光一報恩

桃源行送友

武陵川徑入幽遐中有雞犬秦人家家傍流水多桃花桃花兩邊種來久流水一通（一作道）何時有垂條落蘂暗春風夾岸芳菲至山口歲歲年年能寂寥林下青苔日為厚時有仙鳥來銜花曾無世人此攜手可憐不知若為名君往（一作任）從之多所更古驛荒橋平路盡崩湍怪石小溪行相見維舟登覽處紅堤綠岸宛然成多君此去從仙隱令人晚節悔營營

長安敘懷寄崔十五

延首直城西花飛綠草齊迢遙隔山水悵望思遊子百囀黃鸝細雨中千條翠柳衡門裏門對長安九衢路愁心不惜芳菲度風塵冉冉秋復春鐘鼓喧喧朝復暮漢家宮闕在中天紫陌朝臣車馬連蕭蕭霓旌合仙仗悠悠劍佩入爐煙李廣少時思報國終軍未遇敢論邊無媒守儒行榮悴紛相映家甚長卿貧身多公幹病不知身病竟如何懶向青山眠薜蘿雞黍空多元伯惠琴書不見子猷過超名累歲與君同自歎還隨鷁退風聞說唐生子孫在何當一為問窮通

兵行褒斜谷作

古地接龜沙邊風送征鴈霜明草正腓峰逼日易晏集旅布嵌谷驅馬歷層澗岷河源涉屢蜀甸途行慣矢橐弧室豈領軍僭爵食祿由從宦注意奏凱赴都畿速令提兵還石坂三川頓使氣象清賣刀買犢消憂患

西亭早秋送徐員外

鼎鉉辭台座麾幢領益州曲池連月曉橫角（一作笛）滿城秋有美皇華使曾同白社遊今年（一作來）重相見偏覺豔歌愁

送徐員外還京（一作使還上都）

九折朱輪動三巴白露生蕙蘭秋意晚關塞別魂驚寶瑟連宵怨金罍盡醉傾旄頭犀未落分手轆轤鳴

送柳郎中（一作柳侍御一作李侍郎）裴起居

沱江水綠波喧鳥去喬柯南浦別離處東風蘭杜多長亭春婉娩層漢路蹉跎會有歸朝日班超奈老何

八月十五酬從兄常望月有懷

坐愛圓景滿況茲秋夜長寒光生露草夕韻出風篁地遠驚金奏天高失（一作共）鴈行如何北樓望不得共（一作及在）池塘

酬太常從兄留別（一作送太常十二兄罷冊南詔却赴上都）

鄉路日（一作自）茲始征軒行復留張騫隨漢節王濬守刀州澤國煙花度銅梁霧雨愁別離無可奈萬恨錦江流

春日與諸公泛舟

千里雪山開沱江春水來駐帆雲縹緲吹管鶴裴回身外流年駛尊前落景催不應歸棹遠明月（一作日）在高臺

送兄歸洛使謁嚴司空

六歲蜀城守千莖蓬鬢絲憂心不自遣骨肉又傷離楚峽饒雲雨巴江足夢思殷勤孔北海時節易流（一本缺二字）諸移

同洛陽諸公餞盧起居

蕭條寒日晏悽慘別魂驚寶瑟無聲怨金囊故贈輕赤墀方載筆油幕尚言兵暮宿青泥驛煩君淚滿纓

臺中題壁

柏臺年未老蓬鬢忽蒼蒼無事裨明主何心弄憲章雀聲愁霰雪鴻思恨關梁會脫簪纓去故山瑤草芳

江上寄隱者

歸舟不計程江月屢虧盈霧濶滄波路悠悠離別情蒹葭連水國鼙鼓近梁城却憶沿江叟汀洲春草生

送嚴紳遊蘭溪

剡嶺窮邊海君遊別嶺西暮雲秋水闊寒雨夜猿啼地僻秦人少山多越路迷蕭蕭驅匹馬何處是蘭溪

秋思

秋室（一作空）浩煙霧風柳怨寒蜩機杼夜聲切蕙蘭芳意消美人湘水曲桂檝洞庭遙常恐時光謝蹉跎紅豔凋

夏日別盧太卿（一作江津對雨送盧侍御）

漢水清且廣江波渺復深葉舟煙雨夜之子別離心汀草結春怨山雲連暝陰年年南北淚今古共霑襟

西亭題壁寄中書李相公（一作寄上中書李相公）

昏旦倦與寢端憂力尚（一作尚力）微廉頗不覺老蘧瑗始知非授鉞虛三顧持衡曠萬機空餘蝴蝶夢迢遞故山歸（一作會應舟檝便煙雨五湖歸）

八月十五夜與諸公（一無此二字）錦樓望月得中字

玉輪初滿空迴出錦城東相向秦樓鏡分飛碣石鴻桂香隨窈窕珠綴隔玲瓏不及前秋月（一作見）圓輝（一作光一作明）鳳沼中

四（一作西）川使宅有韋令公（一作太尉）時孔雀存焉暇日與諸公同翫座中兼故府賓妓興嗟（一作歎）久之因賦此詩用廣其意

荀令昔居此故巢留越禽動搖金翠尾飛舞碧梧（一作玉池又作）陰（一作音墀又作堦）上客徹瑤瑟美人傷蕙心會（一作知）因南國使得（一作歸）放海雲深

實三中丞去歲有臺中五言四韻未及酬報今領黔南途經蜀門百里而近願言款覿封略間然因追曩篇持以贈之

在昔謬司憲常僚惟有君報恩如皎日致位等青雲削藁書難見除苛事早吟雙旌不可駐風雪路岐分

春分與諸公同宴呈陸三十四郎中

南國宴佳賓交情老倍親月慙紅燭淚花笑白頭人寶瑟常餘怨瓊枝不讓春更聞歌子夜桃李豔妝新

題四韻兼呈陸郎中

津梁寺採新茶與幕中諸公徧賞芳香尤異因

靈州(一作卉)碧巖下荑英初散芳塗塗猶宿露采采不盈筐陰竇藏煙濕單衣染焙香幸將調鼎味一爲奏明光

元和癸巳余領蜀之七年奉詔徵還一月二十八日清明途經百牢關因題石門洞(一作石洞門)

昔佩兵符去今持相印還天光臨井絡春物度巴山鳥道青冥外風泉洞壑間何慙班定遠辛苦玉門關

夕次潘(一作蟠)山下

南國獨行日三巴春草齊漾波歸海疾危棧入雲迷錦谷嵐煙裏刀州晚照西旅情方浩蕩蜀魄滿林啼

夏日對雨寄朱放拾遺

才非谷永傳無意謁王侯小暑金將伏微涼麥正秋遠山欹枕見暮雨閉門愁更憶東林寺詩家第一流

早春送歐陽鍊師歸山

雙鶴五雲車初辭漢帝家人寰新甲子天路舊煙霞羽節臨風駐霓裳逐雨斜崑崙有琪樹相憶寄瑤華

長安春望

宿雨淨煙霞春風綻百花綠楊中禁路朱戟五侯家草色金隄晚鶯聲御柳斜無媒猶未達應共惜年華

經嚴祕校維故宅

掩淚山陽宅生涯此路窮香銷芸閣閉星落草堂空麗藻浮名裏哀聲夕照中不堪投釣(一作弔)處鄰笛怨春風

秋夜寄江南舊遊

寥落九秋晚端憂時物殘隔林螢影度出禁漏聲寒愁雨洞房掩孤燈遙夜闌懷賢夢南國興盡水漫漫

送陸書(一本下有記字)還吳

君住包山下何年入帝鄉成名歸舊業歎別見秋光橘柚吳洲遠蘆花楚水長我行經此路京口向雲陽

山中月夜寄朱張二舍人

午夜更漏裏九重霄漢間月華雲闕迥秋色鳳池閒御錦通清禁天書出暗關嵇康不求達終歲在空山

送馮諫議赴河北宣慰

漢代衣冠盛堯年雨露多恩榮辭紫禁冰雪渡黃河待詔孤城啓宣風萬歲(一作里)和今宵燕分野應見使星過

夜坐聞雨寄嚴十少府

多負雲霄志生涯歲序侵風翻涼葉亂雨滴洞房深遷三秋夢殷勤獨夜心懷賢不覺寐清磬發東林

資聖寺賁法師晚春茶會

虛室畫常掩心源知悟空禪庭一雨後蓮界萬花中時節流芳暮人天此會同不知方便理何路出樊籠

慈恩寺起上人院

禪堂支許同清論道源窮起滅秋雲盡虛無夕霭空池澄山倒影林動葉翻風他日焚香待還來禮惠聰

送魏正則擢第歸江陵

客路商山外離筵小暑前高文常獨步折桂及齠年關國通秦限波濤隔漢川叨同會府選分手倍依然

酬韓弇歸崖見寄

惆悵人間事東山遂獨遊露凝瑤草晚魚戲石潭秋軒冕應相待煙霞莫遽留君看仲連意功立始滄洲

河東贈別鍊師

多累有行役相逢秋節分游人甘失路野鶴亦離羣戎馬犯邊壘天兵屯塞雲孔璋才素健羽檄定紛紛

秋日將赴江上楊弘微時任鳳翔寄詩別

寂寞雨相阻悠悠南北心燕鶯滄海遠鴻避朔雲深夜夢江亭月離憂隴樹陰兼秋無限思惆悵屬瑤琴

夏與熊王二秀才同宿僧院

共將纓上塵來問雪山人世網從知累禪心自證眞境空宜入夢藤古不留春一聽林公法靈嘉顧寄身

宜陽所居白蜀葵答詠柬諸公

冉冉衆芳歇亭亭虛室前敷榮時已背幽賞地宜偏紅豔世方重素華徒可憐何當君子願知不競喧妍

送寇侍御司馬之明州

鬭酒上河梁驚魂去越鄉地窮滄海闊雲入剡山長蓮唱蒲萄(一作魚)熟人煙橘柚香蘭亭應駐楫今古共風光

送嚴侍御

巴檄故人去蒼蒼楓樹林雲山千里合霧雨四時陰峽路猿聲斷桃源犬吠深不須貪勝賞漢節待南侵

酬元十二

偶尋烏府客同醉習家池積雪初迷徑孤雲遂失期風前勞引領月下重相思何必因尊酒幽心兩自知

秋晚途次坊州界寄崔玉(一作五)員外

崎嶇崖谷迷寒雨暮成泥征路出山頂亂雲生馬蹄望鄉程杳杳懷遠思悽悽欲識分麾重孤城萬壑西

度東徑嶺

又過雁門北不勝南客悲三邊上巖見雙淚望鄉垂暮角雲中戍殘陽天際旗更看飛白羽胡馬在封陲

送李正字之(一作歸)蜀

巳獻甘泉賦仍登片玉科漢官新組綬蜀國舊煙蘿劍壁秋雲斷巴江夜月多無窮別離思遙寄竹枝歌

玉泉寺與潤上人望秋山懷張少尹

山寒天降霜煙月共蒼蒼況此綠巖晚尚餘丹桂芳禪心殊衆(諸本缺此二字)樂人世滿秋光莫怪頻回首孤雲思帝鄉

酬崔使君寄麈尾

賢人嘉尚同今製古遺風寄我襟懷裏辭君掌握中金聲勞振遠玉柄借談空執玩馳心處迢迢巴峽東

送鄧州潘使君赴任

川陸一都會旌旗千里舒虎符中禁授熊軾上流居橘柚金難並池塘練不如春風行部日應駐士元車

和李中丞題故將軍林亭

帝里清和節侯家邸第春煙霏瑤草露(一作路)苔暗杏梁塵城郭悲歌舊池塘麗句新年年車馬客鐘鼓樂他人

送韋侍御司議赴東都

洛京千里近離緒亦紛紛文憲芙蓉沼元方羔鴈羣河關(一作閶)連輦樹嵩少接秦雲獨有臨風思(一作秋風引)睽攜不可聞

送吳侍御司馬赴台州

盧耽佐郡遥川陸共（一作苦）迢迢風景輕（一作縫）吴會文章變越謡煙林繁橘柚雲海浩波潮余有靈山夢前君到石橋

送七兄赴歙州

車馬去憧憧都門聞曉鐘客程將日遠離緒與春濃流水踰千度歸雲隔萬重玉杯傾酒盡不換慘悽容

德宗皇帝挽歌詞三首（第二首第一句缺一字）

道啓軒皇聖威揚夏禹功謳歌亭育外文武盛明中日月光連璧煙塵屏大風爲人祈福處臺樹與天通

聖曆勤政瑤圖慶運長壽宫開此地仙駕緲何鄉風斷清笳調雲愁綵旆揚上升知不恨弘濟任城（一作晟）王

嘗聞閶闔前星拱北辰籙今來大明祖輦駕橋山曲松柏韻幽音魚龍焰寒燭歲歲秋風辭兆人歌不足

順宗至德大聖皇帝挽歌詞三首

橋山同軌會軒后葬衣冠東海風波變西陵松柏攢鼎湖仙已去金掌露寧乾萬木泉扃月空憐晁雁寒

容衛曉徘徊嚴城閶闔開烏號龍馭遠過密鳳聲哀崑浪黄河注崦嵫白日頽恭聞天子孝不忍望銅臺

哀挽渭川曲空歌汾水陽夜泉愁更咽秋日慘無光纘夏功傳啓興周業繼昌回瞻五陵上煙雨爲蒼蒼

昭德皇后挽歌詞

玉扆將遷坐金雞忽報晨珮環儼馭遠星月夜臺新劍没川空冷菱寒鏡不春國門（一作家）車馬會多是濯龍親

春晚奉陪相公（一無此四字）西亭宴集

林花（一作苑）春向闌高會重邀歡感物惜芳景放懷因綵翰玉顔穠處並銀燭焰中看若折持相贈風光益別難

全唐詩

武元衡

送崔判官使（一作還）太原

勞君車馬此逡巡我與劉君本世親兩地山河分節制十年京洛共風塵笙歌幾處胡天月羅綺長留蜀國春報主由來（一作未由，一作自應）須盡敵相期（一作努塵）萬里寶刀新

幕中諸公有觀獵之作因繼之

刀州城北劒山東甲士屯雲騎散風旌旆遍張林嶺動豺狼驅盡塞垣空銜蘆遠雁愁縈繳繞樹啼猨怯避弓爲報府中諸從事（一作從事說）燕然未勒莫論功

同幕中諸公送李侍御歸朝（一作臺）

昔年專席奉清朝今日持書即舊僚珠履會中簫管思白雲歸處帝鄉遥巴江暮雨連三峽劍壁危梁上九霄歲月不堪相送盡頽顔更被（一作爲）別離凋

送張六諫議歸朝

詔書前日下丹霄頭戴儒冠脱皂貂笛怨柳營煙（一作花）漠漠雲愁江館雨蕭蕭鴛鴻得路爭先翥松柏（一作檜）凌寒（一作霜）獨（一作責，一作識）後凋歸去朝端如有問玉關門（一作玉門關）外老班超

酬嚴司空荆南（一作州）見寄

金貂再領（一作入）三公府玉帳連封萬户侯簾捲青山巫峽曉煙開碧樹（一作雲凝碧岫）渚宫秋劉琨坐嘯風清塞謝脁題（一作裁）詩月滿樓白雪調高歌不得美人南國（一作陽臺相顧國，一作望）翠蛾愁（一本此題載二首首聯作漢家征鎮委條侯虎節龍旌居上頭三聯作金笳曾掩胡人淚麗句初傳明月樓餘同）

南徐別業早春有懷

生涯擾擾竟何成自愛深居隱姓名遠雁臨空翻夕照殘雲帶雨過春城花枝入户猶含潤泉水侵堦乍有聲虚度年華不相見離腸懷土併關情

摩訶池宴

摩訶池上春光早愛水看花日日來穠李雪開歌扇掩綠楊風動舞腰回無臺事往空留恨金谷時危悟惜才晝短欲將清夜繼西園自有月裴回

至櫟陽崇道寺聞嚴十少府趨侍

雲連萬木夕沈沈草色泉聲古院深聞説羊車趨盛府何言瓊樹在東林松筠自古多年契風月懷賢此夜心惆悵送君身未達不堪摇落聽秋砧

春暮郊居寄朱舍人

幽深不讓（一作謝）子真居度日閑眠世事疎春水滿池新雨霽香風入户落花餘目隨鴻雁窮蒼翠心寄溪雲任卷舒回首知音青瑣闥何時一爲薦相如

送溫況游蜀

遊人西去客三巴身逐孤蓬不定家山近峨眉飛暮雨江連濯錦起朝霞雲深九折刀州遠路繞千巖劍閣斜應到嚴君開卦處將余一爲問生涯

崔敷歎春物將謝恨不同覽時余方爲事牽束及往尋不遇題之留贈

九陌遲遲麗景斜禁街西訪隱淪賒門依高柳空飛絮身逐閑雲不在家軒冕强來趨世路琴尊空負賞年華殘陽寂寞東城去惆悵春風落盡花

秋燈對雨寄史近崔積

坐聽宫城傳晚漏起看衰葉下寒枝空庭綠草結離念細（一作閑）雨黄花贈所思（一作偏對時）蟋蟀已驚良（一作涼）節度（一作至）茱萸偏憶故人期相逢莫厭尊前醉春去秋來自不知

春題龍門香山寺

衆香天上梵仙宫鐘磬寥寥半碧空清景乍開松嶺月亂流長響石樓風山河杳映春雲外城闕參差茂（一作曉）樹中欲盡出尋那可得三千世界本無窮

酬陸三與鄒十八侍御

城分流水郭連山拂露（一作霧）開懷一解顔令尹關中仙史會河陽縣裏玉人閑共憐秋隼驚飛至久想（一作報）雲鴻待侶還莫恨（一作怪）殷勤留此地東崖桂樹昔同攀

酬談校書長安秋夜對月寄諸故舊

故園千里渺遐情黄葉蕭條白露生驚鵲遶枝風滿幌寒鐘送曉月當楹蓬山高價傳新韻槐市芳年挹盛名莫怪孔融悲歲序五侯門館重婁卿

送田三端公還鄂州

孤雲迢遰戀滄洲勸酒梨花對白頭南陌送歸車騎合

東城怨別管弦愁青油幕裏人如玉黃鶴樓中月並鉤君去庾公應借問馳心千里大江流

送李（一作韋）秀才赴滑州詣大夫舅

陌頭車馬去翩翩白面懷書美少年東武揚公姻婭（一作好）重西州謝傅舅甥賢長亭叫月新秋雁官渡含風古樹蟬知己滿朝留不住貴臣河上擁旌旃

秋日書懷

金貂玉鉉奉君恩夜漏晨鐘老掖垣參決萬機空有媿靜觀羣動亦無言杯中壯志紅顏歇林下秋聲絳葉翻倦鳥不知歸去日青蕪白露滿郊園

南昌灘

渠江明淨峽逶迤船到名灘拽簺遲櫓窡動搖妨作夢巴童指點笑吟詩畬餘宿麥黃山腹日背殘花白水湄物色可憐心莫限此行都是獨行時

奉和聖製豐年多慶九日示懷

令節寰宇泰神都佳氣濃賡歌禹功盛擊壤堯年豐九奏碧霄裏千官皇澤中南山澄（一作澹）凝黛曲水清涵空金玉美王度歡康謠（一作謠康）國風睿文垂日月永與天無窮

夏日陪馮許二侍郎與嚴祕書遊昊天觀覽舊題寄同里楊華州中丞（一作夏日陪朝寮同遊昊天觀）

三伏草木變九城（一作域）車馬煩碧霄迴騎射（一作吹）丹洞入桃源臺殿雲浮棟縷纓鶴在軒莫將眞破妄聊用靜持喧石甃古苔冷水筠涼簟翻黃公壚下歎（一作飲）旌旆國東門

奉和聖製重陽日即事

玉燭降寒露我皇歌古（一作大）風重陽德澤展（一作振）萬國歡娛同綺陌擁行騎香塵凝曉空神都自藹藹佳氣助（一作動）葱葱律呂陰陽（一作合）暢景光天地通徒然被鴻霈（一作濡）無以報玄功

秋日臺中寄懷簡諸僚

憲府日多事秋光照碧林千雲巖翠合布石地苔深憂悔耿遐抱塵埃緇素襟物情牽跼促友道曠招尋頹節風霜變流年芳景侵池荷足幽氣煙竹又繁陰簪組赤墀戀池魚滄海心滌煩滯幽賞永度（一作期振）瑤華音

奉酬淮南中書相公見寄（并序）

皇帝改元之二年余與趙公同制入輔並爲黃門侍郎夏五月連拜弘文崇文大學士冬十月詔授檢校吏部尚書兼門下侍郎彤弓玈矢出鎭西蜀後九月趙公加大司馬之秩右弼如故龍旂虎符出制淮海時號揚益俱爲重藩左右皇都萬里何遠公手提兵柄心匠化源芳詞況余情勤靡極質文相映金玉鏘然蜀道之阻長楚郊之風物襟靈所屬盡在斯矣永懷趙公歲寒交好之情因成詩人不可方思之義聊書匪報以歎遐心

揚州隋故都竹使漢名儒翊聖恩華異持衡節制殊朝廷連受脤台座接訏謨金玉裁王度丹書奉帝俞九重辭象魏千萬握兵符鐵馬秋臨塞虹旌夜渡瀘江長梅笛怨天遠桂輪孤浩歎煙霜曉芳期蘭蕙蕪雅言書一札賓（一作濱）海雁東隅歲月奔波盡音徽霧雨濡蜀江分井絡錦浪入淮湖獨抱相思恨關山不可踰

甫（一作武）構西亭偶題因呈監軍及幕中諸公

瀛海無因泛崑丘豈易尋數峰聊在目一境暫清心悅彼松柏性愛茲桃李陰列芳憑有土叢幹聚成林信矣子牟戀歸歟尼父吟暗香蘭露滴空翠蕙樓深負鼎位嘗忝荷戈年屢侵百城煩鞅掌九仞喜嶇嶔巴漢泝沿楫岷峨千萬岑恩偏不敢去范蠡畏鎔金

和楊弘微春日曲江南望

遲景靄悠悠傷春南陌頭暄風一澹蕩遐思幾殷憂龍去空仙沼鸞飛掩妓樓芳菲餘雨露冠蓋舊公侯朱戟千門閉黃鸝百囀愁煙濛宮樹晚花咽石泉流寒谷律潛應中林蘭自幽商山將避漢晉室正藩周黍稷聞興歎瓊瑤畏見投君心即吾事微向（一作尚）在滄洲

長安秋夜懷陳京昆季

鐘鼓九衢絕出門千里同遠情高枕夜秋思北窗空靜見煙凝燭閑聽葉墜桐玉壺思洞徹瓊樹憶葱蘢螢影疎簾外鴻聲暗雨中羇愁難會面嬾慢責微躬甲乙科攀桂圖書閣踐蓬一飄非可樂六翮未因風寥落悲秋盡蹉跎惜歲窮明朝不相見流淚菊花叢

冬日漢江南行將赴夏口途次江陵界寄裴尚書

五部擁雙旌南依墨客卿關山迴溆甸波浪接湓城煙景迷時候雲帆渺去程蛤珠馮月吐蘆雁觸羅驚浦樹凝寒晦江天湛鏡清賞心隨處愜壯志逐年輕舟檝不可駐提封如任（一作有）情向方曾指路射策許言兵蘭渚歇芳意菱歌非應聲元戎武昌守羊祜幸連營

奉酬中書李相公早朝於中書候傳點偶書所懷

寥落曙鍾斷微明煙月沈翠霞仙仗合清漏掖垣深北極星遙拱南山闕迴臨蘭釭竟曉燄琪樹欲秋陰霄漢懃聯步貂蟬媿並簪德容溫比玉王度式如金魚水千年運簫韶九奏音代天驚度日擲地喜開襟文武時方泰唐虞道可尋忝陪申及甫清淨奉堯心

甲午歲（一作秋）相國李公有北園寄贈之作吟翫歷時屢促酬答機務不暇未及報章今古遼分電波增感留墓劒而心許感（一作偶）鄰笛而意傷寓哀冥寞以廣遺韻云

機事勞西掖幽懷寄北園鶴巢深更靜蟬噪斷猶喧仙醞百花馥豔歌雙袖翻碧雲詩變雅皇澤葉流根未報雕龍贈俄傷淚劒痕佳城關（一作開）白日衰挽向（一作去）青門禮命公台重煙霜隴樹繁天高不可問空使輔星昏

和楊三舍人晚秋與崔二舍人張祕監苗考功同遊昊天觀時中書寓直不得陪隨因追往年曾與舊僚聯遊此觀紀題在壁已有淪亡書事感懷輒以呈寄兼呈東省三給事之作楊君見徵鄙詞因以繼和

瑤圃高秋會金閨奉詔辰朱輪天上客白石（一作日）洞中人珮響泉聲雜朝衣羽服親九重青瑣閉三秀紫芝新化藥秦方士偷桃漢侍臣玉笙王子駕遼鶴令威身歎逝頹波速（一作遠）緘詞麗曲春重將悽恨意苔壁問遺塵

酬李十一尚書西亭暇日書懷見寄十二韻之

作

鼎鉉昔云忝，西南分主憂。煙塵開僰道，旌節護鑾輿。任重功無立，力微恩未酬。據鞍慚齒髮，責帥懼春秋。高德聞鄭履，儉居稱晏裘。三刀君入夢，九折我回輈。時景屢遷易，茲言期退休。方追故山事，豈謂台堦留。遐抱（一作挹）清淨理，眷言蘭杜幽。一緘瓊玖贈，萬里別離愁。巴嶺雲外沒，蜀江天際流。懷賢耿遙思，相望鳳池頭。

秋懷奉寄朱補闕

上苑繁霜降，騷人起恨初。白雲深陋巷，衰草遍閑居。暮色秋煙重，寒聲牖葉虛。潘生秋思苦，陶令世情疎。已製歸田賦，猶陳諫獵書。不知青瑣客，投分竟何如。

奉酬中書相公至日圜丘行事合於中書宿齋移止於集賢院敘情見寄之什

郊廟祇嚴祀，齋莊覲上玄。別開金虎觀，不離紫微天。樹古長楊接，池清（一作深）太液連。仲山方補袞（一作職），文舉自傷年。風溢（一作澀）銅壺漏，香凝綺閣煙。仍聞白雪唱，流詠滿鵾弦。

途次（一下有昭應二字）

去國策羸馬，勞歌行路難。地崇秦制險，人樂漢恩寬。御沼澄泉碧，宮梨拂露丹。鼎成仙馭遠，龍化宿雲殘。不問三苗（一作朝）寵，誰陪萬國歡。至今松桂色，長助玉樓寒。

題故蔡國公主九華觀上池院

朱門臨九衢，雲木藹仙居。曲沼天波接，層臺鳳舞餘。曙煙深碧篠，香露濕紅蕖。瑤瑟含風韻，紗窗積翠虛。秦樓今寂寞，真界竟何如。不與蓬瀛異，迢迢遠玉除。

酬嚴維秋夜見寄

遙夜思悠悠，聞鐘遠夢休。亂林螢燭暗，零露竹風秋。落戶雲歸棟，褰簾月上鉤。昭明逢聖代，羈旅別滄洲。騎省潘郎思，衡闈宋玉愁。神仙慚李郭，詞賦謝曹劉。松柏應無變，瓊瑤不可酬。誰堪此時景，寂寞下高樓。

途次近蜀驛蒙恩賜寶刀及飛龍廐馬使還奉寄中書李鄭二公（一作李鄭二中書）

草草事行役，遲遲（一作出）違（一作入）故闕。碧幃（一作幢）遙隱（一作隔）霧，紅旆漸依山。感激酬（一作慚）恩淚，星霜去國顏。捧刀金錫字，歸馬

玉連環。威鳳翔雙闕，征夫縱百蠻（一作龍鳳辭三省，干戈護百蠻）。應憐宣室召，溫樹不同攀。

歸燕

春色遍芳菲，閑簷雙燕歸。還同舊侶至，來遶故巢飛。敢望煙霄達，多慚羽翮微。銜泥傍金砌，拾蘂到荊扉。雲海經時別，雕梁長日依。主人能一顧，轉盼自光輝。

送許著作分司東都

瑤瑟激凄響，征鴻翻夕陽。署分刊竹簡，書蠹護芸香。馬色關城曉，蟬聲驛路長。石渠榮正禮，蘭室重元方。不作經年別，離魂亦暫傷。

聞相公三兄小園置宴以元衡寓直因寄上兼呈中書三兄（一作九日致齋禁省和中書李相公）

休（一作齋）沐限中禁，家山傳勝遊。露寒潘省夜，木落庾園秋。蘭菊迴幽步，壺觴洽（一作絕）舊儔。位高天祿閣，詞異畔牢愁。孤思琴先覺，馳暉水競（一作共）流。明朝不相見，清祀在圜丘。

酬陸員外歙州許員外郢州二使君

吳洲雲海接，楚驛夢林長。符節分憂重，鵷鴻去路翔。豔歌愁翠黛，寶瑟韻清商。洲草遙池合，春風曉斾張。晉臣多樂廣，漢主識馮唐。不作經年別，離魂亦未傷。

漸至涪州先寄王使君

治教通夷俗，均輸問大田。江分巴字水，樹入夜郎煙。毒霧含秋氣，陰巖蔽曙天。路難空計日，身老不由年。將命寧知遠，歸心詎可傳。星郎復何事，出守五溪邊。

石州城

丈夫心愛橫行，報國知嫌命輕。樓蘭徑百戰，更道戍龍城。錦字竇車騎，胡笳李少卿。生離兩不見，萬古難為情。

寒食下第

柳挂九衢絲，花飄萬家雪。如何憔悴人，對此芳菲節。

途中即事

南征復北還，擾擾百年間。自笑紅塵裏，生涯不暫閑。

春日偶作

縱橫桃李枝，淡蕩春風吹。美人歌白苧，萬恨在蛾眉。

夏夜作

夜久喧暫息，池臺惟月明。無因駐清景，日出事還生。

左掖梨花

巧笑解迎人，晴雪香堪惜。隨風蝶影翻，誤點朝衣赤。

同陳六侍御寒食遊禪定（一無定字）藏山上人院

年少輕行樂，東城南陌頭。與君寂寞意，共作草堂遊。

贈佳人

步搖金翠玉搔頭，傾國傾城勝莫愁。若逞仙姿遊洛浦，定知神女謝風流。

休暇日中書相公致齋禁省因以寄贈

嘗聞聖主得賢臣，三接能令四海春。月滿禁垣齋沐夜，清吟屬和更何人。

春興

楊柳陰陰細雨晴，殘花落盡見流鶯。春風一夜吹香夢，夢（一作又）逐春風到洛城。

酬裴起居西亭留題（一作留贈）

豔歌能起關山恨，紅燭偏（一作遠）凝寒（一作邊）塞情。況是池塘風雨夜，不堪絲（一作弦）管盡離聲。

送張侍御（一作司錄）赴京

江南煙雨塞鴻飛，西府文章謝掾歸。相送汀州蘭棹（一作杜）晚，菱歌一曲淚霑（一作盈）衣。

鄂渚送友

雲帆淼淼巴陵渡，煙樹蒼蒼故郢城。江上梅花無數落，送（一作發）君南浦不勝情。

送裴戡行軍（一作餞裴行軍赴朝命）

珠履三千醉不歡，玉人猶苦夜（一作若飲）冰寒。送君偏（一作空）有無言淚，天（一作足）下關山行路難。

宿青陽驛

空山搖落三秋暮，螢過疎簾月露團。寂寞銀（一作孤）燈愁不寐，蕭蕭風竹夜窗寒。

送崔舍人起居

赤墀同拜紫泥封，駟牡連徵侍九重。惟有白鬚張司馬，不言名利尚相從。

路岐重賦

芳郊欲別闌干淚，故國難期聚散雲。分手更逢江驛暮，馬嘶猨叫（一作嘯）不堪聞。

重送盧三十一起居

相如擁傳有光輝，何事闌干淚濕衣。舊府東山餘妓在，重將歌舞送君歸。

送張諫議

漢庭從事五人來，回首疆場獨未回。今日送君魂斷處，寒雲（一作江）寥落數株梅。

同諸公夜讌監軍玩花之作（一作同幕府夜宴惜花）

五侯門館百花繁，紅燭搖風白雪翻。不似鳳皇池畔見，飄颺今隔上林園。

郊居寓目偶題

晨趨禁掖暮郊園，松桂蒼蒼煙露繁。明月上時羣動息，雪峰高處正當軒（一作門）。

題嘉陵驛

悠悠風旆繞山川，山驛空濛雨似煙。路半嘉陵頭已白，蜀門西上更（一作更上）青天。

送柳郎中裴起居

望鄉臺上秦人在（一作去），學射山中杜魄哀。落日河橋千騎別，春風寂寞旆旌迴。

秋日出遊偶作

黃花丹葉滿江城，暫愛江頭風景清。閑步欲舒山野性，貔貅不許獨行人（一作行）。

夏夜餞裴行軍赴朝命

三年同看錦城花，銀燭連宵照綺霞。報國從來先意氣，臨岐不用重咨嗟。

摩訶池送李侍御之鳳翔

柳暗花明池上山，高樓歌酒換離顏。他時欲寄相思字，何處黃雲是隴間（一作關）。

送魏正則擢第歸江陵

商山路接玉山深，古木蒼然盡（一作晝）合陰。會府登筵君最少，江城秋至肯驚心。

登闔閭古城

登高望遠自傷情，柳發花開映古城。全盛已隨流水去，黃鸝空囀舊春聲。

尋三藏上人

北風吹雪暮蕭蕭，問法尋僧上界遙。臨水手持筇竹杖，逢君不語指芭蕉。

山居

身依泉壑將時背，路入煙蘿得地深。終歲不知城郭事，手栽林（一作松）竹盡成陰。

長安賊中寄題江南所居茱萸樹

手種茱萸舊井傍，幾回春露又秋霜。今來獨向秦中見，攀折無時不斷腸。

春齋夜雨憶郭通微

桃源在在（一作未去）阻風塵，世事悠悠又遇春。雨滴閑堦清夜久，焚香偏憶白雲人。

送嚴秀才（一下有赴舉二字）

灞滻別離腸已斷，江山迢遞信仍稀。送君偏下臨岐淚，家在南州身未歸。

春日酬熊執易南亭花發見贈

千株桃杏參差發，想見花時人却愁。曾（一作堂）忝陸機琴酒會，春亭惟願一淹留。

中春亭雪夜寄西鄰韓李二舍人

廣庭飛雪對愁人，寒谷由來不悟春。却笑山陰乘興夜，何如今日戴家鄰。

立秋日與陸華原（一作陸三）於縣界南館送鄒十八（一作立秋華原南館別二客）

風入昭（一作泥）陽池館秋，片雲孤鶴（一作鴈）兩難留。明朝獨向青山郭，唯有蟬聲催白頭。

酬韋胄曹登天長寺上方見寄

青門（一作山）幾度霑襟淚，併在東林雪外峰。今日重煩相憶處，春光知（一作花）繞鳳池濃。

陌上暮春

青青南陌柳如絲，柳色鶯聲晚日遲。何處最傷遊客思，春風三月落花時。

春日偶作

飛花寂寂燕雙雙，南客衡門對楚江。惆悵管弦何處發，春風吹到讀書窗。

春暮寄杜嘉興昆弟

柳色千家與萬家，輕風細雨落殘花。數枝瓊玉無由見，空掩柴扉度歲華。

渡淮

暮濤凝雪長淮水，細雨飛梅五月天。行子不須愁夜泊，綠楊多（一作高）處有人煙。

與崔十五同訪裴校書不遇

梨花落盡柳花時，庭樹流鶯日過遲。幾度相思不相見，春風何處有佳期。

夏日寄陸三達陸四逢并王念八仲周

士衡兄弟舊齊名，還似當年在洛城。聞說重門方隱相，古槐高柳夏陰清。

秋原寓目

木落風高天宇開（一作曠），秋原一望思悠哉。邊城今少（一作足）射鵰騎，連鴈嗷嗷何處來。

贈歌人（一作贈佳人）

林鶯一哢四時春，蟬翼羅衣白玉人。曾逐使君歌舞地，清聲（一作泉）長嘯（一作咽）翠眉嚬。

同苗郎中送嚴侍御赴黔中因訪仙源之事

武陵源在朗江東，流水飛花仙洞中。莫問阮郎千古事，綠楊深處翠霞空。

使次盤豆驛望永樂縣（一無下四字）

山川不記何年別，城郭應非昔所經。欲駐征車終日望，天（一作大）河雲雨晦冥冥。

緱山道中口號

秋山寂寂（一作寞）秋水清，寒郊木葉飛無聲。王子白雲仙去久，洛濱行路夜吹笙。

歲暮送舍人

邊城歲暮望鄉關，身（一作方）逐戎旌未得還。欲別臨岐無限淚，故園花發寄君攀。

寓興呈崔員外諸公

三月楊花飛滿空，飄颻十里雪如風。不知何處香醪熟，願醉佳園芳樹中。

單于曉角

胡兒吹角漢城頭，月皎霜寒大漠秋。三奏未終天便曉，何人不起望鄉愁。

汴河聞笳（一作聞角）

何處金笳月裏悲，悠悠邊客夢先知。單于城下（一作上）關山曲，今日中原總解吹。

塞上春懷

東風河外五城喧，南客征袍滿淚痕。愁至獨登高處望，藹然雲樹重傷魂。

塞外月夜寄荆南熊侍御

南依劉表北劉琨，征戰年年簫鼓喧。雲雨一乖千萬里，長城秋月洞庭猨。

單于罷戰却歸題善陽館

單于南去善陽關，身逐歸雲到處閑。曾是五年蓮府客，每聞胡虜哭陰山。

韋常侍以賓客致仕同諸公題壁

孤雲永日自徘徊，巖館蒼蒼遍綠苔。望苑忽驚新詔下，綵鸞歸處玉籠開。

學仙難

玉殿笙歌漢帝愁，鸞龍儼駕望瀛洲。黃金化盡方士死，青天欲上無緣由。

唐昌觀玉蘂花

琪樹芊芊（一作年年）玉蘂新，洞宮長閉綵霞春。日暮落英鋪地雪，獻花應過（一作無復）九天人。

春曉（一作晚）聞鶯

寥寥（一作寂寂）蘭臺（一作堂）曉夢驚，綠林殘（一作斜）月思孤鶯。猶（一作獨）疑蜀魄千年恨，化作冤禽萬轉聲。

聞嚴祕書與正字及諸客夜會因寄

衡門寥落歲陰窮，露濕莓苔葉厭風。聞道今宵阮家會，竹林明月七人同。

戲贈韓二秀才

名高折桂方年少，心苦為文命未通。聞說東堂今有待，飛鳴何處及春風。

聞王仲周所居牡丹花發因戲贈

聞說庭（一作亭）花發暮春，長安才子看須頻。花開花落無人見，借問何人是主人。

酬王十八見招

王昌家直在城東，落盡庭花昨夜風。高興不辭千日醉，隨君走馬向新豐。

贈道者（一作贈送）

麻衣如雪一枝梅，笑掩微妝入夢來。若到越溪逢越女，紅蓮池裏白蓮開。

重送白將軍

紅燭芳筵惜夜分，歌樓管咽思難聞。早知怨別人間世，不下青山老白雲。

和李丞題李將軍林園

落英飄蘂雪紛紛，啼鳥如悲霍冠軍。逝水不迴弦管絕，玉樓迢遞鎖浮雲。

同張惟送霍總（一作送崔總赴池州）

春風簫管怨津樓，三奏行人醉不留。別後相思江上岸，落花飛處杜鵑愁。

贈別崔起居

三十年前會府同，紅顏銷盡雨成翁。別淚共將何處灑，錦江南渡足春風。

春日偶題

山川百戰古刀州，龍節來分聖主憂（一作三川會合古刀州，紆紱來分宵旰憂）。靜守化條無一事，春風獨上望京（一作夕陽）樓。

聽歌

月上重樓絲管秋，佳人夜唱古梁州。滿堂誰是知音者，不惜千金與莫愁。

酬韋胄曹

相逢異縣蹉跎意，無復少年容易歡。桃李美人攀折盡，何如松柏四時寒。

同幕府夜宴惜花

芳草落花明月榭，朝雲暮雨錦城春。莫愁紅豔風前散，自有青蛾鏡裏人。

代佳人贈張郎中

洛陽佳麗本神仙，氷雪顏容桃李年。心愛阮郎留不住，獨將珠淚濕紅鉛。

餞裴行軍赴朝命

來時聖主假光輝，心恃朝恩計日歸。誰料忽成雲雨別，獨將邊淚灑戎衣。

秋日經潼關感寓

昔年曾逐漢征東，三授兵符百戰中。力保山河嗟下世，秋風牢落故營空。

贈歌人

仙歌靜轉玉簫催，疑是流鶯禁苑來。他日相思夢巫峽，莫教雲雨晦陽臺。

見郭侍郎題壁

萬里楓江偶問程，青苔壁上故人名。悠悠身世限南北，一別十年空復情。

李吉甫

李吉甫字弘憲以父栖筠蔭補倉曹參軍爲太常博士憲宗立拜考功郎中知制誥入翰林爲學士轉中書舍人元和二年同平章事後爲淮南節度雖居外每朝廷得失輒以聞帝尊任之官而不名卒贈司空吉甫該洽典故詳練故實善任賢良朝倫式序集二十卷今存詩四首

癸巳歲吉甫圜丘攝事合於中書後閣宿齋常負忝媿移止於集賢院會門下相公以七言垂寄亦有所酬短章絕韻不足抒意因叙所懷奉寄相公兼呈集賢院諸學士

淮海同三入樞衡過六年(後漢年融六年任職)廟齋兢永夕書府會羣仙粉壁連霜曙冰池對月圓歲時憂裏換鐘漏靜中傳蓬髮頽空老松心契獨全贈言因傅說垂訓在三篇

夏夜北(一作後)園即事寄門下武相公

結構非華宇登臨(一作仙)似古原僻殊蕭相宅蕪勝邵平園避暑依南廡追涼在北軒煙霞霄外靜草露月中繁鶴繞驚還止蟲吟思不喧懷君欲有贈宿昔貴忘言

九日小園獨謠贈(贈一作奉寄)門下武相公

小園休沐暇暫與故山期樹杪懸丹棗苔陰落紫梨舞叢新菊徧繞格(一作樹)古藤垂受露紅蘭晚迎霜白薤肥上公留鳳沼(一作詔)冠劍侍清祠應念(一作命)端居者長懸補袞詩

懷伊川賦

龍門南岳盡伊原草樹人煙目所存正是北州梨棗熟夢魂秋日到郊園

鄭絪

鄭絪字文明滎陽人擢進士宏詞初爲張延賞掌書記入爲起居郎翰林學士累遷中書舍人憲宗立拜中書侍郎同平章事太和中以太子少傅致仕絪少好學大曆中有高名後踐歷華顯出入中外踰四十年守道寡欲不爲烜赫事時推耆德集三十卷今存詩五首

奉和武相公省中宿齋酬李相公見寄

高閣安仁省名園廣武廬沐蘭朝太一種竹詠華胥禁靜疎鐘徹庭開(一作閑)爽韻虛洪鈞齊萬物縹帙整羣書寒露滋新菊秋風落故蕖同懷不同賞幽意竟何如

寒夜聞霜鐘

霜鐘初應律寂寂出重林拂水宜清聽凌空散迥音舂容時未歇搖曳夜方深月下和虛籟風前間(一作闇)遠砧淨兼寒漏徹閑畏曙更侵遙想千山外泠泠何處尋

奉酬宣上人九月十五日東亭望月見贈因懷紫閣舊遊

中年偶逐鴛鸞侶弱歲多從麋鹿羣紫閣道流今不見紅樓禪客早曾聞松齋月朗星初散苔砌霜繁夜欲分一覽綵牋佳句滿何人更詠惠休文

九日登高懷邵二

簪茱泛菊俯平阡飲過三杯却惘然十歲此辰同醉友登高各處已三年

享太廟樂章

於穆時文受天明命允恭玄黙化成理定出震嗣德應乾傳聖猗歟緝熙千億流慶

句

情人共惆悵良友不同遊(紀事云絪九日有懷邵二詩又懷林十二云云其重友如此)

鄭餘慶

鄭餘慶字居業大曆中舉進士第初爲嚴震山南從事貞元初歷庫部郎中爲翰林學士以工部侍郎知吏部選後拜中書侍郎同平章事憲宗時爲尚書左僕射詳定典制引韓愈李程爲副崔鄾陳珮楊嗣復庾敬休爲判官損益儀規號爲詳衷終太子太師檢校司徒集五十卷今存詩二首

和黃門相公詔還題石門洞(黃門武元衡也)

紫氣隨馬處黃閣駐車情嵌巖驚山勢周瀠戀水聲(一作清)地分三蜀限關志百牢名琬琰攀酬郢徽言鼎飪情(重用韻)

享太廟樂章

開邸除暴時邁勛尊三元告命四極駿奔金枝翠葉輝燭瑤琨象德億載貽慶湯孫

趙宗儒

趙宗儒字秉文鄧州穰人舉進士初授弘文館校書郎拜左拾遺充翰林學士與父驊秘書少監同日並命當時榮之貞元十二年以給事中同中書門下平章事罷相爲右庶子端居守道勤奉朝請遷吏部侍郎改尚書前後三鎮方任八領選部歷憲穆敬文四朝以司空致仕詩一首

和黃門武相公詔還題石門洞

益部恩輝降同榮漢相還韶芳滿歸路軒騎出重關望日朝天闕披雲過蜀山更題風雅韻永絕翠岩間

柳公綽

柳公綽字寬京兆華原人舉賢良方正直言極諫武元衡節度劍南與裴度俱爲判官相引重召爲吏部郎中元和初進太醫箴遷御史中丞歷六鎮太和中終兵部尚書性耿介有大臣節爲文不尚浮靡所取士如許康佐鄭朗盧簡辭崔璵夏侯孜李拭韋長皆知名顯貴詩三首

和武相錦樓翫月得濃字(時爲西川營田副使)

此夜年年月偏宜此地逢近看江水淺遙辨雪山重萬井金花(一作風)肅千林玉露濃不唯樓上思飛蓋亦陪從

題梓州牛頭寺

一出西城第二橋兩邊山木晚蕭蕭井花淨洗行人耳留聽溪聲入夜潮

贈毛仙翁

桃源千里遠花洞四時春中有含真客長爲不死人松高枝葉茂鶴老羽毛新莫遣同籬槿朝榮暮化(一作絕)塵

張正一

張正一德宗末左補闕以上書召見王叔文之黨疑其言已陰事令韋執誼譖之坐貶詩一首

和武相公中秋錦樓翫月得蒼字(時爲西川觀察判官)

高秋今夜月皓色正蒼蒼遠水澄如練孤鴻迥帶霜旅人方積思繁宿稍沈光朱檻叨陪賞尤宜清漏長

徐放

徐放字達夫武元衡西川從事元和九年爲衢州刺史見韓愈徐偃王廟碑詩一首

奉和武相公中秋錦樓翫月得來字

玉露中秋夜金波碧落開鵲驚初泛灩鴻思共裴回遠月（一作日）清光徧高空爽氣來此時陪永望更得上燕臺

崔備

崔備建中進士第爲西川節度使判官終工部郎中詩六首

和武相公中秋錦樓翫月（得前字秋字二篇）

清景同千里寒光盡一年竟天多鴈過通夕少人眠照別江樓上添愁野帳前隋侯恩未報猶有（一作感）夜珠圓

四時皆有月一夜獨當秋照耀初含露裴回正滿樓遙連雪山淨迥入錦江流願以清光末年年許從遊

奉陪武相公西亭夜宴陸郎中

賓閣玳筵開通宵遞玉杯塵隨歌扇起雪逐舞衣迴剪燭清光發添香煖氣來令君敦宿好更爲一裴回

清溪路中寄諸公（一作寄韋于二侍御）

偏郡隔雲岑迴溪路更深少留攀桂樹長（一作畏）渴望梅林野笥貢公膳山花慰客心別來無信息可謂井瓶沈

奉酬中書相公至日圜丘行事合於中書宿直移止於集賢院敍情見寄之什（一作崔曙詩）

典籍開書府思禁避鼎司郊丘資有事齋戒守無爲宿霧蒙瓊樹餘香覆玉墀進經逢乙夜展禮值明時勳共山河列名同竹帛垂年年佐堯舜相與致雍熙

使院憶山中道侶兼懷李約

松竹去名嶽衡茅思舊居山君水上印天女月中書舊帙芸香在空奩藥氣餘褐衣寬易攬白髮少難梳病柳傷摧折殘花惜掃除憶巢同倦鳥避網甚跳魚阮巷（一作蓬阮）慚交絕商嵒（一作求羊）愧跡疎與君非宦侶何日共樵漁

蕭祐

蕭祐字祐之蘭陵人以處士徵拜拾遺元和初歷御史中丞桂管防禦觀察使爲人閑澹貞退善鼓琴賦詩精妙書畫遊心林壑名人高士多與之遊詩二首

奉陪武相公西亭夜晏陸郎中（時爲武元衡幕僚）

弘閣陳芳宴佳賓此會難交逢貴日重醉得少時歡舒黛凝歌思求音足筆端一聞清佩動珠玉夜珊珊

遊石堂觀

西山高高何所如上有古昔眞人居嶔崖巨石自成室其下磅礴含清虛我來斯邑訪遺迹乃遇沈生耽載籍沈生爲政哀惸嫠又能索隱探靈奇欣然向我話佳境與我崎嶇到山頂甘瓜剖綠出寒泉碧甌浮花酌春茗嚼瓜啜茗身清涼汗消絺綌如迎霜胡爲空山百草花倏爾籩豆肆我旁始驚知周無小大力寡多方驗斯在妙用騰聲冠蓋間勝遊恣意煙霞外故碑石像凡幾年雲鬱雨霏生綠煙我知遊此多靈仙縹緲月中飛下天天風微微夕露委松梢颼颼曉聲起鳳去空遺簫管音星翻寥落銀河水勸君學道此時來結茅獨宿何遼哉齋心玄默感靈衛必見鸞鶴相裴回我愛崇山雙劒北峰如人首拄天黑（俗呼爲人頭山）羣仙傴僂勢奔走狀若歸尊趨有德半巖有洞頂有池出入靈怪潛蛟螭我去不得晝夜思夢遊曾信南風吹南風吹我到林嶺故國不見秦天迥山花名藥撲地香月色泉聲洞心冷蔭松散髮逢異人寂莫曠然口不言道陵公遠莫能識髮短耳長誰獨存司農驚覺忽惆悵可惜所遊俱是妄蘊懷耿耿誰與言直至今來意通形神開擁傳又恨斜陽催一丘人境尚堪戀何況海上金銀臺

王良士

王良士貞元進士爲西川劉闢幕僚闢敗應坐高崇文宥之詩二首

奉陪武相公西亭夜宴陸郎中

芳氣襲猗蘭青雲展舊歡仙來紅燭下花發綵毫端海嶽期方遠松筠歲正寒仍聞言贈處一字重琅玕

南至日隔霜仗望含元殿爐煙（一作車紓詩）

抗殿疏龍首高高接上玄節當南至日星是北辰天寶（一作霜）戟羅仙仗金爐引御煙霏微雙闕麗容曳九門連拂曙祥光滿分晴瑞色鮮一陽今在曆生植仰陶甄

獨孤實

獨孤實嘗爲武元衡鎭西川時僚吏詩一首

奉陪武相公西亭夜宴陸郎中

仙郎膺上才夜宴接三台燭引銀河轉花連錦帳開靜看歌扇舉不覺舞腰回寥落東方曙無辭盡玉杯

盧士政（一作玫）

盧士政山東人爲西川觀察支使後歷瀛鄚節度入爲太子賓客分司詩一首

奉陪武相公西亭夜宴陸郎中

華堂良宴開星使自天來舞轉朱絲（一作弦）逐歌餘素扇回水光凌曲檻夜色靄高臺不在賓階末何由接上台

于敖

于敖字蹈中江南人登進士第長慶中給事中尋轉工部侍郎出爲宣歙觀察使兼御史中丞詩一首

聞鶯

玉繩河漢曉縱橫萬籟潛收鶯獨鳴能將百囀清心骨寧止閑窗夢不成

皇甫鏞

皇甫鏞字鉌卿朝那人第進士元和中爲河南少尹時兄鎛領度支聚斂句剝天下怨恨鏞每極言不聽乃求分司爲右庶子開成初終太子少保鏞能文尤工詩什集十八卷今存詩一首

和武相公聞鶯

華館沈沈曙境清伯勞初囀月微明不知台座宵吟久猶向花窗驚夢聲

顔粲

顔粲登建中進士第詩二首

白露爲霜

悲秋將歲晚繁露已成霜徧渚蘆先白霑籬菊自黄應鍾鳴遠寺擁雁度三湘氣逼襦衣薄寒侵宵夢長滿庭添月色拂水斂荷香獨念蓬門下窮年在一方

吳宮教美人戰 一作吳秘詩

有客陳兵畫功成欲霸吳玉顔承將畧金鈿指軍符轉佩風雲暗鳴鞞錦繡趨雪花頻落粉香汗盡流珠掩笑誰干令嚴刑 一作師 必用誅至今孫子術 一作法 猶可静邊隅

徐敞

徐敞建中進士詩五首

月暎清淮流

遥夜淮彌浄浮空月正明虚無含氣白凝灔暎波清見底深還淺居高缺復盈處柔知坎德持潔表陰精利物功難並和光道已成安流方利涉應鑒此時情

圓靈水鏡

浮光上東洛楊彩滿圓靈明滅淪江水盈虚逐砌蓂不分沙岸白偏照海山清練色臨窗牖蟾光靄户庭成輪疑璧影初魄類弓形遠近凝清質娟娟 一作依微 出衆星

虹藏不見

迎冬小雪至應節晚虹藏玉氣徒成象星精不散光美人初比色飛鳥罷呈祥石澗收晴影天津失彩梁霏霏空暮雨杳杳暎殘陽舒卷應時令因知聖曆長

白露爲霜

早寒青女至零露結爲霜入夜飛清景凌晨積素光駟星初晢晢葭菼復蒼蒼色冒沙灘白威加木葉黄鮮煇襲紈扇殺氣掩干將葛屨那堪履徒令君子傷

賦得金莖露

武帝貴長生延年餌玉英銅盤貯珠露仙掌抗金莖拂曙氛埃斂凌空沆瀣清岧嶤捧瑞氣龍從出宮城勢入浮雲聳形標霽色明大君當御宇何必去蓬瀛

張聿

張聿建中進士詩五首

圓靈水鏡

鳳池開月鏡清瑩寫寥天影散微波上光含片玉懸菱花疑泛灔桂樹暎清鮮樂廣披雲日山濤卷霧年濯纓何處去鑒物自堪妍迴首看雲液蟾蜍勢正圓

景風扇物

何處青蘋末呈祥起遠空曉來摇草樹輕度淨塵蒙 一作輕去動溪濛 水上微波動林前媚景通寥天鳴萬籟蘭徑長幽馥漸颺搏扶勢應從橐籥功開襟若有日願覩大王風

劒化爲龍

古劒誠難屈精明有所從沈埋方出獄合會却成龍牛斗光初歇蜿蜒氣漸濃雲濤透百丈水府躍千重拖尾迷蓮鍔張鱗露錦容至今沙岸下誰得覩玄蹤

餘瑞麥

瑞麥生堯日芃芃雨露偏兩岐分更合異畝穎仍連冀獲明王慶寧唯太守賢仁風吹靡靡甘雨長芊芊聖德應多稔皇家配有年已聞天下泰誰爲濟西田

賦得夏首猶清和 一作黎逢詩

早夏宜春景和光起禁城祝融將御節炎帝啓朱明日送殘花晚風過御苑清郊原浮麥氣池沼發荷英樹影臨山動禽飛入漢輕幸逢堯禹化全勝谷中情

魏信陵

魏信陵貞元元年進士第爲舒州望江令有惠政詩一卷今存六首

移居洞庭

重林將疊嶂此處可逃秦水隔人間世花開洞裏春荷鋤分地利縱酒樂天眞萬事更何有吾今已外身

吳門送客

亂山吳苑外臨水讓王祠素是傷情處春非送客時不須愁落日且願駐青絲千里會應到一尊誰共持

長安道

朱門暎綠楊雙闕抵通莊玉珮聲逾遠紅塵猶自香

出自賊中謁恒上人

再拜吾師喜復悲誓心從此永歸依浮生恍忽若眞夢何事于中有是非

過眞律師舊院

寂然秋院閉秋光過客閑來禮影堂堅冰銷盡還成水本自無形何足傷

酬談上人詠海石榴

眞僧相勸外浮華萬法無常可歎嗟但試尋思階下樹何人種此我看花

句

臺笠冒山雨渚田耕荇花 見石林燕詩

張正元

張正元登貞元五年進士第詩二首

冬日可愛 一作陳諷詩

寒日臨清晝遼天一望時未消埋徑雪先暖讀書帷屬思光難駐舒情影若遺晉臣曾比德謝客昔言詩散彩寧偏煦 一作照 流陰信不追餘輝如可就迴燭幸無私

臨川羨魚

有客百愁侵求魚正在今廣川何渺漫高岸幾登臨風水寧相阻煙霞豈憚深不應同逐鹿詎肯比從禽結網非無力忘筌自有心永存芳餌在佇立思沈沈

王履貞

王履貞貞元七年登第詩一首

青雲干呂

異方占瑞氣干呂見青雲表聖興中國來王謁大君迎祥殊大樂叶慶類横汾自感 一作是 明時起非因 一作將 觸石分暎霄難辨色從吹乍成文須使流千載垂芳在典墳

彭伉

彭伉宜春人貞元七年登進士第官評事詩三首

青雲干呂

祥輝上千呂郁郁又紛紛遠示無爲化將明至道君勢凝千里靜色向九霄分已見從龍意寧知觸石文狀煙殊散漫捧日更氤氳自使來賓國西瞻仰瑞雲

聖布中區化祥符異域雲含春初應呂暈碧已成文東起隨風暖西流共日曛升時嘉異月爲慶等凝汾輕與晴煙比高將曉霧分飄飄如可致顧此翊明君（前首見文苑英華，此首見唐詩紀事，並存之）

寄妻

莫訝相如獻賦遲錦書誰道淚沾衣不須化作山頭石待我堂前折桂枝

林藻

林藻字緯乾莆陽人貞元七年進士第官嶺南節度副使詩一卷今存三首

青雲干呂（一作吳泌詩）

應節偏干呂亭亭在紫氛綴空（一作雲）初布（一作度）影捧日已成文結蓋祥光迴爲樓（一作峯）翠色分還同起封上更似出橫汾作瑞來藩國呈形表聖君襃回如有託（一作知有謂）誰道比閒雲

吳宮敎戰（一作葉李良詩）

强吳矜霸畧講武在深宮盡出嬌娥輩先觀上將風揮戈羅袖卷擐甲汗裝紅輕（一作掩）笑分旗下含羞入隊中鼓停行未整刑舉令方崇自可威鄰國何勞騁戰功

梨嶺（見閩南唐雅）

曾向嶺頭題姓字不穿楊葉不言歸弟兄各折一枝桂還向嶺頭聯影飛

李觀

李觀字元賓趙州人貞元八年進士宏辭擢第授太子校書郎集三卷詩四首

贈馮宿

寒城上秦原遊子衣（一作意）飄飄黑雲截萬里獵火從中燒陰空蒸長煙殺氣獨不銷氷交石可裂風疾山如搖時無靑松心顧我獨不凋

宿裴友書齋

臥君山窗下山鳥與我言清風何飀飀松栢中夜繁久遊失歸趣宿此似故園林煙橫近郊谿月落古原稱子不待曉花間出柴門

御溝新柳

御溝迴廣陌芳柳對行人翠色枝枝滿年光樹樹新畏逢攀折客愁見別離辰近暎章臺騎遙分禁苑春嫩陰初覆水高影漸離塵莫入胡兒笛還令淚溼巾

試中和節詔賜公卿尺詩

淑節韶光媚皇明寵錫崇具寮須玉尺成器幸良工豈止尋常用將傳度量同人何不取利物亦賴其功紫翰宣殊造丹誠厲匪躬奉之無失墜恩澤自天中

李絳

李絳字深之贊皇人登宏詞科授秘書省校書郎貞元末拜監察御史元和中以本官充翰林學士改中書舍人尋拜中書侍郎輔政多所匡益以疾求罷出爲河中觀察使改兗海節度使寶曆初入爲尚書左僕射李逢吉惡之罷爲太子少師分司東都文宗即位徵爲太常卿復出爲山南西道節度使兵亂遇害集二十二卷今存詩二首

省試恩賜耆老布帛（一作崔宗詩）

渙汗中天發殊私海外存衰顏逢聖代華髮受皇恩燭物明堯日垂衣闢禹門惜時悲落景賜帛慰餘魂厚澤沾翔泳微生保子孫盛明今尚齒歡奉九衢罇

和裴相國荅張秘書贈馬詩

高才名價欲凌雲上駟光華遠贈君念舊露垂丞相簡感知星動客卿文縱橫逸氣寧稱力馳騁長途定出羣伏櫪莫令空度歲黃金結束取功勳

崔樞

崔樞順宗朝歷中書舍人充東宮侍讀終秘書監詩一首

賜耆老布帛（一作張復元詩）

殊私及耆老聖德賑黎元布帛忻天賜生涯作主恩情均皆挾纊禮異貴丘園慶洽時方泰仁沾月告存寧知酬雨露空識荷乾坤擊壤將何幸襃回望九門

齊優開籠飛去所獻楚王鵠

受命籠齊鵠交歡獻楚王惠心先巧辯戢羽見迴翔意適清風遠憂除白日長度雲搖舊影過樹閱新芳直取名翻重寧唯好不傷誰言滑稽理千載戒禽荒

陸復禮

陸復禮貞元八年宏詞第一人詩一首

試中和節詔賜公卿尺詩

春仲令初吉歡娛樂大中皇恩貞百度寶尺賜羣公欲使方隅法還令規矩同捧觀珍質麗拜受聖恩崇如荷丘山重思酬方（一作分）寸功從茲度天地與國慶無窮

李正辭

李正辭貞元八年進士第憲宗時自拾遺轉補闕詩一首

賦得白雲起封中（一作陳希烈詩）

千年泰山頂雲起漢皇封不作奇峯狀寧分觸石容爲霖雖易得表聖自難逢冉冉排空上依依疊影重素光非曳練靈貺是從龍豈學無心出東西任所從

張嗣初

張嗣初貞元八年進士詩二首

賦得白雲起封中（一作許康佐詩）

英英白雲起呈瑞出封中表聖寧因地逢時豈待風浮光彌皎潔流影更（一作忽）冲融自叶堯年美誰云漢日同金泥光乍掩玉檢氣潛通欲與非煙並亭亭不散空

春色滿皇州

何處年華好皇州淑氣勻韶陽潛應律草木暗迎春柳變金堤畔蘭抽曲水濱輕黃垂輦道微綠暎天津麗景浮丹闕晴光擁紫宸不知幽遠地今日幾枝新

許康佐

許康佐貞元中舉進士宏辭累遷中書舍人翰林學士與王起俱爲文宗寵禮終禮部尚書詩二首

日暮碧雲合

日際愁陰生天涯暮雲碧重重不辨蓋沈沈乍如積林色黯疑暝隟光俄已夕出岫且從龍縈空寧觸石餘輝澹瑤草浮影凝綺席時景詎能留幾思輕尺璧

白雲起封中（一作張嗣初詩）

英英白雲起呈瑞出封中表聖寧依地逢時豈待風浮
輝彌皎潔流影更冲融自叶堯天美誰言漢日同泥金
光乍掩捡玉氣俄通猶顧非煙瑞亭亭不散空

許堯佐

許堯佐康佐之弟擢進士第爲太子校書郞終諫議大
夫詩一首

石季倫金谷園一本題作金谷懷古

石氏遺文在淒涼見故園輕一作清風思奏樂衰草憶一作念行
軒舞榭蒼一作荒苔掩歌臺落葉繁斷雲歸舊壑流水咽新
源曲沼殘煙斂叢篁宿鳥喧唯餘池上月猶似對金尊

李君房一作芳

李君房貞元間人詩一首

石季倫金谷一本有園故字

梓澤風流地淒涼跡尚存殘芳迷妓女衰草憶王孫舞
態隨人謝歌聲寄鳥言池平森灌木月落弔空園流水
悲難駐浮雲影自翻賓階餘蘚石車馬詎喧喧

杜羔

杜羔洹水人貞元初及進士第後歷振武節度使以工
部尚書致仕詩一首

享惠昭太子廟樂章登歌

因心克孝位震遺芬賓天道茂軫懷氣分發祗乃祀咳
歎如聞二歌斯升以詠德薰

車緄

車緄貞元進士詩一首

南至日隔仗望含元殿香鑪一作王貞士詩

抗殿疏元首高高接上元節當南至日星是北辰天寶
戟羅仙仗金鑪引瑞煙霏微雙闕麗容曳九州連拂曙
祥光滿分晴曉色鮮一陽今在曆生植願陶甄

全唐詩目第五函

第八冊

權德輿十卷

全唐詩

權德輿

權德輿字載之天水略陽人未冠卽以文章稱杜佑裴
胄交辟之德宗聞其材召爲太常博士改左補闕兼制
誥進中書舍人歷禮部侍郞三知貢舉憲宗元和初歷
兵部吏部侍郞坐郞吏誤用官闕改太子賓客俄復前
官遷太常卿拜禮部尚書同平章事會李吉甫再秉政
帝又自用李絳議論持異德輿從容不敢有所輕重坐
是罷以檢校吏部尚書留守東都復拜太常卿徙刑部
尚書出爲山南西道節度使二年以病乞還卒於道年
六十贈左僕射謚曰文德輿積思經術無不貫綜其文
雅正贍縟動止無外飾而醞藉風流自然可慕爲貞元
元和間縉紳羽儀文集五十卷今編詩十卷

奉和聖製九月十八日賜百寮追賞因書所懷

錫宴朝野洽追歡堯舜情秋堂絲管動水榭煙霞生黃
花媚新霽碧樹含餘清同和六律應交泰萬寓平春一作膺
藻下中天湛恩闡文明小臣諒何以一作幸亦此影華纓

奉和聖製九日言懷賜中書門下及百寮

令節在豐歲皇情喜乂一作久安絲竹調六律簪裾列千官
煙霜暮景清水木秋光寒筵開曲池上望盡終南端天
文麗慶霄一作天麗慶霄漢墨妙鸞飛鸞願言黃花酒永奉今日
歡

奉和聖製重陽日中外同歡以詩言志因示百
僚一作臣

玉醴宴嘉節拜恩歡有餘煌煌菊花秀馥馥黄房舒白
露秋稼熟清風天籟虛和聲度簫韶瑞氣深儲胥百辟
皆醉止萬方今宴如宸衷一作理在化成藻思煥瓊琚微臣
徒竊抃豈足歌唐虞

奉和聖製中春麟德殿會百寮觀新樂

仲春一作月藹芳景內庭宴羣臣森森列千戚濟濟趨鉤陳
大樂本天地中和序人倫正聲邁咸濩易象含羲文玉
俎映朝服金鈿明舞茵一作裀韶光雪初霽聖藻風自薰時
泰恩澤溥功成行綴新賡歌仰昭回竊比華封人

奉和聖製中和節賜百官宴集因示所懷
萬方慶嘉節宴喜皇澤均曉開蓂莢（一作荚）初景麗星（一作百）鳥
春藻思貞百度著明並三辰物情舒在陽時令弘至仁
衢酒和樂被薰弦聲曲新賡歌武弁側永荷玄化醇

奉和聖製重陽日即事六韻
嘉節在陽數至歡朝野同恩隨千鍾洽慶屬五稼豐時
菊洗露華秋池涵霽空金絲響仙樂劍舄羅宗公天道
光下濟睿詞敷大中多慙擊壤曲何以答（一作達）堯聰

奉和聖製豐年多慶九日示懷
寒露應秋杪（一作節）清光澄曙空澤均行葦厚年慶華黍（一作黍菜）
豐聲明（一作名）暢八表宴喜陶九功文麗日月合樂和天地
同聖言在推誠臣職惟（一作事）匪躬瑣細何以報翾飛淳化
中

贈文敬太子廟時享退文舞迎武舞樂章
干旋羽籥相虧蔽一進一退殊行綴昔獻三雍盛禮容
今陳六佾崇儀制

讀穀梁傳二首（第二首第八句缺一字）
荀寅士吉射誠乃蔽聰明奈何趙志父專舉晉陽兵下
今漢七國借此以爲名吾嘉徙薪智禍亂何由生
憶昔溴梁會豈伊無諸侯羣臣自盟歃君政如贅旒有
力則宗楚何人復尊周空文徒爾貶見此　血流

劉紹相訪夜話因書即事
故人愴久別兹夕欵郊扉山僮漉野醞稚子褰書帷清
露泫珠瑩金波流玉徽忘言我造適瞪視君無違但令
靜勝躁自使癯者肥不待蘧生年從此知昔非

臥病喜惠上人李鍊師茅處士見訪因以贈
沈疴結繁慮臥見書窗曙方外三賢人惠然來相親整
巾起曳策喜非車馬客支郎有佳文新句淩碧雲霓裳
何飄飄浩志淩紫氛復有沈冥士遠係三茅君各言麋
鹿性不與簪組羣清言出象繫曠跡逃玄纁心源曁澄
寂世故方糺紛終當逐師輩巖桂香氳芬

多病戲書因示長孺
行年未四十已覺百病生眼眩飛蠅影耳厭遠蟬聲甘
辛敗六藏冰炭交七情唯思曲肱枕搔首擲華纓

古興
月中有桂樹無翼難上天海底有龍珠下隔萬丈淵人
生大限雖百歲就中三十稱一世晦明烏兔相推遷雪
霜漸到雙鬢邊沈憂戚戚多浩歎不得如意居太（一作大）半
一氣暫聚常恐散黃河清兮白石爛

感寓
殘雨倦欹枕病中時序分秋（一作寒）蟲與秋葉一夜隔窗聞
虛室對搖落晤言無與羣冥心試觀化世故如絲棼但
看鳶戾天豈見山出雲下里（一作歌）徒擊節朱弦秘南薰梧
桐（一作猗梧）秀朝陽上有威鳳文終待九成奏來儀瑞吾君

跌傷伏枕有勸醲酒者甓忘所苦因有一絕
一杯宜病士四體委胡牀暫得遺形處陶然在醉鄉

病中苦熱
三伏鼓洪爐支離一病夫倦眠身似火渴歡汗如珠悸
乏心難定沈煩氣欲無何時灑微雨因與好風俱

覽鏡見白髮數莖光鮮特異
秋來皎潔白鬚光試脫朝簪學酒（一作舞）狂一曲酣歌還自
樂兒孫嬉笑挽衣裳

南亭曉坐因以示璩
隱几日無事風交松桂枝園廬含曉霽草木發華姿跡
似南山隱官從小宰移萬殊同野馬方寸即靈龜弱質
常多病流年近始衰圖書傳授處家有一男兒

竹逕偶然作
退朝此休沐閉戶無塵氛杖策入幽逕清風隨此君琴
觴恣偃傲蘭蕙相氛（一作氳）氳幽賞方自適林西煙景曛

拜昭陵過咸陽墅
季子乏二頃楊雄才一廛伊予此南畝數已踰前賢頃
歲辱明命銘勳鏤貞堅遂兹操書致內顧增缺然乃昔
場圃事迨今三四年適因昭陵拜得抵咸陽田田夫競
致辭鄉耋爭來前村盤旣羅列雞黍皆珍鮮古稱祿代
耕人以食爲天自慙廩給厚諒使井稅先塗塗溝塍霧
漠漠桑柘煙荒蹊沒古木精舍臨秋泉池籠豈所安樵
牧乃所便終當解纓絡田里諧因緣

早春南亭即事
虛齋坐清晝梅坼柳條鮮節候開新曆筋骸減故年振
衣慙艾綬闚鏡歎華顛獨有開懷處孫孩戲目前

璩授京兆府參軍戲書以示兼呈獨孤郎
見爾府中趨初官足慰吾老牛還舐犢凡鳥亦將雛喜
至翻成感癡來或欲殊因慙玉潤客應笑此非夫

書紳詩
和靜有真質斯人稱最靈感物惑天性觸里（一作理）紛多名
禍機生隱微智者鑒未形敗禮因近習喆人自居貞當
今念慮端鄙嫚不能萌苟非不踰矩焉得遂性情謹之
在事初動用各有程千里起步武彗雲自纖莖心源一
流放駭浪奔長鯨淵木苟端深枝流則貞清和理通性
術悠久方昭明先師留中庸可以導此生

侍從遊後湖讌坐
絕境殊不遠湖塘直吾廬煙霞旦夕生泛覽誠可娛慈
顏俯見喻輟爾詩與書清旭理輕舟嬉遊散煩劬宿雨
蕩殘燠惠風與之俱心靈一開曠機巧眇已疎中流有
荷花花實相芬敷田田綠葉映艷艷紅姿舒繁香好風
結淨質清露濡丹霞無容輝嫮色亦踟躕穠芳射水木
欹葉游龜魚化工若有情生植皆不如輕舟任沿泝畢
景乃躊躇家人亦恬曠稚齒皆忻愉素弦激淒清旨酒
盈罇壺壽觴旣頻獻樂極隨歌呼圓月初出海澄輝來
滿湖清光照酒酣煩傾百慮無以兹心目暢敵彼名利
途輕肥何爲者槳翿自有餘願銷區中累保此湖上居
無用誠自適年年翫芙蕖

晨坐寓興
清晨坐虛齋羣動寂未諠泊然一室內因見萬化源得
喪心旣齊清淨教益敦境來每自愜理勝或不言亭柯
見榮枯止水知清渾悠悠世上人此理法難論

郊居歲暮因書所懷
養拙方去諠深居絕人事返耕忘帝力樂道疎代累倏
然衡茅下便有江海意寧知肉食尊自覺儒衣貴煙霜

奉和李相公早朝於中書候傳點偶書所懷奉呈門下相公中書相公

五更鐘漏歇千門扃鑰開紫宸一作殿殘月下黃道曉光來辨色趨中禁分班列上台祥煙初繚繞威鳳正裴回斧藻歸全德輪轅適衆材化成風偃草道合鼎調梅渥命隨三接皇恩暢九垓嘉言造膝去喜氣沃心迴東閣延多士南山賦有臺陽春那敢和空此詠康哉

奉和于司空二十五丈新卜城南郊居接司徒公別墅即事書情奉獻兼呈李裹相公

一德承昌運三公翊至尊雲龍諧理代魚水見深恩別墅池塘曉晴郊草木蕃溝塍連杜曲茅土盛于門卜築因登覽經邦每討論退朝鳴玉會入室斷金言材俊依東閣壺觴接後園遲深雲自起風靜葉初翻宰物歸心匠虛中即化源巴人寧敢和空此媿遊藩

奉和新卜城南郊居得與衞右丞鄰舍因賦詩寄贈

上宰坐論道郊居仍里仁六符旣昭晰萬象隨陶鈞旭旦下玉墀鳴騶拂車茵軒窗退殘暑風物迎蕭辰山澤蠶雨出林塘魚鳥馴豈同求羊逕共是羲皇人石一作君五曹重左户三壤均居止煙火接逢迎雞黍頻大方本無隅盛德必有鄰千年郢曲後復此聞陽春

奉和韋曲莊言懷貽東曲外族諸弟

韋曲冠蓋里鮮原鬱青蔥公台睦中外墅舍鄰西東騶馭出國門晨曦正曈曨燕居平外土野服參華蟲疆畎分古渠煙霞連灌叢長幼序以齒歡言無不同憶昔全盛時劬劬播休功代業擴宇內光塵謳壚中慨息多永歎歌詩厚時風小生忝瓜葛慕義斯無窮

和王侍郎病中領度支煩迫之餘過西園書堂閒望

憑檻輟繁務晴光煙樹分中邦均禹貢上藥驗桐君滿遲風轉蕙卷簾山出雲鏘然玉音發餘興在斯一作新文當暮節水石多幽致三徑日閑安千峯對深邃策藜出村渡岸幘尋古寺月魄清夜琴猨聲警朝寐地偏芝桂長境勝煙霞異獨鳥帶晴光疎篁淨寒翠窗前風葉下枕上溪雲至散髮對農書齋心看道記清言覈名理開卷窮精義求譽觀朶頤危身陷芳餌紛吾守孤直世業常恐墜就學緝韋編銘心對欹器元和暢萬物動植咸使遂素履期不渝永懷丘中志

暮春閑居示同志

避諠非傲世幽興樂郊園好古每開卷居貧常閉門曙鐘來古寺旭日上西軒稍與清境會甇無塵事煩靜看雲起滅閑望鳥飛翻乍問山僧偈時聽漁父言體羸諳藥性事簡見心源冠帶驚年長詩書喜道存小池泉脈湊危棟燕雛喧風入松陰靜花添竹影繁灌園輸井稅學稼奉晨昏此外知何有怡然向一罇

田家即事

閑臥藜牀對落暉翛然便一作更覺世情非漠漠稻花資旅食青青荷葉製儒一作農衣山僧相訪一作勸期中飯漁父同遊或夜歸待學尚平婚嫁畢渚煙溪月共忘機

寓興

弱冠無所就百憂鍾一身世德旣顯丕素懷亦堙淪風煙隔嵩丘羸疾滯漳濱昭代未通籍豐年猶食貧敢求庖有魚但慮甑生塵俛首愧僮僕蹇步羞親賓豈伊當途者一一由中人已矣勿復言吾將問秋旻

浩歌

杖策出蓬蓽浩歌秋興一作意長北風吹荷衣蕭颯景氣涼通逵抵山郭里巷連湖光孤雲淨遠峯綠水溢芳塘魚鳥樂天性雜英互芬芳我心獨何爲萬慮縈中腸履道身未泰主家謀不臧心爲世教牽跡寄翰墨場出處兩未定羈孤一作羸空自傷沈憂不可裁佇立河之梁晚歸茅簷下左右陳壺觴獨酌復長謠放心遊八荒得喪同一域是非亦何常胡爲苦此生矻矻徒自強乃知一作泛杯中物可使一作令憂患忘一作亡因茲謝時輩棲息無何鄉

與道者同守庚申

洞眞善救世守夜看一作著仙經俾我外持內當茲申配庚齋心已恬愉滌身自澂明沈沈簾幃下靄靄燈燭清四支動用息一室虛白生收視忘趨一作歌舍叩齒集神靈伊予嗜欲寡居常痾恙輕三尸旣伏竄九藏乃和平無令耳目勝則使性命傾育然深夜中若與元氣并釋宗稱定慧儒師著誠明派分示三教理詣無二名吉祥能止止委順則生生視履苟無咎天祐期永貞應物智不勞虛中理自冥豈資金丹術即此駐頹齡

丙寅歲苦貧戲題內十句共缺十九字

清朝起藜牀雪霜對枯籬家人來告予今日無晨炊䤍醢一已罄薪炭固難期厚生彼何人工拙各異宜閒歲從使檄親賓苦川馳雖非悖而　常相隨吳門與南畝頗亦持鎡基有時　歲計猶不支顏淵諒賢人陋巷能自怡　子野泰然傾薄糜愧非古人心戚戚愁　古猶不及太上那可希奈何時風扇使　衰巧智競憂勞展轉生澆漓吾觀黃金　勝青松枝蠹今有魚菽豈復求輕肥顧慙　拙甘使羣下嗤如何致一杯醉後無所知

獨酌

獨酌復獨酌滿盞流霞色身外皆虛名酒中有全德風清與月朗對此情何極

知非

名教自可樂搢紳貴行道何必學狂歌深山對豐草

誡言

言之或未行前哲所不取方寸雖浩然因之三緘口

醉後

美祿與賢人相逢自可親頗將花柳月盡賞醉鄉春

奉和度支李侍郎早朝

夙駕趨北闕曉星啟東方鳴騶分騎吏列燭散康莊照灼華簪並逶迤綺陌長腰金初辨色噴玉自生光獻替均三壤貞明集百祥下才叨接武空此媿文昌

奉和劉侍郎司徒奉詔伐叛書情呈宰相

玉帳元侯重黃樞上宰雄緣情詞律外宣力廟謀中震耀恭天討嚴凝助歲功行看晝麟閣凛凛有英風

奉和鄜州劉大夫麥秋出師遮虜有懷中朝親故

天子愛全才故人雄外臺綠油登上將青綬亞中台亭障鳴笳入風雲轉旆來蘭坊分杳杳麥壠望莓莓月向琱弓滿蓮依寶劒開行師齊鶴列錫馬盡龍媒壯志徵梁甫嘉招萃楚材千尋推直幹百鍊去纖埃間闊勞相望歡言幸早陪每聯花下騎幾泛竹間杯芳訊雙魚遠流年兩驥催何時介圭覲攜手詠康哉

太原鄭尚書遠寄新詩走筆酬贈因代書賀

曉開閶闔出絲言共喜全才鎮北門職重油幢推上畧榮兼革履見深恩昔歲經過同二仲登朝並命慙無用曲臺分季奉齋祠直筆繫年陪侍從芬芳雞舌向南宮伏奏丹墀跡又同公望數承黃紙詔虛懷自號白雲翁戎裝躞蹀紛出祖金印煌煌寵司武時看介士閱犀渠每狎儒生冠章甫晉祠汾水古并州千騎雙旌居上頭新握兵符應感激遠緘詩句更風流緇衣諸侯諒稱美白衣尚書何可比只今麟閣待丹青努力加餐報天子

奉和許閣老酬淮南崔十七端公見寄

文行蘊良圖聲華挹大巫掄才超粉署駮議在黃樞自得環中辨偏推席上儒八音諧雅樂六轡騁康衢密侍仝(一作全)鏘珮雄才本棄繻爐煙霏瑣闥宮漏滴銅壺舊友雙魚至新文六義敷斷金揮麗藻比玉詠生芻交辟嘗推重單辭忽受誣風波疲賈誼岐路泣楊朱溟漲前程險炎荒旅夢孤空悲鳶跕水翻羨鴈銜蘆故國方迢遰羈愁自鬱紆遠猷來象魏霈澤過番禺盡室扁舟客還家萬里途索居因仕宦著論擬潛夫帆席來應駛郊園半已蕪夕陽尋古(一作井)逕涼吹動纖枯憶昔同驅傳忘懷或據梧幕庭依古剎緡稅給中都爪步經過慣龍沙眺聽殊春山嵐漠漠秋渚露塗塗(德輿建中興元之間與崔同爲鹽鐵邑大夫從事楊子既濟寺貞元初德輿受辟于江西廉推崔又知度支院在焉)孰謂原思病非關甯武愚方看簪獬豸俄歎縶騊駼芳訊風情在佳期歲序徂二賢歡最久三益義非無柏悅心應爾松寒志不渝子將陪禁掖亭伯限江湖交分終推轂離憂莫向隅分曹日相見延首憶田蘇

奉和李給事省中書情寄劉苗崔三曹長因呈許陳二閣老

常寮幾處伏明光新詔聯翩夕拜郎五夜漏清天欲曙萬年枝暖日初長分曹列侍登文石促膝閑謠接羽觴共說漢朝榮上賞豈令三友滯馮唐

過張監閣老宅對酒奉酬見贈(其年停貢舉)

里仁無外事徐步一開顏荆玉收難盡齊竽喜暫閑秋風傾菊酒霽景下蓬山不用投車轄甘從倒載還

奉和張舍人閣老閣中直夜思聞雅琴因以書事通簡僚友

紫垣宿清夜藹藹復沈沈圓月衡漢淨好風松滌(一作篠)深軒窗韻虛籟蘭雪懷幽音珠露銷暑氣玉徽結遐心盛才本殊倫雅誥方在今佇見舒彩翮翻飛歸鳳(一作鳳歸)林

和兵部李尚書東亭詩

三接履聲退東亭斯曠然風流披鶴氅操割佩龍泉雲卷巖巒疊雨餘松桂鮮豈煩禽尚遊所貴天理全

和司門殷員外早秋省中書(一無書字)直夜寄荆南衞象端公

共嗟王粲滯荆州才子爲郎憶舊遊涼夜偏宜粉署直清言遠待玉人酬風生北渚煙波闊露下南宮星漢秋早晚得爲同舍侶(一作旅)知君兩地結離憂

酬陸三十二參浙東見寄

驄馬別已久鯉魚來自烹殷懃故人意怊悵中林情茫茫重江外杳杳一枝瓊搔首望良覿爲君華髮生

奉酬張監閣老雪後過中書見贈(一有甄字)加兩韻簡南省僚舊

寓直久叨榮新恩倍若驚風清五夜永節換一陽生潘鬢年空長齊竽藝本輕常時望連茹今日劇懸旌枉步歡方接含毫思又縈煩君白雪句歲晏若爲情

酬主客仲員外見賀正除

五年承乏奉如綸才薄那堪侍從臣禁署獨聞清漏曉命書慙對紫泥新周班每喜簪裾接郢曲偏宜諷詠頻憶昔曲臺嘗議禮見君論著最相親

奉和太府(一作常)韋卿閣老左藏庫中假山之作

春山仙掌百花開九棘腰金有上才忽向庭中摹峻極如從洞裏見昭回小松已負干霄狀片石皆疑縮地來都內今朝似方外仍傳麗曲寄雲臺

奉和崔評事寄外甥劉同州并呈杜賓客許給事王侍郎昆弟楊少尹李侍御并見寄之作

芳訊來江湖開緘粲瑤碧詩因乘黃贈才擅雕龍格深陳名教本諒以仁義積藻思成采章雅音聞嗷繹清時左馮翊貴士(一作仕)二千石前日應星文今茲敞華戟謝公嘗乞(音氣)墅甯氏終相宅往歲疲草玄忘年齊舉白酒酣吟更苦夜艾談方劇棗巷風雨秋石頭煙水夕多逢長者轍不屑諸公辟酷似仰牢之雄詞挹亭伯老驥念千里飢鷹舒六翮叵能捨郊扉來偶朝中客

和職方殷郎中留滯江漢初至南宮呈諸公并見寄

十載(一作歲)別文昌藩符寄武當師貞上介辟恩擢正員郎藻思煙霞麗歸軒印綬光(項佐山南榮加章服)還希駐輦問莫自嘆馮唐

奉酬從兄南仲見示十九韻

晉季天下亂安丘佐關中德輝靄家牒侯籍推時功簪纓盛西州清白傳素風逢時有舒卷繕性無窮通吾兄挺奇資向晦道自充耕鑿汝山下退然安困蒙詩成三百篇儒有一畝宮琴書滿座右芝术生牆東麗藻粲相鮮晨輝豔芳叢清光杳無際皓魄流霜空邦有賢諸侯主盟詞律雄薦賢比文舉理郡邁文翁樓中賞不獨池

畔醉每同聖朝闢四門發跡貴名公小生何爲者往歲學雕蟲華簪映武弁一年被微躬開緘捧新詩瓊玉寒青蔥謬進空内訟結懷遠忡忡時來無自疑刷翮摩蒼穹

酬崔千牛四郎早秋見寄

浩歌坐虛室庭樹生涼風碧雲滅奇彩白露萎芳叢感此時物變悠然遐想通偶來被簪組自覺如池龍少年才藻新金鼎世業崇鳳文已彪炳瓊樹何青蔥驄鑣長安道接武承明宮君登玉墀上我侍彤庭中疲病多内愧切磋常見同起予覽新詩逸韻凌秋空相愛每不足因茲寓深衷

酬靈徹上人以詩代書見寄時在薦福寺坐夏

蓮花出水地無塵中有南宗了義人已取貝多翻半字還將陽燄諭三身碧雲飛處詩一作詞偏麗白月圓時信本眞更喜開緘銷熱惱西方社裏舊相親

酬蔡十二博士見寄四韻

蕪城十年別蓬轉居不定終歲白屋貧獨謠清酒聖風塵韋帶減霜雪松心勁何以浣相思啟元能盡性君著周易啟元十卷

戲和三韻

墨翟突不黔范丹甑生塵君今復勞歌鶴髮吹濕薪前詔許眞秩何如巾軟輪君貞元十一年以隱君拜命詔書令州府給傳乘詔闕到日授正官

李十韶州寄途中絕句使者取報修書之際口號酬贈

詔下忽臨山水郡不妨從事恣攀登莫言向北千行鴈別有圖南六月鵬

崔四郎協律以詩見寄兼惠蜀琴因以酬贈

臨風結煩想客至傳好音白雪緘郢曲朱弦亘蜀琴泠泠響幽韻欸欸寄遐心歲晚何以報與君期斷金

酬馮絳州早秋絳臺感懷見寄

良牧閑無事層臺思眇然六條縈印綬三晉辨山川洗嬪一作磧謳謠合開襟眺聽偏秋光連大鹵霽景下新田葉落徑庭樹人歸曲沃煙武符頒美化亥字訪疑年經術推多識卿曹亦累遷齋祠常並冕官品每差肩按部青絲騎裁詩白露天知音媿相訪商洛正閑眠

酬趙尚書杏園花下醉後見寄時爲太常卿

春光深處曲江西八座風流信馬蹄鶴髮杏花相映好羨君終日醉如泥

酬趙尚書城南看花日晚先歸見寄

杜城韋曲徧尋春處處繁花滿目新日暮歸鞍不相待與君同是醉鄉人

伏蒙十六叔寄示喜慶感懷三十韻因獻之

受氏自有殷樹功緬前秦圭田接土宇侯籍相紛綸十二代祖前秦僕射安丘敬公事具十六國春秋及晉書八代祖周宜昌公七代祖隋鄜城公六代祖皇朝封平涼公皆以勳庸而受爵土也道義集天爵菁華極人文握蘭中臺並折桂東堂春五代伯祖屯田郎中府君叔祖水部員外郎府君同登省闈事具南宮故事曾王父成都府君曾祖叔梓州府君長安府君同以進士居甲科載在登科記之内也祖德蹈前哲家風播清芬王父古羽林錄事府君與席文公建侯友善又與蘇司業源明包著作融爲文章之友唱酬往復各有文集先公秉明義大節逢艱屯獨立挺忠孝至誠感神人命書備追錫跡遠道不伸小生諒無似積慶遭昌辰九年西掖忝五轉南宮頻司理因曠職曲臺仍禮神愧非夔龍姿忽佐堯舜君内惟負且乘徒以弱似仁豈足議大政所憂玷彝倫叔父貞素履含章窮典墳百氏若珠貫九流皆暈分黃鍾蘊聲調白玉那緇磷清論坐虛室長謠宜幅巾開闔接人一作仁祠支策無俗賓種杏當暑熱烹茶含露新井徑交碧蘚軒窗棲白雲飛沈禽魚樂芬馥蘭桂薰經術弘義訓息男茂嘉聞筮仕就色養宴居忘食貧四方有翹車上國有蒲輪行當反招隱豈得常退身秦吳路杳杳朔海望沄沄侍坐馳夢寐結懷積昏昕發函捧新詩慈誨情殷勤省躬日三復拜首書諸紳

酬李二十二兄主簿馬跡山見寄并序

族内兄暢純靜而深直方而文與予同偶居丹陽丹陽郭北四十里所有馬跡山山有奇峯怪石且多昔賢眞仙之所游踐方外士般渙然通易經老嚴之旨居於山下從舅原均探異好古亦往來棲息其間貞元元年兄以典校祕書調補江陵松滋主簿以地遠不就職予以環衛冗秩罷漕輓從事且久家居食貧里巷相接其明年兄命駕遊此山予以疾故不克偕往旣而猥辱鍾陵檄召兄自山中以詩一首見貽理精詞達清滌心府三復其文如至山下終篇則戲以出處之跡見誚故予復之於此章仍加六十字以就全數

杳杳塵外想悠悠區中緣如何戰未勝曾是教所牽遠郊有靈峯夙昔棲眞仙鸞聲去已久馬跡空依然丹崖轉初旭碧落凝秋煙松風共蕭颯蘿月想嬋娟内兄蘊遐心嘉遯性所便不能棲枳棘且復探雲泉中有冥寂人閑讀逍遙篇聯袂共支策摳衣嘗絕編徐行石上苔靜韻風中弦煙霞濕儒服日月生寥天新詩來起予璀璨六義全能盡含寫意轉令山水鮮若聞笙鶴聲宛在耳目前登攀阻心賞愁絕空懷賢出處豈異途心冥即眞筌蹔從西府檄終臥東菑田不嫌予步蹇但恐君行軆如能固曠懷谷口期窮年

酬陸四十楚源春夜宿虎丘山對月寄梁四敬之兼見貽之作

東風變蘭薄時景日妍和更想千峯夜浩然幽意多蕙香襲閑趾松露泫喬柯潭影漾霞月石牀封薜蘿夫君非歲時已負青冥姿龍虎一門盛淵雲四海推駸駸步騕褭婉婉翥長離懸圃盡瓊樹家林輕桂枝聲榮徒外獎恬淡方自適逸氣凌顥清仁祠訪金碧芊眠瑶草秀斷續雲竇滴芳訊發幽緘新詩比良覿故人石渠署美價滿中朝落落杉松直芬芬蘭杜飄雄詞鼓溟海曠達豁煙霄營道幸同術論心皆後凋循環伐木詠緬邈招隱情慙茲擁腫才愛彼潺湲清拘牽尚多故夢想何由并終結方外期不待華髮生

酬穆七侍郎早登使院西樓感懷

耿耿宵欲半振衣庭户前浩歌撫長劒臨風泛清弦晴霜麗寒蕪微月露碧鮮杉梧韻幽籟河漢明秋天良夜雖可翫沈憂邇浩然樓中遲啟明林際揮宿煙晨風響鐘鼓曙色映山川滔滔天外（一作大江）駛杲杲朝日懸因窮西南永得見天地全動植相糺紛車從競喧闐鱣鮪躍洪流鸖鷺倚荒阡嗈嗈白雲鴈嘒嘒清露蟬一氣鼓萬殊晦明相推遷義和無停鞅不得常少年當今志氣神及此鬚髮玄豈唯十六族今古稱其賢夫君才氣雄振藻何翩翩詩輕沈隱侯賦擬王仲宣小鳥搶榆枋大鵬激三千與君期晚歲方結林棲緣

奉和李大夫題鄭評事江樓

達士無外累隱几依南郭茅棟上江開布帆當砌落支頤散華髮欹枕曝靈藥入鳥不亂行觀魚還自樂何時金馬詔早歲建安作往事盡筌蹄虛懷寄杯杓邦君駐千騎清論時間酌憑檻出煙埃振衣向寥廓心源齊彼是人境勝巖壑何必棲冥冥然爲（一作後）避矰繳

春遊茅山酬杜評事見寄

喜得賞心處春山豈計程連溪芳草合半嶺白雲晴絶澗漱（一作飲）冰碧仙壇挹顥清懷君在人境不共此時情

和韓侍御白髮

白髮今朝見虛齋曉鏡清乍分霜簡色微映鐵冠生幕下多能事周行挹令名流年未可歎正遇太階平

和邵端公醉後寄于諫議之作

莫羨簷前柳春風獨早歸陽和次第發桃李更芳菲

和李大夫西山祈雨因感張曲江故事十韻

亞相冠貂蟬分憂統十聯火星當永日雲漢倬炎天齋禱期靈貺精誠契昔賢中宵出騶馭清夜（一作旭）旅牲牷日（一作石）看初起隨車應物先雷音生絶巘雨足晦平阡瀟灑四冥合空濛萬頃連歌謠諠澤國稼穡徧原田故事三台盛新文六義全作霖應自此天下待豐年

同陸太祝鴻漸崔法曹載華見蕭侍御留後說得衞撫州報推事使張侍御却迴前刺史戴員外無事喜而有作三首

專城書素至留臺忽報張綱攬轡迴共看昨日蠅飛處併是今朝鵲喜來

鶴髮州民擁使車人人自說受恩初如今天下無冤氣乞爲邦君雪謗書

衆人哺啜喜君醒渭水由來不雜涇遮莫雪霜撩亂下松枝竹葉自青青

答韋秀才寄一首

中峯雲暗雨霏霏水漲花塘未得歸心憶瓊枝望不見幾迴虛濕薜蘿衣

户部王曹長楊考功崔刑部二院長並同鍾陵使府之舊因以寄贈又陪郎署喜甚常僚因書所懷且敘所知（一作前好）

忽驚西江侶共作南宮郎宿昔芝蘭室今茲鴛鷺行子雲猷美風味左户推公器含毫白雪飛出匣青萍利子玉嘗燕居作賦似相如閑成考課奏別貢賢良（一作能）書子玉諒貞實持刑慎丹筆秋天鴻鵠姿晚歲松筠質伊予誠薄才何幸復趨陪偶來塵右掖空此憶中臺時節東流駛悲歡追往事待月登庾樓排雲上蕭寺盍簪蓮府讌落帽龍沙醉極浦送風帆靈山眺煙翠解頤通善謔喻指窮精義搦管或飛章分曹時按吏雨散與蓬飄秦吴雨寂寥方期全擁腫豈望躡扶搖夜直分三署晨趨共九霄外庭時接武廣陌更連鑣北極星辰拱南薰氣序調欣隨衆君子並立聖明朝

貢院對雪以絶句代八行奉寄崔閣老

寓宿春闈歲欲除嚴風密雪絶雙魚思君獨步西垣裏日日含香草詔書

初秋月夜中書宿直因呈楊閣老

欹枕直廬暇風蟬迎早秋沈沈玉堂夕皎皎金波流對掌喜新命分曹諧舊遊相思翫華彩因感庾公樓

唐開州文編遠寄新賦累惠良藥詠嘆仰佩不覺斐然走筆代書聊書還荅

風雨諫庭柯端憂坐空堂多病時節換所思道里長故人朱兩轓出自尚書郎下車今幾時理行遠芬芳瓊瑤覽良訊芣苢滿素囊結根在貴州蠲疾傳古方探擷當五月殷懃逾八行深情婉如此善祝何可忘復有金玉音煥如龍鳳章一聞靈洞說若覩羣仙翔三清飛慶霄百汰成雄鋩體物信無對灑心願相將昔年同旅食終日窺文房春風眺蕪城秋水渡柳楊君爲太史氏弱質羈楚鄉今來忝司諫千騎遙相望歸雲夕鱗鱗圓魄夜蒼蒼遠思結鈴閣何人交羽觴佇見徵潁川無爲薄淮陽政成看再入列侍爐煙傍

待漏假寐夢歸江東舊居（一下有因寄惠闍黎茅處士時遠與秉政未果會也）

十年江浦臥郊園閑夜分明結夢魂舍下煙蘿通古寺湖中雲雨到前軒南宗長老知心法東郭先生識化源覺後忽聞清漏曉又隨簪珮入君門

祗命赴京途次淮口因書所懷

弱植素寡偶趨時非所任感恩再登龍求友皆斷金虎炳覩奇采淒鏘聞雅音適欣佳期接遽嘆離思侵靡靡遵遠道忡忡勞寸心難成獨酌謠空奏伐木吟泬寥清冬時蕭索白晝陰交歡諒如昨滯念紛在今因風試矯翼倦飛會歸林向晚清淮駛回首楚雲深

省中春晚忽憶江南舊居戲書所懷因寄兩浙親故雜言

前年冠獬豸戎府隨賓介去年簪進賢贊導法宮前今茲戴武弁謬列金門彥問我何所能頭冠忽三變野性慣疎閑晨趨與暮還花時限清禁霽後愛南山晚景支頤對尊酒舊遊憶在江湖久庾樓柳寺共開襟楓岸煙塘幾攜手結廬常占練湖春猶寄藜牀與幅巾疲羸只欲思三徑戇直那堪備七人更想東南多竹箭懸圃琅玕共蔥蒨裁書且附雙鯉魚偏恨相思未相見

寄李衡州（時所居郎衡州宅）

片石叢花畫不如庇身三逕豈吾廬主人千騎東方遠唯望衡陽鴈足書

寄臨海郡崔稺璋

美酒步兵廚古人嘗宦遊赤城臨海嶠君子今督郵吏隱豐暇日琴壺共冥搜新詩寒玉韻曠思孤雲秋志士

誠勇退鄙夫自包羞終當就知已莫戀潺湲流

李韶州著書常論釋氏之理貴州有能公遺跡詩以問之

常日區中暇時聞象外言曹溪有宗旨一爲勘心源

馬上贈虛公

馬足早塵深飄纓又滿襟吾師有甘露爲洗此時心

郴州換印緘遣之際率成三韻因寄李二兄員外使君

緘題桂陽印持寄朗陵兄刺舉官猶屈風謠政已成行看換龜紐(一作紐)奏最謁承明

早發杭州泛富春江寄陸三十一公佐(一作祐)

候曉起徒馭春江多好風白波連青雲蕩漾晨光中四望浩無際沈憂將此同未離奔走途但恐成悲翁俯見(一作視)觸餌鱗仰目凌霄鴻纓塵日已厚心累何時空區區(一作泛泛)此人世所向皆樊籠唯應杯中物醒醉爲窮通故人懸圃姿瓊樹紛青葱終當此山去共結蘭桂叢

寄侍御從舅(初免職歸山東一作侍御從舅初免職歸東山寄以詩)

靡靡南軒蕙迎風轉芳滋落落幽澗松百尺無附枝世物自多故達人心不羈偶陳幕中畫未(一作永)負林間期感恩從慰薦循性難縶維野鶴無俗質孤雲多異姿清泠松露泫照灼巖花遲終當稅塵駕來就東山嬉

湖上晚眺呈惠上人

湖上煙景好鳥飛雲自還幸因居止近日覺性情閑獨酌乍臨水清機常見山此時何所憶淨(一作法)侶話玄關

新秋月夜(一作下)寄故人

客心宜靜夜月色澹新秋影落三湘水詩傳八詠樓何窮對酒望幾處捲簾愁若問相思意隨君萬里遊

自楊子歸丹陽初遂閑居聊呈惠公

移疾喜無事卷簾松竹寒稍知名是累日與靜相歡蹇淺逢機少迂疏應物難只思閑夜月共向沃州看

月夜過靈徹上人房因贈

此身會逐白雲去未洗塵纓還自傷今夜幸逢清淨境滿庭秋月對支郎

戲贈張鍊師

月帔飄飄摘杏花相邀洞口勸流霞半酣乍奏雲和曲疑是龜山阿母家

戲贈天竺靈隱二寺寺主

石路泉流兩寺分尋常鐘磬隔山聞山僧半在中峯住共占青巒與白雲

贈廣通上人

身隨猨鳥在深山早有詩名到世間客至上方留盥漱龍泓洞水晝潺潺

贈老將

白草黃雲塞上秋曾隨驃騎出并州轆轤劒折虬鬚白轉戰功多獨不侯

戲贈表兄崔秀才

何事年年戀隱淪成名須遣及青春明時早獻甘泉去若待公車却悞人

醉後戲贈蘇九傿(蘇常好讀元魯山文時或勸入關者故戲及之)

白首書窗成鉅儒不知簪組徧屠沽勸君莫問長安路且讀魯山于蔿于(于蔿于德秀所爲歌也)

權德輿

奉送韋起居老舅百日假滿歸嵩陽舊居

威鳳翔紫氣(一作氛)孤雲出寥天奇采與幽姿縹緲皆自然嘗聞陶唐氏亦有巢由(一作許)全以此聳風俗豈必效羈牽大君遂羣方左史蹈前賢振衣去朝市賜告歸林泉滑和固難久循性得所便有名皆畏途無事乃真筌舊壑窮杳窱(一作冥)新潭漾淪漣嵓花落又開山月缺復圓輕策逗蘿逕幅巾淩翠煙機閑魚鳥狎體和芝朮鮮四皓本違(一作避)難二疏猶待年況今寰海(一作宇)清復此鬢髮玄顧慙纓上塵未絕區中緣齊竽終自退心寄嵩峯巔

奉送孔十兄賓客承恩致政歸東都舊居

達人曠迹通出處每憶安居舊山去乞身已見抗疏頻優禮新聞詔書許家法遥傳闕里訓心源早逐嵩丘侶南史編年著盛名東朝侍講常虛佇角巾華髮忽自遂命服金龜君更與白雲出岫暫逶迤鴻鵠入冥無處所歸路依依童稚樂都門藹藹壺觴舉能將此道助皇風自可殊途並伊呂

送密秀才吏部駁放後歸蜀應崔大理序

蜀國本多士雄文似相如之子西南秀名在賢能書薄祿且未及故山念歸歟迢迢三千里返駕一羸車玉壘長路盡錦江春物餘此行無慍色知爾戀林廬

送袁中丞持節冊南詔五韻(淨字)

西南使星去遠徼通朝聘煙雨棘道深麾幢漢儀盛途輕五尺險水愛雙流淨上國洽恩波外臣遵禮命離堂駐騶馭且盡罇中聖

人日送房二十六侍御歸越

驛騎歸時驄馬蹄蓮花府映若邪溪帝城人日風光早不惜離堂醉似泥

送張閣老中丞持節冊弔回鶻

旌旆翩翩擁漢官君行常得遠人歡分職南臺知禮重輟書東觀見才難金章玉節鳴騶遠白草黃雲出塞寒欲散別離(一作愁)唯有醉(一作酒)暫煩賓從駐征鞍

送二十叔赴任餘杭尉 琴字

拜首直城陰鐏開意不任梅仙歸剡縣阮巷奏離琴春草吳門綠秋濤浙水深十年曾旅寓應悵宦遊心

春送十四叔赴任渝州錄事絕句 中字

隨牒忽離南北巷解巾都吏有清風巴城鑠印六聯靜盡日閒謠解署中

送韋十二丈赴襄城令三韻 柳字

留連出關騎斟酌臨岐酒舊業傳一經新官栽五柳去去望行塵青門重迴首

送薛十九丈授將作主簿分司東都賦得春草

芊芊遠郊外沓沓春岀曲愁處映微波望中連淨綠日暮藉離觴折芳心斷續

送正字十九兄歸江東醉後絕句

命駕相思不爲名春風歸騎出關程離堂莫起臨岐歎文舉終當薦禰衡

送張詹事致政歸嵩山舊隱 青字

解龜辭漢庭却憶少微星直指常持憲平反更恤刑閑思紫芝侶歸臥白雲扃明詔優筋力安車適性靈羣公來謁獨鶴去冥冥想到揮金處嵩吟枕上青

送許著作分司東都

月旦繼平輿風流仕石渠分曹向瀍洛守職正圖書棣萼榮相映瓊枝色不如賓朋爭漉酒徒御一作侍巾車異日始離抱維思烹鯉魚

送少清赴潤州參軍因思練舊居 得銷字

二紀樂簞瓢煙霞暮與朝因君宦遊去記得春江潮遠別更搔首初官方折腰青門望離袂魂爲阿連銷

送濬上人歸揚州禪智寺

露一作靄宗通法已傳麻衣筇杖去悠然揚州後學應相待遥想播花古寺前

獻歲送李十兄赴黔中酒後絕句

一罇歲酒且留歡三峽黔江去路難志士感恩無遠近異時應戴惠文冠

送張僕射朝見畢歸鎮

青光照目青門曙玉勒珂戈擁騶馭東方連帥南陽公文武吉甫如古風獨奉新恩來謁帝感深更見新一作歌詩麗共看三接欲爲霖却念百城同望歲雙旌去去戀儲胥歸路鶯花伴隼旟今日漢庭求上略留侯自有一編書

送韋行軍員外赴河陽

五代一作年武弁侍明光輟佐中權拜外郎記事還同楚倚相傳經遠自漢扶陽離堂處處羅簪組東望河橋壯聲鼓三城曉角啟軒門一縣繁花照蓮府上略儒風並者稀翩翩驄騎有光輝只今右一作左職多虛位應待他時伏奏一作歸

送韋中丞奉使新羅 佳字

淳化洽聲明殊方均惠養計書重譯至錫命雙旌往星辭北極遠水泛東溟廣斗柄辨宵程天琛宜晝賞孤光洲島迴淨綠煙霞敞展禮盛賓徒交歡覲君長經途勞視聽愴別縈夢想延頸旬歲期新恩在歸鞅

送從翁赴任長子縣令

家風本鉅儒吏職化雙鳧啟事才方愜臨人政自殊地雄韓上黨秩比魯中都拜首春郊夕離杯莫向隅

送從弟廣東歸絕句

夏雲如火鑠晨輝欸段羸車整素衣知爾業成還出谷今朝莫愴斷行飛

送王鍊師赴王屋洞

稔歲在芝田歸程入洞天白雲辭上國青鳥會羣仙自以碁銷日寧資藥駐年相看話離合一作別一作念風馭忽泠然

送薛溫州 驚字

昨日饋連營今來刺列城方期建禮直忽訪永嘉程郡內裁詩暇樓中遲客情憑君減千騎莫遣海鷗驚

送黔中裴中丞閣老赴任 迴字

五諫留中禁雙旌輟上才內臣持鳳詔天廄錫龍媒宴語暌蘭室輝榮亞柏臺懷黃宜命服舉白歎離杯景霽山川迴風清霧露開辰溪分浩淼僰道接縈迴勝理環中得殊琛徼外來行看旬歲詔傳慶在公台

送崔諭德致政東歸

天子坐法宮詔書下江東懿此嘉遯士蒲車赴丘中褐衣入承明朴略多古風直道侍太子昌言沃宸聰嵩居四十年心與鷗鳥同一朝受恩澤自說如池龍乞骸歸故山累疏明深衷大君不奪志命錫忽以崇旭旦出國一作東門輕裝若秋蓬家依白雲嶠手植丹桂叢竹齋引寒泉霞月相玲瓏曠然解赤紱去逐冥冥鴻

送三十叔赴任晉陵 心字 德輿舊居在丹陽去晉陵百里

春雲結暮陰侍坐捧離襟黃綬輕裝去青門芳草深十年塵右職三遷寄遐心便道停橈處應過舊竹林

送安南裴都護

忽佩交州印初辭列宿文莫言方任遠且貴主憂分迴轉朱鳶路連飛翠羽羣戈船航漲海旌旆卷炎雲絕徼褰帷識名香夾轂焚懷來通北戶長養洽南薰暫歎同心阻行看異績聞歸時無所欲薏苡或煩君

送別沅一作既汎

念爾強學殖非貫早從師溫溫禀義方慥慥習書詩計偕來上國宴喜方怡怡經術既修明藝文亦葳蕤伊予諒無取瑣質荷洪慈偶來貳儀曹量力何可支廢業固相受避嫌誠自私徇吾刺促心婉爾康莊姿古人貴直道內訟乖坦夷用茲處大官無乃玷清時羸車出門去悵望交涕洟琢磨貴分陰歲月若飈馳千里起足下豐年繫鎡錤苟令志氣堅佇見纓珮隨斑斕五綵服前路春物熙舊遊憶江南環堵留蓬茨湖水白於練蓴羹細若絲別來十三年夢寐時見之寵榮忽踰量荏苒不自知晨興愧華簪止足爲靈龜遐路各自愛大來行可期青冥在目前努力調羽儀

送張曹長工部大夫奉使西番

殊鄰覆露同奉使小司空西候車徒出南臺節印雄弔祠將渥命導驛暢皇風故地山河在新恩玉帛通塞雲凝廢壘關月照驚蓬青史書歸日翻輕五利功

九華觀宴餞崔十七叔判官赴義武幕兼呈書記蕭校書

炎光三伏晝洞府宜幽步宿雨潤芝田鮮風摇桂樹陰
陰臺殿敞靡靡軒車駐晚酌臨水清（一作情）晨裝出關路偏
棠本郡辟倍感元臣遇記室有門人因君達書素

送文暢上人東遊

桑門許辯才外學接宗雷護法麻衣淨翻經貝葉開宗
通（一作麈喧）知不染妄想自堪哀或（一作載）結西方社師遊早晚迴

送靈武范司空

上略在安邊吳鉤結束鮮三公臨右地七萃擁中堅舊
壘銷烽火新營辨井泉伐謀師以律賈勇士爭先塞迴
晴看月沙平遠際天縈薰（一作勳）知屈指應在盛秋前

送商州杜中丞赴任

安康地里接商於帝命專城總賦輿夕拜忽辭青瑣闥
晨裝獨捧紫泥書深山古驛分騶騎芳草閑雲逐隼旟
綺皓清風千古在因君一爲謝巖居

送殷卿罷舉歸淮南舊居

計偕十上竟無成忽憶嵓居便獨行志業嘗探絕編義
風塵虛作棄繻生歲儲應歎山田薄里社時逢野醞清
惆悵中年羣從少相看欲別倍關情

全唐詩

權德輿

送杜尹赴東都

商於留異績河洛賀新遷朝選吳公守時推杜尹賢如
綸披鳳詔出匣淬龍泉風雨交中土簪裾敞別筵清明
人比玉煦灼府如蓮佇報司州政徵黃似潁川

送孔江州（一作送人之九江）

九派尋陽郡分明似畫圖秋光連瀑布晴翠辨香鑪才
子厭蘭省邦君榮竹符江城多暇日能寄八行無

送渾鄧州

年少守南陽新恩印綬光輕軒出繞雷利刃發干將風
勁初下葉雲寒方護霜想君行縣處露冕菊潭香

埇橋達奚四于十九陳大三侍御夜宴敘各賦二韻（一作埇橋夜宴敘別）

滿樹鐵冠瓊樹枝鐏前燭下心相知明朝又與白雲遠
自古河梁多別離

酬別蔡十二見贈

伊人茂天爵恬澹臥郊園傲世方隱几說經久顓門浩
歌曳柴車詎羨丹轂尊嚴霜被鶉衣不知狐白溫游心
羲文際愛我相討論潢汙忽朝宗傳騎令載奔崢嶸歲
陰晚愀愴離念繁別館絲桐清寒郊煙雨昏中飲見逸
氣縱談窮化元佇見（一作看）公車起聖代待乞言

揚州與丁山人別

將軍易（一作亦）道令威仙華髮清談得此賢惆悵今朝廣陵
別遼東後會復何年

送台州崔錄事

不嫌臨海遠微祿代躬耕古郡紀綱職扁舟山水程詩
因琪樹麗心與瀑泉清盛府知音在何時薦政成

送信安劉少府（自常州參軍選授）

相看結離念盡此林中淥夷代輕遠遊上才隨薄祿參
卿滯（一作苦）孫楚隱市同梅福吏散時泛弦賓來閑覆局襟
情無俗慮談笑成逸躅此路足灘聲羨君多水宿

送李城門罷官歸嵩陽（城門院在遺補院東）

與君相識處吏隱在牆東敧閉千門靜逢迎兩掖通罷
官多暇日肄業有儒風歸去塵寰外春山桂樹（一作蘭桂）叢

送上虞丞

越郡佳山水菁（一作清）江接上虞計程航一葦試吏佐雙鳧

送盧評事婺州省覲

雲壑窺仙籍風謠驗地圖因尋黃絹字爲我弔曹盱

知向東陽去晨裝見綵衣客愁青眼別家喜玉人歸漢
漠水煙晚蕭蕭楓葉飛雙溪泊船處候吏拜胡威

送崔端公郎君入京覲省

巳見風姿美仍聞藝業勤清秋上國路白皙少年人帶
月輕帆疾迎霜綵服新過庭若有問一爲說漳濱

送張周二秀才謁宣州薛侍郎

儒衣兩少年春棹穀（一作轂）溪船湖月供詩興嵐風（一作煙嵐）費酒
錢上帆涵浦岸（一作投極浦）欹枕傲晴天不用愁羈旅宣城太
守賢

送張將軍歸東都舊業

功名不復求舊業向東周白草辭邊騎青門別故侯摧
殘寶劍折羸病綠珠愁日暮寒風起猶疑大漠秋

送句容王少府簿領赴上都

上國路綿綿行人候曉天離亭綠綺奏鄉樹白雲連江
露濕征袂山鶯宜泊船春風若爲別相顧起尊前

送從弟謁員外叔父迴歸義興

異鄉兄弟少見爾自依然來酌林中酒去耕湖上田何
朝逢暑雨幾夜泊魚煙餘力當勤學成名貴少年

送梁道士謁壽州崔大夫

年少一仙官清羸駕綵鸞洞宮雲渺渺花路水漫漫歲
計芝田熟晨裝月帔寒遙知小山桂五馬待邀歡

送鄭秀才貢舉

西笑（一作去）意如何知隨貢舉（一作士）科吟詩向月露驅馬出煙
蘿晚色平（一作寒）蕪遠秋聲候鴈多自憐歸未得相送一勞
歌

送謝孝廉移家越州

家承晉太傅身慕魯諸生又見一帆去共愁千里程沙
平古（一作煙）樹迥潮滿曉（一作晚）江晴從此幽深去無妨隱姓名

送韓孝廉侍從赴舉

貢士去翩翩如君最少年綵衣行不廢儒服代相傳曉
月經淮路繁陰過楚天清談遇知已應訪孝廉船

送陸拾遺祇召赴行在

鵷鷺承新命翻飛入漢庭歌詩能合雅獻納每論經月
曉蜀江迴猨啼楚樹青幸因焚草暇書札訪沈冥

送暎師歸本寺

還歸柳市去遠遠出人羣苔甃桐花落山窗桂樹薰
泉通絕澗放鶴入孤雲幸許宗雷到清談不易聞

送宇文文府赴行在（一作行在官）

送君當歲暮斗酒破離顔車騎擁寒水雪雲凝遠山且
安黃綬屈莫羨白鷗閑從此圖南路青雲步武間

送岳州溫録事赴任

解巾州主簿捧檄不辭遥獨鶴九霄翼寒松百尺條晨
裝沾雨雪旅宿候風潮爲政閑無事清談肅郡僚

送山人歸舊隱

工爲楚辭賦更著魯衣冠歲儉山田薄秋深晨服寒武
人榮燕頷志士戀漁竿會被公車薦知君久晦難

惠上人房宴別

方袍相引到龍華支策開襟路不賒法味已同香積會
禮容疑在少施家逸民羽客期皆至疎竹青苔景半斜
究竟相依何處好匡山古社足煙霞

送裴秀才貢舉

儒衣風貌清（一作此別）去抵漢公卿賓貢年猶少篇章藝已
成臨流惜暮景話別起鄉情離酌不辭醉西江春草生

送袁太祝衢婺巡覆（同用山字）

按緍税畝不妨閑清興自隨魚鳥間知君此去足佳句
路出桐溪千萬山

送湖南李侍御赴本使賦採菱亭詩

舊俗採菱處津亭風景和沅江收暮靄楚女發清歌曲
岸縈湘葉荒堦上白波蘭橈向蓮府一爲枉帆過

送穆侍御歸東都

知君儒服貴綵繡兩相輝婉婉成名後翩翩擁傳歸江
深煙嶼沒山暗雨雲飛共待酬恩罷相將去息機

送崔端公赴度支江陵院三韻（照字）

津亭風雪霽斗酒留征棹星傳指湘江瑶琴多楚調偏
愁欲別處黯黯頹陽照

送陸太祝赴湖南幕同用送字（三韻）

不憚征路遥定緣賓禮重新知折柳贈舊侶乘籃送此
去佳句多楓江接雲夢

送李處士歸弋陽山居（限姓名中用韻）

暫來城市意何如却憶葛（一作菖）陽溪上居不憚薄田輸井
稅自將嘉句著州閭波翻極浦檣竿出霜落秋郊樹影
疎想到家山無俗侶逢迎只是坐籃輿

送清洨上人謁信州陸員外

暫辭長老去隨緣候曉輕裝寄客船佳句已齊康寶月
清談遠指謝臨川灘經水瀨逢新雪路過漁潭宿瞑煙
暇日若隨千騎出南巖只在郡樓前

送別同用闊字（三韻）

耿耿離念繁蕭蕭涼葉脫緇塵素衣敝風露秋江闊想
得讀書窗巖花對巾褐

送人使之江陵（賞字）

嘉招不辭遠捧檄利攸往行役念前程讌游睽舊賞征
軺星乍動江信潮應上煙水飛一帆霜風摇五兩紛紛
別袂舉切切離鴻響後會杳何時悠然勞夢想

餘干贈別張二十二侍御（一作餘干別張侍御）

蕪城陌上春風別干越亭邊歲暮逢驅車又愴南北路
返照寒江千萬峯

雜言賦得風送崔秀才歸白田限三五六七言（暄字）

響深澗思啼猨闇入蘋洲暖輕隨柳陌暄澹蕩乍飄雲
影芳菲徧滿花源寂寞春江別君處和煙帶雨送征軒

雜言同用離騷體送張評事襄陽覲省

黯離堂兮日晚儼壺觴兮送遠遠水霽兮微明杜蘅秀
兮白芷生波泫泫（一作泫泫）兮煙羃羃凝暮色於空碧紛離念
兮隨君泝九江兮經七澤君之去兮不可留五采裳兮
木蘭舟

嶺上逢久別者又別

十年曾一別征路（一作旆）此相逢馬首向何處夕陽千萬峯

贈別表兄韋卿

新讀兵書事護羌腰間寶劒映金章少年百戰應輕別
莫笑儒生淚數行

古離別（一作古別離）

人生天地間誓若六轡馳夭壽既常數奈何生別離跡
當中人域正性日已衰是非千萬境杳靄情塵滋出門
事何常暫別亦難期冉冉歎流景悠悠限山陂盡此一
夕歡華罇會前墀雞鳴東方曙鳳駕臨通逵欲出強移
步欲留難致辭兩情不得已念此留何爲天明去已遠
寂默居人歸入門復上堂悅悅生驚疑經履同遊處猶
言常相隨覽物或臨盤（一作鏡）翻怪來何遲乃知前日歡本
爲今日悲特此（一作翻思）別後心寧及未見時則知交疎分久
久翻易持報君未別後別後當自知

全唐詩

權德輿

早夏青龍寺致齋憑眺感物因書十四韻（寺壁有甥氏庶子詩）

曉（一作曉）出文昌宮憩茲青蓮宇潔齋奉明祀憑覽傷夐古
秦爲三月火漢乃一抔土詐力自湮淪霸儀終莽鹵中
南橫峻極積翠洩雲雨首夏諒清和芳陰接場圃仁祠
閟嚴淨稽首洗靈府虛室僧正禪危梁燕初乳通莊走
聲利結駟乃旁午觀化復何如刳心信爲愈盛時忽過
量弱質本無取靜永環中樞益愧腰下組塵勞期抖擻
陟降聊俯僂遺韻留壁間淒然感東武

仲秋朝拜昭陵

清秋壽原上詔拜承吉卜嘗讀貞觀書及茲幸齋沐文
皇昔潛耀隋季自顛覆撫運斯順人救焚非逐鹿神祇
戴元聖君父納大麓良將授兵符直臣調鼎餗無疆傳
慶祚有截荷亭育仙馭淩紫氛神遊棄黃屋方祇護山
跡先正陪巖腹杳杳九嵕深沈沈萬靈肅鳥飛田已闢
龍去雲猶簇金氣爽林巒乾岡走崖谷吾皇弘孝理率
土蒙景福擁佑乃清夷威靈諒回復禮承三公重心愧
二卿祿展敬何所伸曾以斧山木

拜昭陵出城與張祕監閣老同里臨行別承在
史館未歸尋辱清辭輒酬之

仲月當南呂晨裝拜穀林逢君在東觀不得話離襟策
馬緣雲路開緘扣玉音還期纔浹日里社酒同斟
酬馮監拜昭陵迴途中遇雨見示
之子共乘軺清秋拜上霄（寢宮有上霄門）曙霞迎鳳駕零雨濕迴
鑣甘谷行初盡軒臺去漸遙望中猶可辨耘鳥下山椒
朔旦冬至攝職南郊因書即事
大明南至慶（一作應）天正朔旦圜丘樂六（一作九）成文軌盡同堯
曆象齋祠忝備漢公卿星辰列位祥光滿金石交音曉
奏清更有觀臺稱賀處黃雲捧日瑞昇平
奉和張監閣老過八陵院題贈杜卿崔員外
崇飾山園孝理深萬方同感聖人心已聞東閣招從事
每向西垣奉德音公府從容談婉婉賓堦清切景沈沈
與君跬步如同舍終日相期此盍簪
奉和鄭賓客相公攝官豐陵扈從之作（時充鹵簿使）
五輅導靈輼千夫象繚垣行宮移曉漏綵仗下秋原莫
究希夷理空懷渙汗恩頤神方蹈道傳聖乃尊尊共祝
如山壽俄驚憑几言遐荒七月會肸蠁百靈奔豹尾從
風直鸞旗映日翻塗芻聯法從營騎肅旌門杳靄虞泉
夕淒清楚挽喧不堪程盡處嗚咽望文園
詹事府宿齋絕句
清齋四體泰白晝一室空推頹有古樹騷屑多悲風
和王祭酒太社宿齋不得赴李尚書宅會戲書
見寄
元禮門前勞引望句龍壇下阻歡娛此時對局空相憶
博進何人更樂輸
酬裴端公八月十五日夜對月見懷
涼夜清秋半空庭皓月圓動搖隨積水皎潔滿晴天多
病嘉期阻深情麗曲傳偏懷賞心處同望庾樓前
奉和崔閣老清明日候許閣老交直之際辱裴
閣老書招云與考功苗曹長先城南遊覽獨行
口號因以簡贈（時德輿以疾故有阻追遊）
紫禁宿初迴清明花亂開相招直城外遠遠上春臺諫
曹將列宿幾處期子玉深竹與清泉家家桃李鮮折芳
行載酒勝賞隨君有愁疾自無悰臨風一搔首
和張秘監閣老獻歲過蔣大拾遺因呈兩省諸
公幷見示
二賢同載筆久次入新年焚草淹輕秩藏書厭舊編竹
風晴翠動松雪瑞光鮮慶賜行春令從茲伫九遷
酬崔舍人閣老冬至日宿直省中奉簡兩掖閣
老幷見示
令節一陽新西垣宿近臣曉光連鳳沼殘漏近雞人白
雪飛成曲黃鐘律應均層霄翔迅羽廣陌駐歸輪清切
晨趨貴恩華夜直頻輟才時所重（九月中楊閣老權知吏部選事）分命秩皆
真（十月中崔閣老正拜本官德輿正除禮部受命前一日分草詔詞）左掖期連茹南宮愧積薪九年
叨此地迴首倍相親
八月十五日夜瑤臺寺對月絕句
嬴女乘鸞已上天仁祠空在鼎湖邊涼風遙夜清秋半
一望金波照粉田（仁祠寺也見後漢書楚王英傳）
夏至日作
璿樞無停運四序相錯行寄言赫曦景今日一陰生
二月二十七日社兼春分端居有懷簡所思者
清晝開簾坐風光處處生看花詩思發對酒客愁輕社
日雙飛燕春分百囀鶯所思終不見還是一含情
甲子歲元日呈鄭侍御明府
萬里煙塵合秦吳遂渺然無人來上國灑淚向新年世
故看風葉生涯寄海田屠蘇聊一醉猶賴主人賢
七夕
佳期人不見天上喜新秋玉珮霑清露香車渡淺流東
西一水隔迢遞兩年愁別有穿針處微明月暎樓
嘉興九日寄丹陽親故
窮年路岐客西望思茫茫積水曾南渡浮雲失舊鄉海
邊尋別墅愁裏見重陽草露荷衣冷山風菊酒香獨謠
看墜葉遠目徧秋光更羡登攀處煙花滿練塘
九日北樓宴集
蕭颯秋聲樓上聞霜風漠漠起陰雲不見攜觴王太守
空思落帽孟參軍風吟蟋蟀寒偏急酒泛茱萸晚易醺
心憶舊山何日見幷將愁淚共紛紛
奉陪李大夫九日龍沙宴會（遲字）
龍沙重九會千騎駐旌旗水木秋光淨絲桐雅奏遲煙
蕪斂暝色霜菊發寒姿今日從公醉全勝落帽時
臘日龍沙會絕句
簾外寒江千里色林中罇酒七人期寧知臘日龍沙會
却勝重陽落帽時
嚴陵釣臺下作
絕頂聳蒼翠清湍石磷磷先生晦其中天子不得臣心
靈棲顥氣纓冕猶緇塵不樂禁中臥却歸江上春潛驅
東漢風日使薄者醇焉用佐天子特此報故人人（一作則）知
大賢心不獨私其身弛張有深致耕釣陶天真奈何清
風後擾擾論屈伸交情同市道利欲相紛綸我行訪遺
臺仰古懷逸民矰繳鴻鵠遠雪霜松桂新江流去不窮
山色凌秋旻人世自今古清輝照無垠
曉發武陽館即事書情
清晨策羸車嘲哳聞村雞行將騎吏親日與情愛暌東
風變林樾南畝事耕犂青菰冒白水方塘接廣畦雜英
被長坂野草蔓幽蹊瀉（一作舄）鹵成沃壤枯株發柔荑芳樹
鶯命雛深林麏引麑杳途未極團團日已西哲士務
纓弁（一作紱）鄙夫戀蓬藜終當稅塵駕盥濯依春溪
豐城劍池驛感題
龍劍昔未發泥沙（一作池）相晦藏向非張茂先孰辨斗牛光
神物不自達聖賢亦彷徨我行豐城野慷慨心内傷
奉使宜春夜渡新淦江陸路至黃檗館路上遇
風雨作
草草理夜裝涉江又登陸望路殊未窮指期今已促傳
呼戒徒御振轡轉林麓陰雲擁嵓端霮（一作霈）雨當山腹震
雷如在耳飛電來照目獸跡不敢窺馬蹄唯務速虔心
若齋禮（一作禱）濡體如沐浴萬竅相怒號百泉暗奔瀑危梁
慮足跌峻坂憂車覆問我何以然前日受微祿轉知人
代事纓組乃羈束向（一作何）若家居時安枕春夢熟遵途稍
已近候吏來相續曉霽心始安林端見初旭

細柳驛
細柳肅軍令條侯信殊倫棘門乃兒戲從古多其人神
武今不殺介夫如搢紳息駕幸兹地懷哉悚精神

渭水
呂叟（一作氏）年八十皤然持釣鉤意在靜天下豈唯食營丘
師臣有家法小白猶（一作乃）尊周日暮駐征策愛兹清渭流

宮人斜絕句
一路斜分古驛前陰風切切晦秋煙鉛華新舊共冥寞
日暮愁鴟（一作鴉）飛野田

敷水驛
空見水名敷秦樓昔事無臨風駐征騎聊復捋顚鬚

朝元閣
繚垣複道上層霄十月離宮萬國朝胡馬忽來清蹕去
空餘臺殿照山椒

石甕寺
石甕靈（一作寒）泉勝寶井汲人迴挂青絲綆廚煙半逐白雲
飛當晝老僧來灌頂

盤豆驛
盤豆綠雲上古驛望思臺下使人愁江充得計太子死
日暮戾園風雨秋

晚渡楊子江却寄江南親故
返照滿寒流輕舟任搖漾支頤見千里煙景非一狀遠
岫有無中片帆風水上天清去鳥滅浦迴寒沙漲樹晚
疊秋嵐江空翻宿浪胷中千萬慮對此一清曠迴首碧
雲深佳人不可望

新安江路
深潭與淺灘萬轉出新安人遠禽魚淨山深水木寒嘯
起青蘋末吟矚白雲端即事遂幽賞何心挂儒冠

月夜江行
扣船（一作舷）不得（一作能）寐浩露清衣襟彌傷孤舟夜遠結萬里
心幽興惜瑤草素懷寄鳴琴三奏月初上寂寞（一作寥）寒江
深

江城夜泊寄所思
客程殊未極艤櫂泊迴塘水宿知寒早愁眠覺夜長遠
鐘和暗杵曙月照晴霜此夕相思意搖搖不暫忘

陪包諫議湖墅路中舉帆（同用山字）
蕭蕭涼雨歇境物望中閑風際片帆去煙中獨鳥還斷
橋通遠浦野墅接秋山更喜陪清興尊前一解顏

富陽陸路
又入亂峯去遠程殊未歸煙蘿迷客路山果落征衣欹
石臨清淺晴雲出翠微漁潭明夜泊心憶謝玄暉

曉
曉風搖五兩殘月映石壁稍稍曙光開片帆在空碧

晝
孤舟漾暧景獨鶴下秋空安流日正晝淨（一作浮）綠天無風

晚
古樹夕陽盡空江暮靄收寂寞扣船（一作舷）坐獨生千里愁

夜
猨聲到枕上愁夢紛難理寂寞（一作寂）深夜寒青霜落秋水

全唐詩
權德輿

奉和韋諫議奉送水部家兄上後書情寄諸兄
弟仍通簡南宮親舊并呈兩省閣老院長
駟牡龍旂慶至今一門儒服耀華簪人望皆同照乘寶
家風不重滿籯金護衣直夜南宮靜焚草清時左掖深
何幸末班陪兩地陽春欲和意難任

奉和史館張閣老以許陳二閣長愛弟俱爲尚
書郎伯仲同時列在南北省會於左掖因而有
詠
伯仲盡時賢平輿與潁川桂枝嘗徧折棣萼更相鮮丹
地晨趨並黃扉夕拜聯豈如分侍從來就鳳池邊（主客水部二員東西對行二閣老併在左掖也時諸以爲分就西垣則具美相類故戲書末韻）

韋賓客宅與諸博士宴集
累抗乞身章湛恩比上庠賓筵徵稷嗣（一作嗣翼）家法自扶陽
簪組歡言久琴壺雅興長陰嵐冒苔石輕籟韻風篁佩
玉三朝貴揮金百慮忘因知臥商洛豈勝白雲鄉

酬張秘監閣老喜太常中書二閣老與德輿同
日遷官相代之作（時秘書監亦同日拜命）
珠樹共飛棲分封受紫泥正名推五字貴仕仰三珪繼
組心知忝（德輿代太常爲禮部）腰章事頗齊蓬山有佳句喜氣在新
題

國子柳博士兼領太常博士輒申賀贈
博士本秦官求才帖職難臨風曲臺淨對月璧池寒講
學分陰重齋祠曉漏殘朝衣辨色處雙綬更宜看

過隱者湖上所居
蝸舍映平湖皤然一魯儒唯將酒作聖不厭谷名愚兵
法窺黃石天官辨白榆行看軟輪起未可號潛夫

從叔將軍宅薔薇花開太府韋卿有題壁長句
因以和作
環列從容蹀躞歸光風駘蕩發紅薇鶯藏密葉宜新霽
蝶遶低枝愛晚暉艷色當軒迷舞袖繁香滿逕拂朝衣
名卿洞壑仍相近佳句新成和者稀

奉和許閣老霽後慈恩寺杏園看花同用花字
口號（時德輿當直）
杏林微雨霽灼灼滿瑤華左掖期先至中園景未斜含
毫歌白雪藉草醉流霞獨限金閨籍支頤啜茗花

奉和陳閣老寒食初假當直從東省往集賢因
過史館看木瓜花寄張蔣二閣老（一作陳閣老當直從東省過史館看花寒食假）
晝漏沈沈倦瑣闈西垣東觀閱芳菲繁花滿樹似留客
應爲主人休澣歸

晚秋陪崔閣老張秘監閣老苗考功同遊昊天
觀時楊閣老新直未滿以詩見寄斐然酬和有

愧蕪音

方駕遊何許仙源去似(一作漾)歸縈迴留勝賞蕭灑出塵機泛菊賢人至燒丹姹女飛步虛清曉(一作晚)籟隱几吸晨暉竹逕琅玕合芝田沆瀣晞銀鉤三洞字瑤笥六銖衣麗句翻紅藥佳期限紫微徒然一相望郢曲和應稀

春日同諸公過兵部王尚書林園

休沐君相近時容曳履過花間留客久臺上見春多松色明金艾鶯聲雜玉珂更逢新酒熟相與藉庭莎

與沈十九拾遺同遊棲霞寺上方於亮上人院會宿二首

攝(一作躡)山標勝絕暇日詣想矚縈紆松路深繚繞雲巖曲重樓迴樹杪古像鑿山腹人遠水木清地深蘭桂馥層臺聳金碧絕頂摩淨綠下界誠可悲南朝紛在目焚香入古殿待月出深竹稍覺天籟清自傷人世促宗雷此相遇偃放從所欲清論松枝(一作月輪)低閑吟茗花熟一生如土梗萬慮相桎梏永願事潛師窮年此棲宿

偶來人境外心賞幸隨君古殿煙霞夕深山松桂薰巖花點寒溜石磴埽春雲清淨諸天近喧塵下界分名僧康寶(一作保)月上客沈休文共宿東林夜清猨徹曙聞

題崔山人草堂

竹逕茆堂接洞天閑時麈尾漱春泉世人車馬不知處時有歸雲到枕邊(一作前)

徐孺亭馬上口號(并序)

鍾陵東湖之南有亭亭中有二碑一則故曲江張公所製徐徵君碣一則北海李公所製放生池碑巘夫二君子久隨化往而二文之盛傳於天下貞元初余爲是邦從事每將迎郊勞多經是間且以其尚賢好生皆醇仁之首也因歎不得與二賢同時論文變損益亭址圮壞苔篆磷趺古風如在感舊依然而通道在側平湖在下波流轂擊日月無窮因於馬上口號絕句詩一首以寄愀愴

湖上荒亭臨水開龜文篆字積莓苔曲江北海今何處盡逐東流去不迴

哭劉四尚書(勒於碑陰)

士友(一作有)惜(一作昔)賢人天朝喪守臣才華推獨步聲氣幸相親理析寰(一作環)中妙儒爲席上珍笑言成月旦風韻挹天眞丹地膺推擇青油寄撫循豈言朝象魏翻是臥漳濱命賜龍泉重追榮密印陳撤弦驚物故庀具見家貧牢落風悲笛汍瀾涕泣巾只(一作共)嗟萬里月非復柳營春黃絹碑文在青松隧路新音容無處所歸作北邙塵

張工部至薄寒山下有書無由馳報輒車之至倍切悲懷

書來遠自薄寒山繚繞洮河出古關今日難裁秣陵報薤歌寥落柳車邊

工部發引日屬傷足臥疾不遂執紼

子春傷足日況有寢門哀元伯歸全去無由白馬來笳簫里巷咽龜筮墓田開片石潺湲淚含悲敘史才

從事淮南府過亡友楊校書舊廳感念愀然(一下有遂書十韻)

故人隨化往倏忽今六霜及我就拘限清風留此堂松竹逾映蔚(一作鬱)芝蘭自銷亡絕弦罷流水聞笛同山陽頹(一作瑩一作潔)如冰玉姿粲若鸞鳳章欲翥摧勁翮先秋落貞芳正平賦鸚鵡文考頌靈光二子古不弔夫君今何(一作可)傷黃壚(一作爐)旣杳杳玄化亦茫茫豈必限宿草含悽(一作淚)灑衣裳

哭李晦羣崔季文二處士

華封西祝堯貴壽多男子二賢無主後貧賤大壯齒未成鴻鵠姿遽頓驊騮趾子淵將叔度自古不得巳

觀葬者

塗芻隨晝哭數里至松門貴盡人間禮寧知逝者魂笳簫出古(一作廣)陌煙雨閉寒原萬古皆如此傷心反不言

成(一作感)南陽墓

枯(一作叢)荄沒古基(一作墓)駮蘚蔽豐碑向晚微風起如聞坐嘯時

周平西墓

英威今寂寞陳跡對崇丘壯志清風在荒墳白日愁窮泉邢復曉喬木不知秋歲(一作晚)歲寒塘側無人水自流

蘇小小墓

萬古(一作木)荒墳在悠然我獨尋寂寥紅粉盡冥寞(一作漠)黃泉深蔓草暎寒水空郊曖夕陰風流有佳句吟眺一傷心

題柳郎中茅山故居(一作柳谷洲故居)

下馬荒堦(一作郊)日欲曛潺潺石溜靜中聞鳥啼花落人聲絕寂寞山窗掩白雲

哭張十八校書(數日前辱書未及還答俄承凶訃)

芸閣爲郎一命初桐州寄傲十年餘魂隨逝水歸何處名在新詩衆不如蹉跎江浦生華髮牢落寒原會素車更憶八行前日到含悽爲報秣陵書

題亡友江畔舊居

寥落留三徑柴扉對楚江蠨蛸集暗壁蜥蜴走寒窗松蓋欹書幌苔衣上酒缸平生斷金契到此淚成雙

全唐詩

權德輿

德宗神武孝文皇帝挽歌詞三首

覆露雍熙運澄清教化源賡歌凝庶績羽舞被深恩纂業光文祖貽謀屬孝孫恭聞留末命猶是愛元元

梯航來萬國玉帛慶三朝湛露恩方浹薰風曲正調晏車悲鹵簿廣樂遏簫韶最愴號弓處龍髯上紫霄

常時柏梁宴玉琯思波編今日穀林歸靈轀煙雨霏喬山森羽騎渭水擁旌旂仙馭何由見耘田鳥自飛

順宗至德大安孝皇帝挽歌三首(時充鹵簿使)

十葉開昌運三辰麗德音薦功期瘞玉昭儉每捐金解

澤皇風徧虞泉白日沈仍聞起居注焚奏感人心
孝理本憂勤玄功在睿神睿圖傳上嗣壽酒比家人仙
馭三清遠行宮萬象新小臣司吉從還扈屬車塵
候曉傳清蹕共瞻宮輅出迎風引綵旒遥想望陵愁弓
劒隨雲氣衣冠奉月游空餘駕龍處摇落鼎湖秋

昭德皇后挽歌詞

淮水源流遠塗山禮命升往年求故劒今夕祔初陵鸞
鏡金波澀翬衣玉彩凝千年子孫慶孝理在蒸蒸

大行皇太后挽歌詞三首（王氏）

淮水靈源濬因山祔禮崇從龍開隧路合璧向方中殿
帳金根出厥衣玉座空唯餘文母化陰德滿公宮
配禮歸清廟靈儀出直城九虞寧厚載一惠易尊名曉
漏銅壺澀秋風羽翣輕容車攀望處孺慕切皇情
哀笳出長信嗚咽宮車進寶劒入延津淒涼祠殿新青
烏靈兆久白燕瑞書頻從此山園夕金波照玉塵

惠昭皇太子挽歌詞二首

前星落慶霄薤露逐晨飈宮仗黃麾出仙遊紫府遥空
嗟鳳吹去無復雞鳴朝今夜西園月重輪更寂寥
東朝聞楚挽羽翿依稀轉天歸京兆新日與長安遠蘭
芳落故殿桂影銷空苑騎吹咽不前風悲九旗卷

贈文敬太子挽歌詞二首

盤石公封重瑶山贈禮尊歸全榮備物樂善積深恩鴈
沼寒波咽鸞旌夕吹翻唯餘西靡樹千古霸陵原
銅壺曉漏初羽翣擁塗車方外留鴻寶人間得善書清
笳悲畫綬朱邸散長裾還似緱山駕飄飄向碧虛

贈鄭國莊穆公主挽歌二首

追飾崇湯沐遺芳藹禁闈秋原森羽衞夜壑掩容輝睿
藻悲纖盡公宮望不歸笳簫向煙霧疑是綵鸞飛
舊館閉平陽容車啟壽堂霜凝薤英落風度薤歌長淑
德圖書在皇慈禮命彰淒涼霸川曲壟樹已成行

贈魏國憲穆公主挽歌詞二首

漢制榮車（一作儀）服周詩美肅雍禮尊同姓主恩錫大名封
外館留圖史陰堂閉德容睿詞（一作歌）悲薤露千古仰芳蹤
秦樓曉月殘鹵簿列材官紅綬蘭桂歇粉田風露寒凝
笳悲駟馬清鏡掩孤鸞愍冊徽音在都人雪涕看

贈梁（一作涼）國惠康公主挽歌詞二首

外館嬪儀貴中參睿渥深初笄橫白玉盛服鏤黃金風
（一作鳳）度簫聲遠河低婺彩沈夜臺留冊謚悽愴即（一作有）徽音
杳靄異湘川飄飄駕紫煙鳳樓人已去鸞鏡月空懸霧
濕湯沐地霜凝脂粉田音容無處所應在玉皇前

故太尉兼中書令贈太師西平王挽詞

翊戴推元老謀猷合大君河山封故地金石表新墳劒
履歸長夜笳簫咽暮雲還經誓師處薤露不堪聞

故司徒兼侍中贈太傅北平王挽詞

授律勳庸盛居中鼎鼐和佐時調四氣盡（一作宣）力淨三河
忽訪天（一本缺）京兆空傳漢伏波今朝麟閣上徧軫聖情多

奉和禮部尚書酬楊著作竹亭歌

直城朱戶相邐連九逵丹轂聲闐闐春官自有花源賞
終日南山當目前晨摇玉佩趨溫室莫入竹溪（一作蹊）疑洞
天煙銷雨過看不足晴翠鮮飈逗深谷獨謠一曲迴流
霞閑對千竿連淨綠縈迴疏鑿隨勝地石磴岩扉光景
異虛齋寂寂清籟喧幽澗紛紛雜英墜家承麟趾貴劒
有龍泉賜上奉明時事無事人間方外興偏多能以簪
纓狎薜蘿常通内學青蓮偈更奏新聲白雪歌風入松
雲歸棟鴻飛滅處猶目送蝶舞閑時夢忽成（一作忽成夢）蘭臺
有客敘交情返照中林曳履聲（一作迴）直為君恩（一作思）催造膝
東方辨色謁承明

奉和張僕射朝天行

元侯重寄貞師律三郡（一作都）四封今靜謐丹轂常思闕下
來紫泥忽自天中出軍裝喜氣倍趨程千騎鳴珂入鳳
城周王致理稱申甫今日賢臣見明主拜恩稽首紛無
已凝旒前席皇情喜逢時自是山出雲獻可還同石投
水昔歲褒衣梁甫吟當時已有致君心專城一鼓妖氛
靜擁旆十年天澤深日日披誠奉昌運王人織路傳清
問仙醞嘗分玉斝濃御閑更輟金羈駿元正前殿朝君
臣一人負扆百福新宮懸綵仗儼然合瑞氣爐煙相與
春萬年枝上東風早珮玉晨趨光景好塗山已見首諸
侯麟閣終當畫元老溫室沈沈漏刻移退朝賓侶每相
隨雄詞樂職波濤闊曠度交歡雲霧披自古全才貴文
武儒夫只解冠章甫見公抽匣百鍊光試欲磨鉛諒無
助（一作取）

和李中丞慈恩寺清上人院牡丹花歌

澹蕩韶光三月中牡丹偏自占春風時過寶地尋香徑
已見新花出故叢曲水亭西杏園北濃芳深院紅霞色
擢秀全勝珠樹林結根幸在青蓮域艷蘂鮮（一作仙）房次第
開含煙洗露照蒼苔龐眉倚杖禪僧起輕翅縈枝舞蝶
來獨坐南臺時共美閑行古剎情何已花間一曲奏陽
春應為芬芳比君子

錫杖歌送明（一無明字）楚上人歸佛川

上人遠自西天竺（一作至）頭陀行徧國（一作南）朝寺口翻貝葉古
字經手持金策聲泠泠護法護身唯振錫石瀨雲溪深
寂寂乍來松徑風更（一作露）寒遥映霜天月成魄後夜空山
禪誦時寥寥挂在枯樹枝真法常傳心不住東西南北
隨緣路佛川此去何時迴應真莫便遊天台

馬秀才草書歌（大理馬正之二）

伯英草聖稱絕倫後來學者無其人白眚年少未弱冠
落紙紛紛運纖腕初聞之子十歲餘當時時輩皆不如
猶輕昔日墨池學未許前賢團扇書艷彩芳姿相點綴
水映荷花風轉蕙三春併向指下生萬象爭分筆端勢
有時當暑如清秋滿堂風雨寒颼颼乍疑崩崖瀑水落
又見古木飢鼯愁變化縱橫出新意眼看一字千金貴
憶昔謝安問獻之時人雖見那得知

離合詩贈張監閣老（一作以離合詩贈祕書監張薦）

黃葉從風散暗（一作共）嗟時節換忽見鬢邊霜勿辭林下觴
躬行君子道身（一作韋）負芳名早帳殿漢官儀巾車塞垣草
交情劇斷金文律每招尋始知蓬山下如見古人心（張思公）

春日雪酬潘孟陽迴文

酒杯春醉好飛雪晚庭閑久憶同前賞中林對遠山

五雜組

五雜組旗亭客往復還城南陌不得已天涯謫

數名詩

一區揚雄宅恬然無所欲二頃季子田歲晏常自足三端固爲累事物反㠜束四體苟不勤安得豐菽粟五侯誠暐曄榮甚或爲辱六翮未騫翔虞羅乃相觸七人稱作者杳杳有遐躅八桂挺奇姿森森照初旭九歌傷澤畔怨思徒剌促十翼有格言幽貞謝浮俗

星名詩

虛懷何所欲歲晏聊懶逸雲翼謝翩翻松心保貞實風秋景氣爽葉落井逕出陶然美酒酣所謂幽人吉自當輕尺璧豈復埽一室安用簪進賢少微斯可必

卦名詩

節變忽驚春臨風騁望頻支頤倦書幌步屐整山巾時鳥漸成曲雜芳隨意新曙霞連觀闕綺陌麗咸秦天地今交泰雲雷背一作昔蹇屯中孚諒可樂書此示家人

藥名詩

七澤蘭芳千里春瀟湘花落石磷磷有時浪白微風起坐釣藤陰不見人

古人名詩

藩宣秉戎寄衡石崇勢位年紀信不留弛張良自媿樵蘇則爲愜瓜李斯可畏不顧榮官一作尊每陳豐亷利家林類巖巘負郭躬斂積忌滿寵生嫌養蒙恬勝智疎鍾皓月曉景丹霞異澗谷永不諼山梁眞無累頗符生肇學得展禽尚志從此直不疑支離踈世事

州名詩寄道士

金蘭同道義瓊簡復芝田平楚白雲合幽崖丹桂連松峯明愛景石竇納新泉巢永南山壽歡隨萬福延

八音詩

金谷盛繁華涼臺列簪組石崇留客醉綠珠當座舞絲淚可銷骨冶容竟何補竹林諒賢人滿酌無所苦匏居容宴豆儒室貴環堵土鼓與汙尊頤神則爲愈革道當在早謙光斯可取木鴈才不才吾知養生主

建除詩

建節出王都雄雄大丈夫除書加右職騎吏擁前驅滿月張繁弱含霜耀鹿盧平明躍驄裹清夜擊珊瑚定遠功邢比平津策乃迂執心思報國效節在忘軀破膽銷丹浦犂蛾舞綠珠危冠徒自愛長轂事應殊成績封千室疇勞使五符收功輕驃衞致埋邁黃虞開濟今如此英威古不侔閉關草玄者無乃誤爲儒

六府詩

金罍映玉俎賓友紛宴喜木蘭泛方塘桂酒啟皓齒水榭臨空迴酣歌當座起火雲散奇峯瑤瑟韻清徵土梗乃虛論康莊有逸軌穀成一編書談笑佐天子

三婦詩

大婦刺繡文中婦縫羅裙小婦無所作嬌歌遏行雲文人且安坐金爐香正薰

安語

嚴巖五岳鎮方輿八極廓清氛祲除揮金得謝歸里閭象牀角枕支體舒

危語

被病獨行逢乳虎狂風駭浪失棹櫓舉人看牓聞曉鼓孱夫孽子遇妬母

大言

華嵩爲佩河爲帶南交北朔跬步內摶鵬作腊巨鼇鱠伸舒軼出元氣外

小言

醯雞伺晨駕蚊翼毫端棘刺分畛域蛛絲結構聊蔭息蟻垤崔嵬不可陟

全唐詩

權德輿

雜詩五首

婉彼嬴氏女吹簫偶蕭史綵鸞駕非一作霏煙綽約兩僊子神期諒交感相顧乃如此豈比成都人琴心中夜起

陽臺巫山上風雨忽清曠朝雲與遊龍變化千萬狀魂交復目斷縹緲難比況蘭澤不可親凝情坐惆悵

淇水春正綠上宮蘭葉齊光風兩搖蕩鳴珮出中閨一顧授橫波千金呈瓠犀徒然路傍子怳怳復悽悽

碧樹泛鮮飆玉琴含妙曲佳人掩鸞鏡婉婉凝相矚文幃映束素香黛宜曉綠寂寞遠懷春何時來比目

含顰倚瑤瑟丹慊結繁慮失身不自還萬恨隨玉筯靡蕪山下路團扇秋風去君看心斷時猶在目成處

廣陵詩

廣陵寔佳麗隋季此爲京八方稱輻湊五達如砥平大旆映空色笳簫發連營層臺出重霄金碧摩顥清交馳流水轂迴接浮雲甍青樓旭日映綠野春風晴噴玉光照地犂蛾價傾城燈前互一作頻巧笑陌上相逢迎飄飄翠羽薄掩映紅襦明蘭麝遠不散管弦閑自清曲士守文墨達人隨性情茫茫竟同盡冉冉將何營且申今日歡莫務身後名肯學諸儒輩書窗誤一生

古意

家人強進酒酒後一作復能忘情持杯未飲時衆感紛已盈朗月照我房庭柯振秋聲空庭白露下枕席涼風生所思萬里餘水闊山縱橫佳期憑夢想未曉愁雞鳴願將一作得一心人一作人心一作二當年歡樂平長筵映玉俎素手彈秦箏暇睇呈巧笑惠音激凄清此願良未果永懷空如醒一作酲

雜言和常州李員外副使春日戲題十首并序諸本序皆闕

隨風柳絮輕映日杏花明無奈花深處流鶯三數聲

蘭橈畫舸轉花塘水映風搖路漸香任興不知行近遠更憐微月照鳴榔

簷前曉色鶯雙燕户外春風舞百花粉署可憐閑對此

唯今碧玉泛流霞

枕上覺窗外曉怯朝光鶯曙鳥花墜露滿芳沿柳如絲風裏裊佳期遠相見少試一望魂杳渺

閑庭無事獨步春輝韶光滿目落蘂盈衣芳樹交柯文禽並飛婉彼君子悵然有違對酒不飲橫琴不揮不揮者何知音誠稀

江春好游衍處處芳菲積綠舫入花津香車依柳陌綠楊煙裏裊紅蘂鶯寂寂如何愁思人獨與風光隔

曙月漸到窗前移尊更就芳筵輕吹午搖蘭燭春光暗入花鈿絲竹偏宜靜夜綺羅共占韶年不遣通宵盡醉定知辜負風煙

露洗百花新簾開月照人綠窗銷暗燭蘭逕掃清塵雙燕頻驚夢三桃競報春相思寂不語珠淚灑紅巾

雨歇風輕一院香紅芳綠草（一作翠）接東牆春衣試出當軒立定被鄰家暗斷腸

春風半春光徧柳如絲花似霰歸心勞夢寐遠目傷遊眄可惜長安無限春年年空向江南見

相思曲（一作長相思）

少小別潘郎嬌羞倚畫堂有時裁尺素無事約殘黃鵲語臨妝鏡花飛落繡牀相思不解說明月照空房

古樂府

風光（一作光風）澹蕩百花吐樓上朝朝學歌舞身年二八壻侍中幼妹承恩兄尚主綠窗珠箔繡鴛鴦侍婢先焚百和香鶯啼日出不知曙寂寂羅幃春夢長

渡江秋怨二首

秋江平秋月明孤舟獨夜萬里情萬里情相思遠人不見兮淚滿眼

渡秋江兮渺然望秋月兮嬋娟色如練萬里徧我有所思兮不得見不得見兮露寒水深耿遙夜兮傷心

秋閨月

三五二八月（一作光）如練海上天涯應（一作人）共見不知何處玉樓前乍入深閨玳瑁筵露濃香逕和愁坐風動羅幃照獨眠初卷珠簾看不足斜抱箜篌未成曲稍映妝臺臨綺窗遙知不語淚雙雙此時愁望知何極萬里秋天同一色靄靄遙分陌上光迢迢對此閨中憶早晚歸來歡讌同可憐歌吹月明中此夜不堪腸斷絕願隨流影到遼東

薄命篇（一作妾薄命篇）

昔住邯鄲年尚少只是嬌羞弄花鳥青樓碧紗大道邊綠楊日暮風裊裊嬋娟玉貌二八餘自憐（一作矜）顏色花不如麗質全勝秦氏女藁砧寧用專城居歲去年來年漸長青春（一作蛾）紅粉全堪賞玉樓珠箔但閑居南陌東城詎娉子翻嫁幽并游俠兒年年結束青絲騎出門一去何時至秋月空懸翡翠簾春幃嬾臥鴛鴦被沙塞經時不寄書深閨愁獨意何如花前拭淚情無限月下調琴（一作弦）恨有餘離別苦多相見少洞房愁夢何由曉閑看雙燕淚霏霏靜對空牀魂悄悄鏡裏紅顏不自禁陌頭香騎動春心爲問佳期早晚是人人總解有黃金

放歌行

夕陽不駐東流急榮名貴在當年（一作時）立青春虛度無所成白首銜悲亦何及拂衣西笑出東山君臣道合俄頃間一言一笑玉墀上變化生涯如等閑朱門杳杳列華戟座中皆是王侯客鳴環動珮暗珊珊駿馬花驄白玉鞍十千斟酒不知貴半醉留賓邀盡歡銀燭（一作燈）煌煌夜將久侍婢金罍瀉春酒春酒盛來琥珀光暗聞蘭麝幾般香乍看皓腕暎羅袖微聽清歌發杏梁雙鬟美人君不見一一皆勝趙飛燕迎杯乍舉石榴裙勻粉時交合歡扇未央鐘漏醉中聞聯騎朝天曙色分雙闕煙雲遙靄靄五衢車馬亂紛紛羆朝鳴珮驟歸鞍今日還同昨日歡歲歲年年恣遊讌出門滿路光輝徧一身自樂何足言九族爲榮眞可羨男兒稱意須及時閉門下帷人不知年光看逐轉蓬盡徒詠東山招隱詩

旅館雪晴又覩新月衆興所感因成雜言

寥寥深夜雪初晴樓上雲開月漸明池中片影依稀見簾外清光遠近生皎皎晴空疑破鏡廣庭積素偏相映珠簾卷却光更深玉指持來色逾淨夢覺青樓最可憐嬋娟素魄滿寒天天地寥寥同一色秦淮楚江無限極歸鴻斷猨何處聲深閨旅館遙相憶長安五侯華閣開嘉賓列坐傾金罍賞明月翫流雪纖手蛾眉座中設清歌一聲無斷絕夜已央（一本缺一作殘）樂未闌狐裘獸炭不知寒珠環翠珮聲珊珊屢舄紛紜桂袖攢朱顏倚醉盡君歡人生少年全不久相看且勸杯中酒丈夫富貴自有期映雪讀書徒白首

玉臺體十二首

鶯啼蘭已紅見出鳳城東粉汗宜斜日衣香逐上風情來不自覺暗駐五花驄

嬋娟二八正嬌羞日暮相逢南陌頭試問佳期不肯道落花深處指青樓

隱映羅衫薄輕盈玉腕圓相逢不肯語微笑畫屏前

知向遼東去由來幾許愁破顏君莫怪嬌小不禁羞

樓上吹簫罷閨中刺繡闌佳期不可見盡日淚潺潺

淚盡（一作書盡）珊瑚枕魂銷玳瑁牀羅衣不忍著（一作看）羞見繡鴛鴦

君去期花時花時君不至簷前雙燕飛落妾相思淚

空閨滅燭後（一作夜）羅幌獨眠時淚盡腸欲斷心知人不知

秋風一夜至吹盡後庭花莫作經時別西鄰是宋家

獨自披衣坐更深月露寒隔簾腸欲斷爭敢下堦看

昨夜裙帶解今朝蟢子飛鉛華不可棄莫是藁砧歸

萬里行人至深閨夜未眠雙眉燈下掃不待鏡臺前

贈友人（一作寄友人新有別恨者）

知向巫山逢日暮輕桂玉佩暫淹留曉隨雲雨歸何處還是襄王夢覺愁

舟行見月

月入孤舟夜半晴寥寥霜鴈兩三聲洞房燭影在何處欲寄相思夢不成

雜興五首

叢鬟愁眉時勢新初笄絕代北方人一顰一笑千金重肯似成都夜失身

乍聽絲聲似竹聲又疑丹穴九雛驚金波露洗淨於晝寂寞不堪深夜情
琥珀尊開月映簾調弦理曲指纖纖含羞斂態勸君住更奏新聲刮骨鹽
乳燕雙飛鶯亂啼百花如繡照深閨新妝對鏡知無比微笑時時出瓠犀
巫山雲雨洛川神珠襻香腰穩稱身惆悵妝成君不見含情起立問傍人

全唐詩

權德輿

祗役江西路上以詩代書寄內

辛苦事行役風波倦晨暮搖搖結遐心靡靡即長路別來如昨日每見缺蟾兔潮信催客帆春光變江樹宦遊豈云愜歸夢無復數愧非超曠姿循此跼促步笑言思暇日規勸多遠度鶴服我久安荊釵君所慕伊予多昧理初不涉世務適因擁腫材成此嬾慢趣一身常抱病不復理章句胷中無町畦與物且多忤既非大川檝則守南山霧胡爲出處間徒使名利汚羈孤望予祿孩穉待我餔未能即忘懷恨恨以此故終當稅䩭鞅豈待畢婚娶如何久人寰俛仰學舉措衡茅去迢遞水陸兩馳騖晰晰窺曉星塗塗踐朝露靜聞田鶴起遠見沙鴉聚怪石不易躋急湍那可泝漁商聞遠岸煙火明古渡下碇夜已深上碕波不駐畏途信非一離念紛難具枕席有餘清壺觴無與晤南方出蘭桂歸日自分付北窗留琴書無乃委童孺春江足魚鴈彼此勤尺素早晚到中閨怡然兩相顧

夜泊有懷

棲烏向前林暝色生寒蕪孤舟去不息眾感非一途川程方浩淼離思方鬱紆轉枕眠一作睡未熟擁衾淚已濡窘然風水上寢食疲朝晡心想洞房夜知君還向隅

自桐廬如蘭溪有寄

東南江路舊知名惆悵春深又獨行新婦山頭雲半斂女兒灘上月初明風前蕩颺雙飛蝶花裏間關百囀鶯滿目歸心何處說攲眠搔首不勝情

相思樹

家寄江東遠一作道身對江西春空見相思樹不見相思人

石楠樹

石楠紅葉透簾春憶得妝成下錦茵試折一枝含萬恨分明說向夢中人

斗子灘

斗子灘頭夜已深月華偏照此時心春江風水連天闊歸夢悠揚何處尋

黃蘗館

驅車振楫越山川候曉通宵冒煙雨青楓浦上魂已銷黃蘗館前心自苦

清明日次弋陽

自歎清明在遠鄉桐花覆水葛溪長家人定是持新火點作孤燈照洞房

中書夜直寄贈

通籍在金閨懷君百慮迷迢迢五夜永脈脈兩心齊步履疲青瑣開緘倦紫泥不堪風雨夜轉枕憶鴻妻

病中寓直代書題寄

愚夫何所任多病感君深自謂青春壯寧知白髮侵寢興勞善祝疎嬾愧良箴寂寞聞宮漏那堪直夜心

端午日禮部宿齋有衣服綵結之貺以詩還答

良辰當五日偕老祝千年綵縷同心麗輕裾映體鮮寂寥齋畫省款一作疑曲擘香箋更想傳觴處孫孩徧目前

酬九日

重九共遊一作歡娛秋光景氣殊他時頭似雪還對插茱萸

和九日從楊氏姊遊

秋光風露天令節慶初筵易象家人吉閨門女士賢招邀菊酒會屬和柳花篇今日同心賞全勝落帽年

上巳日貢院考雜文不遂赴九華觀祓禊之會以二絕句申贈一作上巳日貢院贈內

三日韶光處處新九華仙洞七香輪老夫留滯何由往珉一作去玉相和正遶身時以活美玉爲詩題
禊飲尋春興有餘深情婉婉見雙魚同心齊體如身到臨水煩君便祓除

和九華觀見懷貢院八韻

上巳好風景仙家足芳菲地殊蘭亭會人似山陰歸丹竈綴珠掩白雲巖逕微真宮集女士虛室涵春輝拘限心杳杳歡言望依依滯茲文墨職坐與琴觴違麗曲滌煩虛幽緘發清機支頤一吟想恨不雙翻飛

桃源篇

小年嘗讀桃源記忽覩良工施繪事巖逕初欣繚繞通溪風轉覺芬芳異一路鮮雲雜彩霞漁舟遠遠逐桃花漸入空濛迷鳥道寧知掩映有人家龐眉秀骨爭迎客鑿井耕田人世隔不知漢代有衣冠猶說秦家變阡陌石髓雲英甘且香仙翁留飯出青囊相逢自是松喬侶良會應殊劉阮郎內子閑吟倚瑤瑟翫此沈沈銷永日忽聞麗曲金玉聲便使老夫思閣筆

新月與兒女夜坐聽琴舉酒

泥泥露凝葉騷騷風入林以茲皓月圓不厭良夜深列坐屏輕箑放懷弦素琴兒女各冠笄孫孩遶衣襟乃知

大隱趣宛若滄洲心方結偕老期豈憚華髮侵笑語向蘭室風流傳玉音愧君袖中字價重雙南金

七夕

今日雲軿渡鵲橋應非脈脈與迢迢家人競喜開妝鏡月下穿針拜九霄

縣君赴興慶宮朝賀載之奉行冊禮因書即事

合巹交歡二十年今朝比翼共朝天風傳漏刻香車度日照旌旗綵仗鮮顧我華簪鳴玉珮看君盛服耀金鈿相期偕老宜家處鶴髮魚軒更可憐

元和元年蒙恩封成紀縣伯時室中封安喜縣君感慶兼懷聊申賀贈

啟土封成紀宜家縣安喜同欣井賦開共受閨門祉珩璜聯采組琴瑟諧宮徵更待懸車時與君歡暮齒

河南崔尹即安喜從兄宜于室家四十餘歲一昨寓書病傳永寫告身既枉善祝因成絕句

五色金光鸞鳳飛三川墨妙巧相輝尊崇善祝今如此共待曾玄捧翟衣

奉使豐陵職司鹵簿通宵涉路因寄内

綵仗列森森行宮夜漏深殳鋋方啟路鉦鼓正交音曙月思蘭室前山辨穀林家人念行役應見此時心

酬南園新亭宴會璩新第慰慶之作時任賓客

南宮（一作亭）煙景濃平視中（一作終）南峯官閑似休沐盡室來相從日抱漢陰甕或成蝴蝶夢樹老欲連雲竹深疑入洞歡言交羽觴列坐儼成行歌吟不能去待此明月光好述蘊明識内顧多慙色不厭梁鴻貧常識伯宗直予壻信時英諫垣金玉聲男兒纔弱冠射策幸成名偃放斯自足翛然去營欲散木固無堪虛舟常任觸大隱本吾心喜君流好音相期懸車歲此地即中林

七夕見與諸孫題乞巧文

外孫爭乞巧内子共題文隱映花匳對參差綺席分鵲橋臨片月河鼓掩輕雲羨此嬰兒輩歡呼徹曙聞

太常寺宿齋有寄

轉枕挑燈候曉雞相（一作想）君應歎太常妻長年多病偏相憶不遣歸時醉似泥

朝迴閱樂寄絕句

子城風煖百花初樓上龜茲引導車曲罷卿卿理騶馭細君相望意何如

中書宿齋有寄

銅壺漏滴（一作滴漏）斗闌干泛灩金波照露盤遙想洞房眠正熟不堪深夜鳳池寒

中書送敕賜齋饌戲酬

常日每齋肴今朝共解頤遙知大官膳應與衆雛嬉

敕賜長壽酒因口號以贈

恩霑長壽酒歸遺同心人滿酌共君醉一杯千萬春

湖南觀察使故相國袁公挽歌二首（一作劉禹錫詩以下五首並見文苑英華）

五驅龍虎節一入鳳皇池令尹自無喜羊公人不疑天歸京兆日葉下洞庭時湘水秋風至淒涼吹素旗

丹旐發江皐人悲鴈（一作馬）亦號湘南罷亥市漢上改詞曹表墓雙碑立尊名一字褒常聞平楚獄爲報里門高

玉山嶺上作

悠悠驅匹馬征路上連岡晚翠深雲竇寒苔淨石梁荻花偏似雪楓葉不禁霜愁見前程遠空郊下夕陽

題郤端公林亭

春光何處好（一作足）柱史有林塘鶯囀風初暖花開日欲長鑿池通野（一作舊）水掃徑闃新芳更置盈尊酒時時醉楚狂

酬裴傑秀才新櫻桃

新果真瓊液來應宴紫蘭圓疑竊龍頷色已奪雞冠遠火微微辨殘星隱隱看茂先知味易（一作好）曼倩恨偷難忍用烹騂駱從將翫玉盤流年如可駐何必九華丹

次滕老莊

征途無旅館當晝喜逢君羸病仍留客朝朝掃白雲

宿嚴陵

身羈從事驅征傳江入新安泛暮濤今夜子陵灘下泊自慙相去九牛毛

題雲師山房

雲公蘭若深山裏月明松殿微風起試問空門清淨心蓮花不著秋潭水

棲霞寺雲居室

一徑縈紆至此窮山僧盥漱白雲中閑吟定後更何事石上松枝常有風

舟行夜泊

蕭蕭落葉送殘秋寂寞寒波急暝流今夜不知何處泊斷猨晴月引孤舟

發硤石路上卻寄内

莎柵東行五谷深千峯萬壑雨沈沈細君幾日路經此應見悲翁相望心

冬至宿齋時郡君南内朝謁因寄

清齋獨向丘園拜盛服想君興慶朝明日一陽生百福不辭相望阻寒宵

和河南羅主簿送校書兄歸江南

兄弟泣殊方天涯指故鄉斷雲無定處歸鴈不成行草莽人煙少風波水驛長上虞親渤澥東楚隔瀟湘古戍陰傳火寒蕪曉帶霜海門潮灩灩沙岸荻蒼蒼京輦辭芸閣衡方憶草堂知君始寧隱還繙舊荷裳

與故人夜坐道舊

笑語歡今夕煙霞愴昔遊清羸還對月遲暮更逢秋理方自侍浮名不在求終當製初服相與臥林丘

句

耒水波紋細湘江竹葉輕（耒口見衡名勝志）

古時樓上清明夜月照樓前撩亂花今日成陰復成子可憐春盡未歸家

新婦磯頭雲半斂女兒灘畔月初明（以上見野客叢談）

迴合千峯裏晴光似畫圖

征車隨反照候吏映白雲（石塘路有懷院中諸公）

全唐詩

張薦

張薦字孝舉，深州人，鷟之孫。敏銳有文辭，爲顏眞卿所賞。眞卿陷李希烈，薦上疏論救，爲左拾遺。論盧杞姦惡，德宗納之，擢諫議大夫。將疏裴延齡惡，延齡知之，遣使回鶻，還爲秘書少監。復使吐蕃，三臨絕域，占對詳辯。卒，贈禮部尚書。詩三首。

奉酬禮部閣老轉韻離合見贈（一作和權載之離合詩。時爲秘書監）

移居既同里，多幸陪君子。弘雅重當朝，弓旌早見招。植根瓊林圃，直夜金閨步。勸深子玉銘，力競相如賦。間闊向春闈，日復想光儀。格言信難繼，木石強爲詞。

和潘孟陽春日雪迴文絕句

遲遲日氣暖，漫漫雪天春。知君欲醉飲，思見此交親。

享文恭太子廟樂章

三獻具舉，九旗將旋。追勞表德，罷享賓天。風引仙管，堂虛畫筵。芳馨常在，瞻望悠然。

崔邠

崔邠字處仁，貝州武城人。第進士，官補闕，疏論裴延齡姦，由中書舍人遷吏部侍郎，久乃爲太常卿，知吏部尚書銓。爲人沈密清儉，兄弟以孝敬聞。詩二首。

禮部權侍郎閣老史館張秘監閣老有離合酬贈之什宿直吟翫聊繼此章（一作和權載之離合詩。時爲中書舍人）

脈脈羨佳期，月夜吟麗詞。諫垣則隨步，東觀方承顧。林雪消艷陽，簡冊漏華光。坐更芝蘭室，千載各芬芳。節苦文俱盛，即時人（一作仍）竝命。翩翻紫霄中，羽翮相輝映。

享文恭太子廟樂章

醴齊泛鐏彝，軒縣動干戚。入室僾如在，升階虔所歷。奮疾合威容，定利舒皦澤。方崇廟貌禮，永被君恩錫。

楊於陵

楊於陵字達夫，弘農人。年十九擢進士第。節度使韓滉奇之，妻以女。滉爲相，方權幸，於陵不欲進取，退廬建昌。滉卒，乃爲膳部員外郎，歷中書舍人、戶部侍郎。元和初，出爲嶺南節度使。穆宗立，遷戶部尚書，以左僕射致仕。於陵器量方峻，節操堅明，時人尊仰之。卒，贈司空。詩三首。

和權載之離合詩（時爲中書舍人）

校德盡珪璋，才臣時所揚。放情寄文律，方茂經邦術。王猷符（一作三）獻（一作偕）發揮，十載契心期。畫遊有嘉話，書法無隱辭。信茲酧和美，言與芝蘭比。昨來恣（一作念）吟繹，日覺祛蒙鄙。

郡齋有紫薇雙本自朱明接于徂暑其花芳馥數旬猶茂庭宇之內迥無其倫予嘉其美而能久因詩紀述（於陵憲宗朝嘗爲桂陽郡守，詩爲桂陽時作）

晏朝受明命，繼夏走天衢。逮茲三伏候，息駕萬里途。省躬既跼蹐，結思多煩紆。簪領幸無事，宴休誰與娛。內齋

有嘉樹，雙植分庭隅。綠葉下成幄，紫花紛若鋪。摛霞晚舒艷，凝露朝垂珠。炎沴晝方鑠，幽姿閑且都。夭桃固難匹，芍藥寧爲徒。懿此時節久，詎同光景驅。陶甄試一品，彙乃散殊。濯質非受彩，無心那奪朱。粵予負羈縶，留賞益踟躕。通夕靡云倦，西南山月孤。

贈毛仙翁

先生赤松侶，混俗遊人間。崑閬無窮路，何時下故山。千年猶孺質，秘術救塵寰。莫便沖天去，雲雷不可攀。

許孟容

許孟容，京兆長安人。舉進士甲科。貞元初，爲張建封從事。四遷侍御史，德宗知其才，徵爲禮部員外郎，遷給事中，多所論奏。元和中由太常卿爲尚書左丞，居官守正，善拔士，議論人物，有大臣風采。詩三首。

荅權載之離合詩（時爲給事中）

史（一作敏）才司秘府，文哲今超古。亦有擅風騷，六聯文墨曹。聖賢三代意，工藝千金字。化識從臣謡，人推仙閣吏。如登崑閬時，口誦靈眞詞。孫簡下威鳳，系霜瓊玉枝。

奉和武相公春曉聞鶯

碧樹當窗啼曉鶯，間關入夢聽難成。千回萬囀盡愁思，疑是血魂哀困聲。

享文恭太子廟樂章

鶬牢具品，管弦有節。祝道寅恭，神儀昭晰。桐珪早貴，象輅追設。罄達樂成，降歆豐潔。

馮伉

馮伉，魏州元城人。大曆初，舉五經，又舉宏詞，三遷膳部員外郎，使澤潞，不受幣。德宗以其清可用，授醴泉令，爲著論蒙書以勸俗。韋渠牟薦爲給事中，再領國子祭酒。卒，贈禮部尚書。詩三首。

和權載之離合詩（時爲給事中）

車馬退朝後，聿懷在文友。動詞宗伯雄，重美良史功。亦曾吟鮑謝，二妙尤增價。雨（于叶反）霜鴻唳天，西樹鳥鳴夜。覃思各（一作客）縱橫，早擅希代名。息心欲焚硯，自靦（一作黍）陪羣英。

享文恭太子廟樂章二首

擬日瞻景誠陳樂張禮容秩秩羽舞煌煌肅將滌濯祇
薦芬芳永錫繁祉思深享嘗
干旄羽籥相虧蔽一進一退殊行綴昔獻三雍盛禮容
今陳六佾崇儀制

潘孟陽

潘孟陽侍郎炎之子以蔭進登博學宏辭母劉晏女也
公卿多父友及外祖賓從故得薦用累至兵部郎中權
知户部侍郎年未四十憲宗初巡省江淮憲宗嘗誡江
淮宣慰使鄭敬曰朕宮中用度一疋巳上皆有簿領惟
贈䘏貧民無所計筭卿宜體吾懷勿學潘孟陽奉使但
務酣飲遊山寺也詩三首

和權載之離合詩

詠歌有離合永夜觀酬荅筒中操綵牋竹簡何足編意
深俱妙絶心契交情結計彼官接聯言初竝清切翔集
本相隨羽儀良在斯煙雲競文藻因喜翫新詩

春日雪以迴文絶句呈張薦權德輿一作春日雪寄上張二十九丈大監請招禮部權曹長迴文絶句時爲户部侍郎

春梅雜落雪發樹幾花開眞須盡興飲仁里願同來

元日和布澤

至德生成泰咸歡照育恩流輝霑萬物布澤在三元北
闕祥雲迥東方嘉氣繁青陽初應律蒼玉正臨軒恩洽
因時令風和比化原自慙同草木無以荅乾坤

武少儀

武少儀元和中嘗爲大理卿詩二首

和權載之離合詩時爲國子司業

少年慕時彥小悟一作賠文多變木鐸比羣英八方流德聲
雷陳美交契雨雪音塵繼一作寄恩顧各飛翔因詩覩瑰麗
傳野絶遺賢人希有盛遷早欽風與雅日詠贈酬篇

諸葛丞相廟一作蜀志武侯祠

執簡焚香入廟門武侯神象儼如存因機定蜀延衰漢
以計連吳振弱孫欲盡智能傾僭盜善持忠節轉庸昏
宣王請戰貽巾幗始見才吞亦氣一作勢吞

全唐詩

段文昌

段文昌字墨卿一字景初貞元初授挍書郎累擢翰林
學士中書舍人穆宗即位拜中書侍郎同中書門下平
章事未踰年出爲劍南西川節度使文宗立拜御史大
夫節度淮南徙荊南終西川節度集三十卷今存詩四
首

享太廟樂章

肅肅清廟登顯至德澤周八荒兵定四極生物咸遂羣
盜滅息明聖欽承子孫千億

題武擔寺西臺

秋天如鏡空樓閣盡玲瓏水暗餘霞外山明落照中鳥
行看漸遠松韻聽難窮今日登臨意多歡語笑同

晚夏登張儀樓呈院中諸公

重樓窗戶開四望斂煙埃遠岫林端出清波城下迴乍
疑蟬韻促稍覺雪風來併起鄉關思銷憂在酒杯

還別業尋龍華山寺廣宣上人

十里惟聞松桂風江山忽轉見龍宮正與休師方話舊
風煙幾度入樓中

姚向

姚向長慶二年西川節度判官詩二首

奉陪段相公晚夏登張儀樓

秦相架羣材登臨契上台查從銀漢落江自雪山來儷
曲親流火凌風洽小杯帝鄉如在目欲下盡裴回

和段相公登武擔寺西臺

開閣錦城中餘閑訪梵宮九層連晝景萬象寫秋空天
半將身到江長與海通提攜出塵土曾是穆清風

溫會

溫會以殿中侍御史爲西川安撫判官詩二首

和段相公登武擔寺西臺

桑臺煙樹中臺榭造雲空眺聽逢秋興篇辭變國風坐
愁高鳥起笑指遠人同始愧才情薄躋攀繼韻窮

奉陪段相公晚夏登張儀樓

危軒重疊開訪古上裴回有舌嗟秦策飛梁駕楚材雲
霄隨鳳到物象爲詩來欲和關山意巴歌調更哀

李敬伯

李敬伯西川觀察巡官試大理評事詩二首

和段相公登武擔寺西臺

臺上起涼風乘閑覽歲功自隨台席貴盡許羽觴同樓
殿斜暉照江山極望通賦詩思共樂俱得詠時豐

奉陪段相公晚夏登張儀樓

層屋架城隈賓筵此日開文鋒摧八陣星分應三台望
雪煩襟釋當歡遠思來披雲霄漢近暫覺出塵埃

姚康

姚康字汝諧下邽人登元和十五年進士第試右武衛
曹參軍劍南觀察推官大中時終太子詹事詩四首

奉陪段相公晚夏登張儀樓

登覽值晴開詩從野思來蜀川新草木秦日舊樓臺池
景搖中座山光接上台近秋宜晚景極目斷浮埃

和段相公登武擔寺西臺

松逕引清風登臺古寺中江平沙岸白日下錦川紅疎
樹山根淨深雲鳥跡窮自慚陪末席便與九霄通

禮部試早春殘雪

微暖春潛至輕明雪尚殘銀鋪光漸濕珪破色仍寒無
柳花常在非秋露正團素光浮轉薄皓質駐應難幸得
依陰處偏宜帶月看玉塵銷欲盡窮巷起袁安

賦得巨魚縱大壑

水府乘閑望圓波息躍魚從來暴泥久今日脫泉初得
志寧相忌無心任宛如龍門應可度鮫室豈常居掉尾
方窮樂遊鱗每自舒乘流千里去風力藉吹噓

五·九 三三一

羊士諤

羊士諤，泰山人。登貞元元年進士第，累至宣歙巡官。元和初，拜監察御史，坐誣李吉甫，出爲資州刺史。詩一卷。

早春對雨

南館垂楊早，東風細雨頻。輕寒消玉笋，幽賞滯朱輪。千里巴江守，三年故國春。含情非遲客，懸榻但生塵。

永寧小園即事

蕭條梧竹下，秋物映園廬。宿雨方然桂，朝飢更摘蔬。陰苔生白石，時菊覆清渠。陳力當何事，忘言媿道書。

臺中遇直晨覽蕭侍御壁畫山水

蟲思庭莎白露天，微風吹竹曉淒然。今來始悟朝迴客，暗寫歸心向石泉。

過三鄉望女几山早歲有卜築之志

女几山頭春雪消，路傍仙杏發柔條。心期欲去知何日，惆悵回車上野橋。

和李都官郎中經宮人斜

翡翠無窮掩夜泉，猶疑一半作神仙。秋來還照長門月，珠露寒花是野田。

山閣聞笛

臨風玉管吹參差，山塢春深日又遲。李白桃紅滿城郭，馬融閑臥望京師。

登樓

槐柳蕭踈遶郡城，夜添山雨作江聲。秋風南陌無車馬，獨上高樓故國情。

憶江南舊遊二首

山陰道上桂花初，王謝風流滿晉書。曾作江南步從事，秋來還復憶鱸魚。

曲水三春弄綵毫，樟亭八月又觀濤。金罍幾醉烏程酒，鶴舫閑吟把蟹螯。

郡中即事三首

曉風山郭雁飛初，霜拂回塘水榭虛。鼓角清明如戰壘，梧桐摇落似賀居。青門遠憶中人産，白首閑看太史書。城下秋江寒見底，賓筵莫訝食無魚。

紅衣落盡暗香殘，葉上秋光白露寒。越女含情已無限，莫教長袖倚闌干。（此首題一作翫荷花）

登臨（一作高）何事（一作處）見瓊枝，白露黃花自繞籬。惟有樓中好山色，稻畦殘水入秋池。（此首題一作寄裴校書）

野望二首

萋萋麥隴杏花風，好是行春野望中。日暮不辭停五馬，鴛鴦飛去綠江空。

忘懷不使海鷗疑，水映桃花酒滿巵。亭上一聲歌白苧，野人歸棹亦行遲。

遊西山蘭若

路傍垂柳古今情，春草春泉咽又生。借問山僧好風景，看花攜酒幾人行。

泛舟入後溪

東風朝日破輕嵐，仙棹初移酒未酣。玉笛閑吹折楊柳，春風無事傍魚潭。

看花

雨餘芳草淨沙塵，水綠灘平一（一作色）帶春。唯有啼鵑似留客，桃花深處更無人。（此首一作于鵠詩）

一到花間一忘歸，玉杯瑤瑟減光輝。歌筵更覆青油幕，忽似朝雲瑞雪飛。

春望

莫問華簪髮已斑，歸心滿目是青山。獨上層城倚危檻，柳營春盡馬嘶閑。

寄江陵韓少尹

別來玄鬢共成霜，雲起無心出帝鄉。蜀國魚箋數行字，憶君秋夢過南塘。

賀（一作資）州宴行營回將

九（一作幾）劍盈庭酒滿巵，戍人歸日及瓜時。元戎靜鎮無邊事，遣向營中偃畫旗。

遊郭駙馬大安山池

馬嘶芳草自淹留，別館何人屬細侯。仙杏破顔逢醉客，綵鴛飛去避行舟。洞簫日暖移賓榻，垂柳風多掩妓樓。坐閣清暉不知暮，煙橫北渚水悠悠。

故蕭尚書瘿柏齋前玉蘂樹與王起居吏部孟員外同賞

柏寢閑何時，瑤華自滿枝。天清凝積素，風暖動芬絲。留步蒼苔暗，停觴白日遲。因吟茂陵草，幽賞待妍詞。

和武相早朝中書候傳點書懷奉呈

殿省秘清曉，夔龍升紫微。星辰拱帝座，劍佩翊天機。耿耿金波缺，沉沉玉漏稀。綵箋蹲鷙獸，畫扇列名翬。志業丹青重，恩華雨露霏。三台昭建極，一德慶垂衣。昌運瞻文教，雄圖本武威。殊勳如帶遠，佳氣似煙非。抗節衷無隱，同心尚弼違。良哉致君日，維嶽有光輝。

和蕭侍御監祭白帝城西村寺齋沐覽鏡有懷吏部孟員外并見贈

曉沐金仙宇，迎秋白帝祠。軒裳煩吏職，風物動心期。清鏡開塵匣，華簪指髮絲。南宮有高步，歲晏豈磷緇。

送張郎中副使自南省赴鳳翔府幕

仙郎佐氏（一本缺）謀，廷議寵元侯。城郭須來貢，河隍亦順流。亞夫高壘靜，充國大田秋。當奮燕然筆，銘功向隴頭。

和竇吏部雪中寓直

瑞花飄朔雪，灝氣滿南宮。迢遞層城掩，徘徊午夜中。金閨通籍恨，銀燭直廬空（一本缺）。誰問烏臺客，家山憶桂叢。

小園春至偶呈吏部竇郎中（題下一本有孟員外三字）

松篠雖苦節，冰霜惨其間。欣然（一作欣）發佳色，如喜東風還。幽抱想前躅，冥鴻度南山。春臺一以眺，達士亦解顔。偃息非老圃，沉吟閟玄關。馳暉忽復失，壯氣（一作歲）不得閑。君子當濟物，丹梯誰（一作難）共攀。心期自有約，去掃蒼苔斑。

酬吏部竇郎中直夜見寄

解巾侍雲陛，三命早爲郎。復以雕龍彩，旋歸振鷺行。玉書期養素，金印已（一本缺）懷黃。茲夕南宮詠，遐情媿不忘。

永寧里園亭休沐悵然成詠

雲景含初夏，休歸曲陌深。幽簾宜永日，珍樹始清陰。遲客唯長簟，忘言有匣琴。畫披靈物態，書見古人心。芳草多留步，鮮飈自滿襟。勞形非立事，瀟灑媿頭簪。

登樂遊原寄司封孟郎中盧補闕

爽節時清眺秋懷悵獨過神臯值宿雨曲水已增波白鳥凌風迴紅蕖濯露多伊川有歸思君子復如何

乾元初嚴黃門自京兆少尹貶牧巴郡以長才英氣固多暇日每遊郡之東山山側精舍有盤石細泉疏爲浮梧之勝苔深樹老蒼然遺躅士諤謬因出守得繼玆賞乃賦詩十四韻刻於石壁

石座雙峰古雲泉九曲深寂寥疏鑿意蕪沒歲時侵繞席流還壅浮杯咽復沉追懷王謝侶更似會稽岑（始謂流杯之地蔓草已沒石泉不絕如線盼自踈導終日潺湲蓋數十年無復遊者）誰謂天池翼相期宅畔吟光輝輕尺璧然諾重黃金幾醉東山妓長懸北闕心蕙蘭留雜佩桃李想（一作相）華簪（時郡詹事昂自拾遺貶清化尉黃門年三十餘且爲府主與郡意氣友善賦詩高會文字猶存）閑閣余何事鳴騶亦屢尋軒裳遵往轍風景憩中林橫吹多淒調安歌送好音初筵方側弁故老忽霑襟（時老僧常覺在自言目覩黃門遊集之日歷歷可聽及聞絲竹發聲泣然流涕）盛世當弘濟平生諒所欽無能愧陳力惆悵拂瑤琴

閑齋示一二道者

幽蘭誰復奏閑匣以端憂知止慙先覺歸歟想故侯山蟬鈴閣晚江雨麥田秋唯有空門學相期老一丘

南池荷花

蟬噪城溝水芙蓉忽已繁紅花迷越艷芳意過湘沅湛露宜清暑披香正滿軒朝朝祇自賞穠李亦何言

郡中翫月寄江南李少尹虞部孟員外三首

月滿自高丘江通無狹流軒窗開到曉風物坐含秋鵲警銀河斷蛩悲翠幕幽清光望不極耿耿下西樓

桂華臨洛浦如挹李膺仙玆夕披雲望還吟擲地篇鳳池分直夜牛渚泛舟年會是風流賞惟君內史賢

圓景曠佳賓（一作賞）徘徊夜漏頻金波徒汎酒瑤瑟已生塵露白移長簟風清挂幅巾西園舊才子想見洛陽人（時盧雲夫書分司入洛）

城隍廟賽雨二首

零雨慰斯人齋心薦綠蘋山風蕭鼓響如祭敬亭神

積潤通千里推誠奠一卮回飇經畫壁忽似偃雲旗

郡樓晴望二首

霽色朝雲盡亭臯（一作高）露亦晞褰開臨曲檻蕭瑟換輕衣地遠秦人望天晴社燕飛無功慙歲晚唯念故山歸

一雨晴山郭驚秋碧樹風蘭卮誰與薦玉旆自無悰雲景嘶賓雁嵐陰露彩虹閑吟懶閉（一作下）閣旦夕郡樓中

初移琪樹

愛此丘中物煙霜盡日看無窮碧（一作白）雲意更助綠窗寒

燕居

秋齋膏沐暇旭日照軒墀露重芭蕉葉香凝（一作低一本缺）橘柚枝簡書隨吏散寶騎與僧期報國得何力流年已覺衰

寄黔府竇中丞

漢臣旌節貴萬里護牂牁夏月（一作日）天無暑秋風水不波朝衣蟠艾綬戎幕偃雕戈滿歲歸龍闕良哉佇作歌

書樓懷古

何獨文翁化風流與代深泉雲無舊轍騷雅有遺音遠目窮巴漢閑情閱古今忘言意不極日暮但橫琴

九月十日郡樓獨酌

掾史當授衣郡中稀物役嘉辰悵已失殘菊誰爲惜檽軒一尊泛天景洞虛碧暮節獨（一作猶）賞心寒江鳴湍石歸期北州里舊友東山客飄蕩雲海深相思桂花白

暮秋言懷

城隅凝綵畫紅樹帶青山遲客金尊晚談空玉柄閑馳暉三峽水旅夢百勞關非是淮陽薄立中只望還

題枇杷樹

珍樹寒始花氛氳九秋月佳期若有待芳意常無絕嫋嫋碧海風濛濛綠枝雪急景自餘妍春禽幸流悅

上元日紫極宮門觀州民然燈張樂

山郭通衢隘瑤壇紫府深燈花助春意舞綬（一作綴）織歡心閑似淮陽臥恭聞樂職吟唯將聖明化聊以達飛沉

西郊蘭若

雲天宜北户塔廟似西方林下僧無事江清日復長石泉盈掬冷山實滿枝香寂寞傳心印玄言亦已忘

在郡三年今秋見白髮聊以書事

二毛非騎省朝鏡忽秋風絲縷寒衣上霜華舊簡中承明那足厭車服媿無功日日山城守淹留巖桂叢

郡中端居有懷袁州王員外使君

憶作同門友承明奉直廬禁闈人自異休澣跡非疎珥筆金華殿三朝玉璽書恩光榮侍從文彩應符徐（王自貞元以至元和並掌密命）青眼眞知我玄談愧起予蘭卮招促膝松砌引長裾（王尤精大玄自爲深知時在憲司休注釋與予自郎冠服輒詣松庭永日言集）麗日流鶯早涼天墜露初前山臨紫閣曲水眺紅蕖誰爲音塵曠俄驚歲月除風波移故轍符守忽離居濟物陰功在分憂盛業餘弱翁方大用延首遲雙魚

山寺題壁

物外眞何事幽廊步不窮一燈心法在三世影堂空山果青苔上寒蟬落葉中歸來還閉閣棠樹幾秋風

暇日適值澄霽江亭遊宴

碧落風如洗清光鏡不分弦歌方對酒山谷盡無雲振臥淮陽病悲秋宋玉文今來強攜妓醉舞石榴裙

玩槿花

何乃詩人興妍詞屬舜華風流感異代窈窕比同車凝艷垂清露驚秋隔絳紗蟬鳴復蟲思惆悵竹陰斜

郡齋讀經

壯齡非濟物柔翰誤爲儒及此齋心暇翛然與道俱散材誠獨善正覺豈無徒半偈蓮生水幽香桂滿爐息陰慙蔽芾講義得醍醐跡似桃源客身攖竹使符華夷參吏事巴漢混州圖偃草懷君子移風念嗇夫翳桑俄有績宿麥復盈租圓寂期超詣凋殘幸已蘇解空囊不智滅景谷何愚幾日遵歸轍東菑殆欲蕪

州民自言巴土冬濕且多陰晦今玆晴朗苦寒霜頗甚故老咸異之因示寮吏（第五句第七句第八句並缺）

雨霜以成歲看舊感前聞愛景隨朝日凝陰積暮雲

忘言酒暫醺

齋中有獸皮茵偶成詠

逸才豈凡獸服猛愚人得山澤生異姿蒙戎（一作茸）蔚佳色

青氈持與藉重錦裁爲飾臥閣幸相宜溫然承宴息

野夫採鞭於東山偶得元者

追風豈無策持斧有遐想鳳去畱孤根嵓懸非朽壤苔斑自天生玉節垂雲長勿謂山之幽丹梯亦可上

守郡累年俄及知命聊以言志第八句缺一字

南國疑逋客東山作老夫登朝非大隱出谷是眞愚氣直慚龍劒心清愛玉壺聊持循吏傳早晚　爲徒

東渡早梅一樹歲華如雪酣賞成詠第二句第三句各缺一字

暇日畱　事期雲亦　開鄉心持歲酒津下賞山梅晚實和商鼎濃香拂壽杯唯應招北客日日踏青來

題郡南山光福寺寺即嚴黃門所置時自給事中京兆少尹出守年三十性樂山水故老云每旬數至後分閩一有西字川州門有去思碑即郄拾遺之詞也

傳聞黃閣守玆地賦長沙少壯稱時傑功名惜歲華巖廊初建刹賓從亟鳴笳玉帳空嚴道甘棠見野花碑殘猶隋淚城古自歸鴉籍籍清風在懷人諒不遐

雨中寒食

令節逢煙雨園亭但掩關佳人宿妝薄芳樹綵繩閒歸思偏消酒春寒爲近山花枝不可見別恨灞一作五陵間

晚夏郡中臥疾

事外心如寄虛齋臥更幽微風生白羽畏日隔青油用拙懷歸去沉痾畏借畱東山自有計蓬鬢莫先秋

酬盧司門晚夏過永寧里弊居林亭見寄

自嘆淮陽臥誰知去國心幽亭來北户高韻得南金苔甃窺泉少籃輿愛竹深風蟬一清暑應喜脫朝簪

山郭風雨朝霽悵然秋思

桐竹離披曉涼風似故園驚秋對旭日感物坐前軒江燕飛還盡山榴落尚繁平生信有意衰久已忘言

南館林塘

郡閣山斜對風煙隔短墻清池如寫月珍樹盡凌霜行樂知無悶加餐頗自強心期空歲晚魚意久相忘

臘夜對酒

琥珀盃中物瓊枝席上人樂聲方助一作缺醉燭影已含春自顧行將老何辭坐達晨傳觴稱厚德不問吐車茵

池上搆小山詠懷第二句缺二字

玉立出巖石風清曲　偶成聊近意靜對想凝神牛渚中流月蘭亭上道春古來心可見寂寞爲斯人

林塘臘候

南國氷霜晚一作今年華已暗歸閑招別館客遠念故山薇野艇虛還觸籠禽倦更飛忘言亦何事酣賞步一作坐清輝

酬禮部崔員外備獨一作矚一本此下缺一字永寧里弊居見寄來詩云圖書鏁塵閣符節守山城第二句缺一字

守土親巴俗腰章　漢儀春行樂職詠秋感伴牢詞舊里藏書閣閒門閉權籬遙慚退朝客下馬獨相思

梁國惠康公主挽歌詞二首時詔令百官進詞駙馬即司空于公之子

湯沐成陳跡山林遂寂寥鵲飛應織素鳳起獨吹簫玉殿中參罷雲軿上漢遙皇情非不極空輟未央朝

授冊榮天使陳詩感聖恩山河啓梁國縞素及于門泉向金卮咽霜來玉樹繁都人聽哀挽淚盡望寒原

南池晨望

起來林上月瀟灑故人情鈴閣人何事蓮塘曉獨行衣沾竹露爽茶對石泉清鼓吹前賢薄羣蛙試一鳴

林館避暑

池島清陰裏無人泛酒船山蜩金奏響荷露水精圓靜勝朝還暮幽觀白已玄家林正如此何事賦歸田

巴南郡齋雨中偶看長曆是日小雪有懷昔年朝謁因成八韻

夷落朝雲候王正小雪辰緬懷朝紫陌曾是灑朱輪氣耿簪裾肅風嚴刻漏頻暗飛金馬仗寒舞玉京塵豸角隨中憲龍池列近臣蘂珠凝瑞彩懸圃淨華茵帝澤千箱慶天顏萬物春明廷一作君猶咫尺高詠愧巴人

褒城驛池塘翫月

夜長秋始半圓景麗銀河北渚清光溢西山爽氣多鶴飛聞隊露魚戲見增波千里家林望涼颸換綠蘿

資陽郡中詠懷

腰章非達士閒閣是潛夫匣劒寧求試籠禽但自拘江清牛渚鎮酒熟步兵廚唯此前賢意風流似不孤

寒食宴城北山池即故郡守滎陽鄭鋼一作綱目爲折柳亭

別館青山郭遊人折柳行落花經上巳細雨帶清明鶗鴂流芳暗鴛鴦曲水平歸心何處醉寶瑟有餘聲

酬彭州蕭使君秋中言懷

右一作古職移青綬雄藩拜紫泥江回玉壘下氣爽錦城西皐鶴驚秋律琴烏怨夜啼離居同舍念宿昔奉金閨元和初接武南臺周旋兩院

資中早春

一雨東風晚山鶯獨報春淹畱巫峽夢惆悵洛陽人柳意籠丹檻梅香覆錦茵年華行可惜瑤瑟莫生塵

郡樓懷長安親友

殘暑三巴地沉陰八月天氣昏高閣雨夢倦下簾眠愁鬢華簪小歸心社燕前相思杜陵野溝水獨潺湲

王起居獨遊青龍寺翫紅葉因寄

十畝蒼苔遶畫廊幾株紅樹過清霜高情還似看花去
閑對南山步夕陽

夜聽琵琶三首

掩抑危絃咽又通朔雲邊月想朦朧當時誰佩將軍印
長使蛾眉怨不窮

一曲徘徊星漢稀夜闌幽怨重依依忽似摐金來上馬
南枝棲鳥盡驚飛

破撥聲繁恨已長低鬟斂黛更摧藏潺湲隴水聽難盡
併覺風沙繞杏一作畫梁

彭州蕭使君出妓夜宴見送

玉顏紅燭忽驚春微步凌波暗拂塵自是當歌斂眉黛
不因惆悵爲行人

題松江館

津柳江風白浪平棹移高館古今情扁舟一去鴟夷子
應笑分符計日程

偶題寄獨孤使君

全唐詩

楊巨源

楊巨源字景山河中人貞元五年擢進士第爲張弘靖從事由秘書郎擢太常博士禮部員外郎出爲鳳翔少尹復召除國子司業年七十致仕歸時宰白以爲河中少尹食其祿終身集五卷今編詩一卷

秋夜閑居即事寄廬山鄭員外蜀郡符處士

憂思繁未整良辰會無由引領遲佳音星紀屢以周蓬閣絕華耀況乃處窮愁墜葉寒擁砌燈火（一作先）夜悠悠開琴弄清弦窺月俯澄流冉冉鴻鴈度蕭蕭帷箔秋悵懷石門詠緬慕（一作[illegible]）碧雞遊髣髴棠顏色崇蘭隱芳洲

獨不見

東風豔陽色柳綠花如霰競理同心鬟爭持合歡扇香傳賈娘手粉離何郎面最恨卷簾時含情獨不見

題趙孟莊

管鮑化爲塵交友存如線升堂俱自媚得路難相見懿君敦三益頹俗期一變心同蘘芝蘭氣合回霜霰石門雲臥久玉洞花尋遍王濬愛旌旗梁竦勞州縣煙鴻秋更遠天馬寒愈健願事郭先生青囊書幾卷（此下有却贈二字　第八句缺二字）

辭魏博田尚書出境後感恩戀德因登叢臺（一本）

薦書及龍鍾此事鑊心骨親知殊悢悢（一作悵悵）徒御方咄咄病起淮陽自有時秋來未覺長年悲坐逢在日唯相望嫋嫋涼風滿桂枝

永寧里小園與沈校書接近悵然題寄

故里心期奈別何手移芳樹憶庭柯東皋黍熟君應醉梨葉初紅白露多

齋（一作春）中詠懷

無心唯有白雲知閑臥高齋夢蝶時不覺東風過寒食雨來萱草出巴籬

登郡前山

洛陽歸客滯巴東處處山櫻雪滿叢峴首當時爲風景豈將官舍作池籠

客有自渠州來說常諫議使君故事悵然成詠

才子長沙暫左遷能將意氣慰當年至今猶有東山妓長使歌詩被管弦

春日朝罷呈臺中寮（一作良）友

退食鵷行振羽儀九霄雙闕迥參差雲披綵仗春風度日暖香階晝刻移玉樹籠煙鳷鵲觀石渠流水鳳凰池時清執法慚無事未有長楊漢主知

州民有獻杏者瑰麗溢目因感花未幾聊以成詠

南郭東風賞杏壇幾株芳樹昨留歡却憶落花飄綺席忽驚如實滿雕盤蛾眉半歛千金薄鸚鵡初鳴百草闌志士古來悲節換美人啼鳥亦長嘆

西川獨孤侍御見寄七言四韻一首爲郡翰墨都捐逮此詶答誡乖拙速

百雉層城上將壇列營西照雪峰寒文章立事須銘鼎談笑論功恥據鞍草檄清油推（一作催）健筆曳裾黃閣聳危冠雙金未比三千字負弩空慚知者難

都城從事蕭員外寄海梨花詩盡綺麗至惠然遠及

珠履行臺擁附蟬外郎高步似神仙陳詞今見唐風盛從事遙瞻衛國賢擲地好詞凌綵筆浣花春水膩魚箋東山芳意須同賞子看囊盛幾日傳（右軍書云青李來禽櫻桃日給藤子皆囊盛爲佳函封多不生）

赴資陽經嶓冢山（漢水所出元和三年已授此官）

寧辭舊路駕朱轓重使疲人感漢恩今日鳴騶到嶓峽還勝博望至河源

郡中言懷寄西川蕭員外

功名無力愧勤王已近終南得草堂身外盡歸天竺偈腰間唯有會稽章何時臘酒逢山客可惜梅枝亞石牀歲晚我知仙客意懸心應在白雲鄉

郡齋感物寄長安親友

晴天春意併無窮過臘江樓日日風瓊樹花香故人別蘭巵酒色去年同閑吟鈴閣巴歌裏回首神皐瑞氣中自愧朝衣猶在篋歸來應是白頭翁

息舟荊溪入陽羨南山遊善權寺呈李功曹巨

結纜蘭香渚（一作渚畔）柴車（一作紫岩又作挈侶）上連岡晏温值初霽去遠山河長獻歲冰雪盡細泉生路傍行披煙杉入激澗（一作瀾）横石梁層閣表精廬飛甍切雲翔冲襟得高步清眺極遠方潭嶂積佳氣蕙英多早芳具觀澤國秀重使春心傷念遵煩促遂榮利鶩隙光勉君脫冠意共匿無何鄉

亂後曲江

憶昔曾遊曲水濱春來長有探春人遊春人靜空地（一作池）在直至春深不似春

尋山家（一作長孫佐輔詩）

獨訪山家歇還涉（一作步還歇）茅屋斜連隔松葉主人聞語未開門繞籬野菜飛黃蝶

寄裴校書

登高何處見瓊枝白露黃花自繞籬惟有樓中好山色稻畦殘水入秋池

句

風泉留古韻笙磬想遺音　桂朽有遺馥鸞飛安可待

塵沙藹如霧長波驚飈度雁起汀洲寒馬嘶高城暮

銀釭倦秋館綺瑟瞻永路重有攜手期清光倚玉樹（以上見張爲主客圖）

（賓朋儈別僕僕請行）蕪臺邯鄲郭臺上見新月離恨始分明　更超忽懷仁淚空盡感事情又發他時躧履聲曉日照丹闕

夏日苦熱同長孫主簿過仁壽寺納涼

火入天地鑪南方正何劇四郊長雲紅六合太陽赤爀爀沸泉壑㷂燄燋砂石思滅祝融權期匡諸子宅因投竹林寺一問青蓮客心空得清涼理證等喧寂開襟天籟回步履雨花積微風動珠簾惠氣入瑤席境閑性方謐塵遠趣皆適淹駕殊未還朱欄敞虛碧

送李虞仲秀才歸東都因寄元李二友

高翼閑未倦孤雲曠無期晴霞海西畔秋草燕南時鄴中多上才耿耿丹霄姿顧我於逆旅與君發光儀同將儒者方獲忝攜（一作儁）人知幽蘭與芳佩寒玉鏘美詞舊友在伊洛鳴蟬思山陂到來再春風夢盡雙瓊枝素業且無負青冥殊未遲南橋天氣好脈脈一相思

和盧諫議朝回書情即事寄兩省閣老兼呈二起居諫院諸院長

寵位資寂用回頭憐二疎超遙比鶴性皎潔同僧居華組澹無累單牀歡有餘題詩天（一作清）風灑屬思紅霞舒藹藹延閣東晨光映林初爐香深內殿山色明前除對客默焚稾何人知諫書全仁氣逾勁大辨言甚徐逸步寄青瑣閑唫親綺疏清輝被鸞渚瑞藹含龍渠謝監營野墅陶公愛吾廬悠然遠者懷聖代飄長裾端弼緝元化至音生太虛一戎殄攙槍重譯充儲胥借地種寒竹看雲憶春蔬靈機棲杳冥談笑登軒車晚迹識麒麟秋英見芙蕖危言直且莊曠抱鬱以攄志業耿冰雪光容粲璠璵時賢儼仙掖氣謝心何如

奉酬竇郎中早入省苦寒見寄

玄冥怒含風羣物戒嚴節空山頑石破幽澗層冰裂題詩金華彥接武丹霄烈曠懷玉京雲孤唱粉垣雪窮陰總凝沍正氣直肅殺天狼看墜地霜兔敢拒穴悠然蓬萬士亦得奉朝謁羸驂苦遲遲單僕怨切切端闈仙階邃廣陌凍橋滑旭日鴛鷺行瑞煙芙蓉闕司寒申鄭重成歲在凜冽謝監逢酒（一作假）時袁生閉門月漸思霜霰滅欲報陽和發誰家挾纊心何地當鑪熱慘舒能一改恭聽遠者說

野園獻果呈員外

西園果初熟上客心逾愜凝粉乍辭枝飄紅仍帶葉幽姿寫瓊實般彩呈妝頰持此贈佳期清芬羅袖裛

大堤曲（一作詞）

二八嬋娟大堤女開壚相對依江渚待客登樓向水看邀郎捲幔臨花語細雨濛濛濕芰荷巴東商侶挂（一作駐）帆多自傳芳酒涴（一作翻）紅袖誰調妍妝回翠娥珍簟華燈夕陽後當壚理瑟矜纖手月落星微五鼓聲春風搖蕩窗前柳歲歲逢迎沙岸間北（一作背）人多識（一作整）綠雲鬟無端嫁與五陵少離別煙波傷玉顏

楊花落

北斗南回春物老紅英落盡綠（一作緣）尚早韶風澹蕩無所依偏惜垂楊作春好此時可憐楊柳花縈（一作榮）盈豔曳滿人家人家女兒出羅幙靜掃玉庭待花落寶環纖手捧更飛翠羽輕裾承不著歷歷瑤琴舞金（一作態）陳菲紅拂黛憐玉人東園桃李芳已歇獨有楊花嬌暮春

月宮詞

宮中月明何所似如積如流滿田地迴過前殿曾學省回照長門慣催淚昭陽昨夜秋風來綺閣金鋪情（一作清）影開藻井浮花共陵亂玉階零露相裴回稍映明河泛仙馭滿牕猶在更衣處管弦回燭無限情環珮憑欄不能去皎皎蒼蒼千里同穿煙飄葉九門通珠簾欲卷畏成水瑤席初陳驚似空復值君王事歡宴宮女三千一時見飛蓋愁看素暈低稱觴願踏清輝遍江上無雲夜可憐冒沙披浪自嬋娟若共心賞風流夜那比高高太液前

贈從弟茂卿（詩欲北遊）

吾從（一作家）驥足楊茂卿性靈且奇才甚清海內方微風雅道鄴中更有文章盟扣寂由來在淵思搜奇本自通禪智王維證時符水月杜甫狂處遺天地流水東西岐路分幽州迨邅舊來聞若爲向北驅疲馬山似寒空塞似雲

烏啼曲贈張評事

可憐楊葉復楊花雪淨煙深碧玉家烏棲不定枝條弱城頭夜半聲啞啞浮萍流（一作搖）（一作樓）蕩門前水任罥芙蓉莫墮沙

端午日伏蒙內侍賜晨服

綵縷纖仍麗凌風卷復開方應五日至應自九天來在笥清光發當軒暑氣回遙知及時節刀尺火雲催

胡姬詞

妍豔照江頭春風好客留當壚知妾慣送酒爲郎羞香渡傳蕉扇妝成上竹樓數錢憐皓腕非是不能留

春日有贈

堤暖柳絲斜風光屬謝家晚心應戀水春恨定因花步遠憐芳草歸遲見綺霞由來感情思獨自惜年華

襄陽樂

開隨少年去試上大堤遊畫角棲烏起清弦過客愁碑沈楚山石珠徹漢江秋處處風情好盧家更上樓

關山月

蒼茫臨故關迨遞照秋山萬里平蕪靜孤城落葉閑露濃棲鴈起天遠戍兵還復映征西府光深組練間

長城聞笛

孤城笛滿林斷續共霜砧夜月降羌淚秋風老將心靜過寒壘遍暗入故關（一作園）深惆悵梅花落山川不可尋

春晚東歸留贈李功曹

芳田岐路斜脈脈惜年華雲路（一作絡）青絲騎香含翠幰車歌聲仍隔水醉色未侵花唯有懷鄉客東飛羨曙鴉

送殷員外使北蕃

二軒將雨露萬里入煙沙和氣生中國薰風屬外家塞蘆隨鴈影關柳拂駝花努力黃雲北僊曹有雉車

送許侍御充雲南哀冊使判官

萬里永昌城威儀奉聖明冰心瘴江冷霜憲漏天晴荒外開亭候雲南降旆旌他時功自許絕域轉哀榮

秋日題陳宗儒圃亭悽然感舊

曾隨何水部待月東亭宿今日重凭欄清風空在竹前山依舊碧閑草經秋綠時物方宛然蛛絲一何速

和鄭少師相公題慈恩寺禪院

舊寺長桐孫朝天是聖恩謝公詩更老蕭傅道方尊白法知深得蒼生要重論若爲將此望心地向空門

同趙校書題普救寺

東門高處天一望幾悠然白浪過城下青山滿寺前塵光分驛道嵐色到人煙氣象須文字逢君大雅篇

春日與劉評事過故證(一作澄)上人院

曾共劉諮議同時事道林與君方掩淚來客是知心堦雪凌春積鐘煙向夕深依然舊童子相送出花陰

春雪題興善寺廣宣上人竹院

皎潔青蓮客焚香對雪朝竹風催(一作吹)淅瀝花雨讓飄颻觸(一作灑)石和雲積縈池拂水消只應將日月顏色不相饒

清明日后土祠送田徹(一作澈)

清明千萬家處處是年華榆柳芳辰火梧桐今日花祭祠(一作登)結雲綺遊陌擁香車惆悵田郎去原回煙樹斜

酬令狐員外直夜書懷見寄

花枝暖欲舒粉署夜方初世職推傳盛春刑是減餘芸香能護字鉛槧善呈書此地從頭白經年望輦車

題表丈三大夫書齋

盛府自蓮花羣公是歲華蘭姿丈人圃松色大夫家素卷堆瑤席朱弦映絳紗詩題三百首高韻照春霞

春日送沈贊府歸潯陽覲叔父

潯陽阮咸宅九派竹林前花嶼高如浪雲峰遠似天江聲在南巷(一作港)海氣入東田才子今朝去風濤思渺然

與李文仲秀才同賦泛酒花詩

若道春無賴飛花合逐風巧知人意裏解入酒杯中香濕勝含露光搖似泛空請君回首看(一作醉眼)幾片舞芳叢

登寧州城樓

宋玉本悲秋今朝更上樓清波城下去此意重悠悠晚菊臨杯思寒山滿郡愁故關非內地一爲漢家羞

同薛侍御登黎陽縣樓眺黃河

倚檻恣流目高城臨大川九回紆白浪一半在青天氣肅晴空外光翻曉日邊開襟值佳景懷抱更悠然

和權相公南園閑涉寄廣宣上人

浩氣抱天和閑園載酒過步因秋景曠心向晚雲多翠玉思回鳳玄珠肯在鵝問(一作湯)師登幾地空性奈詩何

供奉定法師歸安南

故鄉南越外萬里白雲峰經論辭天去香花入海逢鷺濤清梵徹蜃閣化城重心到長安陌交州後夜鐘

池上竹

一叢嬋娟色四面清泠波氣潤晚煙重光閑秋露多翠筠入疎柳清影拂圓荷歲晏琅玕實心期有鳳過

長安春遊

鳳城春報曲江頭上客年年是勝遊日暖雲山當廣陌天清絲管在高樓蘢蔥樹色分僊閣縹緲花香汎御溝桂壁朱門新邸第漢家恩澤問酇侯

送定法師歸蜀法師即紅樓院供奉廣宣上人兄弟

鳳城初日照紅樓禁寺公卿識惠休詩引棣華沾一雨經分貝葉向雙流孤猿學定前山夕遠鴈傷離幾地秋空性碧雲無處所約公曾許剡溪遊

早朝

鐘聲(一作傳)清禁纔應徹漏報仙闈儼已開雙闕薄煙籠菡萏九成初日照蓬萊朝時但向丹墀拜仗下方從碧殿回聖道逍遙更何事願將巴曲贊康哉

贈張將軍

關西諸將揖容光獨立營門(一作前)劒有霜知愛魯連歸海上肯令王翦在頻(一作平)陽天晴紅幟當山滿日暮清笳入塞長年少功高人最羨漢家壇(一作煙)樹月(一作日)蒼蒼

和侯大夫秋原山觀征人回

兩河戰罷萬方清原上軍回識舊營立馬望雲秋塞靜射鵰臨水晚天晴戍閑部伍分岐路地遠家鄉寄旆旌聖代止戈資廟略諸侯不復更長征

送人過衞州

憶昔征南府內遊君家東閣宦淹留縱橫聯句長侵曉次第看花直到秋論舊舉杯先下淚傷離臨水更登樓相思前路幾回首滿眼青山過衞州

寄中書同年舍人

晴明紫閣最高峰仙掖開簾范彥龍五色天書詞煥爛九華春殿語從容絲毫應染爐煙細清珮仍含玉漏重二十年前同日喜碧霄何路得相逢

酬(一作贈)于駙馬二首

綺陌塵香曙色分碧山如畫又逢君蛟藏秋月一片水驥鎖晴空千尺雲戚里舊知何駙馬詩家今得鮑參軍陽和本是煙霄曲須向花閒次第聞

芳時碧落心應斷今日清詞事不同瑤草秋殘仙圃在綵雲天遠鳳樓空晴花煖(一作曾)送金羈影涼葉寒(一作還)生玉簟風長得聞詩歡自足會看春露濕蘭叢

將歸東都寄(一作別)令狐舍人

綠楊紅杏滿城春一騎悠悠萬井塵岐路未關(一作闊)今日事風光欲醉長年人閑過綺陌尋高寺強對(一作到)朱門謁近臣多病晚來還有策雒陽山色舊相親

寄江州白司馬

江州司馬平安否惠遠東林住得無湓浦曾聞似衣帶廬峰見說勝香爐題詩歲晏離鴻斷望闕天遙病鶴孤莫謾拘(一作勾)牽雨花社青雲依舊是前途

薛司空自青州歸朝

天眷君陳久在東歸朝人看大司空黃河岍畔長無事滄海東邊獨有功已變畏途成雅俗仍過舊里揖秋風一門累葉凌煙閣次第儀形漢上公

送章孝標校書歸杭州因寄白舍人

曾過靈隱江邊寺獨宿東樓看海門潮色銀河鋪碧落日光金柱出紅盆不妨公事資高臥無限詩情要細論若訪郡人徐孺子應須騎馬到沙村

述舊紀勳寄太原李光顏侍中二首

玉塞含悽見鴈行北垣新詔拜龍驤弟兄間世真飛將

貔虎歸時似故鄉　鼓角因風飄朔氣　旌旗映水發秋光
河源收地心猶壯　笑向天西萬里霜
倚天長劍截雲孤　報國縱橫見丈夫　五載登壇真宰相
六重分閫正司徒　曾聞轉戰平堅寇　共說題詩壓腐儒
料敵知機在方寸　不勞心力講陰符

酬盧員外

謝傅旌旗控上游　盧郎鐏俎借前籌　舜城風土臨清廟
魏國山川在白樓　雲寺當時接高步　水亭今日又同遊
滿篋舊府笙歌在　獨有羊曇最淚（一作後）流

古意贈王常侍

繡戶紗窗北里深　香風暗動鳳凰簪　組紃常在佳人手
刀尺空摇寒女心　欲學齊謳逐雲管　還思楚練拂霜砧
東家少婦當機織　應念無衣雪滿林

送裴中丞出使

一清淮甸假朝綱　金印初迎細柳黄　辭闕天威和雨露
出關春色避風霜　龍韜何必陳三略　虎旅由來肅萬方
宣諭生靈真重任　回軒應問石渠郎

送絳州盧使君

應將清淨結心期　又共陽和到郡時　絳老問年須算字
庾公逢月要題詩　朱欄迢遞因高勝　粉堞清明欲下遲
他日徵還作霖雨　不須求賽敬亭祠

贈李傅

知因公望掩能文　誓激明誠在致君　曾罷雙旌瞻白日
猶將一劍許黄雲　揺驄竹色留僧語　入院松聲共鶴聞
莫被此心生晚計　鎮南人憶杜將軍

上裴中丞

六年西掖弘湯誥　三捷東堂總漢科　政引風霜成物色
語回天地到陽和　清威更助朝端重　聖澤曾隨筆下多
應笑白鬚揚執戟　可憐春日老如何

和人與人分惠賜氷

天水藏來玉墮空　先頒密署幾人同　映盤皎潔非資月
（一作闕露）披（一作當）扇清涼不在風　瑩質方從綸閣内　凝輝更向畫
堂（一作錦帷）中　麗詞珍貺難雙有　迢遞金輿殿角東

觀打毬有作

親掃毬場如砥平　龍驤驟馬曉光晴　入門百拜瞻雄勢
動地三軍唱好聲　玉勒回時霑赤汗　花鬃分處拂紅纓
欲令四海氛煙靜　杖底纖塵不敢生

早春即事呈劉員外

明朝晴暖即相隨　肯信春光被雨欺　且任文書堆案上
免令杯酒負花時　馬蹄經歷須應遍　鶯語叮嚀已怪遲
更待雜芳成艷錦　鄴中爭唱仲宣詩

送司徒童子

衛多君子魯多儒　七歲聞天笑舞雩　光彩春風初轉蕙
性靈秋水不藏珠　兩經在口知名小　百拜垂髫稟氣殊
況復元侯旌爾善　桂林枝上得鵷雛

寄昭應王丞

武皇金輅輾香塵　每歲朝元及此辰　光動泉心初浴日
氣蒸山腹總成春　謳歌已入雲韶曲　詞賦方歸侍從臣
瑞靄朝朝猶望幸　天教赤縣有詩人

酬崔博士

自知頑叟更何能　唯學雕蟲謬見稱　長被有情邀唱和
近來無力更祇承　青松樹杪三千（一作千年）鶴　白玉壺中一片
氷　今日爲君書壁右（一作石）　孤城莫怕世人憎

酬裴舍人見寄

誰道重還是舊班　自將霄漢比鄉關　二妃樓下宜臨水
五老祠西好看山　再葺吾廬心已足　每來公府路常閑
詩陪亞相逾三紀　石笥煙霞不共攀

和劉員外陪韓僕射野亭公宴

好客風流瑇瑁簪　重簷高幕曉沈沈　綺筵霜重旌旗滿
玉帳天清絲管聲（繁）　戲徒過魯儒目衆　歡方集漢郎心
寒笳一曲嚴城暮　雲騎連嘶香外林

酬崔駙馬惠箋百張兼貽四韻

百張雲樣亂花開　七字文頭艷錦回　浮碧空（一作穴）從天上
得　殷紅應自日邊來　捧持價重凌雲葉　封裹香深笑海
苔　滿篋清光應照眼　欲題凡韻輒裹回（一作風韻媿凡才）

贈史開封

天低荒草誓師壇　鄧艾心知戰地寬　鼓角迥臨霜野曙
旌旗高對雪峰寒　五營向水紅塵起　一劍當風白日看
曾從伏波征絕域　磧西蕃部怯金鞍

奉寄通州元九侍御

大明宮殿鬱蒼蒼　紫禁龍樓直署香　九陌華軒爭道路
一枝寒玉任煙霜　須聽瑞雪傳心語　莫（一作却）被啼猨續淚
行　共說聖朝容直氣　期君新歲奉恩光

贈渾鉅中允

公子驍年四海聞　城南侍獵雪雰雰　馬盤曠野弦開月
鴈落寒原箭在雲　曾向天西穿虜陣　慣遊花下領儒羣
一枝瓊萼朝光好　綵服飄飄從冠軍

重送胡大夫赴振武

向年擢桂儒生業　今日分茅聖主恩　旌旆仍將過鄉路
軒車爭看出都門　人間文武能雙捷　天下安危待一論
布惠宣威大夫事　不妨詩思許琴尊

送陳判官罷舉赴江外

練思多時冰雪清　拂衣無語別書生　莫將甲乙爲前累
不廢煙霄是此行　定愛紅雲燃楚色　應看白雨打江聲
心期玉帳親台位　魏勃因君說姓名

奉和裴相公

竹寺題名一半空　衰榮三十六人中　在生本要求知己
垂老應憐値相公　敢望夔和回舊律　任應時節到春風
若爲問得蒼蒼意　造化無言自是功

和大夫邊春呈長安親故

嚴城吹笛思寒梅　二月冰河一半開　紫陌詩情依舊在
黑山弓力畏春來　遊人曲岸看花發　走馬平沙獵雪回
旌旆朝天不知晚　將星高處近三台

張郎中段員外初直翰林報寄長句

秋空如練瑞雲明　天上人間莫問程　丹鳳詞頭供二妙
金鑾殿角直三清　方瞻北極臨星月　猶向南班滯姓名
啟沃朝朝深禁裏　香爐煙外是公卿

奉酬端公春雪見寄

造化多情狀物親　剪花鋪玉萬重新　闇飄上路呈豐歲

狂舞中庭學醉春，興逸何妨尋剡客，唱高還肯寄巴人。遙知獨立芝蘭閣，滿眼清光壓俗塵。

盧郎中拜陵遇雪蒙見台因寄

南宮使者有光輝，欲拜諸陵瑞雪飛。蘋葉已修青玉薦，柳花仍拂赤車衣。應同谷口尋春去，定似山陰帶月歸。寒冷出郊猶未得，羨公將事看芳菲。

冬夜陪丘侍御先輩聽崔校書彈琴

雪滿中庭月映林，謝家幽賞在瑶琴。楚妃波浪天南遠，蔡女煙沙漠北深。顧盼何曾因誤曲，殷勤終是感知音。若將雅調開詩興，未抵丘遲一片心。

元日含元殿下立仗丹鳳樓門下宣赦相公稱賀（四字一作上相公）二首

天垂台耀掃欃槍，壽獻香（一作青）山祝聖明。丹鳳樓（一作闕）前歌九奏，金雞竿下鼓千聲。衣冠南面薰風動，文字東方喜氣生。從此登封資廟略，兩河連海一時清。

臨軒啟扇似雲收，率土朝天劇水流。瑞色含春當正殿，香煙捧日在高樓。三朝氣蚤迎恩澤，萬歲聲長繞冕旒。請問漢家功第一，麒麟閣上識酇侯。

元日觀朝

北極長尊報聖期（一作仰聖時），周家何用問元龜。天顏入曙千官拜（一作喜），元日（一作日色）迎春萬物知。閶闔迴臨黃道正，衣裳高對碧山垂。微臣願獻堯人祝，壽酒年年太液池。

題賈巡官林亭

白鳥閑棲亭樹枝，綠罇仍對菊花籬。許詢本愛交禪侶，陳寔由來是（一作足）好兒。明月出雲秋館思，遠泉經雨夜牕知。門前長者無虛轍，一片寒光動水池。

和元員外題昇平里新齋

自（一作因）知休沐諸幽勝，遂肯高齋枕廣衢。舊地已開新玉圃，春山仍展綠雲圖。心源邀得閑詩證，肺氣宜將慢酒扶。此外唯應任真宰，同塵敢（一作最）是道門樞。

送澹公歸嵩山龍潭寺葬本師

野煙秋水蒼茫遠，禪境真機去住閑。雙樹為家思舊壑，千花成塔禮寒山。洞宮曾向龍邊宿，雲徑應從鳥外還。莫戀本師金骨地，空門無處復無關。

郃州陪王郎中宴

西塞無塵多玉筵，貔貅鴛鷺儼相連。紅茵照水開罇俎，翠幕當雲發管弦。歌態曉臨團扇靜，舞容春映薄衫妍。魯儒縱使他時有，不似歡娛及少年。

和令狐舍人酬峰上人題山欄孤竹

滿院氷姿粉籜殘，一莖青翠近簾端。離叢自欲親香火，抱節何妨共歲寒。能讓繁聲任真籟，解將孤影對芳蘭。范雲許訪西林寺，枝葉須和彩鳳看。

寄贈田倉曹灣

芳蘭媚庭除，灼灼紅英舒。身為陋巷客，門有絳轅車。朝覽夷吾傳，暮習穎陽書。眄雲高羽翼，待賈蘊璠璵。纓弁雖云阻，音塵豈復疏。若因風雨晦，應念寂寥居。

上劉侍中

命代生申甫，承家翊禹湯。廟謨膺間氣，師律動清霜。鐘鼎勳庸大，山河（一作河山）誡誓長。英姿凌虎視，逸步壓龍驤。道協陶鈞力，恩同日月光。一言弘社稷，九命備珪璋。政洽軍逾肅，仁敷物已康。朱門重棨戟，丹詔半縑緗。位總雲（一作興）龍野，師臨涿鹿鄉。射鵰天更碧，吹角塞仍黃。深入平夷落，橫行闢漢疆。功垂貞石遠，名映色絲香。斷（一作度）磧瞻貔武，臨池識鳳凰。舞腰凝綺榭，歌響拂彫梁。杯淨傳鸚鵡，裘鮮照鷫鸘。吟詩白羽扇，校獵綠沈槍。風景佳人地，煙沙壯士場。幕中邀謝鑒（一作監），麾下得周郎。珠影含空徹，瓊枝映座芳。王渾知武子，陳寔奬元方。富貴春無限，歡娛夜未央。管弦隨玉帳，尊俎奉金章。俗理寧因勸，邊城詎假防。軍容雄朔漠，公望冠巖廊。分野鄰孤島，京坻溢萬廂。曙華分碣石，秋色入衡（一作漁）陽。城遠迷玄兔，川明辯白狼。忠賢多感激，今古共蒼茫。堤擁紅蕖豔，橋分翠柳行。軒車紛自至，亭館鬱相當。珍簟回煩暑，層軒引早涼。聽琴知思靜，說劒覺神揚。佳景燕臺上，清輝鄭驛傍。鼓鼙（一作鐘）喧北里，珪玉映東牀。敢銜由之瑟，甘循賜也牆。官微思假路，戰勝忝（一作堂）升堂。欲奮三年（一作千）翼，頻迴一夕腸。消憂期酒聖，乘興任詩狂。海內栽（一作分）桃李，天涯荷（一作剪）稻粱。昇沈門下意（一作客），誰道在蒼蒼。

贈侯侍御

步逸辭羣迹，機真（一作忘）結遠（一作道）心。敦詩揚大雅，映古酌高音。逃禍棲蝸舍，因醒解豸簪。紫蘭秋露濕，黃鶴晚（一作晚）天陰。舊業（一作葉）餘荒草，寒山出遠林。月明多宿寺，世亂重悲琴。霄漢時應在，詩書道未沈。坐期閶闔霽，雲暖一開襟。（時朱泚四兵）

懷德抒情寄上信州座主

五馬江天郡，諸生涙共垂。讌餘明主德，恩在侍臣知。帳望緘雙鯉，龍鍾假一枝。玉峰遙寄夢，雲海暗傷離。幢蓋全家去，琴書首路隨。滄州值康樂，明月向元規。鵷鳳終凌漢，蛟龍會出池。蕙香因曙（一作暖）發，松色肯寒移。舉世瞻風藻，當朝揖羽儀。加飡門下意，溪水綠逶迤。

送杜郎中使君赴虔州

迢遞南康路，清輝得使君。虎符秋領俗，鴛署早辭羣。地遠仍連戍，城嚴本帶軍。傍江低檻月，當嶺滿牕雲。境勝閭閻（一作閻）天清，水陸分。和詩將惠政，頌述九衢聞。

別鶴詞送令狐校書之桂府

海鶴一為別，高程方窅然。影搖江漢（一作海）路，思結瀟湘天。皎然仰白日，真姿棲紫煙。含情九霄際，顧侶五雲前。遐心屬清都，淒響激朱弦。超遙聞（一作搖閒）風雨，迢遞各山川。東南信多水，會合當有年。雌（一作雄）飛喉冥冥，此意何由傳。

夏日裴尹員外西齋看花

笑向東（一作南）來客，看花枉在前。始知清夏月，更勝豔陽天。露濕呈妝汗，風吹畏火燃。蕙龍和葉盛，爛熳壓枝鮮。紅彩當鈴閣，清香到玉筵。蝶棲鸛曙色，鶯語滯（一作帶）晴煙。得地殊堪賞，過時倍覺妍。芳菲遲最好，唯是謝家憐。

贈鄰家老將

白首羽林郎，丁年戍朔方。陰天瞻磧落，秋日渡遼陽。大漠寒山黑，孤城夜月黃。十年依蓐食，萬里帶金瘡。拂雪（一作露）陳師祭，衝風立教場。箭飛瓊羽合，旗動火雲張。虎翼分營勢，魚鱗擁陣行。誓心清塞色，鬭血雜沙光。戰地晴輝薄，軍門曉氣長。寇深爭暗襲，關迥勒春防。身賤竟何

訴天高徒自傷功成封寵將力盡到貧鄉雀老方悲海鷰哀却念霜空餘孤劒在開匣一霑裳

和呂舍人喜張員外自北番回至境上先寄二十韻

割愛天文動敦和國步安仙姿歸舊好戎意結新歡並命瞻鶺鴒同心揖蕙蘭玉簫臨祖帳金牓引征鞍廣陌雙旌去平沙萬里看海雲侵鬢起邊月向眉殘突兀陰山迥蒼茫朔野寬毳廬同甲帳韋橐比瑚盤義著親胡俗儀全識漢官地鄰氷鼠淨天映燭龍寒飾異蘇卿執弦殊蔡女（一作箏）彈磧分黃渺渺塞（一作寒）極黑漫漫歡味膻腥列徵聲休傑擯歸期先雁候登路劇鵰搏上客離心遠西宮草詔殫麗詞傳錦綺珍價掩琅玕百兩開戎壘千蹄入御欄瑞光麟閣上喜氣鳳城端尚德曾辭劒柔凶本舞干茫茫斗星北威服古來難

春日奉獻聖壽無疆詞十首

文物京華盛謳（一作謠）歌國步康瑤池供壽酒銀漢麗宸章

靈雨（一作雨露）含雙闕雷霆肅萬方代推仙祚遠春共聖恩長

鳳扆臨花暖龍鑪旁日香遥知千萬歲天意奉君王

鴛鷺形庭際軒車綺陌前九城多好色（一作樂）萬井半祥煙

人醉逢堯酒鶯歌答舜弦花明御溝水香暖禁城天賜宴文逾盛徵歌（一作歡）物更妍無窮豔陽月長照（一作奉）太平年

雲陛臨黃道天門在碧虛大明含睿藻元氣抱宸居戈偃征苗後詩傳宴鎬初年華富仙苑時哲滿公車化入絪緼大恩垂渙汗餘悠然萬方靜風俗揖華胥

玉漏飄青瑣金鋪麗紫宸雲山九門曙天地一家春瑞藹方呈賞暄風本配仁巖廊開鳳翼水殿壓鼇身文雅逢明代歡娛及賤臣年年未央闕恩共物華新

垂拱乾坤正歡心品類同紫煙含北極玄澤付東風珠綴留晴景金莖直曉空發生資盛德交泰讓全功間氣登三事祥光啟四聰遐荒似川水天外亦（一作亦）朝宗

代是文明晝春當宴喜時鑪煙添柳重宮漏出花遲漢典方寬律周官正採詩碧霄傳鳳吹紅旭（一作日）在龍旗造化膺神契陽和沃聖思（一作慈）無（一作身）因隨百獸率舞奉丹墀

睿德符玄化芳情翊太和日輪皇鑒遠天仗聖朝多曙色含金牓晴光轉玉珂中宮陳廣樂元老進賡歌蓮葉看龜上桐花識鳳過小臣空擊壤滄海是恩波

物象朝高殿簪裾溢上京春當九衢好天向萬方明樂報簫韶發杯看沆瀣生芙蓉丹闕暖楊柳玉樓晴閶闔開中禁衣裳儼太清南山同聖壽長對鳳皇城

日上蒼龍闕香含紫禁林晴光五雲疊春色九重（一作天）深賞叶元和德文垂雅頌音景雲隨御輦頤氣在宸襟永保無疆壽長懷不戰心聖朝多慶賜瓊樹粉牆陰

化洽生成遂功宣動植知瑞凝三秀草春入萬年枝鳳披嘉言進鶯行喜氣隨仗臨丹地近衣對碧山垂渥澤方柔遠聰明本聽卑願同東觀士（一作事）長對（一作物）漢威儀

銜魚翠鳥

有意蓮葉間瞥然下高樹擘破（一作波）得全（一作金）魚一點翠光去

和鄭相公尋（一本此下有興善寺三字）宣上人不遇

方尋（一作放心）蓮境去又值竹房空幾韻飄寒玉餘清不在風

題范陽金臺驛

六國唯求客千金遂築臺若令逢聖代憔悴郭生回

寄薛侍御

世上無窮事生涯莫廢詩何曾好風月不是憶君時

賦得灞岸柳留辭鄭員外

楊柳含煙灞岸春年年攀折爲行人好風儻借低枝便莫遣青絲掃路塵

折楊柳（一作和練秀才楊柳一作戴叔倫詩）

水邊楊柳麴塵（一作煙）絲立馬煩君折一枝惟有春風最相惜殷勤更（一作會）向手中吹

雪中聽箏

玉柱泠泠對寒雪清商怨徵聲何切誰憐楚客向隅時一片愁心與弦絕

盧龍塞行送韋掌記二首

雨雪紛紛黑水外行人共指盧龍塞萬里飛沙壓鼓鼙三軍殺氣凝旌旆

陳琳書記本翩翩料敵能兵奪酒泉聖主好文兼好武封侯莫比漢皇年

題五老峰下費君書院

解向花間栽碧松門前不負老人峰已將心事隨身隱認得溪雲第幾重

僧院聽琴（一作宿藏公院聽齊孝若彈琴）

禪思何妨在玉琴真僧不見聽時心離聲怨調秋堂夕雲向蒼梧湘水深

和武相公春曉聞鶯

語恨飛遲天欲明殷勤似訴有餘情仁風已及芳菲節猶向花溪鳴（一作聽）幾聲

唐昌觀玉蘂花

晴空素豔照霞新香灑天風不到塵持贈昔聞將白雪蘂珠宮上玉花春

山中主人

十里青山有一家翠屏深處更添霞若爲說得溪中事錦石和煙四面花

太原贈李屬侍御

路入桑乾塞鴈飛棗郎年少有光輝春風走馬三千里不廢看花君（一作意）繡衣

崔娘詩

清潤潘郎玉不如中庭蕙草雪消初風流才子多春思腸斷蕭娘一紙書

題雲師山房（一作權德輿詩又作武元衡詩）

雲公蘭若深山裏月明松殿微風起試問空門清淨心蓮花不著秋潭水

城東早春

詩家清（一作新）景在新春綠柳纔黃半未勻若待上林花似錦出門俱是看花人

秋日登亭贈薛侍御

潦倒從軍何取益東西走馬暫同遊梁王舊客皆能賦今日因何獨怨秋

石水詞二首

銀罌深鎖貯清光無限來人不得嘗知共金丹爭氣力一杯全勝五雲漿

山叟和雲斸翠屛煎時分日檢仙經天人持此扶衰病勝得瑤池水一瓶

荅振武李逢吉判官

近來時輩都無與把酒皆言肺病同唯有單于李評事不將華髮負春風

宮燕詞

毛衣侶錦語如弦日煖爭高綺陌天幾處野花留不得雙雙飛向御爐前

贈崔駙馬

百尺梧桐畫閣齊簫聲落處翠雲低平陽不惜黃金埒細雨花驄踏作泥

聽李憑彈箜篌二首

聽奏繁弦玉殿清風傳曲度禁林明君王聽樂梨園煖翻到雲門第幾聲

花咽嬌鶯玉漱泉名高半在御筵前漢王欲助人間樂從遣新聲墜九天

臨水看花

一樹紅花映綠波晴明騎馬好經過今朝幾許風吹落聞道蕭郎最惜多

觀妓人入道二首

荀令歌鐘北里亭翠娥紅粉敞雲屛舞衣施盡餘香在今日花前學誦經

碧玉芳年事冠軍清歌空得隔花聞春來削髮芙蓉寺蟬鬢臨風墮綠雲

方城驛逢孟侍御

走馬溫湯直隼飛相逢矍鑠理征衣軍中得力兒男事入驛從容見落暉

題清涼寺

憑檻霏微松樹煙陶潛曾用道林錢一聲寒磬空心曉花雨知從第幾天

酬令狐舍人

曉禁蒼蒼換直還暫低鸞翼向人間亦知受業公門事數仞丘牆不見山

和令狐郎中

題詩一代占清機秉筆三年直紫微自稟道情齠齓異不同蘧玉學知非

美人春怨

妾家巫峽陽羅幌寢蘭堂曉日臨窗久春風引夢長落釵仍挂鬢微汗欲銷黃縱使朦朧覺魂猶逐楚王

艷女詞

露井桃花發雙雙燕並飛美人姿態裏春色上羅衣自愛頻開鏡時羞欲掩扉心知行路客遙惹五香歸

名姝詠

阿嬌年未多體弱性能和怕重愁拈鏡憐輕喜曳羅臨津雙洛浦對月兩嫦娥獨有荊王殿時時暮雨過

送太和公主和蕃

北路古來難年光獨認寒朔雲侵鬢起邊月向眉殘蘆井尋沙到花門度磧看薰風一萬里來處是長安

秋日韋少府廳池上詠石

主人得幽石日覺公堂清一片池上色孤峰雲外情舊溪紅蘚在秋水綠痕生何必澄湖徹移來有令名

失題

何事慰朝夕不踰詩酒情山河空道路蕃漢共刀兵禮樂新朝市園林舊弟兄向風一點淚塞一作寒晚暮江平

春日題龍門香山寺

衆香天上梵王宮鐘磬寥寥半碧空清景乍開松嶺月亂流長響石樓風山河杳映春雲外城闕參差曉樹中欲盡出尋那可得三千世界本無窮

寄中州盧拱使君

領郡仍聞總虎貔致身還是見男兒小船隔水催桃葉大鼓當風舞柘枝酒坐微酣諸客倒毬場慢撥幾人隨從來樂事憎詩苦莫放窗中遠岫知

郊居秋日酬奚贊府見寄

繁菊照深居芳香春不如聞尋周處士知伴庾尚書日晚汀洲曠天晴草木疎閒言揮麈柄清步掩蝸廬野老能親牧高人念遠漁幽叢臨古岸輕葉度寒渠暮色無狂蝶秋華有嫩蔬若爲酬郢曲從此愧璠璵

聖恩洗雪鎮州寄獻裴相公

天借春光洗綠林戰塵收盡見花陰好生本是君王德忍死何妨壯士心曾賀截雲翻柵遠仍聞劚凍下營深井陘昨日雙旗入蕭相無言淚濕襟

賀田僕射子弟榮拜金吾

五侯恩澤不同年叔姪朱門猭稍連鳳洛九重相喜氣雁行一半入祥煙街衢燭影侵寒月文武珂聲疊曉天爲數麒麟高閣上誰家父子勒燕然

和裴舍人觀田尚書出獵

聖代司空比玉清雄藩觀獵見皇情雲禽已覺高無益霜兎應知狡不成飛鞚擁塵寒草盡彎弓開月朔風生今朝始賀將軍貴紫禁詩人看旆旌

送李舍人歸蘭陵里

清詞舉世皆藏篋美酒當山爲滿罇三畝嫩蔬臨綺陌四行高樹擁朱門家貧境勝心無累名重官閒口不論惟有道情常自足啟期天地易知恩

同太常尉遲博士闕下待漏

沈沈延閣抱丹墀松色苔花顥露滋爽氣曉來青玉甃薰風宿在翠花旗方瞻御陌三條廣猶覺仙門一刻遲此地含香從白首馮唐何事怨明時

見薛侍御戴不損裹帽子因贈

潘郎對青鏡烏帽似新裁曉露鴉初洗春荷葉半開堪將護巾櫛不獨隔塵埃已見籠蟬翼無因映鹿胎何人呈巧思好手自西來有意憐衰醜煩君致一枚

胡二十拜戶部兼判度支

清機果被公材撓雄拜知承聖主恩廟略已調天府實國征方覺地官尊徒言玉節將分閫定是沙隄欲到門爲愛山前新卜第不妨風月事琴罇

元日呈李逢吉舍人

華夷文物賀新年霜仗遙排鳳闕前一片彩霞迎曙日

萬條紅燭動春天稱觴山色和元氣端冕爐香疊瑞煙共說正初當聖澤試過西掖問羣賢

和杜中丞西禪院看花

一林堆錦映千燈照眼牽情欲不勝知倚晴明嬌自足解將顏色醉相仍好風輕引香煙入甘露纔和粉豔凝深處最憐鶯踩踐嫩時先被蝶侵凌對持真境應無取分付空門又未能迎日似翻紅燒斷臨流疑映綺霞層幽含晚態憐丹桂盛續春光識紫藤每到花枝獨惆悵山東惟有杜中丞

句

三刀夢益州一箭取遼城（以下見紀事）　伊陟無聞祖韋賢不到孫

全唐詩

令狐楚

令狐楚字殼士宜州華原人貞元七年及第由太原掌書記至判官德宗好文每省太原奏必能辨楚所爲數稱之召授右拾遺憲宗時累擢職方員外郎知制誥皇甫鎛薦爲翰林學士進中書舍人出爲華州刺史鎛既相復薦楚爲中書侍郎同平章事穆宗即位進門下侍郎尋出爲宣歙觀察使貶衡州刺史再徙太子賓客分司東都長慶二年擢陝虢觀察使敬宗立拜楚爲河南尹遷宣武節度使入爲户部尚書俄拜東都留守徙天平節度使召爲吏部尚書檢校尚書右僕射進拜左僕射彭陽郡公開成元年上疏辭位拜山南西道節度使卒贈司空諡曰文集一百三十卷歌詩一卷今編詩一卷

夏至日衡陽郡齋書懷

一來江城守七見江月圓齒髮將六十鄉關越三千褰帷罕遊觀閉閤多沈眠新節還復至故交盡相捐何時舡閶闔上訴高高天

八月十七日夜書懷

三五既不留二八又還過金蟾著未出玉樹悲稍破誰向西園遊空歸北堂臥佳期信難得永夕無可奈撫枕獨高歌煩君爲予和

九日言懷

二九即重陽天清野菊黃近來逢此日多是在他鄉晚色霞千片秋聲鴈一行不能高處望恐斷老人腸

和寄竇七中丞

仙吏秦峨別新詩鄂渚來才推今北斗職賦舊三台雕鏤心偏許緘封手自開何年相贈荅却得到中臺

立秋日悲懷

清曉上高臺秋風今日來又添新節恨猶抱故年哀淚豈揮能盡泉終閉不開更傷春月過私服示無縗

秋懷寄錢侍郎

晚歲俱爲郡新秋各異鄉燕鴻一聲叫郢樹盡青蒼山露侵衣潤江風捲簟凉相思如漢水日夜向潯陽

立秋日

平日本多恨新秋偏易悲燕詞如惜別柳意已呈衰事國終無補還家未有期心中舊氣味苦校去年時

贈毛仙翁

宣州渾是上清宮客有真人貌似童紺髮垂纓光髣髴（醰上聲）細髯緣頷綠茸茸壺中藥物梯霞訣肘後方書縮地功既許焚香爲弟子願教年紀共椿同

遊義興寺寄上李逢吉相公

柳營無事詣蓮宮（相公久住此寺）步步猶疑是夢中勞役徒爲萬夫長閑遊曾與二人同鳳鸞（一作皇）飛去仙巢在龍象潛來講席空松下花飛頻佇立一心千里憶梁公

遊晉祠上李逢吉相公

不立晉祠三十年白頭重到一凄然泉聲自昔鏘寒玉草色雖秋耀翠鈿少壯同遊寧有數尊榮再會便無緣相思臨水下雙淚寄入并汾向洛川

節度宣武酬樂天夢得

蓬萊仙監（樂天）客曹郎（劉爲主客）曾枉高車客大梁見擁旌旄治軍旅知親筆硯事文章愁看柳色懸離恨憶遞花枝助酒狂洛下相逢肯相寄南金璀錯玉淒凉

奉和嚴司空重陽日同崔常侍崔郎及諸公登龍山落帽臺佳宴

謝公秋思渺天涯蠟屐登高爲菊花貴重近臣光綺席笑憐從事落烏紗萸房暗綻紅珠朶茗椀寒供白露芽詠碎（一作醉詠）龍山歸出號（一作去處）馬奔流電妓奔車

立春後言懷招汴州李匡衙推

閑齋夜擊唾壺歌試望夷門奈遠何每聽塞笳離夢斷時窺清鑑旅愁多初驚宵漏丁丁促已覺春風習習和海內故人君最老花開鞭馬更相過

奉和僕射相公酬忠武李相公見寄之作

麗藻飛來自相庭五文相錯八音清初瞻綺色連霞色又聽金聲繼玉聲才出山西文與武歡從塞北弟兼兄白頭老尹三川上雙和陽春喜復驚

郡齋左偏栽竹百餘竿炎凉已周青翠不改而爲牆垣所蔽有乖愛賞假（一作暇）日命去齋居之東牆由是俯臨軒階低映帷户日夕相對頗有翛然之趣

齋居栽竹北窗邊素壁新開映（一作見）碧鮮青藹近當行藥處綠陰深到臥帷前風驚曉葉如聞雨月過春枝似帶煙老子憶山心暫緩退公閑坐對嬋娟

省中直夜對雪寄李師素侍郎

密雪紛初降重城杳未開雜花飛爛熳連蝶舞徘徊灑散千株葉銷凝九陌埃素華凝粉署清氣繞霜臺明覺侵窗積寒知度塞來謝家爭擬絮越嶺悞驚梅暗魄微

茫照嚴飈次第催(一作摧)稍封黃竹亞先集紫蘭摧孫室臨書幌梁園泛酒杯靜懷瓊樹倚醉憶玉山頹翠陌飢烏噪蒼雲遠鴈哀此時方夜直想望意悠哉

南宮夜直宿見李給事封題其所下制敕知奏直在東省因以詩寄

省直同遥夜嚴扃限幾重青編書白雀(其日敕鄭州奏白雀宜付史館)黃紙降蒼龍北極絲綸句東垣翰墨蹤尚垂玄露點猶溼紫泥封炫眼疑仙燭馳心裊禁鍾定應形夢寐暫以接音容玉樹春枝動金樽臘醞醲在朝君最舊休澣許過從

將赴洛下旅次漢南獻上相公二十兄言懷八韻

台室名曾繼旌門節暫過歡情老去少苦事別離多便爲開樽俎應憐出網羅百憂今已失一醉孰知他帝德千年日君恩萬里波許隨黃綺輩閑唱紫芝歌龍袞期重補梅羹佇再和嵩丘來攜手君子意如何

青雲干呂

郁郁復紛紛青霄干呂雲色令天下見候向管中分遠覆無人境遥彰有德君瑞容驚不散冥感信稀聞湛露羞依草南風耻帶薰恭惟漢武帝餘烈尚氛氳

聖明樂

海浪恬月徼邊塵靜異山從今萬里外不復鎖蕭關

春閨思

戴勝飛晴野凌澌下濁河春風樓上望誰見淚痕多

宮中樂五首

楚塞金陵靖(一作靜)巴山玉壘空萬方無一事端拱大明宮

雪霽長楊苑冰開太液池宮中行樂日天下盛明時

柳色煙相似梨花雪不如春風真(一作空)有意一一麗皇居

月上宮花靜煙含苑樹深銀臺門已閉仙漏夜沉沉

九重青瑣闥百尺碧雲樓明月秋風起珠簾上玉鉤

春遊曲(一作遊春詞)三首

曉遊臨碧殿日上望春亭芳樹羅仙仗晴山展翠屏

一夜好風吹新花一萬枝風前調玉管花下簇金羈(一作鞿)

閶闔春風起蓬萊雪水(一作水雪)消相將折楊柳爭取最長條

遠別離二首

楊柳黃金穗梧桐碧玉枝春來消息斷早晚是歸期(一作時)

玳織鴛鴦履金裝翡翠篸畏人相問著不擬到城南

閨人贈遠(一作長相思)二首

君行登隴上妾夢在閨中玉筯千行落(一作淚)銀牀一半空

綺席(一作幾度)春眠覺紗窗曉望迷朦朧殘夢裏猶自在遼西

從軍詞五首

荒雞隅水啼汗馬逐風嘶終日隨征旆何時罷鼓鼙

孤心眠夜雪滿眼是秋沙萬里猶防塞三年不見家

却望冰河闊前登雪嶺高征人幾多在又擬戰臨洮

胡風千里驚漢月五更明縱有還家夢猶聞出塞聲

暮雪連青海陰霞覆白山可憐班定遠生入玉門關

思君恩

小苑鶯歌歇長門蝶舞多眼看春又去翠輦不經(一作曾)過

王昭君

錦車天外去毳幕雪中開魏闕蒼龍遠蕭關赤鴈哀

發潭州寄李寧常侍

君今侍紫垣我已墮青天委廢(一作棄)從茲日旋歸在幾年

心爲西靡樹眼是北流泉更過長沙去江風滿驛船

李相薨後題斷金集(一作哀吏直詩)

一覽斷金集載悲埋玉人牙弦千古絕珠淚萬行新

年少行四首

少小邊州(一作城)慣放狂驏騎蕃馬射黃羊如今年老無筋力猶(一作獨)倚營門數鴈行

家本清河住五城須憑弓箭得(一作覓)功名等閑飛鞚秋原上獨向寒雲試射聲

弓背霞明劍照霜秋風走馬出咸陽未收天子河湟地不擬回頭望故鄉

霜(一作雪)滿中庭(一作庭中)月滿(一作過)樓金樽玉柱對清秋當年稱意須行樂不到天明不(一作未)肯休

塞下曲二首

雪滿衣裳冰滿鬚曉隨飛將伐單于平生意(一作志)氣今何在把得家書淚似珠

邊草蕭條塞鴈飛征人南望淚(一作盡)沾衣黃塵滿面長須戰白髮生頭未得歸

遊(一作望)春詞

高樓曉(一作言)見一花開便覺春光四面來暖日晴雲知次第東風不用更相催

漢苑行(一作望春詞第二首)

雲霞五采浮天闕梅柳千般(一作枝)夾御溝不上黃花(一作山)南北(一作樂遊原上)望豈知春色滿神(一作皇)州

中元日贈張尊師

偶來人世值中元不獻玄都永日閑寂寂焚香在仙觀知師遥禮玉京山

赴東都別牡丹

十年不見小庭花紫萼臨開又別家上馬出門回首望何時更得到京華

寄禮部劉郎中

一別三年在上京仙垣終日選羣英除書每下皆先看唯有劉郎無姓名

坐中聞思帝鄉有感

年年不見帝鄉春白日尋思夜夢頻上酒忽聞吹此曲坐中惆悵更何人

春思寄夢得樂天

花滿中庭酒滿樽平明獨坐到黃昏春來詩思偏何處飛過函關入鼎門

皇城中花園譏劉白賞春不及

五鳳樓西花一園低枝小樹盡芳繁洛陽才子何曾愛下馬貪趨廣運門

相思河

誰把相思號此河塞垣車馬往來多只應自古征人淚灑向空洲作碧波

三月晦日會李員外座中頻以老大不醉見譏因有此贈

三月唯殘一日春玉山傾倒白鷗馴不辭便學山公醉花下無人作主人

賦山

白居易分司東洛朝賢悉會興化亭送別酒酣各請一字至七字詩以題爲韻

山聳峻回環滄海上白雲間商老深尋謝公遠攀古巖泉滴滴幽谷鳥關關樹島西連隴塞猨聲南徹荊蠻世人只向簪裾老芳草空餘麋鹿閑

句

何日居三署終年尾百僚（見定命錄）　移石幾迴敲廢印開箱何處送新圖（見春明退朝錄）　唯應四仲祭使者暫悲嗟（見宮人斜）　偶逢蒲家郎乃是葛仙客行常乘青竹飢即煮白石腰間嫌大組心內保尺宅我願從之遊深卜鍊上液（見錦繡萬花谷）

全唐詩

裴度

裴度字中立河東聞喜人貞元中擢第授河陰縣尉遷監察御史出爲河南府功曹遷起居舍人憲宗元和六年以司封員外郎知制誥尋轉本司郎中使魏州還拜中書舍人改御史中丞尋兼刑部侍郎十六年拜門下侍郎同中書門下平章事于時討蔡度請身自督戰詔以度充淮西宣慰招討處置使蔡平封晉國公復知政事爲皇甫鏄所構出爲太原尹北都留守河東節度使穆宗長慶元年河朔復亂詔度以本官充鎮州四面行營招討使元稹拜平章事罷度兵權充東都留守尋以守司徒同平章事復知政事李逢吉沮之出爲山南西道節度使敬宗寶曆元年度入覲京師帝禮遇隆厚數日宣制復知政事文宗立加門下侍郎集賢殿大學士進階特進以病懇辭機務詔加守司徒兼侍中充山南東道節度等使太和八年以本官判東都尚書省事充東都留守進位中書令尋復兼太原尹北都留守河東節度使度固辭不允至鎮病甚乞還東都養病詔許還京卒贈太傅度狀貌不踰中人而風彩俊爽占對雄辯出入中外經事四朝以身繫國之安危者二十年集二卷今編詩一卷

享惠昭太子廟樂章（亞獻終獻）

重輪始發祥齒胄方興學冥然升紫府鏗爾薦清樂奠斝致馨香在庭紛羽籥禮成神既醉髣髴緱山鶴

夏日對雨

登樓逃盛夏（一作暑）萬象正埃塵對面雷嗔樹當街雨趁人簷疎蛛網重地溼燕泥新吟罷清風起荷香滿四鄰

白二十二侍郎有雙鶴留在洛下予西園多野水長松可以棲息遂以詩請之

聞君有雙鶴羈旅洛城東未放歸仙去（一作路）何如乞老翁且將臨野水莫閉在樊籠好是長鳴處西園白露（一作松徑）中

竇七中丞見示初至夏口獻元戎詩輒戲和之

出佐青油幕來吟白雪篇須爲九皐鶴莫上五湖船（竇詩自稱鶴兼云治船裝故也）故態君應在新詩我亦便（聞鄂州初數成詠者甚工）元侯看再入好被暫流連

酬張秘書因寄馬贈詩

滿城馳逐皆求馬古寺閑行獨與君代步本慙非逸足緣情何幸枉高文若逢佳麗從（一作須）將換莫共駑駘角出羣飛控著鞭能顧我當時王粲亦從軍

真慧寺（五祖道場）

遍尋真蹟躡莓苔世事全拋不忍回上界不知何處去西天移向此間來巖前芍藥師親種嶺上青松佛手栽更有一般人不見白蓮花向半天開

中書即事

有意效承平無功荅（一作益）聖明灰心緣忍事霜鬢爲論兵道直身還在恩深命轉輕鹽梅非擬議葵藿是平生白日長懸照蒼蠅謾發聲高陽舊田里（一作地）終使謝歸耕

中和節詔賜公卿尺（貞元八年宏詞）

陽和行慶賜尺度及羣公（一作工）荷寵承佳節傾心立大中短長思合製遠近貴攸同共仰財成德將酬分寸功作程施有政垂範播無窮願續南山壽千春奉聖躬

至日登樂遊園

陰律隨寒改陽和應節生祥雲觀魏闕瑞氣映秦城驗炭論時政書雲受歲盈晷移長日至霧斂遠霄清景暖仙梅動風柔御柳傾那堪封得意空對物華情（一作清）

奉酬中書相公至日圓丘攝事合於中書後閣宿齋移止於集賢院敘懷見寄之作

翼亮登三命（趙公三拜中書侍郎平章事）謨猷本一心致齋移秘府祗事見沖襟皓月當延閣祥風自禁林相庭方積玉王度已如金運偶唐虞盛情同丙魏深幽蘭與白雪何處寄庸音

太原題廳壁

危事經非一浮榮得是空白頭官舍裏今日又春風

溪居

門徑俯清溪茅簷古木齊紅塵飄（一作飛）不到時有水禽題

喜遇劉二十八（以下三首本聯句中語洪邁取爲絕句）

病來佳興少老去舊遊稀笑語縱橫作盃觴絡繹飛

送劉

不歸丹掖去銅竹漫云云惟喜因過我須知未賀君

再送

頃來多謔浪此夕任喧紛故態猶應在行期未要聞

涼風亭睡覺

飽食緩行新睡覺一甌新茗侍兒煎脫巾斜倚繩床坐風送水聲來耳邊

雪中訝諸公不相訪

憶昨雨多泥又深猶能攜妓遠過尋滿空亂雪花相似何事居然無賞心

傍水閑行

閑餘何處覺身輕　暫脫朝衣傍水行　鷗鳥亦知人意靜　故來相近不相驚

句

兩人同日事征西　今日君先奉紫泥（度與柳公綽同爲西蜀武元衡判官綽先入爲吏部郎中度有詩云云）　待平賊壘報天子　莫指仙山示武夫（征淮西過女几山下題）　野人不識中書令　喚作陶家與謝家（題南莊）　君若有心求逸足　我還留意在名姝（答白居易求馬）

全唐詩目　第五函

第十冊

韓愈　十卷

全唐詩

韓愈

韓愈字退之南陽人少孤刻苦爲學盡通六經百家貞元八年擢進士第才高又好直言累被黜貶初爲監察御史上疏極論時事貶陽山令元和中再爲博士改比部郎中史館脩撰轉考功知制誥進中書舍人又改庶子裴度討淮西請爲行軍司馬以功遷刑部侍郎諫迎佛骨謫刺史潮州移袁州穆宗即位召拜國子祭酒兵部侍郎使王廷湊歸轉吏部爲時宰所搆罷爲兵部侍郎尋復吏部卒贈禮部尚書謚曰文愈自比孟軻闢佛老異端篤舊卹孤好誘進後學以之成名者甚衆文自魏晉來拘偶對體日衰至愈一返之古而爲詩豪放不避麤險格之變亦自愈始焉集四十卷內詩十卷外集遺文十卷內詩十八篇今合編爲十卷

元和聖德詩　并序（初憲宗即位劍南劉闢自稱留後以叛元和元年正月以高崇文爲左神策行營節度使討闢九月克成都十月闢伏誅二年正月己丑朝獻於大清宮庚寅朝享於太廟辛卯祀昊天上帝於郊丘還宮大赦天下）

臣愈頓首再拜言臣伏見皇帝陛下即位已來誅流姦臣朝廷清明無有欺蔽外斬楊惠琳劉闢以收夏蜀東定青齊積年之叛海內怖駭不敢違越郊天告廟神靈歡喜風雨晦明無不從順太平之期適當今日臣蒙被恩澤日與羣臣序立紫宸殿陛下親望穆穆之光而其職業又在以經籍教導國子誠宜率先作歌詩以稱道盛德不可以辭語淺薄不足以自效爲解輒依古作四言元和聖德詩一篇凡千有二十四字指事實錄具載明天子文武神聖以警動百姓耳目傳示無極其詩曰

皇帝即阼　物無違拒　曰暘而暘　曰雨而雨　維是元年　有盜在夏　欲覆其州　以踵近（一作其）武（是年德宗建中間李希烈朱泚等反至是楊惠琳劉闢繼踵而起此敘惠琳據夏州出師征討有功以爲平劉闢發端）　皇帝曰嘻　豈不在我　負鄙爲艱　縱則不可　出師征之　其衆十（一作千）旅（時嚴綬在河東表請討惠琳詔與天德軍合擊之）　軍其城下　告以福禍　腹敗枝披　不敢保聚　擲首陴外　降幡夜豎　疆外之險　莫過蜀土　韋皐去鎮　劉闢守後　血人於牙　不肯吐口　開庫啗（宋刻作啖）士　曰隨所取　汝張汝弓　汝鼓汝鼙　汝爲表書　求我帥汝　事始上聞　在列咸怒　皇帝曰然　嗟遠士女　苟附而安　則且付與　讀命於庭　出節少府　朝發京師　夕至其部　闢喜謂黨　汝振而伍　蜀可全有　此不當受　萬牛臠炙（一作肉）　萬甕行酒　以錦纏股　以紅帕首　有恒其凶　有餌其誘　其出穰穰　隊以萬數　遂劫東川　遂據城阻　皇帝曰嘻　其又可許　爰命崇文　分卒禁禦　有安其驅　無暴我野　日行三十　徐壁其右　闢黨聚謀　鹿頭是守　崇文奉詔　進退規矩　戰不貪殺　擒不濫數　四方節度　整兵頓馬　上章請討　俟命起坐　皇帝曰嘻　無汝煩苦　荊并泊梁（荊謂荊南節度使裴均并謂河東節度使嚴綬梁謂山南西道節度使嚴礪）　在國門戶　出師三千　各選爾醜　四軍齊作　殷其如阜　或拔其角　或脫其距　長驅洋洋　無有齟齬　八月壬午　闢棄城走　載妻與妾　包裹稚乳　是日崇文　入處其宇　分散逐捕　搜原剔藪　闢窮見窘　無地自處　俯視大江　不見洲渚　遂自顛倒　若杵投臼　取之江中　枷脰械手　婦女纍纍　啼哭拜叩　來獻闕下　以告廟社　周示城市　咸使觀覩　解脫攣索　夾以砧斧　婉婉弱子　赤立傴僂　牽頭曳足　先斷腰膂　次及其徒　體骸撐拄　末乃取闢　駭汗如寫　揮刀紛紜　爭刌（音忖細切也）膾脯　優賞將吏　扶珪綴組　帛堆其家　粟塞其庾　哀憐陣沒　廩給孤寡　贈官封墓　周币宏溥　經戰伐地　寬免租簿　施令酬功　急疾如火　天地中間　莫不順序　幽恒青魏　東盡海浦　南至徐蔡　區外雜虜　怛威報德　踧踖踊舞　掉弃兵革　私習簋簠　來請來覲　十百其耦（一作數）　皇帝曰吁　伯父叔舅　各安爾位　訓厥甿畮　正月元日　初見宗祖　躬執百禮　登降拜俯　薦於新宮　視瞻梠（音呂楣也）　感見容色　淚落入俎　侍祠之臣　助我惻楚　乃以上辛　於郊用牡　除於國南　鱗筍毛簴　廬幕周施　開揭磊砢　獸盾騰拏　圓壇帖妥　天兵四羅　旂常婀娜　駕龍十二　魚魚雅雅　宵昇於丘　奠璧獻斝　衆樂驚作　轟豗融冶　紫焰噓呵　高靈下墮　羣星從坐　錯落侈哆（丁可切又昌者切）　日君月妃　煥赫婐姬（婐烏果切姬五果切身弱好也謂月妃）　濆鬼濛鴻　嶽祇嶪峩　飫沃饎薌　產祥降嘏　鳳皇應奏　舒翼自拊　赤麟黃龍　逶陀結糾　卿士庶人　黃童白叟　踴躍歡呀　失喜噎歐　乾清坤夷　境落褰舉　帝車回來　日正當午　幸丹鳳門　大赦天下　滌

濯剗磢（初兩切又此兩切瓦石洗物）磨滅瑕垢續功臣嗣拔賢任耇孩養無告仁滂施厚皇帝神聖通達今古聽聰視明一似堯禹生知法式動得理所天錫皇帝爲天下主幷包畜養無異細鉅億載萬年敢有違者皇帝儉勤盥濯陶瓦斥遺浮華好此綈紵勑戒四方侈則有咎天錫皇帝多麥與黍無召水旱耗於（一作無耗）雀鼠億載萬年有富無窶皇帝正直別白善否擿命而狂既翦既去盡逐羣姦靡有遺侶天錫皇帝厖臣碩輔博問遐觀以置左右億載萬年無敢余侮皇帝大孝慈祥悌友怡怡愉愉奉太皇后浹於族親濡及九有天錫皇帝與天齊壽登茲太平無怠永久億載萬年爲父爲母博士臣愈職是訓詁作爲歌詩以配吉甫

琴操十首

將歸操

孔子之趙聞殺鳴犢作（趙殺鳴犢孔子臨河歎而作歌曰秋之水兮風揚波舟楫顛倒更相加歸來歸來胡爲斯）

秋之水兮其色幽幽我將濟兮不得其由涉其淺兮石齧我足乘其深兮龍入我舟我濟而悔兮將安歸尤歸兮歸兮無與石鬬兮無應龍求

猗蘭操

孔子傷不逢時作（古琴操云習習谷風以陰以雨之子于歸遠送于野何彼蒼天不得其所逍遙九州無有定處世人闇蔽不知賢者年紀逝邁一身將老）

蘭之猗猗揚揚其香不採而佩於蘭何傷今天之旋其曷爲然我行四方以日以年雪霜貿貿（音茂）薺麥之茂子如不傷我不爾覯薺麥之茂薺麥之有君子之傷君子之守

龜山操

孔子以季桓子受齊女樂諫不從望龜山而作（龜山在太山博縣古琴操云予欲望魯兮龜山蔽之手無斧柯奈龜山何）

龜之氛（一作氣）兮不能雲（一作爲）雨龜之枿（牙葛切亦作蘖）兮不中梁柱龜之大兮祇以奄魯知將隳兮哀莫余伍周公有鬼（一作思）兮嗟余歸輔

越裳操

周公作（古琴操云於戲嗟嗟非旦之力乃文王之德）

雨之施物以孳我何意於彼爲自周之先其艱其勤以有疆宇私我後人我祖在上四方在下厥臨孔威敢戲以侮孰荒於門孰治於田四海既均越裳是臣

拘幽操

文王羑里作（古琴操云殷道溷溷浸濁煩兮朱紫相合不別分兮迷亂聲色信讒言兮炎炎之虐使我愆兮幽閉牢穽由其言兮遘我四人憂勤勤兮）

目窈窈（一作拚拚）兮其凝其盲耳肅肅兮聽不聞聲朝不（一有見字）日出兮夜不見月與星有知無知兮爲死爲生嗚呼臣罪當誅兮天王聖明

岐山操

周公爲太王作（本詞云狄戎侵兮土地遷移邦邑適於岐山烝民不憂兮誰者知嗟嗟奈何兮予命遭斯）

我家於豳自我先公伊我承序敢有不同今狄之人將土我疆民爲我戰誰使死傷彼岐有岨我往獨處爾（一作人）莫余追無思我悲

履霜操

尹吉甫子伯奇無罪爲後母譖而見逐自傷作（本詞云朝履霜兮採晨寒考不明其心兮信讒言孤恩別離兮摧肺肝何辜皇天兮遭斯愆痛殁不同兮恩有偏誰能流顧兮知我冤）

父兮兒寒母兮兒飢兒罪當笞逐兒何爲兒在中野以宿以處四無人聲誰與兒語兒寒何衣兒飢何食兒行於野履霜以足母生衆兒有母憐之獨無母憐兒寧不悲

雉朝飛操

牧犢（一作沐犢）子七十無妻見雉雙飛感之而作（本詞云雉朝飛兮鳴相和雌雄羣遊兮山之阿我獨何命兮未有家時將暮兮可奈何嗟嗟暮兮可奈何）

雉之飛於朝日羣雌孤雄意氣橫出當東而西當啄而飛隨飛隨啄羣雌粥粥嗟我雖人曾不如彼雉雞生身七十年無一妾與妃（一本無雞字下語妃音媲與雉叶）

別鵠操

商陵穆子娶妻五年無子父母欲其改娶其妻聞之中夜悲嘯穆子感之而作（本詞云將乖比翼隔天端山川悠遠路漫漫攬衣不寐食忘飧）

雄鵠（樂府詩集作雉鵠以下鵠俱作鶴）銜枝來雌鵠啄泥歸巢成不生子大義當乖離江漢水之大鵠身鳥之微更無相逢日且可繞樹相隨飛（樂府作更無相逢日安可相隨飛）

殘形操

曾子夢見一貍不見其首作

有獸維貍兮我夢得之其身孔明兮而頭不知吉凶何爲兮覺坐而思巫咸上天兮識者其誰

南山詩

吾聞京城南茲惟羣山囿東西兩際海巨細難悉究山經及地志茫昧非受授團辭試提挈挂一念萬漏欲休諒不能粗叙所經覯嘗昇崇丘望戢戢見相湊晴明出稜角縷脈碎分繡蒸嵐相澒（胡孔切）洞表裏忽通透無風自飄簸融液煦柔茂橫雲時平凝點點露數岫天空浮脩眉濃綠畫新就孤撐有巉絕海浴褰鵬咮（音晝以上敘南山大槩）春陽潛沮洳濯濯吐深秀巖巒雖嵂崒軟弱類含酎（音宙）夏炎百木盛蔭鬱增埋覆神靈日歊（音枵）歔雲氣爭結構秋霜喜刻轢磔卓立癯瘦參差相疊重剛耿陵（一作凌）宇宙冬行雖幽墨冰雪工琢鏤新曦照危峨億丈恒高袤明昏無停態頃刻異狀候（已上叙四時變態）西南雄太白突起莫閒簉藩都配德運分宅占丁戊（音茂）逍遥越坤位詆訐陷乾竇空虛寒兢兢風氣較搜漱朱維方燒日陰霰縱騰糅昆明大池北去覲偶晴晝縣聯窮俯視倒側困清漚微瀾動水面踴躍躁猱狖驚呼惜破碎仰喜呀不仆（已上言南山旁隅連亘之所）前尋徑杜墅岔蔽畢原陋崎嶇上軒昂始得觀覽富行行將遂窮嶺陸煩互走勃然思坼裂擁掩難恕宥巨靈與夸蛾遠賈期必售還疑造物意固護蓄精祐力雖能排斡雷電怯呵詬攀緣脫手足蹭蹬抵積甃茫如試矯首堛塞生怐（音寇）愗（音茂）威容喪蕭爽近新迷遠舊拘官計日月欲進不可又因緣窺其湫（南山有炭谷湫）凝湛閟陰嘼（音嗅或作獸禮運龍以爲畜謂湫中蛟也）魚蝦可俯掇神物安敢寇林柯有脫葉欲墮鳥驚救（其湫葉落恐汚水鳥即銜去蓋其神物之靈如此）爭銜彎環飛投棄急哺㲉旋歸道回睨達枿壯復奏吁嗟信奇怪峙質能化貿前年遭譴謫探歷得邂逅初從藍田入顧眄勞頸脰時天晦大雪淚目苦矇瞀（音茂）峻塗拖長冰直上若懸溜褰衣步推馬顛蹶退且復蒼黃忘遐晞所矚纔左右杉篁咤蒲蘇杲耀

攢介曹專心憶平道脫險逾避臭昨來逢清霽宿願忻始副崢嶸躋冢頂倏閃雜䰄䰅前低劃開灪爤漫堆衆皺（言谿然見前山之低雖有高陵深谷但如皺物微有覆折之文耳）或連若相從或蹙若相鬬或妥若弭伏或竦若驚雊或散若瓦解或赴若輻湊或翩若船遊或決若馬驟或背若相惡或向若相佑或亂若抽筍或嵲若注（一作注）灸或錯若繪畫或繚若篆籀或羅若星離或蓊若雲逗或浮若波濤或碎若鋤耨或如賁育倫（賁育勇士）賭勝勇前購先強勢已出後鈍嗔誼（音鬬）譊（音獳不能言也）或如帝王尊叢集朝賤幼雖親不褻狎雖遠不悖謬或如臨食案肴核紛飣餖又如遊九原墳墓包槨柩或纍若盆甖或揭若甗（同登）豆（一作梪）或覆若曝鼈或頹若寢獸或蜿若藏龍或翼若搏鷲或齊若友朋或隨若先後或迸若流落或顧若宿留或戾若仇讎或密若婚媾或儼若峨冠或翻若舞袖或屹若戰陣或圍若蒐狩或靡然東注或偃然北首或如火熺焰或若氣饙（音分）餾（音溜飯也）或行而不輟或遺而不收或斜而不倚或弛而不彀或赤若禿鬝（丘閑切）或燻若柴槱或如龜拆兆或若卦分繇或前橫若剝或後斷若姤延延離又屬夬夬叛還遘喁喁魚闖萍落落月經宿誾誾樹墻垣巘巘駕庫廄參參削劍戟煥煥銜瑩琇敷敷花披萼闟闟屋摧霤悠悠舒而安兀兀狂以狃超超出猶奔蠢蠢駭不懋大哉立天地經紀肖營腠厥初孰開張僶俛誰勸侑創茲樸而巧戮力忍勞疚得非施斧斤無乃假詛呪鴻荒竟無傳功大莫酬僦嘗聞於祠官芬苾降歆嗅（宋刻作歆）斐然作歌詩惟用贊報酭

謝自然詩（果州謝真人上昇在金泉山貞元十年十一月十二日白晝輕舉郡守李堅以聞有詔褒諭）

果州南充縣寒女謝自然童騃無所識但聞有神僊輕生學其術乃在金泉山繁華榮慕絕父母慈愛捐凝心感魑魅慌惚難具言一朝坐空室雲霧生其間如聆笙竽韻來自冥冥天白日變幽晦蕭蕭風景寒簷楹蹔（一作氣）明滅五色光屬聯觀者徒傾駭躑躅詎敢前須臾自輕舉飄若風中煙茫茫入紘大影響無由緣里胥上其事郡守驚且歎驅車領官吏甿俗爭相先入門無所見冠履同蛻蟬皆云神僊事灼灼信可傳余聞古夏后象物知神姦山林民可入魍魎莫逢旃逶迤不復振後世恣欺謾幽明紛雜亂人鬼更相殘秦皇雖篤好漢武洪其源自從二主來此禍竟連連木石生怪變狐狸騁妖患莫能盡性命安得更長延人生處萬類知識最爲賢奈何不自信反欲從物遷往者不可悔孤魂抱深冤來者猶可誡余言豈空文人生有常理男女各有倫寒衣及飢食在紡績耕耘下以保子孫上以奉君親苟異於此道皆爲棄其身噫乎彼寒女永託異物羣感傷遂成詩味者宜書紳

秋懷詩十一首

窗前兩好樹衆葉光薿薿（音擬）秋風一拂披策策鳴不已微燈照空牀夜半偏入耳愁憂無端來感歎成坐起天明視顏色與故不相似羲和驅日月疾急不可恃浮生雖多塗趨死惟一軌胡爲浪自苦得酒且歡喜

白露下百草蕭蘭共雕悴青青四墻下已復生滿地寒蟬暫寂寞蟋蟀鳴自恣運行無窮期稟受氣苦異適時各得所松柏不必貴

彼時何卒卒我志何曼曼（音萬）犀首空好飲廉頗尚能飯學堂日無事驅馬適所願茫茫出門路欲去聊自勸（一作歎）歸還閱書史文字浩千萬陳跡竟誰尋賤嗜非貴獻丈夫意有在（一作存）女子乃多怨

秋氣日惻惻秋空日凌凌上無枝上蜩下無盤中蠅豈不感時節耳目去所憎清曉卷書坐南山見高稜其下澄湫水有蛟寒可罾惜哉不得往豈謂吾無能

離離挂空悲感感抱虛警露泫秋樹高蟲弔寒夜永欲退就新懦趨營悼前猛歸愚識夷塗汲古得脩綆名浮猶有恥味薄真自幸庶幾遺悔尤即此是幽屏

今晨不成起端坐盡日景蟲鳴室幽幽月吐窗冏冏喪懷若迷方浮念劇含梗塵埃慵伺候文字浪馳騁尚須勉其頑王事有朝請

秋夜不可晨秋日苦易暗我無汲汲志何以有此憾寒雞空在棲缺月煩屢瞰有琴具徽絃再鼓聽愈淡古聲久埋滅無由見真濫低心逐時趨苦勉祇能暫有如乘風船一縱不可纜不如覷文字丹鉛事點勘豈必求贏餘所要石與甔（都濫切）

卷卷落地葉隨風走前軒鳴聲若有意顛倒相追奔空堂黃昏暮我坐默不言童子自外至吹燈當我前問我我不應饋我我不餐退坐西壁下讀詩盡數編作者非今士相去時已千其言有感觸使我復悽酸顧謂汝童子置書且安眠丈夫屬有念事業無窮年

霜風侵梧桐衆葉著樹乾空堦一片下琤若摧琅玕謂是夜氣滅望舒霣其團青冥無依倚飛轍危難安驚起出戶視倚楹久汍瀾憂愁費晷景日月如跳丸迷復不計遠爲君駐塵鞍

暮暗來客去羣囂各收聲悠悠偃宵寂亹亹抱秋明世累忽進慮外憂遂侵誠強懷張不滿弱念缺已盈詰屈避語穽冥茫觸心兵敗虞千金棄得比寸草榮知恥足爲勇晏然誰汝令

鮮鮮霜中菊既晚何用好揚揚弄芳蝶爾生還不早運窮兩值遇婉孌死相保西風蟄龍蛇衆木日凋槁由來命分爾泯滅豈足道

赴江陵途中寄贈王二十補闕李十一拾遺李二十六員外翰林三學士（德宗貞元二十年移江陵法曹參軍未幾以四門博士召三學士王涯李建李程也）

孤臣昔放逐血泣追愆尤汗漫不省識怳如乘桴浮或自疑上疏上疏豈其由是年京師旱田畝少所收上憐民無食征賦半已休有司恤經費未免煩徵求富者既云急貧者固已流傳聞閭里間赤子棄渠溝持男易斗粟掉臂莫肯酬我時出衢路餓者何其稠親逢道邊死佇立久咿嚘歸舍不能食有如魚中鉤適會除御史誠當得言秋拜疏移閤門爲忠寧自謀上陳人疾苦無令絕其喉下陳畿甸內根本理宜優積雪驗豐熟幸寬待蠶麰天子惻然感司空歎綢繆謂言即施設乃反遷炎州（舊史言公自監察御史上章數千言極論宮市德宗怒貶陽山令新史亦云上疏論宮市令詩自序其得罪之由大抵言京師旱饑未嘗力言宮市惟皇甫湜神道碑云關中旱饑先生力言天下根本專政者惡之出爲陽山令湜當時從公游者知公之不以論宮市出審矣）同官盡才俊偏善柳與劉或慮語言洩傳之落冤讐二子不宜爾將疑

斷還不中使臨門遣頃刻不得留病妹臥牀褥分知隔
明幽悲啼乞就别百請不頷頭弱妻抱稚子出拜忘慚
羞僶俛不回顧行行詣連州朝爲青雲士暮作白頭（一作首）
囚商山季冬月冰凍絶行輈春風洞庭浪出没驚孤舟
逾嶺到所任低顏奉君侯酸寒何足道隨事生瘡疣遠
地觸途異吏民似猨猴生獰多忿很辭舌紛嘲啁白日
屋簷下雙鳴鬭鵂鶹有蛇類兩首有蠱羣飛遊窮冬或
摇扇盛夏或重裘颶起最可畏訇哮簸陵丘雷霆助光
怪氣象難比侔癘疫忽潛遘十家無一瘳猜嫌動置毒
對案輒懷愁前日遇恩赦（貞元二十一年正月乙巳順宗即位二月甲子大赦天下愈量移江陵掾）私心
喜還憂果然又羈縶不得歸鋤耰此府雄且大騰凌盡
戈矛棲棲法曹掾何處事卑陬生平企仁義所學皆孔
周早知大理官不列三后儔何況親犴（音岸）獄敲搒發姦
偷懸知失事勢恐自罹罝罘湘水清且急涼風日脩脩
胡爲首歸路旅泊尚夷猶昨者京使至嗣皇傳冕旒赫
然下明詔首罪誅共吺（古兜字）復聞顛夭輩（謂杜黃裳鄭餘慶之徒爲相）峨冠
進鴻疇班行再肅穆璜珮鳴琅璆佇繼貞觀烈邊封脫
兠鍪三賢推侍從卓犖傾枚鄒高議參造化清文煥皇
猷協（一作叶）心輔齊聖致理同毛輶小雅詠鹿鳴（一作鳴鹿）食苹貴
呦呦遺風邈不嗣豈憶嘗同裯失志早衰換前期擬蜉
蝣自從齒牙缺始慕舌爲柔因疾鼻又塞漸能等薰蕕
深思罷官去畢命依松楸空懷焉能果但見歲已遒殷
湯閔禽獸解網祝蛛蝥雷煥掘寶劍冤氛消斗牛茲道
誠可尚誰能借前籌殷勤答吾友明月非暗投

暮行河堤上

暮行河堤上四顧不見人衰草際黃雲感歎愁我神夜
歸孤舟臥展轉空及晨謀計竟何就嗟嗟世與身

夜歌

靜夜有清光閑堂仍獨息念身幸無恨志氣方自得樂
哉何所憂所憂非我力

重雲李觀疾贈之

天行失其度陰氣來干陽重雲閉白日炎燠成寒涼小
人但咨怨君子惟憂傷飲食爲減少身體豈寧康此志
誠足貴懼非職所當藜羹尚如此肉食安可嘗窮冬百
草死幽桂乃芬芳且況天地間大運自有常勸君善飲
食鸞鳳本高翔

江漢答孟郊

江漢雖云廣乘舟渡無艱流沙信難行馬足常往還淒
風結衝波狐裘能禦寒終宵處幽室華燭光爛爛苟能
行忠信可以居夷蠻嗟余與夫子此義每所敦何爲復
見贈繾綣在不諼

長安交遊者贈孟郊

長安交遊者貧富各有徒親朋（一作友）相過（一作遇）時亦各有以
娛陋室有文史高門有笙竽何能辨榮悴且欲分賢愚

岐山下二首（朱熹考異曰諸本只作一首方云自日暮邊火驚以上爲一篇世有灌畦暇語一書謂子齊姓程字昔範嘗著中藝三卷見因話錄則下詩似當爲别篇第前詩題以岐山下此必遊鳳翔日作）

誰謂我有耳不聞鳳皇鳴朅來岐山下日暮邊鴻（一作火）驚
丹穴五色羽（貴之爲作丹穴五色羽子齊姓程字昔範嘗著中藝三卷見因話錄則下詩似當爲别篇第前詩題以岐山下此必遊鳳翔日作）其名爲鳳皇昔周有盛德此鳥鳴高岡和
聲隨祥風窅窕相飄揚聞者亦何事但知時俗康自從
公旦死千載閟其光吾君亦勤理遲爾一來翔

全唐詩

韓愈

北極贈李觀

北極有羈羽南溟有沈鱗川源浩浩隔影響兩無因風
雲一朝會變化成一身誰言道里遠感激疾如神我年
二十五求友昧其人哀歌西京市乃與夫子親所尚（一作向）
苟同趨賢愚豈異倫方爲金石姿萬世無緇磷無爲兒
女態憔悴悲賤貧

此日足可惜贈張籍（愈時在徐籍往謁之辭去作是詩以送）

此日足可惜此酒不足（一作不可）嘗捨酒去相語共分一日光
念昔未知子孟君自南方自矜有所得言子有文章我
名屬相府（時佐董晉幕府）欲往不得行思之不可見百端在中腸
維時月魄死冬日朝在房驅馳公事退聞子適及城命
車載之至引坐於中堂開懷聽其說往往副所望孔丘
歿已遠仁義路久荒紛紛百家起詭怪相披猖長老守
所聞後生習爲常少知誠難得純粹古已亡譬彼植園
木有根易爲長留之不遣去館置城西旁歲時未云幾
浩浩觀湖江衆夫指之笑謂我知不明兒童畏雷電魚
鼈驚夜光州家舉進士選試繆所當（汴州舉進士愈爲考官試反舌無聲詩籍中等）馳
辭對我策章句何煒煌相公朝服立工席歌鹿鳴禮終
樂亦闋相拜送於庭之子去須臾赫赫流盛名竊喜復
竊歎諒知有所成人事安可恒奄忽令我傷聞子高第
日正從相公喪（貞元十五年高郢知舉籍登第是歲二月晉卒愈護其喪行）哀情逢吉語惝怳
難爲雙暮宿偃師西徒展轉在牀（諸本作展轉在空牀）夜聞汴州亂
遶壁行傍徨我時留妻子倉卒不及將相見不復期零
落甘所丁驕兒未絶乳念之不能忘忽如在我所耳若
聞啼聲中途安得返一日不可更俄有東來說我家免
罹殃乘船下汴水東去趨彭城從喪朝至洛還走不及
停假道經盟津出入行澗岡日西入軍門羸馬顛且僵
主人願少留延入陳壺觴（時李元爲河陽節度主人謂元也）卑賤不敢辭忽
忽心如狂飲食豈知味絲竹徒轟轟平明脫身去決若
驚鳧翔黃昏次汜水欲過無舟航號呼久乃至夜濟十
里黃（外黃縣有黃溝）中流上灘（一作沙）潭沙水不可詳驚波暗合沓星

宿爭翻芒鞢馬蹢躅鳴左右泣僕童甲午憩時門臨泉窺闕龍東南出陳許陂澤平（一作何）茫茫道邊草木花紅紫相低昂百里不逢人角角雄雉鳴行行二月暮乃及徐南疆下馬步堤岸上船拜吾兄（愈有三兄皆早世見於集中者雲卿之子俞紳卿之子岌皆愈從兄或曰吾兄謂張籍非也）誰云經艱難百口無夭殤僕射南陽公（張建封）宅我睢水陽（二月愈至徐徐泗濠節度使張建封以愈爲節度推官）篋中有餘衣盎中有餘糧閉門讀書史窗户忽已凉日念子來遊子豈知我情别離未爲久辛苦多所經對食每不飽共言無倦聽連延三十日晨坐達五更我友二三子宦遊在西京東野窺禹穴李翺觀濤江蕭條千萬里會合安可逢淮之水舒舒楚山直叢叢子又捨我去我懷焉所窮男兒不再壯百歲如風狂高爵尚可求無爲守一鄉

幽懷

幽懷不能寫行此春江潯適與佳節會士女競光陰凝妝耀洲渚繁吹蕩人心間關林中鳥亦知和爲音豈無一尊酒自酌還自吟但悲時易失四序迭相侵我歌君子行視古猶視今

君子法天運

君子法天運四時可前知小人惟所遇寒暑不可期利害有常勢取捨無定姿焉能使我心皎皎遠憂疑

落葉送陳羽

落葉不更息斷蓬無復歸飄颻終自異邂逅暫相依悄悄深夜語悠悠寒月輝誰云少年别流淚各沾衣

歸彭城（貞元十五年冬愈爲徐州從事朝正京師此曰歸彭城蓋明年自京師歸徐也）

天下兵又動（貞元十五年秋起諸道兵討吳少誠）太平竟何時訏謨者誰子無乃失所宜前年關中旱閭井多死飢（貞元十四年冬京師饑）去歲東郡水（貞元十五年秋鄭滑大水）生民爲流屍上天不虛應禍福各有隨我欲進短策無由至彤墀刳肝以爲紙瀝血以書辭上言陳堯舜下言引龍夔言詞多感激文字少葳蕤一讀已自怪再尋良自疑食芹雖云美獻御固已癡緘封在骨髓耿耿空自奇昨者到京城屢陪高車馳周行多俊異議論無瑕疵見待頗異禮未能去毛皮到口不敢吐徐徐俟其巇歸來戎馬間驚顧似羈雌連日或不語終朝見相欺乘閑輒騎馬茫茫詣空陂遇酒即酩酊君知我爲誰

醉後

煌煌東方星奈此衆客醉初喧或忿爭中静雜嘲戲淋漓身上衣顛倒筆下字人生如此少酒賤且勤置

醉贈張秘書

人皆勸我酒我若耳不聞今日到君家呼酒持勸君爲此座上客及余各能文君詩多態度藹藹春空雲東野動驚俗天葩吐奇芬張籍學古淡軒鶴避雞羣阿買不識字頗知書八分詩成使之寫亦足張吾軍所以欲得酒爲文俟其醺酒味既冷冽酒氣又氛氲性情漸浩浩諧笑方云云此誠得酒意餘外徒縯紛長安衆富兒盤饌羅羶葷不解文字飲惟能醉紅帬雖得一餉樂有如聚飛蚊今我及數子固無蕕與薰險語破鬼膽高詞媲皇墳至寶不雕琢神功謝鋤耘方今向太平元凱承華勛吾徒幸無事庶以窮朝曛

同冠峽（貞元十九年貶陽山後作）

南方二月半春物亦已少維舟山水間晨坐聽百鳥宿雲尚含姿朝日忽升曉羈旅感和鳴囚拘念輕矯潺湲淚久迸詰曲思增繞行矣且無然蓋棺事乃了

送惠師（愈在連州與釋景常元惠游惠師即元惠也）

惠師浮屠者乃是不羈人十五愛山水超然謝朋親脱冠翦頭髮飛步遺蹤塵發跡入四明梯空上秋旻遂登天台望衆壑皆嶙峋夜宿最高頂舉頭看星辰光芒相照燭南北爭羅陳茲地絶翔走自然嚴且神微風吹木石澎湃聞韶鈞夜半起下視溟波銜日輪魚龍驚踊躍叫嘯成悲辛怪氣或紫赤敲磨共輪囷金鴉既騰翥六合俄清新常聞禹穴奇東去窺甌閩越俗不好古流傳失其真幽蹤邈難得聖路（舜禹南巡之路）嗟長堙回臨浙江濤屹起高峨岷壯志死不息千年如隔晨是非竟何有棄去非吾倫凌江詣廬嶽浩蕩極游巡崔崒没雲表陂陀浸湖淪是時雨初霽懸瀑垂天紳前年往羅浮步戛南海瀆大哉陽德盛榮茂恒留春鵬騫隋長翮鯨戲側脩鱗自來連州寺曾未造城闉日攜青雲客探勝窮崖濱太守邀不去羣官請徒頻囊無一金資翻謂富者貧昨日忽不見我令訪其鄰奔波自追及把手問所因顱我却興歎君寧異於民離合自古然辭别安足珍吾聞九疑好夙志今欲伸斑竹啼舜婦清湘沈楚臣衡山與洞庭此固道所循尋崧方抵洛歷華遂之秦浮游靡定處偶往即通津吾言子當去子道非吾遵江魚不池活野鳥難籠馴吾非西方教憐子狂且醇吾嫉惰遊者憐子愚且諄去矣各異趣何爲浪霑巾

送靈師

佛法入中國爾來六百年齊民逃賦役高士著幽禪官吏不之制紛紛聽其然耕桑日失隸朝署時遺賢靈師皇甫姓胤冑本蟬聯少小涉書史早能綴文篇中間不得意失跡成延遷逸志不拘教軒騰斷牽攣圍棊鬭白黑生死隨機權六博在一擲梟盧叱回旋戰詩誰與敵浩汗橫戈鋋（音延）飲酒盡百琖嘲諧思逾鮮有時醉花月高唱清且緜四座咸寂默杳如奏湘弦尋勝不憚險黔江屢洄沿瞿塘五六月驚電讓歸船怒水忽中裂千尋墮幽泉環回勢益急仰見團團天投身豈得計性命甘徒捐浪沫蹙翻涌漂浮再生全同行二十人魂骨俱坑填靈師不挂懷冒涉道轉延開忠二州牧詩賦時多傳失職不把筆珠璣爲君編强留費日月密席羅嬋娟昨者至林邑使君數開筵逐客三四公盈懷贈蘭荃湖游泛漭沆溪宴駐潺湲别語不許出行裾動遭牽鄰州競招請書札何翩翩十月下桂嶺乘寒恣窺緣落落王員外（王員外仲舒也愈志云所爲文章無世俗氣）爭迎獲其先自從入賓館占悋久能專吾徒頗攜被接宿窮歡妍聽説兩京事分明皆眼前縱橫雜謠俗瑣屑咸羅穿材調真可惜朱丹在磨研方將斂之道且欲冠其顛韶陽李太守高步凌雲烟得客輒忘食開囊乞繒錢手持南曹叙（唐制吏部員外郎一人掌判南曹謂王員外仲舒也時亦謫連州司户）字重青瑶鐫古氣參彖繫高標摧太玄維舟事干謁披讀頭風痊還如舊相識傾壺暢幽悁以此復留滯歸驂幾時鞭

縣齋有懷（陽山縣齋作時貞元二十一年順宗新即位）

少小尚奇偉平生足悲吒猶嫌子夏儒肯學樊遲稼事業窺皐稷文章蔑曹謝濯纓起江湖綴佩雜蘭麝悠悠指長道去去策高駕誰爲傾國媒自許連城價初隨計吏貢屢入澤宮射雖免十上勞何能一戰霸人情忌殊異世路多權詐蹉跎顛遂低摧折氣愈下治長信非罪侯生或遭罵懷書出皐都銜淚渡清灞身將老寂寞志欲死閑暇朝食不盈腸冬衣纔掩骼(枯駕切)軍書既頻召戎馬乃連跨大梁從相公彭城赴僕射弓箭圍狐兔絲竹羅酒炙兩府變荒涼三年就休假求官去東洛(去或作來或作去官來東洛此謂貞元十五十六年冬如京調官也)犯雪過西華塵埃紫陌春風雨靈臺夜名聲荷朋友援引乏姻婭雖陪彤庭臣詎縱青冥靶寒空聳危闕曉色曜脩架捐軀辰在丁(貞元十九年十二月愈上天旱人飢疏被貶辰在丁上疏之日也)鎩翮時方蜡投荒誠職分領邑幸寬赦湖波翻日車嶺石坼天鑄毒霧恆熏晝炎風每燒夏雷威固已加颶勢仍相借氣象杳難測聲音吁可怕夷言聽未慣越俗循猶乍指摘兩憎嫌睢盱互猜訝衹緣恩未報豈謂生足藉嗣皇新繼明率土日流化惟思滌瑕垢長去事桑柘斸嵩開雲扃歷潁抗風榭禾麥種滿地梨棗栽繞舍兒童稍長成雀鼠得驅嚇官租日輸納村酒時邀迓閑愛老農愚歸弄小女姹如今便可爾何用畢婚嫁

合江亭(諸本作題合江亭寄刺史鄒君亭在衡州負郭今之石鼓頭即其地也地形特異巋然崛起於二水之間旁有朱陵洞唐人題刻散滿巖上愈自陽山量移江陵道衡山作)

紅亭枕湘江蒸水會其左瞰臨眇空闊綠淨不可唾維昔經營初邦君實王佐(此亭故相齊公暎所作)翦林遷神祠買地費家貨梁棟宏可愛結構麗匪過伊人去軒騰茲宇遂頹挫老郎來何暮高唱久乃和(宇文郎中炫又增其制)樹蘭盈九畹栽竹逾萬个長綆汲滄浪幽蹊下坎坷波濤夜俯聽雲樹朝對臥初如遺宦情終乃最郡課人生誠無幾事往悲豈奈(一作郡)蕭條綿歲時契闊繼庸懦勝事誰復論醜聲日已播中丞黜凶邪天子閔窮餓君侯至之初閭里自相賀(前刺史元澄無政廉使楊公中丞奏黜之朝廷柔用鄒君)淹滯樂閑曠勤苦勸慵惰爲余掃塵階命樂醉衆座窮秋感平分新月憐半破願書巖上石勿使泥塵涴

陪杜侍御遊湘西兩寺獨宿有題一首因獻楊常侍(愈自陽山北還過潭作楊常侍憑也時觀察湖南)

長沙千里平勝地猶在險況當江闊處斗起勢匪漸深林高玲瓏青山上琬琰路窮臺殿闢佛事煥且儼剖竹走泉源開廊架崖广(音儼因巖爲屋)是時秋之殘暑氣尚未斂羣行忘後先朋息棄拘檢客堂喜空涼華榻有清簟澗蔬煮蒿芹水果剝菱芡(音儉)伊余夙所慕陪賞亦云忝幸逢車馬歸獨宿門不掩山樓黑無月漁火燦星點夜風一何喧杉檜屢磨颭猶疑在波濤怵惕夢成魘靜思屈原沈遠憶賈誼貶椒蘭爭妬忌絳灌共讒諂誰令悲生腸坐使淚盈臉翻飛乏羽翼指摘困瑕玷珥(音餌)貂藩維重政化類分陝禮賢道何優奉已事苦儉大廈棟方隆巨川檝行剡經營誠少暇遊宴固已歉旅程愧淹留徂歲嗟荏苒平生每多感柔翰遇頻染展轉嶺猿鳴曙燈青睒睒

岳陽樓別竇司直(竇庠時以武昌幕職攝岳州愈移江陵法曹道出岳陽樓作)

洞庭九州間厥大誰與讓南匯羣崖水北注何奔放瀦爲七百里吞納各殊狀自古澄不清環混無歸向炎風日搜攪幽怪多冗長(去聲)軒然大波起宇宙隘而妨(音訪)巍峩拔嵩華騰踔較健壯聲音一何宏轟輵(音渴)車萬兩猶疑帝軒轅張樂就空曠蛟螭露筍簴縞練吹組帳鬼神非人世節奏頗跌踼陽施見誇麗陰閉感悽愴朝過宜春口極北缺隄障夜纜巴陵洲叢芮纔可傍星河盡涵泳俯仰迷下上餘瀾怒不已喧聒鳴甕盎明登岳陽樓輝煥朝日亮飛廉戢其威清晏息纖纊泓澄湛凝綠物影巧相況江豚時出戲驚波忽蕩瀁時當冬之孟隙竅縮寒漲前臨指近岸側坐眇難望滌濯神魂醒幽懷舒以暢主人孩童舊握手乍忻悵憐我竄逐歸相見得無恙開筵交履舄爛漫倒家釀杯行無留停高柱送清唱中盤進橙栗投擲傾脯醬歡窮悲心生婉孌不能忘(音望)念昔始讀書志欲干霸王屠龍破千金爲藝亦云亢愛才不擇行觸事得讒謗前年出官由(一作日)此禍最無妄公卿採虛名擢拜識天仗姦猜畏彈射斥逐恣欺誑新恩移府庭逼側厠諸將于嗟苦駑緩但懼失宜當追思南渡時魚腹甘所葬嚴程迫風帆劈箭入高浪顛沈在須臾忠鯁誰復諒生還眞可喜尅己自懲創庶從今日後粗識得與喪事多改前好趣有獲新尚誓耕十畝田不取萬乘相細君知蠶織稚子已能餉行當掛其冠生死君一訪

送文暢師北遊

昔在四門館晨有僧來謁自言本吳人少小學城闕已窮佛根源粗識事輗軏攣拘屈吾眞戒轄思遠發薦紳秉筆徒聱譽耀前閥從求送行詩屢造忍顛蹶今成十餘卷浩汗羅斧鉞先生悶窮巷未得窺剞劂又聞識大道何路補剠刖出其囊中文滿聽實清越謂僧當少安草序頗排訐上論古之初所以施賞罰下開迷惑胸窒(音孝)豁劚株橜(音厥)僧時不聽瑩若飲水救暍風塵一出門時日多如髮三年竄荒嶺守縣坐深樾徵租聚異物詭製怛巾襪幽窮誰共(一作共誰)語思想甚含噦(於月切)昨來得京官照壁喜見蝎況逢舊親識無不比鶼鷊長安多門戶弔慶少休歇而能勤來過重惠安可揭當今聖政初恩澤完瓡(許出切)猲(許月切)胡爲不自暇飄戾逐鶤鶡僕射領北門威德壓胡羯(謂田季安爲魏博節度使)相公鎮幽都竹帛爛勳伐(謂劉濟爲幽州節度使)酒場舞閨姝獵騎圍邊月開張篋中寶自可得津筏從茲富裘馬寧復茹藜蕨余期報恩後謝病老耕垡(音代)庇身指蓬茅逞志縱獫猲僧還相訪來山藥煮可掘

答張徹(愈爲四門博士時作張徹愈門下士又愈之從子壻)

辱贈不知報我歌爾其聆首敘始識面次言後分形道途綿萬里日月垂十齡浚郊避兵亂(一作難)睢岸連門停(諸本作庭閣本作停傳猶居也)肝膽一古劍波濤兩浮萍潰墨竄舊史磨丹注前經義苑手秘寶文堂耳驚霆暄晨躡露舄暑夕眠風櫺結友子讓抗(晉羊祜陸抗相推衞札之好)請師我慚丁(左氏尹公學射於庾公差差學於公孫丁)初味猶噉蔗遂通斯建瓴搜奇日有富嗜善心無寧石梁平侹侹(音挺)沙水光泠泠乘枯摘野豔沈細抽潛腥遊寺去陟巘尋徑返(一作及)穿汀緣雲竹竦竦失路麻冥冥淫潦忽翻野平蕪眇開溟防泄塹夜塞懼衝城晝扃及去事

戎轡相逢宴軍伶航秋縱兀兀獵旦馳駉駉從賦始分手朝京忽同舲（愈以徐州從事朝正京師與徽同行）急時促暗櫂戀月留虛亭畢事驅傳馬安居守窗螢梅花灞水別宮（一作官）燭驪山醒省選逮投足鄉賓尚摧翎塵袪又一摻（所減切）淚皆（音漬）還雙滎洛邑得休告華山窮絕陘倚巖睨海浪引袖拂天星日駕此迴轄金神所司刑泉紳拖修白石劒攢高青磴蘚達（滑也）拳跼梯飈颸伶俜悔狂已咋指垂誡仍鐫銘（沈顏遺李翱書謂退之託此以悲世人登高而不知止且示戒焉）峩豸忝備列伏蒲愧分涇微誠慕橫草瑣力摧撞筳疊雪走商嶺飛波航洞庭下險疑躋井守官類拘囹荒餐茹獠蠻幽夢感湘靈刺史肅蓍蔡吏人沸蝗螟點綴簿上字趨蹌閤前鈴賴其飽山水得以娛瞻聽紫樹雕斐亹碧流滴瓏玲映波鋪遠錦插地列長屏愁狖酸骨死怪花醉魂馨潛苞絳實坼幽乳翠毛零赦行五百里月變三十蓂漸階羣振鷺入學誨螟蛉革甘謝鳴鹿罍滿慚罄瓶冏冏抱瑚璉飛飛聯鶺鴒魚鬣欲脫背虬光先照硎豈獨出醜類方當動朝廷勤來得晤語勿憚宿寒廳

薦士（薦孟郊於鄭餘慶也）

周詩三百篇雅麗理（一作埋）訓誥曾經聖人手議論安敢到五言出漢時蘇李首更號東都漸瀰漫派別百川導建安能者七卓犖變風操逶迤抵晉宋氣象日凋耗中間數鮑謝比近最清奧齊梁及陳隋衆作等蟬噪搜春摘花卉沿襲傷剽盜國朝盛文章子昂始高蹈勃興得李杜萬類困陵暴後來相繼生亦各臻閫奧有窮者孟郊受材實雄驁冥觀洞古今象外逐幽好橫空盤硬語妥帖力排奡敷柔肆紆餘奮猛卷海潦榮華肖天秀捷疾逾響報行身踐規矩甘辱恥媚竈孟軻分邪正眸子看瞭眊杳然粹而清可以鎮浮躁酸寒溧陽尉五十幾何耄孜孜營甘旨辛苦久所冒俗流知者誰指注競嘲慠聖皇索遺逸髦士日登造廟堂有賢相（謂餘慶）愛遇均覆燾況承歸與張（郊嘗爲歸登張建封所知）二公迭嗟悼青冥送吹噓強箭射魯縞胡爲久無成使以歸期告霜風破佳菊嘉節迫吹帽念將決焉去感物增戀嫪（盧到切）彼微水中荇尚煩左右芼魯侯國至小廟鼎猶納郜幸當擇珉玉寧有棄珪瑁悠悠我之思擾擾風中纛上言媿無路日夜惟心禱鶴翎不天生變化在啄菢（鳥伏卵爲菢）通波非難圖尺地易可漕善善不汲汲後時徒悔懊救死具八珍不如一簞犒微詩公勿誚愷悌神所勞

喜侯喜至贈張籍張徹（愈初謫陽山令元和改元自江陵掾召國子博士其從遊如喜如籍如徹皆會都下詩以是作）

昔我在南時數君常在念搖搖不可止諷詠日喁噞如以膏濯衣每漬垢逾染又如心中疾鍼石非所砭常思得遊處至死無倦厭地遐物奇怪水鏡涵石劒荒花窮漫亂幽獸工騰閃礙目不忍窺忽忽坐昏墊逢神多所祝豈忘靈即驗依依夢歸路歷歷想行店今者誠自幸所懷無一欠孟生去雖索侯氏來還歉欹眠聽新詩屋角月豔豔雜作承間騁交驚舌于譫（他念切吐舌貌）繽紛指瑕疵拒捍阻城塹以余經摧挫固請發鈆槧居然妄推讓見謂爇天燄比疎語徒妍悚息不敢占呼奴具盤餐飣餖魚菜贍人生但如此朱紫安足僭

古風（安史之後方鎮相望於內地大者連州十餘小者不下三四兵驕則逐帥帥強則叛上不廷不貢往往而是故托古風以寓意觀詩意當在德宗朝作）

今日曷不樂幸時不用兵無曰旣蹙矣乃尚可以生彼州之賦去汝不顧此州之役去我奚適一邑之水可走而違天下湯湯曷其而歸好我衣服甘我飲食無念百年聊樂一日

駑驥（一作駑驥吟示歐陽詹　詹與愈同第進士愈以徐州從事朝正於京詹時爲國子監四門助教）

駑駘誠齷齪市者何其稠力小若（一作若）易制價微良易酬渴飲一斗水飢食一束芻嘶鳴當大路志氣若有餘騏驥生絕域自矜無匹儔牽驅入市門行者不爲留借問價幾何黃金比嵩（一作崇）丘借問行幾何咫尺視九州飢食玉山禾渴飲醴泉流問誰能爲御曠世不可求惟昔穆天子乘之極遐遊王良執其轡造父挾其輈因言天外事茫惚使人愁駑駘謂騏驥餓死余爾羞有能必見用有德必見收孰云時與命通塞皆自由騏驥不敢言低徊但垂頭人皆劣騏驥共以駑駘優喟余獨興歎才命不同謀寄詩（一作言）同心子爲我商（一作高）聲謳

馬猒穀

馬猒穀兮士不猒糠籺土被文繡兮士無短（一作裋）褐彼其得志兮不我虞一朝失志兮其何如已焉哉嗟嗟乎鄙夫

出門

長安百萬家出門無所之豈敢尚幽獨與世實參差古人雖已死書上有其（一作遺）辭開卷讀且想千載若相期出門各有道我道方未夷且於此中息天命（一作誠）不吾欺

嗟哉董生行

淮水出桐柏山東馳遙遙（一作悠悠）千里不能休淝水出其側不能千里百里入淮流壽州屬縣有安豐唐貞元時縣人董生召南隱居行義於其中刺史不能薦天子不聞名聲爵祿不及門門外惟有吏日來徵租更索錢嗟哉董生朝出耕（一作耘）夜歸讀古人書盡日不得息或山而（一作于）樵或水而（一作于）漁入廚具甘旨上堂問起居父母不感感妻子不咨咨嗟哉董生孝且慈人不識惟有天翁知生祥下瑞無時期家有狗乳出求食雞來哺其兒啄啄庭中拾蟲蟻哺之不食鳴聲悲彷徨躑躅久不去以翼來覆待狗歸嗟哉董生誰將與儔時之人夫妻相虐兄弟爲讎食君之祿而令父母愁亦獨何心嗟哉董生無與儔（或作誰將與儔或作誰與儔）

烽火

登高望烽火誰謂塞塵飛王城富且樂曷不事光輝勿言日已暮相見恐行稀願君熟念此秉燭夜中歸我歌寧自感乃獨淚霑衣

汴州亂二首（德宗貞元十三年宣武節度使董晉辟愈爲推官十五年晉薨公隨晉喪歸旣出四日宣武軍亂殺行軍司馬陸長源）

汴州城門朝不開天狗墮地聲如雷健兒爭誇（一作誇）殺留後連屋累棟燒成灰諸侯咫尺不能救孤士何者自興哀

母從子走者爲誰大夫夫人留後兒（長源妻子）昨日乘車騎大馬坐者起趨乘者下廟堂不肯用干戈嗚呼奈汝母子

何

利劍

利劍光耿耿佩之使我無邪心故人念我寡徒侶持用
贈我比知音我心如冰劍如雪不能刺讒夫使我心腐
劍鋒折決雲中斷開青天噫劍與我俱變化歸黃泉

齪齪

齪齪當世士所憂在飢寒但見賤者悲不聞貴者歎大
賢事業異遠抱非俗觀報國心皎潔念時涕汍瀾妖姬
坐左右柔指發哀彈酒肴雖日陳感激寧爲歡秋陰欺
白日泥潦不少乾河堤決東郡老弱隨驚湍天意固有
屬誰能詰其端願辱太守薦得充諫諍官排雲叫閶闔
披腹呈琅玕致君豈無術自進誠獨難

全唐詩

韓愈

河之水二首寄子姪老成（老成愈兄介之子卯所謂十二郎是也）

河之水去悠悠我不如水東流我有孤姪在海陬（一作隅古音謳）
（將侯切亦與流通）三年不見兮使我生憂日復日夜復夜二年不
見汝使我鬢髮未老而先化
河之水悠悠去我不如水東注我有孤姪在海浦三年
不見兮使我心苦采蕨於山緡魚於淵我徂京師不遠
其還

山石

山石犖确行徑微黃昏到寺蝙蝠飛升堂坐階新雨足
芭蕉葉大支（即梔字）子肥僧言古壁佛畫好以火來照所見
稀鋪牀拂席置羹飯疏糲亦足飽我飢夜深靜臥百蟲
絕清月出嶺光入扉天明獨去無道路出入高下窮煙
霏山紅澗碧紛爛漫時見松櫪皆十圍當流赤足蹋澗
石水聲激激風吹衣人生如此自可樂豈必局束爲人
鞿（音饑）嗟哉吾黨二三子安得至老不更歸

天星送楊凝郎中賀正（疑以戶部郎中爲宣武軍判官愈時與同佐董晉幕）

天星牢落雞喔咿僕夫起餐車載脂正當窮冬寒未已
借問君子行安之（一作何之）會朝元正無不至受命上宰須及
期侍從近臣有虛位公今此去歸何時

汴泗交流贈張僕射（建封）

汴泗交流郡城角築場十（一作千）步平如削短垣三面繚逶
迤擊鼓騰騰樹赤旗新秋朝涼未見日公早結束來何
爲分曹決勝約前定百馬攢蹄近相映毬驚杖奮合且
離紅牛纓紱黃金羈側身轉臂著馬腹霹靂應手神珠
馳超遙散漫兩閑暇揮霍紛紜爭變化發難得巧意氣
麤讙聲四合壯士呼此誠習戰非爲劇豈若安坐行良
圖當今忠臣不可得公馬莫走須殺賊

忽忽

忽忽乎余未知生之爲樂也願脫去而無因安得長翮
大翼如雲生我身乘風振奮出六合絕浮塵死生哀樂
兩相棄是非得失付閑人

鳴雁

嗷嗷鳴（一作鴻）雁鳴且飛窮秋南去春北歸去寒就暖識所
依（一作處）天長地闊棲息稀風霜酸苦稻粱微毛羽（一作羽毛）摧落
身不肥裴回反顧羣侶違哀鳴欲下洲渚非江南水闊
朝（一作湖）雲多草長沙軟無網羅閑飛靜集鳴相和違憂懷
惠性匪他凌風一舉君謂何

龍移（此詩謂南山湫也湫初在平地一日風雷移居山上其山下湫遂化爲土長安人至今謂之乾湫）

天昏地黑蛟龍移雷驚電激雄雌隨清泉百丈化爲土
魚鼈枯死吁可悲

雉帶箭（此愈佐張僕射於徐從獵而作也）

原頭火燒靜兀兀野雉畏鷹出復（一作伏欲）沒將軍欲以巧伏
人盤馬彎弓惜不發地形漸窄觀者多雉驚弓滿勁箭
加衝人決起百餘尺紅翎白鏃相（一作隨）傾斜將軍仰笑軍
吏賀五色離披馬前墮

條山蒼（中條山在黃河之西）

條山蒼河水黃浪波（一作波浪）沄沄去松柏在山（一作高）岡

贈鄭兵曹

尊酒相逢十載前君爲壯夫我少年尊酒相逢十載後
我爲壯夫君白首我材與世不相當戢鱗委翅無復望
當今賢俊皆周行君何爲乎亦（一作獨）遑遑杯行到君莫停
手破除萬事無過酒

桃源圖

神僊有無何渺茫桃源之說誠荒唐流水盤迴山百轉
生綃數幅垂中堂武陵太守好事者題封遠寄南宮下
南宮先生忻得之波濤入筆驅文辭文工畫妙各臻極
異境恍惚移於斯架巖鑿谷開宮室接屋連牆千萬日
嬴顛劉蹶了不聞地坼天分非所恤種桃處處惟開花
川原近遠蒸（一作烝）紅霞初來猶自念鄉邑歲久此地還成
家漁舟之子來何所物色相猜更問語大蛇中斷喪前
王羣馬南渡開新主聽終辭絕共悽然自說經今六百
年當時萬事皆眼見不知幾許猶流傳爭持酒食來相
饋禮數不同樽俎異月明伴宿玉堂空骨冷魂清無夢
寐夜半金雞啁哳鳴火輪飛出客心驚人間有累不可
住依然離別難爲情船開櫂進一迴顧萬里蒼蒼煙水
暮世俗寧知僞與真至今傳者武陵人

東方半（一作未）明

東方半（一作未）明大星沒獨有太白配殘月嗟爾殘月勿相
疑同光共影須臾期殘月暉暉太白睒睒雞三號更五
點

贈唐衢（衢應進士久而不第能爲歌詩見人文章有所傷歎者讀訖必哭每與人言論旣別發聲一號音辭哀切聞者莫不泣下故世稱唐衢善哭）

虎有爪兮牛有角虎可搏兮牛可觸奈何君獨抱奇材
手把鋤犁餓空谷當今天子急賢良匭函朝出開明光
胡不上書自薦達坐令四海如虞唐

貞女峽（在連州桂陽縣，秦時有女子化石在東岸穴中）
江盤峽束春湍豪風雷（一作雷風）戰鬬魚龍逃懸流轟轟射水
府一瀉百里翻雲濤漂船擺石萬瓦裂咫尺性命輕鴻
毛

贈侯喜（愈貞元十七年七月二十二日與李景興侯喜尉遲汾同漁於洛有石刻在焉詩必是時作）
吾黨侯生字叔迟（古起字）呼我持竿釣溫水平明鞭馬出都
門盡日行行荊棘裏溫水微茫絕又流深如車轍闊容
輈蝦蟇跳過雀兒浴此縱有魚何足求我爲侯生不能
已盤針擘粒投泥滓晡時堅坐到黃昏手倦目勞方一
起暫動還休未可期蝦行蛭（音質）渡似皆疑舉竿引線忽
有得一寸纔分鱗與鬐是日侯生與韓子良久歎息相
看悲我今行事盡如此此事正好爲吾規半世遑遑就
舉選一名始得紅顏衰人間事勢豈不見徒自辛苦終
何爲便當提攜妻與子南入箕潁無還時叔迟君今氣
方銳我言至切君勿嗤君欲釣魚須遠去大魚豈肯居
沮洳（去聲）

古意
太華峰頭玉井蓮開花十丈藕如船冷比雪霜甘比蜜
一片入口沈痾痊我欲求之不憚遠青壁無路難夤緣
安得長梯上摘實下種七澤根株連

八月十五夜贈張功曹（張功曹署也愈與署以貞元二十一年二月二十四日赦自南方俱徙掾江陵至是俟命於郴而作是詩）
纖雲四卷天無河清風吹空月舒波沙平水息聲影絕
一桮相屬君當歌君歌聲酸辭且苦不能聽終淚如雨
洞庭連天九疑高蛟龍出沒猩鼯號十生九死到官所
幽居默默如藏逃下牀畏蛇食畏藥海氣濕蟄熏腥臊
昨者州前搥大鼓嗣皇繼聖登夔皋赦書一日行萬里
罪從大辟皆除死遷者追迴流者還滌瑕蕩垢清朝班
州家申名使家抑坎軻祇得移荊蠻判司卑官不堪說
未免捶楚塵埃間同時輩流多上道天路幽險難追攀
君歌且休聽我歌我歌今與君殊科一年明月今宵多
人生由命非由他有酒不飲奈明（一作月）何

謁衡嶽廟遂宿嶽寺題門樓
五嶽祭秩皆（一作比）三公四方環鎮嵩當中火維地荒足妖
怪天假神柄專其雄噴雲泄霧藏半腹雖有絕頂誰能
窮我來正逢秋雨節陰氣晦昧無清（一作晴）風潛心默禱若
有應豈非正直能感通須臾靜掃衆峰出仰見突兀撐
青（一作晴）空紫蓋連延接天柱石廩騰擲堆祝融（衡山有五峯紫蓋天柱石廩祝融芙容）
森然魄動下馬拜松柏一逕趨靈宮粉牆丹柱動光
彩鬼物圖畫填青紅升堦傴僂薦脯酒欲以菲薄明其
衷廟令老人識神意睢盱偵伺能鞠躬手持桮珓導我
擲云此最吉餘難同竄逐蠻荒幸不死衣食纔足甘長
終侯王將相望久絕神縱欲福難爲功夜投佛寺上高
閣星月掩映雲曈曨猿鳴鐘動不知曙杲杲寒日生於
東

岣嶁山（山海經衡山一名岣嶁山或以爲衡山南嶽別峯之名岣音矩嶁音縷）
岣嶁山尖神禹碑字青石赤形模奇科斗拳身薤倒（一作葉）
披鸞飄鳳泊拏虎螭事嚴跡秘鬼莫窺道人獨上偶見
之我來咨嗟涕漣洏千搜萬索何處有森森綠樹猿猱
悲

永貞行（貞元二十一年德宗崩順宗立改元永貞韋執誼王叔文等用事又謀奪中官兵制天下之命是年八月皇太子即位帝自稱太上皇上貶執誼叔文等愈故作永貞行云）
君不見太皇諒陰未出令小人乘時偷國柄北軍百萬
虎與貔天子自將非他師一朝奪印付私黨（是歲王叔文等以金吾大將軍范希朝爲左右神策諸行營節度使以韓泰爲其行軍司馬叔文欲奪取宦官兵權以自固藉希朝老將使主其名而實以泰專其事人情疑懼）懍懍
朝士何能爲狐鳴梟噪爭署置睗（式亦切）䀹（式冉切）跳踉相嫵
媚夜作詔書朝拜官超資越序曾無難公然白日受賄
賂火齊磊落堆金盤元臣故老不敢語晝臥涕泣何汍
瀾（王叔文用事一日諸相會食叔文至中書欲與韋執誼計事執誼起迎諸相停箸以待有頃報叔文索飯已與韋相同餐閣中矣杜佑高郢懼不敢言鄭珣瑜獨歎曰吾豈可復居此位索馬徑歸臥不起）董賢三公誰復惜侯景九錫行可歎
國家功高德且厚天位未許庸夫干嗣皇卓犖信英主
文如太宗武高祖膺圖受禪登明堂共流幽州鯀死羽
四門肅穆賢俊登數君匪親豈其朋郎官清要爲世稱
荒郡迫野嗟可矜（謂貶禮部員外郎柳宗元邵州司封郎中韓曄池州屯田員外郎劉禹錫連州各郡刺史也）湖波
連天日相騰蠻俗生梗瘴癘烝江氛嶺祲昏若凝一蛇
兩頭見未曾怪鳥鳴喚令人憎蠱蟲羣飛夜撲燈雄虺
毒蟄蹐股肱食中置藥肝心崩左右使令詐難憑慎勿
浪信常兢兢吾嘗同僚情可勝具書目見非妄徵嗟爾
既往宜爲懲

洞庭湖阻風贈張十一署（時自陽山徙掾江陵）
十月陰氣盛北風無時休蒼茫洞庭岸與子維雙舟霧
雨晦爭泄波濤怒相投犬雞斷四聽糧絕誰與謀相去
不容步險如礙山丘清談可以飽夢想接無由男女喧
左右飢啼但啾啾非懷北歸興何用勝羈愁雲外有白
日寒光自悠悠能令暫開霽過是吾無求

李花贈張十一署（或作李有花）
江陵城西二月尾花不見桃惟見李風揉雨練雪羞比
波濤翻空杳無涘君知此處花何似白花倒燭天夜明
羣雞驚鳴官吏起金烏海底初飛來朱輝散射青霞開
迷魂亂眼看不得照耀萬樹繁如堆念昔少年著遊燕
對花豈省曾辭桮自從流落憂感集欲去未到先思迴
祇今四十已如此後日更老誰論哉力攜一尊獨（一作共）就
醉不忍虛擲委黃埃

杏花
居鄰北郭古寺空杏花兩株能白紅曲江滿園不可到
看此寧避雨與風二年流竄出嶺外所見草木多異同
冬寒不嚴地恆泄陽氣發亂無全功浮花浪蘂鎮長有
纔開還落瘴霧中山榴躑躅少意思照耀黃紫徒爲叢
鷓鴣鉤輈猿叫歇杳杳深谷攢青楓豈如此樹一來翫
若在京國情何窮今旦胡爲忽惆悵萬片飄泊隨西東
明年更發應更好道人（謂寺僧）莫忘鄰家翁（自謂）

感春四首
我所思兮在何所情多地遐兮徧處處東西南北皆欲
往千江隔兮萬山阻春風吹園雜花開朝日照屋百鳥
語三桮取醉不復論一生長恨奈何許
皇天平分成四時春氣漫誕最可悲雜花妝林草蓋地
白日坐上傾天維蜂喧鳥咽留不得紅萼萬片從風吹
豈如秋霜雖慘冽摧落老物誰惜之爲此徑須沽酒飲
自外天地棄不疑近憐李杜無檢束爛漫長醉多文辭

屈原離騷二十五不肯餔啜糟與醨惜哉此子巧言語
不到聖處寧非癡幸逢堯舜明四目條理品彙皆得宜
平明出門暮歸舍酩酊馬上知為誰
朝騎一馬出暝就一牀臥詩書漸欲拋節行久已惰冠
欹感髮禿語誤驚一作悲蕊墮孤負平生心已矣知一作如何奈
一作那

我恨不如江頭人長網橫江遮紫鱗獨宿荒陂射鳧雁
賣納租賦官不嗔歸來歡笑對妻子衣食自給寧羞貧
今者無端讀書史智慧祗足勞精神畫蛇著足無處用
兩鬢霜一作雪白趨埃塵乾愁漫解坐自累與衆異趣誰相
親數杯澆腸雖暫醉皎皎萬慮醒還新百年未滿不得
死且可勤買拋青春酒名唐人名酒多以春

寒食日出遊自註張十一院長見示病中憶花九篇寒食日出遊夜歸因以投贈　張十一即功曹署外郎遺補相呼為院長愈與署同自御史貶官又同為江陵掾愈法曹參軍署功曹參軍

李花初發君始病我往看君花轉盛走馬城西惆悵歸
不忍千株雪相暎邇來又見桃與梨交開紅白如爭競
可憐物色阻攜手空展霜縑吟九詠紛紛落盡泥與塵
不共新妝比端正桐華最晚今已繁君不強起時難更
關山遠別固其理寸步難見始知命憶昔與君同貶官
夜渡洞庭看斗柄豈料生還得一處引袖拭淚悲且慶
各言生死兩追隨直置心親無貌敬念君又署南荒吏
路指鬼門幽且夐張在江陵未幾邕管經略使路恕署為判官三公盡是知音人曷
不薦賢陛下聖囊空甑倒誰救之我今一食日還併自
然憂氣損天和安得康強保天性斷鶴兩翅鳴何哀縶
驥四足氣空橫今朝寒食行野外綠楊市岸蒲生一作芽迸
宋玉庭邊不見人輕浪參差魚動鏡自嗟孤賤足瑕疵
特見放縱荷寬政飲酒寧嫌醆底深題詩尚倚筆鋒勁
明宵故欲相就醉有月莫愁當火令

憶昨行和張十一

憶昨夾鍾之呂初吹灰上公禮罷元侯迴上公一作杜公云杜佑自淮南入朝也一作社公云此為荊帥裴均罷社享客也朱熹考異云左傳五行之官封為上公杜註用幣於社云以請於上公則上公即社神也車載牲牢
瓮舁酒並召賓客延鄒枚腰金首翠光照耀絲竹迴發
清以哀青天白日花草麗玉斝屢舉傾金罍張君名聲
座所屬起舞先醉長松摧宿酲未解舊痁作深室靜臥
聞風雷自期殞命在春序屈指數日憐嬰孩危辭苦語
感我耳淚落不掩何漼漼念昔從君渡湘水大帆夜劃
窮高桅陽山鳥路出臨武愈責連之陽山令張為郴之臨武郴在江南連則廣南也驛馬拒
地驅頻隤一作摧擠也踐蛇茹蠱不擇死忽有飛詔從天來伾
文未揃崖州熾韋執誼雖得赦宥恆愁猜近者三姦悉破碎
元和元年正月順宗即位二月大赦愈自陽山徙掾江陵三姦方用事其年八月憲宗立伾貶開州司馬叔文渝州司戶並員外置十一月執誼貶崖州司馬三姦始悉破碎焉羽窟無底幽黃能眼中了了見鄉國知有歸日眉
方開今君縱署天涯吏投檄北去何難哉無妄之憂勿
藥喜一善自足禳千災頭輕目朗肌骨健古劒新劚磨
塵埃殃消禍散百福并從此直至耇與鮐嵩山東頭伊
洛岸勝事不假須穿栽君當先行我待滿沮溺可繼窮
年推

全唐詩
韓愈

劉生詩

生名師命其姓劉自少軒輕非常儔棄家如遺來遠遊
東走梁宋暨揚州遂凌大江極東陬洪濤舂天禹穴幽
越女一笑三年留南逾橫嶺入炎州青鯨高磨波山浮
怪魅炫曜堆蛟虬山猺讙譟猩猩遊毒氣爍體黃膏流
問胡不歸良有由美酒傾水炙肥牛妖歌慢舞爛不收
倒心迴腸為青眸千金邀顧不可酬乃獨遇之盡綢繆
瞥然一餉成十秋昔鬚未生今白頭五管歷徧無賢侯
迴望萬里還家羞陽山窮邑惟猿猴手持釣竿遠相投
我為羅列陳前修芟蒿斬蓬利鋤耰天星迴環數纔周
文學穰穰囷倉稠車輕御良馬力優咄哉識路行勿休
往取將相酬恩讎

鄭羣贈簟羣嘗以侍御史佐裴均江陵愈自陽山量移江陵法曹與羣同僚

蘄州笛一作簟竹天下知鄭君所寶尤瓌奇攜來當晝不得
臥一府傳看黃琉璃體堅色淨又藏節盡一作滿眼凝滑無
瑕疵法曹貧賤衆所易腰腹空大何能為自從五月困
暑濕如坐深甑遭蒸炊手磨袖拂心語口慢膚多汗眞
相宜日暮歸來獨惆悵有賣直欲傾家資誰謂故人知
我意卷送八尺含風漪呼奴掃地鋪未了光彩照耀驚
童兒青蠅側翅蚤蝨避肅肅疑有清飇吹倒身甘寢百
疾愈卻願天日恆炎曦明珠青玉不足報贈子相好無
時衰

豐陵行順宗陵也在富平縣東北三十里

羽衛煌煌一百里曉出都門葬天子羣臣雜沓馳後先
宮官穰穰來不已是時新秋七月初金神按節炎氣除
清風飄飄輕雨灑偃蹇旗旆卷以舒逾梁下坂笳鼓咽
嵽嵲遂走玄宮閭哭聲訇天百鳥噪幽坎晝閉空靈輿
皇帝孝心深且遠資送禮備無羸餘設官置衛鎖嬪妓
供養朝夕象平居臣聞神道尚清淨三代舊制存諸書
墓藏廟祭不可亂欲言非職知何如

遊青龍寺贈崔大一作羣補闕寺在京城南門之東

秋灰初吹季月管日出卯南暉景短友生招我佛寺行正值萬株紅葉滿光華閃壁見神鬼赫赫炎官張火傘然雲燒樹火（宋刻作大）實駢金烏下啄赬（音蟶）虬卵魂翻眼倒忘處所赤氣沖融無間斷有如流傳上古時九輪照燭乾坤旱二三道士席其間靈液屢進玻黎盌忽驚顏色變韶稚却信靈僊非怪誕桃源迷路竟茫茫棗下悲歌徒纂纂前年嶺隅鄉思發躑躅成山開不算去歲羇帆湘水明霜楓千里隨歸伴猿呼鼯嘯鷓鴣啼惻耳酸腸難濯瀚思君攜手安能得今者相從敢辭懶由來鈍騃（音矮）寡參尋況是儒官飽閑散惟君與我同懷抱鋤去陵谷置平坦年少得途未要忙時清諫疏尤宜罕何人有酒身無事誰家多竹門可款須知節候即風寒幸及亭午猶妍暖南山逼冬轉清瘦刻畫圭角出崖竅當憂復被冰雪埋汲汲來窺戒遲緩

贈崔立之評事（崔斯立字立之，博陵人。元和初，為大理評事，以言事黜官，為藍田丞）

崔侯文章苦捷敏高浪駕天輸不盡曾從關外來上都隨身卷軸車連軫朝為百賦猶鬱怒暮作千詩轉遒緊搖毫擲簡自不供頃刻青紅浮海蜃才豪氣猛易語言往往蛟螭雜螻蚓知音自古稱難遇世俗乍見那妨哂勿嫌法官未登朝猶勝赤尉長趨尹時命雖乖心轉壯技能虛富家逾窘念昔塵埃兩相逢爭名齟齬持矛楯子時專場誇觜距余始張軍嚴韅（呼見切）靮爾來但欲保封疆莫學龐涓怯孫臏竄逐新歸厭聞鬧齒髮早衰嗟可閔頻蒙怨句刺棄遺豈有閑官敢推引深藏篋笥時一發戢戢已多如束筍可憐無益費精神有似黃金擲虛牝當今聖人求侍從拔擢杞梓收楛箘東馬嚴徐已奮飛枚皋即召窮且忍復聞王師西討蜀霜風冽冽摧朝菌走章馳檄在得賢燕雀紛拏要鷹隼竊料二途必處一豈比恒人長蠢蠢勸君韜養待徵招不用雕琢愁肝腎牆根菊花好沽酒錢帛縱空衣可準暉暉簷日暖且鮮摵摵井梧疏更殞高士例須憐麴糵丈夫終莫生畦畛能來取醉任喧呼死後賢愚俱泯泯

送區弘南歸（區或作歐。唐韻，區冶子之後，漢王莽傳有中郎區博。弘嘗從愈於江陵，愈召拜國子博士，又從至京，時歸，以詩送之）

穆昔南征軍不歸蟲沙猿鶴伏以飛洶洶洞庭莽翠微九疑鑱天荒是非野有象犀水貝璣分散百寶人士稀我遷於南日周圍來見者衆莫依俙爰有區子熒熒暉觀以彝訓或從違我念前人譬葑菲落以斧引以纆徽雖有不逮驅騑騑或採於薄漁於磯服役不辱言不譏從我荊州來京畿離其母妻絕因依嗟我道不能自肥子雖勤苦終何希王都觀闕雙巍巍騰蹋衆駿事鞍鞿佩服上色紫與緋獨子之節可嗟唏母附書至妻寄衣開書拆衣淚痕晞雖不敕還情庶幾朝暮盤羞惻庭闈幽房無人感伊威人生此難餘可祈子去矣時若發機蜃沈海底氣昇霏彩雉野伏朝扇翬處子窈窕王所妃苟有令德隱不腓況今天子鋪德威蔽能者誅薦受禨出送撫背我涕揮行行正直慎脂韋業成志樹來頎頎我當為子言天扉

三星行（三星，斗、牛、箕也。愈自憫其生多訾毀如此。蘇軾云：吾生時與退之相似，吾命在牛斗間，其身宮亦在箕，斗牛宮為磨蝎。吾平生多得謗譽，殆同病也）

我生之辰月宿南斗牛奮其角箕張其口牛不見服箱斗不挹酒漿箕獨有神靈無時停簸揚無善名已聞無惡聲已讙名聲相乘除得少失有餘三星各在天什伍東西陳嗟汝牛與斗汝獨不能神

剝啄行

剝剝啄啄有客至門我不出應客去而嗔從者語我子胡為然我不厭客困於語言欲不出納以堙其源空堂幽幽有秸有莞（秸莞所以為席）門以兩板叢書於間窅窅深塹其墉甚完彼寧可隳此不可干從者語我嗟子誠難子雖云爾其口益蕃我為子謀有萬其全凡今之人急名與官子不引去與為波瀾雖不開口雖不開關變化咀嚼有鬼有神今去不勇其如後艱我謝再拜汝無復云往追不及來不有年

青青水中蒲三首

青青水中蒲下有一雙魚君今上隴去我在與誰居

青青水中蒲長在水中居寄語浮萍草相隨我不如

青青水中蒲葉短不出水婦人不下堂行子在萬里

孟東野失子（并序）

東野連產三子不數日輒失之幾老念無後以悲其友人昌黎韓愈懼其傷也推天假其命以喻之

失子將何尤吾將上尤天女實主下人與奪一何偏彼於女何有乃令蕃且延此獨何罪辜生死旬日間上呼無時聞滴地淚到泉地祇為之悲瑟縮久不安乃呼大靈龜騎雲款天門問天主下人薄厚胡不均天曰天地人由來不相關吾懸日與月吾繫星與辰日月相噬齧星辰踣（音匐）而顛吾不女之罪知非女由因（一作緣）且物各有分孰能使之然有子與無子禍福未可原魚子滿母腹（作肚）一一欲誰憐細腰不自乳舉族常孤鰥（一作懸）鴟梟啄母腦母死子始翻（一作蕃）蝮蛇生子時坼裂腸與肝好子雖云好未還恩與勤惡子不可說鴟梟蝮蛇然有子且勿喜無子固勿歎上聖不待教賢聞語而遷下愚聞語惑雖教無由悛大靈頓頭受即日以命還地祇謂大靈女往告其人東野夜得夢有夫玄衣巾闖（音趁）然入其戶三稱天之言再拜謝玄夫收悲以歡忻

陸渾山火和皇甫湜用其韻（湜時為陸渾尉）

皇甫補官古賁（音陸，字本公羊傳）渾時當玄冬澤乾源山狂谷很相吐吞風怒不休何軒軒擺磨出火以自熵有聲夜中驚莫原天跳地踔顛乾坤赫赫上照窮崖垠截然高周燒四垣神焦鬼爛無逃門三光弛隳不復暾虎熊麋豬逮猴猿水龍鼉龜魚與黿鴉鴟鵰鷹雉鵠鵾燖炰煨爊孰飛奔祝融告休酌卑尊錯陳齊玫闢（一作闢）華園芙蓉披猖塞鮮鱗千鍾萬鼓咽耳喧攢雜啾嚄沸篪塤彤幢絳旃紫纛旛炎官熱屬朱冠褌髹其肉皮通腊臀頹胸垤腹車掀轅緹顏鞣股豹兩鞬（音堅）霞車虹靷日轂轓丹蕤縓蓋緋繙帑紅帷赤幕羅脤臙盂（音荒，血也）池波風肉陵屯谽（一作谺）呀鉅壑頗黎盆豆登五山瀛四尊熙熙釂醻笑語言雷公擘山海水翻齒牙嚼齧舌腭反電光䃭（先念切）磹（徒念切）赬目暖（音喧，大目也）頊冥收威避玄根斥棄輿馬背厥孫縮身潛喘拳肩跟君臣相憐加愛恩命黑螭偵（音檉）焚其元天

闕（一作關）悠悠不可援夢通上帝血面論側身欲進叱於閽
帝賜九河湔涕痕又詔巫陽反其魂徐命之前問何冤
火行於冬古所存我如禁之絶其飧女丁婦壬傳世婚
一朝結讎奈後昆時行當反慎藏蹲視桃著花可小騫
月及申酉利復怨助汝五龍從九鯤溺厥邑囚之崑崙
皇甫作詩止睡昏辭誇出眞遂上焚要余和增怪又煩
雖欲悔舌不可捫

縣齋讀書（在陽山作）

出宰山水縣讀書松桂林蕭條捐末事邂逅得初心哀
狖醒俗耳清泉潔塵襟詩成有共（一作與）賦酒熟無孤斟青
竹時默釣白雲日幽尋南方本多毒北客恒懼侵謫譴
甘自守滯留愧難任投章類縞帶佇答逾兼金

新竹

筍添南堦竹日日成清閟縹節已儲（一作除）霜黃苞猶掩翠
出欄抽五六當戶羅三四高標陵秋嚴貞色奪春媚稀
生巧補林併出疑爭地縱橫乍依行爛熳忽無次風枝
未飄吹露粉先涵淚何人可攜翫清景空瞪視

晚菊

少年飲酒時踊躍見菊花今來不復飲每見恒咨嗟佇
立摘滿手行行把歸家此時無與語棄置奈悲何

落齒

去年落一牙今年落一齒俄然落六七落勢殊未已餘
存（一作在）皆動搖盡落應始止憶初落一時但念豁可恥及
至落二三始憂衰即死每一將落時懍懍恒在己叉牙
妨食物顛倒怯漱水終焉捨我落意與崩山比今來落
既熟見落空相似餘存二十餘次第知落矣儻常歲落
一自足支兩紀如其落併空與漸亦同指人言齒之落
壽命理難恃我言生有涯長短俱死爾人言齒之豁左
右驚諦視我言莊周云木（一作水）雁各有喜語訛默固好嚼
廢軟還美因歌遂成詩持用詫妻子

哭楊兵部凝陸歙州參

人皆（一作生）期七十纔半豈蹉跎併（一作數）出知已淚自然白髮
多晨興為誰慟還坐久滂沱論文（一作新墳）與晤語（一作宿草）已矣

可（一作雨，又作復）如何

苦寒

四時各平分一氣不可兼隆寒奪春序顓頊固不廉太
昊弛維綱（一作綱維）畏避但守謙遂令黃泉下萌牙夭句尖草
木不復抽百味失苦甜凶飆攪宇宙鋩刃甚割砭日月
雖云尊不能活烏蟾羲和送日出恇怯頻窺覘炎帝持
祝融呵噓不相炎而我當此時恩光何由沾肌膚生鱗
甲衣被如刀鐮氣寒鼻莫齅血凍指不拈濁醪沸入喉
口角如銜箝將持匕箸食觸指如排籤侵爐不覺暖熾
炭屢已添探湯無所益何況纊與縑虎豹僵穴中蛟螭
死幽潛熒惑喪纏次六龍冰脫髯芒碭（音宕）大包內生類
恐盡殲啾啾窗間雀不知已微纖舉頭仰天鳴所願晷
刻淹不如彈射死却得親炰燖鸞皇苟不存爾固不在
占其餘蠢動儔俱死誰恩嫌伊我稱最靈不能女覆苫
悲哀激憤歎五藏難安恬中宵倚牆立淫淚何漸漸天
王哀無辜惠我下顧瞻褰旒去耳纊調和進梅鹽賢能
日登御黜彼傲與憸生風吹死氣豁達如褰簾懸乳零
落墮晨光入前簷雪霜頓銷釋土脉膏且黏豈徒蘭蕙
榮施及艾與蒹日萼行鑠鑠風條坐襜襜天乎苟其能
吾死意亦厭

和虞部盧四（汀）酬翰林錢七（徽）赤藤杖歌（元和四年分司東都作）

赤藤為杖世未窺臺郎始攜自滇池滇王掃宮避使者
跪進再拜語嗢（乙骨切）咿繩橋拄過免傾墮性命造次蒙扶
持途經百國皆莫識君臣聚觀逐旌麾共傳滇神出水
獻赤龍拔鬚血淋漓又云羲和操火鞭暝到西極睡所
遺幾重包裹自題署不以珍怪誇荒夷歸來捧贈同舍
子浮光照手欲把疑空堂晝眠倚牖戶飛電著壁搜蛟
螭南宮清深禁闈密唱和有類吹塤篪妍辭麗句不可
繼見寄聊且慰分司

崔十六少府攝伊陽以詩及書見投因酬三十韻

崔君初來時相識頗未慣但聞赤縣尉不比博士慢賃
屋得連牆往來忻莫間我時亦新居觸事苦難辦蔬飧
要同喫破襖請來綻謂言安堵後貸借更何患不知孤
遺多舉族仰薄宦有時未朝餐得米日已晏隔牆聞讙
呼眾口極鵝雁前計頓乖張居然見眞贗嬌兒好眉眼
袴腳凍兩骭（下晏切）捧書隨諸兄累累兩角丱冬惟茹寒虀
秋始識瓜瓣問之不言飢飫若厭芻豢才名三十年久
合居給諫白頭趨走裏閉口絕謗訕府公舊同袍拔擢
宰山澗寄詩雜詼俳有類說鵬鷃上言酒味酸冬衣竟
未擐（音患）下言人吏稀惟足彪與虥（音棧）又言致豬鹿此語
乃善幻三年國子師腸肚習藜莧況住洛之涯魴鱒可
罩汕（音訕。罺謂之汕，籗謂之罩，捕魚籠也）肯效屠門嚼久嫌弋者篡謀拙日焦
拳活計似鋤剗（一作鏟）男寒澀詩書妻瘦剩腰襻（普患切）為官不
事職厥罪在欺謾（一作慢）行當自劾去漁釣老葭薍（五患切）歲窮
寒氣驕冰雪滑磴棧音問難屢通何由覯清盼

送侯參謀赴河中幕（侯繼時從王鍔辟）

憶昔初及第各以少年稱君頤始生鬚我齒清如冰爾
時心氣壯百事謂已能一別詎幾何忽如隔晨興我齒
豁可鄙君顏老可憎相逢風塵中相視迭嗟矜幸同學
省官末路再得朋東司絕教授遊宴以為恒秋漁蔭密
樹夜博然明燈雪逕抵樵叟風廊折談僧陸渾桃花間
有湯沸如烝三月崧少步躑躅紅千層洲沙厭晚坐嶺
壁窮晨升沈冥不計日為樂不可勝遷滿一已異乖離
坐難憑行行事結束人馬何蹻騰感激生膽勇從軍豈
嘗曾洸洸司徒公（時王鍔檢校司徒為河南尹）天子爪與肱提師十萬餘
四海欽風稜河北兵未進（時討王承宗吐突承璀督師逗留不進）蔡州帥新薨（吳少誠卒弟少陽自稱留後）
曷不請掃除活彼黎與烝鄙夫誠怯弱受恩愧
徒弘猶思脫儒冠棄死取先登又欲面言事上書求詔
徵侵官固非是妄作譴可懲惟當待責免耕劚歸溝塍（音乘）
今君得所附勢若脫韝鷹檄筆無與讓幕謀職其膺
收績開史牒翰飛逐溟鵬男兒貴立事流景不可乘歲
老陰沴作雲頹雪翻崩別袖拂洛水征車轉崤陵勤勤
酒不進勉勉恨已仍送君出門歸愁腸若牽繩默坐念
語笑癡如遇寒蠅策馬誰可適晤言誰為應席塵惜不

掃殘尊對空凝信知後會時日月屢環緪生期理行役歡緒絕難承寄書惟在頻無恡簡與繒

東都遇春

少年氣眞（一作直）狂有意與春競行逢二三月九州花相映川原曉服鮮桃李晨妝靚荒乘不知疲醉死豈辭病飲啾惟所便文章倚豪橫爾來曾幾時白髮忽滿鏡舊遊喜乖張新輩足嘲評（音病）心腸一變化羞見時節盛得閑無所作貴欲辭視聽深居疑避仇默臥如當暝朝曦入牖來鳥喚昏不醒爲生鄙計算鹽米告屢（一作屢告）罄坐疲都忘起冠側懶復正幸蒙東都官獲離機與穽乖慵遭傲僻漸染生弊性既去焉能追有來猶莫騁有船魏王池（河南志云洛水溢爲池深處至數頃水鳥翔泳荷芰翻覆爲都城之勝貞觀中以賜魏王泰故號魏王池）往往縱孤泳水容與天色此處皆綠淨岍樹共紛披渚牙相緯經（一作徑）懷歸苦不果即事取幽迸貧求匪名利所得亦已併悠悠度朝昏落落捐季孟羣公一何賢上戴天子聖謀謨收禹績（一作跡）四面出雄勁轉輸非不勤稽逋有軍令在庭百執事奉職各祗敬我獨胡爲哉坐與億兆慶譬如籠中鳥仰給活性命爲詩告友生負愧終究竟

感春五首（分司東都作）

辛夷高花最先開青天露坐始此迴已呼孺人戛鳴瑟更遣稚子傳清杯選壯軍興不爲用坐狂朝論無由陪如今到死得閑處還有詩賦歌康哉（憲宗即位平夏平蜀平江東赫然中興而愈年踰强仕投閑分司故有此言）

洛陽東風幾時來川波岍柳春全迴宮門一鎖不復啟雖有九陌無塵埃策馬上橋朝日出樓闕赤白正崔嵬孤吟屢闋莫與和寸恨至短誰能裁

春田可耕時已催王師北討何當迴（時討成德王承宗）放車載草農事濟戰馬苦飢誰念哉蔡州納節舊將死（時彰義節度吳少誠卒）起居諫議聯翩來（裴度以河南府功曹召爲起居舍人孟簡孔戣皆爲諫議大夫）朝廷未省有遺策肯不垂意缾與罍

前隨杜尹（兼）拜表迴笑言溢口何歡咍孔丞（戡）別我適臨汝風骨峭峻遺塵埃音容不接祗隔夜凶訃詎可相尋來天公高居鬼神惡欲保性命誠難哉

辛夷花房忽全開將衰正盛須頻來清晨輝輝燭霞日薄暮耿耿和煙埃朝明夕暗已足歎況乃滿地成摧頹迎緐送謝別有意誰肯留戀少環迴

酬裴十六功曹巡府西驛塗中見寄（裴十六度也監察御史出爲河南府功曹時故相鄭餘慶爲河南尹）

相公罷論道聿至活東人御史坐言事作吏府中塵遂令河南治今古無儔倫四海日富庶道途隘蹄輪府西三百里候館同魚鱗相公謂御史勞子去自巡是時山水秋光景何鮮新哀鴻鳴清耳宿霧褰高旻遺我行旅詩軒軒有風神譬如黃金盤照耀荊璞眞我來亦已幸事賢友其仁持竿洛水側孤坐屢窮辰多才自勞苦無用祇因循辭免期匪遠行行及山春

燕河南府秀才得生字

吾皇紹祖烈天下再太平詔下諸郡國歲貢鄉曲英元和五年冬房公（式）尹東京功曹上言公是月當登名乃選二十縣試官得鴻生羣儒負已材相賀簡擇精怒起簸羽翮引吭吐鏗轟此都自周公文章繼名聲自非絕殊尤難使耳目驚今者遭震薄不能出聲鳴鄙夫忝縣尹愧慄難爲情惟求文章寫不敢妬與爭還家敕妻兒具此煎炰烹柿紅蒲萄紫肴果相扶檠（一作擎）芳荼（諸本多作茶）出蜀門好酒濃且清何能充歡燕庶以露厥誠昨聞詔書下（一作來）權公作邦楨（權德輿爲相）文人得其職文道當大行陰風攪短日冷雨澀不晴勉哉戒徒馭家國遲子榮

送李翺（翺娶愈兄弁之女與愈善楊於陵爲廣州刺史表翺佐其府）

廣州萬里途山重江逶迤行行何時到誰能定歸期揖我出門去顏色異恒時雖云有追（一作迎）送足跡絕自茲人生一世間不自張與弛譬如浮江木縱橫豈自知寧懷別時苦勿作別後思

送石洪處士赴河陽幕得起字（洪字濬川洛陽人元和五年烏重胤爲河陽節度使辟爲參謀）

長把種樹書人云避世士忽騎將軍馬自號報恩子風雲入壯懷泉石別幽耳鉅鹿師欲老常山險猶恃（時鎮冀王承宗反以兵討之無功遂赦承宗）豈惟彼相憂固是吾徒恥去去事方急酒行可以起

送湖南李正字歸（英華作送李礎判官歸湖南）

長沙入楚深洞庭值秋晚人隨鴻雁少江共蒹葭遠歷歷余所經悠悠子當返孤遊懷耿介旅宿夢婉娩風土稍殊音魚蝦日異飯親交俱在此誰與同息偃

全唐詩

韓愈

辛卯年雪

元和六年春寒氣不肯歸河南二月末雪花一尺圍崩騰相排拶（子達切又子末切）龍鳳交橫飛波濤何飄揚天風吹旛旂白帝盛羽衞鬖髿振裳衣白霓先啓途從以萬玉妃翕翕陵厚載譁譁弄陰機生平未曾見何暇議是非或云豐年祥飽食可庶幾善禱吾所慕誰言寸誠微

醉留東野

昔年因讀李白杜甫詩長恨二人不相從吾與東野生並世如何復躡二子蹤東野不得官白首誇龍鍾韓子稍姦黠自慙青蒿倚長松低頭拜東野願得終始如駏蛩東野不迴頭有如寸筳撞鉅鐘我願身爲雲東野變爲龍四方上下逐東野雖有離別無由逢

李花二首

平旦入西園梨花數株若矜夸旁有一株李顏色慘慘似含嗟問之不肯道所以獨繞百帀至日斜忽憶前時經此樹正見芳意初萌牙柰何趁酒不省錄不見玉枝攢霜葩泫然爲汝下雨淚無由反旆羲和車東風來吹不解顏蒼茫夜氣生相遮冰盤夏薦碧實脆斥去不御慚其花

當春天地爭奢華洛陽園苑尤紛拏誰將平地萬堆雪

剪刻作此連天花日光赤色照未好明月暫入都交加夜領張徽投盧仝乘雲共至玉皇家長姬香御四羅列縞裠練帨無等差靜濯明妝有所奉顧我未肯置齒牙清寒瑩骨肝膽醒一生思慮無由邪

招楊之罘（之罘憲宗元和十一年進士愈爲河南令之罘自中山來相從問學惜其歸以詩招之）

柏生兩石間萬歲終不大野馬不識人難以駕車蓋柏移就平地馬羈入廄中馬思自由悲柏有傷根容傷根柏不死千丈日以至馬悲罷還樂振迅矜鞍轡之罘南山來文字得我驚館置使讀書日有求歸聲我令之罘歸失得柏與馬之罘別我去計出柏馬下我自之罘歸入門思而悲之罘別我去能不思我爲灑掃縣中居引水經竹間囂譁所不及何異山中閑前陳百家書食有肉與魚先王遺文章綴緝實在余禮稱獨學陋易貴不遠復作詩招之罘晨夕抱飢渴

寄盧仝（憲宗元和六年河南令時作）

玉川先生洛城裏破屋數間而已矣一奴長鬚不裹頭一婢赤脚老無齒辛勤奉養十餘人上有慈親下妻子先生結髮憎俗徒閉門不出動一紀至今鄰僧乞米送僕忝縣尹能不恥俸錢供給公私餘時致薄少助祭祀勸參留守（鄭餘慶）謁大尹（李素）言語纔及輒掩耳水北山人（石洪）得名聲去年去作幕下士水南山人（溫造）又繼往鞍馬僕從塞閭里少室山人（李渤）索價高兩以諫官徵不起彼皆刺口論世事有力未免遭驅使先生事業不可量惟用法律自繩己春秋三傳束高閣獨抱遺經究終始往年弄筆嘲同異怪辭驚衆謗不已近來自說尋坦途猶上虛空跨綠駬去年（一作歲）生兒名添丁意令與國充耘耔國家丁口連四海豈無農夫親耒耜先生抱才終大用宰相未許終不仕假如不在陳力列立言垂範亦足恃苗裔當蒙十世宥豈謂貽厥無基阯故知忠孝生天性潔身亂倫安足擬昨晚長鬚來下狀隔牆惡少惡難似每騎屋山（一作上）下窺闞渾舍驚怕走折趾憑依婚媾欺官吏不信令行能禁止先生受屈未曾語忽此來告良有以嗟我身爲赤縣令操權不用欲何俟立召賊曹呼伍伯盡取鼠輩尸諸市先生又遣長鬚來如此處置非所喜況又時當長養節都邑未可猛政理先生固是余所畏度量不敢窺涯涘放縱是誰之過歟效尤戮僕愧前史買羊沽酒謝不敏偶逢明月曜桃李先生有意許降臨更遣長鬚致雙鯉

酬司門盧四兄雲夫院長望秋作

長安雨洗新秋出極目寒鏡開塵函終南曉望蹋龍尾倚天更覺青巉巉自知短淺無所補從事久此穿朝衫歸來得便即遊覽暫似壯馬脫重銜曲江荷花蓋十里江湖生目思莫緘樂遊下矚無遠近綠槐萍合不可芟白首寓居誰借問平地寸步扃雲巖雲夫吾兄有狂氣嗜好與俗殊酸鹹日來省我不肯去論詩說賦相諵諵望秋一章已驚絕猶言低抑避謗讒若使乘酣騁雄怪造化何以當鐫劖嗟我小生值強伴怯膽變勇神明鑒馳坑跨谷終未悔爲利而止真貪饞高揖羣公謝名譽遠追甫白感至誠樓頭完月不共宿其奈就缺行攕攕（所咸切一作纖纖）

誰氏子（呂炅河南人元和中棄其妻著道士服謝母曰當學仙王屋山去數月復出見河南少尹李素素立之府門使吏卒脫道士服給冠帶送付其母）

非癡非狂誰氏子去入王屋稱道士白頭老母遮門啼挽斷衫袖留不止翠眉新婦年二十載送還家哭穿市或云欲學吹鳳笙所慕靈妃媲蕭史又云時俗輕尋常力行險怪取貴仕神僊雖然有傳說知者盡知其妄矣聖君賢相安可欺乾死窮山竟何俟嗚呼余心誠豈弟願往教誨究終始罰一勸百政之經不從而誅未晚耳誰其友親能哀憐寫吾此詩持送似

河南令舍池臺

灌池纔盈五六丈築臺不過七八尺欲將層級壓籬落未許波瀾量斗石規摹雖巧何足誇景趣不遠真可惜長令人吏遠趨走已有蛙黽助狼籍

送無本師歸范陽（賈島初爲浮屠名無本）

無本於爲文身大不及膽吾嘗示之難勇往無不敢蛟龍弄角牙造次欲手攬衆鬼囚大幽下覷襲玄窞（音啖）天陽熙四海注視首不頷（一作頜頷低頭也）鯨鵬相摩窣（音速）兩舉快一噉夫豈能必然固已謝黯黮（音啖）狂詞肆滂葩低昂見舒慘姦窮怪變得往往造平澹蜂蟬碎錦纈綠池披菡萏芝英擢荒榛孤翮起連菼家住幽都遠未識氣先感來尋吾何能無殊嗜昌歜（徂感切）始見洛陽春桃枝綴紅糝遂來長安里時卦轉習坎（愈還職方員外郎島來別時十一月故云）老嬾無鬬心久不事鉛槧欲以金帛酬舉室常顑（音坎）頷念當委我去雪霜刻以憯獰飆攪空衢天地與頓撼勉率吐歌詩慰女別後覽

石鼓歌（歐陽修集古錄云石鼓文在岐陽初不見稱於世至唐人始盛稱之而韋應物以爲周文王之鼓至宣王刻詩爾韓退之直以爲宣王之鼓在今鳳翔孔子廟鼓有十先時散棄於野鄭餘慶始置於廟而亡其一皇祐四年向傳師求於民間得之十鼓乃足石鼓文可見者其略曰我車既攻我馬既同又曰我車既好我馬既駒君子員獵員獵員游麀鹿速速君子之求又曰左驂旛旛右驂騝騝秀弓時射麋豕孔庶又曰其魚維何維鱮維鯉何以槖之維楊與柳）

張生手持石鼓文（張生即張籍）勸我試作石鼓歌少陵無人謫仙死才薄將奈石鼓何周綱陵遲四海沸宣王憤起揮天戈大開明堂受朝賀諸侯劍佩鳴相磨蒐于岐陽騁雄俊萬里禽獸皆遮羅鐫功勒成告萬世鑿石作鼓隳嵯峨從臣才藝咸第一揀選撰刻留山阿雨淋日炙野火燎鬼物守護煩撝呵公從何處得紙本毫髮盡備無差訛辭嚴義密讀難曉字體不類隸與科年深豈免有缺畫快劍斫斷生蛟鼉鸞翔鳳翥衆僊下珊瑚碧樹交枝柯金繩鐵索鎖紐壯古鼎躍水龍騰梭陋儒編詩不收入二雅褊迫無委蛇孔子西行不到秦掎摭星宿遺羲娥嗟予好古生苦晚對此涕淚雙滂沱憶昔初蒙博士徵其年始改稱元和故人從軍在右輔爲我度量（一作量度）掘臼科濯冠沐浴告祭酒如此至寶存豈多氈包席裹可立致十鼓祗載數駱駝薦諸太廟比郜鼎光價豈止百倍過聖恩若許留太學諸生講解得切磋觀經鴻都尚填咽坐見舉國來奔波剜苔剔蘚露節角安置妥帖平不頗大廈深檐與蓋覆經歷久遠期無佗中朝大官老於事詎肯感激徒媕（音菴）婀（音阿）牧童敲火牛礪角誰復著手爲摩挲日銷月鑠就埋沒六年西顧空吟哦羲之俗書趁姿媚數紙尚可博白鵝繼周八代爭戰罷無人收

拾理則那方今大平日無事柄任儒術崇丘軻安能以此上論列願借辨口如懸河石鼓之歌止於此嗚呼吾意其蹉跎

雙鳥詩

雙鳥海外來飛飛到中州一鳥落城市一鳥集巖幽不得相伴鳴爾來三千秋兩鳥各閉口萬象銜口頭春風卷地起百鳥皆飄浮兩鳥忽相逢百日鳴不休有耳聒皆聾有口反自羞百舌舊饒聲從此恒低頭得病不呻喚泯默至死休雷公告天公百物須膏油自從兩鳥鳴聒亂雷聲收鬼神怕嘲詠造化皆停留草木有微情挑抉示九州蟲鼠誠微物不堪苦誅求不停兩鳥鳴百物皆生愁不停兩鳥鳴自此無春秋不停兩鳥鳴日月難旋輸不停兩鳥鳴大法失九疇周公不爲公孔丘不爲丘天公怪兩鳥各捉一處囚百蟲與百鳥然後鳴啾啾兩鳥既別處閉聲省愆尤朝食千頭龍暮食千頭牛朝飲河生塵暮飲海絕流還當三千秋更起鳴相酬

贈劉師服（一作命）

羨君齒牙牢且潔大肉硬餅如刀截我今呀（一作牙）豁落者多所存十餘皆兀䶛匙抄爛飯穩送之合口軟嚼如牛呞妻兒恐我生悵望盤中不飣栗與梨祗今年纔四十五後日懸知漸莽鹵朱顏皓頸訝莫親此外諸餘誰更數憶昔太公仕進初口含兩齒無贏餘虞翻十三比豈少遂自惋恨形於書丈夫命存百無害誰能點檢形骸外巨緡東釣儻可期與子共飽鯨魚膾

題炭谷湫祠堂（在京兆之南終南之下祈雨之所也南山秋懷詩皆見之）

萬生（一作物）都陽明幽暗鬼所寰嗟龍獨何智出入人鬼間不知誰爲助若執造化關厭處平地水巢居插天山列峰若攢指石盂仰環環巨靈高其捧保此一掬慳森沈固含蓄本以儲陰奸魚鼈蒙擁護羣嬉傲天頑翾翾（音喧）棲託禽飛飛一何閑祠堂像侔真擢玉紆煙鬟羣怪儼伺候恩威在其顏我來日正中悚惕思先還寄立尺寸地敢言來途艱吁無吹毛刃血此牛蹄殷至令乘水旱鼓舞寡與鰥林叢鎮冥冥窮年無由刪妍英雜豔實星瑣黃朱斑石級皆險滑顛躋莫牽攀龍（宋本作龕）區雛衆碎付與宿已頒棄去可柰何吾其死茅菅

聽穎（一作頴）師彈琴

昵昵（一作妮妮）兒女語恩怨相爾汝劃然變軒昂勇士赴敵場浮雲柳絮無根蔕天地闊遠隨飛揚喧啾百鳥羣忽見孤鳳皇躋攀分寸不可上失勢一落千丈強嗟余有兩耳未省聽絲篁自聞穎師彈起坐在一旁（一作牀）推手遽止之濕衣淚滂滂穎乎爾誠能無以冰炭置我腸

送陸暢歸江南（暢娶董溪女溪丞相晉第二子愈嘗爲晉從事故云門下士）

舉舉江南子（唐人以舉止端麗爲舉舉）名以能詩聞一來取高第官佐東宮軍迎婦丞相府誇映秀士羣鸞鳴桂樹間觀者何繽紛人事喜顛倒旦夕異所云蕭蕭青雲幹遂逐荊棘焚歲晚鴻雁過鄉思見新文踐此秦關雪家彼吳洲雲悲啼上車女骨肉不可分感慨都門別丈夫酒方醺我實門下士力薄蚋與蚊受恩不即報永負湘中墳

送進士劉師服東歸

猛虎落檻穽坐食如孤㹠丈夫在富貴豈必守一門公心有勇氣公口有直言柰何任埋沒不自求騰軒僕本亦進士頗嘗究根源由來骨鯁材喜被軟弱吞低頭受侮笑隱忍硉兀冤泥雨城東路夏槐作雲屯還家雖闕短指日親晨飧攜持令名歸自足貽家尊時節不可翫親交可攀援勉來取金紫勿久休中園

嘲魯連子（齊田巴辯於徂丘議於稷下一日而服千人有徐劫弟子曰魯連年十二謂劫曰臣願當田子使不得復說魯連往見田巴巴於是杜口易業終身不談）

魯連細而（一作兒）黠有似黃鷂子田巴兀老蒼憐汝矜爪觜開端要驚人雄跨吾厭矣高拱禪鴻聲若轂（一作㲉）一杯水獨稱唐虞賢顧未知之耳

贈張籍

吾老著（一作耆）讀書餘事不挂眼有兒雖甚憐教示不免簡君來好呼出踉蹡越門限懼其無所知見則先媿赧昨因有緣事上馬插手版留君住廳食使立侍盤醆薄暮歸見君迎我笑而莞指渠相賀言此是萬金產吾愛其風骨粹美無可揀試將詩義授如以肉貫弗（音產）開袪露毫末自得高寒墟我身蹈丘軻爵位不早綰固宜長有人文章紹編剗感荷君子德怳若乘朽棧召令吐所記解摘了瑟僩顧視窗壁間親戚競覘矕（音滿）喜氣排寒冬逼耳鳴睍睆如今更誰恨便可耕灞滻

調張籍

李杜文章在光燄萬丈長不知羣兒愚那用故謗傷蚍蜉撼大樹可笑不自量伊我生其後舉頸遙相望夜夢多見之晝思反微茫徒觀斧鑿痕不矚治水航想當施手時巨刃磨（一作摩）天揚垠崖劃崩豁乾坤擺雷硠惟此兩夫子家居率荒涼帝欲長吟哦故遣起且僵翦翎送籠中使看百鳥翔平生千萬篇金薤垂琳琅仙官敕六丁雷電下取將流落人間者太山一毫芒我願生兩翅捕逐出八荒精誠忽交通百怪入我腸刺手拔鯨牙舉瓢酌天漿騰身跨汗漫不著織女襄顧語地上友經營無太忙乞君飛霞佩與我高頡頏

盧郎中雲夫寄示送盤谷子詩兩章歌以和之

昔尋李愿向盤谷正見高崖巨壁爭開張是時新晴天井溢（天井關名在太行山上水經曰天井溪出天井關北流注白水世謂之北流泉）誰把長劒倚太行衝風吹破落天外飛雨白日灑洛陽東蹈燕川食曠野有饋木蕨芽滿筐馬頭溪（溪名）深不可厲借車載過水入箱平沙綠浪榜方口（地名）雁鴨飛起穿垂楊窮探極覽頗恣橫物外日月本不忙歸來辛苦欲誰爲坐令再往之計墮眇芒閉門長安三日雪推書撲筆歌慨慷旁無壯士遣屬和遠憶盧老詩顛狂開緘忽覩送歸作字向紙上皆軒昂又知李侯竟不顧方冬獨入崔嵬藏我今進退幾時決十年蠢蠢隨朝行家請官供不報答何（一作無）異雀鼠偷太倉行抽手版付丞相不待彈劾還耕桑

寄皇甫湜（湜睦州新安人）

敲門驚晝睡問報睦州吏手把一封書上有皇甫字坼書放牀頭涕與淚垂四（一作泗）昏昏還就枕惘惘夢相值悲哉無奇術安得生兩翅

病中贈張十八

中虛得暴下避冷臥北窗不蹋曉鼓朝安眠聽逢逢籍

也處閭里抱能未施邦文章自娛戲金石日擊撞龍文百斛鼎筆力可獨扛談舌久不掉非君亮誰雙扶几導之言曲節初摐摐(音窗)半途喜開鑿派別失大江吾欲盈其氣不令見麾幢牛羊滿田野解旆束空杠傾尊與斟酌四壁堆罌缸玄帷隔雪風照爐釘明釭夜闌縱捭(音擺)闔哆口疏眉厖勢侔高陽翁坐約齊橫降(音杭)連日挾所有形軀頓胮(音滂)肛將歸乃徐謂子言得無哤(音厖)回軍與角逐斫樹收窮龐雌聲吐款要酒壺綴羊腔君乃崑崙渠籍乃嶺頭瀧譬如蟻蛭微詎可陵崆岘幸願終賜之斬拔枅與樁從此識歸處東流水淙淙

雜詩

古史散左右詩書置後前豈殊蠹書(一作書蠹)蟲生死文字間古道自愚惷(一作戇，一作惷)古言自包纏當今固殊古誰與為欣歡獨攜無言子共升崑崙顛長風飄襟裾遂起飛高圓下視禹九州一塵集豪端遨嬉未云幾下已億萬年向者夸奪子萬墳厭其巔惜哉抱所見白黑未及分慷慨為悲咤淚如九河翻指摘相告語雖還今誰親翩然下大荒被髮騎騏驎

寄崔二十六立之

西城員外丞(元和初立之以前大理評事黜官再轉為藍田縣丞西城謂藍田也)心迹兩屈奇往歲戰詞賦不將勢力隨下驢入省門左右驚紛披傲兀坐試席深叢(一作叢)見孤羆文如翻水成初不用意為四座各低面不敢捩眼窺升階揖侍郎(立之中元和四年進士第知舉侍郎劉太真)歸舍日未敧佳句喧眾口考官敢瑕疵連年收科第若摘頷底髭回首卿相位通途無他岐豈論校書郎袍笏光參差童稚見稱說祝身得如斯儕輩妒且熱喘如竹筒吹老婦願嫁女約不論財貲老翁不量分累月笞其兒攪攪爭附託無人角雄雌由來人間事翻覆不可知安有巢中鷇(音寇)插翅飛天陲駒麛著爪牙猛虎借與皮汝頭有韁繫汝腳有索縻陷身泥溝間誰復稟指撝不脫吏部選可見偶與奇又作朝士貶得非命所施客居京城中十日營一炊逼迫走巴蠻(一作蠻)恩愛座上離昨來漢水頭始得完孤羈桁(音行)挂新衣裳盎棄食殘糜苟無飢寒苦那用分高卑憐我還好古宦途同險巇每旬遺我書竟歲無差池新篇奚其思風幡肆逶迤又論諸毛功劈水看蛟螭雷電生睒(音閃)賜(音釋)角鬣相撐披屬我感窮景抱華不能摛唱來和相報愧歎俾我疵又寄百尺綵緋紅相盛衰巧能喻其誠深淺抽肝脾開展放我側方餐涕垂匙朋交日凋謝存者逐利移子寧獨迷誤綴綴意益彌舉頭庭樹豁狂飈卷寒曦迢遞山水隔何由應塤篪別來就十年君馬記騧驪長女當及事誰助出帨縭諸男皆秀朗幾能守家規文字銳氣在輝輝見旌麾摧腸與感容能復持酒卮我雖未耋老髮禿骨力羸所餘十九齒飄飄盡浮危玄花著兩眼視物隔褷褷(唐本作視物隔褷縰)燕席謝不詣游鞍懸莫騎敦敦憑書案譬彼鳥黏黐(丑知切)且吾聞之師不以物自隳孤豚眠糞壤不慕太廟犧君看一時人幾輩先騰馳過半黑頭死陰蟲食枯骴(音疵殘骨)歡華不滿眼咎責塞兩儀觀名計之利(一作實)詎足相陪裨仁者恥貪冒受祿量所宜無能食國惠豈異哀癃罷久欲辭謝去休令眾睢睢(音隋)況又嬰疹疾寧保軀不貲不能前死罷內實慚神祇舊籍在東郡茅屋枳棘籬還歸非無指灞渭揚春澌生兮耕吾疆死也埋吾陂文書自傳道不仗史筆垂夫子固吾黨新恩釋銜羈去來伊洛上相待安罛(音孤)箄(音卑)我有雙飲醆其銀得朱提(音殊時)黃金塗物象雕鐫妙工倕乃令千里鯨幺麽微螽斯猶能爭明月擺掉出渺瀰野草花葉細不辨蒼蒺蔾綿綿相糾結狀似環城陴四隅芙蓉樹擢艷皆猗猗鯨以興君身失所逢百罹月以喻夫道黽勉勵莫虧草木明覆載妍醜齊榮萎願君恒御之行止雜燧觿異日期對舉當如合分支(通鑑元魏熙平元年立法在軍有功者行臺給券當中豎裂之一支給勳人一支送門下以防偽巧今人亦謂析產符契為分支帳即此義也愈以雙醆之一贈崔故末句如此)

月蝕詩效(閣本作删)玉川子作(憲宗元和五年時為河南令)

元和庚寅斗插子月十四日三更中森森萬木夜僵立寒氣屓(音戲)奰(音備)頑無風月形如白盤完完上天東忽然有物來啗之不知是何蟲如何至神物遭此狼狽凶星如撒沙出攢集爭強雄油燈不照席是夕吐燄如長虹玉川子涕泗下中庭獨行(獨下或有自字)念此日月者為天之眼睛此猶不自保吾道何由行嘗聞古老言疑是蝦蟆精徑圓千里納女腹何處養女百醜形杷(一作爬)沙腳手鈍誰使女解緣青冥黃帝有四目帝舜重其明今天祇兩目何故許食使偏盲堯呼大水浸十日不惜萬國赤子魚頭生女於此時若食日雖食八九無嚵名赤龍黑烏(日下三足烏也)燒口熱翎鬣倒側相搪撐婪酣大肚遭一飽飢腸徹死無由鳴後時食月罪當死天羅磕(音榼)帀何處逃汝刑玉川子立於庭而言曰地行賤臣仝再拜敢告上天公臣有一寸刃可刳凶蟆腸無梯可上天天階無由有臣蹤寄牋東南風天門西北祈風通丁寧附耳莫漏泄薄命正值飛廉慵東方青色龍牙角何呀呀從官百餘座嚼啜煩官家月蝕汝不知安用為龍窟天河赤鳥司南方尾禿翅觰(陟加切角上張也字亦作䐢)沙月蝕于汝頭汝口開呀呀蝦蟆掠汝兩吻過忍學省事不以汝觜啄蝦蟆於菟蹲於西旗旄衛毿(音參)𣯶(音沙)既從白帝祠又食於蜡禮有加忍令月被惡物食枉於汝口插齒牙烏龜怯姦怕寒縮頸以殼自遮終令夸蛾(列子夸蛾氏二子負二山蓋有神力者)抉汝出卜師燒錐鑽灼滿板如星羅此外內外官(天文志經星常宿中外官百十八名七百八十三星)瑣細不足科臣請悉埽除慎勿許語令啾譁并光全耀歸我月盲眼鏡淨無纖瑕弊(一作蟼)蛙拘送主府官帝箸下腹嘗其皤依前使兔操杵臼玉階桂樹閑婆娑姮娥還宮室太陽有室家天雖高耳屬地感臣赤心使臣知意雖無明言潛喻厥旨有氣有形皆吾赤子雖忽大傷忍殺孩穉還汝月明安行于次盡釋眾罪以蛙磔死

孟生詩(文粹作孟先生詩 孟郊下第送之謁徐州張建封也)

孟生江海士古貌又古心嘗讀古人書謂言古猶今作詩三百首窅默咸池音騎驢到京國欲和熏風琴豈識天子居九重鬱沈沈一門百夫守無籍不可尋晶光蕩相射旗戟翩以森遷延乍卻走驚怪靡自任舉頭看白日泣涕下霑襟朅來遊公卿莫肯低華簪諒非軒冕族應對多差參萍蓬風波急桑榆日月侵奈何從進士此路轉嶇嶔(音欽)異質忌處羣孤芳難寄林誰憐松桂性競

愛桃李陰朝悲辭樹葉夕感歸巢禽顧我多慷慨窮檐
時見臨清宵靜相對髮白聆苦吟采蘭起幽念眇然望
東南秦吳修且阻兩地無數金我論徐方牧好古天下
欽竹實鳳所食德馨神所歆求觀衆丘小必上泰山岑
求觀衆流細必泛滄溟深子其聽我言可以當所箴既
獲則思返無爲久滯淫卞和試三獻期子在秋砧

射訓狐（德宗時裴延齡韋渠牟等用事人爭出其門詩意有所諷也）

有鳥夜飛名訓狐矜凶挾狡誇自呼（唐五行志休留一名訓狐或曰訓狐其聲也因以名之）
乘時陰黑止我屋聲勢慷慨非常麤安然大喚誰畏忌
造作百怪非無須聚鬼徵妖自朋扇擺掉栱桷頹墍塗
慈母抱兒怕入席那暇更護雞窠雛我念乾坤德泰大
卵此惡物常勤劬縱之豈即遽有害斗柄行拄西南隅
誰謂停奸計尤劇意欲唐突羲和烏侵更歷漏氣彌厲
何由僥倖休須臾咨余往射豈得已候女兩眼張睢盱
梟驚墮梁蛇走竇一夫（閣本作失）斬頸羣雛枯

將歸贈孟東野房蜀客（蜀客名次卿）

君門不可入勢利（一作力）互相推借問讀書客胡爲在京師
舉頭未能對閉眼聊自思倏忽十六年終朝苦寒飢宦
途竟寥落鬢髮坐差池潁水清且寂箕山坦而夷如今
便當去咄咄無自疑

答孟郊

規模（一作謀）背時利文字覷天巧人皆餘酒肉子獨不得飽
纔春思已亂始秋悲又攪朝餐動及午夜諷恒至卯名
聲暫羶腥腸肚鎮煎熬（音炒）古心雖自鞭世路終難拗弱
拒喜張臂猛拏閑縮爪見倒誰肯扶從嗔我須齩

從仕

居閑食不足從仕力難任兩事皆害性一生恒苦心黃
昏歸私室惆悵起歎音棄置人間世古來非獨今

短燈檠歌

長檠八尺空自長短檠二尺便且光黃簾綠幕朱戶閉
風露氣入秋堂涼裁衣寄遠淚眼暗搔頭頻挑移近牀
太學儒生東魯客二十辭家來射策夜書細字綴語言
兩目眵（音癡）昏頭雪白此時提攜當案前看書到曉那能
眠一朝富貴還自恣長檠高張照珠翠吁嗟世事無不
然牆角君看短檠棄

送劉師服

夏半陰氣始淅然雲景秋蟬聲入客耳驚起不可留草
草具盤饌不待酒獻酬士生爲名累有似魚中鉤齎材
入市賣貴者恒難售豈不畏顛頓爲功忌中休勉哉耘
其業以待歲晚收

全唐詩

韓愈

符讀書城南（符愈之子城南愈別墅）

木之就規矩在梓匠輪輿人之能爲人由腹有詩書詩
書勤乃有不勤腹空虛欲知學之力賢愚同一初由其
不能學所入遂異閭兩家各生子提孩巧相如少長聚
嬉戲不殊同隊魚年至十二三頭角稍相疏二十漸乖
張清溝映汙渠三十骨骼（音格）成乃一龍一豬飛黃騰踏
去不能顧蟾蜍一爲馬前卒鞭背生蟲蛆一爲公與相
潭潭府中居問之何因爾學與不學歟金璧雖重寶費
用難貯儲學問藏之身身在則有餘君子與小人不繫
父母且不見公與相起身自犁鉏不見三公後寒飢出
無驢文章豈不貴經訓乃菑畬潢潦無根源朝滿夕已
除人不通古今馬牛而襟裾行身陷不義況望多名譽
時秋積雨霽新涼入郊墟燈火稍可親簡編可卷舒豈
不旦夕念爲爾惜居諸恩義有相奪作詩勸躊躇

示爽

宣城去京國里數逾三千念汝欲別我解裝具盤筵日
昏不能散起坐相引牽冬夜豈不長達旦燈燭然座中
悉親故誰肯捨汝眠念汝將一身西來曾幾年名科（一作科名）
揜衆俊州考居吏前今從府公召府公又時賢時輩千
百人孰不謂汝妍汝來江南近里閭故依然（宣城在江之南愈有別業在焉）
昔日同戲兒看汝立路邊人生但如此其實亦可憐吾
老世味薄因循致留連強顏班行內何實非罪愆才短
難自力懼終莫洗湔臨分不汝誑有路卽歸田

人日城南登高

初正候纔兆涉七氣已弄靄靄野浮陽暉暉水披凍聖
朝身不廢佳節古所用親交既許來子姪（同姪）亦可從盤
蔬冬春雜尊酒清濁共令徵前事爲觴詠新詩送扶杖
凌坦阯（或作址）刺船犯枯葑戀池羣鴨回釋嶠孤雲縱人生
本坦蕩誰使妄倥偬直指桃李闌幽尋寧止重

病鴟

屋東惡水溝有鴟墮鳴悲青泥揜（一作淹）兩翅拍拍不得離
羣童叫相召瓦礫爭先之計校生平事殺却理亦宜奪
攘不媿恥飽滿盤天嬉晴日占光景高風恣（一作送）追隨遂
（一作擬）凌鸞（一作紫）鳳羣肯顧鴻鵠（一作鵰雁）卑今者命運（一作運命）窮遭逢巧
丸兒中汝要害處汝能不得施於吾乃何有不忍乘其
危丐汝將死命浴以清水池朝餐輟魚肉暝宿防狐貍
自知無以致蒙德久猶疑飽入深竹叢飢來傍階基亮
無責報心固以聽所爲昨日有氣力飛跳弄藩籬今晨
忽徑去曾不報我知僥倖非汝福天衢汝休窺京城事
彈射豎子不（一作豈）易欺勿諱泥坑辱泥坑乃良規

華山女

街東街西講佛經撞鐘吹螺鬧宮庭廣張罪福資（一作恣）誘

脅聽衆狎恰(唐人語)排浮萍黃衣道士亦講說座下寥落如明星華山女兒家奉道欲驅異教歸仙靈洗粧拭面著冠帔白咽紅頰長眉青遂來陞座演眞訣觀門不許人開扃不知誰人暗相報訇然振動如雷霆掃除衆寺人跡絶驊騮塞路連輜軿觀中人滿坐觀外後至無地無由聽抽簪(一作釵)脱釧解環佩堆金疊玉光青(一作晶)熒天門貴人傳詔召六宮願識師顔形玉皇頷首許歸去乘龍駕鶴來青冥豪家少年豈知道來遶百帀脚不停雲窗霧閣事怳惚重重翠幕深金屏仙梯難攀俗緣重浪憑青鳥通丁寧

讀皇甫湜公安園池詩書其後二首

晉人目二子其猶吹一吷(音血小聲莊子道竟吹劍首者吷而已晉人之前譬猶一吷也臧姓晉人名渠之賢者)區區自其下顧肯挂牙舌春秋書王法不誅其人身爾雅注蟲魚定非磊落人湜也困公安不自閑(一本有其閑二字)窮年枉智思掎摭糞壤(一本有閒字)汙穢豈有臧誠不如兩忘但以一槩量

我有一池水蒲葦生其間蟲魚沸相嚼日夜不得閑我初往觀之其後益不觀觀之亂我意不如不觀完用將濟諸人捨得業孔顔百年詎幾時君子不可閑(一本連前詩合作一首)

路傍堠(以下四篇並元和十四年出爲潮州作)

堆堆(唐本作堠堠)路傍堠(音后)一雙復一隻迎我出秦關送我入楚澤千以高山遮萬以遠(一作大)水隔吾君勤聽治照與日月敵臣愚幸可哀臣罪庶可釋何當迎送歸緣路高歷歷

食曲河驛(驛在商鄧間)

晨及曲河驛悽然自傷情羣烏(一作鳥)巢庭樹乳燕(一作雀)飛簷楹而我抱重罪孑孑萬里程親戚頓乖角(一作摧)圖史棄縱橫下負明(一作朋)義重上孤朝命榮殺身諒無補何用(一作由)答生成

過南陽

南陽郭門外桑下麥青青行子去未已春鳩鳴不停秦商邈既遠湖海浩將經孰忍生以感(一作戚)吾其寄餘齡

瀧吏

南行逾六旬始下昌樂瀧(韶州樂昌有昌山有樂石瀧在縣上十里)險惡不可狀船石相舂撞往問瀧頭吏潮州尚幾里行當何時到土風復何似瀧吏垂手笑官何問之愚譬官居京邑(一作譬如官居北)何由知東吳東吳遊宦鄉官知自有由潮州底處所有罪乃竄流儂幸無負犯何由到而知官今行自到那遽妄問爲不虞卒見困汗出愧且駭吏曰聊戲官儂嘗使往罷嶺南大抵同官去道苦遼下此三千里有州始名潮惡溪瘴毒聚雷電常洶洶鱷魚大於船牙眼怖殺儂州南數十里有海(一作水)無天地颶風有時作掀簸眞差(去聲)事聖人於天下於物無不容比聞此州囚亦有生還儂官無嫌此州固罪人所徙(閣本作官嫌此州惡固人之所徙)官當明時來事不待說委官不自謹愼宜卽引分往胡爲此水邊神色久懭慌(音罔)大缾甖小所任自有宜官何不自量滿溢以取斯工農雖小人事業各有守不知官在朝有益國家不得無虱其間(商君以仁義禮樂爲虱官曰六虱成俗兵必大敗)不武亦不文仁義飭其躬巧姦敗羣倫叩頭謝吏言始慚今更羞歷官二十餘國恩並未酬凡吏之所訶嗟實頗有之不卽金木誅敢不識恩私潮州雖云遠雖惡不可過於身實已多敢不持自賀

贈別元十八協律六首(元十八集虛見白樂天集桂林伯桂管觀察使裴行立也)

知識久去(一作絶)眼吾行其既遠瞢瞢莫訾省(史記膠西王傳遂爲無訾省蘇林謂爲無訾省錄也)默默但寢飯子兮何爲者冠珮立憲憲何氏之從學蘭蕙已滿畹於何玩其光以至歲向晚治惟尚和同無俟於謇謇或師絶學賢不以藝自輓子兮獨如何能自媚婉娩金石出聲音宮室發關楗何人識章甫而知駿蹄踠惜乎吾無居不得留息偃臨當背面時裁詩示繾綣

英英桂林伯實惟文武特遠勞從事賢(謂元協律)來弔逐臣色南裔多山海道里屢紆直風波無程期所憂動不測子行誠艱難我去未窮極臨別且何言有淚不可拭

吾友柳子厚其人藝且賢吾未識子時已覽贈子篇寤寐想風采於今已三年不意流竄路旬日(一作兼旬)同食眠所聞昔已多所得今過前如何又須別使我抱悁悁

勢要情所重排斥則埃塵骨肉未免然又況四海人嶷嶷桂林伯矯矯義勇身生平所未識待我逾交親遺我數幅書繼以藥物珍藥物防瘴癘書勸養形神不知四罪地豈有再起辰窮途致感激肝膽還輪囷

讀書患不多思義患不明患足已不學既學患不行子今四美具實大華亦榮王官不可闕未宜後諸生嗟我擯南海無由助飛鳴

寄書龍城守君驥何時秣峽山逢颶風雷電助撞捽(昨沒切)乘潮簸扶胥(地名在廣州)近岸指一髮兩巖雖云牢水(一作木)石互飛發屯門(地名)雖云高亦映波浪沒余罪不足惜子生未宜忽胡爲不忍別感謝情至骨

初南食貽元十八協律

鱟(音后)實如惠文(地里志鱟形如惠文冠嶺表錄異鱟眼在背雌負雄而行)骨眼相負行蠔相黏爲山(嶺表錄異蠔卽牡蠣也初生海邊如拳石四面漸長高一二丈者嵯巖如山)百十各自生蒲魚尾如蛇(蒲魚卽鯿魚)口眼不相營(一作縈)蛤卽是蝦蟆同實浪異名(本草諸青蛙黽蛤長脚蠼子皆蝦蟆之類)章舉(有八脚身上有肉如臼亦曰章魚)馬甲柱(卽江瑤柱)鬭以怪自呈其餘數十種莫不可歎驚我來禦魑魅自宜味南烹調以鹹與酸芼以椒與橙腥臊始發越咀吞面汗騂惟蛇舊所識實憚口眼獰開籠聽其去鬱屈尚不平賣爾非我罪不屠豈非情不祈靈珠報幸無嫌怨并聊歌以記之又以告同行

宿曾江口示姪孫湘二首(湘字北渚老成之子愈兄弇之孫此赴潮州作也)

雲昏水奔流天水漭相圍三江滅無口(曾江有三江合流今混爲一不見江口)其誰識涯圻暮宿投民村高處水半扉犬雞俱上屋不復走與飛篙舟入其家暝聞屋中唏問知歲常然哀此爲生微海風吹寒晴波揚衆星輝仰視北斗高不知路所歸

舟行忘故道屈曲高林間林間無所有奔流但潺潺嗟我亦拙謀致身落南蠻茫然失所詣無路何能還

答柳柳州食蝦蟆

蝦蟆雖水居水特變形貌强號爲蛙蛤於實無所校雖然兩股長其奈脊皴(音逡)皰(音砲)跳躑雖云高意(一作竟)不離濘淖鳴聲相呼和無理只取鬧周公所不堪灑灰垂典教我棄愁海濱恒願眠不覺(音教)叵堪朋類多沸耳作驚爆

端能敗笙磬仍工亂學校雖蒙句踐禮竟不聞報效大戰元鼎年(漢武元鼎五年秋鼃蝦蟇鬭)孰强孰敗橈居然當鼎味豈不辱釣罩余初不下喉近亦能稍稍常懼染蠻夷失平生好樂而君復何爲甘食比豢豹獵較務同俗全身斯爲孝哀哉思慮深未見許回櫂

別趙子(趙子名德潮州人愈刺潮德攝海陽尉督州學生徒愈移袁州欲與俱不可詩以別之)

我遷於揭陽(揭陽漢縣屬南海郡至唐爲潮州)君先揭陽居揭陽去京華其里萬有餘不謂小郭中有子可與娛心平而行高兩通詩與書婆娑海水南簸弄明月珠及我遷宜春(袁州)意欲攜以俱擺頭笑且言我豈不足歟又奚爲於北(一作此)往來以紛如海中諸山中幽子(隱士也)頗不無相期風濤觀已久不可渝又嘗疑龍蝦果誰雄牙鬚蚌蠃魚鼈蟲瞿瞿以狙狙識一已忘十大同細自殊欲一窮究之時歲屢謝除今子南且北豈非亦有圖人心未嘗同不可一理區宜各從所務未用相賢愚

除官赴闕至江州寄鄂岳李大夫(李程也元和十五年自袁州詔拜國子祭酒行次盆城作)

盆城去鄂渚風便一日耳不枉故人書無因帆(去聲)江水故人辭禮闈旌節鎮江圻而我竄逐者龍鍾初得歸別來已三歲望望長迢遞咫尺不相聞平生那可計我齒落且盡君鬢(一作鬚)白幾何年皆過半百來日苦無多少年樂新知衰暮思故友譬如親骨肉寧免相可不我昔實愚惷不能降色辭子犯亦有言臣猶自知之公其務貰(音世)過我亦請改事桑榆儻可收願寄相思字

南山有高樹行贈李宗閔(鳳凰謂裴度何山鳥謂宗閔楝丸子及黃鵠謂李德裕李紳元稹也初度伐蔡引宗閔爲彰義觀察判官蔡平進知制誥長慶初錢徽典貢舉宗閔托所親於徽德裕及紳稹共發其事宗閔坐貶劍州刺史歲復爲中書舍人由是嫌怨顯結縉紳之禍四十餘年不解此贈詩宗閔初貶時作也後篇猛虎行宗閔復入後作也)

南山有高樹花葉何衰衰(考張衡南都賦當作蓑蓑)上有鳳皇巢鳳皇乳且棲四旁多長枝羣鳥所托依黃鵠據其高衆鳥接(一作棲)其卑不知何山鳥羽毛有光輝飛飛擇所處正得衆所希上承鳳皇恩自期永不衰中與黃鵠羣不自隱其私下視衆鳥羣汝徒竟何爲不知挾丸子心默有所規彈汝枝葉間汝翅不覺摧或言由黃鵠黃鵠豈有之愼勿猜衆鳥衆鳥不足猜(一作疑)無人語鳳皇汝屈安得知黃鵠得汝去婆娑弄毛衣前汝下視鳥各議汝瑕疵汝豈無朋匹有口莫肯開汝落蒿艾間幾時復能飛哀哀故山友中夜思汝悲路遠翅翎短不得(一作能)持汝歸

猛虎行(諸本有贈李宗閔字)

猛虎雖云惡亦各有匹儕羣行深谷間百獸望風低身食黃熊父子食赤豹麛擇肉於熊豹肯視兔與貍正晝當谷眠眼有百步威自矜無當對氣性縱以乖朝怒殺其子暮還食(一作飧)其妃匹儕四散走猛虎還孤棲狐鳴門兩旁鳥鵲從噪之出逐猴(一作猚)入居虎不知所歸誰云猛虎惡中路正悲啼豹來銜其尾熊來攫其頭猛虎死不辭但慚前所爲虎坐(一作兕)無助死況如汝細微故當結以信親當結以私親故且不保人誰信汝爲

全唐詩

韓愈

雪後寄崔二十六丞公(斯立)

藍田十月雪塞關我興南望愁羣山攢天嵬嵬(一作崔嵬)凍相映君乃寄命於其間秩卑俸薄食口衆豈有酒食開容顏殿前羣公賜食罷驊騮蹋路驕且閑稱多量少鑒裁密豈念幽桂遺榛菅幾欲犯嚴出薦口氣象硉兀未可攀歸來殞涕掩關臥心之紛亂誰能刪詩翁憔悴斸荒棘(謂孟郊)清玉刻佩聯玦環腦脂遮眼臥壯士(謂張籍病眼)大弨挂壁無由彎乾坤惠施萬物遂獨於數子懷偏慳朝欷暮唶不可解我心安得如石頑

送僧澄觀(李邕泗州普光王寺碑僧伽者龍朔中西來嘗縱觀臨淮發念置寺既成中宗賜名普光王寺以景龍四年三月二日示滅於京後澄觀建僧伽塔於泗州)

浮屠西來何施爲擾擾四海爭奔馳構樓架閣切星漢誇雄鬭麗止者誰僧伽後出淮泗上勢到衆佛尤恢奇越商胡賈脫身罪珪璧滿船寧計資清淮無波平如席欄柱傾扶半天赤火燒水轉掃地空突兀便高三百尺影沈潭底龍驚遁當晝無雲跨虛碧借問經營本何人道人澄觀名籍籍愈昔從軍大梁下往來滿屋賢豪者皆言澄觀雖僧徒公才吏用當今無後從徐州辟書至紛紛過客何由記人言澄觀乃詩人一座競吟詩句新向風長歎不可見我欲收斂加冠巾洛陽窮秋厭窮獨丁丁啄門疑啄木有僧來訪呼使前伏犀插腦高頰權惜哉已老無所及坐睨神骨空潸然臨淮太守初到郡遠遣州民送音問好奇賞俊直難逢去去爲致思從容

山南鄭相公樊員外酬答爲詩其末咸有見及語樊封以示愈依賦十四韻以獻(鄭餘慶樊宗師也元和九年爲山南西道節度使宗師爲副)

梁維西南屏山厲水刻屈稟生肖勦(音巢)剛(輕捷也)難諧在民物熒公(餘慶封滎陽郡公)鼎軸老烹幹(烹謂烹鮮幹謂幹旋猶宰制也)力健倔帝咨女子往牙纛前岔佛(岔蒲悶切佛音佛或作拂拂埻塵起貌)威風挾惠氣蓋壤雨劘拂茫漫華黑間指畫變恍欻誠既富而美章彙霍炳蔚日延講大訓龜判錯袞黻(公羊傳寶者何璋判白龜青純何休注判半也半珪曰璋龜判言其所執袞黻言其所服)樊子坐賓署演孔刮老佛金舂撼玉應厥臭劇蕙鬱遺我一言重跽受惕齋慄辭慳義卓闊呀豁疚掊掘(呀豁隙竅也疚勞也因其隙竅力加掊掘者討究也)如新去耵聹雷霆逼颸颸(於聿切耵聹耳垢也如新去耳垢却聞雷霆颸颸也)綴此豈爲訓俚言紹莊屈

奉和武相公鎭蜀時詠使宅韋太尉所養孔雀(武元衡韋皐也)

穆穆鸞鳳友何年來止茲飄零失故態隔絕抱長思翠角高獨聳金華煥相差坐蒙恩顧重畢命守堦墀

感春三首

偶坐藤樹下暮春下旬間藤陰已可庇落蘂還漫漫亹亹新葉大瓏瓏晚花乾青天高寥寥兩蝶飛翻翻(一作翩翩)時

節適當爾懷悲自無端黄黄蕪菁花桃李事已退狂風簸枯榆狼籍九衢内春序一如此汝顏安足賴誰能駕飛車相從觀海外晨遊百花林朱朱兼白白柳枝弱而細懸樹垂百尺左右同來人金紫貴顯劇嬌童爲我歌哀響跨箏笛艷姬蹋筵舞清眸刺劍戟心懷平生友莫一在燕席死者長眇芒生者困乖隔少年眞可喜老大百無益

早赴街西行香贈盧李二中舍人（盧汀李逢吉也）

天街東西異祇命遂成遊月明御溝曉蟬吟堤樹秋老僧情不薄僻寺境還幽寂寥二三子歸騎得相收

晚寄張十八助教周郎博士（張籍周況也況愈之從壻）

日薄（一作落）風景曠出歸偃前簷晴雲如擘絮新月似磨鐮田野興偶動衣冠情久厭吾生可攜手歎息歲將淹

題張十八所居（籍）

君居泥溝上溝濁萍青青蛙讙橋未掃蟬嘒門長扃名秩後千品詩文齊六經端來問奇字爲我講聲形

奉酬盧給事雲夫四兄曲江荷花行見寄并呈上錢七兄（徽）閣老張十八助教

曲江千頃秋波淨平鋪紅雲蓋明鏡大明宮中給事歸走馬來看立不正遺我明珠九十六寒光映骨睡驪目我今官閑得婆娑（時自中書舍人降太子右庶子）問言何處芙蓉多撐舟昆明度雲錦脚敲兩舷叫吴歌太白山高三百里負雪崔嵬插花裏玉山前却不復來曲江汀瀅水平盃我時相思不覺一回首天門九扇相當開上界眞人足官府豈如散仙鞭笞鸞鳳終日相追陪

奉和錢七兄（徽）曹長盆池所植

翻翻江浦荷而今生在此擢擢菰葉長芳根復誰從露涵雨鮮翠風蕩相磨倚但取主人知誰言盆盎是

記夢

夜夢神官與我言羅縷道妙角與根挈攜陬維口瀾翻百二十刻須臾間我聽其言未云足捨我先度横山腹我徒三人共追之一人前度安不危我亦平行蹋䡰（丘召切）兀（牛召切）神完骨蹻脚不掉側身上視溪谷盲杖撞玉版聲彭觥神官見我開顏笑前對一人壯非少石壇坡陀可坐臥我手承頦（音孩）肘拄座隆樓傑閣磊嵬高天風飄飄吹我過壯非少者哦七言六字常語一字難我以指撮白玉丹行且咀噍行詰盤口前截斷第二句綽虐顧我顏不歡乃知仙人未賢聖護短憑愚邀我敬我能屈曲自世間安能從汝巢神山

南内朝賀歸呈同官（唐長安有三内皇城在西北隅謂之西内東内曰大明宮在西内之東南内曰興慶宮在東内之南）

薄雲蔽秋曦清雨不成泥罷賀南内衙歸涼曉淒淒綠槐十二街（中朝事跡云天街兩畔樹槐俗號爲槐街）渙散馳輪蹄余惟戇書生孤身無所齎三黜竟不去致官九列齊豈惟一身榮佩玉冠簪犀混蕩天門高著籍朝厥妻文才不如人行又無町畦問之朝廷事畧不知東西況於經籍深豈究端與倪君恩太山重不見酬稗稊所職事無多又不自提撕明庭集孔鸞曷取於梟鷖樹以松與柏不宜間蒿藜婉孌自媚好幾時不見擠貪食以忘軀尠（音鮮）不調鹽醯法吏多少年磨淬出角圭將舉汝愆尤以爲己階梯收身歸關東期不到死迷

朝歸

峩峩進賢冠耿耿水蒼佩服章豈不好不與德相對顧影聽其聲赬顏汗漸背進乏犬雞效又不勇自退坐食取其肥無堪等聾瞶長風吹天墟秋日萬里曬抵暮但昏眠不成歌慷慨

雜詩四首

朝蠅不須驅暮蚊不可拍蠅蚊滿八區可盡與相格得時能幾時與汝恣噉咋涼風九月到掃不見蹤跡

鵲鳴聲楂楂鳥噪聲護護爭鬭庭宇間持身博彈射黄鵠能忍飢兩翅久不擘蒼蒼雲海路歲晚將無獲

截橑爲欂櫨斲楹以爲椽束蒿以代之小大不相權雖無風雨災得不覆且顛解轡棄騏驥蹇驢鞭使前崑崙高萬里歲盡道苦邅停車臥輪下絶意於神僊

雀鳴朝營食鳩鳴暮覓羣獨有知時鶴雖鳴不緣身噫蟬終不鳴有抱不列陳蛙黽鳴無謂閤閤祇亂人

讀東方朔雜事（漢武帝内傳帝好長生七夕西王母降其宮索桃七枚以四枚與帝自食三枚曰此桃三千年一實時東方朔從殿東廂朱鳥牖中窺母母謂帝曰此窺牖兒嘗三來偷吾桃昔爲太山上仙官令到方丈擅弄雷電激波揚風風雨失時陰陽錯迕致令蛟鯨陸行海水暴竭黄鳥宿淵於是九源丈人乃言於太上遂謫人間其後朔一旦乘龍飛去不知所在）

嚴嚴（古巖字巖巖）王母宮下維萬仙家噫欠爲飄風（聚氣爲噫張口爲欠）濯手大雨沱方朔乃豎子驕不加禁訶偷入雷電室輷（音轟）輘（音棱）掉狂車王母聞以笑衛官助呀呀不知萬萬人生身埋泥沙簸頓五山踣（音匐）流漂八維蹉曰吾兒可憎奈此狡獪何方朔聞不喜褫身絡蛟蛇瞻相北斗柄兩手自相挼（音[illegible]）羣仙急乃言百犯庸不科向觀睥睨處事在不可赦（音奢）欲不布露言外口實諠譁王母不得已顏嚬口齎嗟頷頭可其奏送以紫玉珂方朔不懲創挾恩更矜誇詆欺劉天子正晝溺殿衙一旦不辭訣攝身凌蒼霞

譴瘧鬼

屑屑水帝魂謝謝無餘輝如何不肖子尚奮瘧鬼威乘秋作寒熱翁嫗所罵譏求食歐泄間不知臭穢非醫師加百毒熏灌無停機灸師施艾炷酷若獵火圍詛師毒口牙舌作霹靂飛符師弄刀筆丹墨交横揮咨汝之冑出門户何巍巍祖軒而父頊未沬於前徽不修其操行賤薄似汝稀豈不忝厥祖靦然不知歸湛湛江水清歸居安汝妃清波爲裳衣白石爲門畿呼吸明月光手掉芙蓉旂降集隨九歌飲芳而食菲贈汝以好辭咄汝去莫違

示兒

始我來京師止攜一束書辛勤三十年以有此屋廬此屋豈爲華於我自有餘中堂高且新四時登牢蔬前榮（屋檐爲榮前榮即南榮也）饌賓親冠婚之所於庭内無所有高樹八九株有藤婁絡之（婁音縷莊子有卷婁者註卷婁猶拘攣也）春華夏陰敷東堂坐見山雲風相吹噓松果連南亭外有瓜芋區西偏屋不多槐榆翳空虛山鳥旦夕鳴有類澗谷居主婦治北堂膳服適戚疏恩封高平君子孫從朝裾（一作車）開門問誰來無非卿大夫不知官高卑玉帶懸金魚問客之所爲峩冠講唐虞酒食罷無爲棊槊以相娛凡此座中人十九持鈞樞又問誰與頻莫與張樊如來過亦無事考評道精麤

躚媚學子墻屏日有徒以能問不能其蔽豈可祛嗟我不修飾事與庸人俱安能坐如此比肩於朝儒詩以示兒曹其無迷厥初

庭楸

庭楸止五株共生十步間各有藤繞之上各相鉤聯下葉各垂地樹顛各雲連朝日出其東我常坐西偏夕日在其西我常坐東邊當晝日在上我在中央間仰視何青青上不見纖穿朝暮無日時我且八九旋濯濯晨露香明珠何聯聯夜月來照之蒨蒨自生煙我已自頑鈍重遭五楸牽（一作滯）容來尚不見肎到權門前權門衆所趨有客動百千九牛亡一毛未在多少間往既無可顧不往自可憐

翫月喜張十八員外以王六秘書至（王六王建也）

前夕雖十五月長未滿規君來（一作未）晤我時風露渺無涯浮雲散白石天宇開青池孤質不自憚中天爲君施翫翫夜遂久亭亭曙將披況當今夕圓又以嘉客隨惜無酒食樂但用歌嘲爲

和李相公攝事南郊覽物興懷呈一二知舊（李相公逢吉也）

燦燦辰角曙亭亭寒露朝川原共澄映雲日還浮飄上宰嚴祀事清途振華鑣圓丘峻且坦前對南山標村樹黃復綠中田稼何饒顧瞻想巖谷興歎倦塵囂惟彼顛瞑者去公豈不遼爲仁朝自治用靜兵以銷勿憚吐捉（捉一作握字本史記今人用吐握本韓詩外傳也）勤可歌風雨調聖賢相遇少功德今宣昭

和裴僕射相公假山十一韻

公乎眞愛山看山旦連夕猶嫌山在眼不得着脚歷枉語山中人匄我澗側石有來應公須歸必載金帛當軒乍駢羅隨勢忽開坼有洞若神剜有巖類天劃終朝巖洞間歌鼓燕賓戚孰謂衡霍期（一作奇）近在王侯宅傳氏築已卑磻溪釣何激逍遙功德下不與事相摭樂我盛明朝於焉傲今昔

與張十八同效阮步兵一日復一夕

一日復一日一朝復一朝祇見有不如不見有所超食作前日味事作前日調不知久不死憫憫尚誰要富貴自縶拘貧賤亦煎焦俯仰未得所一世已解鑣譬如籠中鶴六翮無所搖譬如兔得蹄安用東西跳還看古人書復舉前人謠未知所究竟且作新詩謠

送諸葛覺往隨州讀書（李繁時爲隨州刺史宰相泌之子也）

鄴侯家多書插架三萬軸一一懸牙籤新若手未觸爲人強記覽過眼不再讀偉哉羣聖文磊落載其腹行年五十餘（一作餘五十）出守數已六京邑有舊廬不容久食宿臺閣多官員無地寄一足我雖官在朝氣勢日局縮屢爲丞相言雖懇不見錄送行過滻（一作浐）水東望不轉目今子從之遊學問得所欲入海觀龍魚矯翮逐黃鵠勉爲新詩章月寄三四幅

南溪始泛三首（此詩乃長慶間以病在告日所作）

榜舟南山下（一作溪上）上上不得返幽事隨去多（一作幽尋事隨去）孰能量近遠陰沈過連樹藏昂抵橫坂石麤肆磨礪波惡厭牽挽或倚偏岸漁竟就平洲飯點點暮雨飄梢梢新月偃餘年懍無幾休日愴已晚自是病使然非由取高蹇（一作騫）

南溪亦清駛而無檝與舟山農驚見之隨我觀不休不惟兒童輩或有杖白頭饋我籠（一作籮）中瓜勸我此淹留我云以病歸此已頗自由幸有用餘俸置居在西疇囷倉米穀滿未有旦夕憂上去無得得下來亦悠悠但恐煩里閭時有緩急投願爲同社人雞豚燕春秋

足弱不能步自宜收朝蹟羸形可輿致佳觀安事擲即此南坂下久聞有水石拕舟入其間溪流正清激隨波吾未能峻瀨乍可刺鷺起若導吾前飛數十尺亭亭柳帶沙團團松冠壁歸時還盡夜誰謂非事役

全唐詩　韓愈

題楚昭王廟（襄州宜城縣驛東北有井傳是昭王井井東北數十步有昭王廟）

丘墳（一作園）滿目衣冠盡城闕連雲草樹荒猶有國人懷舊德一間茅屋祭昭王

宿龍宮灘

浩浩復湯湯灘聲抑更揚奔流疑激電驚浪似浮霜夢覺燈生暈宵殘雨送涼如何連曉語一半是思鄉（一作祇是說家鄉）

叉魚招張功曹（署）

叉魚春岸闊此興在中宵大炬然如晝長船縛似橋深窺沙可數靜撈水無搖刃（一作手）下那能脫波間或自跳中鱗憐錦碎當目訝珠銷迷火逃翻近驚人去暫遙競多心轉細得雋語時囂潭罄知存寡舷平覺獲饒交頭疑湊餌駢首類同條濡沫情雖密登門事已遼盈車欺故事飼犬驗今朝血浪凝猶沸腥風遠更飄蓋江煙冪冪拂棹影寥寥獺去愁無食龍移懼見燒如棠名既誤釣渭日徒消文客驚先賦篇工喜盡謠膾成思我友觀樂憶吾僚自可捐憂累何須強問鴞

李員外寄紙筆（李伯康也郴州刺史）

題是臨池後分從起草餘兔尖針莫並繭淨雪難如莫怪殷勤謝虞卿正著書

次同（一作弄，又作巫）冠峽（赴陽山作）

今日是何朝，天晴物色饒。落英千尺墮，遊絲百丈飄。泄乳交巖脉，懸流揭浪標。無心思嶺北，猿鳥莫相撩。

答張十一功曹

山淨江空水見沙，哀猿啼處兩三家。篔簹競長纖纖筍，躑躅閑開豔豔花。未報恩波知死所，莫令炎瘴送生涯。吟君詩罷看雙鬢，斗覺霜毛一半加。

郴州祈雨

乞雨女郎魂，炰羞潔且繁。廟開鼯鼠叫，神降越巫言。旱氣期銷蕩，陰官想駿奔。行看五馬入，蕭颯已隨軒。

湘中酬張十一功曹

休垂絕徼千行淚，共泛清湘一葉舟。今日嶺猿兼越鳥，可憐同聽不知愁。

郴口又贈二首

山作劍攢江寫鏡，扁舟斗轉疾於飛。回頭笑向張公子，終日思歸此日歸。

雪颭霜翻看不分，雷驚電激語難聞。沿涯（一作崖）宛轉到（一作入）深處，何限青天無片雲。

題木居士二首（耒陽縣北沿流二三十里鼇口寺，退之所題木居士在焉。元豐初，以禱旱不應，爲邑令析而薪之）

火透波穿不計春，根如頭面榦如身。偶然題作木居士，便有無窮求福人。

爲神詎比溝中斷，遇賞還同爨下餘。朽蠹不勝刀鋸力，匠人雖巧欲何如。

晚泊江口

郡城朝解纜，江岍暮依村。二女竹上淚，孤臣水底魂。雙雙歸蟄燕，一一叫羣猿。回首那聞（一作能）語，空看別袖翻。

湘中

猿愁魚踊（一作躍）水翻波，自古流傳是汨羅。蘋藻滿盤無處奠，空聞漁父扣舷歌。

別盈上人

山僧愛山出無期，俗士牽俗來何時。祝融峰下一回首，即是此生長別離。

喜雪獻裴尚書（裴均也，時爲荊南節度使，檢校吏部尚書，愈爲法曹參軍）

宿雲寒不卷，春雪墮如簁（一作篩）。騁巧先投隙，潛光半（一作亂）入池。喜深將策試，驚密仰簷窺。自下何曾汙，增高未覺（一作見）危。比心明可燭，拂面愛還吹。妬舞時飄袖，欺梅併壓枝。地空迷界限，砌滿接高卑。浩蕩乾坤合，霏微物象移。爲祥（一作驗）矜大熟，布澤荷平施。已分年華晚，猶憐曙色隨。氣嚴當酒換（一作煖），灑急聽窗知。照曜臨初日，玲瓏滴晚澌。聚庭看嶽聳，掃路（一作地）見雲披。陣勢魚麗遠，書文鳥篆奇。縱歡羅豔黠，列賀擁熊螭。履敝行偏冷，門扃臥更羸。悲嘶聞病馬，浪走信嬌兒。竈靜愁煙絕（一作滅），絲繁念鬢衰。擬鹽吟舊句，授簡慕前規。捧贈同燕石，多慚失所宜。

春雪

看雪乘清旦，無人坐獨謠。拂花輕尚起，落地煖初銷。已訝陵歌扇，還來伴舞腰。灑篁留密（一作半）節，著柳送長條。入鏡鸞窺沼，行天馬度橋。偏階憐可掬，滿樹戲成搖。江浪迎濤日，風毛縱獵朝。弄閑時細轉，爭急忽驚飄。城險疑懸布，砧寒未擣綃。莫愁陰景促，夜色（一作月）自相饒。

聞梨花發贈劉師命

桃溪惆悵不能過，紅豔紛紛落地多。聞道郭西千樹雪，欲將君去醉如何。

春雪間（一作映）早梅

梅將雪共春，彩豔不相因。逐吹（去聲）能爭密，排枝巧妬新。誰令香滿座，獨使淨無塵。芳意饒呈瑞，寒光助照人。玲瓏開已徧，點綴坐來頻。那是俱疑似，須知兩逼真。熒煌初亂眼，浩蕩忽迷神。未許瓊華比，從將玉樹親。先期迎獻歲，更伴占茲晨。願得長輝映，輕微敢自珍。

早春雪中聞鶯

朝鶯雪裏新，雪樹眼前春。帶澁先迎氣，侵寒已報人。共矜初聽早，誰貴後聞頻。暫囀那成曲，孤鳴豈及辰。風霜徒自保，桃李詎相親。寄謝幽棲友，辛勤不爲身。

梨花下贈劉師命

洛陽城外清明節，百花寥落梨花發。今日相逢瘴海頭，共驚爛漫開正月。

和歸工部送僧約（工部歸登也，約荊州人）

早知皆是自拘囚，不學因循到白頭。汝既出家還擾擾，何人更得（一作向）死前休。

入關詠馬

歲老豈能充上駟，力微當自慎前程。不知何故翻驤首，牽過關門妄一鳴。

木芙蓉

新開寒露叢，遠比水間紅。豔色寧相妬，嘉名偶自同。採江官渡（一作秋節）晚，搴木古祠空。願得（一作須勤）勤來看，無令便逐風。

題張十一旅舍三詠

榴花

五月榴花照眼明，枝間時見子初成。可憐此地無車馬，顛倒青苔落絳英。

井

賈誼宅中今始見，葛洪山下昔曾窺。寒泉百尺空看影，正是行人渴（一作暍）死時。

蒲萄

新莖未徧半猶枯，高架支離倒復扶。若欲滿盤堆馬乳（蜀本草：蒲萄有似馬乳者），莫辭添竹引龍鬚。

峽石西泉（一作寒泉）

居然鱗介不能容，石眼環環水一鍾。聞說旱時求得雨，秖疑科斗是蛟龍。

梁國惠康公主挽歌二首（公主，憲宗長女，下嫁于頔之子季友。元和中，薨，詔令百官進詩）

定謚芳聲遠，移封大國新。巽宮尊長女，台室屬良人。河漢重泉夜，梧桐半樹春。龍輀（音而）非厭（於涉切）翟，還輾禁城塵。

秦地吹簫女，湘波鼓瑟妃。佩蘭初應夢，奔月竟淪輝。夫族迎魂去，宮官會葬歸。從今沁園草，無復更芳菲。

和崔舍人詠月二十韻（舍人崔羣也。愈元和七年以職方員外郎下遷國子博士，此詩是其年作）

三秋端正月，今夜出東溟。對日猶分勢，騰天漸吐靈。未高烝遠氣，半上霽孤形。赫奕當躔次，虛徐度杳冥。長河晴散霧，列宿曙分螢。浩蕩英華溢，蕭疏物象泠。池邊臨倒照，簷際送橫經。花樹參差見，皋禽斷續聆。牖光窺寂寞，砧影伴娉婷。幽坐看侵戶，閑吟愛滿庭。輝斜通壁練

彩碎射沙星清潔雲間路空涼水上亭淨堪分顧兔細
得數飄萍山翠相凝綠林煙共羃青過隅驚桂側當午
覺輪停屬（音燭）思攡霞錦追歡罄縹缾郡樓何處望隴笛
此時聽右掖連台座重門限禁扃風臺觀滉瀁冰砌步
青熒獨有虞庠客無由拾落螢

詠雪贈張籍

只見縱橫落寧知遠近來飄颻還自弄歷亂竟誰催座
暖銷那怪池清失可猜坳中初蓋底垤處遂成堆慢（一作漫）
有先居後輕多去却回度前鋪瓦隴（一作壠）發本（一作斧發）積墻隈
穿細時雙透乘危忽半摧舞深逢坎井集早值層臺砧
練終宜擣階紈未暇裁城寒裝（一作妝）睥睨樹凍裹莓苔片
片勻如翦紛紛碎若挼（奴回切）定非燖鵠鷺真是屑瓊瑰緯
繣（音徽 音忽）觀朝萼冥茫矚晚（一作曉）埃當窗恒凜凜出戶即皚
皚（音哀）壓（一作淵）野榮芝菌傾都委貨財娥嬉華蕩瀁胥怒浪
崔嵬磧迥疑（一作宜）浮地雲平想輾雷隨車翻縞帶逐馬散
銀杯萬屋漫汗（平聲）合千株照曜開松篁遭挫抑（一作折愈時蓋以抑
剮事下遷此寄意於時宰也）糞壤獲饒培隔絕門庭遽（一作遠）擠排陛（一作階）級纔
豈堪裨嶽鎮強欲效鹽梅隱匿瑕疵盡包羅委瑣該誤
雞宵吒喔驚雀暗裹回浩浩過三暮悠悠帀九垓鯨鯢
陸死骨玉石火炎灰厚慮填溟壑高愁𢶡（音敫）斗魁日輪
埋欲側坤軸壓將頹岍類（一作堀似）長蛇攪（一作攪）陵猶巨象豗水
官夸傑黠木氣怯胚胎著地無由卷連天不易推龍魚
冷蟄苦虎豹餓號哀巧借奢華（一作豪）便專繩困約災威貪
陵（一作凌）布被光肯離金罍賞翫損他事歌謠放我才狂教
詩硉矹興與酒陪鰓惟子能（一作誰）諳耳諸人得語哉助留
風作黨勸坐火爲媒雕刻文刀利搜求智網恢莫煩相
屬和傳示及提孩

酬王二十舍人（涯）雪中見寄

三日柴門擁不開階平（一作庭）庭（一作平）滿白皚皚今朝蹋作瓊
瑤跡爲有詩從（一作仙）鳳沼來

送侯喜

已作龍鍾後時者懶於街裏蹋塵埃如今便別長官去（喜爲國子主簿愈爲博士故云長官）直到新年衙日來

學諸進士作精衛銜石填海

鳥有償冤者終年抱寸誠口銜山石細心望海波平渺
渺功難見區區命已輕人皆譏造次我獨賞專精豈計
休無日惟應盡此生何慚刺客傳不著報讎名

奉酬振武胡十二丈大夫（胡証河東人元和九年党項寇邊以証有安邊才略乃授振武節度使）

傾朝共羨寵光頻半歲遷騰作虎臣戎旆暫停辭社樹
里門先下敬鄉人橫飛玉盞家山曉遠蹀金珂塞草春
自笑平生誇膽氣不離文字鬢毛新

奉和庫部盧四兄曹長元日朝回（盧汀也）

天仗宵嚴建羽旄春雲送色曉雞號金爐香動螭頭暗
玉佩聲來雉尾高戎服上趨承北極儒冠列侍映東曹
太平時節難身（一作身難）遇郎署何須歎二毛

寒食直歸遇雨

寒食時看度春遊事已違風光連日直陰雨半朝歸不
見紅毬（蹴鞠黃帝所造鞠與毬同紅毬以紅帛爲之）上那論綵索（北方寒食日用鞦韆爲戲綵索即謂鞦韆）飛惟
將新賜火向曙著朝衣

送李六協律歸荆南（翱）

早日羈遊所春風送客歸柳花還漠漠江燕正飛飛歌
舞知誰在賓僚逐使非宋亭池水綠莫忘蹋芳菲

題百葉桃花（知制誥時作）

百葉雙桃晚更紅窺窗映竹見玲瓏應知侍史歸天上
故伴僊郎宿禁中

春雪

新年都未有芳華二月初驚見草芽白雪却嫌春色晚
故穿庭樹作飛花

戲題牡丹

幸自同開俱隱約何須相倚鬬輕盈陵（一作凌）晨併作新妝
面對客偏含不語情雙燕無機還（一作來）拂掠（一作略）遊蜂多思
正經營長年是事皆拋盡（一作棄）今日欄邊暫眼明

盆池五首

老翁真個似童兒汲水（一作井）埋盆作小池一夜青蛙鳴到
曉恰如方口釣魚時

莫道盆池作不成藕稍初種已齊生從今有雨君須記
來聽蕭蕭打葉聲

瓦沼晨朝水自清小蟲無數不知名忽然分散無蹤影
惟有魚兒作隊行

泥盆淺小詎成池夜半青蛙聖（一作聽）得知一聽暗來將伴
侶不煩鳴喚鬬雌雄

池光天影共青青拍岸纔添水數缾且待夜深明（一作來）月
去試看涵泳幾多星

芍藥（元和中知制誥寓直禁中作）

浩態狂香昔未逢紅燈爍爍綠盤籠覺來獨對情（一作忽）驚
恐身在僊宮第幾重

奉和虢州劉給事使君（伯芻）三堂新題二十一詠（并序　劉伯芻以元和八年出刺虢州）

虢州刺史宅連水池竹林往往爲亭臺島渚目其
處爲三堂劉兄自給事中出刺此州在任逾歲職
修人治州中稱無事頗復增飾從子弟而遊其間
又作二十一詩以詠其事流行京師文士爭和之
余與劉善故亦同作

新亭

湖上新亭好公來日出初水文浮枕簟瓦影蔭龜魚

流水

汩汩幾時休從春復到秋只（一作祇）言池未滿池滿強交流

竹洞

竹洞何年有公初斫竹開洞門無鎖鑰俗客不曾來

月臺

南館城陰闊東湖水氣多直須臺上看始奈月明何

渚亭

自有人知處那無步往蹤莫教安四壁面面看芙蓉

竹溪

藹藹溪流慢（一作漫）梢梢岸篠長穿沙碧簳淨落水紫苞香

北湖

聞說游湖棹尋常到此回應留醒心處準擬醉時來

花島

蜂蝶去紛紛香風隔岸聞欲知花島處水上覓紅雲

柳溪

柳樹誰人種行行夾岸高莫將條繫纜著處有蟬號

西山

新月迎宵挂晴雲到晚留為遮西望眼終是懶回頭

竹逕

無塵從不掃有鳥莫令彈若要添風月應除數百竿

荷池

風雨秋池上高荷蓋水繁未諳鳴摵摵那似卷翻翻

稻畦

罫布畦堪數(罫棊局上方目)枝分水莫尋魚肥知已秀鶴没覺初深

柳巷

柳巷還飛絮春餘幾許時吏人休報事公作送春詩

花源

源上花初發公應日日來丁寧紅與紫慎莫(一作切勿)一時開

北樓

郡樓乘曉上盡日不能回晚色將秋至長風送月來

鏡潭

非鑄復非鎔泓澄忽此逢魚鰕不用避只是照蛟龍

孤嶼

朝遊孤嶼南暮戲孤嶼北所以孤嶼鳥與公盡相識

方橋

非閣復非船可居兼可過君欲問方橋方橋如此作(音佐)

梯橋

乍似上青冥初疑躡菡萏自無飛仙骨欲度何由敢

月池

寒池月下明新月池邊曲若不妬清妍卻成相映燭

遊城南十六首

賽神

白布長衫紫領巾差科未動是閑人麥苗含穟桑生葚共向田頭樂社神

題于賓客莊

榆莢車前蓋地皮薔薇蘸水笋穿籬馬蹄無入朱門跡縱使春歸可得知

晚春

草樹知春不久歸百般紅紫鬭芳菲楊花榆莢無才思惟解漫天作雪飛

落花

已分將身著地飛那羞踐踏損光暉無端又被春風誤吹落西家不得歸

楸樹二首

幾歲生成為大樹一朝纏繞困長藤誰人與脫青羅帔看吐高花萬萬層

幸自枝條(一作頭)能樹立可煩蘿蔓作交加傍人不解尋根本卻道新花勝舊花

風折花枝

浮豔侵天難就看清香撲地只遥聞春風也是多情思故揀繁枝折贈君

贈同遊

喚起窗全曙催歸日未西無心花裏鳥更與盡情啼(喚起催歸二禽名也喚起聲如絡緯圓轉清亮偏鳴於春曉江南謂之春喚催歸子規也)

贈張十八助教

喜君眸子重清朗攜手城南歷舊遊忽見孟生題竹處相看淚落不能收

題韋氏莊

昔者誰能比今來事不同寂寥青草曲散漫白榆風架倒藤全落籬崩竹半空寧須惆悵立翻覆本無窮

晚雨

廉纖晚雨不能晴池岸草間蚯蚓鳴投竿跨馬蹋歸路纔到城門(一作闉)打鼓聲

出城

暫出城門蹋青草遠於林下見春山應須韋杜家家到祇有今朝一日閑

把酒

擾擾馳名者誰能一日閑我來無伴侶把酒對南山

嘲少年

直把春償酒都將命乞(音氣)花祇知閑信馬不覺誤隨車

楸樹

青幢紫蓋立童童細雨浮煙作綵籠不得畫師來貌(音邈)取定知難見一生中

遣(一作遺)興

斷送一生惟有酒尋思百計不如閑莫憂世事兼身事須著人間比夢間

全唐詩

韓愈

送李尚書(遜)赴襄陽八韻得長字

帝憂南國切改命付忠良壤畫星搖動旗分獸簸揚五營兵轉肅千里地還方控帶荆門遠飄浮漢水長賜書寬屬郡戰馬隔鄰疆縱獵雷霆迅觀棊玉石忙風流峴首客花豔大堤倡富貴由身致誰教不自強

和席八(夔)十二韻(元和十一年夔與愈同掌制誥)

絳闕銀河曙東風右掖春官隨名共美花與思俱新綺陌朝遊間綾衾夜直頻橫門開日月高閣切星辰庭變寒前草天銷霽後塵溝聲通苑急柳色壓城勻綸綍謀

獻盛丹青步武親芳菲含斧藻光景暢形神傍砌看紅藥巡池詠白蘋多情懷酒伴餘事作詩人倚玉難藏拙吹竽久混眞坐慙空自老江海未還身

和武相公早春聞鶯

早晚飛來入錦城誰人教解百般鳴春風紅樹驚眠處似妬歌童作豔聲

遊太平公主山莊（此首前有太安池一首闕不載洪邁唐人絕句此首題即作太安池）

公主當年欲占春故將臺榭押（一作壓）城闉欲知前面花多少直到南山不屬人

晚春

誰收春色將歸去慢綠妖紅半不存榆莢祇能隨柳絮等閑撩亂走空園

大行皇太后挽歌詞三首（憲宗母莊憲皇后也）

一紀尊名正三時孝養榮高居朝聖主厚德載羣生武帳虛中禁玄堂掩太平秋天笳鼓歇松柏徧山鳴

威儀備吉凶文物雜軍容配地行新祭因山託故封鳳飛終不返劒化會相從無復臨長樂空聞報曉鐘

追攀萬國來警衞百神陪畫翣登秋殿容衣入夜臺雲隨仙馭遠風助聖情哀只有朝陵日妝奩一暫開

廣宣上人頻見過

三百六旬（一作十）長擾擾不衝風雨即塵埃久慙（一作爲）朝士無裨補空愧高僧數往來學道窮年何所得吟詩竟日未能迴天寒古寺遊人少紅葉窗前有幾堆

閑遊二首

雨後來更好繞池徧青青柳花閑度竹菱葉故穿萍獨坐殊未厭孤斟詎能醒持竿至日暮幽詠欲誰聽

茲遊苦不數再到遂經旬萍蓋汙池淨藤籠老樹新林烏（一作鶯）鳴訝客岸竹長遮鄰子雲祇自守奚事九衢塵

酬馬侍郎寄酒（馬總也）

一壺情所寄四句意能多秋到無詩酒其如月色何

和侯協律詠筍（侯喜也）

竹亭人不到新筍滿前軒乍出眞堪賞初多未覺煩成行齊婢僕環立比兒孫驗長常攜尺愁乾屢側盆對吟忘膳飲偶坐變朝昏滯雨膏腴濕驕陽氣候溫得時方張王（並去聲）挾勢欲騰騫見角牛羊沒看皮虎豹存攢生猶有隙散布忽無垠（一作痕）詎可持籌算誰能以理言縱橫公占地羅列暗連根狂劇時穿壁橫（一作掌）強幾觸藩深潛如避逐遠去若追奔始訝妨人路還驚入藥園萌芽防寖大覆載莫偏恩已復侵危砌非徒出短垣身寧虞瓦礫計擬揜蘭蓀且歎高無數庸知上幾番短長終不校先後竟誰論外恨苞藏密中仍節目繁暫須迴步履要取助盤飧穰穰疑翻地森森競塞門戈矛頭戢戢蛇虺首掀掀婦懦咨料（音聊）揀兒癡謁盡髠侯生來慰我詩句讀驚魂屬和才將竭呻吟至日暾

過鴻溝

龍疲虎困割川原億萬蒼生性命存誰勸君王回馬首眞成一擲賭乾坤

送張侍郎（張賈時自兵侍爲華州）

司徒東鎮馳（一作持）書謁丞相西來走馬迎兩府元臣今轉密一方逋寇不難平

贈刑部馬侍郎（馬總時副晉公東征）

紅旗照海壓南荒徵入中臺作侍郎暫從相公平小寇便歸天闕致時康

奉和裴相公東征途經女几山下作

旗穿曉日雲霞雜山倚秋空劒戟明敢請相公平賊後暫攜諸吏（一作史）上崢嶸

郾城晚飲奉贈副使馬侍郎及馮（宿）李（宗閔）二員外（馮李時從裴度東征）

城上赤雲呈勝氣眉間黃色見歸期幕中無事惟須飲即是連鑣向闕時

酬別留後侍郎（蔡平命馬總爲留後）

爲文無出相如右謀帥難居郤縠先歸去雪銷溱洧動西來旌旆拂晴天

同李二十八夜次襄城（李正封也）

周楚仍連接川原乍屈盤雲垂天不暖塵漲雪猶乾印綬歸台室旌旗別將壇欲知迎候盛騎火萬星攢

同李二十八員外從裴相公野宿西界

四面星辰著地明散燒煙火宿天兵不關破賊須歸奏自趁新年賀太平

過襄城

郾城辭罷過襄城潁水嵩山刮眼明已去蔡州三百里家人不用遠來迎

宿神龜招李二十八馮十七（龜下或有驛字）

荒山野水照斜暉啄雪寒鴉趁始（一作影）飛夜宿驛亭愁不睡幸來相就蓋征衣

次硤石（諸本硤作峽）

數日方離雪今朝又出山試憑高處望隱約見潼關

和李司勳過連昌宮

夾道疏槐出老根高甍巨桷壓山原宮前遺老來相問今是開元幾葉孫

次潼關先寄張十二閣老使君（張賈也）

荊山已去華山來日出（一作照）潼關四扇（一作面）開刺史莫辭（一作嫌）迎候遠相公親（一作新）破蔡州迴

次潼關上都統相公（韓弘也）

暫辭堂印執兵權盡管諸軍破賊年冠蓋相望催入相待將功德格皇天

桃林夜賀晉公

西來騎火照山紅夜宿桃林臘月中手把命珪兼相印一時重疊賞元功

送李員外院長分司東都

去年秋露下羇旅逐東征今歲春光動驅馳別上京飲中相顧色送後獨歸情兩地無千里因風數寄聲

和晉公破賊回重拜台司以詩示幕中賓客愈奉和

南伐旋師太華東天書夜到冊元功將軍舊壓三司貴相國新兼五等崇鵷鷺欲歸仙仗裏熊羆還入禁營中長慙典午非材職得就閑官即至公

獨釣（或作酌）四首

侯家林館勝偶入得垂竿曲樹行藤角平池散芡盤羽

沈知食駛緡細覺牽難聊取夸兒女榆條繫從鞍一還向池斜池塘野草花雨多添柳耳水長滅蒲芽坐厭親刑柄偷來傍釣車太平公事少吏隱詎相賒獨往南塘上秋晨景氣醒露排四岸草風約半池萍鳥下見人寂魚來聞餌馨所嗟無可召不得倒吾缾秋半百物變溪魚去不來風能坼芡觜露亦染梨腮遠岫重疊出寒花散亂開所期終莫至日暮與誰迴

枯樹

老樹無枝葉風霜不復侵腹穿人可過皮剝蟻還尋寄託惟朝菌依投絕暮禽猶堪持改火未肯但空心

元日酬蔡州馬十二尚書去年蔡州元日見寄之什

元日新詩已去年蔡州遙寄荷相憐今朝縱有誰人領自是三峰（一作冬）不敢眠

詠燈花同侯十一

今夕知何夕花然錦帳中自能當雪暖那肯待春紅黃裏排金粟釵頭綴玉蟲更煩將喜事來報主人公

祖席前字（送王涯徙袁州刺史作）

祖席洛橋邊親交共黯然野晴山簇簇霜曉菊鮮鮮書寄相思處杯銜欲別前淮陽知不薄終願早迴船

秋字

淮南悲木落而我亦傷秋況與故人別那堪羇宦愁榮華今異路風雨昔同憂莫以宜春遠江山多勝遊

送鄭尚書（權）赴南海

番（音潘）禺（音愚）軍府盛欲說暫停杯蓋海旂幢出連天觀閣開衙時龍戶集上日馬人來風靜鶢鶋去官廉蚌蛤迴貨通師子國樂奏武王臺事事皆殊異無嫌屈大才

答道士寄樹雞（樹雞木耳之大者）

軟濕青黃狀可猜欲烹還喚木盤迴煩君自入華陽洞直割乖龍左耳來（柳宗元龍城志茅山道士吳綽採藥於華陽洞口見一兒手把三珠戲於松下綽從之奔入洞中化爲龍以三珠塡左耳中綽劇其耳而失其珠馮贄雲仙錄天罰乖龍必割其耳）

左遷至藍關示姪孫湘（湘愈姪十二郎之子登長慶三年進士第）

一封朝奏九重天夕貶潮州（一作陽）路八千欲爲聖朝除弊事肯將衰朽惜殘年雲橫秦嶺家何在雪擁藍關馬不前知汝遠來應有意好收吾骨瘴江邊

武關西逢配流吐蕃（謫潮州時途中作）

嗟爾戎人莫慘然湖南地近保生全我今罪重無歸望直去長安路八千

次鄧州界

潮陽南去倍長沙戀闕那堪又憶家心訝愁來惟貯火眼知別後自添花商顏暮雪逢人少鄧鄙春泥見驛賒早晚王師收海嶽普將雷雨發萌芽

題臨瀧寺

不覺離家已五千仍將衰病入瀧船潮陽（一作州）未到吾能（一作先）說海氣昏昏水拍天

晚次宣溪辱韶州張端公使君惠書敘別酬以絕句二章（英華題作晚次宣溪）

韶州南去接宣溪雲水蒼茫日向西客淚數行先（一作元）自落鷓鴣休傍耳邊啼

兼金那足比清文百（一作白）首相隨媿使君俱是嶺南巡管內莫欺荒僻斷知聞

題秀禪師房

橋夾水松行百步竹牀（一作林）莞席到僧家暫拳一手支頭臥還把魚竿下釣（一作晚）沙

將至（一作入）韶州先寄張端公使君借圖經

曲江山水聞來久恐不知名訪倍（一作更）難願借圖經將入界每逢佳處便開看

過始興江口感懷（大曆十四年起居舍人韓會以罪貶韶州刺史愈隨會而遷時年十歲至是貶潮州道過始興有感而作）

憶作兒童隨伯氏南來今只一身存目前百口還相逐舊事無人可共論

韶州留別張端公使君（時憲宗元和十四年十月）

來往再逢梅柳新別離一醉綺羅春久欽江總文才妙自歎虞翻骨相屯鳴笛急吹爭（一作催）落日清歌緩送款（一作感）行人已知奏課當徵拜那復淹留詠白蘋

從潮州量移袁州張韶州端公以詩相賀因酬之（時憲宗元和十四年十月）

明時遠逐事何如遇赦移官罪未除北望詎令隨塞鴈南遷纔免葬江魚將經貴郡煩留客先惠高文謝起予暫欲繫船韶石下上賓虞舜整冠裾

次石頭驛寄江西王十中丞閣老（仲舒也時爲江南西道觀察使愈自袁還朝作寄）

憑高試迴首（一作迴馬）一望豫章城人由（一作猶）戀德泣馬亦別羣鳴寒日夕始照風江（一作江風）遠漸平默然都不語應識此時情

遊（一作題）西林寺題（一作妓）蕭二兄郎中（一作存）舊堂（自註蕭兄有女出家）

中郎有女能傳業伯道無兒可保家偶到匡（一作廬）山曾住處幾行衰淚落煙霞（一作今日匡山過舊隱空將衰淚對煙霞）

自袁州還京行次安陸先寄隨州周員外（周君巢也時爲隨州刺史）

行行指漢東暫喜笑言同雨雪離江上蒹葭出夢中面猶含瘴色眼已見華風歲暮難相值酣歌未可終

題廣昌館（在隨州棗陽縣南）

白水龍飛已幾春偶逢（一作尋）遺跡問耕人丘墳發掘當官路（一作道）何處南陽有近親

寄隨州周員外

陸孟丘楊久作塵（愈與陸長源孟叔度丘穎楊凝及君巢同爲董晉幕客）同時存者更誰人金丹別後知傳得乞取刀圭救病身（周好金丹服餌之術）

酒中留上襄陽李相公（李逢吉也愈元和十一年正月爲中書舍人而逢吉以其年二月自舍人拜相）

濁水汙泥清路塵還曾同制掌絲綸眼穿長訝雙魚斷耳熱何辭數爵頻銀燭未銷窗送曙金釵半醉（一作倚）座添春知公不久歸鈞軸應許閑官寄病身

去歲自刑部侍郎以罪貶潮州刺史乘驛赴任（一作之官）其後家亦譴逐小女道死殯之層峰驛旁（一作之）山下蒙恩還朝（一作今）過其墓留題驛梁

數條藤束木皮棺草殯荒山白骨寒驚恐入心身已病扶舁（音余）沿路衆知難繞墳不暇號三帀設祭惟聞飯一盤致汝無辜由我罪百年慙痛淚闌干

賀張十八秘書得裴司空馬（或作酬張秘書因騎馬贈詩）

司空遠寄養初成毛色桃花眼鏡明落日已曾交轡語春風還擬並鞍行長令奴僕知飢渴須著賢良待性情旦夕公歸伸拜謝免勞騎去逐雙旌

杏園送張徹侍御（一作郎）歸使

東風花樹下送爾出京城久抱傷春意新添惜別情歸來身已病相見眼還明更遣將詩酒誰家逐後生

雨中寄張博士籍侯主簿喜

放朝還不報半路蹋泥歸雨慣曾無節雷頻自失威見牆生菌遍憂麥作蛾飛歲晚偏蕭索誰當救晉饑

奉和兵部張侍郎（賈）酬鄆州馬尚書（總）祗召途中見寄開緘之日馬帥已再領鄆州之作

來朝當路日承詔改轅時再領須句（音劬）國仍遷少昊司（總加檢校刑部尚書）暖風抽宿麥清雨卷歸旗賴寄新珠玉長吟慰我思

早春與張十八博士籍遊楊尚書林亭寄第三閣老兼呈白馮二閣老（白居易馮宿也第三閣老楊於陵之子嗣復也）

牆下春渠入禁溝渠冰初破滿渠浮鳳池近日長先暖流到池時更（一作見）不流

奉使常山早次太原呈副使吳郎中（愈使鎮州吳丹以駕部郎中副行）

朗朗聞街鼓晨起似朝時翻翻走驛馬春盡是歸期地失嘉禾處風存蟋蟀辭暮齒良多感無事涕垂頤

夕次壽陽驛題吳郎中詩後

風光欲動別長安春半城邊特地寒不見園花兼巷柳馬頭惟有月團團

鎮州初歸

別來楊柳街頭樹擺弄（一作撼）春風只欲飛還有小園桃李在留花不發待郎歸

同水部張員外籍曲江春遊寄白二十二舍人

漠漠輕陰晚自開青天白日映樓臺曲江水滿花千樹有底忙時不肯來

和水部張員外宣政衙賜百官櫻桃詩

漢家舊種明光殿炎帝還書本草經豈似滿朝承雨露共看傳賜出青冥香隨翠籠擎初到（一作重）色映（一作照）銀盤寫（一作瀉）未停食罷自知無所報空然慚汗仰皇扃

早春呈水部張十八員外二首

天街小雨潤如酥草色遙看近卻無最是一年春好處絕勝煙（一作花）柳滿皇都

莫道官忙身老大即無年少逐春心憑君先到江頭看柳色如今深未深

送桂州嚴大夫同用南字（嚴謨也題下或有赴任二字）

蒼蒼森八桂茲地在湘南江作青羅帶山如碧玉篸（音簪）戶多輸翠羽家自種黃甘遠勝登仙去飛鸞不假驂

奉酬天平馬十二僕射暇日言懷見寄之作（馬總）（時爲鄆曹濮等州觀察使軍曰天平）

天平篇什外政事亦無雙威令加徐土儒風被魯邦清爲公論重寬得士心降歲晏偏相憶長謠坐北窗

奉使鎮州行次承天行營奉酬裴司空（時穆宗長慶二年）

竄逐三年海上歸逢公復此著征衣旋吟佳句還鞭馬恨不身先去鳥飛

鎮州路上謹酬裴司空相公重見寄

銜命山東撫亂師日馳三百自嫌遲風霜滿面無人識何處如今更有詩

奉和僕射裴相公感恩言志（穆宗長慶二年裴度罷李逢吉爲相）

文武功成（一作成功）後居爲百辟師林園窮勝事鐘鼓樂清時擺落遺高論雕鐫出小詩自然無不可范蠡爾其誰

和僕射相公朝迴見寄（時牛李黨熾裴度介其間累遭謗謫故愈詩有高蹈之語）

盡瘁年將久公今始暫閑事隨憂共減詩與酒俱還放意機衡外收身矢石間秋臺風日迥正好看前山

奉和李相公題蕭家林亭（逢吉也）

山公自是林園主歎惜前賢造作時巖洞幽深門盡鎖不因丞相幾人知

奉和杜相公太清宮紀事陳誠上李相公十六韻（杜元穎也太清宮玄元皇帝廟）

耒耜興姬國輴（丑倫切）欙（力追切）建夏家在功誠可尚於道詎爲華象帝威容大僊宗寶曆賒衞門羅戟槊圖壁雜龍蛇禮樂追尊盛乾坤降福遐四真皆齒列（天寶元年親享玄元皇帝於新廟以莊子爲南華真人文子爲通玄真人列子爲沖虛真人庚桑子爲洞虛真人配享）二聖亦肩差（初太清宮成命工於太白山採白石爲玄元真像南面玄宗肅宗像侍立左右）陽月時之首陰泉氣未牙殿階鋪水碧庭炬坼金葩紫極觀忘倦青詞奏不譁噌（音錚）吰（音宏）宮夜闢嘈囐（才曷切）鼓晨撾（陟瓜切）褻味陳奚取名香薦孔嘉垂祥紛可錄俾壽浩無涯貴相山瞻峻清文玉絕瑕代工聲問遠攝事敬恭加皎潔當天月葳蕤捧日霞唱妍酬亦麗俛仰但稱嗟

全唐詩

韓愈

鄆州谿堂詩（馬總爲鄆曹濮節度觀察等使爲堂於居之西北隅號曰谿堂以下四首從文集錄入）

帝奠九壚（與壚同）有葉有年有荒不（一作有）條河岱之間及我憲考一收（一作牧）正之視邦選侯以公來尸公來尸之人始未信公不飲食以訓以徇孰飢無食孰呻孰歎孰冤不問不得分願孰爲邦蟊（一作蝥）節根之螟羊很狼貪以口覆城吹之喣之摩手拊之箴（一作針）之石之膊而磔之凡公四封既富以彊謂公吾父孰違公令可以師征不寧守邦公作谿堂播播流水淺有蒲蓮深有葭葦公以賓燕其鼓駭駭公燕谿堂賓校醉飽流有跳魚岸有集鳥既歌以舞其鼓考考公在谿堂公御琴瑟公暨賓贊稽經諏律施用不差人用不屈谿有蘋（與萍同）苽（與菰同）有龜有魚公在中流右詩左書無我斁遺此邦是庥

送張道士

大匠無棄材尋尺各有施況當營都邑杞梓用不疑張侯嵩高來面有熊豹姿開口論利害劍鋒白差差恨無一尺捶（一作箠）爲國笞羌夷詣闕三上書臣非黃冠師臣有膽與氣不忍死茅茨又不媚笑語不能伴兒嬉乃著道士服衆人莫臣知臣有平賊策狂童不難治其言簡且要陛下幸聽之天空日月高下照理不遺或是章奏繁裁擇未及斯寧當不竢報歸袖風披披答我事不爾吾

親屬吾思昨宵夢倚門手取連環持今日有書至又言歸何時霜天熟柿栗收拾不可遲嶺北梁可構寒魚下清伊(一作漪)旣非公家用且復還其私從容進退間無一不合宜時有利不利雖賢欲奚爲但當勵前操富貴非公誰

送鄭十校理得洛字(鄭餘慶子瀚本名涵以文宗藩邸時名同改名翰貞元十年進士長安尉集賢校理愈以元和四年六月爲都官員外郎分司東都涵求告來寧愈於其行作詩并序以送之)

相公倦台鼎分正(一作政)新邑洛才子富文華校讎天祿閣壽觴佳節過歸騎春衫薄鳥哢正交加楊花共紛泊親交(一作交親)誰不羨去去翔寥廓

送陸歙州傪

我衣之華兮我佩之光陸君之去兮誰與翱翔歛此大惠兮施於一州今其去矣胡不爲留我作此詩歌於遠道無疾其驅天子有詔

送汴州監軍俱文珍(董晉爲汴州陳留郡節度使治汴州俱文珍爲監軍愈爲觀察推官文珍將如京師作序并詩送之此首從外集文內錄入)

奉使羌池靜臨戎汴水安冲天鵬翅闊報國劒鋩寒曉日驅征騎春風詠采蘭誰言臣子道忠孝兩全難

贈崔立之(以下十五首見外集)

昔年十日雨子桑苦寒飢哀歌坐空室(一作房一作屋)不怨但自悲其友名子輿忽然憂且思褰裳觸泥水裹飯往食之入門相對語天命良不疑好事漆園吏書之存雄詞千年事已遠二子情可推我讀此篇日正當寒(一作雨)雪時吾身固已困吾友復何爲薄粥不足裹深泥諒難馳曾無子輿事空賦子桑詩

海水(一有詩字)

海水非不廣鄧林豈無枝風波一蕩薄魚鳥不可依海水饒大波鄧林多驚風豈無魚與鳥巨細各不同海有吞舟鯨鄧有垂天鵬苟非鱗羽大蕩薄不可能我鱗不盈寸我羽不盈尺一木有餘陰一泉有餘澤我將辭海水濯鱗清泠池我將辭鄧林刷羽蒙籠枝海水非愛廣鄧林非愛枝風波亦常事鱗魚自不宜(一作不自疑)我鱗日已大我羽日已修風波無所苦還作鯨鵬遊

贈河陽李大夫(李芃河陽節度使)

四海失巢穴兩都困塵埃感恩由(由猶古字通)未報惆悵空一來裘破(一作破裘)氣不暖馬羸(一作羸馬)鳴且哀主人情更重空使劒鋒摧

苦寒歌

黃昏苦寒歌夜半(一作半夜)不能休豈不有陽春節歲(一作歲節)聿其周(一作歲聿不其周)君何愛重裘兼味養大賢冰食葛製神所憐(一作誠可憐)填窗塞戶愼勿出暄風暖景明年日

芍藥歌(一本作王司馬紅芍藥歌)

丈人庭中開好花更無凡木爭春華翠莖紅蘂天力與此恩不屬黃鍾家溫馨熟美鮮香起似笑無言習君子霜刀翦汝天女勞何事低頭學桃李嬌癡婢子無靈性(一作性靈)競挽春衫來比並欲將雙頰一睎(一作稀)紅綠窗磨徧青銅鏡一尊春酒甘若飴丈人此樂無人知花前醉倒歌者誰楚狂小子韓退之

贈徐州族姪(以下十三首見遺集)

我年十八九壯氣起胸中作書獻雲闕辭家逐秋蓬歲時易遷次身命多厄窮一名雖云就片祿不足充今者復何事卑棲寄徐戎蕭條資用盡濩落門巷空朝眠未能起遠懷方鬱悰擊門者誰子問言乃吾宗自云有奇術探妙知天工旣往悵何及將來喜還通期我語非佞當爲佐時雍

嘲鼾睡

澹師晝睡時聲氣一何猥頑飇吹肥脂坑谷相嵬磊雄哮乍咽絕每發壯益倍有如阿鼻尸長喚忍衆罪馬牛驚不食百鬼聚相待木枕十字裂鏡面生痱(音肥)䨻(音畾)鐵佛聞皺眉石人戰搖腿孰云天地仁吾欲責眞宰幽尋虱搜耳猛作濤翻海太陽不忍明飛御皆惰怠乍如彭與黥呼冤受葅醢又如圈中虎號瘡兼吼餒雖令伶倫吹苦韻難可改雖令巫咸招魂爽難復在何山有靈藥療此願與採

澹公坐臥時長睡無不穩吾嘗聞其聲深慮五藏損黃河弄濆薄梗澀連拙紾南帝初奮槌鑿竅洩混沌迥然忽長引萬丈不可忖謂言絕於斯繼出方衮衮幽幽寸喉中草木森苯(音本)蓴(音忖)盜賊雖狡獪亡魂敢窺閫鴻蒙總合雜詭譎騁戾很乍如鬬呶呶忽若怨懇懇賦形苦不同無路尋根本何能堙其源惟有土一畚

晝月

玉盌不磨著泥土青天孔出白石補兔入臼藏蛙縮肚桂樹枯株女閉戶陰爲陽羞固自古嗟汝下民或敢侮戲嘲盜視汝目瞽

贈張徐州莫辭酒

莫辭酒此會固難同請看女工機上帛半作軍人旗上紅莫辭酒誰爲君王之爪牙春雷三月不作響戰士豈得來還家

辭唱歌

抑逼教唱歌不解看豔詞坐中把酒人豈有歡樂姿幸有伶者婦腰身如柳枝但令送君酒如醉如憨癡聲自肉中出使人能逶隨復遣慳恡者贈金不皺眉豈有長直夫喉中聲雌雌君心豈無恥君豈是女兒君教發直言大聲無休時君教哭古恨不肯復吞悲乍可阻君意豔歌難可爲

知音者誠希

知音者誠希念子不能別行行天未曉攜酒踏明月

同竇(牟)韋(執中)尋劉尊師不遇(以同尋師三字爲韻愈分得尋字)

秦客何年駐仙源此地深還隨躡鳧騎來訪馭風襟院閉青霞入松高老鶴尋猶疑隱形坐敢起窺桃心

春雪

片片驅鴻急紛紛逐吹斜到江還作水著樹漸成花越喜飛(一作非)排瘴胡愁厚(一作原)蓋砂兼雲封洞口助月照天涯暝見迷巢鳥朝逢失轍車呈豐盡相賀寧止力耕家

酬藍田崔丞立之詠雪見寄

京城數尺雪寒氣倍常年泯泯都無地茫茫豈是天崩奔驚亂射揮霍訝相纏不覺侵堂陛方應折屋椽出門愁落道上馬恐平轔朝鼓矜凌起山齋酩酊眠吾方嗟此役君乃詠其妍冰玉淸顏隔波濤盛句傳朝飧思共

飯夜宿憶同氈舉目無非白雄文乃獨玄

潭州泊船呈諸公

夜寒眠半覺鼓笛鬧嘈嘈暗浪舂樓堞驚風破竹篙主人看使範一作帆去聲客子讀離騷聞道松醪賤何須恡錯刀

飲城南道邊古墓上逢中丞過贈禮部衛員外少室張道士

偶上城南土骨堆共傾春酒三五桮爲逢桃樹相料音聊理不覺中丞喝道來

池上絮

池上無風有落暉楊花晴後自飛飛爲將纖質凌清鏡濕却無窮不得歸

贈賈島以下二首見萬首絕句

孟郊死葬北邙山從此風雲得暫閑天恐文章渾斷絕更生賈島着人間

贈譯經僧

萬里休言道路賒有誰教汝度流沙只今中國方多事不用無端更亂華

全唐詩目 第六函

第一冊

王涯一卷　劉遵古　李正封　崔立之
賈稜　韋紓　樊陽源　許稷
郭遵　豆盧榮　邵偃　柳道倫
范傳正　夏方慶共一卷
陳九流
陳羽一卷
歐陽詹一卷
柳宗元四卷

全唐詩
王涯

王涯字廣津太原人博學工屬文貞元中擢進士又舉宏辭調藍田尉以左拾遺爲翰林學士進起居舍人憲宗元和初貶虢州司馬徙袁州刺史以兵部員外郎召知制誥再爲翰林學士累遷工部侍郎涯文有雅思永貞元和間訓誥溫麗多所稾定拜中書侍郎同中書門下平章事尋罷再遷吏部侍郎穆宗立出爲劒南東川節度使長慶三年入爲御史大夫遷户部尚書鹽鐵轉運使敬宗寶曆時復出領山南西道節度使文宗嗣位召拜太常卿以吏部尚書總鹽鐵歲中進尚書右僕射代郡公久之以本官同中書門下平章事俄檢校司空兼門下侍郎李訓敗乃及禍集十卷今編詩一卷

享惠昭太子廟樂章 送神

威儀畢陳備樂將闋苞茅酒縮膋蕭香徹宮臣展事肅雍在列迎精送往厥鑒昭晰

望禁門松雪

宿雲開霽景佳氣此時濃瑞雪凝清禁祥煙羃小松依稀鸞鳳出隱映鳳樓重金闕晴光照瓊枝瑞色封葉鋪全類玉柯偃乍疑龍詎比寒山上風霜老昔容

廣宣上人以詩賀放榜和謝

延英面奉入春闈亦選功夫亦選奇在治只求金不耗用心空學秤無私龍門變化人皆望鶯谷飛鳴自有時獨喜至公誰是證彌天上人與新詩

九月九日勤政樓下觀百僚獻壽

御氣黃花節臨軒紫陌頭早陽生綵仗霽色入仙樓獻壽皆鵷鷺瞻天盡冕旒菊樽過九日鳳曆肇千秋樂奏薰風起盃酣瑞影收年年歌舞度此地慶皇休

春遊曲二首

萬樹江邊杏新開一夜風滿園深淺色照在綠波中
上苑何窮樹花間次第新香車與絲騎風靜亦生塵

太平詞

風俗今和厚君王在穆清行看采華曲盡是泰階平

送春詞

日日人空老年年春更歸相歡在尊酒不用惜花飛

塞上曲二首

天驕遠塞行出鞘寶刀鳴定是酬恩日今朝覺命輕
塞虜常爲敵邊風已報秋平生多志一作意氣箭底覓封侯

隴上行

負羽到邊州鳴笳度隴頭雲黃知塞近草白見邊秋

思君恩

雞鳴天漢曉鶯語禁林春誰入巫山夢唯應洛水神

春閨思

雪盡萱抽葉風輕水變苔玉關音信斷又見發庭梅

春江曲

搖漾越江春相將采白蘋歸時不覺夜出浦月隨人

閨人贈遠五首

花明綺陌春柳拂御溝新爲報遼陽客流芳一作光不待人
遠戍功名薄幽閨年貌傷妝成對春樹不語淚千行
形影一朝別煙波千里分君看望君處祇是起行雲
啼鶯一作鶯啼綠樹深語燕一作燕語雕梁晚不省出門行沙場知近遠
洞房今夜月如練復如霜爲照離人恨亭亭到曉光

從軍詞三首

戈一作枿甲從軍久風雲識陣難今朝拜韓信計日斬成安
燕頷多奇相狼頭敢犯邊寄言班定遠正是立功年
旄頭夜落捷書飛來奏金門著賜衣白馬將軍頻破敵黃龍戍卒幾時歸

塞下曲二首

辛勤幾出黃華戍迢遞初隨細柳營塞晚每愁殘月苦邊愁更逐斷蓬驚一作聲

平戎辭

年少辭家從冠軍金妝寶劒去邀勳不知馬骨傷寒水唯見龍城起暮雲

遊春詞二首

曲江綠一作綠柳變煙條寒谷冰隨暖氣銷纔見春光生綺陌已聞清樂動雲韶
經過柳陌與桃蹊尋逐春光著處迷鳥度時時衝絮起花繁衮衮壓枝低

秋思二首

網一作綵軒凉吹動輕衣夜聽更長玉漏稀月度天河光轉濕鵲驚秋樹葉頻飛
宮連太液見滄波暑氣微消秋意多一夜清風蘋末起露珠翻盡滿池荷

漢苑行

二月春風遍柳條，九天仙樂奏雲韶。蓬萊殿後（一作後殿）花如錦，紫閣階前雪未銷。

秋夜曲

桂魄初生秋露微，輕羅已薄未更衣。銀箏夜久殷勤弄，心怯空房不忍歸。

獻壽辭

宮殿參差列九重，祥雲瑞氣捧階（一作皆）濃。微臣欲獻唐堯壽，遥指南山對衮龍。

秋思贈遠二首

當年只自守空帷（一作闈），夢裏關山覺別離。不見鄉書傳鴈足，唯看新月吐蛾眉。

厭攀楊柳臨清閣，閑採芙蕖傍碧潭。走馬臺邊人不見，拂雲堆畔戰初酣。

春閨思（一作閨人春思）

愁見遊空百尺（一作丈）絲，春風挽（一作惹）斷更傷離。閑（一作桃）花落盡（一作綸）青（一作蒼）苔地，盡日無人誰得知。

宮詞三十首（存二十七首）

白（一作內）人宜著紫衣裳，冠子梳頭雙眼長。新睡起來思舊夢，見人忘却道勝常。

春來新插翠雲釵，尚著雲頭踏殿鞋。欲得君王回一顧，爭扶玉輦下金階。

五更初起覺風寒，香炷燒來夜已殘。欲卷珠簾驚雪滿，自將紅燭上樓看。

各將金鎖鎖宮門，院院青娥侍（一作待）至尊。頭白監門掌來去，問頻多是最承恩。

夜久盤中蠟滴稀，金刀剪起盡霏霏。傳聲總是君王喚，紅燭臺前著舞衣。

箏翻禁曲覺聲難，玉柱皆非舊處安。記得君王曾道好，長因下輦得（一作最）先彈。

一叢高鬢綠雲光，官（一作宮）樣輕輕淡淡黃。為看九天公（一作宮）主貴，外邊爭學內家裝。

宜春院裏駐仙輿，夜宴笙歌總不如。傳索金箋題寵號，鐙前御筆與親書。

永巷重門漸半開，宮官著鎖隔門回。誰知曾笑他人處，今日將身自入來。

春風簾裏舊青娥，無柰新人奪寵何。寒食禁花開滿樹，玉堂終日閉時多。

碧繡簷前柳散垂，守門宮女欲攀時。曾經玉輦從容處，不敢臨風折一枝。

鴉飛深在禁城墻，多繞重樓複殿傍。時向春簷瓦溝上，散開朝（一作雙）翅占朝光。

白雪猧兒拂地行，慣眠紅毯不曾驚。深宮更有何人到，只曉金階吠晚螢。

百尺仙梯倚閣邊，內人爭下擲金錢。風來競看銅烏轉，遥指朱干在半天。

春風擺蕩禁花枝，寒食鞦韆滿地時。又落深宮石渠裏，盡隨流水入龍池。

墻（一作雕）墻不斷接宮城，金榜皆書殿院名。萬轉千回相隔處，各調弦管對聞聲。

霏霏春雨九重天，漸暖龍池御柳煙。玉輦遊時應不避，千廊萬屋自相連。

禁門（一作前）煙起紫沉沉，樓閣當中複道深。長入暮天凝不散，掖庭宮裏動秋砧。

炎炎夏日滿天時，桐葉交加覆玉墀。向晚移鐙上銀簟，叢叢綠鬢坐彈棋。

瞳瞳日出大明宮，天樂遥聞在碧空。禁樹無風正和暖，玉樓金殿曉光中。

迴出芙蓉閣上頭，九天懸處正當秋。年年七夕晴光裏，宮女穿針盡上樓。

教來鸚鵡語初成，久閉金籠慣認名。總向春園看花去，獨於深院笑（一作喚）人聲。

銀瓶瀉水欲朝妝，燭焰紅高粉壁光。共怪滿衣珠翠冷，黃花瓦上有新霜。

迎風殿裏罷雲和，起聽新蟬步淺莎。為愛九天和露滴，萬年枝上最聲多。

御果收時屬內官，傍簷低壓玉闌干。明朝摘向金華殿，盡日枝邊次第看。

內裏松香滿殿聞，四行階下暖氤氳。春深欲取黃金粉，繞樹宮娥著絳裙。

禁樹傳聲在九霄，內中殘火獨遥遥。千官待取門猶閉，未到宮前下馬橋。

全唐詩

賈稜

賈稜，貞元八年進士第。詩一首。

御溝新柳

御苑陽和早，章溝柳色新。託根偏近日，布葉乍迎春。秀質方含翠，清陰欲庇人。輕雲度斜景，多露滴行塵。裊裊堪離贈，依依獨望頻。王孫如可賞，攀折在芳辰。

劉遵古

劉遵古，貞元八年進士第。詩一首。

御溝新柳

韶光先禁柳，幾處覆溝新。映水疑分翠，含煙欲占春。悠悠遲日晚，裊裊好風頻。吐節茸猶嫩，通條澤稍均。遠和瑶草色，暗拂玉樓塵。願假騫飛便，歸棲及此辰。

李正封

李正封，官監察御史。詩五首。

洛陽清明日雨霽

曉日清明天，夜來嵩少雨。千門尚煙火，九陌無塵土。酒綠河橋春，漏閑宮殿午。遊人戀芳草，半犯嚴城鼓。

詠露

霏霏靈液重，雲表無聲落。霑樹急玄蟬，灑池棲皓鶴。流塵清遠陌，飛月澄高閣。宵潤玉堂簾，曙寒（一作貫）金井索。佳人比珠淚，坐感紅綃薄。

夏遊招隱寺暴雨晚晴

竹柏風雨過（一作清風過）蕭疎臺殿涼石渠寫奔溜金刹照頹陽鶴飛（一作去）巖煙碧鹿鳴澗草香山僧引清梵幡蓋繞迴廊

禪門寺暮鐘（一作劉復詩）

篔簹高懸于閒鐘黃昏發地殷龍宮遊人憶到嵩山夜疊閣連樓倚太空

貢院樓北新栽小松

青蒼初得地華省植來新尚帶山中色猶含洞裏春近樓依北户隱砌淨遊塵鶴壽應成蓋龍形未有鱗爲梁資大厦封爵恥嬴秦幸此觀光日清風屢得親

崔立之

崔立之貞元進士第詩三首

南至隔仗望含元殿香爐

千官望長至萬國拜含元隔仗爐光出浮霜煙氣翻飄飄縈内殿漠漠澹前軒聖日開如捧卿雲近欲渾輪囷灑宮闕蕭索散乾坤願倚天風便披香奉至尊

曲池潔寒流

閑尋欹岸步因向曲池看透底何澄徹迴流乍屈盤稍隨高樹古迥與遠天寒月入鏡華轉星臨珠影攢纖鱗時蔽石轉吹或生瀾願假涓微效來濡拙筆端

賦得春風扇微和

時令忽已變年光俄又春高低惠風入遠近芳氣新靡靡纔偃草泠泠不動塵溫和乍扇物煦嫗偏感人去出桂林漫來過蕙圃頻晨輝正澹蕩披拂長相親

郭遵

郭遵貞元進士第詩二首

南至日隔仗望含元殿香爐（一作裴次元詩）

冕旒親負扆卉服盡朝天暘谷移初日金爐出御煙芬馨流遠近散漫入貂蟬霜仗凝逾白朱欄映轉鮮如看浮闕在稍覺逐風遷爲沐皇家慶來瞻羽衛前

賦得春風扇微和

微風飄淑氣散漫及茲晨習習何處至熙熙與春親曖空看早靉映日度逾頻高拂非煙雜低垂與卉新霽天輕有露綺陌盡無塵還似登臺意元和欲煦人

韋紓

韋紓貞元進士第詩一首

賦得風動萬年枝

嘉名標萬祀擢秀出深宮嫩葉含煙靄芳柯振惠風參差搖翠色綺靡舞晴空氣稟禎祥異榮霑雨露同天年方未極聖壽比應崇幸列華林裏知殊衆木中

樊陽源

樊陽源貞元進士第詩一首

賦得風動萬年枝

珍木羅前殿乘春任好風振柯方裊裊舒葉乍濛濛影動丹墀上聲傳紫禁中離披偏向日凌亂半分空輕拂祥煙散低搖翠色同長令占天眷四氣借全功

許稷

許稷貞元進士第詩二首

賦得風動萬年枝

瓊樹偏春早光飛處處宜曉浮三殿日暗度萬年枝嫋娜搖仙禁纜翻映玉池含芳煙乍合拂砌影初移爲近韶陽煦皆先衆卉垂成陰知可待不與衆芳隨

閏月定四時

玉律窮三紀推爲積閏期月餘因妙算歲遍自成時乍覺年華改翻憐物候遲六旬知不惑四氣本無欺月桂虧還正階蓂落復滋從斯分曆象共仰定毫釐

范傳正

范傳正貞元中舉進士宏辭皆高第詩三首

謝眞人還舊山

麾蓋從仙府笙歌入舊山水流丹竈缺雲起草堂關白鹿行爲衛青鸞舞自閑種松鱗未立移石蘚仍斑望路煙霞外迴輿巖岫間豈唯遼海鶴空歎令威還

范成君擊洞陰磬

歷歷聞金奏微微下玉京爲祥家諜久偏識洞陰名澹竚人間聽鏗鏘古曲成何須百獸舞自暢九天情注目看無見留心記未精雲霄如可托借鶴向層城

賦得春風扇微和

曖曖當遲日微微扇好風吹搖新葉上光動淺花中澹蕩凝清晝氤氳暖碧空稍看生綠水已覺散芳叢徙倚情偏適裴回賞未窮妍華不可狀竟夕氣融融

豆盧榮

豆盧榮貞元進士詩一首

賦得春風扇微和

春晴生縹緲軟吹和初遍池影動淪漪山容發蔥蒨遲遲入綺閣習習流芳甸樹杪颺鶯啼堦前落花片韶光恐閑放旭日宜遊宴文客拂塵衣仁風願迴扇

邵偃

邵偃貞元中進士詩一首

賦得春風扇微和

微風扇和氣韶景共芳晨始見郊原綠旋過御苑春三條開廣陌八水泛通津煙動花間葉香流馬上人透迤雲彩曙嘹唳鳥聲頻爲報東堂客明朝桂樹新

柳道倫

柳道倫貞元中進士詩一首

賦得春風扇微和

青陽初入律淑氣應春風始辨梅花裏俄分柳色中依微開夕照澹蕩媚晴空拂水生蘋末經巖觸桂叢稍抽蘭葉紫微吐杏花紅願逐仁風布將俾生植功

陳九流

陳九流貞元中進士詩一首

賦得春風扇微和

喜見陽和至遥知橐籥功遲遲散南陌裊裊逐東風暗入芳園（一作畦）裏潛吹草木中蘭蓀纔有綠桃杏未成紅已覺寒光盡還看淑氣通由來榮與悴今日發應同

夏方慶

夏方慶貞元中進士詩一首

謝眞人仙駕還舊山

何年成道去綽約化童顏天上辭仙侶人間憶舊山滄

桑今已變蘿蔓尚堪攀雲覆瑤壇淨苔生丹竈閉道遙堪白石寂寞閉玄關應是悲塵世思將羽駕還

全唐詩

陳羽

陳羽江東人登貞元進士第歷官樂宮尉佐詩一卷

公子行

金羈白面郎何處蹋青來馬嬌郎半醉躞蹀望樓臺似見樓上人玲瓏窗户開隔花聞一笑落日不知回

古意

十三學繡羅衣裳自憐紅袖聞馨香人言此是嫁時服含笑不刺雙鴛鴦郎年十九髭未生拜官天下聞郎名車馬騈闐賀門館自然不失爲公卿是時妾家猶未貧兄弟出入雙車輪繁華全盛兩相敵與郎年少爲婚姻郎家居近御溝水豪門客盡躡珠履雕盤酒器常不乾曉入中廚妾先起姑嫜嚴肅有規矩小姑嬌憨意難取朝參暮拜白玉堂繡衣著盡黃金縷妾貌漸衰郎漸薄時時強笑意索寞知郎本來無歲寒幾回掩淚看花落妾年四十絲滿頭郎年五十封公侯男兒全盛日忘舊銀牀羽帳空颼颼庭花紅遍蝴蝶飛看郎佩玉下朝時歸來畧畧不相顧却令侍婢生光輝郎恨婦人易衰老妾亦恨深不忍道看郎強健能幾時年過六十還枯槁

長相思

相思長一作復相思相思無限極相思苦相思相思損容色容色真可惜相思不可徹日日長相思相思腸斷絕腸斷絕淚還續閑人莫作相思曲

送戴端公赴容州

分命諸侯重葳蕤繡服香八蠻治險阻一作路千騎蹋繁霜

送殷華之洪州

山斷旌旗出天晴劍珮光還將小戴禮遠出化南方

離堂悲楚調君奏豫章行愁處雪花白夢中江水清扣船歌月色避浪宿猨聲還作經年別相思湖草生

春日晴原野望

東風吹煖氣消散入晴天漸變池塘色欲生楊柳煙蒙茸花向月潦倒客經年鄉思應愁望江湖春水連

湘妃怨

舜欲省蠻陬南巡非逸遊九山沈白日二女泣滄洲目極楚雲斷恨連湘水流至今聞鼓瑟咽絕不勝愁

冬晚送友人使西蕃

驛使向天西巡羌復入氐玉關晴有雪砂磧雨無泥落淚軍中笛驚眠塞上雞逢春鄉思苦萬里草萋萋

春園即事

水隔羣物遠夜深風起頻一作蘋霜中千樹橘月下五湖人聽鶴忽忘寢見山如得鄰明年還到此共看洞庭春

送友人及第歸江東

五陵春色泛花枝心醉花前遠別離落羽一作第恥爲關右客成名空羨里中兒都門雨歇愁分處山店燈殘夢到時家住洞庭多釣伴因一作同來相賀話相思

梓州與溫商夜別一作夜別溫商梓州

鳳皇城裏花時別玄武江邊月下逢客舍莫辭先買酒相門曾忝共一作舊登龍迎風騷屑千家竹隔水悠揚午夜鐘明日又行西蜀路不堪天際遠山重

長安臥病秋夜言懷

九重門鎖禁城秋月過南宮漸映樓紫陌夜深槐露滴碧空雲盡火星流風清刻漏傳三殿甲第歌鐘樂五侯楚客病來鄉思苦寂寥燈下不勝愁

喜雪上竇相公一作朱灣詩

千門萬户雪花浮點點無聲落瓦溝全似玉塵銷更積半成冰水一作片結一作約還流光添一作含曙色連一作清天遠一作苑輕逐春一作徽風遶玉一作御樓平地已沾盈尺潤年豐須荷一作待富人侯

宴楊駙馬山亭一作朱灣詩

垂楊拂岸草茸茸繡户窗前花影重鱠下玉盤紅縷細酒開金甕綠醅醲中朝駙馬何平叔南國詞人陸士龍落日泛舟同醉處迴潭百丈映千峯

西蜀送許中庸歸秦赴舉

春色華陽國秦人此別離驛樓橫水影鄉路入花枝日暖鶯飛好山晴馬去遲劍門當石隘棧閣入雲危獨鶴心千里貧交酒一卮桂條攀偃蹇蘭葉藉參差旅夢驚蝴蝶殘芳怨子規碧霄今夜月惆悵上峨嵋

小苑春望宮池柳色一作御溝新柳

宛宛如絲柳含黃一望新未成溝上暗且向日邊春嫋娜方遮水低迷欲醉人託空芳鬱鬱逐溜影鱗鱗弄水滋宵露垂枝染夕塵夾堤連太液還似映天津

中秋夜臨鏡湖望月

鏡裏秋宵望湖平月彩深圓光珠入浦浮照鵲驚林澹動一作蕩光還碎嬋娟影不沈遠時生岸曲空處落波心迴徹輪初滿孤明魄未侵桂枝如可折何惜夜登臨

江上愁思二首

江上翁開門開門向衰草只知愁子孫不覺生涯老

江上草莖枯莖枯葉復焦那堪芳意盡夜夜沒寒潮

梁城老人一作父怨一作空城詞

朝爲耕種人暮作刀槍鬼相看父子血共染城濠水

送靈一上人

十年勞遠別一笑喜相逢又上青山去青山千萬重

經夫差廟

姑蘇城畔千年木刻作夫差廟裏神冠蓋寂寥塵滿室不知簫鼓樂何人

九月十日即事

漢江天外東流去巴塞連山萬里秋節過重陽人病起一枝殘菊不勝愁

夏日讌九華池贈主人

池上凉臺五月凉，百花開盡水芝香。黃金買酒邀詩客，醉倒簷前青玉牀。

長安早春言志

九衢日暖樹蒼蒼，萬里吳人憶水鄉。漢主未曾親羽獵，不知將底諫君王。

讀蘇屬國傳

天山西北居延海，沙塞重重不見春。腸斷帝鄉遥望日，節旄零落漢家臣。

吳城覽古

吳王舊國水煙空，香徑無人蘭葉紅。春色似憐歌舞地，年年先發館娃宮。

犍爲城下夜泊聞夷歌

犍爲城下牂牁路，空冢灘西賈客舟。此夜可憐江上月，夷歌銅鼓不勝愁。

和王中丞使君春日過高評事幽居

風光滿路旗旛出，林下高人待使君。笑藉紫蘭相向醉，野花千樹落紛紛。

和王中丞中和日

節應中和天地晴，繁弦疊鼓動高城。漢家分刺諸侯貴，一曲陽春江水清。

同韋中丞花下夜飲贈歌人

銀燭煌煌半醉人，嬌歌宛轉動朱脣。繁花落盡春風裏，繡被郎官不負春。

若耶溪逢陸澧

溪上春晴聊看竹，誰言驛使此相逢。擔簦躡屐仍多病，笑殺雲間陸士龍。

夜泊荆溪

小雪已晴蘆葉暗，長波乍急鶴聲嘶。孤舟一夜宿流水，眼看山頭月落溪。

南山別僧

惆悵人間多別離，梅花滿眼獨行時。無家度日多爲客，欲共山僧何處期。

戲題山居二首

雲蓋秋松幽洞近，水穿危石亂山深。門前自有千竿竹，免向人家看竹林。

雖有柴門長不關，片雲高木共身閑。猶嫌住久人知處，見欲移居更上山。

山中秋夜喜周士閑見過

青山高處上不易，白雲深處行亦難。留君不宿對秋月，莫厭山空泉石寒。

過櫟陽山谿

衆草穿沙芳色齊，蹋莎行草過春谿。閑雲相引上山去，人到山頭雲却低。

姑蘇臺懷古

憶昔吳王爭霸日，歌鐘滿地上高臺。三千宮女看花處，人盡臺崩花自開。

將歸舊山留別

相共遊梁今獨還，異鄉摇落憶空山。信陵死後無公子，徒向夷門學抱關。

遊洞靈觀

初訪西城禮少君，獨行深入洞天雲。風吹青桂寒花落，香繞仙壇處處聞。

旅次沔陽聞克復而用師者窮兵黷武因書簡之

江上煙消漢水清，王師大破綠林兵。干戈用盡人成血，韓信空傳壯士名。

湘君祠（一作湘妃怨）

二妃怨處雲沈沈，二妃哭處湘水深。商人酒滴廟前草，蕭索（一作颯）風生斑竹林。

送辛吉甫常州覲省（辛一作韋）

西去蘭陵家不遠，到家還及採蘭時。新年送客我爲客，惆悵門前黃柳絲。

題舞花山大師遺居

西過流沙歸路長，一生遺迹在東方。空堂寂寞閑燈影，風動四山松柏香。

廣陵秋夜對月即事

霜落寒空月上樓，月中歌吹（一作歌唱）滿揚州。相看醉舞倡樓月，不覺隋家陵樹秋。

早秋滻水送人歸越

凉葉蕭蕭生遠風，曉鵐飛度望春宮。越人歸去一摇首，（一作落）腸斷馬嘶秋水東。

小江驛送陸侍御歸湖上山

鶴唳天邊秋水空，荻花蘆葉起西風。今夜渡江（一作渡頭）何處宿，會稽山在月明中。

送李德輿歸穿石洞山居

烏巾年少歸何處，一片綠霞仙洞中。惆悵別時花似雪，行人不肯醉春風。

酬幽居閑上人喜及第後見贈

九霄心在勞相問，四十年間豈足驚。風動自然雲出岫，高僧不用笑浮生。

洛下贈徹公

天竺沙門洛下逢，請爲同社笑相容。支頤忽望碧雲裏，心愛嵩山第幾重。

觀朱舍人歸葬吳中

翩翩絳旐寒流上，行引東歸萬里魂。幾處州人臨水哭，共看遺草有王言。

題清鏡寺留別

路入千山愁自知，雪花撩亂壓松枝。世人並道離別苦，誰信山僧輕別離。

從軍行

海畔風吹凍泥裂，枯桐葉落枝梢折。橫笛聞聲不見人，紅旗直上天山雪。

宿淮陰作

秋燈點點淮陰市，楚客聯檣宿淮水。夜深風起魚鼈腥，韓信祠堂明月裏。

春日南山行

處處看山不可行，野花相向笑無成。長嫌爲客過州縣，漸被時人識姓名。

步虛詞二首

漢武清齋讀鼎書太一作內官扶上畫雲車壇上月明宮殿
閉仰看星斗禮空虛

樓殿層層阿母家崑崙山頂駐紅霞笙歌出見穆天子
相引笑看琪樹花

襄陽過孟浩然舊居

襄陽城郭春風起漢水東流去不還孟子死來江樹老
煙霞猶在鹿門山

送友人遊嵩山

嵩山歸路繞天壇雪影松聲滿谷寒君見九龍潭上月
莫辭清夜訪袁安一作水中看

伏翼西洞送夏方慶

洞裏春晴花正開看花出洞幾時迴殷勤好去武陵客
莫引世人相逐來

贈人

或櫂孤舟或杖藜尋常適意釣長溪草堂竹徑在何處
落日孤煙寒渚西

句

稚子新能編笥笠山妻舊解補荷衣秋山隔岸清猨叫
湖水當門白鳥飛見錦繡萬花谷

歐陽詹

歐陽詹字行周晉江人常袞薦之始舉進士閩人擢第
自詹始官國子監四門助教集十卷今編詩一卷

東風二章并序

東風美隴西公也貞元十二年相國東都守隴西
董公牧於浚浚軍自勦淮夷二孽靈曜希烈矜功多悖師
用匪律人亦由殘隴西公和爲謀輿仁爲化車既
去兇渠黎甿以蘇東風解凝發蟄之不若作東風
詩二章首美去兇渠也其卒章美蘇甿也

東風叶時匪沃匪飄莫雪凝川莫陰沍郊朝不俟夕乃
銷東風之行地上兮上德臨憑匪戮匪梟莫暴在野莫
醜在階以踖以殲夕不俟朝隴西公來浚都兮

東風叶時匪鑿匪穢莫蟄在泉莫枯在條宵不俟晨乃
繇東風之行地上兮上德爲政匪食匪掊莫顧於家莫
流於逵以飽以迴晨不俟宵隴西公來浚都兮

有所恨二章并序

有所恨由故人馬紳死而興也予待試京師六年
與馬生相知者四秋性與情相合也衣與食相同
也予及第歸覲故園自別來無憶不至于襟懷無
想不至於姿容願一促膝愁如也昨既至止馬生
且疾巫者忌以見人曰不見即愈見即害遂忍即
見庶以求見忍者五日馬生云亡噫故人也昔越
萬里猶求見焉惑乎一言蔽乎一垣而死生以之
死生之道千秋之離也五日之面半旬之歡也尚
可半旬之歡不就而卒甘千秋之離一恨也又與
生別摻執都門生脫紫羅半臂曰即日相去秦吳
聊以爲憶予貧也素乏衣服不暇藏篋笥聯綿在
身二年間同弊帛以棄所以新而輕著故而不留
者予實未衰馬其方少爾斯謂日相與也所留何
止在茲乎今人既往所贈又造次而亡之二恨也
申二恨爲有所恨二章云

相思君子吁嗟萬里亦既至止曷不覯止本不信巫謂
巫言是履在門五日如待之死有所恨兮

相思遺衣爲憶以貽亦既受止曷不保持本不欺友謂
友情是違隔生之贈造次亡之有所恨兮

玩月并序

月可玩玩月古也謝賦鮑詩朓之庭前亮之樓中
皆玩月也貞元十二年甌閩君子陳可封遊在秦
寓于永崇里華陽觀予與鄉人安陽邵楚長濟南
林蘊潁川陳詡亦旅長安秋八月十五夜詣陳之
居修厥玩事月之爲玩冬則繁霜大寒夏則蒸雲
大熱雲蔽月霜侵人蔽與侵俱害乎玩秋之於時
後夏先冬八月于秋季始孟終十五于夜又月之
中稽于天道則寒暑均取于月數則蟾兔圓況埃
壒不流大空悠悠嬋娟裴回桂華上浮昇東林入
西樓肌骨與之疎涼神氣與之清冷四君子悅而
相謂曰斯古人所以爲玩也既得古人所玩之意
宜襲古人所玩之事作玩月詩云

八月十五夕舊嘉蟾兔光斯從古人好共下今宵堂素
魄皎孤凝芳輝紛四揚裴回林上頭泛灩天中央皓露
助流華輕風佐浮涼清冷到肌骨潔白盈衣裳惜此苦
宜玩攬之非可將含情顧廣庭願勿沈西方

詠德上韋檢察即韋相皐之弟也名纁

少華類太華太室似少室亞相與丞相亦復無異質渟
如月臨水肅若松照日輝影互光澄陰森兩葱鬱連城
鸞鳳分同氣龜龍出併力華夷心通籌整師律英豪願
迴席蠻貊皆屈膝中外行分途寰瀛待一作溥清謐

寓興

桃李有奇質樗櫟無妙姿皆承慶雲沃一種春風吹美
惡苟同歸喧囂徒爾爲相將任玄造聊醉手中卮

荅韓十八駑驥吟韓詩云駑駘誠齷齪市者何其稠

故人舒其憤昨示駑驥篇駑以一作取易售陳驥以難知言
委曲感既深咨嗟詞亦殷伊情有遠瀾余志遜其源室
在周孔堂道通堯舜門調雅聲寡同途遐勢難翻顧茲
萬恨來假彼二物云賤貴而貴賤世人良共然巴一作芭蕉

一葉妖茂葵一花姸畢（一作異）無才實貧手植堦墀前梗柟十圍瑰松柏百尺堅罔念梁棟功野長丘墟邊傷哉昌黎韓焉得不迍邅上帝本厚生大君方建元實（一作實）將庇羣甿庶此規崇軒班爾圖永安掄擇期精專君看廣廈中豈有樹庭（一作庭前）萱

益昌行（并序）

貞元年中天子以工部郎中興元少尹吳興陸（一作文）公長源牧利州其爲政五年予旅遊于利覩人安俗阜欽所以美作詩一章利故益昌郡也已之曰益昌行

驅馬至益昌倍驚風俗和耕夫隴上謡負者途中歌處處川復原重重山與河人煙遍餘田時稼無閑坡問業一何脩太守德化加問身一何安太守恩懷多賢哉我太守在古無以過愛人甚愛身（一作子）治郡如治家雲雷既奮騰草木遂萌芽乃知良二千德足爲國華今時固精求漢帝非徒嗟四海有青春衆植佇揚葩期當作說霖天下同霶霈

自淮中（一作懷州）却赴洛途中作

惆悵策疲馬孤蓬被風吹昨東今又西冉冉長路岐歲晚樹無葉夜寒霜滿枝旅人恒苦辛冥冥天何知

晨裝行

村店月西出（一作入）山林鵶鵶聲旅燈（一作裝）徹夜席東囊事晨征寂寂人尚眠悠悠天未明豈無偃息心所務前有程

新都行

縹緲空中絲蒙籠道傍樹翻茲葉間吹惹破花上露悠揚絲意去苒蒻花枝住何計脫纏綿天長春日暮

銅雀妓

蕭條登古臺迴首黃金屋落葉不歸林高陵永爲谷妝容徒自麗舞態閴誰目惆悵繐帷空（一作嗚咽繐帳前）歌聲苦於哭

太原旅懷呈薛十八侍御齊十二奉禮

前來稱英雋有食主人魚後來曰賢才又受主人車伊予亦投刺恩煦胡凋疎旣覩主人面復見（一作獻）主人書餬口百家周賃廡三月餘眼見寒序臻坐送秋光除西日慙飢腸北風疾（一作集）絺裾升堂有知音此意當何如

李評事公進示文集因贈之

風雅不墜地五言始君先希微嘉會章杳冥河梁篇理蔓語無枝言一意則千往來更後人澆蕩醨前源傾筐實不收樸楸華爭繁大教護微旨哲人生令孫高飇激頽波坐使橫流翻昔日越重阻側聆滄海傳逮茲覩清揚幸覩青琅編泠泠中山醇片片崑丘璠一杯有餘味再覽增光鮮對寶（一作豈）人皆鑒握擊良自姸吾其告先師六義今還全

徐十八晦落第

嘉穀不夏熟大器當晚成徐生異凡鳥安得非時鳴汲汲有所爲驅驅無本情懿哉蒼梧鳳終見排雲征

春日途中寄故園所親

客路度年華故園云未（一作未云）返悠悠去源水日日只有遠始歎秋葉零又看春草晚寄書南飛鴻相憶劇鄉縣

蜀中將歸留辭韓（一作韋）相公貫之

寧體即雲構方前恒玉食貧居豈及此要自（一作欲）懷歸憶在夢關山遠如流歲華逼明晨首鄉路迢遞孤飛翼

江夏留別華二（一作別辛三十時自襄陽同舟而下子歸閩從此赴京）

弭棹已傷別不堪離緒催十年一心人千里同舟來鄉路我尚遙客遊（一作程）君未回將何慰兩端互勉臨岐杯

送潭州陸戶曹之任（戶曹自處州司倉除）

三語又爲掾大家聞屈聲多年名下人四姓江南英衡嶽半天秀湘潭無底清何言驅車遠去有棠莊情

福州送鄭楚材赴京時監察劉公亮有感激鄭意

美人河嶽靈家本滎水濆門承若蘭族身蘊如瓊文早折青桂枝俯窺鴻鵠羣遍來丹霄姿遠逐蒼梧雲有伊光鑒人惜茲瑤蕙薰中酣前激昂四座同氛氳海郡梅霽晴山郵炎景曛迴翔罷南遊鳴喉期西聞秦塞鸞鳳征越江雲雨分從茲一別離佇致如堯君

初發太原途中寄太原所思

驅馬覺漸遠迴頭長路塵高城已不見况復城中人去意自未甘居情諒猶辛五原（一作萬里）東北晉千里西南秦一屨（一作履）不出門一車無停輪流萍與繫匏早晚期相親

汝川行

汝墳春女蠶忙月朝起採桑日西沒輕綃裙露紅羅襪半蹋金梯倚枝歌垂空玉腕若無骨映葉朱唇似花發相歡誰是遊冶郎蠶休不得岐路旁

智達上人水精念珠歌

水已清清中不易當其精精華極何宜更復加磨拭良工磨拭成貫珠泓澄洞澈看如無星輝月耀莫之逾駭雞照乘徒稱殊上人念佛泛貞諦一佛一珠以爲計旣指其珠當佛身亦欲珠明佛像智㬢董毋訪朱公得之玓瓅羣奇中龍龕鷲嶺長隨躬朝自守持纖掌透夜來月照紅條空窮川極陸難爲寶孰說琿璖將瑪瑙連連寒溜下陰軒熒熒泣露垂秋草皎晶晶彰煌煌陸離電娫紛不常凌眸暈目生光芒我來借問修行術數日殷勤美茲物上人視日授微言心靜如斯即諸佛

許州途中

秦川行盡潁川長吳江越嶺已同方征途渺渺煙茫茫未得還鄉傷近鄉隨萍逐梗見春光行樂登臺鬭在旁林間啼鳥野中芳有似故園皆斷腸

賦得秋河曙耿耿送郭秀才應舉

月沒天欲明秋河尚凝白皚皚積光素耿耿橫虛碧南斗接北辰連空濛鴻洞（一作同）浮高天蕩蕩漫漫皆晶然實類平蕪流大川星爲潭底珠雲是波中煙雞唱漏盡東方作曲渚蒼蒼曉霜落鴈叫疑從清淺驚鵲聲似在沿洄泊幷州細侯直下孫才應秋賦懷金門念排雲漢將飛翻仰之踴躍當華軒夜來陪餞歐陽子偶坐通宵見深吉心知慷慨日（一作昭然）（一作回）前程心在青雲裏

送袁秀才下第歸毘陵

嬴馬出都門修途指江東關河昨夜雨草木非春風矢拾雖未中璞全終待攻曆霄秋可翔豈不隨高鴻

聞鄰舍唱涼州有所思

有善伊涼曲離別在天涯虛堂正相思所妙發鄰家聲

音雖類聞形影終以遐因之增遠懷惆悵菖蒲花

陪太原鄭行軍中丞登汾上閣中丞詩曰汾樓
秋水闊宛似到閶門惆悵江湖思惟將南客論
南客即詹也輒書即事上荅

并州汾上閣登望似吴閶貫郭河通路縈村水逼鄉城
槐臨柱渚巷市接飛梁莫論江湖思南人正斷腸

送少微上人歸德峯

不負人間累棲身任所從灰心聞密行菜色見羸容幻
世方同悟(一作恨)深居願繼踪孤雲與禪誦到後在何峯

荆南夏夜水樓懷昭丘直上人雲夢李莘

無機成旅逸中夜上江樓雲盡月如練水凉風似秋覺
聲聞夢澤黛色上昭丘不遠人情在良宵恨獨遊

酬裒十二秀才孩子詠

算日未成年英姿已褒然王家千里後荀氏八龍先蒽
蒨松猶嫩清明月漸圓將何一枝桂容易賞名賢

旅次舟中對月寄姜公(此公丁泉州門客)

中宵天色淨片月出滄洲皎潔臨孤島嬋娟入亂流應
同故園夜獨起異鄉愁那得休蓬轉從君上庾樓

除夜長安客舍

十上書仍寢如流歲又遷望家思獻壽算甲恨長年虛
牖傳寒柝孤燈照絶編誰應問窮轍泣盡更潸然

早秋登慈恩寺塔

寶塔過千仞登臨盡四維臺端分馬頰墨點辨蛾眉地
迥風彌緊天長日久遲因高欲有賦遠意慘生悲

太原和嚴長官八月十五日夜西山童子上方
玩月寄中丞少尹

西寺碧雲端東溟白雪團年來一夜玩君在半天看素
魄當懷上清光在下寒宜裁濟江什有阻惠連歡

九日廣陵同陳十五先輩登高懷林十二先輩

客路重陽日登高寄上樓風煙今令節臺閣古雄州泛
菊聊斟酒持萸嫩插頭情人共惆悵良久不同遊

題嚴光釣臺

弭棹歷塵跡悄然關我情伊無昔時節豈有今日名辭
貴不辭賤是心誰復行欽哉此溪曲永獨古風清(一作英風留)

送高士安下第歸岷南寧覲

偕隱有賢親岷南四十春棲雲自匪石觀國暫同塵就
養思兒戲延年愛鳥伸還看謝時去(一作筆)有類(一作又作)潁陽人

述德上興元嚴僕射

山横碧立並雄岷大阜洪川共降神心合雲雷清禍亂
力迴天地作陽春非熊德媲當周輔稱傑功慙首漢臣
何幸腐儒無一藝得爲門下食魚人

及第後訓故園親故

才非天授學非師以此成名曩豈期楊葉射頻因偶中
桂枝材美敢當之稱文作藝方慙德相賀投篇料媿詞
猶著褐衣何足羨如君即是載鳴時

題華十二判官汝州宅内亭(并序)

觀居處玩好則才不才了然可知如華斯亭華豈
常人與規畫既高圬墁有潔婧以花草清以竹木
綺錯菴澹瑯玕森然牆外人寰入門雲林使人心
以之閑神以之遠華朝於斯夕於斯心不朗神不
王其可得乎則虚廓其靈恬澹其性由才不才矣
非逃名遠世方曰冥搜賢哉華未展襟懷視於斯
則昭然在前矣予既遊且尚詩以美之衆君子其
以爲然亦宜相賡詩曰

高居勝景誰能有佳意幽情共可歡新柳遶門青翡翠
修篁浮徑碧琅玕步兵阮籍空除屏彭澤陶潛謾挂冠
只在城隍也趨府豈如吾子道斯安

薛舍人使君觀察韓判官侍御許雨晴到所居
旣霽先呈即事

江皐昨夜雨收梅(江南夏雨曰梅)寂寂衡門與釣臺西島落花隨
水至前山飛鳥出雲來觀風駟馬能言駐行縣雙旌許
蹔迴豈不偶然聊爲竹空今石逕掃莓苔

元日陪早朝

斗柄東迴歲又新邃旒南面挹來賓和光髣髴樓臺曉
休氣氛氳天地春儀籥不唯丹穴鳥稱觴半是越裳人
江皐腐草今何幸亦與恒星拱北辰

和太原鄭中丞登龍興寺閣

青窗朱户半天開極目凝神望幾迴晉國頹墉生草樹
皇家瑞氣在樓臺千條水入黄河去萬點山從紫塞來
獨恨侍遊違長者不知高意是誰陪

詠德上太原李尚書

那以公方郭細侯并州非復舊并州九重帝宅司丹地
十萬兵樞擁碧油鏘玉半爲趨閤吏腰金皆是走庭流
王褒見(一作頌)德空知頌(一作感)身在三千最上頭

和嚴長官秋日登太原龍興寺閣野望

百丈化城樓君登最上頭九霄回棧路八到視并州煙
火遺堯庶山河啟聖猷短垣齊介嶺片白指分(一作汾)流清
鏵中天籟哀鳴下界秋境閑知道勝心遠見名浮豈念
乘肥馬方應駕大牛自憐蓬逐吹不得與良遊

小苑春望宮池柳色(一作御溝新柳)

東風韶景至垂柳御溝新媚作千門秀連爲一道春柔
荑生女指嫩葉長龍鱗舞絮迴青岸翻煙拂緑蘋王孫
初命賞佳客欲傷神芳意堪相贈一枝先(一作光)遠人

蜀門與林蘊分路後屢有山川似閩中因寄林
蘊蘊亦閩人也

村步如延壽川原似福平無人相共(一作與)識獨自故鄉情(延壽蘊之別墅福平余之別墅)

讀周太公傳

論兵去商虐講德與周道屠沽未遇時豈異茲川老

樂津店北陂

嬋娟有麗玉如也美笑當予繫予馬羅幃碧簟豈相容
行到山頭憶山下

出蜀門

北客今朝出蜀門俛然領得入時魂遊人莫道歸來易
三不曾聞古老言

題第五司户侍御

曾稱野鶴比羣公忽作長松向府中驄馬不騎人不識
冷然三尺別生風

建溪行待陳詡(予先發福州陳續發中路待之不得)

偕行邾得會心期先者貪前後者遲空憶麗詞能狀物
每看奇異但相思

述德上與元嚴僕射（一本無述德與元四字）

推車閫外主恩新今日梁川草遍春玉色據鞍雙節下
揚兵百萬（一作里）路無塵

許州送張中丞出臨潁鎮

心誦陰符口不言風驅千騎出轅門孫吳去後無長策
誰敵留侯直下孫

覩亡友（一本有李三十觀祢歸鎮壁）題詩處

舊友親題壁上詩傷看緣跡不緣詞門前猶是長安道
無復迴車下筆時

題秦嶺

南下斯須隔帝鄉北行一步掩南方悠悠煙景兩邊意
蜀客秦人各斷腸

自南山却赴京師石臼嶺頭即事寄嚴僕射

鳥企蛇盤地半天下窺千仞到浮煙因高回望沾恩處
認得梁州落日邊

與洪孺卿自梁州迴途中經駱谷見野果有閫中懸壺子即同採摘因呈之洪亦閫人

青苞朱實忽離離摘得盈筐淚更垂上德同之豈無意
故園山路一枝枝

韋晤宅聽歌

服製虹霓鬢似雲蕭郎屋裏上清人等閑逐酒傾杯樂
飛盡虹梁一夜塵

與林蘊同之蜀途次嘉陵江認得越鳥聲呈林林亦閫中人也

正是閫中越鳥聲幾回留聽暗沾纓傷心激念君深淺
共有離鄉萬里情

送閫上人遊嵩山

二室峯峯昔願遊從雲從鶴思悠悠丹梯石路君先去
爲上青冥最上頭

永（一作承）安寺照上人房

草席蒲團不掃塵松閑石上似無人羣（一作峯）陰欲午鐘聲
動自煮溪蔬養幻身

山中老僧

笑向來人話古時繩牀竹杖自扶持秋深頭冷不能剃
白黑蒼然髮到眉

贈魯山李明府

外戸通宵不閉關抱孫弄子萬家閑若將邑號稱賢宰
又是皇唐李魯山（以前有賢令元魯山也）

泉州赴上都留別舍弟及故人

天長地闊多岐路身即飛蓬共水萍疋馬將驅豈容易
弟兄親故滿離亭

送張驃騎邠寧行營

寶馬琱弓金僕姑龍驤虎視出皇都揚鞭莫怪輕胡虜
曾在漁陽敵萬夫

題棃嶺

南北風煙即異方連峯危棧倚蒼蒼哀猨咽水偏高處
誰不沾衣望故鄉

秋夜寄僧（一作秋夜寄弘濬上人）

尚被浮名誘此身今時誰與德爲鄰遥知是夜檀溪上
月照千峯爲一人

觀送葬

何事悲酸淚滿巾浮生共是北邙塵他時不見北山路
死者還曾哭送人

宿建溪中宵即事

篷筍一席眠還坐蛙噪螢飛夜未央僮僕舟人空寂寂
隔簾微月入中倉

題王明府郊亭

日日郊亭啟竹扉論桑勸穡是常機山城要得牛羊下
方與農人分背歸

塞上行

聞說胡兵欲利秋昨來投筆到營州驍雄已許將軍用
邊塞無勞天子憂

題別業（一作迴別業留別郭中諸公）

千山江上背斜暉一徑中峯見所歸不信扁舟迴在晚
宿雲先已到柴扉

九日廣陵登高懷邰二先輩

簪茰泛菊俯平阡飲過三杯却惘然十歲此辰同醉友
登高各處已三年

題延平劒潭

想象精靈欲見難通津一去水漫漫空餘昔日凌霜色
長與澄潭生晝（一作白日）寒

晚泊漳州營頭亭

迴峯疊嶂遶庭隅散點煙霞勝畫圖日暮華軒卷長箔
太清雲上對蓬壺

贈山南嚴兵馬使（即僕射堂弟也）

爲鷹爲鴻弟與兄如鵰如鶚傑連英天旋地轉煙雲黑
共鼓長風六合清

除夜侍酒呈諸兄示舍弟

莫歎明朝又一春相看堪共貴（一作賞）茲身悠悠寰宇同今
夜膝下傳杯有幾人

全唐詩

柳宗元

柳宗元字子厚河東人登進士第應舉宏辭授校書郎調藍田尉貞元十九年爲監察御史裏行王叔文韋執誼用事尤奇待宗元擢尚書禮部員外郎會叔文敗貶永州司馬宗元少精警絶倫爲文章雄深雅健踔厲風發爲當時流輩所推仰既罹竄逐涉履蠻瘴居閒益自刻苦其堙厄感鬱一寓諸文讀者爲之悲惻元和十年移柳州刺史江嶺間爲進士者走數千里從宗元遊經指授者爲文辭皆有法世號柳柳州元和十四年卒年四十七集四十五卷内詩二卷今編爲四卷

奉平淮夷雅表

臣宗元言臣負罪竄伏違尚書牋奏十有四年聖恩寬宥命守遐壤懷印曳紱有社有人臣宗元誠感誠荷頓首頓首伏惟睿聖文武皇帝陛下天造神斷克清大憝金鼓一動萬方畢臣太平之功中興之德推校千古無所與讓臣伏自忖度有方剛之力不得備戎行致死命況今已無事思報國恩獨惟文章伏見周宣王時稱中興其道彰大於後罕及然徵於詩大小雅其選徒出狩則車攻吉日命官分土則嵩高韓奕烝人南征北伐則六月采芑平淮夷則江漢常武鏗鏘炳耀盪人耳目故宣王之形容與其輔佐由今望之若神人然此無他以雅故也臣伏見陛下自即位以來平夏州夷劍南取江東定河北今又發自天衷克翦淮右而大雅不作臣誠不佞然不勝憤懣伏以朝多文臣不敢盡專數事謹撰平淮夷雅二篇雖不及尹吉甫名穆公等庶施諸後代有以佐唐之光明謹昧死再拜以獻臣宗元誠恐誠懼死罪死罪謹言

皇武命丞相度董師集大功也（元和十二年以宰相裴度爲中書侍郎同平章事充淮西宣慰處置使討吳元濟）

皇耆其武于潊于淮既巾乃車環蔡具（一作其）來狡衆昬嚚甚毒于酲狂奔叫呶以干（一作扞）大刑（潊水名唐潊水縣屬陳州）皇咨于度惟汝一德曠誅四紀其徯汝克錫汝斧鉞其往視師師是蔡人以宥以釐（音禧）度拜稽首廟于元龜既禡（莫駕切）既類于社是宜金節煌煌錫盾雕戈犀甲熊旂威命是荷度拜稽首出次于東天子餞之（度赴淮西上御通化門送之）罍斝是崇鼎臑（汝朱奴刀二反）俎胾（側吏切）五獻百籩凡百卿士班以周旋既涉于潊乃翼乃前孰圖厥猶其佐多賢（度表馬總爲宣慰副使韓愈爲行軍司馬李正封與馮宿李宗閔備幕府皆朝廷之選）苑苑周道于山于川遠揚邇昭陟降連連我旆我旗于道于陌訓于羣帥拳勇來格公曰徐之無恃頟頟（一作頷頷）式和爾容惟義之宅進次于郾（許州郾城縣與蔡州爲鄰）彼昬卒狂亰兇鞠頑鋒蝟斧螗赤子匍匐厥父是亢（下郎切）怒其萌芽以悖太陽王旅渾渾是佚是怙既獲敵師若飢得餔（音步）蔡兇伊窘悉起來聚左擣其虛靡愆厥慮（李祐言于李愬曰蔡之精兵皆在洄曲及四境拒守守城者皆羸卒可乘虛直抵懸從之遂克蔡州）載闢載祓丞相是臨（度建彰義節將降卒萬餘人入蔡州）弛其武刑諭我德心其危既安有長如林曾是讙譊化爲謳吟皇曰來歸汝復相予爵之成國（一作公）胙以夏區（一作墟度策勳晉國公晉地即夏所都）度拜稽首天子聖神度拜稽首皇祐下人淮夷既平震是朔南宜廟宜郊以告德音歸牛（一作刃）休馬豐稼于埜我武惟皇永保無疆

右皇武十有一章章八句

方城命愬守也卒入蔡得其大醜以平淮右（方城山名在唐州元和十一年以李愬爲唐鄧隋節度使與元濟戰數有功明年冬愬乘大雪夜馳至蔡城破其門取元濟以獻）

方城臨臨王卒峙之匪徼匪競皇有正（一作王）命皇命于愬往舒余仁踣（蒲墨切）彼艱頑柔惠是馴愬拜即命于皇之訓既礪既攻以後厥刃王師嶷嶷熊羆是式衛勇韜力日思予（一作翕）殛（一作思翕予殛）寇昏以狂敢蹈愬疆士獲厥心大袒高驤長戟酋矛粲其綏章右翦左屠聿禽其良（謂元濟驍將丁士良吳秀琳陳光洽諸人也）其良既宥告以父母恩柔于肌卒貢爾有維彼攸恃乃偵乃誘（愬厚待秀琳與謀取蔡秀琳曰非得李祐不可愬擒祐釋不殺用其策有功）維彼攸宅乃發乃守其恃爰獲我功我多陰謀厥圖以究爾訛雨雪洋洋大風來加于燠其寒于邇其遐汝陰之茫懸瓠（懸瓠蔡州城）之峩是震是拔大殲厥家狡虜既縻輸于國都示之市人即社行（一作以）誅乃諭乃止蔡有厚喜完其室家仰父俯子汝水沄沄既清而瀰（一作夷）蔡人行歌我步逶遲蔡人歌矣蔡風和矣孰顙（一作類）蔡初胡䫄（丘例切）爾居式慕以康爲愿有餘是究是咨皇德既舒皇曰咨愬裕乃父功昔我文祖惟西平是庸（愬父晟事德宗平朱泚之亂封西平王）內誨于家外刑于邦孰是蔡人而不率從蔡人率止惟西平有子西平有子惟我有臣疇（漢書疇其爵邑疇等也）允（一作亢）大邦俾惠我人于廟告功以顧萬方

右方城十有一章章八句

唐鐃歌鼓吹曲十二篇（并表）

臣宗元言臣幸以罪居永州受食府廩竊活性命得視息無治事時恐懼小閒又盜取古書文句聊以自娛伏惟（一作覩）漢魏以來代有鐃歌鼓吹詞唯唐獨無有臣爲郎時以太常聯禮部嘗聞鼓吹署有戎樂詞獨不列今又攷漢曲十二篇魏曲十四篇晉曲十六篇漢歌詞不明紀功德魏晉歌功德具今臣竊取晉魏義用漢篇數爲唐鐃歌鼓吹曲十二篇紀高祖太宗功能之神奇因以知取天下之勤勞命將用師之艱難每有戎事治兵振旅幸歌臣詞以爲容且得大戒宜敬而不害臣淪弃即死言與不言其罪等耳猶冀能言有益國事不敢效怨懟默已謹冒死上

隋亂既極唐師起晉陽平姦豪爲生人義主以仁興武爲晉陽武第一

晉陽武奮義威煬之渝（一作淪）德焉歸氓畢屠綏者誰皇烈烈專天機號以仁揚其旗日之昇九土晞（一作熙）斥（一作訴）田坼流洪輝有其二翼餘隋斮（側略切）梟鷙（鷙不祥鳥也一作鷙）連熊螭枯以肉勍者羸后土蕩玄穹彌合之育莽然施惟德輔慶無期

右晉陽武二十六句（句三字）

唐既受命李密自敗來歸以開黎陽斥東土爲獸之窮第二

獸之窮奔大麓天厚黃德狙獷服甲之櫜弓弭矢箙皇旅靖敵逾䕫自亡其徒匪予戮屈贅（與暴同）猛虔慄慄縻以尺組噉以秩黎之陽土茫茫富兵戎盈倉箱乏者德莫能享（叶香）驅豺兕授我疆

右獸之窮二十二句（十八句句三字四句句四字）

太宗師討王充竇建德助逆師奮擊武牢下擒之遂降充爲戰武牢第三

戰武牢動河朔逆之助圖掎角怒轂䲢抗喬嶽翹萌牙

傲霜雹王謀内定申掌握鋪施芟夷二主縛(一作鏄)憚華戎
廓封略命之曹(母亘切)畢以斮歸有德唯先覺

右戰武牢十八句(十六句句三字一句句四字)

薛舉據涇以死子仁杲尤勇以暴師平之爲涇水黃第四

涇水黃隴野茫負太白騰天狼有鳥鷙立羽翼張鈎喙決前鉅(一作距)趯(音惕)傍怒飛飢嘯翾(音宣)不可當老雄死子復良巢岐飲渭肆翶翔頓地紘提天綱列缺掉幟招揺耀鋩鬼神來助夢嘉祥腦塗原野魄飛揚星辰復恢一方

右涇水黃二十四句(十五句句三字九句句四字)

輔氏憑江淮竟東海命將平之爲奔鯨沛第五

奔鯨沛盪海垠吐霓翳日腥浮雲帝怒下顧哀墊昏授以神柄推元臣手援天矛截脩鱗披攘蒙霿(武賦切)開海門地平水靜浮天根羲和顯耀乘清氛赫炎溥暢融大鈞

右奔鯨沛十八句(十句句三字八句句四字)

梁之餘保荆衡巴巫窮南越良將取之不以師爲苞枿(牙葛牙結二切)第六(枿伐餘木也)

苞枿⿰黑對(音隊)矣惟根之蟠彌巴蔽荆負南極以安曰(音冒)我舊梁氏緝綏艱難江漢之阻都邑固以完聖人作神武用有臣勇智奮不以衆投跡死地謀猷縱化敵爲家慮則中浩浩海裔不威而同係縲降王定厥功澶漫萬里宣唐風蠻夷九譯咸來從凱旋金奏象形容震赫萬國罔不龔(音恭)

右苞枿二十八句(十六句句四字三句句五字九句句三字)

李軌保河右師臨之不克變或執以降爲河右平第七

河右澶漫頑爲之魁王師如雷震崑崙以蹟上聾下聰驁不可迴助讎抗有德惟人之災乃潰乃奮執縛歸厥命萬室蒙其仁一夫則病濡以鴻澤皇之聖威畏德懷功以定順之于理物咸遂厥性

右河右平十八句(十一句句四字五句句五字二句句三字)

突厥之大古夷狄莫彊焉師大破之降其國告于廟爲鐵山碎第八

鐵山碎大漠舒二虜劲連穹廬背北海專坤隅歲來侵邊或傅(音附)于都天子命元帥奮其雄圖破定襄降魁渠窮竟窟宅斥(一作幷)余吾百蠻破膽邊氓蘇威武輝(一作燀)耀明鬼區利澤彌萬祀功不可踰官臣拜手惟帝之謩

右鐵山碎二十二句(十一句句三字九句句四字二句句五字)

劉武周敗裴寂咸有晉地太宗滅之爲靖本邦第九

本邦伊晉惟時不靖根柢之揺枝葉攸病守臣不任勩于神聖惟越(一作鉞)之興翦焉則定洪(一作往)惟我理式和以敬羣頑既夷庶績咸正皇謩載大惟人之慶

右靖本邦十四句(句四字)

李靖滅吐谷渾西海上爲吐谷渾第十

吐谷渾盛彊背西海以夸歲侵擾我疆退匿險且遐帝謂神武師往征靖皇家烈烈旆其旗熊虎雜龍蛇王旅千萬人銜枚默無譁束刃踰山徼張翼縱漠沙一舉刈羶腥尸骸積如麻除惡務本根況敢遺萌芽洋洋西海水威命窮天涯係虜來王都犒樂窮休嘉登高望還師竟(一作競)野如春華行者靡不歸親戚讙要遮凱旋獻清廟萬國思無邪

右吐谷渾二十六句(句五字)

李靖滅高昌爲高昌第十一

麴氏雄西北別絶臣外區既恃遠且險縱傲不我虞烈烈王者師熊螭以爲徒龍旂翻海浪馹騎馳坤隅賁育搏嬰兒一掃不復餘平沙際天極但見黃雲驅臣靖執長纓智勇伏囚拘文皇南面坐夷狄千羣趨咸稱天子神往古不得俱獻號天可汗以覆我國都兵戎(一作戍)不交害各保性與軀

右高昌二十二句(句五字)

既克東蠻羣臣請圖蠻夷狀如周書王會爲東蠻第十二

東蠻有謝氏冠帶理海中自言我異世雖聖莫能通王卒如飛翰鵬鶱駭羣龍轟然自天墜乃信神武功繫虜君臣人累累來自東無思不服從唐業如山崇百辟拜稽首咸願圖形容如周王會書永永傳無窮睢盱萬狀乖伊嗢(乙骨切)九譯重廣輪撫四海浩浩知皇風歌詩鐃鼓閒以壯我元戎

右東蠻二十二句(句五字)

貞符(并序)

負罪臣宗元惶恐言臣所貶州流人吴武陵爲臣言董仲舒對三代受命之符誠然非耶臣曰非也何獨仲舒爾自司馬相如劉向揚雄班彪彪子固皆沿襲嗤嗤推古瑞物以配受命其言類淫巫瞽史誑亂後代不足以知聖人立極之本顯至德揚大功甚失厥趣臣爲尚書郎時嘗著貞符言唐家正德受命于生人之意累積厚久宜享無極之義本末閎闊會貶逐中輟不克備究武陵即叩首(一作頭)邀臣此大事不宜以辱故休軮使聖王之典不立無以抑詭類拔正道表覈萬代臣不勝奮激即具爲書念終泯沒蠻夷不聞于時猶不爲也苟一明大道施於人世死無所憾用是自決臣宗元稽首拜手以聞曰孰稱古初朴蒙空侗而無爭厥流以訛越乃奮敓鬭怒振動專肆爲淫威曰是不知道惟人之初總總而生林林而羣雪霜風雨雷雹暴其外於是乃知架巢空穴挽草木取皮革飢渴牝牡之欲敺其内於是乃知噬禽獸咀果穀合偶而居交焉而爭睽焉而鬬力大者搏齒利者齧爪剛者決羣衆者軋兵良者殺披披藉藉草野塗血然後強有力者出而治之往往爲曹於險阻用號令起而君臣什伍之法立德紹者嗣道怠者奪于是有聖人焉曰黃帝遊其兵車交貫乎其内一統類齊制量然猶大公之道不克建於是有聖人焉曰堯置州牧四岳持而綱之立有德有功有能者參而維之運臂率指屈伸把握莫不統率堯年老舉聖人而禪焉大公乃克建由是觀之厥初罔匪極亂而後稍可爲也而非德不樹故仲尼敘書於堯

曰克明峻(一作俊)德於舜曰濬哲文明於禹曰文命祗承于帝於湯曰克寬克仁彰(一作章)信兆民於武王曰有道曾孫稽揆典誓貞哉惟茲德實受命之符以莫永祀後之妖淫囂(一作嚚)昏好怪之徒乃始陳大電大虹玄鳥巨跡白狼白魚流火之烏以為符斯為詭譎闊誕其可羞也而莫知本于厥貞漢用大度克懷于有氓登賢(一作能)庸能(一作賢)濯痍煦寒以瘳以熙茲其為符也而其妄臣乃下取虺蛇上引天光推類號休用夸誣于無知氓增以騶虞神鼎脅歐縱臾(一作蹞)俾東之泰山石閭作大號謂之封禪皆尚書所無有莽述承效卒奮驁逆其後有賢帝曰光武克綏天下復承舊物猶崇赤伏以玷厥德魏晉而下尨亂鈎裂厥符不貞邦用不靖亦罔克久駮乎無以議為也積大亂至于隋氏環四海以為鼎跨九垠以為鑪爨以毒燎煽以虐焰其人沸湧灼爛號呼騰蹈莫有救止於是大聖乃起丕降霖雨濬滌盪沃蒸為清氛疏為泠風人皆漻然休然相睎以生相持以成相彌以寧琢斲屠剔膏流節離之禍不作而人乃克完平舒愉尸其肌膚以達于夷途焚坼抵掎奔走轉徙(一作死)之害不作而人乃克鳩類集族歌舞悅懌用祗于元德徒奮袒呼犒迎義旅讙動六合至于麾下大盜豪據阻命遏德義威殄戮咸墜厥緒無劉于虐人乃並受休嘉去隋氏克歸于唐躑躅謳歌灝灝和寧帝庸威栗惟人之為敬奠厥賦積藏于下是謂豐國鄉為義廩斂發謹飭歲丁大侵人以有年簡于厥刑不殘而懲是謂嚴威小屬而支大生而孥愷悌祗敬用底于理凡其所欲不謁而獲凡其所惡不祈而息四夷稽服不作兵革不竭貨力丕揚于後嗣用垂于帝式十聖濟厥理(一作治)孝仁平寬惟祖之則澤久而逾深仁增而益高人之戴唐永永無窮是故受命不于天于其人休符不于祥于其仁惟人之仁匪祥于天匪祥于天茲惟貞符哉未有喪仁而久者也未有恃祥而壽者也商之王以桑穀昌以雉雊大宋之君以法星壽鄭以龍衰魯以麟弱白雉亡漢黃犀死莽惡在其為符也不勝唐德之代光紹明濬深鴻厖大保人斯無疆宜薦于郊廟文之雅詩祗告于德之休帝曰諶哉乃黜休祥之奏究貞符之奧思德之所未大求仁之所未備以極于邦治以敬于人事其詩曰

於穆(一作穆穆)敬德黎人皇之惟貞厥符浩浩將之仁函于膚刃莫畢屠澤熯(一作寒)于爨灪(同沸)炎以澣殄厥凶德乃歐乃夷懿其休風是喣是吹父子熙熙相寧以嬉賦徹而藏厚我糗粻(一作粮)刑輕以清我肌(一作完一作皃)靡傷貽我子孫百代是康十聖嗣于理(一作治)仁后之子子思孝父易患于(一作于)己拱之戴之神具爾宜載揚于雅承天之嘏(音假)天之誠神宜鑒于仁神之曷依宜仁(一作人)之歸濮沿于北祝粟于南(爾雅東泰遠西邠國南濮沿北祝栗為四極)幅員西東祗一乃心祝唐之紀後天罔墜祝皇之壽與地咸久曷徒祝之心誠篤之神協人同道以告(姑沃切)之俾彌億萬年不震不危我代之延永永毗之仁增以崇曷不爾思有號于天僉曰嗚呼咨爾皇靈無替厥符

眎民詩

帝眎民情匪幽匪明慘或在腹已如色聲亦無動威亦無止力弗動弗止惟民之極帝懷民眎乃降明德乃生明翼明翼者何迺房迺杜惟房與杜實為民路迺定天子迺開萬國萬國既分迺釋蠹民迺學與仕迺播與食迺器與用迺貨與通有作有遷無遷無作士實蕩蕩農實董董工實蒙蒙賈實融融左右惟一出入惟同攝儀以引以遵以肆(音[illegible])其風既流品物載休品物載休惟天子守乃二公之久惟天子明乃二公之成惟百辟正乃二公之令惟百辟穀乃二公之祿二公行矣弗敢憂縱是獲憂共二公居矣弗敢泰止是獲泰已既柔一德四夷是則四夷是則永懷不忒

全唐詩

柳宗元

同劉二十八院長(禹錫)述舊言懷感時書事奉寄澧州張員外使君(署)五十二韻之作因其韻增至八十通贈二君子(劉禹錫初與公同為監察御史故稱院長)

弱歲遊玄圃先容幸棄瑕名勞長者記文許後生誇鶠翼嘗披隼蓬心類倚麻繼酬(酬當作校讎之讎)天祿署(署為校書郎子厚時亦為集賢殿正字)俱尉甸侯家(署為京兆武功尉子厚亦為藍田尉)憲府初收跡(署至武功拜監察御史子厚亦自集賢殿正字為監察御史)丹墀共拜嘉分行參瑞獸傳點亂宮鴉執簡寧循枉持書每去邪鸞凰標魏闕熊武負崇牙辨色宜相顧傾心自不譁金爐仄流月紫殿啓晨蝦(音遐)未竟遷喬樂俄成失路嗟(署貶臨武也)還如渡遼水更似謫長沙別怨秦城暮途窮越嶺斜訟庭閒枳棘候吏逐麇(一作麏)麚三載皇恩暢(張自貞元十九年癸未貶官至元和元年乙酉憲宗即位三年矣故云)千年聖曆遐朝宗延駕(一作架)海師役罷梁溠(左傳楚除道梁溠謂作橋于溠水上也)京邑搜貞幹(署自江陵掾入為京兆府司錄參軍)南宮步渥洼(署自司錄遷尚書刑部員外郎)世惟材是梓(一作杍)人仰驥中驊欻刺苗人地(署自員外出為虔州刺史)仍逾贛石崖禮容垂琕琫戎備響鉦鍜(頸鎧也音鴉瑕)寵即郎官舊威從太守加建旟翻鷙鳥負弩繞文蛇冊府榮八命(周禮八命作牧)中闈盛六珈(韓愈作張公墓志云娶河東柳氏子則子厚蓋與張為親故云及中闈)肯隨胡質矯方惡馬融奢褒德符新換(自虔州遷澧州)懷仁道併遮(一作迸)俗嫌龍節晚(周禮澤國用龍節)朝訝介圭賒禹貢輸苞匭周官賦秉秅(宅加切)雄風吞七澤異產控三巴即事觀農稼因

時展物華秋原被蘭葉春渚漲桃花令肅軍無擾程懸市禁貰不應虞竭澤寧復歎棲苴蹀躞驅先駕籠銅鼓報衙染毫東國素濡印錦溪砂貨積舟難泊人歸山倍畬（音賒）吳歈工折柳楚舞舊傳芭隱几松爲曲傾罇石作汙寒初榮橘柚夏首薦枇杷祀變荊巫禱風移魯婦髽（莊華切）已聞施愷悌還覩正奇袤慕友慚連璧言姻喜附葭沈埋全死地流落半生涯入郡腰恒折逢人手盡叉敢辭親恥汙唯恐長疵瑕善幻迷冰火齊諧笑柏（一作泊）塗（音茶）東門牛屢飯中散蝨空爬逸戲看猿鬬殊音辨馬撾渚行狐作孽（一作孼）林宿鳥爲嗟（病也音嗟本作瘥）同病憂能老新聲厲似姱豈知千仞墜秖爲一毫差守道甘長絕明心欲自剄貯愁聽夜雨隔淚數殘葩梟族音常聒豺羣喙競呀（張口貌）岸蘆翻毒蜃磎竹鬬狂麚（麚牛獸名重千觔出巴中音麻）野鶩行看弋江魚或共叉瘴氛恒積潤訛火亟生煆（訛火野火也煆火氣）耳靜煩喧蟻魂驚怯怒蛙風枝散陳葉霜蔓綖（一作縺）寒瓜霧密前山桂冰枯曲沼遐（音遐）思鄉比莊舄遯世遇眭（音雖）夸漁舍茭荒草村橋臥古槎御寒衾用罽挹水勺仍椰窗蠹惟潛蝎釁涎競綴蝸引泉開故竇護藥插新笆樹怪花因槲蟲憐目待蝦驟歌喉易嗄饒醉鼻成皶（音查）曳捶牽羸馬垂簑牧艾豭（音加）已看能類鱉（奴來切）猶訝雉爲鷨（鷨鳥似雉音華）誰采中原菽徒巾下澤車俚兒供苦筍傖（七衡切）父饋酸樝（樝似梨而酢音查）勸策扶危杖邀持當酒茶道流徵短（一作裋）褐禪客會袈裟香飯舂菰米珍蔬折五茄方期飲甘露更欲吸流霞屋鼠從穿（一作穴）兀林狙任攫拏春衫裁白紵朝帽挂烏紗屢歎恢恢網頻搖肅肅罝衰榮因蓂莢盈缺幾蝦蟇路識溝邊柳城聞隴上笳共思捐佩處千騎擁青緺（楚詞遺余佩兮澧浦今澧州也緺綬也東郭先生拜二千石佩青緺）

弘農公以碩德偉材屈於誣枉（弘農公楊憑也爲御史李夷簡所彈）左官三歲復爲大僚天監昭明人心感悅宗元竄伏湘浦拜賀末由謹獻詩五十韻以畢微志

知命儒爲貴時中聖所臧處心齊寵辱遇物任行藏關識新安地封傳臨晉鄉挺生推豹蔚遐步仰龍驤幹有千尋竦精聞百鍊鋼茂功期舜禹高韻狀（一作上一作扶）羲黃（一作皇）足逸詩書囿鋒搖翰墨場雅歌張仲德頌祝魯侯昌憲府初騰價神州轉耀鋩右言盈簡策左轄備條綱響切晨趨佩煙濃近侍香司儀六禮洽論將七兵揚合樂來儀鳳尊祠重餼羊卿材優柱石公器擅巖廊峻節臨衡嶠和風滿豫章人歸父母育郡得股肱良細故誰留念煩言肯過防璧非眞盜客金有誤持郎龜虎休前寄貂蟬冠舊行訓刑方命呂理劇復推張直用明銷惡還將道勝剛敬逾齊國社恩比召南棠希怨猶逢怒多容競忤彊火炎侵琬琰鷹擊謬鸞凰刻木終難對焚芝未改芳遠遷逾桂嶺中徙滯餘杭顧土雖懷趙知天詎畏匡論嫌齊物誕騷愛遠遊傷麗澤周羣品重明照萬方斗間收紫氣臺上挂清光福爲深仁集妖從盛德禳秦民啼畎畝周士舞康莊采綬還垂艾華簪更戴魴高居遷鼎邑遙傳（一作傅）好書王碧樹環金谷丹霞映上陽留歡唱容與（音預）要醉對清涼故友仍同里常僚每合堂淵龍過許劭冰鯉弔王祥玉漏天門靜銅駝御路荒澗瀍秋瀲灩嵩少暮微茫遵渚徒云樂冲天自不遑降神終入輔種德會明敭獨弃傖人國難窺夫子牆通家殊孔李舊好即潘楊世議排張摯時情弃仲翔不言縲紲枉徒恨纆徽（一作韋）長賈賦愁單閼鄒書怯大梁炯心那自是昭世（一作代）懶佯狂鳴玉機全息懷沙事不忘戀恩何敢死垂淚對清湘

酬韶州裴曹長使君寄道州呂八大使因以見示二十韻一首（并序）

韶州幸以詩見及往復奇麗邈不可慕用韻尤爲高絕余因拾其餘韻酬焉凡爲韶州所用者置不取其聲律言數如之

金馬嘗齊入銅魚亦共頒疑山看積翠湞水想澄灣標牓同驚俗清明兩照姦乘軺參孔僅（韶州常隨潘戶部出征賦）按節服侯狦（道州昔使絕域遂無猾夏之虞漢書匈奴傳稽侯狦號呼韓邪單于）貫傅辭寧切虞童髮未鬆（音班）秉心方的的騰口任嚬嚬（音顏）聖理高懸象爰書降罰鍰（戶關切）德風流海外和氣滿人寰禦魅恩猶貸思賢淚自潸在亡均寂寞零落間惸鰥夙志隨憂盡殘肌觸瘴瘝（五還切）月光搖淺瀨風韻碎枯管海俗衣猶卉山夷髻不鬟泥沙潛虺蜮榛莽鬬豺獌（音蠻）循省誠知懼安排秖自憪（音閑）食貧甘莽鹵被褐謝斕斒遠物裁青罽時珍餽白鷴長捐楚客佩未賜大夫環異政徒云仰高蹤不可攀空勞慰顦顇妍唱劇妖嫺

酬婁秀才將之淮南見贈之什（婁秀才圖南也侍中師德之後）

遠棄甘幽獨誰云（一作言）值故人好音憐鎩羽濡沫慰窮鱗困（一作同）志情惟舊相知樂更新浪遊輕費日醉舞詎傷春風月歡寧間星霜分益親已將名是患還用道爲鄰機事齊飄瓦嫌猜比拾塵高冠余肯賦長鋏子忘貧晼晚驚移律暌攜忽此辰開顏時不再絆足去何因海上銷魂別天邊弔影身秖應西澗水（永州水名）寂寞但垂綸

酬婁秀才寓居開元寺早秋月夜病中見寄

客有故園思瀟湘生夜愁病依居士室夢繞羽人丘味道憐知止遺名得自求壁（一作堂）空殘月曙門掩候蟲秋謬委雙金重難徵雜佩酬碧霄無枉路徒此助離憂

初秋夜坐贈吳武陵

稍稍雨侵竹翻翻鵲驚叢美人隔湘浦一夕生秋風積霧杳難極滄波浩無窮相思豈云遠即席莫與同若人抱奇音朱絃緪枯桐清商激西顥泛灩凌長空自得本無作天成諒非功希聲閟大樸聾俗何由聰

晨詣超師院讀禪（一作蓮）經

汲井漱寒齒清心拂塵服閒持貝葉書步出東齋讀眞源了無取妄跡世所逐遺（一作遣）言冀可冥繕性何由熟道人庭宇靜苔色連深竹日出霧露餘青松如膏沐澹然離言說（一作語）悟悅心自足

贈江華長老（江華道州縣名）

老僧道機熟默語心皆寂去歲別春陵沿流此投跡室空無侍者巾屨唯掛壁一飯不願餘跏趺便終夕風牕疏竹響露井寒松滴偶地即安居滿庭芳草積

巽上人以竹閒自采新茶見贈酬之以詩

芳叢翳湘竹零露凝清華復此雪山客晨朝掇靈芽蒸煙俯石瀨咫尺凌丹崖圓方麗奇色圭璧（一作玉）無纖瑕呼

兒爨金鼎餘馥延幽（一作清）遐滌慮發眞照還源蕩昏邪猶同甘露飯佛事薰毗耶咄此蓬瀛侶無乃貴流霞

零陵贈李卿元侍御簡吳武陵

理世固輕士棄捐湘之湄陽光競（一作竟）四溟敲石安所施鎩羽集枯幹低昂互鳴悲朔雲吐風寒寂歷窮秋時君子尚容與小人守兢危慘悽日相視離憂坐自滋尊酒聊可酌放歌諒徒爲惜無協律者窈眇絃吾詩

界圍巖水簾（元和十年春月自永州召還經巖下）

界圍匯湘曲青壁環澄流懸泉粲成簾羅注無時休韻磬叩凝碧鏘鏘徹巖幽丹霞冠其巔想像凌虛遊靈境不可狀鬼工諒難求忽如朝玉皇天冕垂前旒楚臣昔南逐有意仍丹丘今我始北旋新詔釋縲囚采眞誠眷戀許國無淹留再來寄幽夢遺貯催行舟

古東門行

漢家三十六將軍東方雷動橫陣雲雞鳴函谷客如霧貌同心異不可數赤丸夜語飛電光徼巡司隸眠如羊當街一叱百吏走馮敬胷中函匕首兇徒側耳潛愜心悍臣破膽皆杜口魏王臥內藏兵符子西掩袂眞無辜羗胡轂下一朝起敵國舟中非所擬安陵誰辨削礪功韓國詎明深井里絕臏（一作臏一作咽秦晉謂肌曰臏）斷骨那下（一作可）補萬金寵贈不如土

寄韋珩

初拜柳州出東郊道旁相送皆賢豪迴眸炫晃別羣玉獨赴異域穿蓬蒿炎煙六月咽口鼻胷鳴肩舉不可逃桂州西南又千里灕水鬭石麻蘭高陰森墊葛交蔽日懸蛇結虺如蒲萄到官數宿賊滿野縛壯殺老啼且號饑行夜坐設方略籠銅枹（一作桴）鼓手所操奇瘡釘骨狀如箭鬼手脫命爭纖毫今年噬毒得霍疾支心攪腹戟與刀邇來氣少筋骨露蒼白瀏汨盈顛毛君今矻矻又竄逐辭賦已復窮詩騷神兵廟略頻破虜四溟不日清風濤聖恩儻忽念行葦十年踐蹈（一作踏）久已勞幸因解網入鳥獸畢命江海終遊遨願言未果身益老起望東北心滔滔

奉和楊尚書（於陵）郴州追和故李中書（吉甫）夏日登北樓十韻之作依本詩韻次用

郡樓有遺唱新和敵南金境以道情得人期幽夢尋層軒隔炎暑迴野恣窺臨鳳去徽音續芝焚芳意深游鱗出陷浦唳鶴繞仙岑風起三湘浪雲生萬里陰宏規齊德宇麗藻競詞林靜契分憂術閑同遲（音稺）客心驊騮當遠步鶡鴂莫相侵今日登高處還聞梁父吟

楊尚書寄郴筆知是小生本樣令更商榷使盡其功輒獻長句

截玉銛錐作妙形貯雲含霧到南溟尚書舊用裁天詔內史新將寫道經曲藝豈能裨損益微辭秪欲播芳馨桂陽卿月光輝徧毫末應傳顧兔靈

南省轉牒欲具江（一作注）國圖令盡通風俗故事

聖代提封盡海壖（而緣切）狼荒猶得紀山川華夷圖上應初錄風土記中殊未傳椎髻老人難借問黃茆深峒敢留連南宮有意求遺俗試檢周書王會篇

與浩初上人同看山寄京華親故

海畔尖山似劍鋩秋來處處割愁腸若爲化得身千億散上（一作作）峰頭望故鄉

再至界圍巖水簾遂宿巖下（是年出刺柳州五月復經此）

發春念長違中夏欣再覩是時植物秀杳若臨懸圃歊陽訝垂冰白日驚雷雨笙簧潭際起鸛鶴雲間舞古苔疑青枝陰草濕翠羽蔽空素彩列激浪寒光聚的皪沈珠淵鏘鳴捐佩浦幽巖畫屏倚新月玉鉤吐夜涼星滿川忽疑眠洞府（一作恍忽遂洞府）

詔追赴都迴寄零陵親故

每憶纖鱗遊尺澤翻愁弱羽上丹霄岸傍古堠應無數次第行看別路遙

過衡山見新花開却寄弟

故國名園久別離今朝楚樹發南枝晴天歸路好相逐正是峰前迴雁時

汨羅遇風

南來不作楚臣悲重入脩門自有期爲報春風汨羅道莫將波浪枉明時

朗州竇常員外寄劉二十八詩見促行騎走筆酬贈

投荒垂一紀新詔下荊扉疑比莊周夢情如蘇武歸賜環留逸響五馬助征騑不羨衡陽雁春來前後飛

離觴不醉至驛却寄相送諸公

無限居人送獨醒可憐寂寞到長亭荊州不遇高陽侶一夜春寒滿下廳

北還登漢陽北原題臨川驛

驅車方向闕迴首一臨川多壘非余恥無謀終自憐亂松知野寺餘雪記山田惆悵樵漁事今還又落然

善謔驛和劉夢得酹淳于先生（驛在襄州之南即淳于髡放鵠之所）

水上鵠已去亭中鳥又鳴辭因使楚重名爲救齊成荒壠遽千古羽觴難再傾劉伶今日意異代是同聲

詔追赴都二月至灞亭上

十一年前南渡客四千里外北歸人詔書許逐陽和至驛路開花處處新

李西川薦琴石

遠師騶忌鼓鳴琴去和南風愜舜心從此他山千古重殷勤曾是奉徽音

同劉二十八哭呂衡州兼寄江陵李元二侍御（李深源元克己也）

衡岳新摧天柱峰士林顦顇泣相逢祇令文字傳青簡不使功名上景鐘三畝空留懸磬室九原猶寄若堂封（禮記夫子曰吾見封之有若堂者矣註封築土爲壟堂形四方而高）遙想荊州人物論幾回中夜惜元龍

奉酬楊侍郎丈因送八叔拾遺戲贈詔追南來諸賓二首

貞一來時送彩牋一行歸雁慰驚弦翰林寂寞誰爲主鳴鳳應須早上天

一生判却歸休謂著南冠到頭治長雖解縲絏無由得見東周

商山臨路有孤松往來斫以爲明好事者憐之

編竹成楥遂其生植感而賦詩

孤松停翠蓋託根臨廣路不以險自防遂爲明所誤幸
逢仁惠意重此藩籬護猶有半心存時將承雨露

衡陽與夢得分路贈別

十年顦顇到秦京誰料翻爲嶺外行伏波故道風煙在
翁仲遺墟草樹平直以慵疎招物議休將文字占時名
今朝不用臨河別垂淚千行便濯纓

重別夢得

二十年來萬事同今朝岐路忽西東皇恩若許歸田去
晚歲當爲鄰舍翁

三贈劉員外

信書成自誤經事漸知非今日臨岐（一作湘）別何年待汝歸

再上湘江

好在湘江水今朝又上來不知從此去更遣幾年迴

清水驛叢竹天水趙云余手種一十二莖

簷下疎篁十二莖襄陽從事寄幽情祇應更使伶倫見
寫盡雌雄雙鳳鳴

長沙驛前南樓感舊（自注昔與德公別于此）

海鶴一爲別存亡三十秋今來數行淚獨上驛南樓

桂州北望秦驛手開竹徑至釣磯留待徐容州

幽徑爲誰開美人城北來王程儻餘暇一上子陵臺

登柳州城樓寄漳汀封連四州

城上高樓接大荒海天愁思正茫茫驚風亂颭芙蓉水
密雨斜侵薜荔牆嶺樹重遮千里目（一作雲馭去如千里馬）江流曲似
九迴腸共來百越文身地猶自音書滯一鄉

柳州寄丈人周韶州

越絕（越絕書名言越之絕境）孤城千萬峰空齋不語坐高舂印文生綠
經旬合硯匣留塵盡日封梅嶺寒煙藏翡翠桂江秋水
露鯛鱅（楚詞鯛鱅短狐說文云狀如犁牛皮有文）丈人本自忘機事爲想年來憔悴
容

全唐詩

柳宗元

登柳州峩山

荒山秋日午獨上意悠悠如何望鄉處西北是融州

得盧衡州書因以詩寄

臨蒸且莫歎炎方爲報秋來雁幾行林邑東廻山似戟
牂牁南下水如湯蒹葭淅瀝含秋霧橘柚玲瓏透夕陽
非是白蘋洲畔客還將遠意問瀟湘

答劉連州邦字

連壁本難雙分符刺小邦崩雲下瀧水劈箭上潯江負
弩啼寒狖（余救切）鳴枹驚夜狵遙憐郡山好謝守但臨窗

嶺南江行

瘴江南去入雲煙望盡黃茆是海邊山腹雨晴添象跡
潭心日暖長蛟涎射工巧伺遊人影颶母偏驚旅客船
從此憂來非一事豈容華髮待流年

柳州峒氓

郡城南下接通津異服殊音不可親青箬裹鹽歸峒客
綠荷包飯趁虛人（嶺南人呼市爲虛）鵝毛禦臘縫山罽雞骨占年
拜水神愁向公庭問重譯欲投章甫作文身

酬徐二中丞普寧郡內池館即事見寄

鵷鴻念舊行虛館對芳塘落日明朱檻繁花照羽觴泉
歸滄海近樹入楚山長榮賤俱爲累相期在故鄉

酬賈鵬山人郡內新栽松寓興見贈二首

芳朽自爲別無心乃玄功夭夭日放花榮耀將安窮青
松遺澗底擢蒔茲庭中積雪表明秀寒花助葱蘢貞幽
夙有慕持以延清風

無能常閉閣偶以靜見名奇姿來遠山忽似人家生勁
色不改舊芳心與誰榮喧卑豈所安任物非我情清韻
動竽瑟諧此風中聲

種柳戲題

柳州柳刺史種柳柳江邊談笑爲故事推移成昔年垂
陰當覆地聳幹會參天好作思人樹慚無惠化傳

柳州二月榕葉落盡偶題

宦情羈思共悽悽春半如秋意轉迷山城過雨百花盡
榕葉滿庭鶯亂啼

浩初上人見貽絕句欲登仙人山（在柳州）因以酬之

珠樹玲瓏隔翠微病來方外事多違仙山不屬分符客
一任凌空錫杖飛

雨中贈仙人山賈山人（即賈鵬也）

寒江夜雨聲潺潺曉雲遮盡仙人山遙知玄豹在深處
下笑羈絆泥塗間

別舍弟宗一

零落殘紅（一作魂）倍黯然雙垂別淚越江邊一身去國六千
里萬死投荒十二年桂嶺瘴來雲似墨洞庭春盡水如
天欲知此後相思夢長在荊門郢樹煙

奉和周二十二丈酬郴州侍郎衡江夜泊得韶
州書并附當州生黃茶一封率然成篇代意之
作

丘山仰德耀天路下征騑夢喜三刀近書嫌五載違凝
情江月落屬思嶺雲飛會入司徒府還邀周掾歸

殷賢戲批書後寄劉連州并示孟崙二童（自注家有右軍書每紙背庾翼題云王會稽六紙二月三十日）

書成欲寄庾安西紙背應勞手自題聞道近來諸子弟
臨池尋已厭家雞

重贈二首

聞道將雛向墨池劉家還有異同詞（漢書劉歆以左丘明公穀詳略難父向向不能非）如今試遣隈牆問已道世人那得知

世上悠悠不識眞薑芽盡是捧心人若道柳家無子弟往年何事乞西賓（子厚嘗爲劉寫西京賦）

疊前

小學新翻墨沼波羨君瓊樹散枝柯左家弄玉唯嬌女空覺庭前鳥跡多

疊後

事業無成恥藝成南宮起草舊連名（公與夢得嘗同爲禮部員外郎）勸君火急添功用趁取當時二妙聲

銅魚使赴都寄親友（自注嶺南支郡無綱官考典帳典等悉附都府至京）

行盡關山萬里餘到時閭井是荒墟附庸唯有銅魚使此後無因寄遠書

韓漳州書報徹上人亡因寄二絕

早歲京華聽越吟聞君江海分逾深他時若寫蘭亭會莫畫高僧支道林

頻把瓊書出袖（一作袖）中獨吟遺句立秋風桂江日夜流千里揮淚何時到甬東

柳州城西北隅種柑樹

手種黃柑二百株春來新葉徧城隅方同楚客憐皇樹（楚詞后皇嘉樹橘來服兮受命不遷生南國兮）不學荊州利木奴幾歲開花聞噴雪何人摘實見垂珠若教坐待成林日滋味還堪養老夫

聞徹上人亡寄侍郎楊丈

東越高僧還姓湯幾時瓊佩觸鳴璫空花一散不知處誰采金英與侍郎

段九秀才處見亡友呂衡州書迹

交侶平生意最親衡陽往事似分身袖中忽見三行字拭淚相看是故人

柳州寄京中親故

林邑山連瘴海秋牂牁水向郡前流勞君遠問龍城地正北三千到錦州

種木槲花

上苑年年占物華飄零今日在天涯祇因長作龍城守剩種庭前木槲花（柳州龍城郡）

摘櫻桃贈元居士時在望仙亭南樓與朱道士同處

海上朱櫻贈所思樓居況是望仙時蓬萊羽客如相訪不是偸桃一小兒

酬曹侍御過象縣見寄（象縣柳州縣名）

破額山前碧玉流騷人遙駐木蘭舟（述異記七里洲中有魯班刻木蘭爲舟舟至今在洲中詩家云木蘭舟出此）春風無限瀟湘意（一作憶）欲採蘋花不自由

法華寺石門精舍三十韻（集有記云寺居永州地最高）

拘情病幽鬱曠志寄高爽願言懷名緇東峰旦夕仰始欣雲雨霽尤悅草木長道同有愛弟披拂恣心賞松谿窅（胡了切）窱（土了切）入石棧夤緣上蘿葛（一作蔦）綿層甍莓苔侵標牓密林互對聳絕壁儼雙敞塹峭出蒙籠墟險（一作崄）臨滉瀁稍疑地脈斷悠若天梯往結構罩羣崖迴環驅萬象小刼不逾瞬大千若在掌體空得化元觀有遺細想喧煩困蠛蠓跼蹐疲魍魎寸進諒何營尋直非所枉探奇極遙矚窮妙閟清響理會方在今神開庶殊曩茲遊苟不嗣浩氣竟誰養道異誠所希名賓匪余仗超攄藉外獎俯默有內朗鑑（一作鑒）爾揖古風終焉乃吾黨潛軀委韁鎖高步謝塵坱蓄志徒爲勞追蹤將焉倣淹留值頹暮眷戀睇遐壤映日雁聯軒翻雲波泱漭殊風紛已萃鄉路悠且廣羈木畏漂浮離旌倦搖蕩昔人歎違（一作遺）志出處今已兩何用期所歸浮圖有遺像幽蹊不盈尺虛室有函丈微言信可傳申旦稽吾顙

遊朝陽巖遂登西亭二十韻

謫棄殊隱淪登陟非遠郊所懷緩伊鬱詎欲肩夷巢高巖瞰清江幽窟潛神蛟開曠延陽景迴薄攢林梢西亭構其巔反宇臨呀（虛牙切）庨（許交切一作哮）背瞻星辰興下見雲雨交惜非吾鄉土得以蔭菁茆羈貫（與丱同）去江介世仕尚函崤故墅即灃川數畝均肥磽臺館葺荒丘池塘疏沈坳會有圭組戀遂貽山林嘲薄軀信無庸瑣屑劇斗筲囚居固其宜厚羞久已包庭除植蓬艾隟（同隙）牖懸蠨蛸所賴山川客扁舟枉長梢（梢船尾木）挹流敵清觴掇芷代嘉肴適道有高言取樂非絃匏逍遙屏幽昧淡薄辭喧呶晨雞不余欺風雨聞嘐嘐（音交）再期永日閒提挈移中庖

湘口館瀟湘二水所會

九疑濬傾奔臨源委縈迴會合屬空曠泓澄停風雷高館軒霞表危樓臨山隈茲辰始澂（直凌切）霽纖雲盡褰開天秋日正中水碧無塵埃杳杳漁父吟叫叫羈鴻哀境勝豈不豫慮分固難裁升高欲自舒彌使遠念來歸流駛且廣汎舟絕沿洄

登蒲州石磯望橫江口潭島深迥斜對香零山（山在永州）

隱憂倦永夜凌霧臨江津猿鳴稍已疎登石娛清淪日出洲渚靜澄明皛（一作晶）無垠浮暉翻高禽沈景照文鱗雙江滙西奔詭怪潛坤珍孤山乃北峙森爽棲靈神洄潭或動容島嶼疑搖振（之人切）陶埴茲擇土蒲魚相與鄰信美非所安羈心屢逡巡糺（即糾字）結良可解紆鬱亦已伸高歌返故室自調非所欣

南磵中題

秋氣集南磵獨遊亭午時迴風一蕭瑟林影久參差始至若有得稍深遂忘疲羈禽響幽谷寒藻舞淪漪去國魂已遠（一作游）懷人淚空垂孤生易爲感失路少所宜索寞竟何事徘徊祇自知誰爲後來者當與此心期

遊石角過小嶺至長烏村

志適不期貴（一作不自期）道存豈（一作貴）偷生久忘上封事復笑昇天行竄逐宦湘浦搖心劇懸旌始驚陷世議終欲逃天刑歲月殺（色界切）憂慄慵疎寡將迎追遊疑所愛且復舒吾情石角恣幽步長烏遂遐征磴迴茂樹斷景晏寒川明曠望少行人時聞田鸛鳴風篁冒水遠霜稻侵山平稍與人事閒益知身世輕爲農信可樂居寵眞虛榮喬木餘故國願言果丹誠四支反田畝釋志東皋耕

與崔策登西山（策字子符集有送崔九序）

鶴鳴楚山靜露白秋江曉連袂度危橋縈迴出林杪西岑極遠目毫末皆可了重疊九疑高微茫洞庭小迴窮兩儀際高出萬象表馳景泛頹波遙風遞寒篠謫居安

所習稍厭從紛擾生同胥靡遺壽比彭鏗夭蹇連困顛踣愚蒙怯幽眇非令親愛疎誰使心神悄偶茲遁山水得以觀魚鳥吾子幸淹留緩我愁腸繞

構法華寺西亭

竄身楚南極山水窮險艱步登最高寺蕭散任疎頑西垂下斗絶欲似窺人寰反如在幽谷榛翳不可攀命童恣披翦葺宇橫斷山割（一作割）如判清濁飄若升雲間遠岫攢衆頂澄江抱清灣夕照臨軒墮棲鳥當我還菡萏溢嘉色簹簹遺清斑神舒屏羈鎖志適忘幽孱棄逐久枯槁迨今始開顏賞心難久留離念來相關北望間親愛南瞻雜夷蠻置之勿復道且寄須臾閑

夏夜苦熱登西樓

苦熱中夜起登樓獨褰衣山澤凝暑氣星漢湛光輝火晶燥露滋埜靜停風威探湯汲陰井煬竈開重扉憑闌久徬徨流汗不可揮莫辯亭毒意仰訴璿與璣諒非姑射子靜勝安能希

覺衰

久知老會至不謂便見侵今年宜未衰稍已來相尋齒疎髮就種（音踵）奔走力不任咄此可奈何未必傷我心彭聃安在哉周孔亦已沈古稱壽聖人曾不留至今但願得美酒朋友常共斟是時春向暮桃李生繁陰日照天正綠（一作碧）杳杳歸鴻吟出門呼所親扶杖登西林高歌足自快商頌有遺音

遊南亭夜還敘志七十韻

夙抱丘壑尚率性恣遊遨中爲吏役牽十祀空悁勞外曲徇塵轍私心寄英髦進乏廊廟器退非鄉曲豪天命斯不易鬼責將安逃屯難果見凌剝喪宜所遭神明（一作期）固浩浩衆口徒嗷嗷投跡山水地放情詠離騷再懷曩歲期容與馳輕舠虛館背山郭前軒面江皋重疊間浦溆邐迤驅巖嶅（牛刀切）積翠浮澹灩始疑負靈鼇叢林留衝飈礫石迎飛濤曠朗天景霽樵蘇遠相號澄潭湧沈鷗半壁跳懸猱鹿鳴驗食埜魚樂知觀濠孤賞誠所悼暫欣良足褒留連俯棎檻注我壺中醪朶頤進芰實擢手持蟹螯炊稻視爨鼎膾鮮聞（一作閔）操刀埜蔬盈傾筐頗雜池沼芼緬慕鼓枻翁嘯詠哺其糟退想於陵子三咽資李螬斯道難爲偕沈憂安所韜曲渚怨鴻鵠環洲彫蘭蕈（音臯）暮景迴西岑北流逝滔滔徘徊遂昏黑遠火明連艘木落寒山靜江空秋月高歛衭戒還徒善游矜所操趣淺戢長枻乘深屏輕篙曠望援深竿哀歌叩鳴艚中川恣超忽漫若翔且翺淹泊遂所止埜風自颼飀澗急驚鱗奔蹊荒飢獸嘷入門守拘縶悽慼增鬱陶慕士情未忘懷人首徒搔內顧乃無有德輶甚鴻毛名竊久自欺食浮固云叨問牛悲釁鐘說（音稅）彘驚臨牢永遁刀筆吏寧期簿書曹中興遂羣物裂壤分韃（居言切）櫜（音臯）岷凶旣云捕（謂劉闢伏誅）吳虜亦已鏖（李錡伏誅）捍禦盛方虎謨明富伊咎披山窮木禾駕海逾蟠桃重來越裳雉再返西旅獒左右抗槐棘縱橫羅雁羔三（一作五）辟咸肆宥衆生均覆燾安得奉皇靈在宥解天弢（音叨）歸誠慰松梓陳力開蓬蒿卜室有鄠杜名田占灃澇磻谿近餘基阿城連故濠螟蛉願親燎荼堇甘自薅（音蒿）飢食期農耕寒衣俟蠶繅及骭（下患切）足爲溫滿腹寧復饕安將蒯及菅（音奸）誰慕粱與膏弋林歐雀鷃漁澤從鰌魛觀象嘉素履陳詩謝干旄方託麋鹿羣敢同騏驥槽處賤無溷濁固窮匪淫慆跟蹌辭束縛悅懌換煎熬登年徒（一作從）負版興役趨代鼛（音臯）目眩絶渾渾耳喧息嘈嘈茲焉畢餘命富貴非吾曹長沙哀糺纆漢陰嗤桔槔苟伸擊壤情機事息秋豪海霧多蓊鬱越風饒腥臊寧唯迫魑魅所懼齊焄蒿（音蒿）知甇懷褚中范叔戀綈袍伊人不可期慷慨徒忉忉

韋道安（道安嘗佐張建封于徐州及軍亂而道安自殺）

道安本儒士頗擅弓劒名二十遊太行暮聞號哭（一作哭泣）聲疾驅前致問有叟垂華纓言我故刺史失職還西京偶爲羣盜得毫縷無餘贏貨財足非恡二女皆娉婷蒼黃見驅逐誰識死與生便當此殞命休復事晨征一聞激高義眥裂肝膽橫挂弓問所往趫捷超崢嶸見盜寒澗陰羅列方忿爭一矢斃酋帥餘黨號且驚麾令遞束縛纆（一作纏）索相拄撐彼姝久褫魄刃下俟誅刑郄立不親授諭以從父行捃收自擔肩轉道趨前程夜發敲石火山林如晝明父子更抱持涕血紛交零頓首願歸貨納女稱舅甥道安奮衣去義重利固輕師婚古所病合姓非用兵朅來事儒術十載所能逞（丑貞切）慷慨張徐州（徐泗濠節度使張建封）朱邸揚前旌投軀獲所願前馬出王城（貞元十三年建封來朝道安從之）轅門立奇士淮水秋風生君侯既即世麾下相歆傾立孤抗王命鐘鼓四野鳴橫潰非所壅逆節非所嬰舉頭自引刀顧義誰顧形烈士不忘死所死在忠貞咄嗟徇權子翕習猶趨榮我歌非悼死所悼時世情

哭連州凌員外司馬（凌員外準也）

廢逐人所棄遂爲鬼神欺才難不其然卒與大患期凌人古受氏吳世夸雄姿寂寞富春水英氣方在斯六學誠一貫精義窮發揮著書逾十年幽賾靡不推天庭揆高文萬（一作寓）字若波馳記室征西府宏謀耀其奇輶軒下東越列郡蘇疲羸宛宛凌江羽來棲翰林枝孝文留弓劒中外方危疑抗聲促遺詔定命由陳辭（德宗崩圜臣諱秘五日下遺詔準獨抗危辭言其不可乃以旦日發喪）徒隸肅曹官征賦參有司出守烏江滸老遷湟水湄高堂傾故國葬祭限囚羈仲叔繼幽淪狂叫唯童兒（準母卒于家不得歸）一門旣無主焉用徒生爲舉聲但呼天孰知神者誰泣盡目無見（準哭母喪明）腎傷足不持溘（渴合切）死委炎荒臧獲守靈帷平生負國譴骸骨非敢私蓋棺未塞責孤旐凝寒颸念昔始相遇肺腸爲君知進身齊選擇失路同瑕疵本期濟仁義今爲衆所嗤滅名竟不試世義安可支恬死百憂盡苟生萬慮滋顧余九逝魂與子各何之我歌誠自慟非獨爲君悲

旦攜謝山人至愚池

新沐換輕（一作巾）幘曉池風露（一作霧）清自諧塵外意況與幽人行霞散衆山迥天高數雁鳴機心付當路聊適羲皇情

獨覺

覺來窗牖空寥落雨聲曉良遊怨遲暮末事驚紛擾爲問經世心古人難盡了

首春逢耕者

南楚春候早餘寒已滋榮土膏釋原埜百蟄競所營綴

景未及郊穡人先耦耕園林幽鳥囀渚澤新泉清農事誠素務羈囚阻平生故池想蕪没遺畝當榛荊慕隱既有繫圖功遂無成聊從田父言款曲陳此情眷然撫耒耜回首煙雲橫

溪居

久爲簪組累幸此南夷謫閑依農圃鄰偶似山林客曉耕翻露草夜榜（一作搒孔孟切）響溪石來往不逢人長歌楚天碧

夏初雨後尋愚溪

悠悠雨初霽獨繞清溪曲引杖試荒泉解帶圍新竹沈吟亦何事寂寞固所欲幸此息營營嘯歌靜炎燠

入黃溪聞猿（溪在永州）

溪路千里曲哀猿何處鳴孤臣淚已盡虛作斷腸聲

韋使君黃溪祈雨見召從行至祠下口號

驕陽愆歲事良牧念菑畬列騎低殘月鳴笳度碧虛稍窮樵客路遥駐野人居谷口寒流淨叢祠古木疎焚香秋霧濕奠玉曉光初肸蠁巫言報精誠禮物餘惠風仍偃草靈雨會隨車俟罪非眞吏（爲員外司馬故曰非眞吏）翻慚奉簡書

郊居歲暮

屏居負山郭歲暮驚離索野迥樵唱來庭空燒燼落世紛因事遠心賞隨年薄默默諒何爲徒成今與昨

秋曉行南谷經荒村

杪秋霜露重晨起行幽谷黃葉覆溪橋荒村唯古木寒花疎寂歷幽泉微斷續機心久已忘何事驚麋鹿

雨後曉行獨至愚溪北池

宿雲散洲渚曉日明村塢高樹臨清池風驚夜來雨予心適無事偶此成賓主

中夜起望西園值月上

覺聞繁露墜開戶臨西園寒月上東嶺泠泠疎竹根石泉遠逾響山鳥時一喧倚楹遂至旦寂寞將何言

零陵春望

平楚春草綠曉（一作晚）鶯啼遠林日晴瀟湘渚雲斷岣嶁岑仙駕不可望世途非所任凝情空景慕萬里蒼梧陰

從崔中丞過盧少尹郊居

寓居湘岸四無鄰世網難嬰每自珍蒔（時吏切）藥閑庭延國老（本草甘草名國老）開罇虛室（一作席）值賢人泉迴淺石依高柳逕轉垂藤閒綠筠聞道偏爲五禽戲出門鷗鳥更相親

夏晝偶作

南州溽暑醉如酒隱几熟眠開北牖日午獨覺無餘聲山童隔竹敲茶臼

雨晴至江渡

江雨初晴思遠步日西獨向愚溪渡渡頭水落村逕成撩亂浮槎在高樹

江雪

千山鳥飛絕萬逕人蹤滅孤舟蓑笠翁獨釣寒江雪

冉溪（公易其名爲愚溪者是也）

少時陳力希公侯許國不復爲身謀風波一跌逝萬里壯心瓦解空縲囚縲囚終老無餘事願卜湘西冉溪地却學壽張樊敬侯種漆南園待成器

法華寺西亭夜飲（得酒字）

祇樹夕陽亭共傾三昧酒霧暗水連堦月明花覆牖莫厭尊前醉相看未白首

戲題石門長老東軒

石門長老身如夢旃檀成林手所種坐來念念非昔人萬徧蓮花爲誰用如今七十自忘機貪愛都忘筋力微莫向東軒春埜望花開日出雉皆飛

全唐詩

柳宗元

茅簷下始栽竹

瘴茅葺爲宇溽暑常侵肌適有重膇疾蒸鬱寧所宜東鄰幸導我樹竹邀涼颸欣然愜吾志荷鍤西巖垂楚壤多怪石墾鑿力已疲江風忽云暮輿曳還相追蕭瑟過極浦旖（音倚）旎（乃倚切）附幽墀貞根期永固貽爾寒泉滋夜牕遂不掩羽扇寧復持清泠集濃露枕簟淒已知網（一作細）蟲依密葉曉禽棲迥枝豈伊紛囂間重以心慮怡嘉爾亭亭質自遠棄幽期不見野蔓草蓊蔚有華姿諒無凌寒色（一作雲）豈與青山辭

種仙靈毗（本草淫羊藿即仙靈毗也）

窮陋（一作巷）闕自養癘氣劇囂煩隆冬乏霜霰日夕南風溫杖藜下庭際曳踵不及門門有野田吏慰我飄零魂及言有靈藥近在湘西原服之不盈旬蹩（蒲結切）躠（音薛）皆騰騫笑忭前即吏爲我擢其根蔚蔚遂充庭英翹忽已繁晨起自採曝杵臼通夜喧靈和理內藏攻疾貴自源擁覆逃積霧伸舒委餘暄奇功苟可徵寧復資蘭蓀我聞畸人術一氣中夜存能令深深息呼吸還歸跟（音根）疎放固難效且以藥餌論痿者不忘起窮者寧復言神哉輔吾足幸及兒女奔

種朮

守閑事服餌採朮東山阿東山幽且阻疲苶（乃結切）煩經過戒徒斸靈根封植閟天和違爾澗底石徹我庭中莎土膏滋玄液松露墜繁柯南東自成畝繚繞紛相羅晨步佳色媚夜眠幽氣多離憂苟可怡孰能知其他爨竹茹芳葉寧慮瘵（側界切）與瘥留連樹蕙辭婉娩採薇歌悟拙甘自足激清媿同波單（音善）豹且理內高門復如何

種白蘘（人羊切）荷

血（一作皿）蟲化爲癘夷俗多所神銜猜每腊毒謀富不爲仁蔬果自遠至杯酒盈肆陳言甘中必苦何用知其眞華潔事外飾尤病中州人錢刀恐賈害飢至益逡巡竄伏常戰慄懷故逾悲辛庶氏（一作民）有嘉草攻禬事久泯炎帝垂靈編言此殊足珍崎嶇乃有得託以全余身紛敷碧樹陰眄睞心所親

新植海石榴

弱植不盈尺遠意駐蓬瀛月寒空堦曙幽夢綵雲生糞壤擢珠樹莓苔插瓊英芳根閟顏色徂歲爲誰榮

戲題堦前芍藥

凡卉與時謝妍華麗茲晨欹紅醉濃露窈窕留餘春孤賞白日暮暄風動搖頻夜牕藹芳氣幽臥知相親願致溱洧贈悠悠南國人

始見白髮題所植海石榴

幾年封植愛芳叢韶豔朱顏竟不同從此休論上春事

看成古木對衰翁

植靈壽木

白華照（一作鑒）寒水，怡我適野情。前趨問長老，重復欣嘉名。蹇連易衰朽，方剛謝經營。敢期齒杖賜，聊且移孤莖。叢萼中競秀，分房外舒英。柔條乍反植，勁節常對生。循翫足忘疲，稍覺步武輕。安能事翦伐，持用資徒行。

自衡陽移桂十餘本植零陵所住精舍

謫官去南裔，清湘繞靈岳。晨登蒹葭岸，霜景霽紛濁。離披得幽桂，芳本欣盈握。火耕困煙燼，薪採久摧剝。道旁且不願，岑嶺況悠邈。傾筐壅故壤，棲息期鸞鷟（仕角反）。路遠清涼宮，一雨悟無學。南人始珍重，微我誰先覺。芳意不可傳，丹心徒自渥。

湘岸移木芙蓉植龍興精舍

有美不自蔽，安能守孤根。盈盈湘西岸，秋至風露繁。麗影別寒水，穠芳委前軒。芰荷諒難雜，反此生高原。

早梅

早梅發高樹，迥映楚天碧。朔吹飄夜香，繁霜滋曉白（一作日）。欲爲萬里贈，杳杳山水隔。寒英坐銷落，何用慰遠客。

南中榮橘柚

橘柚懷貞質，受命此炎方。密林耀朱綠，晚歲有餘芳。殊風限清漢，飛雪滯故鄉。攀條何所歎，北望熊與湘（熊湘二山名）。

紅蕉

晚英值窮節，綠潤含朱光。以茲正陽（一作陰）色，窈窕凌清霜。遠物世所重，旅人心獨（一作所）傷。回暉眺林際，摵摵（一作感感）無遺芳。

巽公院五詠

淨土堂

結習自無始，淪溺窮苦源。流形及茲世，始悟三空門。華堂開淨域，圖像煥且繁。清泠焚衆香，微妙歌法言。稽首媿導師，超遙謝塵昏。

曲講堂

寂滅本非斷，文字安可離。曲堂何爲設，高士方在斯。聖默寄言宣，分別乃無知。趣中即空假，名相與誰期。願言絶聞得，忘意聊思惟。

禪堂

發地結菁茅，團團抱虛白。山花落幽户，中有忘機客。涉有本非取，照空不待析。萬籟俱緣生，窅然喧中寂。心境本洞（一作同）如，鳥飛無遺跡。

芙蓉亭

新亭俯朱檻，嘉木開芙蓉。清香晨風遠，溽彩寒露濃。瀟灑出人世，低昂多異容。嘗聞色空喻，造物誰爲工。留連秋月晏，迢遞來山鐘。

苦竹橋

危橋屬幽徑，繚繞穿疎林。迸籜分苦節，輕筠抱虛心。俯瞰涓涓流，仰聆蕭蕭吟。差池下煙日，嘲哳（一作嘶）鳴山禽。諒無要津用，棲息有餘陰。

梅雨

梅實迎時雨，蒼茫值晚春。愁深楚猿夜，夢斷越雞晨。海霧連南極，江雲暗北津。素衣今盡化，非爲帝京塵。

零陵早春

問春從此去，幾日到秦原。憑寄還鄉夢，殷勤入故園。

田家三首

蓐食徇所務，驅牛向東阡。雞鳴村巷白，夜色歸暮田。札札耒耜聲，飛飛來烏鳶。竭茲筋力事，持用窮歲年。盡輸助徭役，聊就空自眠。子孫日已長，世世還復然。

籬落隔煙火，農談四鄰夕。庭際秋蟲（一作螢）鳴，疎麻方寂歷。蠶絲盡輸稅，機杼空倚壁。里胥夜經過，雞黍事筵席。各言官長峻，文字多督責。東鄉後租期，車轂陷泥澤。公門少推恕，鞭朴恣狼籍。努力慎經營，肌膚真可惜。迎新在此歲，唯恐踵前跡。

古道饒蒺藜，縈迴古城曲。蓼花被堤岸，陂水寒更綠。是時收穫竟，落日多樵牧。風高榆柳疎，霜重梨棗熟。行人迷去住，野鳥競棲宿。田翁笑相念，昏黑慎原陸。今年幸少豐，無厭饘與粥。

行路難三首

君不見夸父逐日窺虞淵，跳踉北海超崑崙。披霄決漢出沆漭，瞥裂左右遺星辰。須臾力盡道渴死，狐鼠蜂蟻爭噬吞。北方竫人長九寸，開口抵掌更笑喧。啾啾飲食滴與粒，生死亦足終天年。睢盱大志小成遂，坐使兒女相悲憐。

虞衡斤斧羅千山，工命採斫杙（音弋）與椽。深林土翦十取一，百牛連鞅摧雙轅。萬圍千尋妨道路，東西蹶倒山火焚。遺餘毫末不見保，躪躒磵壑何當存。羣材未成質已夭，突兀嶚豁空巖巒。柏梁天災武庫火，匠石狼顧相愁冤。君不見南山棟梁益稀少，愛材養育誰復論。

飛雪斷道冰成梁，侯家熾炭雕玉房。蟠龍吐耀虎喙張，熊蹲豹躑爭低昂。攢巒叢崿（五各反）射朱光，丹霞翠霧飄奇香。美人四向迴明璫，雪山冰谷晞太陽。星躔奔走不得止，奄忽雙燕棲虹梁。風臺露榭生光飾，死灰棄置參（一作可）與商。盛時一去貴反賤，桃笙葵扇安可當。

聞籍田有感（元和五年十月憲宗詔來年正月十六日東郊藉田）

天田不日降皇輿，留滯長沙歲又除。宣室無由問釐（音禧）事，周南何處託成書。

跂烏詞

城上日出羣烏飛，鴉鴉爭赴朝陽枝。刷毛伸翼和且樂，爾獨落魄今何爲。無乃慕高近白日，三足妬爾令爾疾。無乃飢啼走道（一作路）旁，貪鮮攫肉人所傷。翹肖獨足下叢薄，口銜低枝始能躍。還顧泥塗備螻蟻，仰看棟梁防燕雀。左右六翮利如刀，踴身失勢不得高。支離無趾猶自免，努力低飛逃後患。

籠鷹詞

凄風淅瀝飛嚴霜，蒼鷹上擊翻曙光。雲披霧裂虹蜺斷，霹靂掣電捎平岡。砉（霍虢切）然勁翮翦荊棘，下攫狐兔騰蒼茫。爪毛吻血百鳥逝，獨立四顧時激昂。炎風溽暑忽然至，羽翼脫落自摧藏。草中狸鼠足爲患，一夕十顧驚且傷。但願清商復爲假，拔去萬累（一作里）雲間翔。

放鷓鴣詞

楚越有鳥甘且腴，嘲嘲自名爲鷓鴣。徇媒得食不復慮，機械潛發罹罝（音嗟）罦（音孚）。羽毛摧折觸籠籞，煙火煽赫驚庖厨鼎前芍藥調五味膳夫攘腕左右視齊王不忍觳觫牛簡子亦放邯鄲鳩二子(一作君)得意猶念此況我萬里爲孤囚破籠展翅當遠去同類相呼莫相顧

龜背戲

長安新技出宮掖喧喧初徧王侯宅玉盤滴瀝黄金錢皎如文龜麗秋天八方定位開神卦六甲離離齊上下投變轉動玄機卑星流霞破相參差四分五裂勢未已出無入有誰能知乍驚散漫無處所須臾羅列已如故徒言萬事有盈虚終朝一擲知勝負脩門象棋不復貴魏宮妝奩世所棄豈如瑞質耀奇文願持千歲壽吾君廟堂巾笥非余慕錢刀兒女徒紛紛

聞黄鸝

倦聞子規朝暮聲不意忽有黄鸝鳴一聲夢斷楚江曲滿眼故園春意生(一作草綠)目極(一作故國)千里無山河麥芒際天摇清波王畿優本少賦役務閑酒熟饒經過此時晴煙最深處舍南巷北遥相語翻日逈度昆明飛凌風邪看細柳翥我今誤落千萬山身同傖人不思還鄉禽何事亦來此令我生心憶桑梓閉聲迴翅歸務速西林紫椹行當熟

渾鴻臚宅聞歌效白紵

翠帷雙卷出傾城龍劍破匣霜月明朱脣掩抑悄無聲金簧玉磬宮中生下沈秋火激太清天高地逈凝日晶羽觴蕩漾何事傾

楊白花

楊白花風吹渡江水坐令宮樹無顏色摇蕩春光千萬里茫茫曉日下長秋(一作林)哀歌未斷城鴉起

漁翁

漁翁夜傍西巖宿曉汲清湘燃楚竹煙銷日出不見人款乃(音襖靄)一聲山水綠迴看天際下中流巖上無心雲相逐

飲酒

今夕(一作旦)少愉樂起坐開清尊舉觴酹(音耒)先酒(始爲酒者也)爲(一作遺)我驅憂煩須臾心自殊頓覺天地暄連山變幽晦綠水函晏温藹藹南郭門樹木一何繁清陰可自庇竟夕聞佳言盡醉無復辭偃臥有芳蓀彼哉晋楚富此道未必存

讀書

幽沈謝世事俛默(一作然)窺唐虞上下觀古今起伏千萬途遇欣或自笑感戚亦以吁繚帙各舒散前後互相逾瘴痾擾靈府日與往昔殊臨文乍了了徹卷兀若無竟夕誰與言但與竹素俱倦極便(一作更)倒臥熟寐乃一蘇欠伸展肢體吟詠心自愉得意適其適非願爲世儒道盡即閉口蕭散捐囚拘巧者爲我拙智者爲我愚書史足自悦安用勤與劬貴爾六尺軀勿爲名所驅

感遇二首(永州作)

西陸動涼氣驚鳥號北林棲息豈殊性集枯安可任鴻鵠去不返勾吴阻且深徒嗟日沈湎丸鼓鶩奇音東海久摇蕩南風已駸駸坐使青天暮小星愁太陰衆情嗜姦利居貨捐(一作損)千金危根一以振齊斧來相尋攬衣中夜起感物涕盈襟微霜衆所踐誰念歲寒心

旭日照寒野鸒(音豫)斯起蒿萊啁啾有餘樂飛舞西陵隈迴風旦夕至零葉委陳荄所棲不足恃鷹隼縱横來

詠史

燕有黄金臺遠致望諸君(樂毅爲望諸君)嗛嗛事强怨三歲有奇勳悠哉闢疆理東海漫浮雲寧知世情異嘉穀坐熇焚致令委金石誰顧蠢蠕(時允切)羣風波歘(許勿切)潛構遺恨意紛紜豈不善圖後交私非所聞爲忠不顧内(一作内顧)晏子亦垂文

詠三良

束帶值明后顧盼流輝光一心在陳力鼎列夸四方款款效忠信恩義皎如霜生時亮同體死没寧分張壯軀閉幽隧猛志塡黄腸殉死禮所非況乃用其良霸基弊不振晋楚更張皇疾病命固亂魏氏言有章從邪陷厥父吾欲討彼狂

詠荆軻

燕秦不兩立太子已爲虞千金奉短計匕首荆卿趨窮年徇所欲兵勢且見屠微言激幽憤怒目辭燕都朔風動易水揮爵前長驅函首致宿怨獻田開版圖炯然耀(一作曜)電光掌握罔正(一作匹)夫造端何其鋭臨事竟趦趄長虹吐白日倉卒反受誅按劍赫憑怒風雷助號呼慈父斷子首狂走無容軀夷城芟七族臺觀皆焚汙始期憂患弭卒動災禍樞秦皇本詐力事與桓公殊奈何效曹子實謂勇且愚世傳故多謬太史徵無且

掩役夫張進骸

生死悠悠爾一氣聚散之偶來紛喜怒奄忽已復辭爲役孰賤辱爲貴非神奇一朝纊息定枯朽無妍媸生平勤皁櫪剉秣不告疲既死給槥櫝葬之東山基奈何值崩湍蕩析臨路垂髐然暴百骸(一作體)散亂不復支從者幸告余睠之涓然悲猫虎獲迎祭犬馬有蓋帷佇立唁爾魂豈復識此爲畚(音本)鍤載埋瘞溝瀆護其危我心得所安不謂爾有知掩骼著春令茲焉適其時及物非吾事(一作輩)聊且顧爾私

省試觀慶雲圖詩

設色既(一作初)(一作方)成象卿雲示國都九天開秘祉百辟贊嘉謨抱日依龍衮非煙近御爐高標連汗漫逈(一作迥)望接虚無裂素榮光發舒華瑞色敷恒將配堯德垂慶代河圖

春懷故園

九扈鳴已晚楚鄉農事春悠悠故池水空待灌園人

全唐詩目第六函

第二冊

劉禹錫一卷至五卷

全唐詩

劉禹錫

劉禹錫字夢得彭城人貞元九年擢進士第登博學宏詞科從事淮南幕府入爲監察御史王叔文用事引入禁中與之圖議言無不從轉屯田員外郎判度支鹽鐵案叔文敗坐貶連州刺史在道貶朗州司馬落魄不自聊吐詞多諷託幽遠蠻俗好巫嘗依騷人之旨倚其聲作竹枝詞十餘篇武陵谿洞間悉歌之居十年召還將置之郎署以作玄都觀看花詩涉譏忿執政不悅復出刺播州裴度以母老爲言改連州徙夔和二州久之徵入爲主客郎中又以作重游玄都觀詩出分司東都度仍薦爲禮部郎中集賢直學士度罷出刺蘇州徙汝同二州遷太子賓客分司禹錫素善詩晚節尤精不幸坐廢偃蹇寡所合乃以文章自適與白居易酬復頗多居易嘗敘其詩曰彭城劉夢得詩豪者也其鋒森然少敢當者又言其詩在處應有神物護持其爲名流推重如此會昌時加檢校禮部尚書卒年七十二贈戶部尚書詩集十八卷今編爲十二卷

團扇歌

團扇復團扇奉君清暑殿秋風入庭樹從此不相見上有乘鸞女蒼蒼蟲網（一作網蟲）遍明年入懷袖別是機中練

宜城歌

野水繞空城行塵起孤驛荒（一作花）臺側生樹（一作柏）石碣陽鑴額靡靡度（一作渡）行人溫風吹宿麥

順陽歌

朝辭官軍驛前望順陽路野水齧荒墳秋蟲鏤宮（一作官）樹曾聞天寶末胡馬西南鶩城守魯將軍拔城從此去

莫猺（一作徭）歌

莫猺自生長名字無符籍市易雜鮫人婚姻通木客星居占泉眼火種開山脊夜渡千仞谿含沙不能射

度桂嶺歌

桂陽嶺下下復高高人稀鳥獸駭地遠草木豪寄言千金子知余歌者勞

插田歌并引

連州城下俯接村墟偶登郡樓適有所感遂書其事爲俚歌以俟采詩者

岡頭花草齊燕子東西飛田塍望如線白水光參差農婦白紵裙農父綠蓑衣齊唱郢（一作田）中歌嚶儜如竹枝但聞怨響音不辨俚語詞時時一大笑此必相嘲嗤水平苗漠漠煙火生墟落黃犬往復還赤雞鳴且啄路旁誰家郎烏帽衫袖長自言上計吏年幼離帝鄉田夫語計吏君家儂定諳（一作記一作諭）一來長安道眼大不相參計吏笑致辭長安眞大處省門高軻峩儂入無度數昨來補衞士唯用筒竹布君看二三年我作官人去

葡萄歌（一作蒲桃）

野田生葡萄纏繞一枝高（一作蒿）移來碧墀下張王日日高分岐浩繁縟脩蔓蟠詰曲揚翹向庭柯意思如有屬爲之立長檠（一作架）布濩當軒綠米（一作朱）液溉其根理疏看滲漉繁葩組綬結懸實珠璣蹙馬乳帶輕霜龍鱗曜初旭有客汾陰至臨堂瞪雙目自言我晉人種此如種玉釀之成美酒令人飲不足爲君持一斗往取涼州牧

蠻子歌

蠻語鉤輈音（一作鉤輈語音蠻一作蠻語音鉤輈）蠻（一作身）衣斑斕布熏狸（一作狐）掘沙鼠時節祠盤瓠忽逢乘馬客恍若驚麏（一作麝）顧腰斧上高山意行無舊路

馬嵬行

綠野扶風道黃塵馬嵬驛路邊楊貴人墳高三四尺乃問里中兒皆（一作輩）言幸蜀時軍家誅戚族（一作佞倖）天子捨妖姬羣吏伏門屏貴人牽帝衣低回轉美目風日爲無暉貴人飲金屑倏忽舜（一作蕣）英暮（一作委）平生服杏（一作古）丹顏色眞如故屬車塵已遠里巷來窺覷共愛宿妝妍君王畫眉處履綦無復有履組光未滅不見巖畔人空見凌波韈郵童愛蹤跡私手解鞶結傳看千萬眼縷絕香不歇指環照骨明首飾敵連城將入咸陽市猶得賈胡驚

百花行

長安百花時風景宜輕薄無人不沽酒何處不聞樂春風連夜動微雨凌曉濯紅焰出牆頭雪光映樓角繁紫韻松竹遠黃繞籬落臨路不勝愁輕煙去何託滿庭蕩魂魄照廡成丹渥爛熳簇顛狂飄零勸行樂時節易晼晚清陰覆池閣唯有安石榴當軒慰寂寞

壯士行

陰風振寒郊猛虎正咆哮徐行出燒地連吼入黃茅壯士走馬去鐙前彎玉弰叱之使人立一發如鈹（一作鼓）交悍睛忽星墮飛血濺林梢彪炳爲我席羶腥充我庖里中欣害除賀酒紛呶號明日長橋上傾城看斬蛟

苦雨行

悠悠飛走情同樂在陽和歲中三百日常恐（一作苦）風雨多

天人信遐遠時節易蹉跎洞房有明燭無乃（一作妨）酣且歌

華山歌

洪鑪作高山元氣皷其槖俄然神功就峻拔在寥廓靈跡露指爪殺氣見稜角凡木不敢生神僊聿來託天資帝王宅以我（一作此）爲關鑰能令下國人一（一作不）見換神骨高山固無限如此方爲嶽丈夫無特達雖貴猶碌碌

拋毬樂詞

五綵繡團圓登君瑇瑁筵最宜紅燭下偏稱落花前上客如先起應須贈一船

春早見花枝朝朝恨發遲及看花落後却憶未開時幸有拋毬樂一杯君（一作更）莫辭

華清詞（一作華清宮詞）

日出驪山東裴回照溫泉樓臺影（一作相）玲瓏稍稍開白煙言昔太上皇常居此祈年風中聞清樂往往來列仙翠華入五雲紫氣歸上玄哀哀生人淚泣盡弓劍前聖道本自我凡情徒顒然小臣感玄化一望青冥天

送春曲三首

春向晚春晚思悠哉風雲日已改（一作故）花葉自相催漠漠空中去何時天際來

春已暮冉冉如人老映葉見殘花連天是青草可憐桃與李從此同桑棗

春景（一作竟）去此去何時回遊人千萬恨落日上高臺寂寞繁花盡流鶯歸莫來（一作不歸）

初夏曲三首

銅壺方促夜斗柄暫南回稍嫌單衣重初憐北户開西園花已盡新月爲誰來

時節過繁華陰陰千萬家巢禽命子戲園果墜枝斜寂寞孤飛蝶窺叢覓晚花

綠水風初暖青林露早晞麥隴雉朝雊桑野人暮歸百舌悲花盡平蕪（一作無聲，一作絶無）來去飛

擣衣曲

爽砧應秋律繁杵含淒風一一遠相續家家音不同户庭凝露清伴侶明月中長裾委襞積輕珮垂璁瓏汗餘衫更馥鈿移麝半空報寒驚邊鴈促思聞候蟲天狼正芒角虎落定相攻盈篋寄何處征人如轉蓬

畬田行

何處好畬田團團縵山腹鑽龜得雨卦上山燒臥木驚麏走且顧羣雉聲（一作雞）咿喔紅焰遠成霞輕煤（一作爍）飛入郭風引上高岑獵獵度青林青林望靡靡赤光低復起照潭出老蛟爆竹驚山鬼夜色不見山孤明星漢間如星復如月俱逐曉風滅本從敲石光遂至烘天熱下種暖灰中乘陽拆牙（一作芽）孽（一作蘗）蒼蒼一雨後苕穎如雲發巴（一作幾）人拱手吟耕耨不關心由來得地勢徑寸有餘金（一作陰）

鶗鴂吟

朝陽有鳴鳳不聞千萬祀鶗鴂催衆芳晨間先入耳秋風白露晞從是爾啼時如何上春日唧唧滿庭飛

觀雲篇

興雲感陰氣疾足（一作走）如見機晴來意態行有若功成歸葱蘢含晚景潔白（一作素）凝秋暉夜深度銀漢漠漠仙人衣

養鷙詞（并引）

途逢少年志在逐獸方呼鷹隼以襲飛走因縱觀之卒無所獲行人有常從事於斯者曰夫鷙禽飢則爲用今哺之過篤故然也予感之作養鷙詞

養鷙非玩形所資擊鮮力少年昧其理日日（一作夜）哺不息探雛網黃口旦暮有餘食寧知下韝時翅重飛不得毰毸止林表狡兔自南北飲啄既已盈安能勞羽翼

別友人後得書因以詩贈

前時送君去揮手青門橋路轉不相見猶聞馬蕭蕭今得出關書行程（一作塵）日已遙春還遲君至共結（一作纈）芳蘭苕

送華陰尉張苕赴邕府使幕（張即燕公之孫，頃坐事除名）

昔忝南宮郎往來東觀頻嘗披燕公傳聳若窺三辰翊聖崇國本像（一作保）賢正朝倫高視緬今古清風夐無鄰蘭錡照通衢一家十朱輪鄭國嗣侯絶韋卿世業貧夫子承（一作戚）大名少年振芳塵青袍仙掌下矯首凌煙旻公冶本非罪潘郎一爲民風霜苦搖落堅白無緇磷一旦逢良時天光燭幽淪重爲長裾客佐彼觀風臣分野窮禹畫人煙過虞巡不言此行遠所樂相知新雨起巫山陽鳥鳴湘水濱離筵出蒼莽別曲多悲辛今朝一杯酒明日千里人從（一作彼）此孤舟去悠悠天海春

送湘陽熊判官孺登府罷歸鍾陵因寄呈江西裴中丞二十三兄

射策志未就從事歲云除篋留馬卿賦袖有劉弘書忽見夏木深悵然憶吾廬復持州民刺歸謁專城居君家誠易知勝絶傾里閭人言北郭生門有卿相輿鍾陵靄（一作藹）千里帶郭西江水朱檻照河宮旗亭綠雲裏前年（一作來）初缺守慎簡由宸扆臨軒弄郡章得人方付此是時左馮翊天下第一理貴臣持牙璋優詔發青紙迎風姦（一作汙）吏免先令疲人喜何武劾腐儒陳蕃禮高士昔升君子堂腰下綬猶黃（中丞時爲萬年尉）汾陰有寶氣赤堇多奇（一作光）鋩束簡下曲臺佩鞬來歷陽綺筵陪一笑蘭室襲餘芳風水忽異勢江湖遂（一作遽）相忘因君倘（一作忽）借問爲話老滄浪（自註：中丞爲博士製相國柳宜城謚議識者韙之頃授予以其本厥後牧和州節度使杜司徒以中丞材藝俱高欲令軍裝以重戎府故授以本州團練使滿座觀腰鞬禮成驩甚相視而笑後房燕樂卜夜縱談予忝司徒之賓時獲末坐初中丞自尚書屯田員外郎出守踵其武者今給事中穆公代給事者右丞段公予不佞繼右丞之後故曰襲餘芳焉）

送韋秀才道沖赴制舉

鷙禽一辭巢棲息無少安秋扇一離手流塵蔽霜紈故侶不可追涼風日已寒遠逢杜陵士別盡平生歡逐客無印綬楚江多芷蘭因居暇時遊（一作君時暇遊）長鋏不復彈閬書南軒霽（一作際）絙瑟清夜闌萬境身外寂一杯腹中寬伊昔玄宗朝冬卿冠鴛鸞肅穆升内殿從容領儒（一作高頂）冠游夏無措詞陽秋垂不刊至今羣玉府學者空縱觀世人希德門揭若攀峰巒之子尚明訓鏘如振琅玕一旦西上書斑衣拂征鞍荊臺宿暮雨漢水浮春瀾君門起天中多士如星攢煙霞覆雙闕抃舞羅千官清漏滴銅壺仙廚下雕槃（一作盤）熒煌仰金榜錯落濡飛翰古來才傑士所嗟遭時難一鳴從此始相望青雲端

送李策秀才還湖南因寄幕中親故兼簡衡州呂（一作李）八郎中

深春風日淨晝長幽鳥鳴僕夫前致詞門有白面生攜

衣相問訊，解帶坐南榮。端志見眉睫，苦(一作芳)言發精誠。因出懷中文，調孤詞亦清。悄如促柱弦，掩抑多不平。乃言本蜀士，世降岷山靈。前人秉藝文，高視來上京。曳緌司徒府，所從信國楨。析(一作折)薪委寶(一作空)林，善響繼家(一作難繼)聲。何處翳附郭，幾人思郈成(一作城)。雲天望喬木，風水悲流萍。前與計吏西，始列貢士名。森然就筆札，從試春官卿。帝城岐路多，萬足伺(一作俟)晨星。茫茫風塵中，工拙同有營。寒女勞夜織，山苗榮寸莖。侯門方擊鍾，衣褐誰將迎。弱羽果摧頹，壯心鬱怦怦。諒無蟠木容，聊復蓬累行(一作生)。昨日訊靈龜，繇言利艱貞。當求捨拔中，必在審已明。誓將息薄遊，焦思窮筆精。蒔蘭在幽渚，安得揚芬馨。曰(一作嗟)余摧落者，散質負華纓。一聆苦辛詞，再動伊鬱情。身棄言不動，愛才心尚(一作上)驚。恨無羊角風，使爾化北溟。論罷情益親，涉旬忘歸程。日携邑中客，閑眺江上城。晝憩命金罍，宵談轉璿衡。薰(一作蕙)風香麈尾，月露濡桃笙。忽被戒羸驂，薄言事南征。火雲蔚千里，旅思浩已盈。湘江含碧虛，衡嶺浮翠晶。豈伊山水異，適與人事并。油幙侶(一作似)昆丘，粲然壘瑶瓊。庾樓見清月，孔坐多綠醽。復有衡山守，本自雲龍庭(一作廷)。抗志(一作至和)在靈府，發越侔咸英。一揮(一作麾)出滎陽，惠彼嗤嗤氓。隼旟辭灞水，居者皆涕零。惟昔與伊人，交歡經(一作在)宿齡。一從雲雨散，滋我鄙吝萌。北渚不堪愁，南音誰復聽。離憂若去水，浩漾無時停。嘗聞祝融峰，上有神禹銘。古石琅玕姿，秘文螭虎形。聖功奠遠服，神物擁休禎。賢人在其下，彷彿疑蓬瀛。君行歷郡齋，大袂拂雙旌。飾容遇朗鑒，肝鬲可以呈。昔日馬相如，臨邛坐盡傾。勉君刷羽翰，蚤取凌青冥。

送張盥赴舉詩 并引

古人以偕受學爲同門友，今人以偕升名爲同年友。其語熟見，縉紳者皆道焉。余與張盥爲丈人由是道也。曩吾見爾之始生，以老成爲祝；今吾見爾之成人，以未立爲憂。吾不幸向所謂同年友，當其盛時，聯袂齊鑣，亘絕九衢，若屏風然。今來落落如曙星之相望，昔日會合不煩異席，可長太息哉。然而尚書右丞衛大受、兵部侍郎武廷碩二君者，當時偉人，咸萬夫之望，足以訂十朋之多也。第如京師，無騷騷爾，無忻忻爾。時秋也，吾爲若叩商之謳，幸有感夫二君子。

爾生始懸弧，我作座上賓。引箸舉湯餅，祝詞天麒麟。今成一丈夫，坎坷愁風塵。長裾來謁我，自號廬山人。道舊與撫孤，悄然傷我神。依依見眉睫，嘿嘿含悲辛。永懷同年友，追想出谷晨。三十二君子，齊飛凌煙旻(一作冥)。曲江一會時，後會已凋淪。況今三十載，閱世難重陳。盛時一已過，來者日日新。不如搖落樹，重有明年春。火後見琮璜，霜餘識松筠。肅風(一作機)乃獨秀，武部(一作抱)亦絕倫。爾今持我詩，西(一作兩)見二重臣。成賢必念舊，保貴(一作節)在安貧。清時爲丞郎，氣力侔陶鈞。乞取斗升水，因之雲漢津。

和州送錢侍御自宣州幕拜官便於華州覲省

五綵繡衣裳，當年正相稱。春風舊(一作兩)關路，歸去真多興。蘭陔行可采，蓮府猶回瞪。楊家紺幰迎(侍御即王相公貴婿)，謝守瑶華贈(宣州崔相公有詩贈行)。御街草泛灩，臺柏煙含凝(一作暝)。曾是平生(一作書)遊(一作留)，無因理歸乘。

送僧方及南謁柳員外 并序

九江僧方及既出家，依匡山，一時中頗屬詩以攄思。古詩人暨今號爲能賦有，輒求其詞，吟呻之，拳拳然多多益嗜。影不出山者十年。嘗登最高峰，四望天海，冲然有遠遊之志。頓錫而言曰：神馳而形閡者，方內之徒；及吾無方，閡於何者？由是耳得必目探之，意行必身隨之。雲遊鳥企，無迹而遠。予爲連州，居無何，而方及至，出祴中詩一篇以貺予，其詞甚富。留一歲，觀其行結矩如，教益多之。一旦以行日來告，且曰：雅聞鳥咮之下有賢諸侯，願躋其門，如蹈十地，敢乞辭以抵之。予唯而賦，顧其有重請之色見於顏間耳。

昔事(一作日)廬山遠，精舍虎溪東。朝陽照瀑水，樓閣虹霓中。騁望羨游雲，振衣若秋蓬。舊房閉松月，遠思吟江風。古寺歷頭陀，奇峰扳(一作攀)祝融。南登小桂嶺，却望歸塞鴻。衣祴貯文章，自言學雕蟲。搶榆念陵厲，覆簣圖(一作而)穹崇。遠郡多暇日，有詩訪禪宮。石門聳(一作崇)峭絕，竹院含空濛。幽響滴巖溜，晴芳飄野叢。海雲懸颶母，山果屬狙(一作猨)公。忽憶吳興郡，白蘋正葱蘢。願言挹風釆，邂若窺華嵩。桂水夏瀾急，火山宵(一作燒)焰紅。三衣濡菌露，一錫飛煙空。勿謂翻譯徒，不爲文雅雄。古來賞音者，燋爨得孤桐。(按狙公宜斥賦芧者，而越絕書有猨公，張衡賦南都有猨父長嘯之句，疑是而言，謂猨爲公舊矣)

送惟良上人 并引

以貌窺天者曰乾，然健單于然而高；以數迎天者曰其用四十有九。天果以有形而不能脫乎數，立象以推筴，既成而遺之。古所謂神交造物者，非空言耳。軒皇受天命，其佐皆聖人，故得之。惟唐繼天德如黃帝，有外臣一行，亦聖之徒與，刊曆考元，書成化去。今丹徒人惟良，生而能知，非自外求，以乾坤之筴當十期之數，凝神運指，上感躔次，視玄黃溟涬，無倪有常，絕機泯知，獨以神會，數起於復之初九，音生於黃鍾之宮，積微本隱，言與化合。夫天人之數，極而舍變，變而靡不通，神趨鬼懾，不足駭也。惟良得一行之道，故亦慕其爲外臣，謬謂余爲世間聰明子，子來訪。初以說合，至於不言，言息而理冥。復申之以嗟歎曰：師其庶幾乎！信神與之而不能測神之所以，付信術通之而不能知術之所以。淺哉余聞乎，曾井蛙醯雞之不若也。長慶四年冬十一月甲子，語至夜艾，遂爲詩以志焉。

高齋灑(一作映)寒水，是夕山僧至。玄牝無關鎖，瓊書捨(一作拾)文字。燈明香滿室，月午霜凝地。語到不言時，世間人盡(一作自)睡。

翠微寺有感

吾王昔遊幸，離宮雲際開。朱旗迎夏早(一作畢)，涼軒避暑來。湯餅賜都尉，寒冰頒上才。龍髯(一作顏)不可望，玉座生塵埃。

觀柘枝舞二首

胡服何葳蕤，僊僊(一作姬)登綺墀。神飈獵紅蕖，龍燭映(一作然)金枝。垂帶覆纖腰，安鈿當嫵眉。翹袖中繁鼓，傾眸遡華榱。燕秦有舊曲，淮南多治詞。欲見傾城處，君看赴節時。

山雞臨清鏡石燕赴遥津何如上客會長袖入華裀體輕似無骨觀者皆聳神曲盡回身處（一作去）層波猶注人

連州臘日觀莫徭獵西山

海天殺氣薄蠻軍步（一作部）伍䍐林紅葉盡變原黒草初燒圍合繁鉦息禽興大旆揺張羅依道口嗾犬上山腰猜鷹慮奮迅驚鹿（一作麏）時跼跳瘴雲四面起臘雪半空消箭頭餘鵠血鞍傍見雉翹日暮還城邑金笳發麗譙

寄陝州姚中丞（時分司東都）

八月天氣肅二陵風雨收旌旗闕下來雲日關東秋禹跡想前事漢臺餘故丘徘徊襟帶地左右帝王州留滯悲昔老恩光榮徹侯相思望棠樹一寄商聲謳

奉酬湖州崔郎中見寄五韻

山陽昔相遇灼灼晨葩鮮同遊翰墨場和樂塤篪然一落名宦途浩如乘風船行當衰暮日臥理淮海邊（一作壖）猶期謝病後共樂桑榆年

學阮公體三首

少年負志氣信道不從時只言繩自直安知室可欺百勝難慮敵（一作慮無敵）三折乃良醫人生不失意焉能慕知己

朔風悲老驥秋霜動鷙禽出門有遠道平野多層陰滅没馳絶塞振迅拂華林不因感衰節安能激壯心

昔賢多使氣憂國不謀身目覽千載事心交上古人侯門有仁義靈臺多苦辛不學腰如磬徒使甑生塵

秋晚題湖城驛池上亭

秋次池上館林塘照南榮塵衣紛未解幽思浩已盈風蓮墜故萼露菊含晚英恨爲一夕客愁聽晨雞鳴

賈客詞（并引）

五方之賈以財相雄而鹽賈尤熾或曰賈雄則農傷予感之作是詞

賈客無定遊所遊唯利并眩俗雜良苦乘時取重輕心計析秋毫揺（一作捶）鉤侔懸衡錐刀既無棄轉化日已盈邀（一作徼）福禱波神施財遊化城妻約雕金釧女垂貫珠纓高貲比封君奇貨通倖卿趨時鷙鳥思藏鏹盤龍形大艑浮通川高樓次旗亭行止皆有樂關梁自（一作以）無征農夫何爲者辛苦事寒耕

調瑟詞（并引）

里有富豪翁厚自奉養而嚴督臧獲力屈形削猶役之無藝極（一無極字）一旦不堪命亡者過半追亡者亦不來復翁顐沮而追昨非之莫及也予感之作調瑟詞

調瑟在張弦弦平音自足朱弦二十五缺一不成曲美人愛高張瑶軫再三促上弦雖獨響下應不相屬日暮聲未和寂寥一枯木却顧膝上弦流淚難相續

讀張曲江集作（并引）

世稱張曲江爲相建言放臣不宜與善地多徙五溪不毛之鄉及今讀其文自内職牧始安有瘴癘之歎自退相守荆門有拘囚之思託諷禽鳥寄詞草樹鬱然有騷人風嗟夫身出於遐陬一失意而不能堪矧華人士族而必致醜地然後快意哉議者以曲江爲良臣識胡鶵有反相羞凡器與同列密啓廷爭雖古哲人不及而燕翼無似終爲餒魂豈忮心失恕陰讁最大雖二美莫贖邪不然何袁公一言明楚獄而鍾祉四葉以是相較神可誣乎予讀其文因爲詩以弔

聖言貴忠恕至道重觀身法在何所恨色相（一作傷）斯爲仁良時難久恃陰讁豈無因寂寞韶陽廟魂歸不見人

偶作二首

終朝對尊酒嗜興非嗜甘終日偶衆人縱言不縱談世情閑静見藥性病多諳寄謝嵇中散予無甚不堪

萬卷堆牀書學者識其眞萬里長江水征夫渡要津養生非但藥悟佛不因人燕石何須辨逢時即至珍

昏鏡詞（并引）

鏡之工列十鏡於賈奩發奩而視其一皎如其九霧如或曰良苦（一作楛）之不侔甚矣工解頤謝曰非不能盡良也蓋賈之意唯售是念今夫來市者必歷鑒（一作覽）周睞求與己宜彼皎者不能隱芒杪之瑕非美容不合是用什一其數也余感之作昏鏡詞

昏鏡非美金漠然喪其晶（一作精）陋容多自欺謂若他鏡明瑕疵既（一作闇）不見妍態隨意生一日四五照自言美傾城飾帶以紋（一作綺）繡裝匣以瓊瑛秦宮豈不重非適乃爲輕

詠古二首有所寄

車音想轔轔不見綦下塵可憐平陽第歌舞嬌青春金屋容色在文園詞賦新一朝復得幸應知失意人

寂寥（一作寞，一作寂）照鏡臺遺基古南陽（一作方）眞人昔來遊翠鳳相隨翔目成在桑野志遂貯椒房豈無三千女初心不可忘

磨鏡篇

流塵翳明鏡歲久看如漆門前負局人（一作生）爲我一磨拂萍開緑池滿暈盡金波溢白日照空心圓光走幽室山神妖氣沮野魅眞形出却思未磨時瓦礫來唐突

登司馬錯古城（秦昭王命錯征五溪蠻城在武陵沅江南）

將軍將（一作實）秦師（一作帥）西南奠遐服故壘清江上蒼烟晦（一作昧）喬木登臨直蕭辰周覽壯前躅塹平陳葉滿墉高秋蔓綠廢井抽寒菜毀臺生魯（一作櫓）穀耕人得古器宿雨多遺鏃楚塞鬱重疊蠻溪紛詰曲留此數仞基幾人傷遠目（一作傷送目）

謁柱山會禪師

我本山東人平生多感慨弱冠遊咸京上書金馬外結交當世賢馳聲溢四塞勉修貴及早狃捷（一作健）不知退錙銖揚芬馨尋尺招瑕纇淹留郢南都（一作鄙）摧頹羽翰碎安能咎往事且欲去沈痗吾師得真如寄在人寰內哀我隨名綱有如翾飛輩曈曈揭智燭照使出昏昧靜見玄關啓歘然初心會夙尚一何微今得信可大覺路明證入便門通懺悔理言自忘處屯道猶泰色身豈吾寶慧性非形礙思此靈山期未卜（一作來）何年載

臥病聞常山旋師策勳宥過王澤大洽因寄李六侍郎（一作御）

寂寂重寂寂病夫臥秋齋夜蛩思幽壁槁葉鳴空堦南國異氣候火旻尚昏霾瘴煙跕飛羽沴氣傷百骸昨聞凱歌旋飲至酒如淮無戰陋丹水垂仁輕槀街清廟既策勳圜丘俟燔柴車書一以混幽遠靡不懷逐客顛頓久故鄉雲雨乖禽魚各有化予欲問齊諧

善卷壇下作（在枉山上）

先生見堯心相與去（一作公）九有斯民既已治我得安林藪道爲自然貴名是無窮壽瑤壇（一作臺）在此山識者常回首

武陵觀火詩

楚鄉祝融分炎火常爲虞是時直突煙發自晨炊徒言風扇其威白晝曛陽烏操綆不暇汲循牆還（一作寧）避踰怒如列缺光迅與芬（一作棼）輪俱聯延掩四遠（一作達）赫奕成洪鑪洶疑雲濤翻颯若鬼神趨當前迎焮赩是物同膏腴金烏入梵天赤龍遊玄都騰煙透窻戶飛焰生欒櫨火山摧半空星雨灑中衢瑤壇被髹漆寶樹攢珊瑚光（一作花）縣與琴焦（一作集琴）旗亭無酒濡市人委百貨邑令遺雙鳧餘勢下隈隩長熛烘舳艫吹焚（一作熒）照水府炙浪愁天吳災罷雲日晚心驚視聽殊高灰辨廪庾黑土連閭閻衆爐合星羅遊氛鑠人膚厚地藏宿熱遙林呈驟枯火德資生人庸可一日無御之失其道敲石彌天隅晉庫走龍劍吳宮傷燕雛五行有沴氣先哲垂訏謨宋鄭同日起時當賢大夫無苛自可樂弭患非所圖賢守恤人瘼臨煙駐驪駒弔場（一作傷）色慘忸（一作怛）顏（一作唁）失詞劬愉下令蠲里布指期輕市租閑垣適未立苫蓋自相娛山木行剪伐江泥宜墐途（一作塗）邑（一作魯）臣不必胄（一作胄）何用徵越巫

崔元受少府自貶所還遺山薑花以詩答之

故人博羅尉遺我山薑花採從碧海上來自謫仙家雲濤潤孤根陰火照晨葩靜搖扶桑日豔對瀛洲霞世人愛（一作受）芳（一作苦）辛搴擷忘幽遐傳名入帝里飛驛辭天涯王濟本尚味石崇方鬬奢雕（一作堆）盤多不識綺席乃增華驛馬損筋骨貴人滋齒牙顧予藜藿士持此重咨（一作空歎）嗟

途中早發

馬踏塵上霜月明江頭路行人朝氣銳宿鳥相辭去流水隔遠村縵山多紅樹悠悠關塞內往來（一作來往）無閑步

和董庶中古散調詞贈尹果毅

昔聽東武吟壯年心已悲如何今濩落聞君辛苦辭言有窮巷士弱齡頗尚奇讀得玄女符生當事邊時借名遊俠窟結客幽并兒往來長楸（一作秋）間能帶雙鞬馳崩騰天寶末塵暗燕南（一作幽）垂爟火入咸陽詔徵神武師是時占軍幕插羽揚金羈萬夫列轅門觀射中戟支誓當雪國讎親愛從此辭中宵倚長劍起視蚩尤旗介馬晨蕭蕭陣雲竟天涯陰風獵（一作列）白草旗槊光參差勇氣貫中腸視身忽如遺生（一作旨）擒白馬將虜騎不敢追貴臣上戰功名姓隨意移終歲肌骨苦他人印纍纍謁者既清宮諸侯各罷戲上將賜甲第門戟不可窺昔血下沾襟天高問無期却尋故鄉路孤影空相隨行逢里中舊撲遨（一作宿）昔所嗤一言合侯王腰佩黃金龜問我何自苦可憐眞數奇遲回顧徒御得色懸雙眉翻然悟世途撫己昧所宜田園已蕪沒流浪江海湄鸑禽毛翮摧不見翔雲姿（一作高翮）衰容蔽逸氣孑孑無人知寂寞草玄徒長吟下書帷爲（一作聞）君發哀韻若扣（一作架若）瑤林枝有客識其眞潺湲涕交頤飲（一作勸）爾一杯酒陶然足自怡

望衡山

東南倚蓋甲維嶽資柱石前當祝融居上拂朱鳥翮青冥結精氣磅礴宣地脈還聞膚寸陰能致彌天澤

遊桃源一百韻

沅江清悠悠連山鬱岑寂回流抱絕巘皎鏡含虛碧昏旦遞明媚煙嵐分委積香蔓垂綠潭暴龍照孤磧（山下潭名綠蘿磧名）（暴龍）淵明著前志子驥思遠蹠（事見陶先生本記）寂寂無何鄉密爾天地隔金行太元歲漁者偶探賾尋花得幽蹤窺洞穿闇隙依微聞雞犬豁達值阡陌居人互將迎笑語如平昔廣樂雖交奏海禽心不懌揮手一來歸故溪無處覓綿綿五百載市朝幾遷革有路在壺中無人知地脈皇家感至道聖祚自天錫金闕傳本枝玉函留寶曆禁山開秘宇復戶潔靈宅（詔隸二十戶免徭以奉灑埽）蘂檢香氛氳醮壇煙冪冪我來塵外躅瑩若朝星析崖轉對翠屏水窮留畫鷁三休俯喬木千級扳峭壁旭日聞撞鐘綵雲迎躡屐遂登最高頂縱目還楚澤平湖見草青遠岸連霞赤幽尋如夢想綿思屬空闃夤緣且忘疲耽玩近成癖清猨伺曉發瑤草凌寒坼祥禽舞蔥蘢珠樹搖玓瓅（一作的皪）羽人顧我笑勸我稅歸軛霓裳何飄飄童顏潔白皙重巖是藩屛馴鹿受羈靮樓居彌（一作邇）清霄蘿蔦成翠帟仙翁遺竹杖王母留桃核姹女飛丹砂青童護金液寶氣浮鼎耳神光生劍脊虛無天樂來僁窣鬼兵役丹丘肅朝禮玉札工紬繹枕中淮南方牀下阜鄉舃明燈坐遙夜幽籟聽淅瀝因話近世仙聳然心神惕乃言瞿氏子骨狀非凡格往事黃先生羣兒多侮劇謷（一作謷）然不屑意元氣貯肝膈往往游不歸洞中觀博奕言高未易信猶復加訶責一旦前致辭自云仙期迫言師有道骨前事常被謫如今三山上名字在眞籍悠然謝主人後歲當來覿言畢

依庭樹如煙去無跡觀者皆失次驚追紛絡繹日暮山
徑窮松風自蕭槭適逢脩蛇見瞋目光激射如巖三清
居不使恣搜索唯餘步綱勢八趾在沙礫至今東北隅
表以壇上石列仙徒有名世人非目擊如何庭廡際白
日振飛翮洞天豈幽遠得道如咫尺一氣無死生三光
自遷易因思人間世前路何狹（一作湫）窄瞀然此生中善祝
期滿百大方播羣類秀氣肖翕闢性靜本同和物牽成
阻阨是非鬬方寸葷血昏精魄遂令多夭傷猶喜見斑
白喧喧車馬馳苒苒桑榆夕共安緹繡榮不悟泥途適
紛吾本孤賤世業在逢掖九流宗指歸百氏旁攟摭公
卿偶慰薦鄉曲繆推擇居安白社貧志傲玄纁辟功名
希自取簪組俟揚歷書府蚤懷鉛射宮曾發的起草香
生帳坐曹烏集柏賜燕聆簫韶侍祠閱琮璧嘗聞履忠
信可以行蠻貊自述（一作迷）希古心妄恃干時畫巧言忽成
錦苦志徒食蘖平地生峰巒深心有矛戟層波一震盪
弱植忽淪溺北渚弔靈均長岑思亭伯禍來昧幾兆事
去空歎息塵累與時深流年隨漏滴才能疑木鴈報施
迷夷跖楚奏縶（一作繫）鍾儀商歌勞甯戚稟生非懸解對鏡
方感激自從嬰網羅每事問龜策王正降雷雨環玦賜
遷斥儻伏（一作復）夷平人誓將依羽客買山構精舍領徒開
講席冥無身外憂自有閑中益道芽期日就塵慮乃冰
釋且欲遺姓名安能慕竹帛長生尚學致一溉（一作壑）豈虛
擲之術資糇糧煙霞拂巾幘黃石履看墮洪崖肩可拍
聊復嗟蜉蝣何煩哀虺蜴青囊既深味瓊葩亦屢摘縱（一作蹤）
無西山資（一作姿）猶免長戚戚

客有爲余話登天壇遇雨之狀因以賦之

清晨登天壇半路逢陰晦疾行穿雨過却立視雲背白
日照其上風雷走於內滉瀁雪海翻槎牙玉山碎蛟龍
露鬐鬣神鬼含變態萬狀互生滅百音以繁會俯觀羣
動靜始覺天宇大山頂自晶（一作徼）明人間已霧霈豁然重
昏斂渙若春冰潰反照入松門瀑流飛縞帶遙光泛物
色餘韻吟天籟洞府撞仙鐘村墟起夕靄却見山下侶
已如迷世代問我何處來我來雲雨外

秋江早發

輕陰迎曉日霞霽秋江明草樹含遠思襟懷有餘清凝
睇萬象起朗吟孤憤平渚鴻未矯翼而我已遐征因思
市朝人方聽晨雞鳴昏昏戀衾枕安見元氣英（元氣二字一作天地）
納爽耳目變玩奇筋骨輕滄洲有奇趣浩然（一作蕩）吾將行

有僧言羅浮事因爲詩以寫之

君言羅浮上容易見九垠漸高元氣壯洶湧來翼身夜
宿最高峰瞻望浩無鄰海黑天宇曠星辰來逼人是時
當朏魄陰物恣騰振日光吐鯨背劍影開龍鱗倏若萬
馬馳旌旗聳奫淪又如廣樂奏金石含悲辛疑其有巨
靈怪物盡來賓陰陽迭用事乃俾夜作晨咿喔天雞鳴
扶桑色昕昕赤波千萬里湧出黃金輪下視生物息霏
如隙中塵醯雞仰甕口亦謂雲漢津世人信耳目方寸
度大鈞安知視聽外怪愕不可陳悠悠想大方此乃栝
水濱知小天地大安能識其真

裴祭酒尚書見示春歸城南（一作東）青松塢別墅寄
王左丞高侍郎之什命同作

蚤宦閱人事晚（一作曉）懷生道機時從學省出獨望郊園歸
野彴度春水山花映巖扉石頭解金章林下步綠薇青
松鬱成塢脩竹盈尺圍吟風起天籟蔌日無炎威危徑
盤羊腸連甍聳翬飛幽谷響樵斧澄潭（一作江）環釣磯因高
見帝城冠蓋揚光輝白雲難持寄清韻投所希二公如
長離（一作鳳雛）比翼翔太微含情謝林壑酬贈騈（一作唱迭）珠璣顧予
久郎（一作即）潛愁寂對芳菲一聞丘中趣再撫黃金徽（一作再聽撫金徽）

和河南裴尹侍郎宿齋天平寺詣九龍祠祈雨
二十韻

有事九龍廟潔齋梵（一作夢）王祠玉簫何時絕碧樹空涼颸
吏散埃𡋯息月高庭宇宜重城肅穆閉澗水潺湲時人
稀夜復閑慮靜境亦隨緬懷斷鼇足凝想乘鸞姿朱明
盛農節膏澤方愆期瞻言五靈瑞能救百穀萎咿喔晨
雞鳴闌干斗柄（一作杓）垂修容謁神像注意陳正詞鶩颷起
泓泉若調（一作召）雷雨師黑煙聳鱗甲灑液如棼絲豐隆震
天衢列缺揮火旗炎空忽淒緊高霤懸緶縻生物已霑
霈濕雲稍離披丹霞啓南陸白水含東菑熙熙飛走適
藹藹草樹滋浮光動宮觀遠思盈川坻吳公敏於政謝
守工爲詩商山有病客言賀釣龐眉

冬夜宴河中李相公中堂命箏歌送酒

朗朗（一作琅琅）鵾雞弦華堂夜多思簾外雪已深座中人半醉
翠蛾發清響曲盡有餘意酌我莫憂狂老來無逸氣

重至衡陽傷柳儀曹 并引

元和乙未歲與故人柳子厚臨湘水爲別柳浮舟
適柳州余登陸赴連州後五年余從故道出桂嶺
至前別處而君沒於南中因賦詩以投弔

憶昨與故人湘江岸頭別我馬映林嘶君颿轉山滅馬
嘶循古道颿滅如流電千里江蘺春故人今不見

謫居悼往二首

邑邑（一作悒悒）何邑邑長沙地卑濕樓上見春多花前恨風急
猿愁腸斷叫鶴病翹趾立牛衣獨自眠誰哀仲卿泣

鬱鬱何鬱鬱長安遠如日終日念鄉關燕來鴻復還潘
岳歲寒思屈平顦顇顏殷勤望歸路無雨即登山

有獺吟

有獺得嘉魚自謂天見憐先祭不敢食捧鱗望青玄人
立寒沙上心專眼悄悄（一作[illegible]）漁翁以爲妖舉塊投其咽
呼兒貫魚歸與獺同烹煎關關黃金鶚大翅搖江煙下
見盈尋魚投身擘洪連（一作漣）攫挐隱鱗去哺雛林岳巔鶚
烏欲伺隙遙噪莫敢前長居青雲路彈射無由緣何地
無江湖何水無魴鱣天意不宰割菲祭徒虔虔空餘知
禮重載在淹中篇

白太守行

聞有白太守抛（一作棄）官歸舊谿蘇州十萬戶盡作嬰兒啼
太守駐行舟閶門草萋萋揮袂謝啼者依然兩眉低朱
戶非不崇我心如重狴華池非不清意在寥廓栖夸者
竊所（一作在）怪賢者默思齊我爲太守行題在隱起珪

樂天寄洛下新詩兼喜微之欲到因以抒懷也

松間風未起萬葉不自吟池上月未來清輝同夕陰宮
徵不獨運塤篪自相尋一從別樂天詩思日已沈吟君

洛中作精絕百鍊金乃知孤鶴情月露爲知音微之從東來威鳳鳴歸林羨君先相見一豁平生心

月夜憶樂天兼寄微之（一作月夜寄微之憶樂天）

今宵帝城月一望雪相似遥想洛陽城清光正如此知君當此夕亦望鏡（一作臨）湖水展轉相憶心月明（一作明月）千（一作十）萬里

早夏郡中書事

水禽渡殘月飛雨灑高城華堂對嘉樹簾廡含曉清拂鏡整危冠振衣步前楹將吏儼成列簿書紛來縈言下辨曲直筆端破交爭虛懷詢病苦懷律操剽輕閣吏告無事歸來解簪纓高簾覆朱閣忽爾聞調笙

詶樂天七月一日夜即事見寄

夜樹風韻清天河雲彩輕故苑多露草隔城聞鶴鳴摇落從此始別離含遠情聞君當是夕倚瑟吟商聲外物豈不足中懷向誰傾秋來念歸去同聽嵩陽笙

令狐相公見示贈竹二十韻仍命繼和

高人必愛竹寄興良有以峻節可臨戎虛心宜待士衆芳信妍媚威鳳難棲止遂於鞞鼓間移植東南美封以梁國土澆之浚泉水得地色不移凌空勢方起新青排故葉餘粉籠疎理猶復隔牆藩何因出塵滓茲辰去前蔽永日勞瞻視槭槭林已成熒熒玉相似規摹起心匠洗滌在頤指曲直既瞭然孤高何卓爾垂梢覆内屏迸笋侵前戺妓席拂雲鬟賓階蔭珠履抱琴恣閑翫執卷堪斜倚露下懸明璫風來韻清徵堅貞貫四候標格殊百卉歲晚當自知繁華豈云比古詩無贈竹高唱從此始一聽清瑶音崢然長在耳

和令狐相公晚泛漢江書懷寄洋州崔侍郎閬州高舍人二曹長

雨過遠山出江澄暮霞生因浮濟川舟遂作適野行郊樹映緹騎水禽避紅旌田夫捐畚鍤織婦窺柴荆古岸夏花發遥林晚蟬清沿洄方翫境鼓角已登城部内有良牧望中寄深情臨觴念佳期泛瑟動離聲寂寞一病士夙昔接羣英多謝謫仙侶幾時還玉京

和樂天洛城春齊梁體八韻

帝城宜春入遊人喜意長草生季倫谷花出莫愁坊斷雲發山色輕風漾水光樓前戲馬地樹下鬬雞場白頭自爲侶綠酒亦滿觴潘園觀種植謝墅閱池塘至閑似隱逸過老不悲傷相問焉功德銀黃遊故鄉

洛中早春贈樂天

漠漠復靄靄半晴將半陰春來自何處無迹日以深韶嫩冰後木輕盈煙際林藤生欲有託柳弱不自任花意已含蓄鳥言尚沈吟期君當此時與我恣追尋翻愁爛熳後春暮却傷心

和樂天譙李周美中丞宅池上賞櫻桃花

櫻桃千萬枝照耀如雪天王孫讌其下隔水疑神仙宿露發清香初陽動暄妍妖姬滿髻插酒客折枝傳同此賞芳月（一作日）幾人有華筵杯行勿遽辭好醉逸三年

詶樂天聞新蟬見贈

碧樹鳴蟬後煙雲改容光瑟然引秋氣芳草日夜黄夾道喧古槐臨池思垂楊離人下憶淚志士激剛腸昔聞阻山川今聽同匡牀人情便所遇音韻豈殊常因之比笙竽送我遊醉鄉

和樂天秋涼閑臥

暑退人體輕雨餘天色改荷珠貫索斷竹粉殘粧在高僧掃室請逸客登樓待槐柳漸蕭疎閑門少光彩

詶樂天詠老見示

人誰不顧老老去有誰憐身瘦帶頻減髮稀冠自偏廢書緣惜眼多灸爲隨年經事還諳事閱人如閱川細思皆幸矣下此便翛然莫道桑榆晚微（一作爲）霞尚滿天

歲夜詠懷

彌年不得意新歲又如何念昔同遊者而今有幾多以閑爲自在將壽補蹉跎春色無情故幽居亦見過

詶牛相公獨飲偶醉寓言見示

宮漏夜丁丁千門閉霜月華堂列紅燭絲管靜中發歌眉低有思舞體輕無骨主人啓酡顔酣暢浹肌髮猶思城外客阡陌不可越春意日夕深此歡無斷絕

萋兮吟

天涯浮雲生爭蔽日月光窮巷秋風起先摧蘭蕙芳萬貨列旗亭恣心注明璫名高毀所集言巧智難防勿謂行大道斯須成太行莫吟萋兮什徒使君子傷

韓十八侍御見示岳陽樓別竇司直詩因令屬和重以自述故足成六十二韻

楚望何蒼然曾瀾七百里孤城寄遠目一寫無窮已蕩漾浮天蓋四環宣地理積漲在三秋混成非一水冬遊見清淺春望多洲沚雲錦遠沙明風煙青草靡火星忽南見月硤方東迤雪波西山來隱若長城起獨專朝宗路駛悍不可止支川讓其威蓄縮至南委熊武走蠻落（熊武二溪名）瀟湘來奧鄙炎蒸動泉源積潦搜山趾歸往無旦夕包含通遠邇行當白露時眇視秋光裏曙色未昭晰露華遥斐亹浩爾神骨清如觀混元始北風忽震盪驚浪迷津涘怒激鼓鏗訇蹙成山歸硊鵾鵬疑變化罔象何恢詭噓吸寫樓臺騰驤露鬐尾景移羣動息波靜繁音弭明月出中央青天絕纖滓素光淡無際綠靜平如砥空影渡鵷鴻秋聲思蘆葦鮫人弄機杼貝闕駢紅紫珠蛤吐玲瓏文鰩翔旖旎水鄉吳蜀限地勢東南庳翼軫粲垂精衡巫屹環峙名雄七澤藪國辨三苗氏唐羿斷修蛇荆王憚（丁達反）青兕秦狩跡猶在虞巡路從此軒后奏宮商騷人詠蘭芷茅嶺潛相應橘洲傍可指郭璞驗幽經羅含著前紀觀津（一作律）戚里族按道侯家子聯袂登高樓臨軒笑相視假守亦高臥（竇時權領郡事）墨曹正垂耳（韓亦量移江陵法曹）契濶話涼溫壺觴慰遷徙地偏山水秀客重杯盤侈紅袖花欲然銀燈晝相似興酣更抵掌樂極同啓齒筆鋒不能休藻思一何綺伊余負微尚夙昔慙知已出入金馬門交結青雲士襲芳踐蘭室學古遊槐市策慕宋前軍文師漢中壘陋容昧俯仰孤志無依倚衛足不如葵漏川空歎蟻幸逢萬物泰獨處窮途否鍛翮重疊傷兢魂再三褫蘧瑗亦屢化左丘猶有恥桃源訪仙宮薜服祠山鬼故人南臺舊一別如弦矢今朝會荆蠻斗酒相宴喜爲余出新什笑抃隨伸紙曄若觀五色歡然臻

四美委曲風濤事分明窮達旨洪韻發華鐘淒音激清徵羊濬要(平聲)共和江淹多雜擬徒欲仰高山焉能追逸軌湘洲路四達巴陵城百雉何必顏光祿留詩張內史

和郴州楊侍郎翫郡齋紫薇花十四韻

幾年丹霄上出入金華省暫別萬年枝看花桂陽嶺南方足奇樹公府成佳境綠陰交廣除明豔透蕭屏雨餘人吏散燕語簾櫳靜懿此含曉芳翛然忘簿領紫茸垂組縷金樓攢鋒穎露溽暗傳香風輕徐就影苒弱多意思從容占光景得地在侯家移根近仙井開尊好凝睇倚瑟仍回頸遊蜂駐綵冠舞鶴迷煙頂興生紅藥後愛與甘棠並不學夭桃姿浮榮在俄頃

春日寄楊八唐州二首

淮西春草長淮水逶迤光燕入新村落人耕舊戰場可憐行春守立馬看斜桑

漠漠淮上春莠苗生故壘梨花方城路荻笋蕭陂水高齋有謫仙坐嘯清風起

詶馮十七舍人宿衛贈別五韻

少年爲別日隋宮楊柳陰白首相逢處巴江煙浪深使星上三蜀春雨霑衣襟王程促速意夜語殷勤心却歸天上去遺我雲間音

詶湖州崔郎中見寄

風箏吟秋空不肖指爪聲高人靈府間律呂伴咸英昔年與兄遊文似馬長卿今來寄新詩乃類陶淵明磨礱老益智吟詠閑彌精豈非山水鄉蕩漾神機清渚煙蕙蘭動溪雨虹蜺生馮君虛上舍待余乘輿行

秋日書懷寄河南王尹

公府想無事西池秋水清去年爲狎客永日奉高情況有臺上月如聞雲外笙不知桑落酒今歲與誰傾

詶留守牛相公宮城早秋寓言見寄

曉月映宮樹秋光起天津涼風稍動葉宿露未生塵星(一作景)氣尚芳麗曠望感心神揮毫成逸韻開閤遲來賓擺去將相印漸爲逍遙身如招後房宴却要白頭人

海陽十詠并引

元次山始作海陽湖後之人或立亭榭率無指名及余而大備每疏鑿搆置必揣稱以標之人咸曰有旨異日遷官裴侍御爲十詠以示余頗明麗而不虛美因捃拾裴詩所未道者從而和之

吏隱亭

結構得奇勢朱門交碧潯外來始一望寫盡平生心日軒漾波影月砌鏤松陰幾度欲歸去回眸情更深

切雲亭

迥破林煙出俯窺石潭空波搖杏梁日松韻碧窻風隔水生別島帶橋如斷虹九疑南面事盡入寸眸中

雲英潭

芳幄覆雲屏石奩開碧鏡支流日飛灑深處自疑瑩潛去不見跡清音常滿聽有時病朝醒來此心神醒

玄覽亭

瀟灑青林際夤緣碧潭隈淙流冒石下輕波觸砌回香風逼人度幽花覆水開故令無四壁晴夜月光來

裴溪(時御史已遇新恩)

楚客憶關中疏溪想汾水縈紆非一曲意態如千里倒影羅文動微波(一作浪)笑顏起君今賜環歸何人承玉趾

飛練瀑

晶晶擲巖端潔光如可把瓊枝曲不折雲片晴猶下石堅激清響葉動承餘灑前時(一作池)明月中見是銀河瀉

蒙池

瀠渟幽壁下深淨如無力風起不成文月來同一色地靈草木瘦人遠煙霞逼往往疑列仙圍棊在巖側

棼絲瀑

飛流透嵌隙噴灑如絲棼含暈迎初旭翻光破夕曛餘波繞石去碎響隔溪聞却望瓊沙際逶迤見脉分

雙溪

流水繞雙島碧溪相並深浮花擁曲處遠影落中心閑鷺久獨立曝龜驚復沈蘋風有時起滿谷簫韶音

月窟

濺濺漱幽石注入團圓處有如常滿杯承彼清夜露巖曲月斜照林寒春晚煦遊人不敢觸恐有蛟龍護

武夫詞并引

有武夫過詫余以從軍之樂翌日質於通武之善經者則曰果有樂也夫威恣而賞勞則樂用威雄而賞虢則樂橫顧其樂安出耳余惕然作是詞

武夫何洸洸衣紫襲絳裳借問胡爲爾列校在鷹揚依倚將軍勢交結少年場探丸害公吏抽刃妒名倡家產既不事顧盼自生光酣(一作醒)歌高樓上袒裼大道傍昔爲編戶人秉耒甘哺糠今來從軍樂躍馬飫膏粱猶思風塵起無種取侯王

虎丘寺路宴

青林虎丘寺林際翠微路立見山僧來遙從鳥飛處茲峰淪寶玉千載惟丘墓埋劒人空傳鑿山龍已去捫蘿披翳薈路轉夕陰遽虎嘯崖谷寒猿鳴松杉暮徘徊北樓上海江窮一顧日映千里帆鵶歸萬家樹暫因愜所適果得捐外慮庭暗棲還雲簷香滴甘露久迷空寂理多爲聲華故永欲投此山餘生豈能悞

缺題

故人日已遠窻下塵滿琴坐對一樽酒恨多無力斟幕疎螢色迥露重月華深萬境與羣籟此時情豈任

晚步楊子游南塘望沙尾

淮海多夏雨曉來天始晴蕭條長風至千里孤雲生卑濕久喧濁搴開偶虛清客遊廣陵郡晚出臨江城郊外綠楊陰江中沙嶼明歸帆翳盡日去櫂聞遺聲鄉國殊渺漫羈心目懸旌悠然京華意悵望懷遠程薄暮大山上翩翩雙鳥征

和浙西李大夫晚下北固山喜徑松成陰悵然懷古偶題臨江亭并浙東元相公所和依本韻

一辭溫室樹幾見武昌柳荀謝年何少韋平望已久種松夾石道紆組臨沙阜目覽帝王州心存股肱守葉動驚綵翰波澄見頳首晉宋齊梁都千山萬江口煙散隋宮出濤來海門吼風俗太伯餘衣冠永嘉後江長天作限山固壤無朽自古稱佳麗非賢誰奄有八元邦族盛

萬石門風厚天柱揭東溟文星照北斗高亭一騁望舉
酒共為壽因賦詠懷詩遠寄同心友禁中晨夜直江左
東西偶將手握兵符儒署盤貴綬頒條風有自立事言
無苟農野聞讓耕軍人不使酒用材當構廈知道寧窺
牖誰謂青雲高鵬飛終背負

始至雲安寄兵部韓侍郎中書白舍人二公近曾遠守故有屬焉

天外巴子國山頭白帝城波清蜀棟盡雲散楚臺傾迅
瀨下哮吼兩岸勢爭衡陰風鬼神過暴雨蛟龍生硤斷
見孤邑江流照飛甍蠻軍擊嚴鼓筰馬引雙旌望闕遙
拜舞分庭備將迎銅符一以合文墨紛來縈暮色四山
起愁猿數處聲重關羣吏散靜室寒燈明故人青霞意
飛舞集蓬瀛昔曾在池籞應知魚鳥情

全唐詩

劉禹錫

更衣曲

博山炯炯吐香霧紅燭引至更衣處夜如何其（一作如何其夜）夜
漫漫鄰雞未鳴寒雁度庭前雪壓松桂叢廊下點點懸
紗籠滿堂醉客爭笑語嘈囋琵琶青幕中

桃源行

漁舟何招招浮在武陵水拖（一作垂）綸擲餌信流去誤入桃
源行數里清源尋盡花綿綿踏花覓徑至洞前洞門蒼
黑煙霧生暗行數步逢虛明俗人毛骨驚仙子爭來致
詞何至此須臾皆破冰雪顏笑言（一作語）委曲問人世（一作間）因
嗟隱身來種玉不知人世（一作間）如風燭筵羞石髓勸客餐
燈爇松脂留客宿雞聲犬聲遙相聞曉色蔥蘢開五雲
漁人振衣起出戶滿庭無路花紛紛翻然恐失（一作迷）鄉縣
處一息不肯桃源住桃花滿溪水似鏡塵心如垢洗不
去仙家一出尋無蹤至今流水（一作水流）山重重

洞庭秋月行

洞庭秋月生湖心層波萬頃如（一作鎔）鎔（一作黃）金孤輪徐轉
光不定遊氣濛濛隔寒鏡是時白露三秋中湖平月上
天地空岳陽樓（一作城）頭暮角絕蕩漾已過君山東山（一作孤）城
蒼蒼夜寂寂水月逶迤繞城白蕩槳巴童歌竹枝連檣
估客吹羌笛勢高夜久陰力全金（一作爽）氣肅肅開星（一作清）躔
浮雲野馬歸四裔遙望星斗當中天天雞相呼曙霞出
斂影含光讓朝日日出喧喧人不閑夜來清景非人間

九華山歌（并引）

九華山在池州清陽縣西南九峯競秀神采奇異昔予仰太華以為此外無奇愛女几荊山以為此外無秀及今年見九華始悼前言之容易也惜其地偏且遠不為世所稱故歌以大之

奇峯一見驚魂魄意想洪鑪始開闢疑是九龍夭矯欲
攀天忽逢霹靂一聲化為石不然何至今悠悠億萬年
氣勢不死如騰仚（音騫。輕舉貌。一音嫣）雲含幽兮月添冷月凝暉兮
江漾影結根不得要路津迥秀長在無人境軒皇封禪
登雲亭大禹會計臨東溟乘樏（力最反）不來廣樂絕獨與
猨鳥愁青熒君不見敬亭之山黃（一作廣）索漠兀如斷岸無
稜角宣城謝守（一作朓）一首詩遂使聲名齊五岳九華山九
華山自是造化一尤物焉能籍甚乎人間

泰娘歌（并引）

泰娘本韋尚書家主謳者初尚書為吳郡得之命樂工誨之琵琶使之歌且舞無幾何盡得其術居一二歲攜之以歸京師京師多新聲善工於是又捐去故技以新聲度曲而泰娘名字往往見稱於貴遊之間元和初尚書薨於東京泰娘出居民間久之為蘄州刺史張愻所得其後愻坐事謫居武陵郡愻卒泰娘無所歸地荒且遠無有能知其容與藝者故日抱樂器而哭其音焦殺以悲（一本此下有雜字）客聞之為歌其事以續於樂府云

泰娘家本閶門西門前綠水環金隄有時妝成好天氣
走上皋（一作高）橋折花戲風流太守韋尚書路傍忽見停隼
旟斗量明珠鳥傳意紺幰迎入專城居長鬟如雲衣似
霧錦茵羅薦承輕步舞學驚鴻水榭春歌傳（一作撩）上客蘭
堂暮從郎西入帝城中貴遊簪組香簾櫳低鬟緩視抱
明月纖指破撥生胡風繁華一旦有消歇題劍無光履
聲絕洛陽舊宅生草萊杜陵蕭蕭松柏哀妝奩蟲網厚
如璽博山鑪側傾寒灰蘄州刺史張公子白馬新到銅
駝里自言買笑擲黃金月墮雲中（一作月墜雲收）從此始安知鵩
鳥座隅飛寂寞旅魂招不歸秦嘉（一作家）鏡有前時結韓壽
香銷故篋衣山城少人江水碧斷鴈哀猿風雨夕朱弦
已絕為知音雲鬢未秋私自惜舉目風煙非舊時夢尋
歸（一作歸）路多參差如何將此千行淚更灑湘江斑竹枝

龍陽縣歌

縣門白日無塵土百姓縣前挽魚罟主人引客登大隄
小兒縱觀黃犬怒鷓鴣驚鳴繞籬落橘柚垂芳（一作芬）照窗
戶沙平草綠見吏稀寂歷（一作寥）斜陽照縣鼓

牆陰歌

白日左右浮天潢（一作光）朝晡影入東西牆昔為兒童在陰
戲當時意小覺日長東鄰侯家吹笙簧隨陰促促移象
牀西鄰田舍乏糟糠就影汲汲舂黃粱因思九州四海
外家家只占牆陰內莫言牆陰數尺間老却主人如等
閑君看眼前光陰促中心莫學太行山

踏潮歌（并引）

元和十年夏五月終風駕濤（一作大風潮）南海泛（一作羨）溢南人云踏潮也率三歲一有之客或言其狀因歌之

屯門積日無回飈滄波不歸成踏潮轟如鞭石矻且搖
亘空欲駕黿鼉橋驚湍蹙縮悍而驕大陵高岸失岩嶤
四邊無阻音響調背負元氣掀重霄介鯨得性方逍遙
仰鼻噓吸揚朱翹海人狂顧迭相招罽衣髽首聲嘵嘵

征南將軍登麗譙赤旗指麾不敢囂翌日風回沴氣消歸濤納納景昭昭烏泥白沙復滿海海色不動如青瑤

白鷺兒

白鷺兒最高格毛衣新成雪不敵衆禽喧呼獨凝寂孤眠芊芊草久立潺潺石前山正無雲飛去入遥碧

平齊行二首

胡塵昔起薊北門河南地屬平盧軍貂裘代馬繞東岳嶧陽孤桐削爲角地形十二虜意驕恩澤含容歷四朝魯人皆解帶弓箭齊人不復聞簫韶今朝天子聖神武手握玄符平九土初哀狂童襲故事文告不來方振怒

去秋詔下誅東平官軍四合猶嬰城春來羣烏噪且驚氣如壞山墮其庭牙門大將有劉生夜半射落攙搶星帳中虜血流滿地門外三軍舞連臂（一作舞臂盟）驛騎函首過黃河城中無賊天氣和朝廷侍郎來慰撫耕夫滿野行人歌

泰山沈寇六十年旅祭不享生愁煙今逢聖君欲封禪神使陰兵來助戰妖氛掃盡河水清日觀杲杲卿雲見開元皇帝東封時百神受職爭奔馳千鈞猛簴順流下洪波涵淡浮熊羆侍臣燕公秉文筆玉檢告天無媿詞當今睿孫承聖祖岳神望幸河宗舞青門大道屬車塵共待葳蕤翠華舉

送裴處士應制舉詩（并引）

晉人裴昌禹讀書數千卷於周官小戴禮尤邃性是古敢言雖侯王不能卑下故與世相參差凡抵有位以索合行天下幾遍常歎諸侯莫可遊欲一見天子而未有路會今年詔書徵賢良昌禹大喜以爲可以盡豁平生摶髀躍曰一覲雲龍庭足矣繇是裹三月糧而西徂咨予以七言爲遊之資藉耳

裴生久在風塵裏氣勁言高少知己注書曾學鄭司農歷國多於孔夫子往年訪我到連州無窮絕境終日遊登山雨中（一作日長）試蠟屐入洞夏裏披貂裘白帝城邊又相遇斂翼三年不飛去忽然結束如秋蓬自稱對策明光宮人言策中説何事掉頭不答看飛鴻彤庭翠松迎曉日鳳銜金榜雲間出中（一作七）貴腰鞭立傾酒（一作間傾酒觥）宰臣委佩觀搖筆古稱射策如彎弧一發偶中何時無由來草澤無忌諱努力滿挽當亨（一作雲）衢憶得當（一作童）年識君處嘉禾驛後聯牆住垂鉤釣得王餘魚踏芳共登蘇小墓此事今同夢想間相看一笑且開顏老大希逢舊鄰里爲君扶病到方（一作芳）山

三鄉驛樓伏覩玄宗望女几山詩小臣斐然有感

開元天子萬事足唯惜當時光景促三鄉陌上望仙山歸作霓裳羽衣曲仙心從此在瑤池三清八景相追（一作催）隨天上忽乘白雲去世間空（一作惟）有秋風詞

城西行

城西簇簇三叛族叛者爲誰蔡吳蜀中使提刀出禁來九衢車馬轟如（一作成）雷臨刑與酒杯未覆讎家白官先請肉守吏能然董卓臍飢烏來覷桓玄目城西人散泰階平雨洗血痕春草生

武昌老人説笛歌

武昌老人（一作將）七十餘手把庾令相問書自言少小（一作年少）學吹笛早事曹王曾賞激往年鎮戍到（一作征鎮戍）蘄州楚山蕭蕭笛竹秋當時買材恣搜索典卻身上烏貂裘古苔蒼蒼封老節石上（一作山）孤生飽風雪商聲五音（一作商音五聲）隨指發水中龍應行雲絕曾將黃鶴樓上吹一聲占盡秋江月如今老去語尤（一作興猶）遲音韻高低耳不知氣力已微心尚在時時一曲夢中吹

西山蘭若試茶歌

山僧後檐茶數叢春來映竹抽新茸宛然爲客振衣起自傍芳叢摘鷹觜斯須炒成滿室香便酌砌下金沙水驟雨松聲入鼎來白雲滿盌花徘徊悠揚噴鼻宿酲散清峭徹骨煩襟開陽崖陰嶺各殊氣未若竹下莓苔地炎帝雖嘗未解煎桐君有籙那知味新芽連拳半未舒自摘至煎俄頃餘木蘭霑（一作墜）露香微似瑤草臨波色不如僧言靈味宜幽寂采采翹英爲嘉客不辭緘封寄郡齋甎井銅爐損標格何況蒙山顧渚春白泥赤印走風塵欲知花乳清泠味須是眠雲跂石人

聚蚊謠

沈沈夏夜蘭堂開飛蚊伺暗聲如雷嘈然歘起初駭聽殷殷若自南山來喧騰鼓舞喜昏黑昧者不分聽者惑露花滴瀝月上天利觜迎人著不得我（一作微）軀七尺爾如芒我孤爾衆能我傷天生有時不可遏爲爾設幄潛匡牀清商一來秋日曉羞爾微形飼丹鳥

百舌吟

曉星寥落春雲低初聞百舌間關啼花樹（一作枝）滿空迷處所搖動繁英墜紅雨笙簧百囀音韻多黃鸝吞聲燕無語東方朝日遲遲升迎風弄景如自矜（一作驚）數聲不盡又飛去何許（一作處）相逢綠楊路綿蠻宛轉似娛人一心百舌何紛紛酡顏俠少停歌聽墜珥妖姬和睡聞可憐光景何時盡誰能低回避鷹隼廷尉張羅自不關潘郎挾彈無情損天生羽族爾何微舌端萬變乘春暉南方朱鳥一朝見索漠（一作寞）無言蒿下飛

飛鳶操

鳶飛杳杳青雲裏鳶鳴蕭蕭風四起旗尾飄揚勢漸高箭頭砉劃聲相似長空悠悠霽日懸六翮不動凝風（一作飛）煙（一作疑煙飛）遊鵾翔鴈出其下慶雲清景相回旋忽聞饑烏一噪聚瞥下雲中爭腐鼠騰音礪吻相喧呼仰天大嚇疑鵷鶵畏人避犬投高處俛啄無聲猶屢顧青鳥自愛玉山禾仙禽徒貴華亭（一作山）露樸遬（一作樕）危巢向暮時毰毸飽腹蹲枯枝遊童挾彈一麾肘（一作射）臆碎羽分人不悲天生衆禽各有類威鳳文章在仁義鷹隼儀形螻蟻心雖能戾天何足貴

秋螢引

漢陵秦苑遥蒼蒼陳根腐葉秋螢光夜空寥寂金氣淨千門九陌飛悠揚紛綸暉映互明滅金爐星噴鐙花發露華洗濯清風吹低昂不定招搖垂高麗罘罳照蛛網斜歷璇題舞羅幌曝衣樓上拂香帬承露臺前轉仙掌槐市諸生夜讀（一作對）書北窗分明辨魯魚行子東山起征

思中郎騎省悲秋氣銅雀人歸自入簾長門帳開來照淚誰言向晦常自明兒童走步嬌女爭天生有光非自衒遠近低昂暗中見撮蚊妖鳥亦夜起（一作飛）翅如車輪而已矣（一作人不見）

傷秦姝行

河南房開士前為虞部郎中為余語曰我得善箏人於長安懷遠里其後開士為赤縣牧容州求國工而誨之藝工而夭今年開士遺余新詩有悼佳人之句顧余知所自也惜其有良妓獲所從而不克久乃為傷詞以貽開士

長安二月花滿城插花女兒彈（一作弄）銀箏南宮仙郎下朝晚曲頭駐馬聞新聲馬蹄逶遲心蕩漾高樓已遠猶頻望此時意重千金輕鳥傳消息紺輪迎芳筵銀燭一相見淺笑低鬟初目成蜀弦錚摐指如玉皇帝弟子韋家曲青牛文梓赤金簧玫瑰寶柱秋鴈行斂蛾收袂凝清光抽弦緩調怨且長八鸞鏘鏘渡銀漢九鶴威（一作鳳）鳴朝陽曲終韻盡意不足餘思悄絕愁空堂從郎鎮南別城闕樓船理曲瀟湘月馮夷蹁躚舞淥波鮫人出聽停綃梭北池含煙瑤草短萬松亭下清風滿（北池萬松皆容州勝槩）秦聲一（一作歌）曲此時聞嶺泉嗚咽南雲（一作陽壖）斷來自長陵小市東蕣華零落瘴江風侍兒掩泣收（一作悲）銀甲鸚鵡不言愁玉籠博山爐中香自滅鏡奩塵暗同心結從此東山非昔遊長嗟人與弦俱絕

競渡曲（競渡始於武陵及今舉楫而相和之其音咸呼云何在斯招屈之義事見圖經）

沅（一作湘）江五月平堤流邑人相將浮綵舟靈均何年歌已矣哀謠振楫從此起揚桴（一作枹）擊節雷闐闐亂流齊進聲轟然蛟龍得雨鬐鬣動螮蝀飲河形影聯刺史臨流褰翠幃揭竿命爵分雄雌先鳴餘勇爭鼓舞未至銜枚顏色沮百勝本自有前期一飛由來無定所風俗如狂重此時縱觀雲委江之湄綵旂夾岸照蛟室羅韈凌波呈水嬉曲終人散空愁暮招屈亭前水東注

翰林白二十二學士見寄詩一百篇因以答貺（一作贈）

吟君遺我百篇詩使我獨坐形神馳玉琴清夜人不語琪樹春朝風正吹郢人斤斲無痕跡仙人衣裳棄刀尺世人方內欲相尋行盡四維無處覓

憶春草（春草樂天舞妓名）

憶春草處處多情洛陽道金谷園中見日遲銅駝陌上迎風早河南大尹頻出難只得池塘十步看府門閉後滿街月幾處遊人草頭歇館娃宮外姑蘇臺鬱鬱芊芊撥不開無風自偃君知否西子裙裾曾拂來

樂天寄憶舊遊因作報白君以答

報白君別來已渡江南春江南春色何處好燕子雙飛故宮道春城三百七十橋夾岸朱樓隔柳條丫頭小兒蕩畫槳長袂女郎簪翠翹郡齋北軒卷羅幕碧池逶迤遶畫閣池邊綠竹桃李花花下舞筵鋪彩霞吳娃足情言語黠越客有酒巾冠斜坐中皆言白太守不負風光向杯酒酣歌殘飛逸韻至今傳在人人口報白君相思空望嵩丘雲其奈錢塘蘇小小憶君淚點石榴裙（白君有妓近自洛歸錢塘）

兩如何詩謝裴令公贈別二首

一言一顧重重何如今日陪遊清洛苑昔年別入承明廬

一東一西別別何如終期大冶再鎔鍊願託扶搖翔碧虛

唐侍御寄遊道林嶽麓二寺詩并沈中丞姚員外所和見徵繼作

湘西古刹雙蹲蹲羣峰朝拱如駿奔青松步障深五里龍宮黯黷神為閽高殿呀然壓蒼巘俯瞰長江疑欲吞橘洲泛浮金實動水郭繚繞朱樓騫語餘百響入天籟衆奇引步輕翻翻泉清石布博（一作似）棋子蘿密鳥韻如簧言回廊架險高且曲新徑穿林明復昏淺流忽濁山獸過古木半空天火痕星使雙飛出禁垣元侯餞之遊石門紫髯翼從紅袖舞竹風松雪香溫𦬒遠持清瑣照巫峽一戛鶯斷三聲猨靈山會中身不預吟想峭絕愁精魂恨無黃金千萬餅布地買取為丘園

將赴汝州途出浚下留辭李相公

長安舊遊四十載鄂渚一別十四年後來富貴已零落歲寒松柏猶（一作尚）依然初逢貞元尚文主雲闕天池共翔舞相看却數六朝臣屈指如今無四五夷門天下之咽喉昔時往往生瘡疣聯翩舊相來鎮壓四海吐納皆通流久別凡經幾多事何由說得平生意（一作愁）千思萬慮盡如空一笑一言真可貴（一作休）世間何事最殷勤白頭將相逢故人功成名遂會歸老請向東山為近鄰

平蔡州三首

蔡州城中衆心死妖星夜落照壕（一作河）水漢家飛將下天來馬箠一揮門洞開賊徒崩騰望旗拜有若羣蟄驚春雷狂童面縛登檻車太白（一作大弟）天矯垂捷書相公從容來鎮撫常侍郊迎負文弩四人歸業閭里閑小兒跳浪（一作踉蹌）健兒舞

汝南晨雞喔喔鳴城頭鼓角音和平路傍老人憶舊事相與感激皆涕零老人收泣（一作淚）前致辭官軍入城人不知忽驚元和十二載重（一作喜）見天寶承平時

九衢車馬渾渾流使臣來獻淮西囚四夷聞風失匕筯（一作皆失據 一作皆失筯）天子受賀登高樓妖童擢髮不足數血污城西一抔土南峯（一作峰）無火楚澤閑夜行不鎖穆陵關策勳禮畢天下泰猛士按劒看恒山（時惟恒山不庭）

送僧仲剬東遊兼寄呈靈澈上人

釋子道成神氣閑住持曾上清涼山晴空（一作清宵）禮拜見真像金毛五（一作玉）髻卿雲間西遊長安（一作樂）隸僧籍本寺門前曲江碧松間白月照寶書竹下香泉灑瑤席前時學得經論成奔馳象馬開禪扃高筵談柄一麈拂講下門徒如醉醒舊聞南方多長（一作禪）老次第來入荊門道荊州本自重彌（一作諸）天南朝塔廟猶依然宴坐東陽枯樹下經行居止（一作此）故臺邊忽憶遺民社中客為我衡陽駐飛錫講罷同尋相鶴經閑來共蠟登山屐一旦揚眉望沃州自言王謝許（一作與）同遊憑將雜擬三十首寄與江南湯慧休

觀棋歌送儇師西遊

長沙男子東林師閑讀藝經工奕棋有時凝思如入定

暗覆一局誰能知今年訪予來小桂方袍袖中貯新勢山人無事秋(一作愁)日長白晝懵懵眠匡牀因君臨局看鬬智不覺遲景沈西牆自從仙(一作山)人遇樵子直到開元王長史前身後身付餘習百變千化無窮(一作看不)已初疑磊落曙天星次見搏擊三秋兵鴈行布陳衆未曉虎穴得子人皆驚行盡三湘不逢敵終日饒人損機格自言臺閣有知音悠然遠起西遊心商山夏木陰寂寂好處徘徊駐飛錫忽思爭道畫(一作盡)平沙獨笑無言心有適藹藹京城在九天貴遊豪士足華筵此時一行出人意賭取聲名不要錢

吐綬鳥詞(并序)

滑州牧尚書李公以吐綬鳥詞見示兼命繼聲蓋尚書前爲御史時所作有翰林二學士同賦之今所謂追和也鳥之所異具於本篇

越山有鳥翔寥廓嗉中天(一作吐)綬光若若越人偶見而奇之因名吐綬江南知四明天姥神仙地朱鳥星精鍾異氣赤玉彫成彪炳毛紅綃翦出玲瓏翅湖煙始開山日高迎風吐綬盤花條臨波似染瑯琊草映葉疑開阿母桃花紅草綠人間事未若靈禽自然貴鶴吐明珠暫報恩鵲銜金印空爲瑞春和秋霽野花開翫景尋芳處處來翠幕雕籠非所慕珠丸柘彈莫相猜棲月啼煙凌縹緲高林先見金霞曉三山仙路寄遙情刷羽揚翹欲上征不學碧雞依井絡願隨青鳥向層城太液池中有黃鵠憐君長向高枝宿如何一借羊角風來聽簫韶九成曲

八月十五日夜桃源翫月

塵中見月心亦閑況是清秋仙府間凝光悠悠寒露墜此時立在最高山碧虛無雲風不起山上長松山下水羣動翛然一顧中天高地平千萬里少君引我昇玉壇禮空遙請真仙官雲軿欲下星斗動天樂一聲肌骨寒金(一作朝)霞昕昕漸東上輪欹影促猶頻望絕景良時難再并他年此日應惆悵(叔乂元和中徵昔事爲桃源行後貶官武陵復爲翫月作並題於觀壁爾來星紀再周蔇忝牽故此郡仰見文字闇缺伏慮他年轉將壓沒故鐫在貞石以期不朽太和四年蔇謹記)

送鴻舉遊江南(并引)

始余謫朗州爾時是師振麻衣斐然而前持文篇以爲僧贄唧唧而清如蟲吟秋自然之響無有假合有足佳者故爲賦二章以聲之距今年遇於建平赤頷益蓄文思益深而內外學益富旣訊已探裓中出前所與詩閱之紙勞墨瘁與我同來因思夫冉冉之光渾渾之輪時而言有初中後之分日而言有今昨明之稱身而言有幼壯艾之期乃至一謦欬一彈指中際皆具何必求三生以異身耶然而視予之文昔與今有莛楹之別視予之書昔與今有鈞石之懸視予之仕昔與今乃唯阿之差耳豈有工拙之數存乎其間哉蓋可勉而進者與日月而至矣彼儻來外物雖日月無能至焉是歲師告予遊江西復爲賦七言以爲遊地耳

禪客學禪兼學文出山初似無心雲從風卷舒來何處繚繞巴山不得去山州(一作川)古寺好閑居讀盡龍王宮裏書使君灘頭揀石硯白帝城邊尋野蔬忽然登高心瞥起又欲浮杯信流水煙波浩淼魚鳥情東去三千三百里荊門峽(一作硤)斷無盤渦湘平漢闊清光多廬山霧開見瀑布江西月淨聞漁歌鍾陵八郡多名守半是西方社中友與師相見便談空想得(一作聽)高齋(一作聲)獅子吼

採菱行(并引。一作採芰女)

武陵俗嗜芰菱歲秋矣有女郎盛遊於馬湖薄言採之歸以御客古有採菱曲罕傳其詞故賦之以俟採詩者

白馬湖平秋日光紫菱如錦綵鸞翔蕩舟遊女滿中央採菱不顧馬上郎爭多逐勝紛相向時轉蘭橈破輕浪長鬟弱袂動(一作拔)參差釵影釧文(一作紋)浮蕩漾笑語哇咬顧晚暉蓼花緣岸扣舷(一作船)歸歸來共到市橋步野蔓繫船萍滿(一作卷)衣家家竹樓臨廣陌下有連檣多估客攜觴薦芰夜經過醉踏大隄相應歌屈平祠下沅江水月照寒波白煙起一曲南音此地聞長安北望三千里

和牛相公南溪醉歌見寄

脫屣將相守沖謙唯於山水獨不廉枕伊背洛得勝地鳴皋少室來軒簷相形面勢默指畫言下變化隨顧瞻清池曲榭人所致野趣幽芳天與添有時轉入潭島間珍木如幄藤爲簾忽然便有江湖思沙礫平淺草纖纖怪石釣出太湖底珠樹移自天台尖崇蘭迎風綠泛豔坼蓮含露紅襜襜脩廊架空遠岫入弱柳覆檻流波霑渚蒲抽芽(一作英)劍脊動岸荻迸筍錐頭銛攜觴命侶極永日此會雖數心無厭人皆置莊身不到富貴難與逍遙兼唯公出處得自在決就放曠辭炎炎座賓盡歡恣談謔愧我掉頭還奮髯能令商於多病客亦覺自適非沈潛

和浙西李大夫霜夜對月聽小童吹觱篥歌依本韻

海門雙青暮煙歇萬頃金波湧明月侯家小兒能觱篥對此清光天性發長江凝練樹無風瀏慄一聲霄漢中涵胡畫角怨邊草蕭瑟清蟬吟野叢沖融頓挫心使指雄吼如風轉如水思婦多情珠淚垂仙禽欲舞雙翅起郡人寂聽衣滿霜江城月斜樓影長纔驚指下繁韻息已見樹杪明星光謝公高齋吟激楚戀闕心同在羈旅一奏荊人白雪歌如聞雒客扶風鄔吳門水驛接山陰文字殷勤寄意深欲識陽陶能絕處少年榮貴道傷心

歎水別白二十二(一韻至七韻)

水至清盡美從一勺至千里利人利物時行時止道性淨皆然交情淡如此君遊金谷堤上我在石渠署裏兩心相憶似流波潺湲日夜無窮已

同留守王僕射各賦春中一物從一韻至七

鶯能語多情春將半天欲明始逢南陌復集東城林疎時見影花密但聞聲營中緣催短笛樓上來定哀箏千門萬戶垂楊裏百轉如簧煙景晴

傷我馬詞

生於磧礫善馳走萬里南來困丘阜青菰寒菽非適口病聞北風猶舉首金臺已平骨空朽投之龍淵從爾友

清湘詞(一作瀟湘曲)二首

湘水流湘水流九疑雲物至今愁君問二妃何處所零
陵香草雨(一作露)中收
斑竹枝斑竹枝淚痕點點寄相思楚客欲聞瑶瑟怨瀟
湘深夜月明時

和樂天春詞依憶江南曲拍爲句

春去也多謝洛城人弱柳從風疑舉袂叢蘭裛露似霑
巾獨坐亦含嚬
春過也笑惜豔陽年猶有桃花流水上無辭竹葉醉樽
前惟待見青天

澤宮詩 四首

秩秩澤宮有的維鵠祁祁庶士於以干祿彼鵠斯微若
止若翔千里之差起於毫芒我矢既直我弓既良依於
高墉因我不臧高墉伊何維器與時視之以心誰謂鵠
微

酬令狐相公六言見寄 六言

已嗟別離太遠更被光陰苦催吳苑燕辭人去汾川鴈
帶書來愁吟月落猶望憶夢天明未回今日便令歌者
唱兄詩送一杯

荅樂天臨都驛見贈 六言

北固山邊波浪東都城裏風塵世事不同心事新人何
似故人

再贈樂天 六言

一政政官軋軋一年年老駸駸身外名何足算別(一作到)來
詩且同吟

酬楊侍郎憑見寄 六言

十年毛羽摧頹一旦天書召回看看瓜時欲到故侯也
好歸來

全唐詩

劉禹錫

春有情篇

爲問遊春侶春情何處尋花含欲語意草有鬬生心雨
頻催發色雲輕不作陰縱令無月夜芳興暗中深

七夕二首

河鼓靈旗動嫦娥破鏡斜滿空天是幕徐轉斗(一作地)爲車
機罷猶安石橋成不礙槎誰(一作寧)知觀津女竟夕望雲涯
天衢啓雲帳神(一作德)馭上星橋初喜渡河漢頻驚轉斗杓
餘霞張錦幛(一作幔)輕電閃紅綃非是人間世還悲後會遥

邊風行

邊馬蕭蕭鳴邊風滿磧生暗添弓箭力斗(一作半)上鼓鼙聲
襲月寒暈起吹雲陰陣成將軍占氣候出號夜翻營(一作安號畏翻城)

送工(一作兵)部蕭郎中(一作侍郎)刑部李郎中並以本官兼
中丞分命充京西京北覆糧使

霜簡映金章相輝同舍郎天威巡虎落星使出鴛行尊
俎成全策京坻閲見糧歸來虜塵滅畫地奏明光

送太常蕭博士棄官歸養赴東都 時元兄罷相爲少師仲兄爲郎官並分司洛邑

兄弟盡鴛鸞歸心切問安貪榮五綵服遂掛兩梁冠侍
膳曾調鼎循陔更握蘭從今別君後長憶(一作向)德星看

送河南皇甫少尹赴絳州

祖帳臨周道前旌指晉城午橋羣吏散亥字老人迎詩
酒同行(一作每同)樂別離方見情從此洛陽社吟詠屬書生

發華州留別張侍御(一作賈)

東簡下延閣買符驅短轅同人惜分袂結念醉芳樽切
切別弦急蕭蕭征騎(一作馬)煩臨岐無限意相視却忘言(張詩)

奉送家兄歸王屋山隱居二首 據道書王屋山一名洛陽山一作陽洛山 云夫子生知者相與妙理中遂有忘言之句

洛陽(一作陽洛)天壇上依稀似玉京夜分先見日月靜遠(一作忽)聞
笙雲路將雞犬丹臺有姓名古來成道者兄弟亦同行
春來山事好歸去亦逍遥水淨苔莎色露香芝朮苗登
臺吸瑞景飛步翼神飈願薦塤篪曲相將學玉簫

送王師魯(一作曾)協律赴湖南使幕 即永穆公之孫

翩翩馬上郎驅傳渡三湘橘樹沙洲暗松醪酒肆香素
風傳竹帛高價聘琳琅楚水多蘭芷(一作若)何人事搴(一作擷)芳

送趙中丞自司金郎(一作司直郎)轉官參山南令狐僕
射幕府 趙氏兄弟皆僕射門客

綠樹滿褒斜西南蜀路賒驛門臨白草(一作縹)縣道入(一作遥)
遥黃花相府開油幕門生逐絳紗行看布政後還從入
京華

送盧處士歸嵩山別業

世業嵩山(一作陽)隱雲深無四鄰藥爐燒姹女酒甕貯賢人
晚(一作曉)日華陰霧秋風函谷塵送君從此去鈴閣少談賓

洛中送崔司業使君扶侍赴唐州

綠野芳城路殘春柳絮飛風鳴驌驦馬日照老萊衣洛
苑魚書至江村鴈户歸相思望淮水雙鯉不應稀

送李友路秀才赴舉

誰憐相門子不語望秋山生長綺紈内辛勤筆硯間縈
親在名宇好學棄官班佇俟明年桂(一作杜)高堂開笑顔

送從弟郎中赴浙西 并引

從弟三復十餘年間凡三爲浙右從事往年主公
入相薦敭登朝中復從公鎮南未幾而罷昨以尚
書外郎奉使至洛旋承新命改轅而東三從公皆

在舊地徵諸故事㝵無其倫故賦詩贈之亦志異也
銜命出尚書新恩換使車漢庭無右者梁苑重歸歟又食建業水曾依京口居共經何限事賓主兩如初

送元（一作元曉）上人歸稽亭
重疊稽亭路山僧歸獨行遠峰斜日影本寺舊鐘聲徒侶問新事煙雲愴（一作合）別情應誇乞食處踏遍鳳凰城

贈別君素上人詩（并引）
曩予習禮之中庸至不勉而中不思而得懵然知聖人之德學以至於無學然而斯言也猶示行者以室廬之奥耳求其徑術而布武未易得也晚讀佛書見大雄念佛之普級寶山而梯之高揭慧火巧鎔惡見廣疏便門旁束邪徑其所證入如舟泝川未始念於前而日遠矣夫何勉而思之耶是余知突奥於中庸啓鍵關於内典會而歸之猶初心也不知余者誚予困而後援佛謂道有二焉夫悟不因人在心而已其證也猶喑人之享太牢信知其味而不能形於言以聞於耳也口耳之間兼寸耳尚不可使聞他人之不吾知宜矣開士君素偶得余於所親一麻栖草千里來訪素以道眼視予予以所視視之不由陛級攜手智地居數日告有得而行乃爲詩以見志云
窮巷唯秋草高僧獨扣門相歡如舊識問法到無言水爲（一作與）風生浪珠非塵可昏悟（一作去）來皆是道此別不銷魂

送深法師遊南岳（上人本住資聖寺）
師在白雲鄉名登（一作高）善法堂十方傳句偈八部會壇場飛錫無定所寶書留舊房唯應銜果（一作草）鴈相送至衡陽

贈別約師（并引）
荆州人文約市井生而雲鶴性故去葷爲浮圖生悟而證入南抵六祖初生之墟得遺教甚悉今年訪余于連州且曰貧道昔浮湘川會柳儀曹謫零陵宅於佛寺幸聯棟而居者有年由是時人大士得落耳界夫聞爲見因今日之來曩時之因耳時儀曹牧柳州與八句贈別
師逢吴興守（一作寺）相伴住禪扃春雨同栽樹秋燈（一作風）對講經廬山曾結社桂水遠揚舲話舊還惆悵天南望柳星

秋日過鴻舉法師寺院便送歸江陵（并引）
梵言沙門猶華言去欲也能離欲則方寸地虛虛而萬象入入必有所泄乃形乎詞詞妙而深者必依於聲律故自近古而降釋子以詩聞於世者相踵焉因定而得境故翛然以清由慧而遣辭故粹然以麗信禪林之䕺萼而戒河之珠璣耳初鴻舉學詩於荆郢間私試竊詠發於餘習蓋榛楛之翠羽弋者未之眄焉今年至武陵二千石始奇之有起予之歎以方袍親絳紗者十有餘旬繇是名稍聞而藝愈變閏八月余步出城東門謁仁祠而鴻舉在焉與之言移時因告以將去且曰貧道雅聞東諸侯之工爲詩者莫若武陵今幸承其話言如得法印寶山之下宜有所持豈徒衣祴之中衆花而已余聞是説乃叩商而吟成一章章八句郡守以坐嘯餘詠激清徵而應之師其行乎足以資一時之學矣
看（一作學）畫長廊遍尋僧一徑幽小池兼鶴淨古木帶蟬秋客至茶煙起禽歸講席收浮杯明日去相望水悠悠

春日退朝
紫陌夜來雨南山朝下看戟枝迎日動閣影助松寒瑞氣轉（一作卷）綃縠遊光泛（一作浮）波瀾御溝新柳色處處拂歸鞍

蜀先主廟（漢末謠黄牛白腹五銖當復）
天地（一作下）英雄氣千秋尚凛然勢分三足鼎業復五銖錢得相能開國生兒不象賢淒涼蜀故妓來舞魏宮前

經東都安國觀九仙公主（一作九公子）舊院作
仙院御溝東今來事不同門開青草日樓閉緑楊風將犬（一作火）昇天路披雲（一作霓）赴月宮武皇曾駐蹕親問主人翁

觀八陣圖
軒皇傳上略蜀相運神機水落龍蛇出沙平鵝鸛飛波濤無動勢鱗介避餘威會有知兵者臨流（一作岐）指是非

八月十五日夜翫月
天將今夜月一遍洗寰瀛暑退九霄淨秋澄萬景清星辰讓光彩風露發晶英能變人間世翛然是玉京

大和戊申歲大有年詔賜百寮出城觀秋稼謹書盛事以俟采詩者
長安銅雀鳴秋稼與雲平玉燭調寒暑金風報（一作振）順成川原呈上瑞恩澤賜閑行欲反（一作及）重（一作皇）城掩猶聞歌吹聲（一作舞）

金陵懷古
潮滿冶（一作臺）城渚日斜征虜亭蔡（一作芳）洲新草緑幕府舊煙青興廢由人事山川空地形後庭花一曲幽怨不堪聽

晝居池上亭獨吟
日午樹陰正獨吟池上亭靜看蜂教誨閑想鶴儀形法酒調神氣清琴入性靈浩然機已息几杖復何銘

分司東都蒙襄陽李司徒相公書問因以奉寄
早（一作蚤）忝金馬客晚（一作暮）爲商洛翁知名四海内多病一生中舉世往還盡何人心事同幾時登峴首恃（一作懷）舊揖三公

門下相公榮加冊命天下同歡忝沐眷私輒感申賀
冊命出宸衷官儀自古崇特膺平土拜光贊格天功（一作宮）再佩扶陽印常乘鮑氏驄七賢遺老在猶得詠清風

病中一二禪客見問因以謝之
勞動諸賢者同來問病夫添爐烹雀（一作搗雞）舌灑水淨龍鬚身是芭蕉喻行須筇竹（一作竹杖）扶醫王有妙藥能乞一丸無

秋江晚泊
長泊起秋色空江涵霽暉暮霞千萬狀賓鴻次第飛古戍見旗迥荒村聞犬稀軻（一作岢）峨艑上客勸酒夜相依

步出武陵東亭臨江寓（一作偶）望
鷹至感風候霜餘變林麓孤飃帶日來寒江轉沙曲戍搖旗影動津晚櫓聲促月上彩霞收漁歌遠相續

秋日送客至潛水驛
候吏立沙際田家連竹溪楓林社日鼓茅屋午時雞鵲

噪晚禾地蝶飛秋草畦驛樓宮樹（一作榭）近疲馬再三嘶

湖州崔郎中曹長寄三癖詩自言癖在詩與琴酒其詞逸而高吟詠不足昔柳吳興亭皐隴首之句王融書之白團扇故爲四韻以謝之

視事畫屏中自稱三癖翁管弦泛春渚旌旆拂晴虹酒對青山月琴韻白蘋風會書團扇上知君文字工

爲郎分司寄上都同舍

籍通金馬門家在銅駝陌省闥晝無塵宮樹朝（一作遠）凝碧荒街淺深轍（一作荒巷轍淺深）古渡潺湲石唯有嵩丘雲堪誇早朝客

登陝州北樓却憶京師親友

獨上百尺樓目窮思亦（一作自）愁初日徧露草野田荒悠悠塵息長道白林清宿煙收回首雲深處永懷鄉舊遊（一作帝鄉遊）

途中早發

中庭望啓明促促事晨征寒樹鳥初（一作如）動霜橋人未行水流白煙起日上彩霞生隱士應高枕無人問姓名

陝州河亭陪韋五大夫雪後眺望因以留別與韋有布衣之舊一別二紀經遷貶而歸

雪霽太陽津城池表裏春河流添馬頰原色動龍鱗萬里獨歸客一杯逢故人登（一作因）高向西望關路正飛塵

城東（一作中）閑遊

借問池臺主多居要路津千金買絶境永日屬閑人竹逕縈紆入花林委曲巡斜陽衆客散空鎖一園春

罷郡歸洛陽閑居

十年江海守旦夕有歸心及此西還日空成東武吟花間數杯酒月下一張琴聞說功名事依前惜寸陰

晚泊牛渚

蘆葦晚風起秋江鱗甲生殘霞忽變（一作忽改）色遊雁有餘聲戍鼓音響絶漁家燈火明無人能詠史獨自月中行

宿誠禪師山房題贈二首

宴坐白雲端清江直下看來人望金剎講席繞香壇虎嘯夜林動鼉鳴秋澗寒衆音徒（一作從）起滅心在淨（一作定）中觀

不出孤峰上人間四十秋視身如傳舍閱世似（一作甚）東流法爲因緣立心從次第修中宵問真偈有住是吾憂

贈澧州高大夫司馬霞寓

前年牧（一作收）錦城馬蹋血泥行千里追戎首三軍許勇名殘兵疑鶴唳空壘辯烏聲一誤雲中級南遊湘水清

聞董評事疾因以書贈（董生奉內典）

繁露傳家學青蓮譯梵書火風乖四大文字廢三餘欹枕晝眠靜（一作晚）折巾秋鬢疎武皇思視草誰許茂陵居

詠庭梅寄人（一作庭梅詠寄人）

蚤花常犯寒繁實常苦酸何事上春日坐令芳意闌夭桃定相笑遊妓肯回看君問調金鼎方知正味難

德宗神武孝文皇帝挽歌二首

出震清多難乘時播大鈞操弦調六氣揮翰動三辰運偶升天日哀深率土人瑤池無轍迹誰見屬車塵

鳳翣擁銘旌威遲異吉行漢儀陳祕器楚挽咽繁聲駐紵辭清廟凝笳背直城唯應留（一作晉）內傳知是向蓬瀛

敬宗睿武昭愍孝皇帝挽歌三首

寶曆方無限仙期忽有涯事親崇漢禮傳聖法殷家晚出芙蓉闕春歸棠棣華玉輪今日動不是畫雲車

任賢勞夢寐登位富春秋欲遂東人幸（一作行）寧虞杞國憂長楊收羽騎太液泊龍舟惟有衣冠在年年愴月遊

講學金華殿親耕鈞盾田侍臣容諫獵方士信求（一作遊）仙虹影俄侵日龍髯不上天空餘水銀海長照夜燈前

文宗元聖昭獻孝皇帝挽歌三首

繼體三才理承顏九族親禹功留海內殷曆付天倫調露曲常在秋風詞（一作調）尚新本支方百代先讓棣華春

月落宮車動風淒儀仗閑路唯瞻鳳翣人尚想龍顏御宇方無事乘雲遂不還聖情悲望處沈日（一作見日一作兒日）下西山

享國十五載升天千萬年龍鑣仙路遠騎吹禮容全日下初陵外人悲舊劒前周南有遺老掩淚望秦川

故相國燕國公于司空挽歌二首

彤弓封舊國黑弰繼前功十年鎮南雍九命作司空池臺樂事盡簫鼓葬儀雄一代英豪氣曉散白楊風

陰山貴公子來葬五陵西前馬悲無主猶帶朔風嘶漢水晉（一作青）山郭襄陽白銅鞮至今有遺愛日暮人悽悽

傷丘中丞（并引）

河南丘絳有詞藻與余同升進士科從事鄴下不幸遇害故爲傷詞

鄴下殺才子蒼茫冤氣凝枯楊映漳水野火上西陵馬鬣今無所龍門昔共登何人爲弔客唯是有青蠅

河南觀察使故相國袁公挽歌三首

五驅龍虎節一入鳳凰池令尹自無喜羊公人不疑天歸京兆日葉下洞庭時湘水秋風至淒涼吹素旗

丹旐發江皐人悲雁亦號湘南罷亥市漢上改詞曹表墓雙碑立尊名一字褒嘗聞平楚獄爲報里門高

返葬三千里荆衡達帝畿逢人即（一作多）故吏拜墓盡沾衣地得青烏相賓驚白鶴飛五（一作羊）公碑尚在今日亦同歸

哭王僕射相公（名播時兼鹽鐵暴薨）

子侯（一作于侯一作子輿）一日病滕公千載歸門庭愴（一作颯）已變風物澹無輝羣吏謁新府舊賓沾素衣歌堂忽暮哭賀雀盡驚飛

傷韋賓客（自工部尚書除賓客一作傷韋賓客緘）

韋公八十餘位至六尚書五福唯無富一生誰得如桂枝攀最（一作收實）久蘭省出仍初海內時流盡何人動素車

再經故元九相公宅池上作

故池春又至一到一傷情雁鶩羣猶下蛙螾（一作蠙）衣已生竹叢身後長臺勢雨來傾六尺孤安（一作猶）在人間未有名

請告東歸發灞橋却寄諸僚友

征徒出灞涘回首傷如何故人雲雨（一作水）散滿目山川多行車無停軌流景同迅波前歡漸成昔感歎益勞歌

初至長安（時自外郡再授郎官）

左遷凡二紀重見帝城春老大歸朝客平安出嶺人每行經舊處却想似前身不改南山色其餘事事新

歲杪將發楚州呈樂天

楚澤雪初霽楚城春欲歸清淮變寒色遠樹含清暉原野已多思風霜潛減（一作滅）威與君同旅雁北向刷毛衣

鶴歎二首并引

友人白樂天去年罷吳郡挈雙鶴雛以歸余相遇于揚子津閱（一作閒）玩終日翔舞調態一符相書信華亭之尤物也今年春樂天爲秘書監不以鶴隨置之洛陽第一旦予入門問訊其家人鶴軒然來睨如記相識徘徊俛仰似含情顧慕塡膺而不能言者因作鶴歎以贈樂天

寂寞一雙鶴主人在西京故巢吳苑樹深院洛陽城徐引竹間步遠含雲外情誰憐好風月鄰舍夜吹笙（東鄰即王家）

丹頂宜承日霜翎不染泥愛池能久立看月未成棲一院春草長三山歸路迷主人朝謁早貪養汝南雞

答白刑部聞新蟬

蟬聲未發前已自感流年一入淒涼耳如聞斷續弦晴清依露葉晚急畏霞天何事秋卿詠逢時亦悄然

和裴相公寄白侍郎求雙鶴

皎皎華亭鶴來隨太守船（白君罷吳郡太守携雙鶴來）青雲意長在（一作青雲長在意）滄海別經年留滯清洛苑裴回明月天何如鳳池上雙舞入祥煙

終南秋雪

南嶺見秋雪千門生早寒閑時駐馬望高處卷簾看霧散瓊枝出日斜鉛粉殘偏宜曲江上倒影入清瀾

和樂天早寒

雨引苔侵壁風驅葉擁堦久留閑客話宿請老僧齋酒甕新陳接書籤次第排翛然自有處搖落不傷懷

曲江春望

鳳城煙雨歇萬象含佳氣酒後人倒狂花時天似醉三春車馬客一代繁華地何事獨傷懷少年曾得意

同樂天和微之深春二十首（同用家花車斜四韻）

何處深春好春深萬乘家宮門皆映柳輦路盡穿花池色連天漢城形象帝車旌旗暖風裏獵獵向西斜

何處深春好春深阿母家瑤池長不夜珠樹正開花橋峻通星渚樓暄近日車層城十二闕相對日西斜（一作玉梯斜）

何處深春好春深執政家恩光貪捧日貴重不看花玉饌堂交印沙隄柱礙車多門一已閉直道更無斜

何處深春好春深大鎮家前旌光照日後騎蹙成花節院收衙隊毬場簇看車廣筵歌舞散書號夕陽斜

何處深春好春深貴戚家櫪嘶無價馬庭發有名花欲進宮人食先薰命婦車晚歸長帶酒冠蓋任傾斜

何處深春好春深恩澤家爐添龍腦炷綬結虎頭花賓客珠成履嬰孩錦縛車畫堂簾幕外來去燕飛斜

何處深春好春深京兆家人眉新柳葉馬色醉桃花盜息無鳴鼓朝回自走車能令帝城外不敢逕由斜

何處深春好春深刺史家夜闌猶命樂雨甚亦尋花傲客多憑酒新姬苦上車公門吏散後風擺戟衣斜

何處深春好春深羽客家芝田繞舍色杏樹滿山花雲是淮王宅風爲列子車古壇操簡處一逕入林斜

何處深春好春深小隱家芟庭留野菜撼樹去狂花醉酒一千日貯書三十車雉衣從露體不敢有餘斜

何處深春好春深富室家唯多貯金帛不擬負鶯花國樂呼聯轡行厨載滿車歸來看理曲燈下寶釵斜

何處深春好春深豪士家多沽味濃酒貴買色深花已臂鷹隨馬連催妓上車城南踏青處村落逐原斜

何處深春好春深貴胄家迎呼偏熟客揀選最多花飲餽開華幄笙歌出鈿車與酣鐏易罄連瀉酒瓶斜

何處深春好春深唱第家名傳一紙榜興管九衢花薦聽諸侯樂來隨計吏車杏園拋曲處揮袖向風斜

何處深春好春深少婦家能偷新禁曲自剪入時花追逐同遊伴平章貴價車從來不墮馬故遺髻鬟斜

何處深春好春深幼女家雙鬟梳頂髻兩面繡帬花妝壞頻臨鏡身輕不占車鞦韆爭次第牽拽綵繩斜

何處深春好春深蘭若家當香收柏葉養蜜近梨花野逕宜行樂遊人盡駐車菜園籬落短遙見桔槔斜

何處深春好春深老宿家小欄圍蕙草高架引藤花四字香書印三乘壁畫車遲回聽句偈雙樹晚陰斜

何處深春好春深種蒔家分畦十字水接樹兩般花櫛比栽籬槿咿啞轉井車可憐高處望棊布不曾斜

何處深春好春深稚子家爭騎一竿竹偷折四鄰花笑擊羊皮鼓行牽犢頷車中庭貪夜戲不覺玉繩斜

贈眼醫婆羅門僧

三秋傷望眼（一作遠望）終日哭（一作泣）途窮兩目今先暗中年似老翁看朱漸成碧羞日不禁風師有金篦術如何爲發蒙

海門潮別浩初師（一作送如智法師遊辰州兼寄許評事）

前日過蕭寺看師上講筵都人禮白足施者散金錢方便無非教經行不廢禪還（一作遙）知習居士發論侍（一作待）彌天

全唐詩

劉禹錫

始聞蟬有懷白賓客去歲白有聞蟬見寄詩云祇應催我老兼遣報君知之句

蟬韻極清切始聞何處悲人含不平意景值欲秋時此歲方晼晚誰家無別離君言催我老已是去年詩

贈樂天

一別舊遊盡相逢俱涕零在人雖晚達於樹似冬青痛飲連宵醉狂吟滿坐聽終期拋印綬共占少微星

到郡未浹日登西樓見樂天題詩因即事以寄（樂天自此郡謝病西歸）

湖上收宿雨城中無晝塵樓依新柳貴池帶亂苔春雲水正一望簿書來繞身烟波洞庭路愧彼扁舟人

秋夕不寐寄樂天

洞户夜簾卷華堂秋簟清螢飛過池影蛩思繞階聲老枕知將雨高窗報欲明何人諳此景遠問白先生

冬日晨興寄樂天

庭樹曉禽動郡樓殘點聲燈挑紅燼落酒煖白光生髮少嫌梳利顏衰恨鏡明獨吟誰應和須寄洛陽城

答樂天見憶

與老無期約到來如等閑偏傷朋友盡移興子孫間筆底心無毒杯前膽不豩（呼關切頑也亦作豩）唯餘憶君夢飛過武牢

關

和樂天誚失婢牓者

把鏡朝猶在添香夜不歸鴛鴦拂瓦去鸚鵡透籠飛不逐張公子即隨劉武威新知正相樂從此脫青衣

八月十五日夜半雲開然後翫月因書一時之景寄呈樂天

半夜碧雲收中天素月流開城邀好客置酒賞清秋影透衣香潤光凝歌黛愁斜輝猶可翫移宴上西樓西樓白居易常賦詩之所也

秋日書懷寄白賓客

州遠雄無益年高健亦衰興情逢酒在筋力上樓知蟬噪芳意盡鴈來愁望時商山紫芝客應不向秋悲

誚樂天初冬早寒見寄

乍起衣猶冷微吟帽半欹霜凝南屋瓦雞唱後園枝洛水碧雲曉吳宮黃葉時兩傳千里意書札不如詩

和令狐相公郡齋對紫薇花

明麗碧天霞丰茸紫綬花香聞荀令宅艷入孝王家幾歲自榮樂一作辱高情方歎嗟有人移上苑猶足占年華

令狐相公俯贈篇章斐然仰謝

鄂渚臨流別梁園衝雪來旅愁隨凍釋歡意待花開城曉烏頻起池春鴈欲回飲和心自醉何必管弦催

酬令狐相公早秋見寄

公來第四秋樂國號無愁軍士遊書肆商人占酒樓熊羆交黑矟賓客滿青油今日文章主梁王不姓劉

和令狐相公入潼關

寒光照旌節關路曉無塵吏謁前丞相山迎舊主人東瞻軍府靜西望敕書頻心共黃河水同昇天漢津

和令狐相公尋白閣老見留小飲因贈

傲士更逢酒樂天仍對花文章管星曆情興占年華官達飜思退名高却不誇惟存浩然氣相共賞煙霞

酬令狐相公雪中遊玄都見憶

好雪動高情心期在玉京人披鶴氅出馬踏象筵行照耀樓臺變淋漓松桂清玄都留五字使入步虛聲

和令狐相公以司空裴相見招南亭看雪四韻

重門不下關樞務有餘閑上客同看雪高亭盡見山瑞呈霄漢外興入笑言間知是平陽會人人帶酒還

和鄆州令狐相公春晚對花

朱門退公後高興對花枝望闕無窮思看書欲盡時含芳朝競發凝豔晚相宜人意殷勤惜狂風豈得知

酬令狐相公春日言懷見寄

前陪看花處鄰里近王昌今想臨戎地旌旗出汶陽營飛柳絮雪門耀戟枝霜東望清河水心隨艑上郎

途次大梁雪中奉天平令狐相公書問兼示新什因思曩歲從此拜辭形於短篇以申仰謝

遠守宦情薄故人書信來共曾花下別今獨一作坐雪中回紙尾得新什眉頭還暫開此時同鴈鶩池上一徘徊

酬令狐相公秋懷見寄

寂寞蟬聲靜差池燕羽回秋風憐越絕朔氣想臺駘相去數千里無因同一杯殷勤望飛鴈新自塞垣來

酬大原令狐相公見寄

書信來天外瓊瑤滿匣中衣冠南渡遠旌節北門雄鶴唳華亭月馬嘶榆塞風山川幾千里惟有兩心同

酬令狐相公歲暮遠懷見寄依韻

別侶孤鶴怨冲天威鳳歸容光一以間夢想是耶非芳訊遠彌重知音老更稀不如湖上鴈北向整毛衣

酬令狐相公親仁郭家花下即事見寄

荀令園林好山公遊賞頻豈無花下侶遠望眼中人斜日漸移影落英紛委塵一吟相思曲惆悵江南春

酬令狐相公首夏閑居書懷見寄

蕙草芳未歇綠槐陰已成金罍唯獨酌瑤瑟有離聲翔泳各殊勢篇章空寄情應憐三十載未變使君名貞元中自郎官出守至今三十一年

酬令狐相公庭前白菊花謝偶書所懷見寄

數叢如雪色一旦冒霜開寒藥差池落清香斷續來思深含別怨芳謝惜年催千里難同賞看看又早梅

酬令狐相公季冬南郊宿齋見寄

壇下雪初霽南城凍欲生齋心祠上帝高步領名卿沐浴含芳澤周旋聽佩聲猶憐廣平守寂寞竟何成

貞元中侍郎舅氏牧華州時余再忝科第前後由華覲謁陪登伏毒寺屢焉亦曾賦詩題於梁棟今典馮翊暇日登樓南望三峰浩然生思追想昔年之事因成篇題舊寺

曾作關中客頻經伏毒巖晴煙沙苑樹晚日渭川帆昔是青春貌今悲白雪髯郡樓空一望含意卷高簾

酬令狐相公杏園花下飲有懷見寄

年年曲江望花發即經過未飲心先醉臨風思倍多三春看又盡兩地欲如何日望長安道空成勞者歌

令狐相公見示題洋州崔侍郎宅雙木瓜花頃接侍郎同舍陪宴樹下吟翫來什輒成和章

金牛蜀路遠玉樹帝城春榮耀生華館逢迎欠主人簾前疑小雪牆外麗行塵來去皆回首情深是德鄰

和令狐相公春早朝回鹽鐵使院中作

柳動御溝清威遲堤上行城隅日未過山色雨初晴鶯避傳呼起花臨府署明簿書盈几案要自有高情

和令狐僕射相公題龍回寺

玆地回鑾日皇家禪聖時路無胡馬跡人識漢官儀天子旌旗度法王龍象隨知懷去家歎經此益遲遲相公家本咸陽有喬木之思

令狐相公頻示新什早春南望遐一作遙想漢中因抒短章以寄情愫一作誠素

軍城臨漢水旌旆起春風遠思見江草歸心看塞鴻野花沿古道新葉映行宮惟有詩兼酒朝朝兩不同

和令狐相公詠梔子花

蜀國花已盡越桃今已開色疑瓊樹倚香似玉京來且賞同心處那憂別葉催佳人如擬詠何必待寒梅

誚令狐相公新蟬見寄

相去三千里聞蟬同此時清吟曉露葉愁噪夕陽枝忽爾弦斷絕俄聞管參差洛橋碧雲晚西望佳人期

誚樂天閑臥見寄

散誕向陽眠將閑敵地仙詩情茶助爽藥力酒能宣風碎竹間日露明池底天同年未同隱緣欠買山錢

酬樂天小亭寒夜有懷

寒夜陰雲起疎林宿鳥驚斜風閃燈影迸雪打窗聲竟夕不能寐同年知此情漢皇無柰老何況本書生

將之官留辭裴令公留守

祖帳臨伊水前旌指渭河風煙里數少雲雨別情多重疊受恩久邅回如命何東山與東閣終冀再經過

酬喜相遇同州與樂天替代

舊託松心契新交竹使符行年同甲子筋力羨丁夫別後詩成帙攜來酒滿壺今朝停五馬不獨為羅敷（前章所言春草白君之舞妓也故有此答）

閒坐憶樂天以詩問酒熟未

案頭開縹帙肘後檢青囊唯有達生理應無治老方減書存眼力省事養心王君酒何時熟相攜入醉鄉

秋中暑退贈樂天

暑服宜秋著清琴入夜彈人情皆向菊風意欲摧蘭歲稔貧心泰天涼病體安相逢取次第却甚少年歡

樂天池館夏景方妍白蓮初開綵舟空泊唯邀緇侶因以戲之

池館今正好主人何寂然白蓮方出水碧樹未鳴蟬靜室宵聞磬齋厨晚絕煙蕃僧如共載應不是神仙

酬樂天感秋涼見寄

庭晚初辨色林秋微有聲槿衰猶強笑蓮迥却多情簷燕歸心動韝鷹俊氣生閑人占閑景酒熟且同傾

秋晚新晴夜月如練有懷樂天

雨歇晚霞明風調夜景清月高微暈散雲薄細鱗生露草百蟲思秋林千葉聲相望一步地脉脉萬重情

新秋對月寄樂天

月露發光彩此時方見秋夜涼金氣應天靜火星流蛩響偏依井螢飛直過樓相知盡白首清景復追遊

酬樂天小臺晚坐見憶

小臺堪遠望獨上清秋時有酒無人勸看山秪自知幽禽囀新竹孤蓮落靜池高門勿遽掩好客無前期

早秋雨後寄樂天

夜雲起河漢朝雨灑高林梧葉先風落草蟲迎濕吟簟涼扇恩薄室靜琴思深且喜炎前別安能懷寸陰

秋晚病中樂天以詩見問力疾奉酬

耳虛多聽遠展轉晨雞鳴一室背燈臥中宵掃葉聲蘭芳經雨敗鶴病得秋輕肯踏衡門草唯應是友生

和樂天燒藥不成命酒獨醉

九轉欲成就百神應主持嬰啼鼎上去老貌鏡前悲却顧空丹竈回心向酒巵醺然耳熱後暫似少年時

元日樂天見過因舉酒為賀

漸入有年數喜逢新歲來震方天籟動寅位帝車回門巷掃殘雪林園驚早梅與君同甲子壽酒讓先杯

酬馬大夫以愚獻通草茇葜酒感通拔二字因而寄別之作

泥沙難振拔誰復問窮通莫訝提壺贈家傳枕麴風成謡獨酌後深意片言中不進終無已應須荀令公

奉和司空裴相公中書即事通簡舊僚之作

譚笑在巖廊人人盡所長儀形見山立文字動星光日運丹青筆時看赤白囊佇聞戎馬息入賀領鴛行

微之鎮武昌中路見寄藍橋懷舊之作悽然繼和兼寄安平

今日油幢引他年黃紙追同為三楚客獨有九霄期宿草恨長在傷禽飛尚遲武昌應已到新柳映紅旗

將赴蘇州途出洛陽留守李相公累申宴餞寵行話舊形於篇章謹抒下情以申仰謝

歲杪風物動雪餘宮苑晴兔園賓客至金谷管弦聲洛水故人別吳宮新燕迎越郎憂不淺懷袖有瓊英

牛相公留守見示城外新墅有溪竹秋月親情多往宿遊恨不得去因成四韻兼簡洛中親故之什兼命同作

別墅洛城外月明村野通光輝滿地上絲管發舟中堤豔菊花露島涼松葉風高情限清禁寒漏滴深宮

牛相公林亭雨後偶成

飛雨過池閣浮光生草樹新竹開粉奩初蓮爇香注野花無時節水鳥自來去若問知境人人間第一處

酬滑州李尚書秋日見寄

一入石渠署三聞宮樹蟬丹霄未得路白髮又添年雙節外臺貴孤簫中禁傳徵黃在旦夕早晚發南燕

和西川李尚書漢州微月遊房太尉西湖

木落漢川夜西湖懸玉鉤旌旗環水次舟檝泛中流目極想前事神交如共遊瑤琴久已絕松韻自悲秋

和重題

林端落照盡湖上遠嵐清水榭芝蘭室仙舟魚鳥情人琴久寂寞煙月若平生一泛釣璜處再吟鏘玉聲

酬李相公喜歸鄉國自鞏縣夜泛洛水見寄

鞏樹煙月上清光含碧流且無三巳色猶泛五湖舟鵬息風還起鳳歸林正秋雖攀小山桂此地不淹留

和李相公平泉潭上喜見初月

家山見初月林壑悄無塵幽境此何夕清光如為人潭空破鏡入風動翠蛾嚬會向瑣窗望追思伊洛濱

和李相公初歸平泉過龍門南嶺遙望山居即事

暫別明庭去初隨優詔還曾為鵬（一作鵩）鳥賦喜過鑿龍山新墅煙火起野程泉石間巖廊人望在只得片時閑

和李相公以平泉新墅獲方外之名因為詩以報洛中士君子兼見寄之什

業繼韋平後家依崑閬間恩華辭北第瀟灑愛東山滿室圖書在入門松菊閑垂天雖暫息一舉出人寰

發蘇州後登武丘寺望海樓（一作望梅樓）

獨宿望海樓夜深珍木冷僧房已閉户山月方出嶺碧池涵劍彩寶刹搖星影却憶郡齋中虛眠此時景

松江送處州奚使君

吳越古今路滄波朝夕流從來別離地能使管弦愁江草帶煙暮海雲含雨秋知君五陵客不樂石門遊

題報恩寺

雲外支硎寺名聲敵虎丘石文留馬跡峰勢聳牛頭泉
眼潛通海松門預帶秋遲回好風景王謝昔曾遊

罷郡姑蘇北歸渡楊子津

幾歲悲南國今朝賦北征歸心渡江勇病體得秋輕海
闊石門小城高粉堞明金山舊遊寺過岸聽鐘聲
故國荒臺在前臨震澤波綺羅隨世盡麋鹿古時多築
用金鎚力摧因石鼠窠昔年雕輦路唯有采樵歌（此首一作姑蘇臺詩）

尋汪道士不遇

仙子東南秀泠然善馭風笙歌五雲裏天地一壺中受
籙金華洞焚香玉帝宮我來君閉戶應是向崆峒

謝柳子厚寄疊石硯

常時同硯席寄硯（一作此）感離羣清越敲寒玉參差疊碧雲
烟嵐餘斐亹水墨兩氛氳好與陶貞白松窻寫紫文

元日感懷

振蟄春潛至湘南人未歸身加一日長心覺去年非燎
火委虛燼兒童衒彩衣異鄉無舊識車馬到門稀

謝宣州崔相公賜馬

浮雲金絡膝（一作腦）昨日別朱輪銜草如懷戀嘶風尚意頻
曾將比君子不是換佳人從此西歸路應容躡後塵

南中書來

君書（一作來）問風俗此地接炎州淫祀多青鬼居人少白頭
旅情偏在夜鄉思豈唯秋每羨朝宗水門前盡日流

題招隱寺

隱士遺塵在高僧精舍開地形臨渚斷江勢觸山回楚
野花多思南禽聲例哀殷勤最高頂閑即望鄉來

思歸寄山中友人

蕭條對秋色相憶在雲泉木落病身死（一作起）潮平歸思懸
涼鐘山頂寺暝火渡頭船此地非吾土閑留又一年

有感

死且不自覺其餘安可論昨宵鳳池客今日雀羅門騎
吏塵未息銘旌風已翻平生紅粉愛惟解哭黃昏
途次敷水驛伏覩華州舅氏昔日行縣題詩處

潸然有感

昔日股肱守朱輪茲地遊繁華日已謝章句此空留蔓
草佳城閉故林棠樹秋今來重垂淚不忍過西州

奉和鄭相公以考功十弟山薑花俯賜篇詠

採擷黃薑榮封題青瑣聞共聞調膳日正是退朝歸響
爲纖筵發情隨綵翰飛故將天下寶萬里與光輝

題淳于髡墓

生爲齊贅婿死作楚先賢應以客鄉（一作綿）葬故臨官道邊
寓言本多興放意能合權我有一石酒置君墳樹前

全唐詩目第六函

第三冊

劉禹錫六卷至十二卷

全唐詩

劉禹錫

送春詞

昨來樓上迎春處今日登樓又送歸蘭蘂殘妝含露泣
柳條長袖（一作袂）向風揮佳人對鏡容顏改楚客臨江心事
違萬古至今同此恨無如一醉盡忘機

送李尚書鎮滑州（自浙西觀察使徵拜兵部侍郎月餘有此拜也）

南徐報政入文昌東郡須才別建章視草名高同蜀客
擁旄年少勝荀（一作周）郎黃河一曲當城下緹騎千重照路
傍自古相門還出相如今人望在巖廊（其後果繼韋平之族）

送渾大夫赴豐州（自大鴻臚拜家承舊勳）

鳳銜新詔降恩華又見旌旗出渾（一作漢）家故吏來辭辛屬
國精兵願逐李輕車氊裘君長迎風馭錦帶（一作領）酋豪踏
雪衙其奈明年好春日無人喚看牡丹花

送源中丞充新羅冊立使（侍中之孫）

相門才子稱華簪持節東行捧德音身帶霜威辭鳳闕
口傳天語到雞林煙開鰲背千尋碧日浴鯨波萬頃金
想見扶桑受恩處（一作後）一時西拜盡傾心

送王司馬之陝州（自太常丞授工爲詩）

暫輟清齋出太常空攜詩卷赴（一作過）甘棠府公旣有朝中
舊（一作畫）司馬應容酒後狂案牘來時唯署字風煙入興便
成章兩京大道多遊客每遇詞人戰一場

洛中送楊處厚入關便遊蜀（一本有謁韋令公四字）

洛陽秋日正淒淒君去西秦更向西舊學三冬今轉富
曾傷六翮養初齊王城曉入（一作日）窺丹鳳蜀路晴來（一作天）見
碧雞早識臥龍應有分不妨從此躡丹梯

送周使君罷渝州歸郢州別墅

君思郢上吟歸去故自渝南擲郡章野戍岸邊留畫舸
綠蘿陰下到（一作有）山莊池荷雨後衣香起（一作老）庭草春深綬
帶長只恐鳴騶催上道不容待得晚菘嘗

奉送浙西李僕射相公赴鎮（奉送至臨泉驛書札見徵拙詩時在汝州）

建節東行是舊遊歡聲喜氣滿吳州郡人重得黃丞相
童子爭迎郭細侯詔下初辭溫室樹夢中先到景陽樓

自憐不識平津閣遙望旌旗汝水頭

重送浙西李相公頃廉問江南已經七載後歷滑（一作清）臺劍南兩鎮遂入相今復領舊地新加旌旄

江北萬人看玉節江南千騎引金鐃鳳從池上遊滄海鶴到遼東識舊巢城下清波含百谷窻中遠岫列三茅碧雞白馬回翔久却憶朱方是樂郊

送前進士蔡京赴學究科（時崔相公楊尚書掌選）

耳聞戰鼓帶經鋤振發聲名自里閭已是世間能賦客更攻窻下絶編書朱門達者誰能識絳帳書生盡不如幸遇天官舊丞相知君無翼上空虛

送唐舍人出鎮閩中

暫辭鴛鷺出蓬瀛忽擁貔貅鎮粵城閩嶺夏雲迎皂蓋建溪秋樹映紅旌山川遠地由來好富貴當年別有情了却人間婚嫁事復歸朝右（一作闕）作公卿

送李中丞赴楚州

緹騎朱旗入楚城士林皆賀振家聲兒童但喜迎賓守故吏猶應記姓（一作小）名萬頃水田連郭秀四時烟月映淮清憶君初得崑山玉同向揚州攜手行

奉送李戶部侍郎自河南尹再除本官歸闕

昔年內署（一作史）振雄詞今日東都結去思宮女猶傳洞簫賦國人先詠袞衣詩華星却復文昌位別鶴重歸太乙池想到金閨待通（一作稱）籍一時驚喜（一作起）見風儀

送蘄州李郎中赴任

楚關（一作門）蘄水路非賒東望雲山日夕佳薤葉照人呈夏簟松花滿盌試新茶樓中飲興因明月江上詩情爲晚霞北地交親長引領早將玄鬢到京華

送國子令狐博士赴興元覲省

相門才子高陽族學（一作才）省清資五品官諫院過時榮棣萼謝庭歸去踏芝蘭山中花帶煙嵐（一作霞）晚棧底江涵雪水寒伯仲到家人盡賀柳營蓮府遞相歡

送李二十九兄員外赴邠寧使幕

家襲韋平身（一作生）業文素風清白至今貧南宮通籍新郎吏西候（一作堠）從戎舊主人城外草黃秋有雪烽頭煙靜虜無塵鼎門爲別霜天曉賸（一作剩）把離觴三五巡

送分司陳郎中秖召直史館重修三聖實録

蟬鳴官樹引行車言自成周赴玉除遠取南朝貴公子重修東觀帝王（一作皇）書常時載筆窺金匱暇日登樓到石渠若問舊人劉子政如今白首在南徐（一作頭白在商於）

送慧則法師歸上都因呈廣宣上人（并引　師精淨名經）

佛示滅後大弟子演聖言而成經傳心印曰法承法而能專曰宗由宗而分教曰支坐而攝化者勝義皆空之宗也行而宣教者摧破邪山之支也釋子慧則生於像季思濟劫溺乃學於一支開彼羣迷以爲盡妙理者莫如法門變凡夫者莫如佛土悟無染者莫如散花故業於淨名深達實相自京師涉漢沔歷鄢郢登衡湘聽徒百千耳感心化法無住道行而歸顧予有社内之因故言別之日愛緣瞥起時也秋盡詠江淹雜擬以送之前見宣上人爲我致謝

昨日東林（一作鄰）看講時都人象（一作乘）馬蹋琉璃雪山童子應前世金粟如來是本師一錫言歸九城路三衣（一作年）曾拂萬年枝休公久別如相問楚客逢秋心更悲

送義舟師却還黔南（并引）

黔之鄉在秦楚爲爭地近世人多過言其幽荒以談笑聞者又從而張皇之猶夫東蘊逐原燎或近乎語妖適有沙門義舟道黔江而來能畫地爲山川及條其風俗纖悉可信且曰貧道以一錫遊他方衆矣至黔而不知其遠始遇前節使而聞今節使益賢而文故其佐多才士麾圍之下曳裾秉筆彬然與兔園同風蕃僧以外學嗜篇章時或攝衣爲末至客其來也約主人乘秋風而還今乞詞以颺之如捧意珠行住坐卧知相好耳余曰唯命筆爲七言以應之

黔江秋水浸雲霓獨泛慈航路不迷猨狖窺齋林葉動蛟龍聞咒浪花低如蓮半偈心常悟問菊新詩手自攜常說摩圍似靈鷲却將山屐上丹梯

送景玄師東歸（并引）

廬山僧景玄袖詩一幅來謁往往有句輕而道如鶴雛襬褷未有六翮而步舒視遠憂然一唳乃非泥滓間物獻詩已斂衽而辭且曰其來也與故山秋爲期夫丐者僧事也今無他請唯文是求故賦一篇以代瓔珞耳

東林寺裏一沙彌心愛當時才子詩山下偶隨流水出秋來却赴白雲期灘頭躡屐挑沙菜路上停舟讀古碑想到舊房拋（一作攜）錫杖小松應有過簷枝

漢壽城春望（古荊州刺史治亭其下有子胥廟兼楚王故墳）

漢壽城邊野草春荒祠古墓對荊榛田中牧豎燒芻狗陌上行人看石麟華表半空經霹靂碑文纔見滿埃塵不知何日東瀛變此地還成要路津

荊門（一作州）道懷古

南國山川舊帝畿宋臺梁館尚依稀馬嘶古道（一作樹）行人歇麥秀空城野（一作澤）雉飛風吹落葉填宮井火入荒陵（一作墳林）化寶衣徒使詞臣庾開府咸陽終日苦思歸

朗州竇員外見示與澧州元郎中郡齋贈答長句二篇因以繼和

鴛鷺差池出建章綵旗朱戶蔚（一作鬱）相望新恩共理犬牙地昨日同含雞舌香白芷江邊分驛路山桃蹊外接甘棠應憐一罷金閨籍枉渚逢春（一作相逢）十度傷

早春對雪奉寄澧州元郎中

新賜魚書墨未乾賢人暫出遠人安朝驅旌旆行時令夜見星辰憶舊官梅欒覆堦鈴閣暖雪峯當戶戟枝寒寧知楚客思公子北望長吟澧有蘭

竇朗州見示與澧州元郎中早秋贈答（一作作）命同作（一作答）

鄰境諸侯同舍郎芷江蘭浦恨無梁秋風門外旌旗動曉露庭中橘柚香玉簟微涼宜白晝金笳入暮應清商騷人昨夜聞鶗鴂（一作啼鳥）不歎流年惜衆芳

松滋渡（一作洞）望峽中

渡頭輕雨灑寒梅雲際溶溶雪水來夢渚草長迷楚望夷陵土黑有秦灰巴人淚應猿聲落蜀客船從鳥道回十二碧峰何處所永安宮外是一作有荒臺

衢州徐員外使君遺以縞紵兼竹書箱因成一篇用答佳貺按此郡本自婺州析置徐州自台州遷

爛柯山下舊仙郎列宿來添婺女光遠放歌聲分白紵知傳家學與青箱水朝滄海何時去蘭在幽林亦自芳聞說天台有遺愛人將琪樹比甘棠

唐秀才贈端州紫石硯以詩答之

端州石硯人間重贈我因知正草玄闕里廟堂空舊物開方竈下豈天然玉蜍吐水霞光靜綵翰搖風絳錦鮮此日傭工記名姓因君數到一作致墨池前

覽董評事思歸之什因以詩贈

幾年油幕佐征東却泛滄浪狎釣童欹枕醉眠成戲蝶抱琴閑望送歸鴻文儒自襲膠西相倚伏一作杖能齊塞上翁更說扁舟動鄉思青菰已熟奈秋風

謝寺雙檜揚州法雲寺謝鎮西宅古檜存焉

雙檜蒼然古貌奇含煙吐霧鬱參差晚依禪客當金殿初對將軍映畫旗龍象界中成寶蓋鴛鴦瓦上出高枝長明燈是前朝焰曾照青青年少時

寄楊一作韓八壽州

風獵紅旗入壽春滿城歌舞向朱輪八公山下清淮水千騎塵中白面人桂嶺雨餘多鶴迹茗園晴望似龍鱗聖朝方用敢言者次第應須舊諫臣

洛中寺北樓見賀監草書題詩

高樓賀監昔曾登壁上筆蹤龍虎騰中國書流尚一作讓皇象北朝文士重徐陵偶因獨一作特見空驚目恨不同時便伏膺唯恐塵埃轉磨滅再三珍重囑山僧

聞韓賓擢第歸覲以詩美之兼賀韓十五曹長時韓牧永州

零陵香草滿郊坰丹穴雛飛入翠屏孝若歸來成一作呈畫讚孟陽別後有山銘蘭陔舊地花一作多纔結桂樹新枝色更一作尚青爲報儒林丈人道如今從此鬢星星

宣上人遠寄和禮部王侍郎放榜後詩因而繼和

禮闈新榜動長安九陌人人走馬看一日聲名遍天下滿城桃李屬春官自吟白雪詮詞賦指示青雲借羽翰借問至公誰印可支郎天一作大眼定中觀

贈東嶽張鍊師

東嶽真人張鍊師高情雅淡世間稀堪爲列女書青簡久事元君住翠微金縷機中拋錦字玉清臺一作壇上著霓衣雲衢不要吹簫伴只擬乘鸞獨自飛

秘書崔少監見示墜馬長句因而和之

麟臺少諫舊仙郎洛水橋邊墜馬傷塵污腰間青襞綬風飄掌上紫遊韁上車著作應來問折臂三公定送方猶賴德全如醉者不妨吟詠入篇章

寄楊虢州與之舊姻

避地江湖知幾春今來本郡擁朱輪阮郎無復里中舊楊僕却爲關外人各繫一官難命駕每懷一作追前好易沾巾玉城山裏多靈藥擺落功名且養神

秋日題竇員外崇德里新居竇時判度支案

長愛街西風景閑到君居處暫一作便開顏清光門外一渠水秋色牆頭數點山疎種碧松通一作過月朗多栽紅藥待春還莫言堆案無餘地認得詩人在此間

蒙恩轉儀曹郎依前充集賢學士舉韓潮州自代因寄七言

翔鸞闕下謝恩初通籍由來在石渠暫入南宮判祥瑞還歸內殿閱圖書故人猶在三江外同病凡經二紀餘今日薦君嗟久滯不惟文體似相如

途次華州陪錢大夫登城北樓春望因覩李崔令狐三相國唱和之什翰林舊侶繼踵華城山水清高鸞鳳翔集皆忝宿眷遂題此詩

城樓四望出風塵見盡關西渭北春百二山河雄一作歸上國一雙旌旆委名臣壁中今日題詩處一作句天上同時草詔人莫怪老郎呈濫吹宦途雖別舊情親

始聞秋風

昔看黃菊與君別今聽玄蟬我却回五夜颼飀枕前覺一年顏狀鏡中來馬思邊草拳毛動鵰盼青雲睡眼開天地肅清堪四望爲君扶病上高臺

洛中初冬拜表有懷上京故人

鳳樓南面控三條拜表郎官早渡橋清洛曉光鋪碧簟上陽霜葉剪紅綃省門簪組初成列雲路鴛鸞想退朝寄謝殷勲九天侶搶榆水擊各逍遥

尉遲郎中見示自南遷牽復却至洛城東舊居之作因以和之

曾遭飛語十年謫新受恩光萬里還朝服不妨遊洛浦郊園依舊看一作著嵩山竹含天籟清商樂水遶庭臺碧玉環留作功成退身地如今只是暫時閑

洛中訓福建陳判官見贈

潦倒聲名擁腫材一生多故苦邅迴南宮舊籍遙相管東洛閑一作關門晝未開靜對道流論藥石偶逢詞客與〻瑰怪君近日文鋒利新向延平看劒來

和蘇十郎中謝病閑居時嚴常侍蕭給事同過訪歎初有二毛之作

清羸隱几望雲空左掖鴛鸞到室中一卷素書消永日數莖斑髮一作鬢對秋風菱花照後容雖改蓍草占來命已通莫怪人人驚早白緣君尚是黑頭翁

酬淮南廖參謀秋夕見過之作林公嘗爲揚州從事參謀從釋子反初服

揚州從事夜相尋無限新詩月下吟初服已驚一作經玄髮長高情猶向碧一作白雲深語餘時舉一杯酒坐久方聞四處一作數砧不逐繁華訪閑散知君擺落俗人心

題王郎中宣義里新居

愛君新買街西宅客到如遊鄠杜間雨後退朝貪種樹申時出省趁看山門前巷陌三條近牆內池亭萬境閑見擬移居作鄰里不論時節請開關

酬朗州崔員外與任十四兄侍御同過鄙人舊居見懷之什時守吳郡

昔日居鄰招屈亭楓林橘樹鷓鴣聲一辭御苑青門去十見蠻江白芷生自此曾沾宣室召如今又守闔閭城

何人萬里能相憶同舍仙郎與外兄（任侍御、余外兄崔員外南宮同官）

劉駙馬水亭避暑

千竿竹翠數蓮紅水閣虛凉玉簟空琥珀琖紅（一作烘）疑漏
（一作瀉）酒水晶簾瑩（一作客）更通風賜冰滿盌沈朱實法饌盈盤
覆碧籠盡日逍遙避（一作卻）煩暑再三珍重主人翁

述舊賀遷寄陝虢孫常侍（南宮左輔兩處交代）

南宮幸襲芝蘭後左輔曾交印綬來多病未離清洛苑
新恩已歷望仙臺關頭古塞桃林靜城下長河竹箭回
聞說隨車有零雨此時偏動子荆才

江陵嚴司空見示與成都武相公唱和因命同
作

南荆西蜀大行臺幕府旌門相對開名重三司平水土
威雄八陣役風雷彩雲朝望青城起錦浪秋經白帝來
不是郢中清唱發誰當丞相掞天才

廟庭偃松詩并序

侍中後閣前有小松不待年（一作歲）而偃丞相晉公爲
賦詩美其猶龍蛇然植于高檐喬木間上嵌旁軋
盤蹙傾亞似不得天和者公以遂物性爲意乃加
憐焉命畚土以壯其趾使無欹索綯以牽其幹使
不仆盥漱之餘以潤之顧眄之輝以照之發於仁
心感召和氣無復夭閼坐能敷舒彘之蹉蹙化爲
奇古故雖袤丈而有偃號焉予嘗詣閣白事公爲
道所以且示以詩竊感嘉木之逢時斐然成詠

勢軋枝偏根已危高情一見與扶持忽從顛顇有生意
却爲離披無俗姿影入巖廊行樂處韻含天籟宿齋時
謝公莫道東山去待取（一作時取）陰成滿鳳池

贈致仕滕庶子先輩（時及第人中最老）

朝服歸來晝錦榮登科記上更無兄（一作名）壽觴每使（一作許）曾
孫獻勝境長攜眾妓行鑺鑠據鞍時（一作能）騁健殷勤把酒
尚多情凌寒却向山陰去衣繡郎君雪裏行（一作迎時令子爲御史主務在越中）

哭呂衡州時予方謫居

一夜霜風凋玉芝蒼生望絕士林悲空懷濟世安人略
不見男婚女嫁時遺草一函歸太史旅（一作孤）墳三尺近要
離朔方徙歲行當滿（一作晚）欲爲君刊第二碑

夔州竇員外使君見示悼妓詩顧余嘗識之（一作面）
因命同作

前年曾見兩鬟時今日驚吟悼妓詩鳳管學成知有籍
龍媒欲換歎無期空廊月照常行地後院花開舊折枝
寂寞魚山青草裏何人更立智瓊祠

竇夔州見寄寒食日憶故姬小紅吹笙因和之

鸞聲窈眇管參差清韻初調眾樂隨幽院妝成花下弄
高樓月好夜深吹忽驚暮雨（一作槿）飄零盡唯有朝雲夢想
期聞道今年寒食日東山舊路獨行遲

哭龐京兆（少年有俊氣常擢制科之首）

俊骨英才氣褭然策名飛步冠羣賢逢時已自致高位
得疾（一作病）還因倚少年天上別歸京兆府人間空數（一作歎）茂
陵阡今朝繐帳哭君處前日見鋪歌舞筵

送李庚先輩赴選

一家何啻十朱輪諸父雙飛秉大鈞曾脫素衣參幕客
却爲精舍讀書人離筵雒水侵杯色征路函關向晚塵
今日山公舊賓主（一作居賓主話）知君不負帝城春

陽山廟觀賽神（梁松南征至此遂爲其神在朗州）

漢家都尉舊征蠻血食如今配此山曲蓋幽深蒼檜下
洞簫愁絕（一作吹絕）翠屏間荆巫脉脉傳神語野老娑娑（一作婆娑）起
醉顏日落風生廟門外幾人連蹋竹歌還

送僧元暠東遊并序

予策名二十年百慮而無一得然後知世所謂道
無非畏途唯出世間法可盡心耳繇是在席硯（一作觀）
者多旁行四句之書備將迎者皆赤髭白足之侶
深入智地靜通還源客塵觀盡妙氣來宅內視胸
中猶煎鍊然開士元暠姓陶氏本丹陽名家世有
人爵不藉其資於毘尼禪那極細密之義於初中
後日習總持之門妙音奮迅願力昭答雅聞予事
佛而佞亟來相從或問師璪形之自對曰小失怙
恃推棘心以求上乘積四十年有羸老將至而不
懈始悲浚泉之有冽今痛防墓之未遷塗芻莫備
薪火恐滅諸相皆離此心長懸雖萬姓歸佛盡爲
釋種如河入海無復水名然具一切智者豈惟遺
百行求無量義者寧容斷聞思今聞南諸侯雅多
大士思扣以苦調而希其末光無容至前有足悲
者予聞是說已力不足而悲有餘因爲詩以送之
庶乎踐霜露者聽（一作聆）之有惻

寶書翻譯學初成振錫如飛白足輕彭澤因家凡幾世
靈山預會是前生傳燈已悟無爲理濡露猶懷罔極情
從此多逢大居士何人不願解珠瓔

贈日本僧智藏

浮杯萬里過滄溟遍禮名山適性靈（一作舊窩）深夜降龍潭水
黑新秋放鶴野田青身無彼我那懷土心會真如不讀
經爲問中華學道者幾人雄猛得寧馨

送元簡上人適越

孤雲出岫本無依勝境（一作景）名山即是歸久向吳門遊好
寺還思越水洗塵機浙江濤驚獅子吼稽嶺峰疑靈鷲
飛更入天台石橋去（一作路）垂珠璀璨拂三衣

送宗密上人歸南山草堂寺因謁（一作詣）河南尹白
侍郎

宿習修來得慧根多聞第一却忘言自從七祖傳心印
不要三乘入便門東泛滄江（一作浪）尋古跡西歸紫閣出塵
喧河南白尹大檀越好把真經相對翻

西塞山懷古

西晉（一作王濬）樓船下益州金陵王氣黯（一作漠）然收千尋鐵鎖沈
江底一片降旛出石頭人世幾回傷往事（一作荒苑至今生茂草）山形
依舊枕江（一作寒）流今逢（一作從今）四海爲家日故壘蕭蕭蘆荻秋（一作而今四海歸皇化兩岸蕭蕭蘆荻秋）

廣宣上人寄在蜀與韋令公唱和詩卷因以令
公手扎答詩示之

碧雲佳句久傳芳曾向成都住草堂振錫常過長者宅
披衣（一作文）猶帶令公香一時風景添詩思八部人天入道
場若許相期同結社吾家本自有柴桑

白舍人自杭州寄新詩有柳色春藏蘇小家之句因而戲酬兼寄浙東元相公

錢塘山水有奇聲，暫謫仙官領百城。女妓還聞名小小，使君誰許喚卿卿。鼇驚震海風雷起，蜃鬬噓天樓閣成。莫道騷人在三楚，文星今向斗牛明。

春日書懷寄東洛白二十二楊八二庶子

曾向空門學坐禪，如今萬事盡忘筌。眼前名利同春夢，醉裏風情敵少年。野草芳菲紅錦地，遊絲撩亂碧羅天。心知洛下閑才子，不作詩魔即酒顛（一作醉顛）。

白舍人見酬拙詩因以寄謝

雖陪三品散班中，資歷從來事不同。名姓也曾鐫石柱，詩篇未得上屏風。甘陵舊黨凋零盡，魏闕新知禮數崇。煙水五湖如有伴，猶應堪作釣魚翁。

白舍人曹長寄新詩有遊宴之盛因以戲酬

蘇州刺史例能詩，西掖今來替左司。二八城門開道路，五千兵馬引旌旗。水通山寺笙歌去，騎過虹橋劒戟隨。若共吳王鬬百草，不如應（一作知惟）是欠西施。

蘇州白舍人寄新詩有歎早白無兒之句因以贈之

莫嗟華髮與無兒，却是人間久（一作生）遠期。雪裏高山頭白早，海中仙果子生遲。于公必有高門慶，謝守何煩曉鏡悲。幸免如新分非淺，祝君長詠夢熊詩。（高山本高，于門使之高，二義殊，故古之詩流曉此）

酬樂天揚州初逢席上見贈

巴山楚水淒涼地，二十三年棄置身。懷舊空吟聞笛賦，到鄉翻似爛柯人。沉舟側畔千帆過，病樹前頭萬木春。今日聽君歌一曲，暫憑杯酒長精神。

罷郡歸洛途次山陽留辭郡中丞使君

自到山陽不許辭，高齋日夜有佳期。管弦正合看書院，語笑方酣各詠詩。銀漢雪晴褰翠幕，清淮月影落金卮。洛陽歸客明朝去，容趁城東花發時。

楚州開元寺北院枸杞臨井繁茂可觀羣賢賦詩因以繼和

僧房藥樹依寒井，井有香泉樹有靈。翠黛葉生籠石甃，殷紅子熟照銅瓶。枝繁本是仙人杖，根老新成瑞犬形。上品功能甘露味，還知一勺可延齡。

和樂天鸚鵡

養來鸚鵡觜初紅，宜在朱樓繡戶中。頻學喚人緣性慧，偏能識主爲情通。斂毛睡足難銷日，嚲翅愁時願見風。誰遣聰明好顏色，事須安置入深籠。

洛中逢白監同話遊梁之樂因寄宣武令狐相公

曾經謝病各遊梁，今日相逢憶孝王。少有一身兼將相，更能四面占文章。開顏坐上催飛盞，迴首庭中看舞槍。借問風前兼月下，不知何客對胡牀。

河南王少尹宅燕張常侍白舍人兼呈盧郎中李員外二副使

將星夜落使星來，三省清臣到外臺。事重各銜天子詔，禮成同把故人盃。捲簾松竹雪初霽，滿院池塘春欲回。第一林亭迎好客，殷勤莫惜玉山頹。

和宣武令狐相公郡齋對新竹

新竹翛翛韻曉風，隔窗依砌尚蒙籠。數間素壁初開後，一段清光入坐中。欹枕閑看知自適，含毫朗詠與誰同。此君若欲長相見，政事堂東有舊叢。

和樂天送鶴上裴相公別鶴之作

昨日看成送鶴詩，高籠提出白雲司。朱門乍入應迷路，玉樹容棲莫揀枝。雙舞庭中花落處，數聲池上月明時。三山碧海不歸去，且向人間呈羽儀。

闕下待傳點呈諸同舍

禁漏晨鐘聲欲絕，旌旗組綬影相交。殿含佳氣當龍首，閣倚晴天見鳳巢。山色葱蘢丹檻外，霞光泛灩翠松梢。多慚再入金門籍，不敢爲文學解嘲。

和樂天以鏡換酒

把取菱花百鍊鏡，換他竹葉十旬杯。嚬眉厭老終難去，蘸甲須歡便到來。妍醜太分迷忌諱，松喬俱傲絕嫌猜。校量功力相千萬，好去從空白玉臺。

司樂天送河南馮尹學士

可憐五（一作玉）馬風流地，暫輟金貂侍從才。閣上掩書劉向去，門前修刺孔融來。（馮自館閣出爲河南尹）崤陵路靜寒無雨，洛水橋長晝起雷。共（一作却）羨府中棠棣好，先於城外百花開。（時公伯仲四人並以顯官居雒士宗榮之）

同白二十二贈王山人

愛名之世忘名客，多事之時無事身。古老相傳見來久，歲年雖變貌常新。飛章上達三清路，受籙平交五嶽神。笑聽鼕鼕朝暮鼓，只能催得市朝人。

題集賢閣

鳳池西畔圖書府，玉樹玲瓏景氣閑。長聽餘風送天樂，時登高閣望人寰。青山雲繞欄干外，紫殿香來步武間。曾是先賢翔集地，每看壁記一慚顏。

和令狐相公初歸京國賦詩言懷

凌雲羽翮掞天才，揚（一作歷）歷中樞與外臺。相印昔辭東閣去，將星還拱北辰來。殿庭捧日彯纓入，閣道看山曳履回。口不言功心自適，吟詩釀酒待花開。

和樂天南園試小樂

閑步南園煙雨晴，遙聞絲竹出牆聲。欲抛丹筆三川去，先教清商一部成。花木手栽偏有興，歌詞自作別生情。多才遇景皆能詠，當日人傳滿鳳城。

答樂天戲贈

才子聲名白侍郎，風流雖老尚難當。詩情逸似陶彭澤，齋日多如周太常。矻矻將心求淨法，時時偷眼看春光。知君技癢思歡讌，欲倩天魔破道場。

同樂天送令狐相公赴東都留守（自戶部尚書拜）

尚書劒履出明光，居守旌旗赴洛陽。世上功名兼將相，人間聲價是文章。衙門曉闢分天仗，賓幕初開辟省郎。從發坡頭向東望，春風處處有甘棠。（自華陵至河南皆故林也）

刑部白侍郎謝病長告改賓客分司以詩贈別

鼎食華軒到眼前，拂衣高謝豈徒然。九霄路上辭朝客，四皓叢中作少年。他日臥龍終得雨，今朝放鶴且沖天。

洛陽舊有衡茆在，亦擬抽身伴地仙。

和留守令狐相公答白賓客

麥隴（一作蛟龍）和風吹樹枝，商山逸客出關時。身無拘束起長晚，路足交親行自遲。官拂象筵終日待，私將雞黍幾人期。君來不用飛書報，萬户先從紙貴知。

酬鄆州令狐相公官舍言懷見寄兼呈樂天

詞人各在一涯居，聲味雖同跡自疎。佳句傳因多好事，尺題稀爲不便書。已通戎略逢黃石，仍占星文耀碧虛。聞說朝天在來歲，霸陵春色待行車。

吟白樂天哭崔兒二篇愴然寄贈

吟君苦調我霑纓，能使無情盡有情。四望車中心未釋，千秋亭下賦初成。庭梧已有棲雛處，池鶴今無子和聲。從此期君比瓊樹，一枝吹折一枝生。

答樂天所寄詠懷且釋其枯樹之歎

衙前有樂饌常精，宅内連池酒任傾。自是官高無狎客，不論年長少歡情。驪龍頷被探珠去，老蚌胚還應月生。莫羨三春桃與李，桂花成實向秋榮。

赴蘇州酬別樂天

吳郡魚書下紫宸，長安廄吏送朱輪。二南風化承遺愛，八詠聲名躡後塵。梁氏夫妻爲寄客，陸家兄弟是州民。江城春日追遊處，共憶東歸舊主人。

福先寺雪中酬別樂天

龍門賓客會龍宮，東去旌旗駐上東。二八笙歌雲幕下，三千世界雪花中。離堂未暗排紅燭，別曲含淒颺晚風。才子從今一分散，便將詩詠向吳儂。

和樂天耳順吟兼寄敦詩

吟君新什慰蹉跎，屈指同登耳順科。鄧禹功成三紀事，孔融書就八年多。已經將相誰能爾，抛却丞郎爭奈何。獨恨長洲數千里，且隨魚鳥泛煙波。

和白侍郎送令狐相公鎮太原

十萬天兵貂錦衣，晉城風日斗生輝。行臺僕射深恩重，從事中郎舊路歸。疊鼓蹙成汾水浪，閃旗驚斷塞鴻飛。邊庭自此無烽火，擁節還來坐紫微。

酬樂天見寄

元君後輩先零落，崔相同年不少留。華屋坐來能幾日，夜臺歸去便千秋。背時猶自居三品（三川吳郎品同），得老終須卜一丘（投老之日願與樂天爲鄰）。若使吾徒還早達，亦應簫鼓入松楸。

樂天寄重和晚達冬青一篇因成再答

風雲變化饒年少，光景蹉跎屬老夫。秋隼得時凌汗漫，寒龜飲氣受泥塗。東隅有失誰能免，北叟之言豈便無。振臂猶堪呼一擲，爭知掌下不成盧。

河南白尹有喜崔賓客歸洛兼見懷長句因而繼和

幾年侍從作名臣，却向青雲索得身。朝士忽爲方外士，主人仍是眼中人。雙鸞遊處天京好，五馬行時海嶠春。遙羨光陰不虛擲，肯令絲竹暫生塵。

和楊師皋給事傷小姬英英

見學胡琴見藝成，今朝追想幾傷情。撚弦花下呈新曲，放撥燈前謝改名。但是好花皆易落，從來尤物不長生。鸞臺夜直衣衾冷，雲雨無因入禁城。

和樂天洛下醉吟寄太原令狐相公兼見懷長句

舊相臨戎非稱意，詞人作尹本多情。從容自使邊塵靜，談笑不聞桴鼓聲。章句新添塞下曲，風流舊占洛陽城。昨來亦有吳趨詠，惟寄東都與北京。

郡齋書懷寄江南白尹兼簡分司崔賓客

謾讀圖書三十車，年年爲郡老天涯。一生不得文章力，百口空爲飽煖家。綺季衣冠稱鬢面，吳公政事副詞華。還思謝病吟歸去，同醉城東桃李花。

題于家公主舊宅

樹繞荒臺葉滿池，簫聲一絶草蟲悲。鄰家猶學宮人髻，園客爭偷御果枝。馬埒蓬蒿藏狡兔，鳳樓煙雨嘯愁鴟。何郎獨在無恩澤，不似當初傅粉時。

酬樂天見貽賀金紫之什

久學文章含白鳳，却因政事賜金魚。郡人未識聞謡詠，天子知名與詔書。珍重賀詩呈錦繡，願言歸計並園廬。舊來詞客多無位，金紫同遊誰得如。

樂天見示傷微之敦詩晦叔三君子皆有深分因成是詩以寄

吟君歎逝雙絶句，使我傷懷奏短歌。世上空驚故人少，集中惟覺祭文多。芳林新葉催陳葉，流水前波讓後波。萬古到今同此恨，聞琴淚盡欲如何。

和樂天柘枝

柘枝本出楚王家，玉面添嬌舞態奢。鬆（一作鬟）鬢改梳鸞鳳髻，新衫別織鬭雞紗。鼓催殘拍腰身軟，汗透羅衣雨點花。畫筵曲罷辭歸去（一作畫席曲殘辭別去），便隨王母上煙霞。

和樂天題眞娘墓

薝蔔林中黃土堆，羅襦繡黛已成灰。芳魂雖死人不怕，蔓草逢春花自開。幡蓋向風疑舞袖，鏡燈臨曉似妝臺。吳王嬌女墳相近，一片行雲應往來。

客有話汴州新政書事寄令狐相公

天下咽喉今大寧，軍城喜氣徹青冥。庭前劒戟朝迎日，筆底文章夜應星。三省壁中題姓字，萬人頭上見儀形。汴州忽復承平事，正月看燈户不扃。

令狐相公見示河中楊少尹贈答兼命繼之

兩首新詩百字餘，朱弦玉磬韻難如。漢家丞相重徵後，梁苑仁風一變初。四面諸侯瞻節制，八方通貨溢河渠。自從郤（一作郄）穀爲元帥，大將歸來盡把書。

和令狐相公送趙常盈鍊師與中貴人同拜嶽及天台投龍畢却赴京

銀璫謁者引蜺旌，霞帔仙官到赤城。白鶴迎來天樂動，金龍擲下海神驚。元君伏奏歸中禁，武帝親齋禮上清。何事夷門請詩送，梁王文字上聲名。

酬令狐相公贈別

越聲長苦有誰聞，老向湘山與楚雲。海嶠新辭永嘉守，夷門重見信陵君。田園松菊今迷路，霄漢鴛鴻久絶羣。幸遇甘泉尚詞賦，不知何客薦雄文。

酬令狐相公寄賀遷拜之什

邅迴二紀重爲郎，洛下遙分列宿光。不見當關呼早起，

曾無侍史與焚香三花秀色通春幌十字清波遶宅牆白髮青衫誰比數相憐只是有梁王(相公昔以大僚分司故有同病相憐之句)

夏日寄宣武令狐相公

長憶梁王逸興多西園花盡興如何近來漸暑侵亭館應覺清談勝綺羅境入篇章高韻發風穿號令衆心和承明欲謁先相報願拂朝衣逐曉珂

酬令狐留守巡內至集賢院見寄

仙院文房隔舊宮當時盛事盡成空墨池半在頹垣下書帶猶生蔓草中巡內因經九重苑裁詩又繼二南風爲兄手寫殷勤句遍歷三台各一通

和令狐相公言懷寄河中楊少尹

章句慙非第一流世間才子昔陪遊吳宮已歎芙蓉死(張司業詩云吳宮四面秋江水天清露白芙蓉死)邊月空悲蘆管秋(李白書)任向洛陽稱傲吏(分司白賓客)苦教河上領諸侯(天平相公)石渠甘對圖書老關外楊公安穩不

令狐相公自天平移鎮太原以詩申賀(相公昔爲并州從事)

北都留守將天兵出入香(一作天)街宿禁扃韓鼓夜聞驚朔鴈旌旗曉動拂參星孔璋舊檄家家有叔度新歌處處聽夷落遙知真漢相爭來屈膝看儀刑

重酬前寄

邊烽寂寂盡收兵宮樹蒼蒼靜掩扃戎羯歸心如內地天狼無角比凡星新成麗句開緘後便入清歌滿坐聽

令狐相公自太原累示新詩因以酬寄

吳苑晉祠遙望處可憐南北太(一作大)相形

飛蓬卷盡塞雲寒戰馬閑嘶漢地寬萬里胡天無警急一籠烽火報平安燈前妓樂留賓宴雪後山河出獵看珍重新詩遠相寄風情不似四登壇

酬令狐相公使宅別齋初栽桂樹見懷之作

清淮南岸家山樹黑水東邊第一栽影近畫梁迎曉日香隨綠酒入金杯根留本土依江潤葉起寒稜映月開早晚陰成比梧竹九霄還放綵(一作雛)鸞來

酬令狐相公見寄

才兼文武播雄名遺愛芳塵滿洛城身在行臺爲僕射書來用里訪先生閑遊占得嵩山色醉臥高聽洛水聲千里相思難命駕七言詩裏寄深情

郡內書情獻裴侍中留守

功成頻獻乞身章擺落襄陽鎮洛陽萬乘旌旗分一半八方風雨會中央兵符今奉黃公略書殿曾隨翠鳳翔心寄華亭一雙鶴日陪高步繞池塘

酬樂天衫酒見寄

酒法衆傳吳米好舞衣偏尚越羅輕動搖浮蟻香濃甚裝束輕鴻意態生閱曲定知能自適舉杯應歎不同傾終朝相憶終年別對景臨風無限情

自左馮歸洛下酬樂天兼呈裴令公

新恩通籍在龍樓分務神都近舊丘自有園公紫芝侶(時賓行四人盡在洛中)仍追少傅赤松遊華林霜葉紅霞晚伊水晴光碧玉秋更接東山文酒會始知江左未風流(王儉云江左風流宰相唯有謝安)

秋齋獨坐寄樂天兼呈吳方之大夫

空齋寂寂不生塵藥物方書繞病身纖草數莖勝靜地幽禽忽至似佳賓世間憂喜雖無定釋氏銷磨盡有因同向洛陽閑度日莫教風景屬他人

和樂天齋戒月滿夜對道場偶懷詠

常修清淨去繁華人識王城長者家案上香煙鋪貝葉佛前燈焰透蓮花持齋已滿招閑客理曲先聞命小娃明日若過方丈室還應問爲法來邪

吳方之見示獨酌小醉首篇樂天續有酬答皆含戲謔極至風流兩篇之中竝蒙見屬輒呈濫吹益美來章

閑門共寂任張羅靜室同虛養太和塵世歡娛開意少醉鄉風景獨遊多散金疏傅尋常樂枕麴劉生取次歌計會雪中爭挈榼鹿裘鶴氅遞相過

酬樂天齋滿日裴令公置宴席上戲贈

一月道場齋戒滿今朝華幄管弦迎銜杯本自多狂態事佛無妨有佞名酒力半酣愁已散文鋒未鈍老猶爭平陽不獨容賓醉聽取喧呼吏舍聲

酬樂天偶題酒甕見寄

從(一作是)君勇斷拋名後世路榮枯見幾回門外紅塵人自走甕頭清酒我初開三冬學任胸中有萬戶侯須骨上來何幸相招同醉處洛陽城裏好池臺

酬樂天請裴令公開春加宴

高名大位能兼有恣意遨遊是特恩二室煙霞成步障三川風物是家園晨窺苑樹韶光動晚度河橋春思繁弦管常調客常滿但逢花處即開樽

樂天示過敦詩舊宅有感一篇吟之泫然追想昔事因成繼和以寄苦懷

淒涼同到故人居門枕寒流古木疏向秀心中嗟棟宇蕭何身後散圖書本營歸計非無意唯算生涯尚有餘忽憶前言更惆悵丁寧相約速懸車(敦詩與予及樂天三人同甲子平生相約同休洛中)

寄和東川楊尚書慕巢兼寄西川繼之二公近從弟兄情分偏睦早忝遊舊因成是詩

太華蓮峰降嶽靈兩川棠樹接郊坰政同兄弟人人樂曲奏塤篪處處聽楊葉百穿榮會府芝泥五色耀天庭各拋筆硯誇旄鉞莫遣文星讓將星

和樂天洛下雪中宴集寄汴州李尚書

洛城無事足杯盤風雪相和歲欲闌樹上因依見寒鳥坐中收拾盡閑官笙歌要請頻何爽笑語忘機拙更歡遙想兔園今日會瓊林滿眼映旂竿

和牛相公遊南莊醉後寓言戲贈樂天兼見示

城外園林初夏天就中野趣在西偏薔薇亂發多臨水鸂鶒雙遊不避船水底遠山雲似雪橋邊平岸草如煙白家唯有杯觴興欲把頭盤打少年

樂天以愚相訪沽酒致歡因成七言聊以奉答

少年曾醉酒旗下同輩黃衣頷亦黃蹴踏青雲尋入仕蕭條白髮且飛觴令徵古事歡生雅客嗅閑人與任狂猶勝獨居荒草院蟬聲聽盡到寒螿

全唐詩

劉禹錫

和思黯憶南莊見示

丞相新家伊水頭智囊心匠日增修化成池沼無痕跡
奔走清波不自由臺上看山徐舉酒潭中見月慢回舟
從來天下推尤物合屬人間第一流

酬思黯見示小飲四韻

拋卻人間第一官俗情驚怪我方安兵符相印無心戀
洛水嵩雲恣一作著意看三足鼎中知味久百尋竿上擲身
難追呼故舊連宵飲直到天明興未闌

和僕射牛相公春日閑坐見懷

官曹崇重難頻入第宅清閑且獨行階蟻相逢如偶語
園蜂速去恐違程人於紅藥惟看色鶯到垂楊不惜聲
東洛池臺怨拋擲移文非久會應成違一作遲惟看色一作偏憐色

酬元九侍御贈璧竹鞭長句

碧玉孤根生在林美人相贈比雙金初開郢客緘封後
想見巴山冰雪深多節本懷端直性露青猶有歲寒心
何時策馬同歸去關樹扶疎敲鐙吟

酬竇員外使君寒食日途次松滋渡先寄示四
韻

楚鄉寒食橘花時野渡臨風駐綵旗草色連雲人去住
水紋如縠燕差池朱輪尚憶羣飛雉青綬初縣左顧龜
非是湓城舊司馬水曹何事與新詩時自水部郎出牧

寄楊八拾遺時出爲國子主簿分司東都韓十八員外亦轉國子博士同在洛陽

聞君前日獨庭爭漢帝偏知白馬生忽領簿書遊太學
寧勞侍從厭承明洛陽本自宜才子海內而今有直聲
爲謝同僚老博士范雲來歲即公卿

酬竇員外郡齋宴客偶命柘枝因見寄兼呈張
十一院長元九侍御員外時兼節度判官佐平蠻之畧張初罷都官元方從事

分憂餘刃又從公白羽胡牀嘯詠中綵筆諭戎矜倚馬
華堂留客看驚鴻渚宮油幕方高步澧浦甘棠有幾叢
若問騷人何處所門臨寒水落江楓

謝竇員外旬休早涼見示詩奉書報詰朝有宴

新秋十日澣朱衣鈴閣無聲公吏歸風韻漸高梧葉動
露光初重槿花稀四時苒苒催容鬢三爵油油一作臚臚忘是
非更報明朝池上酌人知太守字玄暉

南海馬大夫遠示著述兼酬拙詩輒著微誠再
有長句時蔡戎未弭故見於篇末

漢家旄節付雄才百越南溟統外臺身在絳紗傳六藝
腰懸青綬亞三台連天浪靜長鯨息映日帆多寶舶來
聞道楚氛猶未滅終須旄旆掃雲雷

和南海馬大夫聞楊侍郎出守郴州因有寄上
之作

忽驚金印駕朱轓遂別鳴珂聽曉猿碧落仙來雖暫謫
赤泉侯在是深恩玉環慶遠瞻台坐銅柱勳高壓海門
一詠瓊瑤百憂散何勞更樹北堂萱

馬大夫見示浙西王侍御贈答詩因命同作并序

大夫榮踐舊府又歷交趾桂林南人歌之列在風
什王侍御公易一別歲餘寄末篇以代札

憶逐羊車凡幾時今來舊府統一作總戎師象筵照室會詞
客銅鼓臨軒舞海夷百越酋豪稱故吏十洲風景助新
詩秣陵從事何年別一見瓊章如素期

寄唐州楊八歸厚

淮安古地擁州師畫角金鐃旦夕吹淺草遙迎鶻鶴馬
春風亂颭辟邪旗謫仙年月今應滿戇諫聲名衆所知
何況遷喬舊同伴一雙先入鳳凰池時徐晦楊嗣復二舍人與唐州同年及第

寄朗州溫右史曹長

暫別瑤墀鴛鷺行綵旗雙引到沅湘城邊流水桃花過
簾外春風杜若香史筆枉將書紙尾朝纓不稱濯滄浪
雲臺公業家聲在徵詔何時出建章

詶楊司業巨源見寄

辟雍流水近靈臺中有詩篇絕世才渤海歸人將集去
梨園弟子請詞來瓊枝未識魂空斷寶匣初臨手自開
莫道專城管雲雨其如心似不然灰

詶國子崔博士立之見寄

健筆高科早絕倫後來無不揖芳塵遍看今日乘軒客
多是昔年呈卷人胄子執經瞻講坐郎官共食接華茵
煩君遠寄相思曲慰問天南一逐臣

張郎中籍遠寄長句開緘之日已及新秋因舉
目前仰酬高韻

南宮詞客寄新篇清似湘靈促柱弦京邑舊遊勞夢想
歷陽秋色正澄鮮雲銜日腳成山雨風駕潮頭入渚田
對此獨吟還獨酌知音不見思愴然

浙東元相公書歎梅雨鬱蒸之候因寄七言

稽山自與岐山別何事連年鸑鷟飛百辟商量舊相入
九天祗候老臣歸平湖晚泛窺清鏡高閣晨開掃翠微
今日看書最惆悵爲聞梅雨損朝衣

酬嚴給事賀加五品兼簡同制水部李郎中

九天雨露傳青詔八舍郎官換綠衣初佩銀魚隨仗入
宜乘白馬退朝歸彫盤賀喜開瑤席綵筆題詩出鎖闈
聞道水曹偏得意霞朝霧夕有光輝

裴相公大學士見示答張秘書謝馬詩并羣公
屬和因命追作

草玄門戶少塵埃丞相并州寄馬來初自塞垣銜苜蓿
忽行幽徑破莓苔尋花緩轡威遲一作逶遲去帶酒垂鞭躞蹀
回不與王侯與詞客知輕富貴重清才

奉和裴侍中將赴漢南留別座上諸公

金貂曉出鳳池頭玉節前臨南雍州暫輟洪鑪觀劍戟

還將大筆注春秋。管弦席上留高韻，山水途中入勝遊。峴首風煙看未足，便應重拜富民侯。

和蘇郎中尋豐安里舊居寄主客張郎中

漳濱臥起恣閑遊，宣室徵還未白頭。舊隱來尋通德里，新篇寫出畔牢愁。池看科斗成文字，鳥聽提壺憶獻酬。同學同年又同舍，許君雲路並華輈。

酬浙東李侍郎越州春晚即事長句

越中藹藹繁華地，秦望峰前禹穴西。湖草初生邊鴈去，山花半謝杜鵑啼。青油晝卷臨高閣，紅旆晴翻繞古堤。明日漢庭徵舊德，老人爭出若耶溪。

酬淮南牛相公述舊見貽

少年曾忝漢庭臣，晚歲空餘老病身。初見相如成賦日，尋爲丞相掃門人。追思往事咨嗟久，喜奉清光笑語頻。猶有登朝（一作當時）舊冠冕，待公三入拂埃塵。（牛相再入中書，故以三入期之）

和僕射牛相公追感韋裴六相登庸皆四十餘未五十薨歿豈早榮早枯之義今年將六十猶粗強健因親故勸酒率然成篇并見寄之作

坐鎮清朝獨殷然，閑徵故事數前賢。用才同踐鈞衡地，稟氣終分大小年。威鳳本池思泛泳，仙查舊路望回旋。猶憐綺季深山裏，唯有松風與石田。

和僕射牛相公以離闕庭七年班行親故亡歿十無一人再覩龍顏喜慶雖極感歎風燭能不愴然因成四韻并示集賢中書二相公所和

久辭龍闕擁紅旗，喜見天顏拜赤墀。三省英寮非舊侶，萬年芳樹長新枝。交朋接武居仙院，幕客追風入鳳池。雲母屏風即施設，可憐榮耀冠當時。

和僕射牛相公見示長句

靜得天和興自濃，不緣宦達性靈慵。大鵬六月有閑意，仙鶴千年無躁容。流輩盡來多歎息，官班高後少過從。唯應加築露臺上，賸見終南雲外峰。

和牛相公雨後寓懷見示

金火交爭正抑揚，蕭蕭飛雨助清商。曉看紈扇恩情薄，夜覺紗燈刻數長。樹上早蟬纔發響，庭中百草已無光。當年富貴亦惆悵，何況悲翁髮似霜。

和陳許王尚書酬白少傅侍郎長句因通簡汝洛舊遊之什

寥廓高翔不可追，風雲失路暫相隨。方同洛下書生詠，又見軍前大將旗。雪裏命賓開玉帳，飲中請號駐金巵。竹林一自王戎去，嵇阮雖貧興未衰。

和僕射牛相公寓言二首

兩度竿頭立定誇，回眸舉袖拂青霞。盡拋今日貴人樣，復振前朝名相家。御史定來休直宿，尚書依舊趁參衙。具瞻尊重誠無敵，猶憶洛陽千樹花。

心如止水鑒常明，見盡人間萬物情。鵰鶚騰空猶逞俊，驊騮齧足自無驚。時來未覺權爲祟，貴了方知退是榮。只恐重重世緣在，事須三度副蒼生。

酬太原狄尚書見寄

家聲烜赫冠前賢，時望穹崇鎮北邊。身上官銜如座主，幕中譚笑取同年。幽并俠少趨鞭弭，燕趙佳人奉管弦。仍把天兵書號筆，遠題長句寄山川。

酬宣州崔大夫見寄

白衣曾拜漢尚書，今日恩光到敝廬。再入龍樓稱綺季，應緣狗監說相如。中郎南鎮權方重，內史高齋興有餘。遙想敬亭春欲暮，百花飛盡柳花初。

酬皇甫十少尹暮秋久雨喜晴有懷見示

雨餘獨坐卷簾帷，便得詩人喜霽詩。搖落從來長年感，慘舒偏是病身知。掃開雲霧呈光景，流盡潢汙見路岐。何況菊香新酒熟，神州司馬好狂時。

再授連州至衡陽酬柳柳州贈別

去國十年同赴召，渡湘千里又分岐。重臨事異黃丞相，三黜名慚柳士師。歸目併隨回鴈盡，愁腸正遇斷猿時。桂江東過連山下，相望長吟有所思。

望夫山

何代提戈去不還，獨留形影白雲間。肌膚銷盡雪霜色，羅綺點成苔蘚斑。江燕不能傳遠信，野花空解妒愁顏。近來豈少征人婦，笑採蘼蕪上北山。

懷妓（前三首一作劉損詩，題作憤惋）

玉釵重合兩無緣，魚在深潭鶴在天。得意紫鸞休（一作辭）舞鏡，能言青鳥罷（一作斷）銜箋。金盆已覆難收水，玉軫長拋不續弦。若向蘼蕪山下過，遙（一作空）將紅（一作狂）淚灑窮泉。

鸞飛遠樹棲何處，鳳得新巢想稱心。紅壁（一作粉）尚留香漠漠，碧雲初斷信沈沈。情知（一作那堪）點污投泥玉，猶自（一作更嫌）經營買笑金。從此山頭似人石，丈夫形狀淚痕深。

但曾行處遍尋看，雖是生離死一般。買笑樹邊花已老，畫眉窗下月猶殘。雲藏巫峽音容斷，路隔星橋過往難。莫怪詩成無淚滴，盡傾東海也須乾。

三山不見海沈沈，豈有仙蹤更可尋。青鳥去時雲路斷，姮娥歸處月宮深。紗窗遙想春相憶，書幌誰憐夜獨吟。料得夜來天上鏡，只應偏照兩人心。

答東陽于令寒碧圖詩（并引）

東陽令于興宗，丞相燕國公之猶子，生綺襦紈褲間，所見皆貴盛，而挈然有心如山東書生。前年白有司，願爲親民官以自効，遂補東陽。及涖官，以簡易爲治，故多暇日。一旦於縣五里偶得奇境，埋沒於翳薈中。于生自以有特操而生於公侯家，由覆蔭入仕，常忽忽歎息，因移是心，開抉泉石，芟去蘿蔦，斧凡材，畚息壤，而清谿翠岩，森立坌來，因搆亭其端，題曰寒碧。碧流貫於庭中，如青龍蜿蜒（去聲）冰徹，射人樹石，雲霞列於前昏旦，萬狀惜其居地不得有聞於時，故圖之來乞辭。既無負尤物，予亦久翳蘿蔦者，睹之慨然，遂賦七言以貽後之文士。

東陽本是佳山水，何況曾經沈隱侯。化得邦人解吟詠，如今縣令亦風流。新開潭洞疑仙境，遠寫丹青到雍州。落在尋常畫師手，猶能三伏凜生秋。

麻姑山

曾遊仙蹟見豐碑，除却麻姑更有誰。雲蓋青山龍臥處，日臨丹洞鶴歸時。霜凝上界花開晚，月冷中天果熟遲。人到便須拋世事，稻田還擬種靈芝。

自江陵沿流道中

三千三百西江水，自古如今要路津。月夜歌謠有漁父，風天氣色屬商人。沙村好處多逢寺，山葉紅時覺勝春。行到南朝征戰地，古來名將盡爲神。陸遜甘寧皆有祠宇

別夔州官吏

三年楚國巴城守，一去揚州揚子津。青帳聯延喧驛步，白頭俯傴到江濱。巫山暮色常含雨，峽水秋來不恐人。惟有九歌詞數首，里中留與賽蠻神。

魚復江中

扁舟盡室貧相逐，白髮藏冠鑷更加。遠水自澄終日綠，晴林長落過春花。客情浩蕩逢鄉語，詩意留連重物華。風檣好住貪程去，斜日青帘背酒家。

巫山神女廟

巫山十二鬱蒼蒼，片石亭亭號女郎。曉霧乍開疑卷幔，山花欲謝似殘妝。星河好夜聞清佩，雲雨歸時帶異香。何事神仙九天上，人間來就楚襄王。

柳絮

飄颺南陌起東鄰，漠漠濛濛暗度春。花巷暖隨輕舞蝶，玉樓晴拂豔妝人。縈迴謝女題詩筆，點綴陶公漉酒巾。何處好風偏似雪，隋河隄上古江津。

贈同年陳長史員外

明州長史外臺郎，憶昔同年翰墨場。一自分襟多歲月，相逢滿眼是淒涼。推賢有愧韓安國，論舊唯存盛孝章。所歎謬遊東閣下，看君無計出恓惶。

送周魯儒赴舉詩并引

晝居外次，晨門曰有九疑生持一刺來謁，立西階以須。生危冠方袂，淺揖舒拜，且前致辭，稱贊其文頗涉獵前言。居五六日，復袖來，益引古事以相劘切，與之言，能言其得姓因家之所自，暨縣道鄉亭之風俗，望山名水之槩狀，羅含所未記，朱贑之未條咸得之。於生由是始列於賓籍，臨觴而司斟觀博而竄言有日矣。初，邑中人聞有生來，而二千石客之，駢然來觀。還客裴御史遇生於坐，抵掌曰：人固有類類而族殊者，周生疑羅玠也。衆咸覊然而熟視，生疑也愈甚。夫形似古所有也，優孟似叔敖，而楚君欲以爲相；人殊而類肖，猶或欲用之。玠生於衡山，而生生於九疑，其似誠匹也。無乃躡其武，升俊造，仕甸服，佐君藩，爲御史乎？古文人無避事，即有而書之，尚實也，行李之貺，則徵夫詩曰：

宋日營陽內史孫，因家占得九疑村。童心便有愛書癖，手指今餘把筆痕。自握蛇珠辭白屋，欲憑雞卜謁金門。若逢廣坐一作知問羊酪，從此知名在一言。

送曹璩歸越中舊隱詩并引

余爲連州，諸生以進士書刺者浩不可紀。獨曹生崖然自稱爲山夫，及與語，以徵其實，則曰所嗜者名嘗遠遊，以索之抗喉舌，胝拇腇，以干東諸侯。見之日，率莞然曰：秀才者天下是，不禮庸何傷？今方依名山以揚其聲，將挂幘於南嶽，生之言未及休。余遽曰：在已不在山。若子之言，依山而爲高，是練神叩寂，捐日月而不顧，名聞而老至，持是焉用？生聞言愀然，如悔色見於眉睫，因留止道士院，從余求書以觀，居三時而功倍，一歲讀史書，自皇帝至吳魏間班班能言之，然而絕口不敢言衡山。知山夫不販而羸也，十一月告余歸隱於會稽，且曰：知求名之自矣，乞詞以發之。遂賦七言詩以鑒其志。

行盡瀟湘萬里餘，少逢知已憶吾廬。數間茅屋閒臨水，一盞秋燈夜讀書。地遠何當隨計吏，策成終自詣公車。剡中若問連州事，唯有千山畫不如。

白鷹

毛羽斒斕白紵裁，馬前擎出不驚猜。輕拋一點入雲去，喝殺三聲掠地來。綠玉觜攢雞腦破，玄金爪擘兔心開。都緣解搦生靈物，所以人人道俊哉。

全唐詩

劉禹錫

送工部張侍郎入蕃弔祭時張兼修史

月窟賓諸夏，雲官降一作向九天。飾終鄰好重，錫命禮容全。水咽猶登隴，沙鳴一作明稍極邊。路因乘驛近，志爲飲冰堅。毳帳差池見，烏旗搖曳前。歸來賜金石，榮耀自編年。

早秋送臺院楊侍御歸朝兄弟四人遍歷諸科二人同省

仙署棣華春，當時已絕倫。今朝丹闕下，更入白眉人。重振高陽族，分居要路津。一門科第足，五府辟一作郡書頻。鷙鳥得秋氣，法星懸火旻。聖朝寰海靜，所至不埋輪。

送陸侍御歸淮南使府五韻用年字

江左重詩篇，陸生名久傳。鳳城來已熟，羊酪不嫌羶。歸路芙蓉府，離堂玳瑁筵。泰山呈臘雪，隋柳布新年。曾忝揚州薦，因君達短牋。時段丞相鎮揚州，嘗辱表薦

送令狐相公自僕射出鎮南梁

夏木正陰成，戎裝出帝京。沾襟辭闕淚，回首別鄉情。雲樹褒中路，風煙漢上城。前旌轉谷去，後騎踏橋聲。久一作又領鴛行重，無嫌虎綬一作節輕。終提一麾去，一作當持一筆再入福一作副蒼生。

奉送裴司徒令公自東都留守再命太原本封晉國公兩任相去十六年

星使出關東，兵符賜上公。山河歸舊國，管籥換離宮。行

色旌旗動軍聲鼓角雄愛棠餘故吏騎竹見新童漢壘三秋靜胡沙萬里空其如天下望旦夕詠清風

海陽湖別浩初師（并引）

瀟湘間無土山無濁水民乘是氣往往清慧而文長沙人浩初生既因地而清矣故去葷洗慮剔顛毛而壞其衣居一都之殷易與士會得執外教盡捐苛禮自公侯守相必賜其清問耳目灌注習浮於性而里中兒賢適與浩初比者嬰冠帶豢妻子吏得以乘凌之汩沒天慧不得自奮莫可望浩初之清光於侯門上坐第自吟羨而已浩初益自多其術尤勇於近達者而歸之往年之臨賀唁侍郎楊公留歲餘公遺以七言詩手筆於素前年省柳儀曹於龍城又爲賦三篇皆章書今復來連山以前所得雙南金出於褫亟請余賡之按師爲詩頗清而奕碁至第三品二道皆足以取幸於士大夫宜熏餘習以深入也會吳郡以山水冠世海陽又以奇甲一州師慕道於泉石爲篤故攜之以嬉及言旋復引與共載於湖上奕於樹石間以植沃州之因緣宜賦詩具道其事

近郭看（一作有）殊境獨遊常鮮懽逢君駐緇錫觀貌稱林巒湖滿景方霽野香春未闌愛泉移席近聞石輟碁看風止松猶韻花繁露未（一作晚）乾橋形出樹曲巖影落池寒（湘東架險凡四橋山下出泉逗巖爲池泓澄可愛者不可徧舉故狀其境以貽好事）別路千嶂裏（一作峰外）詩情暮雲（一作雨）端他年買山處似此得隣官

許給事見示哭工部劉尚書詩因命同作（從叔望出河間）

漢室賢王後孔門高第人濟時成國器樂道任天眞特達圭無玷堅貞竹有筠總戎寬得衆市義貴能貧護塞無南牧馳心拱北辰乞身來闕下賜告臥漳濱榮耀初題劒清羸已拖紳宮星徒列位隙日不回輪自昔追飛侶今爲侍從臣素弦哀已絕青簡歎猶新未遂揮金樂空悲撤瑟晨淒涼竹林下無復見清塵（從叔自渭北節度以疾歸朝比及拜尚書竟不克中謝）

武陵書懷五十韻（并序）

按天官書武陵當翼軫之分其在春秋及戰國時皆楚地後爲秦惠王所并置黔中郡漢興更名曰武陵東徙於今治所常林義陵記云初項籍殺義帝於郴武陵人曰天下憐楚而興今吾王何罪乃見殺郡民縞素哭於招屈亭高祖聞而異之故亦曰義陵今郡城東南亭舍其所也晉宋齊梁間皆以分王子弟事存於其書永貞元年余始以尚書外郎出補連山守道貶爲是郡司馬至則以方志所載而質諸其人民顧山川風物皆騷人所賦乃具所聞見而成是詩因自述其出處之所以然故用書懷爲目云

西漢開支郡南朝號戚藩四封當列宿百雉俯清沅高岸朝霞合驚湍激箭奔積陰春暗度將霽霧先昏俗尚東皇祀謠傳義帝寃桃花迷隱跡棟（一作練）葉慰忠魂戶算資漁獵鄉豪恃子孫照山畬火動踏月俚歌喧擁檝舟爲市連甍竹覆軒披沙金粟見拾羽翠翹翻茗折蒼溪秀蘋生枉渚暄（一作妍）禽鷩（一作鳴）格磔（如鉤輈格磔者是也）起魚戲噞喁鯀（按本草經曰鸕鷀聲）沈約臺榭故李衡墟落存（隱侯臺木奴洲並在）湘靈悲鼓瑟泉客泣酬恩露變蒹葭浦星懸橘柚村虎咆空野震鼉作滿川渾鄰里皆遷客兒童習左言炎天無冽井霜月見芳蓀清白家傳遠詩書志所敦列科叨甲乙從宦出丘樊結友心多契馳聲氣尚吞士安曾重賦元禮許登門草檄嫖姚幕巡兵戊已屯築臺先自隗送客獨留髡遂結王畿綬來觀衢室罇鴑飛入鷹隼魚目儷璵璠曉燭羅馳道朝陽闢帝閽王正會夷夏月朔盛旗旛獨立當瑤闕傳呵步紫垣按章清犴獄視祭潔蘋蘩御曆昌期遠傳家寶祚蕃繇文光夏啓神教畏軒轅內禪因天性雄圖授化元繼明懸日月出震統乾坤大孝三朝備洪恩九族惇百川宗渤澥五岳輔崑崙何幸逢休運微班識至尊校緡資筦榷復土奉山園（時以本官判度支鹽鐵等兼崇陵使判官）一失貴人意徒聞太學論直廬辭錦帳遠守愧朱幡巢幕方猶燕搶榆尚笑鯤邅迴過荊楚流落感涼溫旅望花無色愁心醉不惛春江千里草暮雨一聲猿問卜安冥數看方理病源帶賒衣改製塵澀劒成痕三秀悲中散二毛傷虎賁來憂禦魑魅歸願牧雞豚就日秦京遠臨風楚奏煩南登無灞岸旦夕上高原

早秋集賢院即事（時爲學士）

金數已三伏火星正西流樹含秋露曉閣倚碧天秋灰琯應新律銅壺添夜籌商飇從朔塞爽氣入神州蕙草香書殿槐花點御溝（一作樓）山明眞色見水靜（一作淨）濁煙收早歲忝華省再來成白頭幸依羣玉府末（一作有）路尚（一作向）瀛洲

奉和吏部楊尚書太常李卿二相公策免後即事述懷贈答十韻

文雅關西族衣冠趙北都有聲眞漢相無纇勝隋珠當軸龍爲友臨池鳳不孤九天開內殿百辟（一作拜）看晨趨誠滿澄欹器成功別大鑪餘芳在公論積慶是神扶步武離台席徊翔集帝梧銓材秉秦鏡典樂去齊竽瀟灑風塵外逢迎詩酒徒唯應待華誥（一作皓）更食（一作入）萬錢厨

晚歲登武陵城顧望水陸悵然有作

星象承烏翼蠻陬想犬牙俚人祠竹節仙洞閉桃花城基（一作塞）歷漢魏江源自賨巴華表廖王墓（一作塚）菜地黃瓊家霜輕菊秀晚石淺水紋斜樵音繞故壘汲路明寒沙清風稍改葉盧橘始含葩野橋過驛騎叢祠發迥笳跳鱗避舉網倦鳥寄行楂路塵高出樹山火遠連霞夕曛轉赤岸浮靄起蒼葭軋軋渡水槳連連赴林鴉叫閽道非遠賜環期自賒孤臣本危涕喬木在天涯

罷郡歸洛陽寄友人

遠謫年猶少初歸鬢已衰門閑故吏去室靜老僧期不見蜘蛛集頻爲佝僂（一作傴句）欺穎微囊未出寒甚谷難吹濩落唯心在平生有已知商歌夜深後聽者竟爲誰

經伏波神祠

蒙蒙篁竹下有路上壺頭漢壘麏鼯鬬蠻溪霧雨愁懷人敬遺像閱世指東流自負霸王略安知恩澤侯鄉園辭石柱筋力盡炎洲一以功名累飜思馬少游

和汴州令狐相公到鎮改月偶書所懷（二十二韻）

受脤新梁苑和羹舊傅巖援毫動星宿垂釣取韜鈐赫奕三川至歡呼百姓瞻綠油貔虎擁青紙鳳皇銜外壘

曾無警中府亦罷監推誠人自服去殺令逾嚴赳赳容皆飾幡幡口盡鉗爲兄憐庾翼選壻得蕭咸鬱倔咽喉地駢臻水陸兼度橋鳴紺幰入肆颺雲帆端月當中氣東風應遠占管弦喧夜景燈燭掩寒蟾酒每傾三雅書能發百函詞人羞布鼓遠客獻貂襜歌榭白團扇舞筵金縷衫旌旗遥一簇舄履近相攙花樹當朱閣晴河逼翠簾衣風飄鞚韉燭淚滴巉巖玉斝虛頻易金爐暖更添映鐶窺豔豔隔袖見纖纖謝傅何由接桓伊定不凡應憐郡齋老旦夕鑷霜顩

遥賀一作和白賓客分司初到洛中戲呈馮尹

西辭望苑去東占洛陽才度嶺無愁思看山不懊來冥鴻何所慕遼鶴乍飛迴洗竹通新逕攜琴上舊臺塵埃長者轍風月故人杯聞道龍門峻還因上客開

白侍郎大尹自河南寄示池北新葺水齋即事招賓十四韻兼命同作

公府有高政新齋池上開再吟佳句後一似畫圖來結構疎林下夤緣曲岸隈緑波穿户牖碧甃疊瓊瓌幽異當軒滿清光繞砌迴潭心澄晚鏡渠口起晴雷瑶草緑堤種松煙上島栽遊魚驚撥刺浴鷺喜毰毸爲客烹林筍因僧採石苔酒餅常不罄書案任成堆簷外青雀舫坐中鸚鵡杯蒲根抽九節蓮萼捧重臺芳訊此時到勝遊何日陪共譏吴太守自占洛陽才

和令狐相公謝太原李侍中寄蒲桃

珍果出西域移根到北方昔年隨漢使今日寄梁王上相芳緘至行臺綺席張魚鱗含宿潤馬乳帶殘霜染指鉛粉膩滿喉甘露香醞成十日酒味敵五雲漿咀嚼停金盞稱嗟響畫堂尠非末至客不得一枝嘗

和令狐相公玩白菊

家家菊盡黄梁國獨如霜瑩靜真琪樹分明對玉堂仙人披雪氅素女不紅妝粉蝶來難見麻衣拂更香向風摇羽扇含露滴瓊漿高豔遮銀井繁枝覆象牀桂叢慚並發梅蘂妬先芳一入瑶華詠從兹播樂章

令狐相公見示新栽蕙蘭二草之什兼命同作

上國庭前草移來漢水潯朱門雖易地玉樹有餘陰豔彩凝還泛清香絶復尋光華童子佩柔軟美人心惜晚含遠思賞幽空獨吟寄言知音者一奏風中琴

和令狐相公南齋小讌聽阮咸

阮巷久蕪沈四弦有遺音雅聲發蘭室遠思含竹林座絶衆賓語庭移芳樹陰飛觴助真氣寂聽無流心影似白團扇調諧朱弦琴一毫不平意幽怨古猶今

和令狐相公九日對黄白二菊花見懷

素萼迎寒秀金英帶露香繁華照旄鉞榮盛一作茂對銀黄琮璧交輝映衣裳雜彩章晴雲遥蓋覆秋蝶近悠揚空想逢九日何由陪一觴滿叢佳色在未肯委嚴霜

令狐僕射與余投分素深縱山川阻修然音問相繼今年十一月僕射疾不起聞予已承訃書寢門長慟後日有使者兩輩持書并詩計其日時已是卧疾手筆盈幅翰墨尚新律詞一篇音韻彌切收淚握管以成報章雖廣陵之弦於今絶矣而蓋泉之感猶庶聞焉焚之繐帳之前附于舊編之末

前日寢門慟至今悲有餘已嗟萬化盡方見八行書滿紙傳相憶裁詩怨索居危弦音有絶哀玉韻由虛忽歎幽明異俄驚歲月除文章雖不朽精魄竟焉如零淚霑青簡傷心見素車淒涼從此後無復望雙魚

和樂天閑園獨賞八韻前以蜂鶴拙句寄呈今辱蝸蟻妍詞見答因成小巧以取大咍

永日無人事芳園任興行陶廬樹可愛潘宅雨新晴傳粉琅玕節熏香菡萏莖榴花裙色好桐子藥丸成柳蠹枝偏亞桑空葉再生雎盱欲鬭雀索漠不言鶯動植隨四氣飛沈含五情搶榆與水擊小大强爲名

奉和裴令公新成緑野堂即書

藹藹鼎門外澄澄洛水灣堂皇臨緑野坐卧看青山位極却忘貴功成欲愛閑官名司管籥心術去機關禁苑凌晨出園花及露攀池塘魚拔剌竹逕鳥綿蠻志在安瀟灑嘗經歷險艱高情方造適衆意望徵還好客交珠履華筵舞玉顔無因隨賀燕翔集畫梁間

三月三日與樂天及河南李尹奉陪裴令公泛洛禊飲各賦十二韻

洛下今修禊羣賢勝會稽盛筵陪玉鉉通籍盡金閨波上神仙妓岸傍桃李蹊水嬉如鷺振歌響雜鶯啼歷覽風光好沿洄意思迷櫂歌能儷曲墨客競分題翠幄連雲起香車向道齊人誇綾步障馬惜錦障泥塵暗宮牆外霞明苑樹西舟形隨鷁轉橋影與虹低川色晴猶遠烏聲暮欲棲唯餘踏青伴待月魏王堤

樂天少傅五月長齋廣延緇徒謝絶文友坐成暌間因以戲之

五月長齋戒深居絶送迎不離通德里便是法王城舉目皆僧事全家少俗情精修無上道結念未來生賓閤緇衣占書堂信鼓鳴戲童爲塔象啼鳥學經聲黍用青菰一作蒲角葵承玉露烹馬家供薏苡劉氏餉蕪菁暗網籠歌扇流塵晦酒鐺不知何次道作佛幾時成

酬樂天晚夏閑居欲相訪先以詩見貽

池榭堪臨泛翛然散鬱陶步因驅鶴緩吟爲聽蟬高林密添新竹枝低縋晚桃酒醅晴易熟藥圃夏頻薅老是班行舊閑爲鄉里豪經過更何處風景屬吾曹

酬樂天醉後狂吟十韻來章有移家惟醉和之句

散誕人間樂逍遥地上仙詩家登逸品釋氏悟真詮制誥留臺閣歌詞入管弦處身於木鴈任世變桑田吏隱情兼遂儒玄道兩全八關齋適罷三雅興尤偏文墨中年舊松筠晚歲堅魚書曾替代香火有因緣陸法和云與梁元帝於空王寺佛前訂香火因緣欲向醉鄉去猶爲色界牽好吹楊柳曲爲我舞金鈿

牛相公見示新什謹依本韻次用以抒下情

劇韻新篇至因難始見能雨天龍變化晴日鳳騫騰遊海驚何極聞韶素不曾惬心時拊髀擊節日麾肱符彩添喻墨波瀾起剡藤揀金光熠熠累璧勢層層珠媚多藏賈花撩欲定僧封來真寶物寄與媿交朋已老無時疾時洛中時瘍多傷少年長貧望歲登雀羅秋寂寂蟲翅曉薨薨羸

驥方辭絆虛舟已絕絙榮華甘死別健羨亦生憎玉柱琤瑽韻金觥雹凸稜何時良宴會促膝對華燈

奉和中書崔舍人八月十五日夜翫月二十韻

暮景中秋爽陰靈既望圓浮（一作騰）精離（一作浮）碧海分照接虞淵迴見孤輪出高從倚蓋旋二儀含皎澈萬象共澄鮮整御當西陸舒光麗上玄（一作弦）從星變風雨順日助陶甄遠近同時望晶熒此夜偏運行調玉燭潔白應金天曲沼疑瑤鏡通衢若象筵逢人盡冰雪遇景（一作境）即神仙引素吞銀漢凝清洗綠煙皐禽警露下鄰杵思風前水是還珠浦山成種玉田劒沈三尺影燈罷九枝然象外形無迹寰中影有（一作自）遷稍當雲闕正未映斗城懸靜對揮宸翰閑臨襞彩牋境同牛渚（一作浦）上宿在鳳池邊興掩尋安道詞勝命仲宣從今紙貴後不復詠陳篇

奉和淮南李相公早（一作暮）秋即事寄成都武相公

八柱共承天東西別隱然遠夷爭慕化真相故臨邊立進夔龍位仍齊龜鶴年（相公詩有齊年竝進之句）同心舟已濟造膝辟常聯對領專征寄遙持造物權斗牛添氣色井絡靜氛煙獻可通三略分甘出萬錢漢南趨節制趙（一作淮）北賜山川玉帳觀渝舞虹旌獵楚田步嫌雙綬重夢入九城偏秋雨（一作興一作與）離情動新詩（一作詩從）樂府傳聆音還竊抃不覺撫么（一缺么字）弦（李中書自揚州見示詩本因命仰和）

元和癸巳歲仲秋詔發江陵偏師問罪蠻徼後命宣慰釋兵歸降凱旋之辰率爾成詠寄荆南嚴司空

蠻水阻朝宗兵符下渚宮前籌得上策無戰已成功漢使星飛入夷心草偃同歌（一作歡）謠開竹棧拜舞戢（一作撫）桑弓就日知冰釋投人念鳥窮網羅三面解章奏九門（一作重）通卉服聯操袂雕題盡鞠躬降幡秋練白驛騎晝塵紅火號休傳警機橋罷亘空登山不見虜振旆自生風江遠煙波靜軍回氣色雄佇看聞喜後金石賜元戎

全唐詩

劉禹錫

和李六侍御文宣王廟釋奠作

歎息魯先師生逢周室卑有心律天道無位救陵夷歷聘不能用領徒空爾爲儒風正禮樂旅（一作旋又作易）象入著龜西狩非其應中都安足施世衰由我賤泣下爲人悲遺教光文德與王叶夢期土田封後胤冕服飾虛儀鐘鼓膠庠薦牲牢郡邑祠闇君喟然嘆偏在上丁時

和竇中丞晚入容江作

漢郡三十六鬱林東南遙人倫選清臣天外頒詔條桂水步秋浪火山凌霧朝分圻辨風物入境聞謳謠莎岸見長亭煙林隔麗譙日落舟益駛川平旗自飄珠浦遠明滅金沙晴動搖一吟道中作離思懸層霄

南海馬大夫見惠著述三通勒成四帙上自邃古達于國朝采其菁華至簡如富欽受嘉貺詩以謝之

紅旗閱五兵絳帳領諸生味道輕鼎食退公猶筆耕青箱傳學遠金匱納書成一瞬見前事九流當抗行編蒲曾苦思垂竹媿無名今日承芳訊誰言贈袞榮

和楊侍郎初至郴州紀事書情題郡齋八韻

旌節下朝臺分圭從北回城頭鶴立處驛樹鳳棲來（蘇躭傳云後化爲白鶴止城東北樓上又州北樓鳳驛圖經云常有威鳳棲于庭梧也）舊路芳塵在新恩馹騎催里閭風偃草鼓舞抃成雷吏散山禽囀庭香夏蕊開郡齋堪四望辟記有三台人訝徵黃晚文非弔屈哀一吟梁甫曲知是卧龍才

和東川王相公新漲驛池八韻

今日池塘上初移造物權苞藏成別島沿濁致清漣變化生言下蓬瀛落眼前泛觴驚翠羽開幕對紅蓮遠寫風光入明含氣象全渚煙籠驛樹波日漾賓筵曲岸留緹騎中流轉綵船無因接元禮共載比神仙

酬楊八庶子喜韓吳興與余同遷見贈（依本韻次用）

早遇聖明朝鴈行登九霄（吳興與余中外元弟）文輕傅武仲酒逼蓋寬饒捨矢同瞻鵠當筵共賽臯（吳興與余同年判入等第）琢磨三益重唱和五音調臺柏煙常起池荷香暗飄（吳興與余同爲御史臺門外有蓮池也）星文辭北極旗影度東遼（吳興自度支郎中出爲行軍司馬所從即范僕射昔范明友爲度遼將軍）直道由來黜浮名豈敢要三湘與百越雨散又雲搖遠守慙侯籍徵還荷詔條頽容唯舌在別恨幾魂銷滿眼悲陳事逢人少舊僚煙霞爲老伴蒲柳任先凋虎綬懸新印龍舸理去橈斷腸天北郡攜手洛陽橋幢蓋今雖貴弓旌會見招其如草玄客空宇久寥寥

和兵部鄭侍郎省中四松詩十韻（松是中書相公任侍郎時栽）

右相歷中臺移松武庫栽紫茸抽組綬青實長玫瑰便有干霄勢看成搆厦材數分天柱半影逐日輪回舊賞台階去新知谷口來息陰常仰望翫境（一作息）幾裵回翠粒晴懸露蒼鱗雨起苔凝音助瑤瑟飄蘂泛金罍月桂花遙（一作光）燭星榆葉對開終須似雞樹榮茂近昭回

酬鄭州權舍人見寄十二韻

朱户凌晨啟碧梧含早涼人從桔柣至書到漆沮傍抃會因佳句情深取斷章愜心同笑語入耳勝笙簧憶昔三條路居鄰數仞牆（舍人舊宅光福里時忝東鄰）學堂青玉案綵服紫羅囊麟角看成就龍駒見抑揚殼中飛一箭雲際落雙鶴（舍人一舉登科又判入等第）甸邑叨前列天臺媿後行（鄙人離渭南主簿十年舍人方尉此邑及罹譴謫重入南宮爲禮部郎中舍人方任考功員外）鯉庭傳事業雞樹遂翱翔書殿連鵷鷺神池接鳳凰追遊蒙尚齒惠好結中腸（鄙人在集賢與西掖接近日夕追遊）鍛翮方擡舉危根易損傷一麾憐棄置五字借恩光（鄙人出牧姑蘇舍人草制）汝海崆峒

秀溙流芍藥芳風行能偃草境靜不爭桑（鄭人轉臨汝 含人牧滎陽）轉旆趨關右須條匝渭陽病吟猶有思老醉已無狂塵滿鴻溝道沙鷺白狄鄉佇聞黃紙詔促召紫微郎

和牛相公題姑蘇所寄太湖石兼寄李蘇州

震澤生奇石沈潛得地靈初辭水府出猶帶龍宮腥發自江湖國來榮卿相庭從風夏雲勢上漢古查形拂拭魚鱗見鏗鏘玉韻聆煙波含宿潤苔蘚助新青嵌穴胡鷄貌纖鋌蟲篆銘孱顏傲林薄飛動向雷霆煩熱近還散餘酲見便醒凡禽不敢息浮壒莫能停靜稱垂松蓋鮮宜映鶴翎忘憂常目擊素尚與心冥眇小欺湘燕團圓笑落星徒然想融結安可測年齡採取詢鄉耋搜求按舊經垂鉤入空隙隔浪動晶熒有獲人爭賀歡謠眾共聽一州驚閱寶千里遠揚舲覩物洛陽陌懷人吳御亭寄言垂天翼早晚起滄溟

浙西李大夫述夢四十韻并浙東元相公酬和斐然繼聲

位是才能取時因際會遭羽儀呈鸑鷟鋋刃試豪曹洛下推年少山東許地高門承金鉉鼎家有玉璜韜（呂仍嗣侯）海浪扶鵬翅天風引驥髦便知蓬閣閟不識魯衣褒興發春塘草魂交益部刀形開猶抱膝燭盡遽揮毫昔仕當初筮逢時詠載櫜懷鉛辨蟲蠹染素學鵞毛車騎方休汝歸來欲效陶（大夫罷太原從事歸京師）南臺資謇諤內署選風騷羽化如乘鯉樓居舊冠鼇美香焚濕麝名果賜乾萄議赦蠅棲筆邀歌蟻泛醪代言無所戲謝表自稱叨蘭焰凝芳澤芝泥瑩玉膏對頻聲價出直久夢魂勞草詔令歸馬批章答獻獒銀花懸院牓翠羽映簾絛諷諫欣然納奇觚率爾操禁中時諤諤天下免忉忉左顧寵成印雙飛鵠織袍謝賓緣地密潔已是心豪五日思歸沐三春羨眾遨茶爐依綠笋棊局就紅桃溟海桑潛變陰陽炭暗熬仙成脫屣去臣戀捧弓號建節辭烏柏宣風看鷺濤土山京口峻鐵瓮郡城牢曲島花千樹官池水一篙鶯來和絲管雁起拂麾旄宛轉傾羅扇回旋墮玉搔罰籌長豎纛觥盞樣如舠山是千重障江爲四面濠臥龍曾得雨（浙東）孤鶴尚鳴臯（浙西）劍用雄開匣（二公）弓閑蟄受弢（自謂）鳳姿嘗在竹（二公）鷃羽不離蒿（自謂）吳越分雙鎮東西接萬艘今朝比潘陸江海更滔滔

和浙西李大夫伊川卜居

早入八元數嘗承三接恩飛鳴天上路鎮壓海西門清望寰中許高情物外存時來誠不讓歸去每形言洛下思招隱江干厭作藩按經修道具依樣買山村（馬高書爲御史大夫時置宅命畫工圖其狀戒所使曰依此樣求之）開鑿隨人化幽陰爲律暄遠移難得樹立變舊荒園絕塞通潛逕平泉占上原煙霞遙在想簿領益爲繁丹禁虛東閣蒼生望北轅徒令雙白鶴五里自翩翻

省試風光草際浮

熙熙春景霽草綠春光麗的歷亂相鮮葳蕤互虧蔽乍疑芊綿裏稍動丰茸際影碎翻崇蘭浮香轉叢蕙含煙絢碧綵帶露如珠綴幸因採掇日況此臨芳歲

歷陽書事七十韻（并引）

長慶四年八月余自夔州轉歷陽浮岷山觀洞庭歷夏口涉潯陽而東友人崔敦詩罷丞相鎮宛陵緘書來招曰必我覿而之藩不十日飲不置子故余自池州道宛陵如其素敦詩出祖於敬亭祠下由姑孰西渡江乃吾圉也至則考圖經參見事爲之詩俟采風之夜諷者

一夕爲湖地千年列郡名霸王迷路處亞父所封城漢置東南尉梁分肘腋兵本吳風俗剽兼楚語音傖沸井今無湧烏江舊有名土臺遊柱史石室隱彭鏗（老君適楚有臺在焉）（彭鏗石室在今山縣）曹操祠猶在濡須塢未平海潮隨月大江水應春生憶昨深山裏終朝看火耕魚書來北闕鷁首下南荊雲雨巫山暗蕙蘭湘水清章華樹已失鄂渚草來迎廬阜香爐出湓城粉堞明雁飛彭蠡暮鴉噪大雷晴平野分風使恬和趁夜程貴池登陸峻春穀渡橋鳴駱驛主人問悲歡故舊情幾年方一面卜晝便三更助喜杯盤盛忘機笑語訇管清疑警鶴弦巧似嬌鶯熾炭烘蹲獸華茵織鬬鯨回裾飄霧雨急節墮瓊英斂黛凝愁色施鈿耀翠晶容華本南國妝束學西京日落方收鼓天寒更炙笙促筵交履舄痛飲倒簪纓謔浪容優孟嬌憐許智瓊蔽明添翠帟命燭拄（一作挂）金莖坐久羅衣皺盃頻粉面騂興來從請曲意墮即飛觥令急重須改歡馮醉盡呈詰朝還選勝來日又尋盟道別殷勤惜邀筵次第爭唯聞嗟短景不復有餘酲眾散扃朱户相攜話素誠晤言猶亹亹殘漏自丁丁出祖千夫擁行廚五熟烹離亭臨野水別思入哀箏接境人情洽方冬饌具精中流爲界道隔岸數飛甍沙浦王渾鎮滄洲謝朓城望夫人化石夢帝日環營半渡趨津吏緣堤簇郡甿場黃堆晚稻籬碧見冬菁里社爭來獻壺漿各自擎鴟夷傾底寫籹粔鬬成（缺一字）采石風傳柝新林暮擊鉦繭綸牽撥刺犀焰照澄泓露冕觀原野前驅抗旆旌分庭展賓主望闕拜恩榮比屋惸嫠輩連年水旱并遐思常後己下令必先庚遠岫低屏列支流曲帶縈湖魚香勝肉官酒重於餳憶昔泉源變斯須地軸傾雞籠爲石顆龜眼入泥坑事繫人風重官從物論輕江春俄澹蕩樓月幾虧盈柳長千絲宛田塍一線絣遊魚將婢從野雉見媒驚波淨攢鳧鵠洲香發杜衡一鍾菰葑米千里水葵羹受譴時方久分憂政未成比瓊雖碌碌於鐵尚錚錚早忝登三署曾聞奏六英無能甘負弩不慎在提衡口語成中遘毛衣阻上征時聞關利鈍智亦有聾盲昔媿山東妙今慙海內兄後來登甲乙早已在蓬瀛心託秦明鏡才非楚白珩齒衰親藥物宦薄傲公卿捧日皆元老宣風盡大彭好今朝集使結束赴新正

和武中丞秋日寄懷簡諸僚故

退朝還公府騎吹息繁陰吏散秋庭寂烏啼煙樹深威生奉白簡道勝外華簪風物清遠目功名懷寸陰雲衢念前侶綵翰寫衝襟涼菊照幽徑敗荷攢碧潯感時江海思報國松筠心空愧壽陵步芳塵何處尋

和令狐相公春日尋花有懷白侍郎閣老

芳菲滿雍州鸞鳳許同遊花逕須深入時光不少留色鮮由樹嫩枝亞爲房稠靜對仍持酒高看特上樓晴宜

庭竹

露滌鉛粉節風摇青玉枝依依似君子無地不相宜

唐郎中宅與諸公同飲酒看牡丹

今日花前飲甘心醉數杯但愁花有語不爲老人開

題壽安甘棠館二首

公館似仙家池清竹徑斜山禽忽驚起衝落半巖花

門前洛陽道門裏桃花路塵土與煙霞其間十餘步

古詞二首（一作諷古）

軒后初冠冕前旒爲蔽明安知從複道然後見人情

簿領乃俗士清談信古風吾觀蘇令綽朱墨一何工

寓興二首

常談即至理安事非常情寄語何平叔無爲輕老生

世途多禮數鵬鷃各逍遥何事陶彭澤拋官爲折腰

詠史二首

驃騎非無勢少卿終不去世道劇頹波我心如砥柱

賈生明王道衞綰工車戲同遇漢文時何人居貴位

經檀道濟故壘

萬里長城壞荒營野草秋秣陵多士女猶唱白符鳩（史云當時人歌曰可憐白符鳩枉殺檀江州）

傷段右丞（江湖舊游南宮交代）

江海多豪氣朝廷有直聲何言馬蹄下一旦是佳城

傷獨孤舍人 并引

貞元中余以御史監祠事河南獨孤生始仕爲奉禮郎有事宗廟郊時必與之俱繇是甚熟及余謫武陵九年間獨孤生仕至中書舍人視草禁中上方許以宰相元和十年春余祇召抵京師次都亭日舍人以疾不起余聞因作傷詞以爲弔

昔別矜（一作公）年少今悲喪國華遠來同社燕不見早梅花

再傷龐尹

京兆歸何處章臺空暮塵可憐鸞鏡下哭殺畫眉人

敬酬微（一作徹）公見寄二首

凄凉沃州僧憔悴柴桑宰別來二十年唯餘兩心在

越江千里鏡越嶺四時雪中有逍遥人夜深觀水月

貴人三閣上日晏未梳頭不應有恨事嬌甚却成愁

珠箔曲瓊鉤（一作仔）子細見揚州北兵那得度浪語判（一作謾）悠悠

沉香帖閣柱金縷畫門（一作闌）楣回首降旛下已見黍離離

三人出眢井一身登檻車朱門漫臨水不可（一作得）見鱸魚

紇那曲二首

楊柳鬱青青竹枝無限情周（一作同）郎一回顧聽唱紇那聲

踏曲興無窮調同詞不同願郎千萬壽長作主人翁

淮陰行五首 并引

古有長干行言三江之事悉矣余嘗阻風淮陰作淮陰行以裨樂府

簇簇淮陰市竹樓緣岸上好日起檣竿烏飛驚五兩

今日轉船頭金烏指西北煙波與春草千里同一色

船頭大銅鐶摩挲光陣陣早早（一作晚）使風（一作便風）來沙頭一眼認

何物令儂羨羨郎船尾燕銜泥趁檣竿宿食長相見

隔浦望行船頭昂尾幰幰無奈晚來（一作挑菜）時清淮春浪軟

渾侍中宅牡丹

徑尺千餘朵人間有此花今朝見顔色更不向諸家

詠紅柿子

曉連星影出晚帶日光懸本因遺采掇（一作摘）翻自保天年

呂八見寄郡内書懷因而戲和

文苑振金聲循良冠百城不知今史氏何處列君名

秋風引

何處秋風至蕭蕭送鴈羣朝來入庭樹孤客最先聞

柳花詞三首

開從綠條上散逐香風遠故取花落時悠揚占春晚

輕飛不假風輕落不委地撩亂舞晴空發人無限思

晴天闇闇雪來送青春暮無意似多情千家萬家去

路傍曲

南山宿雨晴春入鳳凰城處處聞弦管無非送酒聲

君山懷古

屬車八十一此地阻長風千載威靈盡赭山寒水中

連夜賞雨便一年休共憶秋官處餘霞曲水頭

全唐詩

劉禹錫

荆州歌二首

渚宮楊柳暗麥城朝雉飛可憐踏青伴乘暖著輕衣

今日好南風商旅相催發沙頭檣竿上始見春江闊

紀南歌

風煙紀南城塵土荆門路天寒多獵騎（一作獵騎獵）走上樊姬墓

視刀環歌

常恨言語淺不如人意深今朝兩相視脈脈萬重心

三閣辭四首 吳聲

鄂渚留别李二十一表臣大夫
高檣起行色促柱動離聲欲問江深淺應如遠别情
荅表臣贈别二首
昔爲瑶池侶飛舞集蓬萊今作江漢别風雪一徘徊
嘶馬立未還行舟路將轉江頭暝色深揮袖依稀見
始發鄂渚寄表臣二首
祖帳管弦絶客帆西風生回車已不見猶聽馬嘶聲
曉發柳林戍遥城聞五鼓憶與故人眠此時猶晤語
出鄂州界懷表臣二首
離席一揮杯别愁今尚醉遲遲有情處却恨江帆駛
夢覺疑連榻舟行忽千里不見黄鶴樓寒沙雪相似
和遊房公舊竹亭聞琴絶句
尚有竹間路永無綦下塵一聞流水曲重憶餐霞人
西州李尚書知愚與元武昌有舊遠示二篇吟之泫然因以繼和二首（來詩云元公今陳從事求蜀琴將以爲寄而武昌之訃聞因陳生會葬）
如何贈琴日已是絶弦時無復雙金報空餘挂劒悲
寶匣從此閑（一作閒）朱弦誰復調秖應隨玉樹同向土中銷
别蘇州二首
三載爲吴郡臨岐祖帳開雖非謝桀黠且爲一裴回
流水閶門外秋風吹柳條從來送客處今日自魂銷
罷和州遊建康
秋水清無力寒山暮多思官閑不計程徧上南朝寺
九日登高
世路山河險君門煙霧深年年上高處未省不傷心
荅柳子厚
年方伯玉早恨比四愁多會待休車騎相隨出罻羅
館娃宫在舊郡西南硯石山前瞰姑蘇臺傍有采香徑梁天監中置佛寺曰靈巖即故宫也信爲絶境因賦二章
宫館貯嬌娃當時意大誇豔傾吴國盡笑入楚王家
月殿移椒壁天花代舜華唯餘采香徑一帶繞山斜

全唐詩
劉禹錫
聽琴（一作聽僧彈琴）
禪思何妨在玉琴眞僧不見聽時心秋堂境寂夜方半
雲去蒼梧湘水深
魏宫詞二首
日晚長秋簾外報望陵歌舞在明朝添爐欲爇（一作欲添爐火）熏
衣麝憶得分時（一作明）不忍燒
日映西陵松柏枝下臺相顧一相思朝來樂府長歌曲
唱著君王自作詞
楊枝詞二首
迎得春光先到來淺黄輕緑映樓臺只緣嫋娜多情思
更被春風長倩猜（一作請按 一作便被春風長挫摧）
巫峽巫山楊柳多朝雲暮雨遠相和因想陽臺無限事
爲君回唱竹（一作柳）枝歌
竹枝詞二首
楊柳青青江水平聞郎江上唱歌聲東邊日出西邊雨
道是無晴（一作情）却（一作還）有晴（一作情）
楚水巴山江雨多巴人能唱本鄉歌今朝北客思歸去
回入紇那披緑羅
隄上行三首
酒旗相望大隄頭堤下連檣堤上樓日暮行人爭渡急
槳聲幽（一作咿）軋滿中流
江南江北望煙波入夜行人相應歌桃葉傳情竹枝怨
水流無限月明多
春堤繚繞水徘徊酒舍旗亭次第開日晚上樓（一作出簾）招估
客軻峩大艑落颿來
踏歌詞（一作行）四首
春江月出大堤平堤上女郎連袂行唱盡新詞歡（一作看）不
見紅霞映（一作影）樹鷓鴣鳴
桃蹊柳陌好經過燈下妝成月下歌爲是襄王故宫地
至今猶自細腰多（此首一作張籍無題詩）
新詞宛轉遞相傳振袖傾鬟風露前月落烏啼雲雨散

遊童陌上拾花鈿
日暮江頭（一作江南）聞竹枝南人行樂北人悲自從雪裏唱新
曲直到三春花盡時
步虚詞二首
阿母種桃雲海際花落子成三（一作二）千歲海風（一作渚海）吹折最
繁枝跪捧瓊（一作金）盤獻天帝
華表千年一鶴（一作鶴一）歸凝丹爲頂雪爲衣星星仙語人聽
盡却向五雲翻翅飛
阿嬌怨
望見葳蕤舉翠華試開金屋掃（一作鎖）庭花須臾宫女傳來
信言（一作云）幸平陽公主家
秋詞二首
自古逢秋悲寂寥我言秋日勝春朝晴（一作横）空一鶴排雲
上便引詩情到碧霄
山明水淨夜來霜數樹深紅出淺黄試上高樓清入骨
豈如春色嗾人狂
秋扇詞
莫道恩情無重來人間榮謝遞相催當時初入君懷袖
豈念寒爐有死灰
竹枝詞九首（并引）
四方之歌異音而同樂歲正月余來建平里中兒
聯歌竹枝吹短笛擊鼓以赴節歌者揚袂睢舞以
曲多爲賢聆其音中黄鍾之羽卒章激訐如吴聲
雖傖儜不可分而含思宛轉有淇澳之豔音昔屈
原居沅湘間其民迎神詞多鄙陋乃爲作九歌到
于今荆楚歌舞之故余亦作竹枝九篇俾善歌者
颺之附于末後之聆巴歈知變風之自焉
白帝城頭春草生白鹽山下蜀江清南人上來歌一曲
北人莫上動鄉情
山桃紅花滿上頭蜀江春水拍山流花紅易衰似郎意
水流無限似儂愁
江上朱樓新雨晴瀼西春水縠紋生橋東橋西好楊柳
人來人去唱歌行

日出三竿春霧消江頭蜀客駐蘭橈憑(一作欲)寄狂夫書一
紙家住成都萬里橋
兩岸山花似雪開家家春酒滿銀杯昭君坊中多女伴
永安宮外踏青來
城西門前灩澦堆年年波浪不能摧(一作推)懊惱(一作恨)人心不
如石少時東去復西來
瞿塘嘈嘈十二灘人言(一作此中)道路古來難長恨人心不如
水等閑平地起波瀾
巫峽蒼蒼煙雨時清猿啼在最高枝箇裏愁人腸自斷
由來不是此聲悲
山上層層桃李花雲間煙火是人家銀釧金釵來負水
長刀短笠去燒畬

楊柳枝詞九首

塞北梅花羌笛吹淮南桂樹小山詞請君莫奏前朝曲
聽唱新翻楊柳枝
南陌東城春早時相逢何處不依依桃紅李白皆誇好
須得垂楊相發揮
鳳闕輕遮翡翠幃龍池遥望麴塵絲御溝春水相(一作柳)輝
映狂殺長安年少兒
金谷園中鶯亂飛銅駝陌上好風吹城中(一作東)桃李須臾
盡爭似垂楊無限時
花萼樓前初種時美人樓上鬬腰肢如今抛擲長(一作上)街
裏露葉如啼欲向(一作恨)誰
煬帝行宮汴水濱數枝(一作株)楊(一作殘)柳不勝春晚(一作昨)來風起
花如雪飛入宮墻不見人
御陌青(一作東)門拂地垂千條金縷萬條絲如今綰作同心
結將贈行人知不知
城外春風吹(一作滿)酒旗行人揮袂日西時長安陌上無窮
樹唯有垂楊管別離
輕盈嫋娜占年華舞榭妝樓處處遮春盡絮花(一作飛)留不
得隨風好去落誰家

浪淘沙九首

九曲黄河萬里沙浪淘風簸自天涯如今直上銀河去
同到牽牛織女家
洛水橋邊春日斜碧流清(一作輕)淺見瓊砂無端陌上狂風
急驚起鴛鴦出浪花
汴水東流虎眼紋清淮曉色鴨頭春君看渡口淘沙處
渡却人間多少人
鸚鵡洲頭浪颭沙青樓春望日將斜銜泥燕子爭歸舍
獨自狂夫不憶家(一作張籍詩)
濯錦江邊兩岸花春風吹浪正淘沙女郎剪下鴛鴦錦
將向中流疋晚霞
日照澄洲江霧開淘金(一作沙)女伴滿江隈美人首飾侯王
印盡是沙中浪底來
八月濤聲吼地來頭高數丈觸山回須臾却入海門去
捲起沙堆似雪堆
莫道讒言如浪深莫言遷客似沙沉千淘萬漉雖辛苦
吹盡狂沙始到金
流水淘沙不暫停前波未滅後波生令人忽憶瀟湘渚
回唱迎神三兩聲

洛中送韓七中丞之吴興口號五首

昔年意氣結羣英幾度朝回一字行海北江(一作天)南零落
盡兩人相見洛陽城
自從雲散各東西每日歡娛却慘悽離別苦多相見少
一生心事在書(一作詩)題
今朝無意訴離杯何況清弦急管催本欲醉中輕遠別
不知翻引酒悲來
駱駝橋上蘋風急(一作起)鸚鵡杯中箬下春水碧山青知好
處開顏一笑向何人
溪中士女出笆籬溪上鴛鴦避畫旗何處人間似仙境
春山攜妓採茶時

送廖參謀東遊二首

九陌逢君又別離行雲別鶴本無期望嵩樓上忽相見
看過花開花落時
繁花落盡君辭去綠草垂楊引征路東道諸侯皆故人
留連必是多情處

洛中春末送杜録事赴蘄州

樽前花下長相見明日忽爲千里人君過午橋回首望
洛城(一作陽)猶自有殘春

夜燕福建盧侍郎(一作常侍)宅因送之鎮

暫駐旌旗洛水堤綺筵紅燭醉蘭閨美人美酒長相逐
莫怕猿聲發建溪

重送鴻舉師赴江陵謁馬逢侍御

西北秋風凋蕙蘭洞庭波上碧雲寒茂陵才子江陵住
乞取新詩合掌看

贈長沙讚頭陀

外道邪山千萬重眞言一發盡摧峰有時明月無人夜
獨向昭潭制惡龍

送霄韻上人遊天台(一作寶韻上人)

曲江僧向松江見又到天台看石橋鶴戀故巢雲戀岫
比君猶自不逍遥

臺城懷古

清江悠悠王氣沉六朝遺事何處尋宫墻隱嶙圍野澤
鸛鶂夜鳴秋色深

戲贈崔千牛

學道深山許(一作虚)老人留名萬代不關身勸君多買長安
酒南陌東城占取春

揚州春夜李端公益張侍御登段侍御平路(一作仲)
密縣李少府暘秘書張正字復元同會於水館
對酒聯句追刻燭擊銅鉢故事遲輒舉觥以飲
之逮夜艾羣公沾醉紛然就枕余偶獨醒因題
詩於段君枕上以志其事(一作揚州春夜同會水館夜艾獨醒)

寂寂獨看金燼落紛紛只見玉山頽自羞不是高陽侶
一夜星星(一作星星)騎馬回

逢王十二學士入翰林因以詩贈(時貞元二十二年以藍田尉充學士)

廐馬翩翩禁外逢星槎上漢杳難從定知欲報淮南詔
促召王褒入九重

闕下口號呈柳儀曹

綵仗神旗獵曉風雞人一唱鼓蓬蓬(一作逢逢)銅壺漏水何時

歇如此相催即老翁

監祠夕月壇書事（其禮用晝）

西皞司分晝夜平羲和停午太陰生鏗鏘（一作鏘鏘）揖讓秋光裏觀者如雲出鳳城

元和甲午歲詔書盡徵江湘逐客余自武陵赴京宿於都亭有懷續來諸君子

雷（一作雲）雨江山（一作湘）起臥（一作湘）龍武陵樵客躡仙蹤十年楚水楓林下今夜初聞長樂鐘

元和十一年自朗州召至京戲贈看花諸君子

紫陌紅塵拂面來無人不道看花回玄都觀裏桃千樹盡是劉郎去（一作別）後栽

再遊玄都觀（并引）

余貞元二十一年爲屯田員外郎時此觀未有花是歲出牧連州尋貶朗州司馬居十年召至京師人人皆言有道士手植仙桃滿觀如紅霞遂有前篇以志一時之事旋又出牧今十有四年復爲主客郎中重遊玄都觀蕩然無復一樹唯兔葵燕麥動搖於春風耳因再題二十八字以俟後遊時大和二年三月

百畝庭中半是苔桃花淨（一作開，一作落）盡菜花開種桃道士歸何處前度劉郎今又（一作獨）來

與歌者米嘉榮

唱得涼（一作梁）州意外聲舊人唯數（一作有，一作難數）米嘉榮近來時世（一作年少）輕先（一作前）輩好染髭鬚事後生（一作別嘉榮三十載忽聞舊曲尚依然如今世俗輕前輩好染髭鬚事少年）

望夫石（山正對和州郡樓）

終日望夫夫不歸化爲孤石苦相思望來已是幾千載（一作歲）只似當時（一作年）初望時

聽舊宮中樂人穆氏唱歌

曾隨織女渡天河記得雲間第一歌休唱貞元供奉曲當時（一作如今）朝士已無多

金陵五題（并序）

余少爲江南客而未遊秣陵嘗有遺恨後爲歷陽守跂而望之適有客以金陵五題相示逌爾生思歘然有得他日友人白樂天掉頭苦吟歎賞良久且曰石頭詩云潮打空城寂寞回吾知後之詩人不復措詞矣餘四詠雖不及此亦不孤樂天之言耳

石頭城

山圍故國周遭在潮打空城寂寞回淮水東邊舊時月夜深還過女牆來

烏衣巷

朱雀橋邊野草花烏衣巷口夕陽斜舊時（一作來）王謝堂前燕飛入尋常百姓家

臺城

臺城六代競豪華結綺臨春事最奢萬户千門成野草只緣一曲後庭花

生公講堂

生公說法鬼神聽身後空堂夜不扃高坐寂寥塵漠漠一方明月可中庭

江令宅

南朝詞臣北朝客歸來唯見秦淮碧池臺竹樹三畝餘至今人道江家宅

韓信廟

將略兵機命世雄蒼黄鍾（一作漢）室歎良弓遂令後代登壇者每一尋思怕立功

李賈二大諫拜命後寄楊八壽州

諫省新登二直臣萬方驚喜捧絲綸則知天子明如日肯放淮南（一作陽）高臥人

美溫尚書鎮定興元以詩寄賀

旌旗入境犬無聲戮盡鯨鯢漢水清從此世人開耳目始知名將出書生

酬瑞（一作端）州吳大夫夜泊湘川見寄一絕

夜泊湘川逐客心月明猿苦血沾襟湘妃舊竹痕猶淺從此因君染更深

徵還京師見舊番官馮叔達

前者匆匆襆被行十年憔悴到京城南宮舊吏來相問何處淹留白髮生

與歌者何戡

二十餘年別帝京重聞天樂不勝情舊人唯有何戡在更與殷勤唱渭城

與歌童田順郎

天下（一作上）能（一作就）歌御史娘花前葉（一作月）底奉君王九重深處無人見分付新聲與順郎

燕爾館破屏風所畫至精人多歎賞題之

畫時應遇空亡日賣處難逢識別（一作去）人唯有多情往來客强將衫袖拂埃塵

賞牡丹

庭前芍藥妖無格池上芙蕖淨少情唯有牡丹眞國色花開時節動京城

題欹器圖

秦國功成思稅駕晉臣名遂歎危機無因上蔡牽黄犬願作丹徒一布衣

傷桃源薛道士（一作尊師）

壇邊松在鶴巢空白鹿閑行舊徑中手植紅桃千樹發滿山無主任春風

王思道碑堂下作

蒼蒼宰樹起寒煙尚有威名海内傳四府舊聞多故吏幾人垂淚拜碑前

傷愚溪三首（并引）

故人柳子厚之謫永州得勝地結茅樹蔬爲沼沚爲臺榭目曰愚溪柳子没三年有僧遊零陵告余曰愚溪無復曩時矣一聞僧言悲不能自勝遂以所聞爲七言以寄恨

溪水悠悠春自來草堂無主燕飛回隔簾惟見中庭草一樹山榴依舊開

草聖數行留壞壁木奴千樹屬鄰家唯見里門通德榜殘陽寂寞出樵車

柳門竹巷依依在野草青苔日（一作月）日多縱有鄰人解吹笛山陽舊侶（一作里）更誰過

傷循州渾尚書

貴人淪落路人哀碧海（一作水）連天丹旐回遥想長安此時
節朱門深巷百花開

代靖安佳人怨二首（并引）

靖安丞相武公居里名也元和十一年六月公將
朝夜漏未盡三刻騎出里門遇盜薨于牆下初公
爲郎余爲御史繇是有舊故今守遠服賤不可以
誄又不得爲歌詩聲于楚挽故代作佳人怨以禆
于樂府云

寶馬鳴珂踏曉塵魚文匕首犯車茵適來行哭里門外
昨夜華堂歌舞人
秉燭朝天遂不回路人彈指望高臺牆東便是傷心地
夜夜流（一作秋）螢飛去來

碧澗寺見元九侍御和展上人詩有三生之句
因以和

廊下題詩滿壁塵塔前松樹已皴鱗古來唯有王文度
重見平生竺道人

思黯南墅賞牡丹

偶然相遇人間世合在增城阿姥家有此傾城好顔色
天教晚發賽諸花

和浙西尚書聞（一無此）常州楊給事製新樓因寄之
作

文昌（一作章）星（一作新）象盡東來油幕朱門次第開且上新樓看
風月會乘雲雨一時回（尚書在南宫爲左丞給事與禹錫皆是郎吏）

後梁宣明二帝碑堂下作

玉馬朝周從此辭園陵寂寞對豐碑千行宰樹荆州道
暮雨蕭蕭聞子規

贈李司空妓（一作禹錫赴吴臺揚州大司馬杜公鴻漸開宴命妓侍酒　本事詩云李紳罷鎮在京慕劉名嘗邀至第中厚設飲饌酒酣命妓妙歌以送之劉於席上賦詩李因以妓贈之　崔令欽教坊記云杜韋娘歌曲名非妓姓名也）

高髻雲鬟（一作鬌鬌梳頭一作髽鬌梳頭）宫樣妝春風一曲杜韋娘司空見慣
渾閑事斷盡（一作惱亂）蘇州刺史腸

和西川李尚書傷孔雀及薛濤之什

玉兒已逐金鐶葬翠羽先隨秋草萎唯見芙蓉含曉露
數行紅淚滴清池（後魏元樹南陽王禧之子南陽到建業數年後北歸愛姬朱玉兒脱金指鐶爲贈樹至魏却以指鐶寄玉兒示有還意）

同樂天登棲靈寺塔

步步相攜不覺難九層雲外倚闌干忽然笑語半天上
無限遊人舉眼看

有所嗟二首（一作元稹詩題作所思）

庾令樓中初見時武昌春柳似腰肢相逢相笑（一作失）盡如
夢爲雨爲雲今不知
鄂渚濛濛煙雨微女郎魂逐暮雲歸只應長在漢陽渡
化作鴛鴦一隻飛

和裴相公傍水閑行

爲愛逍遥第一篇時時閑步賞風煙看花臨水心無事
功業成來二十年

杏園花下酬樂天見贈

二十餘年作逐臣歸來還見曲江春遊人莫笑白頭醉
老醉花間有（一作能）幾人

和樂天春詞

新妝面（一作粉）面下朱樓深鎖春光一院愁行到中庭數花
朵蜻蜓飛上玉搔頭

和嚴給事聞唐昌觀玉蘂花下有游仙（一作仙游）二絶

玉女來看玉蘂花異香先引七香車攀枝弄雪時迴顧
驚怪人間日易斜
雪蘂瓊絲（一作葩）滿院春衣輕步步（一作羽衣輕步）不生塵君平簾下
徒相問長伴吹簫別有人

憶樂天

尋常相見意殷勤別後相思（一作思量）夢更頻每遇登臨好風
景羨他天性少情人

醉答樂天

洛城洛城何日歸故人故人今轉稀莫嗟雪裏暫時別
終擬雲間相逐飛

虎丘寺見元相公二年前題名愴然有詠（前年滻橋送之武昌）

滻水送君君不還見君題字虎丘山因知早貴兼才子
不得多時在世間

寄贈小樊

花面丫頭十三四春來綽約向人時終須買取名（一作多）春
草處處將行（一作來一作相將）步步隨

吟樂天自問愴然有作

親友關心皆不見風光滿眼倍（一作獨）傷神洛陽城裏多池
館幾處花開有主人

和令狐相公別牡丹

平章宅裏一欄花臨到開時不在家莫道兩京非遠別
春明門外即天涯

和令狐相公聞思帝鄉有感（一本題上有遥字）

當初造曲者爲誰説得思鄉戀闕時滄海西頭舊丞相
停杯處分（上聲）不須吹

酬令狐相公見寄

羣玉山頭住四年每聞笙鶴看諸仙何時得把浮丘袖
白日將昇第九天

令狐相公春思見寄

一紙書封四句詩芳晨對酒遠相思長吟盡日西南望
猶及殘春花落時

城内花園頗曾遊翫令公居守亦有素期適春
霜一夕委謝書實以荅令狐相公見謔

樓下芳園最占春年年結侣採花頻繁霜一夜相撩治
不似佳人似老人

奉和裴晉公涼風亭睡覺

驪龍睡後珠元在仙鶴行時步又輕方寸瑩然無一事
水聲來似玉琴聲

荅裴令公雪中訝白二十二與諸公不相訪之
什

玉樹瓊樓滿眼新的知開閤待諸賓遲遲未（一作來）去非無
意擬作梁園坐右人

吴方之見示聽江西故吏朱幼恭歌三篇頗有
懷故林之想吟諷不足因而和之（一作和人憶江西故吏歌）

侯家故吏歌聲發逸處能高怨處低今歲洛中無雨雪

眼前風景是江西

裴令公見示誚樂天寄奴買馬絕句斐言仰和且戲樂天

常奴安得似方回爭望追風絕足來若把翠娥酬騄耳始（一作剛）知天下有奇才

酬思黯代書見戲（一作酬牛相見寄）

官冷如漿病滿身凌寒不易過（一作邁）天津少年留取（一作守）多情興請待花時作主人

答張侍御賈喜再登科後自洛赴上都贈別

又被時人寫姓名春風引路入京城知君憶得前身事分付鶯花與後生

赴連州途經洛陽諸公置酒相送張員外賈以詩見贈率爾酬之

謫在三湘最遠州邊鴻不到水南流如今暫寄樽前笑明日辭君步步愁

贈元九侍御文石枕以詩獎之

文章似錦氣如虹宜薦華簪綠殿中縱使涼飈生旦夕猶堪拂拭愈頭風

酬元九院長自江陵見寄

無事尋花至仙境等閑栽樹比封君金門通籍真多士黃紙除書每日聞

酬楊侍郎憑見寄

翔鸞闕底謝皇恩纓上滄浪舊水痕疎傅揮金忽相憶遠擊長句與招魂

酬馬大夫登涯口戍見寄（一作酬海南馬大夫，一作涯口，一作涯口）

新辭將印拂朝纓臨水登山四體輕猶念天涯未歸客瘴雲深處守孤城

答楊八敬之絕句（楊時亦謫居）

飽霜孤竹聲偏切帶火焦桐韻本悲今日知音一留聽是君心事（一作手）不平時

重寄表臣二首

對酒臨流奈別何君今已醉（一作貴）我蹉跎分明記取星星鬢他日相逢應更多

世間人事有何窮過後思量盡是空早晚同歸洛陽陌卜鄰須（一作願）近祝雞翁

重寄絕句（一作寄唐州楊八）

淮西既是平安地鵶路今無羽檄飛聞道唐州最清靜戰場耕盡野花稀

酬楊八副使將赴湖南途中見寄一絕

知逐征南冠楚材遠勞書信到陽臺明朝若上（一作到）君山上（一作望）一道巴江自此來

遙和韓睦州元相公二君子

玉人紫綬相輝映却要霜鬚（一作髯）一兩莖其奈無成空老去每臨明鏡若為情

吳興敬郎中見惠斑竹杖兼示一絕聊以謝之

一莖炯炯琅玕色數節重重玳瑁文拄到高山未登處青雲路上願逢君

奉和裴令公夜宴

天下蒼生望不休東山雖有但時游從（一作後）來海上仙桃樹肯逐人間風露秋

秋夜安國觀聞笙

織女分明銀漢秋桂枝梧葉共颼飀月露滿庭人寂寂霓裳一曲在高樓

酬僕射牛相公晉國池上別後至甘棠館忽夢同游因成口號見寄

已嗟池上別魂驚忽報夢中攜手行此夜獨歸還乞夢老人無睡到天明

裴侍郎大尹雪中遺酒一壺兼示喜眼疾平一絕有閑行把酒之句斐然仰酬

卷盡輕雲月更明金篦不用且閑行若傾家釀招來客何必池塘春草生

和滑州李尚書上巳憶江南禊事

白馬津頭春日遲沙州歸鴈拂旌旗柳營唯有軍中戲不似江南三月時

酬柳柳州家雞之贈

日日臨池弄小雛還思寫論付官奴柳家新樣元和腳且盡薑芽斂（一作飲）手徒

答前篇

小兒弄筆不能嗔涴壁書窗且當（一作賞）勤聞彼夢熊猶未兆女中誰是衞夫人

答後篇

昔日慵工記姓名遠勞辛苦寫西京近來漸有臨池興為報元常欲抗行

重答柳柳州

弱冠同懷長者憂臨岐回想盡悠悠耦耕若便遺身老黃髮相看萬事休

登清暉（一作輝）樓

潯陽江色潮添滿彭蠡秋聲鴈送來南望廬山千萬仞共誇新出棟梁材

赴和州於武昌縣再遇毛仙翁十八兄因成一絕

武昌山下蜀江東重向仙舟見葛洪又得案前親禮拜大羅天訣玉函封

寄毘陵楊給事三首

揮毫起制來東省躡足修名謁外臺好著櫜鞬莫惆悵出文入武是全才

曾主魚書輕刺史今朝自請左魚來青雲直上無多地却要斜飛取勢回

東城南陌昔同游坐上無人第二流屈指如今已零落且須歡喜（一作笑）作鄰州

陪崔大尚書及諸閣老宴杏園

更將何面上春臺百事無成老又催唯有落花無俗態不嫌憔悴滿頭來

曹剛

大弦嘈囋小弦清噴雪含風意思生一聽曹剛彈薄媚人生不合出京城

寄湖州韓中丞

老郎日日憂蒼鬢遠守年年厭白蘋終日相思不相見長頻（一作頭）相見是何人

楊柳枝

楊子江頭煙景迷隋家宮樹拂金堤嵯峨猶有一作是當時色半蘸波中水鳥棲

田順郎歌

清歌不是世間音玉殿嘗聞一作聞稱主心唯有順郎全學得一聲飛出九重深

夜聞商人船中箏

大艑高帆一百尺新聲促柱十三弦揚州市裏商人女來占江西明月天

聞道士彈思歸引

仙公一作翁一奏思歸引逐客初聞自泫然莫怪殷勤悲此曲越聲長苦已三年

喜康將軍見訪

謫居愁寂似幽棲百草當門茅舍低夜獵將軍忽相訪鷓鴣驚起繞籬啼

贈劉景擢第

湘中才子是劉郎望在長沙住桂陽昨日鴻都新上第五陵年少讓清光

赴連山途次德宗山陵寄張員外

常時並冕奉天顔委佩低簪彩仗間今日獨來張樂地萬重雲水望橋山

嘗茶

生拍芳叢鷹觜芽老郎封寄謫仙家今宵更有湘江月照出菲菲滿盌花

梁國祠

梁國三郎威德尊女巫簫鼓走鄉村萬家長見空山上雨氣蒼茫生廟門

望洞庭

湖光秋月兩相和潭面無風鏡未磨遙望洞庭山水翠一作山翠色白銀一作雲盤裏一青螺

楊柳枝

春江一曲柳千條二十年前舊板橋曾與美人橋上別恨無消息到今朝

樓上

江上樓高二十梯梯梯登徧與雲齊人從別浦經年去天向平蕪盡處低

句斐然仰謝洛濱病臥戶部李侍郎見惠藥物謔以文星之句

隱几支頤對落暉故人書信到柴扉周南留滯商山老星象如今屬少微

故洛城古牆

粉落椒飛知幾春風吹雨灑旋成塵莫言一片危基在猶過無窮來往人

句

湖上收宿雨　故國思如此若爲天外心寄白公並見張爲主客圖　東屯滄海闊南讓洞庭寬秋水詠見紀事　翠粒照晴露見侯鯖錄　銀花垂院牓翠羽撼條鈴雪見天中記

全唐詩

張弘靖

張弘靖字元理蒲州人嘉貞之孫延賞之子以蔭爲河南參軍擢監察御史累遷戶部侍郎河中節度使元和中拜刑部尚書同中書門下平章事封高平縣侯出爲太原節度使終太子少師詩一首

山亭懷古

叢石依古城懸泉灑清池高低袤丈内衡霍相蔽虧歸田竟何因爲郡豈所宜誰能辨人野寄適聊在斯

韓察

韓察官歷太原節度判官侍御史明州刺史詩一首

和張相公太原山亭懷古詩

公府政多暇思與仁智全爲山想嵩穴引水聽潺湲軒冕迹自逸塵俗無由牽蒼生方矚望詎得賦歸田

崔恭

崔恭官歷太原節度副使檢校右散騎常侍汾州刺史詩一首

和張相公太原山亭懷古詩

高情樂閑放寄跡山水中朝霞鋪座右虛白貯清風潛竇激飛泉石路躋且崇步武有勝槩不與俗情同

陸灃

陸灃登貞元元年進士第官給事中詩一首

和張相公太原山亭懷古詩

激水瀉飛瀑寄懷良在玆如何謝安石要結東山期入座蘭蕙馥當軒松桂滋於焉悟幽道境寂心自怡

胡證

胡證字啟中河東人舉進士第累官金吾大將軍嶺南節度使詩一首

和張相公太原亭懷古詩

飛泉天台狀峭石蓬萊姿潺湲與青翠咫尺當幽奇居然盡精道得以書妍詞豈無他山勝懿此清軒墀

句

詩書入京國旌旆過鄉關（因話錄云：證拜振武節度使，道河中，時趙宗儒爲帥，證備桑梓禮入謁，持刺稱百姓，獻趙公詩云云，州里榮之）

張賈

張賈弘靖之從姪官至兵部尚書詩二首

和太原山亭懷古詩

中庭起崖谷激玉下漣漪丹丘誰云遠寓象得心期豈不貴鐘鼎至懷在希夷唯當蓬萊閣靈鳳復來儀

和裴司空荅張秘書贈馬詩

閣下從容舊客卿寄來駿馬賞高情（司空詩云古寺閑行獨與君）任追煙景騎仍醉知有文章倚便成步步自憐春日影蕭蕭猶起朔風聲須知上宰吹噓意送入天門上路行

句

夫子生知者相期妙理中（送劉禹錫發華州）

張文規

張文規弘靖之子嘗爲吳興守終桂管防禦觀察使詩二首

吳興三絕

蘋洲須覺池沼俗苧布直勝羅紈輕清風樓下草初出明月峽中茶始生吳興三絕不可捨勸子強爲吳會行

湖州貢焙（一本此下有看發二字）新茶

鳳輦尋春半醉回仙娥進水御簾開牡丹花笑金鈿動傳奏吳興紫筍來

句

誰云隼旟吏長對虎頭岩（見吳興掌故）

全唐詩

張仲素

張仲素字繪之河間人憲宗時爲翰林學士後終中書舍人詩一卷

緱山鶴

羽客驂仙鶴將飛駐碧山映松殘雪在度嶺片雲還清唳因風遠高姿對水閑笙歌憶天上城郭歎人間幾變霜毛潔方殊藻質斑迢迢煙路逸奮翮詎能攀

夜聞洛濱吹笙

王子千年後笙音五（一作午）夜聞逶迤繞清洛斷續下仙雲泄泄飄難定啾啾曲未分松風助幽律波月動輕文鳳管聽何遠鸞聲若在羣暗空思羽蓋餘氣自氛氳

上元日聽太清宮步虛

仙客開金籙元辰會玉京靈歌賓紫府雅韻出層城磬雜音徐徹風飄響更清紆餘空外盡斷續聽中生舞鶴紛將集流雲住未行誰知九陌上塵俗仰遺聲

玉繩低建章

迢迢玉繩下芒彩正闌干稍復臨鳷鵲方疑近露寒微明連粉堞的皪映仙盤橫接河流照低將夜色殘天榆隨影沒宮樹與光攢遐想西垣客長吟欲罷難

寒雲輕重色

佳期當可許託思望雲端鱗影朝猶落繁陰暮自寒因風方蔼蔼間石已漫漫隱映看鴻度霏微覺樹攢凝空多似黛引素乍如紈每向愁中覽含毫欲狀難

聖明樂（一作朝）

九陌祥煙合千春瑞月明宮花將苑柳先發鳳皇城

獻壽詞

玉帛殊方至歌鐘比屋聞華夷今（一作同）一貫同（一作共）賀聖朝君

宮中樂五首

網戶交如綺紗窗薄似煙樂吹天上曲人是月中仙

翠匣開寒鏡珠釵挂步搖妝成祇畏曉更漏促春宵（一作霄）

紅果瑤池實金盤露井冰甘泉將避暑臺殿曉（一作水）光凝

月采浮鸞殿砧聲隔（一作遶）鳳樓笙歌臨水檻紅燭乍迎秋

奇樹留寒翠神池結夕波黃山一夜雪渭水瀉（一作鴈）聲多

春遊曲三首

煙柳飛輕絮風榆落小錢濛濛百花裏羅綺競鞦韆

騁望登香閣爭高下砌臺林間踏青去席上寄殘（一作意錢）來

行樂三春節林花百和香當年重意氣先占鬭雞場

春閨思

裊裊城邊柳青青陌上桑提籠忘采葉昨夜夢漁陽

春江曲二首

家寄征河（一作江）岸征人幾歲遊不如潮水信每日到沙頭

秉曉南湖去參差疊浪橫前洲在何處霜（一作霧）裏鴈嚶嚶

太平詞

聖德超千古皇威靜四方蒼生今息戰無事覺時良一作長

隴上行

行到黄雲隴唯聞羌戍鼙不如山下水猶得任東西

思君恩

紫禁香如霧青天月似霜雲韶何處奏祇是在朝陽

王昭君

仙娥今下嫁驕子自同和劍戟歸田盡牛羊繞塞多

秋夜曲

丁丁漏水夜何長漫漫輕雲露月光秋逼暗蟲通夕響征衣未寄莫飛霜

秋思贈遠

博山沉燎絶餘香蘭燼金釭怨夜長爲問青青河畔草幾回經雨復經霜

塞上曲

卷斾生風喜氣新早持龍節靜邊塵漢家天子圖麟閣身是當今第一人

塞下曲五首

三戍漁陽再渡遼騂弓在臂劍横腰匈奴似若一作欲似知名姓休傍陰山更射鵰

獵馬千行一作群鴈幾雙燕然山下碧油幢傳聲漠北單于破火照旌旗夜受降

朔雲飄飄開鴈門平沙歷亂卷一作捲蓬根功名耻計一作記擒生數直斬樓蘭報國恩

隴水潺湲隴樹秋征一作無人到此淚雙流鄉關萬里無因見西戍河源早晚休一作收

陰磧茫茫塞草肥一作腓桔槔烽上暮雲一作煙飛交一作翻河北望天連海蘇武曾將漢節歸

秋思二首一本有閨字

碧窗斜日一作月藹深暉愁聽寒螿淚濕衣夢裏分明見關塞不知何路向金微

秋天一夜靜無雲斷續鴻聲到曉聞欲寄征衣問消息居延城外又移軍

漢苑行二首

回鴈高飛一作風高一作高翻太液池新花低發上林枝年光到處皆堪賞春色人間總不一作未知

春風淡蕩一作澹澹景悠悠鶯囀高枝燕入樓千步回廊聞鳳吹珠簾處處上銀鉤

天馬辭二首

天馬初從渥水來郊歌曾唱得一作歌曾唱得濯龍媒不知玉塞沙中路苜蓿殘花幾處開

躞蹀一作蹀躞宛駒齒未齊摐金噴玉向風嘶來時欲一作行盡金河道獵獵輕風在碧蹄

燕子樓詩三首一作關盼盼詩

樓上殘燈伴曉霜獨眠人起合歡牀相思一夜情多少地角天涯不是長

北邙松柏鎖愁煙燕子樓人思悄然自埋劍履歌塵散紅袖香消已十年

適看鴻鴈岳陽回又覩玄禽逼社來瑤瑟玉簫無意緒任從蛛網任從灰

全唐詩

庚承宣

庚承宣貞元十年及第太和中終檢校吏部尚書天平軍節度使詩一首

賦得冬日可愛

宿霧開天霽寒郊見初日林疎照逾遠冰輕影微出豈假陽和氣暫忘玄冬律愁抱望自寬羈情就如失欣欣事幾許曈曈狀非一傾心儻知期良願自茲畢

鄭澣

鄭澣餘慶之子貞元十年舉進士第爲右補闕敢言無所諱文宗時入翰林爲侍講學士累進尚書左丞出爲山南西道節度使俄以户部尚書名未拜卒謚曰宣集三十卷今存詩五首

贈毛仙翁

至道無名至人長生爰覩繪事似挹真形方口渥丹濃眉刷青松姿本秀鶴質自輕道德神仙内蘊心靈紅肌緑髮外彰華精色如含芳貌若和光胚渾造化含吐陰陽吾聞安期隱見不常或在世間或遊上蒼猶歟真人得非後身寫此仙骨久而不磷皎皎明眸瞭然如新謪鷁童顔的然如春金石可並丹青不泯通天臺上有見常人俗士觀瞻方悟幽塵君子圖之敬兮如神

和李德裕遊漢州房公湖二首

太尉留琴地時移重可尋徽弦一掩抑風月助登臨榮駐青油騎高張白雪音祇言酬唱美良史記王箴

靜對煙波夕猶思棟宇清臥龍空有處馴鳥獨忘情顧步襟期遠參差物象横自宜雕樂石爽氣際青城

中書相公任兵部侍郎日後閣植四松逾數年澣忝此官因獻拙什

丞相當時植幽襟對此開人知舟檝器天假棟梁材錯落龍鱗出褷褷鶴翅迴重陰羅武庫細響静山臺得地公堂裏移根澗水隈吳臣夢寐遠秦嶽歲年摧轉覺飛纓緌何因繼組來幾尋珠履迹願比角弓培栢悦猶依社星高久照台後凋應共操無復問良媒

和李德裕房公舊竹亭聞琴

石室寒飈驚孫枝雅器裁坐來山水操弦斷吊遺埃

句

但慮彩色污無虞臂胛肥（段成式記長安菩薩寺有畫維摩變爲俗講僧文淑裝之筆跡盡矣故興元鄭尚書題句云云）

張彙（一作彙征）

張彙貞元十年進士詩三首

遊棲霞寺

躋險入幽林翠微合竹殿泉聲無休歇山色時隱見潮來雜風雨梅落成霜霰一從方外遊頓覺塵心變

春風扇微和

木德生和氣微微入曙風暗催南向葉漸翥北歸鴻澹蕩侵冰谷悠揚轉蕙叢拂塵迴廣路泛籟過遥空暖上煙光際雲移律候中扶揺如可借從此庋蒼穹

觀藏冰

寒氣方窮律陰精正結冰體堅風帶壯影素月臨凝冬賦凌人掌春期命婦昇鑿來壺色徹納處鏡光澄魯史曾留問豳詩舊見稱同觀里射孛王道頌還興

陳通方

陳通方閩縣人貞元十年登第王播薦爲江西院官詩二首

賦得春風扇微和

習習和風扇悠悠淑氣微陽升知候改律應喜春歸池柳晴初拆林鶯暖欲飛川原浮彩翠臺館動光輝泛豔揺丹闕揚芳入粉闈發生當有分枯朽幸因依

金谷園懷古

緩步洛城下軫懷金谷園昔人隨水逝舊樹逐春繁冉冉揺風弱菲菲裛露翻歌臺豈易見舞袖乍如存戲蝶香中起流鶯暗處喧徒聞施錦帳此地擁行軒

句

應念路傍憔悴翼昔年喬木幸同遷（紀事云通方登第與王播同年播年五十六通方甚少因期集撫播背曰王老奉贈一第言其日暮途遠及第同贈官也播恨之後通方丁家艱辛苦萬狀播爲正郎判鹽鐵通方窮悴求之即不甚給時李虛中爲副使通方以詩求爲汲引云云播不得已薦爲江西院官）

李應

李應貞元十一年登進士第詩一首

立春日曉望三素雲

玄鳥初來日靈仙望裏分冰容朝上界玉輦擁朝雲碧落流輕艷紅霓間綵文帶煙時縹緲向斗更氤氳髣髴隨風馭迢遥出曉雰茲辰三見後希得從元君

陳師穆

陳師穆貞元十一年進士第詩一首

立春日曉望三素雲

晴曉初春日高心望素雲彩光浮玉輦紫氣隱元君縹緲中天去逍遥上界分鸞驂攀不及仙吹遠難聞禮候於斯覩明循在解紛人歸懸想處霞色自氛氲

李季何

李季何貞元十一年進士第詩一首

立春日曉望三素雲

靄靄青春曙飛仙駕五雲浮輪初縹緲承蓋下氤氳薄影隨風度殊容向日分羽毛紛共遠環珮杳猶聞靜合煙霞色遥將鸞鶴羣年年瞻此節應許從元君

李程

李程字表臣隴西人貞元十二年登進士第累辟使府爲監察御史充翰林學士元和中知制誥拜禮部侍郎敬宗即位以吏部侍郎同平章事後罷爲河東節度使程在翰苑日過八甎乃至時號八甎學士詩五首

春臺晴望

曲臺送春目（一作日）景物麗新晴靄靄煙收翠忻忻木向榮靜看遲日上閑愛野雲平風慢遊絲轉天開遠水明登高塵慮息觀徼道心清更有還喬意翩翩出谷鶯

玉壺冰（一作詠冰壺）

琢玉性惟堅成壺體更圓虛心含衆象應物受寒泉溫潤資天質清貞（一作真）禀自然日融光乍（一作自）散雪照（一作映）色逾鮮至鑒功寧宰無私照豈偏明將水鏡對白與粉闈連拂拭終爲美提攜佇見傳勿令毫髮累遺恨鮑公（一作綴成）篇

賦得竹箭有筠

常愛凌寒竹堅貞可喻人能將先進禮義與後凋鄰冉冉猶全節青青尚有筠陶鈞二儀内柯葉四時春待鳳花仍吐停霜色更新方持不易操對此欲觀身

觀慶雲圖

五雲從表瑞藻繪宛成圖柯葉何時改丹青此不渝非煙色尚麗似蓋狀應殊渥彩看猶在輕陰望已無方將遇翠幄那羨起蒼梧欲識從龍處今逢聖合符

贈毛仙翁

茫茫塵累愧腥膻強把蜉蝣望列仙閑指紫霄峯下路却歸白鹿洞中天吹簫鳳去（一作丹鳳）經何代茹玉方傳（一作黃麟）得幾年他日更來人世看又應東海變桑田

高弁（一作喬）

高弁貞元十二年進士第詩一首

省試春臺晴望

層臺聊一望徧賞帝城春風暖聞啼鳥冰開見躍鱗晴山煙外翠香藥日邊新已變青門柳初銷紫陌塵金湯千里國車騎萬方人此處雲霄近憑高願致身

席夔

席夔貞元十二年宏詞及第詩二首

霜菊

時令忽已變行看被霜菊可憐後時秀當此凛風肅淅瀝翠枝翻凄清金蘂馥凝姿節堪重澄艷景非淑寧祛青女威願盈君子掬持來泛罇酒永以照幽獨

賦得竹箭有筠

共愛東南美青青歎有筠貞姿衆木異秀色四時均枝葉當無改風霜豈憚頻虛心如待物勁節自留春鮮潤期棲鳳嬋娟可並人可憐初籜卷粉澤更宜新

李行敏

李行敏貞元十二年宏詞登第詩一首

省試觀慶雲圖

縑素傳休祉丹青狀慶雲非煙凝漠漠似蓋乍紛紛尚駐從龍意全舒捧日文光因五色起影向九霄分裂素觀嘉瑞披圖賀聖君寧同窺汗漫方此覩氛氲

陳諷

陳諷，貞元十年擢進士第。詩一首。

賦得冬日可愛（一作張正元詩）

寒日臨清晝，寥天一望時。未消埋逕雪，先暖讀書帷。屬思光難駐，舒情影若遺。晉臣曾比德，謝客昔言詩。散彩寧偏照，流陰信不追。餘輝如可就，迴燭幸無私。

崔護

崔護，字殷功，博陵人。貞元十二年登第，終嶺南節度使。詩六首。

郡齋三月下旬作（以下三首一作張又新詩）

春事日已歇，池塘曠幽尋。殘紅披獨墜，嫩綠間淺深。偃仰捲芳褥，顧步愛新陰。謀春未及竟，夏初遽見侵。

五月水邊柳

結根挺涯涘，垂影覆清淺。睡臉寒未開，懶腰晴更軟。搖空條已重，拂水帶方展。似醉煙景凝，如愁月露泫。絲長魚悞恐，枝弱禽驚踐。長別幾多情，含春任攀搴。

三月五日陪裴大夫泛長沙東湖

上巳餘風景，芳辰集遠坰。綵舟浮泛蕩，繡轂下娉婷。林樹迴葱蒨，笙歌入杳冥。湖光迷翡翠，草色醉蜻蜓。鳥弄桐花日，魚翻穀雨萍。從今留勝會，誰看畫蘭亭。

山雞舞石鏡

廬峯開石鏡，人說舞山雞。物象纖無隱，禽情只自迷。景當煙霧歇，心喜錦翎齊。宛轉烏呈彩，婆娑鳳欲棲。何言資羽族，在地得天倪。應笑翰音者，終朝飲敗醯。

題都城南莊

去年今日此門中，人面桃花相映紅。人面不知（一作祇今）何處在，桃花依舊笑春風。（太平廣記云：初護舉進士不第，清明獨遊都城南，得村居花木叢萃，叩門久，有女子自門隙問之，對曰：尋春獨行，酒渴求飲。女子啟關，以盂水至，獨倚小桃柯佇立，而意屬殊厚。崔辭起，送至門，如不勝情而入，後絕不復至。及來歲清明，徑往尋之，戶扃無人，因題此詩于左扉。後數日復往尋之，有老父出曰：吾女笄年知書，未適人，自去年已來，常恍惚若有所失。比日與之出，及歸，見左扉有字，讀之，入門而病，遂絕食數日死。得非君耶，殺吾女。持崔大哭。崔感慟，請入臨，見其女儼然在牀，舉其首，枕其股，哭而祝曰：某在斯。須臾開目，復活。老父大喜，遂以女歸之。）

晚雞

顯顯嚴城罷鼓鼙，數聲相續出寒棲。不嫌驚破紗窗夢，却恐爲奴半夜啼。

全唐詩

李翱

李翱，字習之，中貞元進士第，調校書郎。元和初，爲國子博士、史館修撰，遷考功員外郎，除朗、廬二州刺史，入爲諫議大夫，知制誥，改中書舍人，會昌中，終山南東道節度使。詩七首。

贈藥山高僧惟儼二首（時刺朗州。一本無二首二字，第二首題云再贈）

練得身形似鶴形，千株松下兩函經。我來問道無餘說，雲在青霄水在瓶。

選得幽居愜野情，終年無送亦無迎。有時直上孤峯頂，月下披雲嘯一聲。

贈毛仙翁

紫霄仙客下三山，因救生靈到世間。龜鶴計年承甲子，冰霜爲質駐童顏。韜藏休咎傳真籙，變化榮枯試小還。從此便教塵骨貴，九霄雲路願追攀。

拜禹歌（并序）

貞元十五年六月二十九日，隴西李翱敬拜於禹之堂下，自賓階升，北面立，弗敢歎，弗敢祝，弗敢祈，退降，復敬再行，哭而歸，且歌曰：

惟天地之無窮兮，哀生人之常勤。往者吾弗及兮，來者吾弗聞。已而已而。

廣慶寺

傳者不足信，見景勝如聞。一水遠赴海，兩山高入雲。魚龍晴自戲，猨狖晚成羣。醉酒斜陽下，離心草自薰。

奉酬劉言史宴光風亭

閑餘春早景沈沈，禊飲風亭恣賞心。紅袖青娥留永夕，漢陰寧肯羨山陰。

戲贈詩

縣君好磚渠，繞水恣行游。鄙性樂疎野，鑿地便成溝。兩岍值芳草，中央漾清流。所尚既不同，磚鑿可自修。從他後人見，境趣誰爲幽。

皇甫湜

皇甫湜，字持正，新安人。元和中擢進士第，爲陸渾尉，仕至工部郎中。裴度辟爲判官。集三卷，今存詩三首。

題浯溪石

次山有文章，可惋只在碎。然長於指敘，約潔有餘態。心語適相應，出句多分外。於諸作者間，拔戟成一隊。中行雖富劇，粹美若（一作君）可蓋。子昂感遇佳，未若君雅裁。退之全而神，上與千載對。李杜才海翻，高下非可槩。文與（一作於）一氣間，爲物莫與大。先王路不荒，豈不仰吾輩。石屏立衙衙，溪口揚素瀨。我思何人知，徙倚如有待。

石佛谷

漫澶太行北，千里一塊石。平腹有壑谷，深廣數百尺。土僧何爲者，老草毛髮白。寢處容身龕，足膝隱成跡。金仸琢靈象，相好倚北壁。花座五雲扶，玉毫六虛射。文人留紀述，時事可辨析。鳥跡巧均分，龍骸極癯瘠。枯松間栫猛，獸恣騰擲。蛣蜣蟲食縱（一作蹤），懸垂露凝滴。精藝貫古今，窮巖誰愛惜。託師禪誦餘，勿使塵埃積。

出世篇

生當爲大丈夫，斷羈羅，出泥塗。四散號呶，擾攘無隅。埋之深淵，飄然上浮。騎龍披青雲，汎覽遊八區。經太山，絕大海，一長吁。西摩月鏡，東弄日珠。上括天之門，直指帝所居。羣仙來迎，塞天衢，鳳皇鸞鳥燦金輿。音聲嘈嘈滿太虛，旨飲食兮照庖廚。食之不飫，飫不盡，使人不陋。復不愚，旦旦狎玉皇，夜夜御天姝。當御者幾人，百千爲番。

宛宛舒舒忽不自知支消體化膏露明湛然無色茵席濡俄而散漫褭然虛無翕然復摶摶久而蘇精神如太陽霍然照清都四肢爲琅玕五臟爲璠璵顏如芙蓉頂爲醍醐與天地相終始浩漫爲歡娛下顧人間溷糞蠅蛆

樊宗師

樊宗師字紹述河中人始爲國子主簿元和中擢軍謀宏遠科授著作佐郎歷金部郎中綿絳二州刺史進諫議大夫未拜卒詩七百六十九篇今存一首

蜀綿州越王樓詩（幷序）

綿之城帝獨撴撴明威灖石硝馳涪瀨左陵凌（一作淩淩）紅穨簪天地（一作池）送行癸壬且掏跎踼于西北蟠紅顀（一作顀）青越王貞故爲樓重軒疊飛門明窗懞傘寋寋予始登謂日月昏曉可窺其背雷電合風雲遇（一作遘）霜辛露酸星辰介行鬼神變化草木顯（一作頌）繡髻衙蓑芰皆可察極旣縈視其江帶又極視其土岡斷暴遠近山嶮嶮若閼之東（一作東）皇天原開見荊山我其黃（音衍，一作黃）河澗（一作瞯）然爲曲直淚雨落不可掩因口其心曰無害若（一作苦）其自（一作目）果星星過歸果星星過歸尚悲不能解重爲詩以釋益不可顧謂郡中諸君能無有以以華艷其念蓄（一作緼）云

危樓倚天門如閭星辰宮椳薄龍虎怪洄洄繞雷風徂秋試登臨大靄屯喬空不見西北路考懷益彤窮石瀨薄濺濺上山杳穹穹昔人創（一作愴）爲逝所適酡顏紅令我茲之來猶捉成歲功輟田植科畞遊圃歌芳叢地財無叢厚人室安取豐旣乏富庶能千萬懋文翁

盧儲

盧儲貞元間人擢進士第一詩二首

催妝（李翶典郡江淮，儲以進士投卷，翶置几案間，其女見之，謂小青衣曰：此人必爲狀頭。翶聞，遂以爲壻。明年果第一人及第）

昔年將去玉京遊第一仙人許狀頭今日幸爲秦晉會早教鸞鳳下妝樓

官舍迎內子有庭花開（一作題芍藥，一作迎內子題庭花）

芍藥斬新栽當庭數朶開東風與拘束留待細君來

皇甫松

皇甫松湜之子自稱檀欒子詩十三首

古松感興

皇天后土力使我向此生貴賤不我均若爲天地情我家世道德旨意匡文明家集四百卷獨立天地經寄言青松姿豈羨朱槿榮昭昭大化光共此遺芳馨

怨回紇歌

白首南朝女愁聽異域歌收兵頡利國飲馬胡蘆河毳布腥膻久穹廬歲月多鵰巢城上宿吹笛淚滂沱

江上送別

祖席駐征棹開帆候信潮隔筵桃葉泣吹管杏花飄船去鷗飛閣人歸塵（一作鹿）上橋別離惆悵淚江路濕紅蕉

採蓮子二首

菡萏香連十頃陂小姑貪戲採蓮遲晚來弄水船頭濕更脫紅裙裹鴨兒

船動湖光灩灩秋貪看年少信船流無端隔水拋蓮子遙被人知半日羞

拋毬樂

紅撥一聲飄輕毬墜越綃帶翻金孔雀香滿繡蜂腰少少拋分數花枝正索饒

金戚花毬小眞珠繡帶垂幾回衝蠟燭千度入春懷上客終須醉觥杯自亂排

勸僧酒

勸僧一杯酒共看青青山酣然萬象滅不動心印（一作即）閑

登郭隗臺

燕相謀在茲積金黃巍巍上者欲何顏使我千載悲

楊柳枝詞二首

爛漫春歸水國時吳王宮殿柳絲垂黃鶯長叫空閨畔西子無因更得知

春入行宮映翠微玄宗侍女舞煙絲如今柳向空城綠玉笛何人更把吹

浪淘沙二首

灘頭細草接疎林浪惡罾船半欲沈宿鷺眠洲非舊浦去年沙觜是江心

蠻歌荳蔻北人愁松雨蒲風野艇秋浪起鵁鶄眠不得寒沙細細入江流

句

夜入眞珠室朝游玳瑁宮（紀事載松爲牛僧孺表甥，不相薦舉，因襄陽大水，極言誹謗，眞珠乃牛愛姬也）

馬異

馬異河南人與盧仝友善詩四首

送皇甫湜赴舉

馬蹄聲特特去入天子國借問去是誰秀才皇甫湜吞（一作含）吐一腹文八音兼五色主文有崔李郁郁爲朝德靑銅鏡必明朱絲繩必直稱意太平年願子長相憶

貞元旱歲

赤地炎都寸草無百川水沸煮蟲魚定應燋爛無人救淚落三篇古尚書

暮春醉中寄（一作贈）李干秀才

歡異（一作喜）且交親酒生開（一作生開）甕春不須愁犯夘且乞醉過申折草爲籌筯鋪花作錦裀嬌鶯解言語留客也殷勤

荅盧仝結交詩

有鳥自（一作兮）南翔口銜一書扎達我山之維開緘金玉煥陸離乃是盧仝結交詩此詩峭絕天邊格力與文星色相射長河拔作數條絲太華磨成一拳石莫嗟獨笑（一作秀）無往還月中芳桂難追攀況値亂邦不平年迴陵倒谷如等閑與君俛首大艱阻喙長三尺不得語因君今日形章句羨獼猴兮（一作子）著衣裳悲蚯蚓兮（一作子）安翅羽上天不識（一作失）察仰我爲遼（一作僚或作）天失所將吾劒兮切淤泥使良驥兮捕老鼠昨日脫身卑賤籠夘星借與老人峯抱鋤劚（一作築）地芸芝朮偃蓋參天舊有松朮（一作我）與松兮保身世臥居居兮起于于（一作吁吁）漱潺潺兮聆嘒嘒道在其中可終歲不斆辜負堯爲帝燒我荷衣摧我身回看天地如砥平鋼刀剉骨不辭去卑（一作畢）躬君子今明明俛首辭山心慘惻白雲雖好戀不得看雲且擬直須吏疾風又卷西飛翼爲報覃懷心（一作新）結交死生富貴存後凋我心不畏朱公叔君意須防劉孝標以膠投漆苦不早就中相去

萬里道河水悠悠山之間無由把袂攄懷抱憶仝吟能文（一作文能）洽臭成蘭薰不知何處清風夕擬使張華見陸雲

全唐詩

呂温

呂温字和叔一字化光河中人貞元末擢進士第因善王叔文再遷爲左拾遺以侍御史使吐蕃元和元年乃還柳宗元等皆坐叔文貶温獨免進户部員外郎與竇羣羊士諤相昵羣爲御史中丞薦温知雜事士諤爲御史宰相李吉甫持之不報温乘間奏吉甫陰事詰辯皆妄貶均州刺史議者不厭再貶道州久之徙衡州卒集十卷内詩二卷今編詩二卷

白雲起封中詩（題中用韻六十字成）

封開白雲起漢帝坐齋宮望在泥金上疑生祕玉中攢柯初繚繞布葉漸蒙籠日觀祥光合天門瑞氣通無心已出岫有勢欲凌風儻遣成膏澤從茲遍大空

終南精舍月中聞磬聲詩（題中用韻六十字成）

月峰禪室掩幽磬靜昏氛思入空門妙聲從覺路聞泠泠滿虛壑杳杳出寒雲天籟疑難辨霜鐘誰可分偶來遊法界便欲謝人羣竟夕聽眞響塵心自解紛

青出藍詩（題中有韻限四十字成）

物有無窮好藍青又出青朱研未（一作方）比德白受始成形袍襲宜從政衿垂可問經當時不採擷作色幾飄零

奉和李相公早朝於中書候傳點偶書所懷奉呈門下武相公中書鄭相公

禁門留騎吹内省正衣冠稍辨旂常色尚聞鐘漏殘九天鑪氣（一作焰）煖六月玉聲寒宿霧開霞觀晨光泛露盤致君期反樸求友得如蘭政自（一作出）同歸理言成共不刊準繩臨百度領袖映千官臥鼓流沙靜飛航漲海安盡規訓主意偕賦代交歡雅韻人間滿多慙竊和難

奉和武中丞秋日臺中寄懷簡諸僚友（時西蕃使迴奉命追和）

聖朝思紀律憲府得中賢指顧風行地儀形月麗天不仁恒自遠爲政復何先虛室唯生白閑情（一作門）却草玄迎霜紅葉早過雨碧（一作綠）苔鮮魚樂翻秋水烏聲隔暮煙舊遊多絕席感物遂成篇更許窮荒谷追歌白雪前

吐蕃別（一作列）館和周十一郎中楊七錄事望白水山作

純精結奇狀皎皎天一涯玉嶂擁清氣蓮峰開白花半巖晦雲雪高頂澄煙霞朝昏（一作暮）對賓館隱映如仙家夙聞蘊孤尚終欲窮幽遐暫因行役暇偶得志所嘉明時無外户勝境即中華況今舅甥國誰道隔流沙

奉和張舍人閣中直夜思聞雅琴因書事通簡僚友

迢遞天上直寂寞丘中琴憶爾山水韻起予仁智心凝情在正始超想疎煩襟涼生子夜後月照禁垣深遠風靄蘭氣微露清桐陰方襲緇衣慶永奉南薰吟

和舍弟惜花絕句（時蕃中使回）

去年無花看今年未看花更聞飄落盡走馬向誰家

和恭聽曉籠中山鵲

掩仰中天意悽愴觸籠音驚曉一聞處傷春千里心

和舍弟讓籠中鷹

未用且求安無猜也不殘九天飛勢在六月目睛寒動觸樊籠倦閑消肉食難主人憎惡鳥試待一呼看

同恭夏日題尋眞觀李寬中秀才書院

閑（一作閒）院開軒笑語闌江山併入一壺寬微風但覺杉香滿烈日方知竹氣寒披卷最宜生白室吟詩好就步虛壇願君此地攻文字如煉仙家九轉丹

同舍弟恭歲暮寄晉州李六協律三十韻

古人猶悲秋況復歲暮時急景廹流念窮陰結長悲陽烏下西嶺月鵲驚南枝攬衣步霜砌倚杖臨冰池恍若有失悄悄良不怡忽聞晨起吟宛是同所思有美壯感激無何遠棲遲摧藏變化用掩抑扶搖姿時傑豈虛出天道信可欺巨川望汔濟寒谷待潛吹劒匣益精利玉韜（一作韞）寧磷緇戒哉輕沽諸行矣自寵之伊我抱微尚仲氏即心期討論自少小形影相差池比來胷中氣欲耀天下奇雲雨沛蕭艾煙閣雙萎蕤幾年困方枘一旦迷多岐道因窮理悟命以盡性知事去類絕弦時來如轉規伊呂偶然得孔墨徒爾爲早行多露悔強進觸藩羸功名豈身利仁義非吾私萬物自身（一作生）化一夫何驅馳不如任行止委命（一作分）安所宜勸君休感歎與予陶希夷明年郊天後慶澤歲華滋曲水杏花雪香街青柳絲良時且暫歡罇酒聊共持閑過漆園叟醉看五陵兒寄言思隱（一作所思）處不久來相追

青海西寄竇三端公

時同事弗同窮節厲陰風我役流沙外君朝紫禁中從容非所羨辛苦竟何功但示酬恩路浮生任轉蓬

蕃中拘留歲餘迴至隴石先寄城中親故

蓬轉星霜改蘭陔色養違窮泉百死別絕域再生歸鏡數成絲髮囊收抆血衣酬恩有何力秪棄一毛微

吐蕃別（一作列）館臥病寄朝中諸友

全唐詩
呂温

吐蕃別(一作列)館月夜

三五窮荒月，還應照北堂。迴身向暗臥，不忍見圓光。

望思臺作

浸潤成宮蠱，蒼黃弄父兵。人情疑始變，天性感還生。宇縣猶能洽，閨門訖不平。空令千載後，悽愴望思名。

孟冬蒲津關河亭作

息駕非窮途，未濟豈迷津。獨立大河上，北風來吹人。雪霜自茲始，草木當更新。嚴冬不肅殺，何以見陽春。

登路感懷

馬嘶白日暮，劍鳴秋氣來。我心浩(一作助)無際，河上空徘徊。

題梁宣帝陵二首

即讐終自翦，覆國豈爲雄。假號孤城裏，何殊(一作如)在甬東。

祀夏功何薄，尊周義不成。淒涼庾信賦，千載共傷情。

岳陽懷古

晨飈發荆州，落日到巴丘。方知刳剡利，可接鬼神遊。二湖豁南裏，九派駛東流。襟帶三千里，盡在岳陽樓。憶昔鬭羣雄，此焉爭上游。吳昌屯虎旅，晉盛騖龍舟。宋齊紛禍難，梁陳成寇讐。鐘鼓長震耀，魚龍不得休。風雪一蕭散，功業忽如浮。今日時無事，空江滿白鷗。

道州途中即事

星漢縱橫車馬喧，風搖玉佩燭花繁。豈知羸臥窮荒外，日滿深山(一作山頭)猶閉門。

吐蕃別(一作列)館中和日寄朝中僚舊

清時令節千官會，絕域窮山(一作荒)一病夫。遙想滿堂歡笑處，幾人緣(一作似)我向西隅。

及第後荅潼關主人

本欲雲雨化，卻隨波浪翻。一沾太常第，十過潼關門。志力且虛棄，功名誰復論。主人故(一作固)相問，暫笑不能言。

河中城南姚家浴後題贈主人

新浴振輕衣，滿堂寒月色。主人有美酒，況是曾相識。

看渾中丞山桃花初有他客不通晚方得入因有戲贈

朝來駐馬香街裏，風度遙聞語笑聲。無事閉門教日晚，山桃落盡不勝情。

贈友人

南山雙喬松，擢本皆千尋。夕流膏露津，朝被青雲陰。胥雪出深澗，搖風倚高岑。明堂久不搆，雲幹何森森。匠意方雕巧，時情正誇淫。生材會有用，天地豈無心。

道州夏日郡内北橋新亭書懷贈何元二處士

結構池梁上，登臨日幾迴。晴空交密葉，陰岸積蒼苔。爽氣中央滿，清風四面來。振衣生羽翰，高枕出塵埃。齊物魚何樂，忘機鳥不猜。閑銷炎晝靜，還勝火雲開。僻遠宜孱性，優游賴廢材。顧爲長泛梗，莫作重然灰。守道窮非過，先時動是災。寄言徐孺子，賓榻且徘徊。

道州弘道縣主簿知縣三年頗著廉慎秩滿赴闕中使請留將赴衡州題其廳事

爲理賴同力，陟明非所任。廢田方墾草，新柘未成陰。術淺功難就，人疲感易深。煩君駐歸棹，與慰不欺心。

道州將赴衡州酬別江華毛令(此人好書破百姓布絹頭充妄行狀)

布帛精麤任土宜，疲人識信(一作性)每先(一作相)期。明朝別後無他囑，雖是蒲鞭也莫施。

道州夏日早訪荀(一作苗)參軍林園敬酬見贈

高眠日出始開門，竹徑旁通到後園。陶亮橫琴空有意，任棠置水竟無言。松窗宿翠含風薄，槿援(一作院)朝花帶露繁。山郡本來車馬少，更容相訪莫辭喧。

道州敬酬何處士懷郡樓月夜之作

清質悠悠素彩融，長川(一作天)迥(一作迴)陸合(一作向)爲空。佳人甚近山城閉，夏(一作夜)夜相望水鏡中。

道州敬酬何處士書情見贈

意氣曾傾四國豪，偶來幽寺息塵勞。嚴陵釣處江初滿，梁甫吟時月正高。新識幾人知杞梓，故園何歲長蓬蒿。期君自致青雲上，不用傷心歎二毛。

戲贈靈澈上人

僧家亦有芳春興，自是禪心(一作心源)無滯境。君看池水湛然時，何曾(一作時)不受花枝影。

二月一日是貞元舊節有感絕句寄黔南竇三洛陽盧七(一作寄竇三任黔南盧七任洛陽)

同事(一作侍)先皇立玉墀，中和舊節又支離。今朝各自看花處，萬里遙知掩淚時。

初發道州荅崔三連州題海陽亭見寄絕句

吏中習隱好躋攀，不擾疲人便自閑。聞說慇懃海陽事，令人轉憶舜祠山。

荅段秀才

盡日看花君不來，江城半夜與(一作爲)君開。樓中共指南園火，紅爐隨花落碧苔。

宗禮欲往桂州苦雨因以戲贈

農人辛苦綠苗齊，正愛梅天水滿堤。知汝使車行意速，但令驄(一作駿)馬著鄣泥。

道州奉寄襄陽裴相公

悠悠世路自浮沈，豈問(一作鬧)仁賢待物心。最憶過時留宴處，艷歌催酒後亭深。

零桂佳山水榮陽舊自（一作日）同經途看不暇遇境說難窮疊嶂青時合澄湘漫處空舟移明鏡裏路入畫屏中巖空千家接松蘿一徑通漁煙（一作燈）生縹緲犬吠隔籠葱戲鳥留餘翠幽花怯（一作悅）晚紅光翻沙瀨日香散橘園風信美非吾土分憂屬賤躬守愚資地僻郵隱望年豐且保心能靜那求政必工課終如免戾歸養洛城東

登少陵原望秦中諸川太原王至德妙用（一本無用字）有水術因用感歎

少陵最高處曠望極秋空君山噴清源脉散秦川中荷鍤自（一作動）成（一作成雲）雨由來非鬼工如何盛明代委棄傷豳風涇灞徒絡繹漆沮虛會同東流滔滔去沃野飛秋蓬大禹平水土吾人得其宗發機迴地勢運思與天通早欲獻奇策豐財叙西戎豈知年三十未識大明宮卷爾出岫雲追吾入冥鴻無爲學驚俗狂醉哭途窮

奉敕祭南嶽十四韻

皇家禮赤帝謬獲司風域致齋紫蓋下宿設祝融側鳴澗驚宵寐清猿遞時刻澡潔事夙興簪佩思盡（一作畫）飾危壇象嶽趾祕殿翹翬翼登拜不遑顧（一作顫）酌獻皆累息贊道儀匪繁祝史詞甚直忽覺心魂悸如有精靈逼漠漠雲氣生森森杉栢黑風吹虛籟韻露洗寒玉色寂寞有至公馨香在明德禮成謝邑吏駕言歸郡職憩桑訪蠶事遵疇課農力所願風雨時迴首瞻南極

經河源軍漢村作

行行忽到舊河源城外千家作漢村樵採未侵征虜墓耕耘猶就破羌屯金湯天險長全設伏臘華風亦暗存暫駐單車空下淚有心無力復何言

題河州赤岸橋

左南橋上見河州遺老相依赤岸頭匝塞歌鐘（一作中）受恩者誰憐被髮哭東流

題陽人城

忠驅義感即風雷誰道南方乏武才天下起兵誅董卓長沙子弟最先來

晉王龍驤墓

虎旗龍艦順長（一作天）風坐引全吳入掌中孫皓小兒何足取便令千載笑爭功

題石勒城二首

長驅到處積人頭大旆連營壓上游建業烏棲何足問慨然歸去王中州

天生傑異固難馴應變摧枯若有神夷甫自能疑倚嘯忍將虛誕誤時（一作吳）人

劉郎浦口號

吳蜀成婚此水潯明珠步障幄黃金誰將一女輕天下欲換劉郎鼎峙心

自江華之衡陽途中作

孤棹遲遲悵有違沿湘數日逗晴暉人生隨分爲憂喜迴雁峰南是北歸

吐蕃別（一作列）館送楊七錄事先歸

愁雲重拂地飛雪亂遙程莫慮前山暗歸人正眼（一作眼自）明

奉送范司空赴朔方（得游字）

築壇登上將膝席委前籌虜滅南侵跡朝分北顧憂抗旌迴廣漠撫劒動旄頭坐見黃雲暮行看白草秋山橫舊秦塞河繞古靈州戍（一作善）守如無（一作兵家，又作知兵）事惟應獵騎游

送文暢上人東遊

隨緣聊振錫高步出東城水止（一作月上）無恒地雲行不計程到時爲彼岸過處即前生今日臨岐別吾徒自有情

喜儉北至送宗禮南行

洞庭舟始泊桂江帆又開魂從會處斷愁向笑中來惝怳看殘景殷勤祝此盃衡陽刷羽待成取一行迴

送段九秀才歸澧州

湘南孤白芷幽託在清潯豈有（一作在）馨香發空勞知處深擢賢路已隔賑乏力不（一作弗）任慙我一言分貞君千里心寸義薄聯組片誠敵兼金方期踐冰雪無使弱思侵

衡州送李十一兵曹赴浙東

慷慨視別劒淒清（一作凉）泛離琴前程楚塞斷此恨（一作別一，作別恨）洞庭深文字已久廢循良非所任期君碧雲上千里一揚音

臨洮送袁七書記歸朝（時袁生作僧，蕃人呼爲袁師）

憶年十五在江湄聞說平涼且半疑豈料殷勤洮水上却將家（一作歸）信託（一作寄）袁師

江陵酒中留別坐客

尋常縱恣倚青春不契心期便不親今日煙波九疑去相逢盡是眼中人

道州酬送何山人之容州

匣有青萍筒（一作筍）有書何門不可曳長裾應須定取真知者遣對明君說子虛

道州送戴簡處士往賀州謁楊侍郎

羸馬孤童鳥道微三千客散獨南歸山公念舊偏知我今日因君淚滿衣

春日遊郭駙馬大安亭子

戚里容閑客山泉若化成寄遊芳徑好借賞彩船輕春至花常滿年多水更清此中如傳舍但自立功名

楚州追制後舍弟直（一作在）長安縣失囚花下共飲

天子收郡印京兆責獄囚狂兄與狂弟不解對花愁

衡州歲前遊合江亭見山櫻蕊未折因賦含彩惜驚春

山櫻先春發紅蕊滿霜枝幽處竟誰見芳心空自知似奪朝日照疑畏煖風吹欲問含彩意恐驚輕薄兒

衡州登樓望南館臨水花呈房戴段李諸公

夭桃臨方塘暮色堪秋思託根豈求潤照影非自媚冒挂青柳絲零落綠錢地佳期竟（一作意）何許時有幽禽至

合江亭檻前多高竹不見遠岸花客命翦之感而成咏

吉凶豈前卜人事何飜覆緣看數日花却翦凌霜竹常言契君操今乃妨衆目自古病當門誰言出幽獨

道州春遊歐陽家林亭

道州城北歐陽家去郭一里占煙霞主人雖朴甚有思解留滿地紅桃花桃花成泥不須掃明朝更訪桃源老政成興足告即（一作即告，又作則告）歸門前便是家山道

衡州早春偶遊黄溪口號

偶尋黄溪日欲没，早梅未盡山櫻發。無事江城閉此身，不得坐待花間月。

衡州夜後把火看花留客

紅芳暗(一作暖)落碧池頭，把火遥看且(一作更)少留。半夜忽然風更起，明朝不復上南樓。

夜後把火看花南園招李十一兵曹不至呈座上諸公

天桃紅燭正相鮮，傲吏閑齋困獨眠。應是夢中飛作蝶，悠揚只在此花前。

順宗至德大聖大安孝皇帝挽歌詞三首

遐視輕神寶，傳歸屬聖猷。堯功終有待，文德本無憂。坐受朝汾水，行看告岱丘。那知鼎成後，龍馭弗淹留。

監撫垂三紀，聲徽洽萬方。禮因馳道著，明自壟田彰。積漸承鴻業，從容守太康。更留園寢詔，恭聽有餘芳。

早秋同軌至，晨旆露華滋。挽度千夫咽，笳凝六馬遲。劒悲長閉日，衣望出遊時。風起西陵樹，淒凉滿孝思。

詠蜀客石棊枕

可憐他山石，幾度(一作歲)負貞堅。推遷強爲用，彫斲傷自然。文含巴江浪，色起青城煙。更聞餘玉聲，時入朱絲弦。

河南府試贖帖賦得鄉飲酒詩

酌言修舊典，刈楚始登堂。百拜賓儀盡，三終樂奏長。想同鶯出谷，看似雁成行。禮罷知何適，隨雲入帝鄉。

賦得失羣鶴

杳杳冲天鶴，風排勢暫違。有心長自負，無伴可相依。萬里寧辭遠，三山詎憶歸。但令毛羽在，何處不翻飛。

道州南樓換柱

鴻災起無朕，有見非前知。蟻入不足恤，柱傾何可追。良工操斤斧，沉吟方在斯。殫材事朽廢，曷若新宏規。

道州北池放鵝

我非好鵝癖，爾乏鳴雁姿。安得免沸鼎，澹然遊清池。見生不忍食，深情固在斯。能自遠飛去，無念稻粱爲。

迴風有懷

銀宮翠島煙霏霏(一作菲菲)，珠樹玲瓏朝日暉。神仙望見不得到，却逐迴風何處歸。

蕃中答退渾詞二首(退渾種落盡在，而爲吐蕃所鞭撻，有譯者訴情於予，故以此答之)

退渾兒，退渾兒，朔風長在氣何衰。萬羣鐵馬從奴虜，強弱由人莫歎時。

退渾兒，退渾兒，氷消青海草如絲。明堂天子朝萬國，神島龍駒將與誰。

上官昭容書樓歌(貞元十四年，友人崔仁亮於東都買得研神記一卷，有昭容列名書縫處，因用感歎而作是歌)

漢家婕妤唐昭容，工詩能賦千載同。自言才藝是天真，不服丈夫勝婦人。歌闌舞罷閑無事，縱恣優游弄文字。玉樓寶架中天居，緘奇秘異萬卷餘。水精編帙綠鈿軸，雲母擣紙黄金書。風吹(一作飄)花露清旭時，綺窗高挂紅綃帷。香囊盛煙繡結絡，翠羽拂案青(一作碧)琉璃。吟披嘯卷終(一作紛)無已，皎皎淵機破(一作碎)研理。詞縈彩翰紫鸞迴，思耿寥天碧雲起。碧雲起，心悠哉，境深轉苦坐自摧(一作催)。金(一作玉)梯珠履聲一斷，瑶階日夜生青苔。青苔祕空(一作閉九)關，曾比羣玉山。神仙杳何許，遺逸滿人間。君不見洛陽南市賣書肆，有人買得研神記。紙上香多蠹不成，昭容題處猶分明。令人惆悵難爲情。

聞砧有感

千門儼雲端，此地富羅紈。秋月三五夜，砧聲滿長安。幽人感中懷，靜聽淚汍瀾。所恨擣衣者，不知天下寒。

早覺有感(一作懷)

東方殊未明，暗室蟲正飛。先覺忽先起，衣裳顛倒時。嚴冬寒漏長，此夜如何其。不用思秉燭，扶桑有清暉。

冬日病中即事

墻下長安道，囂塵咫尺間。久牽身外役，暫得病中閑。背喜朝陽滿，心憐暮鳥還。吾廬在何處，南有白雲山。

病中自戶部員外郎轉司封

羸臥承新命，優容獲所安。遣兒迎賀客，無力拂塵冠。偃仰晴軒暖，支離曉鏡寒。那堪報恩去，感激對衰蘭。

久病初朝衢中即事

沉痾曠十旬，還過直城闉。老馬猶知路，羸童欲怕人。久隳三徑計，更強百年身。許國將何力，空生衣上塵。

道州城北樓觀李花

夜疑關山月，曉似沙場雪。曾使西域來，幽情望超越。將念浩無際，欲言忘所說。豈是花感人(一作感懷抱)，自憐抱孤節。

道州秋夜南樓即事

誰念(一作憐，又作令)獨坐愁，日暮此南樓。雲去舜祠閑，月明瀟水流。猿聲何處曉，楓葉滿山秋。不分(一作照)匣中鏡，少年看白頭。

道州觀野火

南風吹烈火，焰焰燒楚澤。陽景當晝遲(一作連)，陰天半夜赤。過處若彗掃，來時如電激。豈復辨蕭蘭(一作艾)，焉能分玉石。蟲蛇盡爍爛，虎兕出(一作赤)奔迫。積穢一(一作皆)蕩除，和氣始融液。堯時既敬授，禹稼斯肇迹(一作植)。遍生合穎禾，大秀兩岐麥。家有京坻詠，人無溝壑慼。乃悟焚如功，來歲終受益。

衡州早春二首

碧水何逶迤，東風吹沙(一作春)草。煙波千萬(一作里)曲，不辨嵩陽道。

病肺不飲酒，傷心不看花。惟驚望鄉處，猶自隔長沙。

郡内書懷寄劉連州竇夔州

朱邑何爲者，桐鄉有古祠。我心常所慕，二郡老人知。

偶然作二首

棲棲復汲汲，忽覺年四十。今朝滿衣淚(一作淚滿衣)，不是傷春泣。

中夜兀然坐，無言空涕洟。丈夫志氣事，兒女安得知。

古興

越歐百鍊時，楚卞三泣地。二寶無人識，千齡皆棄置。空巖起白虹，古獄生紫氣。安得命世客，直來闢奥秘。劒任剸鐘看，玉從投火試。必能絶疑惑，然後論奇異。

風詠

微風生青蘋，習習出金塘。輕搖深林翠，静獵幽徑芳。掩抑時未來，鴻毛亦無傷。一朝乘嚴氣，萬里號清霜。北走摧鄧林，東去落扶桑。掃却垂天雲，澄清無私光。悠然返空寂，晏海通舟航。

鏡中歎白髮

年過潘岳纔三歲還見星星兩鬢中縱使他時能早達定知不作黑頭公

友人邀聽歌有感

文章抛盡愛功名三十無成白髮生辜負壯心羞欲死勞君貴買斷腸聲

貞元十四年旱甚見權門移芍藥花

綠原青壠漸成塵汲井（一作水）開園日日新四月帶花移芍藥不知憂國是何人

冬夜即事

百憂攢心起復臥夜長耿耿不可過風吹雪片似花落月照冰文如鏡破

道州郡齋臥疾寄東館諸賢

東池送客醉年華聞道風流勝習家獨臥郡齋寥落意（一作處）隔簾微雨濕梨花

讀小弟詩有感因口號以示之

憶吾（一作君）未冠賞年華二十年間在咄嗟今來羨汝看花歲似汝追思昨日花

讀句踐傳

丈夫可殺不可羞如何送我海西頭更生更聚終須報二十年間死即休

道州月歎（追述蕃中事與道州對言之）

別館月犁牛氷河金山雪道州月霜樹子規啼是血壯心感此孤劍鳴沉火在灰殊未滅

風歎

青海風飛沙射面隨驚蓬洞庭風危檣欲折身若空西馳南走有何事會須一決百年中

道州感興

當代知文字先皇記姓名七年天下立萬里海西行苦節終難辨勞生竟自輕今朝流落處嘯水遶孤城

和李使君三郎（一作兄弟）早秋城北亭宴崔司士因寄關中張評事

黃花古城路上盡見青山桑柘晴川口牛羊落照間野情隨卷幔塵事隔重關道合偏重賞官微獨不閑鶴分琴久罷書到雁應還爲謝登臨客瓊林（一作枝）寄一攀

題從叔園林

阮宅閑園暮窻中見樹陰樵歌依野草僧語過長林鳥向花間井人彈竹裏琴自嫌身未老已有住山心

送僧歸漳州

幾夏京城住今朝獨遠歸修行四分律護淨七條衣溪寺黃橙熟沙田紫芋肥九龍潭上路同去客應稀

全唐詩

孟郊

孟郊字東野湖州武康人少隱嵩山性介少諧合韓愈一見爲忘形交年五十得進士第調溧陽尉縣有投金瀨平陵城林薄蒙翳下有積水郊間往坐水旁裴回賦詩曹務多廢令白府以假尉代之分其半奉鄭餘慶爲東都留守署水陸轉運判官餘慶鎮興元奏爲參謀卒張籍私謚曰貞曜先生郊爲詩有理致最爲愈所稱然思苦奇澁李觀亦論其詩曰高處在古無上平處下顧二謝云集十卷今編詩十卷

列女（一作婦）操

梧桐相待老鴛鴦會雙死貞女貴狥夫捨生亦如此波瀾誓不起妾心井中水

灞上輕薄行

長安無緩步況值天景莫相逢灞滻間親戚不相顧自歎方拙身忽隨輕薄倫常恐失所避化爲車轍塵此中生白髮疾走亦未（一作不稱）歇

長安羈旅行

十日一理髮每梳飛旅塵三旬九過飲每食唯舊貧萬物皆及時獨余不覺春失名誰肯訪得意爭相親直木有恬翼靜流無躁鱗始知喧競場莫處君子身野策藤竹輕山蔬薇蕨新潛歌歸去來事外風景真

長安道

胡風激秦樹賤子風中泣家家朱門開得見不可入長安十二衢投樹鳥亦急高閣何人家笙簧正喧吸

送遠吟

河水昏復晨河邊相送頻離杯有淚飲別柳無枝春一笑忽然斂萬愁俄已新東波與西日不惜遠行人

古薄命妾

不惜十指絃爲君千萬彈常恐新聲至（一作發）坐使（一作使我）故聲（一作曲）殘棄置今日悲即是昨日歡將新變故易持（一作將）（一作變）故爲新難青山有蘼蕪淚葉長不乾空令後代（一作世）人采掇幽思攢（一作思幽蘭）

古離別（一作對景惜別）

松山雲繚繞萍路（一作合）水分離雲去有歸日水分無合時春芳（一作芳景）役雙眼（一作目）春色柔四支楊柳織別愁千條萬條絲

雜怨（一作古樂府雜怨）

憶人莫至悲至悲空自衰寄人莫剪衣剪衣未必歸朝為雙（一作同）蔕花莫為四散飛花落還遶樹遊子不顧期天桃花清晨遊女紅粉新天桃花薄莫遊女紅粉故樹有百年（一作度）花人無一定顏花送人老盡人悲花自閑貧女鏡不明寒花日（一作日花）少容暗蛩有虛織短線無長縫浪水不可照狂夫不可從浪水多散影狂夫多異蹤持此一生薄空成萬（一作百）恨濃

靜女吟

艷女皆妬色靜女獨檢蹤任禮恥任妝嫁德不嫁容君子易求聘小人難自從此志誰與諒琴弦幽韻重

歸信吟

淚墨灑為書將寄萬里親書去魂亦去兀然空一身

山老吟

不行山下地唯種山上田腰斧斫旅松手瓢汲家泉詎知文字力莫記日月遷蟠木為我身始得全天年

遊子吟（自註迎母漂上作）

慈母手中線遊子身上衣臨行密密縫意恐遲遲歸誰言（一作難將）寸草心報得三春暉

小隱吟

我飲不在醉我歡長寂然酌溪四五盞聽彈兩三弦鍊性靜棲白（一作日）洗情深寄玄（一作寒淵）號怒路傍子貪敗不貪全

苦寒吟

天寒色（一作色寒）青蒼北風叫枯桑厚冰無裂文短日有冷光敲石不得火壯陰奪正（一作正奪）陽苦調竟（一作更）何言凍（一作久）吟成此章

猛將吟

擬膾樓蘭肉蓄怒時未揚秋鼙無退聲夜劍不隱光虎隊手驅出豹篇心卷藏古今皆有言猛將出北方

傷哉行

眾毒蔓貞松一枝難久榮豈知黃庭客仙骨生不成春色捨芳蕙秋風繞枯莖彈琴不成曲始覺知音傾館月改舊照弔賓寫餘情還舟空江上波浪送銘旌

怨詩（一作古怨）

試妾與君淚兩處滴池水看取芙蓉花今年為誰死

湘弦怨

昧者理芳草蒿（一作蕭）蘭同一鋤狂（一作盲）飈怒（一作怨）秋林曲直同一枯嘉木忌深蠹哲人悲巧誣靈均入迴流靳尚為良謨我願分眾泉清濁各異（一作有）渠我願分眾巢梟鸞相遠居此志諒難保此情竟何如湘弦少知音孤響空踟躕

楚竹吟酬盧虔端公見和湘弦怨

握中有新聲楚竹人未聞識音者謂誰清（一作靜）夜吹贈君昔為瀟湘引曾動瀟湘雲一叫鳳改聽（一作聽）再驚鶴失（一作出）羣江花匪秋落山日當晝曛眾濁響雜沓孤清思氛氳欲知怨有（一作者）形願向明月分一掬靈均淚千年湘水文

遠愁曲

飀飀何所從遺塚行未逢東西不見人哭（一作泣）向青青松此地有時盡此哀無處容聲翻太白雲淚洗藍田峰水涉七八曲山（一作石）登千萬重願邀（一作迴）玄夜月（一作雲）出視白日蹤

貧女詞寄從叔先輩簡

蠶（一作貧）女非不勤今年獨無春二月冰雪深死盡萬木身時令自逆行造化豈不仁仰企碧霞仙高控滄海雲永別勞苦場飄飄遊無垠

邊城吟

西城（一作城）近日（一作水）天俗禀氣候偏行子獨自渴主（一作居）人仍賣泉燒烽碧雲外牧馬青坡巔何處鶻突（一作幽）夢歸思寄仰（一作酒）眠

新平歌送許問

邊柳三四尺暮春（一作莫春）離別歌早迴儒士駕莫飲土番河誰識匣（一作篋）中寶楚雲章句多

殺氣不在邊

殺氣不在邊凜然中國秋道險不在山平地有摧輈河南（一作中）又起兵清濁俱鎖流豈唯私客艱擁滯官行舟況余隔晨昏去家成阻修忽然兩鬢雪同（一作固）是一日愁獨寢夜難曉起視星漢浮涼風蕩天地日夕聲颼颼萬物無少色兆人皆老憂長策苟未立丈夫（一作壯士）誠可羞靈響復何事劍鳴思戮讎

結愛（一作古結愛）

心心復心心結愛務在深一度欲離（一作言）別千迴結衣襟結妾獨守（一作樓）志結君早歸意始知結衣裳不如結心腸坐結行亦結結盡百年月

弦歌行

驅儺擊鼓吹長笛瘦鬼染面惟齒白暗中崒崒拽茅鞭倮足朱褌（一作褌）行戚戚相顧笑聲衝庭燎桃弧射矢時獨叫

覆巢行

荒城古木枝多枯飛禽嗷嗷朝哺雛枝傾巢覆雛墜地烏鳶下啄更相呼陽和發生均孕育鳥獸有情知不足枝危巢小風雨多未容長成已先覆靈枝珍木滿上林鳳巢阿閣重且深爾今所托非本地烏鳶何得同（一作知）爾心

出門行

長河悠悠去無極百齡同此可歎息秋風白露霑人衣壯心凋落奪（一作舊）顏色少年出門將訴誰川無梁兮路無岐一聞陌上苦寒奏使我佇立驚且悲君今得意厭粱肉豈復念我貧賤時

海風蕭蕭天雨霜窮愁獨坐夜何長驅車舊憶太行險始知遊子悲故鄉美人相思隔天闕長望雲端不可越手持琅玕欲有贈愛而不見心斷絕南山峩峩白石爛碧海之波浩漫漫參辰出沒不相待我欲橫天無羽翰

湘妃怨（一作湘靈祠）

南巡竟不返二妃（一作帝子）怨（一作悲）逾積萬里喪蛾眉瀟湘水空碧冥冥荒山下古廟收貞魄喬木深青春清光滿（一作晝）瑤席搴芳徒有（一作自）薦靈意殊脈脈玉珮不可親徘徊煙波

夕

巫山曲

巴江上峽重復重陽臺碧峭十二峰荆王獵時逢暮雨
夜卧高丘夢神女輕紅流煙濕艷姿行雲飛去明星稀
目極魂斷望不見猿啼三聲淚滴衣

巫山高一作行

見盡數萬里不聞三聲猿但飛蕭蕭雨中有一作鬱亭亭魂
千載楚王一作襄恨遺文宋玉言至今晴明天一作青冥裏雲結深
閨門

楚怨

秋入楚江水獨照汨羅魂手把緑一作芰荷泣意愁珠淚翻
九門不可入一犬吠千門

塘下行

塘邊日欲斜年少早還家徒將白羽扇調妾木蘭花不
是城頭樹那棲來去鴉

臨池曲

池中春蒲葉如帶紫菱成角蓮子大羅裙蟬鬢倚一作寄迎
風雙雙伯勞飛向東

車遥遥

路喜到江盡江上又通舟舟車兩無阻何處不得遊丈
夫四方志女子安可留郎自别日言無令生遠愁旅雁
忽叫月斷猿寒啼秋此夕夢君夢君在百一作北城樓寄一作其
淚無因一作同波寄恨無因一作同輈願爲馭者手與郎迴馬頭

征婦怨

良人昨日去明月又不圓别時各有淚零落青樓前君
淚濡羅巾妾淚滿路塵羅巾長一作去在手今得隨妾身路
塵如得一作因風得上君車輪前四句一本別作一首
漁陽千里道近如中門限中門踰有時漁陽長在眼生
在緑一作絲羅一作蘿下不識漁陽道良人自戍來夜夜夢中到
前四句一本別作一首

空城雀

一雀入官倉所食寧損幾祇慮往覆頻官倉終害爾魚
網不在天鳥羅不張水飲啄要自然可以空城裏

閑怨一作閨怨

妾恨比斑竹下盤煩寃根有筍未出土中已含淚痕

羽林行

朔雪寒斷指朔風勁裂冰胡中射鵰者此日猶不能
翩羽林兒錦臂飛蒼鷹揮鞭快一作決白馬走出黄河凌

古意

河邊織女星河畔牽牛郎未得渡清淺相對遥相望

古别離

欲别牽郎衣郎今到何處不恨歸來遲莫向臨邛去

遊俠行

壯士性剛決火中見石裂殺人不迴頭輕生如暫别豈
知眼有淚肯白頭上髮半一作平生無恩酬劍閑一百月

黄雀吟

黄雀舞承塵倚恃主人仁主人忽不仁買彈彈爾身何
不遠飛去蓬蒿正繁新蒿粒無人爭食之足爲珍莫覷
翻車粟覷翻罪有因黄雀不知言贈之徒慇懃

有所思

桔槔烽火晝不滅客路迢迢信難越古鎮刀攢萬片霜
寒江浪起千堆雪此時西去定如何空使南心遠淒切

求仙曲

仙教生爲門仙宗静爲根持心若一作苦妄求服食安足論
鏟惑有靈藥餌眞成本源自當出塵網馭鳳登一作升崑崙

嬋娟篇

花嬋娟泛春泉竹嬋娟籠曉煙妓嬋娟不長妍月嬋娟
眞可憐夜半姮娥朝太一人間本自無靈匹漢宮承寵
不多時飛燕婕妤相妒嫉

南浦篇

南浦桃花亞水紅水邊柳絮由春風鳥鳴喈喈煙濛濛
自從遠送對悲翁此翁已與少年别唯憶深山深谷中

清東曲

櫻桃花參差香雨紅霏霏含笑一作笑笑競攀折美人濕羅衣
采采清東曲明眸艷珪玉青巾艑上郎上下看不足南
陽公一作宮首詞編入新樂録

望遠曲

朝朝候歸信日日登高臺行人未去植庭梅别來三見
庭花開庭花開盡復幾時春光騁蕩阻佳期愁來望遠
煙塵隔空憐緑鬢風吹白何當歸見遠行客

全唐詩

孟郊

織婦一作女辭

夫是田中郎妾是田中女當年嫁得君爲君秉機杼筋
力日已疲不息窻下機如何織紈素自著藍縷衣官家
牓村路更索栽桑樹

古意

蕩子守邊戍佳人莫相從去來年月多苦愁改形容上
山復下山踏草成古蹤徒言采蘼蕪十度一不逢鑒獨
是明月識志唯寒松井桃始開花一見悲萬重人顏不
再春桃色有再濃捐一作指氣入空房無憀乍一作自從容妝貼

理針線非獨學裁縫手持未染綵繡爲白芙蓉芙蓉無染汚將以表心素欲寄未歸人當春無信去無信反增愁愁心緣隴頭願君如隴水氷鏡水還流宛宛青絲線（一作纆）纖纖白玉鉤玉鉤不虧缺青絲無斷絕迴還勝雙手解盡心中結

折楊柳

楊柳多短枝短枝多別離贈遠屢攀折柔條安得垂青春有定節離別無定時但恐人別促不怨來遲遲莫言短枝條中有長相思朱顏與綠楊併在別離期

樓上春風過風前楊柳歌枝疎緣別苦曲怨爲年多花驚燕地雲葉映楚池波誰堪別離此征戍在交河

和丁助教塞上吟

哭雪復吟雪廣文丁夫子江南萬里寒曾未及如此整頓氣候誰言從生靈始無令惻隱者哀哀不能已

古怨別

颯颯秋風生愁人怨離別含情兩相向欲語氣先咽心曲千萬端悲來却難說別後唯所思天涯共明月

古別曲

山川古今路縱橫無斷絕來往天地間人皆有離別行衣未東帶中腸已先結不用看鏡中自知生白髮欲陳去留意聲向言前咽愁結填心胸茫茫若爲（一作爲君）說荒郊煙莽蒼曠野風淒切處處得相隨人那不如月

戲贈陸大夫十二丈（一作樂府戲贈陸大夫十二丈）

蓮子不可得荷（一作蓮）花生水中猶勝道傍柳無事（一作時）蕩春風

淥萍與荷葉同此（一作在）一水（一作泉）中風吹荷葉在淥萍西復東

蓮葉未（一作花不）開時苦心終日卷春水（一作風）徒蕩漾荷（一作蓮）花未開展

勸善吟（醉會中贈郭行餘）

瘦郭有志氣相哀老龍鍾勸我少吟詩俗窄難爾容一口百味別況在醉會中四座正當喧片言何由通顧余昧時調居止多疎慵見書眼始開聞樂耳不聽視聽互相隔一身且莫同天疾難自醫詩癖將何攻見君如見書語善千萬重自悲咄咄感變作煩惱翁煩惱不可欺（一作不可欺古劍）古劍澁亦雄知君方少年少年懷古風藏書拄屋脊不惜與凡聾我願拜少年師之學崇崇從他笑爲矯矯善亦可宗

望夫石

望夫石夫不來兮江水碧行人悠悠朝與莫千年萬年色如故

寒江吟

冬至日光白始知陰氣凝寒江波浪凍（一作急）千里無平氷飛鳥絕高羽（一作樹　一作去）行人皆晏輿荻洲素浩渺碕岸澌磈磳煙舟忽自阻風帆不相乘何況異形體信任爲股肱涉江莫涉凌得意須得朋結交非賢良誰免生愛憎凍水有再浪失飛有載騰一言縱醜詞萬響無善應取鑒諒不遠江水千萬層何當春風吹利涉吾道弘

審交

種樹須擇地惡土變木根結交若失人中道生謗言君子芳桂性春榮冬（一作濃寒）更繁小人槿花心朝在夕不存莫躡冬氷堅中有潛浪翻唯當金石交可以（一作與）賢達論

怨別

一別一迴老志士白髮早在富易爲容居貧難自好沉憂損性靈服藥亦枯槁秋風遊（一作客）子衣落日行遠道君問（一作問君）去何之（一作往蹤）賤身難（一作寧）自保

百憂

萱草女兒花不解壯士憂壯士心是劍爲君射斗牛朝思除國讎（一作難）莫思除國讎計盡山河畫意窮草木籌智士日千慮愚夫唯四愁何必在波濤然後驚（一作生）沉浮伯倫心不醉四皓迹難留出處各有時衆議徒啾啾

路病

病客無主人艱哉求臥難飛光赤道路內火焦肺肝欲飲井泉竭欲醫囊用單稚顏能幾日壯志忽已殘人子不言苦歸書但云（一作言）安愁環在我腸宛轉終無端

衰松

近世交道衰青松落顏色人心忌孤直木性隨改易既摧棲日榦未展擎天力終是君子材還思君子識

遣興

弦貞五條音（一作五音調）松直百尺心貞弦含古風直松凌高岑浮聲與狂葩胡爲欲相侵

退居（一作退老）

退身何所食（一作何食可）敗力不能（一作得）閑種稻耕白水負薪斫青山衆聽喜巴唱獨醒愁楚顏日莫靜歸時幽幽扣松關

臥病

貧病誠可羞故牀無新裘（一作貧病對客羞敝整藍縷裘）春色燒肌膚時飡苦咽喉倦寢意蒙昧強言聲幽柔承顏自俛仰有淚不敢流默默寸心中朝愁續莫愁

隱士

本末一相返漂浮（一作泊）不還眞山野多餒士市井無飢人虎豹忌當道麋鹿知藏身奈何貪競者日與患害親顏貌歲歲改利心朝朝新孰知富生（一作者）禍取富不取貧寶玉忌出璞出璞先爲塵松柏忌出山出山先爲薪君子隱石壁道書爲我鄰寢興思其（一作載）義（一作源）澹泊味始眞陶公自放歸尚平去（一作正）有依草木擇地生禽鳥順性飛青青與冥冥所保各不違

獨愁（一作獨怨　一作贈韓愈）

前日遠別離昨日生白髮欲知萬里情曉臥半牀月常恐百蟲鳴使我芳草歇

春日有感

雨滴草芽出一日長一日風吹柳線垂一枝連一枝獨有愁人顏經春如等閑且持酒滿杯狂歌狂笑來

將見故人

故（一作佳）人季夏中及此百餘日無日不相思明鏡改形色（一作賢）寧知仲冬時忽有相逢期振衣起躑躅賴鯉躍天池

傷時

常聞貧賤士之常嗟爾（一作草木）富者莫相笑男兒得路即榮名邂逅失途成不調古人結交而重義今人結交而重

利勸人一種種桃李種亦直須遍天地一生不愛囑人事囑即直須爲生死我亦不羨季倫富我亦不笑原憲貧有財有勢即相識無財無勢同路人因知世事皆（一作只）如此却向東溪臥白雲

寓言

誰言碧山曲不廢青松直誰言濁水泥不汚明月色我有松月心俗騁風霜力貞明旣如此摧折安可得

偶作

利劍不可近美人不可親利劍近傷手美人近傷身道險不在廣十步能摧輪情愛（一作憂）不在多一夕能傷神

勸學

擊石乃有火不擊元無煙人學始知道不學非自然萬事須己運他得非我賢青春須早爲豈能長少年

贈農人

勸爾勤耕田盈爾倉中粟勸爾伐桑株減爾身上服清霜一委地萬草色不綠狂飈一入林萬葉不著木青春如不耕何以自結束

長安早春

旭日朱樓光東風不驚（一作起）塵公子醉未起美人爭探春探春不爲桑探春不爲麥日日出西園秖望花柳色乃知田家春不入五侯宅

罪松

雖爲青松姿霜風何所宜二月天下樹綠於青松枝勿謂賢者喻勿謂愚者規伊吕代封爵夷齊終身飢彼曲旣在斯我正實在茲涇流合渭流淸濁各自持天令設四時榮衰有常期榮合隨時榮衰合隨時衰天令旣不從甚不敬天時松乃不臣木青青獨何爲

感興

拔心草不死去根柳亦榮獨有失意人恍然無力行昔爲連理枝今爲斷絃聲連理時所重斷弦今所輕吾欲進孤舟三峽水不平吾欲載車馬太行路崢嶸萬物根一氣如何互相傾

感懷

秋氣悲萬物驚風振長道登高有所思寒雨傷百草平生有親愛零落不相保五情今已傷安得自能老

晨登洛陽坂目極天茫茫羣物歸大化六龍頹西荒豺狼日已多草木日已霜饑年無遺粟衆鳥（一作馬）去空場路傍誰家子白首離故鄉含酸望松柏仰面訴穹蒼去去勿復道苦飢形貌傷

徘徊不能寐耿耿含酸辛中夜登高樓憶我舊星辰四時互遷移萬物何時春唯憶首陽路永謝當時人

長安佳麗地宮月生蛾眉陰氣凝萬里坐看芳草衰玉堂有玄鳥亦以從此辭傷哉志士歎故國多遲遲深宮豈無樂擾擾復何爲朝見名與利莫還生是非（一作是與非）姜牙佐周武世業永巍巍

舉才天道親首陽誰采薇去去荒澤遠落日當西歸羲和駐其輪四海借餘暉極目何蕭索驚風正離披鴟鴞鳴高樹衆鳥相因依東方有一士歲莫常苦飢主人數相問脈脈今何爲貧賤亦有樂且願掩（一作守）柴扉

火雲流素月三五何明明光曜侵白日賢愚迷至精四時更變化天道有虧盈常恐今已没須臾還復生

河梁莫相遇（一作逢）草草不復言漢家正離亂王粲別荊蠻野澤何蕭條悲風振空山舉頭是星辰念我何時還親愛久別散形神各離遷未爲生死訣長在心目間

有鳥東西來哀鳴過我前願飛浮雲外飲啄見青天

達士

四時如逝水百川皆東波青春去不還（一作迴）白髮鑷更多達人識元化（一作氣）變愁爲高歌傾産取一醉富者奈貧何君看土中宅富貴（一作已矣）無偏頗

暮秋感思

西風吹垂楊條條脆如藕上有噪日蟬催人成皓首亦恐旅步難何獨朱顏醜（一作朽）欲慰一時心莫如千日酒優哉遵渚鴻自得養身旨不啄太倉粟不飲方塘水振羽戛浮雲罝羅任徒爾

古興

楚血未乾衣荊虹尚埋輝痛玉不痛身抱璞求所歸

勸友

至白涅不緇至交淡不疑人生靜躁殊莫厭相箴規膠漆武可接金蘭文可思堪嗟無心人不如松柏枝（一作青松姿）

夷門雪贈主人（是贈陸長源陸有答詩）

夷門貧士空吟雪夷門豪士皆飲酒酒聲歡閑入雪銷雪聲激切悲枯朽悲歡不同歸去來萬里春風動江柳

堯歌（一作舜歌前篇自註嘗鄭氏莊客去婦後篇註逸）

爾室何不安爾孝無與齊一言應對姑一度爲出妻往轍才晚鐘還轍及晨雞往還跡徒新很戾竟獨迷娥女無禮數汚家如糞泥父母吞聲哭（一作瘦）禽鳥亦爲啼如何天與惡不得和鳴棲

山色挽心肝將歸盡日看村肩籃舉子野坐白髮官（一作冠）鶯弄方短短花明碎攢攢瑠璃堆可掬琴瑟饒多歡羣韻仙窈窕嵐漪出無端養館洞庭秋響答虛吹彈

全唐詩

孟郊

亂離

天下無義劍中原多瘡痍哀哀陸大夫正直神反欺子路已成血嵇康今尚嗤爲君每一慟如劍在四肢折羽不復飛逝水不復歸直松摧高柯弱蔓將何依朝爲春日歡夕爲秋日悲淚下無尺寸紛紛天雨絲積怨成疾疹積恨成狂癡怨草豈有邊恨水豈有涯怨恨馳我心茫茫日何之

勸酒

白日無定影清江無定波人無百年壽百年復如何堂

上陳美酒，堂下列清歌。勸君金曲（一作屈）卮，勿謂朱顏酡。松柏歲歲茂，丘陵日日多。君看終南山，千古青峨峨。

去婦

君心匣中鏡，一破不復全。妾心藕中絲，雖斷猶牽連。安知御輪士，今日翻回轅。一女事一夫，安可再移天。君聽去鶴言，哀哀七絲弦。

君子勿鬱鬱士有謗毀者作詩以贈之

君子勿鬱鬱，聽我青蠅歌。人間少平地，森聳山嶽多。折輈不在道，覆舟不在河。須知一尺水，日夜增高波。叔孫毀仲尼，臧倉掩孟軻。蘭艾不同香，自然難爲和。良玉燒不熱，直竹文不頗。自古皆如此，其如道在何。

日往復不見，秋堂莫仍學。玄髮不知白，曉入寒銅覺。爲林未離樹，有玉猶在璞。誰把碧梧枝，刻作雲門樂。

聞砧

杜鵑聲不哀，斷猿啼不切。月下誰家砧，一聲腸一絕。杵聲不爲客，客聞髮自（一作盡）白。杵聲不爲衣，欲令遊子歸。

遊子

萱草生堂階，遊子行天涯。慈親倚堂門，不見萱草花。

自歎

愁與髮相形，一愁白數莖。有髮能幾多，禁愁日日生。古若不置兵，天下無戰爭。古若不置名，道路無歆傾。太行聳巍峩，是天産不平。黃河奔濁浪，是天生不清。四蹄日日多，雙輪日日成。二物不在天，安能免營營。

求友

北風臨大海，堅冰臨河面。下有大波瀾，對之無由見。求友須在良，得良終相善。求友若非良，非良中道變。欲知求友心，先把黃金錬。

投所知

苦心知苦節，不容一毛髮。錬金索堅貞，洗玉求明潔。自慙所業微，功用如鳩拙。何殊嫫母顏，對彼寒塘月。君存古人心，道出古人轍。盡美固可揚，片善亦不遏。朝向公卿說，暮向公卿說。誰謂黃鍾管，化爲君子舌。一說清嶰竹，二說變嶰谷。三說四說時，寒花拆寒木。噗噗家道路，

爍爍我衣服。豈直輝友朋，亦用慰骨肉。一暖荷疋素，一飽荷升粟。而況大恩恩，此身報得足。且將食蘗勞，酬之作金刀。

病客吟

主人夜呻吟，皆入妻子心。客子（一作遠客）晝呻吟，徒爲蟲鳥音。妻子手中病，愁思不復深。僮僕手中病，憂危獨難任。丈夫久漂泊，神氣自然沈。況於滯疾中，何人免噓歎。大海亦有涯，高山亦有岑。沈（一作此）憂獨無極，塵淚互（一作欲）盈襟。

感懷

孟冬陰氣交，兩河正屯兵。煙塵相馳突，烽火日夜驚。太行險阻高，輓粟輸連營。奈何操弧者，不使梟巢傾。猶聞漢北兒，怙亂謀縱橫。擅摇干戈柄，呼叫豺狼聲。白日臨爾軀，胡爲喪丹誠。豈無感激士，以致天下平。登高望寒原，黃雲鬱崢嶸。坐馳悲風暮，歎息空沾纓。

離思

不寐亦不語，片月秋稍舉。孤鴻憶霜羣，獨鶴叫雲侶。怨彼浮花心，飄飄無定所。高張繫緯帆，遠過梅根渚。迴織別離字，機聲有酸楚。

結交

鑄鏡須青銅，青銅易磨拭。結交遠小人，小人難姑息。鑄鏡圖鑑微，結交圖相依。凡銅不可照，小人多是非。

傷春

兩河春草海水清，十年征戰城郭腥。亂兵殺兒將女去，二月三月花冥冥。千里無人旋風起，鶯啼燕語荒城裏。春色不揀墓傍株，紅顏皓色逐春去。春去春來那得知，今人看花古人墓。令人惆悵山頭路。

擇友

獸中有人性，形異遭人隔。人中有獸心，幾人能眞識。古人形似獸，皆有大聖德。今人表似人，獸心安可測。雖笑未必和，雖哭未必戚。面結口頭交，肚裏生荊棘。好人常直道，不順世間逆。惡人巧諂多，非義苟且得。若是儌眞人，堅心如鐵石。不諂亦不欺，不奢復不溺。面無吝色容，心無詐憂惕。君子大道人，朝夕恒的的。

夜憂

豈獨科斗死，所嗟文字捐。蒿蔓轉驕弄（一作王），菱荇減嬋娟。未遂擺鱗志，空思吹浪旋。何當再霖雨，洗濯生華鮮。

惜苦

于鵠值諫議，以氀不能官。焦蒙值舍人，以盃不得完（一作官）。可惜大雅旨，意此小團欒。名迴不敢辨，心轉實是難。不惜爲君轉，轉非君子觀。轉之復轉之，強轉誰能歡。哀哉虛轉言，不可窮波瀾。

寒地百姓吟（自註：爲鄭相其年居河南畿内百姓大蒙矜卹）

無火炙地眠，半夜皆立號。冷箭何處來，棘針風騷勞（一作騷）。霜吹破四壁，苦痛不可逃。高堂搥鍾飲，到曉聞烹炮。寒者願爲蛾，燒死彼華膏。華膏隔仙羅，虛遶千萬遭。到頭落地死，踏地爲遊遨。遊遨者是誰，君子爲鬱陶。

出東門

餓馬骨亦聳，獨驅出東門。少年一日程，衰叟十日奔。寒景不我爲，疾走落平原。眇默荒草行，恐懼夜魄翻。一生自組織，千首大雅言。道路如抽蠶，宛轉羈腸繁。

教坊歌兒

十歲小小兒，能歌得朝（一作聞）天。六十孤老人，能詩獨臨川。去年西京寺，衆伶集講筵。能嘶竹枝詞，供養繩牀禪。能詩不如歌，悵望三百篇。

訪疾

冷氣入瘡痛，夜來痛如何。瘡從公怒生，豈以私恨多。公怒亦非道，怒消乃天和。古有煥輝句，嵇康閑婆娑。請君吟嘯之，正氣庶不訛。

酒德

酒是古明鏡，輾開小人心。醉見異舉止，醉聞異聲音。酒功如此多，酒屈亦以深。罪人免罪酒，如此可爲箴。

冬日

老人行人事，百一不及周。凍馬四蹄吃，陟卓難自收。短景仄飛過，午光不上頭。少壯日與輝，衰老日與愁（一作自）。日愁疑在歲，箭迸如讐。萬事有何味，一生虛自囚。不知文字利，到死空遨遊。

飢雪吟
飢烏夜相啄瘡聲互悲鳴氷腸一直刀天殺無曲情大
雪壓梧桐折柴墮崢嶸安知鸞鳳巢不與梟鳶傾下有
幸災兒拾遺多新爭但求彼失所但誇此(一作誇誕自)經營君
子亦拾遺拾遺非拾名將補鸞鳳巢免與梟鳶并因為
飢雪吟至曉竟(一作意)不平

偷詩
餓犬齚枯骨自喫饞飢涎今文與古文各各稱可憐亦
如嬰兒食餳桃口旋旋唯有一點味豈見逃景延繩床
獨坐翁默覽有所傳終當罷文字別著逍遙篇從來文
字淨君子不以賢

晚雪吟
貧富喜雪晴出門意皆饒鏡海見纖悉氷天步飄颻一
仙子行家家塵聲銷小兒擊玉指大耋歌聖朝睿氣
流不盡瑞仙何夐寥始知望幸色終疑異禮招市井亦
清潔閭閻聳岧嶢蒼生願東羿華仍西遙天念豈薄
厚宸衷多憂焦憂焦致太平以茲時比堯古耳有未通
新詞有潛韶甘為酒伶擯坐恥歌女嬌選音不易言裁
正逢今朝今朝前古文律異同一調顧於堯琯中奏盡
鬱抑謠

自惜
傾盡眼中力抄詩過與人自悲風雅老恐被巴竹嗔零
落雪文字分明鏡精神坐甘氷抱晚永謝酒懷春徒有
言言舊慙無默默新始驚儒教誤漸與佛乘親

老恨
無子抄文字老吟多飄零有時吐向床枕席不解聽(一作闕)
蟻甚微細病聞亦清泠小大不自識自然天性靈

湖州取解述情
雲水徒清深照影不照心白鶴未輕舉衆鳥爭浮沉因
茲挂帆去遂作歸山吟

落第
曉月難為光愁人難為腸誰言春物榮獨(一作豈)見葉(一作花)
上霜鵰鶚失勢病(一作鷹鷂飛失勢)鷦鷯假(一作改)翼翔棄置復棄置
情如刀劍(一作刃)傷

詠懷(一作詠情一作感寓)
濁水心易(一作已)傾明波興初發思逢海底人乞取蚌中月
此興若未諧此心終不歇

病起言懷
強行尋溪(一作淨)水洗卻殘病姿花景晼晚盡麥風清泠吹
交道賤(一作臥)來見世情貧去知高閑思楚逸澹泊(一作淺薄)厭齊
兒終伴碧山侶結言青桂枝

秋夕貧居述懷
臥冷無遠夢聽秋酸別情高枝低枝風千葉萬葉聲淺
井(一作水)不供飲瘦田長廢耕今交非古交貧語聞皆輕

夜感自遣(一作失志夜坐思歸楚江又作苦學吟)
夜學曉未休苦吟神鬼愁如何不自閑心與身為讎死
辱片時痛生辱長年羞清桂無直枝碧江思舊遊

再下第
一夕九起嗟夢短不到家兩度長安陌空將淚見花

下第東歸留別長安知己
共照日月影獨為愁思人豈知鶗鴂鳴(一作鶗鴂等聞鳴)瑤草不
得春一片兩片雲千里萬里身雲歸嵩之陽身寄江之
濱棄置復何道楚情吟白蘋

失意歸吳因寄東臺劉復侍御
自念西上身忽隨東歸風長安日下影又落江湖中離
婁豈不明子野豈不聰至寶非眼別至音非耳通因緘
俗(一作物)外詞(一作調)仰(一作遠)寄高天(一作飛)鴻

下第東南行
越風東南清楚日瀟湘明試逐伯鸞去還作靈均行江
蘺伴我泣海月投人驚失意容貌改畏途性命輕時聞
喪侶猿一叫千愁并(一作生)

歎命
三十年來命唯藏一卦中題詩還問(一作還怨一作怨問)易問易蒙
復蒙本望文字達今因文字窮影孤別離月衣破道路
風歸去不自息耕耘成楚農

遠遊
慈烏不遠飛孝子念先歸而我獨何事四時心有違江
海戀空積波濤信來稀長為路傍食(一作客)著盡家中衣別
劍(一作烈)不割物離人難作威遠行少僮僕驅使無是非為
性玩好盡積愁心緒微始知時節駛夏(一作愛)日非長輝

商州客舍
商山風雪壯遊子衣裳單四望失道路百憂攢肺肝日
短覺易老夜長知至寒淚流瀟湘弦調苦屈宋彈識聲
今所易識意古所難聲意今詎(一作誰)辨高明鑒其端

長安旅情
盡說青雲路有足皆可至我馬亦四蹄出門似無地玉
京十二樓峨峨倚青翠下有千朱門何門薦孤士

長安羈旅
聽樂別離中聲聲入幽腸曉淚滴楚瑟夜魄遶吳鄉幾
回羈旅情夢覺殘燭光

渭上思歸
獨訪千里信回臨千里河家在(一作住)吳楚鄉淚寄東南(一作流)
波

登科後
昔日齷齪不足誇今朝放(一作曠)蕩思無涯(一作今日坦然未可涯)春風(一作青春)
得意馬蹄疾一日看盡長安花

初於洛中選
塵土日易沒驅馳力無餘青雲不我與白首方選書官
途事非遠拙者取自疎終然戀皇邑誓以結吾廬帝城
富高門京路遠(一作饒)勝居碧水走龍蛇(一作狀)蜿蜒遶庭除尋
常異方客過此亦踟躕

乙酉歲舍弟扶侍歸興義莊居後獨止舍待替
人
誰言舊居止主人忽成客僮僕強與言相懼終脈脈出
亦何所求入亦何所索飲食迷精麤衣裳失寬窄回風
卷閑簟新月生空壁士有百役身官無一姓宅丈夫恥
自飾衰鬢從颯白蘭交早已謝榆景徒相迫惟予心中
鏡不語光歷歷

西齋養病夜懷多感因呈上從叔子雲

遠客夜衣薄厭眠待雞鳴一床空月色四壁秋蛩聲守
淡遺衆俗養痾念餘生方全君子拙恥學小人明蚊蚋
亦有時羽毛各有成如何騏驥跡踡跼未能行西北有
平路運來無相輕

全唐詩 孟郊

秋懷

孤骨夜難臥吟蟲相唧唧老泣無涕洟秋露爲滴瀝去
壯暫如翦來衰紛似織觸緒無新心叢悲有餘憶詎忍
逐南帆江山踐往昔
秋月顏色冰（去聲）老客志氣單冷露滴夢破峭風梳骨寒
席上印病文腸中轉愁盤疑懷無所憑虛聽多無端梧
桐枯崢嶸聲響如哀彈
一尺月透戶仡栗如劒飛老骨坐亦驚病力所尚微蟲
苦貪（一作含）剪色鳥危巢焚輝孀娥理故絲（一作煩緒）孤哭（一作坐）抽餘
思（一作憶）浮年不可追衰步多夕歸
秋至老更貧破屋無門扉一片月落床四壁風入衣踈
夢不復遠弱心良易歸商葩將去（一作老）綠繚繞爭餘輝野
步踏（一作賤）事少病謀向物違幽幽草根蟲生意與我微
竹風相戛語幽閨暗中聞鬼神滿衰聽恍惚難自分商
葉墮乾雨秋衣臥單雲病骨可剸物酸呻亦成文瘦攢
如此枯壯落隨西曛褭褭一線命徒言繫絪緼
老骨懼秋月秋月刀劒稜纖輝不可干冷魂坐自凝羇
雌巢空鏡仙颷蕩浮冰驚步恐自翻病大不敢凌單床
寤皎皎瘦臥心兢兢洗河不見水透濁爲清澄詩壯昔
空說詩衰今何憑
老病多異慮朝夕非一心商蟲哭衰運繁響不可尋秋
草瘦如髮貞芳綴疎金晚鮮詎幾時馳景還易陰弱習
徒自恥莫知欲何任露才一見讒潛智早已深防深不
防露此意古所箴
歲莫景氣乾秋風兵甲聲織織勞無衣喓喓徒自鳴商
聲聳中夜蹇支廢前行青髮如秋園一翦不復生少年
如餓花瞥見不復明君子山嶽定小人絲毫爭多爭多
無壽天道戒其盈
冷露多瘁索枯風曉（一作饒）吹嘘秋深月清苦蟲老聲麤疎
赬珠枝纍纍芳金蔓舒舒草木亦趣時寒榮似春餘悲
彼（一作自悲）零落生與我心何如
老人朝夕異生死每日中坐隨一啜安臥與萬景空視
短不到門聽澀詎逐風還如刻削形免有纖悉聰浪浪
謝初始皎皎幸歸終孤隅文章友親密蒿萊翁歲綠閔
以黃秋節迸又（一作已）窮四時旣相迫萬慮自然叢南逸浩
淼際北貧磽确中曩懷沈遙江衰思結秋嵩（一作蓬）鋤食難
滿腹葉衣多醜躬麈（一作麤纖）縷不自整古吟將誰通幽竹嘯
鬼神楚鐵生虬龍志士多異感運鬱由邪衷常思書破
衣至死教初童習樂莫習聲習聲多頑聾明明胸中言
願寫爲高崇
幽苦日日甚老力步步微常恐暫下牀至門不復歸飢
者重一食寒者重一衣泛廣豈無涘恣行亦有隨（一作隨時）語
中失次第身外生瘡痍桂蠹旣潛朽（一作污）桂花損貞姿詈
言一失香千古聞臭詞將死始前悔前悔不可追哀哉
輕薄行終日與駟（一作欲驅）馳
流運閃欲盡枯折皆相號棘枝風哭酸桐葉霜顏高老
蟲乾鐵鳴驚獸孤玉咆商氣洗（一作滿）聲瘦晚陰驅景勞集
耳不可遏噎神不可逃蹇行散餘鬱幽坐誰與曹抽壯
無一線剪懷盈千刀清詩（一作詩清）旣名眺（一作郊）金菊亦姓陶收
拾昔所棄咨嗟今比毛幽歲晏言零落不可操
霜氣入病骨老人身生冰衰毛暗相刺冷痛不可勝鷕
鷕伸（一作神）至明強強攬所憑瘦坐形欲折腹（一作晚）飢心將崩
勸藥左右愚言語如見憎聳耳噎神開（一作聳蘖神氣開）始知功
用（一作者）能日中視餘瘡暗隙（一作鏁）聞繩（一作細）蠅彼轢一何酷此
味半點凝潛毒爾無厭餘生我堪矜凍飛幸不遠冬令
反心懲出沒各有時寒熱苦（一作莫）相凌仰謝調運翁請命
願有徵
黃河倒上天衆水有却來人心不及水一直去不迴一
直亦有巧不肯至蓬萊一直不知疲唯聞至省臺忍古
不失古失古志易摧失古劒亦折失古琴亦哀夫子失
古淚當時落漼漼詩老失古心至今寒皚皚古骨無濁
肉古衣如蘚苔勸君勉忍古忍古銷塵埃
詈言（一作詈詢）不見血殺人何紛紛聲如窮家犬吠竇何誾誾
詈痛幽鬼哭詈侵黃金貧言詞豈用多憔悴在一聞古
詈舌不死至今書云云今人詠古書善惡宜自分秦火
不爇舌秦火空爇文所以詈更生至今橫絪緼

靖安寄居

寄靜不寄華（一作譁）愛茲嵽嵲居渴飲濁清泉飢食無名蔬
敗菜（一作葉）不敢火補衣亦寫書古云儉成德今乃實起予
䕨叟䕨不足賢人賢有餘役生皆促促心竟誰舒舒萬
馬踏風衢衆塵隨犇車高賓盡不見大道夜方虛臥有
洞庭夢坐無長安儲英髦空駭耳煙火獨微如厚念恐
傷性薄田憶親鋤承（一作忚）世不出力冬竹肯抽菹外物莫
相誘約心誓從初碧芳旣似水日日詠歸歟

雪

忽然太行雪昨夜飛入來崚嶒隨庭中嚴白何皚皚奴
婢曉開戶四肢凍徘徊咽言詞不成告訴情狀摧官給
未入門家人盡以灰意勸莫笑雪笑雪貧爲災將暖此
殘疾典賣爭致杯教令再舉手誇曜餘生才強起吐巧
詞委曲多新裁爲爾作非夫忍恥轟暍雷書之與君子
庶免生嫌猜

春愁

春物與愁客遇時各有違故花辭新枝新淚落故衣日
莫兩寂寞飄然亦同歸

懊惱

惡詩皆得官好詩空抱山抱山冷殑殑（音擎寒貌）終日悲顏

顏好詩更相嫉劒戟生牙關前賢死已久猶在咀嚼間
以我殘杪身清峭養高閑求閑未得閑衆誚瞋虤虤

遊城南韓氏莊

初疑瀟湘水鏁在朱門中時見水底月（一作有時池底山）動摇池
上風清氣潤竹林白光連虛空浪簇霄漢羽岸芳金碧
叢何言數畝間環泛路不窮顧逐（一作常慕）神仙侶飄然（一作從茲）汗
漫通

與二三友秋宵會話清上人院

何處山不幽此中情又別一僧敲一磬七子吟秋月激
石泉韻清寄枝風嘯咽泠然諸境靜頓覺浮累滅扣寂
兼探真通宵詎能輟
好鳥無雜棲華堂有嘉攜琴樽互傾奏歌賦相和諧但
嘉魚水合莫令雲雨乖一爲鵾雞彈再鼓壯士懷初景
待誰曉新春逐（一作還）君來願言良友會高駕不知迴

招文士飲

曹劉不免死誰敢負年華文士莫辭酒詩人命屬花退
之如放逐李白自矜夸萬古忽將似一朝同歎嗟何言
天道正獨使地形斜南士愁多病北人悲去家梅芳已
流管柳色未藏鴉相勸罷吟雪相從愁飲霞醒時不可
過愁海浩無涯

陪侍御叔遊城南山墅

夜坐擁腫亭晝登崔巍岑日窺萬峯首月見雙泉心松
氣清耳目竹氛碧衣襟佇想（一作惆悵）琅玕字數聽枯槁吟

登華巖寺樓望終南山贈林校書兄弟

地脊亞爲崖聳出冥冥中樓根插迴雲殿翼翔危空前
山胎元氣靈異生不窮勢吞萬象高秀奪五嶽雄一望
俗慮醒再登仙願崇青蓮三居士晝景眞賞同

遊終南山

南山塞天地日月石上生高峯夜留景（太白峯西黃昏後見餘日）深谷晝
未明山中人自正路險心亦平長風驅松柏聲拂萬壑
清到此悔讀書朝朝近浮名

遊終南龍池寺

飛鳥不到處僧房終南巔龍在水長碧雨開山更鮮步
出白日上坐依清溪邊地寒松桂短石險道路（一作苔蘚）偏晚
磬送歸客數聲落遙天

南陽公請東櫻桃亭子春讌

萬木皆未秀一林（一作株）先含春此地獨何力我公布深仁
霜葉日舒卷風枝遠埃塵初英濯紫霞飛雨流清津賞
異出囂雜折芳積懽忻文心茲焉重俗尚安能珍碧玉
粧粉比飛瓊穠艷均鴛鴦七十二花態併相新常恐遺
秀志迨茲廣讌陳芳菲爭勝引歌詠竟良辰方知戲馬
會永謝登龍賓

遊華山雲臺觀

華嶽獨靈異草木恒新鮮山盡五色石水無一色泉仙
酒不醉人仙芝皆延年夜聞明星館時韻女蘿弦敬茲
不能寐焚柏吟道篇

喜與長文上人宿李秀才小山池亭

燈盡語不盡主人庭砌幽柳枝星影曙蘭葉露華浮塊
嶺笑羣岫片池輕衆流更聞清淨子逸唱頗難儔

邀花伴（自註時在朔方）

邊地春不足十里見一花及時須遨遊日莫饒風沙

石淙（一作五淙十首）

巖谷不自勝水木幽奇多朔風入空曲涇（一作徑）流無大波
迢遞徑（一作逗）難盡參差勢相羅雪霜有時洗塵土無由和
潔冷（一作結吟）誠未厭晚步將如何
出曲水未斷入山深更重冷冷若仙語皎皎多異容萬
響不相雜四時皆有（一作自）濃日月互分照雲霞各生峯久
迷向方理逮茲聳前蹤
荒策每恣遠憩步難自迴已抱苔蘚疾尚凌潺湲隈驛
驥苦銜勒籠禽恨摧頹實力苟未足浮誇信悠哉顧惟
非時用靜言還自咍
朔水刀劒利秋石瓊瑤鮮魚龍氣不腥潭洞狀更妍磴
雪入呀谷掬星灑遙天聲忷（一作迫）不及韻勢疾多斷漣輸
去雖有恨躁氣（一作緇）一何顛蜿蜒相纏掣犖确亦迴旋黑
草濯鐵髮白苔浮冰錢具（一作其）生此云遙非德不可甄何
況被犀士制之空以權始知靜剛猛文教從來先
空谷聳視聽幽湍澤心靈疾流脫鱗甲疊岸衝風霆丹
巘隮環景霽波灼（一作閃）虛形淙淙豗厚軸稜稜攢高冥弱
棧跨旋碧危梯倚凝青飄飄（一作颻）鶴骨仙飛動鼇背庭（一作亭）
常聞誇大言下顧皆細萍
百尺明鏡流千曲寒星飛爲君洗故物有色如新衣不
飲泥土污但飲雪霜飢（一作肌）石稜玉纖纖草色瓊霏霏谷
磑有餘力溪舂亦多機從來一智萌能使衆利歸因之
山水中喧然論是非
入深得奇趣昇險爲良躋搜勝有聞見逃俗無蹤蹊穴
流恣迴轉竅景忘東西憩獸鮮猜懼羅人巧罝罤幽馳
異處所忍慮多端倪虛獲我何飽實歸彼非迷斯文浪
云潔此旨誰得齊
脣珠瀉潺湲裂玉何威瓌若調千瑟弦未果一曲諧古
駭毛髮慄險驚視聽乖二（一作土）老皆勁骨風趨緣敧崖地
遠有餘（一作遺）美我遊采棄（一作奇）懷乘時幸勤鑿前恨多幽霾
弱力謝剛健蹇策貴安排始知隨事靜何必當夕齋
昔浮南渡颸今攀朔山景物色多瘦削吟笑還孤永日
月凍有稜雪霜空無影玉噴不生冰瑤渦旋成井潛角
時聳光隱鱗乍漂冏再吟獲新勝返步失前省愜懷雖
已多惕慮未能整頹陽落何處昇魄銜疎嶺
聖朝搜巖谷此地多遺玩怠惰成遠遊頑疎恣靈（一作虛）觀
勁颸刷幽視怒水懾餘懊曾是結芳（一作茅）誠遠茲勉流倦
冰條聳危慮霜翠瑩遐眄物誘信多端荒尋諒難遍去
矣朔之隅翛然楚之甸

遊韋七洞庭別業

洞庭如瀟湘疊翠蕩浮碧松桂無赤日風物饒清激逍
遙展幽韻參差逗良覿道勝不知疲冥搜自無斁曠然
青霞抱永矣白雲適崆峒非凡鄉蓬瀛在仙籍無言從
遠尚還思君子識（一作茲焉與之敵）波濤漱古岸鏗鏘辨奇石靈
響非外求殊音自中積人皆走煩濁君能致虛寂何以
祛擾擾叩調清漸漸既懼豪華損誓從詩書益一舉獨
往姿再摇飛遁跡山深有變異意愜無驚惕采翠奪日
月照耀迷晝夕松齋何用掃蘿院自然滌業峻謝煩蕪

文高追古昔暫遥朱門戀終立青史績物表易淹留人間重離析難隨洞庭酌且醉橫塘席

越中山水

日(一作動一作夕)覺耳目勝我來山水州蓬瀛若髣髴田(一作四)野如泛浮碧嶂幾千遶清泉(一作源)萬餘流莫窮合沓步孰盡派別遊越水淨難汚越天陰易收氣鮮無隱物目視遠更周舉俗(一作族)媚葱蒨連冬擷芳柔菱湖有餘翠茗圃無荒疇賞異忽已遠探奇誠淹留永言終南色去矣銷人憂

春集越州皇甫秀才山亭

嘉賓(一作嘉讌一作善友)在何處置亭春山巔顧余寂寞者謬厠芳菲筵視聽日澄澈聲光坐连綿晴湖瀉峰嶂翠浪多萍蘚何以逞高志為君吟秋天(一作篇)

和皇甫判官遊瑯琊溪

山中琉璃境物外瑯琊溪房廊逐巖壑道路隨高低碧瀨漱白石翠煙含青蜺客來暫遊踐意欲忘簪珪樹杪燈火夕雲端鐘梵齊時同雖可仰跡異難相攜唯當清宵夢髣髴願(一作期)攀躋

全唐詩 孟郊

汝州南潭陪陸中丞公讌

一雨百泉漲南潭夜來深分明碧沙底寫出青天心遠客洞庭至因茲滌煩襟旣登飛(一作青)雲舫願奏清風琴高岸立旗戟潛蛟失(一作互)浮沈威稜護斯浸魍魎逃所侵山態變初霽水聲流新音耳目極眺聽潺湲與嶔岑誰言柳太守空有白蘋吟

汝州陸中丞席喜張從事至同賦十韻

汝水無濁波汝山饒奇石大賢為此郡佳士來如積有客乘白駒奉義愜所適清風蕩華館雅瑟泛瑶席芳醑靜無喧金尊光有滌縱情孰慮損聽論自招益願折若木枝却彼曜靈夕貴賤一相接憂悰忽轉易會合勿言輕别離古來惜請君駐征車良遇難再覿

夜集汝州郡齋聽陸僧辯彈琴

康樂寵詞客清宵意無窮徵文北山(一作憲)外借月南樓中千里愁併盡(一作寂然靜)一樽歡暫同胡為戛楚琴(一作瑟)淅瀝起寒風

同年春燕

少年三十士嘉會良在茲高歌摇春風醉舞摧花枝意蕩晚景喜疑芳菲時馬跡攢騕褭樂聲韻參差視聽改舊趣物象含新姿紅雨花上滴緑煙柳際垂淹中講精義南皮獻清詞前賢與今人千載為一期明鑒有皎潔澄(一作良)玉無磷緇永與(一作將)沙泥别各整雲(一作霄)漢儀盛氣自中積英名日四馳塞鴻絕儔匹海月難等夷鬱抑(一作折)忽已盡親朋樂無涯幽蘅發空曲芳杜綿所思浮跡自聚散壯心誰別離願保金石志無令有奪移

羅氏花下奉招陳侍御

眼在(一作見)枝上春落地成埃塵不是風流者誰為攀折人寧辭波浪闊莫道往來頻拾紫豈宜晚掇芳須及晨勢收賈生淚強起屈平身花下本無俗酒中別有神遊蜂不飲故戲蝶亦爭新萬物盡如此過時非所珍

遊石龍渦(自註四辟千仞散泉如雨)

石龍不見形石雨如散星山下晴皎皎山中陰泠泠水飛林木杪珠綴莓苔屏畜異物皆别當晨景欲暝泉芳春氣碧松月寒色青險(一作陰)力此獨壯猛獸亦不停日莫且迴去浮心恨(一作尚)未寧

浮石亭

曾是風雨力崔巍漂來時落星夜皎潔近榜朝逶迤翠潋遞明滅清潨瀉欹危況逢蓬島仙會合良在茲

看花

家家有芍藥不妨至温柔温柔一同女紅笑笑不休月娥雙雙下楚艷枝枝浮洞裏逢仙人(一作幸逢仙人立)綽約青(一作清)宵遊

芍藥誰為婿人人不敢來唯應待詩老日日殷勤開玉立無氣力春凝且裴徊將何謝青春痛飲一百杯

芍藥吹欲盡無奈曉風何餘花欲誰待唯待諫郎過諫郎不事俗黃金買高歌高歌夜更清花意晚更多(一本連下飲之四句作一首)

飲之不見底醉倒深紅波紅波蕩諫心諫心終無它獨遊終難醉挈榼徒經過問花不解語勸得酒無多(獨遊四句洪邁取為絕句)

三年此村落春色入心悲料得一孀婦經(一作它)時獨淚垂

濟源春

太行横偃脊百里芳崔巍濟濱花異顏枋口雲如裁新畫彩色濕上界光影來深紅縷草木淺碧珩泝洄千家門前飲一道傳禊杯玉鱗吞金鉤仙璇瑠璃開朴童茂言語善俗無驚猜狂吹寢恒宴曉清夢先回治生鮮惰夫積學多深材再遊詎癲戇一洗驚塵埃

濟源寒食

風巢嫋嫋春鴉鴉無子老人仰面嗟柳弓葦箭(一作荔矢)覷不見高紅遠綠勞相遮

女嬋(一作嬋)童子黃短短耳中聞人惜春晚逃蜂匿蝶踏地(一作花)來抛却齋(一作黃)糜一瓷椀

一日踏春一百回朝朝沒脚走芳埃飢童餓馬埽花餵向晚飲溪三雨杯

苺苔井上空相憶，轆轤索斷無消息。酒人皆倚春髮綠，病叟獨藏秋髮白。長安落花飛上天，南風引至三殿前。可憐春物亦朝謁，唯我孤（一作獨）吟渭（一作濟）水邊。

枋口花間（一作開）掣手歸，嵩陽（一作山）爲（一作與）我留（一作駐）紅暉。可憐躑躅千萬尺，柱地柱天疑（一作今）欲飛。

蜜蜂爲主各磨牙，咬盡村中萬木花。君家甕甕今應滿，五色冬籠甚可誇。

遊枋口

一步復一步，出行（一作行踏）千里幽。爲取山水意，故作寂寞遊。太行青巔高，枋口碧照浮。明明無底鏡，泛泛忘機鷗。老逸不自限，病狂不可周。恣閑饒淡薄，怠玩多淹留。芳物競晼晚，綠梢挂新柔。和友鶯相遠，言語亦以稠（一作和友鶴相遠飛鷹亦以稠）。始知萬類然，靜躁難相求。

聳我殘病骨，健如一仙人。鏡中照千里，鏡浪洞百神。此神日月華，不作尋常春。三十夜皆明，四時晝恒新。鳥聲盡依依，獸心亦忻忻。澄幽出所怪，閃異坐微細。可來復可來，此地靈相親。

與王二十一員外涯遊枋口柳溪

萬株古柳根，拏此磷磷溪。野榜多屈曲，仙潯無端倪。春桃散紅煙，寒竹含晚凄。曉聽忽以異，芳樹安能齊。共疑落鏡中，坐泛紅景低。水意酒易醒，浪情事非迷。小儒峭章句，大賢嘉提攜。潛竇韻靈瑟，翠崖鳴玉珪。主人稷禼翁，德茂芝朮畦。鑿出幽隱端，氣象皆升躋。曾是清樂抱，逮茲幾省溪。宴位席蘭草，濫觴鶩鳬鷖。靈味薦魴鱮，金花屑橙齏。江調擺衰俗，洛風遠塵泥。徒言奏狂狷，詎敢忘筌蹄。

與王二十一員外涯遊昭成寺

洛友寂寂約，省騎霏霏塵。遊僧步晚磬，話茗含（一作合）芳春（一作菌）。瑤策冰入手，粉壁畫瑩神。頹廊芙蓉霽，碧殿琉璃勻（一作津）。玄講島（一作海）嶽盡，淵詠文字新。屢笑寒竹讌，況接青雲賓。顧慙餘眷下，衰瘵嬰殘身。

嵩少

沙彌舞袈裟，走向躑躅飛。閑步亦惺惺，芳援相依依。噎塞春咽喉，蜂蝶事光輝。群嬉且已晚，孤引將何歸。流艷去不息，朝英亦疎微。

旅次洛城東水亭

水竹色相洗，碧花動軒楹。自然逍遙風，蕩滌浮競情。霜落葉聲燥，景寒人語清。我來招隱亭，衣上塵暫輕。

洛橋晚望

天津橋下冰初結，洛陽陌上人行絕。榆柳蕭疎樓閣閑，月明直見嵩山雪。

北郭貧居

進乏廣莫力，退爲蒙籠（一作瀧）居。三年失意歸，四向相識疎。地僻草木壯，荒條扶我廬。夜貧燈燭絕，明月照吾書。欲識貞靜操，秋蟬飲清虛。

題陸鴻漸上饒新開山舍

驚彼武陵狀，移歸此巖邊。開亭擬貯雲，鑿石先得泉。嘯竹引（一作索）清吹，吟花成（一作計）新篇。乃知高潔情，擺落區中緣。

題韋承總吳王故城下幽居（自註韋生相門子孫）

才飽身自貴，巷荒門豈貧。韋生堪繼相，孟子願依鄰。夜思琴（一作酒）語切，晝情茶味新。霜枝留過鵲（一作鶴），風竹掃蒙塵。郢唱一聲發，吳花千片春。對君何所得，歸去覺情眞（一作貞）。

蘇州崑山惠聚寺僧房

昨日到上方，片雲挂（一作封）石牀。錫杖莓苔青，袈裟松柏香。晴磬無短韻，古燈含永光。有時乞鶴歸，還訪（一作放）逍遙場。

題從叔述靈巖山壁

換却世上心，獨起山中情。露衣涼且鮮，雲策高復輕。喜見夏日來，變爲松景清。每將逍遙聽，不厭颼飀聲。遠念塵末宗，未疎俗間名。桂枝（一作科）妄舉手（一作意），萍路空勞生。仰謝開淨弦，相招時一鳴。

題林校書花嚴寺書窗

隱詠不誇俗，問禪徒淨居。翻將白雲字（一作寺），寄向青蓮書。擬古投松坐，就明開紙疏。昭昭（一作綿綿）南山景，獨與心相如。

藍溪元居士草堂

市井不容義，義歸山谷中。夫君宅松桂，招我棲蒙籠。人朴情慮肅，境閑視聽空。清溪宛轉水，修竹徘徊風。木倦採樵子，土勞稼穡翁。讀書業雖異，敦本志亦同。藍岸青漠漠，藍峯碧崇崇。日昏各命酒（一作返），寒蛩鳴蕙叢（一作寒鹿鳴荒叢）。

新卜清羅幽居奉獻陸大夫

黔婁住何處，仁邑無餒（一作飢）寒。豈悟舊羇旅，變爲新閑安。二頃有餘食，三農行可觀。籠禽得高巢，轍鮒還層瀾。翳翳桑柘墟，紛紛田里歡。兵戈忽消散，耦耕非艱難。嘉木偶良酌，芳陰庇清彈。力農唯一事，趣世徒萬端。靜覺本相厚，動爲末所殘。此外有餘暇，鋤荒出幽蘭。

題韋少保靜恭宅藏書洞

高意合天製，自然狀無窮。仙華凝四時，玉蘚生數峰。書祕漆文字，匣藏金蛟龍。閑（一作閉）爲氣候肅，開作雲雨濃。洞隱諒非久，巖夢誠必通。將綴文士集，貫就眞珠叢。

生生亭

灘鬧不妨語，跨溪仍（一作宜）置亭。置亭嵽嵲頭，開窗納遙青。遙青新畫出，三十六扇屏。褭褭立平地，稜稜浮高冥。一日數開扉，仙閃目不停。徒誇遠方岫，曷若中峰靈。拔意千餘丈，浩言永堪銘。浩言無媿同，媿同忍醜醒。致之未有力，力在君子聽。

寒溪

霜（一作露）（一作路）洗水色盡，寒溪見纖鱗。幸臨虛空鏡，照此殘悴身。潛滑不自隱，露底瑩更新。豁如君子懷，曾是危陷人。始明淺俗心，夜結朝已津。淨漱一掬碧，遠消千慮塵。始知泥步泉，莫與山源鄰。

洛陽岸邊道，孟氏莊前溪。舟行素冰（一作菱荷）折，聲作青瑤嘶。綠水結綠玉，白波生白珪。明明寶鏡中，物物天照齊。仄步下危曲，攀枯聞孀啼。霜芬稍消歇（一作宿雰蕭索歇），凝景微茫齊。癡坐直視聽，戇行失蹤蹊。岸童（一作重）斸棘勞，語言多悲凄。

曉飲一杯酒，踏雪過清溪。波瀾凍爲刀，剸割鳬與鷖。宿羽皆翦棄，血聲沉沙泥。獨立欲何語，默念心酸嘶。凍血莫作春，作春生不齊。凍血莫作花，作花發孀啼。幽幽棘針村，凍死難耕犂。

篙工磓玉星一路隨迸螢朔凍哀徹底獠饞詠潛鯹冰
齒相磨囓風音酸鐸鈴清悲不可逃洗出纖悉聽碧潋
卷已盡彩縷飛飄零下躡滑不定上棲折難停哮嘐呷
（一作呷）喢究仰訴何時寧
一曲一直水白龍何鱗鱗凍飇雜碎號齏音坑谷辛抓
（音瓠抓枝木也）揄（古文從字）吃無力飛走更相仁猛弓一折絃餘喘爭來
賓大嚴此之立小殺不復陳皎皎何皎皎氤氳復氤氳
瑞晴刷日月高碧開星辰獨立兩脚雪孤吟千慮新天
欃徒昭昭箕舌虛齗齗堯聖不聽汝孔微亦有臣諫書
竟成章古義終難陳
因凍死得食殺風仍不休以兵爲仁義仁義生刀頭刀
頭仁義腥君子不可求波瀾抽劒冰相劈如佹讐尖雪
入魚心魚心明愀愀恍如罔兩說似訴割切由誰使異
方氣入此中土流翦盡一月春閉爲百谷幽仰懷新霽
光下照疑憂愁
溪老哭甚寒涕泗冰珊珊飛死走死形雪裂紛心肝劒
刃凍不割弓弦彊難彈常聞君子武不食天殺殘斵玉
掩骼胔弔瓊哀闌干
溪風擺餘凍溪景銜明春玉消花滴滴虬解光鱗鱗懸
步下清曲消期濯芳津千里冰裂處一勺暖亦仁凝精
互相洗漪漣競將新忽如劒瘡盡初起百戰身

立德新居

立德何亭亭西南聳高隅陽崖泄春意井圃留冬蕪勝
引即紆道幽行豈通衢碧峯遠相揖清思誰言孤寺秩
雖貴家（一作禾貴）濁醪良可餔
聳城架霄（一作霽）漢潔宅涵絪縕開門洛北岸時鎖嵩陽雲
夜高星辰大晝長天地分厚韻屬疎語薄名謝囂聞茲
焉有殊隔永矣難及羣
賓秩已覺厚私儲常恐多清貧聊自爾素責將如何儉
教先勉力修襟無餘佗良棲一枝木靈巢片葉荷仰笑
鵾鵬輩委身拂天波
踈門不掩水洛色寒更高曉碧流視聽夕清濯衣袍爲
於（一作但立）仁義得（一作德）未覺登陟勞遠岸雪難莫（一作盡）勁枝風易
號（一作擾）霜禽各嘯侶吾亦愛吾曹
崎嶇有懸步委曲饒荒尋遠樹足良木疎巢無爭禽素
魄銜夕岸綠水生曉潯空曠伊洛視髣髴瀟湘心何必
尚遠異憂勞滿行襟
懸途多仄足崎圖無修畦芳蘭與宿艾手擷心不迷品
子懶讀書轅駒難服犁虛食日相投（一作役）夸腸詎能低恥
從新學游願將古農齊
都城多聳秀愛此高縣居伊雒遶街巷鴛鴦飛閭閻翠
景何的皪霜飇飄空虛突出萬家表獨治二畝蔬（一作餘）一
句一手版十日九手鋤
手鋤手（一作良）自勗激勸亦已饒畏彼梨栗兒空資玩弄驕
夜景臥難盡晝光坐易消治舊得新義耕荒生嘉苗鋤
治苟愜適心形俱逍遥
玉蹄裂鳴水金綬忽照門拂拭貧士席拜候丞相轅（一作軒）
德疎未爲高禮至方覺尊豈唯耀茲日可以榮遠孫如
何一陽朝獨荷衆瑞繁
東南富水木寂寥薉光輝此地足文字及時隘驂騑仄
雪踏爲平澀行變如飛令畦生氣色嘉綠新霏微天意
資厚養賢人肯相違（自註末二章冬至日鄭相至門以屬意在焉）

全唐詩
孟郊

西上經靈寶觀（自註觀即尹真人舊宅）

道士無白髮語音（一作言）靈泉清青松多壽色白石恒夜明
放步霽霞起振衣華風生真文祕中頂寶氣浮四楹一
片古關路萬里今人行上仙不可見驅（一作孤）策徒西征

泛黃河

誰開崑崙源流出混沌河積雨（一作羽）飛作風驚龍噴爲波
湘瑟颼飀弦越賓（一作客）嗚咽歌有恨（一作雙眼）不可洗虛此來經
過

往河陽宿峽陵寄李侍御

莫天寒風悲屑屑啼鳥遶樹泉水噎行路解鞍投古（一作石）
陵蒼蒼隔山見微月鴞鳴犬吠霜煙昏開囊拂巾對盤
飧人生窮達感知己明日投君申片言

鴉路溪行呈陸中丞

鴉路不可越三十六渡溪有物飲碧水高林挂青蜺歷
覽道更險驅使跡頻（一作峻）睽視聽易常主心魂互相迷浪
石忽搖動沙堤信難躋危峯紫霄外古木浮雲齊出阻
（一作沮）望汝郡大賢多招攜疲馬戀舊秣羈禽思故棲應憐
泣楚玉棄置如塵泥

獨宿峴首憶長安故人

月迴無隱物況復大江秋江城與沙村人語風颼飀峴
亭當此時故人不同遊故人在長安亦可將夢求

自商行謁復州盧使君虔

一身遶千山遠作行路人未遂東吳歸暫出西京塵仲
宣荊州客今余（一作爲）竟陵賓往蹟雖不同託意皆有因商
嶺莓苔滑石坂上下頻江漢沙泥潔永日（一作水白）光景新獨
淚起殘夜孤吟望初晨驅馳竟何事章句依深仁

夢澤中行（一本無中字）

楚山爭蔽虧日月無全輝楚路饒迴惑旅人有（一作多）迷歸
騏驥思北首鷓鴣願南飛我懷京洛遊未厭風塵衣

京山行

衆虻聚病馬流血不得行後路起夜色前山聞虎聲此
時遊子心百尺風中旌

旅次湘沅有懷靈均

分拙多感激久遊遵長途經過湘水源懷古方踟躕舊
稱楚靈均此處殞忠軀側聆故老言遂得旌賢愚名參
君子場行爲小人儒騷文衒貞亮體物情崎嶇三黜有
慍色即非賢哲模五十爵高秩謬膺從大夫胸襟積憂
愁容鬢復（一作先）彫枯死爲不弔鬼生作猜謗徒吟澤潔其
身忠節寧見輸懷沙滅其性孝行焉能俱且聞善稱君
一何善自殊且聞過稱己一何過不渝悠哉風土人角
黍投川隅相傳歷千祀哀悼延八區如今聖明朝養育
無羈孤君臣逸雍熙德化盈紛敷巾車徇前侶白日猶

昆吾寄君臣子心戒此真良圖

過彭澤

揚帆過彭澤舟人訝歎息不見種柳人霜風空寂歷

過分水嶺（一作東嶺）

山壯馬力短馬（一作路）行石齒中十步九舉轡迴環失西東溪水變爲雨懸崖陰濛濛客衣飄颻秋葛花零落風白日捨我沒（一作去）征途忽然窮

分水嶺別夜示從弟寂（一作示于孟叔）

南中少平地山水重疊生別泉萬餘曲迷舟獨難行四際亂峰合一眺千慮并潺湲冬夏冷光彩晝夜明賞心難久勝離腸忽自驚古木搖霽色高風動秋聲（一作古木解舊葉迴風結秋聲）飲爾一樽酒慰我百憂輕嘉期何處定此晨堪寄情

連州吟

春風朝夕起吹綠日日深試爲連州吟淚下不可禁連山何連連連天碧岑（一作嶔）岑哀猿哭花死子規裂客心蘭芷結新佩瀟湘遺舊音怨聲能翦弦坐撫零落琴

羽翼不自有相追力難任唯憑方寸靈獨夜萬里尋方尋魂飄颻南夢山嶇嶔髣髴驚魍魎悉窣聞楓林正直被放者鬼魅無所侵賢人多安排俗士多虛欽（一作歆）孤懷吐明月衆毀鑠黃金願君保玄曜壯志無自沉

朝亦連州吟暮亦連州吟連州果有信一紙萬里心開緘白雲斷明月墮衣襟南風嘶舜琯苦竹動猿音萬里愁一色瀟湘雨淫淫兩劍忽相觸雙蛟恣浮沉鬬水正迴斡倒流安可禁空愁江海信驚浪隔相尋

旅行

楚水結冰薄楚雲爲雨（一作雪）微野梅參差發旅榜逍遥歸

上河陽李大夫

上將秉神略至兵無猛（一作血）威（一作兵無血戰威）三軍當（一作向）嚴冬一撫勝重衣霜劍奪衆景夜星失長輝蒼鷹獨立時惡鳥不敢飛武牢鎖天關河橋紐地機大將（一作君一作軍）奚以安守此稱者稀貧士少顏色貴門多輕肥試登山嶽高方見草木微山嶽恩既廣草木心皆歸

投贈張端公（一作贈裴樞端公）

君子量不極胸吞百川流嫉邪霜氣直問俗春辭柔日户晝輝靜月杯夜（一作宵）景幽詠驚芙蓉發笑激風飈秋鸞步獨無侶鶴音仍寡儔幸霑分寸顧散此千萬憂

贈蘇州韋郎中使君

謝客吟一聲霜落羣聽清文含元氣柔鼓動萬物輕嘉木依性植曲枝亦不生塵埃徐庾詞金玉曹劉名章句作雅正江山益鮮明萍蘋一浪草菰蒲片池榮曾是康樂詠如今搴其英顧惟菲薄質亦願將此幷（一作行）

上張徐州

爲水不入海安得浮天波爲木不在山安得橫日柯再來君子傍始覺精義（一作藝）多大德唯一施衆情自偏頗至樂無（一作變）宮徵至聲遺謳訶顧鼓空桑弦永使萬物和顧已誠拙訥干名已蹉跎獻詞惟在口所欲無餘佗乍作支泉石乍作翳松蘿一不改方圓破質爲琢磨賤子本如此大賢心若何豈是無異途異途難經過

上包祭酒

嶽嶽冠蓋彥英英文字雄瓊音獨聽時塵韻固不同春雲生紙上秋濤起胸中時吟五君詠再舉七子風何幸松桂侶見知勤苦功願將黃鶴翅一借飛雲空

贈別崔純亮（一本無別字）

食薺腸亦苦強歌聲無歡出門即有礙誰謂天地寬有礙非遐方長安大道傍小人智慮險平地生太行鏡破不改光蘭死不改香始知君子心交久道益彰君心與我懷離別俱迴遑譬如浸蘗泉流苦已（一作來）日長忍泣目易衰忍憂形易傷項籍豈（一作非）不壯賈生豈（一作非）不良當其失意時涕泗各沾裳古人勸加餐（一作食）此餐（一作非）難自強一飯九祝噎一嗟十斷腸況是兒女怨怨氣凌彼蒼彼蒼若有知白日下清霜今朝始驚歎（一作呼）碧落（一作白日）空茫茫

贈文應上人（一作贈高僧）

棲遲青山巔高靜身所便不踐有命草但飲無聲泉齋性空轉寂學情深更專經文開貝葉衣製垂秋蓮厭此俗人羣暫來還却旋（一作此安禪）

嚴河南

赤令風骨峭語言清霜寒不必用雄威見者毛髮攢我有赤令心未得赤令官終朝衡門下忍志將筑彈君從西省郎正有東洛觀洛民蕭條久威恩憫撫難苦竹聲嘯雪夜齋聞千竿詩人偶寄耳聽苦心多端多端落杯酒酒中方得歡隱士多飲酒此言信難刊取次令坊沽舉止務在寬何必紅燭嬌始言清宴闌丈夫莫矜莊矜莊不中看

贈李觀（自註觀初登第）

誰言形影親燈滅影去身誰言魚水歡水竭魚枯（一作損）鱗昔爲同恨客今爲獨笑人捨予在泥轍飄跡上雲津卧木易成蠹棄花難再春何言對芳景愁望極蕭晨埋劍誰識氣匣弦日生塵願君語高風爲余問蒼旻

吳安西館贈從弟楚客

蒙籠楊柳館中有南風生風生今爲誰湘客多遠情孤枕楚水夢獨帆楚江程覺來殘恨深（一作心）尚與歸路幷玉匣五弦在請君時一鳴

贈章仇將軍

將軍不誇劍才氣爲英雄五嶽拽力內百川傾意中本立誰敢拔飛文自難窮前時天地翻已有扶正功

贈道月上人

僧貌淨無點僧衣寧綴華尋常晝日行不使身影斜飯術煮松柏坐山敷（一作邀）雲霞欲知禪隱高緝薜爲袈裟

抒情因上郎中二十二叔監察十五叔兼呈李益端公柳縝評事

方憑指下弦寫出心中言寸草賤子命高山主人恩遊邊風沙意夢楚波濤魂一日引別袂九迴沾淚痕自悲何以然在禮闕晨昏名利時轉甚是非宵亦喧浮情少定主百慮隨世翻舉此胸臆恨幸從賢哲論明明三飛鸞（一作步兵與雙鸞）照物如朝暾

贈城郭道士

望裏失却山聽中遺却泉松枝休策雲藥囊翻貯錢曾依青桂鄰學得白雪弦別來（一作別別）意未迴世上爲隱仙

桐廬山中贈李明府

靜境無濁氛，清雨零碧雲。千山不隱響，一葉動亦聞。即此佳志士，精微誰相羣。欲識楚（一作此）章句，袖中蘭茝薰。

獻漢南樊尚書

天下昔崩亂，大君識賢臣。衆木盡搖落，始見竹色眞。兵勢走山嶽，陽光潛埃塵。心開玄女符，面縛清波人。異俗既從化，澆風亦歸淳。自公理斯郡，寒谷皆變春。旗影卷赤電，劍鋒匣青鱗。如何嵩高氣，作鎮楚水濱。雲鏡忽開霽（一作景），孤光射無垠。乃知尋常鑒，照影不照神。

贈轉運陸中丞

掌運職既大，摧邪名更雄。鵬飛簸曲雲，鶚怒生直風。投彼霜雪令，翦除荆棘叢。楚倉傾向西，吴米發自東。帆影咽河口，車聲聾關中。堯知才策高，人喜道路通。皆經内史力，繼得鄭侯功。莱子（一作眞貧）爲少相，如未免窮。衣花野菡萏，書葉山梧桐。不是宗匠心，誰憐久棲蓬。

贈萬年陸郎中

天子憂劇縣，寄深華省郎。紛紛風響珮，蟄蟄劒開霜。舊事笑堆案，新（一作雜）聲唯雅章。誰言百里（一作步）才，終作横天梁。江鴻恥承眷，雲津未能翔。徘徊塵俗中，短毳無輝光。

擢第後東歸書懷獻座主吕侍御（一作郎）

昔歲辭親淚，今爲戀主（一作恩）泣。去住情難並，別離景易戢。天矯大空鱗，曾爲小泉蟄。幽意獨沉時，震雷忽相及。神行既不宰，直致（一作制）非所執。至運本遺功，輕生各（一作苦）自立。大君思此化，良佐自然集。寶鏡無私光，時文有新習。慈親誠志就，賤子歸情急。擢第謝靈臺，牽衣（一作名）出皇邑。行襟海日曙，逸抱江風入。蒹葭得（一作緑）波浪，芙蓉紅岸濕。雲寺勢動摇，山鐘韻噓吸。舊遊期再踐，懸水得重挹。松蘿雖可居，青紫終當拾。

古意贈梁肅補闕

曲木忌日影，讒人畏賢明。自然（一作來）照燭間，不受邪佞輕。不有百煉火，孰知寸金精。金（一作銅）鉛正同鑪，願分精與麤。

贈黔府王中丞楚

舊説天下山，半在黔中青。又聞天下泉，半落黔中鳴。山水千萬遶，中有君子行。儒風一以扇，汙俗心皆平。我願中國春，化從異方生。昔爲陰草毒，今爲陽華英。嘉實綴緑蔓，涼湍瀉清聲。逍遥物景勝，視聽空曠并。困驥猶在轅，沉珠尚隱精。路遐莫及眄，泥汙日已盈。歲晏將何從，落葉甘自輕。

上達奚舍人

北山少日月，草木苦風霜。貧士在重坎，食梅有酸腸。萬俗皆走圓，一身（一作心）猶學方。常恐衆毁至，春葉成秋黄。大賢秉高鑒，公燭無私光。暗室曉未及，幽行（一作吟）涕空行。

贈主人

斗水瀉大海，不如瀉枯池。分明賢達交，豈顧豪華兒。海有不足流，豪有不足資。枯鱗易爲水，貧士易爲施。幸覩君子席，會將幽賤期。側聞清風議，飫如（一作如飫）黄金巵。此道與日月，同光無盡時。

贈建業契公

師住青山寺，清華常繞身。雖然到城郭，衣上不棲塵。

獻襄陽于大夫

襄陽青山郭，漢江白銅堤。謝公領茲郡，山水無塵泥。鐵馬萬霜雪，絳旗千虹霓。風漪參差泛，石板重疊躋。舊淚不復隨，新歡居然齊。還畊竟原野，歸老相扶攜。物色增曖曖，寒芳更萋萋。淵清有遐略，高躅無近蹊（一作衆賦無暴掠衆歌有安綏）。即此富蒼翠，自然引翔棲。曩遊常抱憶，夙好今尚暌。願言從逸轡，暇日凌清溪。

贈鄭夫子魴

天地入胸臆，吁嗟生風雷。文章得其微，物象由我裁。宋玉逞大句，李白飛狂才。苟非聖賢心，孰與造化該。勉矣鄭夫子，驪珠今始胎。

大隱坊（一作大隱詠）

崔從事鄖以直隳職（一作官）

古人留清風，千載遥贈君。破松見貞心，裂竹見（一作看）直文。殘月色不改，高賢德常新。家懷詩書富，宅抱草木貧。安得一蹄泉（一作安排一泉深），來（一作直）化千尺鱗。含意永不語，釣璜幽水濱。

章仇將軍良棄功守貧（一作贈章仇兵馬使）

飲君江（一作滄）海心，詎（一作誰）能辨淺深。挹君山嶽德，誰能齊嶔岑。東海精爲月，西嶽氣凝金。進則萬景晝（一作盡），退則羣物陰。我欲薦此言，天門峻沉沉。風飈亦感激，爲我飂飃吟。

趙記室欲在職無事

早靜身後老，高動物先摧。方圓水任器，剛勁木成灰。大道母羣物，達人腹衆才。時吟堯舜篇，心向無爲開。彼隱山萬曲，我隱酒一杯。公庭何所有，日日清風來。

贈韓郎中愈

何以定（一作結）交契，贈君高山石。何以保貞堅（一作姿），贈君青松色。貧居（一作交）過此外，無可相彩飾。聞君碩（一作首）鼠詩（一作更有其鼠詩），吟之淚空滴（一作堪淚滴）。碩鼠既穿墉，又嚙機上絲。穿墉有閑（一作餘）土，嚙絲無餘衣（一作緣）。朝吟枯桑柘，暮泣空（一作穿）杼機。豈是無巧妙，絲斷將何施。衆人尚肥華，志士多飢羸。願君保此節（一作願保此貞節），天意當察微（右二詩一本作一首）。

前日遠別離，今日生白髮。欲知萬里情，曉臥半牀月。常恐百蟲秋，使我芳草歇（一本連上第二篇作一首）。

戲贈無本

長安秋聲乾，木葉相號悲。瘦僧臥冰凌，嘲（一作潮）詠含金痍。金痍非戰痕，峭病方在茲。詩骨聳東野，詩濤湧（一作勇）退之。有時踉蹌行，人驚鶴阿師。可惜李杜死，不見此狂癡。燕僧聳聽詞，袈裟喜新翻。北岳厭利殺，玄功生微言。天高亦可飛，海廣亦可源。文章杳無底，斸掘誰能根。夢靈髣髴到，對我方與論。拾月鯨口邊，何人免爲吞。燕僧擺造化，萬有隨手犇。補綴雜霞衣，笑傲諸貴門。將明文在身，亦爾（一作小）道所存。朔雪凝別句，朔風飄征魂。再期嵩少遊，一訪蓬蘿村。春草步步緑，春山日日暄（一作喧）。遥鶯相應吟，晚聽恐不繁。相思塞心胸，高逸難攀援。

孟郊

寄張籍

夜鏡不照物朝光何時升黯然秋思（一作愁氣）來走入志士膺志士惜時逝一宵三四興清漢徒自朗濁河終無澄舊愛忽已遠新愁坐相凌君其隱壯懷我亦逃名稱古人貴從晦君子忌黨朋傾敗生所競保全歸懵懵（一作瞢瞢）浮雲何當來潛虯會飛騰

憶周秀才素上人時聞各在一方（一本無聞字）

東西分我情魂夢安能定野客雲作心高僧月為性浮雲自高閑明月常空淨衣敝得古風居山無俗病吟聽碧雲語手把青松柄羨爾欲寄書飛禽杳難倩

舟中喜遇從叔簡別後寄上時從叔初擢第（一作侍從）歸江南郊不從行

一意兩片雲暫合還卻分南雲乘慶歸北雲與誰羣寄聲千里風相喚聞不聞

懷南岳隱士

見說祝融峯擎天勢似騰藏千尋布水出十八高僧古路無人跡新霞吐石稜終居將爾叟一一共余登

千峯映碧湘真叟此中藏飯不煮石喫眉應似髮長楓梩（即榾柮與桕同）楮酒甕鶴蝨落琴牀強效忘機者斯人尚未忘

春夜憶蕭子真

半夜不成寐燈盡又（一作夕）無月獨向堦前立子規啼不歇況我有金蘭忽爾為胡越爭得明鏡中久長無白髮

寄院中諸公

奕奕秋水傍髮髮綠雲蹄月仙有高曜靈鳳無卑棲翠色遶雲谷碧華凝月（一本作句）溪竹林遞歷覽雲寺行攀躋冠豸猶屈蠖匣龍期剸犀千山驚月曉百里聞霜鼙戎府多秀異謝公期相攜因之仰羣彥養拙固難齊

寄洺州李大夫

自從薊師反中國事紛紛儒道一失所賢人多在軍烏巢憂迸射鹿耳駭驚聞劍折唯恐匣（一作怨匠）弓貪不讓勳方知省事將動必謝前羣鸛陣常先罷魚符最晚分步閑洺水曲笑激太行雲詩叟未相識竹兒爭見君殷勤越談（一作起）說記盡古風（一作風）文

寄盧虔使君

霜露再相換遊人猶未歸歲新月改色客久線斷衣有鶴冰在翅竟久力難飛千家舊素沼昨（一作斜）日生綠輝春色若可（一作不）借為君步芳菲

寄崔純亮

百川有餘水大海無滿波器量各相懸賢愚不同科羣辯有姿語眾歡無（一作有）行歌唯餘洛陽子鬱鬱恨常多時讀過秦篇為君涕滂沱

汴州離亂後憶韓愈李翺

會合一時哭別離三斷腸殘花不待風春盡各飛揚歡去收不得悲來難自防孤門清館夜獨臥明月牀忠直血白刃道路聲蒼黃食恩三千士一旦為豺狼海島士皆直夷門士非良人心既不類天道亦反常自殺與彼殺（一作被）未知何者臧

寄張籍

未見天子面不如雙盲人賈生對文帝終日猶悲辛夫子亦如盲所以空泣麟有時獨齋心髣髴夢稱臣夢中稱臣言覺後真埃塵東京有眼富不如西京無眼貧西京無眼猶有耳隔墻時聞天子車（一本有轔轔之二字）轔轔轔轔車聲輾冰玉南郊壇上禮百神西明寺後窮瞎張太祝縱爾有眼誰爾珍天子咫尺不得見不如閉眼且養真

寄義興小女子

江南莊宅淺所固唯疎籬小女未解行酒弟（一作病叔）老更癡家中多吳語教爾遙可知山怪夜動門水妖時弄池所憂癡酒腸不解委曲辭漁妾性崛強耕童手皴釐想茲為襁褓如鳥拾柴枝我詠元魯山胸臆流甘滋終當學自乳起坐常（一作尚）相隨

憶江南弟

白首眼垂血望爾唯夢中筋力強起時魂魄猶在東眼光寄明星起來東望空望空不見人江海波無窮衰老無氣力呼叫不成風子然憶憶言落地何由通常師共被教竟作生離翁生離不可訴上天何曾聽未忍對松栢自鞭殘朽躬自鞭亦何益知（一作矩）教非所崇努力拄杖來餘活與爾同不然死後恥遺死亦有終

宿空姪院寄澹公

夜坐冷竹聲二三高人語燈窻看律鈔小師別為侶雪簷晴滴滴茗椀華舉舉（一作乳華舉）磬音多風颸聲韻聞江楚官街不相隔詩思空愁予明日策杖歸去住兩延佇

寄陝府鄧（一作竇）給事（第二十四句缺一字）

陝城臨大道館宇屹幾鮮候謁隨芳（一作方）語鏗詞芬蜀牋從來鏡目下見盡道心前自謂古詩量異（一作冀）將新學偏鬢人年六十每月請三千不敢等閑用願為長壽錢非關亦潔爾將以救羸然孤省癡皎皎默吟寫綿綿病書憑畫日（一作目）驛信寄宵鞭疾訴將何諭肆鱗今倒懸塵鯉見枯浪土鬣思乾泉感感無緒蕩愁愁作邊貞元文祭酒（自註即陽公）比謹學韋玄滿坐風無雜當朝雅獨全見知囑徐孺（自註即徐端公）賞句類陶淵一顧生鴻羽再言將鶴翩宣揚隘車馬君子湊駢闐曾是此同睠至今應賜憐磨墨零落淚楷字貢仁賢

送諫議十六叔至孝義渡後奉寄

曉渡明鏡中霞衣相飄飄浪鳧驚亦雙蓬客將誰僚別飲孤易醒離憂壯難銷文清雖無敵儒貴不敢驕江吏捧紫泥海旗剪紅蕉分明太守禮跨躡毗陵橋伊洛去未迴遐矚空寂寥

至孝義渡寄鄭軍事唐二十五

咫尺不得見心中空嗟嗟官街泥水深下脚道路斜嵩少玉峻峻伊雒碧華華岸亭當四迴詩老獨一家洧叟何所如鄭石唯有些何當來說事為君開流霞

答友人

白日照清水淺深無隱姿君子業高文懷抱多正思砥行碧山石結交青松枝碧山無轉易青松難傾移落落出俗韻琅琅大雅詞自非隨氏掌明月安能持千里（一作十載）不可倒（一作到）一返（一作發一作別）無近（一作回）期如何非意中良覿忽在茲道語（一作話）必疎淡儒風易淩遲願存堅貞（一作正直）節勿為霜霰

（一作言）歎

酬友人見寄新文

爲客棲未定況當玄月中繁雲翳碧霄落雪和清風郊陌絶行人原隰多飛蓬耕牛返村巷野鳥依房櫳我無饑凍憂身託蓮花宮安閑賴禪伯復得疏塵蒙覽君郢曲文詞彩何沖融謳吟不能已頓覺形神空

答韓愈李觀別因獻張徐州（一作長安留別李子觀韓愈因獻張徐州）

富別愁在顏貧別愁銷骨懶磨舊銅鏡畏見新白髮古樹春無花子規啼有血離弦不堪聽一聽四五絶（一作三四裂）世途非一險俗慮有（一作各）千結有客步大方驅車獨迷轍故人韓與李逸翰雙皎潔哀我摧折歸贈詞縱橫設徐方國東樞（一作鎮在）元戎天下傑禰生投刺遊王粲吟詩謁高情無遺照朗抱開曉月有土不埋冤有讐皆爲雪願爲直（一作奇）草木永向君地列願爲古琴瑟永向君聽（一作前）發欲識丈夫心曾將孤（一作寶）劍說

答晝上人止讒作

烈烈鸞鷟吟鏗鏗琅玕音梟摧明月嘯鶴起清風心渭水不可渾涇流徒相侵俗侶唱桃葉隱士（一作仙）鳴桂琴子野眞遺却浮淺藏淵深

答姚怤見寄

日月不同光晝夜各有宜賢哲不苟合出處亦待時而我獨迷見意求異士知如將舞鶴管誤向驚鳧吹大雅難具陳正聲易漂淪君有丈夫淚泣人不泣身行吟楚山玉（一作下）義淚沾衣巾

答郭郎中

松柏死不變千年色青青志士貧更堅守道無異營每彈瀟湘瑟獨抱風波聲中有失意吟知者淚滿纓何以報知者永存堅與貞

答盧虔故園見寄

訪舊無一人獨歸清雒春花聞哭聲死水見別容新亂後故鄉宅多爲行路塵因悲楚左右謗玉不知珉

汝墳蒙從弟楚材見贈時郊將入秦楚材適楚

朝爲主人心暮爲行客吟汝水忽淒咽汝風流苦音北闕秦門高南路（一作山）楚石深（一作北闕時時遠南山路更深）分淚灑白日離腸繞青岑何以寄遠懷（一作我書）黃鶴能相尋

同從叔簡酬盧殷少府

梅尉吟楚聲竹風爲淒清深虛冰在性高潔雲入情借水洗閑貌寄蕉書逸名盍將片石文鬬此雙瓊英

酬李侍御書記秋夕雨中病假見寄

秋風遶衰柳遠客聞雨聲重茲阻良夕孤坐唯積誠果枉移疾詠中含嘉慮明洗滌煩濁盡視聽昭曠生未覺衾枕倦久爲章奏嬰達人不寶（一作保）藥所保在閑情

答盧仝

楚屈入水死詩孟踏雪僵直氣苟有存死亦何所妨日劈高查牙清稜含冰漿前古後古冰與山氣勢強閃怪千石形異狀安可量有時春鏡破百道聲飛揚潛仙不足言朗客無隱腸爲君傾海宇日夕多文章天下豈無緣此山雪昂藏煩君前致詞哀我老更狂狂歌不及狂歌聲緣鳳皇鳳兮何當來消我孤直瘡君文眞鳳聲宣隘滿鏗鏘洛友零落盡逮茲悲重傷獨自奮異骨將騎白（一作玉）角翔再三勸莫行寒氣有刀槍仰慙君子多愼勿作芬芳

奉報翰林張舍人見遺之詩

百蟲笑秋律清削月夜聞曉稜視聽微風剪葉已紛君子鑒大雅老人非俊羣收拾古所棄俛仰補空文孤韻恥春俗餘響逸零雰自然蹈終南滌暑凌寒氛巖霰不知午磵澌鎮含曛曾是醒古（一作沽）醉所以多隱淪江調樂之遠溪謠生徒新衆蘊有餘采寒泉空哀呻南謝竟莫至北宋當時珍賾（一作頤）靈各自異酌酒（一作坐）（一作醒）誰能均昔詠多寫諷今詞詎無因品松何高翠（一作何高位）宮（一作翠）殿沒荒榛苔趾識宏製沙漴游崩津忽吟陶淵明此即羲皇人心放出天地形拘在風塵前賢素行階夙嗜青山勤達士立明鏡朗言爲近臣將期律萬有傾倒甄無垠鸞鷟應蟋蟀絲毫意皆申況於三千章哀叩不爲神

送從弟郢東歸

爾去東南夜我無西北夢誰言貧別易貧別愁更重曉色奪明月征人逐羣動秋風楚濤高旅榜將誰共

山中送從叔簡赴舉

石根百尺杉山眼一片泉倚之道氣高飲之詩思鮮於此逍遙場忽奏別離弦却笑薛蘿子不同鳴躍年

送別崔寅亮下第

天地唯一氣用之自偏頗憂人（一作心）成苦吟達士爲高歌君子識不淺桂枝憂更多歲晏期攀折時歸且婆娑素質（一作質貌）如削（一作荊）玉清詞若傾（一作天）河虬龍（一作潛虬）未化時魚鱉同一波去矣當自適故鄉（一作山）饒薜蘿

大梁送柳淳先入關

青山輾（一作轉）爲塵白日無閑人自古推高車爭利西入秦王門與侯門待富不待貧空攜（一作惟賫）一束書去（一作獨）去誰相親（一作將誰親）

送無懷道士遊富春山水（一作送別吳興士歸山）

造化絶（一作最）（一作見）高處富春獨多觀山濃翠滴灑（一作的皪）水折珠摧殘溪鏡不隱髮樹衣長遇（一作禦）寒風猿虛空飛月狖叫嘯酸信（一作即）此神僊路（一作樂）豈爲時俗安煮金陰陽火（一作芙蓉水）囚怪星宿壇花發我（一作或）未識玉生忽蘩攢蓬萊浮蕩漾非道相從難

送溫初下第

日落濁水中夜光誰能分高懷無近趣清抱多遠聞欲識丈夫志心藏孤岳雲長安風塵別咫尺不見君

送盧虔端公守復州

師曠聽羣木自然識孤桐正聲逢知音願出大朴中知音不韻俗獨立占（一作上）古風忽挂觸邪冠逮逐南飛鴻晝肅太守章明明華轂熊商山無平路楚水有驚漴日月千里外光陰難載同新愁徒自積良會何由通

送任載齊古二秀才自洞庭遊宣城（并序）

文章者賢人之心氣也心氣樂則文章正心氣非則文章不正當正而不正者心氣之僞也賢與僞見於文章一直之詞衰代多禍賢無曲詞文章之曲直不由於心氣心氣之悲樂亦不由賢人由於時故今宣州多君子閑暇而寬文章之曲直纖微

悉而備舉洞庭二客勉而客去之鼓其風波之詞

吾知夫樂莫是行也遂爲詩曰

洞庭非人境道路行虛空二客月中下一帆天外風魚龍波五色金碧樹千叢閃怪如可懼在（一作至）誠無不通扣奇知（一作驚）浩淼采異訪（一作動）穹崇物表即（一作積）高韻人間訪仙公宣城文雅地謝守聲聞融證玉易爲力辨珉誰（一作調）不同從茲阮籍淚且免泣途窮

送曉公歸庭山（一作歸檣亭）

庭山（一作檣亭）何崎嶇寺路緣翠微秋齋山盡出日落人獨歸雲生高高步泉灑田田衣枯巢無還羽新木有爭飛茲焉不可繼夢寐空清輝

送豆盧策歸別墅

短松鶴不巢高石雲不（一作始）棲君今瀟湘去意（一作性）與雲鶴齊力買奇險地手開清淺溪身披薜荔衣（一作襟）山陟莓苔梯一卷冰雪文避俗常自攜

送清遠上人歸楚山舊寺（一作國清上人游蘇一作送溪上人）

波中出吳境霞際登楚岑山寺一別來雲（一作風）蘿三改陰詩誇碧雲句道證青蓮心應笑（一作憐）泛萍（一作萍泛）者不知松隱深

山中送從叔簡

莫以手中瓊言邀世上名莫以山中迹久向人間行松柏有霜操風泉無俗聲應憐枯朽質驚此別離情

送蕭鍊師入四明山

閑於獨鶴心大於高（一作喬）松年迥出萬物表高棲四明巔千尋直裂峰百尺倒瀉泉絳雪爲我飯白雲爲我田靜言不語（一作話）俗靈蹤時步天

全唐詩

孟郊

感別送從叔校書簡再登科東歸

長安（一作去年）車馬道高槐（一作柳）結浮陰下有名利人一人千萬心黃鵠多遠勢（一作黃鶴共遠路）滄溟無近潯怡怡靜退姿泠泠思歸吟菱唱忽生聽芸書迴望深清風散言笑餘花綴衣襟獨恨魚鳥別一飛將一沈

送玄亮師（一作送道友）

蘭泉滌我襟杉月棲（一作風棲）我心茗啜綠淨花經誦清柔音何處（一作事）笑爲別淡情（一作然）愁不侵

送李尊（一作宗）師玄

口誦碧簡文身是青霞君頭冠兩片月肩（一作身）披一條雲松骨輕自飛鶴心高不羣

同晝上人送郭（一作鄔一作郤）秀才江南尋兄弟

地（一作池）上春色生眼前詩彩明手攜片寶月言是高僧名溪轉萬曲心（一作石）水流千里聲飛鳴向誰去江鴻弟與兄

春日同韋郎中使君送鄒儒立少府扶侍赴雲陽

離思著百草綿綿生無窮側聞畿甸秀三振詞策雄太守不韻俗諸生皆變風郡齋敞西清楚瑟驚南鴻海畔帝（一作高）城望雲陽天色中酒酣正芳景詩綴新碧叢服綵老萊並侍車江葦同過隋柳顛頓入洛花蒙籠高步詎留足前程在層空獨慙病鶴羽飛送力難崇

送從叔校書簡南歸（一作東游）

長安別離道宛在東城隅寒草根未死愁人心已枯促促水上景遙遙天際途生隨昏曉中皆被日月驅北騎達（一作驥遠）山岳南帆指江湖高蹤一超越千里在須臾

送韓愈從軍

志士感恩起變衣非變性親賓改舊觀僮僕生新敬坐作羣書吟行爲孤劍詠始知出處心不失平生正淒淒天地秋凜凜軍馬令驛塵時一飛物色極四靜王師旣不戰廟畧（一作晝）在（一作畫）無競王粲有所依元瑜初應命一章喻檄明百萬心氣定今朝旌鼓前笑別丈（一作大）夫盛

同茅（一作第）郎中使君送河南裴文學

河南有歸客江風繞行襟送君無塵聽舞鶴清瑟音蔓綴楚棹日華正嵩岑如何謝文學還起會雲（一作長）吟

送李翱習之

習之勢翩翩東南去遙遙贈（一作寄）君雙履足一爲上皐橋皐橋路逶迤碧水清風飄新秋折藕花應對吳語嬌千巷分淥波四門生早潮湖榜輕裛裛酒旗高寥寥小時屐齒痕有處應未銷舊憶如霧星怳見於夢消言之燒人心事去不可招獨孤宅前曲箜篌醉中謠壯年俱悠悠逺茲各焦焦執手復執手唯道無枯凋

送丹霞子阮芳顏上人歸山

松色不肯秋玉性不可柔登山須正路飲水須直流倩鶴附書信索雲作衣裘仙村莫道遠枉（一作挂）策招交游

送從舅端適楚地

歸情似泛空飄蕩楚波中羽扇掃輕汗布帆篩細風江花折菡萏岸影泊梧桐元舅唱離別賤生愁不窮

送盧汀侍御歸天德幕

仲宣領騎射結束皆少年匹馬黃河岸射鵰清霜天旌旗防日北道路上雲巔古雪無銷鑠新氷有堆塡清溪徒聳誚白璧自招賢豈比重恩（一作思）者閉門方獨全

送草書獻上人歸廬山

狂僧不爲酒狂筆自通天將書雲霞片直至清明巔手

中飛黑電象外瀉玄泉萬物隨指顧三光爲迴旋聚（一作驟）書雲霮䨴洗硯山晴鮮忽怒畫虵虺噴然生風煙江人願停筆驚浪恐傾船

和薛先輩送獨孤秀才上都赴嘉會得青字

秦雲攀窈窕楚桂搴芳馨五色豈徒爾萬枝皆有靈仙謠天上貴林詠雪中青持此一爲贈送君翔杳冥

送崔爽之湖南

江與湖相通二水洗高空定知一日帆使得（一作竭）千里風雪唱與誰和俗情多不通何當逸翮縱（一作鶴迹）飛起泥沙中

送超上人歸天台（一作送天台道士）

天台山最高動蹋赤（一作仙）城霞何以靜雙目掃山除妄花何以潔其性（一作鑒形影）濾泉去泥沙靈境物皆直萬松無一斜月中見心近（一作迥）雲外將俗（一作世）賒山獸護方丈山猿捧袈裟（一本無此二句）遺身獨得身笑我牽名華

同李益崔放送王鍊師還樓觀兼爲羣公先營山居

十（一作千）年白雲士一卷紫芝書來結崆峒侶還期縹緲居霞冠遺彩翠月（一作丹）帔上空虛寄謝泉根水清泠閑有餘

張徐州席送岑秀才

振振芝（一作芳）蘭步升自君子堂泠泠松（一作楓）桂吟生自楚（一作蜀）客腸羈鳥無定棲驚蓬在他鄉去茲門館閑即彼道路長雨餘山川淨麥熟草木涼楚淚滴章句京（一作荊）塵染（一作滿）衣裳贈君無餘佗久要不可忘

送黃構擢第後歸江南

澹澹滄海氣結成黃香才幼齡思奮飛弱冠遊靈臺一鶚顧喬木衆禽不敢猜一驥騁長衢衆獸不敢陪遂得會風雨感通如雲雷至矣小宗伯確乎心不回能令幽靜人聲實喧九垓却憶江南道祖筵花裏開春風不能別別罷空徘徊

送道士

千年山上行山上無遺蹤一日人間游六合人皆逢自有意中侶白寒徒相從

送孟寂赴舉

烈士不憂身爲君吟苦辛男兒久失意寶劒亦生塵浮俗官是貴君子道所珍況當聖明主豈乏證玉臣濁水無白日清流鑒蒼旻賢愚皎然別結交當有因

同溧陽宰送孫秀才

廢瑟難爲弦南風難爲歌幽幽拙疾中忽忽浮夢多清韻始嘯侶雅言相與和訟閑每往招祖送奈若何牽苦强爲贈邦邑光峩峩

溧陽唐興寺觀薔薇花同諸公餞陳明府

忽驚紅琉璃千艷萬艷開佛火不燒物淨香空徘徊花下印文字林間詠觴杯羣官餞宰官此地車馬來

送柳淳

青山臨黃河下有長安道世上（一作歲歲）名利人相逢不知老

送殷秀才南遊

詩句臨（一作滿）離袂酒花薰別顏水程千里外岸泊幾宵間風葉亂辭木雪猿清叫山南中多古事詠遍始應還

送青陽上人遊越

秋風吹白髮微官自蕭索江僧何用歎溪縣饒寂寞楚思物皆清越山勝非薄時看鏡中月獨向衣上落多謝入冥鴻笑予在籠鶴

奉同朝賢送新羅使

淼淼望遠國一萍秋海中恩傳日月外夢在波濤東浪興豁胸臆泛程舟虛空既茲吟仗信亦以難私躬實怪賞不足異鮮悅多叢安危所繫重征役誰能窮彼俗媚文史聖朝富才雄送行數百首各以鏗奇工冗隸竊抽韻孤屬思將同

留弟郢不得送之江南

剛有下水船白日留不得老人獨自歸苦淚滿眼黑

送陸暢歸湖州因憑題（一作弔）故人皎然塔陸羽墳

淼淼霅寺前白蘋多清風昔游詩會滿今游詩會空孤吟玉淒惻遠思景蒙籠杼山塼塔禪竟陵廣（一作擴）宵翁饒彼草木聲彷彿聞餘聰因君寄數句遍爲書其藂追吟當時說來者實不窮江調難再得京塵徒滿躬送君溪鴛鴦彩色雙飛東東多高靜鄉芳宅冬亦崇手自擷甘旨供養歡沖融待我遂前心收拾使有終不然洛岸亭歸死爲大同

送淡公

燕本冰雪骨（一作操）越淡蓮花風五言雙寶刀聯響高飛鴻翰苑錢舍人詩韻鏗雷公識本未識淡仰詠嗟無窮清恨生物表朗玉傾夢中常於冷竹坐相（一作寒）語道意沖嵩洛興不薄稽江事難同明年若不來我作黃蒿翁何以兀其心爲君學虛空

坐愛青草上意含滄海濱渺渺獨見水悠悠不問人鏡浪洗手綠剡花入心春雖然防外觸無奈饒衣新行當譯文字慰此吟殷勤

銅斗飲江酒手拍銅斗歌儂是拍浪兒飲則拜浪婆脚踏小船頭獨速舞短蓑笑伊漁陽操空恃文章多閑倚青竹竿白日奈我何

短蓑不怕雨白鷺相爭飛短楫畫菰蒲鬭作豪橫歸笑伊水健兒浪戰求光輝不如竹枝弓射鴨無是非

射鴨復射鴨鴨驚菰蒲頭鴛鴦亦零落彩色難相求儂是清浪兒每踏清浪游笑伊鄉貢郎踏土稱風流如何丱角翁至死不裹頭

師得天文章所以相知懷數年伊雒同一旦江湖乖江湖有故莊小女啼喈喈我憂未相識乳養難和諧幸以片佛衣誘之令看齋齋中百福言催促西歸來

伊洛氣味薄江湖文章多坐緣江湖岸意識（一作織）鮮明波銅斗短蓑行新章其奈何茲焉激切句非是等閑歌製（一作掣）之附驛迴勿使餘風訛都城第一寺昭成屹嵯峨爲師書廣壁仰詠時經過徘徊相思心老淚雙滂沱

江南邑中寺（一作寺邑古）平地生勝山開元吳語僧律韻高且閑妙藥溪岸平桂榜往復還（一作復往還）樹石相鬭生紅綠各異頗風味我遙憶新奇師獨攀

報恩兼報德寺與山爭鮮橙橘金蓋檻竹蕉綠凝禪經章音韻細風磬清泠翩離腸繞師足舊憶隨路延不知幾千尺至死方綿綿

鄉在越鏡中分明見歸心鏡芳步步綠鏡水日日深異

剎碧天上古香清桂岑朗約徒在昔章句忽盈今幸因
西飛葉書作東風吟落我病枕上慰此浮恨侵

韋師袈裟別師斷袈裟歸問師何苦去感吃言語稀意
恐被詩餓欲住將底依盧殷劉言史餓死君已噫不忍
見別君哭君他是非
詩人苦爲詩不如脫空飛一生空鷩氣非諫復非譏脫
枯挂寒枝棄如一唾微一步一步乞半片半片衣倚詩
爲活計從古多無肥詩饑老不怨勞師淚霏霏

送魏端公入朝

東洛尚淹翫西京足芳妍大賓（一作賢）威儀肅上客冠劒鮮
豈惟空戀闕亦以將朝天局促塵末吏幽老病中弦徒
懷青雲價忽至白髮年何當補風教爲薦三百篇

送盧郎中汀

洛水春渡潤別離心悠悠一生空吟詩不覺成白頭向
事每計較與山實綢繆太華天上開其下車轍流縣街
無塵土過客多淹留坐飲孤驛酒行思獨山遊逸關嵐
氣明照渭空漪浮玉珂擺新歡聲與鸞鳳儔朝謁大家
事唯余去無由

送鄭僕射出節山南（一作酬鄭興元僕射招）

國老出爲將紅旗入青山再招門下生結束餘病孱自
笑騎馬醜强從驅馳間顧顧（一作傾傾）磨天路裹裹鏡下顏文
魄既飛越宦情唯等閑羨他白面少多是清朝班惜命
非所報慎行誠獨艱悠悠去住心兩說何能刪

別妻家

芙蓉濕曉露秋別南浦中鴛鴦卷（一作眷）新贈遙戀東牀
空碧水不息浪清溪易生風參差坐（一作路）成阻飄颻去（一作恨）
無窮孤雲目雖斷明月心相通私情詎銷鑠積芳在春
藂

贈姚怤別

美人廢琴瑟不是無巧彈聞君郢中唱始覺知音難驚
蓬無還根馳水多分瀾倦客厭出門疲馬思解鞍何以
寫此心贈君握中丹

贈竟陵盧使君虔別

赤日千里火火中行子心孰不苦焦灼所行爲貧侵山
木豈無涼猛獸蹲清陰歸人憶（一作懷）平坦別路多嶇嶔賴
得竟陵守時聞建安吟贈別折楚芳楚芳（一作芳色）搖衣襟

與韓愈李翺張籍話別

朱弦奏離別華燈少光輝物色（一作思）豈有（一作知）異人心顧將
違客程殊未已歲華忽然（一作已）微秋桐故葉下寒露新雁
飛遠遊起重恨送人念先歸夜集類飢（一作鷄）鳥（一作烏）晨光失
相依馬跡遶川水雁書還（一作妻泣寸）閨闈常恐親朋阻獨行
知慮非

監察十五叔東齋招李益端公會別

欲知惜別離瀉水還清池此地有君子芳蘭步葳蕤手
掇（一作綴）雜英（一作綠）珮意搖春夜（一作夢）思莫作遶山雲循環無定
期

汴州留別韓愈（一本無留字）

不飲濁水瀾空滯此汴河坐見遶岸水（一作氷）盡爲還海波
四時不在家弊服斷線多遠客獨䪼頷春英落（一作各）婆娑
汴水（一作荒陂）饒曲流野桑無直柯但爲君子心歎息（一作飲之）終靡
他

贈別殷山人說易後歸幽墅

夫子說天地若與靈龜言幽幽人不知一一子所敦秋
月吐白夜涼風韻清源旁通忽已遠神感寂不喧一悟
祛萬結夕懷傾朝煩旅輈無停波別馬嘶去轅殷勤荒
草士會有知己論

壽安西渡奉別鄭相公

洛河向西道石波橫磷磷清風送君子車遠無還塵春
別亦蕭索況茲冰霜晨零落景易入鬱抑抱難申百宵
華燈宴一旦星散人歲去弦吐箭憂來蠶抽綸綿綿無
窮事各各馳遶身徘徊黃（一作遥）縹緲倏忽春霜賓相爲物
表物永謝區中姻日嗟來教士仰望無由親
東都清風減君子西歸朝獨抱歲晏恨泗吟不成謠貴
遊意多味賤別情易消迴鳫憶前叫浪鳧念後漂（一作飄）悠
悠孤飛景聳聳銜霜條昧趣多滯澀（一作趾）嬾朋寡新僚病
深理方悟悔至心自燒寂靜道何在憂勤學空饒乃知
減聞見始遂情逍遙文字徒營織聲華諒疑驕顧慙耕
稼士朴略氣韻調善士（一作才）有餘食佳畦冬生苗養人在
養身此旨清如韶願貢高古言敢望錫類招

全唐詩

孟郊

宇文秀才齋中海柳詠

玉縷青葳蕤結爲芳樹姿忽驚明月鉤鉤出珊瑚枝灼
灼不死花蒙蒙長生絲飲栢泛仙味詠蘭擬古詞霜風
清飀飀與君長相思

搖柳（一作採柳）

弱弱本易驚看看勢難定因風似醉舞盡日不能正時
邀詠花女笑輟春妝鏡

曉鶴

曉鶴彈古舌婆羅門叫音應吹天上律不使塵中尋虛

空夢皆斷歆，唏安能禁。如開孤月口，似說明星心。既非人間韻，枉作人間禽。不如相將去，碧落窠巢深。

和薔薇花歌

仙機札札（一作軋軋）織鳳皇，花開七十有二行。天霞落地攢紅光，風枝娲娲時一飏。飛散葩馥遶空王，忽驚錦浪洗新色。又似宮娃逞妝飾，終當一使移花（一作老）根，還比蒲桃天上植。

邀人賞薔薇

蜀色庶可比，楚叢亦應無。醉紅不自力，狂艷如索扶。麗藥惜未埽，宛枝長更紆。何人是花侯，詩老強相呼。

和宣州錢判官使院廳前石楠樹

大朴既一剖，衆材爭萬殊。懿兹南海華，來與北壤俱。生長如自惜，雪霜無凋渝。籠籠抱靈秀，簇簇抽芳膚。寒日吐丹艷，赬子流細珠。鴛鴦花數重，翡翠葉四鋪。雨洗新妝色，一枝如一姝。聳異敷庭際，傾妍來坐隅。散彩飾机桉，餘輝盈盤盂。高意（一作立）因（一作自）造化，常情逐榮枯。主公方寸中，陶植在須臾。養此奉君子，賞覲日爲娱。始覺石楠詠，價傾賦雨（一作兩，一作西）都。棠頌庶可比，桂詞難以踰。因謝丘墟木，空采（一作探）落泥塗。時來開佳姿，道去卧枯株。爭芳無由緣，受氣如鬱紆。抽肝在郢匠，歎息何踟躕。

酬鄭毗躑躅詠

不似人手致，豈關地勢偏。孤光裹餘翠，獨影舞多妍。迸火燒閑地，紅星墮青天。忽驚物表物，嘉客爲留連。

品松

追悲謝靈運，不得殊常封。縱然孔與顔，亦莫及此松。此松天格高，聳異千萬重。抓拏巨靈手，擘裂少室峰。擘裂風雨獰，抓拏指爪牖（同傭，均也，直也）。道入難抱心，學生易墮蹤。時時數點仙，娲娲一線龍。霏微嵐浪際，遊戲顥興濃。品松徒高高，雌鳴（一作鴻，一作語）詎雍雍。賞異尚可貴，賞潛誰能容。名華非典實，翦棄徒纖茸。刻削大雅文，所以不敢慵。

答李員外小榼味

一拳芙蓉水，傾玉何冷冷。仙情（一作清風）已高，詩味今更馨。試啜月入骨，再銜愁盡醒。荷君道古誠，使我善飛（一作振）翎。

井上枸杞架

深鎖銀泉甃，高葉架雲空。不與凡木並，自將仙蓋同。影疎千點月，聲細萬條風。迸子鄰溝外，飄香客位中。花杯承此飲，椿歲小無窮。

蜘蛛諷（一作詠）

萬類皆有性，各各禀天和。蠶身與汝身，汝身何太訛。蠶身不爲己，汝身（一作心）不爲佗。蠶絲爲衣裳，汝絲爲網羅。濟物幾（一作既）無功，害物日（一作自）已多。百蟲雖切恨，其將奈爾何。

蚊

五月中夜息，飢蚊尚營營。但將膏血求，豈覺性命輕。顧已寧自愧，飲人以偷生。願爲天下幮，一使夜景清。

燭蛾

燈前雙舞蛾，厭生何太切。想爾飛來心，惡明不惡滅。天若百尺高，應去掩明月。

和錢侍郎甘露

玄天何以言，瑞露青松繁。忽見垂書跡，還驚涌澧源。春枝晨娲娲，香味曉翻翻。子禮忽來獻，臣心固易敦。清風惜不動，薄霧肯蒙昏。嘉晝色更晶，仁慈久乃存。一方難獨占，天下恐爭論。側聽飛中使，重榮華（一作萃）德門。從公樂萬壽，餘慶及兒孫。

和令狐侍郎郭郎中題項羽廟

碧草凌古廟，清塵鎖秋窗。當時獨宰割，猛志誰能降。鼓氣雷作敵，劍光電爲雙。新悲徒自起，舊恨（一作懷舊）空浮江。

讀張碧集

天寶太白殁，六義已消歇。大哉國風本，喪而王澤竭。先生今復生，斯文信難缺。下筆證興亡，陳詞備風骨。高秋數奏琴，澄潭一輪月。誰作采詩官，忍（一作敎）之不揮發。

聽琴

颯颯微雨收，翻翻橡（一作桐）葉鳴。月沈亂峰西，寥落三四星。前溪忽調琴，隔林寒琤琤。聞彈正弄聲，不敢枕上聽。迴燭整頭簪，漱泉立中庭。定步屐（一作履）齒深，貌禪目冥冥。微風吹衣襟，亦認宮徵聲。學道三十年，未免憂死生。聞彈一夜中，會盡天地情。

聞夜啼贈劉正元

寄泣須寄黃河泉，此中怨聲（一作淚怨）流徹（一作到方）天。愁人獨有夜燈見，一紙鄉書淚滴穿。

喜雨

朝見一片雲，暮成千里雨。淒清濕高枝，散漫沾荒土。

終南山下作

見此原野秀，始知造化偏。山村不假陰，流水自（一作川）雨田。家家梯碧峰，門門鎖青煙。因思蜕骨人，化作飛桂仙。

觀種樹

種樹皆待春，春至難久留。君看朝夕花，誰免離別愁。心意已零落，種之仍未休。胡爲好奇者，無事自買憂。

春雨後

昨夜一霎雨，天意蘇羣物。何物最先知，虛庭草爭出。

答友人贈炭

青山白屋有仁人，贈炭價重雙烏銀。驅却坐上千重寒，燒出爐中一片春。吹霞弄日光不定，暖得曲身成直身。

爛柯石

仙界一日内，人間千載窮。雙棊未徧局，萬物皆爲空。樵客返歸路，斧柯爛從風。唯餘石橋在，猶自凌丹虹（一作猶有靈丹紅）。

尋言上人

萬里莓苔地，不見驅馳蹤。唯開文字窗，時寫日月容。竹韻漫蕭屑，草花徒蒙（一作纖）茸。披霜入衆木，獨自識青松。

噴玉布

去塵咫尺步，山笑康樂巖。天開紫石屏，泉縷（一作鏤）明月簾。仙凝刻削跡，靈綻雲霞纖。悦聞若有待，瞥見終無厭。俗玩詎能近，道嬉方可淹。踏着不死機，欲歸多浮嫌。古醉今忽醒，今求古仍潛。古今相共失，語默兩難恬。贈君噴玉布，一濯高漸漸。

姑蔑城

劲越既成土，強吳亦爲墟。皇風一已被，兹邑信平居。撫俗觀舊跡，行春布新書。興亡意何在，綿歎空躊躕。

崢嶸嶺

疏鑿順高下，結構橫煙霞。坐嘯郡齋肅，玩奇石路斜。古

樹浮綠氣高門結朱華始見崢嶸狀仰止逾可嘉

尋裹處士

涉水更登陸所向皆清眞寒草不藏徑靈峯知有人悠哉鍊金客獨與煙霞親曾是欲輕舉誰言空隱淪遠心寄白月（一作日）華髮迴青春對此欽勝事胡爲勞我身

子慶詩

王家事已奇孟氏慶無涯獻子還生子羲之又有之鳳兮且莫歎鯉也會聞詩小小豫章甲纖纖玉樹姿人來唯仰乳母抱未知慈我欲揀其養放麛者是誰

甜淮上觀公法堂

動覺日月短靜知時歲長自悲道路人暫宿空閑堂孤燭讓清晝紗巾敛輝光高僧積素行事外無剛強我有巖下桂願爲爐中香不惜青翠姿爲君（一作師）揚芬芳淮水色不汙汴流徒渾黃且將琉璃意淨綴芙蓉章明日還獨行羇愁來舊腸

江邑春霖奉贈陳侍御

江上花木凍雨中零落春應由放忠直在此成漂淪嘉艷皆損汙好音難殷勤天涯多遠恨雪涕盈芳辰坐哭青草上臥吟幽水濱興言念風俗得意唯波鱗枕席病流濕簷楹若飛津始知吳楚水不及京洛塵風浦蕩歸棹泥陂陷征輪兩途日無遂相贈唯沾巾

溧陽秋霽

晚雨曉猶在蕭寥激前階星星滿衰鬢耿耿入秋懷舊識半零落前心驟相乖飽泉亦恐醉惕宦肅如齋上客處華池下寮宅枯崖叩高占生物齟齬回難諧

列仙文

大霞霏晨暉元氣無常形玄轡飛霄外八景乘高清手把玉皇袂攜我晨中生玄庭自嘉會金書拆華名賢女密所妍相期洛水軿

右方諸青童君

欻駕空清虛徘徊西華館瓊輪暨晨抄虎騎逐煙散惠風振丹旌明燭朗八煥解襟墉房內神鈴鳴璀璨棲景若林柯九弦空中彈遺我積世憂釋此千載歎怡眄無極已終夜復待旦

右清虛眞人

駕我八景輿欻然入玉清龍羣拂霄上虎旗攝朱兵逍遙三弦際萬流無暫停哀此去留會劫盡天地傾當尋無中景不死亦不生體彼自然道寂觀合大冥南嶽挺直幹玉英曜頴精有任靡期事無心自虛靈嘉會絳河內相與樂未英

右金母飛空歌

丹霞煥上清八風鼓太和迴我神霄輦遂造嶺玉阿咄嗟天地外九圍皆我家上采白日精下飲黃月華靈觀空無中鵬路無間邪顧見魏賢安濁氣傷汝和勤研玄中思道成更相過

右安度明

夏日謁智遠禪師

吾師當幾祖說法云無空禪心三界外宴坐天地中院靜鬼神去身與草木同因知護王國滿鉢盛毒龍抖擻塵埃衣謁師見眞宗何必千萬劫瞬息去樊籠盛夏火爲日一堂十月風不得爲弟子名姓挂儒宮

訪嵩陽道士不遇

先生五兵（一作岳）遊文焰藏金鼎日下鶴過（一作歸）時人間空落影常言一粒藥不墮生死境何當列禦寇去問仙人請

聽藍溪僧爲元居士說維摩經

古樹少枝葉眞僧亦相依山木自曲直道人無是非手持維摩偈心向居士歸空景忽開霽雪花猶在衣洗然水溪晝寒物生光輝

借車

借車載家具家具少於車借者莫彈指貧窮何足嗟百年徒役走萬事盡隨花

喜符郎詩有天縱

念符不由級屹得文章階白玉抽一毫綠珉已難排偷筆作文章乞墨潛磨揩海鯨始生尾試擺蓬壺渦幸當禁止之勿使恣狂懷自悲無子嗟喜妬雙喈喈

憑周況先輩於朝賢乞茶

道意勿乏味心緒病無悰蒙茗玉花盡越甌荷葉空錦水有鮮色蜀山饒芳藂雲根纔翦綠印縫已霏紅曾向貴人得最將詩叟同幸爲乞寄來救此病（一作窮）劣躬

上昭成閣不得於從姪僧悟空院歎嗟

欲上千級（一作尺）閣問天三四言未盡數十登心目風浪翻手手把驚魄脚脚踏墜魂却流至舊手傍掣猶欲奔老病但自悲古蠹木萬痕老力安可誇秋海萍一根孤叟何所歸晝眼如黃昏常恐失好步入彼市井門結僧爲親情策竹爲子孫此誠徒切切此意空存存一寸地上語高天何由聞

魏博田興尚書聽娵（一本有之字）命不立非夫人詩

君子耽古禮如饞魚吞鉤昨聞敬娵言掣心東北流魏博田尚書與禮相綢繆善詞聞天下一日一再周

讀經

垂老抱佛脚教妻讀黃經經黃名小品一紙千明星曾讀大般若細感肸蠁聽當時把齋中方寸抱萬靈忽復入長安蹴踏日月寧老方却歸來收拾可丁丁拂拭塵几案開函就孤亭儒書難借索僧籤饒芳馨驛驛不開手鏗鏗聞異鈴得善如焚香去惡如脫腥安得顏子耳曾未如此聽聽之何有言德教貴有形何言中國外有國如海萍海萍國教異天聲各泠泠安排未定時心火競熒熒將如庶幾者聲盡形元冥

謝李輈再到

等閑拜日晚夫妻猶相瘧況是賢人宼何必哭飛揚昨夜夢得劒爲君藏中腸會將當風烹血染布衣裳勞君又叩門詞句失尋常我不忍出廳血字濕土墻血字耿不滅我心懼惶惶會有鏗鏘夫見之目生光生光非等閑君其且安詳

忽不貧喜盧仝書船歸洛

貧孟忽不貧請問孟何如盧仝歸洛船崔嵬但載書江潮清翻翻淮潮碧徐徐夜信爲朝信朝信良卷舒江淮君子水相送仁有餘我去官色衫肩經入君廬喃喃肩經郎言語傾琪琚琪琚鏗好詞烏鵲躍庭除書船平安

歸喜報鄉里閭我願拾遺柴巢經於空虛下免塵土侵
上爲(一作與)雲霞居日月更相鎖道義分明儲不願空岧嶢
但願實工夫實空二理微分別相起予經書荒蕪多爲
君勉勉鋤勉勉不敢專傳之方在諸

全唐詩
孟郊

弔國殤

徒言人最靈白骨亂縱橫如何當春死不及羣草生堯
舜宰乾坤器農不器兵秦漢盜山岳鑄殺不鑄畊天地
莫生金生金人競爭

弔比干墓

殷辛帝天下厭爲天下尊乾剛既一斷賢愚無二門佞
是福身本忠是喪已源餓虎不食子人無骨肉恩日影
不入地下埋冤死魂有骨不爲土應作直木根今來過
此鄉下馬弔此墳靜念君臣間有道誰敢論

弔元魯山

搏鷙有餘飽魯山長飢空豪人飫鮮肥魯山飯蒿蓬食
名皆霸官食力乃堯農君子恥新態魯山與古終天璞
本平一人巧生異同魯山不自剖全璞竟没躬(一作窮)
自剖多是非流濫將何歸奔競(一作捐軀)立詭節凌侮爭怪輝
五常坐銷鑠萬類隨衰微以茲見魯山道蹇無所依
君子不自蹇魯山蹇有因苟含天地秀皆是天地身天
地蹇既甚魯山道莫伸天地氣不足魯山食更貧始知
補元化竟須得賢人
賢人多自霾道理與俗乖細功不敢言遠韻方始諧萬
物飽爲飽萬人懷爲懷一聲苟失所衆憾來相排所以
元魯山飢衰難與偕
遠階無近級造次不可升賢人潔腸胃寒日空澄凝血
誓竟訛謬膏明易煎蒸以之驅魯山疎迹去莫乘
言從魯山宦盡化堯時心豺狼恥狂噬齒牙閑霜金(一作針)
競來闢田土相與耕嶔岑當(一作常)宵無關鎖竟歲饒歌吟
善敎復(一作復)天術美詞非俗箴精微自然事視聽不可尋
因書魯山績庶合簫韶音
簫韶太平樂魯山不虛作千古若有知百年幸如昨誰
能嗣敎化以此洗浮薄君臣貴深遇天地有靈橐力運
既艱難德符方合漠名位苟虛曠聲明自銷鑠禮法雖
相救貞濃易糟粕哀哀元魯山畢竟誰能度
當今富敎化(一作禮嘉士)(一作聖主)元后得賢相冰心鏡衰古霜議清
遐障幽埋盡洗(一作洸)洗滯旅免流浪唯餘魯山名未獲旌
廉讓二三貞苦士刷視聳危望髮秋青山夜目斷丹闕
亮誘類幸從茲嘉招固非妄小生奏狂狷感惕增萬狀
黃犢不知孝魯山自駕車非賢不可妻魯山竟無家供
養恥佗力言詞豈纖瑕將謠魯山德瀆海(一作海瀆)誰能涯
遺嬰盡雛乳何況骨肉枝心腸結苦誠胸臆垂甘滋事
已出古表誰言獨今奇賢人母萬物豈弟流前詩

哭李觀

志士不得老多爲直氣傷阮公終日哭壽命固難長顏
子既殂謝孔門無輝光文星落奇曜寶劍摧修鋩常作
金應石忽爲宮(一作參)別商爲爾弔琴瑟斷弦難再張偏轂
不可轉隻翼不可翔清塵無吹噓委地難飛揚此義古
所重此風今則亡自聞喪元賓一日八九狂沈痛此丈
夫驚呼彼穹蒼我有出俗韻勞君疾惡腸知音既已矣
微言(一作善)誰能彰旅葬無高墳栽松不成行哀歌動寒日
贈淚沾晨霜神理本窅窅(一作寞寞)今來更茫茫何以蕩悲懷
萬事付一觴

李少府廳弔李元賓遺字(自註：元賓題少府廳云：宿從叔宅，有感，有其義而無其辭)

零落三四字忽成(一作然)千萬年那知冥寞(一作寂)客不有補亡
篇斜月弔(一作吐)空壁旅人難獨眠一生能幾時百慮來相
煎戚戚故交淚幽幽長夜泉已矣難重言一言一潸然

悼吴興湯(一作楊)(一作張)衡評事

君生(一作在)雪水清君歿雪水渾空令(一作有)骨肉情(一作親)哭得白
日昏大夜不復曉古松長閉門琴弦綠水絕詩句青山
存昔爲芳春顏今爲荒草根獨問冥冥理先儒未曾言

哀孟雲卿嵩陽荒居

戚戚抱幽獨宴宴沈荒居不聞新歡笑但覩舊詩書藝
櫱意彌苦耕山食無餘定交昔何在至戚今或疎薄俗
易銷歇淳風難久舒秋蕪上空堂寒槿落枯渠薙草恐
傷蕙攝衣自理鋤殘芳亦可餌遺秀誰忍除徘徊未能
去爲爾涕漣如

哭盧貞國

一別難與期存亡易寒燠下馬入君門聲悲不成哭自
能富才藝當冀深榮祿皇天負我賢遺恨至兩目平生
嘆無子家家(一作事)親相囑

傷舊遊

去春會處今春歸花數不減人數稀朝笑片時暮成泣
東風一向(一作見)還西輝

弔房十五次卿少府

日高方得起獨賞些些春可惜宛轉鶯好音與佗人昔
年此氣味還走曲江濱逢著韓退之結交方殷勤蜀客
骨目高聰辯劍戟新如何昨日歡今日見無因英奇一
謝世視聽一爲塵誰言老淚短淚短沾衣(一作足沾)巾

逢江南故晝上人會中鄭方回(自註：上人往年手札五十篇相贈，云以爲佗日之念)

相逢失意中萬感因語至追思東林日掩抑北邙淚筐
篋有遺文江山舊清氣塵生逍遥注(一作篇)墨故飛動字荒
毁碧澗居虛無青松位珠沈百泉暗月死羣象閉永謝
平生言知音豈容易

哭祕書包大監

哲人卧病日賤子泣玉年常恐寶鏡破明月難再圓文
字未改素聲容忽歸玄始知知音稀千載一絕弦舊館
有遺琴清風那復傳

悼幼子

一閑黃蒿門不聞白日事生氣散成風枯骸化爲地負我十年恩欠爾千行淚灑之北原上不待秋風至

悼亡

山頭明月夜增輝增輝不照重泉下泉下雙龍無再期金蠶玉燕空銷化朝雲暮雨成古墟蕭蕭野竹風吹亞

弔李元賓墳

曉上荒涼原弔彼寂寥（一作寞寞）魂眼咽此時淚耳悽在日言冥冥（一作寂寂）千萬年墳鎖孤松根

覽崔爽遺文因紓幽懷（自註崔君沒于南方）

墮淚數首文悲結千里墳蒼旻且留我白日空遺君仙鶴未巢月哀鳳先墜雲清風獨起時舊語如再聞瑶草罷葳蕤桂花休氛氳萬物與我心相感吳（一作哭）江濆

峽哀

昔多相與笑今誰相與哀峽哀哭幽魂（一作夢）噭噭風吹來墮魄抱空月出没難自裁齏粉一閃間春濤百丈（一作尺）雷峽水聲不平碧沲牽清洄沙稜箭箭（一作澌澌）急波齒齗齗開呀彼無底吮待此不測災谷號相噴激石怒爭旋迴古醉（一作罪）有（一作少）復鄉今縲多爲能字孤徒髣髴銜雪猶驚猜薄俗少直腸交結須橫財黃金買相弔幽泣無餘漼我有古心意爲君空摧頹

上天下天水出地入地舟石劒相劈斫石波怒蛟虬花木疊宿春風飈凝古秋幽怪窟穴語飛聞肸蠁流冤哀日已深銜訴將何求

三峽一線天三峽萬繩泉上仄碎日月下掣狂漪漣破魂一兩點凝幽數百年峽暉不停午峽險多飢涎樹根鎖枯棺孤骨裊裊懸樹枝哭霜棲哀韻杳杳鮮逐客零落腸到此湯火煎性命如紡績道路隨索緣莫淚（一作酹）弔波靈波靈將閃然

峽亂鳴清磬（一作峽虬鳴清磬）産石爲鮮鱗噴爲腥雨涎吹作黑井身怪光閃衆異餓劒唯待人老腸未曾飽古齒嶄嵓嗔齧三峽泉三峽聲齗齗

峽螭（一作蛟）老解語百丈潭底聞毒波爲計校飲血養子孫既非皐陶吏空食沉獄（一作玉）魂潛怪何幽幽魄說徒云云

峽聽哀哭泉峽弔鰥寡猿峽聲非人聲劒水相劈翻斯誰士諸謝奏此沉苦言讒人峽虬心渴罪呀然潯所食無直腸所語饒梟音石齒嚼百泉石風號千琴幽哀莫能遠分雪何由尋月魄高卓卓峽窟（一作寃）清沉沉銜訴何時明抱痛已不禁犀飛空波濤裂石千嶔岑

峽稜劃日月日月多摧輝物皆斜仄生鳥亦（一作翼）斜仄飛潛石齒相鎖沉魂招莫歸恍惚清泉甲斑斕碧石衣餓嚥潺湲號涎似泓浤肥峽青（一作春）不可遊腥草生微微

峽景滑易墮峽花怪非春紅光根潛涎碧雨飛沃津巴谷蛟螭心巴鄉魍魎親啾生不問賢至死獨養身腥語信者誰拗歌歡非眞仄田無異稼毒水多獰鱗異類不可友峽哀哀難伸

峽水劒戟獰峽舟霹靂翔因依虺蜴手起坐風雨忙峽旅多竄官峽氓多非良滑心不可求滑習積已長漠漠涎霧起齗齗涎水光渴賢如之何忽在水（一作此）中央

梟鴟作人語蛟虬吸水波能于白日間諂欲晴風和駭智蹶衆命蘊腥布深蘿齒泉無底貧鋸涎在處多仄樹鳥不巢踔踏猿相過峽哀不可聽峽怨其奈何

杏殤（并序）

杏殤花乳也霜翦而落因悲昔嬰故作是詩

凍手莫弄珠弄珠珠易飛驚霜莫翦春翦春無光輝零落小花乳斕斑昔嬰衣拾之不盈把日暮空悲歸

地上空拾星枝上不見花哀哀孤老人戚戚無子家豈若没水鳬不如拾巢鴉浪轂破便飛風雛裊相誇芳嬰不復生向物空悲嗟

應是一線淚入此春木心枝枝不成花片片落翦金春壽何可長霜哀亦已深常時洗芳泉此日洗淚襟

兒生月不明兒死月始光兒月兩相奪兒命果不長如何此英英亦爲弔蒼蒼甘爲墮地塵不爲末世（一作世末）芳

踏地恐土痛損彼芳樹根此誠天不知翦棄我子孫垂枝有千落芳命無一存誰謂生人家春色不入門

冽冽霜殺春枝枝疑纖刀木心既零落山竅空呼號班班落地英點點如明膏始知天地間萬物皆不牢

哭此不成春淚痕三四斑失芳蝶既狂失子老亦孱且無（一作豈）生生力自（一作甘）有死死顔靈鳳不銜訴誰爲扣天關

此兒自見災花發多不諧窮老收碎心永夜抱破懷聲死更何言意死不必喈病叟無子孫獨立猶束柴

霜似敗紅芳翦啄十數雙參差呻細風噞喁沸（一作戲）淺江泣凝（一作疑）不可消（一作誚）恨壯難自降空遺舊日影怨彼（一作此）小書窗

弔江南老家人春梅

念爾筋力盡違我衣食恩奈何粗獷兒生鞭見死痕舊使常以禮新怨（一作寃）將誰吞胡爲乎泥中（一作上天）消歇教義源

哭李丹員外并寄杜中丞

生死方知交態存忍將齇齵報幽魂十年同在平原客更遣何人哭寢門

哭劉言史

詩人業孤峭餓死良已多相悲與相笑累累其奈何精異劉言史詩腸傾珠河取次抱置之（一作抛擲）（一作爲）飛過東溟波可惜大國謠飄爲四夷歌常于衆中會顔色兩切嗟今日果成死葬襄（一作喪）之洛河洛岸遠相弔灑淚雙滂沱

弔盧殷

詩人多清峭餓死抱空山白雲既無主飛出意等閑久病牀席尸護喪童僕孱故書窮鼠囓狼籍一室間君歸新鬼鄉我面古玉（一作土）顔羞見入地時無人叫追攀百泉空相弔日久（一作夕）哀潺潺

唧唧復唧唧千古一月色新新復新新千古一花春邙風噫孟郊嵩秋葬盧殷北邙前後客相弔爲埃塵北邙棘針草淚根生苦辛烟火不自煖筋力早已貧幽薦一盃泣瀉之清洛濱添爲斷腸聲愁殺長别人

棘針風相號破碎諸苦哀苦哀不可聞掩耳亦入來哭弦多煎聲恨涕有餘摧噫貧氣已焚噫死心更灰夢世浮閃閃淚波深洄洄薤歌一以去蒿閉不復開

登封草木深登封道路微日月不與光莓苔空生衣可憐無子翁蚍蜉緣病肌攣臥歲時長漣漣但幽噫幽噫

虎豹聞此外相訪稀至親唯有詩抱心死有歸河南韓
先生後君作因依磨一片嵌巖書千古光輝
賢人無計校生苦死徒誇佗名潤子孫君名潤泥沙可
惜千首文閃如一朝花零落難苦言(一作久留)起坐空驚嗟
耳聞陋巷生眼見魯山君餓死始有名餓名高氛氳蕙
叟老壯氣感之爲憂雲所憂唯一泣古今相紛紛平生
與君說逮此俱云云
初識漆鬚髮爭爲新文章夜踏明月橋店飲(一作盧殷)吾曹床
醉啜二盃釀名郁一縣香寺中摘梅花園裏翦浮芳高
嗜綠蔬(一作雲)羹意輕肥膩羊吟哦無滓韻言語多古腸白
首忽然至盛年如偷將清濁俱莫追何須罵滄浪
前賢多哭酒哭酒免哭心後賢試銜之哀至無不深少
年哭酒時白髮亦已侵老年哭酒時聲韻隨生沉寄言
哭酒賓勿作登封音登封徒放聲天地竟難尋
同人少相哭異類多相號始知禽獸癡却至天然高非
子病無淚非父念莫勞如何裁親疎用禮如用刀孤喪
鮮匍匐閉哀抱鬱陶煩他手中葬誠信焉能褒嗟嗟無
子翁死棄如脫毛
聖人哭賢人骨化氣爲星文章飛上天列宿增晶熒前
古文可數今人文亦靈高名稱謫仙昇降曾莫停有文
死更香無文生亦腥爲君鏗好辭永傳作謐寧

全唐詩目　第六函

第六册

張籍　五卷

全唐詩

張籍

張籍字文昌蘇州吳人或曰和州烏江人貞元十五年
登進士第授太常寺太祝久之遷祕書郎韓愈薦爲國
子博士歷水部員外郎主客郎中當時有名士皆與游
而愈賢重之籍爲詩長于樂府多警句仕終國子司業
詩集七卷今編爲五卷

寄遠曲

美人來去春江暖江頭無人湘水滿浣沙石上水禽栖
江南路長春日短蘭舟桂楫常渡江無因重寄雙瓊璫

行路難

湘東行人長歎息十年離家歸未得弊裘羸馬苦難行
僮僕饑寒(一作盡飢)少筋力君不見牀頭黃金盡壯士無顏色
龍蟠泥中未有雲不能生彼升天翼

征婦怨

九月匈奴殺邊將漢軍全沒遼水上萬里無人收白骨
家家城下招魂葬婦人依倚子與夫同居貧賤心亦舒
夫死戰場子在腹妾身雖存如晝燭

白紵(一作苧)歌

皎皎白紵(一作苧)白且鮮將作春衣稱少年裁縫長短不能
定自持刀尺向姑前復恐蘭膏汙纖指常遣傍人收墮
珥衣裳著時寒食下還把玉鞭鞭白馬

野老歌(一作山農詞)

老農家貧在山住耕種山田三四畝苗疎稅多不得食
輸入官倉化爲土歲暮鋤犁傍空室呼兒登山收橡實
西江賈客珠百斛船中養犬長食肉

寄衣曲

纖素縫衣獨苦辛遠因回使寄征人官家亦自寄衣去
貴從妾手著君身高堂姑老無侍子不得自到邊城裏
殷勤爲看初著時征夫身上宜不宜

送遠曲

戲馬臺南山簇簇山邊飲酒歌別曲行人醉後起登車
席上回尊勸僮僕青天漫漫覆長路遠遊無家安得住
願君到處自題名他日知君從此去

築城詞(一作曲)

築城處(一作去)千人萬人齊把(一作抱)杵重重土堅試行(一作用)錐軍
吏執鞭催作遲來時一年深磧裏盡著短衣渴無水力
盡不得拋(一作休)杵聲杵聲未盡(一作定)人皆死家家養男當門
戶今日作君城下(一作上)土

猛虎行

南山北山樹冥冥猛虎白日繞林(一作村)行向晚(一作晚)一身當
道食山(一作此)中麋鹿盡無聲年年養子在空(一作深)谷雌雄上
山(一作下)不相逐谷中近窟有山村(一作林)長向村家(一作林中)取黃犢
五陵年少不敢射空來林下看行迹

別離曲

行人結束出門去幾時更踏門前路（一作馬蹄幾時踏門路）憶昔君初納采時不言身屬遼陽戍早知今日當別離成君家計良爲誰男兒生身自有役那得誤我少年時不如逐君征戰死誰能獨老空閨裏

牧童詞

遠牧牛遶村四面禾黍稠陂中飢烏啄牛背令我不得戲壠頭入陂草多牛散行白犢時向蘆中鳴隔堤吹葉應同伴還鼓長鞭三四聲牛牛食草莫相觸官家截爾頭上角

沙堤行呈裴相公（一作國一本無呈裴相公四字）

長安大道沙爲堤早風無塵雨（一作晚一作暖）無泥宮中玉漏下三刻朱衣導騎丞相來路傍高樓息歌吹千車不行行者避街官閭吏相傳呼當前十（一作千）里惟空衢白麻詔下移相印新堤未成舊堤盡

求仙行

漢皇欲作飛仙子年年採藥東海裏蓬萊無路海無邊方士舟中相枕死招搖在天迴白日甘泉玉樹無仙實九皇眞人終不下空向離宮祠太乙丹田有氣凝素華君能保之昇絳霞

古（一作寶）釵歎

古釵墮（一作墜）井無顏色百尺泥中今復得鳳凰宛轉有古儀欲爲首飾不稱時女伴傳看不知主（一作玉窗下）羅袖拂拭生光輝蘭膏已盡股半折雕文刻樣無年月雖離井底入匣中不用還與墜時同

各東西（一本此下有言字）

遊人別一東復一西出門相背兩不返惟信車輪與馬蹄道路悠悠不知處山高海闊誰辛苦遠遊不定難寄書日日空尋別時語浮雲上天雨墮地暫時會合終離異我今與子非一身安得死生不相棄

節婦吟寄東平李司空師道

君知妾有夫贈妾雙明珠感君纏綿意繫在紅羅襦妾家高樓連苑起良人執戟明光裏知君用心如日月事夫誓擬同生死還君明珠雙淚垂何不相逢未嫁時

讌客詞

上客不用顧金羈主人有酒君莫違請君看取園中花地上漸多枝上稀山頭樹影不見石溪水無風應（一作晚）更碧（一作映天碧）人人齊醉起舞時誰覺翻衣與倒幘明朝花盡人已去此地獨來空繞樹

永嘉行

黃頭鮮卑入洛陽胡兒執戟升明堂晉家天子作降虜公卿奔走如牛（一作驅）羊（一作盡去驅牛羊）紫陌旌旛暗相觸家家雞犬驚上屋婦人出門隨亂兵夫死眼前不敢哭九州諸侯自顧土無人領兵來護主北人避胡多在南南人至今能晉語

採蓮曲

秋江岸邊蓮子多採蓮女兒凭（一作並）船歌青房圓實齊戢戢爭前競折漾微波試牽綠莖下尋藕斷處絲多刺傷手白練束腰袖半卷不插玉釵妝梳淺船中未滿度前洲借問阿誰家住遠歸時共待暮潮上自弄芙蓉還蕩槳

傷歌行（元和中楊憑貶臨賀尉）

黃門詔下促收捕京兆尹繫御史府出門無復部曲隨親戚相逢不容語辭成謫尉南海州受命不得須臾留身着青衫騎惡馬中（一作東）門之外（一作東）無送者郵夫防吏急諠驅往往驚墮馬蹄下長安里中荒大宅朱門已除十二戟高堂舞榭鎖管絃美人遙望西南天

吳宮怨

吳宮四面秋江水江清露白芙蓉死吳王醉後欲更衣座上美人嬌不起宮中千門復萬户君恩反覆誰能數君心與妾既不同徒向君前作歌舞茱萸滿宮紅實垂秋風嫋嫋生繇枝姑蘇臺上夕燕罷佗人侍寢還獨歸白日在天光在地君今那得長相棄

北邙行（一作白邙山）

洛陽北門北邙道喪車轔轔入秋草車前齊唱薤露歌高墳新起白峩峩朝朝暮暮人送葬洛陽城中人更多千金立碑高百尺終作誰家柱下石山（一作壠）頭松柏半無主地下白骨多於土寒食家家送紙錢烏鳶作窠銜上樹人居朝市未解愁請君暫向北邙遊

關山月

秋月朗（一作明）朗關山上山中行人馬蹄響關山秋來雨雪多行人見月唱邊歌海邊茫茫天氣白胡兒夜度黃龍磧軍中探騎暮出城伏兵暗處低旌戟溪水（一作沙磧）連天霜草平野駝尋水磧中鳴隴頭風急雁不下沙場苦戰多流星可憐萬國（一作里）關山道年年戰骨多秋草

隴頭行

隴頭路斷（一作已）人不行胡騎夜（一作已）入涼州城漢兵處處格鬭死一朝盡沒隴西地驅我邊人胡中去散（一作恣）放牛羊食禾黍去年中國養子孫今著氈裘學胡語誰能更（一作還）使李輕車收（一作重）取涼州入（一作屬）漢家

楚妃歎（一作怨）

湘雲初起江沉沉君王遙在雲夢林江南雨多旌旗（一作戟）暗臺下朝朝春水深章華殿前朝萬（一作下）國君心獨自無終極楚兵滿地能（一作兼）逐禽誰用一身騁筋力西江若鱳雲夢中麋鹿死盡應還宮

春日行

春日融融池上暖竹牙出土蘭心短草堂晨起酒半醒家僮報我（一本有後字）園花（一本有已字）滿頭上皮冠未曾整直入花間不尋徑樹樹殷勤盡遶行攀枝未徧春日暝不用積金著青天不用服藥求神仙但願園裏花長好一生飲酒花前老

秋夜長

秋天如水夜未央天漢東西月色光愁人不寐畏枕席暗蟲唧唧（一作嘖嘖）遶我傍荒城爲村無更聲起看北斗天未明白露滿田風嫋嫋千聲萬聲鶡鳥鳴

白鼉鳴

天欲雨有東風南谿白鼉鳴窟中六月人家井無水夜聞鼉聲人盡起

洛陽行

洛陽宮闕當中州，城上峩峩十二樓。翠華西去幾時返，梟(一作鳴)巢乳鳥藏蟄鷰。御門空鎖五十年，稅彼農夫修玉殿。六街朝暮鼓鼕鼕，禁兵持戟守空宮。百官月月拜章表，驛使相續長安道。上陽宮樹黃復綠，野豺入苑食麋鹿。陌上老翁雙淚垂，共說武皇巡幸時。

春江曲

春江無雲(一作水)潮水平(一作水平滿)，蒲心出水(一作江心浴浴)鳧雛鳴。長干夫壻愛遠行，自染春衣縫已成。妾身生長金陵側，去年隨夫住江北。春來未到父母家，舟小風多渡不得。欲辭舅姑先問人，私向江頭祭水神。

送遠曲

吳門向西流水長，水長柳暗煙茫茫。行人送客各惆悵，話離敘別傾清觴。吟絲竹鳴筮簧，酒酣性逸歌猖狂。行人告我挂帆去，此去何時返故鄉。殷勤振衣兩相囑，世事近來還淺促。願君看取吳門山，帶雪經春依舊綠。行人處處求知親，送君去去徒酸辛。

塞下曲

邊州八月修城堡，候騎先燒磧中草。胡風吹沙度隴飛，隴頭林木無北枝。將軍閱兵青塞下，鳴鼓逢逢(一作鼕鼕)促獵圍。天寒山路石斷裂，白日不銷帳上雪。烏孫國亂多降胡，詔使名王持漢節。年年征戰不得閑，邊人殺盡唯空山。

董逃行

洛陽城頭火曈曈，亂兵燒我天子宮。宮城南面有深山，盡將老幼藏其間。重巖爲屋橡爲食，丁男夜行候消息。聞道官軍猶掠人，舊里如今歸未得。董逃行，漢家幾時重太平。

少年行

少年從獵出(一作出獵)長楊，禁中新拜羽林郎。獨對輦前射雙虎，君王手賜黃金璫。日(一作白)日鬭雞都市裏，贏得寶刀重刻字。百里報仇夜出城，平明還在娼樓醉。遙聞虜到平陵下，不待詔(一作勅)書行上馬。斬得名王獻桂宮，封侯起第一日中。不爲(一作同)六郡良家子，百戰始取邊城功。

白頭吟

請君膝上琴，彈我白頭吟。憶昔君前嬌笑語，兩情宛轉如縈素。宮中爲我起高樓，更開花池種芳樹。春天百草秋始衰，棄我不待白頭時。羅襦玉珥色未暗，今朝已道不相宜。揚州青銅作明鏡，暗中持照不見影。人心回互自無窮，眼前好惡那能定。君恩已去若再返，菖蒲花開(一作青)(一作生)月長滿。

將軍行

彈箏峽東有胡塵，天子擇日拜將軍。蓬萊殿前賜六纛，還領禁兵爲部曲。當朝受詔不辭家，夜向咸陽原上宿。戰車彭彭旌旗動，三十六軍齊上隴。隴頭戰勝夜亦行，分兵處處收舊城。胡兒殺盡陰磧暮，擾擾唯有牛羊聲。邊人親戚曾戰沒，今逐官軍收舊骨。磧西行見萬里空，幕(一作樂)府獨奏將軍功。

賈客樂

金陵向西賈客多，船中生長樂風波。欲發移船近江口，船頭祭神各澆酒。停杯共說遠行期，入蜀經蠻誰(一作遠)別離。金多衆中爲上客，夜夜筭緡眠獨遲。秋江初月猩猩語，孤帆夜發瀟湘渚。水工持檝防暗灘，直過山邊及前侶。年年逐利西復東，姓名不在縣籍中。農夫稅多長辛苦，棄業長(一作寧)爲販寶翁。

羈旅行

遠客出門行(一作世)路難，停車斂策在門端。荒城無人霜(一作雪)滿路，野火燒(一作火燒野)橋不得度。寒蟲(一作兔)入窟鳥歸巢，僮僕問我誰家去。行尋田頭暝未息，雙轂長轅礙荊棘。緣岡入澗投田家，主人舂米爲夜食。晨雞喔喔茅屋傍，行人起掃車上霜。舊山已別行已遠，身計未成難復返。長安陌上相識稀，遙望天山(一作門)白日晚。誰能聽我辛苦(一作苦辛)行，爲向君前歌一聲。

車遙遙

征人遙遙出古城，雙輪齊動駟馬鳴。山川無處不(一作無)歸路，念君長作萬里行。野田人稀秋草綠，日暮放馬車中宿。驚麏游兔在我傍，獨唱鄉歌對僮僕。君家大宅鳳城隅，年年道上隨行車。願爲玉鑾繫華軾，終日有聲在君側。門前舊轍(一作路)久已平(一作拋)，無由復得君消息。

妾薄命

薄命婦(一作薄命嫁得)，良家子，無事從軍去萬里。漢家天子平四夷，護羌都尉裹尸歸。念君此行爲死別，對君裁縫泉下衣。與君一日爲夫婦，千年萬歲亦相守。君愛龍城征戰功，妾願青樓歌樂同。人生各各有所欲，詎得將心入君腹。

朱鷺(一本有曲字)

翩翩兮朱鷺，來泛(一作浴)春塘棲綠樹。羽毛如翦色如染，遠飛欲下雙翅斂。避人引子入深壍，動處水紋開灩灩。誰知豪家網爾軀，不如飲啄江海隅。

遠別離

蓮葉團團杏花(一作芳藥)拆，長江鯉魚鬐鬣赤。念君少年棄親戚，千里萬里獨爲客。誰言遠別心不易，天星墜地能爲石。幾時斷得城南陌，勿使居人有行役。

楚宮行

章華宮中九月時，桂花半落紅橘垂。江頭騎火照輦道，君王夜從雲夢歸。霓旌鳳蓋到雙闕，臺上重重歌吹發。千門萬戶開相當，燭籠左右列成行。下輦更衣入洞房，洞房侍女盡焚香。玉階羅幕微(一作似)有霜，齊言此夕樂未央。玉酒湛湛盈華觴，絲竹次第鳴中堂。巴姬起舞向君王，迴身垂手結明璫。願君千年萬年壽，朝出射麋夜飲酒。

江南行(一作曲)

江南人家多橘樹，吳姬舟上織白苧。土地卑濕饒蟲蛇，連木爲牌入江住。江村亥日長爲市，落帆度橋來浦裏。清莎覆城竹爲屋，無井家家飲潮水。長干午日沽春酒，高高酒旗懸江口。娼樓兩岸臨水柵，夜唱竹枝留北客。江南風土歡樂多，悠悠處處盡經過。

烏夜啼引

秦烏啼啞啞，夜啼長安吏人家。吏人得罪囚在獄，傾家賣產將自贖。少婦起聽夜啼烏，知是官家有赦書。下牀

心喜不重寐（一作寢）未明上堂賀舅姑少婦語啼烏汝啼慎勿虛借汝庭樹作高巢年年不令傷爾（一作汝）雛

促促詞

促促復促促家貧夫婦歡不足今年爲人送租船去年捕魚在（一作向）江邊家中姑老子復小自執吳綃輸稅錢家桑麻滿地黑念君一身空努力願（一作作）教牛蹄團團羊角直君身常（一作長）在應不得

宛轉行

華屋重翠幄綺席雕象牀遠漏微更疏薄衾中夜涼爐氣（一作氳）暗裹徊寒燈背斜光妍姿結宵態寢臂（一作璧）幽夢長宛轉復宛轉憶君（一作憶憶）更未央

短歌行

青天蕩蕩高且虛上有白日無根株流光暫出還入地使我年少（一作少年）不須臾與君相逢勿寂寞衰老不復如今樂玉卮盛酒置君前再拜願（一作勸）君千萬年

山頭鹿

山頭鹿（一本有雙字）角芟芟尾促促貧兒多租輸不足夫死未葬兒在獄早日熬熬蒸野岡禾黍不收（一作熟）無獄糧縣家唯憂少軍食誰能令爾無死傷

湘江曲

湘水無潮秋水闊湘中月落行人發送人發送人歸白蘋茫茫鷓鴣飛

楚妃怨

梧桐葉下黃金井橫架轆轤牽素綆美人初起天未明手拂銀瓶秋水冷

離宮怨

高堂別館連湘渚長向春光（一作江）開萬戶荊王去去不復來宮中美人自歌舞

成都曲

錦江近西煙水綠新雨山頭荔枝熟萬里橋邊多酒家遊人愛向誰家宿

寒塘曲

寒塘沉沉柳葉疏水暗人語驚棲鳧舟中少年醉不起持燭照水射遊魚

春別曲

長江春水綠堪染蓮葉出水大如錢江頭橘樹君自種那不長繫木蘭船

春堤曲

野塘鵁鶄飛樹頭綠蒲紫菱蓋碧流狂客誰家（一作誰家狂客）愛雲水日日獨來城下遊

烏棲曲

西山作宮潮滿池宮烏曉鳴茱萸枝吳姬採蓮自唱曲（一作吳姬自唱採蓮曲）君王昨夜舟中宿

雀飛多

雀飛多觸網羅網羅高樹顛汝飛蓬蒿下勿復投身網羅間粟積倉禾在田巢之雛望其母來還

泗水行

泗水流急石纂纂鯉魚上下紅尾短春冰銷散日華滿行舟往來浮橋斷城邊魚市人早行水煙漠漠多棹聲

廢居（一作宅）行

胡馬崩騰滿阡陌都人避亂唯空宅宅邊青桑垂宛宛野蠶食葉還成繭黃雀銜草入燕窠嘖嘖啾啾白日晚去時禾黍埋地中飢兵掘土翻重重鴟梟養子庭樹上曲牆空屋多旋風亂定幾人還本土唯有官家重作主

寄菖蒲（一本有吟字）

石上生菖蒲一寸十二節仙人勸我食令我頭青面如雪逢人寄君一絳囊書中不得傳此方君能來作棲霞侶與君同入丹玄鄉

江村行

南塘水深蘆筍齊下田種稻不作畦耕場磷磷在水底短衣半染蘆中泥田頭刈莎結爲屋歸來繫牛還獨宿水淹手足盡有（一作爲）瘡山虻遶身（一作衣）飛颺颺（一作撲撲）桑林椹黑蠶再眠婦姑採桑不向田江南熱旱天氣毒雨中移秧顏色鮮一年耕種長苦辛田熟家家將賽神

樵客吟

上山採樵選枯樹深處樵多出辛苦秋來野火燒櫟林枝柯已枯堪採取斧聲坎坎在幽谷採得齊梢青葛束日西待伴同下山竹擔彎彎向身曲共知路傍多虎窟（一作穴）未出深林不敢歌村西地暗狐兔行稚子叫時相應聲採樵客莫採松與柏松柏生枝直且堅與君作屋成家宅

湖南曲

瀟湘多別離風起芙蓉洲江上人已遠夕陽滿中流鴛鴦東南飛飛上青山頭

春水曲

鴨鴨觜唼唼青蒲生春水狹蕩漾木蘭船中有雙少年少年醉鴨不起

雲童行

雲童童白龍之尾垂江中今年天旱不作雨水足牆上有禾黍

新桃行

桃生葉婆娑枝葉四向多高未出牆顛蒿莧相凌摩植之三年餘今年初試花秋來已成實其陰良已嘉青蟬不來鳴安得迅羽過常惡（一作恐）牽絲蟲濛冪成網羅顧託戲兒童勿折吾柔柯明年結其實磊磊充汝家

憶遠曲

水上山沉沉征途復繞（一作渡遠）林途荒人行少馬跡猶可尋雪中獨立樹海口失侶禽離憂如長線千里縈我心

長塘湖

長塘湖一斛水中半斛魚大魚如柳葉小魚如針鋒水濁誰能辨眞龍

廢瑟詞

古瑟在匣誰復識玉柱顛倒朱絲黑千年曲譜不分明樂府無人傳正聲秋蟲暗穿塵作色腹中不辨工人名幾時天下復古樂此瑟還奏雲門曲

全唐詩

張籍

野居

貧賤易爲適荒郊亦安居端坐無餘思彌樂古人書秋田多良苗野水多遊魚我無耒與網安得充廩廚寒天白日短簷下煖我軀四肢暫寬柔中腸鬱不舒多病減志氣爲客足憂虞況復苦時節（一作時節晚）覽景獨（一作物空）踟躕

西州

羌胡據西州近甸無邊城山東收稅租養我防塞（一作塞下）兵胡騎來無時居人常震驚嗟我五陵間農者罷耘耕邊頭多殺傷（一作傷殺）士卒難全形郡縣發丁役丈夫各征行生男不能養懼身有姓名良馬不念秣烈士不苟營所願除國難再逢天下平

雜（一作離）怨

切切重切切秋風桂枝折人當少年嫁我當少年別念君非征行年年長遠途妾身甘獨歿高堂有舅姑山川豈遙遠行人自不返

惜花

春潭足芳樹水清不如素幽人愛華景一一空山暮月出潭氣白游魚暗銜石夜深春思多酒醒山寂寂

三原李氏園宴集

暮春天早熱邑居苦囂煩言從君子樂樂彼李氏園

中有草堂池引涇水泉閒户西北望遠見嵯峨山借問主人翁北州佐戎軒僕夫守舊宅爲客侍華（一作施榻）筵高懷有餘興（一作意懷有餘滋）竹樹芳且鮮傾我所持觴盡日共留連疎拙不偶俗常喜形體閑況來幽棲地能不重歎（一作笑）言

沈千運舊（一作故）居

汝北君子宅我來見頹墉亂離子孫盡地屬鄰里翁土木被丘墟谿路不連（一作相）通舊井蔓草合牛羊墜其中君辭天子書放意任體躬一生不自力家與逆旅同高議切星辰餘聲激瘖聾方將旌舊閭百世可封崇嗟其未積年已爲荒林叢時豈無知音（一作者）不（一作莫）能崇（一作敦）此風浩蕩竟無覩我將安所從

贈別孟郊（一本無別字）

歷歷天上星沉沉水中萍幸當清秋夜流影及微形君生衰俗間立身如禮經純誠（一作淳意）發新（一作高）文獨有金石聲才名振京國歸省東南行停車楚城下顧我不念程寶鏡曾墜水不磨豈（一作難）自明苦節居貧賤所知賴友生歡會方別離戚戚憂慮并安得在一方終老無送迎

卧疾

身病多思慮亦讀神農經空堂留燈燭（一作空房夜留燈）四壁青熒熒羈旅隨（一作逐）人歡貧賤還自輕今來問良醫乃知病所生僮僕各憂愁（一作相憂）杵臼無停聲見我形顛頓勸藥語丁寧春雨枕席冷窗前新禽鳴開門起無力遙愛雞犬行服藥察耳目漸如醉者（一作覺如酒）醒顧非達性命（一作方悟養生者）猶（一作不）爲憂患生（一作并）

別段生

與子骨肉親願言（一作其）長相隨況離父母傍從我學書詩同在道路間講論亦未虧爲文於我前日夕生光儀行役多疾疢（一作疹）賴此相扶持貧賤事難拘（一作俱難）今日有別離我去秦城中子留汴水湄離情兩飄斷不（一作豈）異風中絲幼年獨爲客舉動難得（一作爲）宜努力自修勵常如見我時送我登山岡再拜（一作揖）問還期還期在新年勿怨歡會遲

哭（一作傷）于鵠

青（一作西）山無逸人忽覺大國貧良玉沈幽泉名爲天下珍野性疎時俗再拜乃從軍氣高終不合去如鏡上塵我初有章句相合者唯君今來弔嗣子對隴燒新（一作斯）文耕者廢其耜爨者絕其薪苟無新衣裳曷用光我身奠酒（一作同）徒拜手（一作再拜）哀懷（一作昔意）安能陳徒保金石韻千載人所聞

南歸

促促念道路四支不常寧行車未及家天外非盡程骨肉待我歡鄉里望我榮豈知東與西顛頓竟無成人言苦夜長窮者不念明懼離其寢寐百憂傷性靈世道多險薄相勸畢中誠遠遊無知音不如商賈行達人有常志愚夫勞所（一作無）營舊山行去遠（一作幸未賣）言歸樂此生

惜花

濛濛庭樹花墜地無顏色日暮東風起飄揚玉階側殘蘂在猶稀青條聳復直爲君結芳實令君勿歎息

奉和舍人叔直省時思琴

藹藹紫薇直秋意深無窮滴瀝仙閣漏肅穆禁池風竹月泛涼影萱露澹幽叢地清物態勝宵閑琴思通時屬雅音際迴凝虛抱中達人掌樞近常與隱默同

離婦

十載來夫家閨門無瑕疵薄命不生子古制有分離託身言同穴今日事乖違念君終棄捐誰能強在茲堂上謝姑嫜長跪請離辭姑嫜見我往將決復沉疑與我古時釧留我嫁時衣高堂拊我身哭我於路陲昔日初爲婦當君貧賤時晝夜常紡績不得事蛾眉辛勤積黃金濟君寒與飢洛陽買大宅邯鄲買侍兒夫壻乘龍馬出入有光儀將爲富家婦永爲子孫資誰謂出君門一身上車歸有子未必榮無子坐生悲爲人莫作女作女實難爲

懷別

僕人驅行軒低昂出我門離堂無留客席上唯琴樽古道隨水曲悠悠繞荒村遠程未奄息別念在朝昏端居愁歲永獨此留清景豈無經過人尋歡門巷靜君如天上雨我如屋下井無因同波流願作形與影

學仙

樓觀開朱門，樹木連房廊。中有學仙人，少年休穀糧。高冠如芙蓉，霞月披衣裳。六時朝上清，佩玉紛鏘鏘。自言天老書，祕覆雲錦囊。百年度一人，妄泄有災殃。每占有仙相，然後傳此方。先生坐中堂，弟子跪四廂。金刀截身髮，結誓焚靈香。弟子得其訣，清齋入空房。守神保元氣，動息隨天罡。爐燒丹砂盡，晝夜候火光。藥成既服食，計日乘鸞凰。虛空無靈應，終歲安所望。勤勞不能成，疑慮積心腸。虛羸生疾疹，壽命多夭傷。身歿懼人見，夜埋山谷傍。求道慕靈異，不如守尋常。先王知其非，戒之在國章。

夜懷

窮居積遠念，轉轉迷所歸。幽蕙零落色，暗螢參差飛。病生秋風簟，淚墮月明衣。無愁坐寂寞，重使奏清徽。

城南

漾漾南澗水，來作曲池流。言尋參差島，曉榜輕盈舟。萬繞不再止，千尋盡孤幽。藻澀訝人重，萍分指魚游。繁苗毯下垂，密箭翻迴輈。曝鼈亂自墜，陰藤斜相鉤。卧蔣黑米吐，翻芰紫角稠。橋低競俯僂，亭近閑夷猶。目爲逐勝朗，手因掇芳柔。漸喜游來極，忽疑歸無由。氣狀雖可覽，纖微諒難搜。未聽主人賞，徒愛清華秋。

懷友

人生有行役，誰能如草木。別離感中懷，乃爲我桎梏。百年受命短，光景良不足。念我別離者，願懷日月促。平地施道路，車馬往不復。空知爲良田，秋望禾黍熟。端居無儔侶，日夜禱耳目。立身難自覺，常恐一作懼憂與辱。窮賤無閑暇，疾痛多嗜欲。我思攜手人，逍遙任心腹。

寄別者

寒天正飛雪，行人心切切。同爲萬里客，中路忽離別。別君汾水東，望君汾水西。積雪無平岡，空山無人蹊。羸馬時倚轅，行行未遑食。下車勸僮僕，相顧莫歎息。詎知佳期隔，離念終無極。

獻從兄

悠悠旱天雲，不遠如飛塵。賢達失其所，沉飄同衆人。擢秀登王畿，出爲良使賓。名高滿朝野，幼賤誰不聞。一朝遇讒邪，流竄八九春。詔書近遷移，組綬未及身。冬井無寒冰，玉潤難爲焚。虛懷日迢遥，榮辱常保純。我念出游時，勿吟康樂文。願言靈溪期，聊欲相依因。

寄韓愈

野館非我室，新居未能安。讀書避塵雜，方覺此地閑。過郭多園墟，桑果相接連。獨游竟寂寞，如寄空雲山。夏景常晝毒，密林無鳴蟬。臨溪一盥濯，清去肢體煩。出林望曾城，君子在其間。戎府草章記，阻我此遊盤。憶昔西潭時，並持釣魚竿。共忻得魴鯉，烹鱠于我前。幾朝還復來，歎息時獨言。

贈姚怤

漏天日無光，澤土松不長。君今職下位，志氣安得揚。白髮文思壯，才爲國賢良。無人識高韻，薦于天子傍。況我愚朴姿，強趨利名場。遠同干貴人，身舉固難彰。昔逢汴水濱，今會習池陽。豈無再來期，顧恐非此方。願爲石中泉，不爲瓦上霜。離別勿復道，所貴不相忘。

病中寄白學士拾遺

秋亭病客眠，庭樹滿枝蟬。涼風繞砌起，斜影入牀前。梨晚漸紅墜，菊寒無黃鮮。倦遊寂寞日，感歎蹉跎年。塵歡久消委，華念獨迎延。自寓城闕下，識君弟事焉。君爲天子識，我方沉病纏。無因會同語，悄悄中懷煎。

雨中寄元宗簡

秋堂羸病起，盥漱風雨朝。竹影冷疎澀，榆葉暗飄蕭。街徑多墜果，牆隅有蛻蜩。延瞻游步阻，獨坐閑思饒。君居應如此，恨言相去遥。

野寺後池寄友

佛寺連野水，池幽夏景清。繁木蔭芙蕖，時有水禽鳴。通溪岸斷，分渚流復縈。伴僧鐘磬罷，月來池上明。友人竟不至，東北見高城。獨遊自寂寞，況此恨盈盈。

董公詩

誰主東諸侯，元臣隴西公。旌節居汴水，四方皆承風。在朝四十年，天下誦其功。相我明天子，政成如太宗。東方有艱難，公乃出臨戎。單車入危城，慈惠安羣兇。公謂其黨言，汝材甚驍雄。爲我帳下士，出入衞我躬。汝息爲我子，汝親我爲翁。衆皆相顧泣，無不和且恭。其父教子義，其妻勉夫忠。不自以爲資，奉上但顒顒。公衣無文采，公食少肥濃。所憂在萬人，人實我寧空。輕刑寬其政，薄賦弛租庸。四郡三十城，不知歲饑凶。天子臨朝喜，元老留在東。今聞揚盛德，就安我大邦。百辟賀明主，皇風恩賜重。朝廷有大事，就決其所從。海內既無虞，君臣方肅雍。端居任僚屬，宴語常從容。翩翩者蒼烏，來巢於林叢。甘瓜生場圃，一蔕實連中。田有嘉穀，隴異畝穗亦同。賢人佐聖人，德與神明通。感應我淳化，生瑞我地中。昔者此州人，但矜馬與弓。今公施德禮，自然威武崇。公其共百年，受祿將無窮。

祭退之

嗚呼吏部公，其道誠巍昂。生爲大賢姿，天使光我唐。德義動鬼神，鑒用不可詳。獨得雄直氣，發爲古文章。學無不該貫，吏治得其方。三次論諍退，其志亦剛強。再使平山東，不言所謀臧。薦待皆寒羸，但取其才良。親朋有孤稚，婚姻有辦營。如彼天有斗，人可爲信常。如彼歲有春，物宜得華昌。哀哉未申施，中年遽殂喪。朝野良共哀，矧於知舊腸。籍在江湖間，獨以道自將。學詩爲衆體，久乃溢笈囊。略無相知人，黯如霧中行。北遊偶逢公，盛語相稱明。名因天下聞，傳者入歌聲。公領試士司，首薦到上京。一來遂登科，不見苦貢場。觀我性朴直，乃言及平生。由茲類朋黨，骨肉無以當。坐令其子拜，常呼幼時名。追招不隔日，繼踐公之堂。出則連轡馳，寢則對榻牀。搜窮古今書，事事相酌一作斟量。有花必同尋，有月必同望。爲文先見草，釀熟偕共觴。新果及異鮭，無不相待嘗。到今三十年，曾不少異更。公文爲時師，我亦有微聲。而後之學者，或號爲韓張。我官麟臺中，公爲大司成。念此委末秩，不能力自揚。特狀爲博士，始獲升朝行。未幾享其資，遂忝南宫郎。是事賴拯扶，如屋有棟梁。去夏公請告，養疾城南莊。籍時官休罷，兩月同游翔。黄子陂岸曲，地曠氣色清新池四平漲中有蒲荇香北臺臨稻疇茂柳多陰涼板亭坐垂釣煩苦稍已平共愛池上佳聯句舒遐情偶有賈秀才來茲亦同并移船入南溪東西縱篙櫓劃波激船舷前後飛鷗鴒回入潭瀨下網截鯉與魴踏沙掇水蔬樹下烝新秔日來相與嬉不知暑日長柴翁攜童兒聚觀於岸傍月中登高灘星漢交垂芒釣車擲長綫有獲齊歡驚夜闌乘馬歸衣上草露光公為遊谿詩唱詠多慨慷自期此可老結社於其鄉籍受新官詔拜恩當入城公因同歸還居處隔一坊中秋十六夜魄圓天差晴公既相邀留坐語於堦楹乃出二侍女合彈琵琶箏臨風聽繁絲忽遽聞再更顧我數來過是夜涼難忘公疾浸日加孺人視藥湯來候不得宿出門每迴遑自是將重危車馬候縱橫門僕皆逆遣獨我到寢房公有曠達識生死為一綱及當臨終晨意色亦不荒贈我珍重言傲然委衾裳公比欲為書遺約有修章令我署其末以為後事程家人號於前其書不果成子符奉其言甚於親使令魯論未訖注手跡今微茫新亭成未登閉在莊西廂書札與詩文重疊我笥盈頃息萬事盡腸情多摧傷舊瑩盟津北野窆動鼓鉦柳車一出門終天無迴箱籍貧無贈賵曷用申哀誠衣器陳下帳醪餌奠堂皇明靈庶鑒知髣髴斯來饗

全唐詩

張籍

薊北旅思（一作送遠人）

日日望鄉國空謌白苧詞長因（一作於）送人處憶得別家時失意還獨語多愁祇自知客亭門外柳折盡向南枝

江南春

江南楊柳春日暖地無塵渡口過新雨夜來生白蘋晴沙鳴乳燕芳樹醉遊人向晚青山下誰家祭水神

西樓（一作登城）望月

城西樓上月復是（一作值）雪晴時寒夜共來望思鄉獨下遲幽光落水塹淨色在（一作徧）霜枝明日千里去此中還別離

別鶴

雙鶴出雲谿分飛各自迷空巢在松頂（一作杪）折羽落紅泥尋水終不飲逢林亦未棲別離應易老萬里雨（一作兩）淒淒

江陵孝女

孝女獨垂髮少年唯一身無家空托墓主祭不從人相弔有行客起廬無（一作因）舊鄰江頭聞哭處寂寂楚花春

山中古祠

春草空祠（一作山）墓荒林唯鳥（一作鳥雀）飛記年（一作名）碑石在經亂祭人稀野鼠緣朱（一作珠）帳陰塵蓋（一作撲，一作滿）畫衣近門潭水黑時見宿龍歸

漁陽將

塞深沙草白都護領燕兵放火燒奚帳分旗築漢城下營看嶺勢尋雪覺人行更向桑乾北擒生問磧名

聽夜泉

細泉深處落夜久漸聞聲獨起出門聽欲尋當澗行還疑隔林遠復畏有風生月下長來此（一作立）無人亦到明

送南遷客

去去遠遷客瘴中衰病身青山無限路白首不歸人海國戰騎象蠻州市用銀一家分幾處誰見日南春

薊北春懷

渺渺水雲外別（一作望）來音（一作鄉）信稀因逢過江使卻寄在家衣問路更愁遠逢人空說歸今朝薊城北又見塞鴻飛

思遠人（一作寄遠客）

野橋春水清橋上送君行去去人應老年年草自生出門看遠道無信（一作路）向邊城楊柳別離處秋蟬今復鳴

贈同溪客

幽居得相近煙景每（一作亦）寥寥共伐臨谿樹因（一作同）為過水橋自教青鶴舞分採紫芝苗更愛南峰住尋君路恐（一作恐路）遙

望行人（一作秋閨）

秋風窗下起旅雁向（一作又）南飛日日出門望家家行客歸無因見邊使空待寄寒衣獨倚（一作閑）青樓暮煙深鳥雀稀

送宮人入道

舊寵昭陽裏尋（一作求）仙此最稀名初出宮籍身未稱霞衣已別歌舞貴長隨鸞鶴飛中官看入洞空駕玉輪歸

送越客

見說孤帆去東南到會稽春雲剡溪口殘月鏡湖西水鶴沙邊立（一作宿）山鼯竹裏啼謝家曾住處煙洞入應迷

贈辟穀者

學得餐霞法逢人與（一作贈）小還身輕曾試鶴力弱未離山無食犬猶在不耕牛自閑朝朝空漱水（一作唯盥漱）叩齒草堂間

思江南舊遊

江皋三月時花發石楠枝歸客應無數春山自不知獨行愁道遠迴信畏家移楊（一作橋）柳東西渡茫茫欲問誰

夜到漁家（一作宿漁家）

漁家在江口潮水入柴扉行客欲投宿主人猶未歸竹深村路遠（一作暗）月出釣船稀遙見尋沙岸春風動草衣

送遠（一作邊）使

揚旌（一作旌旗）過隴頭隴水向西流塞路依山遠戍城逢笛秋（一作雨留）寒沙陰漫漫疲（一作瘦）馬去悠悠為問征行將誰封定遠侯

不食姑（一作贈山中女道士）

幾年山裏住（一作女仙，一作唯獨住）已作綠毛身護氣常稀語存思（一作齋心）自見神養龜同不食留藥任生塵要問西王母仙中第

幾人

古苑杏花

廢苑杏花在，行人愁到（一作過，一作對）時。獨開新塹底，半露舊燒枝。晚色連荒轍，低陰覆折碑。茫茫（一作濛濛）古陵下（一作路），春盡又誰知。

送流人

獨向長城北，黃雲暗塞天。流名屬邊將，舊業作公田。擁雪添軍壘，收冰當井泉。知君住應老，須記別鄉年。

宿臨江驛（一作宿江上，一作宿溪中驛）

楚驛南渡口，夜深來客稀。月明見潮上，江靜覺鷗飛。旅宿（一作次）今已遠，此行殊（一作猶，一作獨）未歸。離家久無信，又聽擣寒衣。

送蠻客

借問炎州客，天南幾日行。江連惡谿路，山遶夜郎城。柳葉瘴雲濕，桂叢（一作林）蠻鳥聲（一作鶯）。知君却迴日，記得海花名。

襄國別友

曉（一作晚）色荒城下，相看秋草時。獨遊無定計，不欲道來（一作歸）期。別處去家遠，愁中驅馬遲。歸人渡煙水，遙暎（一作葉落）野棠枝。

送遠客

南原相送處，秋水草還生（一作秋草水邊生）。同作憶鄉客，如今（一作今知）分路行。因誰寄歸信，漸遠問前程。明日重陽節，無人上古城。

山中（一作上國）贈日南僧

獨向雙峯老，松門閉兩崖（一作涯）。翻經上蕉葉，挂衲落藤（一作橙，一作藤）花。甃石新開井，穿林自種茶。時逢海南客，蠻語問誰家。

征西將

黃沙北風起，半夜又翻營。戰馬雪中宿，探人冰上行。深山旗未展，陰磧鼓無聲。幾道征西將，同收碎葉城。

寄友人

憶在江南日，同遊三月時。採茶尋遠澗，鬭鴨向春池。送客沙頭宿，招僧竹裏碁。如今各千里，無計得相隨。

送防秋將

白首征西將，猶能射戟支。元戎選部曲，軍吏換旌旗。逐虜招降遠，開邊舊壘移。重收隴外地，應似漢家時。

律僧

苦行長不出，清羸最少年。持齋唯一食，講（一作尋）律豈（一作不）曾眠。避草每移徑，濾蟲還入泉。從來天竺法，到此幾人傳。

山中秋（一作春）夜

寂寂山景（一作春山）靜，幽人歸去（一作臥）遲。橫（一作移）琴當月下，壓（一作漉）酒及花時。冷（一作新）露濕（一作冷）茆屋（一作庵），暗泉衝（一作通）竹籬。西峯採藥（一作芝）伴，此夕恨無期。

送南客

行路雨脩脩，青山盡海頭。天涯人去遠（一作老），嶺北水空（一作迴，一作南）流。夜市連銅柱，巢居屬象州。來時舊相識，誰向（一作問）日南（一作邊）遊。

宿江店

野店臨西（一作江，一作寒）浦，門前有橘花。停燈待賈客，賣酒與漁家。夜靜江水白，路迴山月斜。閑尋泊船處，潮落見平沙。

嶺表（一作外）逢故人

過嶺萬餘里，旅遊經此稀。相逢去家遠，共說幾時歸。海上見花發，瘴中唯（一作聞）鳥（一作無雁）飛。炎州（一作途）望鄉（一作行）伴，自識北人衣。

出塞（一作塞上曲）

秋塞雪初下，將軍遠出師。分營長記火，放馬不收旗。月冷邊帳濕，沙昏夜探遲。征人皆白首，誰見滅胡時。

寄紫閣隱者

紫閣氣沉沉，先生住處深。有人時得見，無路可相尋。夜（一作野，一作相侵）鹿伴（一作投）茅屋，秋猿守栗林。唯應採靈藥，更不別營心。

夜宿黑竈溪

夜到碧溪裏，無人秋月明。逢幽更移宿，取伴亦探行。花下紅泉色，雲西乳鶴聲。明朝記歸處，石上自書名。

古樹

古樹枝柯少，枯來復幾春。露根堪繫馬，空腹定（一作恐）藏人。蠹節莓苔老，燒痕霹靂新。若當江浦上，行客祭為神。

送徐（一作陰）先生歸蜀

日暮遠歸處，雲間仙觀鐘。唯持青玉牒，獨立碧雞峯。陰澗（一作洞）長收（一作新生）乳，寒泉（一作潭）舊養龍。幾時因賣藥，得向海邊逢。

隱者

先生已得道，市井亦容身。救病自行藥，得錢多與人。問年長不定，傳法又非真。每（一作常）見鄰家（一作翁）說，時聞（一作時）使鬼神。

送友人歸山

出山成北首，重去結茅廬。移石修廢井，掃龕盛舊書。開田留杏樹，分洞與僧居。長在幽峯裏，樵人見亦疎。

霅溪西亭晚望（一作霅溪遠望）

霅（一作雲）水碧悠悠，西亭柳（一作古）岸頭。夕陰（一作光）生遠岫，斜照逐迴流。此地動歸思，逢人方倦遊。吳興耆舊盡，空見白蘋洲。

哭山中友人

入雲遙便哭，山友隔今生。遠墓招魂魄，鑴巖記姓名。犬因無主善，鶴為見人鳴。長說能尸解，多應別路行。

答僧拄杖

靈藤為拄杖，白淨色如銀。得自高僧手，將扶病客身。春遊不騎馬，夜會亦呈人。持此歸山去，深宜戴角巾。

靈都觀李道士

仙觀雨來靜，遶房瓊草春。素書天上字，花洞古時人。泥竈煮靈液，掃壇朝玉真。幾迴遊閬苑，青節亦隨身。

送韋（一作韓）評事歸華陰

三峯西面住（一作蓮花峯下住），出見世人稀。老大（一作白髮）誰相識，恓惶（一作青山）又獨歸。掃（一作拂）窗秋菌落，開篋夜蛾（一作螢）飛。若向（一作訪）雲中伴，還應著褐衣。

送閩僧

幾夏京城住，今朝獨遠歸。修行四分律，護淨七條衣。谿寺黃橙熟，沙田紫芋肥。九龍潭上路，同去客應稀。

送海南客歸舊島（一本無南字）

海上去應遠蠻家雲島孤竹船來桂浦（一作府）山市賣魚鬚入國自獻寶（一作錦）逢人多贈珠却歸春洞口斬象祭天吳

登咸陽北寺樓（一作登咸化寺樓）

高秋原上寺下馬一登臨渭水西來直（一作急）秦山南向（一作去）深舊宮人不住（一作見）荒碣路難尋日暮涼風起蕭條多遠心

送新羅使

萬里為朝使離家今幾年應知舊行路却上遠歸船夜泊（一作宿）避蛟窟朝炊求島泉悠悠到鄉國還望海西天

宿廣德寺寄從舅

古寺客堂空開簾四面風移牀動棲鶴（一作鴿）停燭聚飛蟲閑臥逐涼處遠愁生靜中林西微月色思與甯家同

宿邯鄲館寄馬磁州（一作宿邯鄲寄磁州友人）

孤客到空館夜寒愁臥遲雖沽主人酒不似在家時幾宿得歡笑如今成別離明朝行更遠迴望隔山陂

舟行寄李湖州

客愁（一作行）無次第川路重辛勤藻（一作萍）密行（一作移）舟澀灣多轉檝頻薄遊空感惠（一作命）失計自憐貧賴有（一作誦）汀洲句時時慰遠人

送閑師歸江南

偏住江南寺隨緣到上京多生修律業外學得詩（一作書）名講殿偏追入齋家別請行青楓鄉路遠幾日盡歸程

遊襄陽山寺

秋色江邊路煙霞若有期寺貧無利施（一作施利）僧老足慈悲薜荔侵禪窟蝦蟆占浴池閑遊殊未徧即是下山時

登城寄王秘書建（一本無秘書二字）

聞君鶴嶺住西望日（一作自）依依遠客偏相憶登城獨不歸十年為道侶幾處共柴扉今日煙霞外人間得見稀

送從弟戴玄往蘇州

楊柳閶門路（一作外）悠悠水岸斜乘舟向山寺着屐到漁（一作人）家夜月紅柑樹秋風白藕花江天詩景好迴日莫令賒

送朱慶餘及第歸越

東南歸路遠幾日到鄉中有寺山皆遍無家水不通湖聲蓮葉雨野氣（一作色）稻花（一作苗）風州縣知名久爭邀與客同

過賈島野居

青門坊外住行坐見南山此地去人遠知君終日閑蛙聲籬落下草色戶庭間好是經過處唯愁暮獨還

酬韓庶子

西街幽僻處正與嬾相宜尋寺獨行遠借書常送遲家貧無易事身病足（一作是）閑時寂寞誰相問祇應君自知

贈（一作答）姚合少府

病來辭赤縣案上有丹經為客燒茶竈教兒掃竹亭詩成添舊卷酒盡臥空缾闕下今遺逸誰瞻（一作占）隱士（一作者）星

送僧遊五臺兼謁李司空（一作送顥法師往太原兼謁李司空）

遠去見雙節因行上五臺化樓（一作雲）侵曉（一作晚）出雪（一作隱）路向（一作到）春開邊寺連（一作看）峰去（一作過）胡兒聽法來定知巡禮後解夏始應迴

送鄭秀才歸寧

桂檝彩為衣行當令節歸夕潮迷浦遠（一作盡）晝雨見人稀野芰到時熟江鷗泊處飛離琴一奏罷山雨（一作水）靄餘暉

送李評事遊越

未習風塵事初為吳越遊露沾湖草晚（一作濕）日（一作夕）照海山秋梅市門何在蘭亭水尚流西陵待潮處知汝不勝愁

夏日閑居

無事門多閉偏知夏日長早蟬聲寂寞新竹氣清涼閑對臨書案看移曬藥牀自憐歸未得猶寄在班行

閑居

東城南陌塵紫幰與朱輪盡說無多事能閑有幾人唯教推甲子不信守庚申誰見衡門裏終朝自在貧

寄昭應王中丞

借得街西宅開門渭（一作御）水頭長貧唯要健漸老不禁愁獨凭藤書案空懸竹酒鉤（一作篘）春風石甕寺作意共（一作會 擬待）君遊

酬孫洛陽（一本此下有革字）

家貧相遠住齋館入時稀獨坐看書卷閑行著褐衣早蟬庭筍老新雨徑莎肥各離爭名地無人見是非

送人任濟陰（一作送人往濟南）

黃綬在腰下知君非旅行將書報舊里留褐與諸生贈別盡沽酒惜歡多出城春風濟水上候吏聽車聲

晚春過崔駙馬東園

閑園多好風不意在街東早早詩名遠長長酒性同竹香新雨後鶯語落花中莫遣經過少年光漸覺空

夏日閑居

多病逢迎少閑居又一年藥看辰（一作成）日合茶過卯時煎草長晴來地蟲飛晚後天此時幽夢遠不覺到山邊

晚秋閑居

獨坐高秋晚蕭條足遠思家貧常畏客身老轉憐兒萬種盡閑事一生能幾時從來疎嬾性應祇有僧知

和陸司業習靜寄所知

幽室獨焚香清晨下未央山開登竹閣僧到出茶牀收拾新琴譜封題舊藥方逍遙無別事不似在班行

酬韓祭酒雨中見寄

雨中愁不出陰黑盡連宵屋濕唯添漏泥深未放朝無芻憐馬瘦少食信兒嬌聞道韓夫子還同此寂寥

和裴僕射移官言志（一作和裴僕射寄韓侍郎）

身（一作久）在勤勞地常思放曠時功成（一作高）歸聖主位重委羣司看疊臺邊石閑（一作行）吟篋裏詩蒼生正瞻望（一作仰）難與故山期

酬白二十二舍人早春曲江見（一作相）招

曲江冰欲盡風日已恬和柳色看猶淺泉聲覺漸多紫蒲生濕岸青鴨戲新波仙掖高情客相招共一過

和裴僕射朝回寄韓吏部

獨愛南關裏山晴竹杪風從容朝早退蕭灑客常通案曲新亭上移花遠寺中唯應有吏部詩酒每相同

春日李舍人宅見兩省諸公唱和因書情即事

又見帝城裏東風天氣和官閑人事少年長道情多紫掖發章句青闈更詠歌誰知余寂寞（一作幽寂處）終日斷經過

和李僕射秋日病中作

由來病根（一作源）淺易見藥功成（一作程）曉日杵臼靜涼風衣服

輕猶疑少氣力，漸覺有心情。獨倚紅藤杖，時時堦上行。

早春（一作春日）病中

羸病及年初，心情不自如。多申請假牒，祇送賀官書。幽徑獨行步，白頭長嬾梳。更憐晴日色，漸漸暖貧居。

送嚴大夫之桂州

旌旆過湘潭，幽奇得遍探。莎城百越北，行路九疑南。有地多生桂，無時不養蠶。聽歌疑似（一作難辨）曲，風俗自相諳。

詠懷

老去多悲事，非唯見二毛。眼昏書字大，耳重覺聲高。望月偏增思，尋山易（一作覺）發勞。都無作官意，賴得在閑曹。

使至藍谿驛寄太常王丞

獨上七盤去，峰巒轉轉稠。雲中迷象鼻，雨裏下（一作上）筝頭。水沒荒橋路，鴉啼古驛樓。君今在城闕，肯見此中愁。

留別江陵王少府（一作尹）

迢迢山上路，病客獨行遲。況此分手處（一作恨日），當君失意時。寒林遠路驛（一作遠邑），晚燒（一作露）過荒陂。別後空迴首，相逢未有期。

贈海東僧

別家行萬里，自說過扶餘。學得中州語，能為外國書。與醫收海藻，持咒取龍魚。更問同來伴，天台幾處居。

寄漢陽故人

知君漢陽住，煙樹遠重重。歸使雨中發，寄書燈下封。同時買江鳥，今日別雲松。欲問新移處，青蘿最北峰。

送安西將

萬里海西路，茫茫邊草秋。計程沙塞口，望伴驛峰頭（一作樓）。雪暗非時宿，沙深獨去愁。塞（一作憶）鄉人易老，莫住近蕃州。

題李山人幽居

襄陽南郭外，茅屋一書生。無事焚香坐，有時尋竹行。畫苔藤杖細，踏石筍鞋輕。應笑風塵客，區區逐世名。

早春閑遊

年長身多病，獨宜作冷官。從來閑坐慣，漸覺出門難。樹影新猶薄，池光晚尚寒。遙聞有花發，騎馬暫行看。

贈太常王建藤杖筍鞋

蠻藤剪為杖，楚筍結成鞋。稱與詩人用，堪隨禮寺齋。尋花入幽徑，步日下寒堦。以此持相贈，君應愜素懷。

和周贊善聞子規

秦城啼楚鳥，遠思更紛紛。況是街西夜，偏當雨裏聞。應投最高樹，似隔數重雲。此處誰能聽，遙知獨有君。

送李騎曹靈州歸覲

翩翩出上京，幾日到邊城。漸覺風沙起，還將弓箭行。席箕侵路暗，野馬見人驚。軍府知歸慶，應教數騎迎。

寒食夜寄姚侍郎（一作御）

貧官多寂寞，不異野人居。作酒和山（一作仙）藥，教兒寫道書。五湖歸去遠，百事病來疎。況（一作沉）憶同懷者，寒庭月上初。

題清徹上人院

古寺臨壇久，松間別起堂。看添浴佛水，自合讀經香。愛養無家客，多傳得效（一作力）方。過齋長不出，坐臥一繩牀。

寄靈一上人初歸雲門寺

寒山白雲裏，法侶自招攜。竹徑通城下，松門隔水西。方同沃洲去，不作武陵迷。髣髴遙看處，秋風是會稽。

和裴司空即事通簡舊僚

肅肅上台坐，四方皆仰風。當朝奉明政，早日立元功。獨對赤墀下，密宣黃閣中。猶聞動高韻，思與舊僚同。

使回留別襄陽李司空

江亭寒日晚，弦管有離聲。從此一筵別，獨為千里行。遲遲戀恩德，役役限公程。迴首吟新句，霜雲滿楚城。

和戶部令狐尚書喜裴司空見招看雪

南園新覆雪，上宰曉來看。誰共登春榭，唯聞有地官。色連山遠靜，氣與竹偏寒。高韻更相應，寧同諷吹歡。

和裴司空以詩請刑部白侍郎雙鶴

皎皎仙家（一作山）鶴，遠留閑宅中。徘徊幽樹月，嘹唳小亭風。丞相西園好，池塘野水通。欲將來放此（一作從君求置此），賞望與賓同。

同錦州胡郎中清明日對雨西亭宴

郡內開新火，高齋雨氣清。惜花邀客賞，勸酒促歌聲。共醉移芳席，留歡閉暮城。政閑方宴語，琴筑任遙情。

莊陵挽歌詞三首

白日已昭昭，干戈亦漸消。迎師親出道，從諫早臨朝。佞倖威權薄，忠良寵錫饒。丘陵今一變，無復白雲謠。

觀風欲巡洛，習戰亦（一作且）開池。始改三年政，旋聞七月期。陵分內外使，官具吉凶儀。渭北新園路，簫笳遠更悲。

曉日龍車動，秋風闔閭開。行帷六宮出，執紼萬方來。慘慘郊原暮，遲遲挽唱哀。空山煙雨夕，新陌遠陵臺。

和左司元郎中秋居十首

選得閑坊住，秋來草樹肥。風前卷筒簟，雨裏脫荷（一作生）衣。野客留方去，山童取（一作收）藥歸。非因入朝省，過此出門稀。

有地唯栽竹，無池亦養鵝。學書求墨跡，釀酒愛朝和。古鏡銘文淺，神方謎語多。居貧閑自樂，豪客莫相過。

閑來松菊地，未省有埃塵。直去多將藥，朝迴不訪人。見僧收酒器，迎客換紗巾。更恐登清要，難成自在身。

自知清靜好，不要問時豪。就石安琴枕，穿松壓酒槽。山晴（一作情）因月甚，詩語入秋高。身外無餘事，唯應筆硯勞。

閒堂新掃灑，稱是早秋天。書客多呈帖，琴僧與合弦。莎臺乘晚上，竹院就涼眠。終日無忙事，還應似得仙。

醉倚斑藤杖，閑眠瘦木牀。案頭行氣訣，爐裏降真香。尚儉經營少，居閑意思長。秋茶莫夜飲，新自作松漿。

每憶舊山居，新教上墨圖。晚花迴地種，好酒問人沽。夜後開朝簿，申前發省符。為郎凡幾歲，已見白髭鬚。

菊地纔通履（一作屐），茶房不壘階。憑醫看蜀藥，寄信覓吳鞋。盡得仙家法，多隨道客齋。本無榮辱意，不是學安排。

林下無拘束，閑行（一作吟）放性靈。好時開藥竈，高處置琴亭。更撰居山記，唯尋相鶴經。初當授衣假，無吏挽門鈴。

經王處士原居

客散高齋晚，東園景象偏。晴明猶有蝶，涼冷漸無蟬。藤折霜來子，蝸行雨後涎。新詩纔上卷，已得滿城傳。

舊宅誰相近，唯僧近竹關。庭閑（一作寒）雲滿井，窗曉雪通山。來客半留宿，借書多寄還。明時未中歲，莫便一生閑。

不食仙姑山房

寂寂花枝裏，草堂唯素琴。因山曾改眼（一作姓），見客不言心。

月出溪路靜鶴鳴雲樹深丹砂如可學便欲住幽林

江頭

晚步隨江遠來帆過眼頻試尋新住客少見故鄉人回首憐歸翼長吟任此身應同南浦雁更見嶺頭春

寄孫冲主簿

低折滄洲簿無書整兩春馬從同事借妻怕罷官貧道僻收閑藥詩高笑故人仍聞長吏奏表乞鎖廳頻

贈任懶

未肯求科第深坊且隱居勝遊尋野客高臥看兵書點藥醫閑馬分泉灌遠蔬漢庭無得意誰擬薦相如

舊宮人

謌舞(一作得寵)梁(一作秦)州女歸時白髮生全家沒蕃地無(一作何)處問鄉程宮錦不傳樣御香空記名一身難自說愁逐路人行

春日留別(一作惜別)

遊人欲別離半醉(一作醉後)對花枝看著(一作卻)春又晚莫輕少年時臨行記分處迴首是相思各向天涯去重來未可(一作有)期

沒蕃故人

前年伐月支城上(一作下)沒全師蕃漢斷消息死生長別離無人收廢帳歸馬識殘旗欲祭疑君在天涯哭此時

贈箕山僧

久住空林下長齋耳目清蒲團借客坐石磬甃人行似鶴難知性因山強號名時聞衣袖裏闇掐念珠聲

冬夕

寒螢獨(一作猶)罷織湘雁猶(一作獨)能鳴月色當窗入鄉心半夜生不成高枕夢復作遶堦行迴首嗟淹(一作飄)泊城頭北斗橫

奉和陝州十四翁中丞寄雷州二十二翁司户之作

聯飛獨不前迴落海南天賈傅竟行矣邵公惟泫然瘴開山更遠路極水無邊沉劣本多感況聞原上篇

老將

鬢衰頭似雪行步急如風不怕騎生馬猶能挽硬弓兵書封錦字手詔滿香筒今日身憔悴猶誇定遠功

送友生遊峽中

風靜楊柳垂看花又別離幾年同在此今日各驅馳峽裏聞猿叫山頭見月時殷勤一盃酒珍重歲寒姿

送安法師

出郭見落日別君臨古津遠程無野寺宿處問何人原色不分路錫聲遙隔塵山陰到家節猶及蕙蘭春

水

蕩漾空沙際虛明入遠天秋光照不極鳥色去無邊勢引長雲闊波輕片雪連汀洲杳難測萬古覆蒼煙

岳州晚景

晚景寒鴉集秋聲旅雁歸水光浮日去霞彩暎江飛洲白蘆花吐園紅柿葉稀長沙卑濕地九月未成衣

寒食後(一作王建詩)

田舍清明日家家出火遲白衫眠古巷紅索搭高枝紗帶生難結銅釵重易垂斬新衣著盡還似去年時

寒食書事二首

今朝一百五出户雨初晴舞愛雙飛蝶歌聞數里鶯江深青草岸花滿白雲城爲政多孱懦應無酷吏名

出城煙火少況復是今朝閑坐將誰語臨觴只自謡堦前春蘚徧衣上落花飄妓樂州人戲使君心寂寥

和李僕射雨中寄盧嚴二給事

郊原飛雨至城闕濕雲埋迸點時穿牖浮漚欲上堦徧滋解籜竹併灑落花槐晚潤生琴匣新涼滿藥齋從容朝務退(一作後)放曠掖曹乖(一作儕)盡日無來客閑吟感此懷

酬李僕射晚春見寄

戟户洞(一作動)初晨鶯聲雨後頻虛庭清氣在衆藥濕光新魚動芳池面苔侵老竹身教鋪嘗酒處自問探花人獨此長多病幽(一作閑)居欲過春今朝聽高韻忽覺離埃塵

和盧常侍寄華山鄭隱者

獨住(一作憶，一作坐)三峰下年深學煉丹一間松葉屋數片石花冠酒待山中飲琴將洞口(一作裏)彈開門移遠竹剪草出幽蘭荒壁通泉架晴崖曬藥壇寄知騎省客長向白雲閑

和令狐尚書平泉東(一作西)莊近居(一作屬)李僕射有(一作因)寄十韻

平地有清泉伊南古寺邊漲池閑遶屋出野(一作流墅)偏澆田舊隱離多日新鄰得幾年探幽皆一絕選勝又雙全門靜山光別園深竹影連斜分採藥徑直過釣魚船雞犬還應識雲霞頓覺鮮追思(一作尋)應不遠賞愛諒(一作吟，賞定)難偏此處堪長往遊人早共傳各當恩寄重歸臥恐無緣

送鄭尚書出鎮南海(各用來字)

遠鎮承新命王程不假催班行爭路送恩賜併(一作一)時來牙旆從城展兵符到府開蠻聲喧夜市海色浸潮(一作潤朝)臺(一作南臺)畫角天邊月寒關嶺上梅共知公望重多是隔年迴

徐州試反舌無聲

夏木多好鳥偏知反舌名林幽仍共宿時過即(一作已)無聲竹外天空曉谿頭雨自晴居人宜寂寞深院益淒清入霧暗相失當風閑易驚來年上林苑知爾最先鳴

省試行不由徑

田裏有微徑賢人不復行孰知求(一作趨)捷步又(一作惟)恐異端成從易衆所欲安邪(一作難)患亦生(一作平)誰能達天道(一作大路，一作達)共此競前程子羽有遺跡孔門傳舊聲今逢大君子士節自光(一作應)明

新城甲仗樓

謝氏(一作守)起新樓西臨城角(一作上)頭圖功百尺(一作仗)麗藏器五兵修結締(一作構)榱甍固虛明户檻幽魚龍卷旗幟霜雪積戈矛暑雨熇烝隔涼風宴位留地高形出没(一作遠出)山靜氣清優睥睨斜光徹闌干宿霧浮芊芊秔稻色脉脉苑谿流郡化黄丞相詩成沈隱侯居茲良得景殊勝峴山遊

贈殷山人

鬱鬱山中客知名四十年恓惶身獨隱寂寞性應便世業公侯籍生涯黍稷田藤懸讀書帳竹繫網魚船已種千頭橘新開數脉泉閑遊攜酒遠幽語向僧偏入洞題松過看花選石眠避喧長汨没逢勝即留連自古多高跡如君少比肩耕耘此(一作既)辛苦章句已流傳昔日交遊

盛當時省閣賢同袍還共弊連轡每推先講序居重席羣儒願執鞭滿堂虛左待衆目望喬遷才異時難用情高道自全畏人顏(一作頻)憸澹疎物勢迍邅賢(一作達)者聞知命吾生復禮玄深藏報恩劒久緝養生篇憔悴衆夫笑經過郡守憐夕陽悲病鶴霜氣動飢鶉處士誰能薦窮途世所捐伯鸞甘寄食元淑苦無錢策蹇秋塵裏吟詩黃葉前故裘餘白領廢瑟斷朱弦志氣終猶在逍遙任自然家貧念婚嫁身老戀雲煙放逸栖巖鹿清虛飲露蟬鄭逃秦谷口嚴愛越溪邊霄漢予猶阻縈枯了不牽山城一相遇感激意難宣

夏日可畏(一作丘為詩)

赫赫溫風扇炎炎夏日徂火威馳迥野畏景鑠遙途勢矯翔陽翰功分造化鑪禁城千品燭黃道一輪孤落照頻空簟餘暉卷夕梧如何倦遊子中路獨踟躕

罔象得玄珠

赤水今何處遺珠已渺然離婁徒肆目罔象乃通玄皎潔因成性圓明不在泉暗中看(一作驚)夜色塵外照晴(一作情)田無脛真難掬懷疑實(一作寶)易遷今朝搜擇得應免(一作自)媚晴川

和李僕射西園

遇午歸閑處西庭(一作亭)敞四簷高眠著琴枕散帖檢書籤印在休通客山晴好捲簾竹涼蠅少到藤暗蝶爭潛曉(一作晚)鵲頻驚喜疎蟬不許拈石苔生紫點欄藥吐紅尖虛坐詩情遠幽探道侶兼所營尚(一作當)勝地雖儉復誰嫌

全唐詩

張籍

送裴相公赴鎮太原

盛德雄名遠近知功高先乞守藩維銜恩暫(一作乍)遣分龍節署勑還同在鳳池天子親臨樓上送朝官齊出道傍辭明年塞北清(一作諸)蕃落應建(一作起)生祠請立碑

寄元員外

外郎直罷無餘事掃灑書堂試(一作對)藥爐門巷不教當要鬧(一作鬧市)詩篇轉覺足工夫月明臺上唯僧到夜靜坊中有酒沽朝省入頻閑日少可能同作舊遊無

贈梅處士

早聞聲價滿京城頭白江湖放曠情講易自傳新註義題詩不著舊官名近移馬跡山前住多向牛頭寺裏行天子如今議封禪應將束帛請先生

贈王祕書

不曾浪出謁公侯唯向花間水畔遊每著(一作酌)新衣(一作泉)看藥竈多收古器在書樓有官祇作山人老平地能開洞穴幽自領閑司了無事得來君處喜相留

謝裴司空寄馬(一作蒙裴相公賜馬謹以詩謝)

騄耳新駒駿得(一作已有)名司空遠自(一作自遠)寄書生乍離華廄移蹄澀初到貧家舉眼驚每被閑人來借問多(一作惟)尋古寺獨騎行長思歲旦沙堤上得從鳴珂傍火城

酬祕書王丞見寄(一作酬王祕書閑居見寄)

相看頭白來城闕却憶漳溪舊往還今體詩中偏出格常參官裏每同班街西借宅多臨(一作鄰)水馬上逢人亦說山芸閣水曹雖最冷與君長喜得身閑

送李餘及第後歸蜀

十年人詠好詩章今日成名出舉場歸去唯將新誥牒後來爭取舊衣裳山橋曉上芭蕉(一作蕉花)暗水店晴看芋草黃鄉里親情相見日一時攜酒賀高堂

早朝寄白舍人嚴郎中

鼓聲初動未聞雞羸馬街中踏凍泥燭暗有時衝石柱雪深無處認沙堤常參班裏人猶少待漏房前月欲西鳳闕星郎離(一作雖)去遠閤門開日(一作處)入還齊

書懷寄元郎中

轉覺人間無氣味常因身外省因緣經過獨愛遊山客計校唯求買藥錢重作學官閑盡日一離江塢病多年吟君釣客詞中說便欲南歸榜小船

贈道士宜師(一作贈廣宣師)

自到王(一作皇)城得幾年巴童蜀馬共隨緣兩朝侍從當時貴五字聲名遠處傳舊(一作因)住紅樓通內院新承墨詔賜齋錢閑房(一作坊)暫喜居相近還得陪師坐竹邊

書懷寄王祕書

白髮如今欲滿頭從來(一作前)百事(一作計)盡應休祇(一作惟)於觸目(一作事)須防病不擬將心更養愁下藥遠求新熟酒看山多上最高樓賴君同在京城住(一作華內)每到花前免獨遊

題韋郎中新亭

起得幽亭景復新碧莎地上更無塵琴書著盡猶嫌少松竹栽多亦(一作不)稱貧藥酒欲開期好客朝衣暫脫見閑身成名同日官連署此處經過有幾人

送揚州判官(一作贈茅山楊判官)

應得煙霞出俗心茅山道士共追尋閑憐鶴貌偏能畫暗辨桐聲自作琴長嘯每來松下坐新詩堪向雪中吟征南幕裏多賓客君獨相知最校深

喜王起侍郎放牒(一作榜)

東風節氣一作時節近清明車馬爭來滿禁城二十八人初上牒百千萬里盡傳名誰家不借花園看在處多將酒器行共賀春司能鑒識今年定合有公卿

贈王司馬

白笏朱衫年少時久登班列會朝儀貯財不省關身用行義唯愁被衆知藏得寶刀求主帶調成駿馬乞人騎未曾相識多聞說遥望長如白玉一作玉樹枝

書懷

自小信一作習成疎嬾性人間事事總無功別從仙客求方法時到僧家問苦空老大登朝如夢裏貧窮作活似村中未能即便休官去慚媿南山採藥翁

贈令狐一本此下有巨源二字博士

頭白新年六十餘近聞生計轉空虛久爲博士誰能識自到長安賃舍居騎馬出隨尋寺客呼兒散寫乞錢書古來賢哲皆如此應是才高與衆一作世疎

送從弟刪一作彤東歸

雲水東南兩月程貪歸慶節馬蹄輕春橋欲醉攀花別野路閑吟觸雨行詩價已高猶失意禮司曾賞會成名舊山風月知應好莫向一作過秋時不到京

贈王秘書

早在山東聲價遠曾將順一作奇策佐嫖姚賦來詩句無閑語老去官班未在朝身屈祇聞詞客說家居一作貧多見野僧招獨從書閣歸時晚春水渠邊看柳條

哭丘長史

曾是先皇殿上臣丹砂久服一作別不成眞常騎馬在嘶空櫪自作書留別故人詩句徧傳天下口朝衣偏一作長送地中身最悲昨日同遊處看却春一作東風樹樹一作處處新

送枝江劉明府

老著青衫爲楚宰平生志業有誰知家僮從去愁行遠縣吏迎來怪到遲定訪玉泉幽院宿應過碧澗早茶時向南漸漸雲山好一路唯一作逢聞唱竹枝

送從弟徹東歸

緱山領印知公奏才稱同時盡不如奉使賀成登冊禮陪班看出降恩書去迴一作廻程去在路秋塵裏受詔辭歸曉漏初早晚得爲朝署拜閑坊買宅作鄰居

哭胡十八遇

早得聲名年尚少尋常一作思志氣出風塵文場繼續成三代家族一作世輝華在一身幼子見生一作存才滿月選書知寫未呈人送君帳下衣裳白數尺墳頭栢樹新

贈賈島

籬落荒涼僮僕飢樂遊原上住多時蹇驢放飽騎將出一作去秋卷裝成寄與誰拄杖傍田尋野菜封書乞米趁時一作朝炊姓名未上登科記身屈惟應內史知

逢王建有贈

年狀皆齊初有髭鵲山漳水每追隨使君座下朝聽易處士庭中夜會詩新作句成相借問閑求義盡共尋思經今三十餘年事却說還同昨日時

移居靜安坊答元八郎中

長安寺裏多時住雖守卑官不苦一作厭貧作活每常嫌費力移居祇是貴容身初開井淺偏宜樹漸覺街閑省踏塵更喜往還相去近門前減却送書人

送楊少尹赴鳳翔

詩名往日動長安首首人家卷裏看西學已行秦博士南宮新拜漢郎官得錢祇了還書鋪借宅常時事藥欄今去岐州生計薄移居偏近隴頭寒

送韓侍御歸山

聞君久臥在雲間爲佐嫖姚未得還新結茆盧招隱逸一作客獨騎驄馬入深山九靈洞口行應到五粒松枝醉亦攀明日珂聲出城去家僮不復埽柴關

新除水曹郎答白舍人見賀

年過五十到南宮章句無名荷至公黃紙開呈相府後朱衣引入謝班中諸曹縱許爲仙侶羣吏多嫌是老翁最幸一作幸有紫薇郎見愛獨稱官與古人同

送楊少尹赴滿一作滿城

官爲本府當身榮因得還鄉任野情自廢田園今作主每逢耆老不呼名舊遊寺裏僧應識新別橋邊樹已一作亦成公事況一作多閑詩更好將隨一作誰相逐一作送上山行

哭元九少府一作尹

平生志業獨相知早結雲山老去期初作學官常共一作對宿晚登朝列暫同時閑來各數經過地醉後齊吟唱和詩今日春風花滿宅一作院入門行哭見靈帷

送侯判官赴廣州從軍一作事

年少才高求自展將身萬里赴軍門辟書遠到開呈客公服新成著謝恩驛舫過江分白堠戍亭一作棧當領見紅旛海花蠻草連冬有行處無家不滿園

答白杭州郡樓登望畫圖見寄

畫得江城登望處寄來今日到長安乍驚物色從詩出更想工人下手難將展書堂偏覺好每來朝客盡求看見君向此閑吟意肯恨當時作外官

贈趙將軍

當年膽略已縱橫每見妖星氣不平身貴早登龍尾道功高自破鹿頭城尋常得對論邊事委曲承恩掌內兵會取安西將報國凌煙閣上大一作早書名

送和蕃公主

塞上如今無戰塵漢家公主出和親邑司猶屬宗卿寺冊號還同虜帳人九姓旗旛先引路一生衣服盡隨身氈城南望無迴日空見沙蓬水柳春

寒食內宴二首

朝光瑞氣滿宮樓綵纛魚龍四面稠廊下御厨分冷食殿前香騎逐飛毬千官盡醉猶教坐百戲皆呈未放休共喜一作起拜恩侵夜出金吾不敢問行一作來由

城闕沈沈向曉寒恩當令節賜餘歡瑞煙深一作入處開三殿春雨微時引百官寶樹樓前分繡一作翠幙綵花廊下映華一作朱欄宮筵戲樂年年別已得三迴對御看

朝日勅賜百官櫻桃

仙果人間都未有今朝忽見下天門捧盤小吏初宣勅當殿羣臣共拜恩日色遥分門一作廊下坐露香才出禁中園每年重此先偏待一作先熟長願得千春奉至尊

太白山一作老人

日觀東峰（一作南）幽（一作邊）客住竹巾藤帶亦逢迎暗修黃籙無人見深種胡麻共犬行洞裏仙家常獨往壺中靈藥自爲名春泉四面遶茅屋日日唯聞杵臼聲

和裴司空酬滿（一作蒲）城楊少尹

聖朝偏重大司空人詠元和第一功擁節高臨漢水上題詩遠入舜城中共驚向老多年別更憶登科舊日同誰不望歸丞相府江邊楊柳又秋風

寄和州劉使君

別離已久猶爲郡閑向春風倒酒缾送客特（一作將一作時）過沙口堰看花多上水心亭曉來江氣連城白雨後山光滿郭青到此詩情應更遠醉中高詠有誰聽

贈商州王使君

銜命南來會郡堂却思朝裏接班行才雄猶是山城守道薄初爲水部郎選勝相留開客館尋幽更引到僧房明朝從此辭君去獨出商關路漸長

寄令狐賓客

勳名盡得國家（一作東）傳退狎琴僧與酒仙還帶郡符經幾處暫辭台座已三年留司未到龍樓下拜表長懷玉案前秋日出城伊水好領誰相逐上閑船

寄梅處士

擾擾人間是與非（一作足是非）官閑自覺省心機六行班裏身常下九列符中事亦稀市客慣曾賒賤藥家僮驚見著新衣君今獨得居山樂應喜（一作笑）多時未辦歸

送施肩吾東歸

知君本是煙霞客被薦因來城闕間世業偏臨七里瀨仙遊多在四明山早聞詩句傳人遍新得科名到處閑惆悵灞亭相送去雲中琪樹不同攀

崑崙兒

崑崙家住海中州蠻客將來漢地遊言語解教秦吉了波濤初過鬱林洲金環欲落曾穿耳螺髻長拳不裹頭自愛肌膚黑如漆行時半脫木綿裘

贈李杭州

仙郎白首未歸朝應爲蒼生領六條惠化州人盡清淨高情野鶴與（一作共）逍遙竹間虛館無朝訟山畔青田長夏苗終日政聲長獨坐開門長（一作唯）望浙江潮

送鄭尚書赴廣州

聖朝選將持符節內使（一作制）宣時百辟聽海北蠻夷來舞蹈嶺南封管送圖經白鷴飛遶迎官舫紅槿開當讌客亭此處莫言多瘴癘天邊看取老人星

賀秘書王丞南郊攝將軍

正初天子親郊禮詔攝將軍領衞兵斜帶銀刀入黃道先隨玉輅到青城壇邊不在千官位仗外唯聞再拜聲共喜與君逢此日病中無計得隨（一作同）行

送令狐尚書赴東都留守

朝廷重寄在關東共說從前選上公勳業新城大梁鎮恩榮更守洛陽宮行香暫出天橋上巡禮常過禁殿中每領羣臣拜章慶（一作表）半開門仗日曈曈

拜豐陵

歲朝園寢遣公卿學省班中亦攝行身逐陵官齊再拜手持木鐸叩三聲寒更報點來山殿曉炬分行照柏城却下龍門看漸遠金峰高處日微明（一作初晴）

贈孔尚書

能將直道歷榮班事著元和實錄間三表自陳辭北闕一家相送入南山買來侍女教人嫁賜得朝衣在篋閑宅近青山（一作門）高靜處時歸林下暫開關

酬杭州白使君兼寄浙東元大夫

相印暫離臨遠鎮掖垣出守復同時一行已作三年別兩處空傳七字詩越地江山應共見秦天風月不相知人間聚散真難料莫歎平生信所之

寄蘇州白二十二使君

三朝出入紫微臣頭白金章未在身登第蚤年同座主題詩今日是（一作異）州人閶門柳色煙中遠茂苑鶯聲雨後新此處吟詩向山寺知君忘却曲江春

送白賓客分司東都

赫赫聲名三十春高情人獨出埃塵病辭省閣歸閑地恩（一作處）許宮曹作上賓詩裏難同相得伴酒邊多見自由身老人也擬休官去便是君家池上人

贈閻少保

辭榮戀闕未還鄉修養年多氣力強半俸歸燒伏火藥全家解說養生方特承恩詔新開戟每見公卿不下牀竹樹晴深寒院靜長懸石磬在虛廊

贈別王侍御赴任陝州司馬（一作贈王司馬赴陝州）

京城在處閑人少唯共君行並馬蹄更和詩篇名最出時（一作對）傾杯酒戶常齊同趨闕下聽鐘漏獨向軍前聞鼓鼙今日春明門外別更無因得到街西

田司空入朝

西來將相位（一作望）兼雄不與諸君（一作軍）覲禮同早變山東知順命新收濟上（一作下）立殊功朝官欲謁趨門外恩使喧（一作宣）迎滿路中閶闔曉開（一作來）銅漏靜身當受冊大明宮

送浙西周判官（一作送浙東周阮範判官）

由來自（一作身）是煙霞客早已聞名詩酒間天闕因將賀表到家鄉新（一作江城應）著賜衣還常吟卷裏新酬句自話湖中（一作邊）舊住山吳越主人偏愛重多應不肯放君閑

送吳（一作胡）鍊師歸王屋

玉陽峰下學長生玉洞仙中（一作鄉）已有名獨戴熊鬚冠暫出唯將鶴尾扇同行煉成雲母休炊爨已得雷公當吏兵却到瑤（一作天）壇上頭宿應聞空裏步虛聲

送邵州林使君

詞客南行寵命新瀟湘郡入曲江津山幽自足探微處俗朴應無爭競人郭外相連排殿閣市中多半用金銀知君不作家私計遷日還同到日貧

寄王六侍御

漸覺近來筋力少難堪今日在風塵誰能借問功名事祇自扶持老病身貴得藥資將助道肯嫌家計不如人洞庭已置新居處歸去安期（一作期君）與作鄰

送稽亭山寺僧（一本無寺字）

師住稽亭高處寺斜廊曲閣倚雲開山門十里松間入泉澗三重洞裏來名岳尋遊今已遍家城禮謁便應迴舊房到日閑吟後林下還登說法臺

送汀州源使君

曾成趙北歸朝計，因拜王門最好官。爲郡暫辭雙鳳闕，全家遠過九龍灘。山鄉祇有輸蕉戶，水鎮應多養鴨欄。地僻尋常來客少，刺桐花發共誰看。

寄孫洛陽格（一作寄洛陽孫明府）

久持刑憲聲名遠，好是中朝正直臣。赤縣上來應足事，青山老去未離身。常思從省連歸馬，乍覺同班少舊人。遙愛南橋秋日晚，雨邊楊柳映天津。

胡山人歸王屋因有贈

轉轉無成到白頭，人間舉眼盡堪愁。此生已是蹉跎去，每事應（一作終）從鹵莽休。雖作閑官少拘束，難逢勝景可淹留。君歸與訪移家處，若箇峰頭（一作前）最較幽。

寄虔州韓使君

南康太守負才豪，五十如今未擁旄。早得一人知姓字，常聞三事說功勞。月明渡口漳江靜，雲散城頭贛石高。郡政已成秋思遠，閑吟應不問官曹。

送從弟濛赴饒州

京城南去鄱陽遠，風月悠悠別思勞。三領郡符新寄重，再登科第舊名高。去程江上多看堠，迎吏船中亦帶刀。到日更行清靜化，春田應不見蓬蒿。

羅（一作贈）道士

城裏無人得實年，衣襟常帶臭黃煙。樓中賒酒唯留藥，洞裏爭棊不賭錢。聞客語聲知貴賤，持（一作對）花歌詠似狂顛。尋常行處皆逢見，世上多疑是謫仙。

寄陸渾趙明府

與君學省同官處，常日相隨說道情。新作陸渾山縣長，早知三禮甲科名。郎中時有仙人住，城內應多藥草生（一作公）。公事稀疎來客少，無妨著屐獨閑行。

同將作韋二少監贈水部李郎中

舊年同是水曹郎，各罷魚符自楚鄉。重著青衫承詔命，齊趨紫殿異班行。別來同說經過事，老去相傳補養方。憶得當時亦連步，如今獨在讀書堂。

贈王侍御

心同野鶴與塵遠，詩似冰壺見底清。府縣同趨昨日事，升沉不改故人情。上陽春晚蕭蕭雨，洛水寒來夜夜聲。自歎獨爲折腰吏，可憐驄馬路傍行。

送金少卿副使歸新羅

雲島茫茫天畔微，向東萬里一帆飛。久爲侍子承恩重，今佐使臣銜命歸。通海便應將國信，到家猶自著朝衣。從前此去人無數，光彩如君定是稀。

送李司空赴鎮襄陽（一本無赴字）

中外兼權社稷臣，千官齊出拜行塵。再調公鼎勳庸盛，三受兵符寵命新。商路雪開旗旆展，（一作遠）楚堤梅發驛亭春。襄陽風景由來好，重與江山作主人。

送李僕射翛赴鎮鳳翔（一本無翛字）

由來勳業屬英雄，兄弟連營列位同。先入賊城擒首惡，盡（一作惡首）封筦庫讓元公。旌幢獨繼家聲外，竹帛新添國史中。天子新（一作欲）收秦隴地，故教移鎮古扶風。

寄白二十二舍人

早知內詔過先（一作前）輩，蹭蹬江南百事疎。盜（一作浦）城中爲上佐，爐峰寺後著幽居。偏依仙法多求藥，長共僧遊不讀書。三省比來名望重，肯容君去（一作意）樂樵漁。

送友人盧處士遊吳越

羨君東去見殘梅，惟有王孫獨未回。吳苑夕陽明古堞，越宮春草上高臺。波生野水雁初下，風滿驛樓潮欲來。試問漁舟看雪浪，幾多江燕荇花開。

蘇州江岸留別樂天（一作白居易詩，題云武丘寺路宴留別諸妓）

銀泥裙映錦障泥，畫舸停橈馬簇蹄。清管曲終鸚鵡語，紅旗影動薄寒嘶。漸消酒色朱顏淺，欲話離情翠黛低。莫忘使君吟詠處，女墳湖北武丘西。

寒食看花

早入公門到夜歸，不因寒食少閑時。顛狂遶樹猿離鎖，踴躍緣岡馬斷羈。酒汙衣裳從客笑，醉饒言語覓花知。老來自喜常無事，仰面西園得詠詩。

酬浙東元尚書見寄綾素

越地繒紗紋樣新，遠封來寄學曹人。便令裁制爲時服，頓覺光榮上病身。應念此官同棄置，獨能相賀更殷勤。三千里外無由見，海上東風又一春。

贈項斯（一作王建詩，題云贈賈島）

端坐（一作盡日）吟詩忘（一作坐）忍飢，萬人中覓似君稀。門連野水風長到，驢放秋原夜不歸。日煖剩收新落葉，天寒更著舊生衣。曲江亭上頻頻見，爲愛鸕鷀雨裏飛。

全唐詩

張籍

和韋開州盛山十二首

宿雲亭（一作寺）

清淨當深處，虛明向遠開。卷簾無俗客，應只見雲來。

梅溪

自愛新梅好，行尋一徑斜。不教人掃石，恐損落來花。

茶嶺

紫芽連白蘂，初向嶺頭生。自看家人摘，尋常觸露行。

流杯渠

淥酒白螺杯，隨流去復回。似知人把處，各向面前來。

盤石磴

壘石盤（一作連）空遠，層層勢不（一作更）危。不知行幾匝，得到上頭時。

桃塢

春塢桃花發，多將野客遊。日西殊未散，看望酒缸頭。

竹巖

獨入千竿裏，緣巖踏石層。笋頭齊欲出，更不許人登。

琵琶臺

臺上綠蘿春，閑登不待人。每當休暇日，著履戴紗（一作綸）巾。

胡盧沼

曲沼春流滿，新蒲映野鵝。閑齋朝飯後，拄杖遶行多。

隱月岫

月出深峰裏清凉(一作光)夜(一作夏)亦寒每嫌西落疾不得到明看

繡衣石榻

山城無別味藥草兼魚果時到繡衣人同來石上坐

上士泉缾(一本無缾字)

塔上一眼泉四邊青石甃唯有護淨僧添缾將盥漱

送遠客

憔悴(一作)遠歸(一作行)客殷勤欲別杯九星壇下路幾日見重來

寄西峰僧

松暗水涓涓夜凉人未眠西峰月猶在遥憶草堂前

禪師(一作西峰頂)

獨在西峰頂年年閉石房定中無弟子人到爲焚香

惜花

山中春已晚處處見花稀明日來應盡林間宿不歸

題暉(一本此下有禪字)師影堂

日早欲參禪竟無相識緣道場今獨到惆悵影堂前

涇州塞

行到涇州塞唯聞羌戍鼙道邊古雙堠猶記向安西

野田(一作中)

漠漠(一作蓦蓦)野田草草中牛羊道古墓無子孫白楊不得老

岸花

可憐岸邊樹紅藥發青條東風吹渡水衝着木蘭橈

別于鵠

離燈及晨輝行人起復思出門雨相顧青山路逶迤

送蜀客

蜀客南行祭(一作祭)碧雞木綿花發錦江西山橋日晚行人少時見猩猩樹上啼

送元結(一作紹)

昔日同遊漳水邊如今重說恨綿綿天涯相見還離別客路秋風又幾年

宿山祠(一作宮山祠)

秋草宮人(一作中)斜裏墓宮人(一作中)誰送葬來時千千萬萬皆如此(一作相似)家在邊城(一作邊遠)亦不知

美人宮棊

紅燭臺前出翠娥海沙鋪局巧相和趁行移手巡收盡數數看誰得最多

蠻州(一作杜牧詩題云蠻中醉)

瘴水蠻中入洞流人家多住竹棚頭一(一作青)山海上無城郭唯見松牌記象州

送元宗簡

貂帽垂肩窄皂裘雪深騎馬向西州暫時相見還相送却閉閑門依舊愁

寄徐晦

鄠陂魚美酒偏濃不出琴齋見雪峰應勝昨來趨府日簿書牀上亂重重

寄白學士

自掌天書見客稀縱因休沐鎖雙扉幾回扶病欲相訪知向禁中歸未歸

喜王六同宿

十八年來恨別離唯同一宿詠新詩更相借問詩中語共說如今勝舊時

題玉像堂

玉毫不着世間塵輝相分明十八身入夜無煙燈更(一作亦)好堂中唯有轉經人

與賈島閑遊

水北原南草色新雪消風暖不生塵城中車馬應無數能解閑行有幾人

哭丘長史

丘公已殁故人稀欲過街西更訪誰每到子城東路上憶君相逐入朝時

哭孟寂

曲江院裏題名處十九人中最少年今日春光君不見杏花零落寺門前(唐進士登科記孟寂乃中書舍人高郢所取第十六名其年進士十七人博學宏詞二人故詩云十九人)

患眼

三年患眼今年免校與風光便隔生昨日韓家後園裏看花猶似未分明

答劉競

劉君久被時抛擲老向城中作選人昨日街西相近住每來存問老夫身

贈華嚴院僧

一身依止荒閑院燭耀窗中有宿煙徧禮華嚴經裏字不曾行到寺門前

逢故人

山東一(一作二)十餘年別今日相逢在上都說盡向來無限事相看摩捋白髭鬚

送蕭遠弟

街北槐花傍馬垂病身相送出門遲與君別後秋風夜作得新詩說向誰

送辛少府任樂安(一作安縣)

才多不肯浪容身老大詩章轉更新選得天台山下住一家全作學仙人

贈任道人

長安多病無生計藥鋪醫人亂索錢欲得定知身上事憑君爲筭小行年

招周居(一作處)士

閉門秋雨濕牆莎俗客來稀野思多已掃書齋(一作堂)安藥竈山人作意早經過

送許處士

高情自與俗人疎獨向藍溪選僻(一作僻處)居會到白雲長取醉不能窗下讀閑書

送律師歸婺州

京中開講已多時曾作壇頭證戒師歸到雙溪橋北寺鄉僧爭就學威儀

題楊秘書新居

愛閑不向爭名地宅在街西最靜坊卷裏詩過一千首白頭新受秘書郎

送晊師

九星臺下煎茶別五老峰頭覓寺居作得新詩旋相寄

人來請莫達空書

送僧往(一作歸)金(一作全)州

聞道谿陰山水好師行一一徧經過事須覓取堪居處
若箇溪頭藥最多

尋徐道士

尋師遠到暉天觀竹院森森閉藥房閒入靜來經七日
仙童檐下獨焚香

答開州韋使君寄車前子

開州午(一作五)日車前子作藥人皆道有神慚媿使君憐病
眼三千餘里寄閒人

憶故州(一作山)

壘石爲山伴野夫自收靈藥讀仙書如今身是他州客
每見青山憶舊居

送客遊蜀

行盡青山到益州錦城樓下二江流杜家曾向此中住
爲到浣花溪水頭

送(一作贈)陸暢

共踏長安街裏塵吳州(一作門)獨作未歸身昔年(一作吾門)舊宅今
誰住君過西塘與問人

感春

遠客悠悠任病身謝家池上又逢春明年各自東西去
此地看花是別人

贈李司議

漢庭誰問投荒客十載(一作歲)天南着白衣秋草茫茫惡谿(一作溪)
路嶺頭遙送北人稀(一作歸)

別客

青山歷歷水悠悠今日相逢明日秋繫馬城邊楊柳樹
爲君沽酒暫淹留

登樓寄胡家兄弟

獨上西樓盡日閑林煙演漾鳥蠻(一作綿)蠻謝家兄弟重城
裏不得同看雨後山

答劉明府

身病多時又客居滿城親舊盡(一作久)相疎可憐絳縣劉明
府猶解頻頻寄遠書

酬藤杖

病裏出門行步遲喜君相贈古藤枝倚來自覺身生力
每向傍人說得時

法雄寺東樓

汾陽舊宅今爲寺猶有當時歌舞樓四十年來車馬絕
古槐深巷暮蟬愁

寄故人

靜曲閑房病客居蟬聲滿樹槿花疎故人祇在藍田縣
强半年來未得書

鄰婦哭征夫

雙鬟初合便分離萬里征夫不得隨今日軍回身獨歿
去時鞍馬別人騎

和崔駙馬聞蟬

鳳凰樓下多歡樂不覺秋風暮雨天應爲昨來身暫病
蟬聲得到耳傍邊

和裴僕射看櫻桃花

昨日南園新雨後櫻桃花發舊枝柯天明不待人同看
遶樹重重履跡多

和長安郭明府與友人縣中會飲

一尊清酒兩人同好在街西水縣中自恨病身相去遠
此時閑坐對秋風

唐昌(一作興唐)觀看花

新紅舊紫不相宜看覺從前兩月遲更向同來詩客道
明年到此莫過時

九華觀看花

街西無數閑遊處不似九華仙觀中花裏可憐池上景
幾重牆壁貯春風

贈姚合

丹鳳城門向曉開千官相次入朝來唯君獨走衝塵土
下馬橋邊報直迴

同韋員外開元觀尋時道士

觀裏初晴竹樹涼閑行共到最高房昨來官罷無生計
欲就師求斷穀方

同韓侍御南溪夜賞

喜作閑人得出城南溪兩月逐君行忽聞新命須歸去
一夜船中語到明

使行望(一作至)悟眞寺

採玉峰連佛寺幽高高斜對驛門樓無端來去騎官馬
寸步教身不得遊

重陽日至峽道

無限青山行已盡迴看忽覺遠離家逢高欲飲重陽酒
山菊今朝未有花

贈主客劉郎中

憶昔君登南省日老夫猶是褐衣身誰知二十餘年後
來作客曹相替人

同嚴給事聞唐昌觀玉蘂近有仙過因成絕句

二首

千枝花裏玉塵飛阿母宮中見亦稀應共諸仙鬬百草
獨來偷得一枝歸

九色雲中紫鳳車尋仙來到洞仙家飛輪迴處無蹤跡
唯有斑斑滿地花

秋思

洛陽城裏見秋風欲作歸(一作家)書意萬重忽(一作復)恐匆匆說
不盡行人臨發又開封

憶遠

行人猶未有歸期萬里初程日暮時唯愛門前雙柳樹
枝枝葉葉不相離

玉仙(一作山)館

長溪新雨色如泥野水陰雲盡向西楚客天南行漸遠
山山樹裏鷓鴣啼

寄府吏

野外尋花共作期今朝出郭不相隨待君公事有閑日
此地春風(一作光)應過時

弟蕭遠雪夜同宿

數卷新遊蜀客詩長安僻巷得相隨草堂雪夜攜琴宿

說是一作似青城館裏時
涼州詞三首
邊城暮雨雁飛低蘆筍初生漸欲齊無數鈴聲遙過磧
應馱白練到安西
古鎮城門白磧開胡兵往往傍沙堆巡邊使客行應早
欲問平安無使來一作每行平安火到來
鳳林關裏水東流白草黃榆六十秋邊將皆承主恩澤
無人解道取涼州
宮詞
新鷹初放兔猶一作初肥白日君王在內稀薄暮千門臨欲
鎖紅妝飛騎向前歸
黃金捍撥紫檀槽弦索初張調更高盡理昨來新上曲
內官簾外送櫻桃
華清宮
溫泉流入漢離宮宮樹行行浴殿空武帝時人今欲盡
青山空閉御牆中
崔駙馬養鶴
身閑無事稱高情已有人聞章句名求得鶴來教翦翅
望仙臺下亦將行
閑遊
老身不計人間事野寺秋晴每獨過病眼校來猶斷酒
卻嫌行處菊花多
劉兵曹贈酒
一缾顏色似甘泉閑向新栽小竹前飲罷身中更無事
移牀獨就夕陽眠
送梧州王使君
楚江亭上秋風起看發蒼梧太守船千里同行從此別
相逢又隔幾多年
春日早朝
曉陌春寒朝騎來瑞雲深處見樓臺夜來新雨沙堤濕
東上閤門應未開
寄朱闞二山人
為箇朝章束此身眼看東路一作洛去無因歷陽舊客今應
少轉憶鄰家二老人
寄李渤
五度溪頭躑躅紅嵩陽寺裏講時鐘春山處處行應好
一月看花到幾峯
尋仙
溪頭一徑入青崖處處仙居隔杏花更見峯西幽客說
雲中猶有兩三家
同白侍郎杏園贈劉郎中
一去瀟湘頭欲一作已白今朝始見杏花一作園春從來遷客應
無數重到花前有幾人
答鄱陽客藥名詩
江皐歲暮相逢地黃葉霜前半夏枝子夜吟詩向松桂
心中萬事喜君知
寄宋景
詔發官兵取亂臣將軍弓箭不離身今君獨在征東府
莫遣功名屬別人
寄王侍御一作奉御
愛君紫閣峯前好新作書堂藥竈成見欲移居相近住
有田多與種黃精
題渭北寺上方
昔祭郊壇今謁陵寺中高處最來登十餘年後人多別
喜見當時轉讀僧
閑遊一作題山寺僧院
終日不離塵土間若為能見此身閑今朝暫共遊僧語
更恨趨時別舊山
倡女詞
輕鬢叢梳闊掃眉為嫌風日下樓稀畫羅金縷難相稱
故著尋常淡薄衣
答元八遺紗帽
黑紗方帽君邊得稱對山前坐竹牀唯恐被人偷剪樣
不曾閑戴出書堂
題僧院
閒師行講青龍疏本寺住來多少年靜掃空房唯獨坐
千莖秋竹在簷前
送元八
百神齋祭相隨徧尋竹一作水看山亦共行明日城西送君
去舊遊重到獨題名
吳楚歌詞
庭前春鳥啄林聲紅夾羅襦縫未成今朝社日一作酒停針
線起向朱櫻樹下行
題方睦上人月臺觀
一身清淨無童子獨坐空堂得幾年每夜焚香通月觀
可憐光影最團圓
華山一作岳廟
金天廟下西京道巫女紛紛走似煙手把紙錢迎過客
遣求恩福到神前
病中酬元宗簡
東風漸暖滿城春獨占一作向幽居養病身莫說櫻桃花已
發今年不作看花人
寺宿齋
晚到金光門外寺寺中新竹隔簾多齋官禁一作與僧相見
院院開門不得過
贈施肩吾
世間漸覺無多事雖有一作得空名未著身合取藥成相待
喫不須先作上天人
贈王建
白君去後交遊少東野亡來篋笥貧賴有白頭王建在
眼前猶見詠詩人
逢賈島
僧房逢著款冬花出寺行吟日已斜十二街中春雪徧
馬蹄今去入誰家
山中酬人
山中日暖春鳩鳴逐水看花任意行向晚歸來石窗下
菖蒲葉上見題名
弱柏院僧影堂
弱柏倒垂如線蔓簷頭不見有枝柯影堂香火長相續

應得人來禮拜多

題故僧影堂

香消雲鎖舊僧家僧刹殘形半壁斜日暮松煙寒漠漠
秋風吹破紙蓮花

無題 一作劉禹錫詩題云踏歌詞

桃溪柳陌好經過燈下妝成月下歌爲是襄王故宮地
至今猶有（一作自）細腰多

山禽

山禽毛如白練帶栖我庭前栗樹枝獼猴半夜來取栗
一雙中林向月飛

秋山

秋山無雲復無風溪頭看月出深松草堂不閉石牀靜
葉間墜露聲重重

玉眞觀

臺殿曾爲貴主家春風吹盡竹窗紗院中仙女修香火
不許閑人入看花

蠻中

銅柱南邊毒草春行人幾日到金麟玉鐶穿耳誰家女
自抱琵琶迎海神

贈道士 一作剡溪逢茅山道士

茅山近別剡溪逢玉節青旄十二重自說年年上天去
羅浮最近海邊峰

重（一作堂）平驛作

茫茫菰草平如地淼淼長堤曲似城日暮未知投宿處
逢人更問向前程

宿天竺寺寄靈隱寺僧

夜向靈溪息此身風泉竹露淨衣塵月明石上堪同宿
那作山南山北人

酬朱慶餘

越女新妝出鏡心自知明豔更沈吟齊紈未是人間貴
一曲菱歌敵萬金

寒食憶歸 以下二首見歲時雜咏

京中曹局無多事寒食貧兒要在家遮莫杏園勝別處
亦須歸看傍村花

寒食

綠楊枝上五絲繩枝弱春多欲不勝唯有一年寒食日
女郎相喚擺階騰

賦花 并序

白樂天分司東洛朝賢悉會興化亭送別酒酣各賦一字至七字詩以題爲韻

花
花落
早開
賒對酒
客與詩家
能迴遊騎
每駐行車
宛宛清風起
茸茸麗日斜
且願相留歡洽
惟愁虛棄光華
明年攀折知不遠
對此誰能更歎嗟

句

韓公國大賢道德赫已聞時出爲陽山爾區來趨奔韓官遷椽曹子隨至荊門韓入爲博士崎嶇送歸輪 送區弘事文類聚

全唐詩

盧仝

盧仝范陽人隱少室山自號玉川子徵諫議不起韓愈爲河南令愛其詩厚禮之後因宿王涯第罹甘露之禍詩三卷

月蝕詩

新天子即位五年歲次庚寅斗柄插子律調黃鍾森森萬木夜殭立寒氣贔屭頑無風爛銀盤從海底出出來照我草屋東天色紺滑凝不流冰光交貫寒曨朧初疑白蓮花浮出龍王宮八月十五夜比並不可雙此時怪事發有物吞食來輪如壯士斧斫壞桂似雪山風拉摧百鍊鏡照見膽平地埋寒灰火龍珠飛出腦却入蚌蛤胎摧環破璧眼看盡當天一搭如煤炲磨蹤滅跡須臾間便似萬古不可開不料至神物有此大狼狽星如撒沙出爭頭事光大奴婢炷暗燈掩（烏感切）菼如玳瑁今夜吐燄長如虹孔隙千道射戶外玉川子涕泗下中庭獨自行念此日月者太陰太陽精皇天要識物日月乃化生走天汲汲勞四體與天作眼行光明此眼不自保天公行道何由行吾見陰陽家有說望日蝕月月光滅朔月掩日日光缺兩眼不相攻此說吾不容又孔子師老子云五色令人目盲吾恐天似人好色即（一作則）喪明幸且非春時（一作晴）萬物不嬌榮青山破瓦色綠水冰崢嶸花枯無

女艷鳥死沈歌聲頑冬何所好偏使一目盲傳聞古老說蝕月蝦蟆精徑圓千里入汝腹汝此癡骸(一作騃)阿誰(一作何從)生可從海窟來便解緣青冥恐是眶睫間揜(一作揞)塞所化成黃帝有二目帝舜重瞳明二帝懸四目四海生光輝吾不遇二帝滉漭不可知何故瞳子上坐受蟲豸欺長嗟白兔擣靈藥恰似有意防姦非藥成滿臼不中度委任白兔夫何爲憶昔堯爲天十日燒九州金爍水銀流玉爛(音炒)丹砂焦六合烘爲窯(音遥)堯心增百憂帝見堯心憂勃然發怒决洪流立擬沃殺九日妖天高日走沃不及但見萬國赤子𧕿𧕿生魚頭此時九御導九日爭持節幡麾幢旒駕車六九五十四頭蛟螭虬掣電九火輈汝若蝕開齱齵(一作齟齬)輪御轡執索相爬鉤推蕩轟訇(一作渴)入汝喉紅鱗焰鳥燒口快翎鬛倒側聲醆鄒撐腸拄肚礧傀(一作磊)如山丘自可飽死更不偷不獨填飢坑亦解堯心憂恨汝時(一本無時字)當食藏(一作埋)頭擫腦不肎食不當食張脣哆觜食不休食天之眼養逆命安得上(一作天)帝請汝劉鳴呼人養虎被虎齧天媚蟆被蟆瞎(一作天昏暮得瞽疾蝦蟆敢將天眼瞎)乃知恩非類一一自作孽吾見患眼人必索良工訣想天不異人愛眼固應一安得常娥氏來習扁鵲術手操舂喉戈去此睛上物其初(一作初既)猶朦朧既久如(一作似)抹漆但恐功業成便此不吐出玉川子又涕泗下心禱再拜額榻(一作蹋)砂土中地上蟣虱臣仝告愬帝天皇臣心有鐵一寸可刳妖蟆癡腸上天不爲臣立梯磴臣血肉身無由飛上天揚天光封詞付與小心風(一作先封辭付與赤心風)颰(一作越)排閶闔入紫宮密邇玉几前擘坼奏上臣仝頑愚胸敢死橫干天代天謀其長(一作敢死橫干天甚長)東方蒼龍角插戟尾捭風當心開明堂統領三百六十鱗蟲坐理(一作治)東方宮月蝕不救援安用東方龍南方火鳥赤潑血項長尾短飛跋躠(一作剌)頭戴井(一作丹)冠高逵枡月蝕鳥宮十三度鳥爲居停主人不覺察貪向何人家行赤口毒舌毒蟲頭上喫却月不啄殺虛眨鬼眼明突窬(音抉血)鳥罪不可雪西方攫虎立踦踦(音几)斧爲牙鑿爲齒偷犧牲食封豕大蟇一臠固當軟美見似不見是何道理爪牙根天不念天天若准擬錯准擬北方寒龜被蛇縛藏頭入殼如入獄蛇筋束緊束破殼寒龜夏鼈一種味且當以其肉充臛死殼没信處(一作且當臛其肉一底板没信處)唯堪支牀脚不堪(一作中)鑽灼與天(一本有下字)卜歲星主福德官爵奉董秦忍使黔婁生覆尸無衣巾天失眼不弔歲星胡其仁熒惑矍鑠翁執法大不中月明無罪過不糺蝕月蟲年年十月朝太微支盧謫罰何災凶土星與土性相背反養福德生禍害到人頭上死破敗今夜月蝕安可會太白眞將軍怒激鋒鋩生恒州陣斬酈定進項骨脆甚春蔓菁天唯兩眼失一眼將軍何處行天兵辰星任廷尉天律自主持人命在盆底固應樂見天盲時天若不肎信試喚皐陶鬼一問一如今日三台文昌宮作上天(一作天上)紀綱環天二十八宿(一本無宿字)磊磊尚書郎整頓排班行劒握他人將一四太陽側一四天市傍操斧代大匠兩手不怕傷弧矢引滿反射人天狼呀啄明煌煌癡牛與騃女不肎勤農桑徒勞含淫思旦夕遥相望蚩尤簸旗弄旬朔始搥天鼓鳴璫琅枉矢能蛇行眊目森森張天狗下舐地血流何滂滂譎險萬萬黨架構何可當眯目疊成就害我光明王請留北斗一星相北極(一作請留北斗相北極)指麾萬國懸中央此外盡掃(一作拂)除堆積(一作砂磧)如山岡贖我父母光當時常星没殞(一作星)雨如迸(一作坼)漿似天會事發叱喝誅奸強何故中道廢自遺今日殃善善又惡惡郭公所以亡願天神聖心無信他人忠玉川子詞訖風色緊格格近月黑暗邊有似動劒戟須臾癡蟆精兩吻自决坼初露半箇壁漸吐滿輪魄衆星盡原赦一蟆獨誅磔腹肚忽脫落依舊挂穹碧光彩未蘇來慘澹一片白奈何萬里光受此吞吐厄再得見天眼感荷天地力或問玉川子孔子修春秋二百四十年月蝕盡不收今子咄咄詞頗(一作固)合孔意不玉川子笑荅或請聽逗留孔子父母魯諱魯不諱周書外書大惡故月蝕不見收予命唐天口食唐土唐禮過三唐樂過五小猶不說大不可數災沴無有小大瘉安得(一本無得字)引衰周研覈其(一本無其字)可否日分晝月分夜辨寒暑一主刑二主德政乃舉孰爲人面上一目偏可去願天完兩目照下萬方土萬古更不瞽萬萬古更不瞽照萬古

哭玉碑子

山有洞左頰拾得玉碑子其長一周尺其闊一藥匕顏色九秋天稜角四面起輕敲吐寒流清悲動神鬼稽首置手中只似一片水至文反無文上帝應有以予疑仙石靈願以仙人比心期香湯洗歸送籙堂裏頗奈窮相驢行動如跛鼈十里五里行百蹶復千蹶顏子不少天玉碑中路折橫文尋龜兆直理任瓦裂劈竹不可合破環永離別向人如有情似痛滴無血勘闔平地上罅坼多鑿缺百見百傷心不堪再提挈怪哉堅貞姿忽脆不堅固矧曰人間人安能保常度敢問生物成敗爲有眞素爲稟靈異氣不得受穢污驢罪眞不厚驢生亦錯誤更將前前行復恐山神怒白雲翁閉嶺髙松吟古墓置此忍其傷驅驢下山路(一作去)

觀放魚歌

常州賢刺史從諫議大夫除天地好生物刺史性與天地俱見山客狎魚鳥坐山客北亭湖命舟人駕舫子漾漾菰蒲酒興引行處正見漁人魚刺史密會山客意復念網羅嬰無辜忽脫身上殷緋袍盡買罟擭盡有無鰻鱣鮎鱧鰌涎惡最頑愚鱒魴見鼉風質幹稍高流時白噴雪鯽鯉脔此輩肥脆爲絕尤老鯉變化頗神異三十六鱗如抹朱水苞弘窟有蛟鼉餌非龍餌唯無鱸叢雜百千頭性命懸須臾天心應刺史刺史盡活諸一一投深泉跳脫不復拘得水競騰突動作詭怪殊或透藻而出或破浪而趨或掉尾孑孑或奮鬣愉愉或如鶯擲梭(一本缺此三字)或如蛇銜珠四散漸不見島嶼徒縈紆鸂鶒鴿鷗梟喜觀爭呌呼小蝦亦相慶繞岸搖其鬚乃知貪生不獨頑癡夫可憐百千命幾爲中腸葅若養聖賢眞大烹龍髓敢惜乎苦痛如今人盡是魚食魚族類恣飲噉強力無親疏明明刺史心不欲與物相欺誣岸蟲兩與命無意殺此活彼用賊徒亦憶清江使橫遭予余且聖神七十鑽不及泥中鰌哀哉託非賢五臟生冤讐若當刺史時聖物保不囚不疑且不卜二子安能諌二子儻故

諫吾知心受誅禮重一草木易卦稱中孚又曰鈞不綱又曰遠庖廚故(一作放)仁人用心刺史盡合符昔魯公觀棠距箴遂被孔子貶而書今刺史好生德洽民心誰爲刺史一褒譽刺史自上來德風如草鋪衣冠興廢禮百姓減暴租豪猾不豪猾鰥孤不鰥孤開古孟瀆三十里四千頃泥坑爲膏腴刺史視之總若無訟庭雀噪坐不得湖上拔茭植芙蕖勝業莊中二桑門時時對坐談真如因說十千天子事福力當與刺史俱天雨曼陀羅花深没膝四十千眞珠瓔珞堆高樓此中怪特不可會但慕刺史仁有餘刺史救左右兼小家(一本有生字)奴慎勿背我沈毒鈎念魚承奉刺史仁深僻處遠遠遊刺史官職小教化未能敷第一莫近人惡人唯口腴第一莫出境四境多網罟重傷刺史心喪爾微賤軀

示添丁

春風苦不仁呼逐馬蹄行人家慚愧瘴氣却憐我入我憔悴骨中爲生涯數日不食強強行何忍索我抱看滿樹花不知四體正困惱泥人啼哭聲呀呀忽來案上翻墨汁塗抹詩書如老鴉父憐母惜摑不得却生癡笑令人嗟宿春連曉不成米日高始進一椀茶氣力龍鍾頭欲白憑仗添丁莫惱翁

寄男抱孫

別來三得書書道違離久書處甚麤殺且喜見汝手般十七又報汝文頗新有別來纔經年囊盆未合斗當是汝母賢日夕加訓誘尚書當畢功禮記速須剖嘍囉兒讀書何異摧枯朽尋義低作聲便可養年壽莫學村學生麤氣強叫吼下學偷功夫新宅鋤藜莠乘涼勸奴婢園裏耨葱韭遠籬編榆棘近眼栽桃柳引水灌竹中蒲池種蓮藕撈漉蛙蝌蚪莫遣生科斗竹林吾最惜新筍好看守萬籜苞龍兒攢迸溢(一作隘)林藪吾眼恨不見心腸痛如擣宅錢都未還債利日日厚籜龍正稱冤莫殺入汝口丁寧囑託汝汝活籜龍不殷十七老儒是汝父師友傳讀有疑悞輒告諮問取兩手莫破拳一吻莫飲酒莫學捕鳩鴿莫學打雞狗小時無大傷習性防已後頑發苦惱人汝母必不受任汝惱弟妹任汝惱姨舅姨舅非吾親弟妹多老醜莫惱添丁郎淚子作面垢莫引添丁郎赫赤日裏走添丁郎小小別吾來久久脯脯不得喫兄兄莫撚搜他日吾歸來家人若彈糺一百放一下打汝九十九

自詠三首

爲報玉川子知君未是賢低頭雖有地仰面輒無天骨肉清成瘦莓薹老覺氈家書與心事相伴過流年

盧子躘踵(一作龍鍾)也賢愚總莫驚蚊蝖當家口草石是親情萬卷堆胸朽三光撮眼明翻悲廣成子閑氣說長生

物外無知己人間一癖王生涯身是夢耽樂酒爲鄉日月黏髭鬢雲山鎖肺腸愚公只公是不用謾驚張

送王儲詹事西遊獻兵書(一本分作三首)

美酒撥醅酌楊花飛盡時落日長安道方寸無人知篋中制勝術氣雄屈指算半醉千殷勤仰天一長歎玉匣百錬劍龜文又龍吼抽贈王將軍勿使虛白首

送邵兵曹歸江南

春風楊柳陌連騎醉離觴千里遠山碧一條歸路長花開愁北渚雲去渡南湘東望濛濛處煙波是故鄉

寄外兄魏澈

何處堪惆悵情親不得親與寧樓上月辜負酒家春

喜逢鄭三遊山

相逢之處花茸茸石壁攢峰千萬重他日期君何處好寒流石上一株松

卓女怨

妾本懷春女春愁(一作懷)不自任迷魂隨鳳客嬌思入琴心託援交情重當壚酌意深誰家有夫壻作賦得黃金

守歲二首

去年(一作年去)留不住年來也任他當壚一榼酒爭奈兩年何

老來經節臘樂事甚悠悠不及兒童日都盧不解愁

新月

仙宮雲箔卷露出玉簾鉤清光無所贈相憶鳳皇樓

解悶

人生都幾日一半是離憂但有尊中物從他萬事休

楊子津

風卷魚龍暗楚關白波沈却海門山鵬騰鼇倒且快性地坼天開總是閑

人日立春

春度春歸無限春今朝方始覺成人從今尅(一作克)己應猶及顏(一作願)與梅花俱自新

送尉遲羽之歸宣州

君歸乎君歸興不孤謝朓澄江今夜月也應憶著此山夫

悲新年

新年何事最堪悲病客遙聽百舌兒太歲只遊桃李徑春風肎管歲寒枝

憶酒寄劉侍郎

愛酒如偷蜜憎醒似見刀君爲麴糵主酒醴(一作醒)莫辭勞

白鷺鷥

刻成片玉白鷺鷥欲捉纖鱗心自急翹足沙頭不得時傍人不知謂閑立

風中琴

五音六律十三徽龍吟鶴響思庖羲一彈流水一彈月水月風生松樹枝

感秋別怨

霜秋自斷魂楚調怨離分魄散瑤臺月心隨巫峽雲蛾眉誰共畫鳳曲不同聞莫似湘妃淚斑斑點翠裙

新蟬

泉溜潛幽咽琴鳴乍往還長風翦不斷還在樹枝間

題褚遂良孫庭竹

負霜停雪舊根枝龍笙鳳管君莫截春風一番琴上來搖碎金尊碧天月

訪含曦上人

三入寺曦未來轆轤無人井百尺渴心歸去生塵埃

客淮南病

揚州蒸毒似燀湯客病清枯鬢欲霜且喜閉門無俗物

四肢安穩一張牀

村醉

昨夜村飲(一作村醉黃昏)歸健(一作肆)倒三四五摩挲青莓苔莫嗔(一作嚷)驚著汝

蕭宅二三子贈答詩二十首 并序

蕭才子修文行名聞將還家于洛賣揚州宅未售玉川子客揚州羇旅識蕭遂館蕭未售之宅既而蕭有事于歙州玉川子欲歸洛憶蕭遂與砌下二三子酬酢說相媿意俄而二三子有憂宅售心與其他人手孰與洛客以蕭故亦有勉強不能逆其情文以見意遂盡録寄蕭天知地知非苟有所欲二三子心遠訥君子蕭乎蕭乎君歸不得見者細長三四片者乎

客贈石

竹下青莎中細長三四片主人雖不歸長見主人面

石讓竹

自顧撥(一作掇)不轉何敢當主人竹弟有清風可以娛嘉賓

竹答客

竹弟謝石兄清風非所任隨分有蕭瑟實無堅重心

石請客

竹弟雖讓客不敢當客恩自慙埋沒久滿面蒼苔痕

客答石

遍索天地間彼此最癡癖主人幸未來與君為莫逆

石答竹

石報孤竹君此客甚高調共我相共癡不怕主人天下笑我非蛺蝶兒我非桃李枝不要兒女撲不要春風吹苔蘚印我面雨露皴我皮此故不嫌我突兀蒙相知此客即西歸我心徒依依我欲隨客去累重不解飛知弟虛心亦待客此客何以共報之

竹請客

我本泰山阿避地到南國主人欲移家我亦要歸北上客幸先歸願託歸飛翼唯將翛翛風累路報恩德

客謝竹

揚州駛雜地不辨龍蚍(當作斷)蝪客身正乾枯行處無膏澤太山道不遠相庇實無力君若隨我行必有煎茶厄

石請客

啓母是諸母三十六峰是諸父知君家近父母家小人安得不懷土憐君與我金石交君歸可得共載否小人無以報君恩使君池亭風月古

客謝石

我有水竹莊甚近嵩之巔是君歸休處可以終天年雖有提攜勞不憂糧食錢但恐主人心疑我相釣竿

石再請客

主人若知我應喜我結得君主人不知我我住何求于主人我在天地間自是一片物可得杠壓我使我頭不出

客許石

石公說道理句句出凡格相知貴知心豈恨主為客過須歸去來旦晚上無厄主人誠賢人多應不相責

井請客

我生天地間頗是往還數已効炊爨勞我亦不顧住君有造化力在君一降顧我願拔黃泉輕舉隨君去

客謝井

改邑不改井此是井卦辭井公莫怪驚說我成憨癡我縱有神力爭敢將公歸揚州惡百姓疑我卷地皮

馬蘭請客

蘭蘭是小草不怕郎君罵願得隨君行暫到嵩山下

客請馬蘭

嵩山未必憐蘭蘭蘭蘭已受郎君恩不須刷帚跳蹤走只擬蘭浪(一作郎)出其門

蛺蝶請客

粉末為四體春風為生涯願得紛飛去與君為眼花

客答蛺蝶

君是輕薄子莫窺君子腸且須看雀兒雀兒銜爾將

蝦蟆請客

凡有水竹處我曹長先行願君借我一勺水與君晝夜歌德聲

客請蝦蟆

蝦蟆蟆叩頭莫語人聞聲揚州蝦蜆忽得便腥臊臭穢逐我行我身化作青泥坑

全唐詩

盧仝

龜銘

龜汝靈於人不靈於身致網於津吾靈於身不靈於人致走於麈龜吾與汝鄰

梳銘

有髮今朝朝思理有身今胡不如是

小婦吟

小婦欲入門隈門勻紅妝大婦出門迎正頓羅衣裳門邊兩相見笑樂不可當夫子於傍聊(一作卽)斷腸小婦哆嗤上高堂開玉匣取琴張陳金罍酌滿觴願言兩相樂永

與同心事我郎夫子於傍剩欲狂珠簾風度百花香翠帳雲屏白玉牀啼鳥休啼花莫笑女英新喜得娥皇

月下寄徐希仁

夜半沙上行月瑩天心明沙月浩無際此中離思生上天何寥廓下地何崢嶸吾道豈已矣爲君傾兕觥

贈徐希仁石硯別

靈山一片不靈石手斵成器心所惜鳳鳥不至池不成蛟龍乾蟠水空滴青松火鍊翠煙凝寒竹風搖遠天碧今日贈君離別心此中至淺造化深用之可以過珪璧棄置還爲一片石

有所思

當時我醉美人家美人顏色嬌如花今日美人棄我去青樓珠箔天之涯天涯（一本無天涯二字）娟娟姮娥月三五二八盈又缺（一本無二八二字）翠眉蟬鬢生別離一望不見心斷絕心斷絕幾千里夢中醉臥巫山雲覺來淚滴湘江水湘江兩岸花木深美人不見愁人心含愁更奏綠綺琴調高弦絕無知音美人兮美人不知爲暮雨兮爲朝雲相思一夜梅花發忽到窗前疑是君

樓上女兒曲

誰家女兒樓上頭指揮婢子挂簾鉤林花撩亂心之愁卷卻羅袖彈箜篌箜篌歷亂五六弦羅袖掩面啼向天相思弦斷情不斷落花紛紛心欲穿心欲穿憑欄干相憶柳條綠相思錦帳寒直緣感君恩愛一迴顧使我雙淚長珊珊我有嬌靨待君笑我有嬌蛾待君掃鶯花爛熳君不來及至君來花已老心腸寸斷誰得知玉階羃歷生青草

秋夢行

客行一夜秋風起客夢南遊渡湘水湘水泠泠徹底清二妃怨處無限情娥皇不語啓嬌靨女英目成轉心愜長眉入鬢何連娟肌膚白玉秀且鮮裛回共詠東方日沈吟再理南風弦聲斷續思綿綿中含幽意雨不宣殷勤纖手驚破夢中宵寂寞心悽然心悽然腸亦絕寐不寐兮玉枕寒夜深夜兮霜似雪鏡中不見雙翠眉臺前空挂纖纖月纖纖月盈復缺娟娟似眉意難訣願此眉兮如此月千里萬里光不滅

自君之出矣

自君之出矣壁上蜘蛛織近取見妾心夜夜無休息妾有雙玉環寄君表相憶環是妾之心玉是君之德馳情增悴容蓄思損精力玉簞寒凄凄延想心惻惻風含霜月明水泛碧天色此水有盡時此情無終極

走筆謝孟諫議寄新茶

日高丈五睡正濃軍將打門驚周公口云諫議送書信白絹斜封三道印開緘宛見諫議面手閱月團三百片聞道新年入山裏蟄蟲驚動春風起天子須嘗陽羨茶百草不敢先開花仁風暗結珠琲瓃先春抽出黃金芽摘鮮焙芳旋封裹至精至好且不奢至尊之餘合王公何事便到山人家柴門反關無俗客紗帽籠頭自煎喫碧雲引風吹不斷白花浮光凝碗面一碗喉吻潤兩碗破孤悶三碗搜枯腸唯有文字五千卷四碗發輕汗平生不平事盡向毛孔散五碗肌骨清六碗通仙靈七碗喫不得也唯覺兩腋習習清風生蓬萊山在何處玉川子乘此清風欲歸去山上羣仙司下土地位清高隔風雨安得知百萬億蒼生命墮在巔崖受辛苦便爲諫議問蒼生到頭還得蘇息否

冬行三首

蟲豸臘月皆在蟄吾獨何乃勞其形小大無由知天命但怪守道不得寧老母妻子一揮手涕下便作千里行自顧不及遭霜葉旦夕保得同飄零達生何足云偶然苦樂經其身古來堯孔與桀跖善惡何補如今人

長年愛伊洛決計卜長久賒買里仁宅水竹且小有賣宅將還資舊業苦不厚債家徵利心餓虎血染口臘風刀刻肌遂向東南走賢哉韓員外勸我莫強取憑風謝長者敢不愧心苟債載得估舟估雜非吾偶壯色排榻席別座夸羊酒落日無精光啞暝被掣肘漕石生齒牙洗灘亂相掫奔澌嚼篙杖夾岸雪龍吼可憐聖明朝還爲喪家狗通運隔南溟債利拄北斗揚州屋舍賤還債堪了不此宅貯書籍地濕憂蠹朽賈僕舊相識十年與營守貧交多變態僕得君子不利命子罕言我誠孔門醜且貴終焉圖死免慙孤首何當歸帝鄉白雲永相友

不敢唾汴水汴水入東海污泥龍王宮恐獲不敬罪不敢蹋汴堤汴堤連秦宮蹋盡天子土餽餫無由通此言雖太闊且是臣心腸野風結陰兵千里鳴刀槍海月護羇魄到曉點孤光上不事天子下不識侯王夜半睡獨覺爽氣盈心堂顏子甚年少孔聖同行藏我年過顏子敢道不自強船人雖奴兵亦有意智長問我何所得樂色填清揚我報果有爲孔經在衣裳

常州孟諫議座上聞韓員外職方貶國子博士有感五首

忽見除書到韓君又學官死生縱有命人事始知難烈火先燒玉庭蕪不養蘭山夫與刺史相對兩巑岏

干祿無便佞宜知黜此身員郎猶小小國學大頻頻孤宦心肝直天王苦死嗔朝廷無諫議誰是雪韓人

何事遭朝貶知何被不容不如思所自只欲涕無從爵服何曾好荷衣已慣縫朝官莫相識歸去老巖松

力小垂垂上天高又不登致身唯一已獲罪則顏朋祿位埋坑穽康莊壘劒稜公卿共惜取莫遣玉山崩

誰憐野田子海內一韓侯左道官雖樂剛腸得健無（武侯反）功名生地獄禮教死天囚莫言耕種好須避蒺藜秋

夏夜聞蚯蚓吟

夏夜雨欲作傍砌蚯蚓吟念爾無筋骨也應天地心汝無親朋累汝無名利侵孤韻似有說哀怨何其深泛泛輕薄子旦夕還謳吟肝膽異汝輩熱血徒相侵

揚州送伯齡過江

伯齡不厭山山不養伯齡松顛有樵墮石上無禾生不忍六尺軀遂作東南行諸侯盡食肉壯氣吞八紘不唧溜鈍漢何由通姓名夷齊餓死日武王稱聖明節義士枉死何異鴻毛輕努力事干謁我心終不平

憶金鵝山沈山人二首

君家山頭松樹風適來入我竹林裏一片新茶破鼻香

請君速來助我喜莫合九轉大還丹莫讀三十六部大洞經閑來共我說眞意齒下領取眞長生不須服藥求神仙神仙意智或偶然自古聖賢放入土淮南雞犬驅上天白日上昇應不惡藥成且輒一丸藥暫時上天少問天蛇頭蝎尾誰安著
君愛鍊藥藥欲成我愛鍊骨骨已清試自比校得仙者也應合得天上行天門九重高崔嵬清空鑿出黃金堆夜叉守門晝不啓夜半醮祭夜半開夜叉喜歡動關鎖鎖聲㩧地生風雷地上禽獸重血食性命血化飛黃埃太上道君蓮花臺九門隔闊安在哉嗚呼沈君大藥成兼須巧會鬼物情無求長生喪厥生

寄蕭二十三慶中

蕭乎蕭乎憶蕭者嵩山之盧盧揚州蕭歙州相思過春花鬢毛生麥秋千災萬怪天南道猩猩鸚鵡皆人言山魈吹火蟲入椀鴆鳥咒詛鮫吐涎就中南瘴欺北客憑君數磨犀角喫我憶君心千百間千百間君何時還使我夜夜勞魂魄

贈金鵝山人沈師魯（第二十一句缺一字）

金鵝山中客來到揚州市買藥牀頭一破顏撇然便有上天意日月高挂玄關深金膏切淬肌骨異人皆食穀與五味獨食太和陰陽氣浩浩流珠走百關綿綿若存有深致種玉不耕山外非內粹鑿儒關決文泉彰風雅因君不復墜光不外照刃不磨迴避人間惡富貴三日四日五六日盤礴化元搜萬類晝飲興酣陶天和夜話造微　精魅示我插血不死方賞我風格不肥膩肉眼不識天上書小儒安敢窺奧祕崑崙路隔西北天三山後浮不著地君到頭來憶我時金簡爲吾鐫一字

歎昨日三首

昨日之日不可追今日之日須臾期如此如此復如此壯心死盡生鬢絲秋風落葉客腸斷不辨斗酒開愁眉
賢名聖行甚辛苦周公孔子徒自欺（一作骨朽名揚徒爾爲）
天下薄夫苦耽酒玉川先生也耽酒薄夫有錢恣張樂先生無錢養恬漠有錢無錢俱可憐百年驟過如流川平生心事消散盡天上白日悠悠懸
上帝板板主何物日車劫劫西向沒自古賢聖無奈何道行不得皆白骨白骨土化鬼入泉生人莫負平生年何時出得禁酒國滿甕釀酒曝背眠

月蝕詩

東海出明月清明照毫髮朱弦初罷彈金兔正奇絕三五與二八此時光滿時頗奈蝦蟆兒吞我芳桂枝我愛明鏡潔爾乃痕翳之爾且無六翮焉得升天涯方寸有白刃無由揚清輝如何萬里光遭爾小物欺却吐天漢中良久素魄微日月尚如此人情良可知

直鉤吟

初歲學釣魚自謂魚易得三十持釣竿一魚釣不得人鉤曲我鉤直哀哉我鉤又無食文王已沒不復生直鉤之道何時行

與馬異結交詩

天地日月如等閑盧仝四十無往還唯有一片心脾骨巉巖崒硉兀鬱律刀劍爲峰崿平地放著高如崑崙山天不容地不受日月不敢偷照耀神農畫八卦鑿破天心胸女媧本是伏羲婦（一作女媧伏羲妹）恐天怒擣鍊五色石引日月之針五星之縷把天補補了三日不肎歸壻家走向日中放老鴉月裏栽桂養蝦蟆天公發怒化（一作罰）龍蛇此龍此蛇得死病神農合藥救死命天怪神農黨龍蛇罰神農爲牛頭令載元氣車不知藥中有毒藥藥殺元氣天不覺爾來天地不神聖日月之光無正定不知元氣元不死忽聞空中喚馬異馬異若不是祥瑞空中敢道不容易昨日仝不仝異自異是謂大仝而小異今日仝自仝異不異是謂仝不往兮異不至直當中兮動天地白玉璞裏斲出相思心黃金鑛裏鑄出相思淚忽聞空中崩崖倒谷聲絕勝明珠千萬斛買得西施南威一雙婢此婢嬌饒惱殺人凝脂爲膚翡翠裙唯解畫眉朱點脣自從獲得君敲金摐玉凌浮雲却返顧一雙婢子何足云平生結交若少人憶君眼前如見君青雲欲開白日沒天眼不見此奇骨此骨縱橫奇又奇千歲萬歲枯松枝半折半殘壓山谷盤根蹙節成蛟螭忽雷霹靂卒風暴雨撼不動欲動不動千變萬化總是鱗皴皮此奇怪物不可欺盧仝見馬異文章酌得馬異胸中事風姿骨本恰如此是不是寄一字

感古四首（第四首缺七字）

天生聖明君必資忠賢臣舜禹竭股肱共佐堯爲君四載成地理七政齊天文階下蓂莢生琴上南風薰輪轉夏殷周時復猶一人秦漢事讒巧魏晉忘機鈞猜忌相翦滅爾來迷恩親以愚保其身不覺身沈淪以智理其國遂爲國之賊苟圖容一身萬事良可惻可憐萬乘君聰明受沈惑忠良伏草莽無因施羽翼日月異又蝕天地晦如墨旣亢而後求異哉龍之德
人生何所貴所貴有終始昨日盈尺璧今朝盡瑕棄蒼蠅點垂棘巧舌成錦綺箕子爲之奴比干諫而死仲尼魯司寇出走爲（去聲）羣婢假如屈原醒其奈一國醉一國醉號呶一人行清高便欲激頹波此事眞徒勞上山逢猛虎入海逢巨鼇王者苟不死腰下魚鱗乃東海波連天三度成桑田高岸高於屋斯須變溪谷天地猶尚然人情難久全夜半白刃讐旦來金石堅蕭繆既解圻陳印亦棄捐竭節遇刀割輸忠遭禍纏不予衾之眠信予衾之穿鏡明不自照膏潤徒自煎抱劍長太息淚墮秋風前
古來不患寡所患患不均單醪投長河三軍盡沈淪今人異古人結託唯親賓毀圻維鵲巢不行鳲鳩仁鄙恡不識分有心占陽春鸞鶴日已疏燕雀日已親小物無大志安測棲松筠恩眷多棄故物情尚逐新瓦礫暫拂拭光掩連城珍脣吻恣談鑠黃金同灰塵蘇秦北遊趙張祿西入秦既變嫂叔節仍擯華陽君萬世金石交一餉如浮雲骨肉且不顧何況長羈貧
君莫以富貴輕忽他年少聽我暫話會稽朱太守正受凍餓時索得人家貴傲婦讀書書史未潤身負薪辛苦胝生肘謂言琴與瑟糟糠結長久不分殺人羽翮成臨臨沖天婦嫌醜　其奈一朝太守振羽

儀鄉闌晝行衣錦衣哀哉舊婦何眉目新壻隨行向天哭寸心金石徒爾爲杯水庭沙空自覆乃知愚婦人妬忌陰毒心唯救眼底事不思日月深等閑取羞死豈如甘布衾

雜興

意智未成百不解見人富貴亦心愛等閑對酒呼三達屠羊殺牛皆自在放心爲樂笙歌攢壯氣激作風霜寒廚中玉饌盈金盤方丈厭見嫌不餐飛鷹躍馬賓快性脣腐齒爛空嚬吮豈期福極翻成禍禍成身誅家亦破昨朝惆悵不如君今日悲君不如我否泰交加無定主嬾學風雲戰翎羽綠酒清琴好養生出將入相無心取三五圖書舊揣摩五千道德新規矩

酬徐公以新文見招

昨夜霜月明果有清音生便欲走相和愁聞寒玉聲

門箴

貪殘奸黠狡佞詐愎身之八殺背惠恃己狎不肖妬賢能命之四孽有是有此予敢辭無是無此予之師一日不見予心思其人懼其人其交其難敢告于門

孟夫子生生亭賦

玉川子沿孟冬之寒流兮輟棹上登生生亭夫子何之兮面逐雲没兮南行百川注海而心不寫兮落日千里凝寒精予日衰期人生之世斯已矣爰爲今日猶猶岐路之心生悲夫南國風濤魚龍畜伏予小子戇朴必不能濟夫子欲嗟自慙承夫子而不失予兮傳古道甚分明予且廣孤目遐賫（一作賞）于天壤兮庶得外盡萬物變化之幽情然後慙愧而來歸兮大息吾躬于夫子之亭

全唐詩

盧仝

走筆追王內丘

自識夫子面便獲夫子心夫子一啓顔義重千黃金平原孟嘗骨已土始有夫子堪知音忽然夫子不語帶蘼帽騎驢去余對醺醽不能斟君且來余之瞻望心悠哉零雨其濛愁不散閑花寂寂斑堦苔不如對此景含笑傾金罍莫問四肢暢暫取眉頭開弦琴待夫子夫子來不來

思君吟寄□生（題缺二字）

我思君兮河之壖我爲河中之泉君爲河中之青天天青青泉泠泠泉含青天天隔泉我思君兮心亦然心亦然此心復在天之側我心爲風兮淅淅君身爲雲兮羃羃此風引此雲兮雲不來此風此雲兮何悠哉與我身心雙裹回

將歸山招冰僧（第七句缺一字）

買得一片田濟源花洞前千里石壁坼一條流泌泉青松盤樛枝森森上插青冥天枝上有　猨宿（一本有字下不空宿字下重一宿字）處近鶴巢清唳孤吟聲相交月輪下射空洞響絲篁成韻風蕭蕭我心塵外心愛此塵外物欲結塵外交苦無塵外骨泌（一本缺此字）泉有冰公心靜見眞佛可結塵外交占此松與月

訕顧公雪中見寄

積雪三十日車馬路不通貧病交親絕想憶唯顧公春鳩報春歸苦寒生暗風簷乳墮懸玉日脚浮輕紅梅柳意却活園圃氷始融更候四體好方可到寺中

苦雪寄退之（第二十五句缺一字）

天王二月行時令白銀作雪漫天涯山人門前徧受賜平地一尺白玉沙雲頹月壞桂英下鶴毛風剪亂參差山人屋中凍欲死千樹萬樹飛春花菜頭出土膠入地山莊取粟埋却車冷絮刀生削峭骨冷齏斧破慰老牙病妻煙眼淚滴滴飢嬰哭乳聲呶呶市頭博米不用物酒店買酒不肎賖聞道西風弄劒戟長堦殺人如亂麻天眼高開欺草芽我死未肎興歎嗟但恨口中無酒氣劉伶見我相揄揶清風攪腸筋力絕白灰壓屋梁柱斜聖明有道　命漢可得再見朝日耶柴門没脛晝不埽黃昏遶樹棲寒鴉唯有河南韓縣令時時醉飽過貧家

寄贈含曦上人（第三十三句四十九句各缺一字）

楞伽大師兄誇曦識道理破鏁推玄關高辯果難揣論語老莊易搜索通神鬼起信中百門敲骨得佛髓此外雜經律泛讀一萬紙高殿排名僧執卷坐纍纍化物自一心三教齊發起隨鐘嚼宫商滿口文字美商賈女郎輩不曾道生死縱遭彊禮拜雅語不露齒劈破天地來節義可屈指季展即此僧孤立無依倚近來愛作詩新奇頗煩委（一作猥）忽忽造古格削盡俗綺靡假如慵裹頭但勤讀書史切磋倂工夫休遠不可比憐僧無遠　信佛殊未已貌古饒風情清論興亹亹訪余十數度相去三五里見時心亦喜不見心亦喜見時談謔樂四座盡角嘅不見養天和無人聒人耳昨朝披雪來面色赤韡韡封竈養黃金許割方寸乜泥丸佛　教怛化莊亦耻未達不敢嘗孔子疑季子藥成必分余余必投泥裏不如向陽堂撥醅泛浮蟻麴米本無僭酒成是法水行道不見心毀譽徒云爾雪晴天氣和日光弄梅李春鳥嬌闗闗春風醉旋旋道上正無塵人家有花卉高僧有拄杖願得數覯止

聽蕭君姬人彈琴

彈琴人似膝上琴聽琴人似匣中弦二物各一處音韻何由傳無風質氣兩相感萬般悲意方纏綿初時天山之外飛白雪漸漸萬丈澗底生流泉風梅花落輕揚揚十指乾淨聲涓涓昭君可惜嫁單于沙場（一本缺此二字）不遠只眼前蔡琰薄命没胡虜烏梟啾唧啼胡天關山險隔一萬里顔色錯漠生風煙形骸散逐五音盡雙蛾結草空嬋娟中腹苦恨杳不極新心愁絕難復傳金尊湛湛夜沈沈餘音疊發清聯綿主人醉盈有得色座客向隅增內然孔子怪責顔回瑟野夫何事蕭君筵拂衣屢命請中廢月照書窗歸獨眠

蜻蜓歌（自注：黃河中蜻蜓其力小，絶險無溺）

黃河中流日影斜，水天一色無津涯。處處驚波噴流飛雪花，篙工檝師力且武，進寸退尺莫能度。吾甚懼念汝小蟲子，造化借羽翼，隨風戲中流，翩然有餘力。吾不如汝，無他，無羽翼。吾若有羽翼，則上叩天關，爲聖君請賢臣，布惠化于人間，然後東飛浴東溟，吸日精，撼若木之英，紛而零，使地上學仙之子，得而食之，皆長生不學。汝無端小蟲子，葉葉水上無一事，忽遭風雨水中死。

出山作

出山忘掩山門路，釣竿挿在枯桑樹。當時只有鳥窺窬，更亦無人得知處。家僮若失釣魚竿，定是猨猴把將去。

寄崔柳州

使者立取書，疊紙生百憂。使君若不信，他時看白頭。三百六十州，刻情惟柳州。柳州蠻天末，鄙夫嵩之幽。花落隴水頭，各自東西流。凛凛長相逐，爲謝池上鷗。

送好約法師歸江南

杯度度一身，法度度萬民。爲報江南三二日，這回應見雪中人。

蕭二十三赴歙州婚期二首

淮上客情殊冷落，蠻方春早客何如。相思莫道無來使，迴雁峯前好寄書。

南方山水生時興，敎有新詩得寄余。路帶（一作到）長安迢遞急，多應不逐使君書。

掩關銘

蛇毒毒有形，藥毒毒有名。人毒在心，對面如弟兄。美言不可聽，深於千丈坑。不如掩關坐，幽鳥時一聲。

逢病軍人

行多有病住無糧，萬里還鄉未到鄉。蓬鬢哀吟古城下，不堪秋氣入金瘡。

山中

飢拾松花渴飲泉，偶從山後到山前。陽坡軟草厚如織，困與鹿麛相伴眠。

除夜

衰殘歸未遂，寂寞此宵情。舊國餘千里，新年隔數更。寒猶近北峭，風漸向東生。惟見長安陌，晨鐘度火城。

殷勤惜此夜，此夜在逡巡。燭盡年還別，雞鳴老更新。儺聲方去病，酒色已迎春。明日持杯處，誰爲最後人。

全唐詩

李賀

李賀，字長吉，系出鄭王後。七歲能辭章，韓愈、皇甫湜始聞未信，過其家，使賀賦詩，援筆輒就，自目曰高軒過，二人大驚，自是有名。賀每旦日出，騎弱馬，從小奚奴，背古錦囊，遇所得，書投囊中，及暮歸，足成之，率爲常。以父名晉肅，不肎舉進士。詩尚奇詭，絶去畦徑，當時無能效者。樂府數十篇，雲韶諸工皆合之弦管。仕爲協律郎，卒年二十七。詩四卷，外集一卷，今編詩五卷。

李憑箜篌引

吳絲蜀桐張高秋，空白（一作山）凝雲頽不流。江娥啼竹素女愁，李憑中國彈箜篌。崑山玉碎鳳皇叫，芙蓉泣露香蘭笑。十二門前融冷光，二十三絲動紫皇。女媧鍊石補天處，石破天驚逗秋雨。夢入坤（一作神）山教神嫗，老魚跳波瘦蛟舞。吳質不眠倚桂樹，露脚斜飛溼寒兎。

殘絲曲

垂楊葉老鶯哺兒，殘絲欲斷黃蜂歸。綠鬢年少（一作少年）金釵客，縹粉壺中沈琥珀。花臺欲暮春辭去，落花起作迴風舞。榆莢相催不知數，沈郎青錢夾城路。

還自會稽歌并序

庚肩吾於梁時嘗作宮體謠引，以應和皇子。及國世（一作勢）淪敗，肩吾先潛難會稽，後始還家。僕意其必有遺文，今無得焉，故作還自會稽歌，以補其悲。

野粉椒壁黃，溼螢（一作蛍）滿梁殿。臺城應教人，秋衾夢銅輦。吳霜點歸鬢，身與塘蒲晚。脈脈辭金魚，羈臣守迍賤。

出城寄權璩楊敬之

草暖雲昏萬里春，宮花拂面送行人。自言漢劒當飛去，何事還車載病身。

示弟

别弟三年後，還家一（一作十）日餘。醁醽今夕酒，緗帙去時書。病骨猶（一作獨）能在，人間底事無。何須問牛馬，抛擲任梟盧。

竹

入水文光動，抽空綠影春。露華生（一作垂）筍逕，苔色拂霜根。織可承香汗，裁堪釣錦鱗。三梁曾入用，一節奉王孫。

同沈駙馬賦得御溝水

入苑白泱泱，宮人正靨黃。遶堤龍骨冷，拂岸鴨頭香。别館驚殘夢，停杯泛小觴。幸因流浪處，暫得見何郎。

始爲奉禮憶昌谷山居

掃斷馬蹄痕，衙迴自閉門。長鎗江米熟，小樹棗花春。向壁懸如意，當簾閱角巾。犬書曾去洛，鶴病悔遊秦。土甑封茶葉，山盃鎖竹根。不知船上月，誰棹滿溪雲。

七夕

别浦今朝暗，羅帷午夜愁。鵲辭穿線月，花入曝衣樓。天上分金鏡，人間望玉鉤。錢塘蘇小小，更（一作又）值一年秋。

過華清宮

春月夜啼鴉，宮簾隔御花。雲生朱絡暗，石斷紫錢斜。玉椀盛殘露，銀燈點舊紗。蜀王無近信，泉上有芹芽。

送沈亞之歌并序

文人沈亞之，元和七年以書不中第，返歸于吳江。吾悲其行無錢酒以勞，又感沈之勤請，乃歌一解以勞之。

吳興才人怨春風，桃花滿陌千里紅。紫絲竹斷驄馬小，家住錢塘東復東。白藤交穿織書笈，短策齊裁如梵夾。雄光寶礦獻春卿，煙底驀波乘一葉。春卿拾材白日下，擲置黃金解龍馬。攜笈歸江（一作家）重入門，勞勞誰是憐君

者吾聞壯夫重心骨古人三走無摧捽請君待旦事長鞭他日還轅及秋律

詠懷二首

長卿懷茂陵綠草垂石井彈琴看文君春風吹鬢影梁王與武帝棄之如斷梗惟留一簡書金泥泰山頂

日夕著（一作看）書罷驚霜落素絲鏡中聊自笑詎是南山期頭上無幅巾苦蘖已染衣不見清溪魚飲水得自（一作相）宜

追和柳惲

汀洲白蘋草柳惲乘馬歸江頭樝（一作櫨）樹香岸上蝴蝶飛酒盃箬葉露玉軫蜀桐虛朱樓通水陌沙暖一雙魚

春坊正字劒子歌

先輩匣中三尺水曾入吳潭斬龍子隙月斜明刮露寒練帶平鋪吹不起蛟胎皮老蒺藜刺鸊鵜淬花白鷴尾直是荊軻一片心莫教照見春坊字挼絲團金懸簏簌神光欲截藍田玉提出西方白帝驚嗷嗷鬼母秋郊哭

貴公子夜闌曲

裊裊沈水煙烏啼夜闌景曲沼芙蓉波腰圍白玉冷

雁門太守行（幽閒鼓吹云賀以詩歌謁韓愈時愈送客歸極困解帶讀之首篇乃雁門太守行即束帶見之）

黑雲壓城城欲摧甲光向日（一作月）金鱗開角聲滿天秋色裏塞上（一作土）燕脂凝夜紫半卷紅旗臨易水霜重鼓寒聲（一作聲槃）不起報君黃金臺上意提攜玉龍爲君死

大堤曲

妾家住橫塘紅紗滿桂香青雲教綰頭上髻明月與作耳邊璫蓮風起江畔春大堤上留北人郎食鯉魚尾妾食猩猩脣莫指襄陽道綠浦歸帆少今日菖蒲花明朝楓樹老

蜀國弦

楓香晚花靜錦水南山影驚石墜猨哀竹（一作行）雲愁半嶺涼月生秋浦玉沙粼粼（一作鱗鱗）光誰家紅淚客不忍過瞿塘

蘇小小墓（一作歌）

幽蘭露如啼眼無物結同心煙花不堪剪草如茵松如蓋風爲裳水爲珮油壁車夕（一作久）相待冷翠燭勞光彩西陵下風吹雨

夢天

老兔寒蟾泣天色雲樓半開壁斜白玉輪軋露溼團光鸞珮相逢桂香陌黃塵清水三山下更變千年如走馬遙望齊州九點煙一泓海水杯中瀉

唐兒歌（杜豳公之子）

頭玉磽磽眉刷翠杜郎生得眞男子骨重神寒天廟器一雙瞳人剪秋水竹馬梢梢搖綠尾銀鸞睒（音閃）光踏半臂東家嬌娘求對值濃笑畫（一作書）空作唐字眼大心雄知所以莫忘作歌人姓李

綠章封事（爲吳道士夜醮作）

青霓（一作猊）扣額呼宮神鴻龍玉狗開天門石榴花發滿溪津溪（一作漢）女洗花染白雲綠章封事諮元父六街馬蹄浩無主虛空風氣不清泠短衣小冠作塵土金家香衖（同巷）千輪鳴楊雄秋室無俗聲願攜漢戟招書鬼休令恨骨填蒿里

河南府試十二月樂詞（并閏月）

正月

上樓迎春新春歸（一作正月上樓迎春歸一本無正月）暗黃著柳宮漏遲薄薄淡靄弄野姿寒綠幽風（一作泥）生短絲錦牀曉臥玉肌冷露臉未開對朝暝官街柳帶不堪折早晚菖蒲勝綰結

二月

二月（一本無二月二字）飲酒採桑津宜男草生蘭笑人蒲如交劒（一作綬刀）風如薰勞勞胡（一作鸝）燕怨酣春薇帳逗煙生綠塵（一作香霧昏）金翹峨（一作蛾）髻愁暮雲沓颯起舞眞珠裙津頭送別唱流水酒客背寒南山死

三月

東方風來滿眼春花城柳暗（一作禁）愁殺（一作幾）人複宮深殿竹風起新翠舞衿淨（一作襟靜）如水光風轉蕙百餘里暖霧驅雲撲天地軍裝宮妓掃蛾淺搖搖錦旗夾城暖曲水漂香去不歸梨花落盡成秋（一作愁）苑

四月

曉涼暮涼樹如蓋千山濃綠生雲外依微香雨青氛氳（一作過清氛）膩葉蟠花照曲門金塘閑水搖碧漪老景沈重（一作帖）無驚飛墮紅殘萼暗參差

五月

雕玉押簾額（一作上）輕縠籠虛門井汲鉛華水扇織鴛鴦紋（一作文）迴雪舞涼殿甘露洗空綠羅袖（一作綴）從徊（一作風）翔香汗沾寶粟

六月

裁生羅伐湘竹帔（一本無帔字）拂疎霜簟秋玉炎炎紅鏡東方開暈如車輪上裴回啾啾赤帝騎龍來

七月

星依雲渚冷露滴盤中圓好花生木末衰蕙愁空（一作故）園夜天如玉砌池葉極青錢僅厭舞衫薄稍知花簟寒曉風何拂拂北斗光闌干

八月

孀（一作宮）妾怨夜長獨客夢歸家傍簷蟲緝（一作織）絲向壁燈垂花簾外月光吐簾內（一作中）樹影斜悠悠飛露姿點綴池中荷

九月

離宮散螢（一作雲）天似水竹黃池冷芙蓉死月綴金鋪光脈脈涼苑虛庭空澹白露（一作霜）花飛飛風草草翠錦斕斑滿層道雞人罷唱曉瓏璁鴉啼金井下疎桐

十月

玉壺銀箭稍難傾缸花夜笑凝幽明碎霜斜舞上羅幕燭龍兩行照飛閣珠帷怨臥不成眠金鳳刺（音戚）衣著體寒長眉對月鬭彎環

十一月

宮城團迴凜嚴光白天碎碎墮瓊芳撾鍾高飲千日酒却天（一作戰却）凝寒作君壽御溝泉（一作冰）合如環素火井溫泉（一作水）在何處

十二月

日腳淡光紅灑灑薄霜不銷桂枝下依稀和氣排（一作解）冬嚴已就長日辭長夜

閏月

帝重光年（一作午）重時七十二候迴環推天官玉琯灰剩飛

今歲何長來歲遲王母移桃獻天子羲氏和氏迂龍轡

天上謠

天河夜轉漂迴星銀浦流雲學水聲玉宮桂樹花未落仙妾採香垂珮纓秦妃卷簾北窗曉窗前植桐青鳳小王子吹笙鵞管長呼龍耕煙種瑤草粉霞紅綬藕絲裙青洲步拾蘭苕春東指羲和能走馬海塵新生石山下

浩歌

南風吹山作平地帝遣天吳移海水王母桃花千遍紅彭祖巫咸幾回死青毛驄馬參差錢嬌春楊柳含細煙箏人勸我金屈卮神血未凝身問誰不須浪飲（一作亂舞）丁都護世上英雄本無主買絲繡作平原君有酒惟澆趙州土漏催水咽玉蟾蜍衛娘髮薄不勝梳看（一作羞）見秋眉換新（一作深）綠二十男兒那刺促

秋來

桐風驚心壯士苦衰燈絡緯啼寒素誰看青簡一編書不遣花蟲粉空蠹思牽今夜腸應直雨冷香魂弔書客秋墳鬼唱鮑家詩恨血千年土中碧

帝子歌

洞庭明月（一作帝子）一千里涼風雁啼天在水九節菖蒲石上死湘神彈琴迎帝子山頭老桂吹古香雌龍怨吟寒水光沙浦走魚白石郎閑取真珠擲龍堂

秦王飲酒

秦王騎虎遊八極劍光照空天自碧羲和敲日玻瓈聲劫灰飛盡古今平龍頭瀉酒邀酒星金槽琵琶夜棖棖洞庭雨脚來吹笙酒酣喝月使倒行銀雲櫛櫛瑤殿明宮門掌事報一更花樓玉鳳聲嬌獰海綃紅文香淺清黃鵝跌舞千年觥仙人燭樹蠟煙輕清琴醉眼淚泓泓

洛姝真珠

真珠小娘下清（一作青）廓洛苑香風飛綽綽寒鬢斜釵玉燕光高樓唱月敲懸璫蘭風桂露灑幽翠紅弦裹雲咽深思花袍白馬不歸來濃蛾疊柳香脣醉金鵝屏風蜀山夢鸞裾鳳帶行煙重八驄籠晃臉差移日絲繁散曛羅洞市南曲陌無秋涼楚腰衛鬢四時芳玉喉窱窱排空光牽雲曳雪留陸郎

李夫人歌（一本無歌字）

紫皇宮殿重重開夫人飛入瓊瑤臺綠香繡帳何時歇青雲無光宮水咽翩聯（一作翩翩）桂花墜秋月孤鸞驚啼商絲發紅壁闌珊懸珮璫歌臺小妓（一作妃）遙相望玉蟾滴水雞人唱露華蘭葉參差光

走馬引

我有辭鄉劍玉鋒堪截雲襄陽（一作長安）走馬客（一作使）意氣自生春朝嫌劍花（一作光）淨暮嫌劍光冷能持劍向人不解持照身（一作解持照身影）

湘妃

筠竹千年老不死長伴秦（一作神）娥蓋湘水蠻娘吟弄滿寒空九山靜綠淚花紅離鸞別鳳煙梧中巫雲蜀雨遙相通幽愁秋氣上青楓（一作清峯）涼夜波間吟古龍

南園十三首

花枝草蔓眼中開小白長紅越女腮可憐日暮嫣香落嫁與春風不用媒

宮北田塍曉氣酣黃桑飲露窣宮簾長腰健婦偷攀折將餧吳王八繭蠶

竹裏繅絲挑網車青蟬獨噪日光斜桃膠迎夏香琥珀自課越傭能種瓜

三十未有（一作滿）二十餘白日長飢小甲蔬橋頭長老相哀念因遺戎韜一卷書

男兒何不帶吳鉤（一作刀）收取關山五十州請君暫上凌煙閣若箇書生萬戶侯

尋章摘句老雕蟲曉月當簾挂玉弓不見年年遼海上文章何處哭秋風

長卿牢落悲空舍曼倩詼諧取自容見買若耶溪水劍明朝歸去事猿公

春水初生乳燕飛黃蜂小尾撲花歸窗含遠色通書幌魚擁香鉤近石磯

泉沙耎臥鴛鴦暖曲岸迴篙舴艋遲瀉酒木欄椒葉蓋病容扶起種菱絲

邊讓今朝憶蔡邕無心裁曲臥春風舍南有竹堪書字老去溪頭作釣翁

長巒谷口倚嵇家白晝千峯老翠華自履藤鞋收石蜜手牽苔絮長蓴花

松溪黑水新龍卵桂洞生硝舊馬牙誰遣（一作爲，又作道）虞卿裁道帔輕綃一疋染朝霞

小樹開朝逕長茸溼夜煙柳花驚雪浦麥雨漲溪田古刹疎鐘度遙嵐破月懸沙頭敲石火燒竹照漁船

全唐詩

李賀

金銅仙人辭漢歌（并序）

魏明帝青龍元年八月詔宮官牽車西取漢孝武捧露盤仙人欲立置前殿宮官既拆盤仙人臨載乃潸然淚下唐諸王孫李長吉遂作金銅仙人辭漢歌

茂陵劉郎秋風客夜聞馬嘶曉無跡畫欄桂樹懸秋香三十六宮土花碧魏官牽車指千里東關酸風射眸子空將漢月出宮門憶君清淚如鉛水衰蘭送客咸陽道天若有情天亦老攜盤獨出月荒涼渭城已遠波聲小

古悠悠行

白景歸西山，碧華上迢迢。今古何處盡，千歲隨風飄。海沙變成石，魚沫吹秦橋。空光遠流浪，銅柱從年消。

黃頭郎

黃頭郎，撈攏去不歸。南浦芙蓉影，愁紅獨自垂。水弄湘娥珮，竹啼山露月。玉瑟調青門，石雲溼黃葛。沙上蘼蕪花，秋風已先發。好持(一作待)掃羅薦，香出鴛鴦(一作籠)熱。

馬詩二十三首

龍脊貼連錢，銀蹄白踏煙。無人織錦韂，誰爲鑄金鞭。

臘月草根甜，天街雪似鹽。未知口硬軟，先擬蒺藜銜。

忽憶周天子，驅車上玉山。鳴騶辭鳳苑，赤驥最承恩。

此馬非凡馬，房星本是星(一作精)。向前敲瘦骨，猶自帶銅聲。

大漠(一作沙)山如雪，燕山月似鉤。何當金絡腦，快走踏清秋。

飢臥骨查牙，麤毛刺破花。鬣焦朱色落，髮斷鋸長麻。

西母酒將闌，東王飯已乾。君王若燕去，誰爲拽車轅。

赤兔無人用，當須呂布騎。吾聞果下馬，羈策任蠻兒。

飂叔去(一作死)匆匆，如今不豢龍。夜來霜壓棧，駿骨折西風。

催榜渡烏江(一作江東)，神騅泣向風。君(一作吾)王今解劍，何處逐英雄。

內馬賜宮人，銀韉刺麒麟。午時鹽坂上，蹭蹬溘風塵。

批竹初攢耳，桃花未上身。他時須攬轡，牽去借將軍。

寶玦誰家子，長聞俠骨香。堆金買駿骨，將送楚襄王。

香襆赭羅新，盤龍蹙鐙鱗。迴看南陌上，誰道不逢春。

不從桓公獵，何能伏虎威。一朝溝隴出，看取拂雲飛。

唐劍斬隋公，拳毛屬太宗。莫嫌金甲重，且去捉飄(一作飄，又作飆)風。

白鐵剉青禾，碪間落細莎。世人憐小頸，金埒畏長牙。

伯樂向前看，旋毛在腹間。祇今掊白草，何日驀青山。

蕭寺馱經馬，元從竺國來。空知有善相，不解走章臺。

重圍如燕尾，寶劍似魚腸。欲求千里腳，先采眼中光。

暫繫騰黃馬，仙人上綵樓。須鞭玉勒吏，何事謫高州。

汗血到王家，隨鸞撼玉珂。少君騎海上，人見是青騾。

武帝愛神仙，燒金得紫煙。廄中皆肉馬，不解上青天。

申胡子觱篥歌 并序

申胡子，朔客之蒼頭也。朔客李氏，本亦世家子，得祀江夏王廟，當年踐履失序，遂奉官北郡。自稱學長調短調，久未知名。今年四月，吾與對舍於長安崇義里，遂將衣質酒，命予合飲。氣熱杯闌，因謂吾曰：「李長吉，爾徒能長調，不能作五字歌詩，直強迴筆端，與陶謝詩勢相遠幾里。」吾對後，請撰申胡子觱篥歌，以五字斷句。歌成，左右人合譟相唱。朔客大喜，擎觴起立，命花娘出幕，裴回拜客。吾問所宜，稱善平弄，於是以弊辭配聲，與予爲壽。

顏熱感君酒，含嚼蘆中聲。花娘篸綏妥，休睡芙蓉屏。誰截太平管，列點排空星。直貫開花風，天上驅雲行。今夕歲華落，令人惜平生。心事如波濤，中坐時時驚。朔客騎白馬，劍弝懸蘭纓。俊健如生猱，肯拾蓬中螢。

老夫采玉歌

采玉采玉須水碧，琢作步搖徒好色。老夫飢寒龍爲愁，藍溪水氣無清白。夜雨岡頭食蓁子，杜鵑口血老夫淚。藍溪之水厭生人，身死千年恨溪水。斜山柏風雨如嘯，泉腳挂繩青裊裊。村寒白屋念嬌嬰，古臺石磴懸腸草。

傷心行

咽咽學楚吟，病骨傷幽素。秋姿白髮生，木葉啼風雨。燈青蘭膏歇，落照飛蛾舞。古壁生凝塵，羈魂夢中語。

湖中曲

長眉越沙採蘭若，桂葉水葓春漠漠。橫船(一作倚)醉眠白晝閑，渡口梅風歌扇薄。燕釵玉股照青渠，越王嬌郎小字書。蜀紙封巾報雲鬟，晚漏壺中(一作銅壺)水淋盡。

黃家洞

雀步蹙沙聲促促，四尺角弓青石鏃。黑幡三點銅鼓鳴，高作猨啼搖箭箙。綵巾纏踍幅半斜，溪頭簇隊映葛花。山潭晚霧吟白鼉，竹蛇飛蠹射金沙。閑驅竹馬緩歸家，官軍自殺容州槎。

屏風曲

蝶棲石竹銀交關，水凝綠鴨瑠璃錢。團迴六曲抱膏蘭，將鬟鏡上擲金蟬。沈香火暖茱萸煙，酒觥(一作餘)綰帶新承歡。月風吹露屏外寒，城上烏啼楚女眠。

南山田中行

秋野明，秋風白，塘水漻漻蟲嘖嘖。雲根苔蘚山上石，冷紅泣露嬌啼色。荒畦九月稻叉牙，蟄螢低飛隴逕斜。石脈水流泉滴沙，鬼燈如漆點(一作照)松花。

貴主征行樂

奚騎(一作妓)黃銅連鎖甲，羅旗香幹金畫葉。中軍留醉河陽城，嬌嘶紫燕踏花行。春營騎將如紅玉，走馬捎鞭上空綠。女垣素月角咿咿，牙帳未開分錦衣。

酒罷張大徹索贈詩 時張初効潞幕

長鬣張郎三十八，天遣裁詩花作骨。往還誰是龍頭人，公主遣秉魚須笏。太行(一作水行)青草上白衫，匣中章奏密如蠶。金門石閣知卿有，豸角雞香早晚含。隴西長吉摧頹客，酒闌感覺中區窄。葛衣斷碎趙城秋，吟詩一夜東方白。

羅浮山父(一作人)與葛篇

依依宜織江雨空，雨中六月蘭臺風。博羅老仙時出洞，千歲石牀啼鬼工。蛇毒濃凝(一作毒蛇濃吁)洞堂溼，江魚不食銜沙立。欲剪箱(一作湘)中一尺天，吳娥莫道吳刀澀。

仁和里雜敘皇甫湜 湜新尉陸渾

大人乞馬癯乃寒，宗人貸宅荒厥垣。橫庭鼠徑空土澀，出籬大棗垂朱殘。安定美人截黃綬，脫落纓裾瞑朝酒。還家白筆未上頭，使我清聲落人後。枉辱稱知犯君眼，排引纔陞強絙斷。洛風送馬入長關，闔扇未開逢猰犬。那知堅(一作豎)都相草草，客枕幽單看春老。歸來骨薄面無膏，疫氣衝頭鬢莖少。欲雕小說干天官，宗孫不調爲誰憐。明朝下元復西道，崆峒敘別長如天。

宮娃歌

蠟光高懸照紗空，花房夜擣紅守宮。象口吹香毾㲪暖，七星挂城聞漏板。寒入罘罳殿影昏，彩鸞簾額著霜痕。啼蛄弔月鉤闌下，屈膝銅鋪鎖阿甄。夢入家門上沙渚，天河落處長洲路。願君光明如太陽，放妾騎魚撇波去。

堂堂
堂堂復堂堂紅脫梅灰香十年粉蠹生畫梁飢蟲不食
推(一作堆)碎黃蕙花已老桃葉長禁院懸簾隔御光華清源
中礜石湯裴回白鳳隨君王
勉愛行二首送小季之廬山
洛郊無俎豆弊廄慙老馬小雁過鑪峰影落楚水下長
船倚雲泊石鏡秋涼夜豈解有鄉情弄月聊嗚啞
別柳當馬頭官槐如兔目欲將千里別持我(一作此)易斗粟
南雲北雲空脈斷靈臺經絡懸春綫青軒樹轉月滿牀
下國飢兒夢中見維爾之昆二十餘年來持鏡頗有鬚
辭家三載今如此索米王門一事無荒溝古水光如刀
庭南拱柳生蠐螬江干幼客真可念郊原晚吹悲號號
致酒行
零落棲遲一杯酒主人奉觴客長壽主父西遊困不歸
家人折斷門前柳吾聞馬周昔作新豐客天荒地老無
人識空將牋上兩行書直犯龍顏請恩澤我有迷魂招
不得雄雞一聲天下白少年心事當拏雲誰念幽寒坐
嗚呃
長歌續短歌
長歌破衣襟短歌斷白髮秦王不可見旦夕成內熱渴
飲壺中酒飢拔隴頭粟淒淒(一作涼)四月闌千里一時綠夜
峰何離離明月落石底裴回沿石尋照出高峰外不得
與之遊歌成鬢先改
公莫舞歌 并序
公莫舞歌者詠項伯翼蔽劉沛公也會中壯士灼
灼於人故無復書且南北樂府率有歌引賀陋諸
家今重作公莫舞歌云
方花古(一作石)礎排九楹刺豹淋血盛銀甖華(一作軍)筵鼓吹無
桐竹長刀直立割鳴箏橫楣麤錦生紅緯日炙錦嫣王
未醉腰下三看寶玦光項莊掉箾欄前起材官小臣公
莫舞座上真人赤龍子芒碭雲瑞抱天迴咸陽王氣清
如水鐵樞鐵楗重束關大旗五丈撞雙鐶漢王今日頒
(一作須)秦印絕臏刳腸臣不論

昌谷北園新筍四首
籜落長竿削玉開君看母筍是龍材更容一夜抽千尺
別卻池園數寸泥
斫取青光寫楚辭膩香春粉黑離離無情有恨何人見
露壓煙啼千萬枝
家泉石眼兩三莖曉看陰根紫脈(一作陌)生今年水曲春沙
上笛管新篁拔玉青
古竹老梢惹碧雲茂陵歸臥歎清貧風吹千畝迎雨嘯
鳥重一枝入酒尊
惱公
宋玉愁空斷嬌饒粉自紅歌聲春草露門掩杏花叢注
口櫻桃小添眉桂葉濃曉奩妝秀靨夜帳減香筒鈿鏡
飛孤鵲江圖畫水葓陂陀梳碧鳳腰裊帶金蟲杜若含
清露河蒲聚紫茸月分蛾黛破花合靨朱融髮重疑盤
霧腰輕乍倚風密書題荳蔻隱語笑芙蓉莫鎖茱萸匣
休開翡翠籠弄珠驚漢燕燒蜜引胡蜂醉纈拋紅網單
羅挂綠蒙數錢教姹女買藥問巴賨勻臉安斜雁移燈
想夢熊腸攢非束竹胘急是張弓晚樹迷新蝶殘蜺憶
斷虹古時填渤澥今日鑿崆峒繡沓褰長幔羅裙結短
封心摇如舞鶴骨出似飛龍井檻淋清漆門鋪綴白銅
隈花開兔徑向壁印狐蹤玳瑁釘簾薄琉璃疊扇烘象
牀緣素柏瑤席卷香蔥細管吟朝幌芳醪落夜楓宜男
生楚巷梔子發金墉龜甲開屏澀鵝毛滲(一作糝)墨濃黃庭
留衛瓘綠樹養韓馮雞唱星懸柳鴉啼露滴桐黃娥初
出座寵妹始相從蠟淚垂蘭燼秋蕪掃綺櫳吹笙翻舊
引沽酒待新豐短珮愁填粟長弦怨削菘曲池眠乳鴨
小閣睡娃僮褥縫篸雙綫鉤縚辮五總蜀煙飛重錦峽
雨濺輕容拂鏡羞溫嶠薰衣避賈充魚生玉藕下人在
石蓮中含水彎蛾翠登樓選馬鬉使君居曲陌園令住
臨邛桂火流蘇暖金爐細炷通春遲王子態鶯囀謝娘
慵玉漏三星曙銅街五馬逢犀株防膽怯銀液鎮心忪
跳脫看年命琵琶道吉凶王時應七夕夫位在三宮無
力塗雲母多方帶藥翁符因青鳥送囊用絳紗縫漢苑

尋官柳河橋閣禁鐘月明中婦覺應笑畫堂空
感諷五首
合浦無明珠龍洲無木奴足知造化力不給使君須越
婦未織作吳蠶始蠕蠕縣官騎馬來獰色虯紫鬚懷中
一方板板上數行書不因使君怒焉得詣爾廬越婦拜
縣官桑牙今尚小會待春日晏絲車方擲掉越婦通言
語小姑具黃粱縣官踏飧去簿吏復登堂
奇俊無少年日車何躃躃我待紆雙綬遺我星星髮都
門賈生墓青蠅久斷絕寒食搖揚天憤景長肅殺皇漢
十二帝唯帝稱睿哲一夕信豎兒(一作反信豎兒言)文明永淪歇
南山何其悲鬼雨灑空草長安夜半秋風前幾人(一作翦春姿)
老低迷黃昏徑裊裊青櫟道月午樹無影一山唯白曉
漆炬迎新人幽壙螢擾擾
星盡四方高萬物知天曙已生須已養荷擔出門去君
平久不反康伯循(一作遁)國路曉思何譊譊闤闠千人語
石根秋水明石畔秋草瘦侵衣野竹香蟄蟄垂葉厚岑
中月歸來蟾光挂空(一作雲)秀桂(一作秋)露對仙娥星星下雲逗
凄涼梔子落山璺泣清漏下有張仲蔚披書案將朽
三月過行宮
渠水紅蘩擁御牆風嬌小葉學娥妝垂簾幾度青春老
堪鎖千年白日長
全唐詩
李賀
追和何謝銅雀妓
佳人一壺酒秋容滿千里石馬臥新煙憂來何所似歌
聲且潛弄陵樹風自起長裾壓高臺淚眼看花机(同几)
送秦光祿北征
北虜膠堪折秋沙亂曉鼙髯胡頻犯塞驕氣似橫霓灞
水樓船渡營門細柳開將軍馳白馬豪彥騁雄材箭射
欃槍落旗懸日月低榆稀山易見甲重馬頻嘶天遠星
光沒沙平草葉齊風吹雲路火雪汙玉關泥屢斷呼韓
頸曾然董卓臍太常猶舊寵光祿是新隮(一作階)寶玦麒麟

起銀壺拂猊啼桃花連馬發綵絮撲鞍來呵臂懸金斗當脣注玉罍清蘇和碎蟻紫膩卷浮杯虎鞹先蒙馬魚腸且斷犀趁趕西旅狗蹙額北方奚守帳然香暮看鷹永夜棲黃龍就別鏡青塚念陽臺周處長橋役侯調短弄哀錢塘階鳳羽正室擘鸞釵內子攀琪樹羌兒奏落梅今朝擎劍去何日刺蛟迴

酬答二首

金魚公子夾衫長密裝腰鞓割玉方行處春風隨馬尾柳花偏打內家香

雍州二月梅（一作海）池春御水鵁鶄暖白蘋試問酒旗歌板地今朝誰是拗花人

畫角東城

河轉曙蕭蕭鴉飛睥睨高帆長摽（一作標）越甸壁冷挂吳刀淡菜生寒日鮞魚潠白濤水花霑抹額旗鼓夜迎潮

謝秀才有妾縞練改從於人秀才引留之不得從生感憶座人製詩嘲謝賀復繼四首

誰知泥憶雲望斷梨花春荷絲製機練竹葉剪花裙月明啼阿姊燈暗會良人也識君夫婿金魚挂在身

銅鏡立青鸞燕脂拂紫綿腮花弄暗粉眼尾淚侵寒碧玉破不復（一作破瓜後）瑶琴重撥弦今日非昔日何人敢正看

洞房思不禁蜂子作花心灰暖殘香炷髮冷青蟲簪夜遥燈焰短睡熟小屏深好作鴛鴦夢南城罷擣碪

尋常輕宋玉今日嫁文鴦戟幹橫龍簴刀環倚桂窗邀人裁半袖端坐據胡牀淚溼紅輪重棲烏上井梁

昌谷讀書示巴童

蟲響燈光薄宵寒藥氣濃君憐垂翅客辛苦尚相從

巴童荅

巨鼻宜山褐龐眉入苦吟非君唱樂府誰識怨秋深

代崔家送客

行蓋柳煙下馬蹄白翩翩恐隨行（一作送）處盡何忍重（一作復）揚鞭

出城

雪下桂花稀啼烏被彈歸關水乘驢影秦風帽帶垂入（一作垂）鄉試萬里（一作誠可重）無印自堪悲卿卿忍相問鏡中雙淚姿

莫種樹

園中莫種樹種樹四時愁獨睡南牀（一作窗）月今秋似去秋

將發

東牀卷席罷護落將行去秋白遥遥空日滿門前路

追賦畫江潭苑四首

吳苑曉蒼蒼宮衣水濺黃小鬟紅粉薄騎馬珮珠長路指臺城迥羅薰袴褶香行雲霑翠輦今日似襄王

寶袜菊衣單蕉花密露寒水光蘭澤葉帶重剪刀錢角暖盤弓易靴長上馬難淚痕霑寢帳匀粉照金鞍

剪翅小鷹斜絛根玉鏇花鞦垂妝鈿粟箭箙釘文牙鬭鷖啼深竹鵁鶄老溼沙宮官燒蠟火飛燼汚鉛華

十騎簇芙蓉宮衣小隊紅練香熏宋鵲尋箭踏盧龍旗溼金鈴重霜乾玉鐙空今朝畫眉早不待景陽鐘

潞州張大宅病酒遇江使寄上十四兄

秋至昭關後當知趙國寒繫書隨短羽寫恨破長箋病客眠清曉疎桐墜綠鮮城鴉啼粉堞軍吹壓蘆煙岸幘褰沙幌枯塘臥折蓮木窗銀跡畫石磴水痕錢旅酒侵愁肺離歌繞懦弦詩封兩條淚露折一枝蘭莎老沙雞泣松乾瓦獸殘覺騎燕地馬夢載楚溪船椒桂傾長席鱸魴斫玳筵豈能忘舊路江島滯佳年

難忘曲

夾道開洞門弱楊低畫戟簾影竹華（一作葉）起簫聲吹日色蜂語繞妝鏡拂（一作畫）蛾學春碧亂繫丁香梢滿欄花向夕

賈公閭貴壻曲

朝衣不須長分花對袍縫嚶嚶白馬來（一作春）滿腦黃金重今朝香氣苦珊瑚澀難枕且要弄風人暖蒲沙上飲燕語踏簾鉤日虹屏中碧瀡令在河陽無人死芳色

夜飲朝眠曲

觴酣出座東方高腰橫半解星勞勞柳苑鴉啼公主醉薄露壓花蕙園（一作蘭）氣玉轉溼絲牽曉水熟（一作熱）粉生香琅玕紫夜飲朝眠斷無事楚羅之幃臥皇子

王濬墓下作

人間無阿童猶唱水中龍白草侵煙死秋梨遶地紅古書平黑石袖（一作神）劒斷青銅耕勢魚鱗起墳科（一作斜）馬鬣封菊花垂溼露棘徑臥乾蓬松柏愁香澀南原幾夜風

客遊

悲滿千里心日暖南山石不謁承明廬老作平原客四時別家廟三年去鄉國旅歌屢彈鋏歸問時裂帛

崇義里滯雨

落莫誰家子來感長安秋壯年抱羈恨夢泣生白頭瘦馬秣敗草雨沫飄寒溝南宮古簾暗溼景傳籤籌家山遠千里雲腳天東頭憂眠枕劒匣客帳夢封侯

馮小憐

灣頭見小憐請上琵琶弦破得春風恨今朝直幾錢裙垂竹葉帶鬢溼杏花煙玉冷紅絲重齊宮妾駕鞭

贈陳商

長安有男兒二十心已朽楞伽堆案前楚辭繫肘後人生有窮拙日暮聊飲酒秖今道已塞何必須白首淒淒陳述聖披褐鉏俎豆學爲堯舜文時人責衰偶柴門車轍凍日下楡影瘦黃昏訪我來苦節青陽皺太華五千仞劈地抽森秀旁古無寸尋一上戛牛斗公卿縱不憐寧（一作言）能鎖吾口李生師太華大坐看白晝逢霜作樸樕得氣爲春柳禮節乃相去顦顇如芻狗風雪直齋壇墨組貫銅綬臣妾氣態間唯欲承箕帚天眼何時開古劒庸一吼

釣魚詩

秋水釣紅渠仙人待素書菱絲縈獨繭蒲（一作菰）米蟄雙魚斜竹垂清沼長綸貫碧虛餌懸春蜥蜴鉤墜小蟾蜍子情無限龍陽恨有餘爲看煙浦上楚女淚霑裾

奉和二兄罷使遣馬歸延州

空留三尺劒不用一丸泥馬向沙場去人歸故國來笛愁翻隴水酒喜瀝春灰錦帶休驚雁羅衣尚鬬雞還吳已渺渺入郢莫淒淒自是桃李樹何畏不成蹊

荅贈

本是張公子曾名萼綠華沈香熏小像楊柳伴啼鴉露重金泥冷盃闌玉樹斜琴堂沽酒客新買後園花

題趙生壁

大婦然竹根中婦舂玉屑冬暖拾松枝日煙坐蒙滅木蘚青桐老石井（一作泉）水聲發曝背臥東亭桃花滿肌骨

感春

日暖自蕭條花悲北郭騷榆穿萊子眼柳斷舞兒腰上幕迎神燕飛絲送百勞胡琴今日恨急語向檀槽

仙人

彈琴石壁上翻翻一仙人手持白鸞尾夜掃南山雲鹿飲寒澗下魚歸清海濱當時漢武帝書報桃花春

河陽歌

染羅衣秋藍難著色不是無心人爲作臺（一作臨）邛客花燒中潬（音誕）城顏郎身已老惜許兩少年抽心似春草今日見銀牌今夜鳴玉讌牛頭高一尺隔坐應相見月從東方來酒從東方轉觥船飫口紅密炬千枝爛

花遊曲（并序）

寒食日諸王妓遊賀入座因採梁簡文詩調賦花遊曲與妓彈唱

春柳南陌態冷花寒露姿今朝醉城外拂鏡濃掃眉煙濕愁車重紅油覆畫衣舞裙香不暖酒色上來遲

春晝

朱城報春更漏轉光風催蘭吹小殿草細堪梳柳長如線卷衣秦帝掃粉趙燕日含畫幕蜂上羅薦平陽花塢河陽花縣越婦搘機吳蠶作繭菱汀繫帶荷塘倚扇江南有情塞北無恨

安樂宮

深井（一作漆）桐烏起尚復牽情（一作清）水未盥邵陵瓜缾中弄長翠新成（一作城）安樂宮宮如鳳皇翅歌迴蠟板鳴左悺提壺使綠蘩悲水曲茱萸別秋子

胡蝶飛（一作舞）

楊花撲帳春雲熱龜甲屏風醉眼纈東家胡蝶西家飛白騎少年今日歸

梁公子

風彩出蕭家本是菖蒲花南塘蓮子熟洗馬走江沙（一作涯）御牋銀沫冷長簟鳳窠斜種柳營中暗題書賜館娃

牡丹種曲

蓮枝未長秦蘅老走馬馱金斸春草水灌香泥卻月盆一夜綠房迎白曉美人醉語園中煙晚華已散蝶又闌梁王老去羅衣在拂袖風吹蜀國弦歸霞帔拖蜀帳昏嫣紅落粉罷承恩檀郎謝女眠何處樓臺月明燕夜語

後園鑿井歌

井上轆轤牀上轉水聲繁弦聲淺情若何荀奉倩城頭日長向城頭住一日作千年不須流下去

開愁歌（華下作）

秋風吹地百草乾華容碧影生晚寒我當二十不得意一心愁謝如枯蘭衣如飛鶉馬如狗臨岐擊劍生銅吼旗亭下馬解秋衣請貰宜陽一壺酒壺中喚天雲不開白晝萬里閑淒迷主人勸我養心骨莫受俗物相填豗（玉篇廣韻俱無豗字統籤云按豗即豗字音灰相擊也）

秦宮詩（并序）

漢人秦宮將軍梁冀之嬖奴也秦宮得寵內舍故以驕名大譟於人予撫舊而作長辭以馮子都之事相爲對望又云昔有之詩

越羅衫袂（一作夾衫）迎春風玉刻麒麟腰帶紅樓頭曲宴仙人語帳底吹笙香霧濃人間（一作閑）酒暖春茫茫花枝入簾白日長飛窗複道傳籌（一作頭）飲十夜銅盤（一作半夜朦朧）膩燭黃禿衿小袖調鸚鵡紫繡麻䩞踏哮（同唬）虎斫桂燒金待曉筵白鹿青蘇（一作清酥）夜半煮桐英永巷騎新（一作主）馬內屋深（一作珍）屏生色畫開門爛用水衡錢卷起黃河向身瀉皇天厄運猶曾裂秦宮一生花底（一作裏）活鸞篦奪得不還人醉睡氍毹滿堂月

古鄴城童子謠效王粲刺曹操

鄴城中暮塵起將（一作探）黑丸斫文吏棘爲鞭虎爲馬團團走鄴城下切玉劍射日弓獻何人奉相公扶轂來關右兒香掃塗相公歸

楊生青花紫石硯歌

端州石工巧如神踏天磨刀割紫雲傭刓抱水含滿脣暗灑萇弘冷血痕紗帷晝暖墨花春輕漚漂沫松麝薰乾膩薄重立腳勻數寸光秋無日昏圓豪促點聲靜新孔硯寬頑（一作碩）何足云

房中思

新桂如蛾眉秋風吹小綠行輪出門去玉鑾聲斷續月軒下風露曉庭自幽澀誰能事貞素臥聽莎雞泣

石城曉

月落大隄上女垣棲烏起細露濕團紅寒香解夜醉女牛（一作石子）渡天河柳煙滿城曲上客留斷纓殘蛾鬬雙綠春帳依微蟬翼羅橫茵突金隱體花帳前輕絮鶴（一作鷺）毛起欲說春心無所似

苦晝短

飛光飛光勸爾一杯酒吾不識青天高黃地厚唯見月寒日暖來煎人壽食熊則肥食蛙則瘦神君何在太一安有天東有若木下置銜燭龍吾將斬龍足嚼龍肉使之朝不得迴夜不得伏自然老者不死少者不哭何爲服（一作餌）黃金吞白玉誰似（一作是）任公子雲中騎碧（一作白）驢劉徹茂陵多滯骨嬴政梓棺費鮑魚

章和二年中

雲蕭索田（一本無田字）風拂拂麥芒如篲黍如粟關中父老百領襦關東吏人乏詬租健犢春耕土膏黑菖蒲叢叢沿水脈殷勤爲我下田租百錢攜償（一作賞）絲桐客遊春漫光塢花白野林散香神降席拜神得壽獻天子七星貫斷姮娥死

春歸昌谷

束髮方讀書謀身苦不早終軍未乘傳顏子鬢先老天網信崇大矯士常慅慅逸目騈甘華羈心如荼蓼旱雲二三月岑岫相顛倒誰揭頳玉盤東方發紅照春熱張鶴蓋兔目官槐小思焦面如病嘗膽腸似絞京國心爛漫夜夢歸家少發軔東門外天地皆浩浩青樹驪山頭花風滿秦道宮臺光錯落裝盡（一作畫）偏（一作徧）峰嶠細綠及團

紅當路雜啼笑香風下高廣鞍馬正華耀獨乘雞棲車自覺少風調心曲語形影衹身焉足樂豈能脫負檐刻鶴（一作鵠）曾無兆幽幽太華側老柏如建纛龍皮相排戛翠羽更蕩掉驅趨委憔悴眺覽強容貌花蔓閡行輈縠煙暝深徼少健無所就入門愧家老聽講依大樹觀書臨曲沼知非出柙虎甘作藏霧豹韓烏處繒繳湘鯈在籠罩狹行無廓落壯士徒輕躁

昌谷詩（五月二十七日作）

昌谷五月稻細青滿平（一作草平秋）水遙巒相壓疊頹綠愁墮地光潔無秋思（一作絲）涼曠吹浮媚竹香滿淒寂粉節塗生翠草髮垂恨鬢光露泣幽淚層圍爛洞曲芳徑老紅醉攢蟲鏤古柳蟬子鳴高邃大帶委黃葛紫蒲交狹涘石錢差復藉厚葉皆蟠膩汰沙好平白立馬印青字晚鱗自遨遊瘦鵠暝單跱嘹嘹溼蛄聲咽源驚濺起紆緩玉眞路（自註近武后巡幸路）神娥蕙花裏苔絮縈澗礫山實垂赬紫小柏儼重扇肥松突丹髓鳴流走響韻壠秋拖光穟鶯唱閔女歌瀑懸楚練帔風露滿笑眼駢巖雜舒墜亂條（一作篠）迸石嶺細頸喧鳥毖日腳埽昏翳新雲啟華閟謐謐厭夏光商風道清氣高眠服（一作復）玉容燒桂祀天几（谷與女山嶺阪相承山卽蘭香神女上天處也遺几在焉）霧衣夜披拂眠壇夢眞粹待駕棲鸞老故宮椒壁圮（福昌宮在谷之東）鴻瓏數鈴響羇臣發涼思陰藤束朱鍵龍帳著魑魅碧錦帖花檉香衾事殘貴歌塵蠹木在舞綵長雲似珍（一作玲）壞割繡段里俗祖風義鄰凶不相杵疫病無邪祀鮐皮識仁惠丱角知靦恥縣省司刑官戶乏詬租吏竹藪添墮簡石磯引鉤餌溪灣轉水帶芭蕉傾蜀紙岑光晃縠襟孤景拂繁事泉尊陶宰酒月眉謝郎妓丁丁幽鐘遠矯矯單飛至霞巘殷嵯峩危溜聲爭次淡蛾流平碧薄月眇陰悴涼光入澗岸廓盡山中意漁童下宵網霜禽竦煙翅潭鏡滑蛟涎浮珠噞魚戲風桐（一作松）瑤匣瑟螢星錦城使柳綴長縹帶篁掉短笛吹石根緣綠蘚蘆筍抽丹漬漂旋弄天影古檜拏雲臂愁月薇帳紅罥雲香蔓刺芒麥平百井閑乘列千肆刺促成紀人好學鴟夷子

銅駝悲

落魄三月罷尋花去東家誰作送春曲洛岸悲銅駝橋南多馬客北山饒古人客飲盃中酒駝悲千萬春生世莫徒勞風吹盤上燭厭見桃株笑銅駝夜來哭

自昌谷到洛後門

九月大野白蒼岑竦秋門寒涼十（一作交）月末露（一作雪）霰濛曉昏澹色結晝天心事塡空雲道上千里風野竹蛇涎痕石澗凍（一作東）波聲雞叫清寒晨強行到東（一作都）舍解馬投舊鄰東家名廖者鄉曲傳姓辛杖頭非飲酒吾請造其人始欲南去楚又將西適秦襄王與武帝各自留青春聞道蘭臺上宋玉無歸魂緗縹兩行字蟄蟲蠹秋芸爲探秦臺意豈命余負薪

七月一日曉入太行山

一夕遶山秋香露溘蒙菉新橋倚雲阪候蟲嘶露樸洛南（一作陽）今已遠越衾誰爲熟石氣何淒淒老莎如短鏃

秋涼詩寄正字十二兄

閉門感秋風幽姿任契闊大野生素空天地曠肅殺露光（一作光露）泣殘蕙蟲響連夜發房寒寸輝薄迎風絳紗折披書古芸馥恨唱華容歇百日不相知花光變涼節弟兄誰念慮牋翰既通達青袍度白馬草簡奏東闕夢中相聚笑覺見半牀月長思劇尋環亂憂抵覃葛

艾如張

錦襜褕繡襠襦強飲啄哺爾雛隴東臥穟滿風雨莫信籠（一作龍）媒（一作迷）隴西去齊人織網如素空張在野田（一作春）平碧中網絲漠漠無形影誤爾觸之傷首紅艾葉綠花誰剪刻中藏禍機不可測

上雲樂

飛香走紅滿天春花龍盤盤上紫雲三千宮（一作綵）女列金屋五十弦瑟海上聞天江（一作河）碎碎銀沙路贏女機中斷煙素斷煙素縫衣縷（一作舞衣）八月一日君前舞

摩多樓（一作樓）子

玉塞去金人二萬四千里風吹沙作雲一時渡遼水天白水如練甲絲雙串斷行行莫苦辛城月猶殘半曉氣朔煙上趚趚胡馬蹄行人臨水別隔隴（一作隴水）長東西

猛虎行（四言）

長戈莫春長弩莫抨乳孫哺子教得生獰舉頭爲城掉尾爲旌東海黃公愁見夜行道逢騶虞牛哀不平何用尺刀壁上雷鳴泰山之下婦人哭聲官家有程吏不敢聽

日出行

白日下崑崙發光如舒絲徒照葵藿心不照遊子悲折折黃河曲日從中央轉暘谷耳曾聞若木眼不見奈爾鑠（一作何）石胡爲銷人羿彎弓屬矢那不中足令（一本有烏一不得翔四字）久不（一作火）得奔詎教晨光夕昏

苦篁調嘯引

請說軒轅在時事伶倫采竹二十四伶倫采之自崑丘軒（一作斧）轅詔遣中分作十二伶倫以之正音律軒轅以之調元氣當時黃帝上天時二十三管咸相隨唯留一管人間吹無德不能得此管此管沈埋虞舜祠

拂舞歌辭

吳娥聲絕天空雲閑裵回門外滿車馬亦須生綠苔尊有烏程酒勸君千萬壽全勝漢武錦樓上曉望晴寒（一作空）飲花露東方日不破天光無老時丹成作蛇乘白霧千年重化玉井土從蛇作土一（一作二）千載吳堤綠草年年在背有八卦稱神仙邪鱗頑甲滑腥涎

夜坐吟

踏踏馬蹄誰見過眼看北斗直天河西風羅幕生翠波鉛華笑妾顰青蛾爲君起唱（一作舞）長相思簾外嚴霜皆倒飛明星爛爛東方陲紅霞梢出東南涯陸郎去矣乘班騅

箜篌引（又曰公無渡河）

公乎公乎提壺將焉如屈平沈湘不足慕徐衍入海誠爲愚公乎公乎牀有菅席盤有魚北里有賢兄東鄰有

小姑朧畒油油黍與葫（一作禾）瓦甒濁醪蟻浮浮黍可食醪可飲公乎公乎其奈居被髮奔流竟何如賢兄小姑哭嗚嗚

巫山高

碧叢叢高（一作齊）插（一作撐）天大江翻瀾神曳煙楚魂尋夢風颸（一作颯）然曉風飛雨生苔錢瑤姬一去一千年丁香筇竹啼老猿古祠近月蟾桂寒椒花墜紅溼雲間（一作端）

平城下

飢寒平城下夜夜守明月別劒無玉花海風斷鬢髮塞長連白空遙見漢旗紅青帳吹短笛煙霧溼晝龍日晚在城上依稀望城下風吹枯蓬起城中嘶瘦馬借問築城吏去關幾千里惟愁裹屍歸不惜倒戈死

江南弄

江中綠霧起涼波天上疊巘紅嵯峨水風浦雲生老竹渚暝蒲帆如一幅鱸魚千頭酒百斛酒中倒臥南山綠吳歈越吟未終曲江上團團帖寒玉

榮華樂（一作東洛梁家謠）

鳶肩公子二十餘齒編貝脣激朱氣如虹霓飲如建瓴走馬夜歸叫嚴更徑穿複道遊椒房龍裘金玦雜花光玉堂調笑金樓子臺下戲學邯鄲倡口吟舌話稱女郎錦袪繡面漢帝旁得明珠十斛白璧一雙新詔垂金曳紫光煌煌馬如飛人如水九卿六官皆望履將迴日月先反掌欲作江河唯畫地峩峩虎冠上切雲竦劒晨趨凌紫氛繡段千尋貽皂隸黃金百鎰貺家臣十二門前張大宅晴春煙起連天碧金鋪綴日雜紅光銅龍齧環似爭力瑤姬凝醉臥芳席海素籠窗空下隔丹穴取鳳充行庖貜貜如拳那足食金蟾呀呀蘭燭香軍裝武妓聲琅璫誰知花雨夜來過但見池臺春草長嘈嘈弦吹匝天開洪崖簫聲遶天來天長一矢貫雙虎雲弝絕騁聒旱雷亂袖交竿管兒舞吳音綠鳥學言語能教刻石平紫金解送刻毛寄新兔三皇皇（一本少一皇字）后七貴人五十校尉二（一作一）將軍當時飛去逐彩雲化作今日京華春

相勸酒

羲和騁六轡晝夕不曾閒彈烏崦嵫竹（一作石）扶馬蟠桃鞭蓐收既斷翠柳青帝又造紅蘭堯舜至今萬萬歲數子將為傾蓋間青錢白璧買無端丈夫快意方為歡臛蠵臛熊何足云會須鍾飲北海箕踞南山歌淫淫管愔愔橫波好送雕題金人生得意且如此何用強知元化心相勸酒終無輟伏願陛下鴻名終不歇子孫綿如石上葛來長安車騈騈中有梁冀舊宅石崇故園

瑤華樂

穆天子走龍媒八轡冬瓏逐天迴五精掃地凝雲開高門左右日月環四方錯鏤稜層殷舞霞垂尾長盤珊江澄海淨神母顏施紅點翠照虞泉曳雲拖玉下崑山列斾如松張蓋如輪金風殿（一作殷）秋清明發春八鑾十乘矗如雲屯瓊鍾瑤席甘露文玄霜絳雪何足云薰梅染柳將贈君鉛華之水洗君骨與君相對作真質

北中寒

一方黑照三方紫黃河氷合魚龍死三尺木皮斷文理百石強車上河水霜花草上大如錢揮刀不入迷濛天爭（一作淨）瀯海水飛凌喧山瀑無聲玉虹懸

梁臺古愁（一作意）

梁王臺沼空中立天河之水夜飛入臺前鬬玉作蛟龍綠粉掃天愁露溼撞鐘飲酒行射天金虎蹙裘噴血斑朝朝暮暮愁海翻長繩繫日樂當年芙蓉凝紅得秋色蘭臉別春啼脈脈蘆洲客雁報春來寥落野篁秋漫白

公無出門

天迷迷地密密熊虺食人魂雪霜斷（一作斷風破）人骨嗾犬狺狺相索索舐掌偏宜佩蘭客帝遣乘軒災自息玉星點劒黃金軛我雖跨馬不得還歷陽湖波大如山毒虬相視振金環狻猊猰貐吐饞涎鮑焦一世披草眠顏回廿九鬢毛斑顏回非血衰鮑焦不違天天畏遭銜齧所以致之然分明猶懼公不信公看呵壁書問天

神弦別曲

巫山（一作陽）小女隔雲別春風松花（一作松花春風）山上發綠蓋獨穿香徑歸白馬花竿前孑孑蜀江風澹水如羅墮蘭誰泛相經過南山桂樹為君死雲衫淺污紅脂花

綠水詞

今宵好風月阿侯在何處為有傾人色（一作城人）翻成足愁苦東湖採蓮葉南湖拔（一作折）蒲根（一作茸）未持寄小姑且持感愁魂（一作秋風）

沙路曲

柳臉（一作陰）半眠丞相樹珮馬釘鈴踏沙路斷燼遺香裹翠煙燭（一作獨）騎啼（一作蹄）烏（一作鳴）上天去帝家玉龍開九關帝前動笏（一作簪）移南山獨垂重印押千官金窠（一作科）篆字紅屈盤沙路歸來聞好語旱火不光天下雨

上之回

上之回大旗喜懸紅雲撻鳳尾劒匣破舞蛟龍蚩尤死鼓逢逢天高慶雷齊墜地地無驚煙海千里

高軒過（韓員外愈皇甫侍御湜見過因而命作）

華裾織翠青如蔥金環壓轡搖玲（一作冬）瓏馬蹄隱耳（一作隱）聲隆隆入門下馬氣如虹云是（一本無云是二字）東京才子文章鉅（一本無鉅字）公二十八宿羅心胸九精照耀（一作元精耿耿）貫當中殿前作賦聲摩空筆補造化天無功龐眉書客感秋蓬誰知死草生華風我今垂翅附冥鴻他日不羞蛇作龍

貝宮夫人

丁丁海女弄金環（一作錢）雀釵翹揭雙翅關六宮不語一生閒高懸銀牓照青山長眉凝綠幾千年清涼堪老鏡中鸞秋肌稍覺玉衣寒空光帖妥水如天

蘭香神女廟（一作三月中作）

古春年年在閑綠搖暖雲松香飛晚華柳渚含日昏沙砌落紅滿石泉生水芹幽篁畫新粉蛾綠橫曉門弱蕙不勝露山秀愁空春舞珮剪鸞翼帳帶塗輕銀蘭桂吹濃香菱藕長莘莘看雨逢瑤姬乘船值江君吹簫飲酒醉結綬金絲裙走天呵白鹿遊水鞭錦鱗密髮虛鬟飛膩頰（一作靨）凝花匀團鬢分蛛巢濃眉籠小脣弄蝶和輕妍風光怯腰身深幃金鴨冷奩鏡幽鳳塵踏霧乘風歸撼玉山上聞

送韋仁實兄弟入關

送客飲別酒千觴無赭顔何物最傷心馬首鳴金鐶野色浩無主秋明空曠間坐來壯膽破斷目不能看行槐引西道青梢長攢攢韋郎好兄弟疊玉生文翰我在山上舍一畝蒿磽田夜雨叫租吏春聲暗交（一作闇暗）關誰解念勞勞（一作苦）蒼突唯南山

洛陽城外別皇甫湜

洛陽吹別風龍門起斷煙冬樹束生澀晚紫凝華天單身野霜上疲馬飛蓬間凭軒一雙淚奉墜綠衣前

溪晚涼

白狐向月號山風秋寒掃雲留碧空玉煙青溼白如幢銀灣曉轉流天東溪汀眠鷺夢征鴻輕漣不語細游溶層岫迴岑複疊龍苦篁對客吟歌筒

官不來題皇甫湜先輩廳

官不來官庭秋老桐錯幹青龍愁書司曹佐走如牛疊聲問佐官來不官不來門幽幽

長平箭頭歌

漆灰骨末丹水沙淒淒古血生銅花白翎金簳雨中盡直餘三脊（一作徑寸）殘狼牙我尋平原乘兩馬驛東石田蒿塢下風長日短星蕭蕭黑旗雲溼懸空夜左魂右魄啼肌瘦酪瓶倒盡將羊炙蟲棲雁病蘆筍紅迴風送客吹陰火訪古汍瀾收斷鏃折鋒赤璺曾刲肉南陌東城馬上兒勸我將金換簝竹

江樓曲

樓前流水江陵道鯉魚風起芙蓉老曉釵催（一作擁）鬢語南風抽帆歸來一日功鼉吟浦口飛梅雨竿頭酒旗換青苧蕭騷浪白雲差池（一作參差）黃粉油衫寄郎主新槽酒聲苦無力南湖一頃菱花白眼前便有千里愁小玉開屏見山色

塞下曲（樂府詩作三首）

胡角引北風薊門白於水天含青海道城頭月千里露下旗濛濛寒金鳴夜刻番甲鏁蛇鱗馬嘶青塚白秋靜見旄頭沙遠席羈（一作其）愁帳北天應盡河聲出塞流

染絲上春機

玉罌泣（一作汲）水桐花井蒨絲沈水如雲影美人嬾態燕脂愁春梭拋擲鳴高樓綵線結茸背復疊白袷玉郎寄桃葉爲君挑鸞作腰綬願君處處宜春酒（一作雪）

五粒小松歌（并序）

前謝秀才杜雲卿命予作五粒小松歌予以選書多事不治曲辭經十日聊道八句以當命意

蛇子蛇孫鱗蜿蜿新香幾粒洪崖飯綠波浸葉滿濃光細束龍髯鉸刀剪主人壁上鋪州圖主人堂前多俗儒月明白露秋淚滴（一作露泣懸秋淚）石筍溪雲肯寄書

塘上行

藕花涼露溼花缺藕根澀飛下雌（一作雄）鴛鴦塘水聲溘溘

呂將軍歌

呂將軍騎赤兔獨攜大膽出秦門金粟堆邊哭陵樹北方逆氣汙青天劍龍夜叫將軍閑將軍振袖揮劍鍔玉闕朱城有門閣榼榼銀龜搖白馬傅粉女郎火（一作大）旗下恒山鐵騎請金槍遙聞箙中花箭香西郊寒蓬葉如刺皇天新（一作親）栽養神驥廏中高桁排（一作挑）塞蹄飽食青芻飲白水圓蒼低迷蓋張地九州人事皆如此赤山秀鋋禦時英綠眼將軍會天意

休洗紅

休洗紅洗多紅色淺卿卿騁少年昨日殷橋見封侯早歸來莫作弦上箭

神弦曲

西山日沒東山昏旋風吹馬馬踏雲畫弦素管聲淺繁花裙綷縩步秋塵桂葉刷風桂墜子青狸哭血寒狐死古壁彩虯金帖尾雨工騎入秋（一作夜騎入）潭水百年老鴞成木魅笑聲碧火巢中起

野歌

鴉翎羽箭山桑弓仰天射落銜蘆鴻麻衣黑肥衝北風帶酒日晚歌田中男兒屈窮心不窮枯榮不等嗔天公寒風又變爲春柳條條看即煙濛濛

神弦

女巫澆酒雲滿空玉爐炭火香鼕鼕海神（一作寒雲）山鬼來座中紙錢窸窣鳴颾風相思木帖金舞鸞攢蛾一啑重一彈呼星召鬼歆杯盤山魅食時人森寒終南日色低平灣神兮長在有無間神嗔神喜師更顏送神萬騎還青山

將進酒

琉璃鍾琥珀濃小槽酒滴眞珠紅烹龍炮鳳玉脂泣羅屏（一作幃）繡幕圍香（一作春）風吹龍笛擊鼉鼓皓齒歌細腰舞況是青春日將暮桃花亂落如紅雨勸君終日酩酊醉（一作歸）酒不到劉伶墳上土

美人梳頭歌

西施曉夢綃帳寒香鬟墮髻半沈檀轆轤咿啞轉鳴玉驚起芙蓉睡新足雙鸞開鏡秋水光解鬟臨鏡立象牀一編香絲雲撒地玉釵落處無聲膩纖手却盤老鴉色翠滑寶釵簪不得春風爛熳惱嬌慵十八鬟多無氣力妝成髮鬌敧不斜雲裾數步踏雁沙背人不語向何處下堦自折櫻桃花

月漉漉篇

月漉漉波煙（一作咽）玉莎青桂花繁芙蓉別江木粉態袂羅寒雁羽鋪煙溼誰能看石帆乘船鏡中入秋白鮮紅死水香蓮子齊挽菱隔歌袖綠刺罥銀泥

京城

驅馬出門意牢落長安心兩事誰向道自作秋風吟

官街鼓

曉聲隆隆催轉日暮聲隆隆呼月出漢城黃柳映新簾柏陵飛燕埋香骨磓發（一作碎）千年日長白孝武秦王（一作皇）聽不得從君翠髮蘆花色獨共南山守中國幾迴天上葬神仙漏聲相將無斷緣（一作續又作絕）

許公子鄭姬歌（鄭園中請賀作）

許史世家外親貴宮錦千端買沈醉銅駝酒熟烘明膠古堤大柳煙中翠桂開客花名鄭袖入洛聞香鼎門口先將芍藥獻妝臺後解黃金大如斗莫愁簾中許合歡清弦五十爲君彈彈聲咽春弄君骨骨興牽人馬上鞍兩馬八蹄踏蘭苑情如合竹誰能見夜光玉枕棲鳳皇

裕羅當門刺純綫長翻蜀紙卷明君轉角含商破碧雲
自從小靨來東道曲裏長眉少見人相如塚上生秋柏
三秦誰是言情客蛾鬟醉眼拜諸宗爲謁皇孫請曹植

新夏歌

曉木千籠真蠟綵落（一作絳）蕊（一作蒂）枯香數分在陰枝秀（一作拳）牙
卷縹茸長風迴氣扶葱蘢野家麥畦上新壠長畛裘回
桑柘重刺香滿地菖蒲草雨梁燕語悲身老三月搖揚
入河道天濃地濃（一作穠）柳梳掃

題歸夢

長安風雨夜書客夢昌谷怡怡中堂笑小弟栽澗菉家
門厚重意望我飽飢腹勞勞一寸心燈花照魚目

經沙苑

野水泛長瀾宮牙開小蒨無人柳自春草渚鴛鴦暖晴
嘶臥沙馬老去悲啼展今春還不歸塞嘤折翅雁

出城別張又新酬李漢

李子別上國南山崆峒春不聞今夕鼓差慰煎情人趙
壹賦命薄馬卿家業貧鄉書何所報紫蕨生石雲長安
玉桂國戟帶披侯門慘陰地自光寶馬踏曉昏朧春戲
草苑玉輓鳴轣轆綠網縋金鈴霞卷清池瀉開貫瀉蚨
母買冰防夏蠅時宜裂大袂（一作被）劒客車盤茵小人如死
灰心切生秋榛皇圖跨四海百姓拖（一作施）長紳光明靄不
發腰龜徒甃銀吾將譟禮樂聲調摩清新欲使十千歲
帝道如飛神華實自蒼老流采（一作來）長傾溢没没暗齰舌
涕血不敢論今將下東道祭酒而別秦六郡無勦兒長
刀誰拭塵地理陽無正快馬逐服轅二子美年少調道
講（一作講道調）清渾譏笑斷冬夜家庭疎篠穿曙風起四方秋
月當東懸賦詩面投擲悲哉不遇人此別定霑臆越布
先裁巾

全唐詩

李賀

南園

方領蕙帶折角巾杜若已老蘭苕春南山削秀藍玉合
小雨歸去飛涼雲熟杏暖香梨葉老草梢（一作蒲）竹柵鏁池
痕（一作涌）鄭公鄉老開酒尊坐汎楚奏（一作酒）吟招魂

假龍吟歌

石軋銅杯吟詠枯痒蒼鷹（一作鸞）擺血白鳳下肺桂子自落
雲弄車蓋木死沙崩惡谿島阿母得仙今不老窗中跳
汰截清涎隈壖臥水埋金爪崖蹬蒼苔（一作蒼）弔石髮江君
掩帳篔簹折蓮花去國一千年雨後聞腥猶帶鐵

感諷六首

人間春蕩蕩帳暖香揚揚飛光染幽紅誇嬌來洞房舞
席泥金蛇桐竹羅花牀眼逐春暝醉粉隨淚色黃王子
下馬來曲沼鳴鴛鴦焉知腸車轉一夕巡九方
苦風吹朔寒沙驚秦木折舞影逐空天畫鼓餘清節蜀
書秋信斷黑水朝波咽嬌魂從回風死處懸鄉月
雜雜胡馬塵森森邊士戟天教胡馬戰曉雲皆血色婦
人攜漢卒箭箙囊巾幗不懃金印重踉蹡腰鞬力恟恟
鄉門老昨夜試鋒鏑走馬遣書勳誰能分粉墨
青門（一作烏，又作馬）放彈去馬色連空郊何年帝家物玉裝鞍上
搖去走犬歸來來坐烹羔千金不了餜（一作餎）肉稱盤
臊試問誰家子乃老（一作云）能佩刀西山白蓋下賢儁寒蕭
蕭
曉菊泫（一作泣）寒露似悲團扇風秋涼經漢殿班子泣衰紅
本無辭輦意豈見入空宮腰衱珮珠斷灰蝶生陰松
蝶（一作蜂）飛紅粉臺柳掃吹笙道十日懸户庭九秋無衰（一作素）
草調歌送風轉杯池白魚小水宴截香腴菱科映青罩
芊蒙（一作茸）梨花滿春昏弄長嘯（一作笑）唯愁苦花落不悟世衰
到撫舊唯銷（一作傷）魂南山坐悲峭（一作嘯）

莫愁曲

草生龍坡下鴉噪城堞頭何人此城裏城角栽石榴青
絲繫五馬黃金絡雙牛白魚駕蓮船夜作十里遊歸來
無人識暗上沈香樓羅牀倚瑤瑟殘月傾簾鉤今日槿
花落明朝桐樹秋莫（一作若）負平生意何名（一作作）莫愁

夜來樂

紅羅複帳金流（一作塗）蘇華燈九枝懸鯉魚麗人映月開銅
鋪春水滴酒猩猩沾（一本有價字）重一箧香十株赤金瓜子兼
雜麩五絲封青凫（一作五色絲封青凫，一作五色絲封青玉凫）阿侯此笑千萬餘南
軒漢轉簾影疎桐林啞啞挾子烏劒崖鞭節青石珠白
騆吹湍凝霜鬚漏長送珮承明（一作胡）盧倡樓嵯峩明月孤
新客下馬故客去綠蟬秀黛重拂梳

嘲雪

昨日發葱嶺今朝下蘭渚喜從千里來亂笑含春語（一作雨）
龍沙溼漢旗鳳扇迎秦素久別遼城鶴毛衣已應故

春懷引

芳蹊密影成花洞柳結濃煙花（一作陰香）帶重蟾蜍碾玉挂（一作作）
明弓捍撥裝金打仙鳳寶枕垂雲選春夢鈿合碧寒龍
腦凍阿侯繫錦覓周郎憑仗東風好相送

白虎行

火烏日暗崩騰雲秦皇虎視蒼生羣燒書滅國無暇日
鑄劒佩玦惟（一作呼）將軍玉壇設醮思冲天一世二世當萬
年燒丹未得不死藥拏舟海上尋神仙鯨魚張鬣海波
沸耕人半作征人鬼雄豪氣猛如歘煙（一作猛燄烈熾空）無人爲決
天河水誰最苦兮誰最苦報人義士深相許漸離擊筑

荊卿歌荊卿把酒燕丹語劍如霜兮膽（一作腸）如鐵出燕城兮望秦月天授秦封祚未移（一作終）袞龍衣點荊卿血朱旗卓地白虎死漢皇知（一作却）是真天子

有所思

去年陌上歌離曲今日君書遠遊蜀簾外花開二月風臺前淚滴千行竹琴心與妾腸此夜斷還續想君白馬懸雕弓世間何處無春風君心未肎鎮如石妾顏不久如花紅夜殘高碧橫長河河上無梁空白波西風未起悲龍梭年年織素攢雙蛾江山迢遞無休絕淚眼看燈乍明滅自從孤館深鎖窗桂花幾度圓還缺鴉鴉向曉鳴森木風過池塘響叢玉白日蕭條夢不成橋南更問仙人卜

嘲少年

青驄馬肥金鞍光龍腦入縷羅衫香美人狹坐飛瓊觴貧人喚云天上郎別起高樓臨碧篠絲曳紅鱗出深沼有時半醉百花前背把金丸落飛鳥自說生來未爲客一身美妾過三百豈知斸地種苗（一作田）家官稅頻催勿（一作没）人織長得（一作金）積玉誇豪毅每揖閑人多意氣生來不讀半行書只把黃金買身貴少年安得長少年海波尚變爲桑田榮枯遞傳（一作轉）急如箭天公不（一作豈）肎於公偏莫道韶華鎮長在髮白面皺專相待

高平縣東私路

侵侵槲葉香木花滯寒雨今夕山上秋永謝無人處石磎遠荒澀棠實懸辛苦古者（一作道）定幽尋呼君作私路

神仙曲

碧峰海面藏靈書上帝揀作神仙居清明（一作晴時）笑語聞空虛闘乘巨浪騎鯨魚春羅書字邀王母共讌紅樓最深處鶴羽衝風過海遲不如却使青龍去猶疑王母不相許垂露（一作霧）娃鬟更傳語

龍夜吟

鬈髮胡兒眼睛綠高樓夜靜吹橫竹一聲似向天上來月下美人望鄉哭直排七點星藏指暗合清風調宮徵蜀道秋深雲滿林湘江半夜龍驚起玉堂美人邊塞情碧窗皓月愁中聽寒碪能擣百尺練粉淚凝珠滴紅線胡兒莫作隴頭吟隔窗暗結愁人心

崑崙使者

崑崙使者無消息茂陵煙樹生愁色金盤玉露自淋漓元氣茫茫收不得麒麟背上石文裂虬龍鱗下紅枝折何處偏傷萬國心中天夜久高明月

漢唐姬飲酒歌

御服沾霜露天衢長蓁棘金隱秋塵姿無人爲帶飾玉堂歌聲寢芳林煙樹隔雲陽臺上歌鬼哭復何益鐵劍常（一本缺此字）光光至兇威屢逼（一作伏劍明秋水兇威屢脅逼）彊梟噬母心奔厲索人魄相看兩相泣淚下如波激寧用清酒爲欲作黃泉客（一作隔）不說玉山頹且無飲中色勉從天帝訴天上寡沉厄無處張繐帷如何望松柏妾身晝團團君魂夜寂寂蛾眉自覺長頸粉誰憐白矜持昭陽意不肎看（一作即）南陌

聽穎師琴歌

別浦雲歸桂花渚蜀國弦中雙鳳語芙蓉葉落秋鸞離越王夜起遊天姥暗珮清臣敲水玉渡海蛾眉牽（一作乘）白鹿誰看挾劍赴長橋誰看浸髮題春竹竺僧前立當吾門梵宮真相眉稜尊古琴大軫長八尺嶧陽老樹非桐孫涼館聞弦驚病客藥囊暫別龍鬚席請歌直（一作當）請卿相歌奉禮官卑復何益

謠俗

上林胡蝶小試伴漢家君（一作春）飛向南城去誤落石榴裙脈脈花滿樹翾翾燕遶雲出門不識路羞問陌頭人

靜女春曙曲

嫩葉憐芳抱新蕊泣露枝枝滴天淚粉窗香咽積曉雲錦堆花密藏春睡戀屏孔雀搖金尾鶯舌分明呼婢子冰洞寒龍半匣水一隻商鸞逐煙起

少年樂

芳草落花如錦地二十長遊醉鄉裏紅纓不動白馬驕垂柳金絲香拂水吳娥未笑花不開綠鬢聳墮蘭雲起陸郎倚醉牽羅袂奪得寶釵金翡翠

句

不見山巔樹摧杌下爲薪日睹井中泥上出作埃塵（塗篠　謡一作豈井井中泥時至出作壁）　情知一丘趣不謝千里印　倚劍登高臺悠悠送春目（以上並見海錄碎事）

全唐詩

劉叉

劉叉元和時人少任俠因酒殺人亡命會赦出更折節讀書能爲歌詩聞韓愈接天下士步歸之作冰柱雪車二詩後以爭語不能下賓客因持愈金數斤去曰此諛墓中人得耳不若與劉君爲壽遂行歸齊魯不知所終詩一卷

冰柱

師干久不息農爲兵兮民重嗟騷然縣宇（一作宇縣）土崩水潰畹中無熟穀壠上無桑麻王春判序百卉茁甲含葩有客避兵奔遊僻跋履險阨至三巴貂裘蒙茸已敝縷鬢髮蓬舥雀驚鼠伏寧遑安處獨臥旅舍無好夢更堪走風沙天人一夜剪瑛琭詰旦都成六出花南畝未盈尺纖片亂舞空紛拏旋落旋逐朝（一作晴）暾化簷間冰柱若削出交加或低或昂小大瑩潔隨勢無等差始疑玉龍下界來人世齊向茅簷布爪牙又疑漢高帝西方未（一作來）斬蚰人不識誰爲當風杖（一作字非）莫邪鏗鏜（一作鏘鏘）冰有韻的皪玉無瑕不爲四時雨徒於道路成泥柤不爲九江浪徒爲汩沒天之涯不爲雙井水滿甌泛泛烹春茶不爲中山漿清新馥（一作挟）鼻盈百車不爲池與沼養魚種芰成霪霆不爲醴泉與甘露使名異瑞世俗誇特稟朝澈氣潔然自許靡間其邇遐森然氣結一千里滴瀝聲沈十萬家

明也雖小暗之大不可遮勿（一作物）被曲瓦直下不能抑羣邪柰（一作抑）何時逼不得時在我目中倏然漂去無餘步自是成毀任天理天於此物豈宜有忒賒反令井蛙壁蟲變容易背人縮首競呀呀我願天子回造化藏之韞櫝韜之生光華

雪車

臘令凝絺三十日繽紛密雪一復一執云潤澤在枯荄閭閻餓民凍欲死死中猶被豺狼食官車初還城壘未完備人家千里無煙火（一作爨）雞犬何太怨天不卹吾甿如何連夜瑤花亂皎潔既同君子節沾濡多著小人面寒鑠侯門見客稀色迷塞路行商斷小小細細如塵間輕輕緩緩成樸簌（一作樸樕）官家不知民餒（一作凍）寒盡驅牛車盈道載屑玉載載欲何之秘藏深宮以禦炎酷徒能自衛九重間豈信車轍血點點盡是農夫哭刀兵殘喪後滿野誰爲載白骨遠戍久乏糧太倉誰爲運紅粟戎夫尚逆命扁箱鹿角誰爲敵士夫困征討買花載酒誰爲適天子端然少旁求股肱耳目皆姦慝依違用事佞上方猶驅餓民運造化防暑阨吾聞躬耕南畝舜之聖爲民吞蝗唐之德未聞據尊苦蒼生相羣相黨上下爲蟊賊廟堂食祿不自慙我爲斯民歎息還歎息

修養

損神終日談虛空不必（一作必不）歸命于胎中我神不西亦不東煙收雲散何濛濛當令體如微（一作徐出）微風綿綿不斷道自沖世人逢一不逢一一回存想一回出只知一切望一切不覺一日損一日勸君修眞復識眞（一作眞修）世上道人多忤（一作許）人披圖醮錄益亂神此法那能堅此身心田自有靈地珍惜哉自有不自親明眞汩沒隨埃塵

勿執古寄韓潮州

古人皆執古不辭凍餓悲今人亦執古自取行坐危老菊凌霜葩狰松抱雪姿武王亦至明寧哀首陽飢仲尼豈非聖但爲互鄉嗤寸心生萬路今古棼若絲逐逐行不盡茫茫休者誰來恨不可遏去悔何足追玉石共笑唾駑驥相奔馳請君勿執古執古徒自隳

答孟東野

酸寒孟夫子苦愛老叉詩生澀有百篇謂是瓊瑤辭百篇非所長憂來豁窮悲唯有剛腸鐵百鍊不柔虧退之何可罵東野何可欺文王已云沒誰顧好爵縻生死守一丘寧計飽與飢萬事付杯酒從人笑狂癡

自古無長生勸姚合酒（一本作勸楊勉酒）

奉子一杯酒爲子照顏色但願腮上紅莫管頦下白自古無長生生者何戚戚登山勿厭高四望都無極丘隴逐日多天地爲我窄祇見李耳書對之（一作爲我）空脈脈何曾見天上著得劉安宅若問（一作自古）長生人昭昭孔丘（一作孟）籍

獨飲

盡欲調太羹自古無好手所以山中人兀兀但飲酒

作詩

作詩無知音作不如不作未逢賡載人此道終（一作長）寂寞有虞今已歿（一作矣）來者誰爲託朗詠豁心胸筆與淚俱落

天津橋

洛陽宮闕照天地四面山川無毒氣誰令漢祖都秦關從此姦雄轉相熾

嘲荊卿

白虹千里氣血頸一劒義報恩不到頭徒作輕生士（一作事）

代牛言

渴飲頳水流餓喘吳門月黃金如可種我力終（一作歇）不竭

莫問卜

莫問卜人生吉凶皆自速伏羲文王若無死今人不爲古人哭

觀八駿圖

穆王八駿走不歇海外去尋長日月五雲望斷阿母宮歸來落得新白髮

經戰地

殺氣不上天陰風吹雨血冤魂不入地髑髏哭沙月人命固有常此地何夭折

野哭

棘針生獰義路閉野泉相弔聲潺潺哀哉異教溺頹俗淳源一去何時還

古怨

君莫嫌醜婦醜婦死守貞山頭一怪石長作望夫名鳥有並翼飛獸有比肩行丈夫不立義豈如鳥獸情

烈士（一作女）詠

烈士（一作女）或（一作不）愛金愛金不爲貪義死天（一作人）亦許利生鬼（一作天）亦嗔胡爲輕薄兒使酒殺平人

狂夫

大妻唱舜歌小妻鼓湘瑟狂夫遊冶歸端坐仍作色不讀關雎篇安知后妃德

餓詠

文王久不出賢士如土賤妻孥從餓死敢愛黃金篆

自問

自問彭城子何人授汝顛酒腸寬似海詩膽大於天斷劒徒勞匣枯琴無復弦相逢不多（一作得）合賴是向林泉（一作賴手響林泉）

入蜀

望空問眞宰此路爲誰開峽色侵天去江聲滾地來孔明深有意鍾會亦何才信此非人事悲歌付一杯

塞上逢盧仝

直到桑乾北逢君夜不眠上樓腰脚健懷土眼睛穿斗柄寒垂地河流（一作黃河）凍徹天（一作河源冷接天）羈魂泣相向何事有詩篇

偶書

日出扶桑一丈高人間萬事細如毛野夫怒見不平處（一作事）磨損（一作盡）胸中萬古刀

愛碣山石

碣石何青青挽我雙眼睛愛爾多古峭不到人間行

與孟東野

寒衣草木皮飢飯葵藿（一作食草木）根不爲孟夫子豈識市井門

姚秀才愛予小劒因贈

一條古時（一作萬古）水向我手心（一作驍中）流臨行瀉（一作解）贈君勿薄（一作報父）細碎讎

老恨

雪(一作風)打杉松(一作雪)殘補書書不完嬾學渭上翁辛苦把釣(一作竹)竿(時)

全唐詩目 第六函

第八冊

元稹 卷一至九卷

全唐詩

元稹

元稹字微之河南河內人幼孤母鄭賢而文親授書傳舉明經書判入等補校書郎元和初應制策第一除左拾遺歷監察御史坐事貶江陵士曹參軍徙通州司馬自虢州長史徵爲膳部員外郎拜祠部郎中知制誥召入翰林爲中書舍人承旨學士進工部侍郎同平章事未幾罷相出爲同州刺史改越州刺史兼御史大夫浙東觀察使太和初入爲尚書左丞檢校戶部尚書兼鄂州刺史武昌軍節度使年五十三卒贈尚書右僕射稹自少與白居易倡和當時言詩者稱元白號爲元和體其集與居易同名長慶今編詩二十八卷

思歸樂

山中(一作我作)思歸樂盡作思歸鳴爾是此山鳥安得失鄉名
應緣此山路(一作寄跡)自古離人征陰愁感和氣俾爾從此生
我雖失鄉去我無(一作不)失鄉情慘舒在方寸寵辱將何驚
浮生居大塊尋丈可寄形(一作身)身安即形樂豈獨樂咸京
命者道之本死者天之平安問遠與近何言殤與彭君
看趙工部八十支體輕交州二十載一到(一作始對)長安城長
安不須史復作交州行交州又累歲移鎮廣與荊(一作移鎮湞江)
陵歸朝新天子濟濟爲上卿肌膚無瘴色飲食康且寧
長安一晝夜死者如霣星喪車四門出何關炎瘴縈況
我三十二(一作餘)百年(一作年來)未半程江陵道塗近楚俗雲水清
遐想玉泉寺久聞峴山(一作久欲登斯)亭此去盡綿歷豈無心賞
并紅餐日充腹碧澗朝析醒開門(一作醲酒)待賓客寄書安弟
兄閑窮四聲韻悶閱九部經身外皆委順(一作無所求)眼前隨
所營此意久已定誰能求苟榮所以官甚小不畏權(一作朝野)
己勢傾傾心豈不易巧詐神之刑萬物有本性況復人
性(一作至)靈金埋無土色玉墜無瓦聲劒折有寸利鏡破有
片明我可俘爲囚我可刃爲兵我心終不死金石貫以
誠此誠患不至(一作立)誠至(一作雖困)道亦亨微哉滿山鳥吽噪何
足聽

春鳩

春鳩與百舌音響詎同年如何一時語俱得春風憐猶
知化工(一作造物)意當春不生蟬免教爭吽噪沸渭桃花前

春蟬

我自東歸日厭苦春鳩聲作詩憐化工不遣春蟬生及
來商山道山深氣不平春秋兩相似蟲豸百種鳴風松
不成韻蜩螗沸如羹豈無朝陽鳳羞與微物爭安得天
上雨奔渾河海傾蕩滌反時氣然後好晴明

兔絲

人生莫依倚依倚事不成君看兔絲蔓依倚榛與荊
榛易蒙密百鳥撩亂鳴下有狐兔穴奔走亦縱橫樵童
斫將去柔蔓與之并翳薈生可恥束縛死無名桂樹月
中出珊瑚石上生俊鶻度海食應龍升天行靈物本特
達不復相纏縈纏縈竟何者荊棘與飛莖

古社

古社基阯在人散社不神惟有空心樹妖狐藏魅人狐
惑意顛倒臊腥不復聞丘墳變城郭花草仍荊榛良田
千萬頃占作天荒田主人議芟斫怪見不敢前邪言空
山燒夜隨風馬(一作長)奔飛(一作壯)聲鼓鼙震高燄旗幟逡巡
荊棘盡狐兔無子孫狐死魅人滅煙消壇墠存繞壇舊
田地給授有等倫農收邨落盛社樹新團圓社公千萬
歲永保邨中民

松樹

華山高幢幢(一作幢幢)上有高高松株株遙各各葉葉相重重
槐樹夾道植枝葉俱冥蒙既無貞直榦復有胥挂蟲何
不種松樹使(一作種)之搖清風秦時已曾種顯頡種不供可
憐孤松意不與槐樹同閑在高山頂樛盤虬與龍屈爲
大厦棟庇蔭侯與公不肯作行伍俱在塵土中

芳樹

芳樹已寥落孤英尤可嘉可憐團團(一作團圓)葉蓋覆深深花
遊蠭競鑽刺鬬雀亦紛拏天生細碎物不愛好光華非
無殲殄法念爾有生涯春雷一聲發驚燕亦驚蛇清池
養神蔡已復長蝦蟇雨露貴平施吾其春草芽

桐花

朧月上山館紫桐垂好陰可惜暗澹色無人知此心舜沒蒼梧野鳳歸丹穴岑遺落在人世光華那復深年年怨春意不競桃杏林唯占清明後牡丹還復侵況此空館閉云誰恣幽尋徒煩鳥噪集不語山嶔岑滿院青苔地一樹蓮花簪自開還自落暗芳終暗沈爾生不得所我願裁爲琴安置君王側調和元首音安問宮徵角先辨雅鄭淫宮弦春以君君若春日臨商弦廉以臣臣作旱天霖人安角聲暢人困鬬不任羽以類萬物祅物神不歆徵以節百事奉事罔不欽五者苟不亂天命乃可忱君若問孝理彈作梁山吟君若事宗廟拊以和球琳君若不好諫願獻觸疏箴君若不罷獵請聽荒于禽君若侈臺殿雍門可霑襟君若傲賢雋鹿鳴有食芩君聞祈招什車馬勿駸駸君若欲敗度中有式如金君聞薰風操志氣在愔愔中有阜財語勿受來獻賝北里當絕聽禍莫大於婬南風苟不競無往遺之擒姦聲不入耳巧言寧孔壬梟音亦云革安得沴與祲天子既穆穆羣材亦森森劒士還農野絲人歸織紝丹鳳巢阿閣文魚游碧潯和氣浹寰海易若溉蹄涔改張乃可鼓此語無古今非琴獨能爾事有諭因鍼感爾桐花意閑怨杳難禁待我持斤斧置君爲大琛

雉媒

雙雉在野時可憐同嗜欲毛衣前後成一種文章足一雉獨先飛衝開芳草綠網羅幽草中暗被潛羈束翦刀摧六翮絲線縫雙目啖養能幾時依然已馴熟都無舊性靈返與他心腹置在芳草中翻令誘同族前時相失者思君意彌篤朝朝舊處飛往往巢邊哭今朝樹上啼哀音斷還續遠見爾文章知君草中伏和鳴忽相召鼓翅遥相矚畏我未肯來又啄翳前粟歛翮遠投君飛馳勢奔蹙罥挂在君前向君聲促促信君決無疑不道君相覆自恨飛太高疎羅偶然觸看看架上鷹擬食無罪肉君意定何如依舊雕籠宿

箭鏃

箭鏃本求利淬礪良甚難礪將何所用礪以射凶殘不礪射不入不射人不安爲盜即當射寧問私與官夜射官中盜中之血闌干帶箭君前訴君王悄不歡頊曾爲盜者百箭中心攢競將兒女淚滴瀝助辛酸君王責良帥此禍誰爲端帥言發硎罪不使刃稍刓君王不忍殺逐之如迸丸仍令後來箭盡可頭團團發硎去雖遠礪鏃心不闌會射蛟螭盡舟行無惡瀾

賽神

邨落事妖神林木大如邨事來三十載巫覡傳子孫邨中四時祭殺盡一作盡殺雞與豚主人不堪命積燎曾欲燔旋風天地轉急雨江河翻採薪持斧者棄斧縱橫奔山深多掩映僅免鯨鯢吞主人集鄰里各各持酒罇廟中再三拜願得禾稼存去年大巫死小覡又妖言邑中神明宰有意效西門梵除計未決伺者迭乘軒廟深荊棘厚但見狐兔蹲巫言小神變可驗牛馬蕃邑吏齊進說幸勿禍鄉原踰年計不定縣聽良亦煩涉夏祭時至因令修四垣憂虞神憤恨玉帛意彌敦我來神廟下簫鼓正喧喧因言遺妖術滅絕由本根主人中罷舞許我重疊論蜉蝣生濕處鴟鵠集黃昏主人邪心起氣燄日夜繁狐貍得蹊徑潛穴主人園腥臊襲左右然後託丘樊歲深樹成就曲直可輪轅幽妖盡依倚萬怪之所屯主人一心好四面無籬藩命樵執斤斧怪木寧遽髡主人且傾聽再爲諭清渾阿膠在末派罔象游上源靈藥逡巡盡黑波朝夕噴神龍厭流濁先伐鼉與黿黿鼉在龍穴妖氣常鬱溫主人惡淫祀先去邪與惽惽邪中人意蠱禍蝕精魂德勝妖不作勢強威亦尊計窮然後賽後賽復何恩

大觜烏

陽烏有二類觜白者名慈求食哺慈母因以此名之飲啄頗廉儉音響亦柔雌百巢同一樹棲宿不復疑得食先反哺一身常苦羸緣知五常性翻被衆禽欺其一觜大者攫搏性貪癡有力強如鶻有爪利如錐音聲甚吷咠潛通妖怪詞受日餘光庇終天無死期翱翔富人屋棲息屋前枝巫言此烏至財產日豐宜主人一心惑誘引不知疲轉見烏來集自言家轉孳白鶴門外養花鷹架上維專聽烏喜怒信受若神龜舉家同此意彈射不復施往往清池側却令鶵鷺隨羣烏飽粱肉毛羽色澤滋遠近恣所往貪殘無不爲巢禽攫雛卵廄馬啄瘡痍滲瀝脂膏盡鳳皇那得知主人一朝病爭向屋檐窺呦囂呼羣鵬翩翻集怪鴟主人偏養者嘯聚最奔馳夜半仍驚噪鵂鶹逐老狸主人病心怯燈火夜深移左右雖無語奄然皆淚垂平明天出日陰魅走參差烏來屋檐上又惑主人兒兒即富家業玩好方愛奇占募能言鳥置者許高貲隴樹巢鸚鵡言語好光儀美人傾心獻雕籠身自持求者臨軒坐置在白玉墀先問鳥中苦便言烏若斯衆烏齊搏鑠翠羽幾離披遠擲千餘里美人情亦衰舉家懲此患事烏踰昔時向言池上鷺啄肉寢其皮夜漏天終曉陰雲風定吹況爾烏何者數極不知危會結彌天網盡取一無遺常令阿閣上宛宛宿長離

分水嶺

崔嵬分水嶺高下與雲平上有分流水東西隨勢傾朝同一源出暮隔千里情風雨各自異波瀾相背驚勢高競奔注勢曲已回縈偶值當途石蹙縮又縱横有時遭孔穴變作嗚咽聲褊淺無所用奔波奚所營團團井中水不復東西征上應美人意中涵孤月明旋風四面起井深波不生堅冰一時合井深凍不成終年汲引絕不耗復不盈五月金石鑠既寒亦既清易時不易性改邑不改名定如拱北極瑩若燒玉英君門客如水日夜隨勢行君看守心者井水爲君盟

四皓廟

巢由昔避世堯舜不得臣伊呂雖急病湯武乃可君四賢胡爲者千載名氛氳顯晦有遺迹前後疑不倫秦政虐天下黷武窮生民諸侯戰必死壯士眉亦嚬張良韓孺子椎碎屬車輪遂令英雄意日夜思報秦先生相將去不復嬰世塵雲卷在孤岫龍潛爲小鱗秦王轉無道諫者鼎鑊親茅焦脫衣諫先生無一言趙高殺二世先生如不聞劉項取天下先生游白雲海內八年戰先生

全一身漢業日已定先生名亦振不得爲濟世宜哉爲隱淪如何一朝起屈作儲貳賓安存孝惠帝摧頹戚夫人舍大以謀細虯盤而蠖伸惠帝竟不嗣呂氏禍有因雖懷安劉志未若周與陳皆落子房術先生道何屯出處貴明白故吾今有云

全唐詩

元稹

青雲驛

岧嶤青雲嶺下有千仞谿裹回不可上人倦馬亦嘶願登青雲路若望丹霞梯謂言青雲驛繡戶芙蓉閨謂言青雲騎玉勒黃金蹄謂言青雲具瑚璉雜（一作并）象犀謂言青雲吏的的顏如珪懷此青雲望安能復久稽（一作棲）攀援（一作路逆）信不易風雨正淒淒已怪杜鵑鳥先來山下啼纔及青雲驛（一作歸家塵霧暗）忽遇蓬蒿妻延我開華戶鑿竇宛如圭逡巡吏來謁（一作來敘別）頭白顏色黧饋食頻叫噪假器仍乞醯饗時延我者共捨（一作拾）藿與藜爽我掣狗馬蒙茸大如羝悔爲青雲意此意良噬臍昔游蜀門（一本缺一作闕）下有驛名青泥聞名意慘愴若墜牢與狴雲泥異所稱人物一以齊復聞閶闔上下視日月低銀城蘂珠殿玉版金字題太帝直南北羣仙侍東西龍虎儼隊仗雷霆轟鼓鼙元君理庭內左右桃花蹊丹霞爛成綺景（一作素）雲輕若綈天池光灩灩瑤草綠萋萋眾眞千萬輩柔顏盡如荑手持鳳尾扇頭戴翠羽笄雲韶互鏗戛霞服相提攜雙雙發皓齒各各揚輕袿天祚樂未極溟波浩無隄穢賤靈所惡安肯問黔黎桑田變成海寓縣烹爲虀虛皇不顧見雲霧重重翳大帝安可夢閶闔何由躋靈物可見者願以諭端倪蟲蛇吐雲氣妖氛變虹蜺獲麟書諸冊豢龍醢爲鸑鳳皇占梧桐叢雜百鳥棲野鶴冢腥蟲貪饕不如雞山鹿藏窟穴虎豹吞其麛靈物比（一作此）靈境冠履寧甚睽道勝即爲樂何慚居稗稊金張好車馬於陵親灌畦在梁或在火不變玉與鵜上天勿行行潛穴勿悽悽吟此青雲諭達觀終不迷

陽城驛

商有陽城驛名同陽道州陽公沒已久感我淚交流昔公孝父母行與曾閔儔既孤善兄弟兄弟和且柔一夕不相見若懷三歲憂遂誓不婚娶沒齒同衾裯妹夫死他縣遺骨無人收公令季弟往公與仲弟留相別竟不得三人同遠遊共負他鄉骨歸來藏故丘棲遲居夏邑邑人無苟偷里中競長短來問劣與優官刑一朝恥公短終身羞公亦不遺布人自不盜牛問公何能（一作德）爾忠信先自修發言當道理不顧黨與讎聲香漸翁習冠蓋若雲浮少者從公學老者從公遊往來相告報縣尹與公侯名落公卿口湧如波薦（一作數萬）舟天子得聞之書下再三求書中願一見不異旱地（一作呈天）虯何以持爲聘束帛藉琳球何以持爲御駟馬駕安輶公方伯夷（一作云自疑）操事殷不事周我實唐士庶食唐之田疇我聞天子憶安敢專自由來爲諫大夫朝夕侍冕旒希夷惇薄俗密勿獻良籌神醫不言術人瘼曾暗瘳月請諫官俸諸弟相對謀皆曰親戚外酒散目前愁公云不有爾安得此嘉猷施餘盡酤酒客來相獻酬日旰不謀食春深仍弊裘人心良戚戚我樂獨由由（一作油油）貞元歲云暮朝有曲如鉤風波勢奔蹙日月光綢繆齒牙屬爲猾禾黍暗生蟊豈無司言者肉食吞其喉豈無司搏者利柄扼其（一作如）鞲鼻復勢氣塞不得辯薰蕕公雖未顯諫惴惴如患瘤飛章八九上皆若珠暗投炎炎日將熾積燎無人抽公乃帥其屬決諫同報仇延英殿門外叩閤仍叩頭且曰事不止臣諫誓不休上知不可遏命以美語酬降官司成署俾之爲贅疣姦心不快活擊刺礪戈矛終爲道州去天道竟悠悠遂令不言者反以言爲訧喉舌坐成木鷹鸇化爲鳩避權如避虎冠豸如冠猴平生附我者詩人稱好逑私來一執手恐若墜諸溝送我不出戶決我不回眸唯有太學生各具糧與糇咸言公去矣我亦去荒陬公與諸生別步步駐行騶有生不可訣行行過閩甌爲師得如此得爲賢者不道州聞公來鼓舞歌且謳昔公居夏邑狎人如狎鷗況自爲刺史豈復援鼓桴滋章一時罷教化天下遒炎瘴不得老英華忽已秋有鳥哭楊震無兒悲鄧攸唯餘門弟子列樹松與楸今來過此驛若弔汨羅洲祠曹諱羊祜此驛何不侔我願避公諱名爲避賢郵此名有深意蔽賢天所尤吾聞玄元教日月冥九幽幽陰蔽翳者永爲幽翳（一作陰）囚

苦雨

江瘴氣候惡庭空田地蕪煩昏一日內陰暗三四殊巢燕污牀席蒼蠅點肌膚不足生詬怒但苦寡歡娛夜來稍清晏放體階前呼未飽風月思已爲蚊蚋圖我受簪組身我生天地爐炎蒸安敢劬蟲豸何時無凌晨坐堂廡努力泥中趨官家事不了尤悔亦可虞門外竹橋折馬驚不敢踰回頭命僮御向我色踟躕自顧方濩落安能相詰誅隱忍心憤恨翻爲聲喣愉逡巡崔嵬日杲曜東南隅已復雲蔽翳不使及泥塗良農盡蒲葦厚地積瀇汚三光不得照萬物何由蘇安得飛廉車磔裂雲將軀又提精（一作旌）陽劍蛟螭支節屠陰沴皆電埽幽妖亦雷驅煌煌啓閶闔軋軋掉乾樞東西生日月晝夜如轉珠百川朝巨海六龍蹋亨衢此意倍寥廓時來本須臾今也泥鴻洞黿鼉眞得途

種竹（并序）

昔樂天贈予詩云無波古井水有節秋竹竿予秋來種竹廳下因而有懷聊書十韻

昔公憐我（一作有）直比之秋竹竿秋來苦相憶種竹廳前看失地顏色改傷根枝葉殘清風猶淅淅高節空團團鳴蟬聒暮景跳蛙集幽闌塵土復晝夜梢雲良獨難丹丘信云遠安得臨仙壇瘴江冬草綠何人驚歲寒可憐亭亭幹一一青琅玕孤鳳竟不至坐傷時節闌

和樂天贈樊著作

君爲著作詩志激詞且温璨然光揚者皆以義烈聞千慮竟一失冰玉不斷痕謬予顔不肖列在數子間因君譏史氏我亦能具陳羲黄眇云遠載籍無遺文煌煌二帝道鋪設在典墳堯心惟舜會因著爲話言臯夔益稷禹粗得無間然緬然千載後後聖曰孔宣迴知皇王意綴書爲百篇是時游夏輩不敢措舌端信哉作遺訓職在聖與賢如何至近古史氏爲閑官但令識字者竊弄刀筆權由心書曲直不使當世觀貽之千萬代疑言相並傳人人異所見各各私所偏以是曰褒貶不如都無焉況乃丈夫志用捨貴當年顧子一作顧予有微尚願以出處論出非利吾已其出貴道全全道豈虛設道全當及人全則富與壽虧則饑與寒遂我一身逸不如萬物安解懸不澤手拯溺無折旋神哉伊尹心可以冠古先其次有獨善善已不善民天地爲一物死生爲一源合雜分萬變忽若風中塵抗哉巢由志堯舜不可遷捨此二者外安用名爲賓持謝著書郎愚不願有云

和樂天感鶴

我有所愛鶴毛羽霜雪妍秋霄一滴露聲聞林外天自隨衞侯去遂入大夫軒雲貌久已隔玉音無復傳吟君感鶴操不覺心惕然無乃予所愛誤爲微物遷因兹諭直質未免柔細牽君看孤松樹左右蘿蔦纏既可習爲飽亦可薰爲荃期君常善救勿令終棄捐

諭寶二首

沈玉在弱泥泥弱玉易沈扶桑寒日薄不照萬丈心安得潛淵虬拔蟄超鄧林泥封泰山阯水散旱天霖洗此泥下玉照耀臺殿深刻爲傳國寶神器人不侵

冰置白玉壺始見清皎潔珠穿殷紅縷始見明洞徹鏌鋣無人淬兩刃幽壤鐵秦鏡無人拭一片埋霧月驥蹋環堵中骨附筋入節虬蟠尺澤内魚貫一作衆蛙同穴艅艎無巨海浮浮矜濊濊棟梁無廣廈顛倒卧霜雪大鵬無長空舉翮受羈紲豫樟無厚地危柢眞卼臲圭璧無下和甘與頑石列舜禹無陶堯名隨腐草滅神功伏神物神物神乃別神人不世出所以神功絶神物豈徒然用之乃一作有施設禹功九州理舜德天下悦辟充傳國璽一作辟用充傳璽圭用祈太折千尋豫樟幹九萬大鵬歇棟梁庇生民艅艎濟來哲虬騰旱天雨驥騁流電掣鏡懸姦膽露劍拂妖蛇裂珠照乘光冰瑩環坐熱此物比在泥斯言爲誰發於今盡凡耳不爲君不一作陳說

說劍

吾友有寶劍密之如密友我實膠漆交中堂共杯酒酒酣肝膽露恨不眼前剖高唱荆卿歌亂擊相如缶更擊復更唱更酌一作舞亦更壽白虹坐上飛青蛇匣中吼我聞音響異疑是干將偶一作鬭爲君再拜言神物可見不君言我所重我自爲君取迎篋已焚香近鞘先澤手徐抽寸寸刃漸屈彎彎肘殺殺霜在鋒團團月臨紐逡巡潛虬躍鬱律驚左右霆電滿室光蛟龍繞身一作逐奮走我爲捧之泣此劍別來久一作何人爲鑄之干將別來久鑄時近一作堇山破藏在松桂朽幽匣一作質獄底一作中埋神人水心守本是稽泥一作泥稽淬果非雷煥有我欲評劍功願君良聽受劍可剸犀兕劍可切瓊玖劍決天外雲劍衝日中斗劍隳妖蛇腹劍拂佞臣首太古初斷鼇武王親擊紂燕丹卷地圖陳平縮花綬曾被桂樹枝寒光射林藪一作莽曾經鑄農器利用翦稂莠神物終變化復爲龍牝牡晉末武庫燒脱然排户牖爲欲埽羣胡散作彌天帚自兹失所往豪英共爲詬音苟令復誰人鑄挺然千載後既非古風胡一作壺無乃近鴟九自我與君遊平生益自負況擎寶劍出重以雄心扣此劍何太奇此心何太厚勸君愼所用一作寶所用無或苟潛將辟魑魅勿但防一作驚妾婦留斬泓下蛟莫試街中狗君一作古今困泥滓我亦坌塵垢俗耳驚大言逢人少開口

書異

孟冬初寒月渚澤蒲尚青飄蕭北風起皓雪紛滿庭行過冬至後凍閉萬物零奔渾馳暴雨驟鼓轟雷霆傳云不終日通宵曾莫停瘴雲愁拂地急霤疑注缾洶湧潢潦濁噴薄鯨鯢腥跳趫井蛙喜突兀水怪形飛蚋奔不死修蛇蟄再醒應龍非時出無乃歲不寧吾聞陰陽户啓閉各有扃後時無肅殺廢職乃玄冥座配五天帝薦用百品珍權爲祝融奪神其焉得靈春秋雷電異則必書諸經仲冬雷雨苦願省蒙蔽刑

和樂天折劍頭

聞君得折劍一片雄心起詎意鐵蛟龍潛在延津水風雲會一作劍一合呼吸期萬里雷震山嶽碎電斬鯨鯢死莫但寶劍頭劍頭非此比

元稹

松鶴

渚宮本坳下佛廟有臺閣臺下三四松低昂勢前却是時晴景麗松梢殘雪薄日色相玲瓏纖雲映羅幕逡巡九霄外似振風中鐸漸見尺帛光孤飛唳空鶴褭回耀霜雪顧慕下寥廓蹋動樛盤枝龍蛇互跳躍俯瞰九江水旁瞻萬里壑無心眄烏鳶有字悲城郭清角已沉絶虞韶亦冥寞翽勿重留幸及鈞天作

競渡

吾觀競舟子因測大競源天地昔將競蓬勃晝夜昏龍

蛇相嗔薄海岱俱崩奔羣動皆攪撓化作流渾渾數極鬬心息太和蒸混元一氣忽爲二矗然晝乾坤日月復照耀春秋遞寒溫八荒坦以曠萬物羅以(一作赤)繁聖人中間立理世了不煩延綿復幾歲逮及羲與軒炎皇熾如炭蚩尤扇其燔有熊競心起驅獸出林樊一戰波委鬷再戰火燎原戰訖天下定號之爲軒轅自是豈無競瑣細不復言其次有龍競競渡龍之門龍門浚如瀉淙射不可援赤鱗化時至唐突鰭鬣掀乘風瞥然去萬里黃河飜接瞬電烻出微吟霹靂喧傍瞻曠宇宙俯瞰畀崑崙庶類咸在下九霄行易捫條辭蛙黿穴遽(一作遞)排天帝閽迴悲曝鰓者未免鯨鯢吞帝命澤諸夏不棄蟲與昆隨時布膏露稱物施厚恩草木霑我潤豚魚望我蕃嚮來同競輩豈料由我存壯哉龍競渡一競身獨尊捨此皆蟻鬬競舟何足論

寺院新竹

寶地琉璃坼紫苞琅玕踴亭亭巧於削一一大如拱冰碧林外寒峯巒眼前聳槎枒矛戟合屹仡龍蛇動煙泛翠光流歲餘霜彩重風朝竽籟過雨夜鬼神恐佳色有鮮妍修莖無擁腫節高迸玉鏃籜綴疑花捧詎必太山根本自仙壇種誰令植幽壤復此依閑冗居然霄漢姿坐受藩籬壅噪集勸鶹鳥炎昏繁蠛蠓未遭伶倫聽非安子猷寵威鳳來有時虛心豈無奉

訓別致用

風行自委順雲合非有期神哉心相見無眹安得離我有懇憤志三十無人知修身不言命謀道不擇時達則濟億兆窮亦濟毫氂濟人無大小誓不空濟私研幾未淳熟與世忽參差意氣一爲累猜仍良已隨昨來竄荊蠻分與平生隳那言返爲遇獲見心所奇一見肺肝盡坦然無滯疑感念交契定淚流如斷縻此交定生死非爲論盛衰此契宗會極非謂同路岐君今虎在柙我亦鷹就羈馴養保性命安能奮殊姿玉色深不變井水撓不移相看各年少未敢深自悲

竹部(石首縣界)

竹部竹山近歲伐竹山竹伐竹歲亦深深林隔深谷朝朝冰雪行夜夜豺狼宿科首霜斷蓬枯形燒(去聲)餘木一束十餘莖千錢百餘束得錢盈千百得粟盈斗斛歸來不買食父子分半菽持此欲何爲官家歲輸促我來荊門掾寓食公堂肉豈惟遍妻孥亦以及僮僕分爾有限資飽我無端腹愧爾不復言爾生何太蹙

賽神

楚俗不事事巫風事妖神事妖結妖社不問疎與親年年十月暮珠稻欲垂新家家不斂穫賽妖無富貧殺牛貰官酒椎鼓集頑民喧闐里閭隘兇酗日夜頻歲暮雪霜至稻珠隨隴湮吏來官稅迫求質倍稱緡貧者日消鑠富亦無倉囷不謂事神苦自言誠不真岳陽賢刺史念此爲俗屯未可一朝去俾之爲等倫粗許存習俗不得呼黨人但許一日澤不得月與旬吾聞國僑理三年名乃振巫風燎原久未必憐徙薪我來歌此事非獨歌政仁此事四鄰有亦欲聞四鄰

競舟

楚俗不愛力費力爲競舟買舟俟一競競斂貧者賕年年四五月繭實麥小秋積水堰堤壞拔秧蒲稗稠此時集丁壯習競南畝頭朝飲郵社酒暮椎鄰舍牛祭船如祭祖習競如習讐連延數十日作業不復憂君侯餞良吉會客陳膳羞畫鷁四來合大競長江流建標明取舍勝負死生求一時讙呼罷三月農事休岳陽賢刺史念此爲俗疣習俗難盡去聊用去其尤百船不留一一競不滯留自爲里中戲我亦不寓遊吾聞管仲敎沐樹懲隨遊節此淫競俗得爲良政不我來歌此事非獨歌此州此事數州有亦欲聞數州

茅舍

楚俗不理居居人盡茅舍茅苫竹梁棟茅疎竹仍罅邊緣隄岸斜詰屈檐楹亞籬落不蔽肩街衢不容駕南風五月盛時雨不來下竹蠹茅亦乾迎風自焚灺防虞集鄰里巡警勞晝夜遺燼一星然連延禍相嫁號呼憐穀帛奔走伐桑柘舊架已新焚新茅又初架前日洪州牧(韋大夫丹)念此常嗟訝牧民未及久郡邑紛如化峻邸儼相望飛甍遠相跨旗亭紅粉泥佛廟青鴛瓦(去聲)斯事纔未終斯人久云謝有客自洪來洪民至今藉惜其心太亟作役(一作後)無容暇臺觀亦已多工徒稍冤咤我欲他郡長三時務耕稼農收次邑居先室後臺榭啓閉既及期公私亦相借度材無强略庀役有定價不使及僭差粗得禦寒夏火至殊陳鄭人安極嵩華誰能繼此名名流襲蘭麝五袴有前聞斯言我非詐

後湖

荊有泥濘水在荊之邑郛郛前水在後謂之爲後湖環湖十餘里歲積潢與汙臭腐魚鱉死不植菰與蒲鄭公理三載(嚴司空綬)其理用喣愉歲稔民四至隘壓亦隘衢公乃署其地爲民先矢謨人人儻自爲我亦不庀徒下里得聞之各各相俞俞提攜翁及孫捧戴婦與姑壯者負磔石老亦捽茅蒭斤磨片片雪椎隱連連珠朝餐布庭落夜宿完戶樞鄰里近相告親戚遠相呼鬻者自爲鬻酤者自爲酤雞犬豐中市人民岐下都百年廢滯所一旦奧浩區我實司水土得爲官事無人言賤事貴直不貴諛此實公所小安用歌袴襦答云潭及廣以至鄂與吳萬里盡澤國居人皆墊濡富者不容蓋貧者不庇軀得不歌此事以我爲楷模

八駿圖詩(并序)

良馬無世無之然而終不得與八駿並名何也吾聞八駿日行三萬里夫車行三萬里而無毀輪壞轅之患蓋神車者(一作人)行三萬里而無喪精褫魄之患亦神之人也無是三神而得是八馬乃破車掣御蹪人之乘也世焉用之今夫畫古者畫馬而不畫車馭不畫所以乘馬者是不知夫古者也予因作詩以辯之

穆滿志空闊將行九州野神馭四來歸天與八駿馬龍種無凡性龍行無暫捨朝辭扶桑底暮宿崑崙下鼻息吼春雷蹄聲裂寒瓦尾掉滄波黑汗染白(一作浮)雲赭華輈本修密翠蓋尚妍冶御者腕不移乘者寐不假車無輪

扃蹄轡無王良把雖有萬駿來誰是敢騎者

畫松

張璪畫古松往往得神骨翠帚掃春風枯龍戛寒月流傳畫師輩奇態盡埋沒纖枝無蕭灑頑幹空突兀乃悟埃塵心難狀煙霄質我去淅陽山深山看眞物

遣興十首

始見梨花房坐對梨花白行看梨葉青已復梨葉赤
嚴霜九月半危蔕幾時客況有高高原秋風四來迫
莫厭夏日長莫愁冬日短欲識短復長君看寒又暖
城中百萬家寃哀雜絲管草沒奉誠園軒車昔曾滿
孤竹迸荒園誤與蓬麻列久擁蕭蕭風空長高高節
嚴霜蕩羣穢蓬斷麻亦折獨立轉亭亭心期鳳皇別
豔豔翦紅英團團削翠莖託根在褊淺因依泥滓生
中有合歡藥池枯難遽呈涼宵露華重低徊當月明
晚荷猶展卷早蟬遽蕭嘹露葉行已重況乃江風搖
炎夏火再伏清商暗回飈寄言抱志士日月東西跳
買馬買鋸牙買犢買破車養禽當養鶻種樹先種花
人生負俊健天意與光華莫學蚯蚓輩食泥近土涯
愛直莫愛夸愛疾莫愛斜愛謨莫愛詐愛施莫愛奢
擇才不求備任物不過涯用人如用己理國如理家
爞爞刀刃光彎彎弓面張入水斬犀兕上山（一作入山）椎（一作推）虎
狼里中無老少喚作癲兒郎一日風雲（一作雨）會橫行（一作金）歸
故鄉
圜圓規內星未必明如月託迹近北辰周天無淪沒
老人在南極地遠光不發見則壽聖明願照高高闕
河清諒嘉瑞（是歲黃河清）吾帝眞聖人時哉不我夢此時爲廢
民光陰本跳躑功業勞苦辛一到江陵郡三年成去塵

野節鞭

神鞭鞭宇宙玉鞭鞭騏驥緊綛野節鞭本用鞭贔屭使君鞭甚長使君馬亦利司馬竝馬行司馬顚頞短鞭不可施疾步無由致使君駐馬言願以長鞭遺此遺不尋常此鞭不容易金堅無纖繞玉滑無塵膩青蛇坼生石不刺山阿地烏龜旋眼斑不染江頭淚長看雷雨痕未忍駑駘試持用換所持無令等閑棄答云君何奇贈我君所貴我用亦不凡終身保明義誓以鞭姦頑不以鞭蹇躓指撝狡兔蹤決撻怪（平聲）龍睡惜令寸寸折節節不虛墜因作換鞭詩詩成謂同志而我得聞之笑君年少意安用換長鞭鞭長亦奚爲我有鞭尺餘泥拋風雨漬不擬閑贈行唯將爛誇醉春來信馬頭款緩花前轡願我遲似攣饒君疾如翅

全唐詩

元稹

旱災自咎貽七縣宰（同州時）

吾聞上帝心降命明且仁臣稹苟有罪胡不災我身胡爲旱一州禍此千萬人一旱猶可忍其旱亦已頻臘雪不滿地膏雨不降春惻惻詔書下半減麥與緡半租豈不薄尚竭力與筋竭力不敢憚慚戴天子恩纍纍婦拜姑呐呐翁語孫禾黍日夜長足得盈我囷還塡折粟稅酬償貫麥鄰苟無公私責飲水不爲貧歡言未盈口旱氣已再振六月天不雨秋孟亦旣旬區區昧陋積禱祝非不勤日馳衰白顏再拜泥甲鱗歸來重思忖願告諸邑君以彼天道遠豈如人事親團團囹圄中無乃寃不申擾擾食廩內無乃姦有因軋軋輸送車無乃使不倫遙遙負擔卒無乃役不均今年無大麥計與珠玉濱郵胥與里吏無乃求取繁符下斂錢急值官因酒嗔誅求與撻罰無乃不逡巡生小下里住不曾州縣門訴詞千萬恨無乃不得聞强豪富酒肉窮獨無芻薪俱由案牘吏無乃移禍屯官分市井戶迭配水陸珍未蒙所償直無乃不敢言有一於此事安可尤蒼旻借使漏刑憲得不虞鬼神自顧頑滯牧坐貽災沴臻上羞朝廷寄下媿閭里民豈無神明宰爲我同苦辛共布慈惠語慰此衢客塵

蟲豸詩（七篇 幷序）

天之居物於地也有獸宜山宜穴魚宜水宜泥鳥宜木宜洲蟲宜草宜腐穢風雨會而寒暑時山川正而原野平衍然後郛閈屋室以州之人之宜人不得其宜而之鳥獸蟲魚之所宜非蟲魚獸鳥之罪也然而自非聖賢人失所宜未嘗無不得宜之歎云始辛卯年予掾荆州之地洲渚濕墊其動物宜介其毛物宜翅羽予所舍又荆州樹木洲渚處晝夜常有翅羽百族鬧心不得閑靜因爲有鳥二十章以自達又數年司馬通州郡通之地叢穢卑褊烝瘴陰鬱啖爲蟲蛇備有辛螫蛇之毒百而鼻褰者尤之蟲之輩亦百而蝨蟆浮塵蜘蛛蟻子蛒蠭之類最甚害人其土民具能攻其所毒亦往往合於方籍不知者毒（一作遭）輒死予因賦其七蟲爲二十一章別爲序以備瑣細之形狀而盡藥石之所宜庶亦叔敖之意焉

巴蛇（三首 幷序）

巴之蛇百類其大蟒其毒褰鼻蟒人常不見褰鼻常遭之毒人則毛髮皆竪起飲谿澗而泥沙盡沸騐方云攻巨蟒用雄黃煙被其腦則裂而鶡鳥能食其小者巴無是物其民常用禁術制之尤効

巴蛇千種毒其最鼻褰蛇掉舌翻紅燄盤身蹙白花噴人竪毛髮飲浪沸泥沙欲學叔敖瘞其如多似麻
越嶺南濱海武都西隱（一作陷）戎雄黃假名石鶡鳥遠難籠詎有隳腸計應無破腦功巴山晝昏黑妖霧毒濛濛
漢帝斬蛇劒晉時燒上天自玆繁巨蟒往往壽千年白晝遮長道青溪蒸毒煙戰龍蒼海外平地血浮船

蛒蜂（三首 幷序）

蛒蜂類而大巢在褰鼻蛇穴下故毒螫倍諸蠭蠆中手足輒斷落及心胸則圮裂用他蜂中人之方療之不能愈巴人往往持禁以制之則差

巴蛇蟠窟穴穴下有巢蜂近樹禽垂翅依原獸絕蹤微遭斷手足厚毒破心胷昔甚招魂句那知眼自逢

梨笑清都月（京都開元觀多梨花蟲），蜂游紫殿春。構脾分部伍，嚼蕊奉君親。趐羽頗同類，心神固異倫。安知人世裏，不有噬人人。

蘭蕙本同畹，蜂蛇亦雜居。害心俱毒螫，妖燄兩吹噓。雷蟄吞噬止，枯焚巢穴除。可憐相濟惡，勿謂禍無餘。

蜘蛛三首

巴蜘蛛大而毒，其甚者身邊數寸，而踦長數倍其身，網羅竹柏盡死。中人瘡痏潗濕，且痛癢倍常。用雄黃苦酒塗所囓，仍用鼠婦蟲食其絲，盡輒愈。瘵不速，絲及心而瘵不及矣。

蜘蛛天下足，巴蜀就中多。縫隙容長踦，虛空織橫羅。縈纏傷竹柏，吞噬及蟲蛾。為送佳人喜，珠櫳無奈何。

網密將求食，絲斜誤著人。因依方紀（一作託）緒，挂罥遂容身。截道蟬冠礙，漫天玉露頻。兒童憐小巧，漸欲及車輪。

稚子憐圓網，佳人祝喜絲。那知緣暗隙，忽被囓柔肌。毒腠攻猶易，焚心療恐遲。看看長袂緒，和扁欲漣洏。

蟻子三首并序

巴蟻衆而善攻，欒棟往往木容完具，而心節朽壞，屋居者不省其微，而禍成傾壓。

蟻子生無處，偏因溼處生。陰霪煩擾攘，拾粒苦嬰（平聲）譁（平聲）。牀上主人病，耳中虛藏鳴。雷霆翻不省，閒汝作牛聲。

時術功雖細，年深禍亦成。攻穿漏江海，嚼食困蛟鯨。敢憚榱欒蠹，深藏柱石傾。寄言持重者，微物莫全輕。

攘攘終朝見，悠悠卒歲疑。詎能分牝牡，焉得有蝝蚳（蟻卵）。徙市竟何意，生涯都幾時。巢由或逢我，應似我相期。

蟆子三首并序

蟆，蚊類也。其實黑而小，不礙紗縠，夜伏而晝飛。聞柏煙與麝香輒去。蚊蟆與浮塵，皆巴蛇鱗中之細蟲耳。故囓人成瘡，秋夏不愈，膏楸葉而傅之則差。

蟆子微於蚋，朝繁夜則無。毫端生羽翼，針喙噆肌膚。暗毒應難免，羸形日漸枯。將身遠相就，不敢恨非辜。

晦景權藏毒，明時敢噬人。不勞生詬怒，祇足助酸辛。隼皆看無物，蛇軀庇有鱗。天方芻狗我，甘與爾相親。

有口深堪異，趨時詎可量。誰令通鼻息，何故辨馨香。沉水來滄海，崇蘭泛露光。那能枉焚熱，爾衆我微茫。

浮塵子三首并序

浮塵，蟆類也。其實微不可見，與塵相浮而上下。人苦之，往往蒙絮衣自蔽，而浮塵輒能通透，及人肌膚。亦巢巴蛇鱗中，故攻之用前術。

可歎浮塵子，纖埃喻此微。寧論隔紗幌，并解透綿衣。有毒能成痏，無聲不見飛。病來雙眼暗，何計辨霏霏。

乍可巢蚊睫，胡為附蟒鱗。已微於蠢蠢，仍害及仁人（一作人人）。動植皆分命，毫芒亦是身。衰哉此幽物，生死敵浮塵。

但覺皮膚憯，安知瑣細來。因風吹薄霧，向日誤輕埃。暗囓堪銷骨，潛飛有禍胎。然無防備處，留待雪霜摧。

虻三首并序

巴山谷間，春秋常雨。自五六月至八九月，雨則多虻，道路群飛，噬馬牛，血及蹄角，旦暮尤極繁多。人常用日中時趣程，盡雪霜而後盡。其囓人痛劇浮蟆，而不能毒留肌，故無瘵術。

陰深山有瘴，溼蟄草多蟲。衆噬錐刀毒，羣飛風雨聲。汗粘瘡痏日，曝苦辛行。飽爾蛆殘腹，安知天地情。

千山溪沸石，六月火燒雲。自顧生無類，那堪毒有羣。搏牛皮若截，噬馬血成文。蹄角尚如此，肌膚安可云。

辛螫終非久，炎涼本遞興。秋風自天落，夏蘖與霜澄。一鏡開潭面，千鋒露石稜。氣平蟲豸死，雲路好攀登。

楚歌十首（江陵時作）

楚人千萬戶，生死繫時君。當璧便為嗣，賢愚安可分。干戈長浩浩，篡亂亦紛紛。縱有明在下，區區何足云。

陶虞事已遠，尼父獨將明。潛穴龍無位，幽林蘭自生。楚王諜授邑，此意復中傾。未別子西語，縱來何所成。

平王漸昏惑，無極轉承恩。子建猶相貳，伍奢安得存。生居宮雉閟，死葬寢園尊。豈料奔吳士，鞭屍郢市門。

懼盈因鄧曼，罷獵為樊姬。盛德留金石，清風鑒薄帷。襄王忽妖夢，宋玉復淫辭。萬事捐宮館，空山雲雨期。

宜僚南市住，未省食人恩。臨難忽相感，解紛寧用言。何如晉夷甫，坐占紫微垣。看著五胡亂，清談空自尊。

誰恃王深寵，誰為楚上卿。包胥心獨許，連夜哭秦兵。千乘徒虛爾，一夫安可輕。殷勤聘名士，莫但倚方城。

梁業雄圖盡，遺孫世運消。宣明徒有號，江漢不相朝。碣碣高臨路，松枝半作樵。唯餘開聖寺，猶學武皇妖。

江陵南北道，長有遠人來。死別登舟去，生心上馬迴。榮枯誠異日，今古盡同灰。巫峽朝雲起，荊王安在哉。

三峽連天水，奔波萬里來。風濤各自急，前後苦相推。倒入黃牛瀧，驚衝灩澦堆。古今流不盡，流去不曾迴。

八荒同日月，萬古共山川。生死既由命，興衰還付天。棲棲王粲賦，憤憤屈平篇。各自埋幽恨，江流終宛然。

襄陽道

羊公名漸遠，唯有峴山碑。近日稱難繼，曹王任馬彝。椒蘭俱下世，城郭到今時。漢水清如玉，流來本為誰。

賦得魚登龍門（用登字）

魚貫終何益，龍門在苦登。有成當（一作有時常）作雨，無用恥為鵬。激浪誠難泝，雄心亦自憑（一作應亦）。風雲（一作雷）潛會合，鬐鬣忽騰凌。泥滓辭河濁，煙霄見海澄。迴瞻順流輩，誰敢望同升。

貞元（一作永貞）曆（是歲秋八月，太上改元永貞，傳位今皇帝）

象魏纔頒曆，龍鑣已御天。猶看後元曆，新署永貞年。半歲光陰在，三朝禮數遷。無因書簡冊，空得詠詩篇。

塞馬

塞馬倦江渚，今朝神彩生。曉風寒獵獵，乍得草頭行。夷狄寢烽候，關河無戰聲。何由當陣面，從爾四蹄輕。

鹿角鎮（洞庭湖中地名）

去年湖水滿，此地覆行舟。萬怪吹高浪，千人死亂流。誰能問帝子，何事寵陽侯。漸恐鯨鯢大，波濤及九州。

感事三首（學士時作 此後補遺）

為國謀羊舌，從來不為身。此心長自保，終不學張陳。

自笑心何劣，區區辨所寃。伯仁雖到死，終不向人言。

富貴年皆長，風塵舊轉稀。白頭方見絕，遙為一霑衣。

題翰林東閣前小松

簷礙修鱗亞霜侵簇翠黃唯餘入琴韻終待舜弦張

全唐詩

元稹

清都夜境（自此至秋夕並年十六至十八時詩）

夜久連觀靜斜月何晶熒寥天如碧玉歷歷綴華星樓樹自陰暎雲牖深冥冥纖埃悄不起玉砌寒光清棲鶴露微影枯松多怪形南廂儼容衞音響如可聆啓聖發空洞朝真趨廣庭閑開蕊珠殿暗閱金字經屛氣動方息（一作萬）凝神心自靈悠悠車馬上浩思安得寧

春晚寄楊十二兼呈趙八（時楊生館於趙氏）

蒙蒙竹樹深簾牖多清陰避日坐林影餘花委芳襟傾尊就殘酌舒卷續微吟空際颺高蝶風中聆素琴廣庭備幽趣復對商山岑獨此愛時景曠懷雲外心遷鶯戀嘉木求友多好音自無琅玕實安得蓮花簪寄之二君子希見雙南金

與楊十二李三早入永壽寺看牡丹

曉入白蓮宮琉璃花界淨開敷多喩草凌亂被幽徑壓砌錦地鋪當霞日輪暎蝶舞香暫飄蜂牽蕊難正籠處彩雲合露湛紅珠瑩結葉影自交搖風光不定繁華有時節安得保全盛色見盡浮榮希君了真性

春餘遣興

春去日漸遲庭空草偏長餘英間初實雪絮縈蛛網好鳥多息陰新篁已成響簾開斜照入樹裏游絲上絕跡念物閑良時契心賞單衣頗新綽虛室復清敞置酒奉親賓樹萱自怡養笑倚連枝花恭扶瑞藤杖步屧恣優游望山多氣象雲葉遙卷舒風裾（一作帶）動蕭爽簪纓固煩雜江海徒浩蕩野馬籠赤霄無由負羈鞅

憶雲之

爲魚實愛泉食辛寧避蓼人生既相合不復論窕窕滄海良有窮白日非長皎何事一（一作二）人心各在四方表泛若逐水萍居爲附松蔦流浪隨所之縈紆牽所繞百齡頗跼促況復迷壽夭芰髮君已衰冠歲予非小娛樂不及時暮年壯心少感此幽念綿遂爲長悄悄中庭草木春歷亂遞相擾奇樹花冥冥竹竿鳳褭褭幽芳被蘭徑安得寄天杪萬里瀟湘魂夜夜南枝鳥

別李三

階蓂附瑤砌蘗蘭偶芳藿高位良有依幽姿亦相託鮑叔知我貧烹葵不爲薄半面契始終千金比然諾人生繫時命安得無苦樂但感遊子顏又值餘英落蒼蒼秦樹雲去去緱山鶴日暮分手歸楊花滿城郭

秋夕遠懷

旦夕天氣爽風飄葉漸輕星繁河漢白露逼衾枕清丹鳥月中滅莎雞牀下鳴悠悠此懷抱況復多遠情

東西道

天皇開四極便有東西道萬古閱行人行人幾人老顧我倦行者息陰何不早少壯塵事多那言壯年好

分流水

古時愁別淚滴作分流水日夜東西流分流幾千里通塞兩不見波瀾各自起與君相背飛去去心如此

西還

悠悠洛陽夢鬱鬱灞陵樹落日正西歸逢君又東去

含風夕（此後拾遺時作）

炎昏勦煩久逮此含風夕夏服稍輕清秋堂已岑寂載欣涼宇曠復念佳辰擲絡緯驚歲功顧我何成績青熒微月鉤幽暉洞陰魄水鏡涵玉輪若見淵泉璧參差簾牖重次第籠虛白樹影滿空牀螢光綴深壁悵望牽牛（一作牛斗）星復爲經年隔露網裹風珠輕河泛遙碧詎無深秋夜（一作稠景）感此乍（一作年）流易亦有遲暮年壯年良自惜循環切中腸感念（一作今）追往昔接瞬無停陰何言問陳積馨香推蕙蘭堅貞諭松柏生物固有涯安能比金石況茲百齡內擾擾紛衆役日月東西馳飛車無留跡來者良未窮去矣定奚適委順在物爲營營復何益

秋堂夕

炎涼正迴互金火鬱相乘雲雷時交構川澤方蒸騰清風一朝勝白露忽已凝草木凡氣盡始見天地澄況此秋堂夕幽懷曠無朋蕭條簾外雨倏閃案前燈書卷滿牀席蠨蛸懸復升啼兒屢啞咽勦僮時寢興泛覽昏夜目詠謠暢煩膺況吟獲麟章欲罷久不能堯舜事已遠丘道安可勝蜉蝣不信鶴蜩鷃肯窺鵬當年且不偶沒世何必稱胡爲揭聞見褒貶貽愛憎焉用汩其泥豈在清如冰非白又非黑誰能點青蠅處世苟無悶佯狂道非弘無言被人覺予亦笑孫登

酬樂天（時樂天攝尉予爲拾遺）

放鶴在深水置魚在高枝升沉或異勢同謂非所宜君爲邑中吏皎皎鸞鳳姿顧我何爲者翻侍白玉墀昔作芸香侶三載不暫離逮茲忽相失旦夕夢魂思崔嵬驪山頂宮樹遙參差祇得兩相望不得長相隨多君歲寒意裁作秋興詩上言風塵苦下言時節移官家事拘束

安得攜手期願爲雲與雨會合天之垂

楊子華畫三首

楊畫遠於展何言今在茲依然古妝服但感時節移念君一朝意遺我千載思子亦幾時客安能長苦悲

皓腕卷紅袖錦韝臂蒼鷹故人斷弦心稚齒從禽樂當年惜貴遊遺形寄丹臒骨象或依稀鉛華已寥落似對古人民無復昔城郭子亦觀病身色空俱寂寞

顛倒世人心紛紛乏公是眞賞一作貴畫不成畫賞眞相似丹青各所尚工拙何足恃求此妄中精一作情嗟哉子華子

西州院東川官舍

自入西州院唯見東川城今夜城頭月非暗又非明文案牀席滿卷舒贓罪名慘悽且煩劇棄之階下行悵望天迴轉動搖萬里情參辰次第出牛女顛倒傾況此風中柳枝條千萬莖到來籬下筍亦已長短生感愴正多緒鴟鴞相喚驚牆上杜鵑鳥又作思歸鳴以彼撩亂思吟爲幽怨聲吟罷終不寢鼕鼕復鐺鐺

臺中鞫獄憶開元觀舊事呈損之兼贈周兄四十韻

憶在開元館食柏練玉顏疎慵日高臥自謂輕人寰李生隔牆住隔牆如隔山怪我久不識先來問驕頑十過乃一往遂成相往還以我文章卷文章甚褊斕因言辛庚輩亦願放羸孱既迴數子顧展轉相連攀驅令選科目若在闤與闠學隨塵土墜漫數公卿關唯恐壞情性安能懼謗訕還招辛庚李靜處杯巡環進取果由命不由趨險艱穿楊二三子弓矢次第彎推我亦上道再聯朝士班二月除御史三月使巴蠻蠻民詀竹咸切諵訴囂指明痛瘰憐蠻不解語爲發昏帥姦歸來五六月旱色天地殷分司別兄弟各各淚潸潸哀哉劇部職唯數贓罪鍰死款依稀取關辭方便刪道心常自媿柔髮難久黰折支望車乘支痛誰置患奇哉乳臭兒緋紫襯被間漸大官漸貴漸富心漸慳閙裝轡頭觿靜拭腰帶斑鶵子繡線韉狗兒金油去聲鐶香湯洗驄馬翠篾籠白鷴月請公王封一作俸氷受天子頒開筵試歌舞別宅寵妖嫺坐臥

摩綿一作錦褥捧擁綖絲驤旦夕不相離比翼若飛鸞而我亦何苦三十身已鰥愁吟心骨顫寒臥支體瘝五閑切又渠云切居處雖幽靜尤悔少愉懶不如周道士鶴嶺臨鐘灣繞院松瑟瑟通畦水潺潺陽坡自尋蕨邨沼看漚菅窮通兩未遂營營眞老閑

韋氏館與周隱客杜歸和泛舟

天色低澹澹池光漫油油輕舟閑繳繞不遠池上樓時物欣外獎眞元隨內修神恬津藏滿氣委支節柔衆處豈自異曠懷誰我儔風車籠野馬八荒安足遊開顏陸渾杜握手靈都周持君寶珠贈頂戴頭上頭

劉氏館集隱客歸和子元及之子蒙晦之

逕塾緣竹徑寥落護岸冰偶然沽市酒不越四五升詩客愛時景道人話升騰笑言各有趣悠哉古孫登

寄隱客

我年三十二鬢有八九絲非無官次第其如身早衰今人夸貴富肉食與妖姬而我俱不樂貴富亦何爲況逢多士朝賢俊若布碁班行次第立朱紫相參差謨猷密勿進羽檄縱橫馳監察官甚小發言無所裨小官仍不了譴奪亦已隨時或不之棄得不自棄之陶君喜不遇顧我復何疑潛書周隱士白雲今有期

元和五年予官不了罰俸西歸三月六日至陝府與吳十一兄端公崔二十二院長思愴曩遊因投五十韻

小年閑愛春認得春風意未有花草時先醲曉窗睡霞朝澹雲色霽景牽詩思漸到柳枝頭川光始明媚長安車馬客傾心奉權貴晝夜塵土中那言早春至此時我獨遊我遊有倫次閑行曲江岸便宿慈恩寺扣林引寒龜疏叢出幽翠凌晨過杏園曉露凝芳氣初陽好明淨嫩樹憐低庳排房似綴珠欲啼紅臉淚新鶯語嬌小淺水光流利冷飲空腹杯因成日高醉酒醒聞飯鐘隨僧受遺施餐罷還復遊過從上文記行逢二月半始足遊春騎是時春已老我遊亦云既藤開九華觀草結三條隧新筍踴犀株落梅飄蝶翅名倡繡轂車公子青絲轡

朝士還旬休豪家得春賜提攜好音樂翦鏟空田地同占杏花園喧闐各叢萃顧予煩寢興復往散顚顇倦僕色肌羸蹇驢行跛痺春衫未成就冬服漸塵膩傾蓋吟短章書空憶難字遙聞公主笑近被王孫戲邀我上華筵橫頭坐賓位那知我年少深解酒中事能唱犯聲歌偏精變籌義含詞待一作徙殘拍促舞遞繁吹叫噪擲投盤生獰攝觥使逡巡光景晏散亂東西異古觀閑閑門依然復幽閟無端矯情性漫學求科試薄藝何足云虛名偶頻遂拾遺天子前密奏升平議召見不須臾憸庸已猜忌朝陪香案班暮作風塵尉去歲又登朝登爲柏臺吏臺官相束縛不許放情志寓直勞送迎上堂煩避諱分司在東洛所職尤不易罰俸得西歸心知受朝庇常山攻小寇淮右擇良帥國難身不行勞生欲何爲吾兄諳性靈崔子同臭味投此挂冠詞一生還自恣

寄吳士矩端公五十韻（此後竝江陵士曹時作）

昔在鳳翔日十歲即相識未有好文章逢人賞顏色可憐何郎面（吳生小字何郎）二十纔冠飾短髮予近梳羅衫紫蟬翼伯舅各驕縱仁兄未摧抑事業若杯盤詩書甚徽纆西州戎馬地賢豪事雄特百萬時可贏十千良易借寒食桐陰下春風柳林側藉草送遠遊列筵酬博塞萎鞵雲幕翠燦爛紅茵艷膾縷輕似絲香醅膩如職（一作織）將軍頻下城佳人盡傾國媚語嬌不聞纖腰軟無力歌辭妙宛轉舞態能剜刻箏弦玉指調粉汗紅綃拭予時最年少專務酒中職未能解（一作嬾）生獰偏矜任狂直曲庐桃根盞橫講捎雲式亂布鬬分朋惟新間讒慝恥作最先吐羞言未朝食醉眼漸紛紛酒聲頻飫飫（愛墨切）扣節參差亂飛觥往來織強起相維持翻成兩匐匐邊霜颯然降戰馬鳴不息但喜秋光麗誰憂塞雲黑常隨獵騎走多在豪家匿夜飲天既明朝歌日還昃荒狂歲云久名利心潛逼時輩多得途親朋屢相敕閑因適農野忽復愛稼穡平生中聖人飜然腐腸賊亦從酒仙去便被書魔惑脫跡壯士場甘心豎儒域矜持翠筠管敲斷黃金勒屢益蘭膏燈猶研兔枝墨崎嶇來掉蕩矯枉事沈默隱笑甚艱難斂容還屶崱與君始分散勉我勞修飾岐路各營營別離長惻惻行看二十載萬事紛（一作絲）何極相值或須臾安能洞胷臆昨來陝郊（一作郟）會悲歡兩難克問我新相知但報長相憶豈無新知者不及小相得亦有生歲游同年不同德爲別詎幾時伊予墜溝洫大江鼓風浪遠道參荊棘往事返無期前途浩難測一旦得自由相求北山北

三月二十四日宿曾峰館夜對桐花寄樂天

微月照桐花月微花漠漠怨澹不勝情低回拂簾幕葉新陰影細露重枝條弱夜久春恨多風清暗香薄是夕遠思君思君瘦如削但感事暌違非言官好惡奏書金鑾殿步屣青龍閣我在山館中滿地桐花落

酬樂天書懷見寄（本題云初與微之別後忽夢見之及寤而微之書至兼覽桐花之什悵然書懷 此後五章竝次用本韻）

新昌北門外與君從此分街衢走車馬塵土不見君君爲分手歸我行行不息我上秦嶺南君直樞星北秦嶺高崔嵬商山好顏色月照山館花裁詩寄相憶天明作詩罷草草隨所如憑人寄將去三月無報書荊州白日晚城上鼓鼕鼕行逢賀州牧致書三四封封題樂天字未坼已霑裳坼書八九讀淚落千萬行中有酬我詩句句截我腸仍云得詩夜夢我魂淒涼終言作書處上直金鑾東詩書費一夕萬恨緘其中中宵宮中出復見宮月斜書罷月亦落曉燈隨暗花想君書罷時南望勞所思況我江上立吟君懷我詩懷我浩無極江水秋正深清見萬丈底照我平生心感君求友什因報壯士吟持謝衆人口銷盡猶是金

酬樂天登樂遊園見憶

昔君樂遊園悵望天欲曛今我大江上快意波翻雲秋空壓澶漫澒洞無垢氛四顧皆豁達我眷今日伸長安隘朝市百道走埃塵軒車隨對列骨肉非本親誇遊承相第偷入常侍門愛君直如髮勿念江湖人

酬樂天早夏見懷

庭柚有垂實燕巢無宿雛我亦辭社燕茫茫焉所如君詩夏方早我歎秋已徂食物風土異衾裯時節殊荒草滿田地近移江上居八日復切九月明侵半除

酬樂天勸醉

神麴清濁酒牡丹深淺花少年欲相飲此樂何可涯沈機造神境不必悟楞伽（一作加）酡顏返童貌安用成丹砂劉伶稱酒德所稱良未多願君聽此曲我爲盡稱嗟一杯顏色好十盞膽氣加半酣得自恣酩酊歸太和共醉眞可樂飛觥撩亂歌獨醉亦有趣兀然無與他美人醉燈下左右流橫波王孫醉牀上顛倒眠綺羅君今勸我醉勸醉意如何

和樂天初授戶曹喜而言志

王爵無細大得請即爲恩君求戶曹掾貴以祿奉親聞君得所請感我欲霑巾今人重軒冕所重華與紛矜誇仕臺閣奔走無朝昏君衣不盈篋君食不滿囷君言養既薄何以榮我門披誠再三請天子憐儉貧詞曹直文苑捧詔榮且忻歸來高堂上兄弟羅酒尊各稱千萬壽共飲三四巡我實知君者千里能具陳感君求祿意求祿殊衆人上以奉顏色餘以及親賓棄名不棄實謀養不謀身可憐白華士永願凌青雲

和樂天贈吳丹

不識吳生面久知吳生道跡雖染世名心本奉天老雌一守命門迴九塡血腦委氣榮衞和咽津顏色好傳聞共甲子衰隤盡枯槁獨有冰雪容纖華奪鮮縞問人何能爾吳實曠懷抱弁冕徒挂身身外非所寶伊予固童昧希眞亦云早石壇玉晨尊晝夜長自埽密印視丹田遊神夢三島萬過黃庭經一食青精稻冥搜方朔桃結念安期棗綠髮幸未改丹誠自能保行當擺塵纓吳門事探討君爲先此詞終期搴瑤草

和樂天秋題曲江

十載定交契七年鎭相隨長安最多處多是曲江池梅杏春尚小芰荷秋已衰共愛寥落境相將偏此時縣縣紅蓼水颺颺白鷺鷥詩句偶未得酒杯聊久持今來雲雨曠舊賞魂夢知況乃江楓夕和君秋興詩

和樂天別弟後月夜作

聞君別愛弟明天照夜寒秋雁拂檐影曉琴當砌彈悵望天澹澹因思路漫漫吟爲別弟操聞者爲辛酸況我兄弟遠一身形影單江波浩無極但見時歲闌

和樂天秋題牡丹叢

敝宅豔山卉別來長歎息吟君晚叢詠似見摧隤色欲識別後容勤過晚叢側

春月

春月雖至明終有靄靄光不似秋冬色逼人寒帶霜纖粉澹虛壁輕煙籠半牀分暉間林影餘照上虹梁病久塵事隔夜闌清興長擁抱顛倒領步屣東西廂風柳結柔援（一作棱）露梅飄暗香雪含櫻綻蘂珠蹙桃綴房杳杳有

餘思行行安可忘四鄰非舊識無以話中腸南有居士儼默坐調心王款關一問訊爲我披衣裳延我入深竹暖我於小堂視身琉璃瑩諭指芭蕉黄復有比丘溢早傳龍樹方口中秘丹訣肘後懸青囊錫杖雖獨振刀圭期共嘗未知仙近遠已覺神輕翔夜久魂耿耿月明露蒼蒼悲哉沈眠士寧見茲夕良

月臨花（臨檎花）

臨風颭颭花透影朧朧月巫峽隔波雲姑峰漏霞雪鏡勻嬌面粉燈泛高籠纈夜久清露多啼珠墜還結

紅芍藥

芍藥綻紅綃巴籬織青瑣繁絲蹙金蘂高焰當爐火翦刻彤雲片開張赤霞裹煙輕琉璃葉風亞珊瑚朶受露色低迷向人嬌婀娜酡顔醉後泣（一作妶）小女妝成坐豔豔錦不如夭夭桃未可晴霞畏欲散晚日愁將墮結植本爲誰賞心期在我采之諒多思幽贈何由果

送王十一南行

夏水漾天末晚暘依岸（一作嘆還）邨風調（一作翻）烏尾勁眷戀餘芳尊解袂方瞬息征帆已翩翻江豚湧高浪楓樹搖去魂遠戍宗侶泊暮煙洲渚昏離心詎幾許驟若移寒溫此別信非久胡爲坐憂煩我留石難轉君泛雲無根萬里湖南月三聲山上猿從茲耿幽夢夜夜湘與沅

三歎

孤劍鋒刃澀猶能神彩生有時雷雨過暗吼闐闐聲主人閟靈寶畏作升天行淬礪當陽鐵刻爲干鏌名遠求鸊鵜瑩同用玉匣盛顔色縱相類利鈍頗相傾雄爲光電烻雌但深泓澄龍怒有奇變青蛇終不驚

仙鳳翠皇死葳蕤光彩低非無鴛鸞侶誓不同樹棲飛馳歲云暮感念雛在泥顧影不自暖寄爾蟠桃雞馴養豈無媿類族安得齊顧言成羽翼奮翅凌丹梯

天驥失龍偶三年常夜嘶哀緣噴風斷渴且含霜啼長恐絕遺類不復躡雲霓非無駉駉者鶴意不在雞春來筋骨瘦夛影心亦迷自此渥洼種應生濁水泥

遺晝

密竹有清陰曠懷無塵滓況乃秋日光玲瓏曉窗裏旬休聊自適今辰日高起櫛沐坐前軒風輕鏡如水開卷恣詠謠望雲閑徙倚新菊媚鮮妍短萍憐靃靡埽除田地靜摘掇園蔬美幽翫愜詩流空堂稱居士客來傷寂寞我念遺煩鄙心跡兩相忘誰能驗行止

冬夜懷李侍御王太祝段丞

浩露煙壒盡月光閑有餘松篁細陰影重以簾牖疏泛覽星粲粲輕河悠碧虛纖雲不成葉脈脈風絲舒丹竈爔東序燒香羅玉書飄飄魂神舉若驂鸞鶴輿感念夙昔意華尚簪與裾簪裾詎幾許累劍吞鉤魚今聞馨香道一以悟臭帑悟覺誓不惑永抱胎仙居晝夜欣所適安知歲云除行行二三友君懷復何如

西齋小松二首

松樹短於我清風亦已多況乃枝上雪動搖微月波幽姿得閑地詎感歲蹉跎但恐厦終構藉君當柰何

簇簇枝新黄纖纖攢素指柔芷漸依條短莎還半委清風日夜高凌雲意（一作竟）何已千歲盤老龍修鱗自茲始

周先生

寥寥空山岑冷冷風松林流月垂鱗光懸泉揚高音希夷周先生燒香調琴心神力盈三千誰能還黄金

全唐詩

元稹

遺春十首

曉月籠雲影鶯聲餘霧中暗芳飄露氣輕寒生柳風冉冉一趨府未爲勞我躬因茲得晨起但覺情興隆

久雨憐霽景偶來堤上行空濛天色嫩杳淼江面平百草短長出衆禽高下鳴春陽各有分予亦澹無情

鏡皎碧潭水微波粗成文煙光垂碧草瓊脈散纖雲岸柳好陰影風裾遺垢氛悠然送春目八荒誰與羣

低迷籠樹煙明淨當霞日陽燄波春空平湖漫凝（一作疑）溢雪鷺遠近飛渚牙淺深出江流復浩蕩相爲坐紆鬱

暄寒深淺春紅白前後花顔色詎相讓生成良有涯梅芳勿自早菊秀勿自賒各將一時意終年無再華

高屋童稚少春來歸燕多葺舊良易就新院亦已羅俯憐雛化卵仰媿鵰無窠巢棟與巢幕秋風俱柰何

撩亂撲樹蜂摧殘戀房蘂風吹雨又頻安得繁於綺酒盃沉易過世事紛何已莫倚顔似花君看歲如水

繞郭高高冢半是荊王墓後嗣熾陽臺前賢甘蓽路善惡徒自分波流盡東注胡然不飲酒坐落桐花樹

花陰莎草長藉莎閑自酌坐看鷺鬬枝輕花滿尊杓葛巾竹稍挂書卷琴上閣沽酒過此生狂歌眼前樂

梨葉已成陰柳條紛起絮波綠紫屏風螺紅碧籌筋三杯面上熱萬事心中去我意風散雲何勞問行處

表夏十首

夏風多暖暖樹木有繁陰新筍紫長短早櫻紅淺深煙花雲幕重榴豔朝景侵華實各自好詎云芳意沉

初日滿階前輕風動簾影旬時得休浣高臥閱清景僮兒拂巾箱鵶軋深林井心到物自閑何勞遠箕潁

江瘴炎夏早蒸騰信難度今宵好風月獨此荒庭趣露葉傾暗光流星委餘素但恐清夜徂詎悲朝景暮

孟月夏猶淺奇雲未成峰度霞紅漠漠壓浪白溶溶玉委有餘潤飈馳無去蹤何如捧雲雨噴毒隨蛟龍

流芳遞炎景繁英盡寥落公署香滿庭晴霞覆闌藥裁紅起高燄綴綠排新萼憑此遺幽懷非言念將謔

紅絲散芳樹旋轉光風急煙泛被籠香露濃妝面溼佳人不在此恨望堦前立忽厭夏景長今春行已及

百舌漸吞聲黄鸝正嬌小雲鴻方警夜籠雞已鳴曉當時客自適運去誰能矯莫厭夏蟲多蜩螗定相擾

翩翩簾外燕戢戢巢內雛啖食筋力盡毛衣成紫襦朝來各飛去雄雌梁上呼養子將備老惡兒那勝無

西山夏雪消江勢東南瀉風波高若天灩澦低於馬正被黃牛旋難期白帝下我在平地行翻憂濟川者

靈均死波後是節常浴蘭綵縷碧筠糉香秔白玉團逝者良自苦今人反爲歡哀哉徇名士沒命求所難

解秋十首

清晨頫寒水動搖襟袖輕翳翳林上葉不知秋暗生回悲鏡中髮華白三四莖豈無滿頭黑念此衰已萌

微霜纔結露翔鳩初變鷹無乃天地意使之行小懲鴟鴞誠可惡蔽日有高鵬捨大以擒細我心終不能

往歲學仙侶各在無何鄉同時鶩名者次第鵷鷺行而我兩不遂三十鬢添霜日暮江上立蟬鳴楓樹黃

後伏火猶在先秋蟬已多雲色日夜白驕陽能幾何壞隙漏江海忽微成網羅勿言時不至但恐歲蹉跎

新月纔到地輕河如泛雲螢飛高下火樹影參差文露簟有微潤清香時暗焚夜閑心寂默洞庭無垢氛

鶱麗牀前影飄蕭簾外竹簟涼朝睡重夢覺茶香熟親烹園內葵憑買家家麴釀酒并毓蔬人來有棊局

寒竹秋雨重凌霄晚花落低回翠玉梢散亂梔黃蕚顏色有殊異風霜無好惡年年百草芳畢意同蕭索

春非我獨春秋非我獨秋豈念百草死但念霜滿頭頭自古所同胡爲坐煩憂茫茫百年內處身良未休

西風冷衾簟展轉布華茵來者承玉體去者流芳塵適意醜爲好及時疎亦親衰周仲尼出無乃爲妖人

漠漠江面燒微微楓樹煙今日復今夕秋懷方浩然況我頭上髮衰白不待年我懷有時極此意何由詮

遺病十首

服藥備江瘴四年方一癘豈是藥無功伊予久留滯滯留人固薄瘴久藥難制去日良已甘歸途奈無際

棄置何所任鄭公憐我病三十九萬錢（歲入之大率）資予養頑瞑身賤殺何益恩深報難罄公其萬千年世有天之鄭

憶作孩稚初健羨成人列倦學厭日長嬉遊念佳節今來漸諱年頓與前心別白日速如飛佳晨亦騷屑

昔在痛飲場憎人病辭醉病來身怕酒始悟他人意怕酒豈不閑悲無少年氣傳語少年兒杯盤莫迴避

憶初頭始白晝夜驚一縷漸及鬚與鬢多來不能數壯年等閑過過（上如字下音戈）壯年已五華髮不再青勞生竟何補

在家非不病有病心亦安起居甥姪扶藥餌兄嫂看今病兄遠路道遙書信難寄言嬌小弟莫作官家官

燕巢官舍內我爾俱爲客歲晚我獨留秋深爾安適風高翅羽垂路遠煙波隔去去玉山岑人間網羅窄

簷宇夜來曠暗知秋已生臥悲衾簟冷病覺支體輕炎昏豈不勸時去聊自驚浩歎終一夕空堂天欲明

秋依靜處多況乃凌晨趣深竹蟬晝風翠茸衫曉露庭莎病看長林果閑知數何以强健時公門日勞鶩

朝結故鄉念暮作空堂寢夢別淚亦流啼痕暗橫枕昔愁憑酒遣今病安能飲落盡秋槿花離人病猶甚

寒

江瘴節候暖臘初梅已殘夜來北風至喜見今日寒扣冰淺塘水擁雪深竹闌復此滿尊醁但嗟誰與歡

玉泉道中作

楚俗物候晚孟冬纔有霜早農半華實夕水含風涼遐想雲外寺峰巒渺相望松門接官路泉脈連僧房微露上弦月暗焚初夜香谷深煙壒淨山虛鐘磬長念此清境遠復憂塵事妨行行即前路勿滯分寸光

遺病（自此通州後作）

自古誰不死不復記其名今年京城內死者老少并獨孤纔四十（秘書少監郁）仕宦方榮榮李三三十九（監察御史顓言）登朝有清聲趙昌八十餘三擁大將旌爲生信異異之死同冥冥其家哭泣愛一一無異情其類嗟歎惜各各無重輕萬齡龜菌等一死天地平以此方我病我病何足驚借如今日死亦足了一生借使到百年不知何所成況我早師佛屋宅此身形捨彼復就此去留何所縈前身爲過跡來世即前程但念行不息豈憂無路行蛻骨龍不死蛻皮蟬自鳴胡爲神蛻體此道人不明持謝愛朋友寄之仁弟兄吟此可達觀世言何足聽

感夢（夢故兵部裴尚書相公）

十月初二日我行蓬州西三十里有館有館名芳溪荒郵屋舍壞新雨田地泥我病百日餘（一作餘日）肌體顧若封氣填暮不食早早掩竇圭陰寒筋骨病夜久燈火低忽然寢成夢宛見顏如珪似歎久離別嗟嗟復悽悽問我何病痛又歎何棲棲答云痰滯久與世復相暌重云痰小疾良藥固易（一作宜）擠前時奉橘丸攻疾有神功何不善和療豈獨頭有風（予頃患痰頭風踰月不差裴公教服橘皮朴硝丸數月而愈今夢中復徵前說故盡記往復之詞）殷勤平生事款曲無不終悲歡兩相極以是半日中言罷相與行行古城裏同行復一人不識誰氏子逡巡急吏來呼喚頗且止馳至相君前再拜復再起啓云吏有奉奉命傳所旨事有大驚忙非君不能理答云久就閑不願見勞使多謝致勤勤未敢相唯唯我因前獻言此事愚可料亂熱由靜消理繁在知要君如冬月陽奔走不必召君如銅鏡明萬物自可照願君許蒼生勿復高體調相君不我言顧我再三笑行行及城戶黯黯餘日暉相君不我言（一作握我手）命我從此歸不省別時語但省涕淋漓覺來身體汗坐臥心骨悲閃閃燈背壁膠膠雞去塒倦童顛倒寢我淚縱橫垂淚垂啼不止不止啼且聲啼聲覺僮僕僮僕撩亂驚問我何所苦問我何所思我亦不能語慘慘即路岐前經新政縣今夕復明辰寘寘滿心氣不得說向人奇哉趙明府怪我眉不伸云有北來僧住此月與旬自言辨貴骨謂若識天真談遊費閟景何不與逡巡僧來爲予語語及昔所知自言有奇中裴相未相時讀書靈山寺住處接園籬指言他日貴晷刻似不移我聞僧此語不覺淚歔欷（去聲）因言前夕夢無人一相謂無乃裴相君念我胸中氣遺師及此言使我盡前事僧云彼何親言下涕不已我云知我深不幸先我死僧云裴相君如君恩有幾我云滔滔衆好直者皆是唯我與白生感遇同所以官學不同時生小異鄉里拔我塵土中使我名字美美名何足多深分從此始（一作治）吹噓莫我先頑陋不我鄙往往裴相門終年不曾履相門多衆流多譽亦多毀如聞風過塵不動井中水前時予掾荊公在期復起自從裴公無吾道甘已矣白生道亦孤讒謗銷骨髓司馬九江城無人一言理爲師陳苦言揮涕滿十指未死終報恩師聽此男子

和東川李相公慈竹十二韻（次本韻）

慈竹不外長密比青瑤華矛欑有森束玉粒（一作立）無蹉跎

纖粉妍膩質，細瓊交翠柯。亭亭霄漢近，靄靄雨露多。冰碧寒夜聳，簫韶風晝羅。煙含朧朧影，月泛鱗鱗波。鸞鳳一已顧，燕雀永不過。幽姿媚庭實，顥氣爽（一作陵）天涯。峻節高轉露，貞筠寒更佳。託身仙壇上，靈物神所呵。時與天籟合（音閤），日聞陽春歌。應憐孤生者，摧折成病（一作沈一作臥）痾。

全唐詩 元稹

酬東川李相公十六韻（次用本韻并啓）

稹啓：今月十二日，州吏迴，伏受相公書示，知小生所獻和慈竹等詩，闢達鑒覽，不蒙罪退，而又賜詩一十韻，并首序一百二十三言，廢名位之常數，比朋友以字之，飾揚涓埃，投擲珠玉，幸甚幸甚。至於廟議末學，江花陋詞，無不記在雅章，以備光寵，不勝惶駭驚慙之至。昔楚人始交，必有乘車戴笠不忘相揖之誓，誠以爲貴富不相忘之難也。況貴賤之隅，不啻於車笠之相懸，而相公投貺珍重，又豈唯一揖之容易哉。稹獨何人，享是嘉惠，輒復牽課拙劣，酬獻所賜，是猶百獸與鳳凰同舞於簫韶之中，各極其歡心耳，又何暇自審其形容之不類哉。慶歲專人，封用上獻，死罪死罪，謹啓。

昔附赤霄羽，葳蕤遊紫垣。鬬班香案上，奏語玉晨尊。戇直撩忌諱，科儀懲傲頑。自從眞籍除，棄置勿復論。前時共遊者，日夕黃金軒。請帝下巫覡，八荒求我魂。鸞鳳屢鳴顧，燕雀尚籬藩。徒令霄漢外，往往塵念存。存念豈虛設，併投瓊與璠。彈珠古所訝，此用何太敦。鄒律寒氣變，鄭琴祥景奔。靈芝繞身出，左右光彩繁。礙玉無俗色，蘂珠非世言。重慙前日句，陋若蕕並蓀。臘月巴地雨，瘴江愁浪翻。因持駭雞寶，一照濁水昏。

酬獨孤二十六送歸通州（此後至和樂天三首並用本韻）

再拜捧兄贈，拜兄珍重言。我有平生志，臨別將具論。十歲慕倜儻，愛白不愛昏。寧愛寒切烈，不愛暘溫暾。二十走獵騎，三十遊海門。憎兔跳趯趯，惡鵬黑翻翻。鼇釣氣方壯，鶻拳心頗尊。下觀拏蠶輩，一掃冀不存。名冠壯士籍，功酬明主恩。不然合（音閤）身棄，何況身上痕。金石有銷爍，肺腑無寒溫。分晝久已定，波濤何足煩。嘗希蘇門嘯，詎厭巴樹猿。瘴水徒浩浩，浮雲亦軒軒。長歌莫長歎，飲斛莫飲樽。生爲醉鄉客，死作達士魂。

酬劉猛見送

種花有顏色，異色即爲妖。養鳥惡羽翮，剪翮不待高。非無剪傷者，物性難自逃。百足雖捷捷，商羊亦翹翹。伊余狷然質，謬入多士朝。任氣有愎戇，容身寡朋曹。愚狂偶似直，靜僻非敢驕。一爲毫髮忤，十載山川遙。爍鐵不在火，割肌不在刀。險心露山嶽，流語翻波濤。六尺安敢主，方寸由自調。神劒土不蝕，異布火不燋。雖無二物姿，庶欲効一毫。未能深蹙蹙，多謝相勞勞。去去我移馬，遲遲君過橋。雲勢正橫壑，江流初滿槽（江槽，楚語）。持此慰遠道，此之爲舊交。

酬樂天赴江州路上見寄三首

昔在京城心，今在吳楚末。千山道路險，萬里音塵闊。天上參與商，地上胡與越。終天升沈異，滿地網羅設。心有無眹環，腸有無繩結。有結解不開，有環尋不歇。山嶽移可盡，江海塞可絶。離恨若空虛，窮年思不徹。生莫強相同，相同會相別。

襄陽大隄繞，我向隄前住。燭隨花豔來，騎送朝雲去。萬竿高廟竹，三月徐亭樹。我昔憶君時，君今懷我處。有身有離別，無地無岐路。風塵同古今，人世勞新故。

一人亦有相愛，我爾殊衆人。朝朝寧不食，日日願見君。一日不得見，愁腸坐氛氳。如何遠相失，各作萬里雲。雲高風苦多，會合難遽因。天上猶有礙，何況地上身。

郵竹

庭有蕭蕭竹，門有闐闐騎。囂靜本殊途，因依偶同寄。亭亭乍干雲，嫋嫋亦垂地。人有異我心，我無異人意。

落月

落月沈餘影，陰渠流暗光。蚊聲靄窗戶，螢火繞屋梁。飛幌翠雲薄，新荷清露香。不吟復不寐，竟夕池水傍。

高荷

種藕百餘根，高荷纔四葉。颭閃碧雲扇，團圓青玉疊。亭亭自擡舉，鼎鼎難藏厭。不學著水荃，一生長怗怗。

和裴校書鷺鷥飛

鷺鷥鷺鷥何遽飛，鴉驚雀噪難久依。清江見底草（一作華）堂在，一點白光終不歸。

夜池

荷葉團圓莖削削，綠萍面上紅衣落。滿池明月思啼螿，高屋無人風張（去聲）幕。

酬楊司業十二兄早秋述情見寄（今春與楊兄曾於馮翊數日而別。此詩同州作）

白髮故人少，相逢意彌遠。往事共銷沈，前期各衰晚。昨來遇彌苦，已復雲離巘。秋草古膠庠，寒沙廢宮苑。知心豈忘鮑，詠懷難和阮。壯志日蕭條，那能競朝幰。

代杭人作使君一朝去二首

使君一朝去，遺愛在人口。惠化境內春，才名天下首。爲問龔黃輩，兼能作詩否。

使君一朝去，斷腸如刲檗。無復見冰壺，唯應鏤金石。自此一州人，生男盡名白。

長慶曆

年曆復年曆，卷盡悲且惜。曆日何足悲，但悲年運易。年年豈無歎，此歎何唧唧。所歎別此年，永無長慶曆。

順宗至德大聖大安孝皇帝挽歌詞三首（左拾遺時作）

不改延洪祚，因成揖讓朝。謳歌同戴啓，遏密共思堯。雨露施恩廣，梯航會葬遙。號弓那獨切，曾感昔年招。

前春文祖廟，大舜嗣堯登。及此踰年感，還因是月崩。壽緣追孝促，業在繼明興。儉詔同今古，山川繞灞陵。

七月悲風起，淒涼萬國人。羽儀經巷內，轀輬轉城闉。暝

色依陵早秋聲入輅新自嗟同草木不識永貞春

憲宗章武孝皇帝挽歌詞二首膳部員外時作

國付重離後身隨十聖仙北辰移帝座西日到虞泉方
丈言虛設華胥事眇然觸鱗曾在宥偏哭墮髯前

天寶遺餘事元和盛聖功二凶梟帳下三叛斬都中楊惠琳李師道傳首京師劉闢李錡吳元濟腰斬都市始服沙陁虜方吞邏逤戎沙陁突厥自元和初始通中國狼
星如要射猶有鼎湖弓

恭王故太妃挽歌詞二首校書郎時作

月落禁垣西星攢曉仗齊風傳宮漏苦雲拂羽儀低路
隘車千兩橋危馬萬蹄共嗟封石撿不爲報功泥

燕姞貽天夢梁王盡孝思雖從魏詔葬得用漢藩一作官儀
曙月殘光斂寒簫度曲遲平生奉恩地哀挽欲何之

文衛羅新壙仙娥掩瞑山雪雲埋隴合簫鼓望城還寒
樹風難靜霜郊夜更閑哀榮深孝嗣儀表在河間

哭呂衡州六首

氣敵三人傑交深一紙書我投冰瑩眼君報水憐魚髀
股惟夸瘦膏肓豈暇除傷心死諸葛憂道不憂餘

望有經綸釣虔收宰相刀江文駕風遠雲貌接天高國
待球琳器家藏虎豹韜盡將千載寶埋入五原蒿

白馬雙旌隊青山八陣圖請纓期繫虜枕草誓捐軀勢
激三千壯年應四十無遙聞不瞑目非是不憐吳

鵬鶚生難敵沉檀死更香兒童喧巷市羸老哭碑堂鷹
起沙汀闇雲連海氣黃祝融峰上月幾照北人喪

迴鴈峰前鴈春迴盡却迴聯行四人去同葬一人來鏡
吹臨江返城池隔霧開滿船深夜哭風棹楚猿哀

杜預春秋癖揚雄著述精在時兼不語終古定歸名耒
水波文細湘江竹葉輕平生思風月潛寐若爲情

僧如展及韋載同遊碧澗寺各賦詩予落句云
他生莫忘靈山座滿壁人名後會稀展共吟他
生之句因話釋氏緣會所以莫不悽然久之不
十日而展公長逝驚悼返覆則他生豈有兆耶
其間展公仍賦黃字五十韻飛札相示予方屬
和未畢自此不復撰成徒以四韻爲識

重吟前日他生句豈料踰旬便隔生會擬一來身塔下
無因共繞寺廊行紫毫飛札看猶濕黃字新詩和未成
縱使得如羊叔子不聞兼記舊交情

公安縣遠安寺水亭見展公題壁漂然淚流因
書四韻

碧澗去年會與師三兩人今來見題壁師已是前身芰
葉迎僧夏楊花度俗春空將數行淚灑徧塔中塵

寒食日毛空路示姪晦及從簡

我昔孩提從我兄我今衰白爾初成分明寄取原頭路
百世長須此路行寄取一作記取

別孫村老人寒食日

年年漸覺老人稀欲別孫翁淚滿衣未死不知何處去
此身終向此原歸

和樂天劉家花

閑坊靜曲同消日淚草傷花不爲春徧問舊交零落盡
十人纔有兩三人

襃城驛二首

容州詩句在襃城幾度經過眼暫明今日重看滿衫淚
可憐名字已前生

憶昔萬株梨映竹遇逢黃令醉殘春梨枯竹盡黃令死
今日再一作載來衰病身

和樂天夢亡友劉太白同遊二首

君詩昨日到通州萬里知君一夢劉閑坐思量小來事
秖應元是夢中遊

老來東郡復西州行處生塵爲喪劉縱使劉君魂魄在
也應至死不同遊

酬樂天見憶兼傷仲遠

死別重泉閟生離萬里賒瘴侵新病骨夢到故人家遥
淚陳根草閑收落地花庾公樓悵望巴子國生涯河任
天然曲江隨峽勢斜與君皆直戇須分老泥一作長沙

與樂天同葬杓直

元伯來相葬山濤誓撫孤不知他日事兼得似君無

全唐詩

元稹

夜閑此後並悼亡

感極都無夢魂銷轉易驚風簾半鉤落秋月滿床明帳
望臨階坐沈吟遶樹行孤琴在幽匣時迸斷弦聲

感小株夜合

纖幹未盈把高條纔過眉不禁風若動偏受露先萎不
分秋同盡深嗟小便衰傷心落殘葉猶識合昏期

醉醒

積善坊中前度飲謝家諸婢笑扶行今宵還似當時醉
半夜覺來聞哭聲

追昔遊

謝傳堂前音樂和狗兒吹笛膽娘歌花園欲盛千場飲
水閣初成百度過醉摘櫻桃投小玉嬾梳叢鬢舞曹婆
再來門館唯相弔風落秋池紅葉多

空屋題十月十四日夜

朝從空屋裏騎馬入空臺盡日推閑事還歸空屋來月
明穿暗隙燈爐落殘灰更想咸陽道魂車昨夜回

初寒夜寄盧子蒙

月是陰秋鏡寒爲寂寞資輕寒酒醒後斜月枕前時倚
壁思閑事回燈檢舊詩聞君亦同病終夜遠相悲

城外回謝子蒙見諭

十里撫柩別一身騎馬回寒煙半堂影燼火滿庭灰稚
女憑人問病夫空自哀潘安寄新詠仍是夜深來

諭子蒙

撫稚君休感無兒我不傷片雲離岫遠雙燕念巢忙大
壑誰非水華星各自光但令長有酒何必謝家莊

遣悲懷三首

謝公最小偏憐女嫁與黔婁百事乖顧我無衣搜畫篋
泥他沽酒拔金釵野蔬充膳甘長藿落葉添薪仰古槐
今日俸錢過十萬與君營奠復營齋畫篋一作盡篋

昔日戲言身後意今朝皆到眼前來衣裳已施行看盡
針線猶存未忍開尚想舊情憐婢僕也曾因夢送錢財

誠知此恨人人有貧賤夫妻百事哀

閑坐悲君亦自悲百年都是幾多時鄧攸無子尋知命潘岳悼亡猶費詞同穴窅冥何所望他生緣會更難期唯將終夜長開眼報答平生未展眉

旅眠

內外都無隔帷屏不復張夜眠兼客坐同在火爐床

除夜

憶昔歲除夜見君花燭前今宵祝文上重疊叙新年閑處低聲哭空堂背月眠傷心小兒女撩亂火堆邊

感夢

行吟坐歎知何極影絕魂銷動隔年今夜商山館中夢分明同在後堂前

合衣寢

良夕背燈坐方成合衣寢酒醉夜未闌幾回顛倒枕

竹簟

竹簟襯重茵未忍都令卷憶昨初來日看君自施展

聽庾及之彈烏夜啼引

君彈烏夜啼我傳樂府解（去聲）古題良人在獄妻在閨官家欲赦烏報妻烏前再拜淚如雨烏作哀聲妻暗語後人寫出烏啼引吳調哀弦聲楚楚四五年前作拾遺諫書不密丞相知謫官詔下吏驅遣身作囚拘妻在遠歸來相見淚如珠唯說閑宵長拜烏君來到舍是烏力粧點烏盤邀女巫今君爲我千萬彈烏啼啄啄淚瀾瀾感君此曲有深意昨日烏啼桐葉墜當時爲我賽烏人死葬咸陽原上地

夢井

夢上高高原原上有深井登高意枯渴願見深泉冷裴回遶井顧自照泉中影沈浮落井瓶井上無懸綆念此瓶欲沈荒忙爲求請遍入原上村村空犬仍猛還來遶井哭哭聲通復哽哽噎夢忽驚覺來房舍靜燈焰碧朧朧淚光疑冏冏鐘聲夜方半坐臥心難整忽憶咸陽原荒田萬餘頃土厚壙亦深埋魂在深埂埂深安可越魂通有時逞今宵泉下人化作瓶相憬感此涕汍瀾汍瀾涕霑領所傷覺夢間便覺死生境豈無同穴期生期諒綿永又恐前後魂安能兩知省尋環意無極坐見天將昞吟此夢井詩春朝好光景

江陵三夢

平生每相夢不省兩相知況乃幽明隔夢魂徒爾爲情知夢無益非夢見何期今夕亦何夕夢君相見時依稀舊粧服晻淡昔容儀不道間生死但言將別離分張碎針線襵疊故幃幃撫稚再三囑淚珠千萬垂囑云唯此女自歎總無兒尚念嬌且騃未禁寒與飢君復不憘事奉身猶脫遺況有官縛束安能長顧私他人生間別婢僕多謾欺君在或有託出門當付誰言罷泣幽噎我亦涕淋漓驚悲忽然寤坐臥若狂癡月影半床黑蟲聲幽草移心魂生次第覺夢久自疑寂默深想像淚下如流澌百年永已訣一夢何太悲悲君所嬌女棄置不我隨長安遠於日山川雲間之縱我生羽翼網羅生縶維今宵淚零落半爲生別滋感君下泉魄動我臨川思一水不可越黃泉況無涯此懷何由極此夢何由追坐見天欲曙江風吟樹枝

古原三丈穴深葬一枝瓊崩剝山門壞煙綿墳草生久依荒隴坐卻望遠村行驚覺滿床月風波江上聲

君骨久爲土我心長似灰百年何處盡三夜夢中來逝水良已矣行雲安在哉坐看朝日出衆鳥雙裴回

張舊蚊幬

踰年間生死千里曠南北家居無見期況乃異鄉國破盡裁縫衣忘收遺翰墨獨有縑紗幬憑人遠攜得施張合歡榻展卷雙鴛翼已矣長空虛依然舊顏色裴回將就寢徙倚情何極昔透香田田今無魂惻惻隙穿斜月照燈背空床黑達理強開懷夢啼還過臆平生貧寡歡夭枉勞苦憶我亦距幾時胡爲自摧逼燭蛾焰中舞繭蠶叢上織燋爛各自求他人顧何力多離因苟合惡影當務息往事勿復言將來幸前識

獨夜傷懷贈呈張侍御（張生近喪妻）

爐火孤星滅殘燈寸焰明竹風吹面冷簷雪墜階聲寒鶴連天叫寒雞徹夜鷩秖應張侍御潛會我心情

六年春遣懷八首

傷禽我是籠中鶴沈劒君爲泉下龍重纊猶存孤枕在春衫無復舊裁縫

檢得舊書三四紙高低闊狹粗（一作但）成行自言并食尋高事唯念山深驛路長

公無渡河音響絕已隔前春復去秋今日閑窗拂塵土殘弦猶迸鈿（一作細）箜篌

婢僕曬君餘服用嬌癡稚女遶床行玉梳鈿朵香膠解盡日風吹玳瑁筝

伴客銷愁長日飲偶然乘興便醺醺怪來醒後傍人泣醉裏時時錯問君

我隨楚澤波中梗（一作水）君作咸陽泉下泥百事無心值寒食身將稚女帳前啼

童稚癡狂撩亂走繡毬花仗滿堂前病身一到繐帷下還向臨階背日眠

小於潘岳頭先白學取莊周淚莫多止竟悲君須自省川流前後各風波

荅友封見贈

荀令香銷潘簟空悼亡詩滿舊屏風扶床小女君先識應爲些些似外翁

夢成之

燭暗船風獨夢驚夢君頻問向南行覺來不語到明坐一夜洞庭湖水聲

哭小女降真

雨點輕漚風復驚偶來何事去何情浮生未到無生地暫到人間又一生

哭女樊

秋天淨綠月分明何事巴猿不賸鳴應是一聲腸斷去不容啼到第三聲

哭女樊四十韻（時爲通州長史作）

逝者何由見中人未達情馬無生角望猿有斷腸鳴去伴投遐徼來隨夢險程四年巴養育萬里硤回縈病是

他鄉染瘣應遠處鷲山魋邪亂(一作去)逼沙虱毒潛嬰母約(一作幼)看寧辨余慵療不精欲尋方次第俄值疾充盈燈火徒相守香花秖浪擎蓮初開月梵莽已落朝榮魄散雲(一作魂)將盡形全玉尚瑩空垂兩行血深送一枝瓊䄡祝休巫覡安眠放使令舊衣和篋施殘藥滿甌傾乳媪閑於社醫僧婗(一作媿)似酲惆渠身覺贍(一作深覺瘠 贍一作痛)訶佛力難爭騎竹癡猶子牽車小外甥等長(一作閑)迷過影遙戲誤啼聲浣紙傷餘畫扶床念試行獨留呵面鏡誰弄倚牆箏憶昨工言語憐初妙長成撩風妬(一作拓)鸚舌凌露(一作霜)觸蘭英翠鳳輿眞女紅蕖捧化生秖憂嫌五濁終恐向三清宿惡諸葷味懸知衆物名(生而不食葷血虎豹猴猿等皮毛盡惡斥之巳南所無之物及北而黙識其名者數輩)環從枯樹得經認寶函盛愠怒偏憎數分張雅愛平最憐(一作矜)貪栗妹頻救嬾書兄爲占嬌饒分良多眷戀誠別常回面泣歸定出門迎解怪還家晚長將遠信呈說人偷罪過要我抱縱橫騰蹋遊江舫攀緣看樂棚和蠻歌字拗學妓舞腰輕迢遰離荒服提(一作持)携到近京未容誇伎倆唯恨枉聰明往緒心千結新絲鬢百莖暗窗風報曉秋幌雨聞更敗槿蕭疎館衰楊破壞城此中臨老淚仍自哭孩嬰

哭子十首(翰林學士時作)

維鵜受刺因吾過得馬生災念爾寃獨在中庭倚閑樹
亂蟬嘶噪欲黄昏

纔能辨別東西位未解分明管帶身自食自眠猶未得
九重泉路託(一作記)何人

爾母溺情連夜哭我身因事有時悲鍾聲欲絕東方動
便是尋常上學時

蓮花上品生眞界兜率天中離世途彼此業緣多障礙
不知還得見兒無

節量梨栗愁生疾教示詩書望早成鞭扑校多憐校少
又緣遺恨哭三聲

深嗟爾更無兄弟自歎予應絕子孫寂寞講堂基址在
何人車馬入高門

往年鬢已同潘岳垂老年教作鄧攸煩惱數中除一事
自茲無復子孫憂(年教一作天教)

長年苦境知何限豈得因兒獨喪明消遣又來緣爾母
夜深和淚有經聲(又一作不)

烏生八子今無七猿叫三聲月正孤寂寞空堂天欲曙
拂簾雙燕引新雛

頻頻子落長江水夜夜巢邊舊處棲若是愁腸終不斷
一年添得一聲啼

感逝(浙東)

頭白夫妻分無子誰令蘭夢感衰翁三聲啼婦臥床上
一寸斷腸埋土中蜩甲暗枯秋葉墜燕雛新去夜巢空
情知此恨人皆有應與暮年心不同

妻滿月日相唁

十月辛勤一月悲今朝相見淚淋漓狂風落盡莫惆悵
猶勝因花壓折枝

全唐詩目 第六函

第九冊

元稹 十卷至十九卷

全唐詩

元稹

代曲江老人百韻(年十六時作)

何事花前泣曾逢舊日春先皇初在鎬賤子正遊秦撥亂干戈後經文禮樂辰徽章懸象魏貔虎畫騏驎光武休言戰唐堯念睦姻琳瑯鋪柱礎葛藟茂河潛尚齒惇耆艾搜材拔積薪裴王持藻鏡姚宋斡陶鈞內史稱張敞蒼生借寇恂名卿唯講德命士恥憂貧杞梓無遺用芻蕘不忘詢懸金收逸驥鼓瑟薦嘉賓羽翼皆隨鳳圭璋(一作瑜璭)肯雜(一作稱)珉班行容濟濟文質道彬彬百度依皇極千門闢紫宸措(一作理)刑非苟簡稽古蹈因循書謬偏求伏

詩亡遠聽申雄推（一作纖發）三虎覃擢八龍荀海外恩方洽
寰中教不泯儒林精闘與流品重清淳（一作儒林一同異泣履盡清淳）天淨
三光麗時和四序均卑官休力役蠲賦免（一作戢職少）艱辛蠻
貊同車軌鄉原盡里仁帝途高蕩蕩風俗厚閭閻（一作忳忳）暇
（一作秋）日耕耘足豐年雨露頻戍煙生不見村豎老猶純耒
耜勤千畝牲牢奉六禋南郊禮天地東野闢原昀校獵
求初吉先農卜上寅萬方來合雜五色瑞輪囷池籞呈
朱鴈壇場得白麟酹金光照耀奠璧綵璘玢掉蕩雲門
發蹁躚鷺羽振集靈撞玉磬和鼓奏金錞建簴崇牙盛
銜鐘獸目嗔總干形屹崒戛敔背嶙峋文物千官會夷
音九部陳魚龍華外戲歌舞洛中嬪佳節修酺禮非時
宴侍臣梨園明月夜花萼豔陽晨李杜詩篇敵蘇張筆
力勻樂章輕鮑照碑板笑顏竣泰嶽陪封禪汾陰頌鬼
神星移逐西顧風暖助東巡浴德留湯谷蒐畋過渭濱
沸天雷殷殷匝地轂轔轔沃土心逾熾豪家禮漸湮老
農羞荷鍤貪賈學垂紳曲藝爭工巧彫機變組紃青梟
連不解紅粟朽相因山澤長孳貨梯航競獻珍翠毛開
越嶲龍眼弊（一作敝）甌閩玉饌薪然蠟椒房燭用銀銅山供
橫賜金屋貯宜嚬班女恩移趙思王賦感甄輝光隨顧
步生死屬搖脣世族功勳久王姬寵愛親街衢連甲第
冠蓋擁朱輪大道垂珠箔當壚踏錦茵軒車隘南陌鐘
磬滿西鄰出入張公子驕奢石季倫雞場潛介羽馬埒
並揚塵韜袖誇狐腋弓弦尚鹿觔紫絛牽白犬繡韉被
（一作錦）花騆箭倒南山虎鷹擒東郭毚翻身迎過鴈劈肘
（一作鶺鴒復 一作坐射）取迴鶻竟蓄朱公產爭藏邴氏緡橋桃矜馬鶩倚頓
數牛犉（一作金銀）鼇闘冬中韭羹憐遠處蓴萬錢纔下筯五酘
（一作醋）未稱醇曲水閑銷（一作添觴）日倡樓（一作優）醉度旬探丸依郭解
投轄伴陳遵共謂長之（一作安）泰那知遽搆屯姦心興桀黠
凶醜比頑嚚斗柄侵妖彗天泉化逆鱗背（一作貸）恩欺（一作歎）乃
祖連禍及吾民猰貐當前路鯨鯢得要津王師纔（一作方）業
業暴卒已轔轔雜虜同謀夏宗周蹙去豳陵園深暮景
霜露下秋旻鳳闕悲巢鵩鵷行亂野麏華林荒茂草寒
竹碎貞筠村落空垣壞城隍舊井堙破船沉古渡戰鬼
聚陰燐振臂誰相應攢眉獨不伸毀容懷赤紱混跡戴
黃巾木梗隨波蕩桃源斅隱淪弟兄書信斷鷗鷺往來
馴忽遇山光澈遙瞻海氣眞秘圖推廢王後聖合經綸
野杏渾休植幽蘭不復紉但驚心憒憒誰戀水粼粼盡
室雖深洞輕橈盪小輪殷勤題白石悵望出青蘋夢寐
平生在經過處所新阮郎迷里巷遼鶴記城闉虛過休
明代旋爲朽病身勞生常矻矻語舊苦諄諄晚歲多哀
柳先秋媿大椿眼前年少客無復昔時人

開元觀閑居酬吳士矩侍御三十韻（中有問行藏求藥物之句）（十八時作）

靜習狂心盡幽居道氣添神編啓黃簡祕籙捧朱籤爛
熳煙霞駐優游歲序淹登壇擁旄節趨殿禮胡髯（殿有明皇眞容）
醮起彤庭燭香開白玉奩結盟金劍重斬魅寶刀銛禹
步星綱動焚符竈鬼詹冥搜呼直使章奏役飛廉仙籍
聊憑檢浮名復爲占赤誠祈皓鶴綠髮代青縑虛室常
懷素玄關屢引枯貂蟬徒自寵鷗鷺不相嫌始悟身爲
患唯欣祿未恬（一作沾）龜龍戀淮海雞犬傍閭閻松笠新偏
翠山峰遠更尖籥聲吟茂竹虹影逗虛簷初日先通牖
輕飈每透簾露盤朝滴滴鉤月夜纖纖已得餐霞味應
嗤食蓼甜工琴閑度晝耽酒醉銷炎几案隨宜設詩書
逐便拈灌園多抱甕刈藿乍腰鐮野鳥終難縶鷦鷯本
易厭風高雲遠逝波駭鯉深潛邸第過從隔蓬壺夢寐
瞻所希顏頗練誰恨突無黔思拙慙圭璧詞煩雜米鹽
諭錐言太小求藥意何謙（本句有求斷沽藥犬多謝出囊錐）語默君休問行藏
我詎兼狂歌終此曲情盡口長箝

病減逢春期白二十二辛大不至十韻（校書郎時作）

病與窮陰退春從血氣生寒膚漸舒展陽脈乍虛盈就
日臨堦坐扶牀履地行問人知面瘦祝鳥願身輕風暖
牽詩興時新變賣聲饑饞看藥忌閑悶點書名舊雪依
深竹微和動早萌推遷悲往事疎數辨交情琴待嵇中
散杯思阮步兵世間除却病何者不營營

黃明府詩（并序）

小年曾於解縣連月飲酒予常爲觥錄事曾於竇
少府廳中有一人後至頻犯語令連飛十二觥不
勝其困逃席而去醒後問人前虞鄉黃丞也此後
絶不復知元和四年三月予奉使東川十六日至
褒城東數里遙望驛亭前有大池樓榭甚盛逡巡
有黃明府見迎瞻其形容髣髴似識問其前銜即
曩時之（一作日無之字）逃席黃丞也說向前事黃生惘然而
寤因饋酒一槽艤舟請予同載予不免（一作違）其意與
之盡歡徧問座隅山川則曰又褒次其右（紀事作徧問褒陽山水則）
（褒姒所奔之城在其左諸葛所征之路在其右）感今懷古作黃明府詩云

少年曾痛飲黃令苦飛觥席上當時走馬前今日迎依
稀迷姓氏積漸識平生故友身皆遠他鄉眼暫明便邀
連榻坐兼共榜船行酒思臨風亂霜稜埽（一作拂）地平不堪
深淺酌貪愴古今情邐迤七盤路坡陁數丈城花疑褒
女笑棧想武侯征一種埋幽石老閑（紀事作空閑）千載名

酬翰林白學士代書一百韻（并序　此後江陵時作）

玄元氏之下元日會予家居至枉樂天代書詩一
百韻鴻洞卓犖令人興起心情且置別書美予前
和七章章次用本韻韻同意殊謂爲工巧前古韻
耳不足難之今復次排百韻以答懷思之貺云

昔歲俱充賦同年遇有司八人稱迥拔兩郡濫相知（同年八人）
（樂天拔萃登科予平判入等）逸驥初翻步鞲鷹暫脫羈遠途憂地窄高視
覺天卑並入紅蘭署偏親白玉規近朱憐冉冉伐木願
偲偲魚魯非難識鉛黃自懶持心輕馬融帳謀奪子房
帷秀發幽巖電清澄隘岸陂九霄排直上萬里整前期
勇贈棲鸞句慙當古井詩（予贈樂天詩云皎皎鸞鳳姿樂天贈予詩云無波古井水）多聞全受
益擇善頗相師脫俗殊常調潛工大有爲還醇憑酎酒
運智託圍棊情會招車徧閑行覓戴逵僧餐月燈閣醵
宴劫灰池（予與樂天杓直拒非輩多於月燈閣閑遊又嘗與祕省同官醵宴昆明池）勝槩爭先到篇章競
出奇輸贏論破的點竄肯容絲山岫當街翠牆花拂面
枝（昔予賦詩云爲見牆頭拂面花時唯樂天知此）鶯聲愛嬌小燕翼翫透迤轡爲逢車
緩鞭緣趁伴施密攜長上樂偷宿靜坊姬僻性慵朝起
新晴助晚嬉相歡常滿目別處鮮開眉翰墨題名盡光
陰聽話移（樂天每與予游從無不書名屋壁又嘗於新昌宅說一枝花話自寅至巳猶未畢詞也）緣袍因醉典烏

帽逆風遺暗插輕籌著仍提小屈卮（予有篇箕莖篘小盞酒胡餅之輩當時常在書囊以供飲
備）本絃纔一舉下口已三遲逃席衝門出歸倡借（去聲）馬
騎狂歌繁節亂醉舞半衫垂散漫紛長薄邀遮守隘岐
幾遭朝士笑兼任巷童隨苟務形骸達渾將性命摧何
曾愛官序不省計家資忽悟成虛擲翻然歎未宜使囘
躭樂事堅赴策賢時寢食都忘倦園廬遂絕闚勞神甘
慼慼攻短過孜孜葉怯穿楊箭囊藏透穎錐超遙望雲
雨擺落占泉坻略剷荒凉苑搜求激直詞那能作牛後
更擬助洪基（舊說制策皆以惡訐取容爲美予與樂天指病危言不顧成敗意在決求高等初就業時今裴相公戒予愼勿以策苑爲美予深佩其言然而怪其多大擬取有可取遂一切求潛覽功及累月無所獲先是穆員盧景亮同年應制俱以訶直見黜予求獲其策皆手自寫之置在篋篋樂天猶之輩常詛予策中有不第之祥而又哂予決求高第之僭也）唱第聽雞集趨朝忘馬疲內人輿御案
朝景麗神旗首被呼名姓多慙冠等衰千官容眷盼五
色照離披鵷侶從茲洽鷗情轉自縻分張殊品命中外
却驅馳出入稱金籍東西侍碧墀鬬班雲洶湧開扇雉
參差切愧尋常質親瞻咫尺姿日輪光照耀龍服瑞葳
蕤誓欲通愚謇生憎效喔咿佞存眞妾婦諫死是男兒
便殿承偏召權臣懼撓私廟堂雖稷契城社有狐狸似
錦言應巧如弦數易欺敢嗟身暫黜所恨政無毗（予元和元年任拾遺八十三日延英對九月十三日眨授河南尉）謬辱良由此昇騰亦在斯再令陪憲禁
依舊履阽危使蜀常縣遠分臺更嶮巇匿姦勞發掘破
黨惡持疑斧刃迎皆碎盤牙老未萎乍能還帝笏詎忍
折（音浙）吾支虎尾元來險圭文却類疵浮榮齊壤芥閑氣
詠江蘺闕下殷勤拜樽前嘯傲辭飄沈委蓬梗忠信敵
蠻夷戲誚青雲驛譏題皓髮祠（予途中作青雲驛詩病其雲泥一致作四皓廟詩譏其出處不常）貪
過谷隱寺留讀峴山碑（寺在亭側）草沒章臺阯隄橫楚澤湄野
蓮侵稻隴亞柳壓城陴遇物傷凋換登樓思漫瀰金攢
嫩橙子鑒泛遠鸕鷀仰竹藤纏屋苫茆荻補籬（南人以大竹爲瓦用荻爲籬也）麴
梨通蔕朽火米帶芒炊（麴梨軟爛無味火米粗糲不精）葦笥鍼筒束鰱
魚箭羽鬐芋羹眞底可鱸鱠漫勞思北渚銷魂望南風
著骨吹度梅衣色漬食稗馬蹄羸（南方衣服經夏謂之度梅顏色盡黯馬食菰蔣蓋北地稗之屬）
院榷和泥鹼官酤小麴醨訛音煩繳繞輕（去聲）俗醜威
儀樹罕貞心柏畦豐衞足葵坳洼饒磄矮游惰壓庸緇
病賽烏稱鬼巫占瓦代龜（南人染病競賽烏鬼楚巫列肆悉賣瓦卜）連陰蠅張王瘴

瘴雪治醫（雨中井作蛙池終冬往往無雪）我正窮於是君寧念及茲一篇從
日下雙鯉送天涯坐捧迷前席行吟忘結綦匡床鋪錯
繡几案蹋靈芝形影同初合參商喻此離扇因秋棄置
鏡異月盈虧壯志誠難奪良辰豈復追甯牛終夜永潘
鬢去年衰（予今年始三十二去歲已生白髮）溟渤深那測穹蒼意在誰馭方輕
騕褭車肯重辛夷臥轍希濡沫低顏受頷頤世情焉足
怪自省固堪悲溷鼠虛求潔籠禽方訝飢猶勝憶黃犬
幸得早圖之

全唐詩

元稹

紀懷贈李六戶曹崔二十功曹五十韻

昔冠諸生首初因三道徵公卿碧墀（一作雞）會名姓白麻稱
日月光遙射煙霄志漸弘榮班聯錦繡諫紙（一作路）賜牋藤
便欲（一作務）呈肝膽何言犯股肱椎埋衝斗劍消碎瑩壺氷
赤縣纔分務青驄已迴乘因騎度海鶻擬殺蔽天鵬縛
虎聲空壯連鼇力未勝風翻波竟蹙山壓勢逾崩僇辱
徒相困蒼黃性不能酣歌離峴頂負氣入江陵華表當
蟾魄高樓挂玉繩角聲悲掉蕩城影暗稜層軍幕威容
盛官曹禮數兢心雖出雲鶴身尚觸籠鷹竦足良甘分
排衙苦未曾通名參將校抵掌見親朋喣沫求涓滴滄
波怯斗升荒居鄰鬼魅羸馬步殑殘白草堂簷短黃梅
雨氣蒸霑黏經汗席颸閃盡油燈夜怯餐膚蚋朝煩拂
面蠅過從愁厭賤專靜畏猜仍旅寓誰堪託官聯自可
憑甲科崔並騖柱史李齊昇共展排空翼俱遭激遠矰
他鄉元易感同病轉相矜投分多然諾忘言少愛憎誓
將探肺腑恥更辨淄澠會宿形骸遠論交意氣增一心
吞渤澥戮力拔嵩恒語到磨圭角疑消破弩癥吹噓期
指掌患難許檐簦鍛翮鸞棲棘藏鋒箭在綳雪中方覩
桂木上莫施罾且泛黃沙水兼過被病僧有時鞭款段
盡日醉傍僜躡屐看秧稻敲船和採菱叉魚江火合喚
客谷神應嘯傲雖開口幽憂復滿膺望雲鱗撥剌透匣
色騰凌每想潢池寇猶稽赤族懲夔龍勞算畫貔虎帶
威稜逐鳥忠潛奮懸旌意遠凝陂弓思徹札絆驥悶牽
縆運甓調辛苦聞雞屢寢興閑隨人兀兀夢聽鼓鼕鼕
班筆行看擲黃陂莫漫澄騏驎高閣上須及壯時登

答姨兄胡靈之見寄五十韻（幷序）

九歲解賦詩飲酒至斗餘乃醉時方依倚舅族舅
憐不以禮數檢故得與姨兄胡靈之之輩十數人
爲晝夜遊日月跳擲於今餘二十年矣其間悲歡
合散可勝道哉昨枉是篇感徹肌骨適白翰林又
以百韻見貽余因次酬本韻以荅貫珠之贈焉於
吾兄不敢變例復自城至生凡次五十一字靈之
本題兼呈李六侍御是以篇末有云

憶昔鳳翔城齠年是事榮理家煩伯舅相宅盡（茲引反）吾兄
詩律蒙親授朋遊忝自迎題頭筠管縵教射角弓騂（靈之善筆札習騎射）
矮馬馳鬘韂犛（音茆）牛獸面纓對談依赳赳送客步
盈盈米椀諸賢讓蠡樽大戶傾一船席外語三榼拍心
精傳盞加分數橫波擲目成華奴歌淅淅媚子舞卿卿（軍大夫張生好屬詞多妓樂歌者華奴善歌淅淅鹽又有舞者媚子每觥令禁言張生常令相撓）鬬設狂爲好誰憂飲敗
名屠過隱朱亥樓夢古秦嬴（弄玉樓在鳳翔城北角）環坐唯便草投盤
暫廢觥春郊纔爛熳夕鼓已砰轟荏苒移灰琯喧闐勸
塞兵糟漿聞漸足書劍訝無成抵璧慙虛棄彈珠覺用
輕遂籠雲際鶴來狎谷中鶯學問攻方苦篇章興太清
囊疎螢易透錐鈍股多坑筆陣戈矛合文房棟桷撐豆
萁才敏儁羽獵正崢嶸岐下尋時別京師觸處行醉眠
街北廟閑繞宅南營（予宅在靖安北街靈之時寓居永樂南街廟中予宅又南鄰弩營）柳愛凌寒軟
梅憐上番驚（紀事作玉雪輕）觀松青黛笠欄藥紫霞英（開元觀古松五株靖安宅牡丹數本皆最盛時遊行之地）盡日聽僧講通宵詠月明正躭幽趣樂旋被宦
途縈吏晉資材枉留秦歲序更（時靈之作吏平陽予酬校秘閣自茲分散）我髯黳數
寸君髮白千莖芸閣懷鉛暇姑峯帶雪晴何由身倚玉
空覩翰飛瓊世道難於劍讒言巧似笙但憎心可轉不
解跽如擎始効神羊觸俄隨旅鴈征孤芳安可駐五鼎
幾時烹潦倒沉泥滓欹危踐矯衡登樓王粲望落帽孟

嘉情（龍山落帽臺去府城二十里）巫峽連天水章臺塞路荊（章華臺去府十里）雨摧
漁火燄風引竹枝聲分作屯之蹇那知困亦亨官曹三
語掾國器萬尋楨（此後多述李君定交之由用報靈之兼呈之意）逸傑雄姿迥皇王雅
論評蕙依潛可習雲合定誰令原燎逢氷井鴻流值木
罌智囊推有在勇爵敢徒爭迅拔看鵬舉高音侍鶴鳴
所期人拭目焉肯自佯盲鉛鈍丁寧淬蕪荒展轉耕窮
通須豹變攖搏笑狼獰媿捧芝蘭贈還披肺腑呈此生
如未死未擬變平生（一本云今日負平生）

酬許五康佐（次用本韻）

奮迅君何晚羈離我詎儔鶴籠閑警露鷹縛悶牽韝蓬
閣深沉省荊門遠慢州課書同吏職旅官各鄉愁白日
傷心過滄江滿眼流嘶風悲代馬喘月伴吳牛枯涸方
窮轍生涯不繫舟猿啼三峽雨蟬報兩京秋珠玉慙新
贈芝蘭忝舊游他年問狂客須向老農求

送崔侍御之嶺南二十韻（并序）

古朋友別皆贈以言況南方物候飲食與北土異
其甚者夷民喜聚蠱祕方云以含銀變黑爲驗攻
之重雄黃海物多肥腥啖之好嘔泄驗方云備之
在鹹食嶺外饒野菌視之蟲蠹者無毒羅浮生異
果察其鳥啄者可餐大抵珠璣瑇瑁之所聚貴潔
廉湮鬱暑濕之所蒸避溢慾其餘道途所慎離愴
之懷盡之二百言矣敘不復云

漢法戎施幕秦官郡置監蕭何歸舊印（自江陵士曹拜）鮑永授新
銜幣聘雖盈篋泥章未破緘蛛懸絲繚繞鵲報語詀諵
再礪神羊角重開憲簡函（崔君前任已爲御史）鞶纓驄赸赸綏珮纁
縿縿逸翮憐鴻翥離心覺刃劃聯游虧片玉洞照失明
鑒遙想車登嶺那無淚滿衫茅蒸連蟒氣衣漬度梅黷
象鬬緣谿竹猿鳴（一作啼）帶雨杉颶風狂浩浩韶石峻嶄嶄
宿浦宜深泊祈瀧在至誠瘴江乘（一作期）早度毒草莫親芟
試蠱看銀黑排腥貴食鹹菌須蟲已蠹巢重鳥先鵮氷
瑩懷貪水霜清顧（一作頭）痛巖珠璣當盡擲薏苡詎能讒荊
俗欺王粲吾生問季咸遠書多不達勤爲枉攕攕

酬段丞與諸棊流會宿弊居見贈二十四韻（次用本韻）

鳴局寧虛日閑窗任廢時琴（一作詩）書甘盡棄園井詎能窺
運石疑填海爭籌憶坐帷赤心方苦鬬紅燭已先施蛇
勢縈山合鴻聯度嶺遲堂堂排直陣袞袞逼羸師懸劫
偏深猛回征特險巇旁攻百道進死戰萬般爲異日玄
黃隊今宵黑白棊斫營看迥點對壘重相持善敗雖稱
怯驕盈最易欺狼牙當必碎虎口禍難移乘勝同三捷
扶顛望一詞（一作措）希因送目便敢恃指縱奇退引防邊策
雄吟斬將詩眠牀都浪置通夕共忘疲曉雉風傳角寒
藂雪壓枝繁星收玉版殘月耀氷池僧請聞鐘粥賓催
下藥巵獸炎餘炭在蠟淚短光衰俛仰嗟陳跡殷勤卜
後期公私牽去住車馬各支離分作終身癖兼從是事
隳此中無限興唯怕俗人知

酬竇校書二十韻（次本韻）

鷗鷺元相得杯觴每共傳芳遊春爛熳晴望月團圓調
笑風流劇論文屬對全賞（一作詠）花珠並綴看雪璧常連竹
寺荒唯好松齋小更憐潛投孟公轄狂乞莫愁錢塵土
拋書卷槍籌弄酒權令誇齊箭道力鬬抹弓弦但喜添
樽滿誰憂乏桂然漸輕身外役渾證飲中禪及我辭雲
陛逢君仕圃田音徽千里斷魂夢兩情偏足聽猿啼雨
深藏馬腹鞭官醪半清濁夷餼雜腥膻顧影無依倚甘
心守靜專那知暮江上俱會落英前歘曲生平在悲凉
歲序遷鶴方同北渚鴻又過南天麗句慙虛擲沉機懶
強牽粗酬珍重意工拙定相懸

泛江翫月十二韻（并序）

予以元和五年自監察御史貶授江陵士曹掾六
月十四日張季友李景儉二侍御王文仲司錄王
衆仲判官兩昆季爲予載酒炙選聲音自府城之
南橋（一作淮）乘（一作攀）月泛舟窮竟一夕予因賦詩以紀之

楚塞分形勢羊公壓大邦因依（一作朋儕）多士子參畫（一作量）盡敦
厖岳壁開相對荀龍自有雙共將船載酒（一作繫舸）同泛（一作況是）月
臨江遠樹懸金鏡深潭倒玉幢委波添淨練洞照滅凝
釭闐咽沙頭市玲瓏竹岸窗巴童唱巫峽海客話神瀧
已困連飛盞猶催未倒釭飲荒情爛熳風棹樂崢摐勝
事他年憶（一作書）愁（一作雄）心此夜降知君皆逸韻須爲應莛撞

·痁臥聞幕中諸公徵樂會飲因有戲呈三十韻

蔓落因寒甚沉陰與病偕藥囊堆小案書卷塞空齋脹
腹看成鼓羸形漸比柴道情憂易適溫瘴氣難排治癧
扶輕杖開門立靜街耳鳴疑暮角眼暗助昏霾野竹連
荒草平陂接斷崖坐隅甘對鵩當路恐遭豺蛇蠱迷弓
影鵰翎落箭靫晚籬喧鬬雀殘菊半枯荄帳望悲回鴈
依遲傍古槐一生長苦節三省詎行怪奔北翻成勇司
南却是咼穹蒼真漠漠風雨漫喈喈彼美猶谿女其誰
占館娃誠知通有日太極浩無涯布卦求无妄祈天願
孔皆藏衰謀計拙地僻往還乖況羨蓮花侶方欣綺席
諧鈿車迎妓樂銀翰屈朋儕白紵顰歌黛同蹄隊舞釵
（白紵同蹄皆樂人姓名）纖身霞出海豔臉月臨淮籌箸隨宜放投盤止
罰啀紅娘留醉打觥使及醒差（舞引紅娘抛打曲名酒中觥使席上右職）顧我潛孤
憤何人想獨懷夜燈然檞葉凍雪墮塼堦壞壁虛缸倚
深爐小火埋鼠驕銜筆硯被冷束筋骸畢竟圖斟酌先
須遣癘瘵（癉瘵之徒）槍旗如在手（箋箸色目）那復敵崴嵬

酬友封話舊敘懷十二韻（依次重用爲韻）

風波千里別書信二年稀乍見悲兼喜猶驚是與非身
名判作夢盃盞莫相違草館同牀宿沙頭待月歸春深
鄉路遠老去宦情微魏闕何由到荊州且共依人欺翻
省事官冷易藏威但擬馴鷗鳥無因用弩機開張圖（一作門）
卷軸顛倒醉衫衣蕁菜銀絲嫩鱸魚雪片肥憐君詩似
湧贈我（一作躍馬）筆如飛會遣諸伶唱篇篇入禁闈

送王協律游杭越十韻

去去莫悽悽餘杭接會稽松門天竺寺花洞若耶溪浣
渚逢新豔蘭亭識舊題山經秦帝望（一作幸）壘辨越王棲（一作堤）
江樹春常早城樓月易低鏡呈（一作澄）湖面出（一作帶）雲疊海潮
齊章甫官人戴蕁絲姹女提長干迎客鬧小市隔煙迷
紙亂紅藍壓甌凝碧玉泥荊南無抵（一作底）物來日爲儂攜

送東川馬逢侍御使回十韻

風水荊門闊文章蜀地豪眼青賓禮重眉白衆情高思
勇曾吞筆投虛慣用刀詞鋒倚天劍學海駕雲濤南郡

傳紗帳東方讓錦袍旋吟新樂府便續古離騷雪岸猶封草春江欲滿槽餞筵君置醴隨俗我餔糟莫歎巴三峽休驚鬢二毛流年等頭(一作閑)過人世各勞勞

全唐詩

元稹

酬盧祕書(并序)

予自唐歸京之歲祕書郎盧拱作喜遇白贊善學士詩二十韻兼以見貽白詩酬和先出予草麼末暇皇(一作遑)頗有致師之挑故篇末不無憤辭其次用本韻習然也

偶有衡天氣都無處世才未容榮路穩先蹋禍機開分久沉荆掾慙經廁柏臺理推愁易惑鄉思病難裁夜伴吳牛喘春驚朔鴈回北人腸斷送西日眼穿隤唯望魂歸去那知詔下來涸魚千丈水殭燕一聲雷幽匣提清鏡衰顏拂故埃夢雲期紫閣厭雨別黃梅親戚迎時到班行見處陪文工猶畏忌朝士絕嫌猜新識蓬山傑深交翰苑材連投珠作貫獨和玉成堆劇敵徒相軋羸師亦自媒磨礱刮骨刃翻擲委心灰恐被神明哭憂爲造化災私調破葉箭定飲搴旗杯金寶潛砂礫芝蘭似草萊憑君毫髮鑒莫遣翳莓苔

見人詠韓舍人新律詩因有戲贈

喜聞韓古調兼愛近詩篇玉磬聲聲徹金鈴箇箇圓高疎明月下細膩早春前花態繁於綺閨情軟似綿輕新便妓唱凝妙入僧禪欲得人人伏能教面面全延之(一作清)苦拘檢摩詰好因緣七字排居敬千詞敵樂天(侍御八兄能爲七言絕句贊善白君好作百韻律詩)殷勤閑太祝(張君)好去老通川(自謂)莫漫裁章句須饒紫禁仙

奉和權相公行次臨闕驛逢鄭僕射相公歸朝俄頃分途因以奉贈詩十四韻

帝下赤霄符搜求造化爐中台歸內座太一直南都黃霸乘軺入王尊叱馭趨萬人東道送六纛北風驅棧閣纔傾蓋關門已合繻貫魚行邐迤交馬語踟躕去速熊羆兆來馳虎豹夫昔憐三易地今訝兩分途別路環山雪離章運寸珠鋒鋩斷犀兕波浪沒蓬壺宇聲雖動淮河孽未誅將軍遙策畫師氏密訏謨漢上壇仍築褒西陣再圖公方先二虜何暇進愚儒

酬樂天東南行詩一百韻(并序)

元和十年三月二十五日予司馬通州二十九日與樂天於鄠東蒲池村別各賦一絕到通州後予又寄一篇尋而樂天貺予八首予時瘧病將死一見外不復記憶十三年予以赦當遷簡省書籍得是八篇吟歎方極適崔果州使至爲予致樂天去年十二月二日書書中寄予百韻至兩韻凡二十四章屬李景信校書自忠州訪予連牀遞飲之間悲咤使酒不三兩日盡和去年已來三十二章皆畢李生視草而去四月十三日予手寫爲上下卷仍依次重用本韻亦不知何時得見樂天因人或寄去通之人莫可與言詩者唯妻淑在旁知狀(其本卷尋時於峽州面付樂天別本都在唱和卷中此卷唯五言大律詩二首而已)

我病方吟越君行已過湖(元和十年閏六月至通州染瘴危重八月聞樂天司馬江州)去應緣直道哭不爲窮途亞竹寒驚牖空堂夜向隅暗魂思背燭危夢怯乘桴(此後每聯之內半述巴蜀土風半述江鄉物產)坐痛筋骸憯旁嗟物候殊雨蒸蟲沸渭浪湧怪睢盱索緶飄蚊蚋蓬麻甃舳艫短簷苫稻草微俸封(去聲)漁租泥浦(去聲)喧撈蛤荒郊險鬬貙鯨吞近溟漲猿鬧接黔巫芒屩泅牛婦丫頭蕩槳夫酢醅荷裹賣醨酒水淋沽(巴民造酒如淋醋法)舞態翻鸜鵒歌詞咽鷓鴣夷音啼似笑蠻語謎相呼江郭船添店山城木豎郛吠聲沙市犬爭食墓林烏獷俗誠堪憚妖神甚可虞欲令仁漸及已被瘧潛圖膳減思調鼎行稀恐蠹樞雜尊多剖鱔和黍半蒸菰綠糉新菱實金丸小木奴(巴楠酸澁大如彈丸)芋羹眞暫淡鱺炙漫塗蘇(俗以蘇魚爲膾)炰鼈那勝羜烹鯨只似鱸(通州)楚風輕似蜀巴地濕如吳氣濁星難見州斜日易晡通宵但雲霧未酉即桑榆(此後並言巴中風俗)瘴窟蛇休蟄炎溪暑不徂倀魂陰叫嘯鵩貌晝踟躕鄉里家藏蠱官曹世乏儒斂緡偷印信傳箭作符繻椎髻拋巾幗鐮刀代轆轤當心鞙銅鼓背弝射桑弧(巴民盡射木弓仍於弓左安箭)豈復民吡料須將鳥獸驅是非渾並漆詞訟敢研朱陋穿鵶窺伺衰形蟒覰覦鬢毛霜點合襟淚血痕濡倍憶京華伴偏忘我爾軀(此後並言與樂天同科共遊處等事)謫居今共遠榮路昔同趨科試銓衡局衙參典校廚(書判同年校正同省)月中分桂樹天上識昌蒲應召逢鴻澤陪游值賜酺心唯撞衞磬耳不亂齊竽(此後並言同應制時事)海岱詞鋒截皇王筆陣驅疾奔凌騕褭高唱軋吳歈點檢張儀古提攜傳說圖擺囊看利頴開頷出明珠並取千人特皆非十上徒白麻雲色膩墨詔電光麤衆口貪歸美何顏敢妬姝秦臺納紅旭鄭匣洗黃爐諫獵寧規避彈豪詎囁嚅肺肝憎巧曲蹊徑絕縈迂誓遣朝綱振忠饒翰苑輸(元和四年爲監察御史樂天爲翰林學士)驥調方汗血蠅點忽成盧遂謫棲遑掾還飛送別盂痛嗟親愛隔顛望友朋扶狸病翻隨鼠驄羸返作駒物情良狗俗時論太誣吾瓶罄罍偏恥松摧柏自枯虎雖遭陷穽龍不怕泥塗(此已上並述五年貶掾江陵樂天亦曹罹謗鑠)重

喜登賢苑方欣佐伍符九年樂天除太子贊善予從事唐州也判身入矛戟輕敵
比錙銖驛騎來千里天書下九衢因教罷飛檄便許到
皇都十年春自唐州詔予召入京舟敗罌浮漢驂疲杖過邗郵亭一蕭索
烽候各崎嶇饋餉人推輅誰何吏執殳拔家逃力役連
鏁責音債逋誅防戍兄兼弟收田婦與姑縑緗工女竭青
紫使臣紆望國參雲樹歸家滿地蕪破窗塵埣埣幽院
鳥嗚嗚此已下並言靖安里無人居觸目荒涼祖竹藂新筍孫枝壓舊梧晚花狂
蛺蝶殘蔕宿茱萸始悟摧林秀因銜避繳蘆文房長遣
閉經肆未曾鋪鵷鷺方求侶鴟鳶已嚇雛徵還何鄭重
斥去亦須臾迢遞投遐徼蒼黃出奧區通川誠有咎湓
口定無辜三月稹之通州八月樂天之江州利器從頭匣剛腸到底刳薰蕕任
盛貯稊稗莫超踰公幹經時臥鍾儀幾歲拘光陰流似
水蒸瘴熱於鑪薄命知然也深交有矣夫救焚期骨肉
投分刻肌膚本題云寄澧州李十一舍人果州崔二十二員外開州韋大員外通州元九侍御庾三十二補闕杜十四拾遺李二十助教竇七校書兼投弔席八舍人二妙馳軒陛三英詠袴襦庾三十二杜十四並居北省李十一崔二十二韋大各典方州
李多嘲蝘蜓竇數集蜘蛛李二十稚善歌詩固多咏物之作竇七頻改官銜集有蜘蛛之喜數子皆
奇貨唯予獨朽株邯鄲笑匍匐燕薊受揶揄懶學三閭
憤甘齊百里愚耽眠稀醒素憑醉少嗟吁學問徒爲爾
書題盡已于別猶多夢寐情尚感凋枯近喜司戎健尋
傷掌誥徂今日得樂天書六年間席八歿士元名位屈伯道子孫無舊好飛
瓊翰新詩灌玉壺幾催閑處泣終作苦中娛廉藺聲相
讓燕秦勢豈俱此篇應絕倒休漫捋髭鬚樂天戲題篇末云此篇凝打足下寄容州詩故有戲酬

和樂天送客遊嶺南二十韻次用本韻

我自離鄉久君那度嶺頻一杯魂慘澹萬里路艱辛江
館連沙市瀧船泊水濱騎田迴北顧銅柱指南鄰大簦
浮三島周天過五均波心湧樓閣規外布星辰交廣間南極淩高北極淩低圖規度外星辰至衆大如五曜者數十皆不在星經
狒狒穿筒格猩猩置屐馴郭璞云嶲交廣山谷間有之南人俗法嘗用竹筒穿臂以受之狒狒執臂輒笑笑則脣蔽兩目人因自筒中出手以釘釘之於樹猩猩嗜酒好屐南人嘗以美酒置於其所且排十數屐猩猩見之驟相謂曰吾既就擒矣然而漸飲至醉醉則穿屐而行既不能去相與泣而見獲故吳都賦曰猩猩啼而就擒嶲嶲笑而被格蓋爲此貢兼蛟
女絹俗重語兒巾南方去京華絕遠冠冕不到唯海路稍通吳中商肆多賜云此有語兒巾子舶主腰藏
寶南方呼波斯爲舶主胡人異寶多自懷藏以避強盜黃家砦柴去聲南夷之區落起塵歌鍾排象背炊爨
上魚身夷民大陳設則巨象背上作樂大魚出浮身若洲島海人泊舟於旁因而炊爨其上魚不之覺電白雷山接旗
紅賊艦新島夷徐市種廟覡趙佗神鳶跕方知瘴蛇蘇
不待春曙潮雲斬斬夜海火燐燐海水夜擊之則晝如火蓋陰火潛然之謂也冠冕
中華客梯航異域臣果然皮勝錦吉了舌如人風黖一作黖
秋茅葉煙埋曉月輪定應玄髮變焉用翠毛珍句漏沙
須買貪泉貨莫親能傳稚川術何患隱之貧

獻滎陽公詩五十韻并啓

啓今月十七日公會儒於便廳稹亦謬容末席公出棠樹之首章且識其目曰客有前進士韋張在宋來會學由我而下聯爲五言以美之諸生怗怗竦竦各盡詞以獻公公則擧其摧敵推索析理次至數聯應若前定諸儒有不安者隨爲刮削變娸爲妍不廢暮而珠貫成就瑕不可掩者稹六聯耳退而自咎且盛公之所爲因而次用所聯翩賢等五十一字合爲一詩止詠公之詞業力翰泊生徒學校之事而已也其於動位崇懿在國籍族地清甲編世家政事德美播謳謠儉仁慈愛被親戚非小儒造次之所盡大凡受褊狹者不可以語大持杯棬而承澍雨自滿而止又安能測其霶沛之所至哉惶恐無任俯伏待罪謹以啓陳不宣謹啓

鄭驛騎翩翩丘門子弟賢文翁開學日正禮騁途年張秀才正蒙滎陽公首薦登第也駿骨黃金買英髦絳帳延趨風皆蹀足侍坐
各差肩解榻招徐穉登樓引仲宣鳳攢題字扇魚落講
經筵盛氣河包濟貞姿嶽柱天皐夔當五百鄒魯重三
千科斗翻騰取關雎教授先滎陽公家吏生徒受詩有百數篆垂朝露滴詩
綴夜珠聯逸禮多心匠焚書舊口傳陳遵修尺牘阮瑀
讓飛牋中的顏初啓抽毫踵未旋森羅萬木合屬對百
花全詞海跳波湧文星拂坐懸戴馮遙避席祖逖後施
鞭西蜀凌雲賦東陽詠月篇勁芰鼇足斷精貫蝨心穿
浩汗神彌王飄颻興欲仙冰壺通皓雪綺樹眇晴煙驅
駕雷霆走鋪陳錦繡鮮清機登穾奧流韻溢山川墨客
膺潛服談賓膝誤前張鱗定摧敗折角反矜憐句句推
瓊玉聲聲播管弦纖新撩造化澒洞斡陶甄衞磬琤鉤
極齊竽僭濫偏空虛慙炙輠黠竄許懷鉛儻包秋來草
哀吟雨後蟬自傷魂慘沮何暇思幽玄稹病瘧二年求醫在此滎陽公不忍歸之韋鄉
喜到樽罍側愁親几案邊菁華知竭矣肺腑尚求旃抵
滯渾成醉徘徊轉慕膻老歎才漸少閑苦病相煎瓦礫
難追琢芻蕘分棄捐漫勞成懇懇那得美娟娟拙劣仍
非速迂愚且異專移時停筆硯揮景乏戈鋋儀舌忻猶
在舒帷誓不褰會將連獻楚深恥謬游燕蒲有臨書葉
韋充讀易編沙須披見寶經擬帶耕田入霧長期閏持
朱本望研輸轢呈曲直繫枘取方圓呼吸寧徒爾霑濡
豈浪然過蕭資響亮隨水漲淪漣惜日看圭短偷光恨
壁堅勤勤彫朽木細細導蒙泉傳癖今應甚頭風昨已
痊丹青公舊物一爲變蚩妍

酬樂天江樓夜吟稹詩因成三十韻次用本韻

忽見君新句君吟我舊篇見當巴徼外吟在楚江前思
鄙寧通律聲清遂扣玄三都時覺重一顧世稱妍排韻
曾遥答分題幾共聯昔憑銀翰寫今賴玉音宣布鼓隨
椎響坯泥仰匠圓鈴因風斷續珠與調牽絲阮籍驚長
嘯商陵怨別弦猿羞啼月峽鶴讓警秋天志士潛興感
高僧暫廢禪興飄滄海動氣合碧雲連點綴工微者吹
噓勢特然休文徒佇檻彥伯浪回船伎樂當筵唱兒童
滿巷傳改張思婦錦騰躍賈人牋魏拙虛教出曹風敢
望痊定遭才子笑恐賺學生癲裁什情何厚飛書信不
專隼猜鴻蓄縮虎横犬迍邅水墨看雖久瓊瑤喜尚全
纔從魚裏得便向市頭懸夜置堂東序朝鋪座右邊手
尋韋欲絕淚滴紙渾穿甘蔗銷殘醉醍醐醒早眠深藏
那遽滅同詠苦無緣雅羨詩能聖終嗟藥未仙五千誠
遠道四十已中年諸葛亮云揚州萬里潯陽向餘五千僕今年忽已四十一暗魄多相夢衰容
每自憐卒章還慟哭蚊蚋溢山川

酬樂天待漏入閣見贈時樂天爲中書舍人予任翰林學士

未勘銀臺契先排浴殿關沃心因特召承旨絕常班承旨學士在諸學士上颭閃才人袖思政對學士往往宮官傳詔嘔鴉轅舉鑼宮花低作
帳雲從積成山密視樞機草偷瞻咫尺顏恩垂天語近

對久漏聲閑丹陛曾同立金鑾恨獨攀筆無鴻業潤袍媿紫文殷河水通天上瀛州接世間謫仙名籍在何不重來還

酬樂天早春閑遊西湖頗多野趣恨不得與微之同賞因思在越官重事殷鏡湖之遊或恐未暇因成十八韻見寄樂天前篇到時適會予亦宴鏡湖南亭因述目前所睹以成酬答末章亦示暇誠則勢使之然亦欲粗爲恬養之贈耳（浙東時作）

雁思欲回賓風聲乍變新各攜紅粉伎俱伴紫垣人水面波疑縠山腰虹（音降）似巾柳條黃大帶茭葑（茭葑草根）綠文茵雪盡纔通屐汀寒未有蘋向陽偏曬羽依岸小游鱗浦嶼崎嶇到林園次第巡墨池憐嗜學丹井羨登眞（逸少墨池稚川丹井皆越中異跡）雅歎游方盛聊非意所親白頭辭北闕滄海是東鄰問俗煩江界蒐畋想渭津故交音訊少歸夢往來頻獨喜同門舊皆爲列郡臣三刀連地軸一葦礙車輪尚阻青天霧空瞻白玉塵龍因雕字識犬爲送書馴勝事無窮境流年有限身嬾將閑氣力爭鬭野塘春

江邊四十韻（官爲修宅卒然有作因招李六侍御　此後並江陵時作）

官借江邊宅天生地勢坳敧危饒壞構迢遞接長郊怪鵩頻棲息跳蛙頗混殽總無籬繳繞尤怕虎咆哮停潦魚招獺空倉鼠敵貓土虛煩穴蟻柱朽畏藏蛟蛇虺吞簷雀豺狼逐野麃犬驚狂浩浩雞亂響嘐嘐濩落貧甘守荒涼穢盡包斷簾飛熠燿當戶網蠨蛸曲突翻成沼行廊却代庖橋橫老顛柹馬病褭芻茭一一牀頭點連連砌下泡辱泥疑在絳避雨想經崤相顧憂爲鼈誰能復繫匏誓心來利往卜食過安爻何計逃昏墊移文報舊交棟梁存伐木苫蓋愧分茅金琯排黃荻琅玕褭翠梢花塼水面鬬鴛瓦玉聲敲方礎荊山採修椽郢匠鉋隱錐（一作椎）雷震蟄破竹箭鳴骹正寢初停午頻眠欲轉胞囷圓收（一作故）薄祿廚敝備嘉肴各各人寧宇雙雙燕賀巢高門受車轍華廄稱蒲捎尺寸皆隨用毫釐敢浪拋篾餘籠白鶴枝（集本缺）櫝架青鴝製榻容筐篚施關拒斗筲欄干防汲井密室待持膠庭草傭工薙園蔬稚子掊本圖閑種植那要擇肥磽綠柚勤勤數紅榴箇箇抄池清漉螃蟹爪蠹拾蝦蟊曬篆看沙鳥磨刀綻海鮫羅灰修藥竈築垛閱弓弰散誕都由習童蒙剩嬾教最便陶靜飲還作解愁嘲近浦聞歸檝遙城罷曉鐃王孫如有問須爲併揮鞘

春六十韻

節應寒灰下春生返照中未能消積雪已漸少回風迎氣邦經重齋誠帝念隆龍驤紫宸北天壓翠壇東仙仗搖佳彩榮光答聖衷便從威仰座隨入大羅宮先到璇淵底偷穿瑇瑁櫳館娃朝鏡晚太液曉氷融撩摘（音剔）芳情徧搜求好處終九霄渾可可萬姓尚忡忡晝漏頻加箭宵暉欲半弓驅令三殿出乞與百蠻同直自方壺島斜臨絕漠戎南巡曖（一作暖）珠樹西轉麗崆峒度嶺梅甘坼潛泉脈暗洪悠悠鋪塞草冉冉著江楓蠶役投筐妾耘催荷蓧翁既蒸難發地仍送嬾歸鴻約略環區宇殷勤綺鎬酆華山青黛撲渭水碧沙蒙宿露清餘靄晴煙塞迥空燕巢纔點綴鶯舌最惺憁膩粉梨園白臙脂桃徑紅鬱金垂嫩柳罨畫委高籠地甲門闌大天開禁掖崇層臺張舞鳳閣道架飛虹麴糵調神化（集本缺）鵷鸞竭至忠歌鍾（一作聲）齊錫宴車服獎庸功俊造欣（一作興）時用閭閻賀歲豐倡樓妝爓爓（一作細細歌）農野綠（一作麥）芃芃貴主驕矜盛豪家恃賴雄偏霑打毬彩頻得鑄錢銅專殺擒楊若殊恩赦（一作赫）鄧通女孫新在內嬰稚近封公游衍關心樂詩書對面聾盤筵饒異味音樂斥庸工酒愛油衣淺杯誇瑪瑙烘挑鬟玉釵髻刺繡寶裝攏啓齒呈編貝彈絲動削蔥醉圓雙媚靨波溢兩明瞳但賞歡無極那知恨亦充洞房閑窈窕庭院獨蔥蘢謝砌縈殘絮班窗網曙蟲望夫身化石爲伯首如蓬顧我沉憂士騎他老病驄靜街乘曠蕩初日接曈曨飲敗肺常渴魂驚耳更聰虛逢好陽豔其那苦昏懵僶俛還移步持疑又省躬慵將疲頓質漫走倦羸僮季月行當暮良辰坐歎窮晉悲焚介子魯願浴沂童燧改鮮妍火陰繁晻澹桐瑞雲低㗛㗛香雨潤濛濛藥溉分窠數籬栽備幼沖種莎憐見葉護筍冀成筒有夢多爲蝶因蒐定作熊漂沈隨壞芥榮茂委蒼穹震動風千變晴和鶴一沖丁寧搴芳侶須識未開叢

月三十韻

蓂葉標新朔霜豪引細輝白眉驚半隱虹勢訝全微涼（一作曉）魄潭空洞虛弓雁畏威上弦何汲汲佳色轉依依綺幕殘燈斂妝樓破鏡飛玲瓏穿竹樹岑寂思幮幃坐愛規將合行看望已幾絳河冰鑑朗黃道玉輪巍迥照偏瓊砌餘光借粉闈泛池相皎潔壓桂共芳菲的的當歌扇娟娟透舞衣殷勤入懷什戀款隨雲圻素液傳烘盞鳴琴薦碧徽椒房深肅肅蘭路靄霏霏翡翠通簾影琉璃瑩殿扉西園筵瑇瑁東壁射蛜蝛老將占天陣幽人釣石磯荷鋤元亮息回櫂子猷歸迢遞同千里孤高淨九圍從星作風雨配日麗旌旗麟鬬寧徒設蠅聲豈浪譏司存委卿士新拜出郊畿今古雖云極虧盈不易違珠胎方夜滿清露忍朝晞漸減姮娥面徐收楚練機卞疑雕璧碎潘感竟牀稀捐篋辭班女潛波蔽虙妃氛埃誰定滅蟾兔杳難希須遺圓明盡良嗟造化非如能付刀尺別爲創璿璣

飲致用神麴酒三十韻

七月調神麴三春釀綠醽雕鐫荊玉盞烘透內丘缾試滴盤心露疑添案上螢滿尊凝止水祝地落繁星翻陋瓊漿濁唯聞石髓馨冰壺通角簟金鏡徹雲屏雪暎煙光薄霜涵霽色泠蚌珠懸皎晶桂魄倒瀴溟畫灑蟬將飲宵揮鶴誤聆琉璃驚太白鍾乳訝微青詎敢辭濡首并憐可鑒形行當遺俗累便得造禪扃何憚說千日甘從過百齡但令長泛蟻無復恨漂萍膽壯還增氣機忘反自冥瓮眠思畢卓糟籍憶劉伶髣髴中聖日希夷夾大庭眼前須底物座右任他銘刮骨都無痛如泥未擬停殘觴猶漠漠華燭已熒熒眞性臨時見狂歌半睡聽喧闐爭意氣調笑學娉婷酩酊焉知極羈離忽暫寧雞聲催欲曙蟾影照初醒咽絕鵑啼竹蕭撩雁去汀遙城傳漏箭鄉寺響風鈴楚澤一爲梗堯階屢變蓂醉荒非

六·九　四〇八

獨此愁夢幾曾經每恥窮途哭今那客淚零感君澄醴
酒不遣渭和涇

咸石榴二十韻

何年安石國萬里貢榴花迢遞河源道因依漢使槎酸
辛犯葱嶺顦顇涉龍沙初到摽珍木多來比亂麻深拋
故園裏少種貴人家唯我荆州見憐君胡地賖從教當
路長兼恣入檐斜綠葉裁煙翠紅英動日華新簾帬透
影疎牖燭籠紗委作金爐燄飄成玉砌瑕乍驚珠綴密
終誤繡幃奢琥珀烘梳碎燕支嬾頰塗風翻一樹火電
轉五雲車絳帳迎宵日芙蕖綻早牙淺深俱隱映前後
各分葩宿露低蓮臉朝光借綺霞暗虹徒繳繞濯錦莫
周遮俗態能嫌舊芳姿尚可嘉非專愛顏色同恨阻幽
遐滿眼思鄉淚相嗟亦自嗟

度門寺

北祖三禪地神秀禪師造西山萬樹松門臨溪一帶橋映竹千
重翦鑿基階正包藏景氣濃諸巖分院宇雙嶺抱垣墉
舍利開層塔香爐占小峰道場居士置經藏大師封太
子知栽植神王守要衝由旬排講座丈六寫眞容佛語
迦陵說僧行猛虎從修羅擡日拒樓至拔霜鋒畫井垂
枯朽穿池救嶮喁蕉非難敗壞槿喻暫丰茸寶界留遺
事金棺滅去蹤鉢傳烘瑪瑙石長翠芙蓉影帳紗全落
繩牀土半壅金棺已下並寺中所有荒林迷醉象危壁亞盤龍行色憐
初月歸程待曉鐘心源雖了了塵世苦憧憧宿蔭高聲
懺齋糧并力舂他生再來此還願總相逢

大雲寺二十韻

地勝宜臺殿山晴離垢氛現身千佛國護世四王軍碧
耀高樓瓦頳飛半壁文鶴林縈古道雁塔沒歸雲幡影
中天颺鐘聲下界聞攀蘿極峰頂游目到江濆馴鴿閑
依綴調猿靜守羣虎行風捷獵龍睡氣氛氳穫稻禪衣
卷燒畬劫火焚新英蠶采掇荒草象耕耘鉢付靈童洗
香教善女熏果枝低罯罯花雨澤雺雺示化維摩疾降
魔力士勳聽經神變見說偈鳥紛紜上境光猶在深谿
暗不分竹籠煙欲暝松帶日餘曛眞諦成知別迷心尚

有云多生沈五蘊宿習樂三墳諭鹿車雖設如蠶緒正
棼且將平等義還奉聖明君

和友封題開善寺十韻依次重用本韻

梁王開佛廟雲構歲時遙珠綴飛閑鴿紅泥落碎椒燈
籠青燄短香印白灰銷古匣收遺施行廊畫本朝藏經
霑雨爛魔女捧花嬌亞樹牽藤閣橫查壓石橋竹荒新
筍細池淺小魚跳匠正琉璃瓦僧鋤芍藥苗旋蒸茶嫩
葉偏把柳長條便欲忘歸路方知隱易招

全唐詩

元稹

牡丹二首此後並是校書郎以前作

簇蘂風頻壞裁紅雨更新眼看吹落地便別一年春
繁綠陰全合衰紅展漸難風光一擡舉猶得暫時看

象人

被色空成象觀空色異眞自悲人是假那復假爲人

與楊十二巨源盧十九經濟同遊大安亭各賦
二物各爲五韻探得松石

片石與孤松曾經物外逢月臨棲鶴影雲抱老人峰蜀
客君當問秦官我舊封積膏當琥珀新劫長芙蓉待補

蒼蒼去樛柯早變龍

賦得春雪映早梅

飛舞先春雪因依上番梅一枝方漸秀六出已同開積
素光逾密眞花節暗催摶風飄不散見晛忽偏摧郢曲
琴空奏羌音笛自哀今朝兩成詠翻挾昔人才

賦得玉卮無當韻取卮字

共惜連城寶翻成無當卮詎慚君子貴深訝巧工隳泛
蟻功全小如虹色不移可憐殊礫石何計辨糟醨江海
誠難滿盤筵莫忘施縱乖斟酌意猶得對光儀

賦得數蓂元和中作

將課司天曆先觀近砌蓂一旬開應月五日數從星桂
滿叢初合蟾虧影漸零辨時長有素數閏或餘青墜葉
推前事新芽察未形堯年始今歲方欲瑞千齡

賦得九月盡秋字

霜降三旬後蓂餘一葉秋玄陰迎落日凉魄盡殘鉤半
夜灰移琯明朝帝御裘潘安過今夕休詠賦中愁

賦得雨後花

紅芳憐靜色深與雨相宜餘滴下纖蘂殘珠墮細枝浣
花江上思啼粉鏡中窺念此低回久風光幸一吹

早歸

春靜曉風微凌晨帶酒歸遠山籠宿霧高樹影朝暉飲
馬魚驚水穿花露滴衣嬌鶯似相惱含囀傍人飛

晚秋

竹露滴寒聲離人曉思驚酒醒秋簟冷風急夏衣輕寢
倦解幽夢慮閑添遠情誰憐獨欹枕斜月透窗明

送林復夢赴韋令辟

蜀路危於劒憐君自坦途幾回曾啖炙千里遠銜珠野
性便荒飲時風忌酒徒相門多禮讓前後莫相踰

憶楊十二

楊子愛言詩春天好詠時戀花從馬滯聯句放杯遲日
映含煙竹風牽臥柳絲南山更多興須作白雲期

夜合

綺樹滿朝陽融融有露光雨多疑濯錦風散似分妝葉

密煙蒙火枝低繡拂牆更憐當暑見留詠日偏長

新竹

新篁纔解籜寒色已青葱冉冉偏凝粉蕭蕭漸引風扶
疎多透日寥落未成叢惟有團團節堅貞大小同

秋相望

檐月驚殘夢浮凉滿夏衾蟰蛸低户網螢火度牆陰爐
暗燈光短牀空帳影深此時相望久高樹憶橫岑

春病

病來閑臥久因見靜時心殘月曉窗迥落花幽院深望
山移坐榻行藥步牆陰車馬門前度遥聞哀苦吟

山竹枝自化感寺擕來至清源投之輞川耳

深院虎溪竹遠公身自栽多慙折君節扶我出山來貴
宅安危步難將混俗材還投輞川水從作老龍囘

悟禪三首寄胡果

近聞胡隱士潛認得心王不恨百年促翻悲萬劫長有
修終有限無事亦無殃慎莫通方便應機不頓忘
百年都幾日何事苦躕然晚歲倦爲學閑心易到禪病
宜多宴坐貧似少攀緣自笑無名字因名自在天
近見新章句因知見在心春游晉祠水晴上霍山岑問
法僧當偈還丹客贈金莫驚頭欲白禪觀老彌深

東臺去僕每爲崔白二學士話陶先生喜不遇之事且曰僕得分司東臺即足以買山家

陶君喜不遇予每爲君言今日東臺去澄心在陸渾旋
抽隨日俸幷買近山園千萬崔兼白殷勤承主恩

戴光弓韋評事見贈也

潞府筋角勁戴光因合成因君懷膽氣贈我定交情不
擬閑穿葉那能枉始生唯調一隻箭飛入破聊城

劉頗詩幷序

昌平人劉頗其上三世有義烈頗少落行陣二十
解屬文舉進士科試不就負氣狹路間病嬰車藶
柩盡碎之罄囊酬直而去南歸唐州爲吏所軋勢
不支氣屈自火其居出契書投火中繇是以氣聞
予聞風四五年而後見因以詩許之

一言感激士三世義忠臣破甕嫌妨路燒莊恥屬人迴
分遼海氣閑蹋洛陽塵儻使權由我還君白馬津

夜飲

燈火隔簾明竹梢風雨聲詩篇隨意贈杯酒越巡行漫
唱江朝曲閑徵藥草名莫辭終夜飲朝起又營營

褒城驛軍大夫嚴秦修

嚴秦修此驛兼漲驛前池已種千竿竹又一作更栽千樹梨
四年三月半新筍晚花一作牡丹時悵望一作思向東川去等閑一作偶然
題作一作此詩

閑二首

晻澹洲煙白籬篩日脚紅江喧過雲雨船泊打頭風艇
子收魚市鵶兒噪荻叢不堪堤上立滿眼是蚊蟲
青衫經夏黦白髮望鄉稠雨冷新秋簟星稀欲曙樓連
鴻盡南去雙鯉本東流北信無人寄蟬聲滿樹頭

欲曙

江隄閱暗流漏鼓急殘籌片月低城堞稀星轉角樓鶴
媒華表上鶢鶋柳枝頭不爲來趨府何因欲曙遊

寄胡靈之

早歲顛狂伴城中共幾年有時潛步出連夜小亭眠月
影侵牀上花叢在眼前今宵正風雨空宅楚江邊

夜雨

水怪潛幽草江雲擁廢居雷驚空屋柱電照滿牀書竹
瓦風頻裂茅檐雨漸疎平生滄海意此去怯爲魚

酬李六醉後見寄口號用本韻

頓愈頭風疾因吟口號詩文章紛似繡珠玉布如綦健
羨觥飛酒蒼黄日映籬命童寒色倦撫稚晚啼飢潦倒
慙相識平生頗自奇明公將有問林下是靈龜

歸田時三十七

陶君三十七挂綬出都門我亦今年去商山淅岸邨冬
修方丈室春種桔槔園千萬人間事從兹不復言

緣路

總是玲瓏竹兼藏淺漫溪沙平深見底石亂不成泥煙
火遥邨落桑麻隔稻畦此中如有問甘被到頭迷

諳盧戡與予數約遊三寺戡獨沈醉而不行

乘輿無羈束閑行信馬蹄路幽穿竹遠野迥望雲低素
帚茅花亂圓珠稻實齊如何盧進士空戀醉如泥

遣春三首

楊公三不惑我惑兩般全逢酒判身病拈花盡意憐水
生低岸沒梅蹙小珠連千萬紅顔輩須驚又一年
柳眼開渾盡梅心動已闌風光好時少杯酒病中難學
問慵都廢聲名老更判唯餘看花伴未免憶長安
失却遊花伴因風浪引將柳堤遥認馬梅徑誤尋香晚
景行看謝春心漸欲狂園林都不到何處枉風光

歲日

一日今年始一年前事空淒凉百年事應與一年同

湘南登臨湘樓

高處望瀟湘花時萬井香雨餘憐日嫩歲閏覺春長霞
刹分危牓煙波透遠光情知樓上好不是仲宣鄉

晚宴湘亭

晚日宴清湘晴空走豔陽花低愁露醉絮起覺春狂舞
旋紅帬急歌垂碧袖長甘心出童羖須一盡時荒

酒醒

飲醉日將盡醒時夜已闌暗燈風餤曉春席水窗寒未
解縈身帶猶傾墜枕冠呼兒問狼藉疑是夢中歡

全唐詩

元稹

獨遊

遠地難逢侶閑人且獨行上山隨老鶴接酒待殘鶯花
當西施面泉勝衛玠清鵝鶄滿春野無限好同聲

洞庭湖

人生除泛海便到洞庭波駕浪沉西日吞空接曙河虞
巡竟安在軒樂詎曾過唯有君山下狂風萬古多

雪天

故鄉千里夢往事萬重悲小雪沉陰夜閑窗老病時獨
聞歸去鴈偏詠別來詩慚媿紅妝女頻驚兩鬢絲

贈熊士登

平生本多思況復老逢春今日梅花下他鄉值故人

別嶺南熊判官

十年常遠道不忍別離聲況復三巴外仍逢萬里行桐花新雨氣梨葉晚春晴到海知何日風波從此生

水上寄樂天

眼前明月水先入漢江流漢水流江海西江過庾樓庾樓今夜月君豈在樓頭萬一樓頭望還應望我愁

夏陽亭臨望寄河陽侍御堯

望遠音書絕臨川意緒長殷勤眼前水千里到河陽

日高睡

隔是身如夢頻來不爲名憐君近南住時得到山行

輞川

世累爲身累閑忙不自由殷勤輞川水何事出山流

天壇歸

爲結區中累因辭洞裏花還來舊城郭煙火萬人家

雨後

倦寢數殘更孤燈暗又明竹梢餘雨重時復拂簾驚

晴日

多病苦虛羸晴明強展眉讀書心緒少閑卧日長時

直臺

麇入神羊隊烏驚海鷺眠仍教百餘日迎送直廳前

行宮一作王建詩

寥落古行宮宮花寂寞紅白頭宮女在閑坐說玄宗

醉行

秋風方索漠霜貌足暌攜今日騎驄馬街中醉蹋泥

指巡胡

遣悶多憑酒公心只仰胡挺身唯直指無意獨欺愚

飲新酒

聞君新酒熟況值菊花秋莫怪平生志圖銷盡日愁

香毬

順俗唯團轉居中莫動搖愛君心不惻猶訝火長燒

景申秋八首

年年秋意緒多向雨中生漸欲煙火近稍憐衣服輕詠詩閑處立憶事夜深行蘯落尋常慣淒涼別爲情

蚊幌雨來卷燭蛾燈上稀啼兒冷秋簟思婦問寒衣簾斷螢火入窗明蝙蝠飛良辰日夜去漸與壯心違

嗢嗢簷霤凝丁丁窗雨繁枕傾筒簟滑幔颭案燈翻喚魘兒難覺吟詩婢苦煩強眠終不著閑卧暗消魂

瓶瀉高簷雨窗來激箭風病憎燈火暗寒覺薄幃空婢報樵蘇竭妻愁院落通老夫慵計數教想蔡城東

風頭難著枕病眼厭看書無酒銷長夜回燈照小餘三元推廢王九曜入乘除廊廟應多筭參差斡太虛

經雨籬落壞入秋田地荒竹垂哀折節蓮敗惜空房小片慈菇白低叢柚子黃眼前撩亂輩無不是同鄉

雨柳枝枝弱風光片片斜蜻蜓憐曉露蛺蝶戀秋花飢啅空籬雀寒棲滿樹鴉荒涼池館內不似有人家

病苦十年後連陰十日餘人方教作鼠天豈遣爲魚鮫綻酆城劒蟲凋鬼火書出聞泥濘盡何地不摧車

遣行十首

慘切風雨夕集作多沉吟離別情燕辭前日社蟬是每年聲暗淚深相感危心亦自驚不如元不識俱作路人行

十五年前事恓惶無限情病僮更借出羸馬共馳聲射葉楊纔破聞弓鴈已驚小年辛苦學求得苦辛行

徙倚簷宇下思量去住情暗螢穿竹見斜雨隔窗聲就枕回轉數聞雞撩亂驚一家同草草排比送君行

已愴朋交別復懷兒女情相兄亦相舊同病又同聲白髮年年剩秋蓬處處驚不堪身漸老頻送異鄉行

塞上風雨思城中兄弟情北隨鵷立位南送鴈來聲遇適尤兼恨聞書喜復驚唯應遙料得知我伴君行

暮欲歌吹樂暗衝泥水情稻花秋雨氣江石夜灘聲犬吠穿籬出鷗眠起水驚愁君明月夜獨自入山行

七過褒城驛回回各爲情八年身世夢一種水風聲尋覓詩章在思量歲月驚更悲西塞別終夜繞池行

褒縣驛前境曲江池上情南堤衰柳意西寺晚鐘聲雲水興方遠風波心已驚可憐皆老大不得自由行

見說巴風俗都無漢性情猿聲蘆管調羌笛竹雞聲迎候人應少平安火莫驚每逢危棧處須作貫魚行

聞道陰平郡翛然古戍情橋兼麋鹿蹋山應鼓鼙聲羌婦梳頭緊蕃牛護尾驚憐君閑悶極只傍白江行

生春二十首丁酉歲凡二十章

何處生春早春生雲色中籠蔥閑著水晻淡欲隨風度曉分霞態餘光庇雪融晚來低漠漠渾欲泥幽叢

何處生春早春生漫雪中渾無到地片唯逐入樓風屋上些些薄池心旋旋融自悲銷散盡誰假入蘭叢

何處生春早春生霽色中遠林橫返照高樹亞東風水凍霜威庇泥新地氣融漸知殘雪薄杪近最憐叢

何處生春早春生曙火中星圍分暗陌煙氣滿晴風宮樹棲鵶亂城樓帶雪融競排闇闔側珂傘自相叢

何處生春早春生曉禁中殿階龍旆日漏閣寶箏風藥樹香煙重天顏瑞氣融柳梅渾未覺青紫已叢叢

何處生春早春生江路中雨移臨浦市晴候過湖風蘆筍錐猶短凌澌玉漸融數宗船載足商婦兩眉叢

何處生春早春生野墅中病翁閑向日征婦懶成風斫篋天雖暖穿區凍未融鞭牛縣門外爭土蓋蠶叢

何處生春早春生氷岸中尚憐扶臘雪漸覺受東風織女雲橋斷波神玉貌融便成嗚咽去流恨與蓮叢

何處生春早春生柳眼中芽新纔綻日茸短未含風綠誤眉心重黃驚蠟淚融碧條殊未合愁緒已先叢

何處生春早春生梅援中蘂排難犯雪香乞音氣擬來風隴迥羌聲怨江遙客思融年年最相惱緣未有諸叢

何處生春早春生鳥思中鵲巢移舊歲鳶羽旋高風鴻鴈驚沙暖鴛鴦愛水融最憐雙翡翠飛入小梅叢

何處生春早春生池榭中鏤瓊氷陷日文穀水迴風柳愛和身動梅愁合樹融草芽猶未出挑得小萱叢

何處生春早春生稚戲中亂騎殘爆竹爭唾小旋風罵雨愁妨走呵冰喜旋融女兒針線盡偷學五辛叢

何處生春早春生人意中曉妝雖近火晴戲漸憐風暗入心情懶先添酒思融預知花好惡偏在最深叢

何處生春早春生半睡中見燈如見霧聞雨似聞風開
眼猶殘夢擡身便恐融却成雙翅蝶還繞庳花叢（一本傍人鶯慶）

何處生春早春生曉鏡中手寒勻面粉鬟動倚簾風宿
霧梅心滴朝光幕上融思牽梳洗嬾空拔綵絲叢（壓魂逐牡丹叢）

何處生春早春生綺户中玉櫳穿細日羅幔張（上聲）輕風
柳軟腰支嫩梅香密氣融獨眠傍妬物偷鏟合歡叢

何處生春早春生老病中土膏蒸足腫天暖癢頭風似
覺肌膚展潛知血氣融又添新一歲衰白轉成叢

何處生春早春生客思中旅魂驚北鴈鄉信是東風縱
有心灰動無由鬢雪融未知開眼日空繞未開叢

何處生春早春生濛雨中裛塵微有氣拂面細如風柳
誤啼珠密梅驚粉汗融滿空愁淡淡應豫憶芳叢

嘉陵水

爾是無心水東流有恨無我心無說處也共爾何殊

漫天嶺贈僧

五上兩漫天因師懺業緣漫天無盡日浮世有窮年

百牢關

天上無窮路生期七十間那堪九年内五度百牢關

二月十九日酬王十八全素（此後有酬和並次用本韻）

君念世上川嗟予老瘴天那堪十日内又長白頭年

榮陽鄭公以稹寓居嚴茅有池塘之勝寄詩四
首因有意獻

激射分流闊灣環此地多暫停隨梗浪猶閱敗霜荷恨
阻還江勢思深到海波自傷才畎澮其柰贈珠何

酬樂天寄蘄州簟

蘄簟未經春君先拭翠筠知爲熱時物預與瘴中人碾
玉連心潤編牙小片珍霜凝青汗簡氷透碧游鱗水魄
輕涵黛琉璃薄帶塵夢成傷冷滑驚臥老龍身

酬李浙西先因從事見寄之作

近日金鑾直親於漢珥貂内人傳帝命丞相讓吾僚浙
郡懸旌遠長安諭日遥因君藥珠贈還一夢煙霄

酬周從事望海亭見寄

年老無流輩行稀足薜蘿熱時憐水近高處見山多衣
袖長堪舞喉嚨轉解歌不辭狂復醉人世有風波

代杭民答樂天

翠幕籠斜日朱衣儼别筵管弦淒欲罷城郭望依然路
溢新城市農開舊廢田春坊幸無事何惜借三年

全唐詩

元稹

杏園（此後並校書郎已前詩）

浩浩長安車馬塵狂風吹送每年春門前本是虛空（一作空虛）
界何事栽花誤世人

菊花

秋叢繞舍似陶家遍繞籬邊日漸斜不是花中偏愛菊
此花開盡更無花

酬哥舒大少府寄同年科第

前年科第偏年少未解知羞最愛狂九陌爭馳好鞍馬
八人同著綵衣裳（同年科第宏詞吕二炅王十一起拔萃白二十二居易平判李十一復禮吕四熲哥舒大烜崔十八玄亮逮不肖八人皆奉榮養）自言行樂朝朝是豈料浮生漸漸忙賴得官閑且
疏散到君花下憶諸郎

幽棲

野人自愛幽棲所近對長松遠是山盡日望雲心不繫
有時看月夜方閑壺中天地乾坤外夢裏身名旦暮間
遼海若思千歲鶴且留城市會飛還

清都春霽寄胡三吴十一

藥珠宫殿經微雨草樹無塵耀眼光白日當空天氣暖
好風飄樹柳陰涼蜂憐宿露攢芳久燕得新泥拂户忙
時節催年春不住武陵花謝憶諸郎

華嶽寺（貞元二十年正月二十五日自洛之京二月三日春社至華嶽寺謁竇師院曾未逾月又復徂東再謁竇師因題四韻）

山前古寺臨長道來往淹留爲愛山雙燕營巢始西别
百花成子又東還暝驅羸馬頻看堠曉聽鳴雞欲度關
羞見竇師無外役竹窗依舊老身閑

天壇上境（貞元二十年五月十四日夜宿天壇石幢側十五日得盩厔馬逢少府書知予遠上天壇因以長句見贈篇末仍云靈溪試爲訪金丹因於壇上還贈）

野人性僻窮深僻芸署官閑不似官萬里洞中朝玉帝
九光霞外宿天壇（上有洞周萬里）洪漣浩渺東溟曙白日低回上
境寒因爲南昌檢仙籍馬君家世奉還丹

尋西明寺僧不在

春來日日到西林飛錫經行不可尋蓮池舊是無波水
莫逐狂風起浪心

與吴侍御春遊

蒼龍闕下陪驄馬紫閣峰頭見白雲滿眼流光隨日度
今朝花落更紛紛

晚春

晝靜簾疏燕語頻雙雙鬬雀動階塵柴扉日暮隨風掩
落盡閑花不見人

先醉

今日樽前敗飲名三桮未盡不能傾怪來花下長先醉
半是春風蕩酒情

獨醉

一樹芳菲也當春漫隨車馬擁行塵桃花解笑鶯能語
自醉自眠那藉人

宿醉

風引春心不自由等閑衝席飲多籌朝來始向花前覺
度却醒時一夜愁

懼醉（答盧子蒙）

聞道秋來怯夜寒不辭泥水爲桮盤殷勤懼醉有深意
愁到醒時燈火闌

羡醉

綺陌高樓競醉眠共期顛穨不相憐也應自有尋春日
虛度而今正少年

憶醉

自歎旅人行意速，每嫌杯酒緩歸期。今朝偏遇（一作偶）醒時別，淚落風前憶醉時。

病醉（戲作吳吟贈盧十九經濟、張三十四弘辛丈丘度）

醉伴見儂因病酒，道儂無酒不相窺。那知下藥還沽底，人去人來剩一卮。

擬醉（與盧子蒙飲於竇晦之，醉後賦詩共十九首，子蒙叙爲別卷，自此至狂醉皆是夕所賦）

九月閑宵初向火，一尊清酒始行杯。憐君城外遥相憶，冒雨衝泥黑地來。

勸醉

竇家能釀銷愁酒，但是愁人便與銷。願我共君俱寂寞，只應連夜復連朝。

任醉

不怕酒醒渾不飲，因君相勸覺情來。殷勤滿酌從聽醉，乍可欲醒還一杯。

同醉（呂子元、庾及之、杜歸和同隱客泛韋氏池）

柏樹臺中推事人，杏花壇上鍊形真。心源一種閑如水，同醉櫻桃林（一作樹）下春。

狂醉

一自柏臺爲御史，二年辜負兩京春。峴亭今日顛狂醉，舞引紅娘亂打人。

伴僧行

春來求事百無成，因向愁中識道情。花滿杏園千萬樹，幾人能伴老僧行。

古寺

古寺春餘日半斜，竹風蕭爽勝人家。花時不到有花院，意在尋僧不在花。

定僧

落魄閑行不著家，徧尋春寺賞年華。野（一作禪）僧偶向花前定，滿樹狂風滿樹花。

觀心處

滿坐喧喧笑語頻，獨憐方丈了無塵。燈前便是觀心處，要似觀心有幾人。

智度師二首

四十年前馬上飛，功名藏盡擁禪衣。石榴園下擒生處，獨自閑行獨自歸。

三陷思明三突圍，鐵衣抛盡衲禪衣。天津橋上無人識，閑凭欄干望落暉。

西明寺牡丹

花向琉璃地上生，光風炫轉紫雲英。自從天女盤中見，直至今朝眼更明。

憶楊十二

去時芍藥纔堪贈，看却殘花已度春。只爲情深偏愴別，等閑相見莫相親。

送復夢赴韋令幕

世上於今重檢身，吾徒耽酒作狂人。西曹舊事多持法，慎（一作切）莫吐他丞相茵。

送劉太白（太白居從善坊）

洛陽大底居人少，從善坊西最寂寥。想得（一作到）劉君獨騎馬，古堤愁（一作秋）樹隔中橋。

奉誠園（馬司徒舊宅）

蕭相深誠奉至尊，舊居求作奉誠園。秋來古巷無人掃，樹滿空牆閉戟門。

與太白同之東洛至櫟陽，太白染疾，駐行。予九月二十五日至華嶽寺，雪後望山

共作洛陽千里伴，老劉因疾駐行軒。今朝獨自山前立，雪滿三峰倚寺門。

野狐泉柳林

去日野狐泉上柳，紫牙初綻拂眉低。秋來寥落驚風雨，葉滿空林踏作泥。

酬胡三憑人問牡丹

竊見胡三問牡丹，爲言依舊滿西欄。花時何處偏相憶，寥落衰紅雨後看。

酬樂天秋興見贈本句云：莫怪獨吟秋興苦，比君校近二毛年

勸君休作悲秋賦，白髮如星也任垂。畢竟百年同是夢，長年何異少何爲。

全唐詩

元稹

雪後宿同軌店上法護寺鐘樓望月

滿山殘雪滿山風，野寺無門院院空。煙火漸稀孤店靜，月明深夜古樓中。

陪韋尚書丈歸履信宅，因贈韋氏兄弟

紫垣騶騎入華居，公子文衣護錦輿。眠閣書生復何事，也騎羸馬從尚書。

永貞二年正月二日，上御丹鳳樓赦天下，予與李公垂、庾順之閑行曲江，不及盛觀

春來饒夢慵朝起，不看千官擁御樓。却著閑行是忙事，數人同傍曲江頭。

韋居守晚歲常言退休之志，因署其居曰大隱洞，命予賦詩，因贈絶句

謝公潛有東山意，已向朱門啟洞門。大隱猶疑戀朝市，不如名作罷歸園。

贈李十二牡丹花片因以餞行

鶯澁餘聲絮墮風，牡丹花盡葉成叢。可憐顔色經年別，收取朱闌一片紅。

題李十一修行（一作竹）里居壁

雲闕朝迴塵騎合，杏花春盡曲江閑。憐君雖在城中住，不隔人家便是山。

靖安窮居

喧靜不由居遠近，大都車馬就權門。野人住處無名利，草滿空階樹滿園。

贈樂天

等閑相見銷長日，也有閑時更學琴。不是眼前無外物，不關心事不經心。

使東川 并序。此後並御史時作

元和四年三月七日，予以監察御史使東川，往來鞍馬間，賦詩凡三十二章。秘書省校書郎白行簡爲予手寫爲東川卷，今所錄者，但七言絕句長句耳。起駱口驛，盡望驛臺，二十二首云。

駱口驛二首 東壁上有李二十員外逢吉、崔二十二侍御韶使雲南題名處，北壁有翰林白二十二居易題擁石、關雲、開雪、紅樹等篇，有王質夫和焉。王不知是何人也

郵亭壁上數行字，崔李題名王白詩。盡日無人共言語，不離牆下至行時。

二星徼外通蠻服，五夜燈前草御文。我到東川恰相半，向南看月北看雲。

清明日 行至漢上，憶與樂天、知退、杓直、拒非、順之輩同遊

常年寒食好風輕，觸處相隨取次行。今日清明漢江上，一身騎馬縣官迎。

亞枝紅 往歲與樂天曾於郭家亭子竹林中，見亞枝紅桃花半在池水。自後數年，不復記得。忽於襃城驛池岸竹間見之，宛如舊物，深所愴然

平陽池上亞枝紅，悵望山郵事事同。還向萬竿一作莖深竹裏，一枝渾臥碧流中。

梁州夢 是夜宿漢川驛，夢與杓直、樂天同遊曲江，兼入慈恩寺諸院，倏然而寤，則遞乘及階，郵吏已傳呼報曉矣

夢君同繞一作兄弟曲江頭，也向慈恩院院遊。亭吏呼人排去馬，一作喚人排馬去忽驚身在古梁州。

南秦雪

帝城寒盡臨寒食，駱谷春深未有春。纔見嶺頭雲似蓋，已驚巖下雪如塵。千峰筍石千株一作條玉，萬樹松蘿萬朵銀。飛鳥不飛猿不動，青驄御史上南秦。

江樓月 嘉川驛望月，憶杓直、樂天、知退、拒非、順之數賢，居近曲江，閑夜多同步月

嘉陵江岸驛樓中，江在樓前月在空。月色滿牀兼滿地，江聲如鼓復如風。誠知遠近皆三五，但恐陰晴有異同。萬一帝鄉還潔白，一作皎潔幾人潛傍杏園東。

慙問囚 蜀門夜行，憶與順之在司馬鍊師壇上話出處時

司馬子微壇上頭，與君深結白雲儔。尚平郄落擬連買，王屋山泉爲別遊。各待陸渾求一尉，共資三徑便同休。那知今日蜀門路，帶月夜行緣問囚。

江上行

悶見漢江流不息，悠悠漫漫竟何成。江流不語意相問，何事遠來江上行。

漢江上笛 一無上字。二月十五日夜，於西縣白馬驛南樓聞笛，悵然憶得小年曾與從兄長楚寫漢江聞笛賦，而有愴耳

小年爲寫遊梁賦，最說漢江聞笛愁。今夜聽時在何處，月明西縣驛南樓。

郵亭月 於駱口驛見崔二十二題名處，數夜後，於青山驛玩月，憶得崔生好持確論，每於宵話之中，常曰人生晝務夜安，步月閑行，吾不與也。言訖堅臥，他人雖千百其詞，難動搖矣。至是愴然，因此題，因有獻

君多務實我多情，大抵偏嗔步月明。今夜山郵與蠻嶂，君應堅臥我還行。

嘉陵驛二首 篇末有懷

嘉陵驛上空牀客，一夜嘉陵江水聲。仍對牆南滿山樹，野花撩亂月朧明。

牆外花枝壓短牆，月明還照半張牀。無人會得此時意，一夜獨眠西畔廊。

百牢關 奉使推小吏任敬仲

嘉陵江上萬重山，何事臨江一破顏。自笑只緣任敬仲，等閑身度百牢關。

江花落

日暮嘉陵江水東，梨花萬片逐江風。江花何處最腸斷，半落江流半在空。

嘉陵江二首

秦人惟識秦中水，長想吳江與蜀江。今日嘉川驛樓下，可憐如練繞明窗。

千里嘉陵江水聲，何年重繞此江行。只應添得清宵夢，時見滿江流一作秋月明。

西縣驛

去時樓上清明夜，月照樓前撩亂花。今日成陰復成子，可憐春盡未還家。

望喜驛

滿眼文書堆案邊，眼昏偷得暫時眠。子規驚覺燈又滅，一道月光橫枕前。

好時節

身騎驄馬峨眉下，面帶霜威卓氏前。虛度東川好時節，酒樓元被蜀兒眠。

夜深行

夜深猶自繞江行，震地江聲似鼓聲。漸見戍樓疑近驛，百牢關吏火前迎。

望驛臺 三月盡

可憐三月三旬足，悵望江邊望驛臺。料得孟光今日語，不曾春盡不歸來。

贈咸陽少府蕭郎

莫怪逢君淚每盈，仲由多感有深情。陸家幼女託良壻，阮氏諸房無外生。顧我自傷爲弟拙，念渠能繼事姑名。別時何處最腸斷，日暮渭陽驅馬行。

贈呂三校書 與呂校書同年科第，後爲別七年，元和己丑歲八月，偶於陶化坊會宿

同年同拜校書郎，觸處潛行爛熳狂。共占花園爭趙辟，競添錢貫定秋娘。七年浮世皆經眼，八月閑宵忽並牀。語到欲明歡又泣，傍人相笑兩相傷。

封書

鶴臺南望白雲關，城市猶存暫一還。書出步虛三百韻，蘂珠文字在人間。

仁風李著作園醉後寄李十

朧明春月照花枝，花下音一作鶯聲是一作似管兒。却笑西京李員外，五更騎馬趁朝時。

燈影

洛陽晝夜無車馬，漫挂紅紗滿樹頭。見說平時燈影裏，玄宗潛伴太眞游。

貶江陵途中寄樂天杓直 杓直以員外郎判鹽鐵，樂天以拾遺在翰林 此後並江陵士曹時詩。李建字杓直

想到江陵無一事酒杯書卷綴新文紫芽嫩茗和枝采
朱橘香苞數瓣分暇日上山狂逐鹿凌晨過寺飽看雲
算緡草詔終須解不敢將心遠羨君

渡漢江（去年春奉使東川經嶓冢山下）

嶓冢去年尋漾水襄陽今日渡江濆山遥遠樹纔成點
浦靜沈碑欲辨文萬里朝宗誠可羨百川流入渺難分
鯢鯨歸穴東溟溢又作波濤隨伍員

哀病驄呈致用

櫪上病驄啼裊裊江邊廢宅路迢迢自經梅雨長垂耳
乍食菰蔣欲折腰金絡頭銜光未減玉花衫色瘦來燋
曾聽禁漏驚衙鼓慣蹋康衢怕小橋半夜雄嘶心不死
日高飢卧尾還摇龍媒薄地天池遠何事牽牛在碧霄

送嶺南崔侍御

我是北人長北望每嗟南雁更南飛君今又作嶺南別
南雁北歸君未歸洞主參承驚豸角島夷安集慕霜威
黄家賊用鑹刀利白水郎行旱地稀蜃吐朝光樓隱隱
鼇吹細浪雨霏霏毒龍蜕骨轟雷鼓野象埋牙劚石磯
火布垢塵須火浣木綿温軟當綿衣桄榔麪磣檳榔澀
海氣常昏海日微蛟老變爲妖婦女舶來多賣假珠璣
此中無限相憂事請爲殷勤事事依

酬樂天八月十五夜禁中獨直玩月見寄

一年秋半月偏深况就煙霄極賞心金鳳臺前波漾漾
玉鉤簾下影沈沈宴移明處清蘭路歌待新詞促翰林
何意枚皋正承詔瞥然塵念到江陰

予病瘴樂天寄通中散碧腴垂雲膏仍題四韻
以慰遠懷開坼之間因有酬答

紫河變鍊紅霞散翠液煎研碧玉英金籍真人天上合
鹽車病驥軛前驚愁腸欲轉蛟龍吼醉眼初開日月明
唯有思君治不得膏銷雪盡意還生

陪諸公游故江西韋大夫通德湖舊居有感題
四韻兼呈李六侍御即韋大夫舊寮也

高墉行馬接通湖巨壑藏舟感大夫塵壁暗埋悲舊札
風簾吹斷落殘珠煙波漾日侵隤岸狐兔奔叢拂坐隅
唯有滿園桃李下膺門偏拜阮元瑜

送友封二首（黔府賓肇字友封）

桃葉成陰燕引雛南風吹浪颭檣烏瘴雲拂地黄梅雨
明月滿帆青草湖迢遞旅魂歸去遠顛狂酒興病來孤
知君兄弟憐詩句徧爲姑將惱大巫

惠和坊裏當時別豈料江陵送上船鵬翼張風期萬里
馬頭無角已三年甘將泥尾隨龜後尚有雲心在鶴前
若見中丞忽相問爲言腰折氣衝天

放言五首

近來逢酒便高歌醉舞詩狂漸欲魔五斗解醒猶恨少
十分飛盞未嫌多眼前讐敵都休問身外功名一任他
死是等閑生也得擬將何事柰吾何

莫將心事厭長沙雲到何方不是家酒瓮鋪糟學漁父
飯來開口似神鵶竹枝待鳳千莖直柳樹迎風一向斜
總被天公霑雨露等頭成長盡生涯

霆轟電㸌數聲頻不柰狂夫不藉身縱使被雷燒作燼
寧殊埋骨颺爲塵得成蝴蝶尋花樹儻化江魚掉錦鱗
必若乖龍在諸處何須驚（一作警）動自來人

安得心源處處安何勞終日望林巒玉英惟向火中冷
蓮莖元來水上乾甯戚飯牛圖底事陸通歌鳳也無端
孫登不語啟期樂各自當情各自歡

三十年來世上行也曾狂走趁浮名兩迴左降須知命
數度登朝何處榮乞我杯中松葉滿遮渠肘上柳枝生
他時定葬燒缸地賣與人家得酒盛

劉二十八以文石枕見贈仍題絶句以將厚意
因持壁州鞭酬謝兼廣爲四韻

枕截文瓊珠綴篇野人酬贈壁州鞭用長時節君須策
泥醉風雲我要眠歌眄彩霞臨藥竈執陪仙仗引爐煙
張騫却上知何日隨會歸期在此年

奉和嚴司空重陽日同崔常侍崔郎中及諸公
登龍山落帽臺佳宴

謝公愁思眇天涯蠟屐登高爲菊花貴重近臣光綺席
笑憐從事落烏紗萸房暗綻紅珠朶茗椀寒供白露芽
詠碎龍山歸去號馬奔流電妓奔車

送王十一郎游剡中

越州都在浙河灣塵土消沈景象閑百里油盆鏡湖水
千峰鈿朶會稽山軍城樓閣隨高下禹廟煙霞自往還
想得玉郎（一作王郎）乘畫舸幾回明月墜雲間

送友封

輕風略略柳欣欣晴色空濛遠似塵斗柄未回猶帶閏
江痕潛上已生春蘭成宅裏尋枯樹宋玉亭前別故人
心斷洛陽三兩處窈娘堤抱古天津

送致用

淚霑雙袖血成文不爲悲身爲別君望鶴眼穿期海外
待烏頭白老江濆遥看逆浪愁翻雪漸失征帆錯認雲
欲識九迴腸斷處潯陽流水逐（一作九）條分

早春登龍山靜勝寺時非休澣司空特許是行
因贈幕中諸公

謝傅知憐景氣新許尋高寺望江春龍文遠水吞平岸
羊角輕風旋細塵山茗粉含鷹觜嫩海榴紅綻錦窠勻
歸來笑問諸從事占得閑行有幾人

書樂天紙

金鑾殿裏書殘紙乞與荆州元判司不忍拈將等閑用
半封京信半題詩

酬孝（一作李）甫見贈十首（各酬本意次用舊韻）

宋玉秋來（一作悲秋）續楚詞陰鏗官漫足閑詩親情書札相安
慰多道蕭何作判司

杜甫天材頗絶倫每尋詩卷似情親憐渠直道當時語
不著心源傍古人

十歲荒狂任博徒接莎五木擲梟盧野詩良輔偏憐（一作怜）

假長借金鞍迓酒胡
曾經綽立侍丹墀綻蘂宮花拂面枝雉尾扇開朝日出
柘黃衫對碧霄垂
一自低心翰墨場箭靫抛盡負書囊近來兼愛休糧藥
柏葉紗一作莎羅雜豆黃
莫笑風塵滿病顔此生元在有無間卷舒蓮葉終難濕
去住雲心一種閑
無事抛棊侵虎口幾時開眼復聯行終須殺盡緣邊敵
四面通同一作流掩大荒
原憲甘貧每自開子春傷足少人哀巷南唯有陳居士
時學文殊一問來
每識閑人如未識與君相識更相憐經旬不解來過宿
忍見空牀夜夜眠
開坼新詩展大璆明珠炫轉玉音浮酬君十首三更坐
滅却常一作當時半夜愁

和樂天招錢蔚章看山絕句

碧落招邀閑曠望黃金城外玉方壺人間還有大江海
萬里煙波天上無

折枝花贈行

櫻桃花下送君時一寸春心逐折枝別後相思最多處
千株萬片繞林垂

寄劉頗二首

平生嗜酒顛狂甚不許諸公占丈夫唯愛劉君一片膽
近來還敢似人無
前年碣石煙塵起共看官軍過洛城無限公卿因戰得
與君依舊綠衫行

晨起送使病不行因過王十一館居二首

自笑今朝誤夙興逢他御史瘧相仍過君未起房門掩
深映寒窗一盞燈
密宇深房小火爐飯香魚熟近中廚野人愛靜仍耽寢
自問黃昏肯去無

送孫勝

桐花暗澹柳惺憁池帶輕波柳帶風今日與君臨水別
可憐春盡宋亭中

遊三寺回呈上府主嚴司空時因尋寺道出當陽縣奉命覆視縣囚牽於游行一作衍不暇詳究故以詩自誚爾

謝公恣縱顛狂掾觸處閑行許自由舉板支頤對山色
當筵吹帽落臺頭貪緣稽首他方佛無暇精心滿縣囚
莫責尋常吐茵吏書囊赤白報君侯

遠望

滿眼傷心冬景和一山紅樹寺邊多仲宣無限思鄉淚
漳水東流碧玉波

早春尋李校書

款款春風澹澹雲柳枝低作翠櫳帬梅含雞舌兼紅氣
江弄瓊花散綠紋帶霧山鶯啼尚小一作少穿沙蘆筍葉纔
分今朝何事偏相覓撩亂芳情最是君

過襄陽樓呈上府主嚴司空樓在江陵節度使宅北隅

襄陽樓下樹陰成荷葉如錢水面平拂水柳花千萬點
隔林鶯舌兩三聲有時水畔看雲立每日樓前信馬行
早晚暫教王粲上庾公應待月分明

八月六日與僧如展前松滋主簿韋戴同游碧澗寺賦得扉字韻寺臨蜀江內有碧澗穿注兩廊又有龍女洞能興雲雨詩中噴字以平聲韻

空闊長江礙鐵圍高低行樹倚巖扉穿廊玉澗噴紅旭
踴塔金輪拆翠微草引風輕馴虎睡洞驅雲入毒龍歸
他生莫忘靈山別滿辟人名後會稀

奉和竇容州

明公莫訶容州遠一路瀟湘景氣濃斑竹初成二妃廟
碧蓮遥聳九疑峰禁林閒道長傾鳳池水那能久滯龍
自歎風波去無極不知何日又相逢

盧頭陀詩并序

道泉頭陀字源一姓盧氏本名士衍弟曰起郎士玟則官閥可知也少力學善記一作能憶戡解職仕不三十餘歷八諸侯府皆掌劇事性強邁不録幽瑣爲吏所搆謫官建州無何有異人密授心契冥失所在盧氏既爲大門族兄弟且賢豪惶駭求索無所得肖子某積歲窮盡荒僻一夕於衡山佛舍衆頭陀中燈下識之號叫泣血無所顧然而先是衆以爲姜頭陀自是知其爲盧頭陀矣爾後往來湘潭間不常次舍祇以衡山爲詣極元和九年張中丞領潭之歲予拜張公於潭適上人在焉即日詣所舍東寺一見蒙念不礙小劣盡得本末其事列而序之仍以四韻七言爲贈爾

盧師深話出家由剃盡心花始剃頭馬哭青山別車匿
鵲飛螺髻見羅睺還來舊日經過處似隔前身夢寐游
爲向八龍兄弟說他生緣會此生休

醉別盧頭陀

醉迷狂象別吾師夢覺觀空始自悲盡日笙歌人散後
滿江風雨獨醒時心超幾地行無處雲到何天住有期
頓見佛先身上出已蒙衣內綴摩尼

全唐詩

元稹

陪張湖南宴望岳樓稹爲監察御史張中丞知雜事

觀象樓前奉末班絳峰只似殿庭間今日高樓重陪宴
雨籠衡岳是南山

岳陽樓

岳陽樓上日銜窗影到深潭赤玉幢悵望殘春萬般意
滿櫺湖水入西江

寄庾敬休

小來同在曲江頭不省春時不共游今日江風好暄煖

可憐春盡古湘州

花栽二首（一作買花栽）

買得山花一兩栽離鄉別土易摧隤欲知北客居（一作留）南意看取南花北地來

南花北地種應難且向船中盡日看縱使將來眼前死猶勝抛擲在空欄

宿石磯

石磯江水夜潺湲半夜江風引杜鵑燈暗酒醒顛倒枕五更斜月入空船

遭風二十韻

洞庭瀰漫接天迴一點君山似措杯暝色已籠秋竹樹夕陽猶帶舊樓臺湘南賈伴乘風信夏口篙工厄泝洄後侶逢灘方拽簪前宗到浦已眠桅俄驚四面雲屏合坐見千峯雪浪堆罔象睢盱頻逞怪石尤翻動忽成災勝凌豈但河宮溢块軋渾憂地軸摧疑是陰兵致昏黑果聞靈鼓借喧豗龍歸窟穴深潭漩蜃作波濤古岸隤水（一作木）客暗遊燒野火楓人夜長吼春雷浸淫沙市兒童亂汩没汀洲雁鶩哀自歎生涯看轉燭更悲商旅哭沉財檣烏鬬折頭倉掉水狗斜傾尾纜開在昔詎慙橫海志此時甘乏濟川才歷陽舊事曾爲鼈鮌穴相傳有化能閉目唯愁滿空電冥心真類不然灰那知否極休徵至漸覺宵分曙氣催怪族潛收湖黯湛幽妖盡走日崔嵬紫衣將校臨船問白馬君侯傍柳來喚上驛亭還酩酊兩行紅袖拂樽罍

贈崔元儒

殷勤夏口阮元瑜二十年前舊飲徒最愛輕欺杏園客也曾辜負酒家胡些些風景閑猶在事事顛狂老漸無今日頭盤三兩擲翠娥潛笑白髭鬚

鄂州寓館嚴澗宅（時澗不在）

鳳有高梧鶴有松偶來江外寄行蹤花枝滿院空啼鳥塵榻無人憶臥龍心想夜閑唯足夢眼看春盡不相逢何時最是思君處月入斜窗曉寺鐘

送杜元穎

江上五年同送客與君長羨北歸人今朝又送君先去千里洛陽城裏塵

貽蜀五首（并序）

元和九年蜀從事韋臧文告别蜀多朋舊稹性懶爲寒温書因賦代懷五章而贈行亦在其數

病馬詩寄上李尚書

萬里長鳴望蜀門病身猶帶舊瘡痕遥看雲路心空在久服鹽車力漸煩尚有高懸雙鏡眼何由並駕兩朱轓唯應夜識深山道忽遇君侯一報恩

李中丞表臣

韋門同是舊親賓獨恨潘牀簟有塵十里花谿錦城麗五年沙尾白頭新倅戎何事勞專席老掾甘心逐衆人却待文星上天去少分光影照沉淪

盧評事子蒙

爲我殷勤盧子蒙近來無復昔時同懶成積疹推難動禪盡狂心鍊到空老愛早眠虚夜月病妨杯酒負春風唯公兩弟閑相訪往往潸然一望公

張校書元夫

未面西川張校書書來稠疊頗相於我聞聲價金應敵衆道風姿玉不如遠處從人須謹慎少年爲事要舒徐勸君便是酬君愛莫比尋常贈鯉魚

韋兵曹臧文

處處侯門可曳裾人人爭事蜀尚書摩天氣直山曾拔澈底心清水共虚鵬翼已翻君好去烏頭未變我何如殷勤爲話深相感不學馮諼待食魚

贈嚴童子（嚴司空孫字照郎十歲能賦詩往往有奇句書題有成人風）

衛瓘諸孫衛玠珍可憐雛鳳好青春解拈玉葉排新句認得金環識舊身十歲佩觿嬌稚子八行飛札老成人楊公莫訝清無業家有驪珠不復貧

桐孫詩（并序　此後元和十年詔召入京及通州司馬以後詩）

元和五年予貶掾江陵三月二十四日宿曾峯館山月曉時見桐花滿地因有八韻寄白翰林詩當時草蹙未暇紀題及今六年詔許西歸去時桐樹上孫枝已拱矣予亦白鬚兩莖而蒼然斑鬢感念前事因題舊詩仍賦桐孫詩一絕又不知幾何年復來商山道中元和十年正月題

去日桐花半桐葉别來桐樹老桐孫城中過盡無窮事白髮滿頭歸故園

西歸絕句十二首

雙堠頻頻減去程漸知身得近京城春來愛有歸鄉夢一半猶疑夢裏行

五年江上損容顔今日春風到武關兩紙京書臨水讀小桃花樹滿商山（得復言樂天書）

同歸諫院韋丞相共貶河南亞大夫今日還鄉獨憔悴幾人憐見白髭鬚（韋丞相貫之裴中丞度）

只去長安六日期多應及得杏花時春明門外誰相待不夢閑人夢酒卮

白頭歸舍意如何賀處無窮弔亦多左降去時裴相宅舊來車馬幾人過（裴相公垍）

還鄉何用淚沾襟一半雲霄一半沉世事漸多饒悵望舊曾行處便傷心

閑遊寺觀從容到遍問親知次第尋腸斷裴家光德宅無人掃地戟門深

一世營營死是休生前無事定無由不知山下東流水何事長須日夜流

今朝西渡丹河水心寄丹河無限愁若到莊前竹園下殷勤爲遶故山流（丹淅莊之東流）

寒窗風雪擁深爐彼此相傷指白鬚一夜思量十年事幾人强健幾人無（宿竇十二藍田宅）

雲覆藍橋雪滿溪須臾便與碧峯齊風回麵市連天合凍壓花枝著水低

寒花帶雪滿山腰著柳冰珠滿碧條天色漸明回一望玉塵隨馬度藍橋

留呈夢得子厚致用（題藍橋驛）

泉溜才通疑夜磬燒（去聲）煙餘暖有春泥千層玉帳鋪松蓋五出銀區印虎蹄暗落金烏山漸黑深埋粉堠路渾

迷心知魏闕無多地十二瓊樓百里西

小碎

小碎詩篇取次書等閑題柱意何如諸郎到處應相問
留取一作與三行代鯉魚

和樂天高相宅

莫愁已去無窮事漫苦如今有限身二百年來城裏宅
一家知換幾多人

和樂天仇家酒

病嗟酒戶年年減老覺塵機漸漸深飲罷醒餘更惆悵
不如閒事不經心

和樂天贈雲寂僧

欲離煩惱三千界不在禪門八萬條心火自生還自滅
雲師無路與君銷

澧西別樂天博載樊宗憲李景信兩秀才姪谷三月三十日相餞送

今朝相送自同遊酒語詩情替別愁忽到澧西總回去
一身騎馬向通州

寄曇嵩寂三上人

長學對治思苦處偏將死苦教人間今因爲說無生死
無可對治心更閒

題漫天嶺智藏師蘭若僧云住此二十八年

僧臨大道閱浮生來往憧憧利與名二十八年何限客
不曾閑見一人行

蒼溪縣寄揚州兄弟

蒼溪縣下嘉陵水入峽穿江到海流憑仗鯉魚將遠信
雁回時節到揚州

贈吳渠州從姨兄士則

憶昔分襟童子郎白頭抛擲又他鄉三千里外巴南恨
二十年前城裏狂甯氏舅甥俱寂寞荀家兄弟半淪亡
淚因生別兼懷舊迴首江山欲萬行

長灘夢李紳

孤吟獨寢意千般合眼逢君一夜歡慙媿夢魂無遠近
不辭風雨到長灘

全唐詩目 第六函

第十冊

元稹 二十卷至二十八卷

全唐詩

元稹

新政縣

新政縣前逢月夜嘉陵江底看星辰已聞城上三更鼓
不見心中一箇人鬚鬢暗添巴路雪衣裳無復帝鄉塵
曾沾幾許名兼利勞動生涯涉苦辛

南昌灘

渠江明淨峽逶迤船到明灘拽𦀌遲櫓窡動搖妨作夢
巴童指點笑吟詩畬餘宿麥黃山腹日背殘花白水湄
物色可憐心莫恨此行都是獨行時

見樂天詩

通州到日日平西江館無人虎印泥忽向破簷殘漏處
見君詩在柱心題

夜坐

雨滯更愁南瘴毒月明兼喜北風涼古城樓影橫空館
濕地蟲聲遶暗廊螢火亂飛秋已近星辰早没夜初長
孩提萬里何時見狼籍家書滿臥牀

聞樂天授江州司馬

殘燈無焰影幢幢此夕聞君謫九江垂死病中驚坐起一作仍悵望
暗風吹雨一作面入寒窗

歲日贈拒非

君思曲水嗟身老我望通州感道窮同入新年兩行淚
白頭翁一作朋坐說城中

送盧戡

紅樹蟬聲滿夕陽白頭相送倍相傷老嗟去日光陰促
病覺今年晝夜長顧我親情皆遠道念君兄弟欲他鄉
紅旗滿眼襄州路此別淚流千萬行

雨聲

風吹竹葉休還動雨點荷心暗復明曾向西江船上宿
慣聞寒夜滴篷聲

奉和滎陽公離筵作

南郡生徒辭絳帳東山妓樂擁油旌鈞天排比簫韶待
猶顧人間有別情

嘉陵水（此後並通州詩）

古時應是山頭水自古流來江路深若使江流會人意也應知我遠來心

閬州開元寺壁題樂天詩

憶君無計寫君詩寫盡千行說向誰題在閬州東寺壁幾時知是見君時

憑李忠州寄書樂天

萬里寄書將出峽却憑巫（一作氷）峽寄江州傷心最是江頭月莫把書將上庾樓

得樂天書

遠信入門先有淚妻驚女哭問何如尋常不省曾如此應是江州司馬書

寄樂天

無身尚擬魂相就身在那無夢往還直到他生亦相覓不能空記（一作寄）樹中環

酬知退

終須修到無修處聞盡聲聞始不聞莫著妄心銷彼我我心無我亦無君

通州

平生欲得山中住天與通州遶郡山睡到日西無一事月儲三萬買教閑

酬樂天書後三韻

今日廬峰霞遶寺昔時鸞殿鳳迴書兩封相去八年後一種俱云五夜初漸覺此生都是夢不能將淚滴雙魚

相憶淚

西江流水到江州聞道分成九道流我滴兩行相憶淚遣君（一作從君）何處遣人求除非入海無由住縱使逢灘未擬休會向伍員潮上見氣充頑石報心讐

喜李十一景信到

何事相逢翻有淚念君緣我到通州留君剩住君須住我不自由君自由

與李十一夜飲

寒夜燈前賴酒壺與君相對興猶孤忠州刺史應閑臥江水猿聲睡得無

贈李十一

淮水連年起戰塵油旌三換一何頻共君前後俱從事羞見功名與別人

寒食日

今年寒食好風流此日一家同出游碧水青山無限思莫將心道是涪（一作通）州

三兄以白角巾寄遺髮不勝冠因有感歎

病瘴年深渾禿盡那能勝置角頭巾暗梳蓬髮羞臨鏡私戴蓮花恥見人白髮過於冠色白銀釘少校頷中銀我身四十猶如此何況吾兄六十身

別李十一五絕

巴南分與親情別不料與君牀並頭爲我遠來休悵望折君災難是通州

京城每與閑人別猶自傷心與白頭今日別君心更苦別君緣是在通州

萬里尚能來遠道一程那忍便分頭鳥籠猿檻君應會十步向前非我州

來時見我江南岸今日送君江上頭別後料添新夢寐虎驚蛇伏（一作亂）是通州

聞君欲去潛銷骨一夜暗添新白頭明朝別後應腸斷獨櫂破船歸到州

酬樂天醉別

前回一去五年別此別又知何日回好住樂天休悵望匹如元不到京來

酬樂天雨後見憶

雨滑危梁性命愁差池一步一生休黃泉便是通州郡漸入深泥漸到州

和樂天過秘閣書省舊廳

聞君西省重徘徊秘閣書房次第開壁記欲題三漏合吏人驚問十年來經排蠹簡憐初校芸長陳根識舊栽司馬見詩心最苦滿身蚊蚋哭（一作笑）煙埃

和樂天贈楊秘書

舊與楊郎在帝城搜天斡地覓詩情曾因並句甘稱小不爲論年便喚兄刮骨直穿由（一作猶）苦鬭夢腸翻出暫閑行因君投贈還相和老去那能競底名

和樂天題王家亭子

風吹筍籜飄紅砌雨打桐花蓋綠莎都大資人無暇日泛池全少買池多

酬樂天頻夢微之

山水萬重書斷絕念君憐我夢相聞我今因病魂顛倒唯夢閑人不夢君

琵琶

學語胡兒撼玉玲甘州破裏最星星使君自恨常多事不得工夫夜夜聽

春詞

山翠湖光似欲流蜂聲鳥思却堪愁西施顏色今何在但看春風百草頭

酬樂天雪中見寄

知君夜聽風蕭索曉望林亭雪半糊撼落不教封柳眼埽來偏盡附梅株敲扶密竹枝猶亞煦暖寒禽氣漸蘇坐覺湖聲迷遠浪回驚雲路在長途錢塘湖上蘋先合梳洗樓前粉暗鋪石立玉童披鶴氅臺施瑤席換龍鬚滿空飛舞應爲瑞寡和高歌只自娛莫遣擁簾傷思婦且將盈尺慰農夫稱觴彼此情何異對景東西事有殊鏡水遶山山盡白琉璃雲母世間無

和樂天早春見寄

雨香雲澹覺微和誰送春聲入櫂歌萱近北堂穿土早柳偏東面受風多湖添水色（一作銷）消殘雪江送潮頭湧漫波同受新年不同賞無由縮地欲如何

酬復言長慶四年元日郡齋感懷見寄

臘盡殘銷春又歸逢新別故欲沾衣自驚身上添年紀休繫心中小是非富貴祝來何所遂聰明鞭得轉無機（祝富貴鞭聰明皆正旦童稚俗法）羞看稚子先拈酒悵望平生舊採薇去日漸加餘日少賀人雖鬧故人稀椒花麗句閑重檢艾髮衰容惜寸輝苦思正旦酬白雪閑觀風色動青旂千官仗下爐煙裏東海西頭意獨違（休繫一作休戟 正旦一作正朝）

代郡齋神荅樂天

虛白堂神傳好語二年長伴獨吟時夜憐星月多離燭日滉波濤一下帷爲報何人償酒債引看牆上使君詩

酬樂天重寄別

却報君侯聽苦辭老頭抛我欲何之武牢關外雖分手不似如今衰白時

和樂天重題別東樓

山容水態使君知樓上從容萬狀移日映文章霞細麗風驅鱗甲浪參差鼓催潮戶淩晨擊笛賽婆官徹夜吹喚客潛揮遠紅袖賣壚高掛小青旗賸鋪牀席春眠處乍捲簾帷月上時光景無因將得去爲郎抄在和郎詩

餘杭周從事以十章見寄詞調清婉難於遍酬聊和詩首篇以荅來貺

擾擾紛紛旦暮間經營閑事不曾閑多緣老病推辭酒少有功夫久羨山清夜笙歌喧四郭黃昏鐘漏下重關何由得似周從事醉入人家醒始還

寄浙西李大夫四首

柳眼梅心漸欲春白頭西望憶何人金陵太守曾相伴共蹋銀臺一路塵

蘂珠深處少人知網索西臨太液池浴殿曉聞天語後步廊騎馬笑相隨（網索在太液上學士候對歇于此）

禁林同直話交情無夜無曾不到明最憶西樓人靜夜玉晨鐘磬兩三聲（玉晨觀在紫宸殿後面也）

由來鵬化便圖南浙右雖雄我未甘早渡西江好歸去莫抛舟楫滯春潭

初除浙東妻有阻色因以四韻曉之

嫁時五月歸巴地今日雙旌上越州興慶首行千命婦（予任中書日妻以郡君朝太后於興慶宮猥爲班首）會稽旁帶六諸侯海樓翡翠閑相逐鏡水鴛鴦煖共遊我有主恩羞未報君於此外更何求

爲樂天自勘詩集因思頃年城南醉歸馬上遞唱豔曲十餘里不絕長慶初俱以制誥侍宿南郊齋宮夜後偶吟數十篇兩掖諸公洎翰林學士三十餘人驚起就聽逮至卒吏莫不衆觀羣公直至侍從行禮之時不復聚寐予與樂天吟哦竟亦不絕因書於樂天卷後越中冬夜風雨不覺將曉諸門互啓關鎖即事成篇

春野醉吟十里程齋宮潛詠萬人驚今宵不寐到明讀風雨曉聞開鎖聲

題長慶四年曆日尾

殘曆半張餘十四灰心雪鬢兩悽然定知新歲御樓後從此不名長慶年

全唐詩

元稹

樂府古題序 丁酉

詩訖於周離騷訖於楚是後詩之流爲二十四名賦頌銘贊文誄箴詩行詠吟題怨歎章篇操引謠謳歌曲詞調皆詩人六義之餘而作者之旨由操而下八名皆起於郊祭軍賓吉凶苦樂之際在音聲者因聲以度詞審調以節唱句度短長之數聲韻平上之差莫不由之準度而又別其在琴瑟者爲操引采民甿者爲謳謠備曲度者總得謂之歌曲詞調斯皆由樂以定詞非選調以配樂也由詩而下九名皆屬事而作雖題號不同而悉謂之爲詩可也後之審樂者往往采取其詞度爲歌曲蓋選詞以配樂非由樂以定詞也而纂撰者由詩而下十七名盡編爲樂錄樂府等題除鐃吹橫吹郊祀清商等詞在樂志者其餘木蘭仲卿四愁七哀之輩亦未必盡播於管弦明矣後之文人達樂者少不復如是配別但遇興紀題往往兼以句讀短長爲歌詩之異劉補闕之樂府肇於漢魏按仲尼學文王操伯牙作流波水仙等操齊犢沐作雉朝飛衛女作思歸引則不於漢魏而後始亦以明矣況自風雅至於樂流莫非諷興當時之事以貽後代之人沿襲古題唱和重複於文或有短長於義咸爲贅賸尚不如寓意古題刺美見事猶有詩人引古以諷之義焉曹劉沈鮑之徒時得如此亦復稀少近代唯詩人杜甫悲陳陶哀江頭兵車麗人等凡所歌行率皆即事名篇無復倚傍余少時與友人樂天李公垂輩謂是爲當遂不復擬賦古題昨梁州見進士劉猛李餘各賦古樂府詩數十首其中一二十章咸有新意余因選而和之其有雖用古題全無古義者若出門行不言離別將進酒特書列女之類是也其或頗同古義全創新詞者則田家止述軍輸捉捕詞先螻蟻之類是也劉李

二子方將極意於斯文因爲粗明古今歌詩同異之音焉

夢上天（此後十首並和劉猛）

夢上高高天高高蒼蒼高不極下視五嶽塊纍纍仰天依舊蒼蒼色蹋雲聳身身更上攀天上天攀未得西瞻若水（一作木）兔輪低東望蟠桃海波黑日月之光不到此非暗非明煙塞塞天悠地遠身跨風下無階梯上無力來時畏有他人上截斷龍胡斬鵬翼茫茫漫漫方自悲哭向青雲椎（一作搯）素臆哭聲厭咽旁人惡喚起驚悲淚飄露千慙萬謝喚厭人向使無君終不寤

冬白紵（一下有歌字）

吳宮夜長宮漏款簾幕四垂燈燄煖西施自舞王自管雪紵翻翻鶴翎散（上聲）促節牽繁舞腰懶舞腰懶王罷飲蓋覆西施鳳花錦身作匡牀臂爲枕朝珮樅玉（一作樅）王晏寢寢（一作酒）醒閽報門無事子胥死後言爲諱近王之臣諭王意共笑越王窮惴惴夜夜抱冰寒不睡

將進酒

將進酒將進酒酒中有毒酖主父言之主父傷主母母爲妾地父妾天仰天俯地不忍言陽（一作佯）爲僵踣主父前主父不知加妾鞭旁人知妾爲主說主將淚洗鞭頭血推（他雷反）椎（一作推）主母牽下堂扶妾遣升堂上牀將進酒酒中無毒令主壽願主迴恩（一作思）歸主母遣妾如此由（一作事）主父妾爲此事人偶知自慙不密方自悲主今顛倒安置妾貪天僭地誰不爲

採珠行

海波無底珠沈海採珠之人判死採萬人判死一得珠斛量買婢人（一作天）何在年年採珠珠避人今年採珠由海神海神採珠珠盡死死盡明珠空海水珠爲海物海屬神神今自採何況人

董逃行

董逃董逃董卓逃揩鏗戈甲聲勞嘈㓻㓻深臍脂燄燄人皆數（一無數字）歎曰爾獨不憶年年取我身上膏膏銷骨盡煙火死長安城中賊毛起城門四走公卿士走勸劉虞作天子劉虞不敢（一作取）作天子曹瞞篡亂從此始董逃董逃人莫喜勝負相環（一作翻）相枕倚縫綴難成裁破易何況曲鍼不能伸巧指欲學裁縫須準擬

憶遠曲

憶遠曲郎身不遠郎心遠沙隨郎飯俱在匙郎意看沙那比飯水中書（一作畫）字無字痕君心暗畫誰會君況妾事姑姑進止身去門前同萬里一家盡是郎腹心妾似生來無兩耳妾身何足言聽妾私勸君君今夜夜醉何處姑來伴妾自閉門嫁夫恨不早養兒將備老妾自嫁郎身骨立老姑爲郎求娶妾妾不忍見姑郎忍見爲郎忍耐看姑面

夫遠征

趙卒四十萬盡爲坑中鬼趙王未信趙母言猶點新兵更填死填死之兵兵氣索秦強趙破括敵起括雖專命起尚輕何況牽肘之人牽不已坑中之鬼妻在營髽麻戴絰鵝雁鳴送夫之婦又行哭哭聲送死非送行夫遠征遠征不必戍長城出門便不知死生

織婦詞

織夫（一作婦）何太忙蠶經三臥行欲老蠶神女聖早成絲今年絲稅抽徵早早徵非是官人惡去歲官家事戎索征人戰苦束刀瘡（一作搶）主將勳高換羅幕繅絲織帛猶努力變緝（一作編）撩機苦難織東家頭白雙女兒爲解挑紋嫁不得（余揆荊時目擊貢綾戶有終老不嫁之女）檐前嫋嫋（一作裊裊）游絲上上有蜘蛛巧來往美他蟲豸解緣天能向虛空織羅網

田家詞（一作田家行）

牛吒吒田确确旱塊敲牛蹄趵趵（音剝）種得官倉珠顆穀六十年來兵蔟蔟（一作簇）月月食糧車轆轆一日官軍收海服驅牛駕車食牛肉歸來攸（一作收）得牛兩角重鑄鋤（一作鍬）犂作斤劚姑舂婦擔去輸官輸官不足歸賣屋願官早勝讎早覆農死有兒牛有犢誓（一無誓字）不遣官軍糧不足

俠客行

俠客不怕死怕在事不成事成不肯藏姓名我非竊賊誰夜行白日堂堂殺袁盎九衢草草人面青此客此心師海鯨海鯨露背橫滄溟海波分作兩處生分海減海力俠客有謀人不識測（一作人莫測）三尺鐵蛇延二國

君莫非（此後九首和李餘）

鳥不解走獸不解飛兩不相解那得相譏犬不飲露蟬不噉肥以蟬易犬蟬死犬飢燕在梁棟鼠在階基各自窠窟人不能移（一作不能改移）婦好鍼縷夫讀書詩男翁女嫁卒不相知懼聾摘耳效痛嚬眉我不非爾爾無（一作不）我非

田野狐兔行（野一作頭）

種豆耘鋤種禾溝甽禾苗豆甲狐榾兔翦割鵲餧鷹烹麟噉犬鷹怕兔毫犬被狐引狐兔相須鷹犬相盡（茲引反）日暗天寒禾稀豆損鷹犬就烹狐兔俱哂

當來日大難行（一無行字）

當來日大難行前有阪後有坑大梁側小梁傾兩軸相絞兩輪相撐大牛豎小牛橫烏啄牛背足跌力儜當來日大難行太行雖險險可使平輪軸自撓牽制不停泥潦漸久荊棘旋生行必不得不如不行

人道短

古道天道長人道短我道天道短人道長天道晝夜迴轉不曾住春秋冬夏忙顛風暴雨電雷狂晴被陰暗月奪日光往往星宿日亦堂堂天既職性命道德人自強堯舜有聖德天不（一作下）能遺壽命永昌泥金刻玉與秦始皇周公傅說何不長宰相老聃仲尼何事棲遑莽卓恭顯皆數十年富貴梁冀夫婦車馬煌煌若此顛倒事豈非天道短豈非人道長堯舜留得神聖事百代天子有典章仲尼留得孝順語千年萬歲父子不敢相滅亡歿後千餘載唐家天子封作文宣王老君留得五千字子孫萬萬稱聖唐謚作玄元帝魂魄坐天堂周公周禮二十（一作十二）卷有能行者知紀綱傅說說命三四紙有能師者稱祖宗天能夭人命人使道無窮若此神聖事誰道人道短豈非人道長天能種百草蕕得十年有氣息蕣纔一日芳人能揀得丁沈蘭蕙料理百和香天解養禽獸餧虎豹豺狼人解和麴蘖充衿（一作論）祀烝嘗杜鵑無百作（一作年）天遺百鳥哺雛不遺哺鳳皇巨蟒壽千歲天遺食牛

吞象充腹腸蛟螭與變化鬼怪與隱藏蚊蚋與利觜枳棘與鋒鋩賴得人道有揀別信任天道眞茫茫若此撩亂事豈非天道短賴得人道長

苦樂相倚曲

古來苦樂之相倚近於掌上之十指君心半夜猜恨生荊棘滿懷天未明漢成(一作皇)眼瞥飛燕時可憐班女恩已衰未有因由相決絶猶得半年佯暖熱轉將深意諭旁人緝綴瑕疵遺潛説一朝詔下辭金屋班姬自痛何倉卒呼天撫(一作俯)地將自明不悟尋時暗(一作已)銷骨白首宮(一作官)人前再拜願將日月相輝(一作揮)解苦樂相尋晝夜間燈光那有(一作得)天明在主今被奪心應苦妾奪深恩初爲主欲知妾意恨主時主今爲妾思量取班姬收淚抱妾身我曾排擯無限人

出門行

兄弟同出門同行不同志悽悽分岐路各各營所爲兄上荊山巔翻石辨虹氣弟沈滄海底偷珠待龍睡出門不數年同歸亦同遂俱用私所珍升沈自茲異獻珠龍王宮值龍覓珠次但喜復得珠不求珠所自酬客雙龍女授客六龍轡遺充行雨神雨澤隨客意雩夏(一作下)鐘鼓緐禜秋(一作秩)玉帛積彩色畫廊廟奴僮被珠翠驥騄千萬雙鴛鴦七十二言者未搖舌無人敢輕議其兄因獻璞再刖不履地門户親戚疎匡牀妻妾棄銘心有所待視足無所媿持璞自枕頭淚痕雙血漬一朝龍醒寤本問偷珠事因知行雨偏妻子五刑備仁兄捧尸哭勢友掉頭諱喪車黔首葬弔客青蠅至楚有望氣人王前忽長跪賀王得貴寶不遠王所莅求之果如言剖出浮筠膩白珩無顏色垂棘有瑕纍在楚裂地封入趙連城貴秦遺李斯書書爲傳國瑞秦亡漢魏傳傳者得神器卞和名永永與寶不相墜勸爾出門行行難莫行易易得還易失難同亦難離善賈識貪廉良田無稙穉磨劒莫磨錐磨錐成小利

捉捕歌

捉捕復捉捕莫捉狐與兔狐兔藏窟穴豺狼妨道路道路非不妨最憂螻蟻聚豺狼不陷穽螻蟻潛幽蠹切切主人窗主人輕細故延緣蝕欞櫨漸入棟梁柱梁棟盡空虛攻穿痕不露主人坦然意晝夜安寢寤網羅布參差鷹犬走回互盡力窮窟穴無心自還顧客來歌捉捕歌竟淚如雨豈是惜狐兔畏君先後誤願君埽梁棟莫遣螻蟻附次及清道塗盡滅豺狼步主人堂上坐行客門前度然後巡野田徧張畋獵具外無梟獍援内有熊羆驅狡兔掘荒榛妖狐熏古墓用力不足多得禽自無數畏君聽未詳聽客有明喻蟣蝨誰不輕鯨鯢誰不惡在海尚幽遐在懷交穢污歌此勸主人主人那不悟不悟還更歌(一作多)誰能恐違忤

古築城曲五解

年年塞下丁長作出塞兵自從冒頓強官築遮虜城

築城須努力城高遮得賊但恐賊路多有城遮不得

丁口傳父言莫問城堅不(音缶)平城被虜圍漢斷城牆走

因茲請休和虜往騎來過半疑兼半信築城猶嵯峨

築城安敢煩願聽丁一言請築鴻臚寺兼愁虜出關

估客樂

估客無住著(一作者)有利身則(一作即)行出門求火伴入户辭父兄父兄相教示求利莫求名求名有(一作莫)所避求利無不營火伴相勒縛賣假莫賣誠交關但(一作少)交假本生(上聲)得失輕(一作交假本生輕)自茲相將去誓死意不更亦(一作)解市頭語便無鄰里情鍮石打臂釧糯米吹項瓔歸來邨中賣敲作金石聲邨中田舍娘貴賤不敢爭所費百錢(一作必)本已得十倍贏顏色轉光淨飲食亦甘馨子本頻蓄息貨販(一作賂)日兼并求珠駕滄海採玉上荊衡北買党項馬西擒吐蕃鸚炎洲布火浣蜀地錦織成越婢脂肉滑奚僮眉眼明通算衣食費不計遠近程經遊(一作營)天下徧却到長安城城中東西市聞客次第迎迎客兼説客多財爲勢傾客心本明黠聞語心已驚先問十常侍次求百公卿侯家與主第點綴無不精歸來始安坐富與王者(一作家)勍市卒酒(一作醉)肉臭縣胥家舍成豈唯絶言語奔走極使令大兒販材木巧識梁棟形小兒販鹽鹵不入州縣征一身偃市利突若截海鯨鉤距不敢下下則牙齒橫生爲估客樂判爾樂一生爾又生兩子錢刀何歲平

全唐詩

元稹

連昌宮詞

連昌宮中滿宮竹歲久無人森似(一作自)束又有牆頭千葉桃風動落花紅蔌蔌宮邊老翁爲余泣小年進食曾因入(一作小年選進因曾入)上皇正在望仙樓太眞同凭闌干立樓上樓前盡珠翠炫轉熒煌照天地歸來如夢復如癡何暇備言宮裏事初過寒食一百六店舍無煙宮樹綠夜半月高弦索鳴賀老琵琶定(一作擅)場屋力士傳呼覓念奴念奴潛伴諸郎宿須臾覓得又連催特敕街中許然燭春嬌滿眼睡(一作眠)紅綃捲削雲鬟旋裝束飛上九天歌一聲二

十五郎吹管逐逡巡大徧涼州徹色色龜兹轟錄續李謩壓笛傍宮牆偷得新翻數般曲(念奴天寶中名倡善歌每歲樓下酺宴累日之後萬衆喧隘嚴安之韋黄裳輩闢易不能禁衆樂爲之罷奏明皇遣高力士大呼於樓上曰欲遣念奴唱歌邠二十五郎吹小管逐看人能聽否未嘗不悄然奉詔其爲當時所重也如此然而明皇不欲奪俠遊之盛未嘗置在宮禁或歲幸湯泉時巡東洛有司潛遣從行而已又明皇嘗於上陽宮夜後按新翻一曲屬明夕正月十五日潛遊燈下忽聞酒樓上有笛奏前夕新曲大駭之明日密遣捕捉笛者詰驗之自云其夕竊於天津橋玩月聞宮中度曲遂於橋柱上插譜記之臣即長安少年善笛者李謩也明皇異而遣之)平明大駕發行宮萬人歌舞塗路(一作在途)中百官隊仗避岐薛(岐王範薛王業明皇之弟)楊氏諸姨(貴妃三姊帝呼爲姨封韓虢秦國三夫人)車鬭風明年十月東都破(天寶十三年祿山破洛陽)御路猶(一作獨)存祿山過驅令供頓不敢藏萬姓無聲(一作言)淚潛墮兩京定後六七年却尋家舍行宮前莊園燒盡有枯井行宮門閉(一作闔)樹宛然爾後相傳六皇帝(肅代德順憲穆)不到離宮門久閉往來年少說長安玄武樓成(一作前)花萼廢去年敕使因(一作去年因敕使)斫竹偶值門開暫相逐荆榛櫛比塞池塘狐兔驕癡緣樹木舞榭攲傾基(一作臺)尚在(一作存)文窗窈窕紗猶綠塵埋粉壁舊花鈿烏(一作鳥)啄風箏碎珠玉上皇偏愛臨砌花依然御榻臨階斜蛇出燕巢盤鬭栱菌生香案正當衙寢殿相連端正樓太真梳洗樓上頭晨光未出簾影黑(一作動)至今反挂珊瑚鉤指似(一作向)傍人因慟哭却出(一作立)宮門淚相續自從此後還閉門夜夜狐貍上門屋我聞此語心骨悲太平誰致亂者誰翁言野父何分別耳聞眼見爲君說姚崇宋璟作相公勸諫上皇言語切燮理陰陽禾黍豐調和中外無兵戎長官清平太守好揀選皆言由相(一作至)公開元之末姚宋死朝廷漸漸由妃子祿山宮裏養作(一作爲)兒虢國門前鬧如市弄權宰相不記名依稀憶得(一作憶得依稀)楊與李廟謨(一作謀)顛倒四海搖五十年來作瘡痏今皇神聖丞相明詔書纔下吴蜀平官軍又取淮西賊此賊亦除天下寧年年耕種宮前道今年不遣子孫耕老翁此意深望幸努力廟謀(一作謨)休用兵

望雲騅馬歌(并序)

德宗皇帝以八馬幸蜀七馬道斃唯望雲騅來往不頓貞元中老死天廄臣稹作歌以記之

憶昔先皇幸蜀時八馬入谷七馬疲肉綻筋攣四蹄脫七馬死盡無馬騎天子蒙塵天雨泣巉嵒道路淋漓濕崢嶸白草眇難期謥洞黄泉安可入(白草謥洞並維谷中地名古諺云謥洞入黄泉)朱泚圍兵抽未盡懷光寇騎追行及(興元元年二月李懷光反)嬪娥相顧倚樹啼鵷鷺無聲仰天立圉人初進望雲騅彩色顛頜衆馬欺上前噴吼如有意耳尖卓立節踠奇君王試遣迴胸臆撮骨鋸牙駢兩肋蹄懸四蹋(一作踠)(一作矩)腦(一作膠)顆方膀聳三山尾株(一作扶)直圉人畏誚仍相惑此馬無良空有力頻頻嚙掣轡難施往往跳趫鞍(一作騎)不得色沮聲悲仰天訴天不遣言君未識亞身受取白玉羈(一作鞍)開口銜將紫金勒君王自此方敢騎似遇良臣久悽惻龍騰魚鱉啅然驚(一作震驚)(一作咸)驥肹(一作盼)驢騾少顏色七聖心迷運方厄五丁力盡路猶窄(一作驛)橐它山上斧刃堆望秦嶺下錐頭石五六百里真符縣八十四盤青山驛掣開流電有輝光突過浮雲無朕跡地平險(一作臨)盡施黄屋九九屬車十二纛齊瞹前導引騅頭嚴震迎號抱騅足路傍垂白天寶民望騅禮拜見騅哭皆言(一作云)玄宗當時無此馬不免騎騾來幸蜀雄雄猛將李令公收城殺賊豺狼空天旋地轉日再中天子却坐明光宮朝廷無事忘征戰校獵朝迴暮毬宴御馬齊登擬用槽(廐中號乘輿之馬曰擬用槽)君王自試宣徽殿圉人還進望雲騅性強步闊無方便分騣擺杖(一作袂)頭太高擘肘迴頭(一作顧)項難轉人人共惡難迴跋潛遣飛龍減芻秣銀(一作金)鞍繡韂不復施空盡(茲引反)天年御槽活當時鄒(或作鄒)諺已有言(一作云)莫倚功高(一作能)浪開闊登山縱似望雲騅平地須饒紅叱撥長安三月花垂草果下翩翩紫騮好千官爰熱李令閑百馬生獰望雲老望雲騅爾之種類世世奇當時項王乘爾祖分配英豪(一作雄)稱霸主爾身今日逢聖人從幸巴渝歸入秦功成事遂身退天之道何必隨羣逐隊到死蹋紅塵望雲騅用與不用各有時爾勿悲

和李校書新題樂府十二首(并序)

余友李公垂貺余樂府新題二十首雅有所謂不虛爲文余取其病時之尤急者列而和之蓋十二而已昔三代之盛也士議而庶人謗又曰世理則詞直世忌則詞隱余遭理世而君盛聖故直其詞以示後使夫後之人謂今日爲不忌之時焉

上陽白髮人

天寶年中花鳥使(天寶中密號采取艷異者爲花鳥使)撩花狎鳥含春思滿懷墨詔求嬪御走上高樓半酣醉醉酣直入卿士家閨闈不得偷迴避良人顧妾(一作望)心死別小女呼爺血垂淚十中有一得(一作得預)更衣永(一作九)配深宮作宮婢御馬南奔胡馬蹙宮女三千合宮棄宮門一閉不復開上陽花草青苔地月夜閑聞洛水聲秋池暗度風荷氣日日長看提衆(一作象)門終身不見門前事近年又送數人來自言興慶南宮至我悲此曲將徹骨更想深宂復酸鼻此輩賤嬪何足言帝子天孫古稱貴諸王在閤四十年七宅六宮門戶閟隋煬枝條襲封邑(近古封前代子孫爲二王三恪)肅宗血亂無宮位(肅宗已後諸王並未出閤)王無妃媵主無壻(一作夫)陽亢陰淫結災累何如決壅順衆流女遣從夫男作吏

華原磬(李傳云天寶中始廢泗濱磬用華原石)

泗濱浮石裁爲磬古樂疏音少人聽工師小賤牙曠稀不辨邪聲嫌雅正正聲不屈古調高鍾律參差管絃病鏗金戛瑟徒相雜投玉敲冰杳然零(一作震)華原軟石易追琢高下隨人無雅鄭棄舊美新由樂胥自此黄鍾不能競玄宗愛樂愛新樂梨園弟子承恩横霓裳纔徹胡騎來雲門未得蒙親定我藏古磬藏在心有時激作南風詠伯夔曾撫野獸馴仲尼暫叩(一作和)春雷盛何時得向筍簴懸爲君一吼君心醒願君每聽念封疆不遣豺狼勦人命

五弦彈

趙璧五弦彈徵調徵聲巉絶何清峭辭(一作避)雄皓鶴警露啼失子哀猿繞林嘯風入春松正凌亂鶯含曉舌憐嬌妙嗚嗚暗溜咽冰泉殺殺霜刀澀寒鞘促節頻催漸繁撥珠幢斗絶金鈴掉千轂鳴鏑發胡弓萬片清球擊虞廟衆樂雖同第一部德宗皇帝常偏召旬休節假暫歸來一聲狂殺長安少主第侯家最難見挼歌按曲(一作按歌挼曲)皆承詔水精簾外教貴嬪瑇瑁筵心伴中要臣有五賢非此弦或在拘囚或屠釣一賢得進勝累百兩賢得進

同周召三賢事漢滅暴彊四賢鎮岳寧邊徼五賢竝用調五常五常既叙三光耀趙璧五弦非此賢九九何勞設庭燎

西涼伎

吾聞昔日西涼州人煙撲地桑柘稠蒲萄酒熟恣行樂紅豔青旗朱粉樓樓下當壚稱卓女樓頭伴客名莫愁鄉人不識離別苦更卒多爲沈滯遊哥舒開府設高宴八珍九醞當前頭前頭百戲競撩亂丸劍跳躑霜雪浮獅子搖光毛彩豎胡騰（一作姬）醉舞筋骨柔大宛來獻赤汗馬贊普亦奉翠茸裘一朝燕賊亂中國河湟沒（一作忽）盡空遺丘開遠門前萬里堠（平時開遠門外立堠云去安西九千九百里以示戎人不爲萬里行其就盈故矣）今來蹙到行原州去京五百而近何其逼天子縣內半沒爲荒陬西涼之道爾阻脩連城邊將但高會每聽此曲能不羞

法曲

吾聞黃帝鼓清角弭伏熊羆舞玄鶴舜持干羽苗革心堯用咸池鳳巢閣大夏濩武皆象功功多已訝玄功薄漢祖過沛亦有歌秦王破陣非無作作之宗廟見艱難作之軍旅傳糟粕明皇度曲多新態宛轉侵淫（一作搖）易沈著赤白桃李取花名霓裳羽衣號天落雅弄雖云已變亂夷音未得相參錯自從胡騎起煙塵毛毳腥羶滿咸洛女爲胡婦學胡妝伎進胡音務胡樂（音洛）火鳳聲沈多咽絕春鶯囀罷長蕭索胡音胡騎與胡妝五十年來競紛泊

馴犀（李傳云貞元丙子歲南海來貢至十三年冬苦寒死於苑中）

建中之初放馴象遠歸林邑近交廣獸返深山鳥搆巢鷹鶻鵰鶚無羈鞅貞元之歲貢馴犀上林置圈官司養玉盆金棧非不珍虎啖犴牢魚食網渡江之橘踰汶貉反時易性安能長臘月北風霜雪深踡跼鱗身遂長往行地無疆費傳驛通天異物罹幽枉乃知養獸如養人不必人人自敦獎不擾則得之於理不奪有以多於賞脫衣推食衣食之不若男耕女令紡堯民不自知有堯但見安閑聊擊壤前觀馴象後馴（一作觀）犀理國其如指諸掌

立部伎（李傳云太常選坐部伎無性識者退入立部伎又選立部伎無性識者退入雅樂部則雅樂可知矣李君作歌以諷焉）

胡部新聲錦筵坐中庭漢振高音播太宗廟樂傳子孫取類羣兇陣初破戢戢攢槍霜雪耀騰騰擊鼓雲（一作風）雷磨初疑遇敵身啓行終象由文士憲左昔日高宗常立聽曲終然後臨玉座如今節將一掉頭電卷風收盡摧挫宋晉鄭女歌聲發滿堂會客齊喧歌（一作和）珊珊珮玉動腰身一一貫珠隨咳唾頂向圜丘見郊祀亦曾正旦親朝賀太常雅樂備宮懸九奏未終百寮惰惉滯難令季札辨遲迴但恐文侯臥工師盡取聾昧人豈是先王作之過宋沇嘗傳天寶季法曲胡音忽相和（太常丞宋沇傳漢中王舊說云明皇雖雅好度曲然而未嘗使蕃漢雜奏天寶十三載始詔道調法曲與胡部新聲合作識者異之明年祿山叛）明年十月燕寇來九廟千門虜塵涴我聞此語歎復泣古來邪正將誰柰奸聲入耳佞入心侏儒飽飯夷齊餓

驃國樂（李傳云貞元辛巳歲始來獻）

驃之樂器頭象駝音聲不合十二和促舞跳趫筋節硬繁辭變亂名字訛千彈萬唱皆咽咽左旋右轉空傞傞俯地呼天終不會曲成調變當如何德宗深意在柔遠笙鏞不御停嬌（一作嬪）娥史館書爲朝貢傳太常編入鞮鞻科古時陶堯作天子遜遁親聽康衢歌又遣遒人持木鐸徧采謳謠天下過萬人有意皆洞達四岳不敢施煩苛盡令區中擊壤塊燕及海外覃恩波秦霸周衰古官廢下堙上塞王道頗共矜異俗同聲教不念齊民方薦瘥傳稱魚鼈亦咸若苟能效此誠足多借如牛馬未蒙澤豈在抱甕滋黿鼉教化從來有源委必將泳海先泳河是非倒置自古有驃兮驃兮誰爾訶

胡旋女（李傳云天寶中西國來獻）

天寶欲末胡欲亂胡人獻女能胡旋旋得明王不覺迷妖胡奄到長生殿胡旋之義世莫知胡旋之容我能傳蓬斷霜根羊角疾竿戴朱盤火輪炫驪珠迸珥逐飛（一作龍）星虹（音降）暈輕巾掣流電潛鯨暗噏笡（謝殘反）波海（一作海波）回風亂舞當空霰萬過其誰辨終始四座安能分背面才人觀者相爲言承奉君恩在圓變是非好惡隨君口南北東西逐君眄柔軟依身著（一作看）佩帶裊回繞指同環釧佞臣聞此心計回熒惑（一作惑亂）君心君眼眩君言似曲屈爲（一作如）鉤君言好直舒爲箭巧隨清影觸處行妙（一作好）學春鶯百般囀傾天側地用君力抑塞周遮恐君見翠華南幸萬里橋（緯書曰僧一行嘗奏明皇曰陛下行幸萬里聖祚無疆故天寶中歲幸洛陽冀充盈數及上幸蜀至萬里橋乃歎謂左右曰一行之奏其是乎）玄宗始悟坤維轉寄言旋目與旋心有國有家當共譴

蠻子朝（李傳云貞元末蜀川始通蠻國）

西南六詔有遺種僻在荒陬路尋壅部落支離君長賤比諸夷狄爲幽冗犬戎彊盛頻侵削降有憤心戰無勇夜防抄盜保深山朝望煙塵上高冢鳥道繩橋來款附非因慕化因危（一作爲）悚清平官繫（一作擊）金呿嗟求天叩地持雙珙（一作拱）益州大將韋令公頃實遭時定汧隴自居劇鎮無他績幸得蠻來固恩寵爲蠻開道引蠻朝迎（一作接）蠻送蠻常繼踵天子臨軒四方賀朝廷無事唯端拱漏天走馬春雨寒瀘水飛蛇瘴煙重椎頭醜類除憂患瘴足役夫勞洶湧匈奴互市歲不供雲蠻通好轡長駷戎王養馬漸多年南人耗顇西人恐

縛戎人（近制西邊每擒蕃囚例皆傳置南方不加勦戮故李君作歌以諷焉）

邊頭大將差健卒入抄禽生快於鶻但逢賴面即捉來半是邊人半戎羯大將論功重多級捷書飛奏何超忽聖朝不殺諧至仁遠送炎方示微（一作懲）罰萬里虛勞肉食費連頭盡被氈裘暍華裀重席臥腥臊病犬愁鴿聲咽嗢中有一人能漢語自言家本長城（一作安）窟少（一作小）年隨父戍安西河渭瓜沙眼看沒天寶未亂猶（一作前）數載狼星四角光蓬勃中原禍作邊防危果有豺狼四來伐蕃馬臕成正翹健蕃兵肉飽爭唐突煙塵亂起無亭燧主帥驚跳棄旌鉞半夜城摧鵝雁鳴妻啼子叫曾不歇陰森神廟未敢依脆薄河冰安可越荊棘深處共潛身前困蒺藜後臲卼平明蕃騎四面走古墓深林盡株榾少壯爲俘頭被髡老翁留居足多刖烏鳶滿野尸狼藉樓榭成灰牆突兀暗水濺濺入舊池平沙漫漫鋪明月戎王遣將來安慰口不敢言心咄咄供進腋腋御叱般豈料穹

盧揀肥腯五六十年消息絕中間盟會又猖獗眼穿東日望堯雲腸斷正朝梳漢髮（延州鎮李如暹蓬子將軍之子也嘗沒西蕃及歸自云蕃法惟正歲一日許唐人沒蕃者服衣冠如暹當此日悲不自勝遂與蕃妻密定歸計）近年如此思漢者半爲老病半埋骨常（一作向）敎孫子學鄉音猶話平時好城闕老者儻盡少者壯生長蕃中似蕃悖不知祖父皆漢民便恐爲蕃心矻矻緣邊飽餧十萬衆何不齊驅一時發年年但捉兩三人精衛銜蘆塞溟渤

陰山道（李傳云元和二年有詔悉以金銀酬回紇馬價）

年年買馬陰山道馬死陰山帛空耗元和天子念女工内出金銀代酬犒臣有一言昧死進死生甘分荅恩燾費財爲馬不獨生耗帛傷工有他盜臣聞平時七十萬匹馬關中不省聞嘶噪四十八監選龍媒時貢天庭付良造如今坰野十無一盡在飛龍相踐暴萬束芻茭供旦莫千鍾菽粟長牽漕屯軍郡國百餘鎮縑緗歲奉春冬勞稅户逋逃例攤配官司折納仍貪冒挑紋變纈力倍費棄舊從新人所好越縠繚綾織一端十匹素縑功未到豪家富賈踰常制令族清（一作親）班無雅操從騎愛奴絲布衫臂鷹小兒雲錦韜羣臣利已要差僭天子深衷空憫悼綽立花塼鵷鳳行雨露恩波幾時報

全唐詩

元稹

有鳥二十章（庚寅）

有鳥有鳥名老鴟鴟張貪很老不衰似鷹指爪唯攫肉戾天羽翮徒翰飛朝偷暮竊恣昏飽後顧前瞻高樹枝珠丸彈射死不去意在護巢兼護兒

有鳥有鳥毛似鶴行步雖遲性靈惡主人但見閑慢容許占蓬萊最高閣弱羽長憂俊鶻拳疽腸暗著（一作把）鵷雛啄千年不死伴靈龜梟心鶴貌何人覺

有鳥有鳥如鸜雀食蛇抱礜天姿惡行經水滸爲毒流羽拂酒杯爲死藥漢后忍渴天豈知驪姬墳地君寧覺嗚呼爲有白色毛亦得乘軒謬稱鶴

有鳥有鳥名爲鳩毛衣軟毳心性柔鶻緣暖足憐不喫鵶爲同科曾共游飛飛漸上高高閣百鳥不猜稱好逑佳人許伴鵷雛食望爾化爲張氏鉤

有鳥有鳥名野雞天姿耿介行步齊主人偏養憐整頓玉粟充腸瑤樹栖池塘潛狎不鳴雁津梁暗引無用鵝秋鷹迸逐霜鶻遠鵩鳥護巢當晝啼主人頻問遣妖術力盡計窮音響淒當時何不早量分莫遣輝光深照泥

有鳥有鳥羣翠碧毛羽短長心並窄皆曾偷食淥池魚前去後來更逼迫食魚滿腹各自飛池上見人長似客飛飛競占嘉樹林百鳥不爭緣鳳惜

有鳥有鳥羣紙鳶因風假勢童子牽去地漸高人眼亂世人爲爾羽毛全風吹繩斷童子走餘勢尚存猶在天愁爾一朝還到地落在深泥誰復憐

有鳥有鳥名啄木木中求食常不足偏啄鄧林求一蟲蟲孔未穿長觜禿木皮已穴蟲在心蟲蝕木心根柢覆可憐樹上百鳥兒有時飛向新林宿

有鳥有鳥衆蝙蝠長伴佳人占華屋妖鼠多年羽翩生不辨雌雄無本族穿墉伺隙善潛身晝伏宵飛惡明燭大厦雖存柱石傾暗齧棟梁成蠹木

有鳥有鳥名爲鴞深藏孔穴難動搖鷹鸇繞樹探不得隨珠彈盡聲轉嬌主人煩惑罷擒取許占神林爲物妖當時幸有燎原火何不鼓風連夜燒

有鳥有鳥名燕子口中未省無泥滓春風吹送廊廡間秋社驅將嵌孔裏雷驚雨灑一時蘇雲（一作雪）壓霜摧半年死驅去驅來長信風暫託棟梁何用喜

有鳥有鳥名老烏貪癡突誶天下無田中攫肉吞不足偏入諸巢探衆雛歸來仍占主人樹腹飽巢高聲響麤山鵶野鵲閑受肉鳳皇不得聞罪辜秋鷹掣斷架上索利爪一揮毛血落可憐鵶鵲慕腥羶猶向巢邊競紛泊

有鳥有鳥謂白鷴雪毛皓白紅觜殷貴人妾婦愛光彩行提坐臂怡朱顏妖姬謝寵辭金屋雕籠又伴新人宿無心爲主擬銜花空長白毛映紅肉

有鳥有鳥羣雀兒中庭啄粟籬上飛秋鷹欺小嫌不食鳳皇容衆從爾隨大鵬忽起遮白日餘風簸蕩山岳移翩翾百萬徒驚噪扶搖勢遠何由知古來妄說銜花報縱解銜花何所爲可惜官倉無限粟伯夷餓死黃口（一作鳥）肥

有鳥有鳥皆百舌舌端百囀聲咄喤先春盡學百鳥啼眞僞不分聽者悅伶倫鳳律亂宮商盤木天雞誤時節朝朝暮暮主人耳桃李無言管弦咽五月炎光朱火盛陽焱燒陰幽響絕安知不是卷舌星化作剛刀一時截

有鳥有鳥毛羽黃雄者爲鴛雌者鴦主人并養七十二羅列雕籠開洞房雄鳴一聲雌鼓翼夜不得棲朝不食氣息榻然雙翅垂猶入籠中就顏色

有鳥有鳥名鷂雛鈴子眼睛蒼錦襦貴人腕軟憐易臂奮肘一揮前後呼俊鶻無由拳狡兔金雕不得擒魅狐文王長在苑中獵何日非熊休賁居

有鳥有鳥名鸚鵡養在雕籠解人語主人曾問私所聞因說妖姬暗欺主主人方惑翻見疑趁歸隴底雙翅垂山鵶野雀怪鸚語競噪爭窺無已時君不見隋朝隴頭姥嬌養雙鸚囑新婦一鸚曾說婦無儀悍婦殺鸚欺主母一鸚閉口不復言母問不言何太久鸚言悍婦殺鸚由母爲逐之鄉里醜當時主母信（一作聽）爾言顧爾微禽命何有今之主人翻爾疑何事籠中漫開口

有鳥有鳥名俊鶻鶻一作雛小鶻癡俊無匹雛鴨拂爪血迸天狡兔中拳頭粉骨平明度海朝未食拔一作抉上秋空雲影没瞥然飛下人不知攪碎荒城魅狐窟

有鳥有鳥眞白鶴飛上九霄雲漠漠司晨守夜悲雞犬啄腐呑腥笑鵰鶚堯年值雪度關山晉室聞琴下寥廓遼東盡爾千歲人悵望橋邊舊城郭

有酒十章

有酒有酒雞初鳴夜長睡足神慮清悄然危坐心不平浩思一氣初彭亨澒洞浩汗眞無名胡不終渾成胡爲沈濁以升清矗然分畫高下程天蒸地鬱羣動萌毛鱗躶介如孶孶嗚呼萬物紛已生我可柰何兮杯一傾

有酒有酒東方明一杯既進呑元精尚思天地之始名一元既二分濁清地居方直天體明胡不八荒圢圢如砥平胡山高屹崒海泓澄胡不日車杲杲晝夜行胡爲月輪滅鈌星䵷盯嗚呼不得眞宰情我可柰何兮杯再傾

有酒有酒兮湛淥波飮將愉兮氣彌和念萬古之紛羅我獨慨然而浩歌歌曰天耶地耶肇萬物耶儲胥大庭之君耶恍耶忽耶有耶傳而信耶久而謬耶文字生而羲農作耶仁義別而聖賢出耶炎始暴耶蚩尤熾耶軒轅戰耶不得已耶仁耶聖耶憨人之毒耶天蕩蕩耶堯穆穆耶豈其讓耶歸有德耶舜其貪耶德能嗣耶豈其讓耶授有功耶禹功大耶人戴之耶益不逮耶啓能德耶家天下耶榮後嗣耶於後嗣之榮則可耶於天下之榮其可耶嗚呼遠堯舜之日耶何棄舜之速耶辛癸虐耶湯武革耶順天意耶公天下耶踵夏榮嗣私其公耶竝建萬國均其私耶專征遞伐鬬海內耶秦埽其類威定之耶二代而隕守不仁耶漢魏而降乘其機耶短長理亂繫其術耶堯耶舜耶終不可逮耶將德之者不位位者不逮其德耶時耶時耶時其可耶我可柰何兮一杯又進歌且歌

有酒有酒兮黯兮溟仰天大呼兮天漫漫兮高兮青高兮漫兮吾孰知天否與靈取人之仰者無乃在乎昭昭乎曰與夫日星何三光之竝照兮奄雲雨之冥冥幽妖倏忽兮水怪族形黿鼉岸走兮海若鬬鯨河潰潰兮愈濁濟翻翻兮不寧蛇噴雲而出穴虎嘯風兮屢鳴汙高巢而鳳去兮溺厚地而芝蘭以之不生葵心傾兮何向松影直而孰明人懼愁兮戴榮天寂默兮無聲嗚呼天在雲之上兮人在雲之下兮又安能決雲而上征嗚呼既上征之不可兮我柰何兮杯復傾

有酒有酒香滿尊君寧不飮開君顏豈不知君飮此心恨君今獨醒誰與言君寧不見颶風翻海火燎原巨鼇唐突高焰延精衞銜蘆塞海溢枯魚噴沫救池燔筋疲力竭波更大鰭燋甲裂身已乾有翼勸爾升九天有鱗勸爾登龍門九天下視日月轉龍門上激雷雨奔螗蜋雖怒誰爾懼鶡旦雖啼誰爾憐搏空意遠風來壯我可柰何兮一杯又進消我煩

有酒有酒歌且哀江春例早多早梅櫻桃桃李相續開間以木蘭之秀香裹回東風吹盡南風來鶯聲漸澀花摧隤四月清和豔殘卉芍藥翻紅蒲映水夏龍痛毒雷雨多蒲葉離披豔紅死紅豔猶存榴樹花紫苞欲綻高筍牙筍牙成竹冒霜雪榴花落地還銷歇萬古盈虧相逐行君看夜夜當窗月榮落虧盈可柰何生成未徧霜霰過霜霰過兮復一作無柰何靈芝夏絶荊棘多荊棘多兮可柰何兮終柰何秦皇堯舜俱腐骨我可柰何兮又進一杯歌復歌

有酒有酒方爛漫飮酣拔劒心眼亂聲若雷硠目流電醉舞翻環身眩轉乾綱倒軋坤維旋白日橫空星宿見一夫心醉萬物變何況蚩尤之蹴蹋安得不以熊羆戰嗚呼風后力牧得親見我可柰何兮又進一杯除健羨

有酒有酒兮告臨江風漫漫兮波長渺渺兮注海海蒼蒼兮路茫茫彼萬流之混入兮又安能分若畎澮淮河與夫岷吴之巨江味作鹹而若一雖甘淡兮誰謂爾爲良濟涓涓而縷貫將柰何兮萬里之渾黃鯨歸穴兮渤溢鼇載山兮低昂陰火然兮眾族沸渭颶風作兮晝夜猖狂顧千珍與萬怪兮皆委潤而深藏信天地之瀦蓄兮我可柰何兮一杯又進兮包大荒

有酒有酒兮日將落餘光委照在林薄陽烏撩亂兮屋上棲陰怪跳趫兮水中躍月爭光兮星又繁燒橫空兮焰仍爍我可柰何兮時既昏一杯又進兮聊處廓

有酒有酒兮再祝祝予心兮何欲欲天泰而地寧欲人康而歲熟欲鳳翥而鴆蹟兮欲龍亨而驥逐欲日盛而星微兮欲滋蘭而殲毒欲人欲而天從苟天未從兮我可柰何兮一杯又進聊自足

華之巫 景戎

有一人兮神之側廟森森兮神默默神默默兮可柰何願一見神兮何可得女巫索我何所有神之開閉予之手我能進若神之前神不自言寄予口爾欲見神安爾身買我神錢沽我酒我家又有神之盤爾進此盤神爾安此盤不進行路難陸有摧車舟有瀾我聞此語長太息豈有神明欺正直爾居大道誰南北恣矯神言假神力假神力兮神未悟行道之人不得度我欲見神誅爾巫豈是因巫假神祜爾巫爾巫爾獨不聞乎與其媚於奧不若媚於竈使我傾心事爾巫吾寧驅車守吾道爾巫爾巫且相保吾心自有丘之禱

廟之神

我馬煩兮釋我車神之廟兮山之阿予一拜而一祝祝予心之無涯涕泗瀾而零落神寂默而無譁神兮神兮柰神之寂默而不言何復再拜而再祝鼓吾腹兮歌吾歌歌曰今耶古耶有耶無耶福不自神耶神不福人耶巫爾惑耶稔而誅耶謁不得耶終不可謁耶返吾駕而遵吾道廟之木兮山之花

全唐詩

元稹

村花晚（庚寅）

三春已暮桃李傷棠梨花白蔓菁黄村中女兒爭摘將插刺頭鬢相誇張田翁蠶老迷臭香曬暴敂歜熏衣裳非無後秀與孤芳奈爾千株萬頃之茫茫天公此意何可量長教爾輩時節長

紫躑躅

紫躑躅滅紫攏帬倚山腹文君新寡乍歸來羞怨春風不能哭我從相識便相憐但是花叢不迴目去年春別湘水頭今年夏見青山曲（青山驛名）迢迢遠在青山上山高水闊難容足願爲朝日早相曬願作輕風暗相觸爾躑躅我向通州爾幽獨可憐今夜宿青山何年卻向青山宿山花漸暗月漸明月照空山滿山綠山空月午夜無人何處知我顏如玉

山枇杷

山枇杷花似牡丹殷潑血往年乘傳過青山正值山花好時節壓枝凝豔已全開映葉香苞纔半裂緊搏（一作縛）紅袖欲支頤慢解絳囊初破結金線叢飄繁蘂亂珊瑚朵重纖莖折因風旋落帬片飛帶日斜看目精熟亞水依巖半傾側籠雲隱霧多愁絕綠珠語盡身欲投漢武眼穿神漸滅穠姿秀色人皆愛怨媚羞容我偏別說向閑人人不聽曾向樂天時一說昨來谷口先相問及到山前已消歇左降通州十日遲又與幽花一年別山枇杷爾託深山何太拙天高萬里看不精帝在九重聲不徹園中杏樹良人醉陌上柳枝年少折因爾幽芳喻昔賢磻谿冷坐權門咽

樹上烏（癸卯）

樹上烏洲中有樹巢若鋪百巢一樹知幾烏一烏不下三四雛雛又生雛知幾雛老烏未死雛已烏散向人間何處無攫麑啄卵方可食男女羣強最多力靈蛇萬古唯一珠豈可抨彈千萬億吾不會天教爾輩多子孫告訴天公天不言

琵琶歌（寄管兒兼誨鐵山 此後並新題樂府）

琵琶宮調八十一旋宮三調彈不出玄宗偏許賀懷智段師此藝還相匹自後流傳指撥衰（一作哀）崐崘善才徒爾爲須聲少得似雷吼纏（去聲）弦不敢彈羊皮人間奇事會相續但有卞和無有玉段師弟子數十人李家管兒稱上足管兒不作供奉兒拋在東都雙鬢絲逢人便請送杯盞著盡工夫人不知李家兄弟皆愛酒我是酒徒爲密友著作曾邀連夜宿中碾春（一作清）溪華新綠平明船載管兒行盡日聽彈無限曲曲名無限知者鮮霓裳羽衣偏宛轉涼州大徧最豪嘈六么散序多籠撚我聞此曲深賞奇賞著奇處驚管兒管兒爲我雙淚垂自彈此曲長自（一作長）悲淚垂捍撥朱弦濕冰泉嗚咽流鶯澀因茲彈作雨霖鈴風雨蕭條鬼神泣一彈既罷又一彈珠幢夜靜風珊珊低回慢弄關山思坐對燕然秋月寒月寒一聲深殿磬驟彈曲破音繁併百萬金鈴旋（去聲）玉盤醉客滿船皆暫醒自茲聽後六七年管兒在洛我朝天游想慈恩杏園裏夢寐仁風花樹前去年御史留東臺公私蹙促顏不開今春制獄正撩亂晝夜推囚心似灰暫輟歸時尋著作著作南園花坼萼臙脂耀眼桃正紅雪片滿溪梅已落是夕青春值三五花枝向月雲含吐著作施鐏命管兒管兒久別今方睹管兒還爲彈六么六么依舊聲迢迢猿鳴雪岫來三峽鶴唳晴空聞九霄逡巡彈得六么徹霜刀破竹無殘節幽關鵶軋胡雁悲斷弦砉騞層冰裂我爲含悽歎奇絕許作長歌始終說藝奇思寡塵事多許來寒暑又經過如今左降在閑處始爲管兒歌此歌歌此歌寄管兒管兒管兒憂爾衰爾衰之後繼者誰繼之無乃在鐵山鐵山已近曹穆間（二善才姓）性靈甚好功猶淺急處未得臻幽閑努力鐵山勤學取莫遣後來無所祖

小胡笳引（桂府王推官出蜀匠雷氏金徽琴請姜宣彈）

雷氏金徽琴王君寶重輕千金三峽流中將得來明窗拂席幽匣開朱弦宛轉盤鳳足驟擊數聲風雨迴哀笳慢指董家本姜生得之妙思忖泛徵胡雁咽蕭蕭繞指轆轤圓衮衮吞恨緘情乍輕激故國關山心歷歷潺湲疑是鷤鶘鶘砉騞如聞發鳴鏑流宮變徵漸幽咽別鶴欲飛猨欲絕秋霜滿樹葉辭風寒雛墜地烏啼血哀弦已罷春恨長恨長何恨懷我鄉我鄉安在長城窟聞君虜奏心飄忽何時窄袖短貂裘臙脂山下彎明月

去杭州（送王師範）

房杜王魏之子孫雖及百代爲清門駿骨鳳毛真可貴罔頭澤底何足論（近世不以勳賢之胄爲令族而以岡盧澤李爲甲門）去年江上識君面愛君風貌情已敦與君言語見君性靈府坦蕩消塵煩自茲心洽跡亦洽居常並榻游並軒柳陰覆岸鄭監水李花壓樹韋公園每出新詩共聯綴閑因醉舞相牽援時尋沙尾楓林夕夜摘蘭叢衣露繁今君別我欲何去自言遠結迢迢婚簡書五府已再至波濤萬里酬一言爲君再拜贈君語願君靜聽君勿諠君名師範欲何範君之烈祖遺範存永寧昔在掄鑒表沙汰沈濁澄浚源君今取友由取士得不別白清與渾昔公事主盡忠讜雖及死諫誓不諼今君佐藩如佐主得不陳露酬所恩昔公爲善日不足假寐待旦朝至尊今君三十朝未與得不寸晷倍璵璠昔公令子尚貴主公執舅禮婦執笲返拜之儀自此絕關雎之化皎不昏君今遠娉奉明祀得不齊勵親蘋蘩斯言皆爲書佩帶然後別袂乃可捫別袂可捫不可解解袂開帆悽別魂魂摇江樹鳥飛沒帆

挂檣竿鳥尾翻翻風駕浪拍何處直指杭州由上元上元蕭寺基址在杭州潮水霜雪屯潮户迎潮擊潮鼓潮平潮退有潮痕得爲題羅剎石古來非獨伍員冤

南家桃

南家桃樹深紅色日照露光看不得樹小花狂風易吹一夜風吹滿牆北離人自有經時別眼前落花心歎息更待明年花滿枝一年迢遞空相憶

志堅師

嵩山老僧披破衲七十八年三十臘靈武朝天遼海征宇宙曾行三四匝初因怏怏薙却頭便繞嵩山寂師塔淮西未返半年前已見淮西陣雲合

答子蒙

報盧君門外雪紛紛紛門外雪城中鼓聲絕强梁御史人覷步安得夜開沽酒户

辛夷花 問韓員外

問君辛夷花君言已斑駮不畏辛夷不爛開顧我筋骸官束縛縛遣推囚名御史狼藉囚徒滿田地明日不推緣國忌依前不得花前醉韓員外家好辛夷開時乞取三兩枝折枝爲贈君莫惜縱君不折風亦吹

聽庾柏

聽庾柏知君曾對羅希奭我本癲狂耽酒人何事與君爲對敵爲對敵洛陽城中花赤白花赤白囚漸多花之赤白柰爾何

夜別筵

夜長酒闌燈花長燈花落地復落牀似我別淚三四行滴君滿坐之衣裳與君別後淚痕在年年著衣心莫改

三泉驛

三泉驛内逢上巳新葉趨塵花落地勸君滿盞君莫辭別後無人共君醉洛陽城中無限人貴人自貴貧自貧

何滿子歌 張湖南座爲唐有態作 有態一作有熊

何滿能歌能宛轉天寶年中世稱罕嬰刑繫在囹圄間水調哀音歌憤懣梨園弟子奏玄宗一唱承恩羈網緩便將何滿爲曲名御譜親題樂府纂魚家入内本領絕葉氏有年聲氣短自外徒煩記得詞點拍纔成已夸誕我來湖外拜君侯正值灰飛仲春琯廣宴江亭爲我開紅妝逼坐花枝暖此時有態蹋華筵未吐芳詞貌夷坦翠蛾轉盼搖雀釵碧袖歌垂翻鶴卵定面凝眸一聲發雲停塵下何勞算迢迢擊磬遠玲玲一一貫珠勻款款犯羽含商移調態留情度意拋弦管湘妃寶瑟水上來秦女玉簫空外滿纏緜疊破最慇懃整頓衣裳頗(一作事)閒散冰含遠溜咽還通鶯泥晚花啼漸嬾斂黛吞聲若自冤鄭袖見捐西子浣陰山鳴雁曉斷行巫峽哀猿夜呼伴古者諸侯饗外賓鹿鳴三奏陳圭瓚何如有態一曲終牙籌記令紅螺盌(一作盞)

通州丁溪館夜別李景信三首

月濛濛兮山掩掩束束別魂眉斂斂蠡瓓覆時天欲明碧幌青燈風灩灩淚消語盡還暫眠唯夢千山萬山險

水環環兮山簇簇啼鳥聲聲婦人哭離牀別臉睡還開燈灺暗飄珠蔌蔌山深虎橫館無門夜集巴兒扣空木

雨瀟瀟兮鵑咽咽傾冠倒枕燈臨滅倦僮呼喚應復眠啼雞拍翅三聲絕握手相看其柰何柰何其柰天明別

酬鄭從事四年九月宴望海亭次用舊韻

海亭樹木何蘢蔥寒光透坼秋玲瓏湖山四面爭氣色曠望不與人間同一拳墺伏東武小(龜山別名)兩山鬬構秦望雄(兩峰爲秦望二山)嵌空古墓失文種(墓在州城西山上圖經湖水到山迎棺柩入海今所存古穴耳)突兀怪石疑防風舟船騈比(毗必反)有宗侶水雲滃泱無始終雪花布徧稻隴白日䏿插入秋波紅興餘望劇酒四坐歌聲舞豔煙霞中酒酣從事歌送我歌云此樂難再逢良時年少猶健羨使君況是頭白翁我聞此曲深歎息唧唧不異秋草蟲憶年十五學構厦有意蓋覆天下窮安知四十虛富貴朱紫束縛心志空妝梳伎女上樓榭止欲歡樂微茫躬雖無趣尚慕賢聖幸有心目知西東欲將滑甘柔藏府已被鬱噎銜喉嚨君今勸我酒太醉醉語不復能沖融勸君莫學虛富貴不是賢人難變通(一本富貴不是賢人通)

夢遊春七十韻

昔歲(一作君)夢遊春夢遊何所遇夢入深洞中果遂平生趣清泠淺漫流(一作溪)畫舫蘭篙渡過盡萬株桃盤旋竹林路長廊抱小樓門牖相回互樓下雜花叢叢邊繞鴛鷺池光漾霞影(一作彩霞)曉日初明煦未敢上階行頻移曲池步烏龍不作聲碧玉曾相慕漸到簾幕間裴回意猶懼閑窺東西閤奇玩參差布隔子碧油糊駝鉤紫金鍍逡巡日漸高影響人將寤鸚鵡饑亂鳴嬌娃睡猶怒簾開侍兒起見我遙相諭鋪設繡紅茵施張鈿妝具潛褰翡翠帷瞥見珊瑚樹不辨(一作見)花貌人空驚香若霧身回夜合偏態斂晨霞聚睡臉桃破風汗妝蓮委露叢梳百葉髻金蹙重臺屨紕軟鈿頭帬玲瓏合歡袴鮮妍脂粉薄闇澹衣裳故最似紅牡丹雨來春欲暮夢魂良易驚靈境難久寓夜夜望天河無由重沿泝結念心所期返如禪頓悟覺來八九年不向花迴顧雜合(一作洽)兩京春喧闐衆禽護我到看花時但作懷仙句浮生轉經歷道性尤堅固近作夢仙詩亦知勞肺腑一夢何足云良時事(一作自)婚娶當年二紀初嘉節三星度朝蕣玉佩迎高松女蘿附韋門正全盛出入多歡裕甲第漲清池鳴騶引朱輅廣榭舞萎甤長筵賓雜厝青春詎幾日華實潛幽蠹秋月照潘郎空山懷謝傅紅樓嗟壞壁金谷迷荒戍石壓破闌干門摧舊桯枑雖云覺夢殊同是終難駐悰緒竟何如棼絲不成約卓女白頭吟阿嬌金屋賦重璧盛姬臺青冢明妃墓盡委窮塵骨皆隨流波注幸有古如今何勞縑比素況余當盛時早歲諧如務詔冊冠賢良諫垣陳好惡三十再登朝一登還一仆寵榮非不早邅迴亦云屢直氣在膏肓氛氳日沈痼不言意不快快意言多忤忤誠人所賊性亦天之付乍可沈爲香不能浮作瓠誠爲堅所守未爲明所措事事身已經營營計何誤美玉琢文珪良金塡武庫徒謂自堅貞安知受礱鑄長絲羈野馬密網羅陰兔物外各迢迢誰能遠相錮時來既若

飛禍速當如鷲囊意自未精此行何所訴努力去江陵笑言誰與晤江花縱可憐柰非心所慕石竹逞奸黠蔓青誇畝數一種薄地生淺深何足妒荷葉水上生團團水中住瀉水置葉中君看不相汚

桐花落

莎草徧桐陰桐花滿莎落蓋覆相團圓可憐無厚薄昔歲幽院中深堂下簾幕同在後門前因論花好惡君誇沈檀樣云是指撝作暗澹滅紫花句連甃金萼都繡六七枝鬬成雙孔雀尾上稠疊花又將金解絡我愛看不已君煩睡先著我作繡桐詩繫君帬帶著别來苦修道此意都蕭索今日竟相牽思量偶然錯

夢昔時

閒窗結幽夢此夢誰人知夜半初得處天明臨去時山川已久隔雲雨兩無期何事來相感又成新别離

恨妝成

曉日穿隙明開帷理妝點傅粉貴重重施朱憐冉冉柔鬟背額垂叢鬢隨釵斂凝翠暈蛾眉輕紅拂花臉滿頭行小梳當面施圓靨最恨落花時妝成獨披掩

古決絶詞

乍可爲天上牽牛織女星不願爲庭前紅槿枝七月七日一相見相見故心終不移那能朝開暮飛去一任東西南北吹分不兩相守恨不兩相思對面且如此背面當可知(一作何如)春風撩亂伯勞語況是此時拋去時(一本無況是二字)握手苦相問竟不言後期君情既決絶妾意已(一作亦)參差借如死生别安得長苦悲

噫春冰之將泮何予懷之獨結有美一人於焉曠絶一日不見比一日於三年況三年之曠别水得風兮小而已波筍在苞兮高不見節矧桃李之當春競衆人而(一作之)攀折我自顧悠悠而若雲又安能保君皚皚(一作皓皓)之如雪感破鏡之分明睹淚痕之餘血幸他人之既不我先又安能使他人之終不我奪已焉哉織女别黄姑一年一度暫相見彼此隔河何事無

夜夜相抱眠幽懷尚沈結那堪一年事長遣一宵説但感久相思何暇暫相悦虹橋薄夜成龍駕侵晨列生憎野鶴性(一作鵲往)遲迴死恨天雞識時節曙色漸曈曈(一作曨曨)華星欲(一作次)明滅一去又一年一年何可(一作時)徹有此迢遞期不如死生别天公隔(一作可 一作何)是妒相憐何不便教相決絶

櫻桃花

櫻桃花一枝兩枝千萬朶花塼曾立摘花人窣破羅帬紅似火

曹十九舞緑鈿

急管清弄頻舞衣纔攬結含情獨摇手雙袖參差列騣裹柳牽絲炫轉風回雪凝眄嬌不移往往度繁節

閨晚

紅帬委塼階玉爪剺朱橘素臆光如砑明瞳豔凝溢調弦不成曲學書徒弄筆夜色侵洞房春煙透簾出

曉將别

風露曉淒淒月下西牆西行人帳中起思婦枕前啼屑屑命僮御晨裝儼已齊將去復攜手日高方解攜

薔薇架(清水驛)

五色階前架一張籠上被殷紅稠疊花半緑鮮明地風蔓羅帬帶露英蓮臉淚多逢走馬郎可惜簾邊思

月暗(第六句缺四字)

月暗燈殘面牆泣羅纓斗重知啼濕眞珠簾斷蝙蝠飛燕子巢空螢火入深殿門重夜漏嚴柔　　　　年急君王掌上容一人更有輕身何處立

新秋

旦暮已淒涼離人遠思忙夏衣臨曉薄秋影入檐長前事風隨扇歸心燕在梁殷勤寄牛女河漢正相望

贈雙文

豔極翻含怨(一作態)憐多轉自嬌有時還暫(一作自)笑閑坐愛(一作更)無憀曉月行看墮春酥見欲消何因肯垂手不敢望回腰(舞曲二名)

春别

幽芳本未闌君去蕙花殘河漢秋期遠關山世路難雲屏留粉絮風幌引香蘭腸斷迴文錦春深獨自看

和樂天示楊瓊

我在江陵少年日知有楊瓊初喚出腰身瘦小歌圓緊依約年應十六七去年十月過蘇州瓊來拜問郎不識青衫玉貌何處去安得紅旗遮頭白我語楊瓊瓊莫語汝雖笑我我笑汝汝今無復小腰身不似江陵時好女楊瓊爲我歌送酒爾憶江陵縣中否江陵王令骨爲灰車來嫁作尚書婦盧戡及第嚴澗在其餘死者十八九我今賀爾亦自多爾得老成余(一作亦)白首(楊瓊本名播少爲江陵酒妓去年姑蘇遇瓊敍舊及今見樂天比篇因走筆追書此曲)

魚中素

重疊魚中素幽緘手自開斜紅餘淚蹟知著臉邊來

代九九

昔年桃李月顔色共花宜迴臉蓮初破低蛾柳竝垂望山多倚樹弄水愛臨池遠被登樓識潛因倒影窺隔林徒想像上砌轉逶迤讜擲庭中果虛攀牆外枝強持文玉佩求結麝香縭阿母憐金重親兄要馬騎把將嬌小女嫁與冶遊兒自隱勤勤索相要事事隨每常同坐臥不省暫參差纔學羞兼妒何言寵便移青春來易皎白日誓先虧僻性嗔來見邪行醉後知别牀鋪枕席當面指瑕疵妾貌應猶在君情遽若斯的成終世恨焉用此宵爲鸞鏡燈前撲鴛衾手下隳參商半夜起琴瑟一聲離努力新叢豔狂風次第吹

盧十九子蒙吟盧七員外洛川懷古六韻命余和

聞道盧明府閑行詠洛神浪圓疑靨笑波鬬憶眉嚬蹀躞橋頭馬空濛水上塵草芽猶犯雪冰岸欲消春寓目終無限通辭未有因子蒙將此曲吟似獨眠人

劉阮妻(一作山)二首

仙洞千年一度開等閑偷入又偷迴桃花飛盡東風起何處消沈去不來

芙蓉脂肉緑雲鬟罨畫樓臺青黛山千樹桃花萬年藥不知何事憶人間

桃花

桃花淺深處似勻深淺妝春風助腸斷吹落白衣裳

莫秋

看著牆西日又沈步廊迴合戟門深棲烏滿樹聲聲絕
小玉上牀鋪夜衾

壓牆花

野性大都迷里巷愛將高樹記人家春來偏認平陽宅
爲見牆頭拂面花

舞腰

帬裾旋旋手迢迢不趁音聲自趁嬌未必諸郎知曲誤
一時偷眼爲迴腰

白衣裳二首

雨濕輕塵隔院香玉人初著白衣裳半含惆悵閒看繡
一朵梨花壓象牀

藕絲衫子柳花帬空著沈香慢火熏閑倚屏風笑周昉
枉抛心力畫朝雲

憶事

夜深閑到戟門邊却繞行廊又獨眠明月滿庭池水淥
桐花垂在翠(一作繡)簾前

寄舊詩與薛濤因成長句

詩篇調態人皆有細膩風光我獨知月夜詠花憐暗澹
雨朝題柳爲敧垂長教碧玉藏深處總向紅牋寫自隨
老大不能收拾得與君閑似好男兒

友封體

雨送浮涼夏簟清小樓腰褥怕單輕微風暗度香囊轉
朧月斜穿隔子明樺燭燄高黃耳吠柳堤風靜紫騮聲
頻頻聞動中門鎖桃葉知嗔未敢迎

看花

努力少年求好官好花須是少年看君看老大逢花樹
未折一枝心已闌

斑竹(得之湘流)

一枝斑竹渡湘沅萬里行人感別魂知是娥皇廟前物
遠隨風雨送啼痕

箏

莫愁私地愛王昌夜夜箏聲怨隔牆火鳳有凰求不得
春鶯無伴囀空長急揮舞破催飛燕慢逐歌詞弄小娘
死恨相如新索婦枉將心力爲他狂

春曉

半欲天明半未明醉聞花氣睡聞鶯猧兒撼起鐘聲動
二十年前曉寺情

所思二首(一作劉禹錫詩題作有所嗟)

庚亮樓中初見時武昌春柳似腰肢相逢相失還如夢
爲雨爲雲今不知

鄂渚濛濛煙雨微女郎魂逐暮雲歸只應長在漢陽渡
化作鴛鴦一隻飛

鶯鶯詩(一作離思詩之首篇)

殷紅淺碧舊衣裳取次梳頭闇澹妝夜合帶煙籠曉日
牡丹經雨泣殘陽低迷隱(一作依稀似)笑原非笑散漫清(一作彷佛閒)
香不似(一作是)香頻動橫波嗔阿母(一作嬌不語)等閑教見小兒郎

離思五首(一本幷前首作六首)

自愛殘妝曉鏡中環釵謾篸綠絲(一作雲)叢須臾日射燕脂
頰一朵紅蘇旋欲(一作玉)融

山泉散漫繞階流萬樹桃花暎小樓閑讀道書慵未起
水晶簾下看梳頭

紅羅著壓逐時新吉了(一作杏子)花紗嫩麴塵第一莫嫌材地
弱些些紕縵最宜人

曾經滄海難爲水除却巫山不是雲取次花叢嬾迴顧
半緣修道半緣君

尋常百種花齊發偏摘梨花與白人今日江頭兩三樹
可憐和(一作枝)葉度殘春

雜憶五首

今年寒食月無光夜色纔侵已上牀憶得雙文通內裏
玉櫳深處暗聞香

花籠微月竹籠煙百尺(一作丈)絲繩拂地懸憶得雙文人靜
後潛教桃葉送鞦韆

寒輕夜淺繞回廊不辨花叢暗辨香憶得雙文朧月下
小樓前後捉迷藏

山榴似火葉相兼亞拂塼階(一作低牆)半拂檐憶得雙文獨披
掩滿頭花草倚新簾

春冰消盡碧波湖漾影殘霞似有無憶得雙文衫子薄(一作裏)
鈿頭雲暎褪紅酥(一作蘇)

有所教

莫畫長眉畫短眉斜紅傷豎莫傷垂人人總解爭時勢
都大須看各自宜

襄陽爲盧竇紀事

帝下真符召玉真偶逢遊女暫相親素書三卷留爲贈
從向人間說向人

風弄花枝月照階醉和春睡倚香懷依稀似覺雙環動
潛被蕭郎卸玉釵

鶯聲撩亂曙燈殘暗覓金釵動曉寒猶帶春酲嬾相送
櫻桃花下隔簾看

琉璃波面月籠煙暫逐蕭郎走上天今日歸時最腸斷
回江還是夜來船

花枝臨水復臨堤閑照江流(一作清江)亦照泥千萬春風好擡
舉夜來曾有鳳皇栖(此首一作馬戴詩題作襄陽席上呈于司空)

會真詩三十韻

微月透簾櫳螢光度碧空遙天初縹緲低樹漸葱蘢龍
吹過庭竹鸞歌拂井桐羅綃垂薄霧環佩響輕風絳節
隨金母雲心捧玉童更深人悄悄晨會雨濛濛珠瑩光
文履花明隱繡櫳寶釵行彩鳳羅帔掩丹虹言自瑤華
浦將朝碧帝宮因遊李(一作洛)城北偶向宋家東戲調初微
拒柔情已暗通低鬟蟬影動迴步玉塵蒙轉面流花雪
登牀抱綺叢鴛鴦交頸舞翡翠合歡籠眉黛羞頻聚朱
脣暖更融氣清蘭蘂馥膚潤玉肌豐無力慵移腕多嬌
愛斂躬汗光珠點點髮亂綠鬆鬆方喜千年會俄聞五
夜窮留連時有限繾綣意難終慢臉含愁態芳詞誓素
衷贈環明運合留結表心同啼粉流清鏡殘燈繞暗蟲
華光猶冉冉旭日漸曈曈警乘(一作乘鶩)還歸洛吹簫亦上(一作止)
嵩衣香猶染麝枕膩尚殘紅冪冪臨塘草飄飄思渚(一作緒)
蓬素琴鳴怨鶴清漢望歸鴻海闊誠難度天高不易沖

行雲無處所蕭史在樓中

古豔詩二首（一作春詞）

春來頻到宋家東垂袖開懷待好風鶯藏柳闇無人語
惟有牆花滿樹紅

深院無人草樹光嬌鶯不語趁陰藏等閑弄水浮（一作流）花
片流出門前賺阮郎

全唐詩　元稹

奉和浙西大夫李德裕述夢四十韻大夫本題
言贈於夢中詩賦以寄一二僚友故今所和者
亦止述翰苑舊游而已次本韻（第十七句缺一字）

聞有池塘什還因夢寐遭攀禾工類蔡詠豆敏過曹莊
蝶玄言祕羅禽藻思高（本篇稱六句皆夢中作三聯亦多微故事也）戈矛排筆陣貔
虎讓文韜綵縝鸞凰頸權奇騄駬髦神樞千里應華袞
一言褒李廣留飛箭王祥得佩刀傳乘司隸馬繼染翰
林毫辨穎超脫詞鋒豈足囊金剛錐透玉鑽鐵劒吹
毛（自戈矛而下皆述大夫刀筆贍麗文藻秀麗翰苑讜猷論詰褒貶功多名將人許三公世總臺綱充學士等矣）顧我曾陪附思
君正鬱陶近酬新樂錄仍寄續離騷（近蒙大夫寄簫藥歌酬和才畢此篇續至）阿
閣偏隨鳳（大夫與稹偏多同直）方壺共跨鼇借騎銀杏葉（學士初入例借飛龍馬）橫
賜錦垂萄（解已具本篇）冰井分珍果金瓶貯御醪獨辭珠有戒
廉取玉非叨麥紙侵紅點（書詔皆用麥紋紙）蘭燈燄碧高（麻制例皆通宵勤寫）
代予言不易承聖旨偏勞（稹與大夫相代為翰林承旨）繞月同棲鵲驚風
比夜獒吏傳開鎖契（學士院密通銀臺每旦常開門使勘契開鎖聲甚煩多）神撼引鈴條（有院
懸鈴以備夜直警急文書出入皆引之以代傳呼每用兵鈴輙有聲如人引聲耗緩急具如之曾莫之差）渥澤深難報危心過
自操犯顏誠懇懇騰口懼忉忉佩寵雖緺綬安貧尚葛
袍賓親多謝絕延薦必英豪（自阿閣而下皆言稹同在翰林日居處深祕與頻繁奉職勤勞畏慎周密等事也）
分阻杯盤會閒隨寺觀遨（學士無過從聚會之例大夫與稹時時期於寺觀閒行而已矣）祇園一
林杏（慈恩）仙洞萬株桃（玄都）澥海滄波減昆明劫火熬未陪

登鶴駕已訃墮烏號痛淚過江浪寃聲出海濤尚看恩
詔濕已夢壽宮牢（本篇言此兩句是夢中作故言夢字）再造承天寶新持濟巨
篙猶憐斃簪履重委舊旌旄（渤海已下皆言舉感先恩捧荷新澤等事）北望心彌
苦西回首屢搔九霄難就日兩浙僅容舠暮竹寒窗影
衰楊古郡濠魚鰕集橋市鶴鸛起亭皋（越州宅窗戶間盡見城郭）朽刃休
衝斗（自謂）良弓枉在弢（竊論）早彎摧虎兕便鑄墾蓬蒿漁艇
宜孤棹樓船稱萬艘量材分用處終不學滔滔

自述（一作王建宮詞）

延英引對碧衣郎江硯宣毫各別牀天子下簾親考試
宮人手裏過茶湯

春分投簡陽明洞天作

中分春一半今日半春徂老惜光陰甚慵牽興緒孤偶
成投祕簡聊得泛平湖郡邑移仙界山川展畫圖旌旗
遮嶼浦士女滿闉闍似木吳兒勁如花越女姝牛儂驚
力直蠶妾笑睢盱怪我攜章甫嘲人託鷓鴣閭閻隨地
勝風俗與華殊跣足沿流婦丫頭避役奴雕題雖少有
雞卜尚多巫鄉味尤珍蛤家神愛事烏舟船通海嶠田
種繞城隅櫛比千艘合袈裟萬頃鋪亥茶闐小市漁父
隔深蘆日脚斜穿浪雲根遠曳蒲凝風花氣度新雨草
芽蘇粉壞梅辭萼紅含杏綴珠薅餘秧漸長燒後葑猶
枯綠綟高懸柳青錢密辮榆馴鷗眠淺瀨驚雉迸平蕪
水靜王餘見山空謝豹呼燕狂捎蛺蝶螟挂集蒲盧淺
碧鶴新卵深黃鵝嫩雛郵亭以白板寺壁耀赬糊禹廟
纔離郭陳莊恰半途石帆何峭峣龍瑞本縈紆穴為探
符坼潭因失箭刳隄形彎熨斗峰勢踴香爐幢蓋迎三
洞煙霞貯一壺桃枝蟠復直桑樹亞還扶鼈解稱從事
松堪作大夫榮光飄殿閣虛籟合笙竽庭狎仙翁鹿池
游縣令鳧君心除健羨扣寂入虛無岡蹋翻星紀章飛
動帝樞東皇提白日北斗下玄都騎吏帬皆紫科車幰
盡朱地侯鞭社伯海若跨天吳霧噴雷公怒煙揚竈鬼
趨投壺憐玉女噀飯笑麻姑果實經千歲衣裳重六銖
瓊杯傳素液金七進雕胡掌裏承來露柈中釣得鱸菌
生悲局促柯爛覺須臾稊米休言聖醯雞益伏愚鼓鼙

催暝色簪組縛微軀遂別眞徒侶還來世路衢題詩歎
城郭揮手謝妻孥幸有桃源近全家肯去無

春遊

酒戶年年減山行漸漸難欲終心懶慢轉恐興闌散鏡
水波猶冷稽峰雪尚殘不能辜物色乍可怯春寒遠目
傷千里新年思萬端無人知此意閑凭小欄干

除夜酬樂天

引儺綏旆亂毿毿戲罷人歸思不堪虛漲火塵龜浦北
無由阿傘鳳城南休官期限元同約除夜情懷老共諳
莫道明朝始添歲今年春在歲前三

酬樂天初冬早寒見寄

乍起衣猶冷微吟帽半欹霜凝南屋瓦雞唱後園枝洛
水碧雲曉吳宮黃葉時兩傳千里意書札不如詩

酬白樂天杏花園

劉郎不用閑惆悵且作花間共醉人算得（一作屈指）貞元舊朝
士幾人（一作員）同見太和春

過東都別樂天二首（樂天在洛太和中稹拜左丞自越過洛以二詩別樂天未幾死於鄂樂天哭之曰始以詩交終以詩訣茲筆相絕其今日乎見紀事）

君應怪我留連久我欲與君辭別難白頭徒侶漸稀少
明日恐君無此歡

自識君來三度別這回白盡老髭鬚戀君不去君須會
知得後迴相見無

逢白公

遠路事無限相逢唯一言月色照榮辱長安千萬門

酬白太傅

太空秋色涼獨鳥下微陽三徑池塘靜六街車馬忙漸
能高酒戶始是入詩狂官冷且無事追陪慎莫忘

和嚴給事聞唐昌觀玉蕊花下有遊仙（一作玉蕊院真人降見唐人絕句）

弄玉潛過玉樹時不教青鳥出花枝的應未有諸人覺
只是嚴郎不得知

贈毛仙翁（并序）

余廉問浙東歲毛仙翁惠然來顧越之人士識之

者相與言曰仙翁嘗與葉法善吳筠遊於稽山迨茲多歷年所而風貌愈少蓋神仙者也余因得執弟子之禮師其道焉余嘗見圓冠方領之士讀道書疑其絕智棄仁又謂其書不足以經世理國殊不知至仁無兼愛大智無非裁大樂同天地之和大禮同天地之節其可臻乎上德冥乎大道之致華胥終北之化熙熙然也又以徐市文成之事謂方士之流誕妄於世不足以爲敎也殊不知峒山高臥汾水凝神縱心傲世邈然外物王侯不可得師友也若然則徐氏之蕩不足以害嘉穀文成之誕不足以傷大敎今我仙翁眞風遺骨玄格高情冥鴻孤鶴不可方喻蓋峒山汾水之儔也一言道合止于山亭三日而南棲天台謂余曰入相之年相候于安山里余拜而言曰果如仙約爇香拂榻以俟雲駕焉抒詩一章以爲他日之志也

仙駕初從蓬海來相逢又説向天台一言親授希微訣
三夕同傾沆瀣杯此日臨風飄羽衛他年嘉約指鹽梅
花前揮手迢遥去目斷霓旌不可陪

八月十四日夜玩月

猶欠一宵輪未滿紫霞紅襯碧雲端誰能喚得姮娥下
引向堂前子細看

寒食夜

紅染桃花雪壓梨玲瓏雞子鬭贏時今年不是明寒食
暗地鞦韆別有期

三月三十日程氏館餞杜十四歸京

江春今日盡程館祖筵開我正南冠縶君尋北路回謀
身誠太拙從宦苦無媒處困方明命遭時不在才跲年
長倚玉連夜共銜杯涸溜霑濡沫餘光照死灰行看鴻
欻翥歌𢁉酒相催拍逐飛觥絕香隨舞袖來消梨抛五
徧娑葛㿝三臺巳許尊前倒臨風淚莫頹

酬張秘書因寄馬贈詩

丞相功高厭武名牽將戰馬寄儒生四蹄荀距藏雖盡
六尺鬚頭見尚驚減粟偷兒憎未飽騎驢詩客罵先行
勸君還却司空著莫遣衙參傍子城

戲酬副使中丞（竇鞏）見示四韻

莫恨暫櫜鞬交游幾箇全眼明相見日肺病欲秋天五
馬虛盈櫪雙蛾浪滿船可憐俱老大無處用閑錢

贈柔之

窮冬到鄉國正歲別京華自恨風塵眼常看遠地花碧
幢還照曜紅粉莫咨嗟嫁得浮雲壻相隨即是家

修龜山魚池示衆僧

勸爾諸僧好護持不須垂釣引青絲雲山莫厭看經坐
便是浮生得道時

寄贈薛濤（稹聞西蜀薛濤有辭辯及爲監察使蜀以御史推鞫難得見焉嚴司空潛知其意每遣薛往洎登翰林以詩寄之）

錦江滑膩蛾眉秀幻出文君與薛濤言語巧偷鸚鵡舌
文章分得鳳皇毛紛紛辭客多停筆箇箇公卿欲夢刀
別後相思隔煙水菖蒲花發五雲高

贈劉採春

新粧巧樣畫雙蛾謾裹常州透額羅正面偷勻光滑笏
緩行輕踏破紋波言辭雅措風流足舉止低迴秀媚多
更有惱人腸斷處選詞能唱望夫歌（即羅嗊之曲也）

醉題東武

役役行人事紛紛碎簿書功夫兩衙盡留滯七年餘病
痛梅天發親情海岸踈因循未歸得不是憶（一作戀）鱸魚

崔徽歌（崔徽河中府娼也裴敬中以興元幕使蒲州與徽相從累月敬中使還崔以不得從爲恨因而成疾有丘夏善寫人形徽托寫眞寄敬中曰崔徽一旦不及畫中人且爲郎死發狂卒　第八句缺）

崔徽本不是娼家教歌按舞娼家長使君知有不自由
坐在頭時立在掌有客有客名丘夏善寫儀容得恣把
爲徽持此謝敬中以死報郎爲

一字至七字詩（以題爲韻同王起諸公送白居易分司東郡作）

茶

茶香葉嫩芽慕詩客愛僧家碾雕白玉羅織紅紗銚煎
黃蘂色碗轉麴塵花夜後邀陪明月晨前命對朝霞洗
盡古今人不倦將知醉後豈堪誇

句

兒歌楊柳葉妾拂石榴花（見紀事）　松門待制應全遠藥樹
監搜可得知（文昌雜錄云唐宣政殿爲正衙殿庭東西有四松松下待制官立班之地舊圖猶存殿門外有藥樹監察御史監搜之位在焉唐制百官入宮殿門必搜監察所掌也至太和元年監搜始停）　髫鬟峨峨高一尺門前立地看春
風（李娃行　見許彥周詩話）

全唐詩

下

上海古籍出版社

全唐詩目第七函

第一冊

白居易一卷至五卷

全唐詩

白居易

白居易字樂天下邽人貞元中擢進士第補校書郎元和初對制策入等調盩厔尉集賢校理尋召爲翰林學士左拾遺拜贊善大夫以言事貶江州司馬徙忠州刺史穆宗初徵爲主客郎中知制誥復乞外歷杭蘇二州刺史文宗立以祕書監召遷刑部侍郎俄移病除太子賓客分司東都拜河南尹開成初起爲同州刺史不拜改太子少傅會昌初以刑部尚書致仕卒贈尚書右僕射謚曰文自號醉吟先生亦稱香山居士與同年元稹酬詠號元白與劉禹錫酬詠號劉白長慶集詩二十卷後集詩十七卷別集補遺二卷今編詩三十九卷

賀雨

皇帝嗣寶曆元和三年冬自冬及春暮不雨旱爞爞上心念下民懼歲成災凶遂下罪己詔殷勤告（一作制）萬邦帝曰予一人繼天承祖宗憂勤不遑寧夙夜心忡忡元年誅劉闢一舉靖巴邛二年戮李錡不戰安江東顧惟眇眇德遽有巍巍功或者天降沴無乃儆予躬上思荅天戒下思致時邕莫如率其身慈和與儉恭乃命罷進獻乃命賑饑窮宥死降五刑責己（一作己責，責通債）寬三農宮女出宣徽廄馬減飛龍庶政靡（一作無）不舉皆出（一作由）自宸衷奔騰道路人傴僂田野翁歡呼相告報感泣涕霑胷順人人心悅先天天意從詔下纔七日和氣生沖融凝爲油油（一作悠悠）雲散作習習風晝夜三日雨淒淒復濛濛萬心春熙熙百穀青芃芃人變愁爲喜歲易儉爲豐乃知王者心憂樂與衆同皇天與后土所感無不通冠珮何鏘鏘將相及王公蹈舞呼萬歲列賀明庭中小臣誠愚陋職忝金鑾宮稽首再三拜一言獻天聰君以明爲聖臣以直爲忠敢賀有其始亦願有其終

讀張籍古樂府

張君何爲者業文三十春尤工樂府詩舉代少其倫爲詩意如何六義互鋪陳風雅比興外未嘗著空文讀君學仙詩可諷放佚君讀君董公詩可誨貪暴臣讀君商女詩可感悍婦仁讀君勤齊詩可勸薄夫敦（一作淳）上可裨教化舒之濟萬民下可理情性卷之善一身始從青衿歲迨此白髮新日夜秉筆吟心苦力亦勤時無采詩官委棄如泥塵恐君百歲後滅沒人不聞願藏中祕書百代不湮淪願播內樂府時得聞至尊言者志之苗行者文之根所以讀君詩亦知君爲人如何欲五十官小身賤貧病眼街西住無人行到門

哭孔戡

洛陽誰不死戡死聞長安我是知戡者聞之涕泫然戡佐山東軍非義不可干拂衣向西來其道直如弦從事得如此人人以爲難人言明明代合置在朝端或望居諫司有事戡必言或望居憲府有邪戡必彈惜哉兩不諧沒齒爲閑官竟不得一日謇謇立君前形骸隨衆人斂葬北邙山平生剛腸內直氣歸其間賢者爲生民生死懸在天謂天不愛人胡爲生其賢謂天果愛民胡爲奪其年茫茫元化中誰執如此權

凶宅

長安多大宅列在街西東往往朱門內房廊相對空梟鳴松桂樹（一作枝）狐藏蘭菊叢蒼苔黃葉地日暮多旋風前主爲將相得罪竄巴庸後主爲公卿寢疾歿其中連延四五主殃禍繼相鍾自從十年來不利主人翁風雨壞檐隙蛇鼠穿牆墉人疑不敢買日毀土木功嗟嗟俗人心甚矣其愚蒙但恐災將至不思禍所從我今題此詩欲悟迷者胷凡爲大官人年祿多高崇權重持難久位高勢易窮驕者物之盈老者數之終四者如寇盜日夜來相攻假使居吉土孰能保其躬因小以明大借家可喻邦周秦宅殽函其宅非不同一興八百年一死望夷宮寄語家與國人凶非宅凶

夢仙

人有夢仙者夢身升上清坐乘一白鶴前引雙紅旌羽衣忽飄飄玉鸞俄錚錚半空直下視人世塵冥冥漸失鄉國處纔分山水形東海一片白列岳五點青須臾羣仙來相引朝玉京安期羨門輩列侍如公卿仰謁玉皇帝稽首前致誠帝言汝仙才努力勿自輕却後十五年期汝不死庭再拜受斯言既寤喜且驚祕之不敢泄誓志居巖扃恩愛捨骨肉飲食斷羶腥朝餐雲母散夜吸沆瀣精空山三十載日望輜軿迎前期過已久鸞鶴無來聲齒髮日衰白耳目減聰明一朝同物化身與糞壤幷神仙信有之俗力非可營苟無金骨相不列丹臺名徒傳辟穀法虛受燒丹經只自取勤苦百年終不成悲哉夢仙人一夢誤一生

觀刈麥（時爲盩厔縣尉）

田家少閑月五月人倍忙夜來南風起小麥覆隴黃婦姑荷簞食童稚攜壺漿相隨餉田去丁壯在南岡足蒸

著土氣背灼炎天光力盡不知熱但惜夏日長復有貧婦人抱子在其傍右手秉遺穗左臂懸敝筐聽其相顧言聞者爲悲傷家田輸稅盡拾此充飢腸今我何功德曾不事農桑吏祿三百石歲晏有餘糧念此私自愧盡日不能忘

題海圖屏風（元和己丑年作）

海水無風時波濤安悠悠鱗介無小大遂性各沈浮突兀海底鼇首冠三神丘釣網不能制其來非一秋或者不量力謂兹鼇可求贔屭牽不動綸絕沈其鉤一鼇既頓頷諸鼇齊掉頭白濤與黑浪呼吸繞咽喉噴風激飛廉鼓波怒陽侯鯨鯢得其便張口欲吞舟萬里無活鱗百川多倒流遂使江漢水朝宗意亦休蒼然屏風上此畫良有由

羸駿

驊騮失其主羸餓無人牧向風嘶一聲莽蒼黃河曲蹋冰水畔立臥雪冢間宿歲暮田野空寒草不滿腹豈無市駿者盡是凡人目相馬失於瘦遂遺千里足村中何擾擾有吏徵芻粟輸（一作論）彼軍廐中化作駑駘肉

廢琴

絲桐合爲琴中有太古聲古聲澹無味不稱今人（一作日）情玉徽光彩滅朱弦塵土生廢棄來已久遺音尚泠泠不辭爲君彈縱彈人不聽何物使之然羌笛與秦箏

李都尉古劒

古劒寒黯黯鑄來幾千秋白光納日月紫氣排斗牛有客借一觀愛之不敢求湛然玉匣中秋水澄不流至寶有本性精剛無與儔可使寸寸折不能繞指柔願快直士心將斷佞臣頭不願報小怨夜半刺私讎勸君慎所用無作神兵羞

雲居寺孤桐

一株青玉立千葉綠雲委亭亭五丈餘高意猶未已山僧年九十清淨老不死自云手種時一顆青桐子直從萌芽拔高自毫末始四面無附枝中心有通理寄言立身者孤直當如此

京兆府新栽蓮（時爲盩厔縣尉趨府作）

污溝貯濁水水上葉田田我來一長歎知是東溪蓮下有青泥污馨香無復全上有紅塵撲顏色不得鮮物性猶如此人事亦宜然託根非其所不如遭棄捐昔在溪中日花葉媚清漣今來不得地顦顇府門前

月夜登閣避暑

旱久炎氣盛中（去聲）人若燔燒清風隱何處草樹不動搖何以避暑氣無如出塵囂行行都門外佛閣正岧嶢清涼近高生煩熱委靜銷開襟當軒坐意（一作神）泰神（一作意）飄飄迴看歸路傍禾黍盡枯焦獨善誠有計將何救旱苗

初授拾遺

奉詔登左掖束帶參朝議何言初命卑且脫風塵吏杜甫陳子昂才名括天地當時非不遇尚無過斯位況余蹇薄者寵至不自意驚近白日光慙非青雲器天子方從諫朝廷無忌諱豈不思匪躬適遇時無事受命已旬月飽食隨班次諫紙忽盈箱對之終自愧

贈元稹

自我從宦遊七年在長安所得惟元君乃知定交難豈無山上苗徑寸無歲寒豈無要津水咫尺有波瀾之子異於是久處（一作要）誓不諼無波古井水有節秋竹竿一爲同心友三及芳（一作方）歲闌（一作蘭）花下鞍馬遊雪中杯酒歡衡門相逢迎不具帶與冠春風日高睡秋月夜深看不爲同登科（一作第）不爲同署官所合在方寸心源無異端

哭劉敦質

小樹兩株柏新土三尺墳蒼蒼白露草此地哭劉君哭君豈無辭辭云君子人如何天不弔窮悴至終身愚者多貴壽賢者獨賤迍龍亢彼無悔蠖屈此不伸哭罷持此辭吾將詰羲文

答友問

大圭廉不割利劒用不缺當其斬馬時良玉不如鐵置鐵在洪爐鐵消易如雪良玉同其中三日燒不熱君疑才與德詠此知優劣

雜興三首

楚王多內寵傾國選嬪妃又愛從禽樂馳騁每相隨錦韝臂花隼羅袂控金羈遂習宮中女皆如馬上兒色禽合爲荒刑政兩已衰雲夢春仍獵章華夜不歸東風二月天春雁正離離美人挾銀鏑一發疊雙飛飛鴻驚斷行斂翅避蛾眉君王顧之笑弓箭生光輝迴眸語君曰昔聞莊王時有一愚夫人其名曰樊姬不有此遊樂三載斷鮮肥

越國政初荒越天旱不已風日燥水田水涸塵飛起國中新下令官渠禁流水流水不入田壅入王宮裏餘波養魚鳥倒影浮樓雉澹灩九折池縈迴十餘里四月芰荷發越王日遊嬉左右好風來香動芙蓉蘂但愛芙蓉香又種芙蓉子不念閶門外千里稻苗死

吳王心日侈服玩盡奇瓌身臥翠羽帳手持紅玉杯冠垂明月珠帶束通天犀行動自矜顧數步一裴回小人知所好懷寶四方來奸邪得藉手從此倖門開古稱國之寶穀米與賢才今看君王眼視之如塵灰伍員諫已死浮屍去不迴姑蘇臺下草麋鹿暗生麑

宿紫閣山北村

最遊紫閣峰暮宿山下村村老見余喜爲余開一尊舉杯未及飲暴卒來入門紫衣挾刀斧草草十餘人奪我席上酒掣我盤中飧主人退後立斂手反如賓中庭有奇樹種來三十春主人惜不得持斧斷其根口稱采造家身屬神策軍主人慎勿語中尉正承恩

讀漢書

禾黍與稂莠雨來同日滋桃李與荊棘霜降同夜萎草木既區別榮枯那等夷茫茫天地意無乃太無私小人與君子用置各有宜奈何西漢末忠邪並信之不然盡信忠早絕邪臣窺不然盡信邪早使忠臣知優游兩不斷盛業日已衰痛矣蕭京輩終令陷禍機（蕭望之京房等）每讀元成紀憤憤令人悲寄言爲國者不得學天時寄言爲臣者可以鑒於斯

贈樊著作

陽城爲諫議以正事其君其手如屈軼舉必指佞臣卒

使不仁者不得秉國鈞元稹為御史以直立其身其心如肺石動必達窮民東川八十家冤憤一言伸劉闢肆亂心殺人正紛紛其嫂曰庚氏棄絕不為親從史萌逆節隱心潛負恩其佐曰孔戡捨去不為賓凡此士與女其道天下聞常恐國史上但記鳳與麟賢者不為名名彰教乃敦每惜若人輩身死名亦淪君為著作郎職廢志空存雖有良史才直筆無所申何不自著書實錄彼善人編為一家(一作代)言以備史闕文

蜀路石婦

道傍一石婦無記復(一作亦)無銘傳是此鄉女為婦孝且貞十五嫁邑人十六夫征行夫行二十載婦獨守孤煢其夫有父母老病不安寧其婦執婦道一一如禮經晨昏問起居恭順發心誠藥餌自調節膳羞必甘馨夫行竟不歸婦德轉光明後人高其節刻石像婦形儼然整衣巾若立在閨庭似見舅姑禮如聞環珮聲至今為婦者見此孝心生不比山頭石空有望夫名

折劍頭

拾得折劍頭不知折之由一握青蛇尾數寸碧峰頭疑是斬鯨鯢不然刺蛟虬缺落泥土中委棄無人收我有鄙介性好剛不好柔勿輕直折劍猶勝曲全鉤

登樂遊園望

獨上樂遊園四望天日曛東北何靄靄宮闕入煙雲愛此高處立忽如遺垢氛耳目暫清曠懷抱鬱不伸下視十二街綠樹間紅塵車馬徒滿眼不見心所親孔生死洛陽元九謫荊門可憐南北路高蓋者何人

酬元九對新栽竹有懷見寄(頃有贈元九詩云有節秋竹竿故元感之因重見寄)

昔我十年前與君始相識曾將秋竹竿(今本竿字以下至秋竹廿字俱脫誤作會將秋竹心風霜侵不得)比君孤且直中心一以合外事紛無極共保秋竹心風霜侵不得始嫌梧桐樹秋至先改色不愛楊柳枝春來軟無力憐君別我後見竹長相憶長欲在眼前故栽庭戶側分首今何處君南我在北吟我贈君詩對之心惻惻

感鶴

鶴有不羣者飛飛在野田飢不啄腐鼠渴不飲盜泉貞姿自耿介雜鳥何翩翻同遊不同志如此十餘年一興嗜慾念遂為矰繳牽委質小池內爭食羣雞前不惟懷稻粱兼亦競腥羶不惟戀主人兼亦狎烏鳶物心不可知天性有時遷一飽尚如此況乘大夫軒

春雪

元和歲在卯六年春二月月晦寒食天天陰夜飛雪連宵復竟日浩浩殊未歇大似落鵝毛密如飄玉屑寒銷春茫蒼氣變風凜冽上林草盡沒曲江水復結紅乾杏花死綠凍楊枝(一作柳)折所憐物性傷非惜年芳絕上天有時令四序平分別寒燠苟反常物生(一作性)皆夭閼我觀聖人意魯史有其說或記水不冰或書霜不殺上將儆政教下以防災孽茲雪今如何信美非時節

高僕射

富貴人所愛聖人去其泰所以致仕年著在禮經內玄元亦有訓知止則不殆二疏獨能行遺跡東門外清風久銷歇迨(一作追)此向千載斯人古亦稀何況今之代遑遑名利客白首千百輩惟有高僕射七十懸車蓋我年雖未老歲月亦云邁預恐耄及時貪榮不能退中心私自儆何以為我戒故作僕射詩書之於大帶

白牡丹(和錢學士作)

城中看花客旦暮走營營素華人不顧亦占牡丹名閉(一作開)在深寺中車馬無來聲唯有錢學士盡日繞叢行憐此皓然質無人自芳馨眾嫌我獨賞移植在中庭留景夜不暝迎光曙先明對之心亦靜虛白相向生唐昌玉蘂花攀玩眾所爭折來比顏色一種如瑤瓊彼因稀見貴此以多為輕始知無正色愛惡隨人情豈惟花獨爾理與人事并君看入時(一作眼)者紫豔與紅英

贈內

生為同室親死為同穴塵他人尚相勉而況我與君黔婁固窮士妻賢忘其貧冀缺一農夫妻敬儼如賓陶潛不營生翟氏自爨薪梁鴻不肯仕孟光甘布帬君雖不讀書此事耳亦聞至此(一作于)千載後傳是何如人人生未死間不能忘其身所須者衣食不過飽與溫蔬食足充飢何必膏粱珍繒絮足禦寒何必錦繡文君家有貽訓清白遺子孫我亦貞苦士與君新結婚庶保貧與素偕老同欣欣

寄唐生

賈誼哭時事阮籍哭路岐唐生今亦哭異代同其悲唐生者何人五十寒且飢不悲口無食不悲身無衣所悲忠與義悲甚則哭之太尉擊賊日(段太尉以笏擊朱泚)尚書叱盜時(顏尚書叱李希烈)大夫死兇寇(陸大夫為亂兵所害)諫議謫蠻夷(陽諫議左遷道州)每見如此事聲發涕輒隨往往聞其風俗士猶或非憐君頭半白其志竟不衰我亦君之徒鬱鬱何所為不能發聲哭轉作樂府詩篇篇無空文句句必盡規功高虞人箴痛甚騷人辭非求宮律高不務文字奇惟歌生民病願得天子知未得天子知甘受時人嗤藥良氣味苦琴(一作琹)澹音聲稀不懼權豪怒亦任親朋譏人竟無柰何呼作狂男兒每逢羣盜(一作動)息或遇雲霧披但自高聲歌庶幾天聽卑歌哭雖異名所感則同歸寄君三十章與君為哭詞

傷唐衢二首

自我心存道外物少能逼常排傷心事不為長歎息忽聞唐衢死不覺動顏色悲端從東來觸我心惻惻伊昔未相知偶遊滑臺側同宿李翺家一言如舊識酒酣出送我風雪黃河北日西並馬頭語別至昏黑君歸向東鄭我來遊上國交心不交面從此重相憶憐君儒家子不得詩書力五十著青衫試官無祿食遺文僅千首六義無差忒散在京洛(一作索)間何人為收拾(一作得)

憶昨元和初忝備諫官位是時兵革後生民正顦顇但傷民病痛不識時忌諱遂作秦中吟一吟悲一事貴人皆怪怒閒人亦非訾天高未及聞荊棘生滿地惟有唐衢見知我平生志一讀興歎嗟再吟垂涕泗因和三十韻手題遠緘寄致吾陳杜間賞愛非常意此人無復見此詩猶可貴今日開篋看蠹魚損文字不知何處葬欲問先歔欷終去哭墳前還君一掬淚(陳杜謂子昂與甫也此詩猶可貴謂唐衢詩也)

問友

種蘭不種艾，蘭生艾亦生。根荄相交長，莖葉相附榮。香莖與臭葉，日夜俱長大。鋤艾恐傷蘭，溉蘭恐滋艾。蘭亦未能溉，艾亦未能除。沈吟意不決，問君合何如。

悲哉行

悲哉為儒者，力學不知（一作能）疲。讀書眼欲（一作前）暗，秉筆手生胝。十上方一第，成名常苦遲。縱有宦達者，兩鬢已成絲。可憐少壯日，適在窮賤時。丈夫老且病，焉用富貴為。沈沈朱門宅，中有乳臭兒。狀貌如婦人，光明膏粱肌。手不把書卷，身不擐戎衣。二十襲封爵，門承勳戚資。春來日日出，服御何輕肥。朝從博（一作簙）徒飲，暮有倡樓期。平（一作評）封還（去）酒債，堆金選蛾眉。聲色狗馬外，其餘一無知。山苗與澗松，地勢隨高卑。古來無柰何，非君獨（一作獨君）傷悲。

紫藤

藤花紫蒙茸，藤葉青扶疎。誰謂好顏色，而為害有餘。下如蛇屈盤，上若繩縈紆。可憐中間樹，束縛成枯株。柔蔓不自勝，嫋嫋挂空虛。豈知纏樹木，千夫力不如。先柔後為害，有似諛佞徒。附著君權勢，君迷不肯誅。又如妖婦人，綢繆蠱其夫。奇邪壞人室，夫惑不能除。寄言邦與家，所慎在其初。毫末不早辨，滋蔓信難圖。願以藤為戒，銘之于座隅。

放鷹

十月鷹出籠，草枯雉兔肥。下韝隨指顧，百擲無一遺。鷹翅疾如風，鷹爪利如錐。本為鳥所設，今為人所資。孰能使之然，有術甚易知。取其向背性，制在飢飽時。不可使長飽，不可使長飢。飢則力不足，飽則背人飛。乘飢縱搏擊，未飽須縶維。所以爪翅功，而人坐收之。聖明馭英雄，其術亦如斯。鄙語不可棄，吾聞諸獵師。

慈烏夜啼

慈烏失其母，啞啞吐哀音。晝夜不飛去，經年守故林。夜夜夜半啼，聞者為霑襟。聲中如告訴，未盡反哺心。百鳥豈無母，爾獨哀怨深。應是母慈重，使爾悲不任。昔有吳起者，母歿喪不臨。嗟哉斯徒輩，其心不如禽。慈烏復慈烏，鳥中之曾參。

燕詩示劉叟（叟有愛子，背叟逃去，叟甚悲念之。叟少年時，亦嘗如是。故作燕詩以諭之）

梁上有雙燕，翩翩雄與雌。銜泥兩椽間，一巢生四兒。四兒日夜長，索食聲孜孜。青蟲不易捕，黃口無飽期。觜爪雖欲敝，心力不知疲。須臾十（一作千）來往，猶恐巢中飢。辛勤三十日，母瘦雛漸肥。喃喃教言語，一一刷毛衣。一旦羽翼成，引上庭樹枝。舉翅不回顧，隨風四散飛。雌雄空中鳴，聲盡呼不歸。卻入空巢裏，啁啾終夜悲。燕燕爾勿悲，爾當返自思。思爾為雛日，高飛背母時。當時父母念，今日爾應知。

采地黃者

麥死春不雨，禾損秋早霜。歲晏無口食，田中采地黃。采之將何用，持以易餱糧。凌晨荷鋤去，薄暮不盈筐。攜來朱門家，賣與白面郎。與君啖肥馬，可使照地光。願易馬殘粟，救此苦飢腸。

初入太行路

天冷日不光，太行峰蒼莽（上）。嘗聞此中險，今我方獨往。馬蹄凍且滑，羊腸不可上。若比世路難，猶自平於掌。

鄧魴張徹落第

古琴無俗韻，奏罷無人聽。寒松無妖花，枝下無人行。春風十二街，軒騎不暫停。奔車看牡丹，走馬聽秦箏。衆目悅芳豔，松獨守其貞。衆耳喜鄭衛，琴亦不改聲。懷哉二夫子，念此無自輕。

送王處士

王門豈無酒，侯門豈無肉。主人貴且驕，待客禮不足。望塵而拜者，朝夕走碌碌。王生獨拂衣，遐舉如雲鵠。寧歸白雲外，飲水臥空谷。不能隨衆人，斂手低眉目。扣門與我別，酤酒留君宿。好去采薇人，終南山正綠。

村居苦寒

八年十二月，五日雪紛紛。竹柏皆凍死，況彼無衣民。回觀村閭間，十室八九貧。北風利如劍，布絮不蔽身。唯燒蒿棘火，愁坐夜待晨。乃知大寒歲（一作歲寒），農者尤（一作猶）苦辛。顧我當此日，草堂深掩門。褐裘覆絁被，坐臥有餘溫。幸免飢凍苦，又無壠畝勤。念彼深可愧，自問是何人。

納粟

有吏夜叩門，高聲催納粟。家人不待曉，場上張燈燭。揚簸淨如珠，一車三十斛。猶憂納不中，鞭責及僮僕。昔余謬從事，內愧才不足。連授四命官，坐尸十年祿。常聞古人語，損益周必復。今日諒甘心，還他太倉穀。

薛中丞

百人無一直，百直無一遇。借問遇者誰，正人行得路。中丞薛存誠，守直心甚固。皇明燭如日，再使秉王度。奸豪與佞巧，非不憎且懼。直道漸光明，邪謀難蓋覆。每因匪躬節，知有匡時具。張為墜網綱，倚作頹檐柱。悠哉上天意，報施紛回互。自古已冥茫，從今尤不諭。豈與小人意，昏然同好惡。不然君子人，何反如朝露。裴相昨已夭，薛君今又去。以我惜賢心，五年如旦暮。況聞善人命，長短繫運數。今我一涕零，豈為中丞故。

秋池二首

前池秋始半，卉物多摧壞。欲暮槿先萎，未霜荷已敗。默然有所感，可以從茲誡。本不種松筠，早彫何足怪。

鑿池貯秋水，中有蘋與芰。天旱水暗消，塌然委空地。有似泛泛者，附離權與貴。一旦恩勢移，相隨共顦顇。

夏旱

太陰不離畢，太歲仍在午。旱日與炎風，枯燋我田畝。金石欲銷鑠，況茲禾與黍。嗸嗸萬族中，唯農最辛苦。憫然望歲者，出門何所覩。但見棘與茨，羅生徧場圃。惡苗承沴氣，欣然得其所。感此因問天，可能長不雨。

諭友

昨夜霜一降，殺君庭中槐。乾葉不待黃，索索飛下來。憐君感節物（一作物節），晨起步前階。臨風蹋葉立，半日顏色哀（一作低）。西望長安城，歌鐘十二街。何人不歡樂，君獨心悠哉。白日頭上走，朱顏鏡中頹。平生青雲心，銷化成死灰。我今贈一言，勝飲酒千杯。其言雖甚鄙，可破悒悒懷。朱門有勳貴（一作賢），陋巷有顏回。窮通各問（一作有）命，不繫才不才。推此自豁豁（一作裕裕），不必待安排。

丘中有一士二首（命首句為題）

丘中有一士不知其姓名面色不憂苦血氣常和平每逕隙地居不躡要路行舉動無尤悔物莫與之爭藜藿不充腸布褐不蔽形終歲守窮餓而無嗟歎聲豈是愛貧賤深知時俗情勿矜羅弋巧鸞鶴在冥冥

丘中有一士守道歲月深行披帶索衣坐拍無弦琴不飲濁泉水不息曲木陰所逢苟非義糞土千黃金鄉人化其風熏如蘭在林智愚與強弱不忍相欺侵我欲訪其人將行復沈吟何必見其面但在學其心

新製布裘

桂布白似雪吳緜輭於雲布重緜且厚為裘有餘溫朝擁坐至暮夜覆眠達晨誰知嚴冬月支體暖如春中夕忽有念撫裘起逡巡丈夫貴兼濟豈獨善一身安得萬里裘蓋裹周四垠穩暖皆如我天下無寒人

杏園中棗樹

人言百果中唯棗凡且鄙皮皴似龜手葉小如鼠耳胡為不自知生花此園裏豈宜遇攀玩幸免遭傷毀二月曲江頭雜英紅旖旎棗亦在其間如嫫對西子東風不擇木吹昫長未已眼看欲合抱得盡生生理寄言遊春客乞君一迴視君愛繞指柔從君憐柳杞君求悅目豔不敢爭桃李君若作大車輪軸材須此

蝦蟇（和張十六）

嘉魚薦宗廟靈龜貢邦家應龍能致雨潤我百穀芽蠢蠢水族中無用者蝦蟇形穢肌肉腥出沒於泥沙六月七月交時雨正滂沱蝦蟇得其志快樂無以加地既蕃其生使之族類多天又與其聲得以相諠譁豈惟玉池上汚君清泠波可（一作何）獨瑤瑟前亂君鹿鳴歌常恐飛上天跳躍隨姮娥往往蝕明月遣君無柰何

寄隱者

賣藥向都城行憩青門樹道逢馳驛者色有非常懼親族走相送欲別不敢住私怪問道旁何人復何故云是右丞相當國握樞務祿厚食萬錢恩深日三顧昨日延英對今日崖州去由來君臣間寵辱在朝暮青青東郊草中有歸山路歸去臥雲人謀身計非誤

放魚（自此後詩到江州作）

曉日提竹籃家僮買春蔬青青芹蕨下疊臥雙白魚無聲但呀呀以氣相呴濡傾籃寫地上撥剌長尺餘豈唯刀机憂坐見螻蟻圖脫泉雖已久得水猶可蘇放之小池中且用救乾枯水小池窄狹動尾觸四隅一時幸苟活久遠將何如憐其不得所移放於南湖南湖連西江好去勿踟躕施恩即望報吾非斯人徒不須泥沙底辛苦覓明珠

文柏牀

陵上有老柏柯葉寒蒼蒼朝為風煙樹暮為宴寢牀以其多奇文宜升君子堂刮削露節目拂拭生輝光玄斑狀貍首素質如截肪雖充悅目玩終乏周身防華彩誠可愛生理苦已傷方知自殘者為有好文章

潯陽三題（并序）

廬山多桂樹湓浦多修竹東林寺有白蓮花皆植物之貞勁秀異者雖宮囿省寺中未必能盡有夫物以多為賤故南方人不貴重之至有蒸爨其桂翦棄其竹白眼於蓮花者予惜其不生於北土也因賦三題以唁之

廬山桂

偃蹇月中桂結根依青天天風繞月起吹子下人間飄零委何處乃落匡廬山生為石上桂葉如翦碧鮮枝幹日長大根荄日牢堅不歸天上月空老山中年廬山去咸陽道里三四千無人為移植得入上林園不及紅花樹長栽溫室前

湓浦竹

潯陽十月天天氣仍溫燠有霜不殺草有風不落木玄冥氣力薄草木冬猶綠誰肯湓浦頭回眼看修竹其有顧盼者持刀斬且束剖劈青琅玕家家蓋牆屋吾聞汾晉間竹少重如玉胡為取輕賤生此西江曲

東林寺白蓮

東林北塘水湛湛見底清中生白芙蓉菡萏三百莖白日發光彩清飇散芳馨洩香銀囊破瀉露玉盤傾我慚塵垢（一作埃）眼見此瓊瑤英乃知紅蓮花虛得清淨名夏萼敷未歇秋房（一作芳）結才成夜深眾僧寢獨起繞池行欲收一顆子寄向長安城但恐出山去人間種不生

大水

潯陽郊郭間大水歲一至閭閻半飄蕩城堞多傾墜蒼茫生海色渺漫連空翠風卷白波翻日煎紅浪沸工商徹屋去牛馬登山避況當率稅時頗害農桑事獨有傭舟子鼓枻生意氣不知萬人災自覓錐刀利吾無柰爾何爾非久得志九月霜降後水涸為平地

全唐詩

白居易

續古詩十首

戚戚復戚戚送君遠行役行役非中原海外黃沙磧伶俜獨居妾迢遞長征客君望功名歸妾憂生死隔誰家無夫婦何人不離坼（一作析）所恨薄命身嫁遲別日迫妾身有存歿妾心無改易生作（一作為）閨中婦死作山頭石

掩淚別鄉里飄颻將遠行茫茫綠野中春盡孤客情驅馬上丘隴高低路不平風吹棠梨花啼鳥時一聲古墓何代人不知姓與名（一作何姓名）化作路傍土年年春草生感彼忽自悟今我何營營

朝采山上薇暮采山上薇歲晏薇亦盡飢來何所爲坐飲白石水手把青松枝擊節獨長謌其聲清且悲櫪馬非不肥所苦常縶維豢豕非不飽所憂竟爲犧行行歌此曲以慰常苦飢(一作渴飢)

雨露長纖草山苗高入雲風雪折勁木澗松摧爲薪風摧此何意雨長彼何因百丈澗底死寸莖山上春可憐苦節士感此涕盈巾

窈窕雙鬟女容德俱如玉晝居不踰閾夜行常秉燭氣如含露(一作霧)蘭心如貫霜竹宜當備嬪御胡爲守幽獨無媒不得選年忽過三六歲暮望漢宮誰在黃金屋邯鄲進倡女能唱黃花曲一曲稱君心恩榮連九族

棲棲遠方士讀書三十年業成無知己徒步來入關長安多王侯英俊競攀援幸隨衆賓末得廁門館間東閤有旨酒中堂有管弦何爲向隅客對此不開顏富貴無是非主人終日歡賀賤多悔尤客子中(一作終)夜歎歸去復歸去故鄉貧亦安

涼風飄嘉樹日夜減芳華下有感秋婦攀條苦悲嗟我本幽閑女結髮事豪家豪家多婢僕門內頗驕奢良人近封侯出入鳴玉珂自從富貴來恩薄讒言多冢(一作家)婦獨守禮羣妾互奇衺但信言有玷不察心無瑕容光未銷歇歡愛忽蹉跎何意掌上玉化爲眼中砂盈盈一尺水浩浩千丈河勿言小大異隨分有風波閨房猶復爾邦國當如何

心亦無所迫身亦無所拘何爲腸中氣鬱鬱不得舒不舒良有以同心久離居五年不見面三年不得書念此令人老抱膝坐長吁豈無盈尊酒非君誰與娛

攬衣出門行遊觀繞林渠澹澹春水暖東風生綠蒲上有和鳴雁下有掉尾魚飛沈一何樂鱗羽各有徒而我方獨處不與之子俱顧彼自傷己禽魚之不如出遊欲遣憂孰知憂有餘

春旦日初出曈曈耀晨輝草木照未遠浮雲已蔽之天地黯以(一作似)晦當午如昏時雖有東南風力微不能吹中園何所有滿地青青葵陽光委雲上傾心欲何依

秦中吟十首(并序)

貞元元和之際予在長安聞見之間有足悲者因直歌(三字一作略舉)其事(一下有因字)命爲秦中吟(一本此下有焉字)

議婚(一作貧家女)

天下無正聲悅耳即(一作則)爲娛人間無正色悅目即(一作則)爲姝顏色非相遠貧富則有殊貧爲時所棄富爲時所趨紅樓富家女金縷繡羅襦見人不斂手嬌癡二八初母兄未開口已(一作言)嫁不須臾綠窗貧家女寂莫二十餘荊釵不直錢衣上無真珠幾迴人欲聘臨日又踟躕主人會良媒置酒滿玉壺四座且勿飲聽我歌兩途富家女易嫁嫁早輕其夫貧家女難嫁嫁晚孝於姑聞君欲娶婦娶婦意何如

重賦(一作無名稅)

厚地植桑麻所要(一作用)濟生民生民理布帛所求活一身身外充征賦上以奉君親國家定兩稅本意在愛(一作憂)人厥初防其淫明敕內外臣稅外加一物皆以枉法論柰何歲月久貪吏得因循浚我以求寵斂索無冬春織絹未成匹繰絲未盈斤里胥迫(一作逼)我納不許暫逡巡歲暮天地閉陰風生破村夜深煙火盡霰雪白紛紛幼者形不蔽老者體無溫悲喘(一作啼)與寒氣并入鼻中辛昨日輸殘稅因窺官庫門繒帛如山積絲絮如(一作似)雲屯號爲羨餘物隨月(一作日)獻至尊奪我身上煖買爾眼前恩進入瓊林庫歲久化爲塵

傷宅(一作傷大宅)

誰家起甲第朱門大(一作當)道邊豐屋中櫛比高牆外迴環纍纍六七堂棟(一作檐)宇相連延一堂費百萬鬱鬱起青煙洞房溫且清寒暑不能干高堂虛且迥坐臥見南山繞廊紫藤架夾砌紅藥欄(一作闌)攀枝摘櫻桃帶花移牡丹主人此中坐十載爲大官廚有臭敗肉庫有貫朽(一作朽貫)錢誰能將我語問爾骨肉間豈無窮賤者忍不救飢寒如何奉一身直欲保千年不見馬家宅今作奉誠園

傷友(又云傷苦節士一作膠漆契)

陋巷孤(一作飢)寒士出門苦(一作甚)恓恓(一作棲棲)雖云志氣高豈免顏色低平生同門(一作袍)友通籍在金閨曩者膠漆契邇來雲雨睽正逢下朝歸軒騎五門西是時天久陰三日雨淒淒蹇驢避路立肥馬當風嘶迴頭忘相識占道上沙堤昔年洛陽社貧賤相提攜今日長安道對面隔雲泥近日多如此非君獨慘悽死生不變者唯聞任與黎(任公叔黎逢)

不致仕(一作合致仕)

七十而致仕禮法有明文何乃貪榮者(一作貴)斯言如不聞可憐八九十齒墮雙眸昏朝露貪名利夕陽憂子孫挂冠顧翠緌懸車惜朱輪金章腰不勝傴僂入君門誰不愛富貴誰不戀君恩年高須告(一作請)老名遂合退身少時共嗤誚(一作笑)晚歲多因循賢哉漢二疏彼獨是何人寂莫東門路無人繼去塵

立碑(一作古碑)

勳德既下衰文章亦陵夷但見山中石立作路旁碑銘勳(一作動名)悉太公敘德(一作德教)皆仲尼復以多爲貴千言直萬貲爲文彼何人想見下筆時但欲愚者悅不思賢者嗤豈獨賢者嗤仍傳後代疑古石蒼苔字安知是媿詞我聞望江縣麴令撫惸嫠(麴令名信陵)在官有仁政名不聞京師身歿欲歸葬百姓遮路岐攀轅不得歸(一作去)留葬此江滸至今道其名男女涕皆(一作皆涕)垂無人立碑碣唯有邑人知

輕肥(一作江南旱)

意氣驕滿路鞍馬光照塵借問何爲者人稱是內臣朱紱皆大夫紫綬或(一作悉)將軍誇赴軍中宴走馬去(一作疾)如雲尊罍溢九醞水陸羅八珍果擘洞庭橘膾切天池鱗食飽心自若酒酣氣益振是歲江南旱衢州人食人

五弦(一作五弦琴)

清歌且罷(一作停)唱紅袂亦停舞趙叟抱五弦宛轉當(一作胸前)撫大聲麤(一作粗)若散颯颯風和雨小聲細欲絕切切鬼神語又如鵲報喜轉作猿啼苦十指無定音顛倒宮徵(一作商)羽坐客聞此聲形神若無主行客聞此聲駐足不能舉嗟嗟俗人耳好今不好古所以綠(一作北)窗琴日日生塵土

歌舞(一作傷閿鄉縣囚)

秦中歲云暮大雪滿皇州雪中退朝者朱紫盡公侯貴

有風雪興富無飢寒憂所營唯第宅所務在追遊朱門車馬客紅燭歌舞樓歡酣促密坐醉煖脫重裘秋官爲主人廷尉居上頭日中爲一樂（一作樂飲）夜半不能休豈知閿鄉獄中有凍死囚

買花（一作牡丹）

帝城春欲暮喧喧車馬度共道牡丹時相隨買花去貴賤無常價酬直看花數灼灼百朶紅戔戔五束素上張幄幕（一作帷幄）庇旁織巴（一作笆）籬護水灑復泥封移（一作遷）來色如故家家習爲俗人人迷不悟有一田舍翁偶來買花處低頭獨長歎此歎無人喻一叢深色花十户中人賦

贈友五首 并序

吾友有王佐之才者以致君濟人爲己任識者深許之因贈是詩以廣其志云

一年十二月每月有常令君出臣奉行謂之握金鏡由兹六氣順以遂萬物性時令一反常生靈受其病周漢德下衰王風始不競又從斬鼂錯諸侯益強盛百里不同禁四時自爲政盛夏興土功方春勦人命誰能救其失待君佐邦柄峨峨象魏門懸法彝倫正

銀生楚山曲金生鄱谿濱南人棄農業求之多苦辛披砂復鑿石矻矻無冬春手足盡皴胝（一作皴手足盡胝）愛利不愛身畬田既慵斫稻田亦懶耘相攜作游手皆道求金銀畢竟金與銀何殊泥與塵且非衣食物不濟飢寒人棄本以趨末日富而歲貧所以先聖王棄藏不爲珍誰能反古風待君秉國鈞捐金復抵璧勿使勞生民

私家無錢爐平地無銅山胡爲秋夏稅歲歲輸銅錢錢力日已重農力日已殫賤糶粟與麥賤貿絲與緜歲暮衣食盡焉得無飢寒吾聞國之初有制垂不刊庸必算丁口租必計桑田不求土所無不強人所難量入以爲出上足下亦安兵興一變法兵息遂不還使我農桑人顦顇畎畝間誰能革此弊待君秉利權復彼租庸法令如貞觀年

京師四方則王化之本根長吏久於政然後風教敦如何尹京者遷次不逡巡請君屈指數十年十五人科條日相矯吏力亦已勤寬猛政不一民心安得淳九州雍爲首羣牧之所遵天下率如此何以安吾民誰能變此法待君贊彌（一作絲）綸慎擇循良吏令其長子孫

三十男有室二十女有歸近代多離亂婚姻多過期嫁娶既不早生育常苦遲兒女未成人父母已衰羸凡人貴達日多在長大時欲報親不待孝心無所施哀哉三牲養少得及庭闈惜哉萬鍾粟多用飽妻兒誰能正婚禮待君張國維庶使孝子心皆無風樹悲

寓意詩五首

豫樟生深山七年而後知挺高二百尺本末皆十圍天子建明堂此材獨中規匠人執斤墨采度將有期孟冬草木枯烈火燎山陂疾風吹猛燄從根燒到枝養材三十年方成棟梁姿一朝爲灰燼柯葉無孑遺地雖生爾材天不與爾時不如糞土英猶有人掇之已矣勿重陳重陳令人悲不悲焚燒苦但悲采用遲

赫赫京内史炎炎中書郎昨傳徵拜日恩賜頗殊常貂冠水蒼玉紫綬黃金章佩服身未暖已聞竄遐荒親戚不得別吞聲泣路旁賓客亦已散門前雀羅張富貴來不久倏如瓦溝霜權勢去尤速瞥若石火光不如守貧賤貧賤可久長傳語宦遊子且來歸故鄉

促織不成章提壺但聞聲嗟哉蟲與鳥無實有虛名與君定交日久要如弟兄何以示誠信白水指爲盟雲雨一爲別飛沈兩難并君爲得風鵬我爲失水鯨音信日已疎恩分日已輕窮通尚如此何況死與生乃知擇交難須有知人明莫將山上松結託水上萍

翩翩兩玄鳥本是同巢燕分飛來幾時秋夏炎涼變一宿蓬蓽廬一栖明光殿偶因銜泥處復得重相見彼矜杏梁貴此嗟茅棟賤眼看秋社至兩處俱難戀所託各暫時胡爲相歎羨

婆娑園中樹根株大合圍蠹爾樹間蟲形質一何微孰謂蟲之（一作至）微蟲蠹已無期孰謂樹之（一作至）大花葉有衰時花衰夏未實葉病秋先萎樹心半爲土觀者安得知借問蟲何在在身不在枝借問蟲何食食心不食皮豈無啄木鳥觜長將何爲

讀史五首

楚懷放靈均國政亦荒淫彷徨未忍決繞澤行悲吟漢文疑賈生謫置湘之陰是時刑方措此去難爲心士生一代間誰不有浮沈良時眞可惜亂世何足欽乃知汨羅恨未抵長沙深

禍患如棼絲其來無端緒馬遷下蠶室嵇康就囹圄抱冤志氣屈忍恥形神沮當彼戮辱時奮飛無翅羽商山有黃綺潁川有巢許何不從之遊超然離網罟山林少羈鞅世路多艱阻寄謝伐檀人慎勿嗟窮處

漢日大將軍少爲乞食子秦時故列侯老作鋤瓜士春華何暐曄園中發桃李秋風忽蕭條堂上生荊杞深谷變爲岸桑田成海水勢去未須悲時來何足喜寄言榮枯者反復殊未已

含沙射人影雖病人不知巧言構人罪至死人不疑掇蠭殺愛子掩鼻戮寵姬弘恭陷蕭望趙高謀李斯陰德既必報陰禍豈虛施人事雖可罔天道終難欺明則有刑辟幽則有神祇苟免勿私喜鬼得而誅之

季子顑頷時婦見不下機買臣負薪日妻亦棄如遺一朝黃金多佩印衣錦歸去妻不敢視婦嫂強依依富貴家人重貧賤妻子欺奈何貧富間可移親愛志遂使中人心汲汲求富貴又令下人力各競錐刀利隨分歸舍來一取妻孥意

和答詩十首 并序

五年春微之從東臺來不數日又左轉爲江陵士曹掾詔下日會予下内直歸而微之已即路邂逅相遇於街衢中自永壽寺南抵新昌里北得馬上話（一作語）別語不過相勉保方寸外形骸而已因不暇及他是夕足下次於山北寺僕職役不得去命季弟送行且奉新詩一軸致於執事凡二十章率有興比淫文豔韻無一字焉意者欲足下在途諷讀且以遣日時消憂懣又有以張直氣而扶壯心也及足下到江陵寄在路所爲詩十七章凡五六千

言言有為，章有旨，迨於宮律體裁，皆得作者風。發緘開卷，且喜且怪。僕思牛僧孺戒，不能示他人，惟與杓直、拒非及樊宗師輩三四人，時一吟讀，心甚貴重。然竊思之，豈僕所奉者二十章遽能開足下聰明使之然耶？抑又不知足下是行也，天將屈足下之道，激足下之心，使感時發憤而臻於此耶？若兩不然者，何立意措辭與足下前時詩如此之相遠也？僕既羡足下詩，又憐足下心，盡欲引狂簡而和之。屬直宿拘牽，居無暇日，故不即時如意。旬月來多乞病假，假中稍閑，且摘卷中尤者，繼成十章，亦不下三千言。其間所見，同者固不能自異，異者亦不能強同。同者謂之和，異者謂之荅。并別錄和夢遊春詩一章，各附於本篇之末，餘未和者亦續致之。頃者在科試間，常與足下同筆硯，每下筆時，輒相顧，共患其意太切而理太周。故理太周則辭繁，意太切則言激。然與足下為文，所長在於此，所病亦在於此。足下來序，果有詞犯文繁之說。今僕所和者，猶前病也。待與足下相見日，各引所作，稍刪其煩而晦其義焉。餘具書白。

和思歸樂

山中不棲鳥，夜半聲嚶嚶。似道思歸樂，行人掩泣聽。皆疑此山路，遷客多南征。憂憤氣不散，結化為精靈。我謂此山鳥，本不因人生。人心自懷土，想作思歸鳴。孟嘗平居時，娛耳琴泠泠。雍門一言感，未奏淚霑纓。魏武銅雀妓，日與歡樂并。一旦西陵望，欲歌先涕零。峽猨亦何意，隴水復何情。為入愁人耳，皆為腸斷聲。請看元侍御，亦宿此郵亭。因聽思歸鳥，神氣獨安寧。問君何以然，道勝心自平。雖為南遷客，如在長安城。云得此道來，何慮復何營。窮達有前定，憂喜無交爭。所以事君日，持憲立大庭。雖有迴天力，撓之終不傾。況始三十餘，年少有直名。心中志氣大，眼前爵祿輕。君恩若雨露，君威若雷霆。退不苟免難，進不曲求縈。在火辨玉性，經霜識松貞。展禽任三黜，靈均長獨醒。獲戾自東洛，貶官向南荊。再拜辭闕下，長揖別公卿。荊州又非遠，驛路半月程。漢水照天碧，楚山插雲青。江陵橘似珠，宜城酒如餳。誰謂譴謫去，未妨遊賞行。人生百歲內，天地暫寓形。太倉一稊米，大海一浮萍。身委逍遙篇，心付頭陀經。尚達死生（一作生死）觀，寧為寵辱驚。中懷苟有主，外物安能縈。任意思歸樂，聲聲啼到明。

和陽城驛

商山陽城驛，中有歎者誰。云是元監察，江陵謫去時。忽見此驛名，良久涕欲垂。何故陽道州，名姓同於斯。憐君一寸心，寵辱誓不移。疾惡若巷伯，好賢如緇衣。沈吟不能去，意者欲改為。改為避賢驛，大署於門楣。荊人愛羊祜，戶曹改為辭。一字不忍道，況兼姓呼之。因題八百言，言直文甚奇。詩成寄與我，鏘（一作鏗）若金和絲。上言陽公行，友悌無等夷。骨肉同衾裯，至死不相離。次言陽公迹，夏邑始棲遲。鄉人化其風，少長皆孝慈。次言陽公道，終日對酒巵。兄弟笑相顧，醉貌紅怡怡。次言陽公節，蹇蹇居諫司。誓心除國蠹，決死犯天威。終言陽公命，左遷天一涯。道州炎瘴地，身不得生歸。一一皆實錄，事事無孑遺。凡是為善者，聞之惻然悲。道州既已矣，往者不可追。何世無其人，來者亦可思。願以君子文，告彼大樂師。附於雅歌末，奏之白玉墀。天子聞此章，教化如法施。直諫從如流，佞臣惡如疵。宰相聞此章，政柄端正持。進賢不知倦，去邪勿復疑。憲臣聞此章，不敢懷依違。諫官聞此章，不忍縱詭隨。然後告史氏，舊史有前規。若作陽公傳，欲令後世知。不勞敘世家，不用費文辭。但於（一作使）國史上，全錄元稹詩。

答桐花

山木多蓊鬱，茲桐獨亭亭。葉重碧雲片，花簇紫霞英。是時三月天，春暖山雨晴。夜色向月淺，闇香隨風輕。行者多商賈，居者悉黎氓。無人解賞愛，有客獨屏營。手攀花枝立，足蹋花影行。生憐不得所，死欲揚其聲。截為天子琴，刻作古人形。云待我成器，薦之於穆清。誠是君子心，恐非草木情。胡為愛其華，而反傷其生。老龜被刳腸，不如無神靈。雄雞自斷尾，不願為犧牲。況此好顏色，花紫葉青青。宜遂天地性，忍加刀斧刑。我思五丁力，拔入九重城。當君正殿栽，花葉生光晶。上對月中桂，下覆階前蓂。況拂香爐煙，隱映斧藻屏。為君布綠陰，當暑蔭軒楹。沈沈綠滿地，桃李不敢爭（以上四句今本俱脫）。為君發清韻，風來如叩瓊。泠泠聲滿耳，鄭衛不足聽。受君封植力，不獨吐芬馨。助君行春令，開花應晴（一作清）明。受君雨露恩，不獨含芳榮。戒君無戲言，翦葉封弟兄。受君歲月功，不獨資生成。為君長高枝，鳳皇上頭鳴。一鳴君萬歲，壽如山不傾。再鳴萬人泰，泰階為之平。如何有此用，幽滯在巖垌。歲月不爾駐，孤芳坐凋零。請向桐枝上，為余題姓名。待余有勢力，移爾獻丹庭。

和大觜烏

烏者種有二，名同性不同。觜小者慈孝，觜大者貪庸。觜大命又長，生來十餘冬。物老顏色變，頭毛白茸茸。飛來庭樹上，初但驚兒童。老巫生奸計，與烏意潛通。云此（一作是）非凡鳥，遙見起敬恭。千歲乃一出，喜賀主人翁。祥瑞來白日，神聖（一作靈）占知風。陰作北斗使，能為人吉凶。此烏（一作鳥）所止家，家產日夜豐。上以致壽考，下可宜田農。主人富家子，身老心童蒙。隨巫拜復祝，婦姑亦相從。殺雞薦其肉，敬若禋六宗。烏喜張大觜，飛接在虛空。烏既飽羶腥，巫亦饗甘濃。烏巫互相利，不復兩西東。日日營巢窟，稍稍近房櫳。雖生八九子，誰辨其雌雄。羣雛又成長，衆觜逞（一作騁）殘兇。探巢吞燕卵，入蔟啄蠶蟲。豈無乘秋隼，羈絆委高墉。但食烏殘肉，無施搏擊功。亦有能言鸚，翅碧觜距紅。暫曾說烏罪，囚閉在深籠。青青窗前柳，鬱鬱井上桐。貪烏占栖息，慈烏獨不容。慈烏爾奚為，來往何憧憧。曉去先晨鼓，暮歸後昏鐘。辛苦塵土間，飛啄禾黍叢。得食將哺母（一作母哺），飢腸不自充。主人憎慈烏，命子削彈弓。弦續會稽竹，丸鑄荊山銅。慈烏求母食，飛下爾庭中。數粒未入口，一丸已中胷。仰天號一聲，似欲訴蒼穹。反哺日未足，非是惜微躬。誰能持此冤，一為問化工。胡然大觜烏，竟得天年終。

答四皓廟

天下有道見，無道卷懷之。此乃聖人語，吾聞諸仲尼。矯矯四先生，同稟希世資。隨時有顯晦，秉道無磷緇。秦皇肆暴虐，二世遘亂離。先生相隨去，商嶺采紫芝。君看秦獄中，戮辱者李斯。劉項爭天下，謀臣竟悅隨。先生如鸞鶴，去一作出入冥冥飛。君看齊鼎中，焦爛者酈其。子房得沛公，自謂相遇遲。八難掉舌樞，三略役心機。辛苦十數年，晝夜形神疲。竟雜霸者道，徒稱帝者師。子房爾則能，此非吾所宜一作為。漢高之季年，嬖寵鍾所私。冢嫡欲廢奪，骨肉相憂疑。豈無子房口，口舌無所施。亦有陳平心，心計將何爲。皤皤一作皓皓四先生，高冠危映眉。從容下南山，顧盼入東闈。前瞻惠太子，左右生羽儀。却顧戚夫人，楚舞無光輝。心不畫一計，口不吐一詞。闇定天下本，遂安劉氏危。子房吾則能，此非爾所知。先生道既光，太子禮甚卑。安車留不住，功成棄如遺。如彼旱天雲，一雨百穀滋。澤則在天下，雲復歸希夷。勿高巢與由，勿尚呂與伊。巢由往不返，伊呂去不歸。豈如四先生，出處兩逶迤。何必長隱逸，何必長濟時。由來聖人道，無朕不可窺。卷之不盈握，舒之亙八陲。先生道甚明，夫子猶或非。願子辨其惑，爲予吟此詩。

和雉媒

吟君雉媒什，一哂復一歎。和之一何晚，今日乃成篇。豈唯鳥有之，抑亦人復然。張陳刎頸交，竟以勢不完。至今不平氣，塞絕泜水源。趙襄骨肉親，亦以利相殘。至今不善名，高於磨笄山。況此籠中雉，志在飲啄間。稻粱暫入口，性已隨人遷。身苦亦自忘，同族何足言。但恨爲媒拙，不足以自全。勸君今日後，養鳥養青鸞。青鸞一失侶，至死守孤單。勸君今日後，結客結任安。主人賓客去，獨住在門闌。

和松樹

亭亭山上松，一一生朝陽。森聳上參天，柯條百尺長。漠漠塵中槐，兩兩夾康莊。婆娑低覆地，枝幹亦尋常。八月白露降，槐葉次第黃。歲暮滿山雪，松色鬱青蒼。彼如君子心，秉操貫冰霜。此如小人面，變態隨炎涼。共知松勝槐，誠欲栽道傍。糞土種瑤草，瑤草終不芳。尚可以斧斤，伐之爲棟梁。殺身獲其所，爲君構明堂。不然終天年，老死在南岡。不願亞枝葉，低隨槐樹行。

答箭鏃

矢人職司憂，爲箭恐不精。精在一作則利其鏃，錯磨鋒鏑成。插以青竹簳，羽之赤雁翎。勿言分寸鐵，爲用乃長兵。聞有狗盜者，晝伏夜潛行。摩弓拭箭鏃，夜射不待明。一盜既流血，百犬同吠聲。狺狺嘷不已，主人爲之驚。盜心憎主人，主人不知情。反責鏃太利，矢人獲罪名。寄言控弦者，願君少留聽。何不向西射，西天有狼星。何不向東射，東海有長鯨。不然學仁貴，三矢平虜庭。不然學仲連，一發下燕城。胡爲射小盜，此用無乃輕。徒霑一點血，虛污箭頭腥。

和古社

廢村多年樹，生在古社隈。爲作妖狐窟，心空身未摧。妖狐變美女，社樹成樓臺。黃昏行人過，見者心裴回。飢鵰竟不捉，老犬反爲媒。歲媚少年客，十去九不迴。昨夜雲雨合，烈風驅迅雷。風拔樹根出，雷劈社壇開。飛電化爲火，妖狐燒作灰。天明至其所，清曠無氛埃。舊地葺村落，新田闢荒萊。始知天降火，不必常爲災。勿謂神默默，勿謂天恢恢。勿喜犬不捕，勿誇鵰不猜。寄言狐媚者，天火有時來。

和分水嶺

高嶺峻稜稜，細泉流亹亹。勢分合不得，東西隨所委。悠悠草蔓底，濺濺石罅裏。分流來幾年，晝夜兩如此。朝宗遠不及，去海三千里。浸潤小無功，山苗長旱死。縈紆用無所，奔迫流不已。唯作嗚咽聲，夜入行人耳。有源殊不竭，無坎終難止。同出而異流，君看何所似。有似骨肉親，派別從茲始。又似勢利交，波瀾相背起。所以贈君詩，將君何所比。不比山上泉，比君井中水。

有木詩八首并序

余嘗讀漢書列傳，見佞順婞嫛圖身忘國如張禹輩者，見惑上蠱下交亂君親如江充輩者，見暴狠跋扈壅君樹黨如梁冀輩者，見色仁行違先德後賊如王莽輩者。又見外狀恢弘中無實用者，又見附離權勢隨之覆亡者。其初皆有動人之才，足以惑衆媚主，莫不合於始而敗於終也。因引風人騷人之興，賦有木八章，不獨諷前人，欲一作亦儆後代爾。

有木名弱柳，結根近清池。風煙借顏色，雨露助華滋。峨峨白雪花一作毛，嫋嫋青絲枝。漸密陰自庇，轉高梢四垂。截枝扶爲杖，輭弱不自持。折條用樊圃，柔脆非其宜。爲樹信可玩，論材何所施。可惜金堤地，栽之徒爾爲。

有木名櫻桃，得地早滋茂。葉密獨承日，花繁偏受露。迎風闇搖動，引鳥潛一作自來去。鳥啄子難成，風來枝莫住。低輭易攀玩，佳人屢迴顧。色求桃李饒，心向松筠妒。好是映牆花，本非當軒樹。所以姓蕭人，曾爲伐櫻賦。

有木秋不凋，青青在江北。謂爲洞庭橘，美人自移植。上受顧盼恩，下勤澆溉力。實成乃是枳，臭苦不堪食。物有似是者，真僞何由識。美人默無言，對之長歎息。中含害物意，外矯凌霜色。仍向枝葉間，潛生刺如棘。

有木名杜梨，陰森覆丘壑。心蠹已空朽，根深尚盤薄。狐媚一作孀狐言語巧，鳥妖一作妖鳥聲音惡。憑此爲巢穴，往來互棲託。四傍五六本，葉枝一作枝葉相交錯。借問因何生，秋風吹子落。爲長社壇下，無人敢芟斫。幾度野火來，風迴燒不著。

有木香苒苒，山頭生一蘗。主人不知名，移種近軒闥。愛其有芳味，因以調麴蘗。前後曾飲者，十人無一活。豈徒悔封植，兼亦誤采掇。試問識藥人，始知名野葛。年深已滋蔓，刀斧不可伐。何時猛風來，爲我連根一作枝拔。

有木名水檉，遠望青童童。根株非勁挺，柯葉多蒙籠。彩翠色如柏，鱗皴皮似松。爲同松柏類，得列嘉樹中。枝弱不勝雪，勢高常懼風。雪壓低還舉，風吹西復東。柔芳甚楊柳，早落先梧桐。惟有一堪賞，中心無蠹蟲。

有木名凌霄，擢秀非孤標。偶依一株樹，遂抽百尺條。託根附樹身，開花寄樹梢。自謂得其勢，無因有動搖。一旦樹摧倒，獨立暫飄颻。疾風從東起，吹折不終朝。朝爲拂

雲花暮爲委地樵寄言立身者勿學柔弱苗

有木名丹桂四時香馥馥花團夜雪明葉翦春雲綠風影清似水霜枝冷如玉獨占小山幽不容凡鳥宿匠人愛芳直裁截爲厦屋幹細力未成用之君自速重任雖大過直心終不曲縱非梁棟材猶勝尋常木

歎魯二首

季桓心豈忠其富過周公陽貨道豈正其權執國命由來富與權不繫才與賢所託得其地雖愚亦獲安彘肥因糞壤鼠穩依社壇蟲獸尚如是（一作此）豈謂無因緣

展禽胡爲者直道竟三黜顏子何如人屢空聊過日皆懷王佐道不踐陪臣秩自古無柰何命爲時所屈有如草木分天各與其一荔枝非名花牡丹無甘實

反鮑明遠白頭吟

炎炎者烈火營營者小蠅火不熱貞玉蠅不點清冰此苟無所受彼莫能相仍乃知物性中各有能不能古稱怨恨（一作報）死則人有所懲懲淫或應可在道未爲弘譬如蜩鷃徒啾啾啅龍鵬宜當委之去寥廓高飛騰豈能泥塵下區區酬怨憎胡爲坐自苦吞悲仍撫膺

青冢

上有飢鷹號下有枯蓬走茫茫邊雪裏一掬沙培塿傳是昭君墓埋閉蛾眉久凝脂化爲泥鉛黛復何有唯有陰怨氣時生墳左右鬱鬱如苦霧不隨骨銷朽婦人無他才榮枯繫妍否何乃明妃命獨懸畫工手丹青一註誤白黑相紛糾遂使君眼中西施作嫫母同儕傾寵幸異類爲配偶禍福安可知美顏不如醜何言一時事可戒千年後特報後來姝不須倚眉首無辭插荊釵嫁作貧家婦不見青冢上行人爲澆酒

雜感

君子防悔尤賢人戒行藏嫌疑遠瓜李言動慎毫芒立教固如此撫事有非常爲君持所感仰面問蒼蒼犬齧桃樹根李樹反見傷老龜烹不爛延禍及枯桑城門自焚爇池魚罹其殃陽貨肆兇暴仲尼畏於匡魯酒薄如水邯鄲開戰場伯禽鞭見血過失由成王都尉身降虜宮刑加子長呂安兄不道都市殺嵇康斯人死已久其事甚昭彰是非不由己禍患安可防使我千載後涕泗滿衣裳

全唐詩

白居易

新樂府（并序　元和四年爲左拾遺時作）

序曰凡九千二百五十二言斷爲五十篇篇無定句句無定字繫於意不繫於文首句標其目卒章顯其志詩三百之義也其辭質而徑欲見之者易諭也其言直而切欲聞之者深誡也其事覈而實使采之者傳信也其體順而肆可以播於樂章歌曲也總而言之爲君爲臣爲民爲物爲事而作不爲文而作也

七德舞　美撥亂陳王業也（武德中天子始作秦王破陣樂以歌太宗之功業貞觀初太宗重制破陣樂舞圖詔魏徵虞世南等爲之歌詞名七德舞自龍朔已後詔郊廟享宴皆先奏之）

七德舞七德歌傳自武德至元和元和小臣白居易觀舞聽歌知樂意樂終稽首陳其事太宗十八舉義兵白旄黃鉞定兩京擒充戮竇四海清二十有四功（一作王）業成二十有九即帝位三十有五致太平功成理定何神速速在推心置人腹亡卒遺骸散帛收（貞觀初詔收天下陣死骸骨致祭而瘞埋之尋又散帛以求之也）飢人賣子分金贖（貞觀二年大饑人有鬻男女者詔出御府金帛盡贖之還其父母）魏徵夢見子夜泣（魏徵疾亟太宗夢與徵別既寤流涕是夕徵卒故御親制碑云昔殷宗得良弼於夢中今朕失賢臣於覺後）張謹哀聞辰日哭（張公謹卒太宗爲之舉哀有司奏日在辰陰陽所忌不可哭上曰君臣義重父子之情也情發於中安知辰日遂哭之慟）怨女三千放出宮（太宗嘗謂侍臣曰婦人幽閉深宮情實可愍今將出之任求伉儷於是令左丞戴冑給事中杜正倫於掖庭宮西門揀出數千人盡放歸）死囚四百來歸獄（貞觀六年親錄囚徒死罪者三百九十放出歸家令明年秋來就刑應期畢至詔悉原之）翦鬚燒藥賜功臣李勣嗚咽思殺身（李勣嘗疾醫云得龍鬚燒灰方可療之太宗自翦鬚燒灰賜之服訖而愈勣叩頭泣涕而謝）含血吮創撫戰士思摩奮呼（一作身）乞効死（李思摩嘗中矢太宗親爲吮血）則知不獨善戰善乘時（一本無則知二字）以心感人人心歸爾來一百九十載天下至今歌舞之歌七德舞七德聖人有作（一作祚）垂無極豈徒耀神武豈徒誇聖文太宗意在陳王業王業艱難示子孫

法曲（一本此下有歌字）　美列聖正華聲也

法曲法曲歌大定積德重熙有餘慶永徽之人舞而詠（永徽之時有貞觀遺風故高宗制一戎大定樂曲）法曲法曲舞霓裳政和世理音洋洋開元之人樂且康（霓裳羽衣曲起於開元盛於天寶也）法曲法曲歌堂堂堂堂之慶垂無疆中宗肅宗復鴻業唐祚中興萬萬葉（永隆元年太常李嗣貞善審音律能知興衰云近者樂府有堂堂之曲再言者唐祚再興之兆）法曲法曲合夷歌夷聲邪亂華聲和以亂干和天寶末明年胡塵犯宮闕（法曲雖似失雅音蓋諸夏之聲也故歷朝行焉明皇雖雅好度曲然未嘗使蕃漢雜奏天寶十三載始詔諸道調法曲與胡部新聲合作識者深異之明年冬安祿山反）乃知法曲本華風苟能審音與政通一從胡曲相參錯不辨興衰與哀樂願求牙曠正華音不令夷夏相交侵

二王後　明祖宗之意也

二王後彼何人介公酅公爲國賓周武隋文之子孫古人有言天下者非是一人之天下周亡天下傳於隋隋人失之唐得之唐興十葉歲二百介公酅公世爲客明堂太廟朝享時引居賓位備威儀備威儀助郊祭高祖太宗之遺制不獨興滅國不獨繼絕世欲令嗣位守文

君亡國子孫取爲戒

海漫漫 戒求仙也

海漫漫直下無底傍無邊雲濤煙浪最深處人傳中有三神山山上多生不死藥服之羽化爲天仙秦皇漢武信此語方士年年采藥去蓬萊今古但聞名煙水茫茫無覓處海漫漫風浩浩眼穿不見蓬萊島不見蓬萊不敢歸童男丱女舟中老徐福文成多誑誕上元太一虛祈禱君看驪山頂上茂陵頭畢竟悲風吹蔓草何況玄元聖祖五千言不言藥不言仙不言白日升青天

立部伎 刺雅樂之替也（太常選坐部伎無性識者退入立部伎又選立部伎絕無性識者退入雅樂部則雅樂可知矣）

立部伎鼓笛諠舞雙劒跳七丸嫋巨索掉長竿太常部伎有等級堂上者坐堂下立堂上坐部笙歌清堂下立部鼓笛鳴笙歌一聲（一作曲）衆側耳鼓笛萬曲無人聽立部賤坐部貴坐部退爲立部伎擊鼓吹笙和雜戲立部又退何所任始就樂懸操雅音雅音替壞一至此長令爾輩調宮徵圓丘后土郊祀時言將此樂感神祇欲望鳳來百獸舞何異北轅將適楚工師愚賤安足云太常三卿爾何人

華原磬 刺樂工非其人也（天寶中始廢泗濱磬用華原石代之詢諸磬人則曰故老云泗濱磬下調之不能和得華原石考之乃和由是不改）

華原磬華原磬古人不聽今人聽泗濱石泗濱石今人不擊古人擊今人古人何不同用之舍之由樂工樂工雖在耳如壁不分清濁即爲聾梨園弟子調律呂知有新聲不如古古稱浮磬出泗濱立辨致死聲感人宮懸一聽華原石君心遂忘封疆臣果然胡寇從燕起武臣少肯封疆死始知樂與時政通豈聽鏗鏘而已矣磬襄入海去不歸長安市兒爲樂師華原磬與泗濱石清濁兩聲（一作音）誰得知

上陽白髮人（一無白髮字） 愍怨曠也（天寶五載已後楊貴妃專寵後宮人無復進幸矣六宮有美色者輒置別所上陽是其一也貞元中尚存焉）

上陽人紅顏闇老白髮新綠衣監使守宮門一閉上陽多少春玄宗末歲初選入入時十六今六十同時采擇百餘人零落年深殘此身憶昔吞悲別親族扶入車中不教哭皆云入內便承恩臉似芙蓉胷似玉未容君王得見面已被楊妃遙側目妒令潛配上陽宮一生遂向空房宿宿空房（一作牀）秋夜長夜長無寐天不明耿耿殘燈背壁（一作照背）影蕭蕭暗雨打窗聲春日遲日遲獨坐天難暮宮鶯百囀愁厭聞梁燕雙棲老休妒鶯歸燕去長悄然春往秋來不記年唯向深宮望明月東西四五百迴圓今日宮中年最老大家遙賜尚書號小頭鞋履窄衣裳青黛點眉眉細長外人不見見應笑天寶末年時世妝上陽人苦最多少亦苦老亦苦少苦老苦兩如何君不見昔時呂向（一作尚）美人賦（天寶末有密采豔色者當時號花鳥使呂向獻美人賦以諷之）又不見今日上陽（一本此下有宮人字）白髮歌

胡旋女 戒近習也（天寶末康居國獻之）

胡旋女胡旋女心應弦手應鼓弦鼓一聲雙（一作兩）袖舉迴雪飄颻轉蓬舞左旋右轉不知疲千匝萬周無已時人間物類無可比奔車輪緩旋風遲曲終再拜謝天子天子爲之微啓齒胡旋女出康居徒勞東來萬里餘中原自有胡旋者鬭妙爭能爾不如天寶季年時欲變臣妾人人學圜轉中有太真外祿山二人最道能胡旋梨花園中冊作妃金雞障下養爲兒祿山胡旋迷君眼兵過黃河疑未反貴妃胡旋惑君心死棄馬嵬念更深從茲地軸天維轉五十年來制不禁胡旋女莫空舞數唱此歌悟明主

新豐折臂翁（一無新豐字） 戒邊功也

新豐老翁八十八頭鬢眉鬚皆似雪玄孫扶向店前行左（一作右）臂憑肩右（一作左）臂折問翁臂折來幾年兼問致折何因緣翁云貫屬新豐縣生逢聖代無征戰慣聽梨園歌管聲（一作唯聽驪宮歌吹聲）不識旗槍與弓箭無何天寶大徵兵戶有三丁點一丁點得（一作里胥）驅將（一作向）何處去五月萬里雲南行聞（一作傳）道雲南有瀘水椒花落時瘴煙起大軍徒涉水如湯未過（一作戰）十人二三死村南村北哭聲哀（一作悲）兒別爺娘夫別妻皆云前後征蠻者千萬人行無一迴是時翁年二十四兵部牒中有名字夜深不敢使人知偷將（一作自把）大石搥折臂張弓簸旗俱不堪從茲始免征雲南骨碎筋傷非不苦且圖揀退歸鄉土此臂折來（一作臂折）六十年一肢雖廢一身全至今風雨陰寒夜直到天明痛不眠痛不眠終不悔且喜老身今獨在不然當時瀘水頭身死魂孤骨不收應作雲南望鄉鬼萬人冢上哭呦呦（雲南有萬人冢即鮮于仲通李宓曾覆軍之所也）老人言君聽取君（一作何）不聞開元宰相宋開府不賞邊功防黷武（開元初突厥數寇邊時天武軍牙將郝靈荃出使因引特勒迴鶻部落斬突厥默啜獻首於闕下自謂有不世之功時宋璟爲相以天子年少好武恐徼功者生心痛抑其賞逾年始授郎將靈荃遂慟哭嘔血而死也）又不聞天寶宰相楊國忠欲求恩幸立邊功邊功未立生人怨請問新豐折臂翁（天寶末楊國忠爲相重構閣羅鳳之役募人討之前後發二十餘萬衆去無返者又捉人連枷赴役天下怨哭人不聊生故祿山得乘人心而盜天下元和初折臂翁猶存因備歌之）

太行路 借夫婦以諷君臣之不終也

太行之路能摧車若比人（一作君）心是坦途巫峽之水能覆舟若比人（一作君）心是安流人（一作君）心好惡苦不常好生毛羽惡生（一作成）瘡與君結髮未五載豈期牛女爲參商古稱色衰相棄背當時美人猶怨悔何況如今鸞鏡中妾顏未改君心改爲君熏衣裳君聞蘭麝不馨香爲君盛（一作事）容飾君看金（一作珠）翠無顏色行路難難重陳人生莫作婦人身百年苦樂由他人行路難難於山險於水不獨人間（一作家）夫與妻近代君臣亦如此君不見左納言右納史朝承恩暮賜死行路難不在水不在山只在人情（一作心）反覆間

司天臺 引古以儆今也

司天臺仰觀俯察天人際羲和死來職事廢官不求賢空取藝昔聞西漢元成間上陵下替謫見天北辰微闇少光色四星煌煌如火赤耀芒動角射三台上台（一作半見）半滅中台坼是時非無太史官眼見心知不敢言明朝趨入明光殿唯奏慶雲壽星見天文時變兩如斯九重天子不得知不得知安用臺高百尺爲

捕蝗 刺長吏也

捕蝗捕蝗誰家子天熱日長飢欲死興元兵後（一作久）傷（一作革）陰陽和氣蠱蠹化爲蝗始自兩河及三輔薦食如蠶飛似雨雨飛蠶食千里間不見青苗空赤土河南長吏言

憂農課人晝夜捕蝗蟲是時粟斗錢三百蝗蟲之價與粟同捕蝗捕蝗竟何利徒使飢人重勞費一蟲雖死百蟲來豈將人力定(一作競)天災我聞古之良吏有善政以政驅蝗蝗出境又聞貞觀之初道欲昌文皇仰天吞一蝗一人有慶兆民賴是歲雖蝗不爲害(貞觀二年太宗吞蝗蟲事見貞觀實錄)

昆明春(一本此下有水滿字)　思王澤之廣被也(貞元中始漲之)

昆明春昆明春春池岸古春流新影浸南山青滉瀁波沈西日紅奫淪往年因旱池枯竭(一作靈池竭)龜尾曳塗魚呴沫詔開八(一作分)水注恩波千介萬鱗同日活今來淨綠水照天游魚鱍鱍蓮田田洲香杜若抽心短沙暖鴛鴦鋪翅眠動植飛沈皆遂性(一作性遂)皇澤如春無不被漁者仍豐網罟資貧人久(一作又)獲菰蒲利詔以昆明近帝城官家不得收其征菰蒲無租魚無稅近水之人感君惠感君惠獨何人吾聞率土皆王民遠民何疎近何親願推此惠及天下無遠無近同(一作皆)欣欣吳興山中罷榷茗鄱陽坑裏休封(一作稅)銀天涯地角無禁利熙熙同似昆明春

城鹽州　美聖謨而誚邊將也(貞元壬申歲特詔城之)

城鹽州城鹽州城在五原原上頭蕃東節度鉢闡布忽見新城當要路金鳥飛傳贊普聞建牙傳箭集羣臣君臣赬面有憂色皆言勿謂唐無人自築鹽州十餘載左衽氊裘不犯塞晝牧牛羊夜捉生長去新城百里外諸邊急警勞戍人唯此一道無煙塵靈夏潛安誰復辨秦原闇通何處見鄜州驛路好馬來長安藥肆黃蓍賤城鹽州鹽州未城天子憂德宗按圖自定計非關將略與廟謀吾聞高宗中宗世北虜猖狂最難制韓公創築受降城三城鼎峙屯漢兵東西亙絕數千里耳冷不聞胡馬聲如今邊將非無策心笑韓公築城辟相看養寇爲身謀各握強兵固恩澤願分今日邊將恩褒贈韓公封子孫誰能將此鹽州曲飜作歌詞聞至尊

道州民　美(一有賢字)臣遇明主也

道州民多侏儒長者不過三尺餘市作矮奴年進送號爲道州任土貢任土貢寧若斯不聞使人生別離老翁哭孫母哭兒一自陽城來守郡不進矮奴頻詔問城云臣按六典書任土貢有不貢無道州水土所生者只有矮民無矮奴吾君感悟璽書下歲貢矮奴宜悉罷道州民老者幼者何欣欣父兄子弟始相保從此得作良人身道州民民到于今受其賜欲說使君先下淚仍恐兒孫忘使君生男多以陽爲字

馴犀　感爲政之難終也(貞元丙子歲南海進馴犀詔納苑中至十三年冬大寒馴犀死矣)

馴犀馴犀通天犀軀貌駭人角駭雞海蠻聞有明天子驅犀乘傳來萬里一朝得謁大明宮歡呼拜舞自論功五年馴養始堪獻六譯語言方得通上嘉人獸俱來遠蠻館四方犀入苑秣以瑤芻鏁以金故鄉迢遞君門深海鳥不知鐘鼓樂池魚空結江湖心馴犀生處南方熱秋無白露冬無雪一入上林三四年又逢今歲苦寒月飲冰臥霰苦蜷跼角骨凍傷鱗甲蹜馴犀死蠻兒(一作童)啼向闕再拜顏色低奏乞生歸本國去恐身凍死似馴犀君不見建中初馴象生還放(一作故)林邑(建中元年詔盡出苑中馴象放歸南方也)君不見貞元末馴犀凍死蠻兒泣所嗟建中異貞元象生犀死何足言

五弦彈　惡鄭之奪雅也

五弦彈五弦彈聽者傾耳心寥寥趙璧知君入骨愛五弦一一爲君調第一第二弦索索秋風拂松疎韻落第三第四弦泠泠夜鶴憶子籠中鳴第五弦聲最掩抑隴水凍咽流不得五弦並奏君試聽淒淒切切復錚錚鐵擊珊瑚一兩曲冰瀉玉盤千萬聲鐵聲殺冰聲寒殺聲入耳膚血憯寒氣中人肌骨酸曲終聲盡欲半日四坐相對愁無言座中有一遠方士唧唧咨咨聲不已自歎今朝初得聞始知孤負平生耳唯憂趙璧白髮生老死人間無此聲遠方士爾(一作耳)聽五弦信爲美吾聞正始之音不如是正始之音其若何朱弦疏越清廟歌一彈一唱再三歎曲澹節稀聲不多融融曳曳召元氣聽之不覺心平和人情重今多賤古古琴(一作瑟)有弦人不撫更(一作自)從趙璧藝成來二十五弦不如五

蠻子朝　刺將驕而相備位也

蠻子朝泛皮船兮渡繩橋來自巂州道路遙入界先經蜀川(一作道)過蜀將收功先表賀臣聞雲南六詔蠻東連牂牁西連(一作接)蕃六詔星居初瑣碎合爲一詔漸強大開元皇帝雖聖神唯蠻倔強不來賓鮮于仲通六萬卒征蠻一陣全軍沒至今西洱河岸邊箭孔刀痕滿枯骨(天寶十三載鮮于仲通統兵六萬討雲南王閤羅鳳於西洱河全軍覆沒也)誰知今日慕華風不勞一人蠻自通誠由陛下休明德亦賴微臣誘諭功德宗省(一作看)表知如此笑令中使迎蠻子蠻子導從者誰何摩挲俗羽雙隈伽清平官持赤藤杖大將軍繫金呿嗟異牟尋男尋閤勸特敕召對延英殿上心貴在懷遠蠻引臨玉座近天顏冕旒不垂親勞俫賜衣賜食移時對移時對不可得大臣相看有羨色可憐宰相拖紫佩金章朝日唯聞對一刻

驃國樂　欲王化之先邇後遠也(貞元十七年來獻之)

驃國樂驃國樂出自大海西南角雍羌之子舒難陀來獻南音奉(一作舉)正朔德宗立仗御紫庭黈纊不塞爲爾聽玉螺一吹椎髻聳銅鼓一(一作千)擊文身踊珠纓炫轉星宿搖花鬘斗藪龍蛇動曲終王子啓聖人臣父願爲唐外臣左右歡呼何翕習至尊德廣之所及須臾百辟詣閤門俯伏拜表賀至尊伏見驃人獻新樂請書國史傳子孫時有擊壤老農父暗測君心閑獨語聞君政化甚聖明欲感人心致太平感人在近不在遠太平由實非由聲觀身理國國可濟君如心兮民如體體生疾苦心憯悽民得和平君愷悌貞元之民若未安驃樂雖聞君不歡貞元之民苟無病驃樂不來君亦聖驃樂驃樂徒喧喧不如聞此芻蕘言

縛戎人　達窮民之情也

縛戎人縛戎人耳(一作口)穿面破驅入秦天子矜憐不忍殺詔徙東南吳與越黃衣小使錄姓名領出長安乘遞行身被金創面多瘠扶病徒行日一驛朝餐飢渴費杯盤夜臥腥臊汙牀席忽逢江水憶交河垂手齊聲(一作唱)嗚咽歌其中一虜語諸虜爾苦非多我苦多同伴行人因借問欲說喉中氣憤憤自云鄉管(一作貫)本涼原大曆年中沒

落蕃一落蕃中四十載遺（一作身）著皮裘繫毛帶唯許正朝
（一作朔）服漢儀斂衣整巾潛（一作雙）淚垂誓心密定歸鄉計不使
蕃中妻子知（有李如暹者蓬子將軍之子也嘗沒蕃中自云蕃法唯正歲一日許唐人之沒蕃者服唐衣冠由是悲不自勝遂密定歸計也）
暗思幸有殘筋力（一作骨）更恐年衰歸不得蕃候嚴兵鳥不
飛脫身冒死奔逃歸晝伏宵行經大漠雲陰月黑風沙
惡驚藏青冢寒草疏偷渡黃河夜冰薄忽聞漢軍鼙鼓
聲路傍走出再拜迎游騎不聽能漢語將軍遂縛作蕃
生配向東（一作江）南卑濕地定（一作豈）無存卹空防備念此吞聲
仰訴天若爲辛苦度殘年涼原鄉井不得見胡地妻兒
虛棄捐沒蕃被囚思漢土歸漢被劫爲蕃虜早知如此
悔歸來兩地寧如一處苦縛戎人戎人之中我苦辛自
古此冤應未有漢心漢語吐蕃身

全唐詩
白居易

驪宮高　美天子重惜人之財力也

高高驪山上有宮朱樓紫殿三四重遲遲兮春日玉甃
暖兮溫泉溢嫋嫋兮秋風山蟬鳴兮宮樹紅翠華不來
歲月久牆有衣兮瓦有松吾君在位已五載何不一幸
乎（一作於）其中西去都門（一作城）幾多地吾君不遊（一作來）有深（一作深有）意
一人出兮不容易六宮從兮百司備八十一車千萬騎
朝有宴飫暮有賜中人之產數百家未足充君一日費
吾君修已人不知不自逸兮不自嬉吾君愛人人不識
不傷財兮不傷（一作奪）力驪宮高兮高入雲君之來兮爲一
身君之不來兮爲（一本此下有千字）萬人（一作民）

百鍊鏡　辨皇王鑒也

百鍊鏡（一本疊此三字）鎔範非常規日辰處所（一作置處）靈且祇（一作奇）江心
波上舟中鑄五月五日日午時瓊粉金膏磨瑩已化爲
一片秋潭水鏡成將獻蓬萊宮揚州長吏（一作史）手自封（一作鈿函）
（一作金匣鎖幾重）人間臣妾不合照（一作用）背有九五飛天龍人人呼爲
天子鏡我有一言聞太宗太宗常以人爲鏡鑒古鑒今
不鑒容四海安危居掌內百王治亂懸心中乃知天子
別有鏡不是揚州百鍊銅

青石　激忠烈也

青石出自藍田山兼車運載來長安工人磨琢欲何用
石不能言我代言不願作人家墓前神道碣墳土未乾
名已滅不願作官家道旁德政碑不鐫實錄鐫虛辭願
爲顏氏段氏（一作段氏顏氏）碑雕鏤太尉與太師刻此（一作用）兩片堅
貞質狀彼二人忠烈姿義心如石屹不轉死節如石（一作名流）
確不移如觀奮擊朱泚日似見叱訶希烈時各於其上
題名諡（一作字）一置高山一沈水陵谷雖遷碑（一作碣）獨（一作猶）存骨
化爲塵名不死長使不忠不烈臣觀碑改節慕爲人慕
爲人勸事君

兩朱閣　刺佛寺寖多也

兩朱閣南北相對起借問何人家貞元雙帝子帝子吹
簫雙得仙五雲飄颻飛（一作迎）上天第宅亭臺不將去化爲
佛寺在人間妝閣伎樓何寂靜柳似舞腰池似鏡花落
黃昏悄悄時不聞歌（一作鼓）吹聞鐘磬寺門敕牓金字書尼
院佛庭寬有餘青苔明月多閑地比屋疲（一作齊）人無處居
憶昨平陽宅初置吞并平人幾家地仙去雙雙作梵宮
漸恐人間（一作家）盡爲寺

西涼伎　刺封疆之臣也

西涼伎（一本下疊西涼伎三字）假面胡人假獅子刻木爲頭絲作尾金
鍍眼睛銀帖齒奮迅毛衣擺雙耳如從流沙來萬里紫
髯深目兩（一作羌）胡兒鼓舞跳梁前致辭應似（一作道是）涼州未陷
日安西都護進來時須臾云得新消息安西路絕歸不
得泣向獅子涕雙垂涼州陷沒知不知獅子回頭向西
望哀吼一聲觀者悲貞元邊將愛此曲醉坐笑看看不
足娛（一作享）賓犒士宴監（一作三）軍獅子胡兒長在目有一征夫
年七十見弄涼州低面泣泣罷斂手白將軍主憂臣辱
昔所聞自從天寶兵戈起犬戎日夜吞西鄙涼州陷來
四十年河隴侵將七（一作九）千里平時安西萬里疆今日邊
防在鳳翔（平時開遠門外立堠云去安西九千九百里以示戍人不爲萬里行其實就盈數也今蕃漢使往來悉在隴州交易也）緣邊
空屯十萬卒飽食溫（一作厚）衣閑過日遺民腸斷在涼州將
卒相看無意收天子每（一作長）思長痛惜將軍欲說合慚羞
奈何仍看西涼（一作涼州）伎取笑資歡無所媿縱無智力未能
收忍取西涼弄爲戲

八駿圖　戒奇物懲佚遊也

穆王八駿天馬駒後人愛之寫爲圖背如龍兮頸如象
（一作鳥）骨聳筋高脂（一作肌）肉壯（一作少）日行萬里疾（一作速）如飛穆王獨
乘何所之四荒八極踏欲遍三十二蹄無歇時屬車軸
折趁不及黃屋草生棄若遺瑤池西赴王母宴七廟經
年不親薦璧臺南與盛姬遊明堂不復朝諸侯白雲黃
竹歌聲動一人荒樂萬人愁周從后稷至文武積德累
功世勤苦豈知纔及四（一作五）代孫心輕王業如灰土由來
尤物不在大能蕩君心則爲害文帝却之不肯乘千里
馬去漢道興穆王得之不爲戒八駿駒（一作千里馬）來周室壞
至今此物尚（一作世）稱珍不知房星之精下爲怪八駿圖君
莫愛

澗底松　念寒儁也

有（一作青）松百尺大十圍生在澗底寒且卑澗深山險人路
絕老死不逢工度之天子明堂欠梁木（一作棟）此（一作彼）求彼（一作此）
有（一作棄）兩不知誰喻蒼蒼造物意但與之材不與地金張
世祿原憲貧（一作黃憲賢）牛衣寒賤貂蟬貴貂蟬與牛衣高下
雖有殊高者未必賢下者未必愚君不見沈沈海底生
珊瑚歷歷天上種白榆

牡丹芳　美天子憂農也

牡丹芳牡丹芳黃金蘂綻紅玉房千片赤英霞爛爛百
枝絳點（一作燄）燈煌煌照地初開錦繡段當風不結蘭麝囊
（一作叢）仙人琪樹白無色王母桃花小不香宿（一作曉）露輕盈泛

紫豔朝陽照耀生紅光紅紫二色間深淺向背萬態隨低昂映葉多情隱羞面臥叢無力含醉妝低嬌笑容疑掩口凝思怨人如斷腸穠姿貴彩信奇絕雜卉亂花無比方石竹金錢何細碎芙蓉芍藥苦尋常遂使王公與卿士遊花冠蓋日相望庳車軟轝貴公主(一作子)香衫細馬豪家郎衞公宅靜閉東院西明寺深開北廊戲蝶雙舞看人(一作花)久殘鶯一聲春(一作嬌)日長共愁日照芳難駐仍張帷(一作羅)幕垂陰涼花開花落二十日一城之人皆若狂三代以還文勝質人心重華不重實重華直至牡丹芳其來有漸非今日元和天子憂農桑卹下動天天降祥去歲嘉禾生九穗田中寂莫無人至今年瑞麥分兩岐君心獨喜無人知無人知可歎息我願暫求造化力減却牡丹妖豔色少迴卿士愛(一作士女看)花心同似(一作助)吾君憂(一作愛)稼穡

紅線毯　憂蠶桑之費也

紅線毯擇繭繰絲清水煮揀(一作練)絲練線紅藍染染爲紅線紅於藍(一作花)織作披香殿上毯披香殿廣十丈餘紅線織成可殿鋪綵絲茸茸香拂拂線軟花虛不勝物美人蹋上歌舞來羅韈繡鞋隨步沒太原毯澀毳縷硬蜀都褥薄錦花冷不如此毯溫且柔年年十月來宣州宣城太守加樣織自謂爲臣能竭力百夫同擔進宮中線厚絲多卷不得宣城太守知不知一丈毯(一本此下有用字)千兩絲地不知寒人要暖少奪人衣作地衣(貞元中宣州進開樣加絲毯)

杜陵叟　傷農夫之困也

杜陵叟杜陵居歲種薄田一頃餘三月無雨旱風起麥苗不秀多黃死九月降霜秋早寒禾穗未熟皆青乾長吏明知不申破急歛暴徵求考課典桑賣地納官租明年衣食將何如剝我身上帛奪我口中粟虐人害物即豺狼何必鉤爪鋸牙食人肉不知何人奏皇帝帝心惻隱知人(一作人之)弊白麻紙上書德音京畿盡放今年稅昨日里胥方到門手持尺牒牓鄉村十家租稅九家畢虛受吾君蠲免恩

繚綾　念女工之勞也

繚綾繚綾何所似不似羅綃與紈綺應似天台山上月明(一作明月)前四十五尺瀑布泉中有文章又奇絕地鋪白煙花簇雪織者何人衣者誰越溪寒女漢宮姬去年中使宣口敕天上取樣人間織織爲雲外秋雁行染作江南春水色廣裁衫袖長製帬金斗熨波刀翦紋異彩奇文相隱映轉側看花花不定昭陽舞人恩正深春衣一對直千金汗霑粉汙不再著曳土蹋泥無惜心繚綾織成費功績莫比尋常繒與帛絲細繰多女手疼扎扎千聲不盈尺昭陽殿裏歌舞人若見織時應也(一作合)惜

賣炭翁　苦宮(一作官)市也

賣炭翁伐薪燒炭南山中滿面塵灰煙火色兩鬢蒼蒼十指黑賣炭得錢何所營身上衣裳口中食可憐身上衣正單心憂炭賤願天寒夜來城上一尺雪曉駕炭車輾冰轍牛困人飢日已高市南門外泥中歇翩翩兩騎(一作兩騎翩翩)來是誰黃衣使者白衫兒手把文書口稱敕迴車叱牛牽向北一車炭(一本此下有重字)千餘斤官使驅將惜不得半匹紅紗一丈綾繫向牛頭充炭直

母別子　刺新間舊也

母別子子別母白日無光哭聲苦關西驃騎大將軍去年破虜新策勳敕賜金錢二百萬洛陽迎得如花人新人迎來舊人棄掌(一作堂)上蓮花眼中刺迎新棄舊未足悲悲在君家留兩兒一始扶行一初坐坐啼行哭牽人衣以汝夫婦新燕婉使我母子生別離不如林中烏與鵲母不失雛雄伴雌應似園中桃李樹花落隨風子在(一作住)枝新人新人聽我語洛陽無限紅樓女但願將軍重立功更有新人勝於汝

陰山道　疾貪虜也

陰山道陰山道紇邏敦肥水泉好每至戎人送(一作進)馬時道旁千里無纖草草盡泉枯馬病羸飛龍但印骨與皮五十匹縑易一匹縑去馬來無了日養無所用去非宜每歲死傷十六七縑絲不足女工苦疎織短截充匹數藕絲蛛網三丈餘迴紇(一作回鶻)訴稱無用處咸安公主號可敦遠爲可汗頻奏論元和二年下新敕內出金帛酬馬直仍詔江淮馬價縑從此不令疎短織合羅將軍呼萬歲捧授金銀與縑綵誰知黠虜啓貪心明年馬多來一倍縑漸好馬漸多陰山虜柰爾何

時世妝　儆戎也(一作儆將變也)

時世妝時世妝出自城中傳四方時世流行無遠近顋不施朱面無粉烏膏注脣脣似泥雙眉畫作八字低妍媸黑白失本態妝成盡似含悲啼圓鬟無(一作垂)鬢堆(一作椎)髻樣斜紅不暈赭面狀昔聞被髮伊川中辛有見之知有戎元和妝梳君記取髻堆(一作椎)面赭非華風

李夫人　鑒嬖惑也

漢武帝初喪李夫人夫人病時不肯別死後留得生前恩君恩不盡念未已甘泉殿裏令寫真丹青畫(一作寫)出竟何益不言不笑愁殺人又令方士合靈藥玉釜煎鍊金鑪焚九華帳深夜悄悄反魂香降夫人魂夫人之魂在何許香煙引到焚香處既來何苦不須臾縹緲悠揚還滅去去何速兮來何遲是耶非耶兩不知翠蛾髣髴平生貌不似昭陽寢疾時魂之不來君心苦魂之來兮君亦悲背燈隔帳不得語安用暫來還見違傷心不獨漢武帝自古及今皆若斯君不見穆王三日哭重璧臺前傷盛姬又不見泰陵一掬淚馬嵬坡下念楊妃縱令妍姿豔質化爲土此恨長在無銷期生亦惑死亦惑尤物惑人忘不得人非木石皆有情不如不遇傾城色

陵園妾　憐幽閉也(一作託幽閉喻被讒遭黜也)

陵園妾顏色如花命如葉命如葉薄將奈何一奉寢宮年月多年月多時光換春愁秋思知何限青絲髮落叢鬢疎紅玉膚銷繫帬慢(一作緩)憶昔宮中被妬猜因讒得罪配陵來老母啼呼趁車別中官監送鏁門迴山宮一閉無開日未死此身(一作此身未死)不令出松門到曉月裴回柏城盡日風蕭瑟松門柏城幽閉深聞蟬聽燕感光陰眼看菊蘂重陽淚手把梨花寒食心把花掩淚無人見綠蕪牆繞青苔院四季徒支妝粉錢三(一作二)朝不識君王面遙想六宮奉至尊宣徽雪夜浴堂春雨露之恩不及者猶聞不啻三千人三千人(一無三千人三字)我爾君恩何厚薄願令輪轉

直陵園三歲一來均苦樂

鹽商婦　惡幸人也

鹽商婦多金帛不事田農與蠶績南北東西不失家風水爲鄉船作宅本是揚州小家女嫁得西江大商客綠鬟富（一作溜）去金釵多皓腕肥來銀釧窄前呼蒼頭後叱婢問爾因何得如此婿作鹽商十五年不屬州縣屬天子每年鹽利入官時少入官家多入私官家利薄私家厚鹽鐵尚書遠不知何況江頭魚米賤紅膾黃橙香稻飯飽食濃妝倚柁樓兩朵紅顋花欲綻鹽商婦有幸嫁鹽商終朝美飯食終歲好衣裳好衣美食來何（一作有來）處亦須慚愧桑弘羊桑弘羊死已久不獨漢時今亦有

杏爲梁　刺居處僭也

杏爲梁桂爲柱何人堂室李開府碧砌紅軒色未乾去年身歿今移主高其牆大其門誰家第宅盧將軍素泥朱版光未滅今日官收別賜人開府之堂將軍宅造未成時頭已白逆旅重居逆旅中心是主人身是客更有愚夫念身後心雖甚長計非久窮奢極麗越規模付子傳孫令保守莫教門外過客聞撫掌回頭笑殺君君不見馬家宅尚猶存宅門題作奉誠園君不見魏家宅屬他人詔贖賜還五代孫（元和四年詔特以官錢贖魏徵勝業坊中舊宅以還其後孫用奬忠儉）儉存奢失今在目安用高牆圍大屋

井底引銀缾　止淫奔也

井底引銀缾銀缾欲上絲繩絕石上磨玉簪玉簪欲成中央折缾沈簪折知奈何似妾今朝與君別憶昔在家爲女時人言舉動有殊姿嬋娟兩鬢秋蟬翼宛轉雙蛾遠山色笑隨戲伴後園中此時與君未相識妾弄青梅憑（一作倚）短牆君騎白馬傍垂楊牆頭馬上遙相顧一見知君即斷腸知君斷腸共君語君指南山松柏樹感君松柏化爲心闇合雙鬟逐君去到君家舍五六年君家大人頻有言聘則爲妻奔是妾不堪主祀奉蘋蘩終知君家不可住其奈出門無去處豈無父母在高堂亦有親情滿故鄉潛來更不通消息今日悲羞歸不得爲君一日恩誤妾百年身寄言癡小人家女慎勿將身輕許人

官牛　諷執政也

官牛官牛駕官車滻水岸邊般（一作驅）載沙一石沙幾斤重朝載（一作駕）暮載將何用載向五門官道西綠槐陰下鋪（一作填）沙堤昨來新拜右丞相恐怕泥塗（一作深）污馬蹄右丞相馬蹄踏沙雖淨潔牛領牽車欲流血右丞相但能濟人治國調陰陽官牛領穿亦無妨

紫毫筆　譏（一作誡）失職也

紫毫筆尖（一作纖）如錐兮利如刀江南石上有老兔喫竹飲泉生紫毫宣城之（一作工）人采爲筆千萬毛中揀（一作選）一毫毫雖輕功甚重管勒工名充歲貢君兮臣兮勿輕用勿輕用將何如願賜東西府御史願頒左右臺起居搦（一作握）管趨入黃金闕抽毫立在白玉除臣有奸邪正衙奏君有動言直筆書起居郎侍御史爾知紫毫不易致每歲宣城進筆時紫毫之價如金貴慎勿空將彈失儀慎勿空將錄制詞

隋堤柳　憫亡國也

隋堤柳歲久年深盡衰朽風飄飄兮雨蕭蕭三株兩株汴河口老枝病葉愁殺人曾經大業年中春大業年中煬天子種柳成行夾流水西自黃河東至（一作接）淮綠陰一千三百里大業末年春暮月柳色如煙絮如雪南幸江都恣佚遊應將此柳繫龍舟紫髯郎將護錦纜青娥御史直迷樓海內財力此時竭舟中歌笑何日休上荒下困勢不久宗社之危如綴旒（一本此下有煬天子自言歡樂殊未極豈知明年正朔歸武德三句）煬天子自言福祚長無窮豈知皇子封酅公龍舟未過彭城閣義旗已入長安宮蕭牆禍生人事變晏駕不得歸秦中土墳數尺何處葬吳公臺下多悲風二百年來汴河路沙草和煙朝復暮後王何以鑒前王請看隋堤亡國樹

草茫茫　懲厚葬也

草茫茫土蒼蒼蒼蒼茫茫在何處驪山腳下秦皇墓墓中下涸二重泉當時自以爲深固下流水銀象江海上綴珠光作烏兔別爲天地於其間擬將富貴隨身去一朝盜掘墳陵破龍椁神堂三月火可憐寶玉歸人間暫借泉中買身禍奢者狼藉儉者安一凶一吉在眼前憑君回首向南望漢文葬在霸陵原

古冢狐　戒豔色也

古冢狐妖且老化爲婦人顏色好頭變雲鬟面變妝大尾曳作長紅裳徐徐行傍荒村路日欲暮時人靜處或歌或舞或悲啼翠眉不舉花顏（一作細）低忽然一笑千萬態見者十人八九迷假色迷人猶若是真色迷人應過此彼真此假俱迷人人心惡假貴重真狐假女妖害猶淺一朝一夕迷人眼女爲狐媚害即（一作則一作却）深日長月增（一作日增月長）溺人心何況褒妲之色善蠱惑能喪人家覆人國君看爲害淺深間豈將假色同真色

黑潭龍　疾貪吏也

黑潭水深黑如墨傳有神龍人不識潭上架屋官立祠龍不能神人神（一作異）之豐凶水旱與疾疫鄉里皆言龍所爲家家養豚漉清酒朝祈暮賽依巫口神之來兮風飄飄紙錢動兮錦傘搖神之去兮風亦靜香火滅兮杯盤冷肉堆潭岸石酒潑廟前草不知龍神享幾多林鼠山狐長醉飽狐何幸豚何辜年年殺豚將餧狐狐假龍神食豚盡九重泉底龍知無

天可度　惡詐人也

天可度地可量唯有人心不可防但見丹誠赤如血誰知僞言巧似簧勸君掩鼻君莫掩使君夫婦爲參商勸君掇蠭君莫掇使君父子成豺狼海底魚兮天上鳥高可射兮深可釣唯有人心相對時咫尺之間不能料君不見李義府之輩笑欣欣笑中有刀潛殺人陰陽神變皆可測不測人間笑是瞋

秦吉了　哀冤民也

秦吉了出南中彩毛青黑花頸紅耳聰心慧舌端巧鳥語人言無不通昨日長爪鳶今朝大觜烏鳶捎乳燕一窠（一作巢）覆烏啄母雞雙眼枯雞號墮地燕驚（一作已）去然後拾卵攫其雛豈無鵰與鶚嗉中肉飽不肯搏亦有鸞鶴羣閑立高颺如不聞秦吉了人云爾是能言鳥豈（一作爾）不見雞燕之冤苦吾聞鳳皇百鳥主爾竟不爲鳳皇之前致

一言詞一作安用噪噪一作嘈嘈閑言語

鵶九劍　思決壅也

歐冶子死千年後精靈闇授張鵶九鵶九鑄劍吳山中天與日時神借功金鐵騰精火翻𦦨踴躍求爲鏌鋣劍劍成未試十餘年有客持金買一觀誰知閉一作開匣長思用三尺青蛇不肯蟠客有心劍無口客代劍言告一作報鵶九君勿矜我玉可切君勿誇我鐘可刜不如持我決浮雲無令漫漫蔽白日爲君使無私之光及萬物蟄蟲昭蘇萌草一作芽出

采詩官　監前王亂亡之由也

采詩官采詩聽歌導人言言者無罪聞者誡下流上通上下泰周滅秦興至隋氏十代采詩官不置郊廟登歌讚君美樂府豔詞一作調悅君意若求興一作諷諭規刺言萬句千章無一字不是章句無規刺漸及朝廷絕諷議諍臣杜口爲冗員諫鼓高懸作虛器一人負扆常端默百辟入門兩一作皆自媚夕郎所賀皆德音春官每奏唯祥瑞君之堂兮千里遠君之門兮九重閟君耳唯聞堂上言君眼不見門前事貪吏害民無所忌奸臣蔽君無所畏君不見厲王胡亥一作煬帝之末年羣臣有利君無利君兮君兮願聽此欲開壅蔽達一作遠人情先向歌詩求諷刺

全唐詩

白居易

常樂里閑居偶題十六韻兼寄劉十五公輿王十一起呂二炅呂四頻崔十八玄亮元九稹劉三十二敦質張十五仲元時爲校書郎

帝都名利場雞鳴無安居獨有懶慢者日高頭未梳工拙性不同進退迹遂殊幸逢太平代天子好文儒小才難大用典校在秘書三旬兩入省因得養頑疏茅屋四五間一馬二僕夫俸錢萬六千月給亦有餘既無衣食牽亦少人事拘遂使少年心日日常晏如勿言無知己躁靜各有徒蘭臺七八人出處與之俱旬時阻談笑旦夕望軒車誰能讎校閑解帶臥吾廬窗前有竹玩門外有酒酤何以待君子數竿對一壺

答元八宗簡同遊曲江後明日見贈

長安千萬人出門各有營唯我與夫子信馬悠悠行行到曲江頭反照草樹明南山好顏色病客有心情水禽翻白羽風荷嫋翠莖何必滄浪去即此可濯纓時景不重來賞心難再幷坐愁紅塵裏夕鼓鼕鼕聲歸來經一宿世慮稍復生賴聞瑤華唱再得塵襟清

感時

朝見日上天暮見日入地不覺明鏡中忽年三十四勿言身未老冉冉行將至白髮雖未生朱顏已先悴人生詎幾何在世猶如寄雖有七十期十人無一二今我猶未悟往往不適意胡爲方寸間不貯浩然氣貧賤非不惡道在何足避富貴非不愛時來當自至所以達人心外物不能累唯當飲美酒終日陶陶醉斯言勝金玉佩服無失墜

首夏同諸校正遊開元觀因宿玩月

我與二三子策名在京師官小無職事閑於爲客時沈沈道觀中心賞期在茲到門車馬迴入院巾杖隨清和四月初樹木正華滋風清新一作寒葉影鳥戀一作思殘花枝向夕天又晴東南餘霞披置酒西廊下待月杯行遲須臾金魄生若與吾徒期光華一照耀殿角一作樓殿相參差終夜清景前笑歌不知疲長安名利地此興幾人知

永崇里觀居

季夏中氣候煩暑自此收蕭颯風雨天蟬聲暮啾啾永崇里巷靜華陽觀院幽軒車不到處滿地槐花秋年光忽冉冉世事本悠悠何必待衰老然後悟浮休眞隱豈長遠至道在冥搜身雖世界一作間住心與虛無遊朝飢有蔬食夜寒有布裘幸免凍與餒此外復何求寡慾雖少病樂天心不憂何以明吾志周易在牀頭

早送舉人入試

夙駕送舉人東方猶未明自謂出太早已有車馬行騎火高低影街鼓參差聲可憐早朝者相看意氣生日出塵埃飛羣動互營營營營各何求無非利與名而我常晏起虛住長安城春深官又滿日有歸山情

招王質夫自此後詩爲盩厔尉時作

濯足雲水客折腰簪笏身諠閑跡相背十里別經旬忽因乘逸興莫惜訪囂塵窗前故栽竹與君爲主人

祗役駱口因與王質夫同遊秋山偶題三韻

石擁百泉合雲破千峰開平生煙霞侶此地重裴回今日勤王意一半爲山來

見蕭侍御憶舊山草堂詩因以繼和

琢玉以爲架綴珠以爲籠玉架絆野鶴珠籠鏁冥鴻鴻思雲外天鶴憶松上風珠玉信爲美鳥不戀其中臺中蕭侍御心與鴻鶴同晚起慵冠豸閑行厭避驄昨見憶山詩詩思浩無窮歸夢杳何處舊居茫水東秋閑杉桂林春老芝朮叢自云別山後離抱常忡忡衣繡非不榮持憲非不雄所樂不在此悵望草堂空

病假中南亭閑望

欹枕不視事兩日門掩關始知吏役身不病不得閑閑意不在遠小亭方丈間西檐竹梢上坐見太白山遙愧峰上雲對此塵中顏

仙遊寺獨宿

沙鶴上階立潭月當戶開此中留我宿兩夜不能迴幸與靜境遇喜無歸侶催從今獨遊後不擬共人來

前庭（一作亭）涼夜

露簟色似玉風幌影如波坐愁樹葉落中庭明月多

官舍小亭閑望

風竹散清韻煙槐凝綠姿日高人吏去閑坐在茅茨葛衣禦時暑蔬飯療朝飢持此聊自足心力少營為亭上獨吟罷眼前無事時數峰太白雪一卷陶潛詩人心各自是我是良在茲迴謝爭名客甘從君所嗤

早秋獨夜

井梧（一作桐）涼葉動鄰杵秋聲發獨向檐下眠覺來半牀月

聽彈古淥水（琴曲名）

聞君古淥水使我心和平欲識慢流意為聽疎泛聲西窗竹陰下竟日有餘清

松齋自題（時為翰林學士）

非老亦非少年過三紀餘非賤亦非貴朝登一命初才小分易足心寬體長舒充腸皆美食容膝即安居況此松齋下一琴數帙書書不求甚解琴聊以自娛夜直入君門晚歸臥吾廬形骸委順動方寸付空虛持此將過日自然多晏如昏昏復默默非智亦非愚

冬夜與錢員外同直禁中

夜深草詔罷霜月淒凜凜欲臥暖殘杯燈前相對飲連鋪青縑被對置通中枕髣髴百餘宵與君同此寢

和錢員外禁中夙興見示

窗白星漢曙窗暖燈火餘坐卷朱裏幕看封紫泥書宵鐘漏盡曈曨霞景初樓臺紅照曜松竹青扶疎君愛此時好回頭特（一作時）謂余不知上清界曉景復何如

夏日獨直寄蕭侍御

憲臺文法地翰林清切司鷹猜課野鶴驥德責山麋課責雖不同同歸非所宜是以方寸內忽忽暗相思夏日獨上直日長何所為澹然無他念虛靜是吾師形委有事牽心與無事期中臆一以曠外累都若遺地貴身不覺意閑境來隨但對松與竹如在山中時情性聊自適吟詠偶成詩此意非夫子餘人多不知

松聲（修行里張家宅南亭作）

月好好獨坐雙松在前軒西南微風來潛入枝葉間蕭寥發為聲半夜明月前寒山颯颯雨秋琴泠泠弦一聞滌炎暑再聽破昏煩竟夕遂不寐心體俱翛然南陌車馬動西鄰歌吹繁誰知茲檐下滿耳不為喧

禁中

門嚴九重靜窗幽一室閑好是修心處何必在深山

贈吳丹

巧者力苦（一作若）勞智者心苦（一作若）憂（一作愁）愛君無巧智終歲閑悠悠嘗登御史府亦佐東諸侯手操糾謬簡心運決勝籌宦途似風水君心如虛舟泛然而不有進退得自由今來脫豸冠時往侍龍樓官曹稱心靜居處隨跡幽冬負南榮（一作檐）日支體甚溫柔夏臥北窗風枕席如涼秋南山入舍下酒甕在牀頭人間有閑地何必隱林丘顧我愚且昧勞生殊未休一入金門直星霜三四周主恩信難報近地徒久留終當乞閑官退與夫子遊

初除戶曹喜而言志

詔授戶曹掾捧詔感君恩感恩非為己祿養及吾親弟兄俱簪笏新婦儼衣巾羅列高堂下拜慶正紛紛俸錢四五萬月可奉晨昏廩祿二百石歲可盈倉囷喧喧車馬來賀客滿我門不以我為貪知我家內貧置酒延賀客客容亦歡欣笑云今日後不復憂空尊答云如君言願君少逡巡我有平生志醉後為君陳人生百歲期七十有幾人浮榮及虛位皆是身之賓唯有衣與食此事粗關身苟免飢寒外餘物盡浮雲

秋居書懷

門前少賓客階下多松竹秋景下西牆涼風入東屋有琴慵不弄有書閑不讀盡日方寸中澹然無所欲何須廣居處不用多積蓄丈室可容身斗儲可充腹況無治道術坐受官家祿不種一株桑不鋤一壠穀終朝飽飯餐卒歲豐衣服持此知媿心自然易為足

禁中曉臥因懷王起居

遲遲禁漏盡悄悄暝（一作冥）鴉喧夜雨槐花落微涼臥北軒曙燈殘未滅風簾閑自飜每一得（一作得一）靜境思與故人言

養拙

鐵柔不為劍木曲不為轅今我亦如此愚蒙不及門甘心謝名利滅跡歸丘園坐臥茅茨中但對琴與尊身去韁鎖累耳辭朝市喧逍遙無所為時窺五千言無憂樂性場寡欲清心源始知不才者可以探道根

寄李十一建

外事牽我形外物誘我情李君別來久褊恡從中生憶昨訪君時立馬扣柴荊有時君未起稚子喜先迎連步笑出門衣翻冠或傾掃階苔紋綠拂榻藤陰清家醞及春熟園葵乘露烹看山東亭坐待月南原行門靜唯鳥語坊遠少鼓聲相對盡日言不及利與名分手來幾時明月三四盈別時殘花落及此新蟬鳴芳歲忽已晚離抱悵未平豈不思命駕吏職坐相縈前時君有期訪我來山城心賞久云阻言約無自輕相去幸非遠走馬一日程

旅次華州贈袁右丞

渭水綠溶溶華山青崇崇山水一何麗君子在其中才與世會合物隨誠感通德星降人福時雨助歲功化行人無訟囹圄千日空政順氣亦和黍稷三年豐客自帝城來驅馬出關東愛此一郡人如見太古風方今天子心憂人正忡忡安得天下守盡得如袁公

酬楊九弘貞長安病中見寄

伏枕君寂寂折腰我營營所嗟經時別相去一宿程攜手昨何時昆明春水平離郡來幾日太白夏雲生之子未得意貧病客帝城貧堅志士節病長高人情隱几自恬澹閉門無送迎龍臥心有待鶴瘦貌彌清清機發為文投我如振瓊何以慰飢渴捧之吟一聲

禁中寓（一作偶）直夢遊仙遊寺

西軒草詔暇松竹深寂寂月出清風來忽似山中夕因成西南夢夢作遊仙客覺聞宮漏聲猶謂山泉滴

贈王山人

聞君減寢食日聽神仙說闇待非常人潛求長生訣言長本對短未離生死轍假使得長生才能勝夭折松樹

千年朽槿花一日歇畢竟共虛空何須誇歲月彭殤徒自異生死終無別不如學無生無生即無滅

秋山

久病曠心賞今朝一登山山秋雲物冷稱我清羸顔白石臥可枕青蘿行可攀意中如有得盡日不欲還人生無幾何如寄天地間心有千載憂身無一日閑何時解塵網此地來掩關

贈能七倫

澗松高百尋四時寒森森臨風有清韻向日無曲陰如何時俗人但賞桃李林豈不知堅貞芳馨誘其心能生學爲文氣高功亦深手中一百篇句句披沙金苦節二十年無人振陸沈今我尚貧賤徒爲爾知音

題楊穎（一作隱）士西亭

靜得亭上境遠諧塵外蹤憑軒東南望（一作東望好）鳥滅山重重竹露冷煩襟杉風清病容曠然宜眞趣道與心相逢即此可遺世何必蓬壺峰

題贈鄭祕書徵君石溝溪隱居（鄭生常隱天台徵起而仕今復謝病隱於此溪中）

鄭君得自然虛白生心胷吸彼沆瀣精凝爲冰雪容大君貞元初求賢致時雍蒲輪入翠微迎下天台峰赤城別松喬黃閣交夔龍俛仰受三命從容辭九重出籠鶴翩翩歸林鳳蹌蹌在火辨良玉經霜識貞松新居寄楚山山碧溪溶溶丹竈燒煙熅黃精花丰茸蕙帳夜琴澹桂尊春酒濃時人不到處苔石無塵蹤我今何爲者趨世身龍鍾不向林壑訪無由朝市逢終當解塵纓（一作網）卜築來相從

及第後歸覲留別諸同年

十年常苦學一上謬成名擢第未爲貴賀親方始榮時輩六七人送我出帝城軒車動行色絲管舉離聲得意減別恨半酣輕遠程翩翩馬蹄疾春日歸鄉情

清夜琴興（一作聽琴）

月出鳥棲盡寂然坐空林是時心境閑可以彈素琴清泠由木性恬澹隨人心心積和平氣木應正始音響餘羣動息曲罷秋夜深正聲感元化天地清沈沈

效陶潛體詩十六首（并序）

余退居渭上杜門不出時屬多雨無以自娛會家醞新熟雨中獨飲往往酣醉終日不醒嬾放之心彌覺自得故得於此而有以忘於彼者因詠陶淵明詩適與意會遂倣其體成十六篇醉中狂言醒輒自哂然知我者亦無隱焉

不動者厚地不息者高天無窮者日月長在者山川松柏與龜鶴其壽皆千年嗟嗟羣物中而人獨不然早出向朝市暮已歸下泉形質及壽命危脆若浮煙堯舜與周孔古來稱聖賢借問今何在一去亦不還我無不死藥萬萬隨化遷所未定知者修短遲速間幸及身健日當歌一尊前何必待人勸持（一作念）此自爲歡

翳翳踰月陰沈沈連日雨開簾望天色黃雲暗如土行潦毀我墉疾風壞我宇蓬莠生庭院泥塗失場圃村深絕賓客窗晦無儔侶盡日不下牀跳鼃時入戶出門無所往入室還獨處不以酒自娛塊然與誰語

朝飲一杯酒冥心合元化兀然無所思日高尚閑臥暮讀一卷書會意如嘉話欣然有所遇夜深猶獨坐又得琴上趣安弦有餘暇復多詩中狂下筆不能罷唯兹三四事持用度晝夜所以陰雨中經旬不出舍始悟獨往（一作住）人心安時亦過

東家采桑婦雨來苦愁悲蔟蠶北堂前雨冷不成絲西家荷鋤叟雨來亦怨咨種豆南山下雨多落爲萁而我獨何幸醞酒本無期及此多雨日正遇新熟時開缾瀉尊中玉液黃金脂持玩已可悅歡嘗有餘滋一酌發好容再酌開愁眉連延（一作速進）四五酌酣暢入四肢忽然遺我物誰復分是非是時連夕雨酩酊無所知人心苦顛倒反爲憂者嗤

朝亦獨醉歌暮亦獨醉睡未盡一壺酒已成三獨醉勿嫌飲太少且喜歡易致一杯復兩杯多不過三四便得心中適盡忘身外事更復強一杯陶然遺萬累一飲一石者徒以多爲貴及其酩酊時與我亦無異笑謝多飲者酒錢徒自費

天秋無片雲地靜無纖塵團團新晴月林外生白輪憶昨陰霖天連連三四旬賴逢家醞熟不覺過朝昏私言雨霽後可以罷餘尊及對新月色不醉亦愁人牀頭殘酒榼欲盡味彌淳攜置南檐下舉酌自殷勤清光入杯杓白露生衣巾乃知陰與晴安可無此君我有樂府詩成來人未聞今宵醉有興狂詠驚四鄰獨賞猶復爾何況有交親

中秋三五夜明月在前軒臨觴忽不飲憶我平生歡我有同心人邈邈崔與錢我有忘形友迢迢李與元或飛青雲上或落江湖間與我不相見於今四五（一作三四）年我無縮地術君非馭風仙安得明月下四人來晤言良夜信難得佳期杳無緣明月又不駐（一作住）漸下西南天豈無他時會惜此清景前

家醞飲已盡村中無酒酤（一作貰）坐愁今夜醒其柰秋懷何有客忽叩門言語一何佳云是南村叟挈榼來相過且喜尊不燥安問少與多重陽雖已過籬菊有殘花歡來苦晝短不覺夕陽斜老人勿遽起且待新月華客去有餘趣竟夕獨酣歌

原生衣百結顔子食一簞歡然樂其志有以忘飢寒今我何人哉德不及（一作此）先賢衣食幸相屬胡爲不自安況兹清渭曲居處安且閑榆柳百餘樹茅茨十數間寒負檐下日熱濯澗底泉日出猶未起日入已復眠西風滿村巷清涼八月天但有雞犬聲不聞車馬喧時傾一尊酒坐望東南山稚姪初學步牽衣戲我前即此自可樂庶幾顔與原

湛湛尊中酒有功不自伐不伐人不知我今代其說良將臨大敵前驅千萬卒一簞投河飲赴死心如一壯士磨匕首勇憤氣咆哮一酣忘報讎四體如無骨東海殺孝婦天旱踰年月一酌酹其魂通宵雨不歇咸陽秦獄氣冤痛結爲物千歲不肯散一沃亦銷失況兹兒女恨及彼幽憂疾快飲無不消如霜得春日方知麴蘖靈萬物無與匹

煙霞（一作雲）隔懸圃風波限瀛洲我豈不欲往大海路阻修
神仙但聞說靈藥不可求長生無得者舉世如蜉蝣逝
者不重迴存者難久留躕躕未死間何苦懷百憂念此
忽內熱坐看成白頭舉杯還獨飲顧影自獻酬心與口
相約未醉勿言休今朝不盡醉知有明朝不不見郭門
外纍纍墳與丘月明愁殺人黃蒿風颼颼死者若有知
悔不秉燭遊

吾聞潯陽郡昔有陶徵君愛酒不愛名憂醒不憂貧嘗
為彭澤令在官纔八旬愀然忽不樂挂印著公門口吟
歸去來頭戴漉酒巾人吏留不得直入故山雲歸來五
柳下還以酒養真人間榮與利擺落如泥塵先生去已
久紙墨有遺文篇篇勸我飲此外無所云我從老大來
竊慕其為人其他不可及且傚醉昏昏

楚王疑忠臣江南放屈平晉朝輕高士林下棄劉伶一
人常獨醉一人常獨醒醒者多苦志醉者多歡情歡情
信獨善苦志竟何成兀傲甕間臥顦顇澤畔行彼憂而
此樂道理甚分明願君且飲酒勿思身後名

有一燕趙士言貌甚奇瓌日日酒家去脫衣典數杯問
君何落拓（一作魄）云僕生草萊地寠命且薄徒抱王佐才豈
無濟時策君門之良媒三獻寢不報遲遲空手迴亦有
同門生先升青雲梯貴賤交道絕朱門叩不開及歸種
禾黍三歲旱為災入山燒黃白一旦化為灰蹉跎五十
餘生世苦不諧處處去不得却歸酒中來

南巷有貴人高蓋駟馬車我問何所苦四十垂白鬚答
云君不知位重多憂虞北里有寒士甕牖繩為樞出扶
桑棗杖入臥蝸牛廬散賤無憂患心安體亦舒東鄰有
富翁藏貨徧五都東京收粟帛西市鬻金珠朝營暮計
算晝夜不安居西舍有貧者匹婦配匹夫布帬行賃舂
裋褐坐傭書以此求口食一飽欣有餘貴賤與貧富高
下雖有殊憂樂與利害彼此不相踰是以達人觀萬化
同一途但未知生死勝負兩何如遲疑未知間且以酒
為娛

濟水澄而潔河水渾而黃交流列四瀆清濁不相傷太
公戰牧野伯夷餓首陽同時號賢聖進退不相妨謂天
不愛民胡為生稻粱謂天果愛民胡為生豺狼謂神福
善人孔聖竟栖遑謂神禍淫人暴秦終霸王顏回與黃
憲何辜早夭亡蝮蛇與鴆鳥何得壽延長物理不可測
神道亦難量舉頭仰問天天色但蒼蒼唯當多種黍日
醉手中觴

全唐詩目 第七函

第二冊

白居易 六卷至十卷

全唐詩

白居易

自題寫真 時為翰林學士

我貌不自識李放寫我真靜觀神與骨合是山中人蒲
柳質易朽麋鹿心難馴何事赤墀上五年為侍臣況多
剛狷性難與世同塵不惟非貴相但恐生禍因宜當早
罷去收取雲泉身

遣懷 自此後詩在渭村作

寓心身體中寓性方寸內此身是外物何足苦憂愛況
有假飾者華簪及高蓋此又疎於身復在外物外操之
多惴慄失之又悲悔乃知名與器（一作利）得喪俱為害頹然
環堵客蘿蕙為巾帶自得此道來身窮心甚泰

渭上偶釣

渭水如鏡色中有鯉與魴偶持一竿竹懸釣在（一作至）其傍
微風吹釣絲嫋嫋十尺長誰（一作雖）知（一作身）對魚坐心在無何鄉
昔有白頭人亦釣此渭陽釣人不釣魚七十得文王況
我垂釣意人魚又（一作亦）兼忘無機兩不得但弄秋水光興
盡釣亦罷歸來飲我觴

隱几

身適忘四支心適忘是非既適又忘適不知吾是誰百
體如槁木兀然無所知方寸如死灰寂然無所思今日
復明日身心忽兩遺行年三十九歲暮日斜時四十心
不動吾今其庶幾

春眠

新浴肢體暢獨寢神魂安況因夜深坐遂成日高眠春
被薄亦暖朝窗深更閑却忘人間事似得枕上仙至適
無夢想大和難名言全勝彭澤醉欲敵曹溪禪何物呼
我覺伯勞聲關關起來妻子笑生計春茫然

閑居

空腹一盞粥飢食有餘味南檐半牀日暖臥因成睡綿
袍擁兩膝竹几支雙臂從旦直至昏身心一無事心足
即為富身閑乃當貴富貴在此中何必居高位君看裴
相國金紫光照地心苦頭盡白纔年四十四乃知高蓋

車乘者多憂畏

夏日

東窗晚無熱，北户涼有風。盡日坐復臥，不離一室中。中心本無繫，亦與出門同。

適意二首

十年爲旅客，常有飢寒愁。三年作諫官，復多尸素羞。有酒不暇飲，有山不得遊。豈無平生志，拘牽不自由。一朝歸渭上，泛如不繫舟。置心世事外，無喜亦無憂。終日一蔬食，終年一布裘。寒來彌嬾放，數日一梳頭。朝睡足始起，夜酌醉即休。人心不過適，適外復何求。

早歲從旅遊，頗諳時俗意。中年忝班列，備見朝廷事。作客誠已難，爲臣尤不易。況余方且介，舉動多忤累。直道速我尤，詭遇非吾志。胷中十年内，消盡浩然氣。自從返田畝，頓覺無憂媿。蟠木用難施，浮雲心易遂。悠悠身與世，從此兩相棄。

首夏病間

我生來幾時，萬有四千日。自省於其間，非憂即有疾。老去慮漸息，年來病初愈。忽喜身與心，泰然兩無苦。況茲孟夏月，清和好時節。微風吹袷衣，不寒復不熱。移榻樹陰下，竟日何所爲。或飲一甌茗，或吟兩句詩。内無憂患迫，外無職役羈。此日不自適，何時是適時。

晚春酤酒

百花落如雪，兩鬢垂作絲。春去有來日，我老無少時。人生待富貴，爲樂常苦遲。不如貧賤日，隨分開愁眉。賣我所乘馬，典我舊朝衣。盡將酤酒飲，酩酊步行歸。名姓日隱晦，形骸日變衰。醉臥黃公肆，人知我是誰。

蘭若寓居

名宦老慵求，退身安草野。家園病嬾歸，寄居在蘭若。薜衣換簪組，藜杖代車馬。行止輒自由，甚覺身瀟灑。晨遊南塢上，夜息東菴下。人間千萬事，無有關心者。

麴生訪宿

西齋寂已暮，叩門聲樀樀。知是君宿來，自拂塵埃席。村家何所有，茶果迎來客。貧靜似僧居，竹林依四壁。廚燈斜影出，檐雨餘聲滴。不是愛閑人，肯來同此夕。

聞庚七左降因詠所懷

我病臥渭北，君老謫巴東。相悲一長歎，薄命與君同。旣歎還自哂，哂歎兩未終。後心誚前意，所見何迷蒙。人生大塊間，如鴻毛在風。或飄青雲上，或落泥塗中。袞服相天下，儻來非我通。布衣委草莽，偶去非吾窮。外物不可必，中懷須自空。無令怏怏氣，留滯在心胷。

答卜者

病眼昏似夜，衰鬢颯如秋。除却須衣食，平生百事休。知君善易者，問我決疑不。不卜非他故，人間無所求。

歸田三首

人生何所欲，所欲唯兩端。中人愛富貴，高士慕神仙。神仙須有籍，富貴亦在天。莫戀長安道，莫尋方丈山。西京塵浩浩，東海浪漫漫。金門不可入，琪樹何由攀。不如歸山下，如法種春田。

種田意已決，決意復何如。賣馬買犢使，徒步歸田廬。迎春治耒耜，候雨闢菑畬。策杖田頭立，躬親課僕夫。吾聞老農言，爲稼慎在初。所施不鹵莽，其（一作所）報必有餘。上求奉王稅，下望備家儲。安得放慵惰，拱手而曳裾。學農未爲鄙，親友勿笑余。更待明年後，自擬執犂鋤。

三十爲近臣，腰間鳴佩玉。四十爲野夫，田中學鋤穀。何言十年内，變化如此速。此理固是常，窮通相倚伏。爲魚有深水，爲鳥有高木。何必守一方，窘然自牽束。化吾足爲馬，吾因以行陸。化吾手爲彈，吾因以求肉。形骸爲異物，委順心猶足。幸得且歸農，安知不爲福。況吾行欲老，瞥若風前（一作中）燭。孰能俄頃間，將心繫榮辱。

秋遊原上

七月行已半，早涼天氣清。清晨起巾櫛，徐步出柴荊。露杖筇竹冷，風襟越蕉輕。閑攜弟姪輩，同上秋原行。新棗未全赤，晚瓜有餘馨。依依田家叟，設此相逢迎。自我到此村，往來白髮生。村中相識久，老幼皆有情。留連向暮歸，樹樹風蟬聲（一作鳴）。是時新雨足，禾黍夾道青。見此令人飽，何必待西成。

九日登西原宴望（同諸兄弟作）

病愛枕席涼，日高眠未輟。弟兄呼我起，今日重陽節。起登西原望，懷抱同一豁。移座就菊叢，糕酒前羅列。雖無絲與管，歌笑隨情發。白日未及傾，顏酡耳已熱。酒酣四向望，六合何空闊。天地自久長，斯人幾時活。請看原下村，村人死不歇。一村四十家，哭葬無虛月。指此各相勉，良辰且歡悅。

寄同病者

三十生二毛，早衰爲沈疴。四十官七品，拙宦非由他。年顏（一作面）日枯槁，時命日蹉跎。豈獨我如此，聖賢無奈何。迴觀親舊中，舉目尤可嗟。或有終老者，沈賤如泥沙。或有始壯者，飄忽如風花。窮餓與夭促，不如我者多。以此反自慰，常得心平和。寄言同病者，迴歎且爲歌。

遊藍田山卜居

脫置腰下組，擺落心中塵。行歌望山去，意似歸鄉人。朝蹋玉峰下，暮尋藍水濱。擬求幽僻地，安置疎慵身。本性便山寺，應須旁悟眞。

村雪夜坐

南窗背燈坐，風霰暗紛紛。寂寞深村夜，殘雁雪中聞。

東園玩菊

少年昨已去，芳歲今又闌。如何寂寞意，復此荒涼園。園中獨立久，日澹風露寒。秋蔬盡蕪沒，好樹亦凋殘。唯有數叢菊，新開籬落間。攜觴聊就（一作自）酌，爲爾一留連。憶我少小日，易爲興所牽。見酒無時節，未飲已欣然。近從年長來，漸覺取樂難。常恐更衰老，強飲亦無歡。顧謂爾菊花，後時何獨鮮。誠知不爲我，借爾暫開顏。

觀稼

世役不我牽，身心常自若。晚出看田畝，閑行旁村落。纍纍繞場稼，嘖嘖羣飛雀。年豐豈獨人，禽鳥聲亦樂。田翁逢我喜，默起具尊（一作杯）杓。斂手笑相延，社酒有殘酌。媿茲勤且敬，藜杖爲淹泊。言動任天眞，未覺農人惡。停杯問生事，夫種妻兒穫。筋力苦疲勞，衣食常單薄。自慚祿仕者，曾不營農作。飽食無所勞，何殊衛人鶴。

聞哭者

昨日南鄰哭哭聲一何苦云是妻哭夫夫年二十五今朝北里哭哭聲又何切云是母哭兒兒年十七八四鄰尚如此天下多夭折乃知浮世人少得垂白髮余今過四十念彼聊自悅從此明鏡中不嫌頭似雪

新構亭臺示諸弟姪

平臺高數尺臺上結茅茨東西疏二牖南北開兩扉蘆簾前後卷竹簟當中施清泠白石枕疏涼黃葛衣開襟向風坐夏日如秋時嘯傲頗有趣窺臨不知疲東窗對華山三峰碧參差南檐當渭水臥見雲帆飛仰摘枝上果俯折畦中葵足以充飢渴何必慕甘肥況有好羣從旦夕相追隨

自吟拙什因有所懷

嬾病每多暇暇來何所爲未能拋筆研時作一篇詩詩成澹無味多被衆人嗤上怪落聲韻下嫌拙言詞時時自吟詠吟罷有所思蘇州及彭澤與我不同時此外復誰愛唯有元微之謫（一作趁）向江陵府三年作判司相去二千里詩成遠不知

東坡（一作陂）秋意寄元八

寥落野陂畔獨行思有餘秋荷病葉上白露大如珠忽憶同賞地曲江東（一作南）北隅秋池（一作步）少遊客唯我與君俱啼蛩隱紅蓼瘦馬蹋青蕪當時與今日俱是暮秋初節物苦相似時景亦無餘唯有人分散經年不得書

閑居

深閉竹間扉靜埽松下地獨嘯晚風前何人知此意看山盡日坐枕帙移時睡誰能從我遊使君心無事

詠拙

所稟有巧拙不可改者性所賦有厚薄不可移者命我性愚且惷我命薄且屯問我何以知所知良有因亦曾舉兩足學人蹋紅塵從茲知性拙不解轉如輪亦曾奮六翮高飛到青雲從茲知命薄摧落不逡巡慕貴而厭賤樂富而惡貧同此（一作出）天地間我豈異於人性命苟如此反則成苦辛以此自安分雖窮每欣欣葺茅爲我廬編蓬爲我門縫布作袍被種穀充盤飧靜讀古人書閑釣清渭濱優哉復游哉聊以終吾身

詠慵

有官慵不選有田慵不農屋穿慵不葺衣裂慵不縫有酒慵不酌無異尊常空有琴慵不彈亦與無弦同家人告飯盡欲炊慵不舂親朋寄書至欲讀慵開封嘗聞嵇叔夜一生在慵中彈琴復鍛鐵比我未爲慵

冬夜

家貧親愛散身病交遊罷眼前無一人獨掩村齋臥冷落燈火闇離披簾幕破策策窗戶前又聞新雪下長年漸省睡夜半起端坐不學坐忘心寂莫安可過兀然身寄世浩然心委化如此來四年一千三百夜

村中留李三固言宿

平生早遊宦不道無親故如我與君心相知應有數春明門前別金氏陂中遇村酒兩三杯相留寒日暮匆嫌村酒薄聊酌論心素請君少踟躕繫馬門前樹明年身若健便擬江湖去他日縱相思知君無覓處後會既茫茫今宵君且住

友人夜訪

檐間（一作前）清風簟松下明月杯幽意正如此況乃故人來

遊悟眞寺詩（一百三十韻）

元和九年秋八月月上弦我遊悟眞寺寺在王順山去山四五里先聞水潺湲自茲舍車馬始涉（一作步）藍溪灣手拄青竹杖足蹋白石灘漸怪耳目曠不聞人世喧山下望山上初疑不可攀誰知中有路盤折通巖巔一息幡竿下再休石龕邊龕間長丈餘門戶無扃關仰（一作俯）窺不見人石髮垂若鬟驚出白蝙蝠雙飛如雪翻回首寺門望青崖夾朱軒如擘山腹開置寺於其間入門無平地地窄虛空寬房廊與臺殿高下隨峰巒巖崿無撮土樹木多瘦堅根株抱石長屈曲蟲蛇蟠松桂亂無行四時鬱芊芊枝梢嫋青翠（一作吹）韻若風中弦日月光不透綠陰相交延幽鳥時一聲聞之似寒蟬首憩賓位亭就坐未及安須臾開北戶萬里明豁然拂檐虹霏微繞棟雲迴旋赤日間白雨陰晴同一川野綠簇草樹眼界吞秦原渭水細不見漢陵小於拳却顧來時路縈紆映朱闌歷歷上山人一一遙可觀前對多寶塔風鐸鳴四端欒櫨與戶牖恰恰金碧繁云昔迦葉佛此地坐涅槃至今鐵鉢在當底手跡穿西開玉像殿白佛森比肩斗藪塵埃衣禮拜冰雪顏疊霜爲袈裟貫雹爲華鬘逼觀疑鬼功其跡非雕鐫次登觀音堂未到聞栴檀上階脫雙履斂足升淨（一作瑤）筵六楹排玉鏡四座敷金鈿黑夜自光明不待燈燭然衆寶互低昂碧珮珊瑚幡風來似天樂相觸聲珊珊白珠垂露凝赤珠滴血殷點綴佛髻上合爲七寶冠雙瓶白琉璃色若秋水寒隔瓶見舍利圓轉如金丹玉笛何代物天人施祇園吹如秋鶴聲可以降靈仙是時秋方中三五月正圓寶堂豁三門金魄當其前月與寶相射晶光爭鮮妍照人心骨冷竟夕不欲眠曉尋南塘路亂竹低嬋娟林幽不逢人寒蝶飛翾翾山果不識名離離夾道蕃足以療飢乏摘嘗味甘酸道南藍谷神紫傘白紙錢若歲有水旱詔使修蘋蘩以地清淨故獻奠無葷膻危石疊四五㠥嵬欹且刓造物者何意堆在巖東偏冷滑無人迹苔點如花牋我來登上頭下臨不測淵目眩手足掉不敢低頭看風從石下生薄人而上搏衣服似羽翮開張欲飛騫巉巉三面峰峰尖刀劍攢往往（一作悠遠）白雲過決開露青天西北日落時夕暉紅團團千里翠屏外走下丹砂丸東南月上時夜氣青漫漫百丈碧潭底寫出黃金盤藍水色似藍日夜長潺潺周迴繞山轉下視如青環或鋪爲慢流或激爲奔湍泓澄最深處浮出蛟龍涎側身入其中懸磴尤險艱（一作難）捫蘿蹋樛木下逐飲澗猨雪迸起白鷺錦跳驚紅鱣歇定方盥漱濯去支體煩淺深皆洞徹可照腦與肝但愛清見底欲尋不知源東崖饒怪石積甃蒼琅玕溫潤發於外其間韞璵璠卞和死已久良玉多棄捐或時洩光彩夜與星月連中頂最高峰拄天青玉竿䴥然上不得豈我能攀援上有白蓮池素（一作紫）葩覆清瀾聞名不可到處所非人寰又有一片石大如方尺甎插在半壁上其下萬

仞懸云有過去師坐得無生禪號爲定心石長老世相傳却上謁仙祠蔓草生縣縣昔聞王氏子羽化升上玄其西曬藥臺猶對芝朮田時復明月夜上聞黃鶴言迴尋畫龍堂二叟鬢髮斑想見聽法時歡喜禮印壇復歸泉窟下化作龍蜿蜒階前石孔在欲雨生白煙往有寫經僧身靜心精專感彼雲外鴿羣飛千翩翩來添研中水去吸巖底（一作下）泉一日三往復時節長不愆經成號聖僧弟子名楊難誦此蓮花偈數滿百億千身壞口不壞舌根如紅蓮顱骨今不見石函尚存焉粉壁有吴畫筆彩依舊鮮素屏有褚書墨色如新乾靈（一作名）境與異跡周覽無不殫一遊五晝夜欲返仍盤桓我本山中人誤爲時網牽牽率使讀書推挽令効官既登文字科又忝諫諍員拙直不合時無益同素餐以此自慚惕戚戚常寡歡無成心力盡未老形骸殘今來脫簪組始覺離憂患及爲山水遊彌得縱疎頑野麋斷羈絆行走無拘攣池魚放入海一往何時還身著居士衣手把南華篇終來此山住永謝區中緣我今四十餘從此終身閑若以七十期猶得三十年

酬張十八訪宿見贈（自此後詩爲贊善大夫時所作）

昔我爲近臣君常稀到門今我官職冷唯君來往頻我受狷介性立爲頑拙身平生雖寡合合即無緇磷況君秉高義富貴視如雲五侯三相家眼冷不見君問其所與游獨言韓舍人其次即及我我愧非其倫胡爲謬相愛歲晚逾勤勤落然頹檐下一話夜達晨牀單食味薄亦不嫌我貧日高上馬去相顧猶逡巡長安久無雨日赤風昏昏憐君將病眼爲我犯埃塵遠從延康里來訪曲江濱所重君子道不獨愧相親

朝歸書寄元八

進入閤前拜退就廊下餐歸來昭國里人臥馬歇鞍却睡至日午起坐心浩然況當好時節雨後清和天柿樹綠陰合王家庭院寬餅中鄠縣酒牆上終南山獨眠仍獨坐開襟當風前禪師與詩客次第來相看要語連夜語須眠終日眠除非奉朝謁此外無別牽年長身且健官貧心甚安幸無急病痛不至苦飢寒自此聊以（一作以此聊自）適外緣不能干唯應（一作爲）靜者信難爲動者言臺中元侍御早晚作郎官未作郎官際無人相伴閑

酬吴七見寄

曲江有病客尋常多掩關又聞馬死來不出身更閑聞有送書者自起出門看素緘署丹字中有瓊瑶篇口吟耳自聽當暑忽翛然似漱寒玉冰（一作水）如聞商風弦首章歎時節末句思笑言懶慢不相訪隔街如隔山嘗聞陶潛語心遠地自偏君住安邑里左右車徒喧竹藥閉深院琴尊開小軒誰知市南地轉作壺中天君本上清人名在石堂間不知有何過謫作人間仙常恐歲月滿飄然歸紫煙莫忘蜉蝣内進士有同年

昭國閑居

貧閑日高起門巷晝寂寂時暑放朝參天陰少人客槐花滿田地僅絶人行跡獨在一牀眠清涼風雨夕勿嫌坊曲遠近即多牽役勿嫌禄俸薄厚即多憂責平生尚恬曠老大宜安適何以養吾真官閑居處僻

喜陳兄至

黃鳥啼欲歇青梅結半成坐憐春物盡起入東園行攜觴懶獨酌忽聞叩門聲閑人猶喜至何況是陳兄從容盡日語稠疊長年情勿輕一醆（一作杯）酒可以話平生

贈杓直

世路重禄位（一作位禄）栖栖者孔宣人情愛年壽夭死者顏淵二人如何人不忝命與天我今信多幸撫己愧前賢已年四十四又爲五品官況茲知足外別有所安焉早年以身代直赴逍遥篇近歲將心地迴向南宗禪外順世間法内脫區中緣進不厭朝市退不戀人寰自吾得此心投足無不安體非導引適意無江湖閑有興或飲酒無事多掩關寂靜夜深坐安穩日高眠秋不苦長夜春不惜流年委形老小外忘懷生死間昨日共君語與余心膂然此道不可道因君聊強言

寄張十八

飢止一簞食渴止一壺漿出入止一馬寢興止一牀此外無長物於我有若亡胡然不知足名利心遑遑念茲彌懶放積習遂爲常經旬不出門竟日不下堂同病者張生貧僻住延康慵中每相憶此意未能忘迢迢青槐街相去八九坊秋來未相見應有新詩章早晚來同宿天氣轉清涼

題玉泉寺

湛湛玉泉色悠悠浮雲身閑心對定水清淨兩無塵手把青筇杖頭戴白綸巾興盡下山去知我是誰人

朝回遊城南

朝退馬未困秋初日猶長回轡城南去郊野正清涼水竹夾小徑縈迴繞川岡仰看晚山色俯弄秋泉光青松繫我馬白石爲我牀常時簪組累此日和身忘旦隨鵷鷺末暮遊鷗鶴旁機心一以盡兩處不亂行誰辨心與跡非行亦非藏

舟行（江州路上作）

帆影日漸高閑眠猶未起問鼓枻人已行三十里船頭有行竈炊稻烹紅鯉飽食起婆娑盥漱秋江水平生滄浪意一旦來遊此何況不失家舟中載妻子

湓浦早冬

潯陽孟冬月草木未全衰祇抵（一作秖）長安陌涼風八月時日西湓水曲獨行吟舊詩蓼花始零落蒲葉稍離披但作城中想何異曲江池

江州雪

新雪滿前山初晴好天氣日西騎馬出忽有京都意城柳方綴花檐冰纔結穗須臾風日暖處處皆飄墜行吟賞未足坐歎銷何易猶勝嶺南看雰雰不到地

全唐詩

白居易

題潯陽樓（自此後詩江州司馬時作）

常愛陶彭澤，文思何高玄。又怪韋江州，詩情亦清閑。今朝登此樓，有以知其然。大江寒見底，匡山青倚天。深夜湓浦月，平旦鑪峰煙。清輝與靈氣，日夕供文篇。我無二人才，孰爲來其間。因高偶成句，俛仰媿江山。

訪陶公舊宅（并序）

余夙慕陶淵明爲人，往歲渭上閑居，常有效陶體詩十六首。今遊廬山，經柴桑，過栗里，思其人，訪其宅，不能默默，又題此詩云

垢塵不污玉，靈鳳（一作龜）不啄羶。嗚呼陶靖節，生彼晉宋間。心實有所守，口終不能言。永惟孤竹子，拂衣首陽山。夷齊各一身，窮餓未爲（一作能）難。先生有五男，與之同飢寒。腸中食不充，身上衣不完。連徵竟不起，斯可謂眞賢。我生君之後，相去五百年。每讀五柳傳，目想心拳拳。昔常詠遺風，著爲十六篇。今來訪故宅，森（一作參）若君在前。不慕尊有酒，不慕琴無弦。慕君遺榮利，老死此（一作在）丘園。柴桑古村落，栗里舊山川。不見籬下菊，但餘墟中煙。子孫雖無聞，族氏猶未遷。每逢姓陶人，使我心依然。

北亭

廬宮山下州，湓浦沙邊宅。宅北倚高岡，迢迢數千尺。上有青青竹，竹間多白石。茅亭居上頭，豁達門四闢。前楹卷簾箔，北牖施牀席。江風萬里來，吹我涼淅淅。日高公府歸，巾笏隨手擲。脫衣恣搔首，坐臥任所適。時傾一杯酒，曠望湖天夕。口詠獨酌謠，目送歸飛翮。慙無出塵操，未免折腰役。偶獲此閑居，謬似高人跡。

泛（一作游）湓水

四月未全熱，麥涼江氣（一作風）秋。湖山處處好，最愛湓水頭。湓水從東來，一派入江流。可憐似縈帶，中有隨風舟。命酒一臨泛，舍鞍揚棹謳。放迴岸傍馬，去逐波間鷗。煙浪始渺渺，風襟亦悠悠。初疑上河漢，中若尋瀛洲。汀樹綠拂地（一作池），沙草芳未休。青蘿與紫葛，枝蔓垂相樛。繫纜步平岸，迴頭望江州。城雉映水見，隱隱如蜃樓。日入意未盡，將歸復少留。到官行半歲，今日方一遊。此地來何暮，可以寫吾憂。

答故人

故人對酒歎，歎我在天涯。見我昔榮遇，念我今蹉跎。問我爲司馬，官意復如何。答云且勿歎，聽我爲君歌。我本蓬華人，鄙賤劇泥沙。讀書未百卷，信口嘲風花。自從筮仕來，六命三登科。顧慙虛劣姿，所得亦已多。散員足庇身，薄俸可資家。省分輒自媿，豈爲不遇耶。煩君對杯酒，爲我一咨嗟。

官舍內新鑿小池

簾下開小池，盈盈水方積。中底鋪白沙，四隅甃青石。勿言不深廣，但取（一作足）幽人適。泛灩微雨朝，泓澄明月夕。豈無大江水，波浪連天白。未如牀席間，方丈深盈尺。清淺可狎弄，昏煩聊漱滌。最愛曉暝時，一片秋天碧。

宿簡寂觀

巖白雲尚屯，林紅葉初隕。秋光引閑步，不知身（一作行）遠近。夕投靈洞宿，臥覺塵機泯。名利心既忘，市朝夢亦盡。暫來尚如此，況乃終身隱。何以療夜飢，一匙雲母粉。

讀謝靈運詩

吾聞達士道，窮通順冥數。通乃朝廷來，窮即江湖去。謝公才廓落，與世不相遇。壯志鬱不用，須有所洩處。洩爲山水詩，逸韻諧奇趣。大必籠天海，細不遺草樹。豈惟玩景物，亦欲攄心素。往往即事中，未能忘興諭。因知康樂作，不獨在章句。

北亭獨宿

悄悄壁下牀，紗籠耿殘燭。夜半獨眠覺，疑在僧房宿。

約心

黑鬢絲雪侵，青袍塵土涴。兀兀復騰騰，江城一上佐。朝就高齋上，熏然負暄臥。晚下小池前，澹然臨水坐。已約終身心，長如今日過。

晚望

江城寒角動，沙洲夕鳥還。獨在（一作坐）高亭上，西南望遠山。

早春

雪消冰又釋，景和風復暄。滿庭田地濕，薺葉生牆根。官舍悄無事，日西斜掩門。不開莊老卷，欲與何人言。

春寢

何處春暄來，微和生血氣。氣熏肌骨暢，東窗一昏睡。是時正月晦，假日無公事。爛熳不能休，自（一作日）午將及未。緬思少健日，甘寢常自恣。一從衰疾來，枕上無此味。

睡起晏坐

後亭晝眠足，起坐春景暮。新覺眼猶昏，無思心正住。澹寂歸一性，虛閑遺萬慮。了然此時心，無物可譬喻。本是無有鄉，亦名不用處。行禪與坐忘，同歸無異路。（道書云無何有之鄉，禪經云不用處，二者殊名而同歸）

詠懷

盡日松下坐，有時池畔行。行立與坐臥，中懷澹無營。不覺流年過，亦任白髮生。不爲世所薄，安得遂閑情。

春遊二（一作西）林寺

下馬二（一作西）林寺，翛然進輕策。朝爲公府吏，暮作（一作是）靈山客。二月匡廬北，冰雪始消釋。陽叢抽茗芽，陰竇洩泉脈。熙熙風土暖，藹藹雲嵐積。散作萬壑春，凝爲一氣碧。身閑易飄泊，官散無牽迫。緬彼十八人，古今同此適。（昔永遠宗雷等十八賢同隱於二林寺）是年淮寇起，處處興兵革。智士勞思謀，戎臣苦征役。獨有不才者，山中弄泉石。

出山吟

朝詠遊仙詩，暮歌采薇曲。臥雲坐白石，山中十五宿。行隨出洞水，迴別緣巖竹。早晚重來遊，心期瑤草綠。

歲暮

已任時命去，亦從歲月除。中心一調伏，外累盡空虛。名宦意已矣，林泉計何如。擬近東林寺，溪邊結一廬。

聞早鶯

日出眠未起，屋頭聞早鶯。忽如上林曉，萬年枝上鳴。憶爲近臣時，秉筆直承明。春深視草暇，旦暮聞此聲。今聞在何處，寂莫潯陽城。鳥聲信如一，分別在人情。不作天涯意，豈殊禁中聽。

栽杉

勁葉森利劍，孤莖挺端標。纔高四五尺，勢若干青霄。移栽東窗前，愛爾寒不凋。病夫臥相對，日夕閑蕭蕭。昨爲山中樹，今爲檐下條。雖然遇賞玩，無乃近塵囂。猶勝澗谷底，埋沒隨衆樵。不見鬱鬱松，委質山上苗。

過李生

蘋小蒲葉短，南湖春水生。子近湖邊住，靜境稱高情。我爲郡司馬，散拙無所營。使君知性野，衙退任閑行。行攜小榼出（一作去），逢花輒獨傾。半酣到子舍，下馬扣柴荊。何以引我步，繞籬竹萬莖。何以醒我酒，吴音吟一聲。須臾進野飯，飯稻茹芹英。白甌青竹箸，儉潔無羶腥。欲去復裴回，夕鴉已飛鳴。何當重遊此，待君湖水平。

詠意

常聞南華經，巧勞智憂愁。不如無能者，飽食但遨遊。平生愛慕道，今日近此流。自來潯陽郡，四序忽已周。不分物黑白，但與時沈浮。朝餐夕安寢，用是爲身謀。此外即閑放，時尋山水幽。春遊慧遠寺，秋上庾公樓。或吟詩一章，或飲茶一甌。身心一無繫，浩浩如虛舟。富貴亦有苦，苦在心危憂。貧賤亦有樂，樂在身自由。

食筍

此州乃（一作有）竹鄉，春筍滿山谷。山夫（一作翁）折盈抱（一作把），抱（一作將）來早（一作入）市鬻。物以多爲賤，雙錢易一束。置之炊（一作將歸安）甑中，與飯同時熟。紫籜（一作斑殼）坼故錦，素肌擘新玉。每日遂加餐（一作只此一蔬食），經時（一作旬）不思肉。久爲京洛客，此味常不足。且食勿踟躕，南風吹作竹。

遊石門澗

石門無舊徑，披榛訪遺跡。時逢山水秋，清輝如古昔。常聞慧遠輩，題詩此巖壁。雲覆莓苔封，蒼然無處覓。蕭疎野生竹，崩剝多年石。自從東晉後，無復人遊歷。獨有秋澗聲，潺湲空旦夕。

招東鄰

小榼二升酒，新簟六尺牀。能來夜話否，池畔欲秋涼。

題元十八溪亭（亭在廬山東南五老峰下）

怪君不喜仕，又不遊州里。今日到幽居，了然知所以。宿君石溪亭，潺湲聲滿耳。飲君螺杯酒，醉臥不能起。見君五老峰，益悔居城市。愛君三男兒，始歎身無子。余方鑪峰下，結室爲居士。山北與山東，往來從此始。

香鑪峰下新置草堂即事詠懷題於石上

香鑪峰北面，遺愛寺西偏。白石何鑿鑿，清流亦潺潺。有松數十株，有竹千餘竿。松張翠繖蓋，竹倚青琅玕。其下無人居，悠（一作惜）哉多歲年。有時聚猨鳥，終日空風煙。時有沈冥子，姓白字樂天。平生無所好，見此心依然。如獲終老地，忽乎不知還（一作遷）。架巖結茅宇，斲壑開茶園。何以洗我耳，屋頭飛落泉。何以淨（一作洗）我眼，砌下生白蓮。左手攜一壺，右手挈五弦。傲然意自足，箕踞於其間。興酣仰天歌，歌中聊寄言。言我本野夫，誤爲世網牽。時來昔捧日，老去今歸山。倦鳥得茂樹，涸魚返清源。舍此欲焉往，人間多險艱。

草堂前新開一池養魚種荷日有幽趣

淙淙三峽水，浩浩萬頃陂。未如新塘上，微風動漣漪。小萍加泛泛，初蒲正離離。紅鯉二三寸，白蓮八九枝。繞水欲成徑，護堤方插籬。已被山中客，呼作白家池。

白雲期（黃石巖下作）

三十氣太壯，胷中多是非。六十身太老，四體不支持。四十至五十，正是退閑時。年長識命分，心慵少營爲。見酒興猶在，登山力未衰。吾年幸當此，且與白雲期。

登香鑪峰頂

迢迢香鑪峰，心存耳目想。終年牽物役，今日方一往。攀蘿蹋危石，手足勞俛仰。同遊三四人，兩人不敢上。上到峰之頂，目眩神（一作心）怳怳。高低有萬尋，闊狹無數丈。不窮視聽界，焉識宇宙廣。江水細如繩，湓城小於掌。紛吾何屑屑，未能脫塵鞅。歸去思自嗟，低頭入蟻壤。

答崔侍郎錢舍人書問因繼以詩

旦暮兩蔬食，日中一閑眠。便是了一日，如此已三年。心不擇時適，足不揀地安。窮通與遠近，一貫無兩端。常見今之人，其心或不然。在勞則念息，處靜已思喧。如是用身心，無乃自傷殘。坐輸憂惱便（一作使），安得形神全。吾有二道友，藹藹崔與錢。同飛青雲路，獨躓黃泥泉。歲暮物萬變，故情何不遷。應爲平生心，與我同一源。帝鄉遠於日，美人高在天。誰謂萬里別，常若在目前。泥泉樂者魚，雲路遊者鸞。勿言雲泥異，同在逍遙間。因君問心地，書後偶成篇。慎勿說向人，人多笑此言。

烹葵

昨臥不夕食，今起乃朝飢。貧廚何所有，炊稻烹秋葵。紅粒香復軟，綠英滑且肥。飢來止於飽，飽後復何（一作復何所）思。憶昔（一作思憶）榮遇日，迨今窮退時。今亦不凍餒，昔亦無餘資。口既不減食，身又不減衣。撫心私自問，何者是榮衰。勿學常人意，其間分是非。

小池二首

晝倦前齋熱，晚愛小池清。映林餘景沒，近水微涼生。坐把蒲葵扇，閑吟三兩聲。

有意不在大，湛湛方丈餘。荷側瀉清露，萍開見游魚。每一臨此坐，憶歸青溪居。

閉（一作掩）關

我心忘世久，世亦不我干。遂成一無事，因得長掩關。掩關來幾時，髣髴二三年。著書已盈帙，生子欲能言。始悟身向（一作易）老，復悲世多艱。迴顧趨時者，役役塵壤間。歲暮竟何得，不如且安閑。

弄龜羅

有姪始六歲，字之爲阿龜。有女生三年，其名曰羅兒。一始學笑語，一能誦歌詩。朝戲抱我足，夜眠枕我衣。汝生何其晚，我年行已衰。物情小可念，人意老多慈。酒美竟須壞，月圓終有虧。亦如恩愛緣，乃是憂惱資。舉世同此累，吾安能去之。

截樹

種樹當前軒，樹高柯葉繁。惜哉遠山色，隱此蒙籠間。一朝持斧斤，手自截其端。萬葉落頭上，千峰來面前。忽似決雲霧，豁達睹青天。又如所念人，久別一款顔。始有清風至，稍見飛鳥還。開懷東南望，目遠心遼然。人各有偏

好物莫能兩全豈不愛柔條不如見青山

望江樓上作

江畔百尺樓樓前千里道憑高望平遠亦足舒懷抱驛路使憧憧關防兵草草及茲多事日尤覺閑人好我年過不惑休退誠非早從此拂塵衣歸山未爲老

題座隅

手不任執殳肩不能荷鋤量力揆所用曾不敵一夫幸因筆硏功得升仕進途歷官凡五六祿俸及妻孥左右有兼僕出入有單車自奉雖不厚亦不至飢劬若有人及此傍觀爲何如雖賢亦爲幸況我鄙且愚伯夷古賢人魯山亦其徒時哉無柰何俱化爲餓殍（元魯山山居阻水食絕而終）念彼益自媿不敢忘斯須平生榮利心破滅無遺餘猶恐塵妄起題此於座隅

昔與微之在朝日同蓄休退之心迨今十年淪落老大追尋前約且結後期

往子爲御史伊余忝拾遺皆逢盛明代俱登淸近司予繫玉爲佩子曳繡爲衣從容香煙下同侍白玉墀朝見寵者辱暮見安者危紛紛無退者相顧令人悲宦情君早厭世事我深知常於榮顯日已約林泉期況今各流落身病齒髮衰不作臥雲計攜手欲何之待君女嫁後及我官滿時稍無骨肉累粗有漁樵資歲晚靑山路白首期同歸

垂釣

臨水一長嘯忽思十年初三登甲乙第一入承明廬浮生多變化外事有盈虛今來伴江叟沙頭坐釣魚

晚鶯

百鳥乳雛畢秋鶯獨蹉跎去社日已近銜泥意如何不悟時節晚徒施工用多人間事亦爾不獨鶯營窠

贖雞

淸晨臨江望水禽正諠繁鳧鴈與鷗鷺游颺戲朝暾適有鬻雞者挈之來遠村飛鳴彼何樂窘束此何冤喔喔十四雛罩縛同一樊足傷金距踠頭搶花冠翻經宿廢（一作費）飲啄日高詣屠門遲迴未死間飢渴欲相呑常慕古人道仁信及魚豚見茲生惻隱贖放雙林園開籠解索時雞雞聽我言與爾鏹三百小惠何足論莫學銜環雀崎嶇謾報恩

秋日懷杓直（時杓直出牧澧州）

晚來天色好獨出江邊步憶與李舍人曲江相近住常云遇淸景必約同幽趣若不訪我來還須覓君去開眉笑相見把手期何處西寺老胡僧南園亂松樹攜持小酒榼吟詠新詩句同出復同歸從朝直至暮風雨忽消散江山眇回互潯陽與涔陽相望空雲霧心期自乖曠時景還如故今日郡齋中秋光誰共度

食後

食罷一覺睡起來兩甌茶舉頭看日影已復西南斜樂人惜日促憂人厭年賒無憂無樂者長短任生涯

齊物二首

靑松高百尺（一作丈）綠蕙低數寸同生（一作此）大塊間長短各有分長者不可退短者不可進若用此理推窮通兩無悶椿壽八千春槿花不經宿中間復何有冉冉孤生竹竹身三年老竹色四時綠雖謝椿有餘猶勝槿不足

山下宿

獨到山下宿靜向月中行何處水邊碓夜舂雲母聲

題舊寫眞圖

我昔三十六寫貌在丹靑我今四十六衰顇臥江城豈比（一作止）十年老曾與衆苦并一照舊圖畫無復昔儀形形影默相顧如弟對老兄況使他人見能不昧平生羲和鞭日走不爲我少停形骸屬日月老去何足驚所恨凌煙閣不得畫功名

閑居

肺病不飮酒眼昏不讀書端然無所作身意閑有餘雞棲籬落晚雪映林木疏幽獨已云極何必山中居

對酒示行簡

今旦一尊酒歡暢何怡怡此樂從中來他人安得知兄弟唯二人遠別恒苦悲今春自巴峽萬里平安歸復有雙幼妹笄年未結褵昨日嫁娶畢良人皆可依憂念（一作心）兩消釋如刀斷羈縻身輕心無繫忽欲凌空飛人生苟有累食肉常如飢我心旣無苦飮水亦可肥行簡勸爾酒停杯聽我辭不歎鄉國遠不嫌官祿微但願我與爾終老不相離

詠懷

冉牛與顏淵卞和與馬遷或罹天六（一作天）極或被人刑殘顧我信爲幸百骸且完全五十不爲夭吾今欠數年知分心自足委順身常安故雖窮退日而無戚戚顏昔有榮先生從事於其間今我不量力舉心欲攀援窮通不由己歡戚不由天命卽無柰何心可使泰然且務由己者省躬諒非難勿問由天者天高難與言

夜琴

蜀琴木性實楚絲音韻淸調慢彈且緩夜深十數聲入耳澹無味愜心潛有情自弄還自罷亦不要人聽

山中獨吟

人各有一癖我癖在章句萬緣皆已消此病獨未去每逢美風景或對好親故高聲詠一篇怳若與神遇自爲江上客半在山中住有時新詩成獨上東巖路身倚白石崖手攀靑桂樹狂吟驚林壑猿鳥皆窺覷恐爲世所嗤故就無人處

達理二首

何物壯不老何時窮不通如彼音與律宛轉旋爲宮我命獨何薄多悴而少豐當壯已先衰暫泰還長窮我無柰命何委順以待終命無柰我何方寸如虛空懵然與化俱混然與俗同誰能坐自（一作此）苦齟齬於其中

舒姑化爲泉牛哀病作虎或柳生肘間或男變爲女鳥獸及水木本不與民伍胡然生變遷不待死歸土百骸是己物尚不能爲主況彼時命間倚伏何足數時來不可遏命去焉能取唯當養浩然吾聞達人語

湖亭晚望殘水

湖上秋泬寥湖邊晚蕭瑟登亭望湖水水縮湖底出淸渟得早霜明滅浮殘日流注隨地勢窪坳無定質泓澄白龍臥宛轉靑蛇屈破鏡折劒頭光芒又非一久爲山

水客見盡幽奇物及來湖亭望此狀難談悉乃知天地間勝事殊未畢

郭虛舟相訪

朝暖就南軒暮寒歸後屋晚酒（一作酌）一兩杯夜棊三數局寒灰埋暗火曉燄凝殘燭不嫌貧冷人時來同一宿

全唐詩

白居易

長慶二年七月自中書舍人出守杭州路次藍溪作（自此後詩俱赴杭州時作）

太原一男子自顧庸且鄙老逢不次恩洗拔出泥滓既居可言地願助朝廷理伏閤三上章戇愚不稱旨聖人存大體優貸容不死鳳詔停舍人魚書除刺史冥懷齊寵辱委順隨行止我自得此心於茲十年矣餘杭乃名郡郡郭臨江汜已想海門山潮聲來入耳昔予貞元末羇旅曾遊此甚覺太守尊亦諳魚酒美因生江海興每羨滄浪水尚擬拂衣行況今兼祿仕青山峰巒接白日煙塵起東道既不通改轅遂南指自秦窮楚越浩蕩五千里聞有賢主人而多好山水是行頗爲愜所歷良可紀策馬度藍溪勝遊從此始

初出城留別

朝從紫禁歸暮出青門去勿言城東陌便是江南路揚鞭簇車馬揮手辭親故我生本無鄉心安是歸處

過駱山人野居小池（駱生棄官居此二十餘年）

茅覆環堵亭泉添方丈沼紅芳照水荷白頸觀魚鳥拳石苔蒼翠尺波煙杳渺但問有意無勿論池大小門前車馬路奔走無昏曉名利驅人心賢愚同擾擾善哉駱處士安置身心了何乃獨多君丘園居者少

宿清源寺

往謫潯陽去夜憩輞溪曲今爲錢塘行重經茲寺宿爾來幾何歲溪草二八綠不見舊房僧蒼然新樹木虛空走日月世界遷陵谷我生寄其間孰能逃倚伏隨緣又南去好住東廊竹

宿藍溪對月（一作宿藍橋題月）

昨夜鳳池頭今夜藍溪（一作溪橋）口明月本無心行人自回首新秋松影下半夜鐘聲後清影不宜昏聊將茶代酒

自秦望赴五松驛馬上偶睡睡覺成吟

長途發已久前館行未至體倦目已昏瞌然遂成睡右袂尚垂鞭左手暫委轡忽覺問僕夫纔行百步地形神分處所遲速相乖異馬上幾多時夢中無限事誠哉達人語百齡同一寐

鄧州路中作

蕭蕭誰家村秋梨葉半坼漠漠誰家園秋韭花初白路逢故里物使我嗟行役不歸渭北村又作江南客去鄉徒自苦濟世終無益自問波上萍何如澗中石

朱藤杖紫驄（一有馬字）吟

拄上山之上騎下山之下江州去日朱藤杖忠州歸日紫驄馬天生二物濟我窮我生合是栖栖者

桐樹館重題

階前下馬時梁上題詩處慘澹病使君蕭疎老松樹自嗟還自哂又向杭州去

過紫霞蘭若

我愛此山頭及此三登歷紫霞舊精舍寥落空泉石朝市日喧隘雲林長悄寂猶存住寺僧肯有歸山客

感舊紗帽（帽即故李侍郎所贈）

昔君烏紗帽贈我白頭翁帽今在頂上君已歸泉中物故猶堪用人亡不可逢岐山今夜月墳樹正秋風

思竹窗

不憶西省松不憶南宮菊（西省大院有松南宮本廳多菊）惟憶新昌堂蕭蕭北窗竹窗間枕簟在來後何人宿

馬上作

處世非不遇榮身頗有餘勳爲上柱國爵乃朝大夫自問有何才兩入承明廬又問有何政再駕朱輪車刳予東山人自惟樸且疎彈琴復有酒且慕嵇阮徒闇被鄉里薦誤上賢能書一列朝士籍遂爲世網拘高有罾繳憂下有陷穽虞每覺宇宙窄未嘗心體舒蹉跎二十年頷下生白鬚何言左遷去尚獲專城居杭州五千里往若投淵魚雖未脫簪組且來泛江湖吳中多詩人亦不少酒酤高聲詠篇什大笑飛杯盂五十未全老尚可且歡娛用茲送日月君以爲何如秋風起江上白日落路隅回首語五馬去矣勿踟躕

秋蝶

秋花紫蒙蒙秋蝶黃茸茸花低蝶新小飛戲叢西東日暮涼風來紛紛花落叢夜深白露冷蝶已死叢中朝生夕俱死氣類各相從不見千年鶴多棲百丈松

登商山最高頂

高高此山頂四望唯煙雲下有一條路通達楚與秦或名誘其心或利牽其身乘者及（一作與）負者來去何云云（一作紛紛）我亦斯人徒未能出囂塵七年三往復何得笑他人

枯桑

道傍老枯樹枯來非一朝皮黃外尚活心黑中先焦有似多憂者非因外火燒

山路偶興

筋力未全衰僕馬不至弱又多山水趣心賞非寂莫捫蘿上煙嶺蹋石穿雲壑谷鳥晚仍啼洞花秋不落提籠復攜榼遇勝時停泊泉憩茶數甌嵐行酒一酌獨吟還獨嘯此興殊未惡假使在城時終年有何樂

山雉

五步一啄草十步一飲水適性遂其生時哉山梁雉梁上無罾繳梁下無鷹鸇雌雄與羣雛皆得終天年嗟嗟籠下雞及彼池中鴈既有稻粱恩必有犧牲患

初下漢江舟中作寄兩省給舍

秋水淅紅粒朝煙烹白鱗一食飽至夜一臥安達晨晨無朝謁勞夜無直宿勤不知兩掖客何似扁舟人尚想

到郡日且稱守土臣猶須副憂寄恤隱安疲民朞年庶報政二年當退身終使滄浪水濯吾纓上塵

自蜀江至洞庭湖口有感而作

江從西南來浩浩無旦夕長波逐若瀉連山鑿如劈千年不壅潰萬姓無墊溺不爾民爲魚大哉禹之績導岷既艱遠距海無咫尺胡爲不訖功餘一作湖水斯委積洞庭與青草大小兩相敵混合萬丈深淼茫千里白每歲秋夏時浩大呑七澤水族窟穴多農人土地窄我今尚嗟歎禹豈不愛惜邈未究其由想古觀遺跡疑此苗人頑恃險不終役帝亦無柰何留患與今昔水流天地內如身有血脈滯則爲疽疣治之在鍼石安得禹復生爲唐水官伯手提倚天劍重來親指畫疏河似翦紙決壅同一作如裂帛滲作膏腴田蹋平魚鼈宅龍宮變閭里水府生禾麥坐添百萬戶書我司徒籍

初領郡政衙退登東樓作自此後詩到杭州後作

鰥惸心所念簡牘手自操何言符竹貴未免州縣勞賴是餘杭郡臺榭繞官曹凌晨親政事向晚恣遊遨山冷微有雪波平未生濤水心如鏡面千里無纖毫直下江最闊近東樓更高煩襟與滯念一望皆遁逃

清調吟

索索風戒寒沈沈日藏耀勸君飲濁醪聽我吟清調芳節變窮陰朝光成夕照與君生此世不合長年少今最從此過一作遊明日安能料若不結跏禪即須開口笑

狂歌詞

明月照君席白露霑我衣勸君酒杯滿聽我狂歌詞五十已後衰二十已前癡晝夜又分半其間幾何時生前不歡樂死後有餘貲焉用黃墟下珠衾玉匣爲

郡亭

平旦起視事亭午臥掩關除親簿領外多在琴書前況有虛白亭坐見海門山潮來一凭檻賓至一開筵終朝對雲水有時聽管弦持此聊過日非忙亦非閑山林太寂寞朝闕空喧煩唯茲郡閣內囂靜得中間

詠懷

昔爲鳳閣郎今爲二千石自覺不如今人言不如昔昔雖居近密終日多憂惕有詩不敢吟有酒不敢喫今雖在疎遠竟歲無牽役飽食坐終朝長歌醉通夕人生百年內疾速如過隙先務身安閑次要心歡適事有得而失物有損而益所以見道人觀心不觀跡

立春後五日

立春後五日春態紛婀娜白日斜漸長碧雲低欲墮殘冰坼玉片新萼排紅顆遇物盡欣欣愛春非獨我迎芳後園立就暖前檐坐還有惆悵心欲別紅爐火

郡中即事

漫漫潮初平熙熙春日至空闊遠江山晴明好天氣外有適意物中無繫心事數篇對竹吟一杯望雲醉行攜杖扶力臥讀書取睡久養病形骸深諳閑氣味遥思九城陌擾擾趨名利今朝是隻一作雙日朝謁多軒騎寵者防悔尤權者懷憂畏爲報高車蓋恐非真富貴

郡齋暇日辱常州陳郎中使君早春晚坐水西館書事詩十六韻見寄亦以十六韻酬之

新年多暇日晏起褰簾坐睡足心更慵日高頭未裹徐傾下藥酒稍爇煎茶火誰伴寂寥身無弦琴在左遥思毗陵館春深物婀娜波拂黃柳梢風搖白梅朶衙門排曉戟鈴閣開朝鎖太守水西來朱衣垂素舸良辰不易得佳會無由果五馬正相望雙魚忽前墮魚中獲瓊寶持玩何磊砢一百六十言字字靈珠顆上申心款曲下敘時轗軻才富不如君道孤還似我敢辭官遠慢且貴身安妥勿復問榮枯冥心無不可

官舍

高樹換新葉陰陰覆地隅何言太守宅有似幽人居太守臥其下閑慵兩有餘起嘗一甌茗行讀一卷書早梅結青實殘櫻落紅珠稚女弄庭果嬉戲牽人裾是日晚彌靜巢禽下相呼嘖嘖護兒鵲啞啞母子烏豈唯云鳥爾吾亦引吾雛

吾雛

吾雛字阿羅阿羅纔七齡嗟吾不才子憐一作爾無弟兄撫養雖驕騃性識頗聰明學母畫眉樣効吾詠詩聲我齒今欲墮汝齒昨始生我頭髮盡落汝頂髻初成老幼不相待父衰汝孩嬰緬想古人心慈愛亦不輕蔡邕念文姬于公歎緹縈敢求得汝力但未忘父情

題小橋前新竹招客

雁齒小紅一作虹橋垂檐低白屋橋前何所有苒苒新生竹皮開坼褐錦節露抽青玉筠翠如可餐粉霜不忍觸閑吟聲未已幽玩心難足管領好風煙輕欺凡草木誰能有月夜伴我林中宿爲君傾一杯狂歌竹枝曲

病中逢秋招客夜酌

不見詩酒客臥來半月餘合和新藥草尋檢舊方書晚霽煙景度早涼窗戶虛雪生衰鬢久秋入病心初臥簟蘄竹冷風襟邛葛疎夜來身校健小飲復何如

食飽

食飽拂枕臥睡足起閑吟淺酌一杯酒緩彈數弄琴既可暢情性亦足傲光陰誰知利名一作名利盡無復長安心

嚴十八郎中在郡日改制東南樓因名清輝未立標牓徵歸郎署予既到郡性愛樓居宴遊其間頗有幽致聊成十韻兼戲寄嚴

嚴郎置茲樓立名曰清輝未及署花牓遽徵還粉闈去來三四年塵土登者稀今春新太守灑埽施簾幃院柳煙婀娜檐花雪霏微看山倚前戶待月闢一作開東扉碧窗戛瑤瑟朱闌飄舞衣燒香卷幕坐風燕雙雙飛君作不得住我來幸因依始知天地間靈境有所歸

南亭對酒送春

含桃實已落紅薇花尚熏冉冉三月盡晚鶯城上聞獨持一杯酒南亭送殘春半酣忽長歌歌中何所云云我五十餘未是苦老人刺史二千石亦不爲賤貧天下三品官多老於我身同年登第者零落無一分親故半爲鬼僮僕多見孫念此聊自解逢酒且歡欣

玩新庭樹因詠所懷

靄靄四月初新樹葉成陰動搖風景麗蓋覆庭院深下有無事人竟日此幽尋豈惟玩時物亦可開煩襟時與

道人語或聽詩客吟度春足芳色入夜多鳴禽偶得幽
閑境遂忘塵俗心始知眞隱者不必在山林

仲夏齋戒月

仲夏齋戒月三旬斷腥羶自覺心骨爽行起身翩翩始
知絕粒人四體更輕便初能脫病患久必成神仙禦寇
馭泠風赤松遊紫煙常疑此說謬今乃知其然我今過
半百氣衰神不全已垂兩鬢絲難補三丹田但減葷血
味稍結清淨緣脫巾且修養聊以終天年

除官去未間

除官去未間半月恣遊討朝尋霞外寺暮宿波上島新
樹少於松平湖半連草躋攀有次第賞玩無昏早有時
騎馬醉兀兀冥天造窮通與生死其奈吾懷抱江山信
爲美齒髮行將老在郡誠未厭（平聲）歸鄉去亦好

三年爲刺史二首

三年爲刺史無政在人口唯向城郡中題詩十餘首慙
非甘棠詠豈有思人不
三年爲刺史飲冰復食糵唯向天竺山取得兩片石此
抵有千金無乃傷清白

別萱桂

使君竟不住萱桂徒栽種桂有留人名萱無忘憂用不
如江畔月步步來相送

自餘杭歸宿淮口作

爲郡已多暇猶少勤吏職罷郡更安閑無所勞心力舟
行明月下夜泊清淮北豈止吾一身舉家同燕息三年
請祿俸頗有餘衣食乃至僮僕間皆無凍餒色行行弄
雲水步步近鄉國妻子在我前琴書在我側此外吾不
知於焉心自得

舟中李山人訪宿

日暮舟悄悄煙生水沈沈何以延宿客夜酒與秋琴來
客道門子來自嵩高岑軒軒舉雲貌豁豁開清襟得意
言語斷入玄滋味深默然相顧哂心適而忘心

洛下卜居

三年典郡歸所得非金帛天竺石兩片華亭鶴一隻飲
啄供稻粱包裹用茵席誠知是勞費其奈心愛惜遠從
餘杭郭同到洛陽陌下擔拂雲根開籠展霜翮貞姿不
可雜高性宜其適遂就無塵坊仍求有水宅東南得幽
境樹老寒泉碧池畔多竹陰門前少人跡未請中庶祿
且脫雙驂易（買履道宅價不足因以兩馬償之）豈獨爲身謀安吾鶴與石

洛中偶作（自此後在東都作）

五年職翰林四年涖潯陽一年巴郡守半年南宮郎二
年直綸閣三年刺史堂凡此十五載有詩千餘章境興
周萬象土風備四方獨無洛中作能不心悵悵今爲青
宮長始來遊此鄉裵回伊澗上睥睨嵩少傍遇物輒一
詠一詠傾一觴筆下成釋憾卷中同補亡往往顧自哂
眼昏鬚鬢蒼（一作鬢蒼蒼）不知老將至猶自放詩狂

贈蘇少府

籍甚二十年今日方款顏相送嵩洛下論心杯酒間河
亞（一作何爲）嬾出入府寮多閑關蒼髮彼此老白日尋常閑朝
從攜手出暮思聯騎還何當挈一榼同宿龍門山

移家入新宅

移家入新宅罷郡有餘貲既可避燥濕復免憂寒飢疾
平未還假官閑得分司幸有俸祿在而無職役羈清旦
盥漱畢開軒卷簾幃家人及雞犬隨我亦熙熙取興或
寄酒（一作不過）放情不過（一作或作）詩何必苦修道此即是無爲外累
信已遣中懷時有思有思一何遠默坐低雙眉十載囚
竄客萬里征戍兒春朝鏁籠鳥冬夜支牀龜驛馬走四
蹄痛酸無歇期碓牛封兩目昏閉何人知誰能脫放去
四散任所之各得適其性如吾今日時

琴

置琴曲几上慵坐但含情何煩故揮弄風弦自有聲

鶴

人各有所好物固無常宜誰謂爾能舞不如閑立時

自詠

夜鏡隱白髮朝酒發紅顏可憐假年少自笑須臾間朱
砂賤如土不解燒爲丹玄鬢化爲雪未聞休得官咄哉
箇丈夫心性何隋頑但遇詩與酒便忘寢與餐高聲發
一吟似得詩中仙引滿飲一醆盡忘身外緣昔有醉先
生席地而幕天于今居處在許我當中眠眠罷又一酌
酌罷又一篇回面顧妻子生計方落然誠知此事非又
過知非年豈不欲自改改即心不安且向安處去其餘
皆老閑

林下閑步寄皇甫庶子

扶杖起病初策馬力未任既嬾出門去亦無客來尋以
此遂成閑閑步繞園林天曉煙景澹樹寒鳥雀深一酌
池上酒數聲竹間吟寄言東曹長當知幽獨心

晏起

鳥鳴庭樹上日照屋簷時老去慵轉極寒來起尤（一作獨）遲
厚薄被適性高低枕得宜神安體穩暖此味何人知睡
足仰頭坐兀然無所思如未鑿七竅若都遺四肢緬想
長安客早朝霜滿衣彼此各自適不知誰是非

池畔二首

結構池西廊疏理池東樹此意人不知欲爲待月處
持刀剗（一作劚）密竹竹少風來多此意人不會欲令池有波

春葺新居

江州司馬日忠州刺史時栽松滿後院種柳蔭前墀彼
皆非吾土栽種尚忘疲況茲是我宅葺藝固其宜平旦
領僕使乘春親指揮移花夾暖室徙竹覆寒池池水變
綠色池芳動清輝尋芳弄水坐盡日心熙熙一物苟可
適萬緣都若遺設如宅門外有事吾不知

贈言

捧籯獻千金彼金何足道臨觴贈一言此言眞可寶流
光我已晚適意君不早況君春風面柔促如芳草二十
方長成三十向衰老鏡中桃李色不得十年好胡爲坐
脈脈不肎傾懷抱

泛春池

白蘋湘渚曲綠篠剡溪口各在天一涯信美非吾有何
如（一作知何）此庭內水竹交左右霜竹百千竿煙波六七畝泓
澄動階砌澹泞（一作沱）映戶牖蛇皮細有紋鏡面清無垢主
人過橋來雙童扶一叟恐污清泠波塵纓先抖擻波上

一葉舟舟中一尊酒酒開舟不繫去去隨所偶或繞蒲浦前或泊桃島後未撥落杯花低衝拂面柳半酣迷所在倚榜兀回首不知此何處復是人寰否誰知始疏鑿幾主相傳受楊家去云遠田氏將非久天與愛水人終焉落吾手（此池始楊常侍開鑿中間田家爲主予今有之蒲浦桃島皆池上所有）

全唐詩

白居易

西明寺牡丹花時憶元九

前年題名處今日看花來（一作芸香吏三見牡丹開）豈獨花堪惜方知老闇催何況尋花伴東都去未迴詎知紅芳側春盡思悠哉

傷楊弘貞

顏子昔短（一作知）命仲尼惜其賢楊生亦好學不幸復徒然（一作今復然）誰識天地意獨與龜鶴（一作蛇）年

權攝昭應早秋書事寄元拾遺兼呈李司錄

夏閏秋候早七月風騷騷渭川煙景晚驪山宮殿高丹殿子司諫赤縣我徒勞相去半日程不得同遊遨到官來十日覽鏡生二毛可憐趨走吏塵土滿青袍郵傳擁兩驛簿書堆六曹爲問綱紀掾何必使鉛刀

新栽竹

佐邑意不適閉門秋草生何以娛野性種竹百餘莖見此溪上色憶得山中情有時公事暇盡日繞闌行勿言根未固勿言陰未成已覺庭宇內稍稍有餘清最愛近窗臥秋風枝有聲

秋霖中過（一作遇）尹縱之仙遊山居

慘慘八月暮連連三日霖邑居尚愁寂況乃在山林林下有志士苦學惜光陰歲晚千萬慮并入方寸心巖鳥共旅宿草蟲伴愁吟秋天牀席冷夜雨燈火深憐君寂莫意攜酒一相尋

寄江南兄弟

分散骨肉戀趨馳名利牽一奔塵埃馬一泛風波船忽憶分手時憫默秋風前別來朝復夕積日成七年花落城中池（一作地）春深江上天登樓東南望鳥滅煙蒼然相去復幾許道里近三千平地猶難見況乃隔山川

曲江早秋（二年作）

秋波紅蓼水夕照青蕪岸獨信馬蹄行曲江池四畔早涼晴後至殘暑暝來散方喜炎燠銷（一作清）復嗟時節換我年三十六冉冉昏復旦人壽七十稀七十新過半且當對酒笑勿起臨風歎

寄題盩厔廳前雙松（兩松自仙遊山移植縣廳）

憶昨爲吏日折腰多苦辛歸家不自適無計慰心神手栽兩樹松聊以當（去聲）嘉賓乘春日一溉（一作春來日日往）生意漸欣欣清韻度秋在綠茸隨日新始憐澗底色不憶城中春有時晝掩關雙影對一身盡日不寂莫意中如三人忽奉宣室詔徵爲文苑臣閑來一惆悵恰似別交親（一作情）早知煙翠前攀玩不逡巡悔從白雲裏移爾落囂塵

翰林院中感秋懷王質夫（王居仙遊山）

何處感時節新蟬禁中聞宮槐有秋意風夕花紛紛寄跡鴛鷺行歸心鷗鶴羣唯有王居士知予憶白雲何日仙遊寺潭前秋見君

禁中月

海水明月出禁中清（一作秋）夜長東南樓殿白稍稍上宮牆淨落金塘（一作盤）水明浮玉砌霜不比人間見塵土污清光

贈賣松者

一束蒼蒼色知從澗底來斸掘經幾日枝葉滿塵埃不買非他意城中無地栽

初見白髮

白髮生一莖朝來明鏡裏勿言一莖少滿頭從此始青山方遠別黃綬初從仕未料容鬢間蹉跎忽如此

別元九後詠所懷

零落桐葉雨蕭條槿花風悠悠早秋意生此幽閑中況與故人別中懷正無悰勿云不相送心到青門東相知豈在多但問同不同同心一人去坐覺長安空

禁中秋宿

風飜朱（一作來）裏幕雨冷通中枕耿耿背斜燈秋牀一人寢

早秋曲江感懷

離離暑雲散嫋嫋涼風起池上秋又來荷花半成子朱顏易（一作自）銷歇白日無窮已人壽不如山年光急於水青蕪與紅蓼歲歲秋相似去歲此悲秋今秋復來此

寄元九

身爲近密（一作約）拘心爲名檢縛月夜與花時少逢杯酒樂唯有元夫子閑來同一酌把手或酣歌展眉時笑謔今春除御史前月之東洛別來未開顏塵埃滿尊杓蕙風晚香盡槐雨餘花落秋意一蕭條離容兩寂莫況隨白日老共負青山約誰識相念心韝鷹與籠鶴

暮春寄元九

梨花結成實燕卵化爲雛時物又若此道情復何如但覺日月促不嗟年歲徂浮生都是夢老小亦何殊唯與故人別江陵初謫居時時一相見此意未全除

早梳頭

夜沐早梳頭窗明秋鏡曉颯然握中髮一沐知一少年事漸蹉跎世緣方繳繞不學空門法老病何由了未得

無生心白頭亦爲夭

出關路

山川函谷路塵土遊子顏蕭條去國意秋風生故關

別舍弟後月夜

悄悄初別夜(一作後)去住兩盤桓行子孤燈店居人明月軒平生共貧苦未必日成歡及此暫爲別懷抱已憂煩況是庭葉盡復思山路寒如何爲不念馬瘦衣裳單

新豐路逢故人

塵土長路晚風煙廢宮秋相逢立馬語盡日此橋頭知君不得意鬱鬱來西遊惆悵新豐店何人識馬周

金鑾子晬日

行年欲四十有女曰金鑾生來始周歲學坐未能言慚非達者懷未免俗情憐從此累身外徒云慰目前若無夭折患則有婚嫁牽使我歸山計應遲十五年

青龍寺早夏

塵埃經小雨地高倚長坡日西寺門外景氣含清和閑有老僧立靜無凡客過殘鶯意思盡新葉陰涼多春去來(一作未)幾日夏雲忽嵯峨朝朝感時節年鬢闇蹉跎胡爲戀朝市不去歸煙蘿青山寸步地自問心如何

秋題牡丹叢

晚叢白露夕衰葉涼風朝紅豔久已歇碧芳今亦銷幽人坐相對心事共蕭條

勸酒寄元九

薤葉有朝露槿枝無宿花君今亦如此促促生有涯既不逐禪僧林下學楞伽又不隨道士山中鍊丹砂百年夜分半一歲春無多何不飲美酒胡然自悲嗟俗號銷愁(一作憂)藥神速無以加一杯驅世慮兩杯反天和三杯即酩酊或笑任狂歌陶陶復兀兀吾孰知其他況在名利途平生有風波深心藏陷穽巧言織網羅舉目非不見不醉欲如何

曲江感秋(五年作)

沙草新雨地岸柳涼風枝三年感秋意(一作思)并在曲江池早蟬已嘹唳晚荷復離披前秋去秋思一一生此時昔人三十二秋興已云悲我今欲四十秋懷亦可知歲月不虛設此身隨日衰闇老不自覺直到鬢成絲

酬張太祝晚秋臥病見寄

高才淹禮寺短羽翔禁林西街居處遠北闕官曹深君病不來訪我忙難往尋差池終日別寥落經年心露濕綠蕪地月寒紅樹陰況茲獨愁夕聞彼相思吟上歎言(一作言歎)笑阻下嗟時歲侵容衰曉(一作晚)窗鏡思苦秋弦琴一章錦繡段八韻瓊瑤音何以報珍重慚無雙南金

立秋日曲江憶元九

下馬柳陰下獨上堤上行故人千萬里新蟬三兩聲城中曲江水江上江陵城兩地新秋思應同此日情

早朝賀雪寄陳山人

長安盈尺雪早朝賀君喜將赴銀臺門始出新昌里上堤馬蹄滑中路蠟燭死十里向北行寒風吹破耳待漏午(一作五)門外候對三殿裏鬚鬢凍生冰衣裳冷如水忽思仙遊谷闇謝陳居士暖覆褐裘眠日高應未起

初與元九別後忽夢見之及寤而書適至兼寄桐花詩悵然感懷因以此寄(元九初謫江陵)

永壽寺中語新昌坊北分歸來數行淚悲事不悲君悠悠藍田路自去無消息計君食宿程已過商山北昨夜雲四散千里同月色曉來夢見君應是君相憶夢中握君手問君意何如君言苦相憶無人可寄書覺來未及說叩門聲冬冬(一作鼕鼕)言是商州使送君書一封枕上忽驚起顛倒著衣裳開緘見手札一紙十三行上論遷謫心下說離別腸心腸都未盡不暇敘炎涼云作此書夜夜宿商州東獨對孤燈坐陽城山館中夜深作書畢山月向西斜月下(一作前)何所有一樹紫桐花桐花半落時復道正相思殷勤書背後兼寄桐花詩桐花詩八韻思緒一何深以我今朝意憶(一作想)君此夜心一章三(一作編)讀一句十回吟珍重八十字字字化爲金

和元九悼往(感舊蚊幬作)

美人別君去自去無處尋舊物零落盡此情安可任唯有襯紗幌塵埃日夜侵馨香與顏色不似舊時深透影燈耿耿籠光月沈沈中有孤眠客秋涼生夜衾舊宅牡丹院新墳松柏(一作林)林夢中咸陽淚覺後江陵心含此隔年恨發爲中夜吟無論君自感聞者欲霑襟

重到渭上舊居

舊居清渭曲開門當蔡渡十年方一還幾欲迷歸路追思昔日行感傷故游處插柳作高林種桃成老樹因驚成人者盡是舊童孺試問舊老人半爲繞村墓浮生同過客前後遞來去白日如弄珠出沒(一作入)光不住人物日改變舉目悲所遇回念念我身安得不衰暮朱顏銷不歇白髮生無數唯有山門外三峰色如故

白髮

白髮知時節闇與我有期今朝日陽裏梳落數莖絲家人不慣見憫默爲我悲我云何足怪此意爾不知凡人年三十外壯中已衰但思寢食味已減二十時況我今(一作年)四十本來形貌羸書魔昏兩眼酒病沈四肢親愛日零落在者仍別離身心久如此白髮生已遲由來生老死三病長相隨除却念無生人間無藥治

秋日

池殘寥落水窗下悠揚日嫋嫋秋風多槐花半成實下有獨立人年來四十一

將之饒州江浦夜泊

明月滿深浦愁人臥孤(一作獨)舟煩冤寢不得夏夜長於秋苦乏衣食資遠爲江海游光陰坐遲暮鄉國行阻修身病向鄱陽家貧寄徐州前事與後事豈堪心并憂憂來起長望但見江水流雲樹靄蒼蒼煙波澹悠悠故園迷處所一念(一作望)堪白頭

思歸(時初爲校書郎)

養無晨昏膳隱無伏臘資遂求及親祿僶俛來京師薄俸未及親別家已經時冬積溫席戀春違采蘭期夏至一陰生稍稍夕漏遲塊然抱愁者長夜獨先知悠悠鄉關路夢去身不隨坐惜時節變蟬鳴槐花枝

冀城北原作

野色何莽蒼(去聲)秋聲亦蕭疎風吹黃埃起落日驅征車

何代此開國封疆百里餘古今不相待朝市無常居昔人城邑中今變爲丘墟昔人墓田中今化爲里閭廢興相催迫日月互居諸世變無遺風焉能知其初行人千載後懷古空躊躇

客路感秋寄明準上人

日暮天地冷雨霽山河清長風從西來草木凝秋聲已感歲倏忽復傷物凋零孰能不憯悽天時牽人情借問空門子何法易修行使我忘得心不教煩惱生

遊襄陽懷孟浩然

楚山碧巖巖漢水碧湯湯秀氣結成象孟氏之文章今我諷遺文思人至其鄉清風無人繼日暮空襄陽南望鹿門山藹若有餘芳舊隱不知處雲深樹蒼蒼

秋暮西歸途中書情

耿耿旅燈下愁多常少眠思鄉貴早發發在雞鳴前九月草木落平蕪連遠山秋陰和曙色萬木蒼蒼然去秋偶東遊今秋始西旋馬瘦衣裳破別家來二年憶歸復愁歸歸無一囊錢心雖非蘭膏安得不自然

秋懷

月出照北堂光華滿階墀涼風從西至草木日夜衰桐柳減綠陰蕙蘭消碧滋感物私自念我心亦如之安得長少壯盛衰迫天時人生如石火爲樂長苦遲

別楊穎士盧克柔殷堯藩

倦鳥暮歸林浮雲晴歸山獨有行路子悠悠不知還人生苦營營終日羣動間所務雖不同同歸於不閑扁舟來楚鄉匹馬往秦關離憂繞心曲宛轉如循環且持一杯酒聊以開愁顏

題贈定光上人

二十身出家四十心離塵得徑入大道乘此不退輪一坐十五年林下秋復春春花與秋氣不感無情人我來如有悟潛以心照身誤落聞見中憂喜傷形神安得遣耳目冥然反天真

祗役駱口驛喜蕭侍御書至兼覩新詩吟諷通宵因寄八韻（時爲盩厔尉）

日暮心無憀吏役正營營忽驚芳信至復與新詩并是時天無雲山館有月明月下讀數徧風前吟一聲一吟三四歎聲盡有餘清雅哉君子文詠性不詠情使我靈府中鄙悋不得生始知聽韶濩可使心和平

酬李少府曹長官舍見贈

低腰復斂手心體不遑安一落風塵下方（一作始）知爲吏難公事與日長（一作上）宦情隨歲闌惆悵青袍袖芸香無半殘賴有李夫子此懷聊自寬兩心如止水彼此無波瀾往往簿書暇相勸強爲歡白馬晚蹋雪淥觴春暖寒戀月夜同宿愛山晴共看野性自相近不是爲同官

留別

秋涼卷朝簟春暖撤夜衾雖是無情物欲別尚沈吟況與有情別別隨情淺深二年歡笑意一旦東西心獨留誠可念同行力不任前事詎能料後期諒難尋唯有潺湲淚不惜共霑襟

曉別

曉鼓聲已半離筵坐難久請君斷腸歌送我和淚酒月落欲明前馬嘶初別後浩浩暗塵中何由見回首

北園

北園東風起雜花次第開心知須臾落一日三四來花下豈無酒欲酌復遲迴所思眇千里誰勸我一杯

惜栯李花（花細而繁色豔而黯亦花中之有思者速衰易落故惜之耳）

樹小花鮮妍香繁條輭弱高低二三尺重疊千萬萼朝豔藹霏霏夕凋紛漠漠辭枝朱粉細覆地紅綃薄由來好顏色常苦易銷鑠不見莨蕩花狂風吹不落

照鏡

皎皎青銅鏡斑斑白絲鬢豈復更藏年實年君不信

新秋

西風飄（一作吹）一葉庭前颯已涼風池明月水衰蓮白露房其奈江南夜緜緜自此長

夜雨

早蛩啼復歇殘燈滅又明隔窗知夜雨芭蕉先有聲

秋江送客

秋鴻次第過哀猨朝夕聞是日孤舟客此地亦離羣濛濛潤衣雨漠漠冒帆雲不醉潯陽酒煙波愁殺人

感逝寄遠（寄通州元侍御果州崔員外澧州李舍人鳳州李郎中）

昨日聞甲死今朝聞乙死知識三分中二分化爲鬼逝者不復見悲哉長已矣存者今如何去我皆萬里平生知心者屈指能有幾通果澧鳳州眇然四君子相思俱老大浮世如流水應歎舊交遊凋零日如此何當一杯酒開眼笑相視

秋月

夜初色蒼然夜深光浩然稍轉西廊下漸滿南窗前況是綠蕪地復茲清露天落葉聲策策驚鳥（一作鳥）影翩翩棲禽尚不穩愁人安可眠

全唐詩

白居易

朱陳村

徐州古豐縣有村曰朱陳去縣百餘里桑麻青氛氳機梭聲札札牛驢走紜紜女汲澗中水男采山上薪縣遠官事少山深人俗淳有財不行商有丁不入軍家家守村業頭白不出門生爲村（一作陳村）民死爲村之（一作陳村）塵田中老與幼相見何欣欣一村唯兩姓世世爲婚姻（其村唯朱陳二姓而已）親疏居有族少長游有羣黃雞與白酒歡會不隔旬生者不遠別嫁娶先近鄰死者不遠葬墳墓多繞村既安生與死不苦形與神所以多壽考往往見玄孫我生禮

義鄉少小孤且貧徒學辨是非祇自取辛勤世法貴名教士人重冠（一作官）婚以此自桎梏信爲大謬人十歲解讀書十五能屬文二十舉秀才三十爲諫臣下有妻子累上有君親恩承家與事國望此不肖身憶昨旅游初迨今十五春孤舟三適楚羸馬四經秦晝行有飢色夜寢無安魂東西不暫住來往若浮雲離亂失故鄉骨肉多散分江南與江北各有平生親平生終日別逝者隔年聞朝憂臥至暮夕哭坐達晨悲火燒心曲愁霜侵鬢根一生苦如此長羨村中（一作陳村）民

讀鄧魴詩

塵架多文集偶取一卷披未及看姓名疑是陶潛詩看名知是君惻惻令我悲詩人多蹇厄近日誠有之京兆杜子美猶得一拾遺襄陽孟浩然亦聞鬢成絲嗟君兩不如三十在布衣擢第祿不及新婚妻未歸少年無疾患溘死於路岐天不與爵壽唯與好文詞此理勿復道巧曆不能推

寄元九（自此後在渭村作）

晨雞纔發聲夕雀俄斂翼晝夜往復來疾如出入息非徒改年貌漸覺無心力自念因念君俱爲老所逼君年雖校少顦顇謫南國三年不放歸炎瘴消顏色山無殺草霜水有含沙蜮健否遠不知書多隔年得願君少愁苦我亦加餐食各保金石軀以慰長相憶

秋夕

葉聲落如雨月色白似霜夜深方獨臥誰爲拂塵牀

夜雨

我有所念人隔在遠遠鄉我有所感事結在深深腸鄉遠去不得無日不瞻望腸深解不得無夕不思量況此殘燈夜獨宿在空堂秋天殊未曉風雨正蒼蒼不學頭陀法前心安可忘

秋霽

金火（一作木）不相待炎涼雨中變林晴有殘蟬巢冷無留燕沈吟卷長簟惆悵收團扇向夕稍無泥閑步青苔院月出砧杵動家家擣秋練獨對多病妻不能理鍼線冬衣殊未製夏服行將綻何以迎早秋一杯聊自勸

歎老三首

晨興照青鏡形影兩寂寞少年辭我去白髮隨梳落萬化成於漸漸衰看不覺但恐鏡中顏今朝老於昨人年少滿百不得長歡樂誰會天地心千齡與龜鶴吾聞善醫者今古稱扁鵲萬病皆可治唯無治老藥

我有一握髮梳理何稠直昔似玄雲光今如素絲色匣中有舊鏡欲照先歎息自從頭白來不欲明磨拭鵶頭與鶴頸至老常如墨獨有人鬢毛不得終身黑

前年種桃核今歲成花樹去歲新嬰兒今年已學步但驚物長成不覺身衰暮去矣欲何如少年留不住因書今日意徧寄諸親故壯歲不歡娛長年當悔悟

送兄弟迴雪夜

日晦雲氣黃東北風切切時從村南還新與兄弟別離襟淚猶濕迴馬嘶未歇欲歸一室坐天陰多無月夜長火消盡歲暮雨凝結寂莫滿爐灰飄零上階雪對雪畫寒灰殘燈明復滅灰死如我心雪白如我髮所遇皆如此頃刻堪愁絕迴念入坐忘轉憂作禪悅平生洗心法正爲今宵設

溪中早春

南山雪未盡陰嶺留殘白西澗冰已消春溜含新碧東風來幾日蟄動萌草坼潛知陽和功一日不虛擲愛此天氣暖來拂溪邊石一坐欲忘歸暮禽聲嘖嘖蓬蒿隔桑棗隱映煙火夕歸來問夜餐家人烹薺麥

同友人尋澗花

聞有澗底花貫得村中酒與君來校遲已逢搖落後臨觴有遺恨悵望空溪口記取花發時期君重攜手我生日日老春色年年有且作來歲期不知身健否

登村東古冢

高低古時冢上有牛羊道獨立最高頭悠哉此懷抱回頭向村望但見荒田草村人不愛花多種栗與棗自來此村住不覺風光好花少鶯亦稀年年春暗老

夢裴相公

五年生死隔一夕魂夢通夢中如往日同直金鑾宮髣髴金紫色分明冰玉容勤勤相眷意亦與平生同旣寤知是夢憫然情未終追想當時事何殊昨夜中自我學心法萬緣成一空今朝爲君子流涕一霑胷

晝寢

坐整白單衣起穿黃草屨朝餐盥漱畢徐下階前步暑風微變候晝刻漸加數院靜地陰陰鳥鳴新葉樹獨行還獨臥夏景殊未暮不作午時眠日長安可度

別行簡（時行簡辟盧坦劒南東川府）

漠漠病眼花星星愁鬢雪筋骸已衰憊形影仍分訣梓州二千里劒門五六月豈是遠行時火雲燒棧熱何言巾上淚乃是腸中血念此早歸來莫作經年別

觀兒戲

髫齔七八歲綺紈三四兒弄塵復鬬草盡日樂嬉嬉堂上長年客鬢間新有絲一看竹馬戲每憶童騃時童騃饒戲樂老大多憂悲靜念彼與此不知誰是癡

歎常生

西村常氏子臥疾不須臾前旬猶訪我今日忽云殂時我病多暇與之同野居園林青藹藹相去數里餘村鄰無好客所遇唯農夫之子何如者往還猶勝無於今亦已矣可爲一長吁

寄元九

一病經四年親朋書信斷窮通合（一作各）易交自笑知何晚元君在荊楚去日唯（一作雖）云遠彼獨是（一作似）何人心如石不轉憂我貧病身書來唯勸勉上言少愁苦下道加餐飯憐君爲謫吏窮薄家貧褊三寄衣食資數盈二十萬豈是貪衣食感君心繾綣念我口中食分君身上暖不因身病久不因命多蹇平生親友心豈得知深淺

以鏡贈別

人言似明月我道勝明月明月非不明一年十二缺豈如玉匣裏如水常澄（一作清）澈月破天闇時圓明獨不歇我慙貌醜老繞鬢斑斑雪不如贈少年迴照青絲髮因君千里去持此將爲別

城上對月期友人不至

古人惜晝短，勸令秉燭遊。況此迢迢夜明月滿西樓復有盈尊（一作尊中）酒置在城上頭期君君不至人月兩悠悠照水煙波白照人肌髮秋清光正如此不醉即須愁

念金鑾子二首

衰病四十身嬌癡三歲女非男猶勝無慰情時一撫一朝舍我去魂影無處所況念夭札（一作化）時嘔啞初學語始知骨肉愛乃是憂悲聚唯思未有前以理遣傷苦忘懷日已久三度移寒暑今日一傷心因逢舊乳母

與爾爲父子八十有六旬忽然又不見邇來三四春形質本非實氣聚偶成身恩愛元是妄緣合暫爲親念兹庶有悟聊用遣悲辛暫（一作慙）將理自奪不是忘情人

對酒

人生一百歲通計三萬日何況百歲人人間百無一賢愚共零落貴賤同埋沒東岱前後魂北邙新舊骨復聞藥誤者爲愛延年術又有憂死者爲貪政事筆藥誤不得老憂死非因疾誰言人最靈知得不知失何如會親友飲此杯中物能沃煩慮消能陶真性出所以劉阮輩終年醉兀兀

渭村雨歸

渭水寒漸落離離蒲稗苗閑傍沙邊立看人刈葦苕近水風景冷晴明猶寂寥復兹夕陰起野色重蕭條蕭條獨歸路暮雨濕村橋

詠懷

黑頭日已白白面日已黑人生未死間變化何終極常言在己者莫若形與色一朝改變來止遏不能得況彼身外事悠悠通與塞

喜友至留宿

村中少賓客柴門多不開忽聞車馬至云是故人來況值風雨夕愁心正悠哉願君且同宿盡此手中杯人生開口笑百年都幾回

西原晚望

花菊引閑行（一作步）行上西原路原上晚無人因高聊四顧南阡有煙火北陌連墟墓村鄰何蕭疎近者猶百步吾廬在其下寂莫風日暮門外轉枯蓬籬根伏寒兔故園汴水上離亂不堪去近歲始移家飄然此村住新屋五六間古槐八九樹便是衰病身此生終老處

感鏡

美人與我別留鏡在匣中自從花顏去秋水無芙蓉經年不開匣紅埃覆青銅今朝一拂拭自照（一作顧）顦顇容照罷重惆悵背有雙盤龍

村居臥病二首

戚戚抱羸病悠悠度朝暮夏木纔結陰秋蘭已含露前日巢中卵化作雛飛去昨日穴中蟲蛻爲蟬上樹四時未嘗歇一物不暫住唯有病客心沈然獨如故

新秋久病客起步村南道盡日不逢人蟲聲徧荒草西風吹白露野綠秋仍早草木猶未傷先傷我懷抱朱顏與玄鬢強健幾時好況爲憂病侵不得依年老

種黍三十畝雨來苗漸大種韭二十畦秋來欲堪刈望黍作冬酒留韭爲春菜荒村百物無待此養衰瘵葺廬備陰雨補褐防寒歲病身知幾時且作明年計

沐浴

經年不沐浴塵垢滿肌膚今朝一澡濯衰瘦頗有餘老色頭鬢白病形支體虛衣寬有賸帶髮少不勝梳自問今年幾春秋四十初四十已如此七十復何如

栽松二首

小松未盈尺心愛手自移蒼然澗底色雲濕煙霏霏栽植我年晚長成君性遲如何過四十種此數寸枝得見成陰否人生七十稀

愛君抱晚節憐君含直文欲得朝朝見階前故種君知君死則已不死會凌雲

病中友人相訪

臥久不記日南窗昏復昏蕭條草檐下寒雀朝夕聞強扶牀前杖起向庭中行偶逢故人至便當一逢迎移榻就斜日披裘倚前楹閑談勝服藥稍覺有心情

自覺二首

四十未爲老憂傷早衰惡前歲二毛生今年一齒落形骸日損耗心事同蕭索夜寢與朝餐其間味亦薄同歲崔舍人容光方灼灼始知年與貌衰盛隨憂樂畏老老轉迫（一作逼）憂病病彌縛不畏復不憂是除老病藥

朝哭心所愛暮哭心所親親愛零落盡安用身獨存幾許平生歡無限骨肉恩結爲腸間痛聚作鼻頭辛悲來四支緩泣盡雙眸昏所以年四十心如七十人我聞浮屠教中有解脫門置心爲止水視身如浮雲斗擻垢穢衣度脫生死輪胡爲戀此苦不去猶逡巡迴念發弘願願此見在身但受過去報不結將來因誓以智慧水永洗煩惱塵不將恩愛子更種悲憂根

夜雨有念

以道治心氣終歲得晏然何乃戚戚意忽來風雨天既非慕榮顯又不恤飢寒胡爲悄不樂抱膝殘燈前形影闇相問心默對以言骨肉能幾人各在天一端吾兄寄宿州吾弟客東川南北五千里吾身在中間欲去病未能欲住心不安有如波上舟此縛而彼牽自我向道來於今六七年鍊成不二性消盡千萬緣唯有恩愛火往往猶熬煎豈是藥無効病多難盡蠲

寄楊六（楊攝萬年縣尉余爲贊善大夫）

青宮官冷靜赤縣事繁劇一閑復一忙動作經時隔清觴久廢酌白日頓虛擲念此忽踟躕悄然心不適豈無舊交結久別或遷易亦有新往還相見多形迹唯君於我分堅久如金石何況老大來人情重姻（一作婚）戚會稀歲月急此事真可惜幾迴開口笑便到髭鬚白公門苦鞅掌晝（一作晝）日無閑隙猶冀乘暝來靜言同一夕

送春

三月三十日春歸日復暮惆悵問春風明朝應不住送春曲江上眷眷東西顧但見撲水花紛紛不知數人生似行客兩足無停步日進前程前程幾多路兵刀與水火盡可違之去唯有老到來人間無避處感時良爲已獨倚池南樹今日送春心心如別親故

哭李三

去年渭水曲，秋時訪我來。今年常樂里，春日哭君迴。哭君仰問天，天意安在哉。若必奪其壽，何如不與才。落然身後事，妻病女嬰孩。

別李十一後重寄（自此後詩江州路上作）

秋日正蕭條，驅車出蓬華。回望青門道，目極心鬱鬱。豈獨戀鄉土，非關慕簪紱。所愴別李君，平生同道術。俱承金馬詔，聯秉諫臣筆。共上青雲梯，中途一相失。江湖我方往，朝廷君不出。蕙帶與華簪，相逢是何日。

初出藍田路作

停驂問前路，路在（一作指）秋雲裏。蒼蒼縣南道，（一作山）去（一作險）途從此始。絕頂忽上盤（一作盤上），衆山皆下視。下視千萬峰，峰頭如浪起。朝經韓公坂，夕次藍橋水。潯陽近（一作僅）四千，始行七十里。人煩馬蹄跙，勞苦已（一作又）如此。

仙娥峰下作

我爲東南行，始登商山道。商山無數峰，最愛仙娥好。參差（一作差參）樹若插，匼匝雲如抱。渴望寒玉泉，香聞紫芝草。青崖屏削碧，白石牀鋪縞。向無如此物，安足留四皓。感彼私自問，歸山何不早。可能塵土中，還隨衆人老。

微雨夜行

漠漠秋雲起，稍稍（一作悄悄）夜寒生。但（一作自）覺衣裳濕，無點亦無聲。

再到襄陽訪問舊居

昔到襄陽日，髯髯（一作冉冉）初有髭。今過襄陽日，髭鬢半成絲。舊遊都是（一作似）夢，乍到忽如歸。東郭蓬蒿宅，荒涼今屬誰。故知多零落，閭井亦遷移。獨有秋江水，煙波似舊時。

寄微之三首

江州望通州，天涯與地末。有山萬丈高，有江千里闊。間之以雲霧，飛鳥不可越。誰知千古險，爲我二人設。通州君初到，鬱鬱愁如結。江州我方去，迢迢行未歇。道路日乖隔，音信日斷絕。因風欲寄語，地遠聲不徹。生當復相逢，死當從此別。

君遊襄陽日，我在長安住。今君在通州，我過襄陽去。襄陽九里郭，樓堞連雲樹。顧此稍依依，是君舊遊處。蒼茫

蒹葭水，中有潯陽路。此去更相思，江西少親故。

去國日已遠，喜（一作稀）逢物似人。如何含此意，江上坐思君。

有如河嶽氣，相合方氛氳。狂風吹中絕，兩處成孤雲。風迴終有時，雲合豈無因。努力各自愛，窮通我爾身。

舟中雨夜

江雲闇悠悠，江風冷修修。夜雨滴船背，風（一作夜）浪打船頭。船中有病客，左降向江州。

夜聞歌者（宿鄂州）

夜泊鸚鵡洲，江月秋（一作秋江月）澄澈。鄰船有歌者，發詞堪愁絕。歌罷繼以泣，泣聲通復咽。尋聲見其人，有婦顏如雪。獨倚帆檣立，娉婷十七八。夜淚如眞珠，雙雙隨明月。借問誰家婦，歌泣何淒切。一問一霑襟（一作巾），低眉終（一作竟）不說。

江樓聞砧（江州作）

江人授衣晚，十月始聞砧。一夕高樓月，萬里故園心。

宿東林寺

經窗燈焰短，僧爐火氣深。索落廬山夜，風雪宿東林。

憶洛下故園（時淮汝寇戎未滅）

潯陽遷謫地，洛陽離亂年。煙塵三川上，炎瘴九江邊。鄉心坐如此，秋風仍颯然。

贈別崔五

朝送南去客，暮迎北來賓。孰云當大路，少遇心所親。勞者念息肩，熱者思濯身。何如愁獨（一作獨愁）日，忽見平生人。平生已不淺，是日重殷勤。問從何處來，及此江亭春。江天春多陰，夜月隔重雲。移尊樹間飲，燈照花紛紛。一會不易得，餘事何足云。明旦又分手，今夕且歡忻。

春晚寄微之

三月江水闊，悠悠桃花波。年芳與心事，此地共蹉跎。南國方譴謫，中原正兵戈。眼前故人少，頭上白髮多。通州更迢遞，春盡復如何。

漸老

今朝復明日，不覺年齒暮。白髮逐梳落，朱顏辭鏡去。當春頗愁寂，對酒寡歡趣。遇境多愴辛，逢人益敦故。形質屬天地，推遷從不住。所怪少年心，銷磨落何處。

送幼史

淮右寇未散，江西歲再徂。故里干戈地，行人風雪途。此時與爾別，江畔立踟躕。

夜雪

已訝衾枕冷，復見窗戶明。夜深知雪重，時聞折竹聲。

寄行簡

鬱鬱眉多斂，默默口寡言。豈是願如此，舉目誰與歡。去春爾西征，從事巴蜀間。今春我南謫，抱疾江海壖。相去六千里，地絕天邈然。十書九不達，何以開憂顏。渴人多夢飲，飢人多夢餐。春來夢何處，合眼到東川。

首夏

孟夏百物滋，動植一時好。麋鹿樂深林，蟲蛇喜豐草。翔禽愛密葉，游鱗悅新藻。天和遺漏處，而我獨枯槁。一身在天末，骨肉皆遠道。舊國無來人，寇戎塵浩浩。沈憂竟何益，祇自勞懷抱。不如放身心，冥然任天造。潯陽多美酒，可使杯不燥。湓魚賤如泥，烹炙無昏早。朝飯山下寺，暮醉湖中島。何必歸故鄉，茲焉可終老。

孟夏思渭村舊居寄舍弟

嘖嘖雀引雛，稍稍筍成竹。時物感人情，憶我故鄉曲。故園渭水上，十載事樵牧。手種榆柳成，陰陰覆牆屋。兔隱豆苗肥（一作大），鳥鳴桑椹熟。前年當此時，與爾同遊矚。詩書課弟姪，農圃資童僕。日暮麥登場，天晴蠶坼簇。弄泉南澗坐，待月東亭宿。興發飲數杯，悶來棊一局。一朝忽分散，萬里仍羈束。井鮒思反泉，籠鶯悔出谷。九江地卑濕，四月天炎燠。苦雨初入梅，瘴雲稍含毒。泥秧水畦稻，灰種畬田粟。已訝殊歲時，仍嗟異風俗。閑登郡樓望，日落江山綠。歸雁拂鄉心，平湖斷人目。殊方我漂泊，舊里君幽獨。何時同一瓢，飲水心亦足。

早蟬

六月初七日，江頭蟬始鳴。石楠深葉裏，薄暮兩三聲。一催衰鬢色，再動故園情。西風殊未起，秋思先秋生。憶昔在東掖，宮槐花下聽。今朝無限思，雲樹繞湓城。

感情

中庭曬服玩忽見故鄉履昔贈我者誰東鄰嬋娟子因
思贈時語特用結終始永願如履綦雙行復雙止自吾
謫江郡漂蕩三千里爲感長情人提攜同到此今朝一
惆悵反覆看未已人隻履猶雙何曾得相似可嗟復可
惜錦表繡爲裏況經梅雨來色黯花草死

南湖晚秋

八月白露降湖中水方（一作芳）老旦夕秋風多衰荷半傾倒
手攀青楓樹足蹋黃蘆草慘澹老容顏冷（一作零）落秋懷抱
有兄在淮楚有弟在蜀道萬里何時來煙波白浩浩

郡廳有樹晚榮早凋人不識名因題其上

潯陽郡廳後有樹不知名秋先梧桐落春後桃李榮五
月始萌動八月已凋零左右皆松桂四時鬱青青豈量
雨露恩霑濡不均平榮枯各有分天地本無情顧我亦
相類早衰向晚成形骸少多病三十不豐盈毛鬢早改
變四十白髭生誰教兩蕭索相對此江城

感秋懷微之

葉下湖又波秋風此時至誰知濩落心先納蕭條氣推
移感流歲漂泊思同志昔爲煙霄（一作霞）侶今作泥塗吏白
鷗毛羽弱青鳳文章異各閑（一作閒）一籠中歲晚同顦顇

因沐感髮寄朗上人二首

年長身轉慵百事（一作年）無所欲乃至頭上髮經年方一沐
沐稀髮苦落一沐仍半禿短鬢經霜蓬老面辭春木强
年過猶近衰相來何速應是煩惱多心焦血不足
漸少不滿把漸短不盈尺況茲短少中日夜落復白既
無神仙術何除老死籍祇有解脫門能度衰苦厄掩鏡
望東寺降心謝禪客衰白何足言剃落猶不惜

早蟬

月出先照山風生先動水亦如早蟬聲先入閑人耳一
聞愁意結再聽鄉心起渭上新（一作村）蟬聲先聽渾相似衡
門有誰聽日暮槐花裏

苦熱喜涼

經時苦炎暑（一作熱）心體但煩倦白日一何長清秋不可見
歲功成者去天數極則變潛知寒燠間遷次如乘傳火
雲忽朝斂金風俄夕扇枕簟遂清涼筋骸稍輕健因思
望月侶好卜迎秋宴竟夜無客來引杯還自勸

早秋晚望兼呈韋侍郎（一作御）

九派繞孤城城高生遠思人煙半在船野水多於地穿
霞日脚直驅雁風頭利去國來幾時江上秋三至夫君
亦淪落此地同飄寄憫默向隅心摧頹觸籠翅且謀眼
前計莫問胷中事潯陽酒甚濃相勸時時醉

司馬宅

雨徑綠蕪合霜園紅葉多蕭條司馬宅門巷無人過唯
對大江水秋風朝夕波

司馬廳獨宿

荒涼滿庭草偃亞侵檐竹府吏下廳簾家僮開被襆數
聲城上漏一點窗間（一作前）燭官曹冷似冰誰肎來同宿

夢與李七庾三十三同訪元九

夜夢歸長安見我故親友損之在我左順之在我右云
是二月天春風出攜手同過靖安里下馬尋元九元九
正獨坐見我笑開口還指西院花仍開北亭酒如言各
有故佀惜歡難久神合俄頃間神離欠伸後覺來疑在
側求索無所有殘燈影閃牆斜月光穿牖天明西北望
萬里君知否老去無見期踟躕搔白首

秋槿

風露颯已冷天色亦黃昏中庭有槿花榮落同一晨秋
開已寂莫夕隕何紛紛正憐少顏色復歎不逡巡感此
因念彼懷哉聊一陳男兒老富貴女子晚婚姻頭白始
得志色衰方事人後時不獲已安得如青春

荅元郎中楊員外喜烏見寄（四十四字成）

南宮鴛鴦地何忽烏來止故人錦帳郎聞烏笑相視疑
烏報消息望我歸鄉里我歸應待烏頭白慙媿元郎誤
歡喜

全唐詩目（第七函）

第三冊

白居易（十一卷至十五卷）

全唐詩

白居易

初入峽有感

上有萬仞山下有千丈水蒼蒼兩崖間闊狹容一葦瞿
唐呀直瀉灩澦屹中峙未夜黑巖昏無風白浪起大石
如刀劍小石如牙齒一步不可行況千三百里（自峽州至忠州灘險相繼凡一千三百里）苒蒻竹篾篸（音念）欹危檝師趾一跌無完舟吾生繫
於此常聞仗忠信蠻貊可行矣自古漂沈（一作流）人豈盡非
君子況吾時與命蹇舛不足恃常恐不才身復作無名
死

過昭君村（村在歸州東北四十里）

靈珠產無種彩雲出無根亦如彼姝子生此遐陋村至麗物難掩遽選入君門獨美衆所嫉終棄出（一作於）塞垣唯此希代色豈無一顧恩事排勢須去不得由至尊白黑既可變丹青何足論竟埋代北骨不返巴東魂慘澹晚雲水依稀舊鄉園妍姿化已久但有村名存村中有遺老指點爲我言不取往者戒恐貽來者冤至今村女面燒灼成瘢痕

自江州至忠州

前在湓陽日已歎賓朋寡忽忽抱憂懷出門無處寫今來轉深僻窮峽巔山下五月斷行舟灩堆正如馬巴人類猨狖矍鑠滿山野敢望見交親喜逢似人者

初到忠州登東樓寄萬州楊八使君

山東邑居窄峽牽氣候偏林巒少平地霧雨多陰天隱隱煮鹽火漠漠燒畬煙賴此東樓夕風月時翛然憑軒望所思目斷心涓涓背春有去雁上水無來船我懷巴東守本是關西賢平生已不淺流落重相憐水梗漂萬里籠禽囚五年新恩同雨露遠郡鄰山川書信雖往復封疆徒接連其如美人面欲見杳無緣

郡中

鄉路音信斷山城日月遲欲知州近遠階前摘荔枝

西樓夜（一作月）

悄悄復悄悄城隅隱林杪山郭燈火稀峽天星漢少年光東流水生計南枝鳥月沒江（一作光）沉沉西樓殊未曉

東樓曉

脈脈復脈脈東樓無宿客城闇雲霧多峽深田地窄宵燈尚留燄晨禽初展翮欲知山高低不見東方白

寄王質夫

憶始識君時愛君世緣薄我亦吏王畿不爲名利著春尋仙遊洞秋上雲居閣樓觀水潺潺龍潭花漠漠吟詩石上坐引酒泉邊酌因話出處心心期老巖壑忽從風雨別遂被簪纓縛君作出山雲我爲入籠鶴籠深鶴殘（一作顛）顇山遠雲飄泊去處雖不同同負平生約今來各何在老去隨所託我守巴南城君佐征西幕年顏漸衰颯生計仍蕭索方含去國愁且羨從軍樂舊遊疑是夢往事思如昨相憶春又深故山花正落

南賓郡齋即事寄楊萬州

山上巴子城山下巴江水中有窮獨人強名爲刺史時竊自哂刺史豈如是倉粟餧家人黃縑裹妻子（忠州刺史以下悉以畬田給祿食以黃絹支給充俸）莓苔翳冠帶霧雨霾樓雉衙鼓暮復朝郡齋臥還起回頭（一作首）望南浦亦在煙波裏而我復何嗟夫君猶滯此

招蕭處士

峽內豈無人所逢非所思門前亦有客相對不相知仰望但雲樹俯顧惟妻兒寢食起居外端然無所爲東郊蕭處士聊可與開眉能飲滿杯酒善吟長句詩庭前吏散後江畔路乾時請君攜竹杖一赴郡齋期

庭槐

南方饒竹樹唯有青槐稀十種七八死縱活亦支離何此郡庭下一株獨華滋蒙蒙碧煙葉婀婀黃花枝我家渭水上此樹蔭前墀忽向天涯見憶在故園時人生有情感遇物牽所思樹木猶復爾況見舊親知

送客回晚興

城上雲霧開沙頭風浪定參差亂山出澹泞平江淨行客舟已遠居人酒初醒嫋嫋秋竹梢巴蟬聲似磬

東樓竹

瀟灑城東樓繞樓多修竹森然一萬竿白粉封青玉卷簾睡初覺欹枕看未足影轉色入樓牀席生浮綠空城絕賓客向夕彌幽獨樓上夜不歸此君留我宿

九日登巴臺

黍香酒初熟菊暖花未開閑聽竹枝曲淺酌茱萸杯去年重陽日漂泊湓城隈今歲重陽日蕭條巴子臺旅鬢尋已白鄉書久不來臨觴一搔首座客亦裴回

東城尋春

老色日上面歡情日去心今既不如昔後當不如今今猶未甚衰每事力可任花時仍愛出酒後尚能吟但恐如此興亦隨日銷沈東城春欲老勉強一來尋

江上送客

江花已萎絕江草已消歇遠客何處歸孤舟今日發杜鵑聲似哭湘竹斑如血共是多感人仍爲此中別

桐花

春令有常候清明桐始發何此巴峽中桐花開十月豈伊物理變信是土宜別地氣反寒暄天時倒生殺草木堅強物所稟固難奪風候一參差榮枯遂乖剌況吾北人性不耐南方熱強羸壽夭間安得依時節

早祭風伯因懷李十一舍人

遠郡雖褊陋時祀奉朝經夙興祭風伯天氣曉冥冥導騎與從吏引我出東坰水霧重如雨山火高於星忽憶早朝日與君趨紫庭步登龍尾道却望終南青一別身向老所思心未寧至今想在耳玉音尚玲玲

花下對酒二首

藹藹江氣春南賓閏正月梅櫻與桃杏次第城上發紅房爛簇火素豔紛團（一作粉團）雪香惜委風飄愁牽壓枝折樓中老太守頭上新白髮冷澹病心情暄和好時節故園音信斷遠郡親賓絕欲問花前尊依然爲誰設

引手攀紅櫻紅櫻落似霰仰首看白日白日走（一作委）如箭年芳與時景頃刻猶衰變況是血肉身安能長強健人心苦迷執慕貴憂貧賤愁色常在眉歡容不上面況吾頭半白把鏡非不見何必花下杯更待他人勸

不二門

兩眼日將闇四肢漸衰瘦束帶賸昔圍穿衣妨（去聲）寬袖流年似江水奔注無昏晝志氣與形骸安得長依舊亦曾登玉陛舉措多紕繆至今金闕籍名姓獨遺漏亦曾燒大藥消息乖火候至今殘丹砂燒乾不成就行藏事兩失憂惱心交鬭化作顛顇翁拋身在荒陋坐看老病逼須得醫王救唯有不二門其間無夭壽

我身

我身何所似似彼孤生蓬秋霜翦根斷浩浩隨長風昔游（一作於）秦雍間今落巴蠻中昔爲意氣郎今作寂寥（一作寞）翁外貌雖寂寞中懷頗沖融賦命有厚薄委心任窮通通

當爲大鵬舉翅摩蒼穹窮則爲鷦鷯一枝足自容苟知此道者身窮心不窮

哭王質夫

仙遊寺前別別來十年餘生別猶怏怏死別復何如客從梓潼來道君死不虛驚疑心未信欲哭復踟躕踟躕寢門側聲發涕(一作淚)亦俱衣上今日淚篋中前月書憐君古人風重有君子儒篇詠陶謝輩風流嵇阮徒出身既蹇屯(一作連)生世仍須臾誠知天至高安得不一呼江南有毒蟒江北有妖狐皆享千年壽多於王質夫不知彼何德不識此何辜

東坡種花二首

持錢買花樹城東坡上栽但購有花者不限桃杏(一作李)梅百果參雜種千枝次第開天時有早晚地力無高低紅者霞豔豔白者雪皚皚遊蠭逐不去好鳥亦來棲(一作棲來)前有長流水下有小平臺時拂臺上石一舉風前杯花枝蔭我頭花蘂落(一作入)我懷獨酌復獨詠不覺月(一作日)平西巴俗不愛花竟春無人來唯此醉太守盡日不能迴

東坡春向暮樹木(一作下)今何如漠漠花落盡翳翳葉生初(一作初舒)每日領童僕荷鉏仍決(一作鑿)渠剗土壅其本引泉溉其枯小樹低數尺大樹長丈餘封植來幾時高下隨扶疏養樹既如此養民亦何殊將欲茂枝葉必先救根株云何救根株勸農均賦租云何茂枝葉省事寬刑書移此爲郡政庶幾甿俗蘇

登城東古臺

迢迢東郊上有土青崔嵬不知何代物疑是巴王臺巴歌久無聲巴宮沒黃埃靡靡春草合牛羊緣四隈我來一登眺目極心悠哉始見江山勢峰疊水環迴憑高視聽曠向遠胷襟開唯有故園念時時東北來

哭諸故人因寄元八

昨日哭寢門今日哭寢門借問所哭誰無非故交親偉卿既長往質夫亦幽淪屈指數年世收涕自思身彼皆少於我先爲泉下人我今頭半白焉得身久存好狂(一作懷)元郎中相識二十春昔見君生子今聞君抱孫存者盡老大逝者已成塵早晚升平宅開眉一見君

郡中春讌因贈諸客

僕本儒家子待詔金馬門塵忝親近地孤負聖明恩一旦奉優詔萬里牧遠人可憐島夷帥自稱爲使君身騎牂牁馬口食塗江鱗暗澹緋衫故斕斑白髮新是時歲二月玉曆布春分頒條示皇澤命宴及良辰冉冉趨府吏蚩蚩聚州民有如蟄蟲鳥亦應天地春薰草席鋪坐藤枝酒注樽中庭無平地高下隨所陳蠻鼓聲坎坎巴女舞蹲蹲使君居上頭掩口語衆賓勿笑風俗陋勿欺官府貧蠭巢(一作窠)與蟻穴隨分有君臣

開元寺東池早春

池水暖溫暾水清波瀲灩簇簇青泥中新蒲葉如劒梅房小白裹柳彩輕黃染順氣草熏熏適情鷗汎汎舊遊成夢寐往事隨陽焱芳物感幽懷一動平生念

東溪(一作澗)種柳

野性愛栽植植柳水中坻乘春持斧斫裁截而樹之長短既不一高下隨所宜倚岸埋大幹臨流插小枝松柏不可待楩柟固難移不如種此樹此樹易榮滋無根亦可活成陰況非遲三年未離郡可以見依依種罷水邊憩仰頭閑自思富貴本非望功名須待時不種東溪柳端坐欲何爲

臥小齋

朝起視事畢晏坐飽食終散步長廊下退臥小齋中拙政自多暇幽情誰與同孰云二千石心如田野翁

步東坡

朝上東坡步夕上東坡步東坡何所愛愛此新成樹種植當歲初滋榮及春暮信意取次栽無行亦無數綠陰斜景轉芳氣微風度新葉鳥下來萎花蝶飛去閑攜竹杖徐曳黃麻屨欲識往來頻青蕪(一作苔)成白路

徵秋稅畢題郡南亭

高城直下視蠢蠢見巴蠻安可施政敎尚不通語言且喜賦斂畢幸聞閭井安豈伊循良化賴此豐登年案牘既簡少池館亦清閑秋雨檐果落夕鐘林鳥還南亭日瀟灑偃臥恣疏頑

蚊蟆

巴徼炎毒早二月蚊蟆生咂膚拂不去繞耳薨薨聲斯物頗微細中人初甚輕如有膚受譖久則瘡痏成瘡痏成無奈何所要防其萌麼蟲何足道潛喻儆人情

登龍昌上寺望江南山懷錢舍人

騎馬出西郭悠悠欲何之獨上高寺去一與白雲期虛檻晚瀟灑前山碧參差忽似青龍閣同望玉峰時因詠松雪句永懷鸞鶴姿六年不相見況乃隔榮衰(昔嘗與錢舍人登青龍寺上方同望藍田山各有絕句錢詩云偶來上寺因高望松雪分明見舊山)

郊下

西日照高樹樹頭子規鳴東風吹野水水畔江蘺生畫日看山立有時尋澗行兀兀長如此何許似專城

遣懷

樂往必悲生泰來由否極誰言此數然吾道何終塞嘗求詹尹卜拂龜竟默默亦曾仰問天天但蒼蒼色自茲唯委命名利心雙息近日轉安閑鄉園亦休憶回看世間苦苦在求不得我今無所求庶離憂悲域

歲晚

霜降水返壑風落木歸山冉冉歲將宴物皆復本源何此南遷客五年獨未還命屯分已定日久心彌安亦嘗心與口靜念私自言去國固非樂歸鄉未必歡何須自生苦舍易求其難

負冬日

杲杲冬日出照我屋南隅負暄閉目坐和氣生肌膚初似飲醇醪又如蟄者蘇外融百骸暢中適一念無曠然忘所在心與虛空俱

委順

山城雖荒蕪竹樹有嘉色郡俸誠不多亦足充衣食外累由心起心寧累自息尚欲忘家鄉誰能算官職宜懷齊遠近委順隨南北歸去誠可憐天涯住亦得

宿溪翁(時初除郎官赴朝)

衆心愛金玉衆口貪酒肉何如此溪翁(一作何此溪上翁)飲瓢亦自

足溪南刈薪草溪北修牆屋歲種一頃田春驅兩黃犢於中甚安適此外無營欲溪畔偶相逢菴中遂同宿醉翁向朝市問我何官祿虛言笑殺翁郎官應列宿

重過壽泉憶與楊九別時因題店壁

商州南十里有水名壽泉湧出石崖下流經山店前憶昔相送日我去君言還寒波與老淚此地共潺湲一去歷萬里再來經六年形容已變改處所（一作泉水）猶依然他日君過此慇懃吟此篇

西掖早秋直夜書意（自此後中書舍人時作）

涼風起禁掖新月生宮沼夜半秋闇來萬年枝嫋嫋炎涼遞時節鐘鼓交昏曉遇聖惜年衰報恩愁力小素餐無補益朱紱（一作綬）虛纏繞冠蓋栖野雲稻粱養山鳥量能私自省所得已非少五品不爲賤五十不爲夭若無知足心貪求何日了

庭松

堂下何所有十松當我階亂立無行次高下亦不齊高者三丈長下者十尺低有如野生物不知何人栽接以青瓦屋承之白沙臺朝昏有風月燥濕（一作燥溼）無塵泥疏韻秋槭槭（一作瑟瑟）涼陰夏淒淒春深微雨夕滿葉珠蓑蓑（一作漼漼）歲暮大雪天壓枝玉皚皚四時各有趣萬木非其儕去年買此宅多爲人所咍一家二（一作三）十口移轉就松來移來（一作近松）有何得但得煩襟開即此是益友豈必交賢才顧我猶俗士冠帶走塵埃未稱爲松主時時一媿懷

竹窗

常愛輞川寺竹窗東北廊一別十餘載見竹未曾忘今春二月初卜居在新昌未暇作廄庫且先營一堂開窗不糊紙種竹不依行意取北檐下窗與竹相當繞屋聲淅淅逼人色蒼蒼煙通杳靄氣月透玲瓏光是時三伏天天氣熱如湯獨此竹窗下朝迴解衣裳輕紗一幅巾小簟六尺牀無客盡日靜有風終夜涼乃知前古人言事頗諳詳清風北窗臥可以傲羲皇

同韓侍郎遊鄭家池吟詩小飲

野艇容三人晚池流浼浼悠然依櫂坐水思如江海宿雨洗沙塵晴風蕩煙靄殘陽上竹樹枝葉生光彩我本偶然來景物如相待白鷗驚不起綠芡行堪采齒髮雖已衰性靈未云改逢詩遇杯酒尚有心情在

晚歸有感

朝弔李家孤暮問崔家疾（時李十一侍郎諸子尚居憂崔二十二員外三年臥病）回馬獨歸來低眉心鬱鬱平生所善者多不過六七如何十年間零落三無一劉曾夢中見元向花前失（劉三十二校書歿後嘗見夢元八少尹今春櫻桃花時長逝）漸老與誰遊春城好風日

曲江感秋二首并序

元和二年三年四年予每歲有曲江感秋詩凡三篇編在第七集卷是時予爲左拾遺翰林學士無何貶江州司馬忠州刺史前年遷主客郎中知制誥未周歲授中書舍人今遊曲江又值秋日風物不改人事屢變況予中否後遇昔壯今衰慨然感懷復有此作噫人生多故不知明年秋又何許也時二年七月十日云耳

元和二年秋我年三十七長慶二年秋我年五十一中間十四年六年居譴黜窮通與榮悴委運隨外物遂師廬山遠重弔湘江屈夜聽竹枝愁秋看灩堆沒近辭巴郡印又秉綸閣筆晚遇何足言白髮映朱紱銷沈昔意氣改換舊容質獨有曲江秋風煙如往日

疎蕪南岸草蕭颯西風樹秋到未（一作來）幾時蟬聲又無數莎平綠茸合蓮落青房露今日臨望時往年感秋處池中水依舊城上山如故獨我鬢間毛昔黑今垂素榮名與壯齒相避如朝暮時命始欲來年顏已先去當春不歡樂臨老徒驚誤故作詠懷詩題於曲江路

玩松竹二首

龍蛇隱大澤麋鹿遊豐草栖鳳安於梧潛魚樂於藻吾亦愛吾廬廬中樂吾道前松後修竹偃臥可終老各附其所安不知他物好

坐愛前檐前臥愛北窗北窗竹多好風檐松有嘉色幽懷一以合俗念隨緣息在爾雖無情於予即有得乃知性相近不必動與植

衰病無趣因吟所懷

朝餐多不飽夜臥常少睡自覺寢食間多無少年味平生好詩酒今亦將舍棄酒唯下藥飲無復曾歡醉詩多聽人吟自不題一字病姿與（一作引）衰相日夜相繼至況當尚少朝彌慚居近侍終當求一郡聚少漁樵費合口便歸山不問人間事

逍遙詠

亦莫戀此身亦莫厭此身此身何足戀萬劫煩惱根此身何足厭一聚虛空塵無戀亦無厭始是逍遙人

全唐詩

白居易

短歌行

曈曈太陽如火色上行千里下一刻出爲白晝入爲夜圓轉如珠住不得住不得可（一作無）柰何爲君舉酒歌短歌歌聲苦詞亦苦四座少年君聽取今夕未竟明夕（一作旦）催秋風纔往春風回人無根蔕時不駐朱顏白日相隳穨勸君且強笑一面勸君且（一作復）強飲一杯人生不得長歡樂年少須臾老到來

生離別

食櫱不易食梅難櫱能苦兮梅能酸未如生別之爲難苦在心兮酸在肝晨雞再鳴殘月沒征馬連嘶（一作嘶風）行人出回看骨肉哭一聲梅酸櫱苦甘如蜜黃河水白黃雲秋行人河邊相對愁天寒野（一作路）曠何處宿棠梨葉戰風颼颼生離別生離別憂從中（一作何）來無斷絕憂極（一作積）心勞血氣衰未年三十生白髮

浩歌行

天長地久無終畢昨夜今朝又明日鬢髮蒼浪牙齒疎不覺身年四十七前去五十有幾年把鏡照面心茫然既無長繩繫白日又無大藥駐朱顏朱顏日漸不如故青史功名在何處欲留年少待富貴富貴不來年少去去復去兮如長河東流赴海無迴波賢愚貴賤同歸盡

北邙冢墓高嵯峨古來(一作今)如此非獨我未死有酒且高歌顏回短命伯夷餓我今所得亦已多功名富貴須待命命若(一作苟)不來知(一作爭)奈何

王夫子

王夫子送君爲一尉東南三千五百里道途雖遠位雖卑月俸猶堪活妻子男兒口讀古人書束帶斂手來從事近將徇祿給一家遠則行道佐時理行道佐時須待命委身下位無爲恥命苟未來且求食官無卑高及遠邇男兒上旣未能濟天下下又不至飢寒死吾觀九品至一品其間氣味都相似紫綬朱紱青布衫顏色不同而已矣王夫子別有一事欲勸君遇(一作逢)酒逢春且歡喜

江南遇天寶樂叟

白頭病(一作老)叟泣且言祿山未亂入梨園能彈琵琶和法曲多在華清隨至尊是時天下太平久年年十月坐朝元千官起居環珮合萬國會同車馬奔金鈿照耀石甕寺蘭麝熏煮溫湯源貴妃宛轉侍君側體弱不勝珠翠繁冬雪飄颻錦袍暖春風蕩漾霓裳飜歡娛未足燕寇至弓勁馬肥胡語喧豳土人遷避夷狄鼎湖龍去哭軒轅從此漂淪落南土萬人死盡一身存秋風江上浪無限暮雨舟中酒一尊涸魚久失風波勢枯草曾霑雨露恩我自秦來君莫問驪山渭水如荒村新豐樹老籠明月長生殿闇鎖春雲(一作黃昏)紅葉紛紛蓋欹瓦綠苔重重封壞垣唯有中官作宮使每年寒食一開門

送張山人歸嵩陽

黃昏慘慘天微雪修(一作脩)行坊西鼓聲絕張生馬瘦衣且單夜扣柴門與我別媿君冒寒來別我爲君酤酒張燈火酒酣火煖與君言何事(一作君何)入關又出關答云前年偶下山四十餘月客長安長安古來名利地空手無金行路難朝遊九城陌肥馬輕車欺殺客暮宿五侯門殘茶冷酒愁殺人春明門門前便是嵩山路(一作春明門外嵩高處直下便是嵩山路)幸有雲泉容此身明日辭君且歸去

醉後走筆酬劉五主簿長句之贈兼簡張大賈二十四先輩昆季

劉兄文高行孤立十五年前名翕習是時相遇在符離我年二十君三十得意忘年心迹親寓居同縣日知聞衡門寂莫朝尋我古寺蕭條暮訪君朝來暮去多攜手窮巷貧居何所有秋燈夜寫聯句詩春雪朝傾煖寒酒陴湖綠愛白鷗飛濉水清憐紅鯉肥偶語閑攀芳樹立相扶醉蹋落花歸張賈弟兄同里巷乘閑數數來相訪雨天連宿草堂中月夜徐行石橋上我年漸長忽自驚鏡中冉冉髭鬚生心畏後時同勵志身牽前事各求名問我栖栖何所適鄉人薦爲鹿鳴客二千里別謝交遊三十韻詩慰行役出門可憐唯一身敝裘瘦馬入咸秦鼕鼕街鼓紅塵闇晚到長安無主人二賈二張與余弟驅車邐迤來相繼操詞握賦爲干戈鋒銳森然勝氣多齊入文場同苦戰五人十載九登科二張得雋名居甲美退爭雄重告捷棠棣輝榮並桂枝芝蘭芳馥和荊葉唯有沅犀屈未伸握中自謂駭雞珍三年不鳴鳴必大豈獨駭雞當駭人元和運啓千年聖同遇明時余最幸始辭祕閣吏王畿遽列諫垣升禁闈蹇步何堪鳴珮玉衰容不稱著朝衣閶闔晨開朝百辟冕旒不動香煙碧步登龍尾上虛空立去天顏無咫尺宮花似雪從乘輿禁月如霜坐直廬身賤每驚隨內宴才微常媿草天書晚松寒竹新昌第職居密近門多閉日暮銀臺下直回故人到門門暫開回頭下馬一相顧塵土滿衣何處來斂手炎涼敘未畢先說舊山今悔出岐陽旅宦少歡娛江左羇遊費時日贈我一篇行路吟吟之句句披沙金歲月徒催白髮貌泥塗不屈青雲心誰會茫茫天地意短才獲用長才棄我隨鵷鷺入煙雲謬上丹墀爲近臣君同鸞鳳棲荊棘猶著青袍作選人惆悵知賢不能薦徒爲出入蓬萊殿月慚諫紙二百張歲媿俸錢三十萬大底浮榮何足道幾度相逢即身老且傾斗酒慰羇愁重話符離問舊遊北巷鄰居幾家去東林舊院何人住武里村花落復開流溝山色應如故感此酬君千字詩醉中分手又何之須知通塞尋常事莫歎浮沈先後時慷慨臨岐重相勉殷勤別後加餐飯君不見買臣衣錦還故鄉五十身榮未爲晚

和錢員外荅盧員外早春獨遊曲江見寄長句

春來有色闇融融先到詩情酒思中柳岸霏微裛塵雨杏園澹蕩開花風聞君獨遊心鬱鬱薄晚新晴騎馬出醉思詩侶有同年春歎翰林無暇日雲夫首倡寒玉音蔚章繼和春搜吟此時我亦閉門坐一日風光三處心(雲夫蔚章同年及第時余與蔚章同在翰林)

東墟晚歇(時退居渭村)

涼風冷露蕭索天黃蒿紫菊荒涼田繞冢秋花少顏色細蟲小蝶飛飜飜中有騰騰獨行者手拄漁竿不騎馬晚從南澗釣魚回歇此墟中白楊下褐衣半故白髮新人逢知我是何人誰言渭浦棲遲客曾作甘泉侍從臣

客中月

客從江南來來時月上弦悠悠行旅中三見清光圓曉隨殘月行夕與新月宿誰謂月無情千里遠相逐朝發渭水橋暮入長安陌不知今夜月又作誰家客

輓歌詞

丹旐何飛揚素驂亦悲鳴晨光照閭巷輀車儼欲行蕭條九月天哀輓出重(一作晚出洛陽)城借問送者誰妻子與弟兄蒼蒼上古原(一作古原上)峨峨開新塋含酸一慟哭異口同哀聲舊壟轉蕪絕新墳日羅列春風草綠(一作秋草)北邙山此地年年生死別

長相思

九月西風興月冷露華凝思君秋夜長一夜魂九升二月東風來草拆花心開思君春日遲一日腸九迴妾住洛橋北君住洛橋南十五即相識今年二十三有如女蘿草生在松之側蔓短枝苦高縈迴上不得人言人有願願至天必成願作遠方獸步步比肩行願作深山木枝枝連理生

山鷓鴣

山鷓鴣朝朝暮暮啼復啼啼時露白風淒淒黃茅岡頭秋日晚苦竹嶺下寒月低畬田有粟何不啄石楠有枝何不棲迢迢不緩復不急樓上舟中聲闇入夢鄉遷客

展轉臥抱兒寡婦彷徨立山鷓鴣爾本此鄉鳥生不辭巢不別羣何苦聲聲啼到曉啼到曉唯能愁北人南人慣聞如不聞

放旅雁（元和十年冬作）

九江十年冬大雪江水生冰樹枝折百鳥無食東西飛中有旅鴈聲最飢雪中啄草冰上宿翅冷騰空飛動遲江童持網捕將去手攜入市生賣之我本北人今譴謫人鳥雖殊同是客見此客鳥傷客人贖汝放汝飛入雲鴈鴈汝飛向何處第一莫飛西北去淮西有賊討未平百萬甲兵久屯聚官軍賊軍相守老食盡兵窮將及汝健兒飢餓射汝喫拔汝翅翎爲箭羽

送春歸（元和十一年三月三十日作）

送春歸三月盡日日暮時去年杏園花飛御溝綠何處送春曲江曲今年杜鵑花落子規啼送春何處西江西帝城送春猶怏怏天涯送春能不加惆悵莫惆悵送春人冗員無替五年罷應須準擬再送潯陽春五年炎涼凡十變又知此身健不健好去（一作送）今年江上春明年未死還相見

山石榴寄元九

山石榴一名山躑躅一名杜鵑花杜鵑啼時花撲撲九江三月杜鵑來一聲催得一枝開江城上佐閑無事山下劚得廳前栽爛熳一闌十八樹根株有數花無數千房萬葉一時新嫩紫殷紅鮮麴塵淚痕裛損燕支臉剪刀裁破紅綃巾謫仙初墮愁在世姹女新嫁嬌泥（去聲）春日射血珠將滴地風翻火燄欲燒人閑折兩枝持在手細看不似人間有花中此物似西施芙蓉芍藥皆嫫母奇芳絕豔別者誰通州遷客元拾遺拾遺初貶江陵去去時正值青春暮商山秦嶺愁殺君（一作人）山石榴花紅夾路題詩報我何所云苦（一作若）云色似石榴帬當時叢畔唯思我今日闌前只憶君憶君不見坐銷落日西風起紅紛紛

畫竹歌（并引）

協律郎蕭悅善畫竹舉時（一作世）無倫蕭亦甚自祕重有終歲求其一竿一枝而不得者知予天與好事忽寫一十五竿惠然見投予厚其意高其藝無以荅（一作答）既作歌以報之凡一百八十六字云

植物之中竹難寫古今雖畫無似者蕭郎下筆獨逼眞丹青以來唯一人人畫竹身肥擁腫蕭畫莖瘦節節竦人畫竹梢死羸垂蕭畫枝活葉葉動不根而生從意生不筍而成由筆成野塘水邊碕岸側森森兩叢十五莖嬋娟不失筠粉態蕭颯盡得風煙情舉頭忽看不似畫低耳靜聽疑有聲西叢七莖勁而健省向天竺寺前（一作邊）石上見東叢八莖疏且寒憶曾湘妃廟裏雨中看幽姿遠思少人別與君相顧空長歎蕭郎蕭郎老可惜手顫（一作戰）眼昏頭雪色自言便是絕筆時從今此竹尤難得

眞娘墓（墓在虎丘寺）

眞娘墓虎丘道不識眞娘鏡中面唯見眞娘墓頭草霜摧桃李風折蓮眞娘死時猶少年脂膚荑手不牢固世間尤物難留連難留連易銷歇塞北花江南雪

長恨歌

前進士陳鴻撰長恨歌傳曰開元中泰階平四海無事明皇在位歲久倦於旰食宵衣政無小大始委於右丞相深居遊宴以聲色自娛先是元獻皇后武淑妃皆有寵相次即世宮中雖良家子千數無可悅目者上心忽忽不樂時每歲十月駕幸華清宮內外命婦熠燿景從浴日餘波賜以湯沐春風靈液澹蕩其間上心油然若有顧遇左右前後粉色如土詔高力士潛搜外宮得弘農楊玄琰女於壽邸既笄矣鬒髮膩理纖穠中度舉止閑冶如漢武帝李夫人別疏湯泉詔賜澡瑩既出水體弱力微若不任羅綺光彩煥發轉動照人上甚悅進見之日奏霓裳羽衣曲以導之定情之夕授金釵鈿合以固之又命戴步搖垂金璫明年冊爲貴妃半后服用由是冶其容敏其詞婉孌萬態以中上意上益嬖焉時省風九州泥金五嶽驪山雪夜上陽春朝與上行同室宴專席寢專房雖有三夫人九嬪二十七世婦八十一御妻曁後宮才人樂府伎女使天子無顧盼意自是六宮無復進幸者非徒殊豔尤態致是蓋才智明慧善巧便佞先意希旨有不可形容者叔父昆弟皆列在清貫爵爲通侯姊妹封國夫人富埒王室車服邸第與大長公主侔而恩澤勢力則又過之出入禁門不問京師長吏爲側目故當時謠詠有云生女勿悲酸生兒勿喜歡又曰男不封侯女作妃看女卻爲門上楣其人心羨慕如此天寶末兄國忠盜丞相位愚弄國柄及安祿山引兵嚮闕以討楊氏爲辭潼關不守翠華南幸出咸陽道次馬嵬亭六軍裴回持戟不進從官郎吏伏上馬前請誅錯以謝天下國忠奉氂纓盤水死於道周左右之意未快上問之當時敢言者請以貴妃塞天下怒上知不免而不忍見其死反袂掩面使牽之而去蒼黃展轉竟就絕於尺組之下旣而明皇狩成都肅宗受禪靈武明年大兇歸元大駕還都尊明皇爲太上皇就養南宮遷於西內時移事去樂盡悲來每至春之日冬之夜池蓮夏開宮槐秋落梨園弟子玉琯發音聞霓裳羽衣一聲則天顏不怡左右歔欷三載一意其念不衰求之魂夢杳不能得適有道士自蜀來知上皇心念楊妃如是自言有李少君之術明皇大喜命致其神方士乃竭其術以索之不至又能遊神馭氣出天界沒地府以求之不見又旁求四虛上下東極大海跨蓬壺見最高仙山上多樓闕西廂下有洞户東向闔其門署曰玉妃太眞院方士抽簪扣扉有雙童女出應門方士造次未及言而雙鬟復入俄有碧衣侍女又至詰其所從方士因稱唐天子使者且致其命碧衣云玉妃方寢請少待之於時雲海沈沈洞天日晚瓊户重闔悄然無聲方士屏息斂足拱手門下久之而碧衣延入且曰玉妃出見一人冠金蓮披紫綃佩紅玉曳鳳舄左右侍者七八人揖方士問皇帝安否次問天

寶十四年已還事言訖憫默指碧衣取金釵鈿合各析其半授使者曰爲謝太上皇謹獻是物尋舊好也方士受辭與信將行色有不足玉妃固徵其意復前跪致詞請當時一事不爲他人聞者驗於太上皇不然恐鈿合金釵負新垣平之詐也玉妃茫然退立若有所思徐而言之曰昔天寶十載侍輦避暑驪山宮秋七月牽牛織女相見之夕秦人風俗是夜張錦繡陳飲食樹瓜果焚香於庭號爲乞巧宮掖間尤尚之夜殆半休侍衛於東西廂獨侍上上凭肩而立因仰天感牛女事密相誓心願世世爲夫婦言畢執手各嗚咽此獨君王知之耳因自悲曰由此一念又不得居此復墮下界且結後緣或爲天或爲人決再相見好合如舊因言太上皇亦不久人間幸唯自安無自苦耳使者還奏太上皇皇心震悼日日不豫其年夏四月南宮晏駕元和元年冬十二月太原白樂天自校書郎尉於盩厔鴻與琅邪王質夫家於是邑暇日相攜遊仙遊寺話及此事相與感歎質夫舉酒於樂天前曰夫希代之事非遇出世之才潤色之則與時消沒不聞於世樂天深於詩多於情者也試爲歌之如何樂天因爲長恨歌意者不但感其事亦欲懲尤物窒亂階垂於將來也歌既成使鴻傳焉世所不聞者予非開元遺民不得知世所知者有明皇本紀在今但傳長恨歌云爾

漢皇重色思傾國，御宇多年求不得。楊家有女初長成，養在深閨人未識。天生麗質難自棄，一朝選在君王側。回眸一笑百媚生，六宮粉黛無顏色。春寒賜浴華清池，溫泉水滑洗凝脂。侍兒扶起嬌無力，始是新承恩澤時。雲鬢花顏（一作冠）金步搖，芙蓉帳暖度（一作裏暖）春宵。春宵苦短日高起，從此君王不早朝。承歡侍宴（一作寢）無閑暇，春從春遊夜專夜。後（一作漢）宮佳麗三千人，三千寵愛在一身。金屋妝成嬌侍夜，玉樓宴罷醉和春。姊妹弟兄皆列土，可憐光彩生門戶。遂令天下父母心，不重生男重生女。驪宮高處入青雲，仙樂風飄處處聞。緩歌慢舞凝絲竹，盡日君王看（一作聽）不足。漁陽鞞鼓動地來，驚破霓裳羽衣曲。九重城闕煙塵生，千乘萬騎西南行。翠華搖搖行復止，西出都門百餘里。六軍不發無（一作知）柰何，宛轉蛾眉馬前死。花鈿委地無人收，翠翹金雀玉搔頭。君王掩面救不得，回看（一作首）血淚相和流。黃埃散漫風蕭索，雲棧縈紆（一作迴）登劍閣。峨嵋山下少人行，旌旗無光日色薄。蜀江水碧蜀山青，聖主朝朝暮暮情。行宮見月傷心色，夜雨聞鈴腸斷聲。天旋日轉迴龍馭，到此躊躇不能去。馬嵬坡下泥（一作塵）土中，不見玉顏空死處。君臣相顧盡霑衣，東望都門信馬歸。歸來池苑皆依舊，太液芙蓉未央柳。芙蓉如面柳如眉，對此如何不淚垂。春風桃李花開夜（一作日），秋雨梧桐葉落時。西宮南苑（一作內）多秋草，宮（一作落）葉滿階紅不埽。梨園弟子白髮新，椒房阿監青娥老。夕殿螢飛思悄然，孤（一作秋）燈挑盡未成眠。遲遲鐘鼓初長夜，耿耿星河欲曙天。鴛鴦瓦冷霜華重，翡翠衾寒（一作舊枕故衾）誰與共。悠悠生死別經年，魂魄不曾來入夢。臨邛道（一作方）士鴻都客，能以精誠致魂魄。爲感君王展轉思（一作恩），遂教方士殷勤覓。排空（一作雲）馭氣奔如電，升天入地求之徧。上窮碧落下黃泉，兩處茫茫皆不見。忽聞海上有仙山，山在虛無縹緲間。樓閣（一作殿）玲瓏五雲起，其中綽約多仙子。中有一人字太真（一作字玉真又作名玉妃），雪膚花貌參差是。金闕西（一作兩）廂叩玉扃，轉教小玉報雙成。聞道漢家天子使，九華帳裏（一作下）夢魂驚。攬衣推枕起裵回，珠箔銀屏（一作鈎）邐迤（一作迤邐）開。雲鬢（一作髻）半偏新睡覺，花冠不整下堂來。風吹仙袂飄颻舉，猶似霓裳羽衣舞。玉容寂寞淚闌干，梨花一枝春帶雨。含情凝睇（一作涕）謝君王，一別音容兩渺茫。昭陽殿裏恩愛絕，蓬萊宮中日月長。回頭下望（一作問）人寰處，不見長安見塵霧。唯將（一作空持）舊物表深情，鈿合金釵寄將去。釵留一股合一扇，釵擘黃金合分鈿。但教（一作令）心似金鈿堅，天上人間會相見。臨別殷勤重寄詞，詞中有誓兩心知。七月七日長生殿，夜半無人私語時。在天願作（一作爲）比翼鳥，在地願爲連理枝。天長地久有時盡，此恨緜緜無絕（一作盡）期。

婦人苦

蟬鬢加意梳，蛾眉用心埽。幾度曉妝成，君看不言好。妾身重同穴，君意輕偕老。惆悵去年來，心知未能道。今朝一開口，語少意何深。願引他時事，移君此日心。人言夫婦親，義合如一身。及至死生際，何曾苦樂均。婦人一喪夫，終身守孤孑。有如林中竹，忽被風吹折。一折不重生，枯死猶抱節。男兒若喪婦，能不暫傷情。應似門前柳，逢春易發榮。風吹一枝折，還有一枝生。爲君委曲言，願君再三聽。須知婦人苦，從此莫相輕。

長安道

花枝缺處青樓開，豔歌一曲酒一杯。美人勸我急行樂，自古朱顏不再來。君不見外州（一本此下有官字）客，長安道，一迴來（一本此下有時字）一迴老。

潛別離

不得哭，潛別離。不得語，闇相思。兩心之外無人知。深籠夜鎖獨棲鳥，利劍春斷連理枝。河水雖濁有清日，烏頭雖黑有白時。唯有潛離與暗別，彼此甘心無後期。

隔浦蓮

隔浦愛紅蓮，昨日看猶在。夜來風吹落，只得一回采。花開雖有明年期，復愁明年還暫時。

寒食野望吟

丘墟郭門外，寒食誰家哭。風吹曠野紙錢飛，古墓纍纍春草綠。棠梨花映白楊樹，盡是死生離別處。冥寞重泉哭不聞，蕭蕭暮雨人歸去。

琵琶引（并序）

元和十年予左遷九江郡司馬明年秋送客湓浦口聞船（一作舟）中夜彈琵琶者聽其音錚錚然有京都（一作邑）聲問其人本長安倡女嘗學琵琶於穆曹二善才年長色衰委身爲賈人婦遂命酒使快彈數曲曲罷憫默自敘少小時歡樂事今漂淪顦顇轉徙於江湖間予出官二年恬然自安感斯人言是夕始覺有遷謫意因爲長句歌以贈之凡六百一十二言命曰琵琶行

潯陽江頭夜送客楓葉荻花秋索索（一作瑟瑟）主人下馬客在
船舉酒欲飲無管弦醉不成歡慘將別別時茫茫江浸
月忽聞水上琵琶聲主人忘歸客不發尋聲暗問彈者
誰琵琶聲停欲語遲移船相近邀相見添酒迴燈重開
宴千呼萬喚始出來猶抱（一作把）琵琶半遮面轉軸撥弦三
兩（一作五）聲未成曲調先有情弦弦掩抑聲聲思似訴平生
不得意（一作志）低眉信手續續彈說盡心中無限事輕攏慢
撚抹復挑初爲霓裳後六幺（一作綠腰）大弦嘈嘈如急雨小弦
切切如私語嘈嘈切切錯雜彈大珠小珠落玉盤間關
鶯語花底滑幽咽泉流水（一作冰）下灘（一作難）水泉冷澀弦疑絕
疑絕不通聲暫歇別有幽愁暗恨生此時無聲勝有聲
銀缾乍破水漿迸鐵騎突出刀槍鳴曲終收撥當心畫
四弦一聲如裂帛東舟西舫悄無言唯見（一作有）江心秋月
白沈吟放撥插弦中整頓衣裳起斂容自言本是京城
女家在蝦蟇陵下住十三學得琵琶成名屬教坊第一
部曲罷曾教善才伏妝成每被秋娘妬五陵年少爭纏
頭一曲紅綃不知數鈿頭雲篦擊節碎血色羅帬翻酒
汙今年歡笑復明年秋月春風等閑度弟走從軍阿姨
死暮去朝來顏色故門前冷落鞍馬稀老大嫁作商人
婦商人重利輕別離前月浮梁買茶去去來江口守空
船繞船月明江水寒夜深忽夢少年事夢啼妝淚（一作啼妝淚落）
紅闌干我聞琵琶已歎息又聞此語重唧唧同是天涯
淪落人相逢何必曾相識我從去年辭（一作離）帝京謫居臥
病潯陽城潯陽小處（一作地僻）無音樂終歲不聞絲竹聲住近
湓江地低濕黃蘆苦竹繞宅生其間旦暮聞何物杜鵑
啼血猨哀鳴春江花朝秋月夜往往取酒還獨傾豈無
山歌與村笛嘔啞嘲哳（一作啁哳）難爲聽今夜聞君琵琶語如
聽仙樂耳暫明莫辭更坐彈一曲爲君翻作琵琶行感
我此言良久立却坐促弦弦轉急淒淒不似向前聲滿
座重聞皆掩泣座（一作就）中泣下（一作淚）誰最多江州司馬青衫
濕

簡簡吟

蘇家小女名簡簡芙蓉花顋柳葉眼十一把鏡學點妝
十二抽鍼能繡裳十三行坐事調品不肎迷頭白地藏
玲瓏雲髻生花（一作菜）樣飄颻風袖薔薇香殊姿異態不可
狀忽忽轉動如有光二月繁霜殺桃李明年欲嫁今年
死丈人阿母勿悲啼此女不是凡夫妻恐是天仙謫人
世只合人間十三歲大都好物不堅牢彩雲易散琉璃
脆

花非花

花非花霧非霧夜半來天明去來如春夢幾多時去似
朝雲無覓處

醉後狂言酬贈蕭殷二協律

餘杭邑客多羇貧其間甚者蕭與殷天寒身上猶衣葛
日高甑中未拂塵江城山寺十一月北風吹沙雪紛紛
賓客不見綈袍惠黎庶未霑襦袴恩此時太守自慙媿
重衣複衾有餘溫因命染人與鍼女先製兩裘贈二君
吳緜細軟桂布密柔如狐腋白似雲勞將詩書投贈我
如此小惠何足論我有大裘君未見寬廣和暖如陽春
此裘非繒亦非纊裁以法度絮以仁刀尺鈍拙製未畢
出亦不獨裹一身若令在郡得五考與君展覆杭州人

醉歌（示伎人商玲瓏）

罷胡琴掩秦瑟玲瓏再拜歌初畢誰道使君不解歌聽
唱黃雞與白日黃雞催曉丑時鳴白日催年酉前沒腰
間紅綬繫未穩鏡裏朱顏看已失玲瓏玲瓏柰老何使
君歌了汝更歌

全唐詩

白居易

代書詩一百韻寄微之

憶在貞元歲初登（一作俱升）典校司身名同日授心事一言知
（貞元中與微之同登科第俱授秘書省校書郎始相識也）肺腑都無隔形骸兩不羈疎狂屬年
少閑散爲官卑分定金蘭契言通藥石規交賢方汲汲
友直每偲偲有月多同賞無杯不共持秋風拂琴匣夜
雪卷書帷高上慈恩塔幽尋皇子陂唐昌玉蘂會崇敬
牡丹期（唐昌觀玉蘂崇敬寺牡丹花時多與微之有期）笑勸迂辛酒閑吟短李詩（辛大丘度性迂
嗜酒李二十紳形短能詩故當時有迂辛短李之號）儒風愛敦質佛理賞玄師（劉三十二敦質雅有儒風庾七玄師談佛
理有可賞者）度日曾無悶通宵靡不爲雙聲聯律句八面對（一作數）
宮棊（雙聲聯句八面宮棊皆當時事）往往遊三省騰騰出九逵寒銷直城路
春到（一作滿）曲江池樹暖枝條弱山晴彩翠奇峰攢石綠點
柳宛（一作惹）麴塵絲岸草煙鋪地園花雪壓枝早光紅照耀
新溜碧逶迤幄幕侵（一作分）堤布盤筵占地施徵伶皆（一作求）絕
藝選（一作迎）伎悉（一作遴）名姬粉黛（一作鉛粉）凝春態（一作豔）金鈿耀水嬉風
流誇墮髻時世鬭啼眉（一作愁）（貞元末城中復爲墮馬髻啼眉妝也）密坐隨歡促華尊
逐勝移香飄歌袂動翠落舞釵遺籌插紅螺椀觥飛白
玉卮打嫌調笑易飲訝卷波遲（拋打曲有調笑令飲酒曲有卷白波）殘席諠譁散
歸鞍酩酊騎酡顏烏帽側醉袖玉鞭垂紫陌傳鐘鼓紅
塵塞路岐幾時曾蹔別何處不相隨荏苒星霜換迴環
節候催（一作推）兩銜多請告（一作假）三考欲（一作遂）成資運啓千年聖

天成萬物宜皆當少壯日同惜盛明時光景嗟虛擲雲霄竊暗窺攻文朝矻矻講學夜孜孜策目穿如札（時與微之結集策略之目其數至百十）鋒毫（一作毫鋒）銳若錐（時與微之各有纖鋒細管筆攜以就試相顧輒笑目為毫錐）繁張獲鳥網堅守釣魚坻（謂自冬至夏頻改試期竟與微之堅待制試也）並受夔龍薦齊陳（一作登）鼂董詞萬言經濟略三策（一作道）太平基中（一作取）第爭無敵專場戰不疲輔車排勝陣掎角搴（一作奪）降旗（並謂同鋪席共筆硯）雙闕紛容衛千僚儼等衰（謂制舉人欲唱第之時也）恩隨紫泥降名向白麻披既在高科選還從好爵縻東垣君諫諍西邑我驅馳（元和元年同登制科微之拜拾遺予授盩厔尉）再喜登烏府多慙侍赤墀（四年微之復拜監察予為拾遺學士也）官班分內外遊處遂參差每列鵷鸞序偏瞻獬豸姿簡威霜凜冽衣彩繡葳蕤正色摧強禦剛腸嫉喔咿常憎持祿位不擬保妻兒養勇期除惡輸忠在滅私下韝驚燕雀當道懾狐狸南國人無怨（一作杜）東臺吏不欺（微之使東川奏冤八十餘家詔從而平之因分司東都）理（一作雪）冤多定國切（一作犯）諫甚辛毗造次行於是平生志在茲（一作斯）道將心共直言與行兼（一作相）危水暗波翻覆山藏路險巇未為明主識已被倖臣疑木秀遭風折蘭芳遇霰萎千鈞勢易壓一柱力難搘騰口因（一作方）成痏吹毛遂得疵憂來吟貝錦謫去詠江蘺邂逅塵中遇殷勤馬上辭賈生離魏闕王粲向荊夷水過（一作度）清源寺山經綺季（一作里）祠心搖漢皋珮淚墮峴亭（一作山）碑（並途中所經歷者也）驛路緣雲際城樓枕水湄思鄉多繞澤望闕（一作國）獨登陴林晚青蕭索江平綠渺瀰野秋鳴蟋蟀沙冷聚鸕鷀官舍黃茅屋人家苦竹籬白醪充夜酌紅粟備晨炊寡鶴摧風翮鰥魚失水鬐闇雛啼渴（一作鵶）旦涼葉墜相思（此四句兼含微之鰥居之思）一點寒（一作秋）燈滅三聲曉角吹藍衫經雨故驄馬臥霜羸念涸誰濡沫嫌醒自歠醨耳垂無（一作懷）伯樂舌在有（一作感）張儀負氣衝星劍傾心向日葵金言自銷鑠玉性肎磷緇伸屈須看蠖窮通莫問龜定知身是患應用道為醫想子今如彼嗟予獨在斯（一作茲）無憀（一作悰）當歲杪有夢到天涯坐阻連襟帶行乖接履綦潤銷衣上霧香散室中芝念遠緣（一作傷）遷貶驚時為（一作歎）別離素書三往復明月七盈虧（自與微之別經七月三度得書）舊里（一作理）非難到餘歡不可（一作易）追樹依興善老草傍靜（一作晴）安衰（微之宅在靜安坊西近興善寺）前事思如昨中懷寫向誰北村尋古柏南宅訪辛夷（開元觀西北院即隋時龍村佛堂有古柏一株至今存焉微之宅中有辛夷兩樹常與微之遊息其下）此日空（一作徒）搔首何人共解頤病多知夜永年長覺秋悲不飲長如醉加餐亦似飢狂吟（一作書）一千字因使寄微之

和鄭元（一作方）及第後秋歸洛下閒居（同高侍郎下隔年及第）

勤苦成名後優游得意間玉憐同匠琢桂恨隔年攀山靜豹難隱谷幽鶯暫還微吟詩引步淺酌酒開顏門迴暮臨水窗深朝對山雲衢日相待莫誤許身閒

與諸同年賀座主侍郎新拜太常同宴蕭尚書亭子（座主於蕭尚書下及第得羣字韻）

寵新卿典禮會盛客徵文不失遷鶯侶因成賀燕羣池臺（一作塘）晴間雪冠蓋暮和雲共仰曾攀處年深桂尚熏

東都冬日會諸同年宴鄭家林亭（得先字）

盛時陪上第暇日會羣賢桂折因同樹鶯遷各異年賓階紛組佩（一作綬）妓席儼花鈿促膝齊榮賤差肩次後先助歌林下水銷酒雪中天他日升沈者無忘共此筵

敘德書情四十韻上宣歙翟（一作崔）中丞（宣州薦送及第後重投此詩）

元聖生乘運忠賢出應期還將稽古力助立太平基土控吳兼越州連歙與池山河地襟帶軍鎮國藩維廉察安江甸澄清肅海夷股肱分外守耳目付中司楚老歌來暮秦人詠去思望如時雨至福是（一作似）歲星移政靜民無訟刑行吏不欺撝謙驚主寵陰德畏人知白玉慙溫色朱繩讓直辭行為時領袖言作世蓍龜盛幕招賢士連營訓銳師光華下鵷鷺氣色動熊羆出入麾幢引登臨劒戟隨好風迎解榻美景待搴帷晴野霞飛綺春郊柳宛絲城烏驚畫角江雁避紅旗藉草朱輪駐攀花紫綬垂山宜謝公屐洲稱柳家詩酒氣和芳杜弦聲亂子規分毬齊馬首列舞匝蛾眉醉惜年光晚歡憐日影遲迴塘排玉棹歸路擁金羈自顧龍鍾者嘗蒙噢咻之仰山塵不讓涉海水難為身忝鄉人薦名因國士推提攜增善價拂拭長妍姿射策端心術遷喬整羽儀幸穿楊遠葉謬折桂高枝佩德潛書帶銘仁暗勒肌飭（一作勸）躬趨館舍拜手挹階墀霄漢程雖在風塵迹尚卑敝衣羞布素敗屋厭茅茨養乏晨昏膳居無伏臘資盛時貧可恥壯歲病堪嗤擢第名方立耽書力未疲磨鉛重剸割策蹇再奔馳相馬須憐瘦呼鷹正及飢扶搖重即事會有荅恩時

和渭北劉大夫借便秋遮虜寄朝中親友

巨鎮為邦屏全材作國楨韜鈐漢上將文墨魯諸生豹虎關西卒金湯渭北城寵深初受棨威重正揚兵陣占山河布軍諳水草行夏苗侵虎（一作部）落宵遁失蕃營雲隊攢戈戟風行卷旆旌堠空烽火滅氣勝鼓鼙鳴胡馬辭南牧周師罷北征迴頭問天下何處有欃槍

題故曹王宅（宅在檀溪）

甲第何年置朱門此地開山當賓閣出溪繞妓堂迴覆井桐新長陰窗竹舊栽池荒紅菡萏砌老綠莓苔捐館梁王去思人楚客來西園飛蓋處依舊月裴回

自江陵之徐州路上寄兄弟

岐路南將北離憂弟與兄關河千里別風雪一身行夕宿勞鄉夢晨裝慘旅情家貧憂後事日短念前程煙鴈翻寒渚霜烏聚古城誰憐陟岡者西楚望南荊

酬哥舒大見贈（去年與哥舒等八人同登科第今敘會散之意）

去歲歡遊何處去（一作好）曲江西岸杏園東花下忘歸因美景尊前勸酒是春風各從微宦風塵裏共度流年離別中今日相逢愁又喜八人分散兩人同

和談校書秋夜感懷呈朝中親友

遙夜涼風楚客悲清砧繁漏月高時秋霜似鬢年空長春草如袍位尚卑詞賦擅名來已久煙霄得路去何遲漢庭卿相皆知己不薦揚雄欲薦誰

感秋寄遠

惆悵時節晚兩情千里同離憂不散處庭樹正秋風燕影動歸翼蕙香銷故叢佳期與芳歲牢落兩成空

春題華陽觀（觀即華陽公主故宅有舊內人存焉）

帝子吹簫逐鳳皇空留仙洞號華陽落花何處堪惆悵頭白宮人埽影堂

秋雨中贈元九

不堪紅葉青苔地又是涼風暮雨天莫怪獨吟秋思苦

比君校近二毛年

城東閑遊

寵辱憂歡不到情任他朝市自營營獨尋秋景城東去
白鹿原頭信馬行

答韋八

麗句勞相贈佳期恨(一作悵)有違早知留酒待悔不趁花歸
春盡綠醅老雨多紅萼稀今朝如一醉猶得及芳菲

華陽觀桃花時招李六拾遺飲

華陽觀裏仙桃發把酒看花心自知爭忍開時不同醉
明朝後日即空枝

和友人洛中春感(一作感春)

莫悲金谷園中月莫歎天津橋上春若學多情尋往事
人間何處不傷神

送張南簡入蜀

昨日詔書下求賢訪陸沈無論能與否皆起徇名心君
獨南遊去雲山蜀路深

寄陸補闕(前年同登科)

忽憶前年科第後此時雞鶴暫同羣秋風惆悵須吹散
雞在中庭(一作庭前)鶴在雲

華陽觀中八月十五日夜招友玩月

人道秋中(一作中秋)明月好欲邀同賞意如何華陽洞裏秋壇
上今夜清光此處多

曲江憶元九

春來無伴閑遊少行樂三分減二分何況今朝杏園裏
閑人逢盡不逢君

過劉三十二故宅

不見劉君來近遠門前兩度滿枝花朝來惆悵宣平過
柳巷當頭第一家

下邽莊南桃花

村南無限桃花發唯我多情獨自來日暮風吹紅滿地
無人解惜爲誰開

三月三十日題慈恩寺

慈恩春色今朝盡盡日裴回倚寺門惆悵春歸留不得
紫藤花下漸黄昏

看惲(一作渾)家牡丹花戲贈李二十

香勝燒蘭紅勝霞城中最數令公家人人散後君須看
歸到江南無此花

春中與盧四周諒(一作鯨)華陽觀同居

性情懶慢好相親門巷蕭條稱作鄰背燭共憐深夜月
蹋花同惜少年春杏壇住僻雖宜病芸閣官微不救貧
文行如君尚顦顇不知霄漢待何人

自城東至以詩代書戲招李六拾遺崔二十六先輩

青門走馬趁心期惆悵歸來已校遲應過唐昌玉蘂後
猶當崇敬牡丹時暫遊還憶崔先輩欲醉先邀李拾遺
尚殘半月芸香俸不作歸糧作酒貲

盩厔縣北樓望山(自此後詩爲盩厔尉時作)

一爲趨走吏塵土不開顏孤負平生眼今朝始見山

縣西郊秋寄贈馬造(一作逢)

紫閣峰西清渭東野煙深處夕陽中風荷老(一作落)葉蕭條
綠水蓼殘(一作閒)花寂寞紅我厭宦遊君失意可憐秋思兩
心同

別韋蘇州

百年愁裏過萬感醉中來惆悵城西別愁眉兩不開

戲題新栽薔薇(時尉盩厔)

移根易地莫顦顇野外庭前一種春少府無妻春寂寞
花開將爾當夫人

酬王十八李大見招遊山

自憐幽會心期阻復愧嘉招書信頻王事牽身去不得
滿山松雪屬他人

縣南花下醉中留劉五

百歲幾迴同酩酊一年今日最芳菲願將花贈天台女
留取劉郎到夜歸

宿楊家

楊氏弟兄俱醉臥披衣獨起下高齋夜深不語中庭立
月照藤花影上(一作下)階

醉中留別楊六兄弟(三月二十日別)

春初攜手春深散無日花間不醉狂別後何人堪共醉
猶殘十日好風光

醉中歸盩厔

金光門外昆明路半醉騰騰信馬迴數日非關王事繫
牡丹花盡始歸來

遊雲居寺贈穆三十六地主

亂峰深處雲居路共蹋花行獨惜春勝地本來無定主
大都山屬愛山人

和王十八薔薇澗花時有懷蕭侍御兼見贈

霄漢風塵俱是繫薔薇花委故山深憐君獨向澗中立
一把紅芳三處心

再因公事到駱口驛

今年到時夏雲白去年來時秋樹紅兩度見山心有媿
皆因王事到山中

期李二十文略王十八質夫不至獨宿仙遊寺

文略也從牽吏役質夫何故戀囂塵始知解愛山中宿
千萬人中無一人

酬趙秀才贈新登科諸先輩

莫羨蓬萊鸞鶴侶道成羽翼自生身君看名在丹臺者
盡是人間修道人

過天門街

雪盡終南又欲春遥憐翠色對紅塵千車萬馬九衢上
回首看山無一人

惜玉蘂花有懷集賢王校書起

芳意將闌風又吹白雲離葉雪辭枝集賢讎校無閑日
落盡瑶花君不知

春送盧秀才下第遊太原謁嚴尚書

未將時會合且與俗浮沈鴻養青冥翮蛟潛雲雨心
郊春別遠風磧暮程深墨客投何處幷州舊翰林

長安送柳大東歸

白社羈遊伴青門遠別離浮名相引住歸路不同歸

送文暢上人東遊

得道即無著隨緣西復東貌依年臘老心到夜禪空山
宿驅溪虎江行濾水蟲悠悠塵客思春滿碧(一作色滿)雲中

社日關路作

晚景函關路涼風社日天青巖新有燕紅樹欲無蟬愁
立驛樓上厭行官堠前蕭條秋興苦漸近二毛年

重到毓村(一作材)宅有感

欲入中門淚滿巾庭花無主兩迴春軒窗簾幕皆依舊
只是堂前欠一人

亂後過流溝寺

九月徐州新戰後悲(一作急)風殺氣滿山河唯有流溝山下
寺門前依舊白雲多

歎髮落

多病多愁心自知行年未老髮先衰隨梳落去何須惜
不落終須變作絲

留別吳七正字

成名共記甲科上署吏同登芸閣間唯是塵心殊道性
秋蓬常轉水長閑

除夜宿洺州

家寄關西住身爲河北遊蕭條歲除夜旅泊在洺州

邯鄲冬至(一作至除)夜思家

邯鄲驛裏逢冬至抱膝燈前影伴身想得家中夜深坐
還應説著遠行人

冬至夜懷湘靈

豔質無由見寒衾不可親何堪最長夜俱作獨眠人

感故張僕射諸妓

黄金不惜買蛾眉揀得如花三四枝歌舞教成心力盡
一朝身去不相隨

遊仙遊山

闇將心地出人間五六年來人怪閑自嫌戀著未全盡
猶愛雲泉多在山

見尹公亮新詩偶贈絶句

袖裏新詩十首餘吟看句句是瓊琚如何持此將干謁
不及公卿一字書

長安閑居

風竹松煙晝掩關意中長似在深山無人不怪長安住
何獨朝朝暮暮閒

早春獨遊曲江(時爲校書郎)

散職無羈(一作拘)束羸驂少送迎朝從直城出春傍曲江行
風起池東暖雲開山北晴冰銷泉脈動雪盡草芽生露
杏紅初坼煙楊綠未成影遲新度鴈聲澀欲啼鶯閑地
心俱靜韶光眼共明酒狂憐性逸藥效喜身輕慵慢疎
人事幽棲遂(一作逐)野情迴看芸閣笑不似有浮名

秘書省中憶舊山

厭從薄宦校青簡悔別故山思白雲猶喜蘭臺非傲吏
歸時應免動移文

涼夜有懷(自此後詩並未應舉時作)

清風吹枕席白露濕衣裳好是相親夜漏遲天氣涼

送武士曹歸蜀(士曹即武中丞兄)

花落鳥嚶嚶南歸稱野情月宜秦嶺宿(一作過)春好蜀江行
鄉路通雲棧郊扉近錦城烏臺陟岡送(一作老)人羨別時榮

江南送北客因憑寄徐州兄弟書(時年十五)

故園望斷欲何如楚水吳山萬里餘今日因君訪兄弟
數行鄉淚一封書

賦得古原草送別

離離原上草一歲一枯榮野火燒不盡春風吹又生遠
芳侵古道晴翠接荒城又送王孫去萋萋滿別情

夜哭李夷道

逝者絶影響空庭朝復昏家人哀臨畢夜鏁壽堂門無
妻無子何人葬空見銘旌向月翻

病中作(時年十八)

久爲勞生事不學攝生道年少已多病此身豈堪老

秋江晚泊

扁舟泊雲島倚棹念鄉國四望不見人煙江澹秋色客
心貧易動日入愁未息

旅次(一作泊)景空寺宿幽上人院

不與人境接寺門開向山暮鐘寒鳥聚秋雨病僧閑月
隱雲樹外螢飛廊宇間幸投花界宿暫得靜心顔

長安正月十五日

諠諠車騎帝王州羈病無心逐勝遊明月春風三五夜
萬人行樂一人愁

過高將軍墓

原上新墳委一身城中舊宅有何人妓堂賓閣無歸日
野草山花又欲春門客空將感恩淚白楊風裏一霑巾

寒食臥病

病逢佳節長歎息春雨濛濛榆柳色羸坐全非舊日容
扶行半是他人力諠諠里巷蹋青歸笑閉柴門度寒食

宿桐廬館同崔存度醉後作

江海漂漂共旅遊一尊相勸散窮愁夜深醒後愁還在
雨滴梧桐山館秋

江樓望歸(時避難在越中)

滿眼雲水色月明樓上人旅愁春入越鄉夢夜歸秦道
路通荒服田園隔虜塵悠悠滄海畔十載避黄巾

除夜寄弟妹

感時思弟妹不寐百憂生萬里經年別孤燈此夜情病
容非舊日歸思逼新正早晚重歡會羈離各長成

寒食月夜

風香露重梨花濕草舍無燈(一作煙)愁未入南鄰北里歌吹
時獨倚柴門月中立

感芍藥花寄正一上人

今日階前紅芍藥幾花欲老幾花新開時不解比色相
落後始知如幻身空門此去幾多地欲把殘花問上人

晚秋閑居

地僻門深少送迎披衣閑坐養幽情秋庭不掃攜藤杖
閑蹋梧桐黄葉行

秋暮郊居書懷

郊居人事少晝臥對林巒窮巷厭多雨貧家愁早寒葛
衣秋未換書卷病仍看若問生涯計前溪一釣竿

爲薛台悼亡

半死梧桐老病身重泉一念一傷神手攜稚子夜歸院

月冷空房不見人

途中寒食

路旁寒食行人盡(一作絶)獨占春愁在路旁馬上垂鞭愁不語風吹百草野田香

題流溝寺古松

煙葉蔥蘢蒼麈尾霜皮剝落紫龍鱗欲知松老看塵壁死却題詩幾許人

感月悲逝者

存亡感月一潸然月色今宵似往年何處曾經同望月櫻桃樹下後堂前

代鄰叟言懷

人生何事心無定宿昔如今意不同宿昔愁身不得老如今恨作白頭翁

自河南經亂關內阻饑兄弟離散各在一處因望月有感聊書所懷寄上浮梁大兄於潛七兄烏江十五兄兼示符離及下邽弟妹

時難年饑(一作荒)世業空弟兄羈旅各西東田園寥落干戈後骨肉流離道路中弔影分爲千里鴈辭根散作九秋蓬共看明月應垂淚一夜鄉心五處同

長安早春旅懷

軒車歌吹諠都邑中有一人向隅立夜深明月卷簾愁日暮青山望鄉泣風吹新綠草芽坼雨灑輕黃柳條濕此生知負少年春不展愁眉欲三十

寒閨夜

夜半衾裯冷孤眠嬾未能籠香銷盡火巾淚滴成冰爲惜影相伴通宵不滅燈

寄湘靈

淚眼淩寒凍不流每經高處即迴頭遙知別後西樓上應凭闌干獨自愁

冬至宿楊梅館

十一月中長至夜三千里外遠行人若爲獨宿楊梅館冷枕單牀一病身

臨江送夏瞻(瞻年七十餘)

悲君老別我霑巾七十無家萬里身愁見舟行風又起白頭浪裏白頭人

冬夜示敏巢(時在東都宅)

爐火欲銷燈欲盡夜長相對百憂生他時諸處重相見莫忘今宵燈下情

客中守歲(在柳家莊)

守歲尊無酒思鄉淚滿巾始知爲客苦不及在家貧畏老偏驚節防愁預惡春故園今夜裏應念未歸人

問淮水

自嗟名利客擾擾在人間何事長淮水東流亦不閑

宿樟亭驛

夜半樟亭驛愁人起望鄉月明何所見潮水白茫茫

及第後憶舊山

偶獻子虛登上第却吟招隱憶中林春蘿秋桂莫惆悵縱有浮名不繫心

題李次雲(一作虛)窗竹

不用裁爲鳴鳳管不須截作釣魚竿千花百草凋零後留向紛紛雪裏看

花下自勸酒

酒盞酌來須滿滿花枝看即落紛紛莫言三十是年少百歲三分已一分

題李十一東亭

相思夕上松臺立蛩思蟬聲滿耳秋惆悵東亭風月好主人今夜在鄜州

春村

二月村園暖桑間戴勝飛農夫春舊穀蠶妾擣新衣牛馬因風遠雞豚過社稀黃昏林下路鼓笛賽神歸

題施山人野居

得道應無著謀生亦不妨春泥秧稻暖夜火焙茶香水巷風塵少松齋日月長高閑真是貴何處覓侯王

全唐詩

白居易

翰林中送獨孤二十七起居罷職出院

碧落留雲住青冥放鶴還銀臺向南路從此到人間

重尋杏園

忽憶芳時頻酩酊却尋醉處重裴回杏花結子春深後誰解多情又獨來

曲江獨行(自此後在翰林時作)

獨來獨去何人識廄馬朝衣野客心閑愛無風水邊坐楊花不動樹陰陰

同李十一醉憶元九

花時同醉破春愁醉折花枝當酒籌忽憶故人天際去計程今日到涼(一作梁)州

同錢員外題絕糧僧巨川

三十年來坐對山唯將無事化人間齋時往往聞鐘笑一食何如不食閑

絕句代書贈錢員外

欲尋秋景閑行去君病多慵我興孤可惜今朝山最好強能騎馬出來無

晚秋有懷鄭中舊隱

天高風嫋嫋鄉思遶關河寥落歸山夢殷勤采蕨歌病添心寂寞愁入鬢蹉跎晚樹蟬鳴少秋階日上多長閑

羨雲鶴久別媿煙蘿其柰丹墀上君恩未報何

禁中九日對菊花酒憶元九

賜酒盈杯誰共持宮花滿把獨相思相思只傍花邊立盡日吟君詠菊詩（元詩云不是花中偏愛菊此花開盡更無花）

送王十八歸山寄題仙遊寺

曾於太白峰前住數到仙遊寺裏來黑水澄時潭底出白雲破處洞門開林間暖酒燒紅葉石上題詩埽綠苔惆悵舊遊那復到菊花時節羨（一作侍）君迴

荅張籍因以代書

憐君馬瘦衣裘薄許到江東訪鄙夫今日正閑天又暖可能扶病暫來無

曲江早春

曲江柳條漸無力杏園伯勞初有聲可憐春淺遊人少好傍池邊下馬行

見元九悼亡詩因以此寄

夜淚闇銷明月幌春腸遥斷牡丹庭人間此病治無藥唯有楞伽四卷經

寒食夜

無月無燈寒食夜夜深猶立闇花前忽因時節驚年幾四十如今欠一年

杏園花落時招錢員外同醉

花園欲去去應遲正是風吹狼藉時近西數樹猶堪醉半落春風半在枝

重題西明寺牡丹（時元九在江陵）

往年君向東都去曾歎花時君未迴今年況作江陵別惆悵花前又獨來只愁離別長如此不道明年花不開

同錢員外禁中夜直

宮漏三聲知半夜好風涼月滿松筠此時閑坐寂無語藥樹影中唯兩人

禁中夜作書與元九

心緒萬端書兩紙欲封重讀意遲遲五聲宮漏初鳴（一作明）夜一點窗燈欲滅時

八月十五日夜禁中獨直對月憶（一作寄）元九

銀臺金闕夕沈沈獨宿相思在翰林三五夜中新月色二千里外故人心渚宮東面煙波冷浴殿西頭鐘漏深猶恐清光不同見江陵卑濕足秋陰

寄陳式五兄

年來白髮兩三莖憶別君時髭未生惆悵料君應滿鬢當初是我十年兄

庾順之以紫霞綺遠贈以詩荅之

千里故人心鄭重一端香綺紫氛氳開緘日映晚霞色滿幅風生秋水紋爲褥欲裁憐葉破製裘將翦惜花分不如縫作合歡被寤寐相思如對君

送元八歸鳳翔

莫道岐州三日程其如風雪一身行與君況是經年別暫到城來又出城

雨雪放朝因懷微之

歸騎紛紛滿九衢放朝三日爲泥塗不知雨雪江陵府今日排衙得免無

詠懷

歲去年來塵土中眼看變作白頭翁如何辦得歸山計兩頃村田一畝宮

聞微之江陵臥病以大通中散碧腴垂雲膏寄之因題四韻

已題一帖紅消散又封一合碧雲英憑人寄向江陵去道路迢迢一月程未必能治江上瘴且圖遥慰病中情到時想得君拈得枕上開看眼暫明

酬錢員外雪中見寄

松雪無塵小院寒閉門不似住長安煩君想我看心坐報道心空無可看

重酬錢員外

雪中重寄雪山偈問荅殷勤四句中本立空名緣破妄若能無妄亦無空

獨酌憶微之（時對所贈醆）

獨酌花前醉憶君與君春別又逢春惆悵銀杯來處重不曾盛酒勸閑人

微之宅殘牡丹

殘紅零落無人賞雨打風摧花不全諸處見時猶悵望況當元九小亭前

新磨鏡

衰容常（一作當）晚櫛（一作節）秋鏡偶新磨一與清光對方知白髮多鬢毛從幻化心地付頭陀任意渾成雪其如似夢何

感髮落

昔日愁頭白誰知未白衰眼看（一作前）應落盡無可變成絲

八月十五日夜聞崔大員外翰林獨直對酒玩月因懷禁中清景偶題是詩

秋月高（一作空）懸空（一作高）碧外仙郎靜玩禁闈間歲中唯有今宵好海內無如此地閑皓色分明雙闕牓清光深到九門關遥聞獨醉還惆悵不見金波照玉山

酬王十八見寄

秋思太白峰頭雪晴憶仙遊洞口雲未報皇恩歸未得慙君爲寄北山文

立春日酬錢員外曲江同行見贈

下直遇春日垂鞭出禁闈兩人攜手語十里看山歸柳色早黃淺水文新綠微風光向晚好車馬近南稀機盡笑相顧不驚鷗鷺飛

和錢員外青龍寺上方望舊山

舊峰松雪舊溪雲悵望今朝遥屬君共道使臣非俗吏南山莫動北山文

宴周皓大夫光福宅（一作座上作）

何處風光最可憐妓堂階下砌臺前軒車擁路光照地絲管入門聲沸天綠蕙不香饒桂酒紅櫻無色讓花鈿野人不敢求他事唯借泉聲（一作流泉）伴醉眠

晚秋夜

碧空溶溶月華靜月裏愁人弔孤影花開殘菊傍疎籬葉下衰桐落寒井塞鴻飛急覺秋盡鄰雞鳴遲知夜永凝情不語空所思風吹白露衣裳冷

惜牡丹花二首（一首翰林院北廳花下作一首新昌竇給事宅南亭花下作）

惆悵階前紅牡丹晚來唯有兩枝（一作花）殘明朝風起應吹

盡夜惜衰紅把火看

寂寞萎紅低向雨，離披破豔散隨風。晴明（一作天）落地猶惆悵，何況飄零泥土中。

答元奉禮同宿見贈

相逢俱歎不閑身，直日常多齋日頻。曉（一作晚）鼓一聲分散去，明朝風景屬何人。

答馬侍御見贈

謬入金門侍玉除，煩君問我意何如。蟠木詎堪明主用，籠禽徒與故人疏。苑花似雪同隨輦，宮月如眉伴直廬。淺薄求賢思自代，嵇康莫寄絕交書。

上巳日恩賜曲江宴會即事

賜歡仍許醉，此會興如何。翰苑主恩重，曲江春意多。花低羞豔妓，鶯散讓清歌。共道升平樂，元和勝永和。

夜惜禁中桃花因懷錢員外

前日歸時花正紅，今夜宿時枝半空。坐惜殘芳君不見，風吹狼藉月明中。

和錢員外早冬玩禁中新菊

禁署寒氣遲，孟冬菊初（一作花）坼。新黃間繁綠，爛若金照碧。仙郎小隱日，心似陶彭澤。秋憐潭上看，日慣籬邊摘。今來此地賞，野意潛自適。金馬門內花，玉山峰下客。寒芳引清句，吟玩（一作賞）煙景夕。賜酒色偏宜，握蘭香不敵。淒淒百卉死，歲晚冰霜積。唯有此花開（一作有此花開時），殷勤助君惜（錢嘗居藍田山下故云）。

答劉戒之早秋別墅見寄

涼風木槿籬，暮雨槐花枝。並起新秋思，爲得故人詩。避地鳥擇木，升（一作入）朝魚在池。城中與山下，喧靜闇相思。

涼夜有懷

念別感時節，早蛩聞一聲。風簾夜涼入，露簟秋意生。燈盡夢初罷，月斜天未明。闇凝無限思，起傍藥闌行。

秋思

病眠夜少夢，閑立秋多思。寂寞餘雨晴，蕭條早寒至。鳥棲紅葉樹，月照青苔地。何況鏡中年，又過三十二。

禁中聞蛩

悄悄禁門閉，夜深無月明。西窗獨闇坐，滿耳新蛩聲。

秋蟲

切切闇窗下，喓喓深草裏。秋天思婦心，雨夜愁人耳。

贈別宣上人

上人處世界，清淨何所似。似彼白蓮花，在水不著水。性真（一作真空）悟泡幻（一作幻泡），行潔離塵滓。修道來幾時，身心俱到此。嗟余牽世網，不得長依止。離念與碧雲，秋來朝夕起。

春夜喜雪有懷王二十二

夜雪有佳趣，幽人出書帷。微寒生枕席，輕素對（一作封）階墀。坐罷楚弦曲，起吟班扇詩。明宜滅燭（一作燈）後，淨愛褰（一作卷）簾時。窗引曙色早，庭銷春氣遲。山陰應有興，不臥待徽之。

酬和元九東川路詩十二首（十二篇皆因新境追憶舊事，不能一一曲敘，但隨而和之，唯余與元知之耳）

駱口驛舊題詩

拙詩在壁無人愛，鳥汙苔侵文字殘。唯有多情元侍御，繡衣不惜拂塵看。

南秦雪

往歲曾爲西邑吏，慣從駱口到南秦。三時雲冷多飛雪，二月山寒少有春。我思舊事猶惆悵，君作初行定苦辛。仍賴愁猨寒不叫，若聞猨叫更愁人。

山枇杷花二首

萬重青嶂蜀門口，一樹紅花山頂頭。春盡憶家歸未得，低紅如解替君愁。

葉如裙色碧綃（一作紗）淺，花似芙蓉紅粉輕。若使此花兼解語，推囚御史定違程。

江樓月

嘉陵江曲曲江池，明月雖（一作遲）同人別離。一宵光景潛相憶，兩地陰晴遠不知。誰料江邊懷我夜，正當池畔望君時。今朝共語方同悔，不解多情先寄詩。

亞枝花

山郵花木似平陽，愁殺多情驄馬郎。還似升平池畔坐，低頭向水自看妝。

江上笛

江上何人夜吹笛，聲聲似憶故園春。此時聞者堪頭白，況是多愁少睡人。

嘉陵夜有懷二首

露濕牆花春意深，西廊月上半牀陰。憐君獨臥無言語，唯我知君此夜心。

不明不暗朧（一作朦）朧月，不暖不寒慢慢風。獨臥空牀好天氣，平明閑事到心中。

夜深行

百牢（一作年）關外夜行客，三殿角頭宵直人。莫道近臣勝遠使，其如同是不閑身。

望驛臺（三月三十日）

靖安宅裏當窗柳，望驛臺前撲地花。兩處春光（一作風）同日盡，居人思客客思家。

江岸梨花

梨花有思（一作意）緣和葉，一樹江頭惱殺君。最似孀閨少年婦，白妝素袖碧紗裙。

答謝家最小偏憐女（感元九悼亡詩，因爲代答三首）

嫁得梁鴻六七年，耽書愛酒日高眠。雨荒春圃唯生草，雪壓朝廚未有煙。身病憂來緣女少，家貧忘却爲夫賢。誰知厚俸今無分，枉向秋風吹紙錢。

答騎馬入空臺

君入空臺去，朝往暮還來。我入泉臺去，泉門無復開。鰥夫仍繫職，稚女未勝哀。寂寞咸陽道，家人覆墓迴。

答山驛夢

入君旅夢來千里，閉我幽魂欲二年。莫忘平生行坐處，後堂階下竹叢前。

和元九與呂二同宿話舊感贈

見君新贈呂君詩，憶得同年行樂時。爭入杏園齊馬首，潛過柳曲鬬蛾眉。八人雲散俱遊宦，七度花開盡別離。聞道秋娘猶且在，至今時復問微之。

憶元九

渺渺江陵道，相思遠不知。近來文卷裏，半是憶君詩。

蕭員外寄新蜀茶

蜀茶寄到但驚新渭水煎來始覺珍滿甌似乳堪持玩
況是春深酒渴人

寄上大兄（已後詩在鄴林居作）

秋鴻過盡無書信病戴紗巾強出門獨上荒臺東北望
日西愁立到黃昏

病中哭金鑾子（小女子名）

豈料吾方病翻悲汝不全臥驚從枕上扶哭就燈前有
女誠爲累無兒豈免憐病來纔十日養得已三年慈淚
隨聲迸悲腸（一作傷）遇物牽故衣猶架上殘藥尚頭邊送出
深村巷看封小墓田莫言三里地此別是終天

寄內

條桑初綠即爲別柿葉半紅猶未歸不如村婦知時節
解爲田夫秋擣衣

病氣

自知氣發每因情情在何由氣得平若問病根深與淺
此身應與病齊生

歎元九

不入城門（一作中）來五載同時班列盡官高何人牢落猶依
舊唯有江陵元士曹

眼暗

早年勤倦看書苦晚歲悲傷出淚多眼損不知都自取
病成方悟欲如何夜昏乍似燈將滅朝闇長疑鏡未磨
千藥萬方治不得唯應閉目學頭陀

得表相書

穀苗深處一農夫面黑頭斑手把鋤何意使人猶識我
就田來送相公書

病中作

病來城裏諸親故厚薄親疏心總知唯有蔚章於我分
深於同在翰林時

感化寺見元九劉三十二題名處

微之謫去千餘里太白無來十一年今日見名如見面
塵埃壁上破窗前

遊悟貞寺迴山下別張殷衡

世緣未了治（一作住）不得孤負青山心共知愁君又入都門
去即是紅塵滿眼時

村居寄張殷衡

金氏村中一病夫生涯濩落性靈迂唯看老子五千字
不蹋長安十二衢藥銚夜傾殘酒煖竹牀寒取舊氈鋪
聞君欲發江東去能到茅菴訪別無

病中得樊大書

荒村破屋經年臥寂絕無人問病身唯有東都樊著作
至今書信尚殷勤

開元九詩書卷

紅牋白紙兩三束半是君詩半是書經年不展緣身病
今日開看生蠹魚

晝臥

抱枕無言語空房獨悄然誰知盡日臥非病亦非眠

夜坐

庭前盡日立到夜燈下有時坐徹明此情不語何人會
時復長吁一（一作三）兩聲

暮立

黃昏獨立佛堂前滿地槐花滿樹蟬大抵四時心總苦
就中腸斷是秋天

有感

絕弦與斷絲猶有却續時唯有衷腸斷應無續得期

答友問

似玉童顏盡如霜病鬢新莫驚身頓老心更老於身

村夜

霜草蒼蒼蟲切切村南村北行人絕獨出前門望野田
月明蕎麥花如雪

聞蟲

暗蟲唧唧夜緜緜況是秋陰欲雨天猶恐愁人暫得睡
聲聲移近臥牀前

寒食夜有懷

寒食非長非短夜春風不熱不寒天可憐時節堪相憶
何況無燈各早眠

贈內

漠漠闇苔新雨地微微涼露欲秋天莫對月明思往事
損君顏色減君年

得錢舍人書問眼疾

春來眼闇少心情點盡黃連尚未平唯得君書勝得藥
開緘未讀眼先明

還李十一馬

傳語李君勞寄馬病來唯著（一作拄）杖扶身縱擬強騎無出
處却將牽與趁朝人

九日寄行簡

摘得菊花攜得酒繞（一作遶）村騎馬思悠悠下邽田地平如
掌何處登高望梓州

夜坐

斜月入前楹迢迢（一作遙遙）夜坐情梧桐上階影蟋蟀近牀聲
曙傍窗間至秋從簟上生感時因憶事不寢到雞鳴

村居二首

田園莽蒼經春早籬落蕭條盡日風若問經過談笑者
不過田舍白頭翁

門閉仍逢雪廚寒未起煙貧家重寥落半爲日高眠

早春

雪散因和氣冰開得暖光春銷不得處唯有鬢邊霜

和夢遊春詩一百韻（并序）

微之既到江陵又以夢遊春詩七十韻寄予且題
其序曰斯言也不可使不知吾者知知吾者亦不
可使不知樂天知吾也吾不敢不使吾子知予辱
斯言三復其旨大抵悔既往而悟將來也然予以
爲苟不悔不寤則已若悔於此則宜悟於彼也反
於彼而悟於妄則宜歸於真也況與足下外服儒
風內宗梵行者有日矣而今而後非覺路之返也
非空門之歸也將安返乎將安歸乎今所和者其
章旨卒（一作卒章指）歸於此夫感不甚則悔不熟感不至
則悔不深故廣足下七十韻爲一百韻重爲足下
陳夢遊之中所以甚感者敘婚仕之際所以至感

者欲使曲盡其妄周知其非然後返乎真歸乎實
亦猶法華經序火宅偈化城維摩經入婬舍過酒
肆之義也微之微之予斯文也尤不可使不知吾
者知幸藏之爾云

昔君夢遊春夢遊仙山曲悅若有所遇似愜平生欲因
尋菖蒲水漸入桃花谷到一紅樓家愛之看不足池流
渡清泚（一作淮）草嫩蹋綠蓐門柳闇全低檐櫻紅半欹轉行
深深院過盡重重屋烏龍臥不驚青鳥飛相逐漸聞玉
珮響始辨珠履躅遙見窗下人娉婷十五六霞光抱明
月蓮豔開初旭縹緲雲雨仙氛氳蘭麝馥風流薄梳洗
時世寬妝束袖軟異文綾裾輕單絲縠帬腰銀線壓梳
掌金筐蹙帶襭紫蒲萄袴花紅石竹凝情都未語付意
微相矚眉斂遠山青鬟低片雲綠帳牽翡翠帶被解鴛
鴦襆秀色似堪餐穠華如可掬半卷錦頭席斜鋪繡腰
褥朱脣素指勻粉汗紅緜撲心驚睡易覺夢斷魂難續
籠委獨棲禽劍分連理木存誠期有感誓志貞無黷京
洛八九春未曾花裏宿壯年徒自棄佳會應無復鸞歌
不重聞鳳兆從茲卜韋門女清貴裴氏甥賢淑羅扇夾
花燈金鞍攢繡轂既傾南國貌遂坦東牀腹劉阮心漸
忘潘楊意方睦新修履信第初食尚書祿九醞備聖賢
八珍窮水陸秦家重蕭史彥輔憐衛叔朝餐饋獨盤夜
醪傾百斛親賓盛輝赫妓樂紛曄煜宿醉纔解醒朝歡
俄枕麴飲過君子爭令甚將軍酷酩酊歌鷓鴣顛狂舞
鴝鵒月流春夜短日下秋天速謝傳隙過駒（一作奔光）蕭娘風
過（一作送）燭全凋蕣花折半死梧桐禿闇鏡對孤鸞哀弦留
寡鵠淒淒隔幽顯冉冉移寒燠萬事此時休百身何處
贖提攜小兒女將領舊姻族再入朱門行一傍青樓哭
櫪空無廄馬水涸失池鶩搖落廢井梧荒涼故籬菊莓
苔上几閣塵土生琴筑舞榭綴蟏蛸歌梁聚蝙蝠嫁分
紅粉妾賣散蒼頭僕門客思徬徨家人泣咿噢心期正
蕭索宦序仍拘跼懷策入崤函驅車辭郟鄏逢時念既
濟聚學思大畜端詳筮仕蓍磨拭穿楊鏃始從讎校職
首中賢良目一拔侍瑤墀再升紆繡服誓酬君王寵願
使朝廷肅密勿奏封章清明操憲牘鷹韛中病下豸角
當邪觸糺謬靜（一作盡）東周申冤動南蜀危言詆閹寺直氣
忤鈞軸不忍曲作鉤乍能折為玉捫心無愧畏騰口有
謗讟只要明是非何曾虞禍福車摧太行路劍落酆城
獄襄漢問修途荊蠻指殊俗謫為江府掾遣事荊州牧
趨走謁麾幢喧煩視鞭朴簿書常自領縲囚每親鞫竟
日坐官曹經旬曠休沐宅荒渚宮草馬瘦畬田粟薄俸
等涓毫微官同桎梏月中照形影天際辭骨肉鶴病翅
羽垂獸窮爪牙縮行看鬢間白誰勸杯中綠時傷大野
麟命問長沙鵩夏梅山雨漬秋瘴江（一作海）雲毒巴水白茫
茫楚山青簇簇吟君七十韻是我心所蓄既去誠莫追
將來幸前勗欲除憂惱病當取禪經讀須悟事皆空無
令念將屬請思遊春夢此夢何閃倏豔色即空花浮生
乃焦穀良姻在嘉偶頃剋為單獨入仕欲榮身須臾成
黜辱合者離之始樂兮憂所伏愁恨僧祇長歡榮剎那
促覺悟因傍喻迷執由當局膏明誘闇蛾陽焱奔癡鹿
貪為苦聚落愛是悲林麓水蕩無明波輪迴死生（一作生死）輻
塵應甘露灑垢待醍醐浴障要智燈燒魔須慧刀戮外
熏性易染內戰心難衄法句與心王期君日三復（微之常以法句及心王頭陀經相示故申言以卒其志也）

王昭君二首（時年十七）

滿面胡沙滿鬢（一作面）風眉銷殘黛臉銷紅愁苦辛勤顦顇
盡如今卻似（一作是）畫圖中

漢使卻回憑寄語黃金何日贖蛾眉君王若問妾顏色
莫道不如宮裏時

全唐詩
白居易

渭村退居寄禮部崔侍郎翰林錢舍人詩一百
韻

聖代元和歲閑居渭水陽不才甘命舛多幸遇時康朝
野分倫序賢愚定否臧重文疏卜式尚少棄馮唐由是
推天運從茲樂性場籠禽放高翥霧豹得深藏世慮休
相擾身謀且自強猶須務衣食未免事農桑薙草通三
徑開田占一坊晝扉扃白版夜碓掃黃粱隙地治場圃
閑時糞土疆枳籬編刺夾薤壟擘科秧穡力嫌身病農
心願歲穰朝衣典杯酒佩劍博牛羊困倚栽松鍤飢提
采蕨筐引泉來後澗移竹下前岡生計雖勤苦家資甚
渺茫塵埃常滿甑錢帛少盈囊弟病仍扶杖妻愁不出
房傳衣念藍縷（一作襤褸）舉案笑糟糠犬吠村胥鬧蟬鳴織婦
忙納租看縣帖輸粟問軍倉夕歇攀村樹秋行繞野塘
雲容陰慘澹月色冷悠揚蕎麥鋪花白棠梨間葉黃早
寒風摵摵新霽月蒼蒼園菜迎霜死庭蕪過雨荒檐空
愁宿燕壁闇思啼螿眼為看書損肱因運甓傷病骸渾
似木老鬢欲成霜少睡知年長端憂覺夜長舊遊多廢
忘往事偶思量忽憶煙霄路常陪劍履行登朝思檢束
入閣學趨蹌命偶風雲會恩覃雨露霶霑枯發枝葉磨
鈍起鋒鋩崔閣連鑣騖錢兄接翼翔齊竽混韶夏燕石

廁琳琅同日升金馬分宵直未央共詞加寵命合表謝恩光廏馬驕初跨天廚味始嘗朝晡頒餅餌寒暑賜衣裳對秉鵝毛筆俱含雞舌香青縑衾薄絮朱裏幕高張畫食恒連案宵眠每竝牀差肩承詔旨連署進封章起草偏同視疑文最共詳滅私容點竄窮理析毫芒便共輸肝膽何曾異肺腸慎微參石奮決密與（一作學）張湯禁闥青交瑣宮（一作官）垣紫界牆井闌排菡萏檐瓦鬭鴛鴦樓額題鳷鵲池心浴鳳凰風枝萬年動溫樹四時芳宿露凝金掌晨暉上璧璫砌鋪塗綠粉庭果滴紅櫞曉從朝興慶春陪宴柏梁傳呼鞭索索拜舞珮鏘鏘仙仗環雙闕神兵闢兩廂火翻紅尾旆冰卓白竿槍混瀁經魚藻深沈近浴堂分庭皆命婦對院（一作面）即儲皇貴主冠浮動親王轡鬧裝金鈿相照耀朱紫間熒煌毬簇桃花綺歌巡竹葉觴窪（去）銀中貴帶昂黛內人妝賜禊東城下頒酺曲水傍尊罍分聖酒妓樂借仙倡淺酌看紅藥徐吟把綠楊宴迴過御陌行歇入僧房白鹿原東脚（一作郭）青龍寺北廊望春花景暖避暑竹風涼下直閑如社尋芳醉似狂有時還後到無處不相將雞鶴初雖雜蕭蘭久乃彰來燕隗貴重去魯孔恓惶聚散期難定飛沈勢不常五年同晝夜一別似參商屈折孤生竹銷摧百鍊鋼（一作剛）途窮任顛躓道在肎徬徨（一作慞惶）尚念遺簪折仍憐病雀瘡卹寒分賜帛救餒減餘糧藥物來盈裹書題寄滿箱殷勤翰林主珍重禮闈郎唿沫誠多謝摶扶豈所望提攜勞氣力吹簸不飛揚拙劣才何用龍鍾分自當妝嫫徒費黛磨甋詎成璋習隱將時背干名與道妨外身宗老氏齊物學蒙莊疎放遺千慮愚蒙守一方樂天無怨歎倚命不劻勷憤懣胷須豁交加臂莫攘珠沈猶是寶金躍未為祥泥尾休搖掉灰心罷激昂漸閑親道友因病事醫王息亂歸禪定存神入坐亡斷癡求慧劍濟苦得慈航不動為吾志無何是我鄉可憐身與世從此兩相忘

酬盧祕書二十韻（時初奉詔除贊善大夫）

謬歷文場選慙非翰苑才雲霄高暫致毛羽弱先摧識分忘軒冕知歸返草萊杜陵書積蠹豐獄劍生苔晦厭鳴雞雨春驚震蟄雷舊恩收墜履新律動寒灰鳳詔容徐起鵷行許重陪衰顏雖拂拭蹇步尚低（一作徘）徊睡少鐘偏警行遲漏苦催風霜趁朝去泥（一作雨）雪拜陵迴上感君猶念傍慙友或推石頑鐫費匠（一作力）女醜嫁勞媒倏忽青春度奔波白日（一作石）頹性將時共背病與老俱來聞有蓬壺客知懷杞梓材世家標甲第（一作地）官職滯麟臺筆盡鉛黃點詩成錦繡堆嘗思豁雲霧忽喜訪塵埃心為論文合眉因勸善開不勝珍重意滿袖寫瓊瓌

題盧祕書夏日新栽竹二十韻

湘竹初封植盧生此考槃久持霜節苦新託露根難等度須（一作雖）當砌（一作户）疎稠要滿闌買憐分薄俸栽稱作閑官葉翦藍羅碎莖抽玉琯端幾聲清淅瀝一簇綠檀欒未夜青嵐入先秋白露團（一作溥）拂肩搖翡翠熨手弄琅玕韻透窗風起陰鋪砌月殘炎天聞覺冷窄地見疑寬梢動勝搖扇枝低好挂冠碧籠煙冪冪珠灑雨珊珊晚（一作曉）籜晴雲展陰芽蟄虺蟠愛從抽馬策惜未截魚竿松韻徒煩聽桃夭不足觀梁慙當家杏臺陋本司蘭（古詩云盧家蘭室杏為梁又祕書府即蘭臺也）撐撥詩人興勾牽酒客歡靜連蘆簟滑涼拂葛衣單豈止消時暑應能保歲寒莫同凡草木一種夏中看

渭村酬李二十見寄

百里音書何太遲暮秋把得暮春詩柳條綠日君相憶梨葉紅時我始知莫歎學官貧冷落猶勝村客病支離形容意緒遙看取不似華陽觀裏時

初授贊善大夫早朝寄李二十助教

病身初謁青宮日衰貌新垂白髮年寂莫曹司非熱地蕭條風雪是寒天遠坊早起常侵鼓瘦馬行遲苦費鞭一種共君官職冷不如猶得日高眠

欲與元八卜鄰先有是贈

平生心迹最相親欲隱牆東不為身明月好同三徑夜綠楊宜作兩家春每因暫出猶思伴豈得安居不擇鄰何獨終身數相見子孫長作隔牆人

遊城南留元九李二十晚歸

老遊春飲莫相違不獨花稀人亦稀更勸殘杯看日影猶應趁得鼓聲歸

廣宣上人以應制詩見示因以贈之詔許上人居安國寺紅樓院以詩供奉

道林談論惠休詩一到人天（一作間）便作師香積筵承紫泥詔昭陽歌唱碧雲詞紅樓許住請（平）銀鑰翠輦陪行蹋玉墀惆悵甘泉曾侍從與君前後不同時

重過祕書舊房因題長句（時為贊善大夫）

閣前下馬思裴回第二房門手自開昔為白面書郎去今作蒼鬚（一作頭）贊善來吏人不識多新補松竹相親是舊栽應有題牆名姓在試將衫袖拂塵埃

重到城七絕句

見元九

容貌一日減一日心情十分無九分每逢陌路猶嗟歎何況今朝是見君

高相宅

青苔故里懷恩地白髮新生抱病身涕淚雖多無哭處永寧門館屬他人

張十八

諫垣幾見遷遺補憲府頻聞轉殿監獨有詠詩張太祝十年不改舊官銜

劉家花

劉家牆上花還發李十門前草又春處處傷心心始悟多情不及少情人

裴五

莫怪相逢無笑語感今思舊戟門前張家伯仲偏相似每見清揚（一作青楊）一悵然

仇家酒

年年老去歡情少處處春來感事深時到仇家非愛酒醉時心勝醒時心

恒寂師

舊遊分散人零落如此傷心事幾條會逐禪師坐禪去一時滅盡定中消

靖安北街贈李二十

榆莢抛錢柳展眉。兩人並馬語行遲。還似往年安福寺，共君私試却迴時。

重傷小女子

學人言語凭牀行，嫩似花房脆似瓊。纔知恩愛迎三歲，未辨東西過一生。汝異下殤應殺禮，吾非上聖詎忘情。傷心自歎鳩巢拙，長墮春雛養不成。

過顏處士墓

向墳道(一作通)徑沒荒榛，滿室詩書積閤塵。長(一作厚)夜冒敎黄壤曉，悲風不許白楊春。箪瓢顏子生仍促，布被黔婁死更貧。未會悠悠上天意，惜將富壽與何人。

題周皓(一作浩)大夫新亭子二十二韻

東道常爲主，南亭別待賓。規模何日創，景致一時新。廣砌羅紅藥，疎(一作高)窗蔭綠筠。鎖開賓閣曉(一作晚)，梯上妓樓春。置醴寧三爵，加籩過八珍。茶香飄紫笋，膾縷落紅鱗。輝赫車輿鬧，珍奇鳥獸馴。獼猴看櫪馬，鸚鵡喚家人。錦額簾高卷，銀花醆慢巡。勸嘗光祿酒，許看洛川神(周皓光祿卿有家妓數十人)。斂翠凝歌黛，流香動舞巾。帬飜繡鸂鶒，梳陷鈿麒麟。笛怨音含楚，箏嬌語帶秦。侍兒催畫燭，醉客吐文茵。投轄多連夜(一作曙)，鳴珂便達晨。入朝紆紫綬，待漏擁朱輪。貴介交三事，光榮照四鄰。甘濃將奉客，穩暖不緣身。十載歌鐘地，三朝節鉞臣。愛才心倜儻，敦舊禮殷勤。門以招賢盛，家因好事貧。始知豪傑意，富貴爲交親。

賦得聽邊鴻

驚風吹起塞鴻羣，半拂平沙半入雲。爲問昭君月下聽，何如蘇武雪中聞。

見楊弘貞詩賦因題絶句以自諭

賦句詩章妙入神，未年三十即無身。常嗟薄命形顦顇，若比弘貞是幸人。

病中早春

今朝枕上覺頭輕，强起階前試脚行。羶膩斷來無氣力，風痰惱得少心情。暖消霜瓦津初合，寒減冰渠凍不成。唯有愁人鬢間雪，不隨春盡逐春生。

送人貶信州判官

地僻山深古上饒，土風貧薄道程遥。不唯遷客須恓屑，見說居人也寂寥。溪畔毒沙藏水弩，城頭枯樹下山魈。若於此郡爲卑吏，刺史廳前又折腰。

曲江醉後贈諸親故

郭東丘墓何年客，江畔風光幾日春。只合殷勤逐杯酒，不須疎索向交親。中天或有長生藥，下界應無不死人。除却醉來開口笑，世間何事更關身。

和元八侍御升平新居四絶句(時方與元八卜鄰)

看花屋

忽驚映樹新開屋，却似當檐故種花。可惜年年紅似火，今春始得屬元家。

累土山

堆土漸高山意出，終南移入户庭間。玉峯藍水應惆悵，恐見新山望舊山(元舊居在藍田山)。

高亭

亭脊太高君莫拆，東家留取當西山。好看落日斜銜處，一片春嵐映半環。

松樹

白金換得青松樹，君既先栽我不栽。幸有西風易憑仗，夜深偷送(一作得)好聲(一作春)來。

醉後却寄元九

蒲池村裏怱怱別，灃水橋邊兀兀迴。行到城門殘酒醒，萬重離恨一時來。

重寄(一作重寄元九)

蕭散弓驚雁，分飛劒化龍。悠悠天地内，不死會相逢。

李十一舍人松園飲小酎酒得元八侍御詩敘云在臺中推院有鞫獄之苦即事書懷因酬四韻

愛酒舍人開小酌，能文御史寄新詩。亂松園裏醉相憶，古柏廳前忙不知。早夏我當逃暑日，晚衙君是慮囚時。唯應清夜無公事，新草亭中好一期(元於升平宅新立草亭)。

重到華陽觀舊居

憶昔初年三十二，當時秋思已難堪。若爲重入華陽院，病鬢愁心四十三。

荅勸酒

莫怪近來都不飲，幾迴因醉却霑巾。誰料平生狂酒客，如今變作酒悲人。

題王侍御池亭

朱門深鎖春池滿，岸落薔薇水浸莎。畢竟林塘誰是主，主人來少客來多。

聽水部吳員外新詩因贈絶句

朱紱仙郎白雪歌，和人雖少愛人多。明朝説與(一作向)詩人道，水部如今不姓何。

雨夜憶元九

天陰一日便堪愁，何況連宵雨不休。一種雨中君最苦，偏梁閣道向通(一作東)州。

雨中攜元九詩訪元八侍御

微之詩卷憶同開，假日多應不入臺。好句無人堪共詠，衝泥蹋水就君來。

贈楊祕書巨源(楊嘗有贈盧洺州詩云三刀夢益州一箭取遼城由是知名)

早聞一箭取遼城，相識雖新有故情。清句三朝誰是敵，白鬚四海半爲兄。貧家薙草時時入，瘦馬尋花處處行。不用更教詩過好，折君官職是聲名。

和武相公感韋令公舊池孔雀(同用深字)

索莫少顏色，池邊無主禽。難收帶泥翅，易結著人心。頂毳落殘碧，尾花銷闇金。放歸飛不得，雲海故巢深。

寄生衣與微之因題封上

淺色縠衫輕似霧，紡花紗袴薄於雲。莫嫌輕薄但知著，猶恐通州熱殺君。

白牡丹

白花冷澹無人愛，亦占芳名道牡丹。應似(一作是)東宮白贊善，被人還喚作朝官。

夢舊

別來老大苦修道，鍊得離心成死灰。平生憶念消磨盡，昨夜因何入夢來。

戲題盧祕書新移薔薇

風動翠條腰嫋娜（一作嫋嫋）露垂紅萼淚闌干移他到此須爲主不別（一作愛）花人莫使看

曲江夜歸聞元八見訪

自入臺來見面稀班中遙得揖容輝早知相憶來相訪悔待江頭明月歸

苦熱題恒寂師禪室

人人避暑走如狂獨有禪師不出房可是禪房無熱到但能心靜即身涼

微之到通州日授館未安見塵壁間有數行字讀之即僕舊詩其落句云淥水紅蓮一朵開千花百草無顏色然不知題者何人也微之吟歎不足因綴一章兼錄僕詩本同寄省其詩乃十五年前初及第時贈長安妓人阿輭絕句緬思往事杳若夢中懷舊感今因酬長句

十五年前似夢遊曾將詩句結風流偶助笑歌嘲阿軟可知傳誦到通州昔教紅袖佳人唱今遣青衫司馬愁惆悵又聞題處所雨淋江館破牆頭

得微之到官後書備知通州之事悵然有感因成四章

來書子細說通州州在山根峽岸頭四面千重火雲合中心一道瘴江流蟲蛇白晝攔官道蚊蚋（一作蟆）黃昏撲郡樓何罪遣君居此地天高無處問來由

匼匝巔山萬仞餘人家應似甑中居寅年籬下多逢虎亥日沙頭始賣魚衣斑梅雨長須熨米澀畬田不解鉏努力安心過三考已曾愁殺李尚書（李實尚書先貶此州身歿於貶處）

人稀地僻醫巫少夏旱秋霖瘴瘧多老去一身須愛惜別來四體得如何侏儒飽笑東方朔薏苡讒憂馬伏波莫遣沈愁結成病時時一唱濯纓歌

通州海內恓惶地司馬人間冗長（去）官傷鳥有弦驚不定臥龍無水動應難劒埋獄底誰深掘松偃霜中盡冷看舉目爭能不惆悵高車大馬滿長安

病中答招飲者

顧我鏡中悲白髮盡（上聲）君花下醉青春不緣眼痛兼身病可是尊前第二人

燕子樓三首（并序）

徐州故張尚書有愛妓曰盼盼善歌舞雅多風態予爲校書郎時遊徐泗間張尚書宴予酒酣出盼盼以佐歡歡甚予因贈詩云醉嬌勝不得風嫋牡丹花一歡而去爾後絕不相聞迨茲僅一紀矣昨日司勳員外郎張仲素繢之訪予因吟新詩有燕子樓三首詞甚婉麗詰其由爲盼盼作也繢之從事武寧軍累年頗知盼盼始末云尚書既歿歸葬東洛而彭城有張氏舊第第中有小樓名燕子盼盼念舊愛而不嫁居是樓十餘年幽獨塊然於今尚在予愛繢之新詠感彭城舊遊因同其題作三絕句

滿窗明月滿簾霜被冷燈殘拂臥牀燕子樓中霜月夜秋來只爲一人長

鈿暈羅衫色似煙幾回欲著即潸然自從不舞霓裳曲疊在空箱十一年

今春有客洛陽回曾到尚書墓上來見說白楊堪作柱爭教紅粉不成灰

初貶官過望秦嶺（自此後詩江州路上作）

草草辭家憂後事遲遲去國問前途望秦嶺上回頭立無限秋風吹白鬚

藍橋驛見元九詩（詩中云江陵歸時逢春雪）

藍橋春雪君歸日秦嶺秋風我去時每到驛亭先下馬循牆繞柱覓君詩

韓公堆寄元九

韓公堆北澗西頭冷雨涼風拂面秋努力南行少惆悵江州猶似勝通州

發商州

商州館裏停三日待得妻孥相逐行若比李三猶自勝兒啼婦哭不聞聲（時李固言新歿）

武關南見元九題山石榴花見寄

往來同路不同時前後相思兩不知行過關門（一作西）三四里榴花不見見君詩

紅鸚鵡（商山路逢）

安南遠進紅鸚鵡色似桃花語似人文章辯慧皆如此籠檻何年出得身

題四皓廟（一作題商山廟）

臥逃秦亂起安劉舒卷如雲得自由若有精靈應笑我不成一事謫江州

罷藥

自學坐禪休服藥從他時復病沈沈此身不要全彊健彊健多生人我心

白鷺

人生四十未全衰我爲愁多白髮垂何故水邊雙白鷺無愁頭上亦垂絲

襄陽舟夜（一作中）

下馬襄陽郭移舟漢陰驛秋風截江起寒浪連天白本是多愁人復此風波夕

江夜舟行

煙淡月濛濛舟行夜色中江鋪滿槽水帆展半檣風叫曙嗷嗷鴈啼秋唧唧蟲只應催北客早作白鬚翁

紅藤杖

交親過滻別車馬到江迴唯有紅藤杖相隨萬里來

江上吟元八絕句

大江深處月明時一夜吟君小律詩應有水仙潛出聽翻將唱作步虛詞

途中感秋

節物行搖落年顏坐變衰樹初黃葉日人欲白頭時鄉國程程遠親朋處處辭唯殘（一作憐）病與老一步不相離

登郢州白雪樓

白雪樓中一望鄉青山簇簇水茫茫朝來渡口逢京使說道煙塵近洛陽（時淮西寇未平）

舟夜贈內

三聲猨後垂鄉淚一葉舟中載病身莫凭水窗南北望月明月闇總愁人

逢舊

我梳白髮添新恨君埽青蛾減舊容應被傷人怪惆悵
少年離別老相逢

臼口阻風十日

洪濤白（一作波）浪塞江津處處邅迴事事迍世上方爲失途
客江頭又作阻風人魚蝦遇雨腥盈鼻蚊蚋和煙癢滿
身老大光陰能幾日等閑臼口坐經旬

浦中夜泊

暗上江隄還獨立水風霜氣夜稜稜回看深浦停舟處
蘆荻花中一點燈

盧侍御與崔評事爲予於黃鶴樓置宴宴罷同
望

江邊黃鶴古時樓勞置華筵待我遊楚思淼茫雲水冷
商聲清脆管弦秋白花浪濺頭陀寺紅葉林籠鸚鵡洲
總是平生未行處醉來堪賞醒堪愁

舟中讀元九詩

把君詩卷燈前讀詩盡燈殘天未明眼痛滅燈猶闇（一作暗）
坐逆風吹浪打船聲

舟行阻風寄李十一舍人

扁舟厭泊煙波上輕策閑尋浦嶼間虎蹋青泥稠似印
風吹白浪大於山且愁江郡何時到敢望京都幾歲還
今日料君朝退後迎寒新酎煖開顏（李十一好小酎酒故云）

雨中題衰柳

濕屈青條折寒飄黃葉多不知秋雨意更遣欲如何

題王處士郊居

半依雲渚半依山愛此令人不欲還負郭田園八九頃
向陽茅屋兩三間寒松縱老風標在野鶴雖飢飲啄閑
一臥江村來早晚著書盈帙鬢毛斑

歲晚旅望

朝來暮去星霜換陰慘陽舒氣序牽萬物秋霜能壞色
四時冬日最凋年煙波半露新沙地鳥雀羣飛欲雪天
向晚蒼蒼南北望窮陰旅（一作離）思兩無邊

晏坐閑吟

昔爲京洛聲華客今作江湖潦（一作老）倒翁意氣銷磨羣動
裏形骸變化百年中霜侵殘鬢無多黑酒伴衰顏只暫
紅願學禪門非想定千愁萬念一時空

題李山人

廚無煙火室無妻籬落蕭條屋舍低每日將何療飢渴
井華雲粉一刀圭

讀莊子

去國辭家謫異方中心自怪少憂傷爲尋莊子知歸處
認得無何是本鄉

江樓偶宴贈同座

南浦閑行罷西樓小宴時望湖凭檻久待月放杯遲江
果嘗盧橘山歌聽竹枝相逢且同樂何必舊相知

放言五首（并序）

元九在江陵時有放言長句詩五首韻高而體律
意古而詞新予每詠之甚覺有味雖前輩深於詩
者未有此作唯李頎有云濟水自清河自濁周公
大聖接輿狂斯句近之矣予出佐潯陽未屆所任
舟中多暇江上獨吟因綴五篇以續其意耳

朝眞暮僞何人辨古往今來底事無但愛臧（一作莊）生能詐
聖可知甯子解佯愚草螢有耀終非火荷露雖團豈是
珠不取燔柴兼照乘可憐光彩亦何殊

世途倚伏都無定塵網牽纏卒未休禍福回還車轉轂
榮枯反覆手藏鉤龜靈未免刳腸患馬失應無折足憂
不信君看弈棊者輸贏須待局終頭

贈君一法決狐疑不用鑽龜與祝蓍試玉要燒三日滿
（眞玉燒三日不熱）辨材須待七年期（豫章木生七年而後知）周公恐懼流言後（一作日）
王莽謙恭未篡時向使當初（一作時）身便死一生眞僞復誰
知

誰家第宅成還破何處親賓哭復歌昨日屋頭堪炙手
今朝門外好張羅北邙未省留閑地東海何曾有定波
莫笑賤貧誇富貴共成枯骨兩如何

泰山不要欺毫末顏子無心羨老彭松樹千年終是朽
槿花一日自爲榮何須戀世常憂死亦莫嫌身漫厭
生去死來都是幻幻人哀樂繫何情

歲暮道情二首

壯日苦曾驚歲月長年都不惜光陰爲學空門平等法
先齊老少死生心

半故青衫半白頭雪風吹面上江樓禪功自見無人覺
合是愁時亦不愁

讀李杜詩集因題卷後

翰林江左日員外劍南時不得高官職仍逢苦亂離暮
年逋客恨浮世謫仙悲吟詠留千古聲名動四夷文場
供秀句樂府待新詞天意君須會人間要好詩（賀監知章目李白爲謫仙人）

強酒

若不坐禪銷妄想即須行（一作吟）醉放狂歌不然秋月春風
夜爭那閑思往事何

獨樹浦雨夜寄李六郎中

忽憶兩家同里巷何曾一處不追隨閑遊預算分朝日
靜語（一作話）多同待漏時花下放狂衝黑飲燈前起坐徹明
碁可知風雨孤舟夜蘆葦叢中作此詩

聽崔七妓人箏

花臉雲鬟坐玉樓十三弦裏一時愁憑君向道休彈去
白盡江州司馬頭

望江州

江迴望見雙華表知是潯陽西郭門猶去孤舟（一作城）三四
里水煙沙雨欲黃昏

初到江州

潯陽欲到思無窮庾亮樓南湓口東樹木凋疎山雨後
人家低濕水煙中菰蔣餧馬行無力蘆荻編房臥有風
遙見朱輪來出郭相迎勞動使君公

醉後題李馬二妓

行搖雲髻花鈿節應似霓裳趁管弦豔動舞裙渾是火
愁凝歌黛欲生煙有風縱道能迴雪無水何由忽吐蓮
疑是兩般心未決雨中神女月中仙

盧侍御小妓乞詩座上留贈

鬱金香汗裛歌巾山石榴花染舞帬好似文君還對酒
勝於神女不歸雲夢中那及覺時見宋玉荆王應羨君

全唐詩目 第七函

第四冊

全唐詩

白居易

東南行一百韻寄通州元九侍御澧州李十一舍人果州崔二十二使君開州韋大員外庚三十二補闕杜十四拾遺李二十助教員外竇七校書（元稹集和此詩注內本題末尚有兼投弔席八舍人七字）

南去經三楚東來過五湖山頭看候館水面問征途地
遠窮江界天低極（一作接）海隅飄零同落葉浩蕩似乘桴漸
覺鄉原異深知土產（一作俗）殊夷音語嘲哳蠻態笑睢盱水
市通闤闠煙村混舳艫吏徵漁戶稅人納火田租亥日
饒鰕蟹寅年足虎貙成人男作丱事（一作似）鬼女為巫樓閣
攢倡婦隄長簇販夫夜船論鋪賃春酒斷缾酤見果皆
盧橘聞禽悉鷓鴣山歌猨獨叫野哭鳥相呼嶺徼雲成
棧江郊水當郛月移翹柱鶴風汎颭檣烏鼇礙潮無信
蛟驚浪不虞鼉鳴江擂鼓（一作泉窟室）蜃氣海（一作結氛）浮圖樹裂山
魈穴沙含水弩樞喘牛犂紫芋羸馬放青菰繡面誰家
婢鵶頭幾歲奴泥中采菱芡燒後拾樵蘇鼎膩愁烹鼈
盤腥厭膾鱸鍾儀徒戀楚張翰浪思吳氣序涼還熱光
陰旦復晡身方逐萍梗年欲近桑榆渭北田園廢江西
歲月徂憶歸恒慘澹懷舊忽踟躕自念咸秦客嘗為鄒
魯儒蘊藏經國術輕棄度關繻賦力凌鸚鵡詞鋒敵轆
轤戰文重掉鞅射策一彎弧崔杜鞭齊下元韋轡並驅
名聲逼（一作敵）揚馬交分過蕭朱世務輕摩揣周行竊覬覦
風雲皆會合雨露各霑濡共遇（一作偶）升平代偏慙固陋軀
承明連夜直建禮拂晨趨美服頒王府珍羞降御廚議
高通白虎諫切伏青蒲柏殿行陪宴花樓走看酺神旗
張鳥獸天籟動笙竽戈（一作丸）劍星芒耀魚龍電策馳定場
排越伎（一作漢妓）促坐進吳歈縹緲疑仙樂嬋娟勝畫圖歌鬟
低翠羽舞汗蹋紅珠別選閑遊伴潛招小飲徒一杯愁
已破三醆氣彌麤軟美仇家酒幽閑葛氏姝十千方得
斗二八正當壚論笑杓胡律（一作硉）談憐鞏囁嚅李酣猶短
寶庾醉更蔫迂鞍馬呼教住骰盤喝遣輸長（一作急）驅波卷
白連擲采成盧（骰盤卷白波莫走鞍馬皆當時酒令）籌并頻逃席觥嚴列（一作別）置
盂滿（一作漏）卮那可灌頹玉不勝扶入視中樞草歸乘內廄
駒醉曾衝宰相驕不揖金吾日近恩雖重雲高勢却（一作易）
孤翻身落霄漢失腳倒（一作到）泥塗博望移門籍潯陽佐郡
符（予自太子贊善大夫出為江州司馬）時情變寒暑世利算錙銖即（一作望）日辭雙
闕明朝別九衢播遷分郡國次第出京都（十年春微之移佐通州其年秋予出佐潯陽明年冬杓直出牧澧州崔二十二出牧果州韋大出牧開州）秦嶺馳三驛商山上二邘（商山險道中有東西二邘）
峴陽亭寂寞夏口路崎嶇大道全生棘中丁盡執殳江
關未撤警淮寇尚稽誅（時淮西未平路經襄鄂二州界所見如此）林對東西寺山分
大小姑（東林西林寺在廬山北大姑小姑在廬山南彭蠡湖中）廬峰蓮刻削湓浦（一作水）帶縈紆
（蓮花峰在廬山北湓水在江城南何遜詩云湓城對湓水湓水縈如帶）九派吞青草（潯陽江九派南通青草洞庭湖）孤城覆
綠蕪（南方城壁多以草覆）黃昏鐘寂寂清曉角嗚嗚春色辭門柳秋
聲到井梧殘芳悲（一作怨）鶗鴂（音啼決見楚詞）暮節感茱萸蘂坼金英
菊花飄雪片蘆波紅日斜沒沙白月平鋪幾見林抽筍
頻驚燕引雛歲華何倏忽年少不須臾眇默思千古蒼
茫想八區孔窮緣底事顏夭有何辜龍智（一作聖）猶經（一作遭）醢
龜靈未免刳窮通應已定聖哲不能逾（一作踰）況我身謀（一作謀生）
拙逢他厄運拘漂流隨（一作從）大海錘鍛任洪鑪險阻嘗之
矣栖遲命也夫沈冥消意氣窮餓耗肌膚防瘴和殘藥
迎寒補舊襦書牀鳴蟋蟀琴匣網蜘蛛貧室（一作活）如懸磬
端憂劇守株時遭人指點（一作客答難）數被鬼揶揄兀兀都疑
夢昏昏半是（一作似）愚女驚朝不起妻怪夜長吁萬里拋（一作離）
朋侶（一作執）三年隔友于自然悲聚散不是恨榮枯去夏微

之瘴今春席八殂天涯書達否泉下哭知無（去年聞元九瘴癰書去竟未報今春聞席八殁久與還往能無慟哭）謾寫詩盈卷（一作軸）空盛酒滿壺只添新悵望豈復舊歡娛壯志因愁減衰容與病俱相逢應不識滿頷白髭鬚

謫居

面瘦頭斑四十四遠謫江州爲郡吏逢時棄置從不才未老衰羸爲何事火燒寒澗松爲燼霜降春林花委地遭時榮悴一時間豈是昭昭上天意

初到江州寄翰林張李杜三學士

早攀霄漢上天衢晚落風波委世途雨露施恩無厚薄蓬蒿隨分有榮枯傷禽側翅驚弓箭老婦低顏事舅姑碧落三仙曾識面年深記得姓名無

庾樓曉望

獨憑朱檻立凌晨山色初明水色新竹霧曉籠銜嶺月蘋風暖送過江春子城陰處猶殘雪衙鼓聲前未有塵三百年來庾樓上曾經多少望鄉人

宿西林寺

木落天晴山翠開愛山騎馬入山來心知不及柴桑令一宿西林便却（一作欲）回（柴桑令劉遺民也）

江樓宴別

樓中別曲催離酌燈下紅裙間綠袍縹緲楚風羅綺薄錚鏦越調管弦高寒流帶月澄如鏡夕吹和霜利似刀尊酒未空歡未盡舞腰歌袖莫辭勞

題山石榴花

一叢千朶壓闌干剪碎紅綃却作團風嫋舞腰香不盡露銷妝臉淚新（一作初）乾薔薇帶刺攀應懶菡萏生泥玩亦難爭及此花檐户下任人采弄盡人看

代春贈

山吐晴嵐（一作峰）水放光辛夷花白柳梢黄但知莫作江西意風景何曾異帝鄉

荅春

草煙低重水花明從道風光似帝京其柰山猨江上叫故鄉無此斷腸聲

櫻桃花下歎白髮

逐處花皆好隨年貌自衰紅櫻滿眼日白髮半頭時倚樹無言久攀條欲放遲臨風兩堪歎如雪復如絲

惜落花贈崔二十四

漠漠紛紛不柰何狂風急雨兩相和晚來悵望君知否枝上稀疏地上多

移山櫻桃

亦知官舍非吾宅且劚山櫻滿院栽上佐近來多五考少應四度見花開

官舍閑題

職散優閑地身慵老大時送春唯有酒銷日不過棊祿米麞牙稻園蔬鴨脚葵飽餐仍晏起餘暇弄龜兒（龜兒即小姪名）

晚春登大雲寺南樓贈常禪師

花盡頭新白登樓意若何歲時春日少世界苦人多愁醉非因酒悲吟不是歌求師治此病唯勸讀楞伽

北樓送客歸上都

憑高眺（一作送）遠一悽悽却下朱闌即解（一作手共）攜京路人歸天直北江樓客散日平西長津欲度迴渡尾殘酒重傾簇馬蹄不獨別君須強飲窮愁自要醉如泥

北亭招客

疎散郡丞同野客幽閑官舍抵山家春風北户千莖竹晚日東園一樹花小醆吹醅嘗冷酒深爐敲火炙新茶能來盡日觀（一作宮）棊否太守知慵放晚衙

宿西林寺早赴東林滿上人之會因寄崔二十二員外

謫辭魏闕鵷鸞隔老入廬山麋鹿隨薄暮蕭條投寺宿凌晨清淨與僧期雙林我起聞鐘後隻日君趨入閣時鵬鷃高低分皆定莫勞心力遠相思

遊寶稱寺

竹寺初晴日花塘欲曉（一作晚）春野猨疑弄客山鳥似呼人酒嫩傾金液茶新碾玉塵可憐幽靜地堪寄老慵身

早春聞提壺鳥因題鄰家

厭聽秋猨催下淚喜聞春鳥勸提壺誰家紅樹先花發何處青樓有酒酤進士麁豪尋靜盡拾遺風采近都無欲期明日東鄰醉變作騰騰一俗夫

見紫薇花憶微之

一叢暗澹將何比淺碧籠裙襯紫巾除却微之見應愛人間少有別（一作惜）花人

薔薇花一叢獨死不知其故因有是篇

柯條未嘗損根蘖不曾移同類今齊茂孤芳忽獨萎仍憐委地日正是帶花時碎碧初凋葉燋紅尚戀枝乾坤無厚薄草木自榮衰欲問因何事春風亦不知

湖亭望水

久雨南湖漲新晴北客過日沈紅有影風定綠無波岸沒閭閻少灘平船舫多可憐心賞處其柰獨遊何

閑遊

外事因慵廢中懷與靜期尋泉上山遠看筍出林遲白石磨樵斧青竿理釣絲澄清深淺好最愛夕陽時

憶微之傷仲遠（李三仲遠去年春喪）

幽獨辭羣久漂流去國賒只將琴作伴唯以酒爲家感逝因看水傷離爲見花李三埋地底元九謫天涯舉眼青雲遠回頭白日斜可能勝賈誼猶自滯長沙

過鄭處士

聞道移居村塢間竹林多處獨開關故來不是求他事暫借南亭一望山

霖雨苦多江湖暴漲塊然獨望因題北亭

自作潯陽客無如苦雨何陰昏晴日少閑悶睡時多湖闊將天合雲低與水和籬根舟子語巷口釣人歌霧島沈黄氣風帆颭白波門前車馬道一宿變江河

春末夏初閑遊江郭二首

閑出乘輕屐徐行蹋輭沙觀魚傍湓浦看竹入楊家（湓浦多魚浦西有楊侍郎宅多好竹）林迸穿籬筍藤飄落水花雨埋釣舟小風颭酒旗斜嫩剝青菱角濃煎白茗芽淹留不知夕城樹欲棲鴉

柳影繁初合鶯聲澀漸稀早梅迎夏結殘絮送春飛西日韶光盡南風暑氣微展張新小簟熨帖舊生衣綠蟻

杯香嫩紅絲膾縷肥故園無此味何必苦思歸

紅藤杖（杖出南蠻）

南詔紅藤杖西江白首人時時攜步月處處把尋春勁健孤莖直疎圓六節勻火山生處遠瀘水洗來新粗細纔盈手高低僅過身天邊望鄉客何日拄歸秦

風雨中尋李十一因題船上

匹馬來郊外扁舟在水濱可憐衝雨客來訪阻風人小榼酤清醑行廚煮白鱗停杯看柳色各憶故園春

題廬山山下湯泉

一眼湯泉流向東浸泥澆草煖無功驪山溫水因何事流入金鋪玉甃中

寄蘄州簟與元九因題六韻（時元九鰥居）

笛竹出蘄春霜刀劈翠筠織成雙鎖簟寄與獨眠人卷作筒中信（一作布）舒爲席上珍滑如鋪薤葉冷似臥龍鱗清潤宜乘露鮮華不受塵通州炎瘴地此物最關身

秋熱

西江風候接南威暑氣常多秋（一作風）氣微猶道江州最涼冷至今九月著生衣

題元八谿居

溪嵐漠漠樹重重水檻山窗次第逢晚葉尚開紅躑躅秋芳（一作房）初結白芙蓉聲來枕上千年鶴影落杯中五老峯更愧殷勤留客意魚鮮飯細酒香濃

晚出西郊

散吏閑如客貧州冷似村早涼湖北岸殘照郭西門嬾鑷從鬢白休治（一作醫）任眼昏老來何所用少興不多言

階下蓮

葉展影翻當砌月花開香散入簾風不如種在天池上猶勝生於野水中

端居詠懷

賈生俟罪心相似張翰思歸事不如斜日早知驚鵩鳥秋風悔不憶鱸魚胷襟曾貯匡時策懷袖猶殘諫獵書從此萬緣都擺落欲攜妻子買山居

夜宿江浦聞元八改官因寄此什

君遊丹陛已三遷我汎滄浪欲（一作亦）二年劒珮曉趨雙鳳闕煙波夜宿一漁船交親盡在青雲上鄉國遙拋白日邊若報生涯應笑殺結茅栽芋種畬田

百花亭

朱檻在空虛涼風八月初山形如峴首江色似桐廬佛寺乘船入人家枕水居高亭仍有月今夜宿何如

江樓早秋

南國雖多熱秋來亦不遲湖光朝霽後竹氣晚涼時樓閣宜佳客江山入好詩清風水蘋葉白露木蘭枝欲作雲泉計須營伏臘資匡廬一步地官滿更何之

送客之湖南

年年漸見南方物事事堪傷北客情山鬼趫跳唯一足峽猿哀怨過三聲帆開青草湖中去衣濕黃梅雨裏行別後雙魚難定寄（一作定難覓）近來潮不到湓城

百花亭晚望夜歸

百花亭上晚裴回雲影陰晴掩復開日色悠揚映山盡雨聲蕭颯渡江來鬢毛遇病雙如雪心緒逢秋一似灰向夜欲歸愁未了滿湖明月小船迴

西樓

小郡大江邊危樓夕照前青蕪卑濕地白露泬寥天鄉國此時阻家書何處傳仍聞陳蔡戍轉戰已三年

尋李道士山居兼呈元明府

盡日行還歇遲遲獨上山攀藤老筋力照水病容顏陶巷招居住茅家許往還飽諳榮辱事無意戀人間

四十五

行年四十五兩鬢半蒼蒼清瘦詩成癖粗豪酒放狂老來尤委命安處即爲鄉或擬廬山下來春結草堂

寄李相公崔侍郎錢舍人

曾陪鶴馭兩三仙親侍龍輿四五年天上歡華（一作娛）春有限世間漂泊海無邊榮枯事過都成夢憂喜心（一作情）忘便是禪官滿更歸何處去香爐峰在宅門前

廳前桂

天台嶺上凌霜樹司馬廳前委地叢一種不生明月裏山中猶校勝塵中

尋王道士藥堂因有題贈

行行覓路緣松嶠步步尋花到杏壇白石先生小有洞黃芽姹女大還丹常悲東郭千家冢欲乞西山五色丸但恐長生須有籍仙臺試爲檢名看

秋晚

籬菊花稀砌桐落樹陰離離日色薄單幕疎簾貧寂莫涼風冷露秋蕭索光陰流轉忽已晚顏色凋殘不如昨萊妻臥病月明時不擣寒衣空擣藥

南浦歲暮對酒送王十五歸京

臘後冰生覆湓水夜來雲闇失廬山風飄細雪落如米索索蕭蕭蘆葦間此地二年留我住今朝一酌送君還相看漸老無過醉聚散窮通總是閑

除夜

薄晚支頤坐中宵枕臂眠一從身去國再見日周天老度江南歲春拋渭北田潯陽來早晚明日是三年

聞李十一出牧澧州崔二十二出牧果州因寄絕句

平生相見即眉開靜念無如李與崔各是天涯爲刺史緣何不覓九江來

元和十三（當作二）年淮寇未平詔停歲仗憤然有感率爾成章

聞停歲仗軫皇情應爲淮西寇未平不分氣從歌裏發無明心向酒中生愚計忽思飛短檄狂心便欲請長纓從來妄動多如此自笑何曾得事成

庚樓新歲

歲時銷旅貌風景觸鄉愁牢落江湖意新年上庚樓

上香爐峰

倚石攀蘿歇病身青筇竹杖白紗巾他時畫出廬山障便是香爐峰上人

憶微之

與君何日出屯蒙魚戀江湖鳥厭籠分手各拋滄海畔折腰俱老綠衫中三年隔闊音塵斷兩地飄零氣味同

又被新年勸相憶柳條黃軟欲春風

雨夜贈元十八

卑濕沙頭宅連陰雨夜天共聽檐溜滴心事兩悠然把酒循環飲移牀曲尺眠莫言非故舊相識已三年

寒食江畔

草香沙暖水雲晴風景令人憶帝京還似往年春氣味不宜今日病心情聞鶯樹下沈吟立信馬江頭取次行忽見紫桐花悵望下邽明日是清明

三月三日登庾樓寄庾三十二

三日歡遊辭曲水二年愁臥在長沙每登高處長相憶何況茲樓屬庾家

聞李六景儉自河東令授唐鄧行軍司馬以詩賀之

誰能淮上靜風波聞道河東應此科不獨文詞供奏記定將談笑解兵戈泥埋劍戟終難久水借蛟龍可在多四十著緋軍司馬男兒官職未蹉跎

石榴樹（一作石楠樹）

可憐顏色好陰涼葉翦紅牋花撲霜纖蓋低垂金翡翠熏籠亂搭繡衣裳春芽細炷千燈燄夏蘂濃焚百合香見說上林無此樹只教桃柳（一作李）占年芳

大林寺桃花

人間四月芳菲盡山寺桃花始盛開長恨春歸無覓處不知轉入此中來

詠懷

自從委順任浮沈漸覺（一作學）年多功用深面上減（一作滅）除憂喜色胸中消盡是非心妻兒不問唯耽酒冠蓋皆慵只抱琴長笑靈均不知命江蘺叢畔苦悲吟

早發楚城驛

雨過塵埃滅沿江道徑平月乘殘夜出人趁早涼行寂歷閑吟動冥濛暗思生荷塘飄露氣稻壟瀉泉聲宿犬聞鈴起棲禽見火驚朧朧煙樹色十里始天明

箬峴東池

箬峴亭東有小池早荷新荇綠參差中宵把火行人發驚起雙棲白鷺鷥

建昌江

建昌江水縣門前立馬教人喚渡船忽似往年歸蔡渡草風沙雨渭河邊

哭從弟

傷心一尉便終身叔母年高新婦貧一片綠衫消不得腰金拖紫是何人

香爐峯下新卜山居草堂初成偶題東壁

五架三間新草堂石階桂柱竹編牆南檐納日冬天暖北户迎風夏月涼灑砌飛泉纔有點拂窗斜竹不成行來春更葺東廂屋紙閣蘆簾著孟光

重題

喜入山林初息影厭趨朝市久勞生早年薄有煙霞志歲晚深諳世俗情已許虎溪雲裏臥不爭龍尾道前行從茲耳界應清淨免見啾啾毀譽聲

長松樹下小溪頭班鹿胎巾白布裘藥圃茶園爲產業野麋林鶴是交遊雲生澗户衣裳潤嵐隱山廚火燭幽最愛一泉新引得清泠屈曲繞階流

日高睡足猶慵起小閣重衾（一作裘）不怕寒遺愛寺鐘（一作泉）欹枕聽香爐峯雪撥簾看匡廬便是逃名地司馬仍爲送老官心泰身寧是歸處故鄉何（一作可）獨在長安

官途自此心長別世事從今口不言豈止形骸同土木兼將壽夭任乾坤胸中壯氣猶須遣身外浮榮（一作雲）何足論還有一條遺恨事高家門館未酬恩

山中問月

爲問長安月誰教不相（思必切。一作暫）離昔隨飛蓋處今照入山時借助秋懷曠留連夜臥遲如歸舊鄉國似對好親知松下行爲伴谿頭坐有期千巖將萬壑無處不相隨

正月十五日夜東林寺學禪偶懷藍田楊主簿因呈智禪師

新年三五東林夕星漢迢迢（一作遙）鐘梵遲花縣當君行樂夜松房是我坐禪時忽看月滿還相憶始歎春來自不知不覺定中微念起明朝更問雁門師

臨水坐

昔爲東掖垣中客今作西方社内人手把楊枝臨水坐閑思往事似前身

山居

山齋方獨往塵事莫相仍藍轝辭鞍馬緇徒換友朋朝餐唯藥菜夜伴只紗燈除却青衫在其餘便是僧

遺愛寺

弄日（一作石）臨谿坐尋花繞寺行時時聞鳥語處處是泉聲

山中與元九書因題書後

憶昔封書與君夜金鑾殿後欲明天今夜封書在何處廬山菴裏晚（一作曉）燈前籠鳥檻猿俱未死人間相見是何年

黃石巖下作

久別鵷鸞侶深隨鳥獸羣教他遠親故何處覓知聞昔日青雲意今移向白雲

戲贈李十三判官

垂鞭相送醉醺醺遥見廬山指似君想君初覺從軍樂未愛香爐峯上雲

醉中戲贈鄭使君（時使君先歸留妓樂重飲）

密座移紅毯酡顏照淥杯雙娥留且住五馬任先迴醉耳歌催醒愁眉笑引開平生少年興臨老暫重來

江亭夕望

憑高望遠思悠哉晚上江亭夜未迴日欲沒時紅浪沸月初生處白煙開辭枝雪蘂將春去滿鑷霜毛送老來爭敢三年作歸計心知不及賈生才

酬元員外三月三十日慈恩寺相憶見寄

悵望慈恩三月盡紫桐花落鳥關關誠知曲水春相憶其柰長沙老未還赤嶺猨聲催白首黃茅瘴色換朱顏誰言南國無霜雪盡在愁人鬢髮間

偶然二首

楚懷邪亂靈均直放棄合宜何惻惻漢文明聖賈生賢謫向長沙堪歎息人事多端何足怪天文至信猶差忒月離于畢合滂沱有時不雨何能測

火發城頭魚水裏救火竭池魚失水乖龍藏在牛領中雷擊龍來牛枉死人道蓍神龜骨靈(一作聖)試卜魚牛那至此六十四卦七十鑽畢竟不能知所以

中秋月(一作秋月)

萬里清光不可思添愁益(一作足)恨繞天涯誰人隴外久征戍何處庭前新別離失寵故姬歸院夜沒蕃老將上樓時照他幾許人腸斷玉兔銀蟾遠不知

謝李六郎中寄新蜀茶

故情周匝向交親新茗分張及病身紅紙一封書後信綠芽十片火前春湯添勺水煎魚眼末下刀圭攪麴塵不寄他人先寄我應緣我是別茶人

攜諸山客同上香鑪峯遇雨而還霑濡狼藉互相笑謔題此解嘲

蕭灑登山去龍鍾遇雨迴磴危攀薜荔石滑踐莓苔譏汙君相謔鞍穿我自咍莫欺泥土脚曾蹋玉階來

彭蠡湖晚歸

彭蠡湖天晚桃花水氣春鳥飛千白點日沒半紅輪何必爲遷客無勞是病身但來臨此望少有不愁人

酬贈李鍊師見招

幾年司諫直承明今日求真禮上清曾犯龍鱗容不死欲騎鶴背覓長生劉綱有婦仙同得伯道無兒累更輕若許移家相近住便驅雞犬上層城

西河雨夜送客

雲黑雨翛翛江昏水闇流有風催解纜無月伴登樓酒罷無多興帆開不少留唯看一點火遙認是行舟

登西樓憶行簡

每因樓上西南望始覺人間道路長礙日暮山青蔟蔟漫天秋水白茫茫風波不見三年面書信難傳萬里腸早晚東歸來下峽穩乘船舫過瞿唐

羅子

有女名羅子生來纔兩春我今年已長日夜二毛新顧念嬌啼面思量老病身直應頭似雪始得見成人

讀僧靈徹詩

東林寺裏西廊下石片鐫題數(一作四)首詩言句怪來還校別看名知是老湯師

聽李士良琵琶(人各賦二十八字)

聲似胡兒彈舌語愁如塞月恨邊雲閑人暫聽猶眉斂可使和蕃公主聞

昭君怨

明妃風貌最娉婷合在椒房應四星只得當(一作長)年備宮掖何曾專夜奉幃屏見疎從道迷圖畫知屈那教配虜庭自是君恩薄如紙(一作命薄如紙薄)不須一向恨丹青

閑吟

自從苦學空門法銷盡平生種種心唯有詩魔降未得每逢風月一閑吟

戲問山石榴

小樹山榴近砌栽半含紅萼帶花來爭知司馬夫人妒移到庭前便不開

編集拙詩成一十五卷因題卷末戲贈元九李二十

一篇長恨有風情十首秦吟近正聲每被老元偷格律(元九向江陵日嘗以拙詩一軸贈行自後格變)苦教短李伏歌行(李二十常自負歌行近見予樂府五十首默然心伏)世間富貴應無分身後文章合有名莫怪氣粗言語大新排十五卷詩成

湖上閑望

藤花浪拂(一作沸)紫茸條菰葉風飃(一作飄)綠剪刀閑弄水芳生楚思時時合眼詠離騷

江南謫居十韻

自哂沈冥客曾爲獻納臣壯心徒許國薄命不如人纔展凌雲翅俄成失水鱗葵枯猶向日蓬斷即(一作欲)辭春澤畔長愁地天邊欲老身蕭條殘活計冷落舊交親草合門無徑煙消甑有塵憂方知酒聖貧始覺錢神虎尾難容足羊腸易覆輪行藏與通塞一切任陶鈞

江樓夜吟元九律詩成三十韻

昨夜江樓上吟君數十篇詞飄朱檻底韻墮淥江前清楚音諧律精微思入玄收將白雪麗奪盡碧雲妍寸截金爲句雙雕玉作聯八風淒間發五彩爛相宣冰扣聲聲冷珠排字字圓文頭交比繡筋骨軟於綿澒涌同波浪錚鏦過管弦醴泉流出地鈞樂下從天神鬼聞如泣魚龍聽似禪星迴疑聚集(一作散)月落爲留連雁感無鳴者猨愁亦悄然交流遷客淚停住賈人船閣被歌姬乞潛聞思婦傳斜行題粉壁短卷寫紅箋肉味經時忘頭風當日痊老張知定伏短李愛應顛(張十八籍李二十紳皆攻律詩故云)道屈才方振身閑業始專天教聲烜赫理合命迍邅顧我文章劣知他氣力全工夫雖共到巧拙尚相懸各有詩千首俱拋海一邊白頭吟處變青眼望中穿酬答朝妨食披尋夜廢眠老償文債負宿結字因緣每歎陳夫子(陳子昂著感遇詩稱於世)常嗟李謫仙(賀知章謂李白爲謫仙人)名高折人爵思苦減天年(李竟無官陳亦早夭)不得當時遇空令後代憐相悲今若此湓浦與通川

潯陽歲晚寄元八郎中庾三十二員外

閱水年將暮燒金道未成丹砂不肯死白髮自(一作須)生病肺慚杯滿衰顏忌鏡明春深舊鄉夢歲晚故交情一別浮雲散雙瞻列宿榮螭頭階下立龍尾道前行封事頻聞奏除書數見名虛懷事僚友平步取公卿漏盡雞人報朝迴幼女(一作文使)迎可憐白司馬老大在湓城

元九以綠絲布白輕褣(一作容)見寄製成衣服以詩報知

緣絲文布素輕褣（一作容）珍重京華手自封貧友遠勞君寄附病妻親爲我裁縫袴花白似秋雲薄衫色青於春草濃欲著却休知不稱折腰無復舊形容

清明日送韋侍御（一作郎）貶虔州

寂寞清明日蕭條司馬家留餳和冷粥出火煮新茶欲別能無酒相留亦有花南遷更何處此地已天涯

九江春望

淼茫積水非吾土飄泊浮萍自我身身外信緣爲活計眼前隨事覓交親鑪煙豈異終南色溢草寧殊渭北春此地何妨便終老譬（一作匹）如元是九江人（香鑪峰上多煙溢水岸邊足草因而記之）

晚題東林寺雙池

向晚雙池好初晴百物新裹枝翻翠羽濺水躍紅鱗萍汎同遊子蓮開當麗人臨流一惆悵還憶曲江春

贈內子

白髮長興歎青娥亦伴愁寒衣補燈下小女戲牀頭闇澹屏幃故淒涼枕席秋貧中有等級猶勝嫁黔婁

送客春遊嶺南二十韻（因敘嶺南方物以諭之并擬微之送崔二十二之作）

已訝遊何遠仍嗟別太頻離容君蹙促贈語我殷勤迢遞天南面蒼茫海北濱訶陵國分界交趾郡爲鄰蓊鬱三光晦溫暾四氣勻陰晴變寒暑昏曉錯星辰瘴地難爲老蠻陬不易馴土民稀白首洞主盡黃巾戰艦猶驚浪戎車未息塵（時黃家賊方動）紅旗圍卉服紫綬裹文身麪苦桄榔裛（一作製）漿酸橄欖新牙檣迎海舶銅鼓賽江神不凍貪泉暖無霜毒草春雲煙蟒蛇氣刀劍鱷魚鱗路足羈棲客官多謫逐臣天黃生颶母（颶母如斷虹欲大風即見）雨黑長楓人（楓人因夜雷雨輒闇長數丈）迴使先傳語征軒早返輪須防杯裏蠱（南方蠱毒多置酒中）莫愛橐中珍北與南殊俗身將貨孰親嘗聞君子誡憂道不憂貧

自題

功名宿昔人多許寵辱斯須自不知一旦失恩先左降三年隨例未量移馬頭覓角生何日石火敲光住幾時前事是身俱若此空門不去欲何之

自悲

火宅煎熬地霜松摧折身因知羣動內易死不過人

尋郭道士不遇

郡中乞假來相訪洞裏朝元去不逢看院祇留雙白鶴入門惟見一青松藥爐有火丹應伏雲碓無人水自春（廬山中雲母多故以水碓擣鍊俗呼爲雲碓）欲問參同契中事更期何日得從容（一作未知何日得相從）

潯陽春三首（元和十二年作）

春生

春生何處闇周遊海角天涯徧始休先遣和風報消息續教啼鳥說來由展張草色長河畔點綴花房小樹頭若到故園應覓我爲傳淪落在江州

春來

春來觸地故鄉情忽見風光憶兩京金谷蹋花香騎入曲江碾草鈿車行誰家綠酒歡連夜何處紅樓睡失明獨有不眠不醉客經春冷坐古溢城

春去

一從澤畔爲遷客兩度江頭送暮春白髮更添今日鬢青衫不改去年身百川未有迴流水一老終無却少人四十六時三月盡送春爭得不殷勤

夢微之（十二年八月二十日夜）

晨起臨風一惆悵通川溢水斷相聞不知憶我因何事昨夜三迴（一作更）夢見君

贈韋鍊師

潯陽遷客爲居士身似浮雲心似灰上界女仙無嗜欲何因相顧兩裴回共疑過去人間世曾作誰家夫婦來

問劉十九

綠蟻新醅酒紅泥小火爐晚來天欲雪能飲一杯無

得行簡書聞欲下峽先以詩寄

朝來又得東川信欲取春初發梓州書報九江聞暫喜路經三峽想還愁瀟湘瘴霧加餐飯灩澦驚波穩泊舟欲寄兩行迎爾淚長江不肯向西流

南湖早春

風迴雲斷雨初晴返照湖邊暖復明亂點碎紅山杏發平鋪新綠水蘋生翅低白雁飛仍重舌澀黃鸝語未成不道江南春不好年年衰病減心情

元十八從事南海欲出廬山臨別舊居有戀泉聲之什因以投和兼伸別情

賢侯辟士禮從容莫戀泉聲問所從雨露初承黃紙詔煙霞欲別紫霄峰傷弓未息新驚鳥得水難留久臥龍我正退藏君變化一杯可易得相逢

題韋家泉池

泉落青山出白雲縈村繞郭幾家分自從引作池中水深淺方圓一任君

醉中對紅葉

臨風杪秋樹對酒長年人醉貌如霜葉雖紅不是春

遣懷

羲和走馭趁年光不許人間日月長遂使四時都似電爭教兩鬢不成霜榮銷枯去無非命壯盡衰來亦是常已共身心要約定窮通生死不驚忙

點額魚

龍門點額意何如紅尾青鬐却返初見說在天行雨苦爲龍未必勝爲魚

聞龜兒詠詩

憐渠已解詠詩章搖膝支頤學二郎莫學二郎吟太苦纔年四十鬢如霜

對酒

未濟卦中休卜命參同契裏莫勞心無如飲此銷愁物一餉愁消直萬金

有感

東牆夜合樹去秋爲風雨所摧今年花時悵然

碧萋紅縷今何在風雨飄將去不回惆悵去年牆下地今春唯有薺花開

病起

病不出門無限時今朝強出與誰期經年不上江樓醉勞動春風颺酒旗

夢亡友劉太白同遊彰（一作章）敬寺

三千里外臥江州十五年前哭老劉昨夜夢中彰敬寺死生魂魄暫同遊

與果上人歿時題此訣別兼簡二林僧社

本（一作願）結菩提香火社爲嫌煩惱電泡身不須惆悵從師去先請西方作主人

贈寫眞者

子騁丹青日予當醜老時無勞役神思更畫病容儀迢遞麒麟閣圖功未有期區區尺素上焉用寫眞爲

劉十九同宿（時淮寇初破）

紅旗破賊非吾事黃紙除書無（一作非）我名唯共嵩陽劉處士圍棊賭酒到天明

十二年冬江西溫暖喜元八寄金石稜（一作凌）到因題此詩

今冬臘候不嚴凝暖霧溫風氣上騰山腳崦中纔有雪江流慢處亦無冰欲將何藥防春瘴只有元家金石稜（一作凌）

閑意

不爭榮耀任沈淪日與時疎共道親北省朋僚音信斷東林長老往還頻病停夜食閑如社慵擁朝裘暖似春漸老漸諳閑氣味終身不擬作忙人

送友人上峽赴東川辟命

見說瞿塘峽斜銜（一作橫）灩澦根難於尋鳥路（一作道）險過上龍門羊角風頭急桃花水色渾山迴若鼇轉舟入似鯨吞岸（一作巖）合愁天斷波跳恐地翻憐君經此去爲感主人恩

夜送孟司功

潯陽白司馬夜送孟功曹江闇管弦急樓明燈火高湖波翻似箭霜草殺如刀且莫開征棹陰風正怒號

衰病

老辭遊冶尋花伴病別荒狂舊酒徒更恐五年三歲後些些譚笑亦應無

題詩屏風絶句（并序）

十二年冬微之猶滯通州予亦未離湓上相去萬里不見三年鬱鬱相念多以吟詠自解前後辱微之寄示之什殆數百篇雖藏於篋中永以爲好不若置之座右如見所思繇是掇律句中短小麗絶者凡一百首題錄合爲一屏風舉目會心叅若其人在於前矣前輩作事多出偶然則安知此屏不爲好事者所傳異日作九江一故事爾因題絶句聊以獎之

相憶采君詩作障自書自勘不辭勞障成定被人爭寫從此南中紙價高

答微之（微之於閬州西寺手題予詩予又以微之百篇題此屏上各以絶句相報答之）

君寫我詩盈寺壁我題君句滿屏風與君相遇知何處兩葉浮萍大海中

偶宴有懷

遇興尋文客因歡命酒徒春遊憶親故夜會似京都詩思閑仍在鄉愁醉暫無狂來欲起舞慙見白髭鬚

山中酬江州崔使君見寄

眷眄情無恨優容禮有餘三年爲郡吏一半許山居酒熟心相待詩來手自書庾樓春好醉明月（一作日）且回車

山枇杷

深山老去惜年華況對東谿野枇杷火樹風來翻絳燄瓊枝日出曬紅紗回看桃李都無色映得芙蓉不是花爭柰結根深石底無因移得到人家

聞李尚書拜相因以長句寄賀微之

憐君不久在通川知已新提造化權變尚定求才濟世張雷應辨氣衝天那知淪落天涯日正是陶鈞海內年肯向泥中抛折劒不收重鑄作龍泉

歲暮

窮陰急景坐相催壯齒韶顏去不回舊病重因年老發新愁多是夜長來膏明自爇緣多事雁默先烹爲不才禍福細尋無會處不如且進手中杯

雨中赴劉十九二林之期及到寺劉已先去因以四韻寄之

雲中臺殿泥中路既阻同遊嬾却還將謂獨愁猶對雨不知多興已尋山纔應行到千峰裏只校來遲半日間最惜杜鵑花爛熳春風吹盡不同攀

薔薇正開春酒初熟因招劉十九張大夫崔二十四同飲

甕頭竹葉經春熟階底薔薇入夏開似火淺深紅壓架如餳氣味綠黏臺試將詩句相招去倘有風情或可來明日早花應更好心期同醉卯時杯

李白墓

采石江邊李白墳遶田無限草連雲可憐荒壠窮泉骨曾有驚天動地文但是詩人多薄命就中淪落不過君

對酒

漫把參同契難燒伏火砂有時成白首無處問黃芽幻世如泡影浮生抵眼花唯將綠醅酒且替紫河車

戲答諸少年

顧我長年頭似雪饒君壯歲氣如雲朱顏今日雖欺我白髮他時不放君

風雨晚（一作夜）泊

苦竹林邊蘆葦叢停舟一望思無窮青苔撲地連春（一作香）雨白浪掀天盡日風忽忽百年行欲半茫茫萬事坐成空此生飄蕩何時定一縷鴻毛天地中

題崔使君新樓

憂人何處可銷憂碧甕紅欄湓水頭從此潯陽風月夜崔公樓替庾公樓

山中戲問韋侍御（一作郎）

我抱棲雲志君懷濟世才常吟反招隱那得入山來

贈曇禪師（一作夢中）

五年不入慈恩寺今日尋師始一來欲知火宅焚燒苦方寸如今化作灰

寄微之

帝城行樂日紛紛天畔窮愁我與君秦女笑歌春不見巴猨啼哭夜常聞何處琵琶弦似語誰家嵩墮髻如雲人生多少歡娛事那獨千分無一分

醉吟二首

空王百法學未得姹女丹砂燒即飛事事無成身老也

（一作也老）醉鄉不去欲何歸

兩鬢千莖新似雪十分一醆欲如泥酒狂又引詩魔發日午悲吟到日西

曉寢

轉枕重安寢回頭一欠伸紙窗明覺曉布被暖知春莫強踈慵性須安老大身雞鳴一覺（一作猶獨）睡不博早朝人

答元八郎中楊十二博士

身覺（一作學）浮雲無所著心同止水有何情但知瀟灑踈朝市不要崎嶇隱姓名盡日觀魚臨澗坐有時隨鹿上山行誰能抛得人間事來共騰騰過此生

湖亭與行簡宿

潯陽少有風情客招宿湖亭盡却回水檻虛涼風月好夜深誰（一作惟）共阿憐來

八月十五日夜湓亭望月

昔年八月十五夜曲江池畔杏園（一作林）邊今年八月十五夜湓浦沙頭水館前西北望鄉何處是東南見月幾迴圓臨風一歎無人會今夜清光似往年

贈江客

江柳影寒新雨地塞鴻聲急欲霜天愁君獨向（一作自）沙頭宿水（一作岸）遶蘆花月滿船

殘暑招客

雲截山腰斷風驅雨脚迴早陰江上散殘熱日中來却取生衣著重拈竹（一作小）簟開誰能淘晚熱閑飲兩三杯

潯陽秋懷贈許明府

霜紅二林葉風白九江波暝色投煙鳥秋聲帶雨荷馬閑無處出門冷少人過鹵莽還鄉夢依稀望闕歌共思除醉外無計柰愁何試問陶家酒新篘得幾多

九日醉吟

有恨頭還白無情菊自黃一爲州司馬三見歲重陽劒匣塵埃滿籠禽日月長身從漁父笑門任雀羅張問疾因留客聽吟偶置觴歎時論倚伏懷舊數存亡柰老應無計治（一作醫）愁或有方無過學王績（一作勣）唯以醉爲鄉

問韋山人山甫

身名身事兩蹉跎試就先生問若何從此神仙學得否白鬚雖有未爲多

送蕭鍊師步虛詞十首卷後以二絕繼之

欲上瀛州臨別時贈君十首步虛詞天仙若愛應相問可（一作向）道江州司馬詩

花紙瑶緘松墨字把將天上共誰開試呈王母如堪唱發遣雙成更取來

贈李兵馬使

身得貳師餘氣槩家藏都尉舊詩章江南別有樓船將燕頷虬鬚不姓楊

題遺愛寺前溪松

偃亞長松樹侵臨小石溪靜將流水對高共遠峰齊翠蓋煙籠密花幢雪壓低與僧清影坐借鶴穩枝棲筆寫形難似琴偷韻易迷暑天風槭槭（一作瑟瑟）晴（一作靜）夜露（一作雨）淒淒獨契（一作愜）依爲舍閑行遶作蹊棟梁君莫採留著伴幽棲

廬山草堂夜雨獨宿寄牛二李七庾三十二員外

丹霄攜手三君子白髮垂頭一病翁蘭省花時錦帳下廬山雨夜草菴中終身膠漆心應在半路雲泥跡不同唯有無生三昧觀榮枯一照兩成空

聞楊十二新拜省郎遥以詩賀

文昌新入有光輝紫界宮牆白粉闈曉日雞人傳漏箭春風侍女護朝衣雪飄歌句（一作曲）高難和鶴拂煙霄老慣飛官職聲名俱入手近來詩客似君稀（頃曾有贈楊詩落句云不用更教詩過好折君官職是聲名今故云俱入手）

三月三日懷微之

良時光景長虛擲壯歲風情已闇銷忽憶同爲校書日每年同醉是今朝

贈韋八

辭君歲（一作雖）久見君初白髮驚嗟兩有餘容鬢別來今至此心情料取合何如曾同曲水花亭醉亦共華陽竹院居豈料天南相見夜哀猨瘴霧宿匡廬

春江閑步贈張山人

江景又妍和牽愁發浩歌晴沙金屑色春水麴塵波紅簇交枝杏青含卷葉荷藉莎憐軟暖憩樹愛婆娑書信朝賢斷知音野老多相逢不閑語爭柰日長何

春聽琵琶兼簡長孫司户

四弦不似琵琶聲亂寫真珠細撼鈴指底商風悲颯颯舌頭胡語苦醒醒如言都尉思京國似訴明妃厭虜庭遷客共君相勸諫春腸易斷不須聽

吳宮辭

一入吳王殿無人覩翠娥樓高時見舞宮靜夜聞歌半露胷如雪斜迴臉似波妍媸各有分誰敢妬恩多

送韋侍御量移金州司馬（時予官獨未出）

春歡雨露同霑澤冬歎風霜獨滿衣留滯多時如我少遷移好處似君稀卧龍雲到須先起蟄燕雷驚尚未飛莫恨東西溝水別滄溟長短擬同歸

自到潯陽生三女子因詮眞理用遣妄懷

宦途本自安身拙世累由來向老多遠謫四年徒已矣晚生三女擬如何預愁嫁娶眞成患細念因緣盡是魔賴學空王治苦法須抛煩惱入頭陀

江西裴常侍以優禮見待又蒙贈詩輒叙鄙誠用伸感謝

一從簪笏事金貂每借溫顔放折腰長覺身輕離泥滓忽驚手重捧瓊瑶馬因迴顧雖增價桐遇知音已半焦他日秉鈞如見念壯心直氣未全銷

自江州司馬授忠州刺史仰荷聖澤聊書鄙誠

炎瘴抛身遠泥塗索脚難網初鱗撥剌籠久翅摧殘雷電須時令陽和變歲寒遺簪承舊念剖竹授新官鄉覺前程近心隨外事寬生還應有分西笑問長安

除忠州寄謝崔相公

提拔出泥知力竭吹噓生翅見情深劒鋒缺折難衝斗桐尾燒焦豈望琴感舊兩行年老淚酬恩一寸歲寒心忠州好惡何須問鳥得辭籠不擇林

初除官蒙裴常侍贈鶻銜瑞草緋袍魚袋因謝惠貺兼抒離情

新授銅符未著緋因君裝束始光輝惠深范叔綈袍贈榮過蘇秦佩印歸魚綴白金隨步躍鶻銜紅綬遶身飛明朝戀別朱門淚不敢多垂恐汙衣

洪州逢熊孺登

靖安院裏辛夷下(一作新夷下)醉笑狂吟氣最麤莫問別來多少苦低頭看取白髭鬚

初著刺史緋答友人見贈

故人安慰善爲辭五十專城道未遲徒使花袍紅似火其如蓬鬢白成(一作如)絲且貪薄俸君應惜不稱衰容我自知銀印可憐將底用只堪歸舍嚇妻兒

又答賀客

銀章暫假爲專城賀客來多嬾起迎似挂緋衫衣架上朽株枯竹有何榮

別草堂三絶句

正聽山鳥向陽眠黄紙除書落枕前爲感君恩須暫起爐峰不擬住多年

久眠褐被爲居士忽挂緋袍作使君身出草堂心不出廬山未要勒(一作動)移文

三間茅舍向山開一帶山泉遶舍迴山色泉聲莫惆悵三年官滿却歸來

鍾陵餞送

翠幕紅筵高在雲歌鐘一曲萬家聞路人指點滕王閣看送忠州白使君

潯陽宴別(此後忠州路上作)

鞍馬軍城外笙歌祖帳前乘潮發湓口帶雪別廬山暮景牽行色春寒散醉顔共嗟炎瘴地盡室得生還

戲贈户部李巡官

好去(一作語)民曹李判官少貪公事且謀歡男兒未死爭能料莫作忠州刺史看

行次夏口先寄李大夫

連山斷處大江流紅旆逶迤鎮上游幕下翺翔秦御史軍前奔走漢諸侯曾陪劒履升鸞殿欲謁旌幢入鶴樓假著緋袍君莫笑恩深始得向忠州

重贈李大夫

早接清班登玉陛同承別詔直金鑾鳳巢閣上容身穩鶴鎖籠中展翅難流落多年應是命量移遠郡未成官慙君獨不欺顦顇猶作銀臺舊眼看

對鏡吟

閑看明鏡坐清晨多病姿容半老身誰論情性乖時事自想形骸非貴人三殿失恩宜放棄九宫推命合漂淪如今所得須甘分腰佩銀龜朱兩輪

江州赴忠州至江陵已來舟中示舍弟五十韻

昔作咸秦客常思江海行今來仍盡室此去又專城典午猶爲幸分憂固是榮篺篁州乘送艛艓驛船迎共載皆妻子同遊即弟兄寧辭浪跡遠且貴賞心幷雲展帆高挂颾驅櫂迅征沂流從漢浦循路轉荆衡山逐時移色江隨地改名風光近東早水木向南清夏口煙孤起湘川雨半晴日煎紅浪沸月射白砂明北渚寒留雁南枝暖待鶯駢朱桃露萼點翠柳含萌亥市魚鹽聚神林鼓笛鳴壺漿椒葉氣歌曲竹枝聲繫纜憐沙靜垂綸愛岸平水飡紅粒稻野茹紫花菁甌汎茶如乳臺黏酒似餳膾長抽錦縷藕脆削瓊英容易來千里斯須進一程未曾勞氣力漸覺有心情臥穩添春睡行遲帶酒醒忽愁牽世網便欲濯塵纓早接文場戰曾爭翰苑盟掉頭稱俊造翹足取公卿且昧隨時義徒輸報國誠衆排恩易失偏壓勢先傾虎尾憂危切鴻毛性命輕燭蛾誰救活(一作護)蠶繭自纏縈斂手辭雙闕回眸望兩京長沙拋賈誼漳浦臥劉楨鶗鴂鳴還歇蟾蜍破又盈年光同激箭鄉思極搖旌潦倒親知笑衰羸舊識驚鳥頭因感白魚尾爲勞赬劒學將何用丹燒竟不成孤舟萍一葉雙鬢雪千莖老見人情盡閑思物理精如湯探冷熱似博鬭輸贏險路應須避迷途莫共爭此心知止足何物要經營玉向泥中潔松經雪後貞無妨隱朝市不必謝寰瀛但在前非悟期無後患嬰多知非景福少語是元亨晦即全身藥明爲伐性兵昏昏隨世俗蠢蠢學黎甿鳥以能言縛龜緣入夢烹知之一何晚猶足保餘生

題岳陽樓

岳陽城下水漫漫獨上危樓倚曲欄春岸綠時連夢澤夕波(一作陽)紅處近長安猿攀樹立啼何苦雁點湖飛渡亦難此地唯堪畫圖障華堂張與貴人看

入峽次巴東

不知遠郡何時到猶喜全家此去同萬里王程三峽外百年生計一舟中巫山暮足霑花雨隴水春多逆浪風兩片紅旌數聲鼓使君艛艓上巴東

十年三月三十日別微之於澧上十四年三月十一日夜遇微之於峽中停舟夷陵三宿而別言不盡者以詩終之因賦七言十七韻以贈且欲記(一作寄)所遇之地與相見之時爲他年會話張本也

澧水店頭春盡日送君上馬謫通川夷陵峽口明月夜此處逢君是偶然一別五年方見面相攜三宿未迴船坐從日暮唯長歎語到天明竟未眠齒髮蹉跎將五十關河迢遞過三千生涯共寄滄江上鄉國俱拋白日邊往事渺茫都似夢舊遊流落半歸泉醉悲灑淚春杯裏吟苦支頤曉燭前莫問龍鍾惡官職且聽清脆好文(一作詩)篇(微之別來有新詩數百篇麗絶可愛)別來只是成詩癖老去何曾更酒顛各限王程須去住重開離宴貴留連黄牛渡北移征櫂白狗崖東卷別筵(黄牛白狗皆峽中地名即與微之遇別之所也)神女臺雲閑繚繞使君灘水急潺湲風凄暝色愁楊柳月弔宵聲哭杜鵑萬丈赤幢潭底日一條白練峽中天君還秦地辭炎徼我向忠州入瘴煙未死會應相見在又知何地復何年

題峽中石上

巫女廟花紅似粉昭君村柳翠於眉誠知老去風情少見此爭無一句詩

全唐詩

白居易

夜入瞿唐峽

瞿唐天下險夜上信難(一作艱)哉岸似雙屏合天如匹帛(一作練)開逆風驚浪起拔簦暗船來欲識愁多少高於灩澦堆

初到忠州贈李六(一作李大夫)

好在天涯李使君江頭相見日黃昏吏人生梗都如鹿市井疎蕪(一作蕭疎)只抵村一隻蘭(一作葉)船當驛路(一作步)百層石磴上州門更無平地堪行處虛受朱輪五馬恩

郡齋暇日憶廬山草堂兼寄二林僧社三十韻多敘貶官已來出處之意

諫諍知無補遷移分所當不堪(一作能)匡聖主只合事空王龍象投新社鵷鸞失故行沈吟辭北闕誘引向西方便住雙林寺仍開一草堂平治行道路(一作地)安置坐禪牀手版支爲枕頭巾閣在牆先生烏几舄居士白衣裳竟歲何曾悶終身不擬忙滅除殘夢想換盡舊心腸世界多煩惱形神久損傷正從風鼓浪轉作日銷霜(佛經云此生死無休已如風鼓海浪又云煩惱如霜露慧日能消除)吾道尋知止君恩偶未忘忽蒙頒鳳詔兼謝(一作借)剖魚章蓮靜方依水葵枯重仰陽三車猶夕會五馬已晨裝去似尋前世來如別故鄉眉低出鷲嶺腳重下蚍岡(廬山岡名)漸望廬山遠彌愁峽路長香爐峰隱隱巴字水茫茫瓢挂留庭(一作亭)樹經收在屋梁春拋紅藥圃夏憶白蓮塘唯(一作准)擬捐塵事將何荅寵光有期追永遠(晉時永遠二法師曾居此寺)無政繼龔黃南國秋猶熱西齋夜暫(一作漸)涼閑吟四句偈靜對一爐香身老同丘井心空是道場覓僧爲去伴留俸作歸糧爲報山中侶憑看竹下房會應歸去在(一作住)松菊莫教荒

贈康叟

八十秦翁老不歸南賓太守乞寒衣再三憐汝非他意天寶遺民見漸稀

鸚鵡

竟日語還默中宵棲復驚身囚緣彩翠心苦爲分明暮起歸巢思春多憶侶聲誰能拆籠破從放快飛鳴

京使回累得南省諸公書因以長句詩寄謝蕭五劉二元八吳十一韋大陸郎中崔二十二牛二李七庾三十二李六李十楊三樊大楊十二員外

雪壓泥埋未死身每勞存問媿交親浮萍飄泊三千里列宿參差十五人禁月落時君待漏畬煙深處我行春瘴鄉得老猶爲幸豈敢傷嗟白髮新

東城春意

風輭雲不動郡城東北隅晚來春澹澹天氣似京都弦管隨宜有杯觴不道無其如親故遠無可共歡娛

木蓮樹生巴峽山谷間巴民亦呼爲黃心樹大者高五丈涉冬不凋身如青楊有白文葉如桂厚大無脊花如蓮香色豔膩皆同獨房蕊有異四月初始開自開迨謝僅二十日忠州西北十里有鳴玉谿生者穠茂尤異元和十四年夏命道士毋丘元志寫惜其遐僻因題三絕句云

如折芙蓉栽(一作投)旱地似拋芍藥挂高枝雲埋水隔無人識唯有南賓太守知

紅似燕支膩如粉傷心好物不須臾山中風起無時節明日重來得在無

已愁花落荒巖底復恨根生亂石間幾度欲移移不得天教拋擲在深山

種桃杏

無論海角與天涯大抵心安即是家路遠誰能念鄉曲年深兼欲忘京華忠州且作三年計種杏栽桃擬待花

新秋

二毛生鏡日一葉落庭時老去爭由我愁來欲泥誰空銷閑歲月不見舊親知唯弄扶牀女時時強展眉

龍昌寺荷池

冷碧新秋水殘紅半破蓮從來寥落意不似此池邊

聽竹枝贈李侍御

巴童巫女竹枝歌懊惱何人怨咽多暫聽遣君猶悵望長聞教我復如何

寄胡餅與楊萬州

胡麻餅樣學京都麪脆油香新出爐寄與飢饞楊大使嘗看得似輔興無

感櫻桃花因招飲客

櫻桃昨夜開如雪鬢髮今年白似霜漸覺花前成老醜何曾酒後更顛狂誰能聞此來相勸共泥春風醉一場

東亭閑望(一作閑坐)

東亭盡日坐誰伴寂寥身綠桂(一作樹)爲佳客紅蕉當美人笑言雖不接情狀似相親不作(一作若不)悠悠想如何度晚春

畫木蓮花圖寄元郎中

花房膩似紅蓮朵豔色鮮如紫牡丹唯有詩人能(一作應)解愛丹青寫出與君看

和李澧州題韋開州經藏詩

既悟蓮花藏須遺貝葉書菩提無處所文字本空虛觀指非知月忘筌是得魚聞君登彼岸捨筏復何如

九日題塗溪

蕃(一作著)草席鋪楓葉岸竹枝歌送菊花杯明年尚作(一作任)南賓守或可重陽更一來

即事寄微之

畬田澀米不耕鉏旱地荒園少菜蔬想念(一本缺一作此)土風今若此料看生計合何如衣縫紕纇黃絲絹飯下腥鹹白小魚飽暖飢寒何足道此身長短是空虛

題郡中荔枝詩十八韻兼寄萬州楊八使君

奇果標南土，芳林對北堂。素華春漠漠，丹實夏煌煌。葉捧低垂戶，枝擎重壓牆。始因風弄色，漸與日爭光。夕訝條懸火，朝驚樹點妝。深於紅躑躅，大校白檳榔。星綴連心朵，珠排耀眼房。紫羅裁襯殼，白玉裹填瓤。早歲曾聞說，今朝始摘嘗。嚼疑天上味，嗅異世間香。潤勝蓮生水，鮮逾橘得霜。燕支掌中顆，甘露舌頭漿。物少尤珍重，天高苦渺茫。已教生暑月，又使阻遐方。粹液靈難駐，妍姿嫩易傷。近南光景熱，向北道途長。不得充王賦，無由寄帝鄉。唯君堪擲贈，面白似潘郎。

留北客

峽外相逢遠，樽前一會難。即須分手別，且強展眉歡。楚袖蕭條舞，巴弦趣數（從速反）彈。笙歌隨分有，莫作帝鄉看。

重寄荔枝與楊使君時聞楊使君欲種植故有落句之戲

摘來正帶凌晨露，寄去須憑下水船。映我緋衫渾不見，對公銀印最相鮮。香連翠葉真堪畫，紅透青籠實可憐。聞道萬州方欲種，愁君得喫是何年。

和萬州楊使君四絕句

競渡

競渡相傳為汨羅，不能止遏意無他。自經放逐來顦顇，能校靈均死幾多。

江邊草

聞君澤畔傷春草，憶在天門街裏時。漠漠淒淒愁（一作秋）滿眼，就中惆悵是江蘺。

嘉慶李

東都綠李萬州栽，君手封題我手開。把得欲嘗先悵望，與渠同別故鄉來。

白槿花

秋蕣晚英無豔色，何因栽種在人家。使君自（一作只）別羅敷面，爭解回頭愛白花。

和行簡望郡南山

反照前山雲樹明，從君苦道似華清。試聽腸斷巴猨叫，早晚驪山有此聲。

種荔枝

紅顆珍（一作真）珠誠可愛，白鬚太守亦何癡。十年結子知誰在，自向庭中（一作前）種荔枝。

陰雨

嵐霧今朝重，江山此地深。灘聲秋更急，峽氣曉多陰。望闕雲遮眼，思鄉雨（一作淚）滴心。將何慰幽獨，賴此北窗琴。

送客歸京

水陸四千里，何時歸到秦。舟辭三峽雨，馬入九衢塵。有酒留行客，無書寄貴人。唯憑遠傳語，好在曲江春。

送蕭處士遊黔南

能文好飲老蕭郎，身似浮雲鬢似霜。生計拋來詩是業，家園忘卻酒為鄉。江從巴峽初成字，猨過巫陽始斷腸。不醉黔中爭去得，磨圍山月正蒼蒼。

東樓醉

天涯深峽無人地，歲暮窮陰欲夜天。不向東樓時一醉，如何擬過二三年。

寄微之（時微之為虢州司馬）

高天默默物茫茫，各有來由致損傷。鸚為能言長剪翅，龜緣難死久搘牀。莫嫌冷落拋閑地，猶勝炎蒸臥瘴鄉。外物竟關身底事，謾排門戟繫腰章。

東樓招客夜飲

莫辭數數醉東樓，除醉無因破得愁。唯有綠樽紅燭下，暫時不似在忠州。

醉後戲題

自知清冷似冬凌，每被人呼作律僧。今夜酒醺羅綺暖，被君融盡玉壺冰。

冬至夜

老去襟懷常濩落，病來鬚鬢轉蒼浪。心灰不及爐中火，鬢雪多於砌下霜。三峽南賓城最遠，一年冬至夜偏長。今宵始覺房櫳冷，坐索寒衣託（一作詑）孟光。

竹枝詞四首

瞿唐峽口水（一作冷）煙低，白帝城頭月向西。唱到竹枝聲咽處，寒猨闇鳥一時啼。

竹枝苦怨怨何人，夜靜山空歇又聞。蠻兒巴女齊聲唱，愁殺江樓（一作南）病使君。

巴東船舫上巴西，波面風生雨腳齊。水蓼冷花紅簇簇，江蘺濕葉碧淒淒。

江畔誰人唱竹枝，前聲斷咽後聲遲。怪來調苦緣詞苦，多是通州司馬詩。

酬嚴中丞晚眺黔江見寄

江水三迴曲，愁人兩地情。磨圍山下色，明月峽中聲。晚後連天碧，秋來徹底清。臨流有新恨，照見白鬚生。

寄題楊萬州四望樓

江上新樓名四望，東西南北水茫茫。無由得與君攜手，同凭欄干一望鄉。

荅楊使君登樓見憶

忠萬樓中南北望，南州煙水北州雲。兩州何事偏相憶，各是籠禽作使君。

除夜

歲暮紛多思，天涯渺未歸。老添新甲子，病減舊容輝。鄉國仍留念，功名已息機。明朝四十九，應轉悟前非。

聞雷

瘴地風霜早，溫天氣候催。窮冬不見雪，正月已聞雷。震蟄蟲蛇出，驚枯草木開。空餘客方寸，依舊似寒灰。

春至

若為南國春還至，爭向東樓日又長。白片落梅浮澗水，黃梢新柳出城牆。閑拈蕉葉題詩詠，悶取藤枝引酒嘗。樂事漸無身漸老，從今始擬負風光。

感春

巫峽中心郡，巴城四面春。草青臨水地，頭白見花人。憂喜皆心火，榮枯是眼塵。除非一杯酒，何物更關身。

春江

炎涼昏曉苦推遷，不覺忠州已二年。閉閣只聽朝暮鼓，上樓空望往來船。鶯聲誘引來花下，草色句留坐水邊。唯有春江看未厭，縈砂遶石淥潺湲。

題東樓前李使君所種櫻桃花

身入青雲無見日手栽紅樹又逢春唯留花向樓前著故（一作看）故拋愁與後人

巴水

城下巴江水春來似麴塵軟沙如渭曲斜岸憶天津影蘸新黃柳香浮小白蘋臨流搔首坐惆悵爲何人

野行

草潤衫襟重沙乾屐齒輕仰頭聽鳥立信脚望花行暇日無公事衰年有道情浮生短於夢夢裏莫營營

送高侍御使迴因寄楊八

明月峽邊逢制使黃茅岸上是忠州到城莫說忠州惡無益虛教楊八愁

奉酬李相公見示絶句（時初聞國喪）

碧油幢下捧新詩榮賤雖殊共一悲涕淚滿襟君莫怪甘泉侍從最多時

喜山石榴花開（去年自廬山移來）

忠州州裏今日花廬山山頭去時樹已憐根損斬新栽還喜花開依舊數赤玉何人少琴軫紅纈誰家合羅袴但知爛熳恣情開莫怕南賓桃李妬

戲贈蕭處士清禪師

三杯嵬峩忘機客百衲頭陀任運僧又有放慵巴郡守不營一事共騰騰

錢虢州以三堂絶句見寄因以本韻和之

同事空王歲月深相思遠寄定中吟遙知清淨中和化祇用金剛三昧心（予早歲與錢君同習讀金剛三昧經故云）

三月三日

暮春風景初三日流世光陰半百年欲作閑遊無好伴半江惆悵却回船

寒食夜

四十九年身老日一百五夜月明天抱膝思量何事在癡男騃（一作癡）女喚鞦韆

代州民問

龍昌寺底開山路巴子臺前種柳林官職家鄉都忘却誰人會得使君心

荅州民

宦情斗擻隨塵去鄉思銷磨逐日無唯擬騰騰作閑事遮渠不道使君愚

荔枝樓對酒

荔枝新熟雞冠色燒酒初開琥珀香欲摘一枝傾一醆西樓無客共誰嘗

房家夜宴喜雪戲贈主人

風頭向夜利如刀賴此溫爐軟錦袍桑落氣薰珠翠暖柘枝聲引管弦高酒鉤送醆推蓮子燭淚黏盤壘蒲萄不醉遣儂爭散得門前雪片似鵝毛

醉後贈人

香毬趂拍回環匼花醆拋巡取次飛自入春來未（一作不）同醉那能夜去獨先歸

初除尚書郎脫刺史緋

親賓相賀問何如服色恩光盡反初頭白喜拋黃草峽眼明驚拆紫泥書便留朱紱還鈴閣却著青袍侍玉除無奈嬌癡三歲女繞腰啼哭覓金（一作銀）魚

留題開元寺上方

東寺臺閣好上方風景清數來猶未厭長別豈無情戀水多臨坐辭花剩繞行最憐新岸柳手種未全成

別種東坡花樹兩絶

三年留滯在江城草樹禽魚盡有情何處慇勤重回首東坡桃李種新成

花林好住莫顦顇春至但知依舊春樓上明年新太守不妨還是愛花人

別橋上竹

穿橋迸竹不依行恐礙行人被損傷我去自慙遺愛少不教君得似甘棠

發白狗峽次黃牛峽登高寺却望忠州

白狗次黃牛灘如竹節稠路穿天地險人續古今愁忽見千花塔因停一葉舟畏途常迫促靜境暫淹留巴曲春全盡巫陽雨半收北歸雖引領南望亦回頭昔去悲殊俗今來念舊遊別僧山北寺拋竹水西樓郡樹花如雪軍廚酒似油時時大開口自笑憶忠州

棣華驛見楊八題夢兄弟詩

遙聞旅宿夢兄弟應爲郵亭名棣華名作棣華來早晚自題詩後屬楊家

商山路有感

萬里路（一作途）長在六年身始歸所經多舊館大半主人非

商山路驛桐樹昔與微之前後題名處

與君前後多遷謫五度經過此路隅笑問中庭老桐樹這回歸去免來無

惻惻吟

惻惻復惻惻逐臣返鄉國前事難重論少年不再得泥塗絳老頭班白炎瘴靈均面黎黑六年不死却歸來道著姓名人不識

德宗皇帝挽歌詞四首

執象宗玄祖貽謀啓孝孫文高柏梁殿禮薄霸陵原宮仗辭天闕朝儀出國門生成不可報二十七年恩

虞帝南巡後殷宗諒闇中初辭鑄鼎地已閉望仙宮曉落當陵月秋生滿旆風前星承帝座不使北辰空

業大承宗祖功成付子孫睿文詩播樂遺訓史標言節表中和德方垂廣利恩懸知千載後理代數貞元

夢減三齡壽哀延七月期寢園愁望遠宮仗哭行遲雲日添寒慘笳簫向晚悲因山有遺詔如葬漢文時

昭德皇后挽歌詞

仙去逍遙境詩留窈窕章春歸金屋少夜入壽宮長鳳引曾辭輦蠶休昔採桑陰靈何處感沙麓月無光

太平樂詞二首（已下七首在翰林院時奉勅擬進）

歲豐仍節儉時泰更銷兵聖念長如此何憂不太平

湛露浮堯酒薰風起舜歌願同堯舜意所樂在人和

小曲新詞二首

霽色鮮宮殿秋聲脆管弦聖明千歲樂歲歲似今年

紅裾（一作帬）明月夜碧簟早秋時好向昭陽宿天涼玉漏遲

閨怨詞三首

朝憎鶯百囀夜妬燕雙棲不慣經春別誰知到曉啼

珠箔籠寒月紗窗背曉燈夜來巾上淚一半是春冰

關山征戍遠閨閣別離難苦戰應顦顇寒衣不要寬

殘春曲(一作宮中口號)

禁苑殘鶯三四聲景遲風慢暮春情日西無事牆陰下閑蹋宮花獨自行(一作吟)

長安春

青門柳枝軟無力東風吹作黃金色街東酒薄醉易醒滿眼春愁銷不得

長樂坡送人賦得愁字(一有下字)

行人南北分征路流水東西接御溝終日坡前恨離別謾名長樂是長愁

獨眠吟二首

夜長無睡起階前寥落星河欲曙(一作曉)天十五年來明月夜何曾一夜不孤眠

獨眠客夜夜可憐長寂寂就中今夜最愁人涼月清風滿牀席

期不至

紅燭清樽久延佇出門入門天欲曙星稀月落竟不來煙柳朧朧鵲飛去

長洲苑

春入長洲草又生鷓鴣飛起少人行年深不辨娃宮處夜夜蘇臺空月明

憶江柳

曾栽楊柳江南岸一別江南兩度春遙憶青青江岸上不知攀折是何人

南浦別

南浦淒淒別西風嫋嫋秋一看腸一斷好去莫回頭

三年別

悠悠一別已三年相望相思明月天腸斷青天望明月別來三十六回圓

傷春詞

深淺簷花千萬枝碧紗窗外囀黃鸝殘妝含淚下簾坐盡日傷春春不知

後宮詞

淚濕(一作盡)羅巾夢不成夜深前殿按歌聲紅顏未老恩先斷斜倚薰籠坐到明

全唐詩

白居易

吟元郎中白鬚詩兼飲雪水茶因題壁上

吟詠霜毛句閑嘗雪水茶城中展眉處只是有元家

吳七郎中山人待制班中偶贈絶句

金馬東門隻日開漢庭待詔重仙才第三松樹非華表那得遼東鶴下來

和張十八祕書謝裴相公寄馬

齒齊膘(一作臕)足毛頭膩祕閣張郎(一作家)叱撥駒洗了頜花翻假錦走時蹄汗蹋真珠青衫乍見曾驚否紅粟難賒得飽無丞相寄來應有意遣君騎去上雲衢

答山侶

頷下髭鬚半是絲光陰向後幾多時非無解挂簪纓意未有支持伏臘資冒熱衝寒徒自取隨行逐隊欲何為更憩山侶頻傳語五十歸來道未遲

早朝思退居

霜嚴月苦欲明天忽憶閑居思浩然自問寒燈夜半起何如暖被日高眠唯慙老病披朝服莫慮飢寒計俸錢隨有隨無且歸去擬求豐足是何年

曲江亭晚望

曲江岸北凭欄干水面陰生日腳殘塵路行多綠袍故風亭立久白鬚寒詩成闇著閑心記山好遙偷病眼看不被馬前提省印何人信道是郎官

初除主客郎中知制誥與王十一李七元九三舍人中書同宿話舊感懷

閑宵靜話(一作話)喜還悲聚散窮通不自知已分雲泥行異路忽驚雞鶴宿同枝紫垣曹署榮華地白髮郎官老醜時莫怪不如君氣味此中來校十年遲

西省對花憶忠州東坡新花樹因寄題東樓

每看闕下丹青樹不忘天邊錦繡林西掖垣中今日眼南賓樓上去年心花含春意無分別物感人情有淺深

寄題忠州小樓桃花

最憶東坡紅爛熳野桃山杏水林檎再遊巫峽知何日總是秦人說向誰長憶小樓風月夜紅欄干上(一作外)兩三枝

中書連直寒食不歸因懷(一作憶)元九

去歲清明日南巴古郡樓今年寒食夜西省鳳池頭併上新人直難隨舊伴遊誠知視草貴未免對花愁鬚髮莖莖白光陰寸寸流經春不同宿何異在忠州

春憶二林寺舊遊因寄朗滿晦三上人

一別東林三度春每春常似憶情親頭陀會裏為逋客供奉班中作老臣清淨久辭香火伴塵勞難索幻泡身最慚僧社題橋(一作牆又作名)處十八人名(一作中)空(去聲)一人

和元少尹新授官

官穩身應泰春風信馬行縱忙無苦事雖病有心情厚祿兒孫飽前驅道路榮花時八入(一作十)直無暇賀元兄

朝回和元少尹絶句

朝客朝回回望好盡紆朱紫佩金銀此時獨與君為伴馬上青袍唯兩人

重和元少尹

鳳閣舍人京亞尹白頭俱未著緋衫南宮起請無消息朝散何時得入銜

中書夜直夢忠州

閣下燈前夢巴南城裏(一作底)遊覓花來渡口尋寺到山頭江色分明綠猨聲依舊愁禁鐘驚睡覺唯不上東樓

醉後

酒後高歌且放狂門前閑事莫思量猶嫌小户長先醒
不得多時住醉鄉

待漏入閣書事奉贈元九學士閣老

衙排宣政仗門啓紫宸關彩筆停書命（一作八）花甎趁立班
稀星點銀礫殘月墮金環（一作鐶）暗漏猶傳水明河漸下山
從東分地色向北仰天顏碧縷爐煙直紅垂佩（一作旆）尾閑
綸闈（一作幃）慚並入翰苑忝先攀笑我青袍故饒君茜（一作紫）綬
殷詩仙歸洞裏酒病滯人間好去鴛鸞侶沖天便不還

晚春重到集賢院

官曹清切非人境風月鮮明是（一作似）洞天滿砌荆花鋪紫
毯隔牆榆莢撒青錢前時謫去三千里此地辭來十四
年虛薄至今慚舊職院（一作殿）名擡舉號爲賢

紫薇花

絲綸閣下文書靜鐘鼓樓中刻漏長獨坐黃昏誰是伴
紫薇花對紫微郎

後宮詞

雨露由來一點恩爭能徧布及千門三千宮女胭脂面
幾箇春來無淚痕

卜居

遊宦京都二十春貧中無處可安貧長羨蝸牛猶有舍
不如碩鼠解藏身且求容立錐頭地免似漂流木偶人
但道吾廬心便足敢辭湫隘與囂塵

題新居寄元八

青龍岡北近西邊移入新居便泰然冷巷閉門無客到
暖簷移榻向陽眠階庭（一作墀）寬窄纔容足牆壁高低粗及
肩莫羨昇平元八宅自思買用幾多錢

登龍尾道南望憶廬山舊隱

龍尾道邊來一望香爐峰下去無因青山舉眼三千里
白髮平頭五十人自笑形骸紆組綬將何言語掌絲綸
君恩壯健猶難報況被年年老逼身

馮閣老處見與嚴郎中酬和詩因戲贈絶句

乍來天上宜清淨不用回頭望故山縱有舊遊君莫憶

塵心起即墮人間

見于給事暇日上直寄南省諸郎官詩因以戲

贈

倚作天仙弄地仙誇張一日抵千年黃麻敕勝長生籙
白紵詞嫌内景篇雲彩誤（一作雪貌莫）居青瑣地風流合在紫
微天東曹漸去西垣近鶴駕無妨更著鞭

題新昌所居

宅小人煩悶（一作惱）泥深馬鈍頑街東閑處住日午熱時還
院窄難栽竹牆高不見山唯應方寸内此地覓（一作覺）寬閑

西省北院新構小亭種竹開窗東通騎省與李

常侍隔窗小飲各題四韻

結託白鬚伴因依青竹叢題詩新壁上過酒小窗中深
院晚無日虛簷涼有風金貂醉看好回首紫垣東

酬元郎中同制加朝散大夫書懷見贈

命服雖同黃紙上官班不共紫垣前青衫脱早差三日
白髮生遲校九年曩者定交非勢利老來同病是詩篇
終身擬作臥雲伴逐月須收燒藥錢五品足爲婚嫁主
緋袍著了好歸田

初著緋戲贈元九

晚遇緣才拙先衰被病牽那知垂白日始是著緋年身
外名徒爾人間事偶然我朱君紫綬猶未得差肩

和韓侍郎苦雨

潤氣凝柱礎繁聲注瓦溝闇留窗不曉涼引簟先秋葉
濕蠶應病泥稀燕亦愁仍聞放朝夜誤出到街頭

連雨

風雨闇蕭蕭雞鳴暮復朝碎聲籠苦竹冷翠落芭蕉水
鳥投簷宿泥蛙入户跳仍聞蓄客見明日欲追朝

初加朝散大夫又轉上柱國

紫微今日煙霄地赤嶺前年泥土身得水魚還動鱗鬣
乘軒鶴亦長精神且慙身忝官階貴未敢家嫌活計貧
柱國勳成私自問有何功德及生人

行簡初授拾遺同早朝入閣因示十二韻

夜色尚蒼蒼槐陰夾路長聽鐘出長樂傳鼓到新昌宿

雨沙隄潤秋風樺燭香馬驕欺地軟人健得天涼待漏
排閶闔停珂擁建章爾隨黃閣老吾次紫微郎並入連
稱籍齊趨對折方鬬班花接萼綽立雁分行近職誠爲
美微才豈合當綸言難下筆諫紙易盈箱老去何僥倖
時來不料量唯求殺（一作致）身地相誓荅恩光

立秋日登樂遊園

獨行獨語曲江頭回馬遲遲上樂遊蕭颯涼風與衰鬢
誰教計（一作同）會一時秋

新秋早起有懷元少尹

秋來轉覺此身衰晨起臨階盥漱時漆匣鏡明頭盡白
銅缾水冷齒先知光陰縱惜難留住官職雖榮得已遲
老去相逢無別計強開笑口展愁眉

夜箏

紫袖紅弦明月中自彈自感闇低容弦凝指咽聲停處
別有深情一萬重

妻初授邑號告身

弘農舊縣授新封鈿軸金泥誥一通我轉官階常自媿
君加邑號有何功花箋印了排窠濕錦褾裝來耀手紅
倚得身名便慵墮日高猶睡綠窗中

送客南遷

我說南中事君應不願聽曾經身困苦不覺語叮嚀燒
（去聲）處愁雲夢波時憶洞庭春畬煙勃勃秋瘴露冥冥蚊
蚋經冬活魚龍欲雨腥水蟲能射影山鬼解藏形穴掉
巴蛇尾林飄鴆鳥翎颶風千里黑䔉草四時青客似驚
弦雁舟如委浪萍誰人勸言笑何計慰漂零慎勿琴離
膝長須酒滿瓶大都從此去宜醉不宜醒

暮歸

不覺百年半何曾一日閑朝隨燭影出暮趁鼓聲還甕
裏非無酒牆頭亦有山歸來長困臥早晚得開顏

寄遠

欲忘忘未得欲去去無由兩腋不生翅二毛空滿頭坐
看新落葉行上最高樓暝色無邊際茫茫盡眼愁

舊房

遠一作遶壁秋聲蟲絡絲入簷新影月低肴牀帷半故簾旌斷仍是初寒欲夜時

錢侍郎使君以題廬山草堂詩見寄因酬之

殷勤江郡守悵望掖垣郎慙見新瓊什思歸舊草堂事隨心未得名與道相妨若不休官去人間到老忙

寄山僧時年五十

眼看過半百早晚掃巖扉白首誰能一作留住青山自不歸百千萬劫障四十九年非會擬抽身去當一作東風斗擻衣

慈恩寺有感時杓直初逝居敬方病

自問有何惆悵事寺門臨入却遲迴李家哭泣元家病柿葉紅時獨自來

酬嚴十八郎中見示

口厭含香握厭蘭紫微青瑣舉頭看忽驚鬢後蒼浪髮未得心中本分官夜酌滿容花色暖秋吟切骨玉聲寒承明長短君應入莫憶家江七里灘

寄王秘書

霜菊花萎日風梧葉碎時怪來秋思苦緣詠秘書詩

中書寓直一作中書直堂

繚繞宮牆圍禁林一作苑半開閶闔曉沈沈天晴更覺南山近月出方知西掖深病對詞頭慚彩筆老看鏡面愧華簪自嫌野物將何用土木形骸麋鹿心

自問

黑花滿眼絲滿頭早衰因病病因愁宦途氣味已諳盡五十不休何日休

曲江獨行招張十八

曲江新歲後冰與水相和南岸猶殘雪東風未有波偶遊身獨自相憶意如何莫待春深去花時鞍馬多

新居早春二首

靜巷無來客深居不出門鋪沙蓋苔面掃雪擁松根漸暖宜閑步初晴愛小園覓花都未有唯覺樹枝繁

地潤東風暖閑行蹋草芽呼童遣移竹留客伴嘗茶霤滴簷冰盡塵浮隙日斜新居未曾到鄰里是誰家

新昌新居書事四十韻因寄元郎中張博士

冒寵已三遷歸朝始二年囊中貯餘俸園外買閑田狐兔同三逕蒿萊共一壥新園聊劃穢舊屋且扶顛簷漏移傾瓦梁欹換蠹椽平治遶臺路整頓近階甎巷狹開容駕牆低壘過肩門閭堪駐蓋堂室可鋪筵丹鳳樓當後青龍寺在前市街塵不到宮樹影相連省吏嫌坊遠豪家笑地偏敢勞賓客訪或望子孫傳不覓他人愛唯將自性便等閑栽樹木隨分占風煙逸致因心得幽期遇境牽松聲疑澗底草色勝河邊虛潤冰銷地晴和日出天苔行滑如簟莎坐軟於綿簾每當山卷帷多帶月褰籬東花掩映窗北竹嬋娟蹤跡慕青門隱名慙紫禁仙假歸思晚沐朝去戀春眠拙薄才無取疏慵職不專題牆書命筆沽酒率分錢柏杵舂靈藥銅瓶漱暖泉爐香穿蓋散籠燭隔紗然陳室何曾掃陶琴不要弦屏除俗事盡養活道情全尚有妻孥累猶爲組綬纏終須拋爵祿漸擬斷腥羶大抵宗莊叟私心事竺乾浮榮水劃字真諦火生蓮梵部經十二玄書字五千是非都付夢語默不妨禪博士官猶冷郎中病已痊多同僻處住久結靜中緣緩步攜筇杖徐吟展蜀牋老宜閑語話悶憶好詩篇蠻榼來方瀉蒙茶到始煎無辭數相見鬢髮各蒼然

喜敏中及第偶示所懷

自知羣從爲儒少豈料詞場中第頻桂折一枝先許我楊穿三葉盡驚人始予進士及第行簡次之敏中又次之轉於文墨須留意貴向煙霄早致身莫學爾兄年五十蹉跎始得掌絲綸

久不見韓侍郎戲題四韻以寄之

近來韓閣老疎我我心知戶大嫌甜酒才高笑小詩靜吟乖一作乘月夜閑醉曠花時還有愁同處春風滿鬢絲

寄白頭陀

近見頭陀伴云師老更慵性靈閑似鶴顏狀古於松山裏猶難覓人間豈易逢仍聞移住處太白最高峰

和韓侍郎題楊舍人林池見寄

渠水暗流春凍解風吹日炙不成凝鳳池冷暖君諳在二月因何更有冰

勤政樓西老柳

半朽臨風樹多情立馬人開元一株柳長慶二年春

偶題閤下廳

靜愛青苔院深宜白鬢翁貌將松共瘦心與竹俱空暖有低簷日春多颺幕風平生閒境界一作思盡在五言中

予與故刑部李侍郎早結道友以藥術爲事與故京兆元尹晚爲詩侶有林泉之期周歲之間二君長逝李住曲江北元居昇平西追感舊遊因貽同志

從哭李來傷道氣自亡元後減詩情金丹同學都無益水竹鄰居竟不成月夜若爲遊曲水花時那忍到昇平如年七十身猶在但恐傷心無處行

送馮一作馬舍人閣老往襄陽

紫微閣底送君回第二一作廳簾下不開莫戀漢南風景好峴山花盡早歸來

莫走柳條詞送別一本無莫走二字

南陌傷心別東風滿把春莫欺楊柳弱勸酒勝於人

酬韓侍郎張博士雨後遊曲江見寄

小園新種紅櫻樹閑遶花行便當遊何必更隨鞍馬隊衝泥蹋雨曲江頭

元家花

今日元家宅櫻桃發幾枝稀稠與顏色一似去年時失却東園主春風可得知

代人贈王員外

好在王員外平生記得不共賒黃叟酒同上莫愁樓靜接殷勤語狂隨爛熳遊那知今日眼相見冷於秋

惜小園花

曉來紅萼凋零盡但見空枝四五株前日狂風昨夜雨殘芳更合得存無

蕭相公宅遇自遠禪師有感而贈

宦途堪笑不勝一作勞悲昨日榮華今日衰轉似秋蓬無定處長於春夢幾多時半頭白髮慙蕭相滿面紅塵問遠師應是世間緣未盡欲拋官去尚遲疑

草詞畢遇芍藥初開因詠小謝紅藥當階翻詩
以爲一句未盡其狀偶成十六韻

罷草紫泥詔起吟紅藥詩詞頭封送後花口拆開時坐
對鉤簾久行觀步履遲兩三叢爛熳十二葉參差背日
房微斂當階朵旋欹釵葶抽碧股粉蘂撲黃絲動蕩情
無限低斜力不支周迴看未足比諭語難爲句漏丹砂
裹焦燒火燄旗彤雲賸根蔕絳幘欠纓緌況有晴風度
仍兼宿露垂疑香薰罨畫似淚著胭脂有意留連我無
言怨思誰應愁明日落如恨隔年期菡萏泥連萼玫瑰
刺繞枝等量無勝者唯眼與心知

喜張十八博士除水部員外郎

老何歿後吟聲絕雖有郎官不愛詩無復篇章傳道路
空留風月在曹司長嗟博士官猶屈亦恐騷人道漸衰
今日聞君除水部喜於身得省郎時

與沈楊二舍人閣老同食勅賜櫻桃翫物感恩
因成十四韻

清曉趨丹禁紅櫻降紫宸驅禽養得熟和葉摘來新圓
轉盤傾玉鮮明籠透銀內園題兩字西掖賜三臣熒惑
晶華赤醍醐氣味眞如珠未穿孔似火不燒人杏俗難
爲對桃頑詎可倫肉嫌盧橘厚皮笑荔枝皴瓊液酸甜
足金丸大小勻偷須防曼倩惜莫擲安仁手擘纔離核
匙抄半是津甘爲舌上露暖作腹中春已懼長尸祿仍
驚數食珍最慙恩未報飽餧不才身

送嚴大夫赴桂州

地壓坤方重官兼憲府雄桂林無瘴氣柏署有清風山
水衙門外旌旗艛艓中大夫應絕席詩酒與誰同

春夜宿直

三月十四夜西垣東北廊碧梧葉重疊紅藥樹低昂月
砌漏幽影風簾飄闇香禁中無宿客誰伴紫微郎

夏夜宿直

人少庭宇曠夜涼風露清槐花滿院氣松子落堦聲寂
寞（一作默）挑燈坐沈吟蹋月行年衰自無趣不是猒承明

七言十二句贈駕部吳郎中七兄（時早夏朝歸閉齋獨處偶題此什）

四月天氣和且清綠槐陰合沙堤平獨騎善馬銜鐙穩
初著單衣肢體輕退朝下直少徒侶歸舍閉門無送迎
風生竹夜窗間臥月照松時臺上行春酒冷嘗三數醆
曉琴閑弄十餘聲幽懷靜境何人別唯有南宮老駕兄

玉眞張觀主下小女冠阿容

綽約小天仙生來十六年姑山半峯雪瑤水一枝蓮晚
院花留立春窗月伴眠迴眸雖欲語阿母在傍邊

龍花寺主家小尼（郭代公愛姬薛氏幼嘗爲尼小名仙人子）

頭青眉眼細十四女沙彌夜靜雙林怕春深一食飢步
慵行道困起晚誦經遲應似仙人子花宮未嫁時

訪陳二

曉垂朱綬帶晚著白綸巾出去爲朝客歸來是野人兩
殄聊過日一榻足容身此外皆閑事時時訪老陳

晚亭逐涼

送客出門後移牀下砌初趁涼行繞竹引睡臥看書老
更爲官拙慵多向事疎松窗倚藤杖人道似僧居

曲江憶李十一

李君殁後共誰遊柳岸荷亭兩度秋獨繞曲江行一匝
依前還立水邊愁

江亭翫春

江亭乘曉閱衆芳春妍景麗草樹光日消石桂綠嵐氣
風墜木蘭紅露漿水蒲漸展書帶葉山榴半含琴軫房
何物春風吹不變愁人依舊鬢蒼蒼

聞夜砧

誰家思婦秋擣帛月苦風淒砧杵悲八月九月正長夜
千聲萬聲無了時應到天明頭盡白一聲添得一莖絲

板橋路

梁苑城西二十里一渠春水柳千條若爲此路今重過
十五年前舊板橋曾共玉顏橋上別不知消息到今朝

青門柳

青青一樹傷心色曾入幾人離恨中爲近都門多送別
長條折盡減春風

梨園弟子

白頭垂淚話梨園五十年前雨露恩莫問華清今日事
滿山紅葉鏁宮門

暮江吟

一道殘陽鋪水中半江瑟瑟半江紅可憐九月初三夜
露似眞珠月似弓

思婦眉

春風搖蕩自東來折盡櫻桃綻盡梅惟餘思婦愁眉結
無限春風吹不開

怨詞

奪寵心那慣尋思倚殿門不知移舊愛何處作新恩

空（一作寒）閨怨

寒月沈沈洞房靜眞珠簾外梧桐影秋霜欲下手先知
燈底裁縫剪刀冷

秋房夜

雲露青天月漏光中庭立久却歸房水窗席冷未能臥
挑盡殘燈秋夜長

採蓮曲

菱葉縈波荷颭風（一作水）荷花深處小船通逢郎欲語低頭
笑碧玉搔頭落水中

鄰女

娉婷十五勝天仙白日姮娥旱地蓮何處閑教鸚鵡語
碧紗窗下繡牀前

閨婦

斜凭繡牀愁不動紅綃帶緩綠鬟低遼陽春盡無消息
夜合花前日又西

移牡丹栽

金錢買得牡丹栽何處辭叢別主來紅芳堪惜還堪恨
百處移將百處開

聽夜箏有感

江州去日聽箏夜白髮新生不願聞如今格（一作況）是頭成
雪彈到天明亦任君

代謝好妓答崔員外（謝好妓也）

青娥小謝娘白髮老崔郎謾愛胸前雪其如頭上霜別

後曹家碑背上思量好字斷君腸

琵琶

弦清撥刺語錚錚背却殘燈就月明賴是心無惆悵事不然爭柰子弦聲

和殷協律琴思

秋水蓮冠春草帬依稀風調似文君煩君玉指分明語知是琴心佯不聞

寄李蘇州兼示楊瓊

真娘墓頭春草碧心奴鬢上秋霜白爲問蘇臺酒席中使君歌笑與誰同就中猶有楊瓊在堪上東山伴謝公

聽彈湘妃怨

玉軫朱弦瑟瑟徽吳娃徵調奏湘妃分明曲裏愁雲雨似道蕭蕭郎不歸（江南新詞有云暮雨蕭蕭郎不歸）

閑坐

暖擁紅爐火閑搔白髮頭百年慵裏過萬事醉中休有室同摩詰無兒比鄧攸莫論身在日身後亦無憂

不睡

焰短寒釭盡聲長曉漏遲年衰自無睡不是守三尸

全唐詩

白居易

初罷中書舍人

自慙拙宦叨清貴（一作貫）還有癡心怕素餐或望君臣相獻替可圖妻子免飢寒性疎豈合承恩久命薄元知濟事難分寸寵光酬未得不休更擬覓何官

宿陽城驛對月（自此後詩赴杭州路中作）

親故尋回駕妻孥未出關鳳皇池上月送我過商山（一作南）

商山路有感（并序）

前年夏予自忠州刺史除書歸闕時刑部李十一侍郎戶部崔二十員外亦自澧果二郡守徵還相次入關皆同此路今年予自中書舍人授杭州刺史又由此途出二君已逝予獨南行追歎興懷慨然成詠後來有與予杓直虞平遊者見此短什能無惻惻乎儻未忘情請爲繼和長慶二年七月三十日題於內鄉縣南亭云爾

憶昨徵還日三人歸路同此生都是夢前事旋成空杓直泉埋玉虞平燭過風唯殘樂天在頭白向江東

重感

停驂歇路隅重感一長吁擾擾生還死紛紛榮又枯困支青竹杖閑捋白髭鬚莫歎身衰老交遊半已無

逢張十八員外籍

旅思正茫茫相逢此道傍曉嵐（一作晚風）林葉暗秋露草花香白髮江城守青衫水部郎客亭同宿處忽似夜歸鄉

赴杭州重宿棣華驛見楊八舊詩感題一絕

往恨今愁應不殊題詩梁下又踟躕羨君猶夢見兄弟我到天明睡亦無

寓言題僧

刧風火起燒荒宅苦海波生蕩破船力小無因救焚溺清涼山下且安禪

內鄉（一有縣字）村路作

日下風高野路涼緩驅疲馬闇思鄉渭村秋物應如此棗赤梨紅稻穗黃

路上寄銀匙與阿龜

謫宦心都慣辭鄉去不難緣留龜子住涕淚一闌干小子須嬌養鄒婆爲好看銀匙封寄汝憶我即加餐

山泉煎茶有懷

坐酌泠泠水看煎瑟瑟塵無由持一盌寄與愛茶人

郢州贈別王八使君

昔是詩狂客今爲酒病夫強吟翻悵望縱醉不歡娛鬢髮三分白交親一半無郢城君莫厭猶校近京都

吉祥寺見錢侍郎題名

雲雨三年別風波萬里行愁來（一作秋心）正蕭索況見故人名

重到江州感舊遊題郡樓十一韻

掌綸知是忝剖竹信爲榮才薄官仍重恩深責尚輕昔徵從典午今出自承明鳳詔休揮翰漁歌欲濯纓還乘小艛艓却到古湓城醉客臨江待禪僧出郭迎青山滿眼在白髮半頭生又校三年老何曾一事成重過蕭寺宿再上庾樓行雲水新秋思閭閻舊日情郡民猶認得司馬詠詩聲

贈江州李十使君員外十二韻

我本江湖上悠悠任運身朝隨賣藥（一作採樵）客暮伴釣（一作打）魚人跡爲燒丹隱家緣嗜酒貧經過剡谿雪尋覓武陵春豈有疎狂性堪爲侍從臣仰頭驚鳳闕下口觸龍鱗劒佩辭天上風波向海濱非賢虛偶聖無屈敢（一作可）求伸昔去曾同日今來即後塵（元和末余與李員外同日黜官今又相次出爲刺史）中年俱白髮左宦各朱輪長短才雖異榮枯事略均殷勤李員外不合不相親

題別遺愛草堂兼呈李十使君（李亦廬山人常隱白鹿洞）

曾住爐峰下書堂對藥臺斬新蘿徑合依舊竹窗開砌水親開決池荷手自栽五年方暫至一宿又須回縱未長歸得猶勝不到來君家白鹿洞聞道亦生苔

重題（一作重題別遺愛草堂）

泉石尚依依林疎僧亦稀何年辭水閣今夜宿雲扉謾獻長楊賦虛抛薜荔衣不能成一事贏得白頭歸

夜泊旅望

少睡多愁客中宵起望鄉沙明連浦月帆白滿船霜近海江彌闊迎秋夜更長煙波三十宿猶未到錢唐

九江北岸遇風雨

黃梅縣邊黃梅雨白頭浪裏白頭翁九江闊處不見岸五月盡時（一作將盡）多惡風人間穩路應無限何事抛身在（一作來）此中

舟中晚起

日高猶掩水窗眠枕簟清涼八月天泊處或依沽酒店宿時多伴釣魚船退身江海應無用憂國朝廷自有賢且向錢唐湖上去冷吟閑醉二三年

秋寒

雪鬢年顔老霜庭景氣秋病看妻撿藥寒遣婢梳頭身外名何有人間事且休澹然方寸內唯擬學虛舟

初到郡齋寄錢湖州李蘇州聊取二郡一酬故有落句之戲

俱來滄海郡半作白頭翁謾道風煙接何曾笑語同吏稀秋稅畢客散晚庭一作亭空霽後當樓月潮來滿座風霅溪殊冷僻茂苑太繁雄唯此一作有錢唐郡閑忙恰得中

對酒自勉

五十江城守停杯一自思頭仍未盡白官亦不全卑榮寵尋過分歡娛已校遲肺傷雖怕酒心健尚誇詩夜舞吳娘袖春歌蠻子詞猶堪三五歲相伴醉花時

郡樓夜宴留客

北客勞相訪東樓為一開褰一作卷簾待月出把火看潮來豔聽一作唱竹枝曲香傳蓮子杯寒天殊未曉歸騎且遲迴

醉題候仙亭

蹇步垂朱綬華纓映白鬚何因駐衰老只有且歡娛酒興還應在詩情可便無登山與臨水猶未要人扶

東院

松下軒廊竹下房暖簷晴日滿繩牀淨名居士經三卷榮啟先生琴一張老去齒衰嫌橘醋病來肺渴覺茶香有時閑酌無人伴獨自騰騰入醉鄉

虛白堂

虛白堂前衙退後更無一事到中心移牀就日簷間臥臥詠閑詩側枕琴

閑夜詠懷因招周協律劉薛二秀才

世名撿束為朝士心性疏慵是野夫高置寒燈如客店深藏夜火似僧爐香濃酒熟能嘗否冷澹詩成肯和無若厭雅吟須俗飲妓筵勉力為君鋪

晚興

極浦收殘雨高城駐落暉山明虹半出松闇鶴雙歸將吏隨衙散文書入務稀閑吟倚新竹筠粉汙朱衣

衰病

老與病相仍華簪髮不勝行多朝散藥睡少夜停燈祿食分供鶴朝衣減施僧性多移不得郡政謾如繩

病中對病鶴

同病病夫憐病鶴精神不損翅翎傷未堪再舉摩霄漢只合相隨覓稻粱但作悲吟和嗟歎難將俗貌對昂藏唯應一事宜為伴我髮君毛俱似霜

夜歸

半醉閑行湖岸東馬鞭敲鐙轡瓏璁萬株松樹青山上十里沙堤明月中樓角漸移當路影潮頭欲過滿江風歸來未放笙歌散畫戟門開蠟燭紅

臘後歲前遇景詠意

海梅半白柳微黃凍水初融日欲長度臘都無苦霜霰迎春先有好風光郡中起晚聽衙鼓城上行慵倚女牆公事漸閑身且健使君殊未厭餘杭

白髮

雪髮隨梳落霜毛繞鬢垂加添老氣味改變舊容儀不肯長如漆無過總作絲最憎明鏡裏黑白半頭時

錢湖州以箬下酒李蘇州以五酘酒相次寄到無因同飲聊詠所懷

勞將箬下忘憂物寄與江城愛酒翁鐺脚三州何處會甕頭一醆幾時同傾如竹葉盈樽綠飲作桃花上面紅莫怪慇勤醉相憶曾陪西省與南宮

花樓望雪命宴賦詩

連天際海白皚皚好上高樓望一回何處更能分道路此時兼不認池臺萬重雲樹山頭翠百尺花樓江畔開素壁聯題分韻句紅爐巡飲暖寒杯冰鋪湖水銀為面風卷汀沙玉作堆絆惹舞人春豔曳句留醉客夜裏回輸將虛白堂前鶴失却樟亭驛後梅別有故情偏憶得曾經窮苦照書來

晚歲

壯歲忽已去浮榮何足論身為百口長官是一州尊不覺白雙鬢徒言朱兩轓病難施郡政老未答君恩歲暮別兄弟年衰無子孫惹愁諳世網治苦賴空門擧帶知腰瘦看燈覺眼昏不緣衣食繫尋合返丘園

宿竹閣

晚坐松簷下宵眠竹閣間清虛當服藥幽獨抵歸山巧未能勝拙忙應不及閑無勞別修道即此是玄關

歲暮枉衢州張使君書并詩因以長句報之

西州彼此意何如官職蹉跎歲欲除浮石潭邊停五馬望濤樓上得雙魚萬言舊手才難敵五字新題思有餘貧薄詩家無好物反投桃李報瓊琚張曾應萬言登科

和薛秀才尋梅花同飲見贈

忽驚林下發寒梅便試花前飲冷杯白馬走迎詩客去紅筵鋪待舞人來歌聲怨處微微落酒氣熏時旋旋開若到歲寒無雨雪猶應醉得兩三回

與諸客空腹飲

隔宿書招客平明飲暖寒麴神寅日合酒聖卯時歡促膝纔飛白酡顔已渥丹碧籌攢米盌紅袖拂骰盤醉後歌尤異狂來舞不難抛杯語同坐莫作老人看

小歲日對酒吟錢湖州所寄詩

獨酌無多興閑吟有所思一杯新歲酒兩句故人詩楊柳初黃日髭鬚半白時蹉跎春氣味彼此老心知

錢唐湖春行

孤山寺北賈亭西水面初平雲脚低幾處早鶯爭暖樹誰家新燕啄春泥亂花漸欲迷人眼淺草纔能沒馬蹄最愛湖東行不足綠楊陰裏白沙堤

題靈隱寺紅辛夷花戲酬光上人

紫粉筆含尖火燄紅胭脂染小蓮花芳情鄉一作香思知多少惱得山僧悔出家

重向火

火銷灰復死疏棄已經旬豈是人情薄其如天氣春風寒忽再起手冷重相親却就紅爐坐心如逢故人

候仙一作山亭同諸客醉作

謝安山下空攜妓柳惲洲邊只賦詩爭一作不及湖亭今日會一作醉嘲花詠水贈蛾眉

城上

城上鼕鼕鼓朝衙復晚衙為君慵不出落盡遶城花

早行林下

披衣未冠櫛晨起入前林宿露殘花氣朝光新葉陰傍松人跡少隅竹鳥聲深閑倚小橋立傾頭時一吟

送李校書趁寒食歸義興山居

大見騰騰詩酒客不憂生計似君稀到舍將何作寒食滿船唯載樹陰歸

題孤山寺山石榴花示諸僧衆

山榴花似結紅巾容豔新妍占斷春色相故闘(一作開)行道地香塵擬觸坐禪人瞿曇弟子君知否恐是天魔女化身

獨行

闇誦黃庭經在口閑攜青竹杖隨身晚花新筍堪爲伴獨入林行不要人

二月五日花下作

二月五日花如雪五十二人頭似霜聞有酒時須笑樂不關身事莫思量羲和趁日沈西海鬼伯驅人葬北邙只有且來花下醉從人笑道老顛狂

戲題木蘭花

紫房日照胭脂拆素豔風吹膩粉開怪得獨饒脂粉態木蘭曾作女郎來

清明日觀妓舞聽客詩

看舞顏如玉聽詩韻似金綺羅從許笑弦管不妨吟可惜春風老無嫌酒醆深辭花送寒食併在此時心

西湖晚歸回望孤山寺贈諸客

柳湖松島蓮花寺晚動歸橈出道場盧橘子低山雨重棕(一作栟)櫚葉戰水風涼煙波澹蕩搖空碧樓殿參差倚夕陽到岸請君回首望蓬萊宮在海中央

湖中自照

重重照影看容鬢不見朱顏見白絲失却少年無處覓泥他(一作池)湖水欲何爲

贈蘇鍊師

兩鬢蒼然心浩然松窗深處藥爐前攜將道士通宵語忘却花時(一作光)盡日眠明鏡嬾開長在匣素琴欲弄半無弦猶嫌莊子多詞句只讀逍遙六七篇

杭州春望

望海樓明照曙霞(城東樓名望海樓)護江堤白蹋晴沙濤聲夜入伍員廟柳色春藏蘇小家紅袖織綾誇柿蔕(杭州出柿蔕花者尤佳)青旗沽酒趁梨花(其俗釀酒趁梨花時熟號爲梨花春)誰開湖寺西南路草綠帬腰一道斜(孤山寺路在湖洲中草綠時望如帬腰)

飲散夜歸贈諸客

鞍馬夜紛紛香街起暗塵回鞭招飲妓分火送歸人風月應堪惜杯觴莫厭頻明朝三月盡忍不送殘春

湖亭晚歸

盡日湖亭臥心閑事亦稀起因殘醉醒坐待晚涼歸松雨飄藤帽江風透葛衣柳堤行不厭沙軟絮霏霏

東樓南望八韻

不厭東南望江樓對海門風濤生有信天水合無痕鷁帶雲帆動鷗和雪浪翻魚鹽聚爲市煙火起成村日脚金波碎峰頭鈿點繁送秋千里雁報暝一聲猨已豁煩襟悶仍開病眼昏郡中登眺處無勝此東軒

醉中酬殷協律

泗水亭邊一分散浙江樓上重遊陪揮鞭二十年前別命駕三千里外來醉袖放狂相向舞愁眉和笑一時開留君夜住非無分且盡青娥紅燭臺

孤山寺遇雨

拂波雲色重灑葉雨聲繁水鷺(一作鳥)雙飛起風荷一向翻空濛連北岸蕭颯入東軒或擬湖中宿留船在寺門

樟亭雙櫻樹

南館西軒兩樹櫻春條長足夏陰成素華朱實今雖盡碧葉風來別有情

湖上夜飲

郭外迎人月湖邊醒酒風誰留使君飲紅燭在舟中

贈沙鷗

老逼教垂白官科遣著緋形骸雖有累方寸却無機遇酒多先醉逢山愛晚歸沙鷗不知我猶避隼旟飛

餘杭形勝

餘杭形勝四方無州傍青山縣枕湖遶郭荷花三十里拂城松樹一千株夢兒亭古傳名謝教妓樓新道姓蘇(州西靈隱山上有夢謝亭即是杜明浦夢謝靈運之所因名客兒也蘇小小本錢唐妓人也)獨有使君年太老風光不稱白髭鬚

江樓夕望招客

海天東望夕茫茫山勢川形濶復長燈火萬家城四畔星河一道水中央風吹古木晴天雨月照平沙夏夜霜能就江樓銷暑否比君茅舍較清涼

新秋病起

一葉落梧桐年光半又空秋多上階日涼足入懷風病瘦形如鶴愁焦鬢似蓬損心詩思裏伐性酒狂中華蓋何曾惜金丹不致功猶須自慙媿得作白頭翁

木芙蓉花下招客飲

晚涼思飲兩三杯召得江頭酒客來莫怕秋無伴醉物水蓮花盡木蓮開

悲歌

白頭新洗鏡新磨老逼身來不柰何耳裏頻聞故人死眼前唯覺少年多寒鴻遇暖猶回翅江水因潮亦反波獨有衰顏留不得醉來無計但悲歌

江樓晚眺景物鮮奇吟翫成篇寄水部張員外

澹煙疏雨間斜陽江色鮮明海氣涼蜃散雲收破樓閣虹殘水照斷橋梁風翻白浪花千片雁點青天字一行好著丹青圖畫(一作寫)取題詩寄與水曹郎

夜招周協律兼答所贈

滿眼雖多客開眉復向誰少年非我伴秋夜與君期落魄俱耽酒殷勤共愛詩相憐別有意彼此老無兒

重酬周判官

秋愛冷吟春愛醉詩家眷屬酒家仙若教早被浮名繫可得閑遊三十年

飲後夜醒

黃昏飲散歸來臥夜半人扶強起行枕上酒容和睡醒樓前海月伴潮生將歸梁燕還重宿欲滅窗燈却復明直至曉來猶妄想耳中如有管弦聲

代賣薪女贈諸妓

亂蓬爲鬢布爲巾（一作帬）曉蹋寒山自負薪一種錢唐江畔
女著紅騎馬是何人

奉和李大夫題新詩二首各六韻

因嚴亭（一作固巖）

箕潁人窮獨蓬壺路阻難何如兼吏隱復得事躋攀巖
樹羅階下江雲貯棟間似移天目石疑入武丘山清景
徒堪賞皇恩肯放閑遥知興未足即被詔徵還

忘筌亭

翠巘公門對朱軒野徑連只開新户牖不改舊風煙虚
室閑生白高情澹入玄酒容同座勸詩借屬城傳自笑
滄江畔遥思絳帳前亭臺隨處（一作事）有爭敢比忘筌

予以長慶二年冬十月到杭州明年秋九月始
與范陽盧賈汝南周元範蘭陵蕭悅清河崔求
東萊劉方輿同遊恩德寺之泉洞竹石籍甚久
矣及兹目擊果愜心期因自嗟云到郡周歲方
來入寺半日復去俯視朱綬仰睇白雲有媿於
心遂留絶句

雲水埋藏恩德洞（一作寺）簪裾束縛使君身暫來不宿歸州
去應被山呼作俗人

早冬

十月江南天氣好可憐冬景似春華霜輕未殺萋萋草
日暖初乾漠漠沙老柘葉黄如嫩樹寒櫻枝白是狂花
此時却羨閑人醉五馬無由入酒家

歲假内命酒贈周判官蕭協律

共知欲老流年急且喜新正假日頻聞健此時相勸醉
偷閑何處共尋春脚隨周叟行猶疾頭比蕭翁白未匀

與諸客攜酒尋去年梅花有感

馬上同攜今日杯湖邊共覓去春梅年年只是人空老
處處何曾花不開詩思又牽吟詠發酒酣閑喚管弦來
樽前百事皆依舊點檢惟無薛秀才（去年與薛景文同賞今年長逝）

醉送李協律赴湖南辟命因寄沈八中丞

富陽山底樟亭畔立馬停舟飛酒盂曾共中丞情繾綣暫留協律語踟躕紫微星北承恩去青草湖南稱意無
不羨君官羨君幕幕中收得阮元瑜

内道場永讙上人就郡見訪善説維摩經臨别
請詩因以此贈

五夏登壇内殿師水爲心地玉爲儀正傳金粟如來偈
何用錢唐太守詩苦海出來應有路靈山别後可無期
他生莫忘今朝會虚白亭中法樂（一作發藥）時

見李蘇州示男阿武詩自感成詠

遥羨青雲裏祥鸞正引雛自憐滄海伴老蚌不生珠

正月十五日夜月

歲熟人心樂朝遊復夜遊春風來海上明月在江頭燈
火家家市笙歌處處樓無妨思帝里不合厭杭州

題州北路傍老柳樹

皮枯緣受風霜久條短爲應攀折頻但見半衰當此路
不知初種是何人雪花零碎逐年減煙葉稀疎隨分新
莫道老株芳意少逢春猶勝不逢春

題清頭陀

頭陀獨宿寺西峰百尺禪菴半夜鐘煙月蒼蒼風瑟瑟
更無雜樹對山松

自歎二首

形羸自覺朝飡減睡少偏知夜漏長實事漸消虚事在
銀魚金帶遶腰光
二毛曉落梳頭嬾兩眼春昏點藥頻唯有閑行猶得在
心情未到不如人

湖上醉中代諸妓寄嚴郎中

笙歌杯酒正歡娱忽憶仙郎望帝都借問連宵直南省
何如盡日醉西湖蛾眉别久心知否雞舌含多口厭無
還有些些惆悵事春來山路見蘼蕪

自詠

悶發每吟詩引興興來兼酌（一作着）酒開顔欲逢假（一作暇）日先
招客正對衙時亦望山句檢簿書多鹵莽隄防官吏少
機關誰能頭白勞心力人道無才也是閑

晚興

草淺馬翩翩新晴薄暮天柳條春拂面衫袖醉垂鞭立
語花隄上行吟水寺前等閑消一日不覺過三年

早興

晨光出照屋梁明初打開門鼓一聲犬上階眠知地濕
鳥臨窗語報天晴半銷宿酒頭仍重新脱冬衣體乍輕
睡覺心空思想盡近來鄉夢不多成

竹樓宿

小書樓下千竿竹深火爐前一醆燈此處與誰相伴宿
燒丹道士坐禪僧

湖上招客送春汎舟

欲送殘春招酒伴客中誰最有風情兩瓶箬下新開得
一曲霓裳初教成（時崔湖州寄新箬下酒來樂妓按霓裳羽衣曲初畢）排比管弦行翠袖
指麾船舫點紅旌慢牽好向湖心去恰似菱花鏡上行

戲醉客

莫言魯國書生懦莫把杭州刺史欺醉客請君開（一作閑）眼
望緑楊風下有紅旗

紫陽花（招賢寺有山花一樹無人知名色紫氣香芳麗可愛頗類仙物因以紫陽花名之）

何年植向仙壇上早晚移栽到梵家雖在人間人不識
與君名作紫陽花

全唐詩

白居易

郡齋旬假始命宴呈座客示郡寮（自此後在蘇州作）

公門日兩衙公假月三旬衙用決簿領旬以會親賓公多及私少勞逸常不均況為劇郡長安得閑宴頻下車已二月開筵始今晨初黔軍廚突一拂郡榻塵既備獻酬禮亦具水陸珍萍醅箬溪醑水鱠松江鱗侑食樂懸動佐懽妓席陳風流吳中（一作地）客佳麗江南人歌節點隨袂舞香遺在茵清奏凝未闋酡（一作朱）顏氣（一作酡）已春眾賓勿遽起羣（一作郡）寮且逡巡無輕一日醉用犒九日勤微彼九日勤何以治吾民微此一日醉何以樂吾身

題西亭

朝亦視簿書暮亦視簿書簿書視未竟蟋蟀鳴座隅始覺芳歲晚復嗟塵務拘西園景多暇可以少躊躇池鳥澹容與橋柳高扶疎煙蔓嫋青薜水花披白蕖何人造茲亭華敞綽有餘四簷軒鳥翅複屋羅蜘蛛直廊抵曲房窈窱深且虛修竹夾左右清風來徐徐此宜宴佳（一作嘉）賓鼓瑟吹笙竽荒淫即不可廢曠將何如幸有酒與樂及時歡且娛忽其解郡印他人來此居

郡中西園

閑園多芳草春夏香靡靡深樹足佳禽旦暮鳴不已院門閉松竹庭徑穿蘭芷愛彼池上橋獨來聊徙倚魚依藻長樂鷗見人暫起有時舟隨風盡日蓮照水誰知郡府內景物閑如此始悟諠靜緣何嘗繫遠邇

北亭臥

樹（一作遠）綠晚陰合池涼朝氣清蓮開有佳色鶴唳無凡聲唯此閑寂境愜我幽獨情病假十五日十日臥茲亭明朝吏呼起還復視黎甿

一葉落

煩暑鬱未退涼飆潛已起寒溫與盛衰遞相為表裏蕭蕭秋林下一葉忽先委勿言微搖落（一作一葉微）一搖落從此始

崔湖州贈紅石琴薦煥如錦文無以荅之以詩酬謝

頳錦支綠綺韻同相感深千年古澗石八月秋堂琴引出山水思助成金玉音人間無可比比我與君心

九日宴集醉題郡樓兼呈周殷二判官

前年九日餘杭郡（一作在餘杭）呼賓命宴虛白堂去年九日到東洛今年九日來吳鄉兩邊蓬鬢一時白三處菊花同色黃一日日知添老病（一作態）一年年覺惜重陽江南九月未搖落柳青蒲綠稻穟香姑蘇臺榭倚蒼靄太湖山水含清光可憐假日好天色公門吏靜風景涼榜舟鞭馬取賓客掃樓拂席排壺觴胡琴錚鏦指撥刺吳娃美（一作細）麗眉眼長笙歌一曲思凝絕金鈿再拜光低昂日腳欲落備燈燭風頭漸高加酒漿觥醆豔翻菡萏葉舞鬟擺落茱萸房半酣憑檻起四顧七堰八門六十坊遠近高低寺間出東西南北橋相望水道脈分櫂鱗次里閭棊布城冊方人煙樹色無隙罅十里一片青茫茫自問有何才與政高廳大館居中央銅魚今乃澤國節刺史是古吳都王郊無戎馬郡無事門有棨戟腰有章盛時儻來合慚媿壯歲忽去還感傷從事醒歸應不可使君醉倒亦何妨請君停杯聽我語此語真實非虛狂五旬已過不為夭七十為期蓋是常須知菊酒登高會從此多無二十場

同微之贈別郭虛舟鍊師五十韻

我為江司馬君為荊判司俱當愁悴日始識虛舟師師年三十餘白皙好容儀專心在鉛汞餘力工琴棊靜彈弦數聲閑飲酒一巵因指塵土下蜉蝣良可悲不聞姑射上千歲冰雪肌不見遼城外古今塚纍纍嗟我天地間有術人莫知得可逃死籍不唯走三尸授我參同契其辭妙且微六一閟扃鐍子午守雄雌我讀隨日悟心中了無疑黃芽與紫車謂其坐致之自負因自歎人生號男兒若不佩金印即合翳玉芝高謝人間世深結山中期泥壇方合矩鑄鼎圓中規鑪橐一以動瑞氣紅輝輝齋心獨歎拜中夜偷一窺二物正訢合厥狀何怪奇綢繆夫婦體狎獵魚龍姿簡寂館鐘後紫霄峰曉時心塵未淨潔火候遂參差萬壽覬刀圭千功失毫釐先生彈指起姹女隨煙飛始知緣會間陰隲不可移藥竈今夕罷詔書明日追追我復追君次第承恩私官雖小大殊同立白玉墀我直紫微闥手進賞罰詞君侍玉皇座口含生殺機直躬易媒孽浮俗多瑕疵轉徙今安在越嶠吳江湄一提支郡印一建連帥旗何言四百里不見如天涯秋風旦夕來白日西南馳雪霜各滿鬢朱紫徒為衣師從廬山洞訪舊來於斯尋君又覓我風馭紛逶迤帔裾曳黃絹鬚髮垂青絲逢人但斂手問道亦頷頤孤雲難久留十日告將歸欵曲話平昔殷勤勉衰羸後會杳何許前心日磷緇俗家無異物何以充別資素牋一百句題附元家詩朱頂鶴一隻與師雲間騎雲間鶴

背上故情若相思時時摘一句唱作步虛辭

霓裳羽衣(一有舞字)歌(和微之)

我昔元和侍憲皇曾陪內宴宴昭陽千歌百(一作萬)舞不可數就中最愛霓裳舞舞時寒食春風天玉鉤欄下香案前案前舞者顏如玉不著人家(一作間)俗衣服虹裳霞帔步搖冠鈿瓔纍纍佩珊珊娉婷似不任羅綺顧聽樂懸行復止磬簫箏笛遞相攙擊擫彈吹聲邐迤(凡法曲之初衆樂不齊唯金石絲竹次第發聲霓裳序初亦復如此)散序六奏未動衣陽臺宿雲慵不飛(散序六徧無拍故不舞也)中序擘騞初入拍秋竹竿裂春冰拆(中序始有拍亦名拍序)飄然轉旋(去聲)迴雪輕嫣然縱送游龍驚小垂手後柳無力斜曳裾時雲欲生(四句皆霓裳舞之初態)煙蛾斂略不勝態風袖低昂如有情上元點鬟招萼綠王母揮袂別飛瓊(許飛瓊萼綠華皆女仙也)繁音急節十二徧跳珠撼玉何鏗錚(霓裳破凡十二徧而終)翔鸞舞了却收翅唳鶴曲終長引聲(凡曲將畢皆聲拍促速唯霓裳之末長引一聲也)當時乍見驚心目凝視諦聽殊未足一落人間八九年耳冷不曾聞此曲湓城但聽山魈語巴峽唯聞杜鵑哭(予自江州司馬轉忠州刺史)移領錢唐第二年始有心情問(一作閒)絲竹玲瓏箜篌謝好箏陳寵觱栗沈平笙(自玲瓏以下皆杭之妓名)清弦脆管纖纖手教得霓裳一曲成虛白亭前湖水畔前後祇應三度按便除庶子拋却來聞道如今各星散今年五月至蘇州朝鍾暮角催白頭貪看案牘常侵夜不聽笙歌直到秋秋來無事多閑悶忽憶霓裳無處問聞君部內多樂徒問有霓裳舞者無答云七縣十(一作千州)萬戶無人知有霓裳舞唯寄長歌與我來題作霓裳羽衣譜四幅花牋碧間紅霓裳實錄在其中千姿萬狀分明見恰與朝陽舞者同眼前髣髴覩形質昔日今朝想如一疑從魂夢呼召來似著丹青圖寫出我愛霓裳君合知發於歌詠(一作引)形於詩君不見我歌云驚破霓裳羽衣曲(長恨歌云)又不見我詩云曲愛霓裳未拍時(錢唐詩云)由來能事皆有主楊氏創聲君造譜(開元中西涼府節度楊敬述造)君言此舞難得(一作其)人須是(一作得)傾城可憐女吳妖小玉飛作煙(夫差女小玉死後形見於王其母抱之霏微若煙霧散空)越豔西施化爲土嬌花巧笑久寂寥娃館苧蘿空處所如君所言誠有是君試從容聽我語若求國色始翻傳但恐人間廢此舞妍媸優劣寧相遠大都只在人擡舉李娟(一作嬋)張態君莫嫌亦擬隨宜(一作時)且教取(娟態蘇妓之名)

小童薛陽陶吹觱栗歌(和浙西李大夫作)

剪削乾蘆插寒竹九孔漏聲五音足近來吹者誰得名關璀老死李衮生衮今又老誰其嗣薛氏樂(一作小)童年十二指點之下師授聲含嚼之間天與氣潤州城高霜月明吟霜思月欲發聲山頭江(一作水)底何悄悄猨聲不喘魚龍聽翕然聲作疑管裂詘然聲盡疑刀截有時婉(一作腕)軟無筋骨有時頓挫生稜節急聲圓轉促不斷轢轢(一作栗栗)轔轔似珠貫緩聲展(一作辰)引長有條(一作餘)有條(一作條)直直如筆描下聲乍墜石沈重高聲忽舉雲飄蕭明旦公堂陳宴席主人命樂娛賓客(一作僚)碎絲細竹徒紛紛宮調一聲雄出羣衆音覼縷不落道有如部伍隨將軍嗟爾陽陶方稚齒下手發聲已如此若教頭白吹不休但恐聲名壓關李

啄木曲(才調集英華題並作四不如酒)

莫買寶剪刀虛費千金直我有心中愁知君剪不得莫磨解結錐徒勞人氣力(一作費心力)我有腸中結知君解不得莫染紅絲線徒誇好顏色我有雙淚珠知君穿不得莫近紅爐火炎氣徒相逼我有兩鬢霜知君銷不得刀不能剪心愁錐不能解腸結線不能穿淚珠火不能銷鬢雪不如飲此神聖(一作且飲長命)杯萬念千憂(一作愁)一時歇

題靈巖寺(寺即吳館娃宮鳴屧廊硯池採香徑遺跡在焉)

娃宮屧廊尋已傾硯池香徑又欲平二三月時但草綠幾百年來空月明使君雖老頗多思攜觴領妓處處行今愁古恨入絲竹一曲涼州無限情直自當時到今日中間歌吹更無聲

雙石

蒼然兩片石厥狀怪且醜俗用無所堪時人嫌不取結從胚渾始得自洞庭口萬古遺水濱一朝入吾手擔舁來郡內洗刷去泥垢孔黑煙痕深罅青苔色厚老蛟蟠作足古劍插爲首忽疑天上落不似人間有一可支吾琴一可貯吾酒峭絕高數尺坳泓容一斗五弦倚其左一杯置其右窪樽酌未空玉山頹已久人皆有所好物各求其偶漸恐少年場不容垂白叟迴頭問雙石能伴老夫否石雖不能言許我爲三友

宿東亭曉興

溫溫土爐火耿耿紗籠燭獨抱一張琴夜入東齋宿窗聲度殘漏簾影浮初旭頭癢曉梳多眼昏春睡足負暄簷宇下散步池塘曲南雁去未迴東風來何速雪依瓦溝白草遶牆根綠何言萬戶州太守常幽獨

日漸長贈周殷二判官

日漸長春尚早牆頭半露紅萼枝池岸新鋪綠芽草蹋草攀枝仰頭歎何人知此春懷抱年顏盛壯名未成官職欲高身已老萬莖白髮真堪恨一片緋衫何足道賴得君來勸一杯愁開悶破心頭好

花前歎

前歲花前五十二今年花前五十五歲課年功頭髮知從霜成雪君看取(五年前在杭州有詩云五十二人頭似霜)幾人得老莫自嫌樊李吳韋盡成土(樊絳州宗師李諫議景儉吳饒州丹韋侍郎顗皆舊往還相繼喪逝)南州桃李北州梅且喜年年作花主花前置酒誰相勸容坐唱歌滿起舞(容滿皆妓名也)欲散重拈花細看爭知明日無風雨

自詠五首

朝亦隨羣動暮亦隨羣動榮華瞬息間求得將何用形骸與冠蓋假合相戲弄何異睡著人不知夢是夢

一家五十口一郡十萬戶出爲差科頭入爲衣食主水旱合心憂飢寒須手撫何異食蓼蟲不知苦是苦

公私頗多事衰憊殊少歡迎送賓客懶鞭笞黎庶難老耳倦聲樂病口厭杯盤既無可戀者何以不休官

一日復一日自問何留滯爲貪逐日俸擬作歸田計亦須隨豐約可得無限劑若待足始休休官在何歲

官舍非我廬官園非我樹洛中有小宅渭上有別墅既無婚嫁累幸有歸休處歸去誠已遲猶勝不歸去

和微之聽妻彈別鶴操因爲解釋其義依韻加四句

義重莫若妻生離不如死誓將死同穴其奈生無子商

陵追一作迫禮教婦出不能止舅姑明旦辭夫妻中夜起起聞雙鶴別若與人相似聽其悲唳聲亦如不得已青田入九月邊城一萬里衷回去住雲鳴咽東西水寫之在琴曲聽者酸心髓況當秋月彈先入憂人耳怨抑掩朱弦沈吟停玉指一聞無兒歎相念兩如此無兒雖薄命有妻偕老矣幸免生別離猶勝商陵氏

題故元少尹集後二首

黃壤詎知我白頭徒憶君唯將老年淚一灑故人文

遺文三十軸軸軸金玉聲龍門原上土埋骨不埋名

和微之四月一日作

四月一日天花稀葉陰薄泥新燕影忙蜜熟蜂聲樂麥風低冉冉稻水平漠漠芳節或蹉跎遊心稍牢落春華信爲美夏景亦未惡颭浪嫩青荷重欄晚紅藥吳宮好風月越郡多樓閣兩地誠可憐其奈久離索

吳中好風景二首

吳中好風景八月如三月水荇葉仍香木蓮花未歇海天微雨散江郭纖埃滅暑退衣服乾潮生船舫活兩衙漸多暇亭午初無熱騎吏語使君正是遊時節

吳中好風景風景無朝暮曉色萬家煙秋聲八月樹舟移管弦動橋擁旌旗駐改號齊雲樓重開武丘路況當豐歲熟好是歡遊處州民勸使君且莫拋官去

答劉禹錫白太守行

吏滿六百石昔賢輒去之秩登二千石今我方罷歸我秩訶已多我歸甝已遲猶勝塵土下終老無休期臥乞百日告起吟五篇詩謂將罷官自詠五首朝與府吏別暮與州民辭去年到郡時麥穗黃離離今年去郡日稻花白霏霏爲郡已周歲半歲罹旱飢襦袴無一片甘棠無一枝何乃老與幼泣別盡沾衣下慙蘇人淚上媿劉君辭

別蘇州

浩浩姑蘇民鬱鬱長洲城來慙荷寵命去媿無能名青紫行將吏班白列黎甿一時臨水拜十里隨舟行餞筵猶未收征櫂不可停稍隔煙樹色尚聞絲竹聲悵望武丘路沈吟滸水亭還鄉信有興去郡能無情

卯時酒

佛法讚醍醐仙方誇沆瀣未如卯時酒神速功力倍一杯置掌上三嚥入腹内煦若春貫腸暄如日炙背豈獨肢體暢仍加志氣大當時遺形骸竟日忘冠帶似遊華胥國疑反混元代一性既完全萬機皆破碎半醒思往來往來吁可怪寵辱憂喜間惶惶二十載前年辭紫閣今歲拋皁蓋去矣魚返泉超然蟬離蛻是非莫分別行止無疑礙浩氣貯胸中青雲委身外捫心私自語自語誰能會五十年來心未如今日泰況茲杯中物行坐長相對

自問行何遲

前月發京口今辰次淮涯二旬四百里自問行何遲還鄉無他計罷郡有餘資進不慕富貴退未憂寒飢以此易過日騰騰何所爲逢山輒倚櫂遇寺多題詩酒醒夜深後睡足日高時眼底一無事心中百不知想到京國日嬾放亦如斯何必冒風水促促赴程歸

除日答夢得同發楚州

共作千里伴俱爲一郡迴歲陰中路盡鄉思先春來山雪晚猶在淮冰晴欲開歸歟吟可作休戀主人杯

問楊瓊

古人唱歌兼唱情今人唱歌唯唱聲欲說向君君不會試將此語問楊瓊

有感三首

鬢髮已一作毛斑白衣綬方朱紫窮賤當壯年富榮臨暮齒車輿紅塵合第宅青煙起彼來此須去品物之常理第宅非吾廬逆旅暫留止子孫非我有委蛻而已矣有如蠶造繭又似花生子子結花暗凋繭成蠶老死悲哉可奈何舉世皆如此

莫養瘦馬駒莫教小妓女後事在目前不信君看取馬肥快行走妓長能歌舞三年五歲間已聞換一主借問新舊主誰樂誰辛苦請君大帶上把筆書此語

往事勿追思追思多悲愴來事勿相迎相迎已一作亦惆悵不如兀然坐不如塌然臥食來即開口睡來即合眼二事最關身安寢加餐飯忘懷任行止委命隨修短更若有興來狂歌酒一醆

宿滎陽

生長在滎陽少小辭鄉曲迢迢四十載復向滎陽宿去時十一二今年五十六追思兒戲時宛然猶在目舊居失處所故里無宗族豈唯變市朝兼亦遷陵谷獨有溱洧水無情依舊綠

經溱洧

落日駐行騎沈吟懷古情鄭風變已盡溱洧至今清不見士與女亦無芍藥名

就花枝

就花枝移酒海今朝不醉明朝悔且算歡娛逐日來任他容鬢隨年改醉翻衫袖拋小令笑擲骰盤呼大采自量氣力與心情三五年間猶得在

喜雨

圃旱憂葵堇農旱憂禾菽人各有所私我旱憂松竹松乾竹焦死眷眷在心目灑葉溉其根汲水勞僮僕油雲忽東起涼雨淒相續似面洗垢塵如頭得膏沐千柯習習潤萬葉欣欣綠千日澆灌功不如一霢霂方知宰生靈何異活草木所以聖與賢同心調玉燭

題道宗上人十韻并序

普濟寺律大德宗上人法堂中有故相國鄭司徒歸尚書陸刑部元少尹及今吏部鄭相中書韋相錢左丞詩覽其題皆與上人唱訓閲其人皆朝賢省其文皆義語予始知上人之文爲義作爲法作爲方便智作爲解脫性作不爲詩而作也知上人者云爾恐不知上人者謂爲護國法振靈一皎然之徒與故予題二十句以解之

如來說偈讚菩薩著論議是故宗律師以詩爲佛事一音無差別四句有詮次欲使第一流皆知不二義精潔霑戒體閑淡藏禪味從容恣語言縹緲離文字旁延邦國彥上達王公貴先以詩句牽後令入佛智人多愛師句我獨知師意不似休上人空多碧雲思

寄皇甫賓客

名利既兩忘，形體方自遂。臥掩羅雀門，無人驚我睡。睡足斗擻衣，閑步中庭地。食飽摩挲腹，心頭無一事。除却玄晏翁，何人知此味。

寄庾侍郎

一雙華亭鶴，數片太湖石。巉巉蒼玉峰，矯矯青雲翮。是時歲云暮，淡薄煙景夕。庭霜封石稜，池雪印鶴迹。幽致竟誰別，閑靜聊自適。懷哉庾順之，好是今宵客。

寄崔少監

微微西風生，稍稍東方明。入秋神骨爽，琴曉絲桐清。彈爲古宮調，玉水寒泠泠。自覺弦指下，不是尋常聲。須臾羣動息，掩琴坐空庭。直至日出後，猶得心和平。惜哉意未已，不使崔君聽。

醉題沈子明壁

不愛君池東（池東一作家）十叢菊，不愛君池南（池南一作家）萬竿竹。愛君簾下唱歌人，色似芙蓉聲似玉。我有陽關君未聞，若聞亦應愁殺君。

勸酒

勸君一醆（一作杯，下同）君莫辭，勸君兩醆君莫疑，勸君三醆君始知。面上今日老昨日，心中醉時勝醒時。天地迢遙自長久（一作迢日），白兔赤烏相趁走。身後堆金拄北斗，不如生前一樽酒。君不見春明門外天欲明，喧喧歌哭半死生。遊人駐馬出不得，白轝素車爭路行。歸去來，頭已白，典錢將用買酒喫。

落花

留春春不住，春歸人寂寞。厭風風不定，風起花蕭索。既興風前歎，重命花下酌。勸君嘗綠醅，教人拾紅萼。桃飄火焰焰，梨墮雪漠漠。獨有病眼花，春風吹不落。

對鏡吟

白頭老人照鏡時，掩鏡沈吟吟舊詩。二十年前一莖白，如今變作滿頭絲。（余二十年前嘗有詩云：白髮生一莖，朝來明鏡裏。勿言一莖少，滿頭從此始。今則滿頭矣）吟罷迴頭索杯酒，醉來屈指數親知。老於我者多窮賤，設使身存寒且飢。少於我者半爲土，墓樹已抽三五枝。我今幸得見頭白，祿俸不薄官不卑。眼前有酒心無苦，只合歡娛不合悲。

耳順吟寄敦詩夢得

三十四十五慾牽，七十八十百病纏。五十六十卻不惡，恬淡清淨心安然。已過愛貪聲利後，猶在病羸昏耄前。未無筋力尋山水，尚有心情聽管弦。閑開新酒嘗數醆，醉憶舊詩吟一篇。敦詩夢得且相勸，不用嫌他耳順年。

別氈帳火爐

憶昨臘月天，北風三尺雪。年老不禁寒，夜長安可徹。賴有青氈帳，風前自張設。復此紅火爐，雪中相暖熱。如魚入淵水，似兔藏深穴。婉軟蟄鱗蘇，溫燉凍肌活。方安陰慘夕，遽變陽和節。無奈時候遷，豈是恩情絕。毳簾逐日卷，香燎隨灰滅。離恨屬三春，佳期在十月。但令此身健，不作多時別。

六年春贈分司東都諸公（時爲河南尹）

我爲同州牧，內愧無才術。忝擢恩已多，遭逢幸非一。偶當穀賤歲，適值民安日。郡縣獄空虛，鄉閭盜奔逸。其間最幸者，朝客（一作夕）多分秩。行接鴛鷺羣，坐成芝蘭室。時聯拜表騎，閒動題詩筆。夜雪秉燭遊，春風攜榼出。花教鶯點檢，柳付風排比。法酒淡清漿，含桃嫋紅實。洛童調（去聲）金管，盧女鏗瑤瑟。黛慘歌思深，腰凝舞拍密。每因同醉樂，自覺忘衰疾。始悟肘後方，不如杯中物。生涯隨日過，世事何時畢。老子苦乖慵，希君數牽率。

九日代羅樊二妓招舒著作（齊梁格）

羅敷斂雙袂，樊姬獻一杯。不見舒員外，秋菊爲誰開。

憶舊遊（寄劉蘇州）

憶舊遊，舊遊安在哉。舊遊之人半白首，舊遊之地多蒼苔。江南舊遊凡幾處，就中最憶吳江隈。長洲苑綠柳萬樹，齊雲樓春酒一杯。閶門曉嚴旗鼓出，皋橋夕鬧船舫迴。修蛾慢臉燈下醉，急管繁弦頭上催。六七年前狂爛熳，三千里外思裵回。李娟張態一春夢，周五殷三歸夜臺。虎丘月色爲誰好，娃宮花枝應自開。賴得劉郎解吟詠，江山氣色合歸來。（娟態蘇州妓名，周殷蘇州從事）

答崔賓客晦叔十二月四日見寄（來篇云：共相呼喚醉歸來）

今歲日餘二十六，來歲年登六十二。尚不能憂眼下身，因何更算人間事。居士忘筌默默坐，先生枕麴昏昏睡。早晚相從歸醉鄉，醉鄉去此無多地。

勸我酒

勸我酒，我不辭。請君歌，歌莫遲。歌聲長，辭亦切，此辭聽者堪愁絕。洛陽女兒面似花，河南大尹頭如雪。

贈韋處士六年夏大熱旱

驕陽連毒暑，動植皆枯槁。旱日乾密雲，炎煙焦茂草。少壯猶困苦，況予病且老。脫（一作既）無白栴檀，何以除熱惱（華嚴經云：以白栴檀塗身，能除一切熱惱而得清涼也）。汗巾束頭鬢，羶食熏襟抱。始覺韋山人，休糧散髮好。

和微之詩二十三首并序

微之又以近作四十三首寄來命僕繼和其間瘀絮四百字車斜二十篇者流皆韻劇辭殫瓌奇怪譎又題云奉煩只此一度乞不見辭意欲定霸取威置僕於窮地耳大凡依次用韻韻同而意殊約體爲文文成而理勝此足下素所長者僕何有焉今足下果用所長過蒙見窘然敵則氣作急則計生四十二章麾掃並畢不知大敵以爲如何夫劚石破山先觀鑱跡發矢中的兼聽弦聲以足下來章惟求相困故老僕報語不覺大誇況曩者唱酬近來因繼已十六卷凡千餘首矣其爲敵也當今不見其爲多也從古未聞所謂天下英雄唯使君與操耳戲及此者亦欲三千里外一破愁顏勿示他人以取笑誚樂天白

和晨霞（此後在上都作）

君歌仙氏眞我歌慈氏眞慈氏發眞念念此閻浮人左命大迦葉右召桓提因千萬化菩薩百億諸鬼神上自非相頂下及風水輪胎卵濕化類蠢蠢難具陳弘願在救拔大悲忘辛勤無論善不善豈問冤與親抉開生盲眼擺去煩惱塵燭以智慧日洒之甘露津千界一時度萬法無與鄰借問晨霞子何如朝玉宸

和送劉道士遊天台

聞君夢遊仙輕舉超世雰握持尊皇節統衛吏兵軍靈旂星月象天衣龍鳳紋佩服交帶籙諷吟蘂珠文閶宮縹緲間鈞樂依稀聞齋心謁西母暝（一作瞑）拜朝東君煙霏子晉裾霞爛麻姑帬倏忽別眞侶悵望隨歸雲人生同大夢夢與覺誰分況此夢中夢悠哉何足云假如金闕頂設使銀河濆既未出三界猶應在五蘊飲嚥日月精茹嚼沆瀣芬尚是色香味六塵之所熏仙中有大（一作天）仙首出夢幻羣慈光一照燭奧法相絪縕不知萬齡暮不見三光曛一性自了了萬緣徒紛紛苦海不能漂劫火不能焚此是竺乾教先生垂典墳

和櫛沐寄道友

櫛沐事朝謁中門初動關盛服去尚早假寐須臾間鐘聲發東寺夜色藏南山停驂待五漏人馬同時閑高星粲金粟落月沈玉環出門向關（一作闕）路坦坦無阻艱始出里北閈稍轉市西闤晨燭照朝服紫爛復朱殷由來朝廷士一入多不還因循擲白日積漸凋朱顏青雲已難致碧落安能攀但且知止足尚可銷憂患

和祝蒼華（蒼華髮神名）

日居復月諸環迴照下土使我玄雲髮化爲素絲縷稟質本羸劣養生仍莽鹵痛飲困連宵悲吟飢過午遂令頭上髮種種無尺五根稀比黍苗梢細同釵股豈是乏膏沐非關櫛風雨最爲悲傷多心焦衰落苦餘者能有幾落者不可數禿似鵠塡河墮如烏解羽蒼華何用祝苦辭亦休吐匹如剃頭僧豈要巾冠主

和我年三首

我年五十七榮名得幾許甲乙三道科蘇杭兩州主才能本淺薄心力虛勞苦可（一作何）能隨衆人終老於塵土

我年五十七歸去誠已遲歷官十五政數若珠纍纍野萍始賓薦場苗初縶維因讀管蕭書竊慕大有爲及遭榮遇來乃覺才力羸黃紙詔頻草朱輪車載脂妻孥及僕使皆免寒與飢省躬自媿知我者微之永懷山陰守未遂嵩陽期如何坐留滯頭白江之湄

我年五十七榮名得非少報國竟何如謀身猶未了昔嘗速官謗恩大而懲小一黜鶴辭軒七年魚在沼將枯鱗再躍經鎩翮重矯白日上昭昭青雲高渺渺平生頗同病老大宜相曉紫綬足可榮白頭不爲夭夙懷慕箕潁晚節期松篠何當闕下來同拜陳情表

和三月三十日四十韻

送春君何在君在山陰署憶我蘇杭時春遊亦多處爲君歌往事豈敢（一作取）辭勞慮莫怪言語狂須知酬荅遽江南臘月半水凍凝如瘀寒景尚蒼茫和風已吹噓女牆城似竈雁齒橋如鋸魚尾上奫淪草芽生沮洳律遲太簇管日緩羲和馭布澤木龍催迎春土牛助雨師習習灑雲將飄飄翥四野萬里晴千山一時曙杭土麗且康蘇民富而庶善惡有懲勸剛柔無吐茹兩衙少辭牒四境稀書疏俗以勞倈安政因閑暇著仙亭日登眺虎丘時遊豫（望仙亭在杭虎丘寺在蘇）尋幽駐旌軒選勝迴賓御舟移溪鳥避樂作林猨覷池古莫耶沈石奇羅刹踞（劒池在蘇州羅刹石在杭州）水苗泥易耨畬粟灰難鋤紫蕨抽出畦白蓮埋在淤萋花紅帶黰濕葉黃含菸（楚辭云葉菸色而就黃）鏡動波颭菱雪迴風旋絮手經攀桂馥齒爲嘗梅楚坐併船脚歆行多馬蹄跙聖賢清濁醉水陸鮮肥飫魚鱠芥醬調水葵鹽豉絮（較慮反）雖微五袴詠幸免兆人詛但令樂不荒何必遊無倨吳苑僕尋罷越城公尚據舊遊幾客存新宴誰人與（去聲）莫空文舉酒強下何曾箸江上易優游城中多毀譽分應當自盡（一作畫）事勿求人恕我既無子孫君仍畢婚娶久爲雲雨別終擬江湖去范蠡有扁舟陶潛有籃轝兩心苦相憶兩口遙相語最恨七年春春來各一處

和寄樂天

賢愚類相交人情之大率然自古今來幾人號膠漆近聞屈指數元某與白乙旁愛及弟兄中權（一作灌）避家室松筠與金石未足喻堅密在車如輪轅在身如肘腋又如風雲會天使相召（一作終）匹不似勢利交有名而無實頃我在杭歲值君之越日望愁來儀遲宴惜流景疾坐耀黃金帶酌酡頳玉質酣歌口不停狂舞衣相拂平生賞心事施展十未一會笑始啞啞離嗟乃唧唧餞筵纔收拾征櫂遽排比後恨苦緜緜前歡何卒卒居人色慘淡行子心紆鬱風袂去時揮雲帆望中失宿酲和別思目眩心忽忽病魂黯然銷老淚淒其出別君只如昨芳歲換六七俱是官家身後期難自必（籍田賦云難望歲而自必）

和寄問劉白（時夢得與樂天方舟西上）

正與劉夢得醉笑大開口適值此詩來歡喜君知否遂令高卷幕兼遣重添酒起望會稽雲東南一回首愛君金玉句舉世誰人有功用隨日新資材本天授吟哦不能散自午將及酉遂留夢得眠匡牀宿東牖

和新樓北園偶集從孫公度周巡官韓秀才盧秀才范處士小飲鄭侍御判官周劉二從事皆先歸

聞君新樓宴下對北園花主人既賢豪賓客皆才華初筵日未高中飲景已斜天地爲幕席富貴如泥沙嵇劉陶阮徒不足置齒牙臥甕鄙畢卓落帽嗤孟嘉芳草供枕藉亂鶯助諠譁醉鄉得道路狂海無津涯一歲春又盡百年期不賒同醉君莫辭獨醒古所嗟銷愁若沃雪破悶如割（一作剖）瓜稱觴起爲壽此樂無以加歌聲凝貫珠舞袖飄亂麻相公謂四座今日非自誇有奴善吹笙有婢彈琵琶十指纖若笋雙鬟黳如鴉履舃起交雜杯盤散紛拏歸去勿擁遏倒載逃難遮明日宴東武後日遊若耶豈獨相公樂謳歌千萬家

和除夜作

君賦此詩夜窮陰歲之餘我和此詩日微和春之初老知顏狀改病覺肢體虛頭上毛髮短口中牙齒疎一落老病界難逃生死墟況此促促世與君多索居君在浙江東榮駕方伯輿我在魏闕下謬乘大夫車妻孥常各飽奴婢亦盈廬唯是利人事比君全不如我統十郎官君領百吏胥我掌四曹局君管十鄉閭君爲父母君大惠在資儲我爲刀筆吏小惡乃誅鋤君提七郡籍我按三尺書俱已佩金印嘗同趨玉除外寵信非薄中懷何不攄恩光未報答日月空居諸磊落嘗許君跼促應笑予所以自知分欲先歌歸歟

和知非

因君知非問詮較天下事第一莫若禪第二無如醉禪能泯人我醉可忘榮悴與君次第言爲我少留意儒教重禮法道家養神氣重禮足滋彰養神多避忌不如學禪定中有甚深味曠廓了如空澄凝勝於睡屏除默默念銷盡悠悠思春無傷春心秋無感秋淚坐成真諦樂如受空王賜既得脫塵勞兼應離慙媿除禪其次醉此說非無謂一酌機即忘三杯性咸遂逐臣去室婦降虜敗軍帥思苦膏火煎憂深扃鐍祕須憑百杯沃莫惜千金費便似罩中魚脫飛生兩翅勸君雖老大逢酒莫迴避不然即學禪兩途同一致

和望曉

休吟稽山曉聽詠秦城旦雞鳴初有聲宿鳥猶未散丁丁漏向盡鼕鼕鼓過半南山青沈沈東方白漫漫街心若流水城角如斷岸星河稍隅落宮闕方輪奐朝車雷四合騎火星一貫赫奕冠蓋盛熒煌朱紫爛沙堤亘蟇池（子城東北低下處舊號蝦蟇池）市路遶龍斷白日忽照耀紅塵紛散亂貴教過客避榮任行人看祥煙滿虛空春色無邊畔鵷行候晷刻龍尾登霄漢臺殿暖宜攀風光晴可翫草鋪地茵褥雲卷天幃幔鶯雜珮鏘鏘花饒（一作遶）衣粲粲何言終日樂獨起臨風歎歎我同心人一別春七換相望山隅礙欲去官羈絆何日到江東超然似張翰

和李勢女

減一分太短增一分太長不朱面若花不粉肌如霜色爲天下豔心乃女中郎自言重不幸家破身未亡人各有一死此死職所當忍將先人體與主爲疣瘡妾死主意快從此兩無妨願信赤心語速即白刃光南郡忽感激却立捨鋒鋩撫背稱阿姊歸我如歸鄉竟以恩信待豈止猜妬忘由來几上肉不足揮干將南郡死已久骨枯墓蒼蒼願於墓上頭立石鐫此章勸誡天下婦不令陰勝陽

和酬鄭侍御東陽春悶放懷追越遊見寄

君得嘉魚置賓席樂如南有嘉魚時勁氣森爽竹竿竦妍文煥爛芙蓉披載筆在幕名已重補袞於朝官尚卑一緘疏入掩谷永三都賦成排左思自言拜辭主人後離心蕩颺風前旗東南門館別經歲春眼悵望秋心悲（已上敘嘉魚）昨日嘉魚來訪我方駕同出何所之樂遊原頭春尚早百舌新語聲椑椑日趁花忙向南拆風催柳急從東吹流年惝怳不饒我美景鮮妍來爲誰紅塵三條界阡陌碧草千里鋪郊畿餘霞斷時綺幅裂斜雲展處羅文紕暮鐘遠近聲互動暝鳥高下飛追隨酒酣將歸未能去悵然迴望天四垂生何足養嵇著論途何足泣楊漣洏胡不花下伴春醉滿酌綠酒聽黃鸝嘉魚點頭時一歎聽我此言不知疲語終興盡各分散東西軒騎分逶迤此詩勿遺閑人見見恐與他爲笑資白首舊寮知我者憑君一詠向周師（周判官師範蘇杭舊判官去範字叶韻）

和自勸二首

稀稀疎疎遶籬竹窄窄狹狹向陽屋屋中有一曝背翁委置形骸如土木日暮半爐麩炭火夜深一醆紗籠燭不知有益及民無二十年來食官祿就暖移盤簷下食防寒擁被帷中宿秋官月俸八九萬豈徒遺爾身溫足勤操丹筆念黃沙莫使飢寒囚滯獄

急景凋年急於水念此攬衣中夜起門無宿客共誰言暖酒挑燈對妻子身（一作自）飲數杯妻一醆餘酌分張與兒女微酣靜坐未能眠風霰蕭蕭打窗紙自問有何才與術入爲丞郎出刺史爭知（一作如）壽命短復長豈得營營心不止請看韋孔與錢崔半月之間四人死（韋中書孔京兆錢尚書崔華州十五日間相次而逝）

和雨中花

真宰倒持生殺柄閑物命長人短命松枝上鶴著下龜千年不死仍無病人生不得似龜鶴少去老來同旦暝何異花開旦暝間未落仍遭風雨橫草得經年菜（一作萊）連月唯花不與多時節一年三百六十日花能幾日供攀折桃李無言難自訴黃鶯解語憑君說鶯雖爲說不分明葉底枝頭謾饒舌

和晨興因報問龜兒

冬旦寒慘澹雲日無晶輝當此歲暮感見君晨興詩君詩亦多苦苦在兄遠離我苦不在遠纏綿肝與脾西院病孀婦後牀孤姪兒黃昏一慟後夜半十起時病眼兩行血（一作淚）衰（一作悲）鬢萬莖絲咽絕五臟脉瘦消（一作消滲）百骸脂雙目失一目四肢斷兩肢不如溘然逝（一作盡）安用半活爲誰謂茶蘗苦茶蘗甘如飴誰謂湯火熱湯火冷如澌前時君寄詩憂念問阿龜喉燥聲氣窒經年無報辭及覩晨興句未吟先涕垂因茲漣洏（一作連）際一吐心中悲茫茫四海間此苦唯君知去我四千里使我告訴誰仰頭向青

天但見雁南飛憑雁寄一語爲我達微之弦絕有續膠樹斬可接枝唯我中腸斷應無連得期

和朝回與王鍊師遊南山下

藹藹春景餘峩峩夏雲初躞蹀退朝騎飄飄隨風裾晨從四丞相入拜白玉除暮與一道士出尋青谿居吏隱本齊致朝野孰云殊道在有中適機忘無外虞但媿煙霄上鸞鳳爲吾徒又慙雲林一作木間鷗鶴不我疎坐傾數杯酒臥枕一卷書與酣頭兀兀睡覺心于于以此送日月問師爲何如

和嘗新酒

空腹嘗新酒偶成卯時醉醉來擁褐裘直至齋時睡睡酣不語笑眞寢無夢寐殆欲忘形骸詎知屬天地醒一作醒餘和未散起坐澹無事舉臂一欠伸引琴彈秋思

和順之琴者

陰陰花院月耿耿蘭房燭中有弄琴人聲貌俱如玉清冷石泉引雅澹一作澹泞風松曲遂使君子心不愛凡絲竹

感舊寫眞

李放寫我眞寫來二十載莫問眞何如畫亦銷光彩朱顏與玄鬢日夜改復改無嗟貌遽非且喜身猶在

授太子賓客歸洛自此後東都作

南省去拂衣東都來掩扉病將老齊至心與身同歸白首外緣少紅塵前事非懷哉紫芝叟千載心相依

秋池二首

身閑無所爲心閑無所思況當故園夜復此新秋池岸闇鳥棲後橋明月出時菱風香散漫桂露光參差靜境多獨得幽懷竟誰知悠然心中語自問來何遲

朝衣薄且健晚簟清仍滑社近燕影稀雨餘蟬聲歇閑中得詩境此境幽難說露荷珠自傾風竹玉相戛誰能一同宿共翫新秋月暑退早涼歸池邊好時節

中隱

大隱住朝市小隱入丘樊丘樊太冷落朝市太囂諠不如作中隱隱在留司官似出復似處非忙亦非閑不勞心與力又免飢與寒終歲無公事隨月有俸錢君若好登臨城南有秋山君若愛遊蕩城東有春園君若欲一醉時出赴賓筵洛中多君子可以恣歡言君若欲高臥但自深掩關亦無車馬客造次到門前人生處一世其道難兩全賤即苦凍餒貴則多憂患唯此中隱士致身吉且安窮通與豐約正在四者間

問秋光

殷卿領北鎮崔尹開南幕外事信爲榮中懷未必樂何如不才者兀兀無所作不引窗下琴即舉池上酌淡交唯對水老伴無如鶴自適頗從容旁觀誠濩落身心轉恬泰煙景彌淡泊迴首語秋光東來應不錯

引泉

一爲止足限二爲衰疾牽邴罷不因事陶歸非待年歸來嵩洛下閉戶何翛然靜掃林下地閑疏池畔泉伊流狹似帶洛石大如拳誰教明月下爲我聲濺濺竟夕舟中坐有時橋上眠何用施屏障水竹繞牀前

知足吟和崔十八未貧作

不種一隴田倉中有餘粟不採一株一作枝桑箱中有餘服官閑離憂責身泰無羈束中人百戶稅賓客一年祿樽中不乏酒籬下仍多菊是物皆有餘非心無所欲吟君未貧作因歌知足曲自問此時心不足何時足

酬集賢劉郎中對月見寄兼懷元浙東

月在洛陽天天高淨如水下有白頭人攬衣中夜起思遠鏡亭上光深書殿裏眇然三處心相去各千里

太湖石

遠望老嵯峩近觀怪嶔崟纔高八九尺勢若千萬尋嵌空華陽洞重疊匡一作屏山岑邈矣仙掌迥呀然劍門深形質冠今古氣色通晴陰未秋已瑟瑟欲雨先沈沈天姿信爲異時用非所任磨刀不如礪擣帛不如砧何乃主人意重之如萬金豈伊造物者獨能知我心

偶作二首

擾擾貪生人幾何不夭閼遑遑愛名人幾何能貴達伊余信多幸拖紫垂白髮身爲三品官年已五十八筋骸雖早衰尚未苦羸惙資產雖不豐亦不甚貧竭登山力猶在遇酒興時發無事日月長不羈天地闊安身有處所適意無時節解帶松下風抱琴池上月人間所重者相印將軍鉞謀慮繫安危威權主生殺焦心一身苦炙手旁人熱未必方寸間得如吾快活

日出起盥櫛振衣入道場寂然無他念但對一爐香日高始就食食亦非膏粱精麤隨所有亦足飽充腸日午脫巾簪燕息窗下牀清風颯然至臥可致羲皇日西引杖屨散步遊林塘或飲茶一醆或吟詩一章日入多不食有時唯命觴何以送閑夜一曲秋霓裳一日分五時作息率有常自喜老後健不嫌閑中忙是非一以貫身世交相忘若問此何許此是無何鄉

葺池上舊亭

池月夜淒涼池風曉蕭颯欲入池上冬先葺池上閣向暖窗戶開迎寒簾幕合苔封舊瓦木水照新朱蠟軟火深土爐香醪小瓷榼中有獨宿翁一燈對一榻

崔十八新池

愛君新小池池色無人知見底月明夜無波風定時忽看不似水一泊稀琉璃

翫止水

動者樂流水靜者樂止水利物不如流鑒形不如止淒清早霜降淅瀝微風起中面紅葉開四隅綠萍委廣狹八九丈灣環有涯涘淺深三四尺洞徹無表裏淨分鶴翹足澄見魚掉尾迎眸洗眼塵隔胷蕩心滓定將禪不別明與誠相似清能律貪夫淡可交君子豈唯空狎翫亦取相倫擬欲識靜者心心源只如此

聞崔十八宿予新昌弊宅時予亦宿崔家依仁新亭一宵偶同兩興暗合因而成詠聊以寫懷

陋巷掩弊廬高居敞華屋新昌七株松依仁萬莖竹松前月臺白竹下風池綠君向我齋眠我在君亭宿平生有微尚彼此多幽獨何必本一作求主人兩心聊自足

日長

日長晝加餐夜短朝餘睡春來寢食間雖老猶有味林塘得芳景園曲生幽致愛水多櫂舟惜花不掃地幸無

眼下病且向樽前醉身外何足言人間本無事

三月三十日作

今朝三月盡寂寞春事畢黃鳥漸無聲朱櫻新結實臨風獨長歎此歎意非一半百過九年豔陽殘一日隨年減歡笑逐日添衰疾且遣花下歌送此杯中物

慵不能

架上非無書眼慵不能看匣中亦有琴手慵不能彈腰慵不能帶頭慵不能冠午後恣情寢午時隨事餐一餐終日飽一寢至夜安飢寒亦閑事況乃不飢寒

晨興

宿鳥動前林晨光上東屋銅爐添早香紗籠滅殘燭頭醒風稍愈眼飽睡初足起坐兀無思叩齒三十六何以解宿齋一杯雲母粥

朝課

平甃白石渠靜掃青苔院池上好風來新荷大如扇小亭中何有素琴對黃卷蘂珠諷數篇秋思彈一徧從容朝課畢方與客相見

天竺寺七葉堂避暑

鬱鬱復鬱鬱伏熱何時畢行入七葉堂煩暑隨步失簷雨稍霏微窗風正蕭瑟清宵一覺睡可以銷百疾

香山寺石樓潭夜浴

炎光晝方熾暑氣宵彌毒搖扇風甚微褰裳汗霡霂起向月下行來就潭中（一作上）浴平石為浴牀窪石為浴斛綃巾薄露頂草屨輕乘足清涼詠而歸歸上石樓宿

嗟髮落

朝亦嗟髮落暮亦嗟髮落落盡誠可嗟盡來亦不惡既不勞洗沐又不煩梳掠最宜濕暑天頭輕無髻縛脫置垢巾幘解去塵纓絡銀瓶貯寒泉當頂傾一勺有如醍醐灌坐受清涼樂因悟自在僧亦資於剃削

安穩眠

家雖日漸貧猶未苦飢凍身雖日漸老幸無急病痛眼逢閑處合心向閑時用既得安穩眠亦無顛倒夢

池上夜境

晴空星月落池塘澄鮮淨綠表裏光露簟清瑩迎夜滑風襟瀟灑先秋涼無人驚處野禽下新睡覺時幽草香但問塵埃能去否濯纓何必向滄浪

書紳

仕有職役勞農有畎畮勤優哉分司叟心力無苦辛歲晚頭又白自問何欣欣新酒始開甕舊穀猶滿囷吾嘗靜自思往往夜達晨何以送吾老何以安吾貧歲計莫如穀飽則不干人日計莫如醉醉則兼忘身誠知有道理未敢勸交親恐為人所哂聊自書諸紳

秋遊平泉贈韋處士閑禪師

秋景引閑步山遊不知疲杖藜捨輿馬十里與僧期昔嘗憂六十四體不支持今來已及此猶未苦衰羸（往年有詩云三十氣大壯胷中多是非六十年太老四體不支持今故云）心興遇境發身力因行知尋雲到起處愛泉聽滴時南村韋處士西寺閑禪師山頭與澗底聞健且相隨

遊坊口懸泉偶題石上（時為河南尹）

濟源山水好老尹知之久常日聽人言今秋入吾手孔山刀劍立沁水龍蛇走危磴上懸泉澄灣轉坊口虛明見深底淨綠無纖垢仙櫂浪悠揚塵纓風斗藪巖寒松柏短石古莓苔厚錦坐纓高低翠屏張左右雖無安石妓不乏文舉酒談笑逐身來管弦隨事有時逢杖錫客或值垂綸叟相與澹忘歸自辰將及酉公門欲返駕溪路猶迴首早晚重來遊心期罷官後

對火翫雪

平生所心愛愛火兼憐雪火是臘天春雪為陰夜月鵝毛紛正墮獸炭敲初折盈尺白鹽寒滿爐紅玉熱稍宜杯酌動漸引笙歌發但識歡來由不知醉時節銀盤堆柳絮羅袖摶瓊屑共愁明日銷便作經年別

六年寒食洛下宴遊贈馮李二少尹

豐年寒食節美景洛陽城三尹皆強健七日盡晴明東郊蹋青草南園攀紫荊風拆海榴豔露墜木蘭英假開春未老宴合（一作洽）日屢傾珠翠混花影管弦藏水聲佳會不易得良辰亦難并聽吟歌暫輟看舞杯徐行米價賤如土酒味濃於錫此時不盡醉但恐負平生殷勤二曹長各捧一銀觥

苦熱中寄舒員外

何堪日衰病復此時炎燠厭對俗杯盤倦聽凡絲竹藤牀鋪晚雪角枕截寒玉安得清瘦人新秋夜同宿非君固不可何夕枉高躅

閑夕

一聲早蟬發數點新螢度蘭釭耿無煙筠簟清有露未歸後房寢且下前軒步斜月入低廊涼風滿高樹放懷常自適遇境多成趣何法使之然心中無細故

寄情

灼灼早春梅東南枝最早持來翫未足花向手中老芳香銷掌握悵望生懷抱豈無後開花念此先開好

舒員外遊香山寺數日不歸兼辱尺書大誇勝事時正值坐衙慮囚之際走筆題長句以贈之

香山石樓倚天開翠屏壁立波環迴黃菊繁時好客到碧雲合處佳人來（謂遣英蓓二妓與舒君同遊）酡顏一笑夭桃綻清吟數聲寒玉哀軒騎逶遲棹容與留連三日不能迴白頭老尹府中坐早衙纔退暮衙催庭前堦上何所有纍囚成貫案成堆豈無池塘長秋草亦有絲竹生塵埃今日清光昨夜月竟無人來勸一杯

早冬遊王屋自靈都抵陽臺上方望天壇偶吟成章寄溫谷周尊師中書李相公

霜降山水清王屋十月時石泉碧漾漾巖樹紅離離朝為靈都遊暮有陽臺期飄然世塵外鸞鶴如可追忽念公程盡復慙身力衰天壇在天半欲上心遲遲嘗聞此遊者隱客與損之各抱貴仙骨俱非泥垢姿二人相顧言彼此稱男兒若不為松喬即須作臯夔今果如其語光彩雙葳蕤一人佩金印一人翳玉芝我來高其事詠歎偶成詩為君題石上欲使故山知

吳宮辭

淡紅花帔淺檀蛾睡臉初開似剪波坐對珠籠閑理曲琵琶鸚鵡語相和

元微之除浙東觀察使喜得杭越鄰州先贈長句（十七首並與微之和答）

稽山鏡水歡遊地犀帶（一作角）金章榮貴身官職比君雖校小封疆與我且爲鄰郡樓對翫千峰（一作千山）月江界平分兩岸春杭越風光詩酒主相看更合與何人

席上答微之

我住浙江西君去浙江東勿言一水隔便與千里同富貴無人勸君酒今宵爲我盡杯中

答微之上船後留別

燭下尊前一分手舟中岸上兩迴頭歸來虛白堂中夢合眼先應到越州

答微之泊西陵驛見寄（一無泊字）

煙波盡處一點白應是西陵古驛臺知在臺邊望不見暮潮空送渡船迴

答微之誇越州州宅

賀上人回得報書大誇州宅似仙居厭看馮翊風沙久喜見蘭亭煙景初日出旌旗生氣色月明樓閣在空虛知君暗數江南郡除却餘杭盡不如

微之重誇州居其落句有西州羅刹之謔因嘲茲石聊以寄懷

君問西州城下事醉中疊紙爲君書嵌空石面標羅刹壓捺潮頭敵子胥神鬼曾鞭猶不動波濤雖打欲何如誰知太守心相似抵滯堅頑兩有餘

張十八員外以新詩二十五首見寄郡樓月下吟翫通夕因題卷後封寄微之

秦城南省清秋夜江郡東樓明月時去我三千六百里得君二十五篇詩陽春曲調高難和淡水交情老始知坐到天明吟未足重封轉寄與微之

酬微之（微之題云郡務稍簡因得整集舊詩并連綴刪削封章諫草繁委箱笥僅踰百軸偶成自歎兼寄樂天）

滿袠（一作篋）塡箱唱和詩少年爲戲老成悲聲聲麗曲敲寒玉句句妍辭綴色絲吟翫獨當明月夜傷嗟同是白頭時由來才命相磨折天遣無兒欲怨誰（微之句云天遣兩家無嗣子欲將文字付誰人故以此答之）

餘思未盡加爲六韻重寄微之（一作微之整集舊詩及文筆爲百軸以七言長句寄樂天樂天次韻酬之餘思未盡加爲六韻）

海內聲華併在身篋中文字絕無倫（美微之也）遙知獨對封章草忽憶同爲獻納臣走筆往來盈卷軸（予與微之前後寄和詩數百篇近代無如此多有也）除官遞互掌絲綸（予除中書舍人微之撰制詞微之除翰林學士予撰制詞）制從長慶辭高古（微之長慶初知制誥文格高古始變俗體繼者効之也）詩到元和體變新（衆稱元白爲千字律詩或號元和格）各有文姬才稚齒（蔡邕無兒有女琰字文姬）俱無通子繼餘塵（陶潛小兒名通子）琴書何必求王粲與女猶勝與外人

答微之詠懷見寄

閤中同直前春事船裏相逢昨日情分袂二年勞夢寐並牀三宿話平生紫微北畔辭宮闕滄海西頭對郡城聚散窮通何足道醉來一曲放歌行

酬微之誇鏡湖

我嗟身老歲方徂君更官高興轉孤軍門郡閤曾閑否禹穴耶溪得到無酒盞省陪波卷白骰盤思共彩呼盧一泓鏡水誰能羨自有胷中萬頃湖（微之詩云孫園虎寺隨宜看不必遙遙羨鏡湖故以此戲言答之）

雪中即事答（一作寄）微之

連夜江雲黃慘澹平明山雪白糢糊銀河沙漲三千里梅嶺花排一萬株北市風生飄散麪東樓日出照凝酥誰家高士關門戶何處行人失道途舞鶴庭前毛稍定擣衣碪上練新鋪戲團稚女呵紅手愁坐衰翁對白鬚壓瘴一州除疾苦呈豐萬井盡歡娛潤含玉德懷君子寒助霜威憶大夫莫道煙波一水隔何妨氣候兩鄉殊越中地暖多成雨還有瑤臺瓊樹無

醉封詩筒寄微之

一生休戚與窮通處處相隨事事同未死又憐滄海郡無兒俱作白頭翁展眉只仰三桮後代面唯憑五字中爲向兩州郵吏道莫辭來去遞詩筒

除夜寄微之

鬢毛不覺白毿毿一事無成百不堪共惜盛時辭闕下同嗟除夜在江南家山泉石尋常憶世路風波子細諳老校於君合先退明年半百又加三

蘇州李中丞以元日郡齋感懷詩寄微之及予輙依來篇七言八韻走筆奉答兼呈微之

白首餘杭白太守落魄（一作拓）抛名來已久一辭渭北故園春再把江南新歲酒桮前笑歌徒勉強鏡裏形容漸衰朽領郡慙當潦倒年鄰州喜得平生友長洲草接松江岸曲水花連鏡湖口老去還能痛飲無春來曾作閑遊否憑鶯傳語報李六倩鴈將書與元九莫嗟一日日催人且貴一年年入手

早春西湖閑遊悵然興懷憶與微之同賞因思在越官重事殷鏡湖之遊或恐未暇偶成十八韻寄微之

上馬復呼賓湖邊景氣新管弦三數事騎從十餘人立換登山屐行攜漉酒巾逢花看當妓遇草坐爲茵西日籠黃柳東風蕩白蘋小橋裝鴈齒輕浪甃魚鱗畫舫牽徐轉銀船酌慢巡野情遺世累醉態任天眞彼此年將老平生分最親高天從所願遠地得爲鄰雲樹分三驛煙波限一津飜嗟寸步隔却厭尺書頻浙右稱雄鎮山陰委重臣貴垂長紫綬榮駕大朱輪出動刀槍隊歸生道路塵鴈驚弓易散鷗怕鼓難馴百吏瞻相面千夫捧擁身自然閑興少應負鏡湖春

答微之見寄（時在郡樓對雪）

可憐風景浙東西先數餘杭次會稽禹廟未勝天竺寺錢湖不羨若耶溪擺塵野鶴春毛暖拍水沙鷗濕翅低更對雪樓君愛否紅欄碧甃點銀泥

祭社宵興燈前偶作

城頭傳鼓角燈下整衣冠夜鏡藏鬚白秋泉漱齒寒欲將閑送老須著病辭官更待年終後支持歸計看

閑臥

盡日前軒臥神閑境亦空有山當枕上無事到心中簾卷侵牀日屏遮入座風望春春未到應在海門東

新春江次

浦乾潮未應，堤濕凍初銷。粉片妝梅朶，金絲刷柳條。鴨頭新綠水，鴈齒小紅橋。莫怪珂聲碎，春來五馬驕。

春題湖上

湖上春來似畫圖，亂峰圍繞水平鋪。松排山面千重翠，月點波心一顆珠。碧毯線頭抽早稻，青羅裙帶展新蒲。未能抛得杭州去，一半句留是此湖。

早春憶微之

昏昏老與病相和，感物思君歎復歌。聲早雞先知夜短，色濃柳最占春多。沙頭雨染斑斑草，水面風驅瑟瑟波。可道眼前光景惡，其如難見故人何。

失鶴

失爲庭前雪，飛因海上風。九霄應得侶，三夜不歸籠。聲斷碧雲外，影沈明月中。郡齋從此後，誰伴白頭翁。

自感一作自歎

宴遊寢食漸無味，桮酒管弦徒繞身。賓客歡娛僮僕飽，始知官職爲他人。

得湖州崔十八使君書喜與杭越鄰郡因成長句代賀兼寄微之

三郡何因此結緣，貞元科第忝同年。故情歡喜開書後，舊事思量在眼前。越國封疆吞碧海，杭城樓閣入青煙。吳興卑小君應屈，爲是蓬萊最後仙。貞元初同登科，崔君名最在後，當時崔自詠云：人間不會雲間事，應笑蓬萊最後仙。

同諸客攜酒早看櫻桃花

曉報櫻桃發，春攜酒客過。綠餳黏盞杓，紅雪壓枝柯。天色晴明少，人生事故多。停桮替花語，不醉擬如何。

柳絮

三月盡是頭白日，與春老別更依依。憑鶯爲向楊花道，絆惹春風莫放歸。

早飲湖州酒寄崔使君

一榼扶頭酒，泓澄瀉玉壺。十分蘸甲酌，瀲灩滿銀盂。捧出光華動，嘗看氣味殊。手中稀琥珀，舌上冷醍醐。瓶裏有時盡，江邊無處沽。不知崔太守，更有寄來無。

病中書事

三載臥山城，閑知節物情。鶯多過春語，蟬不待秋鳴。氣嗽因寒發，風痰欲雨生。病身無所用，唯解卜陰晴。

與微之唱和來去常以竹筒貯詩陳協律美而成篇因以此荅

揀得琅玕截作一作短筒，緘題章句寫心胷。隨風每喜飛如鳥，渡水常憂化作龍。粉節堅如太守信，霜筠冷稱大夫容。煩君讚詠心知愧，魚目驪珠同一封。

醉戲諸妓

席上爭飛使君酒，歌中多唱舍人詩。不知明日休官後，逐我東山去是誰。

北院

北院人稀到，東窗事最偏。竹煙行竈上，石壁臥房前。性拙身多暇，心慵事少緣。還如病居士，唯置一牀眠。

酬周協律

五十錢唐守，應爲送老官。濫蒙辭客愛，猶作近臣看。鬢落愁須飲，琵琶悶遣彈。白頭雖強醉，不似少年歡。

題石山人

騰騰兀兀在人間，貴賤賢愚盡往還。醲膩筵中唯飲酒，歌鐘會處獨思山。存神不許三尸住，混俗無妨兩鬢斑。除却餘杭白太守，何人更解愛君閑。

詩解

新篇日日成，不是愛聲名。舊句時時改，無妨悅性情。但令長守郡，不覺一作覓却歸城。祇擬江湖上，吟哦過一生。

潮

早潮纔落晚潮來，一月周流六十回。不獨光陰朝復暮，杭州老去被潮催。

聞歌妓唱嚴郎中詩因以絶句寄之嚴前爲郡守

已留舊政布中和，又付新詞與豔歌。但是人家有遺愛，就中蘇小感恩多。

柘枝妓

平鋪一合錦筵開，連擊三聲畫鼓催。紅蠟燭移桃葉起，紫羅衫動柘枝來。帶垂鈿胯花腰重，帽轉金鈴一作鈿雪面迴。看即曲終留不住，雲飄雨送向陽臺。

急樂世辭樂府詩作急世樂

正抽碧線繡紅羅，忽聽黃鶯斂翠蛾。秋思冬愁春悵望，大都不稱一作得意時多。

天竺寺送堅上人歸廬山

錫杖登高寺，香爐憶舊峰。偶來舟不繫，忽去鳥無蹤。豈要留離偈，寧勞動別容。與師俱是夢，夢裏暫相逢。

除官赴闕留贈微之

去年十月半，君來過浙東。今年五月盡，我發向關中。兩鄉默默心相別，一水盈盈路不通。從此津人應省事，寂寥無復遞詩筒。

留題郡齋

吟山歌水嘲風月，便是三年官滿時。春爲醉眠多閉閣，秋因晴望暫褰帷。更無一事移風俗，唯化州民解詠詩。

別州民

耆老遮歸路，壺漿滿別筵。甘棠無一樹，那得淚潸然。稅重多貧户，農饑足旱田。唯留一湖水，與汝救凶年。今春增築錢唐湖堤，貯水以防天旱，故云。

留題天竺靈隱兩寺

在郡六百日，入山十二回。宿因月桂落，醉爲海榴開。天竺嘗有月中桂子落，靈隱多海石榴花也。黄紙除書到，青宮詔命催。僧徒多悵望，賓從亦裴回。寺闇煙埋竹，林香雨落梅。別橋憐白石，辭洞戀青苔。石橋在天竺，明洞在靈隱。漸出松間路，猶飛馬上桮。誰教冷泉水，送我下山來。

西湖留別

征途行色慘風煙，祖帳離聲咽管弦。翠黛不須留五馬，皇恩只許住三年。綠藤陰下鋪歌席，紅藕花中泊妓船。處處回頭盡堪戀，就中難別是湖邊。

重寄別微之

憑仗江波寄一辭，不須惆悵報微之。猶勝往歲峽中別，灩澦堆邊招手時。

重題別東樓

東樓勝事我偏知，氣象多隨昏旦移。湖卷衣裳白重疊，山張屏障綠參差。海仙樓塔晴方出，江女笙簫夜始吹。

春雨星攢尋蟹火秋風霞颭弄濤旗（餘杭風俗每寒食雨後夜涼家家持燭尋蟹動盈萬人每歲八月迎濤弄水者悉舉旗幟焉）宴宜雲髻新梳後曲愛霓裳未拍時太守三年嘲不盡郡齋空作百篇詩

別周軍事

主人頭白官仍冷去後憐君是底人試謁會稽元相去不妨相見却殷勤

看常州柘枝贈賈使君

莫惜新衣舞柘枝也從塵汚汗霑垂料君卽却歸朝去不見銀泥衫故時

汴河路有感

三十年前路孤舟重往還繞身新眷屬舉目舊鄉關事去唯留水人非但見山啼襟與愁鬢此日兩成斑

埇橋舊業

別業埇城北拋來二十春改移新逕路變換舊村鄰有稅田疇薄無官弟姪貧田園何用問強半屬他人

茅城驛

汴河無景思秋日又淒淒地薄桑麻瘦村貧屋舍低早苗多間草濁水半和泥最是蕭條處茅城驛向西

河陰夜泊憶微之

憶君我正泊行舟望我君應上郡樓萬里月明同此夜黃河東面海西頭

杭州迴舫

自別錢塘山水後不多飲酒懶吟詩欲將此意憑迴櫂報與西湖風月知

途中題山泉

決決涌巖穴濺濺出洞門向東應入海從此不歸源似葉飄辭樹如雲斷別根吾身亦如此何日返鄉園

欲到東洛得楊使君書因以此報

向公心切向財疎淮上休官洛下居三郡政能從獨步十年生計復何如使君灘上久分手別駕渡頭先得書且喜平安又相見其餘外事盡空虛

洛下寓居

秋館清涼日書因解悶看夜窗幽獨處琴不爲人彈遊宴慵多廢趨朝老漸難禪僧教斷酒道士勸休官渭曲莊猶在錢唐俸尚殘如能便歸去亦不至飢寒

味道

叩齒晨興秋院靜焚香冥坐晚窗深七篇眞誥論仙事一卷檀經說佛心此日盡知前境妄多生曾被外塵侵自嫌習性猶殘處愛詠閑詩好聽琴

好聽（一作彈）琴

本性好（一作愛）絲桐塵機聞卽空一聲來耳裏萬事離心中清暢堪銷疾恬和好養蒙尤宜聽三樂安慰白頭翁

愛詠詩

辭章諷詠成千首心行歸依向一乘坐倚繩牀閑自念前生應是一詩僧

酬皇甫庶子見寄

掌綸不稱君應笑典郡無能我自知別詔忽驚新命出同寮偶與夙心期春坊瀟灑優閑地秋鬢蒼浪老大時獨占二疏應未可龍樓見擬覓分司

臥疾

閑官臥疾絕經過居處蕭條近洛河水北水南秋月夜管弦聲少杵聲多

遠師

東宮白庶子南寺遠禪師何處遙相見心無一事時

問遠師

葷羶停夜食吟詠散秋懷笑問東林老詩應不破齋

小院酒醒

酒醒閑獨步小院夜深涼一領新秋簟三間明月廊未收殘盞杓初換熱衣裳好是幽眠處松陰六尺牀

贈侯三郎中

老愛東都好寄身足泉多竹少埃塵年豐最喜唯貧客秋冷先知是瘦人幸有琴書堪作伴苦無田宅可爲鄰洛中縱未長居得且與蘇田遊過春

求分司東都寄牛相公十韻

忽忽心如夢星星鬢似絲縱貧長有酒雖老未拋詩儉薄身都慣疎頑性頗宜飯麤飡亦飽被暖起常遲萬里歸何得三年伴是誰華亭鶴不去天竺石相隨（余罷杭州得華亭鶴天竺石同載而歸）王尹貰將馬田家賣與池開門閑坐日遶水獨行時懶慢交遊許衰羸相府知官寮幸無事可惜不分司

酬楊八

君以曠懷宜靜境我因蹇步稱閑官閑門足病非高士勞作雲心鶴眼看

履道新居二十韻

履道坊西角官河曲北頭林園四鄰好風景一家秋門閉深沈樹池通淺沮（秋夜反）溝拔青松直上鋪碧水平流籬菊黃金合窗筠綠玉稠疑連紫陽洞似到白蘋洲僧至多同宿賓來輒少留豈無詩引興兼有酒銷憂移榻臨平岸攜茶上小舟果穿聞鳥啄萍破見魚遊地與塵相遠人將境共幽汎潭菱點鏡沈浦月生鉤廚曉煙孤起庭寒雨半收老飢初愛粥瘦冷早披裘洛下招新隱秦中忘舊遊辭章留鳳閣班籍寄龍樓病愜官曹靜閑慙俸祿優琴書中有得衣食外何求濟世才無取謀身智不周應須共心語萬事一時休

九日思杭州舊遊寄周判官及諸客

忽憶郡南山頂上昔時同醉是今辰笙歌委曲聲延耳金翠動搖光照身風景不隨宮相去歡娛應逐使君新江山賓客皆如舊唯是當筵換主人

秋晚

煙景澹濛濛池邊微有風覺寒蛩近壁知暝鶴歸籠長貌隨年改衰情與物同夜來霜厚薄梨葉半低紅

分司

散秩留司殊有味最宜病拙不才身行香拜表爲公事碧洛青嵩當主人已出閑遊多到夜却歸慵臥又經旬錢唐五馬留三匹還擬騎遊攪擾春

河南王尹（一作王僕射）初到以詩代書先問之

別來王閣老三歲似須臾鬢上斑多少梧前興有無官從分緊慢情莫問榮枯許入朱門否籃輿一病夫

池西亭

朱欄映晚樹金魄落秋池還似錢唐夜西樓月出時

臨池閑臥

小竹圍庭匝平池與砌連閑多臨水坐老愛向陽眠營役拋身外幽奇送枕前誰家臥牀脚解繫釣魚船

吾廬

吾廬不獨貯妻兒自覺年侵身力衰眼下營求容足地心中準擬挂冠時新昌小院松當户履道幽居竹遶池莫道兩都空有宅林泉風月是家資

題新居寄宣州崔相公（所居南鄰即崔家也）

門庭有水巷無塵好稱閑官作主人冷似雀羅雖少客寛於蝸舍足容身疎通竹徑將迎月掃掠莎臺欲待春濟世料君歸未得南園北曲謾爲鄰

憶杭州梅花因敘舊遊寄蕭協律

三年悶悶在餘杭曾爲梅花醉幾場伍相廟邊繁似雪孤山園裏麗如妝蹋隨遊騎心長惜折贈佳人手亦香賞自初開直至落歡因小飲便成狂薛劉相次埋新壠沈謝雙飛出故鄉（薛劉二客沈謝二妓皆當時歡酒之侶）歌伴酒徒零散盡唯殘頭白老蕭郎

病中辱張常侍題集賢院詩因以繼和

天祿閣門開甘泉侍從回圖書皆帝籍寮友盡仙才騎省通中掖龍樓隔上臺猶憐病宮相詩寄洛陽來

早春晚歸

晚歸騎馬過天津沙白橋紅返照新草色連延多隙地鼓聲閑緩少忙人還如南國饒溝水不似西京足路塵金谷風光依舊在無人管領石家春

贈楊使君

曾嗟放逐同巴峽且喜歸還會洛陽時命到來須作用功名未立莫思量銀銜叱撥欺風雪金屑琵琶費酒漿更待城東桃李發共君沈醉兩三場

贈皇甫庶子

何因散地共徘徊人道君才我不才騎少馬蹄生易蹶用稀印鏁澀難開妻知年老添衣絮婢報天寒撥酒醅更愧小胥諮拜表單衫衝雪夜深來

池上竹下作

穿籬遶舍碧逶迤十畝閑居半是池食飽窗間新睡後脚輕林下獨行時水能性淡爲吾友竹解心虛即我師何必悠悠人世上勞心費目覓親知

閑出覓春戲贈諸郎官

年來數出覓風光亦不全閑亦不忙放鞚體安騎穩馬隔袍身暖照晴陽迎春日日添詩思送老時時放酒狂除却鬢鬚白一色其餘未伏少年郎

別春爐

暖閣春初入溫爐興稍闌晚風猶冷在夜火且留看獨宿相依久多情欲別難誰能共天語長遣四時寒

汎小艪二首

水一塘艪一隻艪頭漾漾知風起艪背蕭蕭聞雨滴醉臥船中欲醒時忽疑身是江南客

船緩進水平流一莖竹篙剔船尾兩幅青幕覆船頭亞竹亂藤多照岸如從鳳口向湖州

夢行簡

天氣妍和水色鮮閑吟獨步小橋邊池塘草綠無佳句虛臥春窗夢阿憐（一作連）

題新居呈王尹兼簡府中三掾

弊宅須重葺貧家乏羨財橋憑川守造樹倩府僚栽朱板新猶溼紅英暖漸開仍期更攜酒倚檻看花來

雲和

非琴非瑟亦非箏撥柱推弦調未成欲散白頭千萬恨只消紅袖兩三聲

春老

欲隨年少強遊春自覺風光不屬身歌舞屏風花障上幾時曾畫白頭人

春雪過皇甫家

晚來籃轝雪中回喜遇君家門正開唯要主人青眼待琴詩談笑自將來

崔侍御以孩子三日示其所生詩見示因以二絶句和之

洞房門上挂桑弧香水盆中浴鳳雛還似初生三日魄嫦娥滿月即成珠

愛惜肯將同寶玉喜歡應勝得王侯弄璋詩句多才思愁殺無兒老鄧攸

與皇甫庶子同遊城東

閑遊何必多徒侶相勸時時舉一桮博望苑中無職役建春門外足池臺綠油剪葉蒲新長紅蠟黏枝杏欲開白馬朱衣兩宮相可憐天氣出城來

洛城東花下作

記得舊詩章花多數洛陽（舊詩云洛陽城東面今來花似雪又云更待城東桃李發又云花滿洛陽城）及逢枝似雪已是鬢成霜向後光陰促從前事意忙無因重年少何計駐時芳欲送愁離面須傾酒入腸白頭無藉在醉倒亦何妨

晚春寄微之并崔湖州

洛陽陌上少交親履道城邊欲暮春崔在吳興元在越出門騎馬覓何人

城東閑行因題尉遲司業水閣

閑遶洛陽城無人知姓名病乘籃轝出老著茜衫行處處花相引時時酒一傾借君溪閣上醉詠兩三聲

寄皇甫七

孟夏愛吾廬陶潛語不虛花樽飄落酒風案展開書鄰女偷新果家僮漉小魚不知皇甫七池上興何如

訪皇甫七

上馬行數里逢花傾一桮更無停泊處還是覓君來

全唐詩

白居易

除蘇州刺史別洛城東花

亂雪千花落，新絲兩鬢生。老除吳郡守，春別洛陽城。江上今重去，城東更一行。別花何用伴，勸酒有殘鶯。

奉和汴州令狐令公二十二韻（同用淹字）

客有東征者，夷門一落帆。二年方得到，五日未爲淹（相府頃鎮陽年居易方到既到陪奉遊宴凡經五日）。在浚旌重葺，遊梁館更添。心因好善樂，貌爲禮賢謙。俗阜知敦勸，民安見察廉。仁風扇（平聲）道路，陰雨膏（去聲）閭閻。文律操將柄，兵機釣得鈐。碧幢油葉葉（一作業業），紅旆火襜襜。景象春加麗，威容曉助嚴。槍森赤豹尾，纛吒黑龍髯。門靜塵初斂，城昏日半銜。選幽開後院，占勝坐前簷。平展絲頭毯，高褰錦額簾。雷搥柘枝鼓，雪擺胡（音鶻一作鶻）騰衫。髮滑歌釵墜，妝光舞汗霑。回燈花簇簇，過酒玉纖纖。饌盛盤心殢，醅濃醆底黏。陸珍熊掌爛，海味蟹螯鹹。福履千夫祝，形儀四座（一作海）瞻。羊公長在峴，傅說莫歸巖（蓋祝者詞意也）。眷愛人人遍，風情事事兼。猶嫌客不醉，同賦夜厭厭。

船夜援琴

鳥棲魚不動，月照夜江深。身外都無事，舟中只有琴。七弦爲益友，兩耳是知音。心靜即聲淡，其間無古今。

答劉和州禹錫

換印雖頻命未通，歷陽湖上又秋風。不教才展休明代，爲罰詩爭造化功。我亦思歸田舍下，君應厭臥郡齋中。好相收拾爲閑伴，年鬢官班約略同。

渡淮

淮水東南闊，無風渡亦難。孤煙生乍直，遠樹望多圓。春浪櫂聲急，夕陽帆影殘。清流宜映月，今夜重吟看。

赴蘇州至常州荅賈舍人

杭城隔歲轉蘇臺，還擁前時五馬回。厭見簿書先眼合，喜逢杯酒暫眉開。未酬恩寵年空去，欲立功名命不來。一別承明三領郡，甘從人道是麤才。

去歲罷杭州今春領吳郡慙無善政聊寫鄙懷兼寄三相公

爲問三丞相，如何秉國鈞。那將最劇郡，付與苦慵人。豈有吟詩客，堪爲持節臣。不才空飽暖，無惠及飢貧。昨臥南城月，今行北境春。鉛刀磨欲盡，銀印換何頻。杭老遮車轍，吳童掃路塵。虛迎復虛送，慙見兩州民。

宣武令狐相公以詩寄贈傳播吳中聊奉短草用申酬謝

新詩傳詠忽紛紛，楚老吳娃耳徧聞。盡解呼爲好才子，不知官是（一作在）上將軍。辭人命薄多無位，戰將功高少有文。謝朓篇章韓信鉞，一生雙得不如君。

自詠

形容瘦薄詩情苦，豈是人間有相人。只合一生眠白屋，何因三度擁朱輪。金章未佩雖非貴，銀榼常攜亦不貧。唯是無兒頭早白，被天磨折恰平均。

吟前篇因寄微之

君顏貴茂不清羸，君句雄華不苦悲。何事遣君還似我，髭鬚早白亦無兒。

紫薇花

紫薇花對紫微翁，名目雖同貌不同。獨占芳菲當夏景，不將顏色託春風。潯陽官舍雙高樹，興善僧庭一大叢。何似蘇州安置處，花堂欄下月明中。

自到郡齋僅經旬日方專公務未及宴遊偷閑走筆題二十四韻兼寄常州賈舍人湖州崔郎中仍呈吳中諸客

渭北離鄉客，江南守土臣。涉途初改月，入境已經旬。甲郡標天下，環封極海濱。版圖十萬戶，兵籍五千人。自顧才能少，何堪寵命頻。冒榮慙印綬，虛獎負絲綸（除蘇州制云藏於已爲道義施於物爲政能在公形骨鯁之志閫境有袴襦之樂）。候病須通脈，防流要塞津。救煩無若靜，補拙莫如勤。削使科條簡，攤令賦役均。以茲爲報效，安敢不躬親。襦袴提於手，韋弦佩在紳。敢辭稱俗吏，且願活疲民。常（常州）未徵黃霸，湖（湖州）猶借寇恂。愧無鐺腳政（河北三郡相鄰皆有善政時爲鐺腳刺史見唐書），徒忝犬牙鄰。制誥（一作詔）誇黃絹（美賈常州也），詩篇占白蘋（美崔吳興也）。銅符抛不得（自謂也），瓊樹見無因。警寐鐘傳夜，催衙鼓報晨。唯知對胥吏，未暇接親賓。色變雲迎夏，聲殘鳥過春。麥風非逐扇，梅雨異隨輪。武寺山如故（武丘寺也），王樓（郡內東南樓名也）月自新。池塘閑長草，絲竹廢生塵。暑遣燒神酎，晴教曬舞茵。待還公事了，亦擬樂吾身。

題籠鶴

經旬不飲酒，踰月未聞歌。豈是風情少，其如塵事多。虎丘慙客問，娃館妬人過。莫笑籠中鶴，相看去幾何。

荅客問杭州

爲我踟躕停酒盞，與君約略說杭州。山名天竺堆青黛，湖號錢唐瀉綠油。大屋簷多裝鴈齒，小航船亦畫龍頭。所嗟水路無三百，官繫何因得再遊。

登閶門閑望

閶門四望鬱蒼蒼，始覺州雄土俗強。十萬夫家供課稅，五千子弟守封疆。闔閭城碧鋪秋草，烏鵲橋紅帶夕陽。處處樓前飄管吹，家家門外泊舟航。雲埋虎寺山藏色，月耀娃宮水放光。曾賞錢唐嫌（一作兼）茂苑，今來未敢苦誇張。

代諸妓贈送周判官

妓筵今夜別姑蘇，客櫂明朝向鏡湖。莫汎扁舟尋范蠡，且隨五馬覓羅敷。蘭亭月破能迴否，娃館秋涼却到無。好與使君爲老伴，歸來休染白髭鬚。

秋寄微之十二韻

娃館松江北，稽城浙水東。屈君爲長吏，伴我作衰翁。旆知非遠，煙雲望不通。忙多對酒榼，興少閱詩筒（比在杭州兩浙唱和詩贈荅於筒中遞來往）。淡白秋來日，疎涼雨後風。餘霞數片綺，新月一張弓。影滿衰桐樹，香凋晚蕙叢。飢啼春穀鳥，寒怨絡絲蟲。覽鏡頭雖白，聽歌耳未聾。老愁從此遣，醉笑與誰同。清旦方堆案，黃昏始退公。可憐朝暮景，銷在兩衙中。

池上早秋

荷芰綠參差，新秋水滿池。早涼生北檻，殘照下東籬。露飽蟬聲懶，風乾柳意衰。過潘二十歲，何必更愁悲。

郡西亭偶詠

常愛西亭面北林，公私塵事不能侵。共閑作伴無如鶴，

與老相宜只有琴莫遣是非分作界須教吏隱合爲心可憐此道人皆見但要修行功用深

故衫

闇淡緋衫稱老身半披半曳出朱門袖中吴郡新詩本襟上杭州舊酒痕殘色過梅看向盡故香因洗嗅猶存曾經爛熳三年著欲棄空箱似少恩

郡中夜聽李山人彈三樂

風琴秋拂匣月户夜開關榮啟先生樂姑蘇太守閑傳聲千古後得意一時間却怪鍾期耳唯聽水與山

東城桂三首（并序。一作桂華曲）

蘇之東城古吴都城也今爲樵牧之場有桂一株生乎城下惜其不得地因賦三絶句以唁之

子墮本從天竺寺（舊說杭州天竺寺每歲秋中有月桂子墮）根盤今在闔閭城當時應逐南風落落向人間取次生

霜雪（一作雪霰）壓多雖不死荆榛長疾欲相埋長憂落在樵人手賣作蘇州一束柴

遙知（一作可憐）天上桂花孤試問嫦娥更要無月宫幸有閑田地何不中央種兩株

聞行簡恩賜章服喜成長句寄之

吾年五十加朝散爾亦今年賜服章齒髮恰同知命歲官銜俱是客曹郎（予與行簡俱年五十始著緋皆是主客郎中）榮傳錦帳花聯萼彩動綾袍鴈趁行（緋多以鴈銜瑞莎爲之也）大抵著緋宜老大莫嫌秋鬢數莖霜

喚笙歌

露墜萎花槿風吹敗葉荷老心歡樂少秋眼感傷多芳歲今如此衰翁可柰何猶應不如醉試遣喚笙歌

對酒吟

一抛學士筆三佩使君符未換銀青綬唯添雪白鬚公門衙退掩妓席客來鋪履舄從相近謳吟任所須金銜嘶五馬鈿帶舞雙姝不得當年有猶勝到老無合聲歌漢月齊手拍吴歈今夜還先醉應煩紅袖扶

偶飲

三盞醺醺四體融妓亭簷下夕陽中千聲方響敲相續一曲纔和憂未終今日心情如往日秋風氣味似春風唯憎小吏樽前報道去衙時水五筒

早發赴洞庭舟中作

閶門曙色欲蒼蒼星月高低宿水光棹舉影搖燈燭動舟移聲拽管弦長漸看海樹紅生日遙見包山白帶霜出郭已行十五里唯消一曲慢霓裳

宿湖中

水天向晚碧沉沉樹影霞光重疊深浸月冷波千頃練苞霜新橘萬株金幸無案牘何妨醉縱有笙歌不廢吟十隻畫船何處宿洞庭山腳太湖心

揀貢橘書情

洞庭貢橘揀宜精太守勤王請自行珠顆形容隨日長瓊漿氣味得霜成登山敢惜駑駘力望闕難伸螻蟻情疏賤無由親跪獻願憑朱實表丹誠

夜泛陽塢入明月灣即事寄崔湖州

湖山處處好淹留最愛東灣北塢頭掩映橘林千點火泓澄潭水一盆油龍頭畫舸銜明月鵲腳紅旗蘸碧流爲報茶山崔太守與君各是一家遊（嘗羨吴興每春茶山之遊泊入太湖羨意減矣故云）

泛太湖書事寄微之

煙渚雲帆處處通飄然舟似入虛空玉杯淺酌巡初匝金管徐吹曲未終黃夾纈林寒有葉碧琉璃水淨無風避旗飛鷺翩翻白驚鼓跳魚撥剌紅澗雪壓多松偃蹇巖泉滴久石玲瓏書爲故事留湖上（所見勝景多記在湖中石上）吟作新詩寄浙東軍府威容從道盛江山氣色定知同報君一事君應羨五宿澄波皓月中

題新館

曾爲白社羈遊子今作朱門醉飽身十萬户州尤覺貴二千石祿敢言貧重裘每念單衣士兼味嘗思旅食人新館寒來多少客欲回歌酒暖風塵

西樓喜雪命宴

宿雲黃慘澹曉雪白飄飄散麪遮槐市堆花壓柳橋四郊鋪縞素萬室甃瓊瑤銀榼攜桑落金爐上麗譙光迎舞妓動寒近醉人銷歌樂雖盈耳慚無五袴謠

新栽梅

池邊新種七株梅欲到花時點撿來莫怕長洲桃李妬今年好爲使君開

酬劉和州戲贈

錢唐山水接蘇臺兩地褰帷媿不才政事素無爭學得風情舊有且將來雙蛾解珮啼相送五馬鳴珂笑却回不似劉郎無景行長拋春恨在天台

戲和賈常州醉中二絶句

聞道毗陵詩酒興近來積漸學姑蘇罨頭新令從偷去刮骨清吟得侶無

越調管吹留客曲吴吟詩送暖寒杯娃宫無限風流事好遣孫心暫學來

歲暮寄微之三首

微之別久能無歎知退書稀豈免愁甲子百年過半後光陰一歲欲終頭池冰曉合膠船底樓雪晴銷露瓦溝自覺歡情隨日減蘇州心不及杭州

榮進雖頻退亦頻與君才命不調勻若不九重中掌事即須千里外拋身紫垣南北廳曾對滄海東西郡又鄰唯欠結廬嵩洛下一時歸去作閑人

白頭歲暮苦相思除却悲吟無可爲枕上從妨一夜睡燈前讀盡十年詩（讀前後唱和詩）龍鍾校正騎驢日顦顇通江司馬時（通州江州）若並如今是全活紆朱拖紫且開眉

歲日家宴戲示弟姪等兼呈張侍御二十八丈殷判官二十三兄

弟妹妻孥小姪甥嬌癡弄我助歡情歲盞後推藍尾酒春盤先勸膠（去聲）牙餳形骸潦倒雖堪歎骨肉團圓亦可榮猶有誇張少年處笑呼張丈喚殷兄

正月三日閑行

黃鸝巷口鶯欲語烏鵲河頭冰欲銷（黃鸝坊名烏鵲河名）綠浪東西南北水紅欄三百九十橋（蘇之官橋大數）鴛鴦蕩漾雙雙翅楊柳交加萬萬條借問春風來早晚只從前日到今朝

夜歸

逐勝移朝宴留歡放晚衙賓寮多謝客騎從半吴娃到

處銷春景歸時及月華城陰一道直燭焰兩行斜東吹
先催柳南霜不殺花皐橋夜沽酒燈火是誰家

自歎

豈獨年相迫兼爲病所侵春來痰氣動老去嗽聲深眼
暗猶操筆頭斑未挂簪因循過日月眞是俗人心

郡中閑獨寄微之及崔湖州

少年賓旅非吾輩晚歲簪纓束我身酒散更無同宿客
詩成長作獨吟人蘋洲會面知何日鏡水離心又一春
兩處也應相憶在官高年長少情親

小舫

小舫一艘新造了輕裝梁柱庳安篷深坊靜岸遊應徧
淺水低橋去盡通黃柳影籠隨棹月白蘋香起打頭風
慢牽欲傍櫻桃泊借問誰家花最紅

馬墜強出贈同座

足傷遭馬墜腰重倩人擡秖合窗間臥何由花下來坐
依桃葉妓行呷地黃桮強出非他意東風落盡梅

夜聞賈常州崔湖州茶山境會想羨歡宴因寄
此詩

遙聞境會茶山夜珠翠歌鐘俱遶身盤下中分兩州界
燈前合作一家春青娥遞舞應爭妙紫筍齊嘗各鬭新
自歎花時北窗下蒲黃酒對病眠人（時馬墜損腰正勸蒲黃酒）

酬微之開拆新樓初畢相報末聯見戲之作

海山鬱鬱石稜稜新豁高居正好登南臨贍部三千界
東對蓬宮十二層報我樓成秋望月把君詩讀夜回燈
無妨却有他心眼妝點亭臺即不能

病中多雨逢寒食

水國多陰常嬾出老夫饒病愛閑眠三旬臥度鶯花月
一半春銷風雨天薄暮何人吹觱篥新晴幾處縛鞦韆
綵繩芳樹長如舊唯是年年換少年

清明夜

好風朧月清明夜碧砌紅軒刺史家獨繞迴廊行復歇
遙聽弦管暗看花

蘇州柳

金谷園中黃嫋娜曲江亭畔碧婆（一作毿）娑老來處處遊行
徧（一作行應）不似蘇州柳最多絮撲白頭條拂面使君無計柰
春何

三月二十八日贈周判官

一春惆悵殘三日醉問周郎憶得無柳絮送人鶯勸酒
去年今日別東都

偶作

紅杏初生葉青梅已綴枝闌珊花落後寂寞酒醒時坐
悶低眉久行慵舉足遲少年君莫怪頭白自應知

重答劉和州（來篇云蘇州刺史例能詩西掖吟來替左司又云若共吳王鬭百草不如唯是欠西施）

分無佳麗敵西施敢有文章替左司隨分笙歌聊自樂
等閑篇詠被人知花邊妓引尋香徑月下僧留宿劍池
可惜當時好風景吳王應不解吟詩（採香徑在館娃宮）

奉送三兄

少年曾管二千兵晝聽笙歌夜斫營自反丘園頭盡白
每逢旗鼓眼猶明杭州暮醉連牀臥吳郡春遊並馬行
自媿阿連官職慢只教兄作使君兄

城上夜宴

留春不住登城望惜夜相將秉燭遊風月萬家河兩岸
笙歌一曲郡西樓詩聽越客吟何苦酒被吳娃勸不休
從道人生都是夢夢中歡笑亦勝愁

重題小舫贈周從事兼戲微之

細蓬青篾織魚鱗小眼紅窗襯麴塵闊狹纔容從事座
高低恰稱使君身舞筵須揀腰輕女仙棹難勝骨重人
不似鏡湖廉使出高檣大艑鬧驚春

吳櫻桃

含桃最說出東吳香色鮮穠氣味殊洽恰舉頭千萬顆
婆娑拂面兩三株鳥偷飛處銜將火人摘爭時蹋破珠
可惜風吹兼雨打明朝後日即應無

春盡勸客酒

林下春將盡池邊日半斜櫻桃落砌顆夜合隔簾花嘗
酒留閑客行茶使小娃殘桮勸不飲留醉向誰家

仲夏齋居偶題八韻寄微之及崔湖州

腥血與葷蔬停來一月餘肌膚雖瘦損方寸任清虛體
適通宵坐頭慵隔日梳眼前無俗物身外即僧居水榭
風來遠松廊雨過初褰簾放巢燕投食施池魚久別閑
遊伴頻勞問疾書不知湖與越吏隱興何如

官宅

紅紫共紛紛祇承老使君移舟木蘭棹行酒石榴帬水
色窗窗見花香院院聞戀他官舍住雙鬢白如雲

六月三日夜聞蟬

荷香清露墜柳動好風生微月初三夜新蟬第一聲乍
聞愁北客靜聽憶東京我有竹林宅別來蟬再鳴不知
池上月誰撥小船行

蓮石

青石一兩片白蓮三四枝寄將東洛去心與物相隨石
倚風前樹蓮栽月下池遙知安置處預想發榮時領郡
來何遠還鄉去已遲莫言千里別歲晚有心期

眼病二首

散亂空中千片雪蒙籠物上一重紗縱逢晴景如看霧
不是春天亦見花（已上四句皆病眼中所見者）僧說客塵來眼界醫言風
眩在肝家兩頭治療何曾瘥藥力微茫佛力賒
眼藏損傷來已久病根牢固去應難醫師盡勸先停酒
道侶多教早罷官案上謾鋪龍樹論盒中虛撚決明丸
人間方藥應無益爭得金篦試刮看

題東武（一作虎）丘寺六韻

香剎看非遠祇園入始深龍蟠松矯矯玉立竹森森怪
石千僧坐靈池一劍沈海當亭兩面山在寺中心酒熟
（一作熱）憑花勸詩成倩鳥吟寄言軒冕客此地好抽簪

夜遊西武（一作虎）丘寺八韻

不厭西丘寺閑來即一過舟船轉雲島樓閣出煙蘿路
入青松影門臨白月波魚跳驚秉燭猨覷怪鳴珂搖曳
雙紅旆娉婷十翠娥（容滿蟬態等十妓從遊也）香花助羅綺鐘梵避笙歌
領郡時將久遊山數幾何一年十二度非少亦非多

詠懷

蘇杭自昔稱名郡牧守當今當好官兩地江山蹋得徧

五年風月詠將（一作來）殘幾時酒醆曾拋卻何處花枝不把
看白髮滿頭歸得也詩情酒興漸闌珊

重詠

日覺雙眸暗年驚兩鬢蒼病應無處避老更不宜忙徇
俗心情少休官道理長今秋歸去定何必重思量

百日假滿

心中久有歸田計身上都無濟世才長告初從百日滿
故鄉元約一年回馬辭轅下頭高舉鶴出籠中翅大開
但拂衣行莫回顧的無官職趁人來

九日寄微之

眼闇頭風事事妨遶籬新菊為誰黃閑遊日久心慵倦
痛飲年深肺損傷吳郡兩回逢九月越州四度見重陽
怕飛杯酒多分數厭聽笙歌舊曲章蟋蟀聲寒初過雨
茱萸色淺未經霜去秋共數登高會又被今年減一場

題報恩寺

好是清涼地都無繫絆身晚晴宜野寺秋景屬閑人淨
石堪敷坐寒泉可濯巾自慚容鬢上猶帶郡庭塵

晚起

臥聽鼕鼕衙鼓聲起遲睡足長心情華簪脫後頭雖白
堆案拋來眼校明閑上籃轝乘興出醉回花舫信風行
明朝更濯塵纓去聞道松江水最清

自思益寺次楞伽寺作

朝從思益峰遊後晚到楞伽寺歇時照水姿容雖已老
上山筋力未全衰行逢禪客多相問坐倚漁舟一自思
猶去懸車十五載休官非早亦非遲

松江亭攜樂觀漁宴宿

震澤平蕪岸松（一作吳）江落葉波在官常夢想為客始經過
水面排罾網船頭簇綺羅朝盤鱠紅鯉夜燭舞青娥雁
斷知風急潮（一作湖）平見（一作得）月多繁絲與促管不解和漁歌

宿靈巖寺上院

高高白月上青林客去僧歸獨夜深葷血屏除唯對酒
歌鐘放散只留琴更無俗物當人眼但有泉聲洗我心
最愛曉亭東望好太湖煙水綠沈沈

酬別周從事二首

腰痛拜迎人客倦眼昏勾押簿書難辭官歸去緣衰病
莫作陶潛范蠡看
洛下田園久拋擲吳中歌酒莫留連嵩陽雲樹伊川月
已校歸遲四五年

武丘寺路（去年重開寺路桃李蓮荷約種數千株）

自開山寺路水陸往來頻銀勒牽驕馬花船載麗人芰
荷生欲徧桃李種仍新好住湖堤上長留一道春

齊雲樓晚望偶題十韻兼呈馮侍御周殷二協
律（樓在蘇州）

潦倒宦情盡蕭條芳歲闌欲辭南國去重上北城看複
疊江山壯平鋪井邑寬人稠過揚府坊鬧半長安插霧
峰頭沒穿霞日腳殘水光紅漾漾樹色綠漫漫約略留
遺愛殷勤念舊歡病拋官職易老別友朋難九月全無
熱西風亦未寒齊雲樓北面半日凭欄干

河亭晴望（九月八日）

風轉雲頭斂煙銷水面開晴虹橋影出秋雁櫓聲來郡
靜官初罷鄉遙信未迴明朝是重九誰勸菊花桮

留別微之

干時久與本心違悟道深知前事非猶厭勞形辭郡印
那將（一作能）趁伴著朝衣五千言裏教知足三百篇中勸式
微少室雲邊伊水畔比君校老合先歸

自喜

自喜天教我少緣家徒行計兩翩翩身兼妻子都三口
鶴與琴書共一船僮僕減來無冗食資糧算外有餘錢
攜將貯作丘中費猶免飢寒得數年

武丘寺路宴留別諸妓

銀泥裙映錦障泥畫舸停橈馬簇蹄清管曲終鸚鵡語
紅旗影動駮䮍（一作潑汗）嘶漸消醉色朱顏淺欲語離情翠黛
低莫忘使君吟詠處女墳湖北武（一作虎）丘西

江上對酒二首

酒助疎頑性琴資緩慢情有慵將送老無智可勞生忽
忽忘機坐倀倀任運行家鄉安處是那獨在神京

久貯滄浪意初辭桎梏身昏昏常帶酒默默不應人坐
穩便箕踞眠多愛欠伸客來存禮數始著白綸巾

望亭驛酬別周判官

何事出長洲連宵飲不休醒應難作別歡漸少於愁燈
火穿村市笙歌上驛樓何言五十里已不屬蘇州

見小姪龜兒詠燈詩并臘娘製衣因寄行簡

已知臘子能裁服復報龜兒解詠燈巧婦才人常薄命
莫教男女苦多能

酒筵上荅張居士

但要前塵（一作程）減無妨外相同雖過酒肆上不離道場中
弦管聲非實花鈿色是空何人知此義唯有淨名翁

鸚鵡

隴西鸚鵡到江東養得經年嘴漸紅常恐思歸先剪翅
每因餧食暫開籠人憐巧語情雖重鳥憶高飛意不同
應似朱門歌舞妓深藏牢閉後房中

聽琵琶妓彈略略

腕軟撥頭輕新教略略成四弦千遍語一曲萬重情法
向師邊得能從意上生莫欺江外手別是一家聲

寫新詩寄微之偶題卷後

寫了吟看滿卷愁淺紅牋紙小銀鉤未容寄與微之去
已被人傳到越州

寶曆二年八月三十日夜夢後作

塵纓忽解誠堪喜世網重來未可知莫忘全吳館中夢
嶺南泥雨步行時

與夢得同登棲靈塔（一無棲字）

半月悠悠在廣陵何樓何塔不同登共憐筋力猶堪在
上到棲靈第九層

夢蘇州水閣寄馮侍御

揚州驛裏夢蘇州夢到花橋水閣頭覺後不知馮侍御
此中（一作御史）昨夜共誰遊

喜罷郡

五年兩郡亦堪嗟偷出遊山走看花自此光陰為已有
從前日月屬官家樽前免被催迎使枕上休聞報坐衙

睡到午時歡到夜回看官職是泥沙

答次休上人（來篇云聞有餘霞千萬首何妨一句乞閒人）

姓白使君無麗句名休座主有新文禪心不合生分別

莫愛餘霞嫌碧雲

全唐詩目 第七函

第六冊

白居易 二十五卷至二十九卷

全唐詩

白居易

感悟妄緣題如上人壁

自從爲騃童直至作衰翁所好隨年異爲忙終日同弄沙成佛塔鏘玉謁王宮彼此皆兒戲須臾即色空有營非了義無著是眞宗兼恐勤修道猶應在妄中

思子臺有感二首（凡題思子臺者皆罪江充予覩禍胎不獨在此偶以二絕句辨之）

曾家機上聞投杼尹氏園中見掇蜂但以恩情生隙罅何人不解作江充

閤生魑魅蠱生蟲何異讒生疑阻中但使武皇心似燭江充不敢作江充

賦得邊城角

邊角兩三枝霜天隴上兒望鄉相並立向月一時吹戰馬頭皆舉征人手盡垂嗚嗚三奏罷城上展旌旗

憶洛中所居

忽憶東都宅春來事宛然雪銷行徑裏水上臥房前厭綠栽黃竹嫌紅種白蓮醉教鸎送酒閑遣鶴看船幸是林園主慚爲食祿牽宦情薄似紙鄉思急於弦豈合姑蘇守歸休更待年

想歸田園

戀他朝市求何事想取丘園樂此身千首惡詩吟過日一壺好酒醉消春歸鄉年亦非全老罷郡家仍未苦貧快活不知如我者人間能有幾多人

琴茶

兀兀寄形羣動內陶陶任性一生間自抛官後春多醉不讀書來老更閑琴裏知聞唯淥水茶中故舊是蒙山窮通行止長相伴誰道吾今無往還

贈楚州郭使君

淮水東南第一州山圍雉堞月當樓黃金印綬懸腰底白雪歌詩落筆頭笑看兒童騎竹馬醉攜賓客上仙舟當家美事堆身上何啻林宗與細侯

和郭使君題枸杞（一作枸杞寄郭使君）

山陽（一作陰）太守政嚴明吏（一作夜）靜人安無犬驚不知靈藥根成狗怪得時聞吠夜聲

初到洛下（一作陽）閑遊

漢庭重少身宜退洛下閑居迹可逃趁伴入朝應老醜尋春放醉尚粗豪詩攜綵紙新裝卷酒典緋花舊賜袍曾在東方千騎上至今躞蹀馬頭高

醉贈劉二十八使君

爲我引杯添酒飲與君把箸擊盤歌詩稱國手徒爲爾命壓人頭不奈何舉眼風光長寂寞滿朝官職獨蹉跎亦知合被才名折二十三年折太多

太湖石

煙翠三秋色波濤萬古痕削成青玉片截斷碧雲根風氣通巖穴苔文護洞門三峰具體小應是華山孫

過敷水

垂鞭欲渡羅敷水處分鳴騶且緩驅秦氏雙蛾久冥漠蘇臺五馬尚踟蹰村童店女仰頭笑今日使君眞是愚

南院

林院無情緒經春不一開楊花飛作穗榆莢落成堆壯氣（一作志）從中減流年逐後催只應如過客病去老迎來

閑詠

步月憐清景眠松愛綠陰早年詩思苦晚歲道情深夜學禪多坐秋牽興暫吟悠然兩事外無處更留心

初授祕監拜賜金紫閑吟小酌偶寫所懷

紫袍新祕監白首舊書生鬢雪人間壽腰金世上榮子
孫無可念產業不能營酒引眼前興詩留身後名閑傾
三數酌醉詠十餘聲便是羲皇代先從心太平

新昌閑居招楊郎中兄弟

紗巾角枕病眠翁忙少閑多誰與同但有雙松當砌下
更無一事到心中金章紫綬堪如夢皂蓋朱輪別似空
暑月貧家何所有客來唯贈北窗風

祕省後廳

槐花雨潤新秋地桐葉風翻欲夜天盡日後廳無一事
白頭老監枕書眠

松齋偶興

置心思慮外滅跡是非間約俸爲生計隨官換往還耳
煩聞曉角（一作鼓）眼醒見秋山賴此松簷下朝回半日閑

和楊郎中賀楊僕射致仕後楊侍郎門生合宴
席上作

業重關西繼大名恩深闕下遂高情祥鱣降伴趨庭鯉
賀燕飛和出谷鶯范蠡舟中無子弟疏家席上欠門生
可憐玉樹連桃李從古無如此會榮

松下琴贈客

松寂風初定琴清夜欲闌偶因羣動息試撥一聲看寡
鶴當徽怨秋泉應指寒慙君此傾聽本不爲君彈

秋齋

晨起秋齋冷蕭條稱病容清風兩窗竹白露一庭松阮
籍謀身拙嵇康向事慵生涯別有處浩氣在心胸

塗山寺獨遊

野徑行無伴僧房宿有期塗山來去熟唯是馬蹄知

登觀音臺望（一作賢）城

百千家似圍棋局十二街如種菜畦遙認微微入朝火
一條星宿五門西

登靈（一作寶）應臺北望

臨高始見人寰小對遠方知色界空回首却歸朝市去
一稊米落太倉中

酬裴相公題興化小池見招長句

爲愛小塘招散客不嫌老監與新詩山公（一作翁）倒載無妨
學范蠡扁舟未要追蓬斷偶飄桃李徑鷗驚誤拂鳳皇
池敢辭課拙酬高韻一勺爭禁萬頃陂

閑行

五十年來思慮熟忙人應未勝閑人林園傲逸真成貴
衣食單疎不是貧專掌圖書無過地遍尋山水自由身
儻年七十猶强健尚得閑行十五春

閑出

兀兀出門何處去新昌街晚樹陰斜馬蹄知意緣行熟
不向楊家即庾家

與僧智如夜話

懶鈍尤知命幽棲漸得朋門閑無謁客室靜有禪僧爐
向初冬火籠停半夜燈憂勞緣智巧自喜百無能

憶廬山舊隱及洛下新居

形骸僶俛班行內骨肉句留俸祿中無奈攀緣隨手長
亦知恩愛到頭空草堂久閉廬山下竹院新拋洛水東
自是未能歸去得世間誰要白鬚翁

晚寒（晚一作瞑）

急景流如箭淒風利似刀暝催雞翅斂寒束樹枝高縮
水濃和酒加綿厚絮袍可憐冬計畢煖卧醉陶陶

偶眠（偶一作醉）

放杯書案上枕臂火爐前老愛尋思事（一作睡）慵多（一作便）取次
眠妻教卸烏帽婢與展青氈便是屏風樣何勞畫古賢

華城西北雉堞最高崔相公首創樓臺錢左丞
繼種花果合爲勝境題在雅篇歲暮獨遊悵然
成詠（時華州未除刺史）

高居稱君子瀟灑四無鄰丞相棟梁久使君桃李新凝
情看麗句駐步想清塵況是寒天客樓空無主人

奉使途中戲贈張常侍

早風吹土滿長衢驛騎星軺盡疾驅共笑籃舁（一作轝）亦稱
使日馳一驛向東都

有小白馬乘馭多時奉使東行至稠桑驛溘然
而斃足可驚傷不能忘情題二十韻

能驟復能馳翩翩白馬兒毛寒一團雪鬃薄萬條絲皁
蓋春行日驪駒曉從（一作促）時雙旌前獨步五馬內偏騎芳
草承蹄葉垂楊拂頂枝跨將迎好客惜不換妖姬慢鞚
遊蕭寺閑驅醉習池睡來乘作夢興發倚成詩鞭爲馴
難下鞍緣穩不離北歸還共到東使亦相隨赭白何曾
變玄黃豈得知嘶風覺聲（一作聲覺）急蹋雪怪行遲昨夜猶芻
秣今朝尚縶維卧槽應不起顧主遂長辭塵滅騣騣迹
霜留皎皎姿度關形未改過隙影難追念倍燕求（一作來）駿
情深項別騅銀收鉤臆帶金卸絡頭羈何處埋奇骨誰
家覓弊帷稠桑驛門外吟罷涕雙垂

題噴玉泉（泉在壽安山下高百餘尺直瀉潭中）

泉噴聲如玉潭澄色似空練垂青嶂（一作障）上珠瀉綠盆中
溜滴三秋雨寒生六月風何時此岩下來作濯纓翁

酬皇甫賓客

閑官兼慢使著處易停輪況欲逢新歲仍初見故人冒
寒尋到洛待煖始歸秦亦擬同攜手城東畧看春

種白蓮

吳中白藕洛中栽莫戀江南花嬾開萬里攜歸爾知否
紅蕉朱槿不將來

答蘇庶子

偶作關東使重陪洛下遊病來從斷酒老去可禁愁欹
曲偏青眼蹉跎各白頭蓬山閑氣味依約似龍樓

答尉遲少監水閣重宴

人情依舊歲華新今日重招往日賓雞黍重回千里駕
林園闇換四年春水軒平寫琉璃鏡草岸斜鋪翡翠茵
聞道經營費心力忍教成後屬他人（時主人欲賣林亭）

和劉郎中傷鄂姬

不獨君嗟我亦嗟西風北雪殺南花不知月夜魂歸處
鸚鵡洲頭第幾家（姬鄂人也）

贈東鄰王十三

攜手池邊月開襟竹下風驅愁知酒力破睡見茶功居
處東西接年顏老少同能來爲伴否伊上作漁翁

早春同劉郎中寄宣武令狐相公

梁園不到一年強，遙想清吟對綠觴。更有何人能飲酌，新添幾卷好篇章。馬頭拂柳時回轡，豹尾穿花暫亞槍。誰引相公開口笑，不逢白監與劉郎。

寄太原李相公

聞道北都今一變，政和軍樂萬人安。綺羅二八圍賓榻，組練三千夾將壇。蟬鬢應誇丞相少，貂裘不覺太原寒。世間大有虛榮貴，百歲無君一日歡。

雪中寄令狐相公兼呈夢得

兔園春雪梁王會，想對金罍詠玉塵。今日相如身在此，不知客右坐何人。

出使在途所騎馬死改乘肩轝將歸長安偶詠旅懷寄太原李相公

驛路崎嶇泥（一作況）雪寒，欲登籃轝一長歎。風光不見桃花騎，塵土空留杏葉鞍。喪乘獨歸殊不易，脫驂相贈豈爲難。并州好馬應無數，不怕旌旗試覓看。

有雙鶴留在洛中，忽見劉郎中依然鳴顧，劉因爲鶴歎二篇寄予，予以二絕句答之

辭鄉遠隔華亭水，逐我來棲緱嶺雲。慚媿稻粱長不飽，未曾回眼向雞羣。

荒草院中池水畔，銜恩不去又經春。見君驚喜雙回顧，應爲吟聲似主人。

宿竇使君莊水亭

使君何在在江東，池柳初黃杏欲紅。有興即來閑便宿，不知誰是主人翁。

龍門下作

龍門澗下濯塵纓，擬作閑人過此生。筋力不將諸處用，登山臨水詠詩行。

姚侍御見過戲贈

晚起春寒慵裹頭，客來池上偶同遊。東臺御史多提舉，莫按金章繫布裘。

履道春居

微雨灑園林，新晴好一尋。低風洗池面，斜日拆花心。暝助嵐陰重，春添水色深。不如陶省事，猶抱有弦琴。

題洛中第宅

水木誰家宅，門高占地寬。懸魚挂青甃，行馬護朱欄。春榭籠煙暖，秋庭鎖月寒。松膠粘琥珀，筠粉撲琅玕。試問池臺主，多爲將相官。終身不曾到，唯展宅圖看。

寄殷協律（多敘江南舊遊）

五歲優游同過日，一朝消散似浮雲。琴詩酒伴皆拋我，雪月花時最憶君。幾度聽雞歌白日，亦曾騎馬詠紅裙。（予在杭州日，有歌云：聽唱黃雞與白日。又有詩云：著紅騎馬是何人。）吳娘暮雨蕭蕭曲，自別江南更不聞。（江南吳二娘曲詞云：暮雨蕭蕭郎不歸。）

洛下諸客就宅相送偶題西亭

几榻臨池坐，軒車冒雪過。交親致杯酒，僮僕解笙歌。流歲行將晚，浮榮得幾多。林泉應問我，不住意如何。

答林泉

好住舊林泉，回頭一悵然。漸知吾潦倒，深愧爾留連。欲作棲雲計，須營種黍錢。更容求一郡，不得亦歸田。

將發洛中枉令狐相公手札兼辱二篇寵行以長句答之

尺素忽驚來梓澤，雙金不惜送蓬山。八行落泊飛雲雨，五字鏗鏘動珮環。玉韻乍聽堪醒酒，銀鉤細讀當披顏。收藏便作終身寶，何啻三年懷袖間。

臨都驛答夢得六言二首

揚子津頭月下，臨都驛裏燈前。昨日老於前日，去年春似今年。

謝守歸爲秘監，馮公老作郎官。前事不須問著，新詩且更吟看。

喜錢左丞再除華州以詩伸賀

左轄輟中臺，門東委上才。彤襜經宿到，絳帳及春開。民望懇難奪，天心慈易回。那知不隔歲，重借寇恂來。

和錢華州題少華清光絕句

高情雅韻三峯守，主領清光管白雲。自笑亦曾爲刺史，蘇州肥膩不如君。

送陝府王大夫

金馬門前回劍珮，鐵牛城下擁旌旗。他時萬一爲交代，留取甘棠三兩枝。

代迎春花招劉郎中

幸與松筠相近栽，不隨桃李一時開。杏園豈敢妨君去，未有花時且看來。

翫迎春花贈楊郎中

金英翠萼帶春寒，黃色花中有幾般。憑君與（一作語）向遊人道，莫作蔓菁花眼看。

閑出

身外無羈束，心中少是非。被花留便住，逢酒醉方歸。人事行時少，官曹入日稀。春寒遊正好，穩馬薄綿衣。

座上贈盧判官

把酒承花花落頻，花香酒味相和春。莫言不是江南會，虛白亭中舊主人。

曲江有感

曲江西岸又春風，萬樹花前一老翁。遇酒逢花還且醉，若（一作莫）論惆悵事何窮。

杏園花下贈劉郎中

怪君把酒偏惆悵，曾是貞元花下人。自別花來多少事，東風二十四回春。

花前有感兼呈崔相公劉郎中

落花如雪鬢如霜，醉把（一作拾）花看益自傷。少日爲名（一作文）多撿束，長年無興可顛狂。四時輪轉春常少，百刻支分夜苦長。何事同生（一作共苗）壬子歲，老於崔相及劉郎。（余與崔、劉年同，獨早衰白。）

微之就拜尚書居易續除刑部因書賀意兼詠離懷

我爲憲部入南宮，君作尚書鎮浙東。老去一時成白首，別來七度換春風。簪纓假合虛名在，筋力銷磨實事空。遠地官高親故少，些些談笑與誰同。

喜與韋左丞同入南省因敘舊以贈之

早年同遇陶鈞主，利鈍精粗共在鎔。（憲宗朝與韋同入翰林。）金劍淬來長透匣，鉛刀磨盡不成鋒。差肩北省慚非據，接武南宮幸再容。跛鼈雖遲騏驥疾，何妨中路亦相逢。

伊州

老去將何散老愁新教小玉唱伊州亦應不得多年聽未教成時已白頭

早朝

鼓動出新昌雞鳴赴建章翩翩穩鞍馬楚楚健衣裳宮漏傳殘夜城陰送早涼月堤槐露氣風燭樺煙香雙闕龍相對千官雁一行漢庭方尚少懃嘆鬢如霜

答裴相公乞鶴（一作酬裴相公乞予雙鶴）

警露聲音好沖天相貌殊終宜向遼廓不稱在泥塗白首勞爲伴朱門幸見呼不知疎野性解愛鳳池無

晚從省歸

朝回北闕值清晨晚出南宮送暮春入去丞郎非散秩歸來詩酒是閑人猶思泉石多成夢尚嘆簪裾未離身終是不如山下去心頭眼底兩無塵

北窗閑坐

虛窗兩叢竹靜室一爐香門外紅塵合城中白日忙無煩尋道士不要學仙方自有延年術心閑歲月長

酬嚴給事（聞玉蕊花下有游仙絶句）

嬴女偷乘鳳去時洞中潛歇弄瓊枝不緣啼鳥春饒舌青瑣仙郎可得知

京路

西來爲看秦山雪東去緣尋洛苑春來去騰騰兩京路閑行除我更無人

華州西

每逢人靜慵多歇不計程行困即眠上得籃轝未能去春風敷水店門前

從陝至東京

從陝至東京山低路漸平風光四百里車馬十三程花共垂鞭看杯多並轡傾笙歌與談笑隨分自將行

送春

銀花鑿落從君勸金屑琵琶爲我彈不獨送春兼送老更當一着更聽看

宿杜曲花下

見得花千樹攜來酒一壺懶歸兼擬宿未醉豈勞扶但惜春將晚寧愁日漸晡籃轝爲卧舍漆盞是行厨斑竹盛茶櫃紅泥罨飯爐眼前無所闕身外更何須小面琵琶婢蒼頭觱篥奴從君飽富貴曾作此遊無

逢舊

久別偶相逢俱疑是（一作似）夢中即今歡樂事放醆又成空

繡婦嘆

連枝花樣繡羅襦本擬新年餉小姑自覺逢春饒悵望誰能每日趁功夫針頭不解愁眉結線縷難穿淚臉珠雖凭繡床都不繡同床繡伴得知無

春詞

低花樹映小妝樓春入眉心兩點愁斜倚欄干背（一作臂）鸚鵡思量何事不回頭

恨詞

翠黛眉低斂紅珠淚暗銷從來恨人意不省似今朝

山石榴花十二韻

曄曄復煌煌花中無比方豔天宜小院條短稱低廊本是山頭物今爲砌下芳千叢相向背萬朵互低昂照灼連朱檻玲瓏映粉牆風來添意態日出助晶光漸綻臙脂萼猶含琴軫房離披亂剪綵斑駮未勻妝絳焰燈千炷紅裙妓一行此時逢國色何處覓天香恐合栽金闕思將獻玉皇好差青鳥使封作百花王

送敏中歸豳寧幕

六十衰翁兒女悲傷人應笑爾應知弟兄垂老相逢日杯酒臨歡欲散時前路加飧須努力今宵盡醉莫推辭司徒知我難爲別直過秋歸未訝遲

宴散

小宴追涼散平橋步月回笙歌歸院落燈火下樓臺殘暑蟬催盡新秋雁帶（一作戴）來將何迎睡興臨卧舉殘杯

人定

人定月朧明香消枕簟清翠屏遮燭影紅袖下簾聲坐久吟方罷眠初夢未成誰家教鸚鵡故故語相驚

池上

裊裊涼風動淒淒寒露零蘭衰花始白荷破葉猶青獨立棲沙鶴雙飛照水螢若爲寥落境仍值酒初醒

池窗

池晚蓮芳謝窗秋竹意深更無人作伴唯對一張琴

花酒

香醅淺酌浮如蟻雪鬢新梳薄似蟬爲報洛城花酒道莫辭送老二三年

題崔常侍濟源莊

谷口誰家住雲扃鎖竹泉主人何處去蘿薜換貂蟬籍在金閨內班排玉扆前誠知憶山水歸得是何年

認春戲呈馮少尹李郎中陳主簿

認得春風先到處西園南面水東頭柳初變後條猶重花未開時枝已稠闇助醉歡尋綠酒潛添睡興著紅樓知君未別陽和意直待春深始擬遊

魏堤有懷

魏王堤下水聲似使君灘惆悵回頭聽躊躇立馬看蕩風波眼急翻雪浪心寒憶得瞿唐事重吟行路難

柘枝詞

柳闇長廊合花深小院開蒼頭鋪錦褥皓腕捧銀杯繡帽珠稠綴香衫袖窄裁將軍拄毬杖看按柘枝來

代夢得吟

後來變化三分貴同輩凋零太半無世上爭先從盡（上聲）汝人間鬭在不如吾竿頭已到應難久局勢雖遲未必輸不見山苗與林葉迎春先綠亦先枯

寄答周協律（來詩多敍蘇州舊遊）

故人敘舊寄新篇惆悵江南到眼前闇想樓臺萬餘里不聞歌吹一周年橋頭誰更看新月池畔猶應泊舊船最憶後庭杯酒散紅屏風掩綠窗眠

太和戊申歲大有年詔賜百寮出城觀稼謹書盛事以俟采詩

清晨承詔命豐歲閱田閭膏雨抽苗足涼風吐穗初早禾黃錯落晚稻綠扶疎好入詩家詠宜令史館書散爲萬姓食堆作九年儲莫道如雲稼今秋雲不如

贈悼懷太子挽歌辭二首（奉詔撰進）

竹馬書薨歲銅龍表葬時永言窀穸事全用少陽儀壽夭由天命哀榮出聖慈恭聞褒贈詔軫念在與夷

剪葉藩封早承華冊命尊笙歌辭洛苑風雪蔽梁園鹵簿淩霜宿銘旌向月翻宮寮不逮事哭送出都門

雨中招張司業宿

過夏衣香潤迎秋簟色鮮斜支花石枕卧詠藥珠篇泥濘非遊日陰沈好睡天能來同宿否聽雨對牀眠

和集賢劉學士早朝作

吟君昨日早朝詩金御爐前喚仗時煙吐白龍頭宛轉扇開青雉尾參差暫留春（一作書）殿多稱屈合入綸闈即可知從此摩霄去非晚鬢邊（一作間）未有一莖絲

送陝州王司馬建赴任（建善詩者）

陝州司馬去何如養靜（一作病）資貧兩有餘公事閑忙同少尹料錢多少敵尚書秖攜美酒爲行伴唯（一作獨）作新詩趁下車自有（一作得）鐵牛無詠者料君投刃必應虛

對琴待月

竹院新晴夜松窗未卧時共琴爲老伴與月有秋期玉軫臨風久金波出霧遲幽音待清景唯是我心知

楊家南亭

小亭門向月斜開滿地涼風滿地苔此（一作北）院好彈秋思處終須一夜抱琴來

早寒

黃葉聚牆角青苔圍柱根被經霜後薄鏡遇雨來昏半卷寒簷幕斜開暖閣門迎冬兼送老只仰酒盈尊

齋月靜居

病來心靜一無思老去身閑百不爲忽忽眼塵猶愛睡些些口業尚誇詩葷腥每斷齋居月香火常親宴坐時萬慮消停百神泰唯應寂寞殺三尸

宿裴相公興化池亭（兼蒙借船舫遊泛）

林亭一出宿風塵忘却平津是要津松閣晴看山色近石渠秋放水聲新孫弘閣閙無閑客傅說舟忙不借人何似掄才濟川外別開池館待交親

和劉郎中望終南山秋雪

遍覽古今集都無秋雪詩陽春先唱後陰嶺未消時草訝霜凝重松疑鶴散遲清光莫獨占亦（一作還）對白雲司

廣府胡尚書頻寄詩因答絕句

尚書清白臨南海雖飲貪泉心不回唯向詩中得珠玉時時寄到帝鄉來

送鶴與裴相臨別贈詩

司空愛爾爾須知不信聽吟送（一作乞）鶴詩羽翮勢高寧惜別稻粱恩厚（一作重）莫愁飢夜棲少（一作莫）共雞爭樹曉（一作日）浴先饒鳳占池穩上青雲勿回顧的應勝在白家時

令狐相公拜尚書後有喜從（一作罷）鎮歸朝之作劉郎中先和因以繼之

車騎新從梁苑回履聲珮響入中臺鳳池望在終重去龍節功成且納來金勒最宜乘雪出玉觴何必待花開尚書首唱郎中和不計官資只計才

送河南尹馮學士赴任

石渠金谷中間路軒騎翩翩十日程清洛飲冰添苦節碧嵩看雪助高情謾誇河北操旄鉞莫羨江西（一作南）擁旆旌（時新除二鎮節度）何似府寮京令外別教三十六峰迎

讀鄂公傳

高卧深居不見人功名斗藪似灰塵唯留一部清商樂月下風前伴老身

烏夜啼（一有賦得字）

城上歸時晚庭前宿處危月明無葉樹霜滑有風枝啼澀飢喉咽飛低凍翅垂畫堂鸚鵡鳥冷暖不相知

鏡換桮

欲將珠（一作朱）匣青銅鏡換取金尊白玉卮鏡裏老來無避處尊前愁至有消時茶能散悶爲功淺萱縱忘憂得力遲不似（一作是）杜康神用速十分一盞便開眉

冬夜聞蟲

蟲聲冬思苦於秋不解愁人聞亦愁我是老翁聽不畏少年莫聽白君頭

雙鸚鵡

綠衣整頓雙棲起紅觜分明對語時始覺琵琶弦莽鹵方知吉了舌參差鄭牛識字吾常歎（諺云鄭玄家牛觸牆成八字）丁鶴能歌爾亦知若稱白家鸚鵡鳥籠中兼合解吟詩

贈朱道士

儀容白皙上仙郎方寸清虛内道場兩翼化生因服藥三尸卧（一作餓）死爲休糧醮壇北向宵占斗寢室東開早納陽盡日窗間更無事唯燒一炷降真香

昨以拙詩十首寄西川杜相公相公亦以新作十首惠然報示首數雖等工拙不倫重以一章用伸答謝

詩家律手在成都權與尋常將相殊剪截五言兼用鉞陶鈞六義別開爐驚人卷軸須知有隨事文章不道無篇數雖同光價異十魚目換十驪珠

和汴州令狐相公新於郡内栽竹百竿拆壁開軒旦夕對翫偶題七言五韻

梁園修竹舊傳名園廢年深竹不生千畝荒涼尋（一作裁）未得百竿青翠種新成牆開乍見重添興窗靜時聞別有情煙葉蒙籠侵夜色風枝蕭颯欲秋聲更登樓望尤堪重千萬人家無一莖（汴州人家並無竹）

重答汝州李六使君見和憶吳中舊遊五首

爲憶娃宮與虎丘翫君新作不能休蜀牋寫出篇篇好吳調吟時句句愁洛下林園終共住江南風月會重遊（先與李六有此二句之約）由來事過多堪惜何況蘇州勝汝州（李前刺蘇故有是句）

見殷堯藩侍御憶江南詩三十首詩中多叙蘇杭勝事余嘗典二郡因繼和之

江南名郡數蘇杭寫在（一作題寫）殷家三十章君是旅人猶苦

憶我爲刺史更難忘境牽吟詠眞詩國興入笙歌好醉鄉爲念舊遊終一去扁舟直擬到滄浪

聞新蟬贈劉二十八

蟬發一聲時槐花帶兩枝只應催我老兼遣報君知白髮生頭速青雲入手遲無過一盃酒相勸數開眉

贈王山人

玉芝觀裏王居士服氣餐霞善養身夜後不聞龜喘息秋來唯長鶴精神容顏盡怪長如故名姓多疑不是眞貴重榮華輕壽命知君悶見世間人

和劉郎中學士題集賢閣

朱閣青山高庫齊與君才子作詩題傍聞大內笙歌近下視諸司屋舍低萬卷圖書天祿上一條風景月華西欲知丞相優賢意百步新廊不蹋泥

觀幻

有起皆因滅無睽不暫同從歡終作慼轉苦又成空次第花生眼須臾燭（一作竹）過風更無尋覓處鳥跡印空中

病假中龐少尹攜魚酒相過

宦情牢落年將暮病假聯緜日漸深被老相催雖白首與春無分未甘心閑停茶椀從容語醉把花枝取次吟勞動故人龐閣老提魚攜酒遠相尋

聽田順兒歌

戛玉敲冰聲未停嫌雲不遏入青冥爭得黃金滿衫袖一時拋與斷年聽

聽曹剛琵琶兼示重蓮

撥撥弦弦意不同胡啼番語兩玲瓏誰能截得曹剛手插向重蓮衣袖中

酬令狐相公春日尋花見寄六韻

病臥帝王州花時不得遊老應隨日至春肯爲人留粉壞杏將謝火繁桃尚稠白飄僧院地紅落酒家樓空裏雪相似晚來風不休吟君悵望句如到曲江頭

和劉郎中曲江春望見示

芳景多遊客衰翁獨在家肺傷妨飲酒眼痛忌看花寺路隨江曲宮（一作官）牆夾道斜羨君猶壯健不枉度年華

送東都留守令狐尚書赴任

翠華黃屋未東巡碧洛青嵩付大臣地稱高情多水竹山宜閑望少風塵龍門即擬爲遊客金谷先憑作主人歌酒家家花處處莫空管領上陽春

自題新昌居止因招楊郎中小飲

地偏坊遠巷仍斜最近東頭是白家宿雨長齊鄰舍柳晴光照出夾城花春風小榼三升酒寒食深爐一椀茶能到南園同醉否笙歌隨分有些些

南園試小樂

小園斑駁花初發新樂錚摐教欲成紅萼紫房皆手植蒼頭碧玉盡家生高調管色吹銀字慢拽歌詞唱渭城不飲一盃聽一曲將何安慰老心情

和微之春日投簡陽明洞天五十韻

青陽行已半白日坐將徂越國强仍大稽城高且孤利饒鹽煮海名勝水澄湖牛斗天垂象台明地展圖（天台四明二山）瓌奇塡市井佳麗溢闉闍句踐遺風霸西施舊俗姝船頭龍夭矯橋腳獸睢盱鄉味珍蟚蚏（一作彭越）時鮮貴鷓鴣語言諸夏異衣服一方殊搗練蛾眉婢鳴榔蛙角奴江清敵伊洛山翠勝荊巫華表雙棲鶴聯檣幾點烏煙波分渡口雲樹接城隅澗遠松如畫洲平水似鋪綠科秧早稻紫笋折新蘆暖蹋泥中藕香尋石上蒲雨來萌盡達雷後蟄全蘇柳眼黃絲纇花房絳蠟珠林風新竹折野燒老桑枯帶韡長枝蕙錢穿短貫榆暄和生野菜卑濕長街蕪女浣紗相伴兒烹鯉一呼山魈啼稚子林狖挂山都產業論蠶蟻孳生計鴨雛泉岩雪飄灑苔壁錦漫糊堰限舟航路堤通車馬途耶溪岍回合禹廟徑盤紆洞穴何因鑿星槎誰與刳石凹仙藥臼峰峭佛香爐去爲投金簡來因挈玉壺貴仍招客宿健未要人扶聞望賢丞相儀形美丈夫前驅駐旌旆偏坐列笙竽刺史旟翻隼尚書履曳鳧學禪超後有觀妙造虛無髻裏傳僧寶環中得道樞登樓詩八詠置硯賦三都捧擁羅將綺趨蹌紫與朱廟謨藏稷卨兵略貯孫吳令下三軍整風高四海趨千家得慈母六郡事嚴姑重士過三哺輕財抵一銖送觥歌宛轉嘲妓笑盧胡佐飲時炮鼈蠲酲數鱠鱸醉鄉雖咫尺樂事亦須臾若不中賢聖何由外智愚伊予一生志我爾百年軀江上三千里城中十二衢出多無伴侶歸只對妻孥白首青山約抽身去得無

酬鄭侍御多雨春空過詩三十韻（次用本韻）

南雨來多滯東風動即狂月行離畢急龍走召雲忙鬼轉雷車響蛇騰電策光浸淫天似漏沮洳地成瘡慘淡陰煙白空濛宿霧黃閽遮千里目悶結九回腸寂寞羈臣館深沈思婦房鏡昏鸞滅影衣潤麝消香蘭濕難紉珮花凋易落妝沾黃鶯翅重滋綠草心長紫陌皆泥濘黃汙共淼茫恐霖成怪沴望霽劇禎祥楚柳腰肢嚲湘筠涕淚滂晝昏疑是夜陰盛勝於陽居士巾皆墊行人蓋盡張跳蛙還屢出移蟻欲深藏端坐交遊廢閑行去步妨愁生垂白叟惱殺蹋青娘變海常須慮爲魚慎勿忘此時方共懼何處可相將（此以下敘浙東政事）已望東溟禱仍封北戶禳却思逢旱魃誰喜見商羊預怕爲蠶病先憂作麥傷惠應施浹洽政豈假揄揚祀典修咸秩農書振滿牀丹誠期懇苦白日會昭彰賑廩賙飢戶苫城備壞牆且當營歲事寧暇惜年芳德勝令災弭人安在吏良尚書心若此不枉繫金章

和春深二十首

何處春深好春深富貴家馬爲中路鳥妓作後庭花羅綺驅論隊金銀用斷（一作短）車眼前何所苦唯苦日西斜

何處春深好春深貧賤家荒涼三徑草冷落四鄰花奴困歸傭力妻愁出賃車途窮平路險舉足劇褒斜

何處春深好春深執政家鳳池添硯水雞樹落衣花詔借當衢宅恩容上殿車延英開對久門與日西斜

何處春深好春深方鎭家通犀排帶胯瑞鶻（一作鶴）勘袍花飛絮衝毬馬垂楊拂妓車戎裝拜春設左握寶刀斜

何處春深好春深刺史家陰繇棠布葉岐秀麥分花五疋鳴珂馬雙輪畫軾（一作戟）車和風引行樂葉葉隼旟斜

何處春深好春深學士家鳳書裁五色馬鬣剪三花蠟炬開明火銀臺賜物車相逢不敢揖彼此帽低斜

何處春深好，春深女學家。慣看溫室樹，飽識浴堂花。御印提隨仗，香牋把下車。宋家宮樣髻，一片綠雲斜。

何處春深好，春深御史家。絮縈驄馬尾，蝶繞繡衣花。破柱行持斧，埋輪立駐車。入班遙認得，魚貫一行斜。

何處春深好，春深遷客家。一桮寒食酒，萬里故園花。炎瘴蒸如火，光陰走似車。爲憂鵩鳥至，只恐日光斜。

何處春深好，春深經業家。唯求太常第，不管曲江花。折桂名慙郄，收螢志慕車。官場泥補處，最怕寸陰斜。

何處春深好，春深隱士家。野衣裁薜葉，山飯曬松花。蘭索紉幽珮，蒲輪駐軟車。林間箕踞坐，白眼向人斜。

何處春深好，春深漁父家。松灣隨棹月，桃浦落船花。投餌移輕楫，牽輪轉小車。蕭蕭蘆葉裏，風起釣絲斜。

何處春深好，春深潮戶家。濤翻三月雪，浪噴四時花。曳練馳千馬，驚雷走萬車。餘波落何處，江轉富陽斜。

何處春深好，春深痛飲家。十分桮裏物，五色眼前花。餔歠眠糟甕，流涎見麴車（杜甫詩云路見麴車口流涎）。中山一沈醉，千度日西斜。

何處春深好，春深上巳家。蘭亭席上酒，曲洛岸邊花。弄水遊童櫂，湔裙小婦車。齊橈爭渡處，一匹錦標斜。

何處春深好，春深寒食家。玲瓏鏤雞子，宛轉綵毬花。碧草追遊騎，紅塵拜掃車。鞦韆細腰女，搖曳逐風斜。

何處春深好，春深嫁女家。紫排襦上雉，黃帖鬢邊花。轉燭初移障，鳴環欲上車。青衣傳（去聲）氈褥，錦繡一條斜。

何處春深好，春深博奕家。一先爭破眼，六聚鬬成花。鼓應投壺馬，兵衝象戲車。彈碁局上事，最妙是長斜。

何處春深好，春深娶婦家。兩行籠裏燭，一樹扇間花。賓拜登華席，親迎障幰車。催妝詩未了，星斗漸傾斜。

何處春深好，春深妓女家。眉欺楊柳葉，裙妬石榴花。蘭麝熏行被，金釭釘坐車。杭州蘇小小，人道最夭（伊耶反）斜。

詠家醞十韻

獨醒從古笑靈均，長醉如今斅伯倫。舊法依稀傳自杜（杜康），新方要妙得於陳（陳郎中岵傳受此法）。井泉王相資重九，麴蘖精靈用上寅（水用九月九日，麴用七月上寅）。釀糯豈勞炊范黍，撇篘何假漉陶巾。常嫌竹葉猶凡濁，始覺榴花不正真。甕揭開時香酷烈，缾封貯後味甘辛。捧疑明水從空化，飲似陽和滿腹春。色洞玉壺無表裏，光搖金醆有精神。能銷忙事成閑事，轉得憂人作樂人。應是世間賢聖物，與君還往擬終身。

池鶴二首

高竹籠前無伴侶，亂雞羣裏有風標。低頭乍恐丹砂落，曬翅常疑白雪消。轉覺鸕鷀毛色下，苦嫌鸚鵡語聲嬌。臨風一唳思何事，悵望青田雲水遙。

池中此鶴鶴中稀，恐是遼東老令威。帶雪松枝翹膝脛，放花菱片綴毛衣。低迴且向林（一作籠）間宿，奮迅終須天外飛。若問故巢知處在，主人相戀未能歸。

對酒五首

巧拙賢愚相是非，何如一醉盡忘機。君知天地中寬窄，鵰鶚鸞皇各自飛。

蝸牛角上爭何事，石火光中寄此身。隨富隨貧且歡樂，不開口笑是癡人。

丹砂見火去無迹，白髮泥人來不休。賴有酒仙相暖熱，松喬醉即到前頭。

百歲無多時壯健，一春能幾日晴明。相逢且莫推辭醉，聽唱陽關第四聲（第四聲勸君更盡一桮酒，西出陽關無故人）。

昨日低眉問疾來，今朝收淚弔人回。眼前流例君看取，且遣琵琶送一桮。

僧院花

欲悟色空爲佛事，故栽芳樹在僧家。細看便是華嚴偈，方便風開智慧花。

老戒

我有白頭戒，聞於韓侍郎。老多憂活計，病更戀班行。矍鑠誇身健，周遮說話長。不知吾免否，兩鬢已成霜。

洛橋寒食日作十韻

上苑風煙好，中橋道路平。蹴毬塵不起，潑火雨新晴。宿醉頭仍重，晨遊眼乍明。老慵雖省事，春誘尚多情。遇客踟躕立，尋花取次行。連錢嚼金勒，鑿落寫銀罌。府醞傷（一作陽）敎送，官娃豈（一作喜）要迎。舞腰那及柳，歌舌不如鶯。鄉國眞堪戀，光陰可合輕。三年遇寒食（一作寒食節），盡在洛陽城。

快活

可惜鶯啼花落處，一壺濁酒送殘春。可憐月好風涼夜，一部清商伴老身。飽食安眠消日月，閑談冷笑接交親。誰知將相王侯外，別有優游快活人。

送令狐相公赴太原

六纛雙旌萬鐵衣，并汾舊路滿光輝。青衫書記何年去，紅斾將軍（蕃鎮倒騎紅斾）昨日歸。詩作馬蹄隨筆走，獵酣鷹翅伴觥飛。此（一作北）都莫作多時計，再爲蒼生入紫微。

不出

簷前新葉覆殘花，席上餘桮對早茶。好是老身銷日處，誰能騎馬傍人家。

惜落花

夜來風雨急，無復舊花林。枝上三分落，園中二（一作寸）寸深。日斜啼鳥思，春盡老人心。莫怪添桮飲，情多酒不禁。

老病

晝聽笙歌夜醉眠，若非月下即花前。如今老病須知分，不負春來二十年。

憶晦叔

遊山弄水攜詩卷，看月尋花把酒桮。六事盡思君作伴，幾時歸到洛陽來。

送徐州高僕射赴鎮

大紅斾引碧幢（一作油）旌，新拜將軍指點行。戰將易求何足貴，書生難得始堪榮。離筵歌舞花叢散，候騎刀槍雪隊迎。應笑蹉跎白頭尹，風塵唯管洛陽城。

琴酒

耳根得聽琴初暢，心地忘機酒半酣。若使啟期兼解醉，應言四樂不言三。

聽幽蘭

琴中古曲是幽蘭，爲我殷勤更弄看。欲得身心俱靜好，自彈不及聽人彈。

六年秋重題白蓮

素房含露玉冠鮮紺葉搖風鈿扇圓本是吳州供進藕
今爲伊水寄生蓮移根到此三千里結子經今六七年
不獨池中花故舊兼乘舊日採花船

元相公挽歌詞三首

銘旌官重威儀盛騎吹聲繇鹵簿長後魏帝孫唐宰相
六年七月葬咸陽
墓門已閉笳簫去（一作遠）唯有夫人哭不休蒼蒼露草咸陽
壠此是千秋第一秋
送葬萬人皆慘澹反虞駟馬亦悲鳴琴書劒珮誰收拾
三歲遺孤新學行

臥聽法曲霓裳

金磬玉笙調（一作和）已久牙牀角枕睡常遲朦朧閑夢初成
後宛轉柔聲入破時樂可理心應不謬酒能陶性信（一作定）
無疑起嘗殘酌聽餘曲斜背銀缸半下帷

結之

歡愛今何在悲啼亦是空同爲一夜夢共過十年中

五鳳樓晚望（六年八月十日作）

晴陽晚照濕煙銷五鳳樓高天泬寥野綠全經朝雨洗
林紅半被暮雲燒龍門翠黛眉相對伊水黃金線一條
自入秋來風景好就中最好是今朝

寄劉蘇州

去年八月哭微之今年八月哭敦詩何堪老淚交流日
多是秋風搖落時泣罷幾迴深自念情來一倍苦相思
同年同病同心事除却蘇州更是（一作有）誰

送客

病上籃輿相送來衰容秋思兩悠哉涼風裊裊吹槐子
却請行人勸一杯

秋思

夕照紅於燒晴空碧勝藍獸形雲不一弓勢月初三雁
思來天北砧愁滿水南蕭條秋氣味未老已深諳

酬夢得秋夕不寐見寄（次用本韻）

碧簟絳紗帳夜涼風景清病聞和藥氣渴聽碾茶聲露
竹偷燈影煙松護月明何言千里隔秋思一時生

題周家歌者

清緊如敲玉深圓似轉簧一聲腸一斷能有幾多腸

憶夢得（夢得能唱竹枝聽者愁絕）

齒髮各蹉跎疎慵與病和愛花心在否見酒興如何年
長風情少官高俗慮多幾時紅燭下聞唱竹枝歌

贈同座

春黛雙蛾嫩（一作斂）秋蓬兩鬢侵謀歡身太晚恨老意彌深
薄解燈前舞尤能酒後吟花叢便不入猶自未甘心

失婢（今集本脫此首）

宅院小牆庳坊門帖牓遲舊恩慚自薄前事悔難追籠
鳥無常主風花不戀枝今宵在何處唯有月明知

夜招晦叔

庭草留霜池結冰黃昏鐘絕凍雲凝碧氊帳上正飄雪
紅火爐前初炷燈高調秦箏一兩弄小花蠻榼二三升
爲君更奏湘神曲夜就儂來（一作家）能不能

戲答皇甫監（時皇甫監初喪偶）

寒宵勸酒君須飲君是孤眠七十身莫道非人身不煖
十分一醆煖於人

和楊師皐傷小姬英英

自從嬌騃一相依共見楊花七度飛玳瑁牀空收枕席
琵琶弦斷倚屏幃人間有夢何曾入泉下無家豈是歸
墳上少啼留取淚明年寒食更沾衣

池邊即事

氊帳胡琴出塞曲蘭塘越櫂弄潮聲何言此處同風月
薊北江南萬里情

聞樂感鄰

老去親朋零落盡秋來弦管感傷多尚書宅畔悲鄰笛
廷尉門前歎雀羅（東鄰王大理去冬云亡南鄰崔尚書今秋薨逝）綠綺窗空分妓女絳
紗帳掩罷笙歌歡娛未足身先去爭奈書生薄命何

全唐詩

白居易

戊申歲暮詠懷三首

窮冬月末兩三日半百年過六七時龍尾趁朝無氣力
牛頭參道有心期榮華外物終須悟老病傍人豈得知
猶被妻兒教漸退莫求致仕且分司
唯生一女才十二秪欠三年未六旬婚嫁累輕何怕老
飢寒心慣不憂貧紫泥丹筆皆經手赤紱金章盡到身
更擬踟躕覓何事不歸嵩洛作閑人
七年囚閉作籠禽但願開籠便入林幸得展張今日翅
不能辜負昔時心人間禍福愚難料世上風波老不禁
萬一差池似前事又應追悔不抽簪

贈夢得

心中萬事不思量坐倚屏風臥向陽漸覺詠詩猶老醜
豈宜憑酒更麁狂頭垂白髮我思退脚蹋青雲君欲忙
只有今春相伴在花前騰醉兩三場

想東遊五十韻（并序）

大和三年春予病免官後憶遊浙右數郡兼思到
越一訪微之故兩浙之間一物以上想皆在目吟
且成篇不能自休盈五百字亦猶孫興公想天台
山而賦之也

海內時無事江南歲有秋生民皆樂業地主盡賢侯郊

靜銷戎馬城高逼斗牛平河七百里沃壤二三州(自常及杭凡三百里)
坐有湖山趣行無風浪憂食寧妨解纜寢不廢乘流泉
石諳天竺煙霞識虎丘(天竺虎丘寺皆領郡時舊遊最熟處)餘芳認蘭澤遺詠
思蘋洲(古詩云蘭澤多芳草又柳惲詩云汀洲採白蘋)菡萏紅塗粉菰蒲綠潑油鱗差
漁户舍綺錯稻田溝紫洞藏仙窟玄泉貯怪湫精神昂
老鶴姿彩媚潛虬(大謝詩云潛虬媚幽姿)靜閲天工妙閑窺物狀幽投
竿出比目擲果下獮猴味苦蓮心小漿甜蔗節稠橘苞
從自結藕孔是誰鏤逐日移潮信隨風變櫂謳遞夫交
烈火候吏次鳴騶梵塔形疑踊(重玄閣)閶門勢欲浮(吳閶門)客迎
攜酒榼僧待置茶甌小宴閑談笑初筵雅獻酬稍催朱
蠟炬徐動碧牙籌圓醆飛蓮子長裾曳石榴柘枝隨畫
鼓調笑從香毬幕颺雲飄檻簾褰月露鉤舞繇紅袖凝
(去聲)歌切翠眉愁弦管寧容歇杯盤未許收良辰宜酩酊
卒歲好優游鱠縷鮮仍細蓴絲滑且柔飽飧爲日計穩
睡是身謀名愧空虚得官知止足休自嫌猶屑屑衆笑
大悠悠物表疎形役人寰足悔尤蛾須遠燈燭兔勿近
罝罘幻世春來夢浮生水上漚百憂中莫入一醉外何
求未死癡王湛無兒老鄧攸蜀琴安膝上周易在牀頭
去去無程客行行不繫舟勞君頻問訊勸我少淹留(自此
後竝屬微之)雲雨多分散關山苦阻修一吟江月別七見日星
周(昔在杭州別微之微之留詩云明朝又向江頭別月落潮平是去時)珠玉傳新什鵷鸞念故儔懸
旌心宛轉束楚意綢繆驛舫妝青雀官槽秣紫騮鏡湖
期遠汎禹穴約冥搜預掃題詩壁先開望海樓飲思親
履舄宿憶竝衾裯志氣吾衰也風情子在不應須相見
後別作一家遊(吾衰子在竝出家語)

病免後喜除賓客

卧在漳濱滿十旬起爲商皓伴三人從今且莫嫌身病
不病何由索得身

長樂亭留別

灞滻風煙函谷路曾經幾度別長安昔時蹙促爲遷客
今日從容自去官優詔幸分四皓秩祖筵慚繼二踈歡
塵纓世網重重縛迴顧方知出得難

陝府王大夫相迎偶贈

紫微閣老自多情白首園公豈要迎伴我綠槐陰下歇
向君紅旆影前行綸巾駮少渾欹仄籃轝肩齊甚穩平
但問主人留幾日分司賓客去無程

別陝州王司馬

笙歌惆悵欲爲別風景闌珊初過春爭得遣君詩不苦
黃河岸上白頭人

將至東都先寄令狐留守

黃鳥無聲葉滿枝閑吟想到洛城時惜逢金谷三春盡
恨拜銅樓一月遲詩境忽來還自得醉鄉潛去與誰期
東都添箇狂賓客先報壺觴風月知

答崔十八見寄

明朝欲見琴尊伴洗拭金杯拂玉徽君乞曹州刺史替
我抛刑部侍郎歸倚瘡老馬收蹄立避箭高鴻盡翅飛
豈料洛陽風月夜故人垂老得相依

贈皇甫賓客

輕衣穩馬槐陰路漸近東來漸少塵耳鬧久憎聞俗事
眼明初喜見閑人昔曾對作承華相今復連爲博望賓
始信淡交宜久遠與君轉老轉相親

歸履道宅

驛吏引藤轝家童開竹扉往時多暫住今日是長歸眼
下有衣食耳邊無是非不論貧與富飲水亦應肥

問江南物

歸來未及問生涯先問江南物在耶引手摩挲青石笋
迴頭點檢白蓮花蘇州舫故龍頭闇王尹橋傾雁齒斜
別有夜深惆悵事月明雙鶴在裴家

蕭庶子相過

半日停車馬何人在白家慇懃蕭庶子愛酒不嫌茶

答尉遲少尹問所須

乍到頻勞問所須所須非玉亦非珠愛君水閣宜閑詠
每有詩成許去無

詠閑

但有閑銷日都無事繫懷朝眠因客起午飯伴僧齋樹
合陰交户池分水夾階就中今夜好風月似江淮

同崔十八寄元浙東王陝州

未能同隱雲林下且復相招禄仕間隨月有錢勝賣藥
終年無事抵歸山鏡湖水遠何由泛棠樹枝高不易攀
惆悵八科殘四在兩人榮鬧兩人閑

答蘇庶子月夜聞家僮奏樂見贈

牆西明月水東亭一曲霓裳按小伶不敢邀君無別意
弦生管澀未堪聽

偶吟

里巷多通水林園盡不扃松身爲外户池面是中庭元
氏詩三帙陳家酒一瓶醉來狂發詠鄰女暎籬聽

白蓮池泛舟

白藕新花照水開紅窗小舫信風迴誰教一片江南興
逐我慇懃萬里來

池上即事

行尋甃石引新泉坐看修橋補釣船綠竹挂衣涼處歇
清風展簟困時眠身閑當貴真天爵官散無憂即地仙
林下水邊無厭日便堪終老豈論年

酬裴相公見寄二絕

習靜心方泰勞生事漸稀可憐安穩地捨此欲何歸
一雙垂翅鶴數首解嘲文總是迂閑物爭堪伴相君

答夢得聞蟬見寄(一作新蟬酬劉夢得見寄)

開緘思浩然獨詠晚風前人貌非前日蟬聲似去年槐
花新雨後柳影欲秋天聽罷無他計相思又一篇

令狐尚書許過弊居先贈長句

不矜軒冕愛林泉許到池頭一醉眠已遣平治行藥逕
兼教掃拂釣魚船應將筆硯隨詩主定有笙歌伴酒仙
祇候高情無別物蒼苔石笋白花蓮

自題

老宜官冷靜貧賴俸優饒熱月無堆案寒天不趁朝傷
看應寂寞自覺甚逍遥徒對盈尊酒兼無愁可銷

答崔十八

勞將白叟比黃公今古由來事不同我有商山君未見
清泉白石在胸中

偶詠

禦熱蕉衣健扶羸竹杖輕誦經凭檻立散藥繞廊行暝檐無風落秋蟲欲雨鳴身閑當將息病亦有心情

答蘇六

但喜暑隨三伏去不知秋送二毛來更無別計相寬慰故遣陽關勸一桮

秋遊

下馬閑行伊水頭涼風清景勝春遊何事古今詩句裏不多說著洛陽秋

偶作

張翰一桮酒榮期三樂歌聰明傷混沌煩惱汙頭陀簟冷秋生早堦閑日上多近來門更靜無雀可張羅

遊平原贈晦叔

照水容雖老登山力未衰欲眠先命酒暫歇亦吟詩且喜身無縛終慙鬢有絲迴頭語閑伴閑校十年遲

不出門

不出門來又數旬將何銷日與誰親鶴籠開處見君子書卷展時逢古人自靜其心延壽命無求於物長精神能行便是眞修道何必降魔調伏身

歎（一作勸）鶴病

右翅低垂左脛傷可憐風貌甚昂藏亦知白日青天好未要高飛且養瘡

臨都驛送崔十八

勿言臨都五六里扶病出城相送來莫道長安一步地馬頭西去幾時迴與君後會知何處爲我今朝盡一桮

對鏡

三分鬢髮二分絲曉鏡秋容相對時去作忙官應太老退爲閑叟未全遲靜中得味何須道穩處安身更莫疑若使至今黃綺在聞吾此語亦分司

勸酒十四首　并序

予分秩東都居多暇日閑來輒飲醉後輒吟若（一作苦）無詞章不成謠詠每發一意則成一篇凡十四篇皆主於酒聊以自勸故以何處難忘酒不如來飲酒命篇

何處難忘酒七首

何處難忘酒長安喜氣新初登高第後乍作好官人省壁明張膀朝衣穩稱身此時無一醆爭奈帝城春

何處難忘酒天涯話舊情青雲俱不達白髮遞相驚二十年前別三千里外行此時無一醆何以敘平生

何處難忘酒朱門羨少年春分花發後寒食月明前小院迴羅綺深房理管弦此時無一醆爭過豔陽天

何處難忘酒霜庭老病翁闇聲啼蟋蟀乾葉落梧桐鬢爲愁先白顏因醉暫紅此時無一醆何計奈秋風

何處難忘酒軍功第一高還鄉隨露布半路授旌旄玉柱剝葱手金章爛椹袍此時無一醆何以騁雄豪

何處難忘酒青門送別多斂襟收涕淚簇馬聽笙歌煙樹灞陵岸風塵長樂坡此時無一醆爭奈去留何

何處難忘酒逐臣歸故園赦書逢驛騎賀客出都門半面瘴煙色滿衫鄉淚痕此時無一醆何物可招魂

不如來飲酒七首

莫隱深山去君應到自嫌齒傷朝水冷貌苦夜霜嚴漁去風生浦樵歸雪滿巖不如來飲酒相對醉厭厭

莫作農夫去君應見自愁迎春犂瘦地趁晚餧羸牛數被官加稅稀逢歲有秋不如來飲酒相伴醉悠悠

莫作商人去恓惶君未諳雪霜行塞北風水宿江南藏鏹百千萬沈舟十二三不如來飲酒仰面醉酣酣

莫事長征去辛勤難具論何曾畫麟閣祇是老轅門蟣蝨衣中物刀槍面上瘢不如來飲酒合眼醉昏昏

莫學長生去仙方誤殺君那將薤上露擬待鶴邊雲矻矻皆燒藥纍纍盡作墳不如來飲酒閑坐醉醺醺

莫上青雲去青雲足愛憎自賢誇智慧相糺鬬功能魚爛緣吞餌蛾燋爲撲燈不如來飲酒任性醉騰騰

莫入紅塵去令人心力勞相爭兩蝸角所得一牛毛且滅嗔中火休磨笑裏刀不如來飲酒穩臥醉陶陶

和令狐相公寄劉郎中兼見示長句

日月天衢仰面看尚淹池鳳滯臺鸞碧幢千里空移鎮赤筆三年未轉官別後縱吟終少興病來雖飲不多歡酒軍詩敵如相遇臨老猶能一據鞍

即事

見月連宵坐聞風盡日眠室香羅藥氣籠煖焙茶煙鶴啄新晴地雞棲薄暮天自看淘酒米倚杖小池前

期宿客不至

風飄雨灑簾帷故竹映松遮燈火深宿客不來嫌冷落一尊酒對一張琴

問移竹

問君移竹意如何愼勿排行但間（一作見）窠多種少栽皆有意大都少校不如多

重陽席上賦白菊

滿園花菊鬱金黃中有孤叢色似霜還似今朝歌酒席白頭翁入少年場

偶吟二首

眼下有衣兼有食心中無喜亦無憂正如身後有何事應向人間無所求靜念道經深閉目閑迎禪客小低頭猶殘少許雲泉興一歲龍門數度遊

晴教曬藥泥茶竈閑看科松洗竹林活計縱貧長淨潔池亭雖小頗幽深廚香炊黍調和酒窗暖安弦拂拭琴老去生涯祇如此更無餘事可勞心

何處春先到

何處春先到橋東水北亭凍花開未得冷酒酌（一作著）難醒就日移輕榻遮風展小屏不勞人勸醉鶯語漸丁寧

勉閑遊

天時人事常多故一歲春能幾處遊不是塵埃便風雨若非疾病即悲（一作愁）憂貧窮心苦多無興富貴身忙不自由唯有分司官恰好閑遊雖老未能休

寄兩銀榼與裴侍郎因題兩絕句

貧無好物堪爲信雙榼雖輕意不輕願奉謝公池上酌丹心綠酒一時傾

慣和麴糵堪盛否重用鹽梅試洗看小器不知容幾許襄陽米賤酒升寬（銀匠洗銀多以鹽花梅漿也）

小橋柳

細水涓涓似淚流，日西惆悵小橋頭。衰楊葉盡空枝在，猶被霜風吹不休。

哭微之二首

八月涼風吹白幕，寢門廊下哭微之。妻孥朋友來相弔，唯道皇天無所知。

文章卓犖生無敵，風骨英靈歿有神。哭送咸陽北原上，可能隨例作灰塵。

馬上晚吟

人少街荒已寂寥，風多塵起重蕭條。上陽落葉飄宮樹，中渡流澌擁渭橋。出早冒寒衣挍薄，歸遲侵黑酒全消。如今不是閑行日，日短天陰坊曲遙。

醉中重留夢得

劉郎劉郎莫先起，蘇臺蘇臺隔雲水。酒醆來從一百分，馬頭去便三千里。

雪夜喜李郎中見訪兼酬所贈

可憐今夜鵝毛雪，引得高情鶴氅人。紅蠟燭前明似晝，青氈帳裏暖如春。十分滿醆黃金液，一尺中庭白玉塵。對此欲留君便宿，詩情酒分合相親。

任老

不愁陌上春光盡，亦任庭前日影斜。面黑眼昏頭雪白，老應無可更增加。

勸歡

火急歡娛慎（一作切）勿遲，眼看老病悔難追。尊前花下歌筵裏，會有求來不得時。

荅王尚書問履道池舊橋

虹梁雁齒隨年換，素板朱欄逐日修。但恨尚書能久別，莫忘州（一作川）守不頻遊。重移舊柱開中眼，亂種新花擁兩頭。李郭小船何足問，待君乘過濟川舟。

晚歸府

晚從履道來歸府，街路雖長尹不嫌。馬上涼於牀上坐，綠槐風透紫蕉衫。

從龍潭寺至少林寺題贈同遊者

山屐田衣六七賢，搴芳蹋翠弄潺湲。九龍潭月落杯酒，三品松風飄管弦。强健且宜遊勝地，清涼不覺過炎天。始知駕鶴乘雲外，別有逍遙地上仙。

夜從法王寺下歸嶽寺

雙刹夾虛空，緣雲一徑通。似從忉利下，如過劒門中。燈火光初合，笙歌曲未終。可憐獅子座，舁出淨名翁。

宿龍潭寺

夜上九潭誰是伴，雲隨飛蓋月隨桮。明年尚作三川守，此地兼將歌舞來。

嵩陽觀夜奏霓裳

開元遺曲自淒涼，況近秋天調是商。愛者誰人唯白尹，奏時何處在嵩陽。迴臨山月聲彌怨，散入松風韻更長。子晉少姨聞定怪，人間亦便有霓裳。

過元家履信宅

雞犬喪家分散後，林園失主寂寥時。落花不語空辭樹，流水無情自入池。風蕩醼船初破漏，雨淋歌閣欲傾欹。前庭後院傷心事，唯是春風秋月知。

和杜錄事題紅葉

寒山十月旦，霜葉一時新。似燒非因火，如花不待春。連行排絳帳，亂落剪紅巾。解駐籃轝看，風前唯兩人。

題崔常侍濟上別墅（時常侍以長告罷歸，今故先報泉石）

求榮爭寵任紛紛，脫棄金貂祇有君。散員疏去未爲貴，小邑陶休何足云。山色好當晴後見，泉聲宜向醉中聞。主人憶爾爾知否，拋却青雲歸白雲。

過温尚書舊莊

白石清泉拋濟口，碧幢紅旆照河陽。郎人都不知時事，猶自呼爲處士莊。

天壇峯下贈杜錄事

年顏氣力漸衰殘，王屋中峯欲上難。頂上將探小有洞（小有洞在天壇頂上），喉中須嚥大還丹（時杜方煉伏火砂大）。河車九轉宜精鍊，火候三年在好看。他日藥成分一粒，與君先去掃天壇。

贈僧五首

鉢塔院如大師（師年八十三，登壇秉律凡六十年，每歲於師處授八關戒者九度）

百千萬劫菩提種，八十三年功德林。若不秉持僧行苦，將何報荅佛恩深。慈悲不瞬諸天眼，清淨無塵幾地心。每歲八關蒙九授，慇懃一戒重千金。

神照上人（照以說壇爲佛事）

心如定水隨形應，口似懸河逐病治。曾向衆中先禮拜，西方去日莫相遺。

自遠禪師（遠以無事爲佛事）

自出家來長自在，緣身一衲一繩牀。令人見即心無事，每一相逢是道場。

宗實上人（實即樊司空之子，捨官位妻子出家）

榮華恩愛棄成唾，戒定眞如和作香。今古雖殊同一法，瞿曇拋却轉輪王。

清閑上人（自蜀入洛，於長壽寺說法度人）

梓潼眷屬何年別，長壽壇場近日開。應是蜀人皆度了，法輪移向洛中來。

彈秋思

信意閑彈秋思時，調清聲直韻疎遲。近來漸喜無人聽，琴格高低心自知。

自詠

隨宜飲食聊充腹，取次衣裘亦煖身。未必得年非瘦薄，無妨長福是單貧。老龜豈羨犧牲飽，蟠木寧爭桃李春。隨分自安心自斷，是非何用問閑人。

分司初到洛中偶題六韻兼戲呈馮尹

相府念多病，春宮容不才。官銜依（一作隨）口得，俸料（一作祿）逐身來。白首林園在，紅塵車馬迴。招呼新客侶（一作旅），掃掠舊池臺。小舫宜攜樂，新荷好蓋桮。不知金谷主，早晚賀筵開。

春風

春風先發苑中梅，櫻杏桃梨次第開。薺花榆莢深邨裏，亦道春風爲我來。

全唐詩

白居易

洛陽春

洛陽陌上春長在，惜（一作昔）別今來二十年。唯覓少年心不得，其餘萬事盡依然。

恨去年

老去唯（一作猶）躭酒，春來不著家。去年來校晚，不見洛陽花。

早出晚歸

早起或因攜酒出，晚歸多是看花迴。若拋風景長閑坐，自問東京作底來。

魏王堤

花寒懶發鳥慵啼，信馬閑行到日西。何處未春先有思，柳條無力魏王堤。

嘗黃醅新酎憶微之

世間好物黃醅酒，天下閑人白侍郎。愛向卯時謀洽樂，亦曾酉日放顛狂。醉來枕麴貧如富（詩云一醉日富），身後堆金有若亡。元九計程殊未到，甕頭一醆共誰嘗。

勸行樂

少年信美何曾久，春日（一作到）雖遲不再中（一作逢）。歡笑勝愁歌勝哭，請君莫道等頭空。

老慵

豈是交親向我疎，老慵自愛閉門居。近來漸喜知聞斷，免惱嵇康索報書。

酬別微之（臨都驛醉後作）

灃頭峽口錢唐岸，三別都經二十年。且喜筋骸俱健在，勿嫌鬚鬢各皤然。君歸北闕朝天帝，我住東京作地仙。博望自來非棄置，承明重入莫拘牽。醉收杯杓停燈語，寒展衾裯對枕眠。猶被分司官繫絆，送君不得過甘泉。

予與微之老而無子，發於言歎，著在詩篇。今年冬各有一子，戲作二什，一以相賀，一以自嘲

常憂到老都無子，何況新生又是兒。陰德自然宜有慶（于公陰德，其後蕃昌），皇天可得道無知（皇天無知，伯道無兒）。一園水竹今爲主（微之履信新居多水竹也），百卷文章更付誰（微之文集凡一百卷）。莫慮鵷鶵無浴處，即應重入鳳皇池。

五十八翁方有後，靜思堪喜亦堪嗟。一珠甚小（一作少）還慚蚌，八（一作九）子雖多不羨鴉。秋月晚生丹桂實，春風新長紫蘭芽。持杯祝願無他語，慎勿頑愚似汝爺。

自問

年來私自問，何故不歸京。佩玉腰無力，看花眼不明。老慵難發遣，春病易滋生。賴有彈琴女，時時聽一聲。

晚桃花

一樹紅桃亞拂池，竹遮松蔭晚開時。非因斜日無由見，不是閑人豈得知。寒地生材遺校易，貧家養女嫁常遲。春深（一作風）欲落誰憐惜，白侍郎來折一枝。

夜調琴憶崔少卿

今夜調琴忽有情，欲彈惆悵憶崔卿。何人解愛中徽上，秋思頭邊八九聲。

阿崔

謝病臥東都，羸然一老夫。孤單同伯道，遲暮過商瞿。豈料鬢成雪，方看掌弄珠。已衰寧望有，雖晚亦勝無。蘭入前春夢，桑懸昨日弧。里閭多慶賀，親戚共歡娛。膩剃新胎髮，香繃小繡襦。玉芽開手爪，酥顆點肌膚。弓冶將傳汝，琴書勿墜吾。未能知壽夭，何暇慮賢愚。乳氣初離㲉，啼聲漸變雛。何時能反哺，供養白頭烏。

贈鄰里往還

問予何故獨安然，免被飢寒婚嫁牽。骨肉都盧無十口，糧儲依約有三年。但能斗藪人間事，便是逍遥地上仙。唯恐往還相厭賤，南家飲酒北家眠。

王子晉廟

子晉廟前山月明，人聞（一作間）往往夜吹笙。鸞吟鳳唱聽無拍，多似霓裳散序聲。

晚起

起晚憐春暖，歸遲愛月明。放慵長飽睡，聞健且閑行。北闕停朝簿，西方入社名。唯吟一句偈，無念是無生。

酬皇甫賓客

玄晏家風黃綺身，深居高臥養精神。性慵無病常稱病，心足雖貧不道貧。竹院君閑銷永日，花亭我醉送殘春。自嫌詩酒猶多興，若比先生是俗人。

池上贈韋山人

新竹夾平流，新荷拂小舟。衆皆嫌好拙，誰肯伴閑遊。客爲忙多去，僧因飯暫留。獨憐韋處士，盡日共悠悠。

無夢

老眼花前闇，春衣雨後寒。舊詩多忘却，新酒且嘗看。拙定於身穩，慵應趁伴難。漸銷名利想，無夢到長安。

對小潭寄遠上人

小潭澄見底，閑客坐開襟。借問不流水，何如無念心。彼惟清且淺，此乃寂而深。是義誰能答，明朝問道林。

閑吟二首

留司老賓客，春盡興如何。官寺行香少，僧房寄宿多。閑傾一醆酒，醉聽兩聲歌。憶得陶潛語，羲皇無以過。

閑遊來早晚，已得一周年。嵩洛供雲水，朝廷乞俸錢。長歌時獨酌，飽食後安眠。聞道山榴發，明朝向玉泉。

獨遊玉泉寺（三月三十日）

雲樹玉泉寺，肩舁半日程。更無人作伴，祇共酒同行。新葉千萬影，殘鶯三兩聲。閑遊竟未足，春盡有餘情。

晚出尋人不遇

籃轝不乘乘晚涼，相尋不遇亦無妨。輕衣穩馬槐陰下，自要閑行一兩坊。

苦熱

頭痛汗盈巾連宵復達晨不堪逢苦熱猶賴是閑人朝客應煩倦農夫更苦辛始慚當此日得作自由身

銷暑

何以銷煩暑端居一院中眼前無長物窗下有清風熱散由心靜涼生爲室空此時身自得難更與人同

行香歸

出作行香客歸如坐夏僧牀前雙草屨簷下一紗燈珮委腰無力冠欹髮不勝鸞臺龍尾道合盡上聲少年登

同王十七庶子李六員外鄭二侍御同年四人遊龍門有感而作

一曲悲歌酒一尊同年零落幾人存世如閱水應堪歎名是浮雲豈足論各從仕祿休明代共感平生知己恩今日與君重上處龍門不是舊龍門

池上小宴問程秀才

洛下林園好自知江南景一作境物闇相隨淨淘紅粒署香飯薄切紫鱗烹水葵雨滴篷聲青雀舫浪搖花影白蓮池停杯一問蘇州客何似吳松江上時

橋亭卯飲

卯時偶飲齋時臥林下高橋橋上亭松影過窗眠始覺竹風吹面醉初醒就荷葉上包魚鮓當石渠中浸酒缾生計悠悠身兀兀甘從妻喚作劉伶一作靈

舟中夜坐

潭邊霽後多清景橋下涼來足好風秋鶴一雙船一隻夜深相伴月明中

戲和微之荅竇七行軍之作依本韻

旌鉞從橐鞬賓僚禮數全夔龍來要地鵷鷺下遼天赭汗騎驕馬青蛾舞醉仙合成江上作散到洛中傳陋巷能無酒貧池亦有船春裝秋未寄謾道有閑錢

閑忙

奔走朝行內棲遲林墅間多因病後退少及健時還斑白霜侵鬢蒼黃日下山閑忙俱過日忙校不如閑

西風

西風來幾日一葉已先飛新霽乘輕屐初涼換熟衣淺渠銷一作鋪慢水疎竹漏斜暉薄暮青苔巷家僮引鶴歸

題西亭

多見朱門富貴人林園未畢即無身我今幸作西亭主已見池塘五度春

觀游魚

繞池閑步看魚游正值兒童弄釣舟一種愛魚心各異我來施食爾垂鉤

看採蓮

小桃閑上小蓮船半採紅蓮半白蓮不似江南惡風浪芙蓉池在臥牀前

看採菱

菱池如鏡淨無波白點花稀青角多時唱一聲新水調謾人道是採菱歌

夭老

早世身如風裏燭暮年髮似鏡中絲誰人斷得人間事少夭堪傷老又悲

秋池

洗浪清風透水霜水邊閑坐一繩牀眼塵心垢見皆盡不是秋池是道場

登天宮閣

午時乘興出薄暮未能還高上煙中閣平看雪後山委形羣動裏任性一生間洛下多閑客其中我最閑

新雪二首寄楊舍人

不思北省煙霄地不憶南宮風月天唯憶靜恭楊閣老小園新雪煖爐前

不思朱雀街東鼓不憶青龍寺後鐘唯憶夜深新雪後新昌臺上七株松

日高臥

怕寒放懶日高臥臨老誰言牽率身夾幕繞房深似洞重裀襯枕煖於春小青衣動桃根起嫩綠醅浮竹葉新未裏頭前傾一醆何如衝雪趁朝人

和微之任校書郎日過三鄉

三鄉過日君年幾今日君年五十餘不獨年催身亦變校書郎變作尚書

和微之十七與君別及隴月花枝之詠

別時十七今頭白惱亂君心三十年垂老休吟花月句恐君更結後身緣

和微之歎槿花

朝榮殊可惜暮落實堪嗟若向花中比猶應勝眼花

思往喜今

憶除司馬向江州及此凡經十五秋雖在簪裾從俗累半尋山水是閑遊謫居終帶鄉關思領郡猶分邦國憂爭似如今作賓客都無一念到心頭

題平泉薛家雪堆莊

怪石千年應自結靈泉一帶是誰開處爲宛轉青蛇項噴作玲瓏白雪堆赤日旱天長看雨玄陰臘月亦聞雷所嗟地去都門遠不得肩舁每日來

和微之道保生三日

相看鬢似絲始作弄璋詩且有承家望誰論得力時莫興三日歎猶勝七年遲予老微之七歲我未能忘喜君應不合悲嘉名稱道保乞姓號崔兒但恐持相並蒹葭瓊樹枝

哭皇甫七郎中湜

志業過玄晏詞華似禰衡多才非福祿薄命是聰明不得人間壽還留身後名涉江文一首便可敵公卿持正奇文甚多涉江一章尤著

晚起

爛熳朝眠後頻伸晚起時煖爐生火早寒鏡裏頭遲融雪煎香茗調酥煮乳糜慵饞還自哂快活亦誰知酒性溫無毒琴聲淡不悲榮公三樂外仍弄小男兒

疑夢二首

莫驚寵辱虛憂喜莫計恩讐浪苦辛黃帝孔丘無處問安知不是夢中身

鹿疑鄭相終難辨蝶化莊生詎可知假使如今不是夢能長於夢幾多時

夜宴惜別

笙歌旖旎曲終頭，轉作離聲滿坐愁。筝怨朱弦從此斷，燭啼紅淚爲誰流。夜長似歲歡宜盡，醉未如泥飲莫休。何況雞鳴即須別，門前風雨冷脩脩。

歸來二周歲

歸來二周歲，二歲似須臾。池藕重生葉，林鴉再引雛。時豐實倉廩，春暖葺庖廚。更作三年計，三年身健無。

吾土

身心安處爲吾土，豈限長安與洛陽。水竹花前謀活計，琴詩酒裏到家鄉。榮先生老何妨樂，楚接輿歌未必狂。不用將金買莊宅，城東無主是春光。

題岐王舊山池石壁

樹深藤老竹迴環，石壁重重錦翠斑。俗客看來猶解愛，忙人到此亦須閑。況當霽景涼風後，如在千巖萬壑間。黃綺更歸何處去，洛陽城內有商山。

病眼花

頭風目眩乘衰老，祇有增加豈有瘳（傳云有加而無瘳）。花發眼中猶足怪，柳生肘上亦須休。大窠羅綺看纔辨，小字文書見便愁。必若不能分黑白，却應無悔復無尤。

早飲醉中除河南尹敕到

雪擁衡門水滿池，溫爐卯後煖寒時。綠醅新酎嘗初醉，黃紙除書到不知。厚俸自來誠忝濫，老身欲起尚遲疑。應須了却丘中計，女嫁男婚三逕資。

除夜

病眼少眠非守歲，老心多感又臨春。火銷燈盡天明後，便是平頭六十人。

府西池

柳無氣力枝先動，池有波紋冰盡開。今日不知誰計會，春風春水一時來。

天津橋

津橋東北斗亭西，到此令人詩思迷。眉月晚生神女浦，臉波春傍窈娘堤。柳絲褭褭風繰出，草縷茸茸雨剪齊。報道前驅少呼喝，恐驚黃鳥不成啼。

不准擬二首

筋力消磨合有無，不准擬身年六十，上山仍未要人扶。

（予自左遷江峽凡經七年）小挍潘安白髮生，不准擬身年六十，遊春猶自有心情。

府中夜賞

櫻桃廳院春偏好，石井欄堂夜更幽。白粉牆頭花半出，緋紗燭下水平流。閑留賓客嘗新酒，醉領笙歌上小舟。舞袖飄颻棹容與，忽疑身是夢中遊。

府西池北新葺水齋即事招賓偶題十六韻

繚繞府西面，潺湲池北頭。鑿開明月峽，決破白蘋洲。清淺漪瀾急，夤緣浦嶼幽。直衝行徑斷，平入臥齋流。石疊青稜玉，波翻白片鷗。噴時千點雨，澄處一泓油。絶境應難別（悲列反），同心豈易求。少逢人愛翫，多是我淹留。夾岸鋪長簟，當軒泊小舟。枕前看鶴浴，牀下見魚遊。洞戶斜開扇，疎簾半上鉤。紫浮萍泛泛，碧亞竹修修。讀罷書仍展，碁終局未收。午茶能散睡，卯酒善銷愁。簷雨晚初霽，窗風涼欲休。誰能伴老尹，時復一閑遊。

哭崔兒

掌珠一顆兒三歲，鬢（一作髮）雪千莖父六旬。豈料汝先爲異物，常憂吾不見成人。悲腸自斷非因劍，啼眼加昏不是塵。懷抱又空天默默，依前重作鄧攸身。

初喪崔兒報微之晦叔

書報微之晦叔知，欲題崔字淚先垂。世間此恨偏敦我（敦音堆，見詩注），天下何人不哭兒。蟬老悲鳴抛蛻後，龍眠驚覺失珠時。文章十（一作千）帙官三品，身後傳誰庇廕誰。

府齋感懷酬夢得（時初喪崔兒，夢得以詩相安云：從此期君比瓊樹，一枝吹折一枝生。故有此落句以報之）

府伶呼喚爭先到，家醖提攜動輒隨。合是人生開眼日，當年老欲省時。丹砂鍊作三銖土，玄鬢看成一把絲。勞寄新詩遠安慰，不聞枯樹再生枝。

齋居

香火多相對，葷腥久不嘗。黃耆數匙粥，赤箭一甌湯。厚俸將何用，閑居不可忘。明年官滿後，擬買雪堆莊。

與諸道者同遊二室至九龍潭作

喜逢二室遊仙子，厭作三川守土臣。舉手摩挲潭上石，開襟斗藪府中塵。他日終爲獨往客，今朝未是自由身。若言尹是嵩山主，三十六峰應笑人。

履道池上作

家池動作經旬別，松竹琴魚好在無。樹暗小巢藏巧婦，渠荒新葉長慈姑。不因車馬時時到，豈覺林園日日蕪。猶喜春深公事少，每來花下得踟躕。

六十拜河南尹

六十河南尹，前途足可知。老應無處避，病不與人期。幸遇芳菲日，猶當強健時。萬金何假藉，一醆莫推辭。流水光陰急，浮雲富貴遲。人間若無酒，盡合鬢成絲。

重修府西水亭院

因下疏爲沼，隨高築作臺。龍門分水入，金谷取花栽。繞岸行初匝，憑軒立未迴。園西有池位，留與後人開。

與諸公同出城觀稼

老尹醉醺醺，來隨年少羣。不憂頭似雪，但喜稼如雲。歲望千箱積，秋憐五穀分。何人知帝力，堯舜正爲君。

水堂醉臥問杜三十一

聞君洛下住多年，何處春流最可憐。爲問魏王堤岸下，何如同德寺門前。無妨水色堪閑翫，不得泉聲伴醉眠。那似此堂簾幙底，連明連夜碧潺湲。

歲暮言懷

職與才相背，心將口自言。磨鉛教切玉，驅鶴（一作雁）遣乘軒。只合居巖窟，何因入府門。年終若無替，轉恐負君恩。

座中戲呈諸少年

衰容禁得無多酒，秋鬢新添幾許霜。縱有風情應淡薄，假如老健莫誇張。興來吟詠從成癖，飲後酣歌少放狂。不爲倚官兼挾勢，因何入得少年場。

雪後早過天津橋偶呈諸客

官橋晴雪曉峩峩，老尹行吟獨一過。紫綬相輝應不惡，白鬚同色復如何。悠揚短景凋年急，牢落衰情感事多。猶賴洛中饒醉客，時時詎我喚笙歌。

新製綾襖成感而有詠

水波文襖造新成綾軟綿勻温復輕晨興好擁向陽坐
晚出宜披踏雪行鶴氅毳疎無實事木棉花冷得虚名
宴安往往歡侵夜卧穩昏昏睡到明百姓多寒無可救
一身獨煖亦何情心中爲念農桑苦耳裏如聞飢凍聲
爭得大裘長萬丈與君都蓋洛陽城

早春雪後贈洛陽李長官長水鄭明府二同年

獻歲晴和風景新銅駝街郭暖無塵府庭（一作亭）共賀三川
雪縣道分行百里春朱紱洛陽官位屈青袍長水俸錢
貧有何功德紆金紫若比同年是幸人

醉吟

醉來忘渴復忘飢冠帶形骸杳若遺耳底齋鐘初過後
心頭卯酒未消時臨風朗詠從人聽看雪閑行任馬遲
應被衆疑公事慢承前府尹不吟詩

府酒五絶

變法

自慚到府來周歲惠愛威稜一事無唯是改張官酒法
漸從濁水作醍醐

招客

日午微風且暮寒春風冷峭雪乾殘碧氈帳下紅爐畔
試爲來嘗一醆看

辨味

甘露太甜非正味醴泉雖潔不芳馨杯中此物何人別
柔旨之中有典刑

自勸

憶昔羈貧應舉年脱衣典酒曲（一作出）江邊十千一斗猶賒
飲何況官供不著錢

諭妓

燭淚夜粘桃葉袖酒痕春汚石榴裙莫辭辛苦供歡宴
老後思量悔煞君

晚歸早出

筋力年年減風光日日新退衙歸逼夜拜表出侵晨何
處臺無月誰家池不春莫言無勝地自是少閑人坐厭
推囚案行嫌引馬塵幾時辭府印却作自由身

南龍興寺殘雪

南龍興寺春晴後緩步徐吟繞（一作到）四廊老趁風花應不
稱閑尋松雪正相當吏人引從多乘興賓客逢迎少下
堂不擬人間更求事些些疎懶亦何妨

天宫閣早春

天宫高閣上何頻每上令人耳目新前日晚登緣看雪
今朝晴望爲迎春林鶯何處吟箏柱墻柳誰家曬麴塵
可惜三川虚作主風光不屬白頭人

履道居三首

莫嫌地窄林亭小莫厭貧家活計微大有高門鏁寬宅
主人到老不曾歸

東里素帷猶未徹南鄰丹旐又新懸衡門蝸舍自慙媿
收得身來已五年

世事平分衆所知何嘗苦樂不相隨唯餘耽酒狂歌客
只有樂時無苦時

和夢得冬日晨興

漏傳初五點雞報第三聲帳下從容起窗間曨曨明照
書燈未滅煖酒火重生理曲弦歌動先聞唱渭城

雪夜對酒招客

帳小青氈煖杯香醁蟻新醉憐今夜月歡憶去年人闇
落燈花燼閑生草座塵慇懃報弦管明日有嘉賓

贈晦叔憶夢得

自別崔公四五秋因何臨老轉風流歸來不說秦中事
歇定唯謀洛下遊酒面浮花應是喜歌眉斂黛不關愁
得君更有無厭意猶恨尊前欠老劉

醉後重贈晦叔

老伴知君少歡情向我偏無論疎與數相見輒欣然各
以詩成癖俱因酒得仙笑迴青眼語醉並白頭眠豈是
今投分多疑宿結緣人間更何事攜手送衰年

睡覺

星河耿耿漏綿綿月闇燈微欲曙天轉枕頻伸書帳下
披裘箕踞火爐前老眠早覺常殘夜病力先衰不待年
五欲已銷諸念息世間無境可勾牽

全唐詩
白居易

詠興五首（并序）

七年四月予罷河南府歸履道第廬舍自給衣儲
自充無欲無營或歌或舞頽然自適蓋河洛間一
幸人也遇興發詠偶成五章各以首句命爲題目

解印出公府

解印出公府斗藪塵土衣百吏放爾散雙鶴隨我歸歸
來履道宅下馬入柴扉馬嘶返舊櫪鶴舞還故池雞犬
何忻忻隣里亦依依年顔老去日生計勝前時有帛禦
冬寒有穀防歲饑飽於東方朔樂於榮啓期人生且如

此此外吾不知

出府歸吾廬

出府歸吾廬，靜然安且逸更無客干謁時有僧問疾家僮十餘人櫪馬三四匹慵發經旬臥興來連日出出遊愛何處嵩碧伊瑟瑟況有清和天正當疎散日身閑自爲貴何必居榮秩心足即非貧豈唯金滿室吾觀權勢者苦以身狥物炙手外炎炎履冰中慄慄朝飢口忘味夕惕心憂失但有富貴名而無富貴實

池上有小舟

池上有小舟舟中有胡牀牀前有新酒獨酌還獨嘗熏若春日氣皎如秋水光可洗機巧心可蕩塵垢腸岸曲舟行遲一曲進一觴未知幾曲醉醉入無何鄉寅緣潭島間水竹深青蒼身閑心無事白日爲我長我若未忘世雖閑心亦忙世若未忘我雖退身難藏我今異於是身世交相忘

四月池水滿

四月池水滿龜游魚躍出吾亦愛吾池池邊開一室人魚雖異族其樂歸於一且與爾爲徒逍遙同過日爾無羨滄海蒲藻可委質吾亦忘青雲衡茅足容膝況吾與爾輩本非蛟龍匹假如雲雨來祇是池中物

小庭亦有月

小庭亦有月小院亦有花可憐好風景不解嫌貧家菱角執笙簧谷兒抹琵琶紅綃信手舞紫綃隨意歌菱谷紫紅皆小臧獲名也邨歌與社舞客哂主人誇但問樂不樂豈在鐘鼓多客告暮將歸主稱日未斜請客稍深酌願見朱顏酡客知主意厚分數隨口一作後加堂上燭未秉座中冠已峩左顧短紅袖右命小青娥長跪謝貴客蓬門勞見過客散有餘興醉臥獨吟哦幕天而席地誰奈劉伶何

秋涼閑臥

殘暑晝猶長早涼秋尚嫩露荷散清香風竹含疎韻幽閑竟日臥衰病無人問薄暮宅門前槐花深一寸

酬思黯相公見過弊居戲贈

軒蓋光照地行人爲裵回呼傳君子出乃是故人來訪我入窮巷引君登小臺臺前多竹樹池上無塵埃貧家何所有新酒三兩桮停桮款曲語上馬復遲迴一本作款曲語上馬從容復遲迴留守不外宿日斜宮漏催但留金刀贈未接玉山頹家醞不敢惜待君來即開邨妓不辭出恐君冁然咍

再授賓客分司

優穩四皓官清崇三品列伊予再忝內媿非才掊俸錢七八萬給受無虛月分命在東司又不勞朝謁既資閑養疾亦賴慵藏拙賓友得從容琴觴恣怡悅乘籃城外去繫馬花前歇六遊金谷春五看龍門雪吾若默無語安知吾快活吾欲更盡言復恐人豪奪應爲時所笑苦一作古惜分司闕但問適意無豈論官冷熱

把酒

把酒仰問天古今誰不死所貴未死間少憂多歡喜窮通諒在天憂喜即由己是故達道人去彼而取此勿言未富貴久忝居祿仕借問宗族間幾人拖金紫勿憂漸衰老且喜加年紀試數班行中幾人及暮齒朝飡不過飽五鼎徒爲爾夕寢止求安一衾而已矣此外皆長去聲物於我雲相似有子不留金何況兼無子

首夏

林靜蚊未生池靜蛙未鳴景長天氣好竟日和且清春禽餘哢在夏木新陰成兀爾水邊坐翛然橋上行自問一何適身閑官不輕料錢隨月用生計逐日營食飽慙伯夷酒足媿淵明陶潛詩云飲酒常不足壽倍顏氏子富百黔婁生有一即爲樂況吾四者并所以私自慰雖老有心情

代鶴

我本海上鶴偶逢江南客感君一顧恩同來洛陽陌洛陽寡族類皎皎唯兩翼貌是天與高色非日浴白主人誠可戀其奈軒庭窄飲啄雜雞羣年深損標格故鄉渺何處雲水重重隔誰念深籠中七換摩天翮

立秋夕有懷夢得

露簟荻竹清風扇蒲葵輕一與故人別再見新蟬鳴是夕涼飇起閑境入幽情迴燈見棲鶴隔竹聞吹笙夜茶一兩杓秋吟三數聲所思渺千里雲外一作水長洲城

哭崔常侍晦叔

頑賤一拳石精珍百鍊金名價既相遠交分何其深中誠一以合外物不能侵逶迤二十年與世同浮沈晚有退閑一作寒約白首歸雲林垂老忽相失悲哉口語心春日嵩高一作高嵩陽秋夜清洛陰丘園共誰卜山水共誰尋風月共誰賞詩篇共誰吟花開共誰看酒熟共誰斟惠死莊杜口鍾殁師廢琴道理使之然從古非獨今吾道自此孤我情安可任唯將病眼淚一灑秋風襟

新秋曉興

濁暑忽已退清宵未全長晨釭耿殘焰宿閤凝微香喔喔雞下樹輝輝日上梁枕低茵席軟臥穩身入牀睡足景猶早起初風乍涼展張小屏幛收拾生衣裳還有惆悵事遲遲未能忘拂鏡梳白髮可憐冰照霜

秋日與張賓客舒著作同遊龍門醉中狂歌凡二百三十八字

秋天高高秋光清秋風裊裊秋蟲鳴嵩峰餘霞錦綺卷伊水細浪鱗甲生洛陽閑客知無數少出遊山多在城商嶺老人自追逐蓬丘逸士相逢迎南出鼎門十八里莊店邐迤橋道平不寒不熱好時節鞍馬穩快衣衫輕竝轡踟躕下西岸扣舷容與繞中汀開懷曠達無所繫觸目勝絕不可名荷衰欲黃荇猶綠魚樂自躍鷗不驚翠藻蔓長孔雀尾彩船艣急寒雁聲家醞一壺白玉液野花數把黃金英晝遊四看西日暮夜話三及東方明暫停桮觴輟吟詠我有狂言君試聽丈夫一生有二志兼濟獨善難得并不能救療生民病即須先濯塵土纓況吾頭白眼已闇終日戚促何所成不如展眉開口笑龍門醉臥香山行

履信池櫻桃島上醉後走筆送別舒員外兼寄宗正李卿考功崔郎中

櫻桃島前春去春花萬枝忽憶與宗卿閑飲日又憶與考功狂醉時歲晚無花空有葉風吹滿地乾重疊蹋葉悲秋復憶春池邊樹下重殷勤今朝一酌臨寒水此地三迴別故人櫻桃花來春千萬朵來春共誰花下坐不

論崔李上青雲明日舒三亦抛我

秋池獨汎

蕭疎秋竹籬清淺秋風池一隻短舫艇一張斑鹿皮皮上有野叟手中持酒巵半酣箕踞坐自問身爲誰嚴子垂釣日蘇門長嘯時悠然意自得意外何人知

冬日早起閑詠

水（一作冰）塘耀初旭風竹飄餘霰幽境雖目前不因閑不見晨起對爐香道經尋兩卷晚坐拂琴塵秋思彈一遍此外更無事開尊時自勸何必東風來一桮春上面

歲暮

慘澹歲云暮窮陰動經旬霜風裂人面冰雪摧車輪而我當是時獨不知苦辛晨炊廩有米夕爨廚有薪夾帽長覆耳重裘寬裹身加之一桮酒煦嫗如陽春洛城士與庶比屋多飢貧何處爐有火誰家甑無塵如我飽煖者百人無一人安得不慙媿放歌聊自陳

南池早春有懷

朝遊北橋上晚憩南塘畔西日雪全銷東風冰盡泮筳筳魚尾掉瞥瞥鵝毛換泥煖草芽生沙虛泉脉散晴芳冒苔島宿潤侵蒲岸洛下日初長江南春欲半時光共抛擲人事堪嗟歎倚櫂忽尋思去年池上伴

古意

脉脉復脉脉美人千里隔不見來幾時瑤草三四碧玉琴聲悄悄鸞鏡塵羃羃昔爲連理枝今作分飛翮寄書多不達加飯終無益心腸不自寬衣帶何由窄

山遊示小妓

雙鬟垂未合三十纔過半本是綺羅人今爲山水伴春泉共揮弄好樹同攀翫笑容花底迷酒思風前亂紅凝舞袖急黛慘歌聲緩莫唱楊柳枝無腸與君斷

神照禪師同宿

八年三（一作二）月晦山梨花滿枝龍門水西寺夜與遠公期晏坐自相對密語誰得（一作能）知前後際斷處一念不生時

張常侍相訪

西亭晚寂寞鶯散柳陰繁水戶簾不卷風牀席自翻忽聞車馬客來訪蓬蒿門況是張常侍安得不開尊

早夏遊宴

雖慵興猶在雖老心猶健昨日山水遊今朝花酒宴山榴豔似火玉蘂飄如霰榮落逐瞬遷炎涼隨刻變未收木綿褥已動蒲葵扇且喜物與人年年得相見

感白蓮花

白白芙蓉花本生吳江濆不與紅者雜色類自區分誰移爾至此姑蘇白使君初來苦顦顇久乃芳氛氳月月葉換葉年年根生根陳根與故葉銷化成泥塵化者日已遠來者日復新一爲池中物永別江南春忽想西涼州中有天寶民埋歿漢父祖孳生胡子孫已忘鄉土戀豈念君親恩生人尚復爾草木何足云

詠所樂

獸樂在山谷魚樂在陂池蟲樂在深草鳥樂在高枝所樂雖不同同歸適其宜不以彼易此況論是與非而我何所樂所樂在分司分司有何樂樂哉人不知官優有祿料職散無羈縻懶與道相近鈍將閑自隨昨朝拜表迴今晚行香歸歸來北窗下解巾脫塵衣冷泉灌我頂暖水濯四肢體中幸無疾卧任清風吹心中又無事坐任白日移或開書一篇或引酒一巵但得如今日終身無厭時

思舊

閑日一思舊舊遊如目前再思今何在零落歸下泉退之服硫黃一病訖不痊微之鍊秋石未老身溘然杜子得丹訣終日斷腥羶崔君誇藥力經冬不衣綿或疾或暴夭悉不過中年唯予不服食老命反遲延況在少壯時亦爲嗜慾牽但耽葷與血不識汞與鉛飢來吞熱物渴來飲寒泉詩役五藏神酒汩三丹田隨日合破壞至今粗完全齒牙未缺落肢體尚輕便已開第七秩飽食仍安眠且進（一作盡）桮中物其餘皆付天

寄盧少尹（一作卿）

老誨心不亂莊戒形太勞生命既能保死籍亦可逃嘉肴與旨酒信是腐腸膏豔聲與麗色眞爲伐性刀補養在積功如衆集衆毛將欲致千里可得差一毫（心不亂形太勞至差一毫皆出老莊及諸道書仙方禁誡）顏回何爲者簞瓢纔自給肥醲不到口年不登三十張蒼何爲者染愛浩無際妾媵填後房竟壽百餘歲蒼壽有何德回夭有何辜誰謂具聖體不如肥瓠軀遂使世俗心多疑仙道書寄問盧先生此理當何如

池上清晨候皇甫郎中

曉景麗未熱晨飈鮮且涼池幽綠蘋合霜潔白蓮香深掃竹間逕靜拂松下牀玉柄鶴翎扇銀罌雲母漿屏除無俗物瞻望唯清光何人擬相訪嬴女從蕭郎

詠懷

我知世無幻了無干世意世知我無堪亦無責我事由茲兩相忘因得長自遂自遂意何如閑官在閑地閑地唯東都東都少名利閑官是賓客賓客無牽累嵇康日日懶畢卓時時醉酒肆夜深歸僧房日高睡形安不勞苦神泰無憂畏從官三十年無如今氣味鴻雖脫羅弋鶴尚居祿位唯此未忘懷有時猶内媿

北窗三友

今日北窗下自問何所爲欣然得三友三友者爲誰琴罷輒舉酒酒罷輒吟詩三友遞相引循環無已時一彈愜中心一詠暢四肢猶恐中有間以酒彌縫之豈獨吾拙好古人多若斯嗜詩有淵明嗜琴有啟期嗜酒有伯倫三人皆吾師或乏儋石儲或穿帶索衣弦歌復觴詠樂道知所歸三師去已遠高風不可追三友游甚熟無日不相隨左擲白玉巵右拂黃金徽興酣不疊紙走筆操狂詞誰能持此詞爲我謝親知縱未以爲是豈以我爲非

吟四雖（雜言）

酒酣後歌歇時請君添一酌聽我吟四雖年雖老猶少於韋長史命雖薄猶勝於鄭長水眼雖病猶明於徐郎中家雖貧猶富於郭庶子省躬審分何僥倖值酒逢歌且歡喜忘榮知足委天和亦應得盡生生理（分司同官中韋長史績年七十餘郭庶子求貧苦最甚徐郎中晦因疾喪明子爲河南尹時見同年鄭俞始受長水縣令因歎四子而成此篇也）

裴侍中晉公以集賢林亭即事詩三十六韻見

贈猥蒙徵和才拙詞繁輒廣爲五百言以伸酬獻

三江路千里五湖天一涯何如集賢第中有平津池池勝主見覺景新人未知竹森翠琅玕水深洞琉璃水竹以爲質質立而文隨文之者何人公來親指麾疏鑿出人意結構得地宜靈襟一搜索勝概無遁遺因下張沼沚依高築階基嵩峰見數片伊水分一支南溪修且直長波碧逶迤北館壯復麗倒影紅參差東島號晨光杲一作泉曜迎朝曦西嶺名夕陽杳曖留落暉前有水心亭動蕩架漣漪後有開閭堂寒溫變天時幽泉鏡泓澄怪石山欹危以上八所各具本名春葩雪漠漠謂杏花島夏果珠離離謂櫻桃島主人命方舟宛在水中坻親賓次第至酒樂前後施解纜始登汎山遊仍水嬉沿洄無滯礙向背窮幽奇瞥過遠橋下飄旋深澗陲管弦去縹緲羅綺來霏微櫂風逐舞迴梁塵隨歌飛宴餘日云暮醉客未放歸高聲索彩牋大笑催金卮唱和筆走疾問荅杯行遲一詠清兩耳一酣暢四肢主客忘貴賤不知俱是誰客有詩魔者吟哦不知疲乞公殘紙墨一掃狂歌詞維云社稷臣赫赫文武姿十授丞相印五建大將旗四朝致勛華一身冠皐夔去年才七十決赴懸車期公志不可奪君恩亦難希一作違從容就中道僶俛來保釐貂蟬雖未脫鸞皇已不羈歷徵今與古獨步無等夷陸賈功業少二疏官秩卑乘舟范蠡懼辟穀留侯飢豈若公今日身安家國肥羊祜在漢南空留峴首碑柳惲在江南祇賦汀洲詩謝安入東山但說攜蛾眉山簡醉高陽唯聞倒接䍦豈如公今日餘力兼有之願公壽如山安樂長在茲願我比蒲稗永得相因依謝靈運詩云蒲稗相因依

晚歸香山寺因詠所懷

我年日已老我身日已閑閑出都門望但見水與山關塞碧巖巖伊流清潺潺中有古精舍軒户無扃關岸草歇可藉逕蘿行可攀朝隨浮雲出夕與飛鳥還吾道本迂拙世途多險艱嘗聞嵇吕輩尤悔生疎頑巢悟入箕潁皓知返商巔一作顏豈唯樂肥遁聊復祛憂患吾亦從此去終老伊嵩間

張常侍池涼夜閑讌贈諸公

竹橋新月上水岸涼風至對月五六人管弦三兩事留連池上酌款曲城外意或嘯或謳吟誰知此閑味迴看市朝客矻矻趨名利朝忙少遊宴夕困多眠睡清涼屬吾徒相逢勿辭醉

和皇甫郎中秋曉同登天宮閣言懷六韻

碧天忽已高白日猶未短玲瓏曉樓閣清脆秋絲管張翰一杯酣嵇康終日嬾塵中足憂累雲外多疎散病木斧斤遺冥鴻羈絏斷逍遥二三子永願爲閑伴

送吕漳州

今朝一壺酒言送漳州牧半自要閑遊愛花憐草綠花前下鞍馬草上攜絲竹行客飲數杯主人歌一曲端居惜風景屢出勞僮僕獨醉似無名借君作題目

短歌曲一作行

世人求富貴多爲奉嗜欲盛衰不自由得失常相逐問君少年日苦學將干祿負笈塵中遊抱書雪前讀布衾不周體藜茹一作茄纔充腹三一作四十登宦途五十被朝服奴溫新一作已挾纊馬肥初食粟未敢議歡遊尚爲名檢束耳目聾闇後堂上調絲竹牙齒缺落時盤中堆酒肉彼來此已去外餘中不足少壯與榮華相避如寒燠青雲去地遠白日經天速從古無奈何短歌聽一作空一曲

詠懷

高人樂丘園中人慕官職一事尚難成兩途安可得遑遑干世者多苦時命塞亦有愛閑人又爲窮餓逼我今幸雙遂祿仕兼游息未嘗羨榮華不省勞心力妻孥與婢僕亦免愁衣食所以吾一家面無憂喜色

府西亭納涼歸

避暑府西亭晚歸有閑思夏淺蟬未多綠槐陰滿地帶寬衫解領馬穩人攏轡面上有涼風眼前無俗事路經府門過落日照官次牽聯縲紲囚奔走塵埃吏低眉悄不語誰復知茲意憶得五年前晚衙時氣味

老熱

一飽百情足一酣萬事休何人不衰老我老心無憂仕者拘職役農者勞田疇何人不苦熱我熱身自由卧風北窗下坐月南池頭腦涼脫烏帽足熱濯清流慵發晝高枕興來夜汎舟何乃有餘適祇緣無過求或問諸親友樂天是與不亦無別言語多道天一作大悠悠悠悠君不知此味深且幽但恐君知後亦來從我遊

新秋喜涼因寄兵部楊侍郎

外強火未退中銳金方戰一夕風雨來炎涼隨數變徐徐炎景度稍稍涼飈扇枕簟忽凄清巾裳亦輕健老夫納秋候心體殊安便睡足一屈伸搔首摩挲面褰簾對池竹幽寂如僧院俯觀游魚羣仰數浮雲片閑忙各有趣彼此寧相見昨日聞慕巢名對延英殿

嬾放二首呈劉夢得吳方之

青衣報平旦呼我起盥櫛今早天氣寒郎君應不出又無賓客至何以銷閑日已向微陽前煖酒開詩帙

朝憐一牀日暮愛一爐火牀暖日高眠爐溫夜深坐雀羅門嬾出鶴髮頭慵裹除却劉與吳何人來問我

六十六

病知心力減老覺光陰速五十八歸來今年六十六鬢絲千萬白池草八九綠童稚盡成人園林半喬木看山倚高石引水穿深竹雖有潺湲聲至今聽未足

三適贈道友

褐綾袍厚暖卧蓋行坐披紫氊履寬穩蹇步頗相宜足適已忘履身適已忘衣況我心又適兼忘是與非三適今一作合爲一怡怡復熙熙禪那不動處混沌未鑿時此固不可說爲君強言之

洛陽春贈劉李二賓客齊梁格

水南冠蓋地城東桃李園雪消洛陽堰春入永通門淑景方靄靄遊人稍喧喧年豐酒漿賤日晏歌吹繁中有老朝客華髮映朱軒從容三兩人藉草開一尊尊前春可惜身外事勿論明日期何處杏花遊趙邨洛城東有趙邨杏花千餘樹

寒食

人老何所樂樂在歸鄉國我歸故園來九度逢寒食故

園在何處池館東城側四鄰梨花時二月伊水色豈獨好風土仍多舊親戚出去恣歡遊歸來聊燕息有官供祿俸無事勞心力但恐優穩多微躬銷不得

和裴令公一日日一年年雜言見贈

一日日作老翁一年年過春風公心不以貴隔我我散唯將閑伴公我無才能忝高秩合是人間閑散物公有功德在生民何因得作自由身前日魏王潭上宴連夜今日午橋池頭遊拂晨山客硯前吟待月野人尊前醉送春不敢與公鬬中爭第一亦應占得第二第三人

全唐詩目 第七函

第七冊

白居易 二十卷至三十四卷

全唐詩

白居易

題裴晉公女几山刻石詩後 并序 一本此篇無此題序即題也

裴侍中晉公出討淮西時過女几山下刻石題詩末句云待平賊壘報天子莫指仙山示武夫果如所言剋期平賊由是淮蔡迄今底寧殆二十年人安生業夫嗟歎不足則詠歌之故居易作詩二百言繼題公之篇末欲使採詩者修史者後之往來觀者知公之功德本末前後也

何處畫功業何處題詩篇麒麟高閣上女几小山前爾後多少時四朝二十年賊骨化為土賊壘犁為田一從賊壘平陳蔡民晏然騾軍成牛戶（蔡寇號騾子軍陳蔡間農豐饒者人富牛者呼為牛戶）鬼火變人煙生子已嫁娶種桑亦絲絲皆云公之德欲報無由緣公今在何處守都鎮三川舊宅留永樂新居開集賢公今在（一作作）何官被衮珥貂蟬戰袍破猶在髀肉生欲圓襟懷轉蕭灑氣力彌精堅登山不拄杖上馬能掉鞭利澤浸入池福降昇自（一作自昇）天昔號天下將今稱地上仙勿追赤松遊勿拍洪崖肩商山有遺老可以奉周旋

洛陽有愚叟

洛陽有愚叟白黑無分別浪跡雖似狂謀身亦不拙點檢盤中飯非精亦非糲點檢身上衣無餘亦無闕天時方得所不寒復不熱體氣正調和不飢仍不渴閑將酒壺出醉向人家歇野食或烹鮮寓眠多擁褐抱琴榮啟樂荷鍤劉伶達放眼看青山任頭生白髮不知天地內更得幾年活從此到終身盡為閑日月

飽食閑坐

紅粒陸渾稻白鱗伊水魴庖童呼我食飯熱魚鮮香箸箸適我口匙匙充我腸八珍與五鼎無復心思量捫腹起盥漱下階振衣裳繞庭（一作亭）行數匝却上簷下牀箕踞擁裘坐半身在日暘可憐飽暖味誰肯來同嘗是歲太和八兵銷時漸康朝廷重經術草澤搜賢良堯舜求理切夔龍啟沃忙懷才抱智者無不走遑遑唯此不才叟頑慵戀洛陽飽食不出門閑坐不下堂子弟多寂寞僮僕少精光衣食雖充給神意不揚揚為爾謀則短為吾謀甚長

閑居自題

門前有流水牆上多高樹竹逕繞荷池縈迴百餘步波閑戲魚鱉風靜下鷗鷺寂無城市喧渺有江湖趣吾廬在其上偃臥朝復暮洛下安一居山中亦慵去時逢過客愛問是誰家住此是白家翁閉門終老處

覽鏡喜老

今朝覽明鏡鬚鬢盡成絲行年六十四安得不衰羸親屬惜我老相顧興歎咨而我獨微笑此意何人知笑罷仍命酒掩鏡捋白髭爾輩且安坐從容聽我詞生若不足戀老亦何足悲生若苟可戀老即生多時不老即須夭不夭即須衰晚衰勝早夭此理決不疑古人亦有言浮生七十稀我今欠六歲多幸或庶幾儻得及此限何羨榮啟期當喜不當歎更傾酒一巵

風雪中作

歲暮風動地夜寒雪連天老夫何處宿暖帳溫爐前兩重褐綺衾一領花茸（一作氈）氊粥熟呼不起日高安穩眠是時心與身了無閑事牽以此度風雪閑居來六年忽思遠遊客復想早朝士蹋凍侵夜行凌寒未明起心為身君父身為心臣子不得身自由皆為心所使我心既知

足我身自安止方寸語形骸吾應不負爾

對琴酒

西窗明且暖晚坐卷書帷琴匣拂開後酒瓶添滿時角尊白螺醆玉軫黃金徽未及彈與酌相對已依依泠泠秋泉韻貯在龍鳳池油油春雲心一桮可致之自古有琴酒得此味者稀祇因康與籍及我三心知

雪中晏起偶詠所懷兼呈張常侍韋庶子皇甫郎中（雜言）

窮陰蒼蒼雪雰雰雪深沒脛泥埋輪東家典錢歸礙夜南家貰米出凌晨我獨何者無此弊複帳重衾暖若春怕寒放嬾不肎動日高眠足方頻伸瓶中有酒爐有炭甕中有飯庖有薪奴溫婢飽身晏起致茲快活良有因上無皋陶伯益廊廟材的不能匡君輔國活生民下無巢父許由箕潁操又不能食薇飲水自苦辛君不見南山悠悠多白雲又不見西京（一作北闕）浩浩唯紅塵紅塵鬧熱白雲冷好於冷熱中間安置身三年徵倅秦洛尹兩任優穩爲商賓非賢非愚非智慧不貴不富不賤貧冉冉老去過六十騰騰閑來經七春不知張韋與皇甫私喚我作何如人

和裴侍中南園靜興見示

池館清且幽高懷亦如此有時簾動風盡日橋照水靜將鶴爲伴閑與雲相似何必學留侯崎嶇覓松子

春寒

今朝春氣寒自問何所欲酥煖薤白酒乳和地黃粥豈惟厭饞口亦可調病腹助酌有枯魚佐餐兼旨蓄省躬念前哲醉飽多慚恧君不聞靖節先生尊長空廣文先生飯不足

菩提寺上方晚望香山寺寄舒員外

晚登西寶刹晴望東精舍反照轉樓臺輝輝似圖畫冰浮水明滅雪壓松偃亞石閣僧上來雲汀雁飛下西京鬧於市東洛閑如社曾憶舊遊無香山明月夜

二月一日作贈韋七庶子

園杏紅蕚坼庭蘭紫芽出不覺春已深今朝二月一冬病瘡痏將養遵醫術今春入道場清淨依僧律嘗聞聖賢語所慎齋與疾遂使愛酒人停桮一百日明朝二月二疾平齋復畢應須挈一壺尋花覓韋七

犬鳶

晚來天氣好散步中門前門前何所有偶覩犬與鳶鳶飽凌風飛犬暖向日眠腹舒穩貼地翅凝（去聲）高摩天上無羅弋憂下無羈鎖牽見彼物遂性我亦心適然心適復何爲一詠逍遙篇此仍著於適（一作迹）尚未能忘言

夢劉二十八因詩問之

昨夜夢夢得初覺思踟躕忽忘來汝郡猶疑在吳都吳都三千里汝郡二百餘非夢亦不見近與遠何殊尚能齊近遠焉用論榮枯但問寢與食近日兩何如病後能吟否春來曾醉無樓臺與風景汝又何如蘇相思一相報勿復慵爲書

閑吟

貧窮汲汲求衣食富貴營營役心力人生不富即貧窮光陰易過閑難得我今幸在窮富間雖在朝廷不入山看雪尋花翫風月洛陽城裏七年閑

西行

衣裘不單薄車馬不羸弱藹藹三月天閑行亦不惡壽安流水館硤石青山郭官道柳陰陰行宮花漠漠常聞俗間語有錢在處樂我雖非富人亦不苦寂寞家僮解弦管騎從攜桮杓時向春風前歇鞍開一酌

東歸

翩翩平肩輿（一作舁）中有醉老夫膝上展詩卷竿頭懸酒壺食宿無定程僕馬多緩驅臨水歇半日望山傾一盂藉草坐嵬峩（並上聲）攀花行踟躕風將景共暖體與心同舒始悟有營者居家如在途方知無繫者在道如安居前夕宿三堂（三堂在虢）今旦遊申湖（申湖在陝）殘春三百里送我歸東都

途中作

早起上肩舁（一作輿）一杯平旦醉晚憩下肩舁一覺殘春睡身不經營物心不思量事但恐綺與里只如吾氣味

小臺

新樹低如帳小臺平似掌六尺白藤牀一莖青竹杖風飄竹皮落苔印鶴迹上幽境與誰同閑人自來往

睡後茶興憶楊同州

昨晚飲太多嵬峩（並上聲）連宵醉今朝餐又飽爛熳移時睡睡足摩挲眼眼前無一事信腳繞池行偶然得幽致婆娑綠陰樹斑駮青苔地此處置繩牀傍邊洗茶器白瓷甌甚潔紅爐炭方熾沫下麴塵香花浮魚眼沸盛來有佳色嚥罷餘芳氣不見楊慕巢誰人知此味

題文集櫃

破柏作書櫃櫃牢柏復堅收貯誰家集題云白樂天我生業文字自幼及老年前後七十卷小大三千篇誠知終散失未忍遽棄捐自開自鎖閉置在書帷前身是鄧伯道世無王仲宣只應分付女留與外孫傳

早熱二首

彤雲散不雨赫日吁可畏端坐猶揮汗出門豈容易忽思公府內青衫折腰吏復想驛路中紅塵走馬使征夫更辛苦逐客彌顦顇日入尚趨程宵分不遑寐安知北窗叟偃臥風颯至簟拂碧龍鱗扇搖白鶴翅豈唯身所得兼示心無事誰言苦熱天元有清涼地

勃勃旱塵氣炎炎赤日光飛禽颭將墜行人渴欲狂壯者不耐飢飢火燒其腸肥者不禁熱喘急汗如漿此時方自悟老瘦亦何妨內輕足健逸髮少頭清涼薄食不飢渴端居省衣裳數匙粱飯冷一領綃衫香持此聊過日焉知畏景長

偶作二首

戰馬春放歸農牛冬歇息何獨徇名人終身役心力來者殊未已去者不知還我今悟已晚六十方退閑猶勝不悟者老死紅塵間

名無高與卑未得多健羨事無小與大已得多厭賤如此常自苦反此或自安此理知甚易此道行甚難勿信人虛語君當事上看

池上作（西溪南潭皆池中勝地也）

西溪風生竹森森南潭萍開水沈沈叢翠萬竿湘岸色

空碧一泊松江心浦派縈迴誤遠近橋島向背迷窺臨澄瀾方丈若萬頃倒影咫尺如千尋泛然獨遊邈然坐坐念行心思古今菟裘不聞有泉沼西河亦恐無雲林豈如白翁退老地樹高竹密池塘深華亭雙鶴白矯矯太湖四石青岑岑眼前盡日更無客膝上此時唯有琴洛陽冠蓋自相索誰肎來此同抽簪

何處堪避暑

何處堪避暑林間背日樓何處好追涼池上隨風舟日高飢始食食竟飽還遊遊罷睡一覺覺來茶一甌眼明見青山耳醒聞碧流脫襪閑濯足解巾快搔頭如此來幾時已過六七秋從心至百骸無一不自由拙退是其分榮耀非所求雖被世間笑終無身外憂此語君莫怪靜思吾亦愁如何三伏月楊尹謫虔州

詔下

昨日詔下去罪人今日詔下得賢臣進退者誰非我事世間寵辱常紛紛我心與世兩相忘時事雖聞如不聞但喜今年飽飯吃洛陽禾稼如秋雲更傾一尊歌一曲不獨忘世兼忘身

七月一日作

七月一日天秋生履道里閑居見清景高興從此始林間暑雨歇池上涼風起橋竹碧鮮鮮岸莎青靡靡蒼然古磐石清淺平流水何言中門前便是深山裏雙僮侍坐卧一杖扶行止飢聞麻粥香渴覺雲湯美（胡麻粥雲母湯）平生所好物今日多在此此外更何思市朝心已矣

開襟

開襟何處好竹下池邊地餘熱體猶煩早涼風有味黃萎槐蘂結紅破蓮芳（一作房）墜無奈每年秋先來入衰思

自賓客遷太子少傅分司

頭上漸無髮耳間新有毫形容逐日老官秩隨年高優饒又加俸閑穩仍分曹飲食免藜藿居處非蓬蒿何言家尚貧銀榼提綠醪勿謂身未貴金章照紫袍誠合知止足豈宜更貪饕默默（一作然）心自問於國有何勞

自在

杲杲冬日光明暖真可愛移榻向陽坐擁裘仍解帶小奴搥我足小婢搔我背自問我爲誰胡然獨安泰安泰良有以與君論梗概心了事未了飢寒迫於外事了心未了念慮煎於內我今實多幸事與心和會內外及中間了然無一礙所以日陽中向君言自在

詠史（九年十一月作）

秦磨利刀斬李斯齊燒沸鼎烹酈其可憐黃綺入商洛閑卧白雲歌紫芝彼爲葅醢机上盡此爲鸞皇天外飛去者逍遙來者死乃知禍福非天爲

因夢有悟（一作寤）

交友淪歿盡悠悠勞夢思平生所厚者昨夜夢見之夢中幾許事枕上無多時欵曲數杯酒從容一局棊（棊酒皆夢中所見事）初見（一作是）韋尚書（弘景）金紫何輝輝中遇李侍郎（建）笑言甚怡怡終爲崔常侍（玄亮）意色苦依依一夕三改變夢心不驚疑此事人盡怪此理誰得知我粗知此理聞於竺乾師識行妄分別智隱迷是非若轉識爲智菩提其庶幾

春遊

上馬臨出門出門復逡巡迴頭問妻子應怪春遊頻誠知春遊頻其奈老大身朱顏去復去白髮新更新請君屈十指爲我數交親大限年（一作言）百歲幾人及七旬我今六十五走若下坂輪假使得七十祇有五度春逢春不遊樂但恐是癡人

題天竺南院贈閑元旻清四上人

雜芳澗草合繁綠巖樹新山深景候晚四月有餘春竹寺過微雨石逕無纖塵白衣一居士方袍四道人地是佛國土人非俗交親城中山下別相送亦殷勤

哭師皐

南康丹旐引魂迴洛陽籃舁送葬來北邙原邊尹村（一作草樹）畔月苦煙愁夜過半妻孥兄弟號一聲十二人腸一時斷往者何人送者誰樂天哭別師皐時平生分義向人盡今日哀冤唯我知我知何益徒垂淚籃轝迴竿馬迴轡何日重聞掃市歌誰家收得琵琶伎（師皐醉後善歌掃市詞又有小妓工琵琶不知今落何處）蕭蕭風樹白楊影蒼蒼露草青蒿氣更就墳前哭一聲與君此別終天地

隱几贈客

宦情本淡薄年貌又老醜紫綬與金章於予亦何有有時獨（一作猶）隱几荅（音塔）然無所偶卧枕一卷書起嘗一杯酒書將引昏睡酒用扶衰朽客到忽已酣脫巾坐搔首疎頑倚老病容恕慚交友忽思莊生言亦擬鞭其後

夏日作

葛衣疎且單紗帽輕復寬一衣與一帽可以過炎天止於便吾體何必被羅紈宿雨林筍嫩晨露園葵鮮烹葵炮嫩筍可以備朝餐止於適吾口何必飫腥羶飯訖盥漱已捫腹方果然婆娑庭前步安穩窗下眠外養物不費內歸心不煩不費用難盡不煩神易安庶幾無夭閼得以終天年

晚涼偶詠

日下西牆西風來北窗北中有逐涼人單牀獨棲息飄蕭過雲雨搖曳歸飛翼新葉多好陰初筠有佳色幽深小池館優穩閑官職不愛勿復論愛亦不易得

酬牛相公宮城早秋寓言見示兼呈夢得（時夢得有疾）

七月中氣後金與火交爭一聞白雪唱暑退清風生碧樹未搖落寒蟬始悲鳴夜涼枕簟滑秋燥衣巾輕疎受老慵出劉楨疾未平何人伴公醉新月上宮城

小臺晚坐憶夢得

汲泉灑小臺臺上無纖埃解帶面西坐輕襟隨風開晚涼閑興動憶同傾一杯月明候柴户藜杖何時來

種桃歌

食桃種其核一年核生芽二年長枝葉三年桃有花憶昨五六歲灼灼盛芬華迨茲八九載有減而無加去春已稀少今春漸無多明年後年後芳意當如何命酒樹下飲停杯拾餘葩因桃忽自感悲吒成狂歌

狂言示諸姪

世欺不識字我忝攻文筆世欺不得官我忝居班秩人老多病苦我今幸無疾人老多憂累我今婚嫁畢心安

不移轉身泰無牽率所以十年來形神閑且逸況當垂
老歲所要無多物一裘煖過冬一飯飽終日勿言舍宅
小不過寢一室何用鞍馬多不能騎兩匹如我優幸身
人中十有七如我知足心人中百無一傍觀愚亦見當
已賢多失不敢論他人狂言示諸姪

偶以拙詩數首寄呈裴少尹侍郎蒙以盛製四篇一時酬和重投長句美而謝之

投君之文甚荒蕪數篇價直一束芻報我之章何璀璨
纍纍四貫驪龍珠毛詩三百篇後得文選六十卷中無
一麌麗龜絕報賽五鹿連柱難支梧高興獨因秋日盡
清吟多與好風俱銀鉤金錯兩殊重宜上屏風張座隅

全唐詩

白居易

六年冬暮贈崔常侍晦叔（時為河南尹）

鬢毛霜一色光景水爭流易過唯冬日難銷是老愁香
開綠蟻酒煖擁褐綾裘已共崔君約尊前倒即休

戲招諸客

黃醅綠醑迎冬熟絳帳紅爐逐夜開誰道洛中多逸客
不將書喚不曾來

十二月二十三日作兼呈晦叔

案頭曆日雖未盡向後唯殘六七行牀下酒瓶雖不滿
猶應醉得兩三場病身不許依年老拙宦虛教逐日忙
聞健偷閑且勤（一作歡）飲一杯之外莫思量

七年元日對酒五首

慶弔經過嬾逢迎跪拜遲不因時節日豈覺此身羸（一作時衰）
衆老憂添歲余衰喜入春年開第七秩屈指幾多人
三杯藍尾酒一楪膠牙餳除却崔常侍無人共我爭
今朝吳與洛相憶一欣然夢得君知否俱過本命年（余與蘇州劉郎中同壬子歲今年六十二）
同歲崔何在同年杜又無（余與吏部崔相公甲子同歲與循州杜相公及第同年秋冬二人俱逝）應無
藏避處只有且歡娛

七年春題府廳

潦倒守三川因循涉四年推誠廢鉤距示恥用蒲鞭以
此稱公事將何銷俸錢雖非好官職歲久亦妨賢

早春醉吟寄太原令狐相公蘇州劉郎中

雪夜閑遊多秉燭花時甃出亦提壺別來少遇新詩敵
老去難逢舊飲徒大振威名降北虜勤行惠化活東吳
不知歌酒騰騰興得似河南醉尹無

洛下送牛相公出鎮淮南

北闕至東京風光十六程坐移丞相閣春入廣陵城紅
旆擁雙節白鬚無一莖萬人開路看百吏立班迎閫外
君彌重尊前我亦榮何須身自得將相是門生（元和初牛相公應制策登第三等予為翰林考覈官）

箏

雲髻飄蕭綠花顏旖旎紅雙眸剪秋水十指剝春蔥楚
豔為門閥秦聲是女工甲明銀玓瓅柱觸玉玲瓏猨苦
啼嫌月鶯（一作鸞）嬌語訑（一作泥）風移愁來手底送恨入弦中趙
瑟清（一作情）相似胡琴鬧（一作調）不同慢彈迴斷雁急奏轉飛蓬
霜珮鏘還委冰泉咽復通珠聯千拍碎刀截一聲終倚
麗精神定矜能意態融歇時情不斷休去思無窮燈下
青春夜（一作清歌夜）尊前白首翁且聽應得在老耳未多聾

洛中春遊呈諸親友

莫歎年將暮須憐歲又新府中三遇臘洛下五逢春春
樹花珠顆春塘水麴塵春娃無氣力春馬有精神（詠春遊一時之態）
並轡鞭徐動連盤酒慢巡經過舊鄰里追逐好交親笑
語銷閑日酣歌送老身一生歡樂事亦不少於人

酬舒三員外見贈長句

自請假來多少日五旬光景似須臾已判到老為狂客
不分當春作病夫楊柳花飄新白雪櫻桃子綴小紅珠
頭風不敢多多飲能酌三分相勸無

將歸一絕

欲去公門返野扉預思泉竹已依依更憐家醞迎春熟
一甕醍醐待我歸

罷府歸舊居（自此後重授賓客歸履道宅作）

陋巷乘籃入朱門挂印迴腰間拋組綬纓上拂塵埃屈
曲閑池沼無非手自開青蒼好竹樹亦是眼看栽石片
擡琴匣松枝閣酒杯此生終老處昨日却歸來

睡覺偶吟

官初罷後歸來夜天欲明前睡覺時起坐思量更無事
身心安樂復誰知

問支琴石

疑因星隕空中落歎被泥埋澗底沈天上定應勝地上
支機未必及支琴提攜拂拭知恩否雖不能言合有心

自喜

身慵難勉強性拙易遲迴布被辰時起柴門午後開忙
驅能者去閑逐鈍人來自喜誰能會無才勝有才

裴常侍以題薔薇架十八韻見示因廣為三十韻以和之

託質依高架攢花對小堂晚開春去後獨秀院中央霽
景朱明早芳時白晝長穠因天與色麗共日爭光剪碧
排千萼研朱染萬房煙條塗石綠粉蘂撲雌（一作雄）黃根動
彤雲涌枝搖赤羽翔九微燈炫轉七寶帳熒煌淑氣熏
行徑清陰接步廊照梁迷藻梲耀壁變雕牆爛若爇然
火殷於葉得霜胭脂含臉笑蘇合裛衣香浹洽濡晨露
玲瓏漏夕陽合羅排勘纈醉暈淺深妝乍見疑迴面遙
看誤斷腸風朝舞飛燕雨夜泣蕭娘桃李慙無語芝蘭
讓不芳山榴何細碎石竹苦尋常蕙慘偎欄避蓮羞映
浦藏怯教蕉葉戰妬得柳花狂豈可輕嘲詠應須痛比
方畫屏風自展繡繖蓋誰張翠錦挑成字丹砂印著行
猩猩凝血點瑟瑟蹙金匡散亂萎紅片尖纖嫩紫芒觸
僧飄毳褐留妓冒羅裳宴和陽春曲多情騎省郎緣誇
美顏色引出好文章東顧辭仁里（語曰里仁為美又裴君所居名仁和里）西歸入
帝鄉假如君愛殺留著莫移將（裴君題詩之次而常侍詔到唱和未竟而軒騎西歸故云）

感舊詩卷

夜深吟罷一長吁老淚燈前濕白鬚二十年前舊詩卷
十人酬和九人無

酬李二十侍郎

笋老蘭長花漸稀衰翁相對惜芳菲殘鶯著雨慵休囀
落絮無風凝不飛行掇木芽供野食坐牽蘿蔓挂朝衣

十年分手今同醉醉未如泥莫道歸

和夢得（夢得來詩云讀讀圖書四十車年年爲郡老天涯一生不得文章力百口空爲飽煖家）

綸閣沈沈無寵命蘇臺籍籍有能聲豈唯不得清文力
但恐空傳冗吏名郎署迴翔何水部江湖留滯謝宣城
所嗟非獨君如此自古才難共命爭

贈草堂宗密上人

吾師道與佛相應念念無爲法法能口藏宣傳十二（一作五）
部心臺（一作傳）照耀百千燈盡離文字非中道長住虛空是
小乘少有人知菩薩行世間只是重高僧

喜照密閑實四上人見過

紫袍（一作衫）朝士白髯翁與俗乖踈與道通官秩三迴分洛
下交遊一半在僧中臭帑世界終須出香火因緣久願
同齋後將何充供養西軒泉石北窗風

贈皇甫六張十五李二十三賓客

昨日三川新罷守今年四皓盡分司幸陪散秩閑居日
好是登山臨水時家未苦貧常醞酒身雖衰病尚吟詩
龍門泉石香山月早晚同遊報一期

微之敦詩晦叔相次長逝巋然自傷因成二絕

并失鵷鸞侶空留麋鹿身只應嵩洛下長作獨遊人
長夜君先去殘年我幾何秋風滿衫淚泉下故人多

池上閑詠

青莎臺上起書樓綠藻潭中繫釣舟日晚愛行深竹（一作徑）
裏月明多上（一作在）小橋頭暫嘗新酒還成醉亦出中門便
當遊一部清商聊送老白鬚蕭颯管弦秋

涼風歎

昨夜涼風又颯然螢飄葉墜臥牀前逢秋莫歎須知分
已過潘安三十年

和高僕射罷節度讓尚書授少保分司喜遂遊山水之作

暫辭八座罷雙旌便作登山臨水行能以忠貞酬重任
不將富貴礙高情朱門出去簪纓從絳帳歸來歌吹迎
鞍轡鬧裝光滿馬何人信道是書生

送考功崔郎中赴闕

稱意新官又少年秋涼身健好朝天青雲上了無多路
却要徐驅穩著鞭

重修香山寺畢題二十二韻以紀之

闕塞龍門口祇園鷲嶺頭曾隨滅劫壞今遇勝緣修再
瑩新金刹重裝舊石樓病僧皆引起忙客亦淹留四望
窮沙界孤標出贍州地圖鋪洛邑天柱倚崧（一作嵩）丘兩面
蒼蒼岸中心瑟瑟流波翻八灘雪堰護一潭油臺殿朝
彌麗房廊夜更幽千花高下塔一葉往來舟岫合雲初
吐林開霧半收靜聞樵子語遠聽棹郎謳官散殊無事
身閑甚自由吟來攜筆硯宿去抱衾裯霽月當窗（一作軒）白
涼風滿簟秋煙香封藥竈泉冷洗茶甌南祖心應學西
方社可投先宜知止足次要悟浮休覺路隨方樂迷塗
到老愁須除愛名障莫作戀家囚便合窮年住何言竟
日遊可憐終老地此是我菟裘

送楊八給事赴常州

無嗟別青瑣且喜擁朱輪五十得三品百千無一人須
勤念黎庶莫苦憶交親此外無過醉毗陵何限春

聞歌者唱微之詩

新詩絕筆聲名歇舊卷生塵篋笥深時向歌中聞一句
未容傾耳已傷心

醉送李二十常侍赴鎮浙東

靖安客舍花枝下共脫青衫典濁醪今日洛橋還醉別
金杯翻汙麒麟袍喧闐鳳駕君脂轄酩酊離筵我藉糟
好去商山紫芝伴珊瑚鞭動馬頭高

醉別程秀才

五度龍門點額迴却緣多藝復多才貧泥客路粘難出
愁鎖鄉心掣不開何必更遊京國去不如且入醉鄉來
吴弦楚調瀟湘弄爲我殷勤送一杯（程生善琴尤能沈湘曲）

自詠

白衣居士紫芝仙半醉行歌半坐禪今日維摩兼飲酒
當時綺季不請（平聲）錢等閑池上留賓客隨事燈前有管
弦但問此身銷得否分司氣味不論年

把酒思閑事二首

把酒思閑事春愁誰最深乞錢羈客面落第舉人心月
下低眉立燈前抱膝吟憑君勸一醉勝與萬黃金

把酒思閑事春嬌何處多試鞍新白馬弄鏡小青娥掌
上初教舞花前欲按歌憑君勸一醉勸了問如何

衰荷

白露凋花花不殘涼風吹葉葉初乾無人解愛蕭條境
更繞衰叢一匝看

池上送考功崔郎中兼別房賓二妓

文昌列宿徵還日洛浦行雲放散時鵷鷺上天花逐水
無因（一作由）再會白家池

自問

依仁臺廢悲風晚履信池荒宿草春（晦叔亭臺在依仁微之池館在履信）自問
老身騎馬出洛陽城裏覓何人

送陳許高僕射赴鎮

敦詩說禮中軍帥重士輕財大丈夫常與師徒同苦樂
不教親故隔榮枯花鈿坐繞黃金印絲管（一作竹）行隨白玉
壺商皓老狂唯愛醉時時能寄酒錢無

青氈帳二十韻

合聚千羊（一作年）毳施張百子弮（司馬遷書云張空弮）骨盤邊柳健色染
塞藍鮮北製因戎創南移逐虜遷汰（音闥）風吹不動禦雨
濕彌堅有頂中央聳無隅四向圓傍通門豁爾內密氣
溫然遠別關山外初安庭戶前影孤明月夜價重苦寒
年軟煖圍氈毯鎗摐束管弦最宜霜後地偏稱雪中天
側置低歌座平鋪小舞筵閑多揭簾入醉便擁袍眠鐵
檠（去聲）移燈背銀囊帶火懸深藏曉蘭焰闇貯宿香煙獸
炭休親近狐裘可棄捐硯溫融凍墨瓶煖變春泉蕙帳
徒招隱茅庵浪坐禪貧僧應歎羨寒士定留連賓客於
中接兒孫向後傳王家誇舊物未及此青氈（王子敬語偷兒云青氈我家舊物）

答夢得秋日書懷見寄

幸免非常病甘當本分衰眼昏燈最覺腰瘦帶先知樹
葉霜紅日髭鬚雪白時悲愁緣欲老老過却無悲

同諸客題于家公主舊宅

平陽舊宅少人遊應是遊人到即愁布（一作春）穀鳥啼桃李

院絡絲蟲怨鳳皇樓臺傾滑石猶殘砌簾斷珍珠不滿鉤聞道至今蕭史在髭鬚雪白向明州（一作韶）

答夢得八月十五日夜翫月見寄

南國碧雲客東京白首翁松江初有月（一作上）伊水正無風遠思兩鄉斷清光千里同不知娃館上何似石樓中（其夜余在龍門石樓上望月）

初冬早起寄夢得

起戴烏紗帽行披白布裘爐溫先煖酒手冷未梳頭早起（一作景）煙霜白初寒鳥雀愁詩成遣誰和還是寄蘇州

秋夜聽高調涼州

樓上金風聲漸緊月中銀字韻初調促張弦柱吹高管一曲涼州入泬寥

香山寺二絕

空山寂靜老夫閑伴鳥隨雲往復還家醞滿瓶書滿架半移生計入香山

愛風巖上攀松蓋戀月潭邊坐石稜（一作皆）且共雲泉結緣境他生當作此山僧

送舒著作重授省郎赴闕

三歲相依在洛都遊花宴月飽歡娛惜別笙歌多怨咽願留軒蓋少踟躕劒磨光彩依前出鵬舉風雲逐後驅從此求閑應不得更能重醉白家無

同諸客嘲雪中馬上妓

珊瑚鞭嚲馬踟躕引手低蛾索一盃腰爲逆風成弱柳面因衝冷作凝酥銀篦穩簪（去聲）烏羅帽花襜宜乘叱撥駒雪裏君看何所似王昭君妹寫眞圖

喜劉蘇州恩賜金紫遙相賀宴以詩慶之

海内姑蘇太守賢恩加章綬豈徒然賀賓喜色欺杯酒醉妓歡聲遏管弦魚珮葺鱗光照地鶻銜瑞帶勢衝天莫嫌鬢上些些白金紫由來稱長年

藍田劉明府攜酌（一作酎）相過與皇甫郎中卯時同飲醉後贈之

臘月九日煖寒客卯時十分空腹杯玄晏舞狂烏帽落藍田醉倒玉山頹貌偷花色老暫去歌蹋柳枝春闇來不爲劉家賢聖物愁翁笑口大難開

劉蘇州以華亭一鶴遠寄以詩謝之

老鶴風姿異衰翁詩思深素毛如我鬢丹頂似君心松際雪相映雞羣塵不侵殷勤遠來意一隻重千金

早春憶蘇州寄夢得

吳苑四時風景好就中偏好是春天霞光曙後殷於火水色晴來嫩似煙士女笙歌宜月下使君金紫稱花前誠知歡樂堪留戀其奈離鄉已四年

嘗新酒憶晦叔二首

尊裏看無色杯中動有光自君拋我去此物共誰嘗

世上強欺弱人間醉勝醒自君拋我去此語更誰聽

負春

病來道士教調氣老去山僧勸坐禪孤負春風楊柳曲去年斷酒到今年

池上閑吟二首

高臥閑行自在身池邊六見柳條新幸逢堯舜無爲日得作羲皇向上人四皓再除猶且健三州罷守未全貧莫愁客到無供給家醞香濃野菜春

非莊非宅非蘭若竹樹池亭十畝餘非道非僧非俗吏褐裘烏帽閉門居夢遊信意寧殊蝶心樂身閑便是魚雖未定知生與死其間勝負兩何如

早春招張賓客

久雨初晴天氣新風煙草樹盡欣欣雖當冷落衰殘日還有陽和暖活身池色溶溶藍染水花光焰焰火燒春商山老伴相收拾不用隨他年少人

營閑事

自笑營閑事從朝到日斜澆畦引泉脈掃徑避蘭芽暖變牆衣色晴催木筆花桃根知酒渴晚送一甌茶

感春

老思不禁春風光照眼新花房紅鳥觜池浪碧魚鱗倚櫂誰爲伴持杯自問身心情多少在六十二三人

春池上戲贈李郎中

滿池春水何人愛唯我迴看指似君直似挼藍新汁色與君南宅染羅裙

翫半開花贈皇甫郎中（八年寒食日池東小樓上作）

勿訝春來晚無嫌花發遲人憐全盛日我愛半開時紫蠟粘爲蒂紅蘇點作蕤成都新夾纈梁漢碎臙脂樹杪眞珠顆牆頭小女兒淺深妝駮落高下火參差蝶戲爭香朶鶯啼選穩枝好教郎作伴合共酒相隨醉翫無勝此狂嘲更讓誰猶殘少年興不似（一作未是）老人詩西日憑輕照東風莫殺（去聲）吹明朝應爛熳後夜更（一作即）離披林下遙相憶尊前闇有期銜杯嚼蘂思唯我與君知

池邊

柳老香絲宛荷新鈿扇圓殘春深樹裏斜日小樓前醉遣收杯杓閑聽理管弦池邊更無事看補採蓮船

家醞新熟每嘗輒醉妻姪等勸令少飲因成長句以諭之

君應怪我朝朝飲不說向君君不知身上幸無疼痛處甕頭正是撇嘗時劉妻勸諫夫休醉王姪分疎叔不癡六十三翁頭雪白假如醒黙欲何爲

送常秀才下第東歸

東歸多旅恨西上少知音寒食看花眼春風落日心百憂當二月一醉直千金到處公卿席無辭酒醆深

且遊

手裏一杯滿心中百事休春應唯仰醉老更不禁愁弄水迴船尾尋花信馬頭眼看筋力減遊得且須遊

題王家莊臨水柳亭

弱柳緣堤種虛亭壓水開條疑逐風去波欲上階來翠羽偷魚入紅腰學舞迴春愁正無緒爭不盡殘杯

題令狐家木蘭花

膩如玉指塗朱粉光似金刀剪紫霞從此時時春夢裏應添一樹女郎花

拜表迴閑遊

玉珮金章紫花綬紵衫藤帶白綸巾晨興拜表稱朝士晚出遊山作野人達磨傳心令息念玄元留意遣同塵八關淨戒齋銷日一曲狂歌醉送春酒肆法堂方丈室

其間豈是兩般身

西街渠中種蓮疊石頗有幽致偶題小樓

朱檻低牆上清流小閣前雇人栽菡萏買石造潺湲影落江心月聲移谷口泉閑看捲簾坐醉聽掩窗眠路笑淘官水家愁費料錢是非君莫問一對一翛然

晚春閑居楊工部寄詩楊常州寄茶同到因以長句答之

宿醒寂寞眠初起春意闌珊日又斜勸我加餐因早筍恨人休醉是殘花悶吟工部新來句渴飲毗陵遠到茶兄弟東西官職冷門前車馬向誰家

玉泉寺南三里澗下多深紅躑躅繁豔殊常感惜題詩以示遊者

玉泉南澗花奇怪不似花叢似火堆今日多情唯我到每年無故爲誰開寧辭辛苦行三里更與留連飲兩杯猶有一般辜負事不將歌舞管弦來

早服雲母散

曉服雲英漱井華寥然身若在煙霞藥銷日晏三匙飯酒渴春深一椀茶每夜坐禪觀水月有時行醉翫風花淨名事理人難解身不出家心出家

三月晦日（一下又有日字）晚聞鳥聲

晚來林鳥語殷勤似惜風光說向人遣脫破袍勞報煖催沽美酒敢辭貧聲聲勸醉應須醉一歲唯殘半日春

早夏遊平原迴

夏早日初長南風草木香肩輿頗平穩澗路甚清涼紫蕨行看採青梅旋摘嘗療飢兼解渴一醆冷雲漿

宿天竺寺迴

野寺經三宿都城復一還家仍念婚嫁身尚繫官（一作朝）班蕭灑秋臨水沈吟晚下山長閑猶未得逐日且偷閑

侍中晉公欲到東洛先蒙書問期宿龍門思往感今輒獻長句

昔蒙興化池頭送（太和三年春居易授賓客分司東來特蒙侍中於興化里池上宴送）今許龍門潭上期聚散但慙長見念榮枯安敢道相思功成名遂來雖久雲臥山遊去未遲聞說風情筋力在只如初破蔡州時

奉和晉公侍中蒙除留守行及洛師感悅發中斐然成詠之作

鸞鳳翱翔在寥廓貂蟬蕭灑出埃塵致成堯舜升平代收得夔龍強健身抛擲功名還史冊分張歡樂與交親商山老皓雖休去終是留侯門下人

送劉五司馬赴任硤州兼寄崔使君

位下才高多怨天劉兄道勝獨恬然貧於揚子兩三倍老過榮公六七年筆硯莫抛留壓案簞瓢從陋也銷錢郡丞自合當優禮何況夷陵太守賢

菩提寺上方晚眺

樓閣高低樹淺深山光水色暝沈沈嵩煙半卷青綃幕伊浪平鋪綠綺衾飛鳥滅時宜極目遠風來處好開襟誰知不離簪纓內長得逍遙自在心

楊柳枝詞八首

六幺水調家家唱白雪梅花處處吹古歌舊曲君休聽聽取新翻楊柳枝

陶令門前四五樹亞夫營裏百千條何似東都正二月黃金枝映洛陽橋

依依嫋嫋復青青句引春（一作清）風無限情白雪花繁空撲地綠絲條弱不勝鶯

紅板江橋青酒旗館娃宮暖日斜時可憐雨歇東風定萬樹千條各自垂

蘇州楊柳任君誇更有錢唐勝館娃若解多情尋小小綠楊深處是蘇家

蘇家小女舊知名楊柳風前別有情剝條盤作銀環樣卷葉吹爲玉笛聲

葉含濃露如啼眼枝裏輕風似舞腰小樹不禁攀折苦乞君留取兩三條

人言柳葉似愁眉更有愁腸似柳絲柳絲挽斷腸牽斷彼此應無續得期

讀老子

言者不如（一作知）知者默此語吾聞於老君若道老君是知者緣何自著五千文

讀莊子

莊生齊物同歸一我道同中有不同遂性逍遙雖一致鸞凰終校勝蛇蟲（萬首絕句作去國辭家謫異方中心自怪少憂傷爲尋莊子知歸處認得無何是本鄉）

讀禪經

須知諸相皆非相若住無餘却有餘言下忘言一時了夢中說夢兩重虛空花豈得兼求果陽（一作物）燄如何更覓魚攝動是禪禪是動不禪不動即如如

感興二首

吉凶禍福有來由但要深知不要憂只見火光燒潤屋不聞風浪覆虛舟名爲公器無多取利是身災合少求雖異匏瓜難不食大都食足早宜休

魚能深入寧憂釣鳥解高飛豈觸羅熱處先爭炙手去悔時其奈噬臍何尊前誘得猩猩血幕上偷安燕燕窠我有一言君記取世間自取苦人多

問鶴

烏鳶爭食雀爭窠獨立池邊風雪多盡日蹋冰翹一足不鳴不動意如何

代鶴答

鷹爪攫雞雞肋折鶻拳蹙雁雁頭垂何如斂翅水邊立飛上雲松棲穩枝

閑臥（一作居）有所思二首

向夕搴簾臥枕琴微涼入户起開襟偶因明月清風夜忽想遷臣逐客心何處投荒初恐懼誰人繞澤正悲吟始知洛下分司坐一日安閑直萬金

權門要路是（一作足）身災散地閑居少禍胎今日憐君嶺南去當時笑我洛中來蟲全性命緣無毒木盡天年爲不才大抵吉凶多自致李斯一去二疎迴

喜閑

蕭灑伊嵩下，優游黃綺間。未曾一日悶，已得六年閑。魚鳥爲徒侶，煙霞是往還。伴僧禪閉目，迎客笑開顔。興發宵遊寺，慵時晝掩關。夜來風月好，悔不宿香山。

詩酒琴人例多薄命予酷好三事雅當此科而所得已多爲幸斯甚偶成狂詠聊寫媿懷

愛琴愛酒愛詩客，多賤多窮多苦辛。中散步兵終不貴，孟郊張籍過於貧。一之已歎關於命，三者何堪併在身。只合飄零隨草木，誰教凌厲出風塵。榮名厚祿二千石，樂飲閑遊三十春。何得無厭時咄咄，猶言薄命不如人。

寄明州于駙馬使君三絕句

有花有酒有笙歌，其奈難逢親故何。近海饒風春足雨，白鬚太守悶時多。

平陽音樂隨都尉，留滯三年在浙東。吳越聲邪無法用，莫教偷入管弦中。

何郎小妓歌喉好，嚴老呼爲一串珠。（嚴尚書與于駙馬詩云莫惜歌喉一串珠）海味腥鹹損聲氣，聽看猶得斷腸無。

閑臥

薄食當齋戒，散班同隱淪。佛容爲弟子，天許作閑人。唯置牀臨水，都無物近身。清風散髮臥，兼不要紗巾。

春早秋初因時即事兼寄浙東李侍郎

春早秋初晝夜長，可憐天氣好年光。和風細動簾帷暖，清露微凝枕簟涼。窗下曉眠初減被，池邊晚坐乍移牀。閑從蕙草侵堦綠，靜任槐花滿地黃。理曲管弦閑後院，熨衣燈火映深房。四時新景（一作境）何人別，遥憶多情李侍郎。

新秋喜涼

過得炎蒸月，尤宜老病身。衣裳朝不潤，枕簟夜相親。樓月纖纖早，波風裊裊新。光陰與時節，先感是詩人。

初夏閑吟兼呈韋賓客

孟夏清和月，東都閑散官。體中無病痛，眼下未飢寒。世事聞常悶，交游見即歡。杯觴留客切，妓樂取人寬。雪鬢隨身老，雲心著處安。此中殊有味，試說向君看。

哭崔二十四常侍（崔好酒放歌忘懷生死知疾不起自爲誌文）

貂冠初別九重門，馬鬣新封四尺墳。薤露歌詞非白雪，旌銘官爵是浮雲。伯倫每置隨身鍤，元亮先（一作初）爲自祭文。莫道高風無繼者，一千年内有崔君。

奉酬侍中夏中雨後遊城南莊見示八韻

島樹間林巒，雲收雨氣殘。四山嵐色重，五月水聲寒。老鶴兩三隻，新篁千萬竿。化成天竺寺，移得子陵灘。心覺閑彌貴，身緣健更歡。帝將風后待，人作謝公看。甪里年雖老，高陽興未闌。佳辰不見召，爭免趁杯盤。（來詩云何處趁杯盤）

送兗州崔大夫駙馬赴鎮（唐人絕句作送崔駙馬赴兗州）

戚里誇爲賢駙馬，儒家認作好詩人。魯侯不得辜風景，沂水年年有暮春。

少年問

少年怪我問如何，何事朝朝醉復歌。號作樂天應不錯，憂愁時少樂時多。

問少年

千首詩堆青玉案，十分酒寫白金盂。迴頭却問諸年少，作箇狂夫得了無。

代琵琶弟子謝女師曹供奉寄新調弄譜

琵琶師在九重城，忽得書來喜且驚。一紙展看非舊譜，四弦翻出是新聲。蕤賓掩抑嬌多怨，散水玲瓏峭更清。珠顆淚霑金捍撥，紅妝弟子不勝情。（蕤賓散水皆新調名）

代林園戲贈（裴侍中新修集賢宅成池館甚盛數往遊宴醉歸自戲耳）

南院今秋遊宴少，西坊近日往來頻。假如宰相池亭好，作客何如作主人。

戲荅林園

豈獨西坊來往頻，偷閑處處作遊人。衡門雖是棲遲地，不可終朝鏁老身。

重戲贈

集賢池館從他盛，履道林亭勿自輕。往往歸來嫌窄小，年年爲主莫無情。

重戲荅

小水低亭自可親，大池高館不關身。林園莫妬裴家好，憎故憐新豈是人。

早秋登天宮寺閣贈諸客

天宮閣上醉蕭辰，絲管閑聽酒慢巡。爲向涼風清景道，今朝屬我兩三人。

曉上天津橋（一作閣）閑望偶逢盧郎中張員外攜酒同傾

上陽宮裏曉鐘後，天津橋頭殘月前。空濶境疑非下界，飄颻身似在寥天。星河隱映初生日，樓閣葱蘢半出煙。此處相逢傾一醆，始知地上有神仙。

八月十五日夜同諸客翫月

月好共傳唯此夜，境閑皆道是東都。嵩山表裏千重雪，洛水高低兩顆珠。清景難逢宜愛惜，白頭相勸強歡娛。誠知亦有來年會，保得晴明強健無。

對晚開夜合花贈皇甫郎中

移晚校一月，花遲過半年。紅開杪秋日，翠合欲昏天。白露滴未（一作不）死，涼風吹更鮮。後時誰肎顧，唯我與君憐。

醉遊平泉

狂歌箕踞酒尊前，眼不看人面向天。洛客最閑唯有我，一年四度到平泉。

題贈平泉韋徵君拾遺

箕潁千年後，唯君得古風。位留丹陛上，身入白雲中。躁靜心相背，高低跡不同。籠雞與梁燕，不信有冥鴻。

酬皇甫郎中對新菊花見憶

愛菊高人吟逸韻，悲秋病客感衰懷。黃花助興方攜酒，紅葉添愁正滿堦。居士葷腥今已斷，仙郎杯杓爲誰排。

夜宴醉後留獻裴侍中

九燭臺前十二姝，主人留醉任歡娛。翩翻舞袖雙飛蝶，宛轉歌聲一索珠。坐久欲醒還酩酊，夜深初散又踟躕。南山賓客東山妓，此會人間曾有無。

和韋庶子遠坊赴宴未夜先歸之作兼呈裴員外（員外亦愛先逃歸）

促席留歡日未曛，遠坊歸思已紛紛。無妨按轡行乘月，何必逃杯走似雲。銀燭忍（一作怨）拋楊柳曲，金鞍潛送石榴

裙到時常晚歸時早笑樂三分校一分

集賢池荅侍中問

主人晚入皇城宿問客裹回何所須池月幸閑無用處今宵能借客遊無

楊柳枝二十韻并序

楊柳枝洛下新聲也洛之小妓有善歌之者詞章音韻聽可動人故賦之

小妓攜桃葉新聲蹋柳枝妝成剪燭後醉起拂衫時繡履嬌行緩花筵笑上遲身輕委迴雪羅薄透凝脂笙引簧頻煖箏催柱數移樂童翻怨調才子與妍詞便想人如樹先將髮比絲風條搖兩帶煙葉貼雙眉口動櫻桃破鬟低翡翠垂枝柔腰嫋娜荑嫩手葳蕤唳鶴晴呼侶哀猨夜叫兒玉敲音歷歷珠貫字纍纍袖爲收聲點釵因赴節遺重重遍頭別一一拍心知塞北愁攀折江南苦別離黃遮金谷岸綠映杏園池春惜芳華好秋憐顏一作翠色衰取來歌裏唱勝向笛中吹曲罷那能別情多不自持纏頭無別物一首斷腸詩

荅皇甫十郎中秋深酒熟見憶

煙景冷蒼茫秋深夜夜霜爲思池上酌先覺甕頭香未暇傾巾漉還應染指嘗醍醐慚氣味琥珀讓晶光若許陪歌席須容散道場月終齋戒畢猶及菊花黃

老去

老去媿妻兒冬來有勸詞煖寒從飲酒衝冷少吟詩戰勝心還壯齋勤體校羸由來世間法損益合相隨

送宗實上人遊江南

忽辭洛下緣何事擬向江南住幾時每過渡一作船頭應一作傷問法無妨菩薩是船師

和同州楊侍郎誇柘枝見寄

細吟馮翊使君詩憶作餘杭太守時君有一般輸我事柘枝看校十年遲

冬初酒熟二首

霜繁脆庭柳風利翦池荷月色曉彌苦鳥聲寒更多秋懷久寥落冬計又如何一甕新醅酒萍浮春水波

酒熟無來客因成獨酌謠人間老黃綺地上散松喬忽忽醒還醉悠悠暮復朝殘年多少在盡付此中銷

送姚杭州赴任因思舊遊二首

與君細話杭州事爲我留心莫等閑閭里固宜勤撫恤樓臺亦要數躋攀笙歌縹緲虛空裏風月依稀夢想間且喜詩人重管領遙飛一醆賀江山

渺渺錢唐路幾千想君到後事依然靜逢竺寺猨偷橘閑看蘇家女採蓮故妓數人憑問訊新詩兩首倩留傳舍人雖健無多興老校當時八九年杭民至今呼余爲白舍人

寄李相公

漸老只謀歡雖貧不要官唯求造化力試爲駐春看

冬日平泉路晚歸

山路難行日易斜煙村霜樹欲棲鵶夜歸不到應閑事熱飲三杯即是家

利仁北街作

草色斑斑春雨晴利仁坊北面西行踟躕立馬緣何事認得張家歌吹聲

洛陽堰閑行

洛陽堰上新晴日長夏門前欲暮春遇酒即沽逢樹歇七年此地作閑人

過永寧

村杏野桃繁似雪行人不醉爲誰開賴逢山縣盧明府引我花前勸一杯

往年稠桑曾喪白馬題詩廳壁今來尚存又復感懷更題絶句

路傍埋骨蒿草合壁上題詩塵蘚生馬死七年猶悵望自知無乃太多情

羅敷水

野店東頭花落處一條流水號羅敷芳魂豔骨知何處春草茫茫墓亦無

路逢青州王大夫赴鎮立馬贈別

大旆擁金羈書生得者稀何勞問官職豈不見光輝赫赫人爭看翩翩馬欲飛不期一作欺前歲尹駐節語依依前年春余爲河南尹王爲少尹

和楊同州寒食乾坑會後聞楊工部欲到知予與工部有宿酲

夜飲歸常晚朝眠起更遲舉頭中酒後引手索茶時拂枕青長袖欹簪白接䍦宿酲無興味先是肺神知

和劉汝州酬侍中見寄長句因書集賢坊勝事戲而問之

洛川汝海封畿接履道集賢來往頻一復時程雖不遠百餘步地更相親汝去洛程一宿履道集賢兩宅相去一百三十步朱門陪宴多投轄青眼留歡任吐茵聞道郡齋還有酒花前月下對何人

池上二絶

山僧對棊坐局上竹陰清映竹無人見時聞下子聲

小娃撐小艇偷採白蓮迴不解藏蹤跡浮萍一道開

白羽扇

素是自然色圓因裁製功颯如松起籟飄似鶴翻空盛夏不銷雪終年無盡風引秋生手裏藏月入懷中麈尾斑非疋蒲葵陋不同何人稱相對清瘦白鬚翁

五月齋戒罷宴徹樂聞韋賓客皇甫郎中飲會亦稀又知欲攜酒饌出齋先以長句呈謝

妓房匣鏡滿紅埃酒庫封瓶生綠苔居士爾時緣護戒車公何事亦停杯散齋香火今朝散開素盤筵後日開隨意往還君莫怪坐禪僧去飲徒來

閑園獨賞因夢得所寄蜂鶴之詠因成此篇以和之

午後郊園靜晴來景物新雨添山氣色風借水精神永日若爲度獨遊何所親仙禽狎君子芳樹倚佳人蟻鬬王爭肉蝸移舍逐身蝶雙知伉儷蜂分見君臣蠢蠕形雖小逍遙性即均不知鵬與鷃相去幾微塵

種柳三詠

白頭種松桂早晚見成林不及栽楊柳明年便有陰春風爲催促副取老人心

從君種楊柳夾水意如何準擬三年後青絲拂綠波仍教小樓上對唱柳枝歌

更想五年後千千條麴塵路傍深映月樓上闇藏春愁

七·七　四五五

殺閑遊客聞歌不見人

偶吟

好官病免曾三度散地歸休巳七年老自退閑非世棄貧蒙強健是天憐韋荆南去留春服王侍中來乞酒錢便得一年生計足與君美食復甘眠

池上即事

移牀避日依松竹解帶當風挂薜蘿鈿砌池心綠蘋合粉開花面白蓮多久陰新霽宜絲管苦熱初涼入綺羅家醖瓶空人客絕今宵爭奈月明何

南塘暝興

水色昏猶白霞光闇漸無風荷摇破扇波月動連珠蟋蟀啼相應鴛鴦宿不孤小僮頻報夜歸步一作路尚踟蹰

小宅

小宅里閭接疎籬雞犬通渠分南巷水窗借北家風庾信園殊小陶潛屋不豐何勞問寬窄寬窄在心中

諭親友

適情處處皆安樂大抵園林勝市朝煩鬧榮華猶易過優閑福祿更難銷自憐老大宜疎散却被交親歎寂寥終日相逢不相見兩心相去一何遥

龍門送别皇甫澤州赴任韋山人南遊

隼旟歸洛知何日鶴駕還嵩莫過春惆悵香山雲水冷明朝便是獨遊人

劉蘇州寄釀酒糯米李浙東寄楊柳枝舞衫偶因嘗酒試衫輒成長句寄謝之

柳枝謾蹋試雙袖桑落初香嘗一杯金屑醅濃吴米釀銀泥衫穩越娃裁舞時巳覺愁眉展醉後仍教笑口開慙媿故人憐寂寞三千里外寄歡來

詔授同州刺史病不赴任因詠所懷

同州慵不去此意復誰知誠愛俸錢厚其如身力衰可憐病判案何似醉吟詩勞逸懸相遠行藏決不疑徒煩人勸諫只合自尋思白髮來無限青山去有期野心惟怕鬧家口莫愁飢賣却新昌宅聊充送老資

寄楊六侍郎 時楊初授户部予不赴同州

西户最榮君好去左馮雖穩我慵來秋風一筋鱸魚鱠張翰摇頭喚不迴

韋七自太子賓客再除祕書監以長句賀而餞之 韋往年當與予同爲祕監

離筵莫愴且同歡共賀新恩拜舊官屈就商山伴麋鹿好歸芸閣狎鵷鸞落星石上蒼苔古畫鶴廳前白露寒老監姓名應一作題在壁相思試爲拂塵看

酒熟憶皇甫十

新酒此時熟故人何日來自從金谷别不見玉山頽疎索柳花盌寂寥荷葉杯今冬問氈帳雪裏爲誰開

九年十一月二十一日感事而作 其日獨遊香山寺

禍福茫茫不可期大都早退似先知當君白首同歸日是我青山獨往時顧索素琴應不暇憶牽黄犬定難追麒麟作脯龍爲醢何似泥中曳尾龜

即事重題

重裘暖帽寬氈履小閣低窗深地爐身穩心安眠未起西京朝士得知無

將歸渭村先寄舍弟

一年年覺此身衰一日日知前事非詠月嘲風一作花先要滅登山臨水亦宜稀子平嫁娶貧中畢元亮田園醉裏歸爲報阿連寒食下與吾釀酒掃柴扉

看嵩洛有歎

今日看嵩洛迴頭歎世間榮華急如水憂患大於山見苦方知樂經忙始愛閑未聞籠裏鳥飛出肎飛還

詠懷

隨緣逐處便安閑不入一作住朝廷不住一作入山心似虚舟浮水上身同宿鳥寄林間尚平婚嫁了無累馮翊符章封却還 時阿羅初嫁及同州官吏放歸 處分貧家殘活計匹一作疋如身後莫相關

詠老贈夢得

與君俱老也自問老何如眼澀夜先臥頭慵朝未梳有時扶杖出盡日閉門居嬾照新磨鏡休看小字書情於故人重迹共少年疎唯是閑談興相逢尚有餘

全唐詩

白居易

從同州刺史改授太子少傅分司

承華東署三分務履道西池七過春歌酒優游聊卒歲園林蕭灑可終身留侯爵秩誠虚貴疎受生涯未苦貧月俸百千官二品朝廷雇我作閑人 張良疏受並爲太子少傅

奉和裴令公新成午橋莊綠野堂即事

舊徑開桃李新池鑿鳳皇只添丞相閣不改午橋莊遠處塵埃少閑中日月長青山爲外屏綠野是前堂引水多隨勢栽松不趁行年華玩風景春事看農桑花妬謝家妓蘭偷荀令香遊絲飄酒席瀑布濺琴牀巢許終身穩蕭曹到老忙千年落公便進退處中央 時裴加中書令

自題小草亭

新結一茅茨規模儉且卑土堦全壘塊山木半留皮陰合連藤架藂香近菊籬壁宜藜杖倚門稱荻簾垂窗裏風清夜簷間月好時留連嘗酒客句引坐禪師伴宿雙棲鶴扶行一侍兒綠醅量醆飲紅稻約升炊齷齪豪家笑酸寒富室欺陶廬閑自愛顏巷陋誰知螻蟻謀深穴鷦鷯占小枝各隨其分足焉用有餘爲

自詠

細故隨緣盡衰形具體微鬬閑僧尚鬧較瘦鶴猶肥老遣寬裁襪寒教厚絮衣馬從銜草展雞任啄籠飛只要

天和在無令物性違自餘君莫問何是復何非

新亭病後獨坐招李侍郎公垂

新亭未有客竟日獨何爲趁暖泥茶竈防寒夾竹籬頭
風初定後眼闇欲明時淺把三分酒閑題數句詩應須
置兩榻一榻待公垂

閑臥寄劉同州

軟褥短屏風昏昏醉臥翁鼻香茶熟後腰暖日陽中伴
老琴長在迎春酒不空可憐閑氣味唯欠與君同

殘酌晚餐

閑傾殘酒後煖擁小爐時舞看新翻曲歌聽自作詞魚
香肥潑火飯細滑流匙除却慵饞外其餘盡不知

喜見劉同州夢得

紫綬白髭鬚同年二老夫論心共牢落見面且歡娛酒
好攜來否詩多記得無應須爲春草五馬少踟躕

裴令公席上贈別夢得

年老官高多別離轉難相見轉相思雪銷酒盡梁王起
便是鄒枚分散時

尋春題諸家園林

聞健朝朝出乘春處處尋天供閑日月人借好園林漸
以狂爲態都無悶到心平生身得所未省似而今

又題一絕

貌隨年老欲何如興遇春牽尚有餘遥見人家花便入
不論貴賤與親疎

家園三絕

滄浪峽水子陵灘路遠江深欲去難何似家池通小院
臥房階下插魚竿
籬下先生時得醉甕間吏部暫偷閑何如家醞雙魚榼
雪夜花時長在前
鴛鴦怕捉竟難親鸚鵡雖籠不著人何似家禽雙白鶴
閑行一步亦隨身

老來生計

老來生計君看取白日遊（一作閑）行夜醉吟陶令有田唯種
黍鄧家無子不留金人間榮耀因緣淺林下幽閑氣味
深煩慮漸消虛白長一年心勝一年心

早春題少室東巖

三十六峰晴雪銷嵐翠（一作氣）生月留三夜宿春引四山行
遠草初含色寒禽未變聲東巖最高石唯我有題名

早春即事

眼重朝眠足頭輕宿酒醒陽光滿前戶雪水半中庭物
變隨天氣春生逐地形北簷梅晚白東岸柳先青葱攏
抽羊角松巢墮鶴翎老來詩更拙吟罷少人聽

歎（一作笑）春風兼贈李二十侍郎二絕

樹根雪盡催花發池岸冰消放草生唯有鬚霜依舊白
春風於我獨無情
道場齋戒今初畢酒伴歡娛久不同不把一杯來勸我
無情亦得似春風

春來頻與李二賓客郭外同遊因贈長句

風光引步酒開顏送老消春嵩洛間朝蹋落花相伴出
暮隨飛鳥一時還我爲病叟誠宜退君是才臣豈合閑
可惜濟時心力在放教臨水復登山

二月二日

二月二日新雨晴草芽菜甲一時生輕衫細馬春年少
十字津頭一字行

奉和令公綠野堂種花

綠野堂開占物華路人指道令公家令公桃李滿天下
何用堂前更種花

清明日登老君閣望洛城贈韓道士

風光煙火清明日歌哭悲歡城市間何事不隨東洛水
誰家又葬北邙山中橋車馬長無已下渡舟航亦不閑
冢墓纍纍人擾擾遼東悵望鶴飛還

三月三日

畫堂三月初三日絮撲窗紗燕拂簷蓮子數杯嘗冷酒
柘枝一曲試春衫階臨池面勝看鏡戶映花叢當下簾
指點樓南玩新月玉鉤素手兩纖纖

雨中聽琴者彈別鶴操

雙鶴分離一何苦連陰雨夜不堪聞莫教遷客孀妻聽
嗟歎悲啼諕（一作泥）殺君

酬鄭二司錄與李六郎中寒食日相過同宴見贈（二人並是同年）

偶因冷節會嘉賓況是平生心所親迎接須矜疎傅老
祇供莫笑阮家貧杯盤狼籍宜侵（一作親）夜風景闌珊欲過
春相對喜歡還悵望同年只有此三人

喜楊六侍御同宿（一喜下有與字）

岸幘靜言明月夜匡牀閑臥落花朝二三月裏饒春睡
七八年來不早朝濁水清塵難會合高鵬低鷃各逍遥
眼看又上青雲去更卜同衾一兩宵

殘春詠懷贈楊慕巢侍郎

位逾三品日（太子少傅官三品）年過六旬時（予今年六十五）不道官班下其如
筋力衰猶憐好風景轉重舊親知少壯難重得歡娛且
強爲興來池上酌醉出袖中詩靜話開襟久閑吟放醆
遲落花無限雪殘鬢幾多絲莫說傷心事春翁易酒悲

閑居春盡

閑泊池舟靜掩扉老身慵出客來稀愁應暮雨留教住
春被殘鶯喚遣歸揭甕偷嘗新熟酒開箱試著舊生衣
冬裘夏葛相催促垂老光陰速似飛

春盡日天津橋醉吟偶（一無偶字）呈李尹侍郎

宿雨洗天津無泥未有塵初晴迎早夏落照送殘春興
發詩隨口狂來酒寄身水邊行嵬峨橋上立逡巡疎傅
心情老吳公政化新三川徒有主風景屬閑人

池上逐涼二首

青苔地上消殘暑綠樹陰前逐晚涼輕屐單衫薄紗帽
淺池平岸庳藤牀簪纓怪我情何薄泉石諳君味甚長
偏問交親爲老計多言宜靜不宜忙
窗間睡足休高枕水畔閑（一作行）來上小船櫂遣禿頭奴子
撥茶教纖手侍兒煎門前便是紅塵地林外無非赤日
天誰信好風清簟上更無一事但翛然

香山避暑二絕

六月灘聲如猛雨香山樓北暢師房夜深起凭闌干立
滿耳潺湲滿面涼

紗巾草履竹疎衣晚下香山蹋翠微一路涼風十八里臥乘籃轝睡中歸

老夫

七八年來遊洛都三分遊伴二分無風前月下花園裏處處唯殘个老夫世事勞心非富貴人間（一作生）實事是歡娛誰能逐我來閑坐時共酣歌傾一壺

香山下（一無下字）卜居

老須爲老計老計在抽簪山下初投足人間久息心亂藤遮石壁絕澗護雲林若要深藏處無如此處深

無長物

莫訝家居窄無嫌活計貧只緣無長物始得作閑人青竹單牀簟烏紗獨幅巾其餘皆稱是亦足奉吾身

宿香山寺酬廣陵牛相公見寄（來詩云唯羨東都白居士月明香積問禪師時）（牛相三表乞退有詔不許）

手札八行詩一篇無由相見但依然君匡聖主方行道我事空王正坐禪支許徒思遊白月夔龍未放下青天應須且爲蒼生住猶去懸車十四年（牛相公今年五十七）

以詩代書寄戶部楊侍郎勸買東鄰王家宅

勸君買取東鄰宅與我衡門相並開雲映嵩峰當戶牖月和伊水入池臺林園亦要聞閑置筋力應須及健迴莫學因循白賓客欲年六十始歸來

贈談客

上客清談何亹亹幽人閑思自寥寥請君休說長安事膝上風清琴正調

初入香山院對月（大和六年秋作）

老住香山初到夜秋逢白月正圓時從今便是家山月試問清光知不知

題龍門堰西澗

東岸菊叢西岸柳柳陰煙合菊花開一條秋水琉璃色闊狹纔容小舫（一作艇）迴除却悠悠白少傅何人解入此中來

秋霖中奉裴令公見招早出赴會馬上先寄六韻

雨暗三秋日泥深一尺時老人平旦出自問欲何之不是尋醫藥非干送別離素書傳好語絳帳赴佳期續借桃花馬催迎楊柳姬只愁張錄事罰我怪來遲

嘗酒聽歌招客

一甕香（一作新）醪新插芻（一作篘）雙鬟小妓薄能謳管弦漸好新教得羅綺雖貧免外求世上貪忙不覺苦人間除醉即須愁不知此事君知否君若知時從我遊

八月三日夜作（一無夜字）

露白月微明天涼景物清草頭珠顆冷樓角玉鉤生氣爽衣裳健風疎砧杵鳴夜衾香有思秋簟冷無情夢短眠頻覺宵長起暫行燭凝臨曉影蟲怨欲寒聲槿老花先盡蓮凋子始成四時無了日何用歎衰榮

病中贈南鄰覓酒

頭痛牙疼三日臥妻看煎藥婢來扶今朝似校擡頭語先問南鄰有酒無

曉眠後寄楊戶部

輭綾腰褥薄緜被涼冷秋天穩暖身一覺曉眠殊有味無因寄與早朝人

秋雨夜眠

涼冷三秋夜安閑一老翁臥遲燈滅後睡美雨聲中灰宿溫瓶火香添煖被籠曉晴寒未起霜葉滿階紅

喜夢得自馮翊歸洛兼呈令公

上客新從左輔迴高陽興助洛陽才已將四海聲名去又占三春風景來甲子等頭憐共老文章敵手莫相猜鄒枚未用爭詩酒且飲梁王賀喜杯

齋戒滿夜戲招夢得

紗籠燈下道場前白日持齋夜坐禪無復更思身外事未能全盡世間緣明朝又擬親杯酒今夕先聞理管弦方丈若能來問疾不妨兼有散花天

和令公問劉賓客歸來稱意無之作

水南秋一半風景未蕭條皂蓋迴沙苑藍轝上洛橋閑嘗黃菊酒醉唱紫芝謠稱意那勞問請（平聲）錢不早朝

酬夢得窮秋夜坐即事見寄

焰細燈將盡聲遙漏正長老人秋向火小女夜縫裳菊悴籬經雨萍銷水得霜今冬煖寒酒先擬共君嘗

偶於維揚牛相公處覓得箏箏未到先寄詩來走筆戲荅（來詩云但愁封寄去魔物或驚禪）

楚匠饒巧思秦箏多好音如能惠一面何啻直雙金玉柱調須品朱弦染要深會教魔女弄不動是禪心

荅夢得秋庭獨坐見贈

林梢隱映夕陽殘庭際蕭疎夜氣寒霜草欲枯蟲思急風枝未定鳥棲難容衰見鏡同惆悵身健逢杯且喜歡應是天教相煖熱一時垂老與閑官

長齋月滿攜酒先與夢得對酌醉中同赴令公之宴戲贈夢得

齋宮（一作公）前日滿三旬酒榼今朝一拂塵乘興還同訪戴客解醒仍對姓劉人病心湯沃寒灰活老面花生朽木春若怕平原怪先醉知君未慣吐車茵

奉酬淮南牛相公思黯見寄二十四韻（每對雙關分叙兩意）

白老忘機客牛公濟世賢鷗棲心戀水鵬舉翅摩天累就優閑（一作賢）秩連操造化權貧司甚蕭灑榮路自喧闐望苑三千日台階十五年是人皆棄忘何物不陶甄（居易三任宮寮）（皆分司東都於茲八載思黯出入外內凡十五年皆同平章事）籃轝遊嵩嶺油幢鎮海壖竹篙撐釣艇金甲擁樓船雪夜尋僧舍春朝列妓筵長齋儼香火密宴簇花鈿自覺閑勝鬧遙知醉笑禪是非分未定會合杳無緣我正思楊府君應望洛川西來風裊裊南去雁連連日落龍門外潮生瓜步前秋同一時盡月共兩鄉圓舊眷交歡在新文氣調全慙無白雪曲難荅碧雲篇金谷詩誰賞蕪城賦衆傳珠應哂魚目鈆未伏龍泉遠訊（一作許）驚魔物深情寄酒錢霜紈一百疋玉柱十三弦（思黯遠寄箏來先寄詩云但愁封寄去魔物或驚禪仍與酒資同去）楚醴來尊裏秦聲（一作箏）送耳邊何時（一作如）紅燭下相對一陶然

吳祕監每有美酒獨酌獨醉但蒙詩報不以飲招輒此戲酬兼呈夢得

蓬山仙客下煙霄對酒唯吟獨酌謠不怕道狂揮玉爵（記云飲玉爵者弗揮）亦曾乘興解金貂（吳監前任散騎常侍）君稱名士誇能飲（王孝伯云但常

（紀事：讀離騷痛飲即可稱名士）我是愚夫肓（一作可）見招（獨酌謠云：愚夫子不招）賴有伯倫爲醉
伴何愁不解傲松喬

酬夢得霜夜對月見懷

淒清冬夜景搖落長年情月帶新霜色碪和遠雁聲暖
懶爐火近寒覺被衣輕枕上酬佳句詩成夢不成

初冬月夜得皇甫澤州手札并詩數篇因遣報

書偶題長句

清泠玉韻兩三章落箔銀鉤七八行心逐報書懸雁足
夢尋來路繞羊腸水南地空多明月山北天寒足早霜
（履道所居在水南澤州在太行之北地也）最恨潑醅新熟酒迎冬不得共君嘗

雪中酒熟欲攜訪吳監先寄此詩

新雪對新酒憶同傾一杯自然須訪戴不必待延枚（雪賦云延枚叟）
陳榻無辭解袁門莫嬾開笙歌與談笑隨事自將來

酬令公雪中見贈訝不與夢得同相訪

雪似鵝毛飛散亂人披鶴氅立裴回鄒生枚叟非無興
唯待梁王召即來

題酒甕呈夢得

若無清酒兩三甕爭向白鬚千萬莖麴糵銷愁眞得力
光陰催老苦無情凌煙閣上功無分伏火爐中藥未成
更擬共君何處去且來同作醉先生

迂叟

一辭魏闕就商賓散地閑居八九春初時被目爲迂叟
近日蒙呼作隱人冷暖俗情諳世路是非閑論任交親
應須繩墨機關外安置疏愚鈍滯身

洛下閑居寄山南令狐相公

已收身向園林下猶寄名於祿仕間不鍜嵇康彌嬾靜
無金疏傅更貧閑支分門內餘生計謝絕朝中舊往還
唯是相君忘未得時思漢水夢巴山

惜春贈李尹

春色有時盡公門終日忙兩衙但（平聲）不闕一醉亦何妨

對酒勸令公開春遊宴

芳樹花團雪衰翁鬢撲霜知君倚年少未苦惜風光
時泰歲豐無事日功成名遂自由身前頭更有忘憂日
向上應無快活人自去年來多事故從今日去少交親
宜須數數謀歡會好作開成第二春

與夢得偶同到敦詩宅感而題壁

山東纔副蒼生願（漢書云：山東出相）川上俄驚逝水波履道淒涼新
第宅（敦詩宅在履道修造初成）宣城零落舊笙歌（崔家妓樂多歸宣州也）園荒唯有薪堪
採門冷兼無雀可羅今日相逢（一作隨）偶同到傷心不是故
經過

楊六尚書新授東川節度使代妻戲賀兄嫂二

絕

劉綱與婦共昇仙弄玉隨夫亦上天何似沙哥領崔嫂
碧油幢引向東川

金花銀椀饒君（一作兄）用罨畫羅衣盡（上聲）嫂裁覓得黔婁爲
妹壻可能空寄蜀茶來

閑遊即事

郊野遊行熟村園次第過驀山尋浥澗蹋水渡伊河寒
食青青草春風瑟瑟波逢人共杯酒隨馬有笙歌勝事
經非少芳辰過亦多還須自知分不老擬如何

六十六

七十欠四歲此生那足論每因悲物故還且喜身存安
得頭長黑爭教眼不昏交游成拱木婢僕見曾孫瘦覺
腰金重衰憐鬢雪繁將何理老病應付與空門

池上早春即事招（英華作嘲）夢得

老更驚年改閑先覺日長晴熏榆莢黑春染柳梢黃雲
（一作雪）破山呈色冰融水放光低平穩舩舫輕暖好衣裳白
角三升榼紅茵六尺牀偶遊難得伴獨醉不成狂我有
中心樂君無外事忙經過莫慵嬾相去兩三坊

因夢得題公垂所寄蠟燭因寄公垂

照梁初日光相似出水新蓮豔不如卻寄兩條君令（一作領）
取明年雙引入中書（宰相入朝與雙燭餘官各一）

令公南庄花柳正盛欲偷一賞先寄二篇

最憶樓花千萬朶偏憐堤柳兩三株擬提社酒攜村妓
擅入朱門莫怪無（映樓桃花拂堤垂柳是莊上最勝絕處故舉以爲對）

可惜亭臺閑度日欲偷風景暫遊春只愁花裏鶯饒舌
飛入宮城報主人

春夜宴席上戲贈裴淄州

九十不衰眞地仙（裴年九十不衰羸）六旬猶健亦天憐（予自謂也）今年相遇
鶯花月此夜同歡歌酒筵四座齊聲和絲竹兩家隨分
鬭金鈿留君到曉無他意圖向君前作少年

贈夢得

年顏老少與君同眼未全昏耳未聾放醉臥爲春日伴
趁歡行入少年叢尋花借馬煩川守弄水偷船惱令公
聞道洛城人盡怪呼爲劉白二狂翁

晚春欲攜酒尋沈四著作先以六韻寄之

病容衰慘澹芳景晚蹉跎無計留春得爭能奈老何篇
章慵報荅杯讌喜經過顧我酒狂久負君詩債多（沈前後惠詩十餘首春來多醉竟未酬荅今故云爾）敢辭攜綠蟻只願見青娥最憶陽關唱眞
珠一串歌（沈有謳者善唱西出陽關無故人詞）

三月三日祓禊洛濱（并序　才調集作祓禊日遊於斗門亭一本無此題序即題也）

開成二年三月三日河南尹李待價以人和歲稔
將禊於洛濱前一日啟留守裴令公令公明日召
太子少傅白居易太子賓客蕭籍李仍叔劉禹錫
前中書舍人鄭居中國子司業裴惲河南少尹李
道樞倉部郎中崔晉司封員外郎張可續（一作績）駕部
員外郎盧言虞部員外郎苗愔和州刺史裴儔淄
州刺史裴洽檢校禮部員外郎楊魯士四門博士
談弘謩等一十五人合宴於舟中由斗亭歷魏堤
抵津橋登臨泝沿自晨及暮簪組交映歌笑間發
前水嬉而後妓樂左筆硯而右壺觴望之若仙觀
者如堵盡風光之賞極遊泛之娛美景良辰賞心
樂事盡得於今日矣若不記錄謂洛無人晉公首
賦一章鏗然玉振顧謂四座繼而和之居易舉酒
抽毫奉十二韻以獻（座上作）

三月草萋萋黃鶯歇又啼柳橋晴有絮沙路潤無泥禊
事修初半（一作畢）遊人到欲齊金鈿耀桃李絲管駭鳧鷖轉
岸迴船尾臨流簇馬蹄鬧翻（一作於）揚子渡蹋破魏王堤妓
接謝公宴詩陪荀令題舟同李膺泛醴爲穆生攜水引

春心蕩花牽醉眼迷塵街從鼓動煙樹任鴉棲舞急紅腰軟(一作凝)歌遲翠黛低夜歸何用燭新月鳳樓西

同夢得暮春寄賀東西川二楊尚書

龍節對持眞可愛雁行相接更堪誇兩川風景同三月千里江山屬一家魯衛定知連氣色潘楊亦覺有光華(予與二公皆忝姻眷)應憐洛下分司伴冷宴閑遊老看花

喜小樓西新柳抽條

一行弱柳前年種數尺柔條今日新漸欲拂他騎馬客未多遮得上樓人須教碧玉羞眉黛莫與紅桃作麴塵爲報金堤千萬樹饒伊未敢苦爭春

晚春酒醒尋夢得

料合同惆悵花殘酒亦殘醉心忘老易醒眼別春難獨出雖慵嬾相逢定喜歡還攜小蠻去試覓老劉看(小蠻酒榼名也)

感事

服氣崔常侍(晦叔)燒丹鄭舍人(居中)常期生羽翼那忽化灰塵每遇淒涼事還思潦倒身唯知趁杯酒不解鍊金銀睡適三尸性慵安五藏神無憂亦無喜六十六年春

和裴令公南庄絕句(裴云野人不識中書令喚作陶家與謝家)

陶廬僻陋那堪比謝墅幽微不足攀何似嵩峰三十六長隨申甫作家山

宅西有流水牆下構小樓臨玩之時頗有幽趣因命歌酒聊以自娛獨醉獨吟偶題五絕句

伊水分來不自由無人解愛爲誰流家家抛向牆根底唯我栽蓮越(一作起)小樓

水色波文何所似麴塵羅帶一條斜莫言羅帶春無主自置樓來屬白家

日灩水光搖素壁風飄樹影拂朱欄皆言此處宜弦管試奏霓裳一曲看

霓裳奏(一作試)罷唱梁州紅袖斜翻翠黛愁應是遙聞勝近聽行人欲過盡迴頭

獨醉還須得歌舞自娛何必要親賓當時一部清商樂亦不長將樂外人

偶作

籃舁出即忘歸舍柴戶昏猶未掩關聞客病時慙體健見人忙處覺心閑清涼秋寺行香去和暖春城拜表還木雁一篇須記取致身才與不才間

因夢得酬牛相公初到洛中小飲見贈(時牛相公辭罷揚州節度就拜東都留守)

淮南揮手抛紅旆洛下迴頭向白雲政事堂中老丞相制科場裏舊將軍宮城煙月饒全占關塞風光請半分詩酒放狂猶得在莫欺白叟與劉君

幽居早秋閑詠

幽僻囂塵外清涼水木間臥風秋拂簟步月夜開關且得身安泰從他世險艱但休爭要路不必入深山軒鶴留何用泉魚放不還誰人知此味臨老十年閑

和令狐僕射小飲聽阮咸

掩抑復淒清非琴不是箏還彈樂府曲別占阮家名古調何人識初聞滿座驚落盤珠歷歷搖珮玉琤琤似勸杯中物如含林下情時移音律改豈是昔時聲

燒藥不成命酒獨醉

白髮逢秋王(去聲)丹砂見火空不能留姹女爭免作衰翁賴有杯中綠能爲面上紅少年心不遠只在半酣中

送盧郎中赴河東裴令公幕

別時暮雨洛橋岸到日涼風汾水波荀令見君應問我爲言秋草閉門多

送李滁州

君於覺路深留意我亦禪門薄致功未悟病時須去病已知空後莫依空白衣臥病(一作疾)嵩山下皁蓋行春楚水東誰道三年千里別兩心同在道場中

長齋月滿寄思黯

一日不見如三月一月相思如七年似隔山河千里地仍當風雨九秋天明朝齋滿相尋去挈榼抱衾同醉眠

冬夜對酒寄皇甫十

霜殺中庭草冰生後院池有風空動樹無葉可辭枝十月苦長夜百年強半時新開一瓶酒那得不相思

歲除夜對酒

衰翁歲除夜對酒思悠然草白經霜地雲黃欲雪天醉依(烏皆切)香枕坐慵傍煖爐眠洛下閑來久明朝是十年

全唐詩

白居易

寄獻北都留守裴令公(幷序　今本以序爲題此從英華本增)

司徒令公分守東洛移鎭北都一心勤王三月成政形容盛德實在歌詩況辱知音敢不先唱輒奉五言四十韻寄獻以抒下情

天上中台正人間一品高(中書令上應中台司徒官一品)休明值堯舜勳業過蕭曹始擅文三捷(進士及第博學制策連登三科)終兼武六韜動人名赫赫憂國意忉忉盪(一作伐)蔡擒封豕(吳元濟也)平齊斬巨鼇(李師道也)兩河收土宇四海定波濤寵重移宮籥(自東都留守授北京留守)恩新換閫旄保釐東宅靜(周公召公東治洛邑)守護北門牢晉國封疆闊幷州士馬豪胡兵驚赤幟邊雁避烏號令下流如水仁霑澤似膏路喧歌五袴軍醉感單醪將校森貔武賓僚儼雋髦客無煩夜柝吏不犯秋毫神在臺駘助魂亡獫狁逃德星銷彗孛霖雨滅腥臊烽戍高臨代關河遠控洮汾雲晴(一作時)漠漠朔吹冷颼颼豹尾交牙戟虯鬚捧佩刀通天白犀帶照地紫麟袍羌管吹楊柳燕姬酌蒲萄(蒲萄酒出太原)銀含鑿落醆(一作線)金屑琵琶槽遙想從軍樂應忘報國勞紫微留(一作含)北闕(中書令即紫微令也)綠野寄東皐(綠野堂在東都午橋莊也)忽憶前時會多慙下客叨清宵陪讌話美景從遊遨花月還同賞琴詩雅自操朱弦拂宮徵洪筆振風騷近竹開方丈依林架桔槔春池八九曲畫舫兩三艘徑滑苔黏屐潭深水沒篙

綠絲縈岸柳紅粉映樓桃（皆午橋莊中佳境）爲穆先陳醴（居易每十齋日在會常蒙以二勤湯代酒也）招劉共藉糟（劉夢得也）舞鬟金翡翠歌頸玉蠐螬盛德終難過（一作退）明時豈易遭公雖慕張范（張良范蠡）帝未舍伊皋眷戀心方結踟躕首已搔鸞皇上寥廓燕雀任蓬蒿欲獻文狂簡徒煩思鬱陶可憐四百字輕重抵鴻毛

和東川楊慕巢尚書府中獨坐感戚在懷見寄十四韻（慕巢感戚處州弟喪逝感巳之榮盛有歸洛之意故敘而和之也）

我是知君者君今意若何窮通時不定苦樂事相和東蜀歡殊渥西江歎逝波只緣榮貴極翻使感傷多行斷風驚雁（慕巢及楊九楊十前年來兄弟三人各在一處）年侵日下坡片心休慘戚雙鬢已蹉跎紫綬黃金印青幢白玉珂老將榮補貼愁用道銷磨外府饒杯酒中堂有綺羅應須引滿飲何不放狂歌錦水通巴峽香山對洛河將軍馳鐵馬少傅步銅駝深契憐松竹高情憶薜蘿懸車年甚遠未敢故（一作放）相過

分司洛中多暇數與諸客宴遊醉後狂吟偶成十韻因招夢得賓客兼呈思黯奇章公

性與時相遠身將世兩忘寄名朝士籍寓興少年場老豈無談笑貧猶有酒漿隨時來伴侶逐日用風光數數遊何爽些些病未妨天教榮啟樂人恕接輿狂改業爲逋客移家住醉鄉不論招夢得兼擬誘奇章要路風波險權門市井忙世間無可戀不是不思量

小歲日喜談氏外孫女孩滿月

今旦夫妻喜他人豈得知自嗟生女晚敢訝見孫遲物以稀爲貴情因老更慈新年逢吉日滿月乞名時（因名引珠）桂燎熏花果蘭湯洗玉肌懷中有可抱何必是男兒

閑吟贈皇甫郎中親家翁（新與皇甫結姻）

誰能嗟歎光陰暮豈復憂愁活計貧忽忽不知頭上事時時猶憶眼中人早爲良友非交勢晚接嘉姻不失親最喜兩家婚嫁畢一時抽得尚平身

夢得臥病攜酒相尋先以此寄

病來知少客誰可以爲娱日晏開門未秋寒有酒無自宜相慰問何必待招呼小疾無妨飲還須挈一壺

酬思黯戲贈同用狂字

鍾乳三千兩金釵十二行妬他心似火欺我鬢如霜（思黯自誇前後服鍾乳三千兩甚得力而歌舞之妓頗多來詩謔予羸老故戲荅之）慰老資歌笑銷愁仰酒漿眼看狂不得狂得且須狂

又戲荅絶句（來句云不是道公狂不得恨公逢我不教狂）

狂夫與我兩相忘故態些些亦不妨縱酒放歌聊自樂接輿爭解教人狂

令狐相公與夢得交情素深眷予分亦不淺一聞薨逝相顧泣然旋有使來得前月未殁之前數日書及詩寄贈夢得哀吟悲歎寄情于詩詩成示予感而繼和

緘題重疊語殷勤存没交親自此分前月使來猶理命今朝詩到是遺文銀鉤見晚書無報玉樹埋深哭不聞最感一行絶筆字尚言千萬樂天君（令狐與夢得手札後云見樂天君爲伸千萬之誠也）

洛下雪中頻與劉李二賓客宴集因寄汴州李尚書

水南水北雪紛紛雪裏歡遊莫厭頻日日暗（一作多）來唯老病年年少去是交親碧氊帳暖梅花濕紅燎爐香竹葉春今日鄒枚俱在洛梁園置酒召何人

看夢得題荅李侍郎詩詩中有文星之句因戲和之

看題錦繡報瓊瑰俱是人天第一才好遣文星守躔次亦須防有客星來

閑適

祿俸優饒官不卑就中閑適是分司風光暖助遊行（一作人）處雨雪寒供飲宴時肥馬輕裘還且有麤歌薄酒亦相隨微躬所要今皆得只是蹉跎得校遲

戲荅思黯（思黯有能箏者以此戲之）

何時得見十三弦待取無雲有月天願得金波明似鏡鏡中照出月中仙

酬裴令公贈馬相戲（裴詩云君若有心求逸足我還留意在名姝蓋引妾換馬戲意亦有所屬也）

安石風流無奈何欲將赤驥換青娥不辭便送東山去臨老何人與唱歌

新歲贈夢得

暮齒忽將及同心私自憐漸衰宜減食已喜更加年紫綬行聯袂籃轝出比肩與君同甲子歲酒合誰先

早春持齋荅皇甫十見贈

正月晴和風氣（一作景）新紛紛已有醉遊人帝城花笑長齋客三（一作二）十年來負早春

戲贈夢得兼呈思黯

霜（一作雙）鬢莫欺今老矣（傳曰今老矣無能爲也）一杯莫笑便陶然陳郎中處爲高户（陳商郎中酒户涓滴）裴使君前作少年（裴洽使君年九十餘）顧我獨狂多自哂與君同病最相憐月終齋滿誰開素須擬（一作詫）奇章置一筵

早春憶遊思黯南莊因寄長句

南莊勝處心常憶借問軒車早晚遊美景難忘竹廊下好風爭奈柳橋頭冰消見水多於地雪霽看山盡入樓若待春深始同賞鶯殘花落却堪愁

酬皇甫十早春對雪見贈

漠漠復雰雰東風散玉塵明催竹窗曉寒退柳園春綠醖（一作醑）香堪憶紅爐暖可親忍心三兩日莫作破齋人

奉和思黯自題南莊見示兼呈夢得

謝家別墅最新奇山展屏風花夾籬曉月漸沈橋脚底晨光初照屋梁時臺頭有酒鶯呼客水面無塵風洗池除却吟詩兩閑客此中情狀更誰知

送蘄春李十九使君赴郡

可憐官職好文詞五十專城未是遲曉日鏡前無白髮春風門外有紅旗郡中何處堪攜酒席上誰人解和詩唯共交親開口笑知君不及洛陽時

自題酒庫

野鶴一辭籠虛舟長任風送愁還鬧處移老入閑中身更求何事天將富此翁此翁何處富酒庫不曾空（劉仁軌詩云天將富此翁以一醉爲富也）

寒食日寄楊東川

不知楊六逢寒食作（古做字）底歡娱過此辰兜率寺高宜望月嘉陵江近好遊春蠻旗似火行隨馬蜀妓如花坐遶身不使黔婁夫婦看誇張富貴向何人

醉後聽唱桂華曲（詩云遥知天上桂華孤試問嫦娥更要無月宮幸有閑田地何不中央種兩株此曲韻怨切聽輒感人故云爾）

桂華詞意苦丁寧唱到常娥醉便醒此是人間腸斷曲莫教不得意人聽

酬夢得以予五月長齋延僧徒絶賓友見戲十韻

賓客懶逢迎翛然池館清簷閑空燕語林静未蟬鳴葷血還（一作初）休食杯觴亦罷傾三春多放逸五月暫修行香印朝煙細紗燈夕焰明交遊諸長老師事古先生（竺乾古先生也）禪後心彌寂齋來體更輕不唯忘肉味兼擬滅風情蒙以聲聞待難將戲論爭虛空若有佛靈運恐先成

奉和裴令公三月上巳日遊太原龍泉憶去歲禊洛見示之作（依來體雜言）

去歲暮春上巳共泛洛水中流今歲暮春上巳獨立香山下頭風光閑寂寂旌旆遠悠悠丞相府歸晉國太行山礙并州鵬背負天龜曳尾雲泥不可得同遊

又和令公新開龍泉晉水二池

舊有潢污泊今爲白水塘（詩云方塘含白水）笙歌聞四面樓閣在中央春變煙波色晴添樹木光龍泉信爲美莫忘午橋莊

早夏曉興贈夢得

窗明簾薄透朝光臥整巾簪起下牀背壁燈殘經宿焰開箱衣帶隔年香無情亦任他春去不醉爭銷得晝長一部清商一壺酒與君明日暖新堂

春日題乾元寺上方最高峰亭

危亭絶頂四無鄰見盡三千世界春但覺虛空無障礙不知高下幾由旬迴看官路三條線却望都城一片塵賓客暫遊無半日王侯不到便終身始知天造空閑境不爲忙人富貴人

奉和思黯相公以李蘇州所寄太湖石奇狀絶倫因題二十韻見示兼呈夢得

錯落復崔嵬蒼然玉一堆峰駢仙掌出罅坼劍門開峭頂高危矣盤根下壯哉精神欺竹樹氣色壓亭臺隱起磷磷狀凝成瑟瑟胚廉稜露鋒刃清越扣瓊瑰岌嶪形將動巍峩勢欲摧奇應潛鬼怪靈合蓄雲雷（一作風）黛潤霑新雨斑明點古苔未曾棲鳥雀不肯染塵埃尖削琅玕笋窪剜瑪瑙罍海神移碣石畫障簇天台在世爲尤物如人負逸才渡江一葦載入洛五丁推出處雖無意升沈亦有媒（媒爲李蘇州）拔從水府底置向相庭隈對稱吟詩句看宜把酒杯終隨金礪用不學玉山頹疎傳心偏愛園公眼屢迴共嗟無此分虛管太湖來（居易與夢得俱典姑蘇而不獲此石）

奉和思黯相公雨後林園四韻見示

新晴夏景好復此池邊地煙樹綠含滋水風清有味便成林下隱都忘門前事騎吏引歸軒始知身富貴

晚夏閑居絶無賓客欲尋夢得先寄此詩

魚笋朝餐飽蕉紗暑服輕欲爲窗下寢先傍水邊行晴引鶴雙舞秋生蟬一聲無人解相訪有酒共誰傾老更諳時事閑多見物情只應劉與白二叟自相迎

寄李蘄州

下車書奏龔黄課動筆詩傳鮑謝風江郡謳謡誇杜母洛城（一作陽）歡會憶車公笛愁春盡梅花裏簟冷秋生薤葉中（蘄州出好笛并薤葉簟）不道蘄州歌酒少使君難稱與誰同

酬思黯相公晚夏雨後感秋見贈

暮去朝來無歇期炎涼暗向雨中移夜長祇合愁人覺秋冷先應瘦客知兩幅彩箋揮逸翰一聲寒玉振清辭無憂無病身榮貴何故沈吟亦感時

久雨閑悶對酒偶吟

凄凄苦雨暗銅駝嫋嫋涼風起漕（在到切）河自夏及秋晴日少從朝至暮悶時多鷺臨池立窺魚笋隼傍林飛拂雀羅賴有杯中神聖物百憂無柰十分何

雨後秋涼

夜來秋雨後秋氣颯然新團扇先辭手生衣不著身更添砧引思難與簟相親此境誰偏覺貧閑老瘦人

酬夢得早秋夜對月見寄

吾衰寡情趣君病懶經過其柰西樓上新秋明月何庭蕪淒白露池色澹金波況是初長夜東城砧杵多

題謝公東山障子

賢愚共在浮生内貴賤同趍羣動間多見忙時已衰病少聞健日肯休閑鷹飢受緤從難退鶴老乘軒亦不還唯有風流謝安石拂衣攜妓入東山

謝楊東川寄衣服

年年衰老交遊少處處蕭條書信稀唯有巢兄不相忘春茶未斷寄秋衣

詠懷寄皇甫朗之

老大多情足往還招僧待客夜開關學調氣後衰中健不用心來閙處閑養病未能辭薄俸忘名何必入深山與君别有相知分同置身於木鴈間

東城晚歸

一條邛杖懸龜榼雙角吴童控馬銜晚入東城誰識我短靴低帽白蕉衫

與夢得沽酒閑飲且約後期

少時猶不憂生計老後誰能惜酒錢共把十千沽一斗相看七十欠三年閑徵雅令窮經史醉聽清吟勝管弦更待菊黄家醖熟共君一醉一陶然

與牛家妓樂雨後合宴

玉管清弦聲旖旎翠釵紅袖坐參差兩家合奏洞房夜八月連陰秋雨時歌臉有情凝睇久舞腰無力轉裙遲人間歡樂無過此上界西方即不知

和楊六尚書喜兩弟漢公轉吴興魯士賜章服命賓開宴用慶恩榮賦長句見示

華筵賀客日紛紛劒外歡娱洛下聞朱紱寵光新照地彤襜喜氣遠淩雲榮聯花萼詩難和樂助塤篪酒易醺感羡料應知我意今生此事不如君

自詠

鬢白面微紅醺醺半醉中百年隨手過萬事轉頭空臥疾瘦居士行歌狂老翁仍聞好事者將我畫屏風

夢得相過援琴命酒因彈秋思偶詠所懷兼寄繼之待價二相府

閑居静侶偶相招小飲初酣琴欲調我正風前弄秋思君應天上聽雲韶（雲韶雅曲上多與宰相同聽之）時和始見陶鈞力物遂方

知盛聖朝雙鳳栖梧魚在藻飛沈隨分各逍遙

九月八日酬皇甫十見贈

君方對酒綴詩章我正持齋坐道場處處追遊雖不去時時吟詠亦無妨霜蓬舊鬢三分白露菊新花一半黃惆悵東籬不同醉陶家明日是重陽

慕巢尚書書云室人欲為置（一作買）一歌者非所安也以詩相報因而和之

東川已過二三春南國須求一兩人富貴大都多老大歡娛太半為親賓如愁翠黛應堪重買笑黃金莫訴貧他日相逢一杯酒尊前還要落梁塵

杪秋獨夜

無限少年非我伴可憐清夜與誰同歡娛牢落中心少親故凋零四面空紅葉樹飄風起後白鬚人立月明中前頭更有蕭條物老菊衰蘭三兩叢

憑李睦州訪徐凝山人（疑即睦州之民也）

郡守輕詩客鄉人薄釣翁解憐徐處士唯有李郎中

蘇州故吏

江南故吏別來久今日池邊識我無不獨使君頭似雪華亭鶴死白蓮枯（蓮鶴皆蘇州同來）

得楊湖州書頗誇撫民接賓縱酒題詩因以絕句戲之

豈獨愛民兼愛客不唯能飲又能文白蘋洲上春傳語柳使君輸楊使君

天宮（一作官）閣秋晴晚望

洛城秋霽後梵閣暮登時此日風煙好今秋節候遲霞光紅泛灩樹影碧參差莫慮言歸晚牛家有宿期

酬夢得暮秋晴夜對月相憶

霽月光如練盈庭復滿池秋深無熱後夜淺未寒時露葉團荒菊風枝落病梨相思懶相訪應是各年衰

同夢得和思黯見贈來詩中先敘三人同讌之歡次有歎鬢髮漸衰嫌孫子催老之意因酬（一作繼）妍唱兼吟鄙懷

醉伴騰騰白與劉何朝何夕不同遊留連燈下明猶飲斷送尊前倒即休催老莫嫌孫稚長加年須喜鬢毛秋敎他伯道爭存活無子無孫亦白頭

聽歌

管妙弦清歌入雲老人合眼醉醺醺誠知不及當年聽猶覺聞時勝不聞

三年冬隨事鋪設小堂寢處稍似穩暖因念衰病偶吟所懷

小宅非全陋中堂不甚卑聊堪會親族足以貯妻兒暖帳迎冬設溫爐向夜施裘新青兔褐褥軟白猨皮似鹿眠深草如雞宿穩枝逐身安枕席隨事有屏帷病致衰殘早貧營活計遲由來蠶老後方是繭成時

初冬即事呈夢得

青氈帳暖喜微雪紅地爐深宜早寒走筆小詩能和否潑醅新酒試嘗看僧來乞食因留宿客到開尊便共歡臨老交親零落盡希君恕我取人寬

自罷河南已換七尹每一入府悵然舊遊因宿內廳偶題西壁兼呈韋尹常侍

每日河南府依然似到家杯嘗七尹酒（七官酒味不同備嘗之矣）樹看十年花（即府中新果園）且健須歡喜雖衰莫歎嗟迎門無故吏侍坐有新娃暖閣謀宵宴寒庭放晚衙主人留宿定一任夕陽斜

天寒晚起引酌詠懷寄許州王尚書汝州李常侍

葉覆冰池雪滿山日高慵起未開關寒來更亦無過醉老後何由可得閑四海故交唯許汝十年貧健是樊蠻相思莫忘櫻桃會一放狂歌一破顏（櫻桃花時數與許汝二君歡會甚樂）

四年春

柳梢黃嫩草芽新又入開成第四春近日放慵多不出少年嫌老可相親分司吉傳頻過舍致仕崔卿擬卜鄰時輩推遷年事到往還多是白頭人

白髮

白髮生來三十年而今鬚鬢盡皤然歌吟終日如狂叟衰疾多時似瘦仙八戒夜持香火印三光（一作元）朝念蘂珠篇其餘便被春收拾不作閑遊即醉眠

追歡偶作

追歡逐樂少閑時補貼（一作帖）平生得事遲何處花開曾後看誰家酒熟不先知石樓月下吹蘆管金谷風前舞柳枝十聽春啼變鶯舌三嫌老醜換蛾眉樂天一過難知分猶自咨嗟兩鬢絲（蘆管柳枝已下皆十年來洛中之事）

公垂尚書以白馬見寄光潔穩善以詩謝之

翩翩白馬稱金羈領綴銀花尾曳絲毛色鮮明人盡愛性靈馴善主偏知免將妾換慚來處試使奴牽欲上時不蹶不驚行步穩最宜山簡醉中騎

西樓獨立

身著白衣頭似雪時時醉立小樓中路人迴顧應相怪十一年來見此翁

書事詠懷

官俸將生計雖貧豈敢嫌金多輸陸賈酒足勝陶潛（陶潛詩云常苦酒不足）牀煖僧敷坐樓晴妓卷簾日遭齋破用（每月常持十齋）春賴閏加添（是年閏正月也）老向歡彌切狂於飲不廉十年閑未足亦恐涉無厭

酬夢得比萱草見贈（來篇云唯君比萱草相見可忘憂）

杜康能散悶萱草解忘憂借問萱逢杜何如白見劉老衰勝少夭閑樂笑忙愁試問同年內何人得白頭

問皇甫十

苦樂心由我窮通命任他坐傾張翰酒行唱接輿歌榮盛傍看好優閑自適多知君能斷事勝負兩如何

早春獨登天宮閣（一作闕）

天宮日暖閣門開獨上迎春飲一杯無限遊人遙怪我緣何最老最先來

送蘇州李使君赴郡二絕句

憶拋印綬辭吳郡衰病當時已有餘今日賀君兼自喜八迴看換舊銅魚（予自罷蘇州及茲換八刺史也）

館娃宮深春日長（館娃宮今靈巖寺也）烏鵲橋高秋夜涼（烏鵲橋在蘇州南門）風月不知人世變奉君直似奉吳王

長洲曲新詞

茂苑綺羅佳麗地女湖桃李豔陽時心奴已死胡容老
後輩風流是阿誰

憶江南詞三首（此曲亦名謝秋娘每首五句）

江南好風景舊曾諳日出江花紅勝火春來江水綠如
藍能不憶江南
江南憶最憶是杭州山寺月中尋桂子郡亭枕上看潮
頭何日更重遊
江南憶其次憶吳宮吳酒一杯春竹葉吳娃雙舞醉芙
蓉早晚復相逢

全唐詩目第七函

第八冊

白居易三十五卷至三十九卷

全唐詩

白居易

病中詩十五首并序

開成已未歲余蒲柳之年六十有八冬十月甲寅
旦始得風痺之疾體瘰（音闕）目眩左足不支蓋老病
相乘時而至耳余早棲心釋梵浪跡老莊因疾觀
身果有所得何則外形骸而内忘憂恚先禪觀而
後順醫治旬月以還厥疾少間杜門高枕澹然安
閑吟諷興來亦不能遏因成十五首題爲病中詩
且貽所知兼用自廣昔劉公幹病漳浦謝康樂臥
臨川咸有篇章抒詠其志今引而序之者慮不知
我者或加誚焉

初病風

六十八衰翁乘衰百疾攻朽株難免蠹空穴易來風肘
痺宜生柳頭旋劇轉蓬恬然不動處虛白在胷中

枕上作

風疾侵凌臨老頭血凝筋滯不調柔甘從此後支離臥
賴是從前爛漫遊迴思往事紛如夢轉覺餘生杳若浮
浩氣自能充靜室驚飈何必蕩虛舟腹空先進松花酒
膝冷重裝桂布裘若問樂天憂病否樂天知命了無憂

答閑上人來問因何風疾

一牀方丈向陽開勞動文殊問疾來欲界凡夫何足道
四禪天始免風災（色界四天初禪具三災二禪無火災三禪無水災四禪無風災）

病中五絶句

世間生老病相隨此事心中久自知今日行年將七十
猶須慙媿病來遲
方寸成灰鬢作絲假如強健亦何爲家無憂累身無事
正是安閑好病時
李君墓上松應拱元相池頭竹盡枯多幸樂天今始病
不知合要苦治無（李元皆予執友也杓直少予八歲即世已九年微之少予七年薨已八年矣今予始病得非幸乎）
目昏思（一作畏）寢即安眠足軟妨行便坐禪身作醫王心是
藥不勞和扁到門前
交親不要苦相憂亦擬時時強出遊但有心情何用脚
陸乘肩轝水乘舟

送嵩客

登山臨水分無期泉石煙霞今屬誰君到嵩陽吟此句
與教二（一作三）十六峰知

罷灸

病身佛說將何喻變滅須臾豈不聞莫遣淨（一作浮）名知（一作和）
我笑休將火艾灸浮雲（維摩經云是身如浮雲須臾變滅也）

賣駱馬

五年花下醉騎行臨賣回頭嘶一聲項籍顧騅猶解歎
樂天別駱豈無情

別柳枝

兩枝楊柳小樓中嫋嫋多年伴醉翁明日（一作白）放歸歸去
後世間應不要春風

就暖偶酌戲諸詩酒舊侶

低屏軟褥臥藤牀舁向前軒就日陽一足任他爲外物
三杯自要沃中腸頭風若見詩應愈齒折仍誇笑不妨
細酌徐吟猶得在舊遊未必便相忘

歲暮呈思黯相公皇甫朗之及夢得尚書

歲暮皤然一老夫十分流輩九分無莫嫌身病人扶侍
猶勝無身可遣扶

自解

房傳往世爲禪客（世傳房太尉前生爲禪僧與婁師德友善慕其爲人故今生有婁之遺風也）王道前生
應畫師（王右丞相詩云宿世是詞客前身應畫師）我亦定中觀宿命多生債負是歌
詩不然何故狂吟詠病後多於未病時

歲暮病懷贈夢得（時與夢得同患足疾）

十年四海故交親零落唯殘兩病身共遣數奇從是命
同教步蹇有何因眼隨老減嫌長夜體待陽舒望早春
新樂堂前舊池上相過亦不要他人

雪後過集賢裴令公舊宅有感

梁王捐館後枚叟過門時有淚人還泣無情雪不知臺
亭留盡在賓客散何之唯有蕭條雁時來下故池

酬夢得貧居詠懷見贈

歲陰生計兩蹉跎相顧悠悠醉且歌廚冷難留烏止屋

詩云瞻烏爰止于誰之屋言烏多止富家之屋也門閑可與雀張羅，病添莊舄吟聲苦，貧欠韓康藥債多。日望揮金賀新命，來篇云若有金揮勝二疏俸錢依舊又如何。時夢得罷賓客除秘監祿俸畧同故云

酬夢得見喜疾瘳

暖臥摩綿褥，晨一作寒傾藥酒螺。昏昏布裘底，病醉睡相和。末疾徒云爾，傳云風淫末疾末謂四肢餘年有幾何。須知差與否，相去校無多。

夜聞箏中彈瀟湘送神曲感舊

縹緲巫山女，歸來七八年。殷勤湘水曲，留在十三弦。苦調吟還出，深情咽不傳。萬重雲水思，今夜月明前。

感蘇州舊舫

畫梁朽折紅窗破，獨立池邊盡日看。守得蘇州船舫爛，此身爭合不衰殘。

感舊石上字

閑撥船行尋舊池，幽情往事復誰知。太湖石上鐫三字，十五年前陳結之。

見敏中初到邠寧秋日登城樓詩詩中頗多鄉思因以寄和從殿中侍御出副邠寧

想爾到邊頭，蕭條正值秋。二年貧御史，八月古邠州。絲管聞雖樂，風沙見亦愁。望鄉心若苦，不用數登樓。

齋戒

每因齋戒斷葷腥，漸覺塵勞染愛輕。六賊定知無氣色，三尸應恨少恩情。酒魔降伏終須盡，詩債填還亦欲平。從此始堪爲弟子，竺乾師是古先生。

戲禮經老僧

香火一爐燈一醆，白頭夜禮佛名經。何年飲著聲聞酒，直到如今醉未醒。

近見慕巢尚書詩中屢有歎老思退之意又於洛下新置郊居然寵寄方深歸心大速因以長句戲而諭之

近見詩中歎白髮，遥知閫外憶東都。煙霞偷眼窺來久，富貴黏身擺得無。新置林園猶濩落，未終婚嫁且踟躕。應須待到懸車歲，然後東歸伴老夫。

對鏡偶吟贈張道士抱元

閑來對鏡自思量，年貌衰殘分所當。白髮萬莖何所怪，丹砂一粒不曾嘗。眼昏久被書料理，肺渴多因酒損傷。今日逢師雖已晚，枕中治老有何方。

病入新正

枕上驚新歲，花前念舊歡。是身老所逼，非意病相干。風月情猶在，杯觴興漸一作又闌。便休心未伏，更試一春看。

臥疾來早晚

臥疾來早晚，懸懸將十旬。婢能尋本草，犬不吠醫人。酒甕全生醭，歌筵半委塵。風光還欲好，爭向枕前春。

強起迎春戲寄思黯

杖策人扶廢病身，晴和強起一迎春。他時蹇跛縱行得，笑殺平原樓上人。

夢得前所酬篇有鍊盡美少年之句因思往事兼詠今懷重以長句答之

鍊盡少年成白首，憶初相識到今朝。昔饒春桂長先折，今伴寒松取一作最後凋。昔登科第夢得多居先今同暮年洛下爲老伴生事縱貧猶可過，風情雖老未全銷。聲華寵命人皆得，若箇如君歷七朝。夢得貞元中及今凡仕七朝也

病後寒食

故紗絳帳舊青氈，藥酒醺醺引醉眠。斗擻弊袍春晚後，摩挲病脚日陽前。行無筋力尋山水，坐少精神聽管弦。拋擲風光負寒食，曾來未省似今年。

老病相仍以詩自解

榮枯憂喜與彭殤，都是人間戲一場。蟲臂鼠肝猶不怪，雞膚鶴髮復何傷。昨因風發甘長往，今遇陽和又小康。春暖來風痺稍退也還似遠行裝束了，遲迴且住亦何妨。

皇甫郎中親家翁赴任絳州宴送出城贈別

慕賢入室交先定，結援通家好復成。新婦不嫌貧活計，嬌孫同慰老心情。洛橋歌酒今朝散，絳路風煙幾日行。欲識離羣相戀意，爲君扶病出都城。

春暖

風痺宜和暖，春來脚較輕。鶯留花下立，鶴引水邊行。髮少嫌巾重，顏衰訝鏡明。不論親與故，自亦昧平生。

殘春晚起伴客笑談

掩戶下簾朝睡足，一聲黃鳥報殘春。披衣岸幘日高起，兩角青衣扶老身。策杖強行過里巷，引杯閑酌伴親賓。莫言病後妨談笑，猶恐多於不病人。

送唐州崔使君侍親赴任

連持使節歷專城，獨賀崔侯最慶榮。烏府一拋霜簡去，朱輪四從板輿行。崔郎中從殿中連典四郡皆侍親赴任發時止許沙鷗送，到日方乘竹馬迎。唯慮郡齋賓友少，數杯春酒共誰傾。

春晚詠懷贈皇甫朗之

豔陽時節又蹉跎，遲暮光陰復若何。一歲平分春日少，百年通計老時多。多中更被愁牽引，少處兼遭病折磨。賴有銷憂治悶藥，君家濃酎我狂歌。

春盡日宴罷感事獨吟開成五年三月三十日作

五年三月今朝盡，客散筵空獨掩扉。病共樂天相伴住，春隨樊子一時歸。閑聽鶯語移時立，思逐楊花觸處飛。金帶縋腰衫委地，年年衰瘦不勝衣。

病中辱崔宣城長句見寄兼有觥綺之贈因以四韻總而酬之

劉楨病發經春臥，謝朓詩來盡日吟。三道舊誇收片玉，昔予考制策崔君登科也一章新喜獲雙金。信題霞綺緘情重，酒試銀觥表分深。科第門生滿霄漢，歲寒少得似君心。

前有別楊柳枝絶句夢得繼和云春盡絮飛留不得隨風好去落誰家又復戲答

柳老春深日又斜，任他飛向別人家。誰能更學孩童戲，尋逐春風捉柳花。

池上早夏

水積春塘晚，陰交夏木繁。舟船如野渡，籬落似江村。靜拂琴牀席，香開酒庫門。慵閑無一事，時弄小嬌孫。

談氏外孫生三日喜是男偶吟成篇兼戲呈夢得

玉芽珠顆小男兒，羅薦蘭湯浴罷時。芣苢春來盈女手，梧桐老去長孫枝。慶傳媒氏燕先賀，喜報談家烏預知。

明日貧翁具雞黍應須酬賽引雛詩(前年談氏外孫女初生夢得有賀詩云從此引鸞雛今幸是男前言似有徵故云)

開成大行皇帝挽歌詞四首奉敕撰進

御宇恢皇化傳家叶至公華夷臣妾内堯舜弟兄中制度移民俗文章變國風開成與貞觀實錄事多同

晏駕辭雙闕靈儀出九衢上雲歸碧落下席葬蒼梧奠晚餘堯曆龜新啓夏圖三朝聯棣萼從古帝王無

嚴恭七月禮哀慟萬人心地感勝秋氣天愁結夕陰鼎湖龍漸遠濛汜日初沈唯有雲韶樂長留治世音

化成同軌表清平恩結連枝感聖明帝與九齡雖吉夢山呼萬歲是虛聲月低儀仗辭蘭路風引笳簫入柏城老病龍髯攀不及東周退傳最傷情

時熱少客因咏所懷

冠櫛心多懶逢迎興漸微況當時熱甚幸遇客來稀濕灑池邊地涼開竹下扉露牀青篾簟風架白蕉衣院靜留僧宿樓空放妓歸衰殘強歡宴此事久知非

宣州崔大夫閤老忽以近詩數十首見示吟諷之下竊有所喜因成長句寄題郡齋

謝玄暉歿吟聲寢郡閤寥寥筆硯閑無復新詩題壁上虛教遠岫列窗間(謝宣城郡内詩云窗中列遠岫)忽驚歌雪今朝至必恐文星昨夜還再喜宣城章句動飛觴遙賀敬亭山(謝又有題敬亭山詩並見文選中)

足疾

足疾無加亦不瘳綿春歷夏復經秋開顏且酌尊中酒代步多乘池上舟幸有眼前衣食在兼無身後子孫憂應須學取陶彭澤但委心形任去留

晚池汎舟遇景成詠贈呂處士

岸淺橋平池面寬飄然輕棹汎澄瀾風宜扇引開懷入樹愛舟行仰臥看別境客稀知不易能詩人少詠應難唯憐呂叟時相伴同把磻溪舊釣竿

夢微之

夜來攜手夢同遊晨起盈巾淚莫收漳浦老身三度病咸陽草樹(一作宿草)八迴秋君埋泉下泥銷骨我寄人間雪滿頭阿衛韓郎相次去夜臺茫昧得知不(阿衛微之小男韓郎微之愛婿)

感秋詠意

炎涼遷次速如飛又脫生衣著熟衣遶壁暗蛩無限思戀巢寒燕未能歸須知流輩年年失莫歎衰容日日非舊語相傳聊自慰世間七十老人稀

老病幽獨偶吟所懷

眼漸昏昏耳漸聾滿頭霜雪半身風已將身出浮雲外(維摩經云是身如浮雲也)猶寄形於逆旅中觴詠罷來賓閣閉笙歌散後妓房空世緣俗念消除盡別是人間清淨翁

和楊尚書罷相後夏日遊永安水亭兼招本曹楊侍郎同行

道行無喜退無憂舒卷如雲得自由良冶動時爲哲匠巨川濟了作虛舟竹亭陰合偏宜夏水檻風涼不待秋遙愛翩翩雙紫鳳入同官署出同遊

在家出家

衣食支吾婚嫁畢從今家事不相仍夜眠身是投林鳥朝飯心同乞食僧清唳數聲松下鶴寒光一點竹間燈中宵入定跏趺坐女喚妻呼多不應

夜涼

露白風清庭戶涼老人先著夾衣裳舞腰歌袖拋何處唯對無弦琴一張

繼之尚書自余病來寄遺非一又蒙覽醉吟先生傳題詩以美之今以此篇用伸酬謝

衰殘與世日相疎惠好唯君分有餘茶藥贈多因病久衣裳寄早及寒初(所寄贈之物皆及時)交情鄭重金相似詩韻清鏘玉不如醉傳狂言人盡笑獨知我者是尚書

五年秋病後獨宿香山寺三絕句

經年不到龍門寺今夜何人知我情還向暢師房裏宿新秋月色舊灘聲

飲徒歌伴今何在雨散雲飛盡不迴從此香山風月夜祇應長是一身來

石盆泉畔石樓頭十二年來晝夜遊更過今年年七十假如無病亦宜休

題香山新經堂招僧

煙滿秋堂月滿庭香花漠漠磬泠泠誰能來此尋真諦白老新開一藏經

偶題鄧公(公即給事中珽之子也飢窮老病退居此村)

偶因攜酒尋村客聊復迴車訪薛蘿且值雪寒相慰問不妨春暖更經過翁居山下年空老我得人間事校多一種共翁頭似雪翁無衣食自(一作又)如何

早入皇城贈王留守僕射

津橋殘月曉沈沈風露淒清禁署深城柳宮槐謾搖落悲愁不到貴人心

寄題廬山舊草堂兼呈二林寺道侶

三十年前草堂主而今雖在鬢如絲登山尋水應無力不似江州司馬時漸伏酒魔休放醉猶殘口業未拋詩君行過到鑪峰下爲報東林長老知(此詩憑錢知進侍御往題草堂中也)

改業

先生老去飲無興居士病來閑有餘猶覺醉吟多放逸不如禪定更清虛(予先有醉吟先生傳今故云)柘枝紫袖教丸藥羯鼓蒼頭遣種蔬却被山僧戲相問一時改業意何如

山下留別佛光和尚

勞師送我下山行此別何人識此情我已七旬師九十當知後會在他生

山中五絕句(遊嵩陽見五物各有所感感興不同隨興而吟因成五絕)

嶺上雲

嶺上白雲朝未散田中青麥旱將枯自生自滅(一作滅)成何事能逐東風作雨無

石上苔

漠漠斑斑石上苔幽芳靜綠絕纖埃路傍凡草榮遭遇曾得七香車輾來

林下樗

香檀文桂苦雕鐫生理何曾得自全知我無材老樗否一枝不損盡天年

澗中魚

海水桑田欲變時風濤翻覆沸天池鯨吞蛟鬭波成血

深澗遊魚樂不知

洞中蝙蝠

千年鼠化白蝙蝠黑洞深藏避網羅遠害全身誠得計一生幽暗又如何

自戲三絶句（閑臥獨吟無人酬和聊假身心相戲往復偶成三章）

心問身

心問身云何泰然嚴冬暖被日高眠放君快活知恩否不早朝來十一年

身報心

心是身王身是宮君今居在我宮中是君家舍君須愛何事論恩自說功

心重答身

因我疎慵休罷早遣君安樂歲時多世間老苦人何限不放君閑柰我何

會昌元年春五絶句

病後喜過劉家（一作夢得）

忽憶前年初病後此生甘分不銜杯誰能料得今春事又向劉家飲酒來

贈舉之僕射（今春與僕射三爲寒食之會）

雞毬餳粥屢開筵談笑謳吟間管弦一月三迴寒食會春光應不負今年

盧尹賀夢得會中作

病聞川守賀筵開起伴尚書飲一杯任意少年長笑我老人自覓老人來

題朗之槐亭

春風可惜無多日家醖唯殘軟半瓶猶望君歸同一醉籃舁早晚入槐亭

勸夢得酒

誰人功畫麒麟閣何（一作酒）客新投魑魅鄉兩處榮枯君莫問殘春更醉兩三場

過裴令公宅二絶句（裴令公在日常同聽楊柳枝歌每遇雪天無非招宴二物如故因成感情）

風吹楊柳出墻枝憶得同歡共醉時每到集賢坊地（一作北）過不曾一度不低眉

梁王舊館雪濛濛愁殺鄒枚二老翁（此句兼屬夢得）假使明朝深一尺亦無人到兔園中

百日假滿少傅官停自喜言懷

長告今朝滿十旬從茲蕭灑便終身老嫌手重抛牙笏病喜頭輕換角巾疎傅不朝懸組綬尚平無累畢婚姻人言世事何時了我是人間事了人

早熱

畏景又加旱火雲殊未收籬暄飢有雀池涸渴無鷗岸幘頭仍痛褰裳汗亦流若爲當此日遷客向炎州（時楊李二相各貶潮韶）

題崔少尹上林坊新居

坊靜居新深且幽（一作深居新且幽）忽疑縮地到滄洲宅東籬缺嵩峰出堂後池（一作門）開洛水流高下三層盤野徑沿洄十里汎漁舟若能爲客烹雞黍願伴田蘇日日遊

新澗亭

煙蘿初合澗新開閑上西亭日幾迴老病歸山應未得且移泉石就身來

對酒有懷寄李十九郎中

往年江外抛桃葉（結之也）去歲樓中別柳枝（樊蠻也）寂寞春來一杯酒此情唯有李君知吟君舊句情難忘風月何時是盡時（李君嘗有悼故妓詩云直應人世無風月始是心中忘卻時今故云）

楊六尚書頻寄新詩詩中多有思閑相就之志因書鄙意報而諭之

君年殊未及懸車未合將閑逐老夫身健正宜金印綬位高方稱白髭鬚若論塵事何由了但問雲心自在無進退是非俱是夢丘中闕下亦何殊

偶吟自慰兼呈夢得（予與夢得甲子同今俱七十）

且喜同年滿七旬莫嫌衰病莫嫌貧已爲海内有名客又占世間長命人耳裏聲聞新將相眼前失盡故交親尊榮富壽難兼得閑坐思量最要身

寄潮州楊繼之

相府潮陽俱夢中夢中何者是窮通他時事過方應悟不獨榮空辱亦空

雪暮偶與夢得同致仕裴賓客王尚書飲（裴年九十餘王八十餘予與夢得俱七十合三百餘歲可謂希有之會也）

黃昏慘慘雪霏霏白首相歡醉不歸四箇老人三百歲人間此會亦應稀

雪朝乘興欲詣李司徒留守先以五韻戲之

夜寒生酒思曉雪引詩情熱飲一兩醆冷吟三五聲鋪花憐地凍銷玉畏天晴好拂烏巾出宜披鶴氅行梁園應有興何不召鄒生

贈思黯（前以履道新小灘詩寄思黯報章云請向歸仁砌下看思黯歸仁宅亦有小灘）

爲憐清淺愛潺湲一日三迴到水邊若道歸仁灘更好主人何故別三年

聽歌六絶句

聽都子歌（詞云試問嫦娥更要無）

都子新歌有性靈一聲格轉已堪聽更聽唱到嫦娥字猶有樊家舊典刑

樂世（一名六幺）

管急弦（一作絲）繁拍漸稠綠腰宛轉曲終頭誠知樂世聲聲樂老病人聽未免愁

水調（第五遍乃五言調調韻最切）

五言一遍最殷勤調少情多似有因不會當時翻曲意此聲腸斷爲何人

想夫憐（王維右丞詞云秦川一半夕陽開此句尤佳）

玉管朱弦莫急催容聽歌送十分杯長愛夫憐第二句請君重唱夕陽開

何滿子（開元中滄洲有歌者何滿子臨刑進此曲以贖死上竟不免）

世傳滿子是人名臨就刑時曲始成一曲四調（一作詞）歌八疊從頭便是斷腸聲

離別難（一下有詞字）

綠楊陌上送行人馬去車迴一望塵不覺別時紅淚盡歸來無淚可（一作更）霑巾

閑樂

坐安臥穩輿（从聲）平肩倚杖披衫遶四邊空腹三杯卯後酒曲肱一覺醉中眠更無忙苦吟閑樂恐是人間自在天

全唐詩

白居易

立秋夕涼風忽至炎暑稍消即事詠懷寄汴州節度使李二十尚書

嫋嫋簷樹動好風西南來紅缸霏微滅碧幌飄颻開披襟有餘涼拂簟無纖埃但喜煩暑退不惜光陰催河秋稍清淺月午方裵回或行或坐臥體適心悠哉美人在浚都旌旗繞樓臺雖非滄溟阻難見如蓬萊蟬迎節又換雁送書未迴君位日寵重我年日摧頹無因風月下一舉平生一作與共持杯

開成二年夏聞新蟬贈夢得十年來常與夢得索居同在洛下每聞蟬多有寄荅今喜以此篇唱之

十載與君别常感新蟬鳴今年共君聽同在洛陽城噪處知林靜聞時覺景清涼風忽嫋嫋秋思先秋生殘槿花邊立老槐陰下行雖無索居恨還動長年情且喜未聾耳年年聞此聲

題牛相公歸仁里宅新成小灘

平生見流水見此轉留連況此朱門内君家新引泉伊流決一帶洛石砌千拳與君三伏月滿耳作潺湲深處碧磷磷淺處清濺濺碕岸束鳴一作咽咽沙汀散淪漣翻浪雪不盡澄波空共鮮兩岸灘瀬口一泊瀟湘天曾作天南客漂流六七年何山不倚杖何水不停船巴峽聲心裏松江色眼前今朝小灘上能不思悠然

春日閑居三首

陶云愛吾廬吾亦愛吾屋屋中有琴書聊以慰幽獨是時三月半花落庭蕪綠舍上晨鳩鳴窗間春睡足睡足起閑坐景晏方櫛沐今日非十齋庖童饋魚肉飢來恣餐歠冷熱隨所欲飽竟快搔爬筋骸無檢束豈徒暢肢體兼欲遺耳目便可傲松喬何假杯中淥

廣池春水平羣魚恣遊泳新林綠陰成衆鳥欣相鳴一作韻時我亦瀟灑適無累與病魚鳥人則殊同歸於遂性緬思山梁雉時哉感孔聖聖人不得所慨然歎時命我今對鱗羽取樂成謠詠得所仍得時吾生一何幸

勞者不覺歌歌其勞苦事逸者不覺歌歌其逸樂意問我逸如何閑居多興味問我樂如何閑官少憂累又問俸厚薄百千隨月至又問年幾何七十行欠二所得皆過望省躬良可媿馬閑無羈絆鶴老有祿位設自爲化工優饒只如是安得不歌詠默默受天賜

小閣閑坐

閣前竹蕭蕭閣下水潺潺拂簟卷簾坐清風生其間靜聞新蟬鳴遠見飛鳥還但有巾挂壁而無客叩關二疎返故里四老歸舊山吾亦適所願求閑而得閑

遊平泉宴浥澗宿香山石樓贈座客

逸少集蘭亭季倫宴金谷金谷太繁華蘭亭闕絲竹何如今日會浥澗平泉曲杯酒與管弦貧中隨分足紫鮮林筍嫩紅潤園桃熟採摘助盤筵芳滋盈口腹閑吟暮雲碧醉藉春草綠舞妙豔流風歌清叩寒玉古詩惜晝短勸我令秉燭是夜勿言歸相攜石樓宿

池上幽境

裊裊過水橋微微入林路幽境深誰知老身閑獨步行行何所愛遇物自成趣平滑青盤石低密綠陰樹石上一素琴樹下雙草屨此是榮先生坐禪三樂處

夏日閑放

時暑不出門亦無賓客至靜室深下簾小庭新掃地褰裳復岸幘閑傲得自恣朝景枕簟清乘涼一覺睡午餐何所有魚肉一兩味夏服亦無多蕉紗三五事資身既給足長音丈物徒煩費若比簞瓢人吾今太富貴

和思黯居守獨飲偶醉見示六韻時夢得和篇先成頗爲麗絕因添兩韻繼而美之

宮漏滴漸闌城烏啼復歇此時若不醉爭柰千門月主人中夜起一作坐妓燭前羅列歌袂默收聲舞鬟低赴節弦吟玉柱品酒透金杯熱朱顏忽已酡清奏猶未闋妍詞黯先唱逸韻劉繼發鏗然雙雅音金石相磨戛

和夢得洛中早春見贈七韻

衆皆賞春色君獨憐春意春意竟如何老夫知此味燭餘減夜漏衾暖添朝睡恬和臺上風虛潤池邊地開遲花養豔語懶鶯含思似訝隔年齋如勸迎春醉何日同宴遊心期二月二此日出齋故云

櫻桃花下有感而作開成三年春季美周賓客南池者

藹藹美周宅櫻繁春日斜一爲洛下客十見池上花爛熳豈無意爲君占年一作物華風光饒此樹歌舞勝諸家失盡白頭伴長成紅粉娃停杯兩相顧堪喜亦堪嗟白頭伴紅粉娃皆有所屬

洗竹

布裘寒擁頸氈履溫承足獨立冰池前久看洗霜竹先除老且病次去纖而曲剪棄猶可憐琅玕十餘束青青復籊籊頗異凡草木依然若有情回頭語僮僕小者截魚竿大者編茅屋勿作篲與箕而令糞土辱

新沐浴

形適外無恙心恬内無憂夜來新沐浴肌髮舒且柔寬裁夾烏帽厚絮長白裘裘溫裹我足帽暖覆我頭先進酒一杯次舉粥一甌半酣半飽時四體春悠悠是月歲陰暮慘冽天地愁白日冷無光黄河凍不流何處征戍行何人羈旅遊窮途絕糧客寒獄無燈囚勞生彼何苦遂性我何優撫心但自媿孰知其所由

三年除夜

晰晰燎火光氳氳臘酒香嗤嗤童稚戲迢迢歲夜長堂上書帳前長幼合成行以我年最長次第來稱觴七十

期漸近萬緣心已忘不唯少歡樂兼亦無悲傷素屏應居士青衣侍孟光夫妻老相對各坐一繩牀（顧虎頭畫維摩居士圖白衣素屏也）

自題小園

不鬬門館華不鬬林園大但鬬爲主人一坐十餘載迴看甲乙第列在都城內素垣夾朱門藹藹遙相對主人安在哉富貴去不迴池乃爲魚鑿林乃爲禽栽何如小園主拄杖閑即來親賓有時會琴酒連夜開以此聊自足不羨大池臺

病中宴坐

有酒病不飲有詩慵不吟頭眩（平聲）罷垂鉤手痺休援琴竟日悄無事所居閑且深外安支離體中養希夷心窗户納秋景竹木澄夕陰宴坐小池畔清風時動襟

戒藥

促促急景中蠢蠢微塵裏生涯有分限愛戀無終已早夭羨中年中年羨暮齒暮齒又貪生服食求不死朝吞太陽精夕吸秋石髓徼福反成災藥誤者多矣以之資嗜慾又望延甲子天人陰隲間亦恐無此理域中有眞道所說不如此後身始身存吾聞諸老氏

贈夢得

前日君家飲昨日王家宴今日過我廬三日三會面當歌聊自放對酒交相勸爲我盡一杯與君發三願一願世清平二願身強健三願臨老頭數與君相見

逸老（莊子云勞我以生逸我以老息我以死也）

白日下駸駸青天高浩浩人生在其中適時即爲好勞我以少壯息我以衰老順之多吉壽違之或凶夭我初五十八息老雖非早一閑十三年所得亦不少況加祿仕後衣食常溫飽又從風疾來女嫁男婚了胷中一無事浩氣凝襟抱飄若雲信風樂於魚在藻桑榆坐已暮鐘漏行將曉皤然七十翁亦足稱壽考筋骸本非實一束芭蕉草眷屬偶相依一夕同棲鳥去何有顧戀住亦無憂惱生死尚復然其餘安足道是故臨老心冥然合玄造

遇物感興因示子弟

聖擇狂夫言俗信老人語我有老狂詞聽之吾語汝吾觀器用中劒銳鋒多傷吾觀形骸內骨勁（一作勁骨）齒先亡寄言處世者不可苦剛強龜性愚且善鳩心鈍無惡人賤拾支牀鶻欺擒暖脚寄言立身者不得全柔弱彼固（一作困）羅禍難此未免憂患（平聲）于何保終吉強弱剛柔間上遵周孔訓旁鑒老莊言不唯鞭其後亦要輒其先

首夏南池獨酌

春盡雜英歇夏初芳草深薰風自南至吹我池上林綠蘋散還合赬鯉跳復沈新葉有佳色殘鶯猶好音依然謝家物池酌對風琴慚無康樂作秉筆思沈吟境勝才思劣詩成不稱心

官俸初罷親故見憂以詩諭之

七年爲少傅品高俸不薄乘軒已多慚況是一病鶴又及懸車歲筋力轉衰弱豈以貧是憂尚爲名所縛今春始病免纓組初擺落蜩甲有何知雲心無所著囷中殘舊穀可備歲饑惡園中多新蔬未至食藜藿不求安師卜不問陳生藥但對丘中琴時開池上酌信風舟不繫掉尾魚方樂親友不我知而憂我寂寞（安與陳皆洛下藝術精者）

閑居偶吟招鄭庶子皇甫郎中

自哂此迂叟少迂老更迂家計不一問園林聊自娛竹間琴一張池上酒一壺更無俗物到但與秋光俱古石蒼錯落新泉碧縈紆焉用車馬客即此是吾徒猶有所思人各在城一隅杳然愛不見搔首方踟躕玄晏風韻遠子眞雲貌孤誠知厭朝市何必憶江湖能來小澗上一聽潺湲無

亭西墻下伊渠水中置石激流潺湲成韻頗有幽趣以詩記之

嵌巉嵩石峭皎潔伊流清立爲遠峰勢激作寒玉聲夾岸羅密樹面灘開小亭忽疑嚴子瀨流入洛陽城是時羣動息風靜微月明高枕夜悄悄滿耳秋泠泠終日臨大道何人知此情此情苟自愜亦不要人聽

閑題家池寄王屋張道士

有石白磷磷有水清潺潺有叟頭似雪婆娑乎其間進不趨要路退不入深山深山太獲落要路多險艱不如家池上樂逸無憂患有食適吾口有酒酡吾顏恍惚遊醉鄉希夷造玄關五千言下（一作不）悟十二年來閑富者我不顧貴者我不攀唯有天壇子時來一往還

李盧二中丞各創山居俱誇勝絕然去城稍遠來往頗勞弊居新泉實在宇下偶題十五韻聊戲二君

龍門蒼石壁（李所有也）浥澗碧潭水（盧所有也）各在一山隅迢遙（一作迢迢）幾十里清鏡碧屏風惜哉信爲美愛而不得見亦與無相似聞君每來去矻矻事行李脂轄復裹糧心力頗勞止未如吾舍下石與泉甚邇鑿鑿復濺濺晝夜流不已洛石千萬拳襯波鋪錦綺海珉一兩片激瀨含宮徵綠宜春濯足淨可朝漱齒遶砌紫鱗遊拂簾白鳥起何言履道叟便是滄浪子君若趁歸程請君先到此願以潺湲聲洗君塵土耳

北窗竹石（一作石竹）

一片瑟瑟石數竿青青竹向我如有情依然看不足況臨北窗（一作簷）下復近西塘曲筠風散餘清苔雨含微綠有妻亦衰老無子方煢獨莫掩夜窗扉共渠相伴宿

飲後戲示弟子

吾爲爾先生爾爲吾弟子孔門有遺訓復坐吾告爾先生饌酒食弟子服勞止孝敬不在他在茲而已矣欲我少憂愁欲我多歡喜無如醖好酒酒須多且旨旨即賓可留多即罍不恥吾更有一言爾宜聽入耳人老多憂貧人病多憂死我今雖老病所憂不在此憂在半酣時尊空座客起

閑坐看書貽諸少年

雨砌長寒蕪風庭落秋果窗間有閑叟盡日看書坐書中見往事歷歷知福禍多取終厚亡疾驅必先墮勸君少干名名爲錮身鏁勸君少求利利是焚身火我心知已久吾道無不可所以雀羅門不能寂寞我

夢上山（時足疾未平）

夜夢上嵩山獨攜藜杖出千巖與萬壑遊覽皆周畢夢
中足不病健似少年日既悟神返初依然舊形質始知
形神內形病神無疾形神兩是幻夢寐（一作悟）俱非實晝行
雖蹇澀夜步頗安逸晝夜既平分其間何得失

對酒閑吟贈同老者

人生七十稀我年幸過之遠行將盡路（一作路盡）春夢欲覺時
家事口不問世名心不思老既不足歎病亦不能治扶
持仰婢僕將養信妻兒飢飽進退食寒暄加減衣聲妓
放鄭衛裘馬脫輕肥百事盡除去尚餘酒與詩興來吟
一篇吟罷酒一卮不獨適情性兼用扶衰羸雲液灑六
腑陽和生四肢於中我自樂此外吾不知寄問同老者
捨此將安歸莫學蓬心叟胷中殘是非

晚起閑行

皤然一老子擁裘仍隱几坐穩夜忘眠臥安朝不起起
來無可作閉目時叩齒靜對銅爐香暖漱銀瓶水午齋
何儉潔餅與蔬而已西寺講楞伽閑行一隨喜

香山居士寫眞詩（并序）

元和五年予爲左拾遺翰林學士奉詔寫眞於集
賢殿御書院時年三十七會昌二年罷太子少傅
爲白衣居士又寫眞於香山寺藏經堂時年七十
一前後相望殆將三紀觀今照昔慨然自歎者久
之形容非一世事幾變因題六十字以寫所懷

昔作少學士圖形入集賢今爲老居士寫貌寄香山鶴
毳變玄髮雞膚換朱顏前形與後貌相去三十年勿歎
韶華子俄成皤叟仙請看東海水亦變作桑田

二年三月五日齋畢開素當食偶吟贈妻弘農郡君

睡足肢體暢晨起開中堂初旭泛簾幕微風拂衣裳二
婢扶盥櫛雙童舁簟牀庭東有茂樹其下多陰涼前月
事齋戒昨日散道場以我久蔬素加籩仍異糧魴鱗白
如雪蒸炙加桂薑稻飯紅似花調沃新酪漿佐以脯醢
味間之椒薤芳老憐口尚美病喜鼻聞香嬌騃三四孫
索哺遶我傍山妻未舉案饞叟已先嘗憶同牢卺初家
貧共糟糠今食且如此何必烹猪羊況觀姻族間夫妻
半存亡偕老不易得白頭何足傷食罷酒一杯醉飽吟
又狂緬想梁高士樂道喜文章徒誇五噫作不解贈孟
光

不出門

彌月不出門永日無來賓食飽更拂牀睡覺一嚬伸輕
箑白鳥羽新簟青箭筠方寸方丈室空然兩無塵披衣
腰不帶散髮頭不巾袒跣北窗下葛天之遺民一日亦
自足況得以終身不知天壤內目我爲何人

感舊（并序）

故李侍郎杓直長慶元年春薨元相公微之太和
六年秋薨崔侍郎晦叔太和七年夏薨劉尚書夢
得會昌二年秋薨四君子予之執友也二十年間
凋零共盡唯予衰病至今獨存因詠悲懷題爲感
舊

晦叔墳荒草已陳夢得墓濕土猶新微之捐館將一紀
杓直歸丘二十春城中雖有故第宅庭蕪園廢生荆榛
篋中亦有舊書札紙穿字蠹成灰塵平生定交取人窄
屈指相知唯五人四人先去我在後一枝蒲柳衰殘身
豈無晚歲新相識相識面親心不親人生莫羨苦長命
命長感舊多悲辛

送毛仙翁（江州司馬時作）

仙翁已得道混迹尋巖泉肌膚冰雪瑩衣服雲霞鮮紺
髮絲竝緻齠容花共妍方瞳點玄漆高步凌非（一作飛）煙幾
見桑海變莫知龜鶴年所憩九清外所遊五嶽巔軒昊
舊爲侶松喬難比肩每嗟人世人役役如狂顛孰能脫
羈鞅盡遭名利牽貌隨歲律換神逐光陰遷惟余負憂
讙頗頷溢江壖衰鬢忽霜白愁腸如火煎羈旅坐多感
裵回私自憐晴眺五老峰玉洞多神仙何當憫湮厄授
道安虛孱我師惠然來論道窮重玄浩蕩八溟闊志泰
心超然形骸既無束得喪亦都捐豈識椿菌異那知鵬
鷃懸丹華既相付促景定當延玄功曷可報感極惟勤
拳霓旌不肯駐又歸武夷川語罷倏然別孤鶴升遙天
賦詩敘明德永續步虛篇

達哉樂天行（一作健哉樂天行）

達哉達哉白樂天分司東都十三年七旬纔滿冠已挂
半祿未及車先懸或伴遊客春行樂或隨山僧夜坐禪
二年忘却問家事門庭多草廚少煙庖童朝告鹽米盡
侍婢暮訴衣裳穿妻孥不悅甥姪悶而我醉臥方陶然
起來與爾畫生計薄產處置有後先先賣南坊十畝園
次賣東都五頃田然後兼賣所居宅髣髴獲緡二三千
半與爾充衣食費半與吾供酒肉錢吾今已年七十一
眼昏鬢白頭風眩（平聲）但恐此錢用不盡即先朝露歸夜
泉未歸且住亦不惡飢餐樂飲安穩眠死生無可無不
可達哉達哉白樂天（此卷自此首以上俱題作半格詩）

春池閑泛

綠塘新水平紅檻小舟輕解纜隨風去開襟信意行淺
憐清演漾深愛綠澄泓白撲柳飛絮紅浮桃落英古文
科斗出新葉剪刀生樹集鶯朋友雲行雁弟兄飛沈皆
適性酣詠自怡情花助銀杯氣（一作器）松添玉軫聲魚跳何
事樂鷗起復誰驚莫唱滄浪曲無塵可濯纓

池上寓興二絕

濠梁莊惠謾相爭未必人情知物情獺捕魚來魚躍出
此非魚樂是魚驚

水淺魚稀白鷺飢勞心瞪目待魚時外容閑暇中心苦
似是而非誰得知

宴後題府中水堂贈盧尹中丞（昔予爲尹日創造之）

水齋歲久漸荒蕪自媿甘棠無一株新酒客來方宴飲
舊堂主在重歡娛莫言楊柳枝空老（府妓有歌楊柳枝曲者因以名焉）直致櫻
桃樹已枯（府西有櫻桃園樹爲名今樹亦枯也）從我到君十一尹相看自置府
來無（自予罷後至中丞凡十一尹也）

和敏中洛下即事（時敏中爲殿中分司）

昨日池塘春草生阿連新有好詩成花園到處鶯呼入
驄馬遊時客避行水暖魚多似南國人稀塵少勝西京
洛中佳境應無限若欲諳知問老兄

送敏中新授戶部員外郎西歸

千里歸程三伏天，官新身健馬翩翩。行衝赤日加餐飯，上到青雲穩著鞭。長慶老郎唯我在，客曹故事望君傳。前鴻後雁行難續，相去迢迢二十年。（長慶初予爲主客郎中知制誥，遷中書舍人，去今二十一年也）

南侍御以石相贈助成水聲因以絕句謝之

泉石磷磷聲似琴，閑眠靜聽洗塵心。莫輕兩片青苔石，一夜潺湲直萬金。

閑居自題戲招宿客

水畔竹林邊，閑居二十年。健常攜酒出，病即掩門眠。解綬收朝佩，褰裳出野船。屏除身外物，擺落世間緣。報曙窗何早，知秋簟最先。微風深樹裏，斜日小樓前。渠口添新石，籬根寫亂泉。欲招同宿客，誰解愛潺湲。（西亭檻下泉石有聲）

李留守相公見過池上汎舟舉酒話及翰林舊事因成四韻以獻之

引櫂尋池岸，移尊就菊叢。何言濟川後，相訪釣船中。白首故情在，青雲往事空。同時六學士，五相一漁翁。

閏九月九日獨飲

黃花叢畔綠尊前，猶有些些舊管弦。偶遇閏秋重九日，東籬獨酌一陶然。自從九月持齋戒，不醉重陽十五年。

覽盧子蒙侍御舊詩多與微之唱和感今傷昔因贈子蒙題於卷後

早聞元九詠君詩，恨與盧君相識遲。今日逢君開舊卷，卷中多道贈微之。相看掩淚情難說，別有傷心事豈知。聞道咸陽墳上樹，已抽三丈白楊枝。

寒亭留客

今朝閑坐石亭中，爐火銷殘尊又空。冷落若爲留客住，冰池霜竹雪髯翁。

新小灘

石淺沙平流水寒，水邊斜插一漁竿。江南客見生鄉思，道似嚴陵七里灘。

和李中丞與李給事山居雪夜同宿小酌

憲府觸邪豸角，瓌闈駮正犯龍鱗。（二人當官處事，爲時所稱也）那知近地齋居（一作名）客，忽作深山同宿人。一醆寒燈雲外夜，數杯溫酎雪中春。林泉莫作多時計，諫獵登封憶舊臣。

履道西門二首

履道西門有弊居，池塘竹樹遶吾廬。豪華肥壯雖無分，飽暖安閑即有餘。行竈朝香炊早飯，小園春暖掇新蔬。夷齊黃綺誇芝蕨，比我盤飧恐不如。

履道西門獨掩扉，官休病退客來稀。亦知軒冕榮堪戀，其柰田園老合歸。跛鼈難隨騏驥足，傷禽莫趁鳳凰飛。世間認得身人少，今我雖愚亦庶幾。

偶吟

人生變改故無窮，昔是朝官今野翁。久寄形於朱紫內，漸抽身入蕙荷中。（荷衣蕙帶是楚詞也）無情水任方圓器，不繫舟隨去住風。猶有鱸魚蓴菜興，來春或擬往江東。

雪夜小飲贈夢得

同爲懶慢園林客，共對蕭條雨雪天。小酌酒巡銷永夜，大開口笑送殘年。久將時背成遺老，多被人呼作散仙。呼作散仙應有以，曾看東海變桑田。

歲暮夜長病中燈下聞盧尹夜宴以詩戲之且爲來日張本也

榮鬧興多嫌晝短，衰閑睡少覺明遲。當君秉燭銜杯夜，是我停殘（一作燈）服藥時。枕上愁吟堪發病，府中歡笑勝尋醫。明朝強出須謀樂，不擬車公更擬（一作訳）誰。

病中數會張道士見譏以此荅之

亦知數出妨將息，不可端居守寂寥。病即藥窗眠盡日，興來酒席坐通宵。賢人易狎須勤飲，姹女難禁莫慢燒。張道士輸白道士，一杯沆瀣便逍遙。

卯飲

短屏風掩臥牀頭，烏帽青氈白氎裘。卯飲一杯眠一覺，世間何事不悠悠。

寄題餘杭郡樓兼呈裴使君

官歷二十政，宦遊三十秋。江山與風月，最憶是杭州。北郭沙堤尾，西湖（一作湖）石岸頭。綠觴春送客，紅燭夜迴舟。不敢言遺愛，空知念舊遊。憑君吟此句，題向望濤樓。

楊六尚書留太湖石在洛下借置庭中因對舉杯寄贈絕句

借君片石意何如，置向庭中慰索居。每就玉山傾一酌，興來如對醉尚書。

喜入新年自詠（時年七十一）

白鬚如雪五朝臣，又值新正第七旬。老過占他藍尾酒，病餘收得到頭身。銷磨歲月成高位，比類時流是幸人。大曆年中騎竹馬，幾人得見會昌春。

灘聲

碧玉班班沙歷歷，清流決決響泠泠。自從造得灘聲後，玉管朱弦可要聽。

題石泉

殷勤傍石遶泉行，不說何人知我情。漸恐耳聾兼眼闇，聽泉看石不分明。

送王卿使君赴任蘇州因思花迎新使感舊遊寄題郡中木蘭西院一絕（一無此二字）

一別蘇州十八載，時光人事隨年改。不論竹馬盡成人，亦恐桑田半爲海。鶯入故宮含意思，花迎新使生光彩。爲報江山風月知，至今白使君猶在。

出齋日喜皇甫十早訪

三旬齋滿欲銜杯，平旦敲門門未開。除却朗之攜一榼，的應不是別人來。

會昌二年春題池西小樓

花邊春水水邊樓，一坐經今四十秋。望月橋傾三遍換，採蓮船破五迴修。園林一半成喬木，鄰里三分作白頭。蘇李冥蒙隨燭滅，陳樊漂泊逐萍流。（蘇庶子弘、李中丞道樞及陳、樊二妓，十餘年皆樓中歌酒中伴，或歿或散，獨予在焉）雖貧眼下無妨樂，縱病心中不與愁。自笑靈光巋然在，春來遊得且須遊。

酬南洛陽早春見贈

物華春意尚遲迴，賴有東風晝夜催。寒綻柳腰收未得，暖熏花口噤初開。（古詩云：口噤不能開）欲披雲霧聯襟去，先喜瓊琚入袖來。久病長齋詩老退，爭禁年少洛陽才。

對新家醞翫自種花

香麴親看造，芳叢手自栽。迎春報酒熟，垂老看花開。紅

蠟半合琴綠油新醅醅玲瓏五六樹瀲灩兩三杯恐有狂風起愁無好客來獨酣還獨語待取月明迴

攜酒往朗之莊居同飲

慵中又少經過處別後都無勸酒人不挈一壺相就醉若爲將老度殘春

以詩代書酬慕巢尚書見寄（慕巢書中頗切歸休結侶之意故以此荅）

書意詩情不偶然苦（一作若）云夢想在林泉顧爲愚谷煙霞侶思結空門香火緣每媿尚書情眷眷自憐居士病綿綿不知待得心期否老校於君六七年

春盡日

芳景銷殘暑氣生感時思事坐含情無人開口共誰語有酒迴頭還自傾醉對數叢紅芍藥渴嘗一盌綠昌明（蜀茶名也）春歸似（一作自）遣鶯留語好住園林三兩聲

招山僧

能入城中乞食否莫辭塵土污袈裟欲知住處東城下遶竹泉聲是白家

夏日與閑禪師林下避暑

洛景城（一作落景城）西塵土紅伴僧閑坐竹泉東綠蘿潭上不見日白石灘邊長有風熱惱（一作熱悶）漸知隨念盡清涼常願與人同每因毒暑悲親故多在炎方瘴海中（是歲潮韶等郡皆有親友謫居）

題新澗亭兼酬寄朝中親故見贈

何處披襟風快哉一亭臨澗四門開金章紫綬辭腰去白石清泉就眼來自得所宜還獨樂各行其志莫相咍禽魚出得池籠後縱有人呼可更迴

病中看經贈諸道侶

右眼昏花左足風金篦石水用無功（金篦刮眼病見涅槃經　磁石水治風見外臺方）如迴念三乘樂便得浮生百病空無子同居草庵下（見法華經）有妻偕老道場中何煩更請僧爲侶月上新歸伴（一作侍）病翁（時適談氏女子自太原初歸維摩詰有女名月上也）

遊豐樂招提佛光三寺

竹鞋葵扇白絹巾林野爲家雲是身山寺每遊多寄宿都城暫出即經旬漢容黃綺爲逋客堯放巢由作外臣昨日制書臨郡縣不該（一作談）愚谷醉鄉人

醉中得上都親友書以予停俸多時憂問貧乏偶乘酒興詠而報之

頭白醉昏昏狂歌秋復春一生耽酒客五度棄官人（蘇州刑部侍郎河南尹同州刺史太子少傅皆以病免也）異世陶元亮前生劉伯倫臥將琴作枕行以鍤隨身歲要衣三對年支穀一囷園葵烹佐飯林葉（一作秋）掃添薪沒齒甘蔬食搖頭謝縉紳自能拋爵祿終不惱交親但得杯中淥從生甑上塵煩君問生計憂醒不憂貧

池畔逐涼

風清泉冷竹修修三伏炎天涼似秋黃犬引迎騎馬客青衣扶下釣魚舟衰容自覺宜閑坐蹇步誰能更遠遊料得此身終老處只應林下與灘頭

池鶴八絕句（池上有鶴介然不羣烏鳶雞鵝次第嘲噪諸禽似有所誚鶴亦時復一鳴予非冶長不通其意因戲與贈荅以意斟酌之聊亦自取笑耳）

雞贈鶴

一聲警露君能薄五德司晨我用多不會悠悠時俗士重君輕我意如何

鶴荅雞

爾爭伉儷泥中鬭吾整羽儀松上棲不可遺他天下眼卻輕野鶴重家雞

烏贈鶴

與君白黑大分明縱不相親莫見輕我每夜啼君怨別玉徽琴裏忝同聲（琴曲有烏夜啼別鶴怨）

鶴荅烏

吾愛栖雲上華表汝多攫肉下田中吾音中羽汝聲角琴曲雖同調不同（別鶴怨在羽調　烏夜啼在角調）

鳶贈鶴

君誇名鶴我名鳶君叫聞天我戾天更有與君相似處飢來一種啄腥羶

鶴荅鳶

無妨自是莫相非清濁高低各有歸鸞鶴羣中彩雲裏幾時曾見喘鳶飛

鵞贈鶴

君因風送（一作起）入青雲我被人驅向鴨羣雪頸霜毛紅網掌請看何處不如君

鶴荅鵞

右軍歿後欲何依只合隨雞逐鴨飛未必犧牲及吾輩大都我瘦勝君肥

談氏小外孫玉童

外翁七十孫三歲笑指琴書欲遣傳自念老夫今耄矣因思稚子更茫然中郎餘慶（一作祚）鍾羊祜子幼能文似馬遷才與不才爭料得東牀空後且嬌憐（談氏初逝）

送後集往廬山東林寺兼寄雲臯上人

後集寄將何處去故山迢遞在匡廬舊僧獨有雲臯在三二年來不得書別後道情添幾許老來筋力又何如來生緣會應非遠彼此年過七十餘

客有說（客即李浙東也所說不能具錄其事）

近有人從海上迴海山深處見樓臺中有仙龕虛一室多傳此待樂天來

荅客說

吾學空門非學仙恐君此說是虛傳海山不是吾歸處歸即應歸兜率天（予晚年結彌勒上生業故云）

哭劉尚書夢得二首

四海齊名白與劉百年交分兩綢繆同貧同病退閑日一死一生臨老頭杯酒英雄君與操（曹公曰天下英雄唯使君與操耳）文章微婉我知丘（仲尼云後世知丘者春秋　又云春秋之旨微而婉也）賢豪雖歿精靈在應共微之地下遊

今日哭君吾道孤寢門淚滿白髭鬚不知箭折弓何用兼恐脣亡齒亦枯窅窅窮泉埋寶玉駸駸落景挂桑榆夜臺暮齒期非遠但問前頭相見無

全唐詩

白居易

昨日復今辰

昨日復今辰悠悠七十春所經多故處却想似前身散秩優游老閒居淨潔（一作淨）貧螺杯中有物鶴氅上無塵解佩收朝帶抽簪換野巾風儀與名號別是一生人

病瘡

門有醫來往庭無客送迎病銷談笑興老足歎嗟聲鶴伴臨池立人扶下砌行腳瘡春斷酒那得有心情

遊趙村杏花（一無遊字）

趙村紅杏每年開十五年來看幾迴七十三人難再到今春來是別花來

刑部尚書致仕

十五年來洛下居道緣俗累兩何如迷路心迴因向佛宦途事了是懸車全家遁世曾無悶半俸資身亦有餘唯是名銜人不會毘耶長者白尚書

初致仕後戲酬留守牛相公并呈分司諸寮友

南北東西無所羈挂冠自在勝分司探花嘗酒多先到拜表行香盡不知炮筍烹魚飽飧後擁袍枕臂醉眠時報君一語君應笑兼亦無心羨保釐

問諸親友

七十人難到過三更較稀占花租野寺定酒典朝衣趁醉春多出貪歡夜未歸不知親故口道我是耶非

戲問牛司徒

抖擻塵纓捋白鬚半酣扶起問司徒不知詔下懸車後醉舞狂歌有例無

不與老爲期

不與老爲期因何兩鬢絲纔應免夭促便已及衰羸昨夜夢何在明朝身不知百憂非我所三樂是吾師閉目常閑坐低頭每靜思存神機慮息養氣語言遲行亦攜詩篋眠多枕酒卮自慙無一事少有不安時

開龍門八節石灘詩二首（并序）

東都龍門潭之南有八節灘九峭石船筏過此例及破傷舟人檝師推挽束縛大寒之月躶跣水中饑凍有聲聞於終夜予嘗有願力及則救之會昌四年有悲智僧道遇適同發心經營開鑿貧者出力仁者施財於戲從古有礙之險未來無窮之苦忽乎一旦盡除去之茲吾所用適願快心拔苦施樂者耳豈獨以功德福報爲意哉因作二詩刻題石上以其地屬寺事因僧故多引僧言見志

鐵鑿金錘殷若雷八灘九石劒稜摧竹篙桂檝飛如箭百筏千艘魚貫來振錫導師憑衆力揮金退傅施家財他時相逐西方去莫慮塵沙路不開

七十三翁旦暮身誓開險路作通津夜舟過此無傾覆朝脛從今免苦辛十里叱灘變河漢八寒陰獄化陽春（八寒地獄見佛名及涅槃經故以八節灘爲比）我身雖殁心長在闇施慈悲與後人

閑坐

婆娑放雞犬嬉戲任兒童閑坐槐陰下開襟向晚風漚麻池水裏曬棗日陽中人物何相稱居然田舍翁

酬寄牛相公同宿話舊勸酒見贈

每來政事堂中宿共憶華陽觀裏時日暮獨歸愁米盡泥深同出借驢騎交遊今日唯殘我富貴當年更有誰彼此相看頭雪白一杯可合重推辭

道場獨坐

整頓衣巾拂淨牀一瓶秋水一爐香不論煩惱先須去直到菩提亦擬忘朝謁久停收劒珮宴遊漸罷廢壺觴世間無用殘年處祇合逍遙坐道場

偶作寄朗之

歷想爲官日無如刺史時歡娛接賓客飽暖及妻兒自到東都後安閑更得宜分司勝刺史致仕勝分司何況園林下欣然得朗之仰名同舊識爲樂即新知有雪先相訪無花不作期鬭醲乾釀酒誇妙細吟詩里巷千來往都門五別離岐分兩迴首書到一開眉葉落槐亭院冰生竹閣池雀羅誰問訊鶴氅罷追隨身與心俱病容將力共衰老來多健忘唯不忘相思

狂吟七言十四韻（十六句缺二字十七句缺一字）

亦知世是休明世自想身非富貴身但恐人間爲長物不如林下作遺民遊依二室成三友住近雙林當四鄰性海澄渟平少浪心田灑掃淨無塵香山閑宿一千夜梓澤連遊十六春是客相逢皆故舊無僧每見不殷勤藥停有喜閑銷疾金盡無憂醉忘貧補綻衣裳媿妻女支持酒肉賴交親俸隨日計錢盈貫祿逐年支粟滿囷（尚書致仕請半俸百斛亦五十千歲給祿粟二千可爲）洛堰魚鮮供取足遊村果熟饋爭新詩章人與傳千首壽命天教過七旬點檢一生徼倖事東都除我更無人

喜裴濤使君攜詩見訪醉中戲贈

忽聞扣戶醉吟聲不覺停杯倒屣迎共放詩狂同酒癖與君別是一親情

得潮州楊相公繼之書并詩以此寄之

詩情書意兩殷勤來自天南瘴海濱初覩銀鉤還啟齒細吟瓊什欲霑巾鳳池隔絕三千里蝸舍沈冥十五春唯有新昌故園月至今分照兩鄉人（鳳池屬楊相也蝸舍自謂也）

宿府池西亭

池上平橋橋下亭夜深睡覺上橋行白頭老尹重來宿十五年前舊月明

閑眠

暖牀斜臥日曛腰一覺閑眠百病銷盡日一餐茶兩碗更無所要到明朝

楊柳枝詞（雲溪友議居易有妓樊素善歌小蠻善舞嘗爲詩曰櫻桃樊素口楊柳小蠻腰年既高邁而小蠻方豐豔因楊柳詞以託意云）

一樹春風千萬枝嫩於金色軟於絲永豐西角荒園裏盡日無人屬阿誰

詔取永豐柳植禁苑感賦（又云宣宗朝國樂唱前詞上問誰作永豐在何處左右具以對遂因東使命取永豐柳兩枝植於禁中居易感上知其名且好尚風雅又爲詩一章）

一樹衰殘委泥土雙枝榮耀植天庭定知玄象今春後柳宿光中添兩星

齋居春久感事遣懷

齋戒坐三旬笙歌發四鄰月明停酒夜眼闇看花人賴學空爲觀深知念是塵猶思閑語笑未忘舊交親久作

龍門主多爲兔苑賓水嬉歌盡日雪宴燭通晨事事皆過分時時自問身風光抛得也七十四年春

每見呂南二郎中新文輒竊有所歎惜因成長句以詠所懷

雙金百鍊少人知縱我知君徒爾爲望梅閣老無妨渴（二賢詞藻瞻麗衆多以予曾忝制誥故呼閣老）畫餅尚書不救飢（喻無益自戲也）白日迴頭看又晚青雲舉足躡何遲壯年可惜虛銷擲遣把閑杯吟詠詩

胡吉鄭劉盧張等六賢皆多年壽予亦次焉偶於弊居合成尚齒之會七老相顧既醉且歡靜而思之此會稀有因成七言六韻以紀之傳好事者

七人五百七十歲（一作八十四）拖紫紆朱垂白鬚手裏無金莫嗟歎尊中有酒且歡娛詩吟兩句（一作吟成六韻）神還王酒飲（一作歡到）三杯氣尚麤嵬峩狂歌教婢拍婆娑醉舞遣孫扶天年高過二疎傅人數多於四皓圖除却三山五天竺人間此會更應無（三仙山五天竺國多老壽者　前懷州司馬安定胡杲年八十九　衞尉卿致仕馮翊吉皎年八十六　前右龍武軍長史滎陽鄭據年八十四　前慈州刺史廣平劉真年八十二　前侍御史內供奉官范陽盧真年七十二　前永州刺史清河張渾年七十四　刑部尚書致仕太原白居易年七十四　已上七人合五百七十歲會昌五年三月二十一日於白家履道宅同宴宴罷賦詩時秘書監狄兼謩河南尹盧貞以年未七十雖與會而不及列）

歡喜二偈

得老加年誠可喜當春對酒亦宜歡心中別有歡喜事開得龍門八節灘

眼闇頭旋耳重聽唯餘心口尚醒醒今朝歡喜緣何事禮徹佛名百部經

閑居貧活計

冠蓋閑居少簞瓢陋巷深稱家開戶牖量力置園林儉薄身都慣營爲力不任飢烹一斤肉暖臥兩重衾尊有陶潛酒囊無陸賈金莫嫌貧活計更富即勞心

贈諸少年

少年莫笑我蹉跎聽我狂翁一曲歌入手榮名取雖少關心穩事得還多老慙退馬霑芻秣（謂致仕半俸也）高喜歸鴻脫弋羅官給俸錢天與壽些些貧病柰吾何

感所見

巧者焦勞智者愁愚翁何喜復何憂莫嫌山木無人用大勝籠禽不自由網外老雞因斷尾盤中鮮鱠爲吞鉤誰人會我心中事冷笑時時一掉頭

寄黔州馬常侍

閑看雙節信爲貴樂飲一杯誰與同可惜風情與心力五年抛擲在黔中

和李相公留守題漕上新橋六韻（同用黎字）

選石鋪新路安橋壓古堤似從銀漢下落傍玉川西影定欄杆倒標高華表齊煙開虹半見月冷鶴雙栖材映夔龍小功嫌元凱低從容濟世後餘力及黔黎

閑居

風雨蕭條秋少客門庭冷靜晝多關金羈駱馬近賣（一作賞）却羅袖柳枝尋放還書卷略尋聊取睡酒杯淺把麤開顔眼昏入夜休看月脚重經春不上山心靜無妨喧處寂機忘兼覺夢中閑是非愛惡銷停盡唯寄空身在世間

新秋夜雨

蟋蟀暮啾啾光陰不少留松簷半夜雨風幌滿牀秋曙早燈猶在涼初簟未收新晴好天氣誰伴老人遊

春眠

枕低被暖身安穩日照房門帳未開還有少年春氣味時時暫到夢中來

喜老自嘲

面黑頭雪白自嫌還自憐毛龜著下老蝙蝠鼠中仙名籍同逋客衣裝類古賢裘輕被白氎靴暖蹋烏氊周易休開卦陶琴不上弦任從人棄擲自與我周旋鐵馬因疲退鉛刀以鈍全行開第八秩可謂盡天年（時俗謂七十已上爲開第八秩）

能無媿

十兩新綿褐披行暖似春一團香絮枕倚坐穩于人婢僕遺他嘗藥草兒孫與我拂衣巾迴看左右能無媿養活枯殘廢退身

河陽石尚書破迴鶻迎貴主過上黨射鷺鷥繪畫爲圖猥蒙見示稱歎不足以詩美之

塞北虜郊隨手破山東賊壘掉鞭收烏孫公主歸秦地白馬將軍入潞州劍拔青鱗蛇尾活弦抨赤羽火星流須知鳥目猶難漏（尚書將入潞府偶逢水鳥鷺鷥引弓射之一發中目三軍踴躍其事上聞詔下美之）縱有天狼豈足憂畫角三聲刁斗曉清商一部管弦秋他時麟閣圖勳業更合何人居上頭

自詠老身示諸家屬

壽及七十五俸霑五十千夫妻偕老日甥姪聚居年粥美嘗新米袍溫換故綿家居雖濩落眷屬幸團圓置榻素屏下移爐青帳前書聽孫子讀湯看侍兒煎走筆還詩債抽衣當藥錢支分閑事了爬背向陽眠

自問此心呈諸老伴

朝問此心何所思暮問此心何所爲不入公門慵斂手不看人面免低眉居士室間眠得所少年場上飲非宜閑談亹亹留諸老美醞徐徐進一巵心未曾求過分事身常少有不安時此心除自謀身外更問其餘盡不知

六年立春日人日作

二日立春人七日盤蔬餅餌逐時新年方吉鄭猶爲少家比劉韓未是貧鄉園節歲應堪重親故歡遊莫厭頻試作循潮封眼想何由得見洛陽春（分司致仕官中吉傅鄭諸議最老韓庶子劉員外尤貧循潮封三郡遷客皆洛下舊遊也）

齋居偶作

童子裝爐火行添一炷香老翁持麈尾坐拂半張牀卷縵看天色移齋近日陽甘鮮新餅果穩暖舊衣裳止足安生理悠閑樂性場是非一以遣動靜百無妨豈有物相累兼無情可忘不須憂老病心是自醫王

詠身

自中風來三歷閏（病風八年凡三閏矣）從懸車後幾逢春周南留滯稱遺老（見太史公傳）漢上羸殘號半人（見習鑿齒傳）薄有文章傳子弟斷無書札答交親餘年自問將何用恐是人間賸長身

予與山（一作荊）南王僕射起淮南李僕射紳事歷五朝踰三紀海內年輩今唯三人榮路雖殊交情不替聊題長句寄舉之公垂二相公

故交海內只三人二坐巖廊一臥雲老愛詩書還似我

（一作應是我）榮兼將相不如君百年膠漆初心在萬里煙霄中
路分阿閣鸞凰野田鶴何（一作誰）人信道舊同羣

讀道德經

玄元皇帝著遺文烏角先生仰後塵金玉滿堂非己物
子孫委蛻是他人世間盡不關吾事天下無親於我身
只有一身宜愛護少教冰炭逼心神

禽蟲十二章 并序

莊列寓言風騷比興多假蟲鳥以爲筌蹄故詩義
始於關雎鵲巢道說先乎鯤鵬蜩鷃之類是也予
閑居乘興偶作一十二章頗類志怪放言每章可
致一哂一哂之外亦有以自警其衰耄封執之惑
焉頃如此作多與故人微之夢得共之微之夢得
嘗云此乃九奏中新聲八珍中異味也有旨哉有
旨哉今則獨吟想二君在目能無恨乎

燕違戊巳鵲避歲茲事因何羽族知疑有鳳凰（一作王）頒鳥
曆一時一日不參差（不知其然也燕銜泥常避戊巳日鵲巢口常避太歲驗之皆信）

水中科斗長成蛙林下桑蟲老作蛾蛙跳蛾舞仰頭笑
焉用鵾鵬鱗羽多（齊物也）

江魚羣從稱妻妾塞雁聯行號弟兄但恐世間真眷屬
親疎亦是強爲名（故名也江沱間有魚每游輒三如媵隨妻一先二後土人號爲婢妾魚禮云雁兄弟行）

蠶老繭成不庇身蜂飢蜜熟屬他人須知年老憂家者
恐是二蟲虛苦辛（自警也）

阿閣鵷鸞田舍烏妍蚩貴賤兩懸殊如何閉向深籠裏
一種摧頹觸四隅（有所感也）

獸中刀鎗多怒吼鳥遭羅弋盡哀鳴羔羊口在緣何事
闇死屠門無一聲（有所悲也）

蟭螟殺敵蚊巢上蠻觸交爭蝸角中應是諸天觀下界
一微塵內鬬英雄（自照也）

蠨蛸網上罥蜉蝣反覆相持死始休何異浮生臨老日
一彈指頃報恩讎（誡報也）

蟻王化飯爲臣妾蜾母偷蟲作子孫彼此假名非本物
其間何怨復何恩

豆苗鹿嚼解烏毒艾葉雀銜奪燕巢鳥獸不曾看本草
諳知藥性是誰教（書獵者說云鹿若中箭發即嚼豆葉食之多消解箭毒多用烏頭故云烏毒又燕惡艾雀欲奪其巢先銜一艾致其巢輒避去因而有之）

一鼠得仙生羽翼衆鼠相看有羨色豈知飛上未半空
已作烏鳶口中食

鶩乳養雛遺在水魚心想子變成鱗細微幽隱何窮事
知者唯應是聖人（鶩放乳水中不能離羣雛從而食之皆飽而去之又如魚想子子成魚蚪是佛經中說）

全唐詩

白居易 以下別集

窗中列遠岫（題中以平聲爲韻 見本集宣州試射中正鵠賦後）

天靜秋山好窗開曉翠通遙憐峰窈窕不隔竹朦朧（一作蒙籠）
萬點當虛室千重疊遠空列檐攢秀氣緣隙助清風碧
愛新晴後明宜反照中宣城郡齋在望與古時（一作古詩）同

玉水記方流（以流字爲韻六十字成 見本集省試性習相遠近賦後 中書侍郎高郢下試貞元十六年二月十四日及第第四人）

良璞含章久寒泉徹底幽矩浮光灩灩（一作尹和光泛泛）方折浪悠
悠凌亂波紋異縈迴水性柔似風搖淺瀨疑（一作如）月落清
流潛穎應傍達藏真豈上浮玉人如不見淪棄即千秋

大社觀獻捷詩（以功字爲韻四韻成 元和二年十一月四日自集賢院召赴銀臺候旨五日召入翰林奉敕試制書詔批答詩等五首翰林院使梁守謙奉宣宜授翰林學士數月除左拾遺）

淮海妖氛滅乾坤嘉（一作喜）氣通班師郊社內操袂凱歌中
廟算無遺策天兵不戰功小臣同鳥獸率舞向皇風

自誨

樂天樂天來與汝言汝宜拳拳終身行焉物有萬類錮
人如鎖事有萬感爇人如火萬類遷來鑠汝形骸使汝
未老形枯如柴萬感遞至火汝心懷使汝未死心化爲
灰樂天樂天可不大哀汝胡不懲往而念來人生百歲
七十稀設使與汝七十期汝今年已四十四卻後二十
六年能幾時汝不思二十五六年來事疾速倏忽如一
寐往日來日皆瞥然胡爲自苦於其間樂天樂天可不
大哀而今而後汝宜飢而食渴而飲晝而興夜而寢無
浪喜無妄憂病則臥死則休此中是汝家此中是汝鄉
汝何捨此而去自取其遑遑遑遑兮欲安往哉樂天樂
天歸去來

三謠 并序

余廬山草堂中有朱藤杖一蟠木机一素屏風二
時多杖藤而行隱机而坐掩屏而臥宴息之暇筆
研在前偶爲三謠各導其意亦猶座右陋室銘之
類爾

蟠木謠

蟠木蟠木有似我身不中乎器無用於人下擁腫而上
轔菌桷不桷兮輪不輪天子建明堂兮既非梁棟諸侯
斲大輅兮材又不中唯我病夫或有所用用爾爲几承
吾臂支吾頤而已矣不傷爾性不枉爾理爾快快爲几
之外無所用爾爾既不材吾亦不材胡爲乎人間裹回
蟠木蟠木吾與汝歸草堂去來

素屏謠

素屏素屏胡爲乎不文不飾不丹不青當世豈無李陽
冰之篆字張旭之筆迹邊鸞之花鳥張璪之松石吾不
令加一點一畫於其上欲爾保真而全白吾於香爐峰
下置草堂二屏倚在東西牆夜如明月入我室（一作懷）曉如
白雲圍我牀我心久養浩然氣亦欲與爾表裏相輝光
爾不見當今甲第與王宮織成步障銀屏風綴珠陷鈿
貼雲母五金七寶相玲瓏貴豪待此方悅目晏然寢臥
乎其中素屏素屏物各有所宜用各有所施爾今木爲
骨兮紙爲面捨吾草堂欲何之

朱藤謠

朱藤朱藤溫如紅玉直如朱繩自我得爾以爲杖大有
裨於股肱前年左選東南萬里交遊別我於國門親友
送我於滻水登高山兮車倒輪摧渡漢水兮馬跙蹄開
中途不進部曲多迴唯此朱藤實隨我來瘴癘之鄉無
人之地扶衛衰病驅訶魑魅吾獨一身賴爾爲二或水

或陸自北徂南泥黏雪滑足力不堪吾本兩足得爾爲三紫霄峰頭黄石巖下松門石磴不通輿馬吾與爾披雲撥水環山繞野二年蹋徧匡廬間未嘗一步而相捨雖有佳子弟良友朋扶危助蹇不如朱藤嗟乎窮既若是通復何如吾不以常杖待爾爾勿以常人望吾朱藤朱藤吾雖青雲之上黄泥之下誓不棄爾於斯須

無可柰何歌（一無歌字）

無可柰何兮白日走而朱顔頽少日往而老日催生者不住兮死者不迴況乎寵辱豐顇之外物又何常不十去而一來去不可挽兮來不可推無可柰何兮已焉哉惟天長而地久前無始兮後無終嗟吾生之幾何寄瞬息乎其中又如太倉之稊米委一粒於萬鍾何不與道逍遥委化從容縱心放志洩洩融融胡爲乎分愛惡於生死繫憂喜於窮通倔強其骨髓齟齬其心胷合冰炭以交戰秖自苦兮厥躬彼造物者云何不爲此與化者云何不隨或喣或吹或盛或衰雖千變與萬化委一順以貫之爲彼何非爲此何是誰冥此心夢蝶之子何禍非福何吉非凶誰達此觀喪馬之翁俾吾爲秋毫之杪吾亦自足不見其小俾吾爲泰山之阿吾亦無餘不見其多是以達人靜則胳然與陰合迹動則浩然與陽同波委順而已孰知其他時邪命邪吾其無柰彼何委邪順邪彼亦無柰吾何夫兩無柰何然後能冥至順而合太和故吾所以飲太和扣至順而爲無可柰何之歌

池上篇 并序

都城風土水木之勝在東南偏東南之勝在履道里里之勝在西北隅西閈北垣第一第即白氏叟樂天退老之地地方十七畝屋室三之一水五之一竹九之一而島樹橋道間之初樂天既爲主喜且曰雖有臺無粟不能守也乃作池東粟廩又曰雖有子弟無書不能訓也乃作池北書庫又曰雖有賓朋無琴酒不能娛也乃作池西琴亭加石樽焉樂天罷杭州刺史時得天竺石一華亭鶴二以歸始作西平橋開環池路罷蘇州刺史時得太湖石白蓮折腰菱青版舫以歸又作中高橋通三島徑罷刑部侍郎時有粟千斛書一車洎臧獲之習筦磬弦歌者指百以歸先是潁川陳孝山與釀法酒味甚佳博陵崔晦叔與琴韻甚清蜀客姜發授秋思聲甚淡弘農楊貞一與青石三方長平滑可以坐臥太和三年夏樂天始得請爲太子賓客分秩於洛下息躬於池上凡三任所得四人所與洎吾不才身今率爲池中物矣每至池風春池月秋水香蓮開之旦露清鶴唳之夕拂楊石舉陳酒援崔琴彈姜秋思頹然自適不知其他酒酣琴罷又命樂童登中島亭合奏霓裳散序聲隨風飄或凝或散悠揚於竹煙波月之間者久之曲未竟而樂天陶然已醉睡於石上矣睡起偶詠非詩非賦阿龜握筆因題石間視其麤成韻章命爲池上篇云爾

十畝之宅五畝之園有水一池有竹千竿勿謂土狹勿謂地偏足以容膝足以息肩有堂有庭有橋有船有書有酒有歌有弦有叟在中白鬚飄然識分知足外無求焉如鳥擇木姑務巢安如龜居坎不知海寬靈鶴怪石紫菱白蓮皆吾所好盡在吾前時飲一杯或吟一篇妻孥熙熙雞犬閑閑優哉游哉吾將終老乎其間

齒落辭 并序

開成二年予春秋六十六瘠黑衰白老狀具矣而雙齒又墮慨然感歎者久之因爲齒落辭以自廣其辭曰

嗟嗟乎雙齒自吾有之爾俾爾嚼肉咀蔬銜杯漱水豐吾膚革滋吾血髓從幼逮老勤亦至矣幸有輔車非無齗齶胡然捨我一旦雙落齒雖無情吾豈無情老與齒別齒隨涕零我老日來爾去不迴嗟嗟乎雙齒孰謂而來哉孰謂而去哉齒不能言請以意宣爲口中之物忽乎六十餘年昔君之壯也血剛齒堅今君之老矣血衰齒寒輔車齗齶日削月朘上參差而下卼臲曾何足以少安嘻君其聽哉女長辭姥臣老辭主髮衰辭頭葉枯辭樹物無細大功成者去君何嗟嗟獨不聞諸道經我身非我有也蓋天地之委形君何嗟嗟又不聞諸佛說是身如浮雲須臾變滅由是而言君何有焉所宜委百骸而順萬化胡爲乎嗟嗟於一牙一齒之間吾應曰吾過矣爾之言然

不能忘情吟 并序

樂天既老又病風乃錄家事會經費去長物妓有樊素者年二十餘綽綽有歌舞態善唱楊枝人多以曲名名之由是名聞洛下籍在經費中將放之馬有駱者駔壯駿穩乘之亦有年籍在經物中將鬻之圉人牽馬出門馬驤首反顧一鳴聲音間侶知去而旋戀者素聞馬嘶慘然立且拜婉孌有辭（辭具下）辭畢泣下予聞素言亦愍默不能對且命迴勒反袂飲素酒自飲一杯快吟數十聲聲成文文無定句句隨吟之短長也凡二百五十五言噫予非聖達不能忘情又不至於不及情者事來攪情情動不可柅因自哂題其篇曰不能忘情吟吟曰

鬻駱馬兮放楊柳枝掩翠黛兮頓金羈馬不能言兮長鳴而卻顧楊柳枝再拜長跪而致辭辭曰主乘此駱五年凡千有八百日銜橜之下不驚不逸素事主十年凡三千有六百日巾櫛之間無違無失今素貌雖陋未至衰摧駱力猶壯又無虺隤即駱之力尚可以代主一步素之歌亦可以送主一杯一旦雙去有去無迴故素將去其辭也苦駱將去其鳴也哀此人之情也馬之情也豈主君獨無情哉予俯而歎仰而咍且曰駱駱爾勿嘶素素爾勿啼駱反廄素反閨吾疾雖作年雖頹幸未及項籍之將死何必一日之內棄騅兮而別虞兮乃目素兮素兮爲我歌楊柳枝我姑酌彼金罍我與爾歸醉鄉去來

白居易（以下補遺）

勸酒（以下見文苑英華）

昨與美人對尊酒，朱顏如花腰似柳。今與美人傾一杯，秋風颯颯頭上來。年光似水向東去，兩鬢不禁白日催。東鄰起樓高百尺，璇題照日光相射。珠翠無非二八人，盤筵何啻三千客。鄰家儒者方下帷，夜誦古書朝忍飢。身年三十未入仕，仰望東鄰安可期。一朝逸翮乘風勢，金榜高張登上第。春闈未了冬登科，九萬摶風誰與繼。不逾十稔居台衡，門前車馬紛縱橫。人人仰望在何處，造化筆頭雲雨生。東鄰高樓色未改，主人（一作父）云亡息猶在。金玉車馬一不存，朱門更有何人待。牆垣反鎖長安春，樓臺漸漸屬西鄰。松篁薄暮亦棲鳥（一作鳴棲鳥），桃李無情還笑人。憶昔東鄰宅初搆，雲甍彩棟皆非舊。瑇瑁筵前翡翠棲，芙蓉池上鴛鴦鬬。日往月來凡幾秋，一衰一盛何（一作皆）悠悠。但教帝里笙歌在，池上年年醉五侯。

南陽小將張彥硤口鎮稅人場射虎歌

海內昔年狎太平，橫目穰穰何崢嶸。天生天殺豈天怒，忍使朝朝餵猛虎。關東驛路多丘荒，行人最忌稅人場。張彥雄特制殘暴，見之叱起如叱羊。鳴弦霹靂越幽阻，往往依林猶旅拒。草際旋看委錦茵，腰間不更（一作見）抽白羽。老饕已斃衆雛恐，童稚揶揄皆自勇。忠良效順勢亦然，一劒猜狂敢輕動。有文有武方爲國，不是英雄伏不得。試徵張彥作將軍，幾箇將軍願策勳。

陰雨

潤葉濡枝浹四方，濃雲來去勢何長。曠然寰宇清風滿，救旱功高暑氣涼。

喜雨

西北油然雲勢濃，須臾霶沛雨飄空。頓疎萬物焦枯意，定看秋郊稼穡豐。

過故洛城

故城門前春日斜，故城門裏無人家。市朝欲認不知處，漠漠野田飛草花。

江南喜逢蕭九徹因話長安舊遊戲贈五十韻（見才調集）

憶昔嬉遊伴，多陪歡宴場。寓居同永樂，幽會共平康。師子尋前曲，聲兒出內坊。花深態奴宅，竹錯得憐堂。庭晚開紅藥，門閑蔭綠楊。經過悉同巷，居處盡連牆。時世高梳髻，風流澹作妝。戴花紅石竹，帔暈紫檳榔。鬢動懸蟬翼，釵垂小鳳行。拂胸輕粉絮，煖手小香囊。選勝移銀燭，邀歡舉玉觴。爐煙凝麝氣，酒色注鵝黃。急管停還奏，繁弦慢更張。雪飛迴舞袖，塵起繞歌梁。舊曲翻調笑，新聲打義揚。名情推阿軌，巧語許秋孃。風暖春將暮，星迴夜未央。宴餘添粉黛，坐久換衣裳。結伴歸深院，分頭入洞房。綵帷開翡翠，羅薦拂鴛鴦。留宿爭牽袖，貪眠各占牀。綠窗籠水影，紅壁背燈光。索鏡收花鈿，邀人解袷襠。暗嬌妝靨笑，私語口脂香。怕聽鐘聲坐，羞明映縵藏。眉殘蛾翠淺，鬟解綠雲長。聚散知無定，憂歡事不常。離筵開夕宴，別騎促晨裝。去住青門外，留連滻水傍。車行遙寄語，馬駐共相望。雲雨分何處，山川共異方。野行初寂莫，店宿乍悽惶。別後嫌宵永，愁來厭歲芳。幾看花結子，頻見露爲霜。歲月何超忽，音容坐渺茫。往還書斷絕，來去夢遊揚。自我辭秦地，逢君客楚鄉。常嗟異岐路，忽喜共舟航。話舊堪垂淚，思鄉數斷腸。愁雲接巫峽，淚竹近瀟湘。月落江湖闊，天高節候涼。浦深煙渺渺，沙冷月蒼蒼。紅葉江楓老，青蕪驛路荒。野風吹蟋蟀，湖水浸菰蔣。帝路何由見，心期不可忘。舊遊千里外，往事十年強。春晝提壺飲，秋林摘橘嘗。強歌還自感，縱飲不成狂。永夜長相憶，逢君各共傷。殷勤萬里意，并寫贈蕭郎。

贈薛濤（見張爲主客圖）

蛾眉山勢接雲霓，欲逐劉郎北路迷。若似剡中容易到，春風猶隔武陵溪。

酬令狐留守尚書見贈十韻

長慶清風在，夔龍燮理餘。太和膏雨降，周邵保釐初。嵩少當宮署，伊瀍入禁渠。曉關開玉兔，夕鑰納銀魚。舊眷憐移疾，新吟念索居。離聲雙白鷺，行色一籃轝。罷免無餘俸，休閑有敝廬。慵於嵇叔夜，渴似馬相如。酒每蒙酤我（詩鄭箋云酤賣也音沽），詩嘗許起予。洛中歸計定，一半爲尚書。

聽蘆管

幽咽新蘆管，淒涼古竹枝。似臨猨峽唱，疑在雁門吹。調爲高多切，聲緣小乍遲。麤豪嫌觱篥，細妙勝參差。雲水巴南客，風沙隴上兒。屈原收淚夜，蘇武斷腸時。仰秣胡駒聽，驚棲越鳥知。何言胡越異，聞此一同悲。

送滕庶子致仕歸婺州

春風秋月攜歌酒，八十年來翫物華。已見曾孫騎竹馬，猶聽侍女唱梅花。入鄉不杖歸時健，出郭乘軺到處誇。兒著繡衣身衣錦，東陽門戶勝滕家。

送劉郎中赴任蘇州

仁風膏雨去隨輪，勝境歡遊到逐身。水驛路穿兒店月，花船棹入女湖春。（語兒店、女墳湖，皆勝地也）宣城獨詠窗中岫，柳惲單題汀上蘋。何似姑蘇詩太守，吟詩相繼有三人。（領吳郡日，劉嘗贈予詩云：蘇州刺史例能詩，西掖今來替左司。故有三人之戲耳）

福先寺雪中餞劉蘇州

送君何處展離筵，大梵王宮大雪天。庾嶺梅花落歌管，謝家柳絮撲金田。亂從紈袖交加舞，醉入籃轝取次眠。却笑召鄒兼訪戴，只持空酒駕空船。

除夜言懷兼贈張常侍

三百六旬今夜盡，六十四年明日催。不用歎身隨日老，亦須知壽逐年來。加添雪興憑氈帳，消殺春愁付酒杯。唯恨詩成君去後，紅箋紙卷爲（一作共）誰開。

送張常侍西歸

二年花下爲閑伴，一旦尊前棄老夫。西午橋街行悵望，南龍興寺立踟躕。洛城久住留情否，省騎重歸稱意無。出鎮歸朝但相訪，此身應不離東都。

和河南鄭尹新歲對雪

白雪吟詩鈴閣開，故情新興兩裴回。昔經勤苦照書卷，今助歡娛飄酒杯。楚客難酬郢中曲，吳公兼占洛陽才。銅街金谷春知否，又有詩人作尹來。

吹笙內人出家

雨露難忘君念重電泡易滅妾身輕金刀巳剃頭然髮（佛經云若救頭然）玉管休吹腸斷聲新戒珠從衣裏得初心蓮向火中生道場夜半香花冷猶在燈前禮佛名

醉中見微之舊卷有感

今朝何事一霑襟檢得君詩醉後吟老淚交流風病眼春箋搖動酒杯心銀鈎塵覆年年暗玉樹泥埋日日深聞道墓松高一丈更無消息到如今

壽安歇馬重吟

春衫細薄馬蹄輕一日遲遲進一程野棗花含新蜜氣山禽語帶破匏聲垂鞭晚就槐陰歇低倡閑銜柳絮行忽憶家園須速去櫻桃欲熟筍應生

贈張處士山人

蘿襟蕙帶竹皮巾雖到塵中不染塵每見俗人多慘澹惟逢美酒即殷勤浮雲心事誰能會老鶴風標不可親世說三生如不謬共疑巢許是前身

池畔閑坐兼呈侍中

池畔最平處樹陰新合時移牀解衣帶坐任清風吹舉棹鳥先覺垂綸魚未知前頭何所有一卷晉公詩

初冬即事憶皇甫十

冷竹風成韻荒街葉作堆欲尋聯句卷先飲煖寒杯帽爲迎霜戴爐因試火開時時還有客終不當君來

小庭寒夜寄夢得

庭小同蝸舍門閑稱雀羅火將燈共盡風與雪相和老睡隨年減衰情向夕多不知同病者爭柰夜長何

西還壽安路西歇馬

槐陰歇鞍馬柳絮惹衣巾日晚獨歸路春深多思人去家纔百里爲客只三旬已念紗窗下應生寶瑟塵

雨中訪崔十八

肩舁仍挈榼莫怪就君來秋雨經三宿無人勸一杯

夢得得新詩

池上今宵風月涼閑教少樂理霓裳集仙殿裏新詞到便播笙歌作樂章

初見劉二十八郎中有感

欲話毘陵君反袂欲言夏口我霑衣誰知臨老相逢日悲歎聲多語笑稀

夜題玉泉

遇客多言愛山水逢僧盡道厭囂塵玉泉潭畔松間宿要且經年無一人

拜表早出贈皇甫賓客

一月一回同拜表莫辭侵早過中橋老於君者應無數猶趁西京十五朝

贈鄭尹

府池東北舊亭臺久別長思醉一回但請主人空埽地自攜杯酒管弦來

別楊同州後却寄

潘驛橋南醉中別下邽邽北醒時歸春風怪我君知否榆葉楊花撲面飛

狐泉店前作

野狐泉上柳花飛逐水東流便不歸花水悠悠兩無意因風吹落偶相依

贈盧績

餘杭縣裏盧明府虛白亭中白舍人今日相逢頭似雪一杯相勸送殘春

與裴華州同過敷水戲贈

使君五馬且踟躕馬上能聽絕句無每過桑間試留意何妨後代有羅敷

閑遊

欲笑隨情酒逐身此身雖老未辜春春來點檢閑遊數猶自多於年少人

招韜光禪師（見咸淳臨安志）

白屋炊香飯葷膻不入家濾泉澄葛粉洗手摘藤花青芥除黄葉紅薑帶紫芽命師相伴食齋罷一甌茶

和柳公權登齊雲樓

樓外春晴百鳥鳴樓中春酒美人傾路傍花日添衣色雲裏天風散珮聲向此高吟誰得意偶來閑客獨多情佳時莫起興亡恨遊樂今逢四海清

毛公壇

毛公壇上片雲閑得道何年去不還千載鶴翎歸碧落五湖空鎖萬重山

靈巖寺

館娃宮畔千年寺水闊雲多客到稀聞說春來更惆悵百花深處一僧歸

白雲泉

天平山上白雲泉雲自無心水自閑何必奔衝山下去更添波浪向人間

寄韜光禪師

一山門（一作分）作兩山門兩寺原從一寺分東澗水流西澗水南山雲起北山雲前臺花發後臺見上界鐘聲下界聞遙想吾師行道處天香桂子落紛紛

和夢得夏至憶蘇州呈盧賓客

憶在蘇州日常諳夏至筵粽香筒竹嫩炙脆子鵝鮮水國多臺榭吳風尚管弦每家皆有酒無處不過船交印君相次寨帷我在前此鄉俱老矣東望共依然（予與劉盧三人前後相次典蘇州今同分司老於洛下）洛下麥秋月江南梅雨天齊雲樓上事巳上十三年

曲江

細草岸西東酒旗搖水風樓臺在花杪鷗鷺下煙中翠幄晴相接芳洲夜暫空何人賞秋景興與此時同

歲夜詠懷兼寄思黯

徧數故交親何人得六旬（與思黯夢得數還論沒者少過得六十）今年巳入手餘事豈關身老自無多興春應不揀人陶窗與弘閣風景一時新

寒食日過棗糰店

寒食棗糰店春低楊柳枝酒香留客住鶯語和人詩困立攀花久慵行上馬遲若爲將此意前字與僧期

宿張雲舉院

不食胡麻飯杯中自得仙隔房（一作籬）招好客可室致芳筵美（一作家）醖香醪嫩時新異果鮮夜深唯畏曉坐穩不（一作豈）思眠碁罷嫌無敵詩成媿在前明朝題壁上誰得衆人傳

惜花

可憐天豔（一作妍）正當時剛被狂風一夜吹今日流鶯來舊處百般言語泥（一作啼）空枝

七夕

煙霄微月澹長空銀漢秋期萬古同幾許歡情與離恨年年并在此宵中

宿誠禪師山房題贈

不出孤峯上人間四十秋視身如傳舍閱世任東流法為因緣立心從次第脩中宵問真偽有住是吾憂

新池

數日自穿鑿引泉來近陂尋渠通咽處繞岸待清時深好求魚養閑堪與鶴期幽聲聽難盡入夜睡常遲

南池

蕭條微雨絕荒岸抱清源入舫山侵塞分泉道接郊秋聲依樹色月影在蒲根淹泊方難遂他宵關夢魂

宿池上

泉來從絕壑亭敞在中流竹密無空岸松長可絆舟蟪蛄潭上夜河漢島前秋異夕期新漲攜琴却此遊

翻經臺（見咸淳臨安志）

一會靈山猶未散重翻貝葉有來由是名精進纔開眼巖石無端亦點頭

寄題上強山精舍寺（見王象之輿地紀勝）

慣遊山水住南州行盡天台及虎丘惟有上強精舍寺最堪遊處未曾遊

一字至七字詩（賦得詩　樂天分司東洛朝賢悉會興化亭送別酒酣各請一字至七字詩以題為韻）

詩綺美瓌奇明月夜落花時能助歡笑亦傷別離調清金石怨吟苦鬼神悲天下只應我愛世間唯有君知自從都尉別蘇句便到司空送白辭

九老圖詩（并序）

會昌五年三月胡吉劉鄭盧張等六賢於東都敝居履道坊合尚齒之會其年夏又有二老年貌絕倫同歸故鄉亦來斯會續命書姓名年齒寫其形貌附於圖右與前七老題為九老圖仍以一絕贈之（二老謂洛中遺老李元爽年一百三十六歸洛僧如滿年九十五歲）

雪作鬚眉雲作衣遼東華表鶴雙歸當時一鶴猶希有何況今逢兩令威

和裴相公傍水閑行絕句

行尋春水坐看山早出中書晚未還為報野僧巖客道偷閑氣味（一作意味）勝長閑

全唐詩

胡杲

胡杲安定人懷州司馬詩一首

七老會詩（杲年八十九）

閑居同會在三春大抵愚年最出羣霜鬢不嫌杯酒興白頭仍愛玉爐熏裴回玩柳心猶健老大看花意却勤鑿落滿斟判酩酊香囊高挂任氤氳搜神得句題紅葉望景長吟對白雲今日交情何不替齊年同事聖明君

吉皎

吉皎馮翊人衛尉卿致仕詩一首

七老會詩（皎年八十八）

休官罷任已閑居林苑園亭興有餘對酒最宜花藻發
邀歡不厭柳條初低腰醉舞垂緋袖擊筑謳歌任褐裾
寧用管弦來合雜自親松竹且清虛飛觥酒到須先酌
賦詠成詩不住書借問商山賢四皓不知此後更何如

劉真一作貞

劉真廣平人磁州刺史詩一首

七老會詩 真年八十七

垂絲今日幸同筵朱紫居身是大年賞景尚知心未退
吟詩猶覺力完全閑庭飲酒當三月在席揮毫象七賢
山茗煮時秋霧碧玉杯斟處彩霞鮮臨堦花笑如歌妓
傍竹松聲當管弦雖未學窮生死訣人間豈不是神仙

鄭據

鄭據滎陽人右龍武軍長史詩一首

七老會詩 據年八十五

東洛幽閑日暮春邀歡多是白頭賓官班朱紫多相似
年紀高低次第勻聯句每言松竹意停杯多說古今人
更無外事來心肺空有清虛入思神醉舞兩回迎勸酒
狂歌一曲會娛身今朝何事偏情重同作明時列任臣

盧真

盧真范陽人侍御史內供奉詩一首

七老會詩 真年八十三

三春已盡洛陽宮天氣初晴景象中千朵嫩桃迎曉日
萬株垂柳逐和風非論官位皆相似及至年高亦共同
對酒歌聲猶覺妙玩花詩思豈能窮先時共作三朝貴
今日猶逢七老翁但願醵醞常滿酌煙霞萬里會應同

張渾

張渾清河人永州刺史詩一首

七老會詩 渾年七十七

幽亭春盡共爲歡印綬居身是大官遁跡豈勞登遠岫
垂絲何必坐谿磻詩聯六韻猶應易酒飲三杯未覺難
每況襟懷同宴會共將心事比波瀾風吹野柳垂羅帶
日照庭花落綺紈此席不煩鋪錦帳斯筵堪作畫圖看

韋式

韋式太和中人詩一首

一字至七字詩 以題爲韻同王起諸公送白居易分司東都作

竹

竹臨池似玉裛露靜和煙綠抱節寧改貞心自束渭曲
偏種多王家看不足仙杖正驚龍化美實當隨鳳熟唯
愁吹作別離聲回首駕驂舞陣速

張彤

張彤長慶時人詩一首

奉和白太守揀橘

麥霜遠涉太湖深雙卷朱旗望橘林樹樹籠煙疑帶火
山山照日似懸金行看採掇方盈手暗覺馨香已滿襟
揀選封題皆盡力無人不感近臣心

周元範

周元範句曲人詩一首

和白太守揀貢橘

離離朱實綠叢中似火燒山處處紅影下寒林沈綠水
光搖高樹照晴空銀章自竭人臣力一作分玉液誰知造化
功看取明朝船發後餘香猶尚逐仁風

句

誰云萬上煙隨雲依碧落 投白公 莫怪西陵風景別鏡湖
花草爲先春 賀朱慶餘及第已上並見張爲主客圖

繁知一

繁知一秭歸令詩一首

書巫山神女祠 雲溪友議白居易除忠州刺史自峽沿流赴郡時秭歸縣繁知一聞居易將過巫山先于神女祠粉壁大書此詩居易覩之悵然邀知一至曰歷山劉郎中禹錫三年理白帝欲作一詩於此怯而不爲罷郡經過悉去詩板千餘首但留沈佺期王無競皇甫冉李端四章而已此四章古今絕唱人造次不合爲之與知一同濟卒不賦詩

忠州刺史今才子行到巫山必有詩爲報高唐神女道
速排雲雨候清詞

嚴休復

嚴休復官散騎常侍平盧節度使詩二首

唐昌觀玉蘂花折有仙人遊悵然成二絕 劇談錄長安安業坊唐昌觀有玉蘂花每發若瓊林瑤樹元和中具一女子年可十七八容色婉娩從二女冠造花所佇立良久折花數枝曰曩有玉峯之期可以行矣行百步不復見

終日齋心禱玉宸魂銷目斷未逢真不如滿樹瓊瑤蘂
笑對藏花洞裏人

羽車潛下玉龜山塵世何由覩蕣顏唯有多情枝上雪
好風吹綴綠雲鬟

盧拱

盧拱祕書郎終申州刺史與白居易同時詩二首

江亭寓目

江郭帶林巒津亭倚檻看水風蒲葉戰沙雨鷺鷥寒晚
木初凋柳秋叢欲敗蘭哀猨自相叫鄉淚好無端

中元日觀法事

四孟逢秋序三元得氣中雲迎碧落步章奏玉皇宮壇
滴槐花露香飄柏子風羽衣凌縹緲瑤轂輾虛空久慕
餐霞客常悲習蓼蟲青囊如可授從此訪鴻蒙

句

地甃如拳石溪橫似葉舟 駱浚春日見語林

李諒

李諒字復言三宰劇縣再爲郡牧終京兆尹詩一首

蘇州元日郡齋感懷寄越州元相公杭州白舍人 時長慶四年也

稱慶還鄉郡吏歸端憂明發儼朝衣首開三百六旬日
新一作漸知四十九年非當官補拙猶勤慮游宦量才已息
機舉族共資隨月俸一身惟憶故山薇舊交邂逅封疆
近老牧蕭條宴賞稀書札每來同笑語篇章時到借光
輝絲綸暫厭分符竹舟檝初登擁羽旗未知今日情何
似應與幽人事有違

劉猛

劉猛梁州進士與元稹同時詩三首

月生

月生十五前日望光彩圓月滿十五後日畏光彩瘦不
見夜花色一尊成暗酒匣中苔背銅光短不照一作過空不
惜補明月慚無此良工

苦雨

自念數年間兩手中藏鉤於心且無恨他日爲我羞古

老傳童歌連涇亦兵凫夜夢戈甲鳴苦不願年長

曉

朝梳一把白夜淚千滴雨可恥垂拱時老作在家女

萬形雲

萬形雲爲白居易所賞詩一首

獻盧尚書（雲溪友議云形雲游梓州謁盧尚書弘宣爲閽人艱阻爲詩以獻公怒閽者而禮萬生焉）

荷衣拭淚幾回穿欲謁朱門抵上天不是尚書輕下客
山家無物與王權

盧貞

盧貞字子蒙官河南尹開成中爲大理卿終福建觀察使詩二首

和白尚書賦永豐柳 有序

永豐坊西南角有垂柳一株柔條極茂白尚書曾賦詩傳入樂府遍流京都近有詔旨取兩枝植於禁苑乃知一顧增十倍之價非虛言也因此偶成絕句非敢繼和前篇

一樹依依在永豐兩枝飛去杳無蹤玉皇曾採人間曲
應逐歌聲入九重

和劉夢得歲夜懷友

文翰走天下琴尊臥洛陽貞元朝士盡新歲一悲涼名
早緣才大官遲爲壽長時來知病已莫歎步趨妨

全唐詩

王起

王起字舉之揚州人宰相播之弟貞元十四年進士第又登制策直言極諫科累官尚書左僕射終山南西道節度使起書無不讀一經目弗忘三典貢舉皆得人集一百二十卷今存詩六首

和李校書雨中自秘省見訪知早入朝便入集賢不遇詩 有序

起頃任集賢校書及升柏臺又與秘閣相對今直書殿有張學士嘗忝同幕而與秘書稍遠故瞻望之詞多

台庭才子來欸扉典校初從天祿歸已慙陋巷迴玉趾
仍聞細雨霑綵衣詰朝始趨鳳闕去此日遂愁雞黍違
憶昨謬官在烏府喜君對門討魚魯直廬相望夜每闌
高閣遙臨月時吐昔聞三入承明廬今來重入中（一作今日重來入）
秘書校文復忝丞相屬博物更與張侯居新冠峨峨不
變鐵舊枲脉脉猶在渠忽枉情人吐芳訊臨風不羨潘
錦舒憶見青天霞未卷吟翫瑤華不知晚自憐豈是風
引舟如何漸與蓬山遠

貢舉人謁先師聞雅樂

藹藹觀光士來同鵠鷺羣鞠躬遺像在稽首雅歌聞度
曲飄清漢餘音遏曉雲兩楹淒已合九仞杳難分斷續
同清吹洪纖入紫氛長言聽已罷千載仰斯文

濁水求珠

行潦沈明月光輝也不浮識珍能洞鑒精寶（一作意）此來求
幾被泥沙雜常隨混濁流潤川終自媚照乘且何由的
皪終難掩晶熒願見收蛇行無脛至飲德已聞酬

和周侍郎見寄（會昌三年起三典舉場周侍郎墀時刺華州以詩賀之起因荅和門生亦皆有和）

貢院離來二十霜誰知更忝主文場楊葉縱能穿舊的
桂枝何必愛新香九重每憶同仙禁六義初吟得夜光
莫道相知不相見蓮峰之下欲徵黃

贈毛仙翁

冰霜肌骨稱童年羽駕何由到俗間丹竈化金留秘訣
仙宮嗽玉叩玄關壺中世界青天近洞裏煙霞白日閑
若許隨師去塵網願陪鸞鶴向三山

賦花 并序

樂天分司東都起與朝賢悉會興化亭送別酒酣各賦一字至七字詩以題爲韻

花點綴分葩露初裛月未斜一枝曲水千樹山家戲蝶
未成夢嬌鶯語更誇既見東園成徑何殊西子同車漸
覺風飄輕似雪能令醉者亂如麻

王損之

王損之貞元十四年進士第詩一首

賦得濁水求珠

積水非澄徹明珠不易求依稀沈極浦想像在中流暗
目思清淺褰裳恨暗投徒看川色媚空愛夜光浮月入
疑龍吐星歸似蚌游終希識珍者採掇冀冥搜

王炎

王炎宰相播之弟鐸之父登貞元進士第累官至太常博士詩一首

賦得行不由徑

邪徑趨時捷端心惡此名長衢貴高步大路自規行且
慮（一作避）縈紆僻將求（一作還多）坦蕩情詎同流俗好方保立身（一作心）
貞遠跡如違險修仁在履平始知夫子道從此得堅誠

封孟紳（一作孟對又作孟封）

封孟紳貞元十五年進士第一人官終太常卿詩一首

賦得行不由徑（一作蕭昕詩）

欲速意（一作竟）何成康莊欲（一作亦）砥平天衢皆利往吾道泰（一作本）
方行不復由萊（一作荒）徑無由見（一作因訪）蔣生三條遵廣達（一作道）九
軌尚安貞紫陌悠悠去芳塵步步清澹臺千載後公正
（一作道）有遺名

邵楚萇

邵楚萇字待倫閩縣人貞元十五年進士第官校書郎詩一首

題馬侍中燧木香亭

春日遲遲木香閣窈窕佳人褰繡幕淋漓玉露滴紫蕤
綿蠻黃鳥窺朱萼橫漢碧雲歌處斷滿地花鈿舞時落
樹影參差斜入簷風動玲瓏水晶箔

鄭俞

鄭俞貞元十六年登進士第爲長水縣令詩一首

賦得玉水記方流

積水綦文動因知玉產幽如天涵素色俾地引方流潛
潤滋雲起熒華射浪浮魚龍泉不夜草木岸無秋璧沼
寧堪比瑤池詎可儔若非懸坐測誰復寄冥搜

吳丹

吳丹字眞存吳人貞元十六年登第歷官至鎮州宣慰副使尚書郎饒州刺史詩一首

賦得玉水記方流

玉泉何處記四折水紋浮潤下寧踰矩居方在上流映空虛漾漾涵白淨悠悠影碎疑衡斗光清耐觸（一作掩）舟珪璋分辨狀沙礫共懷柔（一作愁）願赴朝宗日（一作願獻朝賓海）縈迴入御溝

王鑑

王鑑貞元十六年登進士第詩一首

賦得玉水記方流

玉潤在中洲光臨碕岓幽氤氳冥瑞影演漾度方流乍似輕漣合還疑駭浪收夤緣知有異洞徹信無儔比德稱殊賞含輝處至柔沈淪如見念況乃屬時休

陳昌言

陳昌言貞元十六年進士詩二首

賦得玉水記方流

明媚如懷玉奇姿自託幽白虹深不見綠水折空流方珏清沙遍縱橫氣色浮類圭才有角寫月讓成鉤久處沈潛貴希當特達收滔滔在何許揭厲願從游

白日麗江皐（一作鮑溶詩）

遲景臨遙水晴空似不高清明開曉鏡昭晰辨秋毫鬱鬱長隄土離離淺渚毛煙銷占一候風靜擁千艘獨媚青春柳宜看白鷺濤何年謝公賞遺韻在江皐

杜元穎

杜元穎杜陵人如晦五世孫貞元十六年登第又擢宏詞累官司勳員外穆宗時拜中書舍人不閱歲至宰相再恭出爲劍南西川節度使太和中貶循州司馬有五題詩一卷今存一首

賦得玉水記方流

重泉生美玉積水異常流始玩清堪賞因知寶可求斗回虹氣見磬折紫光浮中矩皆明德同方叶至柔月華偏共映風暖佇將遊遇鑒終無暗逢時願見收（一作異寶雖無脛逢時願俯收）

胡直鈞

胡直鈞登貞元十九年進士第詩一首

太常觀閱驃國新樂

異音來驃國初被奉常人纔可宮商辨殊驚節奏新轉規迴繡面曲折度文身舒散隨鸞吹喧呼雜鳥春襟衽懷舊識絲竹變恒陳何事留中夏長令表化淳

俞簡

俞簡貞元進士詩一首

行不由徑

古人心有尚乃是孔門生爲計安貧樂當從大道行詎應流遠迹方欲料前程捷徑雖云易長衢豈不平後來無枉路先達擅前名一示遵途意微衷益自精

楊嗣復

楊嗣復字繼之於陵子也貞元中擢第初署幕府進右拾遺累遷中書舍人牛僧孺李宗閔引之由戶部侍郎擢尚書右丞太和中宗閔罷相嗣復出爲劍南東川節度使宗閔復知政事入爲戶部侍郎俄拜同中書門下平章事武宗立貶潮州刺史宣宗大中初以吏部尚書召卒謚孝穆詩五首

丁巳歲八月祭武侯祠堂因題臨淮公舊碑

齋莊修祀事旌旆出郊闉薙草軒墀狹塗牆赭堊新謀猷期（一作開）作聖風俗奉爲神酹酒成坳澤持兵列偶人非才膺寵任異代揖芳塵況是平津客碑前淚滿巾

儀鳳

八方該帝澤威鳳忽來賓向日朱光動迎風翠羽新低昂多異趣飲啄迥無鄰郊藪今翔集河圖意等倫聞韶知鼓舞偶聖願逡巡比屋初同俗垂恩擊壤人

贈毛仙翁

天上玉郎騎白鶴肘後金壺盛妙藥暫遊下界傲五侯重看當時舊城郭羽衣茸茸輕似雪雲上雙童持絳節王母親縫紫錦囊令向懷中藏秘訣令威子晉皆儔侶東嶽同尋太眞女搜奇綴韻和陽春文章不是人間語藥成自固黃金骨天地齊兮身不沒日月宮中便是家下視崑崙何突兀童姿玉貌誰方比玄髮緣鬢光彌彌滿朝將相門弟子隨師盡願拋塵滓九轉琅玕必有餘願乞刀圭救生死

題李處士山居

卧龍決起爲時君寂寞匡廬惟白雲今日仲容修故業草堂焉敢更移文

謝寄新茶（嗣復作相後止貶觀察郡守此稱司馬疑非嗣復詩）

石上生芽二月中蒙山顧渚莫爭雄封題寄與楊司馬應爲前衙是相公

全唐詩

楊衡

楊衡字仲師吳興人初與符載崔羣宋濟隱廬山號山中四友後登第官至大理評事詩一卷

盧十五竹亭送姪偁歸山

落葉寒擁壁清霜夜霑石正是憶山時復送歸山客殷勤一尊酒曉月當窗白

旅次江亭

扣舷不能寐皓露清衣襟彌傷孤舟夜遠結萬里心幽興惜瑤草素懷寄鳴琴三奏月初上寂寥寒江深

賦得夜雨滴空階送魏秀才

委簷方滴滴霑紅復灑綠醉聽乍朦朧愁聞多斷續始兼泉（一作松）響細稍雜更聲促百慮自縈心況有人如玉

征人（一作思歸）

西風屢鳴雁東郊未升日縈煙幕幕昏暗騎蕭蕭出望雲愁玉塞眠月想蕙質借問露霑衣何如香滿室

遊陸先生故巖居

獨壑臨萬（一作高）嶂蒼苔絕行跡仰窺猨挂樹（一作松）俯對鶴巢石上有一巖屋相傳靈人宅深林無陽暉幽水轉鮮碧拾薪遇遺鼎探穴得古籍結念候（一作俟）雲輿燒香坐終夕

題玄和師仙藥室

山邊蕭寂（一作寥）室石掩浮雲扃遶室微有路松煙深冥冥

入松汲寒水對鶴問仙經石几香未盡水花風欲零何
年去華表幾度窮蒼冥却顧宦遊子眇如霜中螢
宿陸氏齋賦得殘燈詩
殷勤照永夜屬思未成眠餘暉含薄霧落燼迸空筵誰
比秦樓曉緘愁別幌前
夷陵郡內敍別
禮娶嗣明德同牢夙所欽況蒙生死契豈顧蓬蒿心雁
幣任野薄恩愛緣義深同聲若鼓瑟合韻似鳴琴將迓
空未立就贅意難任皎月託言誓滄波信浮沈荊臺理
晨轍巫渚疑宵襟憫憫百慮起回回萬恨深候更促徒
侶先曉徹夜禽燈彩凝寒風蟬思噪密林留念同心帶
贈遠芙蓉簪撫懷極投漆感物重黃金分鸞豈遐阻別
劒念相尋儻甘蓬戶賤願俟故山岑
將之荊州南與張伯剛馬惣鍾陵夜別
荊臺別路長密緒分離狀莫訴杯來促更籌屢已倡燭
花侵霧暗瑟調寒風亮誰(一作詎)念曉帆開默睇(一作黙溆)參差浪
經端溪峽中
陰岸東流水上有微風生素羽漾翠澗碧苔敷丹英重
林宿雨晦遠岫孤霞明飛猱相攀牽白雲亂縱橫有客
泝輕檝閱勝匪羈程逍遙一息間糞土五侯榮搴茗庶
蠲熱漱泉聊析酲(禮樂志秦尊柘漿析朝酲)寄言絲竹者詎識松風聲
南海苦雨寄贈王四侍御
炎風雜海氣暑雨每成霖塗泥親杖屨苔蘚漬衣襟念
近劇懷遠涉淺定知深暗溝夜滴滴荒庭晝霪霪折簡
展離曠理遲俟招尋處陰誠多慘況乃觸隅禽
秋夜閑居即事寄廬山鄭員外蜀郡符處士
憂思繁未整良辰會無由引領遲佳音星紀屢以周蓬
閭絕華耀況乃處窮愁墜葉寒擁砌燈火(一作光)夜悠悠開
琴弄清弦窺月俯澄流冉冉鴻雁度蕭蕭帷箔秋悵懷
石門詠緬慕碧雞遊髣髴蒙顏色崇蘭隱芳洲
寄贈田倉曹灣
芳蘭媚庭除灼灼紅英舒身爲陋巷客門有絳轅車朝
覽夷(一作吳)胡傳暮習穎陽書眇雲高羽翼待賈蘊璠璵纓
弁雖云阻音塵豈復疎若因風雨晦應念寂寥居
詠春色
靄靄復濛濛非(一作霏)霧滿晴空密添宮柳翠暗泄路(一作露)桃
紅縈絲光乍失緣隙影纔通夕迷鴛枕上朝漫綺弦中
促駟馳香陌勞鶯轉豔叢可憐腸斷望併在洛城東
送春
三月三十日春歸日復暮惆悵問春風明朝應不住送
春曲江上眷眷東西顧但見撲水花紛紛不知數人生
似行客兩足無停步日日進前程前程幾多路兵刃與
水火盡可違之去惟有老到來人間無避處感時良未
已獨倚池南樹今日送春心心如別親故
遊峽山寺
結構天南畔勝絕固難儔幸蒙時所漏遂得恣閑遊路
石蔭松蓋檻藤維鶴舟雨霽花木潤風和景氣柔寶殿
敞丹扉靈幡垂絳旒照曜芙蓉壺金人居上頭翔禽拂
危刹落日避層樓端溪瀰漫駛曲澗潺湲流高居何重
沓登覽自夷猶煙霞無隱態巖洞詎遺幽奔駟非久耀
馳波肯暫留會從香火緣滅跡此山丘
宿陟岵寺雲律師院
像宇鬱參差寶林疎復密中有彌天子燃燈坐虛室心
證紅蓮踰跡羈青眼律玉爐揚翠煙金經開縹帙肆陳
堅固學破我夢幻質碧水灑塵纓涼扇當夏日宿禽詎
相保迸火煙欲失顧迴戚促勞趨隅事休逸
秋夜桂州宴送鄭十九侍御
秋至觸物愁況當離別筵短歌銷夜燭繁緒遍高弦桂
水舟始泛蘭堂榻詎懸一盃勾(一作匆)離阻三載奉周旋鴉
噪更漏颯露濡風景鮮斯須不共此且爲更留連
九日陪樊尚書龍山宴集
孟嘉從宴地千乘復登臨緣危陟高步憑曠寫幽襟黃
花亂初馥翠物喜盈斟雲雜組繡色樂和山水音旆搖
秋吹急筵卷夕光沈都人瞻騎火猶知隔寺深
江陵送客歸河北
遠客歸故里臨路結裵回山長水復濶無因重此來聊
將歌一曲送子手中盃
送鄭丞之羅浮中習業
百年泛飄忽萬事繫衰榮高鴻脫矰繳達士去簪纓始
從天目遊復作羅浮行雲臥石林密月窺花洞明全形
在氣和習默憑境清夙祕絳囊訣屢投金簡名鍾管促
離觴煙霞隨去程何當眞府內重得款平生
送王秀才往安南
君爲蹈海客客路誰諳悉鯨度乍疑山雞鳴先見日所
嗟迴櫂晚倍結離情密無貪合浦珠念守江陵橘
送公孫器自桂林歸蜀
桂林淺復碧潺湲半露石將乘觸物舟暫駐飛空錫蜀
鄉異青眼蓬戶高朱戟風度杳難尋雲飄詎留跡舊戶
閑花草馴鴿傍簷隙揮手共忘懷日墮千山夕
贈羅浮易鍊師
海上多仙嶠靈人信長生榮衛冰雪姿咽嚼日月精默
書絳符遍晦步斗文成翠髮披肩長金蓋凌風輕曉籟
息塵響天雞(一作鹿)叱幽聲碧樹來戶陰丹霞照窗明焚香
叩虛寂稽首迴太清鸞鷺振羽儀飛翻拂旆旌左挹玉
泉液右搴雲芝英念得參龍駕攀天度赤城
登紫霄峰贈黃仙師
紫霄不可涉靈峯信穹崇下有瓊樹枝上有翠髮翁雞
鳴秋漢側日出紅霞中璨璨眞仙子執旄爲侍童焚香
杳忘言默念合(一作思合)太空世華徒熠耀虛室自朦朧雲飛
瓊瑤圃龜息芝蘭藂玉籙掩不開天窗微微風茲焉悟
佳旨塵境亦幽通浩渺臨廣津永用挹無窮
烏啼曲
可憐楊葉復楊花雪淨煙深碧玉家烏栖不定枝條弱
城頭夜半聲啞啞浮萍流蕩門前水任罥芙蓉莫浣紗
白紵歌(一作詞)二首
玉纓翠佩雜輕羅香汗微漬朱顏酡爲君起唱白紵歌
清聲裊雲思(一作思繁)繁多凝笳哀瑟(一作琴)時相和金壺半傾芳
夜促梁塵霏霏暗紅燭令君安坐聽終曲墜葉飄花難
再復

躡珠履步瓊筵輕身起舞紅燭前芳姿豔態妖且妍迴眸轉袖暗催弦涼風蕭蕭漏（一作流）水急月華泛豔紅蓮濕牽裙攬帶翻成泣

長門怨

絲聲繁兮管聲急珠簾不捲風吹入萬遍凝愁枕上聽千迴候命花間立望望昭陽信不來迴眸獨掩紅巾泣

寄徹公

北風吹霜霜月明荷葉枯盡越水清別來幾度龍宮宿雪山童子應相逐

哭李象

白雞黃犬不將去寂寞空餘葬時路草死花開年復（一作更幾）年後人知是何人墓憶君思君獨不眠夜寒月照青楓樹

宿雲溪觀賦得秋燈引送客

雲房寄宿秋夜客一燈熒熒照虛壁蟲聲呼客客未眠幾人語話清景側不可離別愁紛多秋燈秋燈奈別何

採蓮曲

疑鮮霧渚夕陽豔綠波風魚遊乍散藻露重稍欹紅楚客傷暮節吴姓泣敗蘂促令芳本固寧望雪霜中

他鄉七夕（一本無他鄉二字）

漢渚（一作浦）常多別山（一作星）橋忽重遊向雲迎翠輦當月拜珠旒寢愰凝宵態妝奩閉曉（一作晚）愁不堪鳴杼日空對白榆秋

春日偶題

何處春先到橋東水北亭凍花開未得冷酒酌難醒就日移輕榻遮風展小屏更無（一作不勞）人勸飲（一作醉）鶯語漸叮嚀

題山寺

千峯白露後雲（一作雪）壁挂殘燈曙色海邊日（一作月）經聲松下僧意閑門不閉年去水空澄稽首如何問森羅盡一乘

廣州石門寺重送李尚赴朝時兼宗正卿

象闕趨雲陛龍宮憩石門清鏡猶啓路黃髮重攀轅藻變朝天服珠懷委地言那令蓬蒿客茲席未（一作味）離尊

送孔周之南海謁王尚書

泛櫂若（一作送）流萍桂寒山更青望雲生碧落看日下滄溟潮盡收珠母沙閑拾翠翎自趨龍戟下再為誦芳馨

冬夜舉公房送崔秀才歸南陽

聞君動征櫂犯夜故來尋強置一尊酒重歎百年心燈白霜氣冷室虛松韻深南陽三顧地幸偶價千金

送陳房謁撫州周使君

匡山一畝宮尚有桂蘭叢鑿壁年雖異穿楊志幸同貌羸緣塞苦道蹇為囊空去謁臨川守因憐鶴在籠

山齋獨宿贈晏上人

幢（一作石）幢雲樹秋黃葉下山頭蟲響夜難（一作空）度夢閑神不遊窗燈寒几盡（一作淨）簾雨曉堦愁何以禪棲客灰心在沃州

桂州與陳羽念別

慘戚損志抱因君時解顏重歎今夕會復在幾夕間碧桂水連海蒼梧雲滿山茫茫從此去何路入秦關

經趙處士居

雲居避世客髮白習儒經有地水空綠無人山自青廢梁悲逝水臥木思荒庭向夕霏煙斂徒看處士星

病中赴袁州次香館

病輿憇上館繚繞向山隅荒葛漫欹壁幽禽啄朽株力微怯升降意欲結踟躕誰能挹香水一為濯煩紆

送人流雷州

逐客指天涯人間此路賒地圖經大庾水驛過長沙臘月雷州雨秋風桂嶺花不知荒徼外何處有人家

送（一作贈）徹公

白首年空度幽居俗豈知敗蕉依晚日孤鶴立秋墀（一作池）久客何由造禪門不可窺會同塵外友齋沐奉威儀

贈盧山道士

寂寥高室古松寒松下仙人字委鸞頭垂白髮朝鳴磬手把青芝夜遶壇物像自隨塵外滅眞源長向性中看悠悠萬古皆如此秋比松枝春比蘭

賦得直如朱絲弦

寂寞瑤琴上深知直者情幸傳朱鷺曲那止素絲名瑞草人空仰王言世久行大方聞正位樂府動清聲文武音初合宮商調屢更誰能向機杼終日泣無成

早春即事

眼重朝眠足頭輕宿醉醒陽光滿前戶雪水半中庭候變（一作物）隨天氣春生逐地形北簷梅晚白東岸柳先青蔥壠抽羊角松巢墮鶴翎老來詩更拙吟罷少人聽

題花樹

都無看花意偶到樹邊來可憐枝上色一一為愁開

宿吉祥寺寄廬山隱者

風（一作鳳）鳴雲外鐘鶴宿千年松相思杳不見月出山重重（一作孤月出山重）

邊思

蘇武節旄盡李陵音信稀梅（一作花）當隴上發人向隴頭歸

夜半步次古城

茫茫死復生（一作行復坐）惟有古時城夜半無鳥雀花枝當月明

春夢

空庭日照花如錦紅妝美人當晝寢傍人不知夢中事唯見玉釵時墜枕

宿青牛谷（一本此下有梁鍊師舊居五字）

隨雲步入青牛谷青牛道士留我宿可憐夜久月明中唯有壇邊一枝竹

槿（一作戎昱時）

自用金錢買槿栽二年方始一花開憐紅未許家（一作佳）人見胡蜨爭知早到來

九日

黃菊（一作花）紫菊傍籬落摘菊泛酒愛芳新不堪今日望鄉意強插茱萸隨眾人

仙女詞

玉京（一作笄）初侍紫皇君金縷鴛鴦滿絳裙仙宮一閉無消息遥結芳心向碧雲

句

賢人處霄漢荒澤自耕耘　隴首降時雨雷聲出夏雲

答崔鐵二補闕見詩式

一一鶴聲飛上天見紀事

全唐詩

牛僧孺

牛僧孺字思黯隴西人貞元中擢進士第歷相穆敬兩朝封奇章郡公後出爲武昌節度使文宗朝徵入再相夙與李德裕相惡會昌中貶循州長史大中初還爲太子少師卒集五卷今存詩四首

享太廟樂章

渥渥頎頎融昭德輝不紐不舒貫成九圍武烈文經敷施當宜纂堯付啓億萬熙熙

樂天夢得有歲夜詩聊以奉和

惜歲歲今盡少年應不知凄涼數流輩歡喜見孫兒暗滅一身力潛添滿鬢絲莫愁花笑老花自幾多時

李蘇州遺太湖石奇狀絕倫因題二十韻奉呈夢得樂天

胚渾何時結嵌空此日成掀蹲龍虎鬪挾怪鬼神驚帶雨新水靜輕敲碎玉鳴攙叉鋒刃簇縷絡釣絲縈近水摇奇冷依松助澹清通身鱗甲隱透穴洞天明醜凸隆胡準深凹刻兕觥雷風疑欲變陰黑訝將行噤痒微寒早輪囷數片橫地祇愁墊壓鼇足困支撑珍重姑蘇守相憐嬾慢情爲探湖裏一作底物不怕浪中鯨利涉餘千里山河僅百程池塘初展見金玉自凡輕側眩魂猶悚周觀意漸平似逢三益友如對十年兄旺興添魔力消煩破宿酲媿人當綺皓視秩即公卿南朝有司空石蓋以定石之流品念此園林寶還須別識精詩仙有劉白爲汝數逢迎

席上贈劉夢得

粉署爲郎四十春今來名輩更無人休論世上昇沉事且鬬樽前見在身珠玉會應成咳唾山川猶覺露精神莫嫌恃酒輕言語曾把文章謁後塵

句

但愁封寄去魔物或驚禪贈白樂天筝 惟羨東都白居士年年香積問禪師贈白下同 不是道公狂不得恨公逢我不教狂一地瘦草叢短 求人氣色沮憑酒意乃伸

葉季良

葉季良登貞元進士第詩三首

賦得月照冰池

霽夕雲初斂棲娥月未虧圓光生碧海素色滿瑶池天迴輪空見波凝影詎窺浮霜玉比彩照像鏡同規皎潔寒偏淨裵回夜轉宜誰憐幽境在長與賞心隨

賦得琢玉成器

片玉寄幽石紛綸當代名荆人獻始遇良匠琢初成冰映寒光動虹開晚一作曉色明雅容看更澈餘響扣彌清自與瓊瑶比方隨掌握縈因知君有用高價佇連城

省試吳宮教美人戰

強吳矜霸略講武在深宮盡出嬌娥妓先觀上將風揮戈羅袖卷擐甲汗妝紅掩笑分旗下含羞入隊中鼓停行未正刑舉令纔崇自可威隣國何勞逞戰功

湛賁

湛賁宋長史茂之十二世孫本家毘陵後爲宜春人貞元中登第嘗以江陰縣主簿權知無錫縣事後爲毘陵守詩三首

題歷山司徒右長史祖宅

隳官長史籍高步歷山椒麗句傳黃絹香名播宋朝分能知止足跡貴出塵囂松竹心長固池臺興自饒龍宮欣訪舊鶯谷忝遷喬從事叨承乏銅章媿在腰

伏覽呂侍郎渭丘員外册舊題十三代祖歷山草堂詩因書記事

名遂貴知己道勝方晦跡高居葺蓮宮遺文煥石壁柔田代已變池草春猶碧識曲遇周郎知音荷宗伯調逸南平兆風清建安跡祖德今發揚還同書史册

別慧山書堂

捲簾曉望雲平檻下榻宵吟月半窗病守未能依結社更施何術去爲邦

薛存誠

薛存誠字資明河東人登貞元進士第元和末官至御史中丞詩十二首

暮春自南臺丞再除給事中仍是本廳八韻狀擬宛然如舊

再入青鎖闈忝官誠自非拂塵驚物在開戶似一作侍僧歸積草漸無逕殘花猶灑衣禁垣偏日近行坐是恩輝

御製段太尉碑一作有讚詩

葬儀從儉禮刊石荷堯君露跡垂繁字一作藻天哀灑麗文詔深榮嗣子海變記孤墳寶思皆涵象皇心永念勳雅詞黃絹妙渥澤紫泥分青史應同久芳名萬古聞

御題國子監門

宸翰符玄造榮題國子門筆鋒迴日月字勢動乾坤檐下雲光絕梁間鵲影飜張英聖莫擬索靖妙難言爲著盤龍跡能彰舞鳳蹲更隨垂露像常以沐皇恩

御箭連中雙兔

宸遊經上苑羽獵向閑田狡兔初迷窟纖驪詎著鞭三驅仍百步一發遂雙連影射含霜草魂消向月弦驩聲動寒木喜氣滿晴天那似陳王意空隨樂府篇

太學創置石經

聖唐復古制德義功無替奧旨悅詩書遺文分篆隸銀鉤互交映石壁靡塵翳永與乾坤期不逐日月逝儒林道益廣學者心彌銳從此理化成恩光遍遐裔

觀南郊回仗

傳警千門寂南郊綵仗迴但驚龍再見誰識日雙開德澤施雲雨恩光變燼灰閱兵雞戒振聽樂鳳皇來候刻移宸輦遵時集觀臺多慚遠臣賤不得禮容陪

聞擊壤

堯年聽野老擊壤復何云自謂歡由已寧知德在君氣平閑易暢聲賀作難分耕鑿方隨日恩威比望雲簣桴均下調和木等南薰無落於吾事誰將帝已聞

膏澤多豐年

帝德方多澤苺苺井逕同八方甘雨布四遠報年豐厥庚千廂在幽流萬壑通候時勤稼穡擊壤樂農功畝畝人無惰田廬歲不空何須憂伏臘千載賀堯風

東都父老望幸

鑾輿秦地久羽衞洛陽空彼土雖憑固茲川乃得中龍顏覲白日鶴髮仰清風望幸誠逾邈懷來意不窮昔因封泰岳今佇蹕維嵩天地心無異神祇理亦同翠華翔渭北玉檢候關東衆願其難阻明君早勒功

嵩山望幸

峻極位何崇方知造化功降靈逢聖主望幸表維嵩隱映連青辟嵯峨向碧空象車因叶瑞龍駕願升中萬歲聲長在千巖氣轉雄東都歌盛事西笑佇皇風

華清宮望幸

驪岫接新豐岧嶢駕碧空鑿山開秘殿隱霧蔽仙宮絳闕猶棲鳳雕梁尚帶虹溫泉曾浴日華館舊迎風肅穆瞻雲輦深沉閉綺櫳東郊望幸處瑞氣靄濛濛

謁見日將至雙闕

曉色臨雙闕微臣禮位陪遠驚龍鳳覩誰識冕旒開讌鎬千年盛顒顒萬國來天文標日月時令布雲雷迴出黃金殿全分白玉臺雕蟲竟何取瞻戀不知迴

裴次元

裴次元貞元中第進士元和中爲福州刺史河南尹終江西觀察使詩三首

南至日隔仗望含元殿爐香（一作煙）

冕旒初負扆卉服盡朝天暘谷初移（一作移時）日金爐漸起（一作出御）煙芬馨流遠近散漫入貂蟬霜仗凝逾白朱欄映轉鮮始看浮闕在稍見逐風遷爲沐皇家慶來瞻羽衞前

律中應鐘（一作裴元詩）

律窮方數寸室暗在三重伶管灰先動秦正節已逢商聲辭玉笛羽調入金鐘密葉翻霜彩輕氷斂水容望鴻南去絕迎氣北來濃願託無凋性寒林自比松

賦得亞父碎玉斗

雄謀竟不決寶玉將何愛倏爾霜刃揮颯然春氷碎飛光動旗幟散響驚環珮霜濃繡帳前星流錦筵內圖王業已失爲虜言空悔獨有青史中英風冠千載

句

積高依郡城迴拔凌霄漢（題望京山　見聞志）

李宣遠

李宣遠貞元進士登第詩二首

并州路（一作楊達詩　題云塞下作）

秋日并州路黃榆落故關（一作關關）孤城吹角罷數騎射鵰還帳幕遥臨水牛羊自下山征人正垂淚烽火起雲間

近無西耗（一作李敖方詩）

遠戍兵壓境遷客淚橫襟烽堠驚秦塞囚居困越吟自憐牛馬走未識犬羊心一月無消息西看日又沈

李君何

李君何貞元中進士第詩一首

曲江亭望慈恩寺杏園花發

春晴凭水軒仙杏發南園開藥風初曉浮香景欲暄光華臨御陌色相對空門野雪遥添淨山煙近借繁地閑分鹿苑景勝類桃源況值新晴日芳枝度彩鴛

周弘亮

周弘亮登貞元進士第詩三首

除夜書情

何處風塵歲雲陽古驛前三冬不再稔曉日又明年春入江南柳寒歸塞北天還傷知候客花景對韋編

曲江亭望慈恩寺杏園花發

江亭閑望處遠近見秦源古寺遲春景新花發杏園萼中輕蘂密枝上素姿繁拂雨雲初起含風雪欲翻容輝明十地香氣遍千門願莫隨桃李芳菲不爲言

故鄉除夜

三百六十日云終故鄉還與異鄉同非唯律變情堪恨抑亦才疎命未通何處夜歌銷臘酒誰家高燭候春風詩成始欲吟將看早是去年牽課中

陳翥

陳翥貞元進士第詩一首

曲江亭望慈恩寺杏園花發

曲江晴望好近接梵王家十畝開金地千林發杏花映雲猶誤雪煦日欲成霞紫陌傳香遠紅泉落影斜園中春尚早亭上路非賒芳景堪游處其如惜物華

曹著

曹著貞元進士第詩一首

曲江亭望慈恩寺杏園花發

渚亭臨淨域憑望一開軒曉日分初地東風發杏園異香飄九陌麗色映千門照灼瑤華散葳蕤玉露繁未教游妓折乍聽早鶯喧誰復爭桃李含芳自不言

王公亮

王公亮登貞元進士第長慶初自司門郎中爲商州刺史詩一首

魚上氷

春生寒氣減稍動久潛魚乍喜東風至來看曲岍初出氷朱鬣見望日錦鱗舒漸覺流澌近還欣掉尾餘噞喁情自樂泝意寧疎儻得隨鯤化終能上太虛

張仲方

張仲方，韶州始興人，九齡族孫。貞元中擢進士宏詞，歷散騎常侍、京兆尹，左遷華州刺史，入爲祕書監。集二十卷，今存詩二首。

賦得竹箭有筠

東南生綠竹，獨美有筠箭。枝葉詎曾凋，風霜孰云變。偏宜林表秀，多向歲寒見。碧色乍蔥蘢，清光常蒨練。皮開鳳彩出，節勁龍文現。愛此守堅貞，含歌屬時彥。

贈毛仙翁

毛仙翁，毛仙翁，容貌常如二八童。幾歲頭梳雲鬢綠，無時面帶桃花紅。眼前人世閱滄海，肘後藥成辭月宮。方口秀眉編貝齒，瞭然炅炅雙瞳子。芝椿禀氣本堅強，龜鶴計年應不死。四海五山長獨游，矜貧傲富欺王侯。靈通（一作通靈）指下甄甓（一作龍虎）化，瑞氣爐中金玉流。定是煙霞列仙侶，暫來塵俗救危苦。紫霞妖女瓊華飛，秘法虔心傳付與。陰功足，陰功成，羽駕何年歸上清。待我休官了婚嫁，桃源洞裏覓仙兄。

句

入門池色靜，登閣雨聲來。（見三山志）

崔玄亮

崔玄亮，字晦叔，磁州人。貞元中與元白同登第，憲宗時爲監察御史，歷密、歙、湖三州刺史。太和中由諫議大夫遷散騎常侍，終虢州刺史。有三州倡和集，今存詩二首。

和白樂天（時以太子賓客分司東都）

病餘歸到洛陽頭，拭目開眉見白侯。鳳詔恐君今歲去，龍門欠我舊時遊（自到未遊龍門）。幾人樽下同歌詠，數盞燈前共獻酬。相對憶劉劉在遠，寒宵耿耿夢長洲。

臨終詩

暫榮暫悴石敲火，即空即色眼生花。許時爲客今歸去，大曆元年是我家。

句

共相呼喚醉歸來。

徐牧

徐牧，貞元進士，詩一首。

省試臨淵（一作川）羨魚

清泚濯纓處，今來喜一臨。塹無下釣處，空有羨魚心。退省時頻改，謀身歲屢沈。鬣成川上媚，網就水寧深。賴尾臨波裏，朱鬐破浪潯。此時儻不漏，江上免行吟。

王播

王播，字明敭，其先太原人，父恕，爲揚州倉曹參軍，遂家焉。播與弟炎、起，皆有文名，並擢進士。長慶初拜相，太和初復專政，卒贈太尉。詩三首。

淮南游故居感舊酬西川李尚書德裕（一本題作爲淮南節度使游故居感舊）

昔年獻賦去江湄，今日行春到却悲。三徑僅存新竹樹，四鄰惟見舊孫兒。壁間潛認偷光處，川上寧忘結網時。更見橋邊記名姓，始知題柱免人嗤。

題木蘭院（一作惠照寺）二首

播少孤貧，嘗客揚州惠照寺木蘭院，隨僧齋餐。僧厭怠，乃齋罷而後擊鐘。後二紀，播自重位出鎮是邦，因訪舊游，向之題名，皆以碧紗幕其詩。播繼以二絕句。

三十年前此院遊，木蘭花發院新修。如今再到經行處，樹老無花僧白頭。

上堂已了各西東，慚愧闍黎飯後鐘。三十年來塵撲面，如（一作而）今始得碧紗籠。

獨孤良弼

獨孤良弼，貞元間進士，官左司郎中，詩一首。

上巳接清明游宴

上巳歡初罷，清明賞又追。閏年侵舊曆，令節併芳時。細（一作暮）雨鶯飛重，春風酒醞遲。尋花迷白雪，看柳拆青絲。淑氣如相待，天和意爲誰。吁嗟名未立，空詠宴遊詩。

沈傳師

沈傳師，字子言，吳人。貞元末登第，歷官拾遺、翰林學士、中書舍人。寶曆中由尚書右丞出爲宣歙觀察使，復入爲吏部侍郎。有才行，工楷法。詩五首。

次潭州酬唐侍御姚員外游道林嶽麓寺題示

承明年老輒自論，乞得湘守東南奔。爲聞楚國富山水，青嶂邐迤僧家園。含香珥筆皆眷舊，謙抑（一作揖）自忘臺省尊。不令執簡候亭館，直許攜手游山樊。忽驚列岫曉（一作晚）來逼，朔雪洗盡煙嵐昏。碧波迴嶼三山轉，丹檻繚郭千艘屯。華鑣躞蹀絢砂步，大旆綵錯輝松門。樛枝競鶩龍蛇勢，折幹不滅風霆痕。相重古殿倚岩腹，別引新徑縈雲根。目傷平楚虞帝魂，情多思遠聊開樽。危弦細管逐歌飄（一作颺），畫鼓繡靴隨節翻。鏘金七言凌老杜，入木八法蟠高軒。嗟余潦倒久不利（一作知），忍復感激論元元。

和李德裕觀玉蘂花見懷之作

曾對金鑾直，同依玉樹陰。雪英飛舞近，煙葉動搖深。素萼年年密，衰容日日侵。勞君想華髮，近欲不勝簪。（德裕元倡有今來想顏色，還似憶瓊枝之句，故云）

贈毛仙翁

安期何事出雲煙，爲把仙方與世傳。只向人間稱百歲，誰知洞裏過千年。青牛到日迎方朔，丹竈開時共稚川。更說桃源更深處，異花長占四時天。

寄大府兄侍史（見雲煙過眼錄）

積雪山陰馬過難，殘更深夜鐵衣寒。將軍破了單于陣，更把兵書仔細看。

蒙泉（見方輿勝覽）

京路馬騣騣，塵勞日向深。蒙泉聊息駕，可以洗君心。

白行簡

白行簡，字知退，白居易之弟。貞元末第進士，累官度支郎中。有兄風，嘗從居易謫所，天性友愛，當時無比。集二十卷，今存詩七首。

春從何處來

欲識春生處，先從木德來。入門潛報柳，度嶺暗驚梅。透雪寒光散，消冰水鏡開。曉迎郊騎發，夜逐斗杓迴。淑氣空中變，新聲雨後催。偏宜資律呂，應是候陽臺。

貢院樓北新栽小松

華省春霜曙，樓陰植小松。移根依厚地，委質別危峰。北

户知猶遠東堂幸見容心堅終待鶴枝嫩未成龍夜影看仍薄朝嵐色漸濃山苗不可蔭孤直俟秦封

全在鎔

巨橐方鎔物洪鑪欲範金紫光看漸發赤氣望逾深𣱔熱晴雲變煙浮晝景陰堅剛由我性鼓鑄任君心踴躍徒摽異沈潛自可欽何當得成器待叩向知音

歸馬華山

牧野功成後周王戰馬閑驅馳休伏皁飲齕任依山逐日朝仍去隨風暮自還冰生疑隴坂葉落似榆關蹀躞仙峰下騰驤渭水灣幸逢時偃武不復鼓鼙間

夫子鼓琴得其人

宣父窮玄奧師襄授素琴稍殊流水引全辨聖人心慕德聲逾感懷人意自深泠泠傳妙手摵摵振空林促調清風至操弦白日沈曲終情不盡千古仰知音

李都尉重陽日得蘇屬國書

降虜意何如窮荒九月初三秋異鄉節一紙故人書對酒情無極開緘思有餘感時空寂寞懷舊幾躊躇鴈盡平沙迥煙銷大漠虛登臺南望處掩淚對雙魚

在巴南望郡南山呈樂天時從樂天忠州

臨江一嶂白雲間紅綠層層錦繡班不作巴南天外意何殊昭應望驪山

裴澄

裴澄聞喜人德宗朝登第官至蘇州刺史詩一首

春雲

漢漢復溶溶乘春任所從映林初展葉觸石未成峰旭日消寒翠晴煙點淨容霏微將似滅深淺又如重薄彩臨溪散輕陰帶雨濃空餘負樵者嶺上自相逢

羅立言

羅立言宣州人太和中歷司農少卿李訓引爲京兆少尹知府事同謀誅宦官被害詩一首

賦得沽美玉

誰憐被褐士懷玉正求沽成器終期達逢時豈見誣寶同珠照乘價重劍論都浮彩朝虹滿懸光夜月一作月彩孤幾年淪瓦礫今日出泥塗采斲資良匠無令瑕掩瑜

張燦

張燦貞元元和間進士詩一首

寒食遣懷

繁華泣清露悄悄落衣巾明日逢寒食春風見故人病來羞滯楚西去欲迷秦憔悴此時久一作夜青山歸四鄰

全唐詩

牟融

牟融有贈歐陽詹張籍韓翃諸人詩蓋貞元元和間人也詩一卷

春日山亭

醉來重整華陽巾搔首驚看白髮新莫道愁多因病酒只緣命薄不辭貧龍魚失水難爲用龜玉蒙塵未見珍正是聖朝全盛日詎知林下有閑人

寄周韶州

十年學道困窮廬空有長才重老儒功業要當垂永久利名那得在須臾山中荆璞誰知玉海底驪龍不見珠寄語故人休悵怏古來賢達事多殊

秋夜醉歸有感而賦

銜盃誰道易更闌沈醉歸來不自歡惆悵後時孤劒冷寂寥無寐一燈殘竹窗凉雨鳴秋籟江郭清砧擣夜寒多少客懷消不得臨風搔首浩漫漫

寄范使君

未秋爲別已終秋咫尺妻江路阻脩心上惟君知委曲眼前獨我逐漂流從來姑息難爲好到底依棲總是諏西望家山成浩歎臨風搔首不勝愁

送羅約

雨晴江館柳依依握手那堪此别離獨鶴孤琴隨遠旆紅亭綠酒惜分岐月明野店聞雞早花暗關城疋馬遲後夜定知相憶處東風回首不勝悲

題李昭訓山水

卜築藏修地自偏尊前詩酒集羣賢半岩松暝時藏鶴一枕秋聲夜聽泉風月謾勞酬逸興漁樵隨處度流年南州人物依然在山水幽居勝輞川

處厚遊杭作詩寄之

江村摇落暫逢秋況是聞君獨遠遊浙水風煙思弔古楚鄉人物賦登樓書沈寒鴈雲邊影夢繞清猨月下愁念我故人勞碌久不如投老臥滄洲

山中有懷李十二第七句缺三字第八句缺一字

林前風景晚蒼蒼林下懷人路杳茫白髮流年淹舊業碧山茅屋臥斜陽客邊秋興悲張翰病裏春情笑沈郎何事登樓　　幾迴搔首　思歸

客中作

異鄉歲晚悵離懷遊子驅馳愧不才夜夜砧聲催客去年年鴈影帶寒來半林殘葉迎霜落三徑黃花近節開幾度無聊倍惆悵臨風搔首獨興哀

山寺律僧畫蘭竹圖

偶來絕頂興無窮獨有山僧筆最工綠徑日長袁户在紫荃秋晚謝庭空離花影度湘江月遺珮香生洛浦風欲結歲寒盟不去忘機相對畫圖中

送客之杭
西風吹冷透貂裘行色匆匆不暫留帆帶夕陽投越浦
心隨明月到杭州風清聽漏驚鄉夢燈下聞歌亂別愁
懸想到杭州與地尊前應與話離憂

有感二首
何事離懷入夢頻貧居寂莫四無鄰詩因韻險難成律
酒爲愁多不顧身眼底故人驚歲別尊前華髮逐時新
十年飄泊如萍跡一度登臨一悵神

搔首臨風獨倚欄客邊驚覺歲華殘栖遲未遇常銜薦
邂逅寧彈貢禹冠有興不愁詩韻險無聊只怕酒杯乾
何如日日長如醉付與詩人一笑看

送沈侯之京
悠悠旌旆出東樓特出仙郎上帝州劉旻才高能富國
蕭何人傑足封侯關河弱柳垂金縷水驛青帘拂畫樓
欲盡故人尊酒意春風江上暫停舟

寄羽士
別來有路隔仙凡幾度臨風欲去難樂道無時忘鶴伴
談玄何日到星壇山中勝景常留客林下清風好煉丹
使我浮生塵鞅脫相從應得一盤桓

題趙支
林間曲徑掩衡茅遠屋青青翡翠梢一枕秋聲鸞舞月
半窗雲影鶴歸巢曾聞賈誼陳奇策肎學楊雄賦解嘲
我有清風高節在知音不負歲寒交

司馬遷墓
落落長才負不羈中原回首益堪悲英雄此日誰能薦
聲價當時衆所推一代高風留異國百年遺跡剩殘碑
經過詞客空惆悵落日寒煙賦黍離

春遊
錦袍日暖耀冰蠶上客陪遊酒半酣笑拂吟鞭邀好興
醉欹烏帽逞雄談樓前弱柳搖金縷林外遙山隔翠嵐
正是太平行樂處春風花下且停驂

水西草堂（第四句缺二字　第七句缺一字）
蘿徑蕭然曲業存閑雲流水四無鄰身留白屋潛蹤跡
門　吟學隱淪吟對琴尊江上月笑看花木鏡中春
遺書自有親　處何必驅馳擾世塵

送羽衣之京
羽衣縹緲拂塵囂悵別河梁贈柳條閬苑雲深孤鶴迥
蓬萊天近一身遙香浮寶輦仙風潤花落瑤壇絳雨消
自是長生林下客也陪鴛鷺入清朝

題道院壁
山中舊宅四無鄰草淨雲和迥絕塵神棗胡麻能飯客
桃花流水蔭通津星壇火伏煙霞暝林壑春香鳥雀馴
若使凡緣終可脫也應從此度閑身

贈歐陽詹
爲客囊無季子金半生蹤跡任浮沈服勤因念劬勞重
思養徒懷感慨深島外斷雲凝遠日天涯芳草動愁心
家林千里遙相憶幾度停車一悵吟

邵公母
搔首驚聞楚些歌拂衣歸去淚懸河劬勞常想三春恨
思養其如寸草何澗水夢懷千里遠蘇臺愁望白雲多
傷心獨有黃堂客幾度臨風詠蓼莪

客中作
千里雲山戀舊遊寒窗涼雨夜悠悠浮亭花竹頻勞夢
別路風煙半是愁芳草傍人空對酒流年多病倦登樓
一杯重向樽前醉莫遣相思累白頭

贈楊處厚
十年學道苦勞神巖得尊前一病身天上故人皆自貴
山中明月獨相親客心淡泊偏宜靜吾道從容不厭貧
幾度臨風一回首笑看華髮及時新

重贈張籍
舊日儀容只宛然笑談不覺度流年凡緣未了嗟無子
薄命能孤不怨天一醉便同塵外客百杯疑是酒中仙
人生隨處堪爲樂管甚秋香滿鬢邊

贈殷以道
世路紅塵懶步趨長年結屋傍巖隅獨留鄉井誠非隱
老向山林不自愚肎信白圭終在璞誰憐滄海竟遺珠
閑來撫景竆吟處尊酒臨風不自娛

翁母些
滿頭華髮向人垂長逝音容迥莫追先壠每懷風木夜
畫堂無復綵衣時停車遙望孤雲影翹首驚看弔鶴悲
獨有賢人崇孝義傷心共詠蓼莪詩

題山莊
蘿屋蕭蕭事事幽臨風搔首遠凝眸東園松菊存遺業
晚景桑榆樂舊遊吟對清尊江上月笑談華髮鏡中秋
牀頭濁酒時時漉上客相過一任留

沈存尚林亭夜宴
草堂寂寂景偏幽到此令人一縱眸松菊寒香三徑晚
桑榆煙景雨淮秋近山紅葉堆林屋隔浦青帘拂畫樓
終日忘情能自樂清尊應得遣閑愁

題孫君山亭
長年樂道遠塵氛靜築藏修學隱淪吟對琴樽庭下月
笑看花木檻前春閑來欲著登山屐醉裏還披漉酒巾
林壑能忘軒冕貴白雲黃鶴好相親

題徐俞山居
青山重疊巧裁攢引水流泉夜激湍嵐鎖巖扉清晝暝
雲歸松壑翠陰寒不因李相門前見曾向袁生畫裏看
老我不堪詩思杳幾回吟倚曲欄干

送范啓東還京
蕭蕭行李上征鞍滿目離情欲去難客裏故人尊酒別
天涯遊子弊裘寒官橋楊柳和愁折驛路梅花帶雪看
重到京華舊遊處春風佳麗好盤桓

樓城敘別
故人爲客上神州傾蓋相逢感昔遊屈指年華嗟遠別
對牀風雨話離愁清樽不負花前約白髮驚看鏡裏秋
此際那堪重分手綠波芳草暫停舟

寫意二首
寂寞荒館閉閑門苔徑陰陰殘少痕白髮顛狂塵夢斷
青矑冷落客心存高山流水琴三弄明月清風酒一樽
醉後曲肱林下臥此生榮辱不須論

蕭蕭華髮滿頭生深遠蓬門倦送迎獨喜冥心無外慕
自憐知命不求榮閑情欲賦思陶令臥病何人問馬卿
林下貧居甘困守儘教城市不知名

贈浙西李相公

長庚烈烈獨遙天盛世應知降謫仙月裏昔曾分兎藥
人間今喜得椿年文章政事追先達冠蓋聲華羡昔賢
尊酒與君稱壽畢春風入醉綺羅筵

天台

碧溪流水泛桃花樹繞天台迥不賖洞裏無塵通客境
人間有路入仙家雞鳴犬吠三山近草靜雲和一徑斜
此地不知何處去暫留瓊珮臥煙霞

送陳衡

秋江煙景晚蒼蒼江上離人促去航千里一官嗟獨往
十年雙鬢付三霜雲迷樓曲親庭遠夢遶通山客路長
不必臨風悲冷落古來白首尚爲郎

送沈翔

江上西風一櫂歸故人此別會應稀清朝盡道無遺逸
當路誰曾訪少微謾有才華嗟未達閑尋鷗鳥暫忘機
臨岐不用空惆悵未必新豐老布衣

過蠡湖

東湖煙水浩漫漫湘浦秋聲入夜寒風外暗香飄落粉
月中清影舞離鸞多情表尹頻移席有道喬仙獨倚闌
幾度篝簾相對處無邊詩思到吟壇

登環翠樓

山中地僻好藏修寂寂幽居架小樓雲樹四圍當户暝
煙嵐一帶隔簾浮舉杯對月邀詩興撫景令人豁醉眸
我亦人間肥遁客也將蹤跡寄林丘

遊淮雲寺

白雲深鎖沃州山冠蓋登臨衆仰攀松徑風清聞鶴唳
曇花香暝見僧還玄機隱隱應難覺塵事悠悠了不關
興盡凡緣因未晚衰回依舊到人間

遊報本寺

山房寂寂蓽門開此日相期社友來雅興共尋方外樂
新詩爭羡郢中才茶煙裊裊籠禪榻竹影蕭蕭掃徑苔
醉後不知明月上狂歌直到夜深回
了然塵事不相關錫杖時時獨看山白髮任教雙鬢改
黃金難買一生閑不留活計存囊底贏得詩名滿世間
自笑微軀長碌碌幾時來此學無還

題陳侯竹亭

曾向幽亭一榻分清風滿座絕塵氛丹山鳳泣鈞簾聽
滄海龍吟對酒聞漠漠暝陰籠砌月盈盈寒翠動湘雲
歲寒高節誰能識獨有王猷愛此君

送報本寺分韻得通字（第七句第八句缺）

幾度乘閑謁梵宮此郎聲價重江東貴侯知重曾忘勢
閑客頻來也悟空滿地新蔬和雨綠半林殘葉帶霜紅

寄永平友人

故人千里隔天涯幾度臨風動遠思賈誼上書曾伏闕
仲舒陳策欲匡時高風落落誰同調往事悠悠我獨悲
何日歸來話疇昔一樽重叙舊襟期
朔風獵獵慘寒沙關月寥寥咽暮笳放逐一心終去國
驅馳千里未還家青蠅點玉原非病滄海遺珠世所嗟
直道未容淹屈久暫勞蹤跡寄天涯

陳使君山庄

新卜幽居地自偏士林爭羡使君賢數椽瀟灑臨溪屋
十畝膏腴附郭田流水斷橋芳草路淡煙疎雨落花天
秋成準擬重來此沈醉何妨一榻眠

題寺壁

僧家勝景瞰平川霧重嵐深馬不前宛轉數聲花外鳥
往來幾葉渡頭船青山遠隔紅塵路碧殿深籠綠樹煙
聞道此中堪遁跡肯容一榻學逃禪

送徐浩

渡口潮平促去舟莫辭尊酒暫相留弟兄聚散雲邊鴈
蹤跡浮沈水上鷗千里好山青入楚幾家深樹碧藏樓
知君此去情偏切堂上椿萱雪滿頭

謝惠劒

感君三尺鐵揮擢鬼神驚浩氣中心發雄風兩腋生犬
戎從此滅巢穴不時平萬里橫行去封侯賴有成

送僧

梵王生別思之子事遐征煙水浮杯渡雲山隻履行二
生塵夢醒一錫衲衣輕此去家林近飄飄物外情

送友人

有客櫂偏舟相逢不暫留衣冠重文物詩酒足風流官
路生歸興家林想舊遊臨岐分手後乘月過蘇州

題朱慶餘閑居四首

瀟灑藏脩處琴書與畫圖白丁門外遠俗子眼前無楚
楚臨軒竹青青映水蒲道人能愛靜諸事近清枯
盡日衡門閉蒼苔一徑新客心非厭靜悟道不憂貧白
屋懸塵榻清樽憶故人近來疎懶甚詩債後吟身
閑客幽棲處瀟然一草廬路通元亮宅門對子雲居按
劒心猶壯琴書樂有餘黃金都散盡收得鄴侯書
寂寥荒館下投老欲何爲草色凝陳榻書聲出董帷閑
雲長作伴歸鶴獨相隨才薄知無用安貧不自危

寄張源

咫尺西江路悲歡暫莫聞青年俱未達白社獨離羣曲
徑荒秋草衡茅掩夕曛相思不相見愁絕賦停雲

題竹

瀟灑碧玉枝清風追晉賢數點渭川雨一縷湘江煙不
見鳳皇尾誰識珊瑚鞭柯亭丁相遇驚聽奏鈞天

有感

盛世嗟沈伏中情怏未舒途窮悲阮籍病久憶相如無
客空塵榻閑門閉草廬不勝岑絕處高臥半牀書

題山房壁

珠林春寂寂寶地夜沈沈玄輿凝神久禪機入妙深叅
同大塊理窺測至人心定處波羅蜜須從物外尋

訪請上人

曲徑遶叢林鐘聲雜梵音松風吹定衲蘿月照禪心撫
景吟行遠談玄入悟深不能塵鞅脫聊復一登臨

送范啓東

楊柳春江上，東風一櫂輕。行囊歸客興，尊酒故人情。畫史名當代，聲華重兩京。臨岐分手處，無柰別離生。

客中作

十年江漢客，幾度帝京遊。跡比風前葉，身如水上鷗。醉吟愁裏月，羞對鏡中秋。悵望頻回首，西風憶故丘。

贈韓翃

京國久知名，江河近識荆。不辭今日醉，便有故人情。細雨孤鴻遠，西風一櫂輕。暫時分手去，應不負詩盟。

禁煙作

柳拖金縷拂朱欄，花撲香塵滿繡鞍。尊酒臨風酬令節，越羅衣薄覺春寒。

閨中回

帆影隨風過富陽，櫓聲搖月下錢塘。千山積雪凝寒碧，夢入楓宸遶御牀。

全唐詩

劉言史

劉言史，邯鄲人。與李賀同時，歌詩美麗恢贍，自賀外，世莫能比。亦與孟郊友善。初客鎮冀，王武俊奏爲棗強令，辭疾不受，人因稱爲劉棗強。後客漢南，李夷簡署司空掾，尋卒。歌詩六卷，今編一卷。

苦婦詞

地遠易驕崇，用刑匪精研。哀哉苦婦身，夫死百殃纏。草催出門衣，隳鬢披肩。獨隨軍吏行，當夕余（一作途）欲還（一作遷）。來時已厭生（一作坐），到此自不全。臨江臥黃砂，二子死在邊。氣巇不發聲，背頭血涓涓。有時強爲言，祇是尤青天。藁無一枝，冷氣兩懸懸。窮荒夷教卑，骨肉病棄捐。況非本族音（一作姻），肌露誰爲憐。事痛感行賓，住得貪程船。必當負嚴法，豈有胎孕篇。遊旼復釋纛，羔兔尚免鸇。何處擯逐深，一罪三見顛。校尉勳望重（一作崇），幕府才且賢。蘭裙閒珠履，食玉處花筵。但勿輕所暗，莫慮無人焉。

與孟郊洛北野泉上煎茶

粉細越笋芽，野煎寒溪濱。恐乖靈草性，觸事皆手親。敲石取鮮火，撇泉避腥鱗。熒熒爨風鐺，拾得墜巢薪。潔色既爽別，浮氳亦殷勤。以兹委曲靜，求得正味眞。宛如摘山時，自歠指下春。湘瓷泛輕花，滌盡昏渴神。此遊愜醒趣，可以話高人。

七夕歌

星寥寥兮月細輪，佳期可想兮不可親。雲衣香薄粧態新，彩軿悠悠度天津。玉幌相逢夜將極，妖紅慘黛生愁色。寂寞低容入舊機，歇著金梭思往夕。人間不見因誰知，萬家閨艷求此時。碧空露重彩盤濕，花上乞得蜘蛛絲。

立秋日

商風動葉初，蕭索一貧居。老性容茶少，羸肌與簟疏。舊醅難重漉，新菜未勝鉏。才薄無潘興，便便畫（一作晝）偃廬。

題茅山仙臺藥院

擾擾浮生外，華陽一洞春。道書金字小，仙圃玉苗新。芝草迎飛燕，桃花笑俗人。樓臺爭聳漢，鷄犬亦嫌秦。願得青芽散，長年駐此身。

送婆羅門歸本國

刹利王孫字迦攝，竹錐横寫叱蘿葉。遥知漢地未有經，手牽白馬遶天行。龜兹磧西胡雪黑，大師凍死來不得。地盡年深始到船，海裏更行三十國。行多耳斷金環落，冉冉悠悠不停脚。馬死經雷却去時，往來應盡一生期。出漠（一作漢）獨行人絶處，磧西天漏雨絲絲。

瀟湘遊

夷女采山蕉，緝紗浸江水。野花滿髻妝色新，閑歌款款乃。深峽裏，款乃知從何處生。當時泣舜腸斷聲，翠華寂寞嬋娟没。野篠空餘紅淚情，青煙冥冥覆杉桂。崖壁凌天風雨細，昔人幽恨此地遺。綠芳紅艷含怨姿，清猿未盡鼯鼠切。淚水流到湘妃祠，北人莫作瀟湘遊。九疑雲入蒼梧愁。

放螢怨

放螢去，不須留。聚時年少今白頭，架中科斗萬餘卷。一字千回重照見，青雲杳渺不可親。開囊欲放增餘怨，且逍遥，還酩酊。仲舒漫不窺園井，那將寂寞老病身。更就微蟲借光影，欲放時，淚沾裳。衝籬落，千點光（一作去衝籬落千點光）。

觀繩伎（潞府李相公席上作）

泰陵遺樂何最珍，綵繩冉冉天仙人。廣場寒食風日好，百夫伐鼓錦臂新。銀畫青綃抹雲髮，高處綺羅香更切。重肩接立三四層，著屐背行仍應節。兩邊丸（一作圓）劒漸相迎，側身交步何輕盈。閃然欲落却收得，萬人肉上寒毛生。危機險勢無不有，倒挂纖腰學垂柳。下來一一芙蓉姿，粉薄鈿稀態轉奇。坐中還有沾巾者，曾見先皇初教時。

買（一作賣）花謠

杜陵村人不田穡，入谷經谿復緣壁。每至南山草木春，即向侯家取金碧。幽艷凝華春景曙，林（一作朴）夫（一作采來）移得將何處。蝶惜芳叢送下山，尋斷孤香始回去。豪少居連鵁鶄東，千金使買一株紅。院多花少栽未得，零落絲娥纖指中。咸陽親戚長安里，無限將金買花子。澆紅溼綠千萬家，青絲玉轤聲啞啞。

王中丞宅夜觀舞胡騰（王中丞武俊也）

石國胡兒人見少，蹲舞尊前急如鳥。織成蕃帽虛頂尖，細氎胡衫雙袖小。手中拋下蒲萄盞，西顧忽思鄉路遠。跳身轉轂寶帶鳴，弄脚繽紛錦靴軟。四座無言皆瞪目，横笛琵琶偏頭促。亂騰新毯雪朱毛，傍拂輕花下紅燭。酒闌舞罷絲管絶，木槿花西見殘月。

竹裏梅

竹裏（一作與）梅花相竝枝，梅花正發竹枝垂。風吹總向竹枝上，直似王家雪下時。

春過趙墟
下馬邯鄲陌頭歇寂寥崩隧臨車轍古柏重生枝亦乾
餘燎（一作漆）見風幽燄滅白蒿微發紫槿新行人感此復悲
春

初下東周贈孟郊
鶴老身（一作耳）更卭（一作工）龜死殼亦靈正信（一作性）非外沿終始全
本情童子不戲塵積書就巖扃身著木葉衣養鹿兼牸
耕偶隨下山雲荏苒失故程漸入機險中危思難太行
十髮九縷絲悠然東周城言詞野麋態出口多累形因
依漢元寮未似爵細輕冷竈助新熱靜砧與寒聲斷蓬
在門欄豈當桃李榮寄食若蠹蟲侵損利微生固非拙
爲強懦劣外（一作寂）瘵弁素堅冰蘗心潔持保堅貞修文返
正風刊字齊古經塹將衰末分高棲喧世名

過春秋峽
峭壁蒼蒼苔色新無風晴景自勝春不知何樹（一作事）幽崖
裏臘月開花似北人

長門怨
獨坐爐邊結夜愁暫時思（一作恩）去亦難留（一作收）手持金筋垂
紅淚亂撥寒灰不舉頭

春遊曲（一作樂府）
花頷紅騣（一作顏鬢髮）一何（一作向）偏綠槐香陌欲朝天仍嫌衆裏
嬌行疾傍鞚深藏白玉鞭
噴沫（一作珠噴）團香小桂條玉鞭兼賜霍嫖姚弄影便從天禁
出碧蹄聲碎五門橋

廣州王園寺伏日卽事寄北中親友
南越逢初伏東林度一朝曲池煎畏景高閣絶微飆竹
簟移先灑蒲葵破復搖地偏毛瘴近山毒火威饒裛汗
絺如濯親牀枕並燒隳枝傷翠羽萎葉惜紅蕉且困流
金爍難成獨酌謠望霖窺潤礎思吹候生（一作鳴）條旅恨生
烏滸鄉心繫洛橋誰憐在炎客一夕壯容銷

立秋
茲晨戒流火商飇早已驚雲天收夏色木葉動秋聲

別落花
風豔霏霏去羈人處處游明年縱相見不在此枝頭

登甘露臺
偶至無塵空翠間雨花甘露境閑身心未寂終爲累
非想天中獨退還

夜泊潤州江口
秋江欲起白頭波賈客瞻風無渡河千船火絶寒宵半
獨聽鐘聲覺寺多

看山木瓜花二首
裛露凝氛紫豔新千般婉娜不勝春年年此樹花開日
出盡丹陽郭裏人
柔枝濕豔亞朱欄暫作庭芳便欲殘深藏數片將歸去
紅縷金針繡取看

題十三弟竹園
繞屋扶疏聳翠莖苔滋粉漾有幽情丹陽萬戶春光靜
獨自君家秋雨聲

樂府雜詞三首
紫禁梨花飛雪毛春風絲管翠樓高城裏萬家聞不見
君王試舞鄭櫻桃
蟬鬢紅冠粉黛輕雲和新教羽衣成月光如雪金堦上
迸却頗梨義甲聲
不耐簷前紅槿枝薄妝春寢覺仍遲夢中無限風流事
夫壻多情亦未知

歲暮題楊錄事江亭（楊生蜀客）
垂絲蜀客涕濡衣歲盡長沙未得歸腸斷錦帆風日好
可憐桐鳥出花飛

冬日峽中旅泊
霜月明明雪復殘孤舟夜泊使君灘一聲鐘出遠山裏
暗想雪窗僧起寒

泊花石浦
舊業叢臺廢苑東幾年爲梗復爲蓬杜鵑啼斷回家夢
半在邯鄲驛樹中

聞崔倚旅葬
遠客那能返故廬蒼梧埋骨痛何如他時親戚空相憶
席上同悲一紙書

賦蕃子牧馬
磧淨山高見極邊孤烽引上一條煙蕃落多晴塵擾擾
天軍獵到鸊鵜泉

牧馬泉
平沙漫漫馬悠悠弓箭閑抛郊水頭鼠毛衣裏取羌笛
吹向秋天眉眼愁

越井臺望
獨立陽臺望廣州更添羈客異鄉愁晚潮未至早潮落
井邑暫依沙上頭

扶病春亭
強梳稀髮著綸巾捨杖空行試病身花間自欲裵回立
穉子牽衣不許人

贈童尼
舊時豔質如明玉今日空心是冷灰料得襄王惆悵極
更無雲雨到陽臺

讀故友于君集
大底從頭總是悲就中偏愴築城詞依然想得初成日
寄出秋山與我時

病僧二首
竺國鄉程算不回病中衣錫徧浮埃如今漢地諸經本
自過流沙遠背來
空林衰病臥多時白髮從成數寸絲西行却過流沙日
枕上寥寥心獨知

右軍墨池
永嘉人事盡歸空逸少遺居蔓草中至今池水涵餘墨
猶共諸泉色不同

送僧歸山
楚俗飜（一作蕃）花自送迎密人來往豈知情夜行獨自寒山
寺雪逕泠泠金錫聲

題源分竹亭
繞屋扶疏千萬竿年年（一作人）相誘獨行看日光不透煙常
在先校諸家一月寒

張碧字太碧，貞元時人。孟郊讀其集，詩云：天寶太白沒，六義已消歇。先生今復生，斯文信難缺。下筆證興亡，陳辭備風骨。高秋數奏琴，澄潭一輪月。推之者至矣。詩十六首

野田行

風昏晝色飛斜雨，冤骨千堆髑髏語。八紘牢落人物悲，是箇（一作稀，一作畫是）田園荒廢主。悲嗟自古爭天下（一作子），幾度乾坤復如此。秦皇矻矻築長城，漢祖（一作主）區區白蛇死。野田之骨兮又成塵，樓閣風煙兮還復新。願得華山之下長歸馬，野田無復堆冤者。

貧女

豈是昧容華，豈不知機織。自是生寒門，良媒不相識。

幽思

金爐煙靄微，銀釭殘影滅。出户獨裴回，落花滿明月。

惜花三首

千枝萬枝占春開，彤霞著地紅成堆。一窖閑愁驅不去，殷勤對爾酌金杯。

老鴉拍翼盤空疾，准擬浮生如瞬息。阿母蟠桃香未齊，漢皇骨葬秋山碧。

朝開暮落煎人老，無人爲報東君道。留取穠紅伴醉吟，莫教少女來吹掃。

遊春引三首

句芒愛弄春風權，開萌發翠無黨偏。句芒小女精神巧，機羅杼綺滿平川。

五陵年少輕薄客，蠻錦花多春袖窄。酌桂鳴金翫物華，星蹄繡轂塡香陌。

千條碧綠輕拖水，金毛泣怕春江死。萬彙俱含造化恩，見我春工無私理。

農父

運鋤耕斸侵星起，隴畝豐盈滿家喜。到頭禾黍屬他人，不知何處拋妻子。

古意

鑾輿不碾香塵滅，更殘三十六宮月。手持紈扇獨含情，秋風吹落横波血。

秋日登岳陽樓晴望

三秋倚練飛金盞，洞庭波定平如刬。天高雲卷綠羅低，一點君山礙人眼。漫漫萬頃鋪琉璃，煙波闊遠無鳥飛。西南東北競（一作竟）無際，直疑侵斷青天涯。屈原回日牽愁吟，龍宮感激致應沈。賈生憔悴說不得，茫茫煙靄堆湖心。（又云茫茫煙靄張帆一掌風無人來往橫其中）

鴻溝

毒龍銜日天地昏，八紘鼕鼕生愁雲。秦園走鹿無藏處，紛紛爭處蜂成羣。四溟波立鯨相（一作用）吞，蕩搖五岳崩山根。魚蝦舞浪（一作渡）狂鯨鯢，龍蛇膽戰登鴻門。星旗羽鉞強者尊，黑風白雨東西屯。山河欲拆人煙分，壯士鼓勇君王存。項莊憤氣吐不得，亞父斟聲天上聞。玉光睛地驚崑崙，留侯氣魄吞太華。舌頭一寸生陽春，神農女媧愁不言。蛇枯老嫗啼淚痕，星曹定秤秤王孫。項籍骨輕迷精魂，沛公仰面爭乾坤。須臾垓下賊星起，歌聲繚繞淒人耳。吳娃捧酒横秋波，霜天月照空城壘。力拔山兮忽到（一作呼）此，騅嘶懶渡烏江水。新豐瑞色生樓臺，西楚寒蒿哭愁鬼。三尺霜鳴金匣裏，神光一掉（一作遺）八千里。漢皇驟馬意氣生，西南掃地迎天子。

美人梳頭

玉堂花院小枝紅，綠窗一片春光曉。玉容驚覺濃睡醒，圓蟾挂出妝臺表。金盤解下叢鬟碎，三尺巫雲綰朝翠。皓指高低寸黛愁，水精梳滑參差墜。須臾攏掠蟬鬟生，玉釵冷透冬冰明。芙蓉拆向新開臉，秋泉慢轉眸波横。鸚鵡偷來話心曲，屏風半倚遥山綠。

題祖山人池上怪石

寒姿數片奇突兀，曾作秋江秋水骨。先生應是厭風雲（一作雷），著向江邊塞龍窟。我來池上傾酒尊，半酣書破青煙痕。參差翠縷擺不落，筆頭驚怪粘秋雲。我聞吳中項容水墨有高價（一作溶溶水墨有高價），邀得將來倚松下。鋪却雙繒直道難，掉首空歸不成畫。

山居雨霽即事（一作長孫佐輔詩）

結茅蒼嶺下，自與喧卑隔。況值雷雨晴，郊原轉岑寂。出門看反照，繞屋殘溜滴。古路絕人行，荒陂響蟋蟀。籬崩瓜豆蔓，圃壞牛羊跡。斷續古祠鴉，高低遠村笛。喜聞東臯潤，欲往未通屐。杖策試危橋，攀蘿瞰苔壁。鄰翁夜相訪，緩酌聊跂石。新月出汙尊，浮雲在巾舄。常聽腐儒操，謬習經邦畫。有待時未知，非關慕沮溺。

張瀛

張瀛，碧之子。事廣南劉氏，官至曹郎。詩一首

贈琴棋僧歌

我嘗聽師法一說，波上蓮花水中月。不垢不淨是色空，無法無空亦無滅。我嘗聽師禪一觀，浪溢鼇頭蟾魄滿。河沙世界盡空空，一寸寒灰冷燈畔。我又聽師琴一撫，長松嗚住秋山雨。弦中雅弄若鏗金，指下寒泉流太古。我又聽師棋一著，山頂坐沈紅日脚。阿誰稱是國手人，羅浮道士賭却鶴。輸却藥，法懷斟下紅霞丹，束手不敢爭頭角。

全唐詩

盧殷（宋時避諱改作隱）

盧殷，范陽人，爲登封尉。詩十三首

妾換馬

伴鳳樓中妾，如龍櫪上宛。同年辭舊寵，異地受新恩。香閣更衣處，塵蒙噴草痕。連嘶將忍淚，俱戀主人門。

七夕

河耿月涼時，牽牛織女期。歡娛方在此（一作此在），漏刻竟由誰。定不嫌秋駛，唯當乞夜遲。全勝客子婦，十載泣生離。

月夜

露下涼生箪，無人月滿庭。難聞逆河浪，徒望白楡星。樹

遠孤棲鵲窗飛就暗螢移時宿蘭影思共習芳馨

仲夏寄江南

五月行將近三年客未迴夢成千里去酒醒百憂來晚暮時看槿悲酸不食梅空將白團扇從寄復裴回

欲銷雲

欲隱從龍質仍餘觸石文霏微依碧落髣髴俟非雲度月光無隔傾河影不分如逢作霖處當爲起氤氳

遇邊使

累年無的信每夜夢邊城袖掩千行淚書封一尺情

移住別居一作友

自到西川住唯君別有情常逢對門遠又隔一重城

堋口逢友人

艱難別離久中外往還深已改當時法空餘舊日心

雨霽登北岸一作原寄友人

稻黃撲撲黍油油野樹連山澗自一作北流憶得年時馮翊部謝郎相引上樓頭

長安親故

楚蘭不佩佩吳鉤帶酒城頭別舊遊年事已多筋力在試將弓箭到并州

悲秋

秋空雁度青天遠疏樹蟬嘶白露寒階下敗蘭猶有氣手中團扇漸無端

晚蟬

深藏高柳背斜暉能軫孤愁減昔圍猶畏旅人頭不白再三移樹帶聲飛

維揚郡西亭贈友人

萍颯風池香滿船楊花漠漠暮春天玉人此日心中事何似乘羊入市年

獨孤申叔

獨孤申叔字子重以博學宏詞爲校書郎詩一首

終南精舍月中聞磬

精廬殘夜景天宇滅埃氛幽磬此時擊餘音幾處聞隨風樹杪去支策月中分斷絕如殘漏淒清不隔雲霽人方罷夢獨鴈忽迷羣響盡河漢落千山空糾紛

嚴公弼

嚴公弼梓州人擢進士第襲父震爵封鄖國公詩一首

題漢州西湖

西湖創置自房公心匠縱橫造化同見說鳳池推獨步高名何事滯川中

嚴公貺

嚴公貺公弼之弟詩一首

題漢州西湖

鳳沼才難盡餘思鑿西湖珍木羅修岸冰光映坐隅琴臺今寂寞竹島尚縈紆猶蘊濟川志芳名終不渝

莊南傑

莊南傑進士與賈島同時雜歌行一卷今存詩五首

湘弦曲

楚雲錚錚戛秋露巫雲峽雨飛朝暮古磬高敲百尺樓孤猨夜哭千丈樹雲軒碾火聲瓏瓏連山卷盡長江空鶯啼寂寞花枝雨鬼嘯荒郊松柏風滿堂怨咽悲相續苦調中含古離曲繁弦響絕楚魂遙湘江水碧湘山綠

黃雀行

穿屋穿墻不知止爭樹爭巢入營死林間公子挾彈弓一丸致斃花叢裏小口黃雛未有知青天不解高高飛虞人設網當要路白日啾嘲禍萬機

雁門太守行

旌旗閃閃搖天末長笛橫吹虜塵闊跨下嘶風白練獰腰間切玉青蛇活擊革摐金燧牛尾犬羊兵敗如山死九泉寂寞葬秋蟲濕雲荒草啼秋思

陽春曲

紫錦紅囊香滿風金鸞玉軾搖丁冬沙鷗白羽剪晴碧野桃紅豔燒春空芳草緜延鏁平地壠蝶雙雙舞幽翠鳳叶龍吟白日長落花聲底仙娥醉

傷歌行

兔走烏飛不相見人事依稀速如電王母天桃一度開玉樓紅粉千回變車馳馬走咸陽道石家舊宅空荒草秋雨無情不惜花芙蓉一一驚香倒勸君莫謾栽荆棘秦皇虛費一作負驅山力英風一去更無言白骨沈埋暮山碧

李溟

李溟與賈島同時詩一首

無題

喬木挂斗邑一作色水驛壞門開向月片帆去背雲行雁來晚年名利跡寧免路岐哀前計不能息若爲玄鬢迴

賀蘭朋吉

賀蘭朋吉與賈島同時詩一首

客舍喜友人相訪

荒居無四鄰誰肯訪來頻古樹秋中葉他鄉病裏身鴈聲風送急螢影月流新獨爲成名晚多慙見友人

王魯復

王魯復字夢周連江人從事邕府詩四首

詣李侍郎

文字元無底功夫轉到難苦心三百首暫請侍郎看

弔靈均

萬古汨羅深騷人道不沈明明唐日月應見楚臣心

吊韓侍郎

星落少微宮高人入古風幾年才子淚併寫五言中

故白巖禪師院

能師還世名還在空閉禪堂滿院苔花樹不隨人寂寞數枝猶自出牆來

徐希仁

徐希仁與盧仝同時詩一首

招玉川子詠新文

清氣宿我心結爲清冷音一夜吟不足君來相和吟

全唐詩

雍裕之

雍裕之貞元後詩人也詩一卷

五雜組

五雜組刺繡窠往復還織錦梭不得已戍交河

剪綵花

敢競桃李色自呈刀尺功蝶猶迷剪翠人豈辨裁紅

春晦送客（一作三月晦日郊外送客）

野酌亂無巡送君兼送春明年春色至莫作未歸人

自君之出矣

自君之出矣寶鏡爲誰明思君如隴水長聞嗚咽聲

四氣

春禽猶竟囀夏木忽交陰稍覺秋山遠俄驚冬霰深

四色

壺中冰始結盤上露初圓何意瑤池雪欲奪鶴毛鮮

道士牛已至仙家鳥亦來骨爲神不朽眼向故人開

勞魴蓮渚內汗馬火旂間平生血誠盡不獨左輪殷

已見池盡墨誰言突不黔漆身恩未報貂裘弊豈嫌

大言

四溟杯淥醑五嶽髻青螺揮汗曾成雨畫地亦成河

細言

蚊眉自可託蝸角豈勞爭欲效絲毫力誰知螻蟻誠

山中桂

八樹拂丹霄四時青不凋秋風何處起先裹最長條

蘆花

夾岸復連沙枝枝摇浪花月明渾似雪無處認漁家

江邊柳

嫋嫋古堤邊青青一樹煙若爲絲不斷留取繫郎船

江上山（一本無山字）

綺霞明赤岸錦纜繞丹枝楚客正愁絕西風且莫吹

游絲

游絲何所似應最似春心一向風前亂千條不可尋

柳絮

無風纔到地有風還滿空緣渠偏似雪莫近鬢毛生

殘鶯

花闌鶯亦嬾不語似含情何言百囀舌唯餘一兩聲

早蟬

一聲清溽暑幾處促流年志士心偏苦初聞獨泫然

秋蛩

雨絕蒼苔地月斜青草階蛩鳴誰不怨況是正離懷

江上聞猨

楓岸月斜明猨啼旅夢驚愁多腸易斷不待第三聲

折柳贈行人

那言柳亂垂盡日任風吹欲識千條恨和煙折一枝

題蒲葵扇

傾心曾向日在手幸搖風羡爾逢提握知名自謝公

贈苦行僧

幽深紅葉寺清淨白毫僧古殿長鳴磬低頭禮晝燈

兩頭纖纖

兩頭纖纖八字眉半白半黑燈影帷腷腷膊膊曉禽飛
磊磊落落秋果垂

了語

掃卻煙塵寇初勦深水高林放魚鳥鷄人唱絕殘漏曉
仙樂拍終天悄悄

不了語

浮名世利知多少朝市喧喧塵擾擾車馬交馳往復來
鐘鼓相催天又曉

聽彈沈湘

賈誼投文弔屈平瑤琴能寫此時情秋風一奏沈湘曲
流水千年作恨聲

豪家夏冰詠

金錯銀盤貯賜冰清光如聳玉山稜無論塵客閑停扇
直到消時不見蠅

宿棣華館聞雁

不堪旅宿棣花館況有離羣鴻雁聲一點秋燈殘影下
不知寒夢幾回驚

農家望晴

嘗聞秦地西風雨爲問西風早晚回白髮老農如鶴立
麥場高處望雲開

宮人斜

幾多紅粉委黃泥野鳥如歌又似啼應有春魂化爲燕
年來（一作年年）飛入未央栖

曲江池上

殷勤春在曲江頭全藉羣仙占勝遊何必三山待鸞鶴
年年此地是瀛洲

全唐詩

段弘古

段弘古澧州人呂温守道州嘗客焉後謁竇羣容州歿旅舍詩一首

奉陪呂使君（一作郎中）樓上夜（一本下有把火二字）看花

城上芳園花滿枝城頭太守夜看時爲（一作與）報林中高舉燭感人情思欲題詩

何元上（一作之）

何元上自稱義眉山人嘗居道州詩一首

所居寺院涼夜書情呈上呂和叔温郎中

庾公念病宜清暑遣向僧家占上方月光似水衣裳濕

松氣如秋枕簟涼幸以薄才當客次無因弱羽逐鸞翔何由一示雲霄路腸斷星星兩鬢霜

宋濟

宋濟德宗時人與楊衡符載同棲青城詩二首

塞上聞笛（一作和王七度玉門關上吹笛）

胡兒吹笛戍樓間樓上蕭條海月閑借問梅花何處落風吹一夜滿關山

東鄰美人歌

花暖江城斜日陰鶯啼繡戶曉雲深春風不道珠簾隔傳得歌聲與客心

符載

符載字厚之蜀人初隱廬山後辟西川掌書記加授監察御史集十四卷今存詩二首

題李八百洞

太極之年混沌坼此山亦是神仙宅後世何人來飛昇紫陽真人李八百

甘州歌

月裏嫦娥不畫眉只將雲霧作羅衣不知夢逐青鸞去猶把花枝蓋面歸

句

綠迸穿籬筍紅飄隔戶花（見楊慎外集）

張儼

張儼貞元中人詩三首

貞元八年十二月謁先主廟絕句三首

伏順繼皇業并吞勢由已天命屈雄圖誰歌大風起

得股肱賢明能以奇用兵何事傷客情何人歸帝京

雄名垂竹帛荒陵壓阡陌終古更何聞悲風入松柏

先汪

先汪合江人貞元中舉孝廉詩一首

題安樂山（合江青溪上六七里隋劉珍登真之地有祠）

碧峰橫倚白雲端隋氏真人化蹟殘翠栢不凋龍骨瘦石泉猶在鏡光寒

李赤

李赤吳郡舉子嘗自比李白故名赤詩十首

姑熟雜詠（一作李白詩）

姑熟溪

愛此溪水閑乘流興無極擊楫怕鷗驚垂竿待魚食波翻曉霞影岸疊春山色何處浣紗人紅顏未相識

丹陽湖

湖與元氣通風波浩難止天外賈客歸雲間片帆起龜游蓮葉上鳥宿蘆花裏少女棹舟歸歌聲逐流水

謝公宅

青山日將暝寂寞謝公宅竹裏無人聲池中虛月白荒庭衰草徧廢井蒼苔積唯有清風閑時時起泉石

凌歊臺

曠望登古臺臺高極人目疊嶂列遠空雜花閑平陸白雲入窗牖野翠生松竹欲覽碑上文苔侵豈堪讀

桓公井

桓公名已古廢井曾未竭石甃冷蒼苔寒泉湛孤月秋來桐暫落春至桃還發路遠人罕窺誰能見清澈

慈姥竹

野竹攢石生含煙映江島翠色落波深虛聲帶寒早龍吟曾未聽鳳曲吹應好不學蒲柳凋貞心常自保

望夫山

顒望臨碧空怨情感離別芳草不知愁巖花但爭發雲山萬重隔音信千里絕春去秋復來相思幾時歇

牛渚磯

絕壁臨巨川連峰勢相向亂石流洑間迴波自成浪但驚羣木秀莫測精靈狀更聽猨夜啼憂心醉江上

靈墟山

丁令辭世人拂衣向仙路伏鍊九丹成方隨五雲去松蘿蔽幽洞桃杏深隱處不知曾化鶴遼海歸幾度

天門山

迥出江水上雙峰自相對岸映松色寒石分浪花碎參差遠天際縹緲晴霞外落日舟去遙回首沈青靄

薛昇

薛昇河東人德宗朝詩人也詩一首

勅贈康尚書美人（一作知）

天門喜氣曉氛氳聖主臨軒召冠軍欲令從此行霖雨先賜巫山一片雲

孫叔向

孫叔向德宗時人詩三首

將赴東都上李相國

四海兵初偃平津閣正開誰知大爐火還有不然灰

題昭應溫泉

一道溫泉遶御樓先皇曾向此中游雖然水是無情物也到宮前咽不流

送咸安公主

鹵簿遲遲出國門漢家公主嫁烏孫玉顏便向穹廬去衛霍空承明主恩

劉皂

劉皂貞元間人詩五首

邊城柳

一株新柳色十里斷孤城為近東西路長懸離別情

長門怨三首

雨（一作淚）滴長門秋夜長愁心和雨到昭陽淚痕不學（一作共）君恩斷拭卻千行更萬行

宮殿沈沈月欲（一作色）分昭陽更漏不堪聞珊瑚枕上千行淚不是思君是恨君

蟬鬢慵梳倚帳門蛾眉不掃慣承恩傍人未必知心事一面殘妝空淚痕

旅次朔方（一作賈島詩）

客舍并州數十霜歸心日夜憶咸陽無端又渡桑乾水卻望并州似故鄉

楊厚

楊厚貞元間詩人詩一首

早起

星漢轉寒更伊余索寞情鐘催歸夢斷雁引遠愁生危壁蘭光暗疏簾露氣清閑庭聊一望海日未分明

裴交泰

裴交泰貞元閒詩人詩一首

長門怨

自閉長門經幾秋羅衣濕盡淚還流一種蛾眉明月夜
南宮歌管一作吹北宮愁

李秘

李秘唐宗室也貞元元和閒人詩一首

禁中送任山人 此人自青城獻伏火諸石恩命令於本山更取大還

子去非長往君恩取大還補天留彩石縮地入青山獻
壽千春一作秋外來朝數月閒莫拋殘藥物竊取一作切欲駐童顏

殷堯一作克恭

殷堯恭元和閒人詩一首

府試中元觀道流步虛 一作殷堯藩詩

玄都開秘籙白石禮先生上界秋光靜中元夜景清星
辰朝帝處鸞鶴步虛聲玉洞花長發珠宮月最明掃壇
天地肅投簡鬼神驚儻賜刀圭藥還成不死名

林傑

林傑字智周閩人幼而秀異六歲賦詩援筆立成唐扶
見而賞之又精琴棋草隸舉神童年十七卒詩二首

王仙壇

羽客已登仙路去丹鑪草木盡凋殘不知千載歸何日
空使時人掃舊壇

乞巧

七夕今宵看碧霄牽牛織女渡河橋家家乞巧望秋月
穿盡紅絲幾萬條

句

金盤摘下挂朱顆紅殼開時飲玉漿 咏荔枝見紀事

鄭立之

鄭立之貞元元和中人詩一首

哭林傑

才高未及賈生年何事孤魂逐逝川螢聚帳中人已去
鶴離臺上月空圓

蘇郁

蘇郁貞元元和閒詩人詩三首

詠和親 一作和戎

闕月夜懸青冢鏡寒雲秋薄漢宮羅君王莫信和親策
生得胡雛虜一作轉更多

鸚鵡詞

莫把金籠閉鸚鵡箇箇分明解人語忽然更向君前言
三十六宮愁幾許

步虛詞

十二樓藏玉堞中鳳凰雙宿碧芙蓉一作梧桐流霞淺酌誰同
醉一作留君今夜笙歌一作簫第幾重

句

吟倚雨殘樹月收山下村 見張爲主客圖

浩虛舟

浩虛舟隰州刺史聿之子中宏詞科詩一首

賦得琢玉成器

已沐識堅貞應憐器未成輝山方可重散璞乍堪驚玷
滅隨心正瑕消奪眼明琢磨虹氣在拂拭水容生賞翫
冰光冷提攜月魄輕佇當親捧握瑚璉幸齊名

蔡京

蔡京初爲僧令狐楚鎮滑臺勸之學後以進士舉上第
官御史謫澧州刺史遷撫州詩三首

責商山四皓

秦末家家思逐鹿商山四皓獨忘機如何鬢髮霜相似
更出深山定是非

假節邕交道由吳溪

停橈橫水中舉目孤煙外借問吳溪人誰家有山賣

詠子規

千年冤魄化爲禽永逐悲風叫遠林愁血滴花春豔死
月明飄浪冷光沈疑成紫塞風前淚驚破紅樓夢裏心
腸斷楚詞歸不得劍門迢遞蜀江深

張頊

張頊撫州人詩一首

獻蔡京 蔡京刺撫州有放生池京禁魚罟頊乘小舟垂釣京捕之因獻此詩

拋却長竿卷却絲手持蓑笠獻新詩臨川太守清如鏡
不是漁人下釣時

全唐詩

李逢吉

李逢吉字虛舟，隴西人。登進士第，元和長慶兩朝嘗再爲宰相，太和中以司徒致仕，卒謚曰成。其詩與令狐楚同編者名斷金集，今存八首。

享惠昭太子廟樂章

既潔酒醴，聿陳膷腥。肅將震念，昭格儲靈。展矣禮典，薰然德馨。愔愔管磬，亦具是聽。

望京樓臺一作上寄令狐華州

祇役滯南服，頹思屬暮年。閑上望京臺，萬山蔽其前。落日歸飛翼，連翩東北天。涪江適在下，爲我久潺湲。中葉成文教，德威清遠邊。頒條信徒爾，華髮生蒼然。寄懷三峰守，岐路隔雲煙。

再赴襄陽辱宣武相公貽詩今用奉酬

解襆辭丹禁，揚旌去赤墀。自驚非素望，何力及清時。又據三公席，多慚四老祠。峴山風已遠，棠樹事難追。江漢饒春色，荆蠻足夢思。唯憐吐鳳句，相示鑿龍期。

奉送李相公重鎭襄陽

海内埏埴徧，漢陰旌旆還。望留丹闕下，恩在紫霄間。氷雪背秦嶺，風煙經武關。樹皆人尚愛，轅即吏曾攀。自惜兩心合，相看雙鬢斑。終期謝戎務，同隱鑿龍山。

和嚴揆省中宿齋遇令狐員外當直之作

致齋分直宿南宮，越石盧諶此夜同。位極班行猶念舊，名題章奏亦從公。曾驅爪士三邊靜，新贈髯參六義窮。竟夕文昌知有月，可憐如在庾樓中。

奉酬忠武李相公見寄

直繼先朝衛與英，能移孝友作忠貞。劒門失險曾縛一作搏虎，淮水安流緣斬鯨。黃閣碧幢惟是儉，三公二伯未爲榮。惠連忽贈池塘句，又遣羸師破膽驚。

酬致政楊祭酒見寄

初還相印罷戎旃，獲守皇居在紫煙。妄比鄭侯功蔑爾，每懷疏傳意一作思悠然。應將半俸需閭里，料入中條訪洞天。十載別離那可道，倍令驚喜見來篇。

送令狐秀才赴舉

子有雄文藻思繁，齠年射策向金門。前隨鸞鶴登霄漢，却望風沙走塞垣。獨憶忘機陪出處，自憐何力繼飛翻。那堪兩地生離緒，蓬户長扃行旅喧。

于頔

于頔字允元，河南人。以蔭補千牛，擢累駕部郎中、湖蘇二州刺史、襄州節度觀察使。元和初拜司空，尋貶恩王傅，終太子賓客。詩二首。

郡齋臥疾贈晝上人

夙陪翰墨徒，深論窮文格。麗則風騷後，公然我詞客。晚依方外友，極理探精賾。賀合南北宗，晝公我禪伯。尤明性不染，故我行貞白。隨順令得解，故我言芳澤。霅水漾清潯，吳山橫碧岑。含珠復蘊玉，價重雙南金。的皪曜奇彩，淒清流雅音。商聲發楚調，調切譜瑤琴。吳山爲我高，霅水爲我深。萬景徒有象，孤雲本無心。衆木豈無聲，椅桐有清響。衆耳豈不聆，鍾期有眞賞。高潔古人操，素懷夙所仰。覯君氷雪姿，祛我淫滯想。常吟柳惲詩，苕浦久相思。逮此遠爲郡，蘋洲芳草衰。逢師年臘長，值我病容羸。共話無生理，聊用契心期。

和丘員外題湛長史舊居

蕭條歷山下，水木無氛滓。王門結長裾，巖扃恰暮齒。昔賢枕高躅，今彥仰知止。依依矚煙霞，眷眷返墟里。湛生久已沒，丘也亦同恥。立言咸不朽，何必在青史。

盧景亮

盧景亮字長晦，范陽人。少孤，力學，善屬文。德宗時歷右補闕，鯁毅無所回，貶斥二十年。至元和初召還，再遷中書舍人。詩一首。

寒夜聞霜鐘

洪鐘發長夜，清響出層岑。暗入繁霜切，遥傳古寺深。何城亂遠漏，幾處雜疎砧。已警離人夢，仍霑旅客襟。待時當命侶，抱器本無心。儻若無知者，誰能設此音。

李渤

李渤字濬之，洛陽人。少隱嵩山，元和中徵爲著作郎。敬宗時由考功郎中拜給事中，伉直敢言，出爲桂管觀察使。詩五首。

南溪詩并序

桂水灘山右匯陽江數里餘，得南溪口。溪左屏外崖巘鬬麗，爭高其孕翠曳煙，邐迤如畫。左連幽墅，園田雞犬，疑非人間。泝流數百步，至巖。巖下有灣壞，沮洳，因導爲新泉。山有二洞，九室。西南曰白龍洞，橫透巽維，蜕骨如玉。西北曰玄巖洞，曲通坎隅，晴眺灘水。玄巖之上曰丹室，白龍之右曰夕室，巽維北梯險至仙窟，北又有石室，參差呀豁，延景宿雲。其洞室並乳溜凝化，詭勢奇狀，俯而察之，如傘如奩，如欒櫨支撐，如蓮蔓藻井，左睨右瞰，似幃似松，偃竹裹，似海蕩雲驚。其玉池丼嵐，飆迴還交錯，迷不可紀。從夕室梁溪向郭四里而近，去松衢二百步而遥。余獲之若獲荆璆與蚍珠焉，亦疑夫大舜遊此而忘歸矣。遂命發潛敞深，磴危宅既，翼之以亭榭，又韻之以松竹，似讌方丈，似昇瑶臺，麗如也，暢如也。以溪在郡之南，因目爲南溪，兼賦詩以紀之。寶曆三年三月七日。

玄巖麗南溪，新泉發幽色。巖泉孕靈秀，雲煙紛崖壁。斜峰信天插，奇洞固神闢。窈窕去未窮，環迴勢難極。玉池似無水，玄井昏不測。仙户掩復開，乳膏凝更滴。丹砂有

遺址石徑無留跡南眺蒼梧雲北望洞庭客蕭條風煙外爽朗形神寂若值浮丘翁從此謝塵役

喜弟淑再至爲長歌 第六句缺四字

前年別時秋九月白露吹霜金吹烈離鴻一別影初分淚袖雙揮心哽咽別來幾度得音書南岳知廬山峨峨倚天碧捧排空崖千萬尺社牓長題高士名食堂每記雲山跡我本開雲此山住偶爲名利相縈誤自負心機四十年羞聞社客山中篇憂時魂夢憶歸路覺來疑在林中眠昨日亭前烏鵲喜果得今朝爾來此吾吟行路五十篇盡說江南數千里自憐兄弟今五人共縈儒素家尚貧雖然廪餼各不一就中總免拘常倫長兄年少曾落托拔劒沙場隨衞霍口裏雖譚周孔文懷中不舍孫吳略次兄一生能苦節夏聚流螢冬映雪非論疾惡志如霜更覺臨泉心似鐵第三之兄更奇異昂昂獨負青雲志下看金玉不如泥肎道王侯身可貴却愁清逸不干時高蹤大器無人知倘逢感激許然諾必能萬古留清規念爾年來方二十夙夜孜孜能獨立卷中筆落星漢搖洞裏丹靈鬼神泣嗟余流浪心最狂十年學劒逢時康心中不解事拘束世間談笑多相妨廣海青山殊未足逢著高樓還醉宿朝走安公櫪上駒暮倫陶令籬邊菊近來詩思殊無況苦被時流不相放雲騰浪走勢未衰鶴膝蜂腰豈能障送爾爲文殊不識貴從一一傳胸臆若到湖南見紫霄會須待我同攀陟

留別南溪二首

常歎春泉去不回我今此去更難來欲知別後留情處手種巖花次第開

如雲不厭蒼梧遠似鴈逢春又北歸惟有隱山溪上月年年相望兩依依

桂林歎鴈

三朝四黜倦遐征往復皆愁萬里程爾解分飛却回去我方從此向南行

孟簡

孟簡字幾道德州人舉進士宏詞皆及第元和中累官至戶部侍郎坐事貶吉州司馬詩七首

享惠昭太子廟樂章

喧喧金石容既缺肅肅羽駕就行列緱山遺響昔所聞廟庭進旅今攸設

擬古

劒客不誇貌主人知此心但營纖毫義肎計千萬金勇發看鷙擊憤來聽虎吟平生貴酬德刃敵無幽深

詠歐陽行周事 并序

閩越之英惟歐陽生以能文擢第爰始一命食太學之祿助成均之教有庸績矣我唐貞元年己卯歲曾獻書相府論大事風韻清雅詞旨切直會東方軍興府縣未暇慰薦久之倦游太原還來帝京卒官靈臺悲夫生於單貧以狗名故心專勤儉不識聲色及茲筮仕未知洞房纖腰之爲蠱惑初抵太原居大將軍宴席上有妓北方之尤者屢目於生生感悅之留賞累月以爲燕婉之樂盡在是矣既而南轅妓請同行生曰十目所視不可不畏辭焉請待至都而來迎許之乃去生竟以蹇連不克如約過期命甲遣乘密往迎妓妓因積望成疾不可爲也先死之夕剪其雲髻謂侍兒曰所歡應訪我當以髻爲貺甲至得之以乘空歸授髻於生生爲之慟怨涉旬而生亦歿則韓退之作何蕃書所謂歐陽詹生者也河南穆玄道訪予常歎息其事嗚呼鍾愛於男女素期效死夫亦不蔽也大凡以斷割不爲麗色所汩豈若是乎古樂府詩有華山畿玉臺新詠有廬江小吏相死或類於此暇日偶作詩以繼之云

有客西北逐驅馬次太原太原有佳人神豔照行雲座上轉橫波流光注夫君夫君意蕩漾卽相交歡定情非一詞結念誓青山生死不變易中誠無間言此爲太學徒彼屬北府官中夜欲相從嚴城限軍門白日欲同居君畏仁人聞忽如隴頭水坐作東西分驚離腸千結滴淚眼雙昏本達京師迴賀期相追攀宿約始乖阻彼憂已纏綿高髻若黃鸝危鬢如玉蟬纖手自整理剪刀斷其根柔情託侍兒爲我遺所歡所歡使者來侍兒因復前扙淚取遺寄深誠祈爲傳封來贈君子願言慰窮泉使者迴復命遲遲蓄悲酸詹生喜言旋倒屨走迎門長跪聽未畢驚傷涕漣漣不飲亦不食哀心百千端襟情一夕空精爽旦日殘哀哉浩然氣潰散歸化元短生雖別離長夜無阻難雙魂終會合兩劒遂蜿蜒丈夫早通脫巧笑安能干防身本苦節一去何由還後生莫沈迷沈迷喪其真

惜分陰

業廣因功苦拳拳志士心九流難酌挹四海易消沈對景嗟移晷窺園詎改陰三冬勞聚學駟景重兼金刺股情方勵偷光思益深再中如可冀終嗣絕編音

嘉禾合穎

玉燭將成歲封人亦自歌八方霑聖澤異畝發嘉禾共秀芳何遠連莖瑞且多穎低甘露滴影亂惠風過表稔由神化爲祥識氣和因知興嗣歲王道舊無頗

賦得亞父碎玉斗

獻謀既我違積憤從心痗鴻門入已迫赤帝時潛退寶位方苦競玉斗何情愛猶看虹氣凝詎惜氷姿碎而嗟大事返當起千里悔誰爲西楚王坐見東城潰

酬施先輩

襄陽才子得聲多四海皆傳古鏡歌樂府正聲三百首黎園新入教青娥

王仲舒

王仲舒字弘中并州祁人少客江南與梁肅楊憑游並有文名元和初爲職方郎中知制誥穆宗初爲中書舍人終江南西道觀察使詩一首

寄李十員外

百丈懸泉舊臥龍欲將肝膽佐時雍惟愁又入煙霞去知在廬峰第幾重

孫革 一作華

孫革憲宗朝爲監察御史詩一首

訪羊尊師（一作賈島詩）

松下問童子言師採藥去只在此山中雲深不知處

汪萬於

汪萬於字叔振歙人憲宗時爲江陵戶曹參軍詩一首

晚眺

杖策倚柴門泉聲隔岸聞夕陽諸嶺出晴雪萬山分靜對豺狼窟幽觀鹿豕羣今宵寒月近東北埽浮雲

何儒亮

何儒亮與孟簡同時人詩一首

亞父碎玉斗

嬴女昔解網楚王有遺躅破關既定秦碎首聞獻玉貞姿應刃散清響因風續匪徇切泥功將明懷璧辱莫量漢祖德空受項君畾事去見前心千秋渭水綠

李宗閔

李宗閔字損之擢進士補洛陽尉累官駕部郎中知制誥穆宗即位拜中書舍人寶曆初進兵部侍郎太和中同中書門下平章事遷中書侍郎出爲山南西道節度使尋復秉政後貶死詩一首

贈毛仙翁

不知仙客古青春肌骨纔教稱兩旬俗眼暫驚相見日疑心未測幾時人閒推甲子經何代笑說浮生老此身殘藥儻能沾朽質願將霄漢永爲鄰

韋表微

韋表微字子明擢進士第數辟諸使府入授監察御史裏行俄爲翰林學士知制誥久之遷中書舍人文宗立進戶部侍郎卒贈禮部尚書詩一首

池州夫子廟麟臺

二儀既閉三象乃乖聖道埋鬱人心不開上無文武下有定哀吁嗟麟兮孰爲來哉周雖不綱孔實嗣聖詩書既刪禮樂大定勸善懲惡姦邪乃正吁嗟麟兮克昭符命聖與時合化行位尊苟或乖戾身窮道存於昭魯邑棲遲孔門吁嗟麟兮孰知其仁運極數殘德至時否楚國寖廣秦封益侈牆仞迫阨崎嶇闕里吁嗟麟兮靡有攸止世治則麟世亂則麐出非其時麞鹿同羣孔不自聖麟不自祥吁嗟麟兮天何所亡

全唐詩

徐凝

徐凝睦州人元和中官至侍郎詩一卷

送馬向入蜀

遊子出咸京巴山萬里程白雲連鳥道青壁遰猨聲雨雪經泥坂煙花望錦城工文人共許應紀蜀中行

送李補闕歸朝

駟馬歸咸秦（一作城闕）雙鳧出（一作去）海門還從清切禁再沐聖明恩禮樂中朝貴（一作盛）文章大雅存江湖多放（一作旅）逸獻替欲誰論

送日本使還

絕國將無外扶桑更有東來朝逢聖日歸去及秋風夜泛潮迴際晨征蒼莽中鯨波騰水府蜃氣壯仙宮天眷何期遠王文久已同相望杳不見離恨托飛鴻

題開元寺牡丹

此花南地知難種慚愧僧閑用意栽海燕解憐頻睥睨胡蜂未識更徘徊虛生芍藥徒勞妒羞殺玫瑰不敢開惟有數苞紅萼在含芳只待舍人來

香爐峯

香爐一峰絕頂在寺門前盡是玲瓏石時生旦暮煙

白銅鞮

驟裹錦障泥樓頭日又西留歡住不住素嵒白銅鞮

楊叛兒

哀怨楊叛兒駘蕩郎知否香死博山爐煙生白門柳

春寒

亂雪從教舞回風任聽吹春寒能作底已被柳條欺

廬山獨夜

寒空五老雪斜月九江雲鐘聲知何處蒼蒼樹裏聞

天台獨夜

銀地秋月色石梁夜溪聲誰知屐齒盡爲破煙（一作蒼）苔行

送寒巖歸士

不挂絲纊衣歸向寒巖棲寒巖風雪夜又過巖前溪

送陳司馬

家寄茅洞中身遊越城下寧知許長史不憶陳司馬

武夷山仙城

武夷無上路毛徑不通風欲共麻姑住仙城半在空

避暑二首

一株金染密數莖碧鮮踈避暑臨溪坐何妨直釣魚

斑多筒簟冷髮少角冠清避暑長林下寒蟬又有聲

浙西李尚書奏毀淫昏廟

傳聞廢淫祀萬里靜山陂欲慰靈均恨先燒靳尚祠

酬相公再遊雲門寺

遠羨五雲路逶迤千騎回遺簪唯一去貴賞不重來

杭州祝濤頭二首

不道沙堤盡，猶欺石棧頑。寄言飛白雪，休去打青山。

倒打錢塘郭，長驅白浪花。吞吴休得也，輸却五千家。

問漁叟

生事同漂梗，機心在野船。如何臨逝水，白髮未忘筌。

雲封菴

登巖背山河，立石秋風裏。隱見浙江濤，一尺東溝水。

漢宮曲

水色簾前流玉霜，趙家飛燕侍昭陽。掌中舞罷簫聲絶，三十六宮秋夜長。

和嵩陽客月夜憶上清人

獨夜嵩陽憶上仙，月明三十六峰前。瑤池月勝嵩陽月，人在玉清眠不眠。

八月望夕雨

今年八月十五夜，寒雨蕭蕭不可聞。如練如霜在何處，吴山越水萬重雲。

觀浙江濤（一作看潮）

浙江悠悠海西綠（一作曲），驚濤日夜（一作一日波濤）兩翻覆。錢塘郭裏看潮人，直至（一作到）白頭看不足。

廬山瀑布

虛空落泉（一作瀑布瀑布）千仞（一作丈）直，雷奔入江（一作海）不暫息。今古長如白練飛，一條界（一作解）破青山色。

嘉興寒食

嘉興郭裏逢寒食，落日家家拜掃回。唯有縣前蘇小小，無人送與紙錢來。

憶揚州

蕭娘臉下難勝淚，桃葉眉頭（一作尖）易得愁。天下三分明月夜，二分無賴是揚州。

八月燈夕寄游越施秀才

四天淨色寒如水，八月清輝冷似霜。想得越人今夜見，孟家珠在鏡中央。

八月十五夜

皎皎秋空八月圓，常娥端正桂枝鮮。一年無似如今夜，十二峰前看不眠。

題伍員廟

千載空祠雲海頭，夫差亡國已千秋。浙波只有靈濤在，拜奠青山人不休。

員嶠先生

員嶠先生無白髮，海煙深處採青芝。逢人借問陶唐主，欲進冰蠶五色絲。

莫愁曲

玳瑁牀頭刺戰袍，碧紗窗外葉騷騷。若爲教作遼西夢，月冷如丁（一作針）風似刀。

寄白司馬

三條九陌花時節，萬户千車看牡丹。爭遣江州白司馬，五年風景憶長安。

相思林

遊客遠遊新過嶺，每逢芳樹問芳名。長林遍是相思樹，爭遣愁人獨自行。

寄海嶠丈人

萬丈只愁滄海淺，一身誰測歲華遥。自言來此雲邊住，曾看秦王樹石橋。

寄潘先生

至人知姓不知名，聞道黄金骨節輕。世上仙方無覓處，欲來西岳事先生。

宮中曲二首

披香侍宴插山花，厭著龍綃著越紗。恃賴傾城人不及，檀妝唯約數條霞。

身輕入寵盡恩私，腰細偏能舞柘枝。一日新妝抛舊樣，六宮爭畫黑煙眉。

七夕

一道鵲橋橫渺渺，千聲玉佩過玲玲。別離還有經年客，悵望不如河鼓星。

八月九月望夕雨

八月繁雲連九月，兩回三五晦漫漫。一年悵望秋將盡，不得常娥正面看。

喜雪

長愛謝家能詠雪，今朝見雪亦狂歌。楊花道即偷人句，不那楊花似雪何。

春飲

烏家若下蟻還浮，白玉尊前倒即休。不是春來偏愛酒，應須得酒遣春愁。

二月望日

長短一年相似夜，中秋未必勝中春。不寒不暖看明月，況是從來少睡人。

讀遠書

兩轉三回讀遠書，畫簷愁見燕歸初。百花時節教人懶，雲髻朝來不欲梳。

古樹

古樹欹斜臨古道，枝不生花腹生草。行人不見樹少時，樹見行人幾番老。

獨住僧

百補袈裟一比丘，數莖長睫覆青眸。多應獨住山林慣，唯照寒泉自剃頭。

傷畫松道芬上人（因畫釣臺江山而逝）

百法驅馳百年壽，五勞消瘦五株松。昨來聞道嚴陵死，畫到青山第幾重。

觀釣臺畫圖

一水寂寥青靄合，兩崖崔崒白雲殘。畫人心到啼猨破，欲作三聲出樹難。

荆巫夢思

楚水白波風裊裊，荆門暮色雨蕭蕭。相思合眼夢何處，十二峰高巴字遥。

浙東故孟尚書種柳

孟家種柳東城去，臨水逶迤思故人。不似當時大司馬，重來得見漢南春。

長洲覽古

吴王上國長洲奢，翠黛寒江一道斜。傷見摧殘舊宮樹，美人曾插九枝花。

却歸舊山望月有寄

年年明月總相似大抵人情自不同今夜故山依舊見
班家扇樣碧峰東

再歸松溪舊居宿西林

五粒松深溪水清衆山搖落月偏明西林靜夜重來宿
暗記人家犬吠聲

翫花五首

一樹梨花春向暮雪枝殘處怨風來明朝漸校無多去
看到黃昏不欲回

麴塵溪上素紅枝影在溪流半落時時人自惜花腸斷
春風却是等閑吹

朱霞焰焰山枝動綠野聲聲杜宇來誰爲蜀王身作鳥
自啼還自有花開

誰家躑躅青林裏半見殷花焰焰枝憶得倡樓人送客
深紅衫子影門時

花到薔薇明豔絶燕支顆破麥風秋一番弄色一番退
小婦輕妝大婦愁

長慶春

山頭水色薄籠煙久客新愁長慶年身上五勞仍病酒
夭桃窗下背花眠

山鷓鴣詞

南越嶺頭山鷓鴣傳是當時守貞女化爲飛鳥怨何人
猶有啼聲帶蠻語

鄭女出參丈人詞

鳳釵翠翹雙宛轉出見丈人梳洗晚掣曳羅綃跪拜時
柳條無力花枝軟

春雨

花時悶見聯綿雨雲入人家水毁堤昨日春風源上路
可憐紅錦枉抛泥

和白使君木蘭花

枝枝轉勢雕弓動片片摇光玉劍斜見說木蘭征戍女
不知那作酒邊花

正月十五夜呈幕中諸公

宵遊二萬七千人獨坐重城圍一身步月遊山俱不得
可憐辜負白頭春

樂府新詩

一聲盧女十三弦早嫁城西好少年不羡越溪歌者苦
采蓮歸去綠窗眠

春陪相公看花宴會二首

丞相邀歡事事同玉簫金管咽東風百分春酒莫辭醉
明日的無今日紅

木蘭花謝可憐條遠道音書轉寂寥春去一年春又盡
幾回空上望江橋

牡丹

何人不愛牡丹花占斷城中好物華疑是洛川神女作
千嬌萬態破朝霞

過馬嵬

風波隱隱石蒼蒼送客靈鵶拂去檣三月盡頭雲葉秀
小姑新著好衣裳

金谷覽古

金谷園中數尺土問人知是綠珠臺綠珠歌舞天下絶
唯與石家生禍胎

上陽紅葉

洛下三分紅葉秋二分翻作上陽愁千聲萬片御溝上
一片出宫何處流

洛城秋砧

三川水上秋砧發五鳳樓前明月新誰爲秋砧明月夜
洛陽城裏更愁人

和川守侍郎緱山題仙廟

王子緱山石殿明白家詩句詠吹笙安知散席人間曲
不是寥天鶴上聲

和夜題玉泉寺

歲歲雲山玉泉寺年年車馬洛陽塵風清月冷水邊宿
詩好官高能幾人

和秋遊洛陽

洛陽自古多才子唯愛春風爛漫遊今到白家詩句出
無人不詠洛陽秋

和嘲春風

源上拂桃燒水發江邊吹杏暗園開可憐半死龍門樹
懊惱春風作底來

侍郎宅泛池

蓮子花邊回竹岸鷄頭葉上盪蘭舟誰知洛北朱門裏
便到江南綠水遊

和侍郎邀宿不至

蟾蜍有色門應鎖街鼓無聲夜自深料得白家詩思苦
一篇詩了一彈琴

自鄂渚至河南將歸江外留辭侍郎

一生所遇唯元白天下無人重布衣欲别朱門淚先盡
白頭遊子白身歸

蠻入西川後

守隘一夫何處在長橋萬里只堪傷紛紛塞外烏蠻賊
驅盡江頭濯錦娘

憶紫溪

長憶紫溪春欲盡千巖交映水回斜巖空水滿溪自紫
水態更籠南燭花

誇紅槿

誰道槿花生感促可憐相計半年紅何如桃李無多少
併打千枝一夜風

題縉雲山鼎池二首

黃帝旌旗去不回空餘片石碧崔嵬有時風卷鼎湖浪
散作晴天雨點來

天地茫茫成古今仙都凡有幾人尋到來唯見山高下
只是不知湖淺深

宿洌上人房

浮生不定若蓬飄林下眞僧偶見招覺後始知身是夢
更聞寒雨滴芭蕉

汴河覽古

煬帝龍舟向此行三千宫女采橈輕渡河不似如今唱
爲是楊家怨思聲

東白丈人

昔時丈人鬚髮白，千年松下鋤茯苓。今來見此松樹死，丈人斬新鬢髮青。

覽鏡詞

寶鏡磨來寒水清，青衣把就綠窗明。潘郎懊惱新秋髮，拔却一莖生兩莖。

寄玄陽先生

不能相見見人傳，嶨岸山中岱岸邊。顏貌只如三二十，道年三百亦藏年。

白人

煖風入煙花漠漠，白人梳洗尋常薄。泥郎爲插瓏璁釵，爭教一朶牙雲落。

奉酬元相公上元

出擁樓船千萬人，入爲台輔九霄身。如何更羨看燈夜，曾見宮花拂面春。

奉和鸚鵡

毛羽曾經翦處殘，學人言語道暄寒。任饒長被金籠闔，也免栖飛雨雪難。

將至妙喜寺

清風嫋嫋越水陂，遠樹蒼蒼妙喜寺。自有車輪與馬蹄，未曾到此波心地。

紅蕉

紅蕉曾到嶺南看，校小芭蕉幾一般。差是斜刀翦紅絹，卷來開去葉中安。

見少室

適我一簞孤客性，問人三十六峰名。青雲無忘白雲在，便可嵩陽老此生。

語兒見新月

幾處天邊見新月，經過草市憶西施。娟娟水宿初三夜，曾伴愁蛾到語兒。

回施先輩見寄新詩二首

九幽仙子西山卷，讀了條繩繫又開。此卷玉清宮裏少，曾尋真誥讀詩來。

紫河車裏丹成也，皁莢枝頭早晚飛。料得仙宮列仙籍，如君進士出身稀。

送沈亞之赴郢掾

千萬乘驄沈司户，不須惆悵郢中遊。幾年白雪無人唱，今日唯君上雪樓。

答白公

高景爭來草木頭，一生心事酒前休。山公自是仙（一作山）人侶，攜手醉登城上樓。

句

青山舊路在，白首醉還鄉。（別白公）試到第三橋，便入千頃花。（以上並見紀事）亂後見淮水，歸心忽迢遙。（京都還汴口作）作疑鯨噴浪，忽似鷁凌風。呷呷汀洲動，喧喧閭里巷空。（競渡見詩式）

全唐詩

李德裕

李德裕字文饒，趙郡人，宰相吉甫子也。以蔭補校書郎，拜監察御史。穆宗即位，擢翰林學士，再進中書舍人。未幾，授御史中丞。牛僧孺、李宗閔追怨吉甫，出德裕爲浙江觀察使。太和三年，召拜兵部侍郎。宗閔秉政，復出爲鄭滑節度使。踰年，徙劍南西川。以兵部尚書召，俄拜中書門下平章事，封贊皇縣伯。宗閔罷，代爲中書侍郎、集賢殿大學士。鄭注、李訓怨之，乃召宗閔，拜德裕爲興元節度使。入見帝，自陳願留闕下，復拜兵部尚書。爲王璠、李漢所譖，貶太子賓客，分司東都，再貶袁州刺史。未幾，徙滁州。開成初，起爲浙西觀察使，遷淮南節度使。武宗立，召爲門下侍郎、同中書門下平章事，拜太尉，封衛國公。當國凡六年，威名獨重於時。宣宗即位，罷爲荊南節度使。白敏中、令狐綯使黨人搆之，貶崖州司户參軍，卒。德裕少力學，善爲文，雖在大位，手不去書。會昌一品集二十卷，別集十卷，外集四卷。今編詩一卷。

奉和聖製南郊禮畢詩

磬筦歌大呂，冕裘旅天神。燒蕭闢閶闔，祈穀爲蒸人。羽旗灑輕雪，麥隴含陽春。昌運歲（一作感）今會，王猷從此新。三臣皆就日，萬國望如雲。仁壽信非遠，羣生方在鈞。

郊壇回輿中書二相公蒙聖慈召至御馬前仰感恩遇輒書是詩兼呈二相公

七萃和鑾動，三條葆吹回。相星環（一作還）日道，蒼（一作臣）馬近龍媒。（古詞歌臣馬蒼）咫尺天顏接，光華喜氣來。自慚衰且病，無以效涓埃。

寒食日三殿侍宴奉進詩一首

宛轉龍歌節，參差燕羽高。風光搖禁柳，霽色暖宮桃。春露明仙掌，晨霞照御（一作日）袍（一作錦）。雪凝陳組練，林植聳干旄。廣樂初蹌鳳，神山欲抃鼇。鳴笳朱鷺起，疊鼓紫騂（一作騮）豪。象舞嚴金鎧，豐歌耀寶刀。不勞孫子法，自得太公韜。（已上四句奉述內樂破陣樂）分席羅玄冕，行觴舉綠醪。彀中時落羽，橦末乍升猱。瑞景開陰翳，薰風散鬱陶。天顏歡益醉，臣節勁尤高。（一作馨忘勞）楛矢方來貢，雕弓已載櫜。英威揚絕漠，神算盡臨洮。（已上四句奉述北虜款塞西戎畏威）赤縣陽和布，蒼生雨露膏。野平惟有麥（一作秀），田闢火無蒿。稂秩榮三事，功勳（一作勤）乏一毫。寢謀慚汲黯，秉羽貴孫敖。煥若遊玄圃，歡如享太牢。輕生何以報，祇（一作只）自比鴻毛。

雨中自秘書省訪王三侍御知早入朝便入集賢侍御任集賢校書及升栢臺又與秘閣相對同院張學士亦余特厚故以詩贈之

共憐獨鶴青霞姿，瀛洲故山歸已遲。仁者焉能效鷙鳥，飛舞自合追長離。梧桐迴齊鵷鷺觀，煙雨屢拂蛟龍旗。鴻鴈銜飈去不盡，寒聲晚下天泉池。顧我蓬萊靜無事，玉版寶書藏眾瑞。青編盡以（一作似）汲冢來，科斗皆從魯室至。金門待詔何逍遙，名儒早問張子僑。王襃軼材晚始入，宮女已能傳洞簫。應令栢臺長對户，別來相望獨寥寥。

奉和太原張尚書（一作相公）山亭書懷

巖石在朱户，風泉當翠樓。始知峴亭賞，難與清暉留。餘景淡將夕，凝嵐輕欲收。東山有歸志，方接赤松遊。

奉和韋侍御陪相公遊開義五言六韻

羊公追勝槩，茲地暫逍遙。風景同南峴，丹青見北朝。石渠清夏氣，高樹激鮮飈。念法珍禽集，聞經醉象調。偶分甘露味，偏覺眾香饒。（僧食便飯故云）爲問毘城（一作田）內，餘薰幾日銷。

贈圓明上人（圓公佛頂之最）

遠公說易長松下，龍樹雙經海藏中。今日導師聞佛慧，始知前路化成（一作城）空。

贈奉律上人（律公精於維摩經）

知君學地厭多聞，廣渡羣生出世氛。飯色不應殊寶器，樹香皆遣入禪薰。

戲贈慎微寺主道安上座三僧正

甘露灑空惟一味，旃檀移植自成薰。遙知暢獻分南北，應用調柔致六羣。

長安秋夜

內宮（一作官）傳詔問戎機，載筆金鑾夜始歸。萬戶千門皆寂寂，月中清露點朝衣。

清冷池懷古（余別有序刻石）

區圃（一作有）三百里，常聞駟馬來。旌旗朝甬道，簫鼓燕平臺。追昔賦文雅，從容遊上才。竹園秋水淨，風苑雪煙開。牛禍釁將發，羊孫謀始回（羊勝公孫詭）。表絲徒伏劍，長孺欲成灰。（韓安國）興廢由所感，湮淪斯可哀。空留故池鴈，剛羽尚徘徊。

述夢詩四十韻（有序）

去年七月，溽暑之後，驪降其夕，五鼓未盡，涼風淒然，始覺枕簟微冷，俄而假寐，斯熟，忽夢賦詩懷禁掖舊遊，凡四十餘韻。初覺尚憶其半，經時悉已遺忘。今屬歲杪無事，羈懷多感，因綴其所遺，爲述夢詩以寄一二僚友。

賦命誠非薄，良時幸已遭。君當堯舜日，官接鳳皇曹。目睇煙霄闊，心驚羽翼高（此六句夢中作）。椅梧連鶴禁，壀（一作埤）垸接龍韜（內署北連春宮，西接羽林軍）。我后憐詞客（先朝曾宣諭鄉等是我門客），吾僚並雋髦。著書同陸賈，待詔比王褒。重價連懸（一作懷）璧，英詞淬寶刀。泉流初落澗（文賦稱言泉流於吻齒），露滴更濡毫。赤豹欣來獻，彤弓喜暫櫜（時西戎乞盟，幽鎮二帥東身赴闕，海內無事，累月詩稱赤豹黃羆，蓋蠻貊之貢物）。非煙含瑞氣，馴雉潔霜毛。靜室便幽獨，虛樓散鬱陶（學士各有一室，西垣有小樓，時宴語於此）。花光晨豔豔，松韻晚騷騷。畫壁看飛鶴，仙（一作山）圖見巨鼇（內署垣壁皆畫松鶴，先是西壁畫海中曲龍山，憲宗曾欲臨幸，中使懼而塗焉）。倚（一作傍）簷陰藥樹，落格（一作格）蔓蒲桃（此八句悉是內署物色，惟當遊者依然可想也）。荷靜蓬池鱠，冰寒郢水醪（每學士初上，賜食皆是蓬萊池魚鱠，夏至後頒賜冰及燒香酒，以酒味稍濃，每和冰而飲，禁中有郢酒坊也）。荔枝來自遠，盧橘賜仍（一作常）叨（先朝初臨御，南方曾獻荔枝，亦蒙頒賜，自後以道遠罷獻也）。麝氣隨蘭澤，霜華入杏膏。恩光惟覺重，攜挈未爲勞（此八句以述恩賜，每有賜與，常攜挈而歸）。夕閱梨園騎，宵聞禁仗獒（每梨園獵回，或抵暮夜，院門常見歸騎）。扇回交彩翟，鵰起颺銀（一作金）條。轡待袁絲攬，書期蜀客操。盡規常謇謇，退食尚（一作含）忉忉（此八句述內庭所覩）。龜顧垂金鈕，鸞飛（一作迴）曳錦袍（曾蒙賜錦袍，曳者蓋取詩人不曳不婁之義也）。御溝楊柳弱，天廄驌驦豪（學士皆蒙借飛龍馬）。屢換青春直，閑隨上苑遨（普濟寺與芙蓉苑相連，嘗所遊眺，芙蓉亦謂之南苑也）。煙低行殿竹，風拆繞墻（一作垣）桃（此八句述休澣日遊戲）。聚散俄成昔，悲愁益自熬。每懷仙駕遠，更望茂陵號。地接三茅嶺，川迎伍子濤（代傳海濤是伍子憤氣所作）。花迷瓜步暗，石固蒜山牢（此兩句又是夢中所作）。蘭野凝香管，梅洲動翠篙。泉魚驚綵妓，溪鳥避干旄。感舊心猶絕，思歸首更搔。無聊燃密炬，誰復勸金舠（余自到此，絕無夜宴，酒器中大者呼爲舠，賓僚顧形迹未曾以此相勸）。嵐氣朝生棟，城陰夜（一作漢）入濠。望煙歸海嶠，送鴈渡江皋。宛馬嘶寒櫪，吳鉤在錦弢。未能追狡兔，空覺長黃（一作江）蒿。水國逾千里，風帆過萬艘。閱川終古恨，惟見暮滔滔。

招隱山觀玉蘂樹戲書即事奉寄江西沈大夫閻老（此樹吳人不識，因子嘗玩，乃得此名）

玉蘂天中樹，金閨昔共窺。落英閑舞雪，密葉乍低帷（內署沈大夫所居門前有此樹，每花落空中，回旋久之，方集庭際，大夫草詔之月，皆邀予同玩）。舊賞煙霄遠，前歡歲月移。今來想顏色，還似憶瓊枝。

寄題惠林李侍郎舊館

棟宇非吾室，煙山是我鄰。百齡惟待盡，一世樂長貧。半壁懸秋日，空林滿夕塵。祇應雙鶴弔，松路更無人。

寄茅山孫鍊師

何地最翛然，華陽第八天。松風清有露，蘿月淨無煙。乍譬瑤壇鶴，時嘶玉樹蟬。欲馳千里戀（一作思），惟有（一作戀）鳳門泉。

又二絕

石上谿蓀發紫茸，碧山幽藹水溶溶。菖花定是無人見，春日惟應羽客逢。

獨尋蘭渚翫遲暉，閑倚松窗望翠微。遙想春山明月曙（一作曉），玉壇清磬步虛歸。

題奇石（石在浙西公署）

蘊玉抱清輝，閑庭日瀟灑。塊然天地間，自是孤生者。

送張中丞入臺從事

驛騎朝天去，江城睠闕深。夜珠先去握，芳桂乍辭陰。澤國三千里，羈孤萬感心。自嗟文廢久，此曲爲盧諶。

懷京國

海上東風犯雪來，臘前先折鏡湖梅。遙思禁苑青春夜，坐待宮人畫詔迴。

追和太師顏（一本此下有魯字）公同（一作刻）清遠道士遊虎丘寺（一作詩）

茂苑有靈峰，嗟余未遊觀。藏山半（一作在）平陸，壞谷爲高岸。岡繞數仞墻，巖潛千丈榦。乃知造化意，回斡資奇玩。鏤騰昔虎踞，劒沒嘗龍煥。潭黛入海底，崟岑聳霄半。層巒未升日，哀狖寧知旦。綠篠夏凝陰，碧林秋不換。冥搜既窈窕，回（一作迴）望何蕭散。川晴（一作曉）嵐氣收，江春雜英亂。逸人綴清藻，前哲留篇翰。共扣哀玉音，皆舒文繡段。難追彥回賞，徒起興公歎。一夕如再升，含毫星斗爛。

東郡懷古二首（太和四年六月一日題）

王京兆

河水昔將決，衝波溢川潯。崢嶸金堤下，噴薄風雷音。投馬災未弭，爲魚歎方深。惟公執珪璧，誓與身俱沈。誠信不虛發，神明宜爾臨。湍流自此回，咫尺焉能侵。逮我守東郡，悽然懷所欽。雖非識君面，自謂知君心。意氣苟相合，神明無古今。登城見遺廟，日夕空悲吟。

陽給事

宋氏遠家（一作江）左，豺狼滿中州。陽君守滑臺，終古垂英猷。數仞城既毀，萬夫心莫留。跳身入飛鏃，免冑臨霜矛。畢命在旗下，僵尸橫道周。義風激河汴，壯氣淪山丘。嗟爾抱忠烈，古來誰與儔。就烹感漢使，握節悲陽秋。顏子綴清藻，鏗然如素璆。徘徊望故壘，尚想精魂遊。

秋日登郡樓望贊皇山感而成詠

昔人懷井邑，爲有挂冠期（一本此字缺）。顧我飄蓬者，長隨泛梗移。越吟因病感，潘鬢入秋悲。北指邯鄲道，應無歸去期。

雨後淨望河西連山愴然成詠

宿雨初收晚吹繁秋光極目自銷魂煙山北下歸遼海
鴻鴈南飛出薊門只恨無功書史籍豈悲臨老事戎軒
唯懷藥餌蠲衰病爲惜餘年報主恩

秋日美晴郡樓閑眺寄荊南張書記

高檻涼風起清川旭景開秋聲向野去爽氣自山來霽
外鴻初返簷間燕已歸不因煙雨夕何處夢陽臺

故人寄茶

劒外九華英緘題下玉京開時微月上碾處亂泉聲半
夜邀僧至孤吟對竹烹碧流霞腳碎香泛乳花輕六腑
睡神去數朝詩思清其餘不敢費留伴讀（一作肘）書行

奉送相公十八丈鎮楊州（一作和王播遊故居感舊）

千騎風生大旆舒春江重到武侯廬共懸龜印銜新綬
同憶鱸庭訪舊居取履橋邊啼鳥換釣璜溪畔落花（一作霞）
初（一作野花疎）今來却笑臨邛客入蜀空馳使者車

題劒門

奇峯百仞懸清眺出嵐煙迴若戈回日高疑劒倚天參
差霞壁聳合沓翠屏連想是三刀夢森然在目前

漢州月夕遊房太尉（一作房公）西湖

丞相鳴琴地何年閑（一作鮮）玉徽（房公以好琴聞於四海）偶因明月夕重敞
故樓扉桃柳谿空在芙蓉客暫依（南史安陸侯與王仲寶長史庾杲之書稱泛淥水依芙蓉何其麗也）誰（一作唯）憐濟川楫長與夜舟歸

重題

晚日臨寒渚微風發櫂謳鳳池波自闊（一作闕）魚水運難留
亭古思宏棟川長憶夜（一作濟）舟想公高世志祇似冶（一作化）城
遊

房公舊竹亭聞琴緬慕風流神期如在（一作對）因重
題此作

流水音長在青霞意不傳獨悲形解後誰聽廣陵絃

憶金門舊遊奉寄江西沈大夫

東望滄溟路幾重無因白首更相逢已悲泉下雙琪樹
（韋中令武元昌皆已淪沒）又惜天邊一臥龍（杜西川謫官南海）人事升沈纔十載
宦遊漂泊過千峰思君遠寄西山藥（大夫嘗鎮鍾陵兼好金丹之術）歲暮相
期向赤松

早入中書行公主冊禮事畢登集賢閣成詠

明星入東陌燦燦光層宙皎月映高梧輕風發涼候金
門列葆吹鐘室傳清漏簡冊自中來貂黃忝宣授更登
天祿閣極眺終南岫遥美商山翁閑歌紫芝秀晨興念
始（一作殆）辱夕惕思致寇傾奪非我心悽然感田竇

題羅浮石（刻於石上）

清景持芳菊涼天倚茂松名山何必去此地有羣峰

重過列子廟追感頃年自淮服與居守王僕射
同題名於廟壁僕射已爲御史余尚布衣自後
俱列紫垣繼遊內署兩爲夏官之代復聯左揆
之榮荷寵多同感涕何極因書四韻奉寄

白首過遺廟朱輪入故城已慚聯左揆猶喜抗前旌曳
履忘年舊彈冠久要情重看題壁處豈羨棄繻生

遥傷茅山縣孫尊師三首

蟬蛻遺虛白蜺飛入上清同人悲劒解舊友覺衣輕黃
鵠遥將舉斑麟儼未行惟應鮑靚室中夜識琴聲

金格期初至飇輪去不停山摧武擔石天隕少微星弟
子悲徐甲門人泣蔡經空聞留玉舄猶在阜鄉亭

空宇留丹竈層霞被羽衣舊山聞鹿化遺舄尚鳧飛數
日奇香在何年白鶴歸想君旋下淚（一作遊下泊）方欵里閭扉

尊師是桃源黃先生傳法弟子常見尊師稱先
師靈迹今重賦此詩兼寄題黃先生舊館

後學方成市吾師又上賓（今茅山宮觀道士並是先生弟子）洞天應不夜源
樹秪如春（此並述桃源事）棋客留童子（瞿山童即先生弟子桃源得仙人棋子載在傳記）山精避
直神（先生初至茅山童子觸法坐有聲先生疑山神所爲書符召至之其靈異如此矣）無因握石髓及（一作分）與
養生人

僕射相公偶話於故集賢張學士廳寫得德裕
與僕射舊唱和詩其時和者五人惟僕射與德
裕皆列高位悽然懷舊輒獻此詩

賦感鄰人遂詩留夫子牆延年如有作應不用山王（顏延年五君詠山濤王戎以貴不得列於五君之數）

惠泉

兹泉由太潔終不畜纖鱗到底清何益含虛勢自貧明
璣（一作珠）難秘彩美玉詎潛（一作藏）珍未及黃陂量滔滔豈有津

無題

松倚蒼崖老蘭臨碧洞（一作澗）衰不勞鄰舍遂吹起舊時悲

題冠蓋里（在襄州南大山下）

偶來冠蓋里媿是舊三公自喜無兵術輕裘上閟宮

離平泉馬上作（一作離東都平泉）

十年紫殿掌洪鈞出入三朝一品身文帝寵深陪雉尾
武皇恩厚（一作重）宴龍津黑山永破和親虜烏嶺全阬跋扈
臣自是功高臨盡處禍來明滅不由人

謫嶺南道中作

嶺水爭分路轉迷桄榔椰葉暗蠻溪愁衝毒霧逢蛇草
畏落沙蟲避燕泥五月畬田收火米三更津吏報潮雞
不堪腸斷思鄉處紅槿花中越鳥啼

到惡溪夜泊蘆島

甘露花香不再持遠公應怪負前期青蠅豈獨悲虞氏
黃犬應聞笑李斯風雨瘴昏蠻日月煙波魂斷惡溪時
嶺頭無限相思淚泣向寒梅近北枝

登崖州城作

獨上高樓望帝京鳥飛猶是半年程青山似欲留人住
百匝千遭遶郡城（一作也恐人歸去）

鴛鴦篇

君不見昔時同心人化作鴛鴦鳥和鳴一夕不暫離交
頸千年尚爲少二月草菲菲山櫻花未稀金塘風日好
何處不相依既逢解佩游女更值凌波宓妃精光摇翠
蓋麗色映珠璣雙影相伴雙心莫違淹留碧沙上蕩漾
洗紅衣春光兮宛轉嬉遊兮未反宿莫近天泉池飛莫
近長洲苑爾願歡愛不相忘須去人間羅網遠南有瀟
湘洲且爲千里遊洞庭無苦寒沅江多碧流昔爲薄命
妾無日不含愁今爲水中鳥頡頏自相求洛陽女兒在
青閨二月羅衣輕更薄金泥文彩未足珍畫作鴛鴦始
堪著亦有少婦破瓜年春閨無伴獨嬋娟夜夜學織連
枝錦織作鴛鴦人共憐悠悠湘水濱清淺漾初蘋菖花
發豔無人識江柳逶迤空自春唯憐獨鶴依琴曲更念

孤鸞隱鏡塵頗作鴛鴦被長覆有情人

南梁行（和二十二兄）

江南鬱鬱春草長悠悠漢水浮清光雜英飛盡空和景緑楊陰重官舍靜此時醉客縱橫書公言可薦承明廬青天詔下寵光至頒籍金閨徵石渠重歸山路煙嵐隔巫山未深晚花折澗底紅光奪目（一作日）燃搖風有毒愁行客杜鵑啼咽花亦殷聲悲絶豔連空山斜陽瞥映淺深樹雲雨翻迷崖谷間山雞錦質矜毛羽透竹穿蘿命儔侶喬木幽谷上下同雄雌不異飛棲處望秦峰迴過商顔浪疊雲堆萬簇山行盡杳冥青嶂外九重鐘漏紫雲間元和列侍明光殿諫草初焚市朝變北闕趨臣半隟塵南梁笑客皆飛霰追思感歎却昏迷霜鬢愁吟到曉雞故園歲深開斷簡秋堂月曉掩遺袿嗚嗚曉角霞輝粲撫劒當楹一長歎芻狗無由學聖賢空持感激終昏旦

近於伊川卜山居將命者畫圖而至欣然有感聊賦此詩兼寄上浙東元相公大夫使求青田胎化鶴（乙巳歲作）

弱歲弄詞翰遂叨明主恩懷章過越邸建旆守吴門西圮陰難駐東臯意尚存慙逾六百石愧負五千言寄世知（一作如）嬰繳辭榮類觸藩欲追綿上隱況近子平村邑有桐鄉愛山餘黍谷暄既（一作雖）非逃相地乃是故侯園野竹多微逕巖泉豈一源映池方（一作芳）樹密傍澗古藤繁邛杖堪扶老黄牛已服轅只應將唳鶴幽谷共翩翻

憶平泉山居贈沈吏部一首（中書作）

昔聞羊叔子茅屋在東渠豈不念歸路徘徊畏簡書乃知軒冕客自與田園踈歿世有遺恨精誠何所如嗟予寡時用夙志在林閭雖抱山水癖敢希仁智居清泉繞舍下修竹蔭庭除幽徑松蓋密小池蓮葉初從來有好鳥近復躍儵魚少室映川陸鳴臯對蓬廬張何舊寮寀（子與吏部乃金門寮故也）相勉在懸輿常恐似伯玉瞻前慙魏舒

夏晚有懷平泉林居（宜春作）

孟夏守畏途捨舟在徂暑愀然何所念念我龍門塢密竹無蹊徑高松有四五飛泉鳴樹間颯颯如度雨菌桂秀層嶺芳蓀媚幽渚稚子候我歸衡門獨延佇誰言聖與哲曾是不懷土公旦既思周宣尼亦念魯矧余竄炎裔日夕誰晤語眷闕悲子牟班荆感椒舉悽悽視環玦惻惻步庭廡豈待莊舄吟方知倦羈旅

早秋龍興寺江亭閑眺憶龍門山居寄崔張舊從事（宜春作）

江亭感秋至蘭徑悲露泫秔稻秀晚川杉松鬱（一作蔚）晴巘嗟予有林壑茲夕念原（一作繁）衍緑篠（一作竹）連嶺多青莎近溪淺淵明菊猶在仲蔚蒿莫翦喬木粲凌苕（一作霄）陰崖積幽蘚遥思伊川水北渡龍門峴蒼翠雙闕間逶迤清灘（一作溪）轉故人在鄉國歲晏路悠緬惆悵此生涯無由共登踐

比聞龍門敬善寺有紅桂樹獨秀伊川嘗於江南諸山訪之莫致陳侍御知予所好因訪剡溪樵客偶得數株移植郊園衆芳色沮乃知敬善所有是蜀道菵（一作苗）草徒得嘉名因賦是詩兼贈陳侍御（金陵作）

昔聞紅桂枝（一作樹）獨秀龍門側越叟遺數株周人未嘗識平生愛此樹攀翫無由得君子知我心因之爲羽翼豈煩嘉客譽且就清陰息來自天姥岑長疑（一作凝）翠嵐色芬芳世所絶偃蹇枝漸直瓊葉潤不凋珠英粲如織猶疑翡翠宿想待鵷雛（一作鸞）食寧止暫淹留終當更封植

懷山居邀松陽子同作

我有愛山心如飢復如渴出谷一年餘常疑十年別春思巖花爛夏憶寒泉冽秋憶泛蘭卮冬思翫松雪晨思小山桂暝憶深潭月醉憶剖紅梨飯思食紫蕨坐思藤蘿密步憶莓苔滑晝夜百刻中愁腸幾迴絶每念羊叔子言之豈常輟人生不如意十乃居七八我未及懸輿今猶佩朝紱焉能逐麋鹿便得遊林樾范恣滄波舟張懷赤松列惟應詎身恤豈敢忘臣節器滿自當欹物盈終有缺從茲返樵徑庶可希前哲

思歸赤松村呈松陽子

昔人思避世惟恐不深幽禽慶潛名岳鴟夷漾釣舟顧余知止足所樂在歸休不似尋山者忘家恣遠遊

近臘對雪有懷林居

蓬門常晝掩竹徑寂無人鳥起飄松霰麏行動谷榛應知（一作惟應）禽魚侶合（一作得）與薜蘿親遥憶平臯望溪煙已發春

思山居一十首

清明（一作寒食）後憶山中

遥思寒食後野老林下醉月照一山明風吹百花氣飛泉與萬籟髣髴疑簫吹不待曙華分已應喧鳥至

題寄商山石

綺皓巖中石嘗經伴（一作坐）隱淪紫芝呈（一作餘）幾曲紅蘚閲千春聊用支琴尾寧惟倚病身自知來處所何暇問嚴遵

憶種苽時

尚平方畢娶疎廣念歸期澗底松成蓋簷前桂長枝徑閑芳草合山靜落花遲雖有苽園在無因及種時

春日獨坐思歸

壯齡心已盡孤賞意猶存豈望圖麟閣惟思臥鹿門無謀堪適野何力可拘原只有容（一作客）身去幽山自灌園

思登家山林嶺

自知無世用只是愛山遊舊有嵇康嬾今慙趙武偷登戀未覺疾泛水便忘憂最惜殘筋力捫蘿遍一丘

思鄉園老人

常羡蓽門翁所思惟歲稔遥知松月曙尚在山窗寢蘭氣入幽簾禽言傍孤枕晨興步巖徑更酌寒泉飲

寄龍門僧

龍門有開士愛我春潭碧清景出東山閑來翫松石應憐林壑主遠作滄溟客爲我謝此僧終當理歸策

憶藥苗

溪上藥苗齊丰茸正堪掇皆能扶我壽豈止堅肌骨味掩商山芝英逾首陽蕨豈如甘谷士只得香泉啜（南陽甘谷有菊水是胡廣飲者）

憶村中老人春酒（有劉楊二叟善釀）

二叟茅茨下清晨飲濁醪雨殘紅芍藥風落紫櫻桃巢燕銜泥疾簷蟲挂網高閑思春谷事轉覺宦途勞

憶葛勝(一作藤)木禪床

憶我齋中榻寒宵幾獨眠管寧穿亦坐徐孺去常懸蟲網垂應遍苔痕染更鮮何人及身在歸對老僧禪

初夏有懷山居

山中有所憶夏景始清幽野竹陰無日巖泉冷似秋翠岑當累榭皓月入輕舟只有思歸夕空簾且夢遊

張公超谷中石

鼓篋依綠槐横經起秋霧有時連岳客尚辨絃歌處自予去幽谷誰人襲芳杜空留古苔石對我巖中樹

初歸平泉過龍門南嶺遥望山居即事

初歸故鄉陌極望且徐輪近野樵蒸至平泉煙火新農夫饋雞黍漁子薦霜鱗惆悵懷楊僕慚為關外人

伊川晚眺

桑葉初黄梨葉紅伊川落日盡無風漢儲何假終南客角里先生在谷中

潭上喜見新月

簪組十年夢園廬今夕情誰憐故鄉月復映碧潭生皓彩松上見寒光波際輕還狀孫賞意暫寄玉琴聲

郊外即事寄侍郎大尹

高秋戢非隱閑林喜退居老農爭席坐稚子帶經鋤竹徑難迴騎仙舟但跂予豈知陶靖節秖自愛吾廬

山居遇雪喜道者相訪

幽居近谷西喬木與山齊野竹連池合巖松映雪低喜君來白社值我在青谿應笑於陵子遺榮自灌畦

雪霽晨起

雪覆寒溪竹風卷野田蓬四望無行跡誰憐孤老翁

洛中士君子多以平泉見呼愧獲方外之名因以此詩為報奉寄劉賓客

非高柳下逸自愛竹林閑才異居東里愚因在北山徑荒寒未掃門設晝長關不及鴟夷子悠悠煙水間

早春至言禪公法堂憶平泉别業(金陵作)

昔我伊原上孤遊竹樹間人依紅桂静鳥傍碧潭閑松蓋低春雪藤輪倚暮山永懷桑梓邑衰老若為還

峽山亭月夜獨宿對櫻桃花有懷伊川别墅(金陵作)

皎月照芳樹鮮葩含素輝愁人惜春夜達曙想巖扉風静陰滿砌露濃香入衣恨無金谷妓為我奏思歸

春暮思平泉雜詠二十首(自此並淮南作)

望伊川

遠村寒食後細雨度川來芳草連谿合梨花映野開櫂籬懸落照松徑長新苔向夕亭皋望遊禽幾處迴

潭上紫藤

故鄉春欲盡一歲芳難再巖樹已青葱吾廬日堪愛幽溪人未去芳草行應礙遥憶紫藤垂繁英照潭黛

書樓晴望

幽居人世外久厭市朝喧蒼翠連雙闕微茫認九原(東望盡見萬安山南名臣丘壠)殘紅(一作虹)映鞏樹斜日照轘轅薄暮柴扉掩誰知仲蔚園

西嶺望鳴皐山

高秋對涼野四望何蕭瑟遠見鳴皐山青峰原上出晨興採薇蕨向暮歸蓬蓽讵假數揮金餐和養餘日

瀑泉亭

向老多悲恨悽然念一丘巖泉終古在風月幾年遊菌閣饒佳樹菱潭有釣舟不如羊叔子名與峴山留

紅桂樹(此樹白花紅心因以爲號)

欲求塵外物此樹是瑶林後素合餘絢如丹見本心妍姿無點辱芳意託幽深願以鮮葩色凌霜照碧潯

金松(出天台山葉帶金色)

台嶺生奇樹佳名世未知纖纖疑大菊落落是松枝照日含金晰籠煙淡翠滋勿言人去晚猶有歲寒期

月桂(出蔣山淺黄色)

何年霜夜月桂子落寒山翠幹生巖下金英在世間幽崖空自老清漢未知還惟有涼秋夜嫦娥來暫攀

山桂(此花紫色英藻繁縟)

吾愛山中樹繁英滿目鮮臨風飄碎錦映日亂非煙影入春潭底香凝月榭前豈知幽獨客賴此當朱絃

栢(别樹經霜暫紅惟此栢枝葉盡丹四時一色一本題作朱栢)

聞有三株樹惟應秘閬風珊瑚不生葉朱草又無叢夫若凌雲栢常能終歲紅晨霞與落日相照在巖中

芳蓀(生茅山東溪陶隱居謂之溪蓀花紫色生淺水中)

楚客重蘭蓀遺芳今未歇葉抽清淺水花照暄妍節紫艷映渠鮮輕香含露潔(一作結)離居若有贈暫與幽人折(一作發)

流盃亭

激水自山椒析波分淺瀨回環疑古篆詰曲如縈帶寧憩羽觴遲惟歡(一作貪)親友會欲知中聖處皓月臨松蓋

東谿

近蓄東谿水悠悠起淥波彩鴛留不去芳草日應多夾岸生奇篠緣巖覆女蘿蘭橈思無限為感濯纓歌

鸂鶒

清沚雙鸂鶒前年海上雛今來戀洲嶼思若在江湖欲起摇荷蓋閑飛濺水珠不能常泛泛惟作逐波鳧

西園

西園最多趣永日自忘歸石瀨流清淺風岑澹翠微曉翻紅藥豔晴裊碧潭輝獨望娟娟月宵分半掩扉

海石楠

昔見歷陽山雞籠已孤秀今看海嶠樹翠蓋何幽茂霞雪讵能侵(此樹枝葉霜雪不侵)煙嵐自相揉攀條獨臨翫況值清陰晝

雙碧潭

清剡與嚴湍潺湲皆可憶適來玩山水無此秋潭色莫辨幽蘭叢難分翠禽翼遲遲洲渚步臨眺忘餐食

竹徑

野竹自成徑繞溪三里餘檀欒被層阜蕭瑟蔭清渠日落見林静風行知谷虚田家故人少誰肎共焚魚

花藥欄(花藥四時相續常可留翫)

蕙草春已碧蘭花秋更紅四時發英艷三徑滿芳叢秀色濯清露鮮輝摇惠風王孫未知返幽賞竟誰同

自叙(非尚子遍遊五嶽)

五嶽徑雖深遍遊心已蕩苟能知止足所遇皆清曠七十難可期一丘乃微尚遥懷少室山常恐非吾望

首夏清景想望山居（一本此下有贈慕條三字）

嘉樹陰初合山中賞更新禽言未知夏蘭徑尚餘春散滿蘿垂帶扶疎桂長輪丹青寫不盡宵夢歎非真累榭空留月虛舟若待人何時倚蘭棹相與擷汀蘋

思平泉樹石雜詠一十首

釣臺

我有嚴湍思懷人訪故臺客星依釣隱仙石逐槎回倒影含清沚凝陰長碧苔飛泉信可挹幽客未歸來

似鹿石

林中有奇石髣髴獸潛行乍似依巖桂還疑食野苹茸長綠蘚映斑細紫苔生不是見羈者何勞如頓纓

海上石筍

常愛仙都山奇峰千仞懸迢迢一何迥不與衆山連忽逢海嶠石稍慰平生憶何以慰（一作似）我心亭亭孤且直

疊石（此石韓給事所遺）

潺湲桂水湍漱石多奇狀鱗次冠煙霞蟬聯疊波浪今來碧梧下迴出秋潭上歲晚苔蘚滋懷賢益惆悵

重臺芙蓉

芙蓉含露時秀色波中溢玉女襲朱裳重重映皓質晨霞耀丹景（一作紫）片片明秋日蘭澤多衆芳妍姿不相匹

白鷺鷥

余心憐白鷺潭上日相依拂石疑星落凌風似雪飛碧沙常獨立清景自忘歸所樂惟煙水徘徊戀釣磯

海魚骨

昔日任公子期年釣此魚無由見成岳聊喜識專車皎皎連霜月高高映碧渠陶潛雖好事觀海只披圖

泛池舟

桂舟蘭作枻芬芳皆絕世只可弄潺湲焉能濟大川樹懸涼夜月風散碧潭煙未得同魚子菱歌共扣舷

舴艋舟

無輕舴艋舟始自鴟夷子雙闕挂朝衣五湖極煙水時遊杏壇下乍入湘川裏永日歌濯纓超然謝塵滓

二猿

釣瀨水漣漪富春山合沓松上夜猿鳴谷中清響合銜綱忽見羈故山從此辭無由碧潭飲爭接綠蘿枝

思在山居日偶成此詠邀松陽子同作

閑思昔歲事忽忽念伊川乘月（一作興）步秋坂滿山聞石泉回塘碧潭映高樹綠蘿懸露下叫田鶴風來嘶晚蟬懷茲長在夢歸去且無緣幽谷人未至蘭茗應更鮮

重憶山居六首

平泉源

出谷纔浮芥中園已濫觴逶迤過竹塢浩森走蘭塘夜靜聞魚躍風微見鴈翔從茲東向海可泛濟川航

泰山石（兗州從事所寄）

雞鳴日觀望遠與扶桑對（一作外）滄海似鎔金衆山如點黛遙知碧峰首獨立煙嵐內此石依五松蒼蒼幾千載

巫山石

十二峰前月三聲猿夜愁此中多怪石日夕漱寒流必是歸星渚先求歷斗牛（揚州是斗牛分）還疑煙雨霽髣髴是嵩丘

羅浮山（番禺連帥所遺）

龍伯釣鼇時蓬萊一峰坼（裴淵廣州記羅浮山是蓬萊邊山浮來）飛來碧海畔遂與三山隔其下多長溪（茅君內傳山下有七十二長溪）潺湲淙亂石知君分（一作介）如此贈逾荊山璧

漏潭石（魯客見遺）

常疑六合外未信漆園書及此閩溪漏方欣驗尾閭大哉天地氣呼吸有盈虛美石勞相贈瓊瑰自不如

釣石（於黔人處求得）

嚴光隱富春山色谿又碧所釣不在魚揮綸以自適余懷慕君子且欲坐潭石持此返伊川悠然慰衰疾

懷伊川郊居

衰疾常懷土郊園欲掩扉雖知明目（一作日）地不及有身歸葦樹秋陰遍伊原霽色微此生看白首良願已應違

晨起見雪憶山居

忽憶巖中雪誰人拂薜蘿竹梢低未舉松蓋偃應多山溜隨冰落林麕帶霰過不勞聞鶴語方奏苦寒歌

憶平泉雜詠

憶初暖

今日初春暖山中事若何雪開喧鳥至澌散躍魚多幽翠生松栝（一作栢）輕煙起薜蘿柴扉常晝掩惟有野人過

憶辛夷（余赴金陵日辛夷欲開）

昔年將出谷幾日對辛夷倚樹憐芳意攀條惜歲滋清陰須暫憩秀色正堪思只待揮金日殷勤泛羽巵

憶寒梅

寒塘數樹梅常近臘前開雪映緣巖竹香侵泛水苔遙思清景暮還有野禽來誰是攀枝客茲辰醉始迴

憶藥欄

野人清旦起掃雪見蘭芽始畎春泉入惟愁暮景斜未抽萱草葉纔發款冬花誰念江潭老中宵旅夢賒

憶茗芽

谷中春日暖漸憶掇茶英欲及清明火能銷醉客酲松花飄鼎泛蘭氣入甌輕飲罷閑無事捫蘿溪上行

憶野花（余未嘗春到故園）

雖遊洛陽道未識故園花曉憶東谿雪晴思冠嶺霞谷深蘭色秀村迥柳陰斜悵望龍門晚誰知小隱家

憶春雨

春鳩鳴野樹細雨入池塘潭上花微落溪邊草更長梳風白鷺起拂水綵鴛翔最美歸飛燕年年在故鄉

憶晚眺

伊川新雨霽原上見春山纈領晴虹斷龍門宿鳥還牛羊平野外桑柘夕煙間不及鄉園叟悠悠盡日閑

憶新藤

遙聞碧潭上春晚紫藤開水似晨霞照林疑綵鳳來清香凝島嶼繁豔映莓苔金谷如相並應將錦帳回

憶春耕

郊外杏花坼林間布穀鳴原田春雨後谿水夕流平野老荷蓑至和風吹草輕無因共沮溺相與事巖耕

余所居平泉村舍近黨韋常侍大尹特改嘉名因寄詩以謝

未謝留侯疾常懷仲蔚園閑謠紫芝曲歸夢赤松村忽

改蓬蒿色俄吹黍谷暄多慙孔北海傳教及衡門

山信至説平泉別墅草木滋長地轉幽深悵然思歸復此作

忽聞樵客語暫慰野人心幽徑芳蘭密閑庭秀木深麘來澗底㲋鵠遍川潯誰念滄溟上歸歟起歎音

臨海太守惠予赤城石報以是詩

聞君採奇石剪斷赤城霞潭上倒虹影波中摇日華仙巖接絳氣谿路雜桃花若值客星去便應隨海槎

上巳憶江南禊事

黃河西繞郡城流上巳應無祓禊遊為憶淥江春水色更無宵夢向吳州

北固懷古

自有此山川於今幾太守近世二千石畢公宣化厚丞相量納川平陽氣衡斗三賢若時雨所至躋仁壽（畢構政事爲開元第一陸丞相象先平陽齊幹三賢皆爲此郡）

汨羅

遠謫南荒一病身停舟暫弔汨羅人都緣靳尚圖專國豈是懷王厭直臣萬里碧潭秋景靜四時愁色野花新不勞漁父重相問自有招魂拭淚巾

嶺外守歲（一作李福業詩）

冬逐更籌盡春隨斗柄回寒暄一夜隔客鬢兩年催

訪韋楚老不遇

昔日徵黃綺余慚在鳳池今來招隱士恨不見瓊枝

題柳郎中故居

下馬荒堦日欲曛潺潺石溜靜中聞鳥啼花發人聲絕寂寞山窗掩白雲

盤陀嶺驛樓

嵩少心期杳莫攀好山聊復一開顔明朝便是南荒路更上層樓望故關

句

檢經求綠字憑酒借紅顔　君不見秋山寂歷風飆歇半夜青崖吐明月寒光乍出松篠間萬籟蕭蕭從此發忽聞歌管吟朔風精魂想在幽巖中（霜夜聽小童薛陽陶吹笛）　銀花懸院榜神撼引鈴縧（題學士院）　葳蕤輕風裏若銜若垂何可擬（以上並事文類聚）　自從一夢高唐後可是無人勝楚王（賦巫山神女見雲溪友議）　牛羊具特俎（武昌詩見東觀餘論）　心悟覺身勞雲中棄寶刀久閑生脞肉多壽長眉毫（有懷甘露寺自省上人京口志）　書空曉足睡路險側身行（德裕嘗吟此句云是先達詩附記見桂苑叢談）　誰家幼女敲節歌何處丁妻點燈織　魚蝦集橋市（以下並海錄碎事）　休咎占人甲挨持見天丁　洛下推年少山東許地高　世上文章士誰為第一人老生誇隱拙時輩毀尖新　湢瀠寒泉深百尺　奇觚率爾操諷諫欣然納

全唐詩

熊孺登

熊孺登鍾陵人登進士第元和中終藩鎮從事詩一卷

至日荷李常侍過郊居

賤子守柴荊誰人記姓名風雲千騎降草木一陽生禮異江河動歡殊里巷驚稱觴容侍坐看竹許同行遇覺滄溟淺恩疑太嶽輕盡搜天地物無諭此時情

日暮天無雲

杳杳復蒼蒼然無雲日暮天象分青氣外景盡赤霄前漸吐星河色遥生水木煙從容（一作龍）難附麗顧步欲澄鮮但見收三素何能測上玄應非暫呈瑞不許出山川

新成小亭月夜

已被月知處斬新風到來無人伴幽境多取木蘭栽

和竇中丞歲酒喜見小男兩歲

更添十歲應為相歲酒從今把未休聞得一毛添五色眼看相逐鳳池頭

寒食

東風潑火雨新休舁盡春泥掃雪溝走馬犢車當御路漢陽公主謝雞毬

送僧遊山

雲身自在山山去何處靈山不是歸日暮寒林投古寺雪花飛滿水田衣

雪中荅僧書

八行銀字非常草六出天花盡是梅無所與陳童子別雪中辛苦遠山來

題逍遥樓傷故韋大夫

利及生人無更為落花流水舊城池逍遥樓上雕龍字便是羊公墮淚碑

戲贈費冠卿

但恐紅塵虛白首寧論蹇逸分先後莫占鶯花笑寂寥長安春色年年有

與左興宗湓城別

江逢九派人將別猨到三聲月為秋不知相見更何日此夜少年堪白頭

八月十五夜卧疾

一年秖有今宵月盡上江樓獨病眠寂寞竹窗閑不閉夜深斜影到牀前

正月十五日

漢家遺事今宵見楚郭明燈幾處張深夜行歌聲絕後紫姑神下月蒼蒼

曲池陪宴即事上竇中丞

水白山阿繞坐來珊瑚臺上木綿開欲知舉目無情罰一片花流酒一杯

董監廟

仁傑淫祠廢欲無枯楓老櫟兩三株神烏慣得商人食飛趁征帆過蠡湖

贈侯山人

一見清容愜素聞有人傳是紫陽君來時玉女裁春服翦破湘山幾片雲（湘山在泉州郡治後）

送馬判官赴安南

故人交趾去從軍應笑狂生揮陣雲省得蔡州今日事舊曾都護帳前聞

送準上人歸石經院

㭊檀刻像今猶少白石鐫經古未曾歸去更尋翻譯寺前山應遇鴈門僧

寒食野望

拜掃無過骨肉親一年唯此兩三辰冢頭莫種有花樹春色不關泉下人

祇役遇風謝湘中春色

水生風熟布帆新只(一作唯)見公程不見春應被百花撩亂笑比來天地一閑人

湘江夜泛

江流如箭月如弓行盡三湘數夜中無那子規知向蜀一聲聲似怨春(一作東)風

蜀江水(來自蕃界)

日夜朝宗來萬里共憐江水引蕃心若論巴峽愁人處猨比灘聲是好音

寄安南馬中丞

龍韜能致虎符分萬里霜臺壓瘴雲蕃客不須愁海路波神今伏馬將軍

甘子堂陪宴上韋大夫

武陵樓上春長早甘子堂前花落遲楚樂怪來聲競起新歌盡是大夫詞

青溪村居二首

家占溪南千箇竹地臨湖上一羣山漁船多在馬長放出處自由閑不閑

深樹黃鸝曉一聲林西江上月猶明野人早起無他事貪繞沙泉看筍生

奉和興元鄭相公早春送楊侍郎

征鞍欲上醉還留南浦春生百草頭丞相新裁別離曲聲聲飛出舊梁州

送舍弟孺復往廬山

能騎竹馬辨西東未省煙花暫不同第一早歸春欲盡廬山好看過湖風

野別畱少微上人

若爲相見還分散翻覺浮雲亦不閑何處留師暫且住家貧唯有坐中山

經古墓

碑折松枯山火燒夜臺從閉不曾朝那將逝者比流水流水東流逢上潮

贈靈徹上人

詩句能生世界春僧家更有姓湯人況聞暗憶前朝事知是修行第幾身

春郊醉中贈章八元

三月踏青能幾日百回添酒莫辭頻看君倒臥楊花裏始覺春光爲醉人

全唐詩

李涉

李涉洛陽人初與弟渤同隱廬山後應陳許辟憲宗時爲太子通事舍人尋謫峽州司倉參軍大和中爲太學博士復流康州自號清谿子集二卷今編詩一卷

懷古

尼父未適魯屢屢倦迷津徒懷教化心紆鬱不能伸一遇知巳言萬方始喧喧至今百王則孰不挹其源

詠古

大智思濟物道行心始休垂綸自消息歲月任春秋紂虐武既賢風雲固可求順天行殺機所向協良謀況以丈人師將濟安川流何勞問枯骨再取陰陽籌霸國不務仁兵戈恣相酬空令渭水迹千古獨悠悠

題清溪鬼谷先生舊居

翠壁開天池青崖列雲樹氷容不可狀杳若清河霧常聞先生教指示秦儀路二子才不同逞詞過尺度偶因從吏役遠到冥棲處松月想舊山煙霞了如故未逞鍊金鼎日覺容光暮萬慮隨境生何由返眞素寂寞天籟息清迥鳥聲曙迴首望重重無期挹風馭

感興

隋氏造宮闕峨峨倚雲煙搜奇竭四海立制謀千年秦兵半夜來烈火焚高臺萬人聚筋血一旦爲塵埃君看汴河路尚說隋家柳但問哭陵人秋草沒來久

鷓鴣詞二首

湘江煙水深沙岸隔楓林何處鷓鴣飛日斜斑竹陰二女空(一作虛)垂淚三閭枉自沉惟有鷓鴣啼獨傷行客心

越岡連越井越鳥更南飛何處鷓鴣啼夕煙東嶺歸嶺外(一作頭)行人少天涯北客稀鷓鴣啼別處相對淚沾衣

山中

無奈牧童何放牛喫我竹隔林呼不譍叫笑如生鹿欲報田舍翁更深不歸屋

寄荊娘寫眞

章華臺南莎草齊長河柳色連金堤青樓曈曨曙光蚤梨花滿巷鶯新啼章臺玉顏年十六小來能唱西梁曲教坊大使久知名郢上詞人歌不足少年才子心相許夜夜高堂夢雲雨五銖香帔結同心三寸紅牋替傳語緑池並戲雙鴛鴦田田翠葉紅蓮香百年恩愛兩相許一夕(一作日)不見生愁腸上清仙女徵遊伴欲從湘靈住河漢只愁陵谷變人寰空歎桑田歸海岸願分精魄定形影永似銀壺挂金井召得丹青絕世工寫眞與身眞相同忽然相對兩不語疑是妝成來鏡中豈期人願天不違雲輧却駐從山歸畫圖封裹寄箱篋洞房艷艷生光輝良人翻作東飛翼却遣江頭問消息經年不得一封書翠幕雲屏遶空壁結客有少年名總身姓江征帆三

千里前月發豫章知我別時言識我馬上郎恨無羽翼飛使我徒怨滄波長開篋取畫圖寄我形影與客將如今憔悴不相似恐君重見生悲傷蒼梧九疑在何處斑斑竹淚連瀟湘

與弟渤新羅劒歌

我有神劒異人與暗中往往精靈語識者知從東海來來時一夜因風雨長河臨曉北斗殘秋水露背青螭寒昨夜大梁城下宿不借跌跌光顔看刃邊颯颯塵沙缺瘢痕半是蛟龍血雷煥張華久已無沉冤知向何人說我有愛弟都九江一條直氣今無雙青光好去莫惆悵必斬長鯨須少壯

六歎（并序 本六首今存三首）

五噫四愁九歌七啟皆創文者立意之終紀其數而名之也清江白雲孤山遠嶼皆得時之人吟咏性情耳余無暇於是焉窮居歲陰偶懷無悰因追感聞見成文六篇目曰六歎懼質文之不備復何全於比興乎録之私齋以示同道格韻枯缺多慙見知

綺羅（一作幞）香風翡翠車清明獨傍芙蓉渠上有雲鬟洞仙女垂羅掩縠煙中語風月頻驚桃李時滄波久別鴛鴻侣欲傳一札孤飛翼山長水遠無消息却鎖重門一院深半夜空庭明月色

深院梧桐夾金井上有轆轤青絲索美人清晝汲寒泉寒泉欲上銀缾落迢迢碧甃千餘尺竟日倚闌空歎息惆悵不來照明鏡却掩洞房抱（一作花）寂寂

漢臣一沒丁零塞牧羊西過陰沙外朝憑南鴈信難回夜望北辰心獨在漢家茅土橫九州高門長戟封（一作分）王侯但將鍾鼓悅私愛肯以犬羊（一作戎）爲國羞夜宿（一作夜夜）寒雲臥氷雪嚴風觸刃垂旌節丁年奉使白頭歸泣盡李陵衣上血

春山三謁來

釣魚謁來春日暖沿溪不厭舟行緩野竹初栽碧玉長澄潭欲下青絲短昔人避世兼避讐暮棲雲外朝悠悠我今無事亦如此赤鯉忽到長竿頭汎汎隨波凡幾里碧莎如煙沙似砥瘦壁橫空怪石危山花鬬日禽爭水有時帶月歸扣舷身閑自是漁家仙

山上謁來採新茗新花亂發前山頂瓊英動搖鍾乳碧叢叢高下隨崖嶺未必蓬萊有仙藥能向鼎中雲漠漠越甌遙見裂鼻香欲覺身輕騎白鶴

採藥謁來藥苗盛藥生只傍行人徑世人重耳不重目指似藥苗心不足野客住山三十載妻兒共寄浮雲外小男學語便分別已辯君臣知匹配都市廣長開大鋪疾來求者多相悮見說韓康舊姓名識之不識先相怒

牧童詞

朝牧牛牧牛下江曲夜牧牛牧牛度村谷（一作村口）荷蓑（一作笠）出林春雨細蘆管臥吹莎草綠亂插蓬蒿箭滿腰不怕猛虎欺黃犢

醉中贈崔膺

與君兄弟匡嶺故與君相逢揚子渡白浪南分吴塞雲綠楊深入隋宮路隋家文物今雖改舞館歌臺基尚在煬帝陵邊草木深汴河流水空歸海古今悠悠人自別此地繇華終未歇大道青樓夾翠煙瓊墀繡帳開明月與君一言兩相許外捨形骸中爾女揚州歌酒不可追洛神映箔湘妃語白馬黃金爲身置誰能獨羨他人醉暫到香爐一夕間能展愁眉百世（一作年）事君看白日光如箭一度別來顔色變早謀侯印佩腰間莫遣看花鬢如霰

岳陽別張祜

十年蹭蹬爲逐臣鬢毛白盡巴江春鹿鳴猨嘯雖寂寞水蛟山魅多精神山瘧困中聞有赦死灰不望光陰借半夜州符喚牧童虛教衰病生驚怕巫峽洞庭千里餘蠻陬水國何親疎由來眞宰不宰我徒勞歎者懷吹噓霸橋昔與張生別萬變桑田何處說龍蛇縱在沒泥塗長衢却爲駑駘設愛君氣堅風骨峭文章眞把江淹笑洛下諸生懼刺先烏鳶不得齊鷹鷂岳陽西南湖上寺水閣松房遍文字新釘張生一首詩自餘吟著皆無味策馬前途須努力莫學龍鍾虛歎息

寄河陽從事楊潛

憶昨天台尋石梁赤城枕下看扶桑金烏欲上海如血翠色一點蓬萊光安期先生不可見蓬萊目極滄海長回舟偶得風水便煙帆數夕歸瀟湘瀟湘水清巖嶂曲夜宿朝遊常不足一自無名身事閑五湖雲月偏相屬進者恐不榮退者恐不深魚遊鳥逝兩雖異彼此各有遂生心身解耕耘妾能織歲晏飢寒免相逼稚子纔年七歲餘漁樵一半分渠力吾友從軍在河上腰佩吴鉤佐飛將偶與嵩山道士期西尋汴水來相訪見君顔色猶憔悴知君未展心中事落日驅車出孟津高歌共歎傷心地洛邑秦城少年別兩都陳事空聞說漢家天子不東遊古木行宮閉煙月洛濱老翁年八十西望殘陽臨水泣自言生長開元中武皇恩化親霑及當時天下無甲兵雖聞賦斂毫毛輕紅車翠蓋滿衢路洛中歡笑爭逢迎一從戎馬來幽薊山谷虎狼無捍制九重宮殿閉豺狼萬國生人自相噬蹭蹬瘡痍今不平干戈南北常縱橫中原膏血焦欲盡四郊貪將猶憑陵秦中豪寵爭出羣巧將言智寬明君南山四皓不敢語渭上釣人何足云君不見昔時槐柳八百里路傍五月清陰起只今零落幾株殘枯根半死黃河水

重登滕王閣

滕王閣上唱伊州二十年前向此遊半是半非君莫問好山長在水長流

重到襄陽哭亡友韋壽朋

故人墳樹立秋風伯道無兒跡便空重到笙歌分散地隔江吹笛月明中

再至長安

十年謫宦鬼方人三遇鴻恩始到秦今日九衢騎馬望却疑渾是刹那身

贈道器法師

氷作形（一作儀）容雪作眉早知談論兩川知如今不用空求佛但把令狐宰相詩

盧山得元侍御書

慙君知我命龍鍾，一紙書來意萬重。正著白衣尋古寺，忽然郵遞到雲峰。

竹枝詞（一作歌）

荆門灘急水潺潺，兩岸猨啼煙滿山。渡頭少年（一作年少）應官去，月落西陵望不還。

巫峽雲開神女祠，綠潭紅樹影參差。不勞（一作下牢）戍口初相問，無義灘頭剩别離。

石壁千重樹萬重，白雲斜掩碧芙蓉。昭君溪上年年月，偏照（一作獨自）嬋娟色最濃。

十二峰頭月欲低，空聆（一作濛又作濛）灘上子規啼。孤舟一夜東歸客，泣向東（一作春）風憶建溪。

京口送朱晝之淮南（一作寄贈妓人）

兩行客淚愁中落，萬樹山花雨後（一作裏）殘。君到揚州見桃葉，爲傳風水渡江難。

題鶴林寺僧舍（寺在鎮江）

終日昏昏醉夢間，忽聞春盡強登山。因過竹院逢僧話，又（一作偷）得浮生半日閑。

重過文上人院

南隨越鳥北燕鴻，松月三年別遠公。無限心中不平事，一宵清話又成空。

雙峰寺得舍弟書

暫入松門拜祖師，殷勤再讀塔前碑。回頭忽向（一作見）尋陽使，太守如今是惠持。

木蘭花

碧落真人著紫衣，始堪相並木蘭枝。今朝繞郭花看遍，盡是深村田舍兒。

過招隱寺

每憶中林訪惠持，今來正遇早春時。自從休去無心事，唯向高僧說便知。

酬皐生許過山居

琉璃潭上新秋月，清淨泉中智惠珠。不似本宗疎二教，許過雲壑訪潛夫。

春晚遊鶴林寺寄使府諸公

野寺尋花春已遲，背巖唯有兩三枝。明朝攜酒猶堪賞，爲（一作醉）報春風且莫吹。

題開聖寺

宿雨初收草木濃，羣鴉飛散下堂鍾。長廊無事僧歸院，盡日門前獨看松。

奉使淮南

漢使徵兵詔未休，兩行（一作南行）旌旆接揚州。試上高樓望春色，一年風景盡堪愁。

登北固山亭

海繞重山江抱城，隋家宮苑此分明。居人不覺三吳恨，却笑關河（一作山）又戰爭。

秋日過員太祝林園

望水尋山二里餘，竹林斜到地仙居。秋光何處堪消日，玄晏先生滿架書。

題武關

來往悲歡萬里心，多從此路計浮沉。皆緣不得空門要，舜葬蒼梧直至今。

題温泉（一本此下有宮字）

能使時平四十春，開元聖主得賢臣。當時姚宋并燕許，盡是驪山從駕人。

經溳川館寄使府羣公

溳川水竹十家餘，漁艇蓬門對岸居。大勝塵中走鞍馬，與他軍府判文書。

葺夷陵幽居

負郭依山一徑深，萬竿如束翠沉沉。從來愛物多成癖，辛苦移家爲竹林。

再遊頭陀寺

無因暫泊魯陽戈，白髮兼愁日日多。只恐雪晴花便盡，數來山寺亦無他。

看射柳枝

玉弝朱弦敕賜弓，新加二斗得秋風。萬人齊看翻金勒，百步穿楊逐箭空。

寄峽州韋郎中

年過五十鬢如絲，不必前程更問師。幸得休耕樂堯化，楚山深處最相宜。

贈田玉卿

長安里巷舊鄰居，未解梳頭五歲餘。今朝嫁得風流壻，歌舞閑時看讀書。

題招隱寺即戴顒舊宅

兩崖古樹千般色，一井寒泉數丈氷。欲問前朝戴居士，野煙秋色（一作草）是丘陵。

山居送僧（一本題上有青溪二字）

失意因休便買山，白雲深處寄柴關。若逢城邑人相問，報道花時也不閑。

過襄陽上于司空頔

方城漢水舊城池，陵谷依然世自移。歇馬獨來尋故事，逢人唯說峴山碑。

送魏簡能東遊二首

獻賦論兵命未通，却乘羸馬出（一作去）關東。灞陵原上重回首，十載長安似（一作是）夢中。

燕市悲歌又送君，目隨征鴈過寒雲。孤亭宿處時看劍，莫使塵埃蔽斗文。

中秋夜君山臺望月

大堤花裏錦江前，詩酒同遊四十年。不料中秋最明夜，洞庭湖上見當天。

酬彭伉

公孫閣裏見君初，衣錦南歸二十餘。莫歎屈聲猶未展，同年今日在中書。

硤石遇赦

天網初開釋楚囚，殘骸已廢自知休。荷蓑不是人間事，歸去滄江有釣舟。

贈龍泉洞塵上人

八十山僧眼未昏，獨尋流水到窮源。自言共得龍神語，擬作茅菴住洞門。

題湖臺

山有松門江有亭不勞他處問青冥有時帶月牀舁到一陣風來酒盡醒

送妻入道

人無回意似波瀾琴有離聲爲一彈縱使空門再相見還如秋月水中看

遇湖州妓宋態宜二首

曾識（一作嘗憶）雲仙至小時芙蓉頭上綰青絲當時驚覺高唐夢唯有如（一作而）今宋玉知

陵陽夜會（一作讌）使君筵解語花枝出（一作在）眼前一（一作自）從明月西沉海不見嫦娥二十年

逢舊二首

碧落高高雲萬重當時孤鶴去無蹤不期陵谷遷朝市今日遼東特地逢

將作乘槎去不還便尋雲海住三山不知留得支機石却逐黃河到世間

潤州聽暮角（一作晚泊潤州聞角）

江（一作孤）城吹角水茫茫曲引邊聲（一作風引胡笳）怨思長驚起暮天沙上鴈海門斜去兩三行

頭陀寺看竹

寺前新笋已成竿策馬重來獨自看可惜班皮空滿地無人解取作頭冠

奉使京西

盧龍已復兩河平烽火樓邊處處耕何事書生走羸馬原州城下又添兵

題連雲堡

由來天地有關扃斷壑連山接杳冥一出縱知邊上事滿朝誰信語堪聽

再宿武關（一作從秦城回再題武關）

遠別秦城萬里遊亂山高下出商州關門不鎖寒溪水一夜潺湲（一作潺潺）送客愁

長安悶作

宵分獨坐到天明又策羸驂信脚行每日除書空（一作難）滿紙不曾聞有介推名

和尚書舅見寄

欲隨流水去幽棲喜伴歸雲入虎溪深謝陳蕃憐寂寞遠飛芳字警沉迷

送王六觀巢縣叔父二首

巢岸南分戰鳥山水雲程盡到東關弦歌自是君家事莫怪今來一邑閑

長憶山陰舊會時王家兄弟盡相隨老來放逐瀟湘路淚滴秋風引（一作別）獻之

偶懷

轉知名（一作久）宦是悠悠分付空源始到頭待送妻兒下山了便隨雲水一生休

秋夜題夷陵水館

凝碧初高海氣秋桂輪斜落到江樓三更浦上巴歌歇山影沉沉水不流

與梧州劉中丞

三代盧龍將相家五分符竹到天涯瘴山江上重相見醉裏同看荳蔻花

聽多美唱歌

黃鶯慢轉（一作囀語）引秋蟬衝斷行（一作浮）雲直入天一曲梁州聽初了爲君別唱想夫憐

題澗飲寺

百年如夢竟何成白髮重來此地行還似蕭郎許玄度再看庭石悟前生

題蘇仙宅枯松

幾年蒼翠在仙家一旦枝枯類海槎不如酸澁棠梨樹却占高城獨放花

山居

一從身世兩相遺往往關門到午時想得俗流應大笑不知年老識便宜

聽鄰女吟

含情遙夜幾人知閑詠風流小謝詩還似霓旌下煙露月邊吹落上清詞

題宇文秀才櫻桃

風光莫占少年家白髮殷勤最戀花今日顛狂任君笑趁愁得醉眼麻茶

漢上偶題

謫仙唐世游兹郡花下聽歌醉眼迷今日漢江煙樹盡更無人唱白銅鞮

送楊敬之倅湖南

久嗟塵匣掩青萍見說除書試一聽聞君却作長沙傅便逐秋風過洞庭

送孫堯夫赴舉

自說軒皇息戰威萬方無復事戎衣却教孫子藏兵法空（一作銜）把文章向禮闈

題水月臺

平流白日無人愛橋上閑行若箇知水似晴天天似水兩重星點碧琉璃

早春霽後發頭陀寺寄院中

紅樓金刹倚晴岡雨雪初收望漢陽草檄可中能有暇迎春一醉也無妨

哭田布

魏師臨陣却抽營誰管豺狼作信兵縱使將軍能伏劒何人島上哭田橫

黃葵花

此花莫遣俗人看新染鵝黃色未乾好逐秋風上天（一作天上）去紫陽宮女要頭冠

別南溪二首

如雲不厭蒼梧遠似鴈逢春又北飛唯有隱山溪上月年年相望兩依依

常歎春泉去不回我今此去更難來欲知別後留情處手種巖花次第開

井欄砂宿遇夜客（涉嘗過九江至皖口遇盜問何人從者曰李博士也其豪首曰若是李涉博士不用剽奪久聞詩名願題一篇足矣涉遂贈詩云云）

暮（一作春）雨蕭蕭江上村綠林豪客夜知聞（一作敲門）他時不用逃名姓（一作他時不用相迴避）（一作相逢不必論相識）世上如今半是君

謝王連州送海陽圖

謝家為郡實風流　畫得青山寄楚因　驚起草堂寒氣晚
海陽潮水到牀頭

再謫夷陵題長樂寺

當時謫官向夷陵　願得身閑便作僧　誰知漸漸因緣重
羞見長燃一盞燈

譴謫康州先寄弟渤

唯將直道信蒼蒼　可料無名抵憲章　陰騭却應先有謂
已交鴻雁早隨陽

贈廖道士

膏已明煎信矣哉　二年人世不歸來　庭前為報仙桃樹
今歲花時好好開

山花

六出花開赤玉盤　當中紅濕耐春寒　長安若在五侯宅
誰肯將錢買牡丹

聽歌

飒飒先飛梁上塵　朱脣不動翠眉顰　願得春風吹更遠
直教愁殺滿城人

送顏覺赴舉

顏子將才應四科　料量時輩更誰過　居然一片荊山玉
可怕無人是下和

題五松驛

雲木蒼蒼數萬株　此中言命的應無　人生不得如松樹
却遇秦封作大夫

湘妃廟

班竹林邊有古祠　鳥啼花發盡堪悲　當時惆悵同今日
南北行人可得知

贈長安小主人

上清真（一作童）子玉童（一作真）顏　花態嬌羞月思閑　仙路迷人應
有術　桃源不必在深山

邠州詞獻高尚書三首

單于都護再分疆　西引雙旌出帝鄉　朝日詔書添戰馬
即聞千騎取河湟

將家難立是威聲　不見多傳衛霍名　一自元和平蜀後
馬頭行處即長城

朔方忠義舊來聞　盡是邠城父子軍　今日兵符歸上將
旄頭不用更妖氛

游西林寺

十地初心在此身　水能生月即離塵　如今再結林中社
可羨當年會裏人

題白鹿蘭若

只去都門十里強　竹陰流水遶回廊　滿城車馬皆知有
每喚同游盡道忙

寄趙準乞湘川山居

閑說班超有舊居　山横水曲占商於　知君不用磻溪石
乞取終年獨釣魚

曉過函谷關

因韓為趙兩游秦　十月冰霜渡孟津　縱使雞鳴遇關吏
不知余也是何人

奉和九弟渤見寄絶句

忽啓新緘吟近詩　詩中韻出碧雲詞　且喜陟岡愁已散
登舟只恨渡江遲

贈友人孩子

驪龍頷下亦生珠　便與人間衆寶殊　他時若要追風日
須得君家萬里駒

奉宣慰使魚十四郎

年纔二十衆知名　孤鶴儀容徹骨清　口傳天語來人世
却逐祥雲上玉京

題善光寺

雲門天竺舊姻緣　臨老移家住玉泉　早到可中須南寺
免得翻經住幾年

題宣化寺道光上人居

二十年前不繫身　草堂曾與雪為鄰　常思和尚當時語
衣鉢留將與此人

柳枝詞

錦池江上柳垂橋　風引蟬聲送寂寥　不必如絲千萬縷
只禁離恨兩三條

竹枝詞

十二山晴花盡開　楚宮雙闕對陽臺　細腰爭舞君沉醉
白日秦兵天下來

竹裏

竹裏編茅倚石門　竹莖疎處見前村　閑眠盡日無人到
自有春風為掃門

失題

華表千年一鶴歸　丹砂為頂雪為衣　泠泠仙語人聽盡
却向五雲翻翅飛

全唐詩

陸暢

陸暢字達夫，吳郡人。元和元年登進士第，為皇太子僚屬，後官鳳翔少尹。詩一卷。

雲安公主下降（一本無此六字）奉詔作催粧詩（順宗女下嫁劉士涇，百僚舉暢為儐相）

雲安公主貴出嫁　五侯家天母親調粉　日兄憐賜花催
鋪百子帳待障七　香車借問妝成未　東方欲曉霞

山出雲

靈山蓄雲彩　紛鬱出清晨　望樹繁花白　看峯小雪新　映
松張蓋影　依澗布魚鱗　高似從龍處　低如觸石頻　濃光
藏半岫　淺色類飄塵　玉葉開天際　遥憐占早春

驚（一作對）雪

怪得北風急　前庭如月輝　天人寧許（一作底）巧　翦水作花飛

聞早蟬

落日早蟬急　客心聞更愁　一聲來枕上　夢裏故園秋

别劉端公

連騎出都門　秋蟬噪高柳　落日辭故人　自醉不關酒

新晴愛月（一作山齋玩月）

野性平生惟愛（一作好）月　新晴半夜覩嬋娟　起來自擘紗窗
破　恰（一作教）漏清光落枕前

雲安公主出降雜詠催粧二首（一作為儐相詩六首）

天上瓊花不避秋今宵織女嫁牽牛萬人惟待乘鸞出
乞巧齊登明月樓

少粧銀粉飾金鈿端正天花貴自然聞道禁中時節異
九秋香滿鏡臺前

坐障

白（一作碧）玉爲竿丁字成黃金（一作鴛鴦）繡帶短長輕（一作馨）強遮天上
花顏色不隔雲中語笑聲

簾

勞將素手捲蝦鬚瓊室流光更綴珠玉漏報來過半夜
可憐潘岳立踟躕（一本作真珠文織挂簷端錦緣羅旌千萬端早把玉鉤和月卷神仙愁怕水晶寒）

階

甃玉編金次第平花紋隱起踏無聲幾重便上華堂裏
得見天人吹鳳笙

扇

寶扇持來入禁宮本教花下動香風姮娥須逐彩雲降
不可通宵在月中

解內人嘲（一作酬宮人 時內人以暢吳音才捷作詩嘲之暢酬詩云云）

粉面仙郎選聖朝偶逢秦女學吹簫須教翡翠聞王母
不奈烏鳶噪鵲橋

成都贈別席夔

不值分流二江水定應猶得且同行三千里外情人別
更被子規啼數聲

遊城東王駙馬亭

城外無塵水間松秋天木落見山容共尋蕭史江亭去
一望終南紫閣峰

望毛女峰

我種東峰千葉蓮此峰毛女始求仙今朝暗算當時事
已是人間七萬年

送李山人歸山

來從千山萬山裏歸向千山萬山去山中白雲千萬重
却望人間不知處

長安新晴

九重深淺人不知金殿玉樓倚朝日一夜城中新雨晴
御溝流得宮花出

出藍田關寄董使君

萬里煙蘿錦帳間雲迎水送度藍關七盤九折難行處
盡是龔黃界外山

題悟公禪堂

臨壇付法十三春家本長城若下人芸閣少年應不識
南山鈔主是前身

宿陝府北樓奉酬崔大夫二首

樓壓黃河山滿坐風清水涼誰忍卧人定軍州禁漏傳
不妨秋月城頭過

一別朱門三四春再來應笑尚風塵昨宵唯有樓前月
識是謝公詩酒人

陝州逢竇鞏同宿寄江陵韋協律

共出丘門歲九霜相逢悽愴對離觴荆南爲報韋從事
一宿同眠御史牀

夜到泗州酬崔使君

徐城洪盡到淮頭月裏山河見泗州聞道泗濱清廟磬
雅聲今在謝家樓

送崔員外使回入京金鈎驛逢因贈（一本無下六字）

六星宮裏一星歸行到金鈎近紫微侍史別來經歲月
今宵應夢護香衣

成都送別費冠卿

紅椒花落桂花開萬里同遊俱未回莫厭客中頻送客
思鄉獨上望鄉臺

題商山廟

商洛秦時四老翁人傳羽化此山空若無仙眼何由見
總在廟前花洞中

題獨孤少府園林

四面青山是四隣煙霞成伴草成茵年年洞口桃花發
不記曾經迷幾人

送獨孤秀才下第歸太白山

逸翮暫時成落羽將歸太白賞靈蹤須尋最近碧霄處
擬倩和雲買一峰

下第後病中

獻玉頻年命未通窮秋成病悟真空笑看朝市趨名者
不病那知在病中

送深上人歸江南

留得蓮花偈付誰獨攜金策欲歸時江南無限蕭家寺
曾與白雲何處期

題自然觀

劒閣門西第一峰道陵成道有高蹤行人若上升仙處
須撥白雲三四重

疾愈步庭花

桃紅李白覺春歸強步閑庭力尚微從困不扶靈壽杖
恐驚花裏早鶯飛

籌筆店江亭

九折巖邊下馬行江亭暫歇聽江聲白雲緑樹不關我
枉與樵人樂一生

贈賀若少府

十日廣陵城裏住聽君花下撫金徽新聲指上懷中紙
莫怪潛偷數曲歸

太子劉舍人邀看花

年少風流七品官朱衣白馬冶遊盤負心不報春光主
幾處偷看紅牡丹

薔薇花

錦窠花朵燈叢醉翠葉眉稠裛露垂莫引美人來架下
恐驚紅片落燕支

句

蜀道易易於履平地（蜀道易） 蟬噪入雲樹風開無主花（崔諫議林亭）

全唐詩

柳公權

柳公權字誠懸公綽之弟精於書學元和初擢進士第穆宗時拜右拾遺侍書學士改弘文館學士文宗復召侍書尋以諫議爲學士知制誥轉工部侍郎咸通初改太子少師詩五首

應制賀邊軍支春衣

去歲雖無戰今年未得歸皇恩何以報春日得春衣挾纊非眞纊分衣是假衣從今貔武士不憚戍金微

應制爲宮嬪詠（太平廣記云武宗嘗怒一宮嬪久之既而復召謂公權曰朕怪此人若得學士一篇當釋然矣公權略不佇思而成一絕上大悅賜錦綵二百疋命宮人上前拜謝之）

不分前時忤主恩已甘寂寞守長門今朝卻得君王顧重入椒房拭淚痕

題朱審寺壁山水畫

朱審偏能視夕嵐洞邊深墨寫秋潭與君一顧西牆畫從此看山不向南

閶門即事

耕夫占募逐樓船春草青青萬頃田試上吳門看郡郭清明幾處有新煙

吳武陵

吳武陵信州人元和初擢進士第竇易直判度支表武陵主鹽北邊入爲太學博士太和中出刺韶州尋貶潘州司户參軍詩一卷今存二首

貢院樓北新栽小松

拂檻愛貞容移根自遠峰已曾經草沒終不任苔封葉少初陵雪鱗生欲化龍乘春濯雨露得地近垣墉逐吹香微動含煙色漸濃時迴日月照爲謝小山松

題路左佛堂

雀兒來逐颺風高下視鷹鸇意氣豪自謂能生千里翼黃昏依舊委（一作入）蓬蒿

韋處厚

韋處厚字德載京兆人元和初登第又擢賢良方正異等授秘書郎兼史職改咸陽尉遷右拾遺轉考功員外出爲開州刺史入拜户部郎中知制誥穆宗召入翰林爲侍講學士改中書舍人文宗即位拜兵部侍郎尋以中書侍郎同平章事集七十卷今存詩十二首

盛山十二詩

隱月岫

初映鉤如線終銜鏡似鉤遠澄秋水色高倚曉河流

流桮渠

激曲縈飛箭浮溝泛滿巵將來山太守早向習家池

竹巖

不資冬日秀爲作暑天寒先植誠非鳳來翔定是鸞

繡衣石榻（爲溫侍御置）

巉（一作嵓）巉雪中嶠磊磊（一作落）標方峭勿爲枕蒼山還當礎清廟

宿雲亭

雨合飛危砌天開卷曉窗齊平聯郭柳帶繞抱城江

梅谿

夾岸凝清素交枝漾淺淪味調方薦實臘近又先春

桃塢

噴日舒紅景通蹊茂綠陰終期王母摘不羨武陵深

胡盧沼

疏鑿徒爲巧圓窪自可澄倒花紛錯秀鑑月靜涵冰

茶嶺

顧渚吳商絕蒙山蜀信稀千叢因此始含露紫英肥

盤石磴

繚繞緣雲上璘玢甃玉聯高高曾幾折極目瞰秋鳶

琵琶臺

褊地難層土因厓遂削成淺深嵐嶂色盡向此中呈

上士缾泉（爲柳律師置）

綆汲豈無井顛崖貴非浚願灑塵垢餘一雨根莖潤

楊敬之

楊敬之字茂孝元和初登進士第擢累屯田户部二郎中坐李宗閔黨貶連州刺史文宗向儒術以敬之爲國子祭酒詩二首

客思吟

禾黍正離離南園翦白芝細腰沈趙女高髻唱蠻姬路隗前岡月梳慚一領絲鄉人不可語獨念畏人知

贈項斯

幾度見詩詩總好及觀標格過於詩平生不解藏人善到處逢人說項斯

句

霜樹鳥棲夜空街雀報明　碧山相倚暮歸鴈一行斜（並見張爲主客圖）

李虞仲

李虞仲字見之端之子元和初登進士第累官中書舍人知制誥終吏部侍郎詩集四卷今存一首

初日照鳳樓

旭日煙雲殿朝陽燭帝居斷霞生峻宇通閣麗晴虛流彩連朱檻騰輝照綺疏曈曨晨景裏明滅曉光初户牖仙山近軒楹鳳翼舒還如王母過遙度五雲車

張又新

張又新字孔昭工部侍郎薦之子元和中擢第歷左右補闕坐李逢吉黨貶江州刺史後附李訓遷刑部郎中訓死復貶申州刺史詩十七首

郡齋三月下旬作（以下三首一作崔護詩）

春事日已歇池塘曠幽尋殘紅披獨墜初綠間淺深偃

仰倦芳褥顧步愛新陰謀春未及竟夏初遽見侵

五月水邊柳

結根挺涯涘垂影覆清淺睡臉寒未開嬾腰晴更軟搖空條已重拂水帶方展似醉煙景凝如愁月露泫絲長魚悞恐枝弱禽驚踐悵別幾多情含春任攀搴

三月五日陪大夫泛長沙東湖（一作李羣玉詩）

上巳餘風景芳辰集遠坰綵舟浮泛蕩繡轂下娉婷樓樹迴葱蒨笙歌轉杳冥湖光迷翡翠草色醉蜻蜓鳥弄桐花日魚翻穀雨萍從今留勝會誰看畫蘭亭

贈廣陵妓

雲雨分飛二十年當時求夢不曾眠今來頭白重相見還上襄王玳瑁筵

牡丹（一作成婚）

牡丹一朶值千金將謂從來色最深今日滿欄開似雪一生辜負看花心

游白鶴山（末句缺一字）

白鶴山邊秋復春張文宅畔少風塵欲驅五馬尋眞隱誰是當初　竹人

行田詩（一作白石巖）

白石巖前湖水春湖邊舊境有淸塵欲追謝守行田意今古同憂是長人

羅浮山

江北重巒積翠濃綺霞遙映碧芙蓉不知末後滄溟上減却瀛洲第幾峰

青障山（一作慈湖山）

一派遠光澄碧月萬株聳翠獵金飈陶仙謾學長生術暑往寒來更寂寥

中界山

瑟瑟峰頭玉水流晉時遺跡更堪愁愁人到此勞長望何處煙波是祖州

帆遊山

派海當從此地流千帆飛過碧山頭君看深谷爲陵後翻覆人間未肯休

謝池

郡郭東南積穀山謝公曾是此躋攀今來惟有靈池月猶是嬋娟一水間

華蓋山

一岫坡陀凝綠草千重虛翠透紅霞愁來始上消歸思見盡江城數百家

吹臺山

吹臺山上綠煙凝日落雲收疊翠屏應謂焦桐堪採斲不知誰是柳吳興

青嶼山

靈海泓澄匝翠峰昔賢心賞已成空今朝亭館無遺制積水滄浪一望中

孤嶼

碧水逶迤浮翠巘綠蘿蒙密媚晴江不知誰與名孤嶼其實中川是一雙

春草池

謝公夢草一差微謫宦當時道不機且謂飛霞遊賞地池塘煙柳亦依依

封敖

封敖字碩夫蓚人元和中登第會昌初以左司員外郎召爲翰林學士知制誥遷御史中丞大中中歷平盧興元節度使終尚書右僕射翰藁八卷今存詩二首

春色滿皇州

帝里春光正蔥蘢喜氣浮錦鋪仙禁側鏡寫曲江頭紅萼開蕭閣黃絲拂御樓千門歌吹動九陌綺羅游日近風先滿仁深澤共流應非顑頟賢辛苦在神州

題西隱寺

三年未到九華山終日披圖一室間秋寺喜因晴後賞靈峰看待足時還猨從有性留僧坐雲竇無心伴客閑勝事儻能銷歲月已拚名利不相關

馬植

馬植字存之扶風人元和中進士擢第歷安南招討黜中觀察使宣宗朝以户部侍郎同中書門下平章事尋罷爲太子賓客分司東都起忠武節度使徙宣武卒詩一首

奉和白敏中聖道和平致茲休運歲終功就合詠盛明呈上

舜德堯仁化犬戎許提河隴款皇風指揮貔武皆神算恢拓乾坤是聖功四帥有征無汗馬七關雖戍已弢弓天留此事還英主不在他年在大中

李廓

李廓宰相程之子登元和進士第累官潁州刺史大中中終武寧節度使詩十八首

夏日途中

樹夾炎風路行人正午稀初蟬數聲起戲蝶一團飛日色欺清鏡槐膏黖白衣無成歸故里自覺少光輝

長安（一作漢宮）少年行

金紫少年郎繞街鞍馬光（一作狂）身從左中尉官屬右春坊剗戴揚州帽重薰異國香垂鞭踏青草來去杏園芳

追逐輕薄伴閑遊不著緋長攏出獵馬數換打毬衣曉日尋花去春風帶酒歸青樓無晝夜歌舞歇時稀

日高春睡足帖馬賞年華倒插銀魚袋行隨金犢車還攜新市酒遠醉曲江花幾度歸侵黑金吾送到家

好勝耽長夜天明燭滿樓留人看獨腳賭馬換偏頭樂奏曾無歇杯巡不暫休時時遙冷笑怪客有春愁

遨遊攜艷妓裝束似男兒杯酒逢花住笙歌簇馬吹鶯聲催曲急春色送（一作訐）歸遲不以聞街鼓華筵待月移

賞春惟逐勝大宅可曾歸不樂還逃席多狂慣衩衣歌人踏日起語燕捲簾飛好婦（一作婦好）唯相妬倡樓不醉稀

戟門連日閉苦飲惜殘春開鎖通新客教姬屈醉人倩（一作請）歌牽白馬自舞踏紅茵時輩皆相許平生不負身

新年高殿上始見有光輝玉雁排方帶金鶯立仗衣酒深和椀賜馬疾打珂飛朝下人爭看香街意氣歸

遊市慵騎馬隨姬入坐車樓邊聽歌吹簾外見鶯（一作插釵）花樂眼從人鬧歸心畏日斜蒼頭來去報飲伴到倡家

小婦教鸚鵡頭邊喚醉醒犬嬌眠玉簟（一作鼻）鷹掣撼金鈴

碧地攢花障紅泥待客亭雖然長按曲不飲不曾聽

雞鳴曲

星稀月没入（一作上）五更膠膠角角雞初鳴征人牽馬出門
立辭妾欲向安西行再鳴引頸簷頭下樓中角聲催上
馬纔分曙色第二（應作三）鳴旌旆紅塵已出城婦人上城亂
招手夫婿不聞遥哭聲長恨雞鳴别時苦不遣雞栖近
窗户

鏡聽詞（古之鏡聽猶今之瓢卦也）

匣中取鏡辭竈王羅衣掩盡明月光昔時長著照容色
今夜潛將聽消息門前地黑（一作黑地）人來（一作未）稀無人錯道朝
夕歸更深弱體冷如鐵繡帶菱花懷裏熱銅片銅片如
有靈願照得（一作得照）見行人千里形

猛士行

戰鼓驚沙惡天色猛士虬髯眼前黑單于衣錦日行兵
陣頭走馬生擒得幽并少年不敢輕虎狼窟裏空手行

送振武將軍

葉葉歸邊騎風頭萬里乾金裝腰帶重鐵（一作錦）縫耳衣寒
蘆酒燒蓬煖霜鴻撚箭看黄河古戍道秋雪白漫漫

落第

牓前潛制淚衆裏自嫌身氣味如中酒情懷似别人煖
風張樂席晴日看花塵盡是添愁處深居（一作宫）乞過春

贈商山東于嶺僧

商嶺東西路欲分兩間茅屋一溪雲師言耳重知師意
人是人非不欲聞

上令狐舍人

名利生愁地貧居歲月移買書添架上斷酒過花時宿
客嫌吟苦乖童恨睡遲近來唯儉静持此荅深知

全唐詩目　第八函

第一冊

李紳（四卷）　崔公信　楊虞卿　楊汝士　陳至

趙蕃（共一卷）

鮑溶（三卷）

全唐詩

李紳

李紳字公垂潤州無錫人爲人短小精悍於詩最有名時號短李元和初擢進士第補國子助教不樂輒去李錡辟掌書記錡抗命不爲草表幾見害穆宗召爲右拾遺翰林學士與李德裕元稹同時號三俊歷中書舍人御史中丞户部侍郎敬宗立李逢吉搆之貶端州司馬徙江州長史遷滁壽二州刺史以太子賓客分司東都太和中擢浙東觀察使開成初遷河南尹宣武節度使武宗即位召拜中書侍郎同平章事進尚書右僕射封趙郡公居位四年以檢校右僕射平章事節度淮南卒贈太尉謚文肅追昔游詩三卷雜詩一卷今合編爲四卷

南梁行

江城鬱鬱春草長悠悠漢水浮青（一作清）光雜英飛盡空書景綠楊重陰官舍靜此時醉客縱橫書公言可薦承明廬（元和十四年故山南節度僕射崔公奏觀察判官蒙以書奏見委常戲拙速）青天詔下寵光至頒籍金閨徵石渠（是歲五月蒙恩除右拾遺）秭歸山路煙嵐隔山木幽深晚花拆澗底紅光奪火燃搖風扇毒愁行客（駱谷中多毒樹名山琵琶其花明艷與杜鵑花同樵者識之言曰早花殺人）杜鵑啼咽花亦殷聲悲絕艷連（一作憐）空山斜陽瞥映淺深樹雲雨翻迷崖谷間山鷄錦質矜毛羽透竹穿蘿命儔侶喬木幽谿上下同雄雌不惑（一作異）飛棲處望秦峰迴過商顏浪疊雲（一作波）堆萬簇山行盡杳冥青嶂外九重鐘漏紫霄間元和列侍明光殿諫草初焚市朝變北闕趨承（一作臣）半隙塵南梁笑客（一作吟嘯）皆飛霰追思感歎却昏迷霜髩愁吟到曉雞故篋歲深開斷簡秋堂月曙掩遺題（一作往）嗚嗚曉角霞輝粲撫劍當應（一作楹）一長歎匆狗無由學聖賢空持感激（一作謝）終昏旦

趨翰苑遭誣搆四十六韻

九五當乾德三千應瑞符纂堯昌聖曆宗禹盛丕圖（穆宗正月登位）畫象垂新令消兵易舊謨選賢方去智招諫忽升愚（穆宗聽政五日蒙恩除右拾遺與淮南李公名入翰林也）大樂調元氣神功運化鑪脫鱗超沆瀣翻翼集蓬壺捧日恩光別抽毫顧問殊鳳形憐彩筆龍頷借驪珠擲地聲名寡摩天羽翮孤潔身酬雨露利口扇讒諛碧海同宸眷鴻毛比賤軀辨疑分黑白舉直牴朋徒（思政面論逢吉權植姦邪劉栖楚柏耆光險張又新蘇景修朋黨也）庭獸方呈角階蓂始効莩日傾烏掩魄星落斗摧樞（穆宗升遐）隆劒悲喬岳號弓泣鼎湖亂羣逢害馬擇肉縱狂貙（逢吉守澄栖楚柏耆人新等連爲搏噬之徒）膽爲隳肝竭心因瀝血枯滿帆摧駭浪征棹折危途（余以户部侍郎貶端州司馬）燕客書方詐堯門信未孚（敬宗即位之初遭逢吉等誣搆宸襟未察衛寬遂深）謗興金就鑠毀極玉生瘉礪吻矜先搏張羅騁疾驅（余遭逢吉搆成遂敬宗聽政之前一日宣命於月華門外竄逐）地嫌稀魍魎海恨止番禺（栖楚等見逢吉怒所貶太近）瘴嶺衝蛇入蒸池躡虺趨望天收雪涕看鏡攬霜鬚草毒人驚翦茅荒室未誅火風晴處扇山鬼雨中呼窮老鄉關遠羇愁骨肉無鵲靈窺牖户龜瑞出泥途（余到端州有紅龜一州人李再榮來獻稱嘗有甲人言吉徵也余放之於江中回頭者三四游泳前後不去久之又南中小鵲名曰蠻鵲形小如燕雀里中言此鳥不常見至而鳥舞必有喜應是日與龜同至於館也）煙鳥深千瘴滄波淼四隅海標傳信使江棹認妻孥到接三冬暮來經六月徂暗灘朝不怒驚瀨夜無虞（從古州而南歷封康並足門搆鮓覇州等灘惟江水泛漲則無此患康州悅城縣有媼龍祠或能致雲雨余以書祝之家累以十月泝流龍爲之三漲江水以達也）俛首安羸業齊眉慰病夫涸魚思雨潤僵燕望雷蘇詔下因頒朔恩移詎省辜（余以寶曆元年五月量移江州長史）誑天猶指鹿依社尚憑狐（逢吉尚爲相）度嶺瞻牛斗浮江淬轆轤未平人睚眦誰懼鬼揶揄浦（一作溢）潮通楚匡山地接吴庾樓清桂滿遠寺素蓮敷髩髴皆停馬悲歡盡隙駒舊交封宿草（沈八侍郎沆十五侍郎元九相公龐嚴京兆蔣防舍人皆爲壓世）衰髩重生芻萬戟分梁苑雙旌寄魯儒驟移歲月冉冉近桑榆疲馬愁千里孤鴻念五湖終當賦歸去那更學楊朱

憶春日太液池（一作東）亭（一作亭東）候對（長慶三年）

宮鶯報曉（一作曉報）瑞煙開三島靈禽拂水迴橋轉彩虹當綺殿艦浮花鷁近蓬萊草承香（一作步）輦王孫長艷仙顏阿母栽簪筆此時方侍從却思金馬笑鄒枚

憶夜直金鑾殿承旨（二年）

月當銀漢玉繩低深聽簫韶碧落齊門壓紫垣高綺樹閣連青瑣近丹梯墨宣外渥催飛詔草布（一作定）深（一作新）恩促換題明日（一作惟我）獨歸花路遠（一作近）可憐人世隔雲霓（一作泥）

憶春日曲江宴後許至芙蓉園

春風上苑開桃李詔許看花入御園香徑草中迴玉勒鳳皇池畔泛金樽綠絲垂柳遮風暗紅藥低叢拂砌繁歸繞曲江煙景晚未央明月鎖千門

新昌宅書堂前有藥樹一株今已盈拱前長慶中於翰林院内西軒藥樹下移得纔長一寸僕夫封一泥丸以歸植今則長成名之天上樹

白榆星底開紅甲珠樹宮中長紫霄丹彩結心纔辨質碧枝（一作姿）抽葉乍成（一作舒）條羽衣道士偷玄圃金簡真人護玉苗長帶九天餘雨露近來蔥翠欲成喬

過荊門

荊江水闊煙波轉荊門路遶（一作遠）山蔥蒨帆勢侵雲滅又

明山程背日昏還見青青麥隴啼飛鴉寂寞野徑棠梨
花行行驅馬萬里遠漸入煙嵐危棧賒林中有鳥飛出
谷（一作曲）月上千巖一聲哭腸斷思歸不可聞人言恨魄來
巴蜀我聽此鳥祝我魂魂死莫學（一作死勿學此）聲銜冤縱爲羽
族莫棲息直上青雲呼帝閽此時山月如銜鏡嵒樹（一作岫）
參差互輝映皎潔深看入澗泉分明細見樵人徑陰森
鬼廟當郵亭雞豚日宰聞羶腥愚夫禍福自迷惑魍魎
憑何通百靈月（一作日）低山曉（一作晚）問行客已酹椒糈拜荒陌
惆悵忠貞徒自持誰祭山頭望夫石

涉沅瀟（一作湘。注內缺二字）

屈原死處瀟湘陰滄浪淼淼雲沈沈蛟龍長怒虎長嘯
山木翛翛波浪深煙橫日落驚鴻起山映餘（一作雲）霞杳（一作森）
千里鴻叫離離入暮天霞消漠漠深雲水水靈（一作虛）江暗
揚波濤鼉鼍動蓋風騷騷行人愁望待明月星漢沈浮
魑鬼號屈原爾爲懷王（一作忠）沒水府通天化靈物何不驅
雷擊電除奸邪可憐空作沈泉（一本此下有抱冤二字）骨舉杯瀝酒招
爾魂月影（一作彩）滉漾開乾坤波白（一作明）水黑山隱見汨羅之
上遙昏昏風帆候曉看五兩戌鼓鼕鼕（一作鼜鼜）遠山響潮滿
江津猨鳥啼荊夫楚語飛蠻槳瀟湘島浦無人居風驚
水暗惟鮫魚行來擊棹獨長歎問爾精魄何所如

逾嶺嶠止荒陬抵高要

天將南北分寒燠北被羔裘南卉服寒氣凝爲戎虜驕
炎蒸結作蟲虺毒周王止化惟荊蠻漢武鑿遠通孱顏
南標銅柱限荒徼五嶺從茲窮險艱衡山截斷炎方北
迴雁峰南瘴煙黑萬壑奔傷溢作瀧湍飛浪激如繩直
（南人謂水爲瀧如原瀑流自郴南至韶北有八瀧其名神瀧傷瀧雞附等瀧皆急險不可上南中輕舟迅疾可入此水者因名之瀧船善游者爲瀧夫）千崖
傍聳猨嘯悲丹蛇玄虺潛螻蛇瀧夫擬檝劈高浪瞥忽
浮沈如電隨嶺頭刺竹蒙籠密火折紅蕉焰燒日嶺上
泉分南北流行人照水愁腸骨陰森石路盤縈紆雨寒
日煖常斯須瘴雲暫卷火山外蒼茫海氣窮番禺鷓鴣
猿鳥聲相續椎髻嘵呼同戚促百處谿灘異雨晴四時
雷電迷昏旭魚腸雁足望緘封地遠三江嶺萬重魚躍
豈通清遠（一作遂）峽雁飛難渡漳江東（余在南中日知家累以其年九月九日發衡州因寄示菊花開日有人逢知過衡陽迴雁峯江樹送秋黃葉少海天迎遠碧雲重音書斷達聽蠻鶴風水多虞祝堰龍想見病身渾不識自磨青鏡照衰容慨然追感以疏其下又端州界有清遠峽深險莫測皆言水府爲魚龍之限也）雲蒸地熱無霜霰桃李冬華匪時變天
際長垂飲澗虹簷前不去銜泥燕（南中虹乃時長見見數則多颶風燕不歸蟄燕泥多沙人懼其沾污於人每逐其巢也）幸逢雷雨盪妖昏提挈悲歡出海門西日眼明
看少長北風身醒辨寒溫賈生謫去因前席痛哭書成
竟何益物忌忠良表是非朝驅絳灌爲讎敵明皇聖德
異文皇不使無辜困鬼方漢日（一作口）傅臣終委弃如今哀
叟重輝光高明白日恩深海齒髮雖殘壯心在空媿駑
駘異一毛無令朽骨慙（一作仍）千載

移九江（江效何水部余自九江及今周一紀矣）

秋波入白水帆去侵空小五兩劇奔星檣烏疾飛鳥盆
城依落日盆浦看雲眇雲眇更蒼蒼匡山低夕陽楚客
喜風水秦人悲異鄉異鄉秋思苦江皐月華生漾漾隱
波亭悠悠通月浦津橋歸侯吏竹巷開門戶容滕有匡
牀及肩纔數堵隙光非白駒懸磬我無虞體瘦寡行立
家肥安毀哺天書憐譴謫重作朱轓客四座眼全青一
麾頭半白今來思往事往事益悽然風月同今昔悲歡
異目前四時嗟閱水一紀換流年獨有西庭鶴孤鳴白
露天

泛五湖（效謝惠連）

范子蛻冠履扁舟逸霄漢嗟予抱險艱怵惕驚瀰漫窮
通泛濫勞趣適殊昏旦浴日盪層空浮天淼無畔依灘
落葉聚立浦驚鴻散浪疊雪峰連山孤翠（一作紫）崖斷風帆
同巨壑雲轟成高岸宇宙可（一作或）東西星辰沈粲爛霞生
澒洞遠月吐青熒亂豈復問津迷休爲呂梁歎漂沈自
詎保覆溺心長判吳越郡異鄉嬰童及爲翫依稀占井
邑嘹唳同鵝鸛舉棹未宵分維舟方日旰徵斯濟川力
若鼓凌風翰易狎當悔游臨深罔知難

過鍾陵（余長慶三年除江西觀察使奉詔不之任）

龍沙江尾抱鍾陵水郭村（一作津）橋晚景澄江對楚山千里
月郭連漁浦萬家燈省抛雙旆辭榮寵遽落丹霄起愛
憎惆悵舊遊同草露却思恩顧一霑膺

泝西江

江風不定半晴陰愁對花時盡日吟孤棹自遲從蹭蹬
亂帆爭疾競浮沈一身累困懷千載百口無虞貴萬金
空闊遠看波浪息楚山安穩過雲岑

早發

沙洲月落宿禽驚潮起風微曉霧生黃鶴浪明知上信
黑龍山暗避前程火旗似辨吳門戍水驛遙迷楚塞城
蕭索更看江葉下兩鄉俱是宦遊情

守滁陽深秋憶登郡城望琅琊

山城小閣臨青嶂紅（一作江）樹蓮宮接薜蘿斜日半巖開古
殿野煙浮水掩輕波菊迎秋節西風急雁引砧聲北思
多深夜獨吟還不寐坐看凝露滿庭莎

滁陽春日懷果園閑宴（園中雜樹多手植也）

西園到日栽桃李紅白低枝拂酒杯繁艷只愁風處落
醉筵多就月中開勸人莫折憐芳早把燭頻看畏曉催
聞道數年深草露幾株猶得近池臺

悲善才

余守郡日有客遊者善彈琵琶問其所傳乃善才
所授頃在內庭日別承恩顧賜宴曲江勅善才等
二十人備樂自余經播遷善才已沒因追感前事
爲悲善才

穆王夜幸蓬池曲金鑾殿開高秉燭東頭弟子曹善才
琵琶請進（一作奏）新翻曲翠蛾列坐層城女笙笛（一作歌）參差齊
笑語天顏靜聽朱絲彈衆樂寂然無敢舉銜花金鳳當
承撥轉腕攏（一作籠）弦促揮抹（一作霍）花翻鳳嘯（一作扶花翻鳳）天上來裴
回滿殿飛春雪抽弦度曲新聲發金鈴玉珮相瑳切流
鶯子母飛上林仙鶴雌雄唳明月此時奉詔侍金鑾別
殿承恩許召彈（一作看）三月曲江春草綠九霄天樂下雲端
紫髯供奉前屈膝盡彈妙曲當春日寒泉注射隴水開
胡雁翻飛向（一作溯）天沒日曛塵暗車馬散爲惜新聲有餘
歎明年冠劍閑橋山萬里孤臣投海畔籠（一作雛）禽鎩翮（一作羽）
尚還（一作強迴）飛白首生從五嶺歸聞道善才成朽骨空餘弟
子奉音（一作宣）徽南譙寂寞三春晚有客彈弦獨淒怨靜聽
深奏楚月光憶昔初聞曲江宴心悲不覺淚闌干更爲

調弦反覆彈秋吹，動摇神女佩月珠，敲擊水晶盤自憐。淮海同泥滓，恨魄凝心未能死，惆悵追懷萬事空。雍門感慨（一作琴瑟）徒爲爾。

閭里謡效古歌

鄉里兒，桑麻鬱鬱禾黍肥，冬有襤襦夏有絺。兄鋤弟耨妻在機，夜犬不吠開蓬扉。鄉里兒，醉還飽，濁醪初熟勸翁媪（一作嫂）。鳴鳩拂羽知年好，齊和楊花踏春草。勸年少，樂耕桑，使君爲我剪荊棘，使君爲我驅豺狼。林中無虎山有鹿，水底無蛟魚有魴。父漁子獵日歸暮（一作父子獵歸白日暮），月明處處春黃粱。鄉里兒，東家父老爲爾言，鼓腹那知生育恩。莫令太守馳朱轓，懸鼓一鳴盧鵲喧，惡聲主吏噪爾門，唧唧力力烹雞豚。鄉里兒，莫悲咤，上有明王頒詔下，車選賢良恤孤寡。春日遲遲驅五馬，留犢投錢以爲謝。鄉里兒，終爾詞，我無工（一作却）巧唯（一作惠）無私，舉手一揮臨路岐。

轉壽春守，太和庚戌歲二月祗命壽陽，時替裴五墉，終歿。因視壁題，自墉而上，或除名在邊，坐殿歿，凡七子，無一存焉。壽人多冠盜，好訴訐，時謂之凶郡，獷俗特著，嘗此處之。顧余衰年，甘躡前患。俾三月而冠静，朞歲而人和，虎不暴物，姦吏屛竄。三載，復遭邪佞所惡，授賓客分司東都。或舉其目，或寄於風，亦麤繼詩人之末云

未登崖谷尋丹竈，且歷軒窗看壁題。那遇八公生羽翼，空悲七子委塵泥。舊壇無復翔雲鶴，廢壘曾經振鼓鼙。點檢遺編盡朝菌，應難求（一作永）望一刀圭。

憶壽春廢虎坑余以春二月至郡，主吏舉所職，稱霍山多虎，每歲採茶爲患，擇肉於人。至春常修陷穽數十所，勒獵者採其皮睛。余悉除罷之，是歲虎不復爲害，至余去郡三載

匪將履尾求兢惕，那效探雛所患爭。當路絶羣嘗誡（一作試）暴，爲猫驅獮亦先迎。每推至化宣余力，豈用潛機害爾生。休逐豺狼止貪戾，好爲仁獸答皇明。

壽陽罷郡日有詩十首與追懷不殊今編於後

兼紀瑞物（今止八首）

肥河維舟阻凍，祗待勑命（太和七年十二月）

罷分符竹作閑官，舟凍肥河擬棹難。食蘖苦心甘處困，飲冰持操敢辭寒。夜燈空應漁家火，朝食還依雁宿灘。西奏血誠遥稽首，乞容歸病老江干。

淮陽效理空多病，疎受辭榮豈戀班。陳力不任趍北闕，有家無處寄東山。疲驂豈念前程稅，倦鳥安能待暮還。珍重八公山下叟，不勞重淚更追攀。

別連理樹

盛唐縣有連理樹二株，一株生於長樂鄉百姓地內，從底兩枝向上爲一體；一本生於龍泉鄉百姓徐德地內，兩根隔澗，水交榦合爲一體，澗名香風水，澗一丈五尺

垂陰敢慕甘棠葉，附榦將呈瑞木符。十步蘭茶（一作芝蘭）同秀彩，萬年枝葉表皇圖。芟夷不及知無患，雨露曾霑自不枯。好住孤根託桃李，莫令從此混樵蘇。

虎不食人

霍山縣多猛獸，頃常擇肉於人，每至採茶及樵蘇，常遭啖食，人不堪命。自太和四年至六年，遂無侵暴，鷄犬不鳴，深山窮谷，夜行不止，得攝令和儇狀稱，潛山縣鄉村正趙珍夜歸，中路與虎同行，至家竟無傷害之意

南山白額同馴擾，亦變仁心去殺機。不競牛甘令買患，免遭狐假妄憑威。渡河豈適他邦害，據谷終無暴物非。爾效騶虞護生草，豈徒柔伏在淮淝。

發壽陽分司勑到又遇新正感懷書事（七年正月八日）

休爲建隼臨淝守，轉作垂絲入洛人。罷閱舊林三載籍，又開新曆四年春（立春在壽陽凡四年）。雲遮北雁愁行客，柳起東風慰病身。漸喜雪霜消解盡，得隨風水到天津。

初出淝口入淮

東風百里（一作五日）雪初晴，淝口冰開好濯纓。野老擁途知意重，病夫抛郡喜身輕。人心莫厭如弦直，淮水長憐似鏡清。回首夕嵐山翠遠，楚郊烟樹隱襄（一作憶層）城。

入淮至盱眙

山凝翠黛孤峰迥，淮起銀花五兩高。天外綺霞迷海鶴，日邊紅樹艷仙桃。岸驚目眩同奔馬，浦溢心疑覩抃鼇。寄謝雲帆疾飛鳥，莫誇迴雁卷輕毛。

憶東湖（南昌志：洪州城內有大湖，通章江，名曰東湖）

菱歌罷唱鷁舟迴，雪鷺銀鷗左右來。霞散浦邊雲錦截，月昇（一作臨）湖面鏡波開。魚驚翠羽金鱗躍，蓮脫紅衣紫菂摧。淮口值春偏悵望，數株臨水是寒梅。

全唐詩　李紳

七年初到洛陽寓居宣教里時已春暮而四老俱在洛中分司

青莎滿地無三徑，白髮緣（一作簪）頭忝四人。官職謬齊商嶺客，姓名那重漢廷臣。聖朝寡罪容衰齒，愚叟多慙未退身。惟有門人憐鈍拙，勸教沈醉洛陽春。

初秋忽奉詔除浙東觀察使檢校右貂

龍樓寄引簪裾客，鳳闕陪趨朔望朝。疎受杜門期脫屣，買臣歸邸忽乘軺。印封龜紐知頒爵，冠飾蟬緌更珥貂。飛詔寵榮歡里舍，豈徒斑白與垂髫。

憶至鞏縣河宿待家累追懷

鞏樹翻紅秋日斜水分伊洛照餘霞弓開後騎低初月鷁駐前旌拂暮鴉閨信坐遲青玉案弄兒閑望白羊車今來憶事涼風晚烟浦空悲黃(一作寒)菊花

宿揚州

江橫渡闊烟波晚潮過金陵落葉秋嘹唳塞鴻經楚澤淺深紅樹見揚州夜橋燈火連星漢水郭帆檣近斗牛今日市朝風俗變不須開口問迷樓

憶被牛相留醉州中時無他賓牛公夜出眞珠輩數人(余有換樂曲詞時小有傳於歌者)

嚴城畫角三聲閙清宴金樽一夕同銀燭坐隅聽子夜寶箏筵上起春風酒徵舊對慚衰質曲換新詞感上宮(一作公)淮海一從雲雨散杳然俱是夢魂中

早渡揚子江(時王璠在浙西)

日衝海浪翻銀屋江轉秋波走雪山青嶂迴開蹲虎戍碧流潛伏躍龍關地分吳楚星辰內水迫滄溟宇宙間焚却戍船無戰伐使知風教被烏蠻

憶過潤州

元和二年余以前進士爲鎮海軍書奏從事秋九月兵亂余以不從書奏飛檄之詐(一作詩)遭庶人李錡暴怒腰領不殊者再三後軍平尚書李公欲具事以聞余以本乃誓節非欲求榮請罷所奏

昔年從宦干戈地黃綬青春一魯儒弓犯控弦招武旅(一作旄)劒當抽匣問狂夫帛書投筆封魚腹玄髮衝冠捋虎鬚談笑謝金何所媿(一作貴)不爲偷買用兵符

憶登棲(一作西)霞寺峯(效梁簡文。一本下有懷堂二字)

香印烟火息法堂鐘磬餘紗燈耿晨焰釋子安禪居林葉脫紅影竹烟含綺疎星珠錯落耀月宇參差虛顧眺匪恣適曠襟懷卷舒江海淼清盪丘陵何所如滔滔可問津耕者非長沮茅嶺感仙客蕭園成古墟移步下碧峯涉澗更躊躇鳥噪(一作戲)啄秋果翠鷺銜素魚迴塘彩鷁來落景標(一作在)林筱漾漾棹翻月蕭蕭風襲裾勞歌起舊思戚(一作感)歎竟難(一作誰)攄却數共遊者凋落非里閭

憶萬歲樓望金山

里言金山有龍盤護吳志云金陵虎踞又云萬歲樓往年清夜浮於江中有宿樓者覺之金鑠縻於城上

樓高雉堞千師壘峯拔驚波萬壑攢山絕地維消虎踞水浮天險尚(一作上)龍盤蜃噓雲拱飛江島鼇噴仙巖隔海瀾長對碧波臨古渡幾經風月與悲歡

過梅里七首 家於無錫四十載今敝廬數堵猶存今列題於後

上家山(山即惠山)

余頃居梅里常於惠山肄業舊室猶在垂白重遊追感多思因效吳均體

上家山家山依舊好昔去松桂長今來容鬢老上家山臨古道高低入雲樹蕪沒連天草草色綠萋萋寒蛩徧草啼噪鵶啼樹遠行雁帖雲齊品光翻落日僧火開經室竹洞磬聲長松樓鐘韻疾苔階泉溜鈌石甃青莎密舊徑行處迷前交坐中失歎息整華冠持杯強自歡笑歌憐稚孺弦竹縱吹彈山明溪月上酒滿心聊放丱髮此淹留垂絲匪閑曠青山不可上昔事還惆悵況復白頭人追懷空望望

憶東郭居(效丘遲)

昔余過稚齒從師昧知奧徒懷利物心不獲藏身寶曳婁一縫掖出處勞昏早醒醉迷啜哺衣裳辨顛倒忠誠貫白日直已憑蒼昊卷舌隨讒諛驚波息行潦衰禽識舊(一作息)木疲馬知歸道楊柳長庭柯蘭荃覆階草旌旄光里舍騎服歡妻嫂綠鬢絕新知蒼鬢稀舊老冠綏身忝貴齋沐心常禱笙磬諒諧和庭除還灑掃栖遲還竹巷物役浸江島倏忽變星霜悲傷滿東(一作懷)抱

憶題惠山寺書堂

故山一別光陰改秋露清風歲月多松下壯心年少去池邊衰影老人過白雲生滅依巖岫青桂榮枯託薜蘿惟有此身長是客又驅旌旆寄烟波

憶西湖雙鸂鶒(效鮑明遠)

雙鸂鶒錦毛爛斑長比翼戲繞蓮藂迴錦臆照灼花叢兩相得漁歌驚起飛南北繚繞追隨不迷惑雲間上下同棲息不作驚禽遠相憶東家少婦機中語剪斷迴文泣機杼徒嗟孔雀銜毛羽一去東南別離苦五里裴回竟何補

早梅橋

早梅花滿枝發東風報春春未徹紫蕚迎風玉珠裂楊柳未黃鶯結舌委素飄香照新月橋邊一樹傷離別遊蕩行人莫攀折不競江南豔陽節任落東風伴春雪

翡翠塢

翡翠飛飛繞蓮塢一啄嘉魚一鳴舞蓮莖觸散蓮葉欹露滴珠光似還浦虞人掠水輕浮弋翡翠驚飛飛不息直上層空翠影高還向雲間雙比翼彈射莫及弋不得日暮虞人空歎息

憶放鶴

頃年無錫閑居里人獻鶴雛余馴養之周歲羽毛既成見其宛頸長鳴有煙霄之志開籠放之一舉冲天復迴翔久之乃去

過吳門二十四韻

煙水吳都郭閶門架碧流綠楊深淺巷青翰往來舟朱户千家室丹楹百處樓水光摇極浦草色辨長洲憶作(一作昨)麻衣翠(一作日)(一作客)曾爲旅棹遊放歌隨楚老清宴奉諸侯(貞元中余以布衣多遊吳郡中韋夏卿首爲知遇常陪宴席及平仲李季何劉從周綦毋咸十餘輩日同杯酒及余以太和七年領鎮會稽則當時賓客韋吏樂徒寺僧里客無一人存者至于韋公子凋喪略盡)花寺聽鶯入春湖看雁留里吟傳綺唱鄉語認歈謳橋轉攢虹飲(一作影)波通鬬鷁浮竹扉梅圃靜水巷橘園幽繚堵荒麋苑穿巖破虎丘舊風猶越鼓餘俗尚吳鉤故館曾閑訪遺基(一作蹤)亦徧搜吹臺山木盡香徑佛宮秋帳殿菰蒲掩雲房露霧收苧蘿妖覆(一作廢)滅荆棘鬼包羞風月俄黃綬經過半白頭(元和七年余以校書郎從役再至蘇州時范十五傳正爲郡而貞元中賓客散落半已殂謝及宴而伶人酒徒悉往日者問僧惟令起二人已疾)重來冠蓋客非復別離

愁太和七年余鎮會稽劉禹錫爲郡則元和中蘇州相識知與不知索然皆盡河柳衰謝邑居更易乃甚今感之歎也候火分通陌前旌駐外郵水風揺綵旆堤柳引鳴騶問吏兒孫隅呼名禮敬修顧瞻殊宿昔語默過悲憂義感心空在容衰日易偷還持滄海詔從此布皇猷

杭州天竺靈隱二寺頃歲亦布衣一遊及赴鎮會稽不敢以登臨自適竟不復到寺寺多猨猱謂之孫團彌長其類因追思爲詩二首此寺殷富

翠巖幽谷高低寺十里松風碧嶂連開盡春花芳草澗徧通秋水月明泉石文照日分霞壁竹影侵雲拂暮煙時有猨猱擾鍾磬老僧無復得安禪

人煙不隔江城近水石雖清海氣深波動只觀羅刹相靜居難識梵王心魚扃畫鏁龍宮寶雁塔高摩欲界金近日尤聞重雕飾世人遥禮二檀林

渡西陵十六韻

七年冬十有三日早渡浙江寒雨方霖軍吏悉在江次越人年穀未成霪雨不止田畝浸溢水不及穗者數寸余至驛命押衙裴行宗先齋祝辭東望拜大禹廟且以百姓請命雨收雲息日朗者三旬有五日刈穫皆畢有以見神之不欺也

雨送奔濤遠風收駭浪平截流張旆影分岸走鼙聲歡逐銜波湧龜艨噴棹輕海門凝霧暗江渚濕雲横雁翼看舟子魚鱗辨水營騎交遮戍合戈簇擁沙明謬履千夫長將詢百吏情下車占黍稷冬雨害粢盛望禱依前聖垂休冀厚生半江猶慘澹全野已澄清愛景三辰朗祥農萬庾盈浦程通曲嶼海色媚重城弓日韔櫜動旗風虎豹爭及郊揮白羽入里卷紅旌愷悌思陳力端莊冀表誠臨人與安俗非止奉師貞

新樓詩二十首

到越州日初引家累登新樓望鏡湖見元相微之題壁詩云我是玉京天上客謫居猶得小蓬萊四面尋常對屏障一家終日在樓臺微之與樂天此時只隔江津日有酬和相荅時余移官九江各乖音問頃在越之日荏苒多故未能書壁今追思爲新樓詩二十首

新樓

戎容罷引旌旗卷朱戶褰開雉堞高山聳翠微連郡閣地臨滄海接靈鼇坐疑許宅驅雞犬笑類樊妻化羽毛惆悵桂枝零落促莫思方朔種仙桃

海榴亭在新樓北花開最早所望更高

海榴亭早開繁蘂光照晴霞破碧煙高近紫霄疑菡萏迴依江月半嬋娟懷芳不作翻風艷別蕚猶含泣露妍揺落舊叢雲水隔不堪行坐數流年

望海亭在臥龍山頂上越中最高處

烏盈兔缺天涯迥鶴背松梢拂檻低湖鏡坐隅看匣滿海濤生處辨雲齊夕嵐明滅江帆小煙樹蒼茫客思迷蕭索感心俱是夢九天應共草萋萋

杜鵑樓

七年冬所造自西軒延架城隅樓前植其杜鵑因以爲名宴遊多在其上

杜鵑如火千房拆丹檻低看晚景中繁艷向人啼宿露落英飄砌怨春風早梅昔待佳人折好月誰將老子同惟有此花隨越鳥一聲啼處滿山紅

滿桂樓

八年春造架州城西南臨眺於外盡見湖山別開水扉通杜鵑樓不啓重扃清夜可以閑宴因以滿桂爲名也

爲憐湖水通宵望不學樊楊却月樓惟待素規澄滿鏡莫看纖魄挂如鉤卷簾方影侵紅燭繞竹斜暉透碧流蕭瑟曉一作晚風聞木落此時何異一作似洞庭秋

東武亭

亭在鏡湖上即元相所建亭至宏敞春秋爲競渡大設會之所余爲增以板檻延入湖中足加步廊以列環衛

緑波春水湖光滿丹檻連楹碧嶂遥蘭鷁對飛漁棹急彩虹翻影海旗揺鬬疑斑虎歸三島散作遊龍上九霄鼉鼓若雷爭勝負柳堤花岸萬人招

龍宮寺

此寺摧毀積歲貞元十六年余爲布衣東游天台故人江西觀察使崔公以殿中謫官移疾剡溪崔公坐中有僧人修眞自言居龍宮寺起謂余言異日一本此下有必當鎮此四字爲修此寺時以狂易之言不之應僧相視久之而退至元和二年余以前進士爲故薛革一作苹常侍招至越中此僧已臥疾使門人相告曩日所言必當鎮此修寺之託幸不見忘僧又偶言寺中靈祇所相告耳余問疾而已不能對及後符其言而訊其存没則僧及門人悉已殂謝寺更頹毀惟荒基餘像而已因召僧人會眞余出俸錢爲葺之累月而畢以成其往願

銀地溪邊遇衲師笑將花宇指潛知定觀玄度生前事不道靈山別後期眞相有無因色界化城興滅在蓮基好令滄海龍宮子長護金人舊浴池

禹廟

削平水土窮滄海畚鍤東南盡會稽山擁翠屏朝玉帛穴通金闕架雲霓秘文鏤石藏青壁寶檢封雲化紫泥清廟萬年長血食始知明德與天齊

晏安寺

寺在州城東北隅越中謂之小北部

寺深松桂一作徑無塵事地接荒郊帶夕陽啼鳥歇時山寂寂野花殘處月蒼蒼絳紗凝焰一作艷開金像清梵銷聲閉竹房丘壠漸平連茂草九原何處不心傷

龜山

在鏡湖中山形如龜山上有寺名永安則元相所移置者

一峰凝黛當明鏡十仞喬松倚翠屏秋月滿時侵兔魄素波揺處動龜形舊深崖谷藏仙島新結樓臺起佛扃不學大鮫憑水怪等閑雪一作雷雨害生靈

重臺蓮

緑荷舒卷凉風曉紅蕚開縈紫菂重游一作雙女漢皐爭笑

臉二妃湘浦竝（一作對）愁容自含秋露貞姿結（一作潔）不競春妖冶態穠終恐玉京仙子識却將（一作持）歸種碧池峯（一作中）

橘園

江城霧斂輕霜早園橘千株欲變金朱實摘時天路（一作露）近素英飄處海雲深懼同枳棘愁遷徙每抱馨香委照臨憐爾結根能（一作宜）自保不隨寒暑換貞心

寒林寺

寺在城郭最囂煩處自有一峯巖壑皆入寺中

最深城郭在人煙疑借壺中到梵天巖樹桂花開月殿石樓風鐸繞金仙地無塵染多靈草室鑒真空有定泉應是法宮傳覺路使無煩惱見青蓮

北樓櫻桃花

開花占得春光早雪綴雲裝萬萼輕凝豔拆時初照日落英頻處乍聞鶯舞空柔弱看無力帶月葱蘢似有情多事東風入閨闥盡飄芳思委江城

城上薔薇

薔薇繁豔滿城陰爛熳開紅次第深新蘂度香翻宿蝶密房飄影戲晨（一作新）禽竇閨織婦慙詩句南國佳人怨錦衾風月寂寥思往事暮春空賦白頭吟

南庭竹

東南舊美凌霜操五月凝陰入坐寒煙惹翠梢含玉露粉開春籜聳琅玕莫令戲馬童兒見試引爲龍道士看知爾（一作須信）結根香實在鳳皇終擬下雲端

琪樹

琪樹垂條如弱柳結子如碧珠三年子可一熟每歲生者相續一年綠二年碧三年者紅綴於條上璀錯相間

石橋峯上栖玄鶴碧闕（一作澗）巖邊蔭羽人冰葉萬條垂碧實玉珠千日保青春月中泣露應同浥澗底侵雲尚有塵徒使茯苓成琥珀不爲松（一作枯）老化龍鱗（一本第三聯缺第七句作長向月中清泣露）

海棠（一本下有梨字）

海邊佳樹生奇彩知是仙山取得栽瓊蘂籍中聞閬苑紫芝圖上見蓬萊淺深芳萼通宵換委積紅英報曉開寄語春園百花道莫爭顏色泛金杯

水寺

煙波野寺經過處水國蒼茫夢想中雲散浦間江月迥日曛洲渚海潮通坐看魚鳥沈浮遠靜見樓臺上下同聞道化城方便喻只應從此到龍宮

靈汜橋

靈汜橋邊多感傷分明湖派繞迴塘岸花前後聞幽鳥湖月高低怨（一作映）綠楊能促歲陰惟白髮巧乘風馬是春光何須化鶴歸華表却數凋零念越鄉

若耶溪

西施採蓮歐冶鑄劒所

嵐光花影繞山陰山轉花稀到碧潯傾國美人妖艷遠鑿山良冶鑄鑪深凌波莫惜臨妝面瑩鍔當期出匣心應是蛟龍長不去若耶秋水尚沈沈

登（一作祭）禹廟迴降雪五言二十韻

此詩一首在越所作今編入卷內大和八年十月冬暄無雪自訪禹廟所（一作祈）禱其日迴舟至湖半陰雲四合飛霰大降者三日積雪盈尺浙江中流乃分陰雪杭州竝無所霑

金奏雲壇畢同雲拂雪（一作海）來玉田千畝合瓊室萬家開湖暗冰封鏡山明樹變梅裂繒分井陌連壁混樓臺麻引詩人興鹽牽謝女才細疑歌響盡旋作舞腰迴著水鵝毛失鋪松鶴羽摧半崖雲掩映當砌月裴回遇物纖能狀隨方巧若裁玉花全綴萼珠蚌盡呈胎志士書頻照鮫人杼正催妬妝凌粉匣欺酒上瓊杯海使迷奔轍江濤認暗雷疾飄風作馭輕集霰爲媒劒客休矜利農師正念摧瑞彰知有感靈貺表無災堯歷占新慶虞階想舊陪粉凝鸞閣下銀結鳳池隈鷄樹花驚笑龍池絮欲猜勞歌會稽守遥祝永康哉

題法華寺五言二十韻（注內缺一字）

此一首亦在越所作寺內靈異隨注其下以越人題詩者前後皆不備言今編于追昔遊卷中寺內瘞禪師草廬持經感普賢見於前

花界無生地慈宮有相天化娥騰寶像留影閟金仙（寺內因普賢見身於持經僧前因此置寺）殿湧全身塔池開半月泉十峯排碧落雙澗合清漣（寺前後有十峯迴繞雙澗合流之）藥草經行徧香燈次第燃戒珠高臘護心印祖僧傳（此寺僧律嚴肅持經皆承師教）瓶識先羅漢衣存舊福田（寺內有約法師水瓶梁朝宮人所製袈裟）幻身觀火宅昏眼照青蓮住覺超真境依遊渡法船化城珠百億靈跡冠三千蕭壁將沈影梁薪尚綴煙（寺前昭明太子畫真又梁時薪公影尚在）色塵知有數劫燼豈無年龍噴疑通海鯨吞想漏川（寺內有梁朝銅龍吐泉銅鯨飲水以注諸陂）磬疎聞啓梵鐘息見安禪指喻三車覺開迷五陰纏教通方便入心達是非詮貝葉千花藏檀林萬寶篇坐嚴獅子迅幢飾網珠懸極樂知無礙分明應有緣還將意功德（一作功德意）留偈法王前

李紳

宿越州天王寺

太和八年自浙東觀察使又除太子賓客分司東
都始發州郭越人父老男女數萬攜壺觴至江津
相送

海隅布政慙期月江上霑巾媿萬人休（一作才）按簿書懲黠
吏未齊風俗昧良臣壺冰自潔中無玷鏡水非求下見
鱗清夜佛宮觀色相却歸前老更前身

却渡西陵别越中父老

海潮晚上江風急津吏篙師語默齊傾手奉觴看故老
擁流爭拜見孩提慙非杜母臨襄峴自鄙朱翁别會稽
漸舉雲帆煙水闊杳然鳧雁各東西

却到浙西

出杭州界入蘇州八年浙西六郡災旱百姓饑殍
道路相望米價翔貴是歲浙東大稔因請出米五
萬斛賤估以救浙西居人詔下蒙允是歲王璠不
奏饑旱反怒隣境所救以爲賣已遂與王涯合計
誣搆罔上奏陳米非官米足私求利及璠伏誅蒙
聖恩加察姦邪所罔初入浙西蘇州界吳人以郿
災之惠猶懼旌旛留戒於迴野之處不及城郭之
所則相率拜泣於舟楫前是歲盧周仁爲蘇州刺
史

臨平水竭蒹葭死里社蕭條旅館秋嘗歎晉郊無乞羅
豈忘吳俗共分憂野悲揚目稱嗟食林極翳桑顧所求
苛政尚存猶惕息老人偷拜擁前舟（臨平湖竭鄉人言人有饑患是歲中水竭魚鳥皆死）

蘇州不住遥望武丘報恩兩寺

秋山古寺東西遠竹院松門悵望同幽鳥静時侵徑月
野煙消處滿林風塔分朱雁餘霞外刹對金螭落照中
官備散寮身却累往來慙謝二蓮宮

迴望館娃故宮

江雲斷續草綿連雲隔秋波樹覆煙飄雪荻花鋪漲渚
變霜楓葉卷平田雀愁化水喧斜日鴻怨驚風叫暮天
因悶館娃何所恨破吳紅臉尚開蓮

姑蘇臺雜句

臺今遺跡平蕪連接靈巖寺採香徑響屧廊皆在
寺内越書稱越王獻吳王黄金樓楣吳王因造姑
蘇臺因獻楣遂以黄金畫飾樓以破其國

越王巧破夫差國來獻黄金重雕刻西施醉舞花艷傾
妬月嬌娥恣妖惑姑蘇百尺曉鋪開樓楣盡化黄金臺
歌清管咽歡未極越師戈甲浮江來伍胥抉目看吳滅
范蠡全身霸西越寂莫千年盡古墟蕭條兩地皆明月
靈巖香徑掩禪扉秋草荒凉徧落暉江浦迴看鷗鳥没
碧峰斜見鷺鷥飛如今白髮星星滿却作閑官不閑散
野寺經過懼悔尤公程廹蹙悲秋館吳鄉越國舊淹留
草樹煙霞昔徧遊雲木（一作外）夢迴（一作魂）多感歎不惟惆悵至
長洲

開元寺（一本下有石字）

此寺多太湖石有峰巒奇狀者頃年多遊寓於此
及太和七年往來皆不復到寺中石大半亦無也

十層花宇眞毫相數仞峰巒閟月扉攢立寶山中色界
散周香海小輪圍坐隅咫尺窺巖壑窗外高低辨翠微
難保爾形終不轉莫令偷拂六銖衣

皐橋

伯鸞憔悴甘飄寓非向嚣塵隱姓名鴻鵠羽毛終有志
素絲琴瑟自諧聲故橋秋月無家照古井寒泉見底清
猶有餘風未磨滅至今鄉里重和鳴

眞娘墓

吳之妓人歌舞有名者死葬於吳武丘寺前吳中
少年從其志也墓多花草以滿其上嘉興縣前亦
有吳妓人蘇小小墓風雨之夕或聞其上有歌吹
之音

一株繁艷春城盡雙樹慈門忍草生愁態自隨風燭滅
愛心難逐雨花輕黛消波月空蟾影歌息梁塵有梵聲
還似錢塘蘇小小秖應迴首是卿卿

却望（一作到）無錫（一本有望字）芙蓉湖

水寬山遠煙嵐迥柳岸縈迴在碧流清晝不風鳧雁少
却疑初夢鏡湖秋

丹橘村邊獨（一作燭）（一作煙）火微碧流明處雁初飛蕭條落葉（一作日）
垂楊岸隔水寥寥聞擣衣

逐波雲影參差遠背日嵐光隱見深猶似望中連海樹
月生湖上是山陰

舊山認得煙嵐近湖水平鋪碧岫間喜見雲泉還悵望
自慙山吏不歸山

翠崖幽谷分明處倦鳥歸雲（一作山）在眼前惆悵白頭爲四
老遠隨塵土去伊川

重到惠山

再到石泉寺内有禪師鑒玄影堂在寺南峰下頃
年與此僧同在惠山十年鑒玄在壽春相訪因追

舊歎

碧峰依舊松筠老重得經過已白頭俱是海天黄葉信
兩逢霜節菊花秋望中白鶴憐歸翼行處青苔恨昔遊
還向窗間（一作竹窗）名姓下數行添記别離愁（萬首絶句分爲二首）

鑒玄影堂

香燈寂莫網塵中煩惱身須色界空龍鉢已傾無法雨
虎牀猶在有悲風定心池上浮泡没招手巖邊夢幻通
深夜月明松子落儼然聽法侍生公

别石泉

在惠山寺松竹之下甘爽乃人間靈液清澄鑒（一作見）
肌骨含漱開神慮茶得此水皆盡芳味

素沙見底空無色青石潛流暗有聲微渡竹風涵淅瀝
細浮松月透輕明桂凝秋露添靈液茗折香芽泛玉英
應是梵宮連洞府浴池今化醒泉清

别雙溫樹

往年於惠山書房前手植今已喬柯數尋干雲蔥
翠蔭日此樹移過江多死有類丹橘

翠條盈尺憐孤秀植向西窗待月軒輕剪綠絲秋葉暗
密扶纖榦夏陰繁故山手種（一作植）空懷想溫室心知不敢
言看爾拂雲今得地莫隨陵谷改深根

重別西湖

東去日前別湖中[一作西湖]雙鸂鶒翡翠早梅等三題及西來則鸂鶒翡翠悉皆翔失梅衰秋葉重起前歎耳

浦邊梅葉看凋落波上雙禽去寂寥吹管曲傳花易失織文機學羽難飄雪欺春早摧芳萼隼勵秋深拂翠翹繁艷彩毛無處所盡成愁歎別谿橋

毘陵東山

東山在毘陵驛南連水西館館卽獨孤及在郡所置荒廢已久至孟公簡重修植以花木松竹等可翫孟公在郡日余以校書郎從役同宴於此今則荒廢仍舊

昔人別館淹留處卜築東山學謝家叢桂半空摧枳棘曲池平盡隔煙霞重開漁浦連天月[一作日]更種春園滿地花依舊秋風還寂莫數行衰柳宿啼鴉

建元寺[一作和郭鄖寒食]

寺在常州東郭[一作常州建元寺在郡東郭]松扉竹院各在岡阜地甚疎通連接郊外每歲寒食里人灑掃經過之所大曆中詩人郭雲[一作鄖]曾賦寒食詩贈吏部先兄詩云蘭陵士女滿晴川郊外紛紛拜古埏萬井人家初禁火九原松柏自生煙人間後事非前事鏡裏今年老去年介子終知祿不及王孫誰復更相憐當時以爲絕唱嘗在童兒卽聞此詩非欲繼和蓋紀事因書

江城物候傷心地遠寺經過禁火辰芳草壠邊迴首客野花叢裏斷腸人紫荆繁艷空門晝紅藥深開古殿春歎息光陰催白髮莫悲風月獨霑巾

却到金陵登北固亭

龍形江影隔雲深虎勢山光入浪沈潮疊海風驅萬里日浮天塹洞千尋衆峰作限橫空碧一柱中維徹底[一本作此][字缺]金還叱檝師看五兩莫令辜負濟川心

望鶴林寺

仍歲往來牽迫皆不得往元和初在故度支尚書兄賓府多因閑暇經遊此寺寺内有木蘭杜鵑繁茂人言至今猶未衰歇

鶴栖峰下青蓮宇花發江城世界春紅照日高殷奪火紫凝霞曙瑩銷塵每思載酒悲前事欲問題詩想舊身自歎秋風勞物役白頭拘束一閑人

宿瓜州

煙昏水郭津亭晚[一作曉]迴望金陵若動搖衝浦迴風翻宿浪照沙低月斂殘潮柳經寒露看蕭索人改衰容自寂寥官冷舊諳唯旅館歲陰輕薄是涼飇

入揚州郭

潮水舊通揚州郭内大曆已後潮信不通李頎詩鸕鷀山頭片雨晴揚州郭裏見潮生此可以驗

菊芳沙渚殘花少柳過秋風墜葉疎堤繞門津喧井市路交村陌混樵漁畏衝生客呼童僕欲指潮痕問里閭非爲掩身羞白髮自緣多病喜肩輿

宿揚州水館[一本無水字]

舟依淺岸[一作浦]參差合橋映晴虹上下連輕檝過時搖水月遠燈繁處隔秋煙却思海嶠還悽歎近涉江濤更凜然閑凭欄干指星漢尚疑軒蓋在樓船

州中小飲便別牛相

笙歌罷曲辭賓侶庭竹移陰就[一作近]小齋愁不解顔徒滿酌病非傷肺爲憂懷恥矜學步貽身患豈慕醒狂躡禍階從此別離長酩酊洛陽狂狷任椎埋

却過淮陰吊韓信廟

功高自弃漢元臣遺廟陰森楚水濱英主任賢增虎翼假王徼福犯龍鱗賤能忍恥卑狂少貴乏懷忠近佞人徒用千金酬一飯不知明哲重防身

却入泗口

洪河一派清淮接堤草蘆花萬里秋煙樹寂寥[一作蒼茫]分楚澤海雲明滅滿[一作見]揚州望深江漢連天遠思起鄉閭[一作關]滿眼愁惆悵路岐真[一作惟]此處夕陽西沒水東流

重入洛陽東門

商顏重命伊川叟時事知非入洛人連野碧流通御苑滿階[一作街]秋草過天津每慚清秩容衰齒猶有華簪寄病身驅馬獨歸尋里巷日斜行處舊紅塵

拜三川守

開成元年三月二十五日蒙恩除河南尹四月六日詔下洛陽是月自春不雨已踰六旬此日謝恩未詣公府馳禱龍祠止九日大降膏澤連霆浹日時苗頓茂又里巷比多惡少皆免[一作危]帽散衣聚爲羣鬭或差肩追繞擊大毬里言謂之打棍諳論士庶苦之車馬逢者不敢前都城爲患日久詔下之日此輩皆失所在却歸負販之業閭里間無復前患

恭承寵詔臨伊洛靜守朝章化比閭風變市兒驚偃草雨晴郊藪謬隨車改張琴瑟移膠柱止息笙篁辨魯魚唯有從容期一德使齊文教奉皇居

慶雲見

夏六月准詔祭中嶽宿少林寺祭畢歸寺有慶雲見於峰初如絳綃蒙覆上下巖樹透徹虛明照日俄頃諸崖谷間盡祥雲紛郁綿布自午至未不散

禮成中嶽陳金冊祥報卿雲冠玉峰輕未透林疑待鳳細非行雨詎從龍卷風變彩霏微薄照日籠光映隱[一作隱映]重還入九霄成沆瀣夕嵐生處鶴歸松

靈蛇見少林寺

二大松上有青蛇不知所自下馬之際忽墜於地盤結異狀若紫組綬青光熒射逼之不怒問其寺僧僧云嘗見因令祝以箱奩引之遂透迤就器送寺外倏忽如失之

瑣文結綬靈蛇降蠖屈螭盤顧視閑鱗蹙翠光抽璀璨腹連金彩動彎環已應蜕骨風雷後豈効銜珠草莽間知爾全身護崑閬不矜揮尾在常山

拜宣武軍節度使

開成元年六月二十六日制授宣武軍節度使七月三日中使劉泰押送旌節止洛陽五日赴鎮出都門城内少長士女相送者數萬人至白馬寺涕

泣當車者不可止少尹嚴元容鞭胥吏市人怒其戀慕留臺御史杜牧使臺吏遮毆百姓令其廢祖帳

油幢竝入虎旗開錦纛從天鳳詔來星應魏師新鼓角地嫌梁苑舊池臺日暉紅旆分如電人擁青門動若雷伊洛鏡清迴首處是非紛雜任塵埃

到宣武三十韻

七月十二日到汴州是月鄭汴間不雨已餘月秋苗已悴十日至圃田天雨已餘至十二日朝旨秋稼頓茂軍禮亦成矣

七月趨梁苑三年謝尹京舊風除物蠹新律奉師貞龍節雙油重蛇矛百鍊明躍魚連後旆騰虎耀前旌路轉金神竝川開鐵馬橫擁旄差白羽分轡引紅纓在浚風煙接維嵩輦洛清貫魚奔騎疾連雁卷行輕煙壘風調角秋原雨洗兵宿雲看布甲疎柳見分營鼓徹通宵警和門候曉晴虎符三校列魚胄萬夫迎弄馬猨猱健奔車角觝呈駕肩傍隘道張幕內連楹森戟承三令攢戈退一聲及郊知雨過觀俗辨風行望宋憐思女遊梁念客卿義夫留感激公子播英名澤廣豚魚洽恩宣豈弟生善師忘任智中略在推誠式宴歌鍾合陳筵綺繡幷戲鼙千卒躍均酒百壺傾樂與師徒共歡從井邑盈教通因漸染人悅尚和平授鉞慙分閫登壇荷列城虛衷朝獨坐雄劒夜孤鳴白髮侵霜變丹心捧日驚衛青終保志潘岳未忘情期月終迷化三年詎有成惟看波海動天外斬長鯨

全唐詩

李紳

江南暮春寄家

雒陽城見梅迎雪魚口橋逢雪送梅劒水寺前芳草合鏡湖亭上野花開江鴻斷續翻雲去海燕差池拂水回想一作料得心知近寒食潛聽喜鵲望歸來

奉酬樂天立秋夕有懷見寄

深夜星漢靜秋風初報涼階篁淅瀝響露葉參差光冰兔半升魄銅壺微滴一作漏長薄帷乍飄卷襟帶輕搖颺此際一作北除昏一作魂夢清斜月滿軒房屣履步前楹劒戟森在行重城宵正分號鼓互相望獨坐有所思夫君鸞鳳章天津落星河一葦安可航龍泉白玉首魚服黃金裝報國未知効惟鵜徒在梁衷回顧戎旃顥氣生東方衰葉滿欄草斑毛盈鏡霜羸牛未脫轅老馬強騰驤吟君白雪唱慙愧巴人腸

山出雲

杳靄祥雲起飄颻翠嶺新縈峰開石秀吐葉間松春林靜翻空少山明度嶺頻迴崖時掩鶴幽澗或隨人姑射朝凝雪陽臺晚伴神悠悠九霄上應坐玉京賓

上黨奏慶雲見

飛龍久馭宇眞氣尚輿雲五色傳嘉瑞千齡表聖君從風忽蕭索依漢更氛氳影徹天初霽光鮮日未曛表祥近一作來自遠垂化聚還分寧作無依者空傳陶令文

華山慶雲見

聖主祠名岳高峰發慶雲金柯初繚繞玉葉漸氛氳氣色含珠日晴光吐翠雰依稀來鶴態髣髴列仙羣萬樹流光影千潭寫錦文蒼生欣有望祥瑞在吾君

欲到西陵寄王行周

西陵沙岸回流急西陵渡在蕭山縣西二十里錢王以陵非吉語改曰西興船底黏沙去岸遙驛吏遞呼催下纜棹郎閑立道齊橈猶瞻伍相青山廟盧文輔伍子胥祠銘曰漢史胥山今名青山謬也未見雙童白鶴橋欲責舟人無次第自知貪酒過春潮

華頂

欲向仙峰煉九丹獨瞻華頂禮仙壇石標琪樹凌空碧水挂銀河映月寒天外鶴聲隨絳節洞中雲氣隱琅玕浮生未有從師地空誦仙經想羽翰見天台勝蹟錄

鶯鶯歌一作東飛伯勞西飛燕歌爲鶯鶯作

伯勞飛遲燕飛疾垂楊綻金花笑日綠窗嬌女字鶯鶯金雀婭鬟年十七黃姑上天阿母在寂莫霜姿素蓮質門掩重關蕭寺中芳草花時不曾出

贈毛仙翁

憶昔我祖神仙主玄元皇帝周柱史曾師軒黃友堯湯混迹和光佐周武周之天子無仙氣成武康昭都瞥爾穆王龘識神仙事八極輪蹄方逞志鶴髮韜眞世不知日月星辰幾回死金鼎作丹丹化碧三萬六千神入宅仙兄受術幾千年已是當時駕鴻客海光悠容天路長春風玉女開宮院紫筆親教書姓名玉皇詔刻青金簡桂窗一別三千春秦妃鏡裏娥眉新忽控香虬天上去海隅刼石霄花塵一從仙駕辭中土頑日昏風老無主九州爭奪無時休八駿垂頭避豺一作狼虎我亦玄元千世孫眼穿望斷蒼煙根花麟白鳳竟冥寞飛春走月勞神昏百年命促奔馬疾愁腸盤結心摧崒今朝稽首拜仙兄願贈丹砂化秋骨

和晉公三首

鳳儀常欲附蚊力自知微願假罇罍末膺門自此依

貂蟬公獨步鴛鷺我同羣插羽先飛酒交鋒便著文
窮陰初莽蒼離思漸氛氳殘雪午橋岸斜陽伊水濱

古風（一作憫農）二首

春種一粒粟秋成（一作收）萬顆子四海無閑田農夫猶餓死
鋤禾日當午汗滴禾下土誰知盤中餐粒粒皆辛苦

柳二首

陶令門前罥接籬亞夫營裏拂朱旗人事推移無舊物
年年春至綠垂絲（一作絲垂）
千條垂（一作楊）柳拂金絲日暖牽風葉學眉愁見花飛狂（一作狂飛）
不定還同輕薄五陵兒

題白樂天文集（樂天藏書東都聖善寺號白氏文集紳作詩以美之）

寄玉蓮花藏緘珠貝葉扃院閑容客讀講倦許僧聽部
列雕金榜題存刻石銘永添鴻寶集莫雜小乘經

答章孝標

假金方用真金鍍若是真金不鍍金十載長安得一第
何須空腹用高心（求詩有金湯鍍了之句）

朱槿花

瘴煙長暖無霜雪槿艷繁花滿樹紅每歎芳菲四時厭
不知開落有春風

至潭州聞猿

昔陪天上三清客今作端州萬里人湘浦更聞猿夜嘯
斷腸無淚可霑巾

江亭

瘴江昏霧連天合欲作家書更斷腸今日病身悲狀候
豈能埋骨向炎荒

紅蕉花

紅蕉花樣炎方識瘴水溪邊色最深葉滿叢深殷似火
不唯燒眼更燒心

憶漢月

花開花落無時節春去春來有底憑燕子不藏雷不蟄
燭煙昏霧暗騰騰

端州江亭得家書二首

雨中鵲語喧江樹風處蛛絲颺水潯開拆遠書何事喜
數行家信抵千金
長安別日春風早嶺外今來白露秋莫道淮南悲木葉
不聞搖落更堪愁

聞猿

見說三聲巴峽深此時行者盡沾襟端州江口連雲處
始信哀猿傷客心

贈韋金吾

自報金吾主禁兵腰間寶劍重橫行接輿也是狂歌客
更就將軍乞一聲

長門怨

宮殿沈沈曉欲分昭陽更漏不堪聞珊瑚枕上千行淚
不是思君是恨君

龜山寺魚池

汲水添池活白蓮十千鬐鬣盡生天凡庸不識慈悲意
自葬江魚入九泉
剃髮多緣是代耕好聞人死惡人生祇園說法無高下
爾輩何勞尚世情

賦月

白樂天分司東洛朝賢悉會興化亭送別酒酣各
請一字至七字詩以題為韻

月光輝皎潔耀乾坤靜空瀾圓滿中秋玩爭詩哲玉兔
鏑難穿桂枝人共折萬象照乃無私瓊臺豈遮君謁抱
琴對彈別鶴聲不得知音聲不切

句

君咏風月夕余當童稚年閑窗讀書罷偷咏左司篇（章應物為滁州刺史有登北樓詩紳後為刺史繼和存句止此見方輿勝覽）

全唐詩

崔公信

崔公信元和元年進士第張洪靖帥太原辟為掌記後
攺觀察判官加授殿中侍御史詩一首

和太原張相公山亭懷古

疊石狀崖巘翠含城上樓前移廬霍峰遠帶沅湘流瀟
灑主人靜夤緣芳徑幽清輝在昏旦豈異東山游

楊虞卿

楊虞卿字師皐弘農人元和五年擢進士第為校書郎
擢監察御史牛僧孺李宗閔輔政引為弘文館學士給
事中號為黨魁歷工部侍郎京兆尹貶虔州司户卒詩
一首

過小妓英英墓

蕭晨騎馬出皇都聞說埋冤在路隅別我已為泉下土
思君猶似掌中珠四弦品柱聲初絕三尺孤墳草已枯
蘭質蕙心何所在焉知過者是狂夫

句

河勢崑崙遠山形菡萏秋（獨華作）

楊汝士

楊汝士字慕巢虞卿從弟元和四年擢進士第牛僧孺
李宗閔待之善引為中書舍人開成初由兵部侍郎出
鎮東川入為吏部侍郎終刑部尚書詩七首

和段相公登武擔寺西臺

清淨此道宮，層臺復倚空。偶時三伏外，列席九霄中。平視雲端路，高臨樹杪風。自憐榮末座，前日別池籠。

和段相公夏登張儀樓

從公城上來，秋近絕纖埃。樓古秦規在，江分蜀望開。遠山標宿雪，末席本寒灰。陪賞今爲忝，臨歡敢詬栝。

和宗人尚書嗣復祠祭武侯畢題臨淮公舊碑

古栢森然地，修嚴蜀相祠。一過榮異代，三顧盛當時。功德流何遠，馨香薦未衰。敬名探國志，飾像慰甿思。昔謁從征蓋，今聞擁信旗。固宜光寵下，有淚刻前碑。

宴楊僕射新昌里第

隔坐應須賜御屏，盡將仙翰入高冥。文章舊價留鸞掖，桃李新陰在鯉庭。再歲生徒陳賀宴，一時良史盡傳馨。當時疏廣（一作傳）雖云盛，詎有茲筵醉綠醽。

建節後偶作

拋却弓刀上砌臺，上方臺榭與雲開。山僧見我衣裳窄，知道新從戰地來。

題畫山水

太華峰前是故鄉，路人遙指讀書堂。如今老大騎官馬，羞向關西道姓楊。

賀筵占贈營妓（北里誌：汝士鎮東川，其子知溫及第，開家宴相賀，營妓咸集，命人與紅綾一疋。）

郎君得意及青春，蜀國將軍又不貧。一曲高歌紅（一作綾）一疋，兩頭娘子謝夫人。

句

昔日蘭亭無豔質，此時金谷有高人。（裴令公居守東洛，夜宴半酣，公索句，元白有得色。時公爲破題，次至汝士云云，白知不能加，遽裂之曰：笙歌鼎沸，勿作冷淡生活。元顧白曰：樂天所謂能全其名者也。）

陳至

陳至，元和四年及第。詩二首。

賦得芙蓉出水

菡萏迎秋吐，夭搖映水濱。劍芒開寶匣，峰影寫蒲津。下覆（一作擁）參差荇，高辭苒弱蘋。自當巢翠甲，非止戲赬鱗。莫以時先後，而言色故新。芳香正堪翫，誰報涉江人。

薦冰

凌寒開洄沍，寢廟致精誠。色靜澄三酒，光寒肅兩楹。形臨非近進，玉豆爲潛英。禮自春分展，堅從北陸成。藉茅心共結，出鑑水漸（一作暫）明。幸得來觀薦，靈臺一小生。

句

藻井尚寒龍跡在，紅樓初施日光通。（紅樓院）

趙蕃

趙蕃，元和進士第。詩二首。

薦冰

仲月開凌室，齋心感聖情。寒姿分玉坐，皓彩發丹楹。積素因風壯，虛空向日明。遙涵窻户冷，近映冕旒清。在掌光逾澈，當軒質自輕。良辰方可致，由此表精誠。

老人星

大史占南極，秋分見壽星。增輝延寶曆，發曜起祥經。灼爍依狼地，昭彰近帝庭。高懸方杳杳，孤白乍熒熒。應見光新吐，休徵德自形。既能符聖祚，從此表遐齡。

全唐詩

鮑溶

鮑溶，字德源，元和進士第。與韓愈、李正封、孟郊友善。集五卷，今編詩三卷。

古意（一作怨詩）

女蘿寄青松（一作松柏），綠（一作綠）蔓花綿綿。三五定君婚，結髮早移天。肅肅羔（一作羊）鴈禮，泠泠琴瑟篇。恭承采蘩祀，敢效同車賢（一作居）。皎日不留景，良辰（一作時）如逝川。愁（一作秋）心忽（一作還）移愛，花貌（一作春）無歸妍。翠袖皓珠（一作洗朱）粉，碧階封綠（一作綺）錢。新人易如玉，廢瑟難爲弦。寄謝（一作美）蕣華木，榮君香閣（一作閨）前。豈無搖落苦，貴與根蒂連。希君舊光景，照妾薄暮年。

蕭史圖歌

霜綃數幅八月天，綵龍引鳳堂堂然。小載蕭僊穆公女，隨仙上歸玉京去。仙路迢遙煙幾重，女衣清淨雲三素。紅胡髯毿珊雲髻（一作巒），光翠魏皎潔瓊華涼。露痕煙跡漬紅貌（一作清江），疑別秦宮初斷腸。此天（一作去）每在西北（一作北斗），上紫霄洞客曉煙（一作相）望。

會仙歌

輕輕濛濛，龍言鳳語，何從容。耳有響兮目無蹤，杳杳默默。花張錦織，王母初自崑崙來。茅盈王方平，在側青毛。仙鳥銜錦符，謹上阿（一本有母字）環。起居王母，書始知僊事。亦多故，一隔絳（一作銀）河千歲（一作東海千年）餘。詳（一作祥）玉字多喜氣，瑤臺明月來墮地。冠劒低昂蹈舞（一作舞）頻，禮容盡若君臣事。願言小仙藝姓名，許飛瓊洞陰玉磬，敲天聲樂王母。一送玉杯長命酒，碧花醉靈揚揚笑，賜二子長生方。二子未及伸拜謝，蒼蒼上兮皇皇下。

李夫人歌

璚閨羽帳華燭陳，方士夜降夫人神。葳蕤半露芙蓉色，窈窕將期環珮身。麗如三五月，可望難親近。嚬黛含犀竟（一作翠黛含嚬意；一作凄）不言，春思秋怨誰能問。欲求巧笑如生時，歌塵在空瑟銜絲。神來未及夢相見（一作及夢相見苦），帝比初亡心更悲。愛之欲其生，又死東流（一作方），萬代無迴水。宮漏丁丁夜向晨，煙消霧（一作露）散愁方士。

水殿采菱歌

宮鴉叫赤光潮聲入宮宮影涼火華啼露卷橫塘金堤四合宛柔揚(一作垂楊)美人荷裙芙蓉妝柔(一本此字缺)蔓縈霧櫂龍航采蓮一聲歌態長青絲結眼捕鴛鴦

周先生畫洞庭歌

江南客水爲鄉舟爲宅能以筆鋒知地脈開分楚水入丹青不下此堂臨洞庭水文不浪煙不動木末稜稜山碧重帝子應哀窈窕雲客人似得嬋娟夢六月火光衣上生齋心寂聽潺湲聲林氷搖鏡水拂簟盡日獨臥秋風清因遊洞庭不出戶疑君如有長生路玉壺先生在何處

霓裳羽衣歌

玉煙生窗午(一作下)輕凝晨華左耀鮮相淩人言天孫機上親手迹有時怨別無所惜遂令武帝厭雲韶金針天絲綴飄飄五聲寫出心中見拊石喧金栢梁殿此衣春日賜何人秦女腰肢輕若燕香風間(一作開)旋衆彩隨聯聯珍珠貫長絲眼前意是三清客星宿離離遶身白鸞鳳有聲不見身出宮入徵隨伶人神仙如月只可望瑤華池頭幾惆悵喬山一閉曲未終鼎湖秋驚白頭浪

寓興

念來若望神追往如話夢夢神不(一作本)無跡誰使煩心用魯聖虛泣麟楚狂浪歌鳳邪言阮家子更作窮途慟

遊山

白道行深雲雲高路彌細時時天上客遺路人間世煙花最深處井臼得空刺天寒鶴巢林石長泉脈閉神化萬靈集心期一朝契不見金板書誰知阮家裔終期太古人問取松柏歲

隋宮

御街多行客(一作行客路)行客悲春風楚(一作野)老幾代人種田煬帝宮零落池臺勢高低禾黍中

懷仙二首

崑崙九層臺臺上宮城峻西母持地圖東來獻虞舜虞宮禮成後迴駕仙風順十二樓上人笙歌沸天引裘迴扶桑路白日生離恨青鳥更不來麻姑斷書信乃知東海水清淺誰能問

閬峯綺閣(一作崑崙九層)幾千丈瑤水西(一作四)流十二城曾見(一作公羨)周靈王太子碧桃花下自(一作學)吹笙

懷遠人

遠道在天際客行如浮雲浮雲不知歸似我長望君秋至漢水高南音何時聞瑤草難遠寄西風氣氤氳常恐山岳遊不反鸞鳳羣無厭坐遲人風雨驚斯文

懷尹眞人

萬里疊嶂翠一心浮雲閑羽人杏花發倚樹紅瓊顏流水杳冥外女蘿陰間却思人間世多恐不可還青鳥飛難遠春雲晴不閑但恐五雲車山上復有山

秋晚銅山道中宿隱者

我鄉山川遥秋晚空景促天明共雲散日落依鳥宿主人逃名子鶴騣臥空谷野言得眞風山貌宜古服喜於無聲地暫傲羲皇俗秋窗照疎螢寒犬吠落木朝隱留此處一點天邊宿今憶見此時添悲覽止足遲遲清夜晝幽路出深竹笑謝萬戶侯余將恥干祿

感懷

宿心不覺遠事去勞追憶曠古川上懷東流幾時息門前青山路眼見歸不得曉夢雲月光過秋蘭蕙色

經秦皇墓

左崗青虬盤右坂白虎踞誰識此中陵祖龍藏身處別爲一天地下入三泉路珠華翔青鳥玉影耀白兔山河一易姓萬事隨人去白晝盜開陵玄冬火焚樹哀哉送死厚乃爲棄身具死者不復知回看(一作首)漢文墓

將歸舊山留別孟郊

擇木無利刃羨魚無巧綸如何不量力自取中路貧前者不厭耕一日不離親今來千里外我心不在身悠悠慈母心惟願才如人蠶桑能幾許衣服常著新一飯吐尺絲誰見此殷勤別君歸耕去持火燒車輪

留辭(一作別)杜員外式方

東風吹旅懷鄉夢無夜無慚見(一作嘆)君子堂貧思上歸途海岳泛念深消塵復何須婆娑不在本(一作材木)屈曲無弦弧惻惻奉離尊承歡獨向隅時當鳳來日孰用雞鳴夫(一本無此二句)迴首九仙門皇家在玉壺慙非海人別淚下不成珠

長城

蒙公(一作恬)虜生人北築秦氏(一作民)寃禍興蕭牆內萬里防禍根(一作源)城成六國亡宮闕啟(一作豈觀)千門(一作人一作年)生人半爲土何用空中原奈何家天下(一作天下人)骨肉尚無(一作酬)恩投沙擁海水安得久不翻乘高慘人魂寒日易黃昏枯骨貫朽鐵(一作朽木貫折矢)砂中如(一作自)有言萬古(一作歲)驪山下(一作非)徒悲(一作誰知)野火燔

蔡平喜遇河陽馬判官寬話別

從事東軍正四年相逢且喜偃兵前看尋狡兔翻三窟見射妖星落九天江上柳營迴鼓角河陽花府望神仙秋風蕭颯醉中別白馬嘶霜鴈叫煙

寄福州從事殷堯藩

越嶺寒輕物象殊海城臺閣似蓬壺幾迴入市鮫綃女終歲啼花山鷓鴣雷令劍龍知去未虎夷雲鶴亦來無就中靜事冥宵話何惜雙輪訪病夫

壯士行

西方太白高壯士羞病死心知報恩處對酒歌易水沙鴻嘷天末橫劒別妻子蘇武執節歸班超束書起山河不足重重在遇知己

章華宮行

煙渚南鴻呼曉羣章華宮娥怨行雲十二巫峯仰天綠金車何處邀雲宿小腰婑墮三千人宮衣水碧顏青春豈無一人似神女忍使黛蛾常不伸黛蛾不伸猶自可春朝諸處門常鏁

倚瑟行

金輿傳驚(一作警)灞滻水(一作水涯)龍旗參天行殿巍左文皇帝右慎姬北面侍臣張釋之因高知處邯鄲道壽陵已見生秋草萬世何人不此歸一言出口堪生老高歌倚瑟流(一作揚)清悲徐樂(一作樂餘)哀生知爲誰臣驚歡(一作謠)歎不可放(一作望)顧賜一言釋名妄明珠爲日紅亭亭水銀爲河玉爲星泉

宮一閉秦國喪牧童弄火（一作笛）驪山上與世無情在速貧棄尸于野由斯葬生死茫茫不可知視（一作是）不一姓君莫悲始皇有訓二世哲（一作誓）君獨何人至於斯（一本無上四句）灞陵一代無發毀儉風本是張廷尉

辭輦行

漢家代久淳風薄帝重微行極荒樂青娥三千奉一人班女不以色事君朝停玉輦詔同載三十六宮皆眄睞不驚六馬緩天儀從容鳴環前致辭君恩如海深難竭妾命如絲輕易絕願陪阿母同小星敢使太陽齊萬物周末幽王不可宗妾聞上聖遺休風五更三老侍白日八十一女居深宮願將輦內有餘席迴賜忠臣妾恩澤一時節義動賢君千年名姓香氛氳漸臺水死何傷聞

巢烏行

烏生幾子林蕭條雄烏求食雌守巢夜愁風雨巢傾覆常見一烏巢下宿日長雛飢雄未迴雌烏下巢去哀哀野田春盡少遺穀尋食不得飢飛來黃雀亦引數青雀雀飛未遠烏鷩落既分青雀㗖爾雛爾雛雖長心何如將飛不飛猶未忍古瑟寫哀哀不盡殺生養生復養生嗚嗚嘖嘖何時平

姑蘇宮行

姑蘇宮九層金臺半虛空雕楹璇題鬭皎潔中有妖姬似明月西見洞庭秋鏡開水華百里盤宮來越王采女能水戲仙舟如龍旌曳翠羽蓋晴翻橘柚香玉笙夜送芙蓉醉歸帆平靜（一作淨）君無勞還從下下上高高

悲哉行

促促晨復昏死生同一源貴年不懼老賤老（一作者）傷久存朗朗哭前歌絳旌引幽魂來爲千金子去臥百草根黃土塞生路悲風送回轅（一作輪）金鞍舊良馬四顧不入（一作出）門生結千歲（一作載）念榮華及百孫（一作榮及百代孫）黃金買性命白刃酬（一作讎）一言寧知北山下松柏侵田園

元日早朝行（一作節防詩未有師曠應律十句旌旗不斷二句無）

乾元發生春爲宗盛德在天斗建東東方歲星大明宮南山喜氣搖晴空望雲五等舞萬玉獻壽一聲出千峯文章垂彩禮樂正太白（一作平）下直旌旗紅旌旗不斷（一作直旌旗斷）春風前直如朱繩非爾妍

秋懷五首

促促生有涯營營意無限無限意未申有涯生已晚恩榮不可恃天道歸寸管老如影隨人時若車下坂行者歸期盡居人心更遠涼風日蕭條親戚長在眼多憂知無奈聖賢莫能免客烏投本枝生生復深淺

秋曉客迢迢月清風楚楚草蟲夜侵我唧唧牀下語流年白日馳微願不我與心如繅絲綸展轉多頭緒憑觴散煩襟援瑟清夜拊迴感帝子心空堂有煙雨絲減悲不減器新聲更古一弦有餘哀何況二十五

九月夜如年幽房勞別夢不知別日遠夜夜猶相送玉牀暗蟲響錦席寒淚凍明鏡失舊人空林誤歸鳳新年堪愛惜錦字亦珍重一念皎皎時幽襟非所用

金氣白日來疎黃滿河關平居乏愉悅況復身險艱一憶故鄉居一望客人還兩心四海中誰不傷朱顏雙燕不巢樹浮萍不出山性命君由天安得易其間休悲砌蟲苦此日無人閑

龍荒變露色燕鴈（一作雀）南爲客遊子聲影中涕零念離析四時如車馬轉此今與昔往歎在空中存事委幽迹翩翩日斂照朗朗月繫夕物生春不留年壯老還迫天機杳何爲長壽與松柏

秋夜對月懷李正封

援琴悵獨立高月對秋堂美人遠於月徒望空景光坐憶（一作感又作歎）執手時七弦起凄凉平生知音少君子安可忘客意如夢寐路岐遍四方日遠迷所之滿天心暗傷主奉二鯉魚中含五文章惜無千金荅愁思盈中腸此夕臨風歎零露霑衣裳

廬山石鏡

東巖採薇人巖際朝見月怪墮幽蘿間非時更澄徹綠蘿就玉兎再與高鳥歇清光照掌中始悟石上發誰傳陰陽火鑄此天地物深影藏半山虛輪帶凝雪早迴謝公賞今遇樵夫說白日乘綵霞翩翩對容髮我圖辨鬼魅信美留煙闕形神乍相逢竟夕難取別如其終身照可化黃金骨

與峨眉山道士期盡日不至

傾景安再中人生有（一作又）何常胡爲少君別風馭峨眉陽結我千日期青山故人堂期盡師不至望雲空燒香顧慙有限身易老白日光懷君屢驚歎支體安能強往聞清修籙未究服食方瑤田有靈芝眼見不得嘗玉壺貯天地歲月亦已長若用壺中景東溟又堪傷寄言赤玉簫夜夜吹清商

述德上太原嚴尚書綬（一作王尚書無綬字）

帝命河嶽神降靈翼軒轅天王委管籥開閉秦北門頂戴日月光（一作華）口宣（一作沾濡）雨露言甲馬不及汗天驕自亡魂清（一作青）塚入內地黃河窮本源風雲寢氣象鳥獸翔旗旛軍人歌無胡長劒倚崑崙終古鞭血地到今耕稼繁樵客天一畔何由拜旌軒願請執御臣爲公動朱輜豈今羣荒外尚有辜帝恩願陳田舍歌暫息四座喧條桑去附枝蘿草絕本根可惜漢公主哀哀嫁烏孫

山中懷劉修

松老秋意孤夜涼吟風水山人在遠道相憶中夜起春光如不至幽蘭含香死響象離鶴情念來一相似月斜掩扉臥又在夢魂裏

塞下（一作上）

北（一作胡）風號薊門殺氣日夜興咸陽三千里驛馬如飢鷹行子久去鄉逢（一作見）山不敢登寒日慘大野虜雲若飛鵬西北防秋軍麾幢宿層層（一作氷）匈奴天未喪戰鼓長登登（一作騰騰）漢卒馬上老繁纓空絲繩誠知天所驕欲罷又不能

送僧南遊

且攀隋宮柳莫憶（一作惜）江南春師有懷鄉志未爲無事人

行路難

玉堂向夕如無人絲竹儼然宮商死細人何言入君耳塵生金罇酒如水君今不念歲蹉跎鴈天明明涼露多華燈清凝久照夜綵幢窈窕虛垂蘿（一作羅）入宮見妒君不察暮（一作莫）入此地生風波此時不樂早休息女顏易老君

如何

子規

中林子規啼云是古蜀帝蜀帝胡爲鳥驚急如罪戾一啼豔陽節春色亦可替再啼孟夏林密葉堪委翳三啼涼秋曉百卉無生意四啼玄冥冬雲物慘不霽芸黃壯士髮（一作鬢）沾（一作淚）灑妖姬袂悲深寒烏雛哀掩病鶴翅胡爲託幽命庇質無完毳戚戚含至冤畢畢忌羣勢吾聞鳳皇長羽族皆受制盍分翡翠毛使學鸚䳇慧敲怨不在弦一哀尚能繼那令不知休泣血經世世古風失中和衰代因鄭衞三歎尚淫哀向渴嘻流涕如因異聲感樂與中腸契至敎一昏蕪生人遂危脆古意歎通近如上青天際荼蓼久已甘空勞堇葵惠誰聞子規苦思與正聲計

秋夜聞鄭山人彈楚妃怨

明月摇落夜深堂清淨弦中閒楚妃奏十指哀嬋娟寥寥夜含風蕩蕩意如泉寂寞物無象依稀語空煙旅人多西望客鴈難南前由來感神事豈爲無情傳容華能幾時不再來者年此夕河漢上雙星含凄然

憶舊遊

憶求無何鄉了在赤谷村仙人居其中將往問所存日入濛汜宿石煙抱山門明月久不下半峯照啼猨堂上白鶴翁神清心無煩齋心侍席前跪請長生恩云昔崆峒老何詞受軒轅從星使變化任日張乾坤若到舊鄉里宛如曾討論風移嵩花氣珠貫金經言涼夜惜易盡青煙謝晨喧自唯腥膻體難久留其藩幾世身在夢百年雲無根悠悠竟何事（一本無上二句）愚智相憂寃歎息幾晚寤蒙師招其魂至今瑤華心每想清水源

白露

清蟬暫休響豐露還移色金飈爽晨華玉壺增夜刻已低疎螢燄稍減哀蟬力迎社促燕心助風勞鴈翼一悲紈扇情再想清淺憶高高拜月歸軋軋挑燈織盈盈玉盤淚何處無消息

經隱叟

行躅門外泉坐披牀上雲誰將許由事萬古留與君虛洞閉金鏁蠹簡藏鳥文蘿景深的的蕙風閒薰薰余有世上心此來未及羣殷勤諱名姓莫遣樵客聞

秋暮（一作日）山中懷李端公益（一本益字在端公上）

舊事與日遠秋花仍舊香前年繡衣客此節過此堂侍臣不自高笑脫（一作解）繡衣裳眠雲有餘態（一作意）入鳥不亂行我恐雲嵐色損君鞍馬光君言此何言且共覆前觴古人重一笑買日輕金裝日盡秉燭遊千年不能忘（一本無上六句）君言此何言明（一作今）日皆異鄉明日非今日山下（一作下山）道路長一從山下來（一作去）天地再炎涼此中會（一作期果）難得夢君馬玄黃

苦哉遠征人（一本苦哉上有擬古二字）

征人歌古曲攜手上河梁李陵死別處杳杳玄（一作去）冥鄉憶昔從此路連年征鬼方久行迷漢曆三死（一作洗）氈衣裳百戰身且在微功信難忘遠承雲臺議非勢孰敢當落日吊李廣白首（一作身）過河陽閑弓失月影勞劒無龍光去日始東髮今來髮成霜虛名乃閑事生見父母鄉掩抑大風歌裛回少年場誠哉古人言鳥盡良弓藏

悼豆盧策先輩

喪車出東門生時馬無力何處入黃泉嵩高山西北室人萬里外久望君官職今與牽衣兒翻號死消息平生江海上我不空相識遠客迷畏途孤鴻傷一翼行將雞黍祭已是烏鳶食勸酒執御郎行人有哀色先悲三尺土經歲哭不得眼前雙雙流故袂安可拭一拜隔千里生人意何極唯有陽春曲永播清玉德

首夏

昨日青春去晚峯尚含妍雖留有餘態脈脈防憂煎幽人惜時節對此感流年

寄天台準公

赤城橋東見月夜佛壠寺邊行月僧閑躅莓苔繞琪樹海光清淨對心燈

送僧東遊

風流東晉後外學入僧家獨唱郢中雪還遊天際霞雲村共香飯水月喻（一作圓渝）秋花景物添新致前程詎可涯

送僧之宣城

昔從謝太守賓客宛陵城有日持齋戒高僧識姓名秋風送客去安得盡忘情

宣城北樓昔從順陽公會於此

詩樓郡城北窗牖敬亭山幾步塵埃隔終朝世界閑憑師看粉壁名姓在其間

東高峯（一作東峯亭）

東亭最高峙春樹繞山腰晝裏青鸞客雲中碧玉簫秋風若西望爲我一長謡

禪定寺經院

蓮華不朽寺（一作字）雕刻滿山根石汗知天雨金泥落聖言思量施金客千古獨消魂

范眞傳（一作傳眞）侍御累有寄因奉酬十首

昨日新花紅滿眼今朝美酒綠留人更宜明月含芳露憑仗蕭郎夜賞春

白雪翦花朱蠟蒂折花傳笑惜春人請君白日留明月（一作日）一醉春風（一作風光）莫厭頻

雲髻鳳文細（一作鈿）對君歌（一作俱）少年萬（一作兼）金酬一顧（一作願一作飲）可惜十千錢

玉管傾杯樂春園鬭草情野花無限意處處逐人行

聞道中山酒一杯千日醒（一作醉）黃鶯似傳語勸酒太叮嚀

紅袂歌聲起因君始得聞黃昏小垂手與我駐浮雲

相勸醉年華莫醒春日斜春風宛陵道萬里晉陽花

碧綠草縈堤紅藍花滿溪願君常踐躅（一作路）莫使暗萋萋

萋萋巫峽雲楚客莫留恩歲久晉陽道誰能向太原

歲酒（一作幾日）勸屠蘇楚聲山鷓鴣春風入君意千日不須臾

鮑溶

越女詞

越女芙蓉妝，浣紗清淺水。忽驚春心曉（一作晚），不敢思君子。君子縱我思，寧來浣溪裏。

弄玉詞二首

素女結念飛天行，白玉參差鳳皇聲。天仙借女雙翅猛，五燈繞身生入煙，去無影。

三清弄玉秦公女，嫁得天上人。瓊簫碧月喚朱雀，攜手上謁玉晨君。夫妻同壽萬萬春。

山行經樵翁

我心勞我身，遠道誰與論。心如木中火，憂至常自燔。披訪結恩地，世人輕報恩。女無良媒識，知入何人門。寒日行深山，路由谷中村。田翁樵採熟，男女謳吟喧。借問身命謀，上言媿乾坤。時清公賦薄，力勤地利繁。下念草木年，坐家見重孫。舉案饋賓客，糟漿盈陶尊。醉鬬鹿裘煗，白髮舞軒軒。仰羨太古人，余將破行轅。遑遑問身事，師友難爲言。離歌又行去，落日低寒泉。

途中旅思二首

喔喔雞鳴曉，蕭蕭馬辭櫪。草草名利區，居人少於客。生期三萬日，童耄半虛擲。修短命半中，憂歡復相敵。朝提黃金爵，暮造青松宅。來往日相悲，北邙田土窄。峩峩西天岳，錦繡明翠壁。中有不死鄉，千年無人跡。心期周太子，下馬拜虛碧。鶴駕如可從，他年執煙策。

星出方問宿，睡眠始朦朧。天光見地色，上路車幢幢。時物旣老大，衆山何枯空。青冥見古柏，寥朗聞疎鴻。獨步天地間，無因爲君忠。白毛尋人憂，生此頭髮中。躍馬非壯歲，報恩無高功。斯言化爲火，日夜焚深衷。

舊鏡

嬋娟本家鏡，與妾歸君子。每憶並照時，相逢明月裏。春風忽分影，白日難依倚。珠粉不結花，玉璫寧輝耳。心期不可見，不保長如此。華髮一欺人，青銅化爲鬼。良人有歸日，肯學妖桃李。瑤匣若浮雲，冥冥藏玉水。侍兒不遺照，恐學孤鸞死。

宿悟空寺贈僧

勞者謡燭蛾，致身何營營。雪山本師在，心地如鏡清。往與本師別，人間買浮名。朝光畏不久，内火燒人情。迷路喜未遠，宿留化人城。前心宛如此，了了隨靜生。維持薝蔔花，却與前心行。

感興（第十五句缺一字）

幽人無近迹，別易（一作異）會則稀。黃鶴亦姓丁，寥寥何處飛。時見海上山，繞雲心依依。諒無馭風術，中路愁虛歸。童髮慕道心，壯年隋塵機。白日不饒我，如今事皆非。羣羊化石盡，雙鳧與我違。□岳黃金富，軒轅曉霞衣。誰令日在眼，容色煙雲微。

秋思

楚客秋更悲，皇皇無聲地。時無無事人，我命與身異。良時如飛鳥，回掌成故事。蹉跎秋定還，凝冽堅冰至。人生不期老，華髮誰能避。感此惜壯年，壯年少爲貴。我生雖努力，榮途難自致。徒爲擊角歌，且慙雕劒字。吾師（一作思）罕言命，感激潛傷思。

客途逢鄉人旋別

驚鴻一斷行，天遠會無因。無因忽相會，感歎若有神。我鄉路三千，百里一主人。一宿獨何戀，何況舊鄉鄰。牢落歲華晏，相憐客中貧。迎霜君衣煖，與我同一身。誰在天日下，此生能不勤。青萍寄流水，安得長相親。明發更遠道，山河重苦辛。

隋帝陵下

白露沾衣隋主宮，雲亭月館楚淮東。盤龍樓艦浮寃水，雕錦帆幢使亂風。長夜應憐桀何罪，告成合笑禹無功。傷心近似驪山路，陵樹無根秋草中。

洛陽春望

五鳳樓南望洛陽，龍門迴合抱蒼蒼。受朝前殿雲霞煖，封岳行宮草木香。四海爲家知德盛，二京有宅卜年長。東人猶憶時巡禮，願覲元和日月光。

始見二毛

玄髮迎憂光色鬬，衰華因鏡强相看。百川赴海返潮易，一葉報秋歸樹難。初弄藕絲牽欲斷，又驚機素翦仍殘。頹生豈是光陰晚，余亦何人不自寬。

巫山懷古

十二峯巒闘翠微，石煙花霧犯容輝。青春楚女妒雲老，白日神人入夢稀。銀箭暗凋歌夜燭，珠泉頻點舞時衣。誰傷宋玉千年後，留得青山辨是非。

郊天迴

日動蕭煙上泰壇，帝從黃道整和鑾。風前鵷武迴雕仗，雲裏神龍起畫竿。金鳥赦書鳴九夜，玉山壽酒舞千官。始知報本終朝禮，舊典時巡只自難。

溫泉宮

憶昔開元天地平，武皇十月幸華清。山蒸陰火雲三素，日落溫泉雞一鳴。綵羽鳥仙歌不死，翠霓童妾舞長生。仍聞老叟垂黃髮，猶說龍髯縹緲情。

寄歸

塞草黃來見鴈稀，隴雲白後少人歸。新絲强入未衰鬢，別淚應沾獨宿衣。幾夕精誠拜初月，每秋河漢對空機。更看出獵相思苦，不射秋田朝雉飛。

贈遠

辛苦關西車騎官，幾年旌節客河蘭。金泥舞虎精神暗，銀縷交龍氣色寒。欲和古詩成實錦，倍悲秋扇損齊紈。莫勞鴈足傳書信，願向凌煙閣上看。

九日與友人登高

雲木疎黃秋滿川，茱萸風裏一尊前。幾迴爲客逢佳節，曾見何人再少年。霜報征衣冷針指，鴈驚幽夢淚嬋娟。古來醉樂皆難得，留取窮通付上天。

贈楊煉師

紫煙衣上繡春雲，清隱山書小篆文。明月在天將鳳管，夜深吹向玉晨君。

玉清壇

上陽宮裏女，玉色楚人多。西信無因得，東遊柰樂何。

答客

竹間深路馬驚嘶，獨入蓬門半似迷。勞問圃人終歲事，桔槔聲裏雨春畦。

隋宮

柳塘煙起日西斜，竹浦風迴鴈弄沙。煬帝春遊古城在，壞宮芳草滿人家。

送僧文江

吳王劒池上，禪子石房深。久慕白雲性，忽勞青玉音。孤高知勝鶴，清雅似聞琴。此韻書珍重，煩師出定吟。

古意（末句缺一字）

重錦化爲泥，翦刀誤人事。夜裁遠道書，翦破相思字。妾心不自信，遠道終難寄。客心固多疑，肯信非人意。萬里不言遠，歸書長相次。可即由此書，空房□忌諱。

山中冬思二首

山深先冬寒，敗葉與林齊。門巷非世路，何人念窮棲。哀風破山起，夕雪誤鳴雞。巢鳥侵旦出，飢猨無聲啼。晨興動煙火，開雲伐冰溪。老木寒更瘦，陰雲晴亦低。我貧自求力，顏色常低迷。時思靈臺下，遊子正悽悽。

雪壯冰亦堅，凍澗如平地。幽人毛褐煖，笑就糟牀醉。喚人空谷應，開火寒猨至。拾薪煮秋栗，看鼎書古字。忽憶南澗游，衣巾多雲氣。露腳尋逸僧，諮量意中事。

讀史

鬼書報秦亡，天地亦云閉。赤龍吟大野，老母哭白帝。蒼蒼無白日，項氏徒先濟。六合已姓劉，鴻門事難制。坑降嬴政在，衣錦人望替。宿昔見漢兵，龍蛇滿旌棨。始矜山可拔，終歎騅不逝。區區亞父心，未究天人際。蕭張馬無汗，盛業垂千世。

冬夜荅客

冬日誠可愛，不如夜漏多。幸君霜露裏，車馬犯寒過。學耕不逢年，根莠敗黍禾。豈唯親賓散，鳥鼠移巢窠。獨見青松心，凌霜庇柔蘿。壯日賤若此，留恩意如何。因憶古丈夫，一言重山河。臨風彈楚劒，爲子奏燕歌。

宿吳興道中茗村

浮客倦長道，秋深夜如年。久行惜日月，常起雞鳴前。夕計今日程，息車在茗川。霜中水南寺，金磬泠泠然。疇昔此林下，歸心巢頂禪。身依寤昏寐，智月生虛圓。羈旅違我程，去留難雙全。觀身話往事，如夢遊青天。明發止賓從，寄聲琴上弦。聊書越人意，此曲名思仙。

代楚老酬主人

流水爲我鄉，扁舟爲我宅。二毛去天遠，幾日人間客。曈曈衔山景，渺渺翔雲迹。從時無定心，病處不煖席。煩君問岐路，爲我生悽慼。百年衣食身，未死皆有役。曾傷無遺嗣，縱有復何益。終古北邙山，樵人賣松柏。

沛中懷古

煙蕪歌風臺，此是赤帝鄉。赤帝今已矣，大風邈淒涼。惟昔仗孤劒，十年朝八荒。人言生處樂，萬乘巡東方。高臺何巍巍，行殿起中央。興言萬代事，四坐沾衣裳。我爲異代臣，酌水祀先王。撫事復懷昔，臨風獨彷徨。

夏日華山別韓博士愈

別地泰華陰，孤亭潼關口。夏日可畏時，望山易遲久。鬓因車馬倦，一逐雲先後。碧霞氣爭寒，黃鳥語相誘。三峯多（一作各）異態，迥舉仙人手。天晴捧日輪，月夕弄星斗。幽疑白帝近，明見黃河走。遠心不期來，真境非吾有。鳥鳴草木下，日息天地右。躑躅因風松，青冥謝仙叟。不知無聲淚，中感一顏（一作頷）厚。青霄上何階，別劒空朗扣。故鄉此關外，身與名相守。跡比斷根蓬，憂如長飲酒。生離抱多恨，夕寸安可受。咫尺岐路分，蒼煙蔽回首。

春日言懷

湛湛琴前酒，期自賞青春。胡爲緘笑語，深念不思身。寂寂花舞多，嚶嚶鳥言頻。心悲兄弟遠，願見相似人。江界田土畢，競來東作勤。歲寒虛盡力，家外無強親。杳窅青雲望，無途同苦辛。

題吳徵君巖居

堯澤潤天下，許由心不知。真風存綿緜，常與達者期。有道吾不仕，有生吾不欺。澹然靈府中，獨見太古時。地脈發醴泉，巖根生靈芝。天文若通會，星影應離離。亭亭傅氏巖，何獨萬古思。

雲溪竹園翁

碌碌雲溪裏，翠竹和（一作如）雲生。古泉積澗深，竦竦如刻成。楚客臥雲老，世間無姓名。因茲千畝業，以代雙牛耕。亂林不可留（一作流），寸莖不可輕。風煖闢出地，仰齊故年莖。幽室結白茅，密葉羅衆清。照水寒澹蕩，對山綠崢嶸。蒼松含古貌，秋桂儼白英。相看受天風，深夜戛擊聲。

竊覽都官李郎中和李舍人益酬張舍人弘靖

夏夜寓直思聞雅琴見寄

朝草天子奏，夜語思憂琴。因聲含香氣，其韻流水音。仙樂朱鳳意，靈芝紫鸞心。翩然遠求友，豈獨雙歸林。松吹暑中冷，星花池上深。倘俾有聲樂，請以絲和金。

長安言懷

殷殷生念厚，戚戚勞者多。二時晝夜等，百歲詎幾何。日下文翰苑，側身識經過。千慮恐一失，翔陽已蹉跎。臨觴翦衆憂，靜寄絲桐歌。思歸繞十指，五聲不相和。暮天還巢翼，明日隕葉柯。高謝岩谷人，鹿衣帶女蘿。生不去親愛，浮名若風波。誰令不及此，親愛隔山河。

秋思三首

胡風吹鴈翼，遠別無人鄉。君近鴈來處，幾迴斷君腸。昔奉千日書，撫心怨星霜。無書又千日，世路重茫茫。燕國有（一作古）佳麗，蛾眉富春光。自然君歸晚，花落君空堂（一作房）。君其若不然（一作君若謂不死），歲晚雙鴛鴦。

顧兔蝕殘月，幽光不如星。女兒晚事夫，顏色同秋螢。秋日邊馬思，武夫不遑寧。燕歌易水怨，劒舞蛟龍腥。風折連枝樹，水翻無蔕萍。立身多門户，何必燕山銘。生世不如鳥，雙雙比翼翎。

季秋天地閑（一作閒），萬物生意足。我憂長於生，安得及草木。試從古人願，致酒歌秉燭。燕趙皆世人，詎能長似玉。俯憐老期近，仰視日車速。蕭颯御風君，魂夢願相逐。百年夜銷半，端爲垂纓束。

歸鴈

南國春早煖，渚蒲正月生。東風吹鴈心，上下和樂聲。繞水半空去，拂雲偕（一作皆）相迎。如防失羣怨，預有侵夜驚。渺邈天外影支離塞中鶯（一作嬰）自顧摧頹羽偏感南北情作甘煙霧勞不顧龍沙榮（一作縈）雖樂未歸意終不能自鳴喜去春月滿歸來秋風清啼餘碧窗夢望斷陰山行不及瑤筐（一作臺一本缺）燕寄身金宮楹

悲湘靈

山上涼雲收日斜川風止娥皇五十弦秋深漢江水初因無象外牽感百憂裏霜露結瑤華煙波勞玉指將隨落葉去又繞疎蘋起哀響雲合來清餘桐半死女顏萬歲後豈復嬋娟子不道神無悲那能久如此魂魄無不之九山徒相似沒沒竟不從唯傷遠人耳斑斑淚篁下恐有學瑟鬼

聞蟬

高蟬旦夕唳景物浮涼氣木葉漸鷩年錦字因絡緯稍斷當窗夢更悽臨水意清香筍蒂風曉露蓮花淚餘引未全歌凝悲尋迴至星井欲望河月扇看藏筍誰念囚聲感放歌寫人事

懷幽期

清砧擊霜天外發楚僧期到石上月寒峯深虛獨遶盡夜水淺急不可越窅機冥智難思量無盡性月如空王眼界行處不著我天花下來惟有香我今胡爲寄他鄉

思琴高

琴仙人得仙去萬古釣龍空有處我持曲鉤思白魚仙溪綠盡含空虛天鈞蹤跡無遺餘燒香寄影在巖樹東禮海日雞鳴初

得儲道士書

嬋娟春盡暮心秋（一作收）鄰里同年半白頭爲問蓬萊近消息海波平靜好東遊

寒夜吟

九衢金吾夜行行上宮玉漏遥分明霜飇乘陰掃地起旅鴻迷雪遶枕聲遠人歸夢既不成留家惜夜歡心發羅幕畫堂深皎潔蘭煙對酒客幾人獸（一作戰）火揚光二三月細腰楚姬絲竹間白紵長袖歌閑閑豈識苦寒損（一作換）朱顏

採蓮曲二首

弄舟朅來南塘水荷葉映身摘蓮子暑衣清淨鴛鴦喜作浪舞花驚不起殷勤護惜纖纖指水菱初熟多新刺

採蓮朅來水無風蓮潭如鑑（一作鋑）松如龍夏衫短袖交斜紅豔歌笑鬪新芙蓉戲魚往聽蓮葉東

玉山謠奉送王隱者

鳳皇城南玉山高石腳聳立爭雄豪攢峯胎玉氣色潤百泉透雲流不盡萬古分明對眼開五煙窈窕呈祥近有客師事金身仙用金買得山中田閑開玉水灌芝草靜醉天酒松間眠心期南溟萬里外出山幾遇光陰改水玉丁東不可聞氷華皎潔應如待秋風引吾歌去來玉山綵翠遥相催殷勤千樹玉山頂碧洞寥寥寒錦苔

岐路

北風送微寒徒侶勤（一作行李勤）遠征（一作程）憂人席不煖殘月馬上明飄飄岐路間長見日（一作月）初生重嶂曉（一作峯晚）色淺疎猨寒啼清人間多岐路常恐終身行回見四方人車輪無留聲空谷亦堪隱下田非嬾耕古人有遺訓飽食非親榮我生禮義鄉少小見太平聖賢猶羈旅況復非其名（一本下有人生能幾許三十塵中行感此長歎息百年何所營四句）

隴頭水

隴頭水千古不堪聞生歸蘇屬國死別李將軍細響風凋草清哀雁落雲

沙上月

黃昏潮落南沙明月光涵沙秋雪清水文不上煙不蕩平平玉田冷空曠

贈李顥將軍

細柳連營石壍牢平安狼火赤星高岩雲入角雕龍爽寒日搖旗畫獸豪搜伏雄兒欺魍魎射聲遊騎怯分毫聖人唯有河隍恨寰海無虞在一勞

人日陪宣州范中丞傳正與范侍御宴（一作鮑防詩一本侍御下有傳質二字宴下有東峯亭三字）

人日春風綻早梅謝家兄弟看花來吳姬對客歌千曲秦女留人酒百杯絲柳向空輕（一作初）婉轉玉山看日漸裴回流光易去歡難得莫厭頻頻上此臺

古鑑

古鑑含靈氣象和蛟龍盤鼻護金波隱山道士未曾識負局先生不敢磨曾向春窗分綽約誤迴秋水照蹉跎世間縱有應難比十斛明珠酬未多

送王煉師

聖母祠堂藥樹香邑君承命薦椒漿風雲大感精神地雷雨頻過父母鄉盡日一川侵草綠迴車二麥遶山黃野人久會神仙事敢奏歌鍾慶萬箱

寄張十七校書李仁行秀才

去年八月此佳辰池上閑閑四五人久行月影愁迷夢誤入華光笑認春一與清風上芸閣再期秋雨過龍津今年此日何由見蓬户蕭條對病身

送王損之秀才赴舉

青門珮蘭客淮水誓風流名在鄉書貢心期月殿遊平沙大河急細雨二陵秋感此添離恨年光不少留

舊鏡

團團銅鏡似潭水心愛玉顏私自親一經離別少年改難與清光相見新

憶郊天

憶向郊壇望武皇九軍旗帳下南方六龍日馭天行健神母呈圖地道光濃煖氣中生曆草是非煙裏愛瑤漿至今滿耳簫韶曲徒羨瑤池舞鳳皇

期盡

魚鑣生衣門不開玉筐金月共塵埃青山石婦千年望雷雨曾知來不來

晚山蟬

山蟬秋晚妨人語客子驚心馬亦嘶能閱幾時新碧樹不知何日寂金閨若逢海月明千里莫忘何郎寄一題

秋暮送裴坦員外刺婺州

婺女星邊氣不秋金華山水似瀛州含香太守心清淨去與神仙日日遊

寄薛膺昆季

楚山清洛兩無期夢裏春風玉樹枝何況芙蓉樓上客
海門江月亦相思

楊眞人籙中像

畫中留得清虛質人世難逢白鶴身應見茅盈哀一作衰老
弟爲持金籙救生人

寄盧給事汀吳員外丹

姓丁黄鶴遼東去客倩仙翁海上人聞道姓名多改變
只今偕是聖朝臣

懷王直秀才

鄉無竹圃爲三徑貧寄鄰家已二年惟有素風身未墜
世間開口不言錢

贈一作題眞公影堂

舊房西壁畫支公昨暮今晨色不同遠客聞一作問心無處
所獨添香火望虛空

贈僧戒休

風行露宿不知貧明月爲心又是身欲問月中無我法
無人無我問何人

秋夜懷紫閣峯僧

滿山雨色應難見隔澗經聲又不聞紫閣夜深多入定
石臺一作苔誰爲掃秋雲

酬江公見寄

曾荅鴈門偶爲憐同社人多慙惠休句一作日借得此一作比陽
春

送羅侍御歸西臺

歸臺新柱史辭府舊英髦勸酒韋幕貴望塵驄馬高詩
情分繡段劍彩拂霜毫此來關風化誰云別恨勞

宿水亭

雕楹綵檻壓通波一作彼魚鱗碧幕銜曲玉夜深星月伴芙
蓉如在廣寒宮裏宿

寄峩嵋山楊煉師

道士夜誦蘂珠經白鶴下遶香煙聽夜移經盡人上鶴
仙風吹入秋冥冥

寄海陵韓長官

東散重門印不開玉琴招鶴舞衰回野人爲此多東望
雲雨仍從海上來

淮南臥病一本無此四字感路羣侍御訪別

西臺御史重難言落木疎籬遶病魂一望青雲感驄馬
欻行黃草一作棠出柴門

題禪定寺集公竹院

公門得休靜禪寺少逢迎任客看花醉隨僧入竹行歸
時常犯夜雲裏有經聲

風箏

何響與天通瑤箏挂望中彩弦非觸指錦瑟忽聞風鴈
柱虛連勢鸞歌且墜空夜和霜擊磬晴引鳳歸桐幽咽
誰生怨清泠自匪躬秦姬收寶匣搔首不成功

全唐詩
鮑溶

經舊遊

遊魚懷故池倦鳥懷故窠故山繫歸念行坐青巍峩巘
馬經舊途此鄉喜重過居人無故老倍感別日多但見
野中墳纍纍如青螺涼風日搖落桑下松娑娑歎息追
古人臨風傷逝波古人無不死歎息欲如何揭來遂遠
心黙黙存天和

過薛舍人舊隱

寢門來哭夜此月小祥初風意猶憶瑟螢光乍近書牆
萬歲宿鳥池月上鉤一作吹魚徒引相思淚涓涓東逝餘

山居

窈窕垂澗蘿蒙茸黄一作采葛花鴛鴦憐一作臨碧水照影舞金
沙

暮秋與裴居晦宴因見採菊花之作一本題作暮秋見菊

菊花低色過重陽似憶王孫白玉觴今日王孫好收採
高天已下兩迴霜

望麻姑山

幽人往往懷麻姑浮世悠悠仙景一作境殊自從青鳥不堪
使更得蓬萊消息無

湖上望月

湖上清涼月更好天邊旅人猶未歸幾見金波滿還破
草蟲聲畔露沾衣

襄陽懷古

襄陽太守沈碑意身後身前幾年事湘江千歲未爲陵
水底魚龍應識字

秋夜對月寄僧特

憶見特公賞秋處涼溪看月清光寒今夕深溪又相映
特公何處共團圓

望江中一本無江中二字金山寺

一朶蓬萊在世間梵王宮闕翠雲間一作閒近南溪水更清
淺聞道遊人未忍還

宿青牛谷梁煉師仙居

隨雲步入青牛谷青牛道士留我宿可憐夜久月中行
惟有壇邊一枝竹

得僧書

身歸紫霄嶺書下白雲來蒯筍發寒字燒花芳夜雷想
隨香馭至不假定鐘催

見袁德師侍御說江南有仙檀花因以戲贈

聞說天壇花耐涼笑風含露對秋光欲求御史更分別
何似衣花歲歲香

和王璠侍御酬友人贈白角冠

芙蓉寒豔鏤冰姿天朗燈深拔豸時好見吹笙伊洛上
紫煙丹鳳亦相隨

送僧擇棲(一本無上二字)遊天台二首

身非居士常多病，心愛空王稍覺閑。師問寄禪何處所，浙東(一作南)青翠沃洲山。

金嶺雪晴僧獨歸，水文霞彩衲(一作納)禪衣。可憐石室燒香夜，江月對心無是非。

上巳日寄樊瓘樊宗憲兼呈上浙東孟中丞簡

世間禊事風流處，鏡裏雲山若畫屏。今日會稽王內史，好將賓客醉蘭亭。

暮春戲贈樊宗憲

羌笛胡琴春調長，美人何處樂年芳。野船弄酒鴛鴦醉，官路攀花騕褭狂。應和朝雲垂手語，肯嫌夜色斷刀光。

酬王侍御

慙非青玉製，故以贈仙郎。希冀留書閣，提攜在筆牀。詎能輝繡服，安得似芸香。所報何珍重，清明勝夜光。

寄宋申錫評事時從李少師移軍回歸

君逐元侯靜虜歸，虎旗龍節駐春暉。欲求岱岳燔柴禮，已錫魯人縫掖衣。長劒一時天外倚，五雲多遶日邊飛。心期共賀太平世，去去故鄉親(一作其)食薇。

夏日懷杜悰駙馬

五月清涼蕭史家，瑶池分水種菱花。迴文地簟龍鱗浪，交鏁天窗蟬翼紗。閑遣青琴飛小雪，自看碧玉破甘瓜。仍聞聖主知書癖，鳳閣燒香對五車。

鶯雛

雙鶯銜野蝶，枝上教雛飛。避日花陰語，愁風竹裏啼。須防美人賞，爲爾好毛衣。

上陽宮月

水北宮城夜柝嚴，宮西新月影纖纖。受環花幌小開鏡，移燭瑶房皆捲簾。學織機邊娥影靜，拜新衣上露華沾。合裁班扇思行幸，願託涼風篋笥嫌。

淮南臥病聞李相夷簡移軍山陽以靖東寇感激之下因抒長句

太白星前龍虎符，元臣出將順天誅。敎聞清淨蕭丞相，計立安危范大夫。玉帳黃昏大刁斗，月營寒曉小單于。魯連未必蹈滄海，應見麒麟新畫圖。

讀淮南李相行營至楚州詩

閫外建牙威不賓，古來戡難憶忠臣。已分舟楫歸元老，更使熊羆屬丈人。玄象合教滄海晏，青龍喜應太山春。來年二月登封禮，去望台星扈日輪。

讀李相心中樂(第六句缺一字)

負海狂鯨縱巨鱗，四朝天子阻時巡。誰將侯玉乖南面，幾使戎車殷左輪。久作妖星虛費日，終□天洞亦何人。果聞丞相心中樂，上贊陶唐一萬春。

聞國家將行封禪聊抒臣情

雲雨由來隨六龍，玉泥瑶檢不乾封。山知檟柞新煙火，臣望簫韶舊鼓鐘。清蹕間過素王廟，翠華高映大夫松。旅中病客諳堯曲，身賤何由奏九重。

和淮南李相公夷簡喜平淄青迴軍之作

橫笛臨吹發曉軍，元戎幢節拂寒雲。搜山羽騎乘風引，下瀨樓船背水分。天際獸旗搖火燄，日前魚甲動金文。馬毛不汗東方靖，行見蕭何第一勛。

秋暮八月十五夜與王璠侍御賞月因愴遠離聊以奉寄

前月月明夜，美人同遠光。清塵一以間，今夕坐相忘。風落芙蓉露，凝餘繡服香。

送蕭世秀才

心交別我西京去，愁滿春魂不易醒。從此無人訪窮(一作貧)病，馬蹄(一作蹤)車轍草青青。

懷惠明禪師

秋天欲霜夜無風，我意不在天地中。雪山世界此涼夜，寶月獨照瑠璃宮。解空長老蓮花手，曾以佛書親指授。雪嶺無人又問來，十年夏臘平安否。

吳中夜別

楚客秋思著黃葉，吳姬夜歌停碧雲。聲盡燈前各流淚，水天涼冷鴈離羣。

隋家井

玉鉤欄下寒泉水，金轆轤邊影照人。此水今爲九泉路，數(一作枝)花照數堆塵。

寄王璠侍御求蜀箋

蜀川牋紙綵雲初，聞說王家最有餘。野客思將池上學，石楠(一作綀帶)紅葉不堪書。

湘妃列女操

有虞夫人哭虞后，淑女何事又傷離。竹上淚跡生不盡，寄哀雲和五十絲。雲和終奏鈞天曲，乍聽寶琴遥嗣續。三湘測測流急綠，秋夜露寒蜀帝飛。楓林月斜楚臣宿，更疑川宮日黃昏。鬧攜女手殷勤言，環珮玲瓏有無間。終疑旣遠雙悄悄，蒼梧舊雲豈難名。老猨心寒不可嘯，目眄眄兮意蹉跎。魂騰騰兮驚秋波，曲一盡兮憶再奏，衆弦不聲且如何。

羽林行

朝出羽林宮，入參雲臺議。獨請萬里行，不奏和親事。君王重年少，深納開邊利。寶馬雕玉鞍，一朝從萬騎。煌煌都門外，祖帳光七貴。歌鍾樂行軍，雲物慘別地。簫笳整部曲，幢蓋動郊次。臨風親戚懷，滿袖兒女淚。行行復何贈，長劒報恩字。

鳴鴈行

七月朔方鴈心苦，聯影翻空落南土。八月江南陰復晴，浮雲繞天難夜行。羽翼勞痛心虛驚，一聲相呼百處鳴。楚童夜宿煙波側，沙上布羅連草色。月闇風悲欲下天，不知何處容棲息。楚童胡爲傷我神，爾不曾作遠行人。江南羽族本不少，寧得網羅此客鳥。

織婦詞

百日織綵絲，一朝停杼機。機中有雙鳳，化作天邊衣。使人馬如風，誠不阻音徽。影響隨羽翼，雙雙繞君飛。行人豈願行，不怨不知歸。所怨天盡處，何人見光輝。

塞上行

西風應時筋角堅，承露牧馬水草冷。可憐黃河九曲盡，氈館牢落胡(一作樹)無影。

採珠行

東方暮空海面平，驪龍弄珠燒月明。海人驚窺水底火，

百寶錯落隨龍行浮心一夜生姦見月質龍軀看幾遍
孽波下去忘此身迢迢謂海無靈神海宮正當龍睡重
昨夜孤光今得弄河伯空憂水府貧天吳不敢相驚動
一團冰容掌上清四面人入光中行騰華乍揺白日影
銅鏡萬古羞爲靈海邊老翁怨狂子抱珠哭向無底水
一富何須龍領前千金幾葬魚腹（一作腸）裏鱗蟲變化爲陰
陽填海破山無景光拊心髣髴失珠意此土爲爾離農
桑飲風衣日亦飽煖老翁擲却荊（一作同）雞卵

采葛行

春溪幾回葛花黄黄麝引子山山香蠻女不惜手足捡
鈎刀一一牽柔長葛絲茸茸春雪體深澗擇泉清處洗
殷勤十指蠶吐絲當窗嫋嫋聲高機織成一尺無一兩
供進天子五月衣水精夏殿開凉戶冰山遶座猶難御
衣親玉體又何如杳然獨對秋風曙鏡湖女兒嫁鮫人
鮫綃逼肖也（一作色）不分吳中角簟泛清水揺曳勝被三素
雲自兹貢薦無人惜那敢更爭龍手跡蠻女將來海市
頭賣與嶺南貧估客

南塘二首

南塘旅舍秋淺清夜深綠蘋風不生蓮花受露重如睡
斜月起動鴛鴦聲

塘東白日駐紅霧早魚翻光落碧潯畫舟蘭棹欲破浪
恐畏驚動蓮花心

東鄰女

雙飛鶼鶼春影斜美人盤金衣上花身爲父母幾時客
一生知向何人家

寄李都護

去年河上送行人萬里弓旌一武臣聞道玉關烽火滅
犬戎知有外家親

長安旅舍懷舊山

昨夜清涼夢本山眠雲喚鶴有慙顔青蓮道士長堪羨
身外無名至老閑

漢宮詞二首

柏梁宸居清窈窕東方先生夜待詔夜久月當承露盤
内人吹笙舞鳳鸞

月映東窗似玉輪未央前殿絶聲塵宮槐花落西風起
鸚鵡驚寒夜喚人

薦冰

西陸宜先啟春寒寢廟清曆官分氣候天子薦精誠已
辨瑶池色如和玉珮鳴禮餘神轉肅曙後月殘明雅合
霜容潔非同雪體輕空憐一掬水珍重此時情

送薛補闕入朝（一作鮑防詩）

平原門下十餘人獨受恩多未殺身每歎陸家兄弟少
更憐楊氏子孫貧柴門已斷施行馬魯酒那能醉近臣
賴有軍中遺令在猶將談笑對風塵

句

萬里岐路多一身天地窄（見張爲主客圖）

全唐詩目（第八函）

第二冊

全唐詩

盧鈞

盧鈞字子和舉進士中第嘗爲李絳裴度幕僚歷嶺南
山南昭義宣武節度大中時召爲左僕射後以太保致
仕卒年八十七詩一首

薦冰

薦冰朝日後閟廟曉光清不改晶熒質能彰雨露情且
無霜共潔豈與水均明在捧揺寒色當呈表素誠凝姿
陳俎豆浮彩映臆楹皎皎盤盂側稜稜嚴氣生

范傳質

范傳質元和進士第詩一首

薦冰

乘春方啓閉羞獻有常程潔朗寒光徹輝華素彩明色
凝霜雪淨影照冕旒清肅肅將崇禮兢兢示捧盈方圓
陳玉座小大表精誠朝覲當西陸桃弧每共行

賈謩

賈謩元和進士詩一首

賦得芙蓉出水

的皪舒芳豔紅姿映綠蘋搖風開細浪出沼媚清晨翻
影初迎日流香暗襲人獨披千葉淺不競百花春魚戲
參差動龜游次第新涉江如可採從此免迷津

陳彥博

陳彥博元和五年進士第詩一首

恩賜魏文貞公諸孫舊第以導直臣

阿衡隨逝水池館主他人天意能酬德雲孫喜庇身生前由直道歿後振芳塵雨露新恩日芝蘭舊(一作故)里春勳庸留十代光彩映諸鄰共賀升平日(一作代)從茲得諫臣

唐扶

唐扶字雲翔晉陽人莒公儉之後元和五年登進士第爲侍御史終福州團練觀察使詩二首

使南海道長沙題道林岳麓寺

道林岳麓仲與昆卓犖請從先後論松根踏雲二千步卽今異鳥聲不斷聞道看花春更繁從容一衲分若有蕭瑟雨驕吾能說逢迎侯伯轉覺貴膜拜佛像心加尊稍揖皇英頹濃淚試與屈賈招清魂荒唐大樹悉楠桂細碎枯草多蘭蓀沙彌去學五印字靜女來懸千尺幡主人念我塵眼昏半夜號令期至暾遲回雖得上白舫羈泄不敢言綠尊兩祠物色採拾盡壁間杜甫眞(一作原)少恩晚來光彩更騰射筆鋒正健如可吞

和兵部鄭侍郎省中四松詩(松是中書相公任侍郎日手栽 一本作奉和中書相公任兵部侍郎日後閤植四松)

幽抱應無語貞松遂自栽寄懷丞相業因擢大夫材日射蒼鱗動塵迎翠幕迴嫩苜含細粉初葉泛新栢偶聖爲舟去逢時與鶴來寒聲連曉竹靜氣結陰苔赫奕鳴騶至熒煌洞戶開良辰一臨眺憩樹幾裴回恨發風期阻詩從綺思裁還聞舊凋契凡在(一作九萬)此中培

陶雍

陶雍元和間人詩一首

和兵部鄭侍郎省中四松詩(鄭侍郎蕃也)

右相歷兵署四松皆手栽(一作栽)騔時驚鶴去移處帶雲來根倍雙桐植花分八桂開生成造化力長作棟梁材豈羨蘭依省猶嫌柏占臺出樓終百尺入夢已三台幽韻和宮漏餘香度酒杯拂冠枝上雪染履影中苔高位相承地新詩寡和才何由比蘿蔓攀附在條枚

郭周藩

郭周藩河東人登元和六年第詩一首

譚子池

澄水一百步世名譚子池余詰陵陽叟此池當因誰父老謂余說本郡譚叔皮開元末年中生子字阿宜墜地便能語九歲多鬚眉不飲亦不食未嘗言渴飢十五銳(一作能)行走快馬不能追二十入山林一去無還期父母憶念深鄉閭爲立祠大曆元年春此兒忽來歸頭冠簪鳳皇身著霞(一作霓)裳衣普遍拯疲俗丁寧告親知余爲神仙官下界不可祈恐爲妖魅假不如早平夷此有黃金藏鎭在茲廟基發掘散生聚可以救貧羸金出繼靈泉湛若清琉璃泓澄表符瑞水旱無竭時言訖辭冲虛杳靄上玄微凡情留不得攀望衆號悲尋稟神仙誡徹廟斸開窺果獲無窮寶均融霑因危巨源出嶺頂噴湧世間稀異境流千古終年福四維

侯冽

侯冽(一作列)元和六年進士第詩二首

金谷園花發懷古

金谷千年後春花發滿園紅芳徒笑日穠艷尙迎軒雨濕輕光軟風揺碎影翻猶疑施錦帳堪歎罷朱紱愁態鶯吟澀啼容露綴繁慇懃問前事桃李竟無言

花發上林

花發三陽盛香飄五柞深素暉雲積苑紅彩繡張林落水隨魚戲揺風映鳥吟瓊樓出高豔玉輦駐濃陰亂蝶枝開影繁蜂蘂上音鮮芳盈禁籞布澤荷天心

王質

王質字華卿太原祁人文中子之後元和六年登第太和中歷河南尹宣歙觀察使詩一首

金谷園花發懷古

寂寥金谷澗花發舊時園人事空懷古煙霞此獨存管弦非上客歌舞少王孫繁蘂風驚散輕紅鳥乍翻山川終不改桃李自無言今日經塵路淒涼詎可論

高銖

高銖字權仲元和六年登第爲太原判官檢校觀察御史大中初終太常卿詩一首

和太原張相公山亭懷古

鬬石類巖巘飛流瀉潺湲遠壑簷宇際孤巒雉堞間何必到海岳境幽機自閑茲焉得高趣高步謝東山

全唐詩

舒元輿

舒元輿婺州東陽人元和中登進士第調鄠尉裴度表掌興元書記拜監察御史再遷刑部員外郎改著作郎分司東都李訓與元輿善訓用事再遷左司郎中御史大夫李固言表知雜事固言輔政權知御史中丞不三月卽眞兼刑部侍郎專附鄭注月中以本官同中書門下平章事甘露之變爲仇士良所害詩六首編爲一卷

八月五日中部官舍讀唐曆天寶已來追愴故事

將尋國朝事靜讀柳芳曆八月日之五開卷忽感激正

當天寶末撫事坐追惜仰思聖明帝貽禍在肘腋楊李盜吏權貪殘日狼籍燕戎伺其便百萬奮長戟兩河連煙塵二京成瓦礫生人死欲盡禊業猶不息肅宗傳寶圖寇難連年擊天地方開泰鑄鼎成繼述萬國哭龍衮悲思動蠻陌自此千秋節不復動金石悲風揚霜天總帷冷塵席零落太平老東西亂離客往往爲余言嗚咽淚雙滴況當近塞地哀吹起邊笛撫几覩陳文使我心不懌花萼笑繁華溫泉樹容碧霓裳煙雲盡梨園風雨隔露囊與金鏡東逝驚波溺昔聞歡娛事今日成慘慼神仙不可求劒舄苔文積萬古長恨端蕭蕭泰陵陌

坊州按獄

中部接戎塞頑山四周遭風冷木長瘦石磽人亦勞牧守苟懷仁癢一作因之時爲搔其愛如赤子始得無啼號奈何貪狼心潤屋沉脂膏攫搏如猛虎吞噬若狂獒山禿逾高採水窮益深撈龜魚既絕跡鹿兔無遺毛氓苦稅外緡吏憂笑中刀大君明四目燭之洞秋毫眷兹一州命慮齊墜波濤臨軒詔小臣汝往窮貪饕分明舉公法爲我綏窮騷小臣誠小心奉命如煎熬飲冰不待夕驅馬凌晨皐及此督簿書遊詞出狴牢門墻見狼狽案牘聞腥臊探情與之言變態如姦猱真非既巧飾僞意乃深韜去惡猶農夫稂莠須耘耨恢恢布疎網罪者何由逃自顧孱鈍姿利器非能操六旬始歸奏霜落秋原蒿寄謝守土臣努力清郡曹須知聽甚卑勿謂天之高

橋山懷古

軒轅厭代千萬秋淥波浩蕩東南流今來古往無不死獨有天地長悠悠我乘驛騎到中部古聞此地爲渠搜橋山突兀在其左荒榛交鏁寒風愁神仙天下亦如此況我愍促同蜉蝣誰言衣冠葬其下不見弓劒何人收哀喧叫笑妝童戲陰天月落狐狸遊却思皇墳立人極車輪馬跡無不周洞庭張樂降玄鶴涿鹿大戰摧蚩尤知勇神天不自大風后力牧輸長籌襄城迷路問童子帝鄉歸去無人留崆峒求道失遺跡荆山鑄鼎餘荒丘君不見黃龍飛去山下路斷髯成草風颼颼

坊州按獄蘇氏莊記室二賢自鄜州走馬相訪留連數日發後獨坐寂寞因成詩寄之

十年一相見世俗信多岐雲雨易分散山川長間之我銜鳳闕恩按獄橋山陲君在龍驤府掌奏羽檄詞相去百餘里魂夢自相馳形容在胸臆書札通相思煩君愛我深輕車忽載脂塞門秋色老霜氣方凝姿此地少平川岡阜相參差誰知路非遠行者多云疲君能犯勁風信宿凌欹危情親不自倦下馬開雙眉相對坐沉吟屈指驚歲時萬事且莫問一杯欣共持陽烏忽西傾明蟾挂高枝卷簾引瑶玉滅燭臨霜墀中庭有疎蘆淅淅聞風吹長河卷雲色疑碧無瑕疵一言開我懷曠然滌希夷悠悠夜方永冷思偏相宜瞻睫無他人與君聞解頤陶然叩寂寞更請吟清詩得意且忘言何況竹與絲頃刻過三夕起坐輕四肢明朝告行去慘然還別離出門送君去君馬揚金羈迴來坐空堂寂寞無人知重重碧雲合何處尋佳期

履春冰

投跡清冰上凝光動早春兢兢愁陷履步步怯移身烏照微生水狐聽或過人細還形外影輕躡鏡中輪咫尺憂偏遠危疑懼已頻願堅容足分莫使獨驚神

贈李翺李翺在潭州席上有舞柘枝者顏色憂悴殷堯藩侍御當筵贈詩曰姑蘇太守青娥女流落長沙舞柘枝滿座繡衣皆不識可憐紅臉淚雙垂翺詰其事乃故蘇臺韋中丞愛姬所生之女也曰妾以昆弟夭折委身樂部恥辱先人言訖涕咽情不能堪亞相爲之吁歎且曰吾與韋族姻舊遂命更其舞服飾以袿襦延與韓夫人相見顧其言語清楚宛有冠蓋風儀遂於賓榻中選士而嫁之元輿聞之自京馳詩贈翺

湘江舞罷忽成悲便脫蠻靴出絳帷誰是蔡邕琴酒客魏公懷舊嫁文姬

全唐詩

盧宗回

盧宗回字望淵南海人登元和十年進士第終集賢校理詩一首

登長安慈恩寺塔

東方曉日上翔鸞西轉蒼龍拂露盤渭水寒一作冷光搖藻井玉峰晴色上朱闌一作欄九重宮闕參差見百二山河表裏觀暫輟去蓬悲不定一凭金界望長安

周匡物

周匡物字幾本漳州人元和十一年進士及第仕至高州刺史詩五首

古鏡歌

軒轅鑄鏡誰將去曾被良工瀉金取明月中心桂不生輕冰面上菱初吐蛟龍久無雷雨聲鸞鳳空踏莓苔舞欲向高臺對曉開不知誰是孤光主

及第謠

水國寒消春日長燕鶯催促花枝忙風吹金榜落凡世三十三人名字香遥望龍墀新得意九天敕下多狂醉驊騮一百三十蹄踏破蓬萊五雲地物經千載出塵埃從此便爲天下瑞

及第後謝座主

一從東越入西秦十度聞鶯不見春試向崑山投瓦礫

便容靈洺濯一作洗埃塵悲歡暗負風雲力感激潛生草一作土木身中夜白將形影語古來吞炭是何人

自題讀書堂

窗外捲簾侵碧落檻前敲竹嚮青冥黃昏不欲留人宿雲起風生龍虎醒

應舉題錢塘公館

萬里茫茫天塹遥秦皇底事不安橋錢塘江口無錢過又阻西陵兩信潮

廖有方

廖有方交州人元和十一年進士第改名游卿官校書郎詩一首

題旅櫬并記 一本題作葬寶雞逆旅士人銘詩

余元和乙未歲落第西征適此聞呻吟之聲潛聽而微惋也問其疾苦住止對曰辛勤數舉未遇知音眄睞叩頭久而復語唯以殘骨相託餘不能言俄而逝余乃鬻所乘馬於村豪備棺瘞之恨不知其姓氏臨岐悽斷復爲銘曰

嗟君没世委空囊幾度勞心翰墨場半面爲君申一慟不知何處是家鄉

皇甫曙

皇甫曙元和十一年登第寶曆間崔從鎮淮南署爲行軍司馬詩一首

立春日呈宫傅侍郎

朝旦微風吹曉霞散爲和氣滿家家不知容貌潛消落且喜春光動物華出問池冰猶塞岸歸尋園柳未生芽摩娑酒甕重封閉待入新年共賞一作看花

潘存實

潘存實字鎮之漳浦人元和十三年進士第仕至户部侍郎詩一首

賦得玉聲如樂

表質自堅貞因人一扣鳴静將金並響妙與樂同聲杳杳疑風送泠泠似曲成韻含湘瑟切音帶舜弦清不獨藏虹氣猶能暢物情后夔如爲聽從此振琮琤

陳去疾

陳去疾字文醫侯官人元和十四年及第歷官邕管副使詩十三首

送林刺史簡言之漳州

江樹欲含曛清歌一送君征驂辭荔浦別袂暗松雲路狹橫柯度山深墜葉聞明朝宿何處未忍醉中分

憶山中

長吟重悒然爲憶山中年清瑟泛遥夜亂花隨暮煙珠林餘露氣乳竇滴香泉跡遠塵埃外花開綺藻前巖羅雲貌逸竹抱水容妍蕙磴飛英遶蘋潭片影懸林藏諸曲勝臺擅一峰偏會可標真寄焚香對石筵

元夕京城和歐陽袞

蘭焰芳芬徹曉開珠光新靄映人來歌迎甲夜催銀管影動繁星綴玉臺別有朱門春澹蕩不妨芝火翠崔嵬此時月色同霑醉何處游輪陌上回

送韓將軍之鴈門

荒塞峰煙百道馳鴈門風色暗旌旗破圍鐵騎長驅疾飲血將軍轉戰危晝角吹開邊月静縵纓不信虜塵窺歸來長揖功成後黃石當年故有期

賦得騏驥長鳴

騏驥忻知己嘶鳴忽異常積悲攄怨抑一舉徹穹蒼迹類三年鳥心馳五達莊何言從蹇躓今日逐騰驤牛皁休維縶天衢恣陸梁向非逢伯樂誰足見其長

偶題

魂夢天南垂宿昔萬里道池臺花氣深到處生春草

春宫曲

流鶯春曉喚櫻桃花外傳呼殿影高抱裏琵琶最承寵君王勅賜玉檀槽

采蓮曲

粉光花色葉中開荷氣衣香水上來棹響清潭見斜領雙鴛何事亦相猜

踏歌行

鴛鴦樓下萬花新翡翠宫前百戲陳天矯翔龍銜火樹飛來瑞鳳散芳春

仙蹕初傳紫禁香瑞雲開處夜花芳繁弦促管升平調綺綴丹蓮借月光

塞下曲

春至金河雪似花蕭條玉塞但胡沙曉來重上關城望惟見驚塵不見家

送人謫幽州

臨路深懷放廢慚夢中猶自憶江南莫言塞北春風少還勝炎荒入瘴嵐

西上辭母墳

高蓋山頭日影微黃昏獨立宿禽稀林間滴酒空垂淚不見丁寧囑早歸

全唐詩

張蕭遠

張蕭遠元和進士登第籍之弟也詩三首

履春冰

一步一愁新輕輕恐陷人薄光全透日殘影半銷春蟬想行時翼魚驚躍處鱗底虛難駐足岸闊怯迴身豈暇踟躕久寧辭顧盼頻將兢慎意從此赴通津

觀燈

十萬人家火燭光門門開處見紅妝歌鐘喧夜更漏暗羅綺滿街塵土香星宿別從天畔出蓮花不向水中芳寶釵驟馬多遺落依舊明朝在路傍

送宮人入道

捨寵求仙畏色衰辭天素面立堦墀金丹擬駐千年貌玉指休勻八字眉師主與收珠翠後君王看戴角冠時從來宮女皆相妬聞向瑶臺盡淚垂

句

秦雲寂寂僧還定盡日無人鹿遶牀　日暮風吹官渡柳白鷗飛出石頭牆(一作城)　雙雙白燕入祠堂(乳石洞玉女祠並見主客圖)

李播

李播登元和進士第以郎中典蘄州詩一首

見志

去歲買琴不與價今年沽酒未還錢門前債主雁行立屋裏醉人魚貫眠

王季則

王季則登元和進士第詩一首

魚上冰

北陸收寒盡東風解凍初冰消通淺溜氣變躍潛魚應節似知化揚鬐任所如浮沈非樂藻沿泝異傳書結網時空久臨川意有餘為龍將可望今日媿才虛

紀元皐

紀元皐元和進士詩一首

魚上冰(一作王公亮詩)

春生寒氣減(一作滅)稍動伏泉魚乍喜東風至來觀曲浦初近冰朱鬣見望日錦鱗舒漸覺流澌退還忻掉尾餘喻喁情自樂沿泝意寧疎儻得隨鯤化終能戾太虛

吴晃(一作冕)

吴晃元和進士詩一首

魚上冰

春水潛鱗發寒潭舊藻疎揚鬐順氣後振鬣上冰初戲廣憐空潔浮清媚景虛戒貪還避餌思達每懷書濕映流澌薄狂遊觸浪餘終希泮渙澤為化北溟魚

鄭還古

鄭還古元和中登進士第終國子博士詩三首

贈柳氏妓

冶豔出神仙歌聲勝管弦詞輕(一作眼看)白紵曲歌遏(一作欲上)碧雲天未擬生裹秀如何乞鄭玄不堪金谷水橫過墜樓前

吉州道中

吉州新置掾馳驛到條山薏苡殊非謗羊腸未是艱自慚多白髮爭敢競朱顏若有前生債今朝不懊還

望思臺

讒語能令骨肉離姦情難測事堪悲何因掘得江充骨搗作微塵祭望思

獨孤鉉

獨孤鉉隴右人登元和進士第詩一首

日南長至

玉曆頒新律凝陰發一陽輪輝猶惜短圭影此偏長晷度經南斗流晶盡北堂乍疑周戶耀可愛逗林光積雪銷微照初萌動早芒更升臺上望雲物已昭彰

王初

王初并州人仲舒之長子也元和末登進士第詩十九首

延平天慶觀

劒化江邊縁構新層臺不染玉梯塵千章隱篆標龍簡一曲空歌降鳳鈞嵐氣濕衣雲葉晚天香飄戶月枝春盟經早晚聞仙語學種三芝伴羽人

送葉秀才

快騎璁瓏刻玉羈河梁返照上征衣層冰春近蟠龍起九澤雲閑獨鶴飛行想北山清夢斷重遊西洛故人稀漢庭狗監深知己有日前驅負弩歸

送王秀才謁池州吴都督

池陽去去躍雕鞍十里長亭百草乾衣袂鄣風金鏤細劒光橫雪玉龍寒晴郊別岸鄉魂斷曉樹啼烏客夢殘南館星郎東道主搖鞭休問路行難

青帝

青帝邀春隔歲還月娥孀獨夜漫漫韓憑舞羽身猶在素女商弦調未殘終古蘭巖棲偶鶴從來玉谷有離鸞幾時幽恨飄然斷共待天池一水乾

銀河

闔闔疎雲漏絳津橋頭秋夜鵲飛頻猶殘仙媛湔帬水幾見星妃度襪塵歷歷素榆飄玉葉涓涓清月濕冰輪年來若有乘槎客為弔波靈是楚臣

書秋

千里南雲度塞鴻秋容無跡淡平空人間玉嶺清宵月天上銀河白晝風潘賦登山魂易斷楚歌遺佩怨何窮往來未若奇張翰欲鱠(一作膾)霜鱸碧海東

自和書秋

隴首斜飛避弋鴻頹雲畫索見層空漢宮夜結雙莖露閶闔涼生六幕風湘女怨弦愁不禁鄂君香被夢難窮江邊兩槳連歌渡驚散遊魚蓮葉東

立春後作

東君珂佩響珊珊青馭多時下九關方信玉霄千萬里春風猶未到人間

梅花二首

應為陽春信未傳固將青豔屬殘年東君欲待尋佳約剩寄衣香與粉綿

迎春雪豔飄零極度夕蟾華掩映多欲托清香傳遠信一枝無計柰愁何

春日詠梅花二首

靚妝纔罷粉痕新遞曉風回散玉塵若遣有情應悵望已兼殘雪又兼春

青帝來時值遠芳殘花殘雪尚交光隔年擬待春消息得見春風已斷腸

即夕

榆葉飄零碧漢流玉蟾珠露兩清秋僊家若有單棲恨莫向銀臺半夜遊

送陳校勘入宿

日落風回卷碧寬芳蓬一夜拆龍泥銀臺級級連清漢桂子香濃月杵低

即夕

風幌涼生白袷衣星榆纔亂絳河低月明休近相思樹

恐有韓憑一處棲

早春詠雪

句芒宮樹已先開珠蘂瓊花鬬翦裁散作上林今夜雪送教春色一時來

望雪

銀花珠樹曉來看宿醉初醒一倍寒已似王恭披鶴氅凭欄仍是玉欄干

雪霽

星榆葉葉晝離披雲粉千重凝不飛崑玉樓臺珠樹密夜來誰向月中歸

舟次汴堤

曲岸蘭叢雁飛起野客維舟碧煙裏竿頭五兩轉天風白日楊花滿流水

劉軻

劉軻字希仁沛人少爲僧元和末登進士第終洺州刺史集一卷今存詩一首

玉聲如樂

玉叩一作振能旋止人言與樂幷繁音忽已闋雅韻詘然清佩想停仙步泉疑咽夜聲曲終無異聽響極有餘情特達知難擬玲瓏豈易名崑山如可得一片佇爲榮

朱晝

朱晝元和間進士詩三首

喜陳懿老示新製一作喜陳懿老自宛陵至示余新製三十餘篇

一別一千日一日十二憶苦心無閑時今夕見玉色玉色復何異弘一作紅明含羣德有文如星宿飛入我胷臆憂愁方破壞歡喜重補塞使我心貌全且非黃金力將攀下風手願假仙鸞翼自注云予欲見詩人孟郊故寄誠於此

贈友人古鏡

我有古時鏡初自壞陵得蛟龍猶泥蟠魑魅幸月蝕摩一作磨久見菱蘂青於藍水色贈君將照色無使心受惑

賦得花藤藥合寄頴陰故人

藤生南海濱引蔓青且長翦削爲花枝何人無文章非才亦有心割骨聞餘芳繁葉落何處孤貞在中央願盛黃金膏寄與青眼郎路遠莫知意水深天蒼蒼

滕邁

滕邁元和登進士第官吉州太守詩二首

春色滿皇州一作薛能詩

藹藹復悠悠春歸十二樓最明雲裏闕先滿日邊州色婿青門外光摇紫陌頭上林榮舊樹太液鏡一作泛新流暖帶祥煙起清一作晴添瑞景浮陽和如啓蟄從此事芳遊

楊柳枝詞

三條陌上拂金羈萬里橋邊映酒旗此日令人腸欲斷不堪將入笛中吹

句

陶令門前罥接䍦亞夫營裏拂朱旗柳見雲溪友議

滕倪

滕倪元和時人詩一首

留别吉州太守宗人邁

秋初江上别旌旗故國無家淚欲垂千里未知投足處前程便是聽猨時誤攻文字身空老却返漁樵計已遲羽翼彫零飛不得丹霄無路接差池

句

映水有深意見人無懼心題鷺鷥障子以下並見雲溪友議　白髮不能容相國也同閑客滿頭生

全唐詩　殷堯藩

殷堯藩蘇州嘉興人元和中登進士第辟李翺長沙幕府加監察御史又嘗爲永樂令詩一卷

吳宮

吳王愛歌舞夜夜醉嬋娟見日吹紅燭和塵掃翠鈿徒令句踐霸不信子胥賢莫問長洲草荒凉無限年

久雨

雲影蔽遥空無端淡復濃雨旬綿密雨二月似深冬詩酒從教數簾幃一任重孰知春有地微露小桃紅

郊行逢社日

酒熟送迎便村村慶有年妻孥親稼穡老稚効漁畋紅樹青林外黃蘆白鳥邊稔看風景美寧不羨歸田

過友人幽居

身坐衆香國蒲團詩思新一貧曾累我此輿未輸人陋巷誰爲俗寒窗不染塵石齋盟四友年下頓生春

過雍陶博士邸中飲一作贈陳十四

落葉下蕭蕭幽居遠市朝偶成投轄飲不待致書招塞鴈銜寒過山雲傍檻飄此身何所似天地一漁樵

遊王羽士山房

落日半樓明琳宮事事清山橫萬古色鶴帶九皐聲易作神仙侶難忘父子情道人應識我未肯説長生

署中答武功姚合

原中多陰雨惟留一室明自宜居靜者誰得問先生深井泉香出危沙藥更榮全家笑無辱曾不見戈兵

贈龍陽尉馬戴

早學全身術惟令耕近田自輸官税後常卧晚雲邊細草沿堦長高蘿出石懸向來名姓茂空被外情牽

上巳日一作三日贈都上人

三月初三日千家與萬家蝶飛秦地草鶯入漢宮花鞍馬皆爭麗笙歌盡鬬奢吾師無所願惟顧老煙霞曲水公卿宴香塵盡滿街無心修禊事獨步到禪齋細草縈愁目繁花逆旅懷綺羅人走馬遺落鳳皇釵

送沈亞之尉南康

行邁南康路，客心離怨多。暮煙葵葉屋，秋月竹枝歌。孤鶴喚殘夢，驚猨嘯薜蘿。對江翹首望，愁淚疊如波。

奉送劉使君王屋山隱居

散髮風簷下，沈沈日漸曛。鷹拳擒野雀，蛛網儭飛蚊。搴動能歸計，吾生亦謾勤。塵緣難著眼，聊興寄青雲。

寄許渾秀才

文字飢難煮，爲農策最良。興來鉏曉月，倦後卧斜陽。秋稼連千頃，春花醉幾場。任他名利客，車馬鬧康莊。

送客遊吳

吳國水中央，波濤白渺茫。衣逢梅雨漬，船入稻花香。海戍通鹽竈，山村帶蜜房。欲知蘇小小，君試到錢塘。

陸丞相故宅

衣冠零落久，今日事堪傷。廚起青烟薄，門開白日長。殘梅欹古道，名石臥穨墻。山色依然好，興衰未可量。

中元日觀諸道士步虛

玄都開秘籙，白石禮先生。上界秋光淨，中元夜氣（一作景）清。星辰朝帝處，鸞鶴步虛聲。玉洞（一作樹）花長發（一作難老），珠宮月最明。掃壇天地肅，投簡鬼神驚。倘賜刀圭藥，還留不死名。

醉贈劉十二（一作寄嶺南張明府）

春草正淒淒，知君過（一作道）惡溪。鶯將吉了語，猿共猓然啼。別路魂先斷，還家夢幾迷。定尋雷令劒，應識越王笄。樹色多於北，潮聲少向西。椰花好爲酒，誰伴醉如泥。

早朝

曙鍾催入紫宸朝，列炬流虹映絳綃。天近鼇頭花簇仗，風低豹尾樂鳴韶。衣冠一變無夷俗，律令重頒有正條。昨日鍾山甘露降，玻璃滿賜出宮瓢。

帝京二首

列郡徵才起俊髦，萬機獨使聖躬勞。開藩上相須龍節，破虜將軍展豹韜。地入黃圖三輔壯，天垂華蓋七星高。迎春別賜瑤池宴，捧進金盤五色桃。

龍虎山河御氣通，遙瞻帝闕五雲紅。英雄盡入江東籍，將相多收薊北功。禮樂日稽三代盛，梯航歲貢萬方同。都將儉德熙文治，淳俗應還太古風。

宮詞

悄悄深宮不見人，倚闌惟見石麒麟。芙蓉帳冷愁長夜，翡翠簾垂隔小春。天遠難通青鳥信，風寒欲動錦花茵。夜深怕有羊車過，自起籠燈看雪紋。

郊居作

碧樹濃陰護短垣，蒼江春煖渚梟喧。買魚試喚鳴榔艇，尋鶴因行隔壠村。生理何憑文是業，世情縱遣酒盈樽。相逢謂我迂疎甚，欲辨還憎恐失言。

閑居

茂苑閑居木石同，旋開小逕翦蒿蓬。虛遊心在鴻濛外，穴處身疑培塿中。花影一闌吟夜月，松聲半榻卧秋風。百年寄傲聊容膝，何必高車駟馬通。

暮春述懷

爲客山南二十年，愁來怳近落花天。陰雲帶雨連山暗，濕氣成嵐滴樹巔。隣屋有聲敲石火，野禽無語避茶煙。此時若遇孫陽顧，肯服鹽車不受鞭。

端午日

少年佳節倍多情，老去誰知感慨生。不效艾符趨習俗，但祈蒲酒話昇平。鬢絲日日添頭白，榴錦年年照眼明。千載賢愚同瞬息，幾人湮沒幾垂名。

九日

萬里飄零十二秋，不堪今倚夕陽樓。壯懷空擲班超筆，久客誰憐季子裘。瘴雨蠻煙朝暮景，平蕪野草古今愁。酣歌欲盡登高興，強把黃花插滿頭。

九日病起

重陽開滿菊花金，病起稽林惜賞心。紫蟹霜肥秋縱好，綠醅蟻滑晚慵斟。眼窺薄霧行殊倦，身怯寒風坐未禁。沈醉又成來歲約，遣懷聊作記時吟。

寒夜

雲冷江空歲暮時，竹陰梅影月參差。雞催夢枕司晨早，更咽寒城報點遲。人事紛華潛動息，天心靜默運推移。憑誰蕩滌窮殘候，入眼東風喜在期。

喜雨

臨岐終日自裴回，乾我茅齋半畝苔。山上亂雲隨手變，湖東飛雨過江來。一元和氣歸中正，百怪蒼淵起蟄雷。千里稻花應秀色，酒樽風月醉亭臺。

春遊

明日城東看杏花，叮嚀童子蚤將車。路從丹鳳樓前過，酒向金魚館裡賒。綠水滿溝生杜若，煖雲將雨濕泥沙。絕勝羊傳襄陽道，車騎西風擁鼓笳。

夜酌溪樓

樓居溪上涼生早，坐對城頭起暮笳。打鼓泊船何處客，搗衣隔竹是誰家。玉繩低轉宵初迥，銀燭高燒月近斜。得意引杯須痛飲，好懷那許負年華。

旅行（一作金陵道中）

煙樹寒林半有無，野人行李更蕭疎。堠長堠短逢官馬，山北山南聞鷓鴣。萬里關河成傳舍，五更風雨憶呼盧。寂寥一點寒燈在，酒熟隣家許夜沽。

下第東歸作

十載驅馳倦荷鋤，三年生計鬢蕭疎。辛勤幾逐英雄後，乙榜猶然姓氏虛。欲射狼星把弓箭，休將螢火讀詩書。身賤自慙貧骨相，朗嘯東歸學釣魚。

還京口

黃鶴山頭雪未消，行人歸計在今朝。城高鐵甕江山壯，地接金陵草木彫。北府市樓聞舊酒，南橋官柳識歸橈。吏民莫見參軍面，水宿風餐鬢髮焦。

襄口阻風

雪浪排空接海門，孤舟三日阻龍津。曹瞞曾隨周郎計，王導難遮庾亮塵。鷗散白雲沈遠浦，花飛紅雨送殘春。篙師整纜候明發，仍謁荒祠問鬼神。

潭州獨步

鶴髮垂肩懶著巾，晚涼獨步楚江濱。一帆暝色鷗邊雨，數尺筇枝物外身。習巧未逢醫拙手，閒歌先識採蓮人。笑看斥鷃飛翔去，樂處蓬萊便有春。

金陵懷古

黃道天清擁珮珂，東南王氣秣陵多。江吞彭蠡來三蜀，
地接崑崙帶九河。鳳闕曉霞紅散綺，龍池春水綠生波。
華夷混一歸真主，端拱無爲樂太和。

登鳳凰臺二首

鳳凰臺上望長安，五色宮袍照水寒。綵筆十年留翰墨，
銀河一夜臥闌干。三山飛鳥江天暮，六代離宮草樹殘。
始信人生如一夢，壯懷莫使酒杯乾。

梧桐葉落秋風老，人去臺空鳳不來。梁武臺城芳草合，
吳王宮殿野花開。石頭城下春生水，燕子堂前雨長苔。
莫問人間興廢事，百年相遇且銜杯。

韓信廟

長空鳥盡將軍死，無復中原入馬蹄。身向九泉還屬漢，
功超諸將合封齊。荒凉古廟惟松柏，咫尺長陵又鹿麋。
此日深憐蕭相國，竟無一語到金閨。

訪許渾

去郭來尋隱者居，柳陰假步小籃輿。每期會面初償約，
却討論心舊得書。淺綠垣牆綿薜荔，淡紅池沼映芙蕖。
爲言肯共留連飲，澗有青芹沼有魚。

李舍人席上感遇（一作寓意）

微雲斂雨天氣清，松聲出樹秋泠泠。窗戶長含碧蘿色，
溪流時帶蛟龍腥。一官到手不可避，萬事役我徒勞形。
飄然曳杖出門去，無數好山江上橫。

和趙相公登鸛雀樓（樓在河中府前，臨中條，下瞰大河）

危樓高架泬寥天，上相開登立綵旃。樹色到京三百里，
河流歸漢幾千年。晴峰背日當周道，秋穀垂花滿舜田。
雲路何人見高志，最看西面赤闌前。

冬至酬劉使君

異鄉冬至又今朝，回首家山入夢遥。漸喜一陽從地復，
却憐羣沴逐冰消。梅含露蘂知迎臘，柳拂宮袍憶候朝。
多少故人承宴賞，五雲堆裏聽簫韶。

李節度平虜詩

百萬王師下日邊，將軍雄畧可圖全。元勳未論封茅異，
捷勢應知破竹然。燕甍無烽清朔漠，秦文有寶進藍田。
太平從此銷兵甲，記取紅羊換刼年。

金陵上李公垂侍郎

海國微茫散曉暾，鬱葱佳氣滿乾坤。六朝空據長江險，
一統今歸聖代尊。西北諸峰連朔漠，東南衆水合崑崙。
願從吾道禧文運，再使河清俗化淳。

贈惟儼師

煥然文采照青春，一策江湖自在身。雲鎖木龕聊息影，
雪香紙襖不生塵。談禪早續燈無盡，護法重編論有神。
擬掃綠陰浮佛寺，杪欏高樹結爲隣。

寄許渾秀才

萬木驚秋葉漸稀，靜探造化見玄機。眼前誰悟先天理，
去後還知今日非。樹擁秣陵千嶂合，雲開蕭寺一僧歸。
漢廷累下徵賢詔，未許嚴陵老釣磯。

送白舍人渡江

曉發龍江第一程，諸公同濟似登瀛。海門日上千峰出，
桃葉波平一棹輕。橫鎖已沈王濬筏，投鞭難阻謝玄兵。
片時喜得東風便，回首鐘聲隔鳳城。

送劉禹錫侍御出刺連州

遐荒迢遰五羊城，歸興濃消客裡情。家近似忘山路險，
土甘殊覺瘴煙輕。梅花清入羅浮夢，荔子紅分廣海程。
此去定知償隱趣，石田春雨讀書耕。

送韋侍御報使西蕃

歸奏聖朝行萬里，却銜天詔報蕃臣。本是諸生守文墨，
今將匹馬靜煙塵。旅宿關河逢暮雨，春耕亭障識遺民。
此去多應收故地，寧辭沙塞往來頻。

寒食城南即事因訪藍田韋明府

閑出城南禁火天，路傍騎馬獨搖鞭。青松古墓傷碑碣，
紅杏春園羡管弦。徒說鷫鸘賞玉劒，漫誇蚨血點銅錢。
世間盡是悠悠事，且飲韋家冷酒眠。

送源中丞使新羅（一作姚合詩）

赤墀奉命使殊方，官重霜臺紫綬光。玉節在船清海怪，
金函開詔撫夷王。雲晴漸覺山川異，風便寧知道路長。
誰得似君將雨露，海東萬里灑扶桑。

送景玄上人還山

高陽聽罷講經鐘，遠訪庭闈錫度空。蒲履謾從歸後織，
衲衣猶記别時縫。地橫龍朔連沙曠，山入烏桓碧樹重。
梵宇傳來金貝葉，花前拜捧慰親容。

宮人入道

卸却宮妝錦繡衣，黃冠素服製相宜。錫名近奉君王旨，
佩籙新參老氏師。白晝無情趨玉陛，清宵有夢步瑶池。
綠鬟女伴含愁别，釋盡當年妬寵私。

友人山中梅花

南國看花動遠情，沈郎詩苦瘦容生。鐵心自儗山中賦，
玉笛誰將月下横。臨水一枝春占早，照人千樹雪同清。
好風吹醒羅浮夢，莫聽空林翠羽聲。

客中有感

天地一身在，頭顱五十過。流年消壯志，空使淚成河。

憶家二首

新霽颸林初，蘋花貼岸舒。故鄉今夜月，猶得照孤廬。

樹擁溪邊閣，山浮雨後嵐。白頭歸未得，夢裏望江南。

江行二首

暝色滄州迴，秋聲玉峽長。只因江上月，不覺過潯陽。

晚泊長江口，寒沙白似霜。年光流不盡，東去水聲長。

偶題

越女收龍眼，蠻兒拾象牙。長安千萬里，走馬送誰家。

關中傷亂後

去歲干戈險，今年蝗旱憂。關西歸戰馬，海内賣耕牛。

楚江懷古

騷靈不可見，楚些竟誰聞。欲采蘋花去，滄州隔暮雲。

張飛廟

威名垂萬古，勇力冠當時。回首三分國，何人賦黍離。

生公講臺

暝色護樓臺，陰雲晝未開。一塵無處著，花雨遍蒼苔。

席上聽琴

高堂流月明，萬籟不到耳。一聽清心魂，飛絮春紛起。

酬雍秀才二首

全唐詩

沈亞之

沈亞之字下賢吳興人登元和十年進士第歷殿中丞御史內供奉太和初爲德州行營使柏耆判官耆貶亞之亦謫南康尉終郢州掾集九卷今編詩一卷

虎丘山真娘墓

金釵淪劒壑茲地似花臺油壁何人值一作遇錢塘度曲哀翠餘長染柳香重欲薰梅但道行雲去應隨魂一作蝶夢來

答殷堯藩贈罷涇源記室

勞君輟雅話聽說事壇場提筆從征虜飛書始伏羌河流辭馬嶺節臥聽龍驤孤負平生劒空憐射斗光

五月六日發石頭城步望前船示舍弟兼寄侯郎

客子去淮陽逶迤一作蹉跎別夢長水關開夜鎖霧櫂起晨涼一作裝煙月期同賞風波忽異行隱山一作帆曾攃檣轉瀨指遙檣蒲葉吳一作剪一作錢刀綠筠筒楚粽香因書報惠一作司遠爲我憶檀郎

別麗子肅

自爲應仙才丹砂鍊幾迴山秋夢桂樹月曉憶瑤臺雨雪依巖避一作別煙雲逐步開今朝龍仗去早晚鶴書來

春色滿皇州

何處春輝一作歸好偏宜在雍州花明夾城道柳暗曲江頭

晚市人煙合歸帆帶夕陽樓遲未歸客猶著錦衣裳

臥病茅窗下驚聞雨月過興來聊賦詠清婉逼陰何

竹

窗戶盡蕭森空堦凝碧陰不緣冰雪裏爲識歲寒心

春怨

柳花撲簾春欲盡綠陰障林鶯亂啼秖愁明日送春去落日滿園啼竹雞

館娃宮

宮女三千去不回真珠翠羽是塵埃夫差舊國久破碎紅燕自歸花自開

漢宮詞三首

成帝夫人淚滿懷璧宮相趁落空堦可憐玉貌花前死惟有君恩白燕釵

霍家有女字成君年少教人著繡裙枉殺宮中許皇后椒房恩澤是浮雲

駿馬金鞍白玉鞭宮中來取李延年承恩直日鴛鴦殿一曲清歌在九天

同州端午

鶴髮垂肩尺許長離家三十五端陽兒童見說深驚訝却問何方是故鄉

夜過洞庭

笙歌只解鬧花天誰是敲冰掉小船爲覓瀟湘幽隱處夜深載月聽鳴泉

遊山南寺二首

山中盡日無人到竹外交加百鳥鳴昨日小樓微雨過櫻桃花落晚風晴

踏碎羊山黃葉堆天飛細雨隱輕雷朗陵莫訝來何晚不忍聽君話別杯

寄太僕田卿二首

客窗強飲太忽忽急雨寒風意萬重驀上心來消未得夢回又聽五更鐘

一陽纔動伏羣陰萬物於今寓太音若喜長生添線日微微消息識天心

新昌井

轆轤千轉勞筋力待得甘泉渴殺人且共山麋同飲澗玉沙鋪底淺磷磷

經靖安里

巷底蕭蕭絕市塵供愁疎雨打黃昏悠然一曲泉明調淺立閑愁輕閉門

聞箏歌

凄凄切切斷腸聲指滑音柔萬種情花影深沈遮不住度幃穿幙又殘更

吹笙歌

伶兒竹聲愁繞空秦女淚濕燕支紅玉桃花片落不住三十六簧能喚風

贈歌人郭婉二首

石家金谷舊歌人起唱花筵淚滿巾紅粉少年諸弟子一時惆悵望梁塵

雲滿衣裳月滿身輕盈歸步過流塵五更無限留連意常恐風花又一春

潭州席上贈舞柘枝妓

姑蘇太守青娥女流落長沙舞柘枝坐滿繡衣皆不識可憐紅臉淚雙垂

句

瘴雨出虹蝀蠻煙渡江急嘗聞島夷俗犀象滿城邑寄嶺南張明甫見方輿勝覽

風軟遊絲重光融瑞氣浮鬬雞憐短草乳燕傍高樓繡轂盈香陌新泉溢御溝迴（一作行）看日欲暮還（一作迴）騎似川流

宿白馬津寄寇立（一作至）

客思聽蛩嗟秋懷似亂砂劒頭懸日影蠅（一作黽）鼻落燈花天外歸鴻斷漳南別路賒聞君同旅舍幾得夢還家

汴州船行賦岸傍所見

古木曉蒼蒼秋林拂岸香露珠蟲網細金縷兔絲長秋浪時迴沫驚鱗乍觸航蓬煙拈綠線棘實綴紅囊亂穗摇鼉尾出（一作垂）根挂鳳腸聊持一濯足誰道比滄浪

送文穎上人遊天台

露花浮翠瓦鮮思起芳叢此際斷客夢況復別志公既歷天台去言過赤城東莫説人間事崎嶇塵土中

宿後自華陽行次昭應寄王直方

重歸能幾日物意早如春暖色先驪岫寒聲別鴈羣川光如戲劒帆態似翔雲爲報東園蝶南枝日已曛

題海榴樹呈八叔大人

曾在蓬壺伴衆仙文章枝葉五雲邊（一作鮮）幾時奉宴瑶臺下何日移榮玉砌前染日裁霞深（一作假）雨露凌寒送暖占風煙應笑強如河畔柳逢波逐（一作隨）浪送（一作逐）張騫

西蕃請謁廟

肅肅層城裏巍巍祖廟清聖恩覃布濩異域獻精誠冠蓋分行列戎夷辨姓名禮終齊百拜心潔表忠貞瑞氣千重色簫韶九奏聲仗移迎日轉旌動逐風輕休運威儀正年推俎豆盈不才甎聖澤空此望華纓

勸政樓下觀百官獻壽（一本無觀字）

御氣黄花節臨軒紫陌頭早陽生彩仗霽色入仙樓獻壽皆（一作比）鴛鷺瞻天在冕旒菊尊開九日鳳曆啓千秋樂闋祥煙起杯酣瑞影收年年歌舞夕此地慶皇休

山出雲

片雲朝出岫孤色逈難親蓋小辭山早根輕觸石新飄揚經綠野明麗照青春拂樹疑舒葉臨江似結鱗從龍方有感捧日豈無因看助爲霖去恩沾雨露均

曲江亭望慈恩杏花發

曲臺晴好望近接梵王家十畝開金地千株發杏花帶雲猶誤雪映日欲欺霞紫陌傳香遠紅泉落影斜園中春尚早亭上路非賒芳景偏堪賞其如積歲華

村居

有（一作無）樹巢宿鳥無酒共客醉月上蟬韻殘梧桐陰繞地獨出村舍門吟劇微風起蕭蕭蘆荻叢叫嘯如山鬼應緣我憔悴爲我哭秋（一作發愁）思

春詞酬元微之（一作旃眉吾詩）

黄鶯（一作鳥）啼時春日高紅芳發盡井邊桃美人手暖裁衣易片片輕花落翦刀

題侯仙亭

新創仙亭覆石壇雕梁峻宇入雲端嶺北嘯猨高枕聽湖南山（一作春）色捲簾看

送龐子肅

三年遊宦也迷津馬困長安九陌塵都作無成不歸去古來妻嫂笑蘇秦

夢輓秦弄玉（亞之自記略云太和初沈亞之將之邠出長安城客橐泉邸舍春時晝夢入秦主内史廖家廖舉亞之拜左庶長尚公主弄玉其日有黄衣中貴騎疾馬來延亞之入宮闕甚嚴呼公主出鬒髮著偏袖衣芳姝明媚侍女祇承分立左右者數百人召見亞之便館屋亞之於宮題其門曰翠微宮宮人呼爲沈郎院一年公主卒公追傷不已將葬咸陽原公命亞之作輓歌應教而作公讀詞善之時宮中有失聲若不忍者公隨泣下亞之送葬咸陽還以悼悵過戚被病猶在翠微宮然處殿外特室不居宮中矣居月餘病良已公謂亞之曰獻秦不足辱大夫盍適大國乎亞之對曰臣無狀不能從死公主使得歸骨父母國臣不忘君恩時日將去公追酒高會執爵亞之前曰願沈郎歌以塞別亞之受命立爲歌辭授舞者雜其聲而和之四座皆泣既再拜辭去公復命至翠微宮與公主侍人別重入殿内時見珠翠遺碎青階下窗紗檀點依然宮人泣對亞之亞之感咽良久因題宮門竟別去公命車駕送出函谷關出關已送吏曰公命盡此且去亞之與別語未卒忽驚覺臥邸舍）

泣葬一枝紅生同死不同金鈿墜芳草香繡滿春風舊日聞簫處高樓當月中梨花寒食夜深閉翠微宮

夢別秦穆公

擊髆舞恨滿煙光無處所淚如雨欲擬著辭不成語金鳳銜紅舊繡衣幾度宮中同看舞人間春日正歡樂日暮東風何處去

夢游秦宮（一作題宮門）

君王多感放東歸從此秦宮不復期春景似傷秦喪主落花如雨淚臙脂

湘中怨（并序）

湘中怨者事本怪媚爲學者未嘗（一作不當）有述然而淫溺之人往往不寤今欲槩其所論以著誠而已從生韋敖善撰樂府故牽而廣之以應其詠

隆佳秀兮昭盛時播薰（一作芳）綠兮淑華歸顦室荑與處萼兮潛重房以飾姿見稚態之韶羞（一作容）兮蒙長靄以爲幃醉融光兮渺渺瀰瀰迷千里兮涵煙眉晨陶陶兮暮熙熙舞婑那之穠條兮騁盈盈以披遲酡遊（一作容）顏兮倡蔓卉縠流蒨霓兮石髮髓旋（風光詞）

泝青山兮江之隅拖湘波兮裊綠裾荷拳拳兮未舒匪同歸兮將焉知（汜人歌　亞之自撰解曰垂拱年中駕在上陽宮太學進士鄭生晨發銅駝里乘曉月度洛橋聞橋下有哭甚哀生下馬循聲索之見一豔女翳然蒙袖曰我孤養於兄嫂惡常苦我今欲赴水故留哀須臾生曰能遂我歸乎應曰婢御無悔遂載歸與居號曰汜人能誦楚人九歌招魂九辯之書亦常擬其調賦爲怨句其詞麗絕世莫屬者因撰風光詞生居貧汜人解篋出輕綃一端與賣胡人酬之千金居數歲生遊長安是夕謂生曰我湘中蛟宮之娣也謫而從君今歲滿無以久留君所欲爲訣耳即相持啼泣生留之不能竟去後十餘年生之兄爲岳州刺史會上巳日與家徒登岳陽樓望鄂渚張宴樂酣生愁吟曰情無垠兮蕩洋洋懷佳期兮屬三湘聲未終有畫艫浮漾而來中爲綵樓高百餘尺其上施帷帳欄籠畫飾帷褰有彈弦鼓吹者皆神仙蛾眉被服煙霓裙袖皆廣尺其中一人起舞且歌含頻淒怨形類汜人舞畢斂袖翔然凝望樓中縱觀方怡須臾風濤崩怒遂迷所往元和十三年余聞之朋中因悉補其詞題之曰湘中怨蓋欲使南昭嗣煙中志爲偶倡也）

文祝延二闋（并序）

文祝延之指其本禱祠閭人歌其質也閭侯居政民蔭而安他日侯恙在體巷野之祈祠于神者皆以請侯益憂焉後得間而詞乃舒其俗以爲言俚不足自道或謂軍副者能變風從律善闡物志因耆耋爲請於是與文以通其意且以古之得人者皆祝延之今復用言命爲篇目其詞二（一本有闋字）

閭山之杭杭兮水堋堋吞荒抱大兮香疊層騰氣清渾兮朝昏神生其中兮宅幽凝居如山兮惠如水處端卓兮赴下而忘鄙集人之祈兮從人之所市攀清明兮叩髣髴我民清兮期吉日願聽誠兮陳所當侯臨我兮恩如光照導兮天（一作胸）覆惠流吾兮樂且康恭聞侯兮飲食失常民縈（一作煢）憂兮心苦（一作若）瘏飽我之飢兮侯由有（一作百）穀神有澤兮宜蔭沃脫侯之恙兮歸侯之多福羣卑勤之恭潔兮（一作潔恭）鑒貞盟乎山竹（右一闋爲祈神）

咒載吹兮音咿咿銅鐃呶兮睋呼眈（一作眠）睢樟之蓋兮麓

八·二　四九三

下雲垂幄兮爲帷合吾民兮將安維吾侯之康兮樂欣肴盤列兮荅（一作合）神神擺漁篁兮降拂窣窣（一作窣窣）右持妓兮左夫人態修邃兮佻眇調丹含瓊兮瑳（上聲）佳笑馨炮羶燔兮溢按豆爵盎無虛兮菓摭雜佑秋雲清醉兮流融光巫裾旋兮覡袖翔瞪虛凝兮覽迴楊（一作陽）語神歡兮酒云（一作味）央望吾侯兮遵賞事朝馬駕兮搦寶轡千弭函弦兮森道騎吾何樂兮神軒維侯之康兮居遊自遂（右一闋爲醻神）

全唐詩

施肩吾

施肩吾字希聖洪州人元和十年登第隱洪州之西山爲詩奇麗西山集十卷今編詩一卷

及第後過揚子江

憶昔將貢年抱愁此江邊魚龍互閃爍黑浪高於天今日步春（一作青）草復（一作還）來經此道江神也世情爲我風色好

夜宴曲（一作詞）

蘭釭如晝曉不眠玉堂（一作爐）夜起沈香煙青娥一行十二仙欲笑不笑桃花然碧窗弄嬌（一作粧）梳洗晚户外不知銀漢轉被郎嗔罰瑠璃（一作屠蘇）盞酒入四肢紅玉軟

効古興（一作體）

金雀（一作黃金）無舊釵緗綺無舊裾唯有一寸心長貯萬里夫南軒夜蟲織已促北牖飛蛾遶殘燭衹言衆口鑠千（一作黃）金誰信獨愁銷片玉不知歲晚歸不歸又將啼（一作淚）眼縫征衣

古別離二首

古人謾歌西飛燕十年不見狂夫面三更風作切夢刀萬轉愁成繫腸線所嗟不及牛女星一年一度得相見

老母別愛子少妻送征郎血流既四面乃一斷二腸不愁寒無衣不怕飢無糧惟恐征戰不還鄉母化爲鬼妻爲孀

壯士行

一斗之膽撐臟腑如磦之筋礙臂骨有時俟入千人叢自覺一身橫突兀當今四海無煙塵胸襟被壓不得伸凍梟殘蠆我不取汙我匣裏青蛇鱗

代征婦怨

寒窗羞見影相隨嫁得五陵輕薄兒長短豔歌君自（一作不）解淺深更漏妾偏知畫裙多淚鴛鴦濕雲鬢慵梳玳瑁垂何事不看霜雪裏堅貞惟有古松枝

送人（一作客）南游

見說南行（一作遊）偏不易中途莫忘寄書頻淩空瘴氣墮飛鳥解語山魈惱病人閩縣綠娥能引客泉州烏藥好（一作可）防身異花奇竹分明看待汝歸來畫取真

贈邊將

輕生奉國不爲難戰苦身多舊箭瘢玉匣鎖龍鱗甲冷金鈴襯鶻羽毛寒皂貂擁出花當背白馬騎來月在鞍猶恐犬戎臨虜塞柳營時（一作特）把陣圖看

上禮部侍郎陳情

九重城裏無親識八百人中獨姓施弱羽飛時攢箭險蹇驢行處薄冰危晴天欲照盆難反貧女如花鏡不知却向從來受恩地再求青律變寒枝

早春殘雪

春景照林巒玲瓏雪影殘井泉添碧甃藥圃洗朱欄雲路迷初醒書堂映漸難花分梅嶺色塵減玉堦寒遠稱棲松鶴高宜點露盤佇逢春律後陰谷始堪看

送端上人遊天台

師今欲向天台去來說天台意最真溪過石橋爲險處路逢毛褐是真人雲邊望字鐘聲遠雪裏尋僧脚跡新只可且論經夏別莫教琪樹兩迴春

惜花

落盡萬株紅無人解繫風今朝芳徑裏惆悵錦機空

衝夜行

夜行無月時古路多荒榛山鬼遥把火自照不照人

夜愁曲

歌者歌未絕愁人愁轉增空把琅玕枝強挑無心燈

雜古詞（一作古曲）五首

可憐江北女慣唱江南曲搖蕩木蘭舟雙鳧不成浴

郎爲七上香妾作（一作爲）籠下灰歸時即（一作雖）暖熱去罷生塵埃

夜裁鴛鴦綺朝織蒲桃綾欲試一寸心待縫三尺冰

憐時魚得水怨罷商與參不如山梔子却能（一作解）結同心

紅顏感暮花白日同流水思君若（一作如）孤燈一夜一心死

幼女詞

幼女纔六歲未知巧與拙向夜在堂前學人拜新月

買地詞

買地不惜錢爲多芳桂叢所期在清涼（一作景）坐起聞香風

弋陽訪古

行逢葛溪水不見葛仙人空拋青竹杖呪作葛陂神

幽居樂

萬籟不在耳寂寥心境清無妨數莖竹時有蕭蕭聲

湘川懷古

湘水終日流湘妃昔時哭美色已成塵淚痕猶在竹

秋山吟

夜吟秋山上裊裊秋風歸月色清且冷桂香落人衣

寒夜

三復招隱吟不知寒夜深看看西來月移到青天心

湘竹詞

萬古湘江竹無窮奈怨何年年長春筍只是淚痕多

觀花後遊慈恩寺

世事知難了應須問苦空羞將看花眼來入梵王宮

乞巧詞

乞巧望星河雙雙並綺羅不嫌針眼小只道月明多

不見來詞

烏鵲語千回黃昏不見來漫教脂粉匣閉了又重開

夜起來（一作起夜來）

香銷連理帶塵覆合歡桮嬾卧相思枕愁吟夜起來

笑卿卿詞

笑向卿卿道駝書夜夜多出來看玉兔又欲過銀河

感遇詞

一種貌如仙人情要自偏羅敷有底好最得使君憐

及第後夜訪月仙子

自喜尋幽夜新當及第年還將天上桂來訪月中仙

定情樂

敢嗟君不憐自是命不諧著破三條裙却還雙股釵

感郎雙條脫新破八幅綃不惜榆莢錢買人金步摇

宿南一上人山房

窗牖月色多坐臥禪心靜青鬼來試人夜深弄燈影

蘭渚泊

家在洞水西身作蘭渚客天晝無纖雲獨坐空江碧

經吴真君舊宅

古仙煉丹處不測何歲年至今空宅基時有五色煙

古相思

十訪九不見甚於菖蒲花可憐雲中月今夜墮我家

瀑布

豁開青冥顛寫出萬丈泉如裁一條素白日懸秋天

金尺石

丹砂畫頑石黄金横一尺人世較短長仙家愛平直

秋洞宿

夜深秋洞裏風雨報龍歸何事觸人睡不教胡蝶飛

效古詞

姊妹無多兄弟少舉家鍾愛年最小有時繞樹山鵲飛
貪看不待畫眉了

山中得劉秀才京書

自笑家貧客到疏滿庭煙草不能鋤今朝誰料三千里
忽得劉京一作公一紙書

望夫詞

手爇寒燈向影頻回文機上暗生塵自家夫壻無消息
却恨橋頭賣卜人

憶四明山泉

愛彼山中石泉水幽深夜夜落空一作夜落空窗裏至今憶得臥
雲時猶自涓涓在人耳

西山靜中吟

重重道氣結成神玉闕金堂逐日新若數西山得道者
連予便是十三人

天柱山贈峨嵋田道士

古稱天柱連九天峨嵋道士棲其巔近聞教得玄鶴舞
試憑驅出青芝田

夜巖謡

夜上幽巖踏靈草松枝已疏桂枝老新詩幾度惜不吟
此處一聲風月好

島夷行

腥臊海邊多鬼市島夷居處無鄉里黑皮年少學採珠
手把生犀照鹹水

帝宫詞

自得君王寵愛時敢言春色上寒枝十年宫裏無人問
一日承恩天下知

歎花詞

前日滿林紅錦遍今日遶林看不見空餘古岸泥土中
零落臙脂兩三片

杜鵑花詞

杜鵑花時夭豔然所恨帝城人不識丁寧莫遣春風吹
留與佳人比顏色

曉光詞

日輪一作光浮動羲和推東方一軋天門開風神爲我掃煙
霧四海蕩蕩無塵埃

望曉詞

攬衣起兮望秋河濛濛遠霧飛輕羅蟠桃樹上日欲出
白榆枝畔星無多

海邊遠望

扶桑枝邊紅皎皎天雞一聲四溟曉偶看仙女上青天
鸞鶴無多采雲少

聽南僧説偈詞

師子座中香已發西方佛偈南僧説惠風吹盡六條塵
清淨水中初見月

春日美新緑詞

前日萌芽小於粟今朝草樹色已足天公不語能運爲
驅遣羲和染新緑

對月憶嵩陽故人

團團月光照西壁嵩陽故人千里隔不知三十六峯前
定爲何處峯前客

贈莎地道士

莎地陰森古蓮葉游龜暗老青苔甲池邊道士誇眼明
夜取蟭螟摘蚊睫

效古詞

莫愁新得年十六如蛾雙眉長帶緑初學箜篌四五人
莫愁獨自聲前足

冬日觀早朝

紫煙捧日爐香動萬馬千車踏新凍繡衣年少朝欲歸
美人猶在青樓夢

觀吴偃畫松

君有絶藝終身寶方寸巧心通萬造忽然寫出澗底松
筆下看看一枝老

題山僧水閣

山房水閣連空翠沈沈下有蛟龍睡老僧趺坐入定時
不知花落黄金地

登峴亭懷孟生

峴山自高水自緑後輩詞人心眼俗鹿門才子不再生
怪景幽奇無管屬

吴中代蜀客吟

身佃吴兒家在蜀春深屢唱思鄉曲峨眉風景無主人
錦江悠悠爲誰緑

戲詠榆莢

風吹榆錢落如雨繞林繞屋來不住知爾不堪還酒家
漫教夷甫無行處

寄李補闕

蒼生應怪君起遲蒲輪重輾嵩陽道功成名遂來不來

三十六峯仙鶴老

貧客吟

[illegible]毯敉衣無處結寸心耿耿如刀切今朝欲泣泉客珠
及到盤中却成血

詣山中叟

老人今年八十幾口中零落殘牙齒天陰傴僂帶嗽行
猶向巖前種松子

聞山中步虛聲

何人步虛南峯頂鶴唳九天霜月冷仙詞偶逐東風來
誤飄數聲落塵境

題龍池山人

主人家在龍池側水中有魚不敢食終朝采藥供仙廚
却笑桃花少顏色

翫新桃花

幾歎紅桃開未得忽驚造化新裝飾一種同霑榮盛時
偏荷清光借顏色

山石榴花

深色臙脂碎翦紅巧能攢合是天公莫言無物堪相比
妖豔西施春驛中

翫友人庭竹

曾去玄洲看種玉那似君家滿庭竹客來不用呼清風
此處桂冠凉自足

秋夜山居二首

幽居正想飡霞客夜久月寒珠露滴千年獨鶴兩三聲
飛下巖前一枝柏

去鴈聲遥人語絕誰家素機織新雪秋山野客醉醒時
百尺老松銜半月

秋夜山中別友人

獨鶴孤雲兩難說明朝又作東西別知君少壯無幾年
莫愛閑吟老松月

贈別王錬師往羅浮

道俗騈闐留不住羅浮山上有心期却愁仙處人難到
別後音書寄與誰

春日飡霞閣

灑水初晴物候新飡霞閣上最宜春山花四面風吹入
爲我鋪牀作錦茵

喜友再相逢

三十年前與君別可憐容色奪花紅誰知日月相催促
此度見君成老翁

候仙詞

西歸公子何時降南岳先生早晚來巡歷世間猶未遍
乞求鸞鶴且裴回

修仙詞

丹田自種留年藥玄谷長生續命芝世上漫忙兼漫走
不知求己更求誰

夏日題方師院

火天無處買清風悶發時來入梵宮只向方師小廊下
回看門外是樊籠

春游樂

一年三百六十日賞心那似春中物草迷曲塢（一作渚）花滿
園東家少年西家出

仙客歸鄉詞二首

六合八荒游未半子孫零落暫歸來井邊不認捎雲樹
多是門人在後栽

洞中日月洞中仙不筭離家是幾年出郭始知人代變
又須抛却古時錢

雲州飲席

酒腸雖滿少歡情身在雲州望帝城巡次合當誰改令
先須爲我打還京

戲贈李主簿

官罷江南客恨遥二年空被酒中消不知暗數春游處
偏憶揚州第幾橋

春詞（一作沈亞之詩）

黄鳥啼多春日高紅芳開盡井邊桃美人手暖裁衣易
片片輕雲落翦刀

題景上人山門

水有青蓮沙有金老僧於此獨觀心愁人欲寄中峯宿
只恐白猨啼夜深

妓人殘粧詞

雲髻已收金鳳皇巧勻輕黛約殘粧不知昨夜新歌響
猶在誰家繞畫梁

臨水亭

只怪素亭黏黛色溪煙爲我染莓苔欲知源上春風起
看取桃花逐水來

聽范玄長吟

聱聱扣出碧琅玕能使秋猨欲叫難詩興未窮心更遠
手垂青拂向雲看

觀葉生畫花

心竅玲瓏貌亦奇榮枯只在手中移今朝故向霜天裏
點破繁花四五枝

洗丹沙詞

千淘萬洗紫光攢夜火熒熒照玉盤恐是麻姑殘米粒
不曾將與世人看

長安春夜吟

露盤滴時河漢微美人燈下裁春衣蟾蜍東去鵲南飛
芸香省中郎不歸

自述

篋貯靈砂日日看欲成仙法脫身難不知誰向交州去
爲謝羅浮葛長官

少年行

醉騎白馬走空衢惡少皆稱電不如五鳳街頭（一作新開）勒
轡半垂衫袖揖金吾

越中遇寒食

去歲清明霅溪口今朝寒食鏡湖西信知天地心不易
還有子規依舊啼

贈採藥叟

老去唯將藥裹行無家無累一身輕却教年少取書卷
小字燈前闘眼明

清夜憶仙宮子

夜靜門深紫洞煙，孤行獨坐憶神仙。三清宮裏月如晝，十二宮樓何處眠。

江南怨

愁見橋邊荇葉新，蘭舟枕水楫生塵。從來不是無蓮采，十頃蓮塘賣與人。

送絕塵子歸舊隱二首

雲水千重繞洞門，獨歸何處是桃源。仙方不用隨身去，留與人間老子孫。

班藤爲杖草爲衣，萬壑千峰獨自歸。縱令相憶誰相報，桂樹巖邊人信稀。

送裴秀才歸淮南

怪來頻起詠刀頭，楓葉枝邊一夕秋。又向江南別才子，却將風景過揚州。

錢塘渡口

天塹茫茫連沃焦，秦皇何事不安橋。錢塘渡口無錢納，已失西興兩信潮。

春日宴徐君池亭

暫憑春酒換愁顏，今日應須醉始還。池上有門君莫掩，從教野客見青山。

山中送友人

欲折楊枝別恨生，一重枝上一啼鶯。亂山重疊雲相掩，君向亂山何處行。

寄王少府

采松仙子徒銷日，喫菜山僧枉過生。多謝藍田王少府，人間詩酒最關情。

贈女道士鄭玉華二首

玄髮新簪碧藕花，欲添肌雪餌紅砂。世間風景那堪戀，長笑劉郎漫憶家。

明鏡湖中休采蓮，却師阿母學神仙。朱絲誤落青囊裏，猶是箜篌第幾弦。

寄西臺李侍御

二千餘里採瓊瑰，到處傷心瓦礫堆。唯有繡衣周柱史，獨將珠玉挂西臺。

贈凌仙姥

阿母從天降幾時，前朝惟有漢皇知。仙桃不啻三回熟，飽見東方一小兒。

晚春送王秀才游剡川

越山花去（一作老）剡藤新，才子風光不厭春。第一莫尋溪上路，可憐仙女愛迷人。

馮上人院

擾擾凡情逐水流，世間多喜復多憂。一回行到馮公院，便欲令人百事休。

金吾詞

行擁朱輪錦幨兒，望仙門外叱金羈。染鬚偷嫩無人覺，唯有平康小婦知。

觀舞女（一作妓）

纏紅結紫畏風吹，嫋娜初回弱柳枝。買笑未知誰是主，萬人心逐一人移。

鄠縣村居

欲住村西日日慵，上山無水引高蹤。誰能求得秦皇術，爲我先驅紫閣峰。

酬周秀才

三展蜀牋皆郢曲，我心珍重甚瓊瑤。應緣水府龍神睡，偷得蛟人五色綃。

旅次文水縣喜遇李少府

爲君三日廢行程，一縣官人是酒朋。共憶襄陽同醉處，尚書坐上納銀觥。

夏雨後題青荷蘭若

僧舍清涼竹樹新，初經一雨洗諸塵。微風忽起吹蓮葉，青玉盤中瀉水銀。

途中逢少女

身倚西門笑向東，牡丹初折一枝紅。市頭日賣千般鏡，知落誰家新匣中。

山中翫白鹿

繞洞尋花日易銷，人間無路得相招。呦呦白鹿毛如雪，踏我桃花過石橋。

山居樂

鸞鶴（一作鳳）每於松下見，笙歌常向坐中聞。手持十節龍頭杖，不指虛空即指雲。

襄陽曲

大堤女兒郎莫尋，三三五五結同心。清晨對鏡理（一作冶）容色，意欲取郎千萬金。

望夫詞二首

看看北鴈又（一作向）南飛，薄倖征夫久不歸。蟢子到頭無信處，凡經幾度上人衣。

何事經年斷書信，愁聞遠客說風波。西家還有望夫伴，一種淚痕兒最多。

少婦游春詞

簇錦攢花鬬勝遊，萬人行處最風流。無端自向春園裏，笑摘青梅叫阿侯。

折柳枝

傷見路邊（一作傍）楊柳春，一重（一作株）折盡一重新。今年還折去年處，不送去年離別人。

歸將吟

百戰放歸成老翁，餘生得出死人中。今朝授敕三回舞，兩賜青娥又拜公。

惜花詞

千樹繁紅遶碧泉，正宜尊酒對芳年。明朝欲飲還來此，只怕春風却在前。

拋纏頭詞

翠娥初罷繞梁詞，又見雙鬟對舞時。一抱紅羅分不足，參差裂破鳳皇兒。

望騎馬郎

碧蹄新壓步初成，玉色郎君弄影行。賺殺唱歌樓上女，伊州誤作石州聲。

春日錢塘雜興二首

酒姥溪頭桑褭褭，錢塘郭外柳毿毿。路逢鄰婦遥相問，小小如今學養蠶。

西鄰年少問東鄰，柳岸花隄幾處新。昨夜雨多春水闊，

隔江桃葉喚何人

翫手植松

却思毫末栽松處青翠纔將衆草分今日散材遮不得
看看氣色欲凌雲

夜笛詞

皎潔西樓月未斜笛聲寥亮入東家却令燈下裁衣婦
誤翦同心一半（一作片）花

贈鄭倫吹鳳管

喃喃解語鳳皇兒曾聽梨園竹裏吹誰謂五陵年少子
還將此曲暗相隨

蜀茗詞

越椀初盛蜀茗新薄煙輕處攪來勻山僧問我將何比
欲道瓊漿却畏嗔

春霽

煎茶水裏花千片候客亭中酒一樽獨對春光還寂寞
羅浮道士忽敲門

諷山雲

閑雲生葉不生根常被重重蔽石門賴有風簾能埽蕩
滿山晴日照乾坤

日晚歸山詞

虎跡新逢雨後泥無人家處洞邊溪獨行歸客晚山裏
賴有鷓鴣臨路岐

翫花詞

今朝造化使春風開折西施面上紅竟日眼前猶不足
數株昇入寸心中

長安早春

報花消息是春風未見先教何處紅想得芳園十餘日
萬家身在畫屏中

再酬李先輩

清辭再發郢人家字字新移錦上花能使龍宮買綃女
低回不敢織輕霞

寄隱者

路絕空林無處問幽奇山水不知名松門拾得一片屐
知是高人向此行

寄四明山子

高棲只在千峰裏塵世望君那得知長憶去年風雨夜
向君窗下聽猨時

觀美人

漆點雙眸鬢繞蟬長留白雪占胸前愛將紅袖遮嬌笑
往往偷開水上蓮

收妝詞

斜月朧朧照半牀煢煢孤妾嬾收妝燈前再覽青銅鏡
枉插金釵十二行

仙女詞

仙女羣中名最高曾看王母種仙桃手題金簡非凡筆
道是天邊玉兔毛

仙翁詞

世間無遠可爲游六合朝行夕已周壇上夜深風雨靜
小仙乘月繫蒼虬

遇李山人

游山游水幾千重二十年中一度逢別易會難君且住
莫交青竹化爲龍

同張鍊師溪行

青溪道士紫霞巾洞裏仙家舊是鄰每見桃花逐流水
無回不憶武陵人

桃源詞二首

夭夭花裏千家住總爲當時隱暴秦歸去不論無舊識
子孫今亦是他人

秦世老翁歸漢世還同白鶴返遼城縱令記得山川路
莫問當時州縣名

送道友遊山

欲駐如今未老形萬重山上九芝清君今若問採芝路
踏水踏雲攀杳冥

贈王屋劉道士

小有洞中長住客大羅天下後來仙出門即是尋常處
未可還它跨鶴鞭

謝自然升仙

分明得道謝自然古來漫說尸解仙如花年少一女子
身騎白鶴遊青天

秋吟獻李舍人

腸結愁根酒不消新鸞白髮長愁苗主司儻許題名姓
筆下看成度海橋

山中喜靜和子見訪

絕壁深溪無四鄰每逢猨鶴即相親小奴驚出垂藤下
山犬今朝吠一人

春日題羅處士山舍

亂疊千峰掩翠微高人愛此自忘機春風若埽階前地
便是山花帶錦飛

訪松嶺徐鍊師

千仞峰頭一謫仙何時種玉已成田開經猶在松陰裏
讀到南華第幾篇

江南織綾詞

卿卿買得越人絲貪弄金梭嬾畫眉女伴能來看新簇
鴛鴦正欲上花枝

宿蘭若

聽鐘投宿入孤煙巖下病僧猶坐禪獨夜客心何處是
秋雲影裏一燈然

題禪僧院

棲禪枝畔數花新飛作琉璃池上塵谷鳥自啼猨自叫
不能愁得定中人

送絕粒僧

碧洞青蘿不畏深免將飢渴累禪心若期野客來相訪
一室無煙何處尋

早春游曲江

芳處亦將枯槁同應緣造化未施功羲和若擬動鑪鞴
先鑄曲江千樹紅

佳人覽鏡

每坐臺前見玉容今朝不與昨朝同良人一夜出門宿
減却桃花一半紅

遇王山人
每欲尋君千萬峰豈知人世也相逢一瓢遺却在何處
應挂天台最老松
遇醉道士
霞帔尋常帶酒眠路傍疑是酒中仙醉來不住人家宿
多向遠山松月邊
送人歸台州
莫驅歸騎且徘徊更遣離情四五栝醉後不憂迷客路
遙看瀑布識天台
贈施仙姑
縹緲吾家一女仙冰容雖小不知年有時頻夜看明月
心在嫦娥几案邊
山院觀花
初來唯見空樹枝今朝滿院花如雪門前爲報諸少年
明日來遲不堪折
經桃花夫人廟
誰能枉駕入荒榛隨例形相土木身不及連山種桃樹
花開猶得識夫人
代農叟吟
且將一笑悅豐年漸老那能日日眠引谷特來山地上
坐看秋水落紅蓮
下第春遊
羈情含蘗復含辛淚眼看花只似塵天遣春風領春色
不教分付與愁人
送僧遊越
麻衣年少雪爲顔却笑孤雲未是閑此去若逢花柳月
棲禪莫向苧蘿山
遇越州賀仲宣
君在鏡湖西畔住四明山下莫經春門前幾箇采蓮女
欲泊蓮舟無主人
江南積雨歎
人厭爲霖水毀溪牀邊生菌路成泥雨師一日三回到
棟裏閑雲豈得棲

雲中道上作
羊馬羣中覓人道鴈門關外絶人家昔時聞有雲中郡
今日無雲空見沙
同諸隱者夜登四明山
半夜尋幽上四明手攀松桂觸雲行相呼已到無人境
何處玉簫吹一聲
戲（一本有贈字）鄭申府
年少鄭郎那解愁春來閑臥酒家樓胡姬若擬邀他宿
挂却金鞭繫紫騮
宿干越亭
琵琶洲上人行絶干越亭中客思多月滿秋江山冷落
不知誰問夜如何
少女詞二首
嬌羞不肯點新黃踏過金鈿出繡牀信物無端寄誰去
等閑裁破錦鴛鴦
同心帶裏脫金錢買取頭花翠羽連手執木蘭猶未慣
今朝初上采菱船
冬詞
錦繡堆中臥初起芙蓉面上粉猶殘臺前也欲梳雲髻
只怕盤龍手捻難
昭君怨
馬上徒勞別恨深總緣如玉不輸金已知賤妾無歸日
空荷君王有悔心
贈仙子
欲令雪貌帶紅芳更取金瓶瀉玉漿鳳管鶴聲來未足
嬾眠秋月憶蕭郎
越溪懷古
憶昔西施人未求浣紗曾向此溪頭一朝得侍君王側
不見玉顔空水流
秋夜山中贈別友人
何處邀君話別情寒山木落月華清莫愁今夜無詩思
已聽秋猨第一聲
大堤新詠

行路少年知不知襄陽全欠舊來時宜城賈客載錢出
始覺大堤無女兒
宿四明山
黎洲老人命余宿杳然高頂浮雲平下視不知幾千仞
欲曉不曉天雞聲
禁中新柳
萬條金線帶春煙深染青絲不直錢又免生當離別地
宮鴉啼處禁門前
酬張明府
潘令新詩忽寄來分明繡段對花開此時欲醉紅樓裏
止被歌人勸一栝
安吉天寧寺聞磬
玉磬敲時清夜分老龍吟斷碧天雲隣房逢見廣州客
曾向羅浮山裏聞
句
年來如拋梭不老應不得（以下見紀事） 花眼綻紅斟酒看藥
心抽綠帶煙鋤（贈友人下第閑居） 顛狂楚客歌成雪媚賴吳娘笑
是鹽 荷翻紫蓋搖波面蒲瑩青刀插水湄 煙粘薜
荔龍鬚軟雨壓芭蕉鳳翅垂（二聯並百韻山居詩所存不見其全） 茶爲滌煩子
酒爲忘憂君（見說郛） 鋤藥顛老叟焚香呼小青（見陳繼儒珍珠船）
遺却白雞呼喌喌（音祝 見野客叢談） 五通本是佛家奴身著青
衣一足無（寺宿爲五通所撓作 以下見海錄碎事） 天邊有仙藥爲我補三關
世人誰不愛年長所欲皆非保命方 但看日及花惟
是朝可憐（槿花） 池塘已長雞頭葉籬落初開狗脊花（贈臨
平湖主人） 出路船爲腳供官本是奴（贈鹽官主人） 一言感著熱鐵
心爲人劍下偷青娥（老伎詞） 青鬢丈人不識愁

全唐詩

貫冠卿

貫冠卿字子軍池州人元和登第母卒歎曰干祿養親得祿而親喪何以祿爲遂隱池州九華山長慶中殷院李行修舉其孝節名拜右拾遺不赴集一卷今存詩十一首

不赴拾遺召（一作以拾遺召不起賦詩）

君親同是先王道何如骨肉一處老也知臣子合佐時自古榮華誰可保

閑居即事

生計唯將三尺僮學他賢者隱牆東照眠夜後多因月掃地春來秖藉風幾處紅旗驅戰士一園青草伴衰翁子房仙去孔明死更有何人解指蹤

酬范中丞見

花宮柳陌正從行紫袂金鞍問姓名戰國方須禮干木康時何必重侯嬴捧將束帛山僮喜傳示銀鉤邑客驚直爲雲泥相去遠一言知己殺身輕

秋日與冷然上人寺莊觀稼

世人從擾擾獨自愛身閑美景當新霽隨僧過遠山村橋出秋稼空翠落澄灣唯有中林犬猶應望我還

題中峰

中峰高拄泬寥天上有茅菴與石泉晴景獵人曾望見青藍色裏一僧禪

蒙召拜拾遺書情二首

拾遺帝側知難得官緊才微恐不勝好是中朝絕親友九華山下詔來徵

三千里外一微臣二十年來任運身今日忽蒙天子召自慙驚動國中人

挂樹藤

本爲獨立難寄彼高樹枝蔓衍數條遠溟濛千朶垂向日助成陰當風藉持危誰言柔可屈坐見蟠蛟螭

枕流石

不爲幽岸隱古色涵空出顧以清泚流鑒此堅貞質傍臨玉光潤時寫苔花密往往驚遊鱗尚疑垂釣日

久居京師感懷詩

煢獨（一作嫠孀）不爲苦求名始辛酸上國無交親請謁多少難九月風到（一作刮）面羞汗成冰片求名俟公道名與公道遠力盡得一名他喜我且輕家書十年絕歸去知誰榮馬嘶渭橋柳特地起秋聲

答蕭建（一本有問九華山四字）

自地上青峰懸崖一萬重踐危頻側足登塹半齊胸飛狖啼攀桂遊人喘倚松入林寒瘁瘁（一作瘁瘁）近瀑雨濛濛徑滑石稜上寺開山掌中幡花撲淨地臺殿印晴空勝境層層別高僧院院逢泉魚候洗鉢老玃戲撞鐘外戶凴雲掩中廚課水春搜泥時（一作如）和麪拾橡半添穜渡壑緣槎險持燈入洞窮夾天開壁峭透石蹙波雄潤蘚清無土潭深碧有龍畬田一片淨谷樹萬株濃野客登臨慣山房幽寂同寒爐樹根火夏牖竹梢風邊鄙籌賢相黔黎託聖躬君能棄名利歲宴一相從

蕭建

蕭建蘭陵人登進士第終禮部侍郎詩一首

代書問費徵君九華亭（一作事）

見說九華峰上寺日宮猶在下方開其中幽境客難到請爲詩中圖畫來

劉虛白

劉虛白竟陵人擢元和進士第詩一首

獻主文（一本有盧坦二字虛白與盧坦文友坦主文虛白於簾前獻一絕云）

二十年前此夜中一般燈燭（一作火）一般風不知歲月能多少猶著麻衣待至公

句

知道醉鄉無戶稅任他荒却下丹田

張復

張復元和中人詩一首

山出雲（元和元年試）

山靜雲初吐霏微觸石新無心離碧岫有葉占青春散類如虹氣輕同不讓塵凌空還似翼映潤欲成鱗異起臨汾鼎疑隨出峽神爲霖終濟旱非獨降賢人

張勝之

張勝之元和中人詩一首

山出雲

片雲初出岫孤迥色難親蓋小辭山近根輕觸石新飄颻經綠野明麗照晴春拂樹疑舒葉臨流似結鱗從龍方有感捧日豈無因看取爲霖去恩霑雨露均

全唐詩目 第八函

第三冊

姚合 七卷

全唐詩

姚合

姚合陝州硤石人宰相崇曾孫登元和進士第授武功主簿調富平萬年尉寶曆中監察御史户部員外郎出荆杭州刺史後爲給事中陝虢觀察使開成末終秘書監與馬戴費冠卿殷堯藩張籍遊李頻師之合詩名重於時人稱姚武功云詩七卷

送狄尚書鎮太原

授鉞儒生貴傾朝赴餞筵麾幢官在省禮樂將臨邊代馬龍相雜汾河海暗連遠戎移帳幕高鳥避旌旃天下屯兵處皇威破虜年防秋嫌壘近入塞必身先中外恩重疊科名歲接連散材無所用老向瑣闈眠

送楊尚書祭西（一本無西字）嶽

報功嚴祀典寵詔下明庭酒氣飄林嶺香煙入杳冥樂清三奏備詞直百神聽衣拂雲霞濕詩通水石靈何因逐騶騎暫得到巖扃

送李侍御過夏州（一作送李廓侍御）

酬恩不顧名走馬覺身輕迢遞河邊路蒼茫塞上城沙寒無宿雁虜近少閑兵飲罷揮鞭去旁人意氣生

送李起居赴池州

天子念疲民分憂輟侍臣紅旗高起焰綠野靜無塵關下親知別江南惠化新朝昏即千里且願話逡巡

送劉詹事赴壽州

慇懃莫遽起四坐悉同袍世上詩難得林中酒更高隋隄傍楊柳楚驛在波濤別後書頻寄無辭費筆毫

送裴大夫赴亳州

杭人遮道路垂泣浙江前譙國迎舟艦行歌汴水邊周旋君量遠交代我才偏寒日嚴旌戟晴風出管弦一梧誠淡薄四坐願留連異政承殊澤應爲天下先

送徐州韋僕射行軍

餞幕儼征軒行軍歸大藩山程度函谷水驛到夷門曉日詩情遠春風酒色渾逡巡何足貴所貴盡殘罇

送劉禹錫郎中赴蘇州

三十年來天下名銜恩東守闔閭城初經咸（一作函）谷眠山驛漸入梁園問水程霽日滿江寒浪靜春風遶郭白蘋生虎丘野寺吳中少誰伴吟詩月裏行

州城全是故吳宮香徑難尋古蘚中雲水計程千里遠軒車送別九衢空鶴聲高下聽無盡潮色朝昏望不同太守吟詩人自理小齋閑臥白蘋風

送賈暮赴共城營田

上國羞長選戎裝貴所從山田依法種兵食及時供水氣詩書軟嵐煙筆硯濃幾時無事擾相見得從容

送裴宰君

見說爲官處煙霞思不窮夜猿啼户外瀑水落廚中名藥人難識仙山路易通還應施靜（一作旋清淨）化誰復與君同

送顧非熊下第歸越

失意尋歸路親知不復過家山去城遠日月在船多楚塞數逢雁浙江長有波秋風別鄉老還聽鹿鳴歌

送雍陶遊蜀

春色三千里愁人意未開木梢穿棧出雨勢（一作氣）隔江來荒館因花宿深山羨客迴相如何物在應只有琴臺

送崔約下第歸揚州

滿座詩人吟送酒離城此會亦應稀春風下第時稱屈秋卷呈親自束歸日晚山花當馬落天陰水鳥傍船飛江邊道路多苔蘚塵土無由得上衣

送李廓侍御赴西川行營

不道弓箭字罷官唯醉眠何人薦籌策走馬逐旌旃陣變孤虛外功成語笑前從今巂州路無復有烽煙

送楊尚書赴東川

郤縠詩書將銜恩赴梓州遠身垂印綬護馬執戈矛劍閣和銘峭巴江帶字流從來皆惜別此別復何愁

送邢郎中赴太原

上將得良策恩威作長城如今并州北不見有胡兵晉野雨初足汾河波亦清所從古無比意氣送君行

送裴中丞赴華州

我夢何曾應看君渡滻川自無仙掌分非是聖心偏（去年曾夢除華州刺史故此叙述而已）徑草多生藥庭花半落泉人間有此郡況在鳳城邊

送徐員外赴河中從事

赤府從軍美儒衣結束輕涼飈下山寺曉浪滿關城閑坐饒詩景高眠長道情將軍不戰術計日立功名

送殷堯藩侍御赴同州

吟詩擲酒船仙掌白樓前從事關中貴主人天下賢此生無了日終歲踏離筵何計因歸去深山恣意眠

送崔中丞赴鄭州

僕射陂前郡清高越四隣丹霄鳳詔下太守虎符新霧濕關城月花香驛路塵連枝相庭樹歲歲一家春

送丁端公赴河陰

炎天木葉焦曉夕絕涼飈念子獨歸縣何人不在朝市連風浪動帆徹海門遙飲盡樽中酒同年同（一作共）寂寥

送鄭尚書赴興元

儒有登壇貴何人得此功紅旗燒密雪白馬踏長風斧鉞來天上詩書理漢中方知百勝略應不在彎弓

送田使君赴蔡州

長年離別情百盞酒須傾詩外應無思人間半是行路遙嘶白馬林斷出紅旗功業今應立淮西有勁兵

送無可上人遊邊

一鉢與三衣經行遠近隨出家還養母持律復能詩春雪離京厚晨鐘近塞遲亦知蓮府客夜坐喜同師

送僧

人間擾擾唯閑事自見高人只有詩寂寞（一作舊住）嵩峰雲外寺常多夢（一作閒定）裏過齋時城中聽得新經論却過關東說向人舊國門徒終日望見時應是見真身

送宋慎言

童稚便知聞如今祇有君百篇詩盡和一盞酒須分驛路多連水州城半在雲離情同落葉向晚更紛紛

送家兄赴任昭義

早得白眉名之官濠上城別離浮世事迢遞長年情廣陌垂花影遙林起雨聲出關春草長過汴夏雲生黠吏先潛去疲人相次迎宴餘和酒拜魂夢共東行

送崔玄亮赴果州冬夜宴韓卿宅

蘭燭照重茵飛盃復幾分主人寒不寐上客曉離羣騎吏緣青壁旌旗度白雲劒銘生蘚色巴字疊冰文華省思僊侶疲民愛使君泠泠唯自適郡邸有誰聞

送喻凫校書歸毘陵

主人庭葉黑詩稿更誰書闕下科名出鄉中賦籍除山春煙樹衆江遠晚帆疎吾亦家吳者無因到弊廬

送董正字武歸常州覲親

路岐知不盡離別自無窮行客心方切主人罇未空楚檣收月下江樹在湖中人各還家去還家慶不同

送蕭正字往蔡州賀裴相淮西平

相府旌旆重還邀上客行今朝郭門路初徹蔡州城從馬唯（一作還）提酒防身不要兵從來皆作使君去是時平

送進士田卓入華山

何物隨身去六經與一琴辭家計已久入谷住（一作往谷跡）應深偶坐僧同石閑書葉滿林業成（一作他年）須謁帝無貯白雲心

送右司薛員外赴處州

懷中天子書腰下使君魚瀑布和雲落仙都與世疎遠程兼水陸半歲在舟車相送難相別南風入夏初

送王建秘書往渭南莊

白鬚芸閣吏羸馬月中行莊僻難尋路官閑易出城看山多失（一作妨）飯過寺故題名秋日田家作唯添集卷成

送殷堯藩侍御遊山南

詩境西南好（一作勝一作東遠）秋深（一作聲）晝夜蛩人家連水影驛路在山峰谷（一作地一作溪）靜雲生石天寒（一作晴）雪覆松我爲公府繫不得此相從

送李植侍御

聖代無邪觸空林獬豸歸誰知隴山鳥長繞玉樓飛風雨依山急雲泉入郭微無同昔年別別後寄書稀

送王澹

常省爲（一作居）官處門前數樹松尋山屐費齒書石筆無鋒果熟猿偷亂花繁鳥語重今來爲客去惜（一作借）取最高峰

送崔之仁（一作別劉得仁）

欲出還成住前程甚謫遷佯眠隨客醉愁坐似僧禪舊國歸何處春山買欠錢幾時無一事長在故人邊

送孫山人

山翁來帝里（一作人言語質）不肯住（一作住世恨）多時塵土衣裳重腥羶僕隸飢（一作肥）林中愁不到城外老應遲喧寂一爲（一作離）別相逢未有期

送費驤

兄寒弟亦飢力學少閑時何路免爲客無門賣得詩幾人攜酒送獨我入山遲少小同居止今朝始別離

送河中楊少府宴崔駙馬宅

鳳凰樓下醉醺醺晚出東門蟬漸聞不使鄉人治（一作修）驛路却將家累宿（一作上）山雲閑時採藥隨僧去每月請錢共客分縣吏若非三載滿自知無計更尋君

送文著上人遊越

水石隨緣豈計程東吳相遇別西京夜禪月下袈裟濕曉上山巔錫杖鳴念我爲官應易老羨師依佛學無生越中多有前朝寺處處鐵（一作金）鐘石磬聲

送無可上人遊越（一作送無可住越州）

清晨相訪立門前麻履方袍一少年嬾讀經文求作佛願攻詩句覓昇（一作成）仙芳春山影花連寺獨夜潮聲月滿船今日送行偏惜別共師文字有因緣

送洛陽張員外

餞客未歸城東來騶騎迎千山嵩岳峭百縣洛陽清朔雁和雲度川風吹雨（一作雪）晴蘚庭公事暇（一作少）應祇獨吟行

送少府田中丞入西蕃

蕭關路絕久石堠亦爲塵護塞空兵帳和戎在使臣風沙去國遠雨雪換衣頻若問涼州事涼州多漢人

送王龜處士

送客客爲誰朱門處士稀唯修曾子行不著老萊衣古寺隨僧飯空林共鳥歸壺中駐年藥燒得獻庭闈

送崔郎中赴常州

貴是鴛原在紫微榮逢知已領黃扉人間盛事今全得江上政聲復欲歸風起滿城山果落雨餘穿宅水禽飛昔年嘗作毘陵客石峭泉清天下稀

送林使君赴邵州

詔書飛下五雲間才子分符不等閑驛路算程多是水州圖管地少於山江頭斑竹尋應遍洞裏丹砂自採還清淨化人人自理終朝無事更相關

送別友人（一作別友人山居）

獨（一作偶）向山中覓紫芝山人勾引住多時摘花浸酒春愁盡燒竹煎茶夜臥遲泉落林梢多碎滴松生石底足旁

枝明朝却欲歸城市問我來期總（一作自）不知

送李琮歸靈州覲省

餞席離人起貪程醉不眠風沙移道路僕馬識山川塞樹花開小關城雪下偏胡塵今已盡應便促朝天

送任畹評事赴沂海

擲筆不作尉戎衣從嫖姚嚴冬入都門僕馬氣益豪沂州右鎮雄士勇旌旗高洛東無憂虞半夜開虎牢丈夫貴功勳不貴爵祿饒仰眠作書生衣食何由銷任生非常才臨事膽不搖必當展長畫逆波斬鯨鼇九陌塵土黑話別立遠郊孟堅勒燕然豈獨在漢朝

送李餘及第歸蜀

蜀山高岧嶢蜀客無平才日飲錦江水文章盈其懷十年作貢賓九年多邅迴春來登高科升天得梯階手持冬集書還家獻庭闈人生此爲榮得如君者稀李白蜀道難羞爲無成歸子今稱意行所歷安覺危與子久相從今朝忽乖離風飄海中船會合難自期長安米價高伊我常渴飢臨岐歌送子無聲但陳詞義交外不親利交内相違勉子慎其道急若食與衣苦熱（一作熱）道路赤（一作跡）行人念前馳一杯不可輕遠別方自兹

送饒州張使君

鄱陽勝事聞難比千里連連是稻畦山寺去時通水路郡圖開處是詩題化行應免農人困庭靜惟多野鶴棲飲罷春明門外別蕭條驛路夕陽低

送張宗原

東門送客道春色如死灰一客失意行十客顏色低住者既無家去者又非歸窮愁一成疾百藥不可（一作能）治子賢我且愚命分不合齊誰開蹇躓門日日同遊棲子行何所之切切食與衣誰能買仁義令子無寒飢野田不生（一作草）草四向生路岐士人甚商賈終日須東西鴻雁春北去秋風復南飛勉君向前路無失相見期

送王求

士有經世籌自無活身策求食道路間勞困甚徒役我身與子同日被飢寒迫側望卿相門難入堅如石爲農昧耕耘作商迷貿易空把書卷行投人（一作入）買罪責六月南風多苦旱土色赤坐家心尚焦況乃遠作客羸馬出郭門餞飲曉連夕願君似醉腸莫謾生憂慼

送朱慶餘及第後歸越

勸君緩上車鄉里有吾廬未得同歸去空令相見疎山晴棲鶴起天曉落潮初此慶將誰比獻親冬集書

送朱慶餘越州歸覲

鄉書落姓名太守拜親榮訪我波濤郡還家霧雨城海山窗外近鏡水世間清何計隨君去鄰牆過此生

送任尊師歸蜀覲親

白雲修道者歸去春風前玉簡通仙籍金丹駐母年錦文江一色酒氣雨相連衆說君平死真師易義全

送友人遊蜀

送君一壺酒相別野庭邊馬上過秋色舟中到錦川峽猿啼夜雨蜀鳥噪晨煙莫便不迴首風光促幾年

送杜立歸蜀

迢遞三千里西南是去程杜陵家已盡蜀國客重行雪照巴江色風吹棧閣聲馬嘶山稍煖人語店初明旅夢心多感孤吟氣（一作意）不平誰爲李白後爲訪錦官城

送韓湘赴江西從事

年少登科客從軍詔命新行裝有兵器祖席盡詩人細雨湘城暮微風楚水春潯陽應足雁夢澤豈無塵猿叫來山頂潮痕在樹身從容多暇日佳句寄須頻

送潘傳秀才歸宣州

李白墳三尺嵯峨萬古名因君還故里爲我弔先生晴日移虹影空山出（一作聚）鶴聲老郎閑未得無計此中行

送僧默然

出家侍母前至孝自通禪伏日江頭別秋風檣下眠鳥聲猿更促石色樹相連此路多如此師行亦有緣

送陟遐（一作霞）上人遊天台

萬疊赤城路終年遊客稀朝來送師去自覺有家非石淨山光遠雲深海色微此詩成亦鄙爲我寫巖扉

送盛秀才赴舉

重重吳越浙江潮刺史何門始得消五字州人唯有此（一作誰有比）四鄰風景合相饒橘村籬落香潛度竹寺虛空翠自飄君去九衢須說我病成疎嬾嬾趨朝

送僧貞實歸杭州天竺

石橋寺裏最清涼聞說茆庵寄上方林外猿聲連院（一作曉）磬月中潮色到禪牀他生念我身何在此世唯師性亦忘九陌相逢千里別青山重疊樹蒼蒼

送盧二弟茂才罷舉遊洛謁新（一作劉）相

踏碎作賦筆驅車出上京離筵俯岐路四坐半公卿守命貧難擲憂身夢數驚今朝赴知已休詠苦辛行

送任畹及第歸蜀中覲親

子規啼欲死君聽固（一作故）無愁闕下聲名出鄉中意氣遊東川橫劍閣南斗近刀州神聖（一作到處）題前字千人看不休

送杜觀罷舉東遊

秋風離九陌心事豈云安曾是求名苦當知此去難辛勤程自遠寂寞夜多寒詩句無人識應須把劍看

送狄兼謩下第歸故山

慈恩塔上名昨日敗垂成賃舍應無直居山豈釣聲半年猶小隱數日得閑行映竹窺猿劇尋（一作循）雲探（一作採）鶴情愛（一作清）花高酒户煮藥汙茶鐺莫便多時住煙霄路在城

送源中丞赴新羅

赤墀賜（一作名）對使殊方官重霜臺紫綬光玉節在船清海怪金函開詔拜夷王雲晴漸覺山川異風便那（一作寧）知道路長誰得似君將雨露海東萬里灑扶桑

送陳倜（一作稠，一作彤）赴江陵從事

荊州勝事衆皆聞幕下今朝又得君才子何須藉（一作中）科第男兒終久要功勳江村竹樹多於草山路塵埃半是雲新什定知饒景思不應一向賦從軍

送張郎中副使赴澤潞

曉陌事戎裝風流粉署郎機籌（一作權）通變化除拜出尋常地冷饒霜氣山高礙雁行應無離別恨車馬自生光

送陸暢侍御歸揚州

故園偏接近雷水洞庭邊歸去知何日相逢各長年山

川南北路風雪別離天楚色窮冬燒淮聲獨夜船從軍丞相府談笑酒杯前

送韋瑶校書赴越

寄家臨禹穴乘傳出秦關霜落橘滿地潮來帆近山相門賓益貴水國事多閒晨省高堂後餘歡杯酒間

送雍陶及第歸覲

獻親冬集書比橘復何如此去關山遠相思笑語疎路尋丹壑斷人近白雲居幽石題名處憑君亦記余

送李秀才赴舉

羅刹樓頭醉送君西入京秦吴無限地山水半分程海上煙霞濕關中日月明登科舊鄉里當爲改嘉名

送李傳秀才歸宣州

謝守青山宅山孤宅亦平池塘無復見春草野中生常日登樓望今朝送客行慇懃拂石壁爲我一書名

送元緒上人遊商山

萬法空門裏師修歷幾生過來心已悟未到行彌精溪寂鐘還度林昏錫獨鳴朝箨抽未得此別豈忘情

送僧棲真歸杭州天竺寺

吏事日紛然無因到佛前勞師相借問知我亦通禪古寺杉松出殘陽鐘磬連草菴盤石上歸此是因緣

送敬法師歸福州

結得隨緣伴蟬鳴方出關新經譯舊寺故國與誰還齋爲無鐘早心因罷講閑東南數千里何處不逢山

送清敬闍黎歸浙西

大地無生理吴中豈是歸自翻貝葉偈人施福田衣夏盡灘聲出潮來日色微郡齋師去後寂寞夜吟稀

送賈島及鍾渾

日日攻詩亦自彊年年供應在名場春風驛路歸何處紫閣山邊是草堂

送僧遊邊一作送無可

師向邊頭去邊人業障輕腥羶齋自潔部落講還成傳教多離寺隨緣不計程三千世界内何處是無生

送澄江上人赴興元鄭尚書招

師經非紙上師佛在心中覺路何曾異行人自不同水雲晴亦雨山木一作合夜多風聞結西方社尚書待遠公

送馬戴下第客遊

昨來送君處亦是九衢中此日慇懃別前時寂寞同鳥啼寒食雨花落暮春風向晚離人起一作別筵收罇未空

送薛二十三郎中赴婺州

我住浙江西君去浙江東日日心來往不畏浙江風

送獨孤煥評事赴豐州

東門攜酒送廷評結束從軍塞上行深磧路移唯馬覺斷蓬風起與鵰平煙生遠戍侵雲色冰疊黃河長雪聲須鑿燕然山上石登科記裏是閑名

送張齊物主簿赴内鄉一作送張主簿赴山

幾年山下事仙翁名在長生籙籍中燒得藥成須寄我曾爲主簿與君同

送王嗣之典儀城

日日思一作因朝位倫閑城外行唯求採藥者一作法不道在官名一作行好異嫌山淺尋幽喜遲生病來文字拙不一作休要把歸城

別賈島

嬾作住山人貧一作官家日一作月賃身書多筆漸重睡少枕長新野客狂無過詩仙瘦始真秋風千里去誰與我相親

別李餘

病童隨瘦馬難算往來程野寺僧相送河橋酒滯行足愁無道性久客會人情何計羈窮盡同居不出城

別胡逸

記得春闈同席試逡巡何啻十年餘今日相逢又相送予乘五馬子單車

惜別

酒闌歌罷更遲留攜手思量凭翠樓桃李容華猶歎月風流才器亦悲秋光陰不覺朝昏過岐路無窮早晚休似把剪刀裁別恨兩人分得一般愁

欲別

山川重疊遠茫茫欲別先憂別恨長紅芍藥花雖共醉綠蘼蕪影又分將鴛鴦有路高低去鴻雁南飛一兩行惆悵與君煙景迥一作隔不知何日到蕭湘

別杭州

醉與江濤別江濤惜我遊他年婚嫁了終老此江頭

全唐詩

姚合

寄賈島

漫一作雖向城中住兒童不識錢甕頭寒絕酒竈額曉一作冷無煙狂發吟如哭愁來坐似禪新詩有幾首旋被世一作衆人傳

寄王度居士

顛額王居士顛狂不稱時天公與貧病時輩復輕欺茅屋隨年借一作賃盤飧逐日移棄嫌官似夢珍重酒如師無竹裁蘆看思山疊石爲静窗留客話古寺覓僧碁瘦馬寒來死羸童餓得癡唯應尋阮籍心事遠相知

寄楊茂卿校書

去年別君時同宿黎陽城黃河凍欲合船入冰罅行君爲使滑州我來西入京丈夫不泣別旁人歎無情到京就省試落籍先有名慙辱鄉薦書忽欲自受刑一本無此二句還家豈無路羞爲路人輕決心住城中百敗望一成廢草衆所棄猶能化爲螢豈我愚暗身終久不發明所悲道路長親愛難合并還如舟與車奔走各異程耳目甚短狹背面若聾盲一本無此四句安得學白日遠見君儀形

寄杜師義

出處難相見同城似異鄉點兵尋户籍燒藥試仙方事校千般別心還一種忙黃金如化得相寄一作分減亦何妨

寄陸渾縣尉李景先
微俸還(一作應)同請，唯君獨自閑。地偏無驛路，藥賤管仙山。月色生松裏，泉聲在石間。吟詩復飲酒，何事更相關。

寄酬盧侍御
詩新得意恣狂疎，揮手終朝力有餘。今到詩家渾手戰，欲題名字倩人書。

寄主客張郎中
年長方慕道，金丹事參差。故園歸未得，秋風思難持。蹇拙公府棄，朴靜高人知。以我齊杖屨，昏旭詎相離。吟詩紅葉寺，對酒黃菊籬。所賞未及畢，後遊良有期。粲粲華省步，屑屑旅客姿。未同山中去，固當殊路岐。

寄鄠縣尉李廓少府
歲滿休爲吏，吟詩著白衣。愛山閑臥久，在世此心稀。聽鶴向風立，捕魚乘月歸。比君才不及，謬得侍彤闈。

寄紫閣隱者
自聞樵客說，無計得相尋。幾世傳高臥，全家在一林。養情(一作生)書覽苦(一作最古)，採藥路多(一作游)深。願得爲鄰里(一作異)，誰能說此心。

寄國子楊巨源(一作敬之)祭酒
日日新詩出，城中寫不禁。清高疑(一作宜)對竹，閑雅勝聞(一作聲)琴。門戶饒秋景，兒童解冷吟。雲山今(一作余)作主，還借外人尋。

寄永樂長官殷堯藩
故人爲吏隱，高臥簿書間。遶院唯栽藥，逢僧只說山。此宵歡不接，窮歲信空還。何計相尋去，嚴風雪滿關。

冬夜書事寄兩省閣老
天寒漸覺雁聲疎，新月微微玉漏初。海嶠只宜今日去，故鄉已過十年餘。髮稀豈易勝玄冕，眼暗應難寫諫書。閣下羣公盡高思，誰能攜酒訪貧居。

寄靈一律師
梵書鈔律千餘紙，淨院焚香獨受持。童子病來煙火絕，清泉漱口過齋時。

郡中書事寄默然上人
郡中饒野興，遍客亦淹留。看月江樓曉，尋山石徑秋。意竟(一作歸)何處老，誰免此生愁。長愛東林子，安禪百事休。

寄張徯
幽處尋書坐，朝朝閉竹扉。山僧封茗寄，野客乞詩歸。秋卷多唯好，時名屈更肥。明年取前字，杯酒賽春輝。

寄李頻
閉門常不出(一作性疎常似病)，惟覺長庭莎。朋友來看少，詩書臥讀多。命隨才共薄，愁與醉(一作酒)相和。珍重君名字，新登甲乙科。

寄李羣玉
九衢名與利，無計擾(一作擾是)閑人。道遠期輕(一作輕擲)世，才高貴重身。石脂稀勝乳，玉粉細於塵。骨換肌膚臟，心靈(一作虛)氣色真。嵩山高到日，洛水煖如春。居住應安穩(一作隱)，黃金幾竈新。

病中書事寄友人
終日自纏繞，此身無適緣。萬愁生雨夜，百病湊衰年。多睡憎明屋，慵行待暖天。瘡頭梳有蝨，風耳亂無蟬。換白方多錯，迴金法不全。家貧何所怨，將(一作時)在老僧邊。

九日寄錢可復
數盃黃菊酒，千里白雲天(一作仙)。上國名(一作感)方振，戎州病未痊(一作綺陌人消得鄜州客題顛)。靜愁惟憶醉，閑走(一作悶)不勝眠。惆悵(一作應念)東門別，相逢知幾年。

春日早朝寄劉起居
九衢寒霧斂，雙闕曙光分。綵仗迎春日，香煙接瑞雲。珮聲清漏間，天語侍臣聞。莫笑馮唐老，還來謁聖君。

秋日寄李支使
秋思朝來起，侵人暑稍微。曉眠離北戶，午飯尚生衣。山靜雲初白，枝高果漸稀。聞君家海上，莫與燕同歸。

寄汴州令狐楚相公
汴水從今不復渾，秋風鼙鼓動城根。梁園臺館關東少，相府旌旗天下尊。詩好四方誰敢和，政成三郡自無冤。幾時詔下歸丹闕，還領千官入閣門。

寄東都分司白賓客(一作居易)
闕下高眠過十旬，南宮印綬乞離身。詩中得意應千首，海內嫌官只一人。賓客分司真是隱，山泉遶宅豈辭貧。竹齋晚起多無事，唯到龍門寺裏頻。

寄裴起居
千官曉立鑪煙裏，立近丹墀是起居。彩筆專書皇帝語，書成幾卷太平書。

寄狄(一作耿)拾遺時爲魏州從事
少在兵馬間，長還繫戎職。雞飛不得遠，豈要生羽翼。三年城中遊，與君最相識。應知我中腸，不苟念衣食。主人樹勳名，欲滅天下賊。愚雖乏智謀，願陳一夫力。人生須氣健，飢凍縛不得。睡當一席寬，覺乃千里窄。古人不懼死，所懼死(一作徒死亦)無益。至交不可合，一合難離坼。君嘗相勸勉，苦語毒胸臆。百年心知同，誰限河南北。

金州書事寄山中舊友
安康雖好郡，刺史是憨翁。買酒終朝飲，吟詩一室空。自知爲政拙，衆亦覺心公。親事星河在，憂人骨肉同。簿書嵐色裡，鼓角水聲中。井邑神州接，帆檣海路通。野亭晴帶霧，竹寺夏多風。溉稻長洲(一作川)白，燒林遠岫紅。舊山期已失(一作度)，芳草思何窮。林下無相笑，男兒五馬雄。

寄紫閣無名頭陀(自新羅來)
峭行得如如，誰分聖與愚。不眠知夢妄，無號免人呼。山海禪皆遍，華夷佛豈殊。何因接師話，清淨在斯須。

寄郁上人
此生修道淺，愁見未來身。誰爲傳真諦，唯應是上人。自悲年已長，漸覺事難親。不向禪門去，他門無了因。

寄孫路秀才
幽居鄰里少，江際復山阿。潮去(一作下)蟬聲出，天晴鶴語多。老人能步蹇，才子奈貧何。曾見春官語，年來虛甲科。

寄安陸友人
別路在春色，故人雲夢中。鳥啼三月雨，蝶舞百花風。煙(一作淨)遠山碧，霞敧落照紅。想君登此興，迴首念飄蓬。

寄馬戴
天府鹿鳴客，幽山秋未歸。我知方甚愛，衆說以爲非。隅

屋聞泉細和雲見鶴微新詩此處得清峭比應稀

寄賈島時任普州司倉

長沙事可悲普掾罪誰知千載人空盡（一作老）一家寃不移吟寒應齒落才峭自名垂地遠山重疊難傳相憶詞

寄楊工部聞毗陵舍弟自罨溪入茶山

採茶溪路好花影半浮沉畫舸僧同上春山客共尋芳新生石際幽嫩在山陰色是春光染香驚日氣侵試嘗應酒醒封進定恩深芳貽（一作眫）千里外怡怡太府吟

寄陝州王司馬

家寄秦城非本心偶然頭上有朝簪自當臺直無因醉一別詩宗更嬾吟世事每將愁見擾年光唯與老相侵欲知居處堪長久須向山中學煮金

寄賈島

寂寞荒原下南山祇隔籬家貧唯我並詩好復誰知草色無窮處蟲聲少盡（一作歇）時朝昏鼓不到閑臥益相宜

寄崔之仁山人

百門坡上住石屋（一作室）兩三間日月難教老妻兒乞與閑仙經（一作方）揀客問（一作示）藥（一作酒）債煮金還何計能相訪（一作引）終身得在山

寄嵩嶽程光範

相別何容易相逢便歲年客來嫌路遠誰得到君邊岳色鳥啼裏鐘聲竹影前只應訪支遁時得話詩篇

洛下夜會寄賈島

洛下攻詩客相逢祇是吟夜觴歡稍靜寒屋坐多深烏府偶爲吏滄江長在心憶君難就寢燭滅復星沉

寄華州李中丞

毛女峰前郡煙霞氣轉清庭分靈掌影窗度瀑泉聲薜逕人稀到松齋藥自生常飡亦芝朮閑客是（一作有）公卿看水逢仙鶴登樓見帝城養生非酒病難隱是詩名省署嘗連步江皋欲獨耕偶題無六義聊以達微誠

病中辱諫議惠甘菊藥苗因以詩贈

蕭蕭一畝宮種菊十餘叢採摘和芳露封題寄病翁熟宜茶鼎裏飡稱石甌中香潔將何比從來味不同

舟行書事寄杭州崔員外

張順任酒澆開眼信花燒舊國歸何滯新知別又遙夜行篙觸石晚泊纜依橋若未重相見無門解寂寥

寄元緒上人

石窗紫蘚牆此世此清涼研露題詩潔消氷煮茗香閑雲春影薄孤磬夜聲長何計休爲吏從師老草堂

寄白閣默然

白閣峰頭雪城中望亦寒高僧多黙坐清夜到明看世上無諸苦林間只一飡嘗聞南北教所得比師難

夏日書事（一本無事字）寄丘亢（一作元）處士

暑天難可度豈復更持觴樹裏鳴蟬咽宮中午漏長病夫心益躁靜者室應涼幾欲相尋去紅塵滿路旁

秋中寄崔道士

貧居雀喧噪況乃靜巷陌夜眠睡不成空庭聞露滴旁有一樽酒歡然如對客月光久逾明照得筆墨白平生志舒豁難可似玆夕四肢得自便雖勞不爲役故人山中住善治活身（一作身活）策五穀口不嘗比僧更閑寂我今暫得安自謂脫幽戚君身長逍遙日月爭老得

寄華州崔中丞

蓮華峰下郡儒洞亦難勝閭里蒼苔水虛空瀑布氷酒香和藥熟山峭過雲登清淨黎人泰唯憂急詔徵

秋日書事寄祕書竇少監

秋氣日騷騷星星雙鬢毛涼天吟自遠清夜夢還高林下期同去人間共是勞頭巾何所直且漉甕頭糟

友人南遊不回因寄

相思春樹綠千里亦依依鄠杜月頻滿瀟湘人不歸桂花風畔落煙草蝶雙飛一別無消息水南車跡稀

早春山居寄城中知己

陽和潛發蕩寒陰便使川原景象深入戶風泉聲瀝瀝當軒雲岫影沉沉殘雲帶雨輕飄雪嫩柳含煙小綻金雖有眼前詩酒興邀遊爭得稱閑心

辭白賓客歸後寄（一作太尉李德裕自城外拜辭後歸縈居贈望音徽即書一絕寄上）

千騎紅旗不可攀水頭獨立暮方還家人怪我渾如病尊酒休傾筆硯閒

寄右史李定言（許渾集寄李定言律詩第二三聯即此四句）

纔歸龍尾含雞舌更立螭頭運兔毫閶闔欲開金漏盡冕旒初坐御香高

寄絳州李使君

獨施清靜化千里管橫汾黎庶應深感朝廷亦細聞心期在黃老家事是功勳物外須仙侶人間要使君花多匀地落山近滿廳雲戎客無因去西看白日曛

寄送盧拱祕書（一作王秘書）遊魏州（一作川）

太行山下路荊棘昨來平一自開元後今逢上（一作至今通）客行地形吞北虜人事接東京埽灑氛埃靜遊從氣槩生薊門春不豔淇水煖還清看野風情遠尋（一作緣）花酒病成官閑身自在詩遝語縱橫（一作詩好語分明）車馬迴應晚煙光滿去程

秋晚夜坐寄院中諸曹長

腰間垂印囊白髮未歸鄉還往應相責朝昏亦自傷窮愁山影峭獨夜漏聲長寂寞難成寐寒燈侵曉光

書懷寄友人

精心奉北宗微宦在南宮舉世勞爲適閒門事不窮年來復幾日蟬去又鳴鴻衰疾誰人問閑情與酒通（文苑英華有此四句他本或有或無）四鄰寒稍靜九陌夜方空知老何山是思歸愚（一作愚歸幽）谷中

寄無可上人

十二門中寺詩僧寺獨幽多年松色別後夜磬聲秋見世慮皆盡來生事更修終須執瓶鉢（一作屨）相逐入牛頭

寄暉上人

日出月復沒悠悠昏與明修持經幾劫清淨到今生林下知無相人間苦是情終期逐師（一作禪）去不擬老塵纓

寄李干

尋常自怪詩無味雖被人吟不喜聞見說與君同一格數篇到火却休焚

寄賈島浪仙

悄悄掩門扉窮窘自維縶世途已昧履生計復乖緝疎

我非常性端峭爾孤立往還縱云久貧蹇豈自習所居率荒野寧似在京邑院落夕彌空蟲聲雁相及衣巾半僧施蔬藥常自拾凛凛寢席單翳翳竈煙濕頹籬里人度敗壁鄰燈入曉思已暫舒暮愁還更集風凄林葉萎苔糝行徑澀海嶠誓同歸橡栗充朝給

寄九華費冠卿（一作拾遺）

逍遙繒繳外高鳥與潛魚闕下無朝籍林間有詔書夜眠青玉洞（一作幽石洞）曉飯白雲蔬四海人空老九華君獨居此心誰復識日與世情疎

寄不疑上人

是法修行遍方棲不二門隨緣嫌寺著見性覺經繁所歎身將老始聞師一言塵沙千萬劫劫盡佛長存

寄主客劉郎中

漢朝共許賈生賢遷謫還應是宿緣仰德多時方會面拜兄何暇更論年嵩山晴色來城裏洛水寒光出岸邊清景早朝吟麗思題詩應費益州牋

寄周十七起居

鼕鼕九陌鼓聲齊百辟朝天馬亂嘶月照濃霜寒更遠風吹紅燭舉還低官清立在金鑪北仗下歸眠玉殿西莫笑老人多獨出晴山荒景覓詩題

秋夜寄默然上人

霜月靜幽居鬬吟夢覺初秋深夜迢遞年長意蕭疎海上歸難遂人間事盡虛賴師方便語漸得識真如

寄王玄伯

夜歸曉出滿衣塵轉覺才名帶累（一作累此）身莫覓（一作憶）舊來（一作時）終日醉世間杯酒屬閑人

寄山中友人

昨秋今復春役役是非身海上無歸路城中作老人流年何處在白日每朝新聞有長生術將求未有因

寄陝府內兄郭冏端公

蹇鈍無大計酷嗜進士名爲文性不高三年住西京相府執文柄念其心專精薄藝不退辱特列爲門生事出自非意喜常少於驚春牓四散飛數日徧八紘眼始見花發耳得聞鳥鳴免同去年春兀兀聾與盲家寄河朔間道路出陝城暌違逾十年一會豁素誠同游山水窮狂飲飛大觥起坐不相離有若親弟兄中外無親疎所算在其情久客貴優饒一醉舊疾平家遠歸思切風雨甚亦行到茲戀仁賢淹滯一月程新詩忽見示氣逸言縱橫纓緌意千里騷雅文發明永晝吟不休咽喉乾無聲羈貧重金玉今日金玉輕

寄題蔡州蔣亭兼簡田使君

幾歲亂軍裏蔣亭名不銷無人知舊徑有藥長新苗樹宿山禽靜池通野水遙何因同此醉永望思蕭條

山居（一作村）寄友人

獨在山阿裏朝朝遂性情（一作喜得山村處閑眠夢不驚）曉泉和雨落秋草上堦生因客始沽酒借書方到城詩情聊自遣不（一作豈）是趁聲名

寄崔之仁山人

不得之仁消息久秋來體色復何如苦將栢酒判身病狂作文章信手書官職卑微從客笑性靈閑野向錢疎幾時身（一作家）計渾無事揀取深山一處居

寄主客劉員外（禹錫）

蟬稀蟲唧唧露重思悠悠靜者多便夜豪家不見秋同歸方欲就（一作遂）微恙幾時瘳今日滄江上何人理釣舟

山中寄友人

路岐何渺邈在客易蹉跎却是去家遠因循住日多幾看春草綠又見塞鴻過未有進身處忍教拋薜蘿

寄友人

日暮掩重扉抽簪復解衣漏聲林下靜螢色月中微秋齋露華結夜深人語稀慇懃故山路誰與我同歸

寄李餘臥疾

窮節彌慘慄我詎自云樂伊人嬰疾恙所對唯苦藥寂寞行稍稀清羸食自薄幽齋外浮事夢寐亦簡略雪户掩復明風簾卷還落方持數栢酒勉子同斟酌

寄白石師（師無名常居白石谷中因爲號）

白石師何在師禪白石中無情雲可比不食鳥難同屨下蒼苔雪龕前瀑布風相尋未有計只是禮虛空

寄賈島

疎拙祇如此此身誰與同高情向酒上無事在山中漸老病難理久貧吟益空賴君時訪宿不避北齋風

寄默然上人

晨飡夜復眠日與月相連天下誰無病人間樂是禪幾生通佛性一室但香煙結得無爲社還應有宿緣

寄不出院僧

不行門外地齋戒得清真長食施來飯深居鎖定身朝昏常傍佛起坐省逢人非獨心常淨衣無一點塵

萬年縣中雨夜會宿寄皇甫甸

縣齋還寂寞夕雨洗蒼苔清氣燈微潤寒聲竹共來蟲移上階近客（一作人）起到門迴想得吟詩處唯應（一作應當）對酒杯

寄舊山隱者

別君須臾間曆日兩度新念彼白日長復值人事并未改當時居心事如野雲朝朝恣行坐百事都不聞奈何道未盡出山最艱辛奔走衢路間四枝（一作肢）不屬身名在進士場筆毫爭等倫我性本朴直詞理（一作野）安得文縱然自稱心又不合衆人以此名字低不如風中塵昨逢賣藥客云是居山鄰說君憶我心顑頷其形神昔是同枝鳥今作（一作乃）萬里分萬里亦未遙（一作進）喧靜終難羣

新（一作所）居秋夕寄李廓

羈滯多共趣屢屢同室眠稍暇更訪詣寧唯候招延媿君備蔬藥識我性所便罷吏童僕去灑掃或自專古巷人易息疎迥自江邊幸當中秋夕復此無雲天月華更漏清露葉光彩鮮四鄰亦悄悄中懷益纏綿茲境罕能致居閑得彌偏數杯罷復飲共想山中年

贈盧大夫將軍

將軍身在城詎得虜塵清釀酒邀閑客吟詩直禁營蒼鷹春不下戰馬夜空鳴碣石應無業皇州獨有名上山嫌髀（俗髀字）重拔劍歎衣生公議今如此登壇到即行

贈供奉僧次融

會解如來意僧家獨有君開經對天子騎馬過聲聞本

寺遠於日新詩高似雲熱時吟一句涼冷勝秋分

贈王尊師

先生自說瀛洲路多在青松白石間海岸夜中常見日仙宮深處却無山犬隨鶴去遊諸洞龍作人來問大還今日偶聞塵外事朝簪未擲復何顔

贈常州院僧

一住毘陵寺師應祇信緣院貧人施食窗靜鳥窺禪古磬聲難盡秋燈色更鮮仍聞開講日湖上少魚船

贈盧沙彌小師

怕見世間事剃頭披佛（一作剃掛緇）衣年小（一作少）未受戒會解如老師天與出家腸一食齋不飢麻履踏雪路與馬不肯騎嫌我身腥羶似我見戎夷彼此（一作此彼）見會異對面成別離我師文宣王立教垂書詩但全仁義心自然便慈悲兩教大體同無處辨（一作辯）是非莫以衣服別到頭不相知

贈張籍太祝

絕妙江南曲淒涼怨女詩古風無手敵新語是人知飛動應（一作終）由格功夫過却奇麟臺（一作儒書）添集（一作雜）卷樂府換歌詞李白應先拜（一作許）劉禎（一作楨一作郎）必自（一作有）疑貧須君子救病合國家醫野客（一作老）開山借鄰僧與米炊甘貧辭聘幣依選受官資多見愁連曉（一作晚）稀聞債盡時聖朝文物（一作墨）盛太祝獨低眉

贈丘郎中

繞籬栽杏種黃精曉侍鑪煙暮出城萬事將身求總易學君難得是長生

贈王建司馬

久向空門隱交親亦不知文高輕古意（一作語）官冷似前資老覺僧齋健貧還酒債遲仙方小字寫行坐把相隨

贈任士曹

憲皇十一祀共得春闈書道直淹曹掾命通侍玉除浮生年月促九陌笑言疎何計同歸去滄江有弊廬

贈劉乂

自君離海上垂釣更何人獨宿空堂雨閑行九陌塵避時曾變姓救難似嫌身何處相期宿咸陽酒市春

贈僧紹明

西方清淨路此路出何門見說師知處從來佛不言今生多病惱自曉至黃昏唯寐方無事邪堪夢亦喧

贈張質山人

先生居處僻荊棘與牆齊酒好寧論價詩狂不著題燒成度世藥踏盡上山梯嬾聽閑人語（一作疑道人間語）爭如谷鳥啼

贈少室山麻襦僧

秖辨麻為衲此中經幾春菴前多猛獸徑小絕行人泉近濆（一作潰）瓶履山深少垢塵想師正法指喻我獨迷津

贈王山人

賢哲論猶誕吾宗次定今詩吟天地廣覺印果因深教演歸恭敬名標中外欽既能施六度了悟達雙林

贈終南山傅山人

七十未成事終南蒼鬢翁老來詩興苦貧去酒腸空蟠蟄身仍病鵬摶力未通已無燒藥本唯有著書功白馬時何晚（老君度關事也）青龍歲欲終（星紀躔次之義）生涯枯（一作苦）葉下家口亂雲中潭靜魚驚水天晴鶴唳風悲君還姓傅獨不夢高宗

使兩浙贈羅隱

平日時風好涕流讒書雖盛一名休寰區歎屈瞻天問夷貊聞詩過海求向夕便思青瑣拜近年尋伴赤松遊何當世祖從人望早以公台命卓侯

全唐詩

姚合

閑居遣懷十首

身外無徭役開門百事閑倚松聽唳鶴策杖望秋山萍任連池綠苔從匝地斑料無車馬客何必掃柴關

閑臥銷長日親朋笑我疎詩篇隨分有人事度年無情性僻難改愁懷酒為除誰能思此計空備滿牀書

白日逍遙過看山復遶池展書尋古事翻卷改新詩賒酒風前酌留僧竹裏棊同人笑相問羨我足閑時

好景時牽目茅齋興有餘遠山經雨後庭樹得秋初道侶憐栽藥高人笑養魚優游隨本性甘被棄慵疎

永日廚煙絕何曾暫廢吟閑時隨思緝小酒恣情斟看月嫌松密垂綸愛水深世間多少事無事可關心

一生能幾日愁恨也無端遇酒酕醄飲逢花爛熳看青雲非失路白髮未相干以此多攜解將心但自寬

萬事徒紛擾難關枕上身朗吟銷白日沈醉度青春演步憐山近閑眠厭（一作畏）客頻市朝曾不到長免滿衣塵

野性多疎惰幽棲更稱情獨行看影笑閑坐弄琴聲嬾拜腰肢硬慵趨禮樂生業（一作詩）文隨日遣不是為求名

生計甘寥落高名愧自由慣無身外事不信世間愁好酒盈杯酌閑詩任筆酬涼風從入戶雲水更宜秋

拙直難和洽從人笑掩關不能行戶外寧解走塵間被酒長酣思無愁可上顏何言歸去事著處是青山

武功縣中作三十首（一作武功縣閑居）

縣去帝（一作京）城遠為官與隱齊馬隨山鹿放雞雜野禽棲遶舍惟藤架侵堦是藥畦更師嵇叔夜不擬作書（一作詩）題

方拙天然性為官是（一作世）事疎惟尋向山路（一作道）不寄入城書因病多（一作方）收藥緣淦（一作溪）學釣魚養身成好事此外更（一作盡）空虛

微官如馬足祇是在泥塵到處貧隨我終年老趁人簿書銷眼力杯酒耗心神早作歸休計深居養（一作過）此身

簿書多不會薄俸亦難銷醉臥慵開眼閑行嬾繫腰移花兼蝶至買石得雲饒且自心中樂從他笑寂寥

曉鐘驚睡覺事（一作世一作是）事便相關小市柴薪貴貧家砧杵閑讀書多旋忘賒酒數空還長羨劉伶輩高眠出世間

性疎常愛臥親故笑悠悠縱出多攜枕因衙始裹頭上山方覺老過寺暫忘愁三考千餘日低腰不擬休

客至皆相笑詩書滿臥牀愛閑求病假因醉（一作酒）棄官方鬢髮寒唯短衣衫瘦漸長自嫌多檢束不似舊來狂

一日看除目終年損道心山宜衝雪上詩好帶風吟野客嫌知印家人笑買琴只應隨分過已（一作定）是錯彌深

鄰里皆相愛門開數見過秋涼送客遠夜靜詠詩多就架題書目尋欄記藥窠到官無別事種得滿庭莎

窮達天應與人間事莫論微官長似客遠縣豈勝村竟

日多無食連宵不閉門齋心調筆硯唯寫五千言
縣僻仍牢（一作寥）落遊人到便迴路當邊地去村入郭門來
酒戶愁偏長詩情病不開可曾銜小吏恐謂（一作為）踏青苔
自下青山路三年著綠衣官卑食肉僭才短事（一作字）人非
野客敎長醉高僧勸早（一作卻）歸不知何計是免與本心違
日出方能起庭前看種莎吏來山鳥散酒熟野人過岐
路荒城少煙霞遠岫多同官數（一作更）相引下馬上西陂
作吏荒城裏窮愁欲不勝病多唯識藥年老漸親僧夢
覺空堂月詩成滿硯冰故人多得路寂寞不相稱
誰念東山客棲棲守印牀何年得事盡終日逐人忙醉
臥誰（一作唯）知叫閑書不著（一作正）行人間長（一作尚）檢束與此豈相
當
朝朝眉不展多病怕逢迎引水遠通澗壘山高過城秋
燈照樹色寒雨落池聲好是吟詩夜披衣坐到明
簿籍誰能問風寒趁早眠每旬常乞假隔月探支（一作請官）錢
還往嫌詩僻親情怪酒顛謀身須上計終久是歸田
閉門風雨裏落葉與堦齊野客嫌枒小山翁喜枕低聽
琴知道性尋藥得詩題誰更能騎馬閑行祗杖藜
腥羶都不食稍稍覺神清夜犬因風吠鄰雞帶雨鳴守
官常臥病學道別稱名小（一作少）有洞中路誰能引我行
官名渾不計酒熟且開封晴月銷燈（一作雲）色寒天挫筆鋒
驚禽時並起閑客數（一作夜）相逢舊國蕭條思青山隔幾重
假日多無事誰知我獨忙移山入縣宅種竹上城牆驚
蝶遺花蘂遊蜂帶蜜香唯愁明早出端坐吏人旁
門外青山路因循自不歸養生（一作閑）宜縣僻說品喜官微
淨愛山僧飯閑披野客衣誰憐幽谷鳥不解入城飛
一官無限日愁悶欲何如掃舍驚巢燕尋方落壁魚從
僧乞淨水憑客報閑書白髮誰能鑷年來四十餘
朝朝門不閉長似在山時賓客抽書讀兒童斫竹騎久
貧還易老多病懶能醫道友應相怪休官日已遲
戚戚常無思循資格上官閑人得事晚常骨覓（一作學）仙難
醉臥疑身病貧居覺道寬新詩久不寫自算少人看
漫作容身計今知拙有餘青衫（一作袍）迎驛使白髮憶山居

道友憐（一作喜）蔬食吏人嫌草書須爲長久事歸去自耕鋤
主印三年坐山居百事休焚香開敕庫踏月上城樓飲
酒多成病吟詩易長愁慇懃問漁者暫借手中鉤
長憶青山下深居遂性情壘堦溪石淨燒竹竈煙輕點
筆圖雲勢彈琴學鳥聲今朝知縣印夢裏百憂生
自知狂僻性吏事固相疎祗是看山立無嫌（一作因）出縣居
印朱霑墨硯戶籍雜經書月俸尋常請無妨（一作嫌）乏斗儲
作吏無能事（一作渾無思）爲文舊致（一作著）功詩標八病外心落百
憂中拜別登朝客歸依鍊藥翁不知還往內誰與此心
同

罷武功縣將入城

乍拋衫笏覺身輕依舊還稱學道名欲泥山僧分屋住
羞從野老借牛耕妻兒盡怕爲逋客親故相邀遣到城
無奈同官珍重意幾迴臨路却休行
青衫脫下便狂歌種薤（一作李）栽莎（一作桃）斸古坡野客相逢添
酒病春山暫上著詩魔亦知官罷貧還甚且喜閑來睡
得多欲與九衢親故別明朝拄杖始經過

秋日閑居二首

九陌宅重重何門憐此翁荒庭唯菊茂幽徑與山通落
葉帶衣上閑雲來酒中此心誰得見林下鹿應同
先憶花時節家山聽吏（一作又草）歸愛詩看古集憶酒典寒衣
睡少身還健愁多食不肥自憐疎懶性無事出門稀

閑居晚夏

閑居無事擾舊病亦多痊選字詩中老看山屋外眠片
霞侵落日繁葉（一作柳）咽鳴蟬對此心還樂誰知乏酒錢

閑居

不自識疎鄙終年住在城過門無馬跡滿宅是蟬聲帶
病吟雖苦休官夢已清何當學禪觀依止古先生

街西居二首

受得山野性住城多事違青山在宅南迴首東西稀淺
淺一井泉數家同汲之獨我惡水濁鑿井庭之陲自鑿
還自飲亦爲衆所非吁嗟世間事潔身誠難爲
日出窮巷喜溫然勝重衣重衣豈不煖所煖人不齊兀
兀復行行不離階與墀
丈夫非馬蹄安得知路岐窮賤殆茹薄興與養性宜乃
知長生術豪貴難得之

閑居遣興

終年城裏住門戶似山林客怪身名晚妻嫌酒病深寫
方多識藥失譜廢彈琴文字非經濟空虛用破心

莊居即事

休看小字大書名向日持經眼却明時過無心求富貴
身閑不夢見公卿因尋岳寺蕈辛斷自到王城禮數生
斜月照牀新睡覺西風半夜鶴來聲

親仁里居

三年賃舍親仁里寂寞何曾似在城飲酒自緣防冷病
尋人多是爲閑行軒車無路通門巷親友因詩道姓名
自別青山歸未得羨君長聽石泉聲

莊居野行

客行野田間比屋皆閉戶借問屋中人盡去作商賈官
家不稅商稅農服作苦居人盡東西道路侵壠畝採玉
上山顚探珠入水府邊兵索衣食此物同泥土古來一
人耕三人食猶飢如今千萬家無一把鋤犁我倉常空
虛我田生蒺藜上天不雨粟何由活烝黎

春日閑居

居止日蕭條庭前唯藥苗身閑眠自久眼荖（音咤事異也一作暗）視還
遙簷燕酬鶯語鄰花雜絮飄客來無酒飲搔首擲空瓢

獨居

深閉柴門長不出功夫自課少閑時翻音免問他人字
覆局何勞對手碁生計如雲無定所窮愁似影每相隨
到頭歸向青山是塵路茫茫欲告誰

早春閑居

寂寞日何爲閑（一作貧）居春色遲驚風起庭雪寒雨長簷澌
強飲樽中酒（一作區中事）嘲山世外詩此生仍且在難與老相
離

原上新居（一作王建詩）

秋來梨果熟行哭小兒飢鄰富雖長往莊貧客漸稀借

牛耕地晚賣樹納錢遲牆下當官道依前夾竹籬

將歸山

野人慣去山中住自到城來悶不勝宮樹蟬聲多却樂侯門月色少於燈飢來唯擬重餐藥歸去還應只別僧聞道舊溪茆屋畔春風新上數枝藤

山中述懷

爲客久未歸寒山獨掩扉曉來山鳥散雨過杏花稀天遠雲空積溪深水自微此情對春色盡醉欲忘機

偶然書懷

十年通籍入金門自媿名微枉搢紳鍊得丹砂疑不食從茲白髮日（一作白）相親家山迢遞歸無路栖酒稀疎病到身（一作在）漢有馮唐唐有我老爲郎吏更何人

客舍有懷

旅人無事喜終日（一作夜）思悠悠逢酒嫌栝淺尋書怕字稠貧來許錢聖夢覺見身愁寂寞中林下飢鷹望到秋

及第後夜中書事

夜睡常驚起春光屬野夫新銜添一字舊友遜前途喜過還疑夢狂來不似儒愛花持燭看憶酒犯街沽天上名應定人間盛更無報恩丞相閤何啻殺微軀

偶題

年年九陌看春還舊隱空勞夢寐間遲日逍遥芸草長聖朝清淨諫臣（一作書）閑偶逢遊客同傾酒自有前騶恥見山道侶書來相責誚朝朝欲報作（一作又）何顏

感時

憶昔未出身索寞無精神逢人話天命自賤如埃塵君今纔出身颯爽鞍馬春逢人話天命自重如千鈞信涉名利道舉動皆喪眞君今自世情何況天下人

憶山

閒處無人到乖疎稱野情日高搔首起林下散衣行泉引窗前過雲看石罅生別來愁欲老虛負出山名

客遊旅懷

客行無定止（一作處）終日（一作多在）路岐間馬爲賒來貴僮緣（一作因）借得頑詩書愁觸雨店舍喜逢山舊業嵩陽下三年未（一作不）得還

迎春

半年留醉待花開曉去迎春夜始迴風煖慢行尋曲水天晴遠望立高臺亦知無處將詩請唯得終朝把酒催今日柳條全弄色遊人相伴看春來

遊春十二首

正月一日後尋春更不眠自知還近僻衆說過於（一作如）顛看水寧依路登山欲到天悠悠芳思起多是晚風前

官卑長少事縣僻又無城未曉衝寒起迎春忍病行樹枝風掉軟菜甲土浮輕好箇（一作最好）林間鵲今朝足喜聲

詩酒相牽引朝朝思不窮苔痕雪水裏春色竹煙中迎雨緣池草摧（一作催）花倚樹風書（一作畫）非名利事愛此少人同

塵中主印吏誰遣有高情趁煖簷前坐尋芳樹底行土融凝墅（一作野）色冰敗滿池聲漸覺春相泥朝來睡不輕

疎頑無異事隨例但添年舊曆藏深篋新衣薄絮綿暖風渾酒色晴日暢琴弦同伴無辭困遊春貴在先

看春長不足豈更覺身勞寺裏花枝淨山中水色（一作氣）高嫩（一作嬾）雲輕似絮新草細如毛併起詩人思還應費筆毫

悠悠小縣吏顛頓入新年遠思遭詩惱閑情被酒牽戀花林下飲愛草野中眠疎嬾今成性誰人肯更憐

處處春光遍遊人亦不稀向陽傾冷酒看影試（一作著）新衣嫩樹行移長幽禽語旋飛同來皆去盡衝夜獨吟（一作行）歸

朝朝看春色春色似相憐酒醒鶯啼裏詩成蝶舞前摘花盈手露折竹滿庭煙親故多相笑疎狂似少年

卑官還不惡行止得逍遥晴野花侵路春陂水上橋塵埃生暖色藥草長新苗看却煙光散狂風處處飄

身被春光引經時更不歸嚼花香滿口書（一作畫）竹粉粘衣弄日鶯狂語迎風蝶倒飛自知疎嬾性得事亦應稀

曉脫青衫出閑行氣味長一瓶春酒色數頃野花香朝客聞應羡山僧見亦（一作似）狂不將僮僕去恐爲損風光

賞春

閑人祇是愛春光迎得春來喜欲狂買酒怕遲教走馬看花嫌遠自移牀嬌鶯語足方離樹戲蝶飛高始過牆顛倒醉眠三數日人間百事不思量

春日即事

春來眠不得誰復念生涯夜聽四鄰樂朝尋九陌花輕煙浮草色微雨濯年華乞假非關病朝衣在酒家

春日江次

野步出茆齋閑行坐石臺久悲鄉路遠猶喜杏花開鷗鷺皆飛去帆檣何處來因疑千里目落日尚徘徊

揚州春詞三首

廣陵寒食天無霧復無煙煖日凝花柳春風散管弦園林多是宅車馬少於船莫喚遊人住遊人困不眠

滿郭是春光街衢土亦香竹風輕履舄花露膩衣裳谷鳥鳴還豔山夫到更狂可憐遊賞地煬帝國傾亡

江北煙光裏淮南勝事多市鄽持燭入鄰里漾船過有地惟栽竹無家不養鵝春風蕩城郭滿耳是笙歌

寒食（一本有書事二字）二首（一作張籍詩）

今朝一百五出户雨初晴舞愛雙飛蝶歌聞百囀鶯江深青草岸花滿白雲城爲政多孱懦應無酷吏名

出城煙火少況復是今朝閑坐將誰語臨觴只自謠堦前春蘚徧衣上落花飄伎樂州人戲使君心寂寥

暮春書事

窮巷少芳菲蒼苔一徑微酒醒聞客別年長送春歸宿願眠雲嶠浮名繫鎖闈未因丞相庇難得脫（一作解）朝衣

春晚雨中

寂寂春將老閑人強自歡迎風鶯語澀帶雨蝶飛難傍砌木初長眠花景漸闌臨軒平目望情思若爲寬

送春

昨迎（一作吟）今復送來晚去逡巡芳盡空繁樹愁多獨病身靜思傾酒嬾閑望上樓頻爲向春風道明年早報春

別春

留春不得被春欺春若無情遣泥誰寂寞自疑生冷病淒涼還似別親知隨風未辨歸何處澆酒唯求住少時

夏夜

一去近當三百日從朝至夜是相思

閒齋深夜靜獨坐又閒行密樹月籠影疎籬水隔聲斷
猨時叫谷棲鳥每搖枝寂寞求名士誰知此夕情

秋日有懷

秋來不復眠但覺思悠然菊色欲經露蟲聲漸替蟬詩
情生酒裏心事在山邊舊里無因到西風又一年

秋夕遣懷

昨宵白露下秋氣滿山城風勁衣巾脆窗虛筆墨輕臨
書愛眞（一作奇）跡避酒怕狂名祇（一作不）擬隨麋鹿悠悠（一作山中）過一
生（一本題作秋日山中，前四句作秋來長早起，拄杖繞階行，風冷衣裳脆，天寒筆硯清，餘同）

秋中夜坐

疎散永無事不眠常夜分月中松露滴風引鶴同聞

同衛尉崔少卿九月六日飲

酒熟菊還芳花飄盞亦香與君先一醉舉世待重陽風
色初晴利蟲聲向晚長此時如不飲心事亦應傷

九日憶硯（一作峴）山舊居

帝里閒人少誰同把酒杯硯山籬下菊今日幾枝開曉
角驚眠起秋風引病來長年歸思切更值鴈聲催

秋晚江次

蕭蕭晚景寒獨立望江壖沙渚幾行鴈風灣一隻船落
霞澄返照孤嶼隔微煙極目思無盡鄉心到眼前

除夜二首

衰殘歸未遂寂寞此宵情舊國當千里新年隔數更寒
猶近北峭風漸向東生誰見（一作想）長安陌晨鐘度火城

慇懃惜此夜此夜在逡巡燭盡年還別雞鳴老更新儺
聲方去疫酒色已迎春明日持杯處誰爲最後人

晦日送窮三首

年年到此日瀝酒拜街中萬户千門看無人不送窮

送窮窮不去相泥欲何爲今日官家宅淹留又幾時

古人皆恨別此別恨消魂只是空相送年年不出門

詠雲

靄靄紛紛不可窮夏笙歌處盡隨龍來依銀漢一千里
歸傍巫山十二峰呈瑞每聞開麗色避風仍見拄喬松
憐君翠染雙蟬鬢鏡裏朝朝近玉容

詠雪

愁雲殘臘下陽臺混却乾坤六出開與月交光呈瑞色
共花爭豔傍寒梅飛隨郢客歌聲遠散逐宮娥舞袖迴
其那知音不相見剡溪乘興爲君來

郡中對雪

霏微著草樹漸布與階平遠近如空色飄颻無落聲飛
鴉疑翅重去馬覺蹄輕遙想故山下樵夫應滯行

對月

銀輪玉兔向東流瑩淨三更正好遊一片黑雲何處起
皁羅籠却水精毬

八月十五夜看月

亭亭千萬里三五復秋中此夕光應絕常時思不同九
霄微有露四海靜無風惆悵逡巡別誰能看碧空

賦（一本無賦字）月華臨靜夜

長空埃𡏖滅皎皎月華臨色正秋將半光鮮夜自深九
霄晴更徹四野氣難侵靜照遙山出孤明列宿沈高人
應不寐鶯鵲復何心漏盡東方曉佳期何處尋

酬任疇協律夏中苦雨見寄

銀漢波瀾溢經旬雨未休細聽宜隔牖遠望憶高樓風
急飄還斷雲低落更稠走童驚掣電飢鳥啄浮漚絲網
張空際蛛（一作珠）繩續瓦溝青蛙多入户黃潦欲勝舟雷怒
疑山破池渾似土流灰人漫禳厭水馬恣沈浮廣陌應
翻浪貧居恐作湫陽精藏不耀陰氣盛難收遠色重林
暮繁聲四壁秋（一本無此四句）望晴思見日防冷欲（一作凝）披裘枕潤
眠還嬾車羸出轉憂散空煙漠漠迸溜竹修修（一本無此二句）樹
暗蟬吟咽巢傾燕語愁琴書涼簟淨燈燭夜窗幽天下
（一作上）那能向（一作問）龍邊豈易求濕煙凝竈額荒草覆牆頭
酒思淒方罷詩情耿始抽（一作遠思成遲淹，往期念阻修）下牀先仗（一作杖）屐汲
井恐飄（一作漱）甌危坐徒相憶佳期未有由勞君寄新什終
日不能（一作清韻益難）酬

和座主相公雨中作

清氣潤華屋東風吹雨勻花低鶯豔重竹淨覺聲眞山
際凝如霧雲中散似塵蕭蕭下碧落點點救生民緩灑
雷霆細微霑瓦礫新詩成難繼和造化筆通神

惡神行雨

凶（一作兇）面神扇歛惡神行汹湧挨排白霧生風擊水凹波撲
凸雨淙山口地嵌坑龍噴黑氣翻騰滾鬼掣紅光劈劃
揁（音盈，引也）哮吼忽雷聲揭石滿天啾唧鬧轟轟

苦雨

江昏山半晴南阻絕人行葭菼連雲色松杉共雨聲早
秋仍燕舞深夜更鼃鳴爲報迷津客訛言未可輕

全唐詩

姚合

題鳳翔西郭新亭

西郭塵埃外新亭制度奇地形當要處人力是閒時結
搆方殊絕高低更合宜棟梁清俸買松竹遠山移佛（一作僧）
寺幽難敵仙家景（一作境）可追（一作遺）良工慚巧盡上客恨逢遲
雨面寒（一作清）波漲當前軟（一作嫩）柳垂清虛宜月入凉冷勝風
吹宴賞軍容靜登臨妓樂隨魚龍聽弦管鳧鶴識旌旗
泛鷁春流闊飛觴白日欹閑花（一作雲）長在户嫩蘚乍緣墀
永望情無極頻來困不辭雲峰晴轉翠（一作出）煙樹曉（一作晚）逾
滋向野惟貪靜臨空遽覺危行人如不到遊樂更何（一作信）處

爲

題金州西園九首

江榭

亭亭白雲榭下有清江流見江不得親不如波上鷗有榭江可見無榭無雙眸

藥堂

僮僕不到闕雙扉常自關四壁畫遠水堂前聳秋山時聞有仙鼠竊藥簷隙間

草閣

編草覆柏椽軒扉皆竹織閣成似僧居學僧居未得有時公府勞還復來此息

松壇

盤盤松上蓋下覆青石壇月中零露垂日出露尚漙山翁稱絕境海橋（一作嶠）無所觀

菱徑

藥院徑亦高往來踏菱影方當鑠暑日草屩微微冷愛此不能行折薪坐煎茗

垣竹

種竹愛庭際亦以資玩賞窮秋雨蕭條但見牆垣長宣尼高數仞固應非土壤

石庭

布石滿山庭磷磷潔還清幽人常履此月下屐齒鳴藥草枝葉動似向山中生

莓苔（一作苔階）

茅堂階豈高數寸是苔蘚只恐秋雨中窗戶亦不濺眼前無此物我情何由遣

芭蕉屏

芭蕉叢叢生月照參差影數葉大如牆作我門之屏稍稍聞見稀耳目得安靜

杏溪十首

杏溪

桃花四散飛桃子壓枝垂寂寂青陰裏幽人舉步遲慇懃念此徑我去復來誰

蓮塘

方塘菡萏高蘩豔相照耀幽人夜眠起忽疑野中燒曉尋不知休白石岸亦峭

架水藤

濛濛紫花藤下復清溪水若遺隨波流不如風飄起風飄或近堤（一作人）隨波千萬里

石潭

曉向潭上行夕就潭邊宿清冷無波瀾瀲瀲（潘岳賦詭游鯈之瀲瀲音閑游）（行覿）魚相逐釣翁坐不起見我往來熟

溪路

此路何瀟灑永無公卿跡日日多往來藜杖與桑屐路邊何所有磊磊青漾石

望江峰

念昔有此峰在彼江陵先舉世未能知愚亦望同賢我來心益悶欲上天公牋

杏水

不與江水接自出林中央穿花復遠水（一作遶澗）一山聞杏香我來持茗甌日屢此來（一作夕坐烹）嘗

渚上竹

葉葉新春筠下復清淺流微風屢此來決決復翛翛詩人月下吟月隨吟不休

楓林堰

森森楓樹林護此石門堰杏隄數里餘楓影覆亦徧鷗鷗與釣童質異同所願

石瀨

散漫復潺湲半砂半和石清風波亦無歷歷魚可搦我來亦屢久歸路常日夕

陝下厲玄侍御宅五題

濯纓溪

舊山寧要去此有濯纓泉曉景松枝覆秋光月色連行尋屐齒盡坐對角巾偏寂寂幽棲處無妨請俸錢

垂釣亭

由釣起茅亭柴扉復竹楹波清見絲影坐久識魚情白鳥依窗宿青蒲傍砌生欲同漁父舍須自減逢迎

吟詩島（一作臺）

幽島蘚層層詩人日日登坐危石是榻吟冷唾成冰靜對唯秋水同來但老僧竹枝題字（一作寄）處小篆復誰能

竹裏徑

微徑嬋娟裏唯聞靜者知跡深苔長處步狹筍生時高是連幽樹窮應到曲池紗巾靈壽杖行樂復相宜

泛觴泉

不上酒家樓池邊日獻酬杯來轉巴字客坐遶方流酹滴苔紋斷泉連石岸秋若能山下置歲晚願同遊

題僧院引泉

泉眼高千尺山僧取得歸架空橫竹引鑿石透渠飛洗藥溪流濁澆花雨力微朝昏長遶看護惜似持衣

題家園新池（一本無題字）

數日自穿池引泉來近陂尋渠通咽處遶岸待清時深好求魚養閑堪與鶴期幽聲聽難盡入夜睡常遲

詠盆池（一本無詠字）

浮萍重疊水團圓客遶千遭屐齒痕莫驚池裏尋常滿一井清泉是上源

買太湖石

我嘗遊太湖愛石青嵯峨波瀾取不得自後長咨嗟奇哉賣石翁不傍豪貴家負石聽苦吟雖貧亦來過貴我辨識精取價復不多比之昔所見珍怪頗更加背面淙注痕孔隙若琢磨水稱至柔物湖乃生壯波或云此天生嵌空亦非他氣質偶不合如地生江河置之書房前曉霧常紛羅碧光入四鄰牆壁難蔽遮客來謂我宅忽若巖之阿

天竺寺殿前立石

補天殘片女媧拋撲落禪門壓地坳霹靂劃深龍舊攫屈槃痕淺虎新抓苔粘月眼風挑剔塵結雲頭雨磕敲秋至莫言長矻立春來自有薜蘿交

杭州觀潮

樓有章（一作樟）亭號濤來自古今勢連滄海闊色比白雲深

怒雪驅寒氣狂雷散大音浪高風更起波急石難沈鳥懼多遥過龍驚不敢吟坳如開玉穴危似走瓊岑但褫千人魄那知伍相心岸摧連古道洲漲踏叢林跳沫山皆濕當江日半陰天然與禹鑿此理遣誰尋

題李頻新居

賃居求賤處深僻任人嫌蓋地花如繡當門竹勝簾勸僧嘗藥酒敎僕辨一作認書簽庭際山宜小休令著石添

寄題縱上人院

營營是與非前樂後還悲今世已如此他生願似師禪房空旦暮畫壁半陳隋遠徑蒼苔跡幽人來是誰

題山寺

千重山崦裏樓閣影參差未暇尋僧院先看置寺碑竹深行漸暗石穩坐多時古塔蟲蛇善陰廊鳥雀癡雲開上界近泉落下方遲爲愛青桐葉因題滿樹詩

題貞女祠

此女骨爲土貞名不可移精靈閟何處蘋藻奠空祠水石生異狀杉松無病枝我來方謝雨延滯失歸期

題刑部馬員外修行里南街新居

帝里誰無宅青山秖屬君閑窗連竹色幽砌上苔文遠近高低樹東西南北雲朝朝常獨見免被四鄰分

題郭侍郎親仁里幽居

入門塵外思苔徑藥苗間洞裏應生玉庭前自有山帝城唯此靜朝客更誰閑野鶴松中語時時去復還

題一作游宣義池亭

春入池亭好風光暖更鮮尋芳行不困逐勝坐還遷細草亂如髮幽禽鳴似弦苔文翻古篆石色學秋天花落能漂酒萍開解避船暫來還愈一作差疾久住合成仙迸筍揩堦起垂藤壓樹偏此生應借看自計一作料買無錢

題薛十二一作王池亭一作王建詩

每日樹邊消一日遶池行過又須行異花多是非時有好竹皆當要處生斜立小橋看島勢遠移幽石作泉聲浮萍著岸風吹歇水面無塵晚更清

題大理崔少卿駙馬林亭

每來歸意懶都尉似山人臺榭栖一作停雙鷺松篁隔四鄰迸泉清勝雨深洞暖如春更看題詩處前軒粉壁新

題杭州南亭

舊隱即雲林思歸日日深如今來此地無復有前心古石生靈草長松栖異禽暮潮簷下過濺浪濕衣襟

題鄭一作崔駙馬林亭

東園連宅起勝事與心期幽洞自生藥新篁迸入池密林行不盡芳草坐難移石翠疑無質鶯歌似有詞莎臺高出樹蘚壁淨題詩我獨多來賞一作此九衢人不知

題厲玄侍御所居

幽棲一畝宮清峭似山峰鄰里不通徑俸錢唯買松野人時寄宿谷鳥自相逢朝路牀前是誰知曉起慵

題田將軍宅

焚香書院最風流莎草緣牆綠蘚秋近砌別穿澆藥井臨街新起看山樓棲禽戀竹明猶在鬭客觀花夜未休好是暗移城裏宅清涼渾得似江頭

題崔駙馬宅

心在林泉身在城鳳凰樓下得閑名洞中見鑿尋仙路月裏猶燒煑藥鐺數樹異花皆敕賜並竿修竹自天生詩人多說離君宅不得青苔地上行

題河上亭

亭亭河上亭魚躑水禽鳴九曲何時盡千峰今日清晨光秋更遠暑氣夏常輕梧裏移檣影琴中有浪聲岸莎連砌靜漁火入窗明來此多沈醉神高無宿酲

題長安薛員外水閣

亭亭新閣成風景益鮮明石盡太湖色水多湘渚聲翠筠和粉長零露逐荷傾時倚高窗望幽尋小徑行林疎看鳥語池近識魚情政暇招閑客唯將酒送迎

題梁國公主池亭

平陽池館枕秦川門鏁南山一帶煙素柰花開西子面綠榆枝種沈郎錢裝簾玳瑁隨風落庭岸鵁鶄趁煖眠寂寞空餘歌舞地玉簫鸞起鳳歸天

寄題尉遲少卿郊居

卿仕在闕東林居思不窮朝衣挂壁上廐馬放田中隅坐唯禪子隨行只藥童砌莎留宿露庭竹出清風濃翠生苔點辛香發桂叢蓮池伊水入石徑遠山通愚者心還靜高人跡自同無能相近住終日羡鄰翁

題永城驛

秋賦春還計盡違自知身是拙求知惟思曠海無休日却喜孤舟似去時連浦一程兼汴宋夾堤千柳雜唐隋從來此恨皆前達敢負吾君作楚詞

全唐詩 姚合

過張邯鄲莊

客行長似病煩熱束四肢到君讀書堂忽若逢良醫堂前水交流堂下樹交枝兩門延風涼洗我昏濁肌與子還往熟坐臥恣所宜時時相獻酬文字當酒巵野飯具藜藿永日亦不飢苟飡非其所鱠炙爲蒺藜時清士人閑耕作唯文詞豈獨鄉里薦當取四海知

過楊處士幽居

引水穿風竹幽聲勝遠溪裁衣延野客翦翅養山雞酒熟聽琴酌詩成削樹題惟愁春氣暖松下雪和泥

過李處士山居

閑居晝掩扉，門柳蔭蔬畦。因病方收藥，尋僧始度溪。
少逢人到户，時有燕銜泥。蕭灑身無事，名高孰與齊。

過無可僧院

憶師眠復起，永夜思迢迢。月下門方掩，林中寺更遥。
鐘聲空下界，池色在清宵。終擬修禪觀，窗間卷欲燒。

過稠上人院

清羸一飯師，閑院亦披衣。應詔常翻譯，修心出是非。
雪中疎磬度，林際晚風歸。蔬食常來此，人間護淨稀。

過不疑上人院

九經通大義（一作通經又儀經），內典自應精。簾冷連松影，苔深減履聲。
相（一作幸）逢幸（一作當）此日，相失（一作識）恐來生。覺路何門去，師須引我行。

過曇（一作雲）花寶上人院

九陌最幽寺，吾師院復深。煙霜同覆屋，松竹雜成林。
鳥語境彌寂，客來機自沈。早知能到此，應不戴朝簪。

過杜氏江亭

上國千餘里，逢春且勝遊。暫聞新鳥戲，似解旅人愁。
野色吞山盡，江煙襯水流。村醪須一醉，無恨滯行舟。

過張雲峯（一作舉）院宿

不喫胡麻飯，杯中自得仙。隔籬招好客，掃室置芳筵。
家醞香醪嫩，時新異果鮮。夜深唯畏曉，坐穩豈思眠。
棊罷嫌無敵，詩成貴在前。明朝題壁上，誰得衆人傳。

過欽上人院

有相無相身，唯師說始真。修篁半庭影，清磬幾僧鄰。
古壁丹青落，虛簷鳥雀馴。伊余求了義，贏馬往來頻。

過無可上人院

寥寥聽不盡，孤磬與疎鐘。煩惱師長別，清涼我暫逢。
蟻行經古蘚，鶴毳落深松。自想歸時路，塵埃復幾重。

過城南僧院

寺對遠山起，幽居仍是師。斜陽通暗隙，殘雪落疎籬。
松靜鶴棲定，廊虛鐘盡遲。朝朝趨府吏，來此是相宜。

過靈泉寺

偶尋靈跡去，幽徑入氤氛。轉壑驚飛鳥，穿山踏亂雲。
水從巖下落，溪向寺前分。釋子遊何處，空堂日漸曛。

過天津橋晴望

閑立津橋上，寒光動遠林。皇宮對嵩頂，清洛貫城心。
雪路初晴出，人家向晚深。自從王在鎬，天寶至如今。

春日遊慈恩寺

年長歸何處，青山未有家。賞春無酒飲，多看寺中花。

遊天台上方（一作遊天長寺上方）

曉上上方高處立，路人羨我此時身。白雲向我頭上過，我更羨他雲路人。

遊終南山

策杖度溪橋，雲深步數勞。青猿吟嶺際，白鶴坐松梢。
天外浮煙遠，山根野水交。自緣名利繫，好此結蓬茆。

遊杏溪蘭若

踏得度（一作碧）溪灣，晨遊暮不還。月明松影路，春滿杏花山。
戲狖跳林末，高僧住石間。未宵離腰（一作離腰下）組，來此復何顏。

遊謝公亭

行行方避夢，又到謝亭來。舉世皆如此，伊余何處迴。
竹鮮多透石，泉潔亦無苔。坐與僧同語，誰能顧酒杯。

遊陽河岍

終日遊山困，今朝始傍河。尋芳愁路盡，逢景畏人多。
鳥語催沽酒，魚來似聽歌。醉時眠石上，肢體自婆娑。

遊河橋曉望

閑上津橋立，天涯一望間。秋風波上岍，旭日氣連山。
偶聖今方變，朝宗豈復還。崑崙在蕃界，作將亦何顏。

秋夜月中登天壇

秋蟾流異彩，齋潔上壇行。天近星辰大，山深世界清。
仙飈石上起，海日夜中明。何計長來此，閑眠過一生。

遊昊天玄都觀（一作裴考功廳察院同遊昊天玄都觀）

性同相見易，紫府共閑行。陰徑紅桃落，秋壇白石生。
蘚文連竹色，鶴語應松聲。風定藥香細，樹聲泉氣清。
垂簷靈草影，遶壁古山名。圍外坊無禁，歸時踏月明。

同裴起居厲侍御放朝遊曲江

暑月放朝頻，青槐路絕塵。雨晴江色出，風動草香新。
獨立分幽島，同行得靜人。此歡宜稍滯，此去與誰親。

曉望華清宮

曉看樓殿更鮮明，遥隔朱欄見鹿行。武帝自知身不死，教修玉殿號長生。

夏日登樓晚望

避暑高樓上，平蕪望不窮。鳥穿山色去，人歇樹陰中。
數（一作一）帶長河水，千條弱柳風。暗思多少事，懶話與芝翁。

霽後登樓

高樓初霽後，遠望思無窮。雨洗青山淨，春蒸大野融。
碧池舒媛景，弱柳嚲和風。爲有登臨興，獨吟落照中。

早夏郡樓宴集

官散有閑情，登樓步稍輕。窗雲帶雨氣，林鳥雜人聲。
曉日襟前度，微風酒上生。城中會難得，掃壁各書名。

夜宴太僕田卿宅

故人九寺長，邀我此同歡。永夜開筵靜，中年飲酒難。
微風侵燭影，疊漏過林端。臘後分朝日，天明幾刻殘。

春日同會衛尉崔少卿宅

詩家會詩客，池閣曉初晴。鳥盡山中語，琴多譜外聲。
映花相勸酒，入洞各題名。疎野常如此，誰人信在城。

軍城夜會

軍城夜禁樂，飲酒每題詩。坐穩吟難盡，寒多醉較遲。
遠鐘驚（一作經）漏壓，微月被燈欺。此會誠堪惜，天明是別離。

晦日宴劉值錄事宅

花落鶯飛深院靜，滿堂賓客盡詩人。城中杯酒家家有，唯是君家酒送春。

宴光祿田卿宅

竹裏開華館，珍羞次第嘗。春風酒影動，晴日樂聲長。
久坐難辭醉，衰年亦暫狂。慇懃還繼燭，永夕夢相妨。

會將作崔監東園

牆北走紅塵，牆東接（一作飛）白雲。山光衣上見，藥氣酒中聞。
此會誠堪惜，秋日又曛。人間唯有醉，醉後復何云。

同諸公會太府韓卿宅

九寺名卿才思雄，邀歡筆下與杯中。六街鼓絕塵埃息，四座筵開語笑同。啖啖蘭釭明後室，丁丁玉漏發深宮。卽聽雞唱天門曉（一作唯愁卽是雞催曉），吏事相牽西復東。

乞酒

聞君有美酒，與我正相宜。溢甕清如水，粘杯半似脂。豈唯消舊病，且要引新詩。況此便便腹，無非是滿巵。

寄衛拾遺乞酒

老人罷巵酒，不醉已經年。自飲君家酒，一杯三日眠。味輕花上露，色似洞中泉。莫厭時時寄，須知法未傳。

乞新茶

嫩綠微黃碧澗春，採時聞道斷葷辛。不將錢買將詩乞，借問山翁有幾人。

西掖寓直春曉聞殘漏

直廬仙掖近，春氣曙猶寒。隱隱銀河在，丁丁玉漏殘。微風飄更切，萬籟雜應難。鳳閣明初啟，雞人唱漸闌。靜宜來禁裏，清是下雲端。我識朝天路，從容自整冠。

杭州郡齋南亭

符印懸腰下，東山不得歸。獨行南北近，漸老往還稀。迸筍侵窗長，驚蟬出樹飛。田田池上葉，長是使君衣。

郡中西園（一作許渾詩）

西園春欲盡，芳草徑難分。靜語唯幽鳥，閑眠獨使君。密林生雨氣，古石帶潮（一作苔）文。雖去清秋遠，朝朝見白雲。

杭州官舍偶書

錢塘刺史謾題詩，貧褊無恩懦少威。春盡酒杯花影在，潮迴畫檻水聲微。閑吟山際邀僧上，暮入林中看鶴歸。無術理人人自理，朝朝漸覺簿書稀。

省直書事

默默滄江老，官分右掖榮。立朝班近殿，奏直上知名。曉霧和香氣，晴樓下樂聲。蜀牋金屑膩，月兔筆毫精。禁樹霏煙覆，宮牆瑞草生。露盤秋更出，玉漏晝還清。碧蘚無塵染，寒蟬似鳥鳴。竹深雲自宿，天近日先明。孱懦難封詔，疎愚但擲觥。素飡終日足，寧免衆人輕。

杭州官舍卽事

臨江府署清，閑臥（一作坐）復閑行。苔蘚疎塵色，梧桐出雨聲。漸除（一作知）身外事，暗作道家名。更喜仙山近，庭前藥自生。

假日書事呈院中司徒

十日公府靜，巾櫛起清晨。寒蟬近衰柳，古木似高人。學佛寧憂老，爲儒自喜貧。海山歸未得，芝朮夢中春。

書縣丞舊廳

宮殿（一作樓閣）半山上，人家向下居。古廳眠易魘，老吏語多虛。雨水澆荒竹，溪沙擁廢渠。聖朝收外府，皆是九天除。

縣中秋宿

鼓絕門方掩，蕭條作吏心。露垂庭際草，螢照竹間禽。罷嫌無月，眠遲聽盡（一作遠）砧。還知未離此，時復更相尋。

夏夜宿江驛

竹屋臨江岸，清宵興自長。夜深傾北斗，葉落映橫塘。渚鬧漁歌響，風和角儰香。却愁南去棹，早晚到瀟湘。

陝城卽事

左右分京闕，黃河與宅連。何功來此地，竊位已經年。天下才彌小，關中鎮最先。隴山望可見，惆悵是窮邊。

全唐詩　姚合

和東都令狐留守相公（一作奉寄東都留守令狐相公）

除官（一作書）東守洛陽宮，恩比藩方任更雄。拜表出時傳七刻，排班衙日有三公。旌旗嚴重（一作動）臨關外，庭宇（一作寺府）清深接禁中。三十六峰詩酒思，朝朝閑望與誰同。

和高諫議蒙兼賓客時入翰苑

兼秩恩歸第一流，時尋仙路向瀛洲。鐘聲迢遞銀河曉，林色蔥籠玉露秋。紫殿講筵鄰御座，青宮賓榻入龍樓。從來共結歸山侶，今日多應獨自休。

和盧給事酬裴員外

南山雪色徹皇州，鐘鼓聲交曉氣浮。鴛鷺簪裾上龍尾，蓬萊宮殿壓鼇頭。夕郎夜直吟仙掖，天樂和聲下禁樓。贈答詩成才思敵，病夫欲和（一作破）幾朝愁。

和裴結端公早朝（一作和郭端公早朝）

魚鑰千門啟，雞人唱曉傳。晃旒臨玉殿，丞相入爐烟。列位同居左，分行忝在前（給事中與侍御史班同行，在東給事中立在臺官前，故有此句）。仰聞天語近，俯拜珮聲連。綵仗祥光動，彤庭霽色鮮。威儀誰可紀，柱史有新篇。

和門下李相餞西蜀相公

聖朝同舜日，作相有夔龍。理化知無外，烝黎盡可封。變和皆達識，出入並登庸。武騎增餘勇，儒冠貴所從。贈詩全六義，出鎮越千峰。連日陳天樂，芳筵疊酒鍾。烏臺情已洽（元和十四年，崔相公與門下相公連御史臺，今又在中書矣），鳳閣分彌濃。棧轉旌搖水，崖高馬蹋松。恩深施遠俗，化美見前蹤（太和四年，門下相公出鎮，至今西蜀理化清淨，民俗歌謠不絕）。江曉流巴字，山晴聳劍峰。雙油擁上宰，四海羨臨邛。先路聲華遠，離京詔旨重。歲除今向盡，春色卽相逢。嫩葉抽蘋藻，新苔長翠茸。冰銷魚瀲瀲，林煖鳥噰噰。泉落聞難盡，花開看不供。青城方眷戀，黃閣竟從容。計日歸台席，還聽長樂鐘。

和座主相公西亭秋日卽事

西亭秋望好，寧要更垂簾。夫子牆還峻，鄭侯宅過謙。微風紅葉下，新雨綠苔黏。窗外松初長，欄中藥旋添。海圖

裝玉軸書目記牙籤竹色晴連地山光遠入簷酒濃杯稍重詩冷語多尖屬和才雖淺題高免客嫌

和祕書崔少監春日遊青龍寺僧院

官清書府足閒時曉起攀花折柳枝九陌城中尋不盡千峰寺裏看相宜高人酒味多和藥自古風光只屬詩見說往來多靜者未知前日更逢誰

和李紳助教不赴看花

笑辭聘禮深坊住門館長閒似退（一作野）居太學官資清品秩高人公事說經書年華未是登朝晚春色何因向酒疎且看牡丹吟麗句不知此外復何如

和李十二舍人冬至日

獻壽人皆慶南山復北堂從今千萬日此日又初長

和裴令公新成綠野堂即事

結搆立嘉名軒窗四面明丘牆高莫比蕭宅僻還清池際龜潛戲庭前藥旋生樹深簷稍邃石峭徑難平道曠襟情遠神閑視聽精古今功獨出大小隱俱成曙雨新苔色秋風長桂聲攜詩就竹寫取酒對花傾古寺招僧飯方塘看鶴行人間無此貴半仗暮歸城

和厲玄侍御題户部李相公廬山西林草堂

茅屋臨江起登庸復應期遙知歸去日自致太平時幽藥禪僧護高窗宿鳥窺行人盡歌詠唯子獨能詩

和鄭相演楊尚書蜀中唱和詩

天福坤維厚忠賢擁節旄江同渭濱遠山似傅巖高元氣符才格文星照筆毫五言全麗則六義出風騷聖日麻雙下洪爐柄共操寵榮連雨露先後比蕭曹唱絕時難和吟多客詎勞四方雖紙貴誰怕費錢刀

和户部侍郎省中晚歸

寒日南宮晚閑吟半醉歸位高行路靜詩好和人稀古樹苔文匝遙峰雪色微寧知逢彩筆寂寞有光輝

和元八郎中秋居

聖代無爲化郎中似散仙晚眠隨客醉夜坐學僧禪酒用林花釀茶將野水煎人生知此味獨恨少因緣

和李十二舍人裴四二舍人兩閣老酬白少傅見寄（一作和李裴二舍人酬白少傅見寄）

罷草王言星歲久嵩高山色日相親蕭條雨夜吟連曉撩亂花時看盡春此世逍遙應獨得古來閑散有誰鄰林中長老呼居士天下書生仰達人酒挈數瓶杯亦闊詩成千首語皆新綸闈並命誠宜賀不念衰年寄上頻

和劉禹錫主客冬初拜表懷上都故人

九陌喧喧騎吏催百官拜表禁城開林疎曉日明紅葉塵靜寒霜覆綠苔玉佩聲微班始定金函光動按初來此時共想朝天客謝食方從閣裏迴

和太僕田卿酬殷堯藩侍御見寄

往還知分熟酬贈思同新嗜飲殷偏逸閑吟卿亦貧古苔寒更翠修竹靜無鄰促席燈浮酒聽鴻霜滿身淺才唯是我高論更何人攜手宜相訪窮行少路塵

和膳部李郎中秋夕

漸漸復修修涼風似水流此生難免老舉世大同愁螢影明苔蘚鴻聲傍斗牛猶分省署直何日是歸休

和前吏部韓侍郎夜泛南溪

辭得官來疾漸平世間難有此高情新秋月滿南溪裏引客乘船處處行

和王（一作劉）郎中題華州李中丞廳

蓮華峰下郡齋前遶砌穿池貯瀑泉君到亦應閑不得主人草聖復詩仙

和厲玄侍御無可上人會宿見寄

九衢難會宿況復是寒天朝客清貧老林僧默悟禪眠遲消漏水吟苦墮寒涎異日來尋我滄江有釣船

和令狐六員外直夜即事寄上相公

霜臺同處軒窗接粉署先登語笑疎皓月滿簾聽玉漏紫泥盈手發天書吟詩清美（一作冷）招閑客對酒逍遙臥直廬榮貴人間難有比相公離此十年餘

答孟侍御早朝見寄

河傾月向西九陌鼓聲齊塵靜霜華遠烟生曙色低禁門人已度宮樹鳥猶棲疎懶勞相問登山有舊梯

和友人新居園上

新居多野思不似在京城牆上雲相壓庭前竹亂生尋師望藥力依譜上琴聲好是中秋夜無塵有月明

和裴令公遊南莊憶白二十韋七二賓客

四郊初雨歇高樹滴猶殘池滿紅蓮濕雲收綠野寬花開半山曉竹動數村寒鬭雀翻衣袂驚魚觸釣竿鐏前多野客膝下盡郎官斸石通泉脈移松出藥欄闕東分務重天下似公（一作比功）難半醉思韋白題詩染彩翰

和李舍人秋日臥疾言懷

閑臥襟情遠西風菊漸芳虛窗通曉景珍簟卷秋光果墜青莎徑塵離綠蘚牆藥奩開靜室書閣出叢篁對酒吟難盡思山夢稍長王言生彩筆朝服惹爐香松影幽連砌蟲聲冷到牀詩成誰敢和清思若懷霜

和李十二舍人直日放朝對雪

今朝街鼓何人聽朝客開門對雪眠豈比直廬丹禁裏九重天近色彌鮮

答李頻秀才

一年離九陌壁上挂朝袍物外詩情遠人間酒味高思歸知病長失寢覺神勞衰老無多思因君把筆毫

答胡遇

一會一分離貧遊少定期酒多爲客穩米貴入城遲晴日偷將睡秋山乞與詩縱然肴得展不似見君時

答友人招遊

不來知盡怪失意懶春遊閒鳥寧驚夢看花怕引愁賭棋招敵手沽酒自扶頭何似華筵上推辭候到籌

答竇知言

冬日易慘惡暴風拔山根塵沙落黄河濁波如地翻飛鳥皆東翼居人不開門獨我赴省期盲此馳轂轅陝城城西邊逢子亦且奔所趣事一心相見如弟昆我慘得子舒我寒得子溫同行十日程僮僕性亦敦到京人事多日無閑精魂念子珍重我吐辭發蒙昏反復千萬意一百六十言格高思清冷山低濟渾（一作水）渾嘗聞朋友惠贈言始爲恩金玉日消費好句長存存倒篋別收貯不與俗士論每當清夜吟使我如哀猿

酬田就

閑居多僻靜猶恐道相違只是夜深坐那堪春未歸嫩苔粘野色香絮撲人衣縱有野僧到終朝不話非

酬禮部李員外見寄

本求仙郡是閑居豈向郎官更有書溪石誰思玉匠愛煙鴻願與弋人疎自來江上眠方穩舊在城中病悉除唯見君詩難便捨寒宵吟到曉更初

酬令狐郎中見寄

昨是兒童今是翁人間日月急如風常聞欲向滄江去除我無人與子同

酬李廓精舍南臺望月見寄

看月空門裏詩家境有餘露寒僧梵出林靜鳥巢疎遠色當秋半清光勝夜初獨無臺上思寂寞守吾廬

酬光祿田卿末伏見寄

下伏秋期近還知扇漸疎驚飇墜鄰果暴雨落江魚貴寺雖同秩閑曹只管書朝朝廊下食相庇在肴葅

酬薛奉禮見贈之作

棲棲滄海一耕人詔遣江邊作使君山頂雨餘青到地濤頭風起白連雲詩成客見書牆和藥熟僧來就鼎分珍重來章相借分芳名未識已曾聞

酬盧汀諫議

粟如流水帛如山依念倉邊(一作衣食還君)語笑間篇什縱橫文案少親朋撩亂吏人閑杯觴引滿從衣濕牆壁書多任手頑遙賀來年二三月綵衣先輩過春關

酬萬年張郎中見寄

貢籍常同府周行今一時諫曹誠已忝京邑豈相宜黑(一作白)髮年來盡滄江歸去遲何時(一作當)得攜手林下靜吟詩(一本以後四句爲絕句)

酬光祿田卿六韻見寄

以病辭朝謁迂疎種藥翁心彌(一作惟)念魚鳥詔遣理兵戎遠戶旌旗影吹人鼓角風雪晴嵩岳頂樹老陝城宮莅職才微薄歸山路未通名卿詩句峭謂我在關東

酬楊汝士尚書喜人移居

未得滄江外衰殘讀藥書聖朝優上秩仁里許閑居樹對枝相接泉同井不疎酬章深自鄙欲寄復躊躇

酬(一本有太僕二字)田卿書齋即事見寄

幽齋琴思靜晚下紫宸朝舊隱同溪遠周行隔品遙深槐蟬嘒嘒疎竹雨蕭蕭不是相尋懶煩君舉酒瓢

酬張籍司業見寄

日日在心中青山青桂叢高人多燮靜歸路亦應同罷吏方無病因僧得解空新詩勞見問吟對(一作向)竹林風

謝汾州田大夫寄茸氈葡萄

筐封紫葡萄筒卷白茸毛卧暖身應健含消(一作清)齒免勞衾衣疎不稱梨栗鄙難高曉起題詩報寒澌滿筆毫

牧杭州謝李太尉德裕

皇恩特許拜杭壇欲謝旌旄去就難偷擬白頭瞻畫戟四神俱散鬢毛寒

杏園宴上謝座主

得陪桃李植芳叢别感生成太昊功今日無言春雨後似含冷涕謝東風

謝(一作遇)韜光上人

上方清淨無因住唯願他生得住持只恐無生復無我不知何處更逢師

謝秦校書與無可上人見訪

道同無宿約三伏自從容窗豁山侵座扇搖風下松客吟多遶竹僧飯只憑鐘向晚分歸路莓苔行跡重

喜胡遇至

窮居稀出入門戶滿塵埃病少閑人問貧唯密友來茅齋從埽破藥酒遣生開多事經時别還愁不宿迴就林燒嫩筍遶樹揀香梅相對題新什遲成舉罰杯

喜賈島至

布囊懸蹇驢千里到貧居飲酒誰堪伴留詩自與書愛眠知不醉省語似相疎軍吏衣裳窄還應暗笑余

喜喻鳧至

欲出心還懶閑吟遶寢牀道書蟲食盡酒律客偷將愁至爲多病貧來減得狂見君何所似如熱得清涼

喜雍陶秋夜訪宿

曉立侍爐煙夜歸蓬蓽眠露華明菊上螢影滅燈前清漏和碪疊棲禽與葉連高人來此宿爲似在山顛

喜賈島雨中訪宿

雨裏難逢客閑吟不復眠蟲聲秋併起林色夜相連愛酒此生裏趨朝未老前終須攜手去滄海棹魚船

喜馬戴冬夜見過期無可上人不至

客來初夜裏藥酒自開封老漸多歸思貧惟長病容苦寒燈焰細近曉鼓(一作漏)聲重僧可還相捨深居閉古松內殿臣相命開罇話舊時夜鐘催鳥絕積雪阻僧期林靜寒聲遠天陰曙色遲今宵復何夕鳴珮坐相隨

訪僧法通(一作法通師)不遇

訪師師不遇禮佛佛無言依舊將煩惱黃昏入宅門

夜期友生(一作賈島)不至

忍寒停酒待君來酒作凌澌火作灰半夜出門重立望月明先自下高臺

尋僧不遇

入門愁自散不假見僧翁花落煎茶水松生醒酒風拂牀尋古畫拔刺看新叢别有遊人見多疑住此中

過友人山莊

蕙帶纏腰復野蔬一莊水竹數房書舉頭忽見南山雪便說休官相近居

奉和前司封蘇郎中喜嚴常侍蕭給事見訪驚斑鬢之什

遶鬢滄浪有幾莖珥貂相問夕郎驚祗應爲酒微微變不是因年漸漸生東觀詩成號良史中臺官罷揖高名即提彩筆裁天詔誰得吟詩自在行

奉和門下相公雨中寄裴給事

曉起閑看雨垂簷自滴堦風清想林壑雲濕似江淮石信浮漚重泥從積蘚埋氣消濃酒力心助獨吟懷颯颯通琴韻蕭蕭靜竹齋綵毫無限思念與夕郎乖

答韓湘

疎散無世用爲文乏天格把筆日不休忽忽有所得所

得良自慰不求他人識子獨訪我來致詩過相飾君子無浮言此詩應亦直但慮憂我淺鑒亦隨之惑子在名場中屢戰還屢北我無數子明端坐空歎息昨聞過春關（一作闈）名係吏部籍三十登高科前塗浩難測詩人多峭冷如水在胸臆豈隨尋常人五藏爲酒食期（一作朝）來作酬章危坐吟到夕難爲間其辭益貴我紙墨（一作益媿滿紙黑）

奉和四松（一作和兵部鄭侍郎省中四松注云松是中書相公任兵部侍郎日手栽數年後鄭將繼之因爲詩獻相公合與唐扶劉禹錫等同和）

四松相對植蒼翠映中臺擢幹凌空去移根斸石開陰陽氣潛煦造化手親栽日月滋佳色煙霄長異材清音勝在澗寒影徧生苔靜遶霜露履閑看酒滿杯同榮朱戶際永日白雲隈密葉聞風度高枝見鶴來賞心難可盡麗什妙難裁此地無因到循環（一作牆）幾百回

和李補闕曲江看蓮花

露荷迎曙發灼灼復田田乍見神應駭頻來眼尚顛光凝珠有帶焰起火無煙粉膩黃絲蘂心重碧玉錢日浮秋轉麗雨灑晚彌鮮醉豔酣千朶愁紅思一川綠莖扶萼正翠菂滿房圓淡暈還殊衆繁英得自然高名猶不厭上客去爭先景逸傾芳酒懷濃習綵牋海霞寧有態蜀錦不成妍客至應消病僧來欲破禪曉多臨水立夜只傍堤眠金似明沙渚燈疑宿浦船風驚叢乍密魚戲影微偏穠彩燒晴霧殷姿纈碧泉晝工投粉筆宮女弃花鈿鳥戀驚難起蜂偷困不前遶行香爛熳折贈意纏綿誰計江南曲風流合管弦

和王郎中召看牡丹

葩疊萼相重燒欄復照空妍姿朝景裏醉豔晚煙中乍怪霞臨砌還疑燭出籠遶行驚地赤移坐覺衣紅殷麗開繁朶香濃發幾叢裁綃樣豈似染茜色寧同嫩畏人看損鮮愁日炙融嬋娟涵宿露爛熳抵春風縱賞襟情合閑吟景思通客來歸盡懶鶯戀語無窮萬物珍那比千金買不充如今難更有縱有在仙宮

詠南池嘉蓮

芙蓉池裏葉田田一本雙花出碧泉濃淡共妍（一作並肩）香各散東西分豔蒂（一作影）相連自知政術無他異縱是禎祥亦偶然四野人聞皆盡喜爭來入郭看嘉蓮

種葦

欲種數莖葦出門來往頻近陂收本土選地問幽人靜看唯思長初移未覺勻坐中尋竹客將去更逡巡

採松花

擬服松花無處學嵩陽道士忽相教今朝試上高枝採不覺傾翻仙鶴巢

詠新菊

黃金色未足摘取且嘗新（一作新嘗）若待重陽日何曾異衆人（一作香）

楊柳枝詞五首

黃金絲挂粉牆頭動似顛狂靜似愁游客見時心自醉無因得見謝家樓

葉葉如眉翠色濃黃鶯偏戀語從容橋邊陌上無人識雨濕煙和思萬重

江上東西離別饒舊條折盡折新條亦知春色人將去猶勝狂風取次飄

二月楊花觸處飛悠悠漠漠自東西謝家詠雪徒相比吹落庭前便作泥

江亭楊柳折還垂月照深黃幾樹絲見說隋堤枯已盡年年行客怪春遲

郡中冬夜聞蛩

秋蛩聲尚在切切起蒼苔久是忘情者今還有事來微霜風稍靜圓月霧初開此思誰能遣應須執酒杯

聞新蟬寄李餘

往年六月蟬應到每到聞時骨（一作心）欲驚今日槐花還似發却愁聽盡更無聲

聞蟬寄賈島

秋來吟更苦半咽半隨風禪客心應（一作聞心）亂（一作觸靜）愁（一作遊）人耳願（一作願耳）聾雨晴煙（一作高）樹裏日晚古城中遠思應難盡誰當與我同

題鶴雛

羽毛生未齊（一作足）嶚峭醜於雞夜（一作每）夜穿籠出擣衣碪上棲

詠鶯

春來深谷雪方消鶯別寒林傍翠條到處爲憐煙景好隔簾多愛語聲嬌不同蜀魄啼殘月唯逐天雞囀詰朝少婦聽時思舊曲玉樓從此動雲韶

老馬

臥來扶不起唯向主人嘶惆悵東郊道秋來雨作泥

詠鏡

鑄爲明鏡絕塵埃翡翠窗前挂玉臺繡帶共尋龍口出菱花爭向匣中開孤光常見鸞蹤在分處還因鵲影迴

好是照身宜謝女嫦娥飛向玉宮來

詠破屛風一作章孝標詩

時人嫌古畫倚壁不曾收露滴膠山斷風吹絹海秋殘雲飛屋裏片水落牀頭尚勝凡花鳥君能補綴不

古碑

荒田一片石文字滿青苔不是逢閑客何人肯讀來

拾得古硯

僻性愛古物終歲求不獲昨朝得古硯黃河灘之側念此黃河中應有昔人宅宅亦作流水斯硯未變易波瀾所激觸背面生罅隙質狀朴且醜令人作不得捧持且驚歎不敢施筆墨或恐先聖人嘗用修六籍置之潔淨室一日三磨拭大喜豪貴嫌久長得保惜

裴大夫見過

湖南譙國盡英髦心事相期節義高解下佩刀無所惜新聞天子付三刀

謝韜光上人贈百齡藤杖

衰病近來行少力光公乞我百齡藤閑來杖此向何處過水緣山只訪僧

詠貴遊

貴遊多愛向深春到處香凝數里塵紅杏花開連錦障綠楊陰合拂朱輪鳳凰尊畔飛金盞絲竹聲中醉玉人日暮垂鞭共歸去西園賓客附龍鱗

窮邊詞二首

將軍作鎮古汧洲水膩山春節氣柔清夜滿城絲管散行人不信是邊頭

箭利弓調四鎮兵蕃人不敢近東行沿邊千里渾無事唯見平安火入城

劍器詞三首

聖朝能用將破敵速如神掉一作插劍龍纏臂開旗火滿身積屍川沒一作有岍流血野無塵今日當場舞應一作須知是戰人

晝一作夜渡黃河水將軍險用師雪光一作聲偏著甲風力不禁旗陣變龍蛇活軍雄鼓角知今朝重起舞記得戰酣時

破虜行千里三軍意氣麤展旗遮日黑驅馬飲一作踏河枯鄰境求兵略皇恩索陣圖元和太平樂自古恐應無

從軍樂一作詩二首

每日尋兵籍經年別酒徒眼疼長不校肺病且還無僮僕驚衣窄親情覺語麤幾時得歸去依舊作山夫

朝朝十指痛唯署點兵符貧賤依前在顛狂一半無身慙山友棄膽賴酒杯扶誰道從軍樂年來鑷白鬚

敬宗皇帝挽詞三首

從諫停東幸垂衣寶曆昌漢昭登位少周代卜年長綵仗三清路麻衣萬國喪玄宮今一閉終古柏蒼蒼

晚色啟重扉旌旗路漸移荊山鼎成日湘浦竹斑時臣子終身感山園七月期金莖看尚在承露復何爲

紫陌起仙飇川原共寂寥靈輴萬國護儀殿百神朝漏滴秋風路笳吟灞水橋微臣空感咽踊絕覺天遙

文宗皇帝挽詞三首

垂拱開成化愔愔雅樂全千官方就日四海忽無天堯舜非傳子殷周但卜年聖功青史外刊石在陵前

代以無爲理車書萬國同繼兄還付弟授聖悉推公雲霧疑無日笳簫別起風金莖難復見寒露落空中

龍歸攀不得髯在侍臣邊徹奠新阡起登山吉從全關河佳氣散夷夏哭聲連寂寞玄宮閉朝昏千萬年

莊恪太子挽詞二首

曉漏啟嚴城宮臣縞素行靈儀一作輀先鹵簿新謚在銘旌雲晦郊原色風連霰雪聲淒涼望苑路春草即應生

寒日青宮閉玄堂渭水濱華夷幾乍絕凶吉禮空新薤露歌連哭泉扉夜作晨吹笙今一去千古在逡巡

哭費拾遺徵君

服儒師道旨糲食臥中林誰識先生事無身是本心空山流水遠故國白雲深日夕誰來哭唯應猨鳥吟

哭硯山孫道士

修短皆由命暗懷師出塵豈知修道者難免不亡身永祕黃庭訣高懸漉酒巾可憐白犬子閑吠遠行人

哭賈島二首

白日西邊沒滄波東去流名雖千古在身已一生休豈料文章遠那知瑞草秋曾聞有書劍應是別人收

杳杳黃泉下嗟君向此行有名傳後世無子過今生新墓松三尺空堦月二更從今舊詩卷人覓寫應爭

楊給事師皐哭亡愛一本無愛字姬英英竊聞詩人多賦因而繼和

真珠爲土玉爲塵未識遙聞鼻亦辛天上還應收至寶世間難得是佳人朱絲自斷虛銀燭紅粉潛銷冷繡裀見說忘情唯有酒夕陽對酒更傷神

喜覽涇州盧侍御詩卷

新詩十九首麗一作高格出青冥得處神應駭成時力盡停正愁聞更喜沈醉見還醒自是天才健非關筆硯靈

喜覽裴中丞詩卷一作寄裴使君

新詩盈道路清韻似敲金調格江山峻功夫日月深蜀牋方入寫越客始消吟後輩難知處朝朝枉用心

心懷霜

欲識爲詩苦秋霜若在心神清方耿耿氣肅覺沈沈皓素中方委嚴凝得更深依稀輕夕渚髣髴在寒林思勁淒孤韻聲酸激冷吟還如飲冰士勵節望知音

聽僧雲端講經

無生深旨誠難解唯是師言得正真遠近持齋來諦聽酒坊魚市盡無人

臘日獵

健夫結束執旌旗曉度長江自合圍野外狐狸搜得盡天邊鴻雁射來稀蒼鷹落日飢唯急白馬平川走似飛蜡節畋遊非爲己莫驚刺史夜深歸

聞魏州破賊

生靈蘇息到元和上將功成自執戈煙霧掃開尊北岳蛟龍斬斷淨南一作黃河旗迴海眼軍容壯兵合天心殺氣多從此四方無一事朝朝雨露是恩波

下第

枉爲鄉里舉射鵠藝渾疎歸路羞人問春城賃舍居閉門辭雜客開篋讀生書以此投一作求知已還因勝自餘

得舍弟書

親戚多離散三年獨在城貧居深穩臥晚學愛閒名小弟有書至異鄉無地行悲歡相併起何處説心情

病僧

三年病不出苔蘚滿藤鞋倚壁看經坐聞鐘喫藥齋茶烟熏殺竹簷雨滴穿堦無暇頻相訪秋風(一作來)寂寞懷

一成名後留別從兄

一辭山舍廢躬耕無事悠悠住帝城為客衣裳多不穩和人詩句固難精幾年秋賦唯知病昨日春闈偶有名却出關東悲復喜歸尋弟妹別仁兄

佛舍見胡子有嘲(一作嘲胡子小男)

明明復夜夜胡子即(一作忽)成翁唯是真知(一作如)性不來生滅中

白鼻騧

為底胡姬酒長來白鼻騧摘蓮抛水上郎意在浮花

崔少卿鶴

入門石徑半高低閒處無非是藥畦致得仙禽無去意花間舞罷洞中棲

新昌里

舊客常樂坊井泉濁而鹹新屋(一作居)新昌里井泉清而甘僮僕慣苦飲食美翻憎嫌朝朝忍飢行戚戚如難堪中下無正性所習便淫耽一染不可變甚於茜與藍近貧日益廉近富日益貪以此當自警慎勿信邪讒

塞下曲(一作塞上)

磧露黃雲下凝寒鼓不鳴(一作磧路三千里黃雲覆草平)戰須移死地軍諱殺降兵印(一作卯)馬秋遮虜蒸沙夜築城舊(一作故)鄉歸不(一作未)得都尉負(一作失)功名

從軍行

濫得進士名才用苦不長性癖藝亦獨十年作詩章六義雖粗成名字猶未揚將軍俯招引遣脱儒衣裳常恐虛受恩不慣(一作能)把刀鎗又無遠籌略坐使虜滅亡昨來發兵師各各赴戰場顧我同老弱不得隨戎行丈夫生世間職分貴所當從軍不出門豈異病在牀誰不戀其家其家無風霜鷹鸇念搏擊豈貴食滿腸

杏園

江頭數頃杏花開車馬爭先盡此來欲待無人連夜看黃昏樹樹滿塵埃

閒居

日日門長閉隣家亦懶過頭風春飲苦眼暈夜書多幽鳥偏栖竹凡人笑種莎近來難得酒無計奈愁何

句

天遥來鴈小江闊去帆孤(見畫苑郭熙取作畫意)

南陌遊人回首去東林道者杖藜歸(詠道旁亭子)

萄藤洞庭頭引葉漾盈摇皎潔鉤高掛玲瓏影落寮陰煙壓幽屋濛密夢冥苗清秋青且翠冬到凍都凋(蒲萄架)

全唐詩

周賀

周賀字南卿東洛人初為浮屠名清塞杭州太守姚合愛其詩加以冠巾改名賀詩一卷

留辭杭州姚合郎中

波濤千里隔抱疾亦相尋會宿逢高士(一作姚)辭歸(一作嫂山)值積霖(一作雨淋)叢桑山店迥孤燭(一作火)海船(一作雲)深尚有重來約(一作許)知無省閣心

酬吳之問見贈(一作酬吳處士一作寄朱慶餘)

已當鳴(一作聽)鴈夜多事不(一作少)同居故疾離城晚秋霖見(一作林九)月踈赴風(一作聽鐘)開靜户帶葉卷殘(一作闕)書溫槳期南去荒園久廢鋤

送分定(一作送僧)歸靈夏

南遊多老病(一作夏病)見説講經稀塞寺幾僧在關(一作邊)城空自歸帶河衰草斷(一作盡)映日(一作月)旱沙飛却到禪齋後邊軍識衲衣

與崔弇話別

歸思緣平澤幽(一作書)齋夜話遲人尋馮翊去草向建康衰雨雪生中路干戈阻後期幾年方見面應是鑷蒼髭

題何氏池亭

信是虛閑地亭高亦有苔繞池逢石坐穿竹引(一作到)山回果落纖萍散龜行細草開主人偏好事終不厭頻來

送表（一作從）兄東南遊

山水疊層層，吾兄涉又（一作復）登。挂帆春背鴈，尋磬夜逢僧。雪溜懸衡嶽（一作岩色），江雲蓋秣陵。評文永（一作來）不忘（一作妄），此説是中興。

送康紹（一作沼）歸建業

南朝秋色滿，君（一作歸）去意（一作思）如何。帝業空城在，民田（一作耕）壞塚多。月圓（一作明）臺獨上，栗綻寺頻過。籬下西江闊（一作水），相思見白波。

再過王輅原居納涼

夏天多憶此，早晚得秋分。舊月來還見，新蟬坐忽聞。扇風調病葉，溝水隔殘雲。別有微涼處，從容不似君。

送耿山人歸湖南（一作送耿漁人南歸）

南行隨越（一作老）僧，別（一作舊）業幾（一作一）池菱。兩鬢已垂白（一作如雪），五湖歸挂罾。夜濤鳴柵鎖，寒葦露船燈。去此應（一作此去已）無事，却來知不（一作期未）能。

送省己上人歸太原

惜別聽邊漏，窗燈落燼重。寒僧迥絶塞，夕雪下窮冬。出定（一作馬）聞殘角，休兵見壞鋒。何年更來此，老却倚堦松。

宿甄山南溪晝公院（一作宿杼山晝公禪堂）

從作兩（一作西）河客（一作從來作何客），別離經半年。却來峯頂宿，知廢甄（一作井）南禪。餘霧（一作積藹）沈斜月，孤燈照落泉。何當（一作時）閑事盡，相伴老溪邊。

相次尋舉客寄住人（一作再經三叟居）

停橈因舊識，白髮向（一作問）波濤。以我往來倦，知君耕稼勞。渚田臨舍盡，坂路出簷高。遊者（一作愛此）還南去，終期伴（一作會）爾曹。

出關寄賈島（一作送客）

舊鄉無子孫，誰共老青門。迢遞早秋路，別離深夜村。伊流偕行（一作背遠）客，岳響答啼（一作清）猨。去後期招隱，何當復此言。

暮冬長安旅舍

湖外誰相識，思歸日日頻。遍尋新住客，少見故鄉人。失計空知命，勞生恥爲身。惟（一作閑）看洞庭樹，即是舊山春。

贈胡僧

瘦形（一作影）無血色，草屨著行（一作從）穿。閑話（一作語）似持呪，不眠同坐禪。背經來漢地，袒膊過冬天。情性人難會，遊方應信緣。

贈李主簿

税時兼主印，每日得閑稀。對酒妨料吏，爲官亦典衣。案遲吟坐待，宅近步行歸。見説論詩（一作偏論）道，應愁判（一作斷）是非。

同朱慶餘宿翊西上人房

溪僧還共謁，相與坐寒（一作中）天。屋雪凌高燭，山茶稱遠泉。夜清（一作深）更徹寺，空闊鴈衝煙。莫怪（一作惜）多時話，重來又隔年。

寄姚合郎中

轉刺名（一作海移）山郡，連年別省曹。分題得客少，著價買書高。晚（一作暮）柳蟬和角，寒城燭照濤。鄱溪（一作陽）臥疾久（一作者），未獲後（一作暇從）乘騷（一作艘）。

休糧（一作絶粒）僧

一齋難過日，況是更（一作復）休糧。養力時行道，聞鐘不上堂。唯留溫（一作煨）藥火，未（一作豈）寫化金（一作銀）方。舊有山廚在，從僧請作房。

懷西峯隱者

灌（一作萬）木藏岑（一作峰）色，天寒望即愁。高齋（一作源）何日去，遠瀑入城流。臘近溪（一作音）書絶，燈殘夜雪（一作雲霰）稠。遍來（一作還當）相憶處，枕上苦吟休。

贈栢（一作百）巖禪師

野寺絶依念，靈山會（一作曾）遍行。老來披衲重，病後（一作起）讀經生。乞食嫌村遠，尋溪愛路平。多年栢（一作百）巖住，不記栢（一作百）巖名。

旅懷

不覺月又盡，未歸還到春。雪通廬岳夢，樹匝草堂身。澤鴈和寒露，江槎帶遠薪。何年自此去，舊國復爲（一作是吾）隣。

緱氏韋（一作山李）明府廳

貴邑清（一作秋）風滿，誰同上宰心。杉松出郭外，雨（一作雷）電下嵩陰。度鴈方離（一作當）壘，來僧始別岑。西池月纔（一作色）迥（一作月色），一作孫會接一宵吟。

送朱慶餘（一作廣陵道逢方干）

野客行無定，全家在浦（一作渭）東。寄眠（一作懷）僧閣靜（一作迥），贈別橐金空。舊里千山隔，歸舟百計同。藥資如有分，相約老吳中（一作丘）。

宿開元寺樓

西峯殘日落，誰見寂寥心。孤枕客眠久，兩廊僧話（一作語）深。寒扉關（一作開）雨氣，風葉隱鐘音。此愛（一作愛此）東樓望，仍期別夜尋。

送僧還南岳

辭僧下水柵（一作棚），因夢（一作聽）嶽鐘聲。遠路（一作客）獨歸寺，幾時重到城。風高寒（一作木）葉落，雨絶夜堂清。自説深（一作溪）居後，隣州亦不行。

秋思（一本題上有巴陵二字）

楊柳（一作州）已秋思（一作寒色），楚田仍（一作方）刈禾。歸心病起切，敗葉夜來多。細雨城蟬（一作鴉）噪，殘（一作夕）陽嶠客過。舊山（一作故鄉，一作古都）餘業在，杳隔洞庭波。

旅情

黃葉下堦頻，徐徐起病身。殘秋螢出盡，獨夜鴈來新。別業去千里，舊鄉空四隣。孤舟尋幾度，又識岳陽人。

送靈應禪師（一作送禪師）

寒天仍遠去，離寺雪霏霏。古跡曾重到（一作見），生涯不暫歸。坐禪山（一作出）店暝（一作洞），補衲夜燈（一作煙）微。巡禮何時住，相逢的是稀。

送陸判官防秋（一作送防秋人）

疋馬無窮地，三年逐大軍。算程淮邑遠，起帳夕陽曛。瀑浪（一作水）行時漱，邊笳語次聞。要傳書札去，應到磧東（一作西）雲。

山居（一作舍）秋思

一從雲水住，曾不下西岑。落木孤猨在，秋庭積霧（一作葉）深（一作故水故園在秋庭秋草深）。泉流通井脉，蟲響出牆陰。夜靜溪（一作更）聲徹，寒燈尚獨（一作自）吟。

贈皎然上人（一本無皎字）

竹庭（一作逕）瓶水新，深稱北窗人。講罷見黃葉，詩成尋舊隣。錫陰迷（一作連）坐石，池影露齋身。苦作南行（一作遊）約，勞生始問

津

春日山居寄友人（一本無山居二字）

春居無俗喧時立澗前村路遠少來客山深多過猨帶（一作倚）巖松色老臨水杏花繁除憶文流外何人更可言

留別南徐故人

三年蒙見待此夕是前程未斷却來約且伸臨去情潮迴灘鳥下月上客船明他日南徐道緣君又重行

送僧歸江南

洗足北林去遠途今已分麻衣行嶽色竹杖帶湘雲飢鼠緣危壁寒狸出壞墳前峰一聲磬此夕不同聞

早春越中留故人（一作早秋別盧玄作）

此行經歲近（一作久）唯約半年迴野渡人初過前山雲（一作雪）未開鴈羣逢曉斷林（一作秋）色映川（一作春）來清（一作是）夜蘆中客（一作花宿）巖家舊（一作有）釣臺

送友人

彈琴多去情浮檝背潮行人望豐壖宿蟲依蠹木鳴檣煙離（一作連）浦色蘆雨入船聲如疾登雲路憑君寄此生

春日重到王依村居

野煙居舍在曾約此重過久雨初招客新田未種禾夜蟲鳴井浪春鳥宿庭柯莫為兒孫役餘生能幾何

入靜隱寺途中作

亂雲迷（一作遙）遠寺入路認青松鳥道（一作翅）緣巢影僧鞋印雪蹤草煙連野燒溪霧隔霜鐘更遇（一作問）樵人問（一作院）猶言過數（一作幾）峰

送楊嶽歸巴陵

何處得鄉信告行當雨天人離京口日潮送（一作入）岳陽船孤鳥背林色遠帆開浦煙悲君唯此別不肯話迴年

贈朱慶餘校書

風泉盡（一作夜）結氷寒夢徹西陵越信楚城得遠懷中夜興樹停沙島鶴茶會石橋僧寺閣連官舍行吟過（一作到）幾層

逢播公

帶病（一作疾）希相見西城早晚來衲衣（一作山房）風壞帛（一作衲）香印雨霑灰坐久鐘聲盡（一作靜）談餘嶽影迴却思同宿夜高枕說（一作話）天台

尋北岡韓處士

相過值早涼松帚掃山牀（一作房）坐石泉痕黑登城蘚色黃逆風沈寺磬初日曬（一作耀）隣桑幾處逢僧說期來宿北岡

哭閑霄上人

林逕西風急松枝講鈔餘凍髭亡夜剃遺偈病時書地燥焚身後堂空著影初弔來頻落淚曾憶到吾廬

城中秋作

已落關東葉空懸浙右心寒燈隨故病伏雨接秋霖客話曾誰和蟲聲少我吟蒹葭半波水夜夜宿邊禽

玉芝觀王道士（一作章道士房）

四面杉蘿（一作松杉）合空堂畫老仙蠹根停雪水曲角積茶煙道至心機盡宵晴瑟（一作清琴）韻全暫來還（一作嫌來）獨又去未（一作不）得坐經年

出關後寄賈島

故國知何處西風已度關歸人值落葉遠路入寒山多難喜相識久貧寧自閑唯將往來信遙慰別離顏

題晝公院（一作四明蘭若贈叚禪師）

叢木開風徑過從白晝寒舍深原草合茶疾竹新（一作枝）乾夕雨生眠興禪心少話端頻來覺無事盡日坐相看

京口贈（一作別）崔固

積雨晴時近西風葉滿泉相逢嵩嶽客共聽楚城蟬宿館橫秋島歸帆漲遠田別多（一作君）還寂寞不似剡中年

書實上人房（一作送晏上人一作寄林禪師）

絕頂言無伴（一作無僧侶）長懷剃（一作落）髮師禪中燈落燼講次栢生枝（一作齋歸門掩雪講徹樹生枝）沙井泉澄疾秋鐘韻盡遲里閭（一作中）還受請（一作講）空有向南期（一作將行誰請住又爽禁城期）

送張諲之睦州

遙憶新安舊扁舟往復還淺深看水石來往逐雲山到縣餘花在過門五柳閑東征隨子去俱隱薜蘿間

贈王道士

藥力資蒼鬢應非舊日身一為嵩嶽客幾葬洛陽人石縫（一作氷）瓢探水雲根斧斫（一作斷）薪關西來往路（一作熟）誰得水銀

冬日山居思鄉

大野始嚴凝雲天曉色澄樹寒稀宿鳥山迥少來僧背日收窗雪開爐釋硯氷忽然歸故國孤想寓西陵

如空上人移居大雲寺

竹溪人請住何日向中峰瓦舍山情（一作晴）少齋身疾（一作心病）色濃夏（一作臘）高移坐次菊淺露行蹤來往（一作嘗記）湓城下三年兩度逢

送（一作贈）幻羣法師（一本無羣字）

北京一（一作從）別後吳楚（一作南越）幾聽砧住久白髮（一作髭）出講長枯（一作黃）葉深香連隣舍像磬徹遠巢禽寂默（一作寞）應關道（一作難問）何人見（一作識）此心

春喜友人至山舍

鳥鳴春日曉喜見竹門開路自高巖出（一作入）人騎大（一作瘦）馬來折花林影斷（一作動）移石洞陰（一作澗聲）迴更欲留深語重城暮色催

春日重至南徐舊居

綠水陰空院春深喜再來獨眠從草長留酒看花開過雨遠山出向風孤鳥迴忽思秋夕事雲物却悠（一作幽）哉

早秋過郭涯書堂（一作郭勤書齋）

暑消岡舍清閑語（一作坐）有餘情澗（一作石谷）水生茶味松風滅扇聲遠分臨（一作雲收）海雨靜覺（一作角）揜山城此地秋吟苦時來遶菊行

長安送人（一作送鄉人）

上國（一作京）多離別年年渭水濱空將未歸意說向欲（一作說向）行人鴈（一作雨）度池塘月（一作草）山連井邑春臨岐惜分手日暮一霑巾

寄寧海李明府

山縣風光異（一作美）公門水石清一官居外府幾載別（一作日到）東京故疾梅天發新詩雪夜成家貧思（一作希）減選時靜憶歸耕把疏尋（一作抱蹟窮）書義澄心得獄情夢靈邀客解劒（一作鏡）古揀人（一作覓僧）呈守月通宵坐尋花迴路（一作傍徑）行從來愛知（一作知愛）道何慮白髭生

投江州張郎中

要地無閑日仍容冐謁頻借(一作買)山年涉閏寢郡月逾旬驛徑曾衝雪方泉省滌塵隨行溪路細接話草堂新減藥痊餘(一作全除)癖飛書苦問貧噪蟬離宿殼吟客(一作石)寄秋身錬句貽(一作盈)箱篋懸圖見蜀岷(一作闕)使君匡嶽近終作社中人

晚題江館(一作晚秋江館書事寄姚郎中)

病寄曲江(一作西州)居帶城傍門孤(一作高)柳一蟬鳴澄波(一作江)月上見魚擲晚(一作荒)徑葉多(一作乾)聞犬行越島(一作嶠)夜無侵閣色(一作影)寺鐘涼有隔原聲故園盡賣(一作賣盡)休官(一作歸)去潮(一作湖)水秋來(一作光)空自平

秋晚歸廬山留別道友

病起陵陽思翠微秋風動後著行衣月生石齒人同見霜落木梢愁獨歸已許衲僧修靜社便將樵叟對閑扉不嫌舊隱相隨去廬岳臨天好息機

同徐處士秋懷少室舊居(一作秋日同朱慶餘懷少室舊隱)

曾居少室黃河畔(一作上)秋夢長懸未得回扶病半(一作十)年離水石思歸一夜隔風雷荒齋幾遇僧(一作度曾)眠後晚菊頻經鹿踏(一作麈路)來燈下此心誰(一作君)共說傍松幽(一作孤)徑已多裁(一作幾生苔)

贈神遘上人

草履蒲團山意存坐看庭木長桐孫行齋罷講仍香氣布褐離牀帶雨痕夏滿尋醫還出寺晴來曬疏暫開門道情淡薄閑愁盡霜色何因入鬢根

贈道人(一作贈李道士)

布褐高眠石竇春迸泉多濺黑紗巾搖(一作昂)頭說易當朝(一作闕)客落手圍棋對俗人自筭天年窮甲子誰同雨夜守庚申擬歸太華何時去他日相尋(一作逢)乞藥銀

贈厲玄侍御

山松徑與瀑泉通巾舄行吟想越中塞鴈去經華頂末(一作表永)鄉僧來自海濤東關分河漢秋鐘絕露滴獼猴夜嶽空抱疾因尋周柱史杜陵寒葉落無窮

送韓評事(一作韓評事別業)

門枕平(一作重)湖秋景好水煙松色遠相依罷官餘俸租田種送客回舟(一作船)載石歸離岸遊魚逢浪返(一作退)望巢寒(一作高)鳥逆風飛嵩陽舊隱(一作業)多時別閉目閑(一作閑月行)吟憶(一作入)翠微

宿隱靜寺上人

一宿五峰杯度寺虛廊中夜磬聲分疎林未(一作才)落上方月深(一作幽)澗忽生平地雲幽(一作高)鳥背泉棲靜境遠人當燭想遺文暫來此地歇勞足望斷故山(一作園)滄海濆

寄新頭陁

見說北京尋祖後瓶盂自挈遶窮邊相逢竹塢晦暝夜一別茗溪多少年遠洞省穿湖底過斷崖曾向壁中禪青城不得師同住(一作往)坐想滄江憶浩然

湘漢旅懷翁傑(一作傑公)

一宿空江聽急(一作水)流仍同賈客坐歸(一作孤)舟遠書來隔巴陵雨衰鬢去經彭蠡秋不擬為身謀舊業終期(一作求)斷殼隱高(一作嵩)丘吾宗尚作無憀(一作為)者中夜閑(一作廢)吟生旅愁

寄韓司兵(一作泗上逢韓司徒歸北)

多病十年無舊識滄州亂(一作戰)後只(一作始)逢君已知罷秩辭瀧水相勸移家近(一作住)岳雲泗上旅帆(一作郵)侵疊浪雪中歸路踏荒墳若(一作更)為此別終期(一作愁應)老書札何因寄(一作由到)北軍

寺居(一作夏日)寄楊侍御

雨過北(一作碧)林空晚涼(一作景)院閑人去掩斜陽十年多(一作苦)病度落(一作寒)葉萬里亂愁生夜牀終欲返耕甘性拙久(一作多)慚他事與身忙還(一作遙)知謝客名先重肯為詩篇問楚狂

上陝府姚中丞

此心長愛狎禽魚仍候登封獨著書領郡只嫌生藥少在官長恨與山疎成家盡是經綸後得句應多諫諍餘見說養真求退靜溪南泉石許同居

贈僧

藩府十年為律業南朝本寺往來新辭歸幾別深山客赴請多從遠處人松吹入堂資講力野蔬供飯爽禪身他年更息登壇計應與雲泉作四鄰

送石協律歸吳

僧窗夢後憶歸耕水涉應多半月程幕府罷來無藥價紗巾帶去有山情夜隨淨渚離蛩語早過寒潮背井行已讓辟書稱抱疾滄洲便許白髭生

寄金陵僧

水石致身閑自得平雲竹閣少炎蒸齋牀幾減供禽食禪徑寒通照像燈覓句當秋山落葉臨書近臘硯生氷行登總到諸山寺坐聽蟬聲滿四稜

送忍禪師歸廬嶽(一作送廬嶽僧　一作朱慶餘詩)

浪匝湓城岳壁青白頭僧去掃(一作掩)禪扃龕燈度雪補殘衲山日上軒看舊經泉水帶氷寒溜澁薜蘿新雨曙煙腥已知身事非吾道甘臥荒齋竹滿庭

贈姚合郎中

望重來為守土臣清高還似武功貧道從會解唯求靜詩造玄微不趁新玉帛已知難撓思雲泉終是得閑身兩衙向後長無事門館多逢請益人

宿李主簿(一作劉員外)

獨樹倚亭新月入城牆四面鑠山多去年今夜還來此坐(一作留宿)見西風裊鵲(一作燕)窠

寄潘緯

楊柳垂絲與地連歸來一醉向溪邊相逢頭白莫惆悵世上無人長少年

潯陽與孫郎中宴迴

別酒已酣春漏前他人扶上北歸船潯陽渡口月未上漁火照江仍獨眠

送宗禪師(一作送僧歸南嶽)

衡陽到却(一作別)十三春行脚同來有幾人老大又(一作却)思歸嶽裏(一作嶽寺　一作故里)當時來(一作未)漆祖師身

送僧

草履初登南客船銅瓶猶貯北山泉衡陽舊寺秋歸去(一作後)門(一作院)鑠寒潭幾樹蟬

送蜀僧

萬里獨行無弟子惟齎筇竹與檀龕看經更向吳中老應是山川似劒南

過僧竹院

一生愛竹自未有每到此房歸不能高人留宿話禪後
寂寞雨堂空夜燈

憶潯陽舊居兼感長孫郎中(一作寄長孫中丞)

潯陽却到是(一作知)何日此地今無舊使君長憶窮冬宿廬
嶽瀑泉氷折共僧聞

送郭秀才歸金陵

夏後客堂黃葉多又懷家國起悲歌酒前欲別語難盡
雲際相思心若何鳥下獨山秋寺磬人隨大艑晚江波
南徐舊業幾時到門掩殘陽積翠蘿

宿李樞書齋

小(一作書)齋經暮雨四面絕纖埃眠客聞風覺飛蟲入燭來
夜涼書讀遍月正戶全開任遠稀相見留連宿始迴

杪秋登江樓(一作岳陽樓)

平楚起寒色長沙(一作秋)猶未還世情何處淡湘水向人閑
空翠隱高鳥夕陽歸遠山孤雲(一作舟)萬餘里惆悵洞庭間

秋宿洞庭

洞庭初葉下旅客不勝愁明月天涯夜青山江上秋一
官成白首萬里寄滄洲只被浮名繫寧無媿海鷗

重陽(一作九月九日)

雲木疎黃秋滿川茱萸風裏一罇前幾回爲客逢佳節
曾見何人再少年霜報征衣冷針指鴈驚幽隱泣雲泉
古來醉樂皆難得留(一作當)取窮通委上天

送李億東歸

黃山遠隔秦樹紫禁斜通渭城別路青青柳發前溪漠
漠花生和風澹蕩歸客落日殷勤早鶯灞上金罇未飲
讌歌已有餘聲

全唐詩

鄭巢

鄭巢與姚合同時詩一卷

泊靈溪館

孤吟疎雨絕(一作外)荒館亂峰前曉鷺棲危石秋萍滿敗船
溜從華頂落樹與赤城連已有求閑意相期在暮年

瀑布寺貞上人院

林疎多暮蟬師去宿山煙古壁燈熏畫秋琴雨潤弦竹
間窺遠鶴巖上取寒泉西嶽沙房在歸期更幾年

寄貞法師

巡禮知難盡幽人見亦稀幾年潭上過何待雪中歸遠
瀑穿經室寒蟄發定衣無因尋道者獨坐對松扉

送靈溪李侍郎

貂裘離闕下初佐漢元勳河偃流澌疊沙晴遠樹分牛
羊下暮靄鼓角調寒雲中夕蕭關宿邊聲不可聞

送姚郎中罷郡遊越

逍遙方罷郡高興接東甌幾處行杉逕何時宿石樓湘
聲穿古竇華影在空舟惆悵雲門路無因得從遊

送魏校書赴夏口從事

西風吹遠蟬驛路在雲邊獨夢諸山外高談大旆前夜
燈分楚塞秋角滿湘船郡邑多巖竇何方便學仙

送衡州薛從事

吟去望雙旌滄洲晚氣清遙分高岳色亂出遠蟬聲楚
霽雲連寺湘寒浪浸城孤猨不可聽一聽白髭生

送邊使

關河度幾重邊色上離容灞水方爲別沙場又入冬曙
鵰迴大旆夕雪沒前峰漢使多長策須令遠國從

送人赴舉

篇章動玉京墜葉滿前程舊國與僧別秋江罷釣行馬
過隋代寺檣出楚山城應近嵩陽宿潛聞瀑布聲

送袁肇歸山陰

論文意有違寒雨灑行衣南渡久誰語後吟今獨歸河
帆因樹落沙鳥背潮飛若值雲門侶多因宿翠微

送李式

瀟湘路杳然清興起秋前去寺多隨磬看山半在船綠
雲天外鶴紅樹雨中蟬莫使游華頂逍遙更過年

送韋弇

挂席曙鍾初家山半在吳艣聲過遠寺江色潤秋蕪旼
鶴巢城木邊鴻宿岸蘆知君當永夜獨釣五湖隅

送人南游

南京路悄然敧石漱流泉遠寺寒雲外揚帆暑雨前鴈
行迴曉岫蜃色上湖田更想清吟處多同隱者眠

送省空上人歸南嶽

又歸衡嶽寺舊院樹冥冥坐石縫寒衲尋龕補壞經嶠
雲籠曙磬潭草落秋萍誰伴高窻宿禪衣挂桂馨

送象上人還山中

竹錫與袈裟靈山笑暗霞泉痕生淨蘚燒力落寒花高
戶閑聽雪空窗靜擣茶終期宿華頂須會說三巴

送僧歸富春

憶過僧禪處遙山抱竹門古房關蘚色秋徑掃潮痕石
淨聞泉落沙寒見鶴翻終當從此望更與道人言

送琇上人

古殿焚香外清羸坐石稜茶煙開瓦雪鶴跡上潭氷孤
磬侵雲動靈山隔水登白雲歸意遠舊寺在廬陵

哭虛海上人

一化西風外禪流稍稍分貫碑行暮雨斷石葬寒雲靜
戶關松色荒齋聚鳥群朗吟聲不倦高傳有遺文

和姚郎中題凝公院

後房寒竹連白晝坐冥然片衲何山至空堂幾夜禪葉
侵經上字氷結硯中泉雪夕誰同話懸燈古像前

贈丘先生

雲泉心不爽垂日坐柴關硯取簷前雨(一作水)圖開異國山
原僧招過宿沙鳥伴長閑地與中峰近殘陽獨不還

贈蠻僧

南海何年過中林一磬微病逢秋雨發心逐暮潮歸久
臥前山寺猶逢故國衣近來慵步履石蘚滿柴扉

秋思

寒蛩鳴不定，郭外水雲幽。南浦鴈來日，北窗人臥秋。病身多在遠，生計少於愁。薄暮西風急，清砧響未休。

楚城秋夕

故苑多愁夕，西風木葉黃。寒江浸霧月，曉角滿城霜。弟姪來書少，關河去路長。幾時停桂檝，故國隔瀟湘。

秋日陪姚郎中登郡中南亭

雲水生寒色，高亭發遠心。鴈來疎角韻，槐落減秋陰。隔石嘗茶坐，當山抱瑟吟。誰知瀟灑意，不似有朝簪。

宿天竺寺

暮過潭上寺，獨宿白雲間。鐘磬遥連樹，星河半隔山。石中泉暗落，松外戶初關。却憶終南裏，前秋此夕還。

陳氏園林

當門三四峰，高興幾人同。尋鶴新泉外，留僧古木中。蟬鳴槐葉雨，魚散芰荷風。多喜陪幽賞，清吟繞石叢。

題崔中丞北齋

湖近草侵庭，秋來道興生。寒潮添井味，遠漏帶松聲。放卷聽泉坐，尋僧踏雪行。何年各無事，高論宿青城。

題崔行先石室別墅

山空水繞籬，幾日此棲遲。採菊頻秋醉，留僧擬夜棊。桂陰生野菌，石縫結寒澌。更喜連幽洞，唯君與我知。

題靈隱寺晚公院

山寒葉滿衣，孤鶴偶清羸。已在雲房老，休爲內殿期。嵐昏聲磬早，菓熟喚猨遲。未得終高論，明朝更別離。

全唐詩

呂羣

呂羣，元和進士，詩二首。

題寺壁二首

路行三蜀盡，身及一陽生。賴有殘燈火，相依坐到明。

社後辭巢燕，霜前別蔕蓬。願爲蝴蝶夢，飛去覓關中。

崔涯

崔涯，吴楚間人，與張祜齊名，詩八首。

黃蜀葵

野欄秋景晚，疎散兩三枝。嫩碧淺輕態，幽香閑澹姿。露傾金盞小，風引道冠欹。獨立悄無語，清愁人詎（一作不）知。

詠春風

動地經天物不傷，高情逸韻住何方。扶持燕雀連天去，斷送楊花盡日狂。遶桂月明過萬戶，弄帆晴晚渡三湘。孤雲雖是無心物，借便吹教到帝鄉。

竹

領得溪風不放迴，傍窗緣砌遍庭栽。須招野客爲鄰住，看引山禽入郭來。幽院獨驚秋氣早，小門深向綠陰開。誰憐翠色兼寒影，靜落茶甌與酒杯。

俠士詩

太行嶺上二尺雪，崔涯袖中三尺鐵。一朝若遇有心人，出門便與妻兒別。

別妻

隴上泉流隴下分，斷腸嗚咽不堪聞。嫦娥一入月中去，巫峽千秋空白雲。

雜嘲二首

二年不到宋家東，阿母深居僻巷中。含淚向人羞不語，琵琶弦斷倚屏風。

日暮迎來香閤中，百年心事一宵同。寒雞鼓翼紗窗外，已覺恩情逐曉風。

悼妓

赤板橋西小竹籬，槿花還似去年時。淡黃衫子渾無色，腸斷丁香畫雀兒。

郭良驥

郭良驥，元和後詩人，詩二首。

自蘇州至望亭驛有作（一作李嘉祐詩）

南浦菰蒲遶白蘋，東吴黎庶逐黃巾。野棠自發空流水，江燕初歸不見人。遠岫依依如送客，平田渺渺獨傷春。那堪迴首長洲苑，烽火年年報虜塵。

鄴中行

年去年來秋更春，魏家園廟已成塵。只今惟有西陵在，無復當時歌舞人。

王叡

王叡，元和後詩人，自號炙轂子，集五卷，今存詩九首。

公無渡河

濁波洋洋兮凝曉霧，公無渡河兮公竟渡。風號水激（一作湍）兮呼不聞，提壺看入兮中流去。浪擺衣裳兮隨步沒，沈屍深入兮蛟螭窟。蛟螭盡醉兮君血乾，推出黃沙兮泛君骨。當時君死妾何適，遂就波濤合魂魄。願持精衛銜石心，窮取河源塞泉脈。

松

寒松聳拔倚蒼岑，綠葉扶疎自結陰。丁固夢時還有意，秦王封日豈無心。常將正節棲孤鶴，不遣高枝宿衆禽。好是特凋羣木後，護霜凌雪翠踰深。

竹

庭竹森疎玉質寒色包葱碧盡琅玕翠筠不樂湘娥淚斑簭堪裁漢主冠成韻含風已蕭瑟媚漣凝淥更檀欒此君引鳳爲龍日聳節稍雲直上看

解昭君怨

莫怨工人醜畫身莫嫌明主遣和親當時若不嫁胡虜秖是宮中一舞人

祠漁山神女歌二首

蓮草頭花柳葉裙蒲葵樹下舞蠻雲引領望江遙滴酒白蘋風起水生文

椳椳山響荅琵琶酒濕青莎肉飼鵶樹葉無聲神去後紙錢灰出木綿花

牡丹以下二首一作王轂詩

牡丹妖豔亂人心一國如狂不惜金曷若東園桃與李果成無語自成陰

秋

蟬噪古槐疎葉下樹銜斜日映孤城欲知潘鬢愁多少一夜新添白數莖

燕

海燕雙飛意若何曲梁嘔嘎語聲多茅檐不必嫌卑陋猶勝吴宮爇爾窠

焦郁

焦郁元和間人詩三首

白雲向空盡一作周成詩

白雲昇一作生遠岫搖曳入晴空乘化隨舒卷無心任始終欲銷仍帶日將斷更因風勢薄飛難定天高色易窮影收元氣表光滅太虛中儻若從龍去還施濟物功

春雪一作雲

散漫天涯色乘春四望平不分殘照影何處斷鴻聲繚繞先經塞霏微近過城因風低未斂帶雨重還輕千品知時泰如膏候歲成小儒同品物無以荅皇明

春雪空濛簾外斜霏微半入野人家長天遠樹山山白不辨梅花與柳花

崔郊

崔郊元和間秀才詩一首

贈去婢雲溪友議云郊寓居漢上其姑有婢端麗郊有阮咸之縱姑鬻之連帥于公頔郊思慕無已其婢因寒食偶出值郊郊贈詩云云或寫之于座公覩詩令召崔生及見郊握手曰蕭郎是路人是公作耶何不早相示也遂命婢同歸

公子王孫逐後塵綠珠垂淚滴羅巾侯門一入深如海從此蕭郎是路人

劉魯風

劉魯風九江刺史張又新客也詩一首

江西投謁所知爲典客所阻因賦

萬卷書生劉魯風煙波萬里謁文翁無錢乞與韓知客名紙毛生不肯一作爲通

柳泌

柳泌憲宗朝方士爲穆宗所誅詩二首

玉清行

遙遙寒冬時蕭蕭躡太無仰望蓬萊宮一作珠殿横天臨不虛下看白日流上造真皇居西牖日門開南衢星宿疎王母來瑤池慶雲擁瓊轝嵬峩丹鳳冠搖曳紫霞裾照徹聖姿嚴飄飄神步徐仙郎執玉節侍女捧金書靈香散彩煙北闕路軿闐龍馬行無跡歌鐘聲沸天駁風升寶座鬱景晏華筵妙奏三春曲高羅萬古仙七珍飛滿座九液酌如泉靈佩垂軒下旗旛列帳前獅麟威赫赫鸞鳳影翩翩顧盼乃須臾已是數千年

瓊臺

崖壁盤空天路回白雲行盡見瓊臺洞門黯黯陰雲閉金闕曈曈日殿開

何希堯

何希堯字唐臣分水人詩四首

操蓮曲

錦蓮浮處水粼粼風外香生襪底塵荷葉荷裙相映色聞歌不見採蓮人

一枝花

幾樹晴葩映水開亂紅狼籍點蒼苔東風留得殘枝在爲惜餘芳獨看來

柳枝詞

大堤楊柳雨沈沈萬縷千條惹恨深飛絮滿天人去遠東風無力繫春心

海棠

著雨胭脂點點消半開時節最妖嬈誰家更有黄金屋深鎖東風貯阿嬌

朱冲和

朱冲和錢塘酒徒與張祜同時詩一首

遺臨平監吏

三千里外布干戈果得鯨鯢入網羅今日寶刀無殺氣只緣君處受恩多

張光朝

張光朝元和時人詩二首

荻塘西莊贈房元垂

門在荻塘西塘髙何聯聯往昔分地利遠近無閑田水國信汙下霖霪即成川苗稼盡湮没兹鄉獨豐年家肥待親懿人樂思管弦日晏始能起盥漱看厨煙醞酒寒正熟養魚長食鮮黄昏鐘未鳴偃息早已眠何意久城市寂寥丘中緣俛仰在顏色區區人事間憶昔炎漢時乃知綺季賢靜嘿不能仕養老終南山

天門街西觀榮王聘妃榮王憲宗幼子

仙媛來朱邸名山出紫微三周初展義百兩遂言歸鄭國通梁苑天津接帝畿橋成烏鵲助蓋轉鳳皇飛霜仗迎秋色星缸滿夜輝從兹磐石固應爲得賢妃

梁鉉

梁鉉元和時人詩一首

天門街西觀榮王聘妃

帝子乘龍夜三星照户前兩行宮火出十里道鋪筵羅綺明中識蕭韶暗裏傳燈攢九華扇帳撒五銖錢交頸文鴛合和鳴彩鳳連欲知來日美雙拜紫微天

章孝標

章孝標，桐廬人，登元和十四年進士第，除祕書省正字。太和中試大理評事。詩一卷。

上浙東元相

婺女星邊喜氣頻，越王臺上坐詩人。雪晴山水勾留客，風暖旌旗計會春。黎庶已同猗頓富，煙花却爲相公貧。何言禹跡無人繼，萬頃湖田又斬新。

贈茅山高拾遺蔓

人皆貪祿利，白首更營營。若見無爲理，兼忘不朽名。幽禽窺飯下，好藥入籬生。夢覺幽泉滴，應疑禁漏聲。

次韻和光祿錢卿二首

大隱嚴城内，閑門向水開。扇風知暑退，樹影覺秋來。望遠雲生海，行稀砌長苔。廢興今古事，何必歎池灰。

閑論憂王室，愁眉伏酒開。方嗟三覆役，又喜四愁來。晨起螢穿竹，晡殘鳥下苔。同期陽月至，靈室祝葭灰。

贈盧山錢卿

象魏抽簪早，匡廬築室牢。宦情歸去薄，天爵隱來高。篋有新徵詔，囊餘舊緼袍。何如捨麋鹿，明主仰風騷。

山中送進士劉蟾赴舉

去住跡雖異，愛憎情不同。因君向帝里，使我厭山中。故友多朝客，新文盡國風。藝精心更苦，何患不成功。

送進士陳嶢往睦州謁馮郎中

孤帆幾日程，投刺水邊城。倚櫂逢春老，登筵見月生。飲酣盃有浪，棋散漏無聲。太守憐才者，從容禮不輕。

豐城劒池即事

神物不復見，小池空在玆。因嫌衝斗夜，未是偃戈時。岸古魚藏穴，蒲凋翠立危。吾皇別有劒，何必鑄金爲。

詠弓

較量武藝論勳庸，曾發將軍箭落鴻。握内從誇彎似月，眼前還怕撥來風。只知擊起穿雕鏃，不解容和射鵠功。得病自從盃裏後，至今形狀怕相逢。

送無相禪師入關

九衢車馬塵，不染了空人。甓舍中峰雪，應看内殿春。齋心無外事，定力見前身。聖主方崇敎，深宜謁紫宸。

贈匡山道者

嘗聞一粒功，足以反衰容。方寸如不達，此生安可逢。寄書時態盡，憶語道情濃。爭得攜巾屨，同歸鳥外峯。

道者與金丹開合已失因爲二首再有投擲

木鑽鑽盤石，辛勤四十年。一朝纔見物，五色互呈妍。七魄憎陽盛，三彭惡命延。被他迷失却，歎息只潛然。

陰陽曾作炭，造化亦分功。減自青囊裏，收安玉合中。凡材難度世，神物自歸空。惆悵流年速，看成白首翁。

思越州山水寄朱慶餘

窗户潮頭雪，雲霞鏡裏天。島桐秋送雨，江艇暮搖煙。藕折蓮芽脆，茶挑茗眼鮮。還將歐冶劒，更淬若耶泉。

蜀中上王尚書

梓桐花幕碧雲浮，天許文星寄上頭。武略劒峰環相府，詩情錦浪浴仙洲。丁香風裏飛牋草，邛竹煙中動酒鉤。自古名高閑不得，肯容王粲賦登樓。

贈陸暢浙西進詩除官

帝城雲物得陽春，水國煙花失主人。昨日天風吹樂府，六宮絲管一時新。

古行宫

瓦煙疎冷古行宫，寂寞朱門反（一作暗）鏁空。殘粉水銀流砌下，墮環秋月落泥中。鶯傳舊語嬌春日，花學嚴妝妬曉風。天子時清不巡幸，秖應鸞鳳（一作鳥）集梧桐。

題上皇觀

煙霞星（一作五雲深）蓋七星壇，想像先朝駐禁鑾。輦路已平栽藥地，皇風猶在步虛寒。樓臺瑞氣晴蕭索，杉檜龍身老屈蟠。翻感惠休幷李郭，劒門空處望長安。

鷹

星眸未放瞥秋毫，頻掣金鈴試雪毛。會使老拳供口腹，莫辭親手啖腥臊。穿雲自怪身如電，煞兔誰知吻勝刀。可惜忍飢寒日暮，向人鵮（知咸切，一作爪）斷碧絲縧。

方山寺松下泉

石脉綻寒光，松根噴曉霜。注瓶雲母滑，漱齒茯苓香。野客偷煎茗，山僧惜淨床。三禪不要問，孤月在中央。

瀑布

秋河溢長空，天灑萬丈布。深雷隱雲壑，孤電挂巖樹。滄溟曉噴寒，碧落晴灄素。非趨下流急，勢使不得住。

送張使君赴饒州（一作送饒州張蒙使君赴任）

饒陽因富得州名，不獨農桑别有營。日暖提筐依茗樹，天陰把酒（一作抱火）入銀坑。江寒魚動槍旗影，山晚雲和鼓角聲。太守能詩兼愛靜，西樓見月幾篇成。

和滕邁先輩傷馬

浮雲變化失龍兒，始憶嘶風噴沫時。蹄想塵中翻碧玉，尾休煙裏掉青絲。曾同客舍吞飢渴，久共名場踏嶮巇。今日櫪前興一歎，不關行李乏金羈。

省試騏驥長鳴

有馬骨堪驚，無人眼暫明。力窮吳坂峻，嘶苦朔風生。逐懷良御，蕭蕭顧樂鳴。瑶池期弄影，天路擬飛聲。皎月誰知種，浮雲莫問程。鹽車今願脫，千里爲君行。

鯉魚

眼似眞珠鱗似金，時時動浪出還沈。河中得上龍門去，不歎江湖歲月深。

飢鷹詞

遥想平原兔正肥，千迴礪吻振毛衣。縱令啄解絲縧結，未得人呼不敢飛。

歸燕詞辭工部侍郎（一作下第後獻主司）

舊壘危（一作泥）巢泥已落，今年故（一作固）向社前歸。連雲大厦無棲處，更望（一作繞，一作傍）誰家門户飛。

歸海上舊居

鄉路繞蒹葭，縈紆出海涯。人衣披（一作被）蜃氣，馬（一作鳥）跡印鹽花。草没題詩石，潮摧坐釣槎。還歸舊窗裏，凝思向餘（一作賞）霞。

答友人惠牙簪

牙簪不可忘，來處隔炎荒。截得半環月，磨成四寸霜。曉辭梳齒膩，秋入鬢根涼。好是紗巾下，纖纖錐出囊。

日者

十指中央了五行說人休咎見前生我來本乞真消息
却怕呵錢卦欲成

送金可紀歸新羅

登唐科第語一作請唐音望日初生憶故林鮫室夜眠陰火
冷蜃樓朝泊曉霞深風高一葉飛魚背潮淨三山出海
心想把文章合夷樂蟠桃花裏醉人參

聞角

邊秋畫角怨金微一作徽半夜對吹驚賊圍塞雁遶空秋不
下胡雲著草凍還飛關頭老馬嘶看月磧裏疲兵淚濕
衣餘韻嫋空何處盡戍天寥落曉星稀

夢鄉

家住吳王舊苑東屋頭山水勝屏風尋常夢在秋江上
釣艇游揚藕葉中

織綾詞

去年蠶惡綾帛貴官急無絲織紅淚殘經脆緯不通梭
鵲鳳闌珊失頭尾今年蠶好繰白絲鳥鮮花活人不知
瑤臺雪裏鶴張翅禁苑風前梅折枝不學鄰家婦慵懶
蠟揩粉拭謾官眼

諸葛武侯廟

木牛零落陣圖殘山姥燒錢古柏寒七縱七擒何處在
茅花櫪葉蓋神壇

長安秋夜一作田家

田家無五行水旱卜蛙聲牛犢乘春放兒童候暖耕池
塘煙未起桑柘雨初晴歲晚香醪熟村村自送迎

錢塘贈武翊黃

曾將心劍作戈矛一戰名場造化愁花錦文章開四面
天人科第上一作占三頭鴛鴻待侶飛清禁山水緣情住外
州時伴庾公看海月好吟詩斷望潮樓

風不鳴條一作左牢詩

旭日懸清景微風在綠條入松聲不發過柳影空搖長
養應潛變一作偏扶疏每暗飄有林時杳杳無樹覺蕭蕭慢
逐清煙散輕和瑞氣饒豐年知有待歌詠美唐堯

貽美人

諸侯帳下慣新妝皆怯劉家薄媚娘寶髻巧梳金翡翠
羅裙宜著繡鴛鴦輕輕舞汗初沾袖細細歌聲欲遶梁
何事不歸巫峽去故來人世斷人腸

聞雲中唳鶴

久在青田唳天高忽暫聞翩翻縈碧落嘹唳入重雲出
谷鶯何待鳴岐鳳欲羣九皋寧足道此去透絪縕

柘枝

柘枝初出鼓聲招花鈿羅衫聳細腰移步錦靴空綽約
迎風繡帽動飄颻亞身踏節鸞形轉背面羞人鳳影嬌
祇恐相公看未足便隨風雨上青霄

上太皇先生

顥氣貫精神蒼崖老姓名煙霞空送景水木苦無情斷
藥雲根斷眠花石面平折松開月色決水放秋聲顏爲
忘憂嫩身緣絕粒輕圍棋看局勢對鏡戮妖精過海量
鯨力歸天算鶴程露凝鍾乳冷風定玉簫清坐覺衣裳
古行疑羽翼生應憐市朝客開眼鑠浮榮

破山水屏風一作姚合詩

時人嫌古畫倚壁不曾收雨滴膠山斷風吹絹海秋殘
雲飛屋裏片水落床頭尚勝凡花鳥君能補綴休

覽楊校書文卷

跪伸霜素剖琅玕身墮瑤池魄暗寒紅錦晚開雲母殿
白珠秋寫水精盤情高鶴立崑崙峭思壯鯨跳渤澥寬
誰有軒轅古銅片爲持相並照妖看

送陳校書赴蔡州幕

天假縱橫入幕籌東南頓減一方憂行賫健筆辭天闕
坐見妖星落蔡州青草袍襟翻日脚黃金馬鐙照旄頭
此行領取從軍樂莫慮功名不拜侯

少年行

平明小獵出中軍異國名香滿袖薰畫榼倒懸鸚鵡觜
花衫對舞鳳凰文手擡白馬嘶春雪臂竦青骹入暮雲
落日胡姬樓上飲風吹簫管滿樓聞

蜀中贈廣上人

曾持麈尾引金根萬乘前頭草五言疏講青龍歸禁一作
苑歌抄白雪乞梨園朝驚雲氣遮天闊暮踏猨聲入劍
門今日西川無子美詩風又起浣花村

和顧校書新開一作穿井

霜鍾破桐陰青絲試淺深月輪開地脉鏡面寫天心碧
甃花千片香泉乳百尋欲知爭汲引聽取轆轤音

遊雲際寺

衫袖拂青冥推鞍上翠屏塵埃辭馬尾城闕入窗櫺雲
領浮名去鐘撞大夢醒茫茫山下事滿眼送流萍

贈劉寬夫昆季一作贈劉侍郎兄弟三人同時及第

文聚一作動星辰衣彩霞問誰兄弟是劉家雁行雲掺一作接參
差翼瓊樹風開次第花天假聲名懸一作喧日月國憑騷雅
變浮華曾窮晉漢儒林一作家一作流傳龍虎雖多未足誇

贈杭州嚴史一作使君

州青縣白浰河濆飽向著龍闕下聞鼓角自嚴寒海月
旌旗不動濕江雲風騷處處文章主井邑家家父母君
長恐抱轅留不住九天鴛鷺待成羣

題朱秀城南亭子

朱家亭子象懸匏階瑩青莎棟剪茆瘦挂眼開欺鴝鵒
花緣網結妬蟏蛸有時風月輸三虎無壁琴書屬四郊

上西川王尚書

土木欲知精潔處社天歸燕怯安巢
人人入蜀謁文翁妍醜終須露鏡中詩景荒涼難道合
客情疎密分當同城南歌吹琴臺月江上旌旗錦水風
下客低頭來又去暗堆冰炭在深衷

駱谷行

捫雲裹棧入青冥雙馬鈴騾傍日星仰踏劍稜梯萬仞
下緣冰岫杳千尋山花織錦時聊看澗水彈琴不暇聽
若比爭名求利處尋思此路却安寧

初及第歸酬孟元翊見贈

六年衣破帝城塵一日天池水脫鱗未有片言驚後輩
不無慚色見同人每登公讌思來日漸聽鄉音認本身
何幸致詩相慰賀東歸花發杏桃春

淮南李相公紳席上賦春雪

六出花飛處處飄粘窗著(一作拂)砌上寒條朱門到曉(一作晚)難盈尺盡是三軍喜氣消

及第後寄廣陵故人(一作寄淮南李相公紳)

及第全勝十政(一作改)官金鞍鍍(一作湯渡)了出長安馬頭漸入(一作向)揚州郭爲報時人洗眼看

小松

爪葉鱗條龍不盤梳風幕翠一庭寒莫言只是人長短須作浮雲向上看

宮詞(一作無題)

明日鑾輿欲向東守宮金翠帶愁紅九門佳氣已西去千里花開一夜風

題杭州樟亭驛

樟亭驛上題詩客一半尋爲山下塵世事日隨流水去紅花還似白頭人

劉侍中宅盤花紫薔薇

真宰偏饒麗景家當春盤出帶根霞從開一朶朝衣色免踏塵埃看雜花

題東林寺寄江州李員外

山勢稜層入杳冥寺形高下愁山行象牙床坐蓮花佛瑪瑙函盛貝葉經日映砌陰移寶閣風吹天樂動金鈴門前更有清江水便是潯陽太守廳

玄都觀栽桃十韻

驅使鬼神功攢栽萬樹紅薰香丹鳳闕妝點紫瓊宮寶帳重遮日妖金遍累空色然燒藥火影舞步虛風粉撲青牛過枝驚白鶴沖拜星春錦上服食晚霞中棋局陰長合簫聲秘不通豔陽迷俗客幽邃失壺公根柢終盤石桑麻自轉蓬求師飽靈藥他日訪遼東

僧院小松

拋杉背栢冷僧簾鎖月梳風出殿簷還似天台新雨後小峯雲外碧尖尖

春原早望

一忝鄉書薦長安未得回年光逐渭水春色上秦臺燕掠平蕪去人衡細雨來東風生故里又過幾花開

西山廣福院

野寺孤峯上危樓聳翠微捲簾滄海近洗鉢白雲飛竹影臨經案松花點衲衣日斜登望處湖畔一僧歸

遊地肺

市朝擾擾千古林壑冥冥四賢(謂楊郭二許)黃鶴不歸丹竈白雲自養芝田溪灘永夜流月羽翼清秋在天高跡無人更躡碧峯家落孤煙

八月

徙倚仙居遶翠樓分明宮漏靜兼秋長安夜夜家家月幾處笙歌幾處愁

題紫微山上方(見杭州府舊志)

地勢連滄海山名號紫微景閑僧坐久路僻客來稀峽影雲相照河流石自圍塵喧都不到安得此忘歸

全唐詩

蔣防

蔣防義興人官右拾遺元和中李紳薦爲司封郎中知制誥進翰林學士李逢吉逐紳因出防爲汀州刺史集一卷今存詩十二首

題杜賓客新豐里幽居

退跡依三逕辭榮繼二疏聖情容解印帝里許懸車已去龍樓籍猶分御廩儲風泉輸耳目松竹助玄虛調護心常在山林意(一作思)有餘應嗤紫芝客遠就白雲居

望禁苑祥光

嘉瑞生天色蔥龍幾效祥樹搖三殿側日映九城傍仙霧今同色卿雲未可章拱汾疑鼎氣臨渭比熒光豈並春風舊俄同聖壽長微臣時一望短羽欲翱翔

冬至日祥風應候(一作穆寂詩)

節逢清景空氣占二儀中獨喜登高日先知應候風瑞呈光舜化慶表盛堯聰況與承時叶還將入律同微微萬井逼習習九門通遠殿爐煙起殷勤報歲功

春風扇微和

麗日催遲景和風扇早春暖浮丹鳳闕韶媚黑龍津澹蕩迎仙仗霏微送畫輪綠搖官柳散紅待禁花新舞席皆迴雪歌筵暗送塵幸當陽律候惟願及佳辰

日暖萬年枝

新陽歸上苑嘉樹獨含妍散漫添和氣曈曨卷曙煙流輝宜聖日接影貴芳年自與恩光近那關煦嫗偏結根誠得地表壽願符天誰道凌寒質從茲不暖然

秋月懸清輝

秋月沿霄漢亭亭委素輝山明桂花發池滿夜珠歸入牖人偏攬臨枝鵲正飛影連平野淨輪度曉雲微晶晃浮輕露裴回映薄帷此時千里道延望獨依依

八風從律

製律窺元化因聲感八風還從萬籟起更與五音同習習蘆灰上泠泠玉管中氣隨時物好響徹霽天空自得陰陽順能令惠澤通願吹寒谷裏從此達前蒙

藩臣戀魏闕

剖竹隨皇命，分憂鎮大藩。恩波懷魏闕，獻納望天閽。政奉南風順，心依北極尊。夢魂通玉陛，動息寄朱軒。直以蒸黎念，思陳政化源。如何子牟意，今古道斯存。

和稼如雲

肆目如雲處，三田大有秋。葱蘢初蔽野，散漫正盈疇。稍混從龍勢，寧同觸石幽。紫芒分羃羃，青頴澹油油。始愜倉箱望，終無滅裂憂。西成知不遠，雨露復何酬。

玉卮無當

美玉常爲器，玆焉變漏卮。酒漿悲莫挹，樽俎念空施。符彩功難補，盈虛數已虧。豈惟孤玩好，抑亦類瑕疵。清越音雖在，操持意漸隳。賦形期大匠，良璞勿同斯。

至人無夢

已賾希微理，知將靜默鄰。坐忘寧有夢，跡滅示凝神。化蝶誠知（一作知或）幻，徵蘭匪契真。抱玄雖解帶，守一自離塵。寥朗壺中曉，虛明洞裏春。翛然碧霞客，那比漆園人。

玄都樓桃

舊傳天上千年熟，今日人間五日香。紅軟滿枝須作意，莫交方朔施偷將。

李虞

李虞紳之族子，隱華陽，後爲拾遺。詩一首。

題李賓客舊居

逢時不得致升平，豈是明君忘姓名。眼暗髮枯緣世事，今來無淚哭先生。

裴潾

裴潾，聞喜人。元和初，以蔭仕，累擢起居舍人。開成中，終兵部侍郎。詩十五首。

前相國贊皇公早葺平泉山居，暫還憩旋起赴詔命作鎮浙右，輒抒懷賦四言詩十四首奉寄

動復有原，進退有期。用在得正，明以知微。夫惟哲人，會且有歸。靜固勝熱，安每慮危。將憩於盤，止亦先機。植愛在根，鍾福有兆。珠潛巨海，玉藴崑嶠。披室生白，照夜成晝。揮翰飛文，入侍左右。出納帝命，弘玆在宥。

歷難求試，執憲成風。四鎮咸乂，三階以融。捧日柱天，造膝納忠。建儲固本，樹屏息戎。彼狐彼鼠，窒穴掃蹤。我力或屈，我躬莫污。三黜如飴，三起惟懼。再賓爲寵，一麾爲飫。昔在治繁，常思歸去。今則合契，行斯中慮。有鳳自南，亦翽其羽。好姱佳麗，于伊之滸。五彩含章，九苞合矩。佩仁服義，鳴中律呂。我來思卷，薄言遵渚。鑿龍中闢，伊原古奔。下有秘洞，豁起石門。竹澗水橫，松架雪屯。岫環如壁，巖虛若軒。朝昏含景，夏清冬溫。南溪迴舟，西嶺望竦。水遠如空，山微似聳。二室峯連，四山騈聳。五女乍攲，玉華獨踴。雲翔日耀，如戴如拱。飛泉挂空，如決天潯。萬仞懸注，直貫潭心。月正中央，洞見淺深。羣山無影，孤鶴時吟。我嘯我歌，或眺或臨。鳥之在巢，風起林搖。退翔城顛，翠虬捫天。雨止雪（一作雲）旋，亦息于淵。人皆知進，我獨止焉。人皆務明，我獨晦焉。邈矣其山，默矣其泉。寢丘之田，土山之上。孫既貽謀，謝亦遐想。儉則爲福，華固難長。寧若我心，一泉一壤。造適爲足，超然孤賞。其風自西，言發帝庭。飄彼黃素，墮於山楹。公拜稽首，靡敢受榮。宸嚴再臨，俾撫百城。戀此莫處，星言其征。公昔南邁，我不及覩。言旋舊觀，莫獲安語。今則不遑，載騫載舉。離憂莫寫，歡好曷叙。愴矣東望，泣涕如雨。山嵇之舊，劉盧之恩。舉世莫尚，惟公是敦。哀我蠢蠢，念我諄諄。振此鎩翮，扇之騰翻。斯德未報，祇誓子孫。迨迨秦塞，南望吳門。對酒不飲，設琴不援。何以代面，寄之濡翰。何以寫懷，詩以足言。無密玉音，以慰我魂。（開成九年九月相公以太子賓客分司東都九月十九日達洛下安居於平泉別墅潾輒述公素尚賦四言詩兼述山泉之美未及刻石其年十一月二十一日除浙西觀察使罷兼八座亞相之重十二月四日發赴任開成二年潾自兵部侍郎除河南尹乃於河南廨中自書于石立于平泉之山居開成二年九月二十五日河南尹裴潾題）

白牡丹（一作長安牡丹）

長安豪貴惜春殘，爭賞先開紫牡丹。別有玉杯承露冷，無人起就月中看。

劉三復

劉三復，潤州句容人。以文章見知于李德裕，自浙西迄淮甸，常在賓幕。後遣詣闕求試，登第。會昌時，歷刑部侍郎、弘文館學士。集十三卷，今存詩一首。

送黃明府暐赴岳州湘陰任

擬占名場第一科，龍門十上困風波。三年護塞從戎遠，萬里投荒失意多。花縣到時銅墨貴，葉舟行處水雲和。遥知布惠蘇民後，應向祠堂弔汨羅。

韋瓘

韋瓘，字茂弘，京兆萬年人。登進士第，累擢中書舍人。貶明州刺史。會昌末，累遷楚州刺史，終桂管觀察使。詩一首。

留題桂州碧潯亭

半年領郡固無勞，一日爲心素所操。輪奐未成繩墨在，規模已壯閈閎高。理人雖切才常短，薄宦都緣命不遭。從此歸耕洛川上，大千江路任風濤。

崔郾

崔郾，字廣略，郃之弟。中進士，補集賢校書郎，累遷吏部員外。三升諫議大夫。敬宗即位，進中書舍人。遷禮部侍郎。出爲虢州觀察使，歷鄂岳、浙西觀察。終檢校禮部尚書。詩一首。

贈毛仙翁

存亡去住一壺中，兄事安期弟葛洪。甲子已過千歲鶴，儀容方稱十年童。心靈暗合行人數，藥力潛均造化功。終待此身無繫累，武陵山下等黃公。

孔溫業

孔溫業冀州人長慶元年進士第大中後歷官中書舍人天平節度使詩一首

鳥散餘花落

美景春堪賞芳園白日斜共看飛好鳥復見落餘花來往驚翻電經過想散霞雨餘飄處處風送滿家家求友聲初去離枝色可嗟從茲時節換誰爲惜年華

趙存約

趙存約長慶進士太和中爲興元節度判官兵亂被害詩一首

鳥散餘花落

春曉游禽集幽庭幾樹花坐來驚艷色飛去墮晴霞翅拂繁枝落風添舞影斜彩雲飄玉砌絳雪下仙家分散音初靜凋零蘂帶葩空階瞻翫久應共惜年華

竇洵直

竇洵直長慶進士詩一首

鳥散餘花落

晚樹春歸後花飛鳥下初參差分羽翼零落滿空虛風外清香轉林邊艷影疎輕盈疑雪舞髣髴似霞舒萬片情難極遷喬思有餘微臣一何幸吟賞對寒居

陳標

陳標長慶二年登進士第終侍御史詩十二首

公無渡河

陰雲颯颯浪花愁半度驚湍半挂舟聲盡雲天君不住命懸魚鱉妾同休黛娥芳臉垂珠淚羅襪香裾赴碧流餘魄豈能銜木石獨將遺恨付箜篌

秦王卷衣

秦王宮闕靄春煙珠樹瓊枝近碧天御氣馨香蘇合啓簾光浮動水精懸霏微羅縠隨芳袖宛轉鮫綃逐寶筵從此咸陽一回首暮雲愁色已千年

倢伃怨

掌上恩移玉帳空香珠滿眼泣春風飄零怨柳凋眉翠狼籍愁桃墜臉紅鳳輦祇應三殿北鸞聲不向五湖中笙歌處處迴天睠獨自無情長信宮

飲馬長城窟

日日風吹虜騎塵年年飲馬漢營人千堆戰骨那知主萬里枯沙不辨春浴谷氣寒愁墜指斷崖冰滑恐傷神金鞍玉勒無顏色淚滿征衣怨暴秦

江南行

水光春色滿江（一作湖）天蘋葉風吹荷葉錢香蝶翠旗臨岸市艷娥紅袖渡江船曉鷺白鷺聯翩雪浪處青芰漱灩煙不怕江洲芳草暮待將秋（一作春）興折湖蓮

長安秋思（一作白紵歌）

吳女秋機織曙霜冰蠶吐絲（一作線）月盈箱（一作筐）金刀玉指裁縫促水殿花樓弦管長舞袖慢移凝瑞雪歌塵微動避雕梁唯愁陌上芳菲度狼籍風池荷葉黃

贈元和十三年登第進士

春官南院粉牆東地色初分月色紅文字一千重馬擁喜歡三十二人同眼看魚變辭凡水心逐鸎飛出瑞風莫怪雲泥從此別總曾惆悵去年中

焦桐樹

江上烹魚採野樵鸞枝摧折半曾燒未經良匠材雖散待得知音尾已焦若使琢磨徽白玉便來風律軫青瑶還能萬里傳山水三峽泉聲豈寂寥

寄友人

杜甫在時貪入蜀孟郊生處却歸秦如今始會麻姑意借問山川與後人

啄木謠

丁丁向晚急還稀啄遍庭槐未肯歸終日與君除蠹害莫嫌無事不頻飛

僧院牡丹

琉璃地上開紅艷碧落天頭散曉霞應是向西無地種不然爭肯重蓮花

蜀葵

眼前無奈蜀葵何淺紫深紅數百窠能共牡丹爭幾許得人嫌（一作輕）處祇緣多

袁不約

袁不約字還朴長慶三年進士第李固言在成都辟爲幕官加檢校侍郎詩一卷今存四首

離家

步步遠晨昏悽心出里（一作獨出）門見烏唯有淚看（一作問）雁更傷魂宿酒寧辭（一作添愁）醉迴書諱苦言野人應怪笑不解愛田園（一作丘）

送人至嶺南

度嶺春風暖花多不識名瘴煙迷月色巴路傍溪聲畏藥將銀試防蛟避水行知君憐酒興莫殺醉猩猩

長安夜遊

鳳城連夜九門通帝女皇妃出漢宮千乘寶蓮珠箔捲萬條銀燭碧紗籠歌聲緩過青樓月香靄潛來紫陌風長樂曉鐘歸騎後遺簪墮珥滿街中

病宮人（一作張祜詩）

佳人臥病動經秋簾幕𦆅縿不挂鉤四體強扶藤夾膝雙環慵整玉搔頭花顔有幸君王問藥餌無徵待詔愁惆悵近來銷瘦盡淚珠時傍枕函流

句

愁聲秋遶杵寒色碧歸山（深秋）　送將歡笑去收得寂寥迴（客去）

李餘

李餘蜀人工樂府登長慶三年進士第詩二首

臨邛怨

藕花衫子柳花裙多著沈香慢火熏惆悵妝成君不見空教綠綺伴文君

寒食

玉輪江上雨絲絲公子游春醉不知翦渡歸來風正急水濺鞍帕嫩鵝兒（玉輪江謂之沒江）

句

長安東門別立馬生白髮　嘗憂車馬繁土薄聞水聲（並見張爲主客圖）　齋後軒蓋繁南山瑞煙發

白敏中

白敏中字用晦長慶中第進士擢累侍御史左司員外郎武宗召入翰林爲學士宣宗立以兵部侍郎同中書門下平章事尋出爲邠寧節度使懿宗復召拜司徒門下侍郎還平章事咸通二年出爲鳳翔節度使以太傅致仕詩二首

至日上公獻壽酒

候曉天門闢朝天萬國同瑞雲昇觀闕香氣映華宮日色臨仙籞龍顏對昊宮羽儀瞻百姓獻壽侍三公化被君王洽恩沾草木豐自欣朝玉座宴此詠皇風

賀收復秦原諸州詩

一詔皇城四海頒醜戎無數束身還戍樓吹笛人休戰牧野嘶風馬自閑河水九盤收數曲天山千里鎖諸關西邊北塞今無事爲報東南夷與蠻

句

南浦花臨水東樓月映風（鎮劍南經忠州寄樂天。遺跡作見紀事）

李敬方

李敬方字中虔登長慶進士第大和中爲歙州刺史詩一卷今存八首

遣興

果窺丹竈鶴莫羨白頭翁日月仙壺外筋骸藥臼中雲歸無定所鳥跡不留空何必勞方寸嶇崎問遠公

勸酒

不向花前醉花應解笑人只憂（一作同）連夜雨又過一年春日日無窮事區區有限身若非杯酒裏何以寄天眞

近無西耗（一作李宣遠詩）

遠戎兵壓境遷客淚横襟烽候驚春塞縲囚困越吟自憐牛馬走未識犬羊心一月無消息西看日又沈

天台晴望（時左遷台州刺史。題一作喜晴）

天（一作到）台十二旬一片雨中春林果黄梅（一作垂楊）盡山苗半夏新陽烏晴（一作朝）展翅陰魄夜飛輪坐巽（一作望，一作喜）無雲物分明見北辰

聞高侍御（一作郎）卒貶所

西京高院長直氣似吾徒走馬論邊備飛聲感廟謨官移人未察身没事多符寂寞他年後名編野史無

題黄山湯院（并序）

敬方以頭風癢悶大中五年十二月因小恤假内再往黄山浴湯題四百字

楚鎮惟黄岫靈泉浴聖源煎熬何處所爐炭孰司存沙暖泉長拂霜籠水更温不疏還自決雖撓未嘗渾地啓巖爲洞天開石作盆常留今日色不減故年痕陰燄潛生海陽光暗燭坤定應鄰火宅非獨過焦原龍訝經冬潤鶯疑滿谷暄善烹寒食茗能變早春園及物功何大隨流道益尊潔齋齊物主療病奪醫門外秘千峰秀旁通百潦奔禪家休問疾騷客罷招魂臥理黔川守分憂漢主恩慘傷因有暇徒御誡無諠癢悶頭風切爬搔臂力煩披榛通白道束馬置朱幡謝展緣危磴戎裝逗遠村慢遊登竹逕高步入山根崖嶮差行竈蓬茅過小軒禦寒增帳幕甃影盡璵璠不與華池語寧將浴室論洗心過頃刻浸髮迨朝暾汗洽聊箕踞支羸暫虎蹲濯纓閑更入漱齒渴仍吞氣熯勝重覩風和敵一尊適來還蹭蹬復出又攀援形穢忻除垢神驚喜破昏明夷徵立象既濟感文言已闕眠沙鹿仍妨臥石猨香驅蒸霧起煙霧濕雲屯破險更祠宇憑高易廟垣舊基絕仄足新搆忽行鵷勝地非無棟征途遽改轅貪程歸路遠折政訟庭繁輿往留年月詩成遺子孫已鐫東壁石名姓寄無垠

太和公主還宫

二紀煙塵外淒涼轉戰歸胡笳悲蔡琰漢使泣明妃金殿更戎幄青祛換毳衣登車隨伴仗謁廟入中闈湯沐疏封在關山故夢非笑看鴻北向休詠鵲南飛宫髻憐新樣庭柯想舊圍生還侍兒少熟識内家稀鳳去樓扃夜鸞孤匣掩輝應憐禁園柳相見倍依依

汴河直進船

汴水通淮利最多生人爲害亦相和東南四十三州地取盡脂膏是此河

李回

李回字昭度本名躔擢長慶進士辟揚州掌書記遷監察御史會昌中以刑部侍郎兼御史中丞俄進中書侍郎同中書門下平章事出爲劍南西川節度以與李德裕善貶撫州長史詩三首

享太廟樂章

受天明命數祐下土化時以儉衛文以武氛消夷夏俗臻往古億萬斯年形于律吕

天長路别朱大（慶餘）山路却寄

驛騎難隨伴尋山半憶君蒼崖殘月路猶數過溪雲

寄酬朱大後亭夜坐留别

十夜郡城宿苦吟身未閑那堪西郭别雪路問青山

常（一作章）楚老

常楚老長慶進士官拾遺詩二首

祖龍行

黑雲兵氣射天裂壯士朝眠夢冤結祖龍一夜死沙丘胡亥空隨鮑魚轍腐肉偷生三千里僞書先賜扶蘇死墓接驪山土未乾瑞光已向芒碭起陳勝城中鼓三下秦家天地如崩瓦龍蛇撩亂入咸陽少帝空隨漢家馬

江上蚊子

飄摇挾翅亞紅腹江邊夜起如雷哭請問貪婪一點心臭腐填腹幾多足越女如花住江曲嫦娥夜夜凝雙緑怕君撩亂錦窗中十軸（一作幅）輕綃圍夜玉

句

一從黄帝葬橋山碧落千門鎖元氣（天上行詩。話總龜）

李甘

李甘字和鼎長慶末進士擢第太和中官侍御史貶封州司馬集一卷今存詩一首

九成宫（一作華清宫）

中原無鹿海無波鳳輦鸞旗出幸多今日故宫歸寂寞太平功業在山河

平曾

平曾穆宗時人唐以府元被紬者九人曾共一也長慶

初同賈島輩貶謂之舉場十惡曾後謁李固言於蜀幕中皆名士曾輕忽無所畏遂獻雪山賦李覽命推出不旬日再獻鯀魚賦曰此魚觸物而怒翻身上波爲烏鳶所獲奈魴鯉笑何李覽之遂不至深罪卒以恃才傲物没于縣曹詩三首

謁李相不遇

老夫三日門前立，珠箔銀屏晝不開。詩卷却抛書袋裏，正如閑看華山來。

留别薛僕射（薛平僕射出鎮浙西主禮稍薄曾留詩諷之）

梯山航海幾崎嶇，來謁金陵薛大夫。毛髮豎時趨劍戟，衣冠儼處拜冰壺。誠知兩軸非珠玉，深愧三縑卹旅途。明日過江風景好，不堪回首望句吴。

縶白馬詩上薛僕射（薛僕射閣曾出境追還縻留數日又獻縶白馬詩薛曰若不留絆行軒那得觀其毛骨遂以殊禮相待）

白馬披鬃練一團，今朝被絆欲行難。雪中放去空留跡，月下牽來只見鞍。向北長鳴天外遠，臨風斜控耳邊寒。自知毛骨還應異，更請孫陽仔細看。

景審

景審南陽人長慶中有善書名詩一首

題所書黄庭經後（泥金正書）

金粉爲書重莫過，黄庭舊許右軍多。請看今日酬恩德，何似當年爲愛鵝。

句

暮鵶不噪禁城樹，衙鼓未殘兵衛秋。（見張爲主客圖）

全唐詩

顧非熊

顧非熊況之子性滑稽好凌轢困舉場三十年穆宗長慶中登進士第累佐使府大中間爲盱眙尉慕父風棄官隱茅山詩一卷

秋日陝州道中作

孤客秋風裏，驅車入陝西。關河午時路，村落一聲雞。樹勢標秦遠，天形到岳低。誰知我名姓，來往自栖栖（一作凄凄）。

經杭州

郡郭遶江濆（一作濱），人家近白雲。晚濤臨檻看，夜艫隔城聞。浦轉山初盡，虹斜雨未（一作半）分。有誰知我意，心緒逐鷗羣。

經河中

一望蒲城路，關河氣象雄。樓臺山色裏，楊柳水聲中。思（一本作離，缺下一字）起懷（一作赴）吴客，行斜向磧鴻。我來尋古跡，唯見舜祠（一作遺）風。

送僧歸洞庭

江山萬萬重，歸去指何峰。未入連雲寺，先齋越浪鐘。島（一作鳥）香迴棧柏（一作橋），秋蔭出菴松。若救吴人病，須降震澤龍。

題覺眞上人院

長安車馬地，此院閉松聲。新罷九天講，舊曾諸岳行。能詩因作偈，好客豈關名。約我中秋夜，同來看月明。

寄太白無能禪師

太白山中寺，師居最上方。獵人偷佛火，櫟鼠戲禪牀。定久衣塵積，行稀徑草長。有誰來問法，林杪過殘陽。

舒州酬别侍御（一作上卿）

故交他郡見，下馬失愁容。執手向殘日，分襟在晚鐘。鄉心隨皖水，客路過廬峰。衆惜君材器，何爲滯所從。

姚巖寺路懷友（一作姚巖懷賈島）

路向姚巖寺，多行洞壑間。鶴聲連塢（一作兼野）靜，溪色帶村閑。疎葉（一作葦又作荻）秋前渚，斜陽雨外山。憐（一作羨）君不得見，詩思最相關。

天河閣到啼猿閣即事

萬壑褒中路，何層不架虛。濕雲和棧起，燒枿（一作樵徑）帶畬餘。巖狖牽垂果，湍禽接迸（一作躍）魚。每（一作相）逢維艇處，塢裏有人居。

夏日會修行段將軍宅

愛君書院靜，莎覆藓堦濃。連穗古藤暗，領雛幽鳥重。罇前迎遠客，林杪見晴峰。誰謂朱門内，雲山滿座逢。

送杭州姚員外

浙江江上郡，楊柳到時春。塹起背城雁，帆分向海人。嶠雲侵寺吐，汀月隔樓新。靜理更何事，還應詠白蘋。

送樸處士歸新羅

少年離本國，今去已成翁。客夢孤舟裏，鄉山積水東。鼇沈崩巨岸，龍鬬出遥空。學得中華語，將歸誰與同。

送馬戴入山（一本山上有華字）

古木亂重重，何人識去蹤。斜陽收萬壑，圓月上三峰。雲裏泉縈石，窗間鳥下松。唯應採藥客，時與此相逢。

送喻鳧春歸江南

去年登第客，今日及春歸。鶯影（一作引）離秦馬，蓮香入楚衣。里閭爭慶賀，親戚共光輝。唯我門前浦，苔應滿釣磯。

送友人及第歸蘇州

見君先得意，希我命還通。不道才堪竝，多緣蹇共同。鶴鳴荒苑内（一作野外），魚躍夜（一作入）潮中。若問家山路，知（一作叨）連震澤東。

送皇甫司録赴黔南幕

黔南從事客祿利先（一本缺此字）來饒官受外臺屈家移一舸遙夜猿聲不斷寒木葉微凋遠別因多感新郎倍寂寥（一本缺末三字）

寄九華山費拾遺

先生九華隱鳥道（一作篠逕）隔塵埃石室和雲住山田引燒開久閑仙客降（一作至）高臥詔書來一入深林去人間更不回

雁（一作早雁）

逐暖來南國迎寒背朔雲下時波勢出起處陣形分聲急奔前侶行低續後羣何人寄書札絕域可知聞

銅雀妓

鴉散陵樹曉筵開繐帳空嬋娟寵休妬歌舞怨來同往事與塵化新愁生曲終迴軒葉正落寂寞聽秋風

早秋雨夕

貧居常寂寞況復是秋天黃葉如霜後清風似水邊中宵疑有雁當夕暫無蟬就枕終難寐殘燈滅又然

天津橋晚望

晴登洛橋望寒色古槐稀流水東不息翠華西未歸雲收中岳近鐘出後宮微回首禁門路羣鴉度落（一作晚）暉

月夜登王屋仙壇

月臨峰頂壇氣爽覺天寬身去銀河近衣霑玉露寒雲中日已赤山外夜初殘即此是仙境惟愁再上難

下第後曉坐

遠客滯都邑老驚時節催海邊身夢覺枕上鼓聲來起見銀河没坐知閶闔開何爲此生内終夜泣塵埃

下第後送友人不及

失意經寒食情偏感別離來逢人已去坐見柳空垂細雨飛黃鳥新蒲長綠池自傾相送酒終不展愁眉

與無可宿輝公院

夜僧同靜語秋寺近嚴城世路雖多梗玄心各自明寒池清月彩危閣聽林聲儻許雙摩頂隨緣萬劫生

題平陸縣亭

孤亭臨峭岸別有遠泉來山與中條合河逢一曲迴夜聲多鴈過晚色亂雲開却自求僮僕淹留莫謾催

題馬儒乂石門山居

尋君石門隱山近漸無青鹿迹入柴戶樹身穿草亭雲低收藥徑苔惹取泉瓶此地客難到夜琴誰共聽

題春明門外鎮國禪院

空門臨大道師坐此中禪過客自生敬焚香惟默然書燈明象外古木覆簷前不得如馴鴿人間萬慮牽

夏夜漢渚歸舟即事

扁舟江瀨盡歸路海山青巨浸分圓象危檣入眾星雨遙明電影蜃曉識樓形不是長遊客那知造化靈

酬均州鄭使君見送歸茅山

餞行詩意厚惜別獨筵重解纜城邊柳還舟海上峰飲猿當瀨見浴鳥帶槎逢吏隱應難逐爲霖是蟄龍

成名後將歸茅山酬羣公見送

此名誰不得人賀至公難素（一作舊）業承家了離筵去國歡暮天行鴈斷曉渡落潮寒舊隱茅峰下松根石上盤

酬陳摽評事喜及第與段何共貽

至公平得意自喜不因媒榜入金門去（一本缺此字）名從玉案來歡情聽鳥語笑眼對花開若擬華筵賀當期醉百杯

關試後嘉會里聞蟬感懷呈主司

昔聞驚節換常抱異鄉愁今聽當名遂方歡上國遊吟纔依樹午風已報庭秋併覺聲聲好懷恩忽淚流

贈友人

吾友昔同道唯予今獨行青雲期未遂白髮鑷還生舊隱連江色新春聞鳥聲休明獨不遇何計可歸耕

落第後贈同居友人

有情天地内多感是詩人見月長憐夜看花又惜春愁爲終日客閑過少年身寂寞正相對笙歌滿四隣

冬日寄蔡先輩校書京

弱冠下茅嶺中年道不行舊交因貴絕新月對愁生旅思風飄葉歸心鴈過城惟君知我苦何異爨桐鳴

行經褒城寄興元姚從事

往歲客龜城同時聽鹿鳴君兼蓮幕貴我得桂枝榮棧閣危初盡褒川路忽平心期一壺酒靜話別離情

下第後寄高山人

我家堂屋前仰視大茅巔潭靜鳥聲異地寒松色鮮人眠甕牖月鹿飲竹門泉多愧隣高隱無成又一年

寄紫閣無名新羅頭陀僧

棲床已自槃野宿更何營大海誰同過空山虎共行身心相外盡鬢髮定中生紫閣人來禮無名便是名

送信州盧員外兼寄薛員外

五馬弋陽行分憂出禁城粉闈移席近茜旆越疆行德茂榮方漸仁深瑞必呈疲甿復何幸前政已殘聲

送于中丞入回鶻

風沙萬里行邊色看雙旌去展中華禮將安外國情朝衣驚異俗牙帳見新正料得歸來路春深草未生

送李廓侍御赴劍南

鳥道見狼烟元戎正急賢圖書借朋友吟詠入戈鋋山色城池近江聲鼓角連不應誇戰勝知在（一作更擒）檄蠻篇

送友人歸漢陽

鐏前別楚客雲水思縈回秦野春將盡商山花不開鷗驚帆乍起虹見雨初來自有歸期在蟬聲處處催

送造微上人歸淮南覲兄

到家方坐夏柳巷對兄禪雨斷蕪城路虹分建鄴天赴齋隨野鶴迎水上漁船終擬歸何處三湘思渺然

賦得江邊柳送陳許郭員外

拂水復含烟行分古岸邊春風正搖落客思共悠然絮急頻縈水根靈復繫船微陰覆離岸祗此醉昏眠

武宗挽歌詞二首

睿略皇威遠英風帝業開竹林方受位薤露忽興哀靜塞妖星落和戎貴主回龍髯不可附空見望仙臺

蒼生期漸泰皇道欲中興國用銷靈像農功復冗僧冕旒辭北闕歌舞怨西陵惟有金莖石長宵對玉繩

會中賦得新年

萬古如昨日一年加一（一作此）晨暗生無限事潛老幾多人歸路舊侶盡故鄉回鴈新那堪獨惆悵猶是白衣身

斜谷郵亭翫海棠花

忽識海棠花令人只嘆嗟艷繁惟共笑香近試堪誇駐騎忘山險持盃任日斜何川是多處應遠羽人家

萬年厲員外宅殘菊

纔過重陽後人心已爲殘近霜須苦惜帶蝶更宜看色感頻經雨香銷恐一作怨漸寒令朝陶令宅不醉却應難

題永福寺臨淮亭 亭即司馬復明府所置

淮上前朝寺因公始建亭雖無山可望多有鶴堪聽引客閑垂釣看僧靜灌瓶帶潮秋見月隔竹曉聞經水氣侵衣冷蘋風入座馨路逢沙獺上船值海人停砧杵鳴孤戍烏鳶下遠汀連波芳草闊極目暮天青創置嗟心匠幽棲得地形常來勸農事賴此近郊坰

陳情上鄭主司

登第久無緣歸情思渺然藝慙公道日身賤太平年未識笙歌樂虛逢歲月遷羈懷吟獨苦愁眼愧花妍求達非榮己脩辭欲繼先秦城春十二吳苑路三千茅屋山嵐入柴門海浪連遙心猶送鴈歸夢不離船時節思家夜風霜一作光作客天庭闈乖旦暮兄弟阻團圓朝乏新知己郵荒舊業田受恩期望外效死誓生前願察爲裘意彷徉和角篇懸情今吐盡萬一冀哀憐

長安清明言懷

明時帝里遇清明還逐遊人出禁城九陌芳菲鶯自囀萬家車馬雨初晴客中下第逢今日愁裏看花厭此生春色來年誰是主不堪憔悴一作惆悵更無成

出塞即事二首

塞山行盡到烏延萬頃沙堆見極邊河上月沉鴻鴈起磧中風度犬羊羶席箕草斷城池外護柳花開帳幕前此處遊人堪下淚更聞終日望狼烟

賀蘭山便是戎疆此去蕭關路幾荒無限城池非漢界幾多人物在胡鄉諸侯持節望吾土男子生身負我唐廻望風光成異域誰能獻計復河湟

送李相公昭義平復起彼宣慰員外副行

天井雖收寇未平所司促戰急王程曉馳雲騎穿花去夜與星郎帶月行新詠盡題關外事故鄉因過洛陽城時逢寒食遊人識竟說從來有大名

送從叔尉澠池

同登科第皆清列尚愛東畿一尉閑雖有田園供海畔且無宗黨在朝班甘貧只爲心知道晚達多緣性好山白首青衫猶未換又騎羸馬出函關

哭韓將軍

將軍不復見儀形笑語隨風入杳冥戰馬舊騎一作騎行嘶引葬歌姬新嫁哭辭靈功勳客問求爲誌服玩僧收與轉經寂寞一家春色裏百花開落滿山庭

崔卿雙白鷺

朝客高清愛水禽綠波雙鷺在園林立當風裏絲搖急步逐池邊字印深刷羽競生堪畫勢依泉各有取魚心我鄉多傍門前見坐覺煙波思不禁

子夜夏秋二曲

相持薄羅扇綠樹聽鳴蜩君筵呈妙舞香汗濕鮫綃

銀床梧葉下便覺漏聲長露砌蛩吟切那憐白苧涼

關山月

海上清光發邊營照轉悽深閨此宵夢帶月過遼西

採蓮詞

纖手折芙蕖花灑羅衫濕女伴喚回船前溪風浪急

秋月夜

旅鴈迎風度階翻月露華砧聲鳴夜永江上幾多家

登樓

登樓一南望淮樹楚山連見鴈無書寄歸吴定此年

閶門書感

鳧鷺踏波舞樹色接橫塘遠近蘼蕪綠吳宮總夕陽

送內鄉張主簿赴任

松窗久是飡霞客山縣新爲主印官混俗故來分利祿不教長作異人看

瓜洲送朱萬言

渡頭風晚葉飛頻君去還吴我入秦雙淚別家猶未斷不堪仍送故鄉人

秋夜長安病後作

秋中帝里經旬雨晴後蟬聲更不聞牢落閑庭新病起故鄉南去雁成羣

題王使君片石

勢似孤峯一片成坐來疑有白雲生主人莫怪殷勤看遠客長懷舊隱情

暮春早起

柳稍暗露滴清晨簾下偏驚獨起人鶗鴂數聲花漸落園林是處總殘春

途次懷歸

隴頭禾偃乳烏飛兀倚征鞍倍憶歸正值江南新釀熟可容閑却老萊衣

寄陸隱君

相思迢遞隔重城鳥散堦前竹塢清定擬秋涼過南嶠長松石上聽泉聲

寄吴山淨上人

憶共蒲團話夜鐘別來落葉閟行蹤遙知黛色秋常翫住向靈巖第幾峯

送徐五綸南行過吴

吴門東去路三千到得閶門暫泊船老父出迎應倒屣貧居江上信誰傳

全唐詩

張祜

張祜字承吉，清河人。以宮詞得名。長慶中，令狐楚表薦之，不報。辟諸侯府，多不合，自劾去。嘗客淮南，愛丹陽曲阿地，築室卜隱。集十卷，今編詩二卷。

遊天台山

崔嵬海西鎮靈跡傳萬古羣峰日來朝累累孫侍祖三茅即拳石二室猶塊土傍洞窟神仙中巖宅龍虎名從乾取象位與坤作輔鸞鶴自相羣前人空若瞽巉巉割秋碧媧女徒巧補視聽出塵埃處高心漸苦纔登招手石肘底笑天姥仰看華蓋尖赤日雲上午奔雷撼深谷下見山脚雨回首望四明矗若城一堵昏晨邈千態恐動非自主控鵠大夢中坐覺身詡詡東溟子時月却孕元化母彭蠡不盈杯浙江微辨縷石梁屹横架萬仞青壁竪却瞰赤城顛勢來如刀弩盤松國清道九里天莫覩穹崇上攢三突兀傍聳五空崖絶凡路癡立麋與麈邈峻極天門覘深窺地戶金庭路非遠徒步將欲舉身樂道家流惇儒若一矩行尋白雲叟禮象登峻宇佛窟繞杉嵐仙壇半榛莽懸崖與飛瀑險噴難足俯海眼三井通洞門雙闕拄瓊臺下昏側手足前採乳但造不死鄉前勞何足數

送蜀客

楚客去岷江西南指天末平生不達意萬里船一發行三峽夜十二峰頂(一作上)月哀猨別曾林忽忽聲斷咽嘉陵水初漲巖嶺耗積雪不妨高唐雲却藉宋玉說峨眉遠凝黛脚底谷洞穴錦城晝氳氳錦水春活活成都滯游地酒客須醉殺莫戀卓家壚相如已屑屑

團扇郎

白團扇今來此去捐願得入郎手團圓郎眼前

西江行

日下西塞山南來洞庭客晴空一鳥渡萬里秋江碧悃悵異鄉人偶言空脉脉

渭川寺路

日沉西澗陰遠驅愁突兀煙苔濕凝地露竹光滴月時見一僧來脚邊雲勃勃

夜雨

靄靄雲四黑秋林響空堂始從寒瓦中淅瀝斷(一作滴入愁)人腸愁腸方九迴寂寂夜未央

秋晚途中作

落日馳車道秋郊思不勝水雲遥斷緒山日半銜稜遠吠鄰村處計想羨他能

拔蒲歌

拔蒲來領郎鏡湖邊郎心在何處莫趁新蓮去拔得無心蒲問郎看好無

車遥遥

東方矓矓車軋軋地色不分新去轍閨門半掩窗(一作牀)半空斑斑枕花殘泪紅君心若車千萬轉妾身如轍遺漸遠碧川迢迢(一作樓迢 一作樓樓)山宛宛馬蹄在耳輪在眼桑間女兒情不淺莫道野蠶能作繭

捉搦歌

門上關牆上棘窗中女子聲唧唧洛陽大道徒自直女子心在婆舍側鳴鳴籠鳥觸四隅養男男娶婦養女女嫁夫阿婆六十翁七十不知女子長日泣從他嫁去無悒悒

鴈門太守行

城頭月没霜如水趚趚踏沙人似鬼燈前拭淚試香裘長引一聲殘漏子駝囊瀉酒酒一杯前頭滴血心不回閨中年少妻莫哀魚金虎竹天上來鴈門山邊骨成灰

思歸引

重重作閨清旦鏽兩耳深聲長不徹深宮坐愁百年身一片玉中生憤血焦桐彈罷絲自絶漠漠暗魂愁夜月故鄉不歸誰共穴石上作蒲蒲九節

司馬相如琴歌

鳳兮鳳兮非無皇山重水闊不可量梧桐結陰在朝陽濯羽弱水鳴高翔

雉朝飛操

朝陽朧東西暖景雙啄雙飛雙顧影朱冠錦襦聊日整漠漠霧中如衣聚傷心盧女弦七十老翁長獨眠雄飛在草雌在田衷腸結憤氣呵天聖人在上心不偏翁得女妻甚可憐

觀徐州李司空獵

曉出郡城東分圍淺草中紅旗開向日白馬驟迎風背手抽金鏃翻身控角弓萬人齊指處一鴈落寒空

獵

殘獵渭城東蕭蕭西北風雪花䏶背上氷片馬蹄中臂挂捎荆兔腰懸落箭鴻歸來逞餘勇兒子亂彎弓

鸚鵡

栖栖南越鳥色麗思沉淫暮隔碧雲海春依紅樹林雕籠悲斂翅畫閣豈關心無事能言語人聞怨恨深

再吟鸚鵡

萬里去心違奇毛覺自非美人憐解語凡鳥畏多機未勝無丹嘴何勞事緑衣雕籠終不戀會向故山歸

酬鄭模(一作樸)司直見寄

故人滄海曲聊復話平生喜是狂奴態羞爲老婢聲官途(一作官)終日薄身事(一作計)長年輕猶賴書千卷長隨一櫂行

送蘇紹之歸嶺南

孤舟(一作身)越客吟萬里曠離襟(一作衿)夜月江流闊春雲嶺路深珠緐楊氏果翠耀孔家禽無復天南夢相思空樹林

送沈下賢謫尉南康

秋風江上草先是客心摧萬里故人去一行新鴈來山
高雲緒斷浦迥日(一作月)波頽(一作開)莫怪南康遠相思不可裁

送盧弘本浙東覲省

東望故山高秋歸值小舠懷中陸績橘江上伍員濤好
去寧雞口加餐及蟹螯知君思無倦(一作限)爲我續(一作讀)離騷

晚次荆溪館呈崔明府

艤舟陽羨館飛步繚疎楹山暝水雲碧月涼烟樹清長
橋深漾影遠櫓下摇聲况是無三害弦歌初政成

寄朗州徐員外

江嶺昔飄蓬人間值俊雄關西今孔子城北舊徐公清
夜游何處良辰此不同傷心幾年事一半在湖中

旅次上饒溪

碧溪行幾折凝棹宿汀沙角斷孤城掩樓深片月斜夜
橋昏水氣秋竹靜霜華更想曾題壁凋零可歎嗟

送徐彥夫南遷

萬里客南遷孤城漲海邊瘴雲秋不斷陰火夜長然月
上行虛市風迴望舶船知君還自潔更爲酌貪泉

送韋整尉長沙

遠遠(一作道)長沙去憐君利(一作屈)一官風帆彭蠡疾雲水洞庭
寬木客提蔬束江烏接飯丸莫言卑濕地未必乏新歡

送外甥

衰年生姪少唯爾最關心偶作魏舒別聊爲殷浩吟白
波舟不定黃葉路難尋自此尊中物誰當更共斟

贈薛鼎臣侍御(一作送劉崇德尉睦州建德縣)

一命前途遠雙曹小邑閑夜潮人到(一作帶)郭春霧鳥啼山
淺瀨橫沙堰高巖峻石斑不堪曾倚棹猶復夢昇攀

送曾黯游夔州

不遠夔州路層波灩澦連下來千里峽入去一條天樹
色秋帆上灘聲夜枕前何堪正危側百丈半山顛

送李長史歸涪州

涪江江上客歲晚却還鄉暮過高唐雨秋經巫峽霜急
灘船失次疊嶂樹無行好爲題新什知君思不常

贈契衡上人

小門開板閣終日是逢迎語笑人同坐修持意別行水
花秋始發風竹夏長清一(一作不)恨恓惶久憐師記姓名

走筆贈許玖赴桂州命

桂林眞重德蓮幕藉殊才直氣自消瘴遠心無暫灰劒
稜叢石險箭激亂流迴莫說鴈不到長江魚盡來

題上饒亭

溪亭拂一琴促軫坐披衿夜月水南寺秋風城外砧早
霜紅葉靜新雨碧潭深唯是壺中物憂來且自斟

題僧壁

出門無一事忽到天涯客地多逢酒僧房却厭花棊
因王粲覆皷是禰衡撾自喜疎成品生前不怨嗟

寄盧載

故人盧氏子十(一作數)載曠佳期少見雙魚信多聞八米詩
侏儒他甚飽欸段爾應羸忽謂今劉二相逢不熟槌

送楊秀才游蜀

鄂渚逢遊客瞿塘上去船峽深明月夜江靜碧雲天舊
俗巴渝舞新聲(一作離情)蜀國弦不堪揮慘恨一涕自潸然

送楊秀才往夔州

鄂渚逢游客瞿塘上去船(此二句與送楊秀才游蜀詩同)江連萬里海峽入
一條天鳥影沉沙日猨聲隔樹煙新詩逢北使爲草幾
巴牋

途中逢李道實遊蔡州

征馬漢江頭逢君上蔡游野橋經亥市山路過申州僻
地人行澀荒林虎跡稠殷勤話新守生物賴諸侯

富陽道中送王正夫

析(音析)析上荒原霜林赤葉翻孤帆天外出遠戍日中昏
摘橘防深刺攀蘿畏斷根何堪衰草色一酌送王孫

送韋正字析貫赴制舉(一作科)

可愛漢文年鴻恩蕩海壖木雞方備德金馬正求賢大
戰希游刃長途在著鞭竚看晁董策便向史中傳

贈貞固上人

南國披僧籍高標一道林律儀精氎布眞行正吞針掇
火身潜起焚香口旋吟非論坐中社余亦舊知音

題贈志凝上人

悟色身無染觀空事不生道心長日笑覺路幾年行片
月山林(一作房)靜孤雲海棹輕願爲塵外契一就智珠明

送瓊貞發述懷

送出南溪日離情不忍看漸遥猶顧首帆去意難判最
恨臨行夜相期幾百般但能存歲節終久得同歡

寄靈澈上人

老僧何處寺秋夢繞江濱獨樹月中鶴孤舟雲外人榮
華長指幻衰病久(一作病久不)觀身應笑無成者滄洲垂一輪(一作綸)

溪行寄京師故人道侶(一本無京師故人四字)

白日長多事清溪偶獨尋雲歸秋水闊月出夜山深坐
想天涯去行悲澤(一作海)畔吟東郊(一作京華)故人在應笑未抽簪(一作誰復念浮沉)

贈僧雲栖

麈尾與筇枝幾年離石壇梵餘林雪厚棊罷岳鐘殘開
卷喜先悟漱餅知早寒衡陽寺前鴈今日到長安

送魏尚書赴鎮州行營

河塞日騷騷恩讐報盡深伍員忠是節陸績孝爲心坐
激書生憤行歌壯士吟慙非燕地客不得受黃金

寄遷客

萬里南遷客辛勤嶺路遥溪行防水弩野店避山魈瘴
海須求藥貪泉莫舉瓢但能堅志義白日甚昭昭

題蘇小小墓

漠漠窮塵地蕭蕭古樹林臉濃花自發眉恨柳長深夜
月人何待春風鳥爲(一作自)吟不知誰共穴徒願結同心

江南作(一作江上旅泊)

楚塞南行久秦城北望遥少年花已過衰病柳先凋客
淚收迴日鄉心寄落潮殷勤問春鴈何處是煙霄

題王右丞山水障二首

精華在筆端咫尺匠心難日月中堂見江湖滿座看夜
凝嵐氣濕秋浸壁光寒料得昔人意平生詩思殘

右丞今已殁遺畫世間稀咫尺江湖盡尋常鷗鳥（一作鴻鴈）飛
山光全在掌雲氣欲生衣以此常爲玩平生滄海機

將之衡陽道中作

萬里南方去扁（一作孤）舟泛自（一作自販）身長年無愛物深話少情
人醉臥襟長散閑書字不眞衡陽路猶遠獨與鴈爲賓

讀狄梁公傳

失運廬陵厄乘時武后尊五丁扶造化一柱正乾坤上
保儲皇位深然國老勲聖朝雖百代長合問王孫

題眞娘墓（在虎丘西寺內）

佛地葬羅衣孤魂此是歸舞爲蝴蝶夢歌謝伯勞飛翠
鬟朝雲在（一作斷）青蛾夜月微傷心一花落無復怨（一作戀）春輝

洞庭南館

一逕逗霜林朱欄遶碧岑地盤雲夢角山鎮洞庭心樹
白看煙起沙紅見日沉還因此悲屈惆悵又行吟

題贈仲儀上人院

星霜幾朝寺香火靜居（一作中）人黃葉不經意青山無事身
拋生臺上日結座履中塵自說一時課（一作乘果）別來詩更新

題聖女廟

古廟無人入蒼皮澀老桐蟻行蟬殼上蛇竄雀巢中淺
水孤舟泊輕塵一座蒙晚來雲雨去荒草是殘風

題山水障子

一見秋山色方憐畫手稀波濤連壁動雲物下簷飛嶺
樹冬猶發江帆暮不歸端然是漁叟相向日依依

詠風

搖搖歌（一作遙遙輕）扇舉悄悄舞衣輕引笛秋臨塞吹沙夜遶
城向峰迴鴈影出峽送猨聲何似琴中奏依依別帶情

奉和令狐相公送陳肱侍御（第七句缺一字）

高館動離瑟親賓聊歎稀笑歌情不盡歡待禮無違清
露府蓮結碧雲皐鶴飛還家與　惠雨露豈殊歸

陪范宣城北樓夜讌

華軒敞碧流官妓擁諸侯粉項高叢鬢檀妝慢裹頭亞
身摧蠟燭斜眼送香毬何處偏堪恨千迴下客籌

憲宗皇帝挽歌詞

鳴咽上攀龍昇平不易逢武皇虛好道文帝未登封壽
域無千載泉門是九重橋山非遠地雲去莫疑峰

發蜀客

風吹魯國人飄蕩蜀江濱濕地饒蛙黽衰年足鬼神時
清歸去路日復病來身千萬長堤柳從他爛熳春

江城晚眺

重檻構雲端江城四鬱盤河流出郭靜山色對樓寒浪
草侵天白霜林映日丹悠然此江思樹杪幾檣竿

題樟亭

曉霽憑虛檻雲山四望通地盤江岸絕天映海門空樹
色連秋靄潮聲入夜風年年此光景催盡白頭翁

樂靜

引手強篸巾徐徐起病身遠心羣野鶴閑話對村人發
匣琴徽靜開缾酒味眞縱聞兵賦急原憲本家貧

登廣武原

廣武原西北華夷此浩然地盤山入海河遶國連天遠
樹千門邑高檣萬里船鄉心日云暮猶在楚城邊

觀宋州田大夫打毬

白馬頓紅纓梢毬紫袖輕曉冰蹄下裂寒瓦杖頭鳴叉
手膠黏去分鬃線道絣自言無戰伐髀肉已曾生

題丹陽永泰寺練湖亭

小檻俯澄鮮龍宮浸浩然孤光懸夜月一片割秋天淺
派肩沙草餘波漂岸船聊當因畎澮披拂坐潺湲

題程氏書齋

僻巷難通馬深園不藉籬青蘿纏柏葉紅粉墜蓮枝雨
燕銜泥近風魚咂網遲緣君尋小阮好是更題詩

毀浮圖年逢東林寺舊

可惜東林寺空門失所依翻經謝靈運畫壁陸探微隙
地泉聲在荒途馬跡稀殷勤話僧輩未敢保儒衣

貴池道中作

嬴驂驅野岸山遠路盤盤清露月華曉碧江星影寒離
羣徒長泣去國自加餐霄漢寧無舊相哀自（一作是）語端

喜王子載話舊

相逢青眼日相歎白頭時累話三朝事重看一局棊歡
娛非老大成長是嬰兒且盡尊中物無煩更後期

秋日病中

析析簷前竹秋聲拂簟涼病加陰已久愁覺夜初長坐
拾車前子行看肘後方無端憂食忌開鏡倍萎黃

訪許用晦

遠郭日曛曛停橈一訪君小橋通野水高樹入江雲酒
興曾無敵詩情舊逸羣怪來音信少五十我無聞

題海鹽南館

故人營此地臺館尚依依黑夜山魈語黃昏海燕歸舊
陰楊葉在殘雨槿花稀無復南亭賞高簷紅燭輝

晚秋江上作

萬里窮秋客蕭條對落暉煙霞山鳥散風雨廟神歸地
遠蛩（一作蟲）聲切天長鴈影稀那堪正砧杵幽思想寒衣

吳宮曲

日下苑西宮花飄（一作開）香徑紅玉釵斜白燕羅帶弄青蟲
皓齒初含雪柔枝欲斷風可憐傾國艷（一作色）誰信女爲戎

賦昭君冢

萬里關山冢明妃舊死心恨爲秋色晚愁結暮雲陰夜
切胡風起天高漢月臨已知無玉貌何事送黃金

哭汴州（一作夷門）陸大夫

利劒（一作刃）太堅操何妨拔一毛冤深陸機霧憤積伍員（一作胥）
濤直道非無驗（一作險）明時不録勞誰當青史上卒爲顯詞
褒

晚夏歸別業

古岸扁舟晚荒園一徑微鳥啼新果熟花落故人稀宿
潤侵苔甃斜陽照竹扉相逢盡鄉老無復話時機

公子行

春色滿城池杯盤著（一作看）處移鐙金斜鴈子鞍帕嫩鵝兒
買笑歌桃李尋歌折柳枝可憐明月夜長是管弦隨

題曾氏園林

十畝長堤宅蕭疎半老槐醉眠風卷簟棋罷月（一作日）移堦
斫樹遺桑斧澆花濕筍鞋還將齊物論終歲自安排

讀始興公傳

歿世議方存，昇平道幾論。詩情光日月，筆力動乾坤。亂首光雄筭，朝綱在典墳。明時封禪績，山下見丘門。

中秋月

碧落桂含姿，清秋是素期。一年逢好夜，萬里見明時。絕域行應久，高城下更遲。人間繫情事，何處不相思。

江西道中作三首

日落江村遠，煙雲度幾重。問人孤驛路，驅馬亂山峰。夜入霜林火，寒生水寺鐘。淒涼哭途意，行處又饑凶。

西江江上月，遠遠照征衣。夜色草中網，秋聲林外機。渚田牛路熟，石岸客船稀。無復是鄉井，鷓鴣聊自飛。

秋灘一望平，遠遠見山城。落日啼烏桕，空林露寄生。燒畬殘火色，還槳夜溪聲。況是曾遊處，桑田小變更。

題常州水西館

隈地叢篁植，修廊列堵環。樓臺疎占水，岡岸遠成山。盡日草深映，無風舟自閑。聊當俟（一作候）芳夕，一泛芰荷間。

題李瀆山居玉潭（一作玉潭山居）

古樹千年色，蒼崖百尺陰。髮寒泉氣靜，神駭玉光沉。上穴青冥小，中連碧海深。何當煙月下，一聽夜龍吟。

題陸墉金沙洞居

東溪泉一眼，歸臥恆高疎。決水金沙靜，梯雲石壁虛。細吟搔短髮，深話笑長裾。莫道遺名品，當聞入洛初。

題陸敦禮山居伏牛潭

伏牛眞怪事，餘勝幾人諳。日彩沉青壁，煙容靜碧潭。泛心何處冷，漱齒詎忘甘。幸挈壺中物，期君正興酣。

旅次石頭岸

行行石頭岸，身事兩相違。舊國日邊遠，故人江上稀。水聲寒不盡，山色暮相依。惆悵未成語，數行鵶又飛。

觀宋州于使君家樂琵琶

歷歷四弦分，重來上界聞。玉盤飛夜雹（一作電），金磬入秋雲。隴霧笳凝水，砂風鴈咽羣。不堪天塞恨，青塚是昭君。

箏

綽綽下雲煙，微收皓腕鮮。夜風生碧柱，春水咽紅弦。翠佩輕猶觸，鶯枝澀未遷。芳音何更妙，清月共嬋娟。

歌

一夜列三清，聞歌曲阜城。雪飛紅爐影，珠貫碧雲聲。皓齒嬌微發，青蛾怨自生。不知新弟子，誰解囀喉輕。

笙

董雙成一妙，歷歷韻風篁。清露鶴聲遠，碧雲仙吹長。氣侵銀項濕，膏胤漆瓢香。曲罷不知處，巫山空夕陽。

五弦

小小月輪中，斜抽半袖紅。玉䡔秋滴水，珠箔夜懸風。徵調侵弦乙，商聲過指攏。只愁纔曲罷，雲雨去巴東。

觱篥

一管妙清商，纖紅玉指長。雪藤新換束，霞錦旋抽囊。併揭聲猶遠，深含曲未央。坐中知密顧，微笑是周郎。

笛

紫清人一管，吹在月堂中。鷹起雪雲夕，龍吟煙水空。虜塵深漢地，羌思切邊風。試弄陽春曲，西園桃已紅。

舞

荊臺呈妙舞，雲雨半羅衣。裊裊腰疑折，褰褰袖欲飛。霧輕紅躑躅，風艷紫薔薇。強許傳新態，人間弟子稀。

箜篌

星漢夜牢牢，深簾調更高。亂流公莫度，沉骨嫗空嗥。向月輕輪甲，迎風重紉絛。不堪聞別引，滄海恨波濤。

簫

清籟遠愔愔，秦樓夜思深。碧空人已去，滄海鳳難尋。杳妙和雲絕，依微向水沉。還將九成意，高閣竚芳音。

夕次桐廬

百里清溪口，扁舟此去過。晚潮風勢急，寒葉雨聲多。戍出山頭鼓，樵通竹裏歌。不堪無酒夜，迴首夢煙波。

入潼關

都城三百里（一作二百），雄險此迴環。地勢遙尊嶽，河流側讓關。秦皇曾虎視，漢祖昔龍顏。何處梟凶輩，干戈自不閑。

南宮歎亦述玄宗追恨太眞妃事

北陸冰初結，南宮漏更長。何勞卻睡草，不驗返魂香。月隱仙娥艷，風殘夢蝶揚。徒悲舊行跡，一夜玉堦霜。

題平望驛（一本無題字）

一派吳興水，西來此驛分。路遙經幾日，身去是孤雲。雨氣朝忙蟻，雷聲夜聚蚊。何堪秋草色，到處重離羣。

隋宮懷古

廢宮深苑路，煬帝此東行。往事餘山色，流年是水聲。古牆丹雘盡，深棟黑煤生。惆悵從今客，經過未了情。

偶蘇求至話別（後六句與送蘇紹之歸嶺南詩同）

幾年滄海別，萬里白頭吟。夜月江流闊，春雲嶺路深。珠餘楊氏果，翠耀孔家禽。無復天南夢，相思空樹林。

秋霽（一作齋）

垂老歸休意，棲棲陋巷中。暗燈棋子落，殘語酒缾空。滴巖侵簷露，虛疎入檻風。何妨一蟬嘒，自抱木蘭叢。

詠史二首

漢代非良計，西戎世世塵。無何求善馬，不算苦生民。外國讐虛結，中華憤莫伸。卻教爲後恥，昭帝遠和親。

留名魯連去，於世絕遺音。盡愛聊城下，寧知滄海深。偶然飛一箭，無事在千金。迴望凌煙閣，何人是此心。

洞房燕

清曉洞房開，佳人喜燕來。乍疑釵上動，輕似掌中迴。暗語臨（一作通）窗戶，深窺傍鏡臺。新妝（一作妝成）正含思，莫拂畫梁埃。

答僧贈柱杖

千迴掌上橫，珍重遠方情。客問何人與，閑僧寄一莖。畫空疑未決，卓地計初成。幸以文堪採，扶持力不輕。

鷺鷥

深窺思不窮，揭趾淺沙中。一點山光淨，孤飛潭影空。暗棲松葉露，雙（一作輕）下蓼花風。好是滄波侶，垂絲趣亦同。

塞下

萬里配長征，連年慣野營。入羣來揀馬，拋伴去擒生。箭插雕翎闊，弓盤鵲角輕。問看行近遠，西去受降城。

憶雲陽宅

一別雲陽宅，深愁度歲華。翠濃春檻柳，紅滿夜庭花。鳥影垂纖竹，魚行踐淺沙。聊當因寤寐，歸思浩無涯。

題造微禪師院

夜香聞偈後岑寂掩雙扉照竹燈和雪穿雲（一作松）月到衣草堂疎磬斷江寺故人稀唯憶江南雨春風獨鳥歸

酬武蘊之乙丑之歲始見華髮余自悲遂成繼和

賈生年尚少華髮近相侵不是流光促因緣別恨深憐君成苦調感我獨長吟豈料清秋日星星共映簪

題萬道人禪房

何處鑿禪壁西南江上峰殘陽過遠水落葉滿疎鐘世事靜中去道心塵外逢欲知情不動牀下虎留蹤

病後訪山客

久病倦衾枕獨行來訪君因逢歸馬客共對出溪雲新月坐中見暮蟬愁處聞相歡貴無事莫想路岐分

題松汀驛（一本無題字）

山色遠含空蒼茫澤國東海明先見日江白迥聞風鳥道高原去人煙小徑通那知舊遺逸不在五湖中

處士隱居

斜日半飛閣高簾輕翳（一作簷翳遠）空清香芙蓉水碧冷琅玕風絕岸泒沿洑修廊趾崇隆唯當餌仙朮坐作朱顏翁

早春錢塘湖晚眺

落日下林坂撫襟睇前蹤輕澌流迴浦殘雪明高峰仰視天宇曠俯登雲樹重聊當問眞界昨夜西巒鐘

濠州水館

高閣去煩燠客心遂安舒清流中浴鳥白石下遊魚秋樹色凋翠夜橋聲裏虛南軒更何待坐見玉蟾蜍

石頭城寺

山勢抱煙光重門突兀傍連簷金（一作天）像閣半壁石龕廊碧樹蒙高頂清池占下方徒悲宦遊意盡日老僧房

傷遷客殁南中

故人何處殁謫宦極南天遠地身狼狽窮途事果然白鬢纔過海丹旐却歸船腸斷相逢路新來客又還

烏夜啼

忽忽南飛返危絲共怨悽暗霜移樹宿殘夜遶枝啼咽絕聲重敘悄淫思乍迷不妨還報喜恨使玉顏低

題潤州金山寺（一本無上三字）

一宿金山寺（一作頂）超然離世羣（一作微茫水國分）僧歸夜船月龍出曉堂雲樹色（一作影）中流見鐘聲兩岸聞翻思（一作因悲）在朝（一作城）市終日醉醺醺

題潤州甘露寺（一本無題字）

千重構橫險高步出塵埃日月光先見（一作到）江山勢盡來冷雲歸（一作虛）水石清露滴樓臺況是東溟上平生意一開

題杭州孤山寺

樓臺聳碧岑一徑入湖心不雨山長潤無雲水自陰斷橋荒蘚澀空院落花深猶（一作獨）憶西窗月（一作夜）鐘聲在北（一作到此）林

題餘杭（一作姚）縣龍泉觀（一本無題字）

四迴（一作明）山一面臺殿已嵯峨中路見山（一作江）遠上方行石多天（一作山）晴花氣漫地煖鳥音（一作聲）和徒漱葛仙井此生其奈（一作真）何

題徑山大覺禪師影堂

超然彼岸人一徑謝微塵見相即（一作想應）非相（一作想）觀身豈是身空門性未滅舊里化猶新謾指堂中影誰言影似眞

題濠州鍾離寺

遙遙東郭寺數里占原田遠岫碧光合長淮清派連院藏歸鳥樹鐘到落帆船唯羨空門叟棲心盡百年

秋夜宿靈隱寺師上人（一本此下有居字）

月色荒城外江聲野寺中貧知交道薄老信釋門空露葉凋堦蘚風枝憂井桐不妨無酒夜閑話值生公

題蘇州靈巖寺

碧海西陵岸吳王此盛時山行今佛寺水見舊宮池亡國人遺恨空門事少悲聊當值僧語盡日把松枝

題蘇州楞伽寺

樓臺山半腹又此一經行樹隔夫差苑溪連句踐城上坂松徑澀深坐石池清況是西峰頂淒涼故國情

題蘇州思益寺

四面山形斷樓臺此迴臨兩峰高崒屼一水下淫滲鑿石西龕小穿松北塢深會當來結社長日爲僧吟

題重居寺

浮圖經近郭長日羨僧閑竹徑深開院松門遠對山重廊標板榜高殿鎖金環更問尋齋室西行咫尺間

題善權寺

碧峰南一寺最勝是仙源峻坂依巖壁清泉泄洞門金函崇寶藏玉樹閟靈根寄謝香花叟（一作林客）高蹤不可援

題南陵隱靜寺

松逕上登攀深行煙靄間合流廚下水對聳殿前山潤壁鳥音迥泉源僧步閑更憐飛一錫天外與雲還

題丘山寺

幾代儒家業何年佛寺碑地平邊海處江出上山時故國人長往空門事可知淒涼問禪客身外即無爲

題道光上人山院

眞僧上方界山路正巖巖地僻泉長冷亭香草不凡火田生白菌煙岫老青杉盡日唯山水當知律行嚴

贈廬山僧

一室鑪峰下荒榛手自開粉牌新薤葉竹援小葱臺樹黑雲歸去山明日上來便知心是佛堅坐對寒灰

題惠山寺（一作常州無錫縣惠山寺）

舊宅人何在空門客自過泉聲到池盡山（一作月）色上樓多小洞生（一作穿）斜竹重堦夾細（一作瘦）莎殷勤望（一作入）城市雲水暮鐘和

題虎丘寺

輕櫂駐迴流門登西虎丘霧青山月曉雲白海天秋倚殿松株澀欹庭石片幽青蛾幾時墓空色尚悠悠

題普賢寺

何人知寺路松竹暗春山潭黑龍應在巢空鶴未還經年來客倦半日與僧閑更共嘗新茗聞鐘笑語間

題虎丘東寺

雲樹擁崔嵬深行異俗埃寺門山外入石壁地中開仰砌池光動登樓海氣來傷心萬古（一作年）意金玉葬寒灰

題虎丘西寺

叢塵楚城外，一寺枕通波。松色入門遠，岡形連院多。花時長到處，別路半經過。惆悵舊禪客，空房深薜蘿。

題招隱寺

千年戴顒宅，佛廟此崇修。古井人名在，清泉鹿跡幽。竹光寒閉院，山影夜藏樓。未得高僧旨，烟霞空暫游。

塞下曲

二十逐嫖姚，分兵遠戍遼。雪迷經塞夜，冰壯渡河朝。促放雕難下，生騎馬未調。小儒何足問，看取劒橫腰。

宿淮陰水館

積水自成陰，昏昏月映林。五更離浦櫂，一夜隔淮砧。漂母鄉非遠，王孫道豈沉。不當無健嫗，誰肯效前心。

題小松

何處斸雲煙，新移此館前。碧姿塵不染，清影露長鮮。聳地心纔直，凌雲操未全。可悲人自老，何日是千年。

夏日梅溪館寄龐舍人

東陽賓禮重，高館望行期。埽簟因松葉，篸瓜使竹枝。捲簾聞鳥近，翻枕夢人遲。坐聽津橋說，今營太守碑。

感河上兵

一聞河塞上，非是欲權兵。首尾誠須畏，膏肓慎勿輕。多門徒可入，盡室且思行。莫爲無媒者，滄浪不濯纓。

贈淮南將（一作年少行）

年少好（一作少年足）風情，垂鞭睥睨（一作賣眼）行。帶金獅子小，裘錦麒麟獰。揀匠（一作選將）裝銀（一作金）鐙，堆（一作推）錢買鈿箏。李陵雖效死，時論亦輕生（一作得虛名）。

題惠昌上人（一本下有院字）

半岩開一室，香穟細氛氳。石上漱秋水，月中行夏雲。律持僧講疏，經誦梵書文。好是風廊下，遥遥挂褐裙。

塞上曲

邊風捲地時，日暮帳初移。磧迥三通角，山寒一點旗。連收榻索馬，引滿射雕兒。莫道功勳細，將軍昔戍師。

折楊柳

紅粉青樓曙，垂楊仲月春。懷君重攀折，非妾妬腰身。舞帶縈絲斷，嬌娥向葉嚬。橫吹凡幾曲，獨自最愁人。

採桑

自古多征戰，由來尚甲兵。長驅千里去，一舉兩蕃平。按劒從沙漠，歌謠滿帝京。寄言天下將，須立武功名。

禪智寺

寶殿依山嶮，臨虛勢若吞。畫簷齊木末，香砌壓雲根。遠景窗中岫，孤煙竹裏（一作海上）村。憑高聊一望，鄉思隔吳門。

寄題商洛王隱居

近逢商洛口，知爾坐南塘。草閣平春水，柴門掩夕陽。隨蜂收野蜜，尋麝採生香。更憶前年醉，松花滿石牀。

送客歸湘楚

無辭一杯酒，昔日與君深。秋色換歸鬢，曙光生別心。桂花山廟冷，楓樹水樓陰。此路千餘里，應勞楚客吟。

登金山寺

古今斯島絕，南北大江分。水闊吞滄海，亭高宿斷雲。返潮千澗落，啼鳥半空聞。皆是登臨處，歸航酒半醺。

全唐詩

張祜

洛陽感寓

擾擾都城曉（一作晚），四開不關名利也。塵埃千門甲第身遥入，萬里銘旌死後來。洛水暮煙（一作天，一作雲）橫莽蒼，邙山秋日露崔嵬。須知此事堪爲鏡，莫遣黃金漫作堆。

從軍行

少年金紫就光輝，直指邊城虎翼飛。一卷旌（一作旄）收千騎虜，萬全身出百重圍。黃雲斷塞尋鷹去，白草連天射鴈歸。白首漢廷刀筆吏，丈夫功業本相依。

愛妾換馬

一面妖桃千里蹄，嬌（一作芳）姿駿骨價應齊。乍（一作試）牽玉勒辭金棧（一作埒），催（一作初）整花鈿出繡閨。去日豈無沾袂（一作袖）泣，歸時還有（一作別時猶解）頓銜嘶。嬋娟躞蹀春風裏（一作暮），揮手搖鞭楊柳隄。

綺（一作粉）閣香銷華廐空，忍將行雨換追風。休憐柳葉雙眉翠（一作綠），卻愛桃花兩耳紅。侍宴永辭春色裏，趁朝休立漏聲中。恩勞未盡情先盡，暗泣嘶風（一作長嘶）兩意同。（此篇一作陳標詩）

病宮人（一作未約詩）

佳人臥病動經秋，簾幕縿縿不挂鉤。四體強扶藤夾膝，雙鬟慵插（一作整）玉搔頭。花顏有幸君王問，藥餌無徵待詔愁。惆悵近來消瘦盡，淚珠時傍枕函流。

觀杭州柘枝

舞停歌罷鼓連催，軟骨仙（一作纖）蛾暫起來。紅罨畫衫纏腕出，碧排方胯背腰來。旁收拍拍金鈴擺，卻踏聲聲錦袎摧。看著遍頭香袖褶，粉屏香（一作蘭）帕又重隈（一作偎）。

周員外席上觀柘枝（一作周員外出雙舞柘枝妓）

畫鼓拖環錦臂攘，小娥雙換舞衣裳。金絲蹙霧紅衫薄，銀蔓垂花紫帶長。鸞影乍迴頭並（一作對）舉，鳳聲初歇翅齊張。一時歘腕（一作折）招殘拍，斜斂輕身拜玉郎。

觀楊瑗柘枝

促疊蠻鼉引柘枝，卷簷虛帽帶交垂。紫羅衫宛蹲身處，紅錦靴柔踏節時。微動翠蛾拋舊態，緩遮檀口唱新詞。

看看舞罷輕雲起卻赴襄王夢裏期

感王將軍柘枝妓歿

寂寞春風舊柘枝舞人休唱曲休吹（一作美人休舞曲停吹）鴛鴦鈿帶拋何處孔雀羅衫付阿誰畫鼓不聞招節拍錦靴空（一作虛）想挫腰肢今來座上偏惆悵（一作翻如醉）曾是堂前（一作見梨園）教徹時

揚州法雲寺雙檜

謝家雙植本圖（一作南）榮樹老人因（一作亡）地變更朱頂鶴知深蓋偃白眉僧見小枝生高臨月殿（一作戶）秋雲影靜入風簷（一作廊）夜雨聲縱使（一作從此）百年爲上壽綠陰終借暫時（一作是借君）行

憶游天台寄道流

憶昨天台到赤城幾朝仙籟耳中生雲龍出水風聲濕海鶴鳴皋日色清石笋半山移步險桂花當洞拂衣輕今來盡是人間夢劉阮茫茫何處行

寄王尊師

天台南洞一靈仙骨聳冰稜貌瑩然曾對浦雲（一作樗蒲）長昧蘂重來華表不知年溪橋晚下玄龜出草露朝行白鹿眠猶憶夜深華蓋上更無人處話丹田

公子行

錦堂晝永繡簾垂（一作玉堂前後畫簾垂）立卻花驄待出時紅粉美人擎酒勸青（一作錦）衣年少（一作健僕）臂鷹隨輕將玉杖敲花片旋把金鞭約柳枝（一作絲）近地（一作晴日）獨遊三五騎等閒行傍曲江池

寓懷寄蘇州劉郎中（時以天平公薦罷歸）

一聞周召佐明時西望都門強策羸天子好文才自薄諸侯力薦命猶奇賀知章口徒勞說孟浩然身更不疑唯是勝遊行未遍欲離京國尚遲遲

和杜牧之齊山登高（一作奉和池州杜員外重陽日齊山登高）

秋溪南岸菊霏霏急管煩（一作繁）弦對落暉紅葉樹深山徑斷碧雲江靜浦帆稀不堪孫盛嘲時笑願送王弘醉夜歸流落（一作浪）正憐芳意在砧聲徒促授寒衣

題于越亭

扁舟亭下駐煙波十五年遊重此過洲觜露沙人渡淺樹稍藏竹鳥啼多山銜落照欹紅蓋水蹙斜文捲綠羅（一作層閣漲水痕猶在古板題詩字已訛）腸斷中（一作況是高）秋正圓月夜來誰（一作可堪聞）唱異鄉歌

秋夜登潤州慈和寺上方（上方一作塔）

清夜浮埃暫歇（一作暫出一作歇井）鄽塔輪金照露華鮮人行中路月生海鶴語上方星滿天樓影半（一作暗）連深岸水鐘聲寒徹遠林（一作溪）煙僧房閉盡下樓去一半夢魂離（一作歸）世緣

寄獻蕭相公

東去江干（一作山）是勝遊鼎湖輿（一作相）望不堪愁謝安近日違朝旨傅說當時允帝求暫向聊城飛一箭長爲滄海繫扁舟分明此事無人見白首相看未肯休

哭京兆龐尹

楊子江（一作津）頭昔共迯一爲京兆隔雲泥故人昨日同時弔舊馬今朝別處嘶向壁愁看無復畫扶牀稚齒已能啼也知世路名（一作多）堪貴（一作歎）誰信莊周論物（一作物調一作物論）齊

送周尚書赴滑臺

楚謠襦袴整三年喉舌新恩下九天鼓角雄都分節鉞蛇龍舊國罷樓船崑河已在兵鈐內堂柳空留鶴嶺前多病無由酬一顧鄒陵千騎去翩翩

和杜使君九華樓見寄

孤城高柳曉鳴鴉風簾半鉤清露華九峰聚翠宿危檻一夜孤光懸冷沙出岸遠暉帆欲落入谿寒影鴈差斜杜陵歸去春應早莫厭青山謝朓家

送人歸蜀

錦城春色（一作擢）泝江源三峽經過幾夜猨紅樹雨厓開霽色碧巖千仞漲波痕蕭蕭暮雨荊王夢漠漠春煙蜀帝魂長怨相如留滯處富家還憶卓王孫

酬答柳宗言秀才見贈

南下天台厭絶冥五湖波上泛如萍江鷗自戲爲蹤跡野鹿閑驚是性靈任子偶垂滄海釣戴逵虛認少微星金門後俊徒相唁且爲人間寄茯苓

題杭州天竺寺

西南山最勝一界是諸天上路穿巖竹分流入寺泉躡雲丹井畔望月石橋邊洞壑江聲遠樓臺海氣連塔明春嶺雪鐘散暮松煙何處去猶恨更看峰頂蓮

題杭州靈隱寺

峰巒開一掌朱檻幾環延佛地花分界僧房竹引泉五更樓下月十里郭中煙後塔聳亭後前山橫閣前溪沙涵水靜澗石點苔鮮好是呼猨久西巖深響連

中秋夜杭州翫月

萬古太陰精中秋海上生鬼愁緣辟照人愛爲高明歷歷華星遠霏霏薄暈縈影流江不盡輪曳谷無聲似鏡當樓曉如珠出浦盈岸沙全借白山木半含清小檻循環看長堤蹋陣行殷勤未歸客煙水夜來情

高閑上人

座上辭安國禪房戀沃州道心黃葉老詩思碧雲秋卷軸朝廷餞書函內庫收陶欣入社叟生怯論經儔日色屏初揭風聲筆未休長波溢（一作浮）海岸大點出嵩丘不絶羲之法難窮智永流殷勤一牋在留著看銀鉤

題靈隱寺師一上人十韻

八十空門子深山土木骸片衣閑自衲單食老長齋道性終能遣人情少不乖櫟枸居上院薜荔俯層階洗鉢前臨水窺門外有（一作掩）柴朗吟揮竹拂高楫曳芒鞋迸笋斜穿塢飛泉下噴崖種花忻土潤撥石慮沙埋舊往師招隱初臨我詠懷何（一作聊）當緣（一作因）興翫更爲表新牌

投常州從兄中丞

扁舟何所往言入善人邦舊愛鵬摶海今聞虎渡江士因爲政樂儒爲說詩降素履冰容靜新詞玉潤摐金魚聊解帶畫鷁稍移樁邀妓思（一作促坐邀）逃席留賓命倒缸史（一作吏）材誰是伍經術世無雙廣厦當宏構洪鐘併待撞成龍須講郡展驥莫先龐應念宗中末秋螢照一牕

送王昌涉侍御

十里指東平軍前首出征諸侯青服舊御史紫衣榮入陳梟心死分（一作衝）圍虎力生晝時安楚塞刻（一作尅）日下齊城號令朝移幕偷蹤夜斫營雲梯曾險上地道慣深行舉旆招降將投戈趁敗兵自慙居虜者當此立功名

少年樂（一作貴家郎）

二十便封侯名居第一流綠鬟深小院清管下高樓醉把金船擲閑敲玉鐙遊帶盤紅鼴鼠袍砑紫犀牛錦袋歸調箭羅鞋起撥毬眼前長貴盛那信世間愁（一作碧岩瓦坊墻上朱檐柳巷頭眼前長少貴那信有春愁）

華清宮和杜舍人

五十年天子離宮舊粉（一作仰傾）牆登封時正泰御宇日初（一作何）長上位先名實中興事憲章舉（一作起）戎輕甲冑餘地取河湟道帝玄元祖儒封孔子王因緣百司署叢會一人湯渭水波搖綠秦山（一作郊）草半黃馬頭開夜照（一作馬馴金勒細）鷹眼利星芒（一作鷹徤玉鈴鏘）下箭朱弓滿鳴鞭皓腕攘畋思獲呂望諫祇避周昌兔迹貪前逐梟心不早防幾添鸚鵡勸頻（一作先）賜荔支嘗月鎖千門靜天高（一作吹）一笛涼細音搖翠（一作羽）佩輕步宛霓裳禍亂根（一作基）潛結昇平意遽忘衣冠逃犬虜鼙鼓動漁陽外戚心殊迫中途事可量雪（一作血）埋妃子貌（一作豔）刃斷祿兒腸近侍煙塵隔前蹤輦路荒益知迷寵佞惟（一作遺）恨喪忠（一作賢）良北闕尊明主南宮遜上皇禁清餘鳳吹池冷映（一作睡）龍光祝壽山猶在流年水共傷杜鵑魂厭蜀蝴蝶夢悲莊雀卵遺雕栱蟲絲罥畫梁紫苔侵壁潤紅樹閉門芳守吏齊鴛瓦耕民得翠璫歡康（一作登年）昔時（一作醻）樂講武舊兵場莫草深巖靄（一作翠）幽花墜徑香不堪垂白叟行折御溝楊

穆護砂

玉管朝朝弄清歌日日新折花當驛路寄與隴頭人

思歸樂二首

晚日催弦管春風入綺羅杏花如有意偏落舞衫多

萬里春應盡三江鴈亦稀連天漢水廣孤客未言歸

金殿樂

入夜秋砧動千聲起四鄰不緣樓上月應爲隴頭人

牆頭花二首

蟋蟀鳴洞房梧桐落金井爲君裁舞衣天寒翦刀冷

妾有羅衣裳秦王在時作爲舞春風多秋來不堪著

胡渭州

楊柳千尋色桃花一苑芳風吹入簾裏唯有惹衣香

白鼻騧

爲底胡姬酒長來白鼻騧摘蓮拋水上郎意在浮花

戎渾

風勁角弓鳴將軍獵渭城草枯鷹眼疾雪盡馬蹄輕（此首即王維觀獵詩前四句）

楊下採桑

飛絲惹綠塵軟葉對孤輪今朝入園去物色強著人

宮詞二首

故國三千里深宮二十年一聲河滿子雙淚落君前

自倚能歌日先皇掌上憐新聲何處唱腸斷李延年

昭君怨二首

萬里邊城遠千山行路難舉頭唯見日（一作月）何處是長安

漢庭無大議戎虜幾先和莫羨傾城色昭君恨最多

夕次竟陵

南風吹五兩日暮竟陵城腸斷巴江月夜蟬何處聲

信州水亭

南簷架短廊沙路白茫茫盡日不歸處一庭梔子香

蘇小小歌三首

車輪不可遮馬足不可絆長怨十字街使郎心四散

新人千里去故人千里來翦刀橫眼底方覺淚難裁

登山不愁峻涉海不愁深中擘庭前棗教郎見赤心

樹中草

青青樹中草託根非不危草生樹却死榮枯君可知

七里瀨漁家

七里垂釣叟還傍釣臺居莫恨無名姓嚴陵不賣魚

讀曲歌五首

窗中獨自起簾外獨自行愁見蜘蛛織尋思直到明

碓上米（一作人）不春窗中絲罷絡看渠駕去車定是無四角

不見心相許徒云脚漫勤摘荷空摘葉是底採蓮人

窗外山魈立知渠脚不多三更機底下摸著是誰梭

郎去摘黃瓜郎來收赤棗郎耕種麻地今作西舍道

玉樹後庭花

輕車何草草獨唱後庭花玉座誰爲主徒悲張麗華

莫愁樂

儂居石城下郎到石城遊自郎石城出長在石城頭

襄陽樂

大堤花月夜長江春水流東風正上信春夜特來（一作待郎）遊

自君之出矣

自君之出矣萬物看成古千尋葶藶枝爭奈長長苦

夢江南

行吟洞庭句不見洞庭人盡日碧江夢江南紅樹春

將離岳州留獻徐員外

高齋長對酒下客亦霑魚不爲江南去還來郡北居

題彭澤盧明府新樓

碧落新樓迥清池古樹閑先賢盡爲宰空看縣南山

贈禪師

坐見三生事宗傳一衲來已知無法說心向定中灰

江南逢故人

河洛多塵事江山半舊游春風故人夜又醉白蘋洲

松江懷古

碧樹吳洲遠青山震澤深無人蹤范蠡煙水暮沈沈

書憤

三十未封侯顛狂遍九州平生鏌鋣劍不報小人讎

題孟處士（一作浩然）宅

高才何必貴下位不妨賢孟簡雖持節襄陽屬浩然

首陽竹

首陽山下路孤竹節長存爲問無心草如何庇本根

題僧影堂

寒葉墜清霜空簾著爐香生前既無事何事更悲傷

邊思

蘇武節旄盡李陵音信稀花當隴上發人向隴頭歸

題弋陽館

一葉飄然下弋陽殘霞昏日樹蒼蒼吳溪漫淬干將劍却是猨聲斷客腸

題秀師影堂

陰陰古寺杉松下記得長明一焰燈盡日看山人不會

影堂中是別來僧

贈（一作題）李修源（一作送溫飛卿赴方城）

岳陽（一作方城）新尉曉衙參却是傍人意未甘昨（一作晝）夜與君思賈誼長沙（一作瀟湘）猶在洞庭南

瓜洲聞曉角

寒耿稀星照碧霄月樓吹角夜江遙五更人起煙霜靜一曲殘聲遍（一作送）落潮

元日仗

文武千官歲仗兵萬方同軌奏昇平上皇一御含元殿丹鳳門開白日明

連昌宮

龍虎旌旗雨露飄玉樓歌斷碧山遙玄宗上馬太真去紅樹滿園香自銷

正月十五夜燈

千門開鎖萬燈明正月中旬動帝京三百內人連袖舞一時天上著詞聲

上巳樂

猩猩血綵繫頭標天上齊聲舉畫橈却是內人爭意切六宮紅（一作羅）袖一時招

千秋樂

八月平時花萼樓萬方同樂奏（一作是）千秋傾城人看長竿出一伎初成趙解愁

春鶯囀

興慶池南柳未開太真先把一枝梅內人已唱春鶯囀花下傞傞軟舞來

大酺樂二首

車駕東來值太平大酺三日洛陽城小兒一伎竿頭絕天下傳呼萬歲聲

紫陌酺歸日欲斜紅塵開路薛王家雙鬟笑（一作前）說樓前鼓兩仗（一作妓）爭輪好落（一作結）花

邠王小管

虢國潛行韓國隨宜春深院映（一作鬬）花枝金輿遠幸無人見偷把邠（一作寧）王小管吹

李謨笛

平時東幸洛陽城天樂宮中夜徹明（一作鳴）無奈李謨偷曲譜（一作耳）酒樓吹笛是新聲

寧哥來

日映宮城霧半開太真簾下畏人猜黃翻綽指向西樹不信寧哥回馬來

丁巳年仲冬月江上作

南來驅馬渡江濆消息前年此月聞唯是賈生先慟哭不堪天意重陰雲

鄴中懷古

鄴中城下漳河水日夜東流莫記春腸斷宮中望陵處不堪臺上也無人

讀池州杜員外杜秋娘詩

年少多情杜牧之風流仍作杜秋詩可知不是長門閉也得相如第一詞

杭州開元寺牡丹

濃豔初開小藥欄人人惆悵出長安風流却是錢塘寺不踏紅塵見牡丹

招徐宗偃畫松石

咫尺雲山便出塵我生長日自因循憑君畫取江南勝留向東齋伴老身

平陰夏日作

西來漸覺細塵紅擾擾舟車路向東可惜夏天明月夜土（一作上）山前面障南風

贈（一本此下有元道二字）處士

小徑上山山甚小每憐僧院笑僧禪人間莫道無難事二十年來已是玄

邠娘羯鼓

新教邠娘羯鼓成大酺初日最先呈冬兒指向貞貞（一作真真）說一曲乾鳴兩杖（一作杖子）輕

退宮人二首

開元皇帝掌中憐流落人間二十年長說承天門上宴百官樓下拾金錢

歌喉漸退出宮闈泣話伶官上許歸猶說入時歡聖壽內人初著五方衣

耍娘歌

宜春花夜雪千枝妃子偷行上密隨便喚耍娘歌一曲六宮生老是蛾眉

悖拏兒舞

春風南內百花時道唱（一作調）梁州急遍吹揭手便拈金椀舞上皇驚笑悖拏兒

題靈徹上人舊房

寂寞空門支道林滿堂詩板舊知音秋風吹葉古廊下一半繩牀燈影深

晚秋潼關西門作

日落寒郊煙物清古槐陰黑少人行關門西去華山色秦地東來河水聲

贈內人

禁門宮樹月痕過媚眼唯看宿燕（一作鷺）窠斜拔玉釵燈影畔剔開紅焰救飛蛾

洛中作

元和天子昔平戎惆悵金輿尚未通盡日洛橋閑處看秋風時節上陽宮

折楊柳枝二首

莫折宮前楊柳枝玄宗曾向笛中（一作玉笛）吹傷心日暮煙霞起無限春愁生翠眉

凝碧池邊斂翠眉景陽樓下綰青絲那勝妃子朝元閣玉手和煙弄一枝

華清宮四首

風樹離離月稍明九天龍氣在（一作有）華清宮門深鎖無人覺半夜雲中羯鼓聲

天闕沈沈夜未央碧雲仙曲舞霓裳一聲玉笛向空盡月滿驪山宮漏長

紅樹蕭蕭閣半開上（一作玉）皇曾幸此宮來至今風俗驪山下村笛猶吹阿濫堆

水（一作山）遶宮牆處處聲殘紅長綠露華清武皇一夕夢不

覺十二玉樓空月明

贈竇家小兒

深綠衣裳小小人每來聽裏解相親天生合去雲霄上
一尺松栽已出塵

聽崔莒侍御葉家歌（一本無莒字）

宛羅重縠起歌筵活鳳生花動碧煙一聲唱斷無人和
觸破秋雲直上天

長門怨

日映宮牆柳色寒笙歌遙指碧雲端珠鉛滴盡無心語
強把花枝冷笑看

讀老莊

等閑緝綴閑言語誇向時人喚作詩昨日偶拈莊老讀
萬尋山上一毫釐

偶題

古來名下豈虛爲李白顛狂自稱時唯恨世間無賀老
謫仙長在没人知

別玉華僊侶

遶舍煙霞爲四鄰寒泉白石日相親塵機不盡住不得
珍重玉山山上人

汴上送客（一作汴上同楊昇秀才送客歸）

河流西下鴈南飛楚客相逢淚濕衣張翰思歸（一作鄉）何太
切扁舟不住又東歸

郵亭殘花（一作平原路上題郵亭殘花）

雲暗山橫日欲斜郵亭下馬對殘花自從身逐征西府
每到花時不在家

秋時（一作晚）送鄭侍御

離鴻聲怨碧雲淨楚瑟調高清曉天盡日相看俱不語
西風搖落數枝蓮

宿武牢關

行人候曉久裴徊不待雞鳴未得開堪羨寒溪自無事
潺潺一夜宿（一作向）關來

夜宿湓浦逢崔昇

江流不動月西沈南北行人萬里心況是相逢鴈天夕
星河寥落水雲深

京城寓懷

三十年持一釣竿偶隨書薦入長安由來不是求名者
唯待春風看牡丹

集靈（一作虛）臺二首

日光斜照集靈（一作虛）臺紅樹花迎曉露開昨夜上皇新授
籙太真含笑入簾來

虢國夫人承主恩平明騎（一作下）馬入宮門却嫌脂粉汚顏
色淡掃蛾眉朝至尊（此篇一作杜甫詩）

感歸

行却（一作去）江南路幾千歸來不把一文錢鄉人笑我窮寒
鬼還似襄陽孟浩然

偶作

徧識青霄路上人相逢秖是語逡巡可勝飲盡江南酒
歲月猶殘李白身

勸飲酒

燒得硫黃漫學仙未勝長付酒家錢竇常不喫齊推樂（一作藥）
却在人間八十年

阿鴿湯

月照宮城紅樹芳綠窗燈影在雕梁金輿未到長生殿
妃子偷尋阿鴿湯

馬嵬坡

旌旗不整奈君何南去人稀北去多塵土已殘香粉豔
荔枝猶到馬嵬坡

太真香囊子

蹙金妃子小花囊銷耗胸前結舊香誰爲君王重解得
一生遺恨繫心腸

雨霖鈴

雨霖鈴夜却歸秦猶見（一作是）張徽一曲新長說上皇和淚
教月明南内更無人

聽歌二首

兒郎漫說轉喉輕須待情來意自生只是眼前絲竹和
大家聲裏唱新聲（此篇題一作聽劉端公田家歌）

十二年前邊塞行坐中無語歎歌情不堪昨夜先垂淚
西去陽關第一聲（此篇題一作耿家歌）

聽箏（一作題宋州田大夫家樂丘家箏）

十指纖纖玉筍紅鴈行輕遏翠弦中分明似說長城苦
水咽雲寒一夜風

王家琵琶

金屑檀槽玉腕明子弦輕撚爲多情只愁拍盡涼州破
畫出風雷是撥聲

李家柘枝

紅（一作細）鉛拂臉細腰人金繡羅衫軟著身長恐舞時殘拍
盡却思雲雨更無因

楚州韋中丞箜篌

千重鉤鎖撼金鈴萬顆真珠瀉玉瓶恰值滿堂人欲醉
甲光纔觸一時醒

邊上逢歌者

垂老秋（一作愁）歌出塞庭遏雲相付舊秦青少年翻擲新聲
盡却向人前側（一作傾）耳聽

馬嵬歸

雲愁鳥恨驛坡前孑孑龍旗指望賢無復一生重語事
柘黃衫袖掩潸然

塞上聞笛（一作董家笛）

一夜梅花笛裏飛冷沙晴檻月光輝（一作陽春白雪復輝輝）北風吹盡
向何處（一作東風却定北風起）高入塞雲燕鴈稀

經舊遊

去年來送行人處依舊蟲聲古岸南斜日照溪雲影斷
水葓花穗倒空潭

東山寺

寒色蒼蒼老柏風石苔清滑露光融半夜四山鐘磬盡
水精宮殿月玲瓏

峰頂寺

月明如水山頭寺仰面看天石上行夜半深廊人語定
一枝松動鶴來聲

題潤州鶴林寺

古寺名僧多異時道情虛遣俗情悲千年鶴在市朝變來去舊山人不知

題勝上人山房

清晝房廊山半開一瓶新汲灑莓苔古松百尺始生葉颯颯風聲天上來

李夫人詞

延年不語望三星莫說夫人上涕零爭奈世間惆悵在甘泉宮夜看圖形

題金陵渡

金陵津渡小山樓一宿行人自可愁潮落夜江斜月裏兩三星火是瓜州

過陰陵（一本下有山字）

壯士悽惶到山下行人惆悵上山頭生前此路已迷失寂寞孤魂何處遊

縱遊淮南

十里長街市井連月明橋上看神仙人生只合揚州死禪智山光（一作邊）好墓田

登樂遊原

幾年詩酒滯江干水積雲重思萬端今日南方惆悵盡樂遊原上見長安

過石頭城

纍纍墟墓葬西原六代同歸蔓草根唯是歲華流盡處石頭城下水千痕

黃蜀葵花

名花八葉嫩黃金色照書窗透竹林無奈美人閑把嗅直疑檀口印中心

楊花

散亂隨風處處勻庭前幾日雪花新無端惹著潘郎鬢驚殺綠窗紅粉人

薔薇花

曉（一作明）風抹盡燕支顆夜雨催成蜀錦機當晝開時正明媚故鄉疑是買臣歸

戲顏郎中獵（一本無戲字）

忽聞射獵出軍城人著戎衣馬帶纓倒把角弓呈一箭滿川狐兔當頭行

江上旅泊呈杜員外

牛渚南來沙岸長遠吟佳句望池陽野人未必非毛遂太守還須是孟嘗

容兒鉢頭

爭走金車叱鞅牛笑聲唯是說千秋兩邊角子羊門裏猶學容兒弄鉢頭

熱戲樂

熱戲爭心劇火燒銅槌暗熱（一作執）不相饒上皇失喜寧王笑百尺幢竿果動搖

玉環琵琶

宮樓一曲琵琶聲滿眼雲山是去程回顧段師非汝意玉環休把恨分明

題酸棗驛前碑

蒼苔古澀自（一作字）雕疎誰道中郎筆力餘長愛當時遇王粲每來碑下不關書

題朱兵曹山居

朱氏西齋萬卷書水門山闊自高疎我來穿穴非無意願向君家作壁魚

題畫僧二首

骨峭情（一作清）高彼岸人一杯長泛海爲津僧儀又入清流品却恐前生是許詢（此篇題一作酬信上人贈張僧繇畫僧）

瘦頸隆肩碧眼生（一作僧）翰林親讚虎頭能終年不語看如意似證禪心入大乘

送走馬使

新樣花文配蜀羅同心雙帶蹙金蛾慣將喉舌傳軍好（一作號）馬跡鈴聲遍兩河

題御溝

萬樹垂楊拂御溝溶溶漾漾遶神州都緣濟物心無阻從此恩波處處流

題青龍寺

二十年沈滄海間一遊京國也應閑人人盡到求名處獨向青龍寺看山

硫黃

一粒硫黃入貴門寢堂深處問玄言時人盡說韋山甫昨日餘干弔子孫

散花樓

錦江城外錦城頭回望秦川上軫憂正值血魂來夢裏杜鵑聲在散花樓

王家五弦

五條弦出萬端情撚撥間關漫態生唯羨風流田太守小金鈴子耳邊鳴

聽薛陽陶吹蘆管

紫清人下薛陽陶末曲新笳調更高無奈一聲天外絕百年已死斷腸刀

過汾水關

千里南來背日行關門無事一侯嬴山根百尺路前去十（一作半）夜耳中汾水聲

櫻桃

石榴未拆梅猶小愛此山花四五株斜日庭前風褭褭碧油千片漏紅珠

酬淩（一作酬靈符）秀才惠枕（一作惠虎枕）

八寸黃楊惠不輕虎頭光照簟文清空心想此緣成夢拔劍燈前一夜行

感春申君

薄俗何心議感恩諂容卑迹賴君門春申還道三千客寂寞無人殺李園

孟才人歎（并序）

武宗皇帝疾篤遷便殿孟才人以歌笙獲寵者密侍其右上目之曰吾當不諱爾何爲哉指笙囊泣曰請以此就縊上憫然復曰妾嘗藝歌請對上歌一曲以泄其憤上以懇許之乃歌一聲河滿子氣亟立殞上令醫候之曰脈尚溫而腸已絕及帝崩柩重不可舉議者曰非俟才人乎爰命其櫬櫬至乃舉嗟夫才人以誠死上以誠命雖古之義激無

以過也進士高璩登第年宴傳於禁伶明年秋貢士文多以爲之目大中三年遇高於由拳哀話於余聊爲興歎

偶因歌態詠嬌嚬（一作清唱奏歌嚬）傳唱（一作選入）宮中十二春却爲（一作絕後）一聲河滿子下泉（一作九原）須弔舊才人

聽簡上人吹蘆管三首

蜀國僧吹蘆一枝隴西游客淚先垂至今留得新聲在却爲中原人不知

細蘆僧管夜沈沈越鳥巴猨寄恨吟吹到耳邊聲盡處一條絲斷碧雲心

月落江城樹繞鴉一聲蘆管是天涯分明西國人來說赤佛堂西是漢家

聽岳州徐員外彈琴

玉律潛符一古琴哲人心見聖人心盡日南風似遺意九疑猨鳥滿山吟

鉤弋夫人詞

惆悵雲陵事不迴萬金重更築仙臺莫言天上無消息猶是夫人作鳥來

鴻溝

龍蛇百戰爭天下各制雄心指此溝寧似九州分國土地圖初割海中流

悲納鐵

長聞爲政古諸侯使佩刀人盡佩牛誰謂今來正耕墾却銷農器作戈矛

胡渭州

亭亭孤月照行舟寂寂長江萬里流鄉國不知何處是雲山漫漫使人愁

破陣樂

秋風四面足風沙塞外征人暫別家千里不辭行路遠時光早晚到天涯

楓橋

長洲苑外草蕭蕭卻算游城歲月遥唯有別時今不忘暮煙疎雨過楓橋

句

萬國見清道一身成白頭（上令狐相公以下見紀事）　此地榮辱盛豈宜山中人（秋晚）　椿兒遶樹春園裏桂子尋花夜月中（見桂苑叢談）　一身扶杖二兒隨（見野客叢談）　夏雨蓮苞破秋風桂子彫（題天竺寺以下並見海錄碎事）　杜鵑花發杜鵑叫烏臼花生烏臼啼　茶風無奈筆酒秃不勝簪

全唐詩

楊洵美

楊洵美登寶曆元年進士第終監察御史詩一首

荅李昌期

三山載羣仙峩峩鹹浪中雲（一作霞）衣翦不得此路安可從我生亦何事出門如飛蓬白日又黄昏所悲瑶草空蟲聲故鄉夢枕上禾黍風吾道如未喪天運何時（一作處）通

長孫翺

長孫翺與朱慶餘同時詩一首

宮詞

一道甘泉接御溝上皇行處不曾秋誰言水是無情物也到宮前咽不流

盧求

盧求范陽人宰相攜之父李翺壻也登寶曆二年進士第官郡守詩一首

和于中丞登越王樓見寄

高情推謝守善政屬綿州未落紫泥詔開登白雪樓晴江如送日寒嶺鎮迎秋滿壁朝天士唯予不繫舟

歐陽袞

歐陽袞字希甫閩人寶曆元年及第官侍御史詩九首

雨

細雨弄春陰餘寒入晝深山姿輕薄霧煙色澹幽林鹿踐莓苔滑魚牽水荇沈懷情方未已清酒漫須斟

田家

黯黯日將夕牛羊村外來巖阿青氣發籬落杏花開草木應初感鶬鶊亦已催晚間春作好行樂不須猜

神光寺

香刹懸青磴飛樓界碧空石門棲怖鴿慈塔繞歸鴻有法將心鏡無名屬性通從來樂幽寂尋覓未能窮

和項斯遊頭陀寺上方

步入桃源裏晴花更滿枝峰迴山意曠林杳竹光遲遠寺尋龍藏名香發雁池問能將遠語況及上陽時

秦原道中

分險架長瀾斜梁控夕巒宿雲依嶺斷初月入江寒緇化秦裘敝塵驚漢策殘無言倦行旅遥路屬時難

月峰寺憶理公

共來江海上清論一宵同禪榻渾依舊心期浩已空驚春花落樹聞梵澗搖風二諦欣咨啓還應夢寐通

寄陳去疾進士

放跡疑辭垢棲心亦道門玄言蘿幌馥詩思竹爐溫解帶搖花落彈琴散鳥喧江山兹夕意唯有素交存

聽郢客歌陽春白雪

寂聽郢中人高歌已絕倫臨風飄白雪向日奏陽春調雅偏盈耳聲長杳入神連連貫珠並裊裊遏雲頻度曲知難和凝情想任眞周郎如賞羡莫使滯芳晨

南澗寺

春寺無人亂鳥啼藤蘿陰磴野僧迷雲藏古壁遺龍象草沒香臺抱鹿麑松籟泠泠疑梵唄柳煙歷歷見招提爲耽寂樂親禪侶莫怪閑行費馬蹄

全唐詩

裴夷直

裴夷直字禮卿，河東人。擢進士第。文宗時歷右拾遺、禮部員外郎，進中書舍人。武宗即位，出刺杭州，斥驩州司戶參軍。宣宗初，復拜江華等州刺史，終散騎常侍。詩一卷。

獻歲（一作獻劉賁）書情

白髮添雙鬢，空宮（一作過）又一年。音書鴻不到，夢寐兔空懸。
地遠星辰側，天高雨露偏。聖期（一作朝）知有感，雲海漫相連。

奉和大梁相公重九日軍中宴會之什

今古同嘉節，歡娛但異名。陶公緣綠酹，謝傳爲蒼生。酒泛金英麗，詩通玉律清。何言辭物累，方繫萬人情。

奉和大梁相公同張員外重九日宴集

重九思嘉節，追歡從謝公。酒清欺玉露，菊盛愧金風。不待秋蟾白，須沈落照紅。更將門下客，酬和管弦中。

同樂天中秋夜洛河翫月二首

清洛半秋懸璧月，綵船當夕泛銀河。蒼龍頷底珠皆沒，白帝心邊鏡乍磨。海上幾時霜雪積，人間此夜管弦多。須知天地爲鑪意，盡取黃金鑄作波。

不熱不寒三五夕，晴川明（一作朗）月正相臨。千珠競沒蒼龍頷，一鏡高懸白帝心。幾處淒涼緣地遠，有時惆悵值雲陰。如何清洛如清晝，共見初升又見沈。

和邢郎中病中重陽強遊樂遊原

嘉晨令節共陶陶，風景牽情並不勞。曉日整冠蘭室靜，秋原騎馬菊花高。晴光一一呈金剎，詩思浸浸逼水曹。何必銷憂憑外物，祇將清韻敵春醪。

觀淬龍泉劍

歐冶將成器，風胡幸見逢。發硎思剸玉，投水化爲龍。詎肯藏深（一作深藏）匣，終朝用刜鍾。蓮花生寶鍔，秋日勵霜鋒。鍊質纔三尺，吹毛過百重。擊磨如不倦，提握願長從（一作決雲今得便，提出剪奸凶）。

春色滿皇州

寒銷山水地，春遍帝王州。北闕晴光動，南山喜氣浮。夭紅粧暖樹，急綠走陰溝。思婦開香閣，王孫上玉樓。氛氳直城北，駘蕩曲江頭。今日靈臺下，翻然卻是愁。

亞夫碎玉斗（一作裴次元詩）

雄謀竟不決，寶玉終不受。倏爾霜刃揮，颯然春冰碎。飛光動旗幟，散響驚環珮。霜灑繡障前，星流錦筵內。圖王業已失，爲虜言空悔。獨有青史中，英風觀（一作冠）千載。

水亭

歲律行將變，君恩竟未回。門前即潮水，朝去暮常來。

揚州寄諸子

千里隔烟波，孤舟宿何處。遙思耿不眠，淮南夜風雨。

酬盧郎中遊寺見招不遇

偶出送山客，不知遊梵宮。秋光古松下，誰伴一仙翁。

寓言

秋樹却逢暖，未凋能幾時。何須尚松桂，搖動暫青枝。

言人喪侍兒

夜情河耿耿，春恨草綿綿。唯有嫦娥月，從今照墓田。

席上夜別張主簿

紅燭剪還明，綠尊添又滿。不愁前路長，只畏今宵短。

方丈泉

循涯不知淺，見底似非深。永日無波浪，澄澄照我心。

晚望

日下夕陰長，前山凝積翠。白鳥一行飛，聯聯粉書字。

前山

只謂一蒼翠，不知猶數重。晚來雲映處，更見兩三峰。

發交州日留題解鍊師房

久喜房廊接，今成道路賒。明朝回首處，此地是天涯。

令和州買松

好覓凌霜質，仍須帶雨栽。須知剖竹日，便是看松來。

題斷金集後（一作令狐楚詩）

一覽斷金集，再悲埋玉人。牙弦千古絕，珠淚萬行新。

晚涼

簷前蔽日多高樹，竹下添池有小渠。山客野僧歸去後，晚涼移案獨臨書。

和周侍御洛城雪

天街飛轡踏瓊英，四顧全疑在玉京。一種相如抽祕思，兔園那比鳳凰城。

奉和大梁相公送人二首

謝公日日傷離別，又向西堂送阿連。想到越中秋已盡，鏡河應羨月團圓。

北津楊柳迎烟綠，南岸闌干映水紅。君到襄陽渡江處，始應回首憶羊公。

酬唐仁烈相別後喜阻風未發見寄

離心一起淚雙流，春浪無情也白頭。風若有知須放去，莫教重別又重愁。

秦中臥病思歸

索索涼風滿樹頭，破窗殘月五更秋。病身歸處吳江上，一寸心中萬里愁。

送王績

翠羽長將玉樹期，偶然飛下肯多時。翩翩一路嵐陰晚，却入青葱宿舊枝。

贈美人琴絃

應從玉指到金徽，萬態千情料可知。今夜燈前湘水怨，殷勤封在七條絲。

病中知皇子陂荷花盛發寄王績

十里蓮塘路不賒，病來簾外是天涯。煩君四句遙相寄

應得詩中便看花

戲唐仁烈 一作歲日先把屠蘇酒戲唐仁烈

自知年幾偏應少先把屠蘇不讓春儻更數年逢此日
還應惆悵羨他人

上下七盤二首

斗回山路掩皇州二載歡娛一望休從此萬重青嶂合
無因更得重回頭

商山半月雨漫漫偶值新晴下七盤山似換來天似洗
可憐風日到長安

八月十五日夜

去年今夜在商州還爲清光上驛樓宛是依依舊顏色
自憐人換幾般愁

南詔朱藤杖

六節南藤色似朱拄行階砌勝人扶會須將入深山去
倚看雲泉作老夫

夜意

蕭疎盡地林無影浩蕩連天月有波獨立空亭人睡後
洛橋風便水聲多

漫作

月色莫來孤寢處春風又向別人家梁園桃李雖無數
斷定今年不看花

訪劉君

擾擾馳蹄又走輪五更飛盡九衢塵靈芝破觀深松院
還有齋時未起人

楊柳枝詞

已作綠絲籠曉日又成飛絮撲晴波隋家不合栽楊柳
長遣行人春恨多

寄杭州崔使君

朝下歸來只閉關羨君高步出人寰三年不見塵中事
滿眼江濤送雪山

窮冬曲江閑步

雪盡南坡鴈北飛草根春意勝春暉曲江永日無人到
獨遶寒池又獨歸

省中題新植雙松

端坐高宮起遠心雲高水闊共幽沈更堂寓直將誰語
自種雙松伴夜吟

崇山郡

地盡炎荒瘴海頭聖朝今又放驩兜交州已在南天外
更過交州四五州

臨水

一見心原斷百憂益知身世兩悠悠江亭獨倚闌干處
人亦無言水自流

題江上柳寄李使君

桂江南渡無楊柳見此令人眼暫明應學郡中賢太守
依依相向許多情

江上見月懷古

月上江平夜不風伏波遺跡半成空今宵倍欲悲陵谷
銅柱分明在水中

鸚鵡

勸爾莫移禽鳥性翠毛紅觜任天真如今漫學人言巧
解語終須累爾身

寄婺州李給事二首

心盡玉皇恩已遠跡留江郡官應孤不知壯氣今何似
猶得淩雲貫日無

瘴鬼翻能念直心五年相遇不相侵目前唯有思君病
無底滄溟未是深

秋日

六眸龜北涼應早三足烏南日正長常記京關怨搖落
如今目斷滿林霜

遺意

梧桐墜露悲先朽松桂凌霜倚後枯不是世間長在物
鬓分貞脆竟何殊

戲酬惟賞上人

師是浮雲無著身我居塵網敢相親應從海上秋風便
偶自飛來不爲人

寓言

流水頽陽不暫停東流西落兩無情不是世間人自老
古來華髮此中生

憶家

天海相連無盡處夢魂來往尚應難誰言南海無霜雪
試向愁人兩鬢看

留客

青梅欲熟笋初長嫩綠新陰遶砌涼湖館翛然無俗客
白衣居士且匡牀

別蘄春王判官

四十年來真久故三千里外暫相逢今日一杯成遠別
烟波眇眇恨重重

將發循州社日於所居館宴送

浪花如雪疊江風社過高秋萬恨中明日便隨江燕去
依依俱是故巢空

全唐詩目 第八函

第六冊

全唐詩

朱慶餘

朱慶餘名可久以字行越州人受知於張籍登寶曆進士第詩二卷

泛溪

曲渚迴花舫生衣臥向風鳥飛溪色裏人語棹聲中餘卉纔分影新蒲自作叢前灣更幽絶雖淺去猶通

宿陳處士書齋

結茅當此地下馬見高情菰葉寒塘晚一作淺杉陰白石一作光小徑明向爐一作燈新茗色隔雪遠鐘聲間得相逢少吟多寐不成

上宣州沈大夫

科名繼世古來稀高步何年下紫微帝命幾曾移重鎮時清猶望領春闈登朝舊友常思見開幕賢人併望歸今日得遊風化地却回滄海有光輝

杭州送蕭寶校書

馬識青山路人隨白浪船別君猶有淚學道謾經年

送盛長史一作盛瑱軍

莫辭東路遠此別豈閑行職處中軍要官兼上佐榮野亭楓葉暗秋水藕花明拜省期將近孤舟促去程

宿道士觀

堂閑僊人影空壇月露初閑聽道家子盥漱讀靈書

湖州韓使君置宴一作陪韓中丞宴不飲酒

老大成名一作無成仍足病縱聽絲竹也一作亦無歡高情太守容閑坐借與青山盡日看

題僊遊寺

石抱龍堂蘚石乾山遮白日寺門寒長松瀑布饒奇狀曾有僊人駐鶴看

宮詞

寂寂花時閉院門美人相並立瓊軒含情欲說宮中事鸚鵡前頭不敢言

公子行

閑從一作蹤結客冶遊時忘却紅樓薄暮期醉上黄金堤上去馬鞭揩斷綠楊絲

送陳摽

滿酌勸童僕好一作相隨郎馬蹄春風一作花時慎行李莫上白銅鞮

尋古觀

僊觀曾過知不遠花藏石室杳難尋泉邊白鹿聞人語看過天一作仙壇漸入深一作林

南嶺一作嶺南路

越嶺向南風景異人人傳說到京城經冬來往不踏雪盡在刺桐花下行

陪江州李使君重陽宴百花亭

閑攜九日酒共到百花亭醉裏求詩境回看島嶼青

上張水部

出入門闌久兒童亦有情不忘將姓字常一作長說向公卿每許連牀坐仍一作時容並馬行恩深轉無語懷抱甚一作自分明

鳳翔西池與賈島納涼

四面無炎氣清池闊復深蝶飛逢草住魚戲見人沉拂石安茶器移牀選樹陰幾迴同到此盡日得閑吟

上汴州一作灉南令狐相公

罷相恩猶在那容處靜司政嚴初領節名重更因詩公事巡營外一作後戎裝拜敕時恭聞長與善應念出身遲

送于中丞入蕃冊立

上馬生邊思戎裝別衆僚雙旌銜命重空磧去程一作城遙迴沒一作出沙中樹孤飛雪外鵰蕃庭過冊禮幾日却一作回歸朝

送淮陰丁明府

之官未入境已有愛人心遣吏回中路停舟對遠林島一作鳥聲淮浪靜雨色一作氣稻苗深暇日公門掩唯應伴客吟

送韋校書佐靈州幕

共知行處樂猶惜此時分職已爲書記官曾校典墳寒城初落葉高戍遠一作晚生雲邊事何須問深謀秪在君

上江州李史君一作員外

起家聲望重自古更誰過得在朝廷少還因諫諍多經年愁瘴癘幾處遇一作想恩波入境無餘事唯聞父老歌

發鳳翔後塗中懷田少府

識君春一作心未半意欲住一作往經一作秋見酒連一作聯詩句逢花跋馬頭別來唯獨宿夢裏尚同游所在求飱過無因離一作解得愁

雪夜與眞上人宿韓協律宅

斜雪微一作霑砌空堂夜語清逆風聽一作孤漏短回燭向樓明盥漱隨禪伴謳吟得野情此歡那敢忘世貴丈夫名

與賈島顧非熊無可上人宿萬年姚少府宅

莫厭通宵坐一作話貧中會聚難堂虛雪氣入燈在漏聲殘役思因生病一作成疾當禪豈覺寒開門各有事非一作違不惜餘歡

震爲蒼筤竹

爲擢東方秀修然異衆筠青蒼一作蔥纔映粉蒙密正含春嫩籜霑微雨幽根絶細塵乍憐分徑小偏覺帶煙新結實皆留鳳垂陰似庇人願唯一作顧爲竿在手深水掛頳鱗

題青龍寺

寺好因崗勢登臨値夕陽青山當佛閣紅葉滿僧廊竹色連平地蟲聲在上方最憐東面靜爲近楚城牆

送滕庶子致仕歸江南

常懷獨往意此日去朝簪丹詔榮歸騎清風滿故林諸

侯新起敬遺老重相尋在處饒山水堪行慰所心

夏日題武功姚主簿此下一本有齋字

亭午無公事垂簾樹色間僧來茶竈動吏去印牀閑傍一本有聽壁二字竹行尋過一作巷當門立看山吟詩老不倦未省話官班

送張景宣下第東歸歸揚州覲省

歸省值花時閑吟落第詩高情憐道在公論覺才遺春雨連淮暗私一作官船過馬遲離心可惆悵爲有入城期

送顧非熊下第歸

但取詩名遠寧論下第頻惜爲今日別共受幾年貧聽雨宿吳一作見寺過江逢越人知從本府薦秋晚又辭親

送韋縣校書赴浙東幕

丞相辟書新秋關獨去人官離芸閣早名占甲科頻水驛迎船火山城候騎一作吏塵湖邊寄家久到日喜一作倍榮親

尋賈島所居

求閑身未得此日到京東獨在鐘聲外相逢樹一作雪色中誰言人漸老所向意皆同月上因留宿移牀對藥叢

題毗陵上人院

院深終日靜落葉覆秋蟲盥漱新齋後修行未老中映松山色遠隔水磬聲通此處宜清夜高吟永與同

送李侍御入蕃

遠使隨雙節新官屬外臺戎裝非好武書記本多才移帳一作歸依泉宿迎人帶雪來心知玉關道稀見一花開

望蕭關

漸見風沙暗蕭關欲到時兒童能探火婦女解縫旗川絕銜魚鷺林多帶箭麋暫來戎馬地不敢苦吟詩

送韓校書赴江西幕

從軍五湖外終是稱詩人酒後愁將別塗中過却春山橋槲葉暗水館燕巢新驛舫迎應遠京書寄自頻野情隨到處公務日關身久共趨名利龍鐘獨滯秦

題寄王秘書

唯求買一作責藥價此外更無機扶病看紅葉辭官著白衣斷籬通野徑高樹蔭鄰扉時復留僧宿餘一作遊人得見一作亦稀

山居

歸來青壁下又見滿籬霜轉覺琴齋靜閑從菊地荒山泉共鹿飲林果讓僧嘗時復收新藥隨雲過石梁

重過惟貞上人院

老去唯求靜都忘外學名掃牀秋葉滿對客遠雲生香閣閑留宿晴階暖共行窗西暮山色依舊入詩情

與石晝秀才過普照寺

問人知寺路松竹暗春山潭黑龍應在巢空鶴未還經年爲客倦半日與僧閑更共嘗新茗聞鐘笑語間

題任處士幽居

惜與幽一作故人別停舟對草堂湖雲侵卧位杉露滴茶牀山月吟時在池花覺後香生涯無一物誰與讀書糧

送僧往太原謁李司空

已共鄰房別應無更住心中時過野店後夜宿寒林寺去人煙遠城連塞雪深禪餘得新句堪對上公吟

將之上京別淮南書記李侍御

心一作此地偶相見語多爲別難詩成公府晚路入翠微寒逢石自應坐有花誰共看身爲一作當惟隨去鴈雲盡到長安

韓協律相送精舍讀書四韻奉寄呈陸補闕

白鶴西山別更看上去船逢知尋寺路應念宿江煙到處無閑日迴期已隔年何因陪夜坐清論諫臣邊

過蘇州曉上人院

夏滿律當清無中景自生移松不避遠取石亦親行經案離時少繩牀著處平若將林下比應只欠泉聲

送僧遊縉雲

但望青山去何山不是緣寺幽堪講律月冷稱當禪水落無風夜猨吟欲雨天尋師若有路終作緩歸年

贈道者

自識來清瘦尋常語論眞藥成休伏火符驗不傳人獨有年過鶴曾無病到身潛教問弟子居處與誰鄰

杭州盧錄事山亭

山色滿公署到來詩景饒解衣臨曲榭隔竹見紅蕉清漏焚香夕輕風視事朝靜中看鎖印高處見迎潮曳履庭無近當身樹葉飄傍城餘菊在步入一僊瓢

送品上人入秦一作北遊

獨去何人見林塘共寂寥生緣聞磬早覺路出塵遙江雪雲新草秦園發故條心知禪定處石室對一作映芭蕉

題薔薇花

四面一作遠架垂條密浮陰一作雲入夏清綠攢傷手刺紅墮斷腸英粉著蜂鬚膩光凝蝶翅明雨中一作來看亦好況復値初晴

題胡氏溪亭

亭與溪相近無時不有風澗松生便黑野蘚看多紅雨足秋聲後山沈夜色中主人能守靜畧與客心同

看濤

不知來遠近但見白峩峩風雨驅寒玉一作前驅魚龍迸上波聲長勢未盡曉去夕還過要路橫天塹其如造化何

和劉補闕秋園寓興之什十首

閑園清氣滿新興日堪追隔水蟬鳴後當簷鴈過時雨餘槐穟重霜近藥苗衰不以一作似朝簪貴多將野客期

誰言高靜意不異在衡茅竹冷人離洞天晴鶴出巢深籬藏白菌荒蔓露青匏幾見中宵月清光墜樹梢

逍遙人事外杖屨入杉蘿草色寒猶在蟲聲晚漸多靜逢山鳥下幽稱野僧過幾許新開菊閑從落葉和

留情清景宴朝罷有餘閑蝶散紅蘭外螢飛白露間牆高微見寺林靜遠分山吟足期相訪殘陽自掩關

深齋嘗獨處詎肯厭秋聲翠篠寒愈靜孤花晚更明每因逢石坐多見抱書行入夜聽疎杵遙知耿此情

蒼翠經宵在園廬景自深風悽欲去燕月思向來砧碧石當莎逕寒煙冒竹林稻飄閑寄詠清絕是知音

門巷唯苔蘚誰言不稱貧臺閑人下晚果熟鳥來頻石脈潛通井松枝靜離塵殘蔬得晴一作雨後又見一番新

捲簾天色靜近瀨覺衣單蕉葉猶停翠桐陰已爽寒雲從高處望琴愛靜時彈正去重陽近吟秋意未闌

竹逕通鄰圃清深稱獨遊蟲絲交影細藤子墜聲幽積

潤苔紋厚迎寒養葉稠閑來尋古畫未廢執茶甌
風物已蕭颯晚煙生霽容斜分紫陌樹遠隔翠微鐘宿
容論文靜閉燈落爐重無窮林下意眞得古人風

上翰林蔣防舍人

清重可過知内制從前禮絕外庭人看花在處多隨駕
召宴無時不及旬馬自賜來騎覺穩詩緣得後意長新
應憐獨在文場久十有餘年浪過春

上翰林李舍人

記得早年曾拜識便憐孤進賞文章免令汨没慙時輩
與作聲名徹舉場一自鳳池承密旨今因世路接餘光
雲泥雖隔思長在縱使無成也不忘

題章正字道正新居 孝標

獨在御樓南畔住生涯還似舊時貧全無竹可侵行逕
一半花猶屬別人吟處不妨嫌鼓鬧眼前唯稱與僧鄰
近來漸覺青莎巷車馬過從已有塵

送李餘及第歸蜀

從得高科名轉盛亦言歸去滿城知發時誰不開筵送
到處人爭與馬騎劍路紅蕉明棧閣巴村綠樹蔭神祠
鄉中後輩遊門館半是來求近日詩

送（一作和）唐中丞開淘西湖夏日遊泛因書示郡人

萍岸新淘見碧霄中流相去忽成遥空餘孤嶼來詩景
無復橫槎礙柳條紅旆路幽山翠濕錦帆風起浪花飄
共知浸潤同雷澤何處川源有旱苗

過舊宅（一作題王侯廢宅）

古巷戟門誰舊宅早曾聞說屬官家更無新燕來巢屋
唯有閑人去看花空廐欲摧塵滿櫪小池初涸草侵沙
榮華事歇皆（一作多）如此立馬踟蹰到（一作對）日斜

鄂渚（一作夏口）送白舍人赴杭州

豈知鸚鵡洲邊路得見鳳皇池上人從此不同諸客禮
故鄉西與郡城鄰

題崔駙馬林亭

選居幽近御街東易得詩人聚會同白練鳥飛深竹裏
朱弦琴在亂書中亭開山色當高枕樓靜簫聲落遠風
何事官塗猶寂寞都緣清苦道難通

贈韓協律

永日微吟在竹前骨清唯愛漱寒泉門開多有投文客
身病長無買藥錢嶺寺聽猨頻獨宿湖亭避宴動經年
親知盡怪疎榮祿的是將心暗學禪

自蕭關望臨洮

玉關西路出臨洮風卷邊沙入馬毛寺寺院中無竹樹
家家壁上有弓刀惟憐戰士垂金甲不尚游人著白袍
日暮獨吟秋色裏平原一望戍樓高

送崔約下第歸淮南覲省

遠憶拜親留不住出門行計與誰同程塗半是依船上
請謁多愁值雨中堰水靜連堤樹綠村橋時映野花紅
迴期須及來春事莫便江邊逐釣翁

羽林郎

紫髯年少奉恩初直閤將軍盡不如酒後引兵圍百草
風前駐旆領邊書宅將公主同時賜官與中郎共日除
大笑魯儒年四十腰間猶未識金魚

歸故園

桑柘駢闐數畝間門前五柳正堪攀尊中美酒長須滿
身外浮名總是閑竹逕有時風爲掃柴門無事日常關
於焉已是忘機地何用將金別買山

同（一作問）友人看花

尋花不問春深淺縱是殘紅也入詩每箇樹邊行一匝
誰家園裏最多時

種花

憶昔兩京官道上可憐桃李晝陰垂（一作畫成蹊）不知誰作巡
花使空記玄宗遣種時

早發廬江塗中遇雪寄李侍御

蘆葦聲多雁滿陂濕雲連野見山稀遥知將吏相逢處
半是春城賀雪歸

登望雲亭招友

日日恐無雲可望不辭逐靜望來頻共知亭下眠雲遠
解到上頭能幾人

劉補闕西亭晚宴

蟲聲已盡菊花乾共立（一作五老）松陰向晚寒對酒看山俱惜
去不知斜月（一作殘日）下欄干

送長安羅少府

科名再得年猶少今日休官更覺賢去國已辭趨府伴
向家還入渡江船雪晴新雁斜行出潮落殘雲遠色鮮
在處若逢山水住到時應不及秋前

林下招胡長官（一作寄招胡明府）

語低清貌似休糧稱著朱衣入草堂銷暑近來無別物
桂陰當午滿繩牀

與眞上人一二禪師題玢寺主院

杖屨相隨任（一作在）處便不唯空寄上方眠歸時亦取湖邊
路（一作去）晚映楓林共上船

尋僧

吟背春城出草遲天晴紫閣赴僧期山邊樹下行人少
一派新（一作清）泉日午時

題王丘長史宅

更無人吏在門前不似居官似學僊藥氣暗侵朝服上
花陰晚到簿書邊玉琴閑把看山坐筒簟長鋪與客眠
時見街中騎瘦馬低頭只是爲詩篇

寄劉少府

唯愛圖書兼古器在官猶自（一作似）未離貧更聞縣去青山
近稱與詩人作主人

哭胡遇

尋僧昨日尚相隨忽見緋幡意可知題處舊詩休更讀
買（一作置）來新馬憶曾騎不應隨分空營眞終擬求人與立
碑每向宣陽里中過遥聞哭臨淚先垂

自述

詩人甘寂寞居處遍蒼苔後夜蟾光滿鄰家樹影來豈
知蓮帳好自愛草堂開顧答相思意援毫愧不才

朱慶餘

省試晦日與同志昆明池泛舟

故人同泛處遠色望中明靜見沙痕露微思月魄生周回餘雪在浩渺暮雲平戲鳥隨蘭棹空波盪石鯨劫灰難問理島樹偶知名自省曾追賞無如此日情

送崔拾遺赴闕

清貌淩寒玉朝來拜拾遺行承天子詔去感主人知劍佩分班日風霜獨立時名高住不得非與九霄期

酬李處士見贈

干上非無援才多却累身雲霄未得路江海作閑人久別唯謀道相逢不話貧行藏一如此可便老風塵

送僧遊溫州

夏滿隨所適江湖非繫緣卷經離嶠寺隔葦上秋船水落無風夜猨啼欲雨天石門期獨往謝守有遺篇

夢謝亭

夢後何人見孤亭似舊時寒開誠得地宜感竟因詩不往過應少悲來下獨遲顧慙非謝客靈旣杳難追

河亭

孤亭臨絕岸猨鳥識幽蹊花落曾誰到詩成獨未題湖痕經雨在石筍與杉齊謝守便登陟秋來屐齒低

送吳秀才之山西

澤潞西邊路蘭橈北去人出門誰恨別投分不緣貧栢酒從年少知音在日新東湖發詩意夏舟竟如春

和處州嚴郎中遊南溪

四望非人境從前洞穴深潭清蒲遠岸嵐積樹無陰看草初移屐捫蘿忽並簪世嫌山水僻誰伴謝公吟

秋宵讌別盧侍御

風亭弦管絕玉漏一聲新綠茗香醒酒寒燈靜照人清班無意戀素業本來貧明發青山道誰逢去馬塵

酬于訢校書見貽第一句缺一字第二句缺三字

能　得從軍清贏　　　綺羅徒滿目山水不離心暫別愁花老相思倚竹陰家貧無以養未可話抽簪

送石協律歸吳興別業

識來無定居此去復何如一與耕者遇轉將朝客疏貧身唯一作空藥草一作石教子但詩書曾許黃庭本斯言豈合一作復虛

同盧校書遊新興寺

山深雲景別有寺亦堪過才子將迎遠林僧氣性和潭清蒲影定松老鶴聲多豈不思公府其如野興何

送馬秀才

清貌不識睡見來嘗苦吟風塵歸省日江海寄家心與鶴期前島隨僧過遠林相於竟何事無語與知音

贈律師院

粉壁通蓮徑扁舟到不迷葦聲過枕上湖色滿窗西但見修行苦誰論夏臘低閑看種來樹已覺與身齊

送僧往台嶽

五城初罷講海上憶閑行觸雪麻衣靜登山竹錫輕天寒嶽寺出日晚島泉清坐與幽期遇何人識此情

送惠雅上人西遊

五湖僧獨往此去與誰期興遠常憐鶴禪餘宜廢詩望雲回寺晚爲講到城遲還想安居日應當後夏時

將之上京留別淮南書記李侍御

半似無名位門當靜處開人心皆向德物色不供才酒興春邊過軍謀意外來取名榮相府却慮詔書催

送祝秀才歸衢州

舊隱穀溪上憶歸年已深學徒花下別鄉路雪邊尋騎吏陪春賞江僧伴晚吟高科如在意當自惜光陰

過孟浩然舊居

命合終山水才非不稱時冢邊空有樹身後獨無兒散盡詩篇本長存道德碑平生誰見重應只是王維

送盧上人遊天台

青冥通去路誰見獨隨緣此地春前別何山夜後禪石橋隱深樹朱闕見晴天好是修行處師當住幾年

孔尚書致仕因而有寄贈

高人心易足三表乞身閑與世長疏索唯僧得往還直聲留闕下生事一作計在林間時復逢清一作晴景乘車看遠山

和處州韋使君新開南溪

地里光圖識樵人共說深悠然想高躅坐使變荒岑疏鑿因殊舊亭臺亦自今靜容猨暫下閑與鶴同尋轉旆馴禽起褰帷瀑溜侵石稀潭見底嵐暗樹無陰蹟險難通屐攀栖稱抱琴雲風開物意潭水識人心擕榼巡花遍移舟惜景沈世嫌山水僻誰伴謝公吟

送羅先輩書記歸後却還閩中留別

同是越人從小別忽歸鄉里見皆驚湖邊訪舊知誰在幕下留歡但覺榮望嶺又生紅槿思登車豈倦白雲程況當季父承恩日廉問南州政已成

送浙東陸中丞

坐將文教鎮藩維花滿東南聖主知公務宜容私暫入豐年長與德相隨無賢不是朱門客有子皆如玉樹枝自愛此身居樂土詠歌林下日一作自忘疲

送元處士遊天台

青冥路口絕人行獨與僧期上赤城樹列煙嵐春更好溪藏冰雪夜偏明空山雉雊禾苗短野館風來竹氣清若過石橋看瀑布不妨高處便題名

吳興新堤

春堤一望思無涯樹勢還同水勢斜深映菰蒲三十里晴分功利幾千家謀成旣不勞人力境遠偏宜隔浪花若與青山長作固汀洲宜恨柳絲一作條遮

酬蕭員外見寄

麥風吹雨正徘徊忽報書從郡閣來道薄謬應宗伯選詩成徒費謝公才九霄示路空知感十上一作載驚魂尚未回勝寄幸容溪館宿龍鍾慙見妓筵開儻期霄後陪新興一滴還須當一杯

台州鄭員外郡齋雙鶴

丹頂分明音響別況聞來處隔雲濤情懸碧落飛何晚立近清池意自高向夜雙栖驚玉漏臨軒對舞拂朱袍仙郎爲爾開籠早莫慮回翔損羽毛

送竇秀才

江南才子日紛紛少有篇章得似君清話未同山寺宿離歌已向客亭聞梅天馬上愁黃鳥澤國帆前見白雲通籍名高年又少回頭應笑晚從軍

送邵州林使君

軒車此去也逢時地近（一作屬）湘南頗入詩一月計程那是遠中年出守未為遲水邊花氣熏章服嶺上嵐光照（一作濕）畫旗想得化行風土變州人應為立生祠

送饒州張使君

白頭為郡清秋別山水南行豈覺賒楚老只（一作已）應思入境吳兒從此去移家館依高嶺分樟葉路出重江見葦花務退唯當吟詠苦留心曾不在生（一作天）涯

題開元寺

西入山門十里程粉墻書字甚分明蕭帝壞陵深虎跡廣師遺院閉松聲長廊畫剝僧形影石壁塵昏客姓名何必更將空色遣眼前人事是浮生

與龐復言攜酒望洞庭

南湖春色通平遠貪記詩情忘酒杯帆自巴陵山下過雨從神女峽邊來青蒲映水疏還密白鳥飜空去復回盡日與君同看望了然勝見畫屏開

送浙東周判官

久聞從事滄江外誰謂無官已白頭來備戎裝嘶數騎去持丹詔入孤舟蟬鳴遠驛（一作驛樹）殘陽樹（一作遠）鷺起湖田片（一作夕）雨秋到日重陪丞相宴鏡湖新月在城樓

塞下曲

萬里去（一作事）長征連年慣野營入羣來擇馬拋伴去擒生箭撚雕翎潤弓盤鵲角輕問看行近遠西過受降城

送僧

客行皆有為（一作求）師去是閑遊野望攜金策禪棲寄（一作倚）石樓山深松翠冷潭靜菊花秋幾處題青壁袈裟濺瀑流

望早日

窗下聞雞後蒼茫映遠林纔分天地色便禁虎狼心是處程途遠何山洞府深此時堪竚望萬象豁塵襟

旅中秋月有懷

久客未還鄉中秋倍可傷暮天飛旅雁故國在衡陽島外歸雲迥林間墜葉黃數宵千里夢時見舊書堂

十六夜月

昨夜忽已過冰輪始覺虧孤光猶不定浮世更堪疑影落澄江海寒生靜路岐皎然銀漢外長有衆星隨

行路難

世事澆浮後艱難向此生人心不自足公道為誰平德喪淳風盡年荒蔓草盈堪悲山下路非祗客中行

閑居冬末寄友人

短亭分袂後倚檻思偏孤雨雪落殘臘輪蹄在遠途人情難故舊草色易凋枯共有男兒事何年入帝都

望九疑

浮生猶役役未得便尋真白日如無路青山豈有人煙收遙岫小雨過晚川新倚杖何凝望中宵夢往頻

贈陳逸人

樂道辭榮祿安居桂水東得閑多事外知足少年中藥圃無凡草松庭有素風朝昏吟步處琴酒與誰同

湖中閑夜遣興

釣艇同琴酒良宵背水濱風波不起處星月盡隨身浦迥湘煙卷林香嶽氣春誰知此中興寧羨五湖人

題娥皇廟

娥皇揮涕處東望九疑天往事難重問孤峯尚慘然夜深寒峒響秋近碧蘿鮮未省明君意遺蹤萬古傳

送友人赴舉（第一句第七句並缺二字）

世路□□久嗟君進取身十年雖苦志萬里託何人處困非乖道求名本為親惟應□□意先與化龍鱗

中秋月

自古分功定唯應缺又盈一宵當皎潔四海盡澄清靜覺風微起寒過雪乍傾孤高稀此遇吟賞倍牽情

宿山居

山店燈前客疇身未有媒鄉關貧後別風雨夜深來上國求丹桂衡門長綠苔堪驚雙鬢雪不待歲寒催

夏末留別洞庭知巳

清秋時節近分袂獨淒然此地折高柳何門聽暮蟬浪搖湖外日山背楚南天空感迢迢事榮歸在幾年

過洞庭

帆挂狂風起茫茫既往時波濤如未息舟楫亦堪疑旅雁投孤島長天下四維前程有平處誰敢與心期

旅中過重陽

一歲重陽至羈遊在異鄉登高思舊友滿目是窮荒草際飛雲片天涯落雁行故山籬畔菊今日為誰黃

送人下第歸

獨立身難達新春與志違異鄉青草長故國白頭歸峽闊湖波溢程遙楚岫微高秋期再會此去莫忘機

敘吟

雅道辛勤久潛疑鬢雪侵未能酬片善難更免孤吟有景皆牽思無愁不到心遙天一輪月幾夜見西沈

塞下感懷

塞下閑為客鄉心豈易安程途過萬里身事尚孤寒竟日風沙急臨秋草木殘何年方致主時拂劒塵看

宿江館

江館迢遙處知音信漸賒夜深鄉夢覺窗下月明斜起雁看荒草驚波尚白沙那堪動鄉思故國在天涯

早梅

天然根性異萬物盡難陪自古承春早嚴冬鬬雪開豔寒宜雨露香冷隔塵埃堪把依松竹良途一處栽

夏日訪貞上人院

炎夏尋靈境高僧澹蕩中命棊隈綠竹盡日有清風流水離經閣閑雲入梵宮此時袪萬慮直似出塵籠

春日旅次

林中鶯又囀為客恨因循故里遙千里青春過數春弟兄來漸少歲月去何頻早晚榮（一作營）歸計中堂會所親

贈至寂禪師

處世唯披衲禪門幾歲寒法空無所染性悟不多看竟日門長掩相逢草自殘有時尋道侶飛錫度峰巒

閑居即事

深嶂多幽景閑居野興清滿庭秋雨過連夜緑苔生石面横琴坐松陰採藥行超然塵事外不似絆浮名

廢宅花

數樹荒庭上芬芳映緑苔自緣逢暖發不是爲人開色豔鶯猶在香消蝶已回相從無勝事誰向此傾桮

寄友人

當代知音少相思在此身一分南北路長問往來人是處應爲客何門許掃塵憑書正惆悵蜀魄數聲新

塗中感懷

世上名利牽塗中意慘然到家能幾日爲客便經年跡似萍隨水情同鶴在田何當功業（一作勤苦）遂歸路下遥天

贈道者

獨住神仙境門當瀑布開地多臨水石行不惹塵埃風起松花散琴鳴鶴翅回還歸九天上時有故人來

長安春日野中

青春思楚地閑步出秦城滿眼是岐路何年見弟兄煙霞裝媚景霄漢指前程晝日徘徊處歸鴻過玉京

長城

秦帝防胡虜關心倍可嗟一人如有德四海盡爲家往事乾坤在荒基草木遮至今徒者骨猶自哭風沙

酬李䜩侍御

此去非關興君行不當遊無因雨處馬共飲一溪流

別李侍御後亭夜坐却寄

已作亭下別未忘燈下情吟多欲就枕更漏轉分明

題錢宇別墅

林居向晚饒清景惜去非關戀酒桮石淨每因杉露滴地幽漸覺水禽來藥蔬秋後供僧盡竹杖吟中望月回紅葉閑飄籬落迴行人遠見草堂開

近試上張籍水部（一作閨意獻張水部）

洞房昨夜停紅燭待曉堂前拜舅姑妝罷低聲問夫壻畫眉深淺入時無

留別盧玄休歸荆門

江邊離別心言罷各霑襟以我去帆遠知君離恨深雲開孤鳥出浪起白鷗沈更作來年約陽臺許伴尋

采蓮

隔煙花草遠濛濛恨箇來時路不同正是停橈相遇處鴛鴦飛去（一作出）急流中

都門晚望

緑槐花墮御溝邊步出都門雨後天日暮野人耕種罷烽樓原上一條煙

舜井

碧甃磷磷不記年青蘿鎖在小山顛向來下視千山水疑是蒼梧萬里天

商州王中丞留喫枳殼

方物就中名最遠只應愈疾味偏佳若交盡乞（一作喫）人人與采盡商山枳殼花

登玄都閣

野色晴宜上閣看樹陰遥映御溝寒豪家舊宅無人住空見朱門鎖牡丹

贈鳳翔柳司録

杏園北寺題名日數到如今四十年點檢生涯與官職一莖野竹在身邊

啄木兒

丁丁向晚急還稀啄遍（一作盡）庭槐未肯歸終日與君除蠹害莫嫌（一作嗔）無事不頻（一作乎）飛

榜曲

荷花明滅水煙空惆悵來時徑不同欲到前洲堪入處鴛鴦飛出碧流中

逢山人

星月相逢現此身自然無跡又無塵秋來若向金天會便是青蓮葉上人

過耶溪

春溪繚繞出無窮兩岸桃花正好風恰是扁舟堪入處鴛鴦飛起碧流中

賀張水部員外拜命

省中官最美無似水曹郎前代佳名遜當時重姓張白鬚吟麗句紅葉吐朝陽徒有歸山意君恩未可忘

送璧州劉使君

王府登朝後巴鄉典郡新江分入峽路山見採鞭人舊業孫城夢生祠幾處身知君素清儉料得却來貧

贈江夏盧使君

詩人中最屈無與使君儔白髮雖求退明時合見收登山猶自健縱酒可多愁好是能騎馬相逢見鄂州

送崔秀才遊江陵

樽前荆楚客雲外思縈迴秦野春已盡商山花正開鷗驚帆乍起虹見雨初來自有歸期在蟬聲處處催

觀濤

木落霜飛天地清空江百里見潮生鮮飈出海魚龍氣晴雪噴山雷鼓聲雲日半陰川漸滿客帆皆過浪難平高樓曉望無窮意丹葉黄花繞郡城

南湖

湖上微風小檻涼翻翻菱荇滿迴塘野船著岸入春草水鳥帶波飛夕陽蘆葉有聲疑露雨浪花無際似瀟湘飄然蓬艇東歸客盡日相看憶楚鄉

鏡湖西島言事

慵拙幸便荒僻地縱聞猨鳥亦何愁偶因藥酒欺梅雨却著寒衣過麥秋歲計有餘添橡實生涯一半在漁舟世人若便無知己應向此溪成白頭

送劉思復南河從軍

七千里別寧無恨且貴從軍樂事多不駐節旄先候發偶逢山寺亦難過蠻人獨放畬田火海獸羣遊落日波遠作受恩身不易莫拋書劍近笙歌

全唐詩

王彥威

王彥威太原人孤貧力學淹識古今典禮舉明經甲科撰元和新禮上之拜博士累擢司封郎中弘文館學士開成時歷忠武宣武節度使詩一首

宣武軍鎮作

天兵十萬勇如貔正是酬恩報國時汴水波瀾喧鼓角隋堤楊柳拂旌旗前驅紅旆關西將坐間青娥趙國姬寄語長安舊冠蓋麤官到底是男兒

庾敬休

庾敬休字順之鄧州新野人太和中累官户部侍郎尚書左丞詩一首

春雪映早梅

清晨凝雪彩新候變庭梅樹愛春榮徧窗驚曙色催寒光添粉壁積潤履青苔分明六出瑞隱映幾枝開聞笛花疑落揮琴興轉來曲成非寡和長使思悠哉

許玫

許玫太和元年登進士第兄弟瑄瓘皆高科詩一首

題雁塔

寶輪金地壓人寰獨坐蒼冥啟玉關北嶺風煙開魏闕南軒氣象鎮商山灞陵車馬垂楊裏京國城池落照間暫放塵心游物外六街鐘鼓又催還

厲玄

厲玄登太和二年進士第官終侍御史姚合同時人詩五首

從軍行

邊草早（一作旱）不春劒光增野（一作寧）塵戰（一作廣）場收驥尾清瀚怯龍鱗帆色起（一作已）歸越松聲厭避秦幾時逢范蠡處處是通津

寄婺州温郎中（時刺睦州）

積雪没蘭溪鄰州望不迷波中分雁宿樹杪接猿啼婺女家空在星郎手未攜故山新寺額掩泣荷重題（中丞捨宅爲寺郎中爲題寺額故有此句）

送顧非熊及第歸茅山

故山登第去不似舊歸難帆卷江初夜梅生洞少寒採薇留客飲折竹掃仙壇名在儀曹籍何人冐挂冠

送黃曄明府岳州湘陰赴任

恩霑讌雪幾人同歸宰湘陰六月中商嶺馬嘶殘暑雨席帆高（一作洞庭帆）挂早秋風貢名頻向書闈失飛檄曾傳朔漠空西省尚嗟君宦遠水雞啼處莫聽鴻

緱山月夜聞王子晉吹笙

緱山明月夜岑寂隔塵氛紫府參差曲清宵次第聞韻流多入洞聲度半和雲拂竹鸞驚侣經松鶴對（一作舞）羣蟾光聽處合仙路望中分坐惜千巖曙遺香過汝墳

魏扶

魏扶太和四年進士第大中三年兵部侍郎同平章事詩三首

和白敏中聖德和平致兹休運歲終功就合詠盛明呈上

蕭關新復舊山川古戍秦原景象鮮戎虜乞降歸惠化皇威漸被懾腥膻穹廬遠戍煙塵滅神武光揚竹帛傳左袵盡知歸帝澤從兹不更備三邊

貢院題

梧桐葉落滿庭陰鎖閉朱門試院深曾是昔年辛苦地不將今日負初心

賦愁（并序）

白樂天分司東洛朝賢悉會興化亭送别酒酣各請一字至七字詩以題爲韻

愁迥野深秋生枕上起看頭闇閣危坐風塵遠遊巴猿啼不住谷水咽還流送客泊舟入浦思鄉望月登樓煙波早晚長羈旅絃管終年樂五侯

楊漢公

楊漢公字用乂虞卿之弟太和八年擢進士第累官司封郎中坐虞卿出刺舒州徙湖亳蘇三州終桂林觀察使詩二首

登郡中銷暑樓寄東川汝士

岧嶢下瞰雪溪流極目煙波望梓州雖有清風當夏景只能銷暑不銷憂

明月樓

吳興城闕水雲中畫舫青簾處處通溪上玉樓樓上月清光合作水晶宫（上二句一作江南地暖少嚴風九月炎涼正得中）

何扶

何扶太和九年及第詩二首

送閬州妓人歸老

竹翠嬋娟草遲幽佳人歸老傍汀洲玉蟾露冷梁塵暗金鳳花開雲鬢秋十畝稻香新緑野一聲歌斷舊青樓芭蕉半卷西池雨日暮門前雙白鷗

寄舊同年

金榜題名墨尚新今年依舊去年春花間每被紅妝問何事重來只一人

柴夔

柴夔太和中登進士第詩一首

望九華山

九華如劍插雲霓青靄連空望欲迷北截吳門疑地盡南連楚界覺天低龍池水蘸中秋月石路人攀上漢梯惆悵舊游無復到會須登此出塵泥

房千里

房千里字鵠舉登太和進士第官國子博士終高州刺

史詩一首

寄妾趙氏（一作有寄趙氏詩）

余初上第游嶺徼有進士韋滂者自南海邀趙氏而來爲余妾西上京都調于天官余乃與趙別約中秋爲會期趙極悵戀余乃抒詩寄情

鸞鳳分飛海樹秋忍聽鐘鼓越王樓只應霜月明君意緩撫瑶琴送我愁山遠莫教雙淚盡雁來空寄八行幽相如若返臨卭市畫舸朱軒萬里游

劉鄶伯

劉鄶伯太和進士詩一首

早行

鍾靜人猶寢天高月自涼一星深戍火殘月半橋霜客老愁塵下蟬寒怨路傍青山依舊色宛是馬卿鄉

句

人生分外愁（鄶伯與范酇爲友酇得句云歲盡天涯雨人而莫屬鄶伯云云范甚賞之 見北夢瑣言）

李章武

李章武太和末官成都少尹詩一首

贈成都僧

南宗尚許通方便何處心中更有經好去苾蒭雲水畔何山松栢不青青

蕭倣

蕭倣登太和進士第歷諫議大夫給事中咸通初遷左散騎常侍懿宗時擢禮部侍郎出爲滑州刺史充義成軍節度鄭滑頳觀察處置等使入爲兵部尚書判度支轉吏部尚書同平章事出爲嶺南節度使詩二首

享太廟樂章

聖祚無疆慶傳樂章金枝繁茂玉葉延長海瀆常晏波濤不揚汪汪美化垂範今王

享太廟樂章

於鑠丕嗣惟帝之光羽籥象德金石薦祥聖系無極景命永昌神降上哲維天配長

柳棠

柳棠東川人應進士舉才思優贍開成中楊汝士鎮東川棠每於座上賦詩狂縱後貎越嶲軍事卒詩二首

荅楊尚書

未向燕臺逢厚禮幸因社會接餘歡一魚喫了終無媿鶤化爲鵬也不難

席上戲東川楊尚書

莫言名位未相儔風月何曾阻獻酬前輩不須輕後輩靖安今日在衡州

鍾輅

鍾輅崇文館校書郎詩一首

緱山月夜聞王子晉吹笙（與厲玄同題）

月滿緱山夜風傳子晉笙初聞盈谷遠漸聽入雲清杳異人間曲遥分鶴上情孤鸞驚欲舞萬籟寂無聲此夕留煙駕何時返玉京唯愁音響絶曉色出都城

全唐詩

楊發

楊發字至之馮翊人以父遺直客蘇州因家焉登太和四年進士第歷太常少卿出爲蘇州刺史即其鄉里也後爲嶺南節度使以嚴爲治軍亂貶婺州刺史詩十三首

南溪書院

茅屋住來久山深不置門草生垂井口花發接（一作擁）籬根入院將雛鳥攀蘿抱子猨曾逢異人說風景似桃源

春圃醉醒閑卧小齋

酣醉送餘春醒來恨更頻花殘蜂蠹物葉暗鳥欺人簾閉高眠貴齋空浩氣新從今北牕蝶長是夢中身

小園秋興（一作晚）

誰言帝城裏獨作野人居石磴晴看疉山苗晚自鋤相慚五秉粟尚辯一車書昔日揚雄宅還無卿相輿

與諸公池上待月

樹密雲縈岸池遥水際空芰開方吐鏡蘋動欲含風漸映沙汀白微分渚葉紅金波宜共賞仙棹一宵同

簷雀

弱羽怯孤飛投簷幸所依銜環唯報德賀厦本知歸紅觜休爭顧丹心自識機從來攀鳳足生死戀光輝

殘花（一作羅隱詩）

已笑良時晚仍悲別酒催暖芳隨日薄（一作輕）殘片逐風迴黛斂愁歌扇妝殘（一作紅）泣鏡臺繁陰莫矜衒終是共塵埃

山泉（一作李才江詩）

半空飛下水勢去響如雷靜徹啼猨寺高陵坐客臺耳同經劒閣身若到天台濺樹吹成凍鄰祠觸作灰深中試榔栗淺處落莓苔半夜重城閉潺湲枕底來

秋晚日少陵原游山泉之什

喧濁侵肌性未沈每來雲外恣幽尋塵衣更喜秋泉潔倦跡方依竹洞深暫過偶然應繫分有期終去但勞心唯憐一夜空山月似許他年伴獨吟

秋晴獨立南亭

晝對南風獨閉關暗期幽鳥去仍還如今有待終身貴
未若忘機盡日閑心似蒙莊遊物一作象外官慚許掾在人
間開襟自向清風笑無限秋光爲解顏

宿黄花館

孤館蕭條槐葉稀暮蟬聲隔水聲微年年爲客路無盡
日日送人身未歸何處迷鴻離浦月誰家愁婦擣霜衣
夜深不臥簾猶捲數點殘螢入户飛

南野逢田客

桑柘悠悠水蘸堤晚風晴景不妨犁高機猶織臥蠶子
下坂未饑逢餉妻杏色滿林羊酪熟麥涼浮壠雉媒低
生時自樂死由命萬事在天管不迷

東齋夜宴酬紹之起居見贈

龍門八上不知津唯有君心困益親白社追遊名自遠
青袍相映道逾新十年江海魚緘盡一夜笙歌鳳吹頻
漸老舊交情更重莫將美一作文酒負良辰

翫殘花

十日濃芳一歲程東風初急眼偏明低枝似泥幽人醉
莫道無情似有情

楊收

楊收字藏之發之第十三善文詠吳人呼爲神童會昌
元年登第累官中書侍郎同平章事爲韋保衡所傾長
流驩州賜死詩三首

詠蛙見舊唐書本傳兄發戲令咏蛙

兔邊分玉樹龍底耀銅儀會當同鼓吹不復問官私

筆又令詠筆仍賦鑽字

雖匪囊中物何堅不可鑽一朝操政柄定使冠三端

嘲吳人觀者吳人多造門求觀神童請爲詩什時觀者壓敗其藩收嘲之

爾幸無贏角何用觸吾藩若是升堂者還應自得門

楊乘

楊乘發之子大中初登進士第終殿中侍御史發兄弟
四人與諸羣從皆以文學登高第時號修行楊家詩五
首

甲子歲書事時會昌四年討劉稹也

豎子未鼎烹大君尚旰食風雷隨出師雲霞有戰色犒
功椎萬牛募勇懸千帛武士日曳柴飛將競執馘喜氣
迎捷書懽聲送羽檄天兵日雄強桀犬稍離析賊臂既
已斷賊喉旣已搤樂禍但鯨鯢同惡爲肘腋小大勢難
侔逆順初不敵違命固天亡恃險乖長策蠆毒久萌牙
狼顧非日夕禮貌忽驕狂疏奏遂指斥動衆豈佳兵含
忍恐無益鴻恩旣已孤小效不足惜腐儒一鉛刀投筆
時感激帝閽不敢干悽悽坐長晝

南徐春日懷古

六代驕奢地三春物象繁靈湖通漲海天塹隔中原曉
渡高帆駛陰風巨艦翻旌旗西日落戈甲夏雲屯豹變
資陳武龍飛擁晉元風流前事盡文物舊儀存邪佞嘗
移潤忠貞幾度冤興亡山兀兀今古水渾渾露滴蜂偷
蘂鶯啼日到軒酒腸堆麴蘗詩思遶乾坤愁夢全無蝶
離憂每愧萱形骸勞大塊玉石任炎崑出處寧由已升
沈未足言且應中聖樂坐起任昏昏

吳中書事

十萬人家天塹東管弦臺榭滿春風名歸范蠡五湖上
國破西施一笑中香逕自生蘭葉小響廊深映月華空
尊前多暇但懷古盡日愁吟誰與同

建鄴懷古

故城故壘滿江濆盡是干戈舊苦辛見此即須知帝力
生來便作太平人

牓句

伶俜一作自憐乖拙兩何如畫泥琴聲夜泥書數拍胡笳彈未
熟一作遍故人新命畫胡車

尹璞

尹璞會昌後人詩一首

題楊收相公宅

禍福從來路不遙偶然平地上烟霄烟霄未穩還平地
門對孤峯占寂寥抒情録作江遵詩云倚仗從來事不遥無何平地起青霄纔到青霄却平地門對古槐空寂寥與此小異

全唐詩

雍陶

雍陶字國鈞成都人太和間第進士大中八年自國子
毛詩博士出刺簡州詩一卷

明月照高樓

朗月何高高樓中簾影寒一婦獨含歎四坐誰成歡時
節屢已移遊旅杳不還滄溟儻未涸妾淚終不乾君若
無定雲妾若不動山雲行出山易山逐雲去難願爲邊
塞塵因風委君顔君顔良洗多盪妾濁水間

酬秘書王丞見寄

朝下有閑思南溝邊水行因來見寥落轉自嘆平生白
首丈夫氣赤心知己情留詩本相慰却憶苦吟聲

贈金河戍客

慣獵金河路曾逢雪不迷射鵰青塚北走馬黑山西戍
遠旌幡少年深帳幕低酬恩須盡敵休說夢中閨

孤桐

踈桐餘一幹風雨日蕭條歲晚琴材老天寒桂葉凋已
悲根半死復恐尾全焦幸在龍門下知音肯寂寥

秋露

白露曖秋色月明清漏中痕沾珠箔重點落玉盤空竹
動時驚鳥莎寒暗滴蟲滿園生永夜漸欲與霜同

送徐使君赴岳州

渺渺楚江上風旗摇去舟馬歸雲夢晚猨叫洞庭秋別
思滿南渡鄉心生北樓巴陵山水郡應(一作偏)稱謝公遊

送裴璋還蜀因亦懷歸

客在劍門外新年音信稀自爲千里別已送幾人歸陌
上月(一作日)初落馬前花正飛離言殊未盡春雨滿(一作濕)行衣

送前鄠縣李少府

近出圭峯下還期又不賒身閒多宿寺官滿未移家罷
釣臨秋水開尊對月華(一作向晚花)自當蓬(一作臺)閣選豈得臥煙
霞

送宜春裴明府之任

南行春已滿路半水茫然楚望花當渡湘陰橘滿川山
橫湖色上帆出鳥行前此任無辭遠親人貴用還(一作遷)

贈宗靜上人

世上方傳教(一作法)山中未得歸閑花飄講席馴鴿汙禪衣
積雨誰過寺殘鐘自掩扉寒來垂頂帽白髮剃應稀

同賈島宿無可上人院

何處銷愁宿攜囊就遠僧中宵吟有雪空屋語無燈靜
境唯聞鐸寒牀但枕肱還因愛閒客始得見南能

和劉補闕秋園寓興六首

水木夕陰冷池塘秋意多庭風吹故葉階露淨寒莎愁
燕窺燈語情人見月過砧聲聽已別蟲響復相和
閉門無事後此地即山中但覺鳥聲異不知人境同晚
花開爲雨殘果落因風獨坐還吟酌詩成酒已空
自得家林趣常時在外稀對僧餐野食迎客著山衣雀
鬬翻簷散蟬驚出樹飛功成他日後何必五湖歸
秋色庭蕪上清朝見露華疎篁抽晚筍幽藥吐寒芽引
水新渠淨登臺小徑斜人來多愛此蕭爽似仙家
禁掖朝回後林園勝賞時野人來辨藥庭鶴往看棊晚
日明丹棗朝霜潤紫梨還因重風景猶自有秋詩
聖代少封事閑居方屏喧漏寒雲外闕木落月中園山
鳥宿簷樹水螢流洞門無人見清景林下自開尊

岳陽晚景

漢陽無遠寺見說過汾城雲雨經春客江山幾日程終
隨鷗鳥去祗在海潮生前路逢漁父多愁問姓名

塞上宿野寺

塞上蕃僧老天寒疾上關遠煙平似水高樹暗如山去
馬朝常急行人夜始閑更深聽刁斗時到磬聲間

寒食夜池上對月懷友

人間多別離處處是相思海内無煙夜天涯有月時跳
魚翻荇葉驚鵲出花枝親友皆千里三更獨遶池

自述(一作下第)

萬事誰能問一名猶未知貧當多累日閑過少年時燈
下和愁睡花前帶酒悲無謀常委命轉覺命堪疑

送契玄上人南遊

紅葉落湘川楓明映水天尋鐘過楚寺擁錫上瀧船病
客思留藥迷人待說禪南中多古跡應訪虎溪泉

少年行(一作漢宮少年行)

不倚軍功有俠名可憐毬獵少年情戴鈴健鶻隨聲下
撼珮驕驄弄影行覓匠重裝燕客劍對人新按越姬箏
豈知儒者心偏苦吟向秋風白髮生

詠雙白鷺(一作崔少府池鷺)

雙鷺應憐水滿池風飄不動頂絲垂立當青草人先見
行傍白蓮魚未知一足獨拳寒雨裏數聲相叫早秋時
林塘得爾須增價況與(一作是)詩家(一作人)物色宜

晴詩(一作塞路初晴)

晚虹斜日塞天昏一半山川帶雨痕新水亂侵青草路
殘煙猶傍綠楊村胡人羊馬休南牧漢將旌旗在北門
行子喜聞無戰伐閑看遊騎獵秋原

送徐山人歸睦州舊隱

君在桐廬何處住草堂應與戴家鄰初歸山犬翻驚主
久別江鷗却避人終日欲爲相逐計臨岐(一作時)空(一作又)羨獨
行身秋風釣艇遥相憶七里灘西片月新

到蜀後記途中經歷

劍峯重疊雪雲漫憶昨來時處處難大散嶺頭春足雨
褒斜谷裏夏猶寒蜀門去國三千里巴路登山八十盤
自到成都燒酒熟不思身更入長安

憶山寄僧

塵路誰知蹋雪蹤到來空認出雲峯天晴遠見月中樹
風便細聽煙際鐘閱(一作慢)世數思僧並院憶山長羨鶴歸
松新愁舊恨多難說半在眉間半在胸

贈玉芝觀王尊師

處處煙霞尋總遍却來城市喜逢師時流見說無人在
年紀唯應有鶴知大藥已成寧畏晚小松初種不嫌遲
長憂一日歸天去未授靈方遣問誰

哭饒州吳諫議使君

忽聞身謝滿朝驚俄感鄱陽罷市情遺愛永存今似古
高名不朽死如生神仙難見青騾事諫議空留白馬名
授館曾爲門下(一作受恩門)客幾迴垂淚過宣平(舊宅在宣平里)

經杜甫舊宅

浣花溪裏花多處爲憶先生在蜀時萬古只應留舊宅
千金無復換新詩沙崩水檻鷗飛盡樹壓村橋馬過遲
山月不知人事變夜來江上與誰期

河陰新城

高城新築壓長川虎踞龍盤氣色全五里似雲根不動
一重如月暈長圓河流暗與溝池合山色遥將睥睨連
自有此來當汴口武牢何用鎖風煙

秋居病中

幽居悄悄何人到落日清涼滿樹梢新句有時愁裏得
古方無效病來抛荒簷數蝶懸蛛網空屋孤螢入燕巢
獨臥南窗秋色晚一庭紅葉掩衡茅

罷還邊將

白鬚虜將話邊事自失公權怨語多漢主豈勞思李牧
趙王猶是(一作自)用廉頗新鷹餉肉唯閑獵舊劍生衣嬾更
磨百戰無功身老去羨他年少渡黃河

永樂殷堯藩明府縣池嘉蓮詠

青蘋白石匝蓮塘水裏蓮開帶瑞光露濕紅芳雙朵重
風飄綠蒂一枝長同心栀子徒誇豔合穗嘉禾豈解香
不獨豐祥先有應更宜花縣對潘郎

訓李紺歲除送酒

歲盡貧生（一作心）事事須就中深恨酒錢無故人充壽能分送遠客消愁免自沽一夜四乘傾鑿落五更三點把屠蘇已供時節深珍重況許今朝更挈壺

蜀路倦行因有所感

亂峯碎石金牛路過客應騎鐵馬行白日欲斜催後乘青雲何處問前程飛蠅一一皆先去度鳥雙雙亦遠鳴蹇步不唯傷旅思此中兼見宦途情

寄永樂殷堯藩明府

古縣蕭條秋景晚昔年陶令亦如君頭巾漉酒臨黃菊手板支頤向白雲百里豈能容驥足九霄終自別雞羣相思不恨書來少佳句多從闕下聞

蜀中戰後感事

蜀道（一作國）英靈地山重水又回文章四子盛道路五丁開詞客題橋去忠臣叱馭來臥龍同駭浪躍馬比浮埃已謂無妖土那知有禍胎蕃兵依濮柳蠻旆指江梅戰後悲逢血燒餘恨見灰空留犀獸怪無復酒除災歲積萇弘怨春深杜宇哀家貧移未得愁上望鄉臺

答蜀中經蠻後友人馬艾見寄

茜（一作酋）馬渡瀘水北來如鳥輕幾年朝鳳闕一日破龜城此地有征戰誰家無死生人悲還舊里鳥喜下空營弟姪意初定交朋心尚驚自從經難後吟苦似猨聲

盧岳閑居十韻

擾擾走人寰爭如占得閑防愁心付酒求靜力登山見藥芳時採逢花好處攀望雲開病眼臨澗洗愁顏春色流巖下秋聲碎竹間錦文苔點點錢樣菊斑斑路遠朝無客門深夜不關鶴飛高縹緲鶯語巧綿蠻養拙甘沈默忘懷絕險艱更憐雲外路空去又空還

送于中丞使北蕃

朔將引雙旌山遙磧雪平經年通國信計日得蕃情野次依泉宿沙中望火行遠鵰秋有力寒馬夜無聲看獵臨胡帳思鄉見漢城（回鶻中有漢城）來春擁邊騎新草滿歸程

和河南白尹西池北新葺水齋招賞十二韻

二室峯前水三川府右亭亂流深竹逕分遶小花汀池角通泉脈堂心豁地形坐中寒瑟瑟牀下細泠泠雨夜思巫峽秋朝想洞庭千年孤鏡碧一片遠天青魚戲搖紅尾鷗閑退白翎荷傾瀉珠露沙亂動金星藤架如紗帳苔牆似錦屏龍門人少到仙棹自多停游憶高僧伴吟招野客聽餘波不能惜便欲養浮萍

感興

貧女貌非醜要須緣嫁遲還似求名客無媒不及時

長安客感

日過千萬家一家非所依不及行塵影猶隨馬蹄歸

春懷舊游

吟想舊經過花時奈遠何別來長似見春夢入關多

離京城宿商山作

山月吟聲苦春風引思長無由及塵土猶帶杏花香

秋館雨夜

夜雨空館靜幽人起裴回長安醉眠客豈知新鴈來

聞子規

百鳥有啼時子規聲不歇春寒四鄰靜獨叫三更月

懷無可上人

山寺秋時後僧家夏滿時清涼多古跡幾處有新詩

長安客感

客淚如危葉長懸零落心況是悲秋日臨風制不禁

送客遙望

別遠心更苦遙將目送君光華不可見孤鶴沒秋雲

傷靡草

靡草似客心年年亦先死無由伴花落暫得因風起

放鶴

從今一去不須低見說遼東好去棲努力莫辭仙路遠白雲飛處免羣雞

早秋月夜

身閑伴月夜深行風觸衣裳四體輕爲見近來天氣好幾篇詩興入秋成

蟬（一作聞蟬）

高（一作樹）樹蟬聲入晚雲不唯（一作幾回）愁我亦愁君何時（一作年）各得身（一作心）無事每到聞時似不聞

公子行

公子風流嫌（一作輕）錦繡新裁白紵作春衣金鞭留當誰家酒拂柳穿花信馬歸

題情盡橋（陶典陽安送客至情盡橋問其故左右曰送迎之地止此陶命筆題其柱曰折柳橋爲詩云云）

從來只有情難盡何事名爲情盡橋自此改名爲折柳任他離恨一條條

峽中行

兩崖開盡水回環一葉纔通石罅間楚客莫言山勢險世人心更險於山

韋處士郊居

滿庭詩境（一作景）飄紅葉繞砌琴聲滴暗泉門外晚晴秋色老萬條寒玉一溪煙

秋懷

古槐煙薄晚雅愁獨向黃昏立御溝南國望中生遠思一行新鴈去汀洲

再下第將歸荊楚上白舍人

窮通應計一時間今日甘從刖足還長倚玉人心自醉不辭歸去哭荊山

春行武關作

風香春暖展歸程全勝遊仙入洞情一路緣溪花覆水不妨閑看不妨行

恨別二首

知君餞酒深深意圖使行人涕不流如今卻恨酒中別不得一言千里愁

人言日遠還疎索別後都非未別心唯我憶君千里意一年不見一重深

送人歸吳

遠愛春波正滿湖羨君東去是歸途吟詩好向月中宿一叫水天沙鶴孤

喜夢歸

旅館歲闌頻有夢分明最似此宵希覺來莫道還無益未得歸時且當（一作夢）歸

路中問程知欲達青雲驛

行愁驛路問來人，西去經過願一聞。落日回鞭相指點，前程從此是青雲。

題君山（一作洞庭詩）

風（一作煙）波不動影沈沈，翠色全微碧（一作碧色全無翠）色深。應（一作是，疑）水仙梳洗處，一螺青黛鏡中心。

離家後作

世上無媒似我希，一身惟有影相隨。出門便作焚舟計，生不成名死不歸。

寄題峴亭

峴亭留恨爲傷杯，未得醒醒看便回。卻想醉游如夢見，直疑元本不曾來。

病鶴

憶得當時（一作年）病未遭，身爲仙馭雪爲毛。今來沙上飛無力，羞見樯烏立處高。

狀春

含春笑日花心艷，帶雨牽風柳態妖。珍重兩般堪比處，醉時紅臉舞時腰。

春詠

風惱花枝不耐頻，等閑飛落易愁人。殷勤最是章臺柳，一樹千條管帶春。

非酒

人人慢說酒消憂，我道翻爲引恨由。一夜醒來燈火暗，不應愁事亦成愁。

苦寒

今年無異去年寒，何事朝來獨忍難。應是漸爲貧客久，錦衣著盡布衣單。

送客

若論秋思人人苦，最覺愁多客又深。何況病來惆悵盡，不知爭作送君心。

人間應舉

莫驚西上獨遲迴，只爲衡門未有媒。惆悵賦成身不去，一名閑事逐秋回。

送客不及

水闊江天兩不分，行人兩處更相聞。遥遥已失風帆影，半日虛銷指點雲。

聞杜鵑二首

碧竿微露月玲瓏，謝豹傷心獨叫風。高處已應聞滴血，山榴一夜幾枝紅。

蜀客春城聞蜀鳥，思歸聲引未歸心。卻知（一作欲將）夜夜愁相似，爾正啼時我正吟。

西歸出斜谷

行過險棧出褒斜，出盡平川似到家。萬里（一作無限）客愁今日散，馬前初見米囊花。

宿嘉陵驛（一作嘉陵館樓）

離思茫茫正值秋，每因風景卻生愁。今宵難作刀州夢，月色江聲共一樓。

旅懷

舊里已悲無產業，故山猶戀有煙霞。自從爲客歸時少，旅館僧房卻是家。

貧居春怨

貧居盡日冷風煙，獨向簷牀看雨眠。寂寞春風花落盡，滿庭榆莢似秋天。

憶江南舊居

閑思往事在湖亭，亭上秋燈照月明。宿客盡眠眠不得，半窗殘月帶潮聲。

夷陵城

世家曾覽楚英雄，國破城荒萬事空。唯有郵亭階下柳，春來猶似細腰宫。

訪友人幽居二首

落花門外春將盡，飛絮庭前日欲高。深院客來人未起，黃鸝枝上啄櫻桃。

莎深苔滑地無塵，竹冷花遲剩駐春。盡日弄琴誰共聽，與君兼鶴是三人。

宿大徽禪師故院

竹房誰繼生前事，松月空懸過去心。秋磬數聲天欲曉，影堂斜掩一燈深。

送蜀客

劍南風景臘前春，山鳥江風得雨新。莫怪送君行較遠，自緣身是憶歸人。

題寶應縣

雪樓當日動晴寒，渭水梁山鳥外看。聞說德宗曾到此，吟詩不敢倚闌干。

和孫明府懷舊山

五柳先生本在山，偶然爲客落人間。秋來見月多歸思，自起開籠放白鷴。

城西訪友人別墅

澧水橋西小路斜，日高猶未到君家。村園門巷多相似，處處春風枳殼花。

題大安池亭

幽島曲池相隱映，小橋虛閣半高低。好風好月無人宿，夜夜水禽船上棲。

送春

勿言春盡春還至，少壯看花復幾回。今日已從愁裏去，明年更莫共愁來。

武侯廟古柏

密葉四時同一色，高枝千歲對孤峯。此中疑有精靈在，爲見盤根似臥龍。

哀蜀人爲南蠻俘虜五章

初出成都聞哭聲

但見城池還漢將，豈知佳麗屬蠻兵。錦江南度遥聞哭，盡是離家別國聲。

過大渡河蠻使許之泣望鄉國

大渡河邊蠻亦愁，漢人將渡盡回頭。此中剩寄思鄉淚，南去應無水北流。

出青溪關有遲留之意

欲出鄉關行步遲，此生無復卻回時。千冤萬恨何人見，唯有空山鳥獸知。

別嶲州一時慟哭雲日爲之變色

越巂城南無漢地傷心從此便爲蠻冤聲一慟悲風起
雲暗青天日下山

入蠻界不許有悲泣之聲

雲南路出陷河西毒草長青瘴色低漸近蠻城誰敢哭
一時收淚羨猨啼

宿石門山居

颸燈欲滅夜愁生螢火飛來促織鳴宿客幾回眠又起
一溪秋水枕邊聲

過舊宅看花

山桃野杏兩三栽樹樹繁花去復開今日主人相引看
誰知曾是客移來

寄襄陽章孝標

青油幕下白雲邊日日空山夜夜泉聞說小齋多野意
枳花陰裏麝香眠

洛中感事

洛城今古足繁華最恨喬家似石家行到窈娘身沒處
水邊愁見亞枝花

陰地關見入蕃公主石上手跡

漢家公主昔和蕃石上今餘手跡存風雨幾年侵不滅
分明纖指印苔痕

美人春風怨

澹蕩春風滿眼來落花飛蝶共裴回偏能飄散同心帶
無那愁眉吹不開

過南鄰花園

莫怪頻過有酒家多情長是惜年華春風堪賞還堪恨
纔見開花又落花

勸行樂

老去風光不屬身黃金莫惜買青春白頭縱作花園主
醉折花枝是別人

渡桑乾河

南客豈曾諳塞北年年唯見鴈飛回今朝忽渡桑乾水
不似身來似夢來

月下喜呂郎中除兵部

北闕雲間見碧天南宮月似舊時圓喜看列宿今朝正
休嘆參差十四年

天津橋望春

津橋春水浸紅霞煙柳風絲拂岸斜翠輦不來金殿閉
宮鶯銜出上陽花

自嶲州南入眞谷有似劒門因有歸思

我家蜀地身離久忽見胡山似劒門馬上欲垂千里淚
耳邊唯欠一聲猨

再經天涯地角山

每憶雲山養短才悔緣名利入塵埃十年馬足行多少
兩度天涯地角來

題等界寺二首

吳蜀千年等界村英雄無主豈長存思量往事今何在
萬里山中一寺門

兩國道塗都萬里來從此地等平分行人競說東西利
事不關心耳不聞

洛源驛戲題

柳陰春嶺鳥新啼暖色濃煙深處迷如恨往來人不見
水聲嗚咽出花溪

遺愁

拋擲泥中一聽沈不能三嘆引愁深莫言客子無愁易
須識愁多暗損心

送友人棄官歸山居

不愛人間紫與緋卻思松下著山衣春郊雨盡多新草
一路青青踏雨歸

山行

野一作異花幽鳥幾千般頭白山僧遍識難世上遊人無復
見一生唯向畫圖看

送客二首

與君同在少年場知已蕭條壯士傷可惜報恩無處所
卻提孤劒過咸陽

行人立馬強盤回別字猶含未忍開好去出門休落淚
不如前路早歸來

安國寺贈廣宣上人

馬急人忙塵路喧幾從朝出到黃昏今來合掌聽師語
一似敲冰清耳根

初醒

心中得勝暫拋愁醉臥涼風拂簟秋半夜覺來新酒醒
一條斜月到牀頭

送客歸襄陽舊居

襄陽耆舊別來稀此去何人共掩扉唯有白銅鞮上月
水樓閑處待君歸

夜聞方響

方響聞時夜已深聲聲敲著客愁心不知正在誰家樂
月下猶疑是遠砧

路逢有似亡友者惻然賦此

吾友今生不可逢風流空想舊儀容朝來馬上頻回首
惆悵他人似蔡邕

望月懷江上舊遊

往歲曾隨江客船秋風明月洞庭邊爲看今夜天如水
憶得當時一作年水似天

途中西望

行行何處散離愁長路無因暫上樓唯到高原即西望
馬知人意亦回頭

題友人所居即故元少尹宅

亞尹故居經幾主只因君住有詩情夜吟鄰叟聞惆悵
七八年來無此聲

蔚州晏內遇新雪

胡盧河畔逢秋雪疑是風飄白鶴毛坐客停杯看未定
將軍已濕褐花袍

句

古木閬州道驅羸落照間投村礙野水問店隔荒山見鼎州志

李遠

李遠，字求（一作承）古，蜀人。第太和進士，歷忠、建、江三州刺史，終御史中丞。集一卷。

立春日

暖日傍簾曉，濃春開篋紅。釵斜穿綵燕，羅薄翦春蟲。巧著金刀力，寒侵玉指風。娉婷何處戴，山鬢綠成叢。

翦綵

翦綵贈相親，銀釵綴鳳真。雙雙銜綬鳥，兩兩度橋人。葉逐金刀出，花隨玉指新。願君千萬歲，無歲不逢春。

題僧院

不用問湯休，何人免白頭。百年如過鳥，萬事盡浮漚。別緒長牽夢，情由（一作田）亂種愁。却嫌風景麗，窗外碧雲秋。

觀廉女真葬（女真善隸書，召爲內中學士）

玉窗拋翠管，輕袖掩銀鸞。錯落雲車斷，丁泠金磬寒。鶴尋深院宿，人借舊書看。寂寞焚香處，紅花滿石壇。

閑居

塵事久相棄，沈浮皆不知。牛羊歸古巷，燕雀遶疏籬。買藥經年曬，留僧盡日棊。唯憂釣魚伴，秋水隔波時。

及第後送家兄遊蜀

人誰無遠別，此別意多違。正鵠雖言中，冥鴻不共飛。玉京煙雨斷，巴國夢魂歸。若過嚴家瀨，慇懃看釣磯。

送人入蜀

蜀客本多愁，君今是勝遊。碧藏雲外樹，紅露（一作壓）驛邊樓。杜魄呼名語，巴江作（一作學）字流。不知煙雨夜，何處夢刀州。

遊故王駙馬池亭

花樹杳玲瓏，漁舟處處通。醉銷羅綺豔，香暖芰荷風。野鳥翻萍綠，斜橋印水紅。子猷簫管絕，誰愛碧鮮濃。

悲銅雀臺（一本無悲字）

西陵樹已盡，銅雀思偏多。雪密疑樓閣，花開想綺羅。影銷堂上舞，聲斷帳前歌。唯有漳河水，年年舊綠波。

陪新及第赴同年會

曾攀芳桂英，處處共君行。今日杏園宴，當時天樂聲。柳濃堪繫馬，花上未藏鶯。滿座皆仙侶，同年別有情。

詠鴈

早晚辭沙漠，南來處處飛。關山多雨雪，風水損毛衣。碧海魂應斷，紅樓信自稀。不知矰繳外，留得幾行歸。

與碧溪上人別

欲入鳳城遊，西溪別惠休。色隨花旋落，年共水爭流。客思偏來夜，蟬聲覺送秋。明朝逢舊侶，唯擬上歌樓。

贈殷山人

有客抱琴宿，值予多怨懷。啼烏弦易斷，嘯鶴調難諧。曲罷月移幌，韻清風滿齋。誰能將此妙，一爲奏金堦。

詠蟫魚

鱗細粉光鮮，開書亂眼前。透窗疑漏網，落硯似流泉。潛穴河圖內，吞鉤乙字邊。莫言鬐鬣小，食盡白蘋篇。

聽話叢臺

有客新從趙地回，自言曾上古叢臺。雲遮襄國天邊去，樹（一作畫）繞漳河地裏（一作掌上）來。弦管變成山鳥哢，綺羅留作野花開。金輿玉輦無行跡（一作消息），風雨惟（一作誰）知（一作年年）長綠苔。

失鶴

秋風吹却（一作起）九皋禽，一片閑雲萬里心。碧落有情應（一作空）悵望，青天（一作瑶臺）無路可追尋。來時（一作初來）白雪翎猶短，去日（一作欲去）丹砂頂漸深。華表柱頭留語後，更無（一作不知）消息到如今。

贈寫御容（一作真）李長史

玉（一作寶）座塵消硯水清，龍髯不動綵毫輕。初分隆準山河秀，乍點重瞳日月明。宮女捲簾皆暗認，侍臣開殿盡遙驚。三朝供奉無人敵，始覺僧繇浪得名。

贈潼關不下山僧

與君同在苦空間，君得空門我愛閑。禁足已教修鴈塔，終身不擬下雞山。窗中遙指三千界，枕上斜看百二關。香茗一甌從此別，轉蓬流水幾時還。

過舊遊見雙鶴愴然有懷

謝公何歲掩松楸，雙鶴依然傍玉樓。朱頂巑岏荒草上，雪毛零落小池頭。蓬瀛路斷君何在，雲水情深我尚留。他日若來華表上，更添多少令威愁。

贈友人

鳳城煙靄思偏多，曾向劉郎住處過。銀燭焰前貪勸酒，玉簫聲裏已聞歌。佳人惜別看嘶馬，公子含（一作貪）情向翠蛾。今日重來門巷改，出牆桐樹綠婆娑。

贈南嶽僧

曾住衡陽嶽寺邊，門開江水與雲連。數州城郭藏寒樹，一片風帆著遠天。猨嘯不離行道處，客來皆到臥牀前。今朝惆悵紅塵裏，憶陪（一作塘）惟盡日眠。

贈弘文杜校書

高倚霞梯萬丈餘，共看移步入宸居。曉隨鵷鷺排金鎖，靜對鉛黃校玉書。漠漠禁煙籠遠樹，泠泠宮漏響前除。還聞漢帝親詞賦，好爲從容奏子虛。

聽王氏話歸州昭君廟

獻之閑坐說歸州，曾到昭君廟裏遊。自古行人多怨恨，至今鄉土盡風流。泉如珠淚侵堦滴，花似紅妝滿岸愁。河畔猶殘翠眉樣，有時新月傍簾鉤。

過馬嵬山（一作李益詩）

金甲雲旗盡日迴，倉皇羅袖滿塵埃。濃香猶自飄鑾輅，恨魄無因離馬嵬。南內宮人悲帳殿，東溟方士問蓬萊。唯餘坡上彎（一作鑾）環月，時送殘蛾入帝臺。

吳越懷古

吳越千年奈怨何，兩宮清吹作樵歌。姑蘇一敗雲無色，范蠡長遊水自波。霞拂故城疑轉旆，月依荒樹想嚬蛾。行人欲問西施館，江鳥寒飛碧草多。

長安即事寄友人

綺陌千年思斷蓬，今來還宿鳳城東。瑤臺鐘鼓長依舊，巫峽煙花自不同。千結故心爲怨網，萬條新景作愁籠。何時更伴劉郎去，却見天桃滿樹紅。

聞明（一本有道字）上人逝寄友人

蕭寺曾過最上方，碧桐（一作梧）濃葉覆西廊。遊人縹緲紅衣亂，座客從容白日長。別後旋（一作遂）成莊叟（一作舄）夢，書來忽報惠休亡。他時若更相隨去，衹是含酸對影堂。

贈咸陽李少府

美貌雄才已少齊寶書仙簡兩看題金刀片片裁新錦
玉步重重上舊梯鵬到碧天排霧去鳳遊瓊樹揀枝棲
蓬瀛宴罷試迴首一望塵中路正迷

隣人自金仙觀移竹

移居新竹已堪看斸破莓苔得幾竿圓節不教傷粉籜
低(一作玉粉)枝猶擬拂霜壇牆頭枝動如煙綠枕(一作葉)上風來送
夜寒第一莫教漁父見且從蕭颯滿朱欄

慈恩寺避暑

香荷疑散麝風鐸似調琴不覺清涼晚歸人滿柳陰

讀田光傳

秦滅燕丹怨正深古來豪客盡沾襟荆卿不了真閑事
辜負田光一片心

友人下第因以贈之

劉毅雖然不擲盧誰人不道解樗蒲黃金百萬終須得
只有挼莎更一呼

詠鴛鴦

鴛鴦離別傷人意似鴛鴦試取鴛鴦看多應斷寸腸

贈箏妓伍卿

輕輕沒後更無箏玉腕紅紗到伍卿座客滿筵都不語
一行哀鴈十三聲

黃陵廟詞(一作李羣玉詩)

黃陵廟前莎草春黃陵女兒蒨裙新輕舟小楫唱歌去
水遠山長愁殺人

句

人事三杯酒流年一局棋(北夢瑣言)　青山不厭三杯酒長日
惟消一局棋(唐語林)

全唐詩目第八函

第七冊

杜牧八卷

全唐詩

杜牧

杜牧字牧之京兆萬年人太和二年擢進士第復舉賢良方正沈傳師表爲江西團練府巡官又爲牛僧孺淮南節度府掌書記擢監察御史移疾分司東都以弟顗病棄官復爲宣州團練判官拜殿中侍御史内供奉累遷左補闕史館修撰改膳部員外郎歷黄池睦三州刺史入爲司勳員外郎常兼史職改吏部復乞爲湖州刺史踰年拜考功郎中知制誥遷中書舍人卒牧剛直有奇節不爲齪齪小謹敢論列大事指陳病利尤切其詩情致豪邁人號爲小杜以别甫云樊川詩四卷外集詩一卷别集詩一卷今編爲八卷

感懷詩一首(時滄州用兵)

高文會隋季提劒徇天意扶持萬代人步驟三皇地聖云繼之神神仍用文治德澤酌生靈沈酣薰骨髓旄頭騎箕尾風塵薊門起胡兵殺漢兵屍滿咸陽市宣皇(肅宗也)走豪傑談笑開中否蟠聮兩河間燼萌終不弭號爲精兵處齊蔡燕趙魏合環千里疆爭爲一家事逆子嫁虜孫西隣聘東里急熱同手足唱和如宮徵法制自作爲禮文爭僭擬壓階螭鬭角畫屋龍交尾署紙日替名分財賞稱賜刳隍𡻕(呼括切)萬尋繚垣疊千雉誓將付孱孫血絶然方已九廟仗神靈四海爲輸委如何七十年汗赩含羞恥韓彭不再生英衛皆爲鬼凶門爪牙輩穰穰如兒戲累聖但日吁閫外將誰寄屯田數十萬隄防常惴惴急征赴軍須厚賦資凶器因隳畫一法且逐隨時利流品極蒙尨綱羅漸離弛夷狄日開張黎元愈憔悴邈矣遠太平蕭然盡煩費至于貞元末風流恣綺靡艱極泰循來元和聖天子元和聖天子英明湯武上茅茨覆宮殿封章綻帷帳伍旅拔雄兒夢卜庸真相勃雲走轟霆河南一平盪繼于長慶初燕趙終舁襁攜妻負子來北闕爭頓顙故老撫兒孫爾生今有望茹鯁喉尚隘負重力未壯坐幄無奇兵吞舟漏疎網骨添薊垣沙血漲滹沱浪祇云徒有征安能問無狀一日五諸侯奔亡如鳥往取之難梯天失之易反掌蒼然太行路翦翦還榛莽關西賤男子誓肉虜杯羹請數繫虜事誰其爲我聽蕩蕩乾坤大曈曈日月明叱起文武業可以豁洪溟安得封域内長有扈苗征七十里百里彼亦何嘗爭往往念所至得醉愁蘇醒韜舌辱壯心叫閽無助聲聊書感懷韻焚之遺賈生

杜秋娘詩 并序

杜秋金陵女也年十五爲李錡妾後錡叛滅籍之入宮有寵於景陵穆宗即位命秋爲皇子傅姆皇子壯封漳王鄭注用事誣丞相欲去已者指王爲根王被罪廢削秋因賜歸故鄉予過金陵感其窮

且老爲之賦詩

京江水清滑生女白如脂其間杜秋者(一作娘)不勞朱粉施老濞即山鑄後庭千雙(一作蛾)眉秋持玉斝醉(一作飲)與唱金縷衣(勸君莫惜金縷衣勸君須惜少年時花開堪折直須折莫待無花空折枝李錡長唱此辭)濞既白首叛秋亦紅淚滋吳江落日渡灞岸綠楊垂聯裾見天子盻眄獨依依椒壁懸錦幕鏡奩蟠蛟螭低鬟認新寵窈裊復融怡月上白壁門桂影涼參差金階露新重閑捻紫簫吹(晉書盜開涼州張駿塚得紫玉簫)莓苔夾城路南苑鴈初飛紅粉羽林仗獨賜辟邪旗歸來煮豹胎饜飫不能飴咸池昇日慶銅雀分香悲雷音後車遠事往落花時燕禖得皇子壯髮綠緌緌畫堂授傅姆天人親捧持虎睛珠絡褓金盤犀鎮帷長楊射熊羆武帳弄啞咿漸拋竹馬劇(一作戲)稍出舞雞奇嶄嶄整冠珮侍宴坐瑶池眉宇儼圖畫神秀射朝輝一尺桐偶人江充知自欺王幽茅土削秋放故鄉歸觚稜拂斗極回首尚遲遲四朝三十載似夢復疑非潼關識舊吏吏(一作毛)髮已如絲却喚吳江渡舟人那得知歸來四鄰改茂苑草菲菲清血灑不盡仰天知問誰寒衣一疋素夜借鄰人機我昨金陵過聞之爲歔欷自古皆一貫變化安能推夏姬滅兩國逃作巫臣姬(一作妻)西子下姑蘇一舸逐鴟夷織室魏豹俘作漢太平基誤置代籍中兩朝尊母儀光武紹高祖本係生唐兒珊瑚破高齊作婢舂黃糜蕭后去揚州突厥爲閼氏女子固不定士林亦難期射鉤後呼父釣翁王者師無國要孟子有人毁仲尼秦因逐客令柄歸丞相斯安知魏齊首見斷簣中屍給喪壓張輩廟冠峩危珥貂七葉貴何妨戎虜支蘇武却生返鄧通終死飢主張既難測翻覆亦其宜地盡有何物天外(一作高)復何之指何爲而捉足何爲而馳耳何爲而聽目何爲而窺已身不自曉此外何思惟因傾一樽酒題作杜秋詩愁來獨長詠聊可以自怡

郡齋獨酌(黃州作)

前年鬢生雪今年鬚帶霜時節序鱗次古今同鴈行甘英窮西海四萬到洛陽東南我所見北可計幽荒中畫一萬國角角棊布方地頑壓不穴天迴老不僵屈指百萬世過如霹靂忙人生落其內何者爲彭殤促束自繫縛儒衣寬且長旗亭雪中過敢問當壚娘我愛李侍中標標七尺強白羽八扎弓髀壓綠檀槍風前略橫陣紫髯分兩傍淮西萬虎士怒目不敢當功成賜宴麟德殿猨超鶻掠廣毬場三千宮女側頭看相排踏碎雙明璫旌竿幖幖旗爊爊意氣橫鞭歸故鄉我愛朱處士三吳當中央罷亞(稻名)百頃稻西風吹半黃尚可活鄉里豈唯滿囷倉後嶺翠撲撲前溪碧泱泱霧曉起鳧鴈日晚下牛羊叔舅欲飲我社甕爾來嘗伯姊子欲歸彼亦有壺漿西阡下柳塢東陌繞荷塘姻親骨肉舍烟火遥相望太守政如水長官貪似狼征輸一云畢任爾自存亡我昔造其室羽儀鸞鶴翔交橫碧流上竹映琴書牀出語無近俗堯舜禹武湯問今天子少誰人爲棟梁我曰天子聖晉公提紀綱聯兵數十萬附海正誅滄謂言大義小不義取易卷席如探囊犀甲吳兵鬭弓弩蚍矛燕戟馳鋒鋋豈知三載幾(一作凡)百戰鉤車不得望其墻答云此山外有事同胡羌誰將國伐叛話與釣魚郎溪南重迴首一徑出修篁爾來十三歲斯人未曾忘往往自撫己淚下神蒼茫御史詔分洛舉趾何猖狂闕下諫官業拜疏無文章尋僧解憂(一作幽)夢乞酒緩愁腸豈爲妻子計未去山林藏平生五色線願補舜衣裳弦歌教燕趙蘭芷浴河湟腥膻一掃灑(一作灑掃)兇狠皆披攘生人但眠食壽域富農桑孤吟志在此自亦笑荒唐江郡雨初霽刀好截秋光池邊成獨酌擁鼻菊枝香醺酣更唱太平曲仁聖天子壽無疆

張好好詩(并序)

牧太和三年佐故吏部沈公江西幕好好年十三始以善歌來樂籍中後一歲公移鎮宣城復置好好於宣城籍中後二歲爲沈著作述師以雙鬟納之後二歲於洛陽東城重覩好好感舊傷懷故題詩贈之

君爲豫章姝十三纔有餘翠茁鳳生尾丹葉蓮含跗高閣倚天半章江聯碧虛此地試君唱特使華筵鋪主人(一作公)顧四座始訝來踟躕吳娃起引贊低徊映長裾雙鬟可高下纔過青羅襦盼盼乍垂袖一聲雛鳳呼繁弦迸關紐塞管裂圓蘆衆音不能逐袅袅穿雲衢主人(一作公)再三歎謂言天下殊贈之天馬錦副以水犀梳龍沙看秋浪明月遊朱(一作東)湖自此每相見三日已爲疎玉質隨月滿豔態逐春舒絳脣漸輕巧雲步轉虛徐旌旆忽東下笙歌隨舳艫霜凋謝樓樹沙暖句溪蒲身外任塵土罇前極歡娛飄然集仙客(著作嘗任集賢校理)諷賦欺相如聘之碧瑶珮載以紫雲車洞閉水聲遠月高蟾影孤爾來未幾歲散盡高陽徒洛城重相見婥婥爲當壚怪我苦何事少年垂白鬚朋遊今在否落拓更能無門館慟哭後水雲秋景初斜日挂衰柳涼風生座隅灑盡滿襟淚短歌聊一書

冬至日寄小姪阿宜詩

小姪名阿宜未得三尺長頭圓筋骨緊兩眼明且光去年學官人竹馬遶四廊指揮羣兒輩意氣何堅剛今年始讀書下口三五行隨兄旦夕去斂手整衣裳去歲冬至日拜我立我旁祝爾願爾貴仍且壽命長今年我江外今日生一陽憶爾不可見祝爾傾一觴陽德比君子初生甚微茫排陰出九地萬物隨開張一似小兒學日就復月將勤勤不自已二十能文章仕宦至公相致君作堯湯我家公相家劒佩嘗丁當舊第開朱門長安城中央第中無一物萬卷書滿堂家集二(一作三)百編上下馳皇王多是撫州寫今來五紀強尚可與爾讀助爾爲賢良經書括根本史書閱興亡高摘屈宋豔濃薰班馬香李杜泛浩浩韓柳摩蒼蒼近者四君子與古爭強梁願爾一祝後讀書日日忙一日讀十紙一月讀一箱朝廷用文治大開官職場願爾出門去取官如驅羊吾兄苦好古學問不可量晝居府中治夜歸書滿牀後貴有金玉必不爲汝藏崔昭生崔芸李兼生窟郎堆錢一百屋破散何披猖今雖未即死餓凍幾欲僵參軍與縣尉塵土驚劻勷一語不中治笞箠身滿瘡官罷得絲髮好買百樹桑税錢未輸足得米不敢嘗願爾聞我語懽喜入

心腸大明帝宮闕杜曲我池塘我若(一作苦)自潦倒看汝爭翱翔總語諸小道此詩不可忘

李甘詩

太和八九年訓注極虓虎潛身九地底轉上青天去四海鏡清澄千官雲片縷公私各閑暇追遊日相伍豈知禍亂根枝葉潛滋莽(一作茂)九年夏四月天誡若言語烈風駕地震獰雷驅猛雨夜於正殿階(一作衙)拔去千年樹吾君不省覺二凶日威武操持北斗柄開閉天門路森森明庭士縮縮循牆鼠平生負奇(一作名)節一旦如奴虜指名爲錮(一作鉤)黨狀(一作鋤)跡誰(一作難)告訴喜無李杜誅敢憚髡鉗苦時當秋夜(一作中秋)月日值曰庚午喧喧皆傳言明晨相登注予時與和鼎(李甘字)官班各持斧和鼎顧予言我死知(一作有)處所當庭裂詔書退立須鼎俎君門曉日開赭案橫霞布儼雅千官容勃鬱吾纍(一作累)怒適屬命鄜將(漼儋除鄜坊節度儋一作耽)昨之傳者誤明日詔書下謫斥南荒去夜登青泥坂墜車傷左股病妻尚在牀稚子初離乳幽蘭思楚澤恨水啼湘渚恍恍三閭魂悠悠一千古其冬二凶敗渙汗開湯罟賢者須喪亡讒人尚堆堵予於後四年諫官事明主常欲雪幽冤於時一裨補拜章豈艱難膽薄多憂懼(一作阻)如何干(一作牛)斗氣竟作炎荒土題此涕滋筆以代投湘賦

洛中送冀處士東遊

處士有儒術走可挾車輈壇宇寬帖帖符彩高酋酋不愛事耕稼不樂干王侯四十餘年中超超爲浪遊元和五六歲客於幽魏州幽魏多壯士意氣相淹留劉濟願跪履田興請建籌處士拱兩手笑之但掉頭自此南走越尋山入羅浮願學不死藥粗知其來由却於童頂上蕭蕭玄髮抽我作八品吏洛中如繫囚忽遭冀處士豁若登高樓拂榻與之坐十日語不休論今星璨璨考古寒颼颼治亂掘根本蔓延相牽鉤武事何駿壯文理何優柔顏回捧俎豆項羽橫戈矛祥雲遶毛髮高浪開咽喉但可感神鬼安能爲獻酬好入天子夢刻像來爾求胡爲去吳會欲浮滄海舟贈以蜀馬箠副之胡罽裘餞酒載三斗東郊黃葉稠我感有淚下君唱高歌酧嵩山高萬尺洛水流千秋往事不可問天地空悠悠四百年炎漢三十代宗周二三里遺堵八九所高丘人生一世內何必多悲愁謌闋解攜去信非吾輩流

送沈處士赴蘇州李中丞招以詩贈行(一本無送字)

山城樹葉紅下有碧溪水溪橋向吳路酒旗誇酒美下馬此送君高歌爲君醉念君苞材能百工在城壘空山三十年鹿裘挂窓睡自言隴西公飄然我知已舉酒屬吳門今朝爲君起懸弓三百斤囊書數萬紙戰賊即戰賊爲吏即爲吏盡我所有無惟公之指使子曰隴西公滔滔大君子常思掄羣材一爲國家治譬如匠見木礙眼皆不棄大者麤十圍小者細一指撍㩧與棟梁施之皆有位忽然豎明堂一揮立能致予亦何爲者亦受公恩紀處士有常(一作常有)言殘虜爲犬豕常恨兩手空不得一馬箠今依隴西公如虎傅兩翅公非刺史材當坐巖廊地處士魁奇姿必展平生志東吳饒風光翠巘多名寺疎煙疊疊秋獨酌平生思因書問故人能忘批紙尾公或憶姓名爲說都憔悴

長安送友人遊湖南(一作長安送人)

子性劇(一作極)弘和愚衷深褊狷相舍囂譊中吾過何由鮮楚南饒風烟湘岸苦縈宛山密夕陽多人稀芳草遠青梅繁枝低斑筍新梢短莫哭葬魚人酒醒且眠飯

皇風

仁聖天子神且武內興文教外披攘以德化人漢文帝側身修道周宣王迒(音剛)蹊巢穴盡窒塞禮樂刑政皆弛張何當提筆侍巡狩前驅白旆弔河湟

雪中書懷

臘雪一尺厚雲凍寒頑癡孤城大澤畔人踈煙火微憤悱欲誰語憂慍不能持天子號仁聖任賢如事師凡稱曰治具小大無不施明庭開廣敞才儁受羈維如日月絙昇若鸞鳳葳蕤人才自朽下棄去亦其宜北虜壞亭障聞屯千里師牽連久不解他盜恐旁窺臣實有長策彼可徐鞭笞如蒙一召議食肉寢其皮斯乃廟堂事爾微非爾知向來躐等語長作陷身機行當臘欲破酒齊(去聲)不可遲且想春候暖甕間傾一巵

雨中作

賤子本幽慵多爲隽賢侮得州荒僻中更值連江雨一褐擁秋寒小窗侵竹塢濁醪氣色嚴皤腹瓶罌古酣酣天地寬恍恍嵇劉伍但爲適性情豈是藏鱗羽一世一萬朝朝朝醉中去

偶遊石盎僧舍(宣州作)

敬岑草浮光句沚水解脉益(一作悒)鬱乍怡融凝嚴忽頹坼梅顰暖眠酣風緒和無力鳧浴漲汪汪雛嬌村冪冪落日美樓臺輕烟飾阡陌瀲綠古津遠積潤苔基釋孰謂漢陵人來作江汀客載筆念無能捧籌慙所畫任戀偶追閑逢幽果遭適僧語淡如雲麈事繁堪織今古幾輩人而我何能息

赴京初入汴口曉景即事先寄兵部李郎中

清淮控隋漕北走長安道檣形櫛櫛斜浪態迤迤好初旭紅可染明河澹如掃澤闊鳥來遲村飢人語早露蔓蟲絲多風蒲燕雛老秋思高蕭蕭客愁長裊裊因懷京洛間宦遊何戚(一作草草)什伍持津梁須湧爭追討翾便(去聲)詎可尋幾秘安能考小人乏馨香上下將何禱唯有君子心顯豁知幽抱

獨酌

長空碧杳杳萬古一飛鳥生前酒伴閑愁醉閑多少烟深隋家寺殷葉暗相照獨佩一壺遊秋毫泰山小

惜春

春半年已除其餘強爲有即此醉殘花便同嘗臘酒悵望送春杯殷勤掃花箒誰爲駐東流年年長在手

題安州浮雲寺樓寄湖州張郎中

去夏踈雨餘同倚朱闌語當時樓下水今日到何處恨如春草多事與孤鴻去楚岸柳何窮別愁紛若絮

過驪山作

始皇東遊出周鼎劉項縱觀皆引頸削平天下實辛勤却爲道傍窮百姓黔首不愚爾益愚千里函關囚獨夫牧童火入九泉底燒作灰時猶未枯

池州送孟遲先輩

昔子來陵陽，時當苦炎熱。我雖在金臺，頭角長垂折。奉披塵意驚，立語平生豁。寺樓最騫軒，坐送飛鳥沒。一罇中夜酒，半破前峰月。烟院松飄蕭，風廊竹交戛。時步郭西南，繚徑苔圓折。好鳥響丁丁，小溪光八八（賫入切）。籬落見娉婷，機絲弄啞軋。烟濕樹姿嬌，雨餘山態活。仲秋往歷陽，同上牛磯歇。大江吞天去，一練橫坤抹。千帆美滿風，曉日殷鮮血。歷陽裴太守，襟韻苦超越。鞔鼓畫麒麟，看君擊狂節。離袖颭應勞，恨粉啼還咽。明年忝諫官，綠樹秦川闊。子提健筆來，勢若夸父渴。九衢林馬撾，千門織車轍。秦臺破心膽，黥陣驚毛髮。子既屈一鳴，余固宜三刖。慵憂長者來，病怯長街喝。僧爐風雪夜，相對眠一褐。暖灰重擁瓶，曉粥還分鉢。青雲馬生角，黃州使持節。秦嶺望樊川，秖得回頭別。商山四皓祠，心與樗蒲說。大澤蒹葭風，孤城狐兔窟。且復考詩書，無因見簪笏。古訓屹如山，古風冷刮骨。周鼎列瓶罌，荊璧橫拋撥（蘇割切）。力盡不可取，忽忽狂歌發。三年未爲苦，兩郡非不達。秋浦倚吳江，去檝飛青鶻。溪山好畫圖，洞壑深閨闥。竹岡森羽林，花塢團宮纈。景物非不佳，獨坐如鞲絏。丹鵲東飛來，喃喃送君札。呼兒旋供衫，走門空踏韤。手把一枝物，桂花香帶雪。喜極至無言，笑餘翻不悅。人生直作百歲翁，亦是萬古一瞬中。我欲東召龍伯翁，上天揭取北斗柄。蓬萊頂上斡海水，水盡到底看海空。月於何處去，日於何處來。跳丸相趁走不住，堯舜禹湯文武周孔皆爲灰。酌此一杯酒，與君狂且歌。離別豈足更關意，衰老相隨可奈何。

重送

手撚金僕姑，腰懸玉轆轤。爬頭峰北正好去，係取可汗鉗作奴。六宮雖念相如賦，其那防邊重武夫。

題池州弄水亭

弄水亭前溪，颭灩翠綃舞。綺席草芊芊，紫嵐峯伍伍。螭蟠得形勢，翬飛如軒戶。一鏡奩曲堤，萬丸跳猛雨。檻前燕鴈棲，枕上巴帆去。叢筠侍修廊，密蕙媚幽圃。杉樹碧爲幢，花駢紅作堵。停樽遲（去聲）晚月，咽咽上幽渚。客舟耿孤燈，萬里人夜語。漫流罥苔槎，飢鳧曬雪羽。玄絲落鉤餌，冰鱗看吞吐。斷霓天帔垂，狂燒漢旗怒。曠朗半秋曉，蕭瑟好風露。光潔疑可攬，欲以襟懷貯。幽抱吟九歌，羈情思湘浦。四時皆異狀，終日爲良遇。小山浸石稜，撐舟入幽處。孤歌倚桂巖，晚酒眠松塢。紆餘帶竹村，蠶鄉足砧杵。塍泉落環珮，畦苗差纂組。風俗知所尚，豪強恥孤侮。鄰喪不相舂，公租無詬負。農時貴伏臘，簪瑱事禮賂。鄉校富華禮，征行產強弩。不能自勉去，但媿來何暮。故園漢上林，信美非吾土。

題宣州開元寺（寺置於東晉時）

南朝謝朓城，東吳最深處。亡國去如鴻，遺寺藏烟塢。樓飛九十尺，廊環四百柱。高高下下中，風繞松桂樹。青苔照朱閣，白鳥兩相語。溪聲入僧夢，月色暉粉堵。閱景無旦夕，憑闌有今古。留我酒一罇，前山看春雨。

大雨行（開成三年宣州開元寺作）

東垠黑風駕海水，海底卷上天中央。三吳六月忽悽慘，晚後點滴來蒼茫。錚棧雷車軸轍壯，矯躩（一作躍）蛟龍爪尾長。神鞭鬼馭載陰帝，來往噴灑何顛狂。四面崩騰玉京仗，萬里橫互（一作縱橫）羽林槍。雲纏風束亂（一作勢）敲磕，黃帝未勝蚩尤強。百川氣勢苦豪俊，坤關密鏁愁開張。太和六年亦如此，我時壯氣神洋洋。東樓聳首看不足，恨無羽翼高飛翔。盡召邑中豪健者，闊展朱盤開酒場。奔觥槌鼓助聲勢，眼底不顧纖腰娘。今年（一作來）闒茸鬢已白，奇遊壯觀唯深藏。景物不盡人自老，誰知前事堪悲傷。

自宣州赴官入京路逢裴坦判官歸宣州因題

贈

敬亭山下百頃竹，中有詩人小謝城。城高跨樓滿金碧，下聽一溪寒水聲。梅花落徑香繚繞，雪白玉璫花下行。縈風酒旆挂朱閣，半醉遊人聞弄笙。我初到此未三十，頭腦釤（鑿反）利筋骨輕。畫堂檀板秋拍碎，一引有時聯十觥。老閑腰下丈二組，塵土高懸千載名。重遊鬢白事皆改，唯見東流春水平。對酒不敢起，逢君還眼明。雲罍看人捧，波臉任他橫。一醉六十日，古來聞阮生。是非離別際，始見醉中情。今日送君話前事，高歌引劍還一傾。江湖酒伴如相問，終老烟波不計程。

贈宣州元處士

陵陽北郭隱，身世兩忘者。蓬蒿三畝居，寬於一天下。罇酒對不酌，默與玄相話。人生自不足，愛歎遭逢寡。

村行

春半南陽西，柔桑過（一作遍）村塢。裊裊（一作娉娉）垂柳風，點點迴塘雨。蓑唱牧牛兒，籬窺蒨裙女。半濕解征衫，主人饋雞黍。

史將軍二首

長鋏周都尉，閑如秋嶺雲。取蝥弧登壘，以駢鄰翼軍。百戰百勝價，河南河北聞。今遇太平日，老去誰憐君。

壯氣蓋燕趙，耽耽魁傑人。彎弧五百步，長戟八十斤。河湟非內地，安史有遺塵。何日武臺坐，兵符授虎臣。

全唐詩

杜牧

華清宮三十韻

繡嶺明珠殿，層巒下繚牆。仰窺丹（一作雕）檻影，猶想赭袍光。昔帝登封後，中原自古強。一千年際會，三萬里農桑。八席延堯舜，軒墀接（一作立）禹湯。雷霆馳號令，星斗煥文章。釣築乘時用，芝蘭在處芳。北扉閑木索，南面富循良。至道思玄圃，平居厭未央。鉤陳裏巖谷，文陛壓青蒼。歌吹千秋節，樓臺八月涼。神仙高縹緲，環珮碎丁當。泉暖涵窗鏡，雲嬌惹粉囊。嫩嵐滋翠葆，清渭照紅粧。帖泰生靈壽，懽娛歲序長。月聞仙曲調，霓作舞衣裳。雨露偏金穴，乾坤入醉鄉玩兵師漢武迴手倒(一作首到)干將鯨鬣掀東海胡牙揭上陽喧呼馬嵬血零落羽林槍傾國留無路還魂怨有香蜀峰橫慘澹秦樹遠微茫鼎重山難轉天扶業更昌望賢餘故老花萼舊池塘往事人誰問幽襟淚獨傷碧簷斜送日殷葉半凋霜迸水傾瑤砌疏風罅玉房塵埃羯鼓索片段荔枝筐鳥啄摧寒木蝸涎蠹畫梁孤煙知客恨遙起泰陵傍

長安雜題長句六首

觚稜金碧照山高萬國珪璋捧赭袍舐筆和鉛欺賈馬讚功論道鄙蕭曹東南樓日珠簾卷西北天宛玉厄豪(詩曰鞗革金厄蓋小環)四海一家無一事將軍攜鏡泣霜毛

晴雲似(一作如)絮惹低空紫陌微微弄袖風韓嫣金丸莎覆綠許公韉汗杏粘紅煙生窈窕(一作崎嶔)深東第輪撼流蘇下北宮自笑苦無樓護智可憐鉛槧竟何功

雨晴九陌鋪江練嵐嫩千峰疊海濤南苑草芳眠錦雉夾城雲暖下霓旄少年羈絡青紋(一作文)玉遊女花簪紫蒂桃江碧柳深人盡醉一瓢顏巷日空高

東帶謬趨文石陛有章曾拜皁囊封期嚴無奈睡留癖勢窘猶爲酒泥慵偷釣侯家池上雨醉吟隋寺日沈鐘九原可作吾誰與師友瑯琊邴曼容

洪河清渭天池濬太白終南地軸橫祥雲輝映漢宮紫春光繡畫秦川明草妬佳人鈿朶色風回公子玉銜聲六飛南幸芙蓉苑十里飄香入夾城

豐貂長組金張輩駟馬文衣許史家白鹿原頭回獵騎紫雲樓下醉江花九重樹影連清漢萬壽山光學翠華誰識大君謙讓德(聖上不受徽號)一毫名利鬬鼃蟇

河湟

元載相公曾借箸憲宗皇帝亦留神旋見衣冠就東市忽遺弓劍不西巡牧羊驅馬雖戎服白髮丹心盡漢臣唯有涼州歌舞曲流傳天下樂閑人

許七侍御棄官東歸瀟灑江南頗聞自適高秋企望題詩寄贈十韻

天子繡衣吏東吳美退居有園同庾信避事學相如蘭晼晚香嫩筠溪翠影疏江山九秋後風月六朝餘錦帙(一作笥一作肆)開詩軸青囊結道書霜巖紅薜荔露沼白芙蕖睡雨高梧密棊燈小閣虛凍醪元亮秫寒鱠季鷹魚塵意迷今古雲情識卷舒他年雪中櫂陽羨訪吾廬(於義興縣近有水榭)

李給事中敏二首

一章緘拜(一作報)皁囊中懍懍(一作標標)朝廷有古風元禮去歸緱(一作綸)氏學(李膺退罷歸綸氏教授生徒給事論鄭注告滿歸潁陽)江充來見犬臺宮(鄭注對於浴室)紛紜白晝驚千古鈇鑕(一作鐵鑕)朱殷幾一空曲突徙薪人不會海邊今作釣魚翁

晚髮悶還梳憶君秋醉餘可憐劉校尉曾訟石中書(給事因忤仇軍容棄官東歸)消長雖殊事仁賢每自如因看曾褒論何處是吾廬

題永崇西平王宅太尉愬院六韻

天下無雙將關西第一雄授符黃石老學劍白猿翁矯矯雲長勇恂恂郄縠風家呼小太尉國號大梁公(太尉季弟司徒德亦封梁國公)半夜龍驤去中原虎穴空隴山兵十萬嗣子握雕弓(今鳳翔李尚書太尉長子)

東兵長句十韻

上黨爭爲天下脊邯鄲四十萬秦坑狂童何者欲專地聖主無私豈玩兵玄象森羅搖北落詩人章句詠東征雄如馬武皆彈劍少似終軍亦請纓屈指廟堂無失策垂衣堯舜待昇平羽林東下雷霆怒楚甲南來組練明即墨龍文光照曜常山蛇陣勢縱橫落鵰都尉萬人敵黑矟將軍一鳥輕漸見長圍雲欲合可憐窮壘帶猶縈凱歌應是新年唱便逐春風浩浩聲

過勤政樓

千秋令(一作佳)節名空在承露絲囊世已無唯有紫苔偏得意(一作稱)年年因雨上(一作灑)金鋪

過魏文貞公宅(一作題魏文貞)

蟪蛄寧與雪霜期賢哲難教俗士知可憐貞觀太平後天且不留封德彝

早春閣下寓直蕭九舍人亦直內署因寄書懷四韻

御水初銷凍宮花尚怯寒千峰橫紫翠雙闕憑闌干玉漏輕風順金莖淡日殘王喬在何處清漢正驂鸞

秋晚與沈十七舍人期遊樊川不至

邀侶以官解(一作絆)泛然成獨遊川光初媚日山色正矜秋野竹疏還密巖泉咽復流杜村連潏水晚步見垂鉤

念昔遊三首

十載飄然繩檢外罇前自獻自爲酬秋山春雨閑吟處倚徧江南寺寺樓

雲門寺(越州)外逢猛雨林黑山高雨腳長曾奉郊宮爲近侍分明摟摟(先勇切)羽林槍

李白題詩水西寺(宣州涇縣)古木回巖樓閣風半醒半醉遊三日紅白花開山(一作煙)雨中

今皇帝陛下一詔徵兵不日功集河湟諸郡次第歸降臣獲覩聖功輒獻歌詠

捷書皆應睿(一作運)謀期十萬曾無一鏃遺漢武慙誇朔方地周宣(一作宣皇)休道太原師威加塞外寒來早恩入河源凍合遲聽取滿城歌舞曲涼州聲韻喜(一作遠)參差

奉和白相公聖德和平致茲休運歲終功就合詠盛明呈上三相公長句四韻

行看臘破好年光萬壽南山對未央黠戛可汗修職貢文思天子復河湟應須日馭西巡狩不假星弧北射狼吉甫裁詩歌盛業一篇江漢美宣王

過華清宮絕句三首

長安回望繡成堆山頂千門次第開一騎紅塵妃子笑無人知是(一作道)荔枝來

新豐綠樹起黃埃數騎漁陽探使回(帝使中使輔璆琳探祿山反否璆琳受祿山金言祿山不反)霓裳一曲千峰上舞破中原始下來

萬國笙歌醉太平倚天樓殿月分明雲中亂拍祿山舞風過重巒下笑聲

登樂遊原

長空澹澹孤鳥沒萬古銷沈向此中看取漢家何事(一作似)業五陵無樹起秋風

聞慶州趙縱使君與党項戰中箭身死輒書長

句

將軍獨乘鐵驄馬榆溪戰中金僕姑死綏却是古來有驍將自驚今日無青史文章爭點筆朱門歌舞笑捐軀誰知我亦輕生者不得君王丈二殳

送容州唐中丞赴鎮

交阯同星座龍泉佩（一作似）斗文燒香翠羽帳看舞鬱金裙鶂首衝瀧浪犀渠拂嶺雲莫教銅柱北空說馬將軍

夏州崔常侍自少常亞列出領麾幢十韻

帝命詩書將登壇禮樂卿三邊要高枕萬里得長城對客猶褒博塡門已旆旌腰間五綬貴天下一家榮野水差新燕芳郊哢夏鶯别風嘶玉勒殘日望金莖榆塞孤煙媚銀川綠草明戈矛虓虎士弓箭落鵰兵魏絳言堪採陳湯事偶成若須垂竹帛靜勝是功名

街西長句

碧池新漲浴嬌鴉分（一作深）鑣長安富貴家遊騎偶同人鬭酒名園相倚杏交花銀鞦騕褭嘶宛馬繡鞅璁瓏走鈿車一曲將軍何處笛連雲芳草（一作樹）日初斜

春申君

烈士思酬國士恩春申誰與快冤魂三千賓客總珠履欲使何人殺李園

奉陵宮人

相如死後無詞客延壽亡來絕畫工玉顏不是黃金少淚滴秋山入壽宮

讀韓杜集

杜詩韓集愁來讀似倩麻姑癢處抓天外鳳凰誰得髓無人解合續弦膠

春日言懷寄虢州李常侍十韻

岸（一作崖）蘚生紅藥巖泉漲碧塘地分蓮嶽秀草接鼎原芳雨派潨淙急風畦芷若香織蓬眠舴艋驚夢起鴛鴦論吐開冰室詩陳曝錦張貂簪荆玉潤丹穴鳳毛光（子弟新登甲科）今日還珠守何年執戟郎且嫌遊晝短莫問積薪長無計披清裁唯持祝壽觴願公如衛武百歲尚康強

李侍郎於陽羨里富有泉石牧亦於陽羨粗有薄産敘舊述懷因獻長句四韻

冥鴻不下非無意塞馬歸來是偶然紫綬公卿今放曠白頭郎吏尚留連終南山下拋泉洞陽羨溪中買釣船欲與明公操履杖願聞休去是何年

贈李處士長句四韻

玉函怪牒鎖靈篆紫洞香風吹碧桃老翁四目牙爪利擲火萬里精神高靄靄祥雲隨步武纍纍秋冢歎蓬蒿三山朝去應非久姹女當窗繡羽袍

送國棊王逢

玉子紋楸一路饒最宜簷雨竹蕭蕭羸形暗去春泉長拔（一作猛）勢橫來野火燒守道還如周柱史（一作伏柱）鏖兵不羨霍嫖姚浮生（一作得年）七十更萬日與子期于局上銷

重送絕句

絕藝如君天下少閑人似我世間無别後竹窗風雪夜一燈明暗覆吳圖

少年行

連環羈玉聲光碎綠錦蔽泥虬卷高春風細雨走馬去珠落（一作絡）璀璀白罽袍

奉（一作春）和門下相公送西川相公兼領相印出鎮全蜀詩十八韻

盛業冠伊唐台階翊戴光無私天雨露有截舜衣裳蜀輟新衡鏡池留舊鳳凰同心眞石友寫恨蔑（一作夢）河梁虎騎搖風旆貂冠韻水蒼彤弓隨武庫金印逐文房棧壓嘉陵咽峰橫劍閣長前驅二星去開險五丁忙回首崢嶸盡連天草樹芳丹心懸魏闕往事愴甘棠治化輕諸葛威聲懾夜郎君平教說卦夫子召升堂塞接西山雪橋維萬里檣奪霞紅錦爛撲地酒壚香忝逐三千客曾依數仞牆滯頑堪白屋攀附亦同（一作周）行肉（一作笛）管伶倫曲簫韶清廟章唱高知和寡小子斐然狂

朱坡

下杜鄉園古泉聲繞舍啼靜思長慘切薄宦與乖暌北闕千門外南山午谷西倚川紅葉嶺連寺綠楊堤迥野翹霜鶴澄潭舞錦雞濤驚堆萬岫舸急轉千溪眉點萱牙嫩風條柳幄迷岸藤梢虺尾沙渚印麑蹄火燎湘桃塢波光碧繡畦日痕絙翠巘陂影墮晴霓蝸壁斕斑蘚銀筵豆蔻泥洞雲生片段苔徑繚高低偃蹇松公老森嚴竹陣齊小蓮娃欲語幽筍稚相攜漢館留餘趾周臺接故蹊蟠蛟岡隱隱班雉草萋萋樹老蘿紆組巖深石啟閨侵窗紫桂茂拂面翠禽棲有計冠終挂無才筆謾提自塵何太甚休笑觸藩羝

早春寄岳州李使君李善棊愛酒情地閑雅

城高倚峭巘地勝足樓臺朔漠暖鴻去瀟湘春水來縈盈幾多思掩抑若爲裁返照三聲角寒香一樹梅烏林芳草遠赤壁健帆開往事空遺恨東流豈不回分符頹川政弔屈洛陽才拂匣調珠柱磨鉛勘玉杯棊翻小窟勢爐撥凍醪醅此興予非薄何時得奉陪

送王侍御赴夏口座主幕

君爲珠履三千客我是青衿七十徒禮數全優知隗始討論常見念回愚黃鶴樓前春水闊一杯還憶故人無

自貽

杜陵蕭次君遷少去官頻寂寞憐吾道依稀似古人飾心無彩繢到（一作剉）骨是風塵自嫌如疋素刀尺不由身

自遣

四十已云老況逢憂窘餘且抽持板手却展小年書嗜酒狂嫌阮知非曉笑蘧聞流寧歎吒待俗不親疏遇事知裁剪操心識卷舒還稱二千石於我意何如

題桐葉

去年桐落故溪上把筆偶（一作蕭）題歸燕詩江樓今日送歸燕正是去年題葉時葉落燕歸眞可惜東流玄髮且無期笑筵歌席反惆悵明（一作朗）月清風愴别離莊叟彭殤同在夢陶潛身世兩相遺一丸五色成虛語石爛松薪更莫（一作不）疑哆侈不勞文似錦進趨何必利如錐錢神任爾知無敵酒聖於吾亦庶幾江畔秋光蟾閣鏡檻前山翠茂陵眉樽香輕泛數枝菊簷影斜侵半局棊休指宦遊論巧拙秖將愚直禱神祇三吳煙水平生念寧向閑人道所之

沈下賢

斯人清唱何人和，草徑苔蕪不可尋。一夕小敷山下夢，水如環珮月如襟。

李和鼎

鵩鳥飛來庚子直，謫去日蝕辛卯年。由來枉死賢才事，消長相持勢自然。

贈沈學士張歌人

拖袖事當年，郎教唱客前。斷時輕裂玉，收處遠繰煙。孤直緪雲定，光明滴水圓。泥情遲急管，流恨咽長弦。吳苑春風起，河橋酒旆懸。憑君更一醉，家在杜陵邊。

憶遊朱坡四韻

秋草樊川路，斜陽覆盎門。獵逢韓嫣騎，樹識館陶園。帶雨經荷沼，盤煙下竹村。如今歸不得，自戴望天盆。

朱坡絕句三首

故國池塘倚御渠，江城三詔換魚書。賈生辭賦恨流落，秖向長沙住歲餘。(文帝歲餘思賈生)

煙深苔巷唱樵兒，花落寒輕倦客歸。藤岸竹洲相掩映，滿池春雨鸊鵜飛。

乳肥春洞生鵝管，沼避回巖勢犬牙。自笑卷懷頭角縮，歸盤煙磴恰如蝸。

出宮人二首

閑吹玉殿昭華管，醉折梨園縹蔕花。十年一夢歸人世，絳縷猶封繫臂紗。

平陽拊背穿馳道，銅雀分香下壁門。幾向綴珠深殿裏，妬拋羞態臥黃昏。

長安秋望

樓倚霜樹外，鏡天無一毫。南山與秋色，氣勢兩相高。

獨酌

窗外正風雪(一作霜)，擁爐開酒缸。何如釣船雨，篷底睡秋江。

醉眠

秋醪雨中熟，寒齋落葉中。幽人本多睡，更酌一樽空。

不飲贈酒

細算人生事，彭殤共一籌。與愁爭底事，要爾作戈矛。

昔事文皇帝三十二韻

昔事文皇帝，叨官在諫垣。奏章爲得地，齰齒負明恩。金虎知難動，毛釐亦恥言。掩(一作揜)頭雖欲吐，到口卻成吞。照膽常懸鏡，窺天自戴盆。周鐘既窕槬，黥陣亦瘢痕。鳳闕觚稜影，仙盤曉日暾。雨晴(一作餘)文石滑，風暖戟衣翻。每慮號無告，長憂駭不存。隨行唯跼蹐，出語但寒暄。宮省咽喉任，戈矛羽衛屯。光塵皆影附，車馬定西奔。億萬持衡價，錙銖挾契論。堆時過北斗，積處滿西園。接棹隋河溢，連蹄蜀棧刓。漉空滄海水，搜盡卓王孫。闞巧猴雕刺，誇趫索挂跟。狐威假白額，梟嘯得黃昏。馥馥芝蘭圃，森森枳棘藩。吠聲嗾國猘，公議怯膺門。竄逐諸丞相，蒼茫遠帝閽。一名爲吉士，誰免弔湘魂。閭世英明主，中興道德尊。崐岡憐積火，河漢注清源。川口隄防決，陰車鬼怪掀。重雲開朗照，九地雪幽冤。我實剛腸者，形甘短(一作裋)褐髡。曾經觸蠆尾，猶得凭熊軒。杜若芳洲翠，嚴光釣瀨喧。溪山侵越角，封壤盡吳根。客恨縈春細，鄉愁壓思繁。祝堯千萬壽，再拜揖餘鐏。

道一大尹存之庭美二學士簡于聖明自致霄漢皆與舍弟昔年還往牧支離窮悴竊於一麾書美歌詩兼自言志因成長句四韻呈上三君子

九金神鼎重丘山，五玉諸侯雜珮環。星座通霄狼鬣暗，戍樓吹笛(一作角)虎牙閑。斗間紫氣龍埋獄，天上洪爐帝鑄顏。若念西河(一作湖)舊交友，魚符應許出函關。

杏園

夜來微雨洗芳塵，公子驊騮步貼勻。莫怪杏園顦顇去，滿城多少插花人。

春晚題韋家亭子

擁鼻侵襟花草香，高臺春去恨茫茫。蔫紅半落平池晚，曲渚飄成錦一張。

過田家宅

安邑南門外，誰家板築高。奉誠園裏地，牆缺見蓬蒿。

見宋拾遺題名處感而成詩

竄逐窮荒與死期，餓唯蒿藿病無醫。憐君更抱重泉恨，不見崇山謫去時。

雪晴訪趙嘏街西所居三韻

命代風騷將，誰登李杜壇。少陵鯨海動，翰苑鶴天寒。今日訪君還有意，三條冰雪獨來看。

將赴吳興登樂遊原一絕

清時有味是無能，閑愛孤雲靜愛僧。欲把一麾江海去，樂遊原上望昭陵。

洛陽長句二首

草色人心相與閑，是非名利有無間。橋橫落照虹堪畫，樹鎖千門鳥自還。芝蓋不來雲杳杳，仙舟何處水潺潺。君王謙讓泥金事，蒼翠空高萬歲山。

天漢東穿白玉京，日華浮動翠光生。橋邊遊女珮環委，波底上陽金碧明。月鎖名園孤鶴唳，川酣秋夢鑿龍聲。連昌繡嶺行宮在，玉輦何時父老迎。

洛中監察病假滿送韋楚老拾遺歸朝

洛橋風暖細翻衣，春引仙官去玉墀。獨鶴初沖太虛日，九牛新落一毛時。行開教化期君是，臥病神祇禱我知。十載丈夫堪恥處，朱雲猶掉直言旗。

東都送鄭處誨校書歸上都

悠悠渠水清，雨霽洛陽城。槿墮初開豔，蟬聞第一聲。故人容易去，白髮等閑生。此別無多語，期君晦盛名。

故洛陽城有感

一片宮牆當道危，行人爲爾去遲遲。筆圭苑裏秋風後，平樂館前斜日時。錮黨豈能留漢鼎，清談空解識胡兒。千燒萬戰坤靈死，慘慘終年鳥雀悲。

杜牧

揚州三首

煬帝雷塘土迷藏有舊樓誰家唱水調明月滿揚州（煬一作帝）鑿汴渠成自造水調
駿馬宜閑出千金好舊（一作暗）游喧闐醉年少半脫紫茸裘

秋風放螢苑春草鬬雞臺金絡擎鵰去鸞環拾翠來蜀船紅錦重越橐水沈堆處處皆華表淮王奈却回

街垂千步柳霞映兩重城天碧臺閣麗風涼歌管清纖腰間長袖玉珮雜繁纓拖軸誠爲壯豪華不可名自是荒淫罪何妨作帝京

潤州二首

句吳亭東千里秋放歌曾作昔年遊青苔寺裏無馬（一作鳥）跡綠水橋邊多酒樓大抵南朝皆曠達可憐東晉最風流月明更想桓伊在一笛聞吹出塞愁

謝朓詩中佳麗地夫差傳裏水犀軍城高鐵瓮橫強弩（潤州城孫權築號爲鐵瓮）柳暗朱樓多夢雲畫角愛飄江北去釣歌長向月中聞揚州塵土試回首不惜千金借與君

題揚州禪智寺

雨過一蟬噪飄蕭松桂秋青苔滿階砌白鳥故遲留暮靄生深樹斜陽下小樓誰知竹西路歌吹是揚州

西江懷古

上吞巴漢控瀟湘怒似連山淨鏡光魏帝縫囊眞戲劇符堅投箠更荒唐千秋釣艇（一作舸）歌明月萬里沙鷗弄夕陽范蠡清塵何寂寞好風唯屬往來商

江南懷古

車書混一業無窮井邑山川今古同戊辰年向金陵過惆悵閑吟憶庾公

江南春絕句

千里鶯啼綠映紅水村山郭酒旗風南朝四百八十寺多少樓臺煙雨中

將赴宣州留題揚州禪智寺

故里溪頭松柏雙來時盡日倚松窓杜陵隋苑已絕國秋晚南遊更渡江

題宣州開元寺水閣閣下宛溪夾溪居人

六朝文物草連空天淡雲閑今古同鳥去鳥來山色裏人歌人哭水聲中深秋簾幕千家雨落日樓臺一笛風惆悵無因見（一作逢）范蠡參差煙樹五湖東

宣州送裴坦判官往舒州時牧欲赴官歸京

日暖泥融雪半銷行人（一作人行）芳草馬聲驕九華山路雲遮寺清弋江村柳拂橋君意如鴻高的的我心懸旆正搖搖同來不得同歸去故國逢春一寂寥

句溪夏日送盧霈秀才歸王屋山將欲赴舉

野店正紛泊繭蠶初引絲行人碧溪渡繫馬綠楊枝苒苒跡始去悠悠心所期秋山念君別惆悵桂花時

自宣城赴官上京

瀟灑江湖十過秋酒杯無日不淹（一作遲）留（一作封侯）謝公城畔溪驚夢蘇小門前柳拂頭千里雲山何處好幾人襟韻一生休塵冠挂却知閑事終擬（一作把）蹉跎訪舊遊

春末題池州弄水亭

使君四十四兩佩左銅魚爲吏非循吏論書讀底書晚花紅豔靜高樹綠陰初亭宇清無比溪山畫不如嘉賓能嘯詠官妓巧粧梳逐日愁皆碎隨時醉有餘偃須求五鼎陶秖愛吾廬趣向人皆異賢豪莫笑渠

登池州九峯樓寄張祜

百感中來不自由角聲孤起夕陽樓碧山終日思無盡芳草何年恨即（一作始）休睫在眼前長（一作猶）不見道非身外更（一作欲）何求誰人得似張公子千首詩輕萬户侯

齊安郡晚秋

柳岸風來影漸疎使君家似野人居雲容水態還堪賞嘯志歌懷亦自如雨暗殘燈棊散後（一作歇）酒醒孤枕鴈來初可憐赤壁爭雄渡唯有蓑翁坐釣魚

九日齊安（一作齊山）登高

江涵秋影鴈初飛與客攜壺上翠微塵世難逢開口笑菊花須插滿頭歸但將酩酊酬佳節不用登臨歎（一作恨）落暉古往今來只如此牛山何必淚（一作獨）霑衣

池州春送前進士蒯希逸

芳草復芳草斷腸還斷腸自然堪下淚何必更殘陽楚岸千萬里燕鴻三兩行有家歸不（一作未）得況舉別君觴

齊安郡中偶題二首

兩竿落日溪橋上半縷輕煙柳影中多少綠荷相倚恨一時回首背西風

秋聲無不攪離心夢澤蒹葭楚雨深自滴階前大梧葉干君何事動哀吟

齊安郡後池絕句

菱透浮萍綠錦池夏鶯千囀弄薔薇盡日無人看微雨鴛鴦相對浴紅衣

題齊安城樓

嗚咽（一作軋）江樓角一聲微陽瀲瀲落寒汀不用憑闌苦回首故鄉七十五長亭

池州李使君沒後十一日處州新命始到後見歸妓感而成詩

縉雲新命詔初行纔是孤魂壽器（一作受氣 一作壽氣）成黃壤不知新雨露粉書空（一作唯）換舊銘旌巨卿哭處雲空斷阿鶩歸來月正明多少四年遺愛事鄉閭生子李爲名

見劉秀才與池州妓別

遠風南浦萬重波未似生離別恨多楚管能吹柳花怨吳姬爭唱竹枝歌金釵橫處綠雲墮玉筯凝時紅粉和待得枚臯相見日自應粧鏡笑蹉跎

池州廢林泉寺

廢寺林（一作碧）溪上頹垣倚亂峯看棲歸樹鳥猶想過山鐘石路尋僧去此生應不逢

憶齊安郡

平生睡足處雲夢澤南州一夜風欺竹連江雨送秋格卑常汨汨力學強悠悠終掉塵中手（一作首）瀟湘釣漫流

池州清溪

弄溪終日到黃昏照數秋來白髮根何物賴君千遍洗筆頭塵土漸無痕

遊池州林泉寺金碧洞

袖拂霜林下石稜潺湲聲斷滿溪冰攜茶臘月遊金碧合有文章病茂陵

即事（黃州作）

因思上黨三年戰閑詠周公七月詩竹帛未聞書死節丹青空見畫靈旗蕭條井邑如魚尾早晚干戈識虎皮莫笑一麾東下計滿江秋浪碧參差

贈李秀才（是上公孫子）

骨清年少眼如冰鳳羽參差五色層天上麒麟時一下人間不獨有徐陵

寄李起居四韻

楚女梅簪白雪姿前溪碧水凍醪時雲罍心凸知難捧鳳管簧寒不受吹南國劍眸能盼眄侍臣香袖愛僛垂自憐窮律窮途客正怯（一作劫）孤燈一局碁

題池州貴池亭

勢比凌歊宋武臺分明百里遠帆開蜀江雪浪西江滿強半春寒（一作風）去却來

蘭溪（在蘄州西）

蘭溪春盡碧泱泱映水蘭花雨發香楚國大夫憔悴日應尋此路去瀟湘

睦州四韻

州在釣臺邊溪山實可憐有家皆掩映無處不潺湲好樹鳴幽鳥晴樓（一作巒）入野煙殘春杜陵客中酒落花前

秋晚早發新定

解印書千軸重陽酒百缸涼風滿紅樹曉月下秋江巖壑會歸去塵埃終不降懸纓未敢濯嚴瀨碧淙淙

除官歸京睦州雨霽

秋半吳天霽清凝萬里光水聲侵笑語嵐翠撲衣裳遠樹疑羅帳孤雲認粉囊溪山侵兩越時節到重陽顧我能甘賤無由得自強誤曾公觸尾不敢夜循牆豈意籠飛鳥還爲錦帳郎網今開傅燮書舊識黃香（曾在史館四年）姹女真虛語飢兒欲一行淺深須揭厲休更學張綱

夜泊桐廬先寄蘇臺盧郎中

水檻桐廬館歸舟繫石根笛吹孤戍月犬吠隔溪村卜載達清裁（一作義）幽懷未一論蘇臺菊花節何處與開樽

新轉南曹未敘朝散初秋暑退出守吳興書此篇以自見志

捧詔汀洲去全家羽翼飛喜拋新錦帳榮借舊朱衣且免材爲累何妨拙有機宋株聊自守魯酒怕旁圍清尚寧無素光陰亦未晞一盃寬幕席五字弄珠璣越浦黃柑嫩吳溪紫蟹肥平生江海志佩得左魚歸

題白蘋洲

山鳥飛紅帶亭薇拆紫花溪光初透徹秋色正清華靜處知生樂喧中見死誇無多珪組累終不負煙霞

題茶山（在宜興）

山實東吳秀茶稱瑞草魁剖符雖俗吏修貢亦仙才溪盡停蠻櫂旗張卓翠苔柳村穿窈窕松澗渡喧豗等級雲峰峻寬平洞府開拂天聞笑語特地見樓臺泉嫩黃金湧（山有金沙泉修貢出罷貢即絕）牙香紫璧裁拜章期沃日輕騎疾奔雷舞袖嵐侵澗（一作潤）歌聲谷答回磬音藏葉鳥雪豔照潭梅好是全家到兼爲奉詔來樹陰香作帳花徑落成堆景物殘三月登臨愴一盃重遊難自剋俛首入塵埃

茶山下作

春風最窈窕日曉柳村西嬌雲光占岫健水鳴分溪燎巖野花遠戛瑟幽鳥啼把酒坐芳草亦有佳人攜

入茶山下題水口草市絕句

倚溪侵嶺多高樹誇酒書旗有小樓驚起鴛鴦豈無恨一雙飛去却回頭

春日茶山病不飲酒因呈賓客

笙歌登畫船十日清明前山秀白雲膩溪光紅粉鮮欲開未開花半陰半晴天誰知病太守猶得作茶仙

不飲贈官妓

芳草正得意汀洲日欲西無端千樹柳更拂一條溪幾朵梅堪折何人手好攜誰憐佳麗地春恨却悽悽

早春贈軍事薛判官

雪後新正半春來四刻長晴梅朱粉豔嫩水碧羅光弦管開雙調花鈿坐兩行唯君莫惜醉認取少年場

代吳興妓春初寄薛軍事

霧冷侵紅粉春陰撲翠鈿自悲臨曉鏡誰與惜流年柳暗霏微雨花愁黯淡天金釵有幾隻抽當酒家錢

八月十二日得替後移居霅溪館因題長句四韻

萬家相慶喜秋成處處樓臺歌板聲千歲鶴歸猶有恨一年人住豈無情夜涼溪館留僧話風定蘇潭看月生景物登臨閑始見願爲閑客此閑行

初冬夜飲

淮陽多病偶求歡客袖侵霜與燭盤砌下梨花一堆雪明年誰此凭闌干

栽竹

本因遮日種却似爲溪移歷歷羽林影疏疏煙露姿蕭騷寒雨夜敲劼晚風時故國何年到塵冠挂一枝

梅

輕盈照溪水掩斂下瑤臺妬雪聊相比欺春不逐來偶同佳客見似爲凍醪開若在秦樓畔堪爲弄玉媒

山石榴

似火山榴映小山繁中能薄豔中閑一朵佳人玉釵上秖疑燒却翠雲鬟

柳長句

日落水流西復東春光不盡柳何窮巫娥廟裏低含雨宋玉宅前斜帶風不嫌（一作莫將）榆莢共爭翠深與桃（一作穠杏）花相映紅灞上漢南千萬樹幾人遊宦別離中

隋堤柳

夾岸垂楊三百里秖應圖畫最相宜自嫌流落西歸疾不見東風二月時

柳絕句

數樹新開翠影齊倚風情態被春迷依依故國樊川恨半掩村橋半掩溪（一作拂溪）

獨柳

含煙一株柳拂地搖風久佳人不忍折悵望回纖手

早鴈

金河秋半虜弦開，雲外（一作際）驚飛四散哀。仙掌月明孤影過，長門燈暗數聲來。須知胡騎紛紛在（一作雖隨胡馬翩翩去），豈逐春風一一回。莫厭（一作好是）瀟湘少人處，水多菰米岸莓苔。

鵁鶄

芝莖抽紺趾，清唳擲金梭。日翅閑張錦，風池去罥羅。靜眠依翠荇（一作竹），暖戲折高荷。山陰豈無爾，繭字換羣鵝。

鸚鵡

華堂日漸高，雕檻繫紅絛。故國隴山樹，美人金剪刀。避籠交翠尾，罅嘴靜新毛。不念三緘事，世途皆爾曹。

鶴

清音迎曉月，愁思立寒蒲。丹頂西施頰，霜毛四皓鬚。碧雲行止躁，白鷺性靈麤。終日無羣伴，溪邊弔影孤。

鴉

擾擾復翻翻，黃昏颺冷煙。毛欺皇后髮，聲感楚姬弦。蔓疊盤風下，霜林接翅眠。只如西旅樣，頭白豈無緣。

鷺鷥

雪衣雪髮青玉嘴，群捕魚兒溪影中。驚飛遠（一作低）映碧山去，一樹梨花落晚風。

村舍燕

漢宮一百四十五，多下珠簾閉瑣窗。何處營巢夏將半，茅簷煙裏語雙雙。

歸燕

畫堂歌舞喧喧地，社去社來人不看。長是江樓使君伴，黃昏猶待倚闌干。

傷猨

獨折南園一朵梅，重尋幽坎已生苔。無端晚吹驚高樹，似裊長枝欲下來。

還俗老僧

雪髮不長寸，秋寒力更微。獨尋一徑葉，猶挈衲殘衣。日暮千峰裏，不知何處歸。

斫竹

寺廢竹色死，宦家（一作官家）寧爾留。霜根漸隨斧，風玉尚敲秋。江南苦吟客，何處送悠悠。

將赴湖州留題亭菊

陶菊手自種，楚蘭心有期。遙知渡江日，正是擷芳時。

折菊

籬東菊徑深，折得自孤吟。雨中衣半濕，擁鼻自知心。

雲（一作褚載詩）

盡日看雲首不回，無心都大似無才。可憐光彩一片玉，萬里晴（一作青）天何處來。

醉後題僧院

離心忽忽復悽悽，雨晦傾瓶取醉泥。可羨高僧共心語，一如攜稚往東西。

題禪院（一作醉後題僧院）

觥船一棹（一作棹）百分空，十歲（一作千載）青春不負公。今日鬢絲禪榻畔，茶煙輕（一作裊）颺落花風。

哭李給事中敏

陽陵郭門外，陂阤丈五墳。九泉如結友，茲地好埋君。（朱云：葬陽陵郭外）

黃州竹徑

竹溷（一作岡）蟠小徑，屈折鬬蛇來。三年得歸去，知遶幾千回。

題敬愛寺樓

暮景千山雪，春寒百尺樓。獨登還獨下，誰會我悠悠。

送劉秀才歸江陵

綵服鮮華覲渚宮，鱸魚新熟別江東。劉郎浦夜侵船月，宋玉亭春弄（一作滿）袖風。落落精神終（一作將）有立，飄飄才思杳無窮。誰人世上為金口，借取明時一薦雄。

見吳秀才與池妓別因成絕句

紅燭短時羌笛怨，清歌咽處蜀弦高。萬里分飛兩行淚，滿江寒雨正蕭騷。

湖南正初招李郢秀才

行樂及時時已晚，對酒當歌歌不成。千里暮山重疊翠，一溪寒水淺深清。高人以飲為忙事，浮世除詩盡強名。看著白蘋芽欲吐，雪舟相訪勝閑行。

贈朱道靈

劉根丹篆三千字，郭璞青囊兩卷書。牛渚磯南謝山北，白雲深處有巖居。

屏風絕句

屏風周昉畫纖腰，歲久丹青色半銷。斜倚玉窗鸞髮女，拂塵猶自妬嬌嬈。

哭韓綽

平明送葬上都門，紼翣交橫逐去魂。歸來冷笑悲身事，喚婦呼兒索酒盆。

新定途中

無端偶效張文紀，下杜鄉園別五秋。重過江南更千里，萬山深處一孤舟。

題新定八松院小石

雨滴珠璣碎，苔生紫翠重。故關何日到，且看小三峰。

往年隨故府吳興公夜泊蕪湖口今赴官西去再宿蕪湖感舊傷懷因成十六韻

南指陵陽路，東流似昔年。重恩山未答，雙鬢雪飄然。數仞慚投跡，群公愧拍肩。駑駘蒙錦繡，塵土浴潺湲。郭隗黃金峻，虞卿白璧鮮。貔貅環玉帳，鸚鵡破蠻牋。極浦沈碑會，秋花落帽筵。旌旗明迥野，冠珮照神仙。籌畫言何補，優容道實全。謳謠人撲地，雞犬樹連（一作齊）天。紫鳳超如電，青襟散似煙。蒼生未經濟，墳草已芊綿。往事惟沙月，孤燈但客船。峴山雲影畔，棠葉水聲前。故國還歸去，浮生亦可憐。高歌一曲淚，明日夕陽邊。

全唐詩

杜牧

懷鍾陵舊遊四首

一謫征南最少年，虞卿雙璧截肪鮮。歌謠千里春長暖，絲管高臺月正圓。玉帳軍籌羅俊彥，絳帷環珮立神仙。陸公餘德機雲在，如我酬恩合執鞭。

滕閣中春綺席開，柘枝蠻鼓殷晴雷。垂樓萬幕青雲合，破浪千帆陣馬來。未掘雙龍牛斗氣，高懸一榻棟梁材。連巴控越知何事（一作有），珠翠沈檀處處堆。

十頃平湖堤柳合，岸秋蘭芷綠纖纖。一聲明月採蓮女，四面朱樓卷畫簾。白鷺煙分光的的，微漣風定翠湉湉。

（徒兼切）斜輝更落西山影千步虹橋氣象兼
控壓平江十萬家秋來江靜鏡新磨城頭晚鼓雷霆後
橋上遊人笑語多日落汀痕千里色月當樓午一聲歌
昔年行樂穠桃畔醉與龍沙揀蜀羅

臺城曲二首

整整復斜斜隨旗簇晚沙門外韓擒虎樓頭張麗華誰
憐容足地却羨井中鼃

王頒兵勢急鼓下坐蠻奴瀲灩倪塘水叉牙出骨鬚乾
蘆一炬火回首是平蕪

江上雨寄崔碣

春半平江雨圓文破蜀羅聲眠篷底客寒濕釣來蓑晴
澹遮山遠空濛著柳多此時懷舊恨相望意如何

罷鍾陵幕吏十三年來泊湓浦感舊為詩

青梅雨中熟檣倚酒旗邊故國殘春夢孤舟一褐眠搖
搖遠堤柳暗暗十程煙南奏鍾陵道無因似昔年

商山麻澗

雲光嵐彩四面合柔柔（一作柔柔）垂柳十餘家雉飛鹿過芳草
遠牛巷雞塒春日斜秀眉老父對罇酒蒨袖女兒簪野
花征車自念塵土計惆悵溪邊書細沙

商山富水（一作春）驛（驛本名與陽諫議同姓名因此改為富水驛）

益戇由來未覺賢終須南去弔湘川當時物議朱雲小
後代聲華白日懸邪佞每思當面唾清貧長欠一杯錢
驛名不合輕移改留警朝天者惕然

丹水

何事苦縈迴離腸不自裁恨身（一作聲）隨夢去春態逐雲來
沈定藍光徹喧盤粉浪開翠巖三百尺誰作子陵臺

題武關

碧溪留我武關東一笑懷王跡自窮鄭袖嬌嬈酣似醉
屈原憔悴去如蓬山墻谷塹依然在弱吐強吞盡已空
今日聖神家四海戍旗長卷夕陽中

除官赴闕商山道中絕句

水疊鳴珂樹如帳長楊春殿九門珂我來惆悵不自決
欲去欲住終如何

漢江

溶溶漾漾白鷗飛綠淨春深好染衣南去北來人自老
夕陽長送釣船歸

襄陽雪夜感懷

往事起獨念飄然自不勝前灘急夜響密雪映寒燈的
的三年夢迢迢一綫緪明朝楚山上莫上最高層

詠歌聖德遠懷天寶因題關亭長句四韻

聖敬文思業太平海寰天下唱歌行秋來氣勢洪河壯
霜後精神泰華獰（一作寧）廣德者（一作有）強朝萬國用賢無敵是
長城君王若悟治安論（一作皮論）安史何人敢弄兵

途中作

綠樹南陽道千峯勢遠隨碧溪風澹（一作慢）態芳樹雨餘（一作陰）
姿野渡雲初暖征人袖半垂殘花不足（一作醉）行樂是何
時

重到襄陽哭亡友韋（一作章）壽朋（一作重宿襄州哭韋楚老拾遺）

故人墳樹立（一作五）秋風伯道無兒跡更空重到笙歌分散
地隔江吹笛（一作曲）月明中

赤壁（一作李商隱詩）

折戟沈沙鐵未（一作半）銷自將磨洗認前朝東風不與周郎
便銅雀春深鎖二喬

雲夢澤

日旗龍旆想飄揚一索功高縛楚王直是超然五湖客
未如終始郭汾陽

除官行至昭應聞友人出官因寄

賤子來千里明公去一麾可（一作不）能休（一作揮）涕淚豈獨感恩
知草木窮秋（一作秋風）後山川落照時如何望故國驅馬却遲
遲

寄浙東韓八評事

一笑五雲溪上舟跳丸日月十經秋鬢衰酒減欲誰泥
跡辱魂慙好自尤夢寐幾回迷蛺蝶文章應解（一作廣）伴牢
愁無窮塵土無聊事不得清言解不休

泊秦淮

煙籠寒水月籠沙夜泊秦淮近酒家商女不知亡國恨
隔江猶唱後庭花

秋浦途中

蕭蕭山路窮秋雨淅淅溪風一岸（一作片）蒲為問寒沙新到
雁來時還下（一作在）杜陵無

題桃花夫人（即息夫人）廟

細腰宮裏露桃新脉脉無言度幾春至竟息亡緣底事
可憐金谷墜樓人

初春有感寄歙州邢員外

雪漲前溪水啼聲已繞灘梅衰未減態春嫩不禁寒跡
去夢一覺年來事百般聞君亦多感何處倚闌干

書懷寄中朝往還

平生自許少塵埃為吏塵中勢自迴朱紱久慙官借與
白題（一作頭）還嘆老將來須知世路難輕進豈是君門不大
開霄漢幾多同學伴可憐頭角盡卿材

寄崔鈞

緘書報子玉為我謝平津自愧掃門士誰為乞火人詞
臣陪羽獵戰將騁騏驎兩地差池恨江汀醉送君

初春雨中舟次和州橫江裴使君見迎李趙二
秀才同來因書四韻兼寄江南許渾先輩

芳草渡頭微雨時萬株楊柳拂波垂蒲根水暖雁初浴
梅徑香寒蜂未知辭客倚風吟暗淡使君迴馬濕旌旗
江南仲蔚多情調悵望春（一作陰）陰幾首詩

和州絕句

江湖醉渡十年春牛渚山邊六問津歷陽前事知何（一作虛）
實高位紛紛見陷人

題烏江亭

勝敗兵家（一作事）事不（一作不可）期包羞忍恥是男兒江東子弟多
才（一作豪）俊卷土重來未可知

題橫江館

孫家兄弟晉龍驤馳騁功名業帝王至竟江山誰是主
苔磯空屬釣魚郎

寄澧州張舍人笛

髮勻肉好生春嶺截玉鑽星寄使君檀的染時痕半月

落梅飄處響穿雲樓中威鳳傾冠聽沙上驚鴻掠水分遥想紫泥封詔罷夜深應隔禁墻聞

寄揚州韓綽判官

青山隱隱水迢迢（一作遥遥）秋盡江南草木凋二十四橋明月夜玉人何處教吹簫

送李羣玉赴舉

故人别來面如雪一榻拂雲秋影中玉白花紅三百首五陵誰唱與春風

送薛種遊湖南

賈傅松醪酒秋來美更香憐君片雲思一去遶（一作一櫂去）瀟湘

題壽安縣甘棠館御溝

一渠東注芳華苑苑鎖池塘百歲空水殿半傾蟾口澀爲誰流下蓼花中

汴河（一作口）懷古

錦纜龍舟隋煬帝平臺複道漢梁王遊人閑（一作還）起前朝念折柳孤吟斷殺腸

汴河阻凍

千里長河初凍時玉珂瑤珮響參差浮生却（一作）似冰底水日夜東流人不知

酬張祜處士見寄長句四韻

七子論詩誰似公曹劉須在指揮中薦衡昔日知文舉（令狐相公曾表薦處士）乞火無（一作何）人作蒯通北極樓臺長挂夢西江波浪遠吞空可憐故國三千里虛唱歌詞滿六宮（處士詩曰故國三千里深宮二十年一聲何滿子雙淚落君前）

寄宣州鄭諫議

大夫官重醉江東瀟灑名儒振古風文石陛前辭聖主碧雲天外作冥鴻五言寧謝顔光禄百歲須齊衛武公再拜宜同（一作爲）丈人行過庭交分有無（一作誰）同

題元（一作袁）處士高亭（宣州）

水接西江天外聲小齋松影拂雲平何人教我吹長笛與（一作興）倚春（一作秋又作清）風弄月明

鄭瓘協律

廣文遺韻留樗散雞犬圖書共一船自說江湖不歸事阻風中酒過年年

和野人殷潛之題籌筆驛十四韻

三吴裂婺女九錫獄孤兒霸主（一作王）業未半本朝心是誰永安宫受詔籌筆驛沈思畫地乾坤在濡毫勝負知艱難同草創得失計毫釐寂默經千慮分明渾（一作混）一期川流縈智思山聳助扶持慷慨匡時略從容問罪師褒中秋鼓角渭曲晚旌旗仗義懸無敵鳴攻故（一作固）有辭若非天奪去豈復慮（一作虜）能支子夜星纔落鴻毛鼎便移郵亭世自換白日事長垂何處躬耕者猶題殄瘁詩

重題絶句一首

郵亭寄人世人世寄郵亭何如自籌度鴻路有冥冥

送陸洿郎中棄官東歸

少微星動（一作裏）照春雲魏闕衡門路自分倏去忽來應有意世間塵土謾疑君

寄珉笛與宇文舍人

調高銀字聲還側物比柯亭韻校奇寄與玉人天上去桓將軍見不教吹

寄内兄和州崔員外十二韻

歷陽崔太守何日不含情恩義同鍾李（李膺鍾瑤中外兄弟少相友善）塤篪實弟兄光塵能混合擘畫最分明臺閣仁賢譽閨門孝友聲西方像教毁南海繡衣行（爲嶺南按察副使）金橐寧迴顧珠簟肯一棖祇宜裁密詔何自取專城進退無非道徊翔必有名好風初婉軟離思苦縈盈金馬舊遊貴桐廬春水生雨侵寒牖夢梅引凍醪傾共祝中興主高歌唱太平

遣興

鏡弄白髭鬚如何作老夫浮生長勿勿兒小且嗚嗚忍過事堪喜泰來憂勝無治平心徑熟不遺有窮途

早秋

疎雨洗空曠秋標驚意新大熱去酷吏清風來故人尊酒酌未酌晚（一作曉）花嚬不嚬銖秤與縷雪誰覺老陳陳

秋思

熱去解鉗釱飄蕭秋半時微雨池塘見好風襟袖知髮短梳未足枕涼閑且欹平生分過此何事不參差

途中一絶

鏡中絲髮悲來慣衣上塵痕拂漸難惆悵江湖釣竿手却遮西日向長安

春盡途中

田園不事來遊宦故國誰教爾别離獨倚關亭還把酒一年春盡送春詩（一作時）

題村舍

三（一作數）樹稚桑春未到（一作闢）扶床乳（一作兒）女午啼飢潛銷暗鑠歸何處萬指（一作户）侯家自不知

代人寄遠六言二首（一本作一首）

河橋酒旆風軟候館梅花雪嬌宛陵樓上瞪目（一作春晚）我郎何處情饒

繡領任垂蓬髻丁香閑結春梢賸肯新年歸否江南緑草迢迢

閨情

娟娟却月眉新鬢學鵶飛暗砌勻檀粉晴窗畫夾衣袖紅垂寂寞眉黛斂依稀還向長陵去今宵歸不歸

舊遊

閑吟芍藥詩惆望久嚬眉盼眄迴眸遠纖衫（一作摻）整髻（一作鬢）遲重尋春晝夢笑（一作擬）把淺花枝小市長陵住非郎誰（一作爭）得知

寄遠

隻影隨驚鴈單棲鎖畫籠向春羅袖薄誰念舞臺風

簾

徒云逢剪削豈謂見偏裝鳳節輕雕日鸞花薄飾香問屏何屈曲憐帳解周防下漬金階露斜分碧瓦霜沈沈伴春夢寂寂侍華堂誰見昭陽殿真珠十二行

寄題甘露寺北軒

曾向（一作上）蓬萊宫裏行北軒闌檻最留情孤高堪弄桓伊笛縹緲宜聞子晉笙天接海門秋水色烟籠隋（一作鹿）苑暮鐘聲他年會著荷衣去不向山僧說（一作道）姓名

題青雲館

虬蟠千仞劇羊腸天府由來百二強四皓有芝輕漢祖
張儀無地與懷王雲連帳影蘿陰合枕遶泉聲客夢涼
深處會容高尚者水苗三頃百株桑

正初奉酬歙州刺史邢羣

翠巖千尺倚溪斜曾得嚴光作釣家越嶂遠分丁字水
臘梅遲見二年花明時刀尺君須用幽處田園我有涯
一壑風烟陽羨里解龜休去路非賒

江上偶見絕句

楚江寒食橘花時野渡臨風駐綵旗草色連雲人去住
水紋如縠燕差池

題木蘭廟

彎弓征戰作男兒夢裏曾經與畫眉幾度思歸還把酒
拂雲堆上祝明妃

入商山

早入商山百里雲藍溪橋下水聲分流水舊聲人舊耳
此迴嗚咽不堪聞

偶題

甘羅昔作秦丞相子政曾為漢輦郎千載更逢王侍讀
當時還道有文章

送盧秀才一絕

春瀨與烟遠送君孤櫂開潺湲如不改愁更釣魚來

醉題

金鑷洗霜鬢銀觥斂露桃醉頭扶不起三丈日還高

題商山四皓廟一絕

呂氏強梁嗣子柔我於天性豈恩讐南軍不袒左邊袖
四老安劉是滅劉

送隱者一絕

無媒徑路草蕭蕭自古雲林遠市朝公道世間唯白髮
貴人頭上不曾饒

題張處士山莊一絕

好鳥疑敲磬風蟬認軋箏修篁與嘉樹偏倚半巖生

有懷重送斛斯判官

蒼蒼烟月滿川亭我有勞歌一為聽將取離魂隨白騎

三台星裏拜文星

贈別二首

娉娉嫋嫋十三餘荳蔻梢頭二月初春風十里揚州路
卷一作鄣上珠簾總不如
多情卻似總無情唯一作但覺尊前笑不成蠟燭有心還惜
別替人垂淚到天明

寄遠

前山極遠一作遠極碧雲合清夜一聲白雪微欲寄相思千里
月溪邊一作溪傍殘照雨霏霏

少年行

官為駿馬監職帥羽林兒兩綬藏不見落花何處期獵
敲白玉鐙怒袖紫金鎚田竇長留醉蘇辛曲讓岐豪持
出塞節笑別遠山眉捷報雲臺賀公卿拜壽卮

盆池

鑿破蒼苔地偷他一片天白雲生鏡裏明月落堦前

有寄

雲闊煙深樹江澄水浴秋美人何處在明月萬山頭

全唐詩

杜牧

斑竹筒簟

血染斑斑成錦紋昔年遺恨至今存分明知是湘妃泣
何忍將身臥淚痕

和嚴惲秀才落花

共惜流年留不得且環流水醉流杯無情紅豔年年盛
不恨凋零卻恨開

倡樓戲贈

細柳橋邊深半春纈衣簾裏動香塵無端有寄閑消息
背插金釵笑向人

初上船留寄

烟水本好尚親交何慘悽況為珠履客即泊錦帆堤沙
鴈同船去田鵶遶岸啼此時還有味必臥日從西

秋岸

河岸微退落柳影微彫疎船上聽呼稚堤南趁漉魚數
帆旗去疾一艇箭迴初曾入相思夢因憑附遠書

過大梁聞河亭方讌贈孫子端

梁園縱觀歸應少賦雪搜才去必頻板落豈緣無罸酒
不教客右更添人

題吳興消暑樓十二韻

晴日登攀好危樓物象饒一溪通四境萬岫遶層霄鳥
翼舒華屋魚鱗棹短橈浪花機乍織雲葉匠新雕臺榭
羅嘉卉城池敞麗譙蟾蜍來作鑑螮蝀引成橋燕任隨
秋葉人空集早潮楚鴻行盡直沙鷺立偏翹暮角淒遊
旅清歌慘泬寥景牽遊目困愁託酒腸銷遠吹流松韻
殘陽渡柳橋時陪庾公賞還悟脫煩囂

奉送中丞姊夫儔自大理卿出鎮江西敘事書

懷因成十二韻

惟帝憂南紀搜賢與大藩梅仙調步驟庾亮拂櫜鞬一
室何勞掃三章自不冤精明如定國孤峻似陳蕃灞岸
秋猶嫩藍橋水始喧紅旓罣石壁黑矟斷雲根滕閣丹
霄倚章江碧玉奔一聲仙妓唱千里暮江痕私好初童
稚官榮見子孫流年休挂念萬事至無言玉輦君頻過
馮唐將未論庸書酬萬債竹塢問樊村

中丞業深韜畧志在功名再奉長句一篇兼有

諮勸

檣似鄧林江拍天越香巴錦萬千千滕王閣上柘枝鼓
徐孺亭西一作前鐵軸船八部一作鄣元侯非不貴萬人師長豈
無權要君一作知嚴重疎歡樂猶有河湟可下鞭時收河湟且立三州六關

和裴傑秀才新櫻桃

新果真瓊液人應宴紫蘭圓疑竊龍頷色已奪雞冠遠
火微微辨繁星歷歷看茂先知味好曼倩恨偷難忍用
烹酥一作騂酪從將翫玉盤流年如可駐何必九華丹

春思

豈君心的的，嗟我淚涓涓。綿羽啼來久，錦鱗書未傳。獸爐凝冷焰，羅幕蔽晴煙。自是求佳夢，何須訝晝眠。

代人作

樓高春日早，屏束麝煙堆。盼眄凝魂別，依稀夢雨來。綠鬟羞妥麼，紅頰思天（一作天）偎。鬬草憐香蕙，簪花間雪梅。戍遼雖咽切，遊蜀亦邅迴。錦字梭懸壁，琴心月滿臺。笑筵凝貝啟，眠箔曉珠開。臘破征車動，袍襟對淚裁。

偶題二首

勞勞千里身，襟袂滿行塵。深夜懸雙淚，短亭思遠人。蒼（一作滄）江程未息，黑水夢何頻。明月輕橈去，唯應釣赤鱗。

有恨秋來極，無端別後知。夜闌終耿耿，明發竟遲遲。信已憑鴻去，歸唯與燕期。只因明月見，千里兩相思。

冬至日遇京使發寄舍弟

遠信初憑（一作逢）雙鯉去，他鄉正遇一陽生。尊前豈解愁家國，輦下唯能憶弟兄。旅館夜憂姜被冷，暮江寒覺晏裘輕。竹門風過還惆悵，疑是松窗雪打聲。

洛下送張曼容赴上黨召

歌闋罇殘恨却（一作起）偏，憑君不用設離筵。未趁雉尾隨元老，且驀羊腸過少年。七葉漢貂真密近，一枝詵桂亦徒然。羽書正急徵兵地，須遣頭風處處痊。

宣州留贈

紅鉛濕盡半羅裙，洞府人間手欲分。滿面風流雖似玉，四年夫婿恰如雲。當春離恨盃長滿，倚柱關情日漸曛。爲報眼波須穩當，五陵遊宕莫知聞。

寄題宣州開元寺

松寺曾同一鶴棲，夜深臺殿月高低。何人爲倚東樓柱，正是千山雪漲溪。

贈張祜

詩韻一逢君，平生稱所聞。粉毫唯畫月，瓊尺只裁雲。獻陣人人懾，秋星（一作霜）歷歷分。數篇留別我，羞殺李將軍。

殘春獨來南亭因寄張祜

暖雲如粉草如茵，獨步長堤不見人。一嶺桃花紅錦黦，半溪山水碧羅新。高枝百舌猶欺鳥，帶葉梨花獨送春。仲蔚欲知何處在，苦吟林下拂詩塵。

宣州開元寺南樓

小樓纔受一牀橫，終日看山酒滿傾。可惜和風夜來雨，醉中虛度打窗聲。

寄遠人

終日求人卜，迴迴道好音。那時離別後，入夢到如今。

別沈處士

舊事參差夢，新程邐迤秋。故人如見憶，時到寺東樓。

留贈

舞鞾應任閑人看，笑臉還須待我開。不用鏡前空有淚，薔薇花謝即歸來。

奉和僕射相公春澤稍愆聖君軫慮嘉雪忽降品彙昭蘇即事書成四韻（白相國）

飄來雞樹鳳池邊，漸壓瓊枝凍碧漣。銀闕雙高銀漢裏，玉山橫列玉墀前。昭陽殿下風迴急，承露盤中月彩圓。上相抽毫歌帝德，一篇風雅美豐年。

寄李播評事

子列光殊價，明時忍自高。寧無好舟楫，不泛惡風濤。大翼終難戢，奇鋒且自韜。春來煙渚上，幾淨雪霜毫。

送牛相出鎮襄州

盛時常注意，南雍暫分茅。紫殿辭明主，巖廊別舊交。危幢侵碧霧，寒旆獵紅旓。德業懸秦鏡，威聲隱楚郊。拜塵先灑淚，成厦昔容巢。遙仰沈碑會，鴛鷺玉佩敲。

送薛邽二首

可憐走馬騎驢漢，豈有風光肯占伊。只有三張最惆悵，下山迴馬尚遲遲。

小捷風流已俊才，便將紅粉作金臺。明年未去池陽郡，更乞春時却重來。

見穆三十宅中庭海榴花謝

矜紅掩素似多才，不待櫻桃不逐梅。春到未曾逢宴賞，雨餘爭解免低徊。巧窮南國千般豔，趁得春風二月開。堪恨王孫浪遊去，落英狼籍始歸來。

留誨曹師等詩

萬物有醜好，各一姿狀分。唯人即不爾，學與不學論。學非探其花，要自撥其根。孝友與誠實，而不忘爾言。根本既深實，柯葉自滋繁。念爾無忽此，期以慶吾門。

洛陽

文爭武戰就神功，時似開元天寶中。已建玄戈收相土，應迴翠帽過離宮。侯門草滿宜（一作宜）寒兔，洛浦沙深下（一作見）塞鴻。疑有女娥西望處，上陽煙樹正秋風。

寄唐州李玭（一作玼）尚書

累代功勳照世光，奚胡聞道死心降。書功筆禿三千管，領節門排十六雙。先揖耿弇聲寂寂，今看黃霸事摐摐。時人欲識胸襟否，彭蠡秋連萬里江。

南陵道中（一作寄遠）

南陵水面漫悠悠，風緊雲輕欲變秋。正是客心孤迴處，誰家紅袖凭（一作倚）江樓。

登九峰樓

晴江灩灩含淺沙，高低遶郭滯秋花。牛歌魚笛山月上，鷺渚鶖梁溪日斜。爲郡異鄉徒泥酒，杜陵芳草豈無家。白頭搔殺倚柱遍，歸棹何時聞軋鴉。

別家

初歲嬌兒未識爺，別爺不拜手吒叉。拊頭一別三千里，何日迎門却到家。

歸家（一作趙嘏詩）

稚子牽衣問，歸來何太遲。共誰爭歲月，贏得鬢邊絲。

雨

連雲接塞添迢遞，灑幕侵燈送寂寥。一夜不眠孤客耳，主人窻外有芭蕉。

送人

鴛鴦帳裏（一作暖）暖芙蓉，低泣關山幾萬重。明鏡半邊釵一股，此生何處不相逢。

遣懷

道泰時還泰，時來命不來。何當離城市，高臥博山隈。

醉贈薛道封

飲酒論文四百刻水分雲隔二三年男兒事業知公有賣與明君直幾錢

歙州盧中丞見惠名醞

誰憐賤子啟窮途太守封來酒一壺攻破是非渾似夢削平身世有如無醺醺若借嵇康懶兀兀仍添甯武愚猶念悲秋更分賜夾溪紅蓼映風蒲

詠襪

鈿尺裁量減四分纖纖玉筍裹輕雲五陵年少欺他醉笑把花前出畫裙

宮詞二首

蟬翼輕綃傅體紅玉膚如醉向春風深宮（一作闈）鎖閉猶疑惑更取丹沙試辟宮

監宮引出暫開門隨例須（一作趨）朝不是恩銀鑰却收金鎖合月明花落又黃昏

月

三十六宮秋夜深昭陽歌斷信沈沈唯應獨伴陳皇后照見長門望幸心

忍死留别獻鹽鐵裴相公二十叔

賢相輔明主蒼生壽域開青春辭白日幽壤作黃埃豈是無多士偏蒙不棄才孤墳三尺土誰可為培栽

悲吳王城

二月春風江上來水精波動碎樓臺吳王宮殿柳含翠蘇小宅房花正開解舞細腰何處往能歌姹女逐誰迴千秋萬古無消息國作荒原人作灰

閨情代作

梧桐葉落鴈初歸迢遞無因寄遠衣月照石泉金點冷鳳酣簫管玉聲微佳人刀杵秋風外蕩子從征夢寐希遥望戍樓天欲曉滿城鼙鼓白雲飛

寄沈褒秀才

晴河萬里色如刀處處浮雲卧碧桃仙桂茂時金鏡曉洛波飛處玉容高雄如寶劍衝牛斗麗似鴛鸞養羽毛他日憶君何處望九天香滿碧蕭騷

入關

東西南北數衢通曾取江西徑過東今日更尋南去路未秋應有北歸鴻

及第後寄長安故人

東都放榜未花開三十三人走馬迴秦地少年多釀（一作辦）酒已（一作卯）將春色入關來

偶作

才子風流詠曉霞倚樓吟住日初斜驚殺東鄰繡牀女錯將黃暈壓檀花

贈終南蘭若僧

北闕南山是故鄉（一作家在城南杜曲傍）兩枝仙桂一時芳休公都不知名姓始覺禪門氣味長

遣懷

落魄（一作拓）江南（一作湖）載酒行楚腰腸斷（一作纖細）掌中輕十年一覺揚州夢贏（一作占）得青樓薄倖名

秋感

金風萬里思何盡玉樹一窗秋影寒獨掩柴門明月下淚流香袂倚闌干

贈漁父

蘆花深澤靜垂綸月夕煙朝幾十春自說孤舟寒水畔不曾逢著獨醒人

歎花

自恨尋芳到已遲往年曾見未開時如今風擺花狼籍綠葉成陰子滿枝

題劉秀才新竹

數莖幽玉色曉夕翠煙分聲破寒窗夢根穿綠蘚紋漸籠當檻日欲礙入簾雲不是山陰客何人愛此君

山行

遠上寒山石徑斜白雲生處有人家停車坐愛楓林晚霜葉紅於二月花

書懷

滿眼青山未得過鏡中無那鬢絲何祇言旋老轉無事欲到中年事更多

紫薇花

曉迎秋露一枝新不占園中最上春桃李無言又何在向風偏笑豔陽人

醉後呈崔大夫

謝傅秋涼閱管弦徒教賤子侍華筵溪頭正雨歸不得辜負東（一作南）窗一覺眠

和宣州沈大夫登北樓書懷

兵符嚴重辭金馬星劍光芒射斗牛筆落青山飄古韻帳開紅旆照高秋香連日彩浮綃幕溪逐歌聲遶畫樓可惜登臨佳麗地羽儀須去鳳池遊

夜雨

九月三十日雨聲如别（一作初）秋無端滿階葉共白幾人頭點滴侵寒夢蕭騷著淡愁漁歌聽不唱蓑濕棹迴舟

方響

數條秋水挂琅玕玉手丁當怕夜寒曲盡連敲三四（一作五）下恐驚珠淚落金盤

將出關宿層峰驛却寄李諫議

孤驛在重阻雲根掩柴扉數聲暮禽切萬壑秋意歸心馳碧泉澗目斷青瑣闈明日武關外夢魂勞遠飛

使回枉唐州崔司馬書兼寄四韻因和

清晨候吏把書來十載離憂得暫開癡叔去時還讀易仲容多興索銜杯人心計日殷勤望馬首隨雲早晚迴莫為霜臺愁歲暮潛龍須待一聲雷

郡齋秋夜即事寄斛斯處士許秀才

有客誰人肯夜過獨憐風景奈愁何邊鴻怨處迷霜久庭樹空來見月多故國杳無千里信綵弦時伴一聲歌馳心祇待城烏曉幾對虛簷望白河

早春題真上人院（生天寶初）

清羸已近百年身古寺風煙又一春寰海自成戎馬地唯師曾是太平人

對花微疾不飲呈坐中諸公

花前（一作間）雖病亦提壺數調持觴興有無盡日臨風羨人醉雪香空伴白髭鬚

酬王秀才桃花園見寄

桃滿西園淑景催，幾多紅豔淺深開。此花不逐溪流出，晉客無因入洞來。

走筆送杜十三歸京

煙鴻上漢聲聲遠，逸驥尋雲步步高。應笑內兄年六十，郡城閑坐養霜毛。

送王十至褒中因寄尚書

闕下經年別，人間兩地情。壇場新漢將，煙月古隋城。鴈去梁山遠，雲高楚岫明。君家荷藕好，緘恨寄遙程。

後池泛舟送王十

相送西郊暮景和，青蒼竹外遶寒波。爲君蘸甲十分飲，應見離心一倍多。

重送王十

執袂（一作分袂）還應立馬看，向來離思始知難。鴈飛不見行塵滅，景下山遙極目寒。

洛陽秋夕

泠泠寒水帶霜風，更在天橋夜景中。清禁漏閑煙樹寂，月輪移在上陽宮。

贈獵騎

已落雙鵰血尚新，鳴鞭走馬又翻身。憑君莫射南來鴈，恐有家書寄遠人。

懷吳中馮秀才

長洲苑外草蕭蕭，却筭遊程歲月遙。唯有別時今不忘，暮煙秋雨過楓橋。

寄東塔僧

初月微明漏白煙，碧松梢外挂青天。西風靜起傳深夜，應送（一作業）愁吟入夜禪（一作蟬）。

秋夕

紅燭（一作銀燭）秋光冷畫屏，輕羅小扇撲流螢。天階（一作瑤階）夜色涼如水，坐看（一作臥看）牽牛織女星。

瑤瑟

玉仙瑤瑟夜珊珊，月過樓西（一作西樓）桂燭殘。風景人間不如此，動搖湘水徹明寒。

送故人歸山

三清洞裏無端別，又拂塵衣欲臥雲。看著挂冠迷處所，北山蘿月在移文。

聞角

曉樓煙檻出雲霄，景下林塘已寂寥。城角爲秋悲更遠，護霜雲破海天遙。

押兵甲發谷口寄諸公

曉澗青青桂色孤，楚人隨玉上天衢。水辭谷口山寒少，今日風頭校暖無。

和令狐侍御賞蕙草

尋常詩思巧如春，又喜幽亭蕙草新。本是馨香比君子，遶欄今更爲何人。

偶題

道在人間或可傳，小還輕（一作經）變已多年。今來海上昇高望，不到蓬萊不是仙。

三川驛伏覽座主舍人留題

舊跡依然已十秋，雪山當面照銀鉤。懷恩淚盡霜天曉，一片餘霞映驛樓。

陝州醉贈裴四同年

凄風洛下同羈思，遲日棠陰得醉歌。自笑與君三歲別，頭銜依舊鬢絲多。

破鏡

佳人失手鏡初分，何日團圓再會君。今朝萬里秋風起，山北山南一片雲。

長安雪後

秦陵漢苑參差雪，北闕南山次第春。車馬滿城原上去，豈知惆悵有閑人。

華清宮

零葉飜紅萬樹霜，玉蓮開蘂暖泉香。行雲不下朝元閣，一曲淋鈴淚數行。

冬日題智門寺北樓

滿懷多少是恩酬，未見功名已白頭。不爲尋山試筋力，豈能寒上背雲樓。

別王十後遣京使累路附書

重關曉度宿雲寒，羸馬緣知步步難。此信的應中路見，亂山何處拆書看。

許秀才至辱李蘄州絕句問斷酒之情因寄

有客南來話所思，故人遙枉醉中詩。暫因微疾須防酒，不是歡情減舊時。

送張判官歸兼謁鄂州大夫

處士聞名早，遊秦獻疏迴。腹中書萬卷，身外酒千盃。江雨春波闊，園林客夢催。今君拜旌戟，凜凜近霜臺。

宿長慶寺

南行步步遠浮塵，更近青山昨夜隣。高鐸數聲秋撼玉，霽河千里曉橫銀。紅蕖影落前池淨，綠稻香來野逕頻。終日官閑無一事，不妨長醉是遊人。

望少華三首

身隨白日看將老，心與青雲自有期。今對晴峰無十里，世緣多累暗生悲。

文字波中去不還，物情初與是非閑。時名竟是無端事，羞對靈山道愛山。

眼看雲鶴不相隨，何況塵中事作爲。好伴羽人深洞去，月前秋聽玉參差。

登澧州驛樓寄京兆韋尹（尹曾典此郡）

一話涔陽舊使君，郡人迴首望青雲。政聲長與江聲在，自到津樓日夜聞。

長安晴望

翠屏山對鳳城開，碧落搖光霽後來。迴識六龍巡幸處，飛煙閑遶望春臺。

歲旦（一作日）朝回口號

星河猶在整朝衣，遠望天門再拜歸。笑向春風初五十，敢言知命且知非。

驌驦駿

瑤池罷遊宴，良樂委塵沙。遭遇不遭遇，鹽車與鼓車。

龍丘途中二首（一作李商隱詩）

漢苑殘花別，吳江盛夏來。唯看萬樹合，不見一枝開。

水色饒湘浦，灘聲怯建溪。淚流迴月上，可得更猿啼。

宮人塚

盡是離宮院中女，苑牆城外塚纍纍。少年入內教歌舞，不識君王到老（一作死）時。

寄浙西李判官

燕臺上客意如何，四五年來漸漸疎。直道莫抛男子業，遭時還與故人書。青雲滿眼應驕我，白髮渾頭少恨渠。唯念賢哉崔大讓，可憐無事不歌魚。

寄杜子二首

不識長楊事北胡，且教紅袖醉來扶。狂風烈焰雖千尺，豁得平生俊氣無。

武牢關吏應相笑，箇裏年年往復來。若問使君何處去，爲言相憶首長迴。

盧秀才將出王屋高步名場江南相逢贈別

王屋山人（一作中）有古文，欲攀青桂弄氛氲。將攜健筆干明主，莫向仙壇問白雲。馳逐寧教爭處讓，是非偏忌衆人分。交遊話我憑君道，除却鱸魚更不聞。

送劉三復郎中赴闕

横溪辭寂寞，金馬去追遊。好是鴛鴦侶，正逢霄漢秋。玉珂聲瑣瑣，錦帳夢悠悠。微笑知今是，因風謝釣舟。

羊欄浦夜陪宴會

戈檻營中夜未央，雨沾雲惹侍襄王。毬來香袖依稀暖，酒凸觥心汎灩光。紅弦高緊聲聲急，珠唱鋪圓裊裊長。自比諸生最無取，不知何處亦升堂。

送杜顗赴潤州幕

少年才俊赴知音，丞相門欄不覺深。直道事人男子業，異鄉加飯弟兄心。還須整理韋弦佩，莫獨矜誇玳瑁簪。若去上元懷古去（一作處），謝安墳下與沈吟。

有感

宛溪垂柳最長枝，曾被春風盡日吹。不堪攀折猶堪看，陌上少年來自遲。

書懷寄盧州（一作瀘州守）

謝山南畔州，風物最宜秋。太守懸金印，佳人敞畫樓。凝缸暗醉夕，殘月上汀洲。可惜當年鬢，朱門不得遊。

賀崔大夫崔正字

內舉無慚古所難，燕臺遥想拂塵冠。登龍有路水不峻，一鴈背飛天正寒。别夜酒餘紅燭短，映山帆滿（一作去）碧霞殘。謝公樓下潺湲響，離恨詩情添幾般。

江南送左師

江南爲客正悲秋，更送吾師古渡頭。惆悵不同塵土别，水雲蹤跡去悠悠。

寢夜

蛩唱如波咽，更深似水寒。露華驚弊褐，燈影挂塵冠。故國初離夢，前溪更下灘。紛紛毫髮事，多少宦遊難。

十九兄郡樓有宴病不赴

十二層樓敞畫簷，連雲歌盡草纖纖。空堂病怯階前月，燕子嗔垂一竹（一作行，又作桁）簾。

愁

聚散竟無形，迴腸自結成。古今留不得，離別又潛生。降虜將軍思，窮秋遠客情。何人更憔悴，落第泣秦京。

隋苑（一作李商隱詩，題云定子）

紅霞（一作濃檀）一抹廣陵春，定子當筵（一作初開）睡臉新。却笑喫虧隋煬帝，破家亡國爲誰（一作何）人。

芭蕉

芭蕉爲雨移，故向窗前種。憐渠點滴聲，留得歸鄉夢。夢遠莫歸鄉，覺來一翻動。

汴人舟行荅張祜

千萬長河共使船，聽君詩句倍愴（一作悽）然。春風野岸名花發，一道帆檣畫柳煙。

牧陪昭應盧郎中在江西宣州佐今吏部沈公幕罷府周歲公宰昭應牧在淮南縻職叙舊成二十二韻用以投寄

燕鴈下揚州，涼風柳陌愁。可憐千里夢，還是一年秋。宛水環朱檻，章江敞碧流。謬陪吾益友，祗事我賢侯。印組縈光馬，鋒鋩看解牛。井閭安樂易，冠蓋愜依投。政簡稀開閤，功成每運籌。送春經野塢，遲日上高樓。玉裂歌聲斷，霞飄舞帶收。泥情斜拂印，別臉小低頭。日晚花枝爛，釭疑粉彩裯。未曾孤酩酊，剩肯隻淹留。重德俄徵寵，諸生苦宦遊。分途之絕國，灑淚拜行輈。聚散真漂梗，光陰極轉郵。銘心徒歷歷，屈指盡悠悠。君作烹鮮用，誰膺仄席求。卷懷能憤悱，卒歲且優遊。去矣時難遇，沽哉價莫酬。滿枝爲鼓吹，衷甲避戈矛。隋帝宮荒草，秦王土一丘。相逢好大笑，除此總雲浮。

全唐詩

杜牧

寓言

暖風遲日柳初含，顧影看身又自慙。何事明朝獨惆悵，杏花時節在江南。

猿

月白煙青水暗流，孤猿銜恨叫中秋。三聲欲斷疑腸斷，饒是少年今（一作須）白頭。

懷歸

塵埃終日滿窗前，水態雲容思浩然。爭得便歸湘浦去，却持竿上釣魚船。

邊上晚秋

黑山南面更無州，馬放平沙夜不收。風送孤城臨晚角，一聲聲入客心愁。

傷友人悼吹簫妓

玉簫聲斷没流年，滿目春愁隴樹（一作上）煙。豔質已隨雲雨散，鳳樓空鎖月明天。

訪許顏

門近寒溪窗近山，枕山流水日潺潺。長嫌世上浮雲客，老向塵中不解顏。

春日古道傍作

萬古榮華旦暮齊，樓臺春盡草萋萋。君看陌上何人墓

旋化紅塵送馬蹄

青塚

青塚前頭隴水流燕支山上暮雲秋蛾眉一墜窮泉路夜夜孤魂月下愁

大夢上人自盧峰回

行脚尋常到寺稀一枝藜杖一禪衣開(一作閑)門滿院空秋色新向廬峰過夏歸

洛中二首

柳動晴風拂路塵年年宮闕鎖濃春一從翠輦無巡幸老却蛾眉幾許人

風吹柳帶搖晴綠蝶遶花枝戀暖香多把芳菲泛春酒直教愁色對愁腸

邊上聞笳三首

何處吹笳薄暮天塞垣高鳥没狼煙遊人一聽頭堪白蘇武爭禁十九年

海路無塵邊草新榮枯不見綠楊春白沙日暮愁雲起獨感離鄉萬里人

胡雛吹笛上高臺寒雁驚飛去不回盡日春風吹不散只應分付客愁來

春日寄許渾先輩

薊北雁初去湘南春又歸水流滄海急人到白頭稀塞路盡何處我愁當落暉終須(一作年)接鴛鷺霄漢共高飛

經闔閭城

遺蹤委衰草行客思悠悠昔日人何處終年水自流孤煙郊戍遠亂雨海門秋吟罷獨歸去煙雲盡慘愁

并州道中

行役我方倦苦吟誰復聞戍樓春帶雪邊角暮吹雲極目無人迹回頭送鴈羣如何遣公子高卧醉醺醺

別懷

相別徒成泣經過總是空勞生慣離别夜夢苦西東去路三湘浪歸程一片風他年寄消息書在鯉魚中

漁父

白髮滄浪上全忘是與非秋潭垂釣去夜月叩船歸煙影侵蘆岸潮痕在竹扉終年狎鷗鳥來去且無機

秋夢

寒空動高吹月色滿清砧殘夢夜魂斷美人邊思深孤鴻秋出塞一葉暗辭林又寄征衣去迢迢天外心

早秋客舍

風吹一片葉萬物已驚秋獨夜他鄉淚年年爲客愁别離何處盡搖落幾時休不及磻溪叟身閑長自由

逢故人

故交相見稀相見倍依依塵路事不盡雲巖閑好歸投人銷壯志徇俗變真機又落他鄉淚風前一滿衣

秋晚江上遣懷

孤舟天際外去路望中賒貧病遠行客夢魂多在家蟬吟秋色樹鴉噪夕陽沙不擬徹雙鬢他方擲歲華

長安夜月

寒光垂靜夜皓彩滿重城萬國盡分照誰家無此明古槐疎影薄仙桂動秋聲獨有長門裏蛾眉對曉晴

雲

東西那有礙出處豈虛心曉入洞庭闊暮歸巫峽深渡江隨鳥影擁樹隔猿吟莫隱高唐去枯苗待作霖

春懷

年光何太急倏忽又青春明月誰爲主江山暗換人鶯花潛運老榮樂漸成塵遥憶朱門柳别離應更頻

逢故人

年年不相見相見却成悲教我淚如霰嗟君髮似絲正傷攜手處況值落花時莫惜今宵醉人間忽忽期

閑題

男兒所在即爲家百鎰黄金一朶花借問春風何處好綠楊深巷馬頭斜

金谷園

繁華事散逐香塵流水無情草自春日暮東風怨啼鳥落花猶似墮樓人

重登科

星漢離宮月出輪滿街含笑綺羅春花前每被青蛾問何事重來只一人

遊邊

黄沙連海路無塵邊草長枯不見春日暮拂雲堆下過馬前逢著射鵰人

將赴池州道中作

青陽雲水去年尋黄絹歌詩出翰林投轄暫停留酒客絳帷斜繫滿松陰妖人笑我不相問道者應知歸路心南去南來盡鄉國月明秋水只沈沈

隋宮春

龍舟東下事成空蔓草萋萋滿故宮亡國亡家爲顔色露桃猶自恨春風

蠻中醉(一作張藉詩)

瘴塞蠻江入洞流人家多在竹棚頭青山海上無城郭唯見松牌出象州

寓題

把酒直須判酩酊逢花莫惜暫淹留假如三萬六千日半是悲哀半是愁

送趙十二赴舉

省事却因多事力無心翻似有心來秋風郡閣殘花在别後何人更一杯

偶呈鄭先輩

不語亭亭儼薄粧畫裙雙鳳鬱金香西京才子旁看取何似喬家那窈娘

子規(此詩又見李白集題作宣城見杜鵑花)

蜀地曾聞子規鳥宣城又見杜鵑花一叫一回腸一斷三春三月憶三巴

江樓

獨酌芳春酒登樓已半醺誰驚一行鴈衝斷過江雲

旅宿

旅館無良伴凝情自悄然寒燈思舊事斷鴈警愁眠遠夢歸侵曉家書到隔年湘江好煙月門繫釣魚船

杜鵑

杜宇竟何冤年年叫蜀門至今銜積恨終古弔殘魂芳

草迷腸結紅花染血痕山川盡春色嗚咽復誰論

聞蟬

火雲初似滅曉角欲微清故國行千里新蟬忽數聲時行仍髣髴度日更分明不敢頻傾耳唯憂白髮生

送友人

十載名兼利人皆與命爭青春留不住白髮自然生夜雨滴鄉思秋風從別情都門五十里馳馬逐雞聲

旅情

窗虛枕簟涼寢倦憶瀟湘山色幾時老人心終日忙松風半夜雨簾月滿堂霜匹馬好歸去江頭橘正香

曉望

獨起望山色水雞鳴蓼洲房星隨月曉楚木向雲秋曲渚疑江盡平沙似浪浮秦原在何處澤國碧悠悠

貽友人

自是東西客逢人又送人不應相見老秖是別離頻度日還知暮平生未識春儻無遷谷分歸去養天真

書事

自笑走紅塵流年舊復新東風半夜雨南國萬家春失計拋魚艇何門化涸鱗是誰添歲月老却暗投人

別鶴

分飛共所從六翮勢催（一作摧）風聲斷碧雲外影孤明月中青田歸路遠月（一作丹）桂舊巢空矯翼知何處天涯不可窮

晚泊

帆濕去悠悠停橈宿渡頭亂煙迷野岸獨鳥出中流蓬雨延鄉夢江風阻暮秋儻無身外事甘老向扁舟

山寺

峭壁引行徑截溪開石門泉飛濺虛檻雲起漲河軒隔水看來路疎籬見定猿未閑難久住歸去復何言

早行

垂鞭信馬行數里未雞鳴林下帶殘夢葉飛時忽驚霜凝孤鶴迥月曉遠山橫僮僕休辭險時平路復平

秋日偶題

荷花兼柳葉彼此不勝秋玉露滴初泣金風吹更愁緑眉甘棄墜紅臉恨飄流歎息是遊子少年還白頭

憶歸

新城非故里終日想柴扃興罷花還落愁來酒欲醒何人初髮白幾處亂山青遠憶湘江上漁歌對月聽

偶見（黃州作）

朔風高緊掠河樓白鼻騧郎白罽裘有箇當壚明似月馬鞭斜揖笑回頭

醉倒

日晴空樂下仙雲俱在涼亭送使君莫辭一盞即相請還是三年更不聞

酬許十三秀才兼依來韻

多爲裁詩步竹軒有時凝思過朝昏篇成敢道懷金璞吟苦唯應似嶺猿迷興每慚花月夕寄愁長在別離魂憑（一作煩）君把卷侵寒燭麗句時傳畫戟門

後池泛舟送王十秀才

城日晚悠悠弦歌在碧流夕風飄度曲煙嶼（一作嶼煙）隱行舟問拍擬（一作疑）新令憐香占彩毬當筵雖一醉寧復緩離愁

書情

誰家洛浦神十四五來人媚髮輕垂額香衫軟著身摘蓮紅袖濕窺淥翠蛾頻飛鵲徒來往平陽公主親

兵部（一作李）尚書席上作

華堂今日綺筵開誰喚（一作召）分司御史來偶（一作忽）發狂言驚滿坐三重粉面（紀事作兩行紅粉）一時回（牧爲御史分務雒陽時李司徒愿罷鎮閑居聲伎豪侈雒中名士咸謁之李高會朝客以杜持憲不敢邀致杜遣座客達意願與斯會李不得已邀之杜獨坐南向瞪目注視引滿三卮問李云聞有紫雲者孰是李指之杜凝睇良久曰名不虛傳宜以見惠李俛而笑諸妓亦回首破顏杜又自飲二爵朗吟此詩而起意氣閑逸旁若無人杜不拘細行故詩有十年一覺揚州夢贏得青樓薄倖名）

驌驦坂

荊州一萬里不如蒯易度仰首望飛鳴伊人何異趣

全唐詩

杜牧

冬日五湖（一作浪）館水亭懷別

蘆荻花多觸處飛獨凭虛檻雨微微寒林葉落鳥巢出古渡風高漁艇稀雲抱四山終日在草荒三徑幾時歸江城向晚西流（一作東風）急無限鄉心（一作半鄉愁）聞擣衣

不寢

到曉不成夢思量堪白頭多無百年命長有萬般愁世路應難盡營生卒未休莫言名與利名利是身讎

泊松江（一作許渾詩題作夜泊松江渡寄友人）

清露白雲明月天與君齊櫂木蘭船南湖風雨（一作風波湖雨）一相失夜泊橫塘心渺然

題水西寺

三日去還住一生焉再遊含情碧溪水重上粲公樓

贈別宣州崔群相公

衰散相逢洛水邊却思同在紫微天盡將舟楫板橋去早晚歸來更濟川

聞開江相國宋（一作宋相公申錫）下世二首

權門陰進（一作奏）奪移才驛騎如星墮峽來晁氏有恩忠作禍賈生無罪直爲災貞魂誤向崇山沒冤氣疑從湘（一作汨）水回畢竟成功（一作功成）何處是五湖雲月一帆開

月落清湘（一作湘潭）棹不喧玉杯瑶瑟奠蘋蘩誰令（一作能）力制乘

軒鶴自取機沈在檻猿位極乾坤三事貴謗興華夏一夫寃宵衣旰食明天子日伏青蒲不爲(一作敢)言

出關

朝纓初解佐江潰麋鹿心知自有羣漢囿獵稀慵獻賦楚山耕早任移文臥歸漁浦月連海行望鳳城花隔雲關吏不須迎馬笑去時無意學終軍

暝投雲智寺渡溪不得却取沿江路往

雙岩瀉一川回馬斷橋前古廟陰風地寒鍾暮雨天沙虛留虎跡水滑帶龍涎却下臨江路潮深無渡船

宣城贈蕭兵曹(一作許渾詩)

桂檝謫湘渚三年波上春舟寒句(一作劍)溪雪衣故(一作拔)洛城塵客道恥搖尾皇恩寬犯鱗花時去國遠月夕上樓頻賒(一作貪)酒不辭病傭書非(一作爲)貧行吟值漁父坐隱對樵人紫陌罷雙轍碧潭窮一綸(一作輪)高秋更南去煙水是通津

過鮑溶宅有感

寥落故人宅重來身已亡古苔殘墨沼深竹舊書堂秋色池館(一作塘)靜雨聲雲木涼無因展交道日暮倍心傷

寄兄弟

江城紅葉盡旅思倍凄涼孤夢家山遠獨眠秋夜長道存空倚命身賤未歸鄉南望仍垂淚天邊鴈一行(此首又見許渾集題作寄小弟)

秋日

有計自安業秋風罷遠吟買山惟種竹對客更彈琴煙起藥厨晚杵聲松院深閑眠得真性惆悵舊時心

卜居招書侶

憶昨(一作意在)未知道臨川每羨魚世途行處見人事病來踈微雨秋栽竹孤燈夜讀書憐君亦同志晚歲傍山居

西山草堂

何處人事少西峰(一作山)舊草堂曬書秋日晚洗藥石泉香後嶺有(一作看)微雨北窻生曉涼徒勞問歸路峰疊遠家鄉

貽隱者

佪報隱居山莫憂山興闌求人顏色盡知道性情寬信譜彈琴誤緣(一作沿)崖斲藥難東皐亦自給殊愧遠相安

石池

通竹引泉脈泓澄深(一作澈)石盆驚魚翻藻葉浴鳥上松根殘月留(一作斜日回)山影高風耗水痕誰家洗秋藥來往自開門

送蘇協律從事振武

琴尊詩思勞更欲學龍韜王粲暫投筆呂虔初佩刀夜吟關月苦秋望塞雲高去去從軍樂鵰飛岱馬豪

懷政禪師院

山齋路幾層敗衲學眞乘寒暑移雙樹光陰盡一燈風飄高竹雪泉漲小池冰莫訝頻來此修身欲到僧

送荔浦蔣明府赴任

路長春欲盡歌怨酒多酣白社蓮塘(一作宮)北青袍桂水南驛行盤鳥道船宿避龍潭眞得詩人趣煙霞處處諳

秋夕有懷

念遠坐西閣華池涵月涼書回秋欲盡酒醒夜初長露白蓮衣淺風清蕙帶香前年此佳景蘭棹醉橫塘

秋霽寄遠

初霽獨登賞西樓多遠風橫煙秋水上踈雨夕陽中高樹下山鳥平蕪飛草蟲唯應待明月千里與君同

經古行宮(一作經華清宮)

臺(一作樓)閣參差倚太陽年年花發滿山香重門勘(一作閉)鎖青春晚深殿垂簾白日長草色芊綿侵御路泉聲嗚咽繞宮墻先皇一去無回駕紅粉雲環(一作鬟)空斷腸

宣州開元寺贈惟眞上人

曾與徑山爲小師千年僧行衆人知夜深月色當禪處齋後鐘聲到講時經雨綠苔侵古畫過秋紅葉落新詩勸君莫厭江城客雖在風塵別有期

秋晚懷茅山石涵村舍

十畝山田近石涵村居風俗舊曾諳簾前白艾驚春燕籬上青桑待晚蠶雲暖採茶來嶺北月明沽酒過溪南陵陽秋盡多歸思紅樹蕭蕭覆碧潭

留題李侍御書齋

曾話平生志書齋幾見留道孤心易感恩重力難酬獨立千峰晚頻來一葉秋雞鳴應有處不學淚空(一作潸)流

行次白沙館先寄上河南王侍郎

夜程何處宿山疊樹層層孤館閑秋雨空堂停曙燈歌慙漁浦客詩學雁門僧此意無人識明朝見李膺

貴遊

朝回珮馬草萋萋年少恩深衛霍齊斧鉞舊威龍塞北池臺新賜鳳城西門通碧樹開金鎖樓對青山倚玉梯南陌行人盡迴首笙歌一曲暮雲低

越中

石城花暖鷓鴣飛征客春帆秋不歸猶自保郎心似石綾梭夜夜織寒衣

聞范秀才自蜀遊江湖

蜀道下湘渚客帆應不迷江分三峽響山並九華齊秋泊鴈初宿夜吟猿乍啼歸時慎行李莫到石城西

綠蘿

綠蘿縈數匝本在草堂間秋色寄高樹晝陰籠近(一作遠)山移花踈處過(一作種)斸藥困時攀日暮微風起難尋舊徑還

宿東橫山(一作小)瀨

孤舟路漸賒時見碧桃花溪雨灘聲急巖風樹勢斜獮猴懸弱柳(一作蔓)鸂鶒睡橫楂謾向仙林宿無人識阮家

貽(一作贈)還客

無機還得罪直道不傷情微雨昏山色踈籠閉鶴聲悶居多野客高枕見江城門外長溪水憐君又濯纓

陵陽送客

南樓送郢客西郭望荊門鳧鵠下寒渚牛羊歸遠村蘭舟倚行棹桂酒掩餘罇重此一留宿前汀煙月(一作水)昏

寄桐江隱者(一作許渾詩)

潮去潮來洲渚春山花如繡草如茵嚴陵臺下桐江水解釣鱸魚能幾人

長興里夏日寄南鄰(一作林)避暑

侯家大道傍蟬噪樹蒼蒼開鎖洞門遠捲簾官舍涼欄圍紅藥盛架引綠蘿長永日一欹枕故山雲水鄉

送太昱禪師(一作許渾詩)

禪牀深竹裏，心與徑山期。結社多高客，登壇盡小師。早秋歸寺遠，新雨上灘遲。別後江雲碧，南齋一首詩。

梁秀才以早春旅次大梁將歸郊扉言懷兼別示亦蒙見贈凡二十韻走筆依韻

玉塞功猶阻，金門事已陳。（梁君在文皇朝獻書言宣下中書令授一官爲執政所阻）世途皆擾擾，鄉黨盡循循。客道難投足，家聲易發身。松篁標節晚，蘭蕙吐詞春。處困羞搖尾，懷忠壯犯鱗。宅臨三楚水，衣帶二京塵。歛迹愁山鬼，遺形慕谷神。採芝先避貴，栽橘早防貧。弦泛桐材響，杯澄糯醁醇。但尋陶令集，休獻楚王珍。林密聞風遠，池平見月勻。藤龕紅婀娜，苔磴綠嶙峋。雪樹交梁苑，冰河漲孟津。面邀文作友，心許德爲隣。旅館將分被，嬰兒共灑巾。渭陽連漢曲，京口接漳濱。（某自監察御史謝病歸家蒙除潤州司馬）通塞時應定，榮枯理會均。儒流當自勉，妻族更誰親。照矚三光政，生成四氣仁。磻溪有心者，垂白肯湮淪。

川守大夫劉公早歲寓居敦行里肆有題壁十韻今之置第乃獲舊居洛下大僚因有唱和歎詠不足輒獻此詩

旅館當年葺，公才此日論。林繁輕竹祖，樹暗惜桐孫。鍊藥藏金鼎，疏泉陷石盆。散科松有節，深薙草無根。龍臥池猶在，鶯遷谷尚存。昔爲揚子宅，今是李膺門。積學螢嘗聚，微詞鳳早吞。百年明素志，三顧起新恩。雪耀冰霜冷，塵飛水墨昏。莫教垂露迹，歲晚雜苔痕。

中秋日拜起居表晨渡天津橋即事十六韻獻居守相國崔公兼呈工部劉公

碧樹康莊內，清川輦洛間。壇分中岳頂，城繞大河灣。廣殿含涼靜，深宮積翠閑。（內有含涼殿積翠樓）樓齊雲漠漠，橋束水潺潺。過雨檉枝潤，迎霜柹葉殷。紫鱗衝晚浪，白鳥背秋山。月拜西歸表，晨趨北向班。鴛鴻隨半仗，貔虎護重關。玉帳才容足，金罇暫解顏。跡留傷躡屐，恩在樂銜環。南省蘭先握，東堂桂早攀。龍門君夭矯，鶯谷我綿蠻。分薄嵇心懶，衰多庾鬢斑。人慙公幹臥，頻送子牟還。自覩宸居壯，誰憂國步艱。只應時與醉，因病縱疏頑。

分司東都寓居履道叨承川尹劉侍郎大夫恩知上四十韻

命世須人瑞，匡君在岳靈。氣和薰北陸，襟曠納東溟。賦妙排鸚鵡，詩能繼鶺鴒。蒲親香案色，蘭動粉闈馨。（侍郎自補闕拜）周孔傳文教，蕭曹授武經。家僮諳禁掖，廐馬識金鈴。（侍郎桑歸翰苑）性與姦邪背，心因啟沃冥。進賢光日月，誅惡助雷霆。閶闔開時召，簫韶奏處聽。水精懸御幄，雲母展宮屏。捧詔巡汧隴，飛書護井陘。先聲威虎兕，餘力活蠛螟。榮重秦軍箭，功高漢將銘。戈鋋迴紫塞，干戚散彤庭。順美皇恩洽，扶顛國步寧。禹謨推掌誥，湯網屬司刑。（侍郎自中書舍人遷刑部郎中）稗榻蓬萊掩，膺舟鞏洛停。馬羣先去害，民籍更添丁。猾吏門長塞，豪家戶不扃。四知臺上鏡，三惑井中瓶。雅韻憑開匣，雄鋩待發硎。火中膠綠樹，泉下斸青萍。五岳期雙節，三台空一星。鳳池方注意，麟閣會圖形。寒暑逾流電，光陰甚建瓴。散曹分已白，崇直眼由青。賜第成官舍，傭居起客亭。（某六代祖國初賜宅在仁和里尋已屬官舍今於履道坊賃宅居止）松筠侵巷陌，禾黍接郊坰。宿雨回爲沼，春沙淀作汀。魚罾棲翡翠，蛛網掛蜻蜓。遲曉河初轉，傷秋露已零。夢餘鐘杳杳，吟罷燭熒熒。字小書難寫，杯遲酒易醒。久貧驚早鴈，多病放殘螢。雪勁孤根竹，風彫數莢蓂。轉喉空婀娜，垂手自娉婷。脛細摧新履，腰羸減舊鞓。海邊慵逐臭，塵外怯吞腥。隱豹窺重巘，潛虬避濁涇。商歌如不顧，歸棹越南溟。（某家在朱方揚子江界有南溟北溟）

題白雲樓（一作許渾詩題作漢水傷稼）

西北樓開四望通，殘霞成綺月懸弓。江村夜漲浮天水，澤國秋生動地風。高下綠苗千頃盡，新陳紅粟萬箱空。才微分薄憂何益，却欲回心學塞翁。

贈別

眼前迎送不曾休，相續輪蹄似水流。門外若無南北路，人間應免別離愁。蘇秦六印歸何日，潘岳雙毛去值秋。莫怪分襟銜淚語，十年耕釣憶滄洲。

秋夜與友人宿

楚國同遊過十霜，萬重心事幾堪傷。蒹葭露白蓮塘淺，砧杵夜清河漢涼。雲外山川歸夢遠，天涯岐路客愁長。寒城欲曉聞吹笛，猶臥東軒月滿牀。

將赴京留贈僧院

九衢塵土遞追攀，馬跡軒車日暮間。玄髮盡驚爲客換，白頭曾見幾人閑。空悲浮世雲無定，多感流年水不還。謝却從前受恩地，歸來依止叩禪關。

寄湘中友人

莫戀醉鄉迷酒杯，流年長怕少（一作老）年催。西陵水濶魚難到，南國路遙書未回。疋馬計程愁日盡，一蟬何事引秋來。相如已定題橋志，江上無由夢釣臺。

江上逢友人

故國歸人酒一盃，暫停蘭棹共裵回。村連三峽暮雲起，潮送九江寒雨來。已作相如投賦計，還憑殷浩寄書迴。到時若見東籬菊，爲問經霜幾度開。

金谷懷古

淒涼遺跡洛川東，浮世榮枯萬古同。桃李香消金谷在，綺羅魂斷玉樓空。往年人事傷心外，今日風光屬夢中。徒想夜泉流客恨，夜泉流恨恨無窮。

寄盧先輩

一從分首劍江濱，南國相思寄夢頻。書去又逢商嶺雪，信回應過洞庭春。關河日日悲長路，霄漢年年望後塵。願指丹梯曾到處，莫教猶作獨迷人。

南樓夜

玉管金罇夜不休，如悲晝短惜年流。歌聲裛裛徹清夜，月色娟娟當翠樓。枕上暗驚垂釣夢，燈前偏起別家愁。思量今日英雄事，身到簪裾已白頭。

行經廬山東林寺

離魂斷續楚江壖，葉墜初紅十月天。紫陌事多難暫息，青山長在好閑眠。方趨上國期干祿，未得空堂學坐禪。他歲若教如范蠡，也應須入五湖煙。

途中逢故人話西山讀書早曾遊覽

西巖曾到讀書堂，穿竹行莎十里強。湖上夢餘波灩灩，嶺頭愁斷路茫茫。經過事寄煙霞遠，名利塵隨日月長。莫道少年頭不白，君看潘岳幾莖霜。

將赴京題陵陽王氏水居

簾卷平蕪接遠天，暫寬行役到罇前。是非境裏有閑日，榮辱塵中無了年。山簇暮雲千野雨，江分秋水九條煙。馬蹄不道貪西去，爭向（一作奈）一聲高樹蟬。

送別

溪邊楊柳色參差，攀折年年贈別離。一片風帆望已極，三湘煙水返何時。多緣去棹將愁遠，猶倚危亭（一作樓）欲下遲。莫殢酒杯閑過日，碧雲深處是佳期。

寄遠

兩葉愁眉愁不開，獨含惆悵上層臺。碧雲空斷鴈行處，紅葉已彫人未來。塞外音書無信息，道傍車馬起塵埃。功名待寄凌煙閣，力盡遼城不肯迴。

新柳

無力搖風曉色新，細腰爭妬看來頻。綠陰未覆長堤水，金穗先迎上苑春。幾處傷心懷遠路，一枝和雨送行塵。東門門外多離別，愁殺朝朝暮暮人。

旅懷作

促促因吟晝短詩，朝驚穠色暮空枝。無情春色不長久，有限年光多盛衰。往事只應隨夢裏，勞生何處是閑時。眼前擾擾日一日，暗送白頭人不知。

鴈

萬里銜蘆別故鄉，雲飛雨（一作水）宿向瀟湘。數聲孤枕堪垂淚，幾處高樓欲斷腸。度日翩翩斜避影，臨風一一直成行。年年辛苦來衡岳，羽翼摧殘隴塞霜。

惜春

花開又花落，時節暗中遷。無計延春日，何能駐（一作留）少年。小蘂初散蝶，高柳即聞蟬。繁豔歸何處，滿山啼杜鵑。

鴛鴦

兩兩戲沙汀，長疑畫不成。錦機爭織樣，歌曲愛呼名。好育顧棲息，堪憐泛淺清。鳧鷗皆爾類，惟羨獨含情。

聞鴈

帶霜南去鴈，夜好宿汀沙。驚起向何處，高飛極海涯。入雲聲漸遠，離岳路由（一作猶）賒。歸夢當時斷，參差欲到家。

江樓晚望

湖山翠欲結，蒙籠汗漫誰。遊夕照中，初語燕雛知社日。習飛鷹隼識秋風。波搖珠樹千尋拔，山鑿金陵萬仞空。不欲登樓更懷古，斜陽江上正飛鴻。

全唐詩

杜牧 補遺

九日

金英繁亂拂闌香，明府辭官酒滿缸。還有玉樓輕薄女，笑他寒燕一雙雙。

寄牛相公

漢水橫衝蜀浪分，危樓點的拂孤雲。六年仁政謳歌去，柳遶春堤處處聞。

爲人題贈二首

我乏青（一作凌）雲稱，君無買笑金。虛傳南國貌，爭奈五陵心。桂席塵瑤珮，瓊鑪燼水沈。凝魂空（一作輕）薦夢，低耳悔聽琴。月落珠簾卷，春寒錦幕深。誰家樓上笛，何處月明砧。蘭徑飛蝴蝶，筠籠語翠襟。和簪拋鳳髻，將淚入鴛衾。的的新添恨，迢迢絕好音。文園終病渴，休詠白頭吟。

綠樹鶯鶯語，平江燕燕飛。枕前聞去鴈，樓上送春歸。半月緪雙臉，凝腰素一圍。西牆苔漠漠，南浦夢依依。有恨簪花懶，無聊鬬草稀。雕籠長慘淡，蘭畹謾芳菲。鏡斂青蛾黛，燈挑（一作拋）皓腕肌。避人匀迸淚，拖袖倚殘暉。有貌雖桃李，單棲足是非。雲軿載馭去，寒夜看裁衣。

懷紫閣山

學他趨世少深機，紫閣青霄半掩扉。山路遠懷王子晉，詩家長憶謝玄暉。百年不肯疎榮辱，雙鬢終應老是非。人道青山歸去好，青山曾有幾人歸。

題孫逸人山居

長懸青紫與芳枝，塵刹（一作世）無應免別離。馬上多于在家日，罇前堪憶少年時。關河客夢還鄉遠，雨雪山程出店遲。却羨高人終此老，軒車過盡不知誰。

中途寄友人

道傍高木盡依依，落葉驚風處處飛。未到鄉關聞早鴈，獨於客路授寒衣。煙霞舊想長相阻，書劍投人久不歸。何日一名隨事了，與君同採碧溪薇。

悵詩（牧佐宣城幕，遊湖州，刺史崔君張水戲，使州人畢觀，令牧閑行，閱奇麗，得垂髫者十餘歲。後十四年，牧刺湖州，其人已嫁，生子矣。乃悵而爲詩）

自是尋春去校遲，不須惆悵怨芳時。狂風落盡深紅色，綠葉成陰子滿枝。

吳宮詞二首

越兵驅綺羅，越女唱吳歌。宮燼花聲少，臺荒麋跡多。茰垂曉露，菡萏落秋波。無遺君王醉，滿城嚬翠蛾。

香逕遶吳宮，千帆落照中。鶴鳴山苦雨，魚躍水多風。城帶晚莎綠，池連秋蓼紅。當年國門外，誰信伍員忠。

金陵

始發碧江口，曠然諧遠心。風清舟在鑑，日落水浮金。爪步逢潮信，臺城過鴈音。故鄉何處是，雲外即喬林。

即事

小院無人雨長苔，滿庭修竹間疎槐。春愁兀兀成幽夢，又被流鶯喚醒來。

七夕

雲堦月地一相過，未抵經年別恨多。最恨明朝洗車雨，不教回脚渡天河。

薔薇花

朵朵精神葉葉柔，雨晴香拂醉人頭。石家錦幛依然在，閑倚狂風夜不收。

句

幽人聽達曙，聊罷蘇林琴。（海錄碎事） 魚多知海熟，藥少覺山貧。（以下方輿勝覽） 土控吳兼越，州連歙與池。山河地襟帶，軍鎮

全唐詩

許渾

許渾字用晦，丹陽人，故相圉師之後。太和六年進士第，為當塗、太平二縣令，以病免。起潤州司馬，大中三年，為監察御史，歷虞部員外郎，睦、郢二州刺史。潤州有丁卯橋，渾別墅在焉，因以名其集。集二卷，今編詩十一卷。

陪王尚書泛舟蓮池

蓮塘移畫舸，泛泛日華清。水暖魚頻躍，煙秋雁早鳴。舞疑回雪態，歌轉遏雲聲。客散山公醉，風高月滿城。

贈裴處士

為儒白髮生，鄉里早聞名。煖酒雪初下，讀書山欲（一作未）明。字形翻鳥跡，詩調合猿聲。門外滄浪水，知君欲濯纓。

對雪

飛舞北風涼，玉人歌玉堂。簾帷增曙色，珠翠發寒光。柳重絮微濕，梅繁花未香。茲辰賀豐歲，簫鼓宴梁王。

王居士

筇杖倚柴關，都城賣卜還。雨中耕白水，雲外斸青山。有藥身長健，無機性自閑。即應生羽翼，華表在人間。

早秋三首

遙夜泛清瑟，西風生翠蘿。殘螢委（一作棲）玉露，早雁拂銀（一作金）河。高樹曉還（一作猶）密，遠山晴更多。淮南一葉下，自覺老煙波。

一葉下前墀，淮南人已悲。蹉跎青漢望，迢遞白雲期。老信相如渴，貧憂曼倩飢。生公與園吏，何處是吾師。

薊北雁猶遠，淮南人已悲。殘桃間墮井，新菊亦侵籬。書劍豈相誤，琴尊聊自持。西齋風雨夜，更有詠貧詩。

洛（一作渚）東蘭若夜歸（一作自溪東蘭若夜歸）

一衲老禪牀，吾生半異鄉。管弦愁裏老（一作醉），書劍夢中忙。鳥急山初暝，蟬稀樹正涼。又歸何處去，塵路月蒼蒼。

送段覺歸杜曲閑居

書劍南歸去，山扉別幾年。苔侵巖下路，果落洞中泉。紅葉高齋雨，青蘿曲檻煙。寧知遠游客，羸馬太行前。

寄天鄉（一作香）寺仲儀上人富春孫處士

詩僧與釣翁，千里兩情通。雲帶雁門雪，水連漁浦風。心期榮辱外，名挂是非中。歲晚亦歸去，田園清洛東。

寄契盈上人

何處是西林，疎鐘復遠砧。雁來秋水闊，鴉盡夕陽沈。婚嫁乖前志，功名異夙心。湯師不可問，江上碧雲深。

晨起二首

桂樹綠層層，風微煙露凝。簷楹銜落月，幃幌映（一作耿）殘燈。斷簟曙香冷，越瓶秋水澄。心閑即無事，何異住山僧。

殘月皓煙露，掩門深竹齋。水蟲鳴曲檻，山鳥下空階。清鏡曉看髮，素琴秋寄懷。因知北窗客（一作臥），日與世情乖。（此首一題作山齋秋晚）

曉發鄞江北渡寄崔韓二先輩（一作曉發鄞江寄崔壽韓）

南北信多岐，生涯半別離。地窮山盡處，江泛（一作月）水寒時。露曉（一作露）蒹葭重，霜晴橘柚垂。無勞促回檝（一作棹），千里有心期。

盈上人

月沈霜已凝，無夢竟（一作對）寒燈。寄世何殊客，修身（一作心）未到僧。二毛梳上雪，雙淚枕前冰。借問曹溪路，山多路幾層。

廣陵道中

城勢已坡陀，城邊東逝波。綠桑非苑樹，青草是宮莎。山暝牛羊少，水寒鳧雁多。因高一回首，還詠黍離歌。

宿開元寺樓（一作宿開元寺西樓聞歌感賦）

誰家歌裊裊，孤枕在西樓。竹色寒清簟，松香染翠幬。月移珠殿曉，風遞玉箏秋。日出應移棹，三湘萬里愁。

洞靈觀冬青

霜霰不凋色，兩株交石壇。未秋紅實淺，經（一作終）夏綠陰寒。露重蟬鳴急，風多鳥宿難。何如西禁柳，晴舞玉闌干。

送友人自荊襄歸江東（友人新喪偶）

商洛轉江濆，一杯聊送君。劍愁龍失伴，琴怨鶴離羣。楚驛枕秋水，湘帆凌暮雲。猿聲斷腸夜（一作處），應向雨中聞。

送同年崔先輩

西風帆勢輕，南浦遍離情。菊艷含秋水，荷花遞雨聲。扣舷灘鳥沒，移棹草蟲鳴。更憶前年別，槐花滿鳳城。

山雞
珍禽暫不鬬飛舞躍前庭翠網摧金距雕籠減繡翎月
圓疑望鏡花暖似依屏何必舊巢去山山芳草青

孤鴈
昔年雙頡頏池上靄春暉霄漢力猶怯稻粱心已違蘆
洲寒獨宿（一作立）榆塞夜孤飛不及營巢燕西風相伴（一作逐）歸

寓懷
南國浣紗伴盈盈天下姝盤金明繡帶動（一作鳳）珮響羅襦
素手怨瑤琴清心悲玉壺春華坐銷落未忍泣蘼蕪（一作爭忍嫁狂夫）

洛中游眺貽同志
康衢一望通河洛正天中樓勢排高鳳橋形架（一作挂）斷虹
遠山晴帶雪寒水晚多風幾日還攜手鳥鳴花滿宮

夏日戲題郭別駕東堂
微風起畫鸞金翠暗珊珊晚樹垂朱實春篁露粉竿散
香蘄簟滑沈水越瓶寒猶恐何郎熱氷生白玉盤

長安旅夜
久客怨長（一作良）夜西風吹鴈聲雲移河漢（一作色）淺月泛露華
清掩瑟獨凝思緩歌空寄情門前有歸路迢遞洛陽城

鸂鶒
池寒柳復凋獨宿夜迢迢雨頂冠應冷風毛劒欲飄故
巢迷碧水舊侶越丹霄不是無歸（一作棲）處心高多寂寥

懿安皇太后挽歌詞
陵前春不盡陵下夜何窮未信金蠶老先驚玉燕空挽
移蘭殿月笳引柏城風自此隨龍馭橋山翠靄中

示弟
自爾出門去淚痕長滿衣家貧為客早路遠得書稀文
字何人賞（一作誰人重）煙波幾日歸秋風正摇落孤鴈又南飛

送楊（一作湯）處士叔（一作反）初卜居曲江
鴈門歸去遠垂老脫袈裟蕭寺休為客曹溪便寄家綠
琪（一作瑤）千歲樹（一作葉）黃槿四時花別怨應無限門前桂水斜

發靈溪（一作虛）館
山多水不窮一葉似漁翁鳥浴寒潭雨猿吟暮嶺風雜
英垂錦繡衆籟合絲桐應有曹（一作桃）溪路千巖萬壑中

題杜居士（一作贈題杜隱居）
松偃石牀平何人識姓名溪氷寒棹響巖雪夜窗明機
盡心猿伏神閑意馬行（一作停）應知此來客身世兩無情

神女祠（一作聖女廟）
停車祀（一作祠）聖女涼葉下陰風龍氣石牀濕鳥聲（一作鳴）山廟
空長肴留桂綠丹臉寄蓮（一作蘭）紅莫學陽臺畔朝雲暮雨
中

送李定言南遊
酒酣輕別恨酒醒復離憂遠水應移棹高峯更上樓簟
涼清露夜琴響碧天秋重惜芳尊宴滿城無舊游

早發中巖寺別契直上人
蒼蒼松桂陰殘月半西岑素壁寒燈暗紅爐夜火深厨
開山鼠散鐘盡嶺猿吟行役方如此逢師懶話心

行次潼關題驛後軒
飛閣極層臺終南（一作童）此路回山形朝闕（一作岳）去河勢抱（一作入）
關來鴈過秋風急蟬（一作雞）鳴宿霧開平生無限意驅馬任
塵埃

晨至（一作起）南亭呈裴明府
南齋夢釣竿晨起月猶殘露重螢依草風高蝶委蘭池
光秋鏡澈山色曉（一作曙）屏寒更戀陶彭澤無心議去官

灞東題司馬郊園（一作題張司馬灞東郊園）
楚翁秦（一作秦公尋）塞住昔事李輕車白社貧思橘青門老仰（一作種）
瓜讀書三逕草沽酒一籬花更欲尋芝朮商山便寄
家

游維（一作樵）山新興寺宿石屏村謝叟家
晚過石屏村村長日漸（一作易）曛僧歸下嶺見人語隔溪（一作江）
聞谷響寒耕雪山明夜燒雲家扣銅鼓欲賽魯將軍（村有魯書廟）

送從兄歸隱藍溪二首
名高猶（一作尚）素衣（一作氣高身不達）窮巷掩荆扉漸老故人少久貧
豪客稀塞雲橫劒望山月抱琴歸幾日藍溪醉藤花拂
釣磯（一作莫遣藍溪路青苔滿釣磯）
京洛多高蓋憐兄劇斷蓬身隨一劒老家入萬山空夜
憶蕭關月行悲易水風無人知此意甘臥白雲中

村舍（一作送從兄歸隱藍溪第二首）
燕鴈下秋塘田家自此忙移蔬通遠水收果待繁霜野
碓舂秔滑山厨焙茗香客來還有酒隨事宿茅堂

思歸
疊嶂平蕪外依依識舊邦氣高詩易怨愁極酒難降樹
暗支公院山寒謝守窗殷勤樓下水幾日到荆江

晚泊七里灘
天晚日沈沈歸舟繫柳陰江村平見寺山郭遠聞砧樹
密猿聲響波澄鴈影深榮華暫時事誰識子陵心

寄題南山（一作商洛）王（一作玉）隱居（一作隱士居）
近逢商洛客知爾住南塘草閣平春水柴門掩夕陽隨
蜂收野蜜尋麝采生香更憶前年醉松花滿石牀

晨裝（一作早發洛中甘水一作甘泉）
帶月飯行侶西游關塞長晨雞鳴遠戍宿鴈起寒塘雲
卷四山雪風凝千樹霜誰家游俠子（一作歌舞散）沈醉臥蘭堂
（一作停驂一回首隱隱見嵩陽）

題韋隱居西齋（一作題韋處士山居）
斸藥去還歸家人半掩扉山風藤子落溪雨豆花肥寺
遠僧來少橋危客到稀不聞砧杵動（一作響）應解製（一作剪）荷衣

送李溟（一作瞑）秀才西行
萬里不辭勞寒裝疊縕（一作雲）袍停車山店雨挂席海門濤
鷹勢暮偏急鶴聲秋更高知君北邙路留劒泣黃蒿

全唐詩

許渾

經馬鎮西宅（一作馬鎮西故第）

將軍久已沒（一作沒已久）行客自興哀功業山長在繁華水不回亂藤（一作芹）侵廢井荒菊上叢（一作崩）臺借問此中事幾家歌舞來（一作惟見軍中辛朝朝戲馬來）

重遊鬱林寺道玄上人院

藤杖叩松關春溪（一作深）斸藥還雨晴巢燕急波暖浴鷗閑倚檻花臨水回舟月照山憶歸師莫笑書劒在人間

泛溪

疑與武陵通青溪碧嶂中水寒深見石松晚靜聞風遯迹驅雞吏冥心失馬翁纔應畢婚嫁還（一作從）此息微躬

送樓煩李別駕

琴清詩思勞更欲學龍韜王粲暫停筆呂虔初佩刀夜吟關月靜秋望塞雲高去去從軍樂鵰飛代馬豪

聞兩河用兵因貽友人（一作將歸茅山兼寄李蘐時兩河用兵）

故人日已遠身事與誰論性拙難趨世心孤易感恩秋悲（一作晨歌）憐宋玉夜舞笑劉琨徒有干時策青山尚掩門（一作從此歸山去無因更出門）

獻白尹（即樂天也）

醉舞任生涯褐寬烏帽斜庾公先在郡疎傅早還家林晚鳥爭樹園春蜂（一作蝶）護花高吟應更逸嵩洛舊煙霞

茅山贈梁尊師

雲屋何年客青山白日長種花春掃雪看籙夜焚香上象壺中闊平生夢裏忙幸承仙籍後乞取（一作與）大還方

聞薛先輩陪大夫看早梅因寄

澗梅寒正發莫信笛中吹素艷雪凝樹清香風滿枝折驚山鳥散攜任野蜂隨今日從公醉何人倒接䍦

送前緱氏韋明府南游

酒闌橫劒歌日暮望關河道直去官早家貧爲客多山昏函谷雨木落洞庭波莫盡遠游興故園荒薜蘿

看雪

松亞竹珊珊心知萬井歡山明迷舊徑溪滿漲新瀾客醉瑶臺曙兵防玉塞寒紅樓知有酒誰肯學袁安

贈僧（一作趙嘏詩）

心法本無住流沙歸復來錫隨山鳥動經附海船回洗足柳遮寺坐禪花委苔唯將一童子又欲上天台

趨慈和寺移宴

高寺移清宴漁舟繫綠蘿湖平秋水闊雲斂暮山多廣檻停簫鼓繁弦散綺羅西樓半牀月莫問夜如何

留贈偃師主人

孤城漏未殘徒侶拂征鞍洛北去游（一作愁）遠淮南歸夢闌曉燈回壁暗晴雪卷簾寒強（一作更）盡主人酒出門行路難

送（一作送前）南陵李少府（一作送李公自淮楚之南昌）

高人亦未閑來往楚雲間劒在心應壯書窮鬢已斑落帆秋水寺驅馬夕陽山明日南昌尉空齋又掩關

別韋處士

南北斷蓬飛別多相見稀更傷今日酒未換昔年衣舊友幾人（一作多）在故鄉何處歸秦原向西路雲晚雪霏霏

九日登樟亭驛樓

鱸鱠與蓴羹西風片（一作拄）席輕潮回孤島晚（一作遠）雲斂衆山晴丹羽下高閣黃花垂古城因秋倍多感鄉樹接咸京

再遊越中傷朱餘慶（一作慶餘）協律（一作先輩）好（一本無好字）直上人

昔年湖上客留（一作曾）訪雪山翁王氏船猶在蕭家寺已空月高花有露煙合水無風處處多遺韻何曾（一作情）入剡中

京口津亭送張崔二侍御（一作津亭送張崔侍御府散北歸）

愛樹滿西津津亭墮淚頻素車應度洛珠履更歸秦水接三湘暮山通五嶺春傷離與懷舊明日白頭人

江樓（一作頭）夜別

離別奈情何江樓凝艷歌蕙蘭秋露重蘆葦夜風多深怨寄清瑟遠愁生翠蛾酒酣相顧起明月棹寒波

送惟素上人歸新安

山空葉復落一逕下新安風急渡溪晚雪晴歸寺寒尋雲策藤杖向日倚蒲團寧憶西游客勞勞歌路難

雪（一作霽）上宴別

山斂水茫茫洛人（一作賓）西路長笙歌留遠棹風雨寄（一作醉）華堂紅壁耿秋燭翠簾（一作簷）凝曉香誰堪（一作何言）從此去雲樹滿陵陽

下第別友人（一本無此二字）楊至之

花落水潺潺十年離舊山夜愁添白髮春淚減朱顔孤劒北游塞遠書東出關逢君話心曲一醉灞陵間

尋戴處士

車馬長安道誰知大隱心蠻僧留古鏡蜀客寄新琴曬藥竹齋暖擣茶松院（一作逕）深思君一相訪殘雪似山陰

放猿

殷勤解金鎖昨（一作別）夜雨淒淒山淺憶巫峽水寒思建溪遠尋（一作好依）紅樹宿深向（一作入）白雲啼好覓來時路（一作好去長江路一作便覓南歸路）煙蘿莫共（一作自）迷

將離郊園留示弟姪

身賤與心違秋風生旅衣久貧辭國遠多病在家稀山暝客初散樹涼人未歸西都萬餘里明旦別柴（一作荊）扉

夜歸丁卯橋村舍

月涼風靜夜歸客泊巖前橋響犬遙吠庭空人散眠紫蒲低水檻紅葉半江船自有還家計南湖二頃田

題青山館（即謝公館）

昔人詩酒地芳草思王孫白水半塘岸青山橫郭門懸巖碑已折盤石井猶存無處繼行樂野花空一尊

秋日衆哲（一作白沙）館對竹（一作題渚塘館竹）

蕭蕭凌雪霜濃翠異三湘疎影月移壁寒聲風滿堂捲
簾秋更早高枕夜偏長忽憶秦溪（一作南遊）路萬竿今正涼

春日題韋曲野老村舍二首

遶屋遍（一作樹）桑麻村南第一家林繁樹勢直溪轉水紋斜
竹院晝看筍藥欄春賣花故園歸未得到此是天涯

北（一作背）嶺枕南塘數家村落長鶯啼幼婦嬾蠶出小姑忙
煙草近溝濕風花臨路香自憐非楚客春望亦心傷

崇聖寺別楊至之

蕭寺暫相（一作時）逢離憂滿病容寒齋秋少燕陰壁夜多蛩
樹暗水千里山深雲萬重懷君在書信莫過雁回峯

途經李翰林墓

氣逸何人識才高舉世疑禰生狂善（一作解）賦陶令醉能（一作吟）
詩碧水鱸魚思（一作怨）青山鵬鳥悲至今孤（一作墳）壠（一作不）冢在（一作上）荊
棘楚江湄

嚴陵釣臺貽行侶

故人天下定垂釣碧巖幽（一作歸釣獨悠悠）舊跡隨臺古高名寄
水流鳥喧羣木晚蟬急眾山秋更待新安月憑君暫駐
舟

南樓春望

南樓春一望雲水共昏昏野店歸山路危橋帶郭村晴
煙和草色夜雨長溪痕下岸誰家住殘陽半掩門

送無夢道人先歸甘露寺

飄飄（一作颻）隨晚浪杯影入鷗羣岸（一作汴）凍千船雪巖陰一寺
雲夜燈江北見寒磬水（一作浦）西聞鶴嶺煙霞在歸期不羨
君

閑居孟夏即事（一作孟夏有懷）

綠樹蔭青苔柴門臨（一作向）水開簟涼初熟麥枕膩（一作潤）乍經
梅魚躍海風（一作雲）起鼉鳴江雨來佳人竟何處（一作佳期今已晚）日
夕上樓臺

題灞西駱隱士

磻溪連灞水商嶺接秦山青漢不回駕白雲長（一作空）掩關
雀喧知鶴靜鳧戲識（一作覺）鷗閑却笑南昌尉悠悠城市間

溪亭二首

溪亭四面山横柳半溪灣蟬響螳螂急魚深翡翠閑水
寒留客醉月上與僧還猶戀蕭蕭竹西齋未掩關

暖枕眠溪柳僧齋昨夜期茶香秋夢後松韻晚吟時共
戲魚翻藻爭棲鳥墜枝重陽應一醉栽菊助東籬

秋日赴闕題潼關驛樓（一作行次潼關逢魏扶東歸）

紅葉晚蕭蕭（一作南北斷蓬飄）長亭酒一瓢殘雲歸太華疎雨過
中條（一作落）樹色隨山（一作關）迥河聲入海（一作塞）遙帝鄉明日到猶
自夢漁樵（一作勞歌此分手風急馬蕭蕭）

吳門送客早發

吳歌咽深思楚客怨歸程寺曉樓臺迥（一作遠）江秋管吹
清早潮低水檻殘月下山城惆悵回舟日湘南春草生

送太昱禪師

禪林深竹裏心與徑山期結社多高客登壇盡小師早
秋歸寺遠新雨上灘遲別後江雲碧南齋一首詩

旅懷

征車（一作輪）何軋軋南北極天涯孤枕易為客遠書難到家
鄉連雲外樹城閉月中花猶有扁舟思（一作興）前年別若耶

全唐詩

許渾

南亭與首公讌集（一作與鞏公宴南亭）

秋來水上亭幾處似巖扃戲鳥翻江葉游龜帶綠萍管
弦心戚戚羅綺鬢星星（一作此）樂非吾事西齋尚有螢

早發壽安次永壽（一作濟）渡

東西車馬塵鞏洛與咸秦山月夜行客水煙朝渡人樹
涼風皓皓（一作浩浩）灘淺石磷磷會待功名就扁舟寄此身

泊松江渡（一作泊松江驛。一作南游）

漠漠故宮地月涼風露（一作雲水）幽雞鳴荒戍曉（一作暗）鴈過古城
秋楊柳北歸路蒹葭南渡舟去鄉今已遠更上望京樓

送魚思別處士歸有懷（一作南亭送張祜）

宴罷眾賓散（一作送）長歌攜一卮（一作枝）溪亭相送遠山郭獨歸
遲風檻夕雲（一作陽）散月（一作日）軒寒露滋病來雙鬢白不是舊
離（一作別）時

重經姑蘇懷古二首（一作杜牧之詩）

越兵驅綺羅越女唱吳歌宮盡燕（一作花）聲少臺荒麋跡多
茱萸垂曉（一作晚）露菡萏落秋波無復君王醉滿城顰翠蛾（一作娥）

香逕遶吳宮千帆落照中鶴鳴山欲雨魚躍水（一作海）多風
城帶晚莎綠池連秋蓼紅當年國門外誰識（一作信）伍員忠

將赴京師留題孫處士山居二首

草堂近西郭遙對敬（一作鏡）亭開枕膩海（一作江）雲起簟涼山雨
來高歌懷地肺遠賦憶天台應學（一作笑）相如志終須駟馬
回

西巖有高興路僻幾人（一作有誰）知松蔭花開晚（一作少）山寒酒熟
遲游從隨（一作收）野鶴休息遇靈龜長見鄰翁說容華似舊
時

下第寓居崇聖寺感事

懷土（一作玉）泣京華舊山歸路賒靜依禪客院幽學野人家
林晚鳥（一作鵲）爭樹園春蝶護花東門有閑地誰種邵平瓜

曉（一作晚）發天井關寄李師晦

山在水滔滔流年欲（一作惜）二毛湘潭歸夢遠燕趙客程勞

露曉紅蘭重雲晴碧樹高逢秋正多感萬里別同袍

喜遠書

端居換時節離恨隔龍瀧苔色上春閣柳陰移晚窗寄
懷因桂水流淚極楓江此日南來使金盤魚（一作鯉）一雙

懷江南同志（一作送客）

南國別（一作去）經年雲晴波接天蒲深鸂鶒戲花暖鷓鴣眠
竹暗湘妃廟楓陰楚客船唯應洞庭月萬里共嬋（一作娟）娟

洛中秋日

故國無歸處官閑憶遠遊吳僧秣陵寺楚客洞庭舟久
病先知雨長貧早覺秋壯心能幾許伊水更東流

將赴京師蒜山津送客還荆渚（一作將赴京師津亭別蕭處士）

尊前萬里愁楚塞與皇州雲識瀟湘雨風知鄠杜秋瀾
平猶（一作仍）倚棹月上更登樓他日滄浪水漁歌對白頭（一作鷗）

潼關蘭若

來往幾經過前軒（一作山）枕大河遠帆春水闊高寺夕陽多
蝶影下紅藥鳥聲喧綠蘿故山歸未得徒詠採芝（一作薇）歌

翫殘雪寄江（一作河）南尹劉大夫

艷陽無處避皎潔不成容素質添瑤水清光散玉峯眠
鷗猶戀草棲鶴未離松闕在金鑾望（一作賞）羣仙對九重

陪越中使院諸公鏡波館餞明台裴鄭二使君

傾幕來華館淹留二使君舞移清夜月歌斷碧空雲海
郡樓臺接江船劒戟分明時自騫翥無復歎離羣

春泊弋陽

江行春欲半孤枕弋陽堤雲暗猶飄雪潮寒未應溪飲
猿聞棹散飛鳥背船低此路成幽絶家山葦洛西

晨別翛然上人

吳僧誦經罷敗衲倚蒲團鐘韻花猶斂樓陰月向（一作尚）殘
晴山開殿響秋水捲簾寒獨恨孤舟去千灘（一作山）復萬灘

送客江行

蕭蕭蘆荻花郢客獨辭家遠棹依山響危檣轉浦斜水
寒澄淺石潮落漲虛沙莫與征徒望鄉園去漸賖

將歸塗口宿鬱林寺道玄上人院二首

西巖一磬長僧起樹蒼蒼開殿灑寒水誦經焚晚（一作曉）香
竹風雲漸散杉露月猶光無復重來此歸舟凌夕陽

題宣州元處士幽居

春尋採藥翁歸路宿禪宮雲起客眠處月殘僧定中藤
花深洞水槲（一作松）葉滿山風清境不能住朝朝慙遠公

送李秀才

潺湲遶門水未省濯纓塵鳥散千巖曙蜂來一逕春杉
松還待客芝朮不求人寧學磻溪叟逢時罷隱淪（一作綸）
南樓送郢客西郭見荆門梟鵲下寒渚牛羊歸遠村蘭
舟倚行棹桂酒掩餘尊重此一留宿前村煙水昏

題（一作經）倪處士舊居

儒翁九十餘舊向此山（一作村，一作中）居生寄一壺酒死留千卷
書檻（一作欄）摧新竹少池淺故蓮疎但有子（一作小）孫在帶經還
荷（一作自）鋤

贈梁將軍

曾經黑山虜一劒出重圍年長窮書意時清隱釣磯（一作戰機）
高齋（一作僧）雲外住瘦馬月中歸唯說鄉心苦春風鴈北飛

春望思舊游

適意（一作何處）極春日南臺披薜蘿花光晴漾漾山色晝峨峨
湘水（一作渚）美人遠信（一作漢）陵豪客多唯憑一瓢酒彈瑟縱高
歌

病中二首

三年嬰酒渴高臥似袁安秋色鬢應改夜涼心已寬風
衣藤簟滑露井竹牀寒臥憶郊扉月恩深未挂冠
私（一作欲）歸人暫適（一作靜）扶杖遶西林風急柳溪響露寒莎徑
深一身仍白髮萬慮只丹心此意無言處高窗託素琴

姑熟官舍寄汝洛友人

宮靜亦無能平生少面朋務開（一作閑）唯印吏公退只棊僧
藥鼎初寒火書（一作香）龕欲夜燈安知北溟水終日送摶鵬

恩德寺

樓臺橫復重猶有（一作在）半巖空蘿洞淺深水竹廊高下風
晴山疎雨後秋（一作外）樹（一作磬）斷雲中未盡（一作竟）平生意孤帆又
向東

天竺寺題葛洪井

羽客鍊丹井井留（一作存）人已無舊泉青石下餘（一作移）甃碧山
隅雲朗鏡開匣月寒冰在壺仍聞釀仙（一作春）酒此水（一作味）過
瓊酴

朗上人院晨坐

簟涼襟袖清月沒尚殘星山果落秋院水花開曉庭疎
藤風嫋嫋圓桂露冥冥正憶江南寺巖齋聞誦經

送客歸湘（一作荆）楚

無辭一杯（一作尊）酒昔日（一作平昔）與君深秋色換歸鬢曙光生別
心桂花山廟冷楓樹水樓（一作亭）陰此路千餘里應勞楚客
吟

過故友舊居

往年公子宅夜宴樂難忘高竹動疎翠早蓮（一作荷）飄暗香
珠盤（一作門人）凝寶瑟綺席（一作坐客）灧華觴今日皆何處閑門春草
長（一作荒）

送客歸峽中（一作將赴京師津亭別蕭處士）

津亭多別離楊柳半無（一作枯）枝住接猿啼處行逢鴈過時
江風颺帆急（一作江帆望風急）山月下樓遲還就西齋宿（一作寢）煙波
勞夢（一作所）思（一作此夕歸城郭不眠人詎知）

題冲（一作重）沿上人院

斸（一作斵）石種松（一作杉）子數根（一作株）侵杳冥天寒猶講律雨暗尚
（一作亦）尋經小殿燈千盞深爐水一缾碧雲多別思休到望
溪（一作江，一作名）亭

和畢員外雪中見寄

仙署淹（一作掩）清景雪華松桂陰夜凌瑤席宴春寄玉京吟
燭晃垂羅幙香寒重繡衾相思不相訪煙月剡溪深

春醉

酒醲花一樹何暇卓文君客坐長先飲公閑半已醺水
鄉春足雨山郭夜多雲何以參禪理榮枯盡不聞

題岫上人院

病客與僧閑頻來不掩關高窗雲外樹疎磬雨中山離
索秋蟲響登臨夕鳥還心知落帆處明月淛河灣

送客南歸有懷

綠水暖青蘋湘潭萬里春瓦尊迎海客銅鼓賽江神避

雨松（一作歸）楓岸看雲楊（一作漾）柳津長安一杯酒座上有歸人

李生棄官入道因寄

西巖一徑通（一作千巖路不窮）知學（一作訪）採芝翁寒暑丹心外光陰白髮中水深魚避釣雲迥鶴辭籠坐想還家日人非井邑空

長興里夏日南鄰避暑

侯門（一作家）大道傍蟬噪樹蒼蒼開鏁洞門遠下簾賓（一作高）館涼欄圍紅藥盛架引綠蘿長永日一欹枕故山雲水（一作外）鄉

送韓校書

悵與前歡隔愁因此會同跡高芸閣吏名散雪樓翁城閉三秋雨帆飛一夜風酒醒鱸鱠美應在竟陵東

秋晚登城

城高不可下永日一登臨曲檻涼飇急空樓返照深葦花迷夕棹梧葉散秋砧謾作歸田賦蹉跎歲欲陰

江西鄭常侍赴鎮之日有寄因酬和

來暮亦何愁金貂在鷁舟旆隨寒浪動帆帶夕陽收布令滕王閣裁詩郢客樓即應歸鳳沼中外贊天休

棠河南劉大夫見示與吏部張公喜雪酬唱輒敢攀和

風度龍山暗雲凝象闕陰瑞花瓊樹合仙草玉苗深欲醉梁王酒先調楚客琴即應攜手去將此助商霖

下第送宋秀才游岐下楊秀才還江東

年來不自得一望幾傷心風轉蕙蘭色月移松桂陰馬隨（一作嘶）邊草遠帆落海雲深明旦各分首（一作從此無鄉別）更聽梁甫吟

南亭偶題

城下水縈回潮衝野艇來鳥鷩山果落龜泛綠萍開白首書千卷朱顏酒一杯南軒自流涕不是望燕臺

與裴三十（一本無此二字）秀才自越西歸望亭（一本無此二字）阻凍

登虎丘山寺精舍（一本無此二字）

春草越吳間心期旦夕還酒鄉逢客病詩境遇僧閑倚棹冰生浦登樓雪滿山東風不可待歸鬢坐（一作已）斑斑

全唐詩

許渾

太和初靖恭里感事（詠宋相申錫也。申錫爲王守澄所構，謫死開州。文宗太和五年事）

清湘弔屈原垂淚擷蘋蘩謗起乘軒鶴機沈在檻猨乾坤三事貴華夏一夫寃寧有唐虞世心知不爲言

與侯春時同年南池夜話

蘆葦暮修修溪禽上釣舟露涼花斂夕風靜竹含秋素志應難契清言豈易求相歡一瓢酒明日醉西樓

廣陵送剡縣薛明府赴任

車馬楚城壕清歌送濁醪露花羞別淚煙草讓歸袍鳥浴春塘暖猨吟暮嶺高尋仙在仙骨不用廢（一作發）牛刀

遊果晝二僧院

何必老林泉冥心便是禪講時開院去齋後下簾眠鏡朗燈分焰香銷印絕煙眞乘不可到雲盡月明天

題官舍

燕鴈水鄉飛京華信自稀簞瓢貧守道書劍病忘機疊鼓吏初散繁（一作蹤）鐘鳥獨歸高梧與疎（一作煙）柳風雨似郊扉

酬報先上人登樓見寄（上人自峽下來）

丹葉下西樓知君萬里愁鐘非黔峽寺帆是敬亭舟山色和雲暮湖光共月秋天台多道侶何惜更南遊

曉過鬱林寺戲呈李明府

身閑白日長何處不尋芳山崦登樓寺谿灣泊晚檣（一作航）

洞花蜂聚蜜岩栢麝留香若指求仙路劉郎學阮郎

泛舟尋鬱林寺道玄上人遇雨而返因寄

禪扉倚石梯雲濕雨淒淒草色分松逕泉聲咽（一作溢）稻畦棹移灘鳥沒鐘斷嶺猨啼入夜花如雪回舟憶剡溪

鬱林寺

臺殿冠嵳峩春來日日過水分諸院少雲近上方多衆籟凝絲竹繁英耀綺羅酒酣詩自逸乘月棹寒波

題崇聖寺（寺故行宮也）

西林本行殿池榭日坡陁雨過水初漲雲開山漸多曉街垂御柳秋院閉宮莎借問龍歸處鼎湖空碧波

贈高處士

宅前雲水滿高興一書生垂釣有深意望山多遠情夜棊留客宿春酒勸僧傾未作干時計何人問姓名

送僧歸金山寺

老歸江上寺不忘舊師恩駐錫逢山色停杯（一作橈）見浪痕秋濤吞楚驛曉月上荆門爲訪題詩處莓苔幾字存

金谷桃花

花在舞樓空年年依舊紅淚光停曉露愁態倚春風開處妾先死落時君亦終東流兩三片應在（一作到）夜泉中

憶長洲

香徑小船通菱歌遶故宮魚沈秋水靜鳥宿暮山空荷葉橋邊雨蘆花海上風歸心無處託高枕畫屏中

寄殷堯藩（一作再寄殷堯藩秀才）

直道知難用經年向水濱宅從栽竹貴家爲買書貧就學多新（一作名）客登朝盡故人蓬萊自有路莫羨武陵春

題鄒處士隱居（一作題裴處士園林）

桑柘滿江村西齋接（一作對）海門浪衝高岸響潮入小池渾㟧樹陰（一作蔭）棊局山花落酒樽相逢亦（一作歡更）留宿還似識王孫

送僧歸敬亭山寺

十年劍中路傳盡本師經曉月下黔峽秋風歸敬亭開門新樹綠登閣舊山青遙想論禪處松陰水一瓶

新卜原上居寄袁校書

貧居(一作新歲)樂游此(一作北)江海思迢迢雪夜書千卷花時酒一
瓢獨愁(一作吟)秦樹老孤夢楚山遥有路應相念風塵滿黑
貂

天街曉望

明星低未央蓮闕迥蒼蒼疊鼓催殘月踈鐘迎早霜關
防浮瑞氣宮館耀神光再拜爲君壽南山高且長

江上喜洛中親友繼至

戰馬昔紛紛(一作雨河濱)風驚萬少塵全家南渡遠舊友北來
頻罷酒松筠晚賦詩楊柳(一作蘭杜)春誰(一作何)言(一作憐)今夜月同是
洛陽人

下第歸朱方寄劉三復

素衣京洛塵歸棹過南津故里跡猶在舊交心更親月
高蕭寺夜風暖庾樓春詩酒應無暇朝朝問旅人

送人(一作客)歸吳興

綠水棹雲月洞庭歸路長春橋懸酒幔(一作旆)夜柵集茶檣
箬葉(一作巖影 一作樹影)沈溪暖蘋花遶郭香應逢柳太守爲說過
瀟湘

月夜期友人不至

坐待故人宿月華清興(一作欲)秋管弦誰處醉(一作宿)池館此時
愁風過渚荷(一作蒲)動露含山桂幽孤吟不可(一作覺)曙昨夜共
登樓

白馬寺不出院僧

禪空心(一作心空)已寂世路任多岐到院客長見閉關人不知
寺喧聽講絕廚遠送齋遲牆外洛陽道東西無盡時

寄袁校書(一作袁都校書)

擾擾換時節舊山琪樹陰猶乖清漢志空(一作方)負白雲心
廣陌埃塵遠重門管吹深勞歌極西望芸省有知音

贈柳璟馮陶二校書

霄漢兩飛鳴喧喧動(一作滿)禁城桂堂同日盛芸閣間(一作隔)年
榮香掩蕙蘭氣韻高鸞鶴聲應憐茂陵客未有子虛名

王秀才自越見尋(一作訪)不遇題詩而迴因以酬寄

南齋知數宿半爲木蘭開晴閣留詩遍春帆載酒迴煙
深楊子宅雲斷越王臺自有孤舟興何妨更一來

秋霽潼關驛亭

霽色明高巘關河獨望遥殘雲歸太華踈雨過中條鳥
散綠蘿靜蟬鳴(一作稀)紅樹凋何言此時節去去任蓬飄

送客歸蘭谿

花下送歸客(一作君處)路長應過秋暮隨江鳥宿寒共嶺猨愁
衆水喧巖瀨羣峰抱沈樓因君幾南望曾向此中遊

貽終南山隱者

中巖多少隱提榼抱琴遊潭冷薜蘿晚山香松桂秋瓢
閑高樹挂杯急曲池流獨有迷津客東西南北愁

送李文明下第鄜州覲兄

征夫天一涯醉贈別吾(一作君)詩鴈迴參差遠龍多次第遲
寗歌還夜苦宋賦更秋悲的的遥相待清風白露時

送段覺歸東陽兼寄竇使君

山水引歸路陸郎從此諳秋茶垂露細寒菊帶霜甘臺
倚烏龍嶺樓侵白鴈潭沈公如借問心在(一作斷)浙河南(烏龍嶺白鴈潭在嚴州沈約曾守婺州以比竇使君也)

韶州送竇司直北歸(一作出嶺)

江曲山如畫貪程亦駐舟果隨巖狖落槎帶水禽流客
散他鄉夜人歸故國秋樽前挂帆去風雨下(一作在)西樓

傷馮秀才

旅葬不可問茫茫西隴頭水雲(一作煙)青草濕山月白楊愁
琴信有時罷劒傷無處留淮南舊煙月孤棹更(一作又)逢秋(一作淮南今夜月孤枊倚西樓)

送鄭寂上人南行

儒家有釋子年少學支公心出是非外跡辭榮辱中錫
寒秦嶺月杯急楚江風離(一作唯)怨故園思小秋梨葉紅

贈王處士

歸卧養天真鹿裘烏角巾茂陵閑久病彭澤醉長貧冠
蓋西園夜笙歌北里(一作巷)春誰憐清渭曲(一作上)又老釣魚人

送友人歸荆楚

調瑟勸離酒苦諳荆楚門竹斑悲帝女草綠怨王孫潮
落九疑迥雨連三峽昏同來不同去迢遞更傷魂

重傷(一作哭)楊攀處士二首(攀自號綠雲翁)

綠雲多學術(一作古)黃髮竟無成酒縱山中性詩留海(一作世)上
名讀書新樹老垂釣舊磯平今日悲前事西風聞哭(一作哭一)
聲

從官任直道幾處脫長裾殁後兒猶小葬來人漸踈新
隣(一作隣家 一作鄰翁)占池館長史(一作吏 一作門吏)覓圖書身賤難相報平生
恨有餘(一作無復前秋事空齋賦子虛)

送友人罷舉歸東海

滄波天塹外何島是新羅舶主辭番遠碁僧入漢多海
風吹白鶴沙日曬紅螺此去知投筆須求利劒磨

西園(一作姚合詩)

西園春欲(一作已)盡芳草徑難分靜語唯幽鳥閑眠獨使君
密林生雨氣古石帶苔(一作潮)文雖去清朝(一作秋)遠朝朝見白
雲

苦雨

江昏山(一作山昏天)半晴南阻(一作陌)絕人行葭菼連雲色杉松共
雨聲早秋仍燕舞深夜更鼉鳴爲報迷津客訛言未可
輕

遊茅山

步步入山門仙家鳥徑分漁樵不到處麋鹿自成羣石
面迸出水松頭穿破雲道人星月下相次禮茅君

洛陽道中

洛陽多舊迹一日幾堪愁風起林花晚月明陵(一作宮)樹秋
興亡不可問自古水東流

許渾

江上燕別（一作趙嘏詩題作汾上宴別）

雲物如故鄉山川異岐路年來（一作年）未歸客馬上春欲暮一樽花下酒殘日水西樹不待管弦終搖鞭背花去

卜居招書侶

憶昨（一作意壯）未知道臨川每羨魚世途行處見人事病來疎微雨秋栽竹孤燈夜讀書憐君亦同志晚歲傍山居

西山草堂

何處少人事西山舊草堂曬書秋日晚洗藥石泉香浚嶺有（一作後一作背）朝雨北窗生夜涼從勞問歸路峰疊遶家鄉

贈隱者

何報隱居（一作名）士莫愁山興闌求人顏色盡知道性情寬信譜彈琴誤緣（一作沿）崖斸藥難東皋亦自給殊愧遠相安

舟次武陵寄天竺僧無畫

谿長山幾重十里萬株松秋日下丹檻暮雲歸碧峰樹棲新放鶴潭隱舊降龍還在孤舟宿臥聞初夜鐘

寄小弟

江城紅葉盡旅思復悽傷孤夢家山遠獨眠秋夜長道存空倚命身賤未歸鄉南望空垂淚天邊鴈一行

秋日

有計自安業秋風罷苦吟買山兼種竹對客更彈琴煙起藥園晚杵聲松院深閑眠得真性惆悵舊時心

石池

通竹引泉脈泓澄瀲石盆驚魚翻藻葉浴鳥上松根殘月留（一作斜日同）山影高風耗水痕誰家秋洗藥來往自開（一作關）門

留題李侍御書齋

昔話平生志高齋曾見留道孤心易感恩重力難酬獨立千峰曉頻來一葉秋雞鳴應有處不覺淚空（一作潛）流

行次白沙館先寄上河南王侍御（嘗任河南少尹）

夜程何處宿山疊樹層層孤館閉秋雨空堂停曙燈歌慙漁浦客詩學鴈門僧此意（一作去）無人識明朝見李膺（一作侍御）

紫藤

綠蘿縈數匝本在草堂間秋色寄高樹晝陰籠遠（一作舊）山移花疎處種斸藥困時攀日暮微風起難尋舊徑（一作路）還

瞑投靈智寺渡谿不得却取沿江路往

雙巖瀉一川回馬斷橋前古廟陰風地寒鐘暮雨天沙虛留虎跡水滑帶龍涎却下臨江路潮深無渡船

下第歸蒲城墅居

失意歸三徑傷春別九門薄煙楊柳路微雨杏花村牧豎還呼犢鄰翁亦抱孫不知余正苦迎馬問寒溫

重賦鷺鷥

何年去此地（一作如何長在楚）南浦滿梟雛雲漢知心遠林塘覺思孤低飛下晚樹獨睡（一作宿）映新蒲爲爾多歸興前年在（一作別）五湖

途中寒食

處處哭聲悲行人馬亦遲店閑無火日村暖斫桑時泣路同楊子燒山憶介推清明明日是甘負故園期

深春

故里千帆（一作山）外深春一鴈飛干名頻慟哭（一作謀身堪自哭）將老欲何歸未（一作米）穀拋還憶交親晚更（一作見）稀空持（一作餘）望鄉淚霑灑寄來衣

歲首懷甘露寺自省上人（上人嘗自戕功）

心悟覺身勞雲中棄寶刀久閑生髀肉多壽長眉毫客棹春潮急禪齋暮雪（一作雨）高南濡一回首山碧水滔滔

尋周鍊師不遇留贈

閉門池館靜云訪紫芝翁零落槿花雨參差荷葉風夜碁全局在春酒半壺空長嘯倚西閣悠悠名利中

題灞西駱隱居

志凌三蜀客心愛五湖人拚死酒中老謀生書外貧掃花眠石榻擣藥轉溪輪往往乘黃犢鹿裘烏角巾

旅夜懷遠客

異鄉多遠情夢斷落江城病起慙書癖貧家負酒名過春花自落竟曉月空明獨此一長嘯故人天際行

秋夜櫂舟訪李隱君

望月憶披襟長溪柳半陰高齋初釀酒孤棹遠攜琴犬吠秋山迥雞鳴曉樹深開門更欹枕誰識野人心

臥病寄諸公

飛蓋集蘭堂清歌遶柏觴高城榆柳蔭虛閣芰荷香海月秋偏靜山風夜更涼自憐書萬卷扶病對螢光

寓崇聖寺懷李校書

幾日臥南亭卷簾秋月清河關初罷夢池閣更含情寒露潤金井高風飄玉箏前年共遊客刀筆事戎旌

秋日行次關西

金風蕩天地關西羣木凋早霜雞喔喔殘月馬蕭蕭紫陌秦山近青楓楚樹遙還同長卿志題字滿河橋

山居冬夜喜魏扶見訪因贈

霜風露葉下遠思獨裴回夜久草堂靜月明山客來遣貧相勸酒憶字共書灰何事清平世干名待有媒

喜李詡秀才見訪因贈

浙南分首日誰謂別經時路遠遙相訪家貧喜見知不須辭小酌更請續新詩但得心中劒酬恩會有期

晚投慈恩寺呈俊上人

雙巖瀉一川十里絕人煙古廟陰風地寒鐘暮雨天沙虛留虎跡水滑帶龍涎不及曹溪侶空林已夜禪

行次虎頭巖酬寄路中丞

樟亭去已遠來上虎頭巖灘急水移棹山回風滿帆石梯迎雨滑沙井落潮鹹何以慰行旅如公書一緘

送荔浦蔣明府赴任

路長春欲盡歌怨酒初酣白社蓮宮北青袍桂水南驛行盤鳥道船宿避龍潭真得詩人趣煙霞處處諳

懷政禪師院

山齋路幾層敗衲學真乘寒暑移雙樹光陰盡一燈風飄高竹雪泉漲小池冰莫訝頻來此修身欲到僧

秋夕有懷

念遠坐西閣華池涵月涼書回秋欲盡酒醒夜初長露白蓮衣淺風清蕙帶香前年此佳景蘭棹醉橫塘

秋霽寄遠

初霽獨登賞西樓多遠風橫煙秋水上踈雨夕陽中高樹下山鳥平蕪飛草蟲唯應待明月千里與君同

聞范秀才自蜀遊江湖

蜀道下湘渚客帆應不迷江分三峽響山並九華齊秋泊鴈初宿夜吟猨乍啼歸時慎行李莫到石城西

惜春

花開又花落時節暗中遷無計延春日可能留少年小蕊初散蝶高柳即聞蟬繁豔歸何處滿山啼杜鵑

題愁

聚散竟無形迴腸百結成古今銷不得離別覺潛生降虜將軍思窮秋遠客情何人更憔悴落第泣秦京

鴛鴦（第五句缺一字）

兩兩戲沙汀長疑畫不成錦機爭織樣歌曲愛呼名好顧棲息堪憐泛淺清鳧鷗皆爾類唯羨獨含情

聞鴈

帶霜南去鴈夜好宿汀沙驚起向何處高飛極海涯入雲聲漸遠離岳路猶賒歸夢當時斷參差欲到家

不寢

到曉不成夢思量堪白頭多無百年命長有萬般愁世事應難盡營生卒未休莫言名與利名利是身讎

宿東橫山（一作東黃山瀨）

孤舟路漸賒時見碧桃花溪雨灘聲急巖風樹勢斜獮猴垂弱蔓鸛鶴宿橫槎謾向仙林宿無人識阮家

早行

失枕驚先起人家半夢中聞雞憑早晏占斗認西東轡濕知行露衣單覺曉風秋陽弄光影忽吐半林紅

陪鄭史君泛舟晚歸

南郭望歸處郡樓高卷簾平橋低皂蓋曲岸轉彤襜江晚笙歌促山晴鼓角嚴羊公莫先醉清曉月纖纖

訓殷堯藩

相如愧許詢寥落向溪濱竹馬兒猶小荊釵婦慣貧獨愁憂過日多病不如人莫怪青袍選長安隱舊春

贈還客

無機還得罪直道不傷情微雨昏山色踈籠閉鶴聲閑居多野客高枕見江城門外長谿水憐君又濯纓

征西舊卒

少年乘勇氣百戰過烏孫力盡邊城難功加上將恩曉風聽戍角殘月倚營門自說輕生處金瘡有舊痕

南陵留別段氏兄弟

不知身老大猶似舊時狂爲酒遊山縣留詩遍草堂歸期秋未盡離恨日偏長更羨君兄弟參差鴈一行

旅中別姪曄

相見又南北中宵淚滿襟旅遊知世薄貧別覺情深歌管一尊酒山川萬里心此身多在路休誦異鄉吟

松江渡送人（一作松江懷古）

故國今何在扁舟竟不歸雲移山漠漠江闊樹依依晚色千帆落秋聲一鴈飛此時兼送客憑檻欲霑衣

過鮑溶宅有感

寥落故人宅重來身已亡古苔殘墨沼深竹舊書堂秋色館池靜雨聲雲木凉無因展交道日暮倍心傷

全唐詩

許渾

金陵懷古

玉樹歌殘（一作愁）王氣終景陽兵合（一作晝）戍樓空（一作景陽鐘動曙樓空）松楸（一作楸梧）遠近千官塚禾黍高低六代宮石燕拂雲晴亦雨江豚吹浪夜還風英雄一去豪華盡唯有青山似洛中

姑蘇懷古

宮館餘基輟棹過黍苗無限獨悲歌荒臺麋鹿爭新草空苑鳧鷖占淺莎吴岫（一作江上）雨來虛檻冷楚江（一作海邊）風急（一作起）遠帆多可憐國破忠臣死日日東流生白波

淩歊臺（臺在當塗縣北宋高祖所築）

宋祖淩（一作功）高（一作高臺）（一作歊）樂未回三千歌舞宿層臺湘潭雲盡暮山出巴蜀雪消春水來行殿有基荒薺合寢園無主野棠開百年便（一作應）作萬年計嵒畔（一作上）古（一作石）碑空綠苔

驪山（一作途經驪山　一作望華清宮感事）

聞說先皇醉碧桃日華浮動（一作豔）鬱金袍風隨玉輦笙歌迥雲捲珠簾劒佩高鳳駕北歸山寂寂龍旗（一作輿）西幸水滔滔貴妃（一作娥眉）沒後巡遊少瓦落宮墻見野蒿

咸陽城東樓（一作咸陽城西樓晚眺　一作西門）

一上高城萬里愁蒹葭楊柳似汀洲溪雲初起日沉閣（南近磻溪西對慈福寺閣）山雨欲來風滿樓鳥下綠蕪秦苑夕蟬鳴黃葉漢宮秋行人莫問當年（一作前朝）事故國東來渭水流（一作渭水寒聲晝夜流）

（聲一作光）

京口閑居寄京洛友人（一作兩都親友）

吴門煙月昔同遊楓葉蘆花並客舟聚散有期雲北去浮沈無計水東流一尊酒盡青山暮千里書回碧樹秋何處相思不相見鳳城龍（一作宮）闕楚江頭（一作樓）

冬日登越王臺懷歸

月沈高岫宿雲開萬里歸心獨上來河畔雪飛楊子宅海邊花盛越王臺瀧分桂嶺魚難過瘴近衡峯鴈却回鄉信漸稀人漸老只應頻看（一作醉）一（一作北）枝梅

對雪

雲度龍山暗倚（一作繞）城先（一作光）飛淅瀝引輕盈素娥冉冉拜瑤闕皓鶴紛紛朝玉京陰嶺有風梅豔散寒林無月桂華生剡溪一醉十年事忽憶棹回天未明

送蕭處士歸緱嶺（一作氏）別業

醉斜烏帽髮如絲曾看仙人一局棋賓館有魚爲客久鄉書無鴈到家遲緱山住近吹笙廟湘水行逢鼓瑟祠今夜月明何處宿九疑雲盡碧（一作綠）參差

與鄭（一作韓）鄭（一作鄠）二秀才同舟東下（一作至）洛中親朋（一作友）送至

景雲寺

三十六峯横（一作同）一川綠波無路草芊芊牛羊晚食鋪平地鵰鶚（一作鵰鶚）晴飛摩遠天洛客盡回臨水寺楚人皆逐下江船東西未有相逢日更把（一作藉）繁華共醉眠

長安歲暮

獨望天門倚劒歌，干時無計老關河。(一作每望青雲憶薛蘿長安九陌獨悲歌)東歸萬里慙張翰，西上四年羞卞和。花暗楚城春醉少，月涼秦塞夜愁多。三山歲歲有人去，唯恐海風生白波。(一作蓬瀛有路未知處滄海悠悠空碧波)

贈茅山高拾遺

諫獵歸來綺季歌，大茅峯影滿(一作入)秋波。山齋留客掃紅葉，野艇送僧披綠莎。長覆舊圖棊勢盡，遍添新品藥名多。雲中黃鵠日千里，自宿自飛無網羅。

李秀才近自塗口遷居新安，適枉緘書見寬悲戚，因以此答

遠書開罷更依依，晨坐高臺竟落暉。顏巷雪深人已去，庾樓花盛客初歸。東堂望絕遷鶯起，南國哀餘候鴈飛。今日勞君猶問訊，一官唯長故山薇。

贈蕭兵曹先輩

廣陵堤上昔(一作欲)離居，帆轉瀟湘(一作湘南)萬里餘。楚客病(一作澤)時無鵩鳥，越鄉(一作江)歸處(一作去)有鱸魚。潮生水郭(一作國)蒹葭響，雨過山城(一作村)橘柚疏。聞說(一作道)攜琴兼(一作還)載酒，邑人爭識(一作臨邛)馬相如。(一作休)

題舒女廟

山樂來迎去不言，廟前高柳水禽喧。綺羅無色雨侵帳，珠翠有聲風繞幡。妝鏡尚疑山月滿，寢屏猶認野花繁。孤舟夢斷行雲散，何限離心寄鶤猨。

姑孰官舍

草生官舍似閑居，雪照南窗滿素書。貧後始知爲吏拙，病來還喜識人疏。青雲豈有窺梁燕，濁水應無避釣魚。不待秋風便歸去，紫陽山下是吾廬。

凌歊臺送韋(一作韓)秀才

雲起高(一作曾)臺日未沈，數村殘照半巖(一作蘿)陰。野蠶成繭桑柘盡，溪鳥引雛蒲稗深。帆勢依依投極浦，鐘聲杳杳隔前林。故山迢遞故人去，一夜月明千里心。

送嶺南盧判官罷職歸華陰山居(一作別墅)

曾事劉琨鴈塞空，十年書劒任(一作似)飄蓬。東堂舊屈(一作有)移山志，南國新留煮海功。還拄一帆青海(一作草)上(一作畔)，更開三逕碧蓮中。關西舊(一作紀)友如(一作應)相問，已許滄浪伴釣翁。

將度故(一作圍)城湖阻風夜泊永(一作水)陽戍

行盡青(一作清)溪日已蹉，雲容山影水嵯峨。樓前歸客怨(一作愁)清夢，樓上美人凝夜歌。獨樹高高風勢急，平湖渺渺月明多。終期一艇載樵去，來往使帆凌白波。

鄭侍御廳翫鶴

碧天飛舞下晴莎，金閣瑤池絕網羅。嚚響數聲風滿樹，岸移孤影雪凌波。緱山去遠雲霄迥，遼海歸遲歲月多。雙翅一(一作欲)開千萬里，秖應棲隱(一作穩)戀喬柯。

南亭(一作庭)夜坐貽開元禪定二道者

暮暮焚香何處宿，西巖一室映疎藤。光陰難駐跡如客，寒暑不驚心似(一作是)僧。高樹有風聞夜磬，遠山無月見秋燈。身閑境靜日爲樂，若問其餘非我能。

朱坡故少保杜公池亭

杜陵池榭綺(一作倚)城東，孤島回汀路不窮。高岫乍疑三峽近，遠波初似五湖通。楸梧葉暗瀟瀟雨，菱荇花香淡淡風。還有昔時巢燕在，飛來飛去畫堂中。(一作空)

秋日早朝(一作秋日候朝)

宵衣應待絕更籌，環佩鏘鏘(一作珊珊)月下樓。井轉轆轤千樹曉，鑰開閶闔萬山秋。龍旗(一作旗龍)盡列(一作引)趨金殿，雉扇才分見(一作拜)玉旒。(唐百官志：尚輦局大朝會祭祀皆扇一百五十六，既事而藏之，常朝則去扇，左右留者止三扇耳)虛戴鐵冠無一事，滄江歸去老漁(一作老釣魚)舟。

滄浪峽

纓帶流塵髮半霜，獨尋殘月下滄浪。一聲溪鳥暗雲散，萬片野花流水香。昔日未知方外樂，暮年初信夢中忙。紅蝦青鯽紫芹脆，歸去不辭來路長。

故洛城(一作登故洛陽城)

禾黍(一作黍稷)離離半野蒿，昔人城此豈知勞。水聲東去(一作注)市朝變，山勢北來宮殿高。鴉噪暮雲歸古堞，鴈迷寒雨下空壕。可憐緱嶺登仙子，猶(一作獨)自吹笙醉碧桃。

聞釋子栖玄欲奉道因寄

欲求真訣戀禪扃，羽帔方袍盡有情。仙骨本微靈鶴遠，法心潛動毒龍驚。三山未有偷桃計，四海初傳問菊名。今日勸師莫惑，長生難學(一作不似)證無生。

南海府罷南康阻淺行侶稍稍登陸而邁主人燕餞至頻暮宿東溪

暗(一作晴)灘水落漲虛沙，灘去秦吳萬里賒(一作斜)。馬上折殘江北柳，舟中開盡嶺南花。離歌不斷(一作漸遠)如留客，歸(一作鄉)夢初驚似(一作別)到家。山鳥一聲人未起(一作覺)，半牀春(一作風)月在天涯。

秋晚雲陽驛西亭蓮池

心(一作寫)憶蓮池秉(一作燒)燭遊，葉殘花敗尚維舟。煙開翠扇清風曉，水泥(一作泛)紅衣白露秋。神女暫來雲易散，仙娥初(一作終)去月難留。空懷遠道難(一作無)持贈，醉倚闌干(一作西閣)盡日愁。

題勸尊師歷陽山居(并序)

師即思齊之孫，頃爲故相國蕭公錄用，相國致政，尊師亦自邊將入道，因贈是詩

二(一作三)十知兵在羽林，中年潛識子房心。蒼鷹出塞(一作岫)胡塵滅，白(一作靜)鶴還鄉楚水深。春坼酒瓶浮(一作薰)藥氣，晚攜棊局帶(一作就)松陰。雞籠山上(一作飛山頂)雲多處，自斸黃精不可尋。

懷舊居

兵書一篋老無功，故國郊(一作荊)扉在夢中。藤蔓覆梨張谷暗(一作靜)，草花(一作花)侵菊(一作杏)庾園空。朱門跡忝登龍客，白屋心期失馬翁。楚水吳山何處是，北窗殘月照屏風。

祇命許昌自郊居移就(一作入)公館秋日寄茅(一作南)山高拾遺

一笛迎風萬葉飛，強攜刀筆換荷(一作征)衣。潮寒水國秋砧早，月暗山城夜(一作曉)漏稀。巖響遠聞樵客過，浦深遙送釣童歸。中年未識從軍樂，虛近三茅望少微。

傷(一作哭)虞將軍(一作傷河東虞押衙)

白首(一作十載，一作自昔)從軍未有名，近將孤劒到(一作出)江城。巴童戍久能番語，胡馬調多解漢行。對雪夜窮黃石略，望雲秋計黑山程。可憐(一作誰知)身死家猶遠，汴水東流無哭聲。

晚自朝臺津至韋隱居郊園

秋來鳧鴈下方塘，繫馬朝臺步夕陽。村徑繞山松葉暗，野(一作柴)門臨水稻花香。雲連海氣琴書潤，風帶潮聲枕簟

涼西下（一作至，一作去）磻溪猶萬里可能垂白待文王

寓居開元精舍酬薛秀才見貽

知已蕭條信陸沈茂陵扶疾卧西林芰荷風起客堂靜
松桂月高僧院深清露下時傷旅鬢白雲歸處寄鄉心
憐（一作勞）君詩句（一作思）猶相憶題在（一作向）空（一作書）齋夜（一作日日）吟

別劉秀才（一作留別裴秀才）

三獻無功玉有瑕更攜書劒客天涯孤帆夜別瀟湘雨
廣陌春期鄠杜花燈照水螢千點滅棹驚灘鴈一行斜
關河萬里（一作迢遞）秋風急望見鄉山不到家

早發天台中巖寺度關嶺次天姥岑

來往天台天姥間欲求真訣駐衰顏星河半落巖前寺
雲霧初開嶺上（一作外）關丹壑樹多（一作高）風浩浩（一作皓皓）碧溪苔淺
水潺潺可知劉阮逢人處行盡深山又是山

遊錢塘青山李隱居西齋（一作李郢詩）

小隱西亭為客開翠蘿深處遍蒼（一作青）苔林間掃石安棊
局巖下分泉遞酒盃蘭葉露光秋月上蘆花風起夜潮
來雲山遶屋猶嫌淺欲棹漁舟近釣臺

春日郊園戲贈楊嘏評事

十里蒹葭入薜蘿春風誰許暫鳴珂相如渴後狂還減
曼倩歸來語更多門枕碧溪冰皓耀檻齊青嶂雪嵯峨
野橋沽酒茅簷醉誰羨紅樓一曲歌

晚自東郭回留一二遊侶

鄉心迢遞宦情微吏散尋幽竟（一作趁）落暉林下草腥巢鷺
宿洞前雲濕雨龍歸鐘隨野艇回孤棹鼓絕（一作打）山城掩
半扉今夜西齋好風月一瓢春酒莫相違

與鄭秀才叔姪會送楊秀才昆仲東歸

書劒功遲白髮新異鄉仍（一作人）送故鄉人阮公留客竹林
晚（一作齋晚）田氏到家荊樹春雪盡塞鴻南翥少風來胡馬北
嘶頻洞庭煙月（一作水）如終老誰是長楊諫獵臣

送郭秀才遊天台并序

余嘗與郭秀才同詣朱審畫天台山圖秀才因遊
是山題詩贈別

雲埋陰壑雪凝峯半壁天台已萬重人度碧溪疑輟棹
僧歸蒼嶺似聞鐘暖眠灘鶒晴灘（一作天）草高挂獼猴暮澗
松曾約共（一作舊）遊今獨去赤城西面（一作香爐山下）水溶溶

送張尊師歸洞庭

能琴道士洞庭西風滿歸帆路不迷對（一作野）岸水花霜後
淺傍簷山果雨來低杉松近晚移茶竈（一作花塢）巖谷初寒益
藥畦他日相思兩（一作一）行字無（一作誰）人知處武陵溪

移攝太平寄前李明府

病移（一作多）思邑稱閑身何（一作幾）處風光貫酒頻溪柳遶門彭
澤令野花連洞武陵人嬌歌自駐壺中景（一作日）豔舞長留
海上春早晚高臺更同醉綠蘿如帳草如茵

全唐詩

許渾

再（一作重）遊姑蘇玉芝觀

高梧一葉下秋初迢遞重廊舊（一作來說）寄居月過碧窗今夜
酒雨昏（一作淋）紅壁去年書玉池露冷芙蓉淺瓊樹風高（一作金井烟分）
薜荔疎明日挂（一作揚）帆（一作從此扁舟）更東去仙翁應笑為（一作憶）鱸
魚

夜歸驛樓

水晚雲秋山不窮自疑身在畫屏中孤舟移棹一江月
高閣捲簾千樹風窗下覆棋殘局在橋邊沽酒半壚空
早炊香稻待鱸鱠南渚未明尋釣翁

題靈山寺行堅師院

西巖一逕不通樵八十持杯未覺遙龍在（一作卧）石潭聞夜
雨鴈移沙渚見秋潮經函露濕文多（一作皆）暗香印風吹字
半（一作欲）銷應笑東歸又南去（一作南來又東去）越山無路水迢迢

湖州韋長史山居（即皎然舊宅）

一官唯買晝公堂但得身閑日自長琴曲少聲重勘譜
藥丸多忌（一作忘）更尋方溪浮箬葉添醅（一作杯）綠泉遶松根助
茗香明日鱖魚何處釣門前春水似滄浪

贈李伊闕并序

前伊闕李師晦侍御辭秩歸山過余所止醉圖二
室於屋壁亦招隱之旨也因而有贈焉

桐履如飛不可尋一壺雙笈嶧陽琴舟橫野渡寒風急
門掩荒山夜雪深貧笑白駒無去意病慙黃鵠有歸心
雲間二室勞君畫水墨蒼蒼半壁陰

重遊練湖懷舊并序

余嘗與故宋補闕次都秋夕遊永泰寺後湖亭（一作游練湖亭）
今復登賞愴然有感因賦是詩

西風渺渺月連天同醉蘭舟未十年鵬鳥賦成人已沒
嘉魚詩在世空傳榮枯盡寄浮雲外哀樂猶驚逝水前
日暮長堤更回首一聲鄰笛舊山川（一作蟬續一聲蟬）

乘月棹舟送大曆寺靈聰上人不及

萬峯秋盡百泉清舊鎖禪扉在赤城楓浦客來煙未散
竹窗僧去月猶明杯浮野渡魚龍遠錫響空山虎豹驚
一字不留何足訝白雲無路水無情

汴河亭

廣陵花盛帝東游先劈崑崙（一作光碧黃河）一派流百二禁兵辭
象闕三千宮女下龍舟凝雲鼓震星辰動拂浪旗（一作旌）開
日月浮四海義師歸有道迷樓還似（一作何異）景陽樓

村舍（一作居）二首

自翦青莎織雨衣南峯（一作村南）煙火是柴扉萊（一作糟，一作山）妻早報
（一作起）蒸藜熟童子遙迎（一作知）種豆歸魚下碧潭當鏡躍鳥還
青嶂拂屏飛花時未免人來往欲買嚴光舊釣磯
尚平多累（一作慮）自歸（一作休）難一日身閑（一作眾居）一日安山逕曉（一作有）

雲收獵網水門（一作庭）涼（一作無）月挂魚竿花間酒氣春風暖（一作達）
竹裏棊聲暮（一作夜）雨寒三頃水（一作湖）田秋更熟北窗誰拂舊
塵冠

鄭秀才東歸憑達家書

欲寄家書少客（一作客未）過閉門心遠洞庭波兩巖（一作四鄰）花落夜
（一作清）風急一逕草（一作葦）荒春（一作秋）雨多愁泛楚江吟浩渺憶歸
吳岫夢嗟峨貧居不問應知處溪上閑船（一作扁舟）繫綠蘿

傷故湖州李郎中

政成身沒共興哀（一作哀）鄉路兵戈旅櫬迴城上暮雲凝鼓
角海邊春草閉池臺經年未葬家（一作佳）人散昨夜因（一作同）齋
故吏來南北相逢皆掩泣（一作欲過洞庭還倚棹）白蘋洲暖（一作上）百（一作一）花
開

和友人送僧歸桂州靈巖寺（與和浙西從事劉三復送僧南歸前四句同）

楚客送僧歸桂陽海門帆勢極瀟湘碧雲千里暮愁合
白雪一聲春思長柳絮擁堤添衲軟松花浮水注瓶香
南京（一作宗）長老幾年別聞道半巖多影堂（一作彩光）

淮陰阻風寄呈楚州韋中丞

垂釣京（一作荆）江欲白頭江魚堪釣却西游劉伶臺下稻花
晚韓信廟前楓葉秋淮月未明先倚檻海雲初起更維
舟河橋有酒無人醉獨上高城望庾樓

途經敷水

脩蛾顰翠倚柔桑遥謝春風白面郎五夜有情隨暮雨
百年無節待秋霜重尋繡帶朱藤合更認羅帬碧草長
何處野花何處水下峰流出一渠香

和人賀楊僕射致政（并序）

祠部楊員外以僕射楊公拜官致仕舊府賓僚及
門生合燕申賀飲後書事因和呈

蓮府（一作龍闕）公卿拜後塵手持優詔挂（一作促）朱輪從軍幕下三
千客閒禮庭中七十人錦（一作飾）帳麗詞推北巷畫堂清樂
掩南鄰豈同王謝山陰會空叙流杯醉（一作向）暮春

題四皓廟

桂香松暖廟門開獨瀉椒漿奠一杯秦法欲（一作未）興鴻已
去漢儲將廢鳳還來紫芝翳翳多青草白石蒼蒼半綠
苔山下驛塵南竄路不知冠蓋幾人回

鶴林寺中秋夜翫月（一作八月十五夜宿鶴林寺翫月）

待月東林月正圓廣庭無樹草無煙中秋雲盡（一作淨）出滄
海半夜露寒當碧天輪彩（一作影）漸移金殿外鏡光猶挂玉
樓前莫辭達曙殷勤望一墮西巖又隔年

南海府罷歸京口經大庾嶺贈張明府

樓船旌旆極天涯一劍從軍兩鬢華回日眼（一作月）明河畔
草（一作柳）去時腸斷嶺頭花陶詩盡寫行過縣張賦初成卧
到家官滿知君有歸處姑蘇臺上（一作吳王宮殿）舊煙霞

題衛將軍廟（并序）

將軍名逖陽羡人少習詩書學弓劍有武畧二十
七游并汾間遇神堯皇帝始建義旗逖以勇藝進
備行列洎擒竇建德逖時挾鎗劍前突後翼太宗
頷而奇之天下既定錄其功拜將軍宿衛以母老
且病乞歸侍殘年辭旨哀激詔許之既而以孝敬
睦閨門以然信居鄉里及卒邑人懷其賢廟於荆
溪之湄以平生弓甲懸東西廡下歲時祠祭頗福
其土焉文士王敖撰碑辭實詳備惜乎國史闕書
其人因題是詩於廟壁

武牢關下護龍旗挾槊（一作盛）彎弧（一作弓）馬上飛漢業未興王
霸在秦軍纔散魯連歸墳穿大澤埋金劍廟枕長溪挂
鐵衣欲奠（一作弔）忠魂何處問葦花楓葉雨霏霏

訪別韋隱居不值（并序）

余行至雙巖溪訪韋（一作元）隱居已榜舟詣開元寺水
閣見送棹回已晚因題是詩畱別

犬吠雙巖碧樹閒主人朝出半開關湯師閣上畱詩別
杜叟橋邊載酒還櫟塢炭煙晴過嶺蓼村漁火（一作父）夜移
灣故鄉蕪沒兵戈後憑向溪南買一山

送前東陽于明府由鄂渚歸故林

結束征車換黑貂灞西風雨正瀟瀟茂陵久病書千卷
彭澤初（一作先）歸酒一瓢帆背（一作帶）夕陽溢水闊棹經滄海（一作秋月）
甑山遥殷勤爲謝南溪客（一作侶）白首螢窗未（一作草門誰）見招

聽歌鷓鴣辭（并序）

余過陝州夜讌將罷妓人善歌鷓鴣者詞調清怨
往往在耳因題是詩

南國多情多豔詞鷓鴣清怨遶梁飛甘棠城上客先醉
苦竹嶺頭人未歸響轉碧霄雲駐影曲終清漏月沈暉
山行水宿不知遠猶夢玉釵金縷衣

寄題華嚴韋秀才院

三面樓臺百丈峰西巖高枕樹重重晴（一作今）攀翠竹（一作葉）題
詩滑秋摘黃花釀酒濃山殿日斜喧鳥雀石潭波動（一作静）
戲魚龍今來故國遥相憶月照千山半夜鐘

戲代李協律松江有贈

蜀客操琴吳女歌明珠十斛是天河霜凝薜荔怯秋樹
露滴芙蓉愁晚波蘭浦遠鄉應解珮柳堤殘月未鳴珂
西樓沈醉不知散潮落洞庭洲渚多

送黃隱居歸南海

瘴霧南邊久寄家海中來往信流槎林藏鸎鸎（音弗）多殘
筍樹過猩猩少落花深洞有雲龍蜕骨半巖無草象生
牙知君愛宿層峰頂坐到三更見日華

朝臺送客有懷

趙佗西拜已登壇馬援南征土宇寬越國舊無唐印綬
蠻鄉今有漢衣冠江雲帶日秋偏（一作應）熱海雨隨風夏亦
寒嶺北歸人莫回首蓼花楓葉萬重灘

自楞伽寺晨起泛舟道中有懷

碧樹蒼蒼茂苑東佳期迢遞路何窮一聲山鳥曙雲外
萬點水螢秋草中門掩竹齋微有月棹移蘭渚淡無風
欲知此路堪惆悵菱葉蓼花連故宮

十二月拜起居表回

一章西奏拜仙曹回馬（一作首）天津北望勞寒水欲春冰彩
薄曉山初霽雪峰高樓形向日攢飛鳳宮勢凌波壓抃
（一作斷）鼇空鎖煙霞絶巡幸周人誰識鬱金袍

觀章中丞夜按歌舞

夜按雙娃禁曲新東西簫鼓接雲（一作華）津舞衫未換紅鉛
溼歌扇初移翠黛顰彩檻燭煙光吐日畫屏香霧暖如
（一作凝）春西樓月在襄王醉十二山高不見人

重遊飛泉觀題故梁道士宿龍池

西巖泉落水容寬靈物蜿蜒黑處蟠松葉正秋琴韻響菱花初曉一作吐鏡光寒雲開星月一作宿浮山殿雨過風雷遶石壇仙客不歸龍亦去稻畦長滿此池乾

下第貽友人

身在關西家洞庭夜寒歌苦燭一作孤燭夜熒熒人心高下月中桂客思往來波上萍馬氏識君眉最白阮公留我眼長青花前失意共寥落莫遣東風吹酒醒

晚登龍門驛樓

魚龍多處鑿門開萬古人知夏禹材青嶂遠分從地斷洪流高瀉自天來風雲有路皆燒尾波浪無程盡曝腮心感膺門身過此晚山秋樹獨徘徊

題故李秀才居一作傷李秀才

曾醉笙歌日正遲醉中相送易前期橘花滿地人亡後菰葉連天鴈一作客過時琴倚舊窗塵一作雲漠漠劍埋一作橫新塚草離離河橋一作陽酒熟平生事更向東流奠一卮

韶州韶陽樓夜讌一作題韶州驛樓

待月西一作江樓捲翠羅玉杯瑤瑟近星河簾前碧樹窮秋密窗外青山薄暮一作霧多鸜鵒未知狂客醉一作舞鷓鴣先讓美人歌使君莫一作不惜通宵飲一作醉刀筆初從馬伏波

聞韶州李相公移拜郴州因寄

詔移丞相木蘭舟桂水潺湲嶺北流青漢夢歸雙闕曙白雲吟過五湖秋恩迴玉扆人先喜道在金縢世不憂聞說公卿盡南望甘棠花暖鳳池頭

游江令舊宅

身沒南朝宅已荒邑人猶賞舊風光芹根生葉石池淺桐樹落花金一作春井香帶暖山蜂巢畫閣欲陰溪燕集書堂閑愁此地更西望一作回首潮浸臺城春草長

灞上逢元九處士東歸

瘦馬頻嘶灞水寒灞南高處望長安何人更結王生韈此客虛一作空彈貢氏一作禹冠江上蟹螯沙渺渺塢中蝸殼雪漫漫舊交已變一作盡新知少却伴漁郎一作師把釣竿

別張秀才并序

余與張秀才同出關至陝府余取南道止一作至洛下張由北路抵江東因幕中醼餞遂賦詩以別

不知何計寫離憂萬里山川半舊遊風捲暮沙和雪起日融春水帶冰流凌晨客淚分東郭竟夕鄉心共北樓青桂一枝年少一作少年事莫因鱸鱠涉窮秋

別表兄軍倅并序

余祗命南海至廬陵逢表兄軍倅奉使淮海別後却寄是詩

盧橘花香拂釣磯佳人猶舞越羅衣三洲水淺魚來少五嶺山高鴈到稀客路晚依紅樹宿鄉關朝一作晴一作暗望白雲歸交親不念征南吏一作史一作客昨一作夜風帆去似飛

題蘇州虎丘寺僧院

暫引寒泉濯遠塵此生多是異鄉人荆溪夜雨花開一作飛疾吳苑秋風月滿頻萬里高低門一作雲外路百年榮辱夢中身世間誰似西林客一卧煙霞四十春

酬郭少府先奉使巡澇見寄兼呈裴明府一作奉酬郭二十三先輩奉使巡澇見寄兼呈長官之什

載書攜榼一作酒別池龍一作籠十幅一作副輕帆處處通謝脁宅荒一作深山翠裏王敦城古月明中江村夜漲浮天水澤國秋生動地風飽食鱠一作鱸魚榜歸一作歸榜檝待君琴酒醉陶公

出永通門經李氏莊

飛軒危檻百花堂朝讌歌鐘暮已荒中散獄成琴自怨步兵廚廢酒猶香風池宿鳥喧朱閣雨砌秋螢拂畫梁力保山河家又慶秪應中令敵汾陽

全唐詩

許渾

漢水傷稼并序

此郡雖自夏無雨江邊多穡一作稼油然可觀秋八月天清日朗漢水泛濫一作溢人實爲災軫念疲羸因賦四韻

西北樓開四望通殘霞成綺月懸弓江村夜漲浮天水澤國秋生動地風高下綠苗千頃盡新陳紅粟萬廒一作箱空才微分薄憂何益却欲回心學釣翁

送王總下第歸丹陽

秦樓心斷楚江湄一作秦橋西望楚天涯繫馬春一作秋風酒一卮汴水月明東下疾練塘花發北來一作歸遲青蕪定沒一作山盧戀安貧處一作計黃葉一作白髮應催獻賦詩一作期一作時憑一作爲寄家書爲一作問回報一作報消息舊鄉一作居還有故人知

南陽道中

月斜孤館傍村行野店高低帶古城籬上曉花齋後落井邊秋葉社前生飢烏索哺隨雛叫乳牸慵歸望犢鳴荒草連天風動一作隨地不知誰學武侯耕

破北虜太和公主歸宮闕

毳幕承一作乘秋極斷蓬飄飖一劍黑山空匈奴北走荒秦壘貴主西還盛漢宮定是廟謨傾種落必知邊寇畏驍雄恩霑殘類從歸去莫使一作遣華人雜犬戎

李定言自殿院銜命歸闕拜員外郎遷右史因寄

白筆南征變二毛，越山愁瘴海驚濤。才歸龍尾含雞舌，更立螭頭運（一作吮）兔毫。閶闔欲開宮漏盡，冕旒初坐御香（一作書）高。吳中（一作金吾）舊侶（一作友）君先貴，曾憶王祥與佩刀。

早秋韶陽夜雨

宋玉含悽夢亦驚，芙蓉山響一猨聲。陰雲迎（一作凝）雨枕先潤，夜電引雷窗暫明。暗惜水花飄廣檻，遠愁風葉下高城。西歸萬里未千里，應到故園春草生。

將爲南行陪尚書崔公宴海榴堂

朝讌華堂暮未休，幾人偏得謝公留。風傳鼓角霜侵戟，雲捲笙歌月上樓。賓館盡開徐稚（一作孺）榻，客帆空戀（一作望）李膺舟。謾誇書劍無知己（一作歸處），水遠山長（一作遙）步步愁。

贈王山人

貰酒攜琴訪我頻，始知城市（一作郭）有閑人。君臣藥在寧憂病，子母錢成豈患貧。年長（一作老）每勞推甲子，夜寒初共守庚申。近來聞說燒丹處，玉洞桃花萬樹春。

宣城崔大夫召聯句偶疾不獲赴因獻

心慕知音命自拘，畫堂聞欲試吹竽。茂陵罷酒慙中聖，漳浦題詩怯大巫。騷鬢亂幾年傷在藻，羽毛終日羨棲梧。還愁旅棹空歸去，楓葉荷花釣五湖。

贈鄭處士

道傍年少莫矜誇，心在重霄鬢未華。楊子可曾過北里，魯人何必敬東家。寒雲曉散千峰雪，暖雨晴開一逕花。且賣湖田釀春酒，與君書劍是生涯。

正元（一作元日，一作元正）

高揭雞竿闢帝閽，祥風微暖瑞雲屯。千官共削姦臣迹，萬國初銜聖主恩。宮殿雪華齊紫閣，關河春色到青門。華夷一軌人方泰，莫學論兵誤至尊。

登尉佗樓

劉項持兵鹿未窮，自乘黃屋島夷中。南來作尉任囂力，北向稱臣陸賈功。簫鼓尚陳（一作存）今世廟，旌旗猶鎮（一作鎮）昔時宮。越人未必知虞舜，一奏薰弦萬古風。

韶州驛樓宴罷

檐外千帆背夕陽，歸心杳杳鬢蒼蒼。嶺猨羣宿夜山靜，沙鳥獨飛秋水涼。露墮桂花棋局濕，風吹荷葉酒瓶香。主人不醉下樓去，月在南軒更漏長。

和淮南王相公與賓僚同游瓜洲別業題舊書齋

碧油紅旆想青衿，積雪窗前盡日吟。巢鶴去時雲樹老，卧龍歸處石潭深。道傍苦李猶垂實，城外甘棠已布陰。賓御莫辭巖下醉，武丁高枕待爲霖。

送盧先輩自衡岳赴（一作歸）復州嘉禮二首

名振金閨步玉京，暫留滄海見高情。衆花盡（一作盛）處松千尺，羣鳥喧時鶴一聲。朱閣簟涼疏雨過，碧溪船動早潮生。離心不異西江水，直送征（一作歸）帆萬里行。

湘南詩客海中行，鵬翅垂雲不自矜。秋水靜磨金鏡土，夜風寒結玉壺冰。萬重嶺嶠辭衡岳，千里山陂問竟陵。醉倚西樓人已遠，柳溪無浪月澄澄。

哭楊攀處士

先生憂道樂清貧，白髮終爲不仕身。嵇阮沒來無酒客，應劉亡後少詩人。山前月照荒墳曉，溪上花開舊宅春。昨夜回舟更惆悵，至今鐘磬滿南鄰。

宿松江驛却寄蘇州一二同志（一作宿望亭驛寄蘇州同遊）

候館人稀夜自（一作更）長，姑蘇臺（一作城）遠樹蒼蒼。江湖潮（一作水）落高樓迥，河漢秋歸廣簟（一作殿）涼。月轉碧梧移鵲影，露低紅葉（一作草）濕螢光。西園詩侶應多思（一作思應無限），莫醉笙歌掩畫堂。

盧山人自巴蜀由湘潭歸茅山因贈

太乙靈方鍊紫荷，紫荷飛盡髮皤皤。猨啼巫峽曉雲薄，鴈宿洞庭秋月多。導引豈如桃葉舞，步虛寧比竹枝歌。華陽舊隱莫歸去，水沒芝田生綠莎。

潁州從事西湖亭讌餞

西湖清讌不知回，一曲離歌酒一杯。城帶夕陽聞鼓角，寺臨秋水見樓臺。蘭堂客散（一作醉）蟬猶噪，桂檝人稀鳥自來。獨想征車過（一作帆去）鞏洛，此中霜菊遶潭（一作正花）開。

瓜洲留別李詡

泣玉三年一見君，白衣顦顇更離羣。柳（一作楊）堤惜別春潮落（一作晚），花榭留歡夜漏分。孤館宿時風帶雨，遠帆歸處水連雲。悲歌曲盡莫重奏，心遶關河不忍聞。

余謝病東歸王秀才見寄今潘秀才南棹奉酬

酷似牢之玉不如，落星山下白雲居。春耕旋構（一作遣）金門客（一作策），夜學兼修玉府書。風掃碧雲（一作天）迎鷙鳥，水還滄海養嘉魚。莫將年少輕時節，王氏家風在石渠。

獻韶陽相國崔公

一匱爲功極九層，康莊猶自劍（一作獨）稜稜。舟回北渚經年泊，門接東山盡日登。萬國已聞傳玉璽，百官猶望啓金縢。賢臣會致唐虞世，獨倚江樓笑范增。

郡齋夜坐寄舊鄉二姪

千官奉職袞龍垂，旅卧淮陽鬢日（一作已）衰。三月已乖棠樹政，二年空負竹林期。樓侵白浪風來遠，城抱丹巖日到遲。長欲挂帆君莫笑，越禽花晚夢南枝。

病間寄郡中文士

盧橘含花處處香，老人依舊卧清漳。心同客舍驚秋早，跡似僧齋厭夜長。風捲翠簾琴自響，露凝朱閣簟先涼。明朝欲醉文中彥，猶覺吟聲帶越鄉。

賀少師相公致政（并序）

少師相公未及懸車之年，二表乞罷，將相徵於近代，更無比肩。余受恩門館，竊抒長句寄獻

六十懸車自古稀，我公年少獨忘機。門臨二室留侯隱，櫂倚三川越相歸。不擬優游同陸賈，已回清白遺胡威。龍城鳳沼棠陰在，只恐歸（一作寅）鴻更北飛。

題崔處士山居

坐窮今古掩書堂，二頃湖田一半荒。荊樹有花兄弟樂，橘林無實子孫忙。龍歸曉洞雲猶濕，麝過春山草自香。向夜欲歸心萬里，故園松月更蒼蒼。

疾（一作病）後與郡中羣公讌李秀才

強留佳客讌王孫，巖上餘花落酒樽。書院欲開蟲（一作塵）網戶，訟庭猶掩雀羅門。耳虛盡日疑琴癖，眼暗經秋覺鏡昏。莫引劉安倚西檻，夜來紅葉下江村。

晨起白雲樓寄龍興江準上人兼呈竇秀才（秀才方自竟陵回）

茲樓今是望鄉臺，鄉信全稀曉雁哀。山翠萬重當檻出，水華千里抱城來。東巖月在僧初定（一作起），南浦花殘客未回（一作已）。欲弔靈均能賦（一作去）否，秋風還有木蘭開。

醻餞李員外（并序）

李羣之員外從事荊南，尚書楊公詔徵赴闕，俄爲淮南相國杜公辟命，自漢上舟行至此郡，於雲樓醻罷，解纜阻風，却回因贈

病守江城眼暫開，昔年吳越共銜杯。膺舟出鎮虛陳榻，鄭履還京下隗臺。雲葉漸低朱閣掩，浪花初起畫橋回。心期解印同君醉，九曲池西望月來。

詶錢汝州（并序）

汝州錢中丞以渾赴郢城（一作幾），見寄佳什，恩憐過等，寵飾逾深，雖吟詠忘疲，實楷模不及，輒率荒淺，依韻獻詶

白雪多隨漢水流，謾勞旌旆晚悠悠。笙歌暗寫終年恨，臺榭潛消盡日憂。鳥散落花人自醉，馬嘶芳草客先愁。怪來雅韻清無敵，三十六峯當庾樓。

將歸姑蘇（一作姑孰）南樓餞送李明府（一作南樓送餞李明府歸姑蘇）

無處登臨（一作樓）不繫情，一憑（一作瓶）春酒醉高城。暫移羅綺見山色，纔駐管弦聞水聲。花落西亭添別恨（一作夢），柳陰南浦促歸程。前期迢遞今宵短，更倚朱闌待月明。

和浙西從事劉三復送僧南歸

楚客送僧歸故鄉，海門帆勢極瀟湘。碧雲千里暮愁合，白雪一聲春思長。滿（一作開）院草花平講席（一作石），繞龕藤葉蓋禪牀。憐師不得隨師去，已戴儒冠事素王。

送上元王明府赴任（一作送友人浙西任宰）

莫言名重懶驅雞，六代江山碧海西。日照蒹葭明楚塞，煙分楊柳見隋堤。荒城樹暗沈書浦，舊宅花連罨畫溪。官滿定知（一作應）歸未得，九重霄漢有丹梯。

送沈卓少府任江都（一作趙嘏詩）

煬帝都城春水邊，笙歌夜上木蘭船。三千宮女自（一作日）塗地，十萬人家如洞天。豔豔花枝官舍晚，重重雲影寺牆連。少年作尉須兢（一作矜）慎，莫向樓前墜（一作騎）馬鞭。

酬邢杜二員外（并序）

新安邢員外懷洛下舊游（一作居），新定杜員外思闕中故里，各蒙緘示，因寄一詩以酬

雪帶東風洗畫屏，客星懸處聚文星。未歸嵩嶺暮雲碧，久別杜陵春草青。熊軾並驅因（一作同）雀噪，隼旟齊駐是鴻冥。豈知京洛舊親友，夢繞（一作斷）潺湲江上亭。

經故丁補闕郊居

死酹知已道終全，波暖孤（一作狐）冰且自堅。鵩上承塵纔一（一作幾）日，鶴歸華表已千年。風吹藥蔓迷樵徑，雨（一作水）暗蘆花失釣船。四尺孤墳何處是，闔閭城外草連天。

陪宣城大夫崔公泛後池兼北樓讌二首

陪泛芳池醉北樓，水花繁豔照膺舟。亭臺陰合樹初晝，弦管韻高山欲秋。皆賀虢巖終選傅，自傷燕谷未逢鄒。昔時恩遇今能否，一尉滄洲已白頭。

江上西來共鳥飛，翦荷浮汎似輕肥。王珣作簿公曾喜，劉表爲邦客盡依。雲外軒窗通早景，風前簫鼓送殘（一作斜）暉。宛陵行樂金陵住，遙對家山未憶歸。

畱別趙端公（并序）

余行次鍾陵，府中諸公宴餞，趙端公曉赴郡齋，一約余來且整櫂，因畱別

海門征櫂赴（一作越）龍瀧，暫寄華筵倒玉缸。簫鼓散時逢夜雨，綺羅分處下秋江。孤帆已過滕王閣，高榻畱眠謝守窗。却願煙波阻風雪，待君同拜碧油幢。

寄陽陵處士（一作寄昭亭楊處士，一作寄陵陽元處士）

舊隱青山紫桂陰，一書迢遞寄歸心。謝公樓上晚花盛，楊（一作發）子宅前春草深。吳岫雨來溪鳥浴，楚江雲暗嶺猨吟。野人寧憶滄洲畔（一作伴），會待吹噓（一作竽）定至音。

與張道士同訪李隱君不遇（一作與張處士同題李隱居林亭）

千巖萬壑獨攜琴，知在陵（一作龍）陽不可尋。去轍已平秋草遍，空（一作寒）齋長掩暮雲深。霜寒（一作肥）橡栗畱（一作霜巖枳橘供）山鼠，月冷菰蒲散（一作泛）水禽。唯有西鄰（一作林）張仲蔚，坐來同愴別離心。

聞州中有讌寄崔大夫兼簡邢羣評事

簫管（一作鼓）筵間列翠蛾，玉杯金液耀金波。池邊雨過飄帷幕，海上風來動綺羅。顏子巷深青草遍，庾君樓迥碧山多。甘心不及同年友，卧聽行雲一曲歌。

寄殷堯藩先輩（一作秀才）

十（一作幾）載功名（一作聞君，一作聞名）翰墨林，爲從知已信浮（一作沈）沈。青山有雪諳松性，碧落無雲稱鶴心。帶月獨歸蕭寺遠，翫花頻醉庾樓深。思君一見如瓊樹，空把新詩盡日吟。

贈河東虞押衙二首（虞元長者永興公之後，工書屬文，近從軍河中，奉使宣歙，因贈）

長劍高歌換素衣，君恩未報不言歸。舊精（一作工）鳥篆諳書體，新授龍韜識戰機。萬里往來征馬瘦，十年離別故人稀。生平志氣何人見，空上西樓望落暉。

吳門風水各（一作落）萍流，月滿花開懶獨游。萬里山川分曉夢，四鄰歌管送春愁。昔年顧我長青眼，今日逢君盡白頭。莫向尊前更惆悵，古來投筆盡（一作總）封侯。

陵陽春日（一作移攝太守）寄汝洛舊游

百年身世似飄蓬，澤國移家疊嶂中。萬里綠（一作頃碧）波魚戀釣，九重青漢鶴愁籠。西池水冷春巖雪，南浦（一作陌）花香曉（一作晚）樹風。縱倒（一作有，一作酌）芳尊心不醉，故人多（一作今）在洛城東。

酬杜補闕初春雨中舟次橫江喜裴郎中相迎見寄

江館維舟爲庾公，暖波微淥（一作漾，一作漲）雨濛濛。紅橋（一作牆）迤邐春巖下，朱旆聯翩曉樹中。柳滴圓波生細浪，梅含香豔吐輕風。郢歌莫問青山吏（一作客），魚在深池（一作潭）鳥在籠。

送張厚淛東謁丁常侍（一作送張厚淛東修謁）

涼露清蟬柳陌空，故人遙指浙江東。青山有雪松當澗，碧落無雲鶴出籠。齊唱離歌愁晚月，獨看征棹怨秋風。定知洛下聲名士（一作上），共說膺門得孔融。

酬副使鄭端公見寄

一日高名遍九州，玄珠仍向道中求。郢中白雪慙新唱，塗上青山憶舊游（端公頃在當塗縣青山別墅肄業，余嘗守邑，因沐見知也）。笙磬有文終易別，珠璣無價竟難酬。柳營迢遞江風（一作風江）闊，夜夜孤吟月下樓。

酬綿州于中丞使君見寄
故人書信越襃斜新意雖多舊約賒皆就一麾先去國
共謀三逕未還家荆巫夜隔巴西月鄢郢春連漢上花
半月離居猶悵望可堪垂白各天涯

全唐詩
許渾

春早郡樓書事寄呈府中羣公
兩鬢垂絲髮半霜石城孤夢繞襄陽鴛鴻幕裏蓮披檻
虎豹營中柳拂牆畫舸欲行春水急翠簾初捲暮山長
峴亭風起花千片流入南湖盡日香

元處士自洛歸宛陵山居見示詹事相公餞行之什因贈
紫霄峯下絕韋編舊隱相如結襪前（元君舊隱廬山學易常爲相國師服）月落
尚留東閣醉風高還憶北窗眠江城夜別瀟瀟雨山檻
晴歸漠漠煙一頃豆花三頃竹想應（一作因）抛却釣魚船

送元晝上人歸蘇州兼寄張厚二首
自卜閑居荆水頭（一作幽）感時相（一作傷）別思悠悠一樽酒盡青
山暮千（一作萬）里書回碧樹秋深巷久貧知（一作長）寂寞小詩多
病尚（一作也）風流畫公此去應相問爲說沾巾（一作衣）憶舊游
三（一作二）年無事客吳鄉南陌（一作宅）春園（一作深）碧草長共醉八門
回畫舸獨還三徑掩書堂前山雨過池塘滿小院秋歸
枕簟涼經歲別離心自（一作盡）苦何堪黄（一作紅）葉落（一作下）清漳

送陸拾遺東歸
獨振儒風（一作負才名）遇盛時紫泥初降（一作出）世人知文（一作封）章報
主非無意書劍還家素有期秋寺卧雲移棹晚暮江（一作天）
乘月落帆遲東歸自是緣清興莫比商山詠紫芝

湖（一作湘）南徐明府余之南鄰久不還家因題林館（一作同孫盧二仙侶游樊明府林亭一作南鄰樊明府久不還家因題林亭）
湘南官罷（一作滿）不歸來高閣經年掩綠苔魚溢池塘秋雨
過鳥還洲島暮潮（一作雲）回階前石穩棋終局窗外山寒（一作高）
酒滿杯借問先生獨（一作在）何處一籬疎菊又花開

酬和杜侍御（并序）
河中杜侍御祗命本府自鍾陵舟抵漢上道出茲
郡以某專使迎接先蒙雅什見貽竊慕清才輒酬
和
花時曾省杜陵游聞下書帷不舉頭因過石城先訪戴
欲朝金闕暫依劉征帆夜轉鸕鷀穴（一作嶠）驄騎春辭鸛雀
樓正把新詩望南浦棹歌應是木蘭舟

酬河中杜侍御重寄
五色如絲下碧空片帆還遶楚王宮文章已變南山霧
羽翼應摶北海風春雪預呈霜簡白曉霞先染繡衣紅
十千沽酒留君醉莫道歸心似轉蓬

寄獻三川守劉公（并序）
余奉陪三川守劉公讌言嘗蒙詢訪行止因話一
麾之任冀成三逕之謀特蒙俯鑒丹誠尋許慰薦
屬移履道卧疾彌旬輒抒二章寄獻
三川歌頌徹咸秦十二樓前侍從臣休閉玉籠留鸑鷟
早開金埒縱麒麟花深稺榻迎何客月在膺舟醉幾人
自笑（一作歎）東風過寒食茂陵寥落未知春
半年三度轉蓬居錦帳心闌羨隼旟老去自驚秦塞鴈
病來先憶楚江魚長聞季氏千金諾更望劉公一紙書
春雪未晴春酒貴莫教愁殺馬相如

送段覺之西蜀結婚（一作送段覺之西川遇婚禮後歸覲）
詞賦名高身不閑綵衣如錦度函關鏡中鸞影（一作月令）胡威
去劍外花歸（一作飛）衛玠還秋浪遠侵黄鶴嶺暮雲遥斷碧
雞山時人若（一作此時人）問西遊客心在重霄鬢欲斑

長慶寺遇常州阮秀才
高閣晴軒對一峯毗陵書客此相逢晚收紅葉題詩遍
秋待黄花釀酒濃山館日斜喧鳥雀石潭波動戲魚龍
上方有路應知處疎磬寒蟬樹幾重

贈閑師（一作送令閑上人）
近日高僧更有誰宛陵山下遇閑師東林共許三乘學
南國爭傳五字詩初到庾樓紅葉墜夜投蕭寺碧雲隨
秋江莫惜題佳句正是磷磷見底時

東遊留別李叢秀才
煩君沽酒强登樓罷唱離歌說遠遊文字豈勞諸子重
風塵多幸（一作重）故人憂數（一作一）程山路長侵夜（一作驛）千里家書
動隔秋起憑欄干各垂淚又驅羸馬向東州

竹林寺別友人（一作與德玄別一作李玄）
騷人吟罷起鄉愁暗覺年（一作光）華似水流花滿謝（一作楚）城傷
共（一作遠）別蟬鳴蕭寺喜同遊前山月（一作日）落杉松晚（一作曉）深夜
風清枕簟秋明日分襟又何處江南江北路悠悠

送處士武君歸章洪山居（一作送武全通處士歸隱洪山）
形影無羣消息沈登聞（一作門）三擊（一作繫）血沾襟皇綱一日開
寃氣青史千年重壯心却（一作知）望烏臺春樹老獨歸蝸舍
暮雲深他時縱有徵書至雪滿空山不可尋

題義女亭
身沒蘭閨道日明郭南尋得舊池亭詩人愁立暮山碧
賈客怨離秋草青四望（一作座）月沈疑掩鏡雨簷花動認（一作誤）
收屏至今鄉里風猶在借問誰傳義女銘

吳門送振武李從事

晚促離筵醉玉缸，伊州一曲淚雙雙。欲（一作若）攜刀筆從新
幕，更宿烟霞別舊窗。胡馬近秋侵紫塞，吳帆乘月下清
江。嫖姚若許傳書檄，坐築（一作奪）三城看受降。

郊居春日有懷府中諸公并柬王兵曹

欲學漁翁釣艇新，濯纓猶惜九衢塵。花前更謝依劉客，
雪後空懷訪戴人。僧舍覆棊消白日，市樓賒酒過青春。
一山桃杏（一作李）同時發，誰似東風不厭貧。

同韋少尹傷故衛尉李少卿

客醉更長樂未窮，似知身世一宵空。香街（一作車）寶馬嘶殘
月，暖閣佳人哭曉風。未捲繡筵朱閣上，已開塵席畫屏
中（一作堂）。何須更賦山陽笛，寒月沈西水向東。

舟行早發廬陵郡郭寄滕郎中

楚客停橈太守知，露凝丹葉自秋（一作愁）悲（一作時）。蟹螯只恐相
如渴，鱸鱠應防（一作方）曼倩飢。風捲曙雲飄角遠，雨昏寒浪
挂帆遲。離心更羨高齋夕（一作夢），巫峽花深醉玉卮。

聞邊將劉皁無辜受戮

外監多假帝王尊，威脅偏裨勢不存。纔許誓心安玉壘，
已傳傳首動金門。三千客裏寧無義，五百人中必有恩。
却賴漢庭多烈士，至今猶自伏蒲輪。

送薛秀才南遊（一作送薛洪南遊訪山習業，一作送洪秀才南遊訪僧習業）

姑蘇城外柳（一作草）初凋，同上江樓更寂寥。遶壁舊詩塵（一作塵黶）
漠漠，對窗寒竹雨瀟瀟。憐君別路隨秋鴈，盡我離觴任
晚潮。從此草玄應有處，白雲青嶂一相招。

夜歸孤山寺却寄盧郎中

青山有志路猶賒，心在琴書自憶（一作夢在）家。醉別庾樓山色
曉（一作滿），夜歸蕭寺月光斜。落帆露濕回塘柳，別院風驚滿
地花。他日此身（一作恩）須報德，莫言空愛舊（一作谷愛）烟霞。

贈桐廬房明府先輩

帝城春榜謫靈（一作雲）仙，四海聲華二十年。闕下書功無後
輩，卷中文字掩前賢。官閑（一作成）每喜江山靜，道在寧憂雨
露偏。自笑小儒非一鶚，亦趨門屏冀相憐。

甘露寺感事貽同志

雲蔽長安路更賒，獨隨漁艇老天涯。青山盡日尋黄絹，
滄海經年夢絳紗。雪憤有期心自壯，報恩無處髮先華。
東堂舊侶勤書劍，同出膺門是一家。

泛溪夜回寄道玄上人

南郭烟光異世間，碧桃紅杏水潺潺。猨來近嶺獼猴散，
魚下深潭翡翠閑。猶阻晚風停桂檝，欲乘春月訪松關。
幾回策杖終難去，洞口雲歸（一作深）不見山。

客至

得路逢津更俊才，可憐鞍馬照春來。殘花幾（一作落）日小齋
閉，大笑一聲幽抱開。袖拂碧溪寒繚繞，冠欹紅樹晚徘
徊。相逢少（一作分）別更堪恨，何必秋風江上臺。

經李給事舊居

歸作儒翁出致君，故（一作北）山誰復有遺文。漢庭使氣摧張
禹，楚國懷憂送范雲。楓葉暗時迷舊宅，芳（一作茅）花落處認
荒墳。朱弦一奏沈湘怨，風起寒波日欲曛。

新興道中

芙蓉村步失官金，折獄無功不可尋。初挂海帆逢歲暮，
却開山館值春深。波渾未辨魚龍跡，霧暗寧知蚌鷸心。
夜榜（一作傍）歸舟望漁火，一溪風雨兩巖陰。

下第有懷親友（并序）

余下第寓居杜陵，親友間或登上第，或遂蒸（一作開）居，
或抵湘沅，或游鄜畤，因抒長句。

萬山晴雪九衢塵，何處風光寄夢頻。花盛庾園攜酒客，
草深顏巷讀書人。征帆又過湘南月，旅館還悲渭水（一作北）
春。無限別情多病後，杜陵寥落在漳濱。

中秋夕寄大梁劉尚書

汴人迎拜洛人留，虎豹旌旗擁碧油。刀斗嚴更軍耳目，
戈鋋長控國咽喉。柳營出號風生纛，蓮幕題詩月上樓。
應念散郎千里外，去年今夜醉蘭舟。

卧病（時在京都）

寒窗燈盡月斜暉，珮馬朝天獨掩扉。清露已凋秦塞柳，
白雲空（一作應）長越山薇。病中送客難爲別，夢裏還家不當
歸。惟有寄（一作舊）書書未得，卧聞燕鴈向南飛。

殘雪

憶昨新春霰雪飛，皆前簷上鬬寒姿。狂風送在竹深處，
隔日未消花發時。輕壓嫩蔬旁出土，冷衝幽鳥別尋枝。
晚來又喜登樓見，一曲高歌和者誰。

和常秀才寄簡歸州鄭使君借猨

謝守攜猨東路長，褭藤穿竹似瀟湘。碧山初暝嘯秋月，
紅樹生寒啼曉霜。陌上楚人皆駐馬，里中巴客半歸鄉。
心知欲借南遊侶，未到三聲恐斷腸。

送人之任邛州

綠髮監州丹（一作册）府歸，還家樂事我先知。羣童竹馬交迎
日，二老蘭觴初見時。黄卷新書芸委積，青山舊路菊離
披。亭衢自有橫飛勢，便到西垣視訓辭。

和河南楊少尹奉陪薛司空石笋詩

暖溪寒井碧巖前，謝傅賓朋盛綺筵。雲斷石峯高竝笋，
日臨山勢遠開蓮。閑雷幢節低春水，醉擁（一作領）笙歌出暮
煙。聞道詩成歸已夕，柳風花露月初圓。

獻鄜坊丘常侍

詔選將軍護北戎，身騎白馬臂彤弓。柳營遠識金貂貴，
榆塞遙知玉帳雄。秋檻鼓鼙驚朔雪，曉階旗纛起邊風。
蓬萊每望平安火，應奏班超定遠功。

寄當塗李遠

賦擬相如詩似陶，雲陽烟月又同袍。車前驥病駑駘逸，
架上鷹閑鳥雀高。舊日樂貧能飲水，他時隨俗願餔糟。
不須倚向青山住，詠雪題詩用意勞。

和崔大夫新廣北樓登眺

北望高樓夏亦寒，山重水闊接長安。修梁暗換丹楹小，
疎牖全開彩檻寬。風卷浮雲披睥睨，露凉明月墜（一作隨）闌
干。庾公戀闕懷鄉處，目送歸帆下遠灘。

送客自兩河歸江南（一作西河送客歸江南）

兩河應（一作西河陳）事已堪傷，南客秋歸路更長。臺畔古（一作假）松
悲魏帝，苑邊脩竹弔梁王。山（一作雨）行露變茱萸色，水宿風
披（一作搖）菡萏香。遙羨落帆逢舊友，綠蛾青鬢醉橫塘。

題陸侍御林亭

野水通池石疊臺，五營無事隱雄才。松齋下馬書千卷，

蘭舫逢人酒一杯寒樹雪晴紅豔吐遠山雲曉翠光來定知別後無多日海柳江花次第開

泊蒜山津聞東林寺光儀上人物故

雲齋曾宿借方袍因説浮生大夢勞言下是非齊虎尾宿來榮辱比鴻毛孤舟千棹水猶闊寒殿一燈夜更高明日東林有誰在不堪秋磬拂煙濤

春日思舊遊寄南徐從事劉三復

風暖曲江花半開忽思京口共銜杯湘潭雲盡暮山出巴蜀雪消春水來懷玉尚悲迷楚塞捧金猶羨樂燕臺薊門高處極歸思隴鴈北飛雙燕迴

郊園秋日寄洛中友人（一作親友）

楚水西來天際流感時傷（一作相）別思悠悠一尊酒盡青山莫萬（一作千）里書迴碧樹秋日落遠波鶩（一作低）宿鴈風吹輕浪起眠鷗嵩陽親友如相問（一作誰相念）潘岳閑居欲白頭

送杜秀才歸（一作往）桂林

桂州南去與誰同處處山連水自通兩岸曉霞（一作晚烟）千里草半帆斜日一江風瘴雨欲來楓樹黑火雲初起荔枝紅愁君路遠銷年月莫滯三湘五嶺中

春雨舟中次和橫江裴使君見迎李趙二秀才同來因書四韻兼寄江南

芳草渡頭微雨時萬株楊柳拂波垂蒲根水暖鴈初落梅逕香寒蜂未知詞客倚風吹暗淡使君迴馬濕旌旗江南仲蔚多情調悵望青雲幾首詩

東陵赴京道病東歸寓居開元寺寄盧員外宋魏二先輩

西風吹雨鴈初時病寄僧齋罷獻書萬里咸秦勞我馬四鄰松桂憶吾廬滄洲有約心還靜青漢無媒跡自疎不是醉眠愁不散莫言琴酒學相如

聞開江宋相公申錫下世二首

權門陰奏奪移才馹騎如星路峽來鼂氏有恩忠作禍賈生無罪直爲災貞魂誤向崇山沒冤氣疑從汨（一作湘）水回畢竟功成何處是五湖雲月一帆開

月落湘潭（一作青湘）棹不喧玉杯瑤瑟奠蘋蘩誰能力制乘時鶴自取機沈在檻猨位極乾坤三事貴謗興華夏一夫寃宵衣旰食明天子日伏青蒲不敢言

贈所知

因釣鱸魚住浙河挂帆千里亦相過茅簷夜醉平階月蘭棹春歸拍岸波湖日似陰鼉鼓響海雲纔起蜃樓多明時又作閑居賦誰薦東門策四科

謝人贈鞭

蜀國名鞭見惠稀鴛鴦駱從此長光輝獨根擁腫來雲岫紫陌提攜在繡衣幾度拂花香裏過也曾敲鐙月中歸莫言三尺長無用百萬軍中要指揮

早秋寄劉尚書

天生心識富人侯將相門中第一流旗纛早開擒虎帳戈鋋初發斬鯨舟柳營書號海山暝菌閣賦詩江樹秋昨夜雨涼今夜月笙歌應醉最高樓

及第後春情

世間得意是春風散誕經過觸處通細搖柳臉牽長帶慢撼桃株舞碎紅也從吹幌驚殘夢何處飄香別故叢猶以西都名下客今年一月始相逢

歸長安（第四句缺一字）

三年何處淚汍瀾白帝城邊曉角殘非是無心戀巫峽自緣　臂到長安黔江水暖還曾飲楚岫雲深不識寒大抵莫教聞雨後此時腸斷不應難

經古行宮

臺閣參差倚太陽年年花發滿山香重門勘鎖青春晚深院垂簾白晝長草色芊綿侵御路泉聲嗚咽繞宮牆先皇一去無迴駕紅粉雲鬟空斷腸

秋晚懷茅山石涵村舍

十畝山田近石涵村居風俗舊曾諳簾前白艾驚春燕籬上青桑待晚蠶雲暖採茶來嶺北月明沽酒過溪南陵陽秋盡多歸思紅樹蕭蕭覆碧潭

貴遊

朝回佩馬早淒淒年少恩深衞霍齊斧鉞舊威龍塞北池臺新賜鳳城西門通碧樹開金鎖樓對青山倚玉梯南陌行人盡回首笙歌一曲暮雲低

贈別

眼前迎送不曾休相續輪蹄似水流門外若無南北路人間應免別離愁蘇秦六印歸何日潘岳雙毛去值秋莫怪分襟銜淚語十年耕釣憶滄洲

秋夜與友人宿

楚國同游過十霜萬重心事幾堪傷蒹葭露白蓮塘淺砧杵夜清河漢涼雲外山川歸夢遠天涯岐路客愁長寒城欲曉聞吹笛猶卧東軒月滿牀

將赴京留贈僧院

九衢塵土遞追攀馬跡軒車日暮間玄髮盡驚爲客換白頭曾見幾人閑空悲浮世雲無定多感流年水不還謝却從前受恩地歸來依止叩禪關

寄湘中友人

莫戀醉鄉迷酒杯流年長怕老年催西陵水闊魚難到南國路遙書未回匹馬計程愁日盡一蟬何事引秋來相如已定題橋志江上無由夢釣臺

江上逢友人

故國歸人酒一杯暫停蘭棹共徘徊村連三峽暮雲起潮送九江寒雨來已作相如投賦計還憑殷浩寄書回到時若見東籬菊爲問經霜幾度開

金谷懷古（末二句缺）

淒涼遺跡洛川東浮世榮枯萬古同桃李香銷金谷在綺羅魂斷玉樓空往年人事傷心外今日風光屬夢中

經行廬山東林寺

離魂斷續楚江壖葉墜初紅十月天紫陌事多難數悉青山長在好閑眠方趨上國期干祿未得空堂學坐禪他歲若教如范蠡也應須入五湖煙

途中逢故人話西山讀書早曾游覽

西巖曾到讀書堂穿竹行沙十里強湖上夢餘波灩灩嶺頭愁斷路茫茫經過事寄煙霞遠名利塵隨日月長莫道少年頭不白君看潘岳幾莖霜

將赴京題陵陽王氏水居

簾捲平蕪接遠天暫寬行役到尊前是非境裏有閑日
榮辱塵中無了年山簇暮雲千野一作點雨江分秋水九條
煙馬蹄不道貪西去爭向一聲高樹蟬

冬日五浪館水亭懷別

蘆荻花多觸處飛獨憑虛檻雨微微寒林葉落鳥巢出
古渡浪高魚艇稀雲抱四山終日在草荒三徑幾時歸
江城向暝東風急一半鄉愁聞擣衣

送別

溪邊楊柳色參差攀折年年贈別離一片風帆望已極
三湘煙水返何時多緣去棹將愁遠猶倚危樓欲下遲
莫殢酒杯閑過日碧雲深處是佳期

寄遠

兩葉愁眉愁不開獨含惆悵上層臺碧雲空斷鴈行處
紅葉已凋人未來塞外音書無信息道傍車馬起塵埃
功名待寄凌烟閣力盡遼城不肯回

新柳第七句缺一字

無力搖風曉色新細腰爭妒看來頻綠陰未覆長堤水
金穗先迎上苑春幾處傷心懷遠路一枝和日送行塵
東　門外多離別愁殺朝朝暮暮人

旅懷作

促促因吟晝短詩朝驚穠色暮空枝無情春色不長久
有限年光多盛衰往事只應隨夢裏勞生何處是閑時
眼前擾擾日一日暗送白頭人不知

鴈

萬里銜蘆別故鄉雲飛水宿向瀟湘數聲孤枕堪垂淚
幾處高樓欲斷腸度日翩翩斜避影臨風一一直成行
年年辛苦來衡岳羽翼摧殘隴塞霜

出關

朝纓初解佐江濆麋鹿心知自有羣漢囿獵稀慵獻賦
楚山耕早任移文卧歸漁浦月連海行望鳳城花隔雲
關吏不須迎馬笑去時無意學終軍

寄房千里博士一作途經敷水一作客有新豐館題怨別之詞因詰傳吏盡得其實偶作四韻嘲之

春風白馬紫絲韁正值蠶眠未採桑一作倚蛾翠倚柔桑遙謝春風白面郎五夜
有心隨暮雨百年無節待秋霜重尋繡帶朱藤合更認
羅裙碧草長爲報西游減離恨阮郎纔去嫁劉郎一作何處野花何處水下峰流出一渠香

全唐詩

許渾

泛五雲溪

此溪何處路遙問白鬚翁佛廟千巖裏人家一島中魚
傾荷葉露蟬噪柳林一作枝風急瀨鳴車軸微波漾釣筒石
苔縈棹綠山果拂舟紅更就千村一作溪宿溪一作村橋與剡通

寄郴州李相公

高樓王與謝逸韻比南金不遇銷憂日埃塵誰復尋曠
懷澹得喪失意縱登臨彩檻浮雲迴綺窗明月深虬龍
壓滄海鴛鸞思鄧林青雲傷國器一作語白髮軫鄉心功高
恩自洽道直謗徒侵應笑靈均恨江畔獨行吟

贈蕭鍊師 并序

鍊師貞元初自梨園選爲內妓善舞柘枝宮中莫
有倫比者寵錫甚厚及駕幸奉天以病不獲隨輦
遂失所止洎復宮闕上頗懷其藝求之浹日得於
人間後聞神仙之事謂長生可致乞奉黃老上許
之詔居嵩南洞清觀迨今八十餘矣雪膚花顏與
昔無異則知龜鶴之壽安得不由所尚哉因賦是
詩題於院壁

曾試昭陽曲瑤齋一作階帝自臨紅珠絡繡帽翠鈿束羅襟
雙闕胡一作朝塵起千門宿露一作霧陰出宮迷國步回駕軫皇
心桂殿春空晚椒房夜自深急宣求故劒冥契得遺簪
暗記神仙傳潛封女史一作玉女箴壺中知日永掌上畏年侵
莫比班家扇寧同卓氏琴雲車辭鳳輦羽帔別鴛衾綱
斷魚遊藻籠開一作開鶴戲林洛煙浮碧漢嵩月上丹岑露
一作霧草爭三秀風篁共八音吹笙延鶴舞敲磬引龍吟旄
節纖腰舉霞杯皓腕斟還磨照寶鏡猶插辟寒金東海
人情變南山聖壽沈朱顏常似渥綠髮已如一作加尋養氣
齊生死留形盡古今更求應不見雞犬日駸駸

冬日宣城開元寺贈元孚上人

一鉢事南宗僧儀稱病容曹溪花裏別蕭寺竹前一作間逢
燭影深寒殿經聲徹曙鐘欲齋簷睡一作下一作翥鴿一作鶴初定壁
龍露茗山廚焙霜秔野碓春梵文明處譯禪衲暖時縫
情濃汲澗瓶沈藻眠堦錫挂松雲鳴新放鶴池臥舊降
吟蛩詩繼休遺韻書傳永逸蹤藝多人譽洽機一作緣絕道
層塔題應遍飛軒步不慵繡梁交薜荔畫井倒芙蓉翠
戶垂旗網朱窗列劒鋒寒風一作飈金磬遠一作響晴雪玉樓重
紗理三乘達清才萬象供山高橫睥睨灘淺聚艨艟微
霧一作靄蒼平楚殘暉淡遠峰林疎霜摵摵波靜月溶溶劒
出因雷煥琴全一作焦遇蔡邕西方知一作如有社支許合相從

維舟秦淮過温州李給事宅

給事爲郎日青溪醉隱銜冰池通極浦雪逕遶高巖珠
玉砂同弃一作見松筠草一作梅墜共芟帝圖憂一失臣節恥三緘
代有王陵戇時無靳尚讒定應標一作操直筆寧爲發空函

霧黑連雲棧風狂截海帆石梯迎雨潤沙井帶潮鹹蠟屐青節杖籃輿白罽衫應勞北歸夢山路正巉巗

登蒜山（一本有津字）觀發軍

羽檄徵兵急轅門選將雄犬羊憂破竹貔虎（一作武）極飛蓬定（一作讋）繫（一作擊）猖狂虜何煩矍鑠翁更探黃石（一作谷）略重振黑山功別馬嘶營柳驚烏散井桐低星連寶劍殘月讓雕弓浪曉戈鋋裏山晴鼓角中甲開魚照水旗颭虎拏風去想金河遠行知（一作聞）玉塞空漢庭應有問師律在元戎

送從兄別駕歸蜀（并序）

從兄彥昭與桂陽令韋伯達貞元中俱爲千牛伯達官至王府長史長慶中非罪受譴前年會赦復故秩詔未及而已歿從兄自蜀而南發旅櫬歸葬塗上既而西旋因成十韻贈別

聞與湘南令童年侍玉墀家留秦塞曲官謫瘴溪湄道直姦臣屏冤深聖主知逝川東去疾霈澤北來遲青漢龍髯絕（一作去）蒼岑（一作山）馬鬣移風（一作悲）淒聞笛處月慘罷琴時遠客路黃公廟鄉關白帝祠已稱鸚鵡賦寧誦鶺鴒詩遠道書難達長亭酒莫持（一作重違）當憑蜀江水萬里寄相思

金陵阻風登延祚閣

極目皆陳迹披圖問遠公戈鋋三國後冠蓋六朝中葛蔓交殘壘芒（一作苔）花沒後（一作發）宮水流簫鼓絕山在綺羅空極浦千艘聚高臺一徑通雲移吳（一作巫）岫雨潮轉楚江風登閣慙漂梗停舟憶斷蓬歸期與歸路杉桂海門東

送林處士自閩中道越由雲抵兩川

書劒少青眼煙（一作風）波初白頭鄉關背梨（一作黎）嶺客路轉蘋洲處困道難固乘時恩易酬鏡中非訪戴劒外欲依劉高枕海天暝落帆江雨秋鼉聲應遠鼓蜃氣學危樓智士（一作者）役千慮達人經（一作輕）百憂唯聞陶靖節多在醉鄉游

宣城贈蕭兵曹

桂檝謫湘渚三年波上春舟寒剡溪雪衣破洛城塵客道恥搖尾皇恩寬犯鱗花時去國遠月夕上樓頻貪酒不辭病傭書非爲貧行吟值漁父坐隱對樵人紫陌罷雙轍碧潭窮一綸高歌更南去煙水是通津

秋夕宴李侍御宅

公子徵詞客秋堂（一作空）遞玉杯月高羅幙卷風度錦屏開鳳管添簧品鵾弦促柱哀轉喉雲旋合垂手露徐來燭換三條燼香銷十炷灰蛩聲聞鼓歇螢燄觸簾回廣檻煙分柳空庭露積苔解酲須滿酌應爲撥（一作潑）新醅

晨自竹徑至龍興寺崇隱上人院

佛寺通南徑僧堂倚北坡藤陰迷晚竹苔滑仰（去聲）晴莎病憶春前別閑宜雨後過石橫聞水遠林缺見山多欲結三天社初降十地魔毒（一作素）龍來有窟靈鶴去無窠客路隨萍梗鄉園失薜蘿禪心如可學不藉魯陽戈

歲暮自廣江至新興往復中題峽山寺四首

夜醉晨方醒孤吟恐（一作乍）失羣海鰌潮上見江鷁霧中聞未臘梅先實（一作綻）經（一作終）冬草自薰樹隨山崦合泉到石稜分虎跡空林雨猨聲絕（一作暮）嶺雲蕭蕭異鄉鬢明日共絲棼

薄暮緣（一作沿）西峽停橈一訪僧鷺巢橫臥柳猨飲倒垂藤水曲巖千疊雲重樹百層山風寒殿磬溪雨夜船燈灘漲危槎沒泉衝（一作春）怪石崩中臺一襟淚歲杪別良朋

密樹分蒼壁長溪抱碧岑（一作山）海風聞鶴遠潭日見魚深松蓋環清韻榕根架綠陰（南方有大葉榕樹枝垂入地生根）洞丁多斲石蠻女（一作客）半淘金（端州斲石涯縣淘金爲業）南浦驚春至西樓送月沈江流不過嶺何處寄歸心

月在行人起千峰復萬峰海虛爭翡翠溪邏鬭芙蓉（南方呼市爲虛呼戍爲邏新州有翡翠虛芙蓉邏）古木高（一作空）生槲陰池滿種松（木槲花生於他樹槎枒池沼多水松謂之水松）火探深洞燕香送遠潭龍（南方持火於乳洞中取燕而食康州悅城縣有溫媼龍即蛇也隨水往舟船至人家或千里外皆以香酒果送之）藍塢寒先燒禾堂晚併舂（種藍多在塢中先燒其地人以木槽舂禾謂之禾堂）更投何處宿西峽隔雲鐘

南海使院對菊懷丁卯別墅

何處曾移菊溪橋鶴嶺東籬疏還有艷園小亦無叢日晚秋煙裏星繁曉露中影搖金澗水香染玉潭風罷酒慙陶令題詩答謝公朝來數花發身在尉佗宮

和李相國（并序）

蒙賓客相國李公見示和宣武盧僕射以吏部高尚書自江南赴闕貺大梨白鷴因贈五言六韻攀和

巨實珍吳果馴雛重越禽摘來漁浦上攜在兔園陰霜合凝丹頰風披斂素襟刀分瓊液散籠（一作掩）轂（一作蔽）雪華深虎帳齋中設龍樓洛下吟含消兼受（一作愛）彩應貴冢卿（一作異鄉）心

陪少師李相國崔賓客宴居守狄僕射池亭

池色似瀟（一作擬三）湘仙舟正日（一作日正）長燕飛驚蛺蝶魚躍（一作戲）動鴛鴦雲聚（一作定）歌初轉風回舞欲翔暖（一作新）醅松葉嫩寒粥杏花香羅綺留春色（一作意）笙竽送晚光何須明月夜（一作下）紅燭在華堂

和賓客相國詠雪

近臘千巖白迎春四氣催雲陰連海起風急度山來晝日晴堤絮經冬越嶺梅艷疑歌處散輕似舞時迴道蘊詩傳麗相如賦騁才霽添松篠媚寒積蕙蘭猜暗漲宮池水平封輦路埃燭龍初照耀巢鶴乍裴回簷日瓊先挂牆風粉旋摧五門環玉壘雙闕對瑤臺綺席陵寒坐珠簾遠曙開靈芝霜下秀仙桂月中栽卷幌書千帙援琴酒百杯垂休編太史呈瑞表中台皓夜迷三徑浮光徹九垓茲辰是豐歲歌詠屬良哉

奉和盧大夫新立假山

巖谷留心賞爲山極自然孤峰空迸筍攢萼旋開蓮黛色朱樓下雲形繡戶前砌塵凝積靄簷溜挂飛泉樹暗壺中月花香洞裏天何如謝康樂海嶠獨題篇

奉命和後池十韻

疊石通溪水量波失舊規芳洲還屈曲朱閣更逶迤浴鳥翻荷葉驚蟬出柳絲翠煙秋檜聳紅露曉蓮披攀檻登樓近停橈待客遲野橋從浪沒輕舸信風移竹韻遷棊局松陰遞酒卮性閑鷗自識心遠鶴先知應想秦人會休懷越相祠當期穆天子簫鼓宴瑤池

全唐詩　許渾

雨後思湖上居（一作雨中懷湖山居）

前山風雨涼歇馬坐垂楊何處芙蓉落南渠秋水香

聞歌

新秋弦管清時轉遏雲聲曲盡不知處月高風滿城

思天台

赤城雲雪深山客負歸心昨夜西齋宿月明琪樹陰

長安早春懷江南

雲月有歸處故山清洛南如何（一作秦城）一花發春夢徧（一作滿）江潭

塞下

夜戰桑乾北（一作雪）秦兵半不歸朝來有鄉信猶自寄征衣

送客南歸（一作寓居崇聖寺送客南遊）

野寺薜蘿晚官渠楊柳春歸心已無限更送洞庭人

寄桐江隱者

潮去潮來洲渚春山花如繡草如茵嚴陵臺下桐江水解釣鱸魚能幾人

送曾主簿歸楚州省覲予亦明日歸姑孰

帆轉清淮極（一作及）鳥飛落帆應換老萊衣河亭未醉先惆悵明日還從此路歸

重別（時諸妓同餞一作重別曾主簿）

淚沿紅粉濕羅巾重繫蘭舟勸酒頻留却一枝河畔柳明朝猶有遠行人

湖上

髣髴欲當三五夕萬蟬（一作蟾）清雜亂泉紋釣魚船上一尊酒月出渡頭零落雲

夜泊永樂有懷

蓮渚愁紅蕩碧波吳娃齊唱採蓮歌橫塘一別已千（一作千餘）里蘆葦蕭蕭風雨多

宿水閣

野客從來不解愁等閑乘月海西頭未知南陌誰家子夜半吹笙入水樓

謝亭送別（一作客）

勞歌一曲解行舟紅葉（一作樹）青山水急流日暮酒醒人已遠滿天風雨下西樓

酬李當

知有瑤華手自開巴人虛唱懶封回山陰一夜滿溪雪借問扁舟來不來

蟬

噪柳鳴槐晚未休不知何事愛悲秋朱門大有長吟處剛傍愁人又送愁

夜過（一作泊）松江渡寄友人

清露白雲明月天與君齊棹木蘭船南湖風雨一相失夜泊橫塘心渺然

守風淮陰

遙見江陰夜漁客因思京口釣魚時一潭明月萬株柳自去自來人不知

亡題（一作學仙）

商嶺採芝尋四老紫陽收朮訪三茅欲求不死長生訣骨裏無仙不肯教

送楊發東歸

紅花半落燕于飛同客長安今獨歸一紙鄉書報兄弟還家羞著別時衣

寄宋祁（一作寄宋次都一作寄友人）

朱檻煙霜（一作窗）夜坐勞美人南國舊同袍山長水遠無消息瑤瑟一彈秋月高

題四老廟二首（一作畫四皓廟）

峩峩商嶺采芝人雪頂霜髯虎豹茵山酒一巵（一作壺）歌一曲漢家天子忌功臣

避秦安漢出藍關松桂花陰滿舊山自是無人有歸意白雲常在水潺潺

夏日寄江上親友

雨過前山（一作山前）日未斜清蟬嘒嘒落槐花車輪南北已無限江上故人纔到家

下第懷友人

獨掩衡門花盛時一封書信緩歸期南宗更有瀟湘客夜夜月明聞竹枝

客有卜居不遂薄遊汧隴因題

海燕西飛白日斜天門遙望五侯家樓臺深鎖無人到落盡春風第一花

陳宮怨二首

風暖江城（一作頭）白日遲昔人遺事後人悲草生宮闕國無主玉樹後庭花為誰

地雄山險水悠悠不信隋兵到石頭玉樹後庭花一曲與君同上景陽樓

經故太尉段公廟

靜（一作徒）想追兵緩翠華古碑（一作碑滅）荒廟閉松花紀生不向滎陽死爭（一作豈）有山河屬漢家

途經秦始皇墓

龍盤虎踞樹層層勢入浮雲亦是崩一種青山秋草裏路人唯（一作誰）拜漢文（一作元）陵

游楞（一作曼）伽寺

碧（一作曉）煙秋寺泛潮（一作湖）來水浸城根古堞摧盡日傷心人不見石榴（一作楠）花滿（一作發）舊琴（一作歌）臺

緱山廟

王子吹簫（一作求仙）月滿臺玉簫（一作笙）清轉鶴裵回曲終飛去不知處山下碧桃春自（一作無數）開

送薛先輩入關

一巵春酒送離歌，花落敬亭芳草多。欲問歸期已深醉，只應孤夢繞關河。

鴻溝

相持未定各爲（一作懷）君，秦政山河此地分。力盡烏江千載後，古溝芳（一作荒）草起寒雲。

韓信廟

朝言雲夢暮南巡，已爲功名少退身。盡握兵權猶不得，更將心計託何人。

過湘妃廟

古木蒼山掩翠娥，月明南浦起微波。九疑望斷幾千載，斑竹淚痕今更多。

寄雲際寺敬上人

萬山秋雨水縈回，紅葉多從紫閣來。雲冷竹齋禪衲薄，已應飛錫過（一作入）天台。

秋思（一作秋日）

琪樹西風枕（一作華）簟秋，楚雲湘水（一作月）憶同遊。高歌一曲掩明鏡，昨日少年今白頭。

送宋處士歸山

賣藥修琴歸去遲，山風吹盡（一作落，一作老）桂花枝。世間甲子（一作時）須史事，逢（一作過）著仙人（一作翁）莫看棋。

聽琵琶

欲寫明妃萬里情，紫槽紅撥夜丁丁。胡沙望盡漢宮遠，月落天山聞一聲。

秦樓曲

秦女夢餘仙路遥，月窗風簟夜迢迢。潘（一作何，一作伴）郎翠鳳雙飛去，三十六宮聞玉簫。

旌儒廟

寒陌（一作谷，一作柏）陰風萬古悲，儒冠相枕死秦時。廟前亦有商山路，不學老翁歌紫芝。

覽故人題僧院詩

高閣清吟寄遠公，四時雲月一篇中。今來借問獨何處，日暮槿花零落風。

楚宮怨二首

十二山晴花盡開，楚宮雙闕對陽臺。細腰爭（一作趁）舞君沈醉（一作王），白日秦兵天（一作江）上來。

獵騎秋來在（一作向）內稀，渚宮雲雨濕龍（一作君）衣。騰騰戰鼓動城闕，江畔（一作上）射麋殊未歸。

聽唱山鷓鴣（一作聽吹鷓鴣）

金谷歌傳第一流，鷓鴣清怨碧煙（一作雲）愁。夜來省得曾聞處，萬里月明湘水秋（一作流）。

晨起西樓

留情深處駐橫波，斂翠凝紅一曲歌。明月下樓人未散，共愁三徑是天河。

酬江西盧端公藍口阻風見寄之什

又攜刀筆泛（一作從）膺舟，藍口風高桂檝留。還似郢中歌一曲，夜來春雪照西樓。

贈何處士

東別茅峰北去秦，梅仙書裏說眞（一作知）人。白頭主印青山下，雖遇唐生不敢親。

鷺鷥

西風澹澹水悠悠，雪點（一作照）絲飄帶雨愁。何限（一作事）歸心倚前閣，綠蒲紅蓼練塘秋。

學仙二首

漢武迎仙紫禁秋，玉笙瑶瑟祀崑丘。年年望斷無消息，空閉重（一作玉）城十二樓。

心期仙訣意無窮，采畫雲車起壽宮。聞有三山未知處，茂陵松柏滿西風。

酬康州韋侍御同年

桂楫美人歌木蘭，西風裊裊露漙漙。夜長曲盡意不盡，月在清（一作瀟）湘洲渚寒。

紫藤

綠蔓穠陰紫袖低，客來留坐小堂西。醉中掩瑟無人會，家近江南罨畫溪。

宿咸（一作威）宜觀

羽袖飄飄杳（一作香）夜風，翠幢歸殿玉壇空。步虛聲盡天未（一作將）曉，露壓桃花月滿宮。

金谷園

三惑沈身是此園，古藤荒草野（一作暮）禽喧。二十四友一朝盡，愛妾墜樓何足言。

送崔珦入朝

書劒功遲白髮新，強登蕭寺送歸秦。月斜松桂倚高閣，明夜江南江北人。

病中和大夫翫江月

江上懸光海上生，仙舟迢遞繞軍營。高歌一曲同筵醉，却是劉楨坐到明。

讀戾太子傳

佞臣巫蠱已相疑，身没湖邊築望思。今日更歸何處是，年年芳草上臺基。

酬對雪見寄

飛度龍山下遠空，拂簷縈竹晝濛濛。知君吟罷意無限，曾聽玉堂歌北風。

王可封臨終

十世爲儒少子孫，一生長負信陵恩。今朝埋骨寒山下，爲報慈親休倚門。

僧院影堂

香銷雲凝（一作散）舊僧家，僧刹殘燈壁半斜。日暮松煙空漠漠，秋風吹破妙（一作紙）蓮華。

記夢（本事詩云：渾常夢登山，有宮室凌雲，人云此崑崙也。既入，見數人方飲，招之，至暮而罷。渾賦詩云云。他日復夢至其處，飛瓊曰：子何故顯余姓名於人間？座上即改爲天風吹下步虛聲，曰善。）

曉入瑶臺露氣清，座中唯有許飛瓊。塵心未盡俗緣在，十里下山（一作山前）空月明。

三十六灣

縹緲臨風思美人，荻花楓葉帶離聲。夜深吹笛移船去，三十六灣秋月明。

越中

石城花暖鷓鴣飛，征客春帆秋不歸。猶自保郎心似石，綾梭夜夜織寒衣。

全唐詩目 第八函

第九冊

李商隱三卷

全唐詩

李商隱

李商隱字義山懷州河內人令狐楚帥河陽奇其文使與諸子游楚徙天平宣武皆表署巡官開成二年高鍇知貢舉令狐綯雅善鍇奬譽甚力故擢進士第調弘農尉以忤觀察使罷去尋復官又試拔萃中選王茂元鎮河陽愛其才表掌書記以子妻之得侍御史茂元死來游京師久不調更依桂管觀察使鄭亞府爲判官亞謫循州商隱從之凡三年乃歸茂元與亞皆李德裕所善綯以商隱爲忘家恩謝不通京兆尹盧弘正表爲府參軍典箋奏綯當國商隱歸窮自解綯憾不置弘正鎮徐州表爲掌書記久之還朝復干綯乃補太學博士柳仲郢節度劍南東川辟判官檢校工部員外郎府罷客滎陽卒商隱初爲文瑰邁奇古及在令狐楚府楚本工章奏因授其學商隱儷偶長短而繁縟過之時溫廷筠段成式俱用是相誇號三十六體樊南甲集二十卷乙集二十卷玉溪生詩三卷今合編詩三卷

錦瑟

錦瑟無端五十絃一絃一柱思華年莊生曉夢迷蝴蝶望帝春心託杜鵑滄海月明珠有淚藍田日暖玉生煙此情可待成追憶只是當時已惘然

重過聖女祠

白石巖扉碧蘚滋上清淪(一作論)謫得歸遲一春夢雨常飄瓦盡日靈風不滿旗萼綠華來無定所杜蘭香去未移時玉郎會此通仙籍憶向天階問紫芝

寄羅劭興(一作輿)

棠棣黃花發忘憂碧葉齊人閑微病酒燕重遠兼泥混沌何由鑿青冥未有梯高陽舊徒侶時復一相攜

令狐舍人說昨夜西掖翫月因戲贈

昨夜玉輪明傳聞近太清涼波衝碧瓦曉暈落金莖露索秦宮井(一作穽)風絃漢殿箏幾時緜竹頌擬薦子虛名

崔處士

眞人塞其內夫子入於機未肯投竿起惟歡負米歸雪中東郭履堂上老萊衣讀遍先賢傳如君事者稀

自喜

自喜蝸牛舍兼容燕子巢綠筠遺粉籜紅藥綻香苞虎過遙知穽魚來且佐庖慢行成酩酊鄰壁有松醪

題僧壁

捨生求道有前蹤乞腦剜身結願重大去便應欺粟顆小來兼可隱針鋒蚌胎未(一作永)滿思新桂琥珀初成憶舊松若信貝多眞實語三生同聽一樓鐘

霜月

初聞征雁已無蟬百尺樓高(一作南)水接天青女素娥俱耐冷月中霜裏鬬嬋娟

異俗二首(原注時從事嶺南)

鬼瘧朝朝避春寒夜夜添未驚雷破柱不報水齊簷虎箭侵膚毒魚鉤刺骨銛鳥言成諜訴(一作訴)多是恨彤幨(一作襜)

戶盡懸秦網家多事越巫未曾容獺祭只是縱猪都點對連鰲餌搜求縛虎符賈生兼事鬼不信有洪爐

歸墅

行李踰南極旬時到舊鄉楚芝應徧紫鄧橘未全黃渠濁村春急旗高社酒香故山歸夢喜先入讀書堂

商於

商於朝雨霽歸路有秋光背塢猿收果投巖麝退香建瓴眞得勢橫戟豈能當割地張儀詐謀身綺季長清渠州外月黃葉廟前霜今日看雲意依依入帝鄉

和孫朴韋蟾孔雀詠

此去三梁遠今來萬里攜西施因網得秦客被花迷可在青鸚鵡非關碧野雞約眉憐翠羽刮目(一作膜)想金篦瘴氣籠飛遠蠻花向坐低輕於趙皇后貴極楚懸黎都護矜羅幕佳人炫繡袿屏風臨燭釦捍撥倚香臍舊思牽雲葉新愁待雪泥愛堪通夢寐畫得不端倪地錦排蒼雁簾釘鏤白犀曙霞星斗外涼月露盤西妬好休誇舞經寒且少啼紅樓三十級穩穩上丹梯

人欲

人欲天從竟不疑莫言圓蓋便無私秦中已久烏頭白

却是君王未備知

華山題王母祠

蓮華峰下鎖雕梁此去瑤池地共長好爲麻姑到東海勸栽黃竹莫栽桑

華清宮（天寶六載改驪山溫泉宮曰華清宮）

華清恩幸古無倫猶恐蛾眉不勝人未免被他褒女（一作氏）笑只教天子暫蒙塵

楚澤

夕陽歸路後霜野物聲乾集鳥翻漁艇殘虹（一作紅）拂馬鞍劉楨元抱病虞寄數辭官白袷經年卷西來及（一作又）早寒

蟬

本以高難飽徒勞恨費聲五更疎欲斷一樹碧無情薄宦梗猶汎故園蕪已平煩君最相警我亦舉家清

江亭散席循柳路吟歸官舍

春詠敢輕裁銜辭入半杯已遭江映柳更被雪藏梅寡和眞徒爾殷憂動即來從詩得何報惟感（一作看）二毛催

潭州

潭州官舍暮樓空今古無端入望中湘淚淺深滋竹色楚歌重疊怨蘭叢陶公戰艦空灘雨賈傅承塵破廟風目斷故園人不至松醪一醉與誰同

贈劉司戶 蕡

江風吹（一作揚）浪動雲根重碇危檣白日昏已斷燕鴻初起勢更驚騷客後歸魂漢廷急詔（一作召）誰先入楚路高歌自欲翻萬里相逢歡復泣鳳巢西隔九重門

哭劉司戶二首

離居星歲易失望死生分酒甕凝餘桂書籤冷舊芸江風吹鴈急山木帶蟬曛一叫千迴首天高不爲聞

有美扶皇運無誰薦直言已爲秦逐客復作楚冤魂溢浦應分派荆江有會源并將添恨淚一灑問乾坤

悼傷後赴東蜀辟至散關遇雪

劍外從軍遠無家與寄衣散關三尺雪回夢舊鴛機

樂遊原

向晚意不適驅車登古原夕陽無限好只是近黃昏

北齊二首

一笑相傾國便亡何勞荆棘始堪（一作悲）傷小憐玉體橫陳夜已報周師入晉陽

巧笑知堪敵萬幾傾城最在著戎衣晉陽已陷休回顧更請君王獵一圍

街西池館

白閣他年別朱門此夜過疎簾留月魄珍簟接煙波太守三刀夢將軍一箭歌國租容客旅香熟玉山禾

南朝

玄武湖中玉漏催雞鳴埭口繡襦迴誰言瓊樹朝朝見不及金蓮步步來敵國軍營漂木柹前朝神廟鎖煙煤滿宮學士皆顏（一作蓮）色江令當年只費才

復京（德宗建中四年朱泚叛上如奉天興元元年李晟收復京城）

虜騎胡兵一戰摧萬靈回首賀軒臺天教李令心如日可要昭陵石馬來

渾河中（渾瑊與李晟同平朱泚德宗還宮以瑊爲河中尹）

九廟無塵八馬回奉天城壘長春苔咸陽原上英雄骨半向君家養馬來

鄠杜馬上念漢書（一云五陵懷古）

世上蒼龍種人間武帝孫小來惟射獵興罷得乾坤渭水天開苑咸陽地獻原英靈殊未已丁傅漸華軒

柳

動春何限葉撼曉幾多枝解有相思苦應無不舞時絮飛藏皓蝶帶弱露黃鸝傾國宜通體誰來（一作家）獨賞眉

巴江柳

巴江可惜柳柳色綠侵江好向金鑾殿移陰入綺窗

咸陽

咸陽宮闕鬱嵯峨六國樓臺豔綺羅自是當時天帝醉不關秦地有山河

同崔八詣藥山訪融禪師

共受征南不次恩報恩惟是有忘言巖花澗草西林路未見高僧只見猿

聞著明凶問哭寄飛卿

昔歎讒銷骨今傷淚滿膺空餘雙玉劍無復一壺冰江勢翻銀礫（一作漢）天文露玉繩何因攜庾信同去哭徐陵

聽鼓

城頭疊鼓聲城下暮江清欲問漁陽摻時無禰正平

送崔珏往西川

年少因何有旅愁欲爲東下更西遊一條雪浪吼巫峽千里火雲燒益州卜肆至今多寂寞酒壚從古擅風流浣花牋紙桃花色好好題詩詠玉鉤

代贈

楊柳路盡處芙蓉湖上頭雖同錦步障獨映（一作應）鈿箜篌鴛鴦可羨頭俱白飛去飛來煙雨秋

桂林

城窄山將壓江寬地共浮東南通絕域西北有高樓神護青楓岸龍移白石湫殊鄉竟何禱簫鼓不曾休

夜雨寄北

君問歸期未有期巴山夜雨漲秋池何當共剪西窗燭却話巴山夜雨時

陳後宮

茂苑城如畫閶門瓦欲流還依水光殿更起月華樓侵夜鸞開鏡迎冬雉獻裘從臣皆半（一作伴）醉天子正無愁

屬疾

許靖猶羈宦安仁復悼亡茲辰聊屬疾何日免殊方秋蝶無端麗寒花只暫（一作更不）香多情眞命薄容易即迴腸

石榴

榴枝婀娜榴實繁榴膜輕明榴子鮮可羨瑤池碧桃樹碧桃紅頰（一作眉）一千年

明日

天上參旗過人間燭燄銷誰言整雙履便是隔三橋知處黃金鏁曾來（一作求）碧綺寮凭欄明日意池闊雨蕭蕭

飲席戲贈同舍

洞中屐響省分攜不是花迷客自迷珠樹重行憐翡翠玉樓雙舞羨鵾雞蘭迴舊蘂緣屏（一作屏綠）綠椒綴新香和壁泥唱盡陽關無限疊半杯松葉凍頗黎

西溪

近郭西溪好，誰堪共酒壺。苦吟防柳惲，多淚怯楊朱。野鶴隨君子，寒松揖大夫。天涯常病意，岑寂勝歡娛。

憶梅

定定住（一作任）天涯，依依向物華。寒梅最堪恨，常作去年花。

贈柳

章臺從掩映，郢路更參差。見說風流極，來當婀娜時。橋迴行欲斷，隄遠意相隨。忍放花如雪，青樓撲酒旗。

謔柳

已帶黃金縷，仍飛白玉花。長時須拂馬，密處少藏鴉。眉細從他斂，腰輕莫自斜。玳梁誰道好，偏擬映盧家。

北禽

爲戀巴江好（一作暖），無辭瘴霧蒸。縱能朝杜宇，可得值蒼鷹。石小虛塡海，蘆銛未破矰。知來有乾鵲，何不向雕陵。

初起

想像咸池日，欲光五更鐘。後更迴腸三年苦，霧巴江水不爲離人照屋梁。

楚宮

複壁交靑瑣，重簾挂紫繩。如何一柱觀，不礙九枝燈。扇薄常規月，釵斜只鏤冰。歌成猶未唱，秦火入夷陵。

柳

柳映江潭底有情，望中頻遣客心驚。巴雷隱隱千山外，更作章臺走馬聲。

石城

石城誇窈窕，花縣更風流。簟冰（卑病切，一作水，非）將飄枕，簾烘不隱鉤。玉童收夜鑰，金狄守更籌。共笑鴛鴦綺，鴛鴦兩白頭。

韓碑

元和天子神武姿，彼何人哉軒與羲。誓將上雪列聖恥，坐法宮中朝四夷。淮西有賊五十載，封狼生貙貙生羆。不據山河據平地，長戈利矛日可麾。帝得聖相相曰度（原注：晏子春秋仲尼聖相也），賊斫不死神扶持。腰懸相印作都統，陰風慘澹天王旗。愬武古通作牙爪（李愬、韓弘、李道古、李文通），儀曹外郎載筆隨（李正封、馮宿、李宗閔皆從度出征）。行軍司馬智且勇（度奏韓愈充行軍司馬），十四萬衆猶虎貔。入蔡縛賊獻太廟，功無與讓恩不訾。帝曰汝度功第一，汝從事愈宜爲辭。愈拜稽首蹈且舞，金石刻畫臣能爲。古者世稱大手筆，此事不繫于職司。當仁自古有不讓，言訖屢頷天子頤。公退齋戒坐小閤，濡染大筆何淋漓。點竄堯典舜典字，塗改淸廟生民詩。文成破體書在紙，淸晨再拜鋪丹墀。表曰臣愈昧死上，詠神聖功書之碑。碑高三（一作二）丈字如斗（一作手），負以靈鼇蟠以螭。句奇語重喩者少，讒之天子言其私。長繩百尺拽碑倒，麤砂大石相磨治（碑辭多叙裴度事。時入蔡擒吳元濟，李愬功第一，愬不平之。愬妻唐安公主女也，出入禁中，因訴碑辭不實，詔令磨去愈文，命翰林學士段文昌重撰文勒石）。公之斯文若元氣，先時已入人肝脾。湯盤孔鼎有述作，今無其器存其辭。嗚呼聖皇及聖相，相與烜赫流淳熙。公之斯文不示後，曷與三五相攀追。願書萬本誦萬過，口角流沫右手胝。傳之七十有二代，以爲封禪玉檢明堂基。

令狐八拾遺綯見招送裴十四歸華州

二十中郎未足希（一作稀），驪駒先自有光輝。蘭亭讌罷方回去，雪夜詩成道韞歸。漢苑風煙吹客夢，雲臺洞穴接郊扉。嗟予久抱臨邛渴，便欲因君問釣磯。

離思

氣盡前溪舞，心酸子夜歌。峽雲尋不得，溝水欲如何。朔雁傳書絕，湘篁染淚多。無由（一作因）見顏色，還自託微波。

宿駱氏亭寄懷崔雍崔衮

竹塢無塵水檻淸，相思迢遞隔重城。秋陰不散霜飛晚，留得枯荷聽雨聲。

風雨

淒涼寶劍篇，羈泊欲窮年。黃葉仍風雨，靑樓自管絃。新知遭薄俗，舊好隔良緣。心斷新豐酒，銷愁斗幾千。

夢澤

夢澤悲風動白茅，楚王葬盡滿城嬌。未知歌舞能多少，虛減宮廚爲細腰。

贈歌妓二首

水精如意玉連環，下蔡城危莫破顏。紅綻櫻桃含白雪，斷腸聲裏唱陽關。

白日相思可（一作不）奈何，嚴城淸夜斷經過。只知解道春來瘦，不道春來獨自多。

謝書

微意何曾有一毫，空攜筆硯奉龍韜。自蒙半夜傳衣後，不羨王祥得佩刀。

寄令狐學士

秘殿崔嵬拂彩霓，曹司今在殿東西。賡歌太液翻黃鵠，從獵陳倉獲碧雞。曉飲豈知金掌迥，夜吟應訝玉繩低。鈞天雖許人間聽，閶闔門多夢自迷。

酬令狐郎中見寄

望郎（一作郊）臨古郡，佳句灑丹靑。應自丘遲宅，仍過柳惲汀。封來江渺渺，信去雨冥冥。句曲聞仙訣，臨川得佛經。朝吟搘客枕，夜讀漱僧甁。不見銜蘆雁，空流腐草螢。土宜悲坎井，天怒識雷霆。象卉分疆近，蛟涎浸岸腥。補羸貪紫桂，負氣託靑萍。萬里懸離抱，危於訟閣鈴。

七月二十八日夜與王鄭二秀才聽雨後夢作

初夢龍宮寶焰然，瑞霞明麗滿晴天。旋成醉倚蓬萊樹，有箇仙人拍我肩。少頃遠聞吹細管（一作笛），聞聲不見隔飛煙。逡巡又過瀟湘雨，雨打（都領切，又都歷切）湘靈五十絃。瞥見馮夷殊悵望，鮫綃休賣海爲田。亦逢毛女無憀極，龍伯擎將華嶽蓮。恍惚無倪明又暗，低迷不已斷還連。覺來正是平階雨，獨（一作未）背寒燈枕手眠。

寄令狐郎中

嵩雲秦樹久離居，雙鯉迢迢一紙書。休問梁園舊賓客，茂陵秋雨病相如。

漫成三首

不妨何范盡詩家，未解當年重物華。遠把龍山千里雪，將來擬並洛陽花。

沈約憐何遜，延年毀謝莊。淸新俱有得，名譽底相傷。

霧夕詠芙蕖，何郎得意初。此時誰最賞，沈范兩尚書。

無題（一云陽城）

白道縈迴入暮霞，斑騅嘶斷七香車。春風自共何人笑，枉破陽城十萬家。

槿花二首

燕體傷風力雞香積露文殷(烏閑切)鮮一相雜啼笑兩難分

月裏寧無姊雲中亦有君三清與仙島何事亦離羣

珠館薰燃久玉房梳掃餘燒蘭才作燭襞錦不成書本以亭亭遠翻嫌脈脈疎迴頭問殘照殘照更空虛

哭劉蕡

上帝深宮(一作居)閉九閽巫咸不下問銜冤廣陵別後春濤隔湓浦書來秋雨翻只有安仁能作誄何曾宋玉解招魂平生風義兼師友不敢同君哭寢門

杜司勳(牧)

高樓風雨感斯文短翼差池不及羣刻意傷春復傷別人間惟有杜司勳

荊門西下

一夕南風一葉危荊雲迴望夏雲時人生豈得輕離別天意何曾忌嶮巇骨肉書題安絕徼(一作忘紀復)蕙蘭蹊徑失佳期洞庭湖闊蛟龍惡卻羨楊朱泣路岐

碧瓦

碧瓦銜珠樹紅輪(一作綸)結綺寮無雙漢殿鬟第一楚宮腰霧唾香難盡珠啼冷易銷歌從雍門學酒是蜀城燒柳暗將翻巷荷欹正抱橋鈿轅開道入金管隔隣調夢到飛魂急書成即席遙(一作招)河流衝柱(一作樹)轉海沫近槎飄吳市蠙蛦甲巴賨翡翠翹他時未知意重疊贈嬌饒(一作嬈)

蜨

葉葉復翻翻斜橋對側門蘆花惟有白柳絮(一作葉)可能溫西子尋遺殿昭君覓故村年年芳物盡來別敗蘭蓀

蠅蜨雞麝鸞鳳等成篇

韓蜨翻羅幙曹蠅拂綺窗鬭雞迴玉勒融麝暖金釭瑇瑁明書閣琉璃冰(去聲)酒缸畫樓多有主鸞鳳各雙雙

韓翃舍人即事

萱草含丹粉荷花抱綠房鳥應悲蜀帝蟬是怨齊王通內藏珠府應官解玉坊橋南荀令過十里送衣香

公子

一盞新羅酒凌晨(一作霜)恐易消歸應衝鼓半去不待笙調

歌好惟愁和香濃(一作多)豈惜飄春塲鋪艾帳下馬雉媒嬌

子初全溪作

全溪不可到況復盡餘酷漢苑生春水昆池換劫灰戰蒲知雁唼皺月覺魚來清興恭聞命言詩未敢迴

楊本勝說於長安見小男阿衮

聞君來日下見我最嬌兒漸大啼應數長貧學恐遲寄人龍種瘦失母鳳雛癡語罷休邊角青燈兩鬢絲

西溪

悵望西溪水潺湲奈爾何不驚春物少只覺夕陽多色染妖韶(一作嬈)柳光含窈窕蘿人閒從到海天上莫爲河鳳女彈瑤瑟龍孫撼玉珂京華他夜夢好好寄雲波

柳下暗記

無奈巴南柳千條傍吹臺更將黃映白擬作杏花媒

妓席

樂府聞桃葉人前道得無勸君書小字慎莫喚官奴

少年

外戚平羌第一功生年二十有重封直登宣室螭頭上橫過甘泉豹尾中別館覺來雲雨夢後門歸去蕙蘭叢灞陵夜獵隨田竇不識寒郊自轉蓬

無題

近知名阿侯住處小江流腰細不勝舞眉長惟是愁黃金堪作屋何不作重樓

玄微先生

仙翁無定數時入一壺藏夜夜桂露濕村村桃水香醉中抛浩劫宿處起神光藥裹丹山鳳碁函白石郎美河移砥柱吞日倚扶桑龍竹裁輕策鮫綃(一作絲)熨下裳樹栽嗤漢帝橋板笑秦王徑欲隨關令龍沙萬里强

藥轉

鬱金堂北畫樓東換骨神方上藥通露氣暗連青桂苑風聲偏獵紫蘭叢長籌未必輸孫皓香棗何勞問石崇憶事懷人兼得句翠衾歸臥繡簾中

岳陽樓

欲爲平生一散愁洞庭湖上岳陽樓可憐萬里堪乘興枉是蛟龍解覆舟

寄成都高苗二從事

家近紅蕖曲水濱全家羅襪起秋塵莫將越客千絲網網得西施別贈人

岳陽樓

漢水方城帶百蠻四鄰誰道亂周班如何一夢高唐雨自此無心入武關

越燕二首

上國社方見此鄉秋不歸爲矜皇后舞猶著羽人衣拂水斜紋亂銜花片影微盧家文杏好試近莫愁飛

將泥紅蓼岸得草綠楊村命侶添新意安巢復舊痕去應逢阿母(原注樂府詩東飛伯勞西飛燕黃姑阿母長相見)來莫害王孫記取丹山鳳今爲百鳥尊

杜工部蜀中離席

人生何處不離羣世路干戈惜暫分雪嶺未歸天外使松州猶駐殿前軍座中醉客延醒客江上晴雲雜雨雲美酒成都堪送老當壚仍是卓文君

隋宮

紫泉宮殿鎖煙霞欲取蕪城作帝家玉璽不緣歸日角錦帆應是到天涯于今腐草無螢火終古垂楊有暮鴉地下若逢陳後主豈宜重問後庭花

二月二日

二月二日江上行東風日暖聞吹笙花鬚柳眼各無賴紫蝶黃蜂俱有情萬里憶歸元亮井三年從事亞夫營新灘(一作春)莫悟(一作訝)遊人意更作風簷夜雨(一作雨夜)聲

籌筆驛

猿(一作魚)鳥猶疑畏簡書風雲常爲護儲胥徒令上將揮神筆終見降王走傳車管樂有才終(一作真)不忝關張無命欲何如(一作復)他年錦里經祠廟梁父吟成恨有餘

屏風

六曲連環接翠帷高樓半夜酒醒時掩燈遮霧密如此雨落月明俱不知

春日

欲入盧家白玉堂新春催破舞衣裳蝶銜（一作含）紅蘂蜂銜粉共助青樓一日忙

武侯廟古柏

蜀相階前柏龍蛇捧閟宫陰成外江畔老向惠陵東大樹思馮異甘棠憶召公葉凋湘燕雨枝拆（一作折）海鵬風玉壘經綸遠金刀歷數終誰將出師表一爲問昭融

風

撩釵盤孔雀惱帶拂鴛鴦羅薦誰教近齋時鎖洞房

即日

一歲林花即日休江間（一作門）亭下悵淹留重吟細把真無奈已落猶開未放愁山色正來銜小苑春陰只欲傍高樓金鞍忽散銀壺漏（一作滴）更醉誰家白玉鈎

九成宮（九成宮本隋仁壽宮貞觀閒修之以避暑因更名）

十二層城閬苑西平時避暑拂虹霓雲隨夏后雙龍尾風逐周王八駿（一作馬）蹄吴岳曉光連翠巘甘泉晚景上丹梯荔枝盧橘沾恩幸鸞鵲天書濕紫泥

少將

族亞齊安陸風高漢武威煙波別墅醉花月後門歸青海聞傳箭天山報合圍一朝攜劍起上馬即如飛

詠史

歷覽前賢國與家成由勤儉破由奢何須琥珀方爲枕豈得真（一作待珍）珠始是車運去不逢青海馬力窮難拔蜀山蛇幾人曾預南薰曲終古蒼梧哭翠華

贈白道者（一作詠史第二首）

十二樓前再拜辭靈風正滿碧桃枝壺中若是有天地又向壺中傷別離

無題二首

昨夜星辰昨夜風畫樓（一作堂）西畔桂堂東身無綵鳳雙飛翼心有靈犀一點通隔座送鉤春酒暖分曹射覆蠟燈紅嗟余聽鼓應官去走馬蘭臺類斷（一作轉）蓬

聞道閶門萼綠華昔年相望抵（一作尚）天涯豈知一夜秦樓客偷看吴王苑内花

漢宫詞

青雀西飛竟未迴君王長在集靈臺侍臣最有相如渴不賜金莖露一杯

無題四首

來是空言去絶踪月斜樓上五更鐘夢爲遠別啼難喚書被催成墨未濃蠟照半籠金翡翠麝熏微度繡芙蓉劉郎已恨蓬山遠更隔蓬山一萬重

颯颯東風細雨來芙蓉塘外有輕雷金蟾齧鏁燒香入玉虎牽絲汲井迴賈氏窺簾韓掾少宓妃留枕魏王才春心莫共花爭發一寸相思一寸灰

含情春晼（一作晥）晚暫見夜闌干樓響將登怯簾烘欲過難多羞釵上燕真媿鏡中鸞歸去橫塘曉華星送寶鞍

何處哀筝隨急管櫻花永巷垂楊岸東家老女嫁不售白日當天三月半溧陽公主年十四清明暖後同牆看歸來展轉到五更梁間燕子聞長歎

赴職梓潼留別畏之員外同年

佳兆聯翩遇鳳凰雕文羽帳紫金牀桂花香處同高第柿葉翻時獨悼亡烏鵲失（一作入）棲長不定鴛鴦何事自相將京華庸蜀三千里送到咸陽見夕陽

桂林路（一作道）中作

地暖無秋色江晴有暮暉空餘蟬嘒嘒猶向客依依村小犬相護沙平僧獨歸欲成西北望又見鷓鴣飛

無題

照梁初有情出水舊知名裙衩芙蓉小釵茸翡翠輕錦長書鄭重眉細恨分明莫近彈棊局中心最不平

蝶三首

初來小苑中稍與瑣闈通遠恐芳塵斷輕憂豔雪融只知防皓（一作顥）露不覺逆尖風迴首雙飛燕乘時入綺櫳

長眉畫了繡簾開碧玉行收白玉臺爲問翠釵釵上鳳不知香頸爲誰迴

壽陽公主嫁時妝八字宫眉捧額黄見我佯羞頻照影不知身屬冶遊郎

無題二首

八歲偷照鏡長眉已能畫十歲去踏青芙蓉作裙衩十二學彈箏銀甲不曾卸十四藏六親懸知猶未嫁十五泣春風背面（一作立）鞦韆下

幽人不倦賞秋暑貴招邀竹碧轉悵望池清尤寂寥露花終裛濕風蝶强嬌饒此地如攜手兼君不自聊

王十二兄與畏之員外相訪見招小飲時予以悼亡日近不去因寄

謝傅門庭舊末行今朝歌管屬檀郎更無人處簾垂地欲拂塵時簟竟牀嵇氏幼男猶可憫左家嬌女豈能忘秋（一作愁）霖腹疾俱難遣萬里西風夜正長

隋宫（一云隋堤）

乘興南遊不戒嚴九重誰省諫書函春風舉國裁宫錦半作障泥半作帆

落花

高閣客竟去小園花亂飛參差連曲陌迢遰送斜暉腸斷未忍掃眼穿仍欲歸（一作稀）芳心向春盡所得是沾衣

月（一作秋月）

池（一作樓）上與橋（一作池）邊難忘復可憐簾開最明夜簟卷已涼天流處水花急吐時雲葉鮮姮（一作嫦）娥無粉黛只是逞嬋娟

贈宗魯筇竹杖

大夏資輕策全溪贈所思静憐穿樹遠滑想過苔遲鶴怨朝還望僧閑暮有期風流真底事常欲傍清羸

垂柳

娉婷小苑中婀娜曲池東朝佩皆垂地仙衣盡帶風七賢寧占竹三品且饒松腸斷靈和殿先皇玉座空

曲池

日下繁香不自持月中流豔與誰期迎憂急鼓疎鐘斷分隔休燈滅燭時張蓋欲判江灩灩迴頭更望柳絲絲從來此地黄昏散未信河梁是別離

代應二首

溝水分流西復東九秋霜月五更風離鸞別鳳今何在十二玉樓空更空

昨夜雙鉤敗今朝百草輸關西狂小吏惟喝遶牀盧

席上作 原注：予爲桂州從事，故府鄭公出家妓，令賦高唐詩。一本題作席上贈人。注云：故桂林滎陽公席上出家妓，鄭公鄭亞也。

淡雲輕雨拂高唐，玉殿秋來夜正長。料得也應憐宋玉，一生惟事楚襄王。一云：淡煙微雨恣高唐，一曲清塵遶畫梁。料得也應憐宋玉，只因無奈楚襄王。

訪隱者不遇成二絶

秋水悠悠浸墅一作野扉，夢中來數覺來稀。玄蟬去一作脱盡葉黄落，一樹冬青人未歸。

城郭休過識者稀，哀猿啼處有柴扉。滄江白日樵漁路，日暮歸來雨滿衣。

破鏡

玉匣清光不復持，菱花散亂月輪虧。秦臺一照山雞後，便是孤鸞罷舞時。

無題

紫府仙人號寶燈，雲漿未飲結成冰。如何雪月交光夜，更在瑤臺十二層。

贈庾十二朱版 原注：時庾在翰林，朱書版也。

固漆投膠不可開，贈君珍重抵瓊瑰。君王曉坐金鑾殿，只待相如草詔來。

李花

李徑獨來數，愁情相與懸。自明無月夜，强笑欲風天。減粉與園籜，分香沾一作活渚蓮。徐妃久已嫁，猶自玉爲鈿。

柳

曾逐東風拂舞筵，樂遊春苑斷腸天。如何肯到清秋日，已帶斜陽又帶蟬。

三月十日流杯亭

身屬中軍少得歸，木蘭花盡失春期。偷隨柳絮到城外，行過水西聞子規。

過招國李家南園二首

潘岳無妻客爲愁，新人來坐舊妝樓。春風猶自疑聯句，雪絮相和飛不休。

長亭歲盡雪如波，此去秦關路幾多。惟有夢中相近分，卧來無睡欲如何。

留贈畏之 原注：時將赴職梓潼，遇韓朝迴。三首

清時無事奏明光，不遣當關報早霜。中禁詞臣尋引領，左川歸客自迴腸。郎君下筆驚鸚鵡，侍女吹笙弄鳳凰。空寄一云當，一作記大羅天上事，衆仙同日詠霓裳。

待得郎來月已低，寒暄不道醉如泥。五更又欲向何處，騎馬出門烏夜啼。

户外重陰黯不開，含羞迎夜復臨臺。瀟湘浪上有煙景，安得好風吹汝來。

爲有

爲有雲屏無限嬌，鳳城寒盡怕春宵。無端嫁得金龜壻，辜負香衾事早朝。

無題

相見時難别亦難，東風無力百花殘。春蠶到死絲方盡，蠟炬成灰淚始乾。曉鏡但愁雲鬢改，夜吟應覺月光寒。蓬山此去無多路，青鳥殷勤爲探看。

碧城三首

碧城十二曲闌干，犀辟塵埃玉辟寒。閬苑有書多附鶴，女牀一作墻無樹不棲鸞。星沈海底當窗見，雨過河源隔座看。若是曉珠明又定，一生長對水晶盤。

對影聞聲已可憐，玉池荷葉正田田。不逢蕭史休回首，莫一作若見洪崖又拍肩。紫鳳放嬌銜楚佩，赤鱗狂舞撥湘絃。鄂君悵望舟中夜，繡被焚香獨自眠。

七夕來時先有期，洞房簾箔至今垂。玉輪顧兔初生魄，鐵網珊瑚未有枝。檢與神方教駐景，收將鳳紙寫相思。武皇内傳分明在，莫道人間總不知。

對雪二首 原注：時欲之東

寒一作臭氣先侵玉女扉，清光旋透省郎闈。梅花大庾嶺頭發，柳絮章臺街裏飛。欲一作卻舞定隨曹植馬，有情應濕謝莊衣。龍山萬里無多遠，留待行人二月歸。

旋撲珠簾過粉墻，輕於柳絮重於霜。已隨江令誇瓊樹，又入盧家妬玉堂。侵夜可能争桂魄，忍寒應欲試梅妝。關河凍合東西路，腸斷斑騅送陸郎。

蜂

小一作少苑華池爛熳通，後門前檻思無窮。宓妃腰細纔勝露，趙后身輕欲倚風。紅壁寂寥崖蜜盡，碧簾迢遞霧巢空。青陵粉蝶休離恨，長定相逢二月中。

公子

外戚封侯自有恩，平明通籍九華門。金唐公主年應小，二十君王未許婚。

賦得雞

稻粱猶足活諸雛，妬敵專場好自娛。可要五更驚曉夢，不辭風雪爲陽烏。

明神

明神司過豈令冤，暗室由來有禍門。莫爲無人欺一物，他時須慮石能言。

辛未七夕

恐是仙家好别離，故教迢遞作佳期。由來碧落銀河畔，可要金風玉露時。清漏漸移相望久，微雲未接過來遲。豈能無意酬烏鵲，惟與蜘蛛乞巧絲。

壬申七夕

已駕七香車，心心待曉霞。風輕惟響珮，日薄不嫣花。桂嫩傳香遠，榆高送影斜。成都過卜肆，曾妬識靈槎。

壬申閏秋題贈烏鵲

繞樹無依月正高，鄴城新淚濺雲袍。幾年始得逢秋閏，兩度填河莫告勞。

端居

遠書歸夢兩悠悠，只有空牀敵素秋。階下青苔與紅樹，雨中寥落月中愁。

夜半

三更三點萬家眠，露欲爲霜月墮煙。鬬鼠上堂蝙蝠出，玉琴時動倚窗絃。

玉山

玉山高與一作共閬風齊，玉水清流不貯泥。何處更求回日馭，此中兼有上天梯。珠容百斛龍休睡，桐拂千尋鳳要棲。聞道神仙有才子，赤簫吹罷好相攜。

張惡子廟

下馬捧椒漿，迎神白玉堂。如何鐵如意，獨自與姚萇。

雨

摵摵度瓜園依依傍竹軒秋池不自冷風葉共成喧窗
迥有時見簷高相續翻侵宵送書雁應爲稻粱恩

菊

暗暗淡淡紫融融治治黃陶令籬邊色羅含宅裏香幾
時禁重露實是怯殘（一作斜）陽願泛金鸚鵡升君白玉堂

牡丹

錦幃初卷衛夫人（原注典畧云夫子見南子在錦幃之中）繡被猶堆越鄂君垂
手亂翻雕玉佩招（一作折）腰爭舞（一作細腰頻換）鬱金裙石家蠟燭何
曾剪荀令香爐可待熏我是夢中傳彩筆欲書花葉（一作片）
寄朝雲

北樓

春物豈相干人生只強歡花猶曾斂夕酒竟不知寒異
域東風濕中華上象寬此樓堪北望輕命倚（一作俯）危欄

擬沈下賢

千二百輕鸞春衫瘦著寬倚風行稍急含雪語應寒帶
火遺金斗兼珠碎玉盤河陽看花過曾不問潘安

蝶

飛來繡户陰穿過畫樓深重傅秦臺粉輕塗漢殿金相
兼惟柳絮所得是花心可要凌孤客邀爲子夜吟

飲席代官妓贈兩從事

新人橋上著春衫舊主江邊側帽簷（原注隋獨孤信畢止風流曾風吹帽簷側觀者塞路）
願得化爲紅綬帶許教雙鳳一時銜

代魏宮私贈（原注黄初三年已隔存没追代其意何必同時亦廣子夜鬼歌之流）

來時西館阻佳期去後漳河隔夢思知有宓妃無限意
春松（一作蘭）秋菊可同時

代元城吳令暗爲答

背闕歸藩路欲分水邊風日半西曛荆王枕上原無夢
莫枉陽臺一片雲

牡丹

壓逕復緣溝當窗又映樓終銷一國破不啻萬金求鸞
鳳戲三島神仙居十洲應憐萱草淡卻得號忘憂

百果嘲櫻桃

珠實雖先熟瓊莩縱早開流鶯猶故在（一作向）爭得諱含來

櫻桃答

衆果莫相誚天生名品高何因古樂府惟有鄭櫻桃

曉坐（一云後閤）

後閤（一作閣）罷朝眠前墀思黯然梅應未假雪柳自不勝煙
淚續淺深綆腸危高下絃紅顏無定所得失在當年

詠史

北湖南埭水漫漫一片降旗百尺竿三百年間同曉夢
鍾山何處有龍盤

一片

一片非煙隔九枝蓬巒仙仗儼雲旗天泉水暖龍吟細
露畹春多鳳舞遲榆莢散來星斗轉桂花尋去月輪移
人間桑海朝朝變莫遣佳期更後期

日射

日射紗窗風撼扉香羅拭手春事違迴廊四合掩寂寞
碧鸚鵡對紅薔薇

題鵞

眠沙卧水自成羣曲岸殘（一作斜）陽極浦雲那解（一作得）將心憐
孔翠（一作雀）羈雌長共故雄分

華清宮

朝元閣迥羽衣新首按昭陽第一人當日不來高處舞
可能天下有胡塵

梓潼望長卿山至巴西復懷譙秀

梓潼不見馬相如更欲南行問（一作望）酒壚行到巴西覓譙
秀巴西惟是有寒蕪

齊宮詞

永壽兵來夜不扃金蓮無復印中庭梁臺歌管三更罷
猶自風摇九子鈴

十一月中旬至扶風界見梅花

匝（一作雨）路亭亭豔非時裛裛香素娥惟與月青女不饒霜
贈遠虛盈手傷離適斷腸爲誰成早秀不待作年芳

青陵臺

青陵臺畔日光斜萬古貞（一作春）魂倚暮霞莫訝（一作許）韓憑爲
蛺蝶等閑飛上別枝花

東還

自有仙才自不知十年長夢採華芝秋風動地黄雲暮
歸去嵩陽尋舊師

酬崔八早梅有贈兼示之作

知訪寒梅過野塘久留金勒爲迴腸謝郎衣袖初翻雪
荀令熏爐更換香何處拂胸資蝶粉幾時塗額藉蜂黄
維摩一室雖多病亦要（一作舞）天花作道場（原注時余在惠祥上人講下故崔落句有梵王宮地羅含宅賴許時時聽法來）

春風

春風雖自好春物太昌昌若教春有意惟遣一枝芳我
意殊春意先春已斷腸

蜀桐

玉壘高桐（一作梧）拂玉繩上含非（一作霏）霧下含氷柱教紫鳳無
棲處斵作秋琴彈壞（一作廣）陵

漢宮

通靈夜醮達清晨承露盤晞甲帳春王母不來（一作歸）方朔
去更須重見李夫人

判春

一桃復一李井上占年芳笑處如臨鏡窺時不隱墻敢
言西子短誰覺宓妃長珠玉終相類同名作夜光

促漏

促漏遙鐘動靜聞報章重疊杳（一作字）難分舞鸞鏡匣收殘
黛睡鴨香爐換夕熏歸去定（一作豈）知還向月夢來何處更
爲雲南塘漸暖蒲堪結兩兩鴛鴦護水紋

江東

驚魚撥刺燕翩翾獨自江東上釣船今日春光太漂蕩
謝家輕絮沈郎錢

讀任彥昇碑

任昉當年有美名可憐才調最縱横梁臺初建應惆悵
不得蕭公作騎兵

荷花

都無色可並不奈此香何瑤席乘涼設金羈落晚（一作曉）過
迴（一作覆）衾燈照綺渡轙水沾羅預想前秋（一作愁前）別離居夢櫂

歌

五松驛

獨下長亭念過秦，五松不見見輿薪。只應既斬斯高後，尋被樵人用斧斤。

灞岸

山東今歲點行頻，幾處冤魂哭虜塵。灞水橋邊倚華表，平時二月有東巡。

送臻師二首

昔去靈山非拂席，今來滄海欲求珠。楞伽頂上清凉地，善眼仙人憶我無。

苦海迷途去未因，東方過此幾微塵。何當百億蓮花上，一一蓮花見佛身。

七夕

鸞扇斜分鳳幄開，星橋橫過鵲飛迴。爭將世上無期別，換得年年一度來。

謝先輩防記念拙詩甚多異日偶有此寄

曉用雲添句，寒將雪命篇。良辰多自感，作者豈（一作皆，一作徒）然。熟寢初同鶴，含嘶欲並蟬。題時長不展，得處定應偏。南浦無窮樹，西樓不住煙。改成人寂寂，寄與路綿綿。星勢寒垂地，河聲曉上天。夫君自有恨，聊借此中傳。

馬嵬二首

冀馬燕犀動地來，自埋紅粉自成灰。君王若道能（一作堪）傾國，玉輦何由過馬嵬。

海外徒聞更九州（原注：鄒衍云九州之外復有九州），他生未卜（一作決）此生休。空聞虎旅傳（一作鳴）宵柝，無復雞人報曉籌。此日六軍同駐馬，當時七夕笑牽牛。如何四紀爲天子，不及盧家有莫愁。

可歎

幸會東城宴未迴，年華憂共水相催。梁家宅裏秦宮入，趙后樓中赤鳳來。冰簟且眠金鏤枕，瓊筵不醉玉交杯。宓妃愁坐芝田館，用盡陳王八斗才。

望喜驛別嘉陵江水二絕

嘉陵江水此東流，望喜樓中憶閬州。若到閬中還赴海，閬州應更有高樓。

千里嘉陵江水色，含煙帶月碧於藍。今朝相送東流後，猶自驅車更向南。

別薛嵒賓

曙爽行將拂，晨清坐欲凌。別離眞不那，風物正相仍。漫水任（一作清）誰照，衰花淺自矜。還將兩袖淚，同向一窗燈。桂樹乖眞隱，芸香是小懲。清規無以況，且用玉壺冰。

富平少侯

七國三邊未到憂，十三身襲富平侯。不收金彈拋林外，却惜銀牀在井頭。綵樹轉燈珠錯落，繡檀迴枕玉雕鎪。當關不報侵晨客，新得佳人字莫愁。

腸

有懷非惜恨，不奈寸腸何。即席迴彌久，前時斷固多。熱應翻急燒，冷欲徹微波。隔樹澌澌雨，通池點點荷。倦程山向背，望國闕嵯峨。故念飛書及，新懽借夢過。染筠休伴淚，繞雪莫追歌。擬問陽臺事，年深楚語訛。

贈宇文中丞

欲構中天正急材，自緣煙水戀平臺。人間只有嵇延祖，最望山公啓事來。（原注：公盛歎亡友張君故有此句）

曉起

擬杯當曉起，呵鏡可微寒。隔箔山櫻熟，褰帷桂燭殘。書長爲報晚，夢好更尋難。影響輸雙蝶，偏過舊畹蘭。

閨情

紅露花房白蜜脾，黃蜂紫蝶兩參差。春窗一覺風流夢，却是同衾不得知。

月夕

草下陰蟲葉上霜，朱欄迢遞壓湖光。兔寒蟾冷桂花白，此夜姮娥應斷腸。

杏花

上國昔相值，亭亭如欲言。異鄉今暫賞，眽眽豈無恩。援少風多力，牆高月有痕。爲含無限意（一作思），遂對（一作到）不勝繁。仙子玉京路，主（一作佳）人金谷園。幾時辭碧落，誰伴過黃昏。鏡拂鉛華膩，爐藏桂燼溫。終應催竹葉，先擬詠桃根。莫學啼成血，從教夢寄魂。吳王採香徑，失路入煙村。

燈

皎潔終無倦，煎熬亦自求。花時隨酒遠，雨後背窗休。冷暗黃茅驛，暄明紫桂樓。錦囊名畫揜，玉局敗碁收。何處無佳夢，誰人不隱憂。影隨簾押轉，光信簟文流。客自勝潘岳，儂今定莫愁。固應留半燄，迴照下幃羞。

清河

舟小迴仍數，樓危凭亦頻。燕來從及社，蝶舞太侵晨。絳雪除煩後（一作俊），霜梅取味新。年華無一事，只是自傷春。

戲

嘗聞宓妃韈，渡水欲生塵。好借常娥著，清秋踏月輪。

追代盧家人嘲堂內

道却橫波字，人前莫謾羞。只應同楚水，長短入淮流。

代應

本來銀漢是紅牆，隔得盧家白玉堂。誰與王昌報消息，盡知三十六鴛鴦。

離亭賦得折楊柳二首（樂府詩題作楊柳枝）

暫憑樽酒送無憀，莫損愁眉與細腰。人世死前惟有別，春風爭擬惜長條。

含煙惹霧每依依，萬緒千條拂落暉。爲報行人休盡折，半留相送半迎歸。

寄永道士

共上雲山獨下遲，陽臺白道細如絲。君今併倚三珠樹，不記（一作計）人間落葉時。

華州周大夫宴席（原注：西鈴）

郡齋何用酒如泉，飲德先時已醉眠。若共門人推禮分，戴崇爭得及彭宣。

荆山

壓河連華勢孱顏，鳥沒雲歸一望間。楊僕移關三百里，可能全是爲荆山。

次陝州先寄源從事

離思羈愁日欲晡，東周西雍此分塗。迴鑾佛寺高多少，望盡黃河一曲無。

過鄭廣文舊居（鄭虔）

宋玉平生恨有餘遠循三楚弔三閭可憐留著臨江宅
異代應教庾信居

東下三旬苦于風土馬上戲作

路遶函關東復東身騎征馬逐驚蓬天池遼闊誰相待
日日虛乘九萬風

莫愁

雪中梅下與誰期梅雪相兼一萬枝若是石城無艇子
莫愁還自有愁時

夢令狐學士

山驛荒涼白竹扉殘燈向曉夢清暉右銀臺路雪三尺
鳳詔裁成當直歸

涉洛川

通谷陽林不見人我來遺恨古時春宓妃漫結無窮恨
不爲君王殺灌均（原注灌均陳王之典籤讒諸王于文帝者）

有感

中路因循我所長古來才命兩相妨勸君莫強安蛇足
一醆芳醪不得嘗

宮妓

珠箔輕明拂玉墀披香新殿鬬腰支不須看盡魚龍戲
終遣君王怒偃師

宮辭

君恩如水向東流得寵憂移失寵愁莫向尊前奏花落
涼風只在殿西頭

代贈二首

樓上黃昏欲望休玉梯橫絕月中（一作如）鉤芭蕉不展丁香
結同向春風各自愁

東南日出照高樓樓上離人唱石州總把春山掃眉黛
不知供得幾多愁

楚吟

山上離宮宮上樓樓前宮畔暮江流楚天長短黃昏雨
宋玉無愁亦自愁

瑤池

瑤池阿母綺窗開黃竹歌聲動地哀八駿日行三萬里
穆王何事不重來

柳

爲有橋邊拂面香何曾自敢占流光後庭玉樹承恩澤
不信年華有斷腸

寄在朝鄭曹獨孤李四同年

昔歲陪遊舊跡多風光今日兩蹉跎不因醉本蘭亭在
兼忘當年舊永和

全唐詩

李商隱

南朝

地險悠悠天險長金陵王氣應瑤光休誇此地分天下
只得徐妃半面妝

題漢祖廟

乘運應須宅八荒男兒安在戀池隍君王自起新豐後
項羽何曾在故鄉

韓冬郎即席爲詩相送一座盡驚他日余方追
吟連宵侍坐裴回久之句有老成之風因成二
絕寄酬兼呈畏之員外

十歲裁詩走馬成冷灰殘燭動離情桐花萬里丹山路
雛鳳清於老鳳聲

劒棧風檣各苦辛別時冰雪到時春爲憑何遜休聯句
瘦盡東陽姓沈人（原注沈東陽約嘗謂何遜曰吾每讀卿詩一日三復終未能到余雖無東陽之才而有東陽之瘦矣）

評事翁寄賜餳粥走筆爲答

粥香餳白杏花天省對流鶯坐綺筵今日寄來春已老
鳳樓迢遞憶鞦韆

東阿王

國事分明屬灌均西陵魂斷夜（一作斷）來人君王不得爲天
子半爲當時賦洛神

聖女祠

松篁臺殿蕙香幃（一作花斷）龍護瑤窗鳳掩扉無質易迷三里
霧不寒長著五（一作六）銖衣人間定有崔羅什天上應無劉
武威寄問釵頭雙白燕每朝珠館幾時歸

獨居有懷

麝重愁風逼羅疎畏月侵怨魂迷恐斷嬌喘細疑沈數
急芙蓉帶頻抽翡翠簪柔情終不遠遙妬已先深浦冷
鴛鴦去園空蛺蝶尋蠟花長遞淚箏柱鎮移心覓使嵩
雲暮回頭灞岸陰只聞涼葉院露井近寒砧

過景陵

武皇精魄久仙昇帳殿凄涼煙霧凝俱是蒼生留不得
鼎湖何異魏西陵

臨發崇讓宅紫薇

一樹濃姿獨看來秋庭暮雨類輕埃不先搖落應爲有
已欲別離休更開桃綏含情依露井柳綿相憶隔章臺
天涯地角同榮謝豈要移根上苑栽

及第東歸次灞上却寄同年

芳桂當年各一枝行期未分壓春期江魚朔雁長相憶
秦樹嵩雲自不知下苑經過勞想像東門送（一作追）餞又差
池灞陵柳色無離恨莫枉（一作把）長條贈所思

野菊（此詩又見孫逖集題作詠樓前海石榴）

苦竹園南椒塢邊微香冉冉淚涓涓已悲節物同寒雁
忍委芳心與暮蟬細路獨來當此夕清尊相伴省他年

紫雲（一作微）新苑移花處不取霜栽近御筵

板橋曉別

回望高城落曉河長亭窗戶壓微波水仙欲上鯉魚去一夜芙蓉紅淚多

過伊僕射舊宅

朱邸方酬力戰功華筵俄歎逝波窮回廊簷斷燕飛去小（一作出）閣（一作閤）塵凝人語空幽淚（一作砌）欲乾殘菊露餘香猶入敗荷風何能更涉瀧江去獨立寒流（一作沙）弔楚宮

關門柳

永定河邊一行柳依依長發故年春東來西去人情薄不爲清陰減路塵

酬別令狐（一本有八字）補闕

惜別夏仍半回途秋已期那脩直諫草更賦贈行詩錦段知無報青萍肎見疑人（一作吾）生有通塞公等繫安危警露鶴辭侶吸風蟬抱枝彈冠如不問又到掃門時

銀河吹笙

悵望銀河吹玉笙樓寒院冷接平明重衾幽夢他年斷別樹羇雌昨夜驚月榭故香因雨發風簾殘燭隔霜清不須浪作緱山意湘瑟秦簫自有情

與同年李定言曲水閑話戲作

海燕參差溝水流同君身世屬離憂相攜花下非秦贅對泣春天（一作風前）類楚囚碧草暗侵穿苑路珠簾不捲枕江樓莫驚（一作經）五勝埋香骨地下傷春亦白頭

彭城（一作當陽）公薨後贈杜二十七勝李十七潘（一作藩）二君並與愚同出故尚書安平公門下

梁山兗水約從公兩地參差一旦空謝墅庾村相弔後自今岐路各西東

聞歌

斂笑凝眸意欲歌高雲不動碧嵯峨銅臺罷望歸何處玉輦忘還事幾多青冢路邊南雁盡細腰宮裏北人過此聲腸斷非今日香灺燈光奈爾何

贈華陽宋真人兼寄清都劉先生

淪謫千年別帝宸至今猶謝（一作識）蘂珠人但驚茅許同仙籍（一作玄分多）不道（一作記）劉盧是世親玉檢賜書迷鳳篆（一作籙）金華歸駕冷龍鱗不因杖屨逢周史徐甲何曾有此身

楚宮二首

十二峰前落照微高唐（一作堂）宮暗坐迷歸朝雲暮雨長相接猶自君王恨見稀

月姊曾逢下彩蟾傾城消息隔重簾已聞佩響知腰細更辨絃聲覺指纖暮雨自歸山悄悄秋河不動夜厭厭王昌且在牆東住未必金堂得免嫌（此首一本題作天水閑話舊事）

和友人戲贈二首（一作和令狐八戲題）

東望花樓會（一作事）不同西來雙燕信休通仙人掌冷三霄露玉女窗虛五（一作午）夜風翠袖自隨回雪轉（一作駐）燭房尋類外庭空殷勤莫使清香透牢合金魚鏁桂叢

迢遞青（一作春）門有幾關柳梢樓角見南山明珠可貫須爲佩白璧堪裁且作環子夜休（一作欲）歌團扇掩新正未破剪刀閑猿啼鶴怨（一作望）終年事未抵熏爐（一作爐香）一夕間

題二首後重有戲贈任秀才

一丈紅薔擁翠筠羅窗不識繞街塵峽中尋覓長逢雨月裏依稀更有人虛爲錯刀留遠客枉緣書札損文鱗遙知小閣還斜照羨殺烏龍臥錦茵（原注：謔之也）

有感二首（原注：乙卯年有感，丙辰年詩成。二詩紀甘露之變）

九服歸元化三靈叶睿圖如何本初輩自取屈氂誅有甚當車泣因勞下殿趨何成奏雲物直是滅萑苻證逮符書密辭連性命俱竟緣尊漢相不早辨胡雛鬼籙分朝部軍烽照上都敢云堪慟哭未免怨洪爐

丹陛猶敷奏彤庭歘戰爭臨危對盧植（原注：是晚獨召故相彭陽公入）始悔用龐萌御仗收前殿（一作隊）兵（一作兇）徒劇背城蒼黃五色棒掩遏一陽生古有清君側今非乏老成素心雖未易此舉太無名誰瞑銜冤目寧吞欲絕聲近聞開壽讌不廢用咸英

重有感

玉帳牙旗得上遊安危須共主君憂竇融表已來關右陶侃軍宜次石頭豈有蛟龍愁（一作曾，一作長）失水更無鷹隼與高秋晝號夜哭兼幽顯早晚星關雪涕收

壽安公主出降

潙水聞貞（一作真）媛常山索銳師昔憂迷帝力今分送王姬事等和強虜恩殊睦本枝四郊多壘在此禮恐無時

夕陽樓（原注：在滎陽。是所知今遂寧蕭侍郎牧滎陽日作矣。蕭侍郎，蕭澣也）

花明柳暗繞天愁上盡重城更上樓欲問孤鴻向何處不知身世自悠悠

春雨

悵臥新春白袷衣白門寥落意多違紅樓隔雨相望冷珠箔飄燈獨自歸遠路應悲春晼晚殘宵猶得夢依稀玉璫緘札何由達萬里雲羅一雁飛

中元作

絳節飄飄宮（一作空）國來中元朝拜上清回羊權須（一作雖）得金條脫溫嶠終虛玉鏡臺曾省驚眠聞雨過不知迷路爲花開有娀未抵瀛洲遠青雀如何鴆鳥媒

鴛鴦

雌去雄飛萬里天雲羅滿眼淚潸然不須長結風波願鎖向金籠始兩全

楚宮

湘波如淚色漻漻楚厲（一作纇，古通）迷魂逐恨遙楓樹夜猿愁自斷女蘿山鬼語相邀空歸腐敗猶難復更困腥臊豈易招但使故鄉三戶在綵絲誰惜懼長蛟

妓席暗記送同年獨孤雲之武昌

疊嶂千重叫恨猿長江萬里洗離魂武昌若有山頭石爲拂蒼苔檢淚痕

宿晉昌亭聞驚禽

羇緒鰥鰥夜景侵高窗不掩見驚禽飛（一作行）來曲渚煙方合過盡南塘樹更深胡馬嘶和榆塞笛楚猿吟雜橘村砧失羣掛木知何限遠隔天涯共此心

深宮

金殿銷香（一作香銷）閉綺櫳（一作籠）玉壺傳點（一作響）咽銅龍狂飈不惜蘿陰薄清露偏知桂葉濃斑竹嶺邊無限淚景陽宮裏及時鐘豈知爲雨爲雲處（一作意）只有高唐十二峰

明禪師院酬從兄見寄

貞吝嫌茲世會心馳本原人非四禪縛地絶一塵喧霽
露欹高木星河壓(一作墮)故園斯遊儻爲勝九折幸回軒

寄裴衡

別地蕭條極如何更獨來秋應爲黃葉雨不厭青苔沈
約只能瘦潘仁豈是才離情堪底寄惟有冷於灰

即日

小苑試春衣高樓倚暮暉夭桃惟是笑舞蝶不空飛赤
嶺久無耗鴻門猶合圍幾家緣錦字含淚坐鴛機

淮陽路

荒村倚廢營投宿旅魂驚斷雁高仍急寒溪曉更清昔
年嘗聚盜此日頗分兵猜貳誰先致三朝事始平

崇讓宅東亭醉後沔然有作

曲岸風雷罷東亭霽日凉新秋仍酒困(一作困病)幽興暫江鄉
搖落眞何遽交親或未忘一帆彭蠡月數雁塞門霜俗
態雖多累仙標發近狂聲名佳句在身世玉琴張萬古
山空碧無人鬢免黃驊騮憂老大鶗鴂妬芬芳密竹沈
虛籟孤蓮泊晚香如何此幽勝淹臥劇清漳

晚晴

深居俯夾城春去夏猶清天意憐幽草人間重晚晴併
添高閣迥微注小窗明越鳥巢乾後歸飛體更輕

迎寄韓魯州(瞻同年)

積雨晚騷騷相思正鬱陶不知人萬里時有燕雙高冦
盜纏三輔(原注時興元賊起三川兵出)莓苔滑百牢聖朝推衛霍(一作索)歸日
動仙曹

武夷山

只得流霞酒一杯空中簫鼓幾(一作當)時回武夷洞裏生毛
竹老盡曾孫更不來

一片

一片瓊英價動天連城十二(一作五)昔虛傳良工巧費眞爲
累楮葉成來不直錢

寄成都高苗二從事(原注時二公從事商隱座主府)

紅蓮幕下紫梨新命斷湘南病渴人今日問君能寄否
二江風水接天津

鄭州獻從叔舍人褎

蓬島煙霞閬苑鐘三官箋奏附金龍茅君奕世仙曹貴
許掾全家道氣濃絳簡尚參黃紙案丹爐猶用紫泥封
不知他日華陽洞許上經樓第幾重

西南行却寄相送者

百里陰雲覆雪泥行人只在雪雲西明朝驚破還鄉夢
定是陳倉碧野雞

四皓廟

羽翼殊勳棄若遺皇天有運我無時廟前便接山門路
不長青松長紫芝

題白石蓮花寄楚公

白石蓮花誰所共六時長捧佛前燈空庭苔蘚饒霜露
時夢西山老病僧大海龍宮無限地諸天雁塔幾多層
漫誇鶖子眞羅漢不會牛(一作千)車是上乘

定安城樓

迢遞高城百尺樓綠楊枝外(一作上)盡汀洲賈生年少虛垂
淚(一作涕)王粲春來更遠遊永憶江湖歸白髮欲回天地入
扁舟不知腐鼠成滋味猜意鵷雛竟未休

隋宮守歲

消息東郊木帝回宮中行樂有新梅沈香甲(一作夾)煎(去聲)爲
庭燎玉液瓊蘇作壽杯遙望露盤疑是月遠聞鼉鼓欲
驚雷昭陽第一傾城客不踏金蓮不肯來

利州江潭作(原注感孕金輪所)

神劍飛來不易(一作是)銷碧潭珍重駐蘭橈自攜明月移燈
疾欲就行雲散錦遙河伯軒窗通貝闕水宮帷箔卷氷
綃他時燕脯無人寄雨滿空城蕙葉雕

即目(一作日)

地寬樓已迥人更迥於樓細意經(一作抽意輕)春物傷醒屬暮
愁望賒殊易斷恨久欲難收大執眞無利多情豈自由
空園兼樹廢敗港擁花流書去青楓驛鴻歸杜若洲單
棲應分定辭疾索誰憂更替林鴟恨驚頻去不休

相思(一作相思樹上)

相思樹上合歡枝紫鳳青鸞共羽儀腸斷秦臺吹管客
日西春盡到來遲

茂陵

漢家天馬出蒲梢苜蓿榴花遍近郊內苑只知含(一作銜)鳳
觜屬車無復插雞翹玉桃偷得憐方朔金屋修(一作妝)成貯
阿嬌誰料蘇卿老歸國茂陵松柏雨蕭蕭

鏡檻

鏡檻芙蓉入香臺翡翠過撥弦驚火鳳交扇拂天鵞隱
忍陽城笑喧傳郢市歌仙眉瓊作葉佛髻鈿爲螺五里
無因霧三秋只見河月中供藥剩海上得綃多玉集胡
沙割犀留聖水磨斜門穿戲蝶小閣鎖飛蛾騎襜侵韉
卷車帷約幰銳傳書兩行雁取酒一封駝橋迥涼風壓
溝橫(一作斜)夕照和待烏燕太子駐馬魏東阿想像鋪芳褥
依稀解醉羅散時簾隔露臥後幕生波梯穩從攀桂弓
調任射莎豈能拋斷夢聽鼓事朝珂

送鄭大台文南覲(鄭畋)

黎辟(一作壁)灘聲五月寒南風無處附平安君懷一匹胡威
絹爭拭酬恩淚得乾

風

迴拂來鴻急斜催別燕高已寒休慘淡更遠尚呼號楚
色分西塞夷音接下牢歸舟天外有一爲戒波濤

洞庭魚

洞庭魚可拾不假更垂罾鬧若雨前蟻多於秋後蠅豈
思鱗作簟仍計腹爲燈浩蕩天池路翶翔欲化鵬

天涯

春日在天涯天涯日又斜鶯啼如有淚爲溼最高花

喜舍弟羲叟及第上禮部魏公

國以斯文重公仍內署(一作相)來風標森太華星象逼中台
朝滿遷鶯侶門多吐鳳才寧同魯司寇惟(一作只)鑄一顏回

哀箏

延頸全同鶴柔腸素怯猿湘波無限淚蜀魄有餘冤輕
幰長無道哀箏不出門何由問香炷翠幕自黃昏

自南山北歸經分水嶺

水急愁無地山深故有雲那通極目望又作斷腸分鄭

驛來雖及燕臺哭不聞猶餘遺意在許刻鎮南勳

舊頓（頓猶食處也天子行幸住宿處亦曰頓）

東人望幸久咨嗟四海於今是一家猶鎖平時舊行殿
盡無宮戶有宮鴉（一作宮花一作飛鴉）

代董秀才却扇

莫將畫扇出帷來遮掩春山滯上才若道團圓似明月
此中須放桂花開

有感

非關宋玉有微辭却是襄王夢覺遲一自高唐賦成後
楚天雲雨盡堪疑

驪山有感

驪岫飛泉泛暖香九龍呵護玉蓮房平明每幸長生殿
不從金輿惟壽王

別智玄法師

雲鬢無端怨別離十年移易住山期東西南北皆垂淚
却是楊朱真本師

贈孫綺新及第

長樂遥聽上苑鐘綵衣稱慶桂香濃陸機始擬誇文賦
不覺雲間有士龍

代秘書贈弘文館諸校書

清切曹司近玉除比來秋興復何如崇文館裏丹（一作飛）霜
後無限紅梨憶校書

亂石

虎踞龍蹲縱復橫星光漸減雨痕生不須併礙東西路
哭殺厨頭阮步兵

日日（一作春光）

日日春光鬬日光山城斜路杏花香幾時心緒渾無事
得及游絲百尺長

過楚宮

巫峽迢迢舊楚宮至今雲雨暗丹楓微生盡戀人間樂
只有襄王憶夢中

龍池

龍池賜酒敞雲屏羯鼓聲高衆樂停夜半宴歸宮漏永
薛王沈醉壽王醒

淚

永巷長年怨綺羅離情終日思風波湘江竹上痕無限
峴首碑前灑幾多人去紫臺秋入塞兵殘楚帳夜聞歌
朝來灞水橋邊問未抵青袍送玉珂

十字水期韋潘侍御同年不至時韋寓居水次故郭汾寧（一作陽）宅

伊水濺濺相背流朱欄畫閣幾人遊漆燈夜照真無數
蠟炬晨炊竟未休顧我有懷同大夢期君不至更沈憂
西園碧樹今誰主與近高窗臥聽秋

流鶯

流鶯漂蕩復參差渡陌臨流不自持巧囀豈能無本意
良辰未必有佳期風朝露夜陰晴裏萬戶千門開閉時
曾苦傷春不忍（一作思）聽鳳城何處有花枝

出關宿盤豆館對叢蘆有感

蘆葉梢梢夏景深郵亭暫欲灑塵襟昔年曾是江南客
此日初為關外心思子臺邊風自急玉孃湖上月應沈
清聲不遠行人去一世（一作任）荒城伴夜砧

和韓錄事送宮人入道

星使追還不自由雙童捧上綠瓊輈九枝燈下朝金殿
三素雲中侍玉樓鳳女顛狂成久別月娥孀獨好同遊
當時若愛韓公子埋骨成灰恨未休

即日（一作日）

小鼎煎茶面曲池白鬚道士竹間棋何人書破蒲葵扇
記著南塘移樹時

聖女祠

杳藹（一作靄）逢仙跡蒼茫滯客途何年歸碧落此路向皇都
消息期青雀逢迎異紫姑腸回楚國夢心斷漢宮巫從
騎裁寒竹行車蔭白榆星娥一去後月姊更來無寡鵠（一作還鶴）
迷蒼壑羈凰（一作鸞）怨翠梧惟應碧桃下方朔是狂夫

七月二十九日崇讓宅讌作

露如微霰下前池月（一作風）過回塘萬竹悲浮世本來多聚
散紅蕖何事亦離披悠揚歸夢惟燈見濩落生涯獨酒
知豈到白頭長只爾嵩陽松雪有心期

贈從兄閬之

悵望人間萬事違私書幽夢約忘機荻花村裏魚標在
石蘚庭中鹿跡微幽徑定攜僧共入寒塘好與月相依
城中猘犬憎蘭佩莫損幽芳久不歸

吳宮

龍檻沈沈水殿清禁門深掩斷人聲吳王宴罷滿宮醉
日暮水漂花出城

常娥

雲母屏風燭影深長河漸落曉星沈常娥應悔偷靈藥
碧海青天夜夜心

殘花

殘花啼露莫留春尖髮誰非怨別人若但掩關勞獨夢
寶釵何日不生塵

天津西望

虜馬崩騰忽一狂翠華無日到東方天津西望腸真斷
滿眼秋波出苑牆

西亭

此夜西亭月正圓疎簾相伴宿風煙梧桐莫更翻清露
孤鶴從來不得眠

憶住（一作匡）一師

無事經年別遠公帝城鐘曉憶西峰爐煙消盡寒燈晦
童子開門雪滿松

昨夜

不辭鶗鴂妬年芳但惜流塵暗燭房昨夜西池涼露滿
桂花吹斷月中香

海客

海客乘槎上紫氛星娥罷織一相聞只應不憚牽牛妬
聊用支機石贈君

初食筍呈座中

嫩籜香苞初出林於（一作五）陵論價重如金皇都陸海應無
數忍剪凌雲一寸（一作片）心

早起

風露澹清晨簾間獨起人鸎花啼又笑畢竟是誰春

寄蜀客

君到臨邛問酒壚近來還有長卿無金徽却是無情物不許文君憶故夫

行至金牛驛寄興元渤海尚書

樓上春雲水底天五雲章色破巴牋諸生個個王恭柳從事人人庾杲蓮六曲屏風江雨急九枝燈檠夜珠圓深慙走馬金牛路驟和陳王白玉篇

深樹見一顆櫻桃尚在

高桃留晚實尋得小庭南矮墮綠雲髻欹危紅玉簪惜堪充鳳食痛已被鸎含越鳥誇香荔齊名亦未甘

細雨

帷飄白玉堂簟卷碧牙牀楚女當時意蕭蕭髮彩一作影涼

歌舞

遏雲歌響清回雪舞腰輕只要君流眄君傾國自傾

海上

石橋東望海連天徐福空來不得仙直遣麻姑與搔背可能留命待桑田

魏侯第東北樓堂郢叔言別聊用書所見成篇

暗樓連夜閣不擬爲黃昏未必斷別淚何曾妨夢魂疑穿花透遇漸近火溫磨海底翻無水仙家却有門鎖香金屈戌殢酒玉崑崙羽白風交扇冰清月映一作印盆舊歡塵自積新歲電猶奔霞綺空留段雲峰不帶根念君千里舸江草漏燈痕

白雲夫舊居

平生誤識白雲夫再到仙簷憶酒壚牆外萬株人絕跡夕陽惟照欲棲烏

同學彭道士參寥

莫羨仙家有上真仙家暫謫亦千春月中桂樹高多少試問西河斫樹人

到秋

扇風淅瀝簟流離一作瀨萬里南風滯所思守到清秋還寂莫葉丹苔碧閉門時

華師

孤鶴不睡雲無心衲衣筇杖來西林院門晝鎖回廊靜秋日當堦柿葉陰

華嶽下題西王母廟

神仙有分豈關情八馬虛隨落日行莫恨名姬中夜沒君王猶自不長生

過華清內廐門

華清別館閉黃昏碧草悠悠內廐門自是明時不巡幸至今青海有龍孫

樂遊原

萬樹鳴蟬隔岸虹樂遊原上有西風羲和自趁一作是虞泉宿不放斜陽更向東

贈荷花

世間花葉不相倫花入金盆葉作塵惟有綠荷紅菡萏卷舒開合任天真此荷此葉常相映翠減紅衰愁殺人

丹丘

青女丁寧結夜霜羲和辛苦送朝陽丹丘萬里無消息幾對梧桐憶鳳皇

房君珊瑚散

不見姮一作常娥影清秋守月輪月中閑杵臼桂子擣成塵

小桃園

竟日小桃園休一作林寒亦未暄坐鸎當酒重送客出牆繁啼久豔粉薄舞多香雪翻猶憐未圓月先出照黃昏

朝櫻桃

朱實鳥含盡青樓人未歸南園無限樹獨自葉如幃

和張秀才落花有感

晴暖感餘芳紅苞雜絳房落時猶自舞掃後更聞香夢罷收羅薦仙歸勅玉箱回腸九回後猶有剩回腸

代越公房妓嘲徐公主一作代公主荅

笑啼俱不敢幾欲是吞聲遽遣離琴怨都由半鏡明應防啼與笑微露淺深情

代貴公主

芳條得意紅飄落忽西東分逐春風去風回得故叢明朝金井一作含新露始看憶春風

鳳

萬里峰巒歸路迷未判容彩借山雞新春定有將雛樂阿閣華池兩處棲

昭肅皇帝挽歌辭三首

九縣懷雄武三靈仰睿文周王傳叔父漢后重神君玉律朝驚露金莖夜切雲笳簫淒欲斷無復詠橫汾

玉塞驚宵柝金橋罷舉烽始巢阿閣鳳旋駕鼎湖龍門咽通神鼓樓凝警夜鐘小臣觀吉從猶誤欲東封

莫驗昭華琯一作管虛傳甲帳神海迷求藥使雪隔獻桃人桂寢青雲斷松扉白露新萬方同象鳥舉慟滿一作淨秋塵

梓州罷吟寄同舍

不揀花朝與雪朝五年從事霍嫖姚君緣接座交珠履我爲分行近翠翹楚雨含情皆有託漳濱臥病竟無憀長吟遠下燕臺去惟有衣香染未銷

無題二首

鳳尾香羅薄幾重碧文圓頂夜深縫扇裁月魄羞難掩車走雷聲語未通曾是寂寥金燼暗斷無消息石榴紅斑騅只繫垂楊岸何處西南任好風

重帷深下莫愁堂臥後清宵細細長神女生涯原是夢小姑居處本無郎原注古詩有小姑無郎之句風波不信菱枝弱月露誰教桂葉香直道相思了無益未妨惆悵是清狂

病中早訪招國李十將軍遇挈家遊曲江

十頃平波溢岸清病來惟夢此中行相如未是真消渴猶放沱江過錦城

昨日

昨日紫姑神去也今朝青鳥使來賒未容言語還分散少得團圓足怨嗟二八月輪蟾影破十三絃柱雁行斜平明鐘後更何事笑倚牆邊一作匡梅樹花

櫻桃花下

流鸎舞蝶兩相欺不取花芳正結時他日未開今日謝嘉辰長短是參差

故驛迎弔故桂府常侍有感

饑烏翻樹晚雞啼泣過秋原沒馬泥二紀征南恩與舊此時丹旐玉山西

槿花

風露淒淒秋景繁可憐榮落在朝昏未央宮裏三千女但保紅顏莫保恩

暮秋獨遊曲江

荷葉生時春恨生（一作起）荷葉枯時秋恨成深知身在情長在悵望江頭江水聲

任弘農尉獻州刺史乞假還（一作歸）京

黃昏封印點刑徒愧負荊山入座隅却羨卞和雙刖足一生無復沒階趨

贈句芒神

佳期不定春期賒春物夭閼興咨嗟願得句芒索青女不教容易損年華

無愁果有愁曲北齊歌

東有青龍西白虎中含福星包世度玉壺渭水笑清潭鑿天不到牽牛處騏驎（一作麒麟）踏雲天馬獰牛山撼碎珊瑚聲秋娥點滴不成淚十二玉樓無故釘推煙唾月拋千里十番紅桐一行死白楊別屋鬼迷人空留暗記如蠶紙日暮向風牽短絲血凝血散今誰是

房中曲

薔薇泣幽素翠帶花錢小嬌郎癡若雲抱日西簾曉枕是龍宮石割得秋波色玉簟失柔膚但見蒙羅碧憶得前年春未語含悲辛歸來已不見錦瑟長於人今日澗底松明日山頭蘗愁到天池（一作地）翻相看不相識

齊梁晴雲

緩逐煙波起如妬柳緜飄故臨飛閣度欲入回陂銷縈歌憐畫扇敞景弄柔條更奈（一作耐）天南位牛渚宿殘宵

效徐陵體贈更衣

密帳真（一作珍）珠絡溫幃翡翠裝楚腰知便寵宮眉正鬬強結帶懸梔子繡領刺鴛鴦輕寒衣省夜金斗熨沈香

又效江南曲

郎船安兩槳儂舸動雙橈掃黛開宮額裁裙約楚腰乖期方積思臨酒欲拌（一作拚）嬌莫以採菱唱（一作曲）欲羨秦臺簫

月夜重寄宋華陽姊妹

偷桃竊藥事難兼十二城中鎖彩蟾應共三英同夜賞玉樓仍是水精簾

訪人不遇留別館

卿卿不惜鎖窗春去作長楸走馬身閑倚繡簾吹柳絮日高深院斷無人

雨中長樂水館送趙十五滂不及

碧雲東去雨雲西苑路高高驛路低秋水綠蕪終盡分夫君太騁錦障泥

汴上送李郢之蘇州

人高詩苦滯夷門萬里梁王有舊園煙幌自應憐白紵（一作苧）月樓誰伴詠黃昏露桃塗頰依苔井風柳誇腰住水村蘇小小墳今在否紫蘭香徑與招魂

贈鄭讜處士

浪跡江湖白髮新浮雲一片是吾身寒歸山觀隨棋局暖入汀洲逐釣輪（一作綸）越桂留烹張翰鱠蜀薑供煮陸機蓴相逢一笑憐疎放他日扁舟有故人

復至裴明府所居

伊人卜築自幽深桂巷杉籬不可尋柱上雕蟲對書字槽中瘦馬仰聽琴求之流輩豈易得行矣關山方獨吟賒取松醪一斗酒與君相伴灑煩襟

覽古

莫恃金湯忽太平草間霜露古今情空糊（一作存）赬壤真何益欲舉黃旗竟未成長樂瓦飛隨水逝景陽鐘墮失天明回頭一弔箕山客始信逃堯不為名

子初郊墅

看山對酒君思我聽鼓離城我訪君臘雪已添牆下水齋鐘不散檻前雲陰移竹柏濃還淡歌雜漁樵斷更聞亦擬村南買煙舍子孫相約事耕耘

漢南書事

西師萬衆幾時回哀痛天書近已裁文吏何曾重刀筆將軍猶自舞輪臺幾時拓土成王道從古窮兵是禍胎陛下好生千萬壽玉樓長御白雲杯

當句有對

密邇（一作爾）平陽接上蘭秦樓鴛瓦漢宮盤池光不定花光亂日氣初涵露氣乾但覺游蜂饒舞蝶豈知孤鳳憶離鸞三星自轉三山遠紫府程遙碧落寬

井絡

井絡天彭一掌中漫誇天設劒為峰陣圖東聚燕（一作夔）江石邊柝西懸雪嶺松堪歎（一作笑）故君成杜宇可能先主是真龍將來為報姦雄輩莫向金牛訪舊蹤

寫意

燕雁迢迢隔上林高秋望斷正長吟人間路有潼江險天外山惟玉壘深日向花間留返照雲從城上結層陰三年已制思鄉淚更入新年恐不禁

隨師東（太和元年李同捷據滄景詔諸道軍討之久未成功每有小勝則虛張首虜以邀厚賞餽運不給滄州喪亂之後骸骨蔽地城空野曠戶口什無三四）

東征日調萬黃金幾竭中原買鬬心軍令未聞誅馬謖捷書惟是報孫歆（原注平吳之役上言得歆吳平孫尚在）但須鸑鷟巢阿閣豈假鴟鴞在泮林可惜前朝玄菟郡積骸成莽陣雲深

宋玉

何事荊臺（一作門）百萬家惟（一作獨）教宋玉擅才華楚辭已不饒唐勒風賦何曾讓景差落日渚宮供觀閣開年雲夢送煙花可憐庾信尋荒徑猶得三朝託後車

韓同年新居餞韓西迎家室戲贈

籍籍征西萬戶侯新緣貴壻起朱樓一名我漫居先甲千騎君翻在上頭雲路招邀迴綵鳳天河迢遞笑牽牛南朝禁臠無人近瘦盡瓊枝（一作肢）詠（一作有）四愁

奉和太原公送前楊秀才戴兼招楊正字戎

潼關地接古弘農萬里高飛雁與鴻桂樹一枝當白日芸香三代繼清風仙舟尚惜乖雙美綵服何由得盡同誰憚士龍多笑疾美髭終類晉司空

池邊

玉管葭灰細細吹流鶯上下燕參差日西（一作高）千遶池邊樹憶把枯條撼雪時

賈生

宣室求賢訪逐臣，賈生才調更無倫。可憐夜半虛前席，不問蒼生問鬼神。

送王十三校書分司

多少分曹掌秘文，洛陽花雪夢隨君。定知何遜緣聯句，每到城東憶范雲。

寄惱韓同年二首（時韓住蕭洞）

簾外辛夷定已開，開時莫（一作不）放豔陽回。年華若到經風雨，便是胡僧話劫灰。

龍山晴雪鳳樓霞，洞裏迷人有幾家。我爲傷春心自醉，不勞君勸石榴花。

謁山

從來繫日乏長繩，水去雲回恨不勝。欲就麻姑買滄海，一杯春露冷如冰。

鈞天

上帝鈞天會衆靈，昔人因夢到青冥。伶倫吹裂孤生竹，却爲知音不得聽。

失猿

祝融南去萬重雲，清嘯無因更一聞。莫遣碧江通箭道，不教腸斷憶同羣。

戲題友人壁

花逕逶迤柳巷深，小闌亭午囀春禽。相如解作長門賦，却用文君取酒金。

假日

素琴絃斷酒餅空，倚坐欹眠日已中。誰向劉靈（一作伶）天幕內，更當陶令北窻風。

寄遠

姮（一作常）娥擣藥無時已，玉女投壺未肯休。何日桑田俱變了，不教伊水向東流。

王昭君

毛延壽畫欲通神，忍爲黃金不顧人。馬上琵琶行萬里，漢宮長有隔生（一作山）春。

舊將軍

雲臺高議正紛紛，誰定當時蕩寇勳。日暮灞陵原上獵，李將軍是故（一作舊）將軍。

曼倩辭

十八年來墮世間，瑶池歸夢碧桃閑。如何漢殿穿鍼夜，又向窻中（一作前）覷阿環。

所居

窻下尋書細，溪邊坐石平。水風醒酒病，霜日曝衣輕。忝隨人設，蒲魚得地生。前賢無不（一作不無）謂，容易即遺名。

高松

高松出衆木，伴我向天涯。客散初晴候，僧來不語時。有風傳雅韻，無雪試幽姿。上藥終相待，他年訪伏龜。

訪秋

酒薄吹還醒，樓危望已窮。江皐當落日，帆席見歸風。煙帶龍潭白，霞分鳥道紅。殷勤報秋意，只是有丹楓。

昭州（一作郡）

桂水春猶早，昭川（一作州）日正西。虎當官道（一作路）鬬，猿上驛樓啼。繩爛金沙井，松乾乳洞梯。鄉音殊（一作吁）可駭，仍有醉如泥。

哭劉司户蕡

路有論寃謫，言皆在中興。空聞遷賈誼，不待相孫弘。江闊惟回首，天高但撫膺。去年相送地，春雪滿黃陵。

裴明府居止

愛君茅屋下，向晚水溶溶。試墨書新竹，張琴和古松。坐來聞好鳥，歸去度踈鐘。明日還相見，橋南貰酒醲。

陸發荆南始至商洛

昔去眞無奈，今還豈自知。青辭木奴橘，紫見地仙芝。四海秋風闊，千岩暮景遲。向來憂際會，猶有五湖期。

陳後宮

玄武開（一作闕）新苑，龍舟讌幸頻。渚蓮參法駕，沙鳥犯句陳。壽獻金莖露，歌翻玉樹塵。夜來江令醉，別詔宿臨春。

樂遊原（一本無原字）

春夢亂不記，春原登已重。青門弄煙柳，紫閣舞雲松。拂硯輕冰散，開尊綠酎（一作酒）濃。無悰託詩遣，吟罷更無悰。

贈子直花下（令狐綯字子直）

池光忽隱牆，花氣亂侵房。屏緣蝶留粉，窗油蜂印黃。官書推小吏，侍史從清郎。竝馬更吟去，尋思有底忙。

小園獨酌

柳帶誰能結，花房未肯開。空餘雙蝶舞，竟絶一人來。半展龍鬚席，輕斟瑪（一作馬）瑙杯。年年春不定，虛信歲前梅。

思歸

固有樓堪倚，能無酒可傾。嶺雲春沮洳，江月夜晴明。魚亂書何託，猿哀夢易驚。舊居連上苑，時節正遷鶯。

獻寄舊府開封公（開封公令狐楚也）

幕府三年遠，春秋一字襃。書論秦逐客，賦續楚離騷。地理（一作里）南溟闊，天文北極高。酬恩撫身世，未覺勝鴻毛。

向晚

當風橫去幰，臨水卷空帷。北土鞦韆罷，南朝祓禊歸。花情羞脈脈，柳意悵微微。莫歎佳期晚，佳期自古稀。

春游

橋峻斑騅疾，川長白鳥高。煙輕惟潤柳，風濫欲吹桃。徙倚三層閣，摩挲七（一作八）寶刀。庾郎年最少，青草妬春袍。

離席

出宿金尊掩，從公玉帳新。依依向餘照，遠遠隔芳塵。細草翻驚雁，殘花伴醉人。楊朱不用勸，只是更霑巾。

俳諧

短顧何由遂，遲光且莫驚。鸎能歌子夜，蝶解舞宮城。柳訝眉雙淺，桃猜粉太輕。年華有情狀，吾豈怯（一作敢恡）平生。

細雨

蕭灑傍回汀，依微過短亭。氣涼先動竹，點細未開萍。稍促高高燕，微踈的的螢。故園煙草色，仍近五門青。

商於新開路（商州上洛郡，貞元七年，刺史李西華開新道七百餘里，行旅便之）

六百商於路，崎嶇古共聞。蜂房春欲暮，虎穽日初曛。路向泉間辨，人從樹杪分。更誰開捷徑，速擬上青雲。

題鄭大有隱居

結構何峰是，喧閑此地分。石梁高瀉月，樵路細侵雲。偃臥蛟螭室，希夷鳥獸羣。近知西嶺上，玉管有時聞。（原注：君居近子）

習慧鶴臺

夜飲

卜夜容衰鬢開筵屬異方燭分歌扇淚雨送酒船香江海三年客乾坤百戰場誰能辭酩酊淹臥劇清漳

江上

萬里風來地清江北望樓雲通梁苑路月帶楚城秋刺宇從漫滅歸途尚阻脩前程更煙水吾道豈淹留

涼思

客去波平檻蟬休露滿枝永懷當此節倚立自移時北斗兼春遠南陵寓使遲天涯占夢數疑誤有新知

鸞鳳

舊鏡鸞何處衰桐鳳不棲金錢饒孔雀錦段落山雞王子調清管天人降紫泥豈無雲路分相望不應迷

李衛公(德裕)

絳紗弟子音塵絕鸞鏡佳人舊會稀今日致身歌舞地木棉花暖鷓鴣飛

韋蟾(一作寄懷韋蟾)

謝家離別正淒涼少傅臨岐賭佩囊却憶短亭回首處夜來煙雨滿池塘

自貺

陶令棄官後仰眠書屋中誰將五斗米擬換北窗風

蝶

孤蝶小徘徊翩翾粉翅開併應傷皎潔頻近雪中來

夜意

簾垂幕半卷枕冷被仍香如何為相憶魂夢過瀟湘

因書

絕徼南通棧孤城北枕(去聲)江猿聲連月檻鳥影落天窗海石(一作錦)分棊子郫筒當酒缸生歸話辛苦別夜對凝釭

奉寄安國大師兼簡子蒙

憶奉蓮花座兼聞貝葉經巖光分蠟屐澗響入銅缾日下徒推鶴天涯正對螢魚山羨曹植眷屬有文星

閑遊

危亭題竹粉曲沼嗅荷花數日同攜酒平明不在家尋幽殊未極得句總(一作已)堪誇強下西樓去西樓倚暮霞

縣中惱飲席

晚醉題詩贈物華罷吟還醉忘歸家若無江氏五色筆爭奈河陽一縣花

題李上謩壁

舊著思玄賦新編雜擬詩江庭猶近別山舍得幽期嫩割周顒韭肥烹鮑照葵飽聞南燭(一作蜀)酒仍及撥醅時

江村題壁

沙岸竹森森維艄聽越禽數家同老壽一徑自陰深喜客嘗留橘應官說採金傾壺真得地愛日靜霜砧

即日(一作目)

桂林聞舊說曾不異炎方(原注宋考功有小長安之句也)山響匡牀語花飄度臘香幾時逢雁足著處斷猿腸獨撫青青桂臨城憶雪霜

漫成五章

沈宋裁辭矜變律王楊落筆得良朋當時自謂宗師妙今日惟觀對屬能

李杜操持事略齊三才萬象共端倪集仙殿與金鑾殿可是蒼蠅惑曙(一作曉)雞

生兒古有孫征虜嫁女今(一作全)無王右軍借問琴書終一世何如旗蓋仰三分

代北偏師銜使節關中裨將建行臺不妨常日饒輕薄且喜臨戎用草萊

郭令素心非黷武韓公本意在和戎兩都耆舊偏垂淚臨老中原見朔風

射魚曲

思牢弩箭磨青石繡額蠻渠三虎力尋潮背日伺(一作俟)泅鱗(一作潤)貝闕夜移鯨失色纖纖粉簳馨香餌綠鴨回塘養龍水含冰漢語遠於天何由回作金盤死

日高

鍍鐶故錦縻輕拖(一作施)玉笢(一作筏)不動便門(一作開)鎖水精眠夢是何人欄藥日高紅髲䯯飛香上雲春訴天(一作哀)雲梯十二門九關(一作開)輕身滅影何可望粉蛾帖死屏風上

宮中曲

雲母濾(一作灑)宮月夜夜白於水賺得羊車來低扇遮黃子水精不覺冷自刻鴛鴦翅(一作蠶)蠶縷茜香濃正朝纏左臂巴牋兩三幅滿寫承恩字欲得識青天昨夜蒼龍是

海上謠

桂水寒於江玉兔秋冷咽海底覓仙人香桃如瘦骨紫鸞不肯舞滿翅蓬山雪借得龍堂寬曉出揲雲髮劉郎舊香炷立見茂陵樹雲孫帖帖臥秋煙上元細字如蠶眠

李夫人三首

一帶不結心兩股方安髻慙愧白茅人月沒教星替

剩結茱萸枝多擘秋蓮的獨自有波光綵囊盛不得

蠻絲繫條脫妍眼和香屑壽宮不惜鑄南人柔腸早被秋眸割清澄有餘幽素香鰥魚渴鳳真珠房不知瘦骨類冰井更許夜簾通曉霜土花漠漠(一作漠翠)雲茫茫黃河欲盡天蒼蒼(一作蒼黃)

景陽宮井雙桐

秋港菱花乾玉盤明月蝕血滲兩枯心情多去未得徒經白門伴不見丹山客未待刻作人愁多有魂魄誰將玉盤與不死翻相誤天更闊於江孫枝覓郎主昔妬鄰宮槐道類雙眉斂今日繁紅櫻(一作桃)拋人占長簟翠襦不禁綻留淚啼天眼寒灰劫盡問方知石羊不去誰相絆(一作伴)

秋日晚思

桐槿日零落雨餘方寂寥枕寒莊蝶去窗冷胤螢銷取適琴將酒忘名(一作多)牧與樵平生有遊舊一一在煙霄

春宵自遣

地勝遺塵事身閑念歲華晚晴風過竹深夜月當花石亂知泉咽苔荒任逕斜陶然恃琴酒忘却在山家

七夕偶題

寶婺搖珠珮常娥照玉輪靈歸天上匹巧遺世間人花果香千戶竽笙濫(一作溢)四鄰明朝曬犢鼻方信阮家(一作郎)貧

靈仙閣晚眺寄鄆州韋評事

愚公方住谷仁者本依山共誓林泉志胡爲尊俎間華蓮開菡萏荆玉刻孱顔爽氣臨周道嵐光入（一作出）漢關滿壺從蟻泛高閣已苔斑想就安車召寧期負矢還潘遊全壁散郭去半舟閑定笑幽人跡鴻軒不可攀

幽居冬暮

羽翼摧殘日郊園寂寞時曉雞驚樹雪寒鶩守冰池急景忽云暮頹年寖已衰如何匡國分不與夙心期

過姚孝子廬偶書

拱木臨周道荒廬積古苔魚因感姜出鶴爲弔陶來兩鬢蓬常亂雙眸血不開聖朝敦爾類非獨路人哀

賦得月照冰池

皓月方離海堅冰正滿池金波雙激射璧彩兩參差影占徘徊處光含的皪時高低連素色上下接清規顧兔飛難定潛魚躍未期鵲驚俱欲遶狐聽始無疑似鏡將盈手如霜恐透肌獨憐遊翫意達曉不知疲

永樂縣所居一草一木無非自栽今春悉已芳茂因書即事一章

手種悲陳事心期玩物華柳飛彭澤雪桃散武陵霞枳嫩棲鸞葉桐香待鳳花綬藤縈弱蔓袍草展新芽學植功雖倍成蹊跡尚賒芳年誰共玩終老邵平瓜

南潭上亭讌集以疾後至因而抒情

馬卿聊應召謝傅已登山歌發百花外樂調深竹間鷁舟縈遠岸魚鑰啟重關鶯蝶如相引煙蘿不暇攀佳人啟玉齒上客頷朱顔肯念沉痾士俱期倒載還

寒食行次冷泉驛

驛途仍近節旅宿倍思家獨夜三更月空庭一樹花介山當驛秀汾水遶關斜自怯春寒苦那堪禁火賒

寄華嶽孫逸（一作山）人

靈嶽幾千仞老松逾百尋攀崖仍躡壁啖葉仍眠陰海上呼三島（一作鳥）齋中戲五禽唯應逢阮籍長嘯作鸞音

戲題贈稷山驛吏王全（原注：全爲驛吏五十六年，人稱有道術，往來多贈詩章）

絳臺驛吏老風塵耽酒成仙幾十春過客不勞詢甲子惟書亥字與時人

和韋潘前輩七月十二日夜泊池州城下先寄上李使君

桂含爽氣三秋首蓂吐中旬二（一作三）葉新正是澄江如練處玄暉應喜見詩人

花下醉

尋芳不覺醉流霞倚樹沉眠日已斜客散酒醒深夜後更持紅燭賞殘花

所居永樂縣久旱縣宰祈禱得雨因賦詩

甘（一作井）膏滴滴是精誠晝夜如絲一尺盈秖怪閭閻喧鼓吹邑人同報束長生

全唐詩

李商隱

正月十五夜聞京有燈恨不得觀

月色燈光滿帝都香車寶輦隘（一作向）通衢身閑不睹中興盛羞逐鄉人賽紫姑

贈趙協律晳

俱識孫公與謝公二年歌哭處還（一作皆）同已叨鄒馬聲華末更共劉盧族望通（原註：愚與趙俱出今吏部相公門下，又同爲故尚書安平公所知，復皆是安平公表姪）南省恩深賓館在東山事往妓樓空不堪歲暮相逢地我欲西征君又東

摇落

摇落傷年日羈留念遠心水亭吟斷續月幌夢飛沉古木含風久疎螢怯露深人閑始遥夜地迥更清砧結愛曾傷晚端憂復至今未諳滄海路何處玉山岑灘激黄牛暮雲屯白帝陰遥知霑灑意不減欲分襟

滯雨

滯雨長安夜殘燈獨客愁故鄉雲水地歸夢不宜秋

偶題二首

小亭閑眠微醉消山榴海柏枝相交水文簟上琥珀枕傍有墮釵雙翠翹

清月依微香露輕曲房小院多逢迎春叢定見饒棲鳥飲（一作夜）罷莫持紅燭行

月

過水穿樓觸處明藏人帶樹遠含清初生欲缺虛惆悵未必圓時即有情

夜冷

樹遶池寬月影多村砧塢笛隔風蘿西亭翠被餘香薄一夜將愁向敗荷

正月崇讓宅

密鎖重關掩綠苔廊深閣迥此徘徊先知風起月含暈尚自露寒花未開蝙拂簾旌終展轉鼠翻牕網小驚猜背燈獨共（一作立）餘香語不覺猶歌起夜（一作夜起）來

城外

露寒風定不無情臨水當山又隔城未必明時勝蚌蛤一生長共月虧盈

撰彭陽公誌文畢有感

延陵留表墓峴首送沉碑敢伐不加點猶當無愧辭百生終莫報九死諒難追待得生金後川原亦幾移

北青蘿

殘陽西入崦茅屋訪孤僧落葉人何在寒雲路幾層獨敲初夜磬閑倚一枝藤世界微塵裏吾寧愛與憎

戲贈張書記

别館君孤枕空庭我閉關池光不受月野氣欲沉山星漢秋方會關河夢幾還危絃傷遠道明鏡惜紅顔古木

含風久平蕪盡日閑心知兩愁絕不斷若尋環

幽人

丹竈三年火蒼崖萬歲藤樵歸說逢虎棊罷正留僧星斗同秦分人煙接漢陵東流清渭苦不盡照衰興

念遠

日月淹秦甸江湖動越吟蒼桐（一作梧）應露下白閣自雲深皎皎非鸞扇翹翹失鳳簪牀空鄂君被杵冷女嬃砧北思驚沙雁南情屬海禽關山已搖落天地共登臨

過故崔兗海宅與崔明秀才話舊因寄舊僚杜趙李三掾（兗海崔戎也杜趙李三掾即杜勝趙晳李潘）

絳帳恩（一作思）如昨烏衣事莫尋諸生空會葬舊掾已華簪共入留賓驛俱分市駿金莫憑無鬼論終負託孤心

微雨

初隨林靄動稍共夜涼分窗迥（一作逈）侵燈冷庭虛近水聞

南山趙行軍新詩盛稱游讌之洽因寄一絕

蓮幕遙臨黑水津櫜鞬無事但尋春梁王司馬非孫武且免宮中斬美人

曲江

望斷平時翠輦過空聞子夜鬼悲歌金輿不返傾城色玉殿猶分下苑波死憶華亭聞唳鶴老憂王室泣銅駝天荒地變心雖折若比陽（一作傷）春意未多

景陽井

景陽宮井剩堪悲不盡龍鸞誓死期腸斷吳王宮外水濁泥猶得葬西施

故番禺侯以贓罪致不辜事覺母者（一作老）他日過其門

飲鴆非君命茲身亦厚亡江陵從種橘交廣合投香不見千金子空餘數仞墻殺人須顯戮誰舉漢三章

詠雲

捧月三更斷藏星七夕明纔聞飄迥路旋見隔重城潭暮隨龍起河秋壓雁聲只應惟宋玉知是楚神名

夜出西溪

東府憂春盡西溪許日曛月澄新漲水星見欲銷雲柳好休傷別松高莫出羣軍書雖倚馬猶未當能文

效長吉

長長漢殿眉窄窄楚宮衣鏡好鸞空舞簾疎燕誤飛君王不可問昨夜約黃歸

柳

江南江北雪初消漠漠輕黃惹嫩條灞岸已攀行客手楚宮先騁舞姬腰清明帶雨臨官道晚日含風拂野橋如線如絲正牽恨（一作曳）王孫歸路一何遙

九月於東逢雪（於東商於東也）

舉家忻共報秋雪墮前峰嶺外他年憶於東此日逢粒輕還自亂花薄未成重豈是驚離鬢應來洗病容

四皓廟

本為留侯慕赤松漢庭方識紫芝翁蕭何只解追韓信豈得虛當第一功

送阿龜歸華

草堂歸意背煙蘿黃綬垂腰不奈何因汝華陽求藥物碧松根下茯苓多

九日（商隱為令狐楚從事楚沒子綯繼有韋平之拜惡商隱從鄭亞之辟疎之重陽日商隱留詩於其廳事綯覩之慙悵局閉此廳終身不處）

曾共山翁把酒時（一作卮）霜天白菊繞堦墀十年泉下無人問（一作消息）九日樽前有所思不學漢臣栽苜蓿空教楚客詠江蘺郎君官貴施行馬東閣（一作閤）無因再得窺

僧院牡丹

薄葉風才倚枝輕霧不勝開先如避客色淺為依僧粉壁正蕩水緗幃初卷燈傾城惟待笑要裂幾多繒

贈司勳杜十三員外

杜牧司勳字牧之清秋一首杜秋詩前身應是梁江總名總還曾字總持心鐵已從干鏌利鬢絲休嘆雪霜垂漢江遠弔西江水羊祜韋丹盡有碑（原注時杜奉詔撰韋碑）

高花

花將人共笑籬外露繁枝宋玉臨江宅墻低不礙（一作擬）窺

朝桃

無賴夭桃面平明露井東春風為開了却擬笑春風

送豐都李尉

萬古商於地憑君泣路岐固難尋綺季可得信張儀雨氣燕先覺葉陰蟬遽知望鄉尤忌晚山晚更參差

天平公座中呈令狐令公時蔡京在坐京曾為僧徒故有第五句

罷執霓旌上醮壇慢粧嬌樹水晶盤更深欲訴蛾眉斂衣薄臨醒玉艷寒白足禪僧思敗道青袍御史擬休官雖然同是將軍客不敢公然子細看

江上憶嚴五廣休（一本入集外詩）

征南幕下帶長刀夢筆深藏五色毫（一作豪）逢著澄江不敢詠鎮西留與謝功曹

餞席重送從叔余之梓州

莫歎萬重山君還我未還武關猶悵望何況百牢關

訪隱

路到層峰斷門依老樹開月從平楚轉泉自上方來薤白羅朝饌松黃暖夜盃相留笑孫綽空解賦天台

寓興

薄宦仍多病從知竟遠遊談諧叨客禮休澣接冥搜樹好頻移榻雲奇不下樓豈關無景物自是有鄉愁

東南

東南一望日中烏欲逐羲和去得無且向秦樓棠樹下每朝先覓照羅敷

歸來

舊隱無何別歸來始更悲難尋白道士不見惠禪師草徑蟲鳴急沙渠水下遲却將波浪眼清曉對紅梨

子直晉昌李花（得分字）

吳館何時熨秦臺幾夜熏綃輕誰解卷香異自先聞月裏誰無姊雲中亦有君樽前見飄蕩愁極客襟分

河清與趙氏昆季讌集得擬杜工部

勝槩殊江右佳名逼渭川虹收青嶂雨鳥沒夕陽天客鬢行如此滄波坐渺然此中真得地漂蕩釣魚船

寓目

園桂懸心碧池蓮飫眼紅此生真遠客幾別即衰翁小幌風煙入高窻霧雨通新知他日好錦瑟傍朱櫳

題道靜院院在中條山故王顏中丞所置虢州刺史捨官居此今寫真存焉

紫府丹成化鶴羣青松手植變龍文壺中別有仙家日嶺上猶多隱士雲獨坐遺芳成故事褰帷舊貌似元君自憐築室靈山下徒望朝嵐與夕曛

賦得桃李無言

天桃花正發穠李蘂方繁應候非爭艷成蹊不在言靜中霞暗吐香處雪潛翻得意搖風態含情泣露痕芬芳光上苑寂默委中園赤白徒自許幽芳誰與論

登霍山驛樓

廟列前峯迥樓開四望窮嶺巉嵐色外陂雁夕陽中弱柳千條露衰荷一面（一作向）風壺關有狂孽速繼老生功

寄和水部馬郎中題興德驛時昭義已平

仙郎倦去心鄭驛暫登臨水色瀟湘闊沙程朔漠深鷗鳥恣浮沉更想逢歸馬悠悠嶽樹陰

題小松（一作柏）

憐君孤秀植庭中細葉輕陰滿座風桃李盛時雖寂寞雪霜多後始青葱一年幾變（一作度）枯榮事百尺方資柱石功爲謝西園車馬客定悲搖落盡成空

行次昭應縣道上送戶部李郎中充昭義攻討（會昌三年昭義節度使劉從諫卒子稹拒命自爲留後詔成德魏博河東河陽合兵討之）

將軍大旆掃狂童詔選名賢贊武功暫逐虎牙臨故絳遠含雞舌過新豐魚遊沸鼎知無日鳥覆危巢豈待風早勒勳庸燕石上佇光綸綍漢廷中

水齋

多病欣依有道邦南塘宴起想秋江卷簾飛燕還拂水開戶暗蟲猶打窗更閱前題（一作頭）已披卷仍斟昨夜未開缸誰人爲報故交道莫惜鯉魚時一雙

奉同諸公題河中任中丞新創河亭四韻之作

萬里誰能訪十洲新亭雲構壓中流河鮫縱翫難爲室海蜃遙驚恥化樓左右名山窮遠目東西大道鎖輕舟獨留巧思傳千古長與蒲津作勝遊

過故府中武威公交城舊莊感事（武威公王茂元也）

信陵亭館接郊畿幽象遙通晉水祠日落高門喧燕雀風飄大樹撼（一作感）熊羆新蒲似筆思投日芳草如茵憶吐時山下祇（一作只）今黃絹字淚痕猶墮六州兒

贈田叟

荷篠衰翁似有情相逢攜手遶村行燒畬曉映遠山色伐樹暝傳深谷聲鷗鳥忘機翻浹洽交親得路昧平生撫躬道直誠感激在野無賢心自驚

贈別前蔚州契苾使君（原注使君遠祖國初功臣也）

何年部落到陰陵奕（一作三）世勤王國史稱夜捲牙旗千帳雪朝飛羽騎一河冰蕃兒襁負來青冢狄女壺漿出白登日晚鸊鵜泉畔獵路人遙識（一作認）郅都鷹

和人題真娘墓（原注真娘吳中樂妓墓在虎丘山下寺中）

虎丘山下劍池邊長遣遊人歎逝川胥樹斷絲悲舞席出雲清梵想歌筵柳眉空吐效顰葉榆莢還飛買笑錢一自香魂招不得祇應江上獨嬋娟

人日即事

文王喻復今朝是子晉吹笙此日同舜格有苗旬太遠周稱流火月難窮鏤金作勝傳荊俗翦綵爲人起晉風獨想道衡詩思苦離家恨得二年中

春日寄懷

世間榮落重逡巡我獨丘園坐四春縱使有花兼有月可堪無酒又無人青袍似草年年定白髮如絲日日新欲逐風波千萬里未知何路到龍津

和劉評事永樂閑居見寄

白社幽閑君暫居青雲器業我全疎看封諫草歸鸞掖尚貴衡門待鶴書蓮聳碧峯關路近荷翻翠扇水堂虛自探典籍忘名利欹枕時驚落蠹魚

和馬郎中移白菊見示

陶詩只采黃金實郢曲新傳白雪英素色不同籬下發繁花疑自月中生浮杯小摘開雲母帶露全移綴水精偏稱含香五字客從茲得地始芳榮

喜聞太原同院崔侍御臺拜兼寄在臺三二同年之什

鵬魚何事遇屯同雲水升沉一會中劉放未歸雞樹老鄒陽新去兔園空寂寥我對先生柳赫奕君乘御史驄若向南臺見鶯友爲傳垂翅度春風

喜雪

朔雪自龍沙呈祥勢可嘉有田皆種玉無樹不開花班扇慵裁素曹衣詎比麻鵝歸逸少宅鶴滿令威家寂寞門扉掩依稀履跡斜人疑遊麪市馬似困鹽車洛水妃虛妬姑山客漫誇聯辭雖（一作追）許謝和曲本慚巴粉署闈全隔霜臺路正賒此時傾賀酒相望在京華

柳枝五首（有序）

柳枝洛中里孃也父饒好賈風波死湖上其母不念他兒子獨念柳枝生十七年塗妝綰髻未嘗竟已復起去吹葉嚼蕊調絲擫管作天海風濤之曲幽憶怨斷之音居其傍與其家接（一作揖）故往來者聞十年尚相與疑其醉眠夢（一本有物字）斷不娉余從昆讓山比柳枝居爲近他日春曾陰讓山下馬柳枝南柳下詠余燕臺詩柳枝驚問誰人有此誰人爲是讓山謂曰此吾里中少年叔耳柳枝手斷長帶結讓山爲贈叔乞詩明日余比馬出其巷柳枝丫鬟畢妝抱立扇下風鄣一袖指曰若叔是（句）後三日鄰當去濺裙水上以博香山待與郎俱過余諾之會所友有偕當詣京師者戲盜余卧裝以先不果留雪中讓山至且曰爲東諸侯取去矣明年讓山復東相背於戲上因寓詩以墨其故處云

花房與蜜脾蜂雄蛺蝶雌同時不同類那復更相思

本是丁香樹春條結始生玉作彈棊局中心亦不平

嘉瓜引蔓長碧玉冰（去聲）寒漿東陵雖五色不忍值牙香

柳枝井上蟠蓮葉浦中乾錦鱗與繡羽水陸有傷殘

畫屏繡步障物物自成雙如何湖上望只是見鴛鴦

燕臺四首

風光冉冉東西陌幾日嬌魂尋不得蜜房羽客類芳心冶葉倡條徧相識暖藹輝遲桃樹西高鬟立共（一作共立）桃鬟齊雄龍雌鳳杳何許絮亂絲繁天亦迷醉起微陽若初

曙映簾夢斷聞殘語愁將鐵網罥珊瑚海闊天翻迷處所衣帶無情有寬窄春煙自碧秋霜白研丹擘石天不知願得天牢鎖冤魄夾羅委篋單綃起香肌（一作眠）冷襯琤琤珮今日東風自不勝化作幽光入西海

右春

前閣雨簾愁不卷後堂芳樹陰陰見石城景物類黃泉夜半行郎空柘彈綾扇喚風閶闔天輕帷翠幕波淵旋蜀魂（一作魄）寂寞有伴未幾夜瘴花開木棉桂宮留影光難取嫣薰蘭破輕輕語直教銀漢墮懷中未遣星妃鎮來去濁水清波何異源濟河水清黃河渾安得薄霧起緗裙手接雲軿呼太君

右夏

月浪衡（一作衝）天天宇濕涼蟾落盡疏星入雲屏不動掩孤嚬西樓一夜風箏急欲織（一作識）相思花寄遠終日相思卻相怨但聞北斗聲迴環不見長河水清淺金魚鎖斷紅桂春古時塵滿鴛鴦茵堪悲小苑作長道玉樹未憐亡國人瑤琴（一作瑟）愔愔藏楚弄越羅冷薄金泥重簾鉤鸚鵡夜驚霜喚起南雲繞雲夢雙璫丁丁聯尺素內記湘川相識處歌唇一世銜雨看可惜馨香手中故

右秋

天東日出天西下雌鳳孤飛女龍寡青溪白石不相望堂中遠甚蒼梧野凍壁霜華交隱起芳根中斷香心死浪乘畫舸憶蟾蜍月娥未必嬋娟子楚管蠻絃愁一槩空城舞罷腰支在當時歡向掌中銷桃葉桃根雙姊妹破鬟倭（一作委）墮凌朝寒白玉燕釵黃金蟬風車雨馬不持去蠟燭啼紅怨天曙

右冬

河內詩二首

鼉鼓沈沈虬水咽秦絲不上蠻絃絕常娥衣薄不禁寒蟾蜍夜艷秋河月碧城冷落空蒙（一作濛）煙簾輕幙重金鉤欄靈香不下兩皇子孤星直上相風竿八桂林邊九芝草短襟小鬢相逢道入門暗數一千春願去閏年留月小梔子交加香蓼繁停辛佇苦留待君（右一曲樓上）

閶門日下吳歌遠陂路綠菱香滿滿後溪暗起鯉魚風船旗閃斷芙蓉幹輕（一作傾）身奉君畏身輕雙橈兩槳樽酒清莫因風雨罷團扇此曲斷腸惟北聲低樓小徑城南道猶自金鞍對芳草（右一曲湖中）

贈送前劉五經映三十四韻

建國宜師古興邦屬上庠從來以儒戲安得振朝綱叔世何多難茲基遂已亡泣麟猶委吏歌鳳更佯狂屋壁餘無幾焚坑逮可傷挾書秦二世壞宅漢諸王草草臨盟誓區區務富強微茫金馬署狼籍鬭雞場盡欲心無竅皆如面正牆驚疑豹文鼠貪竊虎皮羊南渡宜終否西遷冀小康策非方正士貢絕孝廉郎海鳥悲鐘鼓狙公畏服裳多岐空擾擾幽室竟倀倀凝邈為時範虛空作士常何由羞五霸直自訾三皇別派驅楊墨他鑣並老莊詩書資破冢法制困探囊周禮仍存魯隋師果禪唐鼎新麾一舉革故法三章星宿森文雅風雷起退藏縲囚為學切掌故受經忙夫子時之彥先生跡未荒褐衣終不名白首興難忘感激殊非聖棲遲到異粻片辭褒有德一字貶無良燕地尊鄒衍西河重卜商式閭眞道在擁篲信謙光（原註外舅太原公亦受經于公也 外舅謂王茂元）獲預青衿列叨來絳帳旁雖從各言志還要大為防勿謂孤寒棄深憂訐直妨叔孫讒易得盜跖暴難當雁下秦雲黑蟬休隴葉黃莫踰（一作逾）巾屨念容許後升堂

哭遂州蕭侍郎二十四韻（蕭澣）

遙作時多難先令禍有源初驚逐客議旋駭黨人冤密侍榮方入司刑望愈尊皆因優詔用實有諫書存苦霧三辰沒窮陰四塞昏虎威狐更假隼擊鳥踰喧徒欲心存闕終遭耳屬垣遺音和蜀魄易簀對巴猿有女悲初寡無男泣過門（原注公止喪氏一女結褵之明年又喪良人）朝爭屈原草廟餒莫（一作若）敖魂迴閣傷神峻長江極望翻青雲寧寄意白骨始霑恩早歲思東閣為邦屬故園（原注余初謁于鄭舍）登舟慚郭泰解榻愧陳蕃分以忘年契情猶錫類敦公先眞帝子我系本王孫嘯傲張高蓋從容接短轅秋吟小山桂春醉後堂萱自歎離通籍何嘗忘叫閽不成穿壙入終（一作然）擬上書論多士還魚貫云誰正駿奔暫能誅儵忽長與問乾坤蟻漏三泉路螿啼百草根始知同泰講徼福是虛言

送千牛李將軍赴闕五十韻

照席瓊枝秀當年紫綬榮班資古直閣（一作閤）勳伐舊西京在昔王綱紊因誰國步清如無一戰霸安有大橫庚內豎依憑切凶門責望輕中台終惡直上將更要盟丹陛祥煙滅皇闈殺氣橫喧闐衆狙怒容易八蠻驚檮杌寬之久防風戮不行素來矜異類此去豈親征捨魯眞非策居邠未有名曾無力牧御寧待雨師迎火箭侵乘石雲橋逼禁營何時絕刁斗不夜見欃槍屢亦聞投鼠誰其敢射鯨世情休念亂物議笑輕生大鹵思龍躍蒼梧失象耕靈衣沾愧汗儀馬困陰兵別館蘭薰酷深宮蠟燄明黃山遮舞態黑水斷歌聲縱未移周鼎何辭免趙坑空拳（當作拳）轉鬬地數板不沈城且欲憑神算無因計力爭幽囚蘇武節棄市仲由纓下殿言終驗增埤事早萌（原注先時桑道茂請修奉天城）蒸雞殊減膳屑麴異和羹否極時還泰屯餘運果亨流離幾南渡倉卒得西平神鬼收昏黑姦兇首滿（去聲）盈官非督護貴師以丈人貞覆載還高下寒暄急改更馬前烹莽卓壇上揖韓彭扈蹕三才正回軍六合晴此時惟短劍仍世盡雙旌顧我由羣從逢君嘆老成慶流歸嫡長貽厥在名卿隼擊須當要鵬摶莫問程趨朝排玉座出位泣金莖幸藉梁園賦叨蒙許氏評中郎推貴壻定遠重時英政已標三尚人今佇一鳴長刀懸月魄快馬駭星精披豁慚深眷睽離動素誠蕙留春晼晚松待歲崢嶸異縣期迴雁登時已飯鯖去程風刺刺別夜漏丁丁庾信生多感楊朱死有情絃危中婦瑟甲冷想夫箏會與（去聲）秦樓鳳俱聽漢苑鶯洛川迷曲沼煙月兩心傾

詠懷寄秘閣舊僚二十六韻

年鬢日堪悲衡茅益自嗤攻文枯若木處世鈍如鎚敢忘垂堂戒寧將暗室欺懸頭曾苦學折臂反成醫僕御嫌夫懦孩童笑叔癡小男方嗜栗幼女漫憂葵遇炙（一作炰）誰先啖逢齏即便（一作更）吹官銜同畫餅面貌乏凝脂典籍

將蠡測文章若管窺圖形翻類狗入夢肎非羆自哂成書簏終當呪酒巵懶霑襟上血羞鑷鏡中絲槖籥言方喻樗蒲齒詎知事神徒惕慮佞佛媿虛辭曲藝垂麟角浮名狀虎皮乘軒寧見寵巢幕更逢危禮俗拘嵇喜侯王忻戴逵途窮方結舌靜勝但揞頤觿食空彈劍亨衢詎置錐栢臺成口號芸閣暫肩隨悔逐遷鶯伴誰觀擇虱時甕間眠太率牀下隱何卑奮跡登弘閣摧心對董帷校讐如有暇松竹一相思

戊辰會靜中出貽同志二十韻

大道諒（一作自）無外會越自登眞丹元子何索在已莫問隣僑璨玉琳華翱翔九眞君戲擲萬里火聊召六甲旬瑤簡被靈誥持符開（一作關）七門金鈴攝羣魔絳節何兟兟吟弄東海若笑倚扶桑春三山誠迥（一作廻）視九州揚一塵我本玄元胄（一作胤）禀華由上津中迷鬼道樂沈（一作況）爲下土民託質屬太陰鍊形復爲人誓將覆宮（一作官）澤安此眞與神龜山有慰薦南眞爲彌綸玉管會玄圃火棗承天姻科車遏故氣侍香傳靈氛（一作芬）飄飄被青霓婀娜佩紫紋林洞何其微下仙不與羣丹泥因未控萬劫猶逡巡荆蕪旣以薙舟（一作丹）壑永無湮（一作因）相期保妙命騰景侍帝宸

和鄭愚贈汝陽王孫家箏妓二十韻

冰（一作水）霧怨何窮秦絲嬌未已寒空煙霞高白日一萬里碧嶂愁不行濃翠遙相倚茜袖捧瓊姿皎日丹霞起孤猿耿幽寂西風吹白芷回首蒼梧深女蘿閉山鬼荒郊白鱗斷別浦晴霞委長彴壓河心白道連地尾秦人昔富家（一作貴）綠窗聞妙旨鴻驚雁背飛象牀殊故里因令五十絲中道分宮徵斗粟配新聲娣姪徒纖指風流大堤上悵望白門裏蠹粉實雌絃燈光冷如水羌管促蠻柱從醉吳宮耳滿內不埽眉君王對西子初花慘朝露冷臂淒愁髓一曲送連錢遠別長於死玉砌銜紅蘭粧窗結碧綺九門十二關清晨禁桃李

四年冬以退居蒲之永樂渴然有農夫望歲之志遂作憶雪又作殘雪詩各一百言以寄情於游舊

憶雪

愛景人方樂同雲候稍愆徒聞周雅什願賦朔風篇欲俟千箱慶須資六出妍詠留飛絮後歌唱落梅前庭樹思瓊蕊粧樓認粉綿瑞邀盈尺日豐待兩岐年預約延枚酒虛乘訪戴船映書孤志業披氅阻神仙幾向霜階步頻將月幌褰玉京應已足白屋但顒然

殘雪

旭日開晴色寒空失素塵遶墻全剝粉傍井漸消銀刻獸摧鹽虎爲山倒玉人珠還猶照魏璧碎尚留秦落日驚侵晝餘光悮惜春簷冰滴鵝管屋瓦鏤魚鱗嶺霽嵐光坼松暄翠粒新擁林愁拂盡著砌恐行頻焦寢忻無患梁園去有因莫能知帝力空此荷平均

大鹵平後移家到永樂縣居書懷十韻寄劉韋二前輩二公嘗於此縣寄居（會昌四年河東都將楊弁逐節度使李石據軍府應劉稹三月李義忠克太原生擒弁）

驅馬遶河干家山照露寒依然五柳在況值百花殘昔去驚投筆今來分挂冠不憂懸磬乏乍喜覆盂安甑破寧迴顧舟沈豈暇看脫身離虎口移疾就豬肝鬢入新年白顏無舊日丹自悲秋穫少誰懼夏畦難逸志忘鴻鵠清香披蕙蘭還持一杯酒坐想二公懽

河陽詩

黃河搖溶（一作落）天上來玉樓影近中天臺龍頭瀉酒客壽杯主人淺笑紅玫瑰梓澤東來七十里長溝複塹埋雲子可惜秋眸一臠光漢陵走馬黃塵起南浦老魚腥古涎眞珠密字芙蓉篇湘中寄到夢不到衰容自去拋涼天憶得蛟（當作鮫）絲裁小卓（一作棹）蛺蝶飛迴木綿薄綠繡笙囊不見人一口紅霞夜深嚼幽蘭泣露新香死畫圖淺縹松溪水楚絲微覺竹枝高半曲新辭寫緜紙巴西夜市紅守宮後房點臂斑斑紅堤南渴雁自飛久蘆花一夜吹西風曉簾串斷蜻蜓翼羅屏但有空青色玉灣不釣三千年蓮房暗被蛟龍惜濕銀注鏡井口平鸞釵映月寒錚錚不知桂樹在何處仙人不下雙金莖百尺相風插重屋側近嫣紅伴柔綠百勞不識對月郎湘竹千條爲一束

自桂林奉使江陵途中感懷寄獻尚書

下客依蓮幙明公念竹林（原注：公與江陵相國諳叔侄）縱然膺使命何以奉徵音投刺雖傷晚酬恩豈在今迎來新瑣闥從到碧瑤岑水勢初知海天文始識（一作見）參固慚非賈誼惟恐後陳琳前席驚虛辱華樽許細斟尚憐秦痔苦不遣楚醪沈既載從戎筆仍披選勝襟瀧通伏波柱簾對有虞琴宅與嚴城接門藏別岫深閣涼松冉冉堂靜桂森森社內容周續鄉中保展禽白衣居士訪烏帽逸人尋佞佛將成傳耽書或類淫長懷五殺贖終著九州箴良訊封鴛綺餘光借玳簪張衡愁浩浩沈約瘦愔愔蘆白疑粘鬢楓丹欲照心歸期無雁報旅抱有猿侵短日安能駐低雲只有陰亂鴉衝曬網寒女簇遙砧東道違寧久西園望不禁江生魂黯黯泉客淚涔涔逸翰應藏法高辭肯浪吟數（音朔）須傳庾翼莫獨與盧諶假寐憑書簏哀吟叩劒鐔未嘗貪偃息那復議登臨彼美迴清鏡其誰受曲針人皆向燕路無乃費黃金

送從翁從東川弘農尚書幕

大鎮初更帥嘉賓素見邀使車無遠近歸路更（一作便）煙霄穩放驊騮步高安翡翠巢御（一作愈）風知有在去國肯無聊早忝諸孫末俱從小隱招心懸紫雲閣夢斷赤城標素女悲清瑟秦娥弄玉（一作碧）簫山連玄圃近水接絳河遙豈意聞周鐸翻然慕舜韶皆（一作昔）辭喬木去遠逐斷蓬飄薄俗誰其激斯民已甚恌鸞皇期一舉燕雀不相饒敢共頽波遠因之內火燒是非過別夢時節慘驚飈未至誰能賦中乾欲病痟屢曾紆錦繡勉欲報瓊瑤我恐霜侵鬢君先綬挂腰甘心與陳阮揮手謝松喬錦里差鄰接雲臺閉寂寥一川虛月魄萬崦自芝苗瘴雨瀧間急離魂峽外銷非關無燭夜其奈落花朝幾處逢鳴佩何筵不翠翹蠻童騎象舞江市賣鮫綃南詔知非敵西山亦屢驕勿貪佳麗地不爲聖明朝少減東城飲時看北斗杓莫因乖別久遂逐歲寒凋盛幕開高宴將軍問故僚爲言公玉季早日棄漁樵

李肱所遺畫松詩書兩紙得四十韻

萬草已涼露，開圖披古松。青山徧滄（一作偏蒼）海，此樹生何峰。孤根邈無倚，直立撐鴻濛。端如君子身，挺若壯士胸。樛枝勢夭矯，忽欲蟠拏空。又如驚螭走，默與奔雲逢。孫枝擢細葉，旖旎狐裘茸。鄒顛蓐髮軟，麗（一作如）字姬着黛濃。視久眩目睛，倏忽變輝容（一作融）。竦削正稠直，婀娜旋（一作數）敷峰。又如洞房冷，翠被張穹籠。亦若暨羅女，平旦妝顏容。細疑襲氣母，猛若爭神功。燕雀固寂寂，霧露常衝衝。香（一作重）蘭媿傷暮，碧竹慚空中。可集呈瑞鳳，堪藏行雨龍。淮山桂偃蹇，蜀郡桑重童。枝條（一作修）亮眇脆，靈氣何由同。昔聞咸陽帝，近說稽山儂。或著仙（一作佳）人號，或以大夫封。終南與清（一作青）都，煙雨遙相通。安知夜夜意，不起西南風。美人昔清興，重之猶月鐘。寶笥十八九，香緹千萬重。一旦鬼瞰室，稠疊張羅罿。赤羽中要害，是非皆怱怱。生如碧海月，死踐霜郊蓬。平生握中玩，散失隨奴童。我聞照妖鏡，及與神劍鋒。寓身會有地，不爲凡物蒙。伊人秉茲圖，顧眄擇所從。而我何爲者，開顏捧靈蹤。報以漆鳴琴，懸之眞珠櫳。是時方暑夏，座內若嚴冬。憶昔謝四騎，學仙玉陽東。千株盡若此，路入瓊瑤宮。口詠玄雲歌，手把金芙蓉。濃藹深霓袖，色映琅玕中。悲哉墮世網，去之若遺弓。形魄天壇上，海日高曈曈。終騎（一作期）紫鸞歸，持寄扶桑翁。

戲題樞言草閣三十二韻

君家在河北，我家在山西。百歲本無業，陰陰仙李枝。尚書文與武，戰罷幕府開。君從渭南至，我自仙遊來。平昔苦南北，動成雲雨乖。逮今（一作及）兩攜手，對若牀下鞵（一作鞋）。夜歸碣石館，朝上黃金臺。我有苦寒調，君抱陽春才。年顏各少壯，髮綠齒尚齊。我雖不能飲，君時醉如泥。政靜籌畫簡，退食多相攜。掃掠走馬路，整頓射雉翳。春風二三月，柳密鶯正啼。清河在門外，上與浮雲齊。款冠調玉琴，彈作松風哀。又彈明君怨，一去怨不回。感激坐者泣，起視雁行低。翻憂龍山雪（一作雷），卻雜胡沙飛。仲容銅琵琶，項直聲淒淒。上貼金捍撥，畫爲承露雞。君時臥掁觸，勸客白玉盃。苦云年光疾，不飲將安歸。我賞此言是，因循未能諧。君言中聖人，坐臥莫我違。榆莢亂不整，楊花飛相隨。上有白日照，下有東風吹。青樓有美人，顏色如玫瑰。歌聲入青雲，所痛無良媒。少年苦不久，顧慕良難哉。徒令眞珠肶（一作髀），裛入珊瑚腮。君今且少安，聽我苦吟詩。古詩何人作，老大徒傷悲。

偶成轉韻七十二句贈四同舍

沛國東風吹大澤，蒲青柳碧春一色。我來不見隆準人，瀝酒空餘廟中客。征東同舍鴛與鸞，酒酣勸我懸征鞍。藍山寶肆不可入，玉中（一作山）仍是青琅玕。武威將軍使中俠，少年箭道驚楊葉。戰功高後數文章，憐我秋齋夢蝴蝶。詰旦九門傳奏章，高車大馬來煌煌。路逢鄒枚不暇揖，臘月大雪過大梁。憶昔公爲會昌宰，我時入謁虛懷待。衆中賞我賦高唐，迴看屈宋由（一作猶通）年輩。公事武皇爲鐵冠，歷廳請我相所難。我時顦顇在書閣，臥枕芸香春夜闌。明年赴辟下昭桂，東郊慟哭辭兄弟。韓公堆上跋馬時，迴望秦川樹如薺。依稀南指陽臺雲，鯉（一作紅）魚食鉤猿失群。湘妃廟下（一作中）已（一作江）春盡，虞帝城前初日曛。謝遊橋上澄江館，下望山城如一彈。鷓鴣聲苦曉驚眠，朱槿花嬌晚相伴。頃之失職辭南風，破帆壞槳荊江中。斬蛟斷（一作破）璧不無意，平生自許非忩忩。歸來寂寞靈臺下，著破藍衫出無馬。天官補吏府中趨，玉骨瘦來無一把。手封狴牢屯制囚，直廳印鎖黃昏愁。平明赤帖使修表，上賀嫖姚收賊州。舊山萬仞青霞外，望見扶桑出東海。愛君憂國去未能，白道青松了然在。此時聞有燕昭臺，挺身東望心眼開。且吟王粲從軍樂，不賦淵明歸去來。彭門十萬皆雄勇，首戴公恩若山重。廷評日下握靈蛇，書記眠時吞綵鳳。之子夫君鄭與裴，何甥（一作生）謝舅當世才。青袍白簡風流極，碧沼紅蓮傾倒開。我生麤疏不足數，梁父哀吟鴝鵒舞。橫行闊視倚公憐，狂來筆力如牛弩。借酒祝公千萬年，吾徒禮分常周旋。收旗臥鼓相天子，相門出相光青史。

五言述德抒情詩一首四十韻獻上杜七兄僕射相公（杜悰）

帝作黃金闕，仙開白玉京。有人扶太極，惟嶽降元精。耿賈官勳大，荀陳（一作楊）地望清。旂常懸祖德，甲令著嘉聲。經出宣尼壁，書留晏子楹。武鄉傳陣法，踐土主文盟。自昔流王澤，由來仗國楨。九河分合沓，一柱忽崢嶸。得主勞三顧，驚人肯再鳴。碧虛天共轉，黃道日同行。後飲曹參酒，先和傅說羹。即時賢路闢，此夜泰階平。願保無疆福，將圖不朽名。率身期濟世，叩額慮興兵。感念殽尸露，咨嗟趙卒坑。儻令（一作令）安隱忍，何以贊貞明。惡草雖當路，寒松實挺生。人言眞可畏，公意本無爭。故事留臺閣，前驅且旆旌。芙蓉王儉府，楊柳亞夫營。清嘯（一作頻）疎俗，高談屢析酲。過庭多令子，乞（音氣）墅有名甥。南詔應聞命，西山莫敢驚。寄辭收的博，端坐掃欃槍。雅宴初無倦，長歌底有情。檻危春水暖，樓迴雪峰晴。移席牽緗（一作湘）蔓，迴橈撲絳英。誰知杜武庫，只見謝宣城。有客趨高義，於今滯下卿。登門慚後至，置驛恐虛迎。自是依劉表，安能比老彭。雕龍心已切，畫虎意何成。豈有（一作省）曾黔突，徒勞不倚衡。乘時乖巧宦，占象合艱貞。廢忘淹中學，遲迴谷口耕。悼傷潘岳重，樹立馬遷輕。隴鳥悲丹嘴，湘蘭怨紫莖。歸期過舊歲，旅夢遶殘更。弱植叨華族，衰門倚外兄。欲陳勞者曲，未唱淚先橫。

今月二日不自量度，輒以詩一首四十韻干瀆尊嚴，伏蒙仁恩俯賜披覽，獎踰其實，情溢於辭，顧惟疎蕪，曷用酬戴，輒復五言四十韻詩獻上，亦詩人詠嘆不足之義也

家擅無雙譽，朝居第一功。四時當首夏，八節應條風。滌濯臨清濟，巉巖倚碧嵩。鮑壺冰皎潔，王佩玉丁東。（原注：摯虞決錄要注曰：漢末絕無玉佩，侍中王粲識舊佩，始復作之。今玉佩受法于粲也，故云。）處劇張京兆，通經戴侍中。將星臨迥夜，卿月麗層穹。下令銷秦盜，高談破宋聾。合霜太山竹，拂霧嶧陽桐。樂道乾知退，當官蹇匪躬。服箱青海馬，入兆渭川熊。固是符眞宰，徒勞讓化工。鳳池春瀲灧，雞樹曉曈曨。願守三章約，還期（一作期嘗）九譯通。薰琴調大舜，寶瑟和神農。慷慨資元老，周旋值（一作直）狡童。仲尼羞問陣，魏絳喜和戎。欵欵將除蠹，孜孜欲達聰。所求因渭濁，

安肯與雷同物議將調鼎君恩忽賜弓開吴相上下全蜀占西東銑卒魚懸餌豪胥鳥在籠疲民呼杜母隣國仰羊公置驛推東道安禪合北宗嘉賓增重價上士悟真空扇舉遮王導樽開見孔融煙飛愁舞罷塵定(一作起)惜歌終岸柳兼池緑園花映燭紅未曾周顗醉轉覺季心恭繫滯喧人望便蕃屬聖衷天書何日降庭燎幾時烘早歲乖投刺今晨幸發蒙遠途哀跛鼈薄藝獎雕蟲故事曾尊隗前修有薦雄終須煩刻畫聊擬更磨礱巒嶺晴留雪巴江晚帶楓營巢憐越燕裂帛待燕鴻自苦誠先蘖長飄不後蓬容華雖少健思緒即悲翁感激淮山館優游碣石宮待公三入相丕祚始無窮

驕兒詩

衮師我驕兒美秀乃無匹文葆未周晬固已知六七四歲知名姓眼不視梨栗交朋頗窺覷謂是丹穴物前朝尚器(一作氣)貌流品方第一不然神仙姿不爾燕鶴骨安得此相謂欲慰衰朽質青春妍和月朋戲渾甥侄繞堂復穿林沸若(一作石)金鼎溢門有長者來造次請先出客前問所須含意不吐實歸來學客面闒敗秉爺笏或謔張飛胡或笑鄧艾吃豪鷹毛崱(化力切)屴(良直切)猛馬氣佶傈(離質切)截得青篔(于春切)簹騎走恣唐突忽復學參軍按聲喚蒼鶻又復紗燈旁稽首禮夜佛仰鞭罥蛛網俯首飲花蜜欲爭蛺蝶輕未謝柳絮疾階前逢阿姊六甲頗輸失凝走弄香奩拔脫金屈戌抱持多反側威怒不可律曲躬牽窻網衉唾拭琴漆有時看臨書挺立不動膝古錦請裁衣玉軸亦欲乞請爺書春勝春勝宜春日芭蕉斜卷箋辛夷低過筆爺昔好讀書懇苦自著述憔顇欲四十無肉畏蚤虱兒慎勿學爺讀書求甲乙穰苴司馬法張良黄石術便爲帝王師不假(一作暇)更纖悉況今西與北羌戎正狂悖誅赦兩未成將養如痼疾兒當速成大探雛入虎穴當爲萬戶侯勿守一經帙(一作袠)

行次西郊作一百韻

蛇年建午月我自梁還秦南下大散關(一作嶺)北濟渭之濱草木半舒坼不類冰雪晨又若夏苦熱燋卷無芳津高田長榭櫪下田長荊榛農具棄道旁饑牛死空墩依依過村落十室無一存存者皆面啼無衣可迎賓始若畏人問及門還具陳右輔田疇薄斯民常苦貧伊昔稱樂土所賴牧伯仁官清若冰玉吏善如六親生兒不遠征生女事四隣濁酒盈瓦缶爛穀堆荊囷健兒庇(一作疵)旁婦衰翁舐童孫況自貞觀後命官多儒臣例以賢牧伯徵入司陶鈞降及開元中姦邪撓經綸晉公忌此事多録邊將勳因令猛毅輩雜牧升平民中原遂多故除授非至尊或出倖臣輩或由帝戚恩中原困屠解奴隸厭肥豚皇子棄不乳椒房抱羌渾重賜竭中國強兵臨北邊控弦二十萬長臂皆如猿皇都三千里來往同雕鳶五里一換馬十里一開筵指顧動白日煖熱迴蒼旻公卿辱嘲叱唾棄如糞丸大朝會萬方天子正臨軒綵旂轉初旭玉座當祥煙金障既特設珠簾亦高褰捋須蹇不顧坐在御榻前忤者死艱屨附之升頂顛華侈矜遞衒豪俊相併吞因失生惠養漸見徵求頻奚寇西(當作東)北來揮霍如天翻是時正忘戰重兵多在邊列城遶長河平明插旗旛但聞虜騎入不見漢兵屯大婦抱兒哭小婦攀車轓生小太平年不識夜閉門少壯盡點行疲老(一作者)守空村生分作死誓揮淚連秋雲廷臣例麞怯諸將如羸奔爲賊掃上陽捉人送潼關玉輦望南斗未知何日旋誠知開闢久遘此雲雷屯送者問鼎大存者要高官搶攘互間諜孰辨梟與鸞千馬無返轡萬車無還轅城空鼠雀死人去豺狼喧南資竭吴越西費失河源因令左(一作右)藏庫摧毁惟空垣如人當一身有左無右邊筋體半痿痺肘腋生臊膻列聖蒙此恥含懷不能宣謀臣拱手立相戒無敢先萬國困杼軸內庫無金錢健兒立霜雪腹歉衣裳單饋餉多過時高估銅與鉛山東望河北爨煙猶相聯朝廷不暇給辛苦無半年行人摧行資居者稅屋椽中間遂作梗狼籍用戈鋋臨門送節制以錫通天班破者以族滅存者尚遷延禮數異君父羈縻如羌零直求輸赤誠所望大體全巍巍政事堂宰相厭八珍敢問下執事今誰掌其權瘡疽幾十載不敢扶其根國蹙賦更重人稀役彌繁近年牛醫兒(一作師)城社更扳援盲目把大旆處此京西藩樂禍忘怨敵樹黨多狂狷生爲人所憚死非人所憐快刀斷其頭列若豬牛懸鳳翔三百里兵馬如黄巾夜半軍牒來屯兵萬五千鄉里駭供億老少相扳牽兒孫生未孩棄之無慘顔不復議所適但欲死山間爾來又三歲甘澤不及春盜賊亭午起問誰多窮民節使殺亭吏捕之恐無因咫尺不相見旱久多黄塵官健腰佩弓(一作刀)自言爲官巡常恐值荒迴此輩還射人媿客問本末願客無因循郿塢抵陳倉此地忌黄昏我聽此言罷冤憤如相焚昔聞舉一會(古會切)羣盜爲之奔又聞理與亂在(一作繫，下同)人不在天我願爲此事君前剖心肝叩頭出鮮血滂沱汚紫宸九重黯已隔涕泗空沾脣使(一云史)典作尚書廝養爲將軍愼勿道此言此言未忍聞

井泥四十韻

皇都依仁里西北有高齋昨日主人氏治井堂西陲工人三五輩輦出土與泥到水不數尺積共庭樹齊他日井甃畢用土益作堤曲隨林掩映繚以池周迴下去冥(一作寂)寞穴上承雨露滋寄辭別地脉因(一作固)言謝泉扉升騰不自意疇昔忽已乖(一作垂)伊余掉行鞅行行來自西一日下馬到此時芳草萋四面多好樹旦暮雲霞姿晚落花滿地幽鳥鳴何枝蘿幄既已薦山樽亦可開待得孤月上如與佳人來因茲感物理惻愴平生懷茫茫此羣品不定輪與蹄喜得舜可禪不以瞽瞍疑禹竟代舜立其父吁咈哉嬴氏并六合所來因不韋漢祖把左契自言一布衣當塗佩國璽本乃黄門攜長戟亂中原何妨起戎氏不獨帝王耳臣下亦如斯伊尹佐興王不藉漢父資磻溪老釣叟坐爲周之師屠狗與販繒突起定傾危長沙啓封土豈是出程姬帝問主人翁有自賣(一作賣)珠兒武昌昔男子老苦爲人妻蜀王有遺魄今在林中啼淮南雞舐藥翻向雲中飛大鈞運羣有難以一理推顧(一作願)於冥冥內爲問秉者誰我恐更萬世此事愈云爲猛虎與雙翅更以角副之鳳凰不五色聯翼上雞棲我欲秉

釣者揭來與我偕浮雲不相顧寥泬誰爲梯悒怏夜將參(一作半)但歌井中泥

夜思(以下續新添詩)

銀箭耿寒漏金釭凝夜光綵鸞空自舞别燕不相將寄恨一尺素含情雙玉璫會前猶月在去後始宵長往事經春物前期託報章永令虛粲枕長不掩蘭房覺動迎猜影疑來浪認香鶴應聞露警蜂亦爲花忙古有陽臺夢今多下蔡倡何爲薄冰雪消瘦滯非鄉

思賢頓(即望賢宮也)

內殿張弦管中原絕鼓鼙舞成青海馬鬬殺汝南雞不見華胥夢空聞下蔡迷宸襟他日淚薄暮望賢西

無題

萬里風波一葉舟憶歸初罷更夷猶碧江地沒元相引黃鶴沙邊亦少留益德冤魂終報主阿童高義鎮橫秋人生豈得長無謂懷古思鄉共白頭

有懷在蒙飛卿

薄宦頻移疾當年久索居哀同庾開府瘦極沈尚書城綠新陰遠江清返照虛所思惟翰墨從古待雙魚

春深脫衣

睥睨江鴉集堂皇海燕過減衣憐蕙若展帳動煙波日烈憂花甚風長奈柳何陳遵容易學身世醉時多

懷求古翁

何時粉署仙傲兀逐戎旃關塞猶傳箭江湖莫繫船欲收棊子醉竟把釣車眠謝朓眞堪憶多才不忌前

五月六日(一作十五)夜憶往歲秋與徹師同宿(知玄法師弟子僧徹)

紫閣相逢處丹巖議宿時墮蟬翻敗葉棲鳥定寒枝萬里飄流遠三年問訊遲炎方憶初地頻夢碧琉璃

城上

有客虛投筆無憀獨上城沙禽失侶遠江樹著陰輕邊遽稽天討軍須竭地征賈生遊刃極作賦又論兵

如有

如有瑤臺客相難復索歸芭蕉開綠扇菡萏薦紅衣浦外傳光遠煙中結響微良宵一寸焰(一作艷)回首是重幃

朱槿花二首

蓮後紅何患梅先白莫誇纔飛建章火又落赤城霞不卷錦步障未登油壁車日西相對罷休澣向天涯

勇多侵路去恨有礙燈還嗅自微微白看成杳杳殷坐疑忘(一作忘疑)物外歸去有簾間君問傷春句千辭不可刪

寓懷

綵鸞餐顥氣威鳳入卿雲長養三清境追隨五帝君煙波遺汲汲繒繳任云云下界圍黃道前程合紫氛金書惟是見玉管不勝聞草爲迴生種香緣却死熏海明三島見天迴九江分搴(一作騫)樹無勞援神禾豈用耘鬬龍風結陣惱鶴露成文漢嶺(一作殿)霜何早秦宮日易曛星機抛密緒月杵散靈氛(重押一作芬一作氳)陽鳥西南下相思不及羣

木蘭

二月二十二木蘭開坼初初當新病酒復自久離居愁絕更傾國驚新聞遠書紫絲何日障油壁幾時車弄粉知傷重調紅或有餘波痕空映襪煙態不勝裾桂嶺含芳遠蓮塘屬意疎瑤姬與神女長短定何如

細雨成詠獻尚書河東公

灑砌聽來響卷簾看已迷江間風暫定雲外日應西稍落蝶粉班班融燕泥颭萍初過沼重柳更緣堤必擬和殘漏寧無晦暝鼙半將花漠漠全共草萋萋猿別方長嘯烏驚始獨棲府公能八詠聊且續新題

病中聞河東公樂營置酒口占寄上

聞駐行春斾中途賞物華緣憂武昌柳遂憶洛陽花稽鶴元無對荀龍不在誇只將滄海月長壓赤城霞興欲傾燕館歡終(一作於)到習家風長應側帽(原注獨孤景公信舉止風流常風吹帽傾觀者盈路)路隘豈容車(原注相逢狹路間路隘不容車)樓迴波窺錦窗虛日弄紗鎖門金了鳥展障玉鴉叉舞妙從兼楚歌能莫雜巴必投潘岳果誰摻禰衡撾(原注禰處士擊鼓能爲漁陽摻撾)刻燭當時忝傳杯此夕賒可憐漳浦臥愁緒獨如麻

回中牡丹爲雨所敗二首

下苑他年未可追西州今日忽相期水亭暮雨寒猶在羅薦春香暖不知舞蝶殷勤收落蘂佳(一作有)人惆悵臥遙帷章臺街裏芳菲伴且問宮腰損幾枝

浪笑榴花不及春先期零落更愁人玉盤迸淚傷心數(色角切)錦瑟驚絃破夢頻萬里重陰非舊圃一年生意屬流塵前溪舞罷君迴顧併覺今朝粉態新

擬意

悵望逢張女遲迴送阿侯空看小垂手忍問大刀頭妙選茱萸帳平居翡翠樓雲屏(一作衣)不取暖月扇未遮羞上掌眞何有傾城豈自由楚妃交薦枕漢后共藏鬮(一作鉤)夫向羊車覓男從鳳穴求書成祓禊帖唱殺畔牢愁夜杵鳴江練春刀解若(一作石)榴象牀穿幰網犀帖釘窗油仁壽遺明鏡陳倉拂綵毬眞防舞如意佯蓋臥箜篌濯錦桃花水濺裙杜若洲魚兒懸寶劒燕子合金甌銀箭催搖落華筵慘去留幾時銷薄怒從此抱離憂帆落啼猿峽樽開畫鷁舟急絃腸對斷翦蠟淚爭流璧馬誰能帶金蟲不復收銀河撲醉眼珠串咽歌喉去夢隨川后來風貯石郵蘭叢銜露重榆莢點星稠解佩無遺迹凌波有舊遊曾來十九首私識詠牽牛

謝往桂林至彤庭竊詠

辰象森羅正句陳翊衛寬魚龍排百戲劒佩儼千官城禁將開晚宮深欲曙難月輪移枍詣仙路下欄干共賀高禖應將陳壽酒歡金星壓芒角銀漢轉波瀾王母來空闊羲和上屈盤鳳皇傳詔旨獬廌冠朝端造化中台座威風上將壇甘泉猶望幸早晚冠呼韓

燒香曲

鈿(一作細)雲蟠蟠牙比魚孔雀翅尾蛟龍鬚漳宮舊樣博山鑪楚嬌捧笑開芙蕖八蠶繭緜小分炷獸焰微紅隔雲母白天月澤寒未冰金虎含秋向東吐玉佩呵光銅照昏簾波日暮衝(一作依)斜門西來欲上茂陵樹柏梁已失栽桃魂露庭月井大紅氣輕衫薄細(一作袖)當君意蜀殿瓊人伴夜深金鑾(一作鸞)不問殘燈事何當巧吹君懷度襟灰爲土填清露

送從翁東川弘農尚書幕(此題重見又全詩都咏祿山亂後事與題無干疑有脫誤)

昔帝迴冲眷維皇惻上仁三靈迷赤氣萬彙叫蒼旻刊

木方隆禹陛隔始創殷夏臺曾圮閉汜水敢逡巡拯溺休規步防虞要徙薪烝黎今得請宇宙昨還淳纘祖功宜急貽孫計甚勤降災雖代有稔惡不無因宮掖方爲蠱邊隅忽遘迍獻書秦逐客間諜漢名臣北伐將誰使南征決此辰中原重板蕩玄象失鈞陳詰旦違清道銜枚別紫宸茲行殊厭勝故老遂分新去異封於鞏來寧避處豳永嘉幾失墜宣政遽酸辛元子當傳啓皇孫合授詢時非三揖（一作指）讓表請再陶鈞舊好盟還在中樞策屢遵蒼黃傳國璽違遠屬車塵雛虎如憑怒漦龍性漫馴封崇自何等流落乃斯民逗撓官軍亂優容敗將頻早朝披草莽夜縋達絲綸忘戰追無及長驅氣益振婦言終未易廟算況非神日馭難淹蜀星旄要定秦人心誠未去天道亦無親錦水湔雲浪黃山掃地春斯文虛夢鳥吾道欲悲麟斷續殊鄉淚存亡滿席珍魂銷季羔竇衣化子張紳建議庸何所通班昔濫臻浮生見開泰獨得詠汀蘋

晉昌晚歸馬上贈

西北朝天路登臨思上才城閑煙草遍村暗雨雲回人豈無端別猨應有意哀征南子更遠吟斷望鄉臺

哭虔州楊侍郎（虞卿）

漢網疏仍漏齊民困未蘇如何大丞相翻作弛刑徒中憲方外易（原注史記云商鞅多左建外易）尹京終就拘本矜能弭謗先議取非辜巧有凝脂密功無一柱扶深知獄吏貴幾迫季冬誅叫帝青天闊辭家白日晡流亡誠不弔神理若爲誣在昔恩知忝諸生禮秩殊入韓非劒客過趙受鉗奴楚水招魂遠邙山卜宅孤甘心親垤蟻旋踵戮城狐（原註是冬舒李伏易）陰騭今如此天災未可無莫憑牲玉請便望救焦枯

寄太原盧司空三十韻（盧鈞）

隋艦臨淮甸唐旗出井陘斷鰲搘四柱卓馬濟三靈祖業隆盤古孫謀復大庭從來師俊傑可以煥丹青舊族開東岳雄圖奮北溟邪同獬廌觸樂伴鳳凰聽酣戰仍揮日降妖亦鬭霆將軍功不伐叔舅德惟馨雞塞誰生事狼煙不暫停擬塡滄海鳥敢競太陽螢內草纔傳詔前茅已勒銘那勞出師表盡入大荒經德水縈長帶陰山繞畫屛秖憂非綮肯未覺有膻腥保佐資冲漢扶持在杳冥乃心防暗室華髮稱明廷按甲神初靜揮戈思（一作鳴鞶醉）欲醒羲之當妙選（原注小弟羲叟早掌春以嘉姻）孝若近歸寧（原注三十五丈明府高科來歸滕下）月色來侵幌詩成有轉櫺羅含黃菊宅柳惲白蘋汀神物龜酬孔僊才鶴姓丁西山童子藥南極老人星自頃徒窺管於今媿挈瓶何由叨末席還得叩玄扃莊叟虛悲雁終童漫識鼮幕中雖策畫劒外且伶俜（一作娉）俁俁行忘止鰥鰥臥不瞑身應瘠於魯淚欲溢爲滎禹貢思金鼎堯圖憶土鋼公乎來入相王欲駕云亭

安平公詩（原注故贈尚書韓氏）

丈人博陵王名家憐我總角稱才華華州留語曉至暮高聲喝吏放兩衙明朝騎馬出城外送我習業南山阿仲子延（一作廷）岳年十六面如白玉欵烏紗其弟炳章猶兩丱瑤林瓊樹含奇花陳留阮家諸姪秀（一作瑜瑱並列諸姪秀）邐迤出拜何駢羅府中從事杜與李麟角虎翅相過摩清詞孤韻有歌響擊觸鐘磬鳴環珂三月石堤凍銷釋東風開花滿陽坡時禽得伴戲新木其聲尖咽如鳴梭公時載酒領從事踊躍鞍馬來相過仰看樓殿撮清漢坐視世界如恒沙面熱腳掉互登陟青雲表柱白雲崖一百八句在貝葉三十三天長雨花長者子來輒獻蓋辟支佛去空留鞾公時受詔鎭東魯遣我草詔（一作奏）隨車牙顧我下筆即千字疑我讀書傾五車嗚嘑大賢苦不壽時世方士無靈砂五月至止六月病遽頹泰山驚逝波明年徒步弔京國宅破子毀哀如何西風衝戶捲素帳隟光斜照舊燕窠古人常歎知已少況我淪賤艱虞多如公之德世一二豈得無淚如黃河瀝膽咒願天有眼君子之澤方滂沱

赤壁（此詩又見杜牧集）

折戟沉沙鐵未銷自將磨洗認前朝東風不與周郎便銅雀春深鎖二喬

垂柳

垂柳碧鬅（一作髼）茸樓昏雨帶容思量成夜夢束久廢春慵梳洗憑張敞乘騎笑稚恭碧虛隨轉笠紅燭近高舂怨目明秋水愁眉淡遠峰小闌花盡蝶靜院醉醒（一作聞）蛩舊作琴臺鳳今爲藥店龍寶奩拋擲久一任景陽鐘

清夜怨

含淚坐春宵聞君欲度遼綠池荷葉嫩紅砌杏花嬌曙月當窗滿征雲出塞遙畫樓終日閉清管爲誰調

定子（此詩又見杜牧外集題作隋苑注一云定子牛相小青）

檀槽一抹廣陵春定子初開睡臉新卻笑喫虛（一作虧）隋煬帝破家亡國爲何人

木蘭花（古今詩話義山遊長安宿旅店客賦木蘭花詩衆皆誇示義山後成客盡驚問之始知是義山一云陸龜蒙詩）

洞庭波冷曉侵雲日日征帆送遠人幾度木蘭舟上望不知元是此花身

遊靈伽寺（以下見統籤）

碧煙秋寺汎湖來水打城根古堞摧盡日傷心人不見石榴花滿舊琴臺

龍丘途中（統籤作一首誤）

漢苑殘花別吳江盛夏來惟看萬樹谷不見一枝開

水色饒湘浦灘聲怯建溪淚流迴月上可得更猨啼

句

蘭膏爇處心猶淺銀燭燒殘焰不馨好向書生窗畔種免教辛苦更囊螢（金鐙花事文類聚）

遙想故園陌桃李正酣酣（以下見海錄碎事）

頭上金雀釵腰珮翠琅玕

蘆洲客雁報春來

全唐詩目（第八函）

第十冊

紀唐夫　裴思謙　李衢　李損之

李景　張元宗　李肱　鄭史

許瀍　牛叢　陳上美　楊鴻

趙璜　潘咸　薛瑩　崔元略

馮涯（共一卷）

喻鳧（一卷）

劉得仁（二卷）

權審　邢羣　曹汾　嚴惲

殷潛之　祝元膺　彭蟾　王樞

張希復　錢可復　張鷺　劉莊物（共一卷）

朱景玄　薛宜僚　郭圓　崔鉉

元晦　路貫　鄭薰（共一卷）

薛逢（一卷）

全唐詩

紀唐夫

紀唐夫開成中中書舍人詩三首

送友人歸宜春

落花兼柳絮無處不紛紛遠道空歸去流鶯獨自聞野

橋喧碓水山郭入樓雲故里南陔曲秋期欲送君

驄馬曲

連錢（一作年）出塞蹋沙蓬豈比當時御史驄逐北自諳深磧

路連（一作長）嘶誰念靜邊功登山每與青雲合弄影應知碧

草同今日虜平將換妾不如羅袖舞春風

送溫庭筠尉方城

何事明時泣玉頻長安不見杏園春鳳皇詔下雖霑命

鸚鵡才高卻累身且盡（一作飲）綠醽銷積恨莫辭黃綬拂行

塵方城若比長沙路猶隔（一作有）千山與萬津

裴思謙

裴思謙開成登第官衛尉卿詩一首

及第後宿平康里（一作平康妓詩）

銀缸斜背解鳴璫小語偷（一作低）聲賀玉郎從此不知蘭麝

貴夜來新染（一作惹）桂枝香

李衢

李衢開成中爲屯田郎中詩一首

都堂試貢士日慶春雪

錫瑞來豐歲旌賢入貢辰輕搖梅共笑飛裊柳知春遶

砌封瓊屑依階噴玉塵蜉蝣吟更古科斗映還新鶴毳

迷難辨冰壺鑒易真因歌大君德率舞詠陶鈞

李損之

李損之文宗朝進士詩一首

都堂試貢士日慶春雪

春雪晝悠颺飄飛試士場綴毫疑起草霑字共成章匝

地如鋪練凝階似截肪鵝毛縈樹合柳絮帶風狂息疫

方殊慶豐年已報祥應知郢上曲高唱出東堂

李景

李景隴西人文宗朝進士詩二首

除夜長安作（一作李京詩）

長安朔風起窮巷掩雙扉新歲明朝是故鄉何路歸鬢

絲饒鏡色隙雪奪燈輝卻羨秦州鴈逢春盡北飛

都堂試貢士日慶春雪

密雪分天路羣才坐粉廊靄空迷晝景臨宇借寒光似

暖花消地無聲玉滿堂灑池偏誤曲留硯忽因方幾處

曹風比何人謝賦長春暉早相照莫滯九衢芳

張元（一作元）宗

張元宗太和時人詩二首

登景雲寺閣

胡馬飲河洛我家從此遷今來獨垂淚三十六峰前

望終南山

紅塵白日長安路馬足車輪不暫閑唯有茂陵多病客

每來高處望南山

李肱

李肱開成二年第一人及第官齊岳二牧詩一首

省試霓裳羽衣曲

開元太平時萬國賀豐歲梨園獻舊曲玉座流新製鳳

管遞參差霞衣競搖曳醮罷水殿空輦餘春草細蓬壺

事已久仙樂功無替詎肯聽遺音聖明知善繼

句

水光先見月露氣早知秋（見萬花谷）

鄭史

鄭史字惟直宜春人開成元年舉進士第國子博士歷

永州刺史即谷之父也詩三首

永州送姪歸宜春

宋玉正秋悲那堪更別離從來襟上淚盡作鬢邊絲永

水清如此袁江色可知到家黃菊坼亦莫怪歸遲

秋日零陵與幕下諸賓遊河夜飲（一作宴）

湘月蘋風乍暢襟燭前江水練千尋新秋宋玉能爲賦

永夕袁安好共吟輦下翠蛾須強展尊中綠蟻且徐斟

汀沙漸有珠凝露緩棹蘭橈任夜深

贈妓行雲詩

最愛鉛華薄薄妝更兼衣著又鵝黃從來南國名佳麗

何事今朝在北（一作此）行

許瀍

許瀍開成初進士詩一首

紀夢（一作夢入瓊臺。逸史：瀍游河中，忽大病，親友環守，三日蹶起，取筆大書於壁第二句云：坐中惟有許飛瓊。明日驚起，又取筆改第二句兀然如醉。良久，漸言曰：昨夢到瑤臺，有仙女三百餘人，一人自云許飛瓊，遣賦詩。及成，又令改，曰：不欲世間人知有我也。既畢，甚被賞歎，若有人導引得回）

晚入瑤臺露氣清天風飛下步虛聲塵心未盡俗緣在

十里下山空月明（此首本事詩及唐詩紀事並作許渾）

牛叢

牛叢字表齡僧儒之子開成初登第歷踐臺省方鎮終

吏部尚書詩一首

題朝陽巖

躡石攀蘿路不迷曉天風好浪花低洞名獨占朝陽號應有梧桐待鳳棲

陳上美

陳上美開成二年登進士第詩一首

咸陽有懷

山連河水碧氛氲瑞氣東移擁聖君秦苑有花空笑日漢陵無主自侵雲古槐堤上鶯千囀遠渚沙中鷺一羣賴與淵明同把菊煙郊西望夕陽曛

楊鴻

楊鴻開成二年登進士第詩一首

晴望九華山

九華閑望簇清虚氣象羣峰畫不如惆悵都南挂冠吏無人解向此山居

趙璜

趙璜開成三年登第詩四首

正月

正月今朝半陽臺信未迴水芹寒不食山杏雨應開世網雷三宿眞源寄一杯因聲謝猨鳥歲宴會歸來

七夕詩（一作李郢詩）

烏鵲橋頭雙扇開年年一度過河來莫嫌天上稀相見猶勝人間去不迴欲減煙花饒俗世暫煩雲月掩樓臺別時舊路長清淺豈肯離情似死灰

曲江上巳

長堤十里轉香車兩岸煙花錦不如欲問神仙在何處紫雲樓閣向空虚

題七夕圖

帝子吹簫上翠微秋風一曲鳳皇歸明年七月重相見依舊高懸織女機

潘咸（一作成，又作誠）

潘咸與喻鳧同時集一卷今存詩五首

登明成堡

來經古城上極目思無窮冦盡煙蘿外人歸蔓草中峰巒當闕古堞壘對雲空不見昔名將徒稱有戰功

送陳明府之任

客見天台縣閭閻樹色間驂回幾臨水帶緩獨開山吏散落花盡人居遠鳥閑過於老萊子端簡獨承顔

長安春暮

客在關西春暮夜還同江外已清明三更獨立看花月惟欠子規啼一聲

舟行

平沙極浦無人度猶繫孤舟寒草西半夜起看潮上月萬山中有一猨啼

送僧

闕下僧歸山頂寺却看朝日下方明莫道野人尋不見半天雲裏有鐘聲

句

棧路猨聲暮江看劍影秋（送人遊蜀）　僧老白雲上磬寒高鳥邊　心已同猨狖不聞人是非　行人渡流水白馬入前山　秋深雪滿黄金塞夜夜鴻聲入漢陽（以上並見主客圖）

薛瑩

薛瑩文宗時人洞庭詩集一卷今存十首

秋晚同友人閑步

藉草輿行莎相看日未斜斷崖分鳥道疎樹見人家望遠臨孤石吟餘落片霞野情看不足歸路思猶賒

宿仙都觀陰王二君修道處

十載別仙峰峰前千古蹤陰王修道處雲雪滿高松洞口風雷異池心星漢重明朝下山去片月落殘鐘

宿東巖寺曉起

野寺寒塘曉遊人一夢分鐘殘數樹月僧起半巖雲宿鳥驚初見幽泉落不聞吟餘憑前檻紅葉下紛紛

秋日湖上

落日五湖遊煙波處處愁沈浮千古事誰與問東流

江山閑望

渺渺無窮盡風濤幾日平年光與人事東去一聲聲

訪武陵道者不遇

花發鳥仍啼行行路欲迷二眞無問處虚度武陵溪

寄舊山隱侶

舊山諸隱淪身在苦無身莫鎖白雲路白雲多悞人

羡僧

處世曾無著生前事盡非一缾兼一衲南北去如歸

錦

軋軋弄寒機功多力漸微惟憂機上錦不稱舞人衣

中秋月

三十六旬盈復缺百年堪喜又堪傷勸君莫惜登樓望雲放嬋娟不久長

句

單棹横疎雨江灘秋泊時　花留身住越月遞夢還秦

崔元畧

崔元畧博州人第進士更辟諸府累遷殿中侍御史進中丞改京兆少尹歷散騎常侍出爲黔南觀察使敬宗初拜户部侍郎太和三年以户部尚書判度支留守東都改義成節度使卒贈左僕射詩一首

贈毛仙翁

莫將凡聖比雲泥椿菌之年本不齊度世無勞大稻米昇天只用半刀圭人間嗟對黄昏槿海上閑聽碧落雞旌節行中令引道便從塵外踏丹梯

馮涯

馮涯開成中進士第詩一首

太學創置石經（盧氏雜説云開成中高鍇知舉內出霓裳羽衣曲賦及此詩題）

聖唐復古制德義功無替奧旨悦詩書遺文分篆隸銀鉤互交映石壁靡塵翳永與乾坤期不逐日月逝儒林道益廣學者心彌銳從此理化成恩光遍遐裔

喻鳧

喻鳧毘陵人登開成五年進士第終烏程尉詩一卷

贈李商隱

羽翼恣搏扶山河使筆驅月踈吟夜桂龍失詠春珠草細盤金勒花繁倒玉壺徒嗟好章句無力致前途

元日即事

斂板賀交親稱觴詎有巡年光悲擲舊景色喜呈新水柳煙中重山梅雪後眞不知將白髮何以度青春

送賈島往金州謁姚員外

山光與水色獨往此中深溪漲柀花氣巖盤漆葉陰瀟湘終共去巫峽羨先尋幾夕江樓月玄暉伴靜吟

送友人罷舉歸蜀

憔悴滿衣塵風光豈屬身賣琴紅粟貴看鏡白髭新棧畔誰高步巴邊自問津悽然莫滴血杜宇正哀春

送衛尉之延陵

草木正花時交親觸雨辭一官之任遠盡室出城遲乳滴茅君洞鴉鳴季子祠想知佐理暇日有詠懷詩

送越州高錄事

官曹權紀綱行李半舟航浦溆潮來廣川源鳥去長筍成稽嶺岸蓮發鏡湖香澤國還之任鱸魚浪得嘗

送潘咸

時時齋破囊訪我息閑坊煮雪問茶味當風看鴈行心齊山鹿逸句敵柳花狂堅苦今如此前程豈渺茫

送友人下第歸寧

紫閣雪未盡杏園花亦寒灞西辭舊友楚外憶新安細雨猨啼柿微陽鷺起灘旋應赴秋貢詎得久承歡

游北山寺

煙岡影畔寺游步此時孤庭靜衆藥在鶴閑雙檜枯藍峰露秋涴灞水入春廚便可棲心跡如何返舊途

冬日題無可上人院

入戶道心生茶間踏葉行瀉風瓶水澀承露鶴巢輕閣北長河氣窗東一檜聲詩言與禪味語默此皆清

游雲際寺

澗谿吼風雷香門絕頂開閣寒僧不下鐘定虎常來鳥啄林稍果鼯跳竹裏苔心源無一事塵界擬休回

題翠微寺

沿溪又涉巔始喜入前軒鐘度鳥沈壑殿高雲濕幡涼泉隋衆石古木徹踈猨月上僧階近斯遊豈易言

廣德官舍二松

楊公休簿領二木日堅牢直甚彰吾節清終庇爾曹幽陰月裏細冷樹雪中高誰見干霄後枝飄白鶴毛

浴馬

解控復收鞭長津動細漣空蹄沈綠玉潤臆沒連錢沫漩橋聲下嘶盤柳影邊常聞禀龍性固與白波便

和段學士南亭春日對雨

晨飛晚未休蘭閣客吟愁蕭颯柳邊挂縈紆花底流聲繁乍離（一作雜）籟灑急不成漚經夕江湖思煙波一釣舟

書懷

秖是守琴書僧中獨寓居心唯務（一作慕）鶴靜分合與名踈暮雨啼螿欠涼風落木初家山太湖淥歸去復何如

一公房

幽深誰掩關清淨自多閑一雨收衆木孤雲生遠山花萎綠苔上鴿乳翠樓間嵐靄燃香夕容聽半偈還

晚次臨涇

路入犬羊群城寒雉堞曛居人秖尚武過客謾投文馬怯奔渾水鵰沈莽蒼雲沙田積蒿艾竟夕見燒焚

王母祠前寫望

雲霞千古事桃李舊花顏芳信沈青鳥空祠掩暮山香傳一座暗柳匝萬家閑邪復傷神所河昏落日間

遊暖泉精舍

鳩木殿前空山河澤國同鳥閑沙影上泉落樹陰中鐘舸蒲花水縈幡柳絮風翛然方寸地何事更悲蓬

懷鄉

秋風江上家釣艇泊蘆花斷（一作古）岸緑楊陰踈籬紅槿遮蛩鳴積雨窟鶴步夕陽沙抱疾僧窗夜歸心過月斜

岫（一作隱）禪師南溪蘭若

錫影配瓶光孤溪照草堂水懸青石磴鐘動白雲牀樹色含殘雨河流帶夕陽唯應無月夜瞑目見他方

龍翔寺寄李頻

鐘聲南北寺不道往來遥人事因循過時光荏苒銷懸燈灑砌雨上閣遶雲鵰即是洲中柳嘶蟬急暮條

送武瑴之邠寧

戍路少人蹤邊煙濇復濃詩寧寫別恨酒不上離容燕拂沙河柳鵰高石窟鐘悠然一睽阻山疊虜雲（一作塵）重

夏日題岫禪師房

朝朝聲磬罷童子掃藤陰花過少游客日長無事心迴山閉院直落水下橋深安得開方便容身老此林

夏日因懷陽羨舊遊寄裴書記

落日太湖西波涵萬象低藕花熏浦溆菱蔓匿鳧鷖樹及長橋盡灘迴七里迷還應坐籌暇時一夢荆溪

呈薛博士

辛勤長在學一室少曾開時憶暮山寺獨登衰草臺名期五字立迹媿九年來此意今聊寫還希君子哀

即事

抱杖立溪口迎秋看塞門連山互蒼翠二水各清渾笛發孤煙戍鴉歸夕照村萋萋芳草色終是憶（一作思）王孫

龍翔寺閣夜懷渭南張少府

春城帶病別秋塞見除書況是神仙吏仍非塵土居河風吹鳥迴嶽雨滴桐踈坐閣馳思夕沙東涼月虛

夏日龍翔寺居即事寄崔侍御

古刹一幡斜吹門水過沙數聲鐘裹飯（一作鈸）雙影樹間茶落日窮荒雨微風古塹花何當戴豸客復此問生涯

龍翔寺居喜胡權見訪因宿

林棲無異歡煮茗就花欄雀啅北岡（一作窗）曉僧開西閣寒衝橋二水急扣月一鐘殘明發還分手徒悲行路難

宿石窟寺

一剎古岡南孤鐘撼夕嵐客閑明月閣僧閉白雲菴野鶴立枯枿天龍吟淨潭因知不生理合自此中探

夏日龍翔寺寄張侍御
沙西林杪寺，殿倚石稜開。曉月僧汲井，殘陽鐘殷臺。河衡綠野去，鳥背白雲來。日夕唯增思，京關未想迴。

秋日將歸長安留別王尚書
朔漠正秋霖，西風傳夕砧。滄洲未歸迹，華髮受恩心。露色岡莎冷，蟬聲塢木深。清晨鈇鉞內，只獻白雲吟。

龍翔寺言懷
眠雲喜道存，讀易過朝昏。喬木青連郭，長河白瀉門。鐘沈殘月塢，鳥去夕陽村。搜此成閑句，期逢作者論。

龍翔寺居夏日寄獻王尚書
那期高斾下，得遇重臣知。泉石容居止，風沙免路岐。河兼落（一作洛）下望，句入大荒思。無復愁煩暑，迴山翠（一作倚）閣危。

題弘濟寺不出院僧
楚鞋應此世，祇遶砌苔休。色相栽花視，身心坐石修。聲寒通節院，城黑見烽樓。欲取閑雲並，閑雲有去留。

寄劉錄事
城西青島寺，累夏潄寒泉。今在提綱所，應難掃石眠。風沙榆塞迴，波浪橘洲偏。重整瀟湘棹，心期更幾年。

酬王檀見寄
馳心棲杳冥，何物比清泠。夜月照巫峽，秋風吹洞庭。酬難塵鬢皓，坐久壁燈青。竟晚蒼山詠，喬枝有鶴聽。

寺居秋日對雨有懷
修修（一作脩脩）復霎霎，黃葉此時飛。隱几客吟斷，鄰房僧話稀。鴿寒棲樹定，螢濕在窗微。即事瀟湘渚，漁翁披草衣。

答劉錄事夜月懷湘西友人見寄
相逢仍朔漠，相問即波濤。江思葦花折，笛聲關（一作邊）月高。簿書君閱倦，章句我吟勞。竟夕空凭閣，長河漾石壕。

上高侍御
舊隱白雲峰，生涯落葉同。關河一棲旅，楊柳十東風。迹處龍鍾內，聲居汨沒中。酬恩若有地，寧止殺微躬。

冬日寄友人
空爲梁甫吟，誰竟是知音。風雪坐閑夜，鄉園來舊心。滄江孤棹迴，落日一鐘深。君子久忘我，此誠甘自沈。

冬夜宿余正字靜恭里閑居
每來多便宿，不負白雲言。古木朔風動，寒城疎雪翻。微燈懸刻漏，舊夢返湘沅。先是琴邊起，知爲閣務繁。

得子姪書
遠書來阮巷，闕下見江東。不得經史力，枉拋耕稼功。鴈天霞腳雨，漁夜葦條風。無復琴樽興，開懷向爾同。

獻知己
亦忝受恩身，當殊投刺新。竟蒙分玉石，終不離埃塵。大谷非無暖，幽枝自未春。昏昏過朝夕，應念苦吟人。

贈張濆處士
露白覆棋宵，林青讀易朝。道高天子問，名重四方招。許鶴歸華頂，期僧過石橋。雖然在京國，心跡自逍遥。

早秋寺居酬張侍御六韻見寄
六十上清冥，曉緘東越藤。山光紫衣陟，寺影白雲凝。濕葉起寒鳥，深林驚古僧。微風窗靜展，細雨閣吟登。清韻嶽磬遠，佳音湖水澄。却思前所獻，何以豸冠稱。

和段學士對雪
盈尺知豐稔（一作歲），開窗對酒壺。飄當大野匝，灑到急流無。密際西風盡，凝間朔氣扶。乾摧鳥棲枿，冷射夜殘爐。贊月澄斜漢，兼沙攪北湖。軫于郢客坐，一此調巴歈。

監試夜雨滴空堦
霎霎復淒淒，飄松又灑槐。氣濛蛛網檻，聲疊蘚花堦。古壁青燈動，深庭濕葉埋。徐垂舊兎瓦，競歷小茅齋。冷與陰蟲間，清將玉漏諧。病身唯展轉，誰見此時懷。

春雨如膏
羃羃斂輕塵，濛濛濕野春。細光添柳重，幽點濺花匀。慘淡游絲景，陰沈落絮辰。迴低飛蝶翅，寒滴語禽身。灑岳摧餘雪，吹江疊遠蘋。東城與西陌，晴後趣何新。

送友人南中訪舊知
春盡大方遊，思君便白頭。地蒸川有毒，天暖樹無秋。水急三巴險，猨分五嶺愁。爲緣知己分，南國必淹留。

玄都觀李尊師
蘚幘翠髯公，存思古觀空。曉壇煙葉露，晴圃柳花風。壽已將椿並，碁難見局終。何當與高鶴，飛去海光中。

送石貴歸吳興
同志幸同年，高堂君獨還。齊榮恩未報，共隱事皆閒。訪寺臨河岸，開樓見海山。洛中推二陸，莫久戀鄉關。

感遇
江鄉十年別，京國累日同。在客（一作容）幾多事，俱付酒杯中。

晚思
鶴下紫閣雲，沈沈翠微雨。獨坐正無言，孤莊一聲杵。

贈空禪師
虎見修行久，松知夏臘高。寒堂坐風雨，瞑目尚波濤。

西山寒日逢韋侍御
獬豸霜中貌，龍鍾病後顏。慘傷此身事，風雪動江山。

題禪院
無花地亦香，有鶴松多直。向此奚必孤，山僧盡相識。

鶯秋
鶯囀纔間關，蟬鳴旋蕭（一作騷）屑。如何兩鬢毛，不作千枝雪。

經劉校書墓
遠冢松回曲渚風，一官聞是校書終。霜情月思今何在，零落人間策子中。

蔣處士宅喜閑公至
絕杯夏別螺江渡，單鉢春過處士齋。嘗茗議空經不夜，照花明月影侵堦。

絕句（一作憶友人）
銀地無塵金菊開，紫梨紅棗墮莓苔。一泓秋水一輪月，今夜故人來不來。

句
顏凋明鏡覺，思苦白雲知。（見張爲主客圖）　滄洲迷釣隱，紫閣負僧期。

全唐詩

劉得仁

劉得仁，貴主之子，長慶中即以詩名。自開成至大中三朝，昆弟皆歷貴仕，而得仁出入舉場三十年，卒無成。集一卷，今編詩二卷。

聽歌

朱檻滿明月，美人歌落梅。忽驚塵起處，疑是有風（一作鳳飛）來。一曲聽初徹，幾年愁暫開。東南正雲雨，不得見陽臺。

青龍寺僧院

常多簪組客，非獨看高松。此地堪終日，開門見數峰。苔新禽跡少，泉冷樹陰重。師意如山裏，空房曉暮鐘。

夏夜會同人

沈沈清暑夕，星斗儼虛空。岸幘栖禽下，烹茶玉漏中。形骸忘已久（一作細故），偃仰（一作蹇）趣無窮（一作思衷奏）。日（一作自）汲泉來漱，微開密篠風。

遊崔監丞城南別業

門與青山近，青山復幾重。雪融皇子岸，春浥（一作潤）翠微峰。地有經冬草，林無未老松。竹寒溪隔寺，晴日直聞鐘。

荅韋先輩春雨後見寄

風散五更雨，鳥啼三月春。軒窗透初日，硯席絕纖塵。帝里（一作个个）峰頭出，鄰家（一作家家）樹色新。憐君高且靜，有句寄閑人。

題吳先生山居

先生此幽隱，便可謝人羣。潭底見秋石，樹間飛霽雲。山居心已慣，俗事耳慵聞。念我要（一作自）多疾，開爐藥許分。

晚遊慈恩寺

寺去幽居近，每來因採薇。伴僧行不困，臨水語忘歸。磬動青林晚，人驚白鷺飛。堪嗟浮俗事，皆與道相違。

題王處士山居

茅堂入谷遠，林暗絕其鄰。終日有流水，經年無到人。溪雲常欲雨，山洞別開春。自得仙家術，栽松獨養真。

宿僧院

禪地（一作定，又作寂）無塵夜（一作地），焚香話所歸。樹搖幽鳥夢，螢入定僧衣。破月斜天半，高河下露微。翻令嫌白日，動即與心違。

曉別呂山人

疎鐘兼漏盡，曙色照青氛。栖鶴出高樹，山人歸白雲。月盈（一作明）期重宿，丹熟（一作就）約相分。羨入秋風洞，幽泉仔細聞。

送知全（一作金）禪師南遊

師譽振京城，談空萬乘聽。北行山已雪，南去木猶青。夜嶽禪銷月，秋潭汲動星。迴期不可定，孤鶴在高冥。

上張水部

出入門闌久，兒童亦有情。不須將姓字，長說向公卿。每許連牀坐，時容並馬行。恩深轉無語，懷抱自分明。

塞上行作

鄉井從離別，窮邊觸目愁。生人居外地，塞雪下中秋。鴈舉之衡嶽，河穿入虜流。將軍心莫苦，向（一作到）此取封侯。

贈江夏盧使君

詩人中最屈，無與使君儔。白髮雖求退，明時合見收。登山猶自健，縱酒可多愁。好是能騎馬，相逢見鄂州。

冬夜寄白閣僧

營營不自息，睽闊數年情。林下期難遂，人間事旋生。鳥棲寒水迥，月映積冰清。石室焚香坐，懸知不（一作笑）為名。

送姚合郎中任杭州

水陸中分程，看花一月行。會稽山隔浪，天竺樹連城。候吏齎魚印，迎船載旆旌。渡江春始半，列嶼草初生。

西園

夏圃秋（一作晚）涼入，樹低逢幘欹。水聲翻敗堰，山翠濕疎籬。綠滑莎藏徑，紅連（一作繁）果壓枝。幽人更何事，旦夕與僧期。

吳天觀新栽竹

清風枝葉上，山鳥已栖來。根別古溝岸，影生秋觀苔。徧思諸草木，惟此出塵埃。恨為移君晚，空庭更擬栽。

晚步曲江因謁慈恩寺恭上人

豈曰趣名者，年年待命通。坐令青嶂上，興起白雲中。岸浸如天水，林含似雨風。南宗猶有碍，西寺問恭公。

送姚處士歸亳州

白髮麻衣破，還譙別弟迴。首垂聽樂淚，花落待歌杯。石路尋芝熟，柴門有鹿來。明王下徵詔，應就碧峰開。

寄樓子山雲棲上人

一室鑿崔嵬，危梯疊蘚苔。永無塵事到，時有至人來。澗谷冬深靜，煙嵐日午開。修身知得地，京寺未言迴。

秋夜喜友人宿

莫說春闈事，清宵且共（一作但醉）吟。頻年遺我輩，何（一作有）日遇知音（一作值公心）。逼（一作通）曙天傾斗，將寒葉墜林。無將（一作為）簪紱意，祇損壯夫心（一作從古貴知音）。

秋日同僧宿西池

菡萏遍秋水，隔林香似焚。僧同池上宿，霞向月邊分。渚鳥（一作岸鷺，一作峯鶴）栖蒲立，城砧接曙聞。來宵莫他約（一作宿），重此話孤雲。

宿韋津（一作律）山居

永夕見招宿，詩書盈（一作滿）草堂。靜吟傾美（一作藥）酒，高論出名場。窗颯松篁韻，庭兼雪月光。心期身未老，一去泛瀟湘。

夜攜酒訪崔正字

只應芸閣吏，知我僻兼愚。吟興忘飢凍，生涯任有無。慘雲埋遠岫，陰吹吼寒株。忽起圍爐思，招攜（一作攜來）酒滿壺。

送蔡京東歸迎侍

高堂惟兩別，此別是榮（一作有成）歸。薄俸迎親遠，平時知己（一作雄文）稀（一作解易）。鄠郊秋木見，魯寺夜鐘微。近臘西來日，多逢霰雪飛。

中秋

塵裏兼塵外，咸（一作皆）期此夕明。一年惟一度（一作夕），長恐有雲生。露洗微埃盡，光濡是物清。朗吟看正好，惆悵又西傾。

池上宿

事事不求奢，長吟省歎嗟。無才堪世棄，有句向誰誇。老樹呈秋色，空池浸月華。涼風白露夕，此境屬詩家。

秋夕即事

永夕坐暝久，蕭蕭（一作不閑）猨狖啼。漏微砧韻隔，月落斗杓低。危葉無風墜，幽禽並樹栖。自憐在岐路（一作無援者），不醉亦沈（一作甘與路岐）迷。

晚夏

日夕是西風流光半已空山光漸凝碧樹葉即翻紅學淺慙多士秋成羨老農誰憐信公道不泣路岐中

夏日即事

到曉改詩句四鄰嫌苦吟中宵橫北斗夏木隱棲禽天地先秋肅軒窗映月深幽庭多此景惟恐曙光侵

夏日通濟里居酬諸先輩見訪

君子遠相尋聯鑣到敝林有詩誰索（一作難奏）和無酒可賒（一作除）斟門列（一作對）晴峰色堂開古木陰何因駐清聽惟恐日西沈

寄姚諫議

鳴鞭靜路塵籍籍諫垣臣函疏封還密爐香侍立親篋多臨水作窗宿卧雲人危坐開寒紙燈前起草頻

和厲玄侍御題戶部相公盧山草堂

白雲居創畢詔入鳳池年林長雙峰樹潭分並寺泉石溪盤鶴外岳室閉猨前柱史題詩後松前更肅然

題山中故靜禪師

寂滅身何在門人隔此生影懸塵已厚塔種柏初成溪院秋先雪山堂古有精當時挂錫處樹老幾枝傾

夏日遊慈恩寺

何處消長日慈恩精舍頻僧高容野客樹密絕囂塵閑上凌虛塔相逢避暑人却愁歸去路馬迹並車輪

題終南麻先生家禪師石室

因（一作同）居石室貧五十二迴春擁褐冥（一作忘）心客窮經幕齒人翠沈空水定雨絕片雲新危細秋峰徑相隨到頂頻

送靈武朱書記

靈帥與誰善得君賓幕中從容應盡禮贊畫致元功連塞雲長慘纔秋樹半空相如偏自愜掌記復乘驄

弔草堂禪師

杖屨疑師在房關四壁蛩貯瓶經臘水響塔隔山鐘乳鴿沿苔井（一作收林果一作進客）齋猨散雪峰如何不相見（一作見性）倚徧寺前松（一作星下翠雙松）

早春送湘潭李少府之任

柳新春水漕春岍草離離祖席觴云（一作酒忽）盡離（一作行）人淚各班竹枝

（一作自）垂業文傳不朽（一作久）作尉豈多時公退琴堂上風吹（一作來）

送越客歸

霜薄東南地江楓落未齊衆山離楚上孤棹宿吳西渚客留僧語籠（一作檻）猨失子啼到家冬即是荷盡若耶溪

送周鉞往江夏

東西南北郡自說徧曾遊人世終多故皇都不少留郢城帆過夜漢水月方秋此謁親知去（一作後）聞猨豈解愁

送河池李明府之任

河池安所理種柳與彈琴自合清時化仍資白首吟程餘行片月公退入遙林想得詢（一作除）民瘼方稱單父（一作長樂父母）心

送蔡京侍御赴大梁幕

同城各多故會面亦稀疎及道須相別臨岐恨有餘梁園飛楚鳥汴水走淮魚衆說裁軍檄陳琳遠不如

哭鮑溶（一作容）有感

寥落故人宅今來身已亡古苔封（一作淺）墨沼深竹映（一作舊）書堂秋色池館（一作臺）靜雨聲雲水涼無因展交道日暮剖心腸

送僧歸玉泉寺

玉泉歸故刹（一作寺）便老是僧期亂木孤蟬後寒山絕鳥時若尋流水去轉出白雲遲見說千峰路溪深復頂（一作項復）危

宣義池上

修篁夾綠池幽絮（一作鳥）此中飛何必青山遠仍將白髮歸鳥啼（一作當時）亦有恨鷗習（一作是日）總無機樹起秋風細西林磬入微

同中夜訪獨孤從事

滿庭霜月魄（一作白）風靜絕纖聞邊境時無事（一作兒）州城夜訪君擁裘聽塞角酌醴話湘雲贊佐元戎美恩齊十萬軍

宿宣義池亭

暮色遠柯亭南山幽竹青夜深斜舫月風定一池星島嶼無人跡菰蒲有鶴翎此中足吟眺（一作休便得）何用（一作必）泛滄溟

送智玄首座歸蜀中舊山

像教得重興因師說大乘從來悟明主今去證高僧蜀國煙霞異靈山水月澄鄉閭諸善友喜似（一作似喜）見南能

賀顧非熊及（一作上）第其年內索文章

愚爲童稚時已解念君詩及（一作登）得高科晚須逢聖主知花前翻有淚鬢上却無絲從此東歸去休爲墜葉期（一本截前半首作絕句）

冬日駱家亭子

亭臺臘月時松竹見貞姿林積煙藏日風吹水合池恨無人此住靜有鶴相窺是景吟詩徧（一作秋景）真於野客（一作今詩亦各）宜

題邵公禪院（一作冬日題邵公院）

無事門（一作關）多掩陰階竹掃苔勁風吹雪聚渴鳥啄冰開樹向寒山得人從瀑布來終期天目老擎錫逐雲回

憶鶴

自爾歸仙後經秋又過春白雲尋不得（一作見）紫府去無因此地空明月何山伴羽人終期華表上重見（一作瞻望）令威身

聽夜泉

靜來層石瀉到鶴林流迴出幾洞源遠歷千岑寒助空山月清兼此夜心幽人聽達曙相和（一作難聽）鮮林吟

樂遊原春望

樂遊原上望望盡帝都（一作城）春始覺繁華地應無不醉人雲開雙闕麗柳映九衢新愛此頻來往（一作偏高野）多閑逐此身（一作閑來竟日頻）

贈雍陶博士

腹是羣書笥官爲六義師情高少塵事朝下足閑時有句同人伏無私胄子知漢庭公議在正與觸邪宜

夏日感懷寄所知

了了見岐路欲行難負心趨時不圓轉自古易湮沈日正林方合蜩鳴夏已深中郎今遠在誰識爨桐（一作中）音

陳情上知己

性與才俱拙名場迹甚微久居顏亦厚獨立事多非刻骨搜新句無人悯白衣明時自堪戀不是不知（一作忘）機

秋夜寄友人二首

永夜無他慮長吟畢二更暗燈搖碧影滯雨滴階聲道進愁還淺年加睡自輕如何得深術相與捨浮名

所思同海岱所夢亦煙波默坐看山久閑行值寺過獨吟黃葉亂相去碧峰多我（一作幸）有歸心在君行竟若何

寄春坊顧校書

寧因不得志寂寞本相宜冥（一作瞑）目冥心坐花開花落（一作葉合）時數畦蔬甲出半夢鳥聲移只恐龍樓吏（一作曉）歸山又見違（一作便）

寄雍陶先輩

久別青雲士幽人分固然愁心不易去蹇步卒難前盡落經霜葉頻陰欲雪天歸山自有限豈待白頭年

對月寄雍陶

圓明寒魄上天地一光中臨水通宵坐知君此興同華凝衣有露靜極樹無風若向湘江見湘江徹（一作見）底空

寄謝觀

十五年餘苦今朝始遇君無慙於白日不枉別孤雲得失天難問稱揚鬼亦聞此恩銷鏤骨吟坐葉紛紛

送鄂州崔大夫赴鎮

廉問帝難人朝廷輟重臣入山初有雪登路正無塵去國鳴騶緩經雲住旆頻千峰與萬木清聽兩情新

送錢給事赴虢州

帝心憂虢俗暫輟掖（一作諫）垣臣疲瘵初承制鄉閭似得春化成應有瑞位重轉聞貧用作鹽梅日爭迴臥轍人

送雍陶侍御赴兖州裵尚書命

綸閣知孤直翻論北巷賢且縻蓮幕（一作府）裏會致玉階前洙泗秋微動龜蒙月正圓元戎軍務息清句待君聯

送新羅人歸本國

雞林隔巨浸一住一年行日近國先曙風吹海不平眼穿鄉井樹頭白渺彌程到彼星霜換（一作變）唐家語却生

送車濤（一作倚）罷舉歸山

朝是暮還非人情冷暖移浮生只如此強進欲何爲要路知無援深山必遇師憐君明此（一作厭）理休去不遲疑

送王書記歸邠州

陳琳輕一別馬上意超然來日行煩暑歸時聽早（一作早聽）蟬陰雲翳城郭細雨紊山川從事公劉地元戎舊禮賢

送謝觀之劍南從事

迢遞從知己他人敢更言離京雖未臘到府已應暄飛急奔行鴈嗁酸憶子猨江山無限思君擬共誰論

送顧非熊作尉盱眙

一名兼一尉未足是君伸歷數爲詩者多來作諫臣路翻平楚闊草帶古淮新天下雖云大同聲（一作人）有幾人

送高湘及第後東歸覲叔

此去幾般榮登科鼎足名無慙入南巷高價聳東京窗對嵩山碧庭來洛水聲門前桃李樹一徑已陰成

送友人下第歸覲

君此卜行日高堂應夢歸莫將和氏淚滴著老萊衣嶽雨連河細田禽出麥飛到家調膳後吟苦落蟬（一作送斜）暉

送友人下第歸揚州覲省

新柳間花垂東西京路岐園林知自到寢食計相思雨斷淮山出帆揚楚樹移晨昏心已泰蟬發是回時

早行

萬類半已動此心寧自安月沈平野盡星隱曙空殘馬渡橫流廣人行湛露寒還思猶夢者不信早行難

通濟里居酬盧肇見尋不遇

衡門掩綠苔樹下絕塵埃偶赴高僧約旋知長者來雲山堪眺望車馬必裵回問以何爲待（一作何以爲相得）慙無酒一杯

贈王尊師

爲道常日損尊師修此心挂肩黃布被穿鬢白萬簪符札靈砂字弦彈古素琴囊中曾有藥點土亦成金

冬夜與蔡校書宿無可上人院

儒釋偶同宿夜窗寒更清忘機於世久晤語到天明月倒高松影風旋一磬聲眞門猶是幻不用覺浮生

冬日喜同志宿

相逢話清夜言實轉相知共道名雖切唯論命不疑吟身坐霜石眠鳥握風枝別憶天台客煙霞昔有期

逢呂上山人（一本無上字）

塵裏正愁老相逢眼益明從前枉多病此後鮮（一作解）疎名古柏今收子深山許事兄長生如有分願逐到蓬瀛

春暮對雨

春暮雨微微翻疑墜葉時氣蒙楊柳重寒勒牡丹遲未夕鳥先宿望晴人有期何當廓陰閉新暑竹風吹

長信宮

簟涼秋氣初長信恨何如拂黛月生指解鬟雲滿梳一從悲晝扇幾度泣前魚坐聽南宮樂清風搖翠裾

初夏題段郎中修竹里南園

高人遊息處與此曲池連密樹纔春後深山在目前遠峰初絕雨片石欲生煙數有僧來宿應緣靜好禪

題景玄禪師院

古僧精進者師復是誰流道貴（一作愧）行無我禪難說到頭汲泉羸鶴立擁褐（一作毳）老猨愁曾住深山院何如此院幽

夏日樊川別業卽事

無事稱無才柴門亦罕開脫巾吟永日著屐步荒臺風卷微塵上霆將暴雨來終南雲漸合咫尺失崔嵬

寄無可上人

省學爲詩日宵吟每達晨十年期是夢一事未成身枉別山中客殊非世上人今來已如此須得桂榮新

和范校書贈造微上人

得性見微公何曾執著空修心將佛並吐論與儒通曉漱松杉下宵禪雪月中他生有緣會君子亦應同

訪曲江胡處士

何況歸山後而今已似仙卜居天苑畔閑步禁樓前落日明沙岸微風上紙鳶靜還林石下（一作畔）坐讀養生篇

慈恩寺塔下避暑

古松凌巨塔脩竹映空廊竟日聞虛籟深山只此涼僧眞生我靜（一作徹）水淡發茶香坐久東樓望（一作上）鐘聲振（一作送）夕陽

秋晚與友人遊青龍寺

高（一作直）視終南秀西風度閣涼一生同隙影幾處好山光

暮鳥投羸木寒鐘送夕陽因居話心地川冥宿僧房

春日雨後作

朝來微有雨天地爽無塵北闕明如畫南山碧動人車輿終日別草樹一城新枉是吾君戚何門謁紫宸

別王山人

旨甘雖自足未是祿榮親尚逐趨時伴多離有道人山居衣以（一作似）草生寄藥隨（一作兼）身不食長無疾（一作病）年知出（一作過）十旬

贈陶山人

處士例營營惟君縱此生閑能資壽考健不換公卿藥圃妻同耨山田子共耕定知丹熟後無姓亦無名

全唐詩

劉得仁

禁署早春晴望（一本題上有奉和翰林丁侍郎七字）

御林聞有早鶯聲玉檻春香九陌晴寒著霽雲歸紫閣暖浮佳氣動芳城宮池日到冰初解輦路風吹草欲生鴛侶此時皆賦詠商山雪在思尤清

山中尋道人不遇

年過弱冠風塵裏常擬隨師學鍊形石路特來尋道者雲房空見有仙經碁於松底畱殘局鶴向潭邊退數翎便欲此居閑到老先生何日下青冥

贈敬晊助教二首（一作無兩詩）

到來常聽說清虛手把玄元七字書仙籍不知名姓有道情惟見往來疎已能絕粒無飢色早晚休官買隱居便欲去隨爲弟子片雲孤鶴可（一作肯）相於

街西靜觀求居處不到權門到寺頻禁掖人知連狀薦國庠官滿一家貧清儀稱是（一作都道）蓬瀛客直氣堪爲諫諍臣自顧無成年漸長報恩惟願殺微身

送祖山人歸山

獨來朝市笑浮雲却憶煙霞出帝城不說金丹能點化空教弟子學長生壺中瀉酒看雲影洞裏逢師下鶴迎料得仙家玉牌上已鐫白日上昇名

監試蓮花峰

太華萬餘重岧嶤只此峰當秋倚寥泬入望似芙蓉翠拔千尋直青危一朵穠氣分毛女秀靈有羽人蹤倒影侵官（一作闕）路流香激廟松塵埃終不及車馬自憧憧

京兆府試目極千里

獻賦多年客低眉恨不前（一作且千）此心常鬱矣縱目忽超然送驥登長路看鴻入遠天古墟煙冪冪窮野草綿綿樹與金城接山疑桂水連何當開霽日無物翳平川

尋陳處士山堂

步溪凡幾轉始得見幽蹤路（一作地）隱千根樹門（一作房）開萬仞峰片雲生石竇淺水臥枯松窮谷風光冷深山翠碧濃鶴看空裏過仙向坐中逢底露秋潭水（一作石）聲微暮觀鐘他年來此定異日願相容且喜今歸去人間事更（一作事）慵

題從伯舍人道正里南園

帝里餘新第朱門面碧岑曙堂增爽氣喬木動清陰直去親瑤陛朝迴在竹林風流才子調好尚古人心薜荔遮窗暗莓苔近井深禮無青草隔詩共白衣吟軒靜畱孤鶴庭虛到遠砧掩關裁鳳詔開鏡理瓊簪種植今如此塵埃永不侵雲奔投刺者日日待爲霖

賦得聽松聲

庭際微風動高松韻自生聽時無物亂盡日覺神清強與幽泉竝翻嫌（一作疑）細雨幷拂空（一作雲）增（一作贈）鶴唳過牖合（一作入）琴聲況復當秋暮偏宜在月明不知深澗底蕭瑟有誰聽

宿普濟寺

京寺數何窮清幽（一作閑）此不同曲江臨閣北御苑（一作水）自牆東廣陌車音急危樓夕景通亂峰沈暝野毒暑過秋空幡颺虛無裡星生杳靄中月光籠月殿蓮氣入蓮宮綴草涼天露吹人古木風飲茶除假寐聞磬釋塵蒙童子眠苔淨高僧話漏終待鳴（一作戕撞）曉鐘後萬井復朧朧

和鄭校書夏日遊鄭泉

太虛懸畏景古木蔽清陰爰有泉堪挹閑思日可尋來聞鳴滴滴照竦碧沈沈幾脉成溪壑何人測淺深澄時無一物分處歷千林淨溉靈根藥涼浮玉翅禽飲疑蠲宿疾見自失煩襟僧共雲前瀨龍和（一作聽）月下吟疊光輕吹動徹底曉霞侵不用頻遊去令君少進心

和段校書冬夕寄題廬山

名高身未到此恨蓄多時是夕吟因話他年必去隨（一本無此四句）嘗聞（一作當時）廬嶽頂半入楚江湄幾處懸崖上千尋瀑布垂鑪峰松淅瀝湓浦柳（一作棹）參差日色連湖白鐘聲拂浪遲煙梯緣薜荔嶽寺步欹危地本饒靈草林曾出祖師石樓霞耀壁猨樹鶴分枝細徑縈巖末高窗見海涯嵌空寒更極寂寞夜尤思陰谷冰埋术仙田雪覆芝亂泉禪客瀨（一作枝）異迹逸人知薜室新開竈樫潭未了棋如何遂閑放長得在（一作任）希夷（一本止此無以下十句）空務漁樵事方無道路悲謝公臺尚在陶令柳潛衰塵外難相許人間貴迹遺雖懷丹桂影不忘白雲期仁者終攜手今朝預賦詩

書事寄萬年厲員外

帝城皆劇縣令尹美居東遂拜趙張下甍離星象中擁歸從北闕送上動南宮紫禁黃山遶滄溟素滻通封疆親日月邑里出王公賦稅充天府歌謠入聖聰土膏寒麥覆人海晝塵蒙廨宇松連翠朝街火散紅文場新桂茂粉署舊蘭崇畱客揮盈爵抽毫詠早鴻前騶潘岳貴故里邵平窮勸隱蓮峰久期耕樹谷同梟飛將去葉劒氣尚埋豐何必華陰土方垂拂拭功

上姚諫議

高文與盛德皆謂古無倫聖代生才子明庭有諫臣已瞻龍衮近漸向鳳池新却憶波濤郡來時島嶼春名因詩句大家似布衣貧曾暗投新軸頻聞獎滯身照吟清夕月送藥紫霞人終計依門館何疑不化鱗

上翰林丁學士

今代如堯代徵（一作崇）賢察衆情久聆推行寔然後佐聰明官自文華重恩因顧問生詞人求作稱（一作擇）天子許和羹御柳凋霜晚宮泉滴月清直廬寒漏近秋燭白麻成玉殿移時對金輿數侍行賜衣香未散借馬色難名時輩何偏羡儒流此最榮終當聞燮理寰宇永昇平

二（一本將後四句作下第吟絕句）

何處訪岐路青雲但憶歸風塵數年限（一作恨）門館一生依外族帝王是中朝親舊（一作故）稀翻令浮議者不許九霄飛

山中舒懷寄上丁學士

五字投精鑒慙非大雅詞本求閑賜覽豈料便蒙知幽拙欣殊幸提攜更不疑弱苗須雨長懶翼在風吹礪鏃端楊葉光門待桂枝計聞塵裏譽因和禁中詩（學士有禁中詩早春曾命和）

鶯出谷

東風潛啓物動息意皆新此鳥從幽谷依林報早春出寒雖未及振羽漸能頻稍類冲天鶴多隨折桂人尊前喧（一作持）有語花裏晝藏身若向穠華處餘禽不見親

哭翰林丁侍郎

相知出肺腑（一作深過等）非舊亦非親每見雲霄侶多揚鄙拙身卽期扶泰運（一作匡聖主）豈料哭賢人應是隨先帝依前作近臣（一本作五律無以下八句）平生任公直愛弟尚風塵宅閉青松古（一作密）墳臨赤水新官清仍齒壯兒小復家貧惆悵天難問空流淚滿巾

陳情上李景讓大夫

一被浮名誤旋遭白髮侵裹回戀明主夢寐在秋岑遇物唯多感居常只是吟待時鉗定口經事壓低心辛苦文場久因緣戚里深（親弟大中元年尚主）老迷新道路貧賣舊園林晴賞行聞水宵棊坐見參龜留閒去問僧約偶來尋望喜潛憑鵲娛情願有琴此生如遂意誓死報知音上德憐孤直唯公拔陸沈丘山恩忽被螻蟻力難任作鑒明同日聽言重若金從茲更無限翹足俟爲霖

和鄭先輩謝秩閑居寓書所懷

西風日夜吹萬木共離披近甸新晴後高人得意時暫閑心亦泰論道面難欺把筆還詩債將琴當酒資藍衫懸竹桁烏帽挂松枝名占文章重官歸諫憲遲生涯貧帝里公議到台司室冷沾苔蘚門清絕路岐莫言鄰白屋卽賀立丹墀豈慮塵埃久雲霄故有期

病中晨起卽事寄場中往還

昨日離塵裏今朝懶已成豈能爲久隱更欲泥浮名虛牖晨光白幽園曉氣清戴沙尋水去披霧入林行疊葉孤禽在初陽半樹明桑麻新雨潤蘆荻古波聲易向田家熟元于世路生病多三徑塞吟苦四鄰驚

悲老宮人

白髮宮娃不解悲滿頭猶自插花枝曾緣玉貌君王寵準擬人看似舊時（一作愛）

村中閑步

閑共野人臨野水新秋高樹挂清暉不知塵裏無窮事白鳥雙飛入翠微

上巳日

未敢分明賞物華十年如見夢中花遊人過盡衡門掩獨自凭欄到日斜

省試日上崔侍郎四首

衣上年年淚（一作滴）血痕只將懷（一作幽）抱訴乾坤如今主聖臣賢日豈致人間一物冤

如病如癡二十秋求名難得又難休回看骨肉須堪恥一著麻衣便白頭

戚里稱儒媿小才禮闈公道此時開他人何事虛相指明主無私不是媒

方寸終朝似火然爲求白日上青天自嗟辜負平生眼不識春光二十年

秋夜

秋氣滿堂孤燭冷清宵無寐憶山歸窗前月過三更後細竹吟風似雨微

長門怨

爭得一人聞此怨長門深夜有妍姝早知雨露翻相悞只插荆釵嫁匹夫

賈婦怨

嫁與商人頭欲白未曾一日得雙行任君逐利輕江海莫把風濤似妾輕

寄友人

風颯沈思眼忽開塵埃污得是庸才那堪更見巢松鶴飛入青雲不下來

晏起

日過辰時猶在夢客來應笑也求名浮生自得長高枕不向人間與命爭

馬上別單于劉評事（時太和公主還京評事罷舉起職）

廟謀宏遠人難測公主生還帝感深天下底平須共喜一時閑事莫驚心

贈從弟谷

此世榮枯豈足驚相逢惟要眼長青從來不愛三閭死今日憑君莫獨醒

別山居

萬壑千巖景象開登臨未足又須回憑師莫斷松間路秋月圓時弟子來

贈道人

長在城中無定業賣丹磨鏡兩途貧三山來往尋常事不省曾驚市井人

對月寄同志

霜滿中庭月在林塞鴻頻過又更深支頤不語相思坐料得君心似我心

憶鶴

白絲翎羽丹砂頂曉度秋煙出翠微來向孤松枝上立見人吟苦却高飛

雲門寺

上方僧又起清磬出林初吟苦曉燈暗露零（一作染）秋草疎舊山多夢到流水送愁餘寄寺欲經歲慚無親故書

中秋宿鄧逸人居

偶與山僧宿吟詩坐到明夜涼耽月色秋渴漱泉聲稠木如竿聳窗雲作片生白衣閑自貴不揖漢公卿

句

外家雖是帝當路且無親（讀書志） 白日只如哭黃泉免恨無（哭賈島 以下吟窗雜錄） 身閑甘旨下白髮太平人 同遊芳草寺見示白雲詩（以下海錄碎事） 猶祈啓金口一爲動文權 深山寺路千層石竹杖欆鞋便可登

全唐詩

權審

權審字子諭天水人累官常侍詩二首

題山院

萬葉風聲利一山秋氣寒曉霜浮碧瓦落日度朱欄

絕句

得即高歌失即休多悲多恨謾悠悠今朝有酒今朝醉
明日愁來明日愁

邢羣

邢羣與杜牧同時官歙州刺史詩一首

郡中有懷寄上睦州員外杜十三兄

城枕溪流更淺斜麗譙連帶邑人家經冬野菜青青色
未臘山梅處處花雖免嶂雲生嶺上永無音信到天涯
如今歲宴從羈滯心喜彈冠事不賒

曹汾

曹汾字道謙河南人歷忠武軍節度觀察等使戶部侍
郎詩一首

早發靈芝望九華寄杜員外使君

戴月早辭三秀館遲明初識九華峰嗟嗟玉劍寒鋩利
裊裊青蓮翠葉重奇狀却疑人畫出風光如爲客添濃
行春若到五溪上此處褰帷正面逢

嚴惲

嚴惲字子重吳興人舉進士不第與杜牧游詩一首

落花

春光冉冉歸何處更向花前把一杯盡日問花花不語
爲誰零落爲誰開

殷潛之

殷潛之自稱野人與杜牧同時詩一首

題籌筆驛

江東矜割據鄴下奪孤嫠霸略非匡漢宏圖欲佐誰奏
書辭後主仗劍出全師重襲褒斜路懸開反正旗欲將
苞有截必使舉無遺沈慮經謀際揮毫決勝時圓䡾當
分晝前箸此操持山秀扶英氣川流入妙思算成功在
彀運去事終虧命屈天方厭人亡國自隨艱難推舊姓
開創極初基總歎曾過地寧探作教資若歸新曆數誰
復顧衰危報德兼明道長留識者知

祝元膺

祝元膺句曲人與段成式同時詩三首

送高遂赴舉

句曲舊宅眞自產日月英既涵嶽瀆氣安無神仙名松
桂邐迤色與君相送情

寄道友

兩鬢凝清霜玉爐焚天香爲我延歲華得入不死鄉

夢仙謠

蟾蜍夜作青冥燭（一作鏡）螮蝀晴爲碧落梯好箇分明天上
（一作夭）路誰教深（一作移）入武陵溪

句

霧紋斑似豹水力健如龍（見張爲主客圖）

彭蟾

彭蟾字東蟾好學不仕詩一首

賀鄧璠使君正拜袁州

六年惠愛及黎甿大府論功俟陟明尺一詔書天上降
二千石祿世間榮新添畫戟門增峻舊躡青雲路轉平
更待皇恩醒善政碧油幢到郡齋迎

王樞

王樞浙西湖州郡判官詩一首

和嚴惲落花詩

花落花開人世夢衰榮閑事且持杯春風底事輕搖落
何似從來不要開

張希復

張希復字善繼常山人歷官集賢校理學士詩一首

詠宣律和尚袈裟

共覆三衣中夜寒披時不鎮尼師壇無因蓋得龍宮地
畦裏塵飛葉相殘

錢可復

錢可復起之孫累官禮部郎中鄭注鎮鳳翔朝選充副
使注敗遇害詩一首

鶯出谷

玉律陽和變時禽羽翮新載飛初出谷一轉已驚人拂
柳宜煙暖衝花覺露春摶風翻翰疾向日弄吭頻求友
心何切遷喬幸有因華林高玉樹棲託及芳晨

張鶯

張鶯開成中人詩一首

鶯出谷

弱柳（一作質）隨儔匹遷鶯正及春乘風音響遠映日羽毛新
已得辭幽谷還將脫俗塵鴛鸞方可慕燕雀迥無鄰遊
止知難屈飄飛在此伸一枝如借便終冀託深仁

劉莊物

劉莊物開成中人詩一首

鶯出谷

幸因辭舊谷從此及芳晨欲語如調舌（一作求友）初飛似畏人
風調歸影便日煖吐聲頻翔集知無阻聯綿貴有因喜
遷喬木近寧厭對花新堪念微禽意關關也愛春

朱景玄

朱景玄會昌時人官至太子諭德詩一卷今存十五首

題呂食新水閣兼寄南商州郎中

丹檻初結構孤高冠清川庭臨谷中樹簷落山上泉曉色挂殘月夜聲雜繁絃青春去如水康樂歸何年

華山南望春

靈嶽多異狀巉巉出虛空閒雲戀巖壑起滅蒼翠中晧氣澄野水神光秘瓊宮鶴巢前林雪瀑落滿澗風春盡花未發川迴路難窮何因著山屐鹿跡尋羊公

水閣

樓居半池上澄影共相空謝守題詩處蓮開淨碧中

迎風亭

山雨留清氣溪飈送早涼時回石門步階下碧雲光

雙檜亭

連簷對雙樹冬翠夏無塵未肎慙桃李成陰不待春

蓮亭

回塘最幽處拍水小亭開莫怪闌干溼鵁鶄夜宿來

中峯亭

中峯上翠微窗曉早霞飛幾引登山屐春風踏雪歸

飛雲亭

上結孤圓頂飛軒出泰清有時迷處所梁棟曉雲生

四望亭

高亭羣峰首四面俯晴川每見晨光曉階前萬井煙

望蓮臺

秋臺好登望菡萏發清池半似紅顏醉凌波欲暮時

茶亭

靜得塵埃外茶芳小華山此亭真寂寞世路少人閑

宿新安村步

淅淅寒流漲淺沙月明空渚徧蘆花離人偶宿孤村下永夜聞砧一兩家

遠聞本郡行春到舊山二首

一身從宦留京邑五馬遙聞到舊山已領煙霞光野徑深慚老幼候柴關

清風借響松筠外畫隼停暉水石間定掩溪名在圖傳共知軒蓋此登攀

和崔使君臨發不得觀積雪

貧居稍與池塘近旬日軒車不降來一樹瓊花空有待曉風看落滿青苔

句

塞鴻先秋去邊草入夏生（見酉陽雜俎）

薛宜僚

薛宜僚會昌中爲左庶子詩二首

別青州妓段東美

經年郵驛許安棲一會他鄉別恨迷今日海帆飄萬里不堪腸斷對含啼

阿母桃花方似錦王孫草色正如煙不須更向滄溟望惆悵歡情恰一年

郭圓

郭圓會昌中爲劍南節度使李固言從事檢校司門員外郎詩一首

詠韋皐

宣父從周又適秦昔賢誰少出風塵當時甚訝張延賞不識韋皐是貴人（張延賞妻苗夫人有鑑特選韋皐爲壻延賞悔之不加禮後皐持節西川以代延賞延賞曰吾不識人）

崔鉉

崔鉉字台碩博陵人擢進士第累遷翰林學士中書舍人會昌二年拜中書侍郎同中書門下平章事與李德裕不叶罷爲陝虢觀察使宣宗初以御史大夫召進尚書左僕射兼門下侍郎尋出爲淮南節度使帝餞於太液亭賜詩寵之咸通初徙山南東道荊南二鎮封魏國公詩二首

進宣宗收復河湟詩

邊陲萬里注恩波宇宙羣芳洽凱歌右地名王爭解辮遠方戎壘盡投戈煙塵永息三秋戍瑞氣遙清九折河共遇聖明千載運更觀俗阜與時和

詠架上鷹（太平廣記云鉉爲兒時隨父元畧訪韓晉公滉滉指架上鷹令詠鉉吟云云滉曰此兒可前程萬里也）

天邊心膽架頭身欲擬飛騰未有因萬里碧霄終一去不知誰是解絛人

元晦

元晦稹之從子會昌初桂管觀察使終散騎常侍詩二首

越亭二十韻

乏才叨八使徇祿非三顧南服須詔條東林諧迷誤未闌述職劾偶脫羈煩趣激水瀉坳塘緣崖歙磴步西巖煥朝旭深壑囊宿霧影氣爽衣巾涼飈輕杖屨臨高神慮寂遠眺川原布孤帆逗汀煙翻鶂集江樹獨探洞府靜悅若偓佺遇一瞬昇真宗百年成妄故孱顏石户啟杳靄溪雲度松籟韻宮商鶯囀勢翔迥津梁危彴架濟物虛舟渡環流馳羽觴金英妬妝嫮笳吟寒壘迴鳥噪空山暮悵望麋鹿心低迴車馬路懸冠謝陶令褫珮懷疏傳遐想蛻纓緌徒慙卹襦袴福盈禍之倚權勝道所惡何必棲禪關無言自冥悟

除浙東留題桂郡林亭

紫泥遠自金鑾降朱旆翻馳鏡水頭陶令風光偏畏夜子牟衰鬢暗驚秋西隣月色何時見南國春光豈再游莫遣豔歌催客醉不堪回首翠蛾愁

句

石靜如開鏡山高若聳蓮筍竿抽玉管花蔓綴金鈿（光巖亭桂海虞衡志）

路貫

路貫與元晦同登第官桂管觀察副使詩一首

和元常侍除浙東留題

謝安致理逾三載黃霸清聲徹九重猶輟珮環歸鳳闕且將仁政到稽峯林間立馬羅千騎池上開筵醉一鍾共喜甘棠有新詠獨慚霜鬢又攀龍

鄭薰

鄭薰字子溥擢進士第歷宣歙觀察使懿宗初召還太常少卿累吏部侍郎進左丞後以太子少師致仕號所居爲隱巖蒔松于庭號七松處士存詩一首

贈鞏疇并序

九華處士鞏疇擅玄言之要通易老其於淨名僧
肇尤精達余在句溪時重其能車幣而致之及到
官舍再說易一說老氏將兒侄輩執卷列坐而傳
之老氏畢業而寇難作與鞏各散去不知其何如
存耶亡耶余既休居洛師鎖扉獨靜己卯冬十一
月半雪中有客叩柴門樵童視之走復曰鞏處士
遠下榻開闔執手話艱苦鞏背簦笈草履杖靈壽
下笠且咍笑曰聞公恬養澹逸不屑于榮悴故以
玄成來助成之升榻解笈散四書即易老淨肇也
明日講肇論階前多偃松高桂氷涷墮落有琴瑟
金石聲理致明妙神骨超爽自謂一時之遇曰與
故人爲徒又意此樂之難偕也遂成二十韻贈之

客雪松桂寒書窗導餘清風撼氷玉碎階前琴磬聲榻
静几硯潔帙散縑緗明高論展僧肇精言資鞏生立意
加玄虛析理分縱横萬化悉在我一物安能驚江海何
所動丘山常自平遲速不相閡後先徒起爭鏡照分妍
醜秤稱分重輕顔容寧入鑑銖兩豈關衡蘊微道超忽
剖鑿音泠泠紙上掔牢鍵舌端搖利兵圓澈保直性客
塵排妄情有住即非住無行即是行疏越捨朱絃哇淫
鄙秦箏淡薄貴無味羊斟慙大羹洪遠包乾坤幽窅潛
沈冥囘頰跬步暴頓達萬里程廬遠尚莫曉隱留曾誤
聽直須持妙說共詣毗耶城

句

項斯逢水部誰道不關情

全唐詩　薛逢

薛逢字陶臣蒲州河東人會昌初擢進士第授爲萬年尉直弘文館歷侍御史尚書郎出爲巴州刺史復斥蓬州尋以太常少卿名還歷給事中遷祕書監卒集十卷今編詩一卷

鑷白曲

去年鑷白鬢鏡裏猶堪認年少今年鑷白髮（一作鬢）兩眼昏
昏手戰跳滿酌濃酹假顔色顔色不揚翻自笑少年曾
讀古人書本期獨善安有餘雖蓋長安一片瓦未逢卒
歲容寧居前年依亞成都府月請俸緡六十五妻兒骨
肉愁欲來偏梁閣道歸得否長安六月塵亘天池塘鼎
沸林欲燃合家慟哭出門送獨驅匹馬陵山巔到官只
是推誠信終日兢兢幸無恡丞相知憐爲小心忽然奏
佩專城印專城俸入一倍多況兼職祿霜戟山妻稚
女悉迎到時列綠罇酣酒歌醉來便向罇前倒風月滿
頭絲皓皓雖然減得闔門憂又加去國五年老五年老
知奈何來日少去日多金鎚鎚碎黃金鑷更唱罇前老
去歌

君不見

君不見馬侍中氣吞河朔稱英雄君不見韋太尉二十
年前鎮蜀地一朝冥漠歸下泉功業聲名兩憔悴奉誠
園裏蒿棘生長興街南沙路平當時帶礪在何處今日
子孫無地耕或聞羈旅甘常調簿尉文參各天表清明
縱便天使來一把紙錢風樹杪碑文半缺碑堂摧祀連
冢象狐兔開野花似雪落何處棠棃樹下香風來馬侍
中韋太尉盛去衰來片時事人生倏忽一夢中何必深
深固權位

老去也

惆悵人生不滿百一事無成頭雪白迴看幼累與老妻
俱是途中遠行客匣中舊鏡照膽明昔曾見我髭未生
朝巾暮櫛不自省老皮皴皺文縱横合掌髻子蒜許大
此日方知非是我暗數七旬能幾何不覺中腸熱如火
老去也爭奈何敲酒盞唱短歌短歌未竟日已沒月映
西南庭樹柯

追昔行

朝光如飛猶尚可暮更如箭不容臥揵爲穿城更漏頻
一一皆從枕邊過一夕凡幾更一更凡幾聲青春枉向
鏡中老白髮虛從愁裏生曾窺帝里東鄰女自比桃花
鏡中許一朝嫁得征戎兒荷戈千里防秋去去時只作
旦暮期別後生死俱不知風鬟粉色入蟬鬢愁送鏡花
潛墮枝前年因出長安陌見一女人頭雪白日中扶杖
憇樹陰髣髴形容認相識向予吁嗟還獨語曾與君家
鄰舍住當時妾嫁與征人幾向牆頭詣夫主花開葉落
何推遷屈指數當三十年眘頭薤葉同枯葉琴上朱弦
成斷弦嫁時寶鏡依然在鵲影菱花滿光彩夢裏長嗟
離別多愁中不覺顔容改歎息人生能幾何喜君顔貌
未蹉跎因君下馬重相顧請奏青門腸斷歌

醉春風

去年春似今年春依舊野花愁殺人犍爲縣裏古城上
開是好花飛是塵戲蝶狂蜂相往返一枝花上聲千萬
時節先從暖處開北枝未發南枝晚江城太守鬢髯蒼
忽然置酒開華堂歌兒舞女亦隨後暫醉始知天地長
頃年曾作東周掾同舍尋春屢開宴斗門亭上柳如絲
洛水橋邊月如練洛陽風俗不禁街騎馬夜歸香滿懷
坐客爭吟雲碧句美人醉贈珊瑚釵日往月來何草草
今年又校三年老糟中駿馬不能騎惆悵落花開滿道
爲報時人知不知看花對酒定無疑君看野外孤墳下
石羊石馬是誰家

鄰相反行

東家有兒年十五只向田園獨辛苦夜開溝水遶稻田
曉叱耕牛墾塉土西家有兒纔弱齡儀容清峭雲鶴形
涉書獵史無早暮坐期朱紫如拾青東家西家兩相誚
西兒笑東東又笑西云養志與榮名彼此相非不同調
東家自云雖苦辛躬耕早暮及所（一作得及）親男舂女爨二十
載堂上未爲衰老人朝機暮織還充體餘者到兄還及

弟春秋伏臘長在家不許妻奴暫違禮爾今二十方讀書十年取第三十餘往來途路長離別幾人便得昇公車縱令得官（一作責）身須老銜恤終天向誰道百年骨肉歸下泉萬里枌榆長秋草我今躬耕奉所天耘鋤刈獲當少年面上笑添今日喜肩頭薪續廚中煙縱使此身頭雪白又有（一作見）兒孫還稼穡家藏一卷古孝經世世相傳皆得力爲報西家知不知何須謾笑東家兒生前不得供甘滑歿後揚名徒爾爲

靈臺家兄古鏡歌

一尺圓潭深黑色篆文如絲人不識耕夫云住赫連城下親耕得鏡上磨瑩一月餘日中漸見菱花舒金膏洗拭鉎（音生）澀盡黑雲吐出新蟾蜍人言此是千年物百鬼聞之形暗慄玉匣曾經龍照來豈宜更鑒農夫貧有時霹靂半夜驚窗中飛電如晦明盤龍鱗脹玉匣溢牙爪觸風時有聲耕夫不解珍靈異翻懼赫連神作祟十千賣與靈臺兄百丈靈湫坐中至溢匣水色如玉傾兒童不敢窺泓澄寒光照人近不得坐愁雷電湫中生吾兄吾兄須愛惜將來慎勿虛拋擲與雲致雨會有時莫遣紅妝穢靈跡

觀競渡（一作劉禹錫詩，一作張建封詩）

三月三日天清明楊花繞江啼曉鶯使君未出郡齋內江上已聞齊和聲使君出時皆有引馬前已被紅旗陣兩岸羅衣破鼻香銀釵照日如霜刃鼓聲三下紅旗開兩龍躍出浮水來擢影幹波飛萬劍鼓聲劈浪鳴千雷雷聲衝急波相近兩龍望標目如瞬江上人呼霹靂聲竿頭綵挂虹霓暈前船搶水已得標後船失勢空揮橈瘡眉血首爭不定輸岸一朋心似燒只將標示輸贏賞兩岸十舟五來往須臾戲罷各東西競脫文身請書上吾今細觀競渡兒何殊當路權相持不思得所各休去會到摧舟折楫時

酬牛秀才登樓見示

旅館再經秋心煩懶上樓年光同過隙人事且隨流骨肉憑書問鄉關託夢遊所嗟山郡酒傾盡只添憂

夏夜宴明月湖

夏夜宴南湖琴觴興不孤月搖天上桂星泛浦中珠助照螢隨舫添盤筍迸廚聖朝思靜默堪守谷中愚

大水

暴雨逐（一作隨）驚雷從風忽驟來浪驅三島至江拆二儀開勢恐圓樞折聲疑厚軸摧冥心問元化天眼幾時回

席上酬東川嚴中丞叙舊見贈

昔記披雲日今逾二十年聲名俱是夢恩舊半歸泉朱紱慙衰齒紅妝慘別筵離歌正淒切休更促危弦

禁火

日日冒煙塵忽忽禁火辰塞榆關水濕邊草賊迴春歲月傷風邁瘡痍念苦辛沙中看白骨腸斷故鄉人

詠柳

弱植驚風急自傷暮來翻遣思悠揚曾飄紫（一作綺）陌隨高下敢拂朱闌競短長縈砌乍飛還乍舞撲池如雪又如霜莫令岐路頻攀折漸擬垂（一作清）陰到畫堂

宮詞

十二樓中盡曉妝望仙樓上望君王鎖銜金獸連環冷水滴銅龍晝漏長雲髻罷梳還對鏡羅衣欲換更添香遙窺正殿簾開處袍袴宮人掃御牀

長安春日

窮途日日困泥沙上苑年年好物華荊棘不當車馬道管弦長奏綺羅家王孫草上悠揚蝶少女風前爛熳花懶出任從遊子笑入門還是舊生涯

韋壽博書齋（一作溫庭筠詩）

玄晏先生已白頭不隨鵷鷺狎羣鷗元卿謝免開三逕平仲朝歸臥一裘醉後獨知殷甲子病來猶作晉春秋塵纓未濯今如此野水無情處處流

潼關河亭

重岡如抱嶽如蹲屈曲（一作氣藏）秦川勢自尊天地併功開帝宅山河相湊束龍門櫓聲嘔軋中流渡柳色微茫遠岸村滿眼波濤終古事年來惆悵與誰論

送衢州崔員外

笑分銅虎別京師嶺下山川想到時紅樹暗藏殷浩宅綠蘿深覆偃王祠風茅向暖抽書帶露竹迎風舞釣絲休指巖西數歸日知君已負白雲期

開元後樂

莫奏開元舊樂章樂中歌（一作高）曲斷人腸邠王玉笛三更咽虢國金車十里香一自犬戎生薊北便從征戰老汾陽中原駿馬搜求盡沙苑年來草又芳

漢武宮辭

漢武（一作武帝）清齋夜築壇自斟明水醮仙官殿前玉（一作童）女移香案雲（一作庭）際金人捧露盤絳節幾（一作有）時還入夢碧桃何處（一作事）更驂鸞茂陵煙雨埋弓（一作冠）劍石馬無聲蔓草寒

潼關驛亭

河上關門日日開古今名利旋堪哀終軍壯節埋黃土楊震豐碑翳綠苔寸祿應知霑有分一官常懼處非才猶驚往歲同袍者尚逐江東計吏來

五峯隱者

煙霞壁立水溶溶路轉崖回旦暮中鸂鶒畏人沈澗月山羊投石挂巖松高齋既許陪雲宿晚稻何妨爲客舂今日見君嘉遯處悔將名利役疎慵

上吏部崔相公

龍門曾共戰驚瀾雷電浮雲出滄湍紫府有名同羽化碧霄無路（一作伴）却泥蟠公車未結王生襪客路虛彈貢禹冠今日鑪錘任眞宰暫回風水不應難

送劉郎中牧杭州

一州橫制浙江灣臺榭參差積翠間樓下潮回滄海浪枕邊（一作前）雲起剡溪山吳江水色連堤闊越俗春聲隔岸還聖代牧人無遠近好將能事濟清閑

貧女吟

殘妝滿面淚闌干幾許幽情欲話難雲髻懶梳愁拆鳳翠蛾羞照恐驚鸞南鄰送女初鳴珮北里迎妻已夢蘭惟有深閨憔悴質年年長凭繡牀看

夜宴觀妓

燈火熒煌醉客豪捲簾羅綺豔仙桃纖腰怕束金蟬斷

鬢（一作鬟）髮宜簪白燕高愁傍翠蛾深八字笑回丹臉利雙刀無因得薦陽臺夢願拂餘香到緼袍

送西川杜司空赴鎮

黑眘玄髮尚依然紫綬金章五十年三入鳳池操國柄八分龍節付兵權東周城闕中天外西蜀樓臺落日邊莫遣洪爐曠真宰九流人物待陶甄

長安夜雨

滯雨通宵又徹明百憂如草雨中生心關桂玉天難曉運落風波夢亦驚壓樹早鴉飛不散到窗寒鼓濕無聲當年志氣俱消盡白髮新添四五莖

獵騎

兵印長封入衛稀碧空雲盡早霜微澹川桑落鵰初下渭曲禾收兔正肥陌上管弦清似語草頭弓馬疾如飛豈知萬里黃雲戍血迸金瘡臥鐵衣

金城宮

憶昔明皇初御天玉輿頻此駐神仙龍盤藻井噴紅豔獸坐金牀吐碧煙雲外笙歌岐薛醉月中臺榭后妃眠自從戎馬生河雒深鎖蓬萊一百年

驚秋

露竹風蟬昨夜秋百年心事付東流明霜義分成虛話阜（一作語）俗文章惜暗投長笑李斯稱溷鼠每多莊叟喻犧牛五湖煙水盈歸夢蘆荻花中一釣舟

六街塵

六街塵起鼓鼕鼕馬足車輪在處通百役並驅衣食內四民長走路岐中年光與物隨流水世事如花落曉風名利到身無了日不知今古旋成空

悼古

細推今古事堪愁貴賤同歸土一丘漢武玉堂人豈在石家金谷水空流光陰自旦還將暮草木從春又到秋閑事與時俱不了且將身暫醉鄉遊

九華觀廢月池（一作題昭華公主廢池館）

曾發簫聲水檻前夜蟾寒沼兩嬋娟微波有恨終歸海明月無情却上天白鳥帶將林（一作廣）外雪綠荷（一作蘋）枯盡渚中蓮榮（一作浮）華不肯人間（一作向莊周）住須讀莊生第一（一作南華齊物）篇

社日遊開元觀（時當水荒之後）

松栢當軒蔓桂籬古壇衰草暮風吹荒凉院宇無人到寂寞煙霞只自知浪漬法堂餘像設水存虛殿半科儀因求天寶年中夢故事分明載折碑

九日曲池遊眺

陌上秋風動酒旗江頭絲竹競相追正當海晏河清日便是修文偃武時繡轂盡爲行樂伴豔歌皆屬太平詩微臣幸忝頌堯曆一望郊原惬所思

九日郡齋有感

白日貪長夜更長百般無意更思量三冬不見秦中雪九日唯添鬢畔霜霞泛水文沈暮色樹凌金氣發秋光樓前野菊無多少一雨重開一番黃

九日嘉州發軍亭即事

三江分注界平沙何處雲山是我家舞鶴洲中翻白浪掬金灘上折黃花不愁故國歸無日却恨浮名苦有涯向暮酒酣賓客散水天狼籍變餘霞

九日雨中言懷

鮭果盈前益自愁那堪風雨滯刀州單牀冷席他鄉夢紫蠏黃花故國秋萬里音書何寂寂百年生計甚悠悠潸將滿眼思家淚灑寄長江東北流

題劍門先寄上西蜀杜司徒

峭壁橫空限一隅劃開元氣建洪樞梯航百貨通邦計鍵閉諸蠻屏帝都西顧犬戎威北狄南吞荆郢制東吳千年管鑰誰熔範只自先天造化爐

八月初一駕幸延喜樓看冠帶降戎

城頭旭日照闌干城下降戎綵仗攢九陌塵埃千騎合萬方臣妾一聲歡樓臺乍仰中天易衣服初迴左衽難清水莫教波浪濁從今赤嶺屬長安

送司徒相公赴闕

丞相銜恩赴闕時錦城寒菊始離披龍媒舊識朝天路雞樹長虛入夢枝十載殿廷連步武兩來庸蜀撫疲羸莫愁中土無人識自有明明聖主知

送靈州田尚書

陰風獵獵滿旗（一作旌）竿白草颼颼劍氣（一作戟）攢九姓羌渾隨漢節六州蕃落從戎鞍霜中入塞琱弓硬（一作響）月下翻營玉帳寒今日路傍誰不指穰苴門戶慣登壇

座中走筆送前蕭使君

笙歌慘慘咽離筵槐柳陰陰五月天未學蘇秦榮佩印却思平子賦歸田芙蓉欲綻溪邊蘂（一作豔）楊柳初迷渡口煙自笑無成今老大送君垂淚郭門前

重送徐州李從事商隱

曉乘征騎帶犀渠醉別都門慘袂初蓮府望高秦御史柳營官重漢尚書斬蛇澤畔人煙曉戲馬臺前樹影疎尺組挂身何用處（一作誤）古來名利盡丘墟

醉中（一作聞）閑甘州

老聽笙歌亦解愁醉中因遣合甘州行追赤嶺千山外坐想黃河一曲流日暮豈堪征婦怨路傍能結旅人愁左綿刺史心先死淚滿朱弦催白頭

北亭醉後敘舊贈東川陳書記

二十年前事盡空半隨波浪半隨風謀身喜斷韓雞尾辱命羞攜楚鵲（一作鶺）籠符竹謬分錦水外妻孥猶隔散關東臨岐莫怪朱弦絶曾是君家入爨桐

宣政殿前陪位觀冊順宗憲宗皇帝尊（一作徽）號

樓頭鐘鼓遞相催曙色當衙曉仗開孔雀扇分香案出袞龍衣動冊函來金泥照耀傳中旨玉節從容引上台盛禮永尊徽號畢聖慈南面不勝哀

元日樓前觀仗

千門曙色鎖寒梅五夜疎鐘曉箭催寶馬占堤朝闕去香車爭路進名來天臨玉几班初合日照金雞仗欲迴更傍紫微瞻北斗上林佳氣滿樓臺

曈曈初日照樓臺漠漠祥雲雉扇開星駐冕旒三殿曉雲翻珠翠六宮來山呼聖壽煙霞動風轉金章鳥獸迴欲識普恩無遠近萬方歡忭一聲雷

醉中看花因思去歲之任

去歲乘軺出上京軍機旦暮促前程枉花野草途中恨

春月秋風劒外情愁見瘴煙遮路色厭聞溪水下灘聲不辭醉伴諸年少羞對紅妝白髮生

題白馬驛

晚麥芒乾風似秋旅人方作蜀門遊家林漸隔梁山遠客路長依漢水流滿壁存亡俱是夢（一作幻）百年榮辱盡（一作不）堪愁胸中憤氣文難遣強指豐碑哭武侯

題籌筆驛

天地三分魏蜀吳武侯倔起贊訏謨身依豪傑傾心術目對雲山演陣圖赤伏運衰功莫就皇綱力振命先徂出師表上留遺懇猶自千年激壯夫

賀楊收作相

闕下憧憧車馬塵沈浮相次宦遊身須知金印朝天客同是沙隄避路人威鳳偶時因瑞聖應龍無水謾通神立門不是趨時客始向窮途學問津

元日田家

南村晴雪北村梅樹裏茅簷曉盡開蠻榼出門兒婦去烏龍（一作鳥飛）迎路女郎來相逢但祝新正壽對舉那愁暮景催長笑士林因宦別一官輕是十年迴

送慶上人歸湖州因寄道儒座主

上人今去白蘋洲霅水苕溪我舊遊夜雨暗江漁火出夕陽沈浦鴈花收閒聽別鳥啼紅樹醉看歸僧棹碧流若見儒公憑寄語數莖霜鬢已驚秋

早發剡山（一作嶠詩）

正懷何謝俯長流更覽餘封識嵊州樹色老依官舍晚溪聲涼傍客衣秋南巖氣爽橫郛郭天姥雲晴拂寺樓日暮不堪還上馬蓼花風起路悠悠

題春臺觀

殿前松柏晦蒼蒼杳遶仙壇水遶廊垂露額題精思院博山爐裛降真香苔侵古碣迷陳事雲到中峯失上方便擬尋溪弄花去洞天誰更待劉郎

春晚東園曉思

劒外春餘日更長東園留醉樂髙張松杉露滴無情淚桃杏風飄不語香鶯戀葉深啼綠樹燕窺巢穩坐彫梁也知留滯年華晚爭那罇前樂未央

芙蓉溪送前資州裴使君歸京寧拜戶部裴侍郎

桑柘林枯蕎麥乾欲分離袂百憂攢臨溪莫話前途遠舉酒須歌後會難薄宦未甘霜髮改夾衣猶耐水風寒遥知阮巷歸寧日幾院兒童候馬看

伏聞令公疾愈對見延英因有賀詩遠封投獻

古語云云海外傳令公疾愈起朝天皇風再扇寰區內人鏡重開日月邊光啟四門通壽域深疏萬頃溉情田陪臣自訝迷津久願識方舟濟巨川

題獨孤處士村居

江上園廬荊作扉男驅耕犢婦鳴機林巒當戶蔦蘿暗桑柘繞村薑芋肥幾畝稻田還謂業兩間茆舍亦言歸何如一被風塵染到老云云相是非

題上皇觀

狂寇窮兵犯帝畿上皇曾此振戎衣門前衛士傳清蹕砌下奚官掃翠微雲駐壽宮三洞啟日迴仙仗六龍歸當時丹鳳銜書處老柏蒼蒼已合圍

奉和僕射相公送東川李支使歸使府夏侯相公

兩地交通布政和上台深喜使星過歡留白日千鍾酒調入青雲一曲歌寒柳翠添微雨重臘梅香綻細枝多平津萬一言甲散莫忘高松寄女蘿

送封尚書節制興元

大封茅土鎮褒中醉出都門殺氣雄陌上晚花迎虎節馬前新月學彎（一作調）弓珂臨響澗聲先合旆到春山色更紅欲識真心報天子滿旗全是發生風

送西川梁常侍之新築龍山城幷錫賚兩州刺史及部落酋長等

聖主憂夷貊屯師翦東欽（浪吉一名東欽）皇家思眷祐星使忽登臨用命期開國違天必釁碪化須均草樹恩不間飛沈東馬凌蒼壁捫蘿上碧岑瘴川風自熱劒閣氣長陰迅瀨從天急喬松入地深仰觀唯一逕俯瞰即千尋水作新城帶山爲故壘襟東開洞君聽南關納蠻心涯澤濡三部（謂三王部落）衣冠化雨（一作雨）林帶文雕白玉符理篆黃金鳥道經卬僰星纏過觜參迴軒如（一作知）睿獎休作苦辛吟

河滿子

繫馬宮槐老持杯店菊黃故交今不見流恨滿川光

題黃花驛

孤戍迢迢蜀路長鳥鳴山館客思鄉更看絶頂煙霞外數樹巖花照夕陽

涼州詞

昨夜蕃兵（一作軍）報國讐沙州都護破涼州黃河九曲今歸漢塞外縱橫戰血流

嘉陵江

備問嘉陵江水湝百川東去爾西之但教清淺源流在天（一作得）路朝宗會有期

觀獵

馬縮寒毛鷹落膔角弓初暖箭新調平原踏盡無禽出竟日翻身望碧霄

狼煙

三道狼煙過磧來受降城上探旗開傳聲却報邊無事自是官軍入抄回

俠少年

綠眼胡鷹踏錦韝五花驄馬白貂裘往來三市無人識倒把金鞭上酒樓

感塞

滿塞旌旗鎮上遊各分天子一方憂無因得見哥舒翰可惜西山十八州

聽曹剛彈琵琶

禁曲新翻下玉都四弦振觸五音殊不知天上彈多少金鳳銜花尾半無

定山寺

十里松蘿映碧苔一川晴色鏡中開遥聞上界翻經處片片香雲出院來

越王樓送高梓州入朝

乘遞初登建外州傾心喜事富人侯方當游藝依仁日便到攀轅臥轍秋容聽巴歌消子夜許陪仙躅上危樓欲知恨戀情深處聽取長江旦暮流

送李蘊赴鄭州因獻盧郎中（以下九首並見瑤瑚集）

僕射陂西想到時滿川晴色見旌旗馬融閑臥笛聲遠王粲醉吟樓影移幾日賦詩秋水寺經年草詔白雲司唯君此去人多羡却是恩深自不知

送裴評事

塞垣從事識兵機只擬平戎不擬歸入夜笳聲含白（一作素）髮報秋榆葉落征衣城臨（一作連）戰壘黃雲晚馬渡寒沙夕照微此別（一作後）不應書斷絕滿天霜雪有鴻飛

送沈單作尉江都（一作許渾詩）

煬帝都城春水邊笙歌夜上木蘭船三千宮女自塗地十萬人家如洞天焰焰花枝官舍晚重重雲影寺牆連少年作尉須矜慎莫向樓前墜馬鞭

送薛耽先輩歸謁漢南

雲繞千峰驛路長謝家聯句待檀郎手持碧落新攀桂月在東軒舊選牀幾日旌幢延駿馬到時氷玉動華堂孔門多少風流處不遣顏回識醉鄉

送同年鄭祥先輩歸漢南（時恩門相公鎮山南）

年來驚喜兩心知高處同攀次第枝人倚繡屏閑賞夜馬嘶花徑醉歸時聲名本自文章得藩潤曾勞筆硯隨家去恩門四千里只應從此夢旌旗

李先輩擢第東歸有贈送

金榜前頭無是非平人分得一枝歸正憐日暖雲飄路何處宴迴風滿衣門掩長淮心更遠渡連芳草馬如飛茂陵自笑猶多病空有書齋在翠微

送韓絳歸淮南寄韓綽先輩

島上花枝繫釣船隋家宮畔水連天江帆自落鳥飛外月觀靜依春色邊門巷草生車轍在朝廷恩及鴈行聯相逢且（一作莫）問昭（一作揚）州事曾鼓莊盆對逝川

送盧緘歸揚州

曾向雷塘寄掩扉荀家燈火有餘輝關河日暮望空極楊柳渡頭人獨（一作未）歸隋苑荒臺風裏裏灞陵殘雨夢依依今年春色還相悞為我江邊謝釣磯

送剡客

兩重江外片帆斜數里林塘遶一家門掩右軍餘水石路橫諸謝舊煙霞扁州幾處逢溪雪長笛何人怨（一作思）柳花若到天台洞陽觀葛洪丹井（一作竈）在雲涯

涼州詞（第一首第三句缺一字）

千里東歸客無心憶舊遊掛帆遊□水高枕到青州

君住孤山下煙深夜徑長轅門渡綠水遊苑繞垂楊

送蕭俛相公歸山（一作趙嘏詩）

樹發花如錦鶯啼柳若絲更遊懽宴地愁見別離時

眼前軒冕是鴻毛天上人情譲自勞脫却朝衣便東去青雲不及白雲高

石膏枕

表裏通明不假彫冷於春雪白於瑤朝來送在涼牀上只怕風吹日炙銷

句

草荒留客院泥臥餵生臺（遊廢寺　以下見海錄碎事）　碧碎鴛鴦瓦香埋菡萏爐　初日暉暉上彩旄　金鞍俯鞚塵開處銀鏑離弦中處聲（獵）　昨日鴻毛萬鈞重今朝山岳一朝輕（舊唐書本傳王鐸作相逢有詩云云鐸怒之）

全唐詩目 第九函

第一冊

趙嘏 二卷

盧肇 一卷

丁稜　高退之　孟球　劉耕

裴翻　樊驤　崔軒　蒯希逸

林滋　李宣古　黃頗　張道符

丘上卿　石貫　李潛　孟守

唐思言　戈牢　金厚載　王甚夷 共一卷

姚鵠 一卷

項斯 一卷

全唐詩

趙嘏

趙嘏字承祐，山陽人。會昌二年登進士第，大中間仕至渭南尉，卒。嘏爲詩贍美，多興味，杜牧嘗愛其長笛一聲人倚樓之句，吟歎不已，人因目爲趙倚樓。有渭南集三卷，編年詩二卷，今合編爲二卷。

汾（一作江）上宴別（一作渾詩）

雲物如故鄉，山川知異路（一作異岐路）。年來未歸客，馬上春色暮（一作欲）。一尊花下酒，殘日水西樹。不待管絃終，搖鞭背花去。

書齋雪後

擁褐坐茅簷，春晴喜初日。微風入桃徑，爽氣歸（一作生）縹帙。頻時苦風雪，就景理巾櫛。樹暖高鳥來，窗開曙雲出。鄉遙路難越，道蹇時易失。欲靜又不（一作未）能，東山負芝朮。

寄道者

洞庭先生歸路長，海雲望極春茫茫。別來幾度向蓬島，自傍瑤臺折靈草。

虎丘寺贈漁處士

蘭若雲深處，前年客重過。巖空秋色動，水闊夕陽多。早負江湖志，今如鬢髮何。唯思閑勝我，釣艇在煙波。

陪崔璞侍御和崔玶（音瓶）春日有懷

詩家本多感，況值廣陵春。暖駐含窗日，香餘醉袖塵。浮名皆有分，一笑最關身。自此容依託，清才兩故人。

昔昔鹽二十首（以薛道衡詩每句爲題）

垂柳覆金堤

新年垂柳色，嫋嫋對空閨。不畏芳菲好，自緣離別啼。因風飄玉戶，向日映金堤。驛使何時度，還將贈隴西。

蘼蕪葉復齊

提筐紅葉下，度日採蘼蕪。掬翠香盈袖，看花憶故夫。葉齊誰復見，風暖恨偏孤。一被春光累，容顏與昔殊。

水溢芙蓉沼

渌沼春光後，青青草色濃。綺羅驚翡翠，暗粉妬芙蓉。雲遍窗前見，荷翻鏡裏逢。將心託流水，終日渺無從（一作窮）。

花飛桃李蹊

遠期難可託，桃李自依依。花徑無容跡，戎衣（一作裘）未下機。隨風開又落，度日掃還飛。欲折枝枝贈，那知歸不歸。

採桑秦氏女

南陌採桑出，誰知妾姓秦。獨憐傾國貌，不負早鶯春。珠履盪花濕，龍鈎折桂新。使君那駐馬，自有侍中人。

織錦竇家妻

當年誰不羨，分作竇家妻。錦字行行苦，羅幃日日啼。豈知登隴遠，秪恨下機迷。直候陽關使，殷勤寄海西。

關山別蕩子

那堪聞蕩子，迢遞涉關山。腸爲（一作共）馬嘶斷，衣從淚滴斑。愁看塞上路，詎惜鏡中顏。儻見征西雁，應傳一字還。

風月守空閨

良人猶遠戍，耿耿夜閨空。繡戶流宵月，羅幃坐曉（一作晚）風。魂飛沙帳北，腸斷玉關中。尚自無消息，錦衾那得同。

恒斂千金笑

玉顏恒自斂，羞出鏡臺前。早惑陽城客，今悲華錦筵。從軍人更遠，投（一作報）喜鵲空傳。夫婿交河北，迢迢路幾千。

長垂雙玉啼

雙雙紅淚墮，度日暗中啼。雁出居延北，人猶遼海西。向燈垂玉枕，對月灑金閨。不惜羅衣濕，惟愁歸意迷。

蟠龍隨鏡隱

鸞鏡無由照，蛾眉豈忍看。不知愁鬓換，空見隱龍蟠。那愜紅顏改，偏傷白日殘。今朝窺玉匣，雙淚落闌干。

彩鳳逐帷低

巧繡雙飛鳳，朝朝伴下帷。春花那見照，暮色已頻欺。欲卷思君處，將啼裛淚時。何年征戍客，傳語報佳期。

驚魂同夜鵲

萬里無人見，衆情難與論。思君常入夢，同鵲屢驚魂。孤寢紅羅帳，雙啼玉筋痕。妾心甘自保，豈復暫忘恩。

倦寢聽晨雞

去去邊城騎，愁眠掩夜閨。披衣窺落月，拭淚待鳴雞。不憤連年別，那看長夜啼。功成應自恨，早晚發遼西。

暗牖懸蛛網

暗中蛛網織，歷亂綺窗前。萬里終無信，一條徒自懸。分從珠露滴，愁見隙風牽。妾意何聊賴，看看劇斷絃。

空梁落燕泥

春至今朝燕，花時伴獨啼。飛斜珠箔隔，語近畫梁低。帷卷閑窺戶，牀空暗落泥。誰能長對此，雙去復雙棲。

前年過代北

代北幾千里，前年又復經。燕山雲自合，胡塞草應青。鐵馬喧鼙鼓（一作嚴陣），蛾眉怨錦屏。不知羌笛曲，掩淚若爲聽。

今歲往遼西

萬里飛書至，聞君已渡遼。秪諳新別苦，忘却舊時嬌。烽

戍年將老紅顏日向彫胡沙兼漢苑相望幾迢迢

一去無還意

良人征絕域一去不言還百戰攻胡虜三冬阻玉關蕭蕭邊馬思獵獵戍旗閑獨抱千重恨連年未解顏

那能惜馬蹄

雲中路杳杳江畔草淒淒妾久垂珠淚君何惜馬蹄邊風悲曉(一作晚)角營月怨春鼙未道休征戰愁眉又復低

送韋處士歸省朔方

映柳見行色故山當落暉青雲知已歿白首一身歸滿袖蕭關雨連沙塞雁飛到家翻有喜借取老萊衣

送權先輩歸覲信安

衣綵獨歸去一枝蘭更香馬嘶芳草渡門掩百花塘野色亭臺晚灘聲枕簟涼小齋松島上重葉覆書堂(一作重拂讀書牀)

風蟬

風蟬旦夕鳴伴夜送秋聲故里客歸盡水邊身獨行噪軒高樹合驚枕暮山橫聽處無人見塵埃滿甑生

重寄盧中丞

賤子來還去何人伴使君放歌迎晚醉指路上高雲此夜雁初至空山雨獨聞別多頭欲白惆悵惜餘醺

曉發(一作姚鵠詩)

旅行宜蚤發況復是南歸月影緣山盡鐘聲隔浦微星殘螢共映葉落鳥驚飛去去渡南渚村深人出稀

送友人鄭州歸覲

為有趨庭戀應忘道路賒風消滎澤凍雨靜圃田沙古陌人來遠遙天雁勢斜園林新到日春酒酌梨花

洛中逢盧郢石歸覲

不堪俱失意相送出東周緣切倚門戀倍添為客愁春山和雪靜寒水帶冰流別後期君處靈源紫閣秋

贈越客

故國波濤隔明時心久留獻書雙闕晚看月五陵秋南棹何當返長江憶共遊定知釣魚伴相望在汀州

經無錫縣醉後吟

客過無名姓扁舟繫柳陰窮秋南國淚殘日故鄉心京洛衣塵在江湖酒病深何須覓陶令乘醉自橫琴

東歸道中二首

平生事行役今日始知非歲月老將至江湖春未歸傳家有天爵主祭用儒衣何必勞知己無名亦息機

未明喚僮僕江上憶殘春風雨落花夜山川驅馬人星星一鏡髮草草百年身此日念前事滄洲情更親

旅次商山

役役依山水何曾似問津斷崖如避馬芳樹欲留人日夕猿鳥伴古今京洛塵一枝甘已失辜負(一作惆悵)故園春

長洲

扁舟殊不繫浩蕩路纔分范蠡湖中樹吳王苑外雲悲心人望月獨夜雁離羣明發還驅馬關城見日曛

江邊

終日勞車馬江邊款竹扉殘花春浪闊小酒故人稀戍鼓客帆遠津雲夕照微何由兄與弟俱及暮春(一作潮)歸

宿靈巖寺(即古吳宮)

明月溪頭寺蟲聲滿橘洲倚欄香徑晚移石太湖秋古樹(一作老樹，一作樹老)雲歸盡荒臺(一作臺荒)水更流無人見惆悵獨上最高樓

越中寺居

遲客疎林下斜溪小艇通野橋連寺月高竹半樓風水靜魚吹浪枝閑鳥下空數峰相向綠日夕郡城東

贈金剛三藏(一作許渾詩)

心法云無住流沙歸復來錫隨山鳥動經附海船回洗足柳遮寺坐禪花委苔惟將一童子又欲過天台

長安晚秋(一作秋望，一作秋夕)

雲物淒涼(一作清)拂曙流漢家宮闕動高秋殘星幾點雁橫塞長笛一聲人倚樓紫艷半開籬菊靜紅衣落盡渚蓮愁鱸魚正美不歸去空戴南冠學楚囚

齊安早秋

流年堪惜又堪驚砧杵風來滿郡城高鳥過時秋色動征帆落處暮雲平思家正歎江南景聽角仍含塞北情此日沾襟念岐路不知何處是前程

東望(一作草堂)

楚江(一作練江)橫在草堂前楊柳洲西(一作邊)載酒船兩見梨花歸不(一作不歸)得每逢寒食一潸(一作雲鳥即依)然斜陽映閣山當寺微綠含風月(一作樹)滿川同郡故人攀桂盡把詩吟向泬寥天

長安月夜與友人話故山(一作舊山，一作故人)

宅邊秋水浸苔磯日日持竿去不歸楊柳風多潮未落蒹葭霜冷(一作在)雁初飛重嘶匹馬吟紅葉却聽疎鐘憶翠微今夜秦城(一作關)滿樓(一作城)月故人相見一沾衣

題橫水驛雙峰院松(一作橫水館雙松)

故園溪上雪中別野館門(一作枕)前雲外逢白髮漸多何事苦(一作目)清陰長在好相容(一作從)迎風幾拂朝天騎(一作蓋)帶月猶含度嶺鐘更憶葛洪丹井畔(一作側)數株臨水欲成龍

發剡中(武德中置嵊州)

正懷何謝俯長流更覽餘封識嵊州樹色老依官舍晚溪聲涼傍客衣秋南巖氣爽橫郛郭天姥雲晴拂寺樓日暮不堪還上馬蓼花風起路悠悠

登安陸西樓

樓上華筵日日開眼前人事祇堪哀征車自入紅塵去遠水長穿綠樹來雲雨暗更歌舞伴山川不盡別離杯無由併寫春風恨欲下郢城首重回

九日陪越州元相燕龜山寺

佳晨何處泛花遊丞相筵開水上頭雙影旆搖山雨霽一聲歌動(一作裏)寺雲秋林光(一作花)靜帶高城晚湖(一作水)色寒分半檻流共賀萬家逢此節可憐風物似(一作滿)荊州

經漢武泉

芙蓉苑裏起清秋漢武泉聲落御溝他日江山映蓬鬢二年楊柳別漁舟竹間駐馬題詩去物外何人識醉遊盡把歸心付紅葉晚來隨水向東流

曲江春望懷江南故人

杜若洲邊人未歸水寒煙暖想柴扉故園何處風吹柳新(一作一)雁南來雪滿衣目極思隨原草遍浪高書到海門稀此時愁望情多少萬里春流遶釣磯

上令狐相公

鷃在卿雲冰在壺代天才業奉訏謨榮同伊陟傳朱戶秀比王商入畫圖昨夜星辰回劍履前年風月滿江湖不知機務時多暇猶許詩家屬和無

憶山陽

家在枚皐舊宅邊竹軒晴與楚坡連芰荷香遶垂鞭袖楊柳風橫弄笛船城礙十洲煙島路寺臨千頃夕陽川可憐時節堪歸去花落猿啼又一年

二（一作寒食遣懷）

折柳城（一作磯）邊起暮愁可憐春色獨懷憂（一作羞）傷心正歎人間事回首更慚江上鷗鶗鴂聲中寒食雨（一作酒）芙蓉花外夕陽樓憑高滿眼送清渭去傍故山山下流

送僧歸廬山

禪棲忽憶五峯遊去著方袍謝列侯經（一作花）啓樓臺千葉曙錫含風雨一枝秋題詩片石侵雲在洗鉢香泉覆菊流却憶前年別師處馬嘶殘月虎溪頭

贈天卿寺神亮上人（師不下寺已五年）

五看春盡此江濆花自飄零日自曛空有慈悲隨物（一作佛）念已無蹤跡在人羣迎秋日色簷前見入夜鐘（一作經）聲竹外聞笑指白蓮心自得世間煩惱是浮雲

降虜

廣武溪頭降虜稀一聲寒角怨金微河湟不在春風地歌舞空裁雪夜衣鐵馬半嘶邊草去狼煙高映塞鴻飛揚雄尚白相如吃今日何人從獵歸

平戎（時諫官論北虜未回天德軍帥請修城備之）

邊聲一夜殷秋鼙牙帳連烽擁萬蹄武帝未能忘塞北董生（一作仲舒）纔足使膠西冰橫曉渡胡兵合雪滿窮沙漢騎迷自古平戎有良策將軍不用倚雲梯

宿楚國寺有懷

風動衰荷寂寞香斷煙殘月共蒼蒼寒生晚寺波搖壁紅（一作碧）暗疎林葉滿牀起雁似驚南浦棹陰雲欲護北樓霜江邊松菊荒應盡八月長安夜正長

早發剡中石城寺

暫息勞生樹色（一作日）間平明機慮（一作塵事）又相關吟辭宿處煙霞去（一作古）心負秋來水石閒竹戶半開鐘未絕松枝靜霽鶴初還明朝一倍堪惆悵回首塵中見此山

寄歸

三年踏盡化衣塵只見（一作在）長安不見春馬過雪街天未曙客迷關路（一作竹鄉遙雲樹）泪空頻桃花塢接啼猿寺野竹庭（一作亭）通畫鷁津早晚相（一作塵靡）酬身事了水邊歸去一閒人

獻淮南李相公

傅巖高靜見台星廟略當時討不庭萬里有雲歸碧落百川無浪到滄溟軍中老將傳兵術江上諸侯受政經聞道國人思再入鎔金新鑄鶴儀形

宛陵寓居上沈大夫二首

滿耳歌謠滿眼山宛陵城郭翠微間人情已覺春長在溪戶仍將水共閒曉色入樓紅藹藹夜聲尋砌碧潺潺幽雲高鳥俱無事晚伴西風醉客還

溪樹參差綠可攀謝家雲水滿東山能忘天上他年貴來結林中一日閒醉叩玉盤歌裊裊暖鳴幽澗鳥關關觥籌不盡須歸去路在春風縹緲間

淮信賀滕邁台州

凋瘵民思太古風上賢綏輯副宸衷舟移清鏡禹祠北路轉翠屏天姥東旌旆影前橫竹馬詠歌聲裏樂樵童遙知到郡滄波晏三島離離一望中

下第寄宣城幕中諸公

一醉曾將萬事齊暫陪歡去便如泥黃花李白墓前路碧（一作草）浪桓彝宅後溪九月霜中隨計吏十年江上灌春畦莫言春盡不惆悵自有閒眠到日西

送令狐郎中赴郢州

佐幕才多始拜侯一門清貴動神州霜蹄曉駐秦雲斷野旆晴翻郢樹秋幾處塵生隨候騎半江帆盡見分流大馮罷相吟詩地莫惜頻登白雪樓

送盧緘（一作鉞）歸揚州

曾向雷塘寄（一作靜）掩扉荀家燈火有餘輝關河日暮望空極楊柳渡頭人獨（一作未）歸隋苑荒臺風裊裊灞陵殘雨夢（一作夢㒳）依依今年春色還相悞為我江邊謝釣磯

送李裴評事（一本無李字）

塞垣從事識兵機只擬平戎不擬歸入夜笳聲含白（一作素）髮報秋榆葉落征衣城臨（一作連）戰壘黃雲晚馬渡寒沙夕照微此別（一作別後）不應書斷絕滿天霜雪有鴻飛

別麻氏

曉哭呱呱（一作嗚嗚）動四鄰于君我作負心人出門便涉（一作作）東西路回首初驚枕席塵滿眼泪珠和語咽舊窗風月更誰親分（一作傷）離況值花時節從此東風不似春

代人贈別

月自斜窗夢自驚衷腸中有萬愁生清猿處處三聲盡碧落悠悠一水橫平子定情詞麗絕詩人匪石誓分明會須攜手乘鸞去簫史樓臺在玉京

寒食新豐別友人

一百五日家未歸新豐雞犬獨依依滿樓春色傍人醉半夜雨聲前計非繚繞溝塍含綠（一作景）晚荒涼樹石向川微東風吹泪對花落憔悴故交相見稀

李侍御歸山同宿華嚴寺

家有青山近玉京風流柱史早知名園林手植自含綠霄漢眼看當去程處處白雲迷駐馬家家紅樹近流鶯相逢一宿最高寺夜夜翠微泉（一作松）落聲

今年新先輩以遏密之際每有（一作月）讌集必資清談書此奉賀

天上高高月桂叢分明三十一枝風滿懷春色向人動遮路亂花迎馬紅鶴馭迴（一作尚一作迥）飄雲雨外蘭亭（一作堂）不在管絃中居然自是前賢事何必青樓倚翠空

自遣

晚樹疎蟬起別愁遠人回首憶滄洲江連故國無窮恨日帶殘雲一片秋久客轉諳時態薄多情只共酒淹留到頭生長煙霞者須向煙霞老始休

浙東陪元相公遊雲門寺

松下山前一徑通燭迎千騎滿山（一作川）紅溪雲乍斂幽（一作高）巖雨曉氣初高（一作開）大旆風小檻宴花容客醉上方看竹與僧同歸來吹盡嚴城角路轉橫塘亂水東

陪韋中丞宴扈都頭花園（一作楚州宴花樓）

門下（一作外）煙橫載酒船謝家（一作公）攜客醉華筵尋花偶坐將軍樹飲水（一作酒）方重刺史天幾曲艷歌春色裏斷（一作數）行高鳥（一作雁）暮雲邊分明聽得輿人語願及行春更一年

花園即事呈常（一作韋）中丞（一作侍郎）

煙煖池塘柳覆臺百花園裏看花來燒衣焰席三千樹破鼻醒愁一萬杯不肯爲歌隨拍落却因令舞帶香迴山公仰爾延（一作留）賓客好傍春風（一作城）次第開

宿何書記先輩延福新居

松下有琴閑未收一燈高爲石（一作桂）叢留詩情似到山家夜樹色輕含御水秋小榼提攜終（一作宜）永日半斑（一作年）容鬢漫生愁因君撫掌問時俗紫閣堆簷不舉頭

秦中逢王處士（一作先生）

萬水東流去不迴先生獨自負仙才藥宮橫浪海邊別鶴翅駐雲天上來幾處吹簫森羽衛誰家殘月下樓臺春風正好分瓊液乞取當時白玉杯

江上逢許逸人

是非處處生塵埃唯君襟抱無嫌猜收帆依雁湓浦宿帶雨別僧衡嶽迴芳罇稍駐落日唱醉袖更拂長雲開清秋華髮好相似却把釣竿歸去來

和令狐補闕春日獨遊西街

左掖初辭近侍班馬嘶尋得過街閑映鞭柳色微遮水隨（一作迎）步花枝欲礙山暖泛鳥聲來席上醉從詩句落人間此時失意哀吟客更覺風流不可攀

廣陵答崔琛

棹倚隋家舊院牆柳金梅雪撲簷香朱樓映日重重晚碧水含光灩灩長八斗已聞傳姓字一枝何足計行藏聲名官職應前定且把旌麾（一作紅旌）入醉鄉

答友人

詩家才子酒家仙遊宦曾依積水邊窗戶動搖三島樹琴尊安穩五湖船羅浮道士分瓊液錦席佳人艷楚蓮今日相逢朗吟罷滿城砧杵一燈前

送張又新除溫州

東晉江山稱永嘉莫辭紅旆向天涯凝絃夜醉松亭月歇馬曉尋溪寺花地與剡川分水石境將蓬島共（一作接）煙霞却愁明詔徵非晚不得秋來（一作乘秋）見海槎

送滕邁郎中赴睦州

郡齋秋盡一江橫頻命郎官地更清星月去隨新詔動旌旗遙映故山明詩尋片石依依晚帆挂孤雲杳杳輕想到釣臺逢竹馬只應歌詠伴猿聲

送剡客（一作薛逢詩）

兩重江外片帆斜數里林塘遶一家門掩右軍餘水石路橫諸謝舊煙霞扁舟幾處逢溪雪長笛何人怨（一作思）柳花若到（一作到日）天台洞陽觀葛洪丹井在雲涯（一作崖）

李先輩擢第東歸有贈送（一作薛逢詩）

金榜前頭無是非平人分得一枝歸正憐日煖雲飄路何處宴迴風滿衣門掩長淮心更遠渡連芳草馬如飛茂陵自笑猶多病空有書齋在翠微

送同年鄭祥先輩歸漢南（時恩門相公鎮山南）

年來驚喜兩心知高處同攀次第枝人倚繡屏閑賞夜馬嘶花徑醉歸時聲名本是（一作自）文章得藩閫（一作溷）曾勞筆硯隨家去恩門四千里只應從此夢旌旗

送沈單作尉江都（一作許渾詩）

煬帝都城春水邊笙歌夜上木蘭船三千宮女自塗地十萬人家如洞天焰焰花枝官舍晚重重雲影寺牆連少年作尉須矜慎莫向樓前墜馬鞭

送李蘊赴鄭州因獻盧郎中（一作中丞）

僕射陂西想到（一作別）時滿川晴色見旌旗馬融閑臥笛聲遠王粲醉吟樓影移幾日賦詩秋水寺經年草詔（一作起草）白雲司唯君此去人多羨却是恩深自不知

送韓絳歸淮南寄韓綽先輩

島上花枝繫釣船隋家宮畔水連天江帆自落鳥飛外月觀靜依春色邊門巷草生車轍在朝廷恩及雁行聯相逢且（一作莫）問昭（一作陽）州事曾鼓莊盆對逝川

送薛耽先輩歸謁漢南

雲繞千峰驛路長謝家聯句待檀郎手持碧落新攀桂月在東軒舊選牀幾日旌幢延駿馬到時冰玉動華堂孔門多少風流處不遣（一作許）顏回識醉鄉

送陳嘏登第作尉歸覲

千峰歸去舊林塘溪縣門前即故鄉曾把桂誇春里巷重憐身稱錦衣裳洲迷翠羽雲遮檻露濕紅蕉月滿廊就養舉朝人共羨清資讓却校書郎

送裴延翰下第歸覲滁州

失意何曾恨解攜問安歸去秣陵西郡斜楊柳春風岸山映樓臺明月溪江上詩書懸素業日邊門戶倚丹梯一枝攀折回頭是莫向清秋惜馬蹄

題崇聖寺簡雲端僧錄

暮塵飄盡客愁長來扣禪關月滿廊宋玉逢秋空雪涕淨名無地可容牀高雲覆檻千岩樹疎磬含風一夜霜回首故園紅葉外只將多病告醫王

越中寺居寄上主人

野寺初容訪靜來晚晴江上見樓臺中林有路到花盡一日無人（一作愁）看竹迴自曬詩書經雨後別留門戶爲僧開苦心若是酬恩事不敢吟春憶酒杯

早出洞仙觀

露濃如水灑蒼苔洞口煙蘿密不開殘月色低當戶後曉鐘聲迥隔山來春生藥圃芝猶短夜醮齋壇鶴未迴愁是獨尋歸路去人間步步是塵埃

題昭應王明府溪亭

靖節何須彭澤逢菊洲松島水悠溶行人自折門前柳高鳥不離溪畔峰曉渭度簷帆的的晚原含雨樹重重軒車過盡無公事枕上一聲長樂鐘

贈王先生

太一真人隱翠霞早年曾降蔡經家羽衣使者峭於鶴鳥爪侍娘飄若花九鼎欄干歸（一作窺）馬齒三山窕窈步雲涯時因弟子偷靈藥散落人間駐（一作潤）物華

贈道者

華蓋飄飄綠鬢翁往來朝謁蘂珠宮幾年山下陰陽鼎盡日澗邊桃李風野跡似雲無處著仙容如水與誰同

應憐有客外妻子，思在長生一顧（一作諾）中。

王先生不別而去

仙翁歸袖拂煙霓，一卷素書還獨攜。劚藥滿囊身不病，抱琴何處鶴同棲。霑衣盡日看山坐，搔首殘春向路迷。樹樹白雲幽徑絕，短船空倚武陵溪。

山陽盧明府以雙鶴寄遺白（一作伯）氏以詩回答因寄和

緱山雙去羽翰輕，應爲仙家好弟兄。茅固枕前秋對舞，陸雲溪上夜同鳴。紫泥封處曾回首，碧落歸時莫問程。自笑滄江一漁叟，何由似爾到層城。

贈李祕書

東帶臨（一作蒞）風氣調新，孔門才業獨誰倫。杉松韻冷（一作靜）雪溪暗，鸞鶴勢高天路春。美玉韞來休問價，芳枝攀去正無塵。莫將芸閣輕科第，須作人間（一作詞場）第一人。

廻於道中寄舒州李珏相公

都無鄙吝隔塵埃，昨日丘門避席來。靜語乍臨清廟瑟，披風如在九層臺。幾煩命妓浮溪棹，再（一作每）許論詩注酒杯。從此微塵知感戀，七眞臺上（一作壇畔）望三台。

舒州獻李相公

野人留得五湖船，丞相興歌郡國年。醉筆倚風飄澗雪，靜襟披月坐樓天。鶴歸華表山河在，氣返青雲雨露全。聞說萬方思舊德，一時傾望重陶甄。

成名年獻座主僕射兼呈同年

拂煙披月羽毛新，千里初辭九陌塵。曾失玄珠求罔象，不將雙耳負伶倫。賈嵩詞賦相如手，楊乘歌篇李白身。除却今年仙侶外，堂堂又見兩三春。

抒懷上歙州盧中丞宣州杜侍郎

東來珠履與旌旗，前者登朝亦一時。竹馬迎呼逢稚子，柏臺長告見男兒。花飄舞袖樓相倚，角送歸軒客盡隨。獨有賤夫懷感激，十年兩地負恩知。

山陽韋中丞罷郡因獻

笙歌只是舊笙歌，腸斷風流奈別何。照物二年春色在，感恩千室淚痕多。盡將魂夢隨西去，猶望旌旗暫一過。今日尊前無限思，萬重雲月隔煙波。

山陽卽席獻裴中丞

早年天上見清塵，今日樓中醉一春。暫肯剖符臨水石，幾曾焚筆動星辰。瓊臺雪映迢迢鶴，蓬島波橫浩浩津。好是仙家羽衣使，欲教垂涕問何人。

西峰卽事獻沈大夫

松竹閑遊道路身，衣襟落盡往來塵。山連謝宅餘霞在，水映（一作應）琴溪（一作金雞）舊浪春。拂榻從容今有地，酬恩寂寞久無人。安知不及屠沽者，曾對青萍淚滿巾。

杜陵貽杜牧侍御（一作題杜侍御別業）

紫陌塵（一作煙）多不可尋，南溪酒熟一披襟。山高（一作當）晝枕石牀隱（一作穩），泉落夜窗煙樹深。白首尋人嗟（一作羞）問計，青雲無路（一作何）覓知音。唯君懷抱安如（一作閑于，又作安于）水，他日門牆許醉吟。

下第後上李中丞

落第逢人慟哭初，平生志業欲何如。鬢毛灑盡一枝桂，淚血滴來千里書。谷外風高摧羽翮，江邊春在憶樵漁。唯應感激知恩地，不待功成死有餘。

淛東贈李副使員外

妙盡戎機佐上台，少年清苦自霜臺。馬嘶深竹閑宜貴，花拂朱衣美稱才。早入半緣分務重，晚吟多是看山迴。名高漸少翻飛伴，幾度煙霄獨去來。

寄淮南幕中劉員外

郎官何遜最風流，愛月憐山不下樓。三佐戎旃換朱紱，一辭蘭省見清秋。桂生巖石本瀟灑，鶴到煙空更自由。休向西齋久閑卧，滿朝傾蓋是依劉。

薛廷範從事自宣城至因贈

少年從事霍嫖姚，來自楓林度柳橋。金管別筵樓（一作花）灼灼，玉溪回首馬蕭蕭。清風氣調眞君輩，知己風流滿聖朝。獨有故人愁欲死，晚簷疏雨動空瓢。

寄潯陽趙校書

簾下秋江夜影空，倚樓人在月明中。不將行止問朝列，唯脫衣裳與釣翁。幾處別巢悲去燕，十年回首送歸鴻。那應更結廬山社，見說心閑勝遠公。

贈李從貴

白馬嘶風何處還，鞭梢拂地看南山。珠簾捲盡不回首，春色欲闌休閉關。花外鳥歸殘雨暮，竹邊人語夕陽閑。知君舊隱嵩雲下，巖桂從今幾更攀。

贈陳正字

魯儒今日意何如，名挂春官選籍初。野艇幾曾尋水去，故山從此與雲疏。吟憐受露花陰足，行覺嘶風馬力餘。聞說晚心心更靜，竹間依舊卧看書。

洞庭寄所思

目斷蘭臺空望歸，錦衾香冷夢來稀。書中自報（一作空有）刀頭約，天上三（一作頻）看破鏡飛。孤浪謾疑紅臉笑，輕雲忽似舞羅衣。遙知不語坐相憶，寂寞洞房寒燭微。

代人贈杜牧侍御（宣州會中）

郎作東臺御史時，妾長西望斂雙眉。一從詔下人皆羨，豈料恩衰不自知。高闕如天縈曉夢，華筵似水隔秋期。坐來情態猶無限，更向樓前舞柘枝。

旅館聞雁別友人

路遶秋塘首獨搔，背羣燕雁正呼號。故關何處重相失，碧落有雲終自高。旅宿去緘他日恨，單飛誰見（一作許）此生勞。行衣濕盡千山雪，腸斷金籠好羽毛。

泊皃磯江館

風雪晴來歲欲除，孤舟晚下意何如。月當軒色湖（一作潮）平後，雁斷雲聲夜（一作客）起初。傍曉管絃何處靜，犯寒楊柳遶津疏。三間茅屋東溪上，歸去生涯竹與書。

春盡獨遊慈恩寺南池

竹外池塘煙雨收，送春無伴亦遲留。秦城馬上半年客，潘鬢水邊今日愁。氣變晚雲紅映闕，風含高樹碧遮樓。杏園花落遊人盡，獨爲圭峰一舉頭。

重遊楚國寺

往事飄然去（一作竟）不迴，空餘山色在樓臺。池塘風（一作春）暖雁尋去，松桂寺（一作樹）高人獨來。莊叟著書眞達者，賈生揮涕信悠哉。老僧心地閑於水，猶被流年日日（一作白髮）催。

三像寺酬元秘書

官總芸香閣署崇可憐詩句落春風偶然侍坐水聲裏
還許醉吟松影中車馬照來紅樹合煙霞詠盡翠微空
不因高寺閑回首誰識飄飄（一作零）一塞翁

獻淮南李僕射

早年曾謁富民（一作人）侯今日難甘失鵠羞新諾似山無力
負舊恩如水滿身流馬嘶紅葉蕭蕭晚日照長江灩灩
秋功德萬重知不惜一言抛得百生愁

江亭晚望

碧江涼冷雁來疎閑望江雲思有餘秋館池亭荷葉歇
野人籬落豆花初無愁自得仙翁術多病能忘太史書
聞說故園香稻熟片帆歸去就鱸魚

贈曹處士幽居

勾漏先生冰玉然曾將八石問羣仙中山暫醉一千日
南苑往來三百年棊局不收花滿洞霓旌欲別浪翻天
何須更學鴟夷子頭白江湖一短船

重陽日示舍弟（時在吳門）

多少鄉心入酒杯野塘今日菊花開新霜何處雁初下
故國窮秋首正迴漸老向人空感激一生驅馬傍塵埃
侯門無路提攜爾虛共扁舟萬里來

客至（一作許渾詩）

得路逢津更俊才可憐鞍馬照春來殘花幾日小齋閉
大笑一聲幽抱開袖拂碧溪寒繚繞冠欹紅樹晚裴回
相逢少別更堪恨何必秋風江上臺

全唐詩　趙嘏

歲暮江軒寄盧端公

積水生高浪長風自北時萬艘俱擁棹上客獨吟詩路
以重湖阻心將小謝期渚雲愁正斷江雁重驚悲笑憶
遊星子歌尋罷貴池夢來孤鳥在醉醒百憂隨戍迥煙
生晚江寒鳥過遲問山樵者對經雨釣船移敢歎今留
滯猶勝曩別離醉從陶令得善必丈人知道蹇才何取
恩深劍不疑此身同岸柳只待變寒枝

秋日吳中觀貢藕

野艇幾西東清泠映碧空褰衣來水上捧玉出泥中葉
亂田田綠蓮餘片片紅激波纔入選就日已生風御潔
玲瓏膳人懷拔擢功梯山謾多品不與世流同

華清宮和杜舍人（一作張祜詩）

五十年天子離宮仰峻（一作舊粉）墻登封時正泰御宇日何（一作初）
長上位先名實中興事憲章起（一作舉）戎輕甲胄餘地復（一作取）
河湟道帝玄元祖儒封孔子王因緣百司署藂會一人
湯渭水波搖綠秦郊（一作山）草半黃馬馴金勒細鷹健玉鈴
鏘（一作馬頭開夜照鷹眼利星芒）下箭朱弓滿鳴鞭皓腕攘畋思獲呂望諫
祇避周昌兎跡貪前逐梟心不早防幾添鸚鵡勸先（一作頻）
賜荔枝嘗月鎖千門靜天吹（一作高）一笛涼細音搖羽（一作翠）珮
輕步宛霓裳禍亂基（一作振）潛結升平意遽忘衣冠逃犬虜
鼙鼓動漁陽外戚心殊迫中途事可量血（一作雪）埋妃子豔
（一作貌）刃斷祿兒腸近侍煙塵隔前蹤輦路荒益知迷寵佞
遺（一作唯）恨喪賢（一作忠）良北闕尊明主南宮遜上皇禁清餘鳳
吹池冷睡（一作映）龍光祝壽山猶在流年水共傷杜鵑魂厭
蜀蝴蝶夢悲莊雀卵遺雕栱蟲絲罥畫梁紫苔侵壁潤
紅樹閉門芳守吏齊鴛瓦耕民得翠璫登年齊酺樂（一作昔時）
（一作飲康樂）講武舊兵場暮草深巖翠（一作靄）幽花墜徑香不堪垂白
叟行折御溝楊

下第

南溪抱瓮客失意自懷羞晚路誰攜手殘春自白頭

到家（一作杜牧詩題作歸家）

童稚苦相（一作牽衣）問歸來何太遲共誰爭歲月贏得鬢邊
絲

春釀

春釀正風流梨花莫問愁馬卿思一醉不惜鷫鸘裘

寒塘

曉髮梳臨水寒塘坐見秋鄉心正無限一雁度南樓

寄前黃州竇使君

池上笙歌寂不聞樓中愁殺碧虛雲玉壺凝盡重重淚
寄與風流舊使君

八月二十九日宿懷

秋天晴日菊還香獨坐書齋思已長無奈風光易流轉
強須傾酒一杯觴

泗上奉送相公

語堪銘座默含春西漢公卿絕比倫今日抱轅留不得
欲揮雙涕學舒人

贈桐鄉丞

舟觸長松岸勢回潺湲一夜繞亭臺若教靖節先生見
不肯更吟歸去來

哭李進士（一作于鄴）

牽馬街中哭送君靈車輾雪隔城聞唯有山僧與樵客
共舁孤櫬入幽墳

重陽

節逢重九海門外家在五湖煙水東還向秋山覓詩句
伴僧吟（一作入）對菊花風

重陽日即事

病酒堅辭綺席春菊花空伴水邊身由來舉止非閑雅
不是龍山落帽人

十無詩寄桂府楊中丞

琴酒曾將風月須謝公名跡滿江湖不知貴擁旌旗後
猶暇憐詩愛酒無
東省南宮興不孤幾因詩酒謬招呼一從開署芙蓉幕
曾向風前記得無
遙聞桂水遶城隅城上江山滿畫圖爲問訾家洲畔月

清秋擬許醉狂無
日暮江邊一小儒空憐未有白髭鬚馬融已貴諸生老
猶自容窺絳帳無
一種吟詩號孔徒滄江有客獨疎愚初筵畫砕知名士
許到風前月下無
望斷南雲日已晡便應憑夢過重湖不知自古登龍者
曾有因詩泥得無
早游門館一樵夫祇愛吟詩傍藥爐旌旆滿江身不見
思言記得穎川無
孔融襟抱稱名儒愛物憐才與世殊今日賓堦忘姓字
當時省記薦雄無
僻愛江山俯坐隅人間不是便爲圖尊前爲問神仙伴
肯向三清慰薦無
曆門不避額逢珠絶境由來卷軸須早忝阿戎詩友契
趨庭曾薦禰生無

寄山僧

雲裏幽僧不置房橡花藤葉蓋禪牀朝來逢著山中伴
聞說新移最上方

喜張濆及第

九轉丹成最上仙青天暖日踏雲軒春風賀喜無言語
排比花枝滿杏園

贈張濆榜頭被駁落

莫向花前泣一作風送酒杯謫仙依舊一作眞猶是仙才猶堪與世
爲祥瑞曾到蓬山頂上來

悼亡二首

一燭從風到奈何二年衾枕逐流波雖知不得公然淚
時泣闌干恨更多
明月蕭蕭海上風君歸泉路我飄蓬門前雖有如花貌
爭奈如花心不同

宮烏栖

宮烏栖處玉樓深微月生簷夜夜心香輦不回花自落
一作發春來空佩辟寒金

長信宮一作孟遲詩

君恩已盡欲何歸猶有殘香在舞衣自恨身輕不如燕
春來長遶御簾飛

廣陵城一作孟遲詩

紅映高臺綠繞城城邊春草傍墻生隋家不向此中盡
汴水應無東去聲

冷日過驪山一作孟遲詩

冷日微煙渭水愁翠華宮樹不勝秋霓裳一曲千門鎖
白盡梨園弟子頭

下第後歸永樂里自題二首

無地無媒只一身歸來空拂滿牀塵尊前盡日誰相對
唯有南山似故人
玄髮侵愁忽似翁暖塵寒袖共東風公卿門户不知處
立馬一作在九衢春影中

出試日獨遊曲江

江莎漸映花邊綠樓日自開池上春雙鶴遶空來又去
不知臨水有愁人

題曹娥廟

青娥埋沒此江濱江樹颼颼慘暮雲文字在碑碑已蹋
波濤辜負色絲文

題段氏中臺

看山臺下水無塵碧篠前頭曲水春獨對一作坐一尊風雨
夜不知家有早朝人

華州座中獻盧給事

送迎皆到三峰下滿面煙霜滿馬塵自是追攀認知己
青雲不假送迎人

商山道中一作度商山晚靜又作淨

和如春色一作煖淨一作靜如秋五月商山是勝遊當晝火雲生
不得一溪縈一作分作萬重愁

贈歙州妓

灩灩橫波思有餘庾樓明月霽雲初揚州寒食春風寺
一作市看遍花枝盡不如

贈王明府

五柳逢秋影漸微陶潛戀酒不知歸但存物外醉鄉在
誰向人間問是非

呂校書雨中見訪

竹閤斜溪小檻明惟君來賞見山情馬嘶風雨又歸去
獨聽子規千萬聲

千秋嶺下

知有巖前萬樹桃未逢搖落思空勞年年盛發無人見
三十六溪春水高

歙州道中僕逃

去跳風雨幾奔波曾共辛勤奈若何莫遣窮歸不知處
秋山重疊戍旗多

重陽日寄韋舍人

節過重陽菊委塵江邊病起杖扶身不知此日龍山會
誰是風流落帽人

贈薛勛下第

一擲雖然未得盧驚人不用繞牀呼牢之坐被青雲逼
祇問君能酷似無

宛陵望月寄沈學士

一川如畫敬亭東待詔閑遊處處同天竺山前鏡湖畔
何如今日庾樓中

翡翠巖

芙蓉幕裏千場醉翡翠巖前半日閑惆悵晉朝人不到
謝公拋力上東山

發新安後途中寄盧中丞二首

樓上風流庾使君笙歌曾醉此中聞目前已是陵陽路
回首叢山滿眼雲
晚樹蕭蕭促織愁風簾似水滿牀秋千山不礙笙歌月
誰伴羊公上夜樓

留題興唐寺

滿水樓臺滿寺山七年今日共躋攀月高對菊問行客
去折芳枝早晚還

廣陵道

鬭鷄臺邊花照塵煬帝陵下水含春青雲回翅北歸雁
白首哭途何處人

茅山道中

溪（一作煙）樹重重水亂流馬嘶殘雨晚程秋門前便是仙山路目送歸（一作鸞）雲（一作鴻）不得遊

江上與兄別

楚國湘江兩渺瀰暖川晴雁背帆飛人間離別盡堪哭何況不知何日歸

落第

九陌初晴處處春不能回避看花塵由來得喪非吾事本是釣魚船上人

宛陵館冬青樹（一作漢陰亭樹）

碧樹如煙覆晚波清秋欲盡客重過故（一作家）園亦有如煙樹鴻雁不來風雨多

贈五老韓尊師

有客齋心事玉晨對山鬚鬢綠無塵住山道士年如鶴應識當時五老人

經汾陽舊宅

門前不改舊山河破虜曾輕馬伏波今日獨經歌舞地古槐疎冷（一作影）夕陽多

寄盧中丞

葉覆清溪灩灩紅路橫秋色馬嘶風獨攜一榼郡齋酒吟對青山憶謝公

途中

故園回首雁初來馬上千愁付一杯惟有新詩似相識暮山吟處共徘徊

寄裴瀾

綺雲初睛亭亭月錦席惟橫灩灩波宋玉逢秋正高卧一篇吟盡奈情何

淮南丞相坐贈歌者虞姹

綺筵無處避梁塵虞姹清歌日（一作白）日新來值渚亭花欲盡一聲留得滿城春

酬段侍御

蓮花上客思閒閒數首新詩到筆關吟得楚天風雨霽一條江水兩三山

尋僧二首

臺殿參差日隋塵塢西歸去一庵雲寒泉何處夜深落聲隔半巖疎葉間

溪戶無人谷（一作百）鳥飛石橋橫木掛禪衣看雲日暮倚松立野水亂鳴僧未歸

發栢梯寺

一泓秋水千竿竹靜得勞生半日身猶有向西無限地別僧騎馬入紅塵

西江（一作江上）晚泊

茫茫靄靄失西東柳浦桑村處處同戍鼓一聲帆影盡水禽飛起夕陽中

南池

照影池邊多少愁往來重見此塘秋芙蓉苑外新經雨紅葉相隨何處流

江樓舊感（一作感懷）

獨上江樓思渺然月光如水水如天同來望（一作翫）月人何處風景依稀似去年

南園

雨過郊園（一作原）綠尚微落花惆悵滿塵衣芳尊有酒無人共日暮看山還獨歸

南亭

孤亭影在亂花中帳望無人此醉同聽盡暮鐘猶獨坐水邊襟袖起春風

贈女仙

水思雲情小鳳仙月涵花態語如絃不因金骨三清客誰識吳州有洞天

宣州送判官

來時健筆佐嫖姚去折槐花度野橋誰見尊前此惆悵一聲歌盡路迢迢

宿僧院

月滿長空樹滿霜度雲低拂近簷牀林中夜半一聲磬卧見高僧入道場

尋僧

斜日橫窗起暗塵水邊門戶閉閒春千竿竹裏花枝動只道無人似有人

經王先生故居

晚波東去海茫茫誰識蓬山不死鄉弄玉已歸蕭史去碧樓紅樹倚斜陽

送從翁中丞奉使黠戛斯六首

揚雄詞賦舉天聞萬里油幢照塞雲僕射峰西幾千騎一時迎著漢將軍

旌旗杳杳雁蕭蕭春盡窮沙雪未消料得堅昆受宣後始知公主已歸朝

雖言窮北海雲中屬國當時事不同九姓如今盡臣妾歸期那肯待秋風

牢山望斷絕塵氛灩灩河西拂地雲誰見魯儒持漢節玉關降盡可汗軍

山川險易接胡塵秦漢圖來或未真自此盡知邊塞事河湟更欲託何人

秦皇無策建長城劉氏仍窮北路兵若遇單于舊牙帳卻應傷歎漢公卿

東亭柳

拂水斜煙一萬條幾隨春色倚（一作醉）河橋不知別後誰攀折猶自風流勝舞腰

僧舍二首

秖言雙駿未蹉跎獨奈牛羊送日何禪客不歸車馬去晚簷山色爲誰多

溪上禪關水木間水南山色與僧閒春風盡日無來客幽磬一聲高鳥還

新月

玉鉤斜傍畫簷生雲匣初開一寸明何事最能悲少婦夜來依約落邊城

贈皇甫垣

養由弓箭已無功牢落生涯事事同相勸一杯寒食酒幾多辛苦到春風

四祖寺

千株松下雙峰寺一盞燈前萬里身自爲心猿不調伏
祖師元是世間人

聽蟬

噪蟬聲亂日初曛絃管樓中永不聞獨（一作爭）奈愁人數莖
髮（一作鬢）故園秋隔五湖雲

寄遠

禁鐘聲盡見棲禽關塞迢迢故國心無限春愁莫相問
落花流水洞房深

池上

正憐佳月夜深坐池上暖回燕雁聲猶有漁舟繫江岸
故人歸盡獨何情

春日書懷

暖鶯春日舌難窮枕上愁生曉聽中應裹綠窗殘夢斷
杏園零落滿枝風

贈別

水邊秋草暮萋萋欲駐殘陽恨（一作去）馬蹄曾是管絃同醉
伴一聲歌盡（一作斷）各東西

靈巖寺

館娃宮伴千年寺水闊雲多客到稀聞說春來更（一作倍）惆
悵百花深處一僧歸

代人聽琴二首

抱琴花夜不勝春獨奏相思淚滿巾第五指中心最恨
數聲嗚咽爲何人

湘娥不葬九疑雲楚水連天坐憶君惟有啼烏舊名在
忍教嗚咽夜長聞

訪沈舍人不遇

溪翁強訪紫微郎曉鼓聲中滿鬢霜知在禁闈人不見
好風飄下九天香

座上獻元相公（初嘏嘗家于浙西有美姬盛之計偕會中元鶴林之遊浙帥窺其姬遂奄有之明年嘏及第因以一絕箴之云）

寂寞堂前日又曛陽臺去作不歸雲從來聞說沙吒利
今日青娥屬使君

遣興二首

溪花入夏漸稀疎雨氣如秋麥熟初終日苦吟人不會
海邊兄弟久無書

讀徹殘書弄水回暮天何處笛聲哀花前獨立無人會
依舊去年雙燕來

送李給事（一作蕭僕相公歸山）

眼前軒冕是鴻毛天上人間漫自勞脫却朝衣獨歸（一作僕東）
去青雲不及白雲高

宿僧舍

高僧夜滴芙蓉漏遠客窗含楊柳風何處相逢話心地
月明身在磬聲中

吳門夢故山

心熟家山夢不迷孤峰寒遶一條溪秋窗覺後情無限
月晴館娃宮樹西

別李譜

尊前路映暮塵紅池上琴樽醉席風今日別君如別鶴
聲容長在楚絃中

和杜侍郎題禪智寺南樓

樓畔花枝拂檻紅露天香動滿簾風誰知野寺遺鈿處
盡在相如春思中

發青山

皁鷺聲暖野塘春鞍馬嘶風（一作風高）驛路塵一宿青山又前
去（一作須）古來難得是閑人

入藍關

微煙已辨秦中樹遠夢更依江上臺看落晚花還悵望
鯉魚時節入關來

落第寄沈詢

穿楊力盡獨無功華髮相期一夜中別到江頭舊吟處
爲將雙淚問春風

送韋中丞

二年恩意是春輝清淨胸襟似者希泣盡楚人多少淚
滿船唯載酒西歸

詠端正春樹

一樹繁陰先著名異花奇葉儼天成馬嵬此去無多地
祇合楊妃墓上生

敘事獻同州侍御三首

青雲席中羅襪塵白首江上吟詩人登龍不及三千士
虛度膺門二十春

平生望斷雲層層紫府杳是他人登却應歸訪溪邊寺
說向當時同社僧

尊前誰伴謝公遊蓮岳晴來翠滿樓坐見一方金變化
獨吟紅藥對殘秋

婺州宴上留別（一作婺州宴留上蕭員外）

雙溪樓影向雲橫歌舞（一作轉）高臺晚更清獨自下樓騎瘦
馬搖鞭重入亂蟬聲

別牛郎中門館

整襟收淚別朱門自料難酬顧念恩招得片魂騎匹馬
西風斜日入秋原

山中寄盧簡求

竹西池上有花開日日幽吟看又回心憶郡中蕭記室
何時暫別醉鄉來

寄梁佾兄弟

桃李春多翠影重竹樓當月夜無風荀家兄弟來還去
獨倚欄干花露中

同州南亭陪劉侍郎送劉先輩

處處雲隨晚望開洞庭秋水（一作入）管絃來謝公待醉消離
恨莫惜臨川酒一杯

贈館驛劉巡官

雲別青山馬踏塵負才難覓作閑人莫言館驛無公事
詩酒能消一半春

贈解頭賈嵩

賈生名跡忽無倫十月長安看盡春顧我先鳴還自笑
空沾一第是何人

題僧壁

曉望（一作傍）疎林露滿巾碧山秋寺屬閑人溪頭盡日看紅
葉却笑高僧衣有塵

沙溪館（一作仙娥驛）

翠濕衣襟山滿樓竹間溪水遶牀流行人莫(一作亦)羨郵亭
吏生向此中今白頭(前二句一作谿上郵亭氣早秋樹邊溪色繞牀流)

李侍御歸炭谷山居同宿華嚴寺

家在青山近玉京白雲紅樹(一作葉)滿歸程相逢一宿最高
寺半夜翠微泉落聲

過噴玉泉

平生半爲山淹留馬上欲去還回頭兩京塵路一雙鬢
不見玉泉千萬秋

漢陰庭樹

掘溝引水澆蔬圃插竹爲籬護藥苗楊柳如絲風易亂
梅花似雪日難消

送王龜拾遺謝官後歸滻水山居

水邊殘雪照亭臺臺上風襟向雪開還似當時姓丁鶴
羽毛成後一歸來

宿長水主人

白雲溪北叢巖東樹石夜與潺湲通行人一宿翠微月
二十五絃聲滿風

寒食離白沙

莫驚客路已經年尚有青春一半妍試上方垣望春野
萬條楊柳拂青天

將發循州社日于所居館宴送

浪花如雪疊江風社過高秋萬恨中明日便隨江燕去
依依俱是故巢空

句

浮雲悲晚翠落日泣秋風(見萬花谷)　語風雙燕立裛樹百勞
飛　松島鶴歸書信絶橘洲風起夢魂香　徒知六國
隨斤斧莫有羣儒定是非(題秦皇句宣宗覽之不悅以上見優古堂詩話)　一千里色
中秋月十萬軍聲半夜潮(錢塘)　梁王舊館已秋色珠履
少年輕繡衣(以上見主客圖)

全唐詩

盧肇

盧肇字子發袁州人會昌三年登第初爲鄂岳盧商從事後除著作郎遷倉部員外郎充集賢院直學士咸通中出知歙州移宣池吉三州卒賦集八卷詩文集十三卷今編詩一卷

漢隄詩(并序)

上元年秋漢水大溢蠶襄隄以入既沈漢郛遂滅峴趾棟櫋且流壓溺無算襄之城僅以門免三日水去陷爲大塗餘民棲于楚山號不敢下餒躋相挽其能全者什六七上大憂曰襄惟東南實脰荆海若氣不息吾躬曷瘳今天下災于有漢庭垣盡瀦齒骼在淖有嬰墜井毋實號之今襄人盡墜吾號尚及哉咨乃卿士疇能振之以易吾亂咸以地官范陽公舊理南粤島夷率化甘於民心俾踐於襄必克底乂上俞以往公既至省漢之溺由舊防之不固幾五十載又詢之漢水之不犯襄郛惟是甚災既魚士庶災或能嗣孰以遏之募民新漢之隄食敵其功貲三其食因故隄之址廣倍之高再倍之距襄之郊繚半百里明年春隄成公具以疏上大歡復襄之疲民一祀賑穀十萬斛民既保寧謳歌怡愉既而舒蘇不知曩之災也昔狄敗衛侯於滎澤齊桓公帥諸侯城緣陵以居之而衛國忘亡君子是以稱桓公之德今公之爲是隄也襄有衛人之思焉而況宣天子之慈以生厥民曷齊桓之尚哉噫五材之生沴也必極於物物之既極天必資明哲以蘇之理之常也古之人有力保一邑勇禦一寇謂之有功尚以金石載之況捍大災救大患其美若是豈得無稱焉是宜以聲詩播之登於樂府惟漢亦有瓠子之歌是可類之謹按正考甫作商詩公子奚斯命太史克請於周作魯詩皆其國之公族也肇於公爲族孫幸力於文所不宜默惟峴之碑曰羊公惟隄之詩曰盧公是古今之相光昭也其誰曰不然詩曰

陰沴姦陽來暴於襄泊入大郛波端若鋌觸厚摧高不
知其防駭潰顛委萬室皆毀竈登蛟鼉堂集鱣鮪惟恩
若讎母不能子洪潰既涸閈閎其虛以藂我堵以剝我
廬酸傷顩望若踐丘墟帝曰念嗟朕日南顧流災降慝
天曷台怒滔滔襄郊捽我嬰孺於惟餘甿飢傷喘呼斯
爲溼瘼孰往膏傳惟汝元寮僉舉明哲我公用諧苴茅
杖節來視襄人嗔咻提挈不日不月咍乎抃悅乃泳故
隄陷於沙泥鈌落坳圮由東訖西公曰嗚呼漢之有隄
實命襄人不力乃力則及乃身具鍤與畚漢隄其新帝
廩有粟帝府有緡爾成爾隄必錫爾勤襄人怡怡聽命
襄滸背囊肩杵奔走蹈舞分之卒伍令以鼉鼓尋尺既
度日月可數登登業業周旋上下披峴斲楚飛石輓土
舉築殷雷駭汗霏雨疲癃鰥獨奮有筋膂呀吁來助提
筐負筥不勞其勞雜沓笑語咸曰盧公來賜我生斯隄
既成蜿蜿而平確爾山固屹如雲橫漢流雖狂堅不可
蝕代千年億與天無極惟公之隄昔在人心既築既成
橫之於南萌渚不峻此門不深今復在茲於漢之陰斯
隄巳崇茲民獲祐覷童相慶室以完富貽於襄人願保
厥壽緊公之功赫焉如畫捍此巨災崪若京阜天子賜
之百姓載之族孫作詩昭示厥後

題甘露寺

北固巖端寺隹名自上台地從京口斷山到海門迴曙
色煙中滅潮聲日下來一隅通雉堞千仞聳樓臺林暗
疑降虎江空想度杯福庭增氣象仙磬落昭回覺路花
非染流年景謾催隋宮凋綠草晉室散黃埃西蜀波湍
盡東溟日月開如登最高處應得見蓬萊

江陵府初試澄心如水

丹心何所喻唯(一作爲)水並清虛莫測千尋底難知一勺初
內明非有物上善本無魚澹泊隨高下波瀾逐卷舒養
蒙方浩浩出險(一作海)每徐徐若灌情田裏常流盡不如

風不鳴條

習習和風至過條不自鳴暗通青律起遠(一作暖)傍白蘋生

拂樹花仍落，經林鳥自（一作跑）驚。幾牽蘿蔓動，潛惹柳絲輕。入谷（一作幽澗）迷松響（一作韻），開（一作闢）窗失竹聲。薰弦方在御，萬國仰皇情。

別宜春赴舉

秋天草木正蕭疎，西望秦關別舊居。筵上芳樽今日酒，篋中黃卷古人書。辭鄉且伴（一作離山且作）銜蘆雁，入海終爲戴角魚。長短九霄飛直上，不教毛羽落空虛。

射策後作

射策明時愧不才，敢期青律變寒灰。晴憐斷雁侵雲去，暖見醯雞傍酒來。箭發尚憂楊葉遠，愁生只恐杏花開。曲江春淺人游少，盡日看山醉獨回。

和主司王起（一作奉和主司王僕射荅周侍郎賀放榜作）

萬萬高降德爲時，生洪筆三題造化名。鳳詔佇歸專北極，驪珠搜得盡東瀛。褒衣已換金章貴，禁掖曾隨玉樹榮。明日定知同相印，青衿新列柳間營。

及第（一本有後字）送潘圖歸宜春

三載皇都恨食貧，北溟今日化窮鱗。青雲乍喜逢知己，白社猶悲送故人。對酒共驚千里別，看花自感一枝春。君歸爲說龍門寺（一作事），雷雨初生電遶身。

將歸宜春留題新安館

東里如今號鄭鄉，西家昔日近丘墻。芸臺四部添新學，秘殿三年學老郎。天外鴛鸞愁不見，山中雲鶴喜相忘。猶張皁蓋歸蓬蓽，直謂時無許子將。

競渡詩（一作及第後江寧觀競渡寄袁州刺史成應元）

石溪久住思端午，館驛樓前看發機。鞞鼓動時雷隱隱，獸頭凌處雪微微。衝波突出人齊譀，躍浪爭先鳥退飛。向道是龍剛不信，果然奪得錦標歸。

除歙州途中寄座主王侍郎（一本題上有感通初恩四字）

忽忝專城奉六條，自憐出谷屢遷喬。驅車雖道還家近，捧日惟愁去國遙。朱戶昨經新棨戟，風帆常覺戀簞瓢。江天夜夜知消息，長見台星在碧霄。

御溝水

萬壑朝溟海，縈迴歲月多。無如此溝水，咫尺奉天波。

楊柳枝

青鳥泉邊草木春，黃雲塞上是征人。歸來若得長條贈，不憚風霜與苦辛。

新植紅茶花偶出被人移去以詩索之

嚴（一作最）恨柴門一樹花，便隨香遠逐香車。花如解語還應道，欺我郎君不在家。

戲題（肇初計偕至襄陽奇章公方有真珠之惑）

神女初離碧玉堦，彤雲猶擁牡丹鞋。知道相公憐玉腕，强將纖手整金釵。

成名後作

桂在蟾宮不可攀，功成業熟也何難。今朝折得東歸去，共與鄉閭年少看。

登祝融寺蘭若（一作登南岳月宮蘭若）

祝融絕頂萬餘層，策杖攀蘿步步登。行到月宮霞外寺，白雲相伴兩三僧。

被謫連州

黃絹外孫翻得罪，華顛故老莫相嗤。連州萬里無親戚，舊識唯應有荔支。

謫後再書一絕

崆峒道士候燒丹，赤鼠黃牙幾許難。隧隳閻浮南斗下，不知何事犯星官。

題清遠峽觀音院二首

清潭洞澈深千丈，危岫攀蘿上幾層。秋盡更無黃葉樹，夜闌唯對白頭僧。

風入古松添急雨，月臨虛檻背殘燈。老猨嘯狖還欺客，來撼窗前百尺藤。

喜楊舍人入翰林

御筆親批翰長銜，夜開金殿送瑤緘。平明玉案臨宣室，已見龍光出傳巖。

謫連州書春牛榜子

陽和未解逐民憂，雪滿羣山對白頭。不得職田飢欲死，兒儂何事打春牛。

送弟

去日家無擔石儲，汝須勤苦事樵漁。古人盡向塵中遠，白日耕田夜讀書。

牧童

誰人得似牧童心，牛上橫眠秋聽深。時復往來吹一曲，何愁南北不知音。

嘲小兒

貪生只愛眼前珍，不覺風光度歲頻。昨日見來騎竹馬，今朝早是有年人。

金錢花

輪郭休誇四字書，紅窠寫出對庭除。時時買得佳人笑，本色金錢却不如。

木筆花

嫩如新竹管初齊，粉膩紅輕樣可攜。誰與詩人偎檻看，好於箋墨併分題。

句

君夢涔陽月，中秋憶棹歌。（見岳州府志）

妙吹應諧鳳，工書定得鵝。（李羣玉善急就章，喜食鵝，肇贈句云云。見紀事）

亭邊古木晝陰陰，亭下寒潭百丈深。黃菊舊連陶令宅，青山遙負向平心。（題綠陰亭。見臨江府志）

全唐詩

丁稜

丁稜字子威，會昌三年進士，是歲王起再知貢舉，盧肇、丁稜、姚鵠以李德裕薦，依次放榜。詩二首。

塞下曲

北風鳴晚角，雨雪塞雲低。烽舉戰軍動，天寒征馬嘶。出營紅旆展，過磧暗沙迷。諸將年皆老，何時罷鼓鼙。

和主司王起（一作和主司王僕射荅華州周侍郎賀放榜作）

公心獨立副天心，三轄春闈冠古今。蘭署門生皆入室，蓮峯太守別知音。同升（一作飛）翰苑時名重，遍歷朝端主意深。新有受恩江海客，坐聽朝夕繼爲霖。

高退之

高退之字遵聖，會昌三年進士第，詩一首。

和主司王起（一作和主司王僕射酬周侍郎賀放榜）

昔年桃李已滋榮，今日蘭蓀又發生。葑菲采時皆有道，權衡分處且無情。叨陪鴛鷺朝天客，共作門闌出谷鶯。何事感恩偏覺重，忽聞金榜扣柴荆。（自注：退之自顧微劣，不敢有屋山居，不期一旦選士及第，遣人齎榜扣關相報，方知忝矣。）

孟球

孟球字廷玉，會昌三年進士第，咸通中撿校工部尚書、徐州刺史，詩一首。

和主司王起（一作和主司酬周侍郎）

當年門下化龍成，今日餘波進後生。仙籍共知推麗藻，禁垣（一作則）同得薦嘉名。桃蹊早茂誇新萼，菊圃初開耀晚英。誰料羽毛方出谷，許教齊和九皐鳴。

劉耕

劉耕，會昌三年進士第，詩一首。

和主司王起（一作和主司酬周侍郎）

孔門頻建鑄顏功，紫綬青衿感激同。一簣勤勞成太華，三年恩德仰（一作等）維嵩。楊隨前輩穿皆中，桂許平人折欲空。慚和周郎應見顧，感知大造竟無窮。

裴翻

裴翻字雲章，會昌三年進士第，詩一首。

和主司王起（一作和主司酬周侍郎）

常將公道選羣生，猶被春闈屈重名。文柄久持殊歲紀，恩門三啓動寰瀛。雲霄幸接鴛鸞盛，變化欣同草木榮。乍得陽和如細柳，參差長近亞夫營。

樊驤

樊驤字元龍，會昌三年進士第，詩一首。

和主司王起（一作和主司酬周侍郎）

滿朝簪髮半門生，又見新書甲乙名。孤進自今開道路，至公依舊振寰瀛。雲飛太華清詞著，花發長安白屋榮。忝受恩光同上客，惟將報德是經營。

崔軒

崔軒字鳴山（一作嵐），會昌三年進士第，詩一首。

和主司王起（一作和主司酬周侍郎）

滿朝朱紫半門生，新榜勞人又得名。國器舊知收片玉，朝宗轉覺集登瀛。同升翰苑三年美，繼入花源九族榮。共仰蓮峰聽雪唱，欲賡仙曲意怔營。

蒯希逸

蒯希逸字大隱，會昌三年登第，杜牧有池州送希逸詩，詩一首。

和主司王起（一作和主司酬周侍郎）

一振聲華入紫薇，三開秦鏡照春闈。龍門舊列金章貴，鶯谷新遷碧落飛。恩感風雷宜（一作皆）變化，詩裁錦繡借（一作惜）光輝。誰知散質多榮忝，鴛鷺清塵接布衣。

句

蟾蜍醉裏破，蛺蝶夢中殘。（牛相在揚州常稱之）山險不曾離馬後，酒醒長見在牀前。（希逸有僕武幹相隨十餘歲，希逸擢第乞歸養親，留之不得，以詩送之，士人皆有繼和。並見紀事）

林滋

林滋字後象，閩人，會昌三年進士第，與同年詹雄、鄭誠齊名，時稱雄詩、誠文、滋賦，爲閩中三絕，官終金部郎中，詩六首。

望九華山

茲山突出何怪奇，上有萬狀無凡姿。大者嶙峋若奔兕，小者崑嵬如嬰兒。玉柱金莖相拄枝，千空踰碧勢參差。虛中始訝巨靈擘，陗處乍驚愚叟移。蘿煙石月相蔽虧，天風裊裊猨咿咿。龍潭萬古噴飛溜，虎穴幾人能得窺。吁予比年愛靈境，到此始覺魂神馳。如何獨得百丈索，直上高峰拋俗羈。

春望

春海鏡（一作接）長天，青郊麗上年。林光虛霽曉，山翠薄晴煙。氣暖禽聲變，風恬草色鮮。散襟披石磴，韶景自深憐。

蠡澤旅懷

誰言行旅日，況復桃花時。水即滄溟（一作浪）遠，星從天漢垂。川光獨鳥暮，林色落英遲。豈是王程急，偏多游子悲。

宴韋侍御新亭

人定朱門尚未（一作半）開，初星粲粲照人回。此時寒食無煙

煙磴披青靄，風筵藉紫苔。花香凌桂醑，竹影落藤杯。鳴籟將歌遠，飛枝拂舞開。未愁留興晚，明月度雲來。

人日（一下有題日二字）

春輝新入碧煙開，芳院初將穆景來。共向花前圖瑞勝，試看池上動輕苔。林香半落沾羅幌，蕙色微含近酒杯。閒道宸游方命賞，應隨恩賚喜昭回。

和主司王起（一作和主司酬周侍郎）

龍門一變荷生成，況是三傳不朽名。美譽早聞喧北闕，頹波今見走東瀛。鴛行既接參差影，雞樹仍同次第榮。從此青衿與朱紫，升堂侍宴更何營。

李宣古

李宣古字垂後，會昌三年進士第，詩四首。

聽蜀道士琴歌（第五句缺一字）

至道不可見，正聲難得聞。忽逢羽客抱綠綺，西別峨嵋峰頂雲。初排□面躡輕響，似擲細珠鳴玉上。忽揮素爪畫七弦，蒼崖劈裂迸碎泉。憤聲高，怨聲咽，屈原叫天兩妃絕。朝雉飛，雙鶴離，屬玉夜啼獨鷘悲。吹我神飛碧霄裏，牽我心靈入秋水。有如驅逐太古來，邪淫辟蕩貞心開。孝爲子，忠爲臣，不獨語言能教人。前弄嘯，後弄嚬，一舒一慘非冬春。從朝至莫聽不足，相將直說瀛洲宿。更深彈罷背孤燈，窗雪蕭蕭打寒竹。人間豈合值仙蹤，此別多應不再逢。抱琴却上瀛洲去，一片白雲千萬峰。

和主司王起（一作和主司酬周侍郎）

恩光忽逐曉春生，金榜前頭忝姓名。三感至公裨造化，重揚文德振寰瀛。佇爲霖雨曾相賀，半在雲霄覺更榮。何處新詩添照灼，碧蓮峰下柳間營。

杜司空席上賦（紀事云：杜司空悰自忠武軍節度使出鎮澧陽，宣古數陪游宴，乘醉慢侮悰，欲辱之。長林公主曰：豈有飲而罪人？細過耶！謂宣古請爲詩，冀彌縫也。宣古得韻立成此詩）

紅燈初上月輪高，照見堂前萬朶桃。觱栗調清銀象（一作字）管，琵琶聲亮紫檀槽。能歌姹女顏如玉，解引蕭郎眼似刀。爭奈夜深拋耍令，舞來接（一作接）去使人勞。

賦寒食日亥時（一作寒食夜）

火（一作燈燭）花柳蒼蒼月欲來

句

翠蓋不西來池上天池歇　冉冉池上煙盈盈池上柳生貴非道傍不斷行人手（張爲主客圖）

黃頗

黃頗宜春人以洪輿文章蹉跎者一十三載至會昌三年登第官監察御史詩三首

風不鳴條（一作舒元輿）

五緯（一作習習）起祥飈無聲瑞聖朝稍開含露蘂（一作萼）纔轉惹煙條密葉應潛變（一作長）低枝幾暗摇林間鶯欲囀花下蝶微飄初滿沿堤草因生逐水苗太平無一事天外奏虞（一作雲）韶

和主司王起（一作和主司酬周侍郎）

二十二年文教主三千上士滿皇州獨陪宣父蓬瀛奏方接顏生魯衛遊多羨龍門齊變化屢看雞樹第名流升堂何處最榮美朱紫環鐏幾處酬

聞宜春諸舉子陪郡主登河梁翫月

一年秋半月當空遥羡飛觴接庾公虹影迴分銀漢上兎輝全寫玉筵中笙歌送盡迎寒漏氷雪吟消永夜風雖向東堂先折桂不如賔席此時同

張道符

張道符字夢錫會昌三年進士第詩一首

和主司王起（一作和主司酬周侍郎）

三開文鏡繼芳聲暗暗雲霄接去程會壓（一作厭）洪波先得路早陞清禁共垂名蓮峰對處朱輪貴金榜傳時玉韻成更許下（一作不）才聽白雪一枝今過郄詵榮

丘上卿

丘上卿字陪之會昌三年進士第詩一首

和主司王起（一作和主司酬周侍郎）

常將公道選諸生不是鴛鴻不得名天上宴回聯步武禁中麻出滿寰瀛簪裾盡過前賢貴門館仍叨舊學榮看著鳳池相繼入都堂那肯滯關營

石貫

石貫字總之會昌三年進士第詩一首

和主司王起（一作和主司酬周侍郎）

重德由來爲國生五朝清顯冠公卿風波久佇濟川檝羽翼三遷出谷鶯絳帳青衿同日貴春蘭秋菊異時榮孔門弟子皆賢哲誰料窮儒忝一名

李潛

李潛字德隱宜春人會昌三年進士第詩一首

和主司王起（一作和主司酬周侍郎）

文學宗師心秤平無私三用佐貞明恩波舊是仙舟客德宇新添月桂名蘭署崇資金色重蓮峰高唱玉音清羽毛方荷生成力難繼鸞（一作鸞）皇上漢聲

孟守

孟守（一作宁）字處中長慶三年王起主文嘗放及第爲時相所退至會昌三年起再知貢舉守龍鍾就試成名詩一首

和主司王起（一作和主司酬周侍郎）

科文又主守初時光顯門生濟會期美擅東堂登甲乙榮同内署侍恩私羣鶯共喜新遷木雙鳳皆當即入池別有倍深知感士曾經兩度得芳枝

唐思言

唐思言字子文會昌三年進士第詩一首

和主司王起（一作和主司酬周侍郎）

儒雅皆傳德教行幾崇浮俗贊文明龍門昔上波濤遠禁署同登渥澤榮虛散謬當陪杞梓後先寧異感生成時方側席徵賢急況說謳謡近帝京

戈牢（戈英華作左）

戈牢字德膠會昌三年進士第詩二首

風不鳴條（一作章孝標詩）

旭日懸清景微風在綠條入松聲不發度（一作過）柳影空摇長養應潛變（一作遍）扶踈每暗飄有林時婀婀無樹漸（一作暫）蕭蕭慢（一作誤）逐青煙散輕和瑞氣（一作樹色）饒豐年知有待歌詠美唐堯

和主司王起（一作和主司酬周侍郎）

聖乾文德最稱賢自古儒生少比肩再啓龍門將二紀兩司鶯谷已三年蓬山皆美成榮貴金榜誰知忝後先正是感恩流涕日但思旌旆碧峰前

金厚載

金厚載字化光會昌三年進士第詩二首

風不鳴條

寂寂曙風生遲遲散野輕露華摇有滴林葉裏無聲暗翦蕤芳發空傳谷鳥鳴悠揚韶景靜澹蕩霽煙橫遠水波瀾息荒郊草樹（一作木）榮吾君垂至化萬類共澄清

和主司王起（一作和主司酬周侍郎）

長慶曾收間世英果居臺閣冠公卿天書再受恩波遠金榜三開日月明已見差肩超翰苑更期連步掌台衡小儒謬蹟雲霄路心仰蓮峰望太清

王甚夷

王甚夷字無黨會昌三年進士第詩二首

風不鳴條

聖日祥風起韶暉助發生蒙蒙遥野色裊裊細條輕荏弱看漸動怡和吹不鳴枝含餘露濕林霽曉煙平縹緲春光媚悠揚景氣晴康哉帝堯代寰宇共澄清

和主司王起（一作和主司酬周侍郎）

春闈帝念主生成長慶公閒兩歲名有蘊赤心分雨露無私和氣浹寰瀛龍門乍出難勝幸鴛侶先行是最榮遥仰高峰看白雪多慚屬和意屏營

全唐詩

姚鵠

姚鵠字居雲，蜀人，登會昌三年進士第。詩一卷。

送李潛歸綿州覲省

朱樓對翠微，紅旆出重扉。此地千人望，寥天一鶴歸。雪封山崦白，鳥拂棧梁飛。誰比趨庭戀，驪珠耀綵衣。

塞外寄張侍御

千里入黃雲，羈愁日日新。疎鐘關路曉，遠雨塞山春。南眺有歸鴈，北來無故人。却思陪宴處，迴望與天隣。

曉發（一作道縣詩）

旅行宜早發，況復是南歸。月影緣山盡，鐘聲隔浦（一作水）微。殘星螢共失，落葉鳥和飛。去去渡南浦，村中人出稀。

題終南山隱者居

開門絕壑旁，躡蘚過花梁。路入峰巒影，風來芝朮（一作草）香。夜吟明雪牖，春夢閉雲房。盡室更何有，一琴兼一觴。

嘉川驛樓晚望

樓壓寒江上，開簾對翠微。斜陽諸嶺暮，古渡一僧歸。窗迥雲衝起，汀（一作天）遙鳥背飛。誰言坐多倦，目極自忘機。

送人歸吳

東吳與上國，萬里路迢迢。爲別晨昏久，全輕水陸遙。湘陰島上寺，楚色月中潮。到此一長望（一作歎），知君積恨銷。

送石貫（一作賈）歸湖州

同志幸同年，高堂君獨還。齊榮恩未報，共隱事應閑。訪寺臨湖岸，開樓見海山。洛中推二陸，莫久戀鄉關。

送劉耕歸舒州

四座莫紛紛，須臾岐路分。自從同得意，誰不惜離羣。舊國連青海，歸程在白雲。弃繻當日路，應競看終軍。

寄贈許璋少府

若說君高道，何人更得如。公庭唯樹石，生計是琴書。詩句峭無敵，文才清有餘。不知尺水內，爭滯北溟魚。

寄雍陶先輩

知音杳何處，書札寄無由。獨宿月中寺，相思天畔（一作半）樓。露凝衰草白，螢度遠煙秋。悵望難歸枕，吟勞生夜愁。

寄友人

西風又開菊，久客意如何。舊國天涯遠，清砧月夜多。明時難際會，急景易蹉跎。抱玉終須獻，誰言戀薜蘿。

感懷陳情

恩重空感激，何門誓殺身。謬曾分玉石，竟自困風塵。陰谷非因暖，幽叢豈望春。升沈在言下，應念異他人。

送程秀才下第歸蜀

鶯遷與鶂退，十載泣岐分。蜀道重來老，巴猨此去聞。曉程侵嶺雪，遠棧入谿雲。莫滯趨庭戀，榮親祇待君。

旱魚詞上苗相公

似龍鱗已足，唯是欠登門。日裏腮猶濕，泥中目未昏。乞鋤防螘穴，望水瀉金盆。他日能爲雨，公田報此恩。

野寺寓居即事二首

南山色當戶，初日半簷時。鶴去卧看遠，僧來嫌起遲。窗明雲影斷，庭曉樹陰移。何處題新句，連谿密葉垂。

古寺更何有，當庭唯折幢。伴僧青蘚榻，對雨白雲窗。暝色生前嶺，離魂隔遠江。沙洲半藜草，飛鷺白雙雙。

襄州獻盧尚書

立事成功盡遠圖，一方獨與萬方殊。藩臣皆（一作昔）競師兵略，相國今多揖廟謨。禮樂政行凋弊俗，歌謠聲徹帝王都。即隨鳳詔歸何處，祇是操持造化鑪。

將歸蜀留獻恩地僕射二首

自持衡鏡採幽沈，此事常聞曠古今。危葉只將終委地，焦桐誰料却爲琴。蒿萊詎報生成德，犬馬空懷感戀心。明日還家盈眼血，定應迴首即霑襟。

江上長思狎釣翁，此心難與昨心同。自承丘壑（一作岳）新恩重，已分煙霞舊隱空。龍變偶因資巨浪，鳥飛誰肯借高風。應憐死節無門効，永歎潛懷似轉蓬（一作氷炭潛憐逐轉蓬）。

隨州獻李侍御二首

彩筆曾專造化權，道尊翻向宦途閑。端居有地唯栽藥，靜坐無時不憶山。德望舊懸霄漢外，政聲新溢路岐間。衆知聖主搜賢相，朝夕欲徵黃霸還。

再刖未甘何處說，但垂雙淚出咸秦。風塵疋馬來千里，蓬梗全家望一身。舊隱每懷空竟夕，愁眉不展幾經春。今朝儻降非常顧，倒屣寧惟有古人。

虢州獻楊抑（一作大）卿二首

蓋世英華更有誰，賦成傳寫遍坤維。名科累中求賢日，苦節高標守郡時。樓上叫雲秋鼓角，林間宿鶴夜旌旗。徵歸詔下應非久，德望人情在鳳池。

碧山曾共惜分陰，暗學相如賦上林。到此敢逾千里恨，歸家且遂十年心。疎愚祇怯膺門險，淺薄爭窺孔室深。一顧儻憐持苦節，更令何處問升沈。

贈邊將

三邊近日往來通，盡是將軍鎮撫功。兵統萬人爲上將，威加千里懾西戎。清笳遠塞吹寒月，紅旆當山肅曉風。却恨北荒霑雨露，無因掃盡虜庭空。

送費鍊師供奉赴上都

縮地周遊不計程，古今應只有先生。已同化鶴臨華表，又見驂龍向玉清。蘿磴靜攀雲共過，雪壇當醮月孤明。無因相逐朝天帝（一作去），空羨煙霞得送迎。

和徐先輩秋日遊涇州南亭呈三二同年

多此歡情泛鷁舟，桂枝同折塞同遊。聲喧島上巢松鶴，影落杯中過水鷗。送日暮鐘交戍嶺，叫雲寒角動城樓。酒酣笑語秋風裏，誰道槐花更起愁。

送（一本有同年二字）黃頤歸衷

莫倦連期在醉鄉孔門多戀惜分行文章聲價從來重
霄漢途程此去長何處聽猨臨萬壑幾宿(一作宵)因月(一作同宿)滯
三湘鑪峰若上應相憶不得同過惠遠房

和陝州參軍李通徵首夏書懷呈同寮張裳叚羣二先輩

公門何事更相牽邵伯優賢任養閑滿院落花從覆地
半簷初日未開關尋仙鄭谷煙霞裏避暑柯亭樹石間
獨爲高懷誰和繼掾曹同處桂同攀

玉眞觀尋趙尊師不遇

羽客朝元晝掩扉林中一徑雪中微松陰遶院鶴相對
山色滿樓人未歸盡日獨思風馭返寥天幾望野雲飛
憑高目斷無消息自醉自吟愁落暉

及第後上主司王起

三年竭力向春闈塞斷浮華衆路岐盛選棟梁非(一作稱)昔
日平均雨露及明時登龍舊美無邪徑折桂新榮盡直
枝莫道只陪金馬貴相期更在鳳皇池

送賀知章入道(一本題上有嚴字)

若非堯運及垂衣肯許巢由脫俗機太液始同黃鶴下
仙鄉已駕白雲歸還披舊褐辭金殿却捧玄珠向翠微
羈束慙無仙藥分隨車(一作君)空有夢魂飛

送友人出塞

帝城春色著寒梅去恨離懷醉不開作別欲將何計免
此行應又隔年回入河殘日鵰西盡卷雪驚蓬馬上來
有思莫忘清塞學衆傳君負佐王才

送僧歸新羅

淼淼萬餘里扁舟發落暉滄溟何歲別白首此時歸寒
暑途中變人煙嶺外稀驚天巨鼇鬬(一作起)蔽日大鵬飛雪
入行砂屨雲生坐石衣漢風深習得休恨本心違

奉和秘監從翁夏日陝州河亭晚望

洪河何處望一境在孤煙極野如藍日長波(一作陂)似鏡年
卷簾花影裏倚檻鶴巢邊霞焰侵旌旆灘聲雜管弦鍾
微來疊岫帆遠落遙天過客多(一作煩)相指(一作訪)應疑會水仙

風不鳴條

吾君理化清上瑞報時平曉吹何曾歇柔條自不鳴花
香知暗度柳動覺潛生只見低垂影(一作勢)那聞擊觸聲大
王初溥暢少女正輕盈幸遇無私力幽芳願發榮

書情獻知已

日日恨何窮巴雲舊隱(一作望)空一爲棲寓客二見北歸鴻
有道期攀桂無門息轉蓬賃居將馨比乞食與僧同花
月登臨處江山悵望中衆皆輕病驥誰肯救焦桐坐惜
春還至愁吟夜每終谷寒思變律葉晚怯迴風謁蔡慙
王粲憐衡冀孔融深恩知(一作如)尚在何處問窮通

和工部楊尚書重送絕句

桂枝攀得獻庭闈何似空懷楚橘歸好控扶搖早迴首
人人思看大鵬飛

全唐詩

項斯

項斯字子遷江東人會昌四年擢第終丹徒尉詩一卷

寄石橋僧

逢師入山日道在石橋邊別後何(一作無)人見秋來幾處禪
溪中雲隔寺夜半雪(一作雨)添泉生有天台約知(一作應)無却(一作再)
出緣

送歐陽袞歸閩中

秦城幾年住猶著故鄉衣失意時相(一作曾)識成名後獨歸
海秋蠻樹黑嶺夜瘴禽飛爲學心難滿知君更掩扉

古觀

置觀碑已折看松年不分洞中誰識藥門外日添墳放
去龜隨水呼來鹿怕薰壇邊見灰火幾燒祭星文

題令狐處士谿居

白髮已過半無心離此溪病嘗山藥徧貧起草堂低爲
月窗從破因詩壁重泥近來常夜坐寂寞與僧齊

送僧歸南嶽

心知衡嶽路不怕去人稀船裏誰(一作猶)鳴磬沙頭自曝衣
有家從小別是寺即言歸料得逢春(一作寒)住當禪雲(一作船雪)滿
扉

寧州春思

失意離城早邊城任見花初爲斷酒客舊識賣書家寒
寺稀無雪春風亦有沙思歸頻入夢即路不言賒

山友贈蘚花冠

塵汙出華髮慙君青蘚冠此身閑未得終日戴應難好
就松陰挂宜當枕石看會須尋道士簪去繞霜壇

蠻家

領得賣珠錢還歸銅柱邊看兒調小象打鼓試新船醉
後眠神樹耕時語瘴煙不逢寒便老相問莫知年

早春題湖上顧氏新居二首

近得水雲看(一作雲中路)門長侵早開到時微(一作猶)有雪行處又
(一作已)無苔勸酒客初醉留茶僧未來每逢晴暖日唯見乞
花栽

門不當官道行人到亦稀故從餐後出方（一作多）至夜深歸開篋揀（一作收，一作陳）書（一作詩）卷掃牀移褐（一作臥）衣幾時同買宅相近有柴扉

蒼梧雲氣

何年化（一作畫）作愁漠漠便難收數點山能遠平鋪水不流濕連湘竹暮濃蓋舜墳秋亦有思歸（一作擕）客看來盡白頭

晚春花

陰洞日光薄花開不及時當春無半樹經燒（一作曉）足空枝疎與香風會細將泉影移此中人到少開盡幾人知

宿胡氏溪亭

獨住水聲裏有亭無熱時客來因月宿牀勢向山移鶴睡松枝定螢歸葛葉垂寂寥猶欠伴誰爲報僧知

送華陰隱者

往往到城市得非徵藥錢世人空識面弟子莫知年自說能醫死相期更學仙近來移住處毛女舊峰前

落第後寄江南親友

古巷槐陰合愁多晝掩扉獨存過江馬強拂看花衣送客心先醉尋僧夜不歸龍鍾易惆悵莫遣寄書稀

欲別

花時人欲別每日醉櫻桃買酒金錢盡彈箏玉指勞歸期無歲月客路有風濤錦緞裁衣贈麒麟落剪刀

留別張水部籍

省中重拜別兼領寄（一作故）人書已念此行（一作程）遠不應相問疎子（一作禁）城西亞宅御水北同渠要取春前到乘閑候起居

小古鏡

字已無人識唯應記鑄年見來深似水攜去重於錢鸞翅巢空月菱花徧小天宮中照黃帝曾得化爲仙

題太白山隱者

高居在幽嶺人得見時稀寫籙扃虛白尋僧到翠微掃壇星下宿收藥雨中歸從服小還後自疑身解飛

病中懷王展先輩在天台

枕上用心靜唯應改舊詩強行休去早暫臥起還遲因說來歸處却愁初病時赤城山下寺無計得相隨

鯉魚

似龍鱗又足只是欠登門月裏腮猶濕泥中目未昏乞鋤防蟻穴望水寫金盆他日能爲雨公田報此恩

子規（一作賈島詩）

遊魂自相叫寧復記前身飛過人家月聲連客路春夢邊催曉急愁外送風頻自有霑花血相和淚（一作露）滴新

邊州客舍

開門不成出麥色徧前坡自小詩名在如今白髮多經年無越信終日厭蕃歌近寺居僧少春來亦嬾過

贈道者

晏來知養氣度日語時稀到處留丹（一作唯開）井終（一作經）寒不絮衣病鄉多惠藥鬼俗有符咸自說身輕健今年數夢飛

邊游

古鎮門前去長安路在東天寒明堠火日晚裂旗風（一作天晴槐葉霧日暮葦花風）塞館皆無事（一作簞）儒裝亦有弓防秋故鄉卒暫喜語音同

夜泊淮陰

夜入楚家煙煙中人未眠望來淮岸盡坐到酒樓前燈影半臨水箏聲多在船乘流向東去別此易經年

遠水

渺渺浸天色一邊生晚光（一作涼）闊浮（一作含）萍思（一作勢）遠寒入鴈愁長北極連平地東（一作南）流即（一作接）故鄉扁舟來（一作當）宿處髣髴似瀟湘

黃州（一作河）暮愁

凌澌衝淚眼重疊自西來即夜寒應合非春煖不開豈無登陸計宜棄濟川材願寄浮天外高風萬里回

曉（一作早）發昭應

行人見雪愁初作帝鄉（一作京）游旅店開偏早鄉帆去未收燈殘催卷席手冷怕梳頭是物寒無色湯泉正（一作祗）自流

贈金州姚合使君

爲郎名更重領郡是蹉跎官壁題詩盡衙庭看鶴多城池連草（一作竹）塹籬落帶椒坡未覺旗旛（一作旌）貴閑行（一作遊）觸處過

送殷中丞遊邊

話別無長夜燈前聞曙鴉已行難避雪何處合逢花野寺門多閉羌樓酒不賒還須見（一作問）邊將誰擬靜塵沙

寄坐夏僧

坐夏日偏長知師在律堂多因束帶熱更憶剃頭涼苔色侵經架松陰到簟牀還應鍊詩句借臥石池傍

寄盧式

到處久南望未知何日回寄書頻到海得夢忽聞雷嶺日當秋暗蠻花近臘開白身居瘴癘誰不惜君才

日東（一作本）病僧

雲水絕歸路來時風送船不言（一作已無）身後事（一作念）猶坐病中禪深壁藏燈影空窗出艾煙已無鄉土信起塔寺門前（一作要人知是客白日指生緣）

泛溪

溪船泛渺瀰漸覺滅炎輝（一作溪舟泛數里便覺少炎輝）動水花連影逢人鳥背飛深猶見白石涼好換生衣未得多詩句終須隔宿歸

送顧少府（一作送顧達尉永康）

作尉年猶少無辭去路賒漁舟縣前泊山吏日高衙幽景臨谿寺秋蟬織杼（一作紵）家行程須過越先（一作應）醉鏡湖花

咸陽別李處士

古道自迢迢咸陽離別橋越人聞水處秦樹帶霜朝駐馬言難盡分程望易遙秋前未相見此意轉（一作各）蕭條

寄流人

毒草不曾枯長添客健無霧開蠻市合船散海城孤象跡頻藏齒龍涎遠蔽珠家人秦地老泣對日南圖

華頂道者

仙人掌中住生（一作坐）有上天期已廢燒丹處猶多種杏時養龍於淺水寄鶴在高枝得道復無事相逢盡日棊

酬從叔聽夜泉見寄

夢罷更開戶寒泉聲隔雲共誰尋最遠獨自坐偏聞巖際和風滴溪中泛月分豈知當此夜流念到江濆

和李用夫栽小松

移來未換葉已勝在空（一作深）山靜對心標直遥吟境助閑影侵殘雪際聲透小窗間即聳凌空榦翛翛豈易攀

哭南流人

遥見南來使江頭哭問君臨終時有雪旅葬處無雲官庫空收劍蠻（一作山）僧共起墳知名人尚少誰爲録遺文

經李白墓

夜郎歸未老醉死此江邊葬闕官家禮詩殘樂府篇遊魂應到蜀小碣豈旌賢身没猶何罪遺墳野火燃

春夜樊川竹亭陪諸同年讌

相知皆是舊每恨獨遊頻幸此同芳夕寧辭倒醉身燈光遥映燭萼粉暗飄茵明月分歸騎重來更幾春

送僧

靈山巡未徧不作住持心逢寺暫投宿是山皆獨尋有時過靜界在處想空林從小即行脚出家來至今

送蘇處士歸西山

南遊何所爲一篋又空歸守道安清世無心換白衣深林蟬噪暮絶頂客來稀早晚重相見論詩更及微

遊爛柯山

步步出塵氛溪山别是春壇邊時過鶴棊處寂無人訪古碑多缺探幽路不眞翻疑歸去晚清世累移晨

送友人之永嘉

長貧知不易去計擬何逃相對人愁别經過幾處勞城連沙岫遠山斷夏雲高猶想成詩處秋燈半照濤

已中逢故人

勞思空積歲偶會更無由以分難相捨將行且暫留路岐何處極江峽半猨愁到此分南北離懷豈易收

送歸江州友人初下第（一作送友人下第歸）

名高不俟召收採獻君門偶屈應緣數他人盡爲冤新春城外路舊隱水邊村歸去無勞久知君更待論

舜城懷古

禪禹遜堯聰巍巍盛此中四隅咸啓聖萬古賴成功道德去彌遠山河勢不窮停車一再拜帝業即今同

送劉道士之成都嚴眞觀（嚴公通老子易以成道）

嚴君名不朽道出二經中歸去精誠恳還應夢寐通池臺鏡定月松檜雨餘風想對靈玄憶人間戀若空

漢南遇友人

此身西復東何計此相逢夢盡吴越水恨深襄漢鐘積雲開去路曙雪疊前峰誰即知非舊憐君忽見容

遊頭陁寺上方

高步陟崔嵬吟閑路惜迴寺知何代有僧見梵天來暮靄連沙積餘霞徧檻開更期招靜者長嘯上南臺

送友人遊河東

停車曉燭前一語幾潸然路去干戈日鄉遥饑饉年湖波晴見鴈槐驛晚無蟬莫縱經時住東南書信偏

中秋夜懷

趨馳早晚休一歲又殘秋若只如今日何難致白頭滄波歸處遠旅食尚（一作向）邊愁賴見前賢説窮通不自由

寄富春孫路處士

平生醉與吟誰是見君心上國一歸去滄江閑至今鐘絲秋寺近峰闊晚濤深疎放長如此何人長得尋

送客歸新羅

君家滄海外一别見何因風土雖知教程途自致貧浸天波色晚横笛鳥行春明發千檣下應無更遠人

杭州江亭留題登眺

處處日馳銷憑軒夕似朝漁翁閑鼓棹沙鳥戲迎潮樹間津亭密城連塢寺遥因誰報隱者向此得耕樵

荆州夜與友親相遇

山海兩分岐停舟偶似期别來何限意相見却無辭坐永神疑夢愁繁鬢欲絲趨名易遲晚此去莫經時

送友人遊邊

方春到帝京（一作城）有戀有愁并萬里江海思半年沙塞程緑陰斜向驛殘照遠侵城自可資新課還期振盛名

題贈宣州元拾遺

傳騎一何催山門晝未開高人終避世聖主不遺才坐次欹臨水門中獨舉杯誰爲旦夕侶深寺數僧來

姚氏池亭

池館饒嘉致幽人愜所閑篠風能動浪岸樹不遮山嘯檻魚驚後眠窗鶴語間何須説廬阜深處更躋攀

送友人之江南

東南路苦辛去路見無因萬里此相送故交誰更親日浮汀草緑煙霽海山春握手無别贈爲予書札頻

彭蠡湖春望

湖亭東極望遠棹不須迴遍草新湖落連天衆鴈來蘆洲殘照盡雲嶂積煙開更想鴟夷子扁舟安在哉

聞友人會裴明府縣樓

閑閣雨吹塵陶家揖上賓湖山萬疊翠門樹一行春景遍歸簷燕歌喧已醉身登臨興不足喜有數來因

歸家山行

獻賦才何拙經時不恥歸能知此意是甘取衆人非遍隴耕無圃緣溪釣有磯此懷難自遣期在振儒衣

長安書懷呈知己

江湖歸不易京邑計長貧獨夜有知己論心無故人一燈愁裏夢九陌病中春爲問清平日無門致出身

聞蟬

動葉復驚神聲聲斷續勻坐來同聽者俱是未歸人一棹三湘浪單車二蜀塵傷秋各有日千可念因循

李處士道院南樓

霜晚復秋殘樓明近遠山滿壺邀我醉一榻爲僧閑樹簇孤汀耿帆欹積浪間從容更南望殊欲外人寰

送顧非熊及第歸茅山

吟詩三十載成此一名難自有恩門入全無帝里歡湖光愁裏碧巖景夢中寒到後松杉月何人共曉看

春日題李中丞樊川别墅

心知受恩地到此亦裵回上路移時立中軒隔宿來川光通沼沚寺影帶樓臺無限成蹊樹花多向客開

龍州與韓將軍夜會

庭緑草纖纖邊州白露沾别歌緣劒起客淚是愁添見月鵲啼樹避風雲滿簾將軍盡尊酒樓上賦星占

途中逢友人

長大有南北山川各所之相逢孤館夜共憶少年時爛
醉百花酒狂題幾首詩來朝又分袂後會鬢應絲

送友人下第歸襄陽

失意已春殘歸愁與別難山分關路細江遶夜城寒草
色連晴坂鼉聲離曉灘差池是秋賦何以暫懷安

宿山寺

栗葉重重覆翠微黃昏溪上語人稀月明古寺客初到
風度閑門僧未歸山果經霜多自落水螢穿竹不停飛
中宵能得幾時睡又被鐘聲催著衣

病鶴

青雲有意力猶微豈料低回得所依幸念翅因風雨困
豈教身陷稻粱肥曾遊碧落寧無侶見有清池不忍飛
縱使他年引仙駕主人恩在亦應歸

夢仙

昨宵魂夢到仙津得見蓬山不死人雲葉許裁成野服
玉漿教喫潤愁身紅樓近月宜寒水綠杏搖風占古春
次第引看行未徧浮光牽入世間塵

古扇

昨日裁成奪夏威忽逢秋節便相違寒塵妬盡秦王女
涼殿恩隨漢主妃似月舊臨紅粉面有風休動麝香衣
千年蕭瑟關人一作俞事莫語一作話當時掩淚歸

涇州聽張處士彈琴

邊州獨夜正思鄉君又彈琴在客堂髣髴不離燈影外
似聞流水到瀟湘

贈別

魚在深泉鳥在雲從來只得影相親他時縱有逢君處
應作人間白髮身

對鱠

行到鱸魚鄉裏時鱠盤如雪怕風吹猶憐醉裏江南路
馬上垂鞭學釣時

憶朝陽峯前居

每憶閑眠處朝陽最上峯溪僧來自遠林路出無蹤敗

褐粘苔徧新題出一作在石重霞光侵曙發嵐翠近秋濃徒
羨機能破安危道不逢雪殘猨一作僧到閣庭午鶴離松此
地虛爲別人間久未容何時無一事却去養疎慵

暮上瞿唐峽

自古艱難地孤舟旦暮程獨愁空託命省已是輕生有
樹皆相倚無巖不倒傾蛟螭波數怒鬼怪火潛明履道
知無負離心自要驚何年面骨肉細話苦辛行

和李中丞醉中期王徵君月夜同遊滻水舊居

醉後情俱遠難忘素滻間照花深處月當戶舊時山事
想同清話歡期一破顔風流還愛竹此夜尚思閑

濁水求珠

靈魄自沉浮從來任濁流願從深處得不向暗中投圓
月時堪惜滄波路可求沙尋龍窟遠泥訪蚌津幽是寶
終知貴唯恩且用酬如能在公掌的不負明眸

江村夜泊

日一作月落江路一作村黑前村人語稀幾家深樹裏一一作點火夜
漁一作照船歸

落第後歸覲喜逢僧再陽

相逢須強笑人世別離頻去曉一作曉去長侵月歸鄉動隔春
見僧心暫靜從俗事多屯宇宙詩名小山河客路新翠
桐猶入爨青鏡未辭塵逸足常思驥隨羣且一作自退鱗宴
乖紅杏寺愁在綠楊津羞一作老病難爲藥開眉嬾顧一作賴故人

送越僧元瑞

靜中無伴侶今亦獨隨緣昨夜離空室焚香淨去船

舊宮人

自出先皇玉殿中衣裳不更染深紅宫釵折盡垂空鬢
内扇穿一作藏一作遮一作揺多減半風桃熟亦曾君手賜酒闌猶候
妾歌終如今還向城邊住御水東流意不通

夢遊仙

夢遊飛上天家樓珠箔當風挂玉鉤鸚鵡隔簾呼再拜
水仙移鏡嬾梳頭丹霞不是人間曉碧樹仍逢岫外秋
將謂便長於此地雞聲入耳所堪愁

送宮人入道

願隨仙女董雙成王母前頭作一作結伴行初戴玉冠多悞
拜欲辭金殿別稱名將敲碧落新齋磬却進昭陽舊賜
箏旦暮焚香繞壇上步虛猶作按歌聲

長安退將

塞外衝沙損眼明歸來養病住秦京上高樓閣看星坐
著白衣裳把劒行常說老身思鬭將最悲無力制蕃營
翠眉紅臉和回鶻惆悵中原不用兵

遥裝夜

卷席貧抛壁下牀且鋪他處對燈光欲行千里從今夜
猶惜殘春發故鄉蚊蚋已生團扇急衣裳未了剪刀忙
誰知更有芙蓉浦南去令人愁思長

送苗七求職

相逢未得三回笑風送離情入剪刀客路最能銷日月
夢魂空自畏波濤獨眠秋夜琴聲急未拜軍城劒色高一作遠拜城隍劒氣高
去去綠多山與海鶴身寧肯一作不爲飛勞

山行一作山中作

青櫪林深一作疎亦有人一渠流水數家分山當日午回一作移
峯影草帶泥痕過鹿羣蒸茗氣從一作衝茅舍出繰絲聲隔
竹籬聞行逢賣藥歸來客不惜相隨入鳥雲

題永忻寺影堂

不遇修寺日無錢入影堂故來空禮拜臨去重添香僧
得名難一作難近燈傳火已長發心依止後借住有鄰房

獻令狐相公時相公郊壇行事回一作趙嘏詩

鶚在卿雲冰在壺代天才業本訏謨榮同伊陟傳朱戸
秀比王商入畫圖昨夜星辰回劒履前年風月滿江湖
不知機務時多暇還許詩家屬和無

句

佳人背江坐眉際列煙樹庾樓蘸　馬蹄沒青莎船跡成
空波　春風吹兩意何意更相值古意　以上並見張爲主客圖　更望會
稽何處是沙連竹箭白鷗羣見吟窗雜錄

全唐詩目第九函

第二冊

全唐詩

馬戴

馬戴字虞臣會昌四年進士第宣宗大中初太原李司空辟掌書記以正言被斥爲龍陽尉懿宗咸通末佐大同軍幕終太學博士詩集一卷今編二卷

投獵曲第十句缺二字

楚子畋郊野布罟籠天涯浮雲張作羅萬草結成罝意在絕飛鳥臂弓腰鏌鋣遠將射句踐次欲誅夫差壯志一朝盡他

繁華當時能獵賢保國兼保家

蠻家

領得賣珠錢還歸銅柱邊看兒調小象打鼓放新船醉後眠神樹耕時語瘴煙又逢衰蹇老相問莫知年

春思

初日照楊柳玉樓含翠陰啼春獨鳥思望遠佳人心幽怨貯瑶瑟韶光凝碧林所思曾不見芳草意空深

送從叔一作弟赴南海幕

洞庭秋色起哀狖更難聞身往海邊郡帆懸天際雲炎州羅翠鳥瘴嶺控蠻軍信一作消息來非易堪悲此路分

江行留別

吳楚半秋色渡江逢葦花雲侵帆影盡一作落風逼鴈一作鳥行斜返一作夕照開嵐一作峯翠寒潮蕩一作漾浦沙余將何所往海一作孤嶠一作欲凝營家

將別寄友人

帝鄉歸未得辛苦事羈遊別館一尊酒客程千里秋霜風紅葉寺夜雨白蘋洲長恐此時淚不禁和恨流

客行

路岐長不盡客恨杳難通蘆荻晚汀雨柳花南浦風亂鐘嘶馬一作鳴鳥急殘日半帆紅却羨漁樵侶閑歌落照一作谿谷中

過野叟居

野人閑種樹樹老野人前居止白雲內漁樵滄海邊呼兒採山藥放犢飲溪泉自著養生論無煩憂暮年

答光州王使君

信一作昨來淮上郡楚岫入秦雲自顧爲儒者何由答使君蛻風蟬半一作失阻雨鴈頻聞欲識平生分他時別紀勳

下第再過崔邵池陽居

豈無故鄉路遠未成歸關內相知少海邊來信稀離雲空石穴芳草偃郊扉謝子一留宿此心聊息機

夕次淮口

天涯秋光盡木末羣鳥還夜久遊子息月明岐路閑風生淮水上帆落楚雲間此意竟誰見行行非一作悲故關

落日悵望

孤雲與歸鳥千里片時間念我一何滯辭家久未還微陽下喬木遠色隱秋山臨水不敢照恐驚平昔顏

早發故山作

雲門夾峭石石路蔭長松谷響猨相應山深水復重餐霞人不見已一作往採藥客猶逢獨宿靈潭側時聞岳頂鐘

下第別郜扶一作大扶

窮途別故人京洛泣風塵在世即應老他鄉又欲春平生空志學晚歲一作節拙謀身靜話歸休計唯將海上一作滄海親

寄終南真空禪師

閑想白雲外了然清淨僧松門山半寺夜雨佛前燈此境可長住一作往浮生自不能一從林下別瀑布幾成冰

長安寓居寄贈賈島一作長安寄賈島

歲暮見華髮平生志半空孤雲不我棄歸隱與誰同枉道一作紫宸謁妨栽丹桂叢何如隨野鹿棲止石嵓一作林中

秋郊夕望

廋鳥向棲急陰蟲逢夜多餘霞媚秋漢迴月濯滄波蔓草將萎絕流年其奈何耿然搖落思獨酌不成歌

贈越客

故國波濤隔明時已久留獻書雙闕晚看月五陵秋南棹何時返長江憶共遊遙知釣船畔相望在汀洲

送顧非熊下第歸江南

無成西別秦返駕江南春草際楚田鴈舟中吳苑人殘雲挂絕島迴樹入通津想到長洲日門前多白蘋

汧上勸一作歎舊友

斗酒故人同長歌起北風斜陽一作日斜高壘閉秋角暮山空鴈叫一作宿寒流上螢飛薄一作淺霧中坐來生一作憂白髮況復久從戎

送狄參軍赴杭州

新官非次受聖主寵前勳關雪發車晚風濤挂席聞海門山疊翠湖岸郡藏雲執簡從公後騷參豈勝君

過故人所遷新居

金馬詔何晚茂陵居近修客來雲雨散鳥下梧桐秋迴漢衡一作衡漢天闕遙泉響御溝坐看涼月上爲子一淹留

落照一作歎濠詩

照曜天山外飛鴉幾共過微紅拂秋漢片白透長波影促寒汀薄光殘古木多金霞與雲氣散漫復相和

宿崔邵池陽別墅

楊柳色已改（一作故）郊原日復低煙生寒渚上（一作樹上）霞散亂山西（一作霧薄亂流西）待月人相對驚風鴈不齊此心君莫問舊國去將迷

楚江懷古三首

露氣寒光集微陽下楚丘猨啼洞庭樹人在木蘭舟廣澤生明月蒼山（一作葭）夾亂流雲中君不降（一作見）竟夕自悲秋

驚鳥去無際寒蛩鳴我傍蘆洲生早霧蘭隰下微霜列宿分窮野空流注大荒看山候明月聊自整雲裝

野風吹蕙帶驟雨滴蘭橈屈宋魂冥寞江山思寂寥陰霓侵晚（一作反）景海樹入迴潮欲折寒芳薦明神詎可招

遠水

蕩漾空沙際虛明入遠天秋光照不極鳥影去無邊勢引長雲斷波輕（一作凝）片雪連汀洲杳難到萬古覆蒼煙

夕發邠寧寄從弟（一作寄舒從事）

半（一作飲）酣走馬別（一作白馬別）後鎖邊城日落月未上鳥棲人獨行方馳故國戀復愴長年情入（一作久）夜不能息何當閑此生

贈別北客（一本無別字）

君生遊俠地感激氣何高飲盡玉壺酒贈留金錯刀鴈關飛霰雪鯨海落雲濤決去如征鳥離心空自勞

夜下（一作入）湘中

洞庭人夜別（一作到）孤（一作鳴）棹下湘中露洗寒山遍波搖楚月空密林飛暗狖廣澤發鳴鴻行值（一作抵）揚帆者江分又不同

送呂郎中牧東海郡

假道經淮泗檣烏集隼旟蕪城沙菼接波島石林疎海鶴空（一作公）庭下夷人遠岸居山鄉足（一作召）遺老佇聽薦賢書

山行偶作

緣危（一作巴）路忽窮投宿值樵翁鳥下山含暝（一作影）蟬鳴露滴空石門斜月入雲竇暗泉通寂寞生幽思心疑舊隱同

巴江夜猨

日飲巴江水還啼巴岸邊秋聲巫峽斷夜影楚雲連露滴青楓樹山空明月天誰知泊船（一作帆）者聽此不能眠

送田使君牧蔡州

主意思政（一作共）理牧人官不輕樹多淮右地山遠汝南城望稼周（一作殷）田隔登樓楚月生懸知蔣亭下渚鶴伴閑行

雀臺怨

魏宮歌舞地蝶戲鳥還鳴玉座人難到（一作倒）銅臺雨滴平西陵樹不見漳浦草空生萬恨盡埋此徒懸千載名

早發故園

語（一作論）別在中夜登車離故鄉曙鐘寒出岳（一作寺）殘月迴凝霜風柳條多折沙雲氣盡黃行逢海西鴈零落不成行

贈別江客

湘中有岑穴君去挂帆過露細蒹葭廣潮迴島嶼多汀洲延夕照楓葉墜寒波應使同漁者生涯許釣歌

宿翠微寺

處處松陰（一作生）滿樵開一逕通鳥歸雲壑（一作霜磬）靜僧語石樓（一作橋）空積翠含微月遙泉韻細風經行心不厭憶在故山中

霽後寄白閣僧

蒼翠霾高雪西峯鳥外看久披山衲壞孤坐石牀寒盥手水泉滴燃燈夜燒殘終期老雲嶠煮藥伴中餐

送僧歸金山寺

金陵山（一作江）色裏蟬急向秋分迴寺橫洲島歸僧渡水雲夕陽依岸盡（一作落）清磬隔潮聞遙想禪林下鑪香帶（一作對）月焚

新秋雨霽宿王處士東郊

夕陽逢一雨夜木洗清陰露氣竹窗靜秋光雲（一作月）月（一作色）深煎嘗靈藥（一作草）味話及（一作友）故山心得意兩不寐微風生玉琴

關山曲二首

金甲耀兜鍪黃金（一作雲）拂紫騮叛羌旗下戮陷壁夜中收霜霰戎衣月關河磧氣秋箭瘡殊未合更遣擊蘭州

火發龍山北中宵易左賢勒兵臨漢水驚鴈散胡天木落防河急軍孤受敵偏猶聞漢皇怒按劒待開邊

塞下曲二首

旌旗倒北風霜霰逐南鴻夜救龍城急朝焚虜帳空骨銷金鏃在鬢改玉關中却想羲軒氏（一作代，又作世）無人尚（一作說）戰功

廣漢雲凝慘日斜飛霰生燒山搜猛獸伏道擊迴兵風折旗竿曲沙埋樹杪（一作塞路）平黃雲飛旦夕（一作雲飛日一夕）偏奏苦寒聲

廣陵曲

葱蘢桂樹枝高繫黃金羈葉隱青蛾翠花飄白玉墀上鳴間關鳥下醉遊俠兒煬帝國已破此中都不知

送人遊蜀

別離楊柳陌迢遞蜀門行若聽清猨後應多白髮生虹霓侵棧道風雨（一作雨雪）雜江聲過盡愁人處煙花是錦城

宿無可上人房（一作宿翠微寺）

稀逢息心侶細話遠（一作故）山期河（一作雲）漢秋深（一作生）夜杉梧露滴時風傳林磬響（一作久）月掩（一作螢掠）草堂遲坐臥禪心在浮生皆不知

旅次夏州

嘶馬發相續行次夏王臺鎖郡雲陰暮鳴笳燒色來霜繁邊上宿鬢改磧中迴悵望胡沙曉驚蓬朔吹催

同莊秀才宿鎮星觀

的的星河落露苔復灑松濕光微泛草石翠澹搖峯野觀雲和月秋城漏間鐘知君親此境九陌少相逢

鸛雀樓晴望

堯女樓西望人懷太古時海波（一作帆）通禹鑿（一作穴）山木閉虞祠鳥道殘虹挂龍潭返照移行雲如可馭萬里赴心期

贈淮南將

何事淮南將功高業未成風濤辭海郡雷雨鎮山營度磧黃雲起防秋白髮生密機曾制敵憂國更論兵塞色侵旗動寒光鎖甲明自憐心有作獨立望專征

寄賈島

海上不同來關中俱久住尋思別山日老盡經行樹志業人未聞時光鳥空度風悲漢苑秋雨滴秦城暮佩玉

與銜金非親亦非故朱顏枉自毀明代空相遇歲晏各能歸心知舊岐路

湘川弔舜

伊予生好古弔舜蒼梧間白日坐將沒遊波凝不還九疑雲動影曠野竹成班鴈集蒹葭渚猨啼霧露山南風吹早恨瑤瑟怨長閑元化誰能問天門恨久關

送僧歸閩中舊寺

寺隔海山遙帆前落葉飄斷猨通楚塞驚鷺出蘭橈星月浮波島煙蘿渡石橋鐘聲催野飯秋色落寒潮舊社人多老閑房樹半凋空林容病士（一作者）歲晚待相招

寄遠

坐想親愛遠行嗟天地闊積疹甘毀顏沈憂更銷骨迢迢遊子心望望歸雲沒喬木非故里高樓共明月夜深秋風多聞鴈來天末

經咸陽北原

秦山曾共轉秦雲自舒卷古來爭雄圖到此多不返野狖穴孤墳農人耕廢苑川長波又逝日與歲俱晚夜入咸陽中悲吞不能飯

冬日寄洛中楊少尹

黃河岸柳衰城下度流澌年長從公懶天寒入府遲家山望（一作登）幾遍魏闕赴何時懷古心誰識應多謁舜祠

浙江夜宿

落帆人更起露草滿汀洲遠狖啼荒嶠孤螢溺漫流積陰開片月爽氣集高秋去去胡爲戀寒芳時一遊

寄西岳白石僧

挂錫中峯上經行踏石梯雲房出定後岳月在池西峭壁殘霞照欹松積雪齊年年著山屐曾得到招提

同州冬日陪吴常侍閑宴

中天白雲散集客郡齋時陶性聊飛爵看山忽罷棊雪花凝始散木葉脫無遺靜理（一作裏）良多暇招邀愜所思

答鄘畤友人同宿見示

爲客自堪悲風塵日滿衣承明無計入舊隱但懷歸雪積孤城暗燈殘曉角微相逢喜同宿此地故人稀

題僧禪院（一作題興善寺英律師院）

虛室焚（一作燃）香久禪（一作看）心悟幾生濾泉侵月起掃逕避蟲行樹隔前朝在苔滋廢渚平我來風雨夜像設（一作照）一燈明

懷故山寄賈島

心偶羨明代學詩觀國風自從來闕下未勝在山中丹桂日應老白雲居久空誰能謝時去聊與此生同

灞上秋居

灞原風雨定晚見鴈行頻落葉他鄉樹寒燈獨夜人空園白露滴孤壁野僧鄰寄臥郊扉久何門致此身

寄崇德里居作

掃君園林地澤（一作滌）我清涼襟高鳥雲路晚孤蟬楊柳深風微漢宮漏月迥秦城砧光景坐如此徒懷經濟心

河梁別

河梁送別者行哭半非親此路（一作地）足征客胡天多殺人金轝照離思（一作席）寶瑟凝殘（一作青）春早晚期相見垂楊凋復新（一本無末二句）

留別定襄盧軍事

行行與君別路在鴈門西秋色見邊草軍聲聞戍鼙酣歌（一作銜杯）擊寶劒躍馬上金（一作荒）堤歸去咸陽里平生志不迷

送杜秀才東遊

羇遊年復長去日值秋殘草出函關白雲藏野渡寒鴻多霜雪重山廣道途難心事何人識斗牛應數看

懷黃頗

有客南浮去平生與我同炎州結遥思芳杜採應空秦鴈歸侵月湘猿戲裊楓期君翼明代未可戀山中

隴上獨望

斜日挂邊樹蕭蕭獨望間陰雲藏漢壘飛火照胡山隴首行人絕河源夕鳥還誰爲立勳者可惜寶刀閑

長安書懷

岐路今如此還堪慟哭頻關中成久客海上老諸親谷口田應廢鄉山草又春年年銷壯志空作獻書人

邯鄲驛樓作

蕪沒叢臺久清漳廢御溝蟬鳴河外樹人在驛西樓雲蒸天中赤山當日落秋近郊經戰後處處骨成丘

別家後次飛狐西即事

遠歸從此別親愛失天涯去國頻迴首方秋不在家鳴蛩聞塞路冷鴈背龍沙西次桑乾曲洲中見荻花

題青龍寺鏡公房

一室意何有閑門爲我開爐香寒自滅履雪飯初迴窗迥孤山入燈殘片月來禪心方此地不必訪天台

全唐詩

馬戴

邊城獨望

聊憑（一作平）危堞望倍（一作暗）起異鄉情霜落蒹葭白（一作寒迥關防絕）山昏霧露生河灘胡鴈下戎壘漢鼙驚獨樹殘秋色狂歌淚滿纓

江亭贈別

長亭晚送君秋色渡江濆衰柳風難定寒濤雪不分猨聲離楚峽帆影入湘雲獨泛扁舟夜山鐘可卧聞

旅次寄賈島兼簡無可上人

相思邊草長迴望水連空鴈過當行次蟬鳴復客中壯

年看即改羸病計多同儻宿林中寺深憑問遠公

寄剡中友人

故人今在剡秋草意如何嶺暮雲霞雜潮迴島嶼多沃洲僧幾訪天姥客誰過歲晚偏相憶風生隔楚波

送國子韋丞

臨水獨相送歸期千里間雲迴逢過雨路轉入連山一騎行芳草新蟬發故關遙聆茂陵下夜啟竹扉閑

題吳發原南居

閑居誰厭僻門掩漢祠前山色夏雲映樹陰幽草連晴光分渚曲綠氣冒原田何日遠遊罷高枝已噪蟬

雒中寒夜姚侍御宅懷賈島

夜木（一作樹）動寒色（一作夜來寒色動）雒陽城闕深如何異鄉思更抱故人心微月關山遠閑堦霜霰（一作霧）侵誰知石門（一作橋）路待與子同尋

征婦歎

稚子在我抱送君登遠道稚子今已行念君上邊城蓬根既無定蓬子焉用生但見請防胡不聞言罷兵及老能得歸少者還長征

山中（一作到山）寄姚合員外

朝與城闕別暮同麋鹿歸鳥鳴松觀靜人過石橋稀木葉搖山翠泉痕（一作聲）入澗扉敢招仙署客暫此拂朝衣

中秋月

陰魄出海上望之增苦吟冷搜驪頷重寒徹蚌胎深皓氣籠諸夏清光射萬岑悠然天地內皎潔一般心

下第寄友人

金門君待問石室我思歸聖主尊黃屋何人薦白衣年來御溝柳贈別雨霏霏

寄廣州楊參軍

南方春景好念子緩歸心身方脫野服冠未繫朝簪足恣平生賞無虞外役侵汀洲觀鳥戲向月和猨吟稅駕楚山廣揚帆湘水深採奇搜石穴懷勝即楓林悵望極霞際流情隨海陰前期杳難問歎息灑鳴琴

離夜二首

東征遼水迴北近單于臺戎衣挂寶劍玉筋銜金杯紅燭暗將滅翠蛾終不開

凝夜照離色恐聞啼晚鴉前年營鴈塞明月戍龍沙曾與五陵子休裴孤劍花

荅太原從軍（一作事）楊員外送別（下四字一作郎中見寄）

君將（一作枉）海月珮贈之光我行見知言不淺懷報意非輕反照臨岐思中年未達情河梁人送別秋漢鴈相鳴衰柳搖邊吹寒雲冒古城西遊還獻賦應許託平生

送從叔重赴海南從事

又從連帥請還作嶺南行窮海何時到孤帆累月程亂蟬吟暮色哀狖落秋聲晚路潮波起寒葭霧雨生沙埋銅柱沒山簇瘴雲平念此別離苦其如宗從情

送韓校書江西從事

出關寒色盡雲夢草生新鴈背岳陽雨客行江上春遙程隨水闊枉路倒帆頻夕照臨孤館朝霞發廣津湖山潮半隔郡壁岸斜鄰自此鍾陵道裁書（一作相思）有故人

送顧少府之永康

婺女星邊去春生即有花寒關雲復雪古渡草連沙宿次吳江晚行侵日徼斜官傳梅福政縣顧赤松家燒起明山翠潮迴動海霞清高宜閱此莫歎近天涯

幽上（一作土）畱別令狐侍郎

自別丘中隱頻年哭路岐辛勤今若是少壯豈多時露滴陰蟲苦秋聲遠客悲晚營嚴鼓角紅葉拂旌旗北闕虛延望西林久見思川流寒水急雲返故山遲落照遊人去長空獨鳥隨不堪風景隔忠信寡相知

襄陽席上呈于司空（一作元稹詩）

花枝臨水復臨堤也照清江也照泥寄語東君好擡舉夜來曾伴鳳皇棲

宿裴氏谿居懷厲玄先輩

樹下孤石坐草間微有霜同人不同北（一作此）雲（一作零）鳥自南翔迢遞夜山色清泠泉月光西風耿離抱江海遙相望

集宿姚殿中宅期僧無可不至

殿中日（一作殿內臣）相命開尊話舊時餘鐘催鳥絕積雪阻僧期林靜寒光（一作登）遠天陰曙色遲今夕復何夕人謁去難追（一作鳴佩出難隨）

宿賈島原居（一作尋賈島原東居）

寒鴈過原急渚邊秋色深煙霞向海島風雨宿園林俱住明時願同懷故國心（一作共許貧交久猶嫌外事侵）未能先隱跡（一作去）聊（一作聞）此一相尋

贈別空公

雲門（一作外）秋却入微徑久無人後夜中峰月空林百衲身寂寥寒磬盡盥漱瀑泉新履跡誰相見（一作重見）松風掃石塵

府試觀開元皇帝東封圖

儼若翠華舉登封圖乍開晃旒明主立冠劍侍臣陪跡類飛仙去光同拜日來粉痕疑檢玉黛色訝生苔挂壁雲將起陵風仗若迴何年復東幸魯叟望悠哉

府試水始冰

南池寒色動北陸歲陰生薄薄流澌聚灘灘（一作微微）翠潋平暗霑霜稍厚迴照日還輕乳竇懸殘滴湘流減恨聲即堪金井貯會映玉壺清潔白心雖識空期飲此明

邊館逢賀秀才

貧病無疏我與君不知何事久離羣鹿裘共弊同為客龍闕將移擬獻文空館夕陽鴉繞樹荒城寒色鴈和雲不堪吟斷邊笳曉葉落東西客又分

宿王屋天壇

星斗半沈蒼翠色紅霞遠照海濤分折松曉拂天壇雪投簡寒窺玉洞雲絕頂醮迴人不見深林磬度鳥應聞未知誰與傳金籙獨向仙祠拜老君

岐陽逢曲陽故人話舊

異地還相見平生問（一作分）可知壯年俱欲暮往事盡堪悲道路頻艱阻親朋久別離解兵逃白刃謁帝值明時淹疾生涯故因官事（一作世）業移雞鳴關月落鴈度朔風吹客淚翻岐下鄉心落海湄積愁何計遣滿酌浣相思

贈禪僧

弟子人天遍（一作滿）童年在沃洲開禪（一作禪開）山木長浣衲（一作衲浣）海沙秋振（一作立）錫搖汀月持瓶接瀑流赤城何日上鄙願從

師遊（一作常多白雲與傾結赤城遊）

題廬山寺

白茅爲屋宇編荆，數處階墀石疊成。東谷笑言西谷響，下方雲雨上方晴。鼠驚樵客緣蒼壁，猨戲山頭撼紫檉。別有一條投澗水，竹筒斜引入茶鐺。

題石甕寺

僧室並皇宮，雲門輦路同。渭分雙闕北，山迴五陵東。修綆懸林表，深泉汲洞中。人煙窺垤蟻，鴛瓦拂宾鴻。蘚壁松生峭，龕燈月照空。稀逢息心侶，獨禮竺乾公。

謁仙觀二首

我生求羽化，齋沐造仙（一作山）居。葛蔓沒（一作汲）丹井，石函盛（一作闕）道書。寒松多偃側，靈洞遍清虛。一就泉西飲（一作嶺），雲中採藥蔬。

山空蕙氣香，乳管折雲房。願值壺中客，親傳肘後方。三更禮星斗，寸匕服丹霜。默坐樹陰下，仙經橫石牀。

送朴山人歸新羅（一作海東）

浩渺行無極，揚帆但信風。雲山過海半（一作畔），鄉樹入舟中。波定遥天出，沙平遠岸窮（一作濛）。離心寄何處，目斷曙霞東。

題靜住寺飲用上人房

寺近朝天路，多聞玉珮音。鑒人開慧眼，歸鳥息禪心。磬接星河曙，窗連夏木深。此中能宴（一作閑）坐，何必在雲林。

贈楊先輩（一作送楊之深先輩）

平生閒放久，野鹿許爲羣。居止鄰西岳，軒窗度白雲。齋心飯松子，話道接茅君。漢主思（一作方）清淨，休書諫獵文。

訓李景章先輩

平生詩句忝多同，不得陪君奉至公。金鏞自宜先中鵠，鉛刀甘且學雕蟲。鶯啼細柳臨關路，燕接飛花遶漢宮。九陌芳菲人競賞，此時心在別離中。

贈祠部令狐郎中

官初執憲稱雄才，省轄爲郎雅望催。待制松陰移玉殿，分宵露氣靜天臺。算棋默向孤雲坐，隨鶴閑窮片水迴。忽憶十年相識日，小儒新自海邊來。

送冊東夷王使

越海傳金冊，華夷禮命行。片帆秋色動，萬里信潮生。日映孤舟出，沙連絕島明。翳空翻大鳥，飛雪灑（一作噴）長鯨。舊鬢迴應改，遐荒夢易驚。何當理風檝，天外問來程。

送武陵王將軍

河外今無事，將軍有戰名。艱難長劍缺（一作闕），功業少年成。曉仗親雲陛，寒宵突禁營。朱旗身外色，玉漏耳邊聲。開閤談賓至，調弓過鴈驚。爲儒多不達，見學請長纓。

贈鄠縣尉李先輩二首

同人家鄠杜，相見罷官時。野坐苔生石，荒居菊入籬。聽蟬臨水久，送鶴背山遲。未擬還城闕，溪僧別有期。

休官不到闕，求靜匪營他。種藥唯愁晚，看雲肯厭多。渚邊逢鷺下，林表伴僧過。閑檢仙方試，松花酒自和。

邊將

玉榼酒頻傾，論功笑李陵。紅韁跑駿馬，金鏃掣秋鷹。塞迥連天雪，河深徹底冰。誰言提一劍，勤苦事中興。

下第別令狐員外

論文期雨夜，飲酒及芳晨。坐歎百花發，潛驚雙鬢新。舊交多得路，別業遠仍貧。便欲辭知己，歸耕海上春。

送春坊董正字浙右歸覲

去覲（一作省）毘陵日，秋殘建業中。莎垂石城古，山闊海門空。灌木寒檣遠（一作並），層波皓月同。何當復雠校，春集少陽宮。

送和北虜使

路始陰山北，迢迢雨雪天。長城人過少，沙磧馬難前。日入流沙際，陰生瀚海邊。刀鐶向月動，旌纛冒霜懸。逐獸孤圍合，交兵一箭傳。穹廬移斥候，烽火絕祁連。漢將行持節，胡兒坐控弦。明妃的（一作臣）迴面，南送使君旋。

攄情留別并州從事

淺學長自鄙，謬承賢達知。才希漢主召，玉任楚人疑。年長慙漂泊，恩深惜別離。秋光獨鳥過（一作遊），暝色一蟬悲。鶴髮生何速，龍門上苦遲。彫蟲羞朗鑒，干祿貴明時。故國誠難返，青雲致未期。空將感激淚，一自灑臨岐。

酬田卿送西遊

華堂開翠簟，惜別玉壺深。客去當煩暑，蟬鳴復此心。廢城喬木在，古道濁河侵。莫慮西遊遠，西關絕隴陰。

雪中送青州薛評事

臘景不可犯，從戎難自由。憐君急王事，走馬赴邊州。岳雪明日觀，海雲冒營丘。慙無斗酒寫，敢望御重裘。

哭京兆龐尹

神州喪賢尹，父老泣（一作哭）關中。未盡羣生願，纔當及物功。清光沈皎月，素業振遺風。履跡莓苔掩，珂聲紫陌空。從來受知者，會葬漢陵東。

路傍樹

古樹何人種，清陰減昔時。莓苔根半露，風雨（一作雪）節偏危。蟲蠹心將穴，蟬催葉向衰。樵童不須翦，聊起邵公思。

送客南遊

擬卜何山隱，高秋指岳陽。華乾雲夢色，橘熟洞庭香。疎雨殘虹影，回雲背鳥（一作鴈）行。靈均如可問，一爲哭清湘。

寄襄陽王公子

君馬勒金羈，君家貯玉笄。白雲登峴首，碧樹醉銅鞮。澤廣荆州北，山多漢水西。鹿門知不隱，芳草自萋萋。

集宿姚侍御宅懷永樂宰殷侍御

石田虞芮接，種樹白雲陰。穴閉神蹤古，河流禹鑿深。樵人應滿郭，僊鳥幾巢林。此會偏相語（一作憶），曾供（一作同）雪夜吟。

易水懷古

荆卿西去不復返，易水東流無盡期。落日蕭條薊城北，黃沙白草任風吹。

送僧二首

親在平陽憶久歸，洪河雨漲出關遲。獨過舊寺人稀識，一一杉松老別時。

龕中破衲自持行，樹下禪牀坐一生。來往白雲知歲（一作我）久，滿山猨鳥會經聲。

贈友人邊遊回（一作薛能詩）

遊子新從絕塞回，自言曾上李陵臺。尊前語盡北風起，秋色蕭條胡鴈來。

山中作

屐齒無泥竹策輕，莓苔梯滑夜難行。獨開石室松門裏，

月照前山空水聲

出塞詞

金帶連環束戰袍，馬頭衝雪度臨洮。卷旗夜劫單于帳，亂斫胡兒（一作兵）缺寶刀。

寄雲臺觀田秀才

雲壓松枝拂石窗，幽人獨坐鶴成雙。晚來漱齒敲冰渚，閑讀仙書倚翠幢。

邊上送楊侍御鞫獄回

獄成寃雪晚雲開，豸角威清塞鴈回。飛將送迎遥避馬，離亭不敢勸金杯。

射鵰騎

蕃面將軍著鼠裘，酣歌衝雪在邊州。獵過黑山猶走馬，寒鵰射落不回頭。

高司馬移竹

叢居堂下幸君移，翠掩燈窗露葉垂。莫羨孤生在山者，無人看著拂雲枝。

贈前蔚州崔使君

戰回脱劒綰銅魚，塞鴈迎風避隼旟。欲識前時爲郡政，校成上下考新書。

秋思二首

萬木秋霖後，孤山夕照餘。田園無歲計，寒近憶樵漁。

亭樹霜霰滿，野塘鳧鳥多。蕙蘭不可折，楚老徒悲歌。

黄神谷紀事

霹靂振秋岳，折松横洞門。雲龍忽變化，但覺玉潭昏。

過亡友墓

憶昨送君葬，今看墳樹高。尋思後期者，只是益生勞。

聞瀑布冰折

萬仞冰峭折，寒聲投白雲。光摇山月墮，我向石牀聞。

贈道者

深居白雲穴，静注赤松經。往往龍潭上，焚香禮斗星。

華下逢楊侍御

巨靈掌上月，玉女盆中泉。柱史息車看，孤雲心浩然。

新春聞赦（龍陽作）

道在猜讒息，仁深疾苦除。堯聰能下聽，湯網本來疏。

送李侍御福建從事

晉安來越國，蔓草故宫迷。釣渚龍應在，琴臺鶴亂栖。泛濤明月廣，邊海衆山齊。賓府通蘭棹，蠻僧接石梯。片雲和瘴濕，孤嶼映帆低。上客多詩興，秋猨足夜啼。

酬刑部姚郎中

路岐人不見，尚得記心中。月憶瀟湘渚，春生蘭杜叢。鳥啼花半落，人（一作客）散爵方空。所贈誠難答，泠然一雅（一作楫）風。

送柳秀才往連州看弟

離人非逆旅，有弟謫連州。楚雨霑猨暮，湘雲拂鴈秋。蒹葭行廣澤，星月棹寒流。何處江關鏁，風濤阻客愁。

晚眺有懷

點點（一作黯黯）抱離念，曠懷成怨歌。高臺試延望，落照在寒波。此地芳草歇，舊山喬木多。悠然暮天際，但見鳥相過。

山中興作

高高丹桂枝，嫋嫋女蘿衣。密葉浮雲過，幽陰暮鳥歸。月和風翠動，花落瀑泉飛。欲翦蘭爲佩，中林露未晞。

送皇甫協律淮南從事

辟書丞相草，招作廣陵行。隋柳疎淮岸，汀洲接海城。楚檣經雨泊，煙月隔潮生。誰與同尊俎，雞鸞集虎營。

别靈武令狐校書

北風吹别思，落月度關河。樹隱流沙短，山平近塞多。鴈池戎馬飲，鵰帳戍人過。莫慮行軍苦，華夷道正和。

田氏南樓對月

主人同露坐，明月在高臺。咽咽陰蟲叫，蕭蕭寒鴈來。影摇疎木落，魄轉曙鐘開。幸免丹霞映，清光溢酒杯。

送宗密上人

門前九陌塵，石上定中身。近放遼天鶴，曾爲南岳人。臘高松葉換，雪盡茗芽新。一自傳香後，名山願卜鄰。

白鹿原晚望

漨曲鴈飛下，秦原人葬回。丘墳與城闕，草樹共塵埃。

失意書懷呈知己

直道何由啟，聖君非才誰敢議。論文心存黄籙，兼丹訣

家憶青山與白雲，麋鹿幽栖閑可近，鴛鸞高舉勢宜分。微生不學劉琨輩，劒刃相交擬立勳。

春日尋滻川王處士

碧草徑微斷，白雲扉晚開。羅琴松韻發，鑒水月光來。宿鳥排花動，樵童澆竹迴。與君同露坐，澗石拂青苔。

宿陽臺觀

玉洞仙何在，爐香客自焚。醮壇围古木，石磬響寒雲。曙月孤霞映，懸流峭壁分。心知人世隔，坐與鶴爲群。

寄金州姚使君員外

老懷清淨化，乞去守洵陽。廢井人應滿，空林虎自藏。迸泉疎石竇，殘雨發椒香。山缺通巴峽，江流帶楚檣。憂（一作勸）農生野思，禱廟結雲裳。覆局松移影，聽琴月墮光。鳥鳴開郡印，僧去置禪牀。罷貢金休鑿，凌寒筍更長。退公披鶴氅，高步隔鷄行。相見朱門内，麾幢拂曙霜。

中秋夜坐有懷

秋光動河漢，耿耿曙難分。墮露垂叢藥，殘星間薄雲。心懸赤城嶠，志向紫陽君。鴈過海風起，蕭蕭時獨聞。

題鏡湖野老所居（一作秦系詩）

湖裏尋君去，樵風往返吹。樹喧巢鳥出，路細葑田移。漚苧成魚網，枯根是酒卮。老年唯自適，生事任羣兒。

題女道士居（不餌芝朮四十餘年。一作秦系詩）

不餌住雲溪，休丹罷藥畦。杏花虚結子，石髓任成泥。掃地青牛卧，栽松白鶴棲。共知仙女麗，莫是阮郎妻。

送王道士（一作秦系詩）

真人俄整舄，雙鶴屢飛翔。恐入壺中住，須傳肘後方。霓裳雲氣潤，石徑朮苗香。一去何時見，仙家日月長。

送道友入天台山作

却憶天台去，移居海島空。觀寒琪樹碧，雪淺石橋通。漱齒飛泉外，飡霞早境中。終期赤城裏，披氅與君同。

題章野人山居（一作秦系詩）

帶郭茅亭詩興饒，回看一曲倚危橋。門前山色能深淺，壁上湖光自動摇。閑花散落填書帙，戲鳥低飛礙柳條。向此隱來經幾載，如今已是漢家朝。

江中遇客

危石江中起，孤雲嶺上還。相逢皆得意，何處是鄉關。

期王鍊師不至（一作秦系詩）

黃精蒸罷洗瓊杯，林下從留石上苔。昨日圍棋未終局，多乘白鶴下山來。

秋日送僧志幽歸山寺（一作秦系詩）

禪室繩牀在翠微，松間荷笠一僧歸。磬聲寂歷宜秋夜，手冷鐙前自衲衣。

句

申胥任向秦庭哭，靳尚終貽楚國憂。

全唐詩

易重

易重，字鼎臣，宜春人。會昌五年進士第，官至大理評事。詩一首。

寄宜陽兄弟

六年雁序恨分離，詔下今朝遇已知。上國皇風初喜日，御堦恩渥屬身時。內庭再考稱文異，聖主宣名奬藝奇。故里仙才若相問，一春攀得兩重枝。（覆考第一）

孟遲

孟遲，字遲之（一云升之），平昌人。登會昌五年進士第。詩十七首。

發蕙風館遇陰不見九華山有作

我來淮陰城，千江萬山無不經。山青水碧千萬丈，奇峯急派何縱橫。又聞九華山，山頂連青冥。太白有逸韻，使我西南行。一步一攀策，前行正雞鳴。陰雲冉冉忽飛起，千里萬里危崢嶸。譬如天之有日蝕，使我昏沈猶不明。人家敲鏡救不得，光陰却屬貪狼星。恨亦不能通，言亦不足聽。長鞭揮馬出門去，是以九華爲不平。

寄浙右舊幕僚

由來惡舌駟難追，自古無媒謗所歸。勾踐豈能容范蠡，李斯何暇救韓非。巨拳豈爲雞揮肋，强弩那因鼠發機。慚愧故人同鮑叔，此心江柳尚依依。

壯士吟

壯士何曾悲，悲即無回期。如何易水上，未歌淚先垂。

徐波渡

曉月千重樹，春煙十里溪。過來還過去，此路不知迷。

題嘉祥驛

樹頂煙微綠，山根菊暗香。何人獨鞭馬，落日上嘉祥。

懷鄭泊

風蘭舞幽香，雨葉墮寒滴。美人來不來，前山看向夕。

長信宮（一作趙嘏詩）

君恩已盡欲何歸，猶有殘香在舞衣。自恨身輕不如燕，春來還遶御簾飛。

閨情

山上有山歸不得，湘江暮雨鷓鴣飛。蘼蕪亦是王孫草，莫送春香入客衣。

蓮塘

脉脉低回殷袖遮，臉橫秋水髻盤鴉。蓮莖有刺不成折，盡日岸傍空看花。

還淮卻寄睢陽

梁王池苑已蒼然，滿樹斜陽極浦煙。盡日回頭看不見，兩行愁淚上南船。

烏江

中分豈是無遺策，百戰空勞不逝騅。大業固非人事及，烏江亭長又何知。

新安故關

漢帝英雄重武材，崇山險處鑿門開。如今更有將軍否，移取潼關向北來。

廣陵城（一作趙嘏詩）

紅旆高臺綠遶城，城邊春草傍牆生。隋家不向此中盡，汴水應無東去聲。

過驪山（一作趙嘏詩）

冷日微煙渭水愁，華清宮樹不勝秋。霓裳一曲千門鎖，白盡梨園弟子頭。

吳故宮

越女歌長君且聽，芙蓉香滿水邊城。豈知一日終非主，猶自如今有怨聲。

蘭昌宮

宮門兩片掩埃塵，牆上無花草不春。誰見當時禁中事，阿嬌解佩與何人。

宮人斜

雲慘煙愁苑路斜，路傍丘冢盡宮娃。茂陵不是同歸處，空寄香魂著野花。

句

天地有時饒一擲，江山無主任平分。（見過垓下紀事）

王鐸

王鐸，字昭範，宰相播之從子。會昌初擢進士第，咸通時拜相。黃巢之亂，命爲行營都統，封晉公。後落職，節度滄景，爲魏博節度樂從訓所害。詩三首。

和于興宗登越王樓詩

謝脁題詩處，危樓壓郡城。雨餘江水碧，雲斷雪山明。錦繡來仙境，風光入帝京。恨無青玉案，何以報高情。

謁梓潼張惡子廟

盛唐聖主解青萍，欲振新封濟順名。夜雨龍拋三尺匣，春雲鳳入九重城。劍門喜氣隨雷動，玉壘韶光待賊平。惟報關東諸將相，柱天功業賴陰兵。

罷都統守鎮滑州作

用軍何事敢遷延，恩重才輕分使然。黜詔已聞來闕下，

檄書猶未遍軍前腰間盡解蘇秦印波上虛迎范蠡船
正會星辰扶北極却驅戈甲鎮南燕三塵上相逢明主
九合諸侯婉昔賢看却中興扶大業殺身無路好歸田

句

華表尚迷丁令鶴竹坡猶認葛溪龍（見吟窗雜錄）

鄭畋

鄭畋字台文滎陽人會昌進士第劉瞻鎮北門辟為從事瞻作相薦為翰林學士遷中書舍人乾符中以兵部侍郎同平章事尋出為鳳翔節度使拒巢賊有功授檢校尚書左僕射詩一卷今存十六首

中秋月直禁苑

禁署方懷忝綸闈已再加暫來西掖路還整上清槎恍惚歸丹地深嚴宿絳霞幽襟聊自適閒弄紫薇花

麥穗兩岐

聖慮憂千畝嘉苗薦兩岐如雲方表盛成穗忽標奇瑞露縱橫滴祥風左右吹謳歌連上苑化日遍平陂史冊書堪重丹青畫更宜願依連理樹俱作萬年枝

五月一日紫宸候對時屬禁直穿內而行因書六韻

朱夏五更後步廊三里餘有人從翰苑穿入內中書漏響飄銀箭燈光照玉除禁扉猶鎖鑰宮妓已妝梳紫府遊應似鈞天夢不如塵埃九重外誰信在清虛

題緱山王子晉廟

有昔靈王子吹笙邇泬寥六宮攀不住三島去相招亡國原陵古賓天歲月遙無蹤窺海曲有廟訪山椒石帳龍蛇拱雲櫳彩翠銷露壇裝琬琰真像寫松喬珠館青童宴琳宮阿母朝氣輿仙女侍天馬吏兵調湘妓紅絲瑟秦郎白管簫西城要綽約南嶽命嬌嬈句曲觴金洞天台嘯石橋晚花珠弄蕊春茹玉生苗二景神光秘三元寶籙饒霧垂鴉翅髮冰束虎章腰鶴馭爭衔箭龍妃合獻綃衣從星渚浣丹就日宮燒物外花嘗滿人間葉自凋望臺悲漢戾闕水笑梁昭古殿香殘灺荒堦柳長條幾曾期七日無復降重霄嵩嶺連天漢伊瀾入海潮何由得真訣使我珮環飄

初秋寓直三首

曉星獨挂結麟樓三殿風高藥樹秋玉笛數聲飄不住問人依約在東頭

宿鳥翩翩落照微石臺樓閣鎖重扉步廊無限金羈響應是諸司扈從歸

幽閣焚香萬慮凝下簾胎息過禪僧玉堂分照無人後消盡金盆一碗冰

夜景又作

鈴絛無響閉珠宮小閣涼添玉蘂風枕簟滿牀明月到自疑身在五雲中

杪秋夜直

藥宮裁詔與宵分雖在青雲憶白雲待報君恩了歸去山翁何急草移文

禁直寄崔員外

銀臺樓北蘂珠宮曾與人間路不同在省五更春睡侶早來分夢玉堂中

闈號

陛兵偏近羽林營夜靜仍傳禁號聲應笑執金雙闕下近南猶隔兩重城

禁直和人飲酒

卉醴陀花物外香清濃標格勝椒漿我來尚有鈞天會猶得金尊半日嘗

下直早出

諸司人盡馬蹄稀紫帕雲竿九釘歸偏覺石臺清貴處牓懸金字射晴暉

金鑾坡上南望

玉晨鐘韻上（一作索）清虛畫戟祥煙拱（一作擁）帝居極眼（一作目）向南無限地綠煙深處認中書

酬隱珪舍人寄紅燭

蜜炬殷紅畫不如且將歸去照吾廬今來倂得三般事靈運詩篇逸少書

馬嵬坡

肅宗回馬楊妃死雲雨雖亡日月新終是聖明天子事景陽宮井又何人

句

圓明青餌飯光潤碧霞漿（見古今詩話）　浴殿晴秋倚中謝殘英猶可醉瓊杯（並見紺珠集海錄碎事）

譚銖

譚銖吳人登會昌進士第嘗為蘇州醝院官詩二首

題九華山

憶聞九華山尚在童稚年浮沈任名路窺仰會無緣罷職池陽時復遭迎送牽因茲挈誠顒矚望枕席前況值春正濃氣色無不全或如碧玉靜或似青靄鮮或接白雲堆或映紅霞天呈姿既不一變態何啻千巍峩本無動崇峻性豈偏外景自隱隱潛虛固幽玄我來暗凝情務道志更堅色與山異性性倂山亦然境變山不動性存形自遷自遷不阻俗自定不失賢浮華與朱紫安可迷心田

真娘墓

武丘山下冢纍纍松柏蕭條盡可悲何事世人偏重色真娘墓上獨題詩

盧嗣立

盧嗣立登會昌進士第詩一首

望九華山

九華深翠落軒楹迴眺澄江氣象明不遇陰霾孤岫隱正當寒日衆峯呈坐觀風雪銷煩思惜別煙嵐駐曉行得路歸山期早訣夜來潛已告精誠

朱可名

朱可名越州人會昌進士及第終長安令詩一首

應舉日寄兄弟

廢刈鏡湖田上書紫闕前愁人久委地詩道未聞天不是燒金手徒拋釣月船多慚兄弟意不敢問林泉

張良器

張良器會昌進士第詩一首

河出榮光

引派崑山峻朝宗海路長千齡逢聖主五色瑞榮光隱暎浮中國晶明助太陽坤維連浩漫天漢接微茫丹闕清氛裏函關紫氣旁位尊常守伯道泰每呈祥習坎靈逾久居卑德有常龍門如可涉忠信是舟梁

全唐詩

薛能

薛能字太拙汾州人登會昌六年進士第大中末書判中選補盩厔尉李福鎮滑表署觀察判官歷御史都官刑部員外郎福徙西蜀奏以自副咸通中攝嘉州刺史遷主客度支刑部郎中權知京兆尹事授工部尚書節度徐州徙忠武廣明元年徐軍戍溵水經許能以舊軍館之城中軍懼見襲大將周岌乘衆疑逐能自稱留後因屠其家能僻于詩日賦一章有集十卷今編詩四卷

新雪八韻（一作關居新雪）

大雪滿初晨開門萬象新龍鍾雞未起蕭索我何貧耀若花前境清如物外身細飛斑户牖乾灑亂松筠正色凝高嶺隨流助要津鼎消微是（一作示）滓車碾半和塵茶興留詩客瓜情想戍人終篇本無字誰別勝陽春

國學試風化下

霽闕露穹崇含生仰聖聰英明高比日聲教下如風靜發宸居內低來品物中南薰歌自溥北極響皆通蘋末看無狀人間覺有功因今（一作令）委泥者覩此忘途窮

昇平詞十首（樂府作昇平樂）

瑞（一作正）氣遶宮樓皇居信上（一作上苑）遊遠岡連（一作延）聖祚平地載神州會合皆重譯潺湲近八流中興豈假問據此自千秋

寥泬敞延英朝班立位橫宣傳無草動拜舞有衣聲鴛瓦霜消濕蟲絲日照明辛勤自不到遙見似前程（一作生）

處處是（一作足）歡心（一作聲）時康歲已深不同三尺劍應似五弦琴壽笑山猶盡明嫌日有陰何當憐一物亦遣斷愁吟

曙質絕埃氛彤庭列禁軍聖顏初對日龍尾競緣雲佩響交成韻簾陰暖帶紋逍遙豈有事於此詠南薰

一物至周天洪纖盡晏然車書無異俗甲子並豐年奇技皆歸朴征夫亦服田君王故不有台鼎合韋弦（一作賢）

日日聽歌謠區中盡祝堯蟲蝗初不害夷狄近全銷史筆惟書瑞天臺絕見妖因令匹夫志轉欲事清朝

品物盡昭蘇神功復帝謨他時應有壽當代且無虞賜曆通遐俗移關入半胡鶺鴒一何幸於此寄微軀

無戰復無私堯時即此時焚香臨極早待月卷簾遲端拱乾坤內何言黈纊垂君看聖明驗只此是神龜

旭日上清穹明堂坐聖聰衣裳承瑞氣冠冕蓋（一作見）重瞳花木經宵露旌旗入（一作立）仗風何期於此地見說是神工（一作仙宮）

五帝三皇主蕭曹魏邴臣文章惟返朴戈甲盡生塵諫紙應無用朝綱自有倫昇平不可記所見是閑人

送馮溫往河外

琴劍事行裝河關出北方秦音盡河內魏畫自黎陽野日村苗熟秋霜館葉黃風沙問船處應得立清漳

送從兄之太原副使

少載琴書去須知暫佐軍初程見西嶽盡室渡橫汾元日何州住枯風宿館聞都門送行處青紫騎紛紛

送馬戴書記之太原

一曲大河聲全家幾日行從容長約夜差互忽離城鎮北胡沙淺途中霍嶽橫相逢莫已訊（一作泛）詩雅（一作句）負雄名

送友人出塞

榆關到不可何況出榆關春草臨岐斷邊樓帶日閑人歸穹帳外鳥亂（一作度）廢營間此地堪愁（一作秋堪）想霜前作意還

送李溟出塞

邊城官尚惡況乃是羈遊別路應相憶離亭更少留黃沙人外濶飛雪馬前稠甚險穹廬宿無爲過代州

寄終南隱者

海日東南出應開嶺上扉掃壇花入篲科竹露霑衣飯後嫌身重茶中見鳥歸相思愛民（一作名）者難說與親違

贈隱者

自得高閑性平生向北（一作此）棲月潭雲影斷山葉雨聲齊庭樹人書匝欄花鳥坐低相留永不忘經宿話丹梯

惜春

花開亦花落時節暗中遷無計延春日可能留少年小叢初散蝶高柳即聞蟬繁豔歸何處滿山啼杜鵑

送人自蘇州之長沙縣官

驅馬復乘流何時發虎丘全家上南嶽一尉事諸侯茶煮朝宗水船停調角州炎方好將息卑濕舊堪憂

早春歸山中舊居

茫茫驅匹馬歸處是荒榛猨跡破庭雪鼠蹤生甑塵開門衝網斷掃葉放苔匀爲惜詩情錯應難致此身

麟中（一作東）寓居寄蒲中友人

蕭條秋雨地獨院阻同羣一夜驚爲客多年不見君邊心生落日鄉思羨歸雲更在相思處子規燈下聞

關中送別

一行千里外幾事寸心間才子貧堪歎男兒別是閑黃河淹華岳白日照潼關若值鄉人問終軍賤不還

中秋夜寄李溟

滿魄斷埃氛，牽吟並舍間。一年唯此夜，到晚願無雲。待賞從初出，看行過二分。嚴城亦已閉，悔不預期君。

贈禪師

夢想青山寺，前年住此中。夜堂吹竹雨，春地落花風。舊句師（一作僧）曾見，清齋我亦同。浮生蹇莫問，辛苦未成功。

送禪僧

寒空孤鳥度，落日一僧歸。近寺路聞梵，出郊風滿衣。步搖瓶浪起，盂戛磬聲微。還坐棲禪所，荒山月照扉。

贈隱者

門前雖（一作惟）有徑，絕向世間行。薙草因逢藥，移花便得鶯。甘貧原（一作元）是道，苦學不爲名。莫怪蒼髯晚，無機任世情。

冬日送僧歸吳中舊居（一本無舊居二字）

去掃冬（一作東）林下，閑持未徧經。爲山低鑿牖，容月廣開庭。舊業雲千里，生涯水一瓶。還應覓新句，看雪倚禪扃。

恭禧皇太后挽歌詞三首

八月曾殊選，三星固異儀。祔陵經灞滻，歸賵雜華夷。旌去題新謚，宮存鏁素幃。重泉應不恨，生見太平時。

月落娥兼隱，宮空后豈還。銜哀窮地界，親莅泣天顏。舊住留丹藥（一作竈），新陵在碧山。國人傷莫及，應只詠關關。

配聖三朝隔，靈儀萬姓哀。多年好黃老，舊日薦賢才。道著標彤管，宮閑閉綠苔。平生六衣在，曾著祀高禖。

送胡澳下第歸蒲津

無媒甘下（一作不）飛，君子尚麻衣。歲月終榮（一作客終，一作榮終）在，家園近且歸。山光臨舜廟，河氣隔王畿。甚積湯原思，青青宿麥肥（原注：湯原，故地）。

春日閑居

權門多見薄，吾道豈終行。散地徒憂國，良時不在城。花繁春正王，茶美夢初驚。賴有茲文在，猶堪暢此生。

題逃戶

幾世膏（一作事）農桑，凶年竟失鄉。朽關生濕菌，傾屋照斜陽。雨水淹殘臼，葵花壓倒牆。明時豈致此，應自負蒼蒼。

郊居答客

傍舍蟲聲滿，殘秋宿雨村。遠勞才（一作之）子騎，光（一作先）顧野人門。敗葉盤空蔓，彤叢露暗根。相攜未盡語（一作語未盡），川月照黃昏。

早春歸山中舊居（一作寓居有懷呈舊知）

綠草閑閑院，悄然花正開。新年人未去，戊日燕還來。雨地殘枯沫，燈窗積舊煤。歸田語不忘，樗散料非才。

下第後春日長安寓居三首

一榜盡精選，此身猶陸沈。自無功讜分，敢抱怨尤心。暖陌開花氣，春居閉日陰。相知豈不有，知淺未知深。

暫屈固何恨，所憂無此時。隔年空仰望，臨日又參差。勞力且成病，壯心能不衰。猶將琢磨意，更欲候宗師。

關東歸不得，豈是愛他鄉。草碧餘花落，春閑白日長。全家期聖澤，半路敢農桑。獨立應無侶，浮生欲自傷。

春早選寓長安二首

疎拙自沈昏，長安豈是村。春非閑客事，花在五侯門。道僻惟憂禍，詩深不敢論。揚雄若有薦，君聖合承恩。

舊論已浮海，此心猶滯秦。上僚如報國，公道豈無人。巖隱懸溪瀑，城居入榻塵。漁舟即擬去，不待晚年身。

送進士（一本無進士二字）許棠下第東歸

長安那不住，西笑又東行。若以貧無計，何因（一作因何）事有成。雲峯天外出，江色草中明。謾忝相於（一作知）分，吾言世甚輕。

詠島

孤島（一作烏）如江上，詩家猶（一作獨）閉門。一池分倒影，空舸繫荒根。煙濕高吟石，雲生偶坐痕。登臨有新句，公退與誰論。

冬日寫懷（一作寫懷）

幕府盡平蠻，客留戎闈間。急流霜夾水，輕靄日連山。設醴徒慙楚，爲郎未姓顏。斯文苦不勝，會擬老民間。

和楊中丞早春即事

貴宅登臨地，春來見物華。遠江橋外色，繁杏竹邊花。戍客烽樓迥，文君酒幔斜。新題好不極，珠府未窮奢。

聞官軍破吉浪戎小而固慮史氏遺忽因記爲二章

一戰便抽兵，蠻孤吉浪平。通連無舊穴，要害有新城。晝卒烽前寢，春農界上耕。高樓一擬（一作凝）望，新雨劍南清。

瀘水斷囂氛，妖巢已自焚。漢江無敵國，蠻物在迴軍。越巂通遊國（一作客，一作騎），苴咩閉聚蚊。空餘羅鳳曲，哀思滿邊雲。

寒食有懷

流落傷寒食，登臨望歲華。村毬高過索，墳樹綠和花。晉聚應搜火，秦喧定走車。誰知恨榆（一作楊）柳，風景似吾家。

綿（一作錦）樓

溪邊人浣紗，樓下海棠花。極望雖懷土，多情擬置家。前山應象外，此地已天涯。未有銷憂賦，梁王禮欲奢。

雕堂

丈室久多病，小園晴獨遊。鳴蛩孤燭雨，啅雀一籬秋。聖主恩難謝，生靈志亦憂。他年誰識我，心跡在徐州。

贈歌人

溫燠坐相侵，羅襦一水沈。拜深知有意，今背不無心。近住應名玉，前生約（一作的）姓陰。東山期已定，相許便抽簪。

柘枝詞三首（樂府詩集題作柘枝調）

同營三十萬，震鼓伐西羌。戰血黏秋草，征塵攪夕陽。歸來人不識，帝里獨戎裝。

懸軍征拓羯，內地隔蕭關。日色崑崙上，風聲朔漠間。何當千萬騎，颯颯貳師還。

意氣成功日，春風起絮天。樓臺新邸第，歌舞小嬋娟。急破搖曳羅衫半脫肩。

詠柳花

浮生失意頻，起絮又飄淪。發自誰家樹，飛來獨院春。朝容縈斷砌，晴影過諸鄰。亂掩宮（一作空）中蝶，每（一作還）銜陌上人。隨波應到海，霑雨或依塵。會向慈恩日，輕輕對此身。

一葉落

輕葉獨悠悠，天高片影流。隨風來此地，何樹落先秋。變色黃應近，辭林綠尚稠。無雙浮水面，孤絕落關頭。乍減誠難覺，將凋勢未休。客心空自比，誰肯問新愁。

行路難

何處力堪殫，人心險萬端。藏山難測度，暗水自波瀾。對面如千里，迴腸似七盤。已經吳坂困，欲向鴈門難。南北

誠（一作試）須泣高深不可干無因善行止車轍得平安

蔡州蔣亭

草徑徹林間過橋如入山蔡侯添水榭蔣氏本柴關靜汎窮幽趣驚飛濕醉顏恨無優俸買來得暫時閑步與招提接舟臨夕照還春風應不到前想負花灣

戲題

閃閃動鳴璫初來燭影傍擁頭珠翠重縈步綺羅長靜發歌如磬連飄氣覺香不言微有笑多媚總無妝坐鈌初離席簾垂却入房思惟不是夢此會勝高唐

酬曹侍御見寄

儒道苦不勝邇來惟慕禪觸途非巧者於世分沈然要地羞難入閑居鈍更便清和挑菜食閑寂閉花眠累遣期拋俸機忘怕與權妨春愁莞榷響夜憶林泉匪石從遭刖殊膏枉被煎討論唯子厚藏退合吾先舊製羣英伏來章六義全休旬一擬和鄉思亂情田

送趙道士歸天目舊山

愚朴尚公平此心鄰道情有緣終自鄙何計逐師行日者聞高躅時人蓋強名口無滋味入身有羽儀生奏乞還鄉遠（一作速）詩曾對御成土毛珍（一作徵）到越塵髮倦離京符吮（一作咒）風雷惡朝脩月露清觀臨天目頂（一作秀）家住海潮聲道引圖看足參同注解精休糧一擬問窗（一作忽）草侯回程

除夜作

和吹度穹旻虛徐接建寅不辭加一歲唯喜到三春燎照雲煙好幡懸井邑新禎祥應北極調變驗平津樹欲含遲日山將退舊塵蘭萎殘此夜竹爆和諸鄰祝壽思明聖驅儺看鬼神團圓多少輩眠寢獨勞筋茜旆猶雙節雕盤又五辛何當平賊後歸作自由身

桃花

香色（一作秀氣）自天種（一作鍾）千年豈易逢開齊全未落繁極欲相重冷濕朝如淡晴乾午更濃風光新社燕時節舊春農籬落欹臨竹亭臺盛間松亂緣堪羨蟻深入不如蜂有影宜暄煦無言自冶容洞連非俗世溪靜（一作盡）接仙蹤子熟河應變根盤土已封西王潛愛惜東朔盜過從醉席眠英好題詩戀景慵芳菲聊一望何必在臨卭

黃河

何處發崑崙連乾復浸坤波渾經鴈塞聲振自龍門岸裂新衝勢灘餘舊落痕橫溝通海上遠色盡山根勇逗三峰坼雄標四瀆尊灣中秋景樹闊外夕陽村沫亂知魚呴槎來見鳥蹲飛沙當白日凝霧接黃昏潤可資農畝清能表帝恩雨吟堪極目風度想驚魂顯瑞龜曾出陰靈伯固存盤渦寒漸急淺瀨暑微溫九曲終柔勝常流可暗吞人間無博望誰復到窮源

華嶽

簇簇復亭亭三峰卓杳冥每思窮本末應合記圖經發地連宮觀衝天接井星河微臨巨勢秦重載奇形太古朝羣后中央擘巨靈鄰州猶映檻幾縣恰當庭鶴毳壇風亂龍漦洞水腥望遙通北極上徹見東溟客翫晴難偶農祈雨必零度關無暑氣過路得愁醒羽客時應見霜猨夜可聽頂懸飛瀑峻崦合白雲青混石猜良玉尋苗得茯苓從官知（一作如）側近悉俸致巖扃

秋雨（第二十二句缺一字）

宿雨覺纔初亭林忽復徐簇聲諸樹密懸滴四簷疎省漏疑方丈愁炊問斗儲步難多入屐窗淺欲飄書動蠖蒼苔靜藏蠶落葉虛吹交來翕習雷慢歇躊躇滯已妨行路晴應好荷鋤醉樓思蜀客鯉市想淮魚遲草因緣合欄花自此除有形皆霢霂無地不汙瀦境晦宜甘寢風清　退居我魂驚曉簟鄰話喜秋蔬既用功成歲旋應慘變舒倉箱足可恃歸去傲吾廬

春色滿皇州（一作滕邁詩）

藹藹復悠悠春歸十二樓最明雲裏闕先滿日邊州色媚青門外光摇紫陌頭上林榮舊樹太液鏡（一作泛）新流暖帶祥煙起清（一作晴）添瑞景浮陽和如啓蟄從此事芳遊

寄唁張喬喻坦之

何事盡參差惜哉吾子詩日令銷此道天亦負明時有路當重振無門即不知何當見堯日相與啜澆漓

贈僧

盡日行方到何年獨此林客歸惟鶴伴人少似師心坐石落松子禪牀摇竹陰山靈怕驚定不遣夜猨吟

全唐詩

薛能

春日旅舍書懷

出去歸來旅食人麻衣長帶幾坊塵開門草色朝無客落案燈花夜一身貧舍臥多消永日故園鶯（一作陰）老憶殘春蹉跎冠蓋誰相念二十年中盡苦辛

秋日將離滑臺酬（一作貽）所知二首

身起中宵骨亦驚一分年少已無成松吹竹簟朝眠冷雨濕蔬飧宿疾生僮汲野泉兼土味馬磨霜樹作秋聲相知莫話詩心苦未似前賢取得名

燈澀秋光靜不眠葉聲身（一作峰）影客窗前閑園露濕鳴蛩

夜急雨風吹落木，天城見遠山。應北嶽野多空地本南燕明朝欲別忘形處愁把離梧聽管弦

下第後夷門乘舟至永城驛題

秋賦春還計盡違自知身是拙求知唯思曠海為（一作無）休處（一作日）忽（一作却）喜孤舟似去時連浦（一作夜）一城（一作程）兼汴宋夾堤千柳雜唐隋從來此恨皆前達敢負吾君作楚辭

秋夜旅舍寓懷

庭鎖荒蕪獨夜吟西風吹動故山（一作人）心三秋木落半年客滿地月明何處砧漁唱亂沿汀鷺合鴈聲寒咽隴雲深平生只有松堪對露浥霜欺不受侵

洛下寓懷

胡為遭遇孰為官朝野君親各自歡敢向官（一作宦）途爭虎首尚嫌身累愛豬肝冰霜谷口晨樵遠星火爐邊夜坐寒唯有報恩心未剖退居猶欲佩芄蘭

題平湖

平湖湖畔雨晴新南北東西不隔塵映野煙波浮動日損花風雨寂寥春山無俗路藏高士岸泊仙舟憶主人那得載來都未保此心離此甚情親

平陽寓懷

晉國風流阻（一作沮）汾川家家弦管路岐邊曾為郡職隨分竹亦作歌詞乞採蓮北榭遠峰閑即望西湖殘景醉常眠牆花此日休迴避不是當時惡少年

留題汾上舊居

鄉園一別五年歸迴首人間總禍機尚勝鄰翁常寂寞敢嫌裘馬未輕肥塵顏不見應消落庭樹曾栽已合圍難說累牽還却去可憐榆柳尚依依

懷汾上舊居

素汾千載傍吾家常憶衡門對浣紗好事喜逢投宿客刈田因得自生瓜山頭鼓笛陰沈廟陌上薪蒸突兀車投暗作珠何所用被人專擬害靈蛇

送同儒大德歸柏梯寺

柏梯還擬謝微官遙擬千峰送法蘭行徑未曾青石斷拂牀終有白雲殘京塵濯後三衣潔山舍禪初萬象安薇蕨縱多師莫踏我心猶欲盡（一作畫）圖看

春日使府寓懷二首

一想流年百事驚已拋漁父戴塵纓青春背我堂堂去白髮欺人故故生道困古來應有分詩傳身後亦何榮誰憐（一作言）合負清朝力獨把風騷破鄭聲

平生無解亦無操永日書生坐獨勞唯覺宦情如水薄不知人事有山高孤心好直迹猶強病髮慵梳饔更搔何事故溪歸未得幾拋清淺汎紅桃

許州題德星亭

瀵（一作漢）水南流東有堤堤邊亭是武陵溪槎松配石堪僧坐藥杏含春欲鳥啼高樹月生滄海外遠郊山在夕陽西頻來不似軍從事只戴紗巾曳杖藜

送人歸上黨（時潞寇初平）

燕臺基壞穴狐蛇計拙因循歲月賒兵革未銷王在鎬桑蠶臨熟客還家霏微對岸漳邊雨堆阜鄰壇薊北沙若到長平戰場地為求遺鏃辟魔邪

春日重遊平湖

湖上春風發管弦須臨三十此離筵離人忽有重來日遊女初非舊少年官職已辜疲瘵望詩名空被後生傳啼鶯莫惜蹉跎恨閑事聽吟一兩篇

并州

少年流落在并州裘脫文君取次遊攜挈共過芳草渡登臨齊凭綠楊樓庭前蛺蝶春方好牀上樗蒲宿未收坊號偃松人在否餅爐南畔曲西頭

相國隴西公南征能以留務獨宿府城作

吾君賢相事南征獨宿軍廚負請纓燈室臥孤如怨別月階簪草似臨行高墉撼鐸思巴棧老木嘷風念野營殊憶好僧招不及夜來倉卒鏁嚴城

早春書事

百蠻降伏委三秦錦里風迴歲已新渠溢水泉花巷濕日銷冰雪柳營春何年道勝蘇群物盡室天涯是旅人焚却蜀書宜不讀武侯無可律余身

春日書懷

伯牙琴絕豈求知往往情牽自有詩攏月正當寒食夜春陰初過海棠時耽書未必酬良相斷酒唯堪作老師多病不任衣更薄東風臺上莫相吹

投杜舍人

牀上新詩詔草和欄邊清酒落花多閒消白日舍人宿夢覺紫薇山鳥過春刻幾分添禁漏夏桐（一作陰）初葉滿庭柯風騷委地苦無主此事聖君終若何

獻僕射相公

清如冰雪（一作玉）重如山百辟嚴趨禮絕攀強虜外聞應喪膽（一作須破）平人相見盡開顏朝廷有道青春好門館無私白日閑致却垂衣更何事幾多詩句詠（一作定）關關

上鹽鐵尚書（時太廟宿齋）

南宮環雉隔囂塵況值清齋宿大臣城絕鼓鐘更點後雨涼煙樹月華新簷前漱曉穹蒼碧庭下眠秋沆瀣津聞說務閑心更靜此時憂國合求人

漢南春望

獨尋春色上高臺三月皇州駕未回幾處松筠燒後死誰家桃李亂中開奸邪用法原非法唱和求才不是才自古浮雲蔽白日洗天風雨幾時來

晚春

惡憐風景極交親每恨年年作瘦人臥晚不曾拋好夜情多唯欲哭殘春陰成杏葉纔通日雨著楊花已汙塵無限後期知有在只愁煩（一作還）作總戎身

將赴鎮過太康縣有題

纔入東郊便太康自聽何暮豈龔黃晴村透日桑榆影曉露濕秋禾黍香十萬旌旗移巨鎮幾多（一作二三）輗軏負孤莊時人欲識征東將看取欃槍落太（一作大）荒

彭門解嘲二首

嗚嗚吹角貳師營落日身閑笑傲行盡覺文章尊萬事却嫌官職剩雙旌終休未擬降低屈忽遇（一作遇便）還須致太平頻上（一作向）水樓誰會我泗濱浮磬是（一作好）同聲

傷禽棲後意猶驚偶向繒竿脫此生身外不思簪組事耳中唯要管弦聲耽吟乍可妨時務淺飲無因致宿酲

秦客莫嘲瓜戍遠水風瀟灑是彭城

清河汎舟

都人層立似山丘坐嘯將軍擁櫂遊遶郭煙波浮泗水
一船絲竹載涼州城中覩望皆丹臒旗裏驚飛盡白鷗
儒將不須誇郄縠未聞詩句解風流

新竹

柳營茅土倦麤(一作麤)材因向山家乞翠栽清露便教(一作從)終夜
滴好風疑是(一作自)故園來欄邊匠去朱猶濕溉(一作培)後蟲浮
穴暗開他日會應威鳳至莫辭公府受塵埃

晚春

征東留滯一年年又向軍前遇火前畫出鷁舟宜祓禊
鏤成雞卵有鞦韆澄明煙水孤城立狼藉風花落日眠
賴指清和櫻筍熟不然愁殺暮春天

題彭祖樓

新晴天狀濕融融徐國灘聲上下洪極目澄鮮無限景
入懷輕好可憐風身防潦倒師彭祖妓擁登臨媿謝公
誰致此樓潛惠我萬家殘照在河東

漢廟祈雨回陽春亭有懷

南榮軒檻接城闉適罷祈農此訪春九九已從南至盡
芊芊初傍北籬新池中水是前秋雨陌上風驚自古塵
欲召羅敷傾一盞乘閒言語不容人

送李倍秀才

南朝才子尚途窮畢竟應須問葉公書劒伴身離泗上
雪風吹面立船中家園棗熟歸圭竇會府槐疎試射弓
相顧日偏留不得夜深聊欲一桮同

重遊德星亭感事

潁水川中枕水臺當時難別此重來舟沈土岸生新草
詩映紗籠有薄埃事繫興亡人少到地當今古我遲迴
殘陽照樹明於旭猶向池邊把酒桮

許州題觀察判官廳

三載從戎類繫匏重遊全許尚分茅劉郎別後無遺履
丁令歸來有舊巢冬暖井梧多未落夜寒窗竹自相敲
纖腰弟子知千恨笑與揚雄作解嘲

閒題(能鎮彭門時溥劉巨容周岌俱在麾下後各領重鎮兼端揆故作此詩)

八年藩翰似僑居只此誰知報玉除舊將已成三僕射
老身猶是六尚書時丁厚讌終無咎道致中興尚有餘
爲問春風誰是主空催弱柳擬何如

送福建李大夫

洛州良牧帥甌閩曾是西垣作諫臣紅旆已勝前尹正
尺書猶帶舊絲綸秋來海有幽都鴈船到城添外國人
行過小藩應大笑只知誇近不知貧

送李倍巡官歸永樂舊居

羨君歸去(一作處)五峰前往往星河實見仙麥壠夏枯成廢
地棗枝秋赤近高天山泉飲犢流多變村酒經蠶味可
憐曾約道門終老(一作却)住步虛聲裏寄閑眠

贈歌者

一字新聲一顆珠轉喉疑是擊珊瑚聽時坐部音中有
唱後櫻花葉裏無漢浦蔑聞虛解佩臨邛焉用枉當壚
誰人得向青樓宿便是仙郎不是夫(一作虛)

舞者

綠毛釵動小相思一唱南軒日午時慢鞍輕裾行欲近
待調諸曲起來遲筵停匕筯無非聽吻帶宮商盡是詞
爲問傾城年幾許更勝瓊樹是瓊枝

天際識歸舟

斜日滿江樓天涯照背流同人在何處遠目認孤舟帆
省當時席歌聲舊日謳人浮津濟晚櫂倚泬寥秋晴潤
忻全見歸遲怪久遊離居意無限貪此望難休

和曹侍御除夜有懷

有病無媒客多慵亦太疎自憐成叔夜誰與薦相如嗜
退思年老諳空笑歲除跡閑過寺宿頭㛹近階梳春立
窮冬後陽生舊物初葉多庭不掃根在逕新鋤田事終
歸彼心情倦老於斲材須見像藏劒豈爲魚效淺慚尹
祿恩多負辟書疇知必擬共勿使浪躊躇

華清宮和杜舍人(一作張祜詩一作趙嘏詩)

五十年天子離宮仰峻(一作舊粉)牆登封時正泰御宇日何(一作初)
長上位先名實中興事憲章起(一作舉)戎輕甲冑餘地復(一作取)

河湟道降玄元祖儒封孔子王因緣百司署聚會一人
湯渭水波搖綠秦山(一作郊)草半黃馬馴金勒細鷹健玉鈴
鏘(一作馬頭開夜照鷹眼利星芒)下箭朱方滿鳴鞭皓腕攘畋思獲呂望諫
祇避周昌兔跡貪前逐梟心不早防幾添鸚鵡勸先(一作頻)
賜荔枝嘗月鎖千門靜天吹(一作高)一笛涼細音搖羽佩輕
步宛霓裳禍亂基(一作根)潛結昇平意遽忘衣冠逃犬虜輦
鼓動漁陽外戚心殊迫中原事可量血(一作雪)埋妃子豔(一作貌)
刃斷祿兒腸近侍煙塵隔前蹤輦路荒益知迷寵佞遺
恨(一作唯)喪賢(一作忠)良北闕尊明主南宮遜上皇禁清餘鳳吹
池冷睡(一作映)龍光祝壽山猶在流年水共傷杜鵑魂厭蜀
蝴蝶夢悲莊雀卵遺雕栱蟲絲冪畫梁紫苔侵壁潤紅
樹閉門芳守吏齊鴛瓦耕民得翠璫登年(一作歡康)昔醻(一作時)樂
講武舊兵場暮(一作春)草深巖翠(一作靄)幽花墜逕香不堪垂白
叟行折御溝楊

送浙東王大夫

天爵擅忠貞皇恩復寵榮遠源過晉史甲族本緱笙亞
相兼尤美周行歷盡清制除天近曉衙謝草初生賓客
招閑地戎裝擁上京九街(一作衢)鳴玉勒一宅照紅旌細雨
當離席遙花顯去程佩刀畿甸色歌吹館橋聲驟裹從
秦賜艅艎到汴迎步沙逢霽月宿岸致嚴更渤澥流東
鄙天台壓屬城衆談稱重鎮公意念疲甿并邑曾多難
瘡痍此未平察應均賦歛逃必復桑耕隼重權兼帥鼉
雄設有兵越臺隨厚俸剡硾得尤名(近相傳橋熟紙名硾)夜蠟(一作獵)州
中宴春風部外行杳奩扃鳳詔朱篆動(一作進)龍坑報後功
何患投虛論素精徵還眞指掌感激自關(一作開)情舊業懷
昏作微班負旦評空餘騷雅事千古傲劉楨

送李殷遊京西

立馬送君地黯然愁到身萬途皆有匠六義獨無人莫
怪敢言(一作言如)此已能甘世貧時來貴亦在事是掩何因投
刺皆羈旅遊邊更苦辛岐山終蜀境涇水復蠻塵埋沒
飡須強炎蒸(一作涼)醉莫頻俗徒欺合得吾道死終新展分
先難許論詩永共親歸京稍作意充斥犯西鄰

長安送友人之黔(一作湖)南

衡嶽猶云過君家獨幾千心從賤遊話分向禁城偏陸路終何處三湘在素船琴書去迢遞星路照潺湲臺鏡簪秋晚盤蔬飯雨天同文到鄉盡殊國共行連後會應多日歸程自一年貧交永無忘孤進合相憐

寄李頻

長安千萬蹊迷者自多迷直性身難達良時日易低環簷消舊雪晴氣滿春泥那得同君去逢峰苦愛齊

贈苗端公二首

繁總近何如君才必有餘身歡步兵酒吏寫魯連書坐默閒聾吹庭班見雪初沈碑若果去一爲訪鄰居

至老不相疎斯言不是虛兩心宜一體同舍又鄰居曉角秋砧外清雲白月初從軍何有用未造魯連書

寄河南鄭侍郎(一作郎中)

三峽(一作二陝)與三壕門闌夢去勞細冰和洛水初雪灑嵩高大雅何由接微榮亦已逃寒窗不可寐風地葉蕭騷

蒙恩除侍御史行次華州寄蔣相

林下天書起遁逃不堪移疾入塵勞黃河近岸陰風急仙掌臨關旭日高行野衆喧聞鴈發宿亭孤寂有狼嘷荀家位極兼禪理應笑埋輪著所操

寄唐州楊郎中

關睢憔悴一儒生忽把魚鬚事聖明貧得俸錢還乍喜晚登朝序却無榮前年坐蜀同樽俎此日邊淮獨斾旌班列道孤君不見曲江春暖共僧行

塞上蒙汝州任中丞寄書

三省推賢兩掖才關東深許稍遲迴舟浮汝水通淮去雨出嵩峰到郡來投札轉京憂不遠枉緘經虜喜初開西樓一望知無極更與何人把酒桮

題鹽鐵李尚書滻州別業

鹿原陰面滻州湄坐覺林泉逼夢思閑景院開花落後濕香風好雨來時鄰驚麥野聞雛雉別創茅亭住老師備足好中還有闕許昌軍裏李陵詩

全唐詩

薛能

送劉駕歸京

相逢聽一吟惟我不降心在世憂何事前生得至音蒲多南去遠汾盡北遊深爲宿關亭日蒼蒼曉欲臨

夏日寺中有懷

亭午四鄰睡院中唯鳥鳴當門塞鴻去欹枕世人情地燥蒼苔裂天涼晚月生歸家豈不願辛苦未知名

夏日蒲津寺居二首

日日閑車馬誰來訪此身一門兼鶴靜四院與僧鄰雨室牆穿溜風窗筆染塵(一作菌)空餘氣長在天子用平人

故國有如(一作餘)夢省來長遠遊清晨起閑院疎雨似深秋宿寢書稜疊行吟杖跡稠天晴豈能出春煖未更裘

北都題崇福寺(寺即高祖舊宅)

此地潛龍寺何基卽帝臺細花庭樹蔭清氣殿門開長老多相識旬休暫一來空空亦擬解干進幸無媒

題龍興寺

高戶列禪房松門到上方像開祇樹嶺人施蜀城香地遍磷磷石江移子子檣林僧語不盡身役(一作後)事梁王

題大雲寺西閣

閣臨偏險寺當山獨坐西城笑滿顏四野有歌行路樂五營無戰射堂閑鼙和調角秋空外砧辨征衣落照間方擬殺身酬聖主敢於高處戀鄉關

舟行至平羌

貔虎直沙壖嚴更護早眠簇霜孤驛樹落日下江船暫去非吳起終休愛魯連平羌無一術候吏莫加籩

題開元寺閣

一閣見一郡亂流仍亂山未能終日住尤愛暫時閑唱櫂吳門去啼林杜宇還高僧不可羨西景掩(一作坐)禪關

凌雲寺

像閣與山齊何人致石(一作置是)梯萬煙生聚落一崦露招提齋(一作霽)月人來上殘陽鴿去栖從邊亦已極烽火是沈黎

石堂溪

三面接(一作枕)漁樵前門向郡橋岸沙崩橘樹山逕入茶苗夜擁軍煙合春浮妓舸邀此心無與醉花影莫相燒

荔枝樓

高檻起邊愁荔枝誰致樓會須教匠坼不欲見蠻陬樹痺無春影天連覺漢流仲宣如可擬卽此是荊州

聖岡

古跡是何王平身入石房遠村通後逕一郡隔前岡晝靜唯禪客春來有女郎獨醒迴不得無事可焚香

蜀州鄭史(一作使)君寄鳥觜茶因以贈答八韻

鳥觜擷渾牙精靈勝鏌鋣烹嘗方帶酒滋味更無茶拒碾乾聲細撐封利顆斜銜蘆齊勁實啄木聚菁華鹽損添常誡薑宜著更誇得來拋道藥攜去就僧家旋覺前甌淺還愁後信賒千慙故人意此惠敵丹砂

暇日寓懷寄朝中親友(第六句缺一字)

命與才違豈自由我身何負我身愁臨生白髮方監郡遙恥青衣懶上樓(郡南有青衣山)過客悶嫌疎妓樂小兒憨愛貔貅閑吟一寄清朝侶未必淮陰不拜侯

春日寓懷

幽拙未謀身無端患不均盜憎猶念物花盡不知春井邑常多弊江山豈有神犍爲何處在一擬弔埋輪

監郡犍爲舟中寓題寄同舍

一寢閑身萬事空任天教作假文翁旗穿島樹孤舟上家在山亭每日中疊果盤飧丹橘地若(一作落)花牀席早梅風佳期說盡君應笑劉表尊前且不同

江柳

條縧似垂纓離筵日照輕向人雖有態傷我爲無情橋遠孤臨水牆低半出營天津曾此見亦是愴行行

寄吉諫議

將迎須學返抽身合致蹉跎敢效嚬性靜擬歸無上士跡疎常負有情人終憑二頃謀婚嫁謬著千篇斷斧斤聞說舊交賢且達欲彈章甫自羞貧

江上寄情

天際歸舟浩蕩中我關王澤道何窮未爲時彥徒經國

尚有邊兵耻佐戎釀黍氣香村欲社斫桑春盡野無風
年來斷定知休處一樹繁花一畝宮

平蓋觀

巨柏與山高玄門靜有猱春風開野杏落日照江濤白
壁心難說青雲世未遭天涯望不極誰識詠離騷

春霽

久客孤舟上天涯濑曉津野芳楂似柳江霽雪和春吏
叶能鶯鷺官麤實害身何當窮蜀境却憶滯遊人

春居即事

雲密露晨暉西園獨掩扉雨新臨斷火春冷著單衣榆
莢奔風健蘭芽負土肥交親不是變自作寄書稀

邊城寓題

孤蹇復飄零天涯若墮螢東風吹痼疾暖日極青冥蠶
市歸農醉漁舟釣客醒論邦苦不早祇此負王庭

春日江居寓懷

歸輿乍離邊蘭橈復錦川斫春槎枿樹消雪土膏田岸
暖尋新菜舟寒著舊綿臨邛若箇是欲向酒家眠

邊城作

行止象分符監州是戲儒管排蠻户遠出箐鳥巢孤蜀人謂稅爲排户謂林爲叢箐北向秦何在南來蜀已無懷沙悔不及只有便
乘桴

聞李夷遇下第東歸因以寄贈

囊中書是居山寫海畔家貧一作頻乞食還吾子莫愁登第
晚古人惟愛賤遊閑舟行散適江亭上郡宴歌吟蠟燭
間從此樂章休叙戰漢兵無陣亦無蠻

留題

茶興復詩心一甌還一吟壓春甘蔗冷喧雨荔枝深騾
去無遺恨幽棲已徧尋蛾眉不可到高處望千岑

春日北歸舟中有懷

盡日遶盤飧歸舟向蜀門雨乾楊柳渡山熱杏花村淨
鏡空山一作江曉孤燈極浦昏邊城不是意迴首未終恩

初發嘉州寓題

勞我是犍爲南征又北移唯聞杜鵑夜不見海棠時在
閣曾無負含靈合有一作見知州人若愛樹莫損召南詩

題漢州西湖

西湖天下名可以濯吾纓況是攜家賞從妨半驛程嘗
茶春味渴斷酒晚懷清盡得幽人趣猶嫌守吏迎重滄
逢角暮百事喜詩成坐阻湘江謫誰爲話政聲俞安撫副使曾此賦
詩尋自南宮有湘潭之命因以吟歎

自廣漢遊三學山

殘陽終日望棲賢歸路攜家得訪禪世缺一來應薄命
雨留三宿是前緣詩題不忍離巖下屐齒難忘在水邊
猨鳥可知僧可會此心常似有香煙

三學山開照寺

盡室徧相將中方上下方夜深楠樹遠春氣陌一作柏林香
聖跡留巖險靈燈出混茫何因將慧劒割愛事空王

雨霽北歸留題三學山

遠樹平川半夕陽錦城遥辨立危牆閑思勝事多遺恨
却悔公心是謾忙灌口闕尋鷅遠客峨嵋乖約負支郎
靈龕一望終何得謬有人情滿蜀鄉

行次靈龕驛寄西蜀尚書

北客推車指蜀門乾陽知已近臨坤太原府有乾陽門尚書自北都遷蜀從辭
府郭常迴首欲別封疆更感恩援寡聖朝難望闕暑催
蠶麥得歸村雷公解斷衡天氣白日何辜遣戴盆

雨霽宿望喜驛

風雷一罷思何清江水依然浩浩聲飛鳥旋生啼鳥在
後人常似古人情將來道路終須達過去山川實不平
閑想更逢知舊否館前楊柳種初成

籌筆驛余爲蜀從事，病武侯非王佐才，因有是題

葛相終宜馬革還未開天意便開山生欺仲達徒增氣
死見王陽合厚顏流運有功終是擾陰符多術得非姦
當初若欲酬三顧何不無爲似有鰥

通仙洞

高龕險欲摧百尺洞門開白日仙何在清風客暫來臨
崖松直上避石水低迴賈椽曾空去題詩豈易哉

嘉陵驛見賈島舊題

賈子命堪悲唐人獨解詩左遷今已矣清絕更無之畢
竟吾猶許商量衆莫疑嘉陵四十字一一是天資

嘉陵驛一作題嘉陵江驛

江濤千疊閣千層銜尾相隨盡室登稠樹蔽山聞杜宇
午煙薰日食嘉陵頻題石上程多破暫歇泉邊起不能
如此幸非名利切益州來日合攜僧

嘉陵驛

盡室可招魂蠻餘出蜀門雹凉隨雨氣江熱傍山根蠶
月繰絲路農時碌碡村千將磨欲盡無位可酬恩

西縣途中二十韻

野客誤桑麻從軍帶鏌鋣豈論之白帝未合過黃花落
日投江縣征塵漱齒牙蜀音連井絡秦分隔褒斜碗路
商逢使山郵雀啅蛇憶歸臨角黍良遇得新瓜食久庭
陰轉行多屐齒窪氣清巖下瀑煙漫雨餘畬黃鳥當蠶
候稀蒿雜麥查汗凉風似雪漿度蜜如沙野色生肥芋
鄉儀擣散茶梯航經杜宇烽候徹苴咩逗石流何險通
關運固賒葛侯眞竭澤劉主合亡家陷彼貪功吠貽爲
黷武誇陣圖誰許可廟貌我揄揶閑事休徵漢斯行且
詠巴音繁來有鐸輒盡去無車溢目看風景清懷嘯月
華焰樵烹紫筍腰篳憩烏紗杞國憂尋悟臨邛渴自加
移文莫有誚必不滯天涯

西縣作

三年西蜀去如沈西縣西來出萬岑樹石向聞清漢浪
水風初見綠萍陰平邠不愛行增氣好井無疑漱入心
從此漸知光景異錦都迴首盡愁吟

分水嶺望靈寶峰

千尋萬仞峰靈寶號何從盛立同吾道貪程阻聖蹤嶺
奇應有藥壁峭盡無松那得休于是蹉跎亦臥龍

水簾吟

萬滴相隨萬響兼路塵天産盡荊需源從顥氣何因絕
派助前溪豈覺添豪客每來清夏葛愁人才見認秋簷
嘉名已極終難稱别是風流不是簾

褒斜道中

十驛褒斜到處慵眼前常似接靈蹤江遙旋入旁來水山豁猶藏向後峰鳥徑惡時應立虎畬田闊日自燒松行吟却笑公車役（一作使）夜發星馳半不逢

褒城驛有故元相公舊題詩因仰歎而作

鄂相頃題應好池題云萬竹與千梨我來已變當初地前過應無繼此詩敢歎臨行殊舊境惟愁後事劣今時閑吟四壁堪搔首頻見青蘋白鷺鷥

題褒城驛池

池館通秦檻向衢舊聞佳賞此踟躕清涼不散亭猶在事力何銷舫已無釣客坐風臨島嶼牧牛當雨食菰蒲西川吟吏偏思葺只恐歸尋水亦枯

送崔學士赴東川

羽人仙籍冠浮丘欲作酇侯且蜀侯導騎已多行劍閣親軍全到近綿州文翁勸學人應戀魏絳和戎戎自休唯有夜鐏懽莫厭廟堂他日少閑遊

海棠（并序）

蜀海棠有聞而詩無聞杜子美于斯興象靡出没而有懷天之厚余謹不敢讓風雅盡在蜀矣吾其庶幾

酷烈復離披玄功莫我知青苔浮落處暮柳閒開時帶醉遊人插連陰被叟移晨前清露濕晏後惡風吹香少傳何許妍多畫半遺島蘇漣水脉庭綻粒松枝偶汎因沈硯閑飄欲亂碁遶山生玉壘和郡徧坤維負賞慙休飲牽吟分失飢明年應不見留此贈巴兒

詠夾逕菊

夾逕盡黃英不通人竝行幾曾相對綻元自兩行生叢比高低等香連左右幷畔搖風勢斷中夾日華明間隔蛩吟隔交橫蝶亂橫頻應泛桑落摘處近前楹

碧鮮亭春題竹

竹少竹更重碧鮮疆（一作猶）更名有欄常凭立無徑獨穿行夕月陰何亂春風葉盡輕已聞圖畫客兼寫薛先生

竹逕

盤逕入依依旋驚幽鳥飛尋多苔色古踏碎籜聲微鞭節橫妨戶枝梢（一作苗）動拂衣前溪聞到處應接釣魚磯

新柳

輕輕須重不須輕衆木難成獨早成柔性定勝剛性立一枝還引萬枝生天鍾和氣元無力時遇風光別有情誰道少逢知己用將軍因此建雄名

牡丹四首

異色禀陶甄常疑主者偏衆芳殊不類一笑獨奢妍顆折羞含懶蘂虛隱陷圓亞心堆勝被美色豔於蓮品格如寒食精光似少年種堪收子子價合易賢賢迥秀應無妬奇香稱有仙深陰宜映幕富貴助開筵蜀水爭能染巫山未可憐數難忘次第立困戀傍邊逐日愁風雨和星祝夜天且從留盡賞離此便歸田

萬朶照初筵狂遊憶少年曉光如曲水顏色似西川白向庚辛受朱從造化研衆開成伴侶相笑極神仙見焰寧勞火聞香不帶煙自高輕月桂非偶賤池蓮影接彫盤動蘂遭惡草偏招歡憂事阻就臥覺情牽四面宜緜錦當頭稱管絃泊來鶯定憶粉擾蝶何顛蘇息承朝露滋榮仰霽天壓欄多盡好敵國貴宜然未落須迷醉因茲任病纏人誰知極物空負感麟篇

去年零落暮春時淚濕紅牋怨別離常恐便隨巫峽散何因重有武陵期傳情每向馨香得不語還應彼此知欲就（一作見欲）欄邊安枕席夜深閑共說相思

牡丹愁爲牡丹飢自惜多情欲瘦羸濃豔冷香初蓋後好風乾雨正開時吟蜂遍坐無閑藥醉客曾偷有折枝京國別來誰占翫此花光景屬吾詩

使院栽葦

戛戛復差差一叢千萬枝格如僧住處栽得吏閑時筍自廳中出根從府外移從軍無宿例空想夜風吹

失鶴二首

偶背雕籠與我違四方端佇竟忘歸誰家白日雲間見何處滄洲雨裏飛曾啄稻粱殘粒在舊翹泥潦半蹤稀憑人轉覺多相誤盡道皤然作令威

華表翹風未可期變丁投衛兩堪疑應緣失路防人損空有歸心最我知但見空籠拋夕月若何無樹宿荒陂不然直道高空外白水青山屬（一作鶴）師

答賈支使寄鶴

瑞羽奇姿踉蹌形稱爲仙馭過清冥何年厚祿曾居衛幾世前身本姓丁幸有遠雲兼遠水莫臨華表望華亭勞君贈我清歌侶將去田園夜坐聽

陳州刺史寄鶴

臨風高視聳奇形渡海冲天想盡經因得羽儀來合浦便無魂夢去華亭春飛見境乘桴切夜唳聞時醉枕醒南守欲知多少重撫毛千萬喚丁丁

孔雀

偶有功名正俗才靈禽何事降瑤臺天仙鷫鷩毛應是宮后屛幃尾忽開曾處嶂中真霧隱每過庭下似春來佳人爲我和衫拍遣作傞傞（一作娑娑）送一杯

鄜州進白野鵲

輕毛疊雪翅開霜紅觜能深練尾長名應玉符朝北闕色柔金性瑞西方不憂雲路填河遠爲對天顏送喜忙從此定知棲息處月宮瓊樹是仙鄉

早蟬

不見上庭樹日高聲忽吟他人豈無耳遠客自關心暫落還因雨橫飛亦向林分明去年意從此漸聞砧

申湖

昔年依峽寺每日見申湖下淚重來此知心一已無雨霖舟色暗岸拔木形枯舊境深相惱新春宛不殊方來尋熟侶起去恨驚鳧忍事花何笑喧吟瀑正（麤）堪憂從宦到倍遺曩懷孤上馬終回首傍人怪感吁

謝劉相（一本有公字）寄天柱茶

兩串春團敵夜光名題天柱印維揚偷嫌曼倩桃無味擣覺嫦娥藥不香惜恐被分緣利市盡應難覓爲供堂麤官寄與真拋却賴有詩情合得嘗

題後集

詩源何代失澄清處處狂波汙後生常感道孤吟有淚却緣風壞語無情難甘惡少欺韓信枉被諸侯殺禰衡

縱到紙山也無益四方聯絡盡蛙聲

秋晚送無可上人

半夜覺松雨照書燈悄然河聲纔淅瀝舊業近潺湲坐滴寒更盡吟驚宿鶴還相思不相見日短復愁牽

贈源寂禪師

鉼鉢鎮隨腰怡然處寂寥門一作師禪從北祖僧格似南朝性近徒相許緣多媿未銷何傳能法一作當傳去慧此岸要津橋

贈禪師

嗜慾本無性此生長在禪九州空有路一室獨多年鳴磬微塵落移鉼濕地圓相尋偶同宿星月坐忘眠

夏日青龍寺尋僧二首

帝里欲何待人間無闕遺不能安舊隱都屬擾明時達理須齊辱雄圖豈藉知縱橫悉已悞斯語是吾師

得官殊未喜失計是忘愁不是無心速焉能有自由涼風盈夏扇蜀茗半形一作邪甌一作鋤笑向權門客應難見道流

寄題巨源禪師

風雨禪思外應殘木槿花何年別鄉土一衲代袈裟日氣侵瓶暖雷聲動枕斜還當掃樓影天晚自煎茶

題河中亭子

河擘雙流島在中島中亭上正南空蒲根舊浸臨關道沙色遙飛傍苑風晴見樹卑知岳大晚聞車亂覺橋通無窮勝事應須宿霜白蒹葭月在東

逢友人邊遊迴一作馬戴詩

遊子新從絕塞迴自言曾上李陵臺尊前語盡北風起秋色蕭條胡鴈來

春雨

電潤照潺潺鷩流往復還遠聲如有洞迷色似無一作巫山利物乾坤內并風竹樹間靜思來朔漠愁望滿柴關迸濕消塵慮吹風觸疾一作病顏誰知草茅遷一作者霑此尚虛閒

夏雨

何處發天涯風雷一道賒去聲隨地急殘勢傍樓斜透樹垂紅葉霑塵帶落花瀟湘無限思閒看下蒹葭

秋夜山中述事

初宵門未掩獨坐對霜空極目故鄉月滿溪寒草風樵聲當嶺上僧語在雲中正恨歸期晚蕭蕭聞塞鴻

長安道

汲汲復營營東西連兩京關繻古若在山岳累應成各自有身事不相知姓名交馳兼一作喧衆類分散入重城此路一作去應無盡萬方人旋一作始生空餘片言苦來往覓劉楨

酬泗州韋中丞埇上日寄贈兼次本韻

曾儒相悟欲成空學盡文章不見功官自挓垣飄海上鎮從隨一作隋岸入山中嘗遭火發瞿雲一作曇宅爭得天如老氏弓何意杜陵懷寶客也隨迷路出關東

泛鷁池

通咽遠一作邊華鐏泛鷁名自君淨看篙見影輕動酒生紋細滴隨杯落來聲就浦分便應半酣後清冷潄兼雲

薛能

荔枝詩有序

杜工部老居兩蜀不賦是詩豈有意而不及歟白尚書曾有是作興旨卑泥與無詩同予遂爲之題不愧不負將來作者以其荔枝首唱愚其庶幾

顆如松子色如櫻未識蹉跎欲半生歲杪監州曾見樹時新入座久聞名

丁巳上元日放三雉

嬰網雖皆困褰籠喜共歸無心期爾報相見莫驚飛

寓題一作邊城寓題

王澤猶來雅在新尚詞微事一作徵事可愁人淫哇滿眼闕雎弱猶賀清朝有此身

望蜀亭

樹簇烟迷蜀國深嶺頭分界戀登臨前軒一望無他處從此西川只在心

游嘉州一作陵後溪開元觀閒遊因及後溪偶成二韻

山屐經過滿逕蹤隔溪遙見夕陽春當時諸葛成何事只合終身作臥龍

自諷

千題萬詠過三旬忘食貪魔作瘦人行處便吟君莫笑就中詩病不任春

乞假歸題候館一本題首有河東慕三字

僕帶雕弓馬似飛老萊衣上著戎衣郵亭不暇吟山水塞外經年皆未歸

監郡犍爲將歸使府登一本有通濟二字樓寓題

幾日監臨向蜀春錯拋歌酒强憂人江樓一望西歸去不負嘉州只負身

過象耳山二首

一色青松幾萬栽異香薰路帶花開山門欲別心潛願更到蜀中還到來

到處逢山便欲登自疑身作住來僧徒行至此三千里不是有緣應不能

聖燈

莽莽空中稍稍燈坐看迷濁變澄清須知火盡煙無益
一夜欄邊說向僧

過昌利觀有懷

萬仞雲峯八石泉李君仙後更誰仙我來駐馬人何問
老柏無多不種田

蜀路

劍閣緣雲拂斗魁疾風生樹過龍媒前程憩罷知無益
但是鶯啼亦到來

山下偶作

零雨霑山百草香樹梢高頂盡斜陽橫流巨石皆堪住
何事無僧有石房

伏牛山

虎蹲峯狀屈名牛落日連村好望秋不爲時危耕不得
一犂風雨便歸休

老圃堂（一作曹鄴詩）

邵平瓜地接吾廬穀雨乾時偶（一作手）自鋤昨日春風欺不
在就牀吹落讀殘書

春題

柳莫搖搖花莫開此心因病亦成灰人生只有家園樂
及取春農（一作濃）歸去來

幷州寓懷

人多知遇獨難求人負知音獨愛酬常恐此心無樂處
枉稱年少在幷州

中秋旅舍（一作中秋旅舍書懷）

雲卷庭虛（一作卷盡庭雲）月逗空一方秋草盡（一作色草）鳴蟲是時兄弟
正南北黃葉滿階來去風

符亭二首 幷序

東三泉十五里以飛瀑結茅雖小甚勝諸所記注
皆云前宰符姓所爲俞姓所修而不識其人因題
曰符亭蓋之也

符亭之地雅離群萬古懸泉一旦新若念農桑也如此
縣人應得似行人

山如巫峽煙雲好路似嘉祥水木清大抵游人總應愛
就中難說是詩情

秋夜聽任郎中琴

十指宮商膝上秋七條絲動雨脩脩空堂半夜孤燈冷
彈著鄉心欲白頭

留別關東舊遊

我去君留十載中未曾相見及花紅他時住得君應老
長短看花心不同

贈出塞客

出郊征騎逐飛埃此別惟愁春未回寒葉夕陽投宿意
蘆（一作蕭）關門向遠河開

秋溪獨坐

黃葉分飛砧上下白雲零落馬東西人生萬意此端坐
日暮水深（一作聲）流出溪

蒲中霽後晚望

河邊霽色無人見身帶春風立岸頭濁水茫茫有何意
日斜還向古蒲州

宋氏林亭

地濕莎青雨後天桃花紅近竹林邊行人本是農桑客
記得春深欲種田

雲花寺寓居贈海岸上人

暫寄空門未是歸上方林榭獨（一作偶著）儒衣吾師不語應相
怪（一作問）頻惹街塵入寺飛

關中秋夕

葦濕秋庭岳在煙露光明滑竹蒼然何人意緒還相似
鶴宿松枝月半天

西縣道中有短亭巖穴飛泉隅江灑至因成二
首

風涼津濕共微微隅岸泉衝石竅飛爭得巨靈從野性
舊鄉無此擘將歸

一瀑三峯赤日天路人才見便翛然誰能夜向山根宿
涼月初生的有仙

省試夜（一作韋承貽詩）

白蓮千朶照廊明一片承平雅頌聲更報第三條燭盡
文昌風景畫難成

過驪山

丹艧蒼蒼簇背山路塵應滿舊簾間玄宗不是偏行樂
只爲當時四海閑

曲江醉題

閑身行止屬年華馬上懷中盡落花狂遍曲江還醉臥
覺來人靜日西斜

參軍廳新池

簾外無塵勝物外牆根有竹似山根流泉不至客來久
坐見新池落舊痕

太原使院晚出

青門無路入清朝濫作將軍最下僚同舍盡歸身獨在
晚風開印葉蕭蕭

寒食日曲江

曲水池邊青草岸春風林下落花盃都門此日是寒食
人去看多身獨來

盩厔官舍新竹

心覺清涼體似吹滿風輕撼葉垂垂無端種在幽閑地
衆鳥嫌寒鳳未知

京中客舍聞筝

十二三弦共五音每聲如截遠人心當時向秀聞鄰笛
不是離家歲月深

銅雀臺

魏帝當時銅雀臺黃花深映棘叢開人生富貴須回首
此地豈無歌舞來

壽安水館

地接山林兼有石天懸星月更無雲驚鷗上樹滿池水
瀺灂一聲中夜聞

雨後早發永寧

春霖朝罷客西東雨足泥聲路未通獨愛千峯最高處
一峯初日白雲中

宿仙遊寺望月生峯

公門身入洞門行出穽離籠似有情僧語夜涼雲樹黑
月生峰上月初生

秋題

獨坐東南見曉星白雲微透淡寥清磷磷甃石堪僧坐
一葉梧桐落半庭

和友人寄懷

從來行樂近來希蘧瑗知言與我違自是衰心不如舊
非關四十九年非

子夜

嫖姚家宴敵吳王子夜歌聲滿畫堂此日相逢眉翠盡
女真行李乞齋糧

鴈和韋侍御

肅肅雍雍義有餘九天鸞鳳莫相疎唯應靜向山窗過
激發英雄夜讀書

和府帥相公 一作蜀中和府帥相公過安撫崔判官墅不遇之什

竹映高牆似傍山鄒陽歸後令威還君看將相才多少
兩首詩成七步間

又和留山鷄

五色文勝百鳥王相思兼絕寄芸香由來不是池中物
鷄樹歸時即取將

舟中酬楊中丞春早見寄

錦樓春望憶丹楹更遇高情說早鶯江上境寒吟不得
濕風梅雨滿船輕

寒食日題

美人寒食事春風折盡青青賞盡紅夜半無燈還有睡
一作不寐鞦韆懸在月明中

杏花

活色生香第一流手中移得近青樓誰知豔性終相負
亂向春風笑不休

黃蜀葵

嬌黃新嫩一作蕊欲題詩盡日含毫有所思記得玉人初病
起一作較道家粧束厭禳時

春詠

春來還似去年時手把花枝唱竹枝狂瘦未曾飡有味
不緣中酒却緣詩

贈歡娘 八歲善吹笙

一束龍吟細竹枝青娥擎在手中吹當時縱使雙成在
不得如伊是小時

戲瞻相

失意蹉跎到舊遊見吹楊柳便遮羞瞻相趙女休相拽
不及人前詐擺頭

贈解詩歌人

同有詩情自合親不須歌調更含顰朝天御史非韓壽
莫竊香來帶累人

贈韋氏歌人二首

弦管聲凝發唱高幾人心地暗傷刀思量更有何堪比
王母新開一樹桃

一曲新聲慘畫堂可能心事憶周郎朝來爲客頻開口
綻盡桃花幾許香

加階

二年中散似嵇康此日無功換寵光唯有一般酬聖主
勝於東晉是文章

野園

野園無鼓又無旗鞍馬傳盃用柳枝嬌養翠娥無怕懼
插人頭上任風吹

郊亭

郊亭宴罷欲回車滿郭傳呼調角初尚擁笙歌歸未得
笑娥扶著醉尚書

老僧

清瘦形容八十餘匏懸籬落似村居勸師莫羨人間有
幸是元無免破除

僧窗

不悟時機滯有餘近來爲事更乖疎朱輪皂蓋蹉跎盡
猶愛明窗好讀書

題平等院

十里城中一院僧各持巾鉢事南能還應笑我功名客
未解嫌官學大乘

影燈夜二首 一作上元詩

偃王燈塔古徐州二十年來樂事休此日將軍心似海
四更身領萬人遊

十萬軍城百萬燈酥油香煖夜如烝紅糕滿地煙光好
只恐笙歌引上昇

許州旌節到作

兩地旌旗擁一身半緣傷舊半榮新州人若憶將軍面
寫取雕堂報國真

重遊通波亭

十年拋擲故園花最憶紅桃竹外斜此日郊亭心乍喜
敗榆芳草似還家

戲舸

遠舸衝開一路萍岸傍偷上小茅亭遊人莫覓盃盤分
此地纔應聚德星

偶題

到處吟兼上馬吟總無愁恨自傷心無端夢得鈞天樂
盡覺宮商不是音

折楊柳十首 并序

此曲盛傳爲詞者甚衆文人才子各衒其能莫不條似舞腰葉如眉翠出口皆然頗爲陳熟能專於詩律不愛隨人搜難抉新誓脫常態雖欲弗伐知音其舍諸

華清高樹出離宮南陌柔條帶暖風誰見輕陰是良夜
瀑泉聲畔月明中

洛橋晴影覆江船羌笛秋聲濕塞煙閑想習池公宴罷
水蒲風絮夕陽天

嫩綠輕懸似綴旒路人遙見隔宮樓誰能更近丹墀種
解播皇風入九州

暖風晴日斷浮埃廢路新條發釣臺處處輕陰一作輕可惆
悵後人攀處古人栽

潭上江邊嫋嫋垂日高風靜絮相隨青樓一樹無人見
正是女郎眠覺時

汴水高懸百萬條，風清兩岸一時搖。隋家力盡虛栽得，無限春風屬聖朝。

和風煙樹（一作雨）九重城，夾路春陰十萬營。唯向邊頭不堪望，一株（一作枝）顛顛少人行。

窗外齊垂旭日初，樓邊輕暖（一作好好暖）風徐。游人莫道栽無益，桃李清陰却不如。

衆木猶寒獨早青，御溝橋畔曲江亭。陶家舊日應如此，一院春條綠遶廳。

帳偃纓垂細復繁，令人心想石家園。風條月影皆堪重，何事侯門愛樹萱。

柳枝四首

數首新詩帶恨成，柳絲牽我我傷情。柔娥幸有腰支穩，試踏吹聲作唱聲。

高出軍營遠映橋，賊兵曾斫火曾（一作曾逢兵火一時）燒。風流性在終難改（一作盡死一作挫），依舊春來（一作風暖日還生）萬萬條。

縣依陶令想嫌迂，營畔將軍即大麤。此日與君除萬恨，數篇風調更應無。

狂似纖腰嫩勝綿，自多情態竟（一作更）誰憐。遊人不折還堪恨，抛向橋邊與路邊。

柳枝詞五首（并序）

乾符五年，許州刺史薛能於郡閣與幕中談賓酣飲醅酎，因令部妓少女作楊柳枝健舞，復歌其詞，無可聽者，自以五絕爲楊柳新聲。

朝陽晴照綠楊煙，一別通波十七年。應有舊枝無處覓，萬株風裏卓旌旃。

晴垂芳態吐牙（一作芽），新雨擺輕條濕面春。別有出牆高數尺，不知摇動是何人。

暖（一作曉）梳簪朵事登樓，因挂垂楊立地愁。牽斷綠絲攀不得，半空懸著玉搔頭。

西園高樹後庭根，處處尋芳有折痕。終憶舊（一作我）遊桃葉舍，一株斜映竹籬門。

劉白蘇臺總近時，當初章句是誰推。纖腰舞盡春楊柳，未有儂家一首詩。（自注：劉白二尚書繼爲蘇州刺史，皆賦楊柳枝詞，世多傳唱，雖有才語，但文字太僻，宮商不高，如可者，豈斯人徒歟。洋洋乎唐風，其令虛愛）

吳姬十首

夜鏁重門晝亦監，眼波嬌利瘦巖巖。偏憐不怕傍人笑，自把春羅等舞衫。

龍麝薰多骨亦香，因經寒食好風光。何人畫得天生態，枕破施朱隔宿粧。

滴滴春霖透荔枝，筆題箋動手中垂。天陰不得君王召，頻著青蛾作小詩。

鈿合重盛繡結深，昭陽初幸賜同心。君知一夜恩多少，明日宣教放德音。

退紅香汗濕輕紗，高捲蚊厨獨臥斜。嬌淚半垂珠不破，恨君瞋折後庭花。

取次衣裳盡帶珠，別添龍腦裛羅襦。年來寄與鄉中伴，殺盡春蠶稅亦無。

畫燭燒蘭暖復迷，殿幃深密下銀泥。開門欲作侵晨散，已是明朝日向西。

樓臺重疊滿天雲，殷殷鳴鼉世上聞。此日楊花初似雪，女兒弦管弄參軍。

冠剪黃綃帔紫羅，薄施鈆粉畫青娥。因將素手誇纖巧，從此椒房寵更多。

身（一作自）是三千第一名，內家叢裏獨分明。芙蓉殿上中元日，水拍銀臺弄化生。

題于公花園

含桃莊主後園深，繁實初成靜掃陰。若使明年花可待，應須惱破事花心。

登城

偶作閑身上古城，路人遙望不相驚。無端將吏逡巡至，又作都頭一隊行。

好客

好客連宵在醉鄉，蠟煙紅暖勝春光。誰人肯信山僧語，寒雨唯煎治氣湯。

贈普恭禪師

一日迢迢每一飡，我心難伏我無（一作心）難。南簷十月繩牀暖，背卷真經向日看。

贈無表禪師

笠戴圓陰楚地棲，磬敲清響蜀山銅。秋來說偈寅朝殿，爽爽（一作颯颯）楊枝滿手風。

彭門偶題

淮王西舍固非夫，柳惲偏州未是都。直到春秋諸列國，擁旄才子也應無。

朝趙璘

巡關每傍摴蒲局，望月還登乞巧樓。第一莫教嬌太過，緣人衣帶上人頭。

句

百首如一首，卷初如卷終。（北夢瑣言：能以詩自負，還劉得仁卷，題詩云云）

坐久僕頭出，語多僧齒寒。（南部新書）

西塞長雲盡，南湖片月斜。（古今詩話）

李白終無取，陶潛固不刋。（論詩，見鄭谷集注）

我身若在開元日，爭遣名爲李翰林。（寄符郎中，見鄭集）

全唐詩目 第九函

第三冊

全唐詩

劉威

劉威會昌時人詩二十七首

早春

曉來庭戶外草樹似依依一夜東風起萬山春色歸冰消泉派動日暖露珠晞已醞看花酒嬌鶯莫預飛

傷春感懷

花飛惜不得年長更堪悲春盡有歸日老來無去時風前千片雪鏡裏數莖絲腸斷青山暮獨攀楊柳枝

閏三月

三年皆一閏此閏勝常時莫怪花開晚都緣春盡遲節分炎氣近律應蕙風移夢得成胡蝶芳菲幸不遺

早秋遊湖上亭

危亭秋尚早野思已無窮竹葉一尊酒荷香四座風曉煙孤嶼外歸鳥夕陽中漸愛湖光冷移舟月滿空

宿漁家

竹屋清江上風煙四五家水園分芰葉鄰界認蘆花雨到魚翻浪洲迥鳥傍沙月明何處去片片席帆斜

旅中早秋

金威生止水爽氣遍遙空草色蕭條路槐花零落風夜來萬里月覺後一聲鴻莫問前程事飄然沙上蓬

早秋西歸有懷

求歸方有計惜別更堪愁上馬江城暮出郊山戍秋暗銷何限事白盡去年頭莫怪頻惆悵異鄉難再遊

冬夜旅懷

寒窗危竹枕月過半牀陰嫩葉不歸夢晴蟲成苦吟酒無通夜力事滿五更心寂寞誰相似殘燈與素琴

塞上作

蕭蕭隴水側落日客愁中古塞一聲笛長沙千里風鳥無棲息處人愛戰爭功數夜城頭月彎彎如引弓

秋日寄陳景孚秀才

征車日已遠物候尚淒淒風葉青桐落露花紅槿低心隨秦國遠夢到楚山迷却恨銜蘆鴈秋飛不向西

冬日送友人西歸

北風吹別思杳杳度雲山滿望是歸處一生猶未閑知音方見譽浮宦久相關空有心如月同君千里還

感寓

海竭山移歲月深分明齊得世人心顏回徒恨少成古彭祖何曾老至今須向道中平貴賤還從限內任浮沈他年免似驪山鬼信有蓬萊不可尋

七夕

烏鵲橋成上界通千秋一作年靈會此宵同雲收喜氣星樓曉一作榆滿香一作雨拂輕一作香塵玉一作月殿空翠輦不行青草路金鑾徒候一作恨白榆風綵盤花閣無窮意只在遊絲一縷中

晚春陪王員外東塘遊宴

水綠山青春日長政成因暇泛回塘初移柳岸笙歌合欲過蘋洲羅綺香共濟已驚依玉樹隨流還許醉金觴一聲畫角嚴城暮雲雨分時滿路光

遊東湖黃處士園林

偶向東湖更向東數聲雞犬翠微中遙知楊柳是門處似隔芙蓉無路通樵客出來山帶雨漁舟過去水生風物情多與閑相稱所恨求安計不同

題許子正處士新池

坐愛風塵日已西功成得與化工齊巧分孤島思何遠欲似五湖心易迷漸有野禽來試水又憐春草自侵隄邪堪更到芙蓉拆晚夕香聯桃李蹊

旅懷

物態人心漸渺茫十年徒學釣滄浪老將何面還吾土夢有驚魂在楚鄉自是一身嫌苟合誰憐今日欲佯狂無名無位却無事醉落烏紗卧夕陽

早秋歸

數口飄零身未迴夢魂遙斷越王臺家書欲寄鴈飛遠客恨正深秋又來風解綠楊三署冷月當銀漢四山開茫茫歸路在何處砧杵一聲心已摧

歐陽示新詩因貽四韻

衡嶽瑤瓊得至音數篇清越應南金都由苦思無休日已證前賢不到心風入寒松聲自古水歸滄海意皆深欲知字字驚神鬼一氣秋時試夜吟

尉遲將軍

天仗擁門希授鉞重臣入夢豈安金江河定後威風在社稷危來寄託深扶病暫將弓試力感恩重與劍論心明妃若遇英雄世青塚何由怨陸沈

贈歐陽秀才

桐上知音日下身道光誰不仰清塵偶來水館逢爲客舊熟詩名似故人永日空驚滄海闊何年重見白頭新權門要路應行遍閑伴山夫一夜貧

贈道者

五雲深處有眞仙歲月催多却少年入郭不知今世事
賣丹猶覓古時錢閑尋白鹿眠瑤草暗摘紅桃去洞天
時向人間深夜坐鬼神長在藥囊邊

贈道者

道帔輕裾三島雲綠髯長占鏡中春高風已駕祥鸞馭
浮世休驚野馬塵過海獨辭王母面度關誰識老聃身
儒生也愛長生術不見人間大笑人

遣懷寄歐陽秀才

地上江河天上烏百年流轉只須臾平生閑過日將日
欲老始知吾負吾似豹一班時或有如龜三顧豈全無
古來晚達人何限莫笑空枝猶望蘇

送元秀才入道

不敎榮樂損天機願逐鸞皇次第飛明月滿時開道帔
俗塵飄處脫儒衣只攜仙籍還金洞便與時流隔翠微
空有緘題報親愛一千年後始西歸

三閭大夫

三閭一去湘山老煙水悠悠痛古今青史已書殷鑒在
詞人勞詠楚江深竹移低影潛貞節月入中流洗恨心
再引離騷見微旨肯敎漁父會昇沈

傷曾秀才馬

買得龍媒越水濆輕桃細杏色初分秋歸未過陽關日
夜魄忽銷陰塞雲吳練已知隨影沒朔風猶想帶嘶聞
臨軒振策休惆悵坐致煙霄只在君

李玖

李玖歙州巡官詩八首

噴玉泉冥會詩八首 纂異記曰會昌元年孝廉許生下第東歸次壽安甘棠館西逢白衣叟云赴噴玉泉與三四君子追舊游至泉所見四丈夫有少年神貌揚揚者有短小氣宇落落者有長大少鬚髯者有清瘦言語瞻視疾速者皆金紫坐泉傍謂叟曰玉川來何遲叟曰適憩前館偶見西楹題詩晦其姓名有似爲座中一二公者吟諷少駐耳因述其詩座中皆掩面慟哭神貌揚揚者曰作詩人得非伊水上受我推食解衣之士乎久之各賦噴玉泉感舊游書懷詩詩成各自吟諷長號數四響動岩谷慘無言語而別按四丈夫甘露四相也玉川盧仝也伊水受恩之士玖自謂噴玉泉在河南壽安縣傳載云山水絕勝太和中游者始盛王涯傳別墅有佳木流泉詳詩意墅正在此泉上也

白衣叟途中吟二首

春草萋萋春水綠野棠開盡飄香玉繡嶺宮前鶴髮人
猶唱開元太平曲

厭世逃名者誰能答姓名曾聞王樂否眷取路傍情

白衣叟述甘棠館西楹詩

浮雲凄慘日微明沈痛將軍負罪名白晝叫閽無近戚
縞衣飲氣只門生佳人暗泣塡宮淚廐馬連嘶換主聲
六合茫茫皆漢土此身無處哭田橫

白衣叟噴玉泉感舊遊書懷

樹色川光向晚晴舊曾遊處事分明鼠穿月榭荊榛合
草掩花園畦壠平迹陷黃沙仍未寤罪標靑簡竟何名
傷心谷口東流水猶噴當時寒玉聲

四丈夫同賦

鳥啼鶯語思何窮一世榮華一夢中李固有冤藏蠹簡
鄧攸無子續淸風文章高韻傳流水絲管遺音託草蟲
春月不知人事改閑垂光影照洿宮 少年神貌揚揚者

桃蹊李徑盡荒凉訪舊尋新益自傷雖有衣衾藏李固
終無表疏雪王章羇魂尚覺霜風冷朽骨徒驚月桂香
天爵竟爲人爵悞誰能高叫問蒼蒼 短小器宇落落者

落花寂寂草綿綿雲影山光盡宛然壞室基摧新石鼠
潴宮水引故山泉靑雲自致慚天爵白首同臨感昔賢
惆悵林間中夜月孤光曾照讀書筵 淸瘦瞻視速名

新荆棘路舊衡門又駐高車會一尊寒骨未沾新雨露
春風不長敗蘭蓀丹誠豈分埋幽壤白日終希照覆盆
珍重昔年金谷友共來泉際話幽魂 長大少髯者

潘唐

潘唐會昌時人詩一首

下第歸宜春酬黃頗餞別

聖代澄淸雨露均獨懷惆悵出咸秦承明未薦相如賦
故國猶慚季子貧御苑鍾聲臨遠水都門樹色背行塵
一從此地曾攜手益羨江頭桃李春

裴休

裴休字公美濟源人登進士第舉賢良方正異等擢累
監察御史兵部侍郎大中中拜同中書門下平章事詩
二首

題泐潭

泐潭形勝地祖塔在雲濤浩劫有窮日眞風無墜時歲
華空自老消息竟誰知到此輕塵慮功名自可遺

贈黃蘗山僧希運

曾傳達士心中印額有圓珠七尺身挂錫十年棲蜀水
浮杯今日渡漳濱一千龍象隨高步萬里香華結勝因
擬欲事師爲弟子不知將法付何人

令狐綯

令狐綯字子直楚之子舉進士擢累左補闕右司郎中
出爲湖州刺史大中初召爲考功郎中知制誥入翰林
爲學士進中書舍人再遷兵部侍郎俄拜同中書門下
平章事懿宗嗣位出爲河中節度使徙宣武淮南僖宗
時終鳳翔節度使封趙國公詩一首

登望京樓賦

夷門一鎭五經秋未得朝天不免愁因上此樓望京國
便名樓作望京樓

夏侯孜

夏侯孜字好學，亳州譙人。累遷婺絳等州刺史。宣宗時自兵部侍郎爲同中書門下平章事。懿宗立，進司空，尋罷以太子少保分司東都。詩一首

享太廟樂章

於鑠令主，聖祚重昌。與起教義，申明典章。俗尚素朴，人皆樂康。積德可報，流慶無疆。

魏謩

魏謩字申之，鄭公徵五世孫。登進士第，文宗時爲右拾遺，擢諫議大夫。武宗立，貶信州長史。宣宗嗣位，召授給事中，遷御史中丞，兼户部侍郎，俄進同中書門下平章事。大中十年，領劒南西川節度使，上疾求代，拜吏部尚書，尋授檢校尚書右僕射。集十卷，今存詩一首

和重陽錫宴御製詩

四方無事去，宸豫杪秋來。八水寒光起，千山霽色開。

周墀

周墀字德升，汝南人。擢進士第，辟湖南巡官，入爲監察御史、集賢殿學士。李宗閔鎮山南，表行軍司馬。閔歲召還，以考功員外郎兼起居舍人事，知制誥。武宗即位，改工部侍郎，出爲義成節度使，尋以兵部侍郎召判度支，進同中書門下平章事，俄罷爲劒南西川節度使。詩二首

賀王僕射放榜

文場三化魯儒生，三十餘年振重名。曾忝木雞誇羽翼，又陪金馬入蓬瀛。（自注：墀初年木雞賦及第，常陪僕射守職內庭）雖欣月桂居先折，更羨春蘭最後榮。欲到龍門看風雨，關防不許暫離營。

酬李常侍（景讓）立秋日奉詔祭嶽見寄

秋祠靈嶽奉尊罍，風過深林古柏開。蓮掌月高珪幣列，金天雨露鬼神陪。質明三獻雖終禮，祈壽千年別上杯。豈是瑣才能祀事，洪農太守主張來。

李景讓

李景讓字後已，憕之孫。大中中歷御史大夫、西川節度使，終太子少保分司東都，謚曰孝。詩一首

寄華州周侍郎（墀）立秋日奉詔祭嶽詩

闗河豁靜曉雲開，承詔秋祠太守來。山霽蓮花添翠黛，路陰桐葉少塵埃。朱轎入廟威儀肅，玉佩升壇步武回。往歲今朝幾時事，謝君非重我非才。

句

成都十萬户，抛若一鴻毛。（見北夢瑣言）

鄭顥

鄭顥字奉正，宰相絪之孫。登進士第，官起居郎，尚宣宗女萬壽公主，拜駙馬都尉，歷禮部侍郎。大中末，檢校禮部尚書、河南尹。詩一首

續夢中十韻（并序）

去年壽昌節，赴麟德殿上壽，迴憩於長興里第，昏然晝寢，夢與十數人納涼於別館，館宇蕭灑，相與聯句，予爲數聯，同游甚稱賞。既寤，不全記諸聯，唯有十字云：石門霧露白，玉殿莓苔青。用杜甫句，私怪語不祥，書之於楹，不敢言於人。不數日，上不豫，廢朝會，及宮車上僊，方悟其事。追惟顧遇，續石門之句爲十韻云。

間歲流虹節，歸軒出禁扃。奔波陶畏景，蕭灑夢殊庭。境象非曾到，崇嚴昔未經。日斜烏斂翼，風動鶴飄（一作梳）翎。異苑人爭集，涼臺筆不停。石門霧露白，玉殿莓苔青。若匪災先兆，何緣思入冥。御爐虛仗馬，華蓋負云亭。白日成千古，金騰閟九齡。小臣哀絕筆，湖上泣青萍。

劉綺莊

劉綺莊，毘陵人。初爲崑山尉，宣宗時官州刺史。集十卷，今存詩二首

揚州送人

桂檝木蘭舟，楓江竹箭流。故人從此去，望遠不勝愁。落日低帆影，歸風引櫂謳。思君折楊柳，淚盡武昌樓。

置酒

酒熟人須飲，春還鬢已秋。願逢千日醉，得逭百年愁。卒卒周姬旦，棲棲魯孔丘。平生能幾日，不及且遨遊。

張固

張固，大中中嘗爲桂管觀察使。詩二首

重陽宴東觀山亭和從事盧順之

亂山青翠郡城東，爽節憑高一望通。交友會時絲管合，羽觴飛處笑言同。金英耀彩晴雲外，玉樹凝霜暮雨中。高詠已勞潘岳思，醉歡慙道自車公。

獨秀山

孤峰不與衆山儔，直入青雲勢未休。會得乾坤融結意，擎天一柱在南州。

劉皐

劉皐，宣宗時鹽州刺史，爲監軍楊玄价所殺。詩一首

長門怨

營營孤思通，寂寂長門夜（一作夕）。妾妬亦知非（一作君），君恩那不借（一作惜）。攜琴就玉階，調悲聲未諧。將心寄（一作託）明月，流影入君懷。

李質

李質字公幹，襄陽人。擢進士第，大中時官至江西觀察使。詩一首

宿日觀東房詩

曾入桃溪路，仙源信少雙。洞霞飄素練，蘚壁畫陰窗。古木愁（一作疑）撐月，危峰欲墮江。自吟空向寂，誰共倒秋缸。

南卓

南卓字昭嗣，初爲拾遺，因諫出宰松滋。大中時爲黔南經略使。詩一首

贈副戎

翺翔曾在玉京天，墮落江南路幾千。從事不須輕縣宰，滿身猶帶御爐煙。

李訥

李訥字敦正，趙郡人。大中時爲浙東觀察使，終兵部尚書、太子太傅。詩一首

命妓盛小叢歌餞崔侍御還闕

繡衣奔命去情多，南國佳人斂翠娥。曾向教坊聽國樂，爲君重唱盛叢歌。

崔元範

崔元範，大中時以監察御史爲浙東幕府。詩一首

李尚書命妓歌餞有作奉酬

羊公留宴峴山亭洛浦高歌五夜情獨向柏臺為老吏可憐林木響餘聲

楊知至

楊知至字幾之汝士之子登進士第初爲浙東團練判官後以北部郎中知制誥終户部侍郎詩二首

和李尚書命妓歌餞崔侍御

燕趙能歌有幾人爲花回雪似含顰聲隨御史西歸去誰伴文翁怨九春

覆落後呈同年

由來梁鴈與冥鴻不合翩翩向碧空寒谷謾勞鄒氏律長天獨遇宋都風此時泣玉情雖異他日銜環事亦同二月春光正摇蕩無因得醉杏園中

李明遠

李明遠大中中監察御史詩一首

送韋覲謫潘州

北鳥飛不到南人誰去遊天涯浮瘴水嶺外向潘州草木春秋暮猨猱日夜愁定知遷客淚應只對君流

蕭緘

蕭緘大中時望江縣令詩一首

前望江麴令頌德

政績雖殊道且同無辭買石紀前功誰論重德光青史過里猶歌臥轍風

盧順之

盧順之字子謨范陽人杞之孫大中時桂管從事詩一首

重陽東觀席上贈侍郎張固

渡江旌旆動魚龍令節開筵上碧峰翡翠巢低巖桂小茱萸房濕露香濃白雲郊外無塵事黄菊筵中盡醉容好是謝公高興處夕陽歸騎出疎松

李善夷

李善夷與李羣玉同時謫宦澧陽江南集十卷今存詩二首

責漢水辭并序

春秋僖公四年齊桓公合諸侯之師盟于召陵責楚之苞茅不入寡君之罪也敢不供給昭王南征之不復君其問諸水濱按昭王南征至漢舟人膠其舟王遂溺死杜預曰當時漢水未屬楚杜之注其爲謬哉且楚實殷之始封楚苦縣瀨鄉在漢水東北六百餘里則漢水於西周之際豈未屬楚乎又詩云撻彼殷武奮伐荆楚罙入其阻裒荆之旅鄭玄注云深入方城之阻也方城今在漢水北三百里豈昭王時未屬楚乎屈完以齊桓所問之大不敢他對但請自問於水濱之人言我不之知也漢實屬楚久矣夫山林川澤天子祀之必有其神楚人膠其船而禍其君神不能福神之罪也余過漢見其波濤滉漾而責其水詞曰

漢之廣兮風波四起雖有風波不如踳涔之水踳涔之水不爲下國而傾天子漢之深兮其隄莫量雖云莫量不如行潦之汪行潦之汪不爲下國而溺天王漢之美者曰魴吾雖饑不食其魴恐污吾之饑腸

大隄曲

酒旗相望大隄頭隄下連檣隄上樓日暮行人爭渡急槳聲幽軋滿中流

盧溵

盧溵浙東處士詩二首

金燈

疎莖秋擁翠幽豔夕添紅有月長燈在無煙燼火同香濃初受露勢庳不知風應笑金臺上先隨曉漏終

和李尚書命妓餞崔侍御

烏臺上客紫髯公共捧天書靜境中桃朵不辭歌白苧耶溪暮雨起樵風

趙牧

趙牧大中咸通間人詩一首

對酒

雲翁耕扶桑種黍養日烏手挼六十花甲子循環落落如弄珠長繩繫日未是愚有翁臨鏡捋白鬚飢魂弔骨吟古書馮唐八十無高車人生如雲在須臾何乃自苦八〔一作七〕尺軀裂衣換酒且爲娱勸君朝飲一瓢夜飲一壺杞天崩雷騰騰桀〔一作紂〕非堯〔一作舜〕是何足憑桐君桂父豈勝我醉裏白龍多上昇菖蒲花開魚尾定金丹始可延君命

裴諴

裴諴聞喜人晉公度之從子官歷職方郎中太子中允詩五首

南歌子詞三首

不是廚中丳爭知炙裏心井邊銀釧落展轉恨還深

不信長相憶擡頭問取天風吹荷葉動無夜不摇蓮

簳蠟爲紅燭情知不自由細絲斜結網爭奈眼相鉤

新添聲楊柳枝詞

思量大是惡姻緣只得相看不得憐願作琵琶槽那畔得他〔一作美人〕長抱在胷前

獨房蓮子沒人看偷折蓮時命也拚若有所由來借問但道偷蓮是下官

于興宗

于興宗大中時御史中丞守綿州後爲洋州節度詩二首

夏杪登越王樓臨涪江望雪山寄朝中知友

巴西西北樓堪望亦堪愁山亂江迴遠川清樹欲秋晴明中雪嶺煙靄下漁舟寫寄朝天客知余恨獨遊（初在左綿時作）

此詩和者李朋楊牢輩皆朝中之友也

東陽涵碧亭（金華志興宗寶曆初令東陽刱此亭）

高低竹雜松積翠復留風路劇陰溪裏寒生暑氣中

李朋

李朋刑部員外郎詩一首

奉酬綿州中丞以江山小圖遠垂賜及兼寄詩

巴江與雪山井邑共迴環圖寫丹青内分明煙靄間移君名郡與助我小齋閑日想登臨處高蹤不可攀

楊牢

楊牢字松年弘農人父從田弘正死於趙軍牢走常山二千里號伏叛壘求屍歸葬銜哀雨血時稱孝童年十八登大中二年進士第最有詩名詩二首

奉酬于中丞登越王樓見寄之什

劒外書來日驚忙自折封丹青得山水強健慰心胸事少勝諸郡江迴見幾重寧悲久作別且似一相逢詩合焚香詠愁應賴酒濃庾樓寒更憶腸斷雪千峯

贈舍弟

秦雲蜀浪兩堪愁爾養晨昏我遠遊千里客心難寄夢兩行鄉淚爲君流早驅風雨知龍聖餓食魚鰕覺虎羞

句

袖裏鏌鋣光似水丈夫不合等閑休

蝦蟆欲喫月保護常教圓　心明外不察月向懷中圓

羅幃若不卷誰道中無人（牢性情急累居幕府主人多不容同列有譏之者與之詩見語林）

魁形下方天頂亞二十四寸窗中月（牢年六歲母俾就學誤入人家乃父友也方彈棊戲以局爲題命俾賦之牢應聲而作見紀事）

李續

李續趙郡人嘗爲柳公綽幕僚終曹州刺史詩一首

和綿州于中丞登越王樓見寄（時爲同州刺史）

早年登此樓退想不勝愁地遠二千里時將四十秋（一作相）（從東川奏事過綿州刺史韋洪皋尚書攜登此樓於今二十七年矣）邅迍多失路華皓任虛舟詩酒雖堪使何因得共遊

李汶儒

李汶儒太和五年登第官翰林學士詩一首

和綿州于中丞登越王樓作

珍重巴西守殷勤寄遠情劒峯當戶碧詩韻滿樓清日照涪川闊煙籠雪嶠明徵黃看即及莫歎滯江城

田章

田章開成四年進士第詩一首

和于中丞夏杪登越王樓望雪山見寄

志乖多感物臨眺更增愁暑候雖云夏江聲已似（一作報）秋雪遥難辨木村近好維舟莫恨歸朝晚朝簪擬勝遊

薛蒙

薛蒙考功郎詩一首

和綿州于中丞登越王樓作

左綿江上樓五馬此銷愁暑退千山雪風來萬木秋邅迴猶刺郡繁滯似維舟即有徵黃日名川莫厭遊

李鄴

李鄴戶部郎詩一首

和綿州于中丞登越王樓作

長聽巴西事看圖勝所聞江樓明返照雪嶺亂晴雲景象詩情在幽奇筆跡分使君徒說好不祇怨離羣

于瓌

于瓌字正德敖之子大中七年進士第一人詩二首

和綿州于中丞登越王樓作二首（時爲校書郎）

樓因藩邸號川勢似依樓顯敞含清暑嵐（一作風）光入素秋山宜姑射貌江泛李膺舟郢曲思朋執輕紗畫勝遊

極目郡城樓浮雲拂檻愁政成多暇日詩思動先秋遠霽千巖雪隨波一葉舟昔曾窺粉繪今願許陪遊

王嚴

王嚴大中時布衣詩一首

和于中丞登越王樓

雉堞臨朱檻登茲便散愁蟬聲怨炎夏山色報新秋江轉穿雲樹心閑隨葉舟仲宣徒有歎謝守幾追遊

劉睽（一作騤）

劉睽大中時鄉貢進士詩一首

題越王樓寄獻中丞使君

朱軒迥壓碧煙州昔歲賢王是勝遊山簇劒峯朝闕遠水如巴字遶城流人間物象分千里天上笙歌醉五侯今日登臨無限意同霑惠化自銷愁

李渥

李渥大中時鄉貢進士後登第詩一首

秋日登越王樓獻于中丞

越王曾牧劒南州因向城隅建此樓橫玉遠開千嶠雪暗雷下聽一江流畫簷先弄朝陽色朱檻低臨衆木秋徒學仲宣聊四望且將詞賦好依劉

劉璐

劉璐嘗刺蜀州代于興宗爲綿州刺史詩一首

洋州于中丞頃牧左綿題詩越王樓上朝賢繼和輒課四韻

隔政代君侯多慚跡令猷山光來戶牖江鳥滿汀洲雅韻徵朝客清詞寫郡樓至今謠未已注意在洋州

盧栯（一作郁）

盧栯弘文館學士詩一首

和于中丞登越王樓作

圖畫越王樓開緘慰別愁山光涵雪冷水色帶江秋雲島孤征鴈煙帆一葉舟鸞風舒霽景如伴謝公遊

李體仁

李體仁續之子也官至江州刺史詩一首

飛鴻響遠音

漠漠微霜夕翩翩出渚鴻清聲流迥野高韻入寥空舊質經寒塞殘音響遠風縈雲猶類網避月尚疑弓弱羽雖能振丹霄竟未通欲知多怨思聽取暮煙中

全唐詩

韓琮

韓琮字成（一作代）封初爲陳許節度判官後歷中書舍人湖南觀察使詩一卷

春愁

金烏長飛玉兔走青鬢長青古無有秦娥十六語如弦
未解貪花惜楊柳吳魚嶺鴈無消息水誓（一作盻）蘭情別來
久勸君年少莫遊春煖風遲日濃於酒

牡丹（一作詠牡丹未開者）

殘花何處藏盡在牡丹房嫩蘂包金粉重葩結繡囊雲
凝巫峽（一作山）夢簾閉（一作開）景陽粧應恨年華促遲遲待日長

興平縣野中得落星石移置縣齋

的的晴芊蒼茫茫不記年幾逢疑虎將應逐犯牛仙擇
地依蘭畹題詩間錦錢何時成五色却上女媧天

題商山店

商山驛路幾經過未到仙娥見謝娥紅錦機頭抛皓腕
綠雲鬟下送橫波佯嗔阿母留賓客暗爲王孫換綺羅
碧澗門前一條水豈知平地有天河

風

競持飄忽意何窮爲盛爲衰半不同偃草喜逢新雨後
鳴條愁（一作誰）聽曉霜中涼飛玉管來秦甸暗褭花枝入楚
宮莫見東風便無定滿帆還有濟川功

雲

深（一作輕）惹離情（一作愁）靄落暉如車如蓋早依依山頭觸石應
常在天際從龍自不歸莫向隙窗籠夜月好來仙洞濕
行衣春風淡蕩無心後見說襄王夢亦稀

露

長隨聖澤墮堯天濯遍幽蘭葉葉鮮纔喜輕塵銷陌上
已愁新月到堦前文騰要地成非久珠綴秋荷偶得圓
幾處花枝抱離恨曉風殘月正潸然

霞

應是行雲未擬歸變成春態媚晴暉深如綺色斜分閣
碎似花光散滿衣天際欲銷重慘淡鏡中閑照正依稀
曉來何處低臨水無限鴛鴦妬不飛

頳亭

頳上新亭瞰一川幾重舊址敞（一作敝）幽關寒聲北下當軒
水翠影西來撲檻山遠目靜隨孤鶴去高情常共白雲
閑知君久負巢由志早晚相忘寂寞間

詠馬

曾經伯樂識長鳴不似龍行不敢行金埒未登嘶若是
鹽車猶駕瘦何驚難逢王濟知音癖欲就燕昭買駿名
早晚飛黃引同皂碧雲天上作鸞鳴

題圭峰下長孫家林亭

趙國林亭二百年綠苔如毯葛如煙閑期竹色搖霜看
醉惜松聲枕月眠出樹圭峰寒壓坐入籬沙瀨碧流天
明知富貴非身物莫爲金章墮地仙

牡丹

桃時杏日不爭濃葉帳（一作翠幄）陰成始放紅曉豔遠分金掌
露暮香深惹玉堂風名移蘭杜千年後貴擅笙歌百醉
中如夢如仙忽零落暮霞何處綠屏空

雨

陰雲拂地散絲輕長得爲霖濟物名夜浦漲歸天塹闊
春風灑入御溝平軒車幾處歸頻濕羅綺何人去欲生
（一作驚）不及流他荷葉上似珠無數轉分明

京（一作涼）西即事

秋草河蘭起陣雲涼州唯向管弦聞豺狼毳幕三千帳
貔虎金戈（一作郊）十萬軍候騎北來驚有說戍樓西望悔爲
文昭陽亦待平安火誰握旌旗不見勳

公子行

紫袖長衫色銀蟬（一作蟾）半臂花帶裝（一作長）盤水玉鞍繡坐雲
霞別殿承恩澤飛龍賜渥洼控羅青褭（一作褭）轡鏤象碧熏
（一作重）葩意氣傾（一作催）歌舞闌珊走鈿車袖障雲縹緲釵轉鳳
欹斜珠卷迎歸箔雕（一作紅）籠晃醉紗唯無難夜日不得似
仙家

秋晚信州推院親友或責無書即事寄答

官信安仁拙書非叔夜慵謬馳騶馬傳難附鯉魚封萬
里勞何補千年運忝逢不量橫草力虛慕入雲蹤漱水
空澄鑑持鉛亦礪鋒月寒深夜桂霜凜近秋松憲摘無
逃魏寃申得夢馮問貍將挾虎殲蠹敢虞蜂商吹移砧
調春華改鏡容歸期方（一作芳）畹積愁思暮山重仙鼠猶驚
燕莎雞欲變蛩唯應碧湘浦雲落及芙蓉

晚春江晴寄友人（一作晚春別）

晚日低霞綺晴山遠畫眉春青（一作青青）河畔草不是望鄉時

涼州詞

樹發花如錦鶯啼柳若絲更游歡宴地悲見別離時

莫春滻水送別（一作暮春送客）

綠暗紅稀出鳳城暮雲樓閣（一作宮闕）古今情行人莫聽宮前
水流盡年光是此聲

駱谷晚望

秦川如畫渭（一作柳）如絲去國還家（一作鄉）一望時公子王孫莫
來好嶺花多是斷腸枝

二月二日遊洛源

舊苑新晴草似苔人還香（一作鄉）在踏青迴（一作開）今朝此地成
惆悵已後逢春更莫來

柳（一作和白樂天詔取永豐柳植上苑時爲東都留守）

折柳歌中得翠條遠移金殿種青霄上陽宮女含（一作吞）聲
送不忿（一作忍）先歸舞細（一作學舞）腰

楊柳枝

梁苑隋堤事已空萬條猶舞舊春風那堪更想千年後誰見楊花入漢宮

楊柳枝詞

枝鬬纖腰葉鬬眉春來無處不如絲霸陵原（一作橋）上多離別少有長條拂地垂

全唐詩

王傳

王傳大中三年登第辟山南觀察判官加授監察御史詩一首

和襄陽徐相公商賀徐副使加章綬（一作和徐商賀盧員外賜緋魚）

朱紫聯輝照日新芳菲全屬斷金人華筵重處宗盟地白雪飛時郢曲春仙府色饒攀桂侶蓮花光讓握蘭身自憐亦是膺門客吟想恩榮氣益振

盧鄴

盧鄴大中四年登第爲浙東觀察副使詩一首

和李尚書命妓餞崔侍御

何郎載酒別賢侯更吐歌珠宴庾樓莫道江南不同醉即陪舟檝上京游

陸肱

陸肱大中九年登進士第咸通六年自前振武從事試平判入等後牧南康郡詩一首

松

雪霜知勁質今古占嘉名斷砌盤根遠疏林偃蓋清鶴棲何代色僧老四時聲鬱鬱心彌久煙高萬井生

崔澹

崔澹字知之博陵人父璵兄弟八人並顯貴時謂崔氏八龍大中十三年登第終吏部侍郎詩一首

贈王福娘（一作贈美人）

怪得清（一作輕）風送異香娉婷仙子曳霓裳惟應錯認偷桃客曼倩曾爲漢侍郎

莫宣卿

莫宣卿字仲節封州人大中間舉第一官台州別駕詩三首

答問讀書居

書屋倚麒麟不同牛馬路牀頭萬卷書溪上五龍渡井汲冽寒泉桂花香玉露茅簷無外物只見青雲護

百官乘月早朝聽殘漏

建禮儼朝冠重門耿夜闌碧空蟾魄度清禁漏聲殘候曉車輿合淩霜劍佩寒星河猶皎皎銀箭尚珊珊杳靄祥光起霏微瑞氣攢忻逢聖明代長願接鵷鸞

賦得水懷珠

長川含媚色波底孕靈珠素魄生蘋末圓規照水隅淪漣冰彩動蕩漾瑞光鋪迥夜（一作夜迥）星同貫清秋（一作秋清）岸不枯江妃思在掌海客亦忘軀合浦當還日恩威信已敷

句

我本南山鳳豈同凡鳥羣（見封川志）

封彥卿

封彥卿蓨人大中進士第咸通中累官中書舍人坐于琮貶司户詩一首

和李尚書命妓餞崔侍御

蓮府纔爲綠水賓（舊注庾杲之在王儉幕府似芙蓉泛綠水故有此句）忽乘驄馬入咸秦爲君唱作西歌調日暮偏傷去住人

李節

李節登大中進士第嘗爲河東節度盧鈞巡官詩三首

贈釋疏言還道林寺詩（有序）

會昌季年武宗大翦釋氏巾其徒且數萬人民隸其居容貌於土木者沈諸水言詞於紙素者烈諸火分命御史乘馹走天下察敢隱匿者罪之由是天下名祠珍宇毀撤如掃天子建號之初雪釋氏之不可廢也詔徐復之而自湖已南遠人畏法不能酌朝廷之體前時焚撤書像殆無遺者故雖明命復許創立莫能得其書道林寺湘川之勝游也有釋疏言警辨有謀獨曰太原府國家舊都多釋祠我聞其帥司空范陽公天下仁人我第往求釋氏遺文以惠湘川之人宜其聽我而助成之矣即杖而北游既上謁軍門范陽公果諾之因四求散逸不成藴帙者至釋祠而不見焚而副剩者又命講丐以補緝缺漏者未幾凡得釋經五千四十八卷以大中九年秋八月輦自河東而歸於湘焉喜釋氏之助世既言之矣向非我君洞察理源其何能復立之即既立之且亡其書非有疏言識遠而誠堅孰克洪之耶吾嘉疏言奉君之令演釋之宗不憚寒暑之勤德及遠人爲叙其事且贈以詩

湘川狺狺兮俗獷且佷利殺業偷兮吏莫之馴緊釋氏兮易暴使仁釋何在兮釋在斯文

湘水滔滔兮四望何依猨狖騰挐兮雲樹飛飛月沈浦兮煙暝山檣席卷兮檣牀閒偃仰兮嘯詠鼓長江兮何時還

湘川超忽兮落日曉曉松覆秋亭兮蘭被春苑上人去兮幾千里何日同遊兮湘川水

韋蟾

韋蟾字隱珪下杜人大中登進士第初爲徐商掌書記

咸通末終尚書左丞詩十首

和柯古窮居苦日喜雨

貞機濳少思雅尚防多僻攬葛猶不畏勞形同處瘠頭
焦詎是焚背汗寧關炙方欣見潤礎那虞悲鑠石道與
古人期情難物外適幾懷朱邸綬頻曠金門籍清輿已
蕭蕭陳柯將槭槭玉律詩調正瓊巵酒腸窄衣裄襲中
單浴牀抛下綌黎侯寓於衛六義非凡格

岳麓道林寺

石門迥接蒼梧野愁色陰深二妃寡廣殿崔嵬萬壑間
長廊詰曲千巖下靜聽林飛念佛鳥細看壁畫馱經馬
暖日斜明螮蝀梁濕烟散冪鴛鴦瓦北方部落檀（一作泥）香
塑西國文書貝葉寫壞欄迸竹醉好題窄路垂藤困堪
把沈裴筆力鬬雄壯宋杜詞源兩風雅他方居士來施
齋彼岸上人投結夏悲我未離擾擾徒勸我休學悠悠
者何時得與劉遺民同入東林遠公社

上元（一作奉和山燈）三首

新正圓月夜尤重看燈時累塔嫌沙細成文訝筆遲歸
牛疑燧落過鴈悞書遲生惜蘭膏燼還爲隔歲期
舉燭光纔起揮毫勢競分點時驚墜石挑處接崩雲辭
異秦丞相銘非竇冠軍唯愁殘焰落逢玉亦俱焚
多寶神光動生金瑞色浮照人低入郭伴月夜當樓熏
穴應無取焚林固有求夜闌陪玉帳不見九枝畱

梅

高樹臨溪豔低枝隔竹繁何須是桃李然後欲忘言擬
折魂先斷須看眼更昏誰知南陌草却解望王孫

送盧潘尚書之靈武

賀蘭山下果園成塞北江南舊有名水木萬家朱户暗
弓刀千隊鐵衣鳴心源落落堪爲將膽氣堂堂合用兵
却使六番諸子弟馬前不信是書生

題僧壁

一竹橫簷挂淨巾竈無煙火地無塵剃頭未必知心法
要且閑於名利人

贈商山僧

商嶺東西路欲分兩間茅屋一溪雲師言耳重知師意
人是人非不欲聞

長樂驛譃李湯給事題名

渭水秦川拂（一作照）眼明希仁（一作笑人）何事寡詩情只應學得虞
姬壻書字纔能記姓名

句

爭揮鉤弋手競聳踏搖身傷頰詎關舞捧心非効顰（襄陽風光亭夜宴有妓醉毆賦　見紀事）

盧渥

盧渥字子章范陽人大中進士第歷中書舍人陝府觀
察使終檢校司徒詩二首

賦得壽星見

玄象今何應時和政亦平祥爲一人壽色映九霄明皎
潔垂銀漢光芒近斗城含規同月滿表瑞得天清甘露
盈條降非煙向日生無如此嘉祉率土荷秋成

題嘉祥驛

交親榮餞洛城空秉鉞戎裝上將同星使自天丹詔下
雕鞍照地數程中馬嘶靜谷聲偏響旆映晴山色更紅
到後定知人易化滿街棠樹有遺風

郭夔（一作藥）

郭夔大中時江南進士詩一首

九華山

巖翠凌雲出迥然岧嶢萬丈倚秋天暮風飄送當軒色
曉霧斜飛入檻煙簾捲倚屏雙影聚鏡開朱户九條懸
畫圖何必家家有自有畫圖來目前

柳珪

柳珪公綽之孫大中中擢進士杜悰表爲西川幕府後
以藍田尉直弘文館遷右拾遺終衞尉少卿詩一首

送莫仲節狀元歸省

青驄聚送謫仙人南國榮親不及君椰子味從今日近
鷓鴣聲向舊山聞孤猨夜叫三湘月匹馬時侵五嶺雲
想到故鄉應臘過藥欄猶有異花薰

全唐詩

鄭嵎

鄭嵎字賓先大中五年進士第詩一首

津陽門詩（并序）

津陽門者華清宮之外闕南局禁闈北走京道開
成中嵎常得羣書下帷於石甕僧院而甚聞宮中
陳迹焉今年冬自虢而來暮及山下因解鞍謀餐
求客旅邸而主翁年且艾自言世事明皇夜闌酒
餘復爲嵎道承平故實翼日於馬上輒裁刻俚叟
之話爲長句七言詩凡一千四百字成一百韻止
以門題爲之目云耳

津陽門北臨通逵雪風獵獵飄酒旗泥寒款段蹶不進
疲童退問前何爲酒家顧客催解裝案前羅列樽與巵
青錢瑣屑安足數白醪軟美甘如飴開壚引滿相獻酬
枯腸渴肺忘朝飢愁憂似見出門去漸覺春色入四肢
主翁移客挑華燈雙肩隱膝烏帽欹笑云鮐老不爲禮
飄蕭雪鬢雙垂頤問余何往凌寒曦顧翁枯朽郎豈知
翁曾豪盛客不見我自爲君陳昔時時平親衞號羽林
我纔十五爲孤兒射熊搏虎衆莫敵彎弧出入隨佽飛
（開元中未有東西神策軍但以六軍爲親衞）此時初創觀風樓簷高百尺堆華榱樓
南更起鬬雞殿晨光山影相參差（觀風樓在宮之外東北隅屬夾城而連上內前臨馳道周視山川寶應中魚朝恩毀之以修章敬寺遺址尚存唯鬬雞殿與毬場迤邐尚在）
其年十月移禁仗山下櫛比

羅百司朝元閣成老君見會昌縣以新豐移（時有詔改新豐爲會昌縣移自隂盤故城置於山下至明年十月老君見於朝元閣南而於其處置降聖觀復改新豐爲昭應縣廨宇始成令大將軍高力士率禁樂以落之）幽州曉進供奉馬玉珂寶勒黃金羈（安祿山每進馬必殊特而極銜勒之飾）五王扈駕夾城路傳聲校獵渭水湄羽林六軍各出射籠山絡野張罝維彤弓繡韣不知數翻身滅沒皆蛾眉赤鷹黃鶻雲中來妖狐狡兔無所依人煩馬殆禽獸盡百里腥膻禾黍稀（申王有高麗赤鷹岐王有北山黃鶻逸翮奇姿特異他等上愛之每弋獵必置於駕前目爲決勝兒）暖山度臘東風微宮娃賜浴長湯池刻成玉蓮噴香液漱迴煙浪深逶迤（宮內除供奉兩湯池內外更有湯十六所長湯每賜諸嬪御其修廣與諸湯不侔甃以文瑤寶石中央有玉蓮捧湯泉噴以成池又縫綴綺繡爲鳧雁於水中上時於其間泛鈒鏤小舟以嬉遊焉）犀屏象薦雜羅列錦鳧繡雁相追隨破簪碎鈿不足拾金溝殘溜和纓緌上皇寬容易承事十家三國爭光輝繞牀呼盧恣樗博張燈達晝相謾欺相君侈擬縱驕橫日從秦虢多游嬉朱衫馬前未滿足更驅武卒羅旌旗（楊國忠爲宰相帶劍南節度使常與秦虢聯轡而出更於馬前以兩川旌節爲導也）畫輪寶軸從天來雲中笑語聲融怡鳴鞭後騎何躞蹀宮粧襟袖皆仙姿青門紫陌多春風風中數日殘春遺驪駒吐沫一奮迅路人擁篲爭珠璣（事盡載在國史中此下更重敘其事）八姨新起合歡堂翔鵾賀燕無由窺萬金酬工不肎去矜能恃巧猶嗟咨（虢國創一堂價費萬金堂成工人償價之外更邀賞伎之直復受絳羅五千段工者嗤而不顧虢國異之問其由工曰某生平之能殫於此矣苟不知信願得螻蟻蜡蜴蜂蠆之類去其目而投於堂中使有隙失一物即不論工直也於是又以繒綵珍貝與之山下人至今話故事者尚以第行呼諸姨焉）四方節制傾附婿窮奢極侈沽恩私堂中特設夜明枕銀燭不張光鑒帷（虢國夜明枕置於堂中光燭一室西川節度使所進事載國史略書之）瑤光樓南皆紫禁梨園仙宴臨花枝迎娘歌喉玉窈窕蠻兒舞帶金葳蕤（瑤光樓即飛霜殿之北門迎娘蠻兒乃梨園弟子之名聞者）三郎紫笛弄煙月怨如別鶴呼羈雌玉奴琵琶龍香撥倚歌促酒聲嬌悲（上皇善吹笛常寶一紫玉管貴妃妙彈琵琶其樂器聞於人間者有邏逤檀爲槽龍香柏爲撥者上每執酒卮必令迎娘歌水調曲遍而太真輒彈弦倚歌爲上送酒內中皆以上爲三郎玉奴乃太真小字也）飲鹿泉邊春露晞粉梅檀杏飄朱墀金沙洞口長生殿玉蘂峰頭王母祠（山城內多馴鹿流澗號爲飲鹿有長生殿乃齋殿也有事於朝元閣即御長生殿以沐浴也）禁庭術士多幻化上前較勝紛相持羅公如意奪顏色三藏袈裟成散絲（上頗崇羅公遠楊妃尤信金剛三藏上嘗幸功德院將謁七聖殿忽然背痒公遠折竹枝化作七寶如意以進上大喜顧謂金剛曰上人能致此乎三藏曰此幻術耳僧爲陛下取真物乃於袖中出如意七寶炳耀而光遠所進即時復爲竹枝耳後一日楊妃始以二人定優劣時禁中將創小殿三藏乃舉一鴻梁於空中將中公遠之首公遠不爲動容上連命止之公遠飛符於他處竊三藏金襴袈裟於篋中守者不之見三藏怒又咒取之須臾而至公遠復噀水龍符於袈裟上散爲絲縷以盡也）蓬萊池上望秋月無雲萬里懸清輝上皇

夜半月中去三十六宮愁不歸月中秘樂天半聞丁璫玉石和塤篪宸聰聽覽未終曲却到人間迷是非（葉法善引上入月宮時秋已深上苦淒冷不能久留歸於天半尚聞仙樂及上歸且記憶其半遂於笛中寫之會西涼都督楊敬述進婆羅門曲與其聲調相符遂以月中所聞爲之散序用敬述所進曲作其腔而名霓裳羽衣法曲）千秋御節在八月會同萬國朝華夷花萼樓南大合樂八音九奏鸞來儀都盧尋橦誠齷齪公孫劒伎方神奇馬知舞徹下牀榻人惜曲終更羽衣（上始以誕聖日爲千秋節每大酺會必於勤政樓下使華夷縱觀有公孫大娘舞劍當時號爲雄妙又設連榻令馬舞其上馬衣紈綺而被鈴鐸驤首奮鬣舉趾翹尾變態動容皆中音律又令宮妓梳九騎仙髻衣孔雀翠衣佩七寶瓔珞爲霓裳羽衣之類曲終珠翠可掃其舞馬祿山亦將數疋以歸而私習之其後田承嗣代安有存者一日於廏上聞鼓聲頓挫其舞廏人惡之舉篲以擊之其馬尚爲怒未妍妙因更奮擊宛轉曲盡其態廝恐以告承嗣以爲妖遂戮之而舞馬自此絶矣）祿山此時侍御側金雞畫障當罘罳繡襉衣褓日屓贔甘言狡計愈嬌癡（上每坐及宴會必令祿山坐於御座側而以金雞障隔之賜其箕踞太真又以爲子時襁褓戲而加之上亦呼之祿兒每入宮必先拜貴妃然後拜上上笑而問其故輒對曰臣本蕃中人禮先拜母後拜父是以然也）詔令上路建甲第樓通走馬如飛翬大開內府恣供給玉缶金筐銀簸箕（時於親仁里南陌爲祿山建甲第令中貴人督其事仍謂之曰卿善爲部署祿山眼孔大勿令笑我至於筹筐簸箕釜缶之具咸金銀爲之今四元觀即其故第耳）異謀潛熾促歸去臨軒賜帶盈十圍（祿山肥博過人腹垂而緩帶十五圍方周體）忠臣張公識逆狀日日切諫上弗疑（張曲江先識其必反逆狀數數言於上上曰卿勿以王夷甫識石勒而誤疑祿山耳）湯成召浴果不至潼關已溢漁陽師御街一夕無禁鼓玉輅順動西南馳（其年賜柑子使回泣訴祿山反狀云臣幾不得生還上猶疑其言復遣使諭云我爲卿造一湯待卿至使回答言反狀上然後憂疑即寇軍至潼關矣）九門回望塵坌多六龍夜馭兵衛疲縣官無人具軍頓行宮徹屋屠雲螭（時郊畿草擾無御頓之備上命徹行宮木宰御馬以饗士卒）馬嵬驛前駕不發宰相射殺冤者誰長眉鬒髮作凝血空有君王潛涕洟青泥坂上到三蜀金堤城邊止九旂移文泣祭昔臣墓度曲悲歌秋雁辭（駕至蜀詔中貴人馳祭張曲江墓悔不納其諫又過劍閣下望山川忽憶水調辭云山川滿目淚沾衣富貴榮華能幾時不見只今汾水上唯有年年秋雁飛上泫然流涕顧問左右曰此誰人詩從臣對曰此李嶠詩復擒泣曰李嶠眞可謂才子也）明年尚父上捷書洗清觀闕收封畿兩君相見望賢頓君臣鼓舞皆歔欷（望賢宮在咸陽之東數里時明皇自蜀回肅宗迎駕上皇自致傳國璽於上上歔欷拜受左右皆泣曰不圖今日復覩兩君相見之禮駕將入開遠門上皇疑先後入門不決顧問從臣不能對高力士前曰上皇雖尊皇帝主也上皇偏門而先行皇帝正門而入後行者老皆呼萬歲當時皆是之）宮中親呼高驃騎潛令改葬楊眞妃花膚雪豔不復見空有香囊和淚滋（時肅宗詔令改葬太真高力士知其所瘞在嵬坡驛西北十餘步當時乘輿匆遽無復備周身之具但以紫縟裹之及改葬之時皆已朽壞惟有胸前紫繡香囊中尚得冰麝香時以進上皇上皇泣而佩之）鑾輿却入華清宮滿山紅實垂相思飛霜殿前月悄悄迎春亭下風颸颸（飛霜殿即寢殿而白傅長恨歌以長生殿爲寢殿殊誤矣上皇至明年復幸華清宮信宿乃回自此遂移處西內中矣）雪衣女失玉籠在長生鹿瘦銅牌垂象牀塵凝

罨颯被畫檐蟲網頗梨碑（太真養白鸚鵡西國所貢辯慧多辭上尤愛之字爲雪衣女上常於芙蓉園中獲白鹿惟山人王旻識之曰此漢時鹿也上異之令左右周視之乃於角際雪毛中得銅牌子刻之曰宜春苑中白鹿上由是愈愛之移於北山目之曰仙客上止華清罨颯公主嘗爲上晨召聽按新水調主愛起晚遽冒珍珠被而出及寇至倉惶隨駕出宮後不知省及上歸南內一旦再入此宮而當時罨颯之被宛然而塵積矣上尤感馬溫泉堂碑其石瑩徹見人形影宮中號爲頗梨碑）碧菱花覆雲母陵風篁雨菊低離披眞人影帳偏生草果老藥堂空掩扉（眞人李順興後周時修道北山神堯皇帝受禪眞人潛告符契至今山下有祠宇宮中有七聖殿自神堯至睿宗建實后皆立衣袞衣繞殿石榴樹皆太真所植俱擁腫矣南有功德院其間瑤壇羽帳皆在焉順興影堂果老藥室亦在禁中也）鼎湖一日失弓劍橋山煙草俄霏霏空聞玉椀入金市但見銅壺飄翠帷開元到今踰十紀當初事跡皆殘隳竹花唯養棲梧鳳水藻周游巢葉龜會昌御宇斥內典去留二教分黃緇慶山汙瀦石甕毀紅樓綠閣皆支離奇松怪柏爲樵蘇童山眢谷亡崄巇煙中壁碎摩詰畫雲間字失玄宗詩（持國寺本名慶山寺德宗始改其額寺有綠額複道而上天后朝以禁臣取宮中制度結構之石甕寺開元中以創造華清宮餘材修繕佛殿中玉石像皆幽州進來與朝元閣道像同日而至精妙無比叩之如磬餘像並楊惠之手塑肢空像皆元伽兒之制能妙纖麗曠古無儔紅樓在佛殿之西巖下臨絶壁樓中有玄宗題詩草八分每一篇一體王右丞山水兩壁寺毀之後皆失之矣摩詰乃王維之字也）石魚巖底百尋井銀牀下卷紅綆遲當時清影蔭紅葉一旦飛埃埋素規（石魚巖下有天絲石其形如甕以貯飛泉故上以石甕爲寺名寺僧於上層飛樓中縣轆轤敘引修綆長二百餘尺以汲甕泉出於紅樓喬樹之杪寺既毀拆石甕今已埋沒矣）韓家燭臺倚林杪千枝燦若山霞摘昔年光彩奪天月昨日銷鎔當路岐（韓國爲千枝燈臺高八十尺置於山上每至上元夜則然之千光奪月凡百里之內皆可望焉）龍宮御榜高可惜火焚牛挽臨崎嶇孔雀松殘赤琥珀鴛鴦瓦碎青琉璃（寺額睿宗在藩邸中所題也標於危樓之上世傳孔雀松下有赤茯苓入土千年則成琥珀寺之前峰古松老柏泊乎嘉草今皆樵蘇蕩除矣）今我前程能幾許徒有餘息筋力羸逢君話此空灑涕却憶歡娛無見期主翁莫泣聽我語寧勞感舊休吁嘻河清海宴不難覩我皇已上昇平基湟中土地昔湮沒昨夜收復無瘡痍戎王北走棄青塚虜馬西奔空月支兩逢堯年豈易偶願翁頤養豐膚肌平明酒醒便分首今夕一樽翁莫違

崔櫓（一作魯）

崔櫓大中時舉進士（一作廣明中進士）仕爲棣州司馬無機集四卷今存詩十六首

春日（一本此下有長安二字）即事

一百五日又欲來梨花梅花參差開行人自笑不歸去
瘦馬獨吟眞可哀杏酪漸香鄰舍粥榆煙將變舊爐灰
畫橋春煖清歌夜肎信愁腸日九迴

春晚岳陽言懷二首

煙花零落過清明，異國光陰老客情。雲夢夕陽愁裏色，洞庭春浪坐來聲。天邊一與舊山別，江上幾看芳草生。獨倚闌干意難寫，暮笳嗚咽調孤城。

翠煙如鈿柳如環，晴倚南樓獨看山。江國草花三月暮，帝城塵夢一年間。虛舟尚歎縈難解，飛鳥空慚倦未還。何似不羈詹父伴，睡煙歌月老潺潺。

過蠻溪渡

綠楊如髮雨如煙，立馬危橋獨喚船。山口斷雲迷舊路，渡頭芳草憶前年。身隨遠道徒悲梗，詩賣明時不直錢。歸去楚臺還有計，釣船春雨日高眠。

岸梅

含情含怨一枝枝，斜壓漁家短短籬。惹袖尚餘香半日，向人如訴雨多時。初開偏稱（一作已入）雕梁畫，未落先愁玉笛吹。行客見來無去意，解帆煙浦為題詩。

重陽日次荊南路經武寧驛

茱萸冷吹溪口香，菊花倒遶山腳黃。家山去此強百里，弟妹待我醉重陽。風健早鴻高，曉景露清圓。碧照秋光莫看時，節年年好，暗送搔頭逐手霜。

述懷

白首成何事，無歡可替悲。空餘酒中興，猶似少年時。

三月晦日送客

野酌亂無巡，送君兼送春。明年春色至，莫作未歸人。

華清宮三首

草遮回磴絕鳴鑾，雲樹深深碧殿寒。明月自來還自去，更無人倚玉闌干。

障掩金雞蓄禍機，翠華西拂蜀雲飛。珠簾一閉朝元閣，不見人歸見燕歸。

門橫金鎖悄無人，落日秋聲渭水濱。紅葉下山寒寂寂，濕雲如夢雨如塵。

題雲夢亭

薄煙如夢雨如塵，霜景晴來卻勝春。好住池西紅葉樹，何年今日伴何人。

有酒失於虔州陸郎中肱以詩謝之（一作酒後謝陸虔州）

醉時顛蹶醒時羞，麴蘗推人不自由。叵耐一雙窮相眼，不堪花卉在前頭。

聞笛（一作華清宮）

銀河漾漾月暉暉，樓礙星邊織女機。橫玉叫雲天似水，滿空霜逐一聲飛。

山路見花

曉紅初（一作輕）拆露香新，獨立空山冷笑人。（一作春）春意自知無主惜，恣風吹逐馬蹄塵。

暮春對花

病香無力被風欺，多在青苔少在枝。馬上行人莫回首，斷君腸是欲殘時。

句

強半瘦因前夜雪，數枝愁向晚天來。（梅花。以下並見摭言）無人解把無塵袖，盛取殘香盡日憐。（蓮花）一番春雨吹巢冷，半朵山花咽觜香。（山鵲）雲生柱礎降龍地，露洗林巒放鶴天。菱葉乍翻人採後，荇花初沒舸行時。（見池上詩史）

全唐詩

李羣玉

李羣玉，字文山，澧州人。性曠逸，赴舉一上而止，惟以吟詠自適。裴休觀察湖南，延致之，及為相，以詩論薦，授弘文館校書郎。未幾，乞假歸，卒。集三卷，後集五卷。今編詩三卷。

烏夜號（一作啼）

層波隔夢渚（一作時），一望青楓林。有鳥在其間，達曉自悲吟。是時月黑天，四野煙雨深。如聞生離哭，其聲痛人心。悄悄夜正長，空山響哀音。遠客不可聽，坐愁華髮侵。既非蜀帝魂，恐是桓（一作恒）山禽。四子各分散，母聲猶至今。

昇仙操

嬴女去秦宮，瓊笙（一作簫）飛（一作生）碧空。鳳臺閉煙霧，鸞吹飄天風。復聞周太子，亦遇浮丘公。叢簧發天（一作仙）弄，輕舉紫霞中。濁世不久駐，清都路何窮。一去霄漢上，世人那得逢。

雨夜呈長官

遠客坐長夜，雨聲孤寺秋。請量東海水，看取淺深愁。愁窮重於山，終年壓人頭。朱顏與芳景，暗赴東波流。鱗翼思風水，青雲方阻修。孤燈冷素豔，蟲響寒房幽。借問陶淵明，何物號忘憂。無因一酩酊，高枕萬情休。

小弟艎南遊近書來（一作近來書）

湘南客帆稀，遊子寡消息。經時停尺素，望盡雲邊翼。笑言頻（一作憑）夢寐，獨立想容色。落景無來人，修江入天白。停停倚門念，瑟瑟風雨夕。何處泊扁舟，迢遞湍波側。秋歸舊窗竹，永夜一淒寂。吟爾鶺鴒篇，中宵慰相憶。

贈方處士

白衣方外人，高閑溪中鶴。無心戀稻粱，但以林（一作雲）泉樂。赤霄終得意，天池俟飛躍。歲晏入帝鄉，期君在寥廓。

秋怨（一作悲）

瑟瑟涼海氣，西來送愁容。金風死綠蕙，玉露生寒松。所思在溟（一作冥），碧無因一相逢。登樓睇去翼，目盡滄波重。虛窗度流螢，斜月啼幽蛩。疎紅落殘豔，冷水凋芙蓉。歲暮空太息，年華逐遺蹤。凝情耿不寐，攬涕起踈慵。

感春

春情不可狀，豔豔令人醉。暮水綠楊愁，深窗落花思。吳宮新暖日，海燕雙飛至。秋（一作愁）思逐煙光，空濛滿天地。

山中秋夕

抱琴出南樓，氣爽浮雲滅。松風吹（一作吟）天籟，竹路踏碎月。後山鶴唳定，前浦荷香發。境寂良（一作長）夜深，了與人間別。

將遊羅浮登廣陵楞伽臺別羽客

清遠登高臺，晃朗縱覽歷。濯泉喚仙風，於此盪靈魄。冷光邀（一作激）遠目，百里見海色。送雲歸蓬壺，望鶴滅秋碧。波瀾收日氣，天自（一作上）回澄寂。百越落掌中，十洲點空白。身居飛鳥上，口詠玄元籍。飄如出塵籠，想望吹簫客。冥冥

人間世歌笑不足惜揭來羅浮巔披雲煉瓊液謝公雲岑興可以躡高跡吾將抱瑶琴絶境縱所適

盧溪道中

曉發潺湲亭夜宿潺湲水風篁掃（一作拂）石瀨琴聲九十里光奔覺來眼寒落夢中耳曾向三峽行巴江亦如此

湖中古愁三首

涼風西海來直渡洞庭水翛翛木葉下白浪連天起衡蘭委皓雪（一作霜）百草一時死摧殘負志人感歎何窮已

昔我覩雲夢窮秋經汨羅靈均竟不返怨氣成微波眞桂開古祠朦朧入幽蘿落日瀟湘上淒涼吟九歌

南雲哭重華水死悲二女天邊九點黛白骨迷處所朦朧波上瑟清夜降北渚萬古一雙魂飄飄在煙雨

別狄佩（梁公玄孫旅於南國）

翠竹不著花鳳雛長忍飢未開丹霄翮空把碧梧枝聖人奏雲韶祥鳳一來儀文章耀白日衆鳥莫敢窺鬱抑（一作菀柳）不自言凡鳥何由知當看九千仞飛出太平時

古鏡

明月何處來朦朧在人境得非軒轅作妙絶世莫竝瑶運開旭日白電走孤影泓澄一尺天徹底寒（一作涵）霜景氷輝凜毛髮使我肝膽冷忽驚行深幽面落九秋井雲天入掌握爽朗神魂（一作魄）淨不必負局仙金沙發光烔陰沈蓄靈怪可與天地永恐為悲龍吟飛去在俄頃

我思何所在

我思何所在乃在陽臺側良宵相望時空此明月色歸魂泊湘雲飄蕩去不得覺來理舟檝波浪春湖白煙光浩（一作皓）楚秋瑶草不忍摘因書天末（一作莫）心繫此雙飛翼

送蕭綰之桂林（時羣玉遊豫章）

蘭香（一作江）佩蘭人弄蘭（一作三弄）蘭江春爾為蘭林（一作陵）秀芳藻驚常倫爍爍鳳池裔一毛今再新竹花不給口憔悴清湘濱一朝南溟飛彩翮不可親蒼梧雲水晚離思空凝顰我亦縱（一作傾）煙櫂西浮彭蠡津丈夫未虎變落魄甘風塵大禹惜寸陰況我無才身流光銷道路以此生嗟辛萬里濶分袂相思杳難申桂水秋更碧寄書西上鱗

感興四首

子雲吞白鳳遂吐太玄書幽微十萬字枝葉何扶疎婉孌猛虎口甘言累其初一覩美新作斯瑕安可除

昔竊不死藥奔空有（一作二）嫦（一作姮）娥盈盈天上豔孤潔棲金波織女了無語長宵隔銀河軋軋揮素手幾時停玉梭

洞房三五夕金缸凝焰滅美人抱雲和斜倚紗窗月沈吟想幽夢閨思深不說弦冷玉指寒含顰待（一作達）明發

朔雁（一作雁口）銜邊秋寒聲落燕代先驚愁人耳顔鬢潛消改凝雲蔽洛浦夢寐勞光彩天邊無書來相思淚成海

將之吳越留別坐中文酒諸侶

秋色滿水國江湖興蕭然氛埃斂八極萬里淨澄鮮洣浦縱孤櫂吳門渺三千迴（一作洄）隨衡陽雁南入洞庭天早聞陸士龍矯掌跨山川非思鱸魚膾且弄五湖船暝泊遠浦霞曉飯蘆洲煙風流訪王謝佳境恣洄沿霜剪別岸柳香枯北池蓮歲華坐搖落寂寂（一作慼慼）感流年明朝即漂萍離憾（一作恨）無由宣相思空江上何處金波圓

大雲池泛舟（第五句缺三字）

九月蓮花死萍枯霜水清船浮天光遠櫂拂翠瀾輕古木　　　了無煙靄生游鱗泳皎潔洞見逍遥情漁父一曲歌滄浪遂知名未知斯水上可以濯吾纓

送友人之（此下一本有巫字）峽

東吳有賦客願識陽臺仙彩毫飛白雲（一作雪）不減郢中篇楚水五月浪輕舟入暮煙巫雲多感夢桂檝早回旋

登宜春醉宿景星寺寄鄭判官兼簡空上人

曉發碧水陽暝宿金山寺松風灑寒雨淅瀝醒餘醉夜中香積飯蔬粒俱（一作具）精異境寂滅塵愁神高得詩思皎皎滎陽子芳春富才義漲海豁心源氷壺見門地碧霄有鳩（一作鴻一作鵷）序未展聯行翅俱（一作但）笑一尺繩三年絆騏驥摧藏擔簦客（一作容）鬱抑胸襟事名業爾（一作兩）未從臨風嘿舒志（一作氣）一身渺（一作眇）雲嶺中夜空涕泗側枕對孤鐙衾寒不成寐糧薪極桂玉大道生榛刺耻息惡木陰難書劒歌意揚鞭入莽蒼山驛淩煙翠越鳥日南飛芳音願相次

江樓獨酌懷從叔

水國發爽氣川光靜高秋酣歌金尊醁送此清風愁楚色忽滿目灘聲落西樓雲翻天邊葉月弄波上（一作中）鉤芳意長（一作悵）搖落衡蘭謝汀洲長吟碧雲合悵望江之幽

登章華樓

楚子故宫地蒼然雲水（一作木）秋我來覽從（一作後）事落景空生愁伯業没荆棘雄圖成古丘沈吟問鼎語但見東波流征鴻引鄉心一去何悠悠晴湖碧雲晚暝色空高樓迢遰趨遠嶠微茫入孤舟空路不堪望西風白浪稠

驄馬

浮雲何權奇絶足世未知長嘶清（一作青）海風蹀躞振雲絲由來渥洼種本是蒼龍兒穆滿不再活無人昆閬騎若（一作君）識躍嶠（一作蹻）怯寧勞耀金羈青芻與白水空笑駑駘肥伯樂倘一見應驚耳長垂當思八荒外逐日向瑶池

贈方處士兼以寫別

天與雲鶴情人間恣詩酒龍宮奉採覓須洞一千首清如南薰絲韻若黄鍾吼喜於風騷地忽見陶謝手籍籍九江西篇篇在人口芙蓉為芳菲未落諸花後所知心眼大別自開户牖才力佀風鵬誰能算（一作弄）升斗無營（一作云）傲雲竹琴帙靜為友鸞鳳戢羽儀騏驥在郊藪鏡湖春水綠越客憶歸否白衣四十秋逍遥一何久此身無定跡又逐浮雲走離思書不窮殘陽落江（一作紅）柳

湘西寺霽夜

雨過瑠璃宫佳興浩清絶松風冷晴灘竹路踏碎月波蕩如水氣爽星朗滅皓夜千樹寒（一作霜）崢嶸萬巖雪後山鶴唳斷前池荷香發境寂涼夜深神思空飛越

傷思

八月白露濃芙蓉抱香死紅枯金粉墮寥落寒塘水西風團葉下疊縠參差起不見櫂歌人空垂綠房子

送鄭京昭之雲安

君吟高唐賦路過巫山渚莫令巫山下幽夢惹雲雨往事幾千年芬菲（一作芳）今尚傳空留荆王館巖嶂深蒼然楚水五月浪輕舟入蘋煙送君揚檝去愁絶郢城篇

送處士自番禺東遊便歸蘇臺別業

啞軋暮江上櫓聲搖落心宛陵三千里路指吴雲深蓴
菜動歸興忽然聞會吟南浮龍川（一作舟）月東下敬亭岑多
君（一作道）咏（一作吟）逍遥結蘿碧溪陰高籠華表（一作亭）鶴靜對幽蘭
琴汗漫江海思傲然抽冠簪歸歟（一作歟）未云寂還家（一作許）應
追尋二陸文苑秀岩堯懷所欽惜我入洛晚不睹雙南
金江左風流盡名賢成古今送君無限意别酒但加斟

法華微上人盛話金山境勝舊遊在目吟成此篇

江上青蓮宮人間蓬萊島煙霞與波浪隱暎樓臺好潮
門（一作朝聞）梵音靜海日天光（一作風）早願與靈鷲人吟經此終老

洞庭入澧江寄巴丘故人

四月桑半枝吴蠶初弄絲江行好風日燕舞輕波時去
事旋成夢來歡難預期唯憑東流水日夜寄相思

自澧浦東遊江表途出巴丘投員外從公虞

短翮後飛者前攀鸞鶴翔力微應萬里（一作黜）矯首空蒼蒼
誰昔探花源考槃西岳（一作丘）陽高風動商洛綺皓無馨香
一朝下蒲輪清輝照巖廊孤醒立衆醉古道何由昌經
術震浮盪國風掃齊梁文襟即玄圃筆下成琳琅霞水
散吟嘯松筠奉琴觴氷壺避皎潔武庫羞（一作差）鋒鋩小子
書代耕束髮頗自强艱哉水投石壯志空摧藏十年侶
龜魚垂頭在沅湘巴歌掩白雪鮑肆埋蘭芳騷雅道未
喪（一作消）何憂名不彰飢寒束困厄默塞飛星霜百志不成
一東波擲年光塵生脱粟甑萬里違高堂中夜恨火來
焚燒九回腸平明梁山淚緣枕霑匡牀依泊洞庭波木
葉忽已黄哀碪擣秋色曉月啼寒螿復此櫂孤舟雲濤
浩茫茫朱門待媒勢（一作贄）短褐誰揄揚仰羡野陂鳬無心
憂稻粱不如天邊雁南北皆成行男兒白日間變化未
可量所希困辱地剪拂成騰驤咋筆話肝肺詠兹枯魚
章何由首西路目斷白雲鄉

洞庭驛樓雪夜讌集奉贈前湘州張員外（第十二句下缺八字）

昔與張湘州閑登岳陽樓目窮衡巫表興盡荆吴秋擲
筆落郢曲巴人不能酬是時簪裾會景物窮冥搜誤忝
瑇筵秀得陪文苑遊幾篇雲楣上風雨沈銀鉤

滄洲童兒待郭伋竹馬空遲留路指雲漢
津誰能吟四愁銀壺傲海雪青管羅名謳賤子迹未安
謀身拙如鳩分隨煙霞老豈有風雲求不逐萬物化但
貽知己羞方窮立（一作力）命説戰勝心悠悠不然蹲會稽鉤
下三（一作二）五半所期波濤助燀赫呈吞舟（一本自童兒以下另爲一首題作滄洲）

送鄭子寛棄官東遊便歸女几

八月湖浸天揚帆入秋色岷峨雪氣來寒漲瀟湘碧子
眞冥鴻志不逐籠下翼九女疊雲屏於焉恣棲息新詩
山水思靜入陶謝格（一作室）困（一作因）醉松花春追攀紫煙客相
逢十年舊嚬笑等歡慽一飯玉露蔬（一作餘）中腸展堆積停
食不盡意傾意（一作景）悵可惜雲水一分飛離憂洞庭側迴
車三鄉路仙菊正堪摘寄謝杜蘭香何年别張碩

長沙九日登東樓觀舞

南國有佳人輕盈綠腰舞華筵九秋暮飛袂拂雲雨翩
如蘭苕翠（一作綏如祥煙泛）婉如（一作若）游龍舉越豔罷前溪吴姬停白
紵
慢態不能窮繁姿曲向終低回蓮破（一作鍼　一作被）浪凌亂雪縈
風墜珥時流盻修裾欲溯空唯愁捉不住飛去逐鷩鴻

龍山人惠石廩方及團茶

客有衡岳隱遺余石廩茶自云凌煙露采掇春山芽珪
璧相壓疊積芳莫能加碾成黄金粉輕嫩如松花紅鑪
爨霜枝越兒斟井華灘聲起魚眼滿鼎漂清霞凝澄坐
曉燈病眼如蒙紗一甌拂昏寐襟鬲開煩拏顧渚與方
山誰人留品差持甌默吟味摇膝空咨嗟

宿鳥遠峽化（一作北）臺遇風雨

孤鶴長松顛獨宿萬巖雨龍湫在石脚引袂時一取驚
風折喬木飛焰獵窗户半夜霹靂聲高齋有人語

岳陽春晚

不覺春物老塊然湖上樓雲沙鷓鴣思風日沅湘愁去
翼滅雲夢來帆指昭丘所嗟芳桂晚寂寞對汀洲

漢陽春晚

漢陽抱青山飛樓暎湘渚白雲蔽黄鶴綠樹藏鸚鵡憑
高送春目（一作日）流恨傷千古遐思（一作想）禰衡才令人怨黄祖

將離澧浦置酒野嶼奉懷沈正字昆弟三人聯登高第

春月（一作日）三改兔花枝成綠陰年光東流水浩歎傷羈心
酌桂煙嶼晚鴂（一作鶗）鳴江草深良圖一超忽萬恨空相尋
上國刈（一作列）翹楚才微甘陸沈無鐙假貧女有淚沾牛衾
衡岳三麒麟各振黄鍾音卿雲被文彩芳價摇（一作傾）詞林
夫子芸閣英養鱗湘水潯晴沙踏蘭菊隱几當青岑明
月（一作日）洞庭上悠揚挂離襟停觴一摇筆聊寄生芻吟

湘中别成威闍黎

至哉彼上人氷霜凛規則遊心杳何境宴坐入冥默解
空與客行名臘信崇德吐論駕秋濤龍宫發胸臆羣迷
行大夜浩浩一昏黑赤水千丈深玄珠幾人得持梧挹
（一作浥）溟漲至理安可測寧假貿芭蕉眞成嗅薝蔔松聲掃
白月霽夜來靜域清梵罷法筵天香滿衣襋（一作裓）何方濟
了岸秪仗慈航力願與十八賢同棲翠蓮國

別尹鍊師

吾家五千言至道懸日月若非函谷（一作關）令誰注流沙説
多君飛昇志機悟獨超拔學道玉笥山燒丹白雲穴南
窮衡疑秀采藥歷幽絶夜卧瀑布風朝行碧巖雪洞宫
四百日玉籍恣探閲徒以菌蟪姿緬攀修眞訣塵籠罩
浮世遐思空飛越一罷棋酒歡離情滿寥泬願騎紫蓋
鶴早向黄金闕城市不可留塵埃穢仙骨

飯僧

好讀天竺書爲尋無生理焚香面金偈一室唯巾水交
信方外言（一作所交信方外）二三空門子峻範照秋霜高標摧僧史
清晨潔蔬茗延請良有以一落喧譁競（一作鬖）棲心願依止
奔曦入半百冉冉頹濛汜雲汎名利心風輕（一作經）是非齒
向（一作尚）爲情愛縛未盡金仙旨以靜制猨心將虞瞥然起
綸巾與藜杖此意眞已矣他日雲壑間來尋幽（一作龎）居士

贈回雪

回雪舞縈盈縈盈若回雪腰支一把玉秪恐風吹折如
能買一笑滿斗量明月安得金蓮花步步承羅襪

將之京國贈薛員外

黃葉下空館寂寥寒雨愁平居歲華晏絡緯啼林幽節物凋壯志咄嗟不能休空懷趙鞅歎變化良無由所思杳何如側身仰(一作望)皇州蒼煙晦楚野寒浪埋昭丘趙壹賦命薄陳思多世憂翻然羨魚鳥暢矣山川遊薛公龍泉姿其氣在斗牛南冠東秀(一作禿)髮白石勞悲謳圭袞照崇閎(一作閣)文儒嗣箕裘曠然方寸地霽海浮雲舟澧浦一遺佩郢南再悲秋叫閽路既阻浩蕩懷靈修莫奏武溪笛且(一作是)登仲宣樓亨通與否閉物理相沈浮天子坐宣室夔龍奉謨(一作謀)猷行當賜環去豈作遺賢羞

送魏珪覲省

木落楚(一作秋)色深風高浪花白送君飛一葉鳥逝入空碧猗歟白華秀傷心倚門夕不知雲漲遙萬里看咫尺蕭蕭青楓岸去拚江山(一作上)宅離觴有黃花節物助淒戚瀟湘入灨桂一路縈水石煙蘿拂行舟玉瀨鏘枕席多君林泉趣耽翫日成癖長嘯凌清暉襟情當雪(一作雪當)滌登龍屈指內飛鶱甚籍籍未折月中枝寧隨宋都鶂曰(一作日)余忝聲地舉足傷瓦礫見爾一開顏溫明乃珠璧春風到雲嶠把酒時相憶荳蔻花入船鷓鴣啼送客颶天與瘴(一作障)海此去備沿歷珍重春官英加餐數刀帛

始忝四座奏狀聞薦蒙恩授官旋進歌詩延英宣賜言懷紀事呈同館諸公二十四韻

兩鬢有二毛光陰流浪中形骸日土木志氣隨雲風冥默楚江畔蕭條林巷空幽鳥事翔翥斂翼依蒿蓬一飯五放箸愀然念途窮孟門在步武所向何由通祇徵(一作徵諸)大易言物否不可終庶期白雪調一奏驚凡聾昨忝丞相召揚鞭指冥鴻姓名挂丹詔文句飛天聰解薜龍鳳署懷鉛蘭桂叢聲名仰聞見煙漢陪高蹤峩峩羣玉山肅肅紫殿東神飇泛鐘漏佳氣浮筠松自顧珉玞璞何緣侶圭琮羣賢垂重價省已增磨礱天子棲穆清三台付夔龍九霄降雨露萬國望時雍巍巍致君期勛華將比崇承天四柱石巍若窺衡嵩日見帝道昇謀猷垂景鍾寰瀛納壽域翔泳皆沖融百神儼云亭佇將告成功吾徒事文藻驤首歌登封

穆天子

穆滿恣逸志而輕天下君一朝得八駿逐日西溟濱寂漠(一作寥)崦嵫幽絕迹留空文三千閟(一作閉)宮豔怨絕寧勝云或言帝軒轅乘龍凌紫氛橋山葬弓劍曖(一作冥)昧竟難分不思五弦琴作歌詠南薰但聽西王母瑤池吟白雲

廣州重別方處士之封川(久約同遊羅浮期素秋而行)

楚國傲名客九州徧芳聲(一作馨)白衣謝簪紱雲卧重巖扃長波飛素舸五月下南溟大笑相逢日天邊作酒星七(一作十)十年一雲雨常恨輝容隔天末又分襟離憂鬢堪白願回凌(一作陵)潮檝且著登山屐共期羅浮秋與子醉海色

洞庭遇秋

壓愁老來顏久與江山(一作上)隔逍遙澄湖上洗眼見秋色涼波弄輕櫂湖(一作湘)月生遠碧未滅遙客情西望杳何極

寄短書歌

骨肉萍蓬各天末十度附書九不達孤臺冷眼無來人楚水秦天莽空闊翔雁橫秋過洞庭西風落日浪崢嶸三年音信凝螯外一曲哀歌白髮生

王內人琵琶引(皓魄翻以下缺)

檀槽一曲黃鍾羽細撥紫雲金鳳語萬里胡天海塞秋分明彈出風沙愁三千宮嬪推第一斂黛傾鬟豔蘭室嬴女停吹降浦簫嫦(一作常)娥淨拚空波瑟翠幕橫雲蠟燄光銀龍吐酒菊花香皓魄(一作腕)翻

醒起獨酌懷友

西風靜夜吹蓮塘芙蓉破紅金粉香摘花把酒弄秋芳吳雲楚水愁茫茫美人此夕不入夢獨宿高樓明月涼

競渡時在湖外偶為成章

雷奔電逝三千兒彩舟畫檝射初暉喧江雷鼓鱗甲動三十六龍衙(一作衝)浪飛靈均昔日投湘死千古沈魂在湘水綠(一作荒)草斜(一作寒)煙日暮時笛聲幽遠(一作怨)愁江鬼

全唐詩

李羣玉

新荷

田田八九葉散點綠池初嫩碧纔平水圓陰已蔽魚浮萍遮不合弱荇繞猶疎半在春波底芳心卷未舒

初月二首

灩灩流光淺娟娟汎露(一作霧)輕雲間龍爪落簾上玉鉤明桂樹枝猶小仙人影未成欲為千里別倚幌獨含情

疑輝立戶前細魄向娟娟破鏡徒相問刀頭恐隔年輕搖遠水脈脈下春煙別後春江上隨人何處圓

石渚(一作緒)

古岸陶為器高林盡一焚燄紅湘浦口煙濁洞庭雲迴野煤飛亂遙空爆響聞地形穿鑿勢恐到祝融墳

雲安

灘惡黃牛吼城孤白帝秋水寒巴字急歌迴竹枝愁樹暗(一作倚)荊王館雲昏蜀客舟瑤姬不可見行雨在高丘

石頭城

伯業隨流水寒蕪上古城長空橫海色斷岸落潮聲八極悲(一作皆)扶拄五湖來(一作吾家永)止傾東南天子氣掃地入函京

湖濶(一作閣)

楚色籠青草秋風(一作光)洗洞庭夕霏生水寺初月盡(一作落)雲汀櫂響來空濶漁歌發(一作去)杳冥欲浮闌下艇一到斗牛星

失鶴

瑤臺煙霧外一去不迴(一作沒還)心(一作從昔有遐心)清(一作暗)海蓬壺遠秋風碧落深隨翎留片雪雅操入孤琴豈(一作不)是籠中物雲蘿莫更(一作更莫)尋

臘夜雪霽(一作霽雪)月彩交光開閣臨軒竟睡不得命家(一作童)僕吹笙數曲獨引一壺奉寄江陵副使杜中丞

月華臨霽雪皓彩射貂裘桂酒寒無醉銀笙凍不流懷哉梁苑客思作剡溪遊竟夕吟瓊樹川途恨(一作限)阻修

長沙陪裴大夫登北樓

巖嶂隨高步，琴尊奉勝遊。金風吹綠簟，湘（一作湖）水入朱樓。朗抱雲開月，高情鶴見秋。登臨多暇日，非爲賦消憂。

登蒲澗寺後二巖三首

五仙騎五羊，何代降茲鄉。澗有堯年韭，山餘禹日糧。樓臺籠海色，草樹發（一作美）天香。浩（一作吟）嘯（一作笑）波（一作秋）光（一作煙波）裏，浮溟興甚長。

行盡崎嶇路，驚從汗漫遊。青天豁眼快（一作客），碧海醒心秋。便欲尋河漢，因之犯斗牛。九霄身自致（一作到），何必遇（一作問）浮丘（一作揚帆赴飛鳥，一濟日邊舟）。

南溟吞越絶，極望碧鴻濛。龍渡潮聲裏，雷喧雨氣中。趙佗丘壠滅，馬援鼓鼙空。遐想魚鵬化，開襟九萬風。

早鴻

木落波浪動，南飛聞夜鴻。參差天漢霧，嘹唳月明風。野水蓮莖折，寒泥稻穗空。無令一行侶，相失五湖中。

旅泊

摇落江天裏，飄零倚客舟。短篇纔遣悶，小釀不供愁。沙雨潮痕細，林風月影稠。書空閑度日，深擁破貂裘。

半醉

處俗常如病，看花亦似秋。若無時復酒，寧遣鎮長愁。漸覺身非我，都迷蜨與周。何煩五色藥，尊下即丹（一作浮）丘。

晝寐（一作寢）

篘桂晚蕭疎，任人嘲宰予。鳥驚林下夢，風展枕前書。正作莊生蝶，誰知惠子魚。人間無樂事，直擬到華胥。

晚蓮

露冷芳意盡，稀疎空碧荷。殘香隨暮雨，枯蘂墮寒波。楚客罷奇服，吴姬停（一作倚）櫂歌。涉江無可寄，幽恨竟如何。

將之番禺留别湖南府幕

本乏煙霞（一作齊）志，那隨鴛鷺遊。一枝仍未定，數粒欲何求。溟漲道途遠，荆吴雲（一作暮）雪愁。會登梅嶺翠，南翥入炎洲。

宵民

大雅無憂怨，宵民有愛憎。魯侯天不遇，臧氏爾何能。慘慘心如虺，營營舌似蠅。誰於銷骨地，一鑒玉壺冰。

吾道

吾道成微哂，時情付絶言。鳳兮衰已盡，犬也吠何繁。輕重憂衡曲，妍媸慮鏡昏。方忻耳目淨，誰到翟公門。

與三山人夜話（一作與濮陽夏侯吴三山人夜話）

靜談雲鶴（一作壑）趣，高會兩三賢。酒思彈琴夜，茶芳向火天。兔裘堆膝暖，鳩杖倚牀偏。各歎池籠窄，相看意浩然。

春寒

撥火垂簾夕，將暄向冷天。悶斟壺酒暖，愁聽雨聲眠。處世心悠（一作倏）爾，于時思（一作事）索然。春光看已半，明日又藏煙。

廣江驛餞筵留别

别筵欲盡秋，一醉海西樓。夜雨寒潮水，孤鐙萬里舟。酒飛鸚鵡重，歌送鷓鴣愁。惆悵三年客，難期此處遊。

桑落洲

九江寒露夕，微浪北風生。浦嶼漁人火，蒹葭鬼鴈聲。頹雲晦廬岳，微鼓辨湓城。遠憶天邊弟，曾從此路行。

杜門

且詠閑居賦，飛翔去未能。春風花嶼酒，秋雨竹溪鐙。世路變陵谷，時情驗友朋。達生書一卷，名利付春冰。

池州封員外郡齋雙鶴

丹頂霜翎仙態浮，曠（一作罷）政之日因呈此章

（按：原文作）池州封員外郡齋雙鶴丹頂霜翎仙態浮曠罷政之日因呈此章

瀟灑二白鶴，對之高興清。寒溪侶雲水，朱閣伴琴笙。顧慕稻粱惠，超遥江海情。應攜帝鄉去，仙闕看飛鳴。

經費拾遺所居呈封員外

雲臥竟不起，少微空隕光。唯應孔北海，爲立鄭公鄉。舊館苔蘚合，幽齋松菊荒。空餘書帶草，日日上階長。

送秦鍊師

紫府靜沈沈，松軒思别琴。水流寧有意，雲汎本無心。錦洞桃花遠，青山竹葉深。不因時賣藥，何路更相尋。

湘陰縣送遷客北歸

不須留薏苡，重遣世人疑。瘴染面如蘗，愁熏頭似絲。黄梅住雨外，青草過湖時。今日開湯網，冥飛亦未遲。

九日陪崔大夫讌清河亭

玉醴浮金菊，雲亭敞玳筵。晴（一作青）山低畫浦，斜雁遠書天。

謝眺離都日，殷公出守年。不知瑶水讌，誰和（一作製）白雲篇。（近見去年聖製黄菊聯句）

送房處士閑遊

採（一作主）藥陶貞白，尋山許遠遊。刀圭藏妙用，巖洞契冥搜。花月（一作竹）三江水，琴尊一葉舟。羨君隨野鶴（一作性），長揖稻粱愁。

贈花

酒爲看花醧，花須趁酒紅。莫（一作嗔）令芳樹晚，使我綠尊空。金谷園無主，桃（一作仙）源路不通。縱非乘露折，長（一作與酒）短盡隨風。

洞庭風雨二首

面南一片黑，俄起北風顛。浪潑巴陵樹，雷燒鹿角田（在青草北）。魚龍方簸蕩，雲雨正喧闐。想赭君山日，秦皇怒赫然。

巨浸吞湘（一作沅）澧，西風忽怒號。水將天共黑，雲與浪爭高。羽化思乘鯉，山漂欲（一作長）抃鼇。陽烏猶曝翅，眞（一作直）恐濕蟠桃。

臨水薔薇

堪愛（一作恨）復堪傷，無情不久長。浪摇千臉笑（一作淚），風舞一叢芳（一作身香）。似濯文君錦，如窺（一作啼）漢女妝。所思雲雨外，何處寄馨香。

中秋維舟君山看月二首（一本作長律一首）

汗漫鋪澄碧，朦朧吐玉盤。雨師清滓穢，川后掃波瀾。氣射繇星滅，光籠八表寒。來從雲漲迴，路上碧霄寬。

熠燿遊何處，蟾蜍食漸殘。櫂翻銀浪急，林映白虹攢。練彩連河曉，冰暉壓樹乾。夜深高不動，天下仰頭看。

桂州經佳人故居琪樹（一本無琪樹二字）

種樹人何在，攀枝空歎嗟。人無重見日，樹有每年花。滿院雀（一作舊）聲（一作蕉）莫，半庭春景（一作色）斜。東風不知恨，徧地落餘霞。

贈元紘

相逢在總角，與子即同心。隱石那知玉，披沙始（一作喜）遇金。蘭秋香不死，松晚翠方深。各保芳堅性，寧憂霜霰侵。

中秋廣江驛示韋益

莫惜三更坐難消萬里情同看一片月俱在廣州城淚逐金波滿魂隨夜鵲（一作鶴）驚支頤鄉思斷無語到雞鳴

九日越臺

旭日高山上秋天大海隅黃花羅粔籹絳實簇茱萸病久歡情薄鄉遙客思孤無心同落帽天際望歸途

中秋越臺看月

海雨洗塵（一作煙）埃月從空碧來水光籠草樹練影挂樓臺皓曜迷鯨目晶熒失蚌胎宵分凭檻望應合見蓬萊

長沙開元寺昔與故長林許侍御題松竹（一作石）聯句

墻陰數行字懷舊慘傷情薜荔侵年月莓苔壓姓名逝川前後水浮世短長生獨立秋風暮凝顰隔郢城

傷友

玉棺來九天鳧舄掩窮泉蕪沒池塘嶼（一作興）凄涼翰墨筵短期存大夢舊好委浮煙我有幽蘭曲因君遂絕弦

法性寺六祖戒壇

初地無階級餘基數尺低天香開茉莉梵樹落菩提驚（一作警）俗生真性青蓮出淤泥何人得心法衣鉢在曹溪

東湖二首

晚景微雨歇逍遙湖上亭波閑魚弄餌樹靜鳥遺翎性野難依俗詩玄自入冥何繇遂瀟灑高枕對雲汀

雨氣消殘暑蒼蒼月欲升林間風捲簟欄下水搖鐙迴野垂銀鏡層巒挂玉繩重期浮小檝來摘半湖菱

湖閣曉晴寄呈從翁二首

嶺日開寒霧湖光蕩霽華風烏搖逕（一作涇）柳水蝀戀幽花蜀國地西極吳門天一涯輕舟欄下去點點入湘霞

高秋憑遠檻萬里看新晴重霧披天急千雲觸石輕湖山四五點湘雁兩三聲遙想潘園裏琴尊與轉清

同張明府遊漊（一作樓）水亭

草色綠溪晚梅香生縠文雲天斂餘霽水木籠微曛垂釣坐方（一作芳）嶼幽禽時一聞何當五柳下酌醴吟庭筠

七月十五夜看月

朦朧南溟月洶湧出雲濤下射長鯨眼遙分玉兔毫勢來星斗動路越青冥高竟夕瞻光彩昂頭把白醪

北風

病髮乾垂枕臨風強起梳蝀飛魂尚弱蟻鬬體猶虛瘦骨呻吟後羸容几杖初庭幽行藥靜涼暑（一作景）翠筠疎

遊玉芝觀

尋仙向玉清獨倚雪初晴木落寒郊迥煙開疊嶂明片雲盤鶴影孤磬雜松聲且共探玄理歸途月未生

中秋夜南樓寄友人

海月出銀（一作白）浪湖光射高樓朗吟無淥酒賤價買清秋氣冷魚龍寂輪高星漢幽他鄉此夜客對景（一作酌）餞多愁

三月五日陪裴大夫汎長沙東湖（一作張又新詩）

上巳餘風景芳辰集遠坰綵舟浮滉蕩繡轂下娉婷林榭回葱蒨笙歌轉杳冥湖光迷翡翠草色醉蜻蜓鳥弄桐花日魚翻穀雨萍從今留勝會誰肯（一作看）畫蘭亭

龜

靜養千年壽重泉自隱居不應隨跛鼈寧肯滯凡魚靈腹唯玄露芳巢必翠蕖揚花（一作光）輸蚌蛤奔月恨蟾蜍曳尾辭泥後支牀得水初冠山期不小鑄印事寧虛有志酬毛寶無心畏豫且他時清洛汭會薦帝堯書

長沙春望寄涔陽故人

清明別（一作前）後雨晴時極浦空顰一望眉湖畔春山煙黯黯（一作點點）雲中遠樹黑（一作墨）離離依微水戍聞疎鼓掩映河橋見酒旗風暖草長愁自（一作似）醉行吟無處寄相思

金塘路中

山連（一作川）楚越復吳秦蓬梗何年是住身黃葉黃花古城路秋風秋雨別家人冰霜想（一作怯）度商於（一作村）凍桂玉愁居帝里貧十口繫心抛不得每回回首即長顰

自遣

翻覆升沈百歲中前途一半已成空浮生暫寄夢中夢世事如聞風裏風修竹萬竿資閬寂（一作灑落）古書千卷要窮通一壺濁酒暄和景誰會陶然失馬翁

送于少監自廣州還紫邏

鳴皋（一作高）山水似麻源謝監東還憶故（一作舊）園海嶠煙霞輕（一作輸）逸翰洛川花木待回軒官情薄去詩千首世事閑來酒一尊明日中書見顏范（一作範）始（一作如）應通籍入金門

石門韋明府為致東陽潭石鯽（一作魚）鱠

錦鱗銜餌（一作釣）出清漣暖日江亭動鱠筵疊雪亂飛消箸底散絲繁灑拂刀前太湖浪說朱衣鮒漢浦休誇縮項鯿雋味品流知第一更勞霜橘助芳鮮

規公業在淨名得甚深義僕近獲顧長康月宮真影對戴安道所畫文殊走筆此篇以屈瞻禮

五濁之世塵冥冥達觀棲心于此經但用須彌藏芥子安知牛跡笑東溟生公吐辯真無敵顧氏傳神實有靈今日淨開方丈室一飛白足到茅亭

玉真觀

高情帝女慕乘鸞紺髮初簪玉葉冠（公主玉葉冠時人莫計其價）秋月無雲生碧落素蕖寒（一作含）露出清瀾層城煙霧將歸遠浮世塵埃久住（一作駐）難一自（一作日）簫聲飛去後洞宮深掩（一作洞深空探）碧瑤壇

辱綿州于中丞書信

一緘垂露到雲林中有孫陽念驥心萬木自凋山不動百川皆旱（一作空）海（一作水）長深風標想見瑤臺鶴詩韻如聞淥水琴他日縱陪池上酌已應難到暝猨吟（渴疾漸加酒戶日減）

送崔使君蕭山禱雨甘澤遽降

謝公一拜敬亭祠五馬旋歸下散絲不假土龍呈夭矯自然石燕起參差預聽禾稼如雲語應有空濛似霧時已（一作詩）向為霖報消息頻川徵詔是前期

重經巴丘追感（開成初陪故員外從翁詩酒遊泛）

昔年高接李膺歡日汎仙舟醉碧瀾詩句亂隨青草發酒（一作落）腸俱逐洞庭寬浮生聚散雲相似往事微茫（一作冥）夢一般今日片帆城下去（一作過）秋風回首淚闌干

湘陰江亭却寄友人

湘岸初晴淑景遲風光正是客愁時幽花暮落騷人浦芳草春深帝子祠往事隔年如過夢舊遊回首謾勞（一作追）思煙波自此扁舟去小酌文園（一作酌酒聯文）杳未期

哭郴州王使君

銀章朱紱照雲驄六換魚書惠化崇瑤樹忽傾滄海裏(一作蒼梧下)醉鄉翻在夜臺中東山妓逐飛花散北海尊隨逝水空曾是綺羅筵上客一來長慟向春風

九日巴丘楊公臺上讌集(一本無上字)

淒淒霜日上高臺水國秋深客思哀萬疊銀山寒浪起(一作去)一行斜字早鴻來誰家擣練孤城暮何處題衣遠信回江漢路長身不定菊花三笑旅萍開

奉和張舍人送秦鍊師歸岑公山

仙翁歸臥翠微岑一夜西(一作葉)風月峽深松逕(一作澗)定知芳草合玉書應念素塵侵閑雲不繫東西影野鶴寧知(一作傷)去住心蘭浦蒼蒼春欲暮落花流水怨(一作思)離琴(一作襟)

送陶少府赴選

陶君官興本蕭疎長傍青山碧水居久向三茅窮藝術仍傳五柳舊琴書迹同飛鳥棲高樹心似閑雲在太虛自是葛洪求藥價不關梅福戀簪裾

寄張祜(祜亦未面頻寄聲相聞)

越水吳山任興行五湖雲月挂高情不遊都邑稱平子只向江東作步兵昔歲芳聲到童稚老來(一作年)佳句徧公卿如(一作知)君氣力波瀾地留取陰何沈范名

寄長沙許侍御

三(一作二)年文會許追隨和徧南朝(一作江南)雜體詩未把(一作以)彩毫還郭璞乞留殘錦與丘遲竹齋琴酒歡成夢水寺煙霞賞(一作相)對誰今日秋風滿湘浦秪應(一作只今)搔首詠瓊枝

望月懷友(一作寄人)

浮雲卷盡看(一作月)朣朧直出滄溟上碧空盈手水(一作氷)光寒不濕流天素彩(一作影)靜無風酒花蕩漾金尊裏櫂影飄颻玉浪中川路正長難可越美人千里思何窮

和吳中丞悼笙妓

麗質仙姿煙逐風鳳皇聲斷吹臺(一作樓)空多情草色怨還綠無主杏花春自紅隨珥尚存芳樹下餘香漸減(一作滅)玉堂中唯應去抱雲和管從此長歸阿母宮

薛侍御處乞韡

越客南來誇桂麖良工用意巧縫成看時共說茱萸皺著處嫌無鸜鵒鳴百里奚身悲甚似五羊皮價敢全輕日於文苑陪高步贏得芳塵接武名

九子坡(一作坂)聞鷓鴣

落照蒼茫秋草明鷓鴣啼處遠人行正穿詰(一作屈)曲崎嶇路更聽鉤輈格磔聲曾泊桂江深岸雨亦于梅嶺阻歸程此時爲爾腸千斷乞放(一作定是)今宵白髮生

涼公從叔春祭廣利王廟

龍驤伐鼓下長川直濟雲濤古廟前海客斂威驚火旆天吳收浪避樓船陰靈向(一作迴)作南溟主祀典高齊五岳肩從此華夷封域靜潛熏玉燭奉堯年

長沙紫極宮雨夜愁坐

獨坐高齋寒擁衾洞宮臺殿窅沈沈春鐙含思靜相伴夜雨滴愁更向深窮達未知他日事是非皆到此時心羈棲摧(一作催)剪平生志抱膝時爲梁甫吟

送人隱居(一作盧逸人隱居)

碁局茅亭幽澗濱竹寒江靜遠無人邨梅尚斂風前笑沙草初偷雪後春鵬鷃喻中消日月滄浪歌裏放心神平生自有煙霞志久欲拋身狎隱淪

江樓閑望懷關中(一作內)親故(一作知)

搖落江天欲盡秋遠鴻高送一行愁音書寂絶秦雲外身世蹉跎楚水頭年貌暗隨黃葉去時情深付碧波流風凄日冷江湖(一作湘光)晚駐目寒空獨倚樓

請告南歸留別同館(中元作)

一點鐙前獨坐身西風初動帝城砧不勝庾信鄉關思遂作陶潛歸去吟書閣乍離情黯黯彤庭迴望肅沈沈應憐一別瀛洲侶萬里單飛雲外深

仙明洲口號

長愛沙洲水竹居暮江春樹綠陰初浪翻新月金波淺風損輕雲玉葉疎半浦夜歌聞盪槳一星幽火照叉魚二年此處尋佳句景物常輸楚客書

送蕭十二校書赴郢州婚姻

蓬萊(一作山)才子即蕭郎綵服青書(一作春)卜鳳皇玉珮定催紅粉色錦衾應惹翠雲(一作芸)香馬穿暮雨荊山遠人宿寒鐙郢夢長領取和鳴好風景(古樂府有鳳兮歸故鄉)石城花月送歸鄉

送隱者歸羅浮

春山(一作天)杳杳日遲遲路入雲峰白犬隨雨卷素(一作囊)書留貰酒一柯樵斧坐看棋蓬萊道士飛霞履(一作札)清遠仙人寄好詩自此塵寰音信斷山川風月永相思

獻王中丞(時有除拜)

登仙望絶李膺舟從此青蠅點遂稠半夜劍(一作憤)吹牛斗動二年門掩雀羅愁張儀會展平生舌韓信那慙跨下羞他日圖勳畫麟閣定呈肝膽始應休

哭小女癡(一作凝)兒

平生未省夢熊羆稚女如花墜(一作睛)曉枝條蔓縱橫輸葛藟子孫蕃育羨螽斯方同王衍鍾情切猶念商瞿有慶遲負爾五年恩愛淚眼中惟有涸泉知(一作眼中惟涸更無知)

醉後贈馮姬

黃昏歌舞促瓊筵銀燭臺西見小蓮二寸橫波回慢水一雙纖手語香弦桂形淺拂梁家黛瓜字初分碧玉年願託襄王雲雨夢陽臺今夜降神仙

廣州陪涼公從叔越臺讌集

一逕松梢踏石梯步窮身在白雲西日銜赤浪金車沒天拂滄波翠幕(一作笠)低高鳥散(一作四)飛驚大旆長風萬里卷秋鼙玉鉤挂海笙歌合珠履三千半似泥

留別馬使君

俱來海上歎煙波君佩銀魚我觸羅蜀(一作運)國才微甘放蕩專城年少豈蹉跎應憐旅夢千重思共愴離心一曲歌唯有管弦知客意分明吹出感恩多

將欲南行陪崔八讌海榴亭

朝讌華堂暮未休幾人偏得謝公留風傳鼓角霜侵戟雲卷笙歌月上樓賓館盡開徐孺榻客帆空戀李膺舟謾誇書劍無歸處水遠山長步步愁

湖寺清明夜遣懷

柳暗花香愁不眠獨凭危檻思淒然野雲將雨渡微月沙鳥帶聲飛遠天久向飢寒拋弟妹每因時節憶團圓餳餐冷酒明年在未定萍蓬何處邊

九日

年年羞見菊花開十度悲秋上楚臺半嶺殘陽銜樹落一行斜雁向人來行雲永絕襄王夢野水偏傷宋玉懷絲（一作才）管闌珊歸客盡黃昏獨自詠詩迴

同鄭相并歌姬小飲戲贈（一作杜丞相悰筵中贈美人）

裙拖六幅湘江水鬢聳巫山一段（一作千朵）雲風格（一作貌態）只應天上有歌聲豈合世間聞胸前瑞雪鐙斜照眼底桃花酒半醺不是相如憐賦客爭（一作肯）教容易見文君

秣陵懷古

野花黃葉舊吳宮六代豪華燭散風龍虎勢衰佳氣歇鳳皇名在故臺空市朝遷變秋蕪綠墳塚（一作壠）高低落照紅霸業鼎圖人去盡獨來惆悵水雲中

黃陵廟

小姑（一作孤一作東）洲北浦雲邊二女容華（一作啼粧一作明粧）自（一作共）儼然野廟向江春寂寂古碑無字草芊芊風迴日（一作東風近）暮吹芳芷月落（一作落日）山深哭杜鵑猶似含顰望巡狩九疑愁斷（一作黛）隔（一作愁絕）湘川

送唐侍御福建省兄

桂枝攀盡賈家（一作賢）才霄漢春風棣萼開世掌（一作事）綸言傳大筆官分鴻序壓霜臺閩山翠卉迎飛旆越水清紋散落梅到日池塘春草綠謝公應夢惠（一作阿）連來

送秦鍊師歸岑公山

紫泥飛詔下金鑾列象分明世仰觀北省諫書藏舊草南宮郎署握新蘭春歸鳳沼恩波暖曉入鴛行瑞氣寒偏是此生棲息者滿衣零淚一時乾

潯陽觀水

朝宗漢水接陽臺晗呀填坑吼作雷莫見九江平穩去還從三峽嶮巇來南經夢澤寬浮日西出岷山劣泛盃直至滄溟涵貯盡深沈不動浸昭回

謫仙吟贈趙道士

汗漫東遊黃鶴雛縉雲仙子住清都三元麟鳳推高座六甲風雷閟小壺日月暗資靈壽藥山河直擬（一作常值）化生符若爲失意居蓬島鼇足塵飛桑樹枯

長沙陪裴大夫夜讌

東山夜讌酒成河銀燭熒煌照綺羅四面雨聲籠笑語滿堂香氣泛笙歌泠泠玉漏初三滴灩灩金觴已半酡共向柏臺窺雅量澄陂萬頃見天和

寶劍

雷煥豐城掘劍池年深事遠跡依稀泥沙難掩衝天氣風雨終思發匣時夜電尚搖池底影秋蓮空吐鍔邊輝自從星拆中台後化作雙龍去不歸

人日梅花病中作

去年今日湘南（一作西）寺獨把寒梅愁斷腸今年此日江邊宅臥見瓊枝低壓墻半落半開臨野岸團情團思醉韶光玉鱗寂寂飛斜月素豔亭亭對（一作帶）夕陽已被兒童苦攀折更遭風雨（一作雪）損馨香洛陽桃李漸撩亂回首行宮春景長

全唐詩

李羣玉

靜夜相思

山空天籟寂水榭延輕（一作清）涼浪定一浦月藕花閑自香

桂州經佳人故居

桂水依舊綠佳人本（一作今）不還秖應隨暮雨飛入九疑山

放魚

早覓爲龍去江湖莫漫（一作浪）遊須知香餌下觸口是鈷鉤

蓮葉

根是泥中玉心承露下珠在君塘下（一作上）種埋沒任春蒲

客愁二首

客愁看柳色日日逐春深蕩漾（一作浩蕩）春風起誰知歷亂心

客愁看柳色日日逐春長憑送湘流水綿綿入帝鄉

洞庭乾二首

借問蓬萊水誰逢清淺年傷心雲夢澤歲歲作桑田

朱宮紫貝闕一旦作沙洲八月還平在魚蝦不用愁

病起別主人

益媿千金少情將一飯殊恨無泉客淚盡泣感恩珠

火爐前坐

孤燈照不寐風雨滿西林多少關心事書（一作畫）灰到夜深

古詞

一合相思淚臨江灑素秋碧波如會意却與向西流

嘲賣藥翁

劚盡春山土辛勤賣藥翁莫抛破笠子留作敗（一作販）天公

傷小女癡（一作疑）兒

哭爾春日短支頤長歎嗟不如半死樹猶吐一枝（一作半邊）花

青鷁

獨立蒹葭雨低飛浦嶼風須知毛色下（一作異）莫入鷺鷥叢

池塘晚景

風荷珠露傾驚起睡鵁鶄月落池塘靜金刀剪一聲

投從叔

可惜出羣蹄毛焦久臥泥孫陽如不顧騏驥向誰嘶

惱自澄

常聞天女會玉指散天花莫遣春風裏紅芳點袈裟

讀賈誼傳

卑濕長沙地空抛出世才已齊生死理鵩鳥莫爲災

寄人

寄語雙蓮子須知用意深莫嫌一點苦便擬棄蓮心

寄韋秀才

荆臺蘭渚客寥落共含情空館相思夜孤燈照雨聲

春日寄友（一作春日南臺初晴望寄友）

晴氣熏櫻蘂丰濛雪滿林請君三斗酒醉臥白羅岑

題竹

一頃含秋綠森（一作春）風十萬竿氣吹朱夏轉聲掃碧霄寒

懷初公

不見休上人空傷碧雲思何處開寶書秋風海光寺

龍安寺佳人阿最歌八首

團團明月面冉冉柳枝腰未入鴛鴦被心長似火燒

見面知何益聞名憶轉深拳（一作攣）荷葉子未得展蓮心

欲摘不得摘如看波上花若教親玉樹情願作蒹葭

門路穿茶焙（一作窰）房門映竹煙會須隨鹿女乞火到窗前

不是求心印都緣愛綠珠何須同泰寺然後始爲奴

既爲金界客任改淨人名願掃琉璃地燒香過一生

素腕撩金索輕紅約翠紗不如欄下水終日見桃花

第一龍宮女相憐是阿誰好魚輸獺盡（一作畫）白鷺鎮長飢

野鴨

瀏鶒借毛衣喧呼鷹隼稀雲披菱藻地任汝作羣飛

題二妃廟

黄陵廟前春已空子規啼血滴松風不知精爽歸何處
疑是行雲秋色中

寄友二首

野水晴山雪後時獨行郊落（一作路）更相思無因一向溪頭
（一作橋）醉處處寒梅映酒旗

花落輕寒酒熟遲醉眠不及落花期愁人相（一作想）憶春山
暮煙樹蒼蒼播（一作撥）穀時

桃源

我到瞿真（一作童）上升處山川四（一作西）望使人愁紫雲白鶴去
不返唯有桃花（一作源）溪水流

題王侍御宅

門向滄江碧岫開地多鷗鷺少塵埃綠陰十里灘聲裏
閑自（一作去一作即）王家看竹來

聞湘南從叔朝覲

長沙地窄郤回時舟檝駸駸向鳳池爲報湘川神女道
莫教雲雨濕旌旗

漢陽太白樓

江上層（一作晴）樓翠靄間滿簾春水滿窗山青楓綠草將愁
去遠入吳雲暝不還

送客

沅水羅文海燕回柳條牽恨到荆臺定知行路春愁裏
故郢城邊見落梅

醴陵道中

別酒離亭十里強半醒半醉引愁長無端（一作人）寂寂春山
路雪打溪梅狼籍香

校書叔遺暑服

翠雲（一作芸）箱裏疊襜褕（一作襤褸）楚葛湘紗淨似空便著清江明
月夜輕涼與挂（一作致）一身風

贈魏三十七

名珪字玉淨無瑕美譽芳聲有數車莫放談光高二丈
來年燒殺杏園花

酬崔表仁（一作臣）

昨日朱門一見君忽驚野鶴在雞羣不應長啄潢汙水
早晚歸飛碧落雲

旅遊番禺獻凉公

帝鄉羣侶杳難尋獨立滄洲歲暮心野鶴棲飛（一作飛棲）無遠
近稻粱多處是（一作則）恩深

長沙元門寺張璪員外壁畫

片石長松倚素楹翛然雲壑見高情世人只愛凡花鳥
無處不知梁廣名

請告出春明門（一本無請告二字）

本不將心挂名利亦無情意在樊籠鹿裘藜杖且歸去
富貴榮華春夢中

引水行

一條寒玉走秋泉引出深蘿洞口煙十里暗流聲不斷
行人頭上過潺湲

移松竹

龍鬚鳳尾亂颸（一作颭）颸帶霧停風一畝秋待取滿庭蒼翠
合酒尊書案閉門休

歎靈鷲寺山榴

水蝶巖蜂俱不知露紅凝豔數千枝山深春晚無人賞
即是杜鵑催落時

黄陵廟（一作李遠詩）

黄陵廟前莎草春黄陵女兒茜裙新輕舟短（一作小）櫂（一作檝）唱
（一作隨）歌去水遠山長愁殺人

北亭

斜雨飛絲織曉空疎簾半捲野亭風荷花向盡秋光晚
零落殘紅綠沼中

送客往涔陽

春與春愁逐日長遠人天畔遠思鄉蘋生水綠不歸去
孤負東溪七里莊

寄友人鹿胎冠子

數（一作散）點疎星紫錦斑仙家新樣剪三山宜與謝公松下
戴淨簪雲髮翠微間

江南

鱗鱗別浦起微波汎汎輕舟桃葉歌斜雪北風何處宿
江南一路酒旗多

荅友人寄新茗

滿火芳香碾麴塵吳甌湘水綠花新愧君千里分滋味
寄與春風酒渴人

峽山寺上方

滿院泉聲水（一作山）殿涼疎（一作踈）簾微雨野松香東峯下視南
溟月笑踏金波看海光

秋登涔陽城（一作樓）二首

萬户砧聲水國秋涼風吹起故鄉愁行人望遠偏傷思
白浪青楓滿北樓
穿針樓上閉秋煙織女佳期又隔年斜笛(一作漢)夜深吹不
落一條銀漢(一作浪)挂秋天

釣魚

七尺青竿一丈絲菰蒲(一作蔣)葉裏逐風吹幾回舉手抛芳
餌驚起沙灘水鴨兒

酬魏三十七

靜裏(一作衰)寒香觸思初開緘忽見二瓊琚一吟麗句風流
極沒得弘文李校書

贈琵琶妓

我見鴛鴦飛水上君還望月苦相思一雙裙帶同心結
早寄黃鸝孤鴈兒

落帆後賦得二絶

平湖茫茫春日落危檣獨映沙洲泊上岸閑尋細草行
古查飛起黃金鴨
水浮秋煙沙曉雪皎潔無風鐙影徹(一作影澂)海客雲帆未
挂時相與緣江拾明月

贈人

曾留宋玉舊衣裳惹得巫山夢裏香雲雨無情難管領
任他別嫁楚襄王

贈妓人

誰家少女字千金省向人間逐(一作觸)處尋今日分明花裏
見一雙紅臉動春心

山榴

洞中春氣蒙籠暄尚有紅英千樹繁可憐夾水錦步障
羞數石家金谷園

鸂鶒

錦羽相呼暮沙曲波上雙聲戛哀玉霞明川靜極望中
一時飛滅青山綠

沅江漁者

倚櫂汀洲沙日晚江鮮野菜桃花飯長歌一曲煙靄深
歸去滄江(一作浪)綠波遠

題金山寺石堂

白波四面照樓臺日夜潮聲繞寺迴千葉紅蓮高會處
幾曾龍女獻珠來

戲贈魏十四

蘭浦秋來煙雨深幾多情思在琴心知君調得東家子
早晚和鳴入錦衾

和人贈別

嚬黛低紅別怨多深亭(一作停)芳恨滿橫波聲中唱出纏綿
意淚落鐙前一曲歌

宿巫山廟二首

寂寞高堂別楚君玉人天上逐行雲停舟十二峰巒下
幽佩仙香半夜聞

廟閉春山曉月光波聲回合樹蒼蒼自從一別襄王夢
雲雨空飛巫峽長

傷柘枝妓

曾見雙鸞舞鏡中聯飛接影對春風今來獨在花筵散
月滿(一作上)秋天一半空

題櫻桃

春初攜酒此花間幾度臨風倒玉山今日葉深(一作聲)黃滿
樹再來惆悵不能攀

惱從兄

芳草萋萋新燕飛芷汀南望鴈書稀武陵洞裏尋春客
已被桃花迷不歸

紫極宮齋後

紫府空歌碧落寒曉星寥亮月光殘一聲白鶴高飛上
(一作散)唯有松風吹石壇

春晚

思鄉之客空凝嚬(一作顰)天邊欲盡未盡春獨攀江樹深不
語芳草落花愁殺人

喜渾吉見訪

公子春衫桂水香遠衝飛(一作霏)雪過書堂貧家冷落難消
日唯有松筠滿院涼

索曲送酒

簾外春風正落梅須求狂藥解愁回煩君玉指輕攏撚
慢撥鴛鴦送一杯

山驛梅花

生在幽崖獨無主溪蘿澗鳥爲儔侶行人陌上不留情
愁香空謝深山雨

重陽日上渚宮楊尚書

落帽臺邊菊半黃行人惆悵對重陽荊州一見桓宣武
爲趁悲秋入帝鄉

書院二小松

一雙幽色出凡塵數粒秋煙二尺鱗從此靜牕聞細韻
琴聲長伴讀書人

勸人廬山讀書

憐君少隽利如鋒氣爽神清刻骨聰片玉若磨唯轉瑩
莫辭雲水入廬峰

言懷

白鶴高飛不逐羣嵇康琴酒鮑昭文此身未有棲歸處
天下人(一作之)間一片雲

聞笛

冉冉生山草何異截而吹之動天地望鄉臺上望鄉時
不獨落梅兼落淚

曉讌(一作枉)

金波西傾銀漢落綠樹含煙倚朱閣曉華朧膤(一作曨聰)聞調
笙一點殘鐙隔羅幕

將遊荊州投魏中丞

貧埋病壓老巑岏拂拭菱花不喜看又恐無人肯青眼
事須憑仗小還丹

二辛夷

狂吟亂舞雙白鶴霜翎玉羽紛紛落空庭向晚春雨微
却斂寒香抱瑤萼

題龍潭西齋

寂寞幽齋暝煙起滿徑西風落松子遠公一去兜率宮
唯有面(一作門)前虎溪水

中秋寄南海梁侍御(一本無梁字)

海靜天高景氣殊鯨睛失彩蚌潛珠不知今夜越臺上望見瀛洲方丈無

戲贈姬人（一本此下有賦尖字韻四字 一作張祜與杜牧聯句詩）

骰子巡抛裹手拈無因得見玉纖纖但知謔道金釵落圖向人前露指尖

大庾山嶺別友人

篔簹無子鷟雛飢毛彩凋摧不得歸誰念火雲千嶂裏低身猶傍鷓鴣飛

石門戍

到此空思吳隱之潮痕草蔓上幽碑人來皆望珠璣去誰詠貪泉四句詩

文殊院避暑

赤日黃埃滿世間松聲入耳即心閑願尋五百仙人去一世清涼住雪山

南莊春晚二首

連雲草映一條陂鸂鶒雙雙帶水飛南邨小路桃花落細雨斜風獨自歸

草暖沙長望去舟微茫煙浪向巴丘沅江（一作湘）寂寂春歸盡水綠蘋香人自愁

湘妃廟

少將風月怨平湖見盡扶桑水到枯相約杏花壇上去畫欄紅紫鬬樗蒲

全唐詩

賈島

賈島字浪（一作閬）仙范陽人初為浮屠名無本來東都時洛陽令禁僧午後不得出島為詩自傷韓愈憐之因教其為文遂去浮屠舉進士詩思入僻當其苦吟雖逢公卿貴人不之覺也累舉不中第文宗時坐飛謗貶長江主簿會昌初以普州司倉參軍遷司户未受命卒有長江集十卷小集三卷今編詩四卷

古意

碌碌復碌碌百年雙轉轂志士終（一作中）夜心良馬白日足俱為不等閑誰是知音（一作者）目眼中兩行淚曾弔三獻玉（一作別來兩淚盡誰向荊山哭）

望山

南山三十里不見踰一旬冒雨時立望望之如朋親虬龍一掬波洗蕩千萬春日日雨不斷愁殺望山人天事不可長勁風來如奔陰霆（一作霾）一以掃浩翠寫國門長安百萬家家家張屏新誰家最好山我願為其鄰

北嶽廟

天地有五嶽恒嶽居其北巖巒疊萬重詭怪浩難測人來不敢入祠宇白日黑有時起霖雨一灑天地德神兮安在哉永康我王國

朝飢

市中有樵山此（一作北）舍朝無煙井底有甘泉釜中乃空然我要見白日雪來塞青天坐（一作立）聞西牀琴凍折兩三弦飢莫詣他門古人有拙言

哭盧仝

賢人無官死不親者亦悲空令古鬼哭更得新鄰比平生四十年惟著白布衣天子未辟召地府誰來追長安有交友託孤遽棄移冢側誌石短文字行參差無錢買松栽自生蔓草枝在日贈我文淚流把讀時從茲加敬重深藏恐失遺

劍客（一作述劍）

十年磨一劍霜刃未曾試今日把似（一作示）君誰為（一作有）不平事

口號

中夜忽自起汲此百尺泉林木含白露星斗在青天

寄遠

別腸多鬱紆豈能肥肌膚始知相結密不及（一作若）相結疎疎別恨應少密離（一作別）恨難袪門前南流（一作去）水中有北飛魚魚飛向北海可以寄遠書（一本無此句多此情復何如欲剪衣上襟裁作寄遠書三句）遠書故人今在無（一作華山岩扃形遙望齊平蕪）況此數尺身阻彼萬里途自非日月光難以知子軀

齋中

眈靜非謬（一作僞）為本性實疎索齋中一就枕不覺白日落

低扉礙軒轢寡德謝接（一作然）諾叢菊在墻陰秋窮未開萼所餐（一作食）類病馬動影似移嶽欲駐迫逃衰豈殊辭綆縛已見飽時雨應豐蔬與藥

感秋

商氣颯已來歲華又虛擲朝雲藏奇峰暮雨灑疎滴幾蜩嘿（一作番飛）涼葉數蛩思陰壁落日空館中歸心遠山碧昔人多秋感今人何異昔四序馳百年玄髮坐成白喧喧徇聲利擾擾同轍迹儻無世上懷去偃松下石

翫月

寒月破東北賈生立西南西南立倚何立倚青青杉近月有數星星名未詳諳但愛杉倚月我倚杉爲三月乃不上杉上杉難相參眙瞑子細視睛瞳桂枝剗目常有熱疾久視無煩炎以手捫衣裳零露已濡霑久立雙足凍時向股脞淹立久病足折兀然黐膠粘他人應已睡轉喜此景恬此景亦胡及而我苦淫耽無異市井人見金不知廉不知此夜中幾人同無厭待得上頂（一作頂上）看未擬歸枕函強步望寢齋步步情不堪步到竹叢西東望如隔簾卻坐竹叢外清思刮幽潛量知愛月人身願化爲蟾

辭二知己

一雙千歲鶴立別孤翔鴻波島忽已暮海雨寒濛濛離人聞美彈亦與哀彈同況茲切切弄繞彼行行躬雲飛北嶽碧火息（一作思）西山紅何以代遠誠折芳臘雪中

義雀行和朱評事

玄鳥雄雌俱春雷驚蟄餘口銜黃河泥空（一作去）即翔天隅一夕皆莫歸嘵嘵遺衆雛雙雀抱仁義哺食勞劬（一作忘勞劬）不雛既邐迤（一作衆雛既儷）飛雲間聲相呼燕雀雖微類感媿誠不殊（一作燕感雀深恩雀媿揚不殊）禽賢難自彰幸得主人書

宿懸泉驛

曉行瀝水樓暮到懸泉驛林月值雲遮山燈照愁寂

辯士

辯士多毀訾不聞談已非猛虎恣殺暴未嘗齧妻兒此理天所感（一作惑）所感（一作惑）當問誰求食飼雛禽吐出美言詞善哉君子人揚光掩瑕玼

不欺

上不欺星辰下不欺鬼神知心兩如此然後何所陳食魚味在鮮食蓼味在辛掘井須到流結交須到頭此語誠不謬敵君三萬秋

絕句

海底有明月圓於天上輪得之一寸光可買千里春

寓興

莫居暗室中開目閉目同莫趨碧霄路容飛不容步暗室未可居碧霄未可趨勸君跨仙鶴（一作竹）日下雲爲衢

遊仙

借得孤鶴騎高近金烏飛掬河洗老（一作古）貌照月生光輝天中鶴路直天盡鶴一息歸來不騎鶴身自有羽翼若人無仙骨芝朮徒（一作無）煩食

枕上吟

夜長憶白日枕上吟千詩何當苦寒氣忽被東風吹冰開魚龍別天波殊路岐

雙魚謠（時韓職方書中以孟常州簡詩見示）

天河墮雙魴飛我（一作來）庭中央掌握尺餘雪劈開腸有璜見令饞舌短烹遶鄰舍香一得古詩字與玉含異藏

易水懷古

荆卿重虛死節烈書前史我歎方寸心誰論一時事至今易水橋寒風兮蕭蕭易水流得盡荆卿名不消（一作凋）

早起

北客入西京（一作涼）北鴈再離北秋寢獨前興天梭星落織耽翫餘恬爽顧盼輕痾力旅途少顔盡明鏡勸仙食出門路縱橫張家路最直昨夜夢見書張家廳上壁

客喜

客喜非實喜客悲非實悲百迴信到家未當身一歸未歸長嗟愁嗟愁填中懷開口吐愁聲還却入耳來常恐淚滴（一作滴淚）多自損兩目輝鬢邊雖有絲不堪織寒衣

延壽里精舍寓居

旅託避華館荒樓遂愚慵短庭無繁植珍果春亦濃側廬廢（一作發）扃樞纖魄時臥逢耳目乃鄽井肺肝即巖峰汲泉飲酌餘見我閑靜容霜蹊猶舒英寒蝶斷來蹤雙履與誰逐一（一作欲）尋青瘦筇

贈智朗禪師

上人分明見玉兔潭底沒上人光慘貌古來恨峭發涕辭孔顔廟笑訪禪寂室步隨青山影坐學白塔骨解聽無弄琴不禮有身佛欲問師何之忽與我相別率賦贈遠言言懇非子曰

送沈秀才下第東歸

曲言惡者誰悅耳如彈絲直言好者誰刺耳如長錐沈生才俊秀心腸無邪欺君子忌苟合擇交如求師毀出疾夫口騰入禮部闈下第子不恥遺才人恥之東歸家室遠掉轡時參差浙雲近吳見汴柳接楚垂明年春光別回首不復疑

酬棲上人

夜久城館閑情幽出（一作只）在山新月有微輝朗（一作亦）朗空庭間處世雖（一作不）識機伊余多掩關松姿度臘見籬藥知春還靜覽冰雪詞厚爲酬贈顔東林有躑躅脫屣期共攀

冬月長安雨中見終南雪

秋節新已盡雨（一作林）疎露山雪西峰稍覺明殘滴猶未絕氣侵瀑布水（一作冰）凍著白雲穴今朝灞滻鴈何夕瀟湘月想彼石房人對雪扉不閉（必結切）

寄孟協律

我有弔古泣不泣向路岐揮淚灑暮天滴著（一作每滴）桂樹枝別後冬節至離心北風吹坐孤雪扉夕（一作久）泉落石橋時不驚猛虎嘯難辱君子詞欲酬空覺老無以堪遠持岧嶤倚角窗（一作窗角）王屋懸清思

和劉涵

京官始云滿野人依舊閑閑扉一畝居中有古風還市井日已午幽窗夢南山喬木覆北齋有鳥鳴其間前日遠嶽僧來時與開關新題驚我瘦窺鏡見醜顔陶情惜清澹此意復（一作共）誰（一作羣）攀

明月山懷獨孤崇魚琢

明月長在目，明月長在心在心復在目何得稀去尋試望明月人孟夏樹蔽岑想彼嘆此懷樂喧忘幽林（一作森）鄉本北嶽外悔（一作每）恨東夷深願縮地脈還豈待天恩臨非不渴隱秀（一作季）卻嫌他事侵或云岳樓鐘來繞草堂吟當從令尹後再往步柏林

投張太祝

風骨高更老向春初陽葩冷冷月下韻一一落海涯有子不敢和一聽千嘆嗟身臥東北泥魂挂西南霞手把一枝栗往輕覺程駼水天朔方色暖日嵩根花達（一作逵）閑幽棲山遺尋種藥家欲買雙瓊瑤慚無一木瓜

詠韓氏二子

千巖一尺壁八月十五夕清露墮桂花白鳥舞虛碧

送別

丈夫未得意（一作志）行行且低眉素琴彈復彈會有知音知

攜新文詣張籍韓愈途中成

袖有新成詩欲見張韓老青竹未生翼一步萬里道仰望青冥天雲雪壓我腦失卻終南山惆悵滿懷抱安得西北風身願變蓬草地祇聞此語突出驚我倒

上谷送客遊江湖

莫歎迢遰分何殊咫尺別江樓到夜登還見南臺月

重酬姚少府

隙月斜枕旁諷詠夏貽什如今何時節蟲虺亦已蟄答遲禮涉傲抱疾思加澀僕本胡爲者銜肩貢客集茫然九州內譬如一錐立欺暗少此懷自明曾瀝泣量無趫勇士誠欲戈矛戢原閣期躋攀潭舫偶俱入深齋竹木合（一作多）畢夕風雨急俸利沐均分價稱煩噓噏百篇見删罷一命嗟未及滄浪愚將還知音激所習

投孟郊

月中有孤芳天下聆薰風江南有高唱海北初來通容飄清冷餘自蘊襟抱中止息乃流溢推尋卻冥濛我知雪山子謁（一作渴）彼偈句空必竟獲所實爾焉遂深衷錄之孤燈前猶恨百首終一吟動狂機萬疾辭頑躬生平面未交永夕夢輒同敘詰（一作詩）誰君師詎言無吾宗余求履其跡君曰可但攻啜波腸易（一作未）飽揖險神難從前歲曾入洛差池阻從龍萍家復從（一作從）趙雲思長縈縈（一作嵩）嵩海（一作海劇）每可詣長途追再（一作難）窮願傾肺腸事盡入焦梧桐

代邊將

持戈簇邊日戰罷浮雲收露草泣寒霽夜泉鳴隴頭三尺握中鐵氣衝星斗牛報國不拘貴憤將平虜讐

寄劉棲楚

趨走與偃臥去就自殊分當窗一重樹上有萬里雲離披不相顧髣髴類人羣友生去更遠來書絕如焚蟬吟我爲聽我歌蟬豈聞歲暮儻旋歸晤言桂氛氳

寄丘儒

地近輕數見地遠重一面一面如何重重甚珍寶片自經失歡笑幾度騰霜霰此心鎮懸懸天象固（一作固）迴轉長安秋風高子在東甸縣儀形信寂蔑風雨豈乖間憑人報消息何易憑筆硯俱不盡我心終須對君宴

送陳商

古道長荊棘新岐路交橫君於荒榛中尋得古轍行足踏聖人路貌端禪士形我曾接夜談似聽講一經聯翩曾數舉昨登高第名釜底絕煙火曉行皇帝京上客遠府遊主人須目（一作月）明青雲別青山何日復可（一作同）升（一作弁）

送張校書季霞

從京去容州馬在船上多（一作駼）容州幾千里直傍青天涯学記試校書未稱高詞華義往（一作枉）不可屈出家如入家城市七月初熱與夏未差餞君到野地秋涼滿山坡（一作坨）南境異北候風起無塵沙秦吟宿楚澤海酒落桂花暫醉即還醒彼土生桂茶

寄友人

同人半年別一別寂來音賴有別時文相思時一吟我常倦投跡君亦知此衿筆硯且勿棄蘇張曾陸沈但存舌在口當冀身遂心君看明月夜松桂寒森森

答王參

寸晷不相待四時互（一作去）如競客思先覺秋蟲聲苦知暝霜松積舊翠露月團（一作圓）如鏡詩負屬景同琴孤坐堂聽相期黃菊節別約紅桃徑每把式微篇臨風一長詠

延康吟

寄居延壽里爲與延康鄰不愛延康里愛此里中人人非十年故人非九族親人有不朽語得之煙山春

戲贈友人

一日不作詩心源如廢井筆硯爲轆轤吟詠作縻（一作縈）綆朝來重汲引依舊得清泠書贈同懷人詞中多苦辛

寓興

眞集道方至貌殊妬還多山泉入城池自然生渾波今時出古言在衆翻爲訛有琴含正韻知音者如何一生足感激世言（一作顏）忽嗟峨不得市井味思響（一作向）吾巖阿浮華豈我事日月徒蹉跎曠哉頼陽風千載無其他

懷鄭從志

西風吹陰雲（一作雪）雨雪（一作雲）半夜收忽憶天涯人起看斗與牛故人別二年我意如百秋音信兩杳杳誰云昔綢繆平明一封書寄向（一作來）東北舟（一作州）翩翩春歸鳥會自爲匹儔

易州登龍興寺樓望郡北高峰

郡北最高峰巉巖絕雲路朝來上樓望稍覺得幽趣朦朧碧煙裏羣嶺若相附何時一登陟萬物皆下顧

送鄭山人遊江湖

南遊衡嶽上東往天台裏足躡華頂峰（一作峰頂）目觀滄海水

就峰公宿

河出烏宿後螢火白露中上人坐不倚共我論量空殘月華晻曖遠水響玲瓏爾時無了夢（一作寐）茲宵方未窮

劉景陽東齋

松陰連竹影中有蕪苔井清風此地多白日空自永景陽公幹孫詩句得眞景勸我不須歸月出東齋靜

對菊

九日不出門十日見黃菊灼灼尚繁英美人無消息

送集文上人遊方

來從道陵井雙木（一作素）溪邊會分首芳草時遠意青天外此遊詣幾嶽嵩華衡恒泰

題岸上人郡内閑居

靜向方寸求不居山（一作千）嶂幽池開菡萏香門閉莓苔秋金玉重四句粃糠輕九流鑪煙上喬木鐘磬下危樓手種一株松貞心與師儔

遊子

遊子喜鄉遠非吾憶歸廬誰知奔他山自欲早旋車朝賞暮已足圖歸願無餘當期附鵬翼未偶方躊躇

寄山中王參

我看嶽西雲君看嶽北月長懷燕城南相送十（一作千）里别别來千餘日日日憶不歇遠寄一紙書數字論白髮

送汲鵬

淮南卧理後復逢君姓汲文采非尋常志願期卓立深江東泛舟夕陽眺原隰夏夜言詩會往往追不及

寄令狐相公（一作赴長江道中）

策杖（一作馬）馳山驛逢人問梓州長江那可（一作日）到行客替生愁

全唐詩

賈島

哭柏巖和尚

苔覆石床新師曾占（一作吾師去）幾春寫留行道影焚却坐禪身塔院關松雪（一作路）經房鎖隙塵自嫌雙淚下不是解空人

山中道士

頭髮梳千下休糧帶瘦容養雛成大（一作老）鶴種子作高松白石通宵煮寒泉盡日舂不曾離隱處那得世人逢

就可公宿

十里尋幽寺寒流數派分僧同雪夜坐鴈向草堂聞靜語終燈焰餘生許嶠雲由來多抱疾聲不達明君

旅遊

此心非一事書札若爲傳舊國别多日故人無少年空巢霜葉落疎牖水螢穿留得林僧宿中宵坐默然

送鄒明府遊靈武

曾宰西畿縣三年馬不肥債多平（一作憑）劍與官滿載書歸邊雪藏行徑林風透卧衣靈州聽曉角客館未開扉

題皇甫荀藍田廳

任官經一年縣與玉峰連竹籠拾山果瓦瓶擔石泉客歸秋雨後印鎖暮鐘前久别丹陽浦時時夢釣船

贈王將軍

宿衛爐煙近除書墨未乾馬曾金鏃中身有寶刀瘢父子同時捷君王畫陣看何當爲外帥白日出長安

下第（一本有别人二字）

下第只（一作惟）空囊（一作鬢毛蒼）如何住（一作裹回懸）帝鄉杏園啼百舌誰醉在花傍（一作鶯聲寒食後人醉曲江傍）淚落故山遠病來春草長知音逢（一作酬）豈易（一作豈易别）孤棹負（一作復）三湘

寄賀蘭朋吉

往往東林下花香似火焚故園從小别夜雨近秋聞野菜連寒水枯株簇古墳泛舟同遠客尋寺入幽雲斜日扉多掩荒田徑細分相思蟬幾處偶坐蝶成羣會宿曾論道登高省議文苦吟遥可想邊葉向紛紛

憶吴處士

半夜長安雨燈前越客吟孤舟行一月萬水與千岑島嶼夏雲起汀洲芳草深何當折松葉拂石剡溪陰

哭孟郊

身死（一作没）聲名在多應萬古傳寡妻無子息破宅帶林泉冢近登山道詩隨過海船故人相弔後斜日下寒天

送崔定

未知遊子意何不避炎蒸幾日到漢水新蟬鳴杜陵秋江待得月夜語（一作話）恨無僧巴峽吟過否連天十二層

寄白閣默公

已知歸白閣山遠晚（一作曉）晴看石室人心靜氷潭月影殘微雲分片滅古木落薪乾後（一作夜）夜誰聞（一作風飄）磬西峰絶頂寒

雨後宿劉司馬池上

藍溪秋漱玉此地漲清澄蘆葦聲兼雨芰荷香遶燈岸頭秦古道亭面漢荒陵靜想泉根本幽崖落幾層

送朱可久歸越中

石頭城下泊北固暝鐘初汀鷺潮衝（一作衝潮）起船窗月過（一作過月）虚吴山侵越衆隋柳入唐疎日欲躬調膳辟來何府書

送田卓入華山

幽深足（一作入）暮蟬驚覺石床眠瀑布五千仞草堂瀑布邊壇松涓滴露嶽月泬寥天鶴過君須看上頭應有仙

送董正字常州覲省

相逐一行鴻何時出磧中江流翻白浪木葉落青楓輕檝浮吴國繁霜下楚空春來懽侍阻正字在東宫

酬姚少府

梅（一作海）樹與山木俱應摇落初柴門掩寒雨蟲響出秋蔬枯槁彰清鏡孱愚友道書刊文非不朽君子自相於

送無可上人

圭峰霽色新送此草堂人麈尾同離寺蛩鳴暫别親（一作秦）獨行潭底影數息樹邊身終有煙霞約天台作近鄰

送李騎曹（一作曺）

歸騎雙旌遠懽生此别中蕭關分磧路嘶馬背寒鴻朔色晴天北河源落日東賀蘭山頂草時動捲帆（一作旂）風

送烏行中（一本有還字）石淙（一作琮）别業

寒水長繩汲丁泠數滴翻草通石淙脈硯帶海潮痕嶽色何曾遠蟬聲尚未繁勞思當此夕苗稼在西原

送覺興上人歸中條山兼謁河中李司空

又憶西巖寺秦原草白時山尋樵徑上人到雪房遲暮磬（一作盤）潭泉凍荒林野燒（一作火）移聞師新譯偈説擬對旌麾

寄無可上人

僻寺多高樹凉天憶重遊磬過溝水盡月入草堂秋穴蟻苔痕靜藏蟬柏葉稠名山思徧往早晚到嵩丘

南池

蕭條微雨絶荒岸抱清源入舫山侵塞分泉稻（一作道）接村
秋聲依樹色月影在蒲根淹泊方難遂他宵關夢魂

寄龍池寺貞空二上人

受請終南住俱妨去石橋林中秋信絶峰頂夜禪遥寒
草煙藏虎高松月照鵰霜天期到寺寺置即前朝

送貞空二上人

林下中餐後天涯欲去時衡陽過有伴夢澤出應遲石
磬疎寒韻銅瓶結夜澌殷勤訶此别且未定歸期

送褰校書

拜官從祕省署職在藩維多故長疎索高秋遠别離天
寒泗上醉夜静岳陽碁使府臨南海帆飛到不遲

昇道（一作丹陽）精舍南臺對月寄姚合

月向南臺見秋霖洗滌餘出逢危葉落静看（一作益）衆峰疎
冷露常（一作尋）時有禪窗此夜虚相思聊悵望潤氣偏衣初（一作裾）

即事

索莫對孤（一作寒）燈陰雲積幾層自嗟憐（一作隣）十上誰肯待三
徵心被通人見文叨大匠稱悲秋秦塞草懷古漢家陵
城静高崖樹漏多幽沼氷過聲沙鳥鷺絶行石菴僧豈
謂（一作爲）舊廬在誰言歸未曾

黄子陂上韓吏部

石樓云（一作雲）一别二十二三春相逐升堂者幾爲埋骨人
涕流聞度（一作淙）瘴病起喜（一作賀）還秦曾是令（一作今）勤道非惟卹
在迍疎衣蕉縷細爽味茗芽新鐘絶滴殘雨螢多無近
鄰溪潭承到數位秩見辭頻若箇山招（一作中）隱機忘任此
身

投李益

四十歸燕字千（一作十）年外始吟已將書北嶽不用比南金

弔孟協律

才行古人齊生前品位低葬時貧賣馬遠（一作逝）日哭惟妻
孤塚北卬外空齋中嶽西集詩應萬首物象徧曾題

送人適越

高城滿夕陽何事欲霑裳遷客蓬蒿暮遊人道路長晴
湖勝鏡碧寒柳似金黄若有相思夢殷勤載八行

送僧遊衡嶽

心知衡嶽路不怕去人稀船裏猶鳴磬溪頭自曝衣有
家從小别無寺不言歸料得逢寒住當禪雪滿扉

送路（一本有某從軍三字）

别我就蓬蒿日斜飛伯勞龍門流水急嵩岳片雲高歎
命無知己梳頭落白毛從軍當此去風起廣陵濤

洛陽道中寄弟

趨走迫流年慙經此路（一作地）偏密雲埋二室積雪度三川
生類梗萍泛悲無金石堅翻鴻有歸翼極目仰聯翩

登江亭晚望

浩渺浸雲根煙嵐没遠村鳥歸沙有跡帆過浪無痕望
水知柔性看山欲倦魂縱情猶未已迴馬欲黄昏

送耿處士

一瓶離別酒未盡即言行萬水千山路孤舟幾月程川
原秋色静蘆葦晚風鳴迢遞不歸客人傳虚隱名

過唐校書書齋

池滿風吹竹時時得爽神聲齊雛鳥語畫卷老僧眞月
出行幾步花開到四鄰江湖心自切未可挂頭巾

送杜秀才東遊

東遊誰見待盡室寄長安别後（一作夜）葉頻落去程（一作登途）山已
寒大河風色度曠野燒煙殘匣有青銅鏡時將照鬢看

送天台僧

遠夢歸華頂扁舟背岳陽寒蔬修淨食夜浪動禪床鴈
過孤峰曉（一作晚）猨啼一樹霜身心無别念餘習在詩（一作文）章

懷紫閣隱者

寂寥思隱者孤燭坐秋霖梨栗猨喜熟雲山僧説深寄
書應不到結伴擬同尋廢寢方終夕迢迢（一作沈沈）紫閣心

雨夜同厲玄懷皇甫荀

桐竹遶庭匝雨多風更吹還如舊山夜卧聽瀑泉時積
鴈來期近秋鐘到夢遲溝西吟苦客中夕話兼思

秋暮

北門楊柳葉不覺已繽紛值鶴因臨水迎僧忽背雲白
鬢相並出清（一作暗）淚兩行分默默空朝夕苦吟誰喜聞

哭胡遇

夭壽知齊理何曾免歎嗟祭迴（一作葬時）收朔雪弔後（一作罷）折寒
花野水秋吟（一作吟秋）斷空山暮影（一作影暮）斜弟兄相識徧猶（一作那）得
到（一作見）君家

送丹師歸閩中

波濤路杳然衰柳洛陽蟬行李經雷電禪前漱島泉歸
林久别寺過越未離船自説從今去身應老海邊

送安南惟鑒法師

講經春殿裏花遶御牀飛南海幾迴渡（一作過）舊山臨老歸
潮摇蠻草落月溼島松微（一作蜀風香損印露雨聲生衣）空水既如彼（一作雲水路遥遥）
往來消息稀

題李凝幽居

閑居少鄰並草徑入荒園鳥宿池邊（一作中）樹僧敲月下門
過橋分野色移石動雲根暫去還來此幽期不負言

送韓湘

挂席從古（一作中）路長風起廣津楚城花未發上苑蝶來新
半没湖波月初生島草春孤霞臨石鏡極浦映村神細
響吟乾葦餘馨動遠蘋欲憑將一札寄與沃洲人

寄董武

雖同一城裏少省得從容門掩園林僻日高巾幘慵孤
鴻來半夜積雪在諸峰正憶毘陵客聲聲隔水鐘

宿贇上人房

堦前多是竹閑地擬栽松朱點草書疏雪平麻屨蹤御
溝寒夜雨宫寺静時鐘此時（一作室）無他事來尋（一作多）不厭重

訪李甘原居

原西居處静門對曲江開石縫銜枯草查根上淨（一作漬古）苔
翠微泉夜落紫閣鳥時來仍憶尋淇岸同行採蕨回

題山寺井

沈沈百尺餘功就豈斯須汲早僧出定鑿新蟲自無藏
源重嶂底澄翳大空隅此地如經劫凉潭會共枯

僻居無可上人相訪

自從居此地少有事相關積雨荒鄰圃秋池照遠山硯

中枯葉落枕上斷雲閑野客將禪子依依偏往還

送李餘及第歸蜀

知音伸久屈覲省去光輝津渡逢清夜途程盡翠微雲當綿竹疊鳥離錦江飛肯寄書來否原居出亦(一作甚)稀

荒齋

草合徑微微終南對掩扉晚涼疎雨絕初曉遠山(一作蟬)稀落葉無青地閑身著白衣朴愚猶(一作由)本性不是學忘機

夜喜賀蘭三見訪

漏鐘仍夜淺時節欲秋分泉聒棲松鶴風除翳月雲踏苔行引興枕石臥論文即此尋常靜來多秖是君

題青龍寺鏡公房

一夕曾留宿終南搖落時孤燈岡(一作龕)舍掩殘磬雪風吹樹老因寒折泉深出井遲疎慵豈有事多失上方期

送陳判官赴綏(一作天)德

將軍邀入幕束帶便離家身暖蕉衣窄天寒磧日斜火燒岡斷葦(一作草)風卷雪平(一作和)沙絲竹豐州有春來秖欠花

送唐環歸敷水莊

毛女峰當戶日高頭未梳地侵山影掃葉帶露痕書松徑僧尋藥(一作廟)沙泉鶴見魚一川風景好(一作人境別)恨不有吾廬

原東居喜唐溫琪頻至

曲江春草生紫閣雪分明汲井嘗泉味聽鐘問寺名墨研秋日雨茶試老僧鐺地近勞頻訪烏紗出送迎

送駿法師

度歲不相見嚴冬始(一作知)出關孤煙寒色樹高雪夕陽山瀑布寺應到牡丹房甚閑(一作寒)南朝遺跡在此去幾時還

寄錢庶子

曲江春水滿北岸掩(一作枕)柴關秖有僧鄰舍全無物映山樹陰終日掃藥債(一作詩債)隔年還猶記聽琴夜寒燈竹屋閒

原上秋居

關西(一作山)又落木心事復如何歲月辭山久秋霖入夜多鳥從井口出人自洛(一作岳)陽過倚杖聊閑望田家未翦禾

夏夜

原寺偏鄰近開門物景澄磬通多葉罅月離片雲稜寄宿山中鳥相尋海畔僧唯愁秋色至乍可在炎蒸

冬夜

羈旅復經冬瓢空盎亦空淚流寒枕上跡絕舊山(一作溪)中凌結浮萍水雪和衰柳風曙光雞未報嘹唳兩三鴻

送厲宗上人

擁策背岷峨終南雨雪和漱泉秋鶴至禪樹夜猨過高頂白雲盡前山黃葉多曾吟廬嶽上月動九江波

寄李存穆

聞道船中病似憂親弟兄信來從水路身去到柴城久別長須鬢相思書姓名忽然消息絕頻夢却還京

贈無懷禪師

身從劫劫修果以此生周禪定石床暖月移山樹秋捧盂觀宿飯敲磬過清流不掩玄關路教人問白(一作到)頭

寄武功姚主簿

居枕江沱北情懸渭曲西數宵曾夢見幾處得書披驛路穿荒坂公田帶淤泥靜棊功奧妙閑作韻清淒鋤草留叢藥尋山上石梯客迴河水漲風起夕陽低空地苔連井孤村火隔溪卷簾黃葉落鎖印子規啼隴色澄秋月邊聲入戰鼙會須過縣去況是屢招攜

題劉華書齋

白石床無塵青松樹(一作桥)有鱗一鶯啼帶雨兩樹合(一作各)從春荒榭苔膠砌幽叢果墮榛偶來疎或數當暑夕勝晨露滴星河水巢重草木薪終南同往意趙北獨遊身渡葉司天漏驚蛩遠地人機清公幹族(一作疾)也莫臥漳濱

送盧秀才遊潞府

雨餘滋潤在風不起塵沙邊日寡文思送君吟月華過山干相府臨水宿僧家能賦焉長屈芳(一作他)春宴杏花

送南康姚明府

銅章美少年小邑在南天版籍多遷客封疆接洞田靜江鳴野鼓發纜帶村煙却笑陶元亮何須憶醉眠

送友人棄官遊江左

羨君休作尉萬事且全身寰海多虞日江湖獨往人姓名何處變鷗鳥幾時親別後吳中使應須訪子眞

雨中懷友人

對雨思君子嘗茶近竹幽儒家鄰古寺不到又逢秋

寄遠

家住錦水上身征遼海邊十書九不到一到忽經年

南齋

獨自南齋臥神閑景亦空有山來枕上無事到心中簾卷侵床月屏遮入座風望春春未至應在海門東

早春題友人湖上新居二首(一作項斯詩)

近得雲中路(一作看)門長侵早開到時猶有雪行處已無苔勸酒客初醉留茶僧未來每逢晴暖日惟見乞花栽

門不當官道行人到亦稀故從餐後出多是夜深歸開篋收詩卷掃牀移臥衣幾時同買宅相送(一作近)有柴扉

送雍陶入蜀

江山事若諳那肯滯雲南草色分危磴杉陰近古潭日斜褒谷鳥夏淺巂州蠶吾自疑雙鬢相逢更不堪

張郎中過原東居

年長惟添懶經旬止掩關高人餐藥後下馬此林間對坐天將暮同來客亦閑幾時能重至水味似深山

答王建(一本無建字)祕書

人皆聞蟋蟀我獨恨(一作歎)蹉跎白髮無心鑷青山去意多信來漳浦岸期負洞庭波時掃高槐影朝迴或恐過

送李餘往湖南

昔去候溫涼秋山滿楚鄉今來從辟命春物徧涔陽岳石挂海雪野楓堆渚檣若尋吾祖宅寂寞在瀟湘

偶作

野步隨吾意那知是與非稔年時雨足閏月暮蟬稀獨樹依岡老遙峰出草微園林自有主宿鳥且同歸

過雍秀才居

夏木鳥巢邊終南嶺色鮮就涼安坐石煮茗汲鄰泉鐘遠清霄半蜩稀暑雨前幽齋如葺罷約我一來眠

寄顧非熊

知君歸有處山水亦難齊猶去瀟湘遠不聞猨狖啼穴通茆嶺下潮滿石頭(一作城)西獨立生遙思秋原日漸低

送神邈法師

柳絮落濛濛西州道路中相逢（一作留）春忽盡獨去講初終行疾遥山雨眠遲後夜風繞房三兩樹迴日（一作去）葉應紅

送慈恩寺霄韻法師謁太原李司空

何故謁司空雲山知幾重磧遥來鴈盡雪急去僧逢清磬先寒角禪燈徹曉烽（一作峯）舊房閑片石倚著最高松

送知興上人

久住巴興寺如今始拂衣欲臨秋水別不向故園（一作山）歸錫挂天涯樹房開（一作閑）嶽頂扉下看千（一作萬）里曉霜海日生微

送惠雅法師歸玉泉

祇到（一作向）瀟湘水洞庭湖未遊飲泉看月別下峽聽猨愁講（一作浮）不停雷雨吟當（一作曾）近海流降霜歸楚夕星冷玉泉秋

憶江上吴處士

閩國揚帆去蟾蜍虧（一作還）復圓秋風生渭水落葉滿長安此地聚會夕當時雷雨寒蘭橈殊未返消息海雲端

題張（一作章）博士新居

青楓何不種林在洞庭村應爲三湘遠難移萬里根斗牛初過伏菌萏欲香門（一作斗移亭北樹蓮照水邊門）舊即湖山隱新廬葺此原

石（一作百）門陂留辭從叔謩

幽鳥飛不遠此行千里間寒衝陂水霧醉下菊花山有恥長爲客無成又入關何時臨澗柳吾黨共來攀

送朱兵曹迴越

星彩練中見澄江豈有泥潮生垂釣罷楚盡去檣西磧鳥辭沙至山鼯隔水啼會稽半侵海濤白禹祠溪

懷博陵故人

孤城易水頭不忘舊交遊雪壓圍棊石風吹飲酒樓路遥千萬里人別十三秋吟苦相思處天寒水急流

夕思

秋宵已難曙漏向二更分我憶山水坐蟲當寂寞聞洞庭風落木天姥月離雲會自東浮去將何欲致君

寄河中楊少尹

非惟咎曩時投刺詣門遲悵望三秋後參差萬里期禹留疏鑿跡舜在寂寥祠此到（一作致）杳難共迴風逐所思

孟融逸人

孟君臨水居不食水中魚衣褐唯麤帛筐箱祇素書樹林幽鳥戀世界此心疎擬棹孤舟去何峯又結廬

晚晴見終南諸峯

秦分（一作下）積多峯連巴勢不窮半旬藏雨裏此日到窗中圓魄將昇兔高空（一作虛）欲叫鴻故山思不見磵石沉寥東

宿池上

泉來從絶壑亭敞在中流竹密無空岸松長可絆舟蟪蛄潭上夜河漢島前秋異夕（一作日）期深漲攜琴却此遊

喜姚郎中自杭州迴

路多楓樹林累日泊清陰來去泛流水翛然適此心一披江上作三起月中吟東省期司諫雲門悔不尋

送鄭長史之嶺南（一本題作送鄭史）

雲林頗重疊岑渚復幽奇汨水斜陽岸騷人正則祠蒼梧多蟋蟀白露溼江蘺擢第榮南去晨昏近九疑

送李溟謁宥州李權使君

英雄典宥州迢遞苦吟遊風宿驪山下月斜灞水流去時初落葉回日定非（一作無）秋太守攜才子看鵰百尺樓

永福湖和楊鄭州

積水還平岸春來引鄭溪舊渠通郭下新堰絶湖西嵩少分明對瀟湘潤狹齊客遊隨庶子孤嶼草萋萋

題長江（一本有廳字）

言心俱好靜廨署落暉空歸吏封宵鑰行蛇入古桐長江頻雨後明月眾星中若任遷人去西溪（一作浮）與剡通

泥陽館

客愁何併起暮送故人回廢館秋螢出空城寒雨來夕陽飄白露樹影掃青苔獨坐離容慘孤燈照不開

送徐員外赴河中

原野正蕭瑟中間分散情吏從甘扈罷詔許朔方行邊日（一作月）沈殘角河關截夜城雲居閑獨往長老出房迎

送賀蘭上人

野僧來別我略坐傍泉沙遠道擎空鉢深山蹋落花無師禪自解有格句堪誇此去非緣事孤雲不定家

全唐詩

賈島

送令狐綯（一本無綯字）相公

梁園趨戟節海草幾枯春風水難遭便差池未振鱗姓名猶語及門館阻何因苦擬修文卷重擎獻匠人吟看青島處朝退赤墀晨根愛杉栽活枝憐雪霰新綴篇嗟調逸不和揣才貧早晚還霖雨滂沱洗月輪揠苗方滅裂成器待陶鈞困坂思迴顧迷邦輒問津數行望外札絶句握中珍是日榮遊汴當時怯往陳鴻春乖漢爵禎病臥漳濱嶽整五千仞雲惟一片身故山離（一作心）未死秋水宿經旬下第能無恧高科恐有神罷耕田料廢省鈞岸應榛慷慨知音在誰能淚墮巾

寄滄州李尚書

滄溟深絶闊西岸郭東門弋者羅夷鳥桴人思嶠猨威稜高臘冽煦育極春温陂淀封疆内蒹葭壁壘根摇鞭邊地脈愁箭虎狼魂水縣賣紗市鹽田煮海村枝條分御葉家世食唐恩武可縱横講功從戰伐論天涯生月片嶼頂湧泉源非是泥池物方因（一作應）雷雨尊沈謀藏未露鄰境帖無喧青冢驕回鶻蕭關陷吐蕃何時霖歲旱早晚雪邦冤迢遞瞻旌纛浮陽寄詠言

逢舊識

幾歲阻干戈今朝勸酒歌羨君無白髮走馬過黄河舊

宅兵燒盡新宮日奏(一作春)多妖星還有角數尺鐵重磨

崇聖寺斌公房

近來惟一食樹下掩禪扉落日寒山磬多年壞衲衣白鬚長更剃青靄遠還歸仍說遊南嶽經行是息機

送李傅侍郎(一作御)劍南行營

走馬從邊事新恩受外臺勇看雙節出期破八蠻回許國家無戀盤江棧不摧移軍刁斗逐報捷劍門開角咽獮猴叫鼙乾霹靂來去年新甸邑猶滯佐時才

別徐明府(一作甫)

抱琴非本意生事偶相縈口尚袁安節身無子賤名地寒春雪盛山淺夕風輕百戰餘荒野千夫漸耦(一作徧)耕一杯宜獨夜孤客戀交情明日疲驂去蕭條過古城

岐下送友人歸襄陽

蹉跎隨汎梗羈旅到西州舉翮籠中鳥知心海上鷗山光分首(一作手)暮草色向家秋若更登高峴看碑定淚流

送友人遊蜀

萬岑深積翠路向此中難欲暮多羈思因高莫遠看卓家人寂寞揚子業凋殘唯有岷江水悠悠帶月寒

送鄭少府

江岸一相見空令惜此分夕(一作滏)陽行帶月酌水少留君野地初(一作多)燒草荒山過雪雲明年還調集蟬可在家聞

子規(一作項斯詩)

遊魂自相叫寧復記前身飛過鄰家月聲連(一作憐)野路(一作寺)春夢邊催曉急愁處送風頻自有霑花血相和雨滴新

送僧歸天台

辭秦經越過歸寺海西峯石磵雙流水山門九里松曾聞清禁漏却聽赤城鐘妙宇(一作字)研磨講應齊智者蹤

讓糺曹上樂使君

戰戰復兢兢猶如履薄氷雖然叨一掾還似說三乘瓶汲南溪水書來北嶽僧戇愚兼抱疾權紀不相應

贈友人

五字詩成卷清新韻具(一作得)偕不同狂客醉自伴律僧齋春別和花樹秋辭帶月淮却歸登第日名近榜頭排

送雍陶及第歸成都寧親(一作覲)

不唯詩著籍兼又賦知名議論於題稱春秋對問精半應陰隲與全賴有司平歸去峯(一作巒)巒衆別來松桂生漲江流水品(一作凸)當道白雲坑勿以攻文捷(一作健)而將學劍輕製衣新濯錦開醞舊燒罌同日昇科士誰同滕下榮

謝令狐綯(一本無綯字)相公賜衣九事

長江飛鳥外主簿跨驢歸逐客寒前夜元戎予厚衣雪來松更綠霜降月彌輝即日(一作入)調殷鼎朝分是與非

送金州鑒周上人

地(一作池)必尋天目溪仍住若耶帆隨風便發月不要雲遮極浦浮霜雁迴潮落海查峩嵋省春上立雪指流沙

送譚遠上人

下視白雲時山房蓋(一作挂)樹皮垂(一作雪)枝松落子側(一作佛)頂鶴聽棋清淨從沙劫中終未日皷金光明本行同侍出峩嵋

新年

嗟以龍鍾身(一作貌)如何歲復新石門思隱久銅鏡強窺頻花發新移樹心知故國春誰能平此恨豈是北宗人

送僧

出家從丱歲解論造玄門不惜揮談柄誰能聽至言中時山果熟後夏竹陰繁此去逢何日峩嵋曉復昏

送姚杭州

白雲峯下城日夕白雲生人老江波(一作魚江)釣田侵海樹耕吳山鍾入越蓮葉吹摇旌詩異石門思濤來向越(一作遠)迎(一作閣上迎)

夜集田卿宅

朗詠高齋下如將古調彈翻鴻向桂水來雪渡桑乾滴玉漏曙翛翛竹籟殘曩年曾宿此亦值五陵寒

寄山友(一作中)長孫棲嶠

此時氣蕭颯(一作瑟)琴院可應關鶴似君無事風吹雨遍山松生青石上泉落白雲間有徑連高(一作嵩)頂心期相與還

酬厲玄

我來從北鄙子省涉(一作度)西陵白髮初相識秋山擬共登

鄰居帝城雨會宿御溝氷未報見(一作君)貽作耿然中夜興

送劉式洛中覲省

晴峯三十六侍立上春臺同宿別離恨共看星月迴野鶯臨苑語河櫂歷江來便寄相思札緘封花下開

送空公往金州

七百里山水手中椰栗麤松生師坐石潭滌祖傳盂長擬老嶽嶠又聞思海湖惠能同俗姓不是嶺南盧

贈紹明上人

未住青雲(一作龍)室中秋獨往年上方嵩若(一作古)寺下視雨和(一作如)烟祖豈無言去心因斷臂傳不知能已後更有幾燈然

贈弘泉上人

洗足下藍嶺古師精進同心知溪卉長居此玉林空西殿宵燈磬東林曙雨風舊峯鄰太白石座雨苔濛

送宣皎上人遊太白

剃髮鬢無雪去年三十三山過春草寺磬度落花潭得句才鄰約論宗意在南峯靈疑懶下蒼翠太虛參

病起

高(一作嵩)丘歸未得空自責遲迴身事豈能遂蘭花又已開病令新作少雨阻故人來燈下南華卷袪愁當酒杯

送殷侍御赴同州

馮翊蒲西(一作連)郡沙岡擁地形中條全離嶽清渭半和涇夜暮(一作久)眠明月秋深(一作新)至洞庭猶來交辟士(一作由來交辟者)事別(一作事)偃林扃

送沈鶴

家楚壻於秦攜妻去養親陸行千里外風卷一帆新夜泊疏山雨秋吟搗藥輪蕪城登眺作(一作後)才動廣陵人

秋夜仰懷錢孟二公琴客會

月色四時好秋光君(一作吾)子知南山昨夜雨爲我寫(一作寄)清規獨鶴聳寒骨高杉韻細颸仙家縹緲弄髣髴此中期

贈李金州

綺里祠前後山程踐白雲泝流隨大旆登岸見全軍曉角吹人夢秋風卷雁羣霧開方露日漢水底(一作與)沙分

酬姚合(一本無合字)校書

因貧行遠道(一作道遠)得見舊交遊美酒易傾盡好詩難卒酬公堂朝共到私第夜相留不覺入關晚別來林木秋

送獨孤馬二秀才居明月山讀書

濯志俱高潔儒科慕冉顏家辭臨水郡雨到讀書山棲鳥棱花上聲鐘磔(一作搩)閣間寂寥窗戶外時見一舟還

病蟬

病蟬飛不得向我掌中行拆翼猶能薄酸吟尚極清露華凝在腹塵點誤侵睛黃雀并(一作兼)鳶(一作烏)鳥俱懷害爾情

青門里作

燕存鴻已過海內幾人愁欲問南宗理將歸北嶽修若無攀桂分秪是臥雲休泉樹一爲別依稀三十秋

盧秀才南臺

居在青門里臺當千萬岑下因岡助勢上有樹交陰陵遠根纔近(一作辨)空長畔可尋新晴登嘯處(一作月)鶩起宿枝禽

寄李輈侍郎

終過盟津書分明夢不虛人從清渭別地隔太行餘賓幕誰嫌靜公門但晏如櫑鞞乾霹靂斜漢溼蟾蜍追琢垂今後敦龐得古初井臺憐操築漳岸想丕疏亦冀鏗琨珮終當直石渠此身多抱疾幽里近營居憶漱蘇門澗經浮楚澤豬松栽侵古影蓽斷尚芹菹語嘿曾延接心源離滓淤誰言姓琴氏獨跨角生魚

寄令狐綯(一本無綯字)相公

驢駿勝羸馬東川路匪賒一緘論賈誼三蜀寄嚴家澄徹霜江水分明露石沙話言聲及政棧閣谷離斜自著衣偏暖誰憂雪六花褭裳留潤褸防患與通茶山館中宵起星河殘月華雙幢前日雇數口向天涯良樂知騏驥張雷驗鏌鋣謙光賢將相別紙聖龍蛇豈有斯言玷應無白璧瑕不妨圓鼠裏人亦指蝦蟇

再投李益常侍

何處初投刺當時赴尹京淹留花柳(一作木)變然諾肺腸傾避暑蟬移樹高眠(一作登嵩)雁過城人家嵩嶽色公府洛河聲聯句逢秋盡嘗茶見月生新衣裁白苧思從曲江行

積雪

昔(一作省)屬時霖滯今逢臘雪多南猜飄桂渚北訝雨交河盡滅平蕪色彌重古木柯空中離白氣島外下滄波隱者迷樵道朝人冷玉珂夕繁仍晝密漏間復鐘和想積

過楊(一作陽)道士居

高嵩頂新秋皎(一作皓)月過先生修道處茆屋遠囂氛叩齒坐明月搘頤望白雲精神含藥色衣服帶霞紋無話(一作每語)瀛洲路多年別少君

贈僧

亂山秋木穴裏有靈蛇藏鐵錫挂臨(一作陵)海(一作臨滄海，一作錫拄)石樓聞異香出塵頭未白入定衲凝霜莫話五湖事令人心欲狂

送友人遊塞

飄蓬多塞下君見益潸然迥磧沙銜日長河水接天夜泉行客火曉戍向京煙少結相思恨佳期芳草前

思遊邊友人

凝愁對孤燭昨日飲離杯葉(一作鄴)下故人去天中新雁來連沙秋草薄帶雪暮山開苑北紅塵道何時見遠迴

秋暮寄友人

寥落關河暮霜風樹葉低遠天垂地外寒日下峯(一作山)西有志煙霞切無家歲月迷清宵話白閣已負十(一作數)年棲

寄令狐綯(一本無綯字)相公

官高頻(一作業明)敕授老免把犁鋤一主長江印三封東省書不無濠上思唯食圃中蔬夢幻將泡影浮生事只如

和孟逸人林下道情

四氣(一作時)相陶鑄中庸道豈銷夏雲生此日春色盡今朝陋巷貧無悶毘耶疾未調已栽天(一作毫)末柏合抱豈非遥

宿姚少府北齋

石溪同夜泛復此北齋期鳥絕吏歸後蛩鳴客臥時鑷城涼雨細開印曙鐘遲憶此漳川岸如今是別離

雪晴晚望

倚杖望晴雪溪雲幾萬重樵人歸白屋寒日下危峯野火燒岡草斷煙生石(一作古)松却回山寺路聞打暮天鐘

送崔嶠遊瀟湘

功烈尚書孫琢磨風雅言渡河山鑿處陟峴漢灘喧夢想吟天目宵同話石門楓林葉欲下極浦月清暾

寄朱錫珪

遠泊與誰同來從古木中長江人釣月曠野火燒風夢澤吞楚大闔山阨(一作隱)海叢此時檣底水濤起屈原通

馬戴居華山因寄

玉女洗頭盆孤高不可言瀑流蓮嶽頂河注華山根絕雀林藏鶻無人境有猨秋蟾纔過雨石上古松門

寄胡遇

一自殘春別經炎復到涼螢從枯樹出蛩入破堦藏落葉書勝紙閑砧坐當牀東門因送客相訪也何妨

送李戎扶侍往壽安

二千餘里路一半是波濤未曉著衣起出城逢日高關山多寇盜扶侍帶弓刀臨別不揮淚誰知心鬱陶

送孫逸人

衣屨猶同俗妻兒亦宛然不餐能累月無病(一作疾)已多年是藥皆諳性令人漸信仙杖頭書數卷荷入翠微煙

寄華山僧

遥知白石室松柏隱朦朧月落看心次雲生閉目中五更鐘隔嶽萬尺水懸空苔蘚嵌巖所依稀有徑通

送李登少府

伊陽耽酒尉朗詠醉醒新應見嵩山裏明年躑躅春一千尋樹直三十六峯鄰流水潺潺處堅貞玉澗琨

易州過郝逸人居

每逢詞翰客邀我共尋君果見閑居賦未曾流俗聞也知鄰市井宛似出囂(一作塵)氛却笑巢由輩何須隱白雲

詶鄠縣李廓少府見寄

稍憐公事退復遇夕陽時北朔霜凝竹南山水入籬吟懷滄海侶空問白雲師恨不相從去心惟野鶴知

淨業寺與前鄠縣李廓少府同宿

來從城上峯京寺暮相逢往往語復默微微雨灑松家貧初罷吏年長畏聞蛩前日猶拘束披衣起曉鐘

送南卓歸京

殘春別鏡陂罷郡未霜髭行李逢炎暑山泉滿路岐雲藏巢鶴樹風觸囀鶯枝三省同虛位雙旌帶去思入城宵夢後待漏月沈時長策并忠告從容寫玉墀(一作池)

臥疾走筆詶韓愈書問

一臥三四旬數書惟獨(一作書至獨思)君願爲出海月不作歸山雲身上衣頻寄(一作業與)甌中物亦分欲知强健否病鶴未離羣

長孫霞李溟自紫閣白閣二峯見訪

寂寞吾廬貧同來二閣人所論唯野事招作(一作訪我)住雲鄰古寺期秋宿平林散早春漱流今已矣巢許豈堯臣

送惟一遊清涼寺

去有巡臺侶荒溪衆樹分瓶殘秦地水錫入晉山雲秋月離喧見寒泉出定聞人間臨欲別旬日雨紛紛

鄭尚書新開涪江二首

岸鑿青山破江開白浪寒日沈源出海春至草生灘梓匠防波溢蓬仙畏水乾從今疏決後任雨滯峯巒

不侵南畝務已拔北江流涪水方移岸潯陽有到舟潭澄初擣藥波動乍垂鉤山可疏三里從知(一作惟應)歷億秋

寄喬侍郎

大寧猶未到曾渡北浮橋曉出爬船寺手攀紫栗條差池不相見悵望至今朝近日營家計繩懸一小瓢

送去華法師

在越居何寺東南水路歸秋江洗一鉢寒日曬三衣默聽鴻聲盡行看葉影飛囊中無寶貨船戶夜扃稀

送蔡京

躍蹄歸魯日帶漏別秦星易折芳條桂難窮邃義經登封多泰嶽巡狩徧滄溟家在何林下梁山翠滿庭

慈恩寺上座院

未委衡山色何如對塔峯曩宵曾宿此今夕值秋濃羽族棲煙竹寒流帶月鐘井甘源起異泉湧漬苔封

題朱慶餘所居

天寒吟竟曉古屋瓦生松寄信船一隻隔鄉山萬重樹來沙岸鳥窗度雪樓鐘每憶江中嶼更看城上峯

送黃知(一作和)新歸安南

池亭沈飲徧非獨曲江花地遠路穿海春歸冬到家火山難下雪瘴土不生茶知決移(一作秋)來計相逢期尚賒

贈胡禪歸

自是根機鈍非關夏臘深秋來江上寺夜坐嶺南(一作頭)心井鑿山含月風吹磬出林祖師攜(一作遺)隻履去路杳難尋

元日女道士受籙

元日更新夜齋身稱淨衣數星連斗出萬里斷雲飛霜下磬聲在月高壇影微立聽師語了左肘繫符歸

重與彭兵曹

故人在城裏休寄海邊書漸去老不遠別來情豈疎硯冰催臘日山雀到貧居每(一作羨)有平戎計(一作策)官家(一作業)別敕(一作名教盡)除

贈莊上人

不語焚香坐心知道已成流年衰此世定力見他生暮雪餘春冷寒燈續晝明尋常五侯至敢望下堦迎

落第東歸逢僧伯陽

相逢須語笑人世別離頻曉至(一作去)長侵月思鄉動隔春見僧心暫靜從俗事多迍宇宙詩名小山河客路新翠桐猶入爨清鏡未辭塵逸足思奔驥隨羣且退鱗宴乖紅杏寺愁在綠楊津老病難爲樂開眉賴故人

皇甫主簿期遊山不及赴

休官匹馬在新意入山中更住應難遂前(一作相)期恨不同集蟬苔樹僻留客雨堂空深夜誰相訪惟當清淨翁

宿成湘林下

相訪夕陽時千株木未衰石泉流出(一作出幽)谷山雨滴棲鴟漏向燈聽數酒因客寢遲今宵不盡興更有月明期

喜雍陶至

今朝笑語同幾日百憂中鳥度劒門靜蠻歸瀘水空步霜吟菊畔待月坐林東且莫孤此興勿論窮與通

酬胡遇

麗句傳人口科名立可圖移居見山燒買樹帶巢鳥遊遠風濤急吟清雪月孤却思初識面仍未有多鬚

宿慈恩寺郁公房

病身來寄宿自掃一牀閑反照臨江磬新秋過雨山竹陰移冷月荷氣帶禪關獨住(一作往)天台意方從內請還

送褚山人歸日本(一作東)

懸帆待秋水(一作色)去入杳冥間東海幾年別中華此日還岸遙生白髮波盡露青山隔水相思在無書也是閑

寄韓湘

過嶺行多少潮州漲(一作瘴)滿川花開南去後水凍北歸前望鷺吟登閣聽猨淚滴船相思堪面話(一作語)不著尺書傳

雨夜寄馬戴

芳林杏花樹花落子西東今夕曲江雨寒催朔北風鄉書滄海絕隱路翠微通寂寂相思際(一作處)孤(一作紅)釭殘漏中

喜無可上人遊山回

一食復何如尋山無定居相逢新夏滿不見半年餘聽話龍潭雪休傳鳥道書別來還似舊白髮日高梳

寄毘陵徹公

身依吳寺老黃葉幾迴看早講林霜在孤禪隙月殘井通潮浪遠鐘與角聲寒已有南遊(一作浮)約誰言禮謁難

送韋瓊校書

賓佐兼歸覲此行江漢心別離從闕下道路向山陰孤嶼消寒沫空城滴夜霖若邪溪畔寺秋色共誰尋

寄劉侍御

衣多苔蘚痕猶擬更趨門(一作村)自夏雖無病經秋不過原積泉留岱鳥(一作雁)疊岫(一作嶼)隔巴猨琴月西齋集如今豈復言

送穆少府知眉州

劒門倚青漢君昔未曾過日暮行人少山深異鳥多猨(一作狖)啼和峽雨棧盡到江波一路白雲裏飛泉灑薜蘿

二月晦日留別鄠(一作鄠)中友人

立馬柳花裏別君當酒酣春風漸向北雲(一作雪)雁不飛南明曉日初一今年月又三鞭羸去暮色遠嶽起煙嵐

送李校書赴吉期

箜篁重重吉良期詎可遷不同牛女夜是配鳳凰年佩玉春風裏題章蠟燭前詩書與箴訓夫哲又妻賢

宿孤館

落日投村戍愁生爲客途寒（一作春）山晴後綠秋（一作江）月夜來孤（一作深）橘樹千株在漁家一半無自知風水静舟繫岸邊蘆

哭宗密禪師

鳥道雪岑巔師亡誰去禪几塵增滅後樹色改生前層塔當松吹殘蹤傍野泉唯嗟聽經虎時到壞菴邊

宿山寺

衆岫聳寒色精廬向此分流星透疎木走月逆行雲絕頂人來少高松鶴不羣一僧年八十世事未曾聞

送友人如邊

去日重陽後前程菊正芳行車輾秋嶽落葉墜寒霜雲入漢天白風高磧色黃蒲輪待恐晚求薦向諸方

題竹谷上人院

禪庭高鳥道迴望極川原樵徑連峯頂石泉通竹根木深猶積雪山淺未聞猨欲別塵中苦願師貽一言

京北原作

登原見城闕策蹇思炎天日午路中客槐花風處蟬遠山秦木（一作樹）上清渭漢陵前何事居人世皆從（一作因）名利牽

寄江上人

紫閣舊房在新家中嶽東煙波千里隔消息一朝通寒日汀洲路秋晴島嶼風分明杜陵葉別後兩（一作雨）經紅

送僧歸太白山

堅冰連夏處太白接青天雲塞石房路峯明雨外巔夜禪臨虎穴寒漱撇龍泉後會不期日相逢應信緣

暮過山村

數里聞寒水山家少四鄰怪禽啼曠野落日恐行人初月未終夕邊烽不過秦蕭條桑柘外煙火漸相親

鷺鷥

求魚未得食沙岸往來行島月獨棲影暮天寒過聲墮巢因木折失侶遇弦驚頻向煙霄望吾知爾去程

内道場僧弘紹

麟德燃香請長安春幾回夜閒（一作寒）同像寂晝定爲吾開講罷松根老經浮海水來六年雙足履只步院中苔

蔣亭和蔡湘州

蔣宅爲亭榭蔡城東郭門潭連秦相井松老漢朝根已積蒼苔徧何曾舊徑存高齋無事後時復一攜尊

光州王建使君水亭作

楚水臨軒積澄鮮一畝餘柳根連岸盡荷葉出萍初極浦清相似幽禽到不虛夕陽庭際眺槐雨滴疎（一作稀）疎

留別光州王使君建（一本無建字）

杜陵千里外期在末秋歸既見林花落須防木葉飛楚從何地盡淮隔數峯微迴首餘霞失斜陽照客衣

宿姚合宅寄張司業籍（一本無籍字）

閒宵因集會（一作會集）柱史話先生身愛無一事心期往四明松枝影搖動石磬響寒清誰伴南齋宿月高霜滿城

哭張籍

精靈歸恍惚石磬韻曾聞即日是前古誰人耕此墳舊遊孤櫂（一作棹）遠故域九江分本欲蓬瀛去餐芝御白雲

靈準上人院

掩扉當太白臘數等松椿禁漏來遥（一作遲）夜山泉落近鄰經聲終卷曉草色幾芽春海内知名士交遊準上人

寄柳舍人宗元（一本無宗元二字）

格與功俱造何人意不降一宵三夢柳孤泊九秋江擢第名重列冲天字幾雙誓爲仙者僕側執馭風幢

送玄巖上人歸西蜀

玉壘山中寺幽深勝槩多藥成彭祖擣頂受七輪摩去臘催今夏流光等逝波會當依糞掃（一作草）五嶽徧頭陀

寄宋州田中丞

古郡近南徐關河萬里餘相思深夜後（一作雨）未答去秋（一作年）書自別知音少難忘識面初舊山期已久門掩數畦蔬

送朱休歸劍南

劍南歸受賀太學賦聲雄山路長江岸朝陽十月中芽新抽雪茗枝重集猨楓卓氏琴臺廢深蕪想徑通

寄長武朱尚書

不日即登壇槍旗一萬竿角吹邊月沒鼓絕爆雷殘中國今如此西荒可取難白衣思請謁徒步在長安

送皇甫侍御

曉鐘催早朝自是（一作鶴自）赴嘉招舟泊湘江闊田收楚澤遥雁驚起衰草猨渴下寒條來使黔南日時應問寂寥

郊居即事

住此園林久其如未是家葉書傳野意簷溜煮胡茶雨後逢行鷺更深聽遠蛙自然還往裏多是愛煙霞

夜集姚合宅期可公不至

公堂秋（一作春）（一作初）雨夜已是念園林何事疾病日重論山水心孤燈明臘後微雪下更深釋子乖來約泉西寒磬音

喜李餘自蜀至

迢遰岷峨外西南驛路高幾程尋嶮棧獨宿聽寒濤白鳥飛還立青猨斷更號往來從此過詞體近風騷

王侍御南原莊

買得足雲地新栽藥數窠峯頭盤一徑原下注雙河春寺閒眠久晴臺獨上多南齋宿雨後（一作夜）仍許重來麽（一作過）

送康秀才

俱爲落第年相識落花前酒瀉兩三盞詩吟十數篇行岐逢塞雨嘶馬上津船樹影高堂下迴時應有蟬

送僧

此生披衲過在世得身閒日午遊都市天寒往華山言歸文字外意出有無間仙掌雲邊樹巢禽時出關

寄魏少府

來時乖面（一作儀遠）別終日使人慙易記卷中句難忘燈下談溼苔黏樹瘦瀑布濺房菴音信如相惠移居古井南

原居即事言懷贈孫員外

出入土門偏秋深石色泉徑通原上草地接水中蓮採菌依餘枿拾薪逢刈田鑷挦白髮斷兵阻尺書傳避路來華省抄詩上彩牋高齋久不到猶喜未經年

登樓

秋日登高望涼風吹海初山川明已久河漢沒無餘遠

近涯寥夐（一作廓）高低中，太虛賦因王閣筆，思比謝遊疎。

上樂使君救康成公（一作陳陶續古詩）

曾夢諸侯笑康囚，議脫枷千根。池裏藕一朶，火中花。

昆明池泛舟

一枝青竹榜，泛泛綠萍裏。不見釣魚人，漸入秋塘水。

送僧

大內曾持論，天南化俗行。舊房山雪在，春草岳陽生。曉了蓮經義，堪任寶蓋迎。王侯皆護法，何寺講鐘鳴。

送劉知新往襄陽

此別誠堪恨，荊襄是舊遊。眼光懸欲落，心緒亂難收。花木三層寺，煙波五（一作伍）相樓。因君兩地去，長使夢悠悠。

寄慈恩寺郁上人

中秋期夕望，虛室省相容。北斗生清漏，南山出碧重。露寒鳩宿竹，鴻過月圓（一作懸）鐘。此夜情應切，衡陽舊住峯。

全唐詩

賈島

送饒州張使君

終南雲雨連，城闕去路西。江白浪頭滁上郡，齋離昨日鄱陽。農事勸今秋，道心生向前。朝寺文思來，因靜夜樓。借問泊帆干謁者，誰人曾聽峽猨愁。

觀冬設上東川楊尚書

鞄革奏冬非獨樂，軍城未曉啟重門。何時却（一作去）入三台貴，此日空知八座尊。羅綺舞中（一作時）收雨點，貔貅闡外卷雲根。逐遷屬吏隨賓列，撥（一作去）櫂扁舟不忘恩。

巴興作

三年未省聞鴻叫，九（一作臘）月何曾見草枯。寒暑氣均思白社，星辰位正憶皇都。蘇卿持節終還漢，葛相行師自渡瀘。鄉味朔山林果別，北歸期挂海帆孤。

早蟬

早蟬孤抱芳槐葉，噪向殘陽意度秋。也任一聲催我老，堪聽（一作憐）兩耳畏吟休。得非下第無高韻，須是青山隱白頭。若問此心嗟歎否，天人不可怨而尤。

投元郎中

心（一作秋）在瀟湘歸未期，卷中多是得名詩。高臺聊望清秋色，片水堪（一作難）留白鷺（一作鸞）鶯。省宿有時聞急雨，朝迴盡日伴禪師。舊文去歲曾將獻，蒙與人來說始知。

阮籍嘯臺

如聞長嘯春風裏，荊棘叢邊訪舊蹤。地接蘇門山近遠，荒臺突兀抵高峯。

滕校書使院小池（一本無上三字）

小池誰見鑿時初，走水南來十里餘。樓上日斜吹暮角，院中人出鎖遊魚。

送陝府王建（一本無建字）司馬

司馬雖然聽曉鐘，尚猶高枕恣疎慵。請詩（一作持）僧過三門水，賣藥人歸五老峰。移舫綠陰（一作萍）深處息，登樓涼夜此時逢。杜陵惆悵臨相（一作岐）餞，未寢月前多屐（一作履）蹤。

上谷旅夜

世難那堪恨旅遊，龍鍾更是對窮秋。故園千里數行淚，鄰杵一聲終夜愁。月到寒窗空皓晶，風翻落葉更颼颸。此心不向常人說，倚識平津萬戶侯。

寄無得頭陀

夏臘今應三十餘，不離樹下塚間居。貌堪良匠抽毫寫，行稱高僧續傳書。落澗水聲來遠遠，當空月色自如如。白衣只在青門裏，心每相親跡且疎。

崔卿池上雙白鷺

鷺雛相逐出深籠，頂各有絲莖數同。灑石多霜移足冷，隔城遠樹挂巢空。其如盡在灘聲外，何似雙飛浦色中。見此池潭（一作塘）卿自鑿，清泠太液底潛通。

送胡道士

短褐身披滿漬（一作野一作翠）苔，靈溪深處觀門開。却從城裏移（一作攜）琴去，許到山中寄藥來。臨水（一作灑雪）古壇秋醮罷（一作後），宿杉（一作松）幽（一作查寒一作啄）鳥夜（一作暮）飛迴。丹梯願逐眞人上（一作未遊彼地空勞想），日夕歸心白髮催（一作師往如雲不可陪）。

寄韓潮州愈

此心（一作身）曾與木蘭舟，直到天南潮（一作湖）水頭。隔嶺篇章來華岳，出關書信過瀧流。峰懸驛路殘雲斷，海浸城根（一作闉）老樹秋。一夕瘴煙風卷盡，月明初上浪西樓。

訓張籍王建

疎林荒宅古坡（一作陂）前，久住還因太守憐。漸老更思深處隱，多閑數得上方眠。鼠抛貧屋收田日，鴈度寒江擬（一作擻）雪天。身是（一作事）龍鍾應是分，水曹芸閣枉來篇。

逢博陵故人彭兵曹

曲陽分散會京華，見說三年住海涯。別後解餐蓬虆子，向前未識牡丹花。偶逢日者教求祿，終傍泉聲擬置家。躡雪攜琴（一作衾）相就宿，夜深開戶斗牛（一作月光）斜。

贈牛（一作劉）山人

二十年中餌茯苓，致書（一作身）半是老君經。東都舊住商人宅，南國新修道士亭。鑿石養蜂休買蜜，坐山秤藥不爭星。古來隱者多能卜，欲就先生問丙丁。

送于中丞使回紇冊立

君立天驕發使車，冊文字字著金書。漸通（一作過）青塚鄉山盡，欲達皇情譯語初。調角寒城邊色動，下霜秋磧鴈行疎。旌旗來往幾多日，應向途中見歲除。

送劉侍御重使江西

時當苦熱遠行人，石壁飛泉濺馬身。又到鍾陵知務大，還浮溢浦屬秋新。早程猨叫雲深極，宿館禽驚葉動頻。前者已聞廉使薦，兼言有畫靜邊塵。

贈圓上人

誦經千紙得爲僧，麈尾持行不拂蠅。古塔月高聞呪水，新壇日午見燒燈。一雙童子澆紅藥，百八眞珠貫綵繩。且說近來心裏事，仇讎相對似親朋。

虢州李使君改任遂州因寄贈

庭樹幾株陰入戶，主人何在客聞蟬。鑰開原上高樓鎖，瓶汲池東古井泉。趂靜野禽（一作因趂野僧）曾後到，休吟鄰叟始安眠。仙都山（一作弱）水誰能憶，西去風濤書滿船。

酬慈恩寺文郁上人

袈裟影入禁（一作鏡）池清，猶憶鄉山近赤城。籬落罅間寒蟹過，莓苔石上晚蛩行（一作鳴）。期登野閣閑應甚，阻宿山（一作幽）房疾未平。聞說又尋南岳去，無端詩思忽然生。

訪鑒玄師姪

維摩青石講初休，緣訪親宗到普州。我有軍持憑弟子，岳陽溪裏汲寒流。

夜坐

蟋蟀漸多秋不淺，蟾蜍已沒夜應深。三更兩鬢幾枝雪，一念雙峰四祖心。

送別

門外便伸千里別，無車不得到河梁。高樓直上百餘尺，今日為君南望長。

聞蟬感懷

新蟬忽發最高枝，不覺立聽無限時。正遇友人來告別，一心（一作聲）分作兩般悲。

夏夜上谷宿開元寺

詩成一夜月中題，便臥松風到曙雞。帶月時聞山鳥語，郡城知近武陵溪。

送于總持歸京

出家初隸何方寺，上國西明御水東。却見舊房堦下樹，別來二十一春風。

崔卿池上鶴

月中時叫葉紛紛，不異洞庭霜夜聞。翎羽如今從放長，猶能飛起向（一作上）孤雲（一作從今翎羽猶能翦）。

登田中丞高亭

高亭林表迥，嵯峨獨坐秋。宵不寢（一作寐）多玉兔（一作貌），玉人歌裏出白雲。難似（一作雖白）莫相和

友人婚楊氏催妝

不知今夕是何夕，催促陽臺近鏡臺。誰道芙蓉水中種，青銅鏡裏一枝開。

酬朱侍御望月見寄

他寢（一作今夜）此時吾不寢，近秋三五日（一作月）逢晴（一作時時）。相思唯有霜臺月，望盡孤光見却生（一作遲）。

題韋雲叟草堂

新起此（一作北）堂開北窗，當窗山隔一重江。白茅草苫（一作苫蓋）重重密，愛此（一作殺）秋天夜雨淙。

和韓吏部泛南溪

溪裏晚從池岸出，石泉秋急夜深聞。木蘭船共山人上，月映渡頭零落雲。

方鏡

背如刀截機頭錦，面似升量澗底泉。銅雀臺南秋日後，照（一作得）來照去已三年。

訓姚合

黍穗豆苗侵古道，晴原午後早秋時。故人相憶僧（一作曾）來說，楊柳無風蟬滿枝。

送靈應上人

遍參尊宿遊方久，名岳奇峰問此公。五月半間看瀑布，青城山裏白雲中。

贈丘先生

常言喫藥全勝飯，華岳松邊採茯神。不遣髭鬚一莖白，擬為白日上昇人。

渡桑乾

客舍并州已十霜，歸心日夜憶咸陽。無端更渡桑乾水，却望并州是故鄉。

夜期嘯客呂逸人不至（一作期呂逸人不至，一作夜期嘯客不至）

逸人期宿石牀中，遣我開扉對晚空。不知何處嘯秋月，閑著（一作閑，一作却）松門一夜風。

夜集烏行中所居

環爐促席復持杯，松院雙扉向月開。座上同聲半先達，名山獨入此心來。

贈梁浦秀才斑竹拄杖

揀得林中最細枝，結根石上長身遲。莫嫌滴瀝紅斑少，恰似（一作是）湘妃淚盡時。

尋石甕寺上方

野寺入時春雪後，崎嶇得到此房前。老僧不出迎朝客，已住上方三十年。

早秋寄題天竺靈隱寺

峰前峰後寺新秋，絕頂高窗見沃洲。人在定中聞蟋蟀，鶴從（一作曾）棲處挂獼猴。山鐘夜渡空江水，汀月寒生古石樓。心憶懸（一作挂）帆身未遂，謝公此地昔年遊。

黎陽寄姚合

魏都城裏曾遊（一作遊從）熟，才子齋中止泊多。去日綠楊垂紫陌，歸時白草夾（一作映）黃河。新詩不覺千迴詠，古鏡曾（一作重）經幾度（一作番）磨。惆悵心思滑臺北，滿杯濃酒與愁和。

送崔約秀才

歸寧髣髴三千里，月向船窗見幾宵。野鼠獨偷高樹果，前山漸見短禾苗。更深柵鎖淮波疾，葦動風生雨氣遙。重入石頭城下寺，南朝杉老未乾燋。

詠懷

縱把書看未省勤，一生生計秖長貧。可能在世無成事，不覺離家作老人。中嶽深林秋獨往，南原多草夜無鄰。經年抱疾誰來問，野鳥相過啄木頻。

夏日寄高洗馬

三十年來長在客，兩三行淚忽然垂。白衣蒼鬢經過懶，赤日朱門偃息遲。花發應耽新熟酒，草顛還寫早朝詩。不緣馬死西州去，畫角堪聽是曉吹。

送周判官元範赴越

原下相逢便別離，蟬鳴關路使迴時。過淮漸有懸帆興，到越應將墜葉期。城上秋山生菊早，驛西寒渡落潮遲。已曾幾遍隨旌旆，去謁荒郊（一作涼）大禹祠。

送羅少府歸牛渚

作尉長安始三日（一作三月罷），忽思牛渚夢天台。楚山遠色獨歸去，灞水空流相送回。霜覆鶴身松子落，月分螢影石房開。白雲多處應頻到，寒澗泠泠漱（一作濺）古苔。

題童眞上人

江上修持積歲年，灘聲未擬住潺湲。誓從五十身披衲，便向三千界坐禪。月峽青城那有滯，天台廬岳豈無緣。昨宵忽夢遊滄海，萬里波濤在目前。

贈温觀主

一別羅浮竟未還，觀深廊古院多關。君來幾日行虛洞，仙去空壇在遠山。胎息存思當黑處，井華懸綆取朝間。弊廬道室雖鄰近，自樂冬陽炙背閑。

賀龐少尹除太常少卿

太白山前終日見，十旬假滿擬秋尋。中峰絕頂非無路，北闕除書阻(一作又)入林。朝謁此時閒野屐，宿齋何處止(一作正)鳴砧。省中石鐙陪隨步，唯賞煙霞不厭深。

上邠寧邢司徒

箭頭破帖(一作樹)渾(一作全)無敵，杖底敲毬遠有聲。馬走千蹄朝萬乘，地分三郡擁雙旌。春風欲盡山花發，曉角初吹客夢驚。不是邢公來鎮此，長安西北未能行。

欲遊嵩岳留別李少尹益(一本無益字)

孤策遲迴洛水湄，孤禽嘹唳(一作喨)幸人知。嵩岳望中常待我，河梁欲上未題詩。新秋愛月愁多雨，古觀逢(一作尋)仙看盡棋。徵眇此來將敢問，鳳凰何日定(一作始)歸池。

病鶻吟

俊鳥還投高處栖，騰身戛戛下雲梯。有時透霧凌空去，無事隨風入草迷。迅疾月邊捎玉兔，遲迴日裏拂金雞。不緣毛羽遭零落，焉肯雄心向爾低。

贈僧

從來多(一作只)是遊山水，省泊禪舟月下濤。初過石橋年尚少，久辭天柱臘應高。青松帶雪懸銅錫，白髮如霜落鐵刀。常恐畫工(一作)援筆寫，身長七尺有眉毫。

贈(一本有師字)某翰林

清重無(一作可)過知内制，從前禮絕外庭人。看花在處多隨駕，召宴無時不及(一作覲)身。馬自賜來騎覺穩，詩緣見徹語長(一作當)新。應憐獨向名場苦，曾十餘年浪過(一作度)春。

頌德上賈常侍

邊臣說使朝天子，發語轟然激夏雷。高節羽書期獨傳，分符絳郡滯長材。啁啾鳥恐鷹鸇起，流散人歸父母來。自顧此身無所立，恭談祖德朵頤開。

田將軍書院

滿庭花木半新栽，石自平湖遠岸來。筍迸鄰家還長竹，地經山雨幾層苔。井當深夜泉微上，閣入高秋戶盡開。行背曲江誰到此，琴書鎖著未朝迴。

投龐少尹

閑戶息機搔白首，中庭一樹有清陰。年年不改風塵趣，日日轉多泉石心。病起望山臺上立，覺來聽雨燭前吟。龐公相識元和歲，眷分依依直至今。

夏夜登南樓

水岸寒(一作閑)樓帶月躋，夏林初見岳陽溪。一點新螢報秋信，不知何處(一作樹)是菩提。

題青龍寺

碣石山人一軸詩，終南山北數人知。擬看青龍寺裏月，待無一點夜雲時。

贈李文通

營當萬勝岡頭下，誓立千年不朽功。天子手擎新鉞斧，諫官請贈李文通。

題虢州三堂贈吳郎中(一作題虢州吳郎中三堂)

無窮草樹昔誰栽，新起臨湖白石臺。半岸泥沙孤鶴立，三堂風雨四門開。荷翻團(一作圓)露驚秋近，柳轉斜陽過水來。昨夜北樓堪朗詠，虢城初鎖月裴回。

送僧

池上時時松雪落，焚香煙起見孤燈。靜夜憶誰來對坐，曲江南岸寺中僧。

三月晦日贈劉評事

三月正(一作更)當三十日，風(一作春)光別我苦吟身。共君今夜不須睡(一作寢)，未到曉鐘猶(一作五更)是春。

送張道者

新歲抱琴何處去，洛陽三十六峰西。生來未識山人面，不得一聽烏夜啼。

題魚尊師院

老子堂前花萬樹，先生曾見幾迴春。夜煎白石平明喫，不擬教人哭此身。

宿村家亭子(一作宿杜司空東亭　一作題杜司戶亭子)

牀頭枕是溪中石，井底泉通竹下池。宿客未眠過夜半(一作當半夜)，獨聞山雨到來時。

送稱上人

歸蜀擬從巫峽過，何時得入舊房禪。寺中來後誰身化，起塔栽松向野田。

楊秘書新居

城角新居鄰靜寺，時從新閣上經樓。南山泉入宮中去，先向詩人門外流。

聽樂山人彈易水

朱絲弦底燕泉急，燕將雲孫白日彈。嬴氏歸山陵已掘，聲聲猶帶髮衝冠。

經蘇秦墓

沙埋古篆折碑文，六國興亡事繫(一作計)君。今日淒涼無處說，亂山秋盡有寒雲。

題戴勝

星點花冠道士衣，紫陽宮女化身飛。能傳上界春消息，若到蓬山莫放歸。

題隱者居

雖有柴門常不關，片雲孤木伴身閑。猶嫌住久人知處，見擬移家更上山。

哭孟東野

蘭無香氣鶴無聲，哭盡秋天月不明。自從東野先生死，側近雲山得散行。

過京索先生墳

京索先生三尺墳，秋風漠漠吐寒雲。從來有恨君多哭，今日何人更哭君。

客思

促織聲尖尖似針，更深刺著旅人心。獨言獨語月明裏，驚覺眠童與宿禽。

臨池院觀鹿

條峰五老勢相連此鹿來從若箇邊別有野麋人不見一生長飲白雲泉

黃鵠下太液池

高飛空外鵠下向禁中池岸印行蹤淺波摇立影危來從千里島舞拂萬年枝踉蹌孤風起裴回水沫移幽音清露滴野性白雲隨太液無彈射靈禽翅不垂

代舊將

舊事說如夢誰當信老夫戰場幾處在部曲一人無落日收病一作疲馬晴天曬陣圖猶希聖朝用自鑷白髭鬚

老將

膽壯亂鬚白金瘡蠹百骸旌旗猶入夢歌舞不開懷燕雀來鷹架塵埃滿箭鞍自誇勳業重開府是官階

春行

去去行人遠塵隨馬不窮旅情斜日後春色早煙中流水穿空館閑花發故宮舊鄉千里思池上綠楊風

題鄭常侍廳前竹

綠竹臨詩酒嬋娟思不窮亂枝低積雪繁葉亞寒風蕭颯疑泉過縈迴有逕通侵庭根出土隔壁筍成叢疎影紗窗外清音寶瑟中卷簾終日看欹枕幾秋同萬頃歌王子千竿伴阮公露光憐片片雨潤愛濛濛嶰谷鸞湖北湘川灞水東何如軒檻側蒼翠裏長空

早行

早起赴前程鄰雞尚未鳴主人燈下別贏馬暗中行蹋石新霜滑穿林宿鳥驚遠山鐘動後曙色漸分明

送人南歸

分手向天涯迢迢泛海波雖然南地遠見說北人多山暖花常發秋深鴈不過炎方饒勝事此去莫蹉跎

送人南遊

此别天涯遠孤舟泛海中夜行常認火帆去每因風蠻國人多富炎方語不同鴈飛難度嶺書信若爲通

送道者

獨向山中見今朝又別離一心無挂住萬里獨何之到處絕煙火逢人話古時此行無弟子白犬自相隨

風蟬

風蟬旦夕鳴伴葉送新聲故里客歸盡水邊身獨行噪軒高樹合驚枕暮山橫聽處無人見塵埃滿甑生

清明日園林寄友人

今日清明節園林勝事偏晴風吹柳絮新火起廚煙杜草開三逕文章憶二賢幾時能命駕對酒落花前

上杜駙馬

玉山突兀壓乾坤出得朱門入戟門妻是九重天子女身爲一品令公孫鴛鴦殿裏參皇后龍鳳堂前賀至尊今日澧陽非久駐佇爲霖雨拜新恩

蓮峰歌

錦礫潺湲玉溪水曉來微雨藤花紫冉冉山雞紅尾長一聲樵斧驚飛起松刺梳空石差一作室齒煙香一作空風軟人參蕊陽崖一夢伴雲根仙菌靈芝夢魂裏

壯士吟

壯士不曾悲悲一作去即無回期如何易水上未歌先淚垂

題興化園亭

破却千家作一池不栽桃李種薔薇薔薇花落秋風起荆棘滿庭君始知

竹

籬外清陰接藥欄曉風交戛碧琅玕子猷没後知音少粉節霜筠漫歲寒

李斯井

井存上蔡南門外置此井時來相秦斷綆數尋垂古甃取將寒水是何人

題詩後島吟成獨行潭底影數息樹邊身二句下註此一絕

二句三年得一吟雙淚流知音如不賞歸臥故山秋

送友人之南陵

莫歎徒勞向宦途不羣氣岸有誰如南陵暫掌仇香印北闕終行賈誼書好趂江山尋勝境莫辭韋杜別幽居少年躍馬同心使免得詩中道跨驢

尋人不遇一作寄人

聞說到揚州吹簫有舊游人來多不見莫是上迷樓

尋隱者不遇一作孫革訪羊尊師詩

松下問童子言師採藥去只在此山中雲深不知處

行次漢上

習家池沼草萋萋嵐樹光中信馬蹄漢主廟前湘水碧一聲風角夕陽低

馬嵬

長川幾處樹青青孤驛危樓對翠屏一自上皇惆悵後至今來往馬蹄腥

冬夜送人

平明走馬上村橋花落梅溪雪未消日短天寒愁送客楚山無限路迢迢

句

晴風吹柳絮新火起廚煙見事文類聚　長江風送客孤館雨留人見楊升菴集　古岸崩將盡平沙長未休見吟窗雜錄　不如牛與羊猶得日暮歸見紀事

全唐詩目 第九函

第五冊

溫庭筠九卷

段成式一卷

全唐詩

溫庭筠

溫庭筠本名岐字飛卿太原人宰相彥博裔孫少敏悟才思豔麗韻格清拔工爲詞章小賦與李商隱皆有名稱溫李然行無檢幅數舉進士不第思神速每入試押官韻作賦凡八叉手而成時號溫八叉徐商鎮襄陽署爲巡官不得志去歸江東後商知政事頗右之欲白用會商罷相楊收疾之貶方城尉再遷隋縣尉卒集二十八卷今編詩爲九卷

雞鳴埭曲

南朝天子射雉時銀河耿耿星參差銅壺漏斷夢初覺寶馬塵高人未知魚躍蓮東蕩宮沼濛濛御柳懸棲烏紅妝萬户鏡中春碧樹一聲天下曉盤踞勢窮三百年朱方殺氣成愁煙彗星拂地浪連海戰鼓渡江塵漲天繡龍畫雉塡宮井野火風驅燒九鼎殿巢江燕砌生蒿十二金人霜炯炯芊綿平綠臺城基暖色春容一作空荒古陂寧知玉樹後庭曲留待野棠如雪枝

織錦詞

丁東一作冬細漏侵瓊一作瑤瑟影轉高梧月初出簇簌金梭萬縷紅鴛鴦豔錦初成匹一作疋錦中百結皆同心蘂亂雲盤相間深此意欲傳傳不得玫瑰作柱朱弦琴爲君裁破合歡被星斗迢迢一作寥寥共千里象尺一作黃熏爐未覺秋碧池已一作中有新蓮子

夜宴謠

長釵墜髮雙蜻蜓碧盡山斜開畫屏虯鬚一作頿公子五侯客一飲千鍾如建瓴鸞咽妊一作奼一作姹唱圓無節眉斂湘煙袖迴雪清夜恩情四座同莫令溝水東西別亭亭蠟淚香珠殘一作濺暗露曉小一作風羅幕寒飄颻一作飆戟帶儼相次二十四枝龍畫竿裂管縈弦共繁曲芳樽細浪傾春醁高樓客散杏花多脈脈新蟾如瞪目

蓮浦謠

鳴橈軋軋溪溶溶廢綠平煙吳苑東水清蓮媚兩相向鏡裏見愁愁更紅白馬金鞭一作鞍大堤上西江日夕多風浪荷心有露似驪珠不是眞圓亦搖蕩

郭處士擊甌歌

信粟金虬石潭古勺陂瀲一作灩瀲幽脩語湘君寶馬上神雲碎佩叢鈴滿煙雨吾聞三十六宮花離離軟風吹春星斗稀玉晨冷磬破昏夢天一作大露未乾香著衣蘭釵委墜垂雲髮小響丁當逐迴雪晴碧煙滋重疊山羅屏半掩桃花月太平天子駐雲車龍鑪勃鬱雙蟠拏宮中近臣抱扇立侍女低鬟落翠花亂珠觸續正跳蕩傾頭不覺金烏斜我亦爲君長歎息緘情遠寄愁無色莫靄一作香夢綠楊絲千里春風正無力

遐水謠

天兵九月渡遐水馬踏沙鳴驚雁一作雁聲起殺氣空高萬里情塞寒如箭傷一作雙眸子狼煙堡上霜漫漫枯葉號一作飄風天地乾犀帶鼠裘無暖色清光炯冷黃金鞍虜塵如霧昏一作暮亭障隴首年年漢飛將麟閣無名期未歸樓中思婦徒相望

曉仙謠

玉妃喚月歸海宮月色澹白涵春空銀河欲轉星靨靨碧一作雪浪疊山埋早紅宮花有露如新淚小苑叢叢一作芊芊入寒翠綺閣空傳唱漏聲網軒未辨凌雲字遙遙珠帳連湘煙鶴扇一作羽如霜金骨仙碧簫曲盡彩霞動下視九州皆悄然秦王女騎紅尾鳳半一作來空回首晨雞弄霧一作露盖

錦城曲

蜀山攢黛留晴雪簝筍蕨芽縈九折江風吹巧剪霞綃花上千枝杜鵑血杜鵑飛入巖下叢夜叫思歸山月中巴水漾情情不盡文君織得春機紅怨魄未歸芳草死江頭學種相思子樹成寄與望鄉人白帝荒城一作城荒五千里

生禖屏風歌

玉墀暗接昆侖井井上無人金索冷畫壁陰森九子堂階前細一作碎月鋪花影繡屏銀鴨香蓊濛天上夢歸花繞叢宜男漫作後庭草不似櫻桃千子紅

嘲春風

春風何處好別殿饒芳草苒嫋轉鸞旗萎蕤吹雉葆芳歷九門澹蕩入蘭蓀爭奈白團扇時時偷主恩

舞衣曲

藕腸纖縷抽輕春煙機漠漠嬌娥一作娥嚬金梭淅瀝透空薄剪落交刀一作蛟吹斷雲張家公子夜聞雨夜向蘭堂思楚舞蟬衫麟帶壓愁香偷得鶯簧一作黃鶯鏁一作鎖金縷管含蘭氣嬌語悲胡槽雪腕鴛鴦絲芙蓉力弱應難定楊柳風多不自持迴嚬笑語西窗客星斗寥寥波脈脈不逐秦王卷象牀滿樓明月梨花白

張靜婉採蓮歌并序

靜婉羊侃妓也其容絕世侃自爲採蓮二曲令樂府所存失其故意因歌以俟採詩者事具載梁史

蘭膏墜髮紅玉春燕釵拖頸拋盤雲城邊（一作西）楊柳向嬌（一作橋）晚門前溝水波粼粼麒麟公子朝天客珂（一作珮）馬璫璫（一作堂堂一作當當）度春陌掌中無力舞衣輕剪斷鮫綃（一作鮹）破春碧抱月飄煙一尺腰麝臍龍髓（一作腦）憐嬌嬈（一作饒）秋羅拂水（一作衣）碎光動露重花多香不銷㶉鶒交交（一作膠膠）塘水滿綠芒（一作萍）如（一作金）粟蓮莖短一夜西風送雨來粉痕零落愁紅淺船頭折藕絲暗牽藕根蓮子相留連郎心似月月未（一作易）缺十五十六清光圓

湘宮人歌

池塘芳草濕夜半東風起生綠畫羅屏金壺貯春水黃粉楚宮人芳花（一作方飛）玉刻鱗娟娟照棊（一作臺）燭不語兩含嚬

黃曇子歌

參差綠蒲短搖豔雲（一作春）塘滿紅瀲蕩融融鶯翁鸂鶒暖萋芊小成（一作城）路馬上修蛾嬾羅衫裹回（一作向）風點粉金鸝卵

觱篥歌（李相妓人吹）

蠟煙如纛新蟾滿門外平沙（一作沙平）草芽短黑頭丞相九天歸夜聽飛瓊吹朔管情遠氣調蘭蕙薰天香瑞彩含絪縕皓然纖指都揭血日暖碧霄無片雲含商咀徵雙幽咽軟轂疏羅共蕭屑不盡長圓疊翠（一作彩）愁柳風吹破澄潭月鳴梭淅瀝金絲蘂恨語殷勤隴頭水漢將營前萬里沙更深一一霜鴻起十二樓前花正繁交枝簇蒂連壁門景陽宮女正愁絕莫使此聲催斷魂

照影曲

景陽妝罷瓊窗暖欲照澄明香步嬾橋上衣多抱彩雲金鱗（一作鮮）不動春塘滿黃印額山輕爲塵翠鱗（一作鮮）紅穉俱含嚬桃花百媚如欲語曾爲（一作謂）無雙今兩身

拂舞詞（一作公無渡河）

黃河怒浪連天來大響谹谹（一作肱肱）如殷雷龍伯驅風不敢上百川噴雪高崔嵬二十三（一作五）弦何太哀請公勿（一作莫）渡立徘徊下有狂蛟鋸爲尾裂帆截櫂磨霜齒神椎鑿石塞神潭白馬趁趕赤塵起公乎躍馬揚玉鞭滅沒高蹄日千里

太液池歌

腥鮮龍氣連清防花風漾漾吹細光疊瀾不定照天井倒影蕩搖（一作漾）晴翠長平碧淺春生綠塘雲容雨態連青（一作春）蒼夜深銀漢通柏梁二十八宿朝玉堂

雉場歌

茭葉萋萋接煙曙（一作樹）雞鳴埭上梨花露彩仗鏘鏘已合圍繡翎白頸遥相妒雕尾扇張金縷高碎鈴素拂驪駒豪綠場紅跡未（一作來）相接箭發銅（一作狼）牙傷彩毛麥隴桑陰小山晚六虬（一作虯）歸去凝笳遠城頭却望幾含情青（一作春）畝春（一作青）蕪連石（一作古）苑

雍臺歌

太子池南樓百尺入（一作八）窗新樹疏簾隔黃金鋪首畫鉤陳羽葆倖幢（一作亭童）拂交戟盤紆闌楯臨高臺帳殿（一作殿帳）臨流鸞扇開早鴈驚（一作聲）鳴細波起映花鹵簿龍飛迴

吳苑行

錦雉雙飛梅結子平春遠綠窗中起吳江澹畫水連空三尺屏風隔千里小苑有門紅（一作門）扇開天絲舞蝶共（一作俱）徘徊綺户雕楹長若此韶光歲歲如歸來

常林歡歌

宜城酒熟花覆橋沙晴綠鴨鳴咬咬（一作交交）穠桑繞舍麥如尾幽軋鳴機雙燕巢馬聲特特荆門道蠻水揚光色如草錦薦金爐夢正長東家咿（一作呃）喔雞鳴早

塞寒行

燕弓弦勁霜封瓦樸簌寒鵰睇平野一點黃塵起鴈喧白龍堆下千蹄馬河源怒濁（一作觸一作激）風如刀剪斷朔雲天更高晚出榆關（一作林）逐征北驚沙飛迸衝貂（一作征）袍心許凌煙名不滅年年錦字傷離別彩毫一畫竟何榮空（一作長）使青樓淚（一作泣）成血

湖陰詞（并序）

王敦舉兵至湖陰明帝微行視其營伍由是樂府有湖陰曲而亡其辭因作而附之

祖龍黃鬚珊瑚鞭鐵驄金面青連錢虎髯（一作須）拔劒欲成夢日壓賊營如血鮮海旗風急驚眠起甲重光搖照湖水蒼黃追騎塵外歸森索妖星陣前死五陵愁碧春萋萋霸川玉馬空中嘶羽書如電入青瑣雪腕如槌催畫鞞白虬（一作虯）天子金煌（一作鍠）鋩高臨帝座迴龍章吳波不動楚山晚花壓闌干春晝長

蔣侯神歌

楚神鐵馬金鳴珂夜動蛟潭生素波商風刮水報西帝廟前古樹蟠白蛇吳王赤斧斫（一作砍）雲陣畫堂列壁叢（一作戟排）霜刃巫娥傳意托悲絲鐸語琅琅理雙鬢湘煙刷翠湘山斜東方日出飛神鴉青雲自有黑龍子潘妃莫結丁香花

漢皇迎春詞

春草芊芊晴掃（一作拂）煙宮城大錦紅殷（於閒反）鮮海日初（一作如）融照仙掌淮王小隊（一作墜）纓鈴響獵獵東風䫻赤（一作展䫻）旗畫神金甲葱龍網鉅公步輦迎句芒複道掃（一作拂）塵燕（一作鸞）彗（一作篲）長豹尾竿前趙飛燕柳風吹盡眉間黃碧草含情杏花喜上林鶯囀遊絲起寶馬搖環萬騎歸恩光暗入簾櫳裏

全唐詩

溫庭筠

蘭塘詞

塘水汪汪鳧唼喋憶上江南木蘭檝繡頸(一作領)金鬟蕩倒光團團皺綠雞頭葉露凝荷卷珠淨圓紫菱刺短浮根纒(一作綿，一作鮮)小姑歸晚紅妝淺鏡裏芙蓉照水鮮東溝潏潏(一作繡繡)勞迴首欲寄一杯瓊液酒知道無郎卻有情長教月照相思柳

晚歸曲

格格水禽飛帶波孤光斜起夕陽多湖西山淺似相笑菱刺惹衣攢黛蛾青絲繫船(一作舟)向江木(一作水)蘭芽出土吳江曲水極晴搖泛灩紅草平春染煙綿綠玉鞭騎馬楊叛(一作白玉)兒刻金作鳳光參差丁丁暖漏滴花影催入景陽人不知彎堤弱柳遙相矚雀扇團(一作圓)圓掩香玉蓮塘艇子歸不歸(一作得)柳暗桑穠聞布穀

故城曲

漠漠沙堤煙堤西雉子斑雉聲何角角(音谷)麥秀桑陰閑遊絲蕩平綠明滅時相續白馬金絡頭東風故城曲故城殷貴嬪曾占未來(一作央)春自從香骨化飛作馬蹄塵

昆明池(一作治)水戰詞

汪汪積水光連(一作連碧)空重疊細紋晴漾(一作激，一作交激)紅赤帝龍孫鱗甲怒臨流一眄(一作時)生陰風鼉鼓三聲報天子雕旌(一作旗)獸艦凌波起雷吼濤驚白石(一作若)山石鯨眼裂蟠蛟死滇(一作滇)池海浦俱(一作浪相)喧豗青幟白旌(一作青翰畫鷁)相次來箭羽槍纓三百萬踏翻西海生塵埃茂陵仙去菱花老唼唼遊魚近煙島渺莽殘陽釣艇歸綠頭江鴨眠沙草

謝公墅歌

朱雀航南繞香陌謝郎東墅連春碧鳩眠高柳日方融綺榭飄飄紫庭客文楸方罫花參差心陣未成星滿池四座無喧梧竹靜金蟬玉柄俱持(一作支)頤對局含情(一作嚬)見千里都城已得長蛇尾江南王氣繫疎襟未許苻堅過淮水

罩魚歌(雜言)

朝罩罩城南(一作東)暮罩罩城西兩槳鳴幽幽蓮子相高低持罩入深水金鱗大如手魚尾迸圓波千珠落湘藕風颭颭雨離離菱尖茨刺(一作菱茨刺三字句)鸂鶒飛水連綱眼白如影淅瀝篷聲寒點微楚岸有花花蓋屋金塘柳色前溪曲悠溶(一作悠)杳若去無窮五色澄潭鴨頭綠

春洲曲

韶光染色如蛾翠綠濕紅鮮水容媚蘇小慵多蘭渚閑融融浦日鵁鶄寐紫騮蹀躞金銜嘶岸上揚鞭煙草迷門外平橋連柳堤歸來晚樹黃鶯啼

臺城曉朝曲

司馬門前火(一作柳)千炬闌干星(一作北)斗天將曙朱網龕鬖(一作髮)丞相車曉隨疊鼓朝天去博山鏡樹香茸茸裊裊浮航金畫龍大江斂勢避辰極兩(一作雙)闕深嚴煙翠濃

走馬樓三更曲

春姿暖氣昏神沼李樹拳枝紫芽小玉皇夜入未央宮長火千條照棲鳥馬過平橋通畫堂虎幡(一作旛)龍戟風飄(一作悠)揚簾間(一作前)清唱報寒點丙舍無人遺燼香

達摩(一作磨)支曲(雜言)

擣麝成塵香不滅拗蓮作寸絲難絕紅淚文姬洛水春白頭蘇武天山雪君不見無愁高緯花漫漫漳浦宴餘清露寒一旦臣僚共囚虜欲吹羌管先汍瀾舊臣頭鬢霜華(一作雪)早可惜雄心醉中老萬古春歸夢不歸鄴城風雨連天草

陽春曲

雲母空窗曉煙薄香昏龍氣凝暉閣霏霏霧雨杏花天簾外春威(一作寒)著羅幕曲闌伏檻金麒麟沙苑芳郊連翠茵廄馬何能齧芳草路人不敢隨流塵

湘東宴曲

湘東夜宴金貂人楚女含情嬌翠嚬玉管將吹插鈿帶錦囊斜拂雙麒麟重城漏斷孤帆去唯恐瓊籤報天曙萬戶沈沈碧樹圓雲飛雨散知何處欲上香車俱脉脉清歌響斷銀屏隔堤外紅塵蠟(一作蜜)炬歸樓前澹月連江白

東郊行

鬬雞臺下東西道柳覆班騅蝶縈草坱靄韶容鑠澹愁青筐葉盡蠶應(一作春蠶)老綠渚幽香生(一作注)白蘋差差小浪吹魚鱗王孫騎馬有歸意(一作思)林彩着空(一作空中)如細塵安得人(一作)一生各相守燒船破棧休馳(一作狂)走世上方(一作多)應無別離路傍更長千株柳

水仙謠

水客夜騎紅鯉魚赤鸞雙鶴蓬瀛書輕塵不起雨新霽萬里孤光含碧虛露魄(一作晃)冠輕見雲髮寒絲七炷(一作柱)香泉咽夜深天碧亂山姿光碎平(一作玉)波滿船月

東峯歌

錦礫潺湲玉溪水曉來微雨藤(一作蕉)花紫冉冉山雞紅尾長一聲樵斧驚飛起松刺梳(一作流)空石差齒煙香風軟人參蘂陽崖一夢伴雲根仙菌靈芝夢魂裏

會昌丙寅豐歲歌(雜言)

丙寅歲休牛馬風如吹煙日如渥赭九重天子調天下春綠將年到西野西野翁生兒童門前好樹青芊芊芊單衣麥田路村南娶婦桃花紅新姑車右(一作石)及門柱粉項(一作頸)韓憑雙扇中喜氣自能成歲豐農祥爾物(一作勿)來爭功

碌碌古詞

左亦不碌碌右亦不碌碌野草自(一作著，一作白)根肥羸牛生健犢融蠟作杏蔕男兒不戀家春風破紅意女頰如桃花忠言未(一作不)見信巧語翻咨嗟一鞘無(一作沒)兩刃(一作刀)徒勞油壁車

春野行(雜言)

草淺淺春如剪花壓李娘愁飢蠶欲成繭東城年少(一作少年)氣堂堂金丸驚起雙鴛鴦含羞更問衛公子月到枕前(一作邊)春夢長

醉歌

簷柳初黃燕新(一作初)乳曉碧芊綿過微雨樹色深含臺榭情鶯聲巧作煙花主錦袍公子陳杯觴撥醅百甕春酒香入門下馬問誰在降堦握手登華堂臨卭美人連山

肴低抱琵琶含怨思朔風繞指我先笑明月入懷君自知勸君莫惜金一作芳樽酒年少須臾如覆手辛勤到老慕箪瓢於我悠悠竟何有洛陽盧仝一作生稱文房妻子腳禿舂黃糧阿耋光顏不識字指麾豪儁如驅羊天犀壓斷朱鼷一作鼷鼠瑞錦驚飛金鳳皇其餘豈足霑牙齒欲用何能報天子駑馬垂頭搶暝塵驊騮一日行千里但有沈冥醉客家支頤瞪目持流霞唯恐南園風雨落一作作碧蕪狼籍棠梨花

江南曲

妾家白蘋浦日上芙蓉檝軋軋搖槳聲移舟入茭葉溪長茭葉深作底難相尋避郎郎不見鸂鶒自浮沈拾萍萍無根採蓮蓮有子不作浮萍生寧爲一作作藕花死岸傍騎馬郎烏帽紫遊韁含愁復含笑回首問橫塘妾住金陵浦一作步門前朱雀航流蘇持作帳芙蓉持作梁出入金犢幰兄弟侍中郎前年學歌舞定得郎相許連娟眉繞山依約腰如杵一作柳鳳管悲若咽鸞弦嬌欲語扇薄露紅鉛羅輕壓金縷明月西南樓珠簾瑇瑁鉤橫波巧能一作相笑彎蛾不識愁花開子留樹草長根依土早一作上聞金溝遠底事歸郎許不學楊白花一作楊花白一作閨中婦朝朝淚如雨

堂堂一作錢唐曲

錢唐岸上春如織淼淼寒潮帶晴色淮南遊客馬連一作頭嘶嘶碧草迷人歸不得風飄客意一作思如吹煙纖指殷勤傷雁弦一曲堂堂紅燭筵長鯨一作金鯨瀉酒如飛泉

惜春詞

百舌問花花不語低迴似恨橫塘雨蜂爭粉蘂蝶分香不似垂楊惜金縷願君一作言留得長妖韶莫逐東風還蕩搖秦女含嚬向煙月愁紅帶露空迢迢一作寥寥

春愁曲

紅絲穿露珠簾冷百尺啞啞下纖綆遠翠愁山入臥屏兩重雲母空烘影涼簪墜一作墮髮春眠重玉兔熅香一作銀盃柳如夢錦疊空牀委墮一作墜紅颸颸掃尾雙金鳳蜂喧蝶駐俱一作戲悠揚柳拂赤欄纖草長覺後梨花委平綠春風和雨吹池塘

蘇小小歌

買蓮莫破券買酒莫解金酒裏春容抱離恨水中蓮子懷芳心吳宮女兒腰似束家在一作住錢唐小江曲一自檀郎逐便風門前春水年年綠

春江花月夜詞

玉樹歌闌海雲黑花庭忽作青蕪國秦淮有水水無情還向金陵漾春色楊家二世安九重不御華芝嫌六龍百幅錦帆風力滿連天展盡金芙蓉珠翠丁星復明滅龍頭劈浪哀笳發千里涵空澄一作照水魂萬枝破鼻飄一作颸香雪漏轉霞高滄海西頗黎一作玻璃枕上聞天雞鸞弦代寫一作雁曲如語一醉昏昏天下迷四方傾一作酒動煙一作風塵起猶在濃香一作圓夢魂裏後主荒宮有曉鶯飛來只隔西江水

懊惱曲

藕絲作線難勝鍼蘂粉染黃那得深玉白蘭芳不相顧青一作紅一作偈樓一笑輕千金莫言自古皆如此健劍刺鐘鉛繞指三秋庭綠盡迎霜惟有荷花守紅死廬一作西江小吏朱斑輪柳縷吐芽香玉春一作析兩股金釵已相許不令獨作空成一作城塵悠悠楚水流如馬恨紫愁紅滿平野野土千年怨不平至今燒作鴛鴦瓦

三洲詞

團圓一作圓莫作波中月潔白莫一作無爲枝上雪月隨波動碎潾潾雪似梅花不堪折李娘十六青絲髮畫帶雙花爲君結門前有路輕一作生別離唯一作只恐歸來舊香滅

全唐詩

溫庭筠

春曉曲一作齊梁體

家臨長信往來道乳燕雙雙拂一作掠煙草一作早油壁車輕金犢肥流蘇帳曉春雞早籠中嬌鳥暖猶睡簾外落花閑不掃衰桃一樹近前池似惜紅顏鏡中老

獵騎辭

早辭平扆殿夕奉湘南宴香兔抱微煙重鱗疊輕扇蠶一作僕飢使君馬雁避將軍箭寶柱惜離弦流黃悲赤縣理釵低舞鬢換袖迴歌面晚柳未如絲春花已如霰所嗟故里曲不及青樓宴一作燕

西州詞吳聲

悠悠復悠悠昨日下西州西州風色好遙見武昌樓武昌何鬱鬱儂家定無匹小婦被流黃登樓撫瑤瑟朱弦繁復輕素手直淒清一彈三四解掩抑似含情南樓登且望西江廣復平艇子搖兩槳催過石頭城門前烏臼樹慘澹天將曙鸂鶒一作鷺鷥飛復還郎隨早帆去迴頭語同伴定復負情儂去帆不安幅作抵使西風他日相尋索莫作西州客西州人不歸春草年年碧

燒歌

起來望南山山火燒山田微紅夕一作久如滅短焰復相連差差向巖石冉冉凌青壁低隨迴風盡遠照簷茅一作檐茅赤

鄰翁能楚言倚插欲潸然自言楚越俗燒畬爲（一作作）早（一作早）田豆苗蟲促促籬上花當屋廢棧豕歸欄廣場雞啄粟新年春雨晴處處賽神聲持錢就人卜敲瓦隔林鳴卜得山上（一作上山）卦歸來桑棗下吹火向白茅（一作葦）腰鐮映赬蔗風驅槲葉煙槲樹連平山迸星拂霞外飛燼落階前仰面呻（一作呼）復噫鵶娘咒豐歲誰知蒼翠容盡作官家稅

長安寺

仁祠寫露宮長安佳氣濃煙樹含葱蒨金剎映萃茸繡户香焚象珠網玉盤龍寶題斜（一作新）翡翠天井倒芙蓉幡長迴遠吹牕虛含曉風遊騎迷青鎖歸鳥思華鐘雲栱承跗邐羽葆背花重所嗟蓮社客輕蕩不相從

和沈參軍招友生觀芙蓉池

桂棟坐清曉瑶琴商（一作瑟雙）鳳絲況聞楚澤香適與秋風期遂從（一作使）櫂萍客靜嘯煙草渻倒影迴澹蕩愁紅媨漣漪湘莖久鮮（一作蘚）澀宿雨增離披而我江海意（一作客）楚遊動（一作勤）夢思北渚水雲葉（一作叢一作蔓）南塘煙霧（一作露）枝豈亡（一作無）臺（一作池）榭芳獨與鷗鳥知珠墜魚迸淺影多鳧泛遲落英不可攀（一作搴）返照昏澄陂

寓懷

誠足不顧（一作顧）得妄矜徒有言語斯諒未盡隱顯何（一作可）悠然洵彼都邑盛眷惟車馬喧自期尊客卿非意干王孫衒知有貞（一作眞）爵處實非厚顏苟無海岱（一作岳）氣奚取壺漿恩唯絲（一作師）南山楊適我松菊香鵬鷃誠未（一作來）憶誰謂淩風翮

余昔自西濱得蘭數本移藝於庭亦既逾歲而芃然蕃殖自余遊者未始以芳草爲遇矣因悲夫物有厭常而反（一作返）不若混然者有之焉遂寄情於此

寓賞（一作質）本殊致意幽非我情吾常有流（一作疏）淺外物無重輕各言藝幽深彼美香素莖豈爲賞者設自保孤根生易地無赤株麗土亦同榮賞際林壑近泛餘煙露清余懷既鬱陶爾類徒縱橫妍蚩苟不信寵辱何爲驚貞（一作眞）隱諒無迹激時猶揀名幽叢靄綠畹豈必懷歸耕

秋日

爽氣變昏旦神皋偏原隰煙華久蕩搖石澗仍清急柳闇山犬吠蒲荒水禽立菊花明欲迷棗葉光如濕天籟思林嶺車塵倦都邑讜張夙所違悔恡何由入芳草秋可藉幽泉曉堪汲牧羊燒外鳴林果雨中拾復此遂閑曠翛然脫羈縶田收鳥雀喧氣肅龍蛇蟄佳節足豐穰良朋阻遊集沈機日寂寥葆素常呼吸投迹倦攸往放懷志所執良時有東菑吾將事蓑笠

七夕

鳴機札札停金梭芙蓉澹蕩生池（一作秋水）波神（一作夜）軒紅粉陳香羅鳳（一作風）低蟬薄愁雙蛾微光奕奕凌天（一作曙）河鸞咽鶴唳飄颻歌彎橋銷盡愁奈（一作奈愁）何天氣駘蕩雲陂陁平明花木有秋（一作愁）意（一作思）露濕綠盤蛛網多

酬友人

辭榮亦素尚倦遊非夙心寧復思金籍獨此臥煙林閑雲無定貌佳樹有餘陰坐久芰荷發釣闌（一作餘）茭葦深遊魚自搖漾（一作蕩）浴鳥故浮沈唯君清露夕一爲灑煩襟

觀舞妓

朔音悲嘒管瑶踏動芳塵總袖時增怨聽破復含嚬凝腰倚風軟花題照錦春朱弦固凄緊瓊樹亦迷人

邊笳曲（一作齊梁體）

朔管迎秋動雕陰（一作音）雁來早上郡隱黃雲天山吹白草嘶馬悲（一作渡）寒磧朝陽照霜堡江南戍客心（一作情）門外芙蓉老

經西塢偶題

搖搖弱柳黃鸝（一作鶯）啼芳草無情人自迷日影明滅金色鯉杏花唼喋青頭雞微紅柰（一作榛）蒂惹蜂粉潔白芹芽穿（一作入）燕泥借問含嚬向何事昔年曾到武陵溪

金虎臺

碧草連金虎青苔蔽石麟皓齒芳塵起纖腰玉樹春倚瑟紅鉛濕分香翠黛嚬誰言奉陵寢相顧復沾巾

俠客行（一作齊梁體）

欲出鴻都門陰雲蔽城闕寶劒黯如水微紅濕餘血白馬夜頻驚（一作嘶）三更霸陵雪

詠曉

蟲歌紗牕靜鵶散碧梧寒稍驚朝珮動猶傳清漏殘亂珠凝燭淚微紅上露盤褰（一作搴）衣復理鬢餘潤拂芝蘭

芙蓉

刺莖澹蕩碧（一作綠）花片參差紅吳歌秋水冷湘廟夜雲空濃豔香露裏美人青（一作清）鏡中南樓未歸客一夕練塘東

敕勒歌塞北（一本無塞北二字）

敕勒金𨱇（一作隤一作墳）壁（一作碧）陰山無歲華帳外風飄雪營前月照沙羌兒吹玉管胡姬踏錦花却笑江南客梅落不歸家

邯鄲郭公詞

金笳悲故曲玉座積深塵言是（一作念）邯鄲伎不見（一作易）鄴城人青苔竟埋骨紅粉自傷神唯有漳（一作淬）河柳還向舊營春

古意

莫莫復莫莫絲蘿緣澗壑散木無斧斤纖莖得依（一作所）託枝低浴鳥歇根靜懸泉落不慮見春遲空傷致身錯

齊宮

白馬雜金飾言從雕輦迴粉香隨笑度鬢態伴愁來遠水斜如剪青莎綠似裁所恨章華日冉冉下層臺

春日（一作齊梁體）

柳岸（一作暗）杏（一作）花稀梅梁乳燕飛美人鸞鏡笑嘶馬雁門歸楚宮雲影薄臺城心賞違從來千里恨邊色滿戎（一作戍）衣

詠春幡

閑庭見早梅花影爲誰栽（一作裁）碧煙隨刃落蟬鬢覺春來代（一作戍）郡嘶金勒梵聲（一作河陽）悲鏡臺玉釵風不定香步獨徘徊

陳宮詞

雞鳴人草草香輦出宮花妓語細腰轉馬嘶金面斜早鶯隨綵仗驚雉避凝（一作鳴）笳淅瀝湘風外紅輪映曙霞

春日野行

騎馬踏煙莎青春奈怨何蝶翎朝（一作胡）粉盡鴉背夕陽多柳豔欺芳帶山愁縈翠蛾別情無處說方寸是星河

詠嚬（一作齊梁體）

毛羽（一作羽薄）歛愁翠黛嬌攢豔春恨容偏落淚低態定思人枕上夢隨月扇邊歌遶塵玉鉤鸞不住波淺石磷磷（一作白粼粼）

中書令裴公挽歌詞二首

王儉風華首蕭何社稷臣丹陽布衣客蓮渚白頭人銘勒燕山暮碑沈漢水春從今虛醉飽無復汙車茵

箭下妖星落風前殺（一本缺）氣迴國香荀令去樓月庾公來玉璽終無慮金縢意不開空嗟薦賢路芳草滿燕臺

唐莊恪太子挽歌詞二首（一本無唐字）

疊鼓辭宮殿悲笳降杳冥影離雲外日光滅火前星鄴客瞻秦苑商公下漢庭依依陵樹色空繞古（一作九）原青

東府虛容衛西園寄夢思鳳懸吹曲夜雞斷問安時塵陌都人恨霜郊賵馬悲唯餘埋璧地煙草近丹（一作前）墀

祕書劉尚書挽歌詞二首

王筆活鸞鳳謝詩生芙蓉學筵開絳帳談柄發洪鐘粉署見飛鵬玉山猜臥龍遺風麗（一作洒）清韻蕭散九原松

麈尾近良玉鶴裘吹素絲壞陵殷浩謫春墅謝安棊京口貴公子襄陽諸女兒折花兼踏月多唱柳郎詞

太子西（一無西字）池二首（一作齊梁體）

梨花雪壓枝鶯囀柳如絲懶逐粧成曉春融夢覺遲鬢輕全作影嚬淺未成眉莫信張公子窗間斷暗期

花紅蘭紫莖愁草雨新晴柳占三春色鶯偷百鳥聲日長嫌輦重風暖覺衣輕薄暮香塵起長楊落照明

西陵道士茶歌

乳竇濺濺通石脈綠塵愁草春江色澗花入井水味香山月當人松影直仙翁白扇霜鳥翎拂壇夜讀（一作誦）黃庭經疎香皓齒有餘味更覺鶴心通杳冥

過西堡塞北

淺草乾河濶叢棘廢城高白馬犀七（一作紋犀）首黑裘金佩刀霜清徹兔目風急吹鵰毛一經何用厄日（一作巳）暮涕沾袍

全唐詩

溫庭筠

送李億（一作憶）東歸

黃山遠隔秦樹紫禁斜通渭城別路青青柳弱前溪漠漠苔生和風澹蕩歸客落月殷勤早鶯灞上金樽未飲讌歌已有餘聲

開聖寺

路分谿石夾煙叢十里蕭蕭古樹風出寺馬嘶秋色裏向陵鴉亂夕陽中竹間泉落山廚靜塔下僧歸影殿空猶有南朝舊碑在恥（一作敢）將興廢問休公（一作漁翁）

贈蜀府將（蠻入成都頻著功勞一本無府字）

十年分散劒關秋萬事皆隨（一作從）錦水流志（一作心）氣已曾明漢節功名猶自（一作尚）滯（一作帶）吳鉤鵰邊認箭寒雲重馬上聽笳塞草愁今日逢君倍惆悵灌嬰韓信盡封侯

西江貽釣叟騫生（一作西江寄友人騫生）

晴江（一作碧天）如鏡月如鉤泛灩蒼茫送（一作逃）客愁（一作遊）夜淚潛生竹枝曲春潮（一作灘一作朝）遙上（一作聽）木蘭舟事隨雲去身（一作心）難到夢逐煙銷水自流昨日歡娛竟何在（一作有一作事）一枝梅謝楚江頭

寄清源（一作涼）寺僧

石路無塵竹徑開昔年曾伴戴顒來窗間半偈聞鐘後松下殘棊送客回簾（一作簷）向玉峰藏（一作籠）夜雪砌因藍（一作流）水長秋苔白蓮社（一作會）裏如相問為說（一作道一作說與）遊人是姓雷

重遊圭（一作東）峰宗密禪師精廬（一作哭盧處士）

百尺青崖三尺墳微（一作玄）言已絕杳難聞戴顒今日稱居士支遁他年識領軍暫對杉（一作山）松（一作松杉）如結社偶同（一作因）麋鹿自成羣故山弟子空迴首蔥嶺唯（一作還）應見宋（一作彩）雲

題李處士幽居

水玉簪頭白（一作戴）角巾瑤琴寂歷拂輕塵濃陰似帳紅薇晚細雨如煙（一作珠）碧草春（一作新）隔竹見籠疑有鶴捲簾看畫靜（一作更）無人南山（一作窗）自是（一作有）忘年（一作機）友谷口徒（一作空）稱鄭子真

利州南渡

澹然空水對（一作帶）斜暉曲島蒼茫接翠微波（一作坡）上馬嘶看櫂去柳邊人歇待船歸數叢沙草羣鷗散萬頃江田一鷺飛誰解乘舟尋范蠡五湖煙水獨忘機

贈李將軍

誰言荀羨愛功勳年少登壇眾所聞曾以能書稱內史又因明易號將軍金溝故事春長在玉軸遺文（一作圖）火半焚不學龍驤畫山水（一作色）醉鄉無跡似閑雲

寒食日作

紅深綠暗逕相交抱暖含芳（一作春）披（一作被）紫袍綵索平時牆婉娩輕毬落處晚（一作花）寥梢（一作捎）窗中草色妬雞卵盤上芹泥憎燕巢自有玉樓春（一作芳）意在不能騎馬度煙郊

李羽處士寄新醞走筆戲酬

高談有伴還成藪沈醉無期即是鄉已恨流鶯欺（一作期）謝客更將浮蟻與劉郎簷前柳色分張綠窗外花枝借助香所恨玳筵紅燭夜草玄寥落近迴塘

郊居秋日有懷一二知己

稻田鳬雁滿晴沙釣渚歸來一逕斜門帶果林招邑吏井分蔬圃屬鄰家皐原寂歷垂禾穗桑竹參差映豆花自笑謾懷經濟策不將心事許煙霞

題友人池亭（一作偶題林亭）

月榭風亭繞曲池粉（一作棘）垣（一作牆）迴互瓦參差侵簾（一作簷）片白（一作白片）搖翻影落鏡愁紅（一作紅愁）寫倒枝鸂鶒刷毛花蕩漾鷺鷥拳足雪離披山翁醉後如相憶羽扇清樽我自知

南湖

湖上微風入檻涼翻翻菱荇（一作荷芰）滿迴塘野船著岸偎春草水鳥帶波飛夕陽蘆葉有聲疑霧雨浪花無際似瀟湘飄然篷艇（一作蓬頂）東歸（一作遊）客盡日相看憶楚鄉

贈袁司錄（即丞相淮陽公之猶子與庭筠有舊也）

一朝辭滿有心期花發楊園雪壓（一作覆）枝劉尹故人諳往事謝郎諸弟得新知金釵醉就胡姬畫（一作盡）玉管閑留洛客吹記得襄陽耆舊語不堪風景（一作雨）峴山碑

題西明寺僧院

曾識匡山遠法師低松片石對前墀為尋名畫來過院

寺(一作)因訪閑人得看棊新雁參差雲碧處寒鴉遼(一作寥)亂(一作繞)(一作落)葉紅時自知終有張華識不向滄洲理釣絲

偶題

微風和暖日鮮明草色迷人向渭城吳(一作洛)客捲簾閑不語楚娥攀樹獨含情紅垂果蔕櫻桃重黃染花叢蝶粉輕自恨青樓無近信不將心事許卿卿

寄湘陰閻少府乞釣輪子

釣輪形與月輪同獨繭和煙影似空若向三湘逢雁信莫辭千里寄漁翁蓬聲夜滴松江雨(一作滿)菱葉秋傳鏡水風終日垂鈎還有意尺書多在錦鱗中

哭王元裕

聞說蕭郎逝川伯牙因(一作)此絕清弦柳邊猶憶青(一作紅)驄影墳上俄生碧草煙篋裏詩書疑謝後夢中風貌似潘前他時若到相尋處碧樹紅樓自宛然

法雲寺(一本無寺字)雙檜(一作晉朝柏樹)

晉朝名輩此離羣想對濃陰去住分題處尚尋王內史畫時應是顧將軍長廊夜靜聲疑雨古殿秋深影勝雲一下南臺到人世曉(一作晚)泉清籟更難(一作誰)聞

送陳(一作嘏)之侯(一作候)官兼簡李常侍

縱得步兵無綠蟻不緣句漏有丹砂殷勤爲報(一作門)同袍友我亦無心似海槎(一作査)春服照塵連(一作遠)草色夜船聞雨滴蘆花梅仙(一作山梅)自是青雲客莫羨相如却到家

春日野行(一作野步)

雨漲西塘(一作西塘水)金堤斜(一作日)碧草芊芊(一作晴)(一作青)吐芽野岸明媚(一作滅)山芍藥水田叫噪官蝦蟇鏡(一作湖)中有浪動菱蔓(一作芰)陌上無風飄(一作吹)柳花何事輕橈(一作扁舟)句(一作向)溪客綠萍方(一作難)好不歸家

溪上行

綠塘漾漾煙濛濛張翰此來情不窮雪羽䳄褷立倒影金鱗撥(一作拔)剌跳晴空風翻荷葉一向白雨濕蓼花千穗紅心羨夕陽波上客片時歸夢(一作去)釣船中

投(一作上)翰林蕭舍人

人間鵷鷺杳難從獨(一作猶)恨金扉直九(一作幾)重萬象晚(一作曉)歸仁壽鏡百花春隔(一作滿)景陽鐘紫微芒動詞初出紅燭(一作蠟)香殘誥未封每過朱門愛庭樹一枝何日許相(一作從)容

春日偶作

西園一曲豔陽歌擾擾車塵負薜蘿自欲放懷猶未得不知經世竟如何夜聞猛雨判花盡寒戀重衾(一作裘)覺夢多釣渚別來應更好春風還爲起微波

春暮宴罷寄宋壽先輩

斜掩朱門花外鐘曉鶯時節好相逢窗間桃蘂(一作夢)宿粧在雨後牡丹春睡濃蘇小風(一作千)姿迷下蔡馬卿才調(一作詞賦)似臨卭誰憐芳草生(一作連)三徑參佐橋西陸士龍

馬嵬驛

穆滿曾爲物外遊六龍經此暫淹留返魂無驗青煙滅埋血空生(一作成)碧草愁香輦却歸長樂殿曉鐘還下景陽樓甘泉不復(一作得)重相見誰道文成是故侯

和道溪君別業(一作和友人溪居別業)

積潤初銷碧草新鳳陽晴日帶雕輪風(一作絲)飄弱柳平橋晚雪點寒梅小苑春屏上樓臺陳後主鏡中金翠李夫人花房透露(一作露透)紅珠落蛺蝶雙(一作變)飛護粉塵

奉天西佛寺

憶昔狂童犯順年玉虬閑暇出甘泉宗臣欲舞千鈞(一作金)劍追騎猶觀七寶鞭星背紫垣終掃地日歸黃道却當天至今南頓(一作嶺)諸耆舊猶指榛蕪作弄田

題望苑驛(東有馬嵬驛西有端正樹一作相思樹)

弱柳千條杏一枝半含春雨半垂(一作含)絲景陽寒井人難到(一作見)長樂晨鐘鳥(一作曉)自知花影至今(一作幾年)通博望樹名從此(一作何世)號相思分明(一作至今)十二樓前月不向西陵照盛(一作感)姬

寄分司元庶子兼呈元處士

閑門高臥莫長嗟水木凝暉屬謝家緱嶺參差殘曉雪洛波清淺露晴沙劉公春盡蕪菁色華廙愁深(一作多)苜蓿花月榭知君還悵望碧霄煙潤雁行斜

題柳

楊柳千條拂面絲綠煙金穗不勝吹(一作移)香隨靜婉歌塵起影伴嬌嬈(一作嬈)舞袖垂羌管(一作笛)一聲何處曲(一作笛)流鶯百囀最高枝千門九陌(一作曲)花如雪飛過宮牆兩自(一作不)知

和友人悼亡(一作喪歌姬)

玉貌潘郎淚滿衣畫羅輕鬢雨霏微紅蘭委露愁難盡白馬朝天望不歸寶鏡塵昏鸞影在鈿箏弦斷雁行稀春來多少傷心事(一作春來幾許傷心事)碧草侵堦粉蝶飛

李羽處士故里

柳不成絲草帶煙海槎東去鶴歸天愁腸斷處春何限病眼開時月正圓花若有情還(一作應)悵望水應無事莫潺湲終知此恨銷難盡(一作得難消遣)辜負南華第二(一作一)篇

却經(一作歸)商山寄昔同行人

曾道(一作諳)逍遙第一篇爾來無處(一作何事)不恬然便同南郭能忘象兼笑東林學坐禪人事轉新花爛熳客(一作驛)程依舊水潺湲若教猶作當時意應有垂絲在鬢邊

池塘七夕(一作初秋)

月出西南露氣秋綺羅(一作寮一作倚霄)河漢在斜溝(一作樓)楊家繡作鴛鴦幔張氏金爲翡翠鈎香(一作銀)燭有花(一作光)妨宿燕畫(一作曉)屏無睡待牽牛萬家砧杵三篙水一夕橫塘似(一作是)舊遊

偶遊

曲巷斜臨一水間小門終日不開關紅珠斗帳櫻桃熟金尾屏風孔雀閑雲髻幾迷芳草蝶額黃無限夕陽山與君便是鴛鴦侶休(一作不)向人間覓往還

寄河南(一作北)杜少尹

十載(一作歲)歸來鬢未凋玳簪珠履見常僚豈關名利分榮路自有才華作慶霄鳥影參差(一作不飛)經上苑騎聲斷(一作相)續過中(一作平)橋夕陽亭畔(一作下)山如畫應念田歌正寂寥

贈知音(一作曉別)

翠羽花冠碧樹雞未明先向(一作上)短牆啼窗間(一作前)謝女青蛾斂門外蕭郎白馬嘶星漢漸移庭竹影露珠猶綴野花迷(一作殘曙微星當戶沒澹煙斜月照樓低)上陽(一作景)宮裏鐘初(一作聲)動不語垂鞭上柳堤(一作過)

過陳琳墓

曾於青史見遺文今日飄蓬(一作零)過古(一作此)墳詞客有靈應

九·五　五七八

識我霸才無主始（一作亦）憐君石麟埋没藏春（一作秋）草銅雀荒涼對暮雲莫怪臨風倍惆悵欲將書劒學從軍

題崔公池亭舊遊（一作題懷貞亭舊遊）

皎鏡方（一作芳）塘菡萏秋此來重見採蓮舟誰能不逐（一作遂）當年樂還恐添成（一作爲）異日愁紅豔影（一作花）多風嫋嫋碧空雲斷水悠悠簷前依舊青山色盡日無人獨上樓

回中作

蒼莽寒空遠色愁嗚嗚戍角上高樓吴姬怨思吹雙管燕客悲歌別（一作上，一作動）五侯千里關山邊草暮一星烽火朔雲秋夜來霜重西風起隴水無聲凍（一作噎）不流

西江上送漁父

却逐嚴光向若耶釣輪菱（一作葵）櫂寄年華三秋梅雨愁楓葉一夜篷舟宿葦花不見水雲應有夢偶隨鷗鷺（一作煙鳥，一作鳥）便成家白蘋風起樓船暮江燕雙雙五兩（一作正雨）斜

經故秘書崔監揚州南塘舊居

昔年曾識范安成（一作謝宣城）松竹風姿鶴性情西掖曙河橫漏響北山秋月照江聲（一作唯向舊山留月色偶逢秋澗似琴聲）乘舟覓吏經輿縣爲酒求官得步兵千頃水流通故墅至今留得謝公名（一作玉柄寂寥譚客散却尋池閣淚縱橫）

七夕

鵲歸燕（一作鸞）去兩悠悠青瑣西南月似鉤天上歲時星右（一作又）轉世間離別（一作恨）水東流金風入樹千門夜銀漢橫空萬象秋蘇小橫（一作同）塘通桂檝未應清淺隔牽牛

題韋籌博士草堂（一作薛逢詩題作韋壽博書齋）

玄晏先生已白頭不隨鵷鷺狎羣鷗元卿謝免開三徑平仲朝歸臥一裘醉後獨知殷甲子病來猶作晉春秋滄浪未濯塵纓在（一作塵纓未濯今如此）野水無情處處流

和友人題壁

沖尚猶來出範圍肯將經（一作輕）世（一作濟）作風徽三台位缺嚴陵臥百戰功高范蠡歸自（一作剩）欲一鳴（一作名）驚（一作添）鶴寢不應孤憤學牛衣西州未有看棋暇澗户何由（一作因）得掩扉

春日將欲東歸寄新及第苗紳先輩（一作下第寄司馬札）

幾年辛苦與君同得喪悲歡盡是空猶喜故人先折桂自憐羈客尚飄蓬三春月照千山道（一作路）十日花開一夜風知有杏園無路（一作計）入馬前惆悵滿枝紅

經李徵君故居（一作王建詩）

露濃煙重草萋萋樹映闌干柳拂堤一院落花無客醉五更殘月有鶯啼芳筵想像情難盡故榭荒涼路已迷惆悵羸驂往來慣（一作風景宛然人自改）每（一作却）經門巷亦長（一作馬頻）嘶

送崔郎中（一作判官）赴幕

一別黔巫（一作南）似斷弦故交東去更淒（一作潸）然心遊目送（一作斷）三千里雨散雲飛（一作收）二十年發跡豈勞天上桂屬詞還得幕中蓮相思休話（一作莫道）長安遠江月隨人處處圓

經舊遊（一作懷真珠亭）

珠箔金（一作銀）鉤對（一作近）彩橋昔年於（一作曾）此見嬌嬈（一作饒）香燈悵望飛瓊鬢涼月慇勤碧玉簫屏倚故窗山六扇柳垂寒砌露千條壞牆經雨蒼苔遍拾得當時舊翠翹

老君廟

紫氣氤氲捧半巖蓮峯仙掌共巉巉廟前晚色（一作古木）連寒水天外斜陽帶遠帆百二關山扶玉座五千文字閟瑶緘自憐金骨無人識知有飛龜在石函

過（一作經）五丈原

鐵馬雲雕（一作騅）久（一作共）絶塵柳陰高壓漢營（一作宫）春天晴（一作清）殺氣屯關右夜半妖星照渭濱下國臥龍空誤（一作寤）主中原逐（一作得）鹿不因（一作由）人象牀錦（一作寶）帳無言語從此譙周是老（一作舊）臣

和友人（一作王秀才）傷歌姬

月缺花殘莫愴然花須終發月終（一作須）圓更能何事銷芳念亦有濃華委逝川一曲豔歌留婉（一作宛）轉九原春草妬（一作葬）嬋娟王孫莫學多情客自古多情損少年

山中與諸道友夜坐聞邊防不寧因示同志

龍砂（一作沙）鐵馬犯煙塵跡近羣鷗意倍親風卷蓬根屯戊己月移松影守庚申韜鈐豈足爲經濟巖壑何嘗是隱淪心許故人知此意古來知者竟誰（一作何）人

秘書省有賀監知章草題詩筆力遒健風尚高遠拂塵尋玩因有此（一作此有）作（一作過賀監舊宅）

越溪漁客賀知章任達憐才愛酒狂鸂鶒葦花隨釣艇蛤蜊菰菜（一作葉）夢橫塘幾年涼月拘華省一宿秋風憶故鄉榮路脱身終自得福庭迴首莫相忘出籠（一作羣）鸞鶴歸（一作辭）遼海落筆龍蛇滿壞牆李白死來無醉客可憐神彩弔殘陽

題裴晉公林亭

謝傅林亭暑氣微山丘零落閟音徽東山終爲蒼生起南浦虛言白首歸池鳳已傳春水浴渚禽猶帶夕陽飛悠然到此忘情處一日何妨有萬幾

全唐詩

溫庭筠

車駕西遊因而有作

宣曲長楊瑞氣凝上林狐兔待秋鷹誰將詞賦陪雕輦寂寞相如臥茂陵

傷溫德彝（一作傷邊將）

昔年戎虜犯榆關一敗（一作破）龍城匹馬還侯印不聞封李廣他（一作別）人丘壟似天山

贈少年

江海相逢客恨多秋風葉下洞庭波酒酣夜別淮陰市月照高樓一曲歌

贈（一作題）鄭徵君家匡山首春與丞相贊皇公遊止

一抛蘭櫂逐燕（一作征）鴻曾向江湖識謝公每到朱門還悵望故山多在畫屏中

夏中（一作日）病痁作

山鬼揚威正氣愁便辭珍簟襲狐裘西窗一夕悲人事團（一作圓）扇無情不待秋

題友人居

盡日松堂看畫圖綺疏岑寂（一作寂寞）似清都若教煙水無鷗鳥張翰何由到五湖

題李相公敕賜錦屏風

豐沛曾爲社稷臣賜書名畫墨猶新幾人同保山河誓

猶(一作獨)自栖栖九陌塵

蔡中郎墳

古墳零落野花春聞說中郎有後身今日愛才非昔日
莫抛心力作詞人

元處士池上

蓼穗菱(一作茭)叢思蟪蛄水螢江鳥滿煙蒲愁紅一片風前
落池上秋波似五湖

華陰韋氏林亭

自有林亭不得閒陌塵宮樹是非間終南長(一作秖)在茅薝
外別向人間看華山

寄裴生乞釣鉤

一隨菱棹謁王侯深媿移文負釣舟今日太湖風色好
郤將詩句乞魚鉤

長安春晚二首

曲江春半日遲遲正是王孫悵望時杏花落盡不歸去
江上東風吹柳絲

四方無事太平年萬象鮮明禁火前九重細雨惹春色
輕染龍池楊柳煙

三月十八日雪中作

芍藥薔薇語早梅不知誰是豔陽才今朝領得春(一作東)風
意不復饒君雪裏開

咸陽值雨

咸陽橋上雨如懸萬點空濛隔釣船還(一作絕)似洞庭春水
色晚雲將入岳陽天

彈箏人

天寶年中(一作間)事玉皇曾將新曲教寧王鈿蟬金雁(一作鳳)今
(一作皆一作俱)零落一曲伊州淚萬行

瑤瑟怨

冰簟銀牀夢不成碧天如水夜雲輕雁聲遠(一作還)過(一作向)瀟
湘去十二樓中月自明

題端正樹

路傍佳樹碧雲愁曾侍金輿幸驛樓草木榮枯似人事
綠陰寂寞漢陵秋

渭上題三首

呂公榮達子陵歸萬古煙波遶釣磯橋上一通名利迹
至今江鳥背人飛

目極雲霄思浩然風帆一片水連天輕橈便是東歸路
(一作客)不肯忘機作釣船

煙水何曾息世機暫時相向亦依依所嗟白首磻谿叟
一下漁舟更不歸

經故翰林袁學士居

劍逐驚波玉委塵謝安門下更何人西州城外花千樹
盡是羊曇醉後春

題城南杜邠公林亭(時公鎮淮南自西蜀移節)

卓氏壚前金線柳隋家堤畔錦帆風貪爲兩地分(一作行)霖
雨不見池蓮照水紅

夜看牡丹

高低深淺一闌紅把火慇懃遶露叢希逸近來成嬾病
不能容易向春風

宿城南亡友別墅

水流花落歎浮生又伴遊人宿杜城還似昔年殘夢裏
透簾斜(一作新)月獨聞鶯

過分水嶺

溪水無情似有情入山三日得同行嶺頭便是分頭處
惜別潺湲一夜聲

鄠杜郊居

槿籬芳援(一作杜)近樵家壠麥青青一逕斜寂寞遊人寒食
後夜來風雨送梨花

題河中紫極宮

昔年曾伴玉真遊每到仙宮即是秋曼倩不歸花落盡
滿叢煙露月當樓

四皓

商於角里(一作六百)便成功一寸沈機萬古同但得戚姬甘定
分不應眞有紫芝翁

贈張鍊師

丹溪藥盡變金骨清洛月寒吹玉笙他日隱居無訪處
碧桃花發水縱橫

全唐詩

溫庭筠

病中書懷呈友人(并序)

開成五年秋以抱疾郊野不得與鄉計偕至王府
將議遐適隆冬自傷因書懷奉寄殿院徐侍御察
院陳李二侍御回中蘇端公鄠縣韋少府兼呈袁
郊苗紳李逸三友人一百韻

逸足皆先路窮郊獨向隅頑童逃廣柳羸馬臥平蕪黃
卷嗟誰問朱弦偶自娛鹿鳴皆綴士雌伏竟非夫釆(一作菜)
地荒遺野爰田失故都(予先祖國朝公相晉陽佐命食釆於并汾也)亡羊猶博簺(一作塞)
牧馬倦呼盧奕世參周祿承家學魯儒功庸留劍舄銘

戒在盤盂經濟懷良畫行藏識遠圖未能鳴楚玉空欲握隋珠定爲魚緣木曾因兔守株五車堆縹帙三逕闔繩樞適與羣英集將期善價沽葉龍圖夭矯燕鼠笑胡盧賦分知前定寒心畏厚誣躡塵追慶忌操劒學班輸文囿陪多士神州試大巫對雖希鼓瑟名亦濫吹竽(一作吁)(予去秋試京兆薦名居其副)正使猜奔競何嘗計有無鎦惔虛訪覓王霸竟揶揄市義虛焚券關譏謾棄繻至言今信矣微尚亦悲夫白雪調歌響清風樂舞雩脅肩難黽勉(一作俛)搔首易嗟吁角勝非能者推賢見射乎兕觥增恐竦(一作悚)杯水失鎦銖粉垛收丹采金髇隱僕姑垂櫜羞盡爵揚觶辱彎弧虎拙休言畫龍希莫學屠轉蓬隨款段耘草闢墁(莫干切)壚受業鄉名鄭藏機谷號愚質文精等貫琴筑韻相須築室連中野誅茅接上腴葦花綸(一作編)虎落松癭鬬欒櫨靜語鶯相對閑眠鶴浪俱藥多勞蝶翅香酷墜蜂鬚芳草迯三島澄波似五湖躍魚翻藻荇愁鷺睡葭蘆瞑(一作冥)渚藏鸂鶒幽屏臥鷓鴣苦辛隨蓺(一作勤)殖甘旨仰樵蘇笑語空懷橘窮愁亦據梧尚能甘半菽非敢薄生芻釣石封蒼蘚芳蹊豔(一作絕)絳蹜樹蘭畦繚繞穿竹路縈紆機杼非桑女林園異木奴橫竿窺赤鯉持翳望青鸕泮水思芹味瑯琊得稻租杖輕藜擁腫衣破芰披敷芳意憂鶗鴂愁聲覺蟪蛄短簷喧語燕高木墮飢鼯(一作鳥)事迫離幽墅貧牽犯畏途愛憎防杜摯悲歎似楊朱旅食常過衞羇遊欲渡瀘塞歌傷督護邊角思單于堡戍標槍槊關河鑠舳艫威容尊大樹刑法避秋荼遠目窮千里歸心寄九衢寢甘誠繫滯漿(一作醬)饋貴睢盱懷刺名先遠干時道自孤齒牙頻激發篋笥尚崎嶇蓮府侯門貴霜臺帝命俞驥蹄初躡景鵬翅欲摶扶寓直迴驄馬分曹對暝烏百神歆彷彿孤竹韻含胡鳳闕分班立鵷行竦劒趨觸邪承密勿持法奉訏謨鳴玉鏘登降衡(一作衝)牙纛曳妻(一作裾)祀親和氏璧香近博山鑪瑞景森瓊樹輕冰瑩玉壺豸(一作象)冠簪鐵柱螭首對金鋪內史書千局(一作帙)將軍畫一廚眼明驚氣象心死伏規模豈意觀文物何勞琢碔砆草肥牧騕褭苔澀淬昆吾鄉思巢枝鳥年華過隙駒銜恩空抱影酬德未捐軀時輩推良友家聲繼令圖致身傷短翮驤首顧疲駑班馬方齊鶩陳雷亦並驅昔皆言爾志今亦畏吾徒有氣干牛斗無人辯轆轤客來斟綠蟻妻試踏青蚨積毀方銷骨微瑕懼掩瑜蛇矛猶轉戰魚服自囚拘欲就欺人事何能逭鬼誅是非迷覺夢行役議秦吳凜冽風埃慘蕭條草木枯低徊傷志氣蒙犯變肌膚旅雁唯聞叫飢鷹不待呼夢梭拋促織心繭(一作緒)學蜘蛛寧復機難料庸非信未孚激揚銜箭虎疑懼聽冰狐處已將營窟(一作口)論心若合符浪言輝棣萼何所託葭莩喬木能求友危巢(一作梁)莫嚇雛風華飄領袖詩禮拜衾繻欹枕情何苦同舟道豈(一作固)殊放懷親蕙芷收迹異桑榆贈遠聊攀柳栽書欲截蒲瞻風無限淚迴首更踟躕

感舊陳情五十韻獻淮南李僕射

嵇紹垂髫日山濤筮仕年琴樽陳席(一作座)(一作八)上紈綺拜牀前鄰里纔三徙雲霄已九遷感深情惝怳言發淚潺湲憶昔龍圖盛方今鶴羽全桂枝香可襲楊葉舊(一作射)頻穿玉籍標人瑞金丹化地仙賦成攢筆寫歌出滿城傳旣矯排虛翅將持造物(一作化)權萬靈思鼓鑄羣品待陶甄視草絲綸出持綱雨露懸法行黃道內居近翠華邊書迹臨湯鼎吟聲接舜絃白麻紅燭夜清漏紫微天雷電隨神筆魚龍落彩牋閑宵陪雍時清暑在甘泉耿介非持祿優游是養賢冰清臨百粵風靡化三川委寄崇推轂威儀壓控弦梁園提彀騎淮水換戎旃照日青油濕迎風錦帳鮮黛蛾(一作娥)陳二八珠履列三千舞轉迴紅袖歌愁斂翠鈿滿堂開照曜(一作耀)分座儼嬋娟油額芙蓉帳香塵瑇瑁筵繡旗隨影合金陣似波旋緹幕深迴互朱門暗接連彩虬蟠畫戟花馬立金鞭有客將誰託無媒竊自憐抑揚中散曲漂泊孝廉船未展干時策徒拋負郭田轉蓬猶邈爾懷橘更潛然投足乖蹊逕宣心向簡編未知魚躍地空媿鹿鳴篇(余嘗忝京兆薦名居其副)稷下期方至漳濱病未痊(一年抱疾不赴鄉薦試有司)定非籠外鳥眞是殼中蟬蕙逕鄰幽澮荊扉興靜便草堂苔點點蔬囿(一作圃)水濺濺釣罷溪雲重樵歸澗月圓嬾多成宿疢愁甚似春眠木直終難怨膏明只自煎鄭鄉空健羨陳榻未招延旅食逢春盡羈遊爲事牽宦無毛義檄婚乏阮脩錢冉弱營中柳披敷幕下蓮儻能容委質非敢望差肩澀劒猶堪淬餘朱或可研從師當鼓篋窮理久忘筌折簡能榮瘁遺簪莫棄捐韶光如見借寒谷變風煙

題翠微寺二十二韻(太宗升遐之所)

邠土初成邑虞賓竟讓王乾符初(一作春)得位天弩夜收鋩偃息齊三代優游念四方萬靈扶正寢千嶂抱重岡幽石歸(一作臨)階陛喬柯入(一作聳)棟梁火雲如沃雪湯殿似含霜澗籟添仙曲巖花借御香野麋陪獸舞林鳥逐鵷行鏡寫三秦色窗搖八水光問雲徵楚女疑粉試何郎蘭芷承雕輦杉蘿入畫堂受朝松露曉頒朔桂煙涼嵐濕金鋪外溪鳴錦幄傍倚絲憂漢祖持璧告秦皇短景催風馭長星屬羽觴儲君猶問豎元老已登牀鶴蓋趨平樂雞人下建章龍髯悲滿眼螭首淚沾裳疊鼓嚴靈仗吹笙送夕陽斷泉辭劒佩昏日伴旂常遺廟青蓮在頹垣碧草芳無因奏韶濩流涕對幽篁

過孔北海墓二十韻

撫事如神遇臨風獨涕零墓平春草綠碑折古苔青珪玉埋英氣山河孕炳靈發言驚辨囿撝翰動文星蘊策期干世持權欲反經激揚思壯志(一作氣)流落歎頹齡惡木人皆息貪泉我獨醒輪轅無匠石刀几有庖丁碌碌迷藏器規規守挈瓶憤容凌鼎鑊公議動朝廷故國將辭寵危邦竟緩刑鈍工磨(一作上卿廉)白璧凡石礪青萍揭日昭東夏摶風滯北溟後塵遵軌轍前席詠儀型(一作形)木秀當憂悴弦傷不底寧矜誇遭斥(一作尺)鷃光彩困飛螢白羽留談柄清風襲德馨鸞凰嬰雪刃狼虎犯雲屏蘭蕙荒遺址榛蕪蔽舊坰轘轅近(一作遠)沂水何事戀明庭(一作羨君雖不祿猶得到明庭)

過華清宮二十二韻

憶昔開元日承平事勝遊貴妃專寵幸天子富春秋月白霓裳殿風乾羯鼓樓鬭雞花蔽膝騎馬玉搔頭繡轂千門妓金鞍萬户侯薄雲欹(一作欺)雀扇輕雪犯貂裘過客

聞韶濩居人識冕旒氣和春不覺煙暖霽難收澀浪和璚甃(一作細浪涵瑤甃)晴陽上彩斿卷衣輕鬢(一作髻)嬾窺鏡澹蛾羞屏掩芙蓉帳簾褰玳瑁鉤重瞳分渭曲纖手指神州御案迷萱草天袍妬石榴深巖藏浴鳳鮮隰媚潛虬不料邯鄲蝨俄成即墨牛劒鋒揮太皞旗焰拂蚩尤内嬖陪行在孤臣預坐籌瑤簪遺翡翠霜仗駐驊騮豔笑雙飛斷香魂一哭休早梅悲蜀道高樹隔昭丘朱閣重霄近蒼崖萬古愁(一作秋)至今湯殿水嗚咽(一作惆悵)縣前流

洞戶二十二韻

洞戶連珠網方疏隱碧潯燭盤煙墜(一作墮)燼簾壓月通陰粉白仙郎署霜清玉女砧醉鄉高窈窈棊陣靜愔愔素手琉璃扇玄髫玳瑁簪昔邪看寄迹梔子詠同心樹列千秋勝樓懸七夕鍼舊詞翻白紵新賦換黃金唳鶴調蠻鼓驚蟬應寶琴舞疑繁易度歌轉斷難尋露委花相妬風欹柳不禁橋彎雙表迥池漲一篙深清蹕傳恢囿黃旗幸上林神鷹參翰苑天馬破蹄涔武庫方題品文園有(一作自)好音朱莖殊菌蠢丹桂欲蕭森黼帳迴瑤席華燈對錦衾畫圖驚走(一作畏)獸書帖得來禽河曙秦樓映山晴魏闕臨綠囊逢趙后青鎖(一作瑣)見王沈任達嫌孤憤疎慵倦九箴若爲南遁客猶作臥龍吟

全唐詩

溫庭筠

送洛南李主簿

想君秦塞外因(一作應)見楚(一作遠)山青檞葉曉迷路枳花春滿庭祿優仍侍膳官散得專經子敬懷(一作余亦還)愚谷歸心在翠屏

巫山神女廟

黯黯閉宮殿霏霏蔭薜蘿曉峰眉上色春水臉前波古樹芳菲盡扁舟離恨多一叢斑(一作湘)竹夜環佩響如何

地肺(一作脉)山春日

冉冉(一作苒苒)花明岸涓涓水繞山幾時拋俗事來共白雲閑

題陳處士幽居

松軒塵外客高枕(一作竹)自蕭疎雨後苔侵井霜來葉滿渠閑看鏡湖畫秋(一作時)得越僧書若待前溪月誰人伴釣魚

握(一作屈)柘詞

楊柳縈橋綠玫瑰拂地紅繡衫金騕褭花髻玉瓏璁宿雨香潛潤春流水暗通畫樓初夢斷曉(一作晴)日照湘風

題盧處士山居(一作處士盧岵山居)

西溪問樵客遙識(一作指)楚(一作主)人家古樹老連石急泉清露沙千峰隨雨暗一逕入雲斜日暮飛鴉集(一作鳥飛散)滿山(一作庭)蕎麥花

初秋寄友人

閑夢正悠悠涼風生竹樓夜琴知欲雨曉簟覺新秋獨鳥楚山遠一蟬關樹愁憑將離別(一作別離)恨江外(一作水)問同(一作東)遊

題豐安里王相林亭二首(公明太玄經)

花竹有薄埃嘉遊集上才白蘋安石渚紅葉子雲臺朱戶雀羅設黃門馭騎來不知淮水濁丹藕爲誰開

偶到烏衣巷含情更惘然西州曲堤柳東府舊池蓮星坼悲元老雲歸送墨仙誰知濟川檝今作野人船

早秋山居

山近覺寒早草堂霜氣晴樹凋窗有日池滿水無聲果落見猿過葉乾聞鹿行素琴機慮靜(一作息)空伴夜泉清

和友人盤石寺逢舊友

楚寺上方宿滿堂皆舊遊月溪逢遠客煙浪有歸舟江館白蘋夜水關紅葉秋西風吹暮雨汀(一作江)草更堪愁

送人南遊

送君遊楚國江浦樹蒼然沙淨有波迹岸平多草煙角悲臨海郡月到渡淮船唯以一桮酒相思高楚(一作隔遠)天

贈鄭處士

飄然隨釣艇雲水是天(一作生)涯紅葉下荒井碧梧侵古槎醉收陶令菊貧賣邵平瓜更有相期處南籬一樹花

江岸即事

水容侵古岸峰影度青蘋廟竹唯聞鳥江帆不見人雀聲花外暝客思柳邊春別恨轉難盡行行(一作年年)汀草新

贈隱者

茅堂對薇蕨爐暖一裘輕醉後楚山夢覺來春鳥聲採茶溪樹綠煮藥(一作茗)石泉清不問人間事忘機過此生

渚宮晚春寄秦地友人

風華已眇然獨立思江天鳧鴈野塘水牛羊春草煙秦原曉(一作晚)重疊灞浪夜潺湲今日思歸客愁容在(一作滿)鏡懸(一作前)

碧澗驛曉思

香燈伴殘夢楚國在天涯月落子規歇滿庭山杏花

送并州郭書記

賓筵得佳客侯印有光輝候騎不傳箭迴文空上機塞城(一作塵)收(一作牧)馬去烽火射鵰歸惟有嚴家瀨回環逕草微

贈越僧岳雲(一作雪)二首

世機消已盡巾屨(一作履)亦飄然一室故山月滿瓶秋澗泉禪庵過微雪鄉寺隔寒煙應共白蓮客相期松桂前

蘭亭舊都講今日意如何有樹關深院無塵到淺莎(一作沙)僧居隨處好人事出門多不及新春雁(一作鳥)年年鏡水波

詠山雞

萬(一作石)壑動晴景山禽凌翠微繡翎翻草去紅嘴啄花歸巢暖碧雲色影孤清鏡輝不知春樹伴(一作昨)何處又分飛

清旦題採藥翁草堂

幽人尋藥逕來自曉雲邊衣濕朮花雨語成松嶺煙解藤開澗戶踏石過溪泉林外晨光動山昏鳥滿天

商山早行

晨起動征鐸客行悲故鄉雞聲茅店月人迹板橋霜槲葉落山路枳花明驛牆因思杜陵夢鳧雁滿迴塘

題竹谷神祠(一作谷神廟)

蒼蒼松竹(一作色)晚一逕入荒祠古樹風吹馬虛廊日照旗煙煤朝奠處風(一作雲)雨夜歸時寂寞東湖(一作湘江)客空看蔣帝碑

途中有懷

驅車何日閑擾擾路岐(一作岐路)間歲暮自多感客程殊未還

亭皐汝陽道風雪穆陵關臘後寒梅發誰人在故山

經李處士杜城別業

憶昔幾遊集今來倍歎傷百花情易老一笑事難忘白社(一作杜)已蕭索青樓空豔陽不閑雲雨夢猶欲過高唐

登李羽士東樓

經客有餘音他年終故林高樓本危睇涼月更傷心此意竟難折(一作訴)伊人成古今流塵其(一作無)可欲非復嬾鳴琴

題僧泰恭院二首

昔歲東林下深公識姓名爾來辭半偈空復歎勞生憂患慕禪味寂寥遺世情所歸心自得何事倦塵纓

微生竟勞止晤言猶是非出門還有淚看竹暫忘機爽氣三秋近浮生一笑稀故山松菊在終欲掩荊(一作柴)扉

西遊書懷

渭川通野戍有路上桑乾獨鳥青天暮驚麏赤燒殘高秋辭故國昨日夢長安客意自如此非關行路難

送人東遊(一作歸)

荒戍落黃葉浩然離故關高風漢陽渡初日郢門山江上幾人在天涯孤櫂還何當重相見尊酒慰離顏

寄山中友人

惟昔有歸趣今茲固願言嘯歌成往事風雨坐涼軒時物信佳節歲華非故園(一作固)知春草色何意爲王孫

偶題(一作夜宴)

孔雀眠高閣(一作樹)櫻桃拂短簷畫明金冉冉(一作苒苒)筝語玉纖纖細雨無妨燭輕寒不隔簾欲將紅錦段因夢寄(一作與)江淹

贈考功盧郎中

白首方辭滿荆扉對渚田雪中無陋巷醉後似當年一笈負山藥兩瓶攜澗泉夜來風浪起何處認漁船

題蕭山廟

故道木陰濃荒祠山影東杉松(一作松杉)一庭雨幡蓋滿堂風客奠曉(一作晚)莎(一作沙)濕馬嘶秋(一作春)廟空夜深池上(一作雷雷)歇龍入古潭中

春日寄岳州從事李員外二首

苒(一作荏)弱樓前柳輕空花外窗蝶高飛有伴鶯早語無雙剪勝裁春字開屏見曉江從來共情戰今日欲歸降

和段少常柯古

從小識賓卿恩深若弟兄相逢在何日此別不勝情紅粉座中客綵斿(一作雲)江上城尚平婚嫁累無路逐雙旌

稱觴慙座客懷刺即門人素向(一作尚)寧知貴清談不厭貧野梅江上晚堤柳雨中春未報淮南詔何勞問白蘋

海榴

海榴開似火先解報春風葉亂裁牋綠花宜插鬢(一作鬢)紅蠟珠攢作蔕緗綵剪成叢鄭驛多歸思相期一笑同

李先生別墅望僧舍寶刹因作雙韻聲(一作雙聲)

棲息消心象簷楹溢豔陽簾櫳蘭露落鄰里柳(一作樹)林涼高閣過空谷孤竿隔古岡潭廬同淡蕩髣髴復芬芳

數水小桃盛開因作

數水小橋東娟娟(一作涓涓)照露叢所嗟非勝地堪恨是春風(洪邁取此四句爲絶句)二月豔陽節一枝惆悵紅定知留不住吹落路塵中

全唐詩

溫庭筠

寄山中人

月中一雙鶴石上千(一作百)尺松素琴入爽籟山酒和春容幽瀑有時(一作間)斷片雲無所從何事蘇門生(一作坐)攜手東南峰

送淮陰孫令之官

隋堤楊柳煙孤櫂正悠然蕭寺通淮戍蕪城枕楚壖(一作田)魚鹽橋上市燈火雨中船故老青葭岸先知虙子賢

宿輝公精舍

禪房無外物清話此宵同林彩水煙裏澗聲三月中橡霜諸壑霽杉火一爐空擁褐寒更徹心知覺路通

旅泊新津却寄一二知己

維舟息行役霽景近江村併起別離恨(一作念)似(一作思)聞歌吹喧高林月初上遠水霧猶昏王粲平生感登臨幾斷魂

贈僧雲棲

麈尾與筇杖幾年離石壇梵餘林雪厚棊罷岳鐘殘開局喜先悟漱餅知早寒衡陽寺前雁今日到長安

雪夜與友生同宿曉寄近鄰

閒門羣動息積雪透疏林有客寒方覺無聲曉已深正繁聞近雁併落起棲禽寂寞寒塘路憐君獨阻尋(一作屐跡行當滿依依欲阻尋)

題造微禪師院

夜香聞偈後岑寂掩雙扉照竹燈和雪看松月到衣草堂疏磬斷江寺故人稀唯憶湘南雨春風獨鳥歸

正見寺曉別生公

清曉盥秋水高窗留夕陰初陽到古寺宿鳥起寒林香火有良願宦名非素心靈山緣未絶他日重(一作相)來尋

旅次盱眙縣

離離麥擢芒楚客意(一作思)偏傷波上旅愁起天邊歸路長孤橈(一作帆)投楚驛(一作岸)殘月在淮檣外杜三千里誰人數雁行

鄠郊別墅寄所知

持頤望平綠萬景集所思南塘遇新雨百草生容姿幽鳥不相識美人如何(一作何可)期徒然委搖蕩惆悵春風時

京兆公池上作

稻香山色疊平野接荒陂蓮折(一作少)舟行遠萍多釣下遲壞堤泉落處涼簟雨來時京口兵堪用(一作問)何因入夢思

盧氏池上遇雨贈同遊者

簟翻涼氣集溪上潤殘棊萍皺風來後荷喧雨到時寂寥(一作寞)閑望久飄灑獨歸遲無限松江恨(一作煩)君解釣絲

題薛昌之所居

所得乃清曠寂寥常掩關獨來春尚在相得暮方還花白風露晚柳青街陌閑翠微應有雪窗外見南山

東歸有懷
晴川通野(一作古)陂此地昔傷離一去迹常在獨來心自知
鷺眠芰葉折魚靜蓼花垂無限高秋淚扁舟極路岐

休澣日西掖謁所知
赤墀高閣自從容玉女窗扉報曙鐘日麗九門(一作華)青鎖
(一作瑣)闥雨晴雙闕翠微峰毫端蕙露滋仙草琴上薰風入
禁松荀令鳳池春婉娩(一作晼晚)好將餘潤變(一作拂)魚龍

博山
博山香重欲成雲錦段機絲妒鄂君粉蝶團飛花轉影
彩鴛雙泳水生紋青樓二月春將半碧瓦千家日未曛
見說楊朱無限淚豈能空爲路岐分

送盧處士(一作生)遊吳越
羨君東去見殘梅唯有王孫獨未迴吳苑夕陽明古堞
越宮春草上高臺波生野水(一作渚)雁初下風滿驛樓潮欲
來試逐漁舟看雪浪幾多江燕荇花開

過新豐
一劒乘時帝業成沛中鄉里到咸京寰區已作皇居(一作都)
貴風月猶含白社情泗水舊亭春(一作秋)草徧(一作變)千門遺瓦
古苔生至今留得離家恨雞犬相聞落照明

過潼關
地形盤屈帶河流景氣澄明是勝遊十里曉雞關樹暗
(一作靜)一行寒雁隴雲愁片時無事溪泉好盡日凝眸岳色
秋麈尾角巾應曠望更嗟芳靄隔秦樓

題西平王舊賜屏風
曾向金扉玉砌來百花鮮濕隔塵埃披香殿下櫻桃熟
結綺樓前芍藥開朱鷺已隨新鹵簿黃鸝猶濕(一作識)舊池
臺世間剛有東流水一送恩波更不迴

河中陪帥遊亭(一作陪河中節度使遊河亭)
倚闌愁立獨徘徊欲賦慙非宋玉才滿座山光搖劒戟
繞城波色動樓臺鳥飛天外斜陽盡人過橋心(一作邊)倒影
來添得五湖多少恨柳花飄蕩似寒梅

和趙嘏題岳寺
踈鐘細響亂鳴泉客省高臨似水天嵐翠暗來空覺潤
澗茶餘爽不成眠越僧寒立孤燈外岳月秋當萬木前
張邴宦情何太薄遠公窗外有池蓮

蘇武廟
蘇武魂銷漢使(一作史)前古祠高樹兩茫然雲邊雁斷(一作落)胡
天月隴上羊歸塞草煙迴日樓臺非甲帳去時冠劒(一作蓋)
是丁年茂陵不見封侯印空向秋波哭逝川

送客(一作途中)偶作
石路荒涼(一作唐)接野蒿西風吹馬利如刀小橋連驛楊柳
晚(一作暮程投驛蕙蘭靜)廢寺入門禾黍高雞犬夕陽喧縣市鳧鷖秋
水曝城壕故山有夢不歸去官樹(一作路)陌塵何太勞

寒食前有懷
萬物鮮華(一作相鮮)雨乍晴春寒寂(一作戚)歷(一作曆)近清明殘芳荏苒
雙飛蝶曉(一作晚)睡朦朧(一作濛籠)百囀鶯舊侶(一作約)不歸成獨酌故
園雖在有誰耕悠然更(一作便)起嚴灘恨一宿東風蕙草生

宿雲際寺
白蓋微雲一逕深東峰(一作風)弟子遠相尋蒼苔路熟僧歸
寺紅葉聲乾鹿在林高閣清香生靜境夜堂踈磬發禪
心自從紫桂巖前別不見南能直至(一作到)今

寄岳州李外郎遠(一作肱)
含嚬不語坐持(一作措)頤天遠(一作近)樓高宋玉悲湖上殘棊人
散後岳陽微雨鳥來(一作歸)遲早梅猶得迴歌扇春水還應
理釣絲獨(一作唯)有袁宏(一作安)正(一作易)憔悴一罇惆悵落花時

遊南塘寄知者(一作王知白)
白鳥梳翎立岸莎藻花菱刺泛微波煙光似帶侵垂柳
露點如珠落卷荷楚水曉(一作晚)涼催客早杜陵秋思傍蟬
多鎦公不信歸心切聽取江樓一曲歌

寄盧生
遺業荒涼近故都門前堤路枕平湖綠楊陰裏千家月
紅藕香中萬點珠此地別來雙鬢改幾時歸去片帆孤
他年猶擬金貂換寄語黃公舊酒壚

春日訪李十四處士
花深橋轉水潺潺角里先生自閉關看竹已知行處好
望雲空(一作定)得暫時閑誰言有策堪經世自是無錢可買
山一局殘棊千點雨綠萍池上暮方還

宿松門寺
白石青崖世界分卷簾孤坐對氛(一作氲)氲林間禪室春深
雪潭上龍堂夜半雲落月(一作日)蒼(一作荒)涼登閣在(一作遠)曉鐘搖
蕩隔江(一作牆)聞西山舊是經行地願漱寒缾逐(一作在)領軍

詠寒宵
寒宵何耿耿良讌有餘姿寶靺徘徊處熏鑪悵望時曲
瓊垂翡翠斜月到罘罳委墜金釭(一作缸)燼闌珊玉局棊話
窮猶注睇歌罷尚持頤晻(一作曖)暖遙相屬(一作矚)氛氳(一作絪縕)積所
思秦蛾(一作娥)卷衣(一作簾)晚胡雁度雲遲上郡歸來夢那知錦
字詩

寄渚宮遺民弘里生
柳弱湖堤曲籬踈水巷深酒闌初促席歌罷欲分襟波
(一作坡)月欺華燭汀(一作江)雲潤故琴鏡清花並蔕(一作共葉)牀冷簟連
心荷疊平橋暗(一作潤)萍稀敗舫沈城頭五通(一作更)鼓窗外萬
家砧異縣魚投浪當年鳥共林八行香(一作書)未滅(一作滅)千里
夢(一作歎)難尋未肯睽良願空期(一作知)嗣好音他時因詠(一作詠懷)作
猶得比南金

春盡與友人入裴氏林探(一作采)漁竿
一逕互紆直茅棘亦已繁晴陽入荒竹曖曖如春園倚
杖息慚(一作憩)倦徘徊戀微暄歷尋嬋娟節翦破蒼莨根地
閉(一作閑)修莖孤林振餘籜翻適心在所好非必尋湘沅

春日
問君何所思迢遞豔陽時門靜人歸晚牆高蝶過遲一
雙青瑣燕千萬綠楊絲屏上吳山遠樓中朔管悲寶書
無寄處香轂有來期草色將林彩相添(一作將)入黛眉

洛陽
犖樹先春雪滿枝上陽宮柳囀黃鸝桓譚未便忘西笑
豈爲長安有鳳池

題賀知章故居疊韻作
廢砌翳薜荔枯湖無菰蒲老媼飽(一作寶)藁草愚儒輸逋租

雨中與李先生期垂釣先後相失因作疊韻
隔石覓屐跡西溪迷雞啼小鳥擾曉沼犂泥齊低畦

全唐詩

溫庭筠 補遺

春日雨（一作細雨）

細雨濛濛入絳紗湖亭（一作灃湖）寒食孟珠（一作姝）家南朝漫自稱流品宮體何曾爲杏花

細雨

憑軒望秋雨涼入暑衣清極目鳥頻沒片時雲復輕沼萍開更斂山葉動還鳴楚客秋江上蕭蕭故國情

秋雨

雲滿鳥行滅池涼龍氣腥斜飄看棊簟疎灑望山亭細響鳴林葉圓文破沼萍秋陰杳無際平野但冥冥

春初對暮雨

淅瀝生叢篠空濛泫網軒暝姿看遠樹春意入塵（一作陳）根點細飄風急聲輕入夜繁雀喧爭槿樹人靜出蔬園瓦濕光先起房深影易昏不應江上草相與滯王孫

雪二首

硯水池先凍窗風酒易消雅聲出山郭人跡過村橋稍急方縈轉才深未寂寥細光穿暗隙輕白駐寒條草靜封還折松欹墮復搖謝莊今病眼無意坐通宵

羸驂出更慵林寺已疎鐘踏緊寒聲澀飛交細點重圖斜人過跡階靜鳥行蹤寂寞梁鴻病誰人代夜春

送人遊淮海（一作宿友人池）

背檣燈色暗宿客夢初成半夜竹窗雨滿池荷葉聲簟涼秋閣思木落故山情明發又愁起桂花溪水清

原隰荑綠柳

迥野韶光早晴川柳滿（一作映柳）堤拂塵生嫩綠披雪見柔荑碧玉牙猶短黃金縷未齊腰肢弄寒吹眉意入春閨預恐狂夫折迎牽逸客迷新鶯將出谷應借一枝棲

宿秦生（一作僧）山齋

衡巫路不同結室在東峰歲晚得支遁夜寒逢戴顒龕燈落葉寺山雪隔林鐘行解（一作李一作戒行）無由發曹溪欲施春

贈楚雲上人

松根滿苔石盡日閉禪關有伴年年月無家處處山煙波五湖遠瓶屨一身閑岳寺蕙蘭晚幾時幽鳥還

宿白蓋峰寺寄僧

山房霜氣晴（一作清）一宿遂平生閣上見林影月中聞澗聲佛燈銷永夜僧磬徹寒更不學何居士焚香爲宦情

送僧東遊

師歸舊山去此別已悽然燈影秋江寺篷聲夜雨船鷗飛吳市外麟臥晉陵前若到東林社誰人更問禪

盤石寺留別成公

槲葉蕭蕭帶葦風寺前歸客（一作路）別支公三秋岸雪花初白一夜林霜葉盡紅山疊楚天雲壓塞浪遙吳苑水連空悠然旅榜頻迴首無復松窗半偈同

題中南佛塔寺

鳴泉隔翠微千里到柴扉地勝人無慾林昏虎有威澗苔侵客屨山雪入禪衣桂樹芳陰在還期歲晏歸

馬嵬佛寺

荒雞夜唱戰塵深五鼓雕輿過上林才信傾城是眞語直教塗地始甘心兩重秦苑成千里一炷胡香抵（一作直）萬金曼倩死來無絕藝後人誰肯惜青禽（一作琴）

清涼寺

黃花紅樹謝芳蹊宮殿參差黛巘西詩閣曉窗藏雪嶺畫堂秋水接藍溪松飄晚吹（一作翠）摐金鐸竹蔭寒苔上石梯妙跡奇名竟何在下方煙暝草萋萋

贈盧長史

移病欲成隱扁舟歸舊居地深新（一作心）事少官散故交疎道直更無侶家貧惟有書東門煙水夢非獨爲鱸魚

秋日旅舍寄義山李侍御

一水悠悠隔渭城渭城風物近柴荊寒蛩乍響催機杼旅雁初來憶弟兄自爲林泉牽曉（一作好）夢不關砧杵報秋聲子虛何處堪消渴試向文園問長卿

晚坐寄友人

九枝燈在瑣窗空希逸無聊恨不同曉夢未離金夾膝早寒先到石屏風遺簪可惜三秋白蠟燭猶殘一寸紅應卷鰕簾看皓齒鏡中惆悵見梧桐

送渤海王子歸本國

疆理雖重海車書本一家盛勳歸舊國佳句在中華定界分秋漲開帆到曙霞九門風月好回首是天涯

送北陽袁明府

楚鄉千里路君去及良晨葦浦迎船火茶山候吏塵桑濃蠶臥晚麥秀雉聲春莫作東籬興青雲有故人

送李生歸舊居

一從征戰後故社幾人歸薄宦離山久高談與世稀夕陽當板檻春日入柴扉莫却嚴灘意西溪有釣磯

早春滻水送友人

青門煙野外渡滻送行人鴨臥溪沙暖鳩鳴社樹春殘（一作淺）波青有石幽草綠無塵楊柳東風裏相看淚滿巾

送襄州李中丞赴從事

漢庭文采有相如天子通宵愛子虛把釣看棊高興盡焚香起草宦情疎楚山重疊當歸路溪月分明到直廬江雨瀟瀟帆一片此行誰道爲（一作憶）鱸魚

江上別友人

秋色滿葭菼離人西復東幾年方暫見一笑又難同地勢蕭陵歇江聲禹廟空如何暮灘上千里逐征（一作離）鴻

與友人別

半醉別都門含悽上古原晚風楊葉社寒食杏花村薄暮牽離緒傷春憶晤言年芳本無限何況有蘭孫（一作蓀）

鴻臚寺有開元中錫宴堂樓臺池沼雅爲勝絶
荒涼遺址僅有存者偶成四十韻
明皇昔御極神聖垂耿光沈機發雷電逸躅陵堯湯西
覃積石山北至窮髮鄉四凶有獬豸(一作廌)一臂無螳螂嬋
娟得神豔郁烈聞國香紫緌鳴鞨鼓玉管吹霓裳祿山
未封侯林甫才爲郎昭融廓日月妥帖(一作貼)安紀綱羣生
到壽域百辟趨明堂四海正夷宴一塵不飛揚天子自
猶(一作遊 一作悅)豫侍臣宜樂康軋然閶闔開赤日生扶桑玉砌
露(一作路)盤紆金壺(一作壼)漏丁當劒佩相擊觸左右隨趨蹌玄
珠十二旒紅粉三千行顰顧眄(一作眄睞)生羽翼叱(一作咄)嗟迴雪霜
神霞凌雲閣春水驪山陽盤鬬九子糭(一作粽)甌擎五雲漿
雙瓊京兆博(一作卜)七鼓邯鄲娼毾毲碧雞鬬龍蔥翠雉場
仗官繡蔽膝寶馬金鏤(一作縷)錫椒塗隔鸚鵡(一作鵲)柘彈驚鴛
鴦猗歟華國臣鬢髮俱蒼蒼錫宴得幽(一作佳)致車從眞煒
煌畫鷁照魚鼈鳴騶亂甃鶬颭豔蕩碧波炫煌迸(一作逮)橫
塘縈盈舞迴雪宛轉歌遶(一作遶歌)梁豔帶畫銀絡寶梳金鈿
筐沈冥類漢相醉倒疑楚狂一旦紫微東胡星森耀芒
憑陵逐鯨鯢唐突驅犬羊縱火三月赤戰塵千里黃穀
函與府寺從此俱荒涼茲地乃蔓草故基摧(一作唯)壞牆枯
池接斷岸唧唧啼寒螿敗荷塌作泥死竹森如槍遊人
問老吏相對聊感傷豈必(一作不)見麋鹿然後堪迴腸幸今
遇太平令節稱羽觴誰知曲江曲(一作鴟)歲歲棲鸞凰

訪知玄上人遇暴經因有贈
縹帙無塵滿畫廊鍾(一作終)山弟子靜焚香惠能未肯傳心
法張湛徒勞與眼方風颺檀煙銷篆印日移松影過禪
牀客兒自有翻經處江上秋來蕙草荒

寄崔先生
往年江海別元卿家近山陽古郡城蓮浦(一作沼)香中離席
散柳堤風裏釣船橫星霜荏苒無音信煙水微茫變姓
名菰黍正肥魚正美五侯門下負平生

敬答李先生
七里灘聲舜廟前杏花初盛草芊芊綠昏晴氣春風岸
紅漾輕淪(一作輪)野水天不爲傷離成極望更因行樂惜流
年一瓢無事麝裘暖手弄溪波坐釣船

宿澧曲僧(一作精)舍
東郊和氣新芳靄遠如塵客舍(一作路)停疲馬僧牆畫故人
沃田桑景(一作葉)晚平野菜花春更想嚴家瀨微風蕩白蘋

宿一公精舍
夜闌黃葉寺瓶錫兩俱能松下石橋路雨(一作山)中山(一作佛)殿
燈茶爐天姥客棊席剡溪僧還笑長門賦高秋臥茂陵

月中宿雲居寺上方
虛閣披衣坐寒堦踏葉行衆星中夜少圓月上方明靄
盡無林色喧餘有澗聲祇應愁恨事還逐曉光生

登盧氏臺
勝地當通邑前山有故居臺高秋盡出林斷野無餘白
露鳴蛩急晴天(一作天時)度雁疎由來放懷地非獨在吾盧

牡丹二首
輕陰隔翠幃宿雨泣晴暉醉後佳期在歌餘舊意非蝶
繁經(一作輕)粉住蜂重抱香歸莫惜薰爐夜因風到舞衣
水漾晴紅壓疊波曉來金粉覆庭莎裁成豔思偏應巧
分得春光最數多欲綻似含雙靨笑正繁疑有一聲歌
華堂客散簾垂地想凭闌干歛翠蛾

反生桃花發因題
疾眼逢春(一作相逢)四壁空夜來山雪破東風未知王母千年
熟且共劉郎一笑同已落又開橫晚翠似無如有帶朝
紅僧虔蠟炬高三尺莫惜連宵照露叢

杏花
紅花初綻雪花繁重疊高低滿小園正見盛時猶悵望
豈堪開處已繽翻情爲世累詩千首醉是吾鄉酒一樽
杳杳豔歌春日午出牆何處隔朱門

和太常杜少卿東都脩竹里有嘉蓮
春秋罷注直銅龍舊宅嘉蓮照水紅兩處龜巢清露裏
一時魚躍翠莖東同心表瑞荀池上半面分妝樂鏡中
應爲臨川多麗句故持重豔向西風

題磁嶺海棠花
幽態竟誰賞歲華空與期島迴香盡處泉照豔濃時蜀
彩淡搖曳(一作拽)吴妝低怨思王孫又誰恨惆悵下山遲

苦楝花
院裏鶯歌歇牆頭蝶舞孤天香薰羽葆宮紫暈流蘇晻
曖迷青瑣氤氳向畫圖只應春惜別留與博山爐

自有扈至京師已後朱櫻之期
露圓霞赤數千枝銀籠誰家寄所思秦苑飛禽諳熟早
杜陵遊客恨來遲空看翠幄成陰日不見紅珠滿樹時
盡日徘徊濃影(一作陰)下祇應重作釣魚期

答段柯古見嘲
彩翰(一作輪)殊翁金繚繞一千二百逃飛鳥尾薪(一作生)橋下未
爲癡暮雨朝雲世間少

蓮花
綠塘搖豔接星津軋軋蘭橈入白蘋應爲洛神波上韈
至今蓮蘂有香塵

過吴景帝陵
王氣銷來水淼茫豈能才與命相妨虛開直瀆三千里
青蓋何曾到洛陽

龍尾驛婦人圖
慢笑開元有倖臣直教天子到蒙塵今來看畫猶如此
何況親逢絶世人

薛氏池垂釣
池塘經雨更蒼蒼萬點荷珠曉氣涼朱瑀空偷御溝水
錦鱗紅尾屬嚴光

簡同志
開濟由來變盛衰五車纔得號鎡基留侯功業何容易
一卷兵書作帝師

瑟瑟釵
翠染冰輕透露光墮雲孫壽有餘香只因七夕回天浪
添作湘妃淚兩行

元日
神耀破氛昏新陽入晏溫緒風調玉吹端日應銅渾威
鳳蹌瑤簴升龍護璧門雨暘春令煦裘冕晬容尊

二月十五日櫻桃盛開自所居躡屐吟翫競名

王澤章洋才

曉覺籠煙重，春深染雪輕。靜應留得蝶，繁欲不勝鶯。影亂晨飈急，香多夜雨晴。似將千萬恨，西北爲卿卿。

寒食節日寄楚望二首

芳蘭無意綠，弱柳何窮縷。心斷入淮山，夢長穿楚雨。繁花如二八，好月當三五。愁碧竟平皐，韶紅換幽圃。流鶯隱員樹，乳燕喧餘哺。曠望戀曾臺，離憂集環堵。當年不自遣，晚得終何補。鄭谷有樵蘇，歸來要腰斧。

家乏兩千萬，時當一百五。颸颸楊柳風，穰穰櫻桃雨。年芳苦沈潦，心事如摧櫓。金犢近蘭汀，銅龍接花塢。青蔥建陽宅，隱轔端門鼓。緑素拂庭柯，輕毬落鄰圃。三春謝游衍，一笑牽規矩。獨有恩澤侯，歸來看楚舞。

清明日

清娥畫扇中，春樹鬱金紅。出犯繁花露，歸穿弱柳風。馬驕偏避幰，雞駭乍開籠。柘彈何人發，黃鸝隔故宫。

禁火日（第七句缺一字）

駘蕩清明日，儲胥小苑東。舞衫萱草綠，春鬢杏花紅。馬轡輕銜雪，車衣弱向風。愁聞百舌殘，睡正朦朧。

嘲三月十八日雪

三月雪連夜，未應傷物華。只緣春欲盡，留著伴梨花。

楊柳八首（一作楊柳枝）

宜春苑外最長條，閑裊春風伴舞腰。正是玉人腸斷處，一渠春水赤闌橋。

南内牆東御路旁，預知春色柳絲黃。杏花未肯無情思，何是（一作事）情（一作行）人最斷腸。

蘇小門前柳萬條，毿毿金線拂平橋。黃鶯不語東風起，深閉朱門伴細腰。

金縷毿毿碧瓦溝，六宫眉黛惹春愁。晚（一作曉）來更帶龍池雨，半拂闌干半入樓。

館娃宫外鄴城西，遠映征帆近拂堤。繫得王孫歸意切，不關春草綠萋萋。

兩兩黃鸝色似金，裊枝啼露動芳音。春來幸自（一作有）長如線，可惜牽纏蕩子心。

御柳如絲映九重，鳳皇窗柱繡芙蓉。景陽樓畔千條露，一面新妝待曉鐘。

織錦機邊鶯語頻，停梭垂淚憶征人。塞（一作寒）門三月猶蕭索，縱有垂楊未覺春。

客愁

客愁看柳色，日日逐春深。蕩漾春風裏，誰知歷亂心。

和周繇（一作和周繇廣陽公宴嘲段成式詩。繇詩題廣陽公宴成式連罷驄坐觀花蠟或有眼飽之嘲詩及段答詩並六韻）

齊馬馳千馹，盧姬逞十三。玳筵方喜（一作盼）睞，金勒自趍驔。墮珥情初洽，鳴鞭戰未酣。神交花冉冉，眉語柳毿毿。却略青鸞鏡，翻翻翠鳳篸。專城有佳對，寧肯顧春蠶（蠶一作蠺）。

光風亭夜宴妓有醉毆者

吳國初成陣，王家欲解圍。拂巾雙雉叫，飄瓦雨鴛飛。

南歌子詞二首（一作添聲楊柳枝辭）

一尺深紅勝（一作蒙）麴塵，天生舊物不如新。合歡桃核終堪恨，裏許元來別有人。

井底點燈深燭伊，共郎長行莫圍棊。玲瓏骰子安紅豆，入骨相思知不知。

題李衛公詩二首

萬棘深春衛國門，九年於此盜乾坤。兩行密疏傾天下，一夜陰謀達至尊。肉視具僚忘匕箸，氣吞同列削寒溫。當時誰是承恩者，肯有餘波達鬼邨。

勢欲凌雲威觸天，權傾諸夏力排山。三年驥尾有人附，一日龍顏無路攀。畫閣不開梁燕去，朱門罷埽乳雅還。千巖萬壑應惆悵，流水斜傾出武關。

題谷隱蘭若

風帶巢熊拗樹聲，老僧相引入雲行。半坡新路畬纔了，一谷寒煙燒不成。

觀棋（一作段成式詩）

閒對楸枰傾一壺，黃華坪上幾成盧。他時謁帝銅龍水，便賭宣城太守無。

句

春水碧于天，畫船聽雨眠。（見優古堂詩話）　綠樹遶村含細雨，寒潮背郭捲平沙。（送人。見詩人玉屑）

全唐詩

段成式

段成式，字柯古，河南人，世客荆州，宰相文昌之子也。以蔭爲校書郎，研精苦學，秘閣書籍，披閱皆遍。歷尚書郎，太常少卿，連典九江、縉雲、廬陵三郡，坐累退居襄陽。集七卷，今編詩一卷。

觀山燈獻徐尚書（并序）

尚書東苑公鎮襄之三年，四維具舉，而仍歲穀熟。及上元日，百姓請事山燈，以報穰祈祉也。時從事及上客從公登城南樓觀之。初爍空燃谷，漫若朝炬忽驚，狂燒卷風，撲緣一峯，如塵烘旆，色如波殘。鯨鬣如霞駮，如珊瑚露，如丹蛇蚑，離如朱草蘘，蘘如芝之曲，如蓮之擎，布字而疾，抵電書寫塔而爭同蜃構，亦天下一絶也。成式辭多嗤累，學未該悉，策山燈事，唯記陳後主宴光璧殿遥詠山燈詩云：雜桂還如月，依柳更疑星。輒成三首，以紀壯觀。

風杪影凌亂，露輕光陸離。如霞散仙掌，似燒上峨嵋。道樹千花發，扶桑九日移。因山成衆像，不復藉蟠螭。

湧出多寶塔，往來飛錫僧。分明三五月，傳照百千燈。馴狖移高柱（一作柱），慶雲遮半層。夜深寒焰白，猶自綴金繩。

磊落風初定，輕明雲乍妨。疎中搖月彩，繁處雜星芒。火樹枝柯密，燭龍鱗甲張。窮愁讀書者，應得假餘光。

和徐商賀盧員外賜緋（一作和徐相公賀襄陽徐副使加章服）

雲雨軒懸鶯語新，一篇佳句占陽春。銀黃年少偏欺酒，金紫風流不讓人。連璧座中斜日滿，貫珠歌裏落花頻。莫辭倒載吟歸去，看欲東山又吐茵。

河出榮光

符命自陶唐，吾君應會昌。千年清德水，九折滿榮光。極岸浮佳氣，微波照夕陽。澄輝明貝闕，散彩入龍堂。近帶關雲紫，遥連日道黃。馮夷矜海若，漢武貴宣房。漸沒孤槎影，仍呈一葦航。撫躬悲未濟，作頌喜時康。

哭李羣玉

曾話黃陵事，今爲白日催。老無兒女累，誰哭到泉臺。

寄溫飛卿牋紙（予在九江造雲藍紙，旣乏左伯之法，全無張永之功，輒送五十板）

三十六鱗充使時，數番猶得裏相思。待將袍襖重抄了，盡寫襄陽播揺（一作掘拓）詞。

題石泉蘭若

矗竹爲籬松作門，石楠陰底藉芳蓀。方袍近日少平叔，注得逍遥無處論。

怯酒贈周繇（一作荅周爲憲看牡丹）

大白東西飛正狂，新芻石凍雜梅香。詩中反語常回避，尤怯花前喚索郎。

牛尊師宅看牡丹

洞裏仙春日更長，翠叢風翦紫霞芳。若爲蕭史通家客，情願扛壺入醉鄉。

觀棊（一作溫庭筠詩）

閑對奕楸傾一壺，黃羊枰上幾成都。他時謁帝銅池曉，便賭宣城太守無。（一作晚）

題僧壁（一本下有和韋蟾三字）

有僧支頰撚眚毫，起就夕陽磨剃刀。到此旣知閑最（一作處）樂，俗心何啻九牛毛。

哭房處士

獨上黃壇幾度盟，印開龍渥喜丹成。豈同叔夜終無分，空向人間著養生。

呈輪上人

虎到前頭心不驚，殘陽擇蝨嬾逢迎。東林水石未勝此，要假遠公方有名。

題谷隱蘭若三首

風惹閑雲半谷陰，巖西隱者醉相尋。草衰乍覺徑增險，葉盡却疑溪不深。

鳥啄靈雛戀落暉，村情山趣頓忘機。丹成道士過門數，葉盡寒猨下嶺稀。

風帶巢熊拗樹聲，老僧相引入雲行。半坡新路畬纔了，一谷寒煙燒不成。

不赴光風亭夜飲贈周繇

屏開屈膝見吳娃，蠻蠟同心四照花。姹女不愁難管領，斬新鉛裏得黃牙。

嘲元中丞（一作襄陽中堂賞花爲憲與妓人戲語嘲之）

鶯裏花前選孟光，東山逋客酒初狂。素娥畢竟難防備，燒得河車莫遣嘗。

寄周繇（一作與周繇爲憲）求人參

少賦令才猶強作，衆醫多識不能呼。九莖仙草真難得，五葉靈根許惠無。

嘲飛卿七首

曾見當壚一箇人，入時裝束好腰身。少年花蒂多芳思，只向詩中寫取真。

醉袂幾侵魚子纈，飄纓長罥鳳皇釵。知君欲作閑情賦，應願將身作錦鞵。

翠蝶密偎金叉（一作七）首，青蟲危泊玉釵梁。愁生半額不開靨，只爲多情團扇郎。

柳煙梅雪隱青樓，殘日黃鸝語未休。見說自能裁袙腹，不知誰更著帩頭。

愁機嬾織同心苣，悶繡先描連理枝。多少風流詞句裏，愁中空詠早環詩。

燕支山色重能輕，南陽水澤鬭分明。不煩射雉先張翳，自有琴中威鳳聲。

半歲愁中鏡似荷，牽環撩鬢却須磨。花前不復抱瓶渴，月底還應琢刺歌。

柔卿解籍戲呈飛卿三首

長擔犢車初入門，金牙新醞盈深罇。良人爲漬木瓜粉，遮却紅腮交午痕。

最宜全幅碧鮫綃，自襞春羅等舞腰。未有長錢求鄴錦，且令裁取一團嬌。

出意挑鬟一尺長，金爲鈿鳥簇釵梁。鬱金種得花茸細，添入春衫領裏香。

戲高侍御七首

百媚城中一箇人，紫羅垂手見精神。青琴仙子長教示，自小來來號阿真。

七尺髮猶三角梳，玳牛獨駕長檐車。曾城自有三青鳥，不要蓮東雙鯉魚。

花恨紅腰（一作腮）柳妬眉，東鄰牆短不曾窺。猶憐最小分瓜日，柰許迎春得藕時。

自等腰身尺六彊，兩重危鬢盡釵長。欲燻羅薦嫌龍腦，須爲尋求石葉香。

別起青樓作幾層，斜陽幔卷鹿盧繩。厭裁魚子深紅纈，泥覓蜻蜓淺碧綾。

詐嫌嚼貝磨衣鈍，私帶男錢壓鬢低。不獨邯鄲新嫁女，四枝鬟上插通犀。

可羨羅敷自有夫，愁中漫捋白髭鬚。豹錢驄子能擎舉，兼著連乾許換無。

送僧二首

形神不滅論初成，愛馬乘閑入帝京。四十三年虛過了，方知僧裏有唐生。

想到頭陀最上方，桂陰猶認惠宗房。因行戀燒歸來晚，窗下猶殘一字香。

猨

却憶書齋值晚晴，挽枝閑嘯激蟬清。影沈巴峽夜巖色，蹤絶石塘寒瀨聲。

送穆郎中赴闕

應念愁中恨索居，驪歌聲裏且踟躕。若逢金馬門前客，爲説虞卿久著書。

題商山廟

偶出雲泉謁禮闈篇章曾沐漢皇知無謀靜國東歸去羞過商山四老祠

折楊柳七首

枝枝交影鎖長門嫩色曾沾雨露恩鳳輦不來春欲盡空留鶯語到黃昏（此篇一作王貞白詩）

水殿年年占早芳柔條偏惹御爐香而今萬乘多巡狩輦路無陰綠草長（此篇一作王貞白詩）

玉樓煙薄不勝芳金屋寒輕翠帶長公子驊騮往何處綠陰堪繫紫遊韁

嫩葉初齊不耐寒風和時拂玉欄干君王去日曾攀折泣雨傷春翠黛殘（此篇一作王貞白詩）

微黃纔綻未成陰繡戶珠簾相映深長恨早梅無賴極先將春色出前林

隋家堤上已成塵漢將營邊不復春只向江南并塞北酒旗相伴惹行人

陌上河邊千萬枝怕寒愁雨盡低垂黃金穟短人多折已恨東風不展眉

哭李羣玉

酒裏詩中三十年縱橫唐突世喧喧明時不作禰衡死傲盡公卿歸九泉

漢宮詞二首

歌舞初承恩寵時六宮學妾畫蛾眉君王厭世妾頭白聞唱歌聲却淚垂

二八能歌得進名人言選入便光榮豈知妃后多嬌妬不許君前唱一聲

醉中吟

只愛糟牀滴滴聲長愁聲絕又醒醒人間榮辱不常定唯有南山依舊青

桃源僧舍看花

前年帝里探春時寺寺名花我盡知今日長安已灰燼忍能南國對芳枝

和周繇見嘲（并序。一作和周爲憲廣陽公宴見嘲詩）

近者初開金埒大敞紅筵騎歷塊而風生鼓摻撾而雷發成式未曾盤馬徒效執鞭喜過君子之營徒接將軍之第敫段辭退因得坐觀是時滿目鉛黃逆鼻蘭麝晚薪餘論恨織素而不憐斜柯新知歎因針而難假化符端公妾換名馬賦關長門莫逆賞心形於善謔爲憲老舅吟飄白雪思效碧雲六韻傳觀不得落地鏗如佩玉粲若列星僦眼詎貴於千金貸心只勞於一句輒鳴瓦缶方應金鐃拘輔宜哈足代諧笑

才甘魚目並藝怯馬蹄間王謝初飛蓋姬姜盡下山縛雞方（一作難）角逐射雉豈開顏亂翠移林色狂紅照座殷防梭齒雖在乞帽鬢甦斑儻恕相如瘦應容累騎還

和張希復詠宣律和尚袈裟

南山披時寒夜中一角不動毘嵐風何人見此生慙媿斷續猶應護得龍

句

高談敬風鑒古貌怯冰稜（以下見海錄碎事）　虱暴妨歸夢蟲喧徹曙更　夢裏思甘露言中惜惠燈　新破毘曇義相期卜夜論（夢得句云云因續成十韻）　隨棋劫猨藏隈石覷熊緣（隱山書事見襄陽志）　捽胡雲彩落疻面月痕消（光風亭夜宴妓有酢毆者）　擲履仙鳬起撦衣蝴蝶飄羞中含薄怒顰裏帶餘嬌醒後猶攘臂歸時更折腰狂夫自纓絕眉勢倩人描（題同上見紀事）　不願石郎戴笠雖甘玉女披衣（苦雨）

全唐詩目（第九函）

第六冊

劉駕一卷

劉滄一卷

李頻三卷

劉駕

劉駕字司南江東人登大中進士第官國子博士詩一卷

皎皎詞

皎皎復皎皎逢時即爲好高秋亦有花不及當春草班姬入後宮飛燕舞東風青娥中夜起長歎月明東

長安旅舍紓情投先達（一作長安抒懷寄知己）

岐路不在地馬蹄徒苦辛上國聞姓名不如山中人大宅滿六街此身入誰門愁心日散亂有似空中塵白露下長安百蟲鳴草根方當秋賦日却憶歸山村靜女頭欲白良媒況我鄰無令苦長歎長歎銷人魂

送友下第遊鴈門

相別灞水湄夾水柳依依我願醉如死不見君去時所詣星斗北直行到猶遲況復挈空囊求人悲（一作游一作恨）路岐北門記室賢愛我學古詩待君如待我此事固不疑鴈門春色外四月鴈未歸主人拂金臺延客夜開扉舒君鬱鬱懷飲彼白玉巵若不化女子功名豈無期

讀史

平地見天涯登高天更遠功名及所望岐路又滿眼萬金買園林千金修池館他人厭遊覽身獨戀軒冕唯有漢二疏應覺還家晚

反賈客樂（樂府有賈客樂今反之）

無言賈客樂賈客多無墓行舟觸風浪盡入魚腹去農夫更苦辛所以羨爾身

送李垣先輩歸嵩少舊居（第九句缺）

高秋灞滻路遊子多慘戚君於此地行獨以尋春色文章滿人口高第非苟得要路在長安歸山却爲客狂歌罷歎息我豈無故山千里同外國

苦寒吟

百泉東皆咽我吟寒更切半夜倚喬松不覺滿衣雪竹竿有甘苦我愛抱苦節鳥聲有悲歡我愛口流血潘生若解吟更早生白髮

上巳日

上巳曲江濱喧於市朝路相尋不見者此地皆相遇日光去此遠翠幕張如霧何事歡娛中易覺春城暮物情重（一作愛）此節不是愛芳樹明日花更多何人肯回顧

春臺

臺上樹陰合臺前流水多青春不出門坐見野田花誰能學公子走馬逐香車六街塵滿衣鼓絶方還家

釣臺懷古

澄流可濯纓嚴子但垂綸孤坐九層石遠笑清渭濱潛龍飛上天四海豈無雲清氣不零雨安使洗（一作淒）塵氛我來吟高風髣髴見斯人江月尚皎皎江石亦磷磷如何臺下路明日又迷津

勵志（一作續勵志）

白髮豈有情貴賤同日生二輪不暫駐似趂長安程前堂吹參差不作緱山聲後園植木槿月照無餘英及時立功德身後猶光明仲尼亦爲土魯人焉敢耕

桑婦

牆下桑葉盡春蠶半未老城南路迢迢今日起更早四鄰無去伴醉卧青樓曉妾顔不如誰所貴守婦道一春常在樹自覺身如鳥歸來見小姑新妝弄百草

上馬歎

羸馬行遲遲頑童去我遠時時一回顧不覺白日晚路傍豪家宅樓上紅妝滿十月庭花開花前吹玉管君當未貴日豈不常屯蹇如何見布衣忽若塵入眼布衣豈常賤世事車輪轉

唐樂府十首（并序）

唐樂府自送征夫至獻賀觴歌河湟之事也下土土貢臣駕生於唐二十八年獲見明天子以德歸河湟地臣得與天下夫婦復爲太平人獨恨愚且賤蠕蠕泥土中不得從臣後拜舞稱于上前情有所發莫能自抑作詩十章目曰唐樂府雖不足貢聲宗廟形容盛德而願與耕稼陶漁者歌田野江湖間亦足自快

送征夫

昔送征夫苦今送征夫樂寒衣縱攜去應向歸時着天子待功成別造凌煙閣

輸者謳

輓粟上高山高山若平地力盡心不怨同我家私事去者不遑寧歸者唱歌行相逢古城下立語天未明一身遠出塞十口無稅征

弔西人

河湟父老地盡知歸明主將軍入空城城下弔黃土所願邊人耕歲歲生禾黍

邊軍過

城前兵馬過城裏人高卧官家自供給畏我田產破健兒食肥肉戰馬食新穀食飽物有餘所恨無兩腹草青見軍過草白見軍回軍回人更多盡繫西戎來

望歸馬

東人望歸馬馬歸蓮峰下蓮峰與地平亦不更徵兵

祝河水

河水清瀰瀰照見遠樹枝征人不飲馬再拜祝馮夷從今億萬歲不見河濁時

田西邊

刀劒作鋤犂耕田古城下高秋禾黍多無地放羊馬

崑山

昔時玉爲寶崑山過不得今時玉爲塵崑山入中國白玉尚如塵誰肯愛金銀

樂邊人

在鄉身亦勞在邊腹亦飽父兄若一處任向邊頭老

獻賀觴

莫但取河湟河湟非邊疆願今日入處亦似天中央天子壽萬歲再拜獻此觴

且可憐行（第五句缺三字）

園中花自早不信外無花良人未朝去先出登香車五　輪滿城閒啞啞侍兒衣各別頭上金雀多衹是一家人路人疑千家過後香滿陌直到春日斜今朝且

可憐莫問久如何

築臺（一作城）詞（漢武築通天臺役者苦之）

前杵與後杵築城聲（一作功）不住我願築更高得見秦皇墓

鄰女

君嫌鄰女醜取婦他鄉縣料嫁與君人亦為鄰所賤菖蒲花可貴只為人難見

山中夜坐

半夜山雨過起來滿山月落盡醉處花荒溝水決決愴然惜春去似與故人別誰遣我多情壯年無鬢髮

秦娥

秦娥十四五面白於指爪羞人夜採桑驚起戴勝鳥

牧童

牧童見客拜山果懷中落晝日驅牛歸前溪風雨惡

古出塞

胡風不開花四氣多作雪北人尚凍死況我本南越古來犬羊地巡狩無遺轍九土耕不盡武皇猶征伐中天有高閣圖畫何時歇坐恐塞上山低於沙中（一作上）骨

寄遠

雪花豈結子徒滿連理枝嫁作（一作與）征人妻不得長相隨去年君點行賤妾是新姬（一作歸）別早見未熟入夢無定姿悄悄空閨中蛩聲遶羅幃得書喜猶甚況復見君時

下第後屏居長安書懷寄太原從事

刖足豈更長良工隔千里故山彭蠡上歸夢向汾水低摧神氣盡僮僕心亦恥未達誰不然達者心思此行年忽已壯去老年更幾功名生不彰身歿豈為鬼纔看芳草歌即歎涼風起疋馬未來期嘶聲尚在耳

早行

馬上續殘夢馬嘶時復驚心孤多所虞僮僕近我行棲禽未分散落月照古城莫羨居者閑（一作閑居者）冢（一作溪）邊人已耕

青門路

青門有歸路坦坦高槐下貧賤自恥歸此地誰留我門開送客去落日孏回馬旅食帝城中不如遠遊者舟成於陸地風水終相假吾道諒如斯立身無苟且

效古

融融芳景和杳杳春日斜嬌嬈不自持清唱嚬雙蛾終曲翻成泣新人下香車新人且莫喜故人曾如此燕趙猶生女郎豈有終始

戰城南

城南征戰多城北無飢鴉白骨馬蹄下誰言皆有家城前水聲苦倏忽流萬古莫爭城外城（一作地）城裏終（一作有）閑土

曲江春霽

宿雨洗秦樹舊花如新開池邊草未乾日照人馬來馬蹄踏流水漸漸成塵埃鴛鷺不敢下飛遶岈東西此地喧仍舊歸人亦滿街

贈先達

終南蒼翠好未必如故山心期在榮名三載居長安昔棠大雅匠勉我工五言業成時不重辛苦只自憐皎皎機上絲盡作秦箏弦貧女皆罷織富人豈不寒驚風起長波浩浩何時還待君（一作誰人）當要路一指王化源

有感

弓劍不自行難引河湟思將軍半夜飲十里聞歌吹高門（一作行）幾世宅舞袖仍新賜誰遣一書來燈前問邊事

姑蘇臺（一作吳中懷古）

勾踐飲膽日吳酒正（一作香）滿杯（一作吳王酒滿杯）笙歌入海雲聲自姑蘇來西施舞初罷侍兒整金釵衆女不敢妒自比泉下泥越鼓聲騰騰吳天隔塵埃難將甬東地更學會稽棲（紀事止此）霸跡一朝盡草中棠梨開

豪家

九陌槐葉盡青春在豪家嬌鶯不出城長宿庭上花高樓登夜半已見南山多恩深勢自然不是愛驕奢

山中有招

朗朗山月出塵中事由生人心雖不閑九陌夜無行學古以求聞有如石上耕齊姜早作婦豈識閨中情何如此幽居地僻人不爭嘉樹自昔有茅屋因我成取薪不出門采藥於前庭春花雖無種枕席芙蓉馨君來食葵藿天爵豈不榮

空城雀

飢啄空城土莫近太倉粟一粒未充腸却入公子腹且弔城上骨（一作下客）幾曾害（一作空）爾族不聞莊辛語今日寒蕪綠

馮叟居

天作馮叟居山僧尚嫌僻開門因兩樹結宇倚翠壁溪南有微徑時遇採芝客往往白雲生對面千里隔機忘若僮僕常與猨鳥劇曬藥上小峰庭深無日色自忘（一作從）歸鄉里（一作自從忘歸鄉）不見新舊（一作舊親）戚纍纍子孫墓秋風吹古柏

醒後

醉臥芳草間酒醒日落後壺觴半傾覆客去應已久不記折花時何得花在手

棄婦

回車在門前欲上心更悲路傍見花發似妾初嫁時養蠶已成繭織素猶在機新人應笑此何如畫蛾眉昨日惜紅顏今日畏老遲良媒去不遠此恨今告誰

送李殷遊邊（一作送李殷遊西京）

十年夢相識一覯（一作觀）俄遠（一作見）別征駕在我傍草草意難說君居洞庭日詩句滿魏闕如何萬里來青桂看人折行裝不及備西去偶然訣（一作成決）孟夏出都門紅塵客衣熱荒城見羊馬野館具薇蕨邊境漸無虞旅宿常待月西園置酒地日夕簪裾列壯志安可留槐花樽前發

江村

江水灌稻田饑年稻亦熟舟中愛桑麻日午因戍宿相承幾十代居止連茅屋四鄰不相離安肯去骨肉書生說太苦客路常在目縱使富貴還交親幾墳綠

出門

出門羨他人奔走如得塗翻思他人意與我或不殊以茲聊自安默默行九衢生計逐羸馬每出似移居客從我鄉來但得鄰里書田園幾換主夢歸猶荷鋤進猶希萬一退復何所如況今闢公道安得不躊躇

別道者

自君入城市北邙無新墳始信壺中藥不落白楊根如何忽告歸葬華還笑人玉笙無遺音悵望緱嶺雲

蘭昌宮

宮蘭非瑤草安得春長在迴首春又歸翠華（一作葉）不能待悲風生輦路山川寂已晦邊恨在行人行人無盡歲

送友人擢第東歸

同家楚天南（一作涯）相識秦雲西古來懸弧義豈顧子與妻攜手踐名場正遇公道開君榮（一作昇）我雖黜感恩同所懷有馬不復羸有奴不復飢灞岸秋草綠（一作槐花落）却是還家時青門一瓢空分手去遲遲期君轍未平我車繼東歸

久客

久客心易足主人有餘力如何昨宵夢到曉家山色南音入誰耳曲盡頭自白

秋夕

促織燈下吟燈光冷於水鄉魂坐中去倚壁身如死求名為骨肉骨肉萬餘里富貴在何時離別今如此出門長歎息月白西風起

效陶

兩曜無停馭蓬壺應有墓何況北邙山（一作邙山色）只近市朝路（一作井）大恢生死網飛走無逃處白髮忽已新紅顏豈如故我有杯中物可以消萬慮醉舞（一作袖）日婆娑誰能記朝暮如求神仙藥階下亦種黍但使長兀然始見天地祖

長門怨（一作張喬詩）

御泉長繞鳳皇樓只是恩波別處流閑揲舞衣歸未得夜來砧杵六宮秋

苦寒行

嚴寒動八荒刺刺（一作莿莿）無休時陽烏不自暖雪壓扶桑枝歲暮寒益壯青春安得歸朔鴈到南海越禽何處飛誰言貧士歎不為身無衣

琪樹下因吟六韻呈先達者

舉世愛嘉樹此樹何人識清秋遠山意偶向亭際得奇柯交若鬬珍（一作生）葉（一作世業）密如織塵中尚青葱更想塵外色所宜巢三鳥影入瑤池碧移根豈無時一問紫煙客

送人登第東歸

學古既到古反求鑒者難見詩未識君疑生建安前海畔豈無家終難成故山得失雖由命世途多險艱我皇追古風文柄付大賢此時如為君果在甲科間晚達多早貴舉世咸為然一夕顏却少雖病心且安所居似清明冷竈起新煙高情懶行樂花盛僕馬前歸程不淹留指期到田園香醪四鄰熟霜橘千株繁肯憶長安夜論詩風雪寒

賈客詞

賈客燈下起猶言發已遲高山有疾路暗行終不疑寇盜伏其路猛獸來相追金玉四散去空囊委路岐揚州有大宅白骨無地歸少婦當此日對鏡弄花枝

塞下曲

勒兵遼水邊風急卷旌旆絕塞陰無草平沙去盡天下營看斗建傳號信狼煙聖代書青史當時破虜年

春夜二首（一本無二首二字，次首題作秋懷）

一別杜陵歸未期祇憑魂夢接親知近來欲睡兼難睡夜夜夜深聞子規

幾（一作歲）歲干戈阻路岐憶山心切與心違時難何處披衷抱日日日斜空醉歸

鄴中感懷

頃年曾住此中來今日重遊事可哀憶得幾家歡宴處家家家業盡成灰

曉登（一本有成都二字）迎春閣

未櫛凭欄眺錦城煙籠萬井二江明香風滿閣花滿樹樹樹梢啼曉鶯

白髭

到處逢人求至藥幾回染了又成絲素絲易染髭難染墨翟當年合泣髭

送盧使君赴夔州

鐃管隨征旆高秋上遠巴白波連霧雨青壁斷蒹葭凭八雙瞳靜登樓萬井斜政成知俗變當應畫輪車

望月

清秋新霽與君同江上高樓倚碧空酒盡露零賓客散更更更漏月明中

古意

蒲帆出浦去但見浦邊樹不如馬行郎馬跡猶在路大舟不相載買宅令委任莫道留金多本非愛郎富

全唐詩

劉滄

劉滄字蘊靈魯人大中八年進士第調華原尉遷龍門令詩一卷

長洲懷古

野燒原空盡荻灰吳王此地有樓臺千年事往人何在半夜月明潮自來白鳥影從江樹沒清猨聲入楚雲哀停車日晚薦蘋藻風靜寒塘花正開

經煬帝行宮

此地曾經翠輦過浮雲流水竟如何香銷南國美人盡怨入東風芳草多殘柳宮前空露葉夕陽川上浩煙波

行人遥起廣陵思古渡月明聞棹歌

春日遊嘉陵江

獨泛扁舟映綠楊嘉陵江水色蒼蒼行看芳草故鄉遠坐對落花春日長曲岸危橋移渡影暮天栖鳥入山光今來誰識東歸意把酒閑吟思洛陽

秋日山齋書懷

啟户清風枕簟幽蟲絲吹落挂簾鈎蟬吟高樹雨初霽人憶故鄉山正秋浩渺蒹葭連夕照蕭疎楊柳隔沙洲空將方寸荷知已身寄煙蘿恩未酬

晚秋洛陽客舍

清洛平分兩岸沙沙邊水色近人家隋朝古陌銅駝柳石氏荒原金谷花庭葉霜濃悲遠客宫城日晚度寒鴉未成歸計關河阻空望白雲鄉路賒

深愁喜友人至

不避驅羸道路長青山同喜惜年光燈前話舊堦草夜月下醉吟谿樹霜落葉已經寒燒盡衡門猶對古城荒此身未遂歸休計一半生涯寄岳陽

秋日望西陽

古木蒼苔墜幾層行人一望旅情增太行山下黄河水銅雀臺西武帝陵風入蒹葭秋色動雨餘楊柳暮煙凝野花似泣紅妝淚寒露滿枝枝不勝

鄴都懷古

昔時霸業何蕭索古木唯多鳥雀聲芳草自生宫殿處牧童誰識帝王城殘春楊柳長川迥落日蒹葭遠水平一望青山便惆悵西陵無主月空明

題龍門僧房

靜室遥臨伊水東寂寥誰與此身同禹門山色度寒磬蕭寺竹聲來晚風僧宿石龕殘雪在鴈歸沙渚夕陽空偶將心地問高士坐指浮生一夢中

秋夕山齋即事

衡門無事閉蒼苔籬下蕭疎野菊開半夜秋風江色動滿山寒葉雨聲來鴈飛關塞霜初落書寄鄉閭人未（一作山客未）迴獨坐高窗此時節一彈瑶瑟自成哀

江行書事

遠渚蒹葭覆綠苔姑蘇南望思裴徊空江獨樹楚山背暮雨一（一作孤）舟吴苑來人度深秋風葉落鳥飛殘照水煙開寒潮欲上泛萍藻寄蔫三閭情自哀

過鑄鼎原

黄帝修真萬國朝鼎成龍駕上丹霄天風乍起鶴聲遠海霧漸深龍節遥仙界日長青鳥度御衣香散紫霞飄唯留古跡寒原在碧水蒼蒼空寂寥

秋日寓懷

海上生涯一釣舟偶因名利事淹留旅塗誰見客青眼故國幾多人白頭霽色满川明水驛蟬聲落日隱城樓如何未盡此行役西入潼關雲木秋

江城晚望

一望江城思有餘遥分野逕入樵漁青山經雨菊花盡白鳥下灘蘆葉疎静聽潮聲寒木杪遠看風色暮帆舒秋期又涉潼關路不得年年向此居

宿蒼谿館

孤館門開對碧岑竹窗燈下聽猨吟巴山夜雨别離夢秦塞舊山迢遰心滿地莓苔生近水幾株楊柳自成陰空思知已隔雲嶺鄉路獨歸春草深

題王母廟

寂寥珠翠想遺聲門掩煙微水殿清拂曙紫霞生古壁何年絳節下層城鶴歸遼海春光晚花落閑堦夕雨晴武帝無名在仙籍玉壇星月夜空明

留别復本修古二上人

二遠相知是昔年此身長寄禮香煙綠蕪風晚水邊寺清磬月高林下禪臺殿虚窗山翠入梧桐疎葉露光懸西峰話别又須去終日關山在馬前

邊思

漢將邊方背轆轤受降城北是單于黄河晚凍雪風急野火遠燒山木枯偷號甲兵衝塞色銜枚戰馬踏寒蕪蛾眉一没空留怨青塚月明啼夜烏

登龍門敬善寺閣

獨步危梯入杳冥天風瀟灑拂簷楹禹門煙樹正春色少室雲屏向晚晴花落院深清禁閉水分川闊綠蕪平瑣窗朱檻同仙界半夜緱山有鶴聲

題王校書山齋

猨鳥無聲晝掩扉寒原隔水到人稀雲晴古木月初上雪滿空庭鶴未歸藥囿（一作圃）地連山色近樵家路入樹煙微栖遲慣得滄浪思雲閣還應夢釣磯

浙江晚渡懷古

蟬噪秋風滿古堤荻花寒渡思萋萋潮聲歸海鳥初下草色連江人自迷碧落晴分平楚外青山晚出穆陵西此來一見垂綸者卻憶舊居明月溪

及第後宴曲江

及第新春選勝遊杏園初宴曲江頭紫毫粉壁題仙籍柳色簫聲拂御樓霽景露光明遠岸晚空山翠墜芳洲歸時不省花間醉綺陌香車似水流

秋日山寺懷友人

蕭寺樓臺對夕陰淡煙疎磬散空林風生寒渚白蘋動霜落秋山黄葉深雲盡獨看晴塞鴈月明遥聽遠村砧相思不見又經歲坐向松窗彈玉琴

八月十五日夜玩月

中秋朗月靜天河烏鵲南飛客恨多寒色滿窗明枕簟清光凝露拂煙蘿桂枝斜漢流靈魄蘋葉微風動細波此夜空亭聞木落蒹葭霜磧鴈初過

晚春宿僧院

蕭寺春風正落花淹留數宿惠休家碧空雲盡磬聲遠清夜月高窗影斜白日（一作社）閑吟爲道侣青山遥指是生涯微微一點寒燈在鄉夢不成聞曙鴉

懷汶陽兄弟

回看雲嶺思茫茫幾處（一作度）關河隔汶陽書信經年鄉國遠弟兄無力海田荒天高霜月砧聲苦風滿寒林木葉黄終日路岐歸未得秋來空羨鴈成行

題天宫寺閣

丹闕侵霄壯復危排空霞影動簷扉城連伊水禹門近

煙隔上陽宮樹微天斂暮雲殘雨歇路穿春草一僧歸
此來閑望更何有無限清風生客衣

遊上方石窟寺

苔徑縈迴景漸分脩然空界靜埃氛一聲疎磬過寒水
半壁危樓隱白雲雪下石龕僧在定日西山木鳥成羣
幾來吟嘯立朱檻風起天香處處聞

懷江南友人

久絕音書隔塞塵路岐誰與子相親愁中獨坐秦城夜
別後幾經吳苑春湘岸風來吹綠綺海門潮上沒青蘋
空勞兩地望明月多感斷蓬千里身

題敬亭山廟

森森古木列巖隈迴壓寒原霽色開雲雨只從山上起
風雷多向廟中來三江入海聲長在雙鶴嗁天影未迴
花落空庭春晝晚石牀松殿滿青苔

經麻姑山

麻姑此地鍊神丹寂寞煙霞古竈殘一自仙娥歸碧落
幾年春雨洗紅蘭帆飛震澤秋江遠雨過陵陽晚樹寒
山頂白雲千萬片時聞鸞鶴下仙壇

對殘春

楊花漠漠暗長隄春盡人愁鳥又啼鬢髮近來生處白
家園幾向夢中迷霏微遠樹荒郊外牢落空城夕照西
唯有年光堪自惜不勝煙草日萋萋

過滄浪峽

山疊雲重一徑幽蒼苔古石瀨清流出巖樹色見來靜
落澗泉聲長自秋遠入虛明思白帝寒生浩景想滄洲
如何地近東西路馬足車輪不暫留

經過建業

六代興衰曾此地西風露泣白蘋花煙波浩渺空亡國
楊柳蕭條有幾家楚塞秋光晴入樹浙江殘雨晚生霞
凄涼處處漁樵路鳥去人歸山影斜

贈道者

眞趣淡然居物外忘機多是隱天台停燈深夜看仙籙
拂石高秋坐釣臺賣藥故人湘水別入簷栖鳥舊山來
無因朝市知名姓地僻衡門對嶽開

題馬太尉華山莊

別開池館背山陰近得幽奇物外心竹色拂雲連嶽寺
泉聲帶雨出谿林一庭楊柳春光暖三逕煙一作春蘿一作松晚
翠深自是功成閑劍履西齋長臥對瑤琴

秋日夜懷

砧杵寥寥秋色長遠枝寒鵲客情傷關山雲盡九秋月
門柳葉凋三徑霜近日每思歸少室故人遙憶隔瀟湘
如何節候變容髮明鏡一看愁異常

題巫山廟

十二嵐峯挂夕暉廟門深閉霧煙微天高木落楚人思
山迥月殘神女歸觸石晴雲凝翠鬢度江寒雨濕羅衣
嬋娟似恨襄王夢猨叫斷岩秋蘚稀

題吳宮苑

吳苑荒涼故國名吳山月上照江明殘春碧樹自留影
半夜子規何處聲蘆葉長侵洲渚暗蘋花開盡水煙平
經過此地千年恨荏苒東風一作流露色清

旅館書懷

秋看庭樹換風煙兄弟飄零寄海邊客計倦行分陝路
家貧休種汶陽田雲低遠塞鳴寒鴈雨歇空山噪暮蟬
落葉蟲絲滿窗戶秋堂獨坐思悠然

贈天台隱者

靜者多依猨鳥叢衡門野色四郊通天開宿霧海生日
水泛落花山有風迴望一巢懸木末獨尋危石坐巖中
看書飲酒餘無事自樂樵漁狎一作名釣翁

洛陽月夜書懷

疎柳高槐古巷通月明西照上陽宮一聲邊鴈塞門雪
幾處遠砧河漢風獨榻閑眠移嶽影寒窗幽思度煙空
孤吟此夕驚秋晚落葉殘花樹色中

江行夜泊

白浪連空極渺漫孤舟此夜泊中灘岳陽秋霽寺鐘遠
渡口月明漁火殘綠綺韻高湘女怨青葭色映水禽寒
鄉遙楚國生歸思欲曙山光上木蘭

贈顏項山人

浩氣含眞玉片輝著書精義入玄微洛陽紫陌幾曾醉
少室白雲時一歸松雪月高唯鶴宿煙嵐秋霽到人稀
知君濟世有長策莫問滄浪隱釣磯

長安冬夜書情

上國棲遲歲欲終此情多寄寂寥中鐘傳半夜旅人館
鴉叫一聲疎樹風古巷月高山色靜寒蕪霜落灞原空
今來唯問心期事獨望青雲路未通

經古行宮

玉輦西歸已至今古原風景自沈沈御溝流水長芳草
宮樹落花空夕陰胡蝶翅翻殘露滴子規聲盡野煙深
路人不記當年事臺殿寂寥山影侵

秋日登醴泉縣樓

閑上高樓時一望綠蕪寒野靜中分人行直路入秦樹
鴈截斜陽背塞雲渭水自流汀島色漢陵空長石苔紋
秋風高柳出危葉獨聽蟬聲日欲曛

春日旅遊

玄髮辭家事遠遊春風歸鴈一聲愁花開忽憶故山樹
月上自登臨水樓浩浩晴原人獨去依依春草水分流
秦川楚塞煙波隔怨別路岐何日休

送友人下第歸吳

共惜年華未立名路岐終日軫羇情青春半是往來盡
白髮多因離別生楚岸帆開雲樹映吳門月上水煙清
東歸自有故山約花落石牀苔蘚平

訪友人郊居

登原過水訪相如竹塢莎庭似故居空塞山當清晝晚
古槐人繼綠陰餘休彈琵琶韵傷離思已有蟬聲報夏初
醉唱勞歌翻自歎釣船漁浦夢難踈

匡城尋薛閔秀才不遇

音容一別近三年往事空思意浩然疋馬東西何處客
孤城楊柳晚來蟬路長草色秋山綠川闊晴光遠水連
不見故人勞夢寐獨吟風月過南燕

與僧話舊

巾舄同時下翠微舊遊因話事多違南朝古寺幾僧在
西嶺（一作北）空林唯鳥歸莎徑晚煙凝竹塢石池春色染苔
衣此時相見又相別即是關河朔鴈飛

寄遠

西園楊柳暗驚秋寶瑟朱弦結遠愁霜落鴈聲來紫塞
月明人夢在青樓蕙心迢遞湘雲暮蘭思縈迴楚水流
錦字織成添別恨關河萬里路悠悠

長安逢友人

上國相逢塵滿襟傾杯一話昔年心荒臺共望秋山立
古寺多同雪夜吟風度重城宮漏盡月明高柳禁煙深
終期白日青雲路休感鬢毛霜雪侵

下第東歸途中書事

峽路誰知倦此情往來多是半年程孤吟洛苑逢春盡
幾向秦城見月明高柳斷煙侵獄影古隄斜日背灘聲
東歸海上有餘業牢落田園荒草平

經龍門廢寺

因思人事事無窮幾度經過感此中山色不移樓殿盡
石臺依舊水雲空唯餘芳草滴春露時有殘花落晚風
楊柳覆灘清瀨響暮天沙鳥自西東

下第後懷舊居

幾到青門未立名芳時多負故鄉情雨餘秦苑綠蕪合
春盡灞原白髮生每見山泉長屬意終期身事在歸耕
蘋花覆水曲谿暮獨坐釣舟歌月明

經無可舊居兼傷賈島

塵室寒窗我獨看別來人事幾凋殘畫空蕭寺一僧去
雪滿巴山孤客寒落葉蹟巢禽自出蒼苔封砌竹成竿
碧雲迢遞長江遠向夕苦吟歸思難

贈隱者

何時止此幽棲處獨掩衡門長綠苔臨水靜聞靈鶴語
隔原時有至人來五湖仙島幾年別九轉藥爐深夜開
誰識無機養真性醉眠松石枕空杯

題書齋

一日不曾離此處風吹疎牖夕雲晴氣凌霜色劒光動
吟對雪華詩韵清高木宿禽來遠嶽古原殘雨隔重城
西齋瑤瑟自為侶門掩半春苔蘚生

題秦女樓

珠翠香銷鴛瓦墮神仙曾向此中遊青樓月色桂花冷
碧落蕭聲雲葉愁杳杳蓬萊人不見蒼蒼苔蘚路空留
一從鳳去千年後迢遞岐山水石秋

題桃源處士山居留寄

白雲深處葺茅廬退隱衡門與俗疎一洞曉煙留水上
滿庭春露落花初閑看竹嶼吟新月特酌山醪讀古書
窮達盡為身外事浩然元氣樂樵漁

宿題天壇觀

沐髮清齋宿洞宮桂花松韻滿巖風紫霞曉色秋山霽
碧落寒光霜月空華表鶴聲天外迴蓬萊仙界海門通
冥心一悟虛無理寂寞玄珠象罔中

洛神怨

子建東歸恨思長飄颻神女步池塘雲鬟高動水宮影
珠翠乍搖沙露光心寄碧沈空婉戀夢殘春色自悠揚
停車綺陌傍楊柳片月青樓落未央

龍門留別道友

一簇恩深荷道安獨垂雙淚下層巒飛鳴北鴈塞雲暮
搖落西風關樹寒春谷終期吹羽翼萍身不定逐波瀾
裴徊偏起舊枝戀半夜獨吟孤燭殘

題四皓廟

石壁蒼苔翠靄濃驅車商洛想遺蹤天高猨叫向山月
露下鶴聲來廟松葉墮陰巖疎薜荔池經秋雨老芙蓉
雪鬢仙侶何深隱千古寂寥雲水重

望未央宮

西上秦原見未央山嵐川色晚蒼蒼雲樓欲動入清渭
鴛瓦如飛出綠楊舞席歌塵空歲月宮花春草滿池塘
香風吹落天人語綵鳳五雲朝漢皇

秋日過昭陵

寢廟徒悲劒與冠翠華龍馭杳漫漫原分山勢入空塞
地匝松陰出晚寒上界鼎成雲縹緲西陵舞罷淚闌干
那堪獨立斜陽裏碧落秋光煙樹殘

夏日登慈恩寺

金界時來一訪僧天香飄翠瑣窗凝碧池靜照寒松影
清晝深懸古殿燈晚景風蟬催節候高空雲鳥度軒層
塵機消盡話玄理暮磬出林疎韻澄

宿題金山寺

一點青山翠色危雲岩不掩與星期海門煙樹潮歸後
江面山樓月照時獨鶴唳空秋露下高僧入定夜猨知
蕭疎水木清鐘梵顥氣寒光動石池

送友人遊蜀

北去西遊春未半蜀山雲雪入詩情青蘿拂水花流影
翠靄隔岩猨有聲日出空江分遠浪鳥歸高木認孤城
心期萬里無勞倦古石蒼苔峽路清

題鄭中丞東溪

一境新開雉堞西綠苔微徑露淒淒高軒夜靜竹聲遠
曲岸春深楊柳低山霽月明常此醉草芳花暗省曾迷
即隨鳳詔歸清列幾憶風花夢小溪

代友人悼姬

羅帳香微冷錦裀歌聲永絕想梁塵蕭郎獨宿落花夜
謝女不歸明月春青鳥罷傳相寄字碧江無復採蓮人
滿庭芳草坐成恨迢遞蓬萊入夢頻

夏日登西林白上人樓

幾到西林清淨境層臺高視有無間寒光遠動天邊水
碧影出空煙外山苔點落花微蕁在葉藏幽鳥碎聲閑
曠然多慊登樓意永日重門深掩關

江樓月夜聞笛

南浦蒹葭疎雨後寂寥橫笛怨江樓思飄明月浪花白
聲入碧雲楓葉秋河漢夜闌孤鴈度瀟湘水闊二妃愁
髮寒衣濕曲初罷露色河光生釣舟

送友人下第東歸

漠漠楊花灞岸飛幾迴傾酒話東歸九衢春盡生鄉夢
千里塵多滿客衣流水雨餘芳草合空山月晚白雲微
金門自有西來約莫待螢光照竹扉

從鄭郎中高州遊東潭

煙嵐晚入溼旌旗，高檻風清醉未歸。夾路野花迎馬首，出林山鳥向人飛。一谿寒水涵清淺，幾處晴雲度翠微。自是謝公心近得，登樓望月思依依。

罷華原尉上座主尚書

自憐生計事悠悠，浩渺滄浪一釣舟。千里夢歸清洛近，三年官罷杜陵秋。山連絕塞渾無色，水到平沙幾處流。白露黃花歲時晚，不堪霜鬢鏡前愁。

雨後遊南門寺

郭南山寺雨初晴，上界尋僧竹裏行。半壁樓臺秋月過，一川一作迴煙水夕陽平。苔封石室雲含潤，露滴松枝鶴有聲。木葉蕭蕭動歸思，西風畫角漢東城。

題古寺

古寺蕭條偶宿期，更深霜壓竹枝低。長天月影高窗過，疏樹寒鴉半夜啼。池水竭來龍已去，老松枯處鶴猶棲。傷心可惜從前事，寥落朱廊墮粉泥。

晚秋野望

秋盡郊原情自哀，菊花寂寞晚仍開。高風疏葉帶霜落，一鴈寒聲背水來。荒壘幾年經戰後，故山終日望書回。歸途休問從前事，獨唱勞歌醉數杯。

秋月望上陽宮

苔色輕塵鎖洞房，亂鴉羣鴿集殘陽。青山空出禁城日，黃葉自飛宮樹霜。御路幾年香輦去，天津終日水聲長。此時獨立意難盡，正值西風砧杵涼。

入關留別主人

此來多愧食魚心，東閣將辭強一吟。羸馬客程秋草合，晚蟬關樹古槐深。風生野渡河聲急，鴈過寒原嶽勢侵。對酒相看自無語，幾多離思入瑤琴。

留別山中友人

欲辭松月戀知音，去住多同羇鳥心。秋盡書窗驚白髮，晚衝霜葉下青岑。大河風急寒聲遠，高嶺雲開夕影深。別後寂寥無限意，野花門路草蟲吟。

春晚旅次有懷

晚出關河綠野平，依依雲樹動鄉情。殘春花盡黃鶯語，遠客愁多白髮生。野水亂流臨古驛，斷煙凝處近孤城。東西未遂歸田計，海上青山久廢耕。

與重幽上人話舊

雲飛天末水空流，省與師同別異州。庭樹蟬聲初入夏，石牀苔色幾經秋。燈微靜室生鄉思，月上嚴城話旅遊。自喜他年接巾舃，滄浪地近虎溪頭。

月夜聞鶴唳

碧落風微月正明，霜毛似怨有離情。莓苔石冷想孤立，楊柳葉疏聞轉清。空夜露殘驚墮羽，遼天秋晚憶歸程。鳳凰樓閣知猶戀，終逐煙霞上玉京。

過北邙山

散漫黃埃滿北原，折碑橫路礙苔痕。空山夜月來松影，荒塚春風變木根。漠漠兔絲羅古廟，翩翩丹旐過孤村。白楊落日悲風起，蕭索寒巢鳥獨奔。

咸陽懷古

經過此地無窮事，一望凄然感廢興。渭水故都秦二世，咸原秋草漢諸陵。天空絕塞聞邊鴈，葉盡孤村見夜燈。風景蒼蒼多少恨，寒山半出白雲層。

送友人罷舉赴薊門從事

人生行止在知己，遠佐諸侯重所依。綠綬便當身是貴，青霄休怨志相違。晚雲遼水疏殘雨，寒角邊城怨落暉。此去黃金臺上客，相思應羨鴈南歸。

看牓日

禁漏初停蘭省開，列仙名目上清來。飛鳴曉日鶯聲遠，變化春風鶴影回。廣陌萬人生喜色，曲江千樹發寒梅。青雲已是酬恩處，莫惜芳時醉酒杯。

送李休秀才歸嶺中

南泛孤舟景自饒，蒹葭汀浦晚蕭蕭。秋風漢水旅愁起，寒木楚山歸思遙。獨夜猨聲和落葉，晴一作空江月色帶回潮。故園新過重陽節，黃菊滿籬應未凋。

寓居寄友人

雨餘虛館竹陰清，獨坐書窗軫旅情。芳草衡門無馬跡，古槐深巷有蟬聲。夕陽雲盡嵩峰出，遠岸煙消洛水平。今夜南原賞佳景，月高風定苦吟生。

經曲阜城

行經闕里自堪傷，曾歎東流逝水長。蘿蔓幾凋荒隴樹，莓苔多處古宮牆。三千弟子標青史，萬代先生號素王。蕭索風高洙泗上，秋山明月夜蒼蒼。

汶陽客舍

年光自感益蹉跎，歧路東西竟若何。窗外雨來山色近，海邊秋至鴈聲多。思鄉每讀登樓賦，對月空吟叩角歌。迢遞舊山伊水畔，破齋荒徑閉煙蘿。

留別崔澣秀才昆仲

汶陽離思水無窮，去住情深夢寐中。歲晚蟲鳴寒露草，日西蟬噪古槐風。川分遠岳秋光靜，雲盡遙天霽色空。對酒不能傷此別，尺書憑鴈往來通。

和友人憶洞庭舊居

客舍經時益苦吟，洞庭猶憶在前林。青山殘月有歸夢，碧落片雲生遠心。谿路煙開江月出，草堂門掩海濤深。因君話舊起愁思，隔水數聲何處砧。

晚歸山居

寥落霜空木葉稀，初行郊野思依依。秋深頻憶故鄉事，日暮獨尋荒徑歸。山影暗隨雲水動，鐘聲潛入遠煙微。娟娟唯有西林月，不惜清光照竹扉。

送元叙上人歸上黨時節鎮罷兵

太行關路戰塵收，白日思鄉別沃州。薄暮焚香臨野燒，清晨漱齒涉寒流。谿邊殘壘空雲木，山上孤城對驛樓。此去寂寥尋舊跡，蒼苔滿徑竹齋秋。

秋日旅途即事

驅羸多自感，煙草遠郊平。鄉路幾時盡，旅人終日行。渡邊寒水驛，山下夕陽城。蕭索更何有，秋風雨一作向鬢生。

早行

旅途乘早景一作起，策馬獨凄凄。殘影郡樓月，一聲關樹雞。聽鐘煙柳外，問渡水雲西。當自勉行役，終期功業齊。

句

海曙雲浮日江遥水合天（見發浙江詩人玉屑）

全唐詩

李頻

李頻字德新睦州壽昌人少秀悟逮長廬西山多所記覽其屬辭於詩尤長給事中姚合名爲詩士多歸重頻走千里丐其品合大加奬挹以女妻之大中八年擢進士第調秘書郎爲南陵主簿判入等再遷武功令俄擢侍御史守法不阿狥遷累都官員外郎表丐建州刺史以禮法治下建賴以安卒官父老爲立廟梨山歲祠之有建州刺史集一卷又號棃岳集今編爲三卷

湘口送友人

中流欲暮見湘煙葦岸無窮接楚田（一作天）去雁遠衝雲夢雪（一作澤）離人獨上洞庭船風波盡日依山轉星漢通霄向水連零落梅花過殘臘（一作回首羨君偏有我）故園歸醉及（一作去醉一作去又）新年

鄂州頭陀寺上方

高寺上方無不見天涯行客思迢迢西江帆挂（一作過）東風急夏口城銜（一作衝）楚塞遥沙渚漁歸多濕網桑林蠶後盡空條感時歎物尋僧話（一作語）惟（一作誰）向禪心得寂寥

寄遠

槐欲成陰分袂時君期十日復金扉槐今落葉已將盡君向遠鄉（一作方）猶未歸化石早曾聞節婦沈湘何必獨靈妃須知此意同生死不學他人空寄衣

題張司馬別墅

庭前樹盡手中栽先後花分幾番開巢鳥戀雛驚不起野人思酒去還來自抛官與青山近誰訶（一作料）身爲白髮催（一作日）門外尋常行樂處重重履跡在莓苔

長安即事

長遇豪家不敢過此身誰與取高科故園久絶書來後南國空看雁去多中夜永懷聽叠漏先秋歸夢涉層波愁人白髮自生早我獨少年能幾何

漢上逢同年崔八

去歲曾（一作同）遊帝里春杏花開過各離秦偶先託質逢知己獨未還家作旅人世上路岐何繚繞空中光景自逡巡一回相見一回別能（一作更）得幾時（一作迴）年少身

五月一日蒙替本官不得隨例入閤感懷獻送相公

五月傾朝謁紫宸一朝無分在清塵含香已去星郎位衣錦惟思婺女隣折獄也曾爲俗吏勸農元本是耕人知將何事酬公道只養生靈似養身

春閨怨

紅妝女兒（一作兒女一作粉）燈下羞畫眉夫壻隴西頭自怨愁容長照鏡悔教征戍覓封矦

送邊將

防秋戎馬恐來奔詔發將軍出雁門遥領短兵登隴首獨橫長劒向河源悠揚落日黃雲動蒼莽陰風白草翻若縱干戈更深入應閑收得到崑崙

太和公主還宮

天驕發使犯邊塵漢將推功遂奪親離亂應無初去貌死生難有却回身禁花半老曾攀樹宮女多非舊識人重上鳳樓追故事幾多愁思向青春

將赴黔州先寄本府中丞

八月瞿塘到底翻孤舟上得已銷魂幕中職罷猶趨府闕下官成未謝恩丹嶂聳空無過鳥青林覆水有垂猨感知肺腑終難說從此辭歸便掃門

和友人下第北遊感懷

聖代爲儒可致身誰知又別五陵春青門獨出（一作步）空歸鳥紫陌相逢盡醉人江島去尋垂釣遠塞山來見舉頭頻且須共漉邊城酒何必陶家有白綸

樂遊原春望

五陵佳氣晚氛氳霸業雄圖勢自分秦地山河連楚塞漢家宮（一作樓）殿入青雲未央樹色春中見長樂鐘聲月下聞無那楊華起愁思滿天飄落雪紛紛

黃雀行

欲竊高倉集御河翩翩疑渡畏秋波朱宮晚樹侵鶯語畫閣香簾奪燕窠疎影暗棲寒露重空城飢噪暮煙多誰令不解高飛去破宅荒庭有網羅

長安寓居寄柏侍郎

霜輕兩鬢欲相侵愁緒無端不可尋秦女紅妝空覓伴郢郎白雪少知音長亭古木春先老太華青煙（一作嵐）晚更深獨向灞陵東北望一封書寄萬重心

春日思歸

春情不斷若連環一夕思歸鬢欲斑壯志未酬三尺劒故鄉空隔萬重山音書斷絶干戈後親友相逢夢寐間却羨浮雲與飛鳥因風吹去又吹還

朔中即事

關門南北雜戎夷草木秋來即出師落日風沙長暝早窮冬雨雪轉春遲山頭堠火孤明後星外行人四絶時自古邊功何不立漢家中外自相疑

感懷獻門下相公

誰云郎選不由詩上相憐才積有時却是龍鍾到門晚終非稽古致身遲謀將郡印歸難遂讀著家書坐欲癡日望南宮看列宿迢迢婺女與鄉比（一作鄰昆）

贈長城庾將軍

初年三十拜將軍近代英雄獨未聞向國報恩心比石辭天作鎮氣凌雲逆風走馬貂裘卷望塞懸弧雁陣分定擁節麾從此去安西大破犬戎羣

浙東獻鄭大夫

聖主東憂漲海濱思移副相倚陶鈞樓臺獨坐江山月

舟楫先行澤國春遥想萬家開戸外近聞羣盜竄諸鄰幾時入去調元化天下同爲堯舜人

鏡湖夜泊有懷（東晉太守馬臻所築）

廣水遥堤利物功因思太守惠無窮自從版築興農隙長與耕耘致歲豐漲接星津流蕩漾寬浮雲岫動虛空想當戰國開時有范蠡扁舟祇此中

宣州獻從叔大夫

清時選地任賢明從此觀風輟尹京日月天中辭洛邑雲山江上領宣城萬家閭井俱安寢千里農桑竟起耕聞說聖朝同漢代已愁徵入拜公卿

賀同年翰林從叔舍人知制誥

仙禁何人躡近蹤孔門先選得真龍別居雲路拋三省專掌天書在九重五色毫揮成渙汗百寮班下獨從容芳年貴盛誰爲比鬱鬱青青嶽頂松

吴門別主人（一作吴門月夜與曹太尉話別）

早晚更看吴苑月小（一作西）齋長憶落西（一作月當）窗不知明夜誰家見應照離人隔楚江

自黔中歸新安

朝過春關辭北闕暮參戎幕向南巴却將仙桂東歸去江月相隨直到（一作至）家

奉和鄭薰相公（一本此下有七松亭三字）

三四株松匝草亭便成彭澤柳爲名蓮（一作遥）峰隱去難辭闕灌水朝回與出城

及第後還家過峴嶺

魏馱山前一朵（一作片）花嶺西更有幾（一作數）千家石斑魚鮓香衝鼻淺水沙田飯遶牙

春日旅舍

未識東西南北路青春白日坐銷難如何一別故園後五度花開五處看

過長江傷賈島

忽從一宦遠流離無罪無人子細知到得長江聞杜宇想君魂魄也相隨

自遣

永擬東歸把釣絲將行忽起半心疑青雲道是不平地還有平人上得時

寄曹鄴

終南山是枕前雲禁鼓無因曉夜聞朝客秋來不朝日曲江西岸去尋君

述懷

望月疑無得桂緣春天又待到秋天杏花開與槐花落愁去愁來過幾年

客洛酬劉駕

浮世總應相送老共君偏更遠行多此回不似前回別聽盡離歌逐櫂歌

題釣臺障子

君家盡是我家山嚴子前臺枕古灣却把釣竿終不可幾時入海得魚還

題陽山顧煉師草堂

若到當時上升處長生何事後無人前峰自去種松子坐見年（一作視將）來取茯神

聞金吾妓唱梁州

聞君一曲古梁州鶩起黄雲塞上愁秦女樹前花正發北風吹落滿城秋

游蜀回簡友人

別來十二月去到漏天邊不是因逢閏還應是（一作須知已）隔年

贈涇州王侍御

一旦天書下紫微三年旌旆隴雲飛塞門無事春空到邊草青青戰馬肥

夏日（一作秋夜）宿秘書姚監宅

貴宅多嘉樹先秋有好風（一作高樹密濛濛開樓待曉風）情閑離（一作眠）闕下夢野在（一作到）山中露色浮寒瓦螢光墮（一作墜）暗叢聽吟麗句盡河漢任西東（一作轉虛空）

過嵩陰隱者

當門看少室倚杖復披衣每日醒還醉無人是與非架書抽讀亂庭果摘嘗稀獨有江南客思家未得歸

留別山家

閑門不易求半月在林丘已與山水別難爲花木留孤懷歸靜夜遠會隔高秋莫道無言去冥心在重遊

送人遊吴

楚田開雪（一作天雪開）後草色與君看積水浮春氣深山滯（一作帶）雨寒毘陵孤月出建業一鍾殘爲把鄉書去因收別淚難

東渭橋晚眺

秦地有吴洲（一作舟）千檣渭曲頭人當返照立水徹故鄉流落第春難過窮途日易愁誰知橋上思萬里在江樓

送延陵韋少府

延陵稱貴邑季子有高蹤古跡傳多代仙山管幾峰微泉聲小雨異木色深冬去畢三年秩新詩篋不容

淮南送友人歸滄州

風色忽（一作又）西轉坐爲千里分高帆背楚落寒日逆淮曛斷燒緣喬木盤鵰隱片雲鄉關（一作園）百戰地歸去始休軍

夏日題盩厔友人書齋

脩竹齊高樹書齋竹樹中四時無夏氣（一作日）三伏有秋風黑處巢幽鳥陰來叫候蟲總西太白雪萬仞在遥空

尋山

一逕入雙崖初疑有幾家行窮人不見坐久日空斜石上生靈草泉中落異花終須結茅屋向此學餐霞

送元遂上人歸錢唐

白衣遊帝鄉已得事空王却返湖山寺高禪水月房雨中過嶽（一作月）黑秋後宿船涼回顧秦人語他生會別方

貽友人喻坦之

從容心自切（一作別）飲水勝銜杯共在山中長相隨闕下來脩身空有道取事（一作士）各無媒不信昇平代終遺草澤才

送友人往振武

風沙遥見說道路替君愁磧夜星垂地雲明火上樓征鴻辭塞雪戰馬識邊秋不共將軍語何因有去留

賦得長城斑竹杖

秦輿版築時翦伐不知誰異代餘根在幽人得手持細

看生古意閑倚動邊思莫作鳩形並空將鶴髮期

送德清喻明府

棹返霅溪雲仍叅舊使君州傳多古跡縣記是新文水柵橫舟閑湖田立木分但如詩思苦爲政即超羣

送薛能少府任盩厔

不才甘下第君子蹇何重相送昆明岸同看太白峰數瓢留頃刻殘照迫從容好去煙霞縣仙人有舊蹤

送許壽下第歸東山

吾君設禮闈誰合學忘機却是高人起難爲下第歸出關心縱野避世事終稀莫更今秋夕相思望少微

冬夜酬范秘書（一作九衢春日酬范秘書）

九衢行一匝不敢入他門累日無餘（一作非無）事通宵得至（一作達）言命嗟清世蹇春覺閏冬暄翻覆吟佳句何酬國士恩

送陸肱尉江夏

如何執簡去便作挂帆期澤國三春早江天落日遲縣人齊候處洲鳥欲飛時免褐方三十青雲豈白髭

漢上送人西歸

幾作西歸夢因爲愴別心（一作此日看行意今人動遠心）野衢天去盡山夾（一作東）漢來深疊浪翻殘照（一作雪）高帆引片陰空留相贈句（一作唯應留別句）畢我白頭吟

蜀中逢友人

自古有行役誰（一作無）人免別家相歡猶（一作寬須）陌上一醉任天涯積疊山藏蜀潺湲（一作縈紆）水遶巴他年復（一作又）何處共說海棠花

寄范評事

行坐不相遺轅門載筆時雅知難更遇舊分合長思夢即重尋熟書常轉達遲山齋終擬到何日遂心期

南遊過湘漢即事寄友人

南去遠驅逐三湘五月行巴山雪水下楚澤火雲生向野聊中飯乘凉探暮程離懷不可說巳迫峽猿聲

送許渾侍御赴潤州

家山近石頭遂意恣（一作在）東遊（一作浮）祖席離烏府歸帆轉蜃樓陰氛出海散落月向潮流別有爲霖日孤雲未自由

喜友人厲圖南及第

相憂過已切相賀似身榮心達無前後神交共死生承家吾子事登第世人情未有通儒術明時道不行

送友人下第歸越

歸意隨流水江湖共在東山陰何處去草際片帆通雨色春愁裏潮聲曉夢中雖爲半年客便是往來鴻

寄友人

一別一相見須臾老此生客衣寒後薄山思夜深清詩近吟何句髭新白幾莖路岐如昨日來往夢分明

送友人下第歸宛陵

天涯長戀親闕下獨傷春擬住還求巳須歸不爲身臨岐仍犯雪挂席始離塵共泣東風別同爲滄海人

秋夜對月寄鳳翔范書記

月過（一作邐）秋霖後光應夜夜清一回相憶起幾度獨吟行河漢東西直山川遠近明寸心遥往處新有雁來聲

送孫明秀才往潘州訪（一作謁）韋卿

北鳥飛不到北人今（一作誰）去遊天涯浮瘴水嶺外問潘州草木春冬茂猿猱日夜愁定知還客淚應只對君流

八月十五夜對月

陰盛此宵中多爲雨與風坐無雲雨至看與雪霜同抱濕離遥海傾寒向迥空年年不可值還似命（一作道）難通

及第後歸

家臨浙水傍岸對買臣鄉縱棹隨歸鳥乘潮向夕陽苦吟身得雪甘意鬢成霜況此年猶少酬知足自强

過巫峽

擁棹向驚湍巫峰（一作山）直上看削成從水（一作地）底聳出在雲端暮雨晴時（一作歸）少啼猿渴下難一聞神女去風竹掃空壇

全唐詩

李頻

送友人往太原

離亭聊把酒此路徹邊頭草白雁來盡時清人去遊汾河流晉地塞雪滿幷州別後相思夜空（一作遥）看北斗愁（一作明日相思起蕭條上北樓）

旅懷

萬里共心論徒言吾道存奉親無別業謁帝有何門水宿驚濤浦山行落葉村長安長夢去欹枕即聞猿

送裴御史赴湖南

關（一作閶）門鳥道中飛傳復乘驄暮雪離秦甸春雲（一作雷）入楚宫平蕪天共闊積水地多空使府懸帆去（一作待）能消幾日風

送姚郜先輩赴汝州辟

行李事寒天東來聘禮全州當定鼎處人去偃戈年雷（一作風）雨（一作雨雪）依嵩嶺桑麻接楚田遥知清夜作不是借戎篇（第三聯同後送姚評事詩）

初離黔中泊江上

去去把青桂平生心不違更蒙蓮府辟兼脫布衣歸霽岳（一作碧岫）明殘雪清波漾落暉無窮幽鳥戲（一作興）時向（一作日起）棹前飛

黔中酬同院韋判官

平生同所爲，相遇偶然遲。名著青袍後，無歸白社期。江流來絕域，府地管諸夷。聖代都無事，從公且賦詩。

和范秘書襄陽舊遊（一作和范秘書襄陽舊遊）

聽話揚帆興，初從峴首還。高吟入白浪，遥坐看（一作看出）青山。枯木（一作古樹）猿啼爽（一作空），寒汀鶴步（一作立）閑。秋來關（一作南）去夢，幾夜度（一作過）商顏（一作關）。

秋夜山（一作江）中思歸寄友人

蕭條對秋色，相憶在雲泉。木落病身起，潮平歸思懸。涼鐘山頂寺，暝火渡頭船。此地非吾土，淹留又一年。

自黔中東歸旅次淮上

行旅本同愁，黔吳復阻脩。半年方中路，窮節到孤舟。夕靄垂陰野，晨光動積流。家山一夜夢，便是昔年遊。

江夏春感舊

東風出海門，處處動林園。澤國雪霜少，沙汀花木繁。暖魚依水淺，晴雁入空翻。何處陽和力，生萍不駐根。

眉州別李使君（一作看山留獻琛滿公）

回首雪峰前，朱門心杳然。離人自嗚咽，流水莫潺湲。毒草通蠻徼，秋林近漏天。一生從此去，五字有誰憐。

送許棠及第歸宣州

高科終自致，志業信如神。待得逢公道，由來合貴身。秋歸方覺好，舊夢始知真。更想青山宅，誰爲後主人。

黔中罷職將泛江東

黔中初罷職，薄俸亦無殘。舉目鄉關遠，攜家旅食難。野梅將雪競，江月與（一作共）沙寒。兩鬢愁應白，何勞（一作勞心）把鏡看。

長安書事寄所知

帝里本無名，端居有道情。睡魂春夢斷（一作短），書興晚窗明。老擬歸何處，閑應過此生。江湖終一日，拜別便東行。

酬姚䂓

不見又相招，何曾訴寂寥。醉眠春草長，吟坐夜燈銷。淚晴思山切，身歸轉路遥。年年送別處，楊柳少垂條。

春日鄜州贈裴居言

雖將身佐幕，出入似閑居。草色長相待，山情信不疎。燈前春睡足，酒後夜寒餘。筆研時時近，終非署簿書。

送于生入蜀

家吳聞入蜀，道路頗乖離。一第何多難，都城可少知。江山非久適（一作戀），命數未終奇。況又將宽抱，經春杜魄隨。

送許棠歸涇縣作尉

青桂復青袍，一歸榮一高。縣人齊下拜，邑宰共分曹。遶郭看秧插，尋街聽繭繰。封疾萬里者，燕頷乃徒勞。

友人話別

論交雖不蚤，話別且相親。除却棲禪客，誰非南陌人。半生都返性，終老擬安貧。願入白雲社，高眠自致身。

山居

欲出窮吾道，東西自未能。捲書（一作簾）唯對鶴，開畫（一作卷）獨留僧。落葉和雲掃，秋山共月登。何年石上水，夜夜滴高層。

寄范郎中

藜杖山中出，吟詩對（一作獨）范家。相知從海嶠，寄食向京華。名宦成何報，清時未縱賒。臨邛夢來往，兩雪滿褒斜。

書懷

宦途從不問，身事覺無差。華髮初生女，滄洲未有家。却閑思洞穴，終老曠桑麻。別訪棲禪侶，相期語劫沙。

越中行

越國臨滄海，芳洲復暮晴。湖通諸浦白，日隱亂峰明。野宿多無定，閑遊免有情。天台聞不遠，終到石橋行。

春日南遊寄浙東許同年

孤帆處處宿，不問是誰家。南國平蕪遠，東風細雨斜。旅懷多寄酒，寒意欲留花。更想前途去，茫茫滄海涯。

明州江亭夜別段秀才

離亭向水開，時候復蒸梅。霹靂燈燭（一作燭燈）滅，蒹葭風雨來。京關雖（一作誰）共語，海嶠不同回。莫爲蓴鱸美，天涯滯爾才。

臨岐留別相知

百歲競何事，一身長遠遊。行行將近老，處處不離愁。世路多相取，權門不自投。難爲此時別，欲別願人留。

鄂渚湖上即事

杜門聊自適，湖水在窗間。縱得滄洲（一作江）去，無過白日閑。多慵空好道，少賤早凋顏。獨有東山（一作峰）月，依依自往還。

辭夏口崔尚書

一飯仍難受，依仁況一年（一作淹留已半年）。終期身可報，不擬骨空鑱。城晚風高角，江春浪起船。同來（一作留同）棲止地，獨去塞鴻前。

秦（一作春）原早望

一忝鄉書薦，長安未得回。年光逐渭水，春色上秦臺。燕掠平蕪去，人衝細雨來。東風生故里，又過幾花開。

送友人之揚州（一作淮南）（一作遊）

一別長安晨，征便信難。河聲入峽急，地勢出關低。綠樹叢垓下，青蕪闊楚西。路長知不惡，隨處得（一作好）詩題。

過四皓廟

東西南北人，高跡自相親。天下已歸漢，山中猶避秦。龍樓曾作客，鶴氅不爲臣。獨有千年後，青青廟木春。

陝下懷歸

故園何處在，零落五湖東。日暮無來客，天寒有去鴻。大河冰徹塞，高嶽雪連空。獨夜懸歸思，迢迢永漏中。

送徐處士歸江南

行行野雪（一作雲）薄，寒氣日（一作已）通春。故國又芳草，滄江終白身。遊歸花落滿，睡起鳥啼新。莫惜閑書扎，西來問旅人。

（一作不得無來札，空令借問人）

鄜州留別王從事

相識未十日，相知如十年。從來易離別，此去忽留連。路險行衝雨，山高度隔天。難終清夜坐，更聽說安邊。

長安夜懷

匹馬西遊日，從吳又轉荆。風雷幾夜坐，山水半年行。夢永秋燈滅，吟餘曉露明。良時不我與，白髮向秦生（一作頭盈）。

冬夜山中尋友（一作僧）

何人山雪夜，相訪不相思（一作夜山深雪後，月下獨尋師）。若得長閑日，應無暫到（一作別）時。葉寒凋欲盡，泉凍落還遲。即此天明去，重來未有（一作又未）期。

送劉山人歸洞庭

君逐雲山去，人間又絕蹤（一作去意無人會，雖應述是從。又作却共歸雲去，高眠最上峰）。半湖乘早月，中路入疎鐘。秋盡草（一作戶）蟲急，夜深山雨重。平生心

未已豈得更相從（一作當時同隱者分得幾株松）

古意

白馬遊何處青樓日正長鳳簫抛舊曲鸞鏡嬾新妝玄
鳥深（一作空）巢靜（一作語）飛花入户香雖非竇滔婦錦字已成章

避暑

當暑憶歸林陶家借柳陰蟬從初伏噪客向晚涼吟白
日欺玄鬢滄江負素心神仙倘有術引我出幽岑（中二聯同後夏日盩厔郊居寄姚少府詩）

送吳秘書歸杭州

爲客得從容官清料復重海崖歸有業天目近何峰是
處通春棹無村不夜舂馬卿誇貴達還說返臨邛

中秋對月

秋分一夜停陰魄最晶熒好是生滄海徐看歷杳冥層
空疑洗色萬怪想潛形他夕無相類晨雞不可聽

八月上峽（一作八月峽口作）

萬里巴江（一作西南）水秋來滿峽流亂山無陸路行客在孤舟
洶洶灘聲急冥冥樹色愁免爲三不弔已（一作終）白一生頭

送狄明府赴九江

字人脩祖德清白定聞傳匹馬從（一作離）秦去孤帆入楚懸
關中寒食雨湖上暑衣天四考兼重請（一作攝）相知住幾年

陝下投姚諫議

舊業在東鄙西遊從楚荊風雷幾夜坐山水半年行夢
永秋燈滅吟孤曉露明前心若不遂有恥却歸耕

關東逢薛能

何處不相思相逢還有時交心如到老會面未爲遲苦
學緣明代勞生欲白髭唯君一度別便似見無期

富春贈孫璐

天柱與天目曾棲絕頂房青雲求祿晚白日坐家長井
氣通潮信牕風引海涼平生詩稱（一作稿）在老達亦何妨

送友人遊蜀

東堂雖不捷西去復何愁蜀馬知歸路巴山似舊遊星
臨劒閣動花落錦江流鼓吹青林下時聞祭武侯

夏日盩厔郊居寄姚少府

古木有清陰寒泉在下深蟬從初伏噪客向晚涼吟白
日欺玄鬢滄江負素心甚思中夜話何路許相尋

送胡休處士歸湘江（一作南）

見說（一作話）湘江（一作荊湘）切長愁有去時江湖秋涉遠雷（一作風）雨（一作電）
夜眠遲舊業多歸興空山盡老期天寒一瓢酒落日醉
（一作擬）留誰

峽州送清徹上人歸浙西（一作送清江上人歸東林）

風濤幾千里歸路半乘舟此地難相遇（一作別）何人更共遊
（一作留）坐經嵩頂夏行值洛陽秋到寺安禪夕江雲滿（一作過）石
樓

送僧入天台

一錫隨緣赴天台又去登長亭舊別路落日獨行僧夜
燒山何處秋帆浪幾層他時授巾拂莫爲（一作說，一作道）老無能

回山後寄范鄴先輩

高樓會月夜北雁向南分留住經春雪辭來見夏雲遥
空江不極絕頂日難曛一與山僧坐無因得議文

長安送友人東歸

白社思歸處青門見去人鄉遥（一作連）茂苑樹路入廣陵塵
海日潮浮曉湖山雪露（一作滯）春猶期來帝里未是得閑人
（一作身）

深秋過源宗上人房（房一作方丈）

到日值搖落相留山舍空微寒生夜半積雨向秋終度
講多來雁經禪少候蟲方從聽話後不省在愁中（第二聯同後秋宿清源上人院詩）

秋日登山閣

蒼蒼山閣晚杳杳隙塵秋偶上多時立翻成盡日愁草
平連邑動河滿逐江流下視窮邊路行人在隴頭

秋宿慈恩寺遂上人院（一作送宋震先輩赴青州）

滿閣終南色清宵獨倚欄風高斜漢動葉下曲江寒帝
里求名老空門見性難吾師無一事不似在長安

題棲霞寺慶上人院

居與鳥巢鄰日將巢鳥親多生從此性久集得無身樹
老風終夜山寒雪見春不知諸祖後傳印是何人（後二聯同後贈

立規上人詩又同後題棲雲寺立上人院詩）

送友人入（一作之）蜀

天際蜀門開西看舉別杯何人不異禮上客自懷才夜
澗青林發秋江淥水來臨邛行樂處莫到白頭回

贈同官蘇明府

山中畿内邑別覺大夫清簿領分王事官資寄野情閑
齋無獄訟隱几向泉聲從此朝天路門前是去程

送厲圖南往荊州覲伯

雲水入荊湘古來魚鳥鄉故關重隔遠春日獨行長山
溜含清韻江雷吐夜光郡中詞客會遊子更升堂

山中夜坐

歸家來幾夜倏忽覺秋殘月滿方塘白風依老樹寒戲
魚重躍定驚鳥却棲難爲有門前路吾生不得安

送台州唐興陳明府

見說海西隅山川與俗殊官遊如不到仙分即應無瀑
布當公署天台是縣圖遥知爲吏去有術字惸孤

夏日過友人檀溪別業

暑天宜野宅林籟爽泠泠沙月邀開户岩風助掃庭鷺
棲依綠篠魚躍出清萍客抱方如醉因來得暫醒

自江上入關

盡室寄滄洲孤帆獨泝流天涯心似夢江上雨兼秋文
字爲人棄田園被債收此名如不得何處擬將休

冬夜和范秘書宿秘省中作

每日（一作入）得閑吟清曹闕下深因知遥夜坐別有遠山心
芸細書中氣松疎雪後（一作上）陰歸（一作幾）時高興足還復插朝
簪

送友人遊太原

孤帆幾日懸楚客思飄然水宿南湖夜山離舊國年秋
風高送雁寒雨入停蟬此去勤書札時常中路傳

江上居寄山中客（一本無居字中字）

山後與山前相思隔叫猿殘雲收樹末返照落江源苦
雨秋濤漲狂風野火翻朝來賣藥客遇我達無（一作君）言

全唐詩

李頻

送張郎中赴睦州

青山復淥水想入富春西夾岸清猨去中流白日低美兼華省出榮共故鄉齊賤子遥攀送歸心逐馬蹄

送鄂渚韋尚書赴鎮

夏口本吳頭重城據上遊戈船轉江漢風月宿汀洲執憲傾民望銜恩赴主憂誰知舊寮屬攀餞淚仍流

送崔侍御書記赴山北座主尚書招辟

書記向丘門旌幢夾谷尊從來遊幕意此去幷酬恩雁叫嫌冰合驄嘶喜雪繁同爲入室士不覺別銷魂

入朝遇雪

霜鬢持霜簡朝天向雪天玉階初辨色瓊樹乍相鮮密翳空難曙盈徵瑞不愆誰爲洛陽客是日更高眠

勉力

日月不並照升沈俱有時自媒徒欲速孤立却宜遲盡力唯求己公心任遇誰人間不得意半是鬢先衰

郊居寄友人

林色樹還曛何時得見君獨居度永日相去遠浮雲故疾隨秋至離懷覺夜分蛩聲非自苦偏是旅人聞

送陸肱歸吳興

雪後江上去風光故國新清渾天氣曉綠動浪花春勸酒提壺鳥乘舟震澤人誰知滄海月取桂却來秦

暮秋重過山僧院

却接良宵坐明河幾轉流安禪逢小暑抱疾入高秋靜室聞玄理深山可白頭朝朝獻林果亦欲學獮猴第二聯同後秋夜宿重本上人院詩

送新安少府

南浮雖六月風水已秋涼日亂看江樹身飛逐楚檣後期誰可定臨別語空長遠宦須清苦幽蘭貴獨芳

送人歸吳

何人不歸去君去是閑人帝里求相識山家即近鄰交情吾道可一作古一作舊離思柳條新未飲青門酒先如醉夢身

送姚評事

儒服從戎去須知勝事全使君開幕日天子偃戈年風雨依嵩嶺桑麻接楚田新詩隨過客旋滿洛陽傳

題棲雲寺立上人院

是法從生有脩持歷劫塵獨居巖下室長似定中身樹老風終夜山寒雪見春不知諸祖後傳印是何人

黔中罷職過峽州題田使君北樓

巴中初去日已遇使君留及得尋東道還陪上北樓江銜巫峽出檣過洛宮收好是從戎罷看山覺自由

江上送從兄羣玉校書東遊

逍遥蓬閣吏才子復詩流墳籍因窮覽江湖却縱遊眠波聽戍鼓飯浦約魚舟處處迎高密先應掃郡樓

宛陵東峰亭與友人話別

坐舉天涯目停杯語日晡脩篁齊迥檻列岫限平蕪亂水通三楚歸帆挂五湖不知從此去何處是前途

華山尋隱者

自入華山居關東相見疎瓢中誰寄酒葉上我留書巢鳥寒棲盡潭泉暮凍餘長聞得藥力此說又何如末聯同後尋華陽隱者

題薦福寺僧棲白上人院

空門有才子得道亦吟詩内殿頻徵入孤峰久作期高名何代比密行幾生持長愛喬松院清涼坐夏時

遊四明山劉樊二真人祠題山下孫氏居

久在仙壇下全家是地仙池塘來乳洞禾黍接芝田起看青山足還傾白酒眠不知塵世事雙鬢逐流年

和太學趙鴻博士歸蔡中

得祿從高第還鄉見後生田園休問主詞賦已垂名掃壁前題出開牕舊景清遥知賢太守致席日邀迎

送壽昌曹明府

惠人須宰邑爲政貴通經却用清琴理猶嫌薄俗聽漲江晴漸淥春嶠燒還青若宿嚴陵瀨誰當是客星

哭賈島

秦樓吟苦夜南望只悲君一官終遐徼千山隔旅墳恨聲流蜀魄冤氣入湘雲無限風騷句時來日夜聞

送薛能赴鎮徐方

列土人間盛彭門屬九州山河天設險禮樂牧分憂皎日爲明信清風占早秋雖同卻穀舉卻穀不封侯

送鳳翔范書記

西京無暑氣夏景似清秋天府來相辟高人去自由江山通蜀國日月近神州若共將軍語河蘭地未收

岐山逢陝下故人

三秦一會面二陝久分攜共憶黃河北相留白日西寄來書少達別後夢多迷早晚期于此看花聽鳥啼

送友人陸肱往太原

并州非故國君去復尋誰獫狁方爲寇嫖姚正用師戍煙來自一作有號邊雪下無時更想經綸上應逢禁火期

贈李將軍

吾宗偏好武漢代將家流走馬辭中禁屯軍向渭州天心待破虜陣面許封侯却得河源水方應洗國讎

送友人喻坦之歸睦州一作送人歸新定

歸心常共知歸路不相隨彼此無依倚東西又別離山花一作雲含雨濕一作亞江樹近一作迥又作送潮欹莫戀漁樵興生涯各有爲一作期

尋華陽隱者

閑却白雲居行蹤出去初窗中聊取筆架上獨留書日背林光冷潭澄嶽影虛長聞得藥力此說復何如

長安即事一作長安僻居酬人

豈得有書名徒爲老帝京關中秋氣早雨後夜涼生滄海身終泛青門夢一作路已行秦人縱相識多少別離情一作吟君一句意又見故人情

送友人遊塞北

朔野正秋風前程見積鴻一作上馬問雲中長川送北風日西身獨遠一作去山轉路無窮樹隔高關斷沙連大漠空君看河外將早晚擬一作合平戎

陝府上姚中丞

關東領藩鎮闕下授旌旄兌句秋吟苦酬恩夜坐勞天

開吹角出木落上樓高閑話錢塘郡半年（一作生）聽海潮

送供奉喻鍊師歸天目山

承恩雖內殿得道本深山舉世相看老孤峯獨自還溪來青壁裏路在白雲間絕頂無人住雙峯是舊關

之任建安渌溪亭偶作二首

入境當春務農蠶事正殷逢溪難飲馬度嶺更勞人想取烝黎（一作民）泰無過賦斂均不知成政後誰是得爲鄰

維舟綠溪岸繞郡白雲峯將幕連山起人家向水重短才無獨見長策未相逢所幸分堯理烝民悉可封

送侯郎中任新定二首

爲郎非白頭作牧授滄洲江界乘潮入山川值勝遊暑氣隨轉扇涼月傍開樓便欲歸田里拋官逐隱矦

罷郎東出守半路得浮舟大旆行當夏桐江到末秋雲閑分島寺濤靜見沙鷗誰伴臨清景吟詩上郡樓

送太學吳康仁及第南歸

因爲太學選志業徹春闈首領諸生出先登上第歸一榮猶未已具慶且應稀縱馬行青草臨岐脫白衣家遥楚國寄帆對漢山飛知己盈華省看君再發機

陝州題河上亭

岸擁洪流急亭開清興長當軒河草晚入坐水風涼獨鳥驚來客孤雲觸去檣秋聲和遠雨暮色帶微陽浪靜澄牕影沙明發簟光逍遥每盡日誰識愛滄浪

留題姚氏山齋

未厭棲林趣猶懷濟世才閑眠知道在高步會時來露滴從添硯蟬吟便送杯亂書離縹帙迸筍出苔莓異果因僧摘幽窗爲燕開春遊何處盡欲別幾遲回

長安書懷投知已（一作投邢員外）

所學近雕蟲知難謁（一作望）至公徒隨衆人後擬老一生中閒歲家書到經荒世業空心懸滄海斷（一作潤）夢與白雲通玉漏聲連北銀河氣極東關門迢遞月禁苑寂寥鴻地廣身難束（一作跼）時平道獨窮蕭條苔長雨淅瀝葉危（一作從）風久愧（一作戀）（一作怯）千朝客多慚別釣翁因依非不忝延薦況曾棠（一作拜投何敢忘言獎爲曾棠）與（一作棄）善應（一作如）無替垂恩本有終霜天搖落日莫使逐孤（一作飄）蓬

送姚侍御充渭北掌書記

北境烽煙急南山戰伐頻撫綏初易帥參畫盡須人書記才偏稱朝廷意更親繡衣行李日綺陌別離塵報國將臨虜之藩不離秦豸冠嚴在首雄筆健隨身飲馬河聲暮休兵塞色春敗亡仍暴骨寃哭可傷神上策何當用邊情此是眞離陰曾久客拜送欲霑巾

長安書情投知已

陝服因詩句從容已半年一從歸闕下罕得到門前每侯朝軒出常看列宿懸重投期見奬數首果棠傳轉覺功宜倍兼令住更堅都忘春暫醉少省夜曾眠煩暑燈誰讀孤雲業自專精華搜未竭騷雅琢須全此事勤雖過他謀拙莫先槐街勞白日桂路在青天取第殊無序還鄉可有緣旅情長越鳥秋思幾秦蟬月色千樓滿砧聲萬井連江山阻迢遞時節暗推遷道即窮通守才應始末憐書紳相戒語藏篋贈行篇致主當齊聖爲郎本是仙人心期際會鳳翼許遷延畢竟良圖在何妨逸性便幽齋中寢覺珍木正陰圓隱几閑瞻夜（一作彼）臨雲興渺然五陵供麗景六義動花牋倘與潛生翼寧非助化權免教垂素髮歸種海隅田

府試丹浦非樂戰

自古爲君道垂衣致理難懷仁須去殺用武即勝殘毒熾誅方及兵臨釁可觀居來彭蠡固戰罷洞庭寬雪國知天遠霜林是血丹吾皇則堯典薄伐至桑乾

府試風雨聞雞

不爲風雨變雞德一何貞在暗長先覺臨晨即自鳴陰霾方見信頃刻詎移聲向晦如相警知時似獨清蕭蕭和斷漏喔喔報重城欲識詩人興中含君子情

府試觀蘭亭圖

往會人何處遺蹤事可觀林亭今日在草木古春殘筆想吟中駐杯疑飲後乾向青穿峻嶺當白認回湍月影窗間夜湖光枕上寒不知詩酒客誰更慕前歡

府試老人星見

良宵出戶庭極目向青冥海內逢康日天邊見壽星臨空遥的的竟曉獨熒熒春後先依景秋來忽近丁垂休臨有道作瑞掩前經豈比周王夢徒言得九齡

省試振鷺

有鳥生江浦霜華作羽翰君臣將比潔朝野共相（一作用爲）歡月影林梢下冰光水際殘翻飛時共樂飲啄道皆安迥翥宜高詠羣棲入靜看由來鴛鷺侶濟濟列千官

寄辛明府

何處無苛政東南有子男細將朝客說須是邑人諳別業空經稔歸田獨未甘目凝煙積樹心貯月明潭曉鼓愁方亂春山睡正酣不任啼鳥思鄉社欲桑蠶

苑中題友人林亭

井邑藏嵓（一作洞）穴幽棲趣若何春篁抽（一作兼）筍密夏鳥雜雛多坐有清風至（一作起）林無暑氣過亂書還就葉眞飲不聽歌片影明紅蘚斜（一作新）陰映綠蘿雄文終可惜莫更棄高科

投京兆府試官任文學先輩

高興每論詩非才獨見推應當明試日不比暗投時出口人皆信操心自可知孤單雖有託際會別無期取舍知由己窮通斷在茲賤身何足數公道自難欺澤國違甘旨漁舟積夢思長安未歸去爲倚鑒妍媸

宋少府東溪泛舟

登岸還入舟水禽驚笑語晚葉低衆色濕雲帶繁暑落日乘醉歸溪流復幾許

聞北虜入靈州二首

河冰一夜合虜騎入（一作滿）靈州歲歲徵兵去難（一作徒）防塞草秋

見說靈州戰沙中血未（一作不）乾將軍日告急走馬向長安

送友人下第歸感懷

帝里春無（一作無春）意歸山對物華即應來日去（一作到日）九陌踏槐花

贈桂林友人

君家桂林住（一作下）日伐桂枝炊何事東堂樹（一作桂）年年待一

枝。

長安感懷

一第知何日全家待此身空將灞陵酒酌送向東人

題長孫桐樹

一去龍門側千年鳳影移空餘剪圭處無復在孫枝

渡漢江

嶺外音書絕經年（一作冬）復歷春近鄉情更怯不敢問來人

嵩山夜還

家住東皋去好採舊山薇自省遊泉石何曾不夜歸

暮秋宿清源上人院

野客愁來日山房木落中微風生夜半積雨向秋終證
道方離法安禪不住空迷途將覺路語默見西東

秋夜宿重本上人院

却憶涼堂坐明河幾度流安禪逢小暑抱疾入高秋水
國曾重講雲林半舊遊此來看月落還似道相求

贈立規上人

竹向空齋合無僧在四鄰去雲離坐石斜月到禪身樹
老風終夜山寒雪見春不知諸祖後傳印是何人

蘇州寒食日送人歸覲（第五句缺一字）

江城寒食下花木慘離魂幾宿投山寺孤帆過海門
聲潑火雨柳色禁煙村定看堂高後斑衣滅淚痕

即席送許　之曹南省兄（缺一字）

梅爛荷圓六月天歸帆高背虎丘煙到時自見成行雁
別處休聽滿樹蟬賣劍爲賒吳市酒攜家猶借洞庭船
待看春榜來江外名占蓬萊第幾仙

送羅著作兩浙按獄（著作常宰蘇州吳縣）

使印星車適舊遊陶潛今日在瀛洲科條盡曉三千罪
圄圄應空十二州舊綬有香龍驛馬皂華無暇狎沙鷗
歸來重過姑蘇郡莫忘題名在虎丘

下第後屏居書懷寄張侍御

刖足豈一生良工隔千里故山彭澤上歸夢向汾水低
催神氣盡僮僕心亦耻未達誰不知達者多忘此行年
忽已壯去老年更幾功名如不彰身歿豈爲鬼纔看芳
草歌即歎涼風起驄馬未來朝斷聲尚在耳

荅韓中丞容不飲酒

老大成名仍足病強聽絲竹亦無歡高情太守容閑坐
借與青山盡日看

句

只將五字句用破一生心（北夢瑣言）　楚里八千里槃槃此都
會巍峩數里城遠水相映帶（方輿勝覽）

全唐詩目（第九函）

第七冊

全唐詩

李郢

李郢字楚望長安人大中十年第進士官終侍御史詩
一卷

冬至後西湖泛舟看斷冰偶成長句

一陽生後陰飈竭湖上層冰看折時雲母扇搖當殿色
珊瑚樹碎滿盤枝斜汀藻動魚應覺極浦波生鴈未知
山影淺中留瓦礫日光寒外送漣漪崖崩葦岸縱橫散
篙蹙蘭舟片段隨曾向黃河望衝激大鵬飛起雪風吹

陽羨春歌

石亭梅花落如積玉鮮爛班竹姑赤祝陵有酒清若空
煮糭蒸魚作寒食長橋新晴好天氣兩市兒郎擢船戲
溪頭鐃鼓狂殺儂青蓋紅裙偶相值風光何處最可憐
邵家高樓白日邊樓下遊人顏色喜溪南黃帽應羞死
三月未有二月殘靈龜可信淬水乾莳草青青促歸去
短簫橫笛說明年

茶山貢焙歌

使君愛客情無已客在金臺價無比春風三月貢茶時
盡逐紅旌到山裏焙中清曉朱門開筐箱漸見新芽來
陵煙觸露不停採官家赤印連帖催朝飢暮匐誰興哀
喧闐競納不盈掬一時一餉還成堆蒸之馥之香勝梅
研膏架動轟（一作聲）如雷茶成拜表貢天子萬人爭噉春山
摧驛騎鞭聲砉流電半夜驅夫誰復見十日（一作見）王程路
四千到時須及清明宴（一作前）吾君可謂納諫君諫官不諫
何由聞九重城裏雖玉食天涯吏役長紛紛使君憂民
慘容色就焙嘗茶坐諸客幾回到口重咨嗟嫩綠鮮芳
出何力山中有酒亦有歌樂營房戶皆仙家仙家十隊
酒百斛金絲宴饌隨經過使君是日憂思多客亦無言
徵綺羅殷勤繞焙復長歎官府例成期如何吳民吳民
莫憔悴使君作相期蘇爾

夏日登信州北樓

高樓上長望百里見靈山雨歇河珠定雲開谷鳥還田
苗映林合牛犢傍村閑始得消憂處蟬聲催入關

遊天柱觀

聽鐘到靈觀仙子喜相尋茅洞幾千載水聲寒至今讀
碑丹井上坐石澗亭陰清興未云盡煙霞生夕林

酬劉谷除夜見寄

坐恐三更至流年此夜分客心無限事愁雨不堪聞灞
上家殊遠爐前酒暫(一作易)醺劉郎亦多恨詩憶故山雲

元日作

鏘鏘華駟客門館賀新正野雪江山霽微風竹樹清蕪
庭春意曉殘枿燼煙生忽憶王孫草前年在帝京

酬劉谷立春日吏隱亭見寄

孤亭遙帶寺靜者獨登臨楚霽江流慢春歸澤氣陰野
田青牧馬幽竹暖鳴禽日日年光盡何堪故國心

宿憐(一作潾)上人房

重公舊相識一夕話勞生藥裏關身病經函寄道情嶽
寒當寺色灘夜入樓聲不待移文誚三年別赤城

園居

暮雨楊雄宅秋風向秀園不聞砧杵動時看桔槔飜釣
下魚初食船移鴨甓喧橋寒才弄色須帶(一作待)早霜繁

中元夜

江南水寺中元夜金粟欄邊見月娥紅燭影迴仙態近
翠鬟光動看(一作見)人多香飄彩殿凝蘭麝露繞輕衣雜綺
羅湘水夜空巫峽遠不知歸路欲如何

贈羽林將軍(一作江上逢王將軍)

虯鬚(一作髯)憔悴羽林郎曾入甘泉侍武(一作玉)皇鵰沒夜雲知
御苑馬隨仙(一作春)仗識天香五湖歸去孤舟月六國平來
兩鬢霜唯有桓伊江上笛卧吹三弄送殘陽

送人之嶺南

關山迢遞古交州歲宴憐君走馬遊謝氏海邊逢素(一作姹)
女越王潭上見青牛嵩臺月照啼猨曙(一作樹)石室煙含古
桂秋迴望長安五千里刺桐花下莫淹留

晚泊松江驛

片帆孤客晚夷猶紅蓼花前水驛秋歲月方驚離別盡
煙波仍駐古今愁雲陰故國山川暮潮落空江網罟收
還有吳娃舊歌曲櫂聲遙散採菱舟

江亭春霽

江蘺漠漠荇田田江上雲亭霽景鮮蜀客帆檣背歸燕
楚山花木怨啼鵑春風掩映千門柳曉色淒涼萬井煙
金磬泠泠水南寺上方僧室(一作臺殿)翠微連

早秋書懷

高梧一葉墜涼天宋玉悲秋淚灑然霜拂楚山頻見菊
雨零溪樹忽無蟬虛村暮角催殘日近寺歸僧寄野泉
青鬢已緣多病鑷可堪風景促流年

爲妻作生日寄意

謝家生日好風煙柳暖花春二月天金鳳對翹雙翡翠
蜀琴初(一作新)上七絲絃鴛鴦交頸期千歲琴瑟諧和願百
年應恨客程歸未得綠窗紅淚冷涓涓

重陽日寄浙東諸從事

野人多病門長掩荒圃重陽菊自開愁裏又聞清笛怨
望中難見白衣來元瑜正及從軍樂甯戚誰憐叩角哀
紅旆紛紛碧江暮知君醉下望鄉臺

和湖州杜員外冬至日白蘋洲見憶

白蘋亭上一陽生謝朓新裁錦繡成千嶂雪消溪影淥
幾家梅綻海波清已知鷗鳥長來狎可許汀洲獨有名
多媿龍門重招引即抛田舍棹舟行

上裴晉公

四朝憂國鬢如絲龍馬精神海鶴姿天上玉書傳詔夜
陣前金甲受降時曾經庾亮三秋月下盡羊曇兩路(一作局)
碁惆悵舊堂扃綠野夕陽無限鳥飛遲

錢塘青山題李隱居西齋

小隱西齋爲客開翠蘿深處遍青苔林間掃石安碁局
巖下分泉遞酒杯蘭葉露光秋月上蘆花風起夜潮來
湖山遶屋猶嫌淺欲櫂漁舟近釣臺

友人適越路過桐廬寄題江驛

桐廬縣前洲渚平桐廬江上晚潮生莫言獨有山川秀
過日仍聞官長清麥隴虛涼當水店鱸魚鮮美稱蓴羹
王孫客棹殘春去相送河橋羨此行

送劉谷

村橋西路雪初晴雲暖沙乾馬足輕寒澗渡頭芳草色
新梅嶺外鷓鴣聲郵亭已送輕(一作欲)車發山館誰將候火
迎落日千峰轉迢遞知君回首望高城

七夕(一作趙璜詩)

烏鵲橋頭雙扇開年年一度過河來莫嫌天上稀相見
猶勝人間去不回欲減煙花饒俗世暫煩煙月掩粧臺
別時舊路長清淺豈肯離情(一作心)似死灰

秦處士移家富春發樟亭懷寄

潮落空江洲渚生知君已上富春亭嘗聞郭邑山多秀
更說官僚眼盡青離別幾宵魂耿耿相思一座髮星星
仙翁白石高歌調無復松齋半夜聽

故洛陽城

胡兵一動朔方塵不使鑾輿此重巡清洛但流嗚咽水
上陽深鎖寂寥春雲收少室初晴雨柳拂中橋晚渡津
欲問升平無故老鳳樓回首落花頻

紫極宮上元齋次呈諸道流(第五句缺一字)

碧簡朝天章奏頻清宮髣髴降靈眞五龍金角向星斗
三洞玉音愁鬼神風拂亂燈山磬　露霑仙杏石壇春
明朝醮罷羽客散塵土滿城空世人

立春一日江村偶興

舊曆年光看卷盡立春何用更相催江邊野店寒無色
竹外孤村坐見梅山雪乍晴嵐翠起漁家向晚笛聲哀
南州近有秦中使聞道胡兵索戰來

立秋後自京歸家

籬落秋歸見豆花竹門當水岸橫槎松齋一雨宜清簟
佛室孤燈對絳紗盡日抱愁跧似鼠移時不動懶於蛇
西江近有鱸魚否張翰扁舟始到家

奉陪裴相公重陽日遊安樂池亭

絳霄輕靄翊三台稽阮襟懷管樂才蓮沼昔爲王儉府
菊籬今作孟嘉杯寧知北闕元勳在(漢賜蕭何等北闕大第)却引東山
舊客來自笑吐茵還酩酊日斜空從絳衣迴

淛河館(一作蒙春山行田家歇馬)

雨濕孤蒲斜日明茅廚煮繭棹車聲青虵上竹一種色黃蝶(一作蝶)隔溪無限情何處樵漁將遠餉故園田土憶春耕千峰萬瀨(一作靈靈)水滴滴羸馬此中愁獨行

春日題山家

偶與樵人熟春殘日日來依岡尋紫蕨挽樹得青梅燕靜銜泥起蜂喧抱藥回嫩茶重攪綠新酒暑炊醅漠漠蠶生紙涓涓水弄苔丁香政堪結留步小庭隈

江亭晚望

碧天涼冷鴈來疎閑望江雲思有餘秋館池亭荷葉後野人籬落豆花初無愁自得仙人術多病能忘太史書聞說故園香稻熟片帆歸去就鱸魚

長安夜訪澈上人

關西木落夜霜凝烏帽閑尋紫閣僧松迴月光先照鶴寺寒溝水忽生氷琤琤曉漏喧秦禁漠漠秋煙起漢陵聞說天台舊禪處石房獨有一龕燈

送圓鑒上人遊天台

西嶺草堂留不住獨攜瓶錫向天台霜清海寺聞潮至日宴江船乞食回華頂夜寒孤月落石橋秋盡一僧來靈溪道者相逢處隂洞泠泠竹室開

送僧之台州

獨尋台嶺閑遊去豈覺靈溪道里賒三井應潮通海浪五峰攢寺落天花寒潭盥漱銅瓶潔野店安禪錫杖斜到日初尋石橋路莫教雲雨濕袈裟

傷賈島無可

却到京師事事傷惠休歸寂賈生亡何人收得文章篋獨我來經苔蘚房一命未霑爲逐客萬緣初盡別空王蕭蕭竹塢斜陽在葉覆閑堦雪擁牆

孔雀

越鳥青春好顏色晴軒入户看呫衣一身金翠畫不得萬里山川來者稀絲竹慣聽時獨舞樓臺初上欲孤飛刺桐花謝芳草歇南國同巢應望歸

秋晚寄題陸勳校書義興禪居時淮南從事

禪居秋草晚蕭索異前時蓮幙青雲貴翺翔絶後期蘚房櫳架掩山砌石盆欹劒戟晨趨靜笙歌夜散遲谷寒霜狖靜林晚磬蟲悲惠遠煙霞在方平杖履隨胥清須貴遠神重有威儀萬卒千蹄馬橫鞭從信騎

酬王舍人雪中見寄

三日柴門擁不開堦庭平滿白皚皚今朝踏作瓊瑤跡爲有詩從鳳沼來

蟬

飲蟬鷩雨落高槐山蟻移將入石堦若使秦樓美人見還應一爲拔金釵

自水口入茶山

蒨蒨紅裙好女兒相偎相倚看人時使君馬上應含笑橫把金鞭爲詠詩

重遊天台

南國天台山水奇石橋危險古來知龍潭直下一百丈誰見生公獨坐(一作過)時

山行

小田微雨稻苗香田畔清溪潏潏涼自憶東吳榜舟日蓼花溝水半篙強

上元日寄湖杭二從事

戀別山燈憶水燈山光水焰百千層謝公留賞山公喚知入笙歌阿那朋

寒食野望(一作遠望)

舊墳新隴哭多時流世都堪幾度悲烏鳥(一作鵲)亂啼人未遠野風吹散白棠梨

清明日題一公禪室

山頭蘭若石楠春山下清明煙火新此日何窮禮禪客歸心誰是戀禪人

七夕寄張氏兄弟

新秋牛女會佳期紅粉筵開玉饌時好與檀郎寄(一作記)花朶莫教清曉羨蛛絲

春晚與諸同舍出城迎座主侍郎(一作鄭顥詩)

三十驊騮一鬨塵來時不鎖杏園春東風柳絮輕如雪應有偷游曲水人

張郎中宅戲贈二首

薄雪燕蓊紫燕釵釵垂簏簌抱香懷一聲歌罷劉郎醉脫取明金壓繡鞋

謝家青妓邃重關誰省春風見玉顏閑道綵鸞三十六一雙雙對碧池蓮

醉送(一作吟)

江梅冷豔酒清光急拍繁絃醉畫堂無限柳條多少雪一將春恨付劉郎

曉井

桐陰覆井月斜明百尺寒泉古甃清越女攜瓶下金索曉天初放轆轤聲

南池

小男供餌婦搓絲溢榼香醪倒接䍦日出兩竿魚正食一家歡笑在南池

偶作

一杯正發吟哦興兩盞還生去住愁何似全家上船去酒旗多處即淹留

畫鼓

嘗聞畫鼓動歡情及送離人恨鼓聲兩杖一揮行纜解暮天空使別魂驚

燕蓊花

十二街中何限草燕蓊盡欲占殘春黃花撲地無窮極愁殺江南去住人

邵博士溪亭

野茶無限春風葉溪水千重返照波只去長橋三十里誰人一解枉帆過

小石上見亡友題處

筝石清琤入紫煙陸雲題處是前年苔侵雨打依稀在惆悵涼風樹樹蟬

洞靈觀流泉

石上苔蕪水上煙潺湲聲在觀門前千岩萬壑分流去更引飛花入洞天

送李判官

津市停橈送別難夢蠟炬照更闌東風萬疊吹江月
誰伴袁褒宿夜灘

宿杭州虛白堂

秋(一作鉄)月斜明虛白堂寒蛩唧唧樹蒼蒼江風徹曉(一作曙)不
得(一作成)睡二十五聲秋點長

全唐詩

崔珏

崔珏字夢之嘗寄家荊州登大中進士第由幕府拜祕
書郎為淇縣令有惠政官至侍御詩一卷

道林寺

臨湘之濱麓之隅西有松寺東岸無松風千里攏不斷
竹泉瀉入于僧厨宏梁大棟何足貴山寺難有山泉俱
四時唯夏不敢入燭龍安敢停斯須遠公池上種何物
碧羅扇底紅鱗魚香閣朝鳴大法鼓天宮夜轉三乘書
野花市井栽不著山雞飲啄聲相呼金檻僧迴步步影
石盆水濺聯聯珠北臨高處日正午舉手欲摸黃金烏
遙江大船小於葉遠村雜樹齊如蔬潭州城郭在何處
東邊一片青模糊今來古往人滿地勞生未了歸丘墟
長卿之門久寂寞五言七字誇規模我吟杜詩清入骨
灌頂何必須醍醐白日不照耒陽縣皇天厄死飢寒軀
明珠大貝採欲盡蚌蛤空滿赤沙湖今我題詩亦無味
懷賢覽古成長吁不如興罷過江去已有好月明歸途

美人嘗茶行

雲鬟枕落困春泥玉郎為碾瑟瑟塵閑教鸚鵡啄窗響
和嬌扶起濃睡人銀瓶貯泉水一掬松雨聲來乳花熟
朱唇啜破綠雲時咽入香喉爽紅玉明眸漸開橫(一作轉)秋
水手撥絲篁醉心起臺時(一作前)却坐推金箏不語思量夢
中事

門前柳(第一句缺一字)

門前蜀柳知春風澹暖煙愁殺人將謂只栽郡樓下
不知迤邐連南津南津柳色連南市南市戎州三百里
夷陬蠻落相連接故鄉莫道心先死我今帝里尚有家
門前嫩柳插(一作拔)仙霞晨露太一壇邊雨暮宿鳳皇城裏
鵶別來三載當誰道門前年年綠陰好春來定解飛雪
花雨後還應庇煙草憶昔當年栽柳時新芽茁茁嫌生
遲如今宛轉稀著地常向綠陰勞夢思不道彼樹好不
道此樹惡試將此意問野人野人盡道生處樂為報門
前楊柳栽我應來歲當歸來縱令樹下能攀折白髮如
絲心似灰

岳陽樓晚望

乾坤千里水雲間釣艇如萍去復還樓上北風斜捲席
湖中西日倒銜山懷沙有恨騷人往鼓瑟無聲帝子閑
何事黃昏尚凝睇數行煙樹接荊蠻

哭李商隱

成紀星郎字義山適歸高(一作黃)壤抱長歎詞林枝葉三春
盡學海波瀾一夜乾風雨已吹燈燭滅姓名長在齒牙
寒只應物外攀琪樹便著霓裳(一作衣)上絳(一作玉)壇
虛負凌雲萬丈才一生襟抱未曾開鳥啼花落人何在
竹死桐枯鳳不來良馬足因無主踠舊交心為絕弦哀
九泉莫歎三光隔又送文星入夜臺

和友人鴛鴦之什

翠鬣紅衣(一作毛)舞夕(一作落)暉水禽情似此禽稀暫分煙島猶
回首只渡寒塘亦共(一作並)飛映霧乍(一作晝)迷珠(一作金)殿瓦逐梭
齊上(一作還似)玉人機採蓮無限蘭橈女笑指中流羨(一作侯)爾歸
寂寂春塘煙晚(一作曉)時雨心和影共依依溪頭日暖眠沙
穩渡口風寒浴浪稀翡翠莫誇饒彩飾鸊鵜須羨好毛
衣蘭深芷密無人見相逐相呼何處歸
舞鶴翔鸞俱別離可憐生死兩相隨紅絲毳落眠汀處
白雪花成蹙浪時琴上只聞交頸語窗前空展共飛詩(一作時)
何如相見長相對肯羨人間多所思

有贈

莫道妝成斷客腸粉胸綿手白蓮香煙分頂上三層綠
劍截眸中一寸光舞勝柳枝腰更軟歌嫌珠貫曲猶長
雖然不似王孫女解愛臨邛賣賦郎
錦里芬芳少佩蘭風流全占似君難心迷曉夢窗猶暗
粉落香肌汗未乾兩臉夭桃從鏡發一眸春水照人寒
自嗟此地非吾土不得如花歲歲看

和人聽歌

氣吐幽蘭出洞房樂人先問調宮商聲和細管珠纔轉
曲度沈煙雪更香公子不隨腸萬結離人須落淚千行
巫山唱罷行雲過猶自微塵舞畫梁
紅臉初分翠黛愁錦筵歌板拍清秋一樓春雪和塵落
午夜寒泉帶雨流座上美人心盡死尊前旅客淚難收
莫辭更送劉郎酒百斛明珠異日酬

水晶枕

千年積雪萬年氷掌上初擎力不勝南國舊知何處得
北方寒氣此中凝黃昏轉燭螢飛沼白日褰簾水在簪
斷蕈蜀琴相對好裁詩乞與滌煩襟

席間詠琴客

七條弦上五音寒此藝知音自古難唯有河南房次律
始終憐得董庭蘭

句

楚王宮地羅含宅賴許時時聽法來(早梅贈李商隱 見商隱集注)

曹鄴

曹鄴字業之（鄴一作）桂州人登大中進士第由天平幕府遷太常博士歷祠部郎中洋州刺史詩二卷

徒相逢

江邊野花不須採梁頭野燕不用親西施本是越溪女承恩不薦越溪人

雜誡

帶香入鮑肆香氣同鮑魚未入猶可悟已入當何如

捕漁謠

天子好征戰百姓不種桑天子好年少無人薦馮唐天子好美女夫婦不成雙

四怨三愁五情詩十二首并序

鬱於內者怨也阻於外者愁也犯於性者情也三者有一賊於前必爲顛爲沴爲蚤死人鄴專仁誼久矣有舉不得用心恐中斯物殞天命幸未死間作四怨三愁五情以望詩人救

其一怨

美人如新花許嫁還獨守豈無青銅鏡終日自疑醜

其二怨

庭花已結子巖花猶弄色誰令生處遠用盡春風力

其三怨

短鬢一如蟀長者一如蛾相共棹蓮舟得花不如他

其四怨

手推嘔啞車朝朝暮暮耕未曾分得穀空得老農名

其一愁

遠夢如水急白髮如草新歸期待春至春至還送人

其二愁

澗草短短青山月朗朗明此夜目不掩屋頭烏啼聲

其三愁

別家鬢未生到城鬢似髮朝朝臨川望灞水不入越

其一情

東西是長江南北是官道牛羊不戀山只戀山中草

其二情

阿嬌生漢宮西施住南國專房莫相妒各自有顏色

其三情

蛺蝶空中飛夭桃庭中春見他夫婦好有女初嫁人

其四情

檳榔自無柯椰葉自無陰常羨庭邊（一作亭前）竹生筍高於林

其五情

野雀空城飢交交復飛飛勿怪官倉粟官倉無空時

寄劉駕

一川草色青裊裊遶屋水聲如在家悵望美人不攜手牆東又發數枝花

風人體

出門行一步形影便相失何況大隄上騶馬如箭疾夜夜如織婦尋思待成疋郎只不在家在家亦如出將金與卜人謫道遠行古念郎緣底事不具（一作見）天與日

杏園即席上同年（一本無即字）

歧路不在天十年行不至一旦公道開青雲在平地枕上數聲鼓衡門已如市白日探得珠不待驪龍睡忽忽出九衢僮僕顏色異故衣未及換尚有去年淚晴陽照花影落絮浮野翠對酒時忽驚猶疑夢中事自憐孤飛鳥得接鸞鳳翅永懷共濟心莫起胡越意

恃寵

二月樹色好昭儀正驕奢恐君愛陽豔斫卻園中花三十六宮女髻鬟各如鴉君王心所憐獨自不見瑕臺上紅燈盡未肯下金車一笑不得所塵中悉無家飛燕身更輕何必恃容華

題女郎廟

數點煙香出廟門女娥飛去影中存年年嶺上春無主露泣花愁斷客魂

四望樓（樓在洛陽東今廢秦時有貴公子賞處每日宴其上）

背山見樓影應合與山齊座上日已出城中未鳴雞無限燕趙女吹笙上金梯風起洛陽東香過洛陽西公子長夜醉不聞子規啼

築城三首

郎有蘼蕪心妾有芙蓉質不辭嫁與郎築城無休日

嗚嗚啄人鴉軋軋上城車力盡土不盡得歸亦無家

築人非築城圍秦豈圍我不知城上土化作宮中火

奉命齊州推事畢寄本府尚書

越鳥栖不定孤飛入齊鄉日暮天欲雨那兼羽翎傷州民言刺史蠹物甚於蝗受命大執法草草是行裝僕隸皆分散單車驛路長四顧無相識奔馳若投荒重門下長鎖樹影空過牆驅囚遶廊屋餓餓如牛羊獄吏相對語簿書堆滿牀敲枷打鎖聲終日在目旁既捨三山侶來餘五斗糧忍學空城雀潛身入官倉國中天子令頭上白日光曲木用處多不如直爲梁恐孤食恩地晝夜心不遑仲夏天氣熱鬢鬚忽成霜社鼠不可灌城狐不易防偶於擒縱間盡得見否臧截斷姦吏舌擘開冤人腸明朝向西望走馬歸汶陽

北郭閑思

山前山後是青草盡日出門還掩門每思骨肉在天畔來看野翁憐子孫

戰城南

千金畫陣圖自爲弓劍苦殺盡田野人將軍猶愛武性命換他恩功成誰作主鳳皇樓上人夜夜長歌舞

自退

寒（一作鄰）女面如（一作上）花空（一作寂）寂（一作牀）常（一作花）對影況我（一作妾）不嫁容甘爲瓶墮井

早起

月暗滄浪西門開樹無影此時歸夢闌立在（一作獨立）梧桐井

古相送

行人卜去期白髮根已出執君青松枝空數別來日心如七夕女生死難再匹且願車聲迫莫使馬行疾巫山千丈高亦恐夢相失

甲第

遊人未入門花影出門前將軍來此住十里無荒田

望不來

見花憶郎面常願花色新爲郎容貌好難有（一作好）相似人

官倉鼠

官倉老鼠大如斗（一作牛）見人開倉亦不走健兒無糧百姓飢誰遣朝朝入君口

題灌廟

曉祭瑶齋夜扣鐘鼇頭風起浪重重人間直有仙桃種海上應無肉馬蹤赤水夢沈迷象罔翠華恩斷泣芙蓉不知皇帝三宮駐始向人間著衮龍

偶題

白玉先（一作老）生多在市青牛道士不居山但能共得丹田語正是忙時身亦閑

登岳陽樓有懷寄座主相公

南登岳陽樓北眺長安道不見昇平里千山樹如草骨肉在南楚沈憂起常早白社愁成空秋蕪待誰掃常聞詩人語西子不宜老賴識丹元君時來語蓬島

出關

山上黃犢走避人山下女郎歌滿野我獨南征恨此身更有無成出關者

將赴天平職書懷寄翰林從兄

居處絶人事門前雀羅施誰遣辟書至僕隷皆展眢疋馬渡河洛西風飄路岐手執王粲筆閑吟向旌旗香晚翠蓮動吟餘紅燭移開口啖酒肉將何報相知況我魏公子相顧不相疑豈學官倉鼠飽食無所爲白露霑碧草芙蓉落清池自小不到處全家忽如歸吾宗處清切立在白玉墀方得一侍座單車又星飛願將門底水永託萬頃陂

賀雪寄本府尚書

兩雪不順時陰陽失明晦麥根半成土農夫泣相對我公誠訴天天地忽已泰長飈卷白雲散落羣峰外拂砌花影明交宮鶴翎碎宿鳥晨不飛猶疑月光在碧樹香盡發蠹蟲聲漸退有客懷兔園吟詩遶城内

寄嵩陽道人

三山浮海倚蓬瀛路入真元險盡平華表千年孤鶴語人間一夢晚蟬鳴將龍逐虎神初王積火焚心氣漸清見說嵩陽有仙客欲持金簡問長生

去不返

寒女不自知嫁爲公子妻親情未識面明日便東西但得上馬了一去頭不回雙輪如鳥飛影盡東南街九重十二門一門四扇開君從此路去妾向此路啼但得見君面不辭插荆釵

送進士下第歸南海

數片紅霞映夕陽攬君衣袂更移觴行人莫歎碧雲晚上國每年春草芳雪過藍關寒氣薄鴈回湘浦怨聲長應無惆悵滄波遠十二玉（一作重）樓非我鄉

送鄺圖南下第歸澧州

當春人盡歸我獨無歸計送君自多感不是緣下第君看山上草盡有干雲勢結根既不然何必更掩袂澧水鱸魚賤荆門楊柳細勿爲陽豔留此處有月桂言畢尊未乾十二門欲閉佇立望不見登高更流涕吟君別我詩悵望水煙際

思不見

但見出門蹤不見入門跡却笑山頭女無端化爲石

貴宅

入門又到門到門戟相對玉簫聲尚遠疑似人不在公子厭花繁買藥栽庭内望遠不上樓聰中見天外此地日烹羊無異我食菜自是愁人眼見之若奢泰

下第寄知己

長安孟春至枯樹花亦發憂人此時心冷若松上雪自知才不堪豈敢頻泣血所痛無罪者明時屢遭刖故山秋草多一卷成古轍夜來遠心起夢見瀟湘月大賢冠蓋髙何事憐屑屑不令傷弓鳥日暮飛向越聞知感激語曾中如有物舉頭望青天白日頭上沒歸來通濟里開戶山鼠出中庭廣寂寥但見薇與蕨無慮數尺軀委作泉下骨唯愁攬清鏡不見昨日髮願憐閨中女晚嫁唯守節勿惜四座言女巧難自說

吳宮宴

吳宮城闕高龍鳳遥相倚四面鐙鼓鐘中央列羅綺春風時一來蘭麝聞數里三度明月落青娥醉不起江頭鐵劍鳴玉座成荒壘適來歌舞處未知身是鬼

長相思

翦妾身上巾贈郎傷妾神郎車不暫停妾貌寧長春青天無停雪（一作雲）滄海無停津遣妾空牀夢夜夜隨車輪

長城下

遠水猶歸整征人合憶鄉泣多盈袖血吟苦滿頭霜楚國連天浪衡門到海荒何當生燕羽時得近雕梁

成名後獻恩門

爲物稍有香心遭蠹虫嚙平人登太行萬萬車輪折一辭桂嶺猨九泣東門月年年孟春時看花不如雪僻居城南隅顔子須泣血沈埋若九泉誰肯開口說辛勤學機杼坐對秋燈滅織錦花不常見之盡云拙自憐孤生竹出土便有節每聽浮競言喉中似無舌忽然風雷至驚起池中物拔上青雲巔輕如一毫髮瓏瓏金鎖甲稍稍城烏絶名字如鳥飛數日便到越幽蘭生雖晚幽香亦難歇何以保此身終身事無缺

贈道師

舉世皆問人唯師獨求已一馬無四蹄頃刻行千里應笑北原上丘墳亂如蟻

入關

衡門亦無路何況入西秦灸病不得穴徒爲採艾人

聽劉尊師彈琴

曾於（一作遊）清海獨聞蟬又向空庭夜聽泉不似齋堂人靜處秋聲長在七條弦

題山居

掃葉煎茶摘葉書心閑無夢夜窗虛只應光武恩波晚豈是嚴君戀釣魚

關試前送進士姚潛下第歸南陽

馬嘶殘日沒殘霞二月東風便到家莫羨長安占春者明年始見故園花

滻川寄進士劉駕

我家不背水君身不向越自是相憶苦忽如經年別山
家草木寒石上有殘雪美人望不見迢迢雲中月
翠孤至渚宮寄座主相公
萬里一孤舟春行夏方到骨肉盡單羸沈憂滿懷抱羈
孤相對泣性命不相保開戶山鼠驚蟲聲亂秋草白菌
緣屋生黃蒿擁籬倒對此起長嗟芳年亦須老恩門爲
宰相出入用天道忽於摧落間收得青松操全家到江
陵屋虛風浩浩中腸自相伐日夕如寇盜其下有孤姪
其上有孀嫂黃糧賤於土一飯常不飽天斜日光薄地
濕蟲叫噪惟恐道忽消形容益枯槁古人於黃雀豈望
白環報奉荅恩地恩何慙以誠告
早秋宿田舍
澗草疎疎螢火光山月朗朗楓樹長南村犢子夜聲急
應是欄邊新有霜
旅次岳陽寄京中親故
君山南面浪連天一客愁心兩處懸身逐片帆歸楚澤
魂隨流水向秦川月回浦北千尋雪樹出湖東幾點煙
更欲登樓向西望北風催上洞庭船
題舒鄉一本有驛字
功名若及鴟夷子必擬將舟泛洞庭柳色湖光好相待
我心非醉亦非醒
碧尋一作潯宴上有懷知己
荻花蘆葉滿溪流一簇笙歌在水樓金管曲長人盡醉
玉簪恩重獨生愁女蘿力弱難逢地桐樹心孤易感秋
莫怪當歡却惆悵全家欲上五湖舟
從天平節度使遊平流園
池塘靜於寺俗事不到眼下馬如在山令人忽疎散明
公有高思到此遂長返乘興挈一壺折荷以爲盞入竹
藤似虵侵牆水成蘚幽鳥不識人時來拂冠冕沿流路
若窮及行路猶遠洞中已云夕洞口天未晚自憐不羈
者寫物心常簡飜愁此興多引得嵇康嬾
故人寄茶一作李德裕詩
劍外九華英緘題下玉京開時微月上碾處亂泉聲半
夜招僧至孤吟對月烹碧沈霞腳碎香泛乳花輕六腑
睡神去數朝詩思清月餘不敢費留伴肘書行

全唐詩

曹鄴

東武吟
心如山上虎身若倉中鼠惆悵倚市門無人與之語夜
宴李將軍欲望心相許何曾聽我言貪謔邯鄲女獨上
黃金臺淒涼淚如雨
薊北門行一本作出自薊北門行
長河凍如石征人夜中戍但恐筋力盡敢憚將軍遇古
來死未歇白骨礙官路豈無一有功可以高其墓親戚
牽衣泣悲號自相顧死者雖無言那堪生者悟不如無
手足得見齒髮暮乃知七尺軀却是速死具
金井怨
西風吹急景美人照金井不見面上花却恨井中影
姑蘇臺
南一作吳宮酒未銷又宴姑蘇臺美人和淚去半夜閶門開
相對正歌舞笑中聞鼓鼙星散九重門血流十二街一
去成萬古臺盡人不回時聞野田中拾得黃金釵
夜坐有懷
悄悄月出樹東南若微霜愁人不成寐五月夜亦長佳
期杳天末骨肉不在旁年華且有恨一作限嚴體難久康人
言力耕者歲早亦有糧吾道固如此安得苦悵悵
寄監察從兄
我祖居鄴地鄴人識文星此地星已落兼無古時城古
風既無根千載難重生空留建安書傳說七子名賤子
生桂州桂州山水清白覺心貌古兼合古人情因爲二
雅詩出語有性靈持來向長安時得長者驚芝草不爲
瑞還共木葉零恨如轍中土終歲塡不平吾宗戴豸冠
忽然入西京憐其羽翼單撫若親弟兄松根已堅牢松
葉豈不榮言罷眼無淚心中如酒酲
樂府體
蓮子房房嫩菖蒲葉葉齊共結池中根不厭池中泥
棄婦
嫁來未曾出此去長別離父母亦有家羞言何以歸此
日年且少事姑常有儀見多自成醜不待顏色衰何人
不識寵所嗟無自非將欲告此意四鄰已相疑
讀李斯傳
一車致三轂本圖行地速不知駕馭難舉足成顛覆欺
暗尚不然欺明當自戮難將一人手掩得天下目不見
三尺墳雲陽草空綠
文宗陵
千年堯舜心心成身已殁始隨蒼梧雲不返蒼龍闕宮
女衣不香黃金賜白髮留此奉天下所以無征伐至今
汨羅水不葬大夫骨
偶懷
閉目不見路常如夜中行最賤不自勉中塗與誰爭蓬
爲沙所危還向沙上生一年秋不熟安得便廢耕顏子
命未達亦遇時人輕
代羅敷誚使君
常言愛嵩山別妾向東京朝來見人說却知在石城未
必菖蒲花只向石城生自是使君眼見物皆有情麋鹿
同上山蓮藕同在泥莫學天上日朝東暮還西
怨歌行
丈夫好弓劍行坐說金吾喜聞有行役結束不待車官
田贈倡婦留妾侍舅姑舅姑皆已死庭花半是蕪中妹
尋適人生女亦嫁夫何曾寄消息他處却有書嚴風厲

中野女子心易孤貧賤又相負封侯意何如

南征怨

萬浪東不回昭王南征早龍舟没何處獨樹江上老吾欲問水濱宮殿已生草

和潘安仁金谷集

太守龍爲馬將軍金作車香飄十里風風下綠珠歌莫怪坐上客歎君庭前花明朝此池館不是石崇家

不可見

常聞貧賤夫頭白終相待自從嫁黔婁終歲長不在君夢有雙影妾夢空四鄰常思勁北風吹折雙車輪

秦後作

大道不居謙八荒安苟得木中不生火高殿禍頃刻誰將白帝子踐我禮義域空持拔山志欲奪天地德軟道人不回壯士斷消息父母骨成薪蟲蛇自相食鼎亂陰陽疑戰盡鬼神力東郊龍見血九土玄黃色鼙鼓裂二景妖星動中國圓丘無日月曠野失南北徒流殺人血神器終不忒一馬渡空江始知賢者賊

薄命妾

薄命常惻惻出門見南北劉郎馬蹄疾何處去不得淚珠不可收蟲絲不可織知君綠桑下更有新相識

放歌行

莫唱放歌行此歌臨楚水人皆惡此聲唱者終不已三閭有何罪不向枕上死

江西送人

八月江上樓西風令人愁攜酒樓上別盡見四山秋但愁今日知莫作他時疑郎本不住此無人泣望歸何水不生波何木不攺柯遥知明日恨不如今日多將心速投人路遠人如何

始皇陵下作

千金買魚燈泉下照狐兔行人上陵過却弔扶蘇墓纍纍壙中物多於養生具若使山可移應將秦國去舜歿雖在前今猶未封樹

洛原西望

築城畏不堅城堅心自毀秦樹滿平原秦人不居此猶爲泣路者無力報天子

趙城懷古

邯鄲舊公子騎馬又鳴珂手揮白玉鞭不避五侯車閑愁春日短沽酒入倡家一笑千萬金醉中贈秦娥如今高原上樹樹白楊花

代班姬

寵極多妒容乘車上金階欻然趙飛燕不語到日西手把菖蒲花君王喚不來常嫌鬢蟬重乞人白玉釵君心無定波咫尺流不回後宮門不掩每夜黃鳥啼買得千金賦花顏已如灰

庭草

庭草根自淺造化無遺功低回一寸心不敢怨春風

過白起墓

毘陵火焰滅長平生氣低將軍臨老病賜劍咸陽西

對酒

愛酒知是僻難與性相捨未必獨醒人便是不飲者晚歲無此物何由住田野

續幽憤（嵇康呂安遭罪賦此詩鄴紀李御史甘死封之事）

繁霜作陰起朱火乘夕發清晝冷無光蘭膏坐銷歇惟公執天憲身是臺中傑一逐楚大夫何人爲君雪忽忽鬼方路不許辭雙闕過門似他鄉舉趾如遺韈八月黃草生洪濤入雲熱危魂没太行客弔空骨御千年瘴江水恨聲流不絕

古詞

高闕礙飛鳥人言是君家經年不歸去愛妾面上花妾面雖有花妾心非女蘿郎妻自不重（一作教）於妾欲如何

和謝豫章從宋公戲馬臺送孔令謝病

碧樹杳云暮朔風自西來佳人憶山水置酒在高臺不必問流水坐來日已西勸君速歸去正及鷓鴣啼

送進士李殷下第遊汾河

上國花照地遣君向西征旁人亦有恨況復故人情單車欲云去別酒忽然醒如何今夜夢半作道路程邊士不好禮全家住軍城城中鼓角嚴旅客常夜驚中有左記室逢人眼光明西門未歸者下馬如到京還應一開卷爲子心不平慇懃說忠抱壯志勿自輕

相思極（一作長相思）

妾顏與日空（一作改）君心與日新三年得一書猶在湘之濱料君相輕意知妾無至親況當受明禮不令（一作合）再嫁人願君從此日化質爲妾身

代謝玄暉新亭送范零陵

楚水洪無際滄茫接天涯相看不能語獨鳥下江籬蓬子悉有戀蓬根却無期車輪自不住何必怨路岐孟冬衣食薄夢寐亦未遺

山中效陶

落第非有罪茲山聊歸止山猿隔雲住共飲山中水讀書時有興坐石忘却起西山忽然暮往往遺巾履經時一出門兼候僮僕喜常被山翁笑求名豈如此鬒髮老未衰何如且求已

城南野居寄知已

奔走未到我在城如在村出門既無意豈如常閉門作詩二十載闕下名不聞無人爲開口君子獨有言身爲苦寒士一笑亦感恩慇懃中途上勿使車無輪

古莫買妾行

千扉不當路未似開一門若遺綠珠醜石家應尚存

霽後作（齊梁體）

新霽辨草木晚塘明衣衿乳燕不歸宿雙雙飛向林微照露花影輕雲浮麥陰無人可招隱盡日登山吟

田家効陶

黑黍春來釀酒飲青禾刈了驅牛載大姑小叔常在眼却笑長安在天外

寄賈馳先輩

游子想萬里何必登高臺聞君燕女吟如自薊北來長安高蓋多健馬東西街盡說萬簪古（一作若）將錢買金釵我祖西園事言之獨傷懷如今數君子如鳥無樹棲濟水一入河便與清流乖聞君欲自持勿使吾道低

送友人入塞

亂蓬無根日送子入青塞蒼茫萬里秋如見原野大鳥雀寒不下山川迴相對一馬沒黃雲登高望猶在驚風忽然起白日黯已晦如何怨路長出門天涯外

寄陽朔友人

桂林須產千株桂未解當天影日開我到月中收得種爲君移向故園栽

題廣福巖

未有天地先融結方廣高深無丈尺書言不盡畫難成留與人間作奇特

送曾德邁歸寧宜春

湘東山水有清輝衣水詞人得意歸幾府爭馳毛義檄一鄉看侍老萊衣筵開灞岸臨清淺路去藍關入翠微想到宜陽更無事幷將歡慶奉庭闈

送鄭谷歸宜春

無成歸故國上馬亦高歌況是飛鳴後殊爲喜慶多暑銷嵩嶽雨涼吹洞庭波莫便閑吟去須期接盛科

老圃堂 一作薛能詩唐詩紀事引又玄集以爲鄭作

邵平瓜地接吾廬穀雨乾時手自鋤昨日春風欺不在就牀吹落讀殘書

全唐詩

儲嗣宗

儲嗣宗大中十三年登進士第詩一卷

登蕪城

昔人登此地丘壠已前悲今日又非昔春風能幾時

滄浪峽 一作儲光羲詩

滄浪臨古道道上石成塵自有滄浪峽誰爲無事人

垓城 一作下

百戰未言非孤軍驚夜圍山河意氣盡淚濕一作濺美人衣

南陂遠望

閑門橫古塘紅樹已驚霜獨立望秋草野人耕夕陽孤煙起蝸舍飛鷺下漁梁唯有田家事依依似故鄉

宿玉簫宮

塵飛不到空露濕翠微宮鶴影石橋月簫聲松殿風綠毛辭世女白髮入壺翁借問燒丹處桃花幾遍紅

晚眺徐州延福寺

杉風振旅塵晚景藉芳茵片水明在野萬花深見人靜依歸鶴思遠惜舊山春今日惜一作誰攜手寄懷吟白蘋

宿甘棠館

塵跡入門盡悄然江海心水聲巫峽遠山色洞庭深風桂落寒子嵐煙凝夕陰前軒鶴歸處蘿月思沈沈

和茅山高拾遺憶山中雜題五首

山泉

香味清機仙府回縈紆亂石便流梧春風莫泛桃花去恐引凡一作漁人入洞來

巢鶴

千萬一作歲雲間丁令威殷勤仙骨莫先飛若逢茅氏傳消息貞白先生不久歸

胡山

犬入五雲音信絕鳳樓凝碧悄無聲焚香古洞步虛夜露濕松花一作枝空月明

小樓

松杉風外亂山青曲几焚香對石屏空憶一作寬得去年春雨後燕泥時汚太玄經

山鄰

石橋春澗已歸遲夢入仙山山不知柱史從來非俗吏青牛道士莫相疑

送道士

泠然御風客與道自浮沈黃鶴有歸語白雲無忌心藥爐經月淨天路入壺深從此分栖後相思何處尋

宿山館

寂寞對衰草地涼凝露華蟬鳴月中樹風落客前花山館無宿伴秋琴初別家自憐千萬里筆硯寄生涯

入浮石山

斜日出門去殘花已過春鳥聲穿葉遠虎跡渡溪新入洞幾時路耕田何代人自慙非避俗不敢問迷津

送人歸故園

遠節慘言別況予心久違從來憶家淚今日送君歸野路正風雪還鄉猶布衣里中耕稼者應笑讀書非

得越中書

芳草離離思悠悠春夢餘池亭千里月煙水一封書詩想懷康樂文應弔子胥扁舟戀南越豈獨爲鱸魚

秋墅

欲暮候樵者望山空翠微虹隨餘雨散鴉帶夕陽歸窮巷長秋草孤村時擣衣誰知多病客寂寞掩柴扉

哭彭先生

谷口溪聲客自傷那堪嗚咽弔殘陽空階鶴戀丹青影秋雨苔封白石牀主祭孤兒初學語無媒旅櫬未還鄉門人遠赴心喪夜月滿千山舊草堂

和顧非熊先生題茅山處士閑居

歸耕地肺絕塵喧匣裏青萍未報恩濁酒自憐終日醉古風時得野人言鳥啼碧樹閑臨水花滿青山靜掩門唯有階前芳草色年年惆悵憶王孫

長安懷古

禍稔蕭牆終不知生人力屈盡邊陲赤龍已赴東方暗黃犬徒懷上蔡悲面缺崩城山寂寂土埋冤骨草離離秋風解怨扶蘇死露泣煙愁紅樹枝

過王右丞書堂二首

澄潭昔臥龍章句世爲宗獨步聲名在千巖水石空野禽悲灌木落日弔清風後學攀遺址秋山閉草蟲

萬樹影參差石牀藤半垂螢光雖散草鳥跡尚臨池風雅傳今日雲山想昔時感深蘇屬國千載五言詩 右丞昔陷賊庭故有此句

孤雁

孤雁暮飛急蕭蕭天地秋關河正黃葉消息斷青樓湘渚煙波遠驪山風雨愁此時萬里道魂夢遶滄洲

贈隱者

晝室居幽谷，亂山爲四鄰。霧深知有術，窗靜似無人。鶴語松上月，花明雲裏春。生涯更何許，尊酒與垂綸。

早春懷薛公裕

幽獨自成愚，柴門日漸蕪。陸機初入洛，孫楚又遊吳。失意怨楊柳，異鄉聞鷓鴣。相思復相望，春草滿南湖。

村月

月午籬南（一作邊）道，前村半隱林。田翁獨歸處，蕎麥露花深。

早春

野樹花初發，空山獨見時。踟躕歷陽道，鄉思滿南枝。

送友人遊吳

吳山青楚吟，草色異鄉心。一酌水邊酒，數聲花下琴。登樓舊國遠，探穴九疑深。更想逢秋節，那堪聞夜砧。

贈別

蘭澤傷秋色，臨風遠別期。東城草雖綠，南浦柳無枝。直道豈易枉，暗投誰不疑。因君問行役，有淚濕江蘺。

經故人舊居

萬里訪遺塵，鶯聲淚濕巾。古書無主散，廢宅與山鄰。宿草風悲夜，荒村月弔人。淒涼問殘柳，今日爲誰春。

隨邊使過五原

偶逐星車犯虜塵，故鄉常恐到無因。五原西去陽關廢，日漫平沙不見人。

春懷寄秣陵知友

盧江城外柳堪攀，萬里行人尚未還。借問景陽臺下客，謝家誰更卧東山。

宋州月夜感懷

鴈池衰草露霑衣，河水東流萬事微。寂寞青陵臺上月，秋風滿樹鵲南飛。

吳宮

荒臺荊棘多，忠諫竟如何。細草迷宮巷，閑花誤綺羅。前溪徒自綠，子夜不聞歌。悵望清江暮，悠悠東去波。

春遊望仙谷

清無車馬塵，深洞百花春。雞犬疑霑藥，耕桑似避秦。登山採樵路，臨水浣紗人。若得心無事，移家便卜鄰。

聖女祠

石屏苔色涼，流水遶祠堂。巢鵲疑天漢，潭花似鏡妝。神來雲雨合，神去蕙蘭香。不復聞雙佩，山門空夕陽。

宿范水

行人倦遊宦，秋草宿湖邊。露濕芙蓉渡，月明漁網船。寒機深竹裏，遠浪到門前。何處思鄉甚，歌聲聞採蓮。

送顧陶校書歸錢塘

清苦月偏知，南歸瘦馬遲。槖輕緣換酒，髮白爲吟詩。水色西陵渡，松聲伍相祠。聖朝思直諫，不是挂冠時。

題雲陽高少府衙齋（一本無衙齋二字）

大隱能兼濟，軒窗逐勝開。遠含雲水思，深得棟梁材。吏散山逾靜，庭閑鳥自來。更憐幽砌色，秋雨長莓苔。

全唐詩

于武陵

于武陵，會昌時人。詩一卷。（通考大中進士）

早春山行

江草暖初綠，雁行皆北飛。異鄉那久客，野鳥尚思歸。十載過如夢，素心應已違。行家漸遠，更苦得書稀。

宿友生林居因懷貫區

繞屋樹森森，多棲紫閣禽。暫過當永夜，微得話前心。入楚行應遠，經湘恨必深。那堪對寒燭，更賦別離吟。

贈賣松人

入市雖求利，憐君意獨真。劚（一作欲）將寒澗樹，賣與翠樓人。瘦葉幾經雪，淡花應少春。長安重桃李，徒染六街塵。

友人南遊不回因而有寄

相思春樹綠，千里亦（一作各）依依。鄠杜月頻滿，瀟湘人未（一作不）歸。桂花風半落，煙草蝶雙飛。一別無消息，水南車（一作雙）跡稀。

送鄭縣董明府之任

南北行已久，憐君知苦辛。萬家同草木，三載得（一作返）陽春。東道聽遊子，夷門歌主人。空持語相送，應怪不沾巾。

山上樹（一作桂）

日暖上山（一作峰）路，鳥啼知已（一作幾）春。忽逢幽隱處（一作樹），如見獨醒人。石冷開常（一作花開）晚，風多落亦（一作葉落）頻。樵夫應不識，歲久伐爲薪。

長信宮二首

簟涼（一作清）秋氣（一作夜）初，長信恨何如。拂黛月生指，解（一作理）鬟雲滿梳。一從悲畫扇，幾度泣前魚。坐聽南宮樂，涼風搖翠裾。

一失輦前恩，綺羅生暗塵。惟應深夜月，獨伴向隅（一作愁）人。長信翠蛾老（一作蛾歛），昭陽紅粉新。君心似秋節，不使草長春。

洛陽道

浮世若浮雲，千回故復新。旋添青草塚，更有白頭人。歲暮容（一作客）將老，雪（一作雲）晴山欲春。行車與（一作馬）馬（一作馬客），不盡洛陽城。

東門路

東門車馬路，此（一作北）路在（一作有）浮沈。白日若不落（一作西沒），紅塵應更深。從來名（一作多）利地（一作計），皆起（一作是）是非心（一作爭心）。所以青青草，年年生漢陰。

江樓春望

樓下長江路，舟車晝（一作盡）不閑。鳥聲非故國，春色是他山。一望雲復水，幾重河與關。愁心隨落日，萬里各（一作爲）西還。

洛中晴望

九陌盡風塵，囂囂晝復昏。古今人不斷，南北路長存。禁落上陽樹，草衰金谷園。亂鴉歸（一作來）未已，殘（一作紅）日半前軒。

西歸

不繫與舟閑悠悠笑楚間羞將新白髮却到(一作去)(一作對)舊青山一葉忽離(一作初飛)樹幾人同入關長安家尚(一作有家)在秋至又西還

南遊

窮秋幾日雨處處生蒼苔舊國寄書後涼天方雁來露繁山草濕洲暖水花開去盡同行客一帆猶未回

南遊有感

杜陵無厚業不得駐車輪重到曾遊處多非舊主人東風千嶺(一作里)樹西日一洲蘋又(一作好)渡湘江去(一作瀟湘水)湘江(一作瀟湘)水復春

夜泊湘江

北風吹楚樹此地獨先秋何事屈原恨不隨湘水流涼天生片(一作斗)月竟夕伴孤舟一作南行客無成空白頭

客中

楚人歌竹枝遊子淚沾衣異國久爲客寒宵(一作方)頻夢歸一封書未返千樹葉皆飛南過(一作度)洞庭水更應消息稀

夜尋僧不遇(一作夜尋僧僧遊山未歸)

數歇度煙水漸非塵俗間泉聲入秋寺月色遍寒山石路幾回雪竹房猶閉關不知雙樹客何處與(一作伴)雲閑

訪道者不遇(一作訪僧不遇)

人間惟此路(一作道)長得(一作獨長)綠苔衣及戶無行跡遊方應未歸平生無(一作何)限事到此盡知非獨倚松門久陰雲昏翠微

贈王隱者山居(一作贈隱者)

石室掃無塵人寰與此分飛來南浦樹半是華山雲浮世幾多事先(一作此)生應不聞寒山(一作川)滿西日空照雁成羣

寄北客

窮邊足風慘何處醉樓臺家去幾(一作數)千里月圓十二回寒阡(一作雲山)隨日遠雪路向城開遊子久無信年年空雁來

寄友人

長安清渭東遊子跡重重此去紅塵路難尋君馬蹤昔時輕一別漸老貴相逢應戀嵩陽住(一作好)嵩陽饒(一作有)古松

夜與故人別

白日去難駐故人非舊容今宵一別後何處更(一作復)(一作再)相逢過楚水千里到秦山幾(一作萬)重語(一作話)來天又(一作未)曉月落滿城鐘

別故(一作友)人

行子與秋葉各隨南北風雖非千里別還阻一宵(一作歡)同過盡少年日尚如長轉(一作路)蓬猶爲布衣客羞入故關中

送客東歸

一聽遊子歌秋計覺(一作幾)蹉跎四海少平地(一作路)百川無定波共驚年已暮俱向客中多又駕征輪去東歸事(一作將)若何

過侯王故第

過此一酸辛行人淚有痕獨殘新碧樹猶擁舊朱門歌歇雲初散簷空燕尚存不知彈鋏客何處感新恩

孤雲

南北各萬里有雲(一作時)心更閑因風離海上伴月到人間洛浦少高(一作住)樹長安無舊山裴回不可駐漠漠又空(一作更)還

遠水

悔作望南浦望中生遠愁因知人易老(一作感)爲有(一作惟見)水東流欲附故鄉信不逢歸客舟萋萋兩岸草又度一年秋

詠蟬(一作客中聞早蟬)

江頭一聲起芳歲已難留聽此高林(一作枝)(一作樹)上遙知故國秋應催風落葉似(一作赤)勸客回舟不是新蟬苦年年自有愁

感情

青山長寂寞南望獨高歌四海故人盡九原新(一作青)壠(一作塚)多西沈浮世日東注逝川波不使年華駐此生能(一作看)幾何

早春日山居寄城郭知己

陽和潛發蕩寒陰便使川原景象新入戶風泉聲瀝瀝當軒雲岫色沈沈殘雲帶雨輕飄雪嫩柳含煙小綻金雖有眼前詩酒興邀遊爭得稱閑心

勸酒

勸君金屈巵滿酌不須辭花發多風雨人生足別離

感懷(一作感情　以下一本俱作于鄴詩)

東風吹草色空使客蹉跎不設太平險更應遊子多幾傷(一作爲)行處淚(一作酒)一曲醉中歌盡向青門外東隨渭水波

友人亭松

俛仰不能去如逢舊友同曾因春雪散見在華山中何處有明月訪君聽遠風相將歸未得各占石巖東

遊中梁山

僻地好泉石何人曾陸沈不知青嶂外更有白雲深因此見喬木幾回思舊林慇懃猨與(一作與猨)鳥惟我獨何心

尋山

到此絕車輪萋萋草樹春青山如有利白石亦成塵水潤應無路松深不見人如知巢與許千載跡猶新

宿江口

南渡人來絕喧喧雁滿沙自生江上月長有客思家半夜下霜岸北風吹荻花自驚歸夢斷不得到天涯

秋夜達蕭關

擾擾浮(一作遊)梁路人忙月自閑去年爲塞客今夜宿蕭關辭國幾經歲望鄉空見山不知江葉下又作布衣還

斜谷道

亂峰連疊嶂千里綠巍巍蜀國路如此遊人車亦過遠煙當葉歇驟雨逐風多獨憶紫芝叟臨風歌舊歌

過百牢關貽舟中者

蜀國少平地方思京洛間遠爲千里客來度百牢關帆影清江水鈴聲碧草山不因(一作貪)名與利爾我(一作我爾)各應閑

客中覽鏡

何當開此鏡即見髮如絲白日急於水一年能幾時每逢芳草處長返故園遲所以多爲客蹉跎欲怨誰

長安逢隱者

征車千里至碾遍六街塵向此有營地忽逢無事人昔時顏未改浮世路多新且脫衣沽酒終南山欲春

與僧話舊

全唐詩

司馬扎（高棅品彙作禮）

司馬扎大中時詩人詩一卷

感古

九折無停波三光如轉燭玄珠人不識徒愛燕趙玉祖龍已深惑漢氏遠猶欲驪山與茂陵相對秋草綠

贈王道士

玉洞秋有花蓬山夜無鬼豈知浮雲世生死逐流水瑤臺歌一曲曲盡五煙起悠然望虛路玉京在海裏青籙祕不聞黃鶴去不止願隨執輕策往結周太子

古思

春華惜妾態秋草念妾心始知井邊桐不如堂上琴月落却羨鏡花飛猶委苔門前長江水一去終不回

獵客

五陵射鵰客走馬占春光下馬青樓前華裾獨煌煌自言家咸京世族如金張擊鐘傳鼎食爾來八十強朱門爭先開車輪滿路傍娥娥燕趙人珠箔閑高堂清歌雜妙舞臨歡度曲長朝遊園花新夜宴池月涼更以馳驟多意氣事疆梁君王正年少終日在長楊

送進士苗縱歸紫邏山居

汝上多奇山高懷愜清境強來干名地冠帶不能整常言夢歸處泉石寒更靜鶴聲夜無人空月隨松影今朝拋我去春物傷明景悵望相送還微陽在東嶺

賣花者

少壯彼何人種花荒苑外不知力田苦却笑耕耘輩當春賣春色來往經幾代長安甲第多處處花堪愛良金不惜費競取園中最一蕊纔占煙歌聲（一作笙歌）已高會自言種花地終日擁軒蓋農夫官役時獨與花相對那令賣花者久為生人害貴粟不貴花生人自應泰

彈琴

涼（一作深）室無外響空桑七弦分所彈非新聲俗耳安肯聞月落未終曲暗中泣湘君如傳我心苦千里蒼梧雲

古邊卒思歸

有田不得耕身臥遼陽城夢中稻花香覺後戰血腥漢武在深殿唯思廓寰瀛中原半烽火比屋皆點行邊土無膏腴閑地何必爭徒令執耒者刀下死縱橫

美劉太保

常愛魯仲連退身得其趣不知鴟夷子更入五湖去雲霞恣搖曳鴻鵠無低翥萬里天地空清飈在平楚藏名向寵節辭疾去公務夜盡醉弦歌日高臥煙樹豈唯生前樂千載自垂裕論道復論功皆可黃金鑄

蠶女

養蠶先養桑蠶老人亦衰苟無園中葉安得機上絲妾家非豪門官賦日相追鳴梭夜達曉猶恐不及時但憂蠶與桑敢問結髮期東鄰女新嫁照鏡弄蛾眉

效陶彭澤

一夢倏已盡百年如露草獨有南山高不與人共老尊中貯靈味無事即醉倒何必鳴鼓鍾然後樂懷抱輕波向海疾浮雲歸谷早形役良可嗟唯能狗天道

鋤草怨

種田望雨多雨多長蓬蒿亦念官賦急寧知荷鋤勞亭午霽日明鄰翁醉陶陶鄉吏不到門禾黍苗自高獨有辛苦者屢為州縣徭罷鋤田又廢戀鄉不忍逃出門吏相促鄰家滿倉穀鄰翁不可告盡日向田（一作天）哭

山中晚興寄裴侍御

雷息疎雨散空山夏雲晴南軒對林晚籬落新蛩（一作蟬）鳴白酒一樽滿坐歌天地清十年身未閑心在人間名永懷君親恩久賤難退情安得蓬丘侶提攜採瑤英

築臺

魏國昔強盛宮中金玉多徵丁築層臺唯恐不巍峩結構切星漢躋攀橫綺羅朝觀細腰舞夜聽皓齒歌詎念人力勞安問黍與禾一朝國既傾千仞堂亦平舞榭衰柳影歌留草蟲聲月照白露寒蒼蒼故鄴城漢文有遺美對此清飈生

道中早發

野店雞一聲蕭蕭客車動西峯帶曉月十里猶相送繁

草堂前有山一見一相寬處世貴僧靜青松因歲寒他山逢舊侶盡日話長安所以閑行跡千回遶藥欄

贈王道士

日日市朝路何時無苦辛不隨丹竈客終作白頭人浮世度千載桃源方一春歸來華表上應笑北邙塵

匣中琴

世人無正心蟲網匣中琴何以經時廢非為娛耳音獨令高韻在誰感隙塵深應是南風曲聲聲不合今

過洛陽城

古來利與名俱在洛陽城九陌鼓初起萬車輪已行周秦時幾變伊洛水猶清二月中橋路鳥啼春草生

望月（一作客中月）

離家凡幾宵一望一寥寥新魄又將滿故鄉應漸遙獨臨彭蠡水遠憶洛陽橋更有乘舟客悽然亦駐橈

王將軍宅夜聽歌

朱檻滿（一作鋪）明月美人歌落梅忽驚塵起處疑有鳳飛來一曲聽初徹幾年愁暫開東南正雲雨不得見陽臺

長信（一作春）宮

莫問（一作訪）古宮名古宮空有（一作古）城惟（一作只）應東去水不改舊時聲

高樓

遠天明月出照此誰家樓上有羅衣裳（一作色）涼風吹不休（一作秋）

弦滿長道羸馬四蹄重遥羨青樓人錦衾方遠夢功名
不我與孤劍何所用行役難自休家山憶秋洞

滄浪峽

山下水聲深水邊山色聚月照秋自清花名春不去似
非人間境又近紅塵路乍入洞中天更移雲外步我殊
悒悒者猶得滄浪趣可以濯吾纓斯言誠所慕

感螢

愛爾持照書臨書嘆吾道青熒一點光曾誤幾人老夜
久獨此心環垣閉秋草

自渭南晚次華州

前樓（一作登）仙鼎原西經赤水渡火雲入村巷餘雨依驛樹
我行傷去國疲馬屢回顧有如無窠鳥觸熱不得住峩
峩華峰近城郭生夕霧逆旅何人尋行客暗中住卻思
林丘卧自愜平生素勞役今若茲羞吟招隱句

近别

咫尺不相見便同天一涯何必隔關山乃言傷别離君
心與我心脈脈無由知誰堪近别苦遠别猶有期

江上秋夕

茂陵歸路絶誰念此淹留極目月沈浦苦吟霜滿舟孤
猨啼後夜久客病高秋欲寄鄉關恨寒江無北流

送歸客

多才與命違末路隱柴扉白髮何人問青山一劍歸晴
煙獨鳥没野渡亂花飛寂寞長亭外依然空落暉

東門晚望

青門聊極望何事久離羣芳草失歸路故鄉空暮雲信
回陵樹老夢斷灞流分兄弟正南北鴻聲堪獨聞

上巳日曲江有感

萬花明曲水車馬動秦川此日不得意青春徒少年晴
沙下鷗鷺幽沚生蘭荃向晚積歸念江湖心渺然

宿壽安甘棠館

行人方倦役到此似還鄉流水來關外青山近洛陽溪
雲歸洞鶴松月半軒霜坐恐晨鐘動天涯道路長

送友人下第東遊

出門皆有託君去獨何親闕下新交少天涯舊業貧煙
寒嶺樹暝雪後嶺梅春聖代留崑玉那令愧郤詵

山齋會别

春草平陵路荷衣醉别離將尋洛陽友共結洞庭期星
月半山盡天雞出海遲無輕此分手他日重相思

曉過伊水寄龍門僧

龍門樹色暗蒼蒼伊水東流客恨長病馬獨嘶殘夜月
行人欲渡滿船霜幾家煙火依村步何處漁歌似故鄉
山下禪菴老師在願將形役問空王

送孔恂入洛

洛陽古城秋色多送君此去心如何青山欲暮惜别酒
碧草未盡傷離歌前朝冠帶掩金谷舊遊花月經銅駝
行人正苦奈分手日落遠水生微波

觀郊禮

鐘鼓旌旗引六飛玉皇初著畫龍衣泰壇煙盡星河曉
萬國心隨彩仗歸

宫怨

柳色參差掩畫樓曉鶯啼送滿宫愁年年花落無人見
空逐春泉出御溝

南徐夕眺

行吟向暮天何處不悽然岸影幾家柳笛聲何處船樓
（一作流）分瓜步月鳥入秣陵煙故里無人到鄉書誰爲傳

題清上人

古院閑松色入門人自閑罷經來宿鳥支策對秋山客
念蓬梗外禪心煙霧間空憐濯纓處階下水潺潺

塗中寄薛中裕

貧交千里外失路更傷離曉淚芳草盡夜魂明月知空
山連野外寒鳥下霜枝此景正寥落爲君玄鬓衰

白馬津阻雨

津樹蕭蕭旅館空坐看疎葉繞堦紅故鄉千里楚雲外
歸鴈一聲煙雨中漳浦病多愁易老茂陵書在信難通
功名儻遂身無事終向溪頭伴釣翁

秋日懷儲嗣宗

故人北遊久不回塞鴈南渡聲何哀相思聞鴈更惆悵
卻向單于臺下來

夜聽李山人彈琴

瑶琴夜久弦秋清楚客一奏湘煙生曲中聲盡意不盡
月照竹軒紅葉明

隱者

松間開一徑秋草自相依終日不冠帶空山無是非投
（一作輪）溪鳥伴曝藥谷雲飛時向鄰家去狂歌夜醉歸

登河中鸛鵲樓

樓中見千里樓影入通津煙樹遥分陝山河曲向秦興
亡留白日今古共紅塵鸛雀飛何處城隅草自春

漾陂晚望

遠客家水國此來如到鄉何人垂白髮一葉釣殘陽柳
暗鳥乍起渚深蘭自芳因知帝城下有路向滄浪

全唐詩

徐商

徐商字義聲（一云字秋卿）新鄭人擢進士第大中時尚書左丞
咸通四年以兵部尚書同平章事後出爲襄州節度詩
一首

賀襄陽副使節判同加章綬

朱紫花前賀故人兼榮此會頗關身同年坐上聯賓榻
宗姓亭中布錦裀晴日照旗紅灼爍韶光入隊影玢璘
芳菲解助今朝喜嫩蘂青條滿眼新

句

萍聚只因今日浪荻斜都爲夜來風

高璩

高璩字瑩之，渤海人，登進士第，累佐使府，大中朝歷丞郎，咸通中守中書侍郎平章事。詩一首

和薛逢贈别

劔外綿州第一州，尊前偏喜接君留。歌聲婉轉添長恨，管色淒涼似到秋。但務歡娛思曉角，獨耽雲水上高樓。莫言此去難相見，怨别徵黄是順流。

句

公齋一到人非舊，詩板重尋墨尚新。

高湘

高湘字濬之，銖從子也。擢進士第，咸通中歷諫議大夫。僖宗朝終江西觀察使。詩一首

和李尚書命妓餞崔侍御

謝安春渚餞袁宏，千里仁風一扇清。歌黛慘時方酩酊，不知公子重飛觥。

句

惟有高州是當家。玉泉子云：湘從兄中書舍人湜與路相巖親善，而湘厚劉相瞻。巖既逐瞻，除不附己者十司户，湘得高州。到日憤湜不佑己，賦詩云。

崔安潛

崔安潛字進之，齊州人。大中三年進士登第，咸通中累擢忠武節度使，拒王仙芝有功，代高駢鎮西川，終太子太傅，謚貞孝。詩一首

報何澤

四十九年前及第，同年唯有老夫存。今日殷勤訪吾子，穩將鬐鬣上龍門。

裴鉶

裴鉶，高駢客也，官成都節度副使加御史大夫。詩一首

題文翁石室

文翁石室有儀形，庠序千秋播德馨。古柏尚留今日翠，高岷猶藹舊時青。人心未肯抛羶蟻，弟子依前學聚螢。更歎沱江無限水，爭流祗願到滄溟。

劉損

劉損，咸通時人。詩三首

憤惋詩三首 一作劉禹錫詩，題作懷妓

寳釵分股合無緣，魚在深淵日在天。得意紫鸞休舞鏡，斷蹤青鳥罷銜箋。金杯倒覆難收水，玉軫傾攲懶續弦。從此蘼蕪山下過，祗應將淚比黄泉。

鸞辭舊伴知何止，鳳得新梧想稱心。紅粉尚存香幕幕，白雲將散信沈沈。已休磨琢投泥玉，懶更經營買笑金。願作山頭似人石，丈夫衣上淚痕深。

舊嘗游處徧尋看，覩物傷情死一般。買笑樓前花已謝，畫眉窗下月空殘。雲歸巫峽音容斷，路隔星河去住難。莫道詩成無淚下，淚如泉滴亦須乾。

鄭愚

鄭愚，番禺人。咸通中，觀察桂管，入爲禮部侍郎。黄巢平後，出鎮南海，終尚書左僕射。詩二首

幼作

臺山初罷霧，岐海正分流。漁浦颺來笛，鴻逵翼去舟。

茶詩

嫩芽香且靈，吾謂草中英。夜臼和煙擣，寒爐對雪烹。惟憂碧粉散，嘗見緑花生。

霍總

霍總，咸通時池州刺史。詩七首

郡樓望九華歌

樓上坐見九子峰，翠雲赤日光溶溶。有時朝昏變疎密，八峰和煙一峰出。有時風卷天雨晴，聚立連連如弟兄。陽烏生子偶成數，丹鳳養雛同此名。日日遥看機已靜，未離塵躅思眞境。子明龍駕騰九垓，陵陽相對空崔嵬。玉漿瑶草不可見，自有神仙風馬來。

塞下曲

曾當一面戰，頻出九重圍。但見爭鋒處，長須得勝歸。雪沾旗尾落，風斷節毛稀。豈要銘燕石，平生重武威。

關山月

珠瓏翡翠牀，白皙侍中郎。五日來花下，雙童問道傍。到門車馬狹，連夜管弦長。每笑東家子，窺他宋玉牆。

驄馬

青驄八尺高，俠客倚雄豪。踏雪生珠汗，障泥護錦袍。路傍看驟影，鞍底卷旋毛。豈獨連錢貴，酬恩更代勞。

雉朝飛

五色有名翬，清晨挾兩雌。群群飛自樂，步步飲相隨。覘葉逢人處，驚媒妬寵時。緑毛春闘盡，強敵願君知。

木芙蓉

本自江湖遠，常閑霜露餘。爭春侯穠李，得水異紅蕖。孤秀曾無偶一作遇，當門幸不鉏。誰能政搖落，繁綵照堦除。

採蓮女

舟中采蓮女，兩兩催妝梳。聞早渡江去，日高來起居。

陳琡

陳琡，咸通中佐廉使郭常侍銓于徐，性耿介，不合，挈家居茅山，焚香習禪。詩一首

别僧 一作留别蘭若僧

行若獨輪車，常畏大道覆。止若員底器，常恐他物觸。行止既如此，安得不離俗。

裵虔餘

裵虔餘一作乾餘，咸通末佐北門李相蔚淮南幕。乾寧初官太常少卿。詩二首

早春殘雪

霽日彫瓊彩，幽庭減夜寒。梅飄餘片積，日墮晚光殘。零落偏依桂，霏微不掩蘭。陰林披霧縠，小沼破冰盤。曲檻霜凝砌，疎篁玉碎竿。已聞三徑好，猶可訪袁安。

柳枝詞詠篙水濺妓衣

半額微黄一作滿額蛾黄金縷衣，玉搔頭裹鳳雙飛。一作翠翹浮動玉釵垂 從教水濺羅裙濕，還道朝來一作知道巫山行雨歸。

李嶸

李嶸，咸通時人。詩一首

獻淮南帥 一作獻李僕射

雜樹煙含瑞氣凝，鳳池波待玉山澄。國人久倚東關望，擬築沙堤到廣陵。

袁郊

袁郊字之儀，朗山人，滋之子也。咸通時爲祠部郎中、昭

宗朝爲翰林學士詩四首

月

嫦娥竊藥出人間，藏在蟾宮不放還。后羿遍尋無覓處，誰知天上却容奸。

霜

古今何事不思量，盡信鄒生感彼蒼。但想燕山吹暖律，炎天豈不解飛霜。

露

湛湛騰空下碧霄，地卑濕處更偏饒。菅茅豐草皆霑潤，不道良田有旱苗。

雲

楚甸嘗聞旱魃侵，從龍應合解爲霖。荒淫却入陽臺夢，惑亂懷襄父子心。

張叢

張叢，咸通中官桂管觀察使。詩一首。

遊東觀山

巖岫碧孱顏，靈蹤若可攀。樓臺煙靄外，松竹翠微間。玉液寒深洞，秋光秀遠山。憑君指歸路，何處是人寰。

馮袞

馮袞，東陽人，定之子。登進士第，咸通中歷任臺省，嘗爲蘇州刺史。詩二首。

擲盧作

八尺臺盤照面新，千金一擲鬬精神。合是賭時須賭取，不妨回首乞閒人。

戲酒妓

醉眼從伊百度斜，是他家屬是他家。低聲向道人知也，隔坐剛拋豆蔻花。

鄭棨

鄭棨，字蘊武。進士及第，累官散騎常侍。昭宗時，以禮部侍郎同中書門下平章事。詩三首。

老僧

日照四山雪，老僧門未開。東鉼黏柱礎，宿火陷爐灰。童子病歸去，鹿麑寒入來。齋鐘知漸近，枝鳥下生臺。

題盧州郡齋

九衢塵裏一書生，多達逢時擁斾旌。醉裏眼開金使字，紫旂風動耀天明。

別郡後寄席中三蘭（三妓並以蘭爲名）

淮淝兩水不相通，隔岸臨流望向東。千顆淚珠無寄處，一時彈與渡前風。

温庭皓

温庭皓，初爲襄陽徐商從事。咸通中，辟徐州崔彥曾幕府。龐勛反，使庭皓草表求節度，庭皓拒之，遂遇害。詔贈兵部郎中。詩四首。

觀山燈獻徐尚書

一峰當勝地，萬點照嚴城。勢異崐岡發，光疑玄圃生。焚書翻見字，舉燧不招兵。況遇新春夜，何勞秉燭行。

九枝應並耀，午夜忽潛然。景集青山外，螢分碧草前。輝華侵月影，歷亂寫星躔。望極高樓上，摇光滿綺筵。

春山收暝色，爓火集餘輝。麗景饒紅焰，祥光出翠微。白榆行自比，青桂影相依。唯有偷光客，追游欲忘歸。

梅

一樹寒林外，何人此地栽。春光先自煖，陽豔暗相催。曉覺霜添白，寒迷月借開。餘香低惹袖，墮蕊逐流杯。零落移新煖，飀飀上故臺。雪繁鶯不識，風裊蝶空迴。羞吹應愁起，征徒異渴來。莫貪題詠興，商鼎待鹽梅。

高駢

高駢，字千里，南平郡王崇文之孫。家世禁衞，幼頗修飭，折節爲文學。初事朱叔明爲司馬，後歷右神策軍都虞候、秦州刺史。咸通中，拜安南都護，進檢校刑部尚書。以都護府爲靜海軍，授駢節度，兼諸道行營招討使。僖宗立，加同中書門下平章事，遷劍南西川節度，進檢校司徒，封燕國公，徙荊南節度，加諸道行營都統、鹽鐵轉運等使。俄徙淮南節度副大使。廣明初，進檢校太尉、東面都統、京西京北神策軍諸道兵馬等使，封渤海郡王。爲部將畢師鐸所害。詩一卷。

言懷

恨乏平戎策，慙登拜將壇。手持金鉞冷，身挂鐵衣寒。主聖扶持易，恩深報效難。三邊猶未靜，何敢便休官。

寄鄠杜李遂良處士

小隱堪忘世上情，可能休夢入重城。池邊寫字師前輩，座右題銘律後生。吟社客歸秦渡晚，醉鄉漁去渼陂晴。春來不得山中信，盡日無人傍水行。

和王昭符進士贈洞庭趙先生

爲愛君山景最靈，角冠秋禮一壇星。藥將雞犬雲間試，琴許魚龍月下聽。自要乘風隨羽客，誰同種玉驗仙經。煙霞澹泊（一作寂寞）無人到，唯有漁翁過洞庭。

依韻奉酬李迪

柳下官資顏子居，閒情入骨若爲除。詩成斬將奇難敵，酒熟封侯快未如。只見絲綸終日降，不知功業是誰書。而今共飲醇滋味，消得揶揄勢利疎。

留別彰德軍從事范校書

無金寄與白頭親，飾槩猶誇似古人。未出塵埃眞落魄，不趨權勢正因循。桂攀明月曾觀國，蓬轉西風却問津。匹馬東歸羨知己，燕王臺上結交新。

途次內黃馬病寄僧舍呈諸友人

官閑馬病客深秋，肯學張衡咏四愁。紅葉寺多詩景致，白衣人盡酒交遊。依違諷刺因行得，澹泊供需不在求。

好與高陽結吟社況無名跡達珠旒

遣興

浮世忙忙蟻子羣莫嗔頭上雪紛紛沈憂萬種與千種行樂十分無一分越外險巇防俗事就中拘檢信人文醉鄉日月終須覓去作先生號白雲

南海神祠

滄溟八千里今古畏波濤此日征南將安然渡萬艘

送春

水淺魚爭躍花深鳥競啼春光看欲盡判却醉如泥

海翻

幾經人事變又見海濤翻徒起如山浪何曾洗至冤

筇竹杖寄僧

堅輕筇竹杖一枝有九節寄與沃洲人(一作僧)閑步青山月

遣興

把盞非憐酒持竿不爲魚唯應嵇叔夜似我性慵疎

歎征人

心堅膽壯箭頭親十載沙場受苦辛力盡路傍行不得廣張紅旆是何人

湘妃廟

帝舜南巡去不還二妃幽怨水雲間當時珠淚垂多少直到如今竹尚斑

赴安南却寄台司

曾驅萬馬上天(一作靜江)山風去雲回頃刻間今日海門南面事莫教還似鳳林關

閨怨

人世悲歡不可知夫君初破黑山歸如今又獻征南策早晚催縫帶號衣

馬嵬驛

玉顏雖掩馬嵬塵冤氣和煙鎖渭津蟬鬢不隨鑾駕去至今空感往來人

宴犒蕃軍有感

蜀地恩留馬嵬哭煙雨濛濛春草綠滿眼由來是舊人那堪更奏梁州曲

寓懷

關山萬里恨難銷鐵馬金鞭出塞遥爲問昔時青海畔幾人歸到鳳林橋

步虛詞

青溪道士人不識上天下天(一作地)鶴一隻洞門深鎖碧窗寒滴露研朱點周易

贈歌者二首

酒滿金船花滿枝佳人立唱慘愁眉一聲直入青雲去多少悲歡起此時(一作酒滿金尊花滿枝雙蛾齊唱鷓鴣詞青聲揭入雲間去駐得春風花落遲)

公子邀歡月滿樓雙成(一作佳人)揭調唱伊州便從席上風沙(一作秋風)起直到陽(一作蕭)關水盡頭

入蜀

萬水千山音信希空勞魂夢到京畿漫天嶺上頻回首不見虞封淚滿衣

邊城聽角

席箕風起雁聲秋隴水邊沙滿目愁三會五更欲吹盡不知凡白幾人頭

渭川秋望寄右軍王特進

長川終日碧潺湲知道天河與地連憑寄兩行朝闕淚願隨流入御溝泉

山亭夏日

綠樹陰濃夏日長樓臺倒影入池塘水精簾動微風起滿架薔薇一院香

蜀路感懷

蜀山蒼翠隴雲愁鑾駕西巡陷幾州唯有嶸回深澗水潺湲不改舊時流

殘春遣興

畫舸輕橈柳色新摩訶池上醉青春不辭不爲青春醉只恐鶯花也怪人

春日招賓

花枝如火酒如餳正好狂歌醉復醒對酒看花何處好延和閣下碧筠亭

過天威徑

豺狼坑盡却朝天戰馬休嘶瘴嶺煙歸路嶮巇今坦蕩一條千里直如弦

對花呈幕中

海棠初發去春枝首唱曾題七字詩今日能來花下飲不辭頻把使頭旗

寄題羅浮別業

不將眞性染埃塵爲有煙霞伴此身帶日(一作月)長江好歸信(一作去)博羅山下碧桃春

塞上曲二首

二年邊戍(一作塞)絶煙塵一曲河灣萬恨新從此鳳林關外事不知誰是苦心人

隴上征夫隴下魂死生同恨漢將軍不知萬里沙場苦空舉平安火入雲

廣陵宴次戲簡幕賓

一曲狂歌酒百分蛾眉畫出月爭新將軍醉罷無餘事亂把花枝折贈人

安南送曹別勑歸朝

雲水蒼茫日欲收野煙深處鷓鴣愁知君萬里朝天去爲說征南已五秋

對雪

六出飛花入戶時坐看青(一作修)竹變瓊枝如今(一作遠近)好上高樓(一作看)望蓋盡人間惡路岐

訪隱者不遇

落花流水認天台半醉閑吟獨自來惆悵仙翁何處去滿庭紅杏碧桃開

赴西川途經虢縣作

亞夫重過柳營門路指岷峨隔暮雲紅額少年遮道拜殷勤認得舊將軍

錦城寫望

蜀江波影碧悠悠四望煙花匝郡樓不會人家多少錦春來盡挂樹梢頭

太公廟

青山長在境長新寂寞持竿一水濱及得王師身已老

不知辛苦爲何人

邊方春興

草色青青柳色濃玉壺傾酒滿金鍾笙歌嘹亮隨風去知盡關山第幾重

塞上寄家兄

棣萼分張信使希幾多鄉淚濕征衣笳聲未斷腸先斷萬里胡天鳥不飛

寫懷二首

漁竿消日酒消愁一醉忘情萬事休却恨韓彭興漢室功成不向五湖遊

花滿西園月滿池笙歌摇曳畫船移如今暗與心相約不動征旗動酒旗

池上送春

持竿閑坐思沈吟釣得江鱗出碧潯回首看花花欲盡可憐寥落送春心

南征敘懷

萬里驅兵過海門此生今日報君恩回期直待烽煙靜不遣征衣有淚痕

風箏（一作題風箏寄意）

夜靜弦聲響碧空宮商信任往來風依稀似曲才堪聽又被移將（一作風吹）別調中

平流園席上

畫舸摇煙水滿塘柳絲輕軟小桃香却緣龍節爲縈絆好是狂時不得狂

聞河中王鐸加都統

煉汞燒鉛四十年至今猶在藥爐前不知子晉緣何事只學吹簫便得仙

句

人間無限傷心事不得尊前折一枝　滿宮多少承恩者似有容華妾也無　滿身珠翠將何用唯與豪家拂象牀　何人種得西施花千古春風開不盡（以上見桂苑叢談）

全唐詩目 第九函

第八冊

于濆一卷

牛徵　伊璠　蕭遘　韋承貽

鄭洪業　孫緯　歐陽玭　張演

裴澈　翁綬　潘緯　武瓘

袁皓　公乘億　王季文　盧騈

王鐐　李拯　顧封人　司馬都（共一卷）

李昌符一卷

汪遵一卷

許棠二卷

邵謁一卷

林寬一卷

劉鄴　李隲　孫蜀　歐陽澥

陳黯　張玫　鄭仁表　趙鴻

童翰卿（共一卷）

全唐詩

于濆

于濆字子漪咸通進士終泗州判官詩一卷

青樓曲

青樓臨大道一上一回老所思終不來極目傷春草

塞下曲

紫塞曉屯兵黃沙披甲臥（一作赤子別父母夫戍圍羅娑）戰鼓聲未齊烏鳶已相賀燕然山上雲半是離鄉魂衛霍待（一作徒）富貴豈能無（一作清）乾坤（一作不知誰與論）

山村曉思

開門省禾黍鄰翁水頭住今朝南澗波昨夜西川雨牧童披短蓑腰笛期煙渚不問水邊人騎牛傍山去

馬嵬驛

常經馬嵬驛見說坡前客一從屠貴妃生女愁傾國是日芙蓉花不如秋草色當時嫁匹夫不妨得頭白

苦辛（一作辛苦吟）

壠上扶犁兒手種腹長飢窗下拋（一作擲）梭女手織身無衣我願燕趙姝化爲嫫母姿一笑不值錢（一作金）自然家國肥

野蠶

野蠶食青桑吐絲亦成繭無功及生人何異偷飽煖我願均爾絲化爲寒者衣

秦原覽古

耕者戮力地龍虎曾角逐火德道將亨夜逢蛇母哭昔日望秦宮是處尋桑穀漢祖竟爲龍趙高徒指鹿當時行路人已合傷心目漢祚又千年秦原草還綠

古宴曲

雉扇合蓬萊朝車回紫陌重門集嘶馬言宴金張宅燕娥奉卮酒低鬟若無力十戶手胼胝鳳凰釵一隻高樓齊下視日照羅衣（一作綺）色笑指負薪人不信生中國

南越謠

迢迢東南天巨浸無津壖雄風卷昏霧干戈滿樓船此時尉佗心兒童待幽燕三寸陸賈舌萬里漢山川若令交趾貨盡生虞芮田天意苟如此遐人誰肯憐

述己歎

不長不成人，及長老逼身。履善本求樂，及善尤苦辛。如何鋤幷兒，一箭取功勳。

遼陽行

遼陽在何處，妾欲隨君去。義合齊死生，本不誇機杼。誰能守空閨，虛問遼陽路。

旅館秋思

旅館坐孤寂，出門成苦吟。何事覺歸晚，黃花秋意深。寒蝶戀衰草，輈我離鄉心。更見庭前樹，南枝巢宿禽。

長城

秦皇豈無德，蒙氏非不武。豈將版築功，萬里遮胡虜。團沙世所難，作壘明知苦。死者倍堪傷，僵屍猶抱杵。十年居上郡，四海誰爲主。縱使骨爲塵，冤名不入土。

田翁歎一本下有桑字

手植千樹桑，文杏作中梁。頻年徭役重，盡屬富家郎。富家田業廣，用此買金章。昨日門前過，軒車滿垂楊。歸來說向家，兒孫竟咨嗟。不見千樹桑，一浦芙蓉花。

沙場夜

城上更聲發，城下杵聲歇。征人燒斷蓬，對泣沙中月。耕牛朝輓甲，戰馬夜銜鐵。士卒浣戎衣，交河水爲血。輕裘兩都客，洞房愁宿別。何況遠辭家，生死猶未決。

里中女

吾聞池中魚，不識海水深。吾聞桑下女，不識華堂陰。貧窗苦機杼，富家鳴杵砧。天與雙明眸，只教識蠶簪。徒惜越娃貌，亦蘊韓娥音。珠玉不到眼，遂無奢侈心。豈知趙飛燕，滿髻釵黃金。

寒食

二月野中芳，凡花亦能香。素娥哭新塚，樵柯鳴柔桑。田父引黃犬，尋狐上高岡。墳前呼大歸，不知頭似霜。

邊遊錄戍卒言

二十屬盧龍，三十防沙漠。平生愛功業，不覺從軍惡。今來客鬢改，知學彎弓錯。赤肉痛金瘡，他人成衞霍。目斷望君門，君門苦寥廓。

古征戰

高峰凌青冥，深穴萬丈坑。皇天自山谷，焉得人心平。齊魯足兵甲，燕趙多娉婷。仍聞麗水中，日日黃金生。苟非夷齊心，豈得無戰爭。

山村叟

古鑿巖居人，一廛稱有產。雖霑巾覆形，不及貴門犬。驅牛耕白石，課女經黃繭。歲暮霜霰濃，畫樓人飽煖。

戍客南歸

北別黃榆塞，南歸白雲鄉。孤舟下彭蠡，楚月沈滄浪。爲子惜功業，滿身刀箭瘡。莫渡汨羅水，回君忠孝腸。

經館娃宮

館娃宮畔顧，國變生嬌妒。句踐膽未嘗，夫差心已誤。吳亡甘已矣一作昔誰在，越勝今何處。當時二國君，一種江邊墓。

村居晏起

村舍少聞事，日高猶閉關。起來花滿地，戴勝鳴桑間。居安即永業，何者爲故山。朱門與蓬户，六十頭盡斑。

感懷

採薇易爲山，何必登首陽。濯纓易爲水，何必泛滄浪。貴崇已難慕，諂笑何所長。東堂桂欲空，猶有收螢光。

金谷感懷一作懷古

黃金驕石崇，與晉爭國力。更欲住人間，一日買不得。行爲忠信主，身是文章宅。四者俱不聞，空傳墮樓客。

恨從軍

不嫁白衫兒，愛君新紫衣。早知遠相別，何用假光輝。已聞都萬騎，又道出重圍。一軸金裝字，致君終不歸。

燒金曲

天壽畏不永，燒金希長年。積土培枯根，自謂松柏堅。南陌試腰裊，西樓歌嬋娟。豈知蔓草中，日日開夜泉。

子從軍

男作鄉中丁，女作鄉男婦。南村與北里，日日見父母。豈似從軍兒，一去便白首。何當鑄劍戟，盡得丁男力。

越溪女

會稽山上雲，化作越溪人。枉破吳王國，徒爲西子身。江邊浣紗伴，黃金拖雙腕。倏忽不相期，思傾趙飛燕。妾家基業薄，空有如花面。嫁盡綠窗人，獨自盤金線。

巫山高

何山無朝雲，彼雲亦悠揚。何山無暮雨，彼雨亦蒼茫。宋玉恃才者，憑虛構高唐。自垂文賦名，荒淫歸楚襄。峩峩十二峰，永作妖鬼鄉。

織素謠

貧女苦筋力，繰絲夜夜織。萬梭爲一素，世重韓娥色。五侯初買笑，建章方落籍。一曲古涼州，六親長血食。勸爾畫長眉，學歌飽親戚。

擬古諷

洛陽大道傍，甲第何浚邃。南畝無一廛，東園有餘地。春溪化桃李，秋沼生荷芰。草木本無情，此時如有爲。旱苗當壟死，流水資嘉致。余心甘至愚，不會皇天意。

贈太行開路者

手斸太行山，心齊太行巔。斸盡太行險，君心更摩天。何如回苦辛，自鑿東皐田。

戍卒傷春

連年戍邊塞，過却芳菲節。東風氣力盡，不減陰山雪。蕭條柳一株，南枝葉微發。爲帶故鄉情，依依藉攀折。晚風吹磧沙，夜淚啼鄉月。淩煙閣上人，未必皆忠烈。

富農詩

瀆寓居堯山南六十里，里有富農得氏琅琊人。指其貌，此多藏者也。積粟萬庾，馬牛無算，血屬星居於里。土生不遺，死不贈。環顧妻孥，意與天地等。故作是詩，用廣知者。

長聞鄉人語，此家勝良賈。骨肉化飢魂，倉中有飽鼠。青春滿桑柘，旦夕鳴機杼。秋風一夜來，累累聞砧杵。西鄰有原憲，蓬蒿遶環堵。自樂固窮心，天意在何處。當門見堆一作椎子，已作桑田主。安得四海中，盡爲虞芮土。

早發

綠野含曙光，東北雲如茜。棲鴉林際起，落月水中見。此身何自苦，日日凌霜霰。流蘇帳裏人，猶在陽臺畔。

季夏逢朝客

滻水桃李熟杜曲芙蓉老九天休沐歸腰玉垂楊道避
路迴綺羅迎風嘶驄裏豈知山谷中日日吹瑶草

隴頭水(一作吟)

行人何徬徨隴頭水嗚咽寒沙戰鬼愁白骨風霜切薄
日朦朧秋怨氣陰雲結殺成邊將名名著生靈滅

古別離

入室少情意出門多路岐黃鶴有歸日蕩子無還時人
誰無分命妾身何太奇君爲東南風妾作西北枝青樓
鄰里婦終年畫長眉自倚對良匠笑妾空羅幃
郎本東家兒妾本西家女對門中道間終謂無離阻豈
知中道間遣作空閨主自是愛封侯非關備胡虜知子
去從軍何處無良人

擬古意

白玉若無玷花顏須及時國色久在室良媒亦生疑鴉
鬟未成髻鸞鏡徒相知翻慙效顰者却笑從人遲

隴頭吟(一作水)

借問隴頭水終年恨何事深疑嗚咽聲中有征人淚自
古蘊長策況我非才智無計謝潺湲一宵空不寐(後四句一作日上山下遠曙不能寐何處接長波東流入清渭)

思歸引

不耕南畝田爲(一作愛)愛東堂桂身同樹上花一落又經歲
交親日相薄知己恩潛替日開十二門自是無歸計

秦富人

高高起華堂遠遠引流水糞土視金珍猶嫌未奢侈陋
巷滿蓬蒿誰憐有顏子

對花(一作武瓘詩題云感事)

花開蝶滿枝花落蝶還稀惟有舊巢燕主人貧亦歸

宮怨

妾家望江口少年家財厚臨江起珠樓不賣文君酒當
年樂貞獨巢燕時爲友父兄未許人畏妾事姑舅西牆
鄰宋玉窺見妾眉宇一旦及天聰恩光生戶牖謂言入
漢宮富貴可長久君王縱有情不奈陳皇后誰憐頰似
桃孰知腰勝柳今日在長門從來不如醜

全唐詩

牛徵

牛徵叢之子僧孺之孫登咸通二年進士第詩一首

登越王樓即事

危樓送遠目信美奈鄉情轉岸孤舟疾銜山落照明蕭
條看草色惆悵認江聲誰會登臨恨從軍白髮生

伊璠

伊璠咸通四年登進士第爲涇陽令詩一首

及第後寄梁燭處士

繡轂尋芳許史家獨將羈事達江沙十年辛苦一枝桂
二月豔陽千樹花鵬化四溟歸碧落鶴棲三島接青霞
同袍不得同遊翫今對春風日又斜

蕭遘

蕭遘徐國公嵩之四代孫咸通五年登進士第僖宗幸
蜀拜相後爲僞熅所汚賜死詩三首

春詩

南國韶光早春風送臘來水堤煙報柳山寺雪驚梅練
色鋪江晚潮聲逐渚迴青旗問沽酒何處撥寒醅

和王侍中謁張惡子廟

青骨祀吳誰讓德紫華居越亦知名未聞一劍傳唐主
長擁千山護蜀城斬馬威稜應掃蕩截蛟鋒刃俟昇平
酇侯爲國親簫鼓堂上神籌更布兵

成都

月曉已開花市合江平偏見竹簰多好教載取芳菲樹
剩照岷天瑟瑟波

句

吾家九葉相盡繼明時出(與子三兒生日因學紀聞)

韋承貽

韋承貽字貽之咸通八年登第詩二首

策試夜潛紀長句於都堂西南隅

褒衣博帶滿塵埃獨自都堂納卷回蓬巷幾時聞吉語
棘籬何日免重來三條燭盡鐘初動九轉丹成鼎未開
殘月漸低人擾擾不知誰是謫仙才

白蓮千朶照廊明一片昇平雅頌聲才唱第三條燭盡
南宮風月畫難成(此首一作薛能詩)

鄭洪業

鄭洪業咸通八年第一人擢第詩一首

詔放雲南子弟還國

德被陪臣子仁垂聖主恩雕題辭鳳闕丹服出金門有
澤沾殊俗無征及獷渾銅梁分漢土玉壘駕鸞軒瘴嶺
蠶叢盛巴江越巂垠萬方同感化豈獨自南蕃

孫緯

孫緯咸通八年宏詞登科詩一首

中秋夜思鄭延美有作

中秋中夜月世說慴妖精顧兔雲初蔽長虵誰與勍未
追良友翫安用玉輪盈此意人誰喻裁詩寄禁城

歐陽玭

歐陽玭袞之子咸通十年擢進士第官書記詩五首

清曉捲簾

清曉意未愜捲簾時一吟檻虛花氣密地暖竹聲深秀
色還朝暮浮雲自古今石泉鷩已躍會可洗幽心

巴陵

孤城向夕原春入景初暄綠樹低官舍青山在縣門樓
臺疑結蜃枕席更聞猨客路何曾定棲遲欲斷魂

榆溪道上

初日在斜溪山雲片片低鄉愁夢裏失馬色望中迷澗底淒泉氣巖前遍綠萸非關秦塞去無事候晨雞

新嶺臨眺寄連總進士

關勢遙臨海峰巒半入雲煙中獨鳥下潭上雜花熏寄遠悲春草登臨憶使君此時還極目離思更紛紛

幽軒

幽軒斜映山空澗復潺潺重疊巖巒趣遥來窗户間桃花飄岫幌燕子語松關衣裄侵池翠階痕露蘚斑臨風清瑟奏對客白雲閑眷戀青春色含毫俯碧灣

張演

張演咸通十三年及第詩一首

社日村居（一作王駕詩）

鵝湖山下稻粱肥豚穽（一作栅）雞棲對（一作半）掩扉桑柘影斜春社散家家扶得醉人歸

袁澈

袁澈登咸通進士第僖宗朝拜相以擁立偽熅誅詩一首

弔孟昌圖

一章何罪死何名投水惟君與屈平從此蜀江煙月夜杜鵑應作兩般聲

翁綬

翁綬登咸通進士第詩八首

婕妤怨

讒謗潛來起百憂朝承恩寵暮仇讎火燒白玉非因玷霜翦紅蘭不待秋花落昭陽誰共輦月明長信獨登樓繁華事逐東流水團扇悲歌萬古愁

隴頭吟

隴水潺湲隴樹黄征人隴上盡思鄉馬嘶斜月朔風急雁過寒雲邊思長殘月出林明劍戟平沙隅水見牛羊横行俱是封侯者誰斬樓蘭獻未央

關山月

裵回漢月滿邊州照盡天涯到隴頭影轉銀河寰海靜光分玉塞古今愁笳吹遠戍孤峰滅雁下平沙萬里秋況是故園搖落夜那堪少婦獨登樓

雨雪曲

邊聲四合殷河流雨雪飛來遍隴頭鐵嶺探人迷鳥道陰山飛將濕貂裘斜飄旌旆過戎帳半雜風沙入戍樓一自塞垣無李蔡何人爲解北門憂

行路難

行路艱難不復歌故人榮達我蹉跎雙輪晚上銅臺雪一葉春浮瘴海波自古要津皆若此方今失路欲如何君看西漢翟丞相鳳沼朝辭暮雀羅

折楊柳

紫陌金隄映綺羅游人處處動離歌陰移古戍迷芳（一作荒）草花帶殘陽落遠波臺上少年吹白雪樓中思婦歛青蛾殷勤攀折贈行客此去關山雨雪多

詠酒

逃暑迎春復送秋無非綠蟻滿杯浮百年莫惜千回醉一醆能消萬古愁幾爲芳菲眠細草曾因雨雪上高樓平生名利關身者不識狂歌到白頭

白馬

渥洼龍種雪霜同毛骨天生膽氣雄金埒乍調光照地玉關初别遠嘶風花明錦襜垂楊下露濕朱纓細草中一夜羽書催轉戰紫髯騎出佩騂弓

句

海國歐鄉浙水東暫頒良守此憑熊（見事文類聚）

潘緯

潘緯湘南人登咸通進士第詩二首

中秋月

古今逢此夜共冀泬寥明豈是月華别秖應秋氣清影當中土正輪對八荒平尋客徒留望璿璣自有程

琴

客來鳴素琴惆悵對遺音一曲起於古幾人聽到今盡含（一作畫）風露（一作寒）遠自（一作日）泛月煙深（一作風）續水山操坐生方外心

句

篆經千古澀影寫一堂寒（古鏡 見吟窗雜錄）

武瓘

武瓘貴池人登咸通進士第爲盂陽令詩三首

九日衞使君筵上作

佳晨登賞喜還鄉謝守開筵晚興長滿眼黄花初泛酒隔煙紅樹欲迎霜千家門户笙歌發十里江山白鳥翔共賀安人豐樂歲幸陪珠履侍銀章

勸酒

勸君金屈巵滿酌不須辭花發多風雨人生足别離

感事（一作于濆詩 題云對花）

花開蝶滿枝花謝蝶還稀惟有舊巢燕主人貧亦歸

袁皓

袁皓宜春人登咸通進士第僖宗狩蜀擢倉部員外郎龍紀中爲集賢殿圖書使自稱碧池處士碧池書三十卷今存詩四首

重歸宜春偶成十六韻寄朝中知巳

水香甘似醴知是入袁溪黄竹成叢密青蘿夾岸低蝯流鸂鶒戲深樹鷓鴣啼黄犬驚迎客青牛困臥泥有村皆績紡無地不耕犁鄉曲多耆舊逢迎盡杖藜殷勤傾白酒相勸有黄雞歸老宫知忝還鄉路不迷直言干忌諱權路恥依棲拙學趨時態閑思與牧齊稻糧饒燕雀江海溢鳧鷖昔共逢離亂今來息鼓鼙恩仁霑品物赦化及雕題上貢貞元祿曾叨寵詔批何須歸紫禁便是到丹梯珍重長安道從今息馬嘶

及第後作

金榜高懸姓字眞分明折得一枝春蓬瀛乍接神仙侶江海迴思耕釣人九萬摶扶排羽翼十年辛苦涉風塵昇平時節逢公道不覺龍門是嶮津

重歸宜春經過萍川題梵林寺

梵林遺址在松蘿四十年來兩度過濾水東奔彭蠡浪萍川西注洞庭波村煙不改居人換官路無窮行客多拖紫腰金成底事凭闌惆悵欲如何

寄岳陽嚴使君

得意東歸過岳陽桂枝香惹蘂珠香也知暮雨生巫峽爭奈朝雲屬楚王萬恨只憑期剋手寸心唯繫别離腸南亭宴罷笙歌散回首煙波路渺茫

公乘億

公乘億字壽仙魏人咸通末登進士第爲魏博節度使樂彦禎從事加授侍郎詩一卷今存四首

賦得郎官上應列宿

北極佇文昌南宮曉拜郎紫泥乘帝澤銀印佩天光緯結三台側鈞連四輔傍佐商依傳說仕漢笑馮唐委佩摇秋色峨冠帶晚霜自然符列象千古耀巖廊

春風扇微和

麗日催遲景和風扇早春暖浮丹鳳闕韶媚黑龍津澹蕩迎仙仗霏微送畫輪綠摇宮柳散紅待禁花新舞席潜迴雪歌筵暗起塵幸當陽候律一顧及佳晨

賦得秋菊有佳色

陶令籬邊菊秋來色轉佳翠攢千片葉金剪一枝花蘂逐蜂鬚亂英隨蝶翅斜帶香飄綠綺和酒上烏紗散漫摇霜彩嬋妍漏日華芳菲彭澤見更稱在誰家

賦得臨江遲來客

江上晚沈沈煙波一望深向來殊未至何處擬相尋柳結重重眼萍翻寸寸心暮山期共眺寒渚待同臨北去魚無信南飛雁絶音思君不可見使我獨愁吟

句

十上十年皆落第一家一半已成塵（見摭言）

王季文

王季文字宗素池陽人少居九華遇異人授九仙飛化之術咸通中登進士第授祕書郎尋謝病歸九華日一浴於山之龍潭寒暑不渝竟仙去詩二首

九華山謡

九華崢嶸占南陸蓮花擢本山半腹翠屏横截萬里天瀑水落深千丈玉雲梯石磴入杳冥俯看四極如中庭丹崖壓下廬霍勢白日隱出牛斗星杉松一歲抽數尺瓊草寅緣秀層壁南風拂曉煙霧開滿山葱蒨鋪鮮碧雷霆往往從地發龍臥豹藏安可别峻極遥看戛昊蒼挺生豈得無才傑神仙憚險莫敢登馭風驚鶴循丘陵陽烏不見峰頂樹大火尚結嵒中冰靈光爽氣矄復旭晴天倒影西江淥具區彭蠡夾兩傍正可别作一嶽當少陽

青出藍

芳藍滋疋帛人力半天經浸潤加新氣光輝勝本青還同冰出水不共草爲螢翻覆依襟上偏知造化靈

盧駢

盧駢咸通進士官員外詩一首

題青龍精舍

壽夭雖云命榮枯亦大偏不知雷氏劒何處更衝天

王鐐

王鐐登咸通進士第累官汝州刺史乾符中貶韶州司馬終太子賓客詩一首

感事

擊石易得火扣人難動心今日朱門者曾恨朱門深

李拯

李拯字昌時隴西人咸通中登第僖宗朝累官考功郎知制誥僞熅僭號逼爲翰林學士熅敗爲亂兵所殺詩一首

退朝望終南山

紫宸朝罷綴鵷鸞丹鳳樓前駐馬看惟有終南山色在晴明依舊滿長安

顧封人

顧封人咸通中進士詩一首

月中桂樹

芬馥天邊桂扶踈在月中能齊大椿長不與小山同皎皎舒華色亭亭麗碧空鸖盈寧委露摇落不關風歲晚花應發春餘質詎豐無因遂攀賞徒欲望青葱

司馬都

司馬都咸通進士詩二首

和陸魯望白菊

恥共金英一例開素芳須待早霜催繞籬看見成瑶圃泛酒須迷傍玉杯映水好將蘋作伴犯寒疑與雪爲媒夫君每尚風流事應爲徐妃致此栽

送羊振文先輩往桂陽歸覲

此去歡榮冠士林離筵休恨酒杯深雲梯萬仞初高步月桂餘香尚滿襟鳴櫂曉衝蒼靄發落帆寒動白華吟君家祖德惟清苦却笑當時問絹心

全唐詩

李昌符

李昌符字巖夢咸通四年登進士第歷尚書郎膳部員外郎詩一卷

書邊事（一作邊行書事　一作塞上行）

朔野煙塵起天軍又舉戈陰風向晚急殺氣入秋多（一作莽蒼盧關北孤城帳幕多客軍甘入陣老將望迴戈）樹盡禽栖草冰堅路在河汾陽無繼者（一作尋下世）羌虜肯先和

遠歸别墅（一作秋晚歸故居）

馬省曾行處連嘶渡晚河忽驚鄉樹出漸識路人多細徑穿禾黍頹垣壓薜蘿乍歸猶似客鄰叟亦相過

題友人屋

松底詩人宅，閑門遠岫孤。數家分小徑，一水截平蕪。竹節偶相對，鳥名多自呼。愛君真靜者，欲去又踟躕。

贈同遊

此來風雨後，已覺減年華。若待皆無事，應難更有花。管弦臨夜急，榆柳向江斜。且莫看歸路，同須醉酒家。

送人出塞

北風吹雨雪，舉目已淒淒。戰鬼秋頻哭，征鴻夜不棲。沙平關路直，磧廣郡樓低。此去非東魯，人多事鼓鼙。

尋僧元皎因贈

此生迷有著，因病得尋師。話盡山中事，歸當月上時。高松連寺影，亞竹入窗枝。閑憶草堂路，相逢非素期。

下第後蒙侍郎示意指於新先輩宣恩感謝

才薄命如此，自嗟兼自疑。遭逢好文日，黜落至公時。倚玉甘無路，穿楊却未期。更慙君侍坐，問許可言詩。

夜泊渭津

漂漂東去客，一宿渭城邊。遠處星垂岸，中流月滿船。涼歸夜深簟，秋入雨餘天。漸覺家山小，殘程尚幾年。

晚夏逢友人

一別同袍友，相思已十年。長安多在客，久病忽聞蟬。驟雨纔沾地，陰雲不徧天。微涼堪話舊，移榻晚風前。

秋中夜坐

空庭吟坐久，爽氣入荷衣。病葉先秋落，驚禽背月飛。瘴雲晴未散，戍客老將依。爲應金門策，多應說戰機。

旅遊傷春

酒醒鄉關遠，迢迢聽漏終。曙分林影外，春盡雨聲中。鳥思（一作倦）江村路，花殘野岸風。十年成底事，羸馬倦西東。

得遠書

故人居謫宦，今日一書來。良久驚兼喜，殷勤卷（一作讀）更開。瘴雲沉去鴈，江雨促新梅。滿紙殊鄉淚，非（一作汲）寃不可哀。

贈同席

四座列吾友，滿園花照衣。一生知幾度，後到擬先歸。急管侵諸樂，嚴城送落暉。當歡莫離席，離席却歡稀。

贈供奉僧玄觀

自得曹溪法，諸經更不看。已降禪侶久，兼作帝師難。夜木侵簷黑，秋燈照雨寒。如何嫌有著，一念在林巒。

送琴客

楚客抱離思，蜀琴留恨聲。坐來新（一作看）月上（一作落），聽久覺秋生。夜靜騷人語，天高別鶴鳴。因君興一歎，竟夕意（一作亦）難平。

別謫者

此地聞猶惡，人言是所之。一家書絕久，孤驛夢成遲。八月三湘道，聞猿冒雨時。不須祠楚相，臣節轉堪疑。

行思

千里豈云去，欲歸如路窮。人間無暇日，馬上又秋風。破月銜高岳，流星拂曉空。此時皆在夢，行色獨怱怱。

感懷題從舅宅

郗家庭樹下，幾度醉春風。今日花還發，當時事不同。流言應未息，直道竟難通。徒遣相思者，悲歌向暮空。

與友人會

蟬吟槐蘂落，的的是愁端。病覺離家遠，貧知處事難。真交無所隱，深語有餘歡。未必聞歌吹，羈心得暫寬。

贈春遊侶（第七句缺一字）

客林多暗香，輕吹送餘芳。啼鳥愁春盡，遊人喜日長。浮雲橫暮色，新雨洗韶光。欲散垂 恨，應須入醉鄉。

送人遊邊

愁指蕭關外，風沙入遠程。馬行初有跡，雨落竟無聲。地理全歸漢，天威不在兵。西京逢故老，暗喜復時平。

寄棲白上人

剪髮兼成隱，將心更屬文。無憀對豪客，不拜謁吾君。晝壁惟泉石，經窗半典墳。歸林幽鳥狎，乞食病僧分。默坐終清夜，凝思念碧雲。相逢應未卜，余正走囂氛。

送人入新羅使

雞林君欲去，立冊付星軺。越海程難計，征帆影自飄。望鄉當落日，懷闕羨迴潮。宿霧蒙青嶂，驚波蕩碧霄。春生陽氣早，天接祖州遙。愁約三年外，相迎上石橋。

詠鐵馬鞭（并引）

鐵馬鞭，長慶二年，義成軍節度使曹華進獻，且曰得之汴水，有字刻云貞觀四年尉遲敬德字，尚在。

漢將臨流得鐵鞭，鄂侯名字舊雕鐫。須爲聖代無雙物，肯逐將軍臥九泉。汗馬不侵誅虜血，神功今見補亡篇。時來終薦明君用，莫歎沉埋二百年。

送友人

舉世誰能與事期，解攜多是正歡時。人間不遣有名利，陌上始應無別離。晚渡待船愁立久，亂山投店獨行遲。我今漂泊還如此，江劍相逢亦未知。

南潭

匝岸青蕪掩古苔，面山亭樹枕潭開。有時弦管收筵促，無數鳧鷖逆浪來。路入龍祠羣木老，風驚漁艇一聲迴。人傳郭惲多遊此，誰見當初泛玉杯。

秋夜作

數畝池塘近杜陵，秋天寂寞夜雲凝。芙蓉葉上三更雨，蟋蟀聲中一點燈。跡避險巇翻失路，心歸閑澹不因僧。既逢上國陳詩日，長守林泉亦未能。

客恨

古原南北舊蕭疎，高木風多小雪餘。半夜病吟人寢後，百年閑事酒醒初。頻招兄弟同佳節，已有兵戈隔遠書。肥馬王孫定相笑，不知歧路厭樵漁。

三月盡日

江頭從此管弦稀，散盡遊人獨未歸。落日已將春色去，殘花應逐夜風飛。

綠珠詠

洛陽佳麗與芳華，金谷園中見百花。誰遣當年墜樓死，無人巧笑破孫家。

贈別

又將書劒出孤舟，盡日停橈結遠愁。莫道（一作到）江波（一作頭）話離別，江波一去不迴流。

悶書

病來難處早秋天，一徑無人樹有蟬。歸計未成書半卷，

中宵多夢晝多眠

傷春

即是春風盡仍霑夜雨歸明朝更來此第恐落花稀

登臨洮望蕭關

漸覺風沙暗蕭關欲到時兒童能探火婦女解縫旗川少銜魚鷺林多帶箭麋暫來戎馬地不敢苦吟詩

全唐詩

汪遵（一作王道）

汪遵宣城人幼為縣吏後辭役就貢咸通七年登進士第詩一卷

彭澤

鶴愛孤松雲愛山宦情微祿免相關栽成五柳吟歸去漉酒巾邊伴菊閑

杜郵館

殺盡降兵熱血流一心猶自逞戈矛功成若解求身退豈得將軍死杜郵

細腰宮

鼓聲連日燭連宵貪向春風舞細腰爭奈君王正沈醉秦兵江上促征橈

瑤臺

仙夢香魂不久留滿川雲雨滿宮愁直須待得荊王死始向瑤臺一處遊

吳坂

跧跼鹽車萬里蹄忽逢良鑒始能嘶不緣伯樂稱奇骨幾與駑駘價一齊

箕山

薄世臨流洗耳塵便歸雲洞任天眞一瓢風入猶嫌鬧何況人間萬種人

息國

家國興亡身獨存玉容還受楚王恩銜寃只合甘先死何待花間不肯言

梁寺

立國從來為戰功一朝何事却談空臺城兵匝無人敵閑臥高僧滿梵宮

南陽

陸困泥蟠未適從豈妨耕稼隱高蹤若非先主垂三顧誰識茅廬一臥龍

杞梁墓

一叫長城萬仞摧杞梁遺骨逐妻回南鄰北里皆孀婦誰解堅心繼此來

夷門

晉鄙兵回為重難秦師收斾亦西還今來不是無朱亥誰降軒車問抱關

汴河

隋皇意欲泛龍舟千里崑崙水別流還待春風錦颿暖柳陰相送到迷樓

燕臺

禮士招賢萬古名高臺依舊對燕城如今寂寞無人上春去秋來草自生

聊城

刃血攻聊已越年竟憑儒術罷戈鋋田單漫逞燒牛計一箭終輸魯仲連

西河

花貌年年溺水濱俗傳河伯娶生人自從明宰投巫後直至如今鬼不神

密縣

百里能將濟猛寬飛蝗不到邑人安至今閭里逢災沴猶祝當時卓長官

昇仙橋

題橋貴欲露先誠此日人皆笑率情應訝臨邛沽酒客逢時還作漢公卿

破陳

獵獵朱旗映綵霞紛紛白刃入陳家看看打破東平苑猶舞庭前玉樹花

白頭吟

失却青絲素髮生合歡羅帶意全輕古今人事皆如此不獨文君與馬卿

短歌吟

箭飛烏兔競東西貴賤賢愚不夢齊匣裏有琴樽有酒人間便是武陵溪

晉河

風引征帆管吹高晉君張晏俟雄豪舟人笑指千餘客誰是煙霄六翮毛

干將墓

橐籥冰霜萬古聞拍灰松地見餘墳應緣神劍飛揚久水水山山盡是雲

金谷

晉臣榮盛更誰過常向階前舞翠娥香散豔消如一夢但留風月伴煙蘿

三閭廟

為嫌朝野盡陶陶不覺官高怨亦高憔悴莫酬漁父笑浪交（一作教）千載詠離騷

易水

七首空磨事不成誤留龍袂待琴聲斯須却作秦中鬼青史徒標烈士名

嚴陵臺

一釣淒涼在杳冥故人飛詔入山扃終將寵辱輕軒冕高卧五雲爲客星

淮陰

秦季賢愚混不分只應漂母識王孫歸榮便累千金贈爲報當時一飯恩

雞鳴曲

金距花冠傍舍棲清晨相叫一聲齊開關自有馮生計不必天明待汝啼

採桑婦

爲報躊躇陌上郎蠶飢日晚妾心忙本來若愛黃金好不肯攜籠更採桑

漁父

棹月眠流處處通綠蓑葦帶混元風靈均說盡孤高事全與逍遙意不同

越女

玉貌何曾爲浣沙只圖句踐獻夫差蘇臺日夜唯歌舞不覺干戈犯翠華

望思臺

不憂家國任姦臣骨肉翻爲蠹路人巫蠱事行冤莫雪九層徒築見無因

比干墓

國亂時危道不行忠賢諫死勝謀生一沈冤骨千年後壠水雖平恨未平

郢中

莫言白雪少人聽高調都難稱俗情不是楚詞詢宋玉巴歌猶掩繞梁聲

北海

漢臣曾此作縲囚茹血衣毛十九秋鶴髮半垂龍節在不聞青史說封侯

招屈亭

三閭溺處殺懷王感得荆人盡縞裳招屈亭邊兩重恨遠天秋色暮蒼蒼

屈祠

不肯迂回入醉鄉乍吞忠梗沒滄浪至今祠畔猨啼月了了猶疑恨楚王

銅雀臺

銅雀臺成玉座空短歌長袖盡悲風不知仙駕歸何處徒遣顰眉望漢宫

斑竹祠

九處煙霞九處昏一回延首一銷魂因憑直節流紅淚圖得千秋見血痕

題李太尉平泉莊

水（一作平）泉花木好高眠嵩少縱橫滿目前惆悵人間不平事今朝身在海南邊

戰城南

風沙刮地塞雲愁平旦交鋒晚未休白骨又霑新戰血青天猶列舊旄頭

延平津

三尺晶熒射斗牛豈隨凡手報冤讎延平一旦爲龍處看取風雲布九州

項亭

不修仁德合文明天道如何擬力爭隔岸故鄉歸不得十年空負拔山名

烏江

兵散弓殘挫虎威單槍匹馬突重圍英雄去盡羞容在看却江東不得歸

綠珠

大抵花顔最怕秋南家歌歇北家愁從來幾許如君貌不肯如君墜玉樓

升仙橋

漢朝卿相盡風雲司馬題橋衆又聞何事不如楊得意解搜賢哲薦明君

隋柳

夾浪分堤萬樹餘爲迎龍舸到江都君看靖節高眠處只向衡門種五株

楊柳

亞夫營畔柳濛濛隋主堤邊四路通攀折贈君還有意翠眉輕嫩怕春風

桐江

光武重興四海寧漢臣無不受浮榮嚴陵何事輕軒冕獨向桐江釣月明

招隱

罷聽泉聲看鹿羣丈夫才策合匡君早攜書劒離巖谷莫待蒲輪輾白雲

陳宫

椒宫荒宴竟無疑倏忽山河盡入隋留得後庭亡國曲至今猶與酒家吹

樊將軍廟

玉輦曾經陷楚營漢皇心怯擬休兵當時不得將軍力日月須分一半明

東海

漾舟雪浪映花顔徐福攜將竟不還同作危時避秦客此行何似武陵灘

昭君

漢家天子鎮寰瀛塞北羌胡未罷兵猛將謀臣徒自貴蛾眉一笑塞塵清

五湖

已立平吳霸越功片帆高颺五湖風不知戰國官榮（一作縱橫）者誰似陶朱得始終

澠池

西秦北趙各稱高池上張筵列我曹何事君王親擊缶相如有劒可吹毛

函谷關

脫禍東奔壯氣摧馬如飛電轂如雷當時若不聽彈鋏那得關門半夜開

詠酒二首

九醞松醪一曲歌本圖閑放養天和後人不識前賢意破國亡家事甚多
萬事銷沈向一杯竹門啞軋爲風開秋宵睡足芭蕉雨又是江湖入夢來

蒼頡臺

觀跡成文代結繩皇風儒教浩然興幾人從此休耕釣吟對長安雪夜燈

長城

秦築長城比鐵牢蕃戎不敢過臨洮雖然萬里連雲際爭及堯階三尺高

全唐詩

許棠

許棠字文化宣州涇縣人咸通十二年登進士第授涇縣尉又嘗爲江寧丞集一卷今編詩二卷

過洞庭湖

驚波常不定半日鬢堪斑四顧疑無地中流忽有山鳥高（一作飛）恒（一作應）畏墜（一作墮）帆遠却如閑漁父閑（一作時）相引時（一作行）歌浩渺間

登渭南縣樓

近甸名偏著登城（一作樓）景又寬半空分太華極目是長安雪助河流漲（一作廣，一作急）人耕燒色殘閑來時甚少欲下重憑欄

送李頻之南陵主簿

赴縣是還鄉途程豈覺長聽鶯離灞岸盪槳入陵陽野蕨生公署閑雲拂印床（一作章）晴天調膳外垂釣有池塘

寫懷

汩沒與辛勤全鍾在此身半生爲下客終老託何人兩鬢關中改千巖海上春青雲知有路（一作非有礙）自是致無因

過中條山

徒爲經異岳不得訪靈蹤日盡行難盡千重復萬重雲垂多作雨雷動半和鐘孤竹人藏處無因認本峰

早發洛中

半夜發清洛不知過石橋雲增中岳大樹隱上陽遙塹黑初沉月河明欲認潮孤村人尚夢無處暫停橈

汝州郡樓望嵩山

不共衆山同岧嶢出迥空幾層高鳥外萬仞一樓中水落難歸地雲離便逐風唯應霄漢客絕頂路方通

將歸江南留別友人

連春不得意所業已疑非舊國亂離後新年惆悵歸雪開還楚地（一作路）花惹別秦衣江徼多留滯高秋會恐違

塞外書事

征路出窮邊孤吟傍戍煙河光深蕩塞磧色迥連天殘日沉鵰外驚蓬到馬前空懷釣魚所未定卜歸年

日暮江上

孤帆收廣岸落照在遙峰南北渡人少高低歸鳥重潮回沙出樹雨過浦沉鐘漁父雖相問那能話所從

客行

旅食（一作日日）唯草草此生誰我同故園魂夢外長路別離中人事萍隨水年光鳥過空欲吟先落淚多是怨途窮

送李員外知揚子州留務

帝命分留務（一作後）東南向楚天幾程迴送騎中路見迎船治例開山鑄民多酌海煎青雲名素重此去豈經年

春暮途次華山下

他皆宴牡丹獨又出長安遠道行非易無圖住自難離城風已暖近岳雨翻寒此去知誰顧閑吟祗自寬

旅次滑臺投獻陸侍御

已是鴻來日堪驚却背秦天遙三楚樹路遠兩河人旅夢難歸隱吟魂不在身霜臺欹冠豸（一作豸次）賴許往來頻

重歸江南

無成歸故里不似在他鄉歲月逐流水山川空夕陽回潮迷古渡迸竹過鄰牆（一作岸移迷釣石竹廣認鄰牆）耆舊休（一作稀）存省（一作者）胡爲止淚行

寄黔南李校書

從戎巫峽外吟興更應多郡響蠻江漲山昏蜀雨過公筵饒越味俗土尚巴歌中夜懷吳夢知經（一作驚）灩澦波

東歸留辭沈侍郎

一第久乖期深心（一作終身）已自疑滄江歸恨遠紫閣別愁遲稽古成何事龍鍾負己知依門非近日不慮舊恩移

題開明里友人居

城中塵（一作圍）外住入望是田家井出深山（一作泉）水闌藏異國花風巢和鳥動雪竹向人斜來往唯君熟鄉園共海涯

遣懷

此生何處遂屑屑復悠悠舊國歸無計他鄉夢亦愁飛塵長滿眼衰髮暗添頭章句非經濟終難動五侯

送龍州樊使君

曾見邛人說龍州地未深碧溪飛白鳥紅旆映青林土產唯宜藥王租只貢金政成開（一作閑）宴日誰伴使君吟

寄盩厔薛能少府

滿縣唯雲水何曾似近畿曉庭猿（一作禽）集慣寒署吏衙稀冰色封深澗樵聲出（一作在）紫（一作翠）微時聞迎隱者依舊著山衣

送李左丞巡邊

狂戎侵內地左轄去蕭關走馬衝邊雪鳴鞭動塞山風收枯草定月滿（一作日閑）廣沙閑西繞河蘭匝應多隔歲還

題青山館（即謝公舊居）

境槩殊諸處依然是謝家遺文齊日月舊井照煙霞水隔平蕪遠山橫度鳥斜無人能此隱來往謾興嗟

雁門關野望

高關閑獨望，望久轉愁人。紫塞唯多雪，胡山不盡春。河遙分斷野，樹亂起飛塵。時見東來騎，心知近別秦。

五原書事

西出黃雲外，東懷白浪遙。星河愁立夜，雷電獨行朝。磧迥人防寇，天空鴈避鵰。如何非戰卒，弓劍不離腰。

送從弟歸泉州

問省歸南服，懸帆任北風。何山猶見雪，半路已無鴻。瘴雜春雲重，星垂夜海空。往來如不住，亦是一年中。

留別故人

殊（一作孤）立本不偶，非唯今所難。無門（一作關）閑共老，盡日泣相看。鳥畏聞鶗鴂，花慚（一作愁）背牡丹。何人知此計，復議出長安。

塞下二首

胡虜偏狂悍，邊兵不敢閑。防秋朝伏弩，縱火夜搜山。鴈逆風鼙振，沙飛獵騎還。安西雖有路，難更出陽關。

征役已不定，又緣無定河。塞深烽砦密，山亂犬羊多。漢卒聞笳泣，胡兒擊劍歌。番情終未測，今昔謾言和。

題張喬昇平里居

下馬似無人，開門只一身。心同孤鶴靜，行過老僧真。亂水藏幽徑，高原隔遠津。匡廬曾共隱，相見自相親。

題鄭拾遺南齋

明時無事諫，豈是隱明君。每值離丹陛，多陪宴白雲。門連蕭洞僻，地（一作路）與曲江分。滿院皆檉竹（一作柏），期棲鸞鶴羣。

渭上送人南歸

遠役與歸愁，同來渭水頭。南浮應到海，北去阻無州。楚雨天連地，胡風夏甚秋。江人如見問，爲話復貧遊。

寄睦州陸（一作侯）郎中（一作寄陸睦州）

下國多高趣，終年半是吟。海濤（一作潮汐）通越分，部伍雜閩（一作蠻）音。曉郭雲藏市，春山鳥護林。東浮（一作遊）雖未遂，日日至中心。

投徐端公

無謀尋舊友，强喜亦如愁。丹桂阻丹懇，白衣成白頭。窮吳迷釣業，大漢事貧遊。霄漢期提引，龍鍾未擬休。

出塞門

步步經戎虜，防兵不離身。山多曾戰處，路斷野行人。暴雨聲同瀑，奔沙勢異塵。片時懷萬慮，白髮數莖新。

新年呈友

一月月相似，一年年不同。清晨窺古鏡，旅貌近衰翁。處世閑難得，關身事半空。浮生能幾許，莫惜醉春風。

銀州北書事

南辭采石遠，北背乞銀深。磧路雖多險（一作阻），江人不廢吟。鶗依孤堠立，鷗向迥沙沉。因共邊人熟，行行起戰心。

寄趙能卿

我命同君命，君詩似我詩。俱無中道計，各失半生期。素業滄江遠，清時白髮垂。蹉跎一如此，何處卜棲遲。

夏州道中

茫茫沙漠廣，漸遠赫連城。堡迥烽（一作旗）相見，河移浪旋生。無蟬嘶折柳，有寇似防兵。不耐饑寒迫，終誰（一作難）至此行。

經故楊太尉舊居

在漢信垂功，於唐道更隆。一川留古迹，多代仰高風。樹折巢墮鳥，階荒草覆蟲。行人過豈少，獨駐夕陽中。

東歸次采石江

東下經牛渚，依然是故關。客程臨岸盡，鄉思入鷗閑。雨漲巴來（一作天）浪，雲增楚際（一作國）山。漁翁知未達，相顧不開顏。

隴上書事

城壘（一作堞）連雲谿，人家似隱居。樹飛鸚鵡衆，川下鶺鴒疎。滴夢關山雨，資餐隴水魚。誰知江徼客，此景倍相於。

陳情獻江西李常侍五首

二十二三年，遊秦復滯燕。徒陪羣彥後，自苦此生前。徑折啼猿樹，巖荒噴月泉。東堂曾受薦，垂白志猶堅。

浙浙復棲棲，人間只自迷。終年愁遠道，到老去何蹊。始見紅葉落，又聞黃鳥啼。不因趨大旆，誰肯暫提攜。

童蒙即苦辛，未識杏園春。謾倚無爲日，還成不偶人。鄉程長恨遠，旅夢亦愁貧。天地雖云廣，殊難寄此身。

春闈久已滯，秋賦又逢停。選士疑（一作宜）長阻，傷時自不寧。秦城還逐夢，楚徼影隨形。此去吟雖苦，何人更肯聽。孤立時全塞，求名勢轉難。身多離下國，分合阻長安。越鳥啼春早，蠻花送雨寒。丘門沾顧重，未別欲闌干。

經八合坂

躡險入高空，初疑勢不窮。又緣千嶂盡，還共七盤同。下辨東流水，平隨北去鴻。天然無此道，應免患窮通。

送友人北遊

北出陰關去，何人肯待君。無青山擁晉，半濁水通汾。鴈塞雖多鴈，雲州却少雲。茲遊殊不惡，莫恨暫離羣。

登淩歊臺

平蕪望已極，況復倚淩歊。江截吳山斷，天臨楚澤遙。雲帆高出樹，水市迥分橋。立久斜陽盡，無言似寂寥。

曲江三月三日

滿國賞芳辰，飛蹄復走輪。好花皆折盡，明日恐無春。鳥避連雲幄，魚驚遠浪塵。如何當此節，獨自作愁人。

贈棲白上人

閑身却不閑，日日對天顏。已住城中寺，難歸海上山。詩傳華夏外，偈布市朝間。欲問空門事，空門豈有關。

野步

閑賞步易遠，野吟聲自高。路無人到跡，林有鶴遺毛。物外趣都別，塵中心枉勞。沿溪收墮果，坐石喚飢猱。

過湍溝（一作浦）谷

西去窮胡（一作湖）處，嵒崖境不常。石形相對聳，天勢一條長。棧底鳴流水，林端歛夕陽。雖隨兵馬至，未免畏豺狼。

送友人遊蜀（一本無友字）

巴興千萬尋，此去若爲心。蟋蟀既將定，獼猴應正吟。劍門秋斷鴈，褒谷夜多砧。自古西南路，艱難直至今。

題秦州城

聖澤滋遐徼，河隄四向通。大荒收虜帳，遺土復秦風。亂燒迷歸路，遙山似夢中。此時懷感切，極目思無窮。

寄敬亭山清越上人

南朝山半寺，謝眺故鄉鄰。嶺上非無主，秋詩復有人。高禪星月近，野火虎狼馴。舊許陪閑社，終應待此身。

許棠

送前汝州李侍御罷歸宣城

吟詩早得名戴豸又加榮下國閑歸去他人少此情雲
移寒嶠出燒夾夜江明重引池塘思還登謝朓城

失題(一作送前汝州李侍御罷歸宣城第二首一作塞下曲)

獨夜長城下孤吟近北辰半天初去鴈窮磧遠來人月
黯氛埃積風羶帳幙鄰惟聞防虜寇不語暗傷神

送裴拾遺宰下邽(一作赴盩令)

受譴因廷諫茲(一作東)行不出關直廬辭玉陛上馬向(一作過)仙
山地古桑麻廣城偏僕御閑縣齋高枕臥猶(一作應)夢犯天
顏

隗囂宮晚望

西顧伊蘭近方驚滯極邊水隨空谷轉山向夕陽偏磧
鳥多依地胡雲不滿天秋風動衰草只覺犬羊羶

江上行

片席隨高鳥連天積浪間葦寬雲不匝風廣雨無閑戍
影臨孤浦潮痕在半山東(一作秦)原歸未得荏苒滯江關

登山

信步上烏道不知身忽高近空(一作雲)無世界當楚見波濤
頂峭松多瘦崖懸石盡牢獮猴呼獨散隔水向人號

哭宣城元徵君(一作士)

高眠終不起遠趣固難知琴劒今無主園林舊許誰苔
封僧坐石葦漲鶴翹池後代傳青史方欽道德垂

寄建州姚員外

謫譖遭遐謫明君即自知鄉遥辭劒外身獨向天涯嶺
堠蠻雲積閩空瘴雨垂南來終不遂日探北歸期

送厲校書從事鳳翔

赴辟依丞相超榮事豈同城池當隴右山水是關中日
有來巴使秋高出塞鴻旬休隨大斾應到九成宮

春夜同厲文學先輩會宿

江漢久分路京關重聚吟更爲他夜約方盡昔年心月
隔明河遠花藏宿鳥深無眠將及曙多是說山陰

秋江霽望

高秋偏入望霽景倍關情落木(一作葉)滿江水離人懷渭城
山高孤戍斷野極暮天平漁父時相問羞(一作修)真道姓名

隴州旅中(一作舍)書事寄李中丞

三伏客吟過長安未擬還蛩聲(一作驚)秋不動燕别思仍閑
亂葉隨寒雨孤蟾起暮關經時高嶺(一作桃)外來往旆旌間

秋日歸舊山

山雲蟬滿樹欲住更何安上國回將晚孤峰别自難磧
遥鴻未到江近夜先寒泉石雖堪戀行人不願看

下黃耳盤

獨下黃盤路多虞部落連雲晴仍著地樹古自參天亂
鳥飛人上驚麋起馬前行行無郡邑唯見虎狼煙

旅懷

終年唯旅舍只似已無家白髮除還出丹霄去轉賒夏
遊窮塞路春醉負秦花應是穹蒼意空教老若耶

題金山寺

四面波濤匝中樓(一作峰)日月鄰上窮如出世下瞷忽驚神
刹(一作塔)礙長空鳥船通外國人房房皆疊石風掃永無塵

送王侍御(一作郎)赴宣城

朝回離九陌鳥外賞殘春經宿留閑客看雲作主人時
清難議隱位重亦甘貧岩洞眞仙境應休别臥鄰

題汧湖二首

偶得湖中趣都忘隴坻愁邊聲風下鴈楚思浪移舟靜
極亭連寺涼多島近樓吟遊終不厭還似曲江頭

隴首時無事湖邊日縱吟遊魚來復去浴鳥出還沉蜃
氣藏孤嶼波光到遠林無人見垂釣暗起洞庭心

宿青山館

下馬青山下無言有所思雲藏李白墓苔暗謝公詩烈
燒飛荒野棲梟宿廣陂東來與西去皆是不閑時

宿同州厲評事舊業寄華下

從戎依遠地無日見家山地近風沙處城當甸服間阻
河通渭水曲苑帶秦關待月登樓夜何人相伴閑

聞蟬十二韻

造化生微物常能(一作偏宜)應候鳴初離何處樹又發去年聲
未蛻唯愁(一作微能)動纔飛似解驚聞來鄰海徼恨起過邊城
騷屑隨風遠悠揚類雪輕報秋涼漸至斷月思偏清互
默疑相答微搖似欲行繁音人已厭朽殼蟻猶爭朝士
嚴冠飾宮嬪逞鬢名亂依西日噪多引北歸情篠露凝
潛吸蛛絲忽迸縈此時吟立者(一作聽久)不覺萬愁生(一本只十韻云造化生微物常能應候鳴初離何處樹又發去年聲騷屑隨風遠悠揚類葉輕報秋涼漸至斷夜思偏清默守疑相答微搖似欲行繁音人已厭朽殼蟻猶爭朝士嚴冠飾宮嬪逞鬢名亂依西月噪多引北歸情篠露凝潛吸蛛絲迸忽縈此時吟立久萬緒一時生)

冬杪歸陵陽别業五首

無媒歸别業所向自乖心閭里故人少田園荒草深浪
翻全失岸竹迸别成林鷗鳥猶相識時來聽苦吟

眠雲終未遂策馬暫休期上國勞魂夢中心甚别離冰
封巖溜斷雪壓砌松欹骨肉嗟名晚看歸却淚垂

學劒雖無術吟詩似有魔已貧甘事晚臨老愛閑多雞
犬唯隨鹿兒童只衣簑時因尋野叟狂醉復狂歌

鄉國亂離後交親半旅遊遠聞誠可念歸見豈無愁敗
葦迷荒徑寒簑没壞舟衡門終不掩倚杖看波流

遊秦復滯燕不覺近衰年旅貌同柴毁行衣對骨穿籬
寒多啄雀木落斷浮煙楚夜聞鳴鴈猶疑在塞天

送王侍御赴宣城(一作赴越城令)

戴豸却(一作忽)驅雞東南上句溪路過金谷口(一作外一作盡)帆轉石
城西水樹連天暗山禽繞郡(一作縣)啼江人諳舊化那復俟
招攜

春日烏延道中

邊窮厄未窮復此逐歸鴻去路多相似行人半不同山
川藏北狄草木背東風虛負男兒志無因立戰功

寄華陰劉拾遺

堅心持諫諍自古亦艱難寄邑雖行化眠雲似去官河
分中野斷岳入半天寒瀑布水成日誰陪吟復看

憶江南

南楚西秦遠名遲别歲深欲歸難遂去閑憶自成吟雷
電閑傾雨猿猱鬬墮林眠雲機尚在未忍負初心

許棠二

九·八 六〇四

長安書情

踈散過閑人，同人不在秦。近來驚白髮，方解惜青春。僻寺居將遍，權門到絶因。行藏如此輩，何以謂謀身。

過故洛城

七百數還窮，城池一旦空。夕陽唯照草，危堞不勝風。岸斷河聲別，田荒野色同。去來皆過客，何處問遺宮。

寄廬山賈處士

時泰亦高眠，人皆謂不然。窮經休望辟，餌术止期仙。彭蠡波涵月，鑪峰雪照天。常聞風雨夜，到曉在漁船。

下第東歸留別鄭侍郎

無才副至公，豈是命難通。分合吟詩老，家宜逐浪空。別心懸闕下，歸念極吳東。唯畏重回日，初情恐不同。

泗上早發

獨起無人見，長河（一作淮）夜泛時。平蕪疑自動，落月似相隨。楚外離空早，關西去已遲。漁歌聞不絶，却軫洞庭思。

贈天台僧

赤城霞外寺，不忘舊登年。石上吟分海，樓中語近天。重遊空有夢，再隱定無緣。獨夜休行道，星辰靜照禪。

冬夜與友人會宿

君初離鴈塞，我久滯雕陰。隔閏俱勞夢，通宵各話心。禁風吹漏出，原樹映星沉。白晝常多事，無妨到曉吟。

送元遂上人歸吳中

落髮在王畿，承恩著紫衣。印心誰受請，講疏自攜歸。泛浦龍驚錫，禪雲虎繞扉。吳中知久別，庵樹想成圍。

贈志空上人

了了在心中，南宗與北宗。行高無外染，骨瘦是真容。飯野盂埋雪，禪雲杖倚松。常修不住性，必擬老何峰。

邊城晚望

廣漠杳無窮，孤城四面空。馬行高磧上，日墮迥沙中。逼曉人移帳，當川樹列風。迢迢河外路，知直去崆峒。

汴上暮秋

獨立長堤上，西風滿客衣。日臨秋草廣，山接遠天微。岸葉隨波盡，沙雲與鳥飛。秦人寧有素，去意自知歸。

春日言懷

東風萬物新，獨未到幽人。賦命自多蹇，陽和非不均。五陵三月暮，百越一家貧。早晚閑眠處，無愁異此身。

奉天寒食書事

處處無煙火，人家似暫空。曉林花落雨，寒谷鳥啼風。故里芳洲外，殘春甸服中。誰知獨西去，步步泣途窮。

長安寓居

貧寄帝城居，交朋日自踈。愁迎離磧鴈，夢逐出關書。經雨蟬聲盡，兼風杵韻餘。誰知江徼塞，所憶在樵漁。

寫懷

此生居此世，堪笑復堪悲。在處有岐路，何人無別離。長當多難日，愁過少年時。窮達都判了，休閑鑷白髭。

白菊

所尚雪霜姿，非關落帽期。香飄風外別，影到月中疑。發在林彫後，繁當露冷時。人間稀有此，自古乃無詩。

中秋夜對月

月月勢皆圓，中秋朗最偏。萬方期一夕，到曉是經年。影蔽星芒盡，光分物狀全。惟應苦吟者，目斷向遙天。

陪郢州張員外宴白雪樓

高情日日閑，多宴雪樓間。灑檻江干雨，當筵天際山。帶帆分浪色，駐樂話朝班。豈料羇浮者，樽前得解顏。

和（一作同）薛侍御題興善寺松

何年斸到城，滿國響（一作向）高名。半寺陰常匝，鄰坊景亦清。代多無朽勢，風定有餘聲。自得天然狀，非同澗底生。

題鄭侍郎巖隱（一作隱巖）十韻

朝退常歸隱，真修大隱情。園林應得趣，巖谷自爲名。野步難尋寺，閑吟少在城。樹藏幽洞黑，花照遠村明。海石分湖路，風泉遶雨聲。性高憐散逸，官達厭公卿。架引藤重長，階延笋迸生。青門無到客，紫閣有來鶯。物外身雖隱，區中望本清。終難依此境，坐（一作堅）臥避鈞衡。

宿靈山蘭若

江心天半寺，一夕萬緣空。地出浮雲上，星搖積浪中。滴漚垂閣雨，吹檜送帆風。旦夕聞清磬，唯應是釣翁。

親仁里雙鷺

雙去雙來日已頻，只應知我是江人。對欵雪頂思尋水，更振霜翎恐染塵。三楚幾時初失侶，五陵何樹又棲身。天然不與凡禽類，傍砌聽吟性自馴。

戍紀書事二首

東吳遠別客西秦，懷舊傷時暗灑巾。滿野多成無主塚，防邊半是異鄉人。山河再濶千餘里，城市曾經一百春。閑與將軍議戎事，伊蘭猶未絶胡塵。

蹉跎遠入犬羊中，荏苒將成白首翁。三楚田園歸未得，五原岐路去無窮。天垂大野鵰盤草，月落孤城角嘯風。難問開元向前事，依稀猶認隗囂宮。

秦中遇友人

半生南走復西馳，愁過楊朱罷泣岐。遠夢亦羞歸海徼，貧遊多是滯邊陲。胡雲不聚風無定，隴路難行棧更危。旦暮唯聞語征戰，看看已欲廢吟詩。

過分水嶺

隴山高共鳥行齊，瞰險盤空甚躡梯。雲勢崩騰時向背，水聲嗚咽若東西。風兼雨氣吹人面，石帶冰稜礙馬蹄。此去秦川無別路，隔崖窮谷却難迷。

講德陳情上淮南李僕射八首

天降賢人佐聖時，自然聲教滿華夷。英明不獨中朝仰，清重兼聞外國知。涼夜酒醒多對月，曉庭公退半吟詩。梁城東下雖經戰，風俗猶傳守舊規。

多（一作累）朝軒冕冠乾坤，四海皆推聖最尊。楚玉已曾分下玉，膺門依舊是龍門。筵開樂振高雲動，城掩鞞收落日昏。嘗念蒼生如赤子，九州無處不沾恩。

未領春闈望早清，況聯戎閫控强兵。風威遍布江山靜，教化高同日月明。九郡竟歌兼煑海，四方皆得共和羹。東南自此全無事，只爲期年政已成。

帝念淮壖疲疹頻，牢籠山海委名臣。古來比德由無侶，當代同途豈有人。夜宴獨吟梁苑月，朝遊重見廣陵春。多年疲瘵全蘇息，須到謳謡日滿秦。

三紀吟詩望一名，丹霄待得白頭成。已期到老還沾祿

無復偷閑（一作安）却養生當宴每垂聽樂淚望雲長起憶山情朱門舊是登龍客初脫魚鱗膽尚驚

東來淮海拜旌旗不把公卿一字書曾侍晚齋吟對雪又容華館食兼魚孤微自省恩非次際會誰知分有餘唯耻舊橋題處在榮歸無計似相如

平生南北逐蓬飄待得名成鬢已彫寒浦一從抛釣艇舊林無處認風飈程途雖喜關河盡時節猶驚骨肉遥愁策羸蹄更歸去亂山流水滿翻潮

丹霄空把桂枝歸白首依前着布衣當路公卿誰見待故鄉親愛自疑非東風乍喜還滄海棲旅終愁出翠微應念無媒居選限二年須更守漁磯

獻獨孤尚書

虛抛南楚滯西秦白首依前衣白身退鷁已經三十載登龍曾見一千人魂離爲役詩篇苦淚竭緣嗟骨相貧今日鞠躬高旆下欲傾肝膽杳無因

將過單于

荒磧連天堡戍稀日憂蕃寇却忘機江山不到處皆到隴鴈已歸時身（一作）未歸行李亦須攜戰器趨迎當便著戎衣并州去路殊迢遞風雨何當達近畿

貞女祠

何穴藏貞骨荒祠見舊顏精靈應自在雲雨不相關落石泉多咽無風樹盡閑唯疑千古後爲瑞向人間

宿華山

異境良難測非仙豈合遊星辰方滿岳風雨忽移舟噴月泉垂壁棲松鶴在樓因知修養處不必在嵩丘

送張員外西川從事

爲郎不入朝自是赴嘉招豸角初離首金章已在腰劒橫陰綠野棧響近丹霄迎驛應相續懸愁去路遥

題慈恩寺元遂上人院

竹檻匝回廊城中似外方月雲開作片枝鳥立成行徑接河源潤庭容塔影京天台頻去說誰占最高房

送杜倉曹往滄洲覲叔常侍

浮陽橫巨浸南巷擁旌旃別帶秦城雨行聞魏國蟬磧鴈來每後朝日見常先東（一作北）鄙雲霞廣高林間（一作秋媚）水天誰能

雕陰道中作

五月綏州北途程少鬱蒸馬依氈草聚人抱濁河澄（一作邊人多以甕抱水）蹟（一作彊）固長城壘宽深太子陵往來經此地悲苦有誰能

留別從弟郴（一作琳）

同承太嶽亂俱值太平時丹陛懷趨計滄洲負去期久貧成蹭蹬多病惜支離宗分兼交分吾知汝亦知

尋山

躡履復支筇深山草木中隔溪遥避虎當塢忽聞鐘落葉多相似幽禽半不同羣猱呼却散如此異林翁

送徐侍御充南詔判官

西去安夷落乘軺從節行形庭傳聖旨異域化戎情瘴路窮巴徼蠻川過嶲城地偏風自雜天漏月稀明危棧連空動長江到底清笑宜防狒狒言好聽猩猩撫論如敦行歸情自合盟迴期佩印綬何更見新正

送省玄上人歸江東

釋律周儒禮嚴持用戒身安禪思剡石留偈別都人雨合吳江黑潮移海路新鉼盂自此去應不更還秦

送劉校書遊東魯

內閣勞讎校東邦忽縱遊才偏精二雅分合遇諸侯暗海龜蒙雨連空趙魏秋如經麟見處駐馬瞰荒丘

送金吾侍御奉使日東

還鄉兼作使到日倍榮親向化雖多國如公有幾人孤山無返照積水合蒼旻膝下知難住金章已繫身

題甘露寺

丹檻拂丹霄人寰下瞰遥何年增造化萬古出塵囂地勢盤三楚江聲換幾朝滿欄皆異藥到頂盡飛橋澤廣方雲夢山孤數沃焦中霄霞始散經臘木稀凋鐸動天風度窗明海氣消帶犨分迴煠當日辨翻潮鳥去沉葭菼帆來映泬寥浮生自多事無計免迴鑣

冬夜懷真里友人會宿

靜語與高吟搜神又爽心各來依帝里相對似山陰漏永星河沒堂寒月彩深從容不易到莫惜曙鐘侵

陪（一作同）友人夏夜對月

後伏中宵月高秋滿魄齊輪移仙掌外影下玉繩西蟬雀飛多悞星螢出自迷煩蒸驚頓絕吟罷（一作帳）畏聞雞

送從弟籌任告成尉

海上從戎罷嵩陽佐縣初故人皆羨去吾祖舊曾居地古多生藥溪靈不聚魚唯應尋隱者閑寺講仙書

秋日陪陸校書遊玉泉

共愛泉源異頻來不覺勞散光垂草細繁響出風高沫滯潭花片沙遺浴鳥毛塵間喧與悶須向此中逃

送防州鄔員外

千溪與萬嶂繚繞復崢嶸太守勞車馬何從駐旆旌椒香近滿郭漆貨遠通京唯滌雙塵耳東南聽政聲

過穆陵關

荒關無守吏亦耻白衣過地廣人耕絕天寒鴈下多東西方自感雨雪更相和日暮聊攄思搖鞭一放歌

江上遇友人

闕下分離日杏園花半開江邊相值夜榆塞鴈初來坐从河沉斗吟長月浸杯鱸魚非不戀共有客程（一作塵）催

憶宛陵舊居

舊憶陵陽北林園近板橋江晴帆影滿野迥鶴聲遥島徑通山市汀扉上海潮秦城歸去夢夜夜到漁樵

題閒琴館

城非宓賤邑館亦號閒琴乃是前賢意常留化俗心代公存綠綺誰更寄清音此迹應無改寥寥畢古今

寄江上弟妹

無成歸未得不是不謀歸垂老登雲路猶勝守釣磯大荒身去數窮海信來稀孤立皆難進非關命獨違

題李昌符豐樂幽居

詩家依闕下野景似山中蘭菊俱含露杉梧爲奏（一作起）風破門韋曲對淺岸御溝通莫歎連年屈君須遇至公

青山晚望

昔人懷感處此地倍魂消四海經搖落三吳正寂寥風

移棧橈遠帆帶夕陽遙欲繼前賢跡誰能似隱招

宣城送進士鄭徽赴舉

長安去是歸上馬肯沾衣水國車通少秦人楚鷰稀鴻方離北鄙葉下已西畿好整丹霄步知音在紫微

言懷

萬事不關心終朝但苦吟久貧慙負債漸老愛山深日月銷天外帆檣棄海陰榮枯應已定無復繫浮沉

汴河十二韻

昔年開汴水元應別有由或兼通楚塞寧獨為揚州直斷平蕪色橫分積石流所思千里便豈計萬方憂首甚貧功濟終難弭宴遊空懷龍舸下不見錦帆收浪倒長汀柳風欹遠岸樓奔逾懷許竭澄徹泗濱休路要多行客魚稀少釣舟日闊天際晚鴈合磧西秋一派注滄海幾人生白頭常期身事畢於此泳東浮

旅中送人歸九華

分與仙山背多年負翠微無因隨鹿去只是送人歸頂木晴摩日根嵐曉潤衣會於猨鳥外相對掩高扉

送友人歸江南

皇州五更鼓月落西南維此時有行客別我孤舟歸上國身無主下第誠可悲

洞庭湖

空江浩蕩景蕭然盡日菰蒲泊釣船青草浪高三月渡綠楊花撲一溪煙情多莫舉傷春目愁極兼無買酒錢猶有漁人數家住不成村落夕陽邊

句

曉嶂猨開戶寒湫鹿舐冰　當空吟待月到晚坐看山（贈段成式見語林）　一年三領郡郡郡管仙山（以上見紀事）

全唐詩

邵謁

邵謁韶州翁源縣人少為縣吏令怒逐去遂截髻著縣門發憤讀書工古調釋褐赴官不知所終詩一卷

放歌行

龜為秉靈亡魚為弄珠死心中自有賊莫怨任公子屈原若不賢焉得沈湘水

長安寒食

春日照九衢春風媚羅綺萬騎出都門擁在香塵裏莫辭弔枯骨千載長如此安知今日身不是昔時鬼但看平地遊亦見摧輈死

貞女墓

生持節操心死作堅貞鬼至今壙上春草木無花卉

自歎

春蠶未成繭已賀箱籠實蠨子徒有絲終年不成疋每念古人言有得則有失我命獨如何憔悴長如一白日九衢中幽獨暗如漆流泉有枯時窮賤無盡日惆悵復惆悵幾迴新月出

送徐羣宰望江

古人力文學所務安疲甿今人力文學所務惟公卿大賢重邦本屈跡官武城勸民勤機杼自然國用幷但見富貴者知食不知耕忽爾秋不熟儲（一作庾）廩焉得盈貢藝旣精苦用心必公平吾道不遺賢霄漢期芳馨一夫若有德千古稱其英陶潛雖理邑崔烈徒台衡濁者必惡清聲者必惡明孤松自有色豈奪衆草榮為刃若不利焉得宰牛名為絲若不直焉得琴上聲好去立高節重來振羽翎

秋夕

萬里憑夢歸骨肉皆在眼覺來益惆悵不信長安遠人人但為農我獨常逢旱惡命如漏卮滴滴添不滿天末雁來時一叫一腸斷

覽孟東野集

蚌死留夜光劍折留鋒鋩哲人歸大夜千古傳珪璋珪璋徧四海人倫多變改題花花已無玩月月猶在不知天地間白日幾時昧

送友人江行

送君若浪水疊疊愁（一作悲）思起夢魂如月明相送秋江裏

下第有感

古人有遺言天地如掌闊我行三十載青雲路未（一作難）達嘗聞讀書者所貴免征伐誰知失意時痛於刃（一作楚欲）傷骨身如石上草根蔕淺難活人人皆愛春我獨愁花發如何歸故山相攜採薇蕨

論政

賢哉三握髮為有天下憂孫弘不開閣丙吉寧問牛內政由股肱外政由諸侯股肱政若行諸侯政自修一物不得所蟻穴滿山丘莫言萬木死不因一葉秋朱雲若不直漢帝終自由子嬰一失國渭水東悠悠

戰城南

武皇重征伐戰士輕生死朝爭刃上功暮作泉下鬼悲風弔枯骨明月照荒壘千載留長聲嗚咽城南水

贈鄭殷處士

善琴不得聽嘉玉不得名知音旣已死良匠亦未生退居一河湄山中物景清魚沈池水碧鶴去松枝輕長材靡入用大厦失巨楹顏子不得祿誰謂天道平

古樂府

對酒彈古琴弦中發新音新音不可辨十指幽怨深妾顏不自保四時如車輪不知今夜月曾照幾時人露滴芙蓉香香銷心亦死良時無可留殘紅謝池水

經安容先生舊居

羽化留遺蹤千載蹤難沒一泉巖下水幾度換明月松老不改柯龍久皆變骨雲雨有歸時雞犬無還日至今青山中寂寞桃花發

望行人

登樓恐不高及高君已遠雲行郎即行雲歸郎不返嗟為樓上人望望不相近若作轍中泥不放郎車轉白日下西山望盡妾腸斷

歲豐

皇天降豐年本憂貧士食貧士無良疇安能得稼穡工傭輸富家日落長歎息爲供豪者糧役盡匹夫力天地莫施恩施恩强者得

金谷園懷古

在富莫驕奢驕奢多自亡爲女莫騁容騁容多自傷如何金谷園鬱鬱椒蘭房昨夜綺羅列今日池館荒竹死不變（一作改）節花落有餘香美人抱義死千載名猶彰嬌歌無遺音明月留清光浮雲易改色衰草難重芳不學韓侯婦銜冤報宋王

春日有感

我心如蘗苦他見如蕎甘火未到身者痛楚難共諳但言貧者拙不言富者貪誰知苦寒女力盡爲桑蠶

學仙詞（第三句缺三字）

上仙傳祕訣澹薄與無營鍊藥　　變姓不變形三尸既無累百慮自不生是知寸心中有路通上清祖龍好仙術燒却黃金精

妓女

天若許人登青山高不止地若許人窮黃泉深無水量諸造化情物成皆有以如何上青冥視之平若砥日下騁琅玕空中無羅綺但見勢騰凌將爲長如此炫燿一時間逡巡九泉裏一種爲埃塵不學墮樓死

寒女行

寒女命自薄生來多賤微家貧人不聘一身無所歸養蠶多苦心蠒熟他人絲織素徒苦力素成他人衣青樓富家女纔生便有主終日著羅綺何曾識機杼清夜聞歌聲聽之淚如雨他人如何歡我意又何苦所以問皇天皇天竟無語

覽鏡

一照一迴悲再照顏色衰日月自流水不知身老時昨日照紅顏今朝照白絲白絲與紅顏相去咫尺間

輕薄行

薄薄身上衣輕輕浮雲質長安一花開九陌馬蹄疾誰言公子車不是天上力

苦別離

十五爲君婚二十入君門自從入戶後見君長出門朝看相送人暮看相送人若遣折楊柳此地樹無根願爲陌上土得作馬蹄塵願爲曲木枝得作雙車輪安得太行山移來君馬前

覽張騫傳

採藥不得根尋河不得源此時虛白首徒感武皇恩桑田未聞改日月曾幾昏仙骨若求得壟頭無新墳不見杜陵草至今空自繁

白頭吟

漢家天宇闊日月不暫閑常將古今骨裨作北邙山山高勢已極猶自凋朱顏

瞽者歎

我心豈不平我目自不明徒云備雙足天下何由行

送從弟長安下第南歸覲親

白日不得照戴天如戴盆青雲未見路丹車勞出門採薇泰山鎮養親湘水源心中豈不切其如行路難爲文清益峻爲心直且安芝蘭未入用馨香志獨存他門種桃李猶能蔭子孫我家有棠陰枝葉竟不繁心醉豈因酒愁多徒見萱征徒忽告歸執袂殷勤論在鳥終爲鳳爲魚須化鯤富貴豈長守貧賤寧有根丈夫志不大何以佐乾坤晝短疾於箭早來獻天言莫戀蒼梧畔野煙橫破村

少年行

丈夫十八九膽氣欺韓彭報讎不用劍輔國不用兵以目爲水鑑以心作權衡願君似堯舜能使天下平何必走馬誇弓矢然後致得人心爭

漢宮井

轆轤聲絕離宮靜班姬幾度照金井梧桐老去殘花開猶似當時（一作年）美人影

顯（一作題）茂樓

泰山渭水尚悠悠如何草樹迷宮闕繁華朱翠盡東流唯有望樓對明月

紫閣峯

壯國山河倚空碧迴拔煙霞侵太白綠崖下視千萬尋青天只據百餘尺

全唐詩

林寬

林寬侯官人詩一卷

送李員外頻之建州

句踐江頭月客星臺畔松爲郎久不見出守暫相逢烏泊牽灘索花空押號鐘遠人思化切休上武夷峰

送許棠先輩歸宣州

髮枯窮律韻字字合塤篪日月所到處姓名無不知鶯啼謝守壘苔老謫仙碑詩道喪來久東歸爲弔之

窮冬太學

投跡依槐館荒亭草合時雪深鳶嘯急薪濕鼎吟遲默

坐同誰話非僧不我知匡廬瀑布畔何日副心期

陪鄭誠郎中假日省中寓直

憲廳名最重假日許從容牀滿諸司印庭高五粒松井尋芸吏汲茶拆岳僧封鳥度簾旌暮猶吟隔苑鐘

送謝石先輩歸宣州

名隨春色遠湖外已先知花盡方辭醉鶯殘是放時天寒千尺嶽鏡白半聯詩莽蕨猶堪採榮歸及養期

下第寄歐陽瓊

詩人道僻命多奇更值干（一作兵）戈亂起時莫作江寧王少府一生吟苦竟誰知

寄何紹餘

雁過君猶未入城清賢門下舊知名風波湅馬遙逢見革橐飢僮尚挈行住在閑坊無轍跡別來何寺有泉聲芙蓉苑北曲江岸期看終南新雪晴

送人宰浦城

東南猶阻寇梨嶺更誰登作宰應無俸歸船必有僧灘平眠獺石燒斷飲猨藤歲盡枝殊最方當見異能

省試臘後望春宮

皇都初度臘鳳輦出深宮高凭樓臺上遙瞻灞滻中仗凝霜彩白袍映日華紅柳眼方開凍鶯聲漸轉風御溝穿斷靄驪岫照斜空時見宸游興因觀稼穡功

寄省中知巳

門掩清曹晚靜將烏府鄰花開封印早雪下典衣頻恠木風吹閣廢巢時落薪每憐吾道苦長說向同人

朱坡

朱坡坡上望不似在秦京漸覺溪山秀更高魚鳥情衣吟禪子室曉爨獵人鐺恃此偷佳賞九衢蜩未鳴

酬陳樵見寄

失意閑眠起更遲又將羈薄謝深知囊書旋入酒家盎紗帽長依僧壁垂待月句新遭鬼哭尋山貌古被猨窺元和才子多如此除却清吟何所爲

華清宮

殿角鐘殘立宿鵶朝元歸駕望無涯香泉空浸宮前草未到春時爭發花

終南山

標奇聳峻壯長安影入千門萬户寒徒自倚天生氣色塵中誰爲舉頭看

歌風臺

蒿棘空存百尺基酒酣曾唱大風詞（一作時）莫言馬上得天下（一作子）自古英雄盡解詩

送人歸日東

滄溟西畔望一望一心摧地即同正朔天教阻往來波翻夜作電鯨吼晝爲雷門外人葠徑到時花幾開

寓輿

西母一杯酒空言浩劫春英雄歸厚土日月照閑人袞草珠璣塚冷灰龍鳳身茂陵驪岫晚過者暗傷神

少年行

柳煙侵御道門映夾城開白日莫空過青春不再來報讐衝雪去乘醉臂鷹迴看取歌鐘地殘陽滿壞臺

塞上還荅友人

無端遊絕塞歸鬢已蒼然戎羯圍中過風沙馬上眠草衰頻過（一作遇）燒耳冷不聞蟬從此甘貧坐休言更到邊

哭棲白供奉

侍輦才難得三朝有上人琢詩方到骨至死不離貧風帳孤螢入霜堦積葉頻夕陽門半掩過此亦無因

送昇道靖恭相公分司

東風時不遇果見致君難海（一作華）岳影猶動鵾鵬勢未安星沈關鎖冷雞唱驛燈殘誰似（一作聞）二賓客門閑嵩洛寒

關下早行

軋軋推危轍聽雞獨早行風吹宿靄散月照華山明白首東西客黃河晝夜清相逢皆有事唯我是閒情

曲江

曲江初碧草初青萬轂千蹄匝岸行傾國妖姬雲鬟重薄徒公子雪衫輕瓊鐫狒狖遶能舞金甃辟邪拏撥鳴柳絮杏花留不得隨風處處逐歌聲

長安遺懷

醉下高樓醒復登任從浮薄笑才能青龍寺裏三門上立爲南山不爲僧

送僧遊太白峰

雲深遊太白莫惜遍探奇頂上多靈跡塵中少客知懸崖倚凍瀑飛狖過孤枝出定更何事相逢必有詩

哭造微禪師

神遷不火葬新塔露疎欞是物皆磨滅唯師出死生虛堂（一作臺）散釣叟怪木（一作土）哭山精林下路長在無因更此行

獻同年孔郎中

炊瓊爇桂帝關居賣盡寒衣典盡書驅馬每尋霜影裏到門常在鼓聲初蟾枝交彩清蘭署鸞珮排光映玉除一顧深恩身未殺爭期皎日負吹噓

聞雁

接影橫空背雪飛聲聲寒出玉關遲上陽宮裏三千夢月冷風清聞過時

送惠補闕

詔下搜巖野高人入竹（一作舊）林長因抗疏日便作去官心清俸供僧盡滄洲寄跡深東門有歸路徒自棄華簪

和友人賦後

帶號乞兵急英雄陷賊圍江山猶未靜魚鳥欲何歸城露桑榆盡時平老幼稀書從戰後得讀徹血盈衣

長安即事

暝鼓纔終復曉雞九門何計出沈迷樵童亂打金吾鼓豪馬爭奔丞相堤翡翠鬟欹釵上燕麒麟衫束海中犀須知不是詩人事空憶泉聲菊畔畦

和周繇校書先輩省中寓直

古木重門掩幽深稱欠溪此中真吏隱何必更巖棲名姓鐫幢記經書逐庫題字隨飛蠹缺階與落星齊伴直僧談靜侵霜蛩韻低粘塵賀草沒（賀知章草書）剝粉薛禽迷（薛稷鶴也）衰蘚牆千堵微陽菊半畦鼓殘鴉去北漏在月沈西每憶終南雪幾登雲閣梯時因搜句次那惜一招攜

苦雨

霪霖翳日月窮巷變溝坑騾灑纖枝折奔傾壞堵平蒙

螢來客絶躍鼃噪蛙獰敗屐陰苔積摧簷濕菌生斜飛穿裂瓦迸落打空鐺葉底遲歸蝶林中滯出鶯潤侵書縫黑冷浸鬢絲明牖暗參差影堦寒斷續聲尺薪功比桂寸粒價高瓊遥想管弦裏無因識此情

全唐詩

劉鄴

劉鄴字漢藩三復之子咸通中從藩幕召入内庭特賜及第歷相位僖宗朝再遷尚書左僕射死黄巢之難甘棠集三卷今存詩二首

翰林作

曾是江波垂釣人自憐深厭九衢塵浮生漸老年隨水往事曾聞淚滿巾已覺遠天秋色動不堪閑夜雨聲頻多慚不是相如筆虛直金鑾接侍臣

待漏院吟

玉堂簾外獨遲遲明月初沈勘契時閑聽景陽鐘盡後兩鶯飛上萬年枝

李隲

李隲官至江南西道都團練觀察處置等使詩五首

慧山寺肄業送懷坦上人

流水何山分浮雲空中遇我生無根株聚散亦難固憶昨闢龍春巖棲侶高步清懷去羈束幽境無滓汚日落九峰明煙生萬華暮茲歡未云隔前笑倏已故四時難信留百草換霜露離襟一成解悵抱將何諭驚泉有餘哀永日誰與度緬思孤帆影再往重江路去去忽悽悲因風暫回顧

讀惠山若冰師集因題故院三首

五天何處望心念起皆知化塔留今日泉鳴自昔時古苔生石靜秋草滿山悲莫道聲容遠長歌白雪詞

高懷逢異境佳句想吟頻月冷松溪夜煙濃草寺春浮雲將世遠清聽與名新不見閑巖日空爲拜影人

景物搜求歇山雲放縱飛樹寒煙鶴去池靜水龍歸暗榻塵飄滿陰簷月到稀何年燈焰盡風動影堂扉

自惠山至吳下寄酬南徐從事

不接芳晨游獨此長洲苑風顔一戍阻翰墨勞空返悠悠汀渚長杳杳蘋花晚如何西府歡尚念東吳遠瑶音動清韻蘭思芬盈畹猶及九峰春歸吟白雲巘

孫蜀

孫蜀與方干同時詩一首

中秋夜戲酬顧道流

不那此身偏愛月等閑看月即更深仙翁每被嫦娥使一度逢圓一度吟

歐陽澥

歐陽澥四門博士詹之孫詩一首

詠燕上主司鄭愚

翩翩雙燕畫堂開送古迎今幾萬回長向春秋社前後爲誰歸去爲誰來

句

黄菊離家十四一作四十年　離家已是夢松年　落日望鄉處何人知客情見紀事

陳黯

陳黯字希孺泉州人會昌迄咸通累舉不第集五卷今存詩一首

自詠豆花

玳瑁應難比斑犀定不加天嫌未端正滿面與妝花

張孜

張孜京兆人躭酒如狂與李山甫善詩一首

雪詩

長安大雪天鳥雀難相覓其中豪貴家擣椒泥四壁到處爇紅爐周迴下羅冪暖手調金絲蘸甲斟瓊液醉唱玉塵飛困融香汗滴豈知飢寒人手腳生皴劈

句

著牙賣朱紫斷錢賒舉選見紀事　華山秀作英雄骨黄河瀉出縱横才　夢破青霄春煙霞無去塵若誇郭璞五色筆江淹却是尋常人夢李白歌

鄭仁表

鄭仁表字休範滎陽人累擢起居郎劉鄴作相時貶死嶺外詩二首

贈妓僊哥北里志天水仙哥住平康南曲善談謔能歌仁表席上贈詩

嚴吹如何下太清玉肌無疹六銖輕自知不是流霞酌願聽雲和瑟一聲

贈妓命洛眞北里志洛眞有風貌且辦慧時爲席糾善章程

巧製新章拍拍新金罍巡舉助精神時時欲得横波眄又怕回籌錯指人

句

文章世上爭開路閥閲山東拄破天

趙鴻

趙鴻咸通中人詩三首

杜甫同谷茅茨

工部棲遲後鄰家大半無青羌迷道路白社寄杯盂大雅何人繼全生此地孤孤雲飛鳥什空勒舊山隅

栗亭趙鴻刻石同谷曰工部題栗亭十韻不復見

杜甫栗亭詩詩人多在口悠悠二甲子題紀今何有

泥功山

立石泥功狀天然詭怪形未嘗私禍福終不費丹青

童翰卿

童翰卿大中咸通間人詩二首

昆明池織女石（一作司馬復詩）

一片昆明石千秋織女名見人虚脈脈臨水更盈盈苔作輕衣色波爲促杼聲岸雲連鬢濕沙月對眉生有臉蓮同笑無心鳥不驚還如朝鏡裏形影兩分明

絶句

大朴逐物盡哀我天地功爭得榮辱心灑然歸西風

全唐詩目（第九函）

第九冊

皮日休（九卷）

全唐詩

皮日休

皮日休字襲美一字逸少襄陽人性傲誕隱居鹿門自號間氣布衣咸通八年登進士第崔璞守蘇辟軍事判官入朝授太常博士黄巢陷長安僞署學士使爲讖文疑其譏己遂及禍集二十八卷今編詩九卷

補周禮九夏系文（并序）

周禮鍾師掌金奏凡樂事以鐘鼓奏九夏案鄭康成注云夏者大也樂之大者歌有九也九夏者皆詩篇名也頌之類也（一作九夏者皆詩篇銘頌之類也）此歌之大者載在樂章樂崩亦從而亡是以頌不能具也嗚呼吾觀之魯頌其古也亦久矣九夏亡者吾能頌乎夫大樂既去至音不嗣頌於古不足以補亡頌於今不足以入用庸可（一作何）頌乎頌之亡者俾千古之下鄭衛之内窈窈（一作杳杳）冥冥不獨有大卷（音拳黄帝樂名）之音者乎

九夏歌九篇

王夏之歌者王出入之所奏也（四章章四句）

爣爣皎日歘麗于天厥明御舒如王出焉

爣爣皎日歘入于地厥晦厥貞如王入焉

出有龍旂入有珩珮勿驅勿馳惟慎惟戒

出有嘉謀入有内則繄彼臣庶欽王之式

肆夏之歌者尸出入之所奏也（二章章四句）

愔愔清廟儀儀象服我尸出矣迎神之穀

杳杳陰竹坎坎路鼓我尸入矣得神之祜

昭夏之歌者牲出入之所奏也（二章章四句）

有鬱其鬯有儼其彝九變未作全乘來之

既醑既酢爰輮（音孕一作暢）爰舞象物既降全乘之去

納夏之歌者四方賓客來之所奏也（四章章四句）

麟之儀儀不縶不維樂德而至如賓之嬉

鳳之愉愉不篝不笯樂德而至如賓之娛

自筐及筥我有牢醑自筐及篚我有貨幣

我牢不愆我貨不匱碩碩其才有樂而止

章夏之歌者臣有功之所奏也（四章章四句）

王有虎臣錫之鈇鉞征彼不憓一撲而滅

王有虎臣錫之圭瓚征彼不享一烘而泮

王有掌訶遉（音偵）爾疆理王有掌客饋爾饔餼

何以樂之金石九奏何以錫之龍旂九旒

齊夏之歌者夫人祭之所奏也（一章四句）

瓆瓆衡笄翬衣（一作翬）褕翟自内而祭爲君之則

族夏之歌者族人酌之所奏也（二章章四句）

洪源誰孕疏爲江河大塊孰埏播爲山阿

厥流浩漾（一作洸）厥勢嵯峨今君之酌慰我實多

祴（與陔同一作祴）夏之歌者賓既出之所奏也（三章章三句）

禮酒既酌嘉賓既厚牘爲之奏

禮酒既竭嘉賓既悦應爲之節

禮酒既罄嘉賓既醒（一作醒）雅爲之行（牘應雅三樂器也賓醉而出奏祴夏以此三器築地爲之行事也）

驁夏之歌者公出入之所奏也（二章章四句）

桓桓其珪衮衮其衣出作二伯天子是毗

桓桓其珪衮衮其服入作三孤國人是福

三羞詩三首（并序）

丙戌歲日休射策不上東退於肥陵出都門見朝列中論犯當權者得罪南竄卯詔辰發持法吏不容一息留私室視其色若將厭祿位悔名望者皮子閔之悩然泣衂然羞故作是詩以矙之

吾聞古君子介介勵其節入門疑儲宫撫己思鈇鉞志（一作忠）者若不退佞者何由達君臣一殺膳家國共殘殺此道見於今永思心若裂王臣方謇謇佐我無玷缺如何以謀計中道生芽蘗憲司遵故典分道播南越蒼惶出班行家室不容别玄鬢行爲霜清淚立成血乘遽劇飛鳥就傳過風發嗟吾何爲者叨在造士列獻文不上第歸于淮之汭蹇蹄可再犇退羽可後歇利則侶軒裳塞則友松月而於方寸内未有是愁結未爲祿食仕俯不媿梁糲未爲冠冕人死不慙忠烈如何有是心不能叩丹闕赫赫負君歸南山采芝蕨

日休旅次於許傳舍聞叫咷之聲動於城郭問於道民民曰蠻圍我交阯奉詔徵許兵二千征之其

征且再有戰皆沒其哭者許兵之屬嗚呼揚子不云夫朱崖之絕捐之之力也否則介鱗易我衣裳其是之謂耶皮子爲之內過曰吾之道不足以濟時不可以備位又手不提桴鼓身不被兵械恬然自順恬然自樂吾亦爲許師之罪人耳作詩以弔之

南荒不擇吏致我交阯覆綿聯三四年流爲中夏辱懦者鬭即退武者兵則黷軍庸滿天下戰將多金玉刮則齊民癰分爲猛士祿雄健許昌師忠武冠其族去爲萬騎風住作一川內昨朝殘卒回千門萬户哭哀聲動閭里怨氣成山谷誰能聽晝鼙不忍看金鏃吾有制勝術不奈賤碌碌貯之胷臆間慙見許師屬自嗟胡爲者得躡前修躅家不出軍租身不識部曲亦衣許師衣亦食許師粟方知古人道蔭我已爲足念此向誰羞悠悠潁川綠

丙戌歲淮右蝗旱日休寓小墅於州東下第後歸之見潁民轉徙者盈途塞陌至有父捨其子夫捐其妻行哭立匄朝去夕死嗚呼天地誠不仁耶皮子之山居櫳有襲鍑有炊晏眠而夕飽朝樂而暮娛何能於潁川民而獨享是爲將天地遺之耶因羞不自容作詩以唁之

天子丙戌年淮右民多飢就中潁之汭轉徙何纍纍夫婦相顧亡棄却抱中兒兄弟各自散出門如大癡一金易蘆蔔一縑換鳧茈荒村墓鳥樹空屋野花籬兒童齧草根倚桑空羸羸斑白死路傍枕土皆離離方知聖人教於民良在斯厲能去人愛荒能奪人慈如何司牧者有術皆在茲粵吾何爲人數畝清溪湄一寫落第文一家歡復嬉朝食有麥饘晨起有布衣一身既飽暖一家無怨咨家雖有畎畝手不秉鎡基歲雖有札瘥庖不廢晨炊何道以致是我有明公知食之以侯食衣之以侯衣歸時卹金帛使我奉庭闈撫已媿潁民奚不進德爲因茲感知已盡日空涕洟

七愛詩 并序

皮子之志常以眞純自許每謂立大化者必有眞相以房杜爲眞相焉定大亂者必有眞將以李太尉爲眞將焉傲大君者必有眞隱以盧徵君爲眞隱焉鎮澆俗者必有眞吏以元魯山爲眞吏焉負逸氣者必有眞放以李翰林爲眞放焉爲名臣者必有眞才以白太傅爲眞才焉嗚呼吾之道時耶行其事也在乎愛忠矣不時耶行其事也亦在乎愛忠矣苟有心歌詠者豈徒然哉

房杜二相國 玄齡 如晦

吾愛房與杜貧賤共聯步脫身拋亂世策杖歸眞主縱橫握中算左右天下務骯髒無敵才磊落不世遇美矣名公卿魁然眞宰輔黃閣三十年清風一萬古巨業照國史大勳鎮王府遂使後世民至今受陶鑄粵吾少有志敢躡前賢路苟得同其時願爲執鞭竪

李太尉 晟

吾愛李太尉崛起定中原驍雄十萬兵四面圍國門一戰取王畿一叱散妖氛乘輿既反正兇竪爭亡魂巍巍柱天功蕩蕩蓋世勳仁於曹孟德勇過霍將軍丹券入帑藏青史傳子孫所謂大丈夫動合驚乾坤所謂聖天子難得忠貞臣下以契魚水上以合風雲百世必一亂千年方一人吾雖翰墨子氣槩敢不羣願以太平頌題向甘泉春

盧徵君 鴻

吾愛盧徵君高臥嵩山裏百辟未一顧三徵方暫起坦腹對宰相岸幘揖天子建禮門前吟金鑾殿裏醉天下皆餔糟徵君獨潔己天下皆樂聞徵君獨洗耳天下皆懷羞徵君獨多恥銀黃不妨懸赤紱不妨被而於心抱中獨作羲皇地籃轝一云返泥詔褒不已再看緱山雲重酌嵩陽水放曠書裏終逍遥醉中死吾謂伊與周不若徵君貴吾謂巢與許不若徵君義高名無階級逸迹絕涯涘萬世唐書中逸名不可比粵吾慕眞隱強以骨肉累如敎不爲名敢有徵君志

元魯山 德秀

吾愛元紫芝清介如伯夷輦母遠之官宰邑無玷疵三年魯山民豐稔不暫饑三年魯山吏清慎各自持只飲魯山泉只采魯山薇一室冰蘗苦四遠聲光飛退歸舊隱來斗酒入茅茨雞黍匪家畜琴尊常自怡盡日一菜食窮年一布衣清似匣中鏡直如琴上絲世無用賢人青山生白髭既臥黔婁衾空立陳寔碑吾無魯山道空有魯山辭所恨不相識援毫空涕垂

李翰林 白

吾愛李太白身是酒星魄口吐天上文迹作人間客磥砢千丈林澄澈萬尋碧醉中草樂府十幅筆一息召見承明廬天子親賜食醉曾吐御牀傲幾觸天澤權臣妬逸才心如斗筲窄失恩出內署海岳甘自適刺謁戴接䍠赴宴著穀一作縠屐諸侯百步迎明君九天憶竟遭腐脅疾醉魄歸八極大鵬不可籠大椿不可植蓬壺不可見姑射不可識五岳爲辭鋒四溟作胷臆惜哉千萬年此俊不可得

白太傅 居易

吾愛白樂天逸才生自然誰謂辭翰器乃是經綸賢欻從浮豔詩作得典誥篇立身百行足爲文六藝全清望逸內署直聲驚諫垣所刺必有思所臨必可傳忘形任詩酒寄傲徧林泉所望標文柄所希持化權何期遇訾毀中道多左遷天下皆汲汲樂天獨怡然天下皆悶悶樂天獨舍旃高吟辭兩掖清嘯罷三川處世似孤隺遺榮同脫蟬仕若不得志可爲龜鏡焉

正樂府十篇 并序

樂府蓋古聖王采天下之詩欲以知國之利病民之休戚者也得之者命司樂氏入之於塤篪和之以管籥詩之美也聞之足以勸乎功詩之刺也聞之足以戒乎政故周禮太師之職掌教六詩小師之職掌諷誦詩由是觀之樂府之道大矣今之所謂樂府者唯以魏晉之侈麗陳梁之浮豔謂之樂府詩眞不然矣故嘗有可悲可懼者時宣於詠歌總十篇故命曰正樂府詩

辛妻怨

河湟戍卒去一半多不迴家有半菽食身爲一囊灰官
吏按其籍伍中斥其妻處處魯人髽家家杞婦哀少者
任所歸老者無所攜況當札瘥年米粒如瓊瑰纍纍作
餓殍見之心若摧其夫死鋒刃其室委塵埃其命即用
矣其賞安在哉豈無黔敖恩救此窮餓骸誰知白屋士
念此翻欷欷

橡媼歎

秋深橡子熟散落榛蕪岡傴傴黃髮媼拾之踐晨霜移
時始盈掬盡日方滿筐幾曝復幾蒸用作三冬糧山前
有熟稻紫穗襲人香細穫又精舂粒粒如玉璫持之納
於官私室無倉箱如何一石餘只作五斗量狡吏不畏
刑貪官不避贓農時作私債農畢歸官倉自冬及於春
橡實誑飢腸吾聞田成子詐仁猶自王吁嗟逢橡媼不
覺淚霑裳

貪官怨

國家省闈吏賞之皆與位素來不知書豈能精吏理大
者或宰邑小者皆尉史愚者若混沌毒者如雄虺傷哉
堯舜民肉袒受鞭箠吾聞古聖王天下無遺士朝廷及
下邑治者皆仁義國家選賢良定制兼拘忌所以用此
徒令之充祿仕何不廣取人何不廣歷試下位既賢哉
上位何如矣胥徒賞以財俊造悉爲吏天下若不平吾
當甘棄市

農父謠

農父冤辛苦向我述其情難將一人農可備十人征如
何江淮粟輓漕輸咸京黃河水如電一半沈與傾均輸
利其事職司安敢評三川豈不農三輔豈不耕奚不車
其粟用以供天兵美哉農父言何計達王程

路臣恨

路臣何方來去馬真如龍行驕不動塵滿轡金瓏璁有
人自天來將避荆棘叢獰呼不覺止推（一作椎）下蒼黃中十
夫掣鞭策御之如驚鴻日行六七郵瞥若鷹無蹤路臣
慎勿愬愬則刑爾躬軍期方似雨天命正如風七雄戰
爭時賓旅猶自通如何太平世動步却途窮

賤貢士

南越貢珠璣西蜀進羅綺到京未晨旦一一見天子如
何賢與俊爲貢賤如此所知不可求敢望前席事吾聞
古聖人射宮親選士不肖盡屏跡賢能皆得位所以謂
得人所以稱多士歎息幾編書時哉又何異

頌夷臣

夷師本學外仍善唐文字吾人本尚捨何況夷臣事所
以不學者反爲夷臣戲所以尸祿人反爲夷臣忌吁嗟
華風衰何嘗不由是

惜義鳥

商顏多義鳥義鳥實可嗟危巢末（一作年）纍纍隱在栲木花
他巢若有雛乳之如一家他巢若遭捕投之同一羅商
人每秋貢所貴復如何飽以稻粱滋飾以組繡華惜哉
仁義禽委戲於宮娥吾聞鳳之貴仁義亦足夸所以不
遭捕蓋緣生不多

誚虛器

襄陽作髹器中有庫露真持以遺北虜紿云生有神每
歲走其使所費如雲屯吾聞古聖王修德來遠人未聞
作巧詐用欺禽獸君吾道尚如此戎心安足云如何漢
宣帝却得呼韓臣

哀隴民

隴山千萬仞鸚鵡巢其巔窮危又極嶮其山猶（一作獨）不全
蚩蚩隴之民懸度如登天空中覘其巢墮者爭紛然百
禽不得一十人九死焉隴川有戍卒戍卒亦不閑將命
提雕籠直到金臺（一作堂）前彼毛不自珍彼舌不自言胡爲
輕人命奉此玩好端吾聞古聖王珍禽皆舍旃今此隴
民屬每歲啼漣漣

奉獻致政裴祕監

何肖本徵士高情動天地既無閥閱門常嫌冠冕累宰
邑著嘉政爲郡留高致移官在書府方樂鴛池貴玉季
牧江西泣之不忍離捨杖隨之去天下欽高義烏帽白
絺裘藍輿竹如意黃菊陶潛酒青山謝公妓月檻詠詩
情花溪釣魚戲鍾陵既方舟魏闕將結駟甘求白首閑
不爲蒼生起優詔加大監所以符公議既爲逍遙公又
作鴟夷子安車懸不出駟馬閑無事微雨漢陂舟殘日
終南騎富貴盡淩雲何人能至此禍福皆及身何復至
如是賢哉此丈夫百世一人矣

秋夜有懷

夢裏憂身泣覺來衣尚濕骨肉煎我心不是謀生急如
何欲佐主功名未成立處世既孤特傳家無承襲明朝
走梁楚步步出門澀如何一寸心千愁萬愁入

喜鵲

棄羶在庭際雙鵲來搖尾欲啄怕人驚喜語晴光裏何
況佞倖人微禽解如此

蚊子

隱隱聚若雷噆膚不知足皇天若不平微物教食肉貧
士無絳紗忍苦臥茅屋何事覓膏腴腹無太倉粟

鹿門夏日

滿院松桂陰日午却不知山人睡一覺庭鵲立未移出
檐趁雲去忘戴白接䍦書眼若薄霧酒腸如漏卮身外
所勞者飲食須自持何如便絕粒直使身無爲

偶書

女媧掉繩索絙泥成下人至今頑愚者生如土偶身雲
物養吾道天爵高我貧大笑猗氏輩爲富皆不仁

讀書

家資是何物積帙列梁梠高齋曉開卷獨共聖人語英
賢雖異世自古心相許案頭見蠹魚猶勝凡儔侶

貧居秋日

亭午頭未冠端坐獨愁予貧家煙爨稀竈底陰蟲語門
小愧車馬廩空慙雀鼠盡室未寒衣機聲羨鄰女

魯望讀襄陽耆舊傳見贈五百言過褒庸材靡有稱是然襄陽耆事歷歷在目夫耆舊傳所未載者漢陽王則宗社元勳孟浩然則文章大匠予次而贊之因而寄荅亦詩人無言不詶之義也次韻

漢水碧於天南荊廓然秀盧羅遵古俗鄢郢迷昔囿幽奇無得狀巉絕不能究興替忽矣新山川悄然舊斑斑生造士一一應玄宿巴庸乃嶮岨屈景實豪右是非既自分涇渭不相就粵自靈均來清才若天漱偉哉洞上隱卓爾隆中耨始將麋鹿狎遂與麒麟鬬萬乘不可謁千鍾固非茂爰從景升死境上多兵候（一作堠）檀溪試戈船峴嶺屯貝胄寂莫數百年質唯包礫琇上玄賞唐德生賢命之授是爲漢陽王帝曰俞爾奏巨德聳神鬼宏才轢前後勢端唯金莖質古乃玉豆行葉蔭大椿詞源吐洪溜六成清廟音一柱明堂構在昔房陵遷圓穹正中漏繄王揭然出上下拓宇宙俯視三事者騃騃若童幼低摧護中興若鳳視其鷇遇險必伸足逢誅將引脰既正北極尊遂治衆星謬重聞章陵幸再見岐陽狩日似新刮膜天如重熨縐易政疾似欬求賢甚於購化之未朞年民安而國富翼衛兩舜趨鉤陳十堯驟忽然遺相印如羿卸（一作御）其彀姦倖却乘釁播遷遂終壽遺廟屹峰崿功名紛組繡開元文物盛孟子生荊岫斯文縱奇巧秦璽新雕鏤甘窮臥牛衣受辱對狗竇思變如易爻才通似玄首秘於龍宮室怪於（一作即）天篆籀知者競欲戴嫉者或將詬任達且百觚遂爲當時陋既作才鬼終恐爲仙籍售予生二賢末得作升木狖兼濟與獨善俱敢懷其臭江漢稱炳靈克明嗣清晝繼彼欲爲三如醽如（一作和）醇酎既見陸夫子駑心却伏廄結彼世外交遇之於邂近兩鶴思競閑雙松格爭瘦唯恐別仙才漣漣涕襟袖

魯望昨以五百言見貽過有褒美內揣庸陋彌增媿悚因成一千言上述吾唐文物之盛次敘相得之歡亦迭和之微旨也

三辰至精氣生自蒼頡前粵從有文字精氣銖於緜所以楊墨後文詞縱橫顛元狩富材術建安儼英賢厥祀四百餘作者如排穿五馬渡江日羣魚食蒲年大風蕩天地萬陣黃鬚羶縱有命世才不如一空拳後至陳隋世得之拘且緶太浮如瀲灩太細如蚳蝝太亂如靡靡太輕如芉芉流之爲酯醬變之爲游畋百足雖云衆不救殺馬蛭君臣作降虜北走如獮猱所以文字妖致其國朝遷吾唐革其弊取士將科縣文星下爲人洪秀密於緶大開紫宸扉來者皆詳延日晏朝不罷龍姿歡輷輷（音田呂氏春秋云天子輷輷）於爲周道反由是秦法悛射洪陳子昂其聲亦喧闐惜哉不得時將奮猶拘攣玉壘李太白銅隄孟浩然李寬包堪輿孟澹擬（一作疑）漪漣埋骨采石壙留神鹿門埏俾其羇旅死實覺天地孱猗與子美思不盡如轉輇縱爲三十車一字不可捐既作風雅主遂司歌詠權誰知耒陽土埋却真神仙當於李杜際名輩或泝沿良御非異馬由弓非他弦其物無同異其人有媸妍自開元至今宗社紛如煙爽若沆瀣英高如崐崘巔百家囂浮說諸子率寓篇築之爲京觀解之爲牲牷各持天地維率意東西牽競抵元化首爭扼眞宰咽或作制誥藪或爲宮體淵或堪被金石或可投花鈿或爲輿隸唱或被兒童憐鳥壘虜亦寫雞林夷爭傳披揭（一作猖）覆載樞捭闔神異鍵力掀尾閭立思（一作鬼）軋大塊旋降氣或若虹耀影或如蔆萬象瘡復痏百靈瘠且瘯謂乎數十公筆若明堂椽其中有擬者不絕當如縱齊驅不讓策竝駕或爭騈所以吾唐風直將三代甄被此文物盛由乎聲詩宣采彼風人謠輶軒輕似鷂麗者固不捨鄙者亦爲銓其中有鑿戒一一堪雕鐫乙夜以觀之吾君無釋焉遂命大司樂度之如星躔播於樂府中俾爲萬代蠲吹彼圓丘竹誦茲清廟弦不惟娛列祖兼可格上玄粵予何爲者生自江海壖騃騃自總角不甘耕一壥諸昆指倉庫謂我死道邊何爲不力農稽古眞可嗚遂與襏襫著兼之簦笠全風吹蔓草花颯颯盈荒田老牛瞪不行力弱誰能鞭乃將耒與耜竝換槧與鉛閱彼圖籍肆致之千百編攜將入蘇嶺（鹿門別名）不就無出緣堆書塞低屋添研涸小泉對燈任髭爇憑案從肘研苟無切玉刀難除指上胼爾來五寒暑試藝稱精專昌黎道未著文敎如欲騫其中有聲病於我如𧹞蟬（音天蟬語不正貌）是敢驅頹波歸之於大川其文如可用不敢佞與便明水在稾秸太羹臨豆籩將來示時人猰貐垂饞涎亦或尚華縟亦曾爲便嬛亦能制灝灝亦解攻翩翩唯思逢陣敵與彼爭後先避兵入句吳窮悴祇自跧平原陸夫子投刺來翩躚開卷讀數行爲之加敬虔忽窮一兩首反顧唯曲拳始來遺巾幗乃敢排戈鋋或爲拔幟走或遭劘壘還不能收亂轍豈暇重爲箄雖然未三北亦可輸千鍰（尹尊切尚書云贖罪千鍰）向來說文字爾汝名可聯聖人病歿世不患窮而顚我未九品位君無一囊錢相逢得何事兩籠酬戲牋無顏解媮合底事居冗員方知萬鍾祿不博五湖船夷儉但明月死生應白蓮吟餘凭几飲釣罷偎蓑眠終拋峴山業相共此留連

吳中苦雨因書一百韻寄魯望

全吳臨巨溟百里到滬瀆海物競駢羅水怪爭滲漉狂蜃吐其氣千尋勃然蹙一刷半天墨架爲欹危屋怒鯨瞪相向吹浪山轂轂倏忽腥杳冥須臾坼崖谷帝命有嚴程慈物敢潛伏噓之爲玄雲彌亙千萬幅直拔倚天劍又建橫海纛化之爲暴雨淙淙射平陸如將月窟寫似把天河撲著樹勝戟支中人過箭鏃龍光倏閃照蚪角搊琤觸此時一千里平下天台瀑雷公恣其志礮礰裂雷目蹋破霹靂車折却三四輻雨工避罪者必在蚊睫宿狂發鏗訇音不得懈怠僇頃刻勢稍止尚自傾蔽歘不敢履洿處恐蹋爛地軸自爾凡十日茫然晦林麓只是遇滂沱少曾逢霢霂伊余之廨宇古製拙卜築頹檐倒菌黃破砌頑莎綠只有方丈居其中蹐且跼朽處或似醉漏時又如沃階前平汎濫牆下起趚趚唯堪著簦笠復可乘舴（一作艋）宿雞犬竝淋漓兒童但呷嗅勃勃生濕氣人人牢於鋦鬚眉漬將斷肝膈蒸欲熟當庭死蘭

芷四垣盛蒉萊解帙展斷書拂牀安壞櫝（一作牘）跳梁老蛙
黽直向牀前浴蹲前但相聒似把白丁辱空廚方欲炊
漬米未離箕薪蒸濕不著白晝須然燭汙萊既已濘買
魚不獲鱖竟未成麥饘安能得粱肉更有陸先生荒林
抱窮蹙壞宅四五舍病篠三兩束蓋檐低礙首蘚地滑
澾足注欲透承塵濕難庇廚簏低摧在圭竇索漠拋偏
髮手指既已胼肌膚亦將瘃一苞（一作庖）勢欲隊將撐乏寸
木盡日欠束薪經時無寸粟蝛蝓將入甑蟚蜞已臨鍑
（音復說文云如釜而口大）嬌兒未十歲枵然自啼哭一錢買粔籹數里走
病僕破碎舊鶴籠狼藉晚蠶蔟千卷素書外此外無餘
蓄著處紵衣裂戴次紗帽醭惡陰潛過午未及烹葵菽
吳中銅臭戶七萬沸如臛啚止甘蟹鰕侈唯僭車服皆
希尉吏旨盡怕里胥錄低眉事庸奴開顏納金玉唯到
陸先生不能分一斛先生之志氣薄漢如鴻鵠遇善必
擊踞見才輒馳逐廉不受一芥其餘安可黷如何鄉里
輩見之乃蝟縮粵予苦心者師仰但躡蹴受易既可注
請玄又堪卜百家皆搜蕩六藝盡翻覆似餕見太牢如
迷遇華燭半年得酬唱一日屢往復三秀間稂莠九成
雜巴濮奔命既不暇乞降但相續吟詩口吻噅把筆指
節瘃君才既不窮吾道由是篤所益諒弘多厥交過親
族相逢似丹漆相望如朓朒論業敢並驅量分合繼躅
相違始兩日忡忡想華縟出門泥漫漉恨無直轅輂十
錢賃一輪逢（一作蓬）上鳴斛觫赤腳枕書帙訪予穿詰曲入
門且抵掌大噱時碌碌茲（一作滋）淋既浹旬無乃害九穀予
惟餓不死得非道之福手中捉詩卷語快還共讀解帶
似歸來脫巾若沐浴疎如松間篁野甚麋對鹿行譚弄
書籤臥話枕棊局呼童具盤餐擻衣換雞鶩或蒸一升
麻或煠兩把菊用以閱幽奇豈能資口腹十分煎皐盧
半榼挽醽醁高談繄無盡晝漏何太促我公大司諫一
切從民欲梅潤侵束杖和氣生空獄而民當斯時不覺
有煩溽念澇為之災拜神再三告太陰霍然收天地一
澄肅燔炙既芬芬威儀乃毣毣須權元化柄用拯中夏
酷我願薦先生左右輔司牧茲雨何足云唯思舉顏歜

初夏即事寄魯望

夏景恬且曠遠人疾初平黃鳥語方熟紫桐陰正清廨
宇有幽處私游無定程歸來閉雙關亦忘枯與榮土室
作深谷蘚垣為千城敧杉突拖架迸筍支檐楹片石共
坐穩病鶴同喜晴瘦木四五器筇杖一兩莖泉為葛天
味松作羲皇聲或看名畫徹或吟閑詩成忽枕素琴睡
時把仙書行自然寡儔侶莫說更紛爭具區包地髓震
澤含天英粵從三讓來俊造紛然生顧予客茲地薄我
皆為傖唯有陸夫子盡力提客卿各負出俗才俱懷超
世情駐我一棧車啜君數藜羹敲門若我訪倒屣（一作躧）欣
逢迎胡餅蒸甚熟貊盤舉尤輕茗脆不禁炙酒肥或難
傾埽除就藤下移榻尋虛明唯共陸夫子醉與天壤并

二遊詩并序

吳之士有恩王府參軍徐修矩者守世書萬卷優
游自適余假其書數千卷未一年悉償夙志酣飫
經史或日晏忘飲食次有前涇縣尉任晦者其居
有深林曲沼危亭幽砌余竝次以見之或退公之
暇必造以息焉林泉隱事恣用研詠大凡游於二
君宅無浹旬之間因作詩以留贈名（一作目）之曰二遊
兼寄陸魯望

徐詩

東莞為著姓奕代皆雋喆強學取科第名聲盡孤揭自
為方州來清操稱凜冽唯寫墳籍多必云清俸絕宣毫
利若風剡紙光於月札吏指欲胼萬通排未闋樓船若
夏屋欲載如垤塊轉徙入吳都縱橫礙門闑縹囊輕似
霧緗帙殷於血以此為基構將斯用貽厥重於通侯印
貴卻全師節我愛參卿道承家能介潔潮田五萬步草
屋十餘（一作數）楶微官不能去歸來坐如刖保茲萬卷書守
慎如羈紲念我曾苦心相逢無間別引之看祕寶任得
窮披閱軸閑翠鈿剝籤古紅牙折帙解帶芸香卷開和
桂屑枕兼石鋒刃榻共松瘡癤一臥寂無諠數編看盡
徹或攜歸廨宇或把穿林樾挈過太湖風抱宿支硎雪
如斯未星紀悉得分毫末翦除幽僻藪滌蕩玄微窟學
海正狂波子頭向中穎（烏沒切）聖人患不學垂誡尤為切苟
昧古與今何殊瘖共𥌓（五骨切）昔之慕經史有以傭筆札何
況遇斯文借之不曾輟吾衣任縠纑吾食甘糠覈其道
苟可光斯文那自伐何竹青堪殺何蒲重好截如能盈
兼兩便足酬飢渴有此競苟榮聞之兼可戢東皐耨煙
雨南嶺提薇蕨何以謝徐君公車不聞設

任詩

任君恣高放斯道能寡合一宅閑林泉終身遠囂雜嘗
聞佐浩穰散性多傝（五盍切）偕（音沓不任事貌）欻爾解其綬遺之如棄
靸歸來鄉黨內卻與親朋洽開溪未讓丁列第方稱甲
入門約百步古木聲霎霎廣檻小山欹斜廊怪石夾白
蓮倚闌楯翠鳥緣簾押地勢似五瀉巖形若三峽猿眠
但膃肭梟食時啑喋撥荇下文竿結藤縈桂檝門留醫
樹客辟倚栽花鍤度歲止褐衣經旬唯白帢多君方閑
戶顧我能倒屧請題在茅棟留坐於石榻魂從清景遛
衣任煙霞裛階墀龜任上枕席鷗方狎沼以頗黎鏡當
中見魚眨杯杓悉杉瘤盤筵盡荷葉閑斟不置罰閑弈
無爭劫閑日不整冠閑風無用箑以斯為思慮吾道寧
疲薾袞衣競璀璨鼓吹爭鞺鞳欲者解擠排詬者能詬
謼權豪暫翻覆刑禍相填壓此時一圭竇不肎饒閶闔
有第可棲息有書可漁獵吾欲與任君終身以斯愜

追和虎丘寺清遠道士詩并序

聖人為春秋凡諸侯有告則書無告則不書蓋所
以懲其僞而敦其實也夫怪之與神雖曰不言在
傳則書之者亦摭其實而為之也若然者神之與
怪果安（一本作果有）邪噫聖賢有不得其志者則必垂之
於言也大則為經誥小則為歌詠蓋不信於當時
則取愬於後世抑鬼神有生不得其志者死亦然
邪若憑而宣之則石言乎晉物叫于宋是也若夢
而辯之則良夫有昆吾之歌聲伯有瓊瑰之謠是
也自茲已後人倫不修神藻益熾在君人者悟之
則為瑞逆之則為妖其冥諷昧刺時出於世者則
與騷人狎客往往敵於忽微焉虎丘山有清遠道

士詩一首其所稱自殷周而歷秦漢迄於近代抑
二千年末以鬼神自謂亦神怪之甚者格之以清
健飾之以俊麗一句一字若奮若搏彼建安詞人
儻在不得居其右矣顔太師魯公愛之不暇遂刻
於巖際并有繼作李太尉衞公欽清遠之高致慕
魯公之素尚又次而和之顔之敘事也典李之屬
思也麗竝一時之寡和又幽獨君詩二首亦甚奇
愴予嗜古者觀而樂之因繼而爲和荅幽獨君一
篇不知孰氏之作其詞古而悲亦存於篇末太玄
曰大無方易無時然後爲鬼神也噫清遠道士果
鬼神乎抑道家者流乎抑隱君子乎詞則已矣人
則吾不知也

成道自衰周避世窮炎漢荊杞雖云梗煙霞尚容竄茲
岑信靈異吾懷愜流玩石澀古鐵鉎嵐重輕埃漫松膏
膩幽徑蘋沫著孤岸諸蘿幄幕暗衆鳥陶匏亂巖罅地
中心海光天一半玄猨行列歸白雲次第散蟾蜍生夕
景沆瀣餘清旦風日采幽什墨客學靈翰嗟予慕斯文
一詠復三歎顯晦雖不同茲吟粗堪贊

追和幽獨君詩次韻

念爾風雅魄幽咽猶能文空令傷魂鳥啼破山邊墳
恨劇但埋土聲幽難放哀墳古春自晚愁緒空崔嵬白
楊老無花枯根侵夜臺天高有時裂川去何時迴雙睫
不能濡六藏無可摧不聞搴蓬事何必深悲哉

奉和魯望讀陰符經見寄

三百八十言出自伊祈氏上以生神仙次云立仁義玄
機一以發五賊紛然起結爲日月精融作天地髓不測
似陰陽難名若神鬼得之升高天失之沈厚地具茨雲
木老大塊煙霞委自顓頊以降賊爲聖人軌堯乃一庶
人得之賊帝摯摯見其德尊脫身授其位舜惟一鰥民
冗冗作什器得之賊帝堯白丁作天子禹本刑人後以
功繼其嗣得之賊帝舜用以平洚水自禹及文武天機
恡然弛姬公樹其綱賊之爲聖智聲詩川競大禮樂山
爭峙爰從幽厲餘宸極若孩穉九伯真犬彘諸侯實虎
兕五星合其耀白日下闕里由是聖人生一作生聖人於焉當
亂紀黃帝之五賊拾之若青紫高揮春秋筆不可刊一
字賊子虐甚斯姦臣痛於箠至今千餘年蚩蚩受其賜
時代更復改刑政崩且陊予將賊其道所動多訾毀叔
孫與臧倉賢聖多如此如何黃帝機吾得多坎躓縱失
生前祿亦多身後利我欲賊其名垂之千萬祀

初夏遊楞伽精舍

越艇輕似萍漾漾出煙郭人聲漸疎曠天氣忽寥廓伊
予愜斯志有似劇痾瘼遇勝即夷猶逢幽且淹泊俄然
櫂深處虛無倚巖崿霜毫一道人引我登龍閣當中見
壽象欲禮光紛箔珠幡時相鏗恐是諸天樂樹杪見觚
稜林端逢赭堊千尋井猶在萬祀靈不涸下通蛟人道
水色黮而惡欲照六藏驚將窺百骸愕揭去山南嶺其
險如邛筰悠然放吾興欲把青天摸紫藤垂罽珥紅荔
懸纓絡蘚厚滑似餳峰尖利如鍔斯須到絕頂似愈漸
離燿一作曜一片太湖光只驚天漢落梅風脫綸帽乳水透
芒屩嵐姿與波彩不動渾相著既不暇供應將何以酬
酢却來穿竹徑似入青油幕穴恐水君開龕如鬼工鑿
窮幽入茲院前楯臨巨壑遺畫龍奴獰殘香蟲篆薄褫
魂窺玉鏡澄慮聞金鐸雲態共縈留鳥言相許諾古木
勢如虺近之恐相蠚怒泉聲似激聞之意爭博時禽倏
已嘿衆籟蕭然作遂令不羈性戀此如纏縛念彼上人
者將生付寂寞曾無膚撓事冐把心源度胡爲儒家流
没齒勤且恪沐猴本不冠未是謀生錯言行既異調棲
遲亦同託願力儻不遺請作華林鶴

公齋四詠

小松

婆娑只三尺移來白雲徑亭亭向空意已解凌遼敻葉
健似虯鬚枝脆如鶴脛清音猶未成紺彩空不定陰圓
小芝蓋鱗澀脩荷柄先愁被鷦搶預恐遭蝸病結根幸
得地且免離離映磥砢不難遇在保晚成性一日造明
堂爲君當畢命

小桂

一子落天上生此青辟枝歘從山之幽斸斷雲根移勁
挺隱珪質盤珊緹油姿葉彩碧髓融花狀白毫蕤稜層
立翠節偃蹇樛青螭影澹雪霽後香汎風和時吾祖在
月窟孤貞能見怡願老君子地不敢辭喧卑

新竹

笠澤多異竹移之植後楹一架三百本綠沈森冥冥圓
緊珊瑚節鈐利翡翠翎儼若青帝仗矗如紫姑屏槭槭
微風度漠漠輕靄生如神語鈞天似樂奏洞庭一玩九
藏冷再聞百骸醒有根可以執有篔音福竹譜云竹實也可以馨願
稟君子操不敢先凋零

鶴屏

三幅吹空縠孰寫仙禽狀𩨨耳側以一作似聽相鶴經云𩨨頰𩨨耳則聽響遠赤
精曠如望露眼赤精則眎遠引吭看雲勢翹足臨池樣頗似近蓐
席還如入方丈盡日空不鳴窮年但相向未許子晉乘
難教道林放貌既合羽儀骨亦符法相願升君子堂不
必思崐閬

奉酬崔璐進士見寄次韻

伊余幼且賤所稟自以殊弱歲謬知道有心匡皇符意
超海上鷹運踞轅下駒縱性作古文所爲皆自如但恐
才格劣敢誇詞彩敷句句考事實篇篇窮玄虛誰能變
羊質競不獲驪珠粤有造化手曾開天地鑪文章鄴下
秀氣貌淹中儒展我此志業期君持中樞蒼生眼穿望
勿作磻谿謨

全唐詩

皮日休

太湖詩（并序）

余頃在江漢嘗耨鹿門漁洞湖然而未能放形者抑志於道也爾後以文事造請於是南浮至二別涉洞庭迴觀敷淺源登廬阜濟九江由天柱抵霍嶽又自箕穎轉樊鄧陟商顏入藍關凡自江漢至於京千者十數候繞者二萬里道之不行者有困辱危殆志之可適者有山水遊玩則休戚不孤矣咸通九年自京東遊復得宿太華樂荊山賞女几度轘轅窮嵩高入京索浮汴渠至揚州又航天塹從北固至姑蘇噫江山幽絕見貴於地誌者余之所到不翅於半則煙霞魚鳥林壑雲月可爲屬厭之具矣尚栩然於志者抑古聖人所謂獨行之性乎逸民之流乎余眞得而爲也爾後聞震澤包山其中有靈異學黃老徒樂之多不返益欲一觀豁平生之鬱鬱焉十一年夏六月會大司諫清河公憂霖雨之爲患乃擇日休將公命禱於震澤祀事既畢神應如響於是太湖之中所謂洞庭山者得以恣討凡所歷皆圖籍稱爲靈異者遂爲詩二十章以志其事兼寄天隨子

初入太湖（自胥口入去州五十里）

聞有太湖名十年未曾識今朝得遊泛大笑稱平昔一舍行胥塘盡日到震澤三萬六千頃千頃頗黎色連空澹無顡照野平絕隙好放青翰舟堪弄白玉笛疎岑七十二雙雙露矛戟悠然嘯傲去天上搖畫艋西風乍獵獵驚波罨涵碧倏忽雷陣吼須臾玉崖（一作岸）坼樹動爲蜃尾山浮似鼇脊落照射鴻溶清輝蕩拋擲（一作擲）雲輕似可染霞爛如堪摘漸瞑無處泊挽帆從所適枕下聞澎湃（一作汃）肌上生瘮㾊討異足邅迴尋幽多阻隔願風與良便吹入神仙宅甘將一蘊書永事嵩山伯

曉次神景宮

夜半幽夢中扁舟似鳧躍曉來到何許俄倚包山腳三百六十丈攢空利如削遐瞻但徙倚欲上先矍鑠濃露濕莎裳淺泉漸草屩行行未一里節境轉寂寞靜徑侵泬寥仙扉傍巖崿松聲正清絕海日方照灼欻臨幽虛天萬想皆擺落壇靈有芝菌殿聖無鳥雀瓊幃自迴旋錦旌空粲錯鼎氣爲龍虎香煙混丹䨼凝看出次雲默聽語時鶴綠書不可注雲笈應無鑰晴來鳥思喜崦裏花光弱天籟如擊琴泉聲似擬鐸清齋洞前院敢負玄科約空中悉羽章地上皆靈藥金醴可酣暢玉豉堪咀嚼存心服燕胎叩齒讀龍蹻福地七十二茲焉永堪（一作堪永）託在獸乏虎貔於蟲不毒蠚嘗聞擇骨錄仙誌非可作綠腸既朱髓青肝復紫絡伊余之此相天與形貌惡每嗟原憲瘇常苦齊侯瘧終然合委頓剛亦慕寥廓三茅亦常（一作嘗）住竟與珪組薄欲問包山神來賒少巖壑

入林屋洞

齋心已三日筋骨如煙輕腰下佩金獸手中持火鈴幽塘四百里中有日月精連亙三十六各各爲玉京自非心至誠必被神物烹顧余慕大道不能惜微生遂招放曠侶同作幽憂行其門纔函丈初若盤薄硎洞氣黑眣䀢苔髮紅鬡鬡試足值坎窞低頭避崢嶸攀緣不知倦怪異焉敢驚匍匐一百步稍稍策可橫忽然白蝙蝠來撲松炬明人語散潁洞石響高玲玎腳底龍蛇氣頭上波濤聲有時若服匿偪仄如見綳俄爾造平澹豁然逢光晶金堂似鑄出玉座如琢成前有方丈沼凝碧融人情雲漿湛不動璚露涵而馨漱之恐減算酌之必延齡愁爲三官責不敢攜一甌昔云夏后氏於此藏眞經刻之以紫琳祕之以丹瓊期之以萬祀守之以百靈焉得彼丈人竊之不加刑石匱一以出左神俄不扃禹書既云得吳國由是傾鮮纏纔半尺中有怪物腥欲去既嘆唶將迴又伶俜卻遵舊時道半日出杳冥屨泥（去聲）惹石髓衣濕霑雲英玄籙乏仙骨青文無絳名雖然入陰宮不得朝上清對彼神仙窟自厭濁俗形卻憎造物者遣我騎文星

雨中遊包山精舍

松門亙五里彩碧高下絢幽人共躋攀勝事頗清便翠翠林上雨隱隱湖中電薜帶輕束腰荷笠低遮面濕屨黏煙霧（一作露）穿衣落霜霰笑次度巖壑困中遇臺殿老僧三四人梵字十數卷施稀無夏屋境僻乏朝膳散髮抵泉流支頤數雲片坐石忽忘起捫蘿不知倦異蝶時似錦幽禽或如鈿篥簩還戛刃栟櫚自搖扇俗態既斗藪野情空眷戀道人摘芝菌爲予備午饌渴興（一作與）石榴羹飢愜胡麻飯如何事于役茲遊急於傳卻將塵土衣一任瀑絲濺

遊毛公壇

卻上南山路松行儼如廡松根礙幽徑孱顏不能斧擺履跨亂雲側巾蹲怪樹三休且半日始到毛公塢兩水合一澗澴崖卻爲浦相敲百千戟共攝十萬鼓噴散日月精射破神仙府唯愁絕地脈又恐折天柱一窺耳目眩再聽雲髮豎次到鍊丹井井幹翳宿莽下有藥剛丹勺之百疾愈凝於白獺髓湛似桐馬乳黃露醒齒牙碧粘甘肺腑檜異松復怪枯疎互撐拄乾蛟一百丈髐然半天舞下有毛公壇壇方不盈畝當時雲龍篆一片苔蘚古（有劉先生鎮壇符今存於堂）時時仙禽來忽忽祥煙聚我愛周息元忽起應明主（周徵君名曰息元）三諫卻歸來迴頭唾圭組伊余何不幸斯人不復覩如何大開口與世爭枯腐將山待夸娥以肉投猰㺄欻坐侵桂陰不知已與午茲地足靈境

他年終結宇，敢道萬石君輕於一絲縷

三宿神景宮

古觀岑且寂幽人情自怡一來包山下三宿湖之湄況此深夏夕不逢清月姿玉泉浣衣後金殿添香時客省高且敞客牀蟠復奇石枕冷入腦筍席寒侵肌氣清寐不著起坐臨階墀松陰忽微照獨見螢火芝素鶴警微露白蓮明暗池窗櫺帶乳蘚辟縫含雲莥閒磬走魍魎見燭奔羈雌沉瀧欲滴瀝芭蕉未離披五更山蟬響醒發如吹篪杉風忽然起飄破步虛詞道客巾屨樣上清朝禮儀明發作此事豈復甘趨馳

以毛公泉一缾獻上諫議因寄

劉根昔成道玆塢四百年毿毿被其體號爲綠毛仙因思清冷汲鑿彼岩（一作崔）嶺巔五色旣鍊矣一勺方鏗然旣用文武火俄窮雌雄篇赤鹽撲紅霧白華飛素煙服之生羽翼倏爾沖玄天眞隱尚有迹厥祀將近千我來討靈勝到此期終焉滴苦破竇淨蘚深餘甃圓澄如玉髓潔汎若金精鮮顏色半帶乳氣味全和鉛飮之融痞蹇濯之伸拘攣有時玩者觸倏忽風雷顚素綆絲不短越罌腹甚便汲時月液動擔處玉粿旋敢獻大司諫置之鈴閣前清如介潔性滌比埽蕩權炙背野人興亦思侯伯憐也知飮冰苦願受一缾泉

縹緲峰

頭戴華陽帽手拄大夏筇清晨陪道侶來上縹緲峰帶露鱳藥蔓和雲尋鹿蹤時驚鼯鼠飛上千丈松翠壁內有室叩之虛碚（戶冬切）隆（音隆）古穴下徹海視之寒鴻濛遇歇有佳思緣危無倦容須臾到絕頂似鳥穿樊籠恐足蹈海日疑身凌天風衆岫點巨浸四方接圓穹似將青螺髻撒在明月中片白作越分孤嵐爲吳宮一陣靉靆氣隱隱生湖東激雷與波起狂電將日紅磬磬雨點大金鶻轟下空暴光隔雲閃髣髴亙天龍連拳百丈尾下拔湖之洪捽爲一雪山欲與昭回通移時却擫下細碎衡與嵩神物諒不測絕景尤難窮杖策下返照漸聞仙觀鐘煙波噴肌骨雲壑闐心胸竟死愛未足當生且歡逢不然把天爵自拜太湖公

桃花塢

黃緣度南嶺盡日穿林樾窮深到玆塢逸興轉超忽塢名雖然在不見桃花發恐是武陵溪自閉仙日月倚峰小精舍當嶺殘耕垡將洞任迴環把雲恣披拂閑禽啼叫窱險狖眠硉矹微風吹重嵐碧埃輕勃勃清陰減鶴睡秀色治人渴敲竹鬬錚摐弄泉爭咽嗢空齋蒸柏葉野飯調石髮空羨塢中人終身無履韈

明月灣

曉景澹無際孤舟恣迴環試問最幽處號爲明月灣半巖翡翠巢望見不可攀柳弱下絲網藤深垂花鬘松瘿忽似狖石文或如戲釣壇兩三處苔老腥斒斑沙雨幾處霽水禽相向閑野人波濤上白屋幽深間曉培橘栽去暮作魚梁還清泉出石砌好樹臨柴關對此老且死不知憂與患好境無處住好處無境删赧然不自適脈脈當湖山

練瀆（吳王所開）

吳王厭得國所玩終不足一上姑蘇臺猶自嫌局促艅艎六宮鬧艨衝後軍肅一陣水麝風空中蕩平淥鳥困避錦帆龍跧防鐵軸流蘇惹煙浪羽葆飄巖谷靈境太蹂踐因玆塞林屋空闊嫌太湖崎嶇開練瀆三尋齾石齒數里穿山腹底靜似金膏礫碎如丹粟波殿鄭妲醉蟾閣西施宿幾轉含煙舟一唱來雲曲不知闌楯上夜有越人鏃君王掩面死嬪御不敢哭艷魄逐波濤荒宮養麋鹿國破溝亦淺代變草空綠白鳥都不知朝眠還暮浴

投龍潭（在龜山）

龜山下最深惡氣何洋溢涎水瀑龍巢腥風卷蛟室曉來林岑靜獰色如怒日氣涌撲炱煤波澄埽純漆下有水君府貝闕光比櫛左右列介臣縱橫守鱗卒月中珠母見煙際楓人出生犀不敢燒水怪恐摧捽時有慕道者作彼投龍術端嚴持碧簡齋祓揮紫筆兼以金蜿蜒投之光焌律琴高坐赤鯉何許縱仙逸我願與之游玆焉託靈質

孤園寺（梁散騎常侍吳猛宅）

艇子小且兀緣湖蕩白芷縈紆泊一碕宛到孤園寺蘺島凝清陰松門湛虛翠寒泉飛碧螭古木鬭蒼兕鐘梵在水魄樓臺入雲肆巖邊足鳴鱕樹杪多飛鸓香莎滿院落風汎金靃靡靜鶴啄柏蠹閑猱弄楹崎小殿熏陸香古經貝多紙老僧方瞑坐見客還強起指玆正險絕何以來到此先言洞壑數次話眞如理磬韻醒閑心茶香凝皓齒巾之劫貝布饌以栴檀餌數刻得清淨終身欲依止可憐陶侍讀身列丹臺位雅號曰勝力亦聞師佛氏（陶隱居嘗夢見神像謂己曰爾當七地大王號曰勝力也）今日到孤園何妨稱弟子

上眞觀

徑盤在山肋繚繞窮雲端摘菌杖頭紫緣崖屐齒刓半日到上眞洞宮知造難雙戶啓眞景齋心方可觀天鈞鳴響亮天祿行蹣跚琪樹夾一徑萬條青琅玕雨松峙庭際怪獸吁可歎大螾騰共結修蛇飛相盤皮膚坼甲胄枝節擒貙犴罅處似天裂朽中如井眢𧝋褷風聲瘲𧿒跒地力瘆（音灘）根上露鉗釱空中狂波瀾合時若莽蒼闢處如轘轅儼對無霸陣靜問嚴陵灘靈飛一以護山都焉敢干兩廊潔寂歷中殿高巑岏靜架九色節閑懸十絕幡微風時一吹百寶清闌珊昔有葉道士位當升靈官欲箋紫微志唯食虹影丹旣逐隱龍去道風由此殘猶聞絳目草往往生空壇羽客兩三人石上譚泥丸謂我或龍胄粲然與之歡衣巾紫華冷食次白芝寒自覺有眞氣恐隨風力摶明朝若更住必擬隳儒冠

銷夏灣

太湖有曲處其門爲兩崖當中數十頃別如一天池號爲銷夏灣此名無所私赤日莫斜照清風多遙吹沙嶼埽粉墨松竹調塤篪山果紅靺鞨水苔青髮鬑木陰厚若瓦巖磴滑如飴我來此遊息夏景方赫曦一坐盤石上肅肅寒生肌小艖（方言云小舸謂之艖）或可汎短策或可支行驚翠羽起坐見白蓮披斂袖弄輕浪解巾敵涼颸但有水雲見更餘沙禽知京洛往來客暍死緣奔馳此中便可老

焉用名利爲

包山祠

白雲最深處，像設盈巖堂。村祭足茗粣，水奠多桃榹。箬蘧突古砌，薜荔繃頹牆。爐灰寂不然，風送杉桂香。積雨晦州里，流波漂稻粱。恭惟大司諫，憫此如發狂。命予傳明禱，祗事實不遑。一奠若肸蠁，再祝如激揚。出廟未半日，隔雲逢澹光。雙雙雨點少，漸收羽林槍。忽然山家犬，起吠白日傍。公心與神志，相向如玄黃。我願作一疏，奏之於穹蒼。留神千萬祀，永福吳封疆。

聖姑廟（在大姑山，晉王彪之女。相次而殁，有靈，因爲廟焉）

洛神有靈逸，古廟臨空渚。暴雨駁丹青，荒蘿繞梁梠。野風旋芝蓋，飢烏銜椒糈。寂寂落楓花，時時鬭鼯鼠。常云三五夕，盡會妍神侶。月下留紫姑，霜中召青女。俄然響環珮，倏爾鳴機杼。樂至有聞時，香來無定處。目瞪如有待，魂斷空無語。雲雨竟不生，留情在何處。

太湖石（出黿頭山）

茲山有石岸，抵浪如受屠。雪陣千萬戰，蘚巖高下刳。乃是天詭怪，信非人功夫。白丁一云取，難甚網珊瑚。厥狀復若何，鬼工不可圖。或拳若虺蜴，或蹲如虎貙。連絡若鉤鏁，重疊如萼跗。或若巨人骼，或如太帝符。胮肛筼簹笱，格磔琅玕株。斷處露海眼，移來和沙鬚。求之煩耄倪，載之勞舳艫。通侯一以眄，貴却驪龍珠。厚賜以睬賫，遠去窮京都。五侯土山下，要爾添嵒齬。賞玩若稱意，爵祿行斯須。苟有王佐士，崛起於太湖。試問欲西笑，得如茲石無。

崦裏（傍龜山下，有良田二十頃）

崦裏何幽奇，膏腴二十頃。風吹稻花香，直過龜山頂。青苗細膩臥，白羽悠溶靜。塍畔起鸕鷀，田中通舴艋。幾家傍潭洞，孤戍當林嶺。罷釣時賫菱，停繅或焙茗。峭然入十翁，生計於此永。苦力供征賦，怡顏過朝暝。洞庭取異事，包山極幽景。念爾飽得知，亦是遺民幸。

石板（在石公山前）

翠石數百步，如板漂不流。空疑水妃意，浮出青玉洲。中若瑩龍劒，外唯疊蛇矛。狂波忽然死，浩氣清且浮。似將翠黛色，抹破太湖秋。安得三五夕，攜酒櫂扁舟。召取月夫人，嘯歌於上頭。又恐霄景闊，虛皇拜仙侯。欲建九錫碑，當立十二樓。瓊文忽然下，石板誰能留。此事少知者，唯應波上鷗。

全唐詩 皮日休

奉和魯望漁具十五詠

網

晚挂溪上網，映空如霧縠。閑來發其機，旋旋沉平綠。下處若煙雨，牽時似崖谷。必若遇鯤鮞，從教通一目。

罩

芒鞋下葑中，步步沉輕罩。既爲菱浪颭，亦爲蓮泥膠。人立獨無聲，魚煩似相抄。滿手搦霜鱗，思歸舉輕櫂。

罛

煙雨晚來好，東塘下罛去。網小正星穊，舟輕欲騰翥。誰知荇深後，恰值魚多處。浦口更有人，停橈一延佇。

釣筒

籠篐截數尺，標置能幽絕。從浮笠澤煙，任臥桐江月。絲隨碧波（一作潭）漫，餌逐清灘發。好是趁筒時，秋聲正清越。

釣車

得樂湖海志，不厭華輈小。月中拋一聲，驚起灘上鳥。心將潭底測，手把波文裊。何處覓奔車，平波今渺渺。

漁梁

波際插翠筠，離離似清籞。遊鱗到溪口，入此無逃所。斜臨楊柳津，靜下鸕鷀侶。編此欲何之，終焉富春渚。

叉魚

列炬春溪口，平潭如不流。照見遊泳魚，一一如清晝。中目碎瓊碧，毀鱗殷組繡。樂此何太荒，居然媿川后。

射魚

注矢寂不動，澄潭晴轉烘。下窺見魚樂，恍若翔在空。驚羽決凝碧，傷鱗浮殷紅。堪將指杯術，授與太湖公。

鳴桹

盡日平湖上，鳴桹仍動槳。丁丁入波心，澄澈和清響。鷺聽獨寂寞，魚驚昧來往。盡水無所逃，川中有鉤黨。

滬

波中植甚固，磔磔如蝦鬚。濤頭倏爾過，數頃跳鯆鯚（音遍夫）。不是細羅密，自爲朝夕驅。空憐指魚命，遣出海邊租。

穇

伐彼槎蘖枝，放於冰雪浦。遊魚趁暖處，忽爾來相聚。徒爲棲託心，不問庇庥主。一旦懸鼎鑊，禍機真自取。

種魚

移土湖岸邊，一半和魚子。池中得春雨，點點活如蟻。一月便翠鱗，終年必赬尾。借問兩綬人，誰知種魚利。

藥魚

吾無竭澤心，何用藥魚藥。見說放溪上，點點波光惡。食時競夷猶，死者爭紛泊。何必重傷魚，毒涇猶可作。

舴艋

潤處只三尺，翛然足吾事。低篷挂釣車，枯蚌盛魚餌。只

好攜橈坐唯堪蓋蓑睡若遺遂平生艅艎不如是

笭箵

朝空笭箵去暮實笭箵歸歸來倒却魚挂在幽窗扉但間(一作覺)鰕蜆氣欲生蘋藻衣十年佩此處煙雨苦霏霏

添魚具詩并序

天隨子爲魚具詩十五首以遺予凡有獻已來術之與器莫不盡於是也噫古之人或有溺於漁者行其術而不能言用其器而不能狀此與澤助之獻者又何異哉如吟魯望之詩想其致則江風海雨槭槭生齒牙間眞世外漁者之才也余昔之漁所在洞上則爲菴以守之居峴下則占磯以待之江漢間時候率多雨唯以簑笠自庇每伺魚必多俯簑笠不能庇其上由是織篷以障之上抱而下仰字之曰背篷今觀魯望之十五篇未有是作因次而詠之用以補其遺者漁家生具獲足於吾屬之文也

魚菴

菴中只方丈恰稱幽人住枕上悉漁經門前空釣具束竿時(一作將)倚壁曬網還侵户上洞有楊顒須留往來路

釣磯

盤灘一片石置我山居足窪處著箣筅(桂苑云取鰕具)竅中維舶艏多逢沙鳥污愛彼潭雲觸狂奴卧此多所以蹋帝腹

蓑衣

一領蓑正新著來沙塢中隔溪遥望見疑是綠毛翁襟色裛(眞葉切)靄袖香䙰褷風前頭不施衮何以爲三公

篛笠

圓似寫月魂輕如織煙翠涔涔向上雨不亂窺魚思攜來沙日微挂處江風起縱帶二梁冠終身不忘爾

背篷

儂家背篷樣似箇大龜甲雨中跼蹐時一向聽霎霎甘從魚不見亦任鷗相狎深擁竟無言空成睡齁(虛勾切)䶎(盧盍切)

奉和魯望樵人十詠

樵谿

何時有此谿應便生幽木橡實養山禽藤花蒙澗鹿不止產蒸薪願當歌棫樸君知天意無以此安吾族

樵家

空山最深處太古兩三家雲蘿共夙世猨鳥同生涯衣服濯春泉盤餐烹野花居茲老復老不解歎年華

樵叟

不曾照青鏡豈解傷華髮至老未息肩至今無病骨家風是林嶺世祿爲薇蕨所以兩大夫天年自爲(一作爲自)伐

樵子

相約晚樵去跳踉上山路將花餌鹿麛以果投猨父束薪白雲濕負擔春日暮何不壽童烏果爲玄所誤

樵逕

蒙籠中一逕繞在千峯裏歇處遇松根危中值石齒花穿臬衣落雲拂芒鞵起自古行此途不聞顛與墜

樵斧

腰間插大柯直入深谿裏空林伐一聲幽鳥相呼起倒樹去李父傾巢啼木魅不知仗鉞者除害誰如此

樵擔

不敢量樵重唯知益薪束軋軋下山時彎彎向身曲清泉洗得潔翠靄侵來綠看取荷戈人誰能似吾屬

樵風

野船渡樵客來往平波中縱橫清飈吹旦暮歸期同蘋光惹衣白蓮影涵薪紅吾當請封爾直作鏡湖公

樵火

山客地爐裏然薪如陽輝松膏作滲(思有切)瀡杉子爲珠璣響誤擊刺閙皴疑彗孛飛傍邊煖白酒不覺瀑冰垂

樵歌

此曲太古音由來無管奏多云採樵樂或說林泉候一唱凝閑雲再謡悲顧獸若遇採詩人無辭收鄙陋

酒中十詠并序

鹿門子性介而行獨於道無所全於才無所全於進無所全於退無所全豈天民之惷者邪然進之與退天行未覺於余也則有窮有厄有病有殆果安而受邪未若全於酒也夫聖人之誡酒禍也大矣在書爲沈湎在詩爲童羖在禮爲豢豕在史爲狂藥余飲至酣徒以爲融肌柔神消沮迷喪頹然無思以天地大順爲隄封傲然不持以洪荒至化爲爵賞抑無懷氏之民乎葛天氏之民乎苟沈而亂狂而身禍而族眞蚩蚩之爲也若余者於物無所斥於性有所適眞全於酒者也噫天之不全余也多矣獨以麴糵全之抑天猶幸於遺民焉太玄曰君子在玄則正在福則沖在禍則反小人在玄則邪在福則驕在禍則窮余之於酒得其樂人之於酒得其禍亦若是而已矣於是徵其具悉爲之詠用繼東皐子酒譜之後夫酒之始名天有星地有泉人有鄉今總而詠之者亦古人初終必全之義也天隨子深於酒道寄而請之和

酒星

誰遣酒旗耀天文列其位彩微嘗似酣芒弱偏如醉唯憂犯帝座只恐騎天駟若遇卷舌星讒君應墮地

酒泉

羲皇有玄酒滋味何太薄玉液是澆漓金沙乃糟粕春從野鳥沽晝仍閑猨酌我願葬茲泉醉魂似鳧躍

酒篘

翠篾初織來或如古魚器新從山下買靜向甔中試輕可網金醅疎能容玉蟻自此好成功無貽我罍恥

酒牀

糟牀帶松節酒膩肥如羜滴滴連有聲空疑杜康語開眷既壓後染指偷嘗處自此得公田不過渾種黍

酒壚

紅壚高幾尺頗稱幽人意火作縹醪香灰爲冬醷氣有鎗盡龍頭有主皆犢鼻倘得作杜根傭保何足媿

酒樓

鈎楯跨通衢喧閙當九市金罍瀲灩後玉斝紛綸起舞蝶傍應酣啼鶯聞亦醉野客莫登臨相雠多失意

酒旗

青幟潤數尺懸於往來道多爲風所颺時見酒名號拂拂野橋幽翻翻江市好雙眸復何事終竟望君老

酒樽

犧樽一何古我抱期幽客少恐消醒醐滿擬（一作疑）烘琥珀後窺曾撲瀉鳥蹋經欹仄度度醒來看皆如死生隔

酒城

萬仞峻爲城沈酣浸其俗香侵井幹過味染濠波淥朝傾踰百榼暮壓幾千斛吾將隸此中但爲閽者足

酒鄉

何人置此鄉杳在天皇外有事忘哀樂有時忘顯晦如尋罔象歸似與希夷會從此共君遊無煩用冠帶

奉和添酒中六詠

酒池

八齊競奔注不知深幾丈竹葉島紆徐梟花波蕩漾（鳧花）（酒名出梁簡文帝集）醺應爛地軸浸可柔天壤以此獻吾君願銘於几杖

酒龍

銅爲蚴蟉鱗鑄作鱙鰐角吐處百里雷瀉時千丈壑初疑潛苑囿忽似拏寥廓遂使銅雀臺香消野花落

酒甕

堅淨不苦窳陶於醉封疆臨溪刷舊痕隅屋閒新香移來近麴室倒處臨糟牀所嗟無比鄰余亦能偷嘗

酒船

剡桂復刳蘭陶陶任行樂但知涵泳好不計風濤惡嘗行麴封內稍繫糟丘泊東海如可傾乘之就斟酌

酒鎗

象鼎格仍高其中不烹飪唯將煮濁醪用以資酣飲偏宜旋樵火稍近餘酲枕若得伴琴書吾將著閑品

酒杯

昔有嵇氏子龍章而鳳姿手揮五弦罷聊復一樽持但取性澹泊不知味醇醨茲器不復見家家唯玉巵

茶中雜詠（并序）

案周禮酒正之職辨四飲之物其三曰漿又漿人之職共王之六飲水漿醴涼醫酏入於酒府鄭司農云以水和酒也蓋當時人率以酒醴爲飲謂乎六漿酒之醨者也何得姬公製爾雅云檟苦荼即不擷而飲之豈聖人純於用乎抑草木之濟人取捨有時也自周已降及於國朝茶事竟陵子陸季疵言之詳矣然季疵以前稱茗飲者必渾以烹之與夫瀹蔬而啜者無異也季疵之始爲經三卷由是分其源制其具教其造設其器命其煮俾飲之者除痟而去癘雖疾醫之不若也其爲利也於人豈小哉余始得季疵書以爲備矣後又獲其顧渚山記二篇其中多茶事後又太原溫從雲武威段碣之各補茶事十數節並存於方冊茶之事由周至於今竟無纖遺矣昔晉杜育有荈賦季疵有茶歌余缺然於懷者謂有其具而不形於詩亦季疵之餘恨也遂爲十詠寄天隨子

茶塢

閒尋堯氏山遂入深深塢種荈已成園栽葭寧記畝石窪泉似掬巖罅雲如縷好是夏初時白花滿煙雨（茶經云其花白如薔薇）

茶人

生於顧渚山老在漫石塢語氣爲茶荈衣香是煙霧庭從櫔（一作櫝九字反其木如玉色渚人以爲杖）子遮果任獳師虜日晚相笑歸腰閒佩輕簍

茶筍

褎然三五寸生必依巖洞寒恐結紅鉛暖疑銷紫汞圓如玉軸光脆似瓊英凍每爲遇之疎南山挂幽夢

茶籝

筤篣曉攜去驀箇山桑塢開時送紫茗負處沾清露歇把傍雲泉歸將挂煙樹滿此是生涯黃金何足數

茶舍

陽崖枕白屋幾口嬉嬉活棚上汲紅泉焙前蒸紫蕨乃翁研茗後中婦拍茶歇相向掩柴扉清香滿山月

茶竈

南山茶事動竈起巖根傍水煮石髮氣薪然杉脂香青瓊蒸後凝綠髓炊來光如何重辛苦一一輸膏粱

茶焙

鑿彼碧巖下恰應深二尺泥易帶雲根燒難礙石脈初能燥金餅漸見乾瓊液九里共杉林（皆焙名）相望在山側

茶鼎

龍舒有良匠鑄此佳樣成立作菌蠢勢煎爲潺湲聲草堂暮雲陰松窗殘雪明此時勺複茗野語知逾清

茶甌

邢客與越人皆能造茲器圓似月魂墮輕如雲魄起棗花勢旋眼蘋沫香沾齒松下時一看支公亦如此

煮茶

香泉一合乳煎作連珠沸時看蟹目濺乍見魚鱗起聲疑松帶（一作帶松）雨餑恐生煙翠尚（一作倘）把瀝中山必無千日醉

石榴歌

蟬噪秋枝槐葉黃石榴香老愁寒霜流霞包染紫鸚粟黃蠟紙裹紅瓠房玉刻冰壺含露濕斕斑似帶湘娥泣蕭孃初嫁嗜甘酸嚼破水精千萬粒

全唐詩

皮日休

奉和魯望四明山九題

石窗

窗開自眞宰四達見蒼涯苔染渾成綺雲漫便當紗櫺中空吐月扉際不扃霞未會通何處應憐（一作連，一作鄰）玉女家

過雲

粉洞二十里當中幽客行片時迷鹿迹寸步隔人聲以杖探虛翠將襟惹薄明經時未過得恐是入層城

雲南

雲南背一川無雁到峰前壚里生紅藥人家發白泉兒童皆似古婚嫁盡如仙共作眞官户無由稅石田

雲北

雲北晝冥冥空疑背壽星犬能諳藥氣人解寫芝形野歇遇松蓋醉書逢石屏焚香住此地應得入金庭

鹿亭

鹿羣多此住因構白雲楣待侶傍花久引麛穿竹遲經時掊玉澗盡日嗅金芝爲在石窗下成仙自不知

樊榭

主人成列仙故榭獨依然石洞閑人笑松聲驚鹿眠井香爲大藥鶴語是靈篇欲買重棲隱雲峰不售錢

潺湲洞

陰宮何處淵（一作源）到此洞潺湲敲碎一輪月鎔銷半段天響高吹谷動勢急歕雲旋料得深秋夜臨流盡古仙

青櫺子

山風熟異果應是供眞仙味似雲腴美形如玉腦圓銜來多野鶴落處半靈泉必共玄都柰花開不記年

鞠侯

堪羡鞠侯國碧巖千萬重煙蘿爲印綬雲壑是隄（一作提）封泉遣狙公護果教獼子供爾徒如不死應得躡玄蹤

五貺詩并序

毘陵處士魏君不琢氣眞而志放居毘陵凡二紀閉門窮學是乎里民不得以師之非乎里民不得以訾之用之不難進利之被人也捨之不難退辱非及已也噫古君子處乎進退而全者由此道乎抑夷之隘惠之不恭不能造於是也江南秋風時鱸肥而難釣菰脆而易挽不過乘短艄（方言曰船短而深者謂之艄）載一瓢酒加以隱具由五瀉涇入震澤穿松陵抵杭越耳日休嘗聞道於不琢敢不求雅物成雅思乎於是買釣船一修二丈闊三尺施篷以庇煙雨謂之五瀉舟天台杖一色黯而力遒謂之華頂杖有龜頭山疊石硯一高不二寸其仞數百謂之太湖硯有桐廬養和一怪形拳跼坐若變去謂之烏龍養和有南海鸎魚殻樽一澀鋒𩯭角内玄外黃謂之訶陵樽皆寄於不琢行以資雲水之興止以益琴籍之玩眞古人之雅貺也因思乘韋之義不過於詞遂爲五篇目之曰五貺兼請魯望同作

五瀉舟

何事有青錢因人買釣船闊容兼餌坐深許共蓑眠短好隨朱鷺輕堪倚白蓮自知無用處卻寄五湖仙

華頂杖

金庭仙樹枝道客自攜持探洞求丹粟挑雲覓白芝量泉將濯足闌鶴把支頤以此將爲贈惟君盡得知

太湖硯

求於花石間怪狀乃天然中瑩五寸劍外差千疊蓮月融還似洗雲濕便堪研寄與先生後應添内外篇

烏龍養和

壽木拳數尺天生形狀幽把疑傷虺節用恐破蛇瘤置合月觀内買須雲肆頭料君攜去處煙雨太湖舟

訶陵樽

一片鸎魚殻其中生翠波買須能（一作饒）紫貝用合對紅螺盡瀉判狂藥禁敲任浩歌明朝與君後爭那玉山何

早春病中書事寄魯望

眼暈見雲母耳虛聞海濤惜春狂似蝶養病躁於猱案靜方書古堂空藥氣高可憐眞宰意偏解困吾曹

又寄次前韻

病根冬養得春到一時生眼暗憐晨慘心寒怯夜清妻仍嫌酒癖醫只（一作又）禁詩情應被高人笑憂身不似名

秋晚留題魯望郊居二首

竹樹冷濩落入門神已清寒蛩傍枕響秋菜上牆生黃犬病仍吠白驢飢不鳴唯將一杯酒盡日慰劉楨

冷臥空齋内餘酲夕未消秋花如有恨寒蝶似無憀簷上落鬬雀籬根生晚潮若論羈旅事猶自勝皐橋

初冬章上人院

寒到無妨睡僧吟不廢禪尚關經病鶴猶濾欲枯泉靜案貝多紙閑爐波律煙清譚兩三句相向自翛然

臨頓（里名）爲吴中偏勝之地陸魯望居之不出郛郭曠若郊墅余每相訪欵然惜去因成五言十首奉題屋壁

一方蕭灑地之子獨深居繞屋親栽竹堆牀手寫書高風翔砌鳥暴雨失池魚暗識歸山計村邊買鹿車

籬疎從綠槿簷亂任黃茅壓酒移谿石煎茶拾野巢靜窗懸雨笠閑壁挂煙匏支遁今無骨誰爲世外交

繭稀初上簇醅盡未乾牀盡日留蠶母移時祭麴王趁泉澆竹急候雨種蓮忙更葺園中景應爲顧辟疆

靜僻無人到幽深每自知鶴來添口數琴到益家資壞塹生魚沫頹簷落燕兒空將綠蕉葉來往寄閑詩

夏過無擔石日高開板扉僧雖與筒簟人不典蕉衣鶴靜共眠覺鷺馴同釣歸生公石上月何夕約譚微

經歲岸烏紗讀書三十車水痕侵病竹蛛網上衰花詩任傳漁客衣從遞酒家知君秋晚事白幘刈胡麻

寂歷秋懷動蕭條夏思殘久貧空酒庫多病束魚竿玄想凝鶴扇清齋拂鹿冠夢魂無俗事夜夜到金壇

閉門無一事安穩臥涼天砌下翹飢鶴庭陰落病蟬倚杉閑把易燒朮靜論玄賴有包山客時時寄紫泉

病起扶靈壽翛然強到門與杉除敗葉爲石整危根薜蔓任（一作狂）遮壁蓮莖臥枕盆明朝有忙事召客斲桐孫

緩頰稱無利低眉號不能世情都太薄俗意就中憎雲態不知驟鶴情非會徵畫臣誰奉詔來此寫姜肱

遊棲霞寺

不見明居士空山但寂寥白蓮吟次鈌青靄坐來銷泉冷無三伏松枯有六朝何時石上月相對論逍遥

旅舍除夜

永夜誰能守羈心不放眠挑燈猶故歲聽角已新年出谷空嗟晚銜杯尚媿先晚來辭逆旅雪涕野槐天

魯望示廣文先生吳門二章情格高散可醒俗態因追想山中風度次韻屬和存於詩編魯望之命也

我見先生道休思鄭廣文鶴翻希作伴鷗却覓爲羣逸好冠清月高宜著白雲朝廷未無事爭任醉醺醺

能諳肉芝樣解講隱書文終古神仙窟窮年麋鹿羣行廚煮白石臥具拂青雲應在雷平上支頤復半醺

虎丘寺殿前有古杉一本形狀醜怪圖之不盡況百卉競媚若妬若媢唯此杉死抱奇節皭然闃然不知雨露之可生也風霜之可瘁也乃造化者方外之材乎遂賦三百言以見志

種日應逢晉枯來必自隋鰐狂將立處螭鬬未開時卓犖擲槍幹乂牙束戟枝初驚蟉篆活復訝猘狂癡勁質如堯瘦貞容學舜黴勢能擒土伯醜可駭山祇虎爪拏巖穩虬身脫浪欹槎頭禿似刷栟背利於錐突兀方相脛鱗皴夏氏胝根應藏鬼血柯欲漏龍漦拗似神荼怒呀如猰㺄飢朽癱難可吮枯瘇（一作腫）不堪治一炷玄雲拔三尋黑稍奇狼頭敎窣竪蠆尾掘攣垂目燥那逢爟心開豈中鈹任苔爲疥癬從蠹作瘡痍品格齊遼鶴年齡等寶龜將懷縮地力欲負拔山姿未倒防風骨初僵負貳尸漆書明古本鐵室抗全師碨礧還無極伶俜又莫持堅應敵駿骨文定寫鼪皮蟠屈愁凌刹騰驤恐攫池搶煙寒嶱嵥披蔦靜襹褷威仰誠難識句芒恐不知好燒胡律看堪共達多期寡色諸芳笑無聲衆籟疑終添八柱位未要一繩維盡日來唯我當春𦖋更誰他年如入用直構太平基

新秋言懷寄魯望三十韻

新秋入破宅疎澹若平郊户牖深如窟詩書亂似巢移牀驚蟋蟀拂匣動蠨蛸靜把泉華掬閑拈乳管敲檜身渾箇矮石面得能𧕰小桂如拳葉新松似手梢鶴鳴轉清角鶻下撲金髇合藥還慵服爲文亦懶抄煩心入夜醒疾首帶涼抓杉葉尖如鏃藤絲韌似鞘債田舍紫芋低蔓隱青匏老柏渾如疥陰苔忽似膠王餘落敗塹胡孟入空庖度日忘冠帶經時憶酒肴有心同木偶無舌並金鐃興欲添玄測狂將換易爻達人唯落落俗士自譊譊底力將排難何顏用解嘲欲銷毀後骨空轉坐來胞猶豫應難抱狐疑不易包等閑逢毒藾容易遇咆哮時事方千蝎公途正二崤名微甘世棄性拙任時抛白日須投分青雲合定交仕應同五柳歸莫捨三茅澗鹿從來去煙蘿任溷殽狙公鬧後戲雲母病來蘘從此居方丈終非競斗筲道窮應鬼遺性拙必天教無限疎慵事憑君解一匏

奉和魯望秋日遣懷次韻

高蹈爲時背幽懷是事兼神仙君可致江海我能淹共守庚申夜同看乙巳占藥囊除紫蠹丹竈拂紅鹽與物深無競於生亦太廉鴻災因足警魚禍爲稀潛筆硯秋光洗衣巾夏蘚霑酒甑香竹院魚籠挂茅簷琴忘因抛譜詩存爲致籤茶旗經雨展石笋帶雲尖鶴共心情慢烏同面色黔向陽裁白帢終歲憶貂襜取嶺爲山障將泉作水簾溪晴多晚鷺池廢足秋蟾破衲雖云補閑齋未辦苫共君還有役竟夕得厭厭

江南書情二十韻寄秘閣韋校書貽之商洛宋先輩垂文二同年

四載加前字今來未改銜君批鳳尾詔我住虎頭巖季氏唯謀逐臧倉只擬讒時訛輕五羖俗淺重三緘瘦去形如鶴憂來態似獑才非師趙壹直欲效陳咸孤竹寧收笛黄琮未作瑊作羊寧免狠爲兔即須毚枕户槐從亞侵堦草嬾芟壅泉教咽咽壘石放巉巉掣釣隨心動抽書任意攕茶教弩父摘酒遣轑童監默坐看山困清齋飲水巖蘚生天竺屐煙外（一作壞）洞庭帆病久新烏帽閑多著白衫藥苞陳雨匼詩草蠹雲函遣客呼林狖辭人寄海蝛室唯搜古器錢只買秋杉寡合無深契相期有至誠他年如訪問煙蔦暗彡彡

憶洞庭觀步十韻

前時登觀步暑雨正錚摐上戍看綿絶登村度石矼崟花時有簇溪鳥不成雙遠樹點黑稍遥峰露碧幢巖根瘦似殼杉破腹（一作腹破）如腔袨衬（音絞）漁人服笭箵野店窗多攜白木鍤愛買紫泉缸仙犬聲音古遺民意緒厖何文堪緯地底策可經邦自此將妻子歸山不姓龐

諫議以罷郡將歸以六韻賜示因佇誚獻

欲下持衡詔先容解印歸露濃春後澤霜薄霽來威舊化堪治疾餘恩可療飢隔花攀去櫂穿柳挽行衣佐理能無取酬知力甚微空將千感淚異日拜黄扉

皮日休

過（一作題）雲居院玄福上人舊居

重到雲居獨悄然，隔窗窺影尚疑禪。不逢野老來聽法，猶見鄰僧爲引泉。龕上已生新石耳，壁間空帶舊茶煙。南宗弟子時時到，泣把山花奠几筵。

陪江西裴公遊襄州延慶寺

丹霄路上歌征輪，勝地偷閑一日身。不署前驅驚野鳥，唯將後乘載詩人。巖邊候吏雲遮卻，竹下朝衣露滴新。更向碧山深處問，不妨猶有草茅臣。

西塞山泊漁家

白綸巾下髮如絲，靜倚楓根坐釣磯。中婦桑村挑葉去，小兒沙市買蓑歸。雨來蓴菜流船滑，春後鱸魚墜釣肥。西塞山前終日客，隔波相羨盡依依。

襄州春遊

信馬騰騰觸處行，春風相引與詩情。等閑遇事成歌詠，取次銜筵隱姓名。映柳（一作竹）認人多錯誤，透花窺鳥最分明。岑牟單絞何曾著，莫道猖狂似禰衡。

送從弟皮（一本無此字）崇歸復州

羨爾優游正少年，竟陵煙（一作風）月似吳天。車螯近岸無妨取（一作勢），舴艋隨風不費牽。處處路傍千頃稻，家家門外一渠蓮。殷勤莫笑襄陽住，爲愛南溪（一作塘）縮項鯿。

題潼關蘭若

潼津罷警有招提，近百年無戰馬嘶。壯士不言三尺劍，謀臣休道一丸泥。昔時馳道洪波上，今日宸居紫氣西。關吏不勞重借問，棄繻生擬入耶溪。

襄陽閑居與友生夜會

習隱悠悠世不知，林園幽事遞相期。舊絲再上琴調晚，壞葉重燒酒煖遲。三徑引時寒步月，四鄰偷得夜吟詩。草玄寂淡無人愛，不遇劉歆更語誰。

習池晨起

清曙蕭森載酒來，涼風相引繞亭臺。數聲翡翠背人去，一番（一作朵）芙蓉含日開。茭葉深深埋釣艇，魚兒漾漾逐流杯。竹屏風下登山屐，十宿高陽忘卻迴。

秋晚自洞庭湖別業寄穆秀才

破村寥落過重陽，獨自攖寧葺草房。風擁紅蕉仍換葉，雨淋黃菊不成香。野猨偷栗重窺戶，落雁疑人更繞塘。他日若修耆舊傳，爲予添取此書堂。

華山李鍊師所居

麻姑古貌上仙才，謫向蓮峰管玉臺。瑞氣染衣金液啓，香煙映面紫文開。孤雲盡日方離洞，雙鶴移時只有苔。深夜寂寥存想歇，月天時下草堂來。

宏詞下第感恩獻兵部侍郎

分明仙籍列清虛，自是還丹九轉疏。畫虎已成翻類狗，登龍纔變即爲魚。空慚季布千金諾，但負劉弘一紙書。猶有報恩方寸在，不知通塞竟何如。

襄州漢陽王故宅

碑字依稀廟已荒，猶聞耆舊憶賢王。園林一半爲他主，山水虛言是故鄉。戟戶野蒿生翠瓦，舞樓栖鴿汙雕梁。柱天功業緣何事，不得終身似霍光。

傷盧獻秀才（獻有愍征賦一卷，人爲作注）

愍征新價欲凌空，一首堪欺左太沖。只爲白衣聲過重，且非青漢路難通。貴侯待寫過門下，詞客偷名入卷中。手弄桂枝嫌不折，直教身歿負春風。

南陽

昆陽王氣已蕭疏，依舊山河捧帝居。廢路塌平殘瓦礫，破墳耕出爛圖書。綠莎滿縣年荒後，白鳥盈溪雨霽初。二百年來霸王業，可知今日是丘墟。

秋晚訪李處士所居

門前襄水碧潺潺，靜釣歸來不掩關。書閣鼠穿廚簏破，竹園霜後桔槔閑。兒童不許驚幽鳥，藥草須教上假山。莫爲愛詩偏念我，訪君多得醉中還。

李處士郊居

石衣如髮小（一作水）溪清，溪上柴門架樹成。園裏水流澆竹響，窗中人靜下棋聲。幾多狎鳥皆諳性，無限幽花未得名。滿引紅螺詩一首，劉楨失卻病心情。

送令狐補闕歸朝

文如日月氣如虹，舉國重生正始風。且願仲山居左掖，只憂徐邈入南宮。朝衣正在天香裏，諫草應焚禁漏中。爲說明年今日事，晉廷新拜黑頭公。

洛中寒食二首

千門萬戶掩斜暉，繡幰金銜晚未歸。擊鞠王孫如錦地，鬬雞公子似花衣。嵩雲靜對行臺起，洛鳥閑穿上苑飛。唯有路傍無意者，獻書未納問淮肥。

遠近垂楊映鈿車，天津橋影壓神霞。弄春公子正迴首，趁節行人不到家。洛水萬年雲母竹，漢陵千載野棠花。欲知豪貴堪愁處，請看邙山晚照斜。

登第後寒食杏園有宴因寄錄事宋垂文同年

雨洗清明萬象鮮，滿城車馬簇紅筵。恩榮雖得陪高會，科禁惟憂犯列仙。當醉不知開火日，正貧那似看花年。縱來恐被青娥笑，未納春風一宴錢。

陳先輩故居

杉桂交陰一里餘，逢人渾似洞天居。千株橘樹唯沽酒，十頃蓮塘不買魚。藜杖閑來侵徑竹，角巾端坐滿樓書。襄陽無限煙霞地，難覓幽奇似此殊。

奉和魯望寒夜訪寂上人次韻

院寒青（一作清）靄正沈沈，霜棧乾鳴入古林。數葉貝書松火暗，一聲金磬檜煙深。陶潛見社無妨醉，殷浩譚經不廢吟。何事欲攀塵外契，除君皆有利名心。

江南道中懷茅山廣文南陽博士三首

寒嵐依約認華陽，遙想高人臥草堂。半日始齋青䭀飯，移時空印白檀香。鶴雛入夜歸雲屋，乳管逢春落石牀。誰道夫君無伴侶，不離窗下見羲皇。

住在華陽第八天，望君唯欲結良緣。堂扃洞裏千秋燕（一作雁），廚蓋巖根數斗（一作升）泉。壇上古松疑度世，觀中幽鳥恐成仙。不知何事迎新歲，鳥納裘中一覺眠（鳥納裘出王筠集）。

五色香煙惹內文（許遠遊燒香五色煙），石飴初熟酒初（一作微）醺。將開丹竈那防鶴，欲算碁圖卻望雲。海氣平（一作半）生當洞見，瀑冰初坼隔山聞。如何世外無交者（許邁與王羲之父子爲世外之交），一臥金壇

只有君

奉和魯望早春雪中作吳體見寄

威仰噤死不敢語，瓊花雲魄清珊珊。溪光冷射觸鸂鶒，柳帶凍脆攢欄杆。竹根乍燒玉節快，酒面新潑金膏寒。全吳縹瓦十萬戶，惟君與我如袁安。

吳中言情寄魯望

古來傖父愛吳鄉，一上胥臺不可忘。愛酒有情如手足，除詩無計似膏肓。宴時不輟琅書味，齋日難判玉鱠香。爲說松江堪老處，滿船煙月濕莎裳。

行次野梅

蔦拂蘿捎一樹梅，玉妃無侶獨裴回。好臨王母瑤池發，合傍蕭家粉水開。共月已爲迷眼伴，與春先作斷腸媒。不堪便向多情道，萬片霜華雨損來。

揚州看辛夷花

臘前千朵亞芳叢，細膩偏勝素柰功。螓首不言披曉雪，麝臍無主任春風。一枝拂地成瑤圃，數樹參庭是蘂宮。應爲當時天女服，至今猶未放全紅。

暇日獨處寄魯望

幽慵不覺耗年光，犀柄金徽亂一牀。野客共爲賒酒計，家人同作借書忙。園蔬預遣分僧料，廩粟先教算鶴糧。無限高情好風月，不妨猶得事吾王。

屧步訪魯望不遇

雪晴墟里竹攲斜，蠟屐徐吟到陸家。荒徑埽稀堆柏子，破扉開澀染苔花。壁閒定欲圖雙檜，廚靜空如飯一麻。擬受太玄今不遇，可憐遺恨似侯芭。

開元寺客省早景即事

客省蕭條柿葉紅，樓臺如畫倚霜空。銅池數滴桂上雨，金鐸一聲松杪風。鶴靜時來珠像側，鴿馴多在寶幡中。如何（一作今）塵外虛爲契，不得支公此會同。

奉和魯望獨夜有懷吳體見寄

病鶴帶霧傍獨屋，破巢含雪傾孤梧。濯足將加漢光腹，抵掌欲捋梁武鬚。隱几清吟誰敢敵，枕琴高（一作酣）臥眞堪圖。此時枉欠高散物，楠瘤作樽石作壚。

病中有人惠海蟹轉寄魯望

紺甲青筐染菭衣，島夷初寄北人時。離居定有石帆覺，失伴唯應海月知。族類分明連瓅珪（瓅珪似小蚌，有小蟹在腹中，珪出求食，故淮海之人呼爲蟹奴），形容好箇似蟛蜞。病中無用霜螯處，寄與夫君左手持。

病中美景頗阻追遊因寄魯望

癭牀閑臥晝迢迢，唯把眞如慰寂寥。南國不須收薏苡，百年終竟是芭蕉。藥前美祿應難斷，枕上芳辰豈易銷。看取病來多少日，早梅零落玉華焦。

魯望以花翁之什見招因次韻詶之

九十攜鋤傴僂翁，小園幽事盡能通。斸煙栽藥爲身計，負水澆花是世功。婚嫁定期杉葉紫，蓋藏應待桂枝紅。不知家道能多少，只在句芒一夜風。

病中庭際海石榴花盛發感而有寄

一夜春光（一作工）綻絳囊，碧油枝上晝煌煌。風勻只似調紅露，日暖唯憂化赤霜。火齊滿枝燒夜月，金津含藥滴朝陽。不知桂樹知情否，無限同遊阻陸郎。

早春以橘子寄魯望

箇箇和枝葉捧鮮，彩凝（一作疑）猶帶洞庭煙。不爲韓嫣金丸重，直是周王玉果圓。剖似日魂初破後，弄如星髓未銷前。知君多病仍中聖，盡送寒苞向枕邊。

病中書情寄上崔諫議（時眼疾未平）

十日來來曠奉公，閉門無事忌春風。蟲絲度日縈琴薦，蛀粉經時落酒筒。馬足歇從殘漏外，魚須拋在亂書中。慇懃莫怪求醫切，只爲山櫻欲放紅。

病孔雀

煙花雖媚思沈冥，猶自擡頭護翠翎。強聽紫簫如欲舞，困眠紅樹似依屏。因思桂蠹傷肌骨，爲憶松鵝損（一作換）性靈。盡日春風吹不起，鈿毫金縷一星星。

奉和魯望上元日道室焚修

明眞臺上下仙官，玄藻初吟萬籟寒。飈御有聲時杳杳，寶衣無影自珊珊。藥書乞見齋心易，玉籍求添（一作天）拜首難。端簡不知清景暮，靈蕪香燼落金壇。

奉詶魯望惜春見寄

十五日中春日好，可憐沈痼冷如灰。以前雖被愁將去，向後須教醉（一作酒）領來。梅片盡飄輕粉靨，柳芽初吐爛金醅。病中無限花番次，爲約東風且住開。

聞魯望遊顏家林園病中有寄

一夜韶姿著水光，謝家春草滿池塘。細挑泉眼尋新脈，輕把花枝嗅（一作換）宿香。蝶欲試飛猶護粉，鶯初學囀尚羞簧。分明不得同君賞，盡日傾心羨索郎。

奉和魯望春雨即事次韻

織恨凝愁映鳥飛，半旬飄灑掩韶暉。山容洗得如煙瘦，地脈流來似乳肥。野客正閑移竹遠，幽人多病探花稀。何年細濕華陽道，兩乘巾車相並歸。

魯望春日多尋野景日休抱疾杜門因有是寄

野侶相逢不待期，半緣幽事半緣詩。烏紗任岸穿筋竹，白袷從披趁肉芝。數卷蠹書棊處展，幾升菰米釣前炊。病中不用君相憶，折取山櫻寄一枝。

魯望以躬掇野蔬兼示雅什用以詶謝

杖擿春煙暖向陽，煩君爲我致盈筐。深挑乍見牛脣液（爾雅云：蕢，牛脣。一名水蕮），細掐徐聞鼠耳香（本草云：葉似鼠耳，莖赤，可生食）。紫甲採從泉脈畔，翠牙搜自石根傍。彫胡飯熟餖飣軟，不是高人不合嘗。

臥病感春寄魯望

烏皮几上困騰騰，玉柄清羸媿不能。昨夜眠時稀似鶴，今朝餐數減於僧。藥銷美祿應（一作因）天折，醫過芳辰定鬼憎。任是雨多遊未得，也須收在探花朋。

奉和魯望徐方平後聞赦次韻

金雞煙外上臨軒，紫誥新垂作解恩。涿鹿未銷初敗血，新安頓雪已坑魂。空林葉盡蝗來郡，腐骨花生戰後村。未遣蒲車問幽隱，共君應老抱桐孫。

奉詶魯望見荅魚牋之什

輕如隱起膩如飴，除却鮫工解製稀。欲寫恐成河伯詔，試裁疑是水仙衣。毫端白獺脂猶濕，指下冰蠶子欲飛。若用莫將閑處去，好題春思贈江妃。

病後春思

連錢錦暗麝氛氳荊思多才詠鄂君孔雀鈿寒窺沼見石榴紅重墮階聞牢愁有度應如月春夢無心秖似雲應笑病來慚滿願花牋好作斷腸文

偶成小酌招魯望不至以詩爲解因次韻訓之

醉侶相邀愛早陽小筵催辦不勝忙衝深柳駐吳娃幰倚短花排羯鼓牀金鳳欲爲鶯引去鈿蟬疑被蝶句將如何共是忘形者不見漁陽摻一場

以紗巾寄魯望因而有作

周家新樣替三梁（頭巾起後周武帝）裹髮偏宜白面郎掩斂乍疑裁黑霧輕明渾似戴玄霜今朝定見看花昃明日應聞漉酒香更有一般君未識虎文巾在絳霄房

臨頓宅將有歸于（一作于歸）之日魯望以詩見貺因抒懷訓之

共老林泉忍暫分此生應不識迴文幾枚竹笥送德曜一乘柴車迎少君舉案品多緣澗藥承家事少爲谿雲居然自是幽人事輒莫教他孫壽聞

奉和魯望謝惠巨魚之半

釣公來信自松江三尺春魚撥剌霜腹內舊鉤苔染澀腮中新餌藻和香冷鱗中斷榆錢破寒骨平分玉筯光何事貺君偏得所秖緣同是越航郎

館娃宮懷古

豔骨已成蘭麝土宮牆依舊壓層崖弩臺雨壞逢金鏃香徑泥銷露玉釵硯沼只留溪（一作山）鳥浴屧廊空信（一作任）野花埋姑蘇麋鹿眞閑事須爲當時一愴懷

以紫石硯寄魯望兼訓見贈

樣如金蹙小能輕微潤將融紫玉英石墨一研爲鳳尾寒泉半勺是龍睛騷人白芷傷心暗狎客紅筵奪眼明兩地有期皆好用不須空把洗溪聲

奉和魯望同遊北禪院

戚歷杉陰入草堂老僧相見似相忘吟多幾轉蓮花漏坐久重焚柏子香魚慣齋時分淨食鴿能閑處傍禪牀雲林滿眼空羈滯欲對彌天卻自傷

孫發百篇將遊天台請詩贈行因以送之

孫子荊家思有餘元戎曾薦入公車百篇宮體喧金屋一日官銜下玉除紫府近通齋後夢赤城新有寄來書因逢二老如相問正滯江南爲鱸魚

奉和魯望薔薇次韻

誰繡連延滿戶陳暫應遮得陸郎貧紅芳掩斂將迷蝶翠蔓飄颻欲挂人低拂地時如墮馬高臨牆處似窺鄰祇應是董雙成戲剪得神霞寸寸新

聞開元寺開筍園寄章上人

園鏁開聲駭鹿羣滿林鮮籜水犀文森森競泫林梢雨嶰嶰（一作擾擾）爭穿石上雲並出亦如鵷管合各生還似犬牙分折煙束露如相遺何肖明朝不茹葷

開元寺佛鉢詩（并序）

按釋法顯傳云佛鉢本在毘舍離今在乾陀衛竟若干百年當復至西月支國若干百年至于闐國若干百年當至屈茨國若干百年當復來漢地晉建興二年二聖像浮海而至滬瀆僧尼輩取之以歸今存于開元寺後建興八年漁者於滬瀆沙汭上獲之以爲臼類乃葷而用焉俄有佛像見於外漁者始爲異意滬瀆二聖之遺祥也乃以鉢供之迄今尚存余遂觀而爲之詠因寄天隨子

帝青石作綠冰姿（佛律云此鉢帝青玉石也四天王所獻也）曾得金人手自持拘律樹邊齋散後提羅花下洗來時乳麋味斷中天覺麥麨香消大劫知從此共君覩頂戴斜風應不等閑吹

夏首病愈因招魯望

曉入清和尚袷衣夏陰初合掩雙扉一聲撥穀桑柘晚數點春鋤煙雨微貧養山禽能箇瘦病關芳草就中肥明朝早起非無事買得蓴絲待陸機

奉和魯望新夏東郊閑泛（一本此下有見譏次韻四字）

水物輕明淡似秋多情才子倚蘭舟碧莎裳下攜詩草黃篾樓中挂酒篘蓮葉蘸波初轉棹魚兒簇餌未諳鉤共君莫問當時事一點沙禽（一作鷗）勝五侯

奉和魯望四月十五日道室書事

望朝齋戒是尋常靜（一作盡）啓金根（一作經）第幾章竹葉飲爲甘露色蓮花鮓作肉芝香松膏背日（一作雨）凝雲磴丹粉經年染石牀剩欲與君終此志頑仙唯恐鬢成霜

奉和魯望看壓新醅（一本此下有次韻二字）

一簀松花細有聲旋將渠椀撇寒清秦吳只恐篘來近劉項眞能釀得平酒德有神多客頌醉鄉無貨沒人爭五湖煙水郎山月合向樽前問底名

登初陽樓寄懷北平郎中

危樓新製號初陽白粉青薞射沼光避酒幾浮輕舴艋下棊曾覺睡鴛鴦投鉤列坐圍華燭格簺分朋占靚妝莫怪重登頻有恨二年曾侍（一作待）舊吳王

夏初訪魯望偶題小齋

半里芳陰到陸家藜牀相勸飯胡麻林間度宿拋棊局壁上經旬挂釣車野客病時分竹米鄰翁齋日乞藤花踟躕未放閑人去半片紗幬待月華

所居首夏水木尤清適然有作

病來無事草堂空晝水（一作永）休聞十二筒桂靜似逢青眼客松閑如見綠毛翁潮期暗動庭泉碧梅信微侵地障紅盡日枕書慵起得被君猶自笑從公

重玄寺元達年逾八十好種名藥凡所植者多至自天台四明包山句曲叢翠紛糅各可指名余奇而訪之因題二章

雨滌煙鋤傴僂貴（一作偃破簷）紺牙紅甲兩三畦藥名卻笑桐君少年紀翻嫌竹祖低白石靜敲蒸朮火清泉閑洗種花泥怪來昨日休持鉢一尺彫胡似掌齊

香蔓蒙蘢覆昔耶桂煙杉露濕袈裟石盆換水撈松葉竹徑穿牀避筍芽藜杖移時挑細藥銅缾盡日灌幽花支公謾道憐神駿不及今朝種一麻

全唐詩 皮日休

懷華陽潤卿博士三首

先生一向事虛皇天市壇西與世忘環堵養龜看氣訣
刀圭餌犬試仙方靜探石腦衣裾潤閑鍊松脂院落香
聞道徵賢須有詔不知何日到良常

寃心唯事白英君不問人間爵與勳林下醉眠仙鹿見
洞中閑話隱芝聞石牀臥苦渾無蘚藤篋開稀恐有雲
料得虛皇新詔樣青瓊板上綠爲文

鳳骨輕來稱瘦容華陽館主未成翁(陶隱君昔爲華陽館主)數行玉札
存心久一掬雲漿漱齒空白石煮多熏屋黑丹砂埋久
染泉紅他年欲事先生去十賫須加陸逸沖(逸沖嘗事隱居隱居錫名棲靜處士十賫猶人間九錫也)

魯望以竹夾膝見寄因次韻詶謝

圓於玉柱滑於龍來自衡陽彩翠中拂潤恐飛清夏雨
叩虛疑貯碧湘風大勝書客裁成柬頗賽谿翁截竹筒
從此角巾因爾戴俗人相訪若爲通

夏景無事因懷章來二上人二首

澹景微陰正送梅幽人逃暑癭楠杯水花移得和魚子
山蕨收時帶竹胎嘯館大都偏見(一作得)月醉鄉終竟不聞
雷更無一事唯留客卻被高僧怕不來

佳樹盤珊枕草堂此中隨分亦閑忙平鋪風簟尋琴譜
靜掃煙窗著藥方幽鳥見貧留好語白蓮知臥送清香
從今有計消閑日更爲支公置一牀

寄瓊州楊舍人

德星芒彩瘴天涯酒樹堪消謫宦嗟行遇竹王因設奠
居逢木客又遷家清齋淨溲桄榔麪遠信閑封荳蔻花
清切會須歸有日莫貪句漏足丹砂

魯望以輪鉤相示緬懷高致因作三篇

角柄孤輪細膩輕翠篷十載伴君行撚時解轉蟾蜍魄
拋處能啼絡緯聲七里灘波喧一舍五雲溪月靜三更
朱衣鮒足和蓑睡誰信人間有利名

一線飄然下碧塘溪翁無語遠相望蓑衣舊去煙披重
篛笠新來雨打香白鳥白蓮爲夢寐清風清月是家鄉
明朝有物充君信𣝍酒三缾寄夜航(𣝍酒出沈約集)

盡日悠然舴艋輕小輪聲細雨溟溟三尋絲帶桐江爛
一寸鉤含笠澤腥用近詹何傳釣法收和范蠡養魚經
孤篷半夜無餘事應被嚴灘聒酒醒

吳中書事寄漢南裴尚書

萬家無事鏁蘭橈鄉味腥多厭紫䲙(江文通集云紫䲙石劫也)水似棊文
交度郭柳如行障儼遮橋青梅蔕重初迎雨白鳥群高
欲避潮唯望舊知憐此意得爲傖鬼也逍遙

夏景沖澹偶然作二首

柢隈蒲褥岸烏紗味道澄懷景便斜紅印寄泉慙郡守
青筐與筍媿僧家茗爐盡日燒松子書按經時剝瓦花
園吏暫棲君莫笑不妨猶更著南華

一室無喧事事幽還如貞白在高樓天台畫得千迴看
湖目(一作月)芳來百度遊(湖目蓮子也)無限世機吟處息幾多身計
釣前休他年謁帝言何事請贈劉伶作醉侯

送李明府之任海南

五羊城在蜃樓邊墨綬垂腰正少年山靜不應聞屈鳥
草深從使翳貪泉蟹奴晴上臨潮檻燕婢秋隨過海船
一事與君消遠宦乳蕉花發訟庭前

寄題羅浮軒轅先生所居

亂峰四百三十二(羅浮山峰數)欲問徵君何處尋紅翠(山鳥名)數聲
瑤室響(山有璇房瑤室七十有二)真檀一炷石樓深山都遺負沽來酒樵
客容看化後金從此謁師知不遠求官先有葛洪心

宿報恩寺水閣

寺鏁雙峰寂不開幽人中夜獨裴回池文帶月鋪金簟
蓮朵含風動玉杯往往竹梢搖翡翠時時杉子擲莓苔
可憐此際誰曾見唯有支公盡看來

醉中偶作呈魯望

谿雲澗鳥本吾儕剛爲浮名事事乖十里尋山爲思役
五更看月是情差分將吟詠華雙鬢力以壺觴固百骸
爭得草堂歸臥去共君同作太常齋

寄滑州李副使員外

兵繞臨淮數十重鐵衣才子正從公軍前草奏旄頭下
城上封書箭簳中圍合只應聞曉雁血腥何處避春風
故人勳重金章貴猶在江湖積劒功

傷史拱山人

一緘幽信自襄陽上報先生去歲亡山客爲醫翻貫藥
野僧因弔卻焚香峰頭孤冢爲雲穴松下靈筵是石牀
宗炳死來君又去終身不復到柴桑

吳中言懷寄南海二同年

曲水分飛歲已賒東南爲客各天涯退公秖傍蘇勞竹
移宴多隨末利花銅鼓夜敲溪上月布帆晴照海邊霞
三年謾被鱸魚累不得橫經侍絳紗

奉和魯望白鷗詩

雪羽褵褷半惹泥海雲深處舊巢迷池無飛浪爭教舞
洲少輕沙若遣棲煙外失群慙雁鶩波中得志羨鳧鷖
主人恩重真難遇莫爲心孤憶舊溪

奉和魯望懷楊台文楊鼎文二秀才

羊曇留我昔經春各以篇章鬬五雲賓草每容閑處見
擊琴多任醉中聞釣前青翰交加倚醉後紅魚取次分
爲說風標曾入夢上仙初著翠霞帬

友人以人參見惠因以詩謝之

神草延年出道家(神草別名)是誰披露記三椏開時的定涵雲
液斸後還應帶石花名士寄來消酒渴野人煎處撇泉

華從今湯劑如相續不用金山焙上茶

傷進士嚴子重詩（并序）

余爲童在鄉校時簡上抄杜舍人牧之集見有與進士嚴惲詩後至吴一日有客曰嚴某余志其名久矣遽懷文見造於是樂得禮而觀之其所爲工於七字往往有清便柔媚時可軼駭於常軌其佳者曰春光冉冉歸何處更向花前把一杯盡日問花花不語爲誰零落爲誰開余美之諷而未嘗怠生擧進士亦十餘計偕余方寃之謂乎竟有得於時也未幾歸吴興後兩月（咸通十一年也）霅人至云生以疾亡於所居矣噫生徒以詞聞於士大夫竟不名而逝豈止此而湮没耶江湖間多美材士君子苟樂退而有文者死無不爲時惜可勝言耶於是哭而爲詩魯望生之友也當爲我同作

十哭都門牓上塵蓋棺終是五湖人生前有敵唯丹桂没後無家祇白蘋箬下斬新醒處月江南依舊詠來春知君精爽應無盡必在酆都頌帝晨（梁成酆都宫頌紂絶標帝晨）

奉和魯望早秋吴體次韻

書淫傳癖窮欲死譊譊何必頻相仍日乾陰蘚厚堪剝藤把欹松牢似繩擣藥香侵白袷袖穿雲潤破烏紗稜安得瑶池飲殘酒半醉騎下垂天鵬

奉和魯望秋賦有期次韻

十載江湖（一作南）盡是閑客兒詩句滿人間郡侯聞譽親邀得鄉老知名不放還應帶瓦花經汴水更攜雲實出包山太微宫裏環岡樹無限瑶枝待爾攀

奉和魯望病中秋懷次韻

貧病於君亦太兼才高應亦被天嫌因分鶴料家資減爲置僧餐口數添靜裏改詩空凭几寒中注易不開簾清詞一一侵眞宰甘取窮愁不用占

新秋即事三首

癡號多於顧愷之更無餘事可從知酒坊吏到常先見鶴料符來每探支（吴郡有鶴料案）涼後每謀清月社晚來專赴白蓮期共君無事堪相賀又到金虀玉鱠時

堪笑高陽病酒徒幅巾瀟灑在東吴秋期淨掃雲根瘦山信迴緘乳管粗白月半窗抄术序清泉一器授芝圖乞求待得西風起盡挽煙帆入太湖

露槿風杉滿曲除高秋無事似雲廬醉多已任家人厭病久還甘吏道疎青桂巾箱時寄藥白綸臥具半抛書君卿脣舌非吾事且向江南問鰒魚

南陽潤卿將歸雷平因而有贈

借問山中許道士此迴歸去復何如竹屏風扇抄遺事柘步輿竿繫隱書絳樹實多分紫鹿丹沙泉淺種紅魚東卿旄節看看至靜啓茅齋慎掃除

訪寂上人不遇

何處尋雲暫廢禪客來還寄草堂眠桂寒自落翻經案石冷空消洗鉢泉爐裏尚飄殘玉篆龕中仍鏁小金仙須將二百籤迴去得（一作待）得支公恐隔年

顧道士亡弟子以束帛乞銘于余魯望因賦戲贈日休奉和

師去東華卻鍊形門人求我誌金庭大椿枯後新爲記仙鶴亡來始有銘（前朝文集未有道士銘誌）瓊板欲刊知不朽冰紈將受恐通靈君才莫歎無茲分合注神玄劒解經

秋夕文宴得遥字

啼螿衰葉共蕭蕭文宴無喧夜轉遥高韻最宜題雪讚逸才偏稱和雲謡風吹翠蠟應難刻月照清香太易消無限玄言一杯酒可能容得蓋寬饒

南陽廣文欲於荆襄卜居因而有贈

地脉從來是福鄉廣文高致更無雙青精飯熟雲侵竈白㔉裘成雪濺窗度日竹書千萬字經冬术煎兩三缸鱸魚自是君家味莫背松江憶漢江

寄毗陵魏處士朴

文籍先生不肎官絮巾衝雪把魚竿一堆方冊爲侯印三級幽巖是將臺醉少最因吟月冷瘦多偏爲卧雲寒兔皮衾暖篷舟穩欲共誰遊七里灘

初冬偶作寄南陽潤卿

寓居無事入清冬雖設樽罍酒半空白菊爲霜翻帶紫蒼苔因雨卻成紅迎潮預遣收魚笱防雪先教蓋鶴籠唯待支硎最寒夜共君披氅訪林公

冬曉章上人院

山堂冬曉寂無聞一句清言憶領軍琥珀珠黏行處雪椶櫚箒掃卧來雲松扉欲啓如鳴鶴石鼎初煎若聚蚊不是戀師終去晚陸機茸内足毛羣

寄題鏡巖周尊師所居（并序）

處州仙都山山之半有洞口下望之如鑑目之曰鏡巖下去地二百尺上者以竹梯爲級中如方丈内有乳水滴瀝嵌鏄黄老徒周君景復居焉迨八十年不食乎粟日唯焚降眞香一炷讀靈寶度人經而已東牟段公柯昔爲州日聞其名梯其室以造之且曰君居此久矣乳水之滴晝夜可知量乎周君曰某常揣之晝晝與夜一斛加半焉公異而禮之後柯别十二年日休至吴處人過説周君尚存吟想其道無由以覿因寄題是詩云

八十餘年住鏡巖鹿皮巾下雪毿毿牀寒不奈雲縈枕經潤何妨雨滴函飲澗猨迴窺絶洞緣梯人歇倚危杉如何計吏窮於鳥欲望仙都擧一帆

寒夜文宴得泉字

分明竸檗七香牋王朗風姿盡列仙盈篋共開華頂藥滿缾同坼惠山泉蟹因霜重金膏溢橘爲風多玉腦鮮吟罷不知詩首數隔林明月過中天

庚寅歲十一月新羅弘惠上人與本國同書請日休爲靈鷲山周禪師碑將還以詩送之

三十麻衣弄渚禽豈知名字徹雞林勒銘雖即多遺草越海還能抵萬金鯨鬣曉掀峰正燒鼇睛夜没島還陰（一作深）二千餘字終天别東望辰韓淚灑襟

送潤卿博士還華陽

雪打篷舟離酒旗華陽居士半酣歸逍遥只恐逢雲將恬澹眞應降月妃仙市鹿胎如錦嫩陰宫燕肉似酥肥公車草合蒲輪壞爭不教他白日飛

寒日書齋即事三首

參佐三間似草堂恬然無事可成忙移時寂歷燒松子盡日殷勤拂乳牀將近道齋先衣褐欲清詩思更焚香空庭好待中宵月獨禮星辰學步罡

不知何事有生涯皮褐親裁學道家深夜數甌唯柏葉清晨一器是雲華盆池有鷺窺蘋沫石版無人掃桂花江漢欲歸應未得夜來頻夢赤城霞

方朔家貧未有車肎從榮利捨樵漁從公未怪多侵酒見客唯求轉借書暫聽松風生意足偶看溪月世情疏如鉤得貴非吾事合向煙波爲五魚（松江有五魚）

臘後送內大德從勗遊天台

講散重雲下九天大君恩賜許隨緣霜中一鉢無辭乞湖上孤舟不廢禪夢入瓊樓寒有月（天台山有金庭不死之鄉及瓊樓玉室）行過石樹凍無煙（按消山有石樓樹吳大皇元年郡吏伍曜於海際得之枝莖紫色有光南越謂之石連理也）他時瓜鏡知何用吳越風光滿御筵

寄題玉霄峯葉涵象尊師所居

青冥向上玉霄峯元始先生戴紫蓉曉案瓊文光洞壑夜壇香氣惹杉松閑迎仙客來爲鶴靜噀靈符去是龍子細捫心無偃骨（偃骨在胸者名入星骨）欲隨師去肎相容

奉和魯望寄南陽廣文次韻（一本此下有還雷平三字）

春彩融融釋凍塘日精閑嚥坐巖房瓊函靜啟從猨觀金液初開與鶴嘗八會舊文多搭（一作搨）寫七真遺語剩思量不知夢到爲（一作驚）何處紅藥滿山煙月香

題支山南峯僧

雲侵壞衲重隈肩不下南峯不記年池裏羣魚曾受戒林間孤鶴欲參禪雞頭竹上開危徑鴨脚花中摘廢泉無限吳都堪賞事何如來此看師眠

送董少卿游茅山

名卿風度足杓斜一舸閑尋二許家天影曉通金井水山靈深護玉門沙空壇禮後銷香母陰洞緣時觸乳花盡待于公作廷尉（卿嘗爲大理用法有廉平之稱）不須從此便餐霞

詶魯望見迎綠罽次韻

輕裁鴨綠任金刀不怕西風斷野蒿詶贈既無青玉案纖華猶欠赤霜袍煙披怪石難同逸竹映仙禽未勝高成後料君無別事只應酣飲詠離騷

寄懷南陽潤卿

鹿門山下捕魚郎今向江南作渴羌無事只陪看藕樣有錢唯欲買湖光醉來渾忘移花處病起空聞焙藥香何事對君猶有媿一篷衝雪返華陽

魯望憫承吉之孤爲詩序邀予屬和欲用予道振其孤而利之噫承吉之困身後乎魯望視予困與承吉生前孰若（一作苦）哉未有已困而能振人者抑爲之辭用塞良友

先生清骨葬煙霞業破孤存孰爲嗟幾篋詩編分貴位一林石筍散豪家兒過舊宅啼楓影姬繞荒田泣稗花唯我共君堪便戒莫將文譽作生涯

寄潤卿博士

高眠可爲要玄纁鵲尾金爐一世焚（陶貞白有金鵲尾香爐）塵外鄉人爲許掾山中地主是茅君將收芝菌唯防雪欲曬圖書不奈雲若使華陽終臥去漢家封禪用誰文

奉和魯望白菊

已過重陽半月天琅華千點照寒煙蘂香亦似浮金靨花樣還如鏤玉錢玩影馮妃堪比豔鍊形蕭史好爭妍無由摘向牙箱裏飛上方諸贈列仙

華亭鶴聞之舊矣及來吳中以錢半千得一隻養之殆經歲不幸爲飲啄所誤經夕而卒悼之不已遂繼以詩南陽潤卿博士浙東德師侍御毘陵魏不琢處士東吳陸魯望秀才及厚於予者悉寄之請垂見和

池上低摧病不行誰教仙魄反層城陰苔尚有前朝跡皎月新無昨夜聲菰米正殘三日料筠籠休礙九霄程不知此恨何時盡遇著雲泉即愴情

傷開元觀顧道士

協晨宮上啟金扉詔使先生坐蛻歸鶴有一聲應是哭丹無餘粒恐潛飛煙凄玉笥封雲篆月慘琪花葬羽衣腸斷雷平舊遊處五芝無影草微微

醉中即席贈潤卿博士

適越遊吳一散仙銀餅玉柄兩翛然茅山頂上攜書簏笠澤心中漾酒船桐木布溫吟倦後桃花飯熟醉醒前謝安四十餘方起猶自高閑得數年

偶留羊振文先輩及一二文友小飲日休以眼病初平不敢飲酒遣侍密歡因成四韻

謝莊初起恰花晴強侍紅筵不避觥久斷杯盂華蓋喜忽聞歌吹谷神驚䙰褷正重新開柳咕囁難通乍囀鶯猶有僧虔多蜜炬不辭相伴到天明

奉送浙東德師侍御罷府西歸

建安才子太微仙暫上金臺許二年形影欲歸溫室樹夢魂猶傍越溪蓮空將海月爲京信尚使樵風送酒船從此受恩知有處免爲傖鬼恨吳天

送羊振文先輩往桂陽歸覲

桂陽新命下彤墀彩服行當欲雪時登第已聞傳禰賦問安猶聽講韓詩竹人臨水迎符節（曹毘湘中賦云篔簹中實內有實狀如人也）風母穿雲避信旗（桂陽山中有風母獸擊殺見風輒活）無限湘中悼騷恨憑君此去謝江蘺

褚家林亭

廣亭遙對舊娃宮竹島蘿溪委曲通茂苑樓臺低檻外太湖魚鳥徹池中蕭疏桂影移茶具狼籍蘋花上釣筒爭得共君來此住便披鶴氅對清風

送圓載上人歸日本國

講殿談餘著賜衣椰帆却返舊禪扉貝多紙上經文動如意餅中佛爪飛颶母影邊持戒宿波神宮裏受齋歸家山到日將何入（一作日）白象新秋十二圍

重送

雲濤萬里最東頭射馬臺深玉署秋（射馬臺即今王城也）無限屬城爲躶國幾多分界是亶州（州在會稽海外傳是徐福之裔）取經海底開龍藏誦咒空中散蜃樓不奈此時貧且病乘桴直欲伴師遊

潤卿遺青飿飯兼之一絶聊用荅謝

傳得三元飿飯名大宛聞說有仙卿（案西梁子文撰黃錦素書十通其二傳大宛北谷子自號青精先生）分泉過屋春青稻（此飯以青龍稻爲之）拂霧彯衣折紫莖（南稻莖微紫色）蒸處不教雙鶴見服來唯怕五雲生草堂空坐無飢色

時把金津漱一聲

鴛鴦二首

雙絲絹上爲新樣，連理枝頭是故園。翠浪萬迴同過影，玉沙千處共棲痕。若非足恨佳人魄，即是多情年少魂。應念孤飛爭別宿，蘆花蕭瑟雨黄昏。

鈿鏤雕鏤費深功，舞妓衣邊繡莫窮。無日不來湘渚上，有時還在鏡湖中。煙濃共拂芭蕉雨，浪細雙遊菡萏風。應笑豪家鸚鵡伴，年年徒被鎖金籠。

全唐詩

皮日休

傷小女

一歲猶未滿，九泉何太深。唯餘卷書（一作施）草，相對共傷心。

秋（一作漢）江曉望

萬頃湖天碧，一星飛鷺白。此時放懷望，不厭爲浮客。

閑夜酒醒

醒來山月高，孤枕羣（一作琴）書裏。酒渴漫思茶，山童呼不起。

和魯望風人詩三首

刻石書離恨，因成別後悲。莫言春繭薄，猶有萬重思。

鏤出容刀飾，親逢巧笑難。日中騷客佩，爭奈即闌干。

江上秋聲起，從來浪得名。逆風猶挂席，苦不會凡（一作帆）情。

古函關

破落古關城，猶能扼帝京。今朝行客過，不待曉雞鳴。

聰明泉

一勺如瓊液，將愚擬望賢。欲知心不變，還似飲貪泉。

史處士

山期須早赴，世累莫遲留。忽遇狂風起，閑心不自由。

芳草渡

溪南越鄉音，古柳渡江深。日晚無來客，閑船繫綠陰。

古宮詞三首

樓殿倚明月，參差如亂峰。宮花半夜發，不待景陽鐘。

閑騎小步馬，獨遶萬年枝。盡日看花足，君王自不知。

玉枕寐不足，宮花空觸簷。梁間燕不睡，應怪夜明簾。

春日陪崔諫議櫻桃園宴

萬樹香飄水麝風，蠟熏花雪盡成紅。夜深歡態狀不得，醉客圖開明月中。（衛協畫醉客圖）

松江早春

松陵清淨雪消初，見底新安恐未如。穩凭船舷無一事，分明數得鱠殘魚。

女墳湖（即吳王葬女之所）

萬貴千奢已寂寥，可憐幽憤爲誰嬌。須知韓重相思骨，直在芙蓉向下消。

泰伯廟

一廟爭祠兩讓君，幾千年後轉清氛。當時盡解稱高義，誰敢教他莽卓聞。

宿木蘭院

木蘭院裏雙棲鶴，長被金鉦聒不眠。今夜宿來還似爾，到明無計夢雲泉。

重題薔薇

濃似猩猩初染素，輕如燕燕欲凌空。可憐細麗難勝日，照得深紅作淺紅。

春夕酒醒

四弦纔罷醉蠻奴，酃醁餘香在翠爐。夜半醒來紅蠟短，一枝寒淚作珊瑚。

青（一作胥）門閑泛

青翰虛徐夏思清，愁煙漠漠荇花平。醉來欲把田田葉，盡裹當時醒酒鯖。

木蘭後池三詠

重臺蓮花

欹紅婑媠力難任，每葉頭邊半米金。可得教他水妃見，兩重元是一重心。

浮萍

嫩似金脂颺似煙，多情渾欲擁紅蓮。明朝擬附南風信，寄與湘妃作翠鈿。

白蓮

但恐醍醐難並潔，秖應薝蔔可齊香。半垂金粉知何似，靜婉臨溪照額黄。

重題後池

細雨闌珊眠鷺覺，鈿波悠漾並鴛嬌。適來會得荆王意，秖爲蓮莖重細腰。

庭中初植松桂魯望偶題奉和次韻

毿毿綠髮垂輕露，獵獵丹華動細風。恰似青童君欲會，儼然相向立庭中。

魯望戲題書印囊奉和次韻

金篆方圓一寸餘，可憐銀艾未思渠。不知夫子將心印，印破人間萬卷書。

館娃宮懷古五絕

綺閣飄香下太湖，亂兵侵曉上姑蘇。越王大有堪羞處，秖把西施賺得吳。

鄭妲無言下玉墀，夜來飛箭滿罘罳。越王定指高臺笑，却見當時金鏤楣。

半夜娃宮作戰場，血腥猶雜宴時香。西施不及燒殘蠟，猶爲君王泣數行。

素襪雖遮未掩羞，越王猶怕伍員頭。吳王恨魄今如在，只合西施瀨上遊。

響屧廊中金玉步，采蘋（一作蘭）山上綺羅身。不知水葬今何

處溪月彎彎欲效顰

虎丘寺西小溪閑泛三絕

鼓子花明白石岸桃枝竹覆翠嵐溪分明似對天台洞
應厭頑仙不肎迷
絕壑祇憐白羽傲窮溪唯覺錦鱗癡更深尚有通樵處
或是秦人未可知
高下不驚紅翡翠淺深還礙白薔薇船頭繫箇松根上
欲待逢仙不擬歸

天竺寺八月十五日夜桂子

玉顆珊珊下月輪殿前拾得露華新至今不會天中事
應是嫦(一作姮)娥擲與人

釣侶二章

趁眠無事避風濤一斗霜鱗換濁醪(吳中賣魚論斗)驚怪兒童呼
不得盡衝煙雨漉車螯
嚴陵灘勢似雲崩釣具歸來放石層煙浪濺篷寒不睡
更將枯蚌點漁燈

寄同年韋校書

二年疏放飽江潭水物山容盡足躭唯有故人憐未替
欲封乾鱠寄終南

初冬偶作

豹皮茵下百餘錢劉墮閑沽盡醉眠酒病校來無一事
鶴亡松老似經年

醉中寄魯望一壺并一絕

門巷寥寥空紫苔先生應渴解酲杯醉中不得親相倚
故遣青州從事來

更次來韻寄魯望

蕭蕭紅葉擲蒼苔玄晏先生欠一杯從此問君還酒債
顏延之送幾錢來

重玄寺雙矮檜

撲地枝回是翠鈿碧絲籠細不成煙應如天竺難陀寺
一對狻猊相枕眠

奉酬魯望醉中戲贈

秦吳風俗昔難同唯有才情(一作清才)事事通剛戀水雲歸不
得前身應是太湖公

皋橋

皋橋依舊綠楊中閭里猶生隱士風唯我到來居上館
不知何道勝梁鴻

軍事院霜菊盛開因書一絕寄上諫議(一本無寄字)

金華千點曉霜凝獨對壺觴又不能已過重陽三十日
至今猶自待王弘

悼鶴

莫怪朝來淚滿衣墜毛猶傍水花飛遼東舊事今千古
却向人間葬令威

醉中先起李縠戲贈走筆奉詶

麝煙苒苒生銀兔蠟淚漣漣滴繡閨舞袖莫欺先醉去
醒來還解驗金泥

奉和魯望招潤卿博士辭以道侶將至之作

癭木樽前地胏圖爲君偏輟俗功夫靈眞散盡光(一作先)來
此莫戀安妃在後無

奉和再招(一作文燕招潤卿)

飈御已應歸杳眇博山猶自對氛氳不知入夜能來否
紅蠟先教刻五分

酒病偶作

鬱林步障晝遮明一炷濃香養病酲何事晚來還欲飲
隔牆聞賣蛤蜊聲

潤卿魯望寒夜見訪各惜其志遂成一絕

世外爲交不是親醉吟俱岸白綸巾風清月白更三點
未放華陽鶴上人

奉和魯望玩金鸂鶒戲贈

鏤羽彫毛迥出羣溫馨飄出麝臍熏夜來曾吐紅茵畔
猶似(一作自)溪邊睡不聞

友人許惠酒以詩徵之

野客蕭然訪我家霜威白菊兩三花子山病起無餘事
只望蒲臺酒一車(庾信集云蒲州刺史中山公許酒一車未送)

寒夜文讌潤卿有期不至

草堂虛灑待高眞不意清齋避世塵料得焚香無別事
存心應降月夫人

汴河懷古二首

萬艘龍舸綠絲間載到揚州盡不還應是天教開汴水
一千餘里地無山
盡道隋亡爲此河至今千里賴通波若無水殿龍舟事
共禹論功不較多

寄題天台國清寺齊梁體

十里松門國清路飯猨臺上菩提樹怪來煙雨落晴天
元是海風吹瀑布

詠蟹

未遊滄海早知名有骨還從肉上生莫道無心畏雷電
海龍王處也橫行

金錢花

陰陽爲炭地爲爐鑄出金錢不用模莫向人間逞顏色
不知還解濟貧無

惠山聽松菴

千葉蓮花舊有香半山金刹照方塘殿前日暮高風起
松子聲聲打石牀

皮日休

雜體詩并序

案舜典帝曰夔命汝典樂敎冑子詩言志歌永言在焉周禮太師之職掌敎六詩諷賦既興風雅亙作雜體遂生焉後係之於樂府蓋典樂之職也在漢代李延年爲協律造新聲雅道雖缺樂府乃盛鐃歌鼓吹拂舞予俞因斯而興詞之體不得不因時而易也古樂書論之甚詳今不能備載載其他見者案漢武集元封三年作柏梁臺詔羣臣二千石有能爲七言詩者乃得上坐帝曰日月星辰和四時梁王曰驂駕駟馬從梁來由是聯句興焉孔融詩曰漁父屈節水潛匿方作郡姓名字離合也由是離合興焉晉傅咸有迴文反覆詩二首云反覆其文者以示憂心展轉也悠悠遠邁獨煢煢是也由是反覆興焉晉溫嶠有迴文虛言詩云寧神靜泊損有崇亡由是迴文興焉梁武帝云後牖有朽柳沈約云偏眠船舷邊由是疊韻興焉詩云螮蝀在東又曰鴛鴦在梁由是雙聲興焉詩云維南有箕不可以簸揚維北有斗不可以挹酒漿近乎戲也古詩或爲之蓋風俗之言也古有采詩官命之曰風人園棊燒敗襖看子故依然由是風人之作興焉梁書云昭明善賦短韻吳均善壓強韻今亦效而爲之存於編中陸生與余各有是爲凡八十六首至如四聲詩三字離合全篇雙聲疊韻之作悉陸生所爲又足見其多能也案齊竟陵王郡縣詩曰追芳承荔浦揖道信雲丘縣名由是興焉案梁元藥名詩曰戍客恒山下當思衣錦歸藥名由是興焉陸與予亦有是作至如鮑昭之建除沈炯之六甲十二屬梁簡文之卦名陸惠曉之百姓梁元帝之鳥名龜兆蔡黃門之口字古兩頭纖纖稾砧五雜組已降非不能也皆鄙而不爲噫由古至律由律至雜詩之道盡乎此也近代作雜體唯劉賓客集中有迴文離合雙聲疊韻如聯句則莫若孟東野與韓文公之多他集罕見足知爲之之難也陸與予竊慕其爲人遂合己作爲雜體一卷屬予序雜體之始云

苦雨雜言寄魯望

吳中十日涔涔雨歊蒸庫下豪家苦可憐臨頓陸先生
獨自倚然守環堵兒飢僕病漏空廚無人肯典破衣裾
蠹羸時時上几案蠹黽往往跳琴書桃花米斗半百錢
枯荒濕壞炊不熒兩牀苮席一素几仰臥高聲吟太玄
知君志氣如鐵石甌冶雖神銷不得乃知苦雨不復侵
杜費畢星無限力鹿門人作州從事周章似鼠唯知醉
府金廩粟虛請來憶著先生便知媿媿多饋少真徒然
相見唯知攜酒錢豪華滿眼語不信不如直上天公牋
天公牋方修次且榜鳴篷來一醉

奉和魯望齊梁怨別次韻

芙蓉泣恨紅鉛落一朵別時煙似幕鴛鴦剛解惱離心
夜夜飛來棹邊泊

奉和魯望曉起迴文

孤煙曉起初原曲碎樹微分半浪中湖後釣筒移夜雨
竹傍眠几側晨風圖梅帶潤輕露墨畫蘚經蒸半失紅
無事有杯持永日共君惟好隱牆東

奉訓魯望夏日四聲四首

平聲

塘平芙蓉低庭閑梧桐高清煙埋陽烏藍空含秋毫冠
傾慵移簪杯乾將餔糟偷然非隨時夫君眞吾曹

平上聲

溝渠通疎荷浦嶼隱淺篠舟閑攢輕蘋槳動起靜鳥陰
稀餘桑閑縷盡晚蠒小吾徒當斯時此道可以了

平去聲

怡神時高吟快意乍四顧村深啼愁鷗浪霽醒睡鷺書
疲行終朝罩困臥至暮吁嗟當今交暫貴便異路

平入聲

先生何違時一室習寂歷松聲將飄堂岳色欲壓席彈
琴夯玄雲斸藥折白石如教題君詩若得札玉冊

苦雨中又作四聲詩寄魯望

平聲

涔涔將經旬昏昏空迷天鸕鷀成羣嬉芙蓉相偎眠魚
通蓑衣城帆過菱花田秋收吾無望悲之眞徒然

平上聲

河平州橋危壘晚水鳥上衝崖搜松根點沼寫芡響舟
輕通縈紆棧隨阻指掌攜橈將尋君渚滿坐可往

平去聲

狂霖昏悲吟瘦桂對病臥檐虛能彯斜舍蠹易漏破宵
愁將琴攻晝悶用睡過堆書仍傾觴富貴未換箇

平入聲

羇棲愁霖中缺宅屋木惡荷傾還驚魚竹滴復觸鶴閑
僧千聲琴宿客一笈藥悠然思夫君忽憶蠟屐著

奉和魯望疊韻雙聲二首

疊韻山中吟

穿煙泉潺湲觸竹犢觳觫荒篁香牆匡熟鹿伏屋一作屈曲

雙聲溪上思

疎杉低通灘冷鷺立亂浪草彩欲夷猶雲容空澹蕩

奉和魯望疊韻吳宮詞二首

侵深尋嶔岑勢厲衛睥睨荒王將鄉亡細麗蔽袂逝
柃楷替製曳康莊傷荒涼主虜部伍苦嬙亡房廊香

奉和魯望閑居雜題五首

晚秋吟以題十五字離合

東皋煙雨歸耕日免去玄一作黃冠手刈禾火滿酒爐詩在
口今人無計奈儂何

好詩景

青盤香露傾荷女子墨風流更不言寺寺雲蘿堪度日
京塵到死撲侯門

醒聞檜

解洗餘醒晨半酉一作酒星星仙吹起雲門耳根無一作莫厭聽
佳木會盡山中寂靜源

寺鐘暝

百緣斗藪無塵土寸地章煌欲布金重擊蒲牢唅山日冥冥煙樹覩棲禽

砌思步

襬襬古薜綳危石切切陰螿應晚田心事萬端何處止少夷峰下舊雲泉

奉和魯望藥名離合夏日即事三首

季春人病抛芳杜仲夏溪波繞壞垣衣典濁醪身倚桂心中無事到雲昏

數曲急溪衝細竹葉舟來往盡能通草香石冷無辭遠志在天台一遇中

桂葉似茸含露紫葛花如綬蘸溪黃連雲更入幽深地骨錄閒攜相獵郎

懷錫山藥名離合二首

暗竇養泉容決決明園護桂放亭亭歷山居處當天半夏裏松風盡足聽

曉景半和山氣白薇香清淨雜纖雲實頭自（一作事）是眠平石腦側空林看虎羣

懷鹿門縣名離合二首

山瘦更培秋後桂溪澄閒數晚來魚臺前過雁盈千百泉石無情不寄書

十里松蘿陰亂石門前幽事雨來新野霜濃處憐殘菊潭上花開不見人

奉和魯望寒日古人名一絕

北顧歡遊悲沈宋（梁武改為北顧）南徐陵寢歎齊梁水邊韶景無窮柳寒被江淹一半黃

胥口即事六言二首

波光杳杳不極霽景澹澹初斜黑蛺蝶粘蓮蘂紅蜻蜓裹菱花鴛鴦一處兩處舴艋三家五家會把酒船偎荻共君作箇生涯

拂釣清風細麗飄蓑暑雨霏微湖雲欲散未散嶼鳥將飛不飛換酒帩頭把看載蓮艇子撐歸斯人到死還樂誰道剛須用機

夜會問答十

寒夜清（日休問龜蒙）簾外迢迢星斗明況有蕭閒洞中客吟爲紫鳳呼凰聲（時華陽廣文先生在焉）

癭木杯（龜蒙問日休）杉贅楠瘤刳得來莫怪家人畔邊笑渠心祇愛黃金罍

落霞琴（日休問龜蒙）寥寥山水揚清音玉皇仙馭碧雲遠空使松風終日吟

蓮花燭（龜蒙問日休）亭亭嫩蘂生紅玉不知含淚怨何人欲問無由得心曲

金火障（日休問龜蒙）紅獸飛來射羅幌夜來斜展掩深爐半睡芙蓉香蕩漾

憶山月（龜蒙問日休）前溪後溪清復絕看看又及桂花時空寄子規啼處血

錦鯨薦（龜蒙問日休）碧香紅膩承君宴幾度閑眠却覺來彩鱗飛出雲濤面

懷溪雲（日休問龜蒙）漠漠閑籠鷗鷺羣有時日暮碧將合還被魚舟來觸分

霜中笛（龜蒙問日休）落梅一曲瑤華滴不知青女是何人三奏未終頭已白

月下橋（日休問龜蒙）風外拂殘衰柳條倚欄杆處獨自立青翰何人吹玉簫

全唐詩目 第九函

第十冊

陸龜蒙 十四卷

全唐詩

陸龜蒙

陸龜蒙字魯望蘇州人元方七世孫舉進士不第辟蘇湖二郡從事退隱松江甫里多所論撰自號天隨子以高士召不赴李蔚盧攜素重之及當國召拜拾遺詔方下卒光化中贈右補闕集二十卷今編詩十四卷

讀襄陽耆舊傳因作詩五百言寄皮襲美

漢臯古來雄山水天下秀高當軫翼分化作英髦圓暴秦之前人灰滅不可究自從宋生賢特立冠耆舊離騷既（一作紀）日月九辯即列宿卓哉悲秋辭合在風雅右龐公樂幽隱辟聘無所就祇愛鹿門泉泠泠倚巖漱孔明臥龍者潛伏躬耕耨忽遭玄德雲遂起鱗角鬭三胡節皆峻二習名亦茂其餘文武家相望如斥堠緬思齊梁降寂寞寡清胄凝融爲漪瀾復結作瑩琇不知粹和氣有得方大受（一作授）將生皮夫子上帝可其奏并包數公才用以殿厥後嘗聞兒童歲嬉戲陳俎豆積漸開詞源一派分萬溜先崇丘旦室大懼蘱結構次補荀孟垣所貴亡罅漏仰瞻三皇道蟣虱在宇宙却視五霸圖股掌弄孩幼或能醯醯髏或與翼雛鷇或喜掉直舌或樂斬邪脰或耨鉏翳薈或整理錯謬或如百千騎合沓原野狩又如曉江平風死波不皺幽埋力須掘遺落貲必購乃於文學中十倍猗頓富囊乏向咸鎬馬重遲步驟專場射

策時縛虎當羿彀歸來把通籍且作高堂壽未足逞戈
矛誰云被文繡從知偶東下帆影拂吳岫物象悉摧藏
精靈畏雕鏤伊余抱沈疾顛頷守圭竇方推洪範疇更
念大玄首(去聲)陳詩採風俗學古窮篆籀朝朝貰薪米往
往逢責詬既被鄰里輕亦爲妻子陋持冠適甌越敢怨
不得售窘若曬沙魚悲如哭霜狖唯君枉車轍以逐海
上臭披襟兩相對半夜忽白晝執熱濯清風忘憂飲醇
酎驅爲文翰侶鶩皁參驥廐有時諧宮商自喜眞邂逅
道孤情易苦語直詩還瘦藻匠如見酬終身致懷袖

襲美先輩以龜蒙所獻五百言既蒙見和復示榮唱至於千字提獎之重蔑有稱實再抒鄙懷用伸酬謝

洪範分九疇轉成天下規河圖孕八卦煥作玄中奇先
開否臧源次第經緯基粵若魯聖出正當周德衰越疆
必載質歷國將扶危諸侯恣崛強王室方陵遲歌鳳時
不偶獲麟心益悲始嗟吾道窮竟使空言垂首贊五十
易又刪三百詩遂令篇籍光可並日月姿向非筆削功
未必無瑕疵迨至夫子没(一作殁)微言散如枝(一作披)所宗既不
同所得亦異宜名法在深刻虛玄致希夷自從戰伐來
一派縱橫馳寒谷生豔木沸潭結流澌驚奔失壯士好
惡隨纖兒嬴氏并六合勢尊丞相斯加於挾書律盡取
坑焚之南勤會稽頌北恢胡亥阺猶懷徧巡狩不暇親
維持及漢文景後鴻生方鋠掜(出三都賦)簸揚堯舜風反作三
代吹飄颻四百載左右爲藩籬鄴下曹父子獵賢甚熊
羆發論若霞駮(魏文帝典論有論文篇)裁詩如錦摛徐王應劉輩頭角
咸相衰或有妙絕賞或爲獨步推或許潤色美或嫌詆
訶癡倏以中利病且非混醇醨雅當乎魏文麗矣哉陳
思不肎少退妄恐貽後世嗤吾祖仗才力(士衡文賦)革車蒙虎
皮手持一白旄直向文場麾輕(去聲)若脫鉗釱豁如抽扊
扅精鋼不足利驥褭何勞追大可罩山岳微堪析毫釐
十體免負贅百家咸起痿爭入鬼神奧不容天地私一
篇邁華藻萬古無孑遺刻鵠尚未已雕龍奮而爲(劉勰有文心雕龍)
劉生吐英辯上下窮高卑下臻宋與齊上指軒從羲
豈但標八索殆將包兩儀人謠洞野老騷怨明湘纍立
本以致詰驅宏來抵巇清如朔雪嚴緩若春煙羸或欲
開户牖或將飾纓緌雖非倚天劍亦是囊中錐皆由内
史意致得東莞詞梁元盡索虜後主終亡隋哀音但浮
脆豈望分雄雌吾唐揖讓初陛列森咎夔作頌媲吉甫
直言過祖伊明皇踐中日墨客肩參差岳淨秀擢削海
寒光陸離皆能取穴鳳盡擬乘雲螭邇來二十祀俊造
相追隨余生落其下亦值文明時少小不好弄逡巡奉
弓箕雖然苦貧賤未省親嚅咿秋倚抱風桂曉烹承露
葵窮年只敗袍積日無晨炊遠訪賣藥客閑尋捕魚師
歸來壼編上得以含情窺抗韻吟比雅覃思念梲欐因
知昭明前剖石呈清琪又嗟昭明後敗葉埋芳蕤縱有
月旦評未能天下知徒爲強貔豹不免參狐狸誰蹇行
地足誰抽刺天鬐誰作河畔草誰爲洞中芝誰若靈囿
鹿誰猶清廟犧誰輕如鴻毛誰密如凝脂誰比蜀嚴靜
誰方巴賨貲誰能釣抃鼇誰能灼神龜誰背如水火誰
同若塤篪誰可作梁棟誰敢驅谷蠡(音鹿黎)用此常不快無
人動交鈹空消病裏骨枉白愁中髭鹿門先生才大小
無不怡就彼六籍内說詩直解頤顧我迷未遠開懷潰
其疑初開(一作看)鑿本源漸乃疏旁支邃古派泛濫皇朝光
赫曦揣摩是非際一一如襟期李杜氣不易孟陳節難
移信知君子言可並神明著枯腐尚求律膏肓猶謁醫
況將太牢味見啗逋懸飢今來置家地正枕吳江湄餌
薄鉤不曲跫然守空坻嘿坐無影響唯君款茅茨抽書
亂籤帙酌茗煩甌犧或伴補缺砌或偕詣荒祠孤筇倚
煙蔓細木橫風漪觸雨妨扉屨臨流泥江蘺既狎野人
調甘爲豪士訾(一作嗤)不敢負建鼓唯憂掉降旗希君念餘
勇挽袖登文陴

奉酬襲美先輩吳中苦雨一百韻

微生參最靈天與意緒拙人皆機巧求百逕無一達家
爲唐臣來奕世唯稷卨只垂青白風凜凜自貽厥(龜蒙五代祖六代祖皇朝繼在台輔)
猶殘賜書在編簡苦斷絕其間忠孝字萬古光
不滅孱孫誠瞢昧有志常搰搰敢云嗣良弓但欲終守
節諠譁不入耳讒佞不挂舌仰詠堯舜言俯遵周孔轍
所貪既仁義豈暇理生活縱有舊田園抛來亦蕪没因
之成否塞十載眞契濶凍骭一襜褕飢腸少糠籺甘心
付天壤委分任迴斡笠澤臥孤雲桐江釣明月盈筐盛
芡芰滿釜煮鱸鱖酒幟風外攲茶槍露中擷(茶芽未展者曰槍已展者曰旗)
歌謠非大雅捃摭爲小說上可補熏莖傍堪跐(一作蹈)芽蘖
(龜蒙嘗著稗說三卷)方當賣罾罩盡以易紙札縱跡尚吳門夢魂先
魏闕尋聞天子詔赫怒誅叛卒宵旰憫烝黎謨(一作謀)明問
征伐王師雖繼下賊壘未即拔此時淮海波半是生人
血霜戈驅少壯敗屋棄羸耋踐蹋比塵埃焚燒同稿秸
吾皇自神聖執事皆間傑射策亦何爲春卿遂聊輟伊
余將貢技未有恥可刷却問漁樵津重耕煙雨撥諸侯
急兵食冗賸方翦截不可抱(一作把)詞章巡門事干謁歸來
闔蓬楗壁立空豎褐煖手抱孤煙披書向殘雪幽憂和
憤懣忽愁(一作忽)自驚蹶文兮乏寸毫武也無尺鐵平生所
韜蓄到死不開豁念此令人悲翕然生内熱加之被皸
瘃況復久藜糲既爲霜露侵一臥增百疾筋骸將束縛
腠理如箠撻初謂抵狂貙又如當毒蠍江南多事鬼巫
覡連甌粤可口是妖訛恣情專賞罰良醫只備位藥肆
或虛設而我正萎痿安能致訶咄椒蘭任芳苾精(一作糈)粣
從羅列醆斝既屢傾錢刀亦隨爇兼之瀆財賄不止行
盜竊(一作謟)天地如有知微妖豈逃殺其時心力憤益使氣
息惙永夜更呻吟空牀但皮骨君來贊賢牧野鶴聊簪
笏謂我同光塵心中有滇渤輪蹄相壓至問遺無虛月
首(一作直)到春鴻濛猶殘病根茇看花雖眼暈見酒忘肺渴
隱几還自怡逢盧亦爭喝抽毫更唱和劒戟相磨戛何
大不包羅何微不挑刮今來值霖雨晝夜無暫歇雜若
碎淵淪高如破轇轕何勞鼉吼岸詎要鸛鳴垤祇意江
海翻更愁山岳裂初驚蚩尤陣虎豹爭搏嚙又疑伍胥
濤蛟蜃相蹙撈千家濛瀑練忽似好披拂萬瓦垂玉繩
如堪取縈結況余居低下本是蛙蚓窟邇來增號呼得
以恣唐突先夸屋舍好又恃頭角凸厚地雖直方身能
徧穿穴常參莊辯裏亦造揚玄末偃仰縱無機形容且

相忽低頭增歎詫到口復嗢咽沮洳漬琴書莓苔染巾襪解衣換倉粟秕稗猶未脫飢烏屢窺臨泥僮苦舂昁（音伐）或聞秋稼穡大半沈澎汃耕父蠹齊民農夫思旱魃吾觀天之意未必洪水割且要虐飛龍又圖滋跛鼇三吳明太守左右皆儒掐有力即扶危懷仁過救暍鹿門皮夫子氣調眞俊逸截海上雲鷹橫空（一作天）下霜（一作鞲）鶻文壇如命將可以持玉鉞不獨戾羲軒便當城老佛顧余爲山者所得纔簣撮譬如飾箭材尚欠鏃與筈閑將歛兒唱強倚帝子瑟幸得遠瀟湘不然嗤賈屈閑緘窺寶肆璣貝光比櫛朗詠衝樂懸陶匏響鏗擣古來愁霖賦不是不清越非君頓挫才沴氣難摧折馳情扣虛寂力盡無所掇不足謝徽音祇令凋鬢鬉

奉酬襲美先輩初夏見寄次韻

積雨晦皐圃門前煙水平蘋蘅增遙吹枕席分餘清村旆詫酒美賖來滿鉶程（一作鋥）未必減宣子何羨謝公榮借宅去人遠敗牆連古城愁鴟占枯枿野鼠趨前楹昨日雲破損晚林先覺晴幽篁倚微照碧粉含疎莖蠹簡有遺字敉（一作琥）琴無泛聲蠹寒匣尚薄鶯喜雛新成覽物正搖思得君初夏行誠明復散誕化匠（一作工）安能爭海浪刷三島天風吹六英洪崖領玉節坐使虛音生吾祖傲洛客因言幾爲傖末裔實漁者敢懷于墨卿唯思釣璜老遂得持竿情何須乞鵝炙豈在斟羊羹畦蔬與甕醁便可相攜迎蟠木几甚曲筍皮冠且輕閑心放羈靮醉腳從欹傾一逕有餘遠一窗有餘明秦皇苦不達天下何足并

奉和襲美二遊詩

徐詩

嘗聞四書曰經史子集焉苟非天祿中此事無由全自從秦火來歷代逢迍邅漢祖入關日蕭何爲政年盡力取圖籍遂持天下權中興熹平（一作延嘉）時敎化還相宣立石刻五經置於太學前賊卓亂王室君臣如轉圜洛陽且煨燼載籍宜爲煙逮晉武革命生民纔息肩惠懷亟寡昧戎羯俄腥羶已覺天地閉競爲東南遷日既不暇給墳索何由專爾後國脆弱人多尚虛玄任學者得謗清言者爲賢直至沈范輩（沈約范雲皆藏書數萬卷）始家藏簡編御府有不足仍令就之傳梁元渚宮日盡取如蚔蟓兵威忽破碎焚爇無遺篇近者隋後主搜羅勢駢闐寶函映玉軸彩翠明霞鮮伊唐受命初載史聲連延砥柱不我助驚波湧淪漣遂令因去（一作往古）書半在餘浮泉貞觀購亡逸蓬瀛漸周旋炅然東壁光與月爭流天偉矣開元中王道眞平平八萬五千卷一一皆塗鈆（案開元麗正殿書錄云）人間盛傳寫海內奔窮研目云西齋書有過東皐田吾聞徐氏子奕世皆才賢因知遺孫謀不用黃金錢插架幾萬軸森森若戈鋋風吹籤牌聲滿室鏗鏘然佳哉鹿門子好問如除痟倏來參卿處遂得參卿憐開懷展櫥簏唯在性所便素業已千仞今爲峻雲巔雄才舊百派相近浮日（一作百）川君抱（一作苞）王佐圖縱步凌陶甄他時若報德誰在參卿先

任詩

吳之辟疆園在昔勝概敵前聞富脩竹後說紛怪石竟陵子陸羽翫月詩云辟疆舊林園怪石紛相向風煙慘無主載祀將六百草色與行人誰能問遺跡不知清景在盡付任君宅却是五湖光偷來傍簷隙出門向城路車馬聲躪躒（一作轣轢）入門望亭隈水木氣岑寂犨牆繞曲岸勢似行無極十步一危梁乍疑當絕壁池容澹而古樹意蒼然僻魚驚尾半紅鳥下衣全碧斜來島嶼隱恍若瀟湘隔雨靜挂殘絲煙消有餘脉揭來任公子擺落名利役雖將祿代耕頗愛巾隨策秋籠支遁鶴夜榻戴顒客說史足爲師譚禪差作伯君多鹿門思到此情便適偶蔭桂堪帷縱吟苔可席顧余眞任誕雅遂中心獲但知醉還醒豈知玄尚白甘閑在雞口不貴封龍額即此自怡神何勞謝公屐

次追和清遠道士詩韻

一代先後賢聲容劇河漢況茲邁古士復歷蒼崖竄辰經幾十萬邈與靈壽翫海嶽尚推移都鄙固蕪漫羸僧下高閣獨鳥沒遠岸嘯初風雨來吟餘鐘唄亂如何鍊精魄萬祀忽欲半寧爲斷臂憂冒作秋柏（一作拍）散吾聞酆宮內日月自昏旦左右脩文郎縱橫灑篇翰斯人久冥漠得不垂慨歎庶或有神交相從重興讚

補沈恭子詩并序

案清遠道士詩題中有沈恭子同遊既爲神怪之儔得非姓氏謚爲恭子乎（一作若）趙宣子韓獻子之類耶恭子美謚也而詩中有風流詞翰之稱豈獨唱而不和者歟疑闕其文以爲恭子之恨乃作一章存於編中亦補亡之義也

靈質貫軒昊遐年越商周自然失遠裔安得怨寡儔我亦小國胄易名慙見優雖非放曠懷雅奉逍遙遊攜手桂枝下屬詞山之幽風雨一以過林麓颯然秋落日倚石壁天寒登古丘荒泉已無夕敗葉翳不流亂翠缺月隱衰紅清露愁覽物性未逸反爲情所囚異才偶絕境佳藻窮冥搜虛傾寂寞音敢作雜珮酬

讀陰符經寄鹿門子

清晨整冠坐，朗詠三百言。備識天地意，獻詞犯乾坤。何事不隱德，降靈生軒轅。口銜造化斧，鑿破機關門。五賊忽迸逸，萬物爭崩奔。虛施神仙要，莫救華池源。但學戰勝術，相高甲兵屯。龍蛇競起陸，鬬血浮中原。成湯與周武，反覆更爲尊。下及秦漢得（一作傳），黷弄兵亦煩。姦強自林據，仁弱無枝蹲。狂喉恣吞噬，逆翼爭飛翻。家家伺天發，不肎匡淫昏。生民墜塗炭，比屋爲冤魂。祇爲讀此書，大樸難久存。微臣與軒轅，亦是萬世孫。未能窮意義，豈敢求瑕痕。曾亦愛兩句，可與賢達論。生者死之根，死者生之根。方寸了十字，萬化皆胚腪。身外更何事，眼前徒自喧。黃河但東注，不見歸崑崙。晝短苦夜永，勸君傾一尊。

奉和襲美初夏遊楞伽精舍次韻

吳都涵汀洲，碧液浸郡郭。微雨蕩春醉，上下一清廓。奇蹤欲探討，靈物先瘵瘼。飄然蘭葉舟，旋倚煙霞泊。吟譚亂篙艣，夢寐雜巘崿。纖情不可逃，洪筆難暫閣。豈知楞伽會（一作舍），乃在山水箔。金仙著書日，世界名極樂。薝蔔冠諸香，琉璃代華堊。禽言經不輟，象口川寧涸。萬善峻爲城，巉巉扞羣惡。清晨欲登造，安得無自愕。險穴駭坤牢，高蘿挂天笮（一作索）。池容澹相向，蛟怪如可摸。苔蘚石髓根，蒲差水心鍔。嵐侵答（一作達）摩髩，日照狻猊絡。仰首乍眩旋，迴眸更煇爚。簷端凝（去聲）飛羽，磴外浮碧落。到迴（一作迥）解風襟，臨幽濯雲屩。塵機性非便，靜境心所著。自取海鷗知，何煩尸祝酢。峯圍震澤岸，翠浪舞綃幕。瀲灩豈堯遭，巉非禹鑿。潛聽鐘梵處，別有松桂壑。鷹重燈不光，泉寒網猶薄。僮能躡孤剎，鳥慣親撥鐸。服道身可遺，乞閑心已諾。人間亦何事，萬態相毒蠚。戰壘競高深，儒衣謾褒博。宣尼名位達，未必春秋作。管氏包霸圖，須人解其縛。伊余採樵者，蓬藋方索寞。近得風雅情，聊將聖賢度。多君富遒采，識度兩清恪。詎寵生滅詞，肎敎夷夏錯。未爲堯舜用，且向煙霞託。我亦擺塵埃，他年附鴻鶴。

奉和襲美公齋四詠次韻

小松

擢秀逋客巖，遺根飛鳥逕。因求飾清閟，遂得辭危夐。貞同柏有心，立若珠無脛。枝形短未怪，鬣數差難定（名山記云：松有兩鬣三鬣七鬣者。言如馬鬣鼠形也。言粒者非）。況密三天風，方遵四時柄。那興培塿歎，免答鄰里病。微霜靜可分，片月踈堪映。奇當虎頭筆，韻叶通明性。會拂陽烏胸，掄才膺帝命。

小桂

諷賦輕八植，擅名方一枝。才高不滿意，更自寒山移。宛別雲態蒼，蒼出塵姿。煙歸助華杪，雪點迎芳蕤。青條坐可結，白日如奔螭。諒無剸（音鶖）翦憂，即是蕭森時。洛浦雖有蔭，騷人聊自怡。終爲濟川檝，豈在論高卑。

新竹

別塢破苔蘚，嚴城樹軒楹。恭聞稟璇璣，化質離青冥（竹璇璣玉精受氣於玄軒之宿）。色可定雞頸，實堪招鳳翎。立窺五嶺秀，坐對三都屏。晴月窈窕入，曙煙霏微生。昔者尚借宅，況來處賓庭。金罍縱傾倒，碧露還鮮醒。若非抱苦節，何以偶惟馨。徐觀稚龍出，更賦錦苞零。

鶴屏

時人重花屏，獨即胎化狀。叢毛練分彩，疎節筇相望（八公相鶴經云：大毛落叢毛生，其色如雪。又云：高脚疎節則多跛也）。曾無氃氋態，頗得連軒樣。勢擬搶高尋，身猶在函丈。如憂雞鶩鬬，似憶煙霞向。塵世任縱橫，霜襟自閑放。空資明遠思，不待浮丘相。何由振玉衣，一舉棲瀛閬。

奉和襲美酬前進士崔潞盛製見寄因贈至一百四十言

孔聖鑄顏事，垂之千載餘。其間王道乖，化作荊榛墟。天必授賢哲，爲時攻翦除。軻雄骨已朽，百代徒趦趄。近者韓文公，首爲閑（一作開）闢鋤。夫子又繼起，陰霾終廓如。搜得萬古遺，裁成十編書。南山盛雲雨，東序堆瓊琚。偶此眞籍客，悠揚兩情攄。清詞忽窈窕，雅韻何虛徐。唱既野芳坼，酬還天籟疎。輕波掠翡翠，曉露披芙蕖。儷曲信寡和，末流難嗣初。空持一竿餌，有意嚴鯨魚。

奉和襲美太湖詩二十首

初入太湖

東南具區雄，天水合爲一。高帆大弓滿，羿射爭箭疾。時當暑雨後，氣象仍鬱密。乍如開雕籢（音奴，籠也），聳翅忽飛出。行將十洲近，坐覺八極溢。耳目駭鴻濛，精神寒佶栗。坑來斗呀豁，湧處驚嵳崪。崟異（一作陰若）拔龍湫，喧如破蛟室。斯須風妥帖，若受命平秩。微茫識端倪，遠嶠疑格（音閣）筆。巉巉見銅闕（湖中穹崇山有銅闕），左右皆輔弼。盤空儼相趨，去勢猶橫逸。嘗聞咸池氣，下注作清質。至今涵赤霄，尚且浴白日（太湖上稟咸池五車之氣，故一水五名也）。又云構浮玉，宛與崑閬匹。肅爲靈官家，此事難致詰（太湖乃仙家浮玉之北堂）。纔迎沙嶼好，指顧俄已失。山川互蔽虧，魚鳥空聱（語彪切）耴（魚乙切）。何當授眞檢，得召天吳術。一一問朝宗，方應可譚悉。

曉次神景宮

曉帆逗碕岸，高步入神景。灑灑襟袖清，如臨蘂珠屏。雖然羣動息，此地常寂靜。翠鑷有寒鏘，碧花無定影。憑軒羽人傲，夾戶天獸猛。稽首朝元君，褰衣就虛省。呀空雪牙利，嗽水石齒冷。香母未垂嬰，芝田不論頃。遙通河漢口，近撫松桂頂。飯薦七白蔬，杯釃九光杏。人間附塵躅，固陋眞鉗頸。肎信扸鼇傾，猶疑夏蟲永。玄津蕩瓊壟，紫汞啼金鼎。盡出冰霜書，期君一披省。

入林屋洞

知名十小天，林屋當第九（人間三十六洞天，知名者十兩餘。二十六天出九微志，未行於世）。題之爲左神，理之以天后（林屋洞爲左神幽居之天，即天后眞君之便闕）。魁堆（一作罡）碑邪輩，左右專備守。自非方瞳人，不敢窺洞口。唯君好奇士，復嘯忘情友。致（一作欲）傘在風林，低冠入雲竇。中深劇苔井，傍坎纔藥臼。石角忽支頤，藤根時束肘。初爲大幽怖，漸見微明誘。屹若造靈封，森如達仙藪。嘗聞白芝秀，狀與琅花偶。又坐紫泉光，甘如酌天酒（白芝紫泉皆此洞所出，乃神仙之飲餌，非常人所能得）。何人能挹嚼，餌以代漿糗。却笑探五符，徒勞步雙斗。眞君不可見，焚盥空遲久。眷戀玉碣文，行行但迴首。

雨中遊包山精舍

包山信神仙，主者上眞職。及棲鐘梵侶，又是清涼域。乃知煙霞地絕俗無不得巖開一逕分柏擁深殿黑僧閑若圖畫像古非雕刻海客施明珠湘蘩料（平聲）淨食有魚皆玉尾有烏盡金臆手攜鞞鐸佉（唐言楊枝 佉一作供）若在中印國千峰殘雨過萬籟淸且極此時空寂心可以遺智識知君戰未勝尚倚功名力却下聽經徒（生公有聽經石）孤帆有行色

毛公壇

古有韓終道授之劉先生身如碧鳳皇羽翼披輕輕先生盛驅役臣伏甲與丁勢可倒五嶽不唯鞭羣靈飄飖駕翔螭白日朝太淸空遺古壇在稠疊煙蘿屏遠懷步罡夕列宿森然明四角鎭露獸三層差羽嬰迴眸盼七炁運足馳跡星象外眞既感區中道俄成通來向千祀雲嶠空崢嶸石上橘花落石根瑶草靑時時白鹿下此外無人行我訪岑寂境自言齋戒精如今君安死（字君安）魂魄猶羶腥有笈皆綠字有芝皆紫莖相將望瀛島浩蕩凌滄溟

三宿神景宮

靈蹤未徧尋不覺谿色暝迴頭問棲所稍下杉蘿逕巖居更幽絕澗户相隱映過此即神宮虛堂愜雲性四軒盡疎達一榻何清零（去聲）髣髴聞玉笙鼓鏗動涼磬風凝古松粒露壓脩荷柄萬籟既無聲澄明但心聽希微辨眞語若授虛皇命尺宅按來平華池漱餘淨頻窺宿羽麗三吸晨霞盛豈獨冷衣襟便堪遺造請徒深（一作探）物外趣未脫塵中病舉首（一作手）謝靈峰徜徉事歸榜

以毛公泉獻大諫清河公

先生鍊飛精羽化成翩翻荒壇與古甃隱軫清泠存四面夔山骨中心含月魂除非紫水脉即是金沙源香實灑桂蘂甘惟漬雲根向來探幽人酌罷祛蒙昏況公珪璋質近處諫諍垣又聞虛靜姿早挂冰雪痕君對瑶華味重獻蘭薰言當應滌煩暑朗詠暈飛軒我願得一掬攀天叫重閽霏霏散爲雨用以移焦原

縹緲峰

左右皆跳岑孤峰挺然起因思縹緲稱乃在虛無裏淸晨躋磴道便是孱顏（一作頑）始據石即更歇遇泉還徙倚花奇忽如薦樹曲渾成几樂靜煙靄知忘機猨狖喜頻攀峻過斗末造平如砥舉首閡青冥迴眸聊下睞高帆大於鳥廣墠纔類蟻就此微茫中爭先未嘗已葛洪話剛氣去地四千（一作十）里苟能乘之遊止若道路耳吾將自峰頂便可朝帝扆盡欲活羣生不唯私一已超騎明月蜍復弄華星蘂却下蓬萊巔重窺清淺水身爲大塊客自號天隨子他日向華陽敲雲問名氏

桃花塢

行行問絕境貴與名相親空經桃花塢不見秦時人願此爲東風吹起枝上春願此作流水潛浮蘂中塵願此爲好鳥得棲花際鄰願此作幽蝶得隨花下賓朝爲照花日暮作涵花津試爲探花士作此（一作出）偷桃臣桃源不我棄庶可全天眞

明月灣

昔聞明月觀（在建業故臺城）祇傷荒野基今逢明月灣不値三五時擇此二明月洞庭看最奇連山忽中斷遠樹分毫釐周迴二十里一片澄風漪見說秋半夜淨無雲物欺兼之星斗藏獨有神仙期初聞鏘鐐跳（一作銚）積漸調參差空中卓羽衛波上停龍螭蹤（一作縱）舞玉煙節高歌碧霜詞淸光悄不動萬象寒咿咿此會非俗致無由得旁窺但當乘扁舟酒甕仍相隨或徹三弄笛或成數聯詩自然瑩心骨何用神仙爲

練瀆（一云吳王闔閭以練兵）

越恃君子衆大將壓全吳（越有私卒君子六千人）吳將派天澤以練舟師徒一鏡止千里支流忽然迂蒼奮束洪波坐似馮夷軀戰艦百萬輩浮宮三十餘平川盛丁寧絕島分儲胥鳳押半鶴膝錦杠雜肥胡香煙與殺氣浩浩隨風驅彈射盡高鳥杯觥醉潛魚山靈恐見鞭水府愁爲墟兵利德日削反爲雠國屠至今鉤鏃殘尚與泥沙俱照此月倍苦來茲煙亦孤丁魂尚有淚合灑靑楓枯

投龍潭

名山潭洞中自古多祕邃君將接神物聊用申祀事鎔金象牙角尺木無不備亦既奉眞官因之徇前志持來展明誥敬以投嘉瑞鱗光煥水容目色燒山翠吾皇病秦漢豈獨探幽異所貴風雨時民皆受其賜良田爲巨浸汚澤成赤地掌職一不行精靈又何寄唯貪血食飽但據驪珠睡何必費黃金年年授星使

孤園寺

浮屠從西來事者極梁武巖幽與水曲結構無遺土窮山林幹盡竭海珠璣聚況即侍從臣敢愛煙波塢幡條玉龍扣殿角金虬舞釋子厭樓臺生人露風雨今來四百載像設藏雲浦輕鴿亂馴鷗鳴鐘和朝鱸庭蕉裂旗斾野蔓差纓組石上解空人窗前聽經虎林虛葉如織水淨沙堪數徧問得中天歸脩釋迦譜

上眞觀

嘗聞昇三清眞有上中下官居乘佩服一一自相亞霄裙或霞粲侍女忽玉姹坐進金碧腴去馳飇欻駕今來上眞觀恍若心靈訝祇恐暫神遊又疑新羽化風餘撼朱草雲破生瑶榭望極覺波平行虛信煙藉閒開飛龜帙靜倚宿鳳架俗狀既能遺塵冠聊以卸人間方大火此境無朱夏松蓋蔭日車泉紳垂天罅窮幽不知倦復息芝園舍鏘珮引涼姿焚香禮遙夜無情走聲利有志依閑暇何處好迎僧希將石樓借

銷夏灣

霞島焰難泊雲峰奇未收蕭條千里灣獨自淸如秋古岸過新雨高蘿蔭橫流遙風吹蒹葭折處鳴颼飀昔予守圭竇過於回祿囚日爲籧篨徒（渠曲二音 籧篨之異名）分作祇裯（低刁二音 單衣）讎顧狎寒水怪不封朱轂侯豈知煙浪涯坐可思重裘健若數尺鯉泛然雙白鷗不識號火井孰問名焦丘我眞魚鳥家盡室營扁舟遺名復避世消夏還消憂

包山祠

靜境林麓好古祠煙靄濃自非通靈才敢陟羣仙峰百里波浪杳中堂簫鼓重眞君具瓊轝髣髴來相從淸露濯巢烏陰雲生晝（一作畫）龍風飄橘柚香日動旛蓋容將命禮且潔所祈年不凶終當以疏聞特用諸侯封

聖姑廟

渺渺洞庭水，盈盈芳嶼神。因知古佳麗，不獨湘夫人。流蘇蕩遥吹，斜領生輕塵。蜀彩駮霞碎，吴綃盤霧勻。可憐飛燕姿，合是乘鸞賓。坐想煙雨夕，兼知（一作知之）花草春。空登油壁車，窈窕誰相親。好贈玉條脱，堪攜紫綸巾。殷勤撥香池，重薦汀洲蘋。明朝動蘭檝，不翅星河津。

太湖石

他山豈無石，厥狀皆可薦。端然遇良工，坐使天質變。或裁基棟宇，礧砢成廣殿。或剖出溫瑜，精光具華瑱。或將破仇敵，百礮資苦戰。或用鏡功名，萬古如會面。今之洞庭者，一以非此選。槎牙真不材，反作天下彥。所奇者嵌崆，所尚者葱蒨。旁穿參洞穴，内竅均環釧。刻削九琳窗，玲瓏五明扇。新雕碧霞段，旋破秋天片。無力置池塘，臨風只流眄。

崦裏

山橫路若絶，轉檝逢平川。川中水木幽，高下兼良田。溝塍墮微溜，桑柘含疏煙。處處倚蠶箔，家家下魚筌。騤犢卧新蒭，野禽爭折蓮。試招搔首翁，共語殘陽邊。今來九州内，未得皆恬然。賊陣始吉語，狂波又凶年。吾翁欲何道，守此常安眠。笑我掉頭去，蘆中聞刺船。余知隱地術，可以齊真仙。終當從之遊，庶復全於天。

石板

一片倒山屏，何時墮洞門。屹然空闊中，萬古波濤痕。我意上帝命，持來壓泉源。恐爲庚辰官，囚怪力所掀。又疑廣袤次，零落潛驚奔。不然遭霹靂，强半沉無根。如何造化首，便截秋雲根。往事不足問，奇蹤安可論。吾今病煩暑，據簟常昏昏。欲從石公乞（石板在石公山前），瑩理平如璊。前後植桂檜，東西置琴尊。盡攜天壤徒，浩唱羲皇言。

全唐詩

陸龜蒙

雜諷九首

紅蠶緣枯桑，青繭大如甕。人爭捩其臂，羿矢亦不中。微微待賢祿，一一希入夢。縱操上古言，口噤難即貢。蛟龍在怒水，拔取牙角弄。丹穴如可遊，家家畜孤鳳。凶門尚兒戲，戰血波澒（一作鴻）溶。社鬼苟有靈，誰能遏秋慟。

童麋來觸犀，德力不相及。伊無愜心事，祇有碎首泣。況將鵬蝨校，數又百與十。攻如餓鴟叫，勢若脱兔急。斯爲朽關鍵，怒犖抉以入。年來橫干戈，未見拔城邑。得非佐饕者，齒齒待啜汁。羈維豪傑輩，四駭方少縶。此皆乘時利，縱舍在呼吸。吾欲斧其吭，無雷動幽蟄。

鶡鵯慘於冰，陸立懷所適。斯人道仍閟（一作閼），不得不鳴呃。當時布衣士，亦作天子客。至今東方生，滿口自誇白。終爲萬乘交，談笑無所隔。致君非有書，乃是堯舜畫。祇今倈門峻，日掃貧賤迹。朝趨九韶音，暮列五鼎食。如聞恭儉語，謇謇事夕惕。可拍伊牧肩，功名被金石。

赤舌（一作石）可燒城，讒邪易爲伍。詩人疾（一作病）之甚，取俾投豺虎。長風吹竅木，始有音韻吐。無木亦無風，笙簧由喜怒。女媧鍊五石，天缺猶可補。當其利口銜，鏬漏不復數。元精遺萬類，雙目如牖户。非是既相參，重瞳亦爲瞽。

東南有狂兕，獵者西北矢。利麼白（一作日）冥冥，獨此清夜止。無人語其事，偶坐窺天紀。安得東壁明，洪洪用墳史。搜揚好古士，一以罄雲水。流堪灑菁英，風足去稗秕。如能出奇計，坐可平賊壘。徐陳羲皇道，高駕太平軌。攫疏成特雄，濯垢爲具美。貢賢當上賞，景福視所履。永播南熏音，垂之萬年耳。

有蘗何青青，空城雪霜裏。千林盡枯槁，苦節獨不死。他遭匠石顧，總入犧黄美。遂得保天年，私心未爲恥。高從（一作徒）宿梟怪，下亦容螻蟻。大厦若掄材，亭亭託君子。

左右佩劒者，彼此亦相笑。趨時與閑門，喧寂不同調。潛機取聲利，自許臻乎妙。志士以神窺，懒然（一作寂）真可弔。天之發遐籟，大小隨萬竅。魁其鑪冶姿，形質惟所召。鼗笙磬竽瑟，是必（一作以）登清廟。伊聖不可（一作吾）欺，誰能守蓬藋。

橫笛喝（一作鳴）秋風，清商入疏越。君居不夜城，肎（一作肯）怨孤戍月。吴兵甚犀利，太白光突兀。日已費千金，屢聞侵一撥（一作撥）。豈無惡年少，縱酒遊俠窟。募爲敢死軍（一作士），去以梟叛卒。豈無中林士，貫穿學問骨。兵法五十家，浩蕩如溟渤。高懸鹿皮睡，清澗（一作潤）時依樾。分已諾煙霞，全遺事干謁。既非格猛獸，未可輕華髮。北面師其謀，幾能止征伐。何妨秦董勇，又有曹劌説。堯舜尚詢芻（一作事），公乎聽無忽。

朝爲壯士歌，暮爲壯士歌。壯士心獨苦，傍人謂之何。古鐵久不快，倚天無處磨。將來易水上，猶足生寒波。捷可搏飛狖，健能超橐駝。羣兒被堅利，索手安馮河。鷙颭掃長林，直木謝檣科。嚴霜凍大澤，僵龍不如蛇。昔者天血碧，吾徒安歎嗟。

美人

美人抱瑶瑟，哀怨彈别鶴。雌雄南北飛，一旦異棲託。諒非金石性，安得宛如昨。生爲並蔕花，亦有先後落。秋林對斜日，光景自相薄。猶欲悟君心，朝朝佩蘭若。

感事

將軍被鮫函，祇畏金石鏃。豈知讒箭利，一中成赤族。古來信簧舌，巧韻凄鏘曲。君聞悦耳音，盡日聽不足。初因起毫髮，漸可離骨肉。所以賢達（一作達賢）心，求人須任目。

素絲

圃客麗獨藺詩人吟五緵如何墨子淚反以悲途窮我意豈如是願參天地功爲綫補君衮爲弦繫君桐左右脩闕職宫商還古風端然潔白心可與神明通

次幽獨君韻（二首）

靈氣獨不死尚能成綺文如何孤窆裏猶自讀三墳

落日送萬古秋聲含七哀枯株不蕭瑟枝幹虛崔嵬伊昔臨大道歌鐘醉高臺臺今已平地（一作高臺今已平）祇有春風迴明月白草死積陰荒隴摧聖賢亦如此慟絕真悠哉

贈遠

芙蓉匣中鏡欲照心還懶本是細腰人別來羅帶緩從君出門後不奏雲和管妾思冷如簧時時望君暖心期夢中見路永魂夢短怨坐（一作生）泣西風秋窗月華滿

村夜二篇

江上冬日短裏回草堂暝鴻當絕塞來客向孤村病縣縣起歸念咽咽興微咏菊遲月方高橘齋霜已併盤飧蔬粟粗史籍籤牌盛目冷松桂寒（一作閑）耳喧兒女競開瓶浮螘綠試筆秋毫勁書戶亦重關寒屏遮相映詩從騷雅得字向鉛槧（一作黃）正遇敵舞蛇矛逢談捉犀柄無名升甲乙有志扶荀孟守道希昔賢爲文（一作人）通古聖幽憂廢（一作拂）長劒顑頷慚清鏡祇會魚鳥情詎知時俗性浮虛多徇勢老（一作疎）嬾圖（一作徒）歷聘既不務人知空餘樂天命吾家（一作如何）在田野家事苦遼敻耕稼一以微囷倉自然罄愁襟風葉亂獨坐燈花（一作然燈）迸明發成浩歌誰能少傾聽

世既賤文章歸來事耕稼伊人著農道（元倉子有農道篇）我亦賦田舍所悲勞者苦敢用詞爲詫祇効芻牧言誰防輕薄罵嘻今居寵祿各自矜雄霸堂上考華鐘門前竚高駕纖洪動絲竹水陸供鱠炙小雨靜樓臺微風動蘭麝（一作送檀麝）吹噓川可倒眄睞花爭妊（一作姪）萬戶膏血（一作雨）窮一筵歌舞價安（一作寧）知勤播植卒歲無閑暇種以春鳸初穫從秋隼下（一作鷹隼）專專望穜稑搰搰條桑柘日晏腹未充霜繁體猶躶平生守仁義所疾唯狙詐上誦周孔書沈濱（一作湎）至酣藉豈無致君術堯舜不（一作馳）上下豈無活國方頗（一作稽）牧齊教化蛟龍任乾死雲雨終不借羿臂束如囚徒勞誇善射才能誚箕斗辯可移嵩華若與毗輩量飢寒殆相亞長吟倚清瑟孤憤生遙夜自古有遺賢吾容偏稱謝

記事

本作漁釣徒心將遂疎放苦爲飢寒（一作衣食）累未得恣閑暢去年十二月身住霅溪上病裏賀（一作見）豐登雞豚聊饋餉巍峩卞山雪凝冽不可向瘦骨倍加寒徒爲厚繒纊晴來露青靄千（一作萬）仞缺尋丈臥恐玉華銷時時推枕望雖然營衛困亦覺精神王把筆強題詩粗言壞怪狀吳興鄭太守文律頗清壯鳳尾與鯨牙紛披落雜（一作新）唱緘書寄城內搪突無以況料峭採蓮船縱橫簸天浪方傾謝公酒（一作詠一作言）忽值莊生（一作叟）喪（鄭員外仁規是年受代俄喪偶）默默阻音徽（一作徽音）臨風但惆悵春歸迨（一作待）秋末固自嬰微恙歲晏（一作早）弗躬親何由免欺誑今來觀刈穫乃在松江並（步浪切）門外兩潮過波瀾光蕩漾都緣新卜築是事皆草創爾後如有年還應愜微尚天高氣味爽野迥襟懷曠感物動牢（一作勞）愁憤時頻骯髒平生樂篇翰至老安敢忘駿骨正牽鹽玄文終覆醬嗟今多赤舌見善惟蔽謗忖度大爲防涵容寬作量圖書筐篋外關眼皆臏長餓隸亦勝無薄田家所仰稍離飢寒患學古（一作古學）真可強聖道庶經營世途多跟蹌近聞天子詔復許私醞釀促使春（一作奉）酒材呼兒具盆盎宵長擁吟褐日晏開書幌我醉卿可還陶然似元亮

孤雁

我生天地間獨作南賓雁哀鳴慕前侶不免飲啄晏雖蒙小雅詠未脫魚（一作生）網患況（一作婣）是婚（一作摽）禮須（一作經）憂爲弋者篡晴鳶爭上下意氣苦凌慢吾常嚇鴛雛爾輩安足訕迴頭語晴鳶汝食腐鼠慣無異鶩黠羣戀短豆皁棧豈知瀟湘岸葭菼蘋萍（一作藾萍蘋）間有石形狀奇寒流古來灣閑看麋鹿（一作甫里）志了不憂（一作受）芻豢世所重巾冠何妨野夫丱騷人誇蕙芷易象取陸莧漆園逍遙篇中亦載斥鷃汝惟材性下嗜好不可諫身雖慕高翔糞壤是（一作長）盻盻或聞通鬼魅怪祟立可辯哲蔟書尚存寧容恣妖幻（哲蔟周禮秋官司寇下哲蔟氏掌覆夭鳥之巢哲鄭司農讀爲擿又他歷反蔟讀爲爵蔟之蔟謂巢也夭鳥惡鳴鳥）

南涇（一作溪）漁父

予方任疎慵地僻即所好江流背村落偶往心已嫪田家相去遠岑寂且縱傲出戶手先笻見人頭未帽南涇（一作溪）有漁父往往攜稚造問其所以漁對我真蹈道我初箝魚鱉童丱至於耄窟穴與生成自然通（一作知）壺奥孜孜戒吾屬天物不可暴大小參去留候其孳養報終朝獲魚（一作漁）利魚亦未常耗同覆天地中違仁辜覆燾余觀爲政者此意諒難到民皆死搜求莫肓興（一作與）慼悼今年川澤旱前歲山源潦牒訴已盈庭聞之類禽噪譬如死（一作拳）鷄鶩豈不容乳抱孟子譏宋人非其揠苗躁吾嘉漁父旨雅叶賢哲操倘遇採詩官斯文誠敢告

引泉詩（睦州龍興觀老君院作）

上嗣位六載吾宗刺桐川余來拜旌戟詔下之明年是時春三月繞郭花蟬聯嵐盤百萬髻上插黃金鈿授以道士館置榻於東偏滿院聲碧樹空堂形（一作影）老仙本性樂凝淡及來更虛玄焚香禮真像盥手披靈編新定（一作安）山角角烏龍（一作山名）獨巉然除非淨晴日（一作晴日）不見蒼崖巔上有拏雲峰下有噴壑泉泉分數十派落處皆崢潺寒聲入爛醉聒破西窗眠支笻起獨尋祇在牆東邊呼童具畚鍤立鑿莓苔穿灇淙（一作漴）一派墮練帶橫斜牽亂石拋落落寒流響濺濺狂奴（一作怒）七里瀨縮到疎楹前跳花（一作光）潑半散湧沫飛旋圓勢東三峽挂瀉危孤磴懸曾聞瑤池溜亦灌朱草田㲋伯弄翠蘂鸞雛舞丹煙凌風捩桂栴隔霧（一作霞）馳犀船況當玄元家嘗著道德篇上善可比水斯文參五千精靈若在此肓惡微波傳不擬爭滴瀝還應會淪漣出門復（一作後）飛箭合勢浮青天必有學真子鹿冠秋鶴顏如能輔余志日使疏其源

紀夢遊甘露寺（寺在京口北固山上第十四句缺三字）

昔臥嵩高雲雲窗正寒夕披裘忽生夢似到空王宅峩天一峰立欄楯橫半壁級倚綠巔差關臨赤霄闢捫虛陟孤峭不翅千餘尺疊掌望吳愚分明祖肩釋凌香稽首罷嘹嘵（一作嘵）　高戶乘（一作承）北風聲號大波白光中目難送定驗方可覿樹細鴻濛煙島疎零落碧須臾羣籟入空水相噴激積浪亞寒堆呀如鬭危石跳音簇鞞

鼓濺沫交矛戟鳥疾帆亦奔紛紛助勁敵思非水靈怒即是飢龍擘怯懾不敢前荷襟汗霑霡迴經定僧處泉木光相射巖磴雲族栖招（一作松）柯露華適逍遥得眞趣邐迤尋常跡山腹貯孤亭嵐根四垂帝誰題雪月句乃是曹劉格（愛樹亭有故太尉房公詩）閒闕一枝瓊邊樓數聲笛吟高矍然起若自蒼旻擲短燭蹐餘花圓蟾挂斜魄自從神錫境無處不登陟忽上南徐山心期豁而獲豈伊煩惱胃合到清涼域暗得胡蝶身幽期（一作奇）盡相識奈何有名氏未列金閨籍翻慙丱頂童得奉眞如策雲濤觸風望毫管和煙搦聊記夢中遊留之問禪客

惜花

人壽期滿百花開唯一春其間風雨至旦夕旋爲塵若使花解愁愁於看花人

別離

丈夫非無淚不灑離別間杖（一作仗）劒對尊酒耻爲游子顏蝮蛇一螫手壯士即解腕所志在功名離別何足歎

鳴雁行

朔風動地來吹起沙上聲閨中有邊思玉筯此時橫莫怕兒女恨主人烹不鳴

短歌行

爪牙在身上陷穽猶可制爪牙在胸中劒戟無所畏人言畏猛虎誰是撩頭斃祇見古來心姦雄暗相噬

挾瑟（一作琴）歌

挾瑟（一作琴）爲君撫君嫌聲太古寥寥倚浪系嗛嗛沈湘語賴有秋風知清泠吹玉柱

婕好怨

妾貌非傾國君王忽然寵南山掌上來下（一作不）敵新恩重後宮多窈窕日日學新聲一落君王耳南山又須輕

江南曲

爲愛江南春涉江聊采蘋水深煙浩浩空對雙車輪車輪明月團車蓋浮雲盤雲月徒自好水中行路難遥遥洛陽道夾道生春草寄語櫂船郎莫誇風浪好

全唐詩

陸龜蒙

漁具詩并序

天隨子漁於海山之顏有年矣矢魚之具莫不窮極其趣大凡結繩持綱者總謂之網罟網罟之流曰罛曰罾曰罺（側交切）圓而縱捨曰罩挾而昇降曰罱（女減切）緡而竿者總謂之筌筌之流曰筒曰車橫川曰梁承虛曰笱編而沈之曰箄（音卑）矛而卓之曰䂻（音冊矛也）棘而中之曰叉鏃而綸之曰射扣而駭之曰根（以薄板置瓦器上擊之以駭魚）置而守之曰神（鯉魚滿三百六十歲蛟龍輒率而飛去置一神守之則不能去矣神龜也）列竹於海澨曰滬（吳之滬瀆是也）錯薪於水中曰篸（音槮）所載之舟曰舴艋所貯之器曰笭箵其他或術以招之或藥而盡之皆出於詩書雜傳及今之聞見可考而驗之不誣也今擇其任詠者作十五題以諷噫矢魚之具也如此予既歌之矣矢民之具也如彼誰其嗣之鹿門子有高灑之才必爲我同作

網

大罟綱目繁空江波浪黑沈沈到波底恰共波同色牽時萬鱗入已有千鈞力尚悔不橫流恐他人更得

罩

左手揭圓罛輕橈弄舟子不知潛鱗處但去籠煙水時穿紫屏（一作萍）破忽值朱衣起（松江有朱衣鮒）貴得不貴名敢論魴與鯉

罶

有意烹小鮮乘流駐孤櫂雖然煩取舍未肎求津要多爲蝦蜆誤已分鵁鶄笑寄語龍伯人荒唐不同調

釣筒

短短截筠光悠悠臥江色蓬差橫相應雨慢煙交織須臾中芳餌迅疾如飛翼彼竭我還浮君看不爭得

釣車

溪上持隻輪溪邊指茅屋閑乘風水便敢議朱丹轂高多倚衡懼下有折軸速曷若載逍遥歸來臥雲族

魚梁

能編似雲薄橫絕清川口缺處欲隨波波中先置笱投身入籠檻自古難飛走盡日水濱吟殷勤謝漁叟

叉魚

春溪正含綠良夜才參半持矛若羽輕列燭如星爛傷鱗跳密藻碎首沈遥岸盡族染東流傍人作佳翫

射魚

彎弓注碧潯掉尾行涼沚青楓下晚照正在澄明裏抨弦斷荷扇濺血殷菱蘂若使禽荒聞移之暴煙水

鳴榔

水淺藻荇澀釣罩無所及鏗如木鐸音勢若金鉦急敺之就深處用以資俯拾搜羅爾甚微遁去將何入

滬（吳人今謂之簖）

萬植禦洪波森然倒林薄千顱咽雲上過半隨潮落其間風信背更值雷聲惡天道亦哀多吾將移海若

篸（吳人今謂之叢）

斬木置水中枝條互相蔽寒魚遂家此自以爲生計春冰忽融冶盡取無遺裔所託成禍機臨川一凝睇

種魚

鑿池收頳鱗踈踈置雲嶼還同汗漫遊遂以江湖處如非一神守潛被蛟龍主蛟龍若無道跛鼈亦可禦

藥魚

香餌綴金鉤日（一作日）中懸者幾盈川是毒流細大同時死

不唯空飼犬便可將貽蟻苟負竭澤心其他盡如此

舴艋

蓬棹雨三事天然相與閑朝隨稚子去暮唱菱歌還倚石遲後侶徐徐燒供遠山君看萬斛載沈溺須臾間

笭箵

誰謂笭箵小我謂笭箵大盛魚自足餐寘壁能爲害時將刷蘋浪又取懸藤帶不及腰上金何勞問蓍蔡

奉和襲美添漁具五篇

漁菴

結茅次煙水用以資嘯傲豈謂釣家流忽同禪室號閒憑山叟占晚有溪禽嫪華屋莫相非各隨吾所好

釣磯

揀得白雲根秋潮未曾沒坡陁坐鼇背散漫垂龍髮持竿從掩霧置酒復待月即此放神情何勞適吳越

蓑衣

山前度微雨不廢小澗漁上有青襏襫下有新腒（一作蒟）疎滴瀝珠影泫離披嵐彩虛君看荷製者不得安吾廬

箬笠

朝攜下楓浦晚戴出煙艇冒雪或平簷聽泉時仄頂颼移靄然色波亂危如影不識九衢塵終年居下洞

背蓬

敏手劈（一作試）江筠隨身纖煙殼沙禽固不知釣伴猶初覺閒從翠微拂靜唱滄浪濯見說萬山潭漁童盡能學

樵人十詠并序

環中先生謂天隨子曰子與鹿門子應和爲漁具詩信盡其道而美矣世言樵漁者必聯其命稱且常爲隱君子事詩之言錯新禮之言負薪傳之言積薪史之言束薪非樵者之實乎可不足以寄興詠獨缺其詞耶退作十樵以補其闕漏寄鹿門子

樵谿

山高谿且深蒼蒼但羣木抽條欲千尺衆亦疑樸樕一朝蒙翦伐萬古辭林麓若過嫽玄穹微煙出雲族

樵家

草木黃落時比鄰見相喜門當清澗盡屋在寒雲裏山棚日纔下野竈煙初起所謂順天民唐堯亦如此

樵叟

自小卽胼胝至今凋鬢髮所圖山褐厚所愛山鑪熱不知冠蓋好但信煙霞活富貴如疾顛吾從老岩穴

樵子

生自（一作在）蒼崖邊能諳白雲養（山家謂養柴地爲養）纔穿遠林去已在孤峯上薪和野花束步帶山詞唱日暮不歸來柴扉有人望

樵徑

石脉青靄間行行自幽絕方愁山繚繞更值雲遮截爭推好林浪共約歸時節不似名利途相期覆車轍

樵谷

淬礪秋水清攜持遠山曙丁丁在前澗杳杳無尋處巢傾鳥猶在樹盡猨方去授鉞者何人吾今（一作方）易其慮

樵擔

輕無斗儲價重則筋力絕欲下半巖時憂襟兩如結風高執還却雪厚疑中折負荷誠獨難移之贈來哲

樵風

朝隨早潮去暮帶殘陽返向背得清飆相追無近遠採山一何遲服道常苦蹇仙術信能爲年華未將晚

樵火

積雪抱松塢蠹根然草堂深鑪與遠燒此夜仍交光或似坐奇獸或如焚異香堪嗟宦遊子凍死道路傍

樵歌

縱調爲野吟徐徐下雲磴因知負樵樂不減援琴興出林方自轉隔水猶相應但取天壤情何求郢人稱

奉和襲美酒中十詠

酒星

萬古醇酎氣結而成晶熒降爲嵇阮徒動與尊罍并不獨祭天廟亦應邀客星何當八月槎載我遊青冥

酒泉

初懸碧崖口漸注青谿腹味既敵中山飲寧拘一斛春疑浸花骨暮若酣雲族此地得封侯終身持美祿

酒篘

山齋醖方熟野童編近成持來歡伯内坐使賢人清不待盎中滿旋供花下傾汪汪日可挹未羨黃金籯

酒牀

六尺樣何奇溪邊濯來潔糟深貯方半石重流還咽閑移秋病可偶聽寒夢缺往往枕眠時自疑陶靖節

酒壚

錦里多佳人當壚自沽酒高低過反坫大小隨圓瓿數錢紅燭下滌器春江口若得奉君歡十千求一斗

酒樓

百尺江上起東風吹酒香行人落帆上遠樹涵殘陽凝睇復凝睇一觴還一觴須知凭欄客不醉難爲腸

酒旗

摇摇倚青岸遠蕩遊人思風欹翠竹杠雨澹香醪字纔來隔煙見已覺臨江遲大旆非不榮其如有王事

酒尊

黃金卽爲侈白石又太拙斲得奇樹根中如老蛟穴時招山下叟共酌林間月盡醉兩忘言誰能作天舌

酒城

何代驅生靈築之爲釀地殊無甲兵守但有糟漿氣雉堞屹如狂女牆低似醉必若據而爭先登儀狄氏

酒鄉

誰知此中路暗出虛無際廣莫是鄰封華胥爲附麗三杯聞古樂伯雅逢遺裔自爾等榮枯何勞問玄弟

添酒中六詠并序

鹿門子示予酒中十詠物古而詞麗旨高而性眞可謂窮天人之際矣予既和而且曰昔人之於酒有注爲池而飲之者象爲龍而吐之者親盜甕間而臥者將實舟中而浮者可爲四荒矣徐景山有酒鎗嵇叔夜有酒杯皆傳於後代可謂二高矣四荒不得不刺二高不得不頌更作六章附於末云

酒池

萬斛輸曲沼千鍾未爲多殘霞入醍齊遠岸澄白酇后土亦沈醉姦臣空浩歌邇來荒淫君尚得乘餘波

酒龍

銅雀羽儀麗金龍光彩奇潛傾鄴宮酒忽作商庭若怒鱗甲赤如酣頭角垂君臣坐相滅安用驕奢爲

酒甕

候煖麴蘖調覆深苦蓋淨溢處每淋漓沈來還濕澁常聞清涼酎可養希夷性盜飲以爲名得非君子病

酒船

昔人性何誕欲載無窮酒波上任浮身風來即開口荒唐意難遂沈湎名不朽千古如比肩問君能繼不

酒鎗

景山實名士所玩垂清塵嘗作酒家語自言中聖人奇器質含古挫糟味應醇唯懷魏公子即此飛觴頻

酒杯

叔夜傲天壤不將琴酒疎製爲酒中物恐是琴之餘一弄廣陵散又裁絕交書頹然擲林下身世俱何如

奉和襲美茶具十詠

茶塢

茗地曲隈回野行多繚繞向陽就中密背澗差還少遥盤雲髻慢亂簇香篝小何處好幽期滿巖春露曉

茶人

天賦識靈草自然鍾野姿閑來北山下似與東風期雨後探芳去雲間幽路危唯應報春鳥得共斯人知（顧渚有報春鳥）

茶筍

所孕和氣深時抽玉茗短輕煙漸結華嫩蘂初成管尋來青靄曙欲去紅雲煖秀色自難逢傾筐不曾滿

茶籝

金刀劈翠筠織似波文斜製作自野老攜持伴山娃昨日鬬煙粒今朝貯綠華爭歌調笑曲日暮方還家

茶舍

旋取山上材架爲山下屋門因水勢斜壁任岩隈曲朝隨鳥俱散暮與雲同宿不憚採掇勞衹憂官未足

茶竈（經云茶竈無突）

無突抱輕嵐有煙映初旭盈鍋玉泉沸滿甑雲芽熟奇香襲春桂嫩色凌秋菊煬者若吾徒年年看不足

茶焙

左右擣凝膏朝昏布煙縷方圓隨樣拍次第依層取山謡縱高下火候還文武見說焙前人時時炙花脯（紫花焙人以花爲脯）

茶鼎

新泉氣味良古鐵形狀醜那堪風雪夜更値煙霞友曾過頳石下又住清溪口（頳石清溪皆江南出茶處）且共薦皋盧（皋盧茶名）何勞傾斗酒

茶甌

昔人謝塸埞徒爲妍詞飾（劉孝威集有謝塸埞啟）豈如珪璧姿又有煙嵐色光參筠席上韻雅金罍側直使于闐君從來未嘗識

煮茶

閑來松間坐看煮松上雪時於浪花裏併下藍英末傾餘精爽健忽似氛埃滅不合別觀書但宜窺玉札

陸龜蒙

置酒行

落塵花片排香痕闌珊醉露栖愁魂洞庭波色惜不得東風領入黃金尊千筠擲毫春譜大碧舞紅啼相倡和安知寂寞西海頭青穫未垂孤鳳餓

江湖散人歌 并序

散人者散誕之人也心散意散形散神散既無羈限爲時之怪民束於禮樂者外之曰此散人也散人不知恥乃從而稱之人或笑曰彼病子散而目之子反以爲其號何也散人曰天地大者也在太虛中一物耳勞乎覆載勞乎運行差之晷度寒暑錯亂望斯須之散其可得耶水土之散皆有用乎水之散爲雨爲露爲霜雪水之局爲瀦爲洳爲瀆汙土之散封之可崇穴之可深生可以藝死可以入土之局埴不可以爲埏甓不可以爲盂得非散能通於變化局不能耶退若不散守名之筌進若不散執時之權筌可守耶權可執耶遂爲散歌散傳以志其散

江湖散人天骨奇短髮搔（一作搔）來蓬半垂手提（一作捉）孤篁曳寒蘭口誦太古滄浪詞詞云太古萬萬古民性甚（一作惟其）野無風期夜棲止與禽獸雜獨自構架（一作結）縱橫枝因而稱曰有巢氏民共（一作相與）敬貴如君師當時只效烏鵲輩豈是有意陳尊卑無端後聖穿鑿破一派前導千流隨多方惱亂元氣死日使文字（一作父子）生奸欺聖人事業轉銷耗尚有漁者存熙熙風波不獨困（一作周）一士凡百器具（一作用）皆能施罔疎遑腐鱸鱖脫（一作肥）止（一作正）失（一作上失）檢馭無（一作非）譏疵人間所謂好男子我見婦女留鬚眉奴顏婢膝眞乞丐反以正直爲狂癡所以頭欲散不散弁（一作冠）我巍所以腰欲散不散珮陸離行散任之適坐散從傾欹語散空谷應笑散春雲（一作容）披衣散單複便食散酸鹹宜書散渾眞草酒散甘醇醨屋散勢斜直樹散行參差客散忘簪屨禽散虛籠池物外（一作外物）一以散中心散何疑不共諸侯分邑里

不與天子專隍陴靜則守桑柘亂則逃妻兒金鑣（一作鑣）貝（一作綈）帶未嘗識白刃殺（一作投）我窮生爲或聞蕃將負恩澤號令鐵馬如風馳大君年小丞相少當軸自請都（一作諸）旌旗神鋒悉出羽林仗繢畫日月蟠龍螭太宗基業甚牢固小醜背叛當殲夷禁軍近自肅宗置（一作署）抑遏輔國爭雄雌必然大段剪兇逆須召勁勇持（一作扶）軍麾四方賊壘猶占地死者暴骨生寒飢歸來輒擬荷鋤笠詬吏已責租錢遲興師十萬一日費不啻千金何以支祇今利口且箕斂何暇俛首哀惸嫠均荒補敗豈無術布在方冊撐頹隳冰霜襦袴易反掌白面諸郎殊不知江湖散人悲古道悠悠幸寄羲皇傲官家（一作吾皇）未議活蒼生拜賜江湖散人號

五歌 并序

古者歌詠言詩云我歌且謡傳曰勞者願歌其事吾言之拙艱不足稱詠且謡而歌其事者非吾而誰作五歌以自釋意

放牛

江草秋窮似秋半十角吳牛放江岸鄰肩抵尾乍依隈（一作偎）橫去斜奔忽分散荒陂斷塹無端入背上時時孤鳥立日暮相將帶雨歸田家煙火微茫濕

水鳥

水鳥山禽雖異名天工各與雙翅翎雛巢吞啄即一例游處高卑殊不停則（一作別）有觜鈹爪戟勁立直睎者擊搏挽裂圖膻腥如此等色恣豪橫聳身往往凌青冥爲人羅絆取材力韋韝綵綬（一作綴）懸金鈴三驅不以鳥捕鳥矢下先得聞諸經超然可繼義勇後恰似有志（一作意）行天刑鷗閑鶴散兩自遂意思不受人丁寧今朝擢倚寒江汀春（一作鶬）鉏翡翠參鵁鶄孤翹側睨瞥滅沒未是即肯馴簷楹婦女衣襟便佞舌始得金籠日提挈精神卓犖（一作槊）背人飛冷（一作合）抱蒹葭宿煙月我與時情太乖剌祇是江禽有毛髮慇懃謝汝莫相猜歸來長短同羣活

刈穫

自春徂秋天弗雨廉廉早稻纔遮畝芒粒稀疎熟更輕地與（一作上）禾頭不相拄我來愁築心如堵更聽農夫夜深語凶年是物即爲災百陣野鳧千穴鼠平明抱杖入田中十穗蕭條（一作然）九穗空敢言一歲囷倉實不了如（一作而）今朝暮春天職誰司下民籍苟有區區（一作分）宜析析（抑析字）本作耕耘意若何蟲豸兼教食人古者爲邦須蓄積魯饑尚責如齊糴今之爲政異當時一任流離恣徵索平生幸（一作早）遇華陽客向日餐霞轉（一作亦）肥白欲賣耕牛棄水田移家且（一作直）傍三茅宅

雨夜

屋小茅乾雨聲大自疑身著蓑衣臥兼似（一作是）孤舟小泊時風吹折葦來相佐我有愁襟無可那纔成好夢剛驚破背壁殘（一作寒）燈不及螢重挑却向燈前坐

食魚

江南春旱魚無澤歲晏未曾腥鼎鬲今朝有客賣鱸魴手提見我長於尺呼兒舂取紅蓮米輕重相當加十倍且作（一作圖）吳羹助早（一作朝）餐飽臥晴簷曝寒背橫戈負羽正紛紛祇用驍雄不用文爭如曉夕謳吟樣好伴滄洲白鳥羣

丁隱君歌 并序

隱君姓丁氏字翰之濟陽人也名飛舉讀老子莊周書善養生能鼓琴居錢塘龍泓洞之左右或曰憩館耳別業在深山中非得得行不可適到其下畜妻子事耕稼如常人余嘗南浮桐江途而詣龍泓憩館獲見綸巾布裘貌古而意澹好古文樂聞歌詩見待加厚因曰他時願爲山中僕丁笑而不應問之年曰七十二當咸通丙午歲逮今十四年矣雷平道士葛參寥話與翰之熟至今齒髮不衰氣力益壯疏繁導蒙灌溉剉剞皆自執綆缶斤斸輩升高望遠不翅履平地時時書細字作文紀事皆有楷法意義夜半山靜取琴彈之奏雅弄一二而已少睡寡言語與人相接禮簡而情至周旋累年未嘗有罷倦之色不唯疾病也非養生之效歟又不見其有所服餌或問之對曰治心修身之外復有何物予始嘉其遯世又聞其老而益精又悦其治心修身之說孔子所謂樂而壽者斯人也歟既樂而壽則仁智充乎其內充乎其內者非有德者歟有德而不耀於世者非隱君子歟乃作丁隱君歌以寄其聲云

華陽道士南遊歸手中半卷青蘿衣（一作皮）自言逋客持贈我乃是錢塘丁翰之連江（一作天）大抵多奇岫獨話君家最奇秀盤燒天竺春筍肥琴倚洞庭秋石瘦草堂暗引龍泓溜老樹根株若蹲獸霜濃果熟未容收往往兒童雜猨狖去歲猖狂有黃寇官軍解（一作駭）散無人鬬滿城奔迸翰之閑只把枯松塞圭竇前度相逢正賣文一錢不直虛云云今來利作採樵客可以抛身麋鹿羣丁隱君丁隱君叩（一作昂）頭且莫變名氏即日更尋丁隱君

紫溪翁歌 紫溪翁過甫里先生舉酒相屬醉而歌先生側弁而和之歌闋而去

一丘之木其栖深也屋吾容不辱一溪之石其居平也席吾勞以息一竇之泉其音清也弦吾方在懸得乎人得乎天吾不知所以然而然

賡歌

采江之魚兮朝船有鱸采江之蔬兮暮筐有蒲左圖且書右琴與壺壽歟夭歟貴歟賤歟

鶴媒歌

偶繫漁舟（一作江船）汀樹枝因看射鳥令人悲盤空野鶴忽然下背翳見媒心不疑媒閑靜立如無事清唳時時入遙吹裴回未忍過南塘且應同聲就（一作與）同類梳翎宛若相逢喜祇怕纔來又驚起窺鱗啄藻乍低昂立（一作注）定當胷流一矢媒歡舞躍勢離披似諂功能邀（一作腰）（一作署）弩兒雲飛水宿各自物妬侶害羣猶爾爲而（一作何）況世（一作人）間有名利外頭笑語中猜忌君不見荒陂野鶴陷良媒同類同聲真可畏

慶封宅古井行 并序

春秋左氏傳云襄二十八年齊慶封亂而來奔既而齊人來讓奔吳吳句餘與之朱方聚族而居之富於其舊後七年荊人使屈申圍朱方執慶封而

盡滅其族按圖經潤之城南一里則封所居之地詢諸故老井尚存焉因覽其遺甃故歌之以志其惡

古甃團團薜花碧鼎渫（一作瀅）寒泉深百尺江南戴白盡能言此地曾爲慶封宅慶封嗜酒荒齊政齊人剪族封奔迸雖過魯國羞魯儒欲弄吳民竊吳柄吳分巖邑號朱方子家負固心彊梁澤車豪馬馳似水錦鳳玉龍森若牆一朝雲夢圍兵至胷陷鋒鋩腦塗地因知富德不富財顏氏簞瓢有深意宣父嘗違盜泉水懦夫立事貪夫止今歌此井示吳人斷綆沉瓶自茲始

小雞山樵人歌（并序）

小雞山在胥門外光福之西龜蒙歲入薪五千束於其山其供事之樵甿曰顧及乾符六年九月致薪二百五十責之曰何數廉而至晚得非赭吾山爲汝之利耶與之酒繼之以歌

長其船兮利其斧輸予薪兮勿予侮田予登兮穀予庾突晨煙兮蓬縷縷窗有明兮編有古飽而安兮惟編是伍時不用兮吾無汝撫

吳俞兒舞歌

劒俞

枝月喉權霜脊北斗離離在寒碧龍魂清虎尾白秋照海心同一色蠹影吒沙千（一作干）影側神豪髮直四睨之人股佶栗欲定不定定不得春牘殘兒且止狄胡有膽大如山怖亦死

矛俞

手盤風頭背分電光戰扇欲刺敲心留半綫纏肩繞脰䔿合胘旋卓植赴列奪避中節前衝函禮穴上指孛彗滅與君一用來有截

弩俞

牛來開弦人爲置鏃捩機關迸山谷鹿駭溼隼擊遲析毫中睫洞腋分龜達堅壘殘雄師可以冠猛樂壯曲抑揚蹈厲有裂犀兕之氣者非公與

句曲山朝眞詞二首（并序）

歲三月十八日句曲山道士朝眞於大茅峰上學神仙有至自千萬里者余距華陽洞天程止信宿塵約不能遂去馳神旦旦忽若載昇矣因作朝眞詞迎送各二解以自塞意

迎眞

九華磬答寒泉急十絕幡搖翠微濕司命旂旌未下來焚香抱簡凝神立殘星下照霓襟冷缺月纔分鶴輪影空洞靈章發一聲春來萬壑煙花醒

送眞

縈雲鳳髻飄然解玉鉞玄干儼先邁朝眞弟子悄無言再拜碧杯添沆瀣火鑪跳躍龍毛蓋腦髮青青搬綷綷萬象銷沈一瞬間空餘月外聞殘佩

戰秋辭

八月空堂前臨隙荒抽關散扇晨烏未光左右物態森疎強梁天隨子爽駴恟慄怳軍庸之我當濠然而溝壘然而牆纛然而柱隊然而篁杉巉攢矛蕉標建常槁艾矢束矯蔓弦張鼉合助吹鳥分啟行若革進而金止固違陰而就陽無何雲顏師風旨（一作日）伯蒼茫慘（一作愖）澹驤危亞如隊者析如子者折如常者拆如矢者仆如弦者磔如吹者瘖如行者惕石有髮兮盡纍木有耳兮咸聝（一作木耳而盛聝）雲風雨煙乘勝之勢驕杉篁蕉蔓敗北之氣摵天隨子曰吁秋無神則已如其有神吾爲爾羞之南北畿圻盜興五朞方州大都虎節龍旗瓦解氷碎瓜分豆離斧抵耋老干（一作戈）穿乳兒昨宇今燼朝人暮尸萬犢一啗千倉一炊擾踐邊朔殲傷蛋夷制質守帥披攘城池弓卷不刓甲綴不離兇渠歌笑（一作兇魁嘯歌）裂地無疑天有四序秋爲司刑少昊負扆親朝百靈蓐收相臣太白將星可霾可電可風可霆可塹溺顛陷可夭札迷冥曾忘（一作無）鏖剪自意澄寧苟蜡禮之云責觸天怒而誰丁奈何欺荒庭凌壞砌撥（一作撒）崇茝批宿蕙揭編茅而逞力斷緯蕭而作勢不過約弱歆垂戕殘廢替可謂棄其本而趨其末捨其大而從其細也辭猶未已色若媿恥於是墮者止偃者起

祝牛宮辭（并序）

冬十月耕牛爲寒築宮納而皁之建之前日老農請乞靈於土官以從鄉教予勉之而爲之辭

四牸三牯中一去乳天霜降寒納此室處老農拘拘度地不敢東西幾何七舉其武南北幾何丈二加五偶楹當閑載尺入土太歲在亥餘不足數上締蓬茅下遠官府耕耨以時飲食得所或寢或臥免風免雨宜爾子孫實我倉庾

迎潮送潮辭（并序）

余耕稼所在松江南旁田廬門外有溝通浦漵而朝夕之潮至焉天弗雨則軌而留之用以滌濯灌溉及物之功甚鉅其羸壯遲速繫望晦盈虛也用之則順而進捨之則黜而退有類乎君子之道覬而感之作迎潮送潮詞二首聊寄聲於騷人之末

迎潮

江霜嚴兮楓葉丹潮聲高兮墟落寒鷗巢卑兮漁箔（一作箱）短遠岸沒兮光爛爛潮之德兮無際既充其大兮又充其細密幽人兮款柴門寂寞流連兮依稀舊痕濡腴（一作餘）澤槁兮潮之恩不尸其功兮歸於混元

送潮

潮西來兮又東下日染中流兮紅灑灑汀葭蒼兮嶼蓼枯風騷牢兮愁煙孤大幾望兮微將晦翳睆瀛溶兮斂然而退愛長波兮數數一幅巾兮無纓可濯帆生塵兮檝有衣悵潮之還兮吾猶未歸

問吳宮辭（并序）

甫里之鄉曰吳宮在長洲苑東南五十里非夫差所幸之別館耶披圖籍不見其說詢故老不得其地其名存其跡滅悵然興懷古之思作問吳宮辭云

彼吳之宮兮江之郡涯複道盤兮當高且斜波搖疏兮霧濛箔菡萏國兮鴛鴦家鸞之簫兮蛟之瑟駢筠參差兮界絲密讌曲房兮上初日月落星稀兮歌酣未畢越

山叢叢兮越溪疾美人雄劒兮相先後出火姑蘇兮沼長洲此宮之麗人兮留乎不留霜氛重兮孤楞曉遠樹扶蘇兮愁煙悄眇欲摭愁煙兮問故基又恐愁煙兮推白鳥

全唐詩

陸龜蒙

螢詩

肖翹雖振羽戚促盡疑氷風助流還急煙遮點漸一作暫凝不須輕列一作別宿纔可擬一作亂孤燈莫倚隋家事曾煩下詔徵

蟬

祇憑風作使全仰柳爲都一腹清何甚雙翎薄更無伴貂金換酒一作置影并雀畫成圖恐是千年恨偏令落日呼

秋熱

自惜秋捐扇今來意未衰慇懃付柔握淅瀝待清吹午氣朱崖近宵聲白羽隨總如南國候無復婕妤悲

村中晚望

抱杖柴門立江村日易斜鴈寒猶憶侶人病更離家短鬢看成雪雙眸舊有花何須萬一作千里外即此是天涯

四明山詩并序

謝遺塵者有道之士也嘗隱於四明之南雷一旦訪予來語不及世務且曰吾得於玉泉生知子性誕逸樂神仙中書探海岳遺事以期方外之交雖銅牆鬼炊虎獄劒餌無不窺也已上八言謝語不知所謂者何一云出隱中書今爲子語吾山之奇者有峰最高四穴在峰上每天地澄霽望之如牖户相傳謂之石窗即四明之目也山中有雲不絕者二十里民皆家雲之南北每相從謂之過雲有鹿亭有樊榭有潺湲洞木實有青欞子味極甘而堅不可卒破有猨山家謂之鞠侯其他在圖籍不足道也凡此佳處各爲我賦詩予因作九題題四十字謝省之曰玉泉生眞不誣矣好事者爲予傳之因呈襲美

石窗

石窗何處見萬仞倚晴虛積靄迷青璅殘霞動綺疏山應列圓嶠宮便接方諸祇有三奔客時來教隱書

過雲

相訪一程雲雲深路僅分嘯臺隨日辨樵斧帶風聞曉著衣全濕寒衝酒不醺幾迴歸思靜髣髴見蘇君

雲南

雲南更有溪丹礫盡無泥藥有巴賨賣枝多越鳥啼夜清先月午秋近少嵐迷若得山顏住芝莖手自攜

雲北

雲北是陽川人家洞壑連壇當星斗下樓拶翠微邊一半遙峰雨三條古井煙金庭如有路應到左神天

鹿亭

鹿亭巖下置一作坐時領白麛過草細眠應久泉香飲自多認聲來月塢尋跡到煙蘿早晚吞金液騎將上絳河

樊榭

樊榭何年築人應白日飛至今山客說時駕玉麟歸乳蔕緣松嫩芝臺出石微憑欄虛目斷不見羽華衣

潺湲洞

石淺洞門深潺潺萬古音似吹雙羽管如奏落霞琴倒穴漂龍沫穿松濺鶴襟何人乘月弄應作上清吟

青欞子

山實號青欞環岡次第生外形堅綠殼中味敵璚英隨石樵兒拾敲林宿鳥驚亦應仙吏守時取薦層城

鞠侯

何事鞠侯名先封在四明但爲連臂飲不作斷腸聲野蔓垂纓細寒泉佩玉清滿林遊宦子誰爲作君卿

奉和襲美贈魏處士五貺詩

五瀉舟

樣自桐川得詞因隱地成好漁翁亦喜新白鳥還驚沙際擁江沫渡頭橫雨聲尚應嫌越相遺禍不遺名

華頂杖

萬古陰崖雪靈根不爲枯瘦於霜鶴脛奇似黑龍鬚拄訪譚玄客持看潑墨圖湖雲如有路兼可到仙都

太湖硯

誰截小秋灘閑窺四緒寬繞爲千嶂遠深置一潭寒坐久雲應出詩成墨未乾不知新博物何處擬重刊

烏龍養和

養和名字好偏寄道情深所以親逋客兼能助五禽倚肩滄海望鉤膝白雲吟不是逍遙侶誰知世外心

訶陵尊

魚骼匠成尊猶殘海浪痕外堪欺玳瑁中可酌崑崙酒名水繞苔磯曲山當草閣門此中醒復醉何必問乾坤

奉酬襲美早春病中書事

祇貪詩調苦不計病容生我亦休文瘦君能叔寶清藥須勤一服春莫累多情欲入毘耶問無人敵淨名

又酬次韻

從來多遠思尤向靜中生所以令心苦還應是骨清酒香偏入夢花落又關情積此風流事爭無後世名

奉酬襲美秋晚見題二首

爲愛晚窗明門前亦嬾行圖書看得熟鄰里見還生鳥啄琴材響僧傳藥味精緣君多古思攜手上空城

何事樂漁樵巾車或倚橈和詩盈古篋賒酒半寒瓢失雨園蔬赤無風蚌葉彫清言一相遺吾道未全消

奉和襲美初冬章上人院

每伴來方丈還如到四禪菊承荒砌露茶待遠山泉晝古全無跡林寒却有煙相看吟未竟金磬已泠然

襲美見題郊居十首因次韻酬之以伸榮謝

近來唯樂靜移傍故城居閑打修琴料時封謝藥書夜停江上鳥晴曬篋中魚出亦圖何事無勞置棧車

倩人醫病樹看僕補衡茅散髮還同阮無心敢慕巢簡便書露竹尊待破霜匏日好林間坐煙蘿近（一作僅）欲交倭僧留海紙山匠製雲牀嬾外應無敵貧中直是王池平鷗思喜花晝蝶情忙欲問新秋計菱絲一畝強故山空自擲當路竟誰知祇有經時策全無養拙資病深憐灸客炊晚信樵兒謾欲陳風俗周官未採詩福地能容塹玄關詎有扉靜思瓊版字閑洗鐵筇衣鳥破涼煙下人衝暮雨歸故園秋草夢猶記綠微微水影沈魚器鄰聲動緯車燕輕捎墜葉蜂嬾臥燋花說史評諸例論兵到百家明時如不用歸去種桑麻禹穴奇編缺雷平異境殘靜吟封籙檢歸興削帆竿白石堪為飯青蘿好作冠幾時當斗柄同上步罡壇強起披衣坐徐行處暑天上階來鬬雀移樹去驚蟬莫問鹽車駿誰看醬瓿玄黃金如可化相近買雲泉野入青蕪巷陂侵白竹門風高開栗刺沙淺露芹根逬鼠緣藤桁飢烏立石盆東吳雖不改誰是武王孫疎慵真有素時勢盡無能風月雖為敵林泉幸未憎酒材經夏闕詩債待秋徵祇有君同癖閑來對曲肱

和張廣文賁旅泊吳門次韻

高秋能叩觸天籟忽成文苦調雖潛倚靈音自絕羣茅峯曾醮斗笠澤久眠雲許伴山中躅三年任一醺

又次前韻酬廣文

獨倚秋光岸風漪學篳文玄堪教鳳集書好換鵞羣棐蹄平臺月香消古徑雲強歌非白紵聊以送餘醺

送延陵張宰

春盡未離關之官亦似閑不嫌請薄俸為喜帶名山默禱三真後高吟十字還（季子有仲尼所書十字碑）祇應江上鳥時下訟庭間

送人罷官歸茅山

呼僮曉拂鞍歸上大茅端薄俸雖休入明霞自足餐暗霜松粒赤疎雨草堂寒又鑿中峯石重修醮月壇

立春日

去年花落時題作送春詩自為重相見應無今日悲道孤逢識寡身病買名遲一夜東風起開簾不敢窺

中秋夜寄友生

秋來一度滿重見色難齊獨坐猶過午同吟不到西疎芒唯斗在殘白合河迷更憶前年望孤舟泊大溪

全唐詩

陸龜蒙

奉和襲美古杉三十韻

衆木盡相遺孤芳（一作杉）獨任奇鍤天形硉兀當殿勢敧危恐是夸娥怒教臨巀嶭衰節穿開耳目根瘦坐熊羆世只論榮落人誰問等衰（初危切）有巔從日上無葉與秋欺虎搏應難動鵰蹲不敢遲戰鋒新缺齾燒岸黑黧黧鬭死龍骸雜爭奔鹿角差肢（一作胑）銷洪水腦稜聳梵天脊礫索珊瑚湧森嚴獬豸窺向空分犖指衝浪出鯨鬐楊僕船橦在蚩尤陣纛下連金粟固高用鐵菱披挺若符堅棰浮於祖納椎崢嶸驚露鶴趯趯閔雲螭傍宇將支壓撐霄欲抵巇背交蟲臂揭相向鶻拳追格（音閣）筆茬（初加切）猶立階干卓未麾鬼神應暗畫風雨恐潛移已覺寒松伏偏宜后土疲好邀清嘯傲堪映古茅茨材大應容蝎年深必孕夔後雕依佛氏初植必僧彌（寺即東晉王珉別墅僧彌王珉小字）擁腫煩莊辯槎牙費庾詞詠多靈府困搜苦化權卑類既區中寡朋當物外推蟠桃標日域珠草侍仙墀真宰誠求夢春工幸可醫若能噓嶰竹猶足動華滋

奉和襲美新秋言懷三十韻次韻

身閑唯愛靜籬外是荒郊地僻憐同巷庭喧厭累巢岸聲搖舴艋窗影辨蠨蛸徑祇溪禽下關唯野客敲竹岡從古凸池緣本來顛早藕攣霜節涼花束紫梢漁情隨錘網獵興起鳴髀好夢經年說名方著處抄才（一作木）疎惟自補技癢欲誰抓窗靜常懸蘿鞭閑不正鞘山衣輕斧藻天籟逸弦匏蕙轉（一作展）風前帶桃烘雨後膠鮮乾黏晚砌煙濕動晨庖沈約便圖籍揚雄重酒肴目曾窺絕洞耳不犯征鐃曆外窮飛朔蓍中記伏爻石林空寂歷雲肆肎嘵譊松桂何妨蠹龜龍亦任嘲未能丹作髓誰相紫為胞莫把榮枯異但（平聲）和大小包由弓猨不捷梁圈虎忘虓舊友懷三益關山阻二崤道隨書簏古時共釣輪拋好作忘機士須為莫逆交看君馳諫草憐我臥衡茅出處雖冥默薰猶肎溷殽岸沙從鶴印崖蜜勸人簸白菌盈枯桁黃精滿綠筲仙因隱居信禪是淨名教勿謂江湖永終浮一大匏（一作泡）

和襲美江南書情二十韻寄祕閣韋校書貽之商洛宋先輩垂文二同年次韻

我志如魚樂君詞稱鳳銜暫來從露冕何事買雲巖水石應容病松篁未聽讒罐（一作鑵）香松蠹膩山信藥苗緘愛鷺欹危立思猨矍鑠銜謝才偏許朓阮放最憐咸大樂寧忘缶奇工肎顧瑊客愁迷舊隱鷹健想秋毚硯缺猶慵琢文繁却要芟雨餘幽沼淨霞散遠峯巉洗筆煙成段培花土作杴訪僧還覓伴醫鶴自須監荒廟猶懷季清灘幾夢嚴背風開蠹簡衝浪試新帆悶憶年支酒閑裁古樣衫釣家隨野舫仙蘊逐雕函度歲賒羸馬先春買小蠟共疏泉入竹同坐月過杉染翰窮高致懷賢發至誠不堪潘子鬢愁促易髟髟

憶襲美洞庭觀步奉和次韻

聞君遊靜境雅具更摐摐竹傘遮雲徑藤鞵踏蘚矼杖斑花不一尊大瘿成雙水鳥行沙嶼山僧禮石幢巴甘三秀味誰念百牢腔遠棹投何處殘陽到幾窗仙謠珠樹曲村餉白醅缸地里方吳會人風似冉厖探幽非遯世尋勝肎迷邦為讀江南傳何賢過二龐

江墅言懷

病身兼稚子田舍劣相容跡共公卿絕貧須稼穡供月方行（一作行方）到閏霜始近言（一作來）濃樹少棲禽雜村孤守犬重

汀洲藏晚弋籬落露寒舂野弁欹還整家書拆又封杉篁宜夕照窗戶倚疎鐘南北唯聞戰縱橫未勝農大春雖苦學叔夜本多慵直使貂裘弊猶(一作還)堪過一冬

自和次前韻

命既時相背才非世所容著書粮易絕多病藥難供夢為懷山數愁因戒(一作忌)酒濃鳥媒呈不一魚寨下仍重晚桁蓑兼褐晴簷織帶春著籤分水味標石認田封此地家三戶何人祿萬鍾草堂聊當貴金穴任輕農把釣竿初冷題詩筆未慵莫憂寒事晚江上少嚴冬

秋日遣懷十六韻寄道侶

盡日臨風坐雄詞妙略兼共知時世薄寧恨歲華淹且把靈方試休憑吉夢占夜然燒汞火朝煉洗金鹽有路求真隱無媒舉孝廉自然成嘯傲不是學沈潛水恨同心隔霜愁兩鬢霑鶴屏憐掩扇烏帽愛垂簷雅調宜觀樂清才稱典籤冠欹玄髮少書健紫毫尖故疾因秋召塵容畏日黔壯圖須行行儒服謾襜襜片石聊當枕橫煙欲代簾蠹根延穴蟻疎葉漏庭蟾藥鼎高低鑄雲菴早晚苫胡麻如重寄從誚我無厭

京口與友生話別

共是悲秋客相逢恨不堪鴈頻辭薊北人尚在江南名利機初發樵漁事先諳松門穿戴寺荷徑繞秦潭(秦潭始皇所闢)繩檢真難束疎慵却易耽枕當高樹穩茶試遠泉甘架上經唯一尊前雅祇三風雲勞夢想天地入醺酣曆自堯階數書因禹穴探御龍雖世祿下馬亦清譚國計徒盈策家儲不滿甔斷簾從燕出敧弁請(一作倩)人簪木墜涼來葉山橫霽後嵐竹窗深窔窱苔洞綠龕弇積行依顏子和光則老聃杖誠為虎節披(一作被)信作鮫函養鷺看窺沼尋僧助結菴功名思馬援歌唱咽羊曇乞食羞孫鳳無衣羨八蠶繫帆留宿客吟句任贏驂寵鶴空無衛占烏未見鄗香還須是桂青會出於藍蜀酒時傾瓿吳鰕偏(一作徧)發坩(苦甘切)玉封千挺藕霜閉一筒柑惜佩終邀褐辭環好激貪宗溟雖畎澮成廈必楩柟碧玉雕琴薦黃金飾劍鐔煙緣莎砌引水為藥畦擔博物君能繼多才我尚慚別離猶得在秋鬢未鬖鬖

丹陽道中寄友生

煙樹綠微微春流浸竹扉短蓑擕稚去孤艇載魚歸海俗蘆編室村娃練束衣舊栽奴橘老新刈女桑肥錦鯉銜風擲絲禽掠浪飛短亭幽徑入陳廟數峰圍地廢金牛暗陵荒石獸稀思君同一望帆上怨餘暉

寄茅山何道士

終身持玉舄丹訣未應傳況是曾同宿相違便隔年問頹知更少聽話想踰玄古籙文垂露新金汞絕煙蜂供和餌蜜人寄買溪錢紫燕長巢硐青龜忽上蓮篋藏徵隱詔囊佩攝生篇圃暖芝臺秀巖春乳管圓池棲子孫鶴堂宿弟兄仙幸閱靈書次心期賜一編

江南秋懷寄華陽山人

櫛髮涼天曙含毫故國情歸心一夜極病體九秋輕忽起襜褕詠因悲絡緯鳴逢山即堪隱何路可圖榮揲策空占命持竿不釣名忘憂如有待縱懶似無營小徑纔分草斜扉劣辨(一作辦)荊冷荷承露菂疎菊臥煙莖譜為聽琴閱圖緣看海憕(一作瞪)鷺毛浮島白魚尾撇波赬庭橘低攀嗅園葵旋折烹餓烏窺食案鬬鼠落書棚種豆悲楊惲投瓜憶衞旂東林誰處士南郭自先生分野星多蹇連山卦少亨衣裾徒博大文籍漫縱橫蘭葉騷人佩蓴絲內史羹鷗冠難適越羊酪未饒傖倚嘯微抽恨論玄好析酲棲遲勞鼓篋豪俠愛金籯鍊藥傳丹鼎嘗茶試石甑沼連枯葦暗窗對脫梧明未達譏張翰非才嫉禰衡遠懷魂易黯幽憤骨堪驚礪缺知矛利磨瑕見璧瑛道源疏滴瀝儒肆售精誠敢歎良時擲猶勝亂世嬰相秦猶幾死王漢尚當黥飲啄期應定窮通勢莫爭髡鉗為皂隸譚笑得公卿浴日安知量追風不計程塵埃張耳分肝膽季心傾諭蜀專操檄通甌獨請纓匹夫能曲踊萬騎可橫行許國輕妻子防邊重戰耕俄分上尊酒驟厭五侯鯖靜默供三語從容等一枰弘深司馬法雄傑貳師兵朔雪埋烽燧寒笳裂旆旌乘時收句注即日埽欃槍武昔威殊俗文今被八紘琮璜陳始畢韶夏教初成芽孽羣妖滅松筠百度貞郎官青瑣拜使者繡衣迎帝道將雲闢澆波漸砥平學徒羞詭霸佳士恥為跉負杖歌栖畝操觚賦北征才當曹斗怯書比惠車盈謝氏憐兒女郗家貴舅甥唯荒稚珪宅莫贈景山鎗賢彥風流遠江湖思緒縈謳啞搖舴艋出沒漾鵁鶄晚樹參差碧奇峰邐迤晴水喧㮀紫芡村響蜥香秔荷笠漁翁古穿籬守犬獰公衫白紵卷田餉綠筲擎地與膏腴錯人多富壽并相歡時帖泰獨坐歲崢嶸唧嘖蛩吟壁連軒鶴舞楹戍風飄疊鼓鄰月動哀箏未得文章力何由俸祿請和鉛還搰搰持斧自丁丁驚懼疑凋朽功勤過睯瓊凝神披夕秀盡力取朝英蠹簡開塵篋寒燈立曉檠靜翻詞客系閑難史官評天地寧舒慘山川自變更秖能分跖惠誰解等殤彭項豈重瞳聖夔猶一足躨阮高酣麴糵莊達謝犧牲齚舌無勞話寬心豈可盛但從鑪冶鍛莫受廚羅嬰硯撥萍根洗舟衝蓼穗撐短床編翠竹低机(一作几)凭紅櫪霜信催楊柳煙容裹杜蘅桁排巢燕燕屏畫醉猩猩懶檜推嵐影飛泉撼玉琤巃嵷尋遠近握槊鬬輸贏枝壓離披翳簷垂礧磊橙忘情及宗炳抱疾過劉楨野饋夸菰飯江商賈蔗餳送神抱瓦釜留客上瓷䑃舉檝揮青劍鳴榔扣遠缸鳥行沈莽碧(一作蒼)魚隊破泓澄手戟非吾事腰鐮且發硎諒難求摽摽聊欲取錚錚幾歎蟲甘蓼還思鹿美苹愁長難自剪歌斷有誰賡未去師黃石空能說白珩性湍休激浪言莠罷抽萌地僻琴尊獨溪寒杖屨清物齊消臆對戈倒共心盟絲曳靈妃瑟金涵太子笙幽棲膠竹塢仙慮驛蓬瀛想像珠襦鳳追飛翠藥鶯霧簾深杳悄雲磬冷敲鏗籙字多階品華陽足弟兄焚香凝一室盡日思層城匿景崦嵫色呵空渤澥聲吾當營巨黍東去射長鯨

送宣武從事越中按獄

曉看呈使範知欲赦星軺水國難驅傳山城便倚橈秉籌先獨立持法稱高標旌旆臨危堞金絲發麗譙別愁當翠巘宛望隔風潮木落孤帆迥江寒疊鼓飄客鴻吳島盡殘雪剡汀消坐想休秦獄春應到柳條

江南冬至和人懷洛下

昔居清洛淹長恨苦寒遲自作江南客稀遲下雪時有煙栖菊梗無凍落杉枝背日能尋徑臨風尚覆棊鳥聲渾欲轉草色固應知與看平湖上東流或片澌

謹和諫議罷郡敘懷六韻

已報東吳政初捐左契歸天應酬苦節人不犯寒威江上思重借朝端望載飢紫泥封夜詔金殿賜春衣對酒情何遠裁詩思極微待升鎔造日江海問漁扉

全唐詩

陸龜蒙

二遺詩并序

二遺者何石枕材琴薦也石者何松之所化也松者（一作化於）何越之東陽也東陽多名山就中金華爲最枝峰蔓谿秀氣磅礴者數百里不啻神仙登臨草木芬怪永康之地亦蟬聯其間中饒古松往往化而爲石盤根大柯文理曲折盡爲好事者得（一作攻）而致於人間以爲耳目之異太山羊振文得枕材趙郡李中秀得琴薦皆玆石也咸以遺予予以二遺之奇聊賦詩以謝

誰從毫末見參天又到蒼蒼化石年萬古清風吹作籟一條寒溜滴（一作滌）成穿（一作川）閑追金帶徒勞恨靜格朱絲更（一作也）可憐幸與野人俱（一作供）散誕不煩良匠更雕鐫

鵁鶄并序

客有過震澤得（一作尋）水鳥所謂鵁鶄者既予黑襟青脛碧爪丹嘴（一作碧嘴丹爪）色幾及項質甚高而意甚畀（一作草）戚畏人予極哀其野逸性又非以能招累者而囚錄籠檻逼迫窗戶俛喙仰飲爲活大不快眞天地之窮鳥也爲之賦詩擬好事者和

詞賦曾誇鸀鳿流果爲名誤別滄洲雖蒙靜置疎籠晚不似閑栖折葦秋自昔稻粱高鳥畏至今珪組野人讐防徽避繳（一作釣）無窮事好與裁書（一作詩）謝白鷗

新秋月夕客有自遠相尋者作吳體二首以贈

風初寥寥月乍滿杉篁左右供（一作有）餘清因君一話故山事憶鶴互應深溪聲雲門老僧定未起白閣道士遙相迎日闇（一作世間）羽檄日夜急（一作至）掉臂欲歸巖下行

驚聞遠客訪良夜扶病起坐綸巾欹清談白紵思悄悄玉繩銀漢光離離三吳煙霧且如此百越琛賨來何時林端片月落未落強慰別情言後期

閑書

病學高僧置一牀披衣纔暇即焚香閑階雨過苔花潤小簟風來薤葉涼南國羽書催部曲（時黃巢圍廣州告急）東山毛褐傲羲皇升平聞（一作人）道無時節試問中林亦不妨

獨夜

新秋霽夜有清境窮襜（一作檐）病客無佳期生公把經向石說而我對月須人爲獨行獨坐亦獨酌獨玩獨吟還獨悲古稱獨坐與獨立若比羣居終校奇

寄吳融

一夜秋聲入井桐數枝危綠怕西風霏霏晚砌煙華上淅淅疎簾雨氣（一作欲）通君整（一作隱）輪蹄名未了我依琴（一作雲）鶴病相攻到頭江畔從漁事織作中流萬尺（一作疋）篊

中秋待月

轉缺霜輪上轉遲好風偏似送佳期簾斜樹隔情無限燭暗香（一作花）殘坐不辭最愛笙調聞北里漸看星澹失南箕何人爲校清涼力未似（一作欲滅）初圓欲（一作及）午時

重憶白菊（一本作二絕句）

我憐貞白重寒芳前後叢生夾小堂月（一作霜）朵暮（一作併）開無絕豔風莖時動有奇香何慚謝雪清才（一作中情）詠不羨劉梅貴主（一作色）妝更憶幽窗凝一夢（一作望）夜來村落（一作月）有微霜

別墅懷歸

水國初冬和暖天南榮方好背陽眠題詩朝憶復暮憶見月上弦還下弦遙爲晚花吟白菊近炊香稻識紅蓮何人授我黃金百買取蘇君負郭田

寄淮南鄭（一作竇）書記

記室千年翰墨孤唯君才學似應徐五丁驅得神功盡二酉搜來祕檢疎煬帝帆檣留澤國淮王牋奏入班書清詞醉草無因（一作人）見但釣寒江半尺鱸

小雪後書事

時候頻過小雪天江南寒色未曾（一作多）偏楓汀尚憶逢人別麥隴唯應（一作憑）欠雉眠更擬結茅臨水次偶因行藥到村前鄰翁意緒相安慰多（一作曾）說明年是稔年

寒夜同襲美訪北禪院寂上人

月樓風殿靜沈沈披拂霜華訪道林鳥在寒枝棲影動人依古堞坐禪深明時尚阻青雲步半夜猶追白石吟自是海邊鷗伴侶不勞金偈更降心

和襲美江南道中懷茅山廣文南陽博士三首

次韻

一片輕帆背夕陽望三峰拜七眞堂（三茅二許一楊一郭是爲七眞）天寒夜漱雲牙淨雪壞晴梳石髮香自拂煙霞安筆格獨開封檢試砂牀莫言洞府能招隱會輾飆輪見玉皇

壺中行坐可攜天何況（一作向）林間息萬緣組綬任垂三品石佩環從落四公泉丹臺已運陰陽火（一作氣）碧簡須雕（一作調）次第仙（廣文三年猶在場中）想得雷平春色動五（一作玉）芝煙甲（一作草）又芊眠

良常應不動移文金醴從酸亦自醺（蓬萊公洛廣文以金醴四升侍主簿主簿恨其味酸）桂父舊歌飛絳雪桐孫新（一作遺）韻倚玄雲春臨柳谷鶯先覺曙醮蕪香（一作靈蕪）鶴共聞珍重雙雙玉條脫盡憑三鳥寄

羊君

早春雪中作吳體寄襲美

迎春避臘不肎下欺花凍草還飄然光塡馬窟蓋塞外勢壓鶴巢偏殿巔山爐瘿節萬狀火墨突乾衰孫穗煙君披鶴氅獨自立何人解道眞神仙

奉和襲美吳中言情見寄次韻

菰煙蘆雪是儂鄉釣線隨身好坐忘徒愛右軍遺點畫閑披左氏得膏肓無因月殿聞移屧秖有風汀去采香莫問江邊漁艇子玉皇看賜羽衣裳

和襲美揚州看辛夷花次韻

柳疎梅隋少春叢天遣花神別致功高處朵稀難避日動時枝弱易爲風堪將亂蘂添雲肆若得千株（一作枝）便雪宮不待羣芳應有意等閑桃杏即爭紅

奉和襲美行次野梅次韻

飛櫂參差拂早梅強欺寒色尚低徊風憐薄媚留香與月會深情借豔開梁殿得非蕭帝瑞齊宮應是玉兒媒不知謝客離腸醒臨水應（一作剛）添萬恨來

奉和襲美暇日獨處見寄

謝府殷樓少暇時又抛清宴入書帷三千餘歲上下古八十一家文字奇（司馬遷書上下紀三千餘歲太玄有八十一家率多奇字）冷夢漢皐懷鹿隱靜憐煙島覺鴻離知君滿篋前朝事鳳諾龍奴借與窺

奉和襲美見訪不遇

爲愁煙岸老塵囂扶病呼兒斸翠苕秖道府中持簡牘不知林下訪漁樵花盤小墩晴初壓葉擁疎籬凍未燒倚杖徧吟春照午一池冰段幾多消

酬襲美見寄海蟹

藥杯應阻蟹螯香却乞江邊採捕郎自是揚雄知郭索（太玄經云蟹之郭索）且非何胤敢餦餭（何胤侈於食味稍欲去其甚者猶有魁腊糟蟹）骨清猶似含春靄沫白還疑帶海霜強作南朝風雅客夜來偷醉早梅傍

奉和襲美開元寺客省早景即事次韻

日上罘罳疊影紅一聲清梵萬緣空襹褷滿地貝多雪料峭入樓于闐風水榭初抽寥泬思竹窗猶挂夢魂中靈香散盡禪家接誰共殷源小品同（辨正論亦有九流一曰禪家者流殷浩讀小品經下二百籤疑義以問支道林）

獨夜有懷因作吳體寄襲美

人吟側景抱凍竹鶴夢缺月沈枯梧清澗無波鹿無魄白雲有根虬有鬚雲虬澗鹿眞逸調刀名錐利非良圖不然快作燕市飲笑撫肉枅（音磬）眠酒壚

闔閭城北有賣花翁討春之士往往造焉因招襲美

故城邊有賣花翁水曲舟輕去盡通十畝芳菲爲舊業一家煙雨是元功閑添藥品年年別笑指生涯樹樹紅若要見春歸處所不過攜手問東風

奉和襲美病中庭際海石榴花盛發見寄次韻

紫府眞人餉露囊猗蘭燈燭未熒煌丹華乞曙先侵日金焰欺寒却照霜誰與佳名從海曲秖應芳裔出河陽那堪謝氏庭前見一段清香染郄郎

襲美以春橘見惠兼之雅篇因次韻酬謝

到春猶作九秋鮮應是親封白帝煙良玉有漿須讓味明珠無纇亦羞圓堪居漢苑霜梨上合在仙家火棗前珍重更過三十子不堪分付野人邊（王僧辯嘗爲荆南得橘一蔕三十子以獻梁元帝）

奉和襲美病中書情寄上崔諫議次韻

或偃虛齋或在公藹然林下昔賢風庭前有蜨爭煙蘂簾外無人報水筒行藥不離深幌底（時患眼疾）寄書多向遠山中西園夜燭偏堪憶曾爲題詩刻半紅

奉酬襲美病中見寄

逢花逢月便相招忽臥雲航（一作疏）隔野橋春恨與誰同酩酊玄言何處問逍遙題詩石上空迴筆拾蕙汀邊獨倚橈早晚却還巖下電（襲美時有眼疾）共尋芳徑結煙條

奉和襲美病孔雀

懶移金翠傍簷楹斜倚芳叢舊態生唯奈（一作耐）瘴煙籠飲啄可堪春雨滯飛鳴鴛鴦水畔迴頭羨荳蔻圖前舉眼驚爭得鷓鴣來伴（一作往）著不妨還校有心情

上元日道室焚修寄襲美

三清今日聚靈官玉刺齊抽謁廣寒執蓋冒花香寂歷侍晨交佩響闌珊（執蓋侍晨皆仙之貴侶矣）將排鳳節分階易欲校龍書下筆難唯有世塵中小兆夜來心拜七星壇

正月十五惜春寄襲美

六分春色一分休滿眼東波盡是愁花匠凝寒應束手酒龍多病尚垂頭無窮嬾惰齊中散有底機謀敵右侯見織短篷裁小檝拏煙閑弄箇漁舟

襲美病中聞余遊顏家園見寄次韻酬之

日華風蕙正交光羯末相攜藉草塘（羯謝玄小字末謝川小字）佳酒旋傾醽醁嫩短船閑弄木蘭香煙絲鳥拂來縈帶藥蘂人收去約簧今日好爲聯句會不成剛爲欠檀郎

春雨即事寄襲美

小謝輕埃日日飛（小謝詠雨詩有散漫似輕埃句）城邊江上阻春暉雖愁野岸花房凍還得山家藥笋肥雙屐著頻看齒折敗裘披苦見毛稀比鄰釣叟無塵事灑笠鳴蓑夜半歸

奉和襲美抱疾杜門見寄次韻

雖失春城醉上期下帷裁徧未裁詩因吟郢岸百畝蕙秋采商崖三秀枝棲野鶴籠寬使織施山僧飯別教炊但醫沈約重瞳健不怕江花不滿枝

偶掇野蔬寄襲美有作

野園煙裏自幽尋嫩甲香蕤引漸深行歇每依鴉舅影挑頻時見鼠姑心凌風藹彩初攜籠帶露虛疎或貯襟欲助春盤還愛否不妨蕭灑似家林

奉和襲美臥疾感春見寄次韻

共尋花思極飛騰病帶春寒去未能煙徑水涯多好鳥竹牀蒲椅但高僧須知日富爲神授秖有家貧免盜憎除却數函圖籍外更將何事結良朋

徐方平後聞赦因寄襲美

新春旒扆御翬軒海內初傳渙汗恩秦獄已收爲厲氣瘴江初返未招魂英材盡作龍蛇蟄（時停貢舉）戰地多成虎豹村除却數般傷痛外不知何事及王孫

襲美以魚牋見寄因謝成篇

擣成霜粒細鱗鱗知作愁吟喜（一作幸）見分向日乍驚新繭色臨風時辨白萍文（魚子曰白萍）好將花下承金粉堪送天邊

詠碧雲見倚小窗親襞染畫圖春色寄夫君

次和襲美病後春思

氣和靈府漸氤氳酒有賢人藥有君七字篇章看月得百勞言語傍花聞閑尋古寺消晴日最憶深溪枕夜雲早晚共搖孤艇去紫屏風外碧波文

襲美以公齋小宴見招因代書寄之

早雲纔破漏春陽野客晨興喜又忙自與酌量煎藥水別教安置曬書牀依方釀酒愁遲去借樣裁巾怕索將唯待數般幽事了不妨還入少年場

京口

江干古渡傷離情斷山零落春潮平東風料峭客帆遠落葉夕陽天際明戰艗昔浮千騎去釣舟今載一翁輕可憐宋帝籌帷處蒼翠無煙草自生

潤州送人往長洲

秋來頻上向吳亭每上思歸意剩生廢苑池臺煙裏色夜村蓑笠雨中聲汀洲月下菱船疾楊柳風高酒旆輕君住松江多少日爲嘗鱸鱠與蓴羹

潤州江口送人謁池陽衛郎中

山翁曾約舊交歡須拂侯門側注冠月在石頭搖戍角風生江口亞帆竿閑隨野醉溪聲鬧獨伴清譚曉色殘待取新秋歸更好九華蒼翠入樓寒

襲美以紗巾見惠繼以雅音因次韻酬謝

薄如蟬翅背斜陽不稱春前贈罔郎初覺頂寒生遠吹預憂頭白透新霜堪窺水檻澄波影好拂花牆亞蘂香知有芙蓉留自戴（桐柏眞人戴芙蓉冠也）欲峨煙霧訪黃房

聞襲美有親迎之期因以寄賀

梁鴻夫婦欲雙飛細雨輕寒拂雉衣初下雪窗因眷戀次乘煙幰忝光輝參差扇影分華月斷續簫聲落翠微見說春風偏有賀露花千朵照庭闈

襲美以巨魚之半見分因以酬謝

誰與春江上信魚可憐霜刃截來初鱗隳似撤騷人屋腹斷疑傷遠客書避網幾跳山影破逆風曾蹙浪花虛今朝最是家童喜免泥荒畦掇野蔬

奉和襲美館娃宮懷古次韻

鏤楣消落濯春雨蒼翠無言空斷崖草碧未能忘帝女燕輕猶自識宮釵江山祇有愁容在劍珮應和媿色埋須有伍員騷思少吳王纔免似荆懷

同襲美遊北禪院（院即故司勳陸郎中舊宅）

連延花蔓映風廊岸幘披襟到竹房居士祇今開梵處先生曾是草玄堂清尊林下看香印遠岫窗中挂鉢囊今日有情消未得欲將名理問思光

襲美以紫石硯見贈以詩迎之

霞骨堅來玉自愁琢成飛燕（一作物象）古釵頭澄沙脆弱聞應伏青鐵沈埋見亦羞最稱風亭批碧簡好將雲（一作雪）竇漬寒流君能把贈閑吟客偏寫江南物象酬

和襲美送孫發百篇遊天台

直應天授與詩情百詠唯消一日成去把彩毫揮下國歸參黃綬別春卿閑窺碧落懷煙霧暫向金庭隱姓名珍重興公徒有賦石梁深處是君行

奉和襲美聞開元寺開筍園寄章上人

春龍爭地養檀欒況是雙林雨後看迸出似毫當埵壈孤生如恨倚欄干凌虛勢欲齊金刹折贈光宜照玉盤更得錦苞零落後粉環高下挹煙寒

薔薇

倚牆當戶自橫陳致得貧家似不貧外布芳菲雖笑日中含芒刺欲傷人清香往往生遙吹狂蔓看看及四鄰遇有客來堪玩處一端晴綺照煙新

奉和襲美開元寺佛鉢詩

空王初受逞神功四鉢須臾現一重（至今鉢緣有四重也）持次想添香積飯覆時應帶步羅鍾光寒好照金毛鹿響靜堪降白耳龍從此寶函香裏見不須（一作煩）西去詣靈峰

酬襲美夏首病愈見招次韻

雨多青合是垣衣一幅蠻牋夜款扉蕙帶又聞寬沈約茅齋猶自憶王微方靈祇在君臣正篆古須抛點畫肥除却伴談秋水外野鷗何處更忘機

新夏東郊閑泛有懷襲美

遲於春日好於秋野客相攜上釣舟經畧彴時冠暫亞佩笭箵後帶頻搊蒹葭鷺起波搖笠村落蠶眠樹挂鉤料得祇君能愛此不爭煙水似封侯

四月十五日道室書事寄襲美

烏飯新炊芼臛香道家齋日以爲常月苗杯舉存三洞雲蘂函開叩九章一掬陽泉堪作雨數銖秋石欲成霜可中值著雷平信爲覓閑眠苦竹牀

看壓新醅寄懷襲美

曉壓糟牀漸有聲旋如虎澗野泉清身前古態熏應出世上愁痕滴合平飲啄斷年同鶴儉風波終日看人爭尊中若使常能淥兩綬通侯總強名

奉和襲美登初陽樓寄懷北平郎中

遠窗浮檻亦成年幾伴楊公白晝筵日暖煙花曾撲地氣浮星象却歸天閑將水石侵軍壘醉引笙歌上釣船無限恩波猶在目東風吹起細漪漣

奉和夏初襲美見訪題小齋次韻

四鄰多是老農家百樹雞桑半頃麻盡趁清明修網架每和煙雨掉繅車啼鶯偶坐身藏葉餉婦歸來鬢有花不是對君吟復醉更將何事送年華

奉和襲美所居首夏水木尤清適然有作次韻

柿陰成列藥花空却憶桐江下釣筒亦以魚蝦供熟鷺近緣櫻筍識鄰翁閑分酒劑多還少自記書籤白間紅更愛夜來風月好轉思玄度對支公

奉和襲美題達上人藥圃二首

藥味多從遠客齋旋添花圃旋成畦三椏舊種根應異九節初移葉尚低山莢便和幽澗石水芝須帶本池泥從今直到清秋（一作明）日又有香苗幾番（一作畚，筐也）齊

淨名無語示清羸藥草搜來喻更微一雨一風皆遂性花開花落盡忘機教疏兔鏤金弦亂（兔絲別名）自擁龍芻紫汞肥莫怪獨親幽圃坐病容銷盡欲依歸

奉和襲美懷華陽潤卿博士三首

幾降眞官授隱書，洛公曾到夢中無。眉間入靜三辰影，肘後通靈五嶽圖。北洞樹形如曲蓋，東凹山色入薰爐。金墟福地能容否，願作岡前蔣負芻。

火景應難到洞宮，蕭閑堂冷任天風。談玄麈尾拋雲底，服散龍胎在酒中。有路還將赤城接，無泉不共紫河通。奇編早晚教傳授，免以神仙問葛洪。

終日焚香禮洞雲，更思琪樹轉勞神。曾尋下泊（宮名）常經月，不到中峯又累春。仙道最高黃玉籙，暑天偏稱白綸巾。清齋若見茅司命，乞取朱兒十二斤。

以竹夾膝寄贈襲美

截得筼簹冷似龍，翠光橫在暑天中。堪臨蕤簟閑憑月，好向松窗臥跂風。持贈敢齊青玉案，醉吟偏稱碧荷筒。添君雅具教多著，爲著西齋譜一通。

奉和襲美夏景無事因懷章來二上人次韻

簷外青陽有二梅，折來堪下凍醪杯（離騷注云盛夏以醇酒置冰上）。高杉自欲生龍腦，小弁誰能寄鹿胎。麗事肎教饒沈謝，談微（一作微談）何必減宗雷。還聞擬結東林社，爭奈淵明醉不來。

忽憶高僧坐夏堂，厭泉聲鬧笑雲忙。山重海澹懷中印，月冷風微宿上方。病後書求嵩少藥，定迴衣染貝多香。何時更問逍遙義（道林有逍遙遊別義），五粒松陰半石牀。

頃自桐江得一釣車以襲美樂煙波之思因出以爲玩俄辱三篇復抒酬荅

旋屈金鉤劈翠筠，手中盤作釣魚輪。忘情不效孤醒客，有意閑窺百丈鱗。雨似輕埃時一起，雲如高蓋強相親。任他華轂低頭笑，此地終無覆敗人。

曾招漁侶下清潯，獨蠒初隨一錘深。細輾煙華無轍跡，靜含風力有車音。相呼野飯依芳草，迭和山歌逗遠林。得失任渠但取樂，不曾生箇是非心。

病來懸著脆緡絲，獨喜高情爲我持。數幅尚凝煙雨態，三篇能賦蕙蘭詞。雲深石靜閑眠穩，月上江平放溜遲。第一莫教譖此境，倚天功業待君爲。

奉和襲美吳中書事寄漢南裴尚書

風清地古帶前朝，遺事紛紛未寂寥。三泖涼波魚蕝動（遠帆上聞對晉武帝以三泖冬溫夏清），五茸春草雉媒嬌（五茸吳王獵所，茸各有名）。雲藏野寺分金剎，月在江樓倚玉簫。不用懷歸忘此景，吳王看即奉弓招。

奉和襲美夏景冲澹偶作次韻二首

蟬雀參差在扇紗，竹襟輕利箨冠斜。壚中有酒文園會，琴上無弦靖節家。芝畹煙霞全覆穗，橘洲風浪半浮花。閑思兩地忘名者，不信人間髮解華。

祇於池曲象山幽，便是瀟湘浸石樓。斜拂芡盤輕鷺下，細穿菱線小鯢遊。閑開茗焙嘗須徧，醉撥書帷臥始休。莫道仙家無好爵，方諸還拜碧琳侯。

奉和襲美送李明府之任南海

春盡之官直到秋，嶺雲深處凭瀧樓。居人愛近沈珠浦，候吏多來拾翠洲。賨稅盡應輸紫貝，蠻童多學佩金鉤。知君不戀南枝久，拋却經冬白罽裘。

奉和襲美寄題羅浮軒轅先生所居

鼎成仙馭入崆峒，百世猶傳至道風。暫應青詞爲穴鳳，却思丹徼伴冥鴻。金公的的生爐際，瓊刃時時到夢中。預恐浮山歸有日，載將雲室十洲東。

奉和襲美寄瓊州楊舍人

明時非罪謫何偏，鵩鳥巢南更數千。酒滿椰杯消毒霧，風隨蕉葉（一作扇）下瀧船。人多藥戶生（一作行）狂蠱，吏有珠官出俸錢。祇以直誠天自信，不勞詩句詠貪泉。

奉和襲美宿報恩寺水閣

峯抱池光曲岸平，月臨虛檻夜何清。僧穿小檜纔分影，魚擲高荷漸有聲。因憶故山吟易苦，各橫秋簟夢難成。周顒不用裁書勸，自得涼天證道情。

奉和襲美醉中偶作見寄次韻

海鶴飄飄韻莫儕，在公猶與俗情乖。初呈酒務求專判，合禱山祠請自差。永夜譚玄侵罔象，一生交態忘形骸。憐君醉墨風流甚，幾度題詩小謝齋。

奉和襲美寄滑州李副使員外

洛生閑詠正抽毫，忽傍旌旗著戰袍。欃下連營皆破膽，匣離孤匣欲吹毛。清秋月色臨軍壘，半夜淮聲入賊壕。除却征南爲上將，平徐功業更誰高。

奉和襲美吳中言懷寄南海二同年

曾見凌風上赤霄，盡將華藻赴嘉招。城連虎踞山圖麗，路入龍編海舶遙。江客漁歌衝白荇，野禽人語映紅蕉。庭中必有君遷樹（交州記云有君遷樹，朝臺尉佗望漢所築），莫向空臺望漢朝。

奉和襲美傷史拱山人

曾說山棲欲去尋，豈知霜骨葬寒林。常依淨住師冥目，兼事容成學算心（史學浮圖兼善算術）。逋客預齋還梵唱，老猨窺祭亦悲吟。唯君獨在江雲外，誰誄孤貞置峴岑。

白鷗詩（并序）

樂安任君嘗爲涇尉，居吳城中，地纔數畝，而不佩俗物。有池，池中有島嶼，池之南西北邊合三亭，修篁嘉木，掩隱隈隩，處其一不見其二也。君好奇樂異，喜文學名理之士，所得皆清散瑩襲。美知而偕詣，既坐，有白鷗翩然馴於砌下，因請浮而翫之。主人曰：池中之族老矣，每以豪健據有鷗之始浮，輒逐而害之，今畏不敢入。吁！昔人之心蓄機事，猶或舞而不下，況害之哉！且羽族麗於水者多矣，獨鷗爲閑暇，其致不高，耶一旦水有鯨鯢之患，陸有狐狸之憂，儔侶不得命，嘯塵埃不得澡刷，雖棠人之流賞，亦天地之窮鳥也。感而爲詩，邀襲美同作。

慣向溪頭漾淺沙，薄煙微雨是生涯。時時失伴沈山影，往往爭飛雜浪花。晚樹清涼還鸕鷀，舊巢零落寄蒹葭。池塘信美應難戀，針在魚脣劍在蝦。

懷楊台文楊鼎文（一作台鼎）二秀才

秋早相逢待得春，崇蘭清露小山雲（崇蘭小山郡中二堂）。寒花獨自愁中見，曙角多同醒後聞。釣具每隨輕舸去，詩題閑上小樓分。重思醉墨縱橫甚，書破羊欣白練裙。

奉和襲美謝友人惠人參

五葉初成椵樹陰，紫團峯外即雞林。名參鬼蓋須難見，材似人形不可尋。品第已聞升碧簡，攜持應合重黃金。殷勤潤取相如肺，封禪書成動帝心。

嚴子重以詩遊於名勝間舊矣余晚於江南相遇甚樂不幸且沒襲美作詩序而弔之其名眞不朽矣又何戚其死哉余因息悲而爲之和

每值（一作憶）江南日落春十年詩酒愛逢君芙蓉湖上吟船倚翡翠岩前醉馬分祇有汀洲連舊業豈無章疏動遺文猶憐未卜佳城處更斸要離冢畔雲

算山

水繞蒼山固護來當時盤踞實雄才周郎計策清宵定曹氏樓船白晝灰五十八年爭虎視三千餘騎騁龍媒何如今日家天下閶闔門臨萬國開

寄茅山何威儀二首

大小三峰次九華靈蹤今盡屬何家漢時仙上雲巔鶴蜀地春開洞底花閑傍積嵐尋瀑眼便凌殘雪探芝芽年來已奉黃庭教夕鍊腥魂曉吸霞

曾向人間拜節旄乍疑因夢到仙曹身輕曳羽霞襟狹髻聳峨煙鹿幘高山暖不葷峰上薤水寒仍落洞中桃從聞此日搜奇話轉覺魂飛夜夜勞

全唐詩

陸龜蒙

早秋吳體寄襲美

荒庭古樹只獨倚敗蟬殘蛩苦相仍雖然詩膽大如（一作於）斗爭奈愁腸牽似繩短燭初添蕙幌影微風漸折蕉衣稜安得彎弓似明月快箭拂下西飛鵬

病中秋懷寄襲美

病容愁思苦相兼清鏡無形未我嫌貪廣異蔬行徑窄故求偏藥出錢添同人散後休賒酒雙燕辭來始下簾更有是非齊未得重憑詹尹拂龜占

秋賦有期因寄襲美（時將主試貢士）

雲似無心水似閑忽思名在貢書間煙霞鹿弁聊懸著鄰里漁舠暫解還文草病來猶滿篋藥苗衰後即離山廣寒宮樹枝多少風送高低便可攀

和襲美新秋即事次韻三首

心似孤雲任所之世塵中更有誰知愁尋冷落驚雙鬢病得清涼減四支懷舊藥溪終獨往宿枯杉寺已頻期兼須爲月求高處即是霜輪殺滿時

帆襯衣裳盡釣徒往來蹤跡遍三吳閑中展卷興亡小醉後題詩點畫麤松島伴譚多道氣竹窗孤夢豈良圖還須待致昇平了即往（一作任）扁舟放五湖

聲利從來解破除秋灘唯憶下桐廬鸕鷀陣合殘陽少蜻蛚吟高冷雨疎辯伏南華論指指才非玄晏借書書當時任使眞堪笑波上三年學炙魚

和襲美贈南陽潤卿將歸雷平

朝市山林隱一般却歸那減臥雲懽墮階紅葉誰收得半盎清醪客酹（一作醉）乾玉笈詩成吟處曉金沙泉落夢中寒眞仙若降如相問曾步星罡繞醮壇

顧道士亡弟子奉束帛乞銘於襲美因賦戲贈

童初眞府召爲郎君與抽毫刻便房亦謂神仙同許郭不妨才力似班揚比於黃絹詞尤妙酬以霜縑價未當唯我有文無賣處筆鋒銷盡墨池荒

和訪寂上人不遇

芭蕉霜後石欄荒林下無人閉竹房經抄未成拋素几錫環應撼過寒塘蒲團爲拂浮埃散茶器空懷碧餑香早晚却還宗炳社夜深風雪對禪牀

秋夕文宴（得成字）

筆陣初臨夜正清擊銅遙認小金鉦飛觥壯若遊燕市覓句難於下趙城隔嶺故人因會憶傍簷棲鳥帶吟驚梁王座上多詞客五韻甘心第七成（梁昭明嘗文宴賦詩各五韻劉孝威第七方成）

南陽廣文欲於荊襄卜居襲美有贈代酬次韻

不知天隱在何鄉且欲煙霞跡暫雙鶴廟未能齊月馭鹿門聊擬竝雲窗薜銜荒磴移桑屐花浸春醪挹石缸莫惜查頭容釣伴也應東印有餘江

和襲美寄毗陵魏處士朴

經苑初成墨沼開何人林下肎尋來若非宗測圖山後即是韓康賣藥迴溪籟自吟朱鷺曲沙雲還作白鷗媒唯應地主公田熟時送君家麴蘗材

和襲美初冬偶作寄南陽潤卿次韻

逐日生涯敢計冬可嗟寒事落然空窗憐返照緣書小庭喜新霜爲橘紅衰柳尚能和月動敗蘭猶擬倩煙籠不知海上今清淺試與飛書問洛公

和襲美冬曉章上人院

山寒偏是曉來多況值禪窗雪氣和病客功夫經未演故人書信納新磨閑臨靜案修茶品獨傍深溪記藥科從此逍遙知有地更乘清月伴君過

和襲美寄題鏡巖周尊師所居

見說身輕鶴不如石房無侶共雲居清晨自削靈香柹獨夜空吟碧落書十洞飛精應徧吸一簪秋髮未曾梳知君便入懸珠會早晚東騎白鯉魚

寒夜文宴得驚字

各將寒調觸詩情旋見微澌入硯生霜月滿庭人暫起汀洲半夜雁初驚三秋每爲仙題想一日（一作句）多因累句傾千里建康衰草外含毫誰是憶昭明

送潤卿還華陽

何事輕舟近臘回茅家兄弟欲歸來（茅司命以三月十八日十二月二日會於華陽天）封題玉洞虛無奏點檢霜壇沆瀣杯雲肆先生分氣調山圖公子愛詞才殷勤爲向東鄉薦灑掃含眞雪後臺

和襲美爲新羅弘惠上人撰靈鷲山周禪師碑送歸詩

一函迢遞過東瀛祇爲先生處乞銘已得雄詞封靜檢却懷孤影在禪庭春過異國人應寫夜讀滄洲怪亦聽遙想勒成新塔下盡望空碧禮文星

和襲美寒日書齋即事三首每篇各用一韻

不必探幽上鬱岡公齋吟嘯亦何妨唯求薏苡供僧食別著氍毹待客牀春近帶煙分短蕙曉來衝雪撼疎篁餘杭山酒猶封在遙囑高人未肎嘗

已上星津八月槎文通猶自學丹砂（江文通有丹砂可學賦）仙經寫得空三洞隱士招來別九華靜對眞圖呼綠齒偶開神室問黃芽方諸更是憐才子錫賚於君合有差

名價皆酬百萬餘尚憐方丈講玄虛西都賓問曾成賦東海人求近著書（襲美嘗作弔江都賦又新羅僧請爲大師碑文）茅洞煙霞侵寤寐檀溪風月挂樵漁清朝還要廷臣在兩地寧容便結廬

和襲美臘後送内大德從勗遊天台

應緣南國盡南宗欲訪靈溪路暗通（溪在天台山下）歸思不離雙闕下去程猶在四明東銅缾淨貯桃花雨金策閑搖麥穗風（上人指期國清過夏）若戀吾君先拜疏爲論台嶽未封公

和襲美寄題玉霄峯葉涵象尊師所居

天台一萬八千丈師在浮雲端掩扉永夜祇知星斗大深秋猶見海山微風前幾降青毛節雪後應披白羽衣南望煙霞空再拜欲將飛魄問靈威

南陽廣文博士還雷平後寄

微微春色染林塘親撥煙霞坐澗房陰洞雪膠知未入濁醪風破的偷嘗芝臺曉用金鐺（一作鏟）煮星度閑將玉鈴量幾遍侍晨官欲降曙壇先起獨焚香

和襲美題支山南峰僧次韻

眉毫霜細欲垂肩自說初棲海嶽年萬壑煙霞秋後到一林風雨夜深禪時翻貝葉添新藏閒插松枝護小泉好是清冬無外事匡牀齋罷向陽眠

送董少卿遊茅山

咸輦高懸度世名至今仙裔作公卿將隨羽節朝珠闕曾佩魚符管赤城（董嘗判台州）雲凍尚含孤石色雪乾猶墮古松聲應知四扇靈方在待取歸時綠鬢生

和襲美寄懷南陽潤卿

高抱相逢各絕塵水經山疏不離身才情未擬湯從事玄解猶嫌竺道人霞染洞泉渾變紫雪披江樹半和春誰憐故國無生計唯種南塘二畝芹

襲美將以綠罽爲贈因成四韻

三遥風霜利若刀襜褕吹斷罥蓬蒿病中祇自悲龍具世上何人識羽袍狐貉近懷珠履貴薜蘿遥羨白巾高陳王輕煖如相遺免致衰荷效廣騷

和過張祜處士丹陽故居（并序）

張祜字承吉元和中作宮體小詩辭曲豔發當時輕薄之流能其才合譟得譽及老大稍窺建安風格誦樂府錄知作者本意短章大篇往往間出諫諷怨譎時與六義相左右善題目佳境言不可刋置別處此爲才子之最也由是賢俊之士及高位重名者多與之遊謂有鵠鷺之野孔翠之鮮竹柏之貞琴磬之韻或薦之於天子書奏不下亦受辟諸侯府性狷介不容物輒自劾去以曲阿地古澹有南朝之遺風遂築室種樹而家焉性嗜水石常悉力致之從知南海間罷職載羅浮石笋還不蓄善田利產爲身後計死未二十年而故姬遺孕凍餒不暇前所謂鵠鷺孔翠竹柏琴磬之家雖朱輪尚乘遺編尚吟未嘗一省其孤而恤其窮也噫人假之爲玩好不根於道義耻懼其怨刺於神明耶天果不愛才沒而猶譴耶吾一不知之友人顏弘至行江南道中訪其廬作詩弔而序之屬余應和余汨沒者不足哀承吉之道邀襲美同作庶乎承吉之孤倚其傳而有憐者

勝華通子共悲辛荒逕今爲舊宅鄰一代交遊非不貴五湖風月合敎貧魂應絕地爲才鬼名與遺編在史臣聞道平生多愛石至今猶泣洞庭人

和襲美寄廣文先生

忽辭明主事眞君直取姜巴路入雲龍篆拜時輕誥命霓襟披後小玄纁峰前北帝三元會石上東卿九錫文應笑世間名利火等閑靈府剩先焚

和襲美先輩悼鶴

一夜圓吭絕不鳴八公虛道得千齡方添上客雲眠思忽伴中仙劒解形但掩叢（一作蘅）毛穿古堞永留寒影在空屏君才幸自清如水更向芝田爲刻銘

幽居有白菊一叢因而成詠呈知已

還是延年一種材（菊之別名）即將瑶（一作瓊）朶冒霜開不如（一作知）紅豔臨歌扇欲伴黃英入酒杯陶令接䍦堪岸著梁王高屋好欹來（梁朝有白紗高屋帽）月中若有閑田地爲勸嫦娥作意栽

和襲美傷開元觀顧道士

何事神超入杳冥不騎孤鶴上三清多應白簡迎將去即是朱陵鍊更生藥奠肯同椒醑味雲謡空替薤歌聲武皇徒有飄飄思誰問山中宰相名

和襲美醉中即席贈潤卿博士次韻

共是虛皇簡上仙清詞如羽欲飄然登山凡著幾緉（一作量）屐破浪欲乘千里船遠夢只留丹井畔閑吟多在酒旗前誰知海上無名者只記漁歌不記年

送浙東德師侍御罷府西歸

王謝遺蹤玉籍仙三年閑上鄂君船詩懷白閣僧吟苦俸買青田鶴價偏行次野楓臨遠水醉中衰菊臥涼煙芙蓉散盡西歸去唯有山陰九萬牋

送羊振文先輩往桂陽歸覲

風雅先生去一麾過庭才子趣歸期（時使君丈人自毛詩博士出牧）讓王門外開帆葉義帝城中望戟支郢路漸寒飄雪遠湘波初暖漲雲遲靈均精魄如能問又得千年賈傅詞

襲美留振文宴龜蒙抱病不赴猥示倡和因次韻酬謝

綺席風開照露晴祇將茶荈代雲觥繁弦似玉紛紛碎佳妓如鴻一一驚毫健幾多飛藻客羽寒寥落映花鶯幽人獨自西窗晚閑凭香檉反照明

和襲美重送圓載上人歸日本國

老思東極舊巖扉却待秋風泛舶歸曉梵陽烏當石磬夜禪陰火照田衣見翻經論多盈篋親植杉松大幾圍遥想到時思魏闕只應遥拜望斜暉

和襲美褚家林亭

一陣西風起浪花繞欄杆下散瑶華高窗曲檻仙侯府臥（一作折）葦荒芹白鳥家孤島待寒凝片月遠山終日送餘霞若知方外還（一作仙）如此不要秋乘上海槎

歸雁

北走南征象我曹天涯迢遞翼應勞似悲邊雪音猶苦

初背岳雲行未高月島聚棲防暗繳風灘斜起避驚濤
時人不問隨陽意空拾欄邊翡翠毛

王先輩草堂

松遲隈雲到靜堂杏花臨澗水流香身從亂後全家隱
日校人間一倍長金籙漸加新品秩玉皇偏賜羽衣裳
何如聖代彈冠出方朔曾爲漢侍郎

傷越

越谿自古好風煙盜束兵纏已半年訪戴客愁隨水遠
浣紗人泣共埃捐臨焦賴灑王師雨欲墮重登刺史天
早晚山川盡如故清吟閑上鄂君船

新定陪太守一百五夜南館翫月

風雨敎春處處傷一宵雲盡見滄浪全無片燭侵光彩
只有清灘助雪霜煙敝櫂歌歸浦溆露將花影到衣裳
却嫌殷浩南樓夕一帶秋聲入恨長

中元夜寄道侶二首

學餌霜苷骨未輕每逢真夕夢還清丁寧獨受金妃約
許與親題玉篆名月苦撼殘臨水珮風微飄斷繫雲纓
須臾枕上桐窗曉露壓千枝滴滴聲

橘齋風露已淸餘東郭先生病未除孤枕易爲蛩破夢
短簷難得燕傳書廣雲披日君應近倒影裁花我尚疎
唯羨羽人襟似水平持旄節步空虛

寄懷華陽道士

華陽門外五芝生飡罷愁君入杳冥遥夜獨棲還有夢
昔年相見便忘形爲分科斗親鉛槧與說蜉蝣坐竹櫺
醮後幾時歸紫閣別來終日誦黄庭閑敎辨藥僮名甲
靜識窺巢鶴姓丁絶澗飲羊春水膩傍林燒石野煙腥
深沈谷響含疎磬片段嵐光落畫屏休採古書探禹穴
自刊新曆鬬堯蓂珠宫鳳合迎蕭史玉籍人誰訪蔡經
架上黑㯹長禍穩案頭丹篆小符靈霓軒入洞齊初月
羽節升壇拜七星當路獨行衝虎豹向風孤嘯起雷霆
凝神密室多生白叙事聯編盡殺青匝地山川皆暗寫
隱天竽籟祇閑聽分張火力燒金竈拂拭苔痕洗酒鉼
翠壁上吟朝復暮暖雲邊臥醉還醒倚身長短裁筇杖
倩客高低結草亭直用森嚴朝北帝愛將淸淺問東溟
常思近圃看栽杏擬借鄰峰伴采苓擔樹半扉晴靄靄
背琴殘燭曉熒熒舊來捫虱知王猛欲去爲龍歎管寧
蟾魄幾應臨蕙帳漁竿猶尚枕楓汀衡煙細草無端綠
冒雨閑花作意馨掠岸驚波沈翡翠入簷斜照礙蜻蜓
初征漢棧宜飛檄待破燕山好勒銘六轡未收千里馬
一囊空負九秋螢我悲岷伏真方柄他聘雄材似建瓴
合在深崖齊散术（一作木）自求滄海點流萍頻抛俗物心還
爽遠憶幽期目剩瞑見買扁舟東真誥手披仙語任揚
舲

全唐詩

陸龜蒙

人日代客子（是日立春）

人日兼春日長懷復短懷遥知雙綵勝併在一金釵

築城詞二首

城上一培（一作掊）土手中千萬杵築城畏不堅堅城在何
處

莫歎將軍逼（一作築城勞）將軍要却敵城高功亦高爾命何勞
（一作足）惜

古意

君心莫淡薄妾意正栖託願得雙車輪一夜生四角

春曉

春庭曉景別淸露花邐迤黄蜂一過慵夜夜棲香蘂

雜興

桃李傍簷楹無人賞春華時情重不見却憶菖蒲花

鴈

南北路何長中間萬弋張不知煙霧裏幾隻到衡陽

寄遠

鬢亂羞雲卷眉空羨月生中原猶將將何日重卿卿

庭前

合歡能解恚萱草信忘憂盡向庭前種萋萋特地愁

洞房怨

玉鈿朝扶䡈金梯晚下臺春衫將別淚一夜兩難裁

江行

酒旗菰葉外樓影浪花中醉帆張數幅唯待鯉魚風

巫峽

巫峽七百里巫山十二重年年自雲雨環佩竟誰逢

歸路

漸入新豐路衰紅映小橋渾如七年病初得一丸銷

南塘曲

妾住東湖下郎居南浦邊閑臨煙水望認得采菱船

黄金二首

自古黄金貴猶沾駿與才近來簪珥重無可（一作復）上高臺

平分從滿篋醉擲任成堆恰莫持千萬明明買禍胎

夕陽

渡口和帆落城邊帶角收如何茂陵客江上倚危樓

殘雪

桂冷微停素峰乾不偏嵐何谿背林處猶覆定僧菴

古態

古態日漸薄新妝心更勞城中皆一尺非妾髩鬟高

大堤

大堤春日暮驄馬解鏤銜請君留上客容妾薦彫胡

金陵道

北鴈行行直東流澹澹春當時六朝客還道帝鄉人

離騷

天問復招魂無因徹帝閽豈知千麗句不敵一讒言

對酒

後代稱歡伯前賢號聖人且須謀日富不要道家貧

寄南岳客乞靈蕪香

聞說融峰下靈香似反魂春來正堪采試爲斸雲根

山陽燕中郊樂錄

淮上能無雨回頭總是情蒲帆渾未織爭得一歡成

偶作

雙眉初出繭兩鬢正藏鴉自有王昌在何勞近宋家

有示

相對莫辭貧蓬蒿任塞門無情是金玉不報主人恩

秋思三首

桐露珪初落蘭風佩欲衰不知能賦客何似枉(一作捉)刀兒

誰在嫖姚幕能教霹靂車至今思禿尾無以代寒葅

未得同齏杵何時減藥囊莫言天帝醉秦暴不靈長

早春

雨冷唯添暑煙初不著春數枝花顙(一作類)小愁殺扈芳人

懷仙三首

聞道陽都女連娟耳細長自非黃犢客不得到雲房

但服鐶剛子兼吟曲素詞須知臣漢客還見布龍兒

神燭光華麗靈祛羽翼生已傳餐玉粒猶自買雲英

芙蓉

閑吟鮑照賦更起屈平愁莫引西風動紅衣不耐秋

春思

怨鶯新語澀雙蝀闘飛高作箇名春恨浮生百倍勞

風人詩四首

十萬全師出遙知正憶君一心如瑞麥長(一作惟)作兩岐分

破檗供朝爨須憐是苦辛曉天窺落宿誰識獨醒人

旦日思雙屨明時願早諧丹青傳四瀆難寫是秋懷

聞道更新幟多應廢舊旗征衣無伴擣獨處自然悲

樂府雜詠六首

雙吹管

長短裁浮筠參差作飛鳳高樓微(一作明)月夜吹出江南弄

東飛鳧

裁得尺錦書欲寄東飛鳧脛短翅亦短雌雄戀菰蒲

花成子

春風等君意亦解欺桃李寫得去時眞歸來不相似

月成弦

孤光照還沒轉益傷離別妾若是嫦娥長圓不教缺

孤燭怨

前回邊使至聞道交河戰坐想鼓鞞聲寸心攢百箭

金吾子

嫁得金吾子常聞輕薄名君心如不重妾腰徒自輕

子夜四時歌

春

山連翠羽屏草接煙華席望盡南飛燕佳人斷消息

夏

蘭眼擡路斜鶯脣映花老金龍傾漏盡玉井敲冰早

秋

涼漢清泬寥衰林怨風雨愁聽絡緯唱似與羈魂語

冬

南雲(一作光)走冷圭北籟號空木年年任霜霰不減篔簹綠

大子夜歌二首

歌謡數百種子夜最可憐慷慨吐清音明轉出天然

絲竹發歌響假器揚清音不知歌謡妙聲勢出口心

子夜警歌二首

鏤椀傳綠酒雕鑪薰紫煙誰知苦寒調共作白雪弦

恃愛如欲進含羞出不前朱口發豔歌玉指弄嬌弦

子夜變歌三首

人傳歡負情我自未嘗見三更開門去始知子夜變

歲月如流邁春盡秋已至熒熒條上花零落何乃駛

歲月如流邁行已及素秋蟋蟀吟堂前惆悵使儂愁

江南曲五首

魚戲蓮葉間參差隱葉扇鵁鸗鸝鳿窺瀲灩無因見

魚戲蓮葉東初霞射紅尾傍臨謝山側恰值清風起

魚戲蓮葉西盤盤舞波急潛依曲岸涼正直斜光入

魚戲蓮葉南欹危舞煙疊光搖越鳥巢影亂吳娃檝

魚戲蓮葉北澄陽動微漣回看帝子渚稍背鄂君船

全唐詩

陸龜蒙

陌上桑

皓齒還如貝色(一作光)含長者亦似煙華貼鄰娃盡著繡襠襦獨自提筐採蠶葉

自遣詩三十首

自遣詩者震澤別業之所作也故疾未平厭厭臥田舍中農夫日以耒耜事相聒每至夜分不睡則百端興懷攪人思益紛亂無緒且詩者持也謂持其情性使不暴去因作四句詩累至三十絕絕各有意既曰自遣亦何必題爲

五年重別(一作到)舊山村樹有交柯犢有孫更(一作重)感卞峰顔色好曉雲纔散便(一作已)當門

雪下孤村淅淅鳴病魂無睡灑來清心摇秖(一作只)待東窗曉長媿寒雞第一聲

多情多感自難忘秖有風流共古長座上不遺金帶枕陳王詞賦爲誰傷

甫(一作向)里先生未白頭酒旗猶可戰高樓長鯨好鱠無因得乞取餘艎作釣舟

花瀨濛濛紫氣昏(一作紫花瀨在餌者步)水邊山曲更深(一作容)村終須揀取幽棲處(一作地)老檜成雙便作門

陰洞曾爲採藥行冷雲凝絕燭微明玉芝敲折琤然墮

合有眞人(一作官)上姓名

長歎人間髮易華暗將心事許煙霞病來前約分明在
藥鼎書囊便是家

醞得秋泉似玉容比于雲液更應濃思量北海徐劉輩
枉向人間號酒龍

羊侶多應自古豪解盤金稍置纖腰縱然此事教雙得
不博溪田二頃苗

偶然攜稚看微波臨水春寒一倍多便使筆精如逸少
懶能書字換羣鵝

昔聞莊叟迢迢夢又道韓生(一作馬)苒苒(一作冉冉)飛知有姓名聊
寄問更無言語抱斜暉

雪侵春事太無端舞急微還近臘寒應是也疑眞宰怪
休時猶未偏林巒

數尺遊絲墮碧空年年長是惹東(一作春)風爭知天上無人
住亦有春愁鶴髮翁

誰使寒鴉意緒嬌雲情山晚動情憀亂和殘照紛紛舞
應索陽烏次第饒

古往天高事渺茫爭知靈媛不淒涼月娥如有相思淚
秖待方諸寄兩行

本來雲外寄閑身遂與溪雲作主人一夜逆風愁四散
曉來零落傍衣巾

淵明不待公田熟乘興先秋解印歸我爲餘糧春未去
到頭誰是復誰非

雲擁根株抱石危斲來文似瘦蛟螭幽人帶病慵(一作愁)朝
起秪向春山盡日敧

月澹花閑夜已深宋家微詠若遺音重思萬古無人賞
露濕清香獨滿襟(宋玉有微詠賦)

南岸春田手自農往來橫截半江風有時不耐輕橈興
暫欲蓬山訪洛公

賢達垂竿小隱中我來眞作捕魚翁前溪一夜春流急
已學嚴灘下釣筒

水國君王又姓蕭風情由是冠南朝靈和殿下巴江柳
十二旒前舞翠條

強梳蓬鬢整斜冠片燭光微夜思闌天意最饒惆悵事
單棲分付與春寒

無多藥圃近南榮合有新苗次第生稚子不知名品上
恐隨春草鬬輸贏

一派溪隨箬(一作若)下流春來無處不汀洲漪瀾未碧蒲猶
短不見鴛鴦正自由

山下花明水上曛一橈青翰破霞文越人但愛風流客
繡被何須屬鄂君

妍華須是占時生準擬差肩不近情佳麗幾時腰不細
荊王辛苦致宮名

奼女精神似月孤敢將容易入洪爐人間縱道鉛華少
蝶翅新篁未肯無

貞白求丹變姓名主恩潛助亦無成侯家竟換梁天子
王整徒勞作外兵

春雨能膏草木肥就中林野碧含滋唯餘病客相逢背
一夜寒聲減四肢

別墅懷歸

東去滄溟百里餘沿江潮信到吾廬就中家在蓬山下
一日堪憑兩寄書

野井

朱闌前頭露井多碧梧桐(一作桃花)下美人過寒泉未必能如
此柰有銀缾素綆何

南征

丞相南征定有無幕中誰是騁良圖遙知賊膽縱橫破
(一作大)繞帳生犀一萬株

北渡

江客柴門枕浪花鳴機寒艣任嘔啞輕舟過去眞堪畫
驚起鸕鷀一陣斜

夜泊詠棲鴻

可憐霜月暫相依莫向衡陽趁逐(一作隊)飛同是江南(一作天)寒
夜客羽毛單薄稻粱微

早行

水(一作冰)寒孤櫂觸天文直似乘槎去問津縱使碧虛無限
好客星名字也愁人

木蘭堂(一作李商隱詩)

洞庭波浪渺無津日日征帆送遠人幾度木蘭舟上望
不知元是此花身

和襲美春夕陪崔諫議櫻桃園宴

佳人芳樹雜春蹊花外煙濛月漸低幾度豔歌清欲轉
流鶯驚起不成棲

和襲美松江早春

柳下江餐待好風暫時還得狎漁翁一生無事煙波足
唯有沙邊水勃公

和襲美女墳湖(即吳王葬女之所)

水平波淡遶迴塘鶴殉人沈萬古傷應是離魂雙不得
至今沙上少鴛鴦

和襲美泰伯廟

故國城荒德未荒年年椒奠濕中堂邇來父子爭天下
不信人間有讓王

和襲美木蘭院次韻

苦吟清漏迢迢極月過花西尚未眠猶憶故山欹警枕
夜來嗚咽似流泉

和襲美重題薔薇

穠華自古不得久況是倚春春已空更被夜來風雨惡
滿階狼籍沒(一作許)多紅

和襲美春夕酒醒

幾年無事傍江湖醉倒黃公舊酒壚覺後不知明月上
滿身花影倩人扶

和襲美木蘭後池三詠

重臺蓮花

水國煙鄉足芰荷就中芳瑞此難過風情爲與吳王近
紅萼常教一倍多

浮萍

晚來風約半池明重疊侵沙綠罽成不用臨池更相笑
最無根蔕是浮名

白蓮

素蘤多蒙別豔欺此花真(一作端)合在瑤池還應(一作無情)有恨無(一作何)人覺月曉風清欲墮時

和襲美重題後池

曉煙清露暗相和浴雁浮鷗意緒多却是陳王詞賦錯枉將心事托微波

和胥(一作青)門閑泛

細槳輕撶下白蘋故城花謝綠陰新豈無今日逃名士試問南塘著屧人

襲美初植松桂偶題

軒陰冉冉移斜日寒韻泠泠入晚風煙格月姿曾不改至今猶似在山中

和襲美館娃宮懷古五絕

三千雖衣水犀珠半夜夫差國暗屠猶有八人皆二八獨教西子占亡吳

一宮花渚漾漣漪倭墮鴉鬟出繭眉可料座中歌舞袖便將殘節拂降旗

幾多雲榭倚青冥越燄燒來一片平此地最應沾恨血至今春草不勻生

江色分明練繞臺戰帆遙隔綺疏開波神自厭荒淫主勾踐樓船穩帖來

寶袜香綦碎曉塵亂兵誰惜似花人伯勞應是精靈使猶向殘陽泣暮春

和襲美虎丘寺西小溪閑泛三絕

樹號相思枝拂地鳥語提壺聲滿溪雲涯一里千萬曲直是漁翁行也迷

荒柳卧波渾似困宿雲遮塢未全癡雲情柳意蕭蕭會若問諸餘總不知

每逢孤嶼一倚檝便欲狂歌同採薇任是煙蘿中待月不妨欹枕扣舷歸

和襲美天竺寺八月十五夜桂子

霜實常聞秋半夜天台天竺墮雲岑(垂拱中天台桂子落一百餘日方止)如何兩地無人種却是湘灕是桂林

戲題襲美書印囊

鵠銜龜顧妙無餘不愛封侯愛石渠應笑休文過萬卷至今誰道沈家書

和襲美釣侶二章

一艇輕撶看曉濤接䍦抛下漉春醪相逢便倚蒹葭泊更唱菱歌擘蟹螯

雨後沙虛古岸崩魚梁移入亂雲層歸時月墮汀洲暗認得妻兒結網燈

和襲美寄同年韋校書

萬古風煙滿故都清才搜括妙無餘可中寄與芸香客便是江南地里書

和襲美初冬偶作

桐下空階疊綠錢貂裘初綻擁高眠小爐低幌還遮掩酒滴灰香似去年

襲美醉中寄一壺并一絕走筆次韻奉酬

酒痕衣上雜莓苔猶憶紅螺一兩杯正被遶籬荒菊笑日斜還有白衣來

再和次韻

堦下飢禽啄嫩苔野人方倒病中杯寒蔬賣却還沽喫可有金貂換得來

和襲美重玄寺雙矮檜

可憐煙刺是青螺如到雙林誤禮多更憶早秋登北固海門蒼翠出晴波

醉中戲贈襲美

南北風流舊不同傖吳今日若相通病來猶伴金杯滿欲得人呼小褚公

潤卿遺青餸飯兼之一絕聊用荅謝

舊聞香積金仙食今見青精玉斧餐自笑鏡中無骨籙可能飛上紫雲端

文讌招潤卿博士辭以道侶將至一絕寄之

仙客何時下鶴翎方瞳如水腦華清不過傳達楊君夢從許人間小兆聽

再招

遙知道侶談玄次又是文交麗事時雖是寒輕雲重日也留花簟待徐摛

玩金鸂鶒戲贈襲美

曾向溪邊泊暮雲至今猶憶浪花羣不知鏤羽凝香霧堪與鴛鴦覺後聞

子規一首

碧竿微露月玲瓏謝豹傷心獨叫風高處已應聞滴血山榴一夜幾枝紅

寄題天台國清寺齊梁體

峰帶樓臺天外立明河色近罘罳濕松間石上定僧寒半夜楢溪水聲急

奉和諫議酬先輩霜菊

紫莖芳豔照西風秖怕霜華掠斷叢爭柰病夫(一作雖作應劉)難強飲(一作醉)應須速自召車(一作路人終要識山)公

和襲美詠皐橋

橫截春流架斷虹凭欄猶思五噫風今來未必非梁孟却是無人斷伯通

和襲美悼鶴

酆都香稻字重思遙想飛魂去未飢爭柰野鴉無數健黃昏來占舊棲枝

和醉中襲美先起次韻

莫唱豔歌凝翠黛已通仙籍在金閨他時若寄相思淚紅粉痕應伴紫泥

和襲美酒病偶作次韻

柳疎桐下晚窗明秖有微風爲折酲唯欠白綃籠解散(解散王儉髻名時人皆慕之也)洛生閑詠兩三聲

憶白菊

稚子書傳白菊開西成相滯未容迴月明階下窗紗薄多少清香透入來

和同潤卿寒夜訪襲美各惜其志次韻

醉韻飄飄不可親掉頭吟側華陽巾如能跂脚南(一作東)窗下便是羲皇世上人

和襲美寒夜文讌潤卿有期不至

細雨輕觴玉漏終上清詞句落吟中松齋一夜懷貞白

霜外空聞五粒風

移石盆

移得龍泓澈灩寒月輪初下白雲端無人盡日澄心坐
倒影新篁一兩竿

石竹花詠

曾看南朝畫國娃古蘿一作羅衣上碎明霞而今莫共金錢
鬬買却春風是此花

全唐詩

陸龜蒙

和襲美友人許惠酒以詩徵之

凍醪初漉嫩如春輕蟻漂漂雜蘂塵得伴方平同一醉
明朝應作蔡經身

聞圓載上人挾儒書洎釋典歸日本國更作一
絕以送

九流三藏一時傾萬軸光凌渤澥聲從此遺編東去後
却應荒外有諸生

閒吟

閒吟料得三更盡始把孤燈背竹窗一夜西風高浪起
不教歸夢過寒江

秘色越器

九秋風露越窯開奪得千峯翠色來好向中宵盛沆瀣
共嵇中散鬬遺杯

景陽宮井

古堞煙埋宮井樹陳主吳姬墮泉處舜沒蒼梧萬里雲
却不聞將二妃去

江南二首

便風船尾香秔熟細雨層頭赤鯉跳待得江餐閒望足一作處
日斜方動木蘭橈

村邊紫豆花垂次岸上紅梨葉戰初莫怪煙中重回首
酒家一作旗青紵一行書

溪思雨中

雨映前山萬絇一作句絲櫓聲衝破一作碎似鳴機無端織得愁
成段堪作騷人酒病衣

江城夜泊

漏移寒箭丁丁急月挂虛弓靄靄明此夜離魂堪射斷
更須江笛兩三聲

宮人斜

草著一作樹愁煙似不春晚鶯哀怨問行人須知一種埋香
骨猶勝昭君作虜塵

送棊客

滿目山川似勢棊況當秋雁正斜飛金門若召羊玄保
賭取江東太守歸

漢宮詞

招靈閣上霓旌絕柏梁臺中珠翠稠一身三十六宮夜
露滴玉盤青桂秋

上清

玉林風露寂寥清仙妃對月閑吹笙新篁冷澀曲未盡
細拂雲枝棲鳳鸞

秋荷

蒲茸承露有佳色茨葉束煙如效顰盈盈一水不得渡
冷翠遺香愁向人

有別二首

且將絲紼繫蘭舟醉下煙汀減去愁江上有樓君莫上
落花隨浪一作水正東流

池上已看鶯舌默雲間應即雁翰開唯愁別後當風立
萬樹將秋入恨來

病中曉思

月墮霜西竹井寒轆轤絲凍下缾難幽人病久渾成渴
愁見龍書一鼎乾

送友人之湖上

故人溪上有漁舟竿倚風蘋夜不收欲寄一函聊問訊
洪喬寧作置書郵

寒日逢僧

瘦脛高褰梵屧輕野塘風勁錫環鳴如何不向深山裏
坐擁閑雲過一生

冬柳

柳汀斜對野人窗零落衰條傍曉江正是霜風飄斷處
寒鷗驚起一雙雙

寄友人

敬亭寒夜溪聲裏同聽先生講太玄上得雲梯不回首
釣竿猶在五湖邊

鳥樹

波濤漱苦盤根淺風雨飄多著葉遲迴出孤煙殘照裏
鷺鷥相對立高枝

頭陀僧

萬峯圍繞一峯深向此長修苦行心自掃雪中歸鹿跡
天明恐被獵人尋

晚渡

半波風一作飛雨半波晴漁曲飄秋野調清各樣蓮船逗村
去笠簷蓑袂有殘一作餘聲

贈老僧二首

枯貌自同霜裏木餘生唯指佛前燈少時寫得坐禪影
今見問人何處僧

自有家山供衲線不離溪曲取菴茅舊曾聞說林中鳥

定後長來頂上巢

憶山泉

一夜寒聲來夢裏平明著屐到聲邊心期盛夏同(一作重)過
此肐却荷衣石上眠

白芙蓉

澹然相對却成勞月染風裁箇箇高似説玉皇親謫墮
至今猶著水霜袍

嚴光釣臺

片帆竿外揖清風石立(一作上)雲孤萬古中不是狂奴爲故
態仲華爭得黑頭公

讀陳拾遺集

蓬顆何時與恨平蜀江衣帶蜀山輕尋聞騎士梟黃祖
自是無人祭禰衡

吳宮懷古

香逕長洲盡棘叢奢雲豔雨秖悲風吳王事事須亡國
未必西施勝六宮

送琴客之建康

蕙風杉露共泠泠三峽寒泉漱玉清君到南朝訪遺事
柳家雙鎖舊知名

閨怨

白袷行人又遠遊日斜空上映花樓愁絲墮絮相逢著
絆惹春風卒未休

丁香

江上悠悠人不問十年雲外醉中身殷勤解却丁香結
縱(一作從)放繁枝散誕春

種蒲

杜若溪邊手自移旋抽煙劒碧參差何時織得孤帆去
懸向秋風訪所思

范蠡

平吳專越禍胎深豈是功成有去心句踐不知嫌鳥喙
歸來猶自鑄良金

山僧二首

山蘚幾重生草履澗(一作洞)泉長自滿銅缾時將如意敲眠
虎遣向林間坐聽經

一夏不離蒼島上秋來頻話石城南思歸瀑布聲前坐
却把松枝拂舊菴

上雲樂

青絲作筰(一作笮)桂爲船白兔擣藥蝦蟇丸便浮天漢泊星
渚回首笑君承露盤

新秋雜題六首

眠

一簟臨窗薤葉秋小簾風蕩半離鉤魂清雨急夢難到
身在五湖波上頭

行

尋人直到月塢北覓鶴便過雲峰西只今猶有疎野調
但繞莓苔風雨畦

倚

橘下凝情香染巾竹邊留思露摇身背煙垂首(一作手)盡日
立憶得山中無事人

吟

憶山摇膝石上晚懷古掉頭溪畔涼有時得句一聲發
驚起鷺鷥和夕陽

食

日午空齋帶睡痕水蔬山藥薦盤餐林鳥信我無機事
長到而今下石盆

坐

偶避蟬聲來隙地忽隨鴻影入遼天閑僧不會寂寥意
道學西方人坐禪

新沙

渤澥聲中漲小隄官家知後海鷗知蓬萊有路教人到
應亦年年稅紫芝

鄴宮詞二首

魏武平生不好香楓膠蕙炷潔宮房可知遺令非前事
却有餘薰在繡囊

花飛蝶駭不愁人水殿雲廊別置春曉日靚妝千騎女
白櫻桃下紫綸巾

古別離

仙人左手把長箭欲射日烏烏不棲何事離情畏明發
一心唯恨汝南雞

高道士

峩眉道士風骨峻手把玉皇書一通東遊借得琴高鯉
騎入蓬萊清淺中

蔬食

孔融不要留殘膾庾悅無端恡子鵝香稻熟來秋菜嫩
伴僧餐了聽雲和

寄遠

縹梨花謝鶯口喫黃犢少年人未歸畫扇紅弦相掩映
獨看斜月下簾衣

山中僧

手關(一作閉)一室翠微裏日暮白雲棲半間白雲朝出天際
去若比老僧猶(一作雲)未閑

洞宮秋夕

濃霜打葉落地聲南溪石泉細泠泠洞宮寂寞人不去
坐見月生雲母屏

連昌宮詞二首

門

金鋪零落獸鐶空斜掩雙扉細草中日暮鳥歸(一作啼)宮樹
綠不聞鴉軋閉春風

階

草没苔封疊翠斜墜紅千葉擁殘霞年年直爲秋霖苦
滴陷青珉隱起花

懷宛陵舊遊

陵陽佳地昔年遊謝朓青山李白樓唯有日斜溪上思
酒旗風影落春流

松石曉景圖

霜骨雲根慘澹愁宿煙封著未全收將歸與説文通後
寫得松江岸上秋

釣車

小輪輕線妙無雙曾伴幽人酒一缸洛客見詩如有問

輾煙銜雨過桐江

漉酒巾

靖節高風不可攀此巾猶墜(一作墮)凍醪間偏宜雪夜山中戴認取時情與醉顏

華陽巾

蓮花峰下得佳名雲褐相兼上鶴翎須是古壇秋霽後靜焚香炷禮寒星

方響

擊霜寒玉亂丁丁花低秋風拂坐生王母閑看漢天子滿猗蘭殿佩環聲

白鷺

雪然飛下立蒼苔應伴江鷗拒我來見欲扁舟搖蕩去倩君先作水雲媒

溪行

晚天寒雨上灘時他已揚舲我尚遲自是檣低帆幅少溪風終不兩般吹

太湖叟

細槳輕船賣石歸酒痕狼籍徧苔衣攻車戰艦繁如織不肎回頭問是非

荅友人

荆卿雄骨化爲塵燕市應無共飲人能脫鷫鸘來換酒五湖賒與一年春

偶作

酒信巧爲縁病緒花音長作嫁愁媒也知愁病堪回避爭柰流鶯喚起來

春思二首

竹外麥煙愁漠漠短翅啼禽飛魄魄此時憶著千里人獨坐支頤看花落

江南酒熟清明天高高綠旆當風懸誰家無事少年子滿面落花猶醉眠

訪僧不遇

櫂倚東林欲問禪遠公飛錫未應還蒙莊弟子相看笑何事空門亦有關

謝山泉

決決春泉出洞霞石壜封寄野人家草堂盡日留僧坐自向前溪摘茗芽

洞宮夕(一作華陽觀)

月午山空桂花(一作中天月冷霜華)落華陽道士雲衣薄石壇香(一作風)散步虛聲杉雲(一作露)清泠(一作冷冷)滴栖鶴

峽客行

萬仞峰排千劍束孤舟夜繫峰頭宿巒溪雪壞蜀江傾灩澦朝來大如屋

江邊

江邊日晚潮煙上樹裏鵶鵶桔槔響無因得似灌園翁十畝春蔬一藜杖

簾

枕映疎容晚向軟秋煙脉脉雨微微逆風障燕尋常事不學人前當妓衣

開元雜題七首

玉龍子

何代奇工碾玉英細髯纖角盡雕成煙乾霧悄君心苦風雨長隨一擲聲

照夜白

雪蚪輕駿步如飛一練騰光透月旗應笑穆王抛萬乘踏風鞭露向瑤池

舞馬

月窟龍孫四百蹄驕驤輕步應金鞞曲終似要君王寵回望紅樓不敢嘶

雜伎

拜象馴犀角觝豪星丸霜劒出花高六宮爭近乘輿望珠翠三千擁赭袍

雪衣女

嫩紅鉤曲雪花攢月殿棲時片影殘自說夜來春夢惡學持金偈玉欄干

繡嶺宮

繡嶺花殘翠倚空碧窗瑤砌舊行宮閑乘小駟濃陰下時舉金鞭半袖風

湯泉

暖殿流湯數十間玉渠香細浪回環上皇初解雲衣浴珠櫂時敲瑟瑟山

題杜秀才水亭(一本題上有荆溪早景四字)

曉和風露立晴煙秪恐腥魂涴洞天雲肆有龍君若買便敲初日鑄金錢

翠碧

紅襟翠翰兩參差徑拂煙華上細枝春水漸生魚易得莫辭風雨坐多時

全唐詩

陸龜蒙

水國詩(以下雜體詩)

水國不堪旱斯民生甚微直至葭菼少敢言魚蟹肥我到荒村無食陷對案又非梁謝覽況是乾苗結子疎歸時秪得藜羹糝

井上桐

美人傷別離汲井長待曉愁因轆轤轉驚起雙棲鳥獨立傍銀牀碧桐風嫋嫋

門前路

門前向城路一直復一曲曲去日中(一作終)還直行日暮宿

何必日中還曲途荆棘間

彼農二章

世路澆一作巇險淳風蕩除彼農家流猶存厥初藁焉而席茨焉而居首亂如葆形枯若腒大耋既鮐童子未鯊音魚以負以載悉耨悉鉏我慕聖道我躭古書小倦於學時遊汝廬有飯一盛莫鹽莫蔬有繻一緹不襟不袪所謂飢寒汝何逭歟

禹貢厥田上下各異善人爲邦民受其賜去年西成野有遺穗今夏南畝旱氣赤地遭其豐凶槩歛無二退輸弗供進訴弗視號于旻天以血爲淚孟子有言王無罪歲詩之窮辭以嫉悍吏

奉酬襲美苦雨見寄

松篁交加午陰黑別是江南煙靄國頑雲猛雨更相欺聲似虓號色如墨茅茨裛爛簷生衣夜夜化爲螢火飛螢飛漸多屋漸薄一注愁霖當面落愁霖愁霖爾何錯滅頂於余奚所作既不能賦似陳思王又不能詩似謝康樂曹有愁霖賦謝有愁霖詩昔年嘗過杜子美亦得高歌破印紙慣曾掀攪大筆多爲我才情也如此高揖愁霖詞未已披文忽自皮夫子哀弦怨柱合爲吟恍我窮棲蓬藋裏初悲濕翼何由起末欲戕天叩天耳其如玉女正投壺笑電霏霏作天喜我本曾無一稜去聲田平生嘯傲空漁船有時赤脚弄明月踏破五湖光底天去歲王師東下急輸兵粟盡民相泣伊予不戰不耕人敢怨烝黎無糝粒不然受性圓如規千姿萬態分毫釐唾壺虎子盡能執舐痔折枝無所辭有頭強方心強直撐拄頽風不量力自愛垂名野史中寧論抱困荒城側唯君浩歎非庸人分衣輟飲來相親橫眠木榻忘華薦對食露葵輕八珍欲窮玄鳳未白欲懷仙鯨尚隔不如驅入醉鄉中只恐醉鄉田地窄

夏日閑居作四聲詩寄襲美

平聲

荒池菰蒲深閑堦莓苔平江邊松篁多人家簾櫳清爲書淩遺編調弦夸新聲求歡雖殊途探幽聊怡情

平上聲

朝煙涵樓臺晚雨染島嶼漁童驚狂歌艇子喜野語山容堪停杯柳影好隱暑年華如飛鴻斗酒幸且舉

平去聲

新開窗猶偏自種蕙未徧書籤風搖聞釣榭霧破見耕耘閑之資嘯詠性最便希夷全天真詎要問貴賤

平入聲

端居愁無涯一夕髮欲白因爲鸞章吟忽憶鶴骨客手披丹臺文脚著赤玉舄如蒙清音酬若渴吸月液

奉酬襲美苦雨四聲重寄三十二句

平聲

幽棲眠疎窗豪居憑高樓浮漚驚跳丸寒聲思重裘牀前垂文竿巢邊登輕舟雖無東皐田還生魚乎憂

平上聲

層雲愁天低久雨倚檻冷絲禽藏荷香錦鯉繞島影心將時人乖道與隱者靜桐陰無深泉所以逞短綆

平去聲

烏蟾俱沈光晝夜恨暗度何當乘雲螭面見上帝愬臣言陰雲一作霾欺詔用利劒付迴車誅羣姦自散萬籟怒

平入聲

危簷仍空堦十日滴不歇青莎看成狂白菊即欲沒吳王荒金尊越妾挾玉瑟當時雖愁霖亦若惜落月

曉起即事因成迴文寄襲美

平波落一作送月吟閑景一作境暗幌浮煙思起人清露曉垂花謝半遠風微動蕙抽新城荒上處樵童小石蘚分來宿鷺馴晴寺野尋同去好古碑苔字細書勻

回文

靜煙臨碧樹殘雪背晴樓冷天侵極戍寒月對行舟

疊韻山中吟

瓊英輕明生石脉滴瀝碧玄鉛仙偏憐白幘客亦惜

雙聲溪上思

溪空唯容雲木密不隕雨迎漁隱映間安問謳鴉櫹

疊韻吳宮詞二首

廥愉吳都姝眷戀便殿宴逡巡新春人轉面見戰箭

紅櫳通東風翠珥醉易隊平明兵盈城棄置遂至地

和胥口即事

雨後山容若動天寒樹色如消目送迴汀隱隱心隨挂鹿搖搖白蒻知秋露裛青楓欲暮煙饒莫問吳趨行樂酒旗竿倚河橋

把釣絲隨浪遠采蓮衣染香濃綠倒紅飄欲盡風斜雨細相逢斷岸沈漁罺罨約罨二音魚網也鄰村送客艤舠即是清霜剖野乘閑莫厭來重

齊梁怨別

寥寥缺月看將落簷外霜華染羅幕不知蘭棹到何山應倚相思樹邊泊

閑居雜題五首以題十五字離合

鳴蜩早

閑來倚杖柴門口鳥下深枝啄晚蟲周步一池銷半日十年聽此鬢如蓬

野態真

君如有意躭田里予亦無機向藝能心跡所便唯是直人間聞道最先憎

松間斟

子山園靜憐幽木公幹詞清詠蓽門月上風微蕭灑甚斗醪何惜置盈尊

飲巖泉

已甘茅洞三君食欠買桐江一朶山嚴子瀨高秋浪白水禽飛盡釣舟還

當軒鶴

自笑與人乖好尚田家山客共柴車干時未似棲盧一作接盧雀鳥道閑攜相爾書

藥名離合夏日即事三首

乘屐著來幽砌滑石甖煎得遠泉甘草堂祗待新秋景天色微涼酒半酣

避暑最須從樸野葛巾筠席更相當歸來又好乘涼釣藤蔓陰陰著雨香

窗外曉簾還自卷柏煙蘭露思晴空青箱有意終須續斷簡遺編一半通

和襲美懷錫山藥名離合二首

鶴伴前溪栽白杏人來陰洞寫枯松蘿深境靜日欲落石上未眠聞遠鐘

佳句成來誰不伏神丹偷去亦須防風前莫怪攜詩藁本是吳吟蕩槳郎

和襲美懷鹿門縣名離合二首

雲容覆枕無非白水色侵磯直是藍田種紫芝飡可壽春來何事戀江南

竹溪深處猿同宿松閣秋來客共登封逕古苔侵石鹿城中誰解訪山僧

寒日古人名

初寒朗詠裴回立欲謝玄關早晚開昨日登樓望江色魚梁鴻雁幾多來

句

幾點社翁雨一番花信風（見提要錄） 水鳥歌婦女衣襟便佞舌（以下並見海錄碎事） 溪山自是清涼國松竹合封蕭灑侯 山上花明水上曛一橈青翰破霞文 白帝霜輿欲御秋（以下見侯鯖錄） 頭方不會王門事塵土空緇白苧衣 但說漱流并枕石不辭蟬腹與龜腸 秋來嬾上向吳亭（見方輿勝覽）

全唐詩

張賁

張賁字潤卿南陽人登大中進士第唐末爲廣文博士嘗隱于茅山後寓吳中與皮陸遊詩十六首

旅泊吳門

一舸吳江晚堪憂病廣文鱸魚誰與伴鷗鳥自成羣反照縱橫水斜空斷續雲異鄉無限思盡付酒醺醺

貴中間有吳門旅泊之什蒙魯望垂和更作一章以伸訓謝

偶發陶匏響皆蒙組繡文清秋將落帽子夏正離羣有恨書燕雁無聊賦郢雲徧看心自醉不是酒能醺

酬襲美先見寄倒來韻

尋疑天意喪斯文故選茅峰寄白雲酒後只留滄海客香前唯見紫陽君近年已絕詩書癖今日兼將筆硯焚爲有此身猶苦患不知何者是玄纁

奉和襲美醉中即席見贈次韻

桂枝新下月中仙學海詞鋒譽藹然文陣已推忠信甲窮波猶認孝廉船清標稱住羊車上俗韻慚居鶴氅前共許逢蒙快弓箭再穿楊葉在明年

奉和襲美題褚家林亭

疎野林亭震澤西朗吟閑步喜相攜時時風折蘆花亂處處霜摧稻穗低百本敗荷魚不動一枝寒菊蝶空迷今朝偶得高陽伴從放山翁醉似泥

奉和襲美傷開元觀顧道士

鳳麟膠盡夜如何共歎先生劍解多幾度弔來唯白鶴此時乘去必青騾圖中含景隨殘照琴裏流泉寄逝波惆悵真靈又空返玉書誰授紫微歌

和魯望白菊

雪彩冰姿號女華寄身多是地仙家有時南國和霜立幾處東籬伴月斜謝客瓊枝空貯恨袁郎金鈿不成誇自知終古清香在更出梅粧弄晚霞

奉和襲美先輩悼鶴

池塘蕭索掩空籠玉樹同嗟一土中莎徑罷鳴唯泣露松軒休舞但悲風丹臺舊氅難重緝紫府新書豈更通雲減霧消無處問只留華髮與衰翁

偶約道流終乖文會荅皮陸

儷侶無何訪蔡經兩煩韶濩出彤庭人間若有登樓望應怪文星近客星

和襲美寒夜見訪

雲孤鶴獨且相親倣効從它折角巾不用吳江歎留滯風姿俱是玉清人

和襲美醉中先起次韻

何事桃源路忽迷惟留雲雨怨空閨僊郎共許多情調莫遣重歌濁水泥

和皮陸酒病偶作

白編椰席鏤冰明應助楊青解宿酲難繼二賢金玉唱可憐空作斷猿聲

送浙東德師侍御罷府西歸

孤雲獨鳥本無依江海重逢故舊稀楊柳漸疏蘆葦白可憐斜日送君歸

以青飿飯分送襲美魯望因成一絕

誰屑瓊瑤事青飿舊傳名品出華陽應宜仙子胡麻拌因送劉郎與阮郎

玩金鸂鶒和陸魯望

翠羽紅襟鏤彩雲雙飛常笑白鷗羣誰憐化作彫金質從倩沈檀十里聞

悼鶴和襲美

渥頂鮮毛品格馴莎庭閑暇重難羣無端日暮東風起飄散春空一片雲

崔璐

崔璐登咸通七年進士第詩一首

覽皮先輩盛製因作十韻以寄用伸款仰

河嶽挺靈異星辰精氣殊在人爲英傑與國作禎符襄陽得奇士俊邁真龍駒勇果魯仲由文賦蜀相如渾浩江海廣葩華桃李敷小言入無間大言塞空虛幾人遊赤水夫子得玄珠鬼神爭奧秘天地惜洪鑪既有曾參行仍兼君子儒吾知上帝意將使居黃樞好保千金體須爲萬姓謨

李縠

李縠字德師咸通進士唐末爲浙東觀察推官兼殿中侍御史詩四首

浙東罷府西歸酬別張廣文皮先輩陸秀才

豈有頭風筆下痊浪成蠻語向初筵蘭亭舊趾雖曾見柯笛遺音更不傳照曜文星吳分野留連花月晉名賢相逢只恨相知晚一曲驪歌又幾年

和皮日休悼鶴

才子襟期本上清陸雲家鶴伴閑情猶憐反顧五六里

何意忽歸十二城露滴誰聞高葉墜月沈休藉半階明人間華表堪留語剩向秋風寄一聲

道林曾放雪翎飛應悔庭除閉羽衣料得王恭披鶴氅倚吟猶待月中歸

醉中襲美先月中歸

休文雖即逃瓊液阿鶩還須掩玉閨月落金鷄一聲後不知誰悔醉如泥

崔璞

崔璞清河人蘇州刺史咸通初歷右散騎常侍詩二首

奉酬皮先輩霜菊見贈

菊花開晚過秋風聞道芳香正滿叢爭奈病夫難强飲應須速自召車公

蒙恩除替將還京洛偶叙所懷因成六韻呈軍事院諸公郡中一二秀才

兩載求人瘼三春受代歸務繁多簿籍才短乏恩威共理乖天獎分憂值歲饑遽蒙交郡印到任十二箇月除替未及三年安敢整朝衣作牧慙爲政思鄉念式微儻容還故里高臥掩柴扉

魏朴

魏朴字不琢毘陵人詩二首

和皮日休悼鶴

直欲裁詩問杳冥豈教靈化亦浮生風林月動疑留魄沙島香愁似蘊情雪骨夜封蒼蘚冷練衣寒在碧塘輕人間飛去猶堪恨況是泉臺遠玉京

經秋宋玉已悲傷況報胎禽昨夜亡霜曉起來無問處伴僧彈指遶荷塘

羊昭業

羊昭業字振文吴人唐末登進士第大順中嘗預修國史有集十五卷今存詩一首

皮襲美見留小讌次韻

澤國春來少遇晴有花開日且飛觥王戎似電休推病周顗纔醒衆却驚芳景漸濃偏屬酒煖風初暢欲調鶯知君不肯然官燭爭得華筵徹夜明時襲美眼疾未平不飲酒故云

顔萱

顔萱字弘至江南進士中書舍人蕘之弟詩三首

送羊振文歸覲桂陽

高掛吴帆喜動容問安歸去指湘峯懸魚庭内芝蘭秀駁鶴門前薜荔封蘇耽舊宅在桂州紅旆正憐棠影茂綵衣偏帶桂香濃臨岐獨有霑襟戀南巷當年共化龍先輩與拾遺叔父同年

送圓載上人

師來一世恣經行却泛滄波問去程心静已能防渴鹿鼙喧時爲駭長鯨師云舟人遇鯨則鳴鼓以恐之禪林幾結金桃重日本金桃一實重一斤梵室重修鐵瓦輕以鐵爲瓦輕于陶者料得還鄉無别利只應先見日華生

過張祜處士丹陽故居有序

萱與故張處士祜世家通舊尚憶孩稚之歲與伯氏嘗承處士撫抱之仁目管轄爲神童期孔融於偉器光陰徂謝二紀於茲適經其故居已易他主訪遺孤之所止則距故居之右二十餘步荆榛之下華門啓焉處士有四男一女男曰椿兒桂子椅兒杞兒問之三已物故唯杞爲遺孕與其女尚存欲揖杞與言則又求食於汝墳矣但有霜鬢而黄冠者杖策迎門乃昔時愛姬崔氏也與之話舊歷然可聽嗟乎葛帔練裙兼非所有琴書圖籍盡屬他人又云横塘之西有故田數百畝力既貧窶十年不耕唯歲賦萬錢求免無所嗚呼昔爲穆生置醴鄭公立鄉者復何人哉因吟五十六字以聞好事者

憶昔爲兒逐我兄曾抛竹馬拜先生書齋已換當時主詩壁空題故友名豈是爭權留怨敵可憐當路盡公卿柴扉草屋無人問猶向荒田責地征

鄭壁

鄭壁唐末江南進士詩四首

和襲美傷顧道士

斜漢銀瀾一夜東飄飄何處五雲中空留華表千年約纔畢丹爐九轉功形蛻遠山孤壙月影寒深院曉松風門人不覩飛昇去猶與浮生哭恨同

奉和陸魯望白菊

白艷輕明帶露痕始知佳色重難羣終朝疑笑梁王雪盡日慵飛蜀帝魂燕雨似翻瑶渚浪雁風疑卷玉綃紋瓊妃若會寬裁剪堪作蟾宫夜舞裙

和襲美索友人酒

乘興閑來小謝家便裁詩句乞榴花邴原雖不無端醉也愛臨風從鹿車

文燕潤卿不至

已知羽駕朝金闕不用燒蘭望玉京應是易遷明月好玉皇留看舞雙成

全唐詩

司空圖

司空圖字表聖河中虞鄉人咸通末擢進士第由宣歙幕歷禮部郎中僖宗行在用爲知制誥中書舍人歸隱中條山王官谷龍紀乾寧間徵拜舊官及以户兵二部侍郎召皆不起遷洛後被詔入朝以野耄丐歸朱全忠受禪召爲禮部尚書不食而卒圖少有俊才晚年避世棲遯自號知非子耐辱居士有先世别墅泉石林亭頗愜幽趣日與名僧高士遊詠其中有一鳴集三十卷内詩十卷今編詩三卷

塞上

萬里隋城在三邊虜氣衰沙填孤障角燒斷故關碑馬色經寒慘鵰聲帶晚悲一作飢將軍正閑暇留客换歌辭

寄永嘉崔道融

旅寓雖難定乘閑是勝遊碧雲蕭寺霽紅樹謝邨秋戍鼓和潮暗船燈照島幽詩家多滯此風景似相留

下方

三十年來往中間京洛塵倦行今白首歸臥已清神坡暖冬抽一作生筍松凉夏健人更慚徵詔起避世迹非真

華下

日炙旱雲裂迸爲千道血天地沸一鑊竟自烹妖孽堯湯遇災數災數還中輟何事姦與邪古來難撲滅

僧舍貽友

笑破人間事吾徒莫自欺解吟僧亦俗愛舞鶴終卑竹上題幽夢溪邊約敵棋舊山歸有阻不是故遲遲

下方

昏旦松軒下怡然對一瓢雨微吟思(一作春未)足花落夢無聊細事當棋遣衰容喜鏡饒溪僧有深趣書至又相邀

華下送文浦(一作涓)

郊居謝名利(舊史云河北亂圖寓華陰)何事最相親漸與論詩久皆知得句新川明虹照雨樹密鳥銜人應念從今去還來嶽下頻

自誡

我祖銘座右嘉謀貽厥孫勤此苟不怠令名日可存媒衒士所耻慈儉道所尊松柏豈不茂桃李亦自繁衆人皆察察而我獨昏昏取訓於老氏大辯欲訥言

效陳拾遺子昂感遇二首

高燕飛何捷啄害恣羣雛人豈玩其暴華軒容爾居強欺自天稟剛吐信吾徒乃知不平者嬌世道終孤陽和含煦潤卉木競紛華當爲衆所悦私已汝何誇北里祕穠豔東園鎖名花豪奪乃常理笑君徒咄嗟

效陳拾遺子昂

醜婦競簪花花多映愈醜鄰女恃其姿掇之不盈手量已苟自私招損乃誰咎寵祿既非安於吾竟何有

感時

好鳥無惡聲仁獸肯狂噬寧教鸚鵡啞不遣麒麟細(一作吠)人人語與默唯觀利與勢愛毀亦自遭掩謗終失計

秋思

身病時亦危逢秋多慟哭風波一搖蕩天地幾翻覆孤螢出荒池落葉穿破屋勢利長草草何人訪幽獨

早春

傷懷同(一作仍)客處病眼却花朝草嫩侵沙短(一作長)冰輕著雨消風光知可愛容髮不相饒早晚丹丘去(一作伴)飛書肯(一作首)見招

上陌梯寺懷舊僧二首

雲根禪客居皆說舊無(一作吾)廬松日明金像山風(一作苔龕)響木魚依棲應不阻名利本來疎縱有人相問林間懶拆書

高鴉隔谷見路轉寺西門塔影蔭泉脉山苗侵燒痕鐘疎含杳靄閣(一作閣)迴亘黃昏更待他僧到長如前信存

寄懷元秀上人

悠悠干祿利草草廢漁樵身世堪惆悵風騷頓(一作頗)寂寥高秋期步野積雨放趨朝得句如相憶莎齋且見招

次韻和秀上人遊南五臺

中峰曾到處題記沒蒼苔振錫傳深谷翻經想舊臺危松臨砌偃驚鹿驀溪來內殿御(一作評)詩切(師以文章應制)身迴心未迴

贈圓昉公(昉蜀僧僖宗幸蜀昉墜免紫衣)

天階讓紫衣冷格鶴猶卑道勝嫌名出身閑覺老遲曉(一作晚)香延宿火寒磬度高枝每說長松寺他年與我期

贈信美寺岑上人

巡禮諸方遍湘南頻有緣焚香老山寺乞食向江船紗碧籠名畫燈寒照淨禪我來能永日蓮漏滴寒泉(一作堦前)

江行二首

地濶分吳塞楓高映楚天曲(一作迴)塘春盡雨方響夜深船(舊唐書方響以鐵爲之長九寸廣二寸員上方下)行紀添新夢羈愁甚往年何時京洛路馬上見人煙

初程風信好迴望失津樓日帶潮聲晚煙含楚色秋戍旗當遠客島樹轉驚鷗此去非名利孤帆任白頭

長安贈王注(一作法)

正下搜賢詔多君獨避名客來當意愜花發遇歌成樂地留高趣權門讓後生東方御閑駟(一作東風閑小駟)園外好同行

贈步寄李員外

危橋轉溪路經雨石叢荒幽瀑下仙果孤巢懸夕陽病辭青瑣祕心在紫芝房更喜諧招隱詩家有望郎

寄鄭仁規

清才鄭小戎標的貴遊中萬里雲無侶三山鶴不籠香和丹地暖晚着綵衣風榮路期經濟唯應在至公

寄考功王員外

喜聞三字耗閑客是陪遊白鳥閑疎索青山日滯留琴如高韻稱詩愧逸才酬更勉匡君志論思在獻謀

雜言(一作短歌行)

烏飛飛兎蹶蹶朝來暮去驅時節女媧祇解補青天不解煎膠黏日月

陳疾

自憐旅舍亦酣歌世路無機奈爾何霄漢逼(一作碧)來心不動鬢毛白盡興猶多殘陽暫照鄉關近遠鳥因投嶽廟過閑得此身歸未得磬聲深夏隔煙蘿

淅上(一作江淅上是今鄖陽府地在秦楚之交故有秦雲楚雨之句)

華下支離已隔河又來此地避干戈山田漸廣猨時(一作頻)到郵舍新添燕亦多丹桂石楠宜並長秦雲楚雨暗相和兒童栗熟迷歸路(一作新迷)歸得(一作去)仍隨牧豎歌

西北鄉關近帝京煙塵一片正傷情愁看地色連空色靜聽歌聲似哭聲紅蓼滿(一作遮)郵人不在(一作見)青山遶檻路難平從他煙棹更南去休向津頭問去程

山中

全家與(一作爲)我戀孤岑蹋得蒼苔一徑深逃難人多分隙地放生麋(一作鹿)大出寒林名應不朽輕仙(一作山)骨理到忘機近佛心昨夜前溪驟雷(一作雲又作風)雨晚晴閑(一作獨)步數峰吟(一作溪禽)

寄贈詩僧秀公

靈一心傳清塞心可公吟後礎公吟近來雅道相親少惟仰吾師所得深好句未停無暇日舊山歸老有東林

重陽日訪元秀上人

紅葉黃花秋景寬醉吟朝夕在樊川却嫌今日登山俗且共(一作共與)高僧對榻眠別畫長懷吳寺壁宜茶偏賞霅溪泉歸來童稚爭相笑何事無人與酒船

丁未歲歸王官谷

家山牢落戰塵西疋馬偷歸路已迷塚上卷旗人簇立花邊移寨鳥驚啼本來薄俗輕文字却致中原動鼓鼙將(一作時)取一壺閑日月長歌深入武陵溪

書懷

病來猶强引雛行，力上東原欲試耕。幾處馬嘶春麥長，一川人喜雪峰晴。閑知有味心難肯，道貴謀安迹易平。陶令若能兼不飲，無弦琴亦是沽名。

退棲

宦遊蕭索爲無能，移住中條最上層。得劒乍如添健僕，亡書久似失（一作憶）良朋。燕昭不是空憐馬，支遁何妨亦愛鷹。自此致身繩檢外，肯教世路日兢兢。

五十

閑身事少只題詩，五十今來覺陡衰。清秩偶叨非養望，丹方頻試更堪疑。髭鬚强染三分折，弦管遙聽一半悲。漉酒有巾無黍釀，負他黃菊滿東籬。

新歲對寫眞

得見明時下壽身，須甘歲酒更移巡。生情暗結（一作陽）千重恨，寒勢常欺一半春。文武輕銷丹竈火，市朝偏貴黑頭人。自傷衰颯慵開鏡，擬與兒童別寫眞。

華下

簪冠新帶步池塘，逸韻偏宜夏景長。扶起綠荷承早露，驚迴白鳥入殘陽。久無書去干時貴，時有僧來自故鄉。不用名山訪眞訣，退休便是養生方。

重陽山居

詩人自古恨難窮，暮節登臨且喜同。四望交親（一作賓朋）兵（一作塵）亂後，一川風物笛聲中。菊殘深處迴幽蝶，陂動晴光下早鴻。明日更期來此醉，不堪寂寞對衰翁。

爭名

爭名豈在更搜奇，不朽纔消一句詩。窮辱未甘英氣阻，乖疏還有正人知。荷香浥露侵衣潤，松影和風傍枕移。只此共棲塵外境，無妨亦戀好文時。

光啟四年春戊申（一作歸王官次年作）

亂後燒殘數（一作滿）架書，峰前猶自戀吾廬。忘機漸喜逢人少，覽鏡空憐待鶴疏。孤嶼池痕春漲滿，小闌花韻午晴初。酣歌自適逃名久，不必門多長者車。

丁巳重陽

重陽未到已登臨，探得黃花且獨斟。客舍喜逢連日雨，家山（一作鄉）似響隔河砧。亂來已失耕桑計，病後休論濟活心（已且病焉安能活人）。自賀逢時能自棄，歸鞭唯拍馬韉吟。

喜王駕小儀重陽相訪

白菊初開臥內明，聞君相訪病身輕。樽前且撥傷心事，谿上還隨覓句行。幽鶴傍人疑舊識，殘蟬向日噪新晴。擬將寂寞同留住，且勸康時立大名。

酬張芬赦後見寄（一作司空曙詩）

紫鳳朝銜五色書，陽春忽布網羅除。已將心變寒灰後，豈料光生腐草餘。建水風煙收客淚，杜陵花竹夢郊居。勞君故有詩相贈，欲報瓊瑤愧不如。

上元放二雉

嬰網雖皆困，樊籠喜共歸。無心期爾報，相見莫驚飛。

中秋

閑吟秋景外，萬事覺悠悠。此夜（一作際）若無月，一年虛（一作空）過秋。

偶題

水榭花繁處，春晴日午前。鳥窺臨檻鏡，馬過隔牆鞭。

閑步

幾處白煙斷，一川紅樹時。壞橋侵轍水，殘照背郵碑。

春中（一作暮）

伏溜侵階潤，繁花隔竹香。嬌鶯方曉聽，無事過南塘。

獨望

綠樹連郵暗，黃花出陌（一作入麥）稀。遠陂春草綠（一作早綠），猶有水禽飛。

雜題

孤枕聞鶯起，幽懷獨悄然。地融春力潤，花泛曉光鮮。

漫題三首

亂後他鄉節，燒殘故國春。自憐垂白首，猶伴踏青人。

齒落傷情久，心驚健忘頻。蝸廬經歲客，蠶市異鄉人。

率怕人言謹，閑宜酒韻高。山林若無慮，名利不難逃。

河上二首

慘慘日將暮，驅羸獨到莊。沙痕傍墟落，風色入牛羊。

新霽田園處，夕陽禾黍明。沙郵平見水，深巷有鷗聲。

早朝

白日新年好，青春上國多。街平雙闕近，塵起五雲和。

即事二首

茶爽添詩句，天清瑩道心。只留鶴一隻，此外是空林。

御禮徵奇策，人心注盛時。從來留振滯，只待濟臨危。

永夜

永夜疑無日，危時只賴山。曠懷休戚外，孤跡是非間。

秦關

形勝今雖在，荒涼恨不窮。虎狼秦國破，狐兔漢陵空。

渡江

秋江共僧渡，鄉淚滴船回。一夜吳船夢，家書立馬開。

退居漫題七首

花缺傷難綴，鶯喧奈細聽。惜春春已晚，珍重草青青。

堤柳自綿綿，幽人無恨牽。只憂詩病發，莫寄校書牋。

燕語曾來客，花催欲別人。莫愁春又過，看著又新春。

身外都無事，山中久避喧。破巢看乳燕，留果待啼猨。

詩家通籍美，工部與司勳。高賈雖難敵，徵官偶勝君。

努力省前非，人生壽稀。青雲無直道，暗室有危機。

燕拙營巢苦，魚貪觸網驚。豈緣身外事，亦似我勞形。

即事九首

宿雨川原霽，憑高景物新。陂痕侵牧馬，雲影帶耕人。

十年深隱地，一雨太平心。匣澁休看劒，窗明復上琴。

明時那棄置，多病自遲留。疎磬和吟斷，殘燈照臥幽。

衰鬢閑生少，丹梯望覺危。松須依石長，鶴不傍人卑。

落葉頻驚鹿，連峰欲映鵰。此生詩病苦，此病更蕭條。

旅思又驚夏，庭前長小松。遠峰生貴氣，殘月斂衰容。

林鳥頻窺靜，家人亦笑慵。舊居留穩枕，歸臥聽秋鐘。

華宇知難保，燒來又却修。只應巢燕惜，未必主人留。

幽鳥穿籬去，鄰翁採藥回。雲從潭底出，花向佛前開。

松滋渡二首

步上短亭久，看回官渡船。江鄉宜晚霽，楚老語豐年。

楚岫接鄉思，茫茫歸路迷。更堪斑竹驛，初聽鷓鴣啼。

帝業山河固離宮宴幸頻豈知驅戰馬只是太平人

華清宮

牛頭寺

終南最佳處禪誦出青霄羣木澄幽寂疎煙泛泬寥

感時上盧相

兵待皇威振人隨國步安萬方休望幸封岳始鳴鑾

亂後三首

喪亂家難保艱虞病懶醫空將憂國淚猶擬灑丹墀

流芳能幾日惆悵又聞蟬行在多新貴幽棲獨長年

世事嘗艱險僧居慣寂寥美香聞夜合清景見寅朝

秋景

景物皆難駐傷春復怨秋旋書紅葉落擬畫碧雲收

避亂

離亂（一作亂離）身偶在竄跡任浮沈虎暴荒居迥螢孤黑夜深

長亭

梅雨和鄉淚終年共酒衣殷勤華表鶴羨爾亦曾歸

邨西杏花二首

薄膩力偏羸看看愴別時東風狂不惜西子病難醫

肌細分紅脉香濃破紫苞無因留得翫爭忍折來拋

獨坐

幽徑入桑麻塢西逢一家編籬薪帶蔓補屋草和花

借居

借住郊園久仍逢夏景新綠苔行屐穩黃鳥傍窗頻

重陽

菊開猶阻雨蝶意切於人亦應知暮節不比惜殘春

偶書五首

衰謝當何忺惟應悔壯圖磬聲花外遠人影塔前孤

色變鶯雛長竿齊笋籜垂白頭身偶在清夏景還移

蜀妓輕成妙吳娃狎共纖晚妝留拜月卷上水精簾

獨步荒郊暮沉思遠墅幽平生多少事彈指一時休

掩謗知迎吠欺心見強顏有名人易困無契債難還

雜題九首

病來勝未病名縛便忘名今日甘爲客當時注愍征（圖集有注）

（愍征賦述賦盧獻卿撰）

暑濕深山雨荒居破屋燈此生無憾處此去作高僧

不須頻悵望且喜脫喧囂亦有終焉意陂南看稻苗

樓帶猨吟迥庭容鶴舞寬晚書因閱畫封藥偶和丹

宴罷論詩久亭高拜表頻岸香蕃舶月洲色海煙春

驛步堤縈閣軍城鼓振橋鷗和湖雁下雪隔嶺梅飄

帶雪南山道和鐘北闕明太平當共賀開化喝來聲

舴艋猨偷上蜻蜓燕競飛樵香燒桂子苔濕挂莎衣

溪漲漁家近煙收鳥道高松花飄可惜睡裏灑離騷

古樂府

一葉隨西風君行亦向東知妾飛書意無勞待早鴻

有感

燈影看鬚黑墻陰惜草青歲闌悲物我同是冐霜螢

休休亭

且喜安能保那堪病更憂可憐藜杖者眞箇種瓜侯

漫書二首

小蝶爾何競追飛不憚勞遠教羣雀見寧悟禍梯高

剩欲逢花折須判冐雨頻晴明開漸少莫怕濕新巾

歲盡二首

明日添一歲端憂奈爾何衝寒出洞口猶校夕陽多

莫話傷心事投春滿鬢霜殷勤共尊酒今歲只殘陽

牡丹

得地牡丹盛曉添龍麝香主人猶自惜錦幕護春霜

亂後

羽書傳棧道風火隔鄉關病眼那堪泣傷心不到間

春山

可是武陵溪春芳著路迷花明催曙早雲膩惹空低

樂府

寶馬跋塵光雙馳照路旁喧傳報戚里明日幸長楊

亂前上盧相

虜黠雖多變兵驕即易乘猶須勞斥候勿遣大河冰

全唐詩

司空圖

有感

國事皆須救未然漢家高閣漫凌煙功臣盡遺詞人贊

不省滄洲畫魯連

歌

處處亭臺只壞墻軍營人學內人妝太平故事因君唱

馬上曾聽隔教坊

偶

人若憎時我亦憎逃名最要是無能後生乞汝殘風月

自作深林不語僧

鸝

不是流鶯獨占春林間綵翠四時新應知擬上屛風畫

偏坐橫枝亦向人

白菊雜書四首

黃昏寒立更披襟露浥清香悅道心却笑誰家扃繡户

正薰龍麝暖鴛衾

四面雲屛一帶天是非斷得自翛然此生只是償詩債

白菊開時最不眠

狂才不足自英雄僕妾驅令學販春侯印幾人封萬户

儂家只辦買孤峯

黃鸝囀處誰同聽白菊開時且剩過漫道南朝足流品

由來叔寶不宜多

漫題（一作歌）

經亂年年厭別離歌聲喜（一作樂）似太平時詞臣更有中興

頌磨取蓮峰便作碑

率題

官路前衙閑不記醉鄉佳境興方濃一林高竹長遮日

四壁寒山更閏冬

磵户

磵户芳煙接水邨亂來歸得道仍存數竿新竹當軒上

不羨侯家立戟門

故鄉杏花

寄花寄酒喜新開左把花枝右把杯欲問花枝與杯酒
故人何得不同來

華一作花下二首

故國春歸未有涯小欄高檻別人家五更惆悵回孤枕
猶自殘燈照落花

關外風昏欲雨天薺花耕倒枕河壖邨南寂寞時回望
一隻鴛鴦下渡船

夢中

幾多親一作新愛在人間上徹霞一作雲梯會却還須是蓬瀛長
買得一家同占作家山

牓下

三十功名志未伸初將文字競通津春風漫折一枝桂
煙閣英雄笑殺人

涔陽渡

楚田人立帶殘暉驛迥邨幽客路微兩岸蘆花正蕭颯
渚煙深處白牛歸

偶作

索得身歸未保閒亂來道在辱來頑留侯萬户雖無分
病骨應消一片山

寓居有感三首

亦知世路薄忠貞不忍殘年負聖明只待東封沾慶賜
碑陰別刻老臣名

不放殘年却到家銜杯懶更問生涯河堤往往人相送
一曲晴川隔蓼花

黑鬚寄在白鬚生一度秋風減幾莖客處不堪頻送別
無多情緒更傷情

淮西

鼇冠三山安海浪龍蟠九鼎鎮皇都莫誇十萬兵威盛
消箇忠良效順無

河湟有感

一自蕭關起戰塵河湟隔斷異鄉春漢兒盡作胡兒語
却向城頭罵漢人

自邨鄉北歸

巴煙冪冪久縈恨楚柳綿綿今送歸回避江邊同去鴈
莫教驚起錯南飛

青龍師安上人

災曜偏臨許國人雨中衰菊病中身清香一炷知師意
應爲昭陵惜老臣

山中

凡鳥愛喧人靜處閒雲似妬月明時世間萬事非吾事
只愧秋來未有詩

有感二首

自古經綸足是非陰謀最忌奪天機留侯却粒商翁去
甲第何人意氣歸

古來賢俊共悲辛長是豪家拒要津從此當歌唯痛飲
不須經世爲閑人

閑夜二首

道侶難留爲虐棋鄰家聞說厭吟詩前峯月照分明見
夜合香中露卧時

此身閑得易爲家業是吟詩與看花若使他生拋筆硯
更應無事老煙霞

雨中

維摩居士陶居士盡說高情未足誇簷外蓮峯堦下菊
碧蓮黄菊是吾家

送道者二首

洞天真侶昔曾逢西嶽今居第幾峯峯頂他時教我認
相招須把碧芙蓉

殷勤不爲學燒金道侶惟應識此心雪裏千山訪君易
微微鹿迹入深林

重陽阻雨

重陽阻雨獨銜杯移得山家菊未開猶勝登高閑望斷
孤煙殘照馬嘶回

省試

粉闈深鎖唱同人正是終南雪霽春閑繫長安千匹馬
今朝似減六街塵

有贈

有詩有酒有高歌春色年年奈我何試問羲和能駐否
不勞頻借魯陽戈

證因亭

峰北幽亭願證因他生此地却容身上方僧在時應到
笑認前銜記寫真

頃年陪恩地赴甘棠之召感動留題

去時憔悴青衿在歸路凄凉絳帳空無限酬恩心未展
又將孤劍別從公

九月八日

已是人間寂寞花解憐寂寞傍貧家老來不得登高看
更甚殘春惜歲華

數溪橋院有感

昔歲攀遊景物同藥爐今在鶴歸空青山滿眼淚堪碧
絳帳無人花自紅

寺閣

昔歲登臨未衰颯不知何事愛傷情今來攬鏡翻堪喜
亂後霜鬚長幾莖

武陵路

橘岸舟間罾網挂茶坡日暖鷓鴣啼女郎指點行人笑
知向花間路已迷

南北史感遇十首

雨淋麟閣名臣畫雪卧龍庭猛將碑不用黄金鑄侯印
盡輸公子買蛾眉

漢世頻封萬户侯雲臺空峻謝風流江南不有名儒相
齒冷中原笑未休

天風斡海怒長鯨永固南來百萬兵若向滄洲猶笑傲
江山虛有石頭城

花迷公子玉樓恩鏡弄佳人紅粉春不信關山勞遠戍
綺羅香外任行塵

兵圍梁殿金甌破火發陳宮玉樹摧姦佞豈能慚誤國
空令懷古更徘徊

行樂最宜連夜景太平方覺有春風千金盡把酬歌舞
猶勝三邊賞戰功

桃芳李豔年年發羌管蠻弦處處多海上應無三島路
人間惟有一聲歌
佳人自折一枝紅把唱新詞曲未終惟向眼前憐易落
不如抛擲任春風
景陽樓下花鈿鏡玄武湖邊錦繡旗昔日繁華今日恨
雉媒聲晚草芳時
亂後人間盡不平秦川花木最傷情無窮紅豔紅塵裏
驟馬分香散入營

狂題二首

草堂舊隱猶招我煙閣英才不見君惆悵故山歸未得
酒狂叫斷暮天雲
須知世亂身難保莫喜天晴菊併開長短此身長是客
黃花更助白頭催

紅茶花

景物詩人見即誇豈憐高韻說紅茶牡丹枉用三春力
開得方知不是花

秋燕

從撲香塵拂面飛憐渠只爲解相依經冬好近深爐暖
何必千巖萬水歸

見後鴈有感

笑爾窮通亦似人高飛偶滯莫悲辛却緣風雪頻相阻
只向關中待得春

移桃栽

獨臨官路易傷摧從遣春風恣意開禪客笑移山上看
流鶯直到檻前來

憶中條

燕辭旅舍人空在螢出疎籬菊正芳堪恨昔年聯句地
念經僧掃過重陽

樂府

五更窗下簇妝臺已怕堂前阿母催滿鴨香薰鸚鵡睡
隔簾燈照牡丹開

放龜二首

却爲多知自不靈今朝教（一作放）汝卜長生若求深處無深
處只有依人會有情
世外猶迯不死庭人間莫恃自無營本期滄海堪投迹
却向朱門待放生

燈花三首

蜀柳絲絲冪畫樓窗塵滿鏡不梳頭幾時金鴈傳歸信
剪斷香魂一縷愁
姊姊教人且抱兒逐他女伴卸頭遲明朝鬬草多應喜
剪得燈花自掃眉
閏前小雪過經旬猶自依依向主人開盡菊花憐强舞
與教弟子待新春

偶題三首

浮世悠悠旋一空多情偏解挫英雄風光只在歌聲裏
不必樓前萬樹紅
小池隨事有風荷燒酹傾壺一曲歌欲待秋塘擎露看
自憐生意已無多
遼陽音信近來稀縱有虛傳逼節歸永日無人新睡覺
小窗晴暖蝴蟲飛

華下對菊

清香裛露對高齋泛酒偏能浣旅懷不似春風逞紅豔
鏡前空墜玉人釵

與都統參謀書有感

鷺鷥逆鷺盡歸林弱羽低垂分獨沈帶病深山猶草檄
昭陵應識老臣心

漫題

無官無名拘逸興有歌有酒任他鄉看看萬里休征戍
莫向新詞寄斷腸

商山二首

清溪一路照羸身不似雲臺畫像人國史數行猶有志
只將談笑繼英塵
馬上搜奇已數篇籍中猶愧是頑仙關頭傳說開元事
指點多疑孟浩然

與伏牛長老偈二首

不算菩提與闡提惟應執著便生迷無端指箇清凉地
凍殺胡僧雪嶺西
長繩不見繫空虛半偈傳心亦未疎推倒我山無一事
莫將文字縛真如

客中重九

楚老相逢淚滿衣片名薄宦已知非他鄉不似人間路
應共東流更不歸

柳二首

誰家按舞傍池塘已見繁枝嫩眼黃漫說早梅先得意
不知春力暗分張
似擬凌寒妬早梅無端弄色傍高臺折來未有新枝長
莫遣佳人更折來

光啓丁未別山

草堂琴畫已判燒猶託鄰僧護燕巢此去不緣名利去
若逢逋客莫相嘲

石楠

客處偷閑未是閑石楠雖好懶頻攀如何風葉西歸路
吹斷寒雲見故山

力疾馬上走筆

醲黍長添不盡杯只憂花盡客空回垂楊且爲晴遮日
留遇重陽即放開

華陰縣樓

丹霄能有幾層梯懶更揚鞭聳翠蜺偶凭危欄（一作闌）且南
望不勞高掌欲相攜

南至四首

今冬臘後無殘日故國燒來有幾家却恨早梅添旅思
强偷春力報年華
花時不是偏愁我好事應難總取他已被詩魔長役思
眼中莫厭早梅多
年華亂後偏堪惜世路抛來已自生猶有玉真長命縷
樽前時唱緩羇情
一任喧闐遶四鄰閑忙皆是自由身人來客去還須議
莫遣他人作主人

蓮峰前軒

人間上壽若能添只向人間也不嫌看著四鄰花競發
高樓從此莫垂簾

步虛（一本題下有詞字）

阿母親教學步虛三元長遣下蓬壺雲韶韻俗停瑶瑟
鸞鶴飛低拂寶爐

劒器

樓下公孫昔擅場空教女子愛軍裝潼關一敗吳（一作胡）兒
喜簇馬驪山看御湯

乙丑人日

自怪扶持七十身歸來又見故鄉春今朝人日逢人喜
不料偷生作老人

攜仙籙九首

嶽北秋空渭北川晴雲漸薄薄如煙坐來還見微風起
吹散殘陽一片蟬

一半晴空一半雲遠籠仙掌日初曛洞天有路不知處
絶頂異香難更聞

決事還須更事酬清譚妙理一時休漁翁亦被機心誤
眼暗汀邊結釣鉤

迹不趨時分不侯功名身外最悠悠聽君總畫麒麟閣
還我閑眠舴艋舟

仙凡路阻兩難留煙樹人間一片秋若道陰功能濟活
且將方寸自焚修

若有陰功救未然玉皇品籍亦搜賢應知譚笑還高謝
別就滄洲贊上仙

英名何用苦搜奇不朽才銷一句詩却賴風波阻三島
老臣猶得戀明時（起句與爭名一首同）

剪取紅雲剩寫詩年年高會趁花時水精樓閣分明見
只欠霞槳別着旗

此生得作太平人只向塵中便出塵移取碧桃花萬樹
年年自樂故鄉春

浪淘沙

不必長漂玉洞花曲中偏愛浪淘沙黄河却勝天河水
萬里縈紆入漢家

贈日東鑒禪師

故國無心度（一作渡）海潮老禪方丈倚中條夜深雨絶松堂
靜一點飛（一作山）螢照寂寥

暮春對柳二首

縈愁惹恨柰楊花閉户垂簾亦滿家惱得閑人作酒病
剛須又撲越溪茶

洞中猶説看桃花輕絮狂飛自俗家正是堦前開遠信
小娥旋拂碾新茶

戊午三月晦二首

隨風逐浪劇蓬萍圓首何曾解最靈筆硯近來多自棄
不關妖氣暗文星

牛詩棋品無勍敵謝占詩家作上流豈似小敷春水漲
年年鸞鶴待仙舟

偶書五首

情知了得未如僧客處高樓莫強登鶯也解啼花也發
不關心事最堪憎

自有池荷作扇摇不關風動愛芭蕉只憐直上抽紅蘂
似我丹心向本朝

曾看輕舟渡遠津無風著岸不經旬只緣命蹇須知命
却是人爭阻得人

上谷何曾解有情有情人自惜君行證因池上今生願
的的他生作化生

新店南原後夜程黄河風浪信難平渡頭楊柳知人意
爲惹官船莫放行

喜山鵲初歸三首

翠衿紅觜便知機久避重羅穩處飛只爲從來偏護惜
窗前今賀主人歸

山中只是惜珍禽語不分明識爾心若使解言天下事
燕臺今築幾千金

阻他羅網到柴扉不柰偷倉雀轉肥賴爾林塘添景趣
剩留山果引教歸

虞鄉北原

澤北邨貧煙火獰稚田冬旱倩牛耕老人惆悵逢人訴
開盡黄花麥未金

洛中三首

秋風團扇未驚心笑看妝臺落葉侵繡鳳不教金縷暗
青樓何處有寒砧

不用頻嗟世路難浮生各自繫悲懽風霜一夜添羇思
羅綺誰家待早寒

燕巢空後誰相伴鴛被緾來不忍熏薄命敢辭長滴淚
倡家未必肯留君

寓筆

年年鑷鬢到花飄依舊花繁鬢易凋撩亂一塲人更恨
春風誰道勝輕颷

戲題試衫

朝班盡説人宜紫洞府應無鶴着緋從此玉皇須破例
染霞裁賜地仙衣

汴柳半枯因悲柳中隱

行人莫歎前朝樹已占河堤幾百春惆悵題詩柳中隱
柳衰猶在自無身

上方

花落更同悲木落鶯聲相續即蟬聲榮枯了得無多事
只是閑人漫繫情

寄王贊學

黄卷不關兼濟業（一作美）青山自保老閑身一行萬里纖塵
靜可要張儀更入秦

新節

轉悲新歲重於山不似輕鷗肯復還朱紱縱教金印換
青雲未勝白頭閑

自河西歸山二首

一水悠悠一葉危往來長恨阻歸期鄉關不是無華表
自爲多驚獨上遲

水濶風驚去路危孤舟欲上更遲遲鶴羣長遶三珠樹（山海經曰在厭火國北生赤水上樹上有柏葉皆爲珠）
不借人間一隻騎

王官二首

風荷似醉和花舞沙鳥無情伴客閑總是此中皆有恨

更堪微雨半遮山

荷塘煙罩小齋虛景物皆宜入畫圖盡日無人只高臥一雙白鳥隔紗廚

賀翰林侍郎二首

太白東歸鶴背吟鏡湖空在酒船沈今朝忽見銀臺事早晚重徵入翰林

玉版徵書洞裏看沈義新拜侍郎官文星喜氣連台曜聖主方知四海安

寄王十四舍人

幾年汶上約同遊擬爲蓮峰別置樓今日鳳皇池畔客五千仞雪不回頭

綸閣有感

風濤曾阻化鱗來誰料蓬瀛路却開欲去遲遲還自笑狂才應不是仙才

全唐詩

司空圖

狂題十八首

莫恨艱危日日多時情其奈倖門何貔貅睡穩蛟龍渴猶把燒殘朽鐵磨

別鶴淒涼指法存戴逵能耻近王門世間第一風流事借得王公玉枕痕

交疎自古戒言深肝膽徒傾致鑠金不是史遷書與說誰知孤負李陵心

南華落筆似荒唐若肯經綸亦不狂偶作客星侵帝座却應虛薄是嚴光

不勞世路更相猜忍到須休惜得材幾度懶乘風水便抝船折舵恐難回

由來相愛只詩僧怪石長松自得朋却怕他生還識字依前日下作孤燈

老禪乘仗一作杖莫過身遠岫孤雲見亦頻應是佛邊猶怕鬧信緣須作且閑人

止竟閑人不愛閑只偷無事閉柴關轟霆攪破蛟龍窟也被狂風卷出山

地下修文著作郎生前飢處倒空墻何如神爽騎星去猶自研幾助玉皇

雨洗芭蕉葉上詩獨來憑檻晚晴時故園雖恨風荷膩新句閑題亦滿池

初時拄杖向鄰邨漸到清明亦杜門三十年來辭病表今朝臥病感皇恩

來時雖恨失青罈自見芭蕉幾十篇應是阿劉還宿債剩拚才思折供錢

芭蕉叢畔碧嬋娟免更悠悠擾蜀川應到去時題不盡不勞分寄校書牋

自傷衰病漸難平永夜禪牀雨滴聲聞道虎瘡仍帶鏃吼來和痛亦橫行

昨日流鶯今日蟬起來又是夕陽天六龍飛轡長相窘更忍乘危自一作何忍臨岐更着鞭

有是有非還有慮無心無跡亦無猜不平便激風波險莫向安時稔禍胎

十年三署讓官頻認得無才又索身莫道太行同一路大都安穩屬閑人

曾聞劫火到蓬壺縮盡鼇頭海亦枯今日家山同此恨人歸未得鶴歸無

遊仙二首

蛾眉新畫覺嬋娟鬬走將花阿母邊仙曲教成慵不理玉階相簇打金錢

劉郎相約事難諧雨散雲飛自此乖月姊殷勤留不住碧空遺下水精釵

漫書五首

長擬求閑未得閑又勞行役出秦關逢人漸覺鄉音異却恨鶯聲似故山

溪邊隨事有桑麻盡日山程十數家莫怪行人頻悵望杜鵑不是故鄉花

海上昔聞麋愛鶴山中今日鹿憎龜愛憎止竟須關分莫把微才望所知

世路快心無好事恩門嘉話合書紳神藏鬼伏能千變亦勝忘機避要津

四翁識勢保安閑須爲生靈暫出山一種老人能算度磻溪心跡愧商顏

偶詩五首

鬧韻雖高不衒才偶抛猨鳥乍歸來夕陽照箇新紅葉似要題詩落硯臺

芙蓉騷客空留怨芍藥詩家只寄情誰似天才李山甫牡丹屬思亦縱橫

賢豪出處盡沈吟白日高懸只照心一掬信陵墳上土便如碣石累千金

聲貌由來固絕倫今朝共許占殘春當歌莫怪頻垂淚得地翻慚早失身

中宵茶鼎沸時驚正是寒窗竹雪明甘得寂寥能到老一生心地亦應平

雜題二首

先知左祖始同行須待龍樓羽翼成若使只憑三傑力猶應漢鼎一毫輕

魚在枯池鳥在林四時無奈雪霜侵若教激勸由一作田眞宰亦奬青松徑寸心

光化踏青有感

引得車回莫認恩却成寂寞與誰論到頭不是君王意羞插垂楊更傍門

丑年冬

醉日昔聞都下酒何如今喜折新茶不堪病渴仍多慮好向滄湖便出家

白菊三首

人間萬恨已難平栽得垂陽更繫情猶喜閏前霜未下
菊邊依舊舞身輕

莫惜西風又起來猶能婀娜傍池臺不辭暫被霜寒挫
舞袖招香即却回

爲報繁霜且莫催窮秋須到自低垂橫拖長袖招人別
只待春風却舞來

扇

珍重逢秋莫棄捐依依只仰故人憐有時池上遮殘日
承得霜林幾箇蟬

修史亭三首

山前鄰叟去紛紛獨強衰羸愛杜門漸覺一家看冷落
地爐生火自溫存

甘心七十且酣歌自算平生幸已多不似香山白居士
晚將心地著禪魔

烏紗巾上是青天檢束酬知四十年誰料平生臂鷹手
挑燈自送佛前錢（圖爲王文公叛所知後分司又爲盧攜所知）

力疾山下吳邨看杏花十九首

春來漸覺一川明馬上繁花作陣迎掉臂只將詩酒敵
不勞金鼓助橫行

鏡留雪鬢暖消無春到梨花日又晡移取扶桑堦下種
年年看長礙金烏

閶闔曾排捧御爐猶看曉月認金鋪羸形不畫凌煙閣
只爲微才激壯圖

折來未盡不須休年少爭來莫與留更顧狂風知我意
一時吹向海西頭

才情百巧鬪風光却笑雕花刻葉忙尉帖新巾來與裹
猶看騰踏少年場

浮世榮枯總不知且憂花陣被風欺儂家自有麒麟閣
第一功名只賞詩

白衫裁袖本教寬朱紫由來亦一般王老小兒吹笛看
我儂試舞爾儂看

單床薄被又羈棲待到花開亦甚迷若道折多還有罪
只應鶯囀是金雞

近來桃李半燒枯歸臥鄉園只老夫莫算明年人在否
不知花得更開無

漢王何事損精神花滿深宮不見春穠豔三千臨粉鏡
獨悲掩面李夫人

能豔能芳自一家勝鸞勝鳳勝煙霞客來須共醒醒看
碾盡明昌幾角茶

造化無端欲自神裁紅剪翠爲新春不如分減閑心力
更助英豪濟活人

徘徊自勸莫沾纓分付年年谷口鶯却賴無情容易別
有情早箇不勝情

閑步偏宜舞袖迎春光何事獨無情垂楊合是詩家物
只愛敷溪道北生

亦知王大是昌齡杜二其如律韻清還有酸寒堪笑處
擬誇朱紱更崢嶸

潘郎愛說是詩家杜占河陽一縣花千載幾人搜警句
補方金字愛晴霞

行樂溪邊步轉遲出山漸減探花期去年四度今三度
恐到憑人折去時

此身衰病轉堪嗟長忍春寒獨惜花更恨新詩無紙寫
蜀牋堆積是誰家

昨日黃昏始看回夢中相約又銜杯起來閒道風飄却
猶擬教人掃取來

少儀

昨日登班綴柏臺更慚起草屬微才錦窠不是尋常錦
兼向丘遲奪得來

重陽四首

檐前減燕菊添芳燕盡庭前菊又荒老大比他年少少
每逢佳節更悲涼

雨寒莫待菊花催須怕晴空暖併開開却一枝開却盡
且隨幽蝶更徘徊

青娥懶唱無衣換黃菊新開乞酒難長有長亭惆悵事
隔河更得對憑欄

白髮怕寒梳更懶黃花晴日照初開籬頭應是蝶相報
已被鄰家攜酒來

長命縷

他鄉處處堪悲事殘照依依惜別天此去知名長命縷
殷勤爲我唱花前

柏東

冥得機心豈在僧柏東閑步愛騰騰免教世路人相忌
逢著邨醪亦不憎

歌者十二首

追逐翻嫌傍管弦金釵擊節自當筵風霜一夜燕鴻斷
唱作江南祓禊天

玉樹花飄鳳失棲一聲初壓管弦低清回煩暑成瀟灑
豔逐寒雲變慘悽

十斛明珠亦易拚欲兼人藝古來難五雲合是新聲染
鎔作瓊漿灑露盤

不似新聲唱亦新旋調玉管旋生春愁腸隔斷珠簾外
只爲今宵共聽人

十年逃難別雲林暫輟狂歌且聽琴轉覺淡交言有味
此聲知是古人心

五柳先生自識微無言共笑手空揮胸中免被風波撓
肯爲螳螂動殺機

風霜寒水旅人心幾處笙歌繡戶深分泊一場雲散後
未勝初夜便聽琴

自憐眼暗難求藥莫恨花繁便有風桃李更開須強看
明年兼恐聽歌聾

白雲深處寄生涯歲暮生情賴此花蜂蝶繞來忙繞袖
似知教折送鄰家

重九仍重歲漸闌強開病眼更登攀年年認得酣歌處
猶恐招魂葬故山

繞壁依稀認寫真更須粉繪飾羸身淒涼不道身無壽
九日還無舊會人

鶴氅花香搭槿籬枕前蛩迸酒醒時夕陽似照陶家菊
黃蝶無窮壓故枝

題裴晉公華嶽廟題名

嶽前大隊赴淮西，從此中原息鼓鞞（一作戰）。石闕莫教苔蘚上，分明認取晉公題。

楊柳枝壽杯詞十八首

樂府翻來占太平，風光無處不含情。千門萬户喧歌吹，富貴人間只此聲。

撼晚梳空不自持，與君同折上樓時。春風還有常情處，繫得人心免別離。

灞亭東去徹隋堤，贈別何須醉似泥。萬里往來無一事，便帆輕拂亂鶯啼。

臺城細仗曉初移，詔賜千官禊飲時。緑帳遠籠清珮響，更曛晴日上龍旗。

桃源仙子不須誇，聞道惟栽一片花。何似浣紗溪畔住，緑陰相間兩三家。

偶然樓上捲珠簾，往往長條拂枕函。恰值小娥初學舞，擬偷金縷押春衫。

池邊影動散鴛鴦，更引微風亂繡牀。直待玉窗塵不起，始應金鴈得成行。

稻畦分影向江邨，憔悴經霜只半存。昨日流鶯今不見，亂螢飛出照黄昏。

客淚休沾漢水濱，舞腰羞殺漢宫人。狂風更與回煙篲，掃盡繁花獨占春。

遊人莫歎易凋衰，長樂榮枯自有期。看取明年春意動，更於何處最先知。

昔年行樂及芳時，一上丹梯桂一枝。笑問江頭醉公子，饒君滿把麴塵絲。

渡頭殘照一行新，獨自依依向北人。莫恨鄉程千里遠，眼中從此故鄉春。

絮惹輕枝雪未飄，小溪煙束帶危橋。鄰家女伴頻攀折，不覺回身罥翠翹。

處處縈空百萬枝，一枝枝好更題詩。隔城遠岫招行客，便與朱樓當酒旗。

錦城分得映金溝，兩岸年年引勝遊。若似松篁須帶雪，人間何處認風流。

日暖津頭絮已飛，看看還是送君歸。莫言萬緒牽愁思，緝取長繩繫落暉。

大堤時節近清明，霞襯煙籠遶郡城。好是梨花相映處，更勝松雪日初晴。

聖主千年樂未央，御溝金翠滿垂楊。年年織作升平字，高映南山獻壽觴。

山鵲

多驚本爲好毛衣，只賴人憐始却歸。衆鳥自知顔色減，妬他偏向眼前飛。

李居士

高風只在五峰前，應是精靈（一作星）降作賢。萬里無雲惟一鶴，鄉（一作郎）中同看却昇天。

杏花

詩家偏爲此傷情，品韻由來莫與爭。解笑亦應兼解語，只應慵語倩鶯聲。

白菊三首

不疑陶令是狂生，作賦其如有定情。猶勝江南隱居士，詩魔終嫋負孤名。

自古詩人少顯榮，逃名何用更題名。詩中有慮猶須戒，莫向詩中著不平。

登高可羨少年場，白菊堆邊鬢似霜。益算更希沾上藥，今朝第七十重陽。

聽雨（一作王建詩）

半夜思家睡裏愁，雨聲落落屋簷頭。照泥星出依前黑，淹爛庭花不肯休。

楊柳枝二首

陶家五柳簇衡門，還有高情愛此君。何處更添詩境好，新蟬欹枕每先聞。

數枝珍重蘸滄浪，無限塵心暫免忙。煩暑若和煙露裛，便同佛手灑清涼。

修史亭二首

少年已慣擲年光，時節催驅獨不忙。今日無疑亦無病，前程無事擾醫王。

籬落輕寒整頓新，雪晴步屧會諸鄰。自從南至歌風頂，始見人煙外有人。

漫書

樂退安貧知是分，成家報國亦何慚。到還僧院心期在，瑟瑟澄鮮百丈潭。

雜題二首

棋局長攜上釣船，殺中棋殺勝絲牽。洪鑪任鑄千鈞鼎，只在磻溪一縷懸。

曉鏡高窗氣象深，自憐清格笑塵心。世間不爲蛾眉悮，海上方應鶴背吟。

題休休亭（一作耐辱居士歌）

咄諾，休休休，莫莫莫，伎兩雖多性靈惡，賴是長教閑處著。休休休，莫莫莫，一局棋，一爐藥，天意時情可料度。白日偏催快活人，黄金難買堪騎鶴。若曰爾何能，荅言耐辱莫。

馮燕歌（一作沈下賢詩。據唐音統籤云：麗情集以此歌爲沈下賢作，注文苑英華者誤採之。下賢有其傳，未嘗作歌也。集可考）

魏中義士有馮燕，遊俠幽幷最少年。避讐（一作讎）偶作滑臺客，嘶風躍馬來翩翩。此時恰遇鶯花月，堤上軒車晝不絶。兩面高樓語笑聲，指點行人情暗結。擲果潘郎誰不慕，朱門别見紅妝露。故故推門掩不開，似教歐軋傳言語。馮生敲鐙袖籠鞭，半拂垂楊半惹煙。樹間春鳥知人意，的的心期暗與傳。傳道張嬰偏嗜酒，從此香閨爲我有。梁間客燕正相欺，屋上鳴鳩空自鬬。嬰歸醉卧非讐汝，豈知負過人懷懼。燕依户扇欲潛逃，巾在枕傍指令取。誰言狼戾心能忍，待我情深情不隱。回身本謂取巾難，倒柄方知授霜刃。馮君撫劍即遲疑，自顧平生心不欺。爾能負彼必相負，假手他人復在誰。窗間紅豔猶可掬，熟視花鈿情不足。唯將大義斷胸襟，粉頸初迴如切玉。鳳皇釵碎各分飛，怨魄嬌魂何處追（一作歸）。凌波如喚遊金谷，羞彼揶揄淚滿衣。新人藏匿舊人起，白晝喧呼駭鄰里。誣執張嬰不自明，貴免生前遭考捶。官將赴市擁紅塵，掉臂人來擗看人。傳聲莫遣有寃濫，盜殺嬰家即我身初聞僚吏翻疑歎呵叱風狂詞不變縲囚解縛猶自疑疑是夢中方云一作脫免未死勸君莫浪言臨危不顧始知難已爲不平能割愛更將身命救深寃白馬賢侯賈相公長懸金帛募才雄拜章請贖馮燕罪千古三河激義風黃河東注無時歇注盡波瀾名不滅爲感詞人沈下賢長歌更與分明說此君精爽知猶在長與人間留炯誡鑄作金燕香作堆焚香酬酒聽歌來

寄薛起居

小域一作城新銜一作役賀聖朝亦知寒分巧難拋麤才自合無岐路不破工夫漫解嘲

月下留丹竈 有序

詩題五字乃眞仙之詞也邵陽某縣人或聞其山實異齋禱積稔果有躡空而至者涉筆附楹久之乃罷去旣而熟視未文則字皆隱起成列矣某年中廉帥上聞且命鑱其逸跡藏於郡廨其後爲刺史李岫所得令傳於君孫崑精契之所感致耶光啓三年秋八月旣望愚獲覩于王官別業噫跡雖顯奇道必體正故爲物怪之所中者見之莫不洗然欲蓋其事目擊可數也吾知挾邪佞以冒進者亦當膽慄自廢豈俟圖鼎爕犀而後辨姦妖之詭態哉綴之全篇以志誠敬且期自警泗水司空氏記

月下留丹竈壇邊樹羽衣異香人不覺殘夜鶴分飛朝會初元盛蓬瀛舊侶稀瑶函眞跡在妖魅敢揚威

元日

甲子今重數生涯只自憐殷勤元日日歆午又明年

洛陽詠古 一作胡曾詩

石勒童年有戰機洛陽長嘯倚門時晉朝不是王夷甫大智何由得預知

詩品二十四則 附録

雄渾

大用外腓眞體內充返虛入渾積健爲雄具備萬物橫絕太空荒荒油雲寥寥長風超以象外得其環中持之匪強來之無窮

沖淡

素處以默妙機其微飲之太和獨鶴與飛猶之惠風荏苒在衣閱音修篁美曰載歸遇之匪深即之愈稀脫有形似握手已違

纖穠

采采流水蓬蓬遠春窈窕深谷時見美人碧桃滿樹風日水濱柳陰路曲流鶯比鄰乘之愈往識之愈眞如將不盡與古爲新

沉著

綠杉野屋落日氣清脫巾獨步時聞鳥聲鴻鴈不來之子遠行所思不遠若爲平生海風碧雲夜渚月明如有佳語大河前橫

高古

畸人乘眞手把芙蓉泛彼浩劫窅然空蹤月出東斗好風相從太華夜碧人聞清鐘虛佇神素脫然畦封黃唐在獨落落玄宗

典雅

玉壺買春賞雨茆屋坐中佳士左右修竹白雲初晴幽鳥相逐眠琴綠陰上有飛瀑落花無言人淡如菊書之歲華其曰可讀

洗煉

猶鑛出金如鉛出銀超心煉冶絕愛緇磷空潭瀉春古鏡照神體素儲潔乘月返眞載瞻星辰載歌幽人流水今日明月前身

勁健

行神如空行氣如虹巫峽千尋走雲連風飲眞茹強蓄素守中喻彼行健是謂存雄天地與立神化攸同期之以實御之以終

綺麗

神存富貴始輕黃金濃盡必枯淺者屢深露餘山青紅杏在林月明華屋畫橋碧陰金尊酒滿共客彈琴取之自足良殫美襟

自然

俯拾即是不取諸鄰俱道適往著手成春如逢花開如瞻歲新眞予不奪強得易貧幽人空山過水采蘋薄言情晤悠悠天鈞

含蓄

不著一字盡得風流語不涉難已不堪憂是有眞宰與之沉浮如淥滿酒花時返秋悠悠空塵忽忽海漚淺深聚散萬取一收

豪放

觀花匪禁吞吐大荒由道返氣處得以狂天風浪浪海山蒼蒼眞力彌滿萬象在旁前招三辰後引鳳皇曉策六鼇濯足扶桑

精神

欲返不盡相期與來明漪絕底奇花初胎青春鸚鵡楊柳池臺碧山人來清酒滿杯生氣遠出不著死灰妙造自然伊誰與裁

縝密

是有眞跡如不可知意象欲生造化已奇水流花開清露未晞要路愈遠幽行爲遲語不欲犯思不欲癡猶春於綠明月雪時

疏野

惟性所宅眞取弗羈拾物自富與率爲期築屋松下脫帽看詩但知旦暮不辨何時倘然適意豈必有爲若其天放如是得之

清奇

娟娟羣松下有漪流晴雪滿汀隔溪漁舟可人如玉步屧尋幽載行載止空碧悠悠神出古異淡不可收如月之曙如氣之秋

委曲

登彼太行翠遶羊腸杳靄流玉悠悠花香力之於時聲之於羌似往已迴如幽匪藏水理漩洑鵬風翱翔道不自器與之圓方

實境

取語甚直，計思匪深。忽逢幽人，如見道心。晴㵎之曲，碧松之陰。一客荷樵，一客聽琴。情性所至，妙不自尋。遇之自天，泠然希音。

悲慨

大風捲水，林木爲摧。意苦若死，招慰不來。百歲如流，富貴冷灰。大道日往，若爲雄才。壯士拂劒，浩然彌哀。蕭蕭落葉，漏雨蒼苔。

形容

絕佇靈素，少迴清真。如覓水影，如寫陽春。風雲變態，花草精神。海之波瀾，山之嶙峋。俱似大道，妙契同塵。離形得似，庶幾斯人。

超詣

匪神之靈，匪機之微。如將白雲，清風與歸。遠引若至，臨之已非。少有道契，終與俗違。亂山高木，碧苔芳暉。誦之思之，其聲愈稀。

飄逸

落落欲往，矯矯不羣。緱山之鶴，華頂之雲。高人畫中，令色絪縕。御風蓬葉，泛彼無垠。如不可執，如將有聞。識者已領，期之愈分。

曠達

生者百歲，相去幾何。歡樂苦短，憂愁實多。何如尊酒，日往烟蘿。花覆茆簷，疏雨相過。倒酒既盡，杖藜行過。孰不有古，南山峨峨。

流動

若納水輨，如轉丸珠。夫豈可道，假體遺愚。荒荒坤軸，悠悠天樞。載要其端，載同其符。超超神明，返返冥無。來往千載，是之謂乎。

句

忍事敵災星（以下困學紀聞） 物望傾心久，兇渠破膽頻（詠房太尉。自注：初琯建親王分鎮天下議，明皇從之，肅宗以是疑琯，受讒廢。先是祿山見分鎮詔書，拊膺歎曰：吾不得天下矣） 鼎飫和方濟，台階潤欲平（緯略） 夜短猨悲減，風和鵲喜虛（一作靈） 驊騮思故第，鸚鵡失佳人 鯨鯢人海涸，魑魅棘林幽 棋聲花院閉，幡影石壇高 地凉清鶴夢，林靜肅僧儀 晚妝留拜月，春睡更生香 隅谷見雞犬，山苗接楚田 人家寒食月，花影午時天（見圖與人論詩，舉得意者二十二聯，無全什者，附記於此） 官路好禽聲，軒車駐晚程 南樓山最秀，北路邑偏清（虞鄉縣樓） 多病形容五十三，誰憐借笏趁朝參（華下乞歸。見摭言） 十年太華無知己，只得虛中兩首詩（王禹偁云：人多以四皓二疏目圖，惟僧虛中贈圖詩云：道裝汀鶴識，春醉野人扶。言其操履檢身，非傲世也。又云：有時看御札，特地挂朝衣。言其尊戴存誠，非傲君也。故圖詩云云，言得其意趣） 看師逸蹟兩師宜，高適歌行李白詩（贈詧光。見宣和書譜）

全唐詩

周繇

周繇，字爲憲，池州人。咸通十二年登第，調建德令，辟襄陽徐商幕府，檢校御史中丞。詩一卷。

送邊上從事

戎裝佩鏌鋣，走馬逐輕車。衰草城邊路，殘陽壠上笳。黃河穿漢界，青塚出胡沙。提筆男兒事，功名立可誇。

送洛陽崔員外

塞詔除嵩洛，觀圖見廢興。城遷周古鼎，地列漢諸陵。日送歸朝客，時招住嶽僧。郡齋臺閣滿，公退即吟登。

送人尉黔中

盤山行幾驛，水路復通巴。峽漲三川雪，園開四季花。公庭飛白鳥，官俸請丹砂。知尉黔中後，高吟採物華。

送宇文虞

此別欲何往，未言歸故林。行車新歲近，落日亂山深。野店寒無客，風巢（一作窠）動有禽。潛知經目事，大半是愁吟。

題東林寺虎掊泉

勝致通幽感，靈泉有虎掊。爪摴山脉斷，掌托石心拗。竹藹疑相近，松陰蓋亦交。轉令棲遁者，真境逾難拋。

登甘露寺

盤江（一作山）上幾層，峭壁半垂藤。殿鎖南朝像，龕禪外國僧。海濤摏砌檻，山雨灑窗燈。日暮疎鐘起，聲聲徹廣陵。

甘露寺東軒

每日憐晴眺，閑吟只自娛。山從平地有，水到遠天無。老樹多封楚，輕烟暗染吳。雖居此廊下，入户亦躊躇。

甘露寺北軒

曉色宜閑望，山風遠益清。白雲連晉閣，碧樹盡蕪城。水靜沙痕出，煙消野火平。寂堪佳此境，爲我長詩情。

詠螢

熠熠與娟娟，池塘竹樹邊。亂飛同曳火，成聚却無煙。微雨灑不滅，輕風吹欲燃。舊曾書按上，頻把作囊懸。

望海

蒼茫空泛日，四顧絕人煙。半浸中華岸，旁通異域船。島間應有國，波外恐無天。欲作乘槎客，翻愁去隔年。

送楊環校書歸廣南

天南行李半波濤，灘樹枝枝拂戲猱。初著藍衫從遠嶠，乍辭雲署泊輕艘。山村象踏桄榔葉，海外人收翡翠毛。名宦兩成歸舊隱，徧尋親友興何饒。

經故宅有感

身沒南荒雨露賒，朱門空鎖舊繁華。池塘鑿就方通水，桃杏栽成未見花。異代圖書藏幾篋，傾城羅綺散誰家。昔年埏埴生靈地，今日生人爲歎嗟。

送入蕃使

獵獵旗旛過大荒，敕書猶帶御烟（一作爐）香。滹沱河凍軍迴探，邏沙城孤雁著行。遠塞風（一作燒）狂移帳幕，平沙日晚臥牛羊。早終冊禮朝天闕，莫遣虬髭染塞霜。

白石潭秋霽作

潭心烟霧破斜暉，殷殷雷聲隔翠微。崖壓盤渦翻蜃窟，灘吹白石上漁磯。陵風舴艋謳啞去，出水鸕鷀薄泊飛。秋霽更誰同此望，遠鐘時見一僧歸。

題金陵栖霞寺贈月公

明家不要買山錢，施作清池（一作花宮）種白蓮。松檜老依雲外地，樓臺深鎖洞中天。風經絕頂迴疎雨，石倚危屏挂落泉。欲結茅菴伴師住，肯饒多少薜蘿煙。

嘲段成式（一作廣陽公宴段柯古連騎馳騁坐觀花鬭或有眼飽之嘲因賦此詩）

蹴鞠且徒爲寧如目送時報讐憖遐耎存想恨逶遲促
坐疑辟呷銜盃强朶頤恣情窺窈窕曾恃好風姿色授
應難奪神交願莫辭請君看曲譜不負少年期

送江州薛尚書(一作郎中)

匡廬千萬峯影匝郡城中忽佩虎符去遥疑鳥道通煙
霞時滿郭波浪暮連空樹翳樓臺月帆飛鼓角風郡齋
多嶽客鄉户半漁翁王事行春外題詩寄遠公

津頭望白水

晴江暗漲岸吹沙山畔船銜樹杪斜城郭半淹橋市鬧
鷺鷥繚繞入人家

公子行

青山薄薄漏春風日暮鳴鞭柳影中回望玉樓人不見
酒旗深處勒花驄

看牡丹贈段成式(柯古前看惱酒)

金蘂霞英疊彩香初疑少女出蘭房逡巡又是一年别
寄語集仙呼索郎

以人蔘遺段成式

人形上品傳方志我得眞英自(一作白)紫團甦非叔子空持
藥更請伯言審細看

和段成式

迴簪轉黛喜猜防粉署裁詩助酒狂若遇仙丹偕羽化
便隨蕭史亦何傷
玉樹瓊筵暎彩霞澄虚樓閣(一作澄波虛閣)似仙家只緣存想歸
蘭室不向春風看夜花(此首題一作和段柯古不赴光風亭夜宴)

全唐詩

聶夷中

聶夷中字坦之河東人咸通十二年登第官華陰尉詩
一卷

雜興

兩葉能蔽目雙豆能塞聰理身不知道將爲天地聾擾
擾造化內茫茫天地中茍或有所願毛髮亦不容

雜怨(一作孟郊詩題云征婦怨)

生在綺羅下豈識漁陽道良人自戍來夜夜夢中到漁
陽萬里遠近於中門限中門踰有時漁陽常在眼(孟郊詩生在綺羅下四句在後漁陽萬里遠四句在前)
君淚濡羅巾妾淚滴路塵羅巾今在手日得隨妾身路
塵如因風得上君車輪(孟郊詩君淚濡羅巾上尚有四句)

行路難

莫言行路難夷狄如中國謂言骨肉親中門如異域出
處全在人路亦無通塞門前兩條轍何處去不得

大垂手

金刀翦輕雲盤用黃金縷裝束趙飛燕教來掌上舞舞
罷飛燕死片片隨風去

空城雀(一作孟郊詩)

一雀入官倉所食能損幾所慮往復頻官倉乃害爾魚
網不在天鳥網不在水飲啄要自然何必空城裏

胡無人行

男兒徇大義立節不沽名腰間懸陸離大歌胡無行不
讀戰國書不覽黃石經醉臥咸陽樓夢入受降城更願
生羽翼飛身入青冥請攜天子劒斫下旄頭星自然胡
無人雖有無戰爭悠哉典屬國驅羊老一生

詠田家(一作傷田家)

二月賣新絲五月糶新穀醫得眼前瘡剜却心頭肉我
願君王心化作光明燭不照綺羅筵只照逃亡屋

燕臺二首

燕臺累黃金上欲招儒雅貴得賢士來更下於隗者自
然樂毅徒趨風走天下何必馳鳳書旁求向林野
燕臺高百尺燕滅臺亦平一種是亡國猶得禮賢名何
似章華畔空餘禾黍生

古興

片玉一塵輕粒粟山丘重唐虞貴民食秖是勤播種前
聖後聖同今人古人共一歲如苦饑金玉何所(一作將何)用

勸酒二首

白日無定影清江無定波人無百年壽百年復如何堂
上陳美酒堂下列笙歌與君入醉鄉醉鄉樂天和歲歲
松柏茂日日丘陵多君看終南山萬古青峩峩
灞上送行客聽唱行客歌適來橋下水已作渭川波人
間榮樂少四海别離多但恐别離淚自成苦(一作浩)水河勸
爾一杯酒所贈無餘多

飲酒樂

日月似有事一夜行一周草木猶須老人生得無愁一
飲解百結再飲破百憂白髮欺貧賤不入醉人頭我願
東海水盡向杯中流安得阮步兵同入醉鄉遊

公子行二首

漢代多豪族恩深益驕逸走馬踏殺人街吏不敢詰紅
樓宴青春數里望雲蔚金缸焰(一作豔)勝晝不畏落暉疾美
人盡如月南威莫能(一作不敢)匹芙蓉自天來不向水中出飛
瓊奏(一作綺席宴)雲和碧簫吹鳳質唯恨魯陽死無人駐白日
花樹出墻頭花裏誰家樓一行書不讀身封萬户侯美
人樓上歌不是古涼州

短歌

八月木陰(一作蔭)薄十葉三墮枝人生過五十亦已同此時
朝出東郭門嘉樹鬱參差暮出西郭門原草已離披南
鄰好臺榭北鄰善歌吹榮華忽銷歇(一作散)四顧令人悲生
死與榮辱四者乃常期古人耻其名没世無人知無言
鬢似霜勿謂事(一作髮)如絲耆年無一善何殊食乳兒

過比干墓

殷辛帝天下厭爲天下尊乾綱既一斷賢愚無二門佞
是福身本忠作喪已源餓虎不食子人無骨肉恩日影
不入地下埋寃死魂腐骨(一作肉)不爲土應作石(一作直)木根余

來過此鄉下馬弔此墳靜念君臣間有道誰敢（一作有誰敢折）論

住京寄同志

在京如在道日日（一作夜夜）先雞起不離十二街日行一百里役役大塊上周朝復秦市貴賤與賢愚古今同一軌白兎落天西赤鵶飛海底一日復一日日日無終始自嫌性如石不達榮辱理試問九十翁吾今尚如此

贈農（一作孟郊詩）

勸爾勤耕田盈爾倉中粟勸爾無伐桑減爾身上服清霜一委地萬草色不綠狂風一飄林萬葉不著木青春如不耕何以自拘束

客有追歎後時者作詩勉之

後達多晚榮速得多疾傾君看構大厦何曾一日成在暖須在桑在飽須在耕君子貴弘道道弘無不亨太陽垂好光毛髮悉見形我亦二十年直似戴盆行荆山產美玉石石皆堅貞未必盡有玉玉且間石生精衛一微物猶恐填海平

訪嵩陽道士不遇

先生五岳遊文焰滅（一作藏）金鼎日（一作月）下鶴過時人間空落影常言一粒藥不隨死生境何當列禦寇去問仙人請

早發鄴北經古城

微月東南明雙牛耕古城但耕古城地不知古城名當昔置此城豈料今日（一作人）耕蔓草已離披狐兎何縱横秋雲零落散秋風（一作風雨）蕭條生對古良可歎念今轉傷情古人已冥冥今人又營營不知馬蹄下誰家舊臺亭

題賈氏林泉

市朝東名利林泉繫清通豈知黃塵內迴有白雲蹤輕流逗密篠直榦入寬（一作高）空高吟五君詠疑對九華峰我知種竹心欲扇清涼風我知決泉意將（一作欲）明濟物功有琴不張弦衆星列（一作落）梧桐須知澹泊聽聲在無聲中地非樵者路武陵又何逢秖慮迷所歸池上日西東

送友人歸江南

皇州五更鼓月落西南維此時有行客別我孤舟歸上國身無主下第誠可悲

秋夕

日往無復見秋堂暮仍學玄髮不知白曉入寒銅覺爲材未離羣（一作辭樹）有玉猶在璞誰把碧桐枝刻作雲門樂

哭劉駕博士

出門四顧望此日何徘徊終南舊山色夫子安在哉君詩如門戶夕閉晝還開君名如四時春盡夏復來原野多丘陵纍纍如高臺君墳須數尺誰與夫子偕

公子家（一作長安花 一作公子行）

種花滿西（一作田）園花發青樓道花下一禾生去之爲惡草

田家二首

父耕原上田子劚山下荒六月禾未秀官家已修倉

鋤田當日午汗滴禾下土誰念盤中餐粒粒皆辛苦（此篇一作李紳詩）

雜怨

良人昨日去明月（一作日）又不圓（一作還）別時各有淚零落青樓前

烏夜啼

衆鳥各歸枝烏烏爾不棲還應知妾恨故向綠窗啼

起夜來

念遠心如燒不覺中夜起桃花帶露泛（一作滋）立在月明裏

古別離（一作孟郊詩）

欲別牽郎衣問郎遊何處不恨歸日遲莫向臨邛去

長安道

此地無駐馬夜中猶走輪所以路傍草少於衣上塵

遊子行（一作吟）

萱草生堂階遊子行天涯慈親倚門望不見萱草花

聞人說海北事有感

故鄉歸路隔高雷見說年來事可哀村落日中眠虎豹田園雨後長蒿萊海隅久已無春色地底真成有劫灰荆棘滿山行不得不知當日是誰栽

全唐詩

顧雲

顧雲字垂象池州人風韻詳整與杜荀鶴殷文圭友善同肄業九華咸通十五年登第爲高駢淮南從事師鐸之亂退居霅川杜門著書大順中與羊昭業盧知猷陸希聲錢翊馮渥司空圖等分修宣懿德三朝實錄書成加虞部員外郎乾寧初卒存詩一卷

華清詞

祥雲皓鶴盤碧空喬松稍稍韻微風絳節影來朱旛響丁東相公清齋朝蘂宮太上符籙龍蛇蹤散花天女侍香童隔煙遙望見雲水彈璈吹鳳清瓏瓏丹砂黃金世可度願啓一言告仙翁道門弟子山中客長向山中禮空碧九色真龍上漢時願把霓幢引煙策

天威行

蠻嶺高蠻海闊去舸迴艘投此歇一夜舟人得夢間草草相呼一時發颶風忽起雲顛狂波濤擺掣魚龍殭海神怕急上岸走山靈股慄入石藏金蛇飛狀霍閃過白日倒挂銀繩長轟轟砢砢雷車轉霹靂一聲天地戰風定雲開始望看萬里青山分兩片車遙遙馬闐闐平如砥直如弦雲南八國萬部落皆知此路來朝天耿恭拜出井底水廣利刺開山上泉若論終古濟物意二將之功皆小焉

築城篇

三十六里西川地圍遶城郭峨天横一家人率一口甓版築纔興城已成役夫登登無倦色饌飽觴酣方暫息不假神龜出指蹤盡憑心匠爲籌畫畫閣團團真鐵甕堵濶巉巖（一作巉巉）齊石壁風吹四面旌旗動火焰相燒滿天赤散花樓晚挂殘虹濯錦秋江澄倒碧西川父老賀子孫從茲始是中華人

蘇君廳觀韓幹馬障歌

杜甫歌詩吟不足可憐曹霸丹青曲直言弟子韓幹馬畫（一作盡）無骨但有肉今日披圖見筆跡（一作蹤）始知甫也真凡目秦王學士居武功六印名家聲價雄乃孫屈跡寧

百里好奇學古有祖風竹廳斜日奕碁散延我直入書齋中屹然六幅古屏上歘見胡人牽入天廐之神龍麟鬐鳳臆真相似秋竹慘慘披雨耳輕匀杏藥糝皮毛細撚銀絲插駿尾思量動步應千里誰見初離渥洼水眼前只欠燕雪飛蹄下如聞朔風起朱崖謫掾從亡歿更有何人鑒奇物當時若遇燕昭王肯把千金買枯骨

苔歌

檻前溪奪秋空色百丈潭心數砂礫松筠（一作篠）條條長碧苔苔色碧於溪水碧波迴梳開孔雀尾根細貼着盤陀石撥浪輕拈出少時一髻濃煙三四尺山光日華亂相射靜縷藍鬖匀襞積試把臨流（一作風）抖擻看琉璃珠子淚雙雙（一作雙雙）滴如看玉女洗頭處解破雲鬟收未得即是仙宮欲製六銖衣染絲未倩鮫人織採之不敢盈筐篋苦怕龍神河伯惜瓊蘇玉鹽爛漫煮嚥入丹田續靈液會待功成插翅飛蓬萊頂上尋仙客

池陽醉歌贈匡廬處士姚巖傑

九華太守行春罷（一作數）高絳紅筵壓花樹四面繁英拂檻開帖雪團霞墜枝亞空中焰若燒藍天萬里滑靜無纖煙弦索緊快管聲脆急曲碎拍聲相連主人憐才多傾興許客酣歌露真性春酎香濃枝盞黏一醉有時三日病龜潭鱗粉解不去鴟嶺藥花澆不醒肺枯似著爐鞲煽腦熱如遭錘鑿釘蒙溪先生梁公孫忽然示我十軸文展開一卷讀一首四顧特地無涯垠又開一軸讀一帙酒病豁若風驅雲文鋒斡破造化窟心刃掘出興亡根經疾史恙萬片恨墨炙筆鍼如有神呵叱潘陸鄙瑣屑提挈揚孟歸孔門時時說及開元理家風颯颯吹人耳吳兢纂出升平源十事分明鋪在紙裔孫才業今如此誰人爲奏明天子鑾駕何當獵左馮神鷹一擲望千里戲操狂翰泥鑾駿傍人莫笑我率然

詠柳二首

帶露含煙處處垂綻黃搖綠嫩參差長堤未見風飄絮廣陌初憐日映絲斜傍畫筵偷舞態低臨粧閣學愁眉

離亭不放到春暮折盡拂簷千萬枝

閑花野草總爭新眷皺絲乾獨不匀乞取（一作與）東風殘氣力莫教虛度一年春

全唐詩

張喬

張喬池州人咸通中進士黃巢之亂罷舉隱九華詩二卷

宴邊將

一曲梁州金石清邊風蕭颯動江城座中有老沙場客橫笛休吹塞上聲

郢州即事

孤城臨遠水千里見寒山白雪無人唱滄洲盡日閑鳥歸殘燒外帆出斷雲間此地秋風起應隨計吏還

送賓貢金夷吾（一作魚）奉使歸本國

渡海登仙籍還家備漢儀孤舟無岸泊萬里有星隨積水浮魂夢流年半別離東風未迴日音信杳難期（一作知）

華山

誰將倚天劍削出倚天峰衆水背流急他山相向重樹黏青靄合崖夾白雲濃一夜盆傾雨前湫起毒龍

滕王閣（一本下有寓望二字）

昔人登覽處遺閣大江隅（一作創來人世殊幾度繞汀蘆）疊浪有時有閑無日無早涼先燕去返照後帆孤未得營歸計菱歌滿舊湖

寄處士梁燭

賢哉君子風諷（一作謫）與古人同採藥楚雲裏移家湘水東星霜秋野闊雨雹夜山空早晚相招隱深耕老此中

送許棠下第遊蜀

天下猿多處西南是蜀關馬登青壁瘦人宿（一作度）翠微閑帶雨逢殘日（一作火）因江見斷山行歌風月好莫老錦城間

題終南山白鶴觀

上徹鍊丹峰求玄意未窮古壇青草合往事白雲空仙境日月外帝鄉（一作城）煙霧中人間足煩暑欲去戀松（一作清）風

贈邊將

將軍誇膽氣功在殺人多對酒擎鍾飲臨風拔劍歌翻師平碎葉掠地取交河應笑孔門客年年羨四科

弔建州李員外

銘旌歸故里猿鳥亦悽然已葬桐江月空迴建水船客傳爲郡日（一作政）曾說讀書年恐有吟魂在深山古木邊

送許棠及第歸宣州

雅調一生吟誰爲晚達心傍人賀及第獨自卻霑襟宴別喧天樂家歸礙日岑青門許攀送故里接雲林

送龐百篇之任青陽縣尉

都堂公試日詞翰獨超羣品秩台庭與篇章聖主聞鄉連三楚樹縣對九華雲多少青門客臨岐共羨君

曲江春

尋春與送春多遶曲江濱一片鳧鷖水千秋輦轂塵岸涼隨衆木波影逐（一作送）遊人自是遊人老年年管吹新

秦原春望

無窮名利塵，軒蓋逐年新。北闕東堂路，千山萬水人。雲離僧榻曙，燕遠鳳樓春。荏苒文明代，難歸釣艇身。

遊華山雲際寺（一作遊少華山甘露寺）

少華中峰寺，高秋眾景歸。地連秦塞起，河隔晉山微。晚木蟬相應，涼天鴈並飛。殷勤記巖石，祇恐再來稀。

送棊待詔朴球歸新羅

海東誰敵手，歸去道應孤。闕下傳新勢，船中覆舊圖。窮荒迴日月，積水載寰區。故國多年別，桑田復在無。

送鄭谷先輩赴汝州辟命

看花興未休，已散曲江遊。載筆離秦甸，從軍過洛州。嵩雲將雨去，汝水背城流。應念依門客，蒿萊滿徑（一作目）秋。

贈敬亭清越上人

海上獨隨緣（一作海畔與窮邊），歸來二十年。久閑時得句，漸老不離禪。砌木欹臨水，窗峰（一作蓬）直倚天。猶期向雲裏，別掃石床眠。

題（一作遊）靈山寺

樹涼清島寺，虛閣敞禪扉。四面閑雲入，中流獨鳥歸。湖平幽徑近，船泊夜燈（一作香）微。一宿秋風裏，煙波隔擣衣。

弔栖白上人

今古遞相送，幾時無逝波。篇章名不朽，寂滅理如何。内殿留真影，閑房落貝多。從茲高塔寺，惆悵懶經過。

北山書事

黄河一曲山，天半鎖重關。聖日雄藩靜，秋風老將閑。車輿穿（一作寄）谷口，市井響雲間。大野無飛鳥，元戎校獵還。

長安書事

出送鄉人盡，滄洲未得還。秋風五陵樹，晴日六街山。有景終年在，無機是處閑。何當向雲外，免老別離間。

送鄭侍御赴汴州辟命

官從諫署清，暫去佐戎旌。朝客多相戀（一作送），吟僧欲伴行。河冰天際白，嶽雪眼前明。即見東風起，梁園聽早鶯。

弔造微上人

至人隨化往，遺路自堪傷。白塔收真骨，青山閉影堂。鐘殘含細韻，煙（一作印）滅有餘香。松上齋鳥在，遲遲立夕陽。

經隱巖舊居（一作懷舊遊）

夜久村落靜，徘徊楊柳津。青山猶有路，明月已無人。夢寐空（一作生）前事，星霜倦此身。嘗期結茅處，來往躡遺塵。

再題敬亭清越上人山房

重來訪惠休，已是十年遊。向水千松老，空山一磬秋。石窗清吹入，河漢夜光流。久別多新作，長吟洗俗愁。

浮汴東歸

日暖泗濱西，無窮岸草齊。薄煙衰草樹，微月迴城雞。水近滄浪急，山隨綠野低。羞將舊名姓，還向舊遊題。

雨中宿僧院

千燈有宿因，長老許相親。夜永樓臺雨，更深江海人。勞生無了日，妄念起微塵。不是真如理，何門靜此身。

江行至沙浦

煙霞接杳冥，旅泊寄迴汀。夜雨雷電歇，春江蛟蜃腥。城侵潮影白，嶠截鳥行青。徧欲探泉石，南須過洞庭。

送友人歸江南

辛勤同失意，迢遞獨還家。落日江邊笛，殘春島上花。親安誠可喜，道在亦何嗟。誰伴高吟處，晴天望九華。

劉補闕自九華山拜官因以寄獻

寘鴻久不羣，徵拜動天文。地主迎過郡，山僧送出雲。登車殘月在，宿館亂流分。若更思林下，還須共致君。

岳陽即事

遠色岳陽樓，湘帆數片愁。竹風山上路，沙月水中洲。力學桑田廢，思歸鬢髮秋。功名如不立，豈易狎汀鷗。

題興善寺僧道深院

江峰峰頂人，受法老西秦。法本無前業，禪非為後身。院栽他國樹，堂展祖師真。甚願依宗旨，求閑未有因。

送龍門令劉滄

去宰龍門縣，應思變化年。還將魯儒政，又與晉人傳。峭壁開中古，長河落半天。幾鄉因勸勉，耕稼滿雲煙。

送友人往（一作歸）宜春（一作江南）

落花兼柳絮，無處不紛紛。遠道空歸去，流鶯獨自聞。野橋喧碓水，山郭入樓雲。故里南陵（一作陂）曲，秋期更送君。

書邊事

調角斷清秋，征人倚戍樓。春風對青塚，白日落梁州。大漠（一作漢）無兵阻，窮邊有客遊。蕃情似（一作如）此水，長願向南流。

送僧雅覺歸東海（一作海東）

山川心地内，一念即千重。老別關中寺，禪（一作秋）歸海外峰。鳥行來有路，帆影去無蹤。幾夜波濤息，先聞本國鐘。

和薛監察題興善寺古松（一作薛能詩）

種在法王城，前朝古寺名。瘦根盤地遠，香吹入雲清。鶴動池臺影，僧禪雨雪聲。看來人旋老，因此歎浮生。

聽琴

清月轉瑤軫，弄中湘水寒。能令坐來客，不語自相看。靜恐鬼神出，急疑風雨殘。幾時歸嶺嶠，更過洞庭彈。

送友人遊蜀

此心知者稀，欲別倍相依。無食擬同去，有家還未歸。巴山開國遠，劍道入天微。必恐臨邛客，疑君學賦非。

聞仰山禪師往曹溪因贈

曹溪松下路，猨鳥重相親。四海求玄理，千峰繞定身。異花天上墮，靈草雪中春。自惜經行處，焚香禮舊真。

藍溪夜坐

藍水警塵夢，夜吟開草堂。月臨山霽薄，松滴露花香。詩外真風遠，人間靜興長。明朝訪禪侶，更上翠微房。

題鄭侍御藍田別業

秋山清若水，吟客靜於僧。小徑通商嶺，高窗見杜陵。雲霞朝入鏡，猨鳥夜窺燈。許作前峰侶，終來寄上層。

送友人進士許棠（一本無進士二字）

離鄉積歲年，歸路遠依然。夜火山頭市，春江樹杪船。干戈愁鬢改，瘴癘喜家（一作身）全。何處營甘旨，潮（一作濤）浸薄田。

秘省伴直

喬枝聚暝禽，疊閣鎖遙岑。待月當秋直，看書廢夜吟。殘薪留火細，古井下（一作汲）瓶深。縱欲抄前史，貧難遂此心。

宿昭應

夜憶開元寺，淒涼里巷間。薄煙通魏闕，明月照驪山。半

壁空宮閑連天白道閑清晨更回首獨向灞陵還

送陸處士

樽前放浩歌便起（一作處）泛煙波舟楫故人少江湖明月多孤峰經宿上僻寺共雲過若向仙巖住還應著薜蘿

送韓處士歸少室山

江外曆千岑還歸少室吟地閑緱嶺月窗迥洛城砧石竇垂寒（一作新）乳松枝長別琴他年瀑泉下亦擬置家林

贈初上人

竹色覆禪棲幽禽遶院啼空門無去住行客自東西井氣春來歇庭枝雪後低相看念山水盡日話曹溪

送新羅僧

東來此學禪多病念佛緣把錫離巖寺收經上海船落（一作捲）帆敲石火宿島汲瓶泉永向扶桑老知無再少年

題山僧院

谿路曾來日年多與舊同地寒松影裏僧老磬聲中遠水清風落閑雲別院通心源若無礙何必更論空

書梅福殿壁二首

梅真從羽化萬古是須臾此地名空在西山雲亦孤井痕平野水壇級上春蕪縱有雙飛鶴年多松已枯

一自白雲去千秋壇月明我來思往事誰更得長生雅韻磬鍾遠真風樓殿清今來爲尉者天下有仙名

荆楚道中

前程曾未到岐路擬何（一作已奚）爲返照行人急荒郊去鳥遲春宵多旅夢夏閏遠秋期處處牽愁緒無窮是柳絲

送南陵尉李頻

重作東南尉生涯尚似僧客程淮館月鄉思海船燈晚霧看春轂晴天見朗陵不應三考足先授詔書徵

將歸江淮書（一作冬歸有感）

東風搖衆木卽有看花期紫陌頻來日滄洲獨去時郡因兵役苦家爲海潮移未老多如此那堪鬢不衰

沿漢東歸

北去窮秦塞南歸遶漢川深山逢古跡遠道見新年絶壁雲銜寺空江雪灑船縈迴還此景多坐夜燈（一作煙）前

送蜀客

劍閣緣空去西南轉（一作過窮）幾州丹霄行客語明月杜鵑愁露帶山花落雲隨野水流相如曾醉地莫滯少年遊

塞上（一作塞下曲）

勒兵遼水邊風急卷旌旃絶塞寒（一作陰）無樹平（一作草）沙勢盡（一作去蓋）天雪晴迴探騎月落控鳴弦永定山河誓南歸改漢年（一作下營看斗建傳號信狼煙聖代垂青史當書破虜年）

送友人歸袁州

袁江猨鳥清曾向此中行才子登科去諸侯掃榻迎山藏明月浦樹遶白雲城遠想安親後秋風夢不驚

贈別李山人

分（一作未）合老西秦年年夢白蘋曾爲洞庭客還送洞庭人語別惜殘夜思歸愁見春遙知泊舟處沙月自相親（一作滄浪濯纓處應念滿衣塵）

思宜春寄友人

勝遊雖隔年魂夢亦依然瀑水喧秋思孤燈動夜船斷虹全嶺雨斜月半溪煙舊日吟詩侶何人更不眠

江行夜雨

江風木落天遊子感流年萬里波連蜀三更雨到船夢殘燈影外愁積葦叢邊不及樵漁客全家住島田（一作不是貪名利家無負郭田）

贈仰大師

仰山因久住天下仰山名井邑身雖到林泉性本清野（一作嶺）雲居（一作看）處盡江月定中（一作時）明髣髴曾相識今來隔幾生

江南逢洛下友人

洛下吟詩侶南遊只有君波濤歸路見蟋蟀在船聞曉月江城出晴霞島樹分無窮懷古意豈獨遶湘雲

東湖贈僧子蘭（一作題蘭上人）

名利了無時何人暫訪師道情閑外見心地語來知竹落穿窗（一作忽穿）葉松寒蔭井枝匡山許同社願卜挂帆期

隱巖陪鄭少師夜坐

幸喜陪驄馭頻來向此宵硯磨清澗石厨爨白雲樵竹外村煙細燈中禁漏遙衣冠與文理靜語（一作話）對前朝

送三傳赴長城尉（一作送前輩讀三傳任長城尉）

登科精魯史爲尉及良時高論窮諸國長才倂幾司地傾流水疾山疊過雲遲暇日琴書畔何人對手棋

送李道士歸南嶽

千峰隔湘水迢遰挂帆歸掃月眠蒼壁和雲著褐衣洞虛懸溜滴徑狹長松圍只恐相尋日人間舊識稀

延福里秋懷

終年九陌行要路跡皆生苦學猶難至甘貧豈有成病攜秋卷重閑著暑衣輕一別林泉久中宵御水聲

題玄哲禪師影堂

吾師視化身一念卽遺塵巖谷藏虛塔江湖散學人雲迷禪處石院掩寫來真寂寞焚香後閑階細草生

登慈恩寺塔

窗戶幾（一作響）層風清涼碧落中世人來往別煙景古今同列岫橫秦斷長河極塞空斜陽越鄉思天末見歸鴻

送友人東歸

遠涉期秋卷將行不廢吟故鄉芳草路來往別離心挂席春風盡開齋夏景深子規誰共聽江月上清岑

送僧鸞歸蜀寧親

歌詩精外學天子是知音坐夏宮鍾近寧親劍閣深高名徹西國舊跡寄東林自此棲禪者因師滿蜀今

送人歸江南

貧歸無定程水宿與山行未有安親計難爲去國情島煙孤寺磬江月遠船箏思苦秋迴日多應吟更清

將離江上作

白衣歸樹下青草戀江邊三楚足深隱五陵多少年寂寥聞蜀魄清絶怨湘弦岐路在何處西行心渺然

別李參軍

王孫遊不遇況我五湖人野店難投宿漁家獨問津嶺分中夜月江隔兩鄉春靜想青雲路還應寄此身

送睦州張參軍

重祿輕身日清資近故鄉因知送君後轉自惜年芳遠

水分林影層峰起鳥行扁舟此中去溪月有餘光

贈棋僧侶

機謀時未有多向奕棋銷已與山僧敵無令海客饒靜驅雲陣起（一作出）疎點鴈行遥夜雨如相憶松窗更見招

題湖上友人居

豈得戀樵漁全家湖畔居遠無潮客信閑寄嶽僧書野白梅繁後山明雨散初道遥向雲水莫與宦情疎

送友人歸宣州

失計復離愁君歸我獨遊亂花藏道發春水遶鄉流暝火叢橋市晴山疊郡樓無爲謝公戀吟過曉（一作晚）蟬秋

題古觀

急景遲衰老此經誰養眞松留千載鶴碑隔六朝人洞水流花早壺天閉雪春其如爲名利歸踏五陵塵

送友人及第歸江南

豈易及歸榮辛勤致此名登車思往事迴首勉諸生路遠山光曉（一作曙）帆通海氣清秋期却閑坐林下聽江聲

送朴充侍御歸海東

天涯離二紀闕下歷三朝漲海雖然濶歸帆不覺遥驚波時失侶舉火夜相招來往尋遺事秦皇有斷橋

弔前水部賈員外

籠中江海禽日夕有歸心魏闕長謠久吳山獨往深別時羣木落終處亂猨吟李白墳前路溪僧送入林

題（一作移）小松

松子落何年纖枝長水邊斸開深（一作新）澗雪移出遠林煙帶月棲幽鳥兼花灌冷泉微風動清韻閑聽罷琴眠

寄中岳顗項先生

先生顗項後得道自何人松柏卑於壽兒孫老却身夜窗峰頂曙寒澗洞中春戀此逍遥境雲間不可親

送沈先輩尉昭應

餘才不廢詩佐邑喜閑司丹陛終須去青山未可期葉凋溫谷晚雲出古宮遲若草東封疏君王到有時

送友人遊湖南

所投非舊知亦似有前期路向長江上帆揚細雨時春生南嶽早日轉大荒遲盡採瀟湘句重來會近期

江上送友人南遊

何處積鄉愁天涯聚亂流岸長羣岫晚湖濶片帆秋買酒過漁舍分燈與釣舟瀟湘見來鴈應念獨邊遊

江南別友人

勞生故白頭頭白未應休闕下難孤立天涯尚旅遊聽猨吟島寺待月上江樓醉別醒惆悵雲帆滿亂流

商山道中

春去計秋期長安在夢思多逢山好處少值客行時雲起爭峰勢花交隱澗枝停驂一惆悵應秪嶺猨知

吳江旅次

行人愁落日去鳥倦遥林曠野鳴流水空山響暮砧旅途歸計晚鄉樹別年深寂寞逢村酒漁家一醉吟

寄南中友人

相夢如相見相思去後頻舊時行處斷華髮別來新浪動三湘月煙藏五嶺春又無歸北客書札寄何人

寄績溪陳明府

古邑猨聲裏空城只半存岸移無舊路沙漲別成村鼓角喧京口江山盡汝濆六朝興廢地行子一銷魂

試月中桂

與月轉洪濛扶疎萬古同根非生下土葉不墜秋風每以（一作向）圓時足還隨缺處空影高羣木外香滿一輪中未種丹霄日應虛玉（一作白）兔宮何當因（一作如何當）羽化細得問玄功（一作神）

遊歙州興唐寺

山橋通絶境到此憶天台竹裏尋幽徑雲邊上古臺鳥歸殘照出鐘斷細泉來爲愛澄溪月因成隔宿迴

題詮律師院

院凉松雨聲相對有山情未許谿邊老猶（一作還）思嶽頂行紗燈留火細石井灌瓶清欲問吾師外何人得此生

金山寺空上人院

已老金山頂無心上石橋講移三楚遍梵譯五天遥板閣禪秋月銅瓶汲夜潮自慙昏醉客來坐亦通宵

題廣信寺

亭北敞靈溪林梢與檻齊野雲來影遠沙鳥去行低晚渡明村火晴山響郡鼙思鄉值搖落賴不有猨啼

全唐詩 張喬

興善寺貝多樹

還應毫末長始見拂丹霄得子從西國成陰見昔朝勢隨雙刹直寒出四墻遥帶月啼春鳥連空噪暝蜩遠根穿古井高頂起凉飇影動懸燈夜聲繁過雨朝靜遲松桂老堅任雪霜凋永共終南在應隨劫火燒

華山

青蒼河一隅氣狀杳難圖卓傑三峰出高奇四岳無力疑擎上界勢獨壓中區衆水東西走羣山遠近趨天迴諸宿照地聳百靈扶石壁煙霞麗（一作蘿細）龍潭雨雹麤澄

凝(一作清凉)臨甸服險固東神都淺覺川原異深應日月殊鶴歸青靄合仙去白雲孤瀑濕斜飛凍松長倒挂枯每來尋(一作探)洞穴不擬返江湖儻有芝田種巖間(一作商巖)老(一作寄野)夫

送何道士歸山

身非絕粒本清羸束挂仙經杖一枝落葉獨尋(一作遠路自隨)流水去深山長與白雲期樹臨丹竈寒花疾壇近清嵐夜月遲樵客若能隨(一作過)洞裏迴歸人世始應悲

城東寓居寄知已

花木閑門苔蘚生滻川特去得吟情病來久絕洞庭信年長卻思廬岳耕落日獨歸林下宿暮雲多遶水邊行干時退出長如此頻愧相憂道姓名

再書邊事

萬里沙西寇已平犬羊羣外築空城分營夜火燒雲遠校獵秋鵰掠草輕秦將力隨胡馬竭蕃河流入漢家清羌戎不識干戈老須賀當(一作今)時聖主明

遊邊感懷二首

貧遊繚繞困邊沙卻被遼陽戰士嗟不是無家歸不得有家歸去似無家

兄弟江南身塞北鴈飛猶自半年餘夜來因得思鄉夢重讀前秋轉海書

無題(一作贈友人)

九霄無詔下何事觸清塵宅帶松蘿僻身惟猨鳥親吟看仙掌月期有洞庭人莫問煙霞句懸知見岳神

蟬

先秋蟬一悲長是客行時曾感去年者又鳴何處枝細聽殘韻在迴望舊聲遲斷續誰家樹涼風送別離

江上逢進士許棠

詩人推上第新榜又無君鶴髮他鄉老漁歌故國聞平江流曉月獨鳥伴(一作鳥絆)餘雲且了髫年志沙鷗未可羣

送河西從事

結束佐戎旃河西住幾年隴頭隨日去磧裏寄星眠水近沙連帳程遙馬入天聖朝思上策重待奏安邊

河湟舊卒

少年隨將討河湟頭白時清返故鄉十萬漢軍零落盡獨吹邊曲向殘陽

促織

念爾無機自有情迎寒辛苦弄梭聲椒房金屋何曾識偏向貧家壁下鳴

猨(一作長安贈猨)

挂月棲雲向楚林取來全是爲清音誰知繫在黃金索翻(一作領)畏侯家不敢吟

寄薦福寺棲白大師(第三句缺一字第四句缺二字)

高塔六街無不見塔邊名出秖吾師嘗聞朝客多相記得　數句詩

越中贈別

東越相逢幾醉眠滿樓明月鏡湖邊別離吟斷西陵渡楊柳秋風兩岸蟬

寄清越上人(一作寄山僧)

大道(一作真性)本來無所染白雲那得有心期遠公獨(一作猶)刻蓮花漏猶(一作獨)向空山(一作青山一作山中)禮六時

宿齊山僧舍

一宿經窗臥白波萬重歸夢隔(一作曉隨山月出)煙蘿若言不得南宗要長在禪床事更多

春日遊曲江

日暖鴛鴦拍浪春蒹葭浦際聚青蘋若論來往鄉心切須是煙波島上人

漁家

擁棹思(一作釣艇去)悠悠更深泛積流(一作煙波春復秋)唯將一星(一作點)火何處宿蘆洲

送人及第歸海東

東風日邊起草木一時春自笑中華路年年送遠人

題河中鸛雀樓

高樓懷古動悲歌鸛雀今無野燕(一作雀)過樹隔五陵秋色早水連三晉夕陽多漁人遺火成寒燒牧笛吹風起夜波十載重來值搖落天涯歸計欲如何

宿洛都門

山川馬上度邊禽一宿都門永夜吟客路不歸秋又晚西風吹動洛陽砧

對月二首

圓魄上寒空皆言四海(一作遠)同安知千里外不有雨兼風

盈缺青冥外東風萬古(一作里)吹何人種丹桂不長出輪枝

贈友人

自說安貧歸未得竹邊門掩小池冰典琴賒酒吟過寺送客思鄉上灞陵待月夜留煙島客憶雲閑訪翠微僧幾時獻了相如賦共(一作去)向嵩山採茯苓

笛

剪雨裁煙一節秋落梅楊柳曲中愁尊前暫借殷勤看明日曾聞向隴頭

漁者

首戴圓荷髮不梳葉舟爲宅水爲居沙頭聚看人如市釣得澄江一丈魚

宿潺湲亭

走月流煙疊樹西聽來愁甚聽猨啼幾時御水聲邊住卻夢潺湲宿此溪

臺城

宮殿餘基長草花景陽宮樹噪村鴉雲屯雉堞依然在空繞漁樵四五家

寄山僧

閑倚蒲團向日眠不能歸老岳雲邊舊時僧侶無人在惟有長松見少年

題上元許棠所任王昌齡廳

瑠璃堂裏當時客久絕吟聲繼後塵百四十年庭樹老如今重得見詩人

自誚

每到花時恨道窮一生光景半成空只應抱璞非良玉豈得年年不至公

贈河南詩友

山東令族玉無塵裁剪煙花筆下春不把瑤華借風月洛陽才子更何人

寄維揚故人

離別河邊綰柳條千山萬水玉人遙月明記得相尋處城鎖東風十五橋

孤雲

舒卷因風何所之碧天孤影勢遲遲莫言長是無心物還有隨龍作雨時

詠棋子贈奕僧

黑白誰能用入玄千回生死體方圓空門說得恒沙劫應笑終年爲一先

谷口作

巴客青冥過嶺塵雪崖交映一川春晴朝採藥尋源去必恐雲深見異人

寄弟

故里行人戰後疎青崖萍寄白雲居那堪又是傷春日把得長安落第書

春日有懷

高下尋花春景遲汾陽臺榭白雲詩看山懷古翻惆悵未勝遙傳不到時

鷺鷥障子

剪得機中如雪素畫爲江上帶絲禽閑來相對茅堂下引出煙波萬里心

甘露寺僧房

臨水登山路重尋旅思勞竹陰行處客僧臘別來高遠岫明寒火危樓響夜濤悲秋不成寐明月上千舠

宿江叟島居

一家煙島隈（一作上）竹裏夜窗開數派分潮去千檣聚月來石樓雲斷續澗渚鴈徘徊了得平生志還歸築釣臺

江村

貧遊無定蹤鄉信轉難逢寒渚暮煙澗去帆歸思重潮平低戍火木落遠山鐘況是漁家宿疎籬響夜舂

贈進士顧雲（第二句缺一字第六句缺一字）

潮檻煙波別釣津西京同　荻　貧不知守道歸何日相對無言盡幾春晴景遠山花外暮雲邊高蓋水邊

與君愁寂無消處賒酒青門送楚人

贈頭陀僧

自說年深別石橋遍遊靈跡熟南朝已知世路皆虛幻不覺空門是寂寥滄海附船浮浪久碧山尋塔上雲遙如今竹院藏衰老一點寒燈弟子燒

尋陽村舍

荒林寄遠居坐臥見樵漁夜火隨船遠寒更出郡疎雪迷登岳路風阻轉江書寂寞高窗下思鄉歲欲除

江樓作

憑檻見天涯非秋亦可悲晚天帆去疾春雪燕來遲山水分鄉縣干戈足別離南人廢耕織早晚罷王師

回鸞閣寫望

古閣上空半寥寥千里心多年爲客路盡日倚欄吟山壓秦川重河來虜塞深回鑾今不見煙霧杳沉沉

題宣州開元寺

誰家煙徑長莓苔金碧虛欄竹上開流水遠分山色斷清猨時帶角聲來六朝明月唯詩在三楚空山有鴈迴達理始應盡惆悵僧閑應得話天台（此篇一本題作謝公亭懷古云謝家煙徑長莓苔半落虛簷竹上開流水不將山色去閑雲時帶竹聲來六朝舊跡遺詩在三楚空江有鴈回達理始應惆悵盡因僧清話憶天台）

題友人草堂

空山卜隱初生計亦無餘三畝水邊竹一床琴畔書深林收晚果絕頂拾秋蔬堅話長如此何年獻子虛

七松亭

七松亭上望秦川高鳥閑雲滿目前已比子真耕谷口豈同陶令臥江邊臨崖把卷驚迴燒掃石留僧聽遠泉明月影中宮漏近珮聲應宿使朝天

題友人林齋

喬木帶涼蟬來吟暑雨天不離高枕上似宿遠山邊簟冷窗中月茶香竹裏泉（一作煙）吾廬近溪島憶別動經年

經宣城元員外山居

無人襲仙隱石室閉空山避燒猨猶到隨雲鶴不還澗荒巖影在橋斷樹陰閑但有黃河賦長留在世間

經九華山費徵君故居

草堂蕪沒後來往問樵翁斷石荒林外孤墳晚照中數溪分大野九子立寒空煙壁曾行處青雲路不通

題賈島吟詩臺

吟魂不復遊臺亦似荒丘一徑草中出長江天外流暝煙寒鳥集殘月夜蟲愁願得生禾黍鋤平恨即休

遊南岳

入巖仙境清行盡復重行若得閑無事長來寄此生澗松閑易老籠燭晚生明一宿泉聲裏思鄉夢不成

尋桃源

武林春草齊花影隔澄溪路遠無人去山空有鳥啼水垂青靄斷松偃綠蘿低世上迷途客經茲盡不迷

青鳥泉

祇此沉仙翼瑤池似不遙有聲懸翠壁無勢下丹霄淨瀨煙霞古寒原草木凋山河幾更變幽咽到唐朝

望巫山

溪疊雲深轉谷遲暝投孤店草蟲悲愁連遠水波濤夜夢斷空山雨雹時邊海故園荒後責入關玄髮夜來衰東歸未必勝羈旅況是東歸未有期

省中偶作

二轉郎曹自勉旃莎階吟步想前賢不（一作未）如何遜無佳句若比馮唐是壯年捧制名題黃紙尾約僧心在白雲邊乳毛松雪春來好直夜清閑且學禪

秋夕

春恨復秋悲秋悲難到時每逢明月夜長起故山思巷僻行吟遠蛩多獨臥遲溪僧與樵客動別十年期

山中冬夜

寒葉風搖盡空林鳥宿稀澗冰妨鹿飲山雪阻僧歸夜坐塵心定長吟語力微人間去多事何處夢柴扉

宿劉温書齋

不掩盈窗月天然格調高涼風移蟋蟀落葉在離騷迴筆挑燈燼懸圖見海濤因論三國志空載幾英豪

歸舊山

昔年山下結茅茨村落重來野徑移樵客相逢悲往事

林僧閑坐問歸期異藤遍樹無空處幽草緣溪少歇時
此景一抛吟欲老可能文字聖朝知

潭上作

竹島殘陽映翠微雪翎禽過碧潭飛人間未有關身事
每到漁家不欲歸

楊花落

北斗南回春物老紅英落盡綠尚早韶風澹蕩無所依
偏惜垂楊作春好此時可憐楊柳花縈盈豔曳滿人家
人家女兒出羅幕淨掃玉除看花落寶環纖手捧更飛
翠羽輕裾承不著歷歷瑤琴舞袖陳飛紅拂黛憐玉人
東園桃李芳已歇猶有楊花嬌暮春

九華樓晴望

一夜江潭風雨後九華晴望倚天秋重來此地知何日
欲別殷勤更上樓

終南山

帶雪復銜春橫天占半秦勢奇看不定景變寫難真洞
遠皆通岳川多更有神白雲幽絕處自古屬樵人

哭陳陶

先生抱衰疾不起茂陵間夕臨諸孤少荒居弔客還遺
文禪東岳留語葬鄉山多雨銘旌故殘燈素帳閑樂章
誰與集隴樹即堪攀神理今難問予將叫帝關

長門怨

御泉長繞鳳皇樓自是恩波別處流閑揲舞衣歸未得
夜來砧杵六宮秋

全唐詩

曹唐

曹唐字堯賓桂州人初為道士後舉進士不第咸通中
累為使府從事詩三卷今編二卷

昇平詞五首（一作薛能詩）

瑞氣遶宮樓皇居上苑游遠岡連聖祚平地載神州會
合兼重譯潺湲近八流中興豈假問據此自千秋

寥泬敞延英朝班立位橫宣傳無草動拜舞有衣聲鴛
瓦霜消濕蟲絲日照明辛勤自不到遥見似前程

處處是歡心時康歲已深不同三尺劍應似五弦琴壽
笑山猶盡明嫌日有陰何當憐一物亦遣斷愁吟

日日聽歌謡區中盡祝堯蟲蝗初不害夷狄近全銷史
筆唯書瑞天臺絕見妖因令匠夫志轉欲事清朝

五帝三皇主蕭曹魏邴臣文章唯返朴戈甲盡生塵諫
紙應無用朝綱自有倫昇平不可記所見是閑人

洛東蘭若歸

一衲老禪床吾生半異鄉管弦愁裏老書劍夢中忙鳥
急山初暝蟬稀樹正涼又歸何處去塵路月蒼蒼

仙都即景

黃帝登真處青青不記年孤峰應礙日一柱自擎天石
怪長棲鶴雲閑若有仙鼎湖看不見零落數枝蓮

漢武帝將候西王母下降

崑崙凝想最高峰王母來乘五色龍歌聽紫鸞猶縹緲
語來青鳥許從容風迴水落三清月漏苦霜傳五夜鐘
樹影悠悠花悄悄若聞簫管是行蹤

漢武帝於宮中宴西王母

鼇岫雲低太一壇武皇齋潔不勝懽長生碧字期親署
延壽丹泉許細看劍佩有聲宮樹靜星河無影禁花寒
秋風褭褭月朗朗玉女清歌一夜闌

劉晨阮肇遊天台

樹入天台石路新雲和草靜迴（一作細雲和雨動）無塵煙霞不省（一作是）
生前事水木空疑夢後（一作裏）身往往雞鳴巖下月時時犬
吠洞中春不知此（一作何）地歸何（一作依）處須就桃源問主人

劉阮洞中遇（一作偶）仙子

天和樹色靄蒼蒼霞重嵐深路渺茫雲實（一作寶）滿山無鳥
雀水聲沿澗有笙簧碧沙洞裏乾坤別紅樹枝前日月
長願得花間有人出免（一作不）令仙犬吠劉郎

仙子送劉阮出洞

殷勤相送出天台仙境那能卻再來雲液每（一作既）歸須強
飲玉書無事莫頻開花當洞口應長在水到人間定不
迴惆悵溪頭從此別碧山明月閉蒼苔

仙子洞中有懷劉阮

不將清瑟理霓裳塵夢那知鶴夢長洞裏有天春寂寂
人間無路月茫茫玉沙瑤草連溪碧流水桃花滿澗香

曉露風燈零落盡此生無處訪劉郎

劉阮再到天台不復見仙子

再到天台訪玉真青苔白石已成塵笙歌寂寞閑深洞雲鶴蕭條絕舊鄰草樹總非前度色煙霞不似昔年春桃花流水依然（一作前）在不見當時勸酒人

織女懷牽牛

北斗佳人雙淚流眼穿腸斷爲牽牛封題錦字凝新恨抛（一作思）擲金梭織（一作結）舊愁桂樹三春煙（一作天雲）漠漠銀河一水夜（一作帶水）悠悠欲將心向（一作就）仙郎說借問榆花早晚秋

王遠宴麻姑蔡經宅

好風吹樹杏花香花下真人道姓王大篆龍蛇隨筆札小天星斗滿衣裳閑抛南極歸期晚笑指東溟飲興長要喚麻姑同一醉使人沽酒向（一作下）餘杭

萼綠華將歸九疑留別許真人

九點秋煙黛色空綠華歸思頗無窮每悲馭鶴身難任長（一作往）恨臨霞語未終河影暗吹雲夢月花聲閑落洞庭風藍絲重勒金條脫留與人間許侍中

穆王宴王母於九光流霞館

桑葉扶疎閉日華穆王邀命宴流霞霓旌著地雲初駐金奏掀天月欲斜歌咽細風吹粉蕊（一作藻）飲餘（一作酣）清露濕瑶砂不知白馬紅韁解偷喫東田碧玉花

紫河張休真

琪樹扶疎壓瑞煙玉皇朝客滿花前山川到處成三月絲竹經時即萬年樹石冥茫初縮地杯盤狼籍未朝天東風小飲人皆醉從聽黃龍枕（一作抛）水眠

張碩重寄杜蘭香

碧落香銷蘭露秋星河無夢夜悠悠靈妃不降三清駕仙鶴空成萬古（一作里）愁皓月隔花追欸（一作歎）別瑞（一作飛）煙籠樹省淹留人間何（一作有）事堪惆悵（一作遺恨）海色西風十二樓

玉女杜蘭香下嫁於張碩

天上人間兩渺茫不知誰識杜蘭香來經玉樹三山遠去隔銀河一水長怨入清塵愁錦瑟酒傾玄露醉瑶觴遺情更說何珍重擘破雲鬟金鳳皇

蕭史攜弄玉上昇

豈是丹臺歸路遥紫鸞煙駕不同飄一聲洛水傳幽咽萬片宮花共寂寥紅粉美人愁未散清華公子笑相邀緱山碧樹青樓月腸斷春風爲玉簫

皇（一作黃）初平將入金華山

莫道真遊煙景賒瀟湘有路入京華溪頭鶴樹春常在洞口人家（一作間）日易（一作自）斜一水暗鳴（一作迴）閑遶澗五雲長往不還家白羊成隊難收拾喫盡溪邊巨勝花

漢武帝思李夫人

惆悵冰（一作朱）顏不復歸晚秋黃葉滿天飛迎風細荇傳香粉隔水殘霞見畫衣白玉帳寒鴛夢絕紫陽宮遠雁書稀夜深池上蘭橈歇斷續歌聲徹（一作接）太微

送羽人王錫歸羅浮

風前整頓紫荷（一作霞）巾常（一作歸）向羅浮保（一作報）養神石磴倚天行帶月鐵橋通海入無塵（一作津）龍蛇出洞閑邀雨犀象眠花不避人最愛葛洪尋藥處露苗煙蕊（一作雨）滿山春

送劉尊師祗詔闕庭三首

海風葉葉駕霓旌天路悠悠接上清錦誥凄涼遺去恨玉簫哀絕醉離情五湖夜月幡幢濕雙闕清風劍珮輕從此（一作莫道）暫辭華表柱便（一作已）應千載是歸程

五峯已（一作此）別隔人間雙闕何年許再還既埽（一作拂）山川收地脉須留日月駐天顏霞觴共飲身雖在風馭難（一作令）陪跡（一作路）未閑從此枕中唯（一作雖）有夢夢（一作記）魂何處訪三山

仙老閑眠碧草堂帝書徵入白雲鄉龜臺欲署長生籍鸞殿還論不死方紅露想傾延命酒素煙思爇降真香五千言外無文字更有何詞贈武皇

三年冬大禮五首

皇帝齋心潔素誠自朝真祖報升平華山秋草多歸馬滄海寒波絕洗兵銀箭水殘河勢（一作影）斷玉爐煙盡日華生千官整肅三天夜劒佩初聞入太清

海日西飛度禁林太清宮殿月沉沉不聞北斗傾堯酒空覺南風入舜琴歌壓鈞天閑夢盡詔歸秋水道情深雪風更起古杉葉時送步虛清磬音

大一天壇降紫（一作大）君屬車龍鶴夜成羣春浮玉藻寒初落露拂金莖曙欲分三代樂迴風入律四溟歌駐水成文千官不動旌旗下日照南山萬樹雲

山擁飛雲海水清天壇未夕仗先成千官不起金縢議萬國空瞻玉藻聲禁火曙然煙（一作香）焰裊宮衣寒拂雪花輕側聞左右皆周呂看取從容致太平

太和琴暖發南薰水潤風高得細聞滄海舉歌夔是相歷山迴禪舜爲君翠微呼處生丹障清淨封中起白雲今日病身慙小隱欲將泉石勒移文

暮春戲贈吳端公

年少英雄好丈夫大家望拜執（一作從又作漢）金吾閑眠曉日聽鶗鴂笑倚春風仗（一作杖）轆轤深院吹笙聞（一作從）漢婢靜街調馬任奚奴牡丹花下（一作外）簾鉤外（一作下）獨凭紅肌（一作闌）捋虎鬚

奉送嚴大夫再領容府二首

海風捲樹凍嵐消憂國寧辭嶺外遥自顧勤勞甘百戰不將功業負三朝劒澄黑水曾芟虎箭劈黃雲慣射鵰代北天南盡成事肎將心許霍嫖姚

日照雙旌射火山（嶺表録云梧州西有火山山下有澄潭無底山頭夜見火二尺如野燒然廣十餘丈或言水中有寶珠也焰如火山產荔枝四月子丹以其地熱故曰火山）笑迎賓從却南還風雲暗發談諧外感會潛生氣槩間斬竹水翻臺榭濕刺桐花落管弦閑無因得覩真珠履親從新侯定八蠻

贈南嶽馮處士二首

白石溪邊自結廬風泉滿院稱幽居鳥啼深樹斸靈藥花落閑窗看道書煙嵐晚過鹿裘濕水月夜明山舍虛支頤冷笑緣名出終日王門強曳裾

寂寥深木閉煙霞洞裏相知有幾家笑看潭魚吹水沫醉嗔溪鹿吃蕉花穿廚歷歷泉聲細繞屋悠悠樹影斜夜靜着灰封釜竈自添文武養丹砂

題子姪書院雙松

自種雙松費幾錢頓令院落似秋天能藏此地新晴雨却惹空山舊燒煙枝壓細風過枕上影籠殘月到窗前莫教取次成閑夢使汝悠悠十八年

羽林賈中丞

四十年前百戰身曾驅虎隊掃胡塵風悲鼓角榆關暮日暖旌旗隴草春鐵馬慣牽邀上客金魚多解乞佳人胸中別有安邊計誰睬髭鬚白似銀

送康祭酒赴輪臺

灞水橋邊酒一杯送君千里赴輪臺霜黏海眼旗聲凍風射犀文甲縫開斷磧簇煙山似米（一作火）野營軒地鼓如雷分明會得將軍意不斬樓蘭不擬迴

南遊

盡興南遊卒未迴水工舟子不須催政思碧樹關心句難放紅螺蘸甲杯漲海潮生陰火滅蒼梧風暖瘴雲開蘆花寂寂月如練何處笛聲江上來

哭陷邊許兵馬使

北風裂地黯邊霜戰敗桑乾日色黃故國暗迴殘士卒新墳空葬舊衣裳散牽細馬嘶青草任去佳人弔白楊除却陰符與兵法更無一（一作異）物在儀牀

和周侍御買劍

將軍溢價買吳鉤要與中原靜寇讎試挂窗前驚電轉略抛床下怕泉流青天露拔雲霓泣黑地潛擎鬼魅愁見說夜深星斗畔等閑期䞟月支頭

病馬五首呈鄭校書章三吳十五先輩

騄駬（一作綠耳）何年別（一作到）渥洼病來顏色半泥（一作塵）沙四蹄不鑿金（一作銀）砧裂雙眼慵開玉筯（一作燭）斜隨月兔毛乾觳觫（一作輕斛觫）失雲龍骨瘦牙槎（一作查牙）平原好放（一作牧）無人放嘶向秋風苜蓿花

隴上沙蔥葉正齊騰黃猶自跼羸蹄尾蟠夜雨紅絲脆頭捽（一作棹）秋風白練低力憊未思金絡腦影寒空望錦障泥階前莫怪（一作錯）垂雙淚（一作耳）不遇孫陽不敢（一作肯又作用）嘶

不剪焦毛鬣半翻何人別（一作識）是古龍孫霜侵（一作風吹）病骨無驕氣土蝕驄花見臥痕未噴斷（一作得噴）雲歸漢苑曾追輕（一作已曾飛）練過（一作適）吳門一朝千里心猶在爭（一作誰）肯潛忘（一作旋）秣飼恩

空被秋風吹病毛無因濯浪刷洪濤臥來總怪龍蹄跙（一作阻）瘦盡誰驚虎口高追電有心猶款段逢人相骨強嘶號欲將鬐（一作鬃）鬣重裁剪乞借新成（一作城）利鉸刀

病久無人著意看玉（一作五）華衫（一作毛）色欲凋殘飲驚白露泉花冷喫怕清秋（一作風）苴葉寒長襟敢辭紅錦重舊韁寧畏紫絲蟠王良若許相檯策千里追風也不難

長安客舍叙（一作懷）邵陵舊宴寄永州蕭使君五首

邵陵佳（一作樓）樹碧葱蘢河漢西沈（一作流星）宴未終殘漏五更傳（一作揪?）海月清笳三會揭天風香熏舞席雲鬟綠光射頭（一作徹）盤蠟燭紅今日却懷（一作思）行樂處雨床絲竹水（一作小）樓中

不知何路却（一作學）飛翻虛受賢侯鄭重恩五（一作午）夜清歌敲玉樹（一作筯）三年洪飲倒（一作竭）金尊招攜永（一作每）感雙魚在（一作遠）報答空知（一作思）一劍存狼籍黎花滿城月當時長醉信陵門

粉堞（一作雉又作疊）彤（一作丹）軒畫障西水雲紅樹窣璇題鷓鴣欲（一作影）絕歌聲定鸜鵒初驚（一作身翻）舞袖齊（一作翅）坐對玉山空（一作難）甸線細聽金石怕低迷東風夜月（一作月下）三年飲不省非時（一作未有歸時）不似泥

木魚金（一作銅）鑰鎖春（一作重）城夜上紅（一作江）樓縱酒情竹葉（一作蒲）水繇更漏促桐花風軟管弦清百分散打銀船溢十指寬催玉筯輕星斗漸稀賓客散碧雲猶戀豔歌聲

三年身逐漢諸（一作楚公）侯賓榻容居最上頭飽聽笙歌陪痛（一作夜）飲熟尋雲水（一作樹）縱閑遊朱門鎖閉煙嵐暮鈴（一作紫）閣清泠（一作涼）水木秋月滿前山圓（一作風）不動更邀詩客上高（一作醉南）樓

昴劍

古物神光雪見羞未能擎出恐泉流暗臨黑水蛟螭泣潛倚空山鬼魅愁生怕雷霆號澗底長聞風雨在牀頭垂情不用將閑（一作麋注云此移切）氣惱亂司空犯斗牛

仙都即景

蟠桃花老華陽東軒后登真謝六宮旌節暗迎歸碧落笙歌遙聽隔崆峒衣冠留葬橋山月劍履將隨浪海風看却龍髯攀不得紅霞零落鼎湖空

望九華寄池陽杜員外

戴月早辭三秀館遲明初識九華峰差差玉劍寒鋩利褭褭青蓮翠葉重奇狀却疑人畫出嵐光如為客添濃行春若到五溪上此處褰帷正面逢

全唐詩

曹唐

小遊仙詩九十八首

玉簫金瑟發商聲桑葉枯乾海水清淨埽蓬萊山下路略（一作上地）邀王母話長生

上元元日豁明堂五帝望空拜玉皇萬樹琪花千圃藥心知不敢輒形相

騎龍重過玉溪頭紅葉還春碧水流省得壺中見天地壺中天地不曾秋

真王未許久從容立在花前別甯封手把玉簫頭不舉自愁如醉倚黃龍

金殿無人鑠絳煙玉郎並不賞丹田白龍蹀躞難迴跋爭下紅綃碧玉鞭

玄洲草木不知黃甲子初開浩劫長無限萬年年少女手攀紅樹滿殘陽

宮闕重重閉玉林崑崙高鬭彩雲深黃龍掉尾引郎去使妾月明何處尋

風滿塗山玉蕊（一作葉）稀赤龍閑臥鶴東（一作閑）飛紫黎爛盡無人喫何事韓（一作蘇）君去不歸

武帝徒勞厭暮年不曾清淨不精專上元少女絕還往滿竈丹成白玉煙

百辟朝回閉玉除露風清宴桂花疎西歸使者騎金虎

鞞鞚垂鞭唱步虛
南斗闌珊北斗稀茅君夜著紫霞衣朝騎白(一作獨乘青)鹿趁
朝去鳳押笙歌逐(一作隨)後飛
焚香獨自上天壇桂樹風吹玉簡寒長怕嵇康乏僊骨
與將僊籍再尋看
氷屋朱扉曉未開誰將金策扣瓊臺碧花紅尾小僊犬
閑吠五雲嗔客來
酒釅(一作豔)春濃瓊(一作瑤)草齊眞公飲散醉如泥朱(一作玉)輪軋軋
入雲去行到半天聞馬嘶
白石山中自有天竹花藤葉隔(一作滿)溪煙朝來洞口(一作裏)圍
棊了賭得青龍直幾錢
海水西飛照柏林青雲斜倚錦雲深水風暗入古山葉
吹斷步虛清磬音
玉詔新除沈侍郎便分茅土鎮東方不知今夕游何處
侍從皆騎白鳳凰
洞裏煙霞無歇時洞中天地足金芝月明朗朗溪頭樹
白髮老人相對棊
飢即飡霞悶即行一聲長嘯萬山青穿花渡水來(一作能)相
訪珍重多才阮步兵
東妃閑著翠霞裙自領笙歌出五雲清思密談誰第一
不過邀取小茅君
月影悠悠秋樹明露吹犀簟象床輕嬪妃久立帳門外
暗笑夫人推酒聲
九天天路入雲長燕使何由到上方玉女暗來花下立
手挼裙帶問昭王
玉皇賜妾紫衣裳教向桃源嫁阮郎爛煮瓊花勸君喫
恐君毛鬢暗成霜
花底休傾綠玉卮雲中含笑向安期窮陽有數不知數
大似人間年少兒
玉色雌龍金絡頭眞妃騎出縱閑遊崑崙山上桃花底
一曲商歌天地秋
偷(一作閑)來洞口訪(一作等)劉君緩步輕擡玉線(一作綠繡)裙細擘(一作細拍又作
旋擘)桃花逐流水更無言語倚彤雲

西漢夫人下太虛九霞裙幅五雲輿欲將碧字相教示
自解盤囊出素書
天上雞鳴海日紅青腰侍女掃朱宮洗(一作灑)花蒸葉濾清
酒待與夫人邀五翁
汗漫眞遊實可奇人間天上幾(一作與)人知周王不信長生
話空使萇弘碧淚垂
青錦縫裳綠(一作白)玉璫(一作襠)滿身新帶五雲香閑依碧海攀
鸞駕笑就蘇君覓橘嘗
鶴不西飛龍不行露乾雲破洞簫清少年僊子說閑事
遥隔彩雲聞笑聲
洞裏煙深木葉麤乘風使者降玄都隔花相見遥相賀
擎出懷中赤玉符
芝蕙(一作草)芸花爛漫春瑞香煙露濕衣巾玉童私地誇書
札偷寫雲謡暗贈人
天上邀來不肯來人間雙鶴又空回秦皇漢武死何處
海畔紅桑花自開
紫羽麾幢下玉京却邀眞母入三清白龍久住渾相戀
斜倚祥雲不肯行
鶴叫風悲竹葉疎誰來五嶺拜雲車人間肉馬無輕步
踏破先生一卷書
夜降西壇宴已終花殘月榭霧朦朧誰遊八海門前過
空洞一聲風雨中
忘却教人鎖後宮還丹失盡玉壺空嫦娥若不偷靈藥
爭得長生在月中
暘谷先生下宴時月光初冷紫瓊枝凄清金石揭天地
事在世間人不知
共愛初平住九霞焚香不出閉金華白羊成隊難收拾
喫盡溪頭巨勝花
酒盡香殘夜欲分青童拜問紫陽君月光悄悄笙歌遠
馬影龍聲歸五雲
海樹靈風吹彩煙丹陵朝客欲昇天無央公子停鸞轡
笑泥嬌妃索玉鞭
八景風回五鳳車崑崙山上看桃花若教使者沽春酒

須覓餘杭阿母家
叔卿遍覽九天春不見人間故舊人怪得蓬萊山下水
半成沙土半成塵
欲飲尊中雲母漿月明花裏合笙簧更教小奈將龍去
便向金壇取阮郎
海上桃花千樹開麻姑一去不知來遼東老鶴應慵惰
教探桑田便不回
昨夜相邀宴杏壇等閑乘醉走青鸞紅雲塞路東風緊
吹破芙蓉碧玉冠
雲鶴冥冥去不分落花流水恨空存不知玉女無期信
道與留門却閉門
采女平明受事回暗交丹契錦囊開欲書密詔防人見
佯喝青虬使莫來
太一元君昨夜過碧雲高髻綰婆娑手擡玉策紅於火
敲斷金鸞使唱歌
碧瓦彤軒月殿開九天花落瑞風來玉皇欲著紅龍袞
親喚金妃下手裁
長房自貴解飛鞭五色雲中獨閉門看却桑田欲成海
不知還往幾人存
赤龍(一作紫雲)停步彩雲飛共道眞王(一作皇)海上歸千歲紅桃(一作千載
桃花)香破鼻玉盤盛出與金妃
碧海靈童夜到時徒勞相喚上瓊池因循天子能閑事
縱與青龍不解騎
且欲留君飲桂漿九天無事莫推忙青龍舉步行千里
休道蓬萊歸路長
侍女親擎玉酒卮滿卮傾酒勸安期等閑相別三千歲
長憶水邊分棗時
萬歲蛾眉不解愁旋彈清瑟旋閑遊忽聞下界笙簫曲
斜倚紅鸞笑不休
去住樓臺一任風十三天洞暗相通行廚侍女炊何物
滿竈無煙玉炭紅
風動閑(一作寒)天清桂陰水精簾箔(一作外)冷沉沉西妃少女多
春思(一作春思亂)斜倚彤雲盡日吟

王母相留不放回偶然沉醉臥瑶臺憑君與向蕭郎道
教著青龍取妾來
絳節笙歌繞殿飛紫皇欲到五雲歸細腰侍女瑶花外
爭向紅房報玉妃
聞君新領八霞司此別相逢是幾時妾有一觥雲母酒
請君終宴莫推辭
方士飛軒駐（一作住）碧霞酒寒（一作香）風冷月初斜不知誰唱歸
春（一作春歸）曲落盡溪頭白葛（一作玉）花
方朔朝來到我家欲將靈樹出丹霞三千年後知誰在
擬種紅桃待放花
水滿桑田白日沉凍雲乾霰濕重陰遼東歸客閑相過
因話堯年雪更深
朝回相引看紅鸞（一作泉）不覺風吹鶴氅偏好是輿來（一作好見上清）
騎白鶴（一作鵠）文妃爲伴上重天（一作旋驅旌節旋昇天）
公子閑吟八景文花南拜別上陽君金鞭遥指玉清路
龍影馬嘶歸五雲
一百年中是一春不教日月輒移輪金鼇頭上蓬萊殿
唯有人間鍊骨人
笑擘雲液紫瑶觥共請雲和碧玉笙花下偶然吹一曲
人間因識董雙成
東皇長女没多年從洗（一作酒）金芝到水邊無事伴他綦一
局等閑輸却賣花錢
紅草青林日半斜閑乘（一作隨）小鳳出彤霞略（一作路）尋舊路（一作故舊）
過西國（一作谷）因得氷園一尺（一作顆）瓜
樹下星沉月欲高前溪水影濕龍毛洞天雲冷玉（一作五）花
發公子盡披雙錦袍
紫水風吹劒樹寒水邊年少下紅鸞未知百一窮陽數
略請先生止的看
武皇含笑把金觥更請霓裳一兩聲護帳宫人最年少
舞腰時挈繡裙輕
瓊樹扶疎壓瑞煙玉皇朝客滿花前東風小飲人皆醉
短尾青龍枕水眠
彤閣鐘鳴碧鷺飛皇君催熨紫霞衣丹房玉女心慵甚
貪看投壺不肯歸
崑崙山上自（一作白）雞啼羽客爭昇碧玉梯因駕五龍看較
藝白鸞功用不如妻
沙野先生閉玉虚焚香夜寫紫微書供承童子閑無事
教剉瓊花餵白驢
雲龍瓊花滿地香碧沙紅水遍朱堂外人欲壓長生籍
拜請飛瓊報玉皇
玉洞長春風景鮮丈人私宴就芝田笙歌暫向花間盡
便是人間一萬年
青童傳語便須回報道麻姑玉藥開滄海成塵等閑事
且乘龍鶴看花來
絳樹彤雲户半開守花童子怪人來青牛臥地喫瓊草
知道先生朝未回
石洞沙溪二十年向明杭日夜朝天白礬煙盡（一作裏）水銀
冷不覺小龍牀下眠
紫微深鎖敞丹軒太帝親談不死門從此百寮俱拜後
走龍鞭虎下崑崙
雲衫玉帶好威儀三洞真人入奏時頻着金鞭打龍角
爲嗔西去上天遲
太子真娥相領行當天合曲玉簫清棃花新折東風軟
猶在緱山樂笑聲
洞裏月明瓊樹風畫簾青室影朦朧香殘酒冷玉妃睡
不覺七真歸海中
青苑紅堂壓瑞雲月明閑宴九陽君不知昨夜誰先醉
書破明霞八幅裙
東溟兩度作塵飛一萬年來會面稀千樹棃花百壺酒
共君論飲莫論詩
滄海令抛即未能且緣鸞鶴立相仍蔡家新婦莫嫌少
領取真珠三五升
溪影沉沙樹影清人家皆踏五音行可憐三十六天路
星月滿空瓊草青
北斗西風吹白榆穆公相笑夜投壺花前玉女來相問
賭得青龍許贖無
九天王母皺蛾眉惆悵無言倚桂枝悔不長留穆天子
任將妻妾住瑶池
暫隨凫伯縱閑遊飲鹿因過翠水頭宫殿寂寥人不見
碧花菱角滿潭秋
新授金書八素章玉皇教妾主扶桑與君一別三千歲
却厭僊家日月長
八海風涼水影高上卿教製赤霜袍蛟絲玉線難裁割
須借玉妃金剪刀
海上風來吹杏枝崑崙山上看花時紅龍錦襜黄金勒
不是元君不得騎
絳闕夫人下北方細環清珮響丁當攀花笑入春風裏
偷折紅桃寄阮郎

又遊仙詩一絶（見唐詩紀事）

靖節先生幾代孫青娥曾接玉郎魂春風流水還無賴
偷放桃花出洞門

題武陵洞五首

此生終使此身閑不是春時且要還寄語桃花與流水
莫辭相送到人間
溪口回舟日已昏却聽雞犬隔前村殷勤重與秦人別
莫使桃花閉洞門
却恐重來路不通殷勤回首謝春風白雞黄犬不將去
且寄桃花深洞中
桃花夾岸杳何之花滿春山水去遲三宿武陵溪上月
始知人世有秦時
渡水傍山尋絶壁白雲飛處洞天開仙人來往無行跡
石逕春風長緑苔

句

斬蛟青海上射虎黑山頭（見紀事）　簫聲欲盡月色苦依舊
漢家宫樹秋　一曲哀歌茂陵道漢家天子葬秋風
誰知漢武無仙骨滿竈黄金成白煙（以上見張爲主客圖）

來鵠一作鵬

來鵠，豫章人，詩思清麗，咸通中舉進士不第，詩一卷。

聖政紀頌并序

穆宗皇帝臨大朝與羣臣言奏政事羣臣退而宰臣奏曰陛下問及乎政事此三皇五帝之所徽美也陛下不問及史臣此三皇五帝之所弭已也徽美者將有乎聞也弭已者將有乎亡也以聞之而又亡之則陛下徒有宵衣旰食之名規天條地之績與羣臣言後若颷然拂冠過冕湮時銷日無得用於後譬如十夫樹楊一夫拔之無得以成其大也政事羣臣得陛下日問之是十夫樹楊也史官執筆爲陛下日遠之是一夫拔楊也使後之人訶聖朝空晨虛夕閑殿曠廷無君臣咨謀洋溢之言之社稷安危強讜之說是不亦遠史臣致不載其事如拔去其楊將弭已之謂乎臣伏念貞觀永徽之代百官之有耳目但聽視天子而已故言事者安論紓詞無疑權慮勢史官執筆於階之下天子側旒於殿之上奏者發誠於廷之中是以正衙一開則臣誠前而啟之帝旒近而鎮之史筆隨而絡之由是君臣謀國圖政之事俞機都要之言詑業發神豐編照物偕籍於堯典差光於天陽至今見太宗文德若三皇五帝之所徽美也自永徽之後宰執不正窺伺是忌針棘前後阻越對敭狼噬虎飡持膏銜肉蓋以言多爲己曾不致君內荏失中畏使人聽乃奏史官與百僚俱退然後宰臣請事由是君有問而宰臣知之史官不得與於聞君有舉而宰臣謀之史官不得記其事次第周行撿錄制誥與冗吏同工而已臣嘗涕泣以歎豈有以一已之細一性之忌於黍晷圭景之間苟嗜急須迴天遮上使聖緒神績嘉猷善諷罔得聞於千萬年枉有謂明朝空晨虛夕閑殿曠廷無君臣咨謀洋溢之言之社稷安危強讜之說若今踵而承之則不唯臣有障聰蔽睿之刺抑陛下雖有三皇五帝之所徽美而若遠史臣則三皇五帝之所弭已也抑又有一夫拔楊之謂歟臣請史官執筆當羣臣奏事隨日撰錄號爲聖政紀臣立朝荷祿幸甚穆宗皇帝動扆領旒憮然歎曰吁朕罔敢粉名厥後乃罔知厥後然聖人存簡策者亦非以粉名也蓋存乎大國之典鴻祖之業我國有典我祖有業業在於典典在於史曷厥史不書是尸余於祖涸業於典也朕纘承聖緒恭惟恪思將念厥政未嘗不離安廢酣馳荒騖遠是以每與宰臣言如簇天下一巡省每見宰臣退而展天下盡聞知豈圖臣蓄猾謀公無同事欲弄尾舌先衞巖穴隔斥史臣占佞明后致懿搜嘉訪不存堯典之書善諷名猷莫出清廟之什史臣負我不舉其官宰輔盡忠厥聞有此由是詔史職執史筆立於廷之下錄君臣臚句之必行載剛毅進退之敢議題其篇目曰聖政紀也至上之卽位三年有鄉校小臣來鵠居山澤間常私心重惜史臣以其史臣者是當國之鏡千億代之眚目也因窺穆宗實錄得解憤釋嫉於立史官爲聖政紀者追而誦出其事以鑒今之廷列故拜獻頌曰

三皇不書五帝不紀有聖有神風銷日已何教何師生來死止無典無法頑肩贔比三皇實作五帝實治成天造地不昬不圮言得非排文得聖藹表表如見者莫若乎史是知朴繩休結正簡斯若君誥臣箴觚編毫絡前書後經規善鑒惡國之大章如何寢略嗚呼貞觀多吁永徽多俞廷日發論殿日發謨牙孽不作鳥鼠不除論出不蓋謨行不紆楹然史臣蛇然史裾瞠瞠而視逶逶而宴翹筆當面決防納污不梏爾智不息我愚執言直注史文直敷故得粲粲朝典落落廷謇聖牘既多堯風不淺須編坦軸君出臣顯若儼見旒若俯見冕無閑殿曠廷無尸安素宴三皇不亡五帝不翦太宗得之史焉斯展暨乎後相圖身天子專問我獨以言史不得近丘明見嫌倚相在攄秉筆如今隨班不進班退史歸惘然疇依奏問莫覩嘉謨罔稀取彼誥命祿爲國肥烱哉時皇言必成章德宣五帝道輿三皇如何翌臣饞肉嗜盂觜距磨抉楅衡拘長控截僚位占護陽光垣私藩已遠史庾唐俾德音嘉訪默縮暗亡咽典噤法蓋聖籠昌曷以致此史文不張後必非笑將來否臧謂乎殿空扆逸朝憯廷荒不知姦蔽文失汪洋有貞觀業有永徽綱亦匿匪見亦寢匪彰賴有後臣斯言不佞伊尹直心太甲須聖事既可書史何不命乃具前欺大陳不敬曰逐史之喻請以物竝且十夫樹楊一夫欲競栽既未牢拼豈能盛帝業似栽逐史似拼穆宗憮然若疚若瞥昔何臣斯隱我祖正不傳親問不寫密諍孰示來朝以光神政由是天呼震吸徵奔召急史題筆來叱廷而入端耳抗目不撟不艴獬豸側頭螭蚪擺溼握管絕怡當殿而立君也盡問臣也倒誠磊磊其事鏜鏜其聲大何不顯細何不明語未絕緒史已錄成謂之何書以政紀名伊紀清芬可昭典墳古師官鳥昔聖官雲方之我后錄里書分錄有君法書有君文君法君文在聖政紀云殿無閑時廷無曠日雲諏波訪倦編刓筆君劬臣勞上討下述惟勤惟明在聖政紀出至德何比至教焉如孰窺孰測外夷內儲謂君有道乎臣有謨歟有道有謨在聖政紀書一體列秩同力翼戴祈福去邪絕防無礙國章可披唐文可愛善咨不偷嘉論不蓋不偷不蓋在聖政紀載諒夫總斯不朽可懸魏闕愚得是言非訕非伐實謂醫臣渾沌開君日月妖物雰死天文光發惟我之有頌兮奚斯躍而董狐蹷

宛陵送李明府罷任歸江州

菊花村晚雁來天，共把離觴一作杯向水邊。官滿便尋垂釣侶，家貧已用賣琴錢。浪生溢浦千層雪，雲起爐峰一炷煙。倘見吾鄉舊知已，爲言顦顇過年年。

清明日與友人遊玉粒一本無粒字塘莊

幾宿一作度春山逐一作共陸郎袁衛常呼陸績爲陸郎，清明時節好煙一作風光。歸一作細穿細一作綠荇船頭滑，醉踏殘花屐齒香。風急嶺雲飄

迴(一作翻)野雨餘田水落方塘不堪吟罷東(一作重)回首滿耳蛙聲正夕陽

寒食山館書情

獨把一杯山館中每經時節恨飄蓬侵堦草色連朝雨滿地梨花昨夜風蜀魄啼來春寂寞楚魂吟後月朦朧分明記得還家夢徐孺宅前湖水東

病起

春初一臥到秋深不見紅芳與綠陰窗下展書難久讀池邊扶杖欲閒吟藕穿平地生荷葉筍過東家作竹林在舍渾如遠鄉客詩僧酒伴鎮相尋

鄂渚除夜書懷

鸚鵡洲頭夜泊船此時形影共凄然難歸故國干戈後欲告何人雨雪天箸撥冷灰書悶字枕陪寒席帶愁眠自嗟落魄(一作拓)無成事明日春風又一年

鄂渚清明日與鄉友登頭陀山

冷酒一杯相勸頻異鄉相遇轉相親落花風裏數聲笛芳草煙中無限人都大此時深悵望豈堪高處(一作境)更逡巡思量費子眞仙子不作頭陀山下塵

蠶婦

曉夕採桑多苦辛好花時節不閑身若教解愛繁華事凍殺黃金屋裏人

題廬山雙劒峰

倚天雙劒古今閑三尺高於四面山若使火雲燒得動始應農器滿人間

雲

千形萬象竟還空映水藏山片復重無限旱苗枯欲盡悠悠閑處作奇峰

金錢花

也無稜郭也無神露洗還同鑄出新青帝若教花裏用牡丹應是得錢人

曉雞

黯黯嚴城罷鼓鼙數聲相續出寒栖不嫌驚破紗窗夢却怕爲妖半夜啼

山中避難作

山頭烽火水邊營鬼哭人悲夜夜聲唯有碧天無一事日還西下月還明

早春

新曆才將半紙開小庭猶聚爆竿灰偏憎楊柳難鈐轄又惹東風意緒來

鷺鷥

裏絲翹足傍澄瀾消盡年光佇思閒若使見魚無羨意向人姿態更應閑

子規

雨恨花愁同此冤啼時閒處正春繁千聲萬血誰哀爾爭得如花笑不言

新安官舍閑坐

寂寞空堦草亂生簟凉風動若爲情不知獨坐閑多少看得蜘蛛結網成

除夜

事關休戚已成空萬里相思一夜中愁到曉雞聲絶後又將顦顇見春風

游魚

弄萍隈荇思夷猶掉尾揚鬐逐慢流應怕碧巖巖下水浮藤如線月如鉤

鸚鵡

色白還應及雪衣嘴紅毛綠語仍奇年年鎖在金籠裏何似隴山閑處飛

偶題二首

近來靈鵲語何疎獨凭欄干恨有殊一夜綠荷霜翦破賺他秋雨不成珠

水邊簑踞靜書空欲解愁腸酒不濃可惜青天好雷雹只能驅趁懶蛟龍

惜花

東風漸急夕陽斜一樹夭桃數日花爲惜紅芳今夜裏不知和月落誰家

洞庭隱

高臥洞庭三十春芰荷香裏獨垂綸莫嫌無事閑銷日有事始憐無事人

古劒池

秋水蓮花三四枝我來慷慨步遲遲不決浮雲斬邪佞直成龍去欲何爲

梅花

枝枝倚檻照池氷粉薄香殘恨不勝占得早芳何所利與他霜雪助威稜

聞蟬

綠槐陰裏一聲新霧薄風輕力未勻莫道聞時總惆悵有愁人有不愁人

賣花謠

紫艷紅苞價不同匝街羅列起香風無言無語呈顏色知落誰家池館中

子規

月落空山聞數聲此時孤館酒初醒投人語若似伊淚口畔血流應始聽

句

回眸綠水波初起合掌白蓮花未開(嘲議會夫人。見墨莊漫錄)

李山甫

李山甫咸通中累舉不第依魏博幕府為從事嘗逮事樂彥禎羅弘信父子文筆雄健名著一方詩一卷

菊

籬下霜前偶得存忍教遲晚避蘭蓀也銷造化無多力未受陽和一點恩栽處不容依玉砌要時還許上金尊陶潛歿後誰知己露滴幽叢見淚痕

風

喜怒寒暄直不勻終無形狀始無因能將塵土平欺客愛把波瀾枉陷人飄樂遞香隨日在綻花開柳逐年新深知造化由君力試為吹噓借與春

月

狡兔頑蟾死復生度雲經漢澹還明夜長雖耐對君坐年少不禁隨爾行玉桂影搖烏鵲動金波寒注鬼神驚人間半被虛拋擲唯向孤吟客有情

秋

傍雨依風冷漸勻更憑青女事精神來時將得幾多雁到處愁他無限人能被綠楊深懊惱謾偎黃菊送殷勤鄒家不用偏吹律到底榮枯也自均

松

地聳蒼龍勢抱雲天教青共眾材分孤標百尺雪中見長嘯一聲風裏聞桃李傍他真是佞藤蘿攀爾亦非群平生相愛應相識誰道修篁勝此君

讀漢史

四百年間反覆尋漢家興替好沾襟每逢姦詐須揎手真一作直遇英雄始醒心王莽弄來曾半破曹公將去便平沈當時虛受君恩者謾向青編作鬼林

上元懷古二首

南朝天子愛風流盡守江山不到頭總是戰爭收拾得却因歌舞破除休堯行一作將道德終無敵秦把金湯可自由試問繁華何處有一作在雨苔煙草古一作石城秋

爭帝圖王一作皇德盡衰驟興一作王馳霸亦何為君臣都是一場笑家國共一作同成千載悲排岸遠檣森似槊落波殘照赫如旗今朝城上難迴首不見樓船索戰時

隋堤柳

曾傍龍舟拂翠華至今凝恨倚天涯但經春色還秋色不覺楊家是李家背日古陰從北朽逐波疏影向南斜年年只有晴風便遙為雷塘送雪花

蒲關西道中作

國東王氣凝蒲關樓臺帖出晴空間紫煙橫捧大舜廟黃河直打中條山地鎖咽喉千古壯風傳歌吹萬家閑來來去去身依舊未及潘年鬢已斑

送李秀才入軍

弱柳貞松一地栽不因霜霰自難媒書生只是平時物男子爭無亂世才鐵馬已隨紅旆去同人猶著白衣來到頭功業須如此莫為初心首重回

送蘄州裴員外

正作南宮第一人斐隨霓旆愴離羣曉從闕下辭天子春向江頭待使君五馬尚迷青瑣路雙魚猶惹翠蘭芬明朝無路尋歸處禁樹參差隔紫雲

代孔明哭先主

憶昔南陽顧草廬便乘雷電捧乘輿酌量諸夏須平取期剋羣雄待遍鋤南面未能成帝業西陵那忍送宮車九疑山下頻惆悵曾許微臣水共魚

送職方王郎中吏部劉員外自太原鄭相公幕繼奉徵書歸省署

雙鳳銜書次第飛玉皇催促列仙歸雲開日月臨青瑣風卷煙霞上紫微蓮影一時空儉府蘭香同處撲堯衣此生長掃朱門者每向人間夢粉闈

寒食二首第二首缺一字

柳帶東風一向斜春陰澹澹蔽人家有時三點兩點雨到處十枝五枝花萬井樓臺疑繡畫九原珠翠似煙霞年年今日誰相問獨臥長安泣歲華

風煙放蕩花披猖鞦韆女兒飛短一作出牆繡袍馳馬拾遺翠錦袖鬬雞喧廣場天地氣和融霽色池臺日暖燒春光自憐塵土無他事空脫荷衣泥醉鄉

又代孔明哭先主

鯨鬣翻騰四海波始將天意用干戈盡驅神鬼隨鞭策全罩英雄入網羅提劍尚殘吳郡國垂衣猶欠魏山河鼎湖無路追仙駕空使羣臣泣血多

貧女

平生不識繡衣裳閑把荊釵一作簪亦自傷鏡裏只應諳素貌人間多自信一作重紅妝當年未嫁還憂老終日求媒即道狂兩意定知無說處暗垂珠淚濕蠶筐

寓懷

萬古交馳一片塵思量名利孰如身長疑好事皆虛事却恐閑人是貴人老逐少來一作年終不放辱隨榮後直一作定須勻勸君不用一作莫漫誇頭角夢裏輸贏總未真

蜀中寓懷

千里煙霞錦水頭五丁開得也風流春裝寶閣一作細重重樹日照仙州萬萬樓蛙似公孫雖不守龍如諸葛亦須休此中無限英雄鬼應對江山各自羞

下第臥疾盧員外召遊曲江

眼前何事不傷神忍向江頭更弄春桂樹既能欺賤子杏花爭肯採閑人麻衣未掉渾身雪皂蓋難遮滿面塵珍重列星相借問嵇康慵病也天真

司天臺

拂雲朱檻捧昭回靜對銅渾水鏡開太史只知頻奏瑞蒼生無計可防灾景公進德星曾退漢帝推誠日為迴何事曠官全不語好天良月鎖高臺

落花

落拓東風不藉春吹開吹謝兩何因當時曾見笑筵主今日自為行路塵顏色却還天上女馨香留與世間人明年寒食重相見零淚無端又滿一作濕一作沾巾

赴舉別所知

腰劍囊書出戶遲壯心奇命兩相疑麻衣盡舉一雙手桂樹只生三兩一作十枝黃祖不憐鸚鵡客誌公偏賞麒麟兒叔牙憂一作知我應相痛回首天涯寄所思

賀邢州盧員外

紫泥飛詔下金鑾列象分明世仰觀北省諫書藏舊草
南宮郎署握新蘭春歸鳳沼恩波暖曉入鴛行瑞氣寒
偏是此生棲息者滿衣零淚一時乾

方干隱居

咬咬嘎嘎水禽聲露洗松陰滿院清溪畔印沙多鶴跡
檻前題竹有僧名問人遠岫千重意對客閑雲一片情
早晚塵埃得休去且將書劍事先生

早春微雨

怪來鶯蝶似凝愁不覺看花鬢濕頭疎影未藏千里樹
遠陰微翳萬家樓青羅舞袖紛紛轉紅臉啼珠旋旋收
歲早且須教濟物爲霖何事愛風流

謁翰林劉學士不遇

夢繞清華宴地深洞宮橫鎖曉沈沈鵬飛碧海終難見
鶴入青霄豈易尋六尺羈魂迷定止兩行愁血謝知音
平生只恥凌風翼隨得鳴珂上禁林

答劉書記見贈

吟近秋光思不窮酷探騷雅愧無功茫然心若千篇拙
暝坐神凝萬象空月上開襟當北户竹邊回首揖西風
知音頻有新詩贈白雪紛紛落郢中

賀友人及第

得水蛟龍失水魚此心相對兩何如敢辭今日須行卷
猶喜他年待薦書松桂也應情未改萍蓬爭奈迹還疎
春風不見尋花伴遥向青雲泥子虚

雨後過華嶽廟（第二句缺兩字）

華山黑影霄崔嵬金天　　門未開雨淋鬼火滅不滅
風送神香來不來牆外素錢飄似雪殿前陰栢吼如雷
知君暗宰人間事休把蒼生夢裏裁

贈彈琴李處士

情知此事少知音自是先生枉用心世上幾時曾好古
人前何必更沾襟致身不似笙竽（一作篁）巧悦耳寧如鄭衛
淫三尺焦桐七條線子期師曠兩沈沈

劉員外寄移菊

秋來緣樹復緣牆怕共平蕪一例荒顏色不能隨地變
風流唯解逐人香煙含細葉交加碧露拆寒英次第黄
深謝栽培與知賞但慙終歲待重陽

南山

鈍碧頑青幾萬秋直無天地始應休莫嫌塵土佯遮面
能向樓臺强出頭霽色陡添千尺翠夕陽閑放一堆愁
假饒不是神仙骨終抱琴書向此遊

山中覽劉書記新詩

記室新詩相寄我藹然清絶更無過溪風滿袖吹騷雅
巖瀑無時滴薜蘿雲外山高寒色重雪中松苦夜聲多
静酬嘉唱對幽景著鶴羸棲古木柯

早秋山中作

榮枯無路入千峯肥遯誰諳此志同司寇亦曾遭魯黜
步兵何事哭途窮檜松瘦健滴秋露户牖虚明生晚風
山思更清人影絶隴雲飛入草堂中

賦得寒月寄齊己

松下清風吹我襟上方鐘磬夜沈沈已知廬嶽塵埃絶
更憶寒山雪月深高謝萬緣消祖意朗吟千首亦師心
豈知名出徧（一作徧出）諸夏石上棲禪竹影侵

曲江二首

南山低對紫雲樓翠影紅陰瑞氣浮一種是春長富貴
大都爲水也風流爭攀柳帶千千手間插花枝萬萬頭
獨向江邊最惆悵滿衣塵土避王侯

江色沈天萬草齊暖煙晴靄自相迷蜂憐杏蕋細香落
鶯墜柳條濃翠低千隊國娥輕似雪一羣公子醉如泥
斜陽怪得長安動陌上分飛萬馬蹄

遷居清谿和劉書記見示

擔錫歸來竹繞谿過津曾笑魯儒迷端居味道塵勞息
扣寂眠雲心境（一作行）齊還似村家無寵祿時將鱗吏話幽
棲山衣毳爛唯添野石井源清不貯泥祖意豈從年臘
得松枝肯爲雪霜低晚天吟望秋光重雨陣横空蔽斷
霓

陰地關崇徽公主手跡

一拓（一作掐）纖痕更不收翠微蒼蘚幾經秋誰陳帝子和番
策我是男兒爲國羞寒雨洗來香已盡澹煙籠著恨長
留可憐汾水知人意旁與吞聲未忍休

題李員外廳

石砌蛩吟響草堂人語稀道孤思絶唱年長漸知非名
利終成患煙霞亦可依高丘松蓋古閑地藥苗肥猨鳥
啼嘉景牛羊傍晚暉幽棲還自得清嘯坐忘機愛彼人
深處白雲相伴歸

山中寄梁判官

歸卧東林計偶諧柴門深向翠微開更無塵事心頭起
還有詩情象外來康樂公應頻結社寒山子亦患多才
星郎雅是道中侶六藝拘牽在隗臺

禪林寺作寄劉書記

坐近松風骨自寒茅齋直拶白雲邊玄關不閉何人到
此事誰論在佛先天竺老師留一句曹溪行者答全篇
今朝林下忘言説强把新詩寄謫仙

山中病後作

卧病厭厭三伏盡商飈初自水邊來高峯枯槁骨偏峭
野樹扶疎葉未摧時序追牽從鬢改蟬聲酸急是誰催
雲門不閉全無事心外沈然一聚灰

寄衛別駕

曉屐歸來嶽寺深嘗思道侶會東林昏沈天竺看經眼
蕭索淨名老病心雲蓋數重横隴首苔花千點徧松陰
知君超達悟空旨三徑閑行抱素琴

遺懷

長松埋澗底鬱鬱未出原孤雲飛隴首高潔不可攀古
道貴拙直時事不足言莫飲盜泉水無爲天下先智者
與愚者盡歸北邙山唯有東流水年光不蹔閑

酬劉書記一二知己見寄

見説金臺客相逢秖論詩坐來殘暑退吟許野僧（一作人）知
自喜幽棲僻唯慙道義虧身閑偏好古句冷不求奇晦
迹全無累安貧自得宜同人終念我蓮社有歸期

山中依韻答劉書記見贈

幽居少人事，三徑草不開。隱几虛室靜，閑雲入坐來。至道非内外，詎言才不才。寶月當秋空，高潔無纖埃。心滅（一作藏）百慮滅（一作減），詩成萬象回。亦有吾廬在，寂寞舊山隈。從容未歸去，滿地生青苔。謝公寄我詩，清奇不可陪。白雪飛不盡，碧雲欲成堆。驚風出地户，虩虩似震雷。吟哦山嶽動，令人心膽摧。思君覽章句，還復如望梅。慷慨追古意，曠望登高臺。何當陶淵明，遠師勸傾盃。流年將老來，華髮自相催。野寺連屏障，左右相裴回。

山中答劉書記寓懷

貴門多冠冕，日與榮辱並。山中有獨夫，笑傲出衰盛。正直任天真，鬼神亦相敬。之子賁丘園，户牖松蘿暎。骨將槁木齊，心同止水淨。筆頭指金波，座上横玉柄。芙蓉出秋渚，繡段流清詠。高古不稱時，沈默豈相競。窮搜萬籟息，危坐千峯靜。林僧繼嘉唱，風前亦爲幸。

項羽廟

爲虜爲王盡偶然，有何羞見漢江船。停分天下猶嫌少，可要行人贈紙錢。

春日商山道中作

一逕春光裏，揚鞭入翠微。風來花落帽，雲過雨沾衣。谷鳥銜枝去，巴人負笈歸。殘陽更惆悵，前路客亭稀。

古石硯

追琢他山石，方圓一勺深。抱眞唯守墨，求用每虛心。波浪因文起，塵埃爲廢侵。憑君更研究，何啻直千金。

惜花

未會春風意，開君又落君。一年今爛熳，幾日便繽紛。别豔那堪賞，餘香不忍聞。尊前恨無語，應解（一作得）作朝雲。

别楊秀才

因亂與君别，相逢悲且驚。開襟魂自慰，拭淚眼空明。故國已無業，舊交多不生。如何又分袂，難話别離情。

自歎拙

自憐心計拙，欲語更悲辛。世亂僮欺主，年衰鬼弄人。鏡中顔欲老，江上業長貧。不是劉公樂（一作藥），何由變此身。

亂後途中

亂離尋故園，朝市不如村。慟哭翻無淚，顛狂覺少魂。諸侯貪割據，羣盜恣并吞。爲問登壇者，何年答漢恩。

燕

每歲同辛苦，看人似有情。亂飛春得意，幽語夜聞聲。整羽莊姜恨，迴身漢后輕。豪家足金彈，不用污雕楹。

題慈雲寺僧院

帝城深處寺，樓殿壓秋江。紅葉去寒樹，碧峯來曉窗。煙霞生淨土，苔蘚上高幢。欲問吾師語，心猨不肯降。

聞子規（末句缺二字）

寃禽名杜宇，此事更難知。昔帝一時恨，後人千古悲。斷腸思故國，啼血濺芳枝。況是天涯客，那堪□□。

送劉將軍入關討賊

世人多恃武，何者是眞雄。欲滅黄巾賊，須憑黑矟公。指星憂國計，望氣識天風。明日凌雲上，期君第一功。

陪鄭先輩華山羅谷訪張隱者

白雲閑洞口，飛蓋入嵐光。好鳥共人語，異花迎客香。谷風聞鼓吹，苔石見文章。不是陪仙侶，無因訪阮郎。

兵後尋邊三首

千里煙砂盡日昏，戰餘燒罷閉重門。新成劒戟皆農器，舊著衣裳盡血痕。卷地朔風吹白骨，柱（一作挂）天青氣泣幽魂。自憐長策無人問，羞戴儒冠傍塞垣。

旗頭指處見黄埃，萬馬横馳鶻翅迴。劒戟遠腥凝血在，山河先暗陣雲來。角聲惡殺悲於哭，鼓勢爭强怒若雷。日暮却登寒壘望，飽鵰清嘯伏屍堆。

風怒邊沙迸鐵衣，胡兒胡馬正驕肥。將軍對陣誰教入，戰士辭營不道歸。新血濺紅粘蔓草，舊骸堆白映寒暉。胸中縱有銷兵術，欲向何門説是非。

滄浪峽

走轂飛蹄過此傍，幾人留意問滄浪。煙波莫笑趨名客，爲愛朝宗日夜忙。

公子家二首

曾是皇家幾世侯，入雲高第照神州。柳遮門户横金鎖，花擁弦歌咽畫樓。錦袖妬姬爭巧笑，玉銜嬌馬索閑遊。麻衣酷獻平生業，醉倚春風不點頭。

柳底花陰壓露塵，醉（一作瑞）煙輕罩一團春。鴛鴦占水能嗔客，鸚鵡嫌籠解罵人。騕褭似龍隨日換，輕盈如燕逐年新。不知買盡長安笑，活得蒼生幾户貧。

山下（一作中）殘夏偶作

等閑三伏後，獨臥此高丘。殘暑炎於火，林風爽帶秋。聲名何要出，吟詠亦堪休。自許紅塵外，雲溪好漱流。

夜吟

除却閑吟外，人間事事慵。更深成一句，月冷上孤峯。窮理多瞑目，含毫靜倚松。終篇渾不寐，危坐到晨鐘。

代崇徽公主意

金釵墜地鬢堆雲，自别朝（一作昭）陽帝豈聞。遣妾一身安社稷，不知何處用將軍。

下第獻所知三首

偶向江頭别釣磯，等閑經歲與心違。虛教六尺受辛苦，枉把一身憂是非。青桂本來無欠負，碧霄何處有因依。春風不用相催促，迴避花時也解歸。

不識人間巧路岐，只將端拙泥神祇。與他名利本無分，却共水雲曾有期。大抵物情應莫料，近來天意也須疑。自憐心計今如此，憑仗春醪爲解頤。

十年磨鏃事鋒鋩，始逐朱旗入戰場。四海風雲難際會，一生肝膽易開張。退飛鶯谷春零落，倒卓龍門路渺茫。今日慙知也慙命，笑餘歌罷忽（一作總）淒涼。

寄太常王少卿

别後西風起，新蟬坐臥聞。秋天靜如水，遠岫碧侵雲。雅飲純和氣，清吟冰雪文。相思重回首，梧葉下紛紛。

遊俠兒

好把雄姿渾世塵，一場閑事莫因循。荆軻只爲閑言語，不與燕丹了得人。

下第出春明門

曾和秋雨驅愁入，却向春風領恨回。深謝灞陵堤畔柳，與人頭上拂塵埃。

望思臺

君父昏蒙死不回謾將平地築高臺九層黃土是何物
銷得向前冤恨來

病中答劉書記見贈

病來雙樹下雲脚上禪袍頬有瓊瑤贈空瞻雪月高已
知捐俗態時許話風騷衰疾（一作病）未能起相思徒自勞

早秋山中作

誰到山中語雨餘風氣秋煙嵐出澗底瀑布落牀頭至
道亦非遠僻詩須苦求千峰有嘉景拄杖獨巡遊

別墅

此地可求息開門足野情窗明雨初歇日落風更清蒼
蘚槎根匝碧煙水面生翫奇心自樂暑月聽蟬聲

柳十首

灞岸江頭臘雪消東風偷軟入纖條春來不忍登樓望
萬架金絲著地嬌

受盡風霜得到春一條條是逐年新尋常送別無餘事
爭忍攀將過與人

長恨陽和也世情把香和豔與紅英家家只是栽桃李
獨自無根到處生

只爲遮樓又拂橋被人摧折好枝條假饒張緒如今在
須把風流暗裏銷

弱帶低垂可自由傍他門戶倚他樓金風不解相擡舉
露壓煙欺直到秋

終日堂前學畫眉幾人曾道勝花枝試看三月春殘後
門外青陰是阿誰

也曾飛絮謝家庭從此風流別有名不是向人無用處
一枝愁殺別離情

從來只是愛花人楊柳何曾占得春多向客亭門外立
與他迎送往來塵

强扶柔態酒難醒殢著（一作漢漢）春風別有情公子王孫且相
伴與君俱得幾時榮

無賴秋風斗覺（一作送）寒萬條煙草（一作早）一時乾遊人若要春
消息直向江頭臘後看

酬劉書記見贈（第七句缺一字　第十五句缺）

獨在西峯末憐君和氣多勞生同朽索急景似傾波禪
者行擔錫樵師語隔坡早 生赤蘚古木架青蘿石澗
新蟬脆茅簷舊燕窠篇章蒙見許松月好相過思苦通
真理吟清合大和　風起送漁歌

贈徐三十（一本題缺　一本作酬劉書記見贈第二首）

春滿南宮白日長夜來新值錦衣郎朱排六相（一作戟）助神
聳玉覻一廳侵骨涼砌竹拂袍爭草色庭花飄豔妬蘭
香從今不羨乘槎客曾到三星列宿傍

牡丹

邀勒春風不早開衆芳飄後上樓臺數苞仙豔火中出
一片異香天上來曉露精神妖欲動暮煙情態恨成堆
知君也解相輕薄斜倚闌干首重迴

贈宿將

校獵燕山經幾春雕弓白羽不離身年來馬上渾無力
望見飛鴻指似人

全唐詩

李咸用

李咸用與來鵬同時工詩不第嘗應辟爲推官有披沙
集六卷今編爲三卷

水仙操

大波相拍流水鳴蓬山鳥獸多奇形琴心不喜亦不驚
安弦緩爪何泠泠水仙縹緲來相迎伯牙從此留嘉名
嶧陽散木虛且輕重華斧下知其聲壓絲相糺成淒清
調和引得薰風生指底先王長養情曲終天下稱太平
後人好事傳其曲有時聲足意不足始峩峩兮復洋洋
但見山青兼水綠成連入海移人情豈是本來無嗜慾
琴兮琴兮在自然不在徽金將軫玉

雞鳴曲

海樹相扶鳥影翹戴紅拍翠聲膠膠鴛瓦凍危金距趫
誇雄鬬氣爭相高漏殘雨急風蕭蕭患亂忠臣欺寶刀
霜濃月薄星昭昭太平才子能歌謠山翁夢斷出衡茅
谷口霧中飢虎號離人枕上心忉忉

西門行

勞禽不擇枝飢虎不畏檻君子當固窮無爲仲由濫爾
奮空拳彼擊劍水縱長瀾火飛焰漢高偶試神蛇驗武
王龜筮驚人險四龍或躍猶依泉小狐勿恃衝波膽

輕薄怨

花驄躞蹀遊龍驕連連寶節揮長鞘鳳雛麟子皆至交
春風相逐垂楊橋捻笙軟玉開素苞畫樓閃閃紅裾搖
碧蹄偃蹇連金鑣狂情十里飛相燒西母青禽輕飄飄
分環破璧來往勞黃金千鎰新一宵少年心事風中毛
明朝何處逢嬌饒門前桃樹空夭夭

長歌行

要衣須破束欲炙須解牛當年不快意徒爲他人留百
歲之約何悠悠華髮星星稀滿頭蛾眉螓首聊我仇圓
紅闕白令人愁何不夕引清奏朝登翠樓逢花便折聞
勝卽遊鼓腕騰棍晴雷收舞腰困裹垂楊柔象節擊折
歌勿休玉山未倒非風流眼前有物俱是夢莫將身作
黃金讐死生同域不用懼富貴在天何足憂

巫山高

通蜀連秦山十二中有妖靈會人意鬬豔傳情世不知
楚王魂夢春風裏雨態雲容多似是色荒見物皆成媚
露泫煙愁巖上花至今猶滴相思淚西眉南臉人中美
或者皆聞無所利忍聽憑虛巧佞言不求萬壽翻求死

公無渡河

有叟有叟何清狂行搔短髮提壺漿亂流直涉神洋洋
妻止不聽追沉湘偕老不偕死箜篌遺淒涼刳松輕穩
琅玕長連呼急楫庸何妨見溺不援能語狼忍聽麗玉
傳悲傷

春雨

大帝閎吹破凍風青雲融液流長空天人醉引玄酒注傾香旋入花根土濕塵輕舞唐唐春神娥無跡莓苔新老農私與牧童論紛紛便是倉箱本

石版歌

雲根劈裂雷斧痕龍泉切璞青皮皴直方挺質貞且真當庭卓立凝頑神春雨流膏成立文主人性靜看長新明月夜來迴短影何如照冷太湖濱

春宮詞

風和氣淑宮殿春感陽體解思君恩眼光滴滴心振振重瞳不轉憂生民女當爲妾男當臣男力百歲在女色片時新用不用唯一人敢放一作徼天寵私微身六宮萬國教誰賓

富貴曲

晝藻雕山金碧彩鴛鴦疊翠眠晴靄編珠影裏醉春庭團紅片下攢歌黛苹咽絲煩歡不收繳絳垂緌忽如晦活花起舞夜春來蠟焰煌煌天日在雪暖瑤杯鳳髓融紅拖象筯猩唇細空中漢轉星移蓋火城擁出隨朝會車如雷兮馬如龍鬼神辟易不敢害冠峩劍重鏘環珮步入天門相眞宰開口長爲爵祿筌迴眸便是公卿罪珍珠索得龍宮貧膏腴刮下蒼生背九野干戈指著心咸福滿拳猶未快我聞周公貴爲天子弟富有半四海茂有驕奢貽後悔紅錦障收珊瑚樹碎至今笑石崇王愷

獨鵠吟

碧玉喙長丹頂圓亭亭危立風松間啄萍吞鱗意已闌舉頭咫尺輕重天黑翎白本排雲煙離羣脫侶孤如仙披霜唳月驚嬋娟逍遥忘卻還青田鳶寒鴉晚空相喧時時側耳清泠泉

煌煌京洛行

長安近甸巡遊遍洛陽尋有黃龍見千乘萬騎如雷轉差差清蹕祥雲卷百司舊分當玉殿太平官屬無遺彥歌鐘沸激香塵散晨旗隱隱羅軒冕周公舊跡生紅蘚灑涸波光春照晚但聽嵩山萬歲聲將軍旗鼓何時偃

昇天行

堂堂削玉青蠅喧寒鴉啄鼠愁飛鸞杭玄洗白逡巡間蘭言花笑俄衰殘盤金束紫身屬官強仁小德終無端不如服取長流丹潛神卻入黃庭閑志定功成飛九關逍遥長揖辭人寰空中龍駕時迴旋左雲右鶴翔翩聯雙童樹節當風翻常娥倚桂開朱顏河邊牛子星郎牽三清宮殿浮晴煙玉皇據案方凝然仙官立仗森幢幡引余再拜歸仙班清聲妙色視聽安飧和飲順中腸寬虛無之樂不可言

緋桃花歌

上帝春宮思麗絕天桃變態求新悅便是花中傾國容牡丹露泣長門月野樹滴殘龍戰血曦車碾下朝霞屑惆悵東風未解狂爭教此物芳菲歇

短歌行

一罇綠酒綠於染拍手高歌天地險上得青雲下不難下在黃埃上須漸少年歡樂須及時莫學懦夫長泣岐白日欲沈猶未沈片月已來天半垂坎鼓鏗鐘殺愁賊挼碎一作滿眼是非佯不識長短高卑不可求莫歎人生頭雪色

小松歌

幽人不喜凡草生秋鋤斸得寒青青庭閑土瘦根脚獰風搖雨拂精神醒短影月斜不滿尺清聲細入鳴蛩翼天人戲剪蒼龍鬚參差簇在瑤堦側金精水鬼欺不得長與東皇逞顏色勁節暫因君子移貞心不爲麻中直

大雪歌

同雲慘慘如天怒寒龍振鬣飛乾雨玉圃花飄朶不勻銀河風急驚砂度謝客憑軒吟未住望中頓失縱橫路應是羲和倦曉昏暫反元元歸太素歸太素不知歸得人心否

塘上行

橫塘日澹秋雲隔浪織輕飋羅羃羃紅綃撇水蕩舟人畫橈摻摻柔荑白鯉魚虛擲無消息花老蓮疎愁未摘卻把金釵打綠荷懊惱露珠穿不得

寓意

直道荆棘生斜徑紅塵起蒼蒼杳無言麒麟迴瑞趾東風如未來飛雪終不已不知姜子牙何處釣流水

劍喻

黯黯秋水寒至剛非可缺風胡不出來攝履人相蔑縱挺倚天形誰是躬一作的提挈願將百鍊身助我王臣節

蒼頡臺

先賢憂民詐觀跡成綱紀自有書契來爭及結繩理

荆山

良工指君疑眞玉卻非玉寄言懷寶人不須傷手足

自君之出矣

自君之出矣鸞鏡空塵生思君如明月明月逐君行

妾薄命

妾命何太薄不及宮中水時時對天顏聲聲入君耳

君子行

君子愼所履小人多所疑尼甫至聖賢猶爲匡所縻

銅雀臺

但見西陵慘明月女妓無因更相悅有虞曾不有遺言滴盡湘妃眼中血

倢伃怨

莫恃芙蓉開滿面更有身輕似飛燕不得團圓長近君珪月鈋時泣秋扇

悲哉行

雲色陰沈弄秋氣危葉高枝恨深翠用卻春風力幾多微霜逼迫何容易

攜手曲

攜手春復春未嘗漸離別夭夭風前花纖纖日中雪不敢怨於天唯驚添歲月不敢怨於君秖怕芳菲歇芳菲若長然君恩應不絕

空城雀

啾啾空城雀一啄數跳躍寧尋覆轍餘豈比巢危幕茫茫九萬鵬百雉且爲樂

蠢蠢荼蓼蟲薨薨避葵薺悠悠徇者心寂寂厭清世如
何不食甘命合苦其噬如何不趣時分合辱其體至哉
先哲言於物不凝滯

猛虎行

猛虎不怯敵烈士無虛言怯敵辱其班虛言負其恩爪
牙欺白刃果敢無前陣須知易水歌至死無悔恡

隴頭行一作吟

行人何彷徨隴頭水嗚咽寒沙戰鬼愁白骨風霜切薄
日曚朧秋怨氣陰雲結殺成邊將名名著生靈滅

關山月

離離天際雲皎皎關山月羌笛一聲來白盡征人髮嘹
唳孤鴻高蕭索悲風發雪壓塞塵清鵰落沙場闊何當
胡無人荷戈朝鳳闕

覽友生古風

伯牙鳴玉琴幽音隨指發不是鍾期聽俗耳安能别高
山閑巍峩流水聲嗚咽一卷冰雪言清泠冷心骨分明
古雅聲諷諭成凄切皴皵音磧又音鵲老松根晃朗驪龍窟荆
璞且深藏瑨石方如雪金多醜女妍木朽良工拙姦宄
欺雷霆魑魅嫌日月蝶迷桃李香鮒惘江湖闊不寐孤
燈前舒卷忘飢渴

題友生叢竹

菊華寒露濃蘭愁曉霜重指佞不長生蒲萐今無種安
如植叢篁他年待栖鳳大則化龍騎小可釣璜用畱煙
伴獨醒迴陰冷閑夢何妨積雪凌但爲清風動乃知子
猷心不與常人共

石版

高人好自然移得它山碧不磨如版平大巧非因力古
蘚小青錢塵中看野色冷倚砌花春靜伴疎篁直山僧
若轉頭如逢舊相識

江南曲

江南四月薰風低江南女兒芳步齊晚雲接水共渺瀰
遠沙疊草空萋萋白苧不堪論古意數花猶可醉前溪

孤舟有客歸未得鄉夢欲成山鳥啼

臨川逢陳百年

麻姑山下逢眞士玄膚碧眼方瞳子自言混沌鑿不死
大笑老彭非久視强爭龍虎是狂人不保元和虛叩齒
桃花雨過春光膩勸我一杯靈液味敎我無爲禮樂拘
利路名場多忌諱不如含德反嬰兒金玉滿堂眞可貴

寄修睦上人

衣服田方無內客一入廬雲斷消息應爲山中勝槩偏
惠持惠遠多蹤跡尋陽有箇虛舟子相憶由來無一一作無
事江邊月色到巖前此際心情必相似似不似寄數字

讀修睦上人歌篇

李白亡李賀死陳陶趙睦尋相次須知代不乏騷人貫
休之後惟修睦而已矣睦公睦公眞可畏開口向人無
所忌才似煙霞生則媚直如屈軼佞則指意下紛紛造
化機筆頭滴滴文章髓明月清風三十年被君驅使如
奴婢勸君休莫容易世俗由來稀則貴珊瑚高架五雲
一作色毫小小不須煩藻思

遠公亭牡丹

雁門禪客吟春亭牡丹獨逞花中英雙成膩臉偎雲屏
百般姿態因風生延年不敢歌傾城朝雲暮雨愁娉婷
蘂繁蟻腳粘不行甜迷蜂醉飛無聲廬山根腳含精靈
發妍吐秀叢君庭溢江太守多閑情欄朱繞絳畱輕盈
潺潺綠醴當風傾平頭奴子啾銀笙紅葩豔豔交童星
左文右武憐君榮白銅鞮上慙清明

謝僧寄茶

空門少年初志一作地堅摘芳爲藥除睡眠匡山茗樹朝陽
偏暖萌如爪拏飛鳶枝枝膏露凝滴圓參差失向兠羅
綿傾筐短甑蒸新鮮白紵眼細勻於研甎排古砌春苔
乾殷勤寄我清明前金槽無聲飛碧煙赤獸呵冰急鐵
喧林風夕和眞珠泉半匙靑粉攪潺湲綠雲輕綰湘娥
鬟嘗來縱使重支枕胡蝶寂寥空掩關

送人

少皥閑宮行帝業無刃金風翦紅葉雁别邊沙入暖雲

蛩辭敗草鳴香閣有客爲儒二十霜酣歌郢雪時飄揚
不甘長在諸生下東書擕劍離家鄉利爪韝上鷹雄文
霧中豹可堪長與烏鳶噪是宜摩碧漢以遐飛出南山
而遠蹈況今大朝公道天子文明團團月樹懸青青蕪
中有馬如龍行不換黃金無駿名荆山有玉猶在璞未
遇良工虛擲鵲一壺清酒酌離情休向蒿中隨雀躍

古意論交

擇友如淘金沙盡不得寶結交如乾銀產竭不成道我
生四十年相識苦草草多爲勢利朋少有歲寒操通財
能幾何聞善寧相告茫然同夜行中路自不保常恐管
鮑情參差忽終老今來既見君青天無片雲語直瑟弦
急行高山桂芬約我爲交友不覺心醺醺見義必許死
臨危當指囷無令後世士重廣孝標文

李咸用

春風

青帝使和氣吹嘘萬國中發生寧有異先後自難同輦草不消力叢花應費功年年三十騎飄入玉蟾宮

自愧

多負懸弧禮危時隱薜蘿有心明俎豆無力執干戈壯士難移節貞松不改柯纓塵徒自滿欲濯待清波

夜吟

白兔輪當午儒家業敢慵竹軒吟未已錦帳夢應重落筆思成虎懸梭待化龍景清神自爽風遞遠樓鐘

昭君

古帝修文德蠻夷莫敢侵不知桃李貌能轉虎狼心日暮邊風急程遥磧雪深千秋青塚骨留怨在胡琴

秋夕

寥廓秋雲薄空庭月影微樹寒棲鳥密砌冷夜蛩稀曉鼓軍容肅疎鐘客夢歸吟餘何所憶聖主尚宵衣

秋日與友生言別

利名心未已離別恨難休爲箇文儒業致多岐路愁數花籬菊晚片葉井梧秋又凌出門計一尊期少留

邊城聽角

戍樓鳴畫角寒露滴金槍細引雲成陣高催雁著行喚迴邊將夢吹薄曉蟾光未遂終軍志何勞思故鄉

秋日訪同人

忽憶金蘭友攜琴去自由遠尋寒澗碧深入亂山秋見後却無語別來長獨愁幸逢三五夕露坐對冥搜

寄楚瓊上人

遥知無事日靜對五峰秋鳥隔寒煙語泉和夕照流凭欄疎磬盡瞑目遠雲收幾句出人意風高白雪浮

遊寺

無家身自在時得到蓮宮秋覺暑衣薄老知塵世空幽情憐水石野性任萍蓬是處堪閑坐與僧行止同

春日

浩蕩東風裏裵回無所親危城三面水古樹一邊春衰世難修道花時不稱貧滔滔天下者何處問通津

論交

行虧何必富節在不妨貧易得笑言友難逢終始人松篁貞管鮑桃李豔張陳少見歲寒後免爲霜雪塵

秋興

木葉亂飛盡故人猶未還心雖遊紫闕時合在青山近寺僧鄰靜臨池鶴對閑兵戈如未息名位莫相關

山居

草堂書一架苔徑竹千竿難世投誰是清貧且自安鄰居皆學稼客至亦無官焦尾何人聽凉宵對月彈

遣興

風細酒初醒憑欄別有情蟬稀秋樹瘦雨盡晚雲輕旅鬢一絲出鄉心寸火生子牟魂欲斷何日是升平

待旦

簷靜燕雛語窗虛蟾影過時情因客老歸夢入秋多蔽日羣山霧滔天四海波吾皇思壯士誰應大風歌

送從兄坤載

忍淚不敢下恐兄情更傷別離當亂世骨肉在他鄉語盡意不盡路長愁更長那堪回首處殘照滿衣裳

惜別

細雨妝行色霏霏入户來須知相識喜却是別愁媒白刃方盈國黄金不上臺俱爲鄒魯士何處免塵埃

早秋遊山寺

閑卧雲巖穩攀緣笑戲猱靜於諸境靜高却衆山高至理無言了浮生一夢勞清風朝復暮四海自波濤

秋日疾中寄諸同志

閑居無勝事公幹卧來心門靜秋風晚人稀古巷深花疎籬菊色葉減井梧陰賴有斯文在時時得強尋

贈山僧

榮枯雖在目名利不關身高出城隍寺野爲雲鶴鄰松聲寒後遠潭色雨餘新豈住空空裏空空亦是塵

宿隱者居

永日連清夜因君識躁君竹扉難掩月巖樹易延雲曙鳥枕前起寒泉夢裏聞又須隨計吏雞鶴迥然分

送錢契明尊師歸廬山

瘦倚青竹杖鑪峰指欲歸霜粘行日屨風暖到時衣憑檻雲還在攀松鶴不飛何曾有別恨楊柳自依依

送進士劉松

滔滔皆魯客難得是心知到寺多同步遊山未失期雲低春雨後風細暮鐘時忽別垂楊岸遥遥望所之

贈任肅

玄髮難姑息青雲有路岐莫言多事日虚擲少年時松色雪中出人情難後知聖朝公道在中鵠勿差池

題陳正字山居

怪來忘祿位習學近瀟湘見處雲山好吟中歲月長花光籠晚雨樹影浸寒塘幾日憑欄望歸心自不忙

贈來進士鵬

語玄人不到星漢在靈空若使無良遇虛言有至公月明千嶠雪灘急五更風此際苦吟力分將造化功

送曹税

摻袂向春風何時約再逢若教相見密肯恨別離重芳草漁家路殘陽水寺鐘落帆當此處吟興不應慵

贈來鵬

默坐非關悶疑情秖在詩庭閑花落後山靜月明時荅客言多簡尋僧步稍遲既同和氏璧終有玉人知

途中作

瘦馬倦行役斜陽勸著鞭野橋寒樹亞山店暮雲連退鷁風雖急攀龍志已堅路人休莫笑百里有時賢

秋晚

斜陽山雨外秋色思無窮柳葉飄乾翠楓枝撼碎紅鬢毛看似雪生計尚如蓬不及樵童樂蒹葭一笛風

曉望

露驚松上鶴曉色動扶桑碧浪催人老紅輪照物忙世情隨日變利路與天長好駕觥船去陶陶入醉鄉

寄友生

交情應不變，何事久離羣。圓月思同步，寒泉憶共聞。雪霜松色在，風雨雁行分。每見人來說，窗前改舊文。

江行

瀟湘無事後，征棹復嘔啞。高岫留斜照，歸鴻背落霞。魚殘(一作依)沙岸草，蝶寄狀流槎。共說干戈苦，汀洲減釣家。

題王氏山居

簷有煙嵐色，地多松竹風。自言離亂後，不到鼓鼙中。徑柳拂雲綠，山櫻帶雪紅。南(一作雨)邊青嶂下，時見採芝翁。

送別

別意說難盡，離盃深莫辭。長歌終此席，一笑又何時。棹入寒潭急，帆當落照遲。遠書如不寄，無以慰相思。

覽文僧卷

雖無先聖耳，異代得聞韶。怪石難爲古，奇花不敢妖。調高非郢雪，思靜碾箕瓢。未可重吟過，雲山興轉饒。

望仰山憶玄泰上人

晴嵐凝片碧，知在此中禪。見面定何日，無書已一年。高秋關靜夢，良夜入新篇。仰德心如是，清風不我傳。

聞泉

淅淅夢初驚，幽窗枕簟清。更無人共聽，秖有月空明。急想穿巖曲，低應過石平。欲將琴強寫，不是自然聲。

酬鄭進士九江新居見寄

躡屐(一作履)扣柴關，因成盡日閑。獨聽黃鳥語，深似白雲間。萍沼寬於井，莎城綠當山。前期招我作，此景得吟還。

九江和人贈陳生

天畏斯文墜，憑君助素風。意深皆可補，句逸不因功。幕替雲愁遠，秋驚月占空。寄家當瀑布，時得笑言同。

登樓值雨二首

共訝高樓望，匡廬色已空。白雲橫野闊，遮嶽與天同。數點雨入酒，滿襟香在風。遠江吟得出，方下郡齋東。

江徼多佳景，秋吟興未窮。送來松檻雨，半是蓼花風。浪猛驚翹鷺，煙昏斷鴻。不知今夜客，幾處臥鳴蓬。

送趙舒處士歸廬山

歸岫香鑪碧，行吟步蓋遲。諸侯師不得，樵客偶相隨。思舊江雲斷，談玄嶽月移。秖應張野輩，異代作心知。

僧院薔薇

客引擎茶看，離披曬錦紅。不緣開淨域，爭忍負春風。小片當吟落，清香入定空。何人來此植，應固惱休公。

友生攜修睦上人詩見訪

雪中敲竹戶，袖出岳僧詩。語盡景皆活，吟闌角獨吹。意如將俗背，業必少人知。共約冰銷日，雲邊訪所思。

冬夕喜友生至

天涯行欲遍，此夜故人情。鄉國別來久，干戈還未平。燈殘偏有焰，雪甚却無聲。多少新聞見，應須語到明。

牡丹

少見南人識，識來嗟復驚。始知春有色，不信爾無情。恐是天地媚，暫隨雲雨生。緣何絕尤物，更可比妍明。

送春

四時爲第一，一歲一重來。好景應難勝，餘花虛自開。相思九個月，得信數枝梅。不向東門送，還成負酒杯。

送邊將

天驕頻犯塞，鐵騎又征西。臣節輕鄉土，雄心生鼓鼙。地寒花不豔，沙遠日難低。漸喜秋弓健，鵰翻白草齊。

春晴

簷滴春膏絕，憑欄晚吹生。良朋在何處，高樹忽流鶯。遊寺期應定，尋芳步已輕。新詩吟未穩，遲日又西傾。

冬夜與修睦上人宿遠公亭寄南嶽玄泰禪師

丈室掩孤燈，更深霰雹增。相看雲夢客，共憶祝融僧。語合茶忘味，吟敧卷有稜。楚南山水秀，行止豈無憑(一作朋)。

落花

拾得移時看，重思造化功。如何飄麗景，不似遇春風。滿地餘香在，繁枝一夜空。秖應公子見，先憶墜樓紅。

寄嵩陽隱者

昔年江上別，初入亂離中。我住匡山北，君之少室東。信來經險道，詩半憶皇風。何事猶高臥，巖邊夢未通。

早蟬

門柳不連野，乍聞爲早蟬。遊人無定處，入耳更應先。暫默斜陽雨，重吟遠岸煙。前年湘竹裏，風激撼離筵。

酬蘊微

白衣經亂世，相遇一開顏。得句禪思外，論交野步間。舉朝無舊識，入眼秖青山。幾度斜陽寺，訪君(一作師)還獨還。

萱草

芳草比君子，詩人情有由。秖應憐雅態，未必解忘憂。積雨莎庭小，微風藓砌幽。莫言開太晚，猶勝菊花秋。

訪友人不遇

出門無至友，動即到君家。空掩一庭竹，去看何寺花。短僮應捧杖，稚女學擎茶。吟罷留題處，苔階日影斜。

苔

幾年風雨跡，疊在石房顏。生處景長靜，看來情儘閑。吟亭侵壞壁，藥院掩空關。每憶東行徑，移筇獨自還。

紅薇

春雨有五色，灑來花旋成。欲留池上景，別染草中英。晝出看還欠，蓮爲插未輕。王孫多好事，攜酒寄吟傾。

別所知

有路有西東，天涯自恨同。却須深酌酒，況不比飄蓬。帆冒新秋雨，鼓傳微浪風。閏牽寒氣早，何浦值賓鴻。

小雪

散漫陰風裏，天涯不可收。壓松猶未得，撲石暫能留。閣靜縈吟思，途長拂旅愁。崆峒山北面，早想玉成丘。

和修睦上人聽猿

禪客聞猶苦，是聲應是啼。自然無穩夢，何必到巴溪。疎雨灑不歇，迴風吹暫低。此宵秋欲半，山在二林西。

庭竹

嫩綠與老碧，森然庭砌中。坐銷三伏景，吟起數竿風。葉影重還密，梢聲遠或通。更期春共看，桃映小花紅。

早行

家國三千里，中宵算去程。困纔成蝶夢，行不待雞鳴。馬首搖殘月，鴉羣起古城。發來經幾堠，村寺遠鐘聲。

哭所知

朝作青雲士，暮爲玄夜人。風燈無定度，露薤亦逡巡。乘

馬驚新塚書帷擺舊塵秖應從此去何處福生民

分題雪霽望爐峯（末二句缺）

雪霽上庭除爐峯勢轉孤略無煙作帶獨有影沈湖冷觸歸鴻急明疑落照俱

雪十二韻

六出凝陰氣同雲指上天結時風乍急集處靄長先草穗翹祥燕陂椿吐白蓮犬狂南陌上竹醉小池前樵徑花黏屨漁舟玉帖舷陣經暘谷薄勢想朔方偏樓面光搖錫籬頭曉列錢石苔青鹿臥殿網素蛾穿斲馬應思塞蹲烏似爲燕童凝爲獸揑僧愛用茶煎念物希周穆含毫愧惠連吟闌餘興逸還憶剡溪船

廬山

非嶽不言嶽此山通嶽言高人居亂世幾處滿前軒秀作神仙宅靈爲風雨根餘陰鋪楚甸一柱表吳門靜得八公侶雄臨九子尊對猶青睼眼到必冷凝魂勢受重湖讓形難七澤吞黑巖藏晝電紫霧泛朝暾蓮嶠寧唯華玉焚堪小崑倒松微發罅飛瀑遠成痕壘見雲容襯稜收雪氣昏栽詩曾困謝作賦偶無孫流凝星光撤鶯衝雁陣飜峯奇寒倚劍泉曲旋如盆草短分雛雉林明露擲猿秋楓紅葉（一作蝶）散春石谷雷奔月好虎溪路煙深栗里源醉吟長易醒夢去亦銷煩有覺南方重無疑厚地掀輕揚聞舊俗端用鎮元元

和吳處士題村叟壁

因閱鄉居景歸心寸火然吾家依碧嶂小檻枕清川遠雨籠孤戍斜陽隔斷煙沙虛遺虎跡水洑聚蛟涎蠨蛸芰汀蓼甘茶挈石泉霜朝巡栗樹風夜探漁船戲日魚呈腹翹灘鷺並肩碁尋盤石淨酒傍野花妍罌以鋤爲利家惟竹直錢飯香同豆熟湯暖摘松煎睡鳥梟藏足攀藤狖凍拳淺茅鳴鬭雉曲枿嘯寒鳶秋果樝梨澀晨羞筍蕨鮮衣蓑留冷閣席草種閑田椎髻擔餉饁眉識稔年嚇鷹㔉戴笠驅犢篠充鞭不重官於社常尊食作天谷深青靄蔽峯迥白雲纏每憶關鼃夢長誇表愛憐覽君書壁句誘我率成篇

謝友生遺端溪硯瓦（末聯缺三句）

尋常濡翰次恨不到端溪得自新知已如逢舊解攜翫餘輕照乘謝欲等懸黎靜對勝凡客閑窺憶好題媧天補剩石昆劍切來泥著指痕猶濕停旬水未低呵雲潤柱礎筆彩飲虹霓鴝眼工諳謬羊肝士乍封連嘶光比鏡囚墨膩於毉書信成池黑吟須到日西正誇憂盜竊將隱怯攀躋捧受同交印矜持過秉珪草顛終近旭嬾癖必無嵇用合緣鸚鵡珍應負會稽貞姿還落落寒韻或淒淒風月情相半煙花思豈迷宜從方袋挈枉把短行批淺小金爲斗泓澄玉作隄遇人依我惜想爾與天齊

行時秖獨齋

和殷衙推春霖卽事

東風吹暖雨潤下不能休古道雲橫白移蒔客共愁綠沈莎似藻紅泛葉爲舟忽起江湖興疑鄰畝澮流此時無勝會何處滯奇遊陣急如酣戰點麤成亂漚竹因添灑落松得長颼飀花惨閑庭晚蘭深曲徑幽絲牽汀鳥足線挂嶽猿頭天地昏同醉寰區浩欲浮柳眉低帶泣蒲劍銳初抽石燕飜空重蟲羅綴滴稠荷傾蛟淚盡巖拆電鞭收豈直望堯喜却懷微禹憂樹滋堪採菌磯沒懶垂鈎腥覺聞龍氣寒宜擁豹裘名膏那作沴思稔必通侯蜂鷸徒喧競笙歌罷獻酬山川藏秀媚草木逞調柔極目非吾意行吟獨下樓

全唐詩

李咸用

題陳將軍別墅

明王獵士猶疎在巖谷安居最有才高虎壯言知鬼伏葛龍閑臥待時來雲藏山色晴還媚風約溪聲靜又迴不獨春光堪醉客庭除長見好花開

湘浦有懷

鴻雁哀哀背朔方餘霞倒影畫瀟湘長汀細草愁春浪古渡寒花倚夕陽鬼樹夜分千炬火漁舟朝卷一篷霜儂家本是持竿者爲愛明時入帝鄉

題陳處士山居

蓮遶閑亭柳遶池蟬吟暮色一枝枝未逢皇澤搜遺逸贏得青山避亂離花圃春風邀客醉茅簷秋雨對僧碁樵童牧豎勞相問巖穴從來出帝師

和蔣進士秋日

晚雨霏微思杪秋不堪才子尚羇遊塵隨別騎東西急波促年華日夜流涼月雲開光自遠古松風在韻難休男兒但得功名立縱是深恩亦易酬

陳正字山居

一葉閑飛斜照裏江南仲蔚在蓬蒿天衢雲險鴛鴻蹇月桂風和夢想勞遶枕泉聲秋雨細對門山色古屏高此中卽是神仙地引手何妨一釣鼇

與劉三禮陳孝廉言志

眞宰無私造化均年年分散月中春皆期早躡青雲路誰肯長爲白社人宋國高風休斂翼聖朝公道易酬身大須審固穿楊箭莫遣參差鬢雪新

秋日送嚴湘侍御歸京

蟾影珪圓湖始波楚人相別恨偏多知君有路昇霄漢獨我無由出薜蘿雖道危時難進取到逢清世又如何誰聽甯戚敲牛角月落星稀一曲歌

題王處士山居

雲木沈沈夏亦寒此中幽隱幾經年無多別業供王稅大半生涯在釣船蜀魄叫迴芳草色鷺鷥飛破夕陽煙

干戈蛸起能高臥只箇逍遥是謫仙

謝所知

狂歌狂舞慰風塵心下多端亦嬾言早是亂離輕歲月
誰能愁悴過朝昏聖朝公道如長在賤子謀身自有門
却愧此時叨厚遇他年何以報深恩

秋望

雲陰慘澹柳陰稀遊子天涯一望時風悶雁行踈又密
地迴江勢急還遲榮枯物理終難測貴賤人生自不知
未達誰能多歎息塵埃爭損得男兒

送譚孝廉赴舉

鼓鼙聲裏尋詩禮戈戟林間入鎬京好事盡從難處得
少年無向易中輕也知貴賤皆前定未見踈慵遂有成
吾道近來稀後進善開金口荅公卿

途中逢友人

大道將窮阮籍哀紅塵深翳步遲迴皇天有意自寒暑
白日無情空往來霄漢何年徵賦客煙花隨處作愁媒
相逢且快眼前事莫厭狂歌酒百杯

和人湘中作

湘川湘岸雨荒涼孤雁號空動旅腸一棹寒波思范蠡
滿尊醇酒憶陶唐年華蒲柳凋衰鬢身跡萍蓬滯別鄉
不及東流趨廣漢臣心日夜與天長

贈陳望堯

若說精通事藝長詞人爭及孝廉郎秋螢短焰難盈案
鄰燭餘光不滿行鵠箭親踈雖異的桂花高下一般香
明時公道還堪信莫遣錐鋒久在囊

宿漁家

促杼聲繁螢影多江邊秋興獨難過雲遮月桂幾枝恨
煙罩漁舟一曲歌難世斯人雖隱遁明時公道復如何
陶家壁上精靈物風雨未來終是梭

旅館秋夕

牢落生涯在水鄉只思歸去泛滄浪秋風螢影隨高柳
夜雨蛩聲上短牆百歲易為成荏苒丹霄誰肯借梯航
若教名路無知己走馬塵中是自忙

悼范摅處士

家在五雲溪畔住身遊巫峽作閑人安車未至柴關外
片玉已藏墳土新雖有公卿聞姓字惜無知己脫風塵
到頭積善成何事天地茫茫秋又春

送人

一軸煙花滿口香諸侯相見肯相忘未聞珪璧為人棄
莫倦江山去路長盈耳暮蟬催別騎數杯浮蟻咽離腸
眼前（一作頭）多少難甘事自古男兒當自強

春暮途中

細雨如塵散暖空數峰春色在雲中須知觸目皆成恨
縱道多文爭那窮飛燕有情依舊閣垂楊無力受東風
誰能會得乾坤意九土枯榮自不同

題陳正字林亭

曉煙輕翠拂簾飛黃葉飄零弄所思正是低摧吾道日
不堪惆悵異鄉時家林虵豕方羣起宫沼龜龍未有期
賴有平原憐賤子滿亭山色借吟詩

送從兄入京

柳轉春心梅豔香相看江上恨何長多情流水引歸思
無賴嚴風促別觴大抵男兒須振奮近來時事懶思量
雲帆高挂一揮手目送煙霄雁斷行

秋夕書懷寄所知

秋螢一點雨中飛獨立黃昏思所知三島路遙身汨沒
九天風急羽差池年華逐浪催霜鬢旅恨和雲拂桂枝
不向故人言此事異鄉誰更念棲遲

酬進士秦顒若

鶯蟄平林燕別軒相逢相笑話生前低飛旅恨看霜葉
曲寫歸情向暮川在野孤雲終捧日朝宗高浪本蒙泉
何勞悵望風雷便且混魚龍黷武年

山中夜坐寄故里友生

展轉檐前睡不成一牀山月竹風清蟲聲促促催鄉夢
桂影高高挂旅情禍福既能知倚伏行藏爭不要分明
可憐任永貞堅白淨洗雙眸看太平

物情

誰分萬類二儀間稟性高卑各自然野鶴不棲蔥蒨樹
流鶯長喜豔陽天李斯溷鼠心應動莊叟泥龜意已堅
成是敗非如賦命更教何處認愚賢

金谷園

石家舊地聊登望寵辱從茲信可驚鳥度野花迷錦障
蟬吟古樹想歌聲雖將玉貌同時死却羨蒼頭此日生
多積黃金買刑戮千秋成得綠珠名

投所知

手欠東堂桂一枝家書不敢便言歸挂檐晩雨思山閣
拂岸煙嵐憶釣磯公道甚平才自薄丹霄好上力猶微
誰能借與摶扶勢萬里飄飄試一飛

贈友弟

螢焰燒心雪眼勞未逢佳夢見三刀他時詎有鹽梅味
今日猶疑腹背毛金埒曉羈千里駿玉輪寒養一枝高
誰能終歲搖頳尾唯唯洋洋向碧濤

春日喜逢鄉人劉松

故人不見五春風異地相逢嶽影中舊業久抛耕釣侶
新聞多說戰爭功生民有恨將誰訴花木無情秖自紅
莫把少年愁過日一尊須對夕陽空

夏日別余秀才

嶽麓雲深麥雨秋滿傾杯酒對湘流沙邊細柳牽行色
水面輕煙畫別愁敢待傳巖成好夢任從磻石挂纖鉤
鏡機沖漠非吾事自要青雲識五侯

廬陵九日

菊花山在碧江東冷酒清吟興莫窮四十三年秋裏過
幾多般事亂來空雖驚故國音書絶猶喜新知語笑同
竟日開門無客至笛聲迢遞夕陽中

和人遊東林

一從張野臥雲林勝槩誰人更解尋黃鳥不能言往事
白蓮虛發至如今年年上國榮華夢世世高流水石心
始欲共君重悵望紫霄峰外日沈沈

和彭進士秋日遊靖居山寺

秋山入望已無塵況得閑遊謝事頻問著盡能言祖祖

見時應不是眞眞添瓶野水遮還急伴塔幽花落又新自笑未曾同逸步終非宗炳社中人

和彭進士感懷

人生誰肯便甘休遇酒逢花且共遊若向雲衢陪驥尾直須天畔落旄頭三編大雅曾關興一冊南華旋解憂四海英雄多獨斷不知何者是長籌

寄題從兄坤載村居

鄰並無非樵釣者莊生物論宛然齊雨中寒樹愁鴟立江上殘陽瘦馬嘶說與衆傭同版築呂將羣叟共磻溪覆巢破卵方堪懼取次梧桐鳳且棲

送黃賓于赴舉

秋風昨夜滿瀟湘衰柳殘蟬思客腸早是亂來無勝事更堪江上揖離觴澄潭躍鯉搖輕浪落日飛梟趁遠檣漁父不須探去意一枝春褭月中央

冬日喜逢吳價

垂楊煙薄井梧空千里遊人駐斷蓬志意不因多事改鬢毛難與別時同鶯遷猶待銷冰日鵬起還思動海風窮達他年如賦命且陶眞性一杯中

題劉處士居

壓破嵐光半畝餘竹軒蘭砌共清虛泉經小檻聲長急月過修篁影旋踈溪鳥時時窺戶牖山雲往往宿庭除干戈謾道因天意渭水高人自釣魚

送李尊師歸臨川

蟠桃一別幾千春謫下人間作至人塵外煙霞吟不盡鼎中龍虎伏初馴除存紫府無他意終向青冥舉此身辭我麻姑山畔去蔡經蹤跡必相親

投知

西望長安路幾千遲回不爲別家難酌量才地心雖動點檢囊裝意又闌自是遠人多蹇滯近來仙牓半孤寒嘶風重訴牽鹽恥伯樂何妨轉眼看

吳處士寄香兼勸入道

謝寄精專一捻香勸予朝禮仕虛皇須知十極皆臣妾豈止遺生奉混茫空挂黃衣寧續壽曾聞玄教在知常但居平易俟天命便是長生不死鄉

草蟲

如繰如織暮㗉㗉應節催年使我愁行客語停孤店月高人夢斷一牀秋風低蘚徑疑偏急雨咽槐亭得暫休須付畫堂蘭燭畔歌懷醉耳兩悠悠

詠柳

日近煙饒還有意東垣西掖幾千株牽仍（一作連）別恨知難盡誇衒春光恐更無解引人情長婉約巧隨風勢強盤紆天應繡出繁華景處處茸絲惹路衢

寄所知

曾將俎豆爲兒戲爭奈干戈阻素心遁去不同秦客逐病來還作越人吟名流古集典衣買僻寺奇花貰酒尋從道趣時身計拙如非所好肯開襟

雪

上帝無私意甚微欲教霖雨更光輝也知出處花相似可到貧家影便稀雲漢風多銀浪濺崑山火後玉灰飛高樓四望吟魂斂却憶明皇月殿歸

緋桃花

茫茫天意爲誰留深染夭桃備勝遊未醉已知醒後憶欲開先爲落時愁癡蛾亂撲燈難滅躍鯉傍驚雷不收何事梨花空似雪也稱春色是悠悠

同友人秋日登庾樓

蘭摧菊暗不勝秋倚著高樓思莫收六代風光無問處九條煙水但凝愁誰能百歲長閑去秖箇孤帆豈自由欲學仲宣知是否臂弓腰劍逐時流

和人詠雪

輕輕玉壘向風加襟袖誰能認六葩高岫人迷千尺布平林天與一般花横空絡繹雲遺屑撲浪翩聯蝶寄槎公子樽前流遠思不知何處客程賒

和友人喜相遇十首

爲儒自愧已多年文賦歌詩路不專肯信披沙難見寶只憐苦草易成編燕昭寤寐常求駿郭隗尋思未是賢且固初心希一試箭穿正鵠豈無緣

揣情摩意已無功只把篇章助國風宋玉謾誇雲雨會謝連寧許夢魂通愁成旅鬢千絲亂吟得寒缸短焰終難世好居郊野地出門常喜與人同

惠子休驚學五車沛公方起斬長蛇六雄互欲吞諸國四海終須作一家自古經綸成世務暫時朱綠比朝霞人生心口宜相副莫使堯階草勢斜

不傷江煙訪所思更應無處展愁眉數杯竹閣花殘酒一局松窗日午碁多病却疑天與便自愚潛喜衆相欺非窮非達非高尚冷笑行藏秖獨知

閑吟閑坐道相應遠想南華亦自矜拋擲家鄉輕似夢尋常心地冷於僧和羹使用非胥靡憶鱠言詞小季鷹唯仗十篇金玉韻此中高旨莫階升

已向丘門老此軀可堪空作小人儒吟中景象千般有書外囊裝一物無潤屋必能知早散輝山應是不輕沽短衣寧倦重修謁誰識高陽舊酒徒

松桂寒多衆木分輕浮如葉自紛紜韶咸古曲教誰愛山水清音喜獨聞上國共知傳大寶舊交寧復在青雲相逢莫厭杯中酒同醉同醒秖有君

還淳反朴已難期依德依仁敢暫違寡欲自應剛正立無私翻覺友朋稀旄頭影莫侵黃道傅說星終近紫微年紀少他蘧伯玉幸因多難早知非

麻衣未識帝城塵四十爲儒是病身有恨不關銜國恥無愁直爲倚家貧齊輕東海二高士漢重商山四老人一種愛閑閑不得混時行止却應眞

任說天長海影沈友朋情比未爲深唯應樂處無虛日大半危時得道心命達夭殤同白首價高麤瓦即黃金他年有要玄珠者赤水縈紆試一尋

依韻修睦上人山居十首

生身便在亂離間遇柳尋花作麽看老去轉諳無是事本來何處有多般長憐蟣蠓能隨暖獨笑梧桐不耐寒覆載我徒爭會得大鵬飛尚未知寬

雲泉日日長松寺絲管年年細柳營靜躁殊途知自識榮枯一貫亦何爭道傍病樹人從老溪上新苔我獨行

若見淨名居士語道遙全不讓莊生
莫言天道終難定須信人心盡自輕宣室三千雖有恨
成周八百豈無情栢緣執性長時瘦梅爲多知兩番生
不是不同明主意嬾將脣舌與齊烹
不論軒冕及漁樵性與情違漸漸遙季子禍從憐富貴
顏生道在樂簞瓢清閑自可齊三壽忿恨還須戒一朝
好學堯民偎舜日短栽孤竹理雲韶
春風春雨一何頻望極空江覺損神鶯有來由重入谷
柳無情緒強依人漢庭謁者休言事魯國諸生莫問津
賴是水鄉樗櫟賤滿爐紅焰且相親
三十年來要自觀履春氷恐未爲難自於南國同埋劍
誰向東門便挂冠早是人情飛絮薄可堪時令太行寒
多慙幸住匡山下偷得積嵐坐臥看
畹蘭未必因香折湖象多應爲齒焚兼濟直饒同巨楫
自由何似學孤雲秋深櫟菌樵來得木末山鸝夢斷聞
閑凭竹軒游子過替他愁見日西曛
何事深山嘯復歌短弓長劍不如他且圖青史垂名穩
從道前賢自滯多鵾鷄敢辭栖短棘鳳凰猶解怯高羅
人生若得逢堯舜便是巢由亦易過
太玄太易小窗明古義尋來醉復醒西伯縱逢頭已白
步兵如在眼應青寒猿斷後雲爲檻宿鳥驚時月滿庭
此景得閑閑去得人間無事不曾經
壯氣雖同德不同項王何似王江東鄉歌寂寂荒丘月
漁艇年年古渡風難世斯人猶不達此時吾道豈能通
吟君十首山中作方覺多端總是空

同友生春夜聞雨

春雨三更洗物華亂和絲竹響豪家滴繁知在長條柳
點重愁看破朵花簷靜尚疑兼霧細燈搖應是逐風斜
此時童叟渾無夢爲喜流膏潤穀芽

同友生題僧院杜鵑花（得春字）

若比衆芳應有在難同上品是中春牡丹爲性疎南國
朱槿操心不滿旬留得却緣眞達者見來寧作獨醒人
鶴林太盛今空地莫放枝條出四鄰

春日題陳正字林亭

周迴勝異似仙鄉稍減愁人日月長幕繞虛簷高岫色
鏡臨危檻小池光絲垂楊柳當風軟玉折含桃倚徑香
南北近來多少事數聲橫笛怨斜陽

送河南韋主簿歸京

叢風愛日淚闌干去住情遙各萬端世亂敢言離別易
時清猶道路行難舟維晚雨湘川暗袖拂晴嵐峴首寒
見說滿朝親友在肯教憔悴出長安

喻道

漢武秦皇漫苦辛那思俗骨本含眞不知流水潛催老
未悟三山也是塵牢落沙丘終古恨寂寥函谷萬年春
長生客待仙桃餌月裏嬋娟笑煞人

山中

一簇煙霞榮辱外秋山留得傍簷楹朝鐘暮鼓不到耳
明月孤雲長挂情世上路岐何繚繞水邊蓑笠稱平生
尋思阮籍當時意豈是途窮泣利名

同玄昶上人觀山榴

病隨支遁偶行行正見榴花獨滿庭瘦竹成林人不看
却應著得強青青

別李將軍

一拜虬髭便受恩宮門細柳五摇春男兒自古多離別
嬾對英雄淚滿巾

早雞

錦翅朱冠驚四鄰稻粱恩重職司晨不知下土兵難戢
但報明時向國人

別友

北吹微微動旅情不堪分手在平明寒雞不待東方曙
喚起征人蹋月行

全唐詩

胡曾

胡曾邵陽人咸通中舉進士不第嘗爲漢南從事安定
集十卷詠史詩三卷今合編詩一卷

草檄答南蠻有詠

辭天出塞陣雲空霧捲霞開萬里通親受虎符安宇宙
誓將龍劍定英雄殘霜敢冒高懸日秋葉爭禁大段風
爲報南蠻須屛跡不同蜀將武侯功

寒食都門作

二年寒食住京華寓目春風萬萬家金絡馬銜原上草
玉顏（一作斂）人折路傍花軒車競出紅塵合冠蓋爭回白日
斜誰念都門兩行淚故園寥落在長沙

薄命妾

阿嬌初失漢皇恩舊賜羅衣亦罷薰倚枕夜悲金屋雨
卷簾朝泣玉樓雲宮前葉落鴛鴦瓦架上塵生翡翠裙
龍騎不巡時漸久長門空（一作長）掩綠苔紋

獨不見

玉關一自有氛埃年少從軍竟未回門外塵凝張樂榭
水邊香滅按歌臺窗殘夜月人何處簾卷春風燕復來
萬里寂寥音信絕（一作斷）寸心爭忍不成灰

交河塞下曲

交河冰薄日遲遲漢將思家感別離塞北草生蘇武泣

隴西雲起李陵悲曉侵雉堞烏先覺春入關山雁獨知何處疲兵心最苦夕陽樓上笛聲時

車遙遙

自從車馬出門朝便入空房守寂寥玉枕夜殘(一作寒)魚信絕(一作斷)金鈿秋盡雁書遙臉邊楚雨臨風落頭上春(一作秦)雲向日銷芳草又衰還不至碧天霜冷轉無憀

早發潛水驛謁郎中員外

半床秋月一聲雞萬里行人費馬蹄青野霧銷凝晉洞碧山煙散避秦溪樓臺稍辨烏城外更漏微聞鶴柱西已是大仙憐後進不應來向武陵迷

贈漁者

不愧人間萬戶侯子孫相繼老扁舟往來南越諳鮫室生長東吳識蜃樓自爲釣竿能遣悶不因萱草解銷憂羨君獨得逃名趣身外無機任白頭

自嶺下泛鷁到清遠峽作

乘船浮鷁下韶水絕境方知在嶺南薜荔(一作蘿薜)雨餘山自黛蒹葭煙盡島如藍旦遊蕭帝新松寺夜宿嫦娥桂影(一作舊桂)潭不爲簪中書未獻便來茲地結茅菴

題周瑜將軍廟

共說生前國步難山川龍戰血漫漫交鋒魏帝旌旂退委任君(一作賢)王社稷安庭際雨餘春草長廟前風起晚光殘功勳碑碣今何在不得當時一字看

詠史詩

烏江

爭帝圖王勢已傾八千兵散楚歌聲烏江不是無船渡恥向東吳再起兵

章華臺

茫茫衰草沒章華因笑靈王昔好奢臺土未乾簫管絕可憐身死野人家

細腰宮

楚王辛苦戰無功國破城荒霸業空唯有青春花上露至今猶泣細腰宮

沙苑

馮翊南邊宿霧開行人一步一裵回誰知此地凋殘柳盡是高歡敗後栽

石城

古郢雲開白雪樓漢江還遶石城流何人知道寥天月曾向朱門送莫愁

荊山

抱玉巖前桂葉稠碧谿寒水至今流空山落日猨聲叫疑是荊人哭未休

陽臺

楚國城池颯已空陽臺雲雨過(一作去)無蹤何人更有襄王夢寂寂巫山十二重

居延

漠漠平沙際碧天問人云此是居延停驂一顧猶魂斷蘇武爭禁十九年

沛宮

漢高辛苦事干戈帝業興隆俊傑多猶恨四方無壯士還鄉悲唱大風歌

金谷園

一自佳人墜玉樓繁華東逐洛河流唯餘金谷園中樹殘日蟬聲送客愁

湘川

虞舜南捐萬乘君靈妃揮涕竹成紋不知精魄遊何處落日瀟湘空白雲

夷門

六龍冉冉驟朝昏魏國賢才杳不存唯有侯嬴在時月夜來空(一作尚)自照夷門

黃金臺

北乘羸馬到燕然此地何人復禮賢若問昭王無處所黃金臺上草連天

夷陵

夷陵城闕倚朝雲戰敗秦師縱火焚何事三千珠履客不能西禦武安君

漢江

漢江一帶碧流長兩岸春風起綠楊借問膠船何處沒欲停蘭棹祀昭王

蒼梧

有虞龍駕不西還空委簫韶洞壑(一作府)閒無計得知陵寢處愁雲長滿九疑山

陳宮

陳國機權未可(一作有)涯如何後主恣嬌奢不知即入宮中井(一作前)猶自聽吹玉樹花

南陽

世亂英雄百戰餘孔明方此樂耕鋤蜀王不自垂三顧爭得先生出舊(一作草)廬

即墨

即墨門開縱火牛燕師營裏血波流固存不得田單術齊國尋成一土丘

渭濱

岸草青青渭水流子牙曾此獨垂鉤當時未入非熊兆幾向斜陽歎白頭

五湖

東上高山望五湖雪濤煙浪起天隅不知范蠡乘舟後更有功臣繼踵無

易水

一旦秦皇馬角生燕丹歸北送荊卿行人欲識無窮恨聽取東流易水聲

長平

長平瓦震武安初趙卒俄成戲鼎魚四十萬人俱下世元戎何用讀兵書

西園

月滿西園夜未央金風不動鄴天涼高情公子多秋興更領詩人入醉鄉

長沙

江上南風起白蘋長沙城郭異咸秦故鄉猶自嫌卑濕何況當時賦鵩人

圯橋

廟算張良獨有餘少年逃難下邳初逡巡不進泥中履爭得先生一卷書

銅雀臺

魏武龍興逐逝波高臺空按望陵歌過雲聲絕悲風起翻向樽前泣翠娥

東晉

石頭城下浪崔嵬風起聲疑出地雷何事苻堅太相小欲投鞭策過江來

吳江

子胥今日委東流吳國明朝亦古丘大笑夫差諸將相更無人解守蘇州

函谷關

寂寂函關鎖未開田文車馬出秦來朱門不養三千客誰爲雞鳴得放回

武關

戰國相持竟不休武關纔掩楚王憂出門若取靈均語豈作咸陽一死囚

垓下

拔山力盡霸圖隳倚劍空歌不逝騅明月滿營天似水那堪回首别虞姬

郴縣

義帝南遷路入郴國亡身死亂山深不知埋恨窮泉後幾度西陵片月沈

東海

東巡玉輦委泉臺徐福樓船尚未回自是祖龍先下世不關無路到蓬萊

故宜城

武安南伐勒秦兵疎鑿功將夏禹幷誰謂長渠千載後水流猶入故宜城

成都

杜宇曾爲蜀帝王化禽飛去舊城荒年年來叫桃花月似向春風訴國亡

檀溪

三月襄陽綠草齊王孫相引到檀溪的盧何處埋龍骨流水依前遶大堤

青塚

玉貌元期漢帝招誰知西嫁怨天驕至今青塚愁雲起疑是佳人恨未銷

李陵臺

北入單于萬里疆五千兵敗滯窮荒英雄不伏蠻夷死更築高臺望故鄉

河梁

漢家英傑出皇都攜手河梁話入胡不是子卿全大節也應低首拜單于

軹道

漢祖西來秉白旄子嬰宗廟委波濤誰憐君有翻身術解向秦宮殺趙高

漢宮

明妃遠嫁泣西風玉筯雙垂出漢宮何事將軍封萬户却令紅粉爲和戎

豫讓橋

豫讓酬恩歲已深高名不朽到如今年年橋上行人過誰有當時國士心

華亭

陸機西没洛陽城吳國春風草又青惆悵月中千歲鶴夜來猶爲唳華亭

東山

五馬南浮一化龍謝安入相此山空不知攜妓重來日幾樹鶯啼谷口風

殺子谷

舉國賢良盡淚垂扶蘇屈死樹邊時至今谷口泉嗚咽猶似秦人（一作當時）恨李斯

馬陵

隆葉蕭蕭九月天驅兵（一作羸）獨過馬陵前路傍古木蟲書處記得將軍破敵年

玉門關

西戎不敢過天山定遠功成白馬閑半夜帳中停燭坐唯思生入玉門關

滹沱河

光武經營業未興王郎兵革正憑陵須知後漢功臣力不及滹沱一片氷

黃河

博望沈埋不復旋黃河依舊水茫然沿流欲共牛郎語只得（一作待）靈槎送上天

鳳皇臺

秦娥一别鳳皇臺東入青冥更不回空有玉簫千載後遺聲時到世間來

五丈原

蜀相西驅十萬來秋風原下久裴回長星不爲英雄住半夜流光落九垓

平城

漢帝西征陷虜塵一朝圍解議和親當時已有吹毛劍何事無人殺奉春

汴水

千里長河一旦開亡隋波浪九天來錦帆未落干戈起惆悵龍舟更不回

蘭臺宮

遲遲春日滿長空亡國離宮蔓草中宋玉不憂人事變從遊那賦大王風

金牛驛

山嶺千重擁蜀門成都别是一乾坤五丁不鑿金牛路秦惠何由得併吞

望思臺

太子銜冤去不回臨皐（一作高）從築望思臺至今漢武銷魂處猶有悲風木（一作水）上來

邯鄲

曉入邯鄲十里春東風吹下玉樓塵青娥莫怪頻含笑記得當年失步人

箕山

寂寂箕山春復秋更無人到此溪頭棄瓢巖畔中宵月
千古空聞屬許由

會稽山

越王兵敗已山棲豈望全生出會稽何事夫差無遠慮
更一作使開羅網放鯨鯢

不周山

共工爭帝力窮秋因此捐生觸不周遂使世間多感客
至今哀怨水東流

虞坂

悠悠虞坂路欹斜遲日和風簇野花未省孫陽身沒後
幾多騏驥困鹽車

秦庭

楚國君臣草莽間吳王戈甲未東還包胥不動咸陽哭
爭得秦兵出武關

延平津

延平津路水溶溶峭壁巍一作危岑一萬重昨夜七星潭底
見分明神劍化爲龍

瑶池

阿母瑶池宴穆王九天仙樂送瓊漿漫矜八駿行如電
歸到人間國已亡

銅柱

一柱高標險塞垣南蠻不敢犯中原功成自合分茅土
何事翻銜薏苡冤

關西

楊震幽魂下北邙關西蹤跡遂荒凉四知美譽留人世
應與乾坤共久長

高陽池

古人未遇即銜杯所貴愁腸得酒開何事山公持玉節
等閑深入醉鄉來

瀘水

五月驅兵入不毛月明瀘水瘴煙高誓將雄略酬三顧
豈憚征蠻七縱勞

細柳營

文帝鑾輿勞北征條侯此地整嚴兵轅門不峻將軍令
今日爭知細柳營

葉縣

葉公丘墓已塵埃雲矗崇墉亦半摧借問往年龍見日
幾多風雨送將來

杜郵

自古功成禍亦侵武安冤向杜郵深五湖煙月無窮水
何事遷延到陸沈

柯亭

一宿柯亭月滿天笛亡人沒事空傳中郎在世無甄別
爭得名垂爾許年

葛陂

長房回到葛陂中人已登真竹化龍莫道神仙難頓學
嵇生自是不遭逢

博浪沙

嬴政鯨吞六合秋削平天下虜諸侯山東不是無公子
何事張良獨報讎

隴西

乘春來到隴山西隗氏城荒碧草齊好笑王元不量力
函關那受一丸泥

白帝城

蜀江一帶向東傾江上巍峩白帝城自古山河歸聖主
子陽虛共漢家爭

牛渚

溫嶠南歸輟棹晨燃犀牛渚照通津誰知萬丈洪流下
更有朱衣躍馬人

朝歌

長嗟墨翟少風流急管繁弦似寇讎若解聞韶知肉味
朝歌欲到肯回頭

谷口

一旦天真逐水流虎爭龍戰爲諸侯子真獨有煙霞趣
谷口耕鋤到白頭

武陵溪

溪春水徹雲根流出桃花片片新若道長生是虛語
洞中爭得有秦人

大澤

白蛇初斷路人通漢祖龍泉血刃紅不是咸陽將瓦解
素靈那哭月明中

澠池

日照荒城芳草新相如曾此挫強秦能令百二山河主
便作樽前擊缶人

峴山

曉日登臨感晉臣古碑零落峴山春松間殘露頻頻滴
酷似當時一作初墮淚人

滎陽

漢祖東征屈未伸滎陽失律紀生焚當時天下方龍戰
誰爲將軍作誄文

長城

祖舜宗堯自太平秦皇何事一作用苦蒼生不知禍起蕭牆
內虛築防胡萬里城

赤壁

烈火西焚魏帝旗周郎開國虎爭時交兵不假揮長劍
已挫英雄百萬師

田橫墓

古墓崔巍約路岐歌傳薤露到今時也知不去朝黃屋
祇爲曾烹酈食其

青門

漢皇提劍滅咸秦亡國諸侯盡是臣唯有東陵守高節
青門甘作種瓜人

姑蘇臺

吳王恃霸棄雄才貪向姑蘇醉醁醅不覺錢塘江上月
一宵西送越兵來

息城

息亡身入楚王家回首春風一面花感舊不言長掩淚
祇應翻恨有容華

上蔡

上蔡東門狡兔肥李斯何事忘南歸功成不解謀身退
直待雲陽血染衣

武昌

王濬戈鋋發上流武昌鴻業土崩秋思量鐵鎖真兒戲
誰爲吴王畫此籌

鴻溝

虎倦龍疲白刃秋兩分天下指鴻溝項王不覺英雄挫
欲向彭門醉玉樓

褒城

恃寵嬌多得自由驪山舉火戲諸侯秖知一笑傾人國
不覺胡塵滿玉樓

金陵

侯景長驅十萬人可憐梁武坐蒙塵生前不得空王力
徒向金田自捨身

洛陽（一作司空圖詩）

石勒童年有戰機洛陽長嘯倚門時晉朝不是王夷甫
大智何由得預知

番禺

重岡複嶺勢崔巍一卒當關萬卒回不是大夫多辨說
尉他爭肯築朝臺

汨羅

襄王不用直臣籌放逐南來澤國秋自向波間葬魚腹
楚人徒倚濟川舟

彭澤

英傑那堪屈下僚便栽門柳事蕭條鳳皇不共雞爭食
莫怪先生懶折腰

涿鹿

涿鹿茫茫白草秋軒轅曾此破蚩尤丹霞遥映祠前水
疑是成川血尚流

洞庭

五月扁舟過洞庭魚龍吹浪水雲腥軒轅黄帝今何在
迴首巴山蘆葉青

嶓冢

夏禹崩來一萬秋水從嶓冢至今流當時若訴胼胝苦
更使何人别九州

塗山

大禹塗山御座開諸侯玉帛走如雷防風謾有專車骨
何事兹辰最後來

商郊

鶯囀商郊百草新殷湯遺蹟在荒榛誰知繼桀爲天子
便是當初祝網人

傅巖

巖前版築不求伸方寸那希據要津自是武丁安寢夜
一宵宫裏夢賢人

鉅橋

積粟成塵竟不開誰知拒諫剖賢才武王兵起無人敵
遂作商郊一聚灰

首陽山

孤竹夷齊恥戰爭望塵遮道請休兵首陽山倒爲平地
應始無人說姓名

孟津

秋風颯颯孟津頭立馬沙邊看水流見說武王東渡日
戎衣曾此叱陽侯

流沙

七雄戈戟亂如麻四海無人得坐家老氏却思天竺住
便將徐甲去流沙

鄧城

鄧侯城壘漢江干自謂深根百世安不用三甥謀楚計
臨危方覺噬臍難

召陵

小白匡周入楚郊楚王雄霸亦咆哮不思管仲爲謀主
爭敢言徵縮酒茅

綿山

親在要君召不來亂山重疊使空迴如何堅執尤人意
甘向巖前作死灰

魯城

魯公城闕已丘墟荒草無由認玉除因笑臧孫才智少
東門鐘鼓祀鶢鶋

驌驦陂

行行西至一荒陂因笑唐公不見機莫惜驌驦輸令尹
漢東宫闕早時歸

夾谷

夾谷鶯啼三月天野花芳草整相鮮來時不見侏儒死
空笑齊人失措年

吴宫

草長黄池千里餘歸來宗廟已丘墟出師不聽忠臣諫
徒恥窮泉見子胥

摩笄山

春草綿綿岱日低山邊立馬看摩笄黄鶯也解追前事
來向夫人死處啼

房陵

趙王一旦到房陵國破家亡百恨增魂斷叢臺歸不得
夜來明月爲誰升

濮水

青春行役思悠悠一曲汀蒲濮水流正見塗中龜曳尾
令人特地感莊周

柏舉

野田極目草茫茫吴楚交兵此路傍誰料伍員入郢後
大開陵寢撻平王

望夫山

一上青山便化身不知何代怨離人古來節婦皆銷朽
獨爾不爲泉下塵

金義嶺

鑿開山嶺引湘波上去昭回不較多無限鵲臨橋畔立
適來天道過天河

云云亭

一上高亭日正晡青山重疊片雲無萬年松樹不知數
若箇虬枝是大夫

阿房宫

新建阿房壁未乾沛公兵已入長安帝王苦竭生靈力
大業沙崩固不難

沙丘

年年遊覽不曾停天下山川欲遍經堪笑沙丘纔過處
鑾輿風過鮑魚腥

咸陽

一朝閻樂統羣兇二世朝廷掃地空唯有渭川流不盡
至今猶繞望夷宮

廢丘山

此水雖非禹鑿開廢丘山下重縈迴莫言只解東流去
曾使章邯自殺來

廣武山

數罪楚師應奪氣底須多論破深艱倉皇闘智成何語
遺笑當時廣武山

長安

關東新破項王歸赤幟悠揚日月旗從此漢家無敵國
爭教彭越受誅夷

鴻門

項籍鷹揚六合晨鴻門開宴賀亡秦樽前若取謀臣計
豈作陰陵失路人

漢中

荆棘蒼蒼漢水湄將壇煙草覆餘基適來投石空江上
猶似龍顏納諫時

泜水

韓信經營按鎮鉅臨戎叱咤有誰加猶疑轉戰逢勍敵
更向軍中問左車

雲夢

漢祖聽讒不可防僞遊韓信果罹殃十年辛苦平天下
何事生擒入帝鄉

高陽

路入高陽感酈生逢時長揖便論兵最憐伏軾東遊日
下盡齊王七十城

四皓廟

四皓忘機飲碧松石巖雲殿隱高蹤不知俱出龍樓後
多在商山第幾重

霸陵

原頭日落雪邊雲猶放韓盧逐兎羣況是四方無事日
霸陵誰識舊將軍

昆明池

欲出昆明萬里師漢皇習戰比穿池如何一面圖攻取
不念生靈氣力疲

迴中

武皇無路及昆丘青鳥西沈隴樹秋欲問生前躬祀日
幾煩龍駕到涇州

東門

何人知足反田廬玉管東門餞二疏豈是不榮天子祿
後賢那使久閑居

射熊館

漢帝荒唐不解憂大誇田獵廢農收子雲徒獻長楊賦
肯念高皇沐雨秋

昆陽

師克由來在協和蕭王兵馬固無多誰知大敵昆陽敗
却笑前朝困楚歌

七里灘

七里青灘映碧層九天星象感嚴陵釣魚臺上無絲竹
不是高人誰解登

潁川

古賢高尚不爭名行止由來動杳冥今日浪爲千里客
看花甚上德星亭

江夏

黄祖才非長者儔禰衡珠碎此江頭今來鸚鵡洲邊過
惟有無情碧水流

官渡

本初屈指定中華官渡相持勒虎牙若使許攸財用足
山河爭得屬曹家

灞岸

長安城外白雲秋蕭索悲風灞水流因想漢朝離亂日
仲宣從此向荆州

濡須橋

徒向濡須欲受降英雄才略獨無雙天心不與金陵便
高步何由得渡江

豫州

策馬行行到豫州祖生寂寞水空流當時更有三年壽
石勒尋爲關下囚

八公山

苻堅舉國出西秦東晉危如累卵晨誰料此山諸草木
盡能排難化爲人

下第

翰苑何時休嫁女文昌早晚罷生兒上林新桂年年發
不許平人折一枝

贈薛濤 一作王建詩

萬里橋邊女校書枇杷花下閉門居掃眉才子知多少
管領春風總不如

全唐詩目 第十函

第三冊

方干 六卷

羅鄴 一卷

全唐詩

方干

方干字雄飛新定人徐凝一見器之授以詩律始舉進士謁錢塘太守姚合合視其貌陋甚卑之坐定覽卷乃駭目變容館之數日登山臨水無不與焉咸通中一舉不得志遂遯會稽漁於鑑湖太守王龜以其亢直宜在諫署欲薦之不果干自咸通得名迄文德江之南無有及者歿後十餘年宰臣張文蔚奏名儒不第者五人請賜一官以慰其魂干其一也後進私謚曰玄英先生門人楊弇與釋子居遠收得詩三百七十餘篇集十卷今編詩六卷

採蓮

採蓮女兒避殘熱隔夜相期侵早發指剝春葱腕似雪畫橈輕撥蒲根月蘭舟遲速有輸贏先到河灣賭何物纔到河灣分首去散在花間不知處

寄李頻

衆木又搖落望君還不(一作猶未)還軒車在何處(一作何處去)雨雪滿前山思苦文星動鄉遙釣渚閑明年見名姓(一作字)唯我獨何顏

東溪別業寄吉州段郎中

前山含遠翠(一作翠晚)羅列在窗中盡日(一作晝夜)人不到一尊誰與同涼隨蓮葉雨暑避柳條風豈分長岑(一作孤)寂明時有至公

懷州客舍

誤飲覃懷酒誰知滯去程朝昏太行色坐臥沁河聲白道穿秦甸嚴鼙似戍城隣雞莫相促遊子自晨征

中路寄喻鳧先輩

求名如未遂白首亦難歸送我尊前(一作中)酒典君身上衣寒蕪隨楚盡(一作闊)落葉渡淮稀莫歎(一作笑)干時晚前心豈便非

送趙明府還北

故園(一作林)終不住劍鶴在扁舟盡室無餘俸還家得白頭鐘催吳岫曉(一作晚)月遶(一作照)渭河流曾是棲安邑恩期異日酬

過朱協律故山

地下無餘恨人間得盛名殘篇續大雅稚子托諸生度日山空暮緣溪鶴自鳴難收故交意寒笛一聲聲

途中寄劉沆(一作寄朱特)

登車誤相遠談笑亦何因路入瀟湘樹書隨巴蜀人欽衣寒犯雪傾篋病看春莫負髫年志清朝作(一作有)獻臣

送班主簿(一作少府)入謁荆南韋常侍(一作盧尚書)

東書成遠去還計莫經春倒篋唯求醉登舟自笑貧波移彭蠡月樹沒漢陵人試吏曾趨府旌幢自可(一作易得)親

夏日登靈隱寺後峰

絶頂無煩暑登臨三伏中深蘿難透日喬木更含風山疊雲霞際川傾世界東那知茲夕興不與古人同

聽新蟬寄張畫

細聲頻斷續審聽亦難分髣髴應移處從容却不聞蘭棲朝咽露樹隱暝吟雲莫(一作若)遣鄉愁起吾懷祇是(一作似)君

送喻坦之下第還江東

文戰偶未勝無令移壯心風塵辭帝里舟檝到家林過楚寒方盡浮淮月正沈持杯話來日不聽洞庭砧

送姚舒下第遊蜀

蜀路何迢遞憐君獨去遊風煙連北虜山水似(一作勝)東甌九折盤荒坂重江遶漢州臨卭一壺酒能遣(一作浣)長卿愁

旅次錢塘

此地似鄉國堪爲朝夕吟雲藏吳相廟樹引越山禽潮落海人散鐘遲秋寺深我來無舊識誰見寂寥心

別喻鳧

知心似古人歲久分彌親離別波濤闊留連槐柳新驀陵寒(一作武陵閑)貰酒漁浦夜垂綸自此星居後音書豈厭頻

送相里燭

相逢未作期相送定何之不得長年少那堪遠別離泛湖乘月早踐雪過山遲永望多時立翻如在夢思

君不來

閑花未零落心緒已紛紛久客無人見新禽何處聞舟隨一水遠路出萬山分夜月生愁望孤光必照君

將謁商州呂(一作李)郎中道出楚州留獻章(一作韋)中丞

江流盤復直浮棹出家林商洛路猶遠山陽春已深青雲應有(一作可)望白髮未相侵才小知難薦終勞許郭心

金州客舍

卷箔羣(一作雲)峰暮蕭條未掩關江流嶓冢雨路(一作帆)入漢家(一作陰)山落葉欹眠後孤砧倚望間此情偏耐醉難遣酒罍閑

途中逢孫輅因得李頻消息

灞上寒仍在柔條亦自新山河雖度臘雨雪未知春正憶同袍者堪逢共國人銜杯益(一作亦)無語與爾轉相親

送從兄郜(一作韋郜一作途中別孫璐)

道路本無限又(一作更)應何處逢流年莫虛擲華髮不相容野渡波搖月空(一作寒)城雨翳鐘此心隨去馬(一作去鳥)迢遞過千峰(一作重)

送許溫(一作渾)

壯歲分罙(一作彌)切少(一作髫)年心正(一作即)同當聞千里去難遣一尊空翳燭蒹葭雨吹帆橘柚風明年見親族盡(一作冬)集在懷中

鏡中別業二首(一作鏡湖西島閑居)

寒山(一作居)壓鏡心此處是家林梁燕窺(一作欺)春醉嵓猿學夜吟雲連平地起月向白波沈猶自聞鐘角棲身可在深

世人如不容吾自縱天慵落葉憑風掃香秔倩水舂花朝連郭霧雪夜隔湖鐘身外(一作在)無能事頭宜白此峰

經周處士故居

愁吟與獨行何事不傷(一作關)情久立釣魚處唯聞啼鳥聲山蔬和草嫩(一作歇)海樹入籬(一作雲)生吾在茲溪上懷君恨不平

贈喻鳧

所得非衆語衆人那得知纔吟五字句又白幾莖髭月閣欹眠夜霜軒正坐時沈思心更苦恐作滿頭絲

早發洞庭

長天接廣澤二氣共含秋舉目無平地何心戀直鉤孤鐘鳴大岸片月落中流却憶鴟夷子當時此泛舟

貽錢塘縣路明府(一作感懷)

志業(一作學)不得力到(一作至)今猶苦吟吟成五字句用破一生心世路屈聲遠(一作滿)寒(一作雲)溪怨(一作見)氣深前賢多晚達莫怕鬢霜侵

湖上言事寄長城喻明府

吟霜與卧雲此興亦甘貧吹箭落翠羽垂絲牽錦鱗(一作熟葷蒸菰米垂絲釣錦鱗)滿湖風撼月半日雨藏春却笑縈簪組勞心字遠人

涵碧亭(洋州于中丞一作宰東陽日置)

高低竹雜松積翠復留風路極(一作劇)陰溪裏寒生暑氣中閑雲低覆草片水靜涵空方見洋源牧心侔造化功

除夜

永懷難自問此夕衆愁興曉韻侵春角寒光隔歲燈心燃一寸火淚結兩行冰煦育誠非遠陽和又欲昇

贈許牘山人

才子醉更逸一吟傾一觴支頤忽有得搖筆便成章王粲實可重禰衡爭不狂何時應會面夢裏是瀟湘

贈功成將

定難在明畧何曾勞戰爭飛書諭强寇計日下重城深雪移軍(一作營)夜寒笳(一作沙)出塞情苦心殊易老新髮早年生

白(一作自)艾原容

原上桑柘瘦再來還見貧滄州幾年隱白髮一莖新敗葉平空塹殘陽滿近隣閑言說知己半是學禪人

朔管

寥寥落何處一夜過胡天送苦秋風外吹愁白髮邊望鄉皆下淚久戍盡休眠寂寞空沙曉開眸片月懸

憶故山

舊山長繫念終日卧邊亭道路知已遠夢魂空再經秋泉凉好引乳鶴靜宜聽獨上高樓望蓬身且未(一作保)寧

冬夜泊僧舍

江東寒近臘野寺水天昏無酒能消夜隨僧早閉門照墻燈焰細著瓦雨聲繁漂泊仍千里清吟欲斷魂

新秋獨夜寄戴叔倫

遥夜獨不卧寂寥庭户中河明五陵上月滿九門東萬里覲朋散故園滄海空歸懷正南望此夕起秋風

送沛縣司馬丞之任

舉酒一相勸逢春聊盡歡羇遊故交少遠别後期難路上野花發雨中青草寒悠悠兩都夢小沛與長安

送盧評事東歸(一作戴叔倫詩題云送友人東歸)

萬里楊柳色出關隨故人輕煙覆(一作拂)流水落日照行塵積夢江湖闊憶家兄弟貧裴回灞亭上不語共傷春

清明日送鄧芮還鄉(一作戴叔倫詩)

鐘鼓喧離室車徒促(一作役)夜裝曉榆(一作廚)新變火輕柳暗飛霜轉鏡看華髮傳杯話故鄉每嫌兒女泪今日自沾裳

全唐詩

方干

送崔拾遺出使江東

九門思諫諍萬里采風謡關外逢秋月天涯過晚潮雁飛雲杳杳木落浦蕭蕭空怨他鄉别回舟暮寂寥

重陽日送洛陽李丞之任

爲文通絶境從宦及良辰洛下知名早腰邊結綬新且傾浮菊酒聊拂染衣塵獨恨滄州侣愁來别故人

江州送李侍御歸東洛

獨乘驄馬去不並旅人還中外名卿貴田園高步閑暮春經楚縣新月上淮山道路空瞻望軒車不敢攀

送郭太祝歸江東

鄉人去欲盡北雁又南飛京洛風塵久江淮音信稀舊山知獨往一醉莫相違未得解羇旅無勞問是非

送李恬及第後還貝州

成名年少日就業聖人書擢桂誰相比籯金已不如東城送歸客秋日待征車若到清潭畔儒風變里閭

收兩京後還上都兼訪一二親故

離堂千里客歸騎五陵人路轉函關晚煙開上苑新天涯將野服闕下見鄉親問得存亡事裁詩寄海濱

送汶上王明府之任

何時到故鄉歸去佩銅章親友移家盡閭閻百戰傷背關餘草木出塞足風霜遺老應相賀知君不下堂

湖南使院遣情送江夏賀侍郎

雲雨一消散悠悠關復河俱從泛舟役遂隔洞庭波楚水去不盡秋風今更過無由得相見却恨寄書多

過申州作

萬人曾死戰幾户免刀兵(一作幾處見休兵)井邑初安堵兒童未長成凉風吹古木野火燒(一作入)殘營寥落千餘里山高水復清

汝南過訪田評事

移家近漢陰不復問華簪買酒宜城遠燒田夢澤深暮山逢鳥入寒水見魚沈與物皆無累終年愜本心

送道上人遊方

律儀通外學，詩思入玄關。煙景隨人別，風姿與物閑。貫花留靜室，咒水度空山。誰識浮雲意，悠悠天地間。

送饒州王司法之任兼寄朱處士

莫辭（一作愁）還作吏，且喜速回車。留醉悲殘歲，含情寄遠書。共看衰老近，轉覺宦名虛。遙想清溪畔，幽人得自如。

詹碏山居

愛此棲心靜，風塵路已賒。十餘莖野竹，一兩樹山花。遶石開泉細，穿蘿引徑斜。無人會幽意，來往在煙霞。

曉角

畫角吹殘月，寒聲發戍樓。立霜嘶馬怨，攢磧泣兵愁。燕雁鳴雲畔，胡風冷草頭。罷聞三會後，天迥曉星流。

冬日

燒火掩關坐，窮居客訪稀。凍雲愁暮色，寒日淡斜暉。穿牖竹風滿，遶庭雲葉飛。已嗟周一歲，羈寓尚何依。

殘秋送友

早爲千里別，況復是秋殘。木葉怨先老，江雲愁暮寒。交情如水淡，離酒泛杯寬。料想還家後，休吟行路難。

客行

藕葉綴爲衣，東西泣路岐。鄉心日落後，身計酒醒時。觸目多添感，凝情足所思。羈愁難盡遣，行坐一低眉。

秋夜

度鴻驚睡醒，欹枕已三更。夢破寂寥思，燈殘零落明。空窗閑月色，幽壁靜蟲聲。況是離鄉久，依然無限情。

新月

入夜天西見，蛾眉冷素光。潭魚驚釣落，雲雁怯弓張。隱隱臨珠箔，微微上粉牆。更憐三五夕，仙桂滿輪芳。

滁上懷周賀

就枕忽不寐，孤懷興歎初。南譙收舊曆，上苑絕來書（一作已絕）。天目歲未（一作寄漢陽書）暝，雪細（一作雨亂）聲積，晨鐘寒韻疎。侯門昔彈鋏，曾共食江（一作無）魚。

寄石溢清越上人

寺處唯高僻，雲生石枕（一作枕石）前。靜吟因（一作應）得句，獨夜不妨禪。窗接停猨樹，巖飛浴鶴泉。相思有書札，俱倩獵人傳。

陳式水墨山水

造化有功力，平分歸筆端。溪如冰後聽，山似燒來看。立意雪髯（一作霜髭）出，支頤煙汗（一作汁）乾。世間從爾後，應覺致名難。

陳秀才亭際木蘭

昔見初栽日，今逢成樹時。存思心更感，遶看步還遲。蝶舞搖風蘂，鶯啼含露枝。裴回不忍去，應與醉相宜。

贈鏡公（一作旅次錢塘）

幽獨度遙夜，夜清神更閑。高風吹越樹（一作國），細露濕（一作雨暗）湖山。月皎微吟後，鐘鳴不寐間。如教累簪組，此興豈相關。

登雪竇僧家（一作書雲竇禪者壁）

登寺尋盤道，人煙遠更微。石窗秋見海，山靄暮侵衣。衆木隨僧老，高泉盡日飛。誰能厭軒冕，來此便忘機。

途中逢進士許巢

聲望（一作價）去已遠，門（一作問）人無不知。義行相識處，貧過少年時。妨寐夜吟苦，愛閑身達遲。難求似君者，我去更逢誰。

贈瑪瑙山禪者（一作贈瑪瑙禪師歸京）

荮（一作蒲）草不停獸，因師山更靈。村林朝乞食，風雨夜開扃。井味兼松粉，雲根着淨瓶。塵勞如醉夢，對此暫能醒。

訓故人陳乂都

遠別那無夢，重遊自有期。半年鄉信到，兩地赤（一作客）心知。坐久吟移調，更長硯結澌。文人才力薄，終怕阿戎欺。

閏春（一作月）

冪冪復蒼蒼，微和傍早陽。前春寒（一作惜寒春）已盡，待閏日猶長。柳變雖因雨，花遲豈爲霜。自茲延聖曆，誰不駐年光。

方著作畫竹

疊葉與高節，俱從毫末生。流（一作留）傳千古譽，研鍊十年情。向月本無影，臨風疑有聲。吾家釣臺畔（一作磯側），似此兩三莖。

題友人山花

平明（一作叢萌）方發盡（一作盡坼），爲待（一作得）好風吹。不見移來日，先愁落去（一作花）時。濃香薰疊葉，繁朶壓卑（一作欹）枝。坐（一作來）看皆終夕，遊蜂似（一作自）有期。

贈詩僧懷靜（一作覲）

幾（一作多）生餘習在，時復作（一作却）微吟。坐夏莓苔合（一作匝），行禪檜柏深。入山成白首，學道是初心。心地不移變，徒云（一作勞）寒暑侵。

贈許牘秀才

理論與妙用，皆從入外來。山河澄正氣，雪月助宏才。傲世寄漁艇，藏名歸酒杯。升沈在方寸，即恐起風雷。

送于丹

至業是至寶，莫過心自知。時情如甚暢，天道即無私。入洛霜霰苦，離家蘭菊衰。焚舟（一作營州）不回顧，薄暮又何之。

送人遊（一作之）日本國

蒼茫大荒外，風教（一作勢）即難知。連夜揚帆去，經年到岸遲。波濤含（一作吞）左界，星斗定東維（一作證東夷）。或有歸風便，當爲相見期。

東溪言事寄于丹

日月晝夜轉，年光難駐留。軒窗才過雨，枕簟即知秋。草際（一作天）鳥（一作雁）行出，溪中虹影收。唯君壯心在，應笑臥滄洲。

暮發七里灘夜泊嚴光臺下

一瞬即七里，箭馳猶是難。檣邊走嵐翠，枕底失風湍。但訝猨鳥定，不知霜月寒。前賢竟何益，此地誤垂竿。

處州洞溪

氣象四時清，無人畫得成。衆山寒疊翠，兩派綠分聲。坐月何曾夜，聽松不似晴。混元融結後，便有此溪名。

稱心寺中島

水木深不極，似將星漢連。中州唯此地，上界別無天。雪折停猨樹，花藏浴鶴泉。師爲終老意，日日復年年。

歲晚苦寒

地氣寒不暢，嚴風無定時。挑燈青爐少，呵筆尺書遲。白兔沒已久，晨雞僵未知。竚看開聖曆，暄煦立爲期。

杜鵑花

未問移栽日，先愁落地時。疎中從間葉，密處莫燒枝。郢客教誰探，胡蜂是自知。周回兩三步，常有醉鄉期。

山中

散拙亦自遂，麤將猨鳥同。飛泉高瀉月，獨樹迥含風。果

落盤盂上雲生篋笥中未甘明聖日終作釣漁翁

路支使小池

兒童戲穿鑿咫尺見津涯蘚岸和纖草松泉濺淺沙光含半牀月影入一枝花到此無醒日當時有習家

清源標公

師爲衆人重始得衆人師年到白頭日行如新戒時餅添放魚澗窗迴裹猿枝此地堪終老迷癡自不知

題雪竇禪師壁（一作贈雪竇峯禪師）

飛泉（一作流）濺禪石餅注（一作屨屨）亦（一作每）生苔海上山不淺天邊人自來長年隨檜柏獨夜任風雷獵者聞疎磬知師入定迴

重寄金山寺僧

風濤匝山寺磬韻達漁船此處別師久遠懷無信傳月華妨靜燭鳥語答幽禪已見如如理灰心應不然

哭胡珪

才高登上第孝極殁廬塋一命何無定片言徒有聲故園花自發新塚月初明寂寞重泉裏豈知春物榮

與清溪趙明府

清規暫趨府獨立與誰親遂性無非酒（一作醉）求閑却愛貧林泉應入夢印綬莫留人王事閒多暇吟來幾首（一作句）新

送剡縣陳永秩滿歸越

俸祿三年後程途一月間舟中非客路鏡裏是家山密雪霑行袂離（一作叢）杯變別顏古人唯賀滿今挈解由還

示鄉叟

暮齒甘衰謝逢人惜別離青山前代業老樹此身移買藥將衣盡尋方見字遲如何鑷殘鬢覽鏡變成絲

遊竹林寺

得路到深寺幽虛曾識名蘚濃陰砌古煙起暮香生曙月落松翠石泉流梵聲聞僧說真理煩惱自然輕

陸處士別業

問道遠相訪無人覺路長夜深回釣檝月影出書牀蟬噪蓼花發禽來山果香多時欲歸去西望又斜陽

贈中岳僧

坐來蘖木大誰見入嵓年多病長留藥無憂亦是禪搘牀移片石春栗引高泉盡願求心法逢誰即擬傳（一作老去唯多病寒來忽廢禪夜雲侵靜燭枯葉落澄泉盡擬求心法當期早晚傳）

寄普州賈司倉島

亂山重復疊何路（一作處）訪先生豈料多才者空垂不世（一作不第）名（一作思歸應病成普様我先生竟氣終不散嘉言徒擅名）閑曹猶得醉薄俸亦勝耕莫問吟詩石年年芳草平

送鏡空上人遊江南

去住如雲鶴飄然不可留何山逢後夏一食在孤舟細雨蓮塘晚疎蟬橘岸秋（一作細雨隋宮晚蟬聲漢樹秋）應懷舊溪月夜過石窗流

新正

華門惆悵內（一作日）時節暗來頻每見新正雪長思故國春雲西斜去雁江上未歸人又一年爲客何媒得到秦

夜聽步虛

寂寂永宮裏天師朝禮聲步虛聞一曲渾欲到三清瑞草秋風起仙階夜月明多年遠塵意此地欲鋪平

題碧溪山禪老（一作贈鶴隱寺僧）

師步有雲隨師情唯鶴知蘿迷收茱（即朮也）路雪隔出溪時竹狖窺沙井巖禽停檜枝由來傲卿相卧穩答書遲

寒食宿先天寺無可上人房

雙扉檜下開寄宿石房苔幡北燈花動城西雪霰來收棊想雲夢罷茗議天台同憶前年臘師初白閣回

中秋月

涼霄煙靄外三五玉蟾秋列野星辰正當空鬼魅愁泉澄寒魄瑩露滴冷光浮未折青青桂吟看不忍休

暮冬書懷呈友人（一作喻鳧詩）

空爲梁甫吟誰竟是知音風雪生寒夜鄉園來舊心滄江孤棹迥白閣一鐘深君子久忘我此懷甘自沈

贈江南僧

忘機室亦空禪與沃州同唯有半庭竹能生竟日風思山海月上出定印香終繼後傳衣者還須立雪中

柳

搖曳惹風吹臨堤軟勝絲態濃誰爲（一作解）識力弱自難持學舞枝翻袖呈妝葉展眉如何一攀折懷友又題詩

送姚合員外赴金州

受詔從華省開旗發帝州野煙新驛曙殘照古山秋樹勢連巴没江聲入楚流唯應化行（一作行化）後吟句上閑樓

送江陰霍明府之任

遥遥去舸新浸郭葦兼蘋樹列巢灘鶴鄉多釣浦人虹分陽羨雨浪隔廣陵春知竟三年秩琴書外是貧

送友及第歸淛東（一作送王羽登科後歸江東又見戴叔倫集題作送王翁信及第後歸江東舊隱）

南行無俗侶秋雁與寒雲野趣（一作性）自多愜鄉名（一作名香）人共聞吴山中路斷淛水半江分此地登臨慣攄（一作含）情一送君

山中即事

趁世非身事山中適性情野花多異色幽鳥少凡聲樹影搜涼卧苔光破碧行閑尋採藥處仙路漸分明

過黄州作

弭節齊安郡孤城百戰殘傍村林有虎帶郭縣無官暮角梅花怨清江桂影寒黍離緣底事撩我起長歎

全唐詩

方干

元日

晨雞兩遍報更闌刁斗無聲曉漏乾暖日映山調正氣東風入樹舞殘寒軒車欲識人間感獻歲須來帝里看纔酌屠蘇定年齒坐中惟笑鬢毛斑

別從兄郜

展翅開帆秖待風吹噓成事古今同已呼斷雁歸行裏全勝枯鱗在轍中若許死前恩少報終期言下命潛通臨岐再拜無餘事願取文章達聖聰

寄江陵王少府

分手頻曾變寒暑迢迢遠意各何如波濤一阻兩鄉夢
歲月無過雙鯉魚吟處落花藏筆硯睡時斜雨濕圖書
此（一作比）來俗輩皆疎我唯有故人心不疎

題睦州烏龍山禪居

曙後（一作暑夜）月華猶冷濕自知坐臥逼天（一作星）宮晨雞未暇鳴
山底早日先來照屋東人世驅馳方丈內海波搖動一
杯中伴師長住應難住歸去仍須入俗籠

寄杭州于郎中

雖云聖代識賢明（一作名）自是山河應數生大雅篇章無弟
子高門世業有公卿入樓早月中秋色遶郭寒潮半夜
聲白屋青雲至懸闊愚儒肝膽若爲傾

寄靈武胡常侍

青雲直上路初通已在明君倚注中欲遣爲霖安九有
先令作相贊東宮自從忠讜承天睠更用文篇續國風
最是何人感恩德謝敷星下釣漁翁

上張舍人

海內芳聲誰可竝承家三代相門深剖符已副東人望
援筆曾傳聖主心此地清廉惟飲水四方焦熱待爲霖
他年莫學鴟夷子遠泛扁舟用鑄金

題慈溪張丞壁

因君貳邑藍溪上遣我維舟紅葉時共向鄉中非半面
俱驚鬢裏有新絲竚看孤（一作廉）潔成三考應笑愚疎捨一
枝貌似故人心尚喜相逢況是舊相知

贈鄰居袁明府

隔竹每呼皆得應二心親熟更如何文章鍛鍊猶相似
年齒參差不校多雨後卷簾看越嶺更深欹枕聽湖波
朝昏幸得同醒醉遮莫光陰自下坡

孫氏林亭

池亭纔有二三畝風景勝於千萬家瑟瑟林排全巷竹
猩猩血染半園花竝牀欹枕逢春盡援筆持杯到日斜
丱角相知成白首而今歡笑莫咨嗟

漳州陽亭言事寄于使君

謝守登城對遠峰金英泛泛滿金鐘樓頭風景八九月
牀下水雲千萬重紅旆朝昏雖許近清才今古定難逢
鯉魚縱是凡鱗鬣得在膺門合作龍

別胡中丞

二年朝夜見雙旌心魄知恩夢亦驚幽賤麤能分菽麥
從容豈合遇公卿吹噓若自毫端出羽翼應從肉上生
却恨此身唯一死空將一死報猶輕

遊張公洞寄陶校書

步步勢穿江底去此中危滑轉身難下蒸陰氣松蘿濕
外制溫風杖屨（一作履）寒數里煙雲方覺異前程世界更應
寬由來委曲尋仙路不似先生換骨丹

題睦州郡中千峰榭

豈知平地似天台朱戶深沈別徑開曳響露蟬穿樹去
斜行沙鳥向池來窗中早月當琴榻墻上秋山入酒杯
何事此中如世外應緣羊祜是仙才

登新城縣樓贈蔡明府

楊震東來是宦遊政成登此自消憂草中白道穿村去
樹裏清溪照郭流縱目四山宜永日開襟五月似高秋
不知縣籍添新戶但見川原桑柘稠

和于中丞登扶風亭

避石攀蘿去不迷行時舉步似丹梯東軒海日已先照
下界晨雞未啼郭裏雲山全占寺村前竹樹半藏溪
謝公吟望多來此此地應將峴首齊

贈信州高員外

溪勢盤回繞郡流饒陽（一作曉光）春色滿溪樓豈唯啼鳥催人
醉更有繁花笑客愁蹇拙命中迷直道仁慈風裏駐扁
舟膺門若感深恩去終殺微軀未足（一作是）酬

漳州于使君罷郡如之任漳南去上國二十四
州使君無非親故

漳南罷郡如之任二十四州相次迎泊岸旗幡郵吏拜
連山風雨探人行月中倚棹吟漁浦花底垂鞭醉鳳城
聖主此時思共理又應何處救蒼生

送弟子伍秀才赴舉

天遣相門延積慶今同太廟薦嘉賓柳條此日同誰折
桂樹明年爲爾春倚棹寒吟漁浦月垂鞭醉入鳳城塵
由來不要文章得要且文章出衆人

貽高讜

都緣相府有宗兄却恐妨君正路行石上長松自森秀
雪中孤玉更凝明西陵曉月中秋色北固軍鼙半夜聲
幸有清才與洪筆何愁高節不公卿

題長洲陳明府小亭

坐看孤峭却勞神還是微吟到日曛松鶴認名呼得下
沙蟬飛處聽猶聞夜闌亦似深山月雨後唯關滿屋雲
便此逍遙應不易朱衣紅旆未容君

送朱二十赴漣水

到縣却應嫌水闊離家終是見山疎笙歌不駐難辭酒
舟檝將行負擔書爲政必能安楚老向公猶可釣淮魚
鸞凰取便多如此掠地斜飛上太虛

德政上睦州胡中丞

上德由來合動天旌旗到日是豐年羣書已熟無人似
五字研成舉世傳莫道政聲同宇宙須知紫氣滿山川
豈唯里巷皆蘇息猶有恩波及釣船

袁明府以家醞寄余余以山梅答贈非唯四韻
兼亦雙關

封匏寄酒提攜遠織籠盛梅答贈遲九度擣和誰用法
四邊窺摘自攀枝罇罍泛蟻堪嘗日童稚驅禽欲熟時
畢卓醉狂潘氏少傾來擲去恰相宜

上杭州姚郎中

能除（一作消）疾瘼似良醫一郡鄉風當日移身貴久離行藥
（一作樂）伴才高獨作後人師春遊下馬皆成醼吏散看山即
有詩借問公方與文道而今中夏更傳誰

送葉秀才赴舉兼呈呂（一作李）少監

君辭舊（一作萬）里一年期藝至心身亦自知尊盡離人看北
斗月寒驚鵲繞南枝書迴冊市砧應絕棹出村潭菊未
衰與爾相逢終不遠昨聞秘監在台墀

自縉雲赴郡溪流百里輕棹一發曾不崇朝叙
事四韻寄獻段郎中

激箭溪湍勢莫憑，飄然一葉若爲乘。仰瞻青壁開天罅，斗轉寒灣避石稜。巢鳥夜驚離島樹，啼猿晝怯下巖藤。此中明日尋知已，恐似龍門不易登。

胡中丞早梅

不獨閑花不共時，一株寒艷尚參差。凌晨未噴含霜朶，應候先開亞水枝。芬郁合將蘭竝茂，凝明應與雪相宜。謝公（一作歎）吟賞愁飄落，可得更拈長笛吹。

牡丹

借問庭芳早晚栽，座中疑展畫屏開。花分淺淺臙脂臉，葉隨殷殷膩粉腮。紅砌不須誇芍藥，白蘋何用逞重臺。殷勲爲報看花客，莫學遊蜂日日來。

觀項信水墨

險峭雖從筆下成，精能皆自意中生。倚雲孤檜知無朽，挂壁高泉似有聲。轉扇驚波連岸動，迴燈落日向山明。小年師祖過今祖，異域應傳項信名。

書桃花塢周處士壁

醉吟雪（一作雲）月思深苦，思苦神勞華（一作新，又作白）髮生。自學古賢修靜節，唯應野鶴識高情。細泉出石飛難盡，孤燭（一作竹）和雲濕不明（一作鳴）。何事嬾於嵇叔夜，更無書札（一作信）答公卿。

題桐廬謝逸人江居（一作題盧峰謝山人）

少小（一作清世）高眠（一作民）無一事，五侯勲盛欲如何。湖邊倚杖（一作竹）寒吟苦，石上橫琴夜醉多。鳥自樹梢隨果落，人從窗外卸帆過。由來朝市爲真隱，可要棲身向薜蘿。

叙雪寄喻鳬

密片無聲急復遲，紛紛猶勝落花時。從容（一作逡巡）不覺藏苔遝（一作莎渚），宛轉偏宜傍柳絲。透室虛明非月照，滿空迴（一作飛）散是風吹。高人坐卧才方逸，援筆應成六出詞。

又（一作杜荀鶴）

密片繁聲旋不（一作久未）銷，縈風雜霰轉飄飄。澄江莫蔽長流色，衰柳難粘自動（一作折）條。濕氣添寒（一作陰森）酤酒夜，素花迎曙（一作曙）卷簾朝。此時明（一作行）逕無行（一作人）跡，唯望巖之問寂寥。

哭秘書姚少監（一作姚丞）

寒空此夜落文星，星落文留（一作存）萬古名。入室幾人成弟子，爲儒是處哭先生。家無諫草逢明代，國有遺篇續正聲。曉向平（一作臨曉向）原陳葬禮，悲風吹雨濕銘旌。

送人宰永泰

北人雖泛南流水，稱意南行莫恨賖。道路先經毛竹嶺，風煙漸（一作已）近刺桐花。舟停漁浦猶爲客，縣入樵溪似到家。下馬政聲（一作成）王事少，應容閑吏日高衙。

旅次洋（一作揚）州寓居郝氏林亭

舉目縱然非我有，思量似（一作如）在故山時。鶴盤遠勢投孤嶼，蟬曳殘聲過別枝。涼月照窗（一作林）欹枕倦，澄泉遶石泛觴遲。青雲未得平行去，夢到江南身旅羇（一作夢到江頭身在茲）。

茅山贈洪（一作贈高洪）拾遺

聖代諫臣停諫舌，求歸（一作還）故里傲雲霞。溪頭講樹纜（一作遺）漁艇，篋裏朝衣輸（一作盡）酒家。但愛身閑辭祿俸，那嫌歲計在桑麻。我來幸與諸生異，問答時容近絳紗。

睦州（一作題陸州）呂郎中郡中（一作內）環溪亭

爲是仙才登望處，風光便似武陵春。閑花半落猶迷蝶，白鳥雙飛不避人。樹影興餘侵枕簟，荷香坐久著衣巾。暫來此地非多日，明主那容借寇恂。

贈華陰（一作山）隱者

少微夜夜當仙掌，更有何人在此居。花月舊應（一作交）看浴鶴，松蘿本自（一作主）伴刪書。素琴醉去（一作後）經宵枕，衰髮寒（一作閑）來向日梳。故國多年歸未遂，因逢此地憶吾廬。

上杭州杜中丞

昔用雄才登上第，今將重德合明君。苦心多爲安民術，援筆皆成出世文。寒角細吹孤嶠月，秋濤橫卷半江雲。掠天逸勢應非久，一鶚那棲衆鳥羣。

贈（一作上）處州段郎中

幸見仙才領郡初，郡城孤峭似仙居。杉（一作林）蘿色裏遊亭榭（一作登臺閣），瀑布聲中閱簿書。德重自將天子合，情高元與世人踈。寒潭是處清連底，賓席何心望食魚。

書法華寺上方禪（一作禪師，一作僧）壁

砌下松巔有鶴棲，孤猿亦在鶴邊啼。卧聞雷雨歸巖早，坐見（一作覺）星辰去地低。一逕穿緣應就（一作在）郭，千花掩映似

無溪。是非生死多憂惱，此日蒙（一作憑）師爲破迷。

書吴道隱林亭

薜榭莎亭蘿篠陰，依稀氣象似山林。橘枝亞路黃（一作樹香）苞重，井脈牽湖碧甃深。稚子遮門留熟客，驚蟬入座避遊禽（一作飢）。四鄰不見孤高處，翻笑騰騰只醉吟。

陪王大夫泛湖

去去凌晨迴見星，木蘭舟穩畫橈輕。白波潭上魚龍氣，紅樹林中雞犬聲。密炬燒殘銀漢昃，羽觴飛急玉山傾。此時檢點諸名士，却是漁翁無姓名。

贈會稽張少府

高節何曾似任官，藥苗香潔備常餐。一分酒户添猶（一作應）得，五字詩名隱即難。笑我無媒生鶴髮，知君有意（一作夢）憶（一作借）漁竿。明年莫便還家去，鏡裏雲山且共看。

送鄭台處士歸絳巖

榮啓先生挾琴去，猒尋靈勝憶巖栖。白猿垂樹窗邊月，紅鯉驚鉤竹外溪。慣採藥苗供野（一作資素）饌，曾書蕉葉寄新題。古賢猶愴河梁別，未可怱怱便解攜。

因話天台勝異仍送羅道士

積翠千層一逕開，遥盤（一作盤紆）山腹到瓊臺。藕花飄落前巖去，桂子流從別洞來。石上叢林礙星斗，窗邊瀑布走風雷。縱云孤鶴無留滯，定（一作亦）恐煙蘿不放迴。

哭喻鳬先輩

日夜役神多損壽，先生下世未中年。撰碑縱託登龍伴，營奠應支賣鶴錢。孤壠陰風吹細草，空窗濕氣漬殘篇。人間別更無冤事，到此（一作此事）誰能與問天。

湖北有茅齋湖西有松島輕棹往返頗諧素心因成四韻

湖北湖西往復還，朝昏只處自由間。暑天移榻就深竹，月夜乘舟歸淺山。遶砌紫鱗欹枕釣，垂簷野果隔窗攀。古賢暮齒方如此，多笑愚儒鬢未斑。

鑑湖西島言事

慵拙幸便荒僻地，縱聽猨鳥亦何愁。偶斟藥酒欺梅雨，却著寒衣過麥秋。歲計有時添橡實，生涯一半在漁舟。

世人若便無知已應向此溪成白頭

山中言事

欹枕亦吟行亦醉卧吟行醉更何營貧來猶有故琴在老去不過新髮生山鳥踏枝紅果落家童引釣白魚驚潛夫自有孤雲侶可要王侯知姓名

贈蕭山彭少府

作尉孜孜更寒苦操心至癖不爲清雖將劍鶴支殘債猶有歌篇取盛名盡擬勤求爲弟子皆將疑義問先生與君相識因儒術歲月彌多別有情

贈式上人

縱居蓽角(一作屋壁)喧闐處亦共雲溪窟僻同萬慮全離方寸内一生多在(一作多生半在)五言中芰荷葉上難停(一作留)雨松檜(一作桂)枝間自有風莫笑旅人終日醉吾將大醉與禪通

贈錢塘湖上唐處士

我愛君家似洞庭衝灣潑岸夜波聲蟾蜍影裏清吟苦舴艋舟中白髮生常共酒杯爲伴侶復聞紗帽見公卿莫言舉世無知己自有孤雲(一作煙霞)識此情

山中言事

日與村家事漸同燒松(一作畬)啜茗學鄰翁池塘月撼芙蕖浪窗户涼生薜荔風書幌晝昏嵐氣裏巢枝俯(一作夜)折雪聲中山陰釣叟無知己窺鏡撏多鬢欲空

題陶詳校書陽羨隱居

芸香署裏從容步陽羨山中嘯傲情竿底紫鱗輸釣伴花邊白犬吠流鶯長潭五月含冰氣孤檜中宵學(一作帶)雨聲便泛扁舟應未得鴟夷棄相始垂名

秋晚林中寄賓幕

八月蕭條九月時沙蟬海燕各分飛杯盂未稱嘗生酒砧杵先催試熟衣泉漱玉聲衝石竇橘垂朱實壓荆扉無過縱有家山思印綬留連爭得歸

與鄉人鑒休上人別

此日因師話鄉里故鄉風土我偏諳一枝(一作巵)竹葉如溪北半樹梅花似嶺南山夜獵徒多信犬雨天村舍未催蠶如今休作還家意兩鬢垂絲已不堪

送王霖赴舉

自古主司看(一作堪)薦士明年應是不參差須憑吉夢爲先兆必恐長才偶盛時北闕上書衝雪早西陵中酒趁潮遲郄詵可要真消息只向春前便得知

思越中舊遊寄友

甸外山川無越國依稀只似劍門西鏡中疊浪搖星斗城上繁花咽鼓鼙斷臂青猿啼玉筒成行白鳥下耶溪此中(一作早年)曾是同遊處迢遞尋君夢不迷

陪胡中丞泛湖

仙舟仙樂醉行春上界稀逢下界人綺繡峰前聞野鶴旌旗影裏見遊鱗澄潭徹底齊心鏡雜樹含芳讓錦茵凡許從容誰不幸就中光顯是州民

敘雪獻員外

紛紜宛轉更堪看壓竹摧巢井徑漫風柳細條粘不得春溪綠色蔽應難清輝直認中庭月濕氣偏添半夜寒

謝守來吟才更逸郢詞先至彩毫端

王將軍

大志無心守章句終懷上略致殊功保寧帝業青萍在投棄儒書絳帳空密雪曙連葱嶺道青松夜起柳營風將星依舊當文座應念愚儒命未通

陽亭言事獻漳州于使君

重疊山前對酒罇騰騰兀兀度朝昏平明疎磬白雲寺遥夜孤砧紅葉村去鳥豈知煙樹遠驚魚應覺露荷翻旅人寄食逢黄菊每見故(一作鄉)人(一作北辰)思故園

海石榴

亭際夭妍日日看每朝顏色一般般滿枝猶待春風力數朵先欺臘雪寒舞蝶似隨歌拍轉遊人只怕酒杯乾久長年少應難得忍不叢邊到夜觀(一作歡)

嘉興許明府

檇李轉聞風教好重門夜不上重關腰懸墨綬三年外身去青雲一步間勤苦字人酬帝力從容對客問家山升沈路別情猶在不忘鄉中舊往還

再題路支使南亭

行處避松兼礙石即須門徑落斜開愛邀舊友看漁釣貪聽新禽駐酒杯樹影不隨明月去溪聲(一作流)常送落花來睡時分得江淹夢五色毫端弄逸才

路支使小池

廣狹偶然非製定猶將方寸像滄溟一泓春水無多浪數尺晴天幾箇星露滿玉盤當半夜匣開金鏡在中庭主人垂釣常來此雖把魚竿醉未醒

哭江西處士陳陶

壽盡天年命不通釣溪吟月便成翁雖云掛劍來墳上亦恐藏書在壁中巢父精靈歸大夜客兒才調振遺風南華至理須齊物生死即應無異同

越中言事二首(咸通八年鄭璵公到任後作)

異術閑和合聖明湖光浩氣共澄清郭中雲吐啼猿寺山上花藏調角城香起荷灣停棹飲絲垂柳陌約鞭行遊人今日又明日不覺鏡中新髮生

雲霞水木共蒼蒼，元化分功秀一方。百里湖波輕撼月，五更軍角慢吹霜。沙邊賈客喧魚市，島上潛夫醉筍莊。終歲逍遙仁術內，無名甘老買臣鄉。

題龍瑞觀兼呈徐尊師

或雨或雲常不定，地靈雲雨自無時。世人莫識神方字，仙鳥偏棲藥樹枝。遠（一作深）壑度年如晦暝，陰溪入夏有凌澌。此中唯有（一作是）師知我，未得尋師即夢師。

送陳秀才將遊霅上便議北歸

婆娑戀酒山花盡，繚繞還家水路通。轉楫擬從（一作投）青草岸，吹帆猶是白蘋風。淮邊欲暝軍聲急，洛下先寒苑樹空。詩句因余更孤峭，書題不合忘江東。

送吳彥融赴舉

用心精至自無疑，千萬人中似汝稀。上國纔將五字去，全家便待（一作望）一枝歸。西陵柳路搖鞭盡，北固潮程掛席飛。想見明年榜前事，當時分散著來衣。

同蕭山陳長官（一作明府）縣樓登望

坐看南北與西東，遠近無非禮義中。一縣繁花香送雨，五株垂柳綠牽風。寒濤（一作書潮）背海（一作郭）喧還靜，驛路穿林斷復通。仲叔受恩多感戀，衰回却怕酒壺空。

送何道者

何事忽來還忽去，孤雲不定鶴情高。真經與術添年壽，靈藥分功入鬢毛。必擬一身生羽翼，終看陸地作波濤。遍尋嵒洞求仙者，即恐無人似爾曹。

酬將作于少監

由來至寶出毫端，五色炎光照室寒。仰望孤峰知聳峻，前臨積水見波瀾。冰絲織絡經心久，瑞玉雕磨措手難。不是散齋兼拭目，尋常未便借人看。

雪中寄殷道士

大片紛紛小片輕，雨和風擊更（一作亂）縱橫。園林入夜寒光動，窗戶凌晨濕氣生。蔽野吞村飄未歇，摧巢壓竹密無聲。山陰道（一作高）士吟多（一作多吟）興，六出花邊五字成。

宋從事

出衆仙才是謫仙，裁霞曳繡一篇篇。雖將潔白酬知已，自有風流助少年。欹枕臥吟荷葉雨，持杯坐醉菊花天。冥搜太苦神應乏，心在虛無更那邊。

出山寄蘇從事

寸心似火頻求薦，兩鬢如霜始息機。隔岸雞鳴春耨去，鄰家犬吠夜漁歸。倚松長嘯宜疎拙，拂石欹眠絕是非。多謝元瑜憐野賤，時迴車馬發光輝。

送杭州李員外

政成何用滿三年，上界羣仙待謫仙。便赴（一作副）新恩歸紫禁，還從舊路上青天。笙歌怨咽當離席，更漏丁東在畫船。必恐（一作正殷）駐班留立位，前程一步（一作前頭咫尺）是爐煙。

贈李支使

藥成平地是寥天，三十人中最少年。白雪振聲來輦下，青雲開路到牀前。公卿位近應翹足，荀宋才微可拍肩。一等孔門為弟子，愚儒獨自賦歸田。

盧卓（一作阜）山人畫水

常聞畫石不畫水，畫水至難君得名。海色未將藍汁染，筆鋒猶傍墨花（一作土堆）行。散吞高下應無岸，斜蹙東南勢欲傾。坐久神迷不能決，却疑身在小蓬瀛。

廢宅

主人何處獨裴回，流水自流花自開。若見故交皆散去，即應新燕不歸來。入門繚繞穿荒竹，坐石逡巡染綠苔。應是曾經惡風雨，修桐半折損琴材。

題寶林山禪院

山捧亭臺郭遶山，遙盤蒼翠到山巔。嵒中古井雖通海，窟裏陰雲不上天。羅列衆星依木末，周迴（一作圍）萬室在簷前。我來可要歸（一作師）禪老，一寸寒灰已達玄。

題越州（一有南郭）袁秀才林亭

清邃林亭指畫開，幽巖別派像天台。坐牽蕉葉題詩句，醉觸藤花落酒杯。白鳥不歸山裏去，紅鱗多自鏡中來。終年此地為吟伴（一作侶），早起尋君薄暮迴。

題龜山穆上人院

修持百法（一作白髮）過半百，日往月來心更堅。牀上水雲隨坐夏，林西山月伴行禪。寒蜩遠韻來窗裏，白鳥斜行起砌邊。我愛尋師師訪我，只應尋訪是因緣。

贈美人四首

直緣多藝用心勞，心路玲瓏格調高。舞袖低徊真蛺蝶，朱唇深淺假櫻桃。粉胸半掩疑晴雪，醉眼斜迴小樣刀。才會雨雲須別去，語慚不及琵琶槽。

嚴冬忽作看花日，盛暑翻為見雪時。坐上弄嬌聲不轉，尊前掩笑意難知。含歌媚盼如桃葉，妙舞輕盈似柳枝。年幾未多猶怯在，些些私語怕人疑。

酒蘊天然自性靈，人間有藝總關情。剝葱十指轉籌疾，舞柳細腰隨拍輕。常恐胸前春雪釋，惟愁座上慶雲生。若教梅尉無仙骨，爭得仙娥駐玉京。

昔日仙人令玉人，深冬相見亦如春。倍酬金價微含笑，纔發歌聲早動塵。昔歲曾為蕭史伴，今朝應作宋家鄰。百年別後知誰在，須遣丹青畫取真。

聽段處士彈琴

幾年調弄（一作化作）七條絲，元化分功十指知。泉迸幽音離石底，松含細韻在霜枝。窗中顧兔初圓夜，竹上寒蟬盡散時。唯有此時心更靜，聲聲可（一作堪）作後人師。

初歸鏡中寄陳端公

去歲離家今歲歸，孤帆夢向鳥前飛。必知蘆筍侵沙井，兼被藤花占石磯。雲島採茶常失路，雪龕（一作齋）中酒不關（一作開）扉。故交若問逍遙事，玄冕何曾勝葦衣。

再題龍泉寺上方

牛斗正齊羣木末，鳥行橫截衆山腰。路盤砌下兼穿竹，井在巖頭亦統潮。海岸四更看日出，石房三月任花燒。未能割得繁華去，難向此中甘寂寥。

于秀才小池

一泓瀲灩復澄明，半日功夫斸小庭。占地未過四五尺，浸天（一作侵山）唯（一作應）入兩三星。鷁舟草際浮霜葉，魚火沙邊駐小（一作水）螢。纔見規模識方寸，知君（一作始知）立意象滄溟。

敘錢塘異勝

暖景融融寒景清，越臺風送曉鐘聲。四郊遠火燒煙月，一道驚波撼郡城。夜雪未知東岸綠，春風猶放半江晴。

謝公吟處依稀在千古無人繼盛名

贈中巖王處士

垂楊裊裊草芊芊氣象清深（一作虛）似洞天援筆便成鸚鵡賦洗花須用桔槔泉商於避世堪同日渭曲逢時必有年直恐剛腸閑未得醉吟爭奈被才牽

初歸故里獻侯郎中

常思舊里欲歸難已作歸心即自寬此日早知無爵位當時便合把漁竿朝昏入閏春將逼城邑多山夏却寒不是凶愚望榮忝君侯異禮亦何安

歸睦州中路寄侯郎中

顏巷蕭條知命後膺門感激受恩初却容鶴髮還蝸舍猶夢漁竿從隼旟新定暮雲吞故國會稽春草入貧居鄉中自古爲儒者誰得公侯降尺書

題報恩寺上方

來來先上上方看眼界無窮世界寬巖溜噴空晴似雨林蘿礙日夏多寒衆山迢遞皆相疊一路高低不記盤清峭關心惜歸去他時夢到亦難判

送永嘉王令（一作明府）之任二首

定擬孜孜化海邊（一作壖）須判素髮侮流年波濤不應雙溪水分野長如二月天浮客若容開荻地釣翁應免稅苔田前賢未必全堪學莫讀當時歸去篇

雖展縣圖如到縣五程猶入縉雲東山間閣道盤巖（一作花）底海界孤峰（一作村）在浪中禮法未聞離漢制土宜多說似吳風字人若用非常術唯要旬時便立功

鹽官王長官新創瑞隱亭

指畫便分元化力周迴秀絕自清機孤雲戀石（一作樹）尋常住落絮縈風特地飛雛鳥啼花催釀酒驚魚濺水誤沾衣明年秩滿難將去何似先教畫取歸

李户曹小妓天得善擊越器以成曲章

越（一作白）器敲來曲調成腕頭勻滑（一作細）自輕清隨風搖曳有餘韻測水淺深多泛聲畫漏丁當相續滴（一作次發）寒蟬計會一時鳴若教進上梨園去（一作從今已得佳聲出）衆樂無由更擅名

歲晚言事寄鄉中親友

急景蒼茫晝若昏夜風乾峭觸前軒寒威半入龍蛇窟暖氣全歸草樹根蠟燼凝來多碧焰香醪滴處有冰痕尺書未達年應老先被新春入故園

贈孫百篇

御題百首思縱橫半日功夫舉世名羽翼便從吟處出珠璣續向筆頭（一作端）生莫嫌黃綬官資小（一作少）必料青雲道路平才子風流復年少無愁高卧不公卿

贈夏侯評事

傍窺盛德與高節緬想應無前後人講論參同深到骨停騰姹女立成銀基功過却楊玄寶易義精於梅子真朱紫侯門猶不見可知岐路有風塵

送鄭端公

聖主佇知宣室事豈容才子滯長沙隨（一作隋）珠此去方酬德趙璧當時（一作前時）誤指瑕驄馬將離江浦月繡衣却照禁中（一作錦林）花應憐寂寞滄洲客煙漢（一作霄壤）塵泥相去賒

題故人廢宅二首

舉目淒涼入破門鮫人一飯尚知恩閑花舊識猶含笑怪石無情更不言樵叟和巢伐桃李牧童兼草踏蘭蓀壺觴笑詠隨風去唯有聲聲蜀帝魂

寒莎野樹入荒庭風雨蕭蕭不掩扃舊徑已知無孟竹前溪應不浸荀星精靈消散歸寥廓功業傳留在誌銘薄暮停車更悽愴山陽隣笛若爲聽

寄于少監

修持清（一作精）苦振佳（一作家）聲衆鳥那知一鶚情躡履三千皆後學摶風九萬即前程名將日月同時朽身是山河應數生（一作世生）從此雲泥更懸闊漁翁（一作演公）不合見公卿

和剡縣陳明府登縣樓

郭裏人家如掌上簷前樹木映窗櫺煙霞若接天台地分野應侵婺女星驛路古今通北闕仙溪日夜入東溟絲衣才子多吟嘯公退時時見畫屏

項洙處士畫水墨釣臺

畫石畫松無兩般猶嫌瀑布畫聲難雖云智惠生靈府要且功夫在筆端潑處便連陰洞黑添來先向朽枝乾我家曾寄雙臺下往往開圖盡日看

全唐詩

方干

贈天台葉尊師

莫（一作難）見平明離少室須知（一作猶須）薄暮入天台常時愛縮山川去有夜自（一作曾）攜星月來靈藥不知何代得古松應是長（一作少）年栽先生暗笑看（一作觀）棊者半局棊邊白髮催

寄台州孫從事百篇（登第初授華亭尉）

聖世（一作代）科名酬志業仙州（一作山川）秀色（一作絕）助神機梅真入仕提雄筆阮瑀從軍著綵衣晝寢不知山雪積春遊應趁（一作趣）夜潮歸相思莫訝音書晚（一作絕）鳥去猶須疊（一作累）日飛

送睦州侯郎中赴闕

昔著政聲聞國外今留儒術化江東青雲舊路歸仙掖白鳳（一作雪）新詞入聖聰弦管未知銀燭曉旌旗（一作旗旛）已侍（一作待）錦帆風郡人難議（一作誰議）酬恩德徧在三年禮遇中

朱秀才庭際薔薇

繡難相似畫難真（一作成）明媚鮮妍絕比倫露壓盤條方到地風吹艷色欲燒春斷霞轉影侵西壁濃麝分香入四鄰看取後時歸故里庭花應讓（一作爛花須讓）錦衣新

登龍瑞觀北巖

縱目下看浮世事方知峭崿與天通湖邊風力歸帆上嶺頂雲根在雪中促韻寒鐘催落照斜行白鳥入遙空前人去後後人至今古異時登眺同

送婺州許録事

之官便是還鄉路，白日堂堂著錦衣。八詠遺風資逸興，二溪寒色助清威。曙星沒盡提綱去，暝角吹殘鎖印歸。笑我中年更愚僻，醉醒多在釣漁磯。

題龍泉寺絶頂

未明先見海底日，良久遠雞方報晨。古樹含風長帶雨，寒巖四月始知春。中天氣爽星河近，下界時豐雷雨勻。前後登臨思無盡，年年改換去（一作往）來人。

贈上虞胡少府百篇

求仙不在鍊金丹，輕舉由來別有門。日晷未移三十刻，風騷已及四千言。宏才尚遣居卑位，公道何曾雪至寃。欲板塵中無恨色，應緣利禄副晨昏。

上鄭員外

為郡至公兼至察，古今能有幾多人。憂民一（一作亦）似清吟苦，守節還如未達貧。利𣸍從前堪切玉，澄潭到底不容塵。潛夫豈合干旌旆，甘棹漁舟下釣綸。

桐廬江閣

風煙百變無定態，細想畫人虛損心。卷箔檻前沙鳥散，垂鉤牀下錦鱗沈。白雲野寺凌晨磬，紅樹孤村遥夜砧。此地四時抛不得，非唯盛暑事開襟。

題澄聖塔院上方

地靈直是饒風雨，杉檜老於雲雨間。只訝窗中（一作前）常見海，方知砌下更多（一作不離）山。遠泉勢曲猶須引，野果枝低可要攀。若把重門諭玄寂，何妨善閉却無關。

僧院小泉井

亦恐淺深同禹穴，兼云制度象汙罇。窺尋未見泉來路，細想應穿石裂痕。片段似冰猶可把，澄清如鏡不曾昏。欲知到底無塵染，堪與吾師比性源。

過姚監故居（一作經陸補闕故居）

不敢要君徵亦起，致君全得似唐虞。讜言昨歎離天聽，新塚今聞入縣圖。琴鎖壞窗風自觸，鶴歸喬木月（一作日）難呼。學書（一作詩）弟子何人在，檢點猶逢諫草無。

陪李郎中夜晏

間世星郎夜晏時，丁丁寒漏滴聲稀（一作微）。琵琶弦促（一作急）千般語（一作調），鸚鵡杯深四散飛。遍請玉容歌白雪，高燒紅蠟燭（一作照）朱衣。人間有此榮華事（一作人間盛事猶如此），爭遣漁翁戀釣磯。

狂寇後上劉尚書

孫武傾心與萬夫，削平妖孽在斯須。纔施偃月行軍令，便見台星逼座隅。獨柱擎天寰海正，雄名蓋世古今無。聖君爭不酬功業，仗下高懸破賊圖。

尚書新創敵樓二首

下馬政成無一事，應須勝地過朝昏。笙歌引出桃花洞，羅綺擁來金谷園。十里水雲吞半郭，九秋山月入千門。常聞大廈堪棲息，燕雀心知不敢言。

異境永為歡樂地，歌鐘夜夜復年年。平明旭日生牀底，薄暮殘霞落酒邊。雖向檻前窺下界，不知窗裏是中天。直須分付丹青手，畫出旌幢遶謫仙。

贈李郢端公

非唯孤峭與世絶（一作飛動），吟處斯須能變通。物外搜羅歸（一作添）大雅，毫端剪削有餘功。山川正氣侵靈府，雪月清輝引思風。別得人間上昇術，丹霄路在五言中。

送孫百篇遊天台

東南雲（一作去）路落斜行，入樹穿村見赤城。遠近常時（一作聞）皆藥氣，高低無處不泉聲。映巖日（一作月）向牀頭沒，濕燭雲從柱底生。更有仙花與靈鳥（一作草），恐君多半未（一作不）知名。

陸山（一作廬山）人畫水

毫末用功成一水，水源山脈固難尋。逡巡便可見波浪，咫尺不能知淺深。但有片雲生海口，終無明月在潭心。我來擬學磻溪叟，白首釣璜非陸沈。

郭中山居

莫見一瓢離樹上，猶須四壁在林間。沈吟不寐先聞角，屈曲登高自有山。濺石迸泉聽未足，亞窗紅果卧堪攀。公卿若便遺名姓，却與禽魚作往還。

雪中寄李知誨判官

聚散聯翩急復遲，解將華髮兩相欺。雖云竹重先藏路，却訝巢傾不損枝。入户便從風起後，照窗翻似月明時。此時門巷無行跡，塵滿尊罍誰得知。

途中言事寄居遠上人

舉目時時（一作看）似故園，鄉心自動向誰言。白雲曉濕寒山寺，紅葉夜飛明月村。震澤風帆歸橘岸，錢塘水府抵城根。羨師了達無牽束，竹徑生苔掩竹門。

雪中寄薛郎中

野禽未覺巢枝冗，稚子先憂徑竹摧。半夜忽明非月午，前庭旋釋被春催。碎花若入罇中去，清氣應歸筆底來。深擁紅爐聽仙樂，忍教愁坐畫寒灰。

題盛令新亭

舉目豈知新智慧，存思便是小天台。偶嘗嘉果求枝去，因問名花寄種（一作子）來。春物誘才歸健筆，夜歌牽醉入叢杯。此中難遇逍遥事，計日應為印綬催。

贈鄭仁規

一石雄才獨占難，應分二斗借人寰。澄心不出風騷外，落筆全歸教化間。蓮幕未來須更聘，桂枝纔去即先攀。可憐麗句能飛動，荀宋精靈亦厚顔。

送縉（一作晉）陵王少府赴舉（一作選）

相看不忍盡離觴，五兩牽風速去檣。遠驛新砧應弄月，初程殘角未吹霜。越山直下分吳苑，淮水橫流入楚鄉。珍重郄家好兄弟，明年禄位在何方。

路入剡中作

截灣衝瀨片帆通，高枕微吟到剡中。掠草並飛憐燕子，停橈獨飲學漁翁。波濤漫撼長潭月，楊柳斜牽一岸風。便擬乘槎應去得，仙源直恐接星東。

東山瀑布

遥夜看來疑月照，平明失去（一作却）被雲迷。掛巖遠勢穿松島（一作鳴），擊石（一作落地）殘聲注稻畦。素色噴成三伏雪，餘波流作萬年溪。不緣（一作若非）真宰能開決，應向前山（一作山前）雜淤泥。

水墨松石

三世精能舉世無，筆端狼籍見功夫。添來勢逸陰崖黑，潑處痕輕灌木枯。垂地寒雲吞大漠，過江春雨入全吳。

蘭堂坐久心彌惑，不道山川是畫圖。

獻浙東王大夫二首

出鎮當時移越俗，致君何日不堯年。到來唯飲長溪水，歸去應將一箇錢。吟處美人擎筆硯，行時飛鳥避旌旃。四方皆是分憂寄，獨有東南戴二天。

王臣夷夏仰清名，領鎮猶爲失意行。已見玉璜曾上釣，何愁金鼎不和羹。譽將星月同時朽，身應山河滿數生。泥滓雲霄至懸闊，漁翁不合見公卿。

越州使院竹

莫見凌風（一作雲）飄粉籜，須知礙石作盤根。細看枝上蟬吟處，猶是筍時蟲蝕痕。月送綠陰斜上砌，露凝（一作含）寒色濕遮門。列仙終日逍遙地，鳥雀潛來不敢喧。

題贈李校書

名場失手一年年，月桂嘗聞到手邊。誰道高情偏似鶴，自云長嘯不如蟬。泉花交豔多成實，深井通潮半雜泉。却是偶然行未到，元來有路上寥天。

送王侍郎浙東入朝

自將苦節酬清秩，肯要庬眉一箇錢。恩愛已蘇句踐國，程途却上大羅天。魚池菊島還公署，沙鶴松栽入畫船。密奏無非經濟術，從容幾刻在爐煙。

贈黃處士

閉戶先生無是非，竹彎松樹（一作榭）藕苗（一作絲）衣。愁吟密雪思難盡，醉倒殘（一作落）花扶不歸。若出薜蘿迎鶴簡，應拋舴艋別漁磯。到頭苦節終何益，空改文星作少微。

獻王大夫二首

都緣聲價振皇州，高卧中條不自由。早副（一作赴）急徵來鳳沼（一作闕），常陪內宴醉龍樓。鏘金五字能援筆，釣玉三年信直鉤。必恐借留終（一作應）不遂（一作得），越人相顧已先（一作生）愁。

功成猶自更行春，塞路旌旗十里塵。只用篇章爲教化，不知夷夏望陶鈞。金章照耀浮光動，玉面生獰細步勻。歷任聖朝清峻地，至今依（一作休）是少年身。

贈五（一作玉）牙山人洗（一作沈）修白

變通唯在片時間，此事全由一粒丹。若取壽長延至易，如嫌地遠縮何難。先生闊別能輕舉，弟子纔來學不飡。篋裏生塵是閑藥，外沾猶可救衰殘（一作顏）。

處州獻盧員外

纔下軺車即歲豐，方知盛德與天通。清聲漸出寰瀛外，喜氣全歸教化中。落地遺金終日在，經年滯獄當時空。直緣後學無功業，不慮文翁不至公。

石門瀑布

奔傾漱石亦噴苔，此是便隨（一作皆從）元化來。長片（一作片影）掛巖輕似練，遠聲離洞咽於雷。氣含（一作侵）松桂（一作樹）千枝潤，勢畫雲（一作壓煙）霞一道開。直是銀河分派落，兼聞碎滴濺天台。

題仙巖瀑布呈陳明府

方知激蹙與噴飛，直恐古今同一時。遠鑾流來多石脉，寒空撲碎作凌澌。謝公巖上衝雲去，織女星邊落地遲。聚向山前更誰測，深沈見底是澄漪。

贈山陰崔明府

用心何況兩衙間，退食孜孜亦不閑。壓酒曬書猶檢點，修琴取藥似交關。笙歌入夜舟中月，花木知春縣裏山。平叔正堪湯餅試，風流不合問年顏。

山井

灩灩濕光凌竹樹，寥寥清氣襲衣襟。不知側穴通潮信，却訝輕漣動鏡心。夜久即疑星影過，早來猶見石痕深。轆轤用智終何益，抱甕遺名亦至今。

偶作

直爲篇章非動衆，遂令軒蓋不經（一作輕）過。未妨溪上泛漁艇，又爲門前張雀羅。夜學事（一作似）須憑雪照，朝廚爭奈絕煙何。若於巖洞求倫類，今古疎愚似我多。

賊退後贈劉將軍

非唯吳起與穰苴，今古推排盡不如。白馬知無髀上肉，黃巾泣向箭頭書。二（一作五）年戰地成桑茗，千里荒榛作比閭。功業更多身轉貴，佇看幢節引戎車。

感時三首

不覺年華似箭流，朝看春色暮逢秋。正嗟新塚垂青草，便見故交梳白頭。雖道了然皆是夢，應還達者即無愁。破除生死須齊物，誰向穹蒼問事由。

日烏往返無休息，朝出扶桑暮却迴。夜雨旋驅殘熱去，江風吹送早寒來。纔憐飲處飛花片，又見書邊聚雪堆。莫恃少年欺白首，須臾還被老相催。

世途擾擾復憧憧，真恐華夷事亦同。歲月自消寒暑內，榮枯盡在是非中。今朝猶作青襟子，明日還成白首翁。堪笑愚夫足紛競，不知流水去無窮。

牡丹

不逢盛暑不衝寒，種子成叢用法難。醉眼若爲拋去（一作舍）得，狂心更擬折來看。凌霜烈火吹無豔，裛露陰霞曬不乾。莫道嬌紅怕風雨，經時猶自未凋殘。

贈進士章碣

織錦雖云用舊機，抽梭起樣更新奇。何如且破望中葉，未可便攀低處枝。藉地落花春半後，打窗斜雪夜深時。此時才子吟應苦，吟苦鬼神知不知。

與桐廬鄭明府

字人心苦達神明，何止重門夜不扃。莫道耕田全種秫，兼聞退食亦逢星。暎林顧兔停琴望，隔水寒猨駐筆聽。却恐南山盡無石，南山有石合爲銘。

謝王大夫奏表

非唯言下變榮衰，大海可傾山可移。如剖夜光歸暗室，似驅春氣入寒枝。死灰到底翻騰焰，朽骨隨頭却長肥。便殺微躬復何益，生成恩重報無期。

送道人歸舊巖

舊巖終副却歸期，巖下有人應識師。目覩嬰孩成老叟，手栽松柏有枯枝。前山低校無多地，東海淺於初去時。若把古今相比類，姓丁仙鶴亦如斯。

送錢特卿赴職天台

路入仙溪氣象清，垂鞭樹石罅中行。霧昏不見西陵岸，風急先聞瀑布聲。山下縣寮張樂送，海邊津吏棹舟迎。詩家弟子無多少，唯只於余別有情。

題新竹

青苔斸破植貞堅，細碧竿排鬱眼鮮。小鳳凰聲吹嫩葉，

短蛟龍尾裹輕煙鞘環膩色端匀粉根拔秋光暗長鞭
怪得入門肌骨冷綴風粘月滿庭前

哭王大夫（第二句缺三字）

俗人皆嫉謝臨川果中常情　爲政舊規方利國
降生直性已歸天峴亭惋咽知無極渭曲馨香莫計年
從此心喪應畢世忍看墳草讀殘篇

贈乾素上人

苦用貞心傳弟子即應低眼看公卿水中明月無蹤跡
風裏浮雲可計程庭際孤松隨鶴立窗間清磬學蟬鳴
料師多劫長如此豈筭前生與後生

題應天寺上方兼呈謙上人

中天坐卧見人寰峭石垂藤不易攀晴卷風雷歸故壑
夜和猿鳥鎖寒山勢橫綠野蒼茫外影落平湖瀲灩間
師在西巖最高處路尋之字（一作子）見禪關

題法華寺絕頂禪家壁

蒼翠岧嶤逼窅冥下方雷雨上方晴飛流便向砌邊挂
片月影從窗外行馴鹿不知誰結侶野禽都是自呼名
只應禪者無來去坐看千山白髮生

春日

春去春來似有期日高添睡是歸時雖將細雨催蘆筍
却用東風染柳絲重霧已應吞海色輕霜猶自剉花枝
此時野客因花醉醉卧花間應不知

上越州楊嚴中丞

連枝棣萼世無雙未秉鴻鈞擁大邦折桂早聞推獨步
分憂暫輟過重江晴尋鳳沼雲中樹思遶稽山枕上窗
試把十年辛苦志問津求拜碧油幢

月

桂輪秋半出東方巢鵲驚飛夜未央海上風雲揺皓影
空中露氣濕流光斜臨戶牖通宵燭迥照堦墀到曉霜
庾亮恃才高更逸方閒墨翰已成章

早春

運行元化不參差四極中華共一時正氣纔隨灰律變
殘寒便被柳條（一作野梅）欺冰融大澤朝陽覺草綠陳根夜雨

知不信風光疾於箭年來年去變霜髭

對花

清曉入花如步障戀花行步步遲遲含風欲綻中心朶
似火應燒外面枝野客須拚終日醉流鶯自有隔年期
使君坐處笙歌合便是列仙身不知

除夜

玉漏斯須即達晨四時吹轉任風輪寒燈短燼方燒臘
畫角殘聲已報春明日便爲經歲客昨朝猶是少年人
新正定數隨年減浮世惟應百遍新

題松江驛

便向中流出太陽兼疑大岸逼浮桑門前（一作樹間）白道通丹
闕浪裏青山占幾鄉帆勢落斜依浦溆鐘聲斷續在滄
茫古今悉不知天意偏把雲霞媚一方

思桐廬舊居便送鑒上人

莫道東南路不賒思歸一步是天涯林中夜半雙臺月（嚴光釣臺渚有東西臺）
洲上春深九里花（桐廬有九里洲）綠樹遶村含細雨寒
潮背郭卷平沙聞師却到鄉中去爲我殷勤謝酒家

送僧歸日本

四極雖云共二儀晦明前後即難知西方尚在星辰下
東域已過寅卯時大海浪中分國界扶桑樹底是天涯
滿帆若有歸風便到岸猶須隔歲期

寧國寺（新城縣）

深僻孤高無四鄰白雲明月自相親海中日出山先曉
世上寒輕谷未春窗逼野溪聞唳鶴林通村徑見樵人
此時惟有雷居士不厭藍輿去住頻

全唐詩

方干

山中寄吳磻十韻

莫問終休否林中事已成盤飧憐火種歲計付刀耕掬
水皆花氣聽松似雨聲書空翹足卧避險側身行果傍
閑軒落蒲連濕岸生禪生知見理妻子笑無名更擬教
詩書（一作）苦何曾待酒清石溪魚不大月樹鵲多驚砌下通
樵路窗間見縣城雲山任重疊難隔故交情

嘉興縣內池閣

指畫應心成周迴氣象清牀前沙鳥語案下錦鱗驚細
柳風吹旋新荷露壓傾微芳緣岸落迸筍入波生舴艋
舟中醉莓苔徑上行高人莫歸去此處勝蓬瀛

鏡湖西島言事寄陶校書

樵獵兩三戶凋疎是近鄰風雷前壑雨花木後岩春文
字不得力桑麻難救貧山禽欺稚子夜犬吠漁人未必
聖明代長將雲水親知音不延薦何路出泥塵

贈趙崇侍御（一作贈趙常侍六韻）

貴達合逢明聖日風流又及少年時才因出衆人皆嫉
勢欲摩霄自不知正直（一作遭遇）早年聞苦節從容此日見清
規却教鸚鵡呼桃葉便遣嬋娟唱竹枝閑話篇章停燭
久醉迷歌舞出花遲雲鴻別有回翔便應笑啁啾（一作噍）燕
雀卑

敘龍瑞觀勝異寄于尊師

混元融結致功難山下平湖湖上山萬傾涵虛寒瀲灩
千尋聳翠秀孱顏（一作闌珊）芰荷香入琴棊處雷雨聲離棟牖
間但有五雲依鶴嶺曾無陸路向人寰夜溪漱玉常堪
聽仙樹垂珠可要攀若棄榮名便居此自然浮（一作清）濁不
相關（尊師前年三十從許事棄官入道）

侯郎中新置西湖

遠近利民因智力周迴潤物像心源菰蒲縱感生成惠
鱣鮪那知廣大恩瀲灩清輝吞半郭縈紆別派入遥村
砂泉遶石通山脈岸木粘萍是浪痕已見澄來連鏡底
兼知極處浸雲根波濤不起時方泰舟檝徐行日易昏

煙霧未應藏島嶼鳧鷖亦解避旌旛雖云桃葉歌還醉卻被荷花笑不言孤鶴必應思鳳詔(一作沼)凡魚豈合在龍門能將盛事添元化一夕機謨萬古存

許員外新陽別業(一作野)

蘭汀橋島映亭(一作高)臺不是經心即手栽滿閣白雲隨雨去一池寒(一作明)月逐潮來小松出屋和巢長新逕通村避筍開柳絮風前欹枕臥荷花香裏棹舟(一作釣魚)迴園中認(一作問)葉封林(一作分靈)草簷下攀枝落野梅莫恣高情求逸思須防急詔用長材若(一作苦)因螢火終殘卷便把漁歌(一作須把魚竿)送幾杯多謝郢中賢太守常(一作當)時談笑許追(一作趨)陪

李侍御上虞別業

滿目亭(一作高)臺嘉木(一作隹作)繁燕蟬吟語(一作蟬吟燕語)不爲喧晝潮勢急吞諸島暑雨聲迴露半村眞(一作直)爲援毫方掩卷常因按曲便開尊若將明月爲儔侶應把清風遺子孫繡羽驚弓離(一作籬)果上紅鱗見餌出蒲根尋君未要先敲竹且棹漁舟入大門

題懸溜巖隱者居

世人如要問生涯滿架堆牀是五車谷鳥暮蟬聲四散修篁灌木勢交加蒲葵細織團圓扇薤葉平鋪合遝花卻用水荷苞綠李兼將寒井浸甘爪慣緣嶮峭收松粉常趁芳鮮掇茗芽池上樹陰隨浪動窗前月影被巢遮坐雲獨酌杯盤濕穿竹微吟路徑斜見說公卿訪遺逸逢迎亦是戴烏紗

山中言事八韻寄李支使

豈知經史深相悞兩鬢垂絲百事休受業幾多爲弟子成名一半作公侯前時射鵠徒拋箭此日求魚未上鉤竹裏斷雲來枕上巖邊片月在牀頭過庭急雨和花落遶舍澄泉帶葉流緬想遠書聆鵲喜窺尋嘉果覺猿偷舊詩改處空留韻新醞嘗來不滿篘阮瑀如能問寒餒風光當日入滄洲

山中言事寄贈蘇判官(集少號覺四句作七言律)

寸心似火頻求薦兩鬢如霜始息機隔岸雞鳴春耨去鄰家犬吠夜漁歸倚松長嘯成疎拙拂石欹眠絕是非執爨縱曾炊橡實紉針曾解補荷衣常憑早月來張燭亦假清風爲掩扉多是(一作謝)元瑜憐野賤時迴車馬發光輝

獻王大夫

高情不與俗人知恥學諸生取桂枝荀宋五言行世早巢由三詔出溪遲(大夫集句云珠箔卷繁星金樽寫明月行於世)操心已在精微域落筆皆成典誥詞一鶚難成燕雀伍非熊本是帝王師賢臣雖蘊經邦術明主終無諫獵時莫道百僚憂禮絕兼聞七郡怕天移直緣材力頭頭贍專被文星步步隨不信重言通造化須臾便可變榮衰

淺井

夜入明河星似少曙搖澄碧扇風翻細泉細脈難來到應覺添瓶耗舊痕

與徐溫話別

去去何時卻見君悠悠煙水似天津明年今夜有明月不是今年看月人

出東陽道中作

馬首寒山黛色濃一重重盡一重重醉醒已在他人界猶憶東陽昨夜鐘

酬孫發

錦價轉高花更巧能將舊手弄新梭從來一字爲褒貶二十八言猶太多

送鄉中故人

少小與君情不疎聽君細話勝家書如今若到鄉中去道我垂鉤不釣魚

思江南

昨日草枯今日青羇人又動望鄉情夜來有夢登歸路不到桐廬已及明

題寶林寺禪者壁(山名飛來峰)

邃巖喬木夏藏寒牀下雲溪枕上看臺殿漸多山更重卻令飛去即應難

過李羣玉故居

訏直上書難遇主銜冤下世未成翁琴尊劍鶴誰將去惟鎖山齋一樹風

題玉笥山强處士

酒裏藏身嵒裏居刪繁自是一家書世人呼爾爲漁叟爾學釣璜非釣魚

君不來

遠路東西欲問誰寒來無處寄寒衣去時初種庭前樹樹已勝巢人未歸

經曠禪師舊院

谷鳥散啼如有恨庭花含笑似無情更名變皃難(一作換面無)休息去去來來第幾生

江南聞新曲

席上新聲花下杯一聲聲被拍聲摧樂工不識長安道盡是書中寄曲來

經故侯郎中舊居

一朝寂寂與冥冥壟樹未長墳草青高節雄才向何處夜闌空鎖滿池星

越中逢孫百篇

上才乘酒(一作醉)到山陰日日成篇字字金鏡水周迴千萬頃波瀾倒瀉入君心

寄謝麟

越國雲溪秀發時蔣京詞賦謝麟詩後來若要知優劣學圃無過老圃知

與長洲陳子美長官

枕上愁多百緒牽常時睡覺在溪前人前盡是交親力莫道升沈總信天

新安殷明府家樂方響

葛溪鐵片梨園調耳底丁東十六聲彭澤主人憐妙樂玉杯春暖許同傾

別殷明府

許教門館久踟躕仲叔懷恩對玉壺唯有離心欲銷客空垂雙淚不成珠

送水墨項處士歸天台

仙嶠倍分元化功揉藍翠色一重重還家莫更尋山水

自有雲山在筆峰

贈會稽楊長官

直鉤終日竟無魚，鐘鼓聲中與世疎。若向湖邊訪幽拙，蕭條四壁是閑居。

贈申長官

言下隨機見物情，看看獄路草還生。旅人莫怪無魚食，直爲寒江水至清。

將歸湖上留別陳宰

歸去春山逗晚晴，縈迴樹石罅中行。明時不是無知己，自憶湖邊釣與耕。

貽亮上人

秋水一泓常見底，澗松千尺不生枝。人間學佛知多少，淨盡心花只有師。

貽曦上人

四十年來多少人，一分零落九成塵。與師猶得重相見，亦是枯株勉強春。

書原上鮑處士屋壁

水闊坐看千萬里，青蕪蓋地接天津。禰衡莫愛山中靜，遶舍山多却礙人。

別孫蜀

吳越思君意易傷，別君添我鬢邊霜。由來淛水偏堪恨，截斷千山作兩鄉。

贈江上老人

潭底錦鱗多識釣，未投香餌即先知。欲教魚目無分別，須學揉藍染釣絲。

贈東溪貧道

非唯劍鶴獨難留，觸事皆聞被債收。賴是豪家念寒餒，却還漁島與漁舟。

詠花

狂心醉眼共裴回，一半先開笑未開。此日不能偷折去，胡蜂直恐趂人來。

路入金州江中作

棹尋椒岸縈迴去，數里時逢一兩家。知是從來貢金處，江邊牧豎亦披沙。

夜會鄭氏昆季林亭

卷簾圓月照方塘，坐久尊空竹有霜。白犬吠風驚雁起，猶能一一旋成行。

題黃山人庭前孤桂

映窗孤桂非手植，子落月中（一作明）聞落時。仙客此時頭不白，看來看去有枯枝。

送僧南遊

三秋萬里五溪行，風裏孤雲不計程。若念猩猩解言語，放生先合放猩猩。

惜花

可憐妍豔正當時，剛被狂風一夜吹。今日流鶯來舊處，百般言語殢空枝。

題天柱觀魚尊師舊院

早識吾師頻到此，芝童藥犬亦相迎。今師一去無來日，花洞石壇空月明。

東陽道中作（一作寒食日）

百花香氣傍行人，花底垂鞭日易醺。野父不知寒食節，穿林轉壑自燒雲。

題畫建溪圖

六幅輕綃畫建溪，刺桐花下路高低。分明記得曾行處，祇欠猿聲與鳥啼。

蜀中

遊子去遊多不歸，春風酒味勝餘時。閑來却伴巴兒醉，荳蔻花邊唱竹枝。

衢州別李秀才

千山紅樹萬山雲，把酒相看日又曛。一曲驪歌兩行淚，更知何處再逢君。

題君山

曾于方外見麻姑，聞說君山自古無。元是崑崙山頂石，海風吹落洞庭湖。

題嚴子陵祠二首

物色旁求至漢庭，一宵同寢見交情。先生不入雲臺像，贏得桐江萬古名。

蒼翠雲峰開俗眼，泓澄煙水浸塵心。惟將道業爲芳餌，釣得高名直到今。（此首一作杜荀鶴詩）

失題

十六聲中運手輕，一聲聲似自然聲。不緣精妙過流輩，爭得江南別有名。

句

弟子已攀桂，先生猶臥雲。（寄李頻及第。見鑒戒錄）把得新詩草裏論。（貽天干師。徐凝常刺，凝云反語爲村裏老也）枯井夜聞鄰果落，廢巢寒見別禽來。（貽天目中峰客。以上見紀事）

全唐詩

羅鄴

羅鄴，餘杭人，累舉進士不第。光化中，以韋莊奏，追賜進士及第，贈官補闕。詩一卷。

歲仗

玉帛朝元萬國來，雞人曉唱五門開。春排北極迎仙馭（一作仗），日捧南山入壽杯。歌舜薰風鏗劍珮，祝堯嘉氣靄樓臺。可憐四海車書共，重見蕭曹佐漢材。

牡丹

落盡春紅始著（一作見）花，花時比屋事豪奢。買栽池館恐無地，看到子孫能幾家。門倚長衢攢繡轂（一作輗），幄籠輕日護

香霞歌鐘滿座（一作對此）爭歡賞肯信流年鬢有華

長城

當時無德御乾坤廣築徒勞萬古存讒役生民防極塞
不知血刃起中原珠璣旋見陪陵寢社稷何曾保子孫
降虜至今猶自說冤聲夜夜傍（一作哭）城根

秋夕寄友人

秋夕蒼茫一雁過西風白露滿宮莎昨來京洛逢歸客
猶說軒車未渡河莫把少年空倚賴須知孤立易蹉跎
想君懷抱哀吟夜銅雀臺前皓月多

冬夕江上言事五首

葉落纔悲草又生看看少壯是衰形關中秋雨書難到
江上春寒酒易醒多少繫心身未達尋思舉目淚堪零
幾時拋得歸山去松下看雲讀道經
喔喔晨雞滿樹霜喧喧曉渡簇舟航數星昨夜寒爐火
一陣誰家臘瓮香久別羇孤成潦倒迴看書劍更蒼黃
逢人舉止皆言命至竟謀閑可勝忙
野堂吟罷獨行行點水微微凍不鳴十里溪山新雪後
千家襟袖曉寒生只宜醉夢依華寢可稱羸蹄赴宿程
日苦幾多心（一作言）下見那堪歲晏又無成
僻居多與懶相宜吟擁寒爐過臘時風柳欲生陽面葉
凍梅先綻嶺頭枝山川自小拋耕釣骨肉無因免別離
賴有陶情一尊酒愁中相向展愁眉
一帶長溪渌浸門數聲幽鳥啄雲根松亭盡日唯空坐
難得儒翁共討論

春日宿崇賢里

柳暗榆飛春日深水邊門巷獨來尋舊山共是經年別
新句相逢竟夕吟枕近禁街聞曉鼓月當高竹見棲禽
勞歌莫問秋風計恐起江河垂釣心

征人

青樓一別戍金微力盡秋來破虜圍錦字莫辭連夜織
塞鴻長是到春歸正憐漢月當空照不柰胡沙滿眼飛
唯有夢魂南去日故鄉山水路依稀

暖辭雲谷背殘陽飛下東風翅漸長却笑金籠是羇絆
豈知瑶草正芬芳曉逢溪雨投紅樹晚轉宮樓泣舊妝
何事離人不堪聽灞橋斜日裛垂楊

槐花

行宮門外陌銅駝兩畔分栽此最多欲到清秋近時節
爭開金蘂向關河層樓寄恨飄珠箔駿馬憐香撼玉珂
愁殺江湖隨計者年年爲爾剩奔波

自蜀入關

文戰連輸未息機束書攜劍定前非近來從聽事難得
休去且無山可歸疋馬出門還悵望孤雲何處是因依
斜陽驛路西風緊遥指人煙宿翠微

上陽宮

春半上陽花滿樓太平天子昔巡遊千門雖對（一作列）萬山
在一笑還隨洛水流深鎖笙歌巢燕聽遥瞻金碧路人
愁翠華却自登（一作返昇）仙去腸斷（一作長使）宮娥望不休

舊侯家

臺閣層層倚半空遶軒澄碧御溝通金鈿座上歌春酒
畫蠟尊前滴曉風歲月不知成隙地子孫誰更繫殊功
人間若筭無榮辱却是扁舟一釣翁

宿武安山有懷

野店暮來山畔逢寒蕪漠漠露華濃窗間燈在犬驚吠
溪上月沈人罷春遠別只愁添雪鬢此生何計隱雲峯
離心却羨南飛翼獨過吳江更數重

謁寗祠

春生溪嶺雪初開下馬雲亭酹一杯好是精靈偏有感
能於鄉里不爲災九江賈客應遥祝五夜神兵數此來
盡室唯求多降福新年歸去便風催

經故洛城（一本此下有有感二字）

一片危牆勢恐人牆邊日日走蹄輪築時驅盡千夫力
崩處空爲數里塵長恨往來經此地每嗟興廢欲霑巾
那堪又向荒城過錦雉驚飛麥隴春

老將

百戰辛勤歸帝鄉南班班裏最南行弓欺猨臂秋無力
劍泣虬髯曉有霜千古恥非書玉帛一心猶自向河湟
年年宿衛天顔近曾把功勳奏建章

曲江春望

故國東歸澤國遥曲江晴望憶漁樵都緣北闕春先到
不是南山雪易消瑞影玉樓開組繡歡聲丹禁奏雲韶
雖然未得陪鴛鷺亦酹金觴祝帝堯

帝里

喧喧蹄轂走紅塵南北東西暮與晨讒道青雲難得路
何曾紫陌有閑人杯傾竹葉侯門月馬落桃花御水春
只合詠歌來大國況逢文景化惟新

新安城

若筭防邊久遠名新安豈更勝長城讒輿他役悲荒壘
何似從令實取兵聖德便應同險固人心自不向忠貞
但將死節酬堯禹版築無勞寇已平

自遣

四十年來詩酒徒一生緣興滯江湖不愁世上無人識
唯怕村中沒酒沽春巷摘桑喧姹女江船吹笛舞蠻奴
焚魚酌醴醉堯代吟向席門聊自娛

流水

漾漾悠悠幾派分中浮短艇與鷗羣天街帶雨淹（一作含）芳
草玉洞漂花下白雲靜稱一竿持處見急宜（一作愁）孤館覺
來聞隋家柳畔偏堪恨東入長淮日又曛

送張逸人

自說歸山人事賒素琴丹竈是生涯牀頭殘藥鼠偷盡
溪上破門風擺斜石井晴垂青葛葉竹籬荒映白茅花
遥知此去應稀出獨卧晴窗夢曉霞

春晚渡河有懷

煙收綠野遠連空戍壘依稀入望中萬里山河星拱北
百年人事水歸東扁舟晚濟桃花浪走馬晴嘶柳絮風
鄉思正多羇思苦不須迴首問漁翁

春望梁石頭城

柳碧桑黃破國春殘陽微雨望歸人江山不改興亡地
冠蓋自爲前後塵帆勢掛風輕若翅浪聲吹岸疊如鱗

六朝無限悲愁事欲下荒城迴首頻

早發宜陵即事

霜白山村月落時一聲鷄後又登岐居人猶自掩關在
行客已愁驅馬遲身事不堪空感激鬢毛看著欲凋衰
青萍委匣休哮吼未有恩讐擬報誰

鸂鶒

紅闌（一作江雲）碧嶂（一作靜）瑞煙開錦翅雙飛（一作雙雙）去又迴一種鳥
憐名字好盡（一作祇）緣人恨別離來暖依牛渚汀莎媚夕宿
龍池禁漏催相對若教春（一作秦）女見便須攜向（一作同上）鳳凰臺

春閨

愁坐蘭閨日過遲卷簾巢燕羨雙飛管弦樓上春應在
楊柳橋邊人未歸玉笛豈能留舞態金河猶自浣戎衣
梨花滿院東風急惆悵無言倚錦機

贈東川梓桐縣韋德孫長官

前代高門今宰邑懷才重義古來無笙歌厭聽吟清句
京洛思歸展畫圖蜀醞天寒留客醉隴禽山曉隔簾呼
何年期拜朱幡貴馬上論詩在九衢

題水簾洞

亂泉飛下翠屏中名共真珠巧綴同一片長垂今與古
半山遙聽水兼風雖無舒卷隨人意自有潺湲濟物功
每向暑天來往見疑將仙子隔房櫳

野花

拂露叢開血色殷枉無名字對空山時逢舞蝶尋香至
少有行人輟櫂攀若在侯門看不足為生江岸見如閑
結根畢竟輸桃李長近都城紫陌間

蘆花

如練如霜乾復輕西風處處拂江城長垂釣叟看不足
暫泊王孫愁亦生好傍翠樓裝月色枉隨紅葉舞秋聲
最宜群鷺斜陽裏閑捕纖鱗傍爾行

山陽貽友人

性僻多將雲水便山陽酒病動經年行遲暖陌花攔馬
睡重春江雨打船閑弄玉琴雙鶴舞靜窺庭樹一猿懸
結茅更莫期深隱聲價如今滿日邊

長安惜春

千門共惜放春迴半鎖樓臺半復開公子不能留落日
南山遮莫倚高臺殘紅似怨皇州雨細綠猶藏畫蠟灰
畢竟思量何足歎明年時節又還來

謝友人遺華陽巾

剪露裁煙勝角冠來從玉洞五雲端醉宜薤葉欹斜影
穩稱菱花子細看野客愛留籠鶴髮溪翁爭乞配漁竿
真仙首飾勞相寄塵土翛然戴去難

早梅

綴雪枝條似有情凌寒澹注笑妝成凍香飄處宜春早
素艷開時混月明還客嶺頭悲裊裊美人簾下妬盈盈
滿園桃李雖堪賞要且東風晚始生

留題張逸人草堂（一作杜牧詩）

長懸青紫與芳枝塵路無因免別離馬上多於在家日
尊前堪惜少年時關河客夢還鄉後雨雪山程出店遲
卻羨高人此中（一作從此）老軒車過盡不知誰

鍾陵崔大夫罷鎮攀隨再經匡廬寺宿

一抛文戰學從公兩逐旌旗宿梵宮酒醒月移窗影畔
夜涼身在水聲中侯門聚散真如夢花界登臨轉悟空
明發不堪山下路幾程愁雨又愁風

留獻彭門郭常侍

受得彭門擁信旗一家將謂免羈離到來門館空歸去
羞向交親說受知層構尚無容足地尺波寧有躍鱗時
到頭忍恥求名是須向青雲覓路岐

洛水

一道潺湲濺暖莎年年惆悵是春過莫言行路聽如此
流水深宮帳更多橋畔月來清見底柳邊風緊（一作去）綠生
波縱然滿眼添歸思未把漁竿柰爾何

聞杜鵑

花時一宿碧山前明月東風叫杜鵑孤館覺來聽夜半
羸僮相對亦無眠汝身哀怨猶如此我淚縱橫豈偶然
爭得蒼蒼知有恨汝身成鶴我成仙

趁職单于留別闕下知已

職忝翩翩逐建牙笈隨征騎入胡沙定將千里書憑雁
應看三春雪當花年長有心終報國時清到處便營家
逢秋不擬同張翰為憶鱸魚卻歎嗟

落第書懷寄友人

清世誰能便陸沈相逢休作憶山吟若教仙桂在平地
更有何人肯苦心去國漢妃還似玉亡家石氏豈無金
且安懷抱莫惆悵瑤瑟調高尊酒深

鸚鵡詠

玉檻瑤軒任所依東風休憶嶺頭歸金籠共惜好毛羽
紅觜莫教多是非便向郄堂誇飲啄還應禰筆發光輝
乘時得路何須貴燕雀鸞凰各有機

題滄浪峽

門向紅塵日日開入門襟袖遠塵埃暗（一作晴）香惹步澗花
發晚景逼簷溪鳥迴不為市朝行路近有誰車馬看山
來可憐嚴子持竿處雲水終年鎖綠苔

白角簟

疊玉駢珪巧思長露華煙魄讓清光休搖雉尾當三伏
似展龍鱗在一床高價不唯摽越絕冷紋疑似臥瀟湘
杜陵他日重歸去偏稱醉眠松桂堂

秋日懷江上友人

行子豈知煙水勞西風獨自泛征艘酒醒孤館秋簾卷
月滿寒江夜笛高黃葉夢餘歸朔塞青山家在極波濤
去年今日逢君處雁下蘆花猿正號

題笙

筠管參差排鳳翅月堂淒切勝龍吟最宜輕動纖纖玉
醉送當觀灩灩金緱嶺獨能徵妙曲嬴臺相共吹清音
好將宮徵陪歌扇莫遣新聲鄭衛侵

下第

謾把青春酒一杯愁襟未（一作寧）信酒（一作灑）能開江邊依舊空
歸去帝里還如（一作同）不到來門掩殘陽鳴（一作唯）鳥雀花飛何
處好池臺此時惆悵便堪老何用人間歲月催

秋晚

殘星殘月一聲鐘谷（一作水）際巖隈（一作根）爽氣濃不向碧臺鷩

醉夢但來清鏡促愁容繁金露潔黃籠（一作泣荒籬）菊獨翠煙
疑遠澗松閑步幽林與苔徑漸移棲鳥及（一作息）鳴蛩

長安春夕旅懷

幾年栖旅寄西秦不識花枝醉過春短艇閑思五湖浪
羸蹄愁傍九衢塵關河風雨迷歸夢鐘鼓朝昏老此身
忽向太平時節過一竿持去老遺民

洛陽春望

洛陽春霽絕塵埃嵩少煙嵐畫障開草色花光惹襟袖
簫聲歌響隔樓臺人心便覺閑多少馬足方知倦往來
愁上中橋橋上望碧波東去夕陽催

惜春

燕歸巢後即離羣吟倚東風恨日曛一別一年方見我
遊來遊去（一作愁來愁去）不禁君鶯花御苑看將盡絲竹侯家亦
少聞獨坐南樓正（一作最）惆悵柳塘花（一作飛）絮更紛紛

冬日旅懷

烏焰纔沈桂魄生霜階擁褐暫吟行閑思江市白醪滿
靜憶僧窗綠綺橫塵土自憐長失計雲帆尤覺有歸情
幾多悵望無窮事空畫爐灰坐到明

春夕寄友人時有與歌者南北

芳徑春歸花半開碧山波暖雁初迴滿樓月色還依舊
昨夜歌聲自不來愁眼向誰零玉筯征蹄何處駐紅埃
中宵吟罷正惆悵從此蘭堂鎖綠苔

春夜赤水驛旅懷

一星殘燭照離堂失計遊心歸渺茫不自尋思無道路
爲誰辛苦競時光九衢春色休回首半夜溪聲正夢鄉
却羨去年買山侶月斜漁艇倚瀟湘

春山（一作夜）山館旅懷

山館吟餘山月斜東風搖曳拂窗花豈知驅馬無閑日
長在他人後到家孤劍向誰開壯節流年催我自堪嗟
燈前結束又前去曉出石林啼亂鴉

秋夕旅懷

階前月色與蛩聲階上愁人坐復行秦谷入霜空有夢
越山無計可歸耕窮途若遺長堪慟華髮無因宵晚生
不似扁舟釣魚者免將心事算浮榮

春過白遙嶺

烏道穿雲望峽遙羸蹄經宿在岧嶢到來山下春將半
上得林端雪未消返駕王尊何足歎哭途阮籍謾無聊
未知遇此恓惶者泣向東風鬢欲凋（洪邁取前四句爲絕句）

別夜（第七句缺二字）

秋入江天河漢清迢迢鐘漏出孤城金波千里別來夜
玉筯兩行流到明若在人間須有恨除非禪伴始無情
人間誰有　聚散自然惆悵生

費拾遺書堂

滿袖歸來天桂香紫泥重降舊書堂自憐葦帶同巢許
不駕蒲輪佐禹湯怪石盡含千古秀奇花多吐四時芳
何人更有追高躅唯有樵童戲蘚床

溪上春望

無端溪上看蘭橈又是東風斷柳條雙鬢多於愁裏鑷
四時須向醉中銷行人駿馬嘶香陌獨我殘陽倚野橋
吟水詠山心未已可能終不勝漁樵

獻池州庾員外

曾降瑤緘薦姓名攀雲幾合到蓬瀛須存彭壽千年在
終見茅公九轉成鯤海已知勞鶴使螢窗不那夢霓旌
琪花玉蔓應相笑未得歌吟從酒行

春風

每歲東來助發生舞空悠颺徧寰瀛暗添芳草池塘色
遠遞高樓簫管聲簾透驪宮偏帶恨花催上苑剩多情
如何一瑞車書日吹取青雲道路平

冬日寄獻庾員外

曾謁仙宮最上仙西風許醉桂花前爭歡酒蟻浮金爵
從聽歌塵撲翠蟬秋霽捲簾凝錦席夜闌吹笛稱江天
却思紫陌觥籌地兎缺烏沈欲半年

釣翁（一作鄭谷詩）

來往煙波非定居生涯蓑褐（一作笠）外無餘閑垂兩鬢任如
鶴只繫（一作祇把）一竿時得（一作釣）魚月浦扣船歌皎潔雨蓬隈岸
臥蕭疏行人誤話金張貴笑指北邙丘與墟

聞友人入越幕因以詩贈

稽嶺春生酒凍銷煙鬟紅（一作蒨）袖恃嬌饒岸（一作峰）邊叢雪晴
香老波上長虹晚影遙（一作搖）正哭阮途歸未得更聞江筆
赴嘉招人間榮瘁眞堪恨坐想征軒鬢欲（一作未）凋

東歸

日日唯憂行役遲東歸可是有家歸都緣桂玉無門住
不筭山川去路危（一作非）秦樹夢愁黃（一作春）鳥囀吳江釣憶（一作重）
錦鱗肥桃夭李（一作杏）艷清明近惆悵當年（一作時）意盡違

入關

古道槐花滿樹開入關時節一蟬催出門唯恐不先到
當路有誰長待來似箭年光還可惜如蓬生計更堪哀
故園若有漁舟在應掛雲帆早箇迴

覽陳丕卷

雪宮詞客燕宮遊一軸煙花象外搜謾把蜀紋當畫展
徒誇湘碧帶春流吟時致我寒侵骨得處疑君白盡頭
從北南歸明月夜嶺猨灘鳥更悠悠

巴南旅舍言懷

萬浪千巖首未回無憀相倚上高臺家山如畫不歸去
客舍似讐誰遣來紅淚罷窺連曉燭碧波休引向春（一作風）
盃後時若有青雲望何事偏教羽翼摧

登凌歊臺

高臺今日（一作古）竟（一作境）長閑因想興亡自慘顏四海已歸新
雨露六朝空認舊江山槎翹獨鳥沙汀（一作汀洲）畔風遞連檣
雪浪間（一作風亞荒榛雨雪間）好是輪蹄來往便誰人不向此躋攀

僕射陂晚望

離人到此倍堪傷陂水蘆花似故鄉身事未知何日了
馬蹄唯覺到秋忙田園牢落東歸晚道路辛勤北去長
却羨無愁是沙鳥雙雙相趁下斜（一作殘）陽

芳草

廢苑牆南殘（一作淺）雨中似袍顏色正蒙茸微香暗惹遊人
步遠綠纔分鬬雉蹤三楚渡頭長恨見五侯門外却難
逢年年縱有春風便馬跡車輪一萬重

秋日留題蔣亭（一作山）

西風纔起一蟬鳴，便筭關河馬上程。碧浪鷁舟從此別，丹霄鵠箭忍（一作忽）無成。二年芳思隨雲雨，幾日（一作夕）離歌戀（一作怨）（一作望）旆旌。回首橫塘更東望，露荷煙菊倍傷情。

早發

一點燈殘魯酒醒，已攜孤劍事離程。愁看飛雪聞鷄唱，獨向長空背雁行。白草近關微有路（一作露），濁河連底凍無聲。此中來往本迢遞，況是驅羸客塞城。

雁二首

暮天新鴈起汀洲，紅蓼花開水國愁。想得故園今夜月，幾人相憶在江樓。

早背胡霜過戍樓，又隨寒日下汀洲。江南江北多離別，忍報年年兩地愁。

螢二首

水殿清風玉户開，飛光千點去還來。無風無月長門夜，偏到階前點綠苔。

裹回無燭冷無煙，秋逕莎庭入夜天。休向書窗來照字，近來紅蠟滿歌筵。

看花

花開只恐看來遲，及到愁如未看時。家在楚鄉身在蜀，一年春色負歸期。

柳絮

處處東風撲晚陽，輕輕醉粉落無香。就中堪恨隋堤上，曾惹龍舟舞鳳凰。

雲

紛紛靄靄遍江湖，得路爲霖豈合無。莫使悠颺只如此，帝鄉還更暖蒼梧。

芳草

曲江岸上天街裏，兩地縱生車馬多。不似（一作是）萋萋南浦見，晚來煙雨半相和。

出都門

青門春色一花開，長到花時把酒杯。自覺無家似潮水，不知歸處去還來。

宮中二首

芳草長含玉輦塵，君王遊幸此中頻。今朝別有承恩處，鸚鵡飛來說似人。

雖然自小屬梨園，不識先皇玉殿門。還是當時歌舞曲，今來何處最承恩。

河湟

河湟何計絕烽煙，免使征人更戍邊。盡放農桑無一事，遣教知有太平年。

聞子規

蜀魄千年尚怨誰，聲聲啼血向花枝。滿山明月東風夜，正是愁人不寐時。

望仙（一本有臺字）

千金壘土望三山，雲（一作望）鶴無蹤羽衞還。若說神仙求便得，茂陵何事在（一作隔）人間。

放鷓鴣

好傍青山與碧溪，刺桐毛竹（一作羽）待雙栖。花時遷客傷離別，莫向相思樹上啼。

驪山

風搖巖桂露聞香，白鹿驚時出繞牆。不向驪山鎖宮殿，可知仙去是明皇。

梅花

繁如瑞雪壓枝開，越嶺吴溪免用栽。却是五侯家未識，春風不放過江來。

雞冠花

一枝穠艷對秋光，露滴風搖倚砌傍。曉景乍看何處似，謝家新染紫羅裳。

汴河

煬帝開河鬼亦悲，生民不獨力空疲。至今嗚咽東流水，似向清平怨昔時。

渡江有感

岸落殘紅錦雉飛，渡江船上夕陽微。一枝猶負平生意，歸去何曾勝不歸。

題終南山僧堂

九衢終日見南山，名利何人肯掩關。唯有吾師達真理，坐看霜樹老雲間。

大散嶺

過往長逢日色稀，雪花如掌撲行衣。嶺頭却望人來處，特地身疑是鳥飛。

嘉陵江

嘉陵南岸雨初收，江似秋嵐不煞流。此地終朝有行客，無人一爲櫂扁舟。

早行

雨灑江聲風又吹，扁舟正與睡相宜。無端戍鼓催前去，別却青山向曉時。

黃河曉渡

大河平野正窮秋，羸馬羸僮古渡頭。昨夜蓮花峰下月，隔簾相伴到明愁。

溫泉

一條春水漱莓苔，幾繞玄宗浴殿回。此水貴妃曾照影，不堪流入舊宮來。

秋怨

夢斷南窗啼曉烏，新霜昨夜下庭梧。不知簾外如珪月，還照邊城到曉無。

歎別

北來南去幾時休，人在光陰似箭流。直待江山盡無路，始因抛得別離愁。

送春

欲別東風剩黯然，亦知春去有明年。世間爭那人先老，更對殘花一醉眠。

蠟燭

煖香紅焰一時燃，緹幕初垂月落天。堪恨蘭堂別離夜，如珠似淚滴樽前。

陳宮

白玉尊前紫桂香，迎春閣上燕雙雙。陳王半醉貴妃舞，不覺隋兵夜渡江。

水簾

萬點飛泉下白雲，似簾懸處望疑真。若將此水爲霖雨

更勝長垂隔路塵

賞春（一作芳草，一作春遊鬱然有懷賦）

芳草和煙暖更青閑門要路一時生年年點檢人間事唯有春風不世情

歎平泉（一作傷平泉莊）

生前幾到此亭臺尋歎投荒去不回若遣春風會人意花枝盡合向南開

長安春雨

兼風颯颯灑皇州能滯輕（一作春）寒阻勝遊半夜五侯池館裏美人驚起爲花愁

駕蜀回

上皇西幸却歸秦花木依然滿禁春唯有貴妃歌舞地月明空殿鎖香塵

吳王古宮井二首

古宮荒井曾平後見說耕人又鑿開拾得玉釵鐫勅字當時恩澤賜誰來

含青薜荔隨金甃碧砌磷磷生綠苔莫言數尺無波水曾與如花竝照來

江帆

別離不獨恨蹄輪渡口風帆發更頻何處青樓方凭檻半江斜日認歸人

爲人感贈

歌舞從來最得名如今老寄洛陽城當時醉送龍驤曲留與誰家唱月明

春江恨別

望斷長川一葉舟可堪歸路更沿流重來別處無人見芳草斜陽滿渡頭

歎流水二首

人間莫（一作塵）謾惜花落花落明年依舊開却最堪悲是流水便同人事去（一作更）無迴

龍躍虬蟠旋作潭繞紅濺綠下東南春風散入侯家去漱齒花前酒半酣

落第東歸

年年春色獨懷羞彊向東歸懶舉頭莫道還家便容易人間多少事堪愁

鏡

昔歲相知（一作宜）別有情幾（一作千）迴磨拭始將行如今老去（一作漸老）愁無限抱（一作把）向閑窗却怕明

南行

臘晴江煖鸊鵜飛梅雪香粘越女衣魚市酒村相識徧短船歌月醉方歸

公子行

金（一作雕）鞍玉勒照花明過後春（一作香）風特地生半醉五侯門裏出月高猶在禁街行

春日偶題城南韋曲

韋曲城南錦繡堆千金不惜買花栽誰知豪貴多羈束落盡春紅不見來

上東川顧尚書

輕財重義眞公子長策沈機繼武侯龍節坐持兵十萬可憐三蜀盡無憂

過王濬墓

埋骨千年近路塵路傍碑號晉將軍當時若使無功業早箇耕桑到此墳

灞上感別

灞水何人不別離無家南北倚空悲十年此路花時節立馬霑襟酒一卮

春日與友人話別

酌坐對芳草東風吹旅衣最嫌驅馬倦自未有山歸華髮將時逼青雲計又非離襟一霑灑迴首正殘暉

竹

翠葉纔分細細枝清陰猶未上階墀蕙蘭雖許相依日桃李還應笑後時抱節不爲霜霰（一作雪）改成林終與鳳凰期渭濱若更徵賢相好作漁竿繫釣絲

邊將

馬上乘秋欲建勳飛狐夜闕出師頻若無紫塞煙塵事誰識青樓歌舞人戰骨沙中金鏃在賀筵花畔玉盤新由來邊卒皆如此只是君門合殺身

巴南旅泊

巴山慘別魂巴水徹荆門此地若重到居人誰復存落帆紅葉渡駐馬白雲村却羨南飛鴈年年到故園

河上逢友人

知君意不淺立馬問生涯薄業無歸地他鄉便是家宵吟憐桂魄朝起怯菱花語盡黃河上西風日又斜

偶題離亭

萬般名利不關身況待山平海變塵五月波濤爭下峽滿堂金玉爲何人謾誇浮世青雲貴未盡離杯白髮新誰似雨蓬蓬底客渚花汀鳥自相親

夏晚望嵩亭有懷

正憐雲水與心違湖上亭高對翠微盡日不妨憑檻望終年未必有家歸青蟬漸傍幽叢噪白鳥時穿返照飛此地又愁無計住一竿何處是因依

途中寄友人

秋庭悵望別君初折柳分襟十載餘相見或因中夜夢寄來多是隔年書攜樽座外花空老垂釣江頭柳漸疎栽得詩憑千里鴈吟來寧不憶吾廬

傷侯第

世間榮辱半相和昨日權門今雀羅萬古明君方納諫九江遷客更應多碧池草熟人偷釣畫戟春閑鶯亂過幾許樂僮無主後不離鄰巷教笙歌

春日過壽安山館

舊國多將泉石親西遊愛此拂行塵叢開山色離亭午步入松香別島春誰肯暫安耕釣地相逢謾歎路岐身歸期不及桃花水江上何曾鱠雪鱗

吳門再逢方干處士

天上高名（一作才）世上身垂綸何不駕蒲輪一朝卿相俱前席千古篇章冠後人稽嶺不歸空挂夢吳（一作燕）宮相值欲霑巾吾王若致昇平化可獨成周只渭濱

蟬

纔入新秋百感生就中蟬噪最堪驚能催時節凋雙鬢

白頭閑坐對青山

全唐詩目 第十函

第四冊

羅隱十一卷

全唐詩

羅隱

羅隱字昭諫餘杭人本名橫十上不中第遂更名從事湖南淮潤無所合久之歸投錢鏐累官錢塘令鎮海軍掌書記節度判官鹽鐵發運副使著作佐郎奏授司勳郎朱全忠以諫議大夫召不行魏博羅紹威推爲叔父表薦給事中年七十七卒隱少聰敏既不得志其詩以風刺爲主有歌詩集十四卷甲乙集三卷外集一卷今編詩十一卷

曲江春感 一題作歸五湖

江頭日暖花又開江東行客心悠哉高陽酒徒半彫落終南山色空崔嵬聖代也知無棄物侯門未必用非才一船明月一竿竹家住一作在五湖歸去來

皇陂

皇陂激灩深復深陂西下馬聊登臨垂楊風輕弄翠帶鯉魚日暖跳黃金三月窮途無勝事十年流水見歸心輸他谷口鄭夫子偷得閑名說一作直至今

寄鄭補闕

夫子門前數仞牆每經過處憶遊梁路從青瑣無因見恩在丹心不可忘未必便爲讒口隔只應一作因貪草諫書忙別來愁悴知多少兩度槐花馬上黃

牡丹花

似共東風一作君別有因絳羅高卷不勝春若教解語應傾國任是無情亦一作也動人芍藥與君爲近侍芙蓉何處避芳塵可憐韓令功成後辜負穠華過此身

黃河

莫把阿膠向此傾此中天意固難明解通銀漢應須曲纔出崑崙便不清高祖誓功衣帶小仙人占斗客槎輕三千年後知誰在何必勞君報太平

汴河

當時天子是閑遊今日行人特地愁柳色縱饒妝故國水聲何忍到揚州乾坤有意終難會黎庶無情豈自由應笑秦皇用心錯謾驅神鬼海東頭

愁到一作對江山聽一聲不傍管弦拘醉態偏依楊柳撓一作引離情故園聞處猶惆悵況是經年萬里行

秋日留別義初上人

塞寺窮秋別遠師西風一雁倍傷悲每嗟塵世長多事重到禪齋是幾時霜嶺自添紅葉恨月溪休和碧雲詞關河回首便千里飛錫南歸詎可知

夏日宿靈巖寺宗公院

寺入千巖石路長孤吟一宿遠公房臥聽半夜杉壇雨轉覺中峰枕簟涼花界已無悲喜念塵襟自足是非妨他年縱使重來此息得心猨鬢已霜

冬日廟中書事呈樓白上人

日高荒廟掩雙扉杉逕無人鳥雀悲昨日江潮一作湖起歸思滿窗風雨覺來時何堪身計長如此閑盡爐灰却是疑賴有碧雲吟句客禪餘相訪說新詩

夏日題遠公北閣

危閣壓山岡晴空疑鳥行勝搜花界盡響盍梵音長有月堪先到無風亦自涼人煙紛繞繞諸樹共蒼蒼榻戀高樓語甌憐晝茗香此身閑未得驅馬入殘陽

秋蝶二首

秦樓花發時秦女笑相隨及到秋風日飛來欲問誰

似厭栖寒菊翩翩占晚陽愁人如見此應下淚千行

秋別

別路垂楊柳秋風淒管弦青樓君去後明月爲誰圓

共友人看花

愁將萬里身來伴看花人何事獨惆悵故園還又春

行次

終日長程復短程一山行盡一山青路傍君子莫相笑天上由來有客星

鳳州北樓

城上層樓北望時閑雲遠水自相宜人人盡道堪圖畫枉遣山翁醉習池

贈僧

繁華舉世皆如夢今古何人肯暫閑唯有東林學禪客

西京崇德里居

進乏梯媒退又難，強隨豪貴殢長安。風從昨夜吹銀漢，
淚擬何門落玉盤。拋擲紅塵應有恨，思量仙桂也無端。
錦鱗赬尾平生事，却被閑人把釣竿。

投所思

顧頷長安何所爲，旅魂窮命自相疑。滿川碧嶂無歸日，
一榻紅塵有淚時。雕琢只應勞郢匠，膏肓終恐誤秦醫。
浮生七十今三十，從此悽惶未可知。

經張舍人舊居（一題作河中經故翰林張舍人所居）

行塵不是昔時塵，謾向朱門憶侍臣。一榻已無開眼處，
九泉應有愛才人。文餘吐鳳他（一作當）年詔，樹想棲鸞舊日
春。從此恩深轉（一作深恩更）難報，夕陽衰草淚（一作獨）沾巾。

雒城作

大鹵旌旗出洛濱，此中煙月已埃塵。更無樓閣尋行處，
只有山川識野人。早得鑄金誇范蠡，旋聞垂釣哭平津。
舊遊難得時難遇，迴首空城百草春。

姑蘇城南湖陪曹使君遊

水蓼花紅稻穗黃，使君蘭棹汎迴塘。倚風荇藻先開路，
迎旆鳧鷖盡著行。手裏（一作內）兵符神與術，腰間金印綵爲
囊。少年太守勳庸盛，應笑燕臺兩鬢霜。

秋日有寄姑蘇曹使君

多病無因櫂小舟，闔閭城下謁名侯。水寒不見雙魚信，
風便唯聞五袴謳。早說用兵長暗合，近傳觀稼亦閑遊。
須知謝奕依前醉，閑阻清談又一秋。

送章碣赴舉

革鹿歌中別酒催，粉闈星彩動昭回。久經（一作雖）亂心應
破，乍覩昇平眼漸開。顧我昔年悲玉石，憐君今日蘊風
雷。龍門盛事無因見，費盡黃金老隗臺。

寄楊秘書

湖水平來見鯉魚，偶因烹處得瓊琚。披尋藻思千重後，
吟想氷光萬里餘。漳浦病來情轉薄，赤城吟苦意何如。
錦衣公子憐君在，十載兵戈從板輿。

往年進士趙能卿嘗話金庭勝事見示敘

會稽詩客趙能卿，往歲相逢話石城。正恨故人無上壽，
喜聞良宰有高情。山朝佐命層層聳，水接飛流步步清。
兩火一刀罹亂後，會須乘興雪中行。

得宣州竇尚書書因投寄二首

雙魚迢遞到江濱，傷感南陵（一作南陵感）舊主人。萬里朝臺勞
寄夢，十年侯國阻趨塵。尋知亂後嘗辭祿，共喜閑來得
養神。時見齊山敬亭客，不堪戎馬戰征頻。

曾逐旌旗過板橋，世途多難竟蓬飄。步兵校尉辭公府，
車騎將軍憶本朝。醉裏舊遊還歷歷，病中衰鬢柰蕭蕭。
遺簪墮履應留念，門客如今只下僚。

雪

細玉羅紋下碧霄，杜門顏（一作傾）巷落偏饒。巢居只恐高柯
折，旅客愁聞去路遙。撅凍野蔬和粉重，埽庭松葉帶酥
燒。寒窗呵筆尋詩句，一片飛來紙上銷。

暇日有寄姑蘇曹使君兼呈張郎中郡中賓僚

嘉植（一作樹）陰陰覆劒池，此中能政動神祇。湖邊觀稼雨迎
馬，城外犒軍風滿旗。融酒徒誇無算爵，儉蓮還少最高
枝。珊瑚筆架真珠履，曾和陳王幾首詩。

寄右省王諫議

耳邊要靜不得靜，心裏欲閑終未閑。自是宿緣應有累，
可能時（一作世）事更相關。魚懸張翰辭東府，鶴怨周顒負北
山。看却金庭芝朮老，又驅車入七人班。

焚書坑

千載遺蹤一窖塵，路傍耕者亦傷神。祖龍算事渾乖角，
將謂詩書活得人。

始皇陵

荒堆無草樹無枝，嬾向行人問昔時。六國英雄漫多事，
到頭徐福是男兒。

送沈先輩歸送（一作宋）上嘉禮（一題作送沈光及第後東歸兼赴嘉禮）

青青月（一作仙）桂觸人香，白苧衫輕稱沈郎。好繼馬卿歸故
里，況聞山簡在襄陽。杯傾別岸應（一作努）須醉，花傍（一作草）征車
漸欲芳。擬把金錢贈（一作助）嘉禮，不堪栖屑困名場。

春日葉秀才曲江

江花江草暖相隈（一作偎），也向江邊把酒杯。春色惱人遮不
得，別愁如瘧避還來。安排賤跡無良策，裨補明時望重
才。一曲吳歌齊拍手，十年塵眼未曾開。

西京道德里

秦樹團團夕結陰，此中莊舄動悲吟。一枝丹桂未入手，
萬里蒼波長負心。老去漸知時態薄，愁來唯願酒杯深。
七雄三傑今何在，休爲閑人淚滿襟。

憶夏口

漢陽（一作江）渡口蘭爲舟，漢陽（一作江）城下多酒樓。當（一作芳）年不得
盡一醉，別夢有時還重遊。襟帶可憐吞楚塞（一作塞雁），風煙只
好狎（一作好是伶）江鷗。月明更想曾行處，吹笛橋邊木葉秋。

武牢關

楚人曾此限封疆，不見清陰六里長。一釜暮聲何怨望，
數峰秋勢自顛狂。由來四皓須神伏，大抵秦皇謾氣強。
欲學雞鳴試關吏，太平時節嬾思量。

途中獻晉州孟中丞

太平天子念蒲東，又委星郎養育功。昨日隼旗辭闕下，
今朝珠履在河中。樓移庾亮千山月，樹待袁宏一扇風。
不及政成應入拜，晉州何足展清通。

長安秋夜

遠聞天子似羲皇，偶捨漁鄉入帝鄉。五等列侯無故舊，
一枝仙桂有風霜。燈欹短焰燒離鬢，漏轉寒更滴旅腸。
歸計未知身已老，九衢雙闕夜蒼蒼。

春晚寄鍾尚書

宰府初開忝末塵，四年談笑陽通津。官資肯便矜中路，
酒醆還應憶故人。江畔舊遊秦望月，檻前公事鏡湖春。
如今莫問西禪（一作城）塢，一炷寒香老病身。

秋曉（一作晚）寄友人

洞庭霜落水雲秋，又汎輕漣任去留。世界高談今已得，
宦途清貴舊曾遊。手中綵筆誇題鳳，天上泥封奨狎鷗。
更見南來釣翁說，醉吟還上木蘭舟。

秋日有酬（一題作感德敘懷寄上羅鄴王三首餘二在七卷一作寄王師範）

舊（一作蠢）業傳家有寶（一作佩）刀，近聞餘力更（一作揮刃）揮毫。腰間印佩

（一作綬）黄金重（一作樞貴）卷裏（一作内）詩裁（一作文章）白雪高。讌罷嘉賓迎鳳藻，獵歸（一作回）諸將問龍韜。分茅列土（一作登壇甲子）纔三十，猶擬迴頭賭（一作奪）錦袍。

所思

梁王兔苑荆榛裏，煬帝雞臺夢想中。只覺惆然悲謝傅，未知何以報文翁。生靈不幸台星拆，造化無情世界空。劃盡寒灰始堪歎，滿庭霜葉一窗風。

送魏校書兼呈曹使君

亂離（一作羅）無計駐生涯，又事東遊惜歲華。村店酒旗沽竹葉，野橋梅雨泊蘆花。讐書發跡官雖屈，負米安親路不賒。應見使君論世舊，埽門重得向曹家。

四皓廟

漢惠秦皇事已聞，廟前高木眼前雲。楚王謾費閑心力，六里青山盡屬君。

浮雲（一本題上無浮字）

溶溶曳曳自舒張，不向蒼梧即帝鄉。莫道無心便無事，也曾愁殺楚襄王。

早發（一作行）

北去南來無定居，此生生計竟何如。酷憐一覺平明睡，長被雞聲（一作鄰雞）惡破除（一作半夜啼）。

香（一本題上有詠字）

沈水良材食柏珍，博山煙（一作爐）煖玉樓春。憐君亦是無端物，貪作馨香忘却身。

鄴城（一本作銅雀臺之二）

臺上年年掩翠蛾，臺前高樹夾漳河。英雄亦到分香處，能共常人較幾多。

全唐詩

羅隱

七夕

絡角星河菡萏天，一家懽笑設紅筵。應傾謝女珠璣篋，盡寫檀郎錦繡篇。香帳簇成排窈窕，金鍼穿罷拜嬋娟。銅壺漏報天將曉，惆悵佳期（一作人）又一年。

送臧濆下第謁竇鄜州

賦得長楊不直錢，却來京口看鶯遷。也知絳灌輕才子，好謁尤（一作元）常醉少年。萬里故鄉雲縹緲，一春生計淚瀾汍。多情柱史應相問，與話歸心正浩然。

清明日曲江懷友

君與田蘇即舊遊，我於交分亦綢繆。二年隔絕黄（一作重）泉下，盡日悲涼曲水頭。鷗鳥似（一作自）能齊物理，杏花疑欲伴人愁。寡妻稚子應寒食，遥望江陵一淚流。

送鄭州嚴員外

欲將刀筆潤王猷，東去先分聖主憂。滿扇好風吹鄭圃，一車甘雨別皇州。尚書磧冷鴻聲晚，僕射陂寒樹影秋。從此文星在何處，武牢關外庾公樓。

孫員外赴闕後重到三衢

遠山高樹思悠哉，重倚危樓盡一杯。謝守已隨徵詔入，魯儒猶逐斷蓬來。地寒謾憶移暄手，時急方須濟世才。宣室夜闌如有問，可能全忘未然灰。

衡陽泊木居士廟下作（一題作題木居士廟）

烏（一作鳥）噪殘陽草滿庭，此中枯木似人形。只應神（一作鬼）物長爲主，未必浮槎即有靈。八月風波飄不去，四時黍稷薦惟馨。南朝庾信無因賦，牢落祠前水氣腥。

鍾陵見楊秀才（一題作見進士楊尋）

孺亭滕閣少踟躕，三度南遊一事無。秖覺流年如鳥逝，不知何處有龍屠（一作圖）。雲歸洪井枝柯斂，水下漳（一作章）江氣色麤（一作麤）。賴得與君同此醉，醒來（一作醒）愁被鬼揶揄。

自湘川東下立春泊夏口阻風登孫權城

吳門此去逾千里，湘浦離來想數旬。只見風師長占路，不知青帝已行春。危憐壞堞猶遮水，狂愛寒梅欲傷人。事往時移何足問，且憑村酒暖精神。

春日憶湖南舊遊寄盧校書

旅榜前年過洞庭，曾提刀筆事甘寧。璚筵離隔將軍幕，朱履頻窺處士星（校書自處士受命爾）。恩重匣中孤劒在，夢餘江畔數峰青。金貂見服嘉賓散，回首昭丘一涕零。

賀淮南節度盧員外賜緋

儉蓮高貴九霄聞，粲粲朱衣降五雲。驄馬早年曾避路，銀魚今日且從軍。御題綵（一作緋）服垂天眷，袍展花心透縠紋。應笑當年老萊子，鮮華都自降明君。

春日獨遊禪智寺

樹遠連天水接空，幾年行樂舊隋宫。花開花謝（一作落）還（一作長）如此，人去人來自不同。鸞（一作鸞鳳）鳳調高何處酒，吳牛蹄健滿車風。思量只合騰騰醉，煑海平陳一（一作盡）夢中。

和淮南李司空同轉運員外（一本題下有送韋士赴四字，一作同轉運盧員外賜緋）

層層高閣舊瀛洲，此地須徵第一流。丞相近年縈（一作縈）倚望，重才今日喜遨遊。縈持健筆金黄貴，恨咽離筵管吹秋。誰繼伊臯送行句，梁王詩好郢人愁。

后土廟

四海兵（一作干）戈尚未寧，始於雲外學（一作謾勞）儀形（一作淮海寫）。九天玄女猶無聖，后土夫人豈有靈。一帶好雲侵鬢綠，兩層（一作行）危岫拂眉青。韋郎年少知何在（一作耽閑事），端坐思量（一作案上休看）太白經。

金陵夜泊

冷煙輕澹(一作靄)傍衰叢此夕秦淮駐斷蓬棲雁(一作鳥)遠驚沽酒火亂鴉高避落帆風地銷王氣波聲急山帶秋陰樹影空六(一作數)代精靈人不見思量應在月明中

上江州陳員外

寒江九派轉城樓東下鍾陵第一州人自中(一作鍾)臺方貴盛地從西晉即風流舊班久望鵷晴翥餘力猶聞虎夜浮應恨屬官無健令異時佳節阻閒遊

廣陵開元寺閣上作

滿檻山川漾落暉檻前前事去如飛雲中雞犬劉安過月裏笙歌煬帝歸江蹙海門帆散去地吞淮口樹相依紅樓翠幕知多少長向東風有是非

上鄂州韋尚書

往歲先皇馭九州侍臣才業最風流文窮典誥雖餘力俗致雍熙盡密謀蘭省換班青作綬柏臺前引絳爲韝都緣未負江山興開濟生靈抜一秋

早春巴陵道中

遠雪亭亭望未銷岳陽春淺似相饒短蘆冒土初生筍高柳偷風已弄條波汎洞庭猶獝健谷連荆楚鬼神妖中流菱唱泊何處一隻畫船蘭作橈

廣陵秋日酬進士臧濆見寄

驛西斜日滿窗前(一作蟬)獨凭秋欄思渺綿(一作然)數尺斷蓬慚故國一輪清鏡泣流年已知世事真徒爾縱有心期亦偶然空媿荀家好兄弟鴈來魚去是因緣

淮南送李司空朝覲

聖君宵旰望時雍丹詔西來雨露濃宣父道高(一作楚客狂歌)休歎鳳武侯才大本吟(一作猶)龍九州似鼎終須負萬物爲銅只待鎔臘後春前更何事便看經度奏東封

秋日禪智寺見裴郎中題名寄韋瞻

野寺疎鐘萬木秋偶尋題處認名侯官離南郡應閑暇地勝東山想駐留百醆濃醪成別夢兩行垂露渰羈愁心知只有韋公在更對真蹤話舊遊

廣陵春日憶池陽有寄

煙水濛濛接板橋數年經歷駐征橈醉凭危檻波千頃愁倚長亭柳萬條別後故人冠獬豸病來知己賞鷦鷯清流夾宅千家住會待閑乘一信潮

春中(一作日)湘中題岳麓寺僧舍(一作院)

蟾宮虎穴兩皆休來凭危欄送遠愁(一作秋)多事林鶯還謾語薄情邊鴈不迴頭春融只待(一作恐)乾坤醉水濶深知世界浮欲共高僧話心迹野花芳(一作芳菲)草奈相尤

出試後投所知

此日(一作去)蓬壺兩日程當時消息甚分明桃須曼倩催方熟橘待洪崖遣始行島外音書應有意眼前塵土漸無情莫教(一作文)更似山西鼠嚙破愁腸恨一生

湘南春日懷古

晴江春暖蘭蕙薰鳧鷖苒苒鷗著羣洛陽賈誼自無命少陵杜甫兼(一作偏)有文空濶遠帆遮落日蒼茫野樹礙歸雲松醪酒好昭潭靜閑過中流一弔君

江州望廬山

東南蒼翠何崔嵬橫流一望幽抱開影寒已令水底去脚潤欲過湖心來深處不唯容鬼怪暗中兼恐有風雷仙人往往今誰在紅杏花香重首迴

金陵寄竇尚書

二年岐路有西東長憶優游楚驛中虎帳談高無客繼馬卿官傲少人同世危肯使依劉表山好猶能憶謝公此去此恩言不得謾將閑淚對春風

清溪江令公宅

鸞牋象管夜深時曾賦陳宮第一詩宴罷風流人不見廢來蹤跡草應知(一作何宜)鶯憐勝事啼空巷(一作谷)蝶戀餘香舞好枝還有往年金甃井牧童樵叟等閒窺

鄭州獻盧舍人(時本官王令公收復兩京後)

海槎閑暇閣風輕不是安流不肯行雞省露濃湯餅熟鳳池煙暖詔書成漁籌已合光儒夢(一作學)堯印何妨且治兵會待兩都收復後右圖儀表左題名

別池陽所居

黃塵初起此留連火耨刀耕六七年雨夜老農傷水旱雪晴漁父共舟船已悲世亂身須去肯媿途危跡屢遷却是九華山有意列行相送到江邊

送內使周大夫自杭州朝貢

八(一作入)都上將近平戎便附輶軒奏聖聰三接(一作變)駕前朝覲禮一函江表戰征功雲間閶苑何時見水底瑤池觸處通知有殿庭餘力在莫辭消息寄西風

酬黃從事懷舊見寄

舊遊不合到心中把得君詩意亦同水館酒闌清夜月香街人散白楊風長繩繫日雖難絆辨口談天不易窮世事自隨蓬轉在思量何處是飛蓬

繡(第一句缺三字)

一片絲羅□□□洞房西室女工勞花隨玉指添春色鳥逐金鍼長羽毛蜀錦謾誇聲自貴越綾虛說價功高可中用作鴛鴦被紅葉枝枝不礙刀

西施

家國興亡自有時吳人何苦怨(一作進)西施西施若解傾吳國越國亡來又是誰

自遣

得即高歌失即休多愁多恨亦悠悠今朝有酒今朝醉明日愁來明日愁

白角篦

白似瓊瑤滑似苔隨梳伴鏡拂塵埃莫言此箇尖頭物幾度撩人惡髮來

銅雀臺

強歌強舞竟難勝花落花開淚滿膺秖合當年伴君死免交憔悴望西陵

鸚鵡

莫恨雕籠翠羽殘江南地暖隴西寒勸君不用分明語語得分明出轉難

金錢花

占得佳名繞樹芳依依相伴向秋光若教(一作交)此物堪(一作收)收貯應被豪門盡劚將

梅(一本題上有紅字)

天賜胭脂一抹腮盤中磊落笛中哀雖然未得和羹便
曾與將軍止渴來

全唐詩

羅隱

錢尚父生日

大昴分光降斗牛興唐宗社作諸侯伊夔事業扶千載
韓白機謀冠九州貴盛上持龍節鉞延長應續鶴春秋
錦衣玉食將何報（一作補）更俟莊椿一舉頭

寄前戶部陸郎中

出馴桑雉入朝簪蕭灑清名映士林近日篇章欺（一作期）白
雪早年詞賦得黃金桂堂縱道探龍領蘭省何曾駐鶴
心雜亂事多人不會酒濃花暖且閑吟

登瓦棺寺閣

下盤空跡上雲浮偶逐僧行步步愁暫憩已知須用意
漸來爭忍不回頭煙中（一作濃）樹老重江晚鐸外風輕四境
秋嬾指臺城更東望鵲飛龍鬬盡荒丘

九華山費徵君所居

草堂何處試徘徊見說遺蹤向此開蟾桂自歸（一作帶）三徑
後鶴書曾降九天來白雲事跡依前在青瑣光陰竟不
迴盡夕爲君思曩日（一作昔）野泉嗚咽路莓苔

途中寄懷

不知何處是前程合眼騰騰信馬行兩鬢已衰時未遇
數（一作與）峯雖在病相攖塵埃鞏洛虛光景詩酒江湖漫姓
名試哭軍門看誰問舊來還似禰先生

京口見李侍郎

偓偓江柳欲矜春鐵甕城邊見故人屈指不堪言甲子
披風常記是庚申別來且喜身俱健亂後休悲業盡貧
還有杖頭沽酒物待尋山寺話逡巡

秋日酬張特玄

病寄南徐兩度秋故人依約亦揚州偶因鴈足思閑事
擬棹孤舟訪舊遊風急幾聞江上笛月高誰共酒家樓
平生意氣消磨盡甘露軒前看水流

登高詠菊盡（一作李山甫詩）

籬畔霜前偶得存苦教遲晚避蘭蓀能銷造化幾多力
不受陽和一點恩生處豈容依玉砌要時還許上金罇
陶公沒後無知己露滴幽叢見淚痕

登夏州城樓

寒城獵獵戍旗風獨倚危樓悵望中萬里山河（一作川）唐土
地千年魂魄晉英雄離心不忍聽邊馬往事應須問塞
鴻好脫儒冠從校尉一枝長戟六鈞弓

水邊偶題

野水無情去不（一作早）回水邊花好爲誰開只知事逐眼前
去（一作過）不覺老從頭上來窮似丘軻休歎息達如周召亦
塵埃思量此理何人會蒙邑先生最有才

故洛陽公鎮大梁時隱得遊門下今之經歷事
往人非聊抒所懷以傷以謝

孤舟欲泊思何窮曾憶西來值雪中珠履少年初滿座
白衣遊子也從公狂拋賦筆琉璃冷醉倚歌筵玳瑁紅
今日斯文向誰說淚碑棠樹兩成空

杜陵秋思

南望商於北帝都兩堪棲託兩無圖只聞斥逐張公子
不覺悲同楚大夫巖畔早京生紫桂井邊疎影落高梧
一杯淥酒他年憶瀝向清波寄五湖

隱嘗在江陵忝故中令白公叨蒙知遇今復重
過渚宮感事悲身遂成長句

往歲酇侯鎮渚宮曾將清律暖孤蓬才憐曼倩三冬後
藝許由基一箭中言重不能輕薄命地寒終是泣春風
鳳凰池涸（一作冶）台星拆迴首岐山憶至公

夜泊毘陵無錫縣有寄

草蟲幽咽樹（一作露）初團獨繫孤舟夜已闌濁浪勢奔吳苑
急疎鐘聲徹惠山寒愁催鬢髮何易貧戀家鄉別漸
難他日親朋應大笑始知書劍是無端

桃花（一作杏花）

暖觸衣襟漠漠香閒梅遮柳不勝芳數枝豔拂文君酒
半里紅欹宋玉牆盡日無人疑悵望有時經雨乍（一作更）淒
涼舊山山下還如此迴首東風一斷腸

籌筆驛

拋擲南陽（一作鄉）爲主憂北征東討盡良籌時來天地皆同
力運去英雄不自由千里山河輕孺子兩朝冠劍恨譙
周唯餘巖下多情水猶解年年傍驛流

重過隨州故兵部李侍郎恩知因抒長句（一本隨州下有憶字）

莊周高論伯牙琴閉夜思量淚滿襟四海共誰言近事
九原從此負初心鷗翻漢浦風波急鴈下郢溪霧雨深
慙媿蒼生還有意解歌襦袴至如今

商於驛樓東望有感

山川去接漢江東曾伴隋侯醉此中歌繞夜梁珠宛轉
舞嬌春席雪朦朧棠遺善政陰猶在薤送哀聲事已空
惆悵知音竟難得兩行清淚白楊風

寄南城韋逸人

杜甫詩中韋曲花至今無賴尚(一作向)豪(一作家)家美人曉折露
沾袖公子醉時香滿車萬里丹青傳不得二年風雨恨
無涯羨他南澗高眠客春去春來任物華

梅花

吳王醉處十餘里照野拂衣今正繁經雨不隨山鳥散
倚風疑(一作知)共路人言愁憐粉豔飄歌席靜愛寒香撲酒
罇欲寄所思無好信爲人(一作君)惆悵又黃昏

淮南高駢所造迎仙樓

鸞音鶴信杳難迴鳳駕龍車早晚來仙境是誰知處所
人間空自造樓臺雲侵朱檻應難到蟲(一作塵)網閑窗永不
開子細思量成底事露凝風擺作塵埃

和禪月大師見贈

高僧惠我七言詩頓豁塵心展白眉秀似谷中花媚日
清如潭底月圓時應觀法界蓮千葉肯折人間桂一枝
漂蕩秦吳十餘載因循猶恨識師遲

謁文宣王廟

晚來乘興謁先師松柏淒淒人不知九仞蕭牆堆瓦礫
三間茅殿走狐狸雨淋狀似悲麟泣露滴還同歎鳳悲
儻使小儒名稍(一作粗)立豈教吾道受棲遲

代文宣王答

三教之中儒最尊止戈爲武武尊文吾今尚自披蓑笠
你等何須讀典墳釋氏寶樓侵碧漢道家宮殿拂青雲
若教顏閔英靈在終不羞他李老君

重送朗(一作閬)州張員外

朱輪此去正春風且駐青雲(一作門)聽(一作驄)斷蓬一榻早年容
孺子雙旌今日別文翁誠知汲(一作與)善心長在爭柰干時
跡轉窮酬德酬恩兩無路謾勞惆悵鳳城東

廣陵秋夜讀進士常修三篇因題

入蜀歸吳三首詩藏於笥篋重於師劍關夜讀相如聽
瓜步秋吟煬帝悲景物也知輸健筆時情誰不許高枝
明年二月春風裏江島閑人慰所思(一作思)
逼試投所知

桃在仙翁舊苑傍暖煙輕靄撲人香十年此地頻偷眼
二月春風最斷腸曾恨夢中無好事也知囊裏有仙方
尋思仙骨終難得始與回頭問玉皇

漢江上作

漢江波浪淥於苔每到江邊病眼開半雨半風終日恨
無名無跡幾時迴雲生岸谷秋陰合樹接帆檣晚思來
對此空慚聖明代忍教纓上有塵埃

秋夜寄進士顧榮

秋河耿耿夜沈沈往事三更盡到心多病謾勞窺聖代
薄才終是費知音家山夢後帆千尺塵土搔來髮一簪
空羨良朋盡高價可憐東箭與南金

寄渭北徐從事

暖雲慵墮柳垂條驄馬徐郎過渭橋官秩舊參荀祕監
罇罍今伴霍嫖姚科隨鶚箭頻曾中禮向侯弓以重招
莫恨東風促行李不多時節却歸朝

徐寇南逼感事獻江南知己次韻

酒闌離思浩無窮西望維揚憶數(一作次)公萬里飄零身未
了一家知獎意曾同雲橫(一作遮)晉國塵應暗路轉吳江信
不通今日便成盧子諒滿襟珠淚墮霜風

寄三衢孫員外

小敷文伯見何時南望三衢渴復飢天子未能崇典誥
諸生徒欲戀旌旗風高綠野苗千頃露冷平樓酒滿巵
盡是數旬陪奉處使君爭肯不相思

淮南送盧端公歸臺

鳳鸞勢逸九霄寬北去南來任羽翰朱紱兩參(一作驂)王儉
府繡衣三領杜林官道從上(一作澤)國曾匡濟才向牢盆始
重難應笑張綱謾生事埋輪不得在長安

煬帝陵

入郭登橋出郭船紅樓日日柳年年君王忍把平陳業
只博(一作換)雷塘數畝田

馬嵬坡

佛屋前頭野草春貴妃輕(一作香)骨此爲塵從來絕色知難
得不破(一作得)中原未是人

柳

灞岸晴來送別頻相偎相倚不勝春自家飛絮猶無定
爭解垂絲絆路人(一作爭把長條絆得人)

隋堤柳

夾路(一作岸)依依千(一作十)里遙路人回首認隋朝春風未借(一作惜)
宣華意猶費工夫長綠條

孟浩然墓

數步荒榛(一作村)接舊蹊寒江(一作郊)漠漠草(一作雨)淒淒(一作萋萋)鹿門黃
土無多少恰到書(一作先)生塚便低

秦紀

長策東鞭及海隅黿鼉奔走鬼神趨憐君未到沙丘日
肯信人間有死無

仙掌

掌前流水駐無塵(一作痕)(一作日)掌下軒車日日新謾向山頭高
舉手何曾招得路行人

羅隱

詠月（一本題上無詠字一本月上有中秋二字）

湖上風高動白蘋暫延清景此逡巡隔年違（一作爲）別成（一作因）何事半夜相看似故人蟾向靜中矜爪距兔隈（一作於）明處弄精神嫦娥老大應惆悵倚泣（一作獨倚）蒼蒼桂一輪

宿荊州江陵驛（一作館）

西遊象闕媿（一作跡闕）知音東下荊溪稱越吟風動芰荷香四散月明（一作高）樓閣影相侵閑欹別枕千般夢醉送征帆萬里心薜荔衣裳木蘭檝異時煙雨好追尋

撫州別阮兵曹

雪晴天外見諸峰幽軋行輪有去蹤內史宅邊今獨恨步兵廚畔舊相容十年別鬢疑朝鏡千里歸心著晚鐘若不他時更青眼未知誰肯薦臨邛

新安投所知

少年容易捨樵漁曾辱明公薦子虛漢殿夜寒時不食宋都風急命何疎雲埋野艇吟歸去草沒山田賦遂初長劒一尋歌一奏此心爭肯爲鱸魚

江邊有寄

江邊舊業半彫殘每軫歸心即萬端狂折野梅山店暖醉吹村笛酒樓寒只言聖代謀身易爭柰貧儒得路難同病同憂更何事爲君提筆畫漁竿

送友人歸夷門

二年流落大梁城每送君歸即有情別路算來成底事舊遊言著似前生苑（一作壇）荒嬾認詞人會門在空憐烈士名至竟男兒分應定不須惆悵谷中鶯

湘中見進士喬詡

吳公臺下別經秋破虜城邊暫駐留一笑有情堪解夢數年無故（一作處）不同遊雲牽楚思橫魚艇柳送鄉心入酒樓且酌松醪依舊醉誰能相見向春愁

上雲川（一作贈湖州）裴郎中

貴提金印出咸秦瀟灑江城兩度春一派水清疑見膽數重山翠欲留人望崇早合歸黃閣詩好何妨戀白蘋自是受恩心未足却垂雙翅羨吳均

錢塘江潮

怒聲洶洶勢悠悠羅剎江邊地欲浮漫道往來存大信也知反覆向平流任（一作狂）拋巨浸疑無（一作傾）底猛過西陵只（一作似）有頭至竟朝昏誰主掌好騎赬鯉問陽侯

送人赴職任褒中

物態時情難重陳夫君此去莫傷春男兒只要有知己才子何堪更問津萬轉江山通蜀國兩行珠翠見褒人海棠花謝東風老應念京都共苦辛

臨川投穆中丞

試將生計問蓬根心委寒灰首戴盆翅弱未知三島路舌頑虛棹五侯門嘯煙白狖沈高木擣月清砧觸旅魂家在碧江歸不得十年魚艇長苔痕

早春送張坤歸大梁（一題作早春送大梁盧從事一作送處士張坤歸汴州）

蕭蕭羸馬正（一作立）塵埃又送輶（一作歸）軒向吹臺別酒莫辭今夜醉（一作酌）故人知是幾時回（一作來）泉經華岳猶應凍花到梁園始合開爲謝（一作若見）東門抱關吏（一作者）不堪（一作爲言）惆悵滿離杯

東歸途中作

松（一作村）橘蒼黃覆釣磯早年生計近年違老知風月終堪恨貧覺家山不易歸別岸客帆和鴈落晚程霜葉向人飛買臣嚴助精靈在應笑無成一布衣

送進士臧濆下第後歸池州

賦成無處換黃金却向春風（一作東遊）動越吟天子愛才雖仄席諸生多病又沾襟柳攀灞岸狂遮袂水憶池陽淥滿心珍重綵衣歸正好莫將閑事繫升沈

湘中贈范鄖

丹桂無心彼此諳二年疎嬾共江潭愁知酒醆終難捨老覺人情轉不堪雲外鴛鴦（一作鵷鸞）非故舊眼前膠漆似煙嵐勞歌一曲（一作奏）霜風暮擊折湘妃白玉簪

寄張侍郎

衰羸豈合話荊州爭柰思（一作恩）多不自由無路重趨桓典馬有詩曾上仲宣樓塵銷別跡堪垂淚樹拂他門嬾舉頭一種人間太平日獨教零落憶滄洲

渚宮秋（一作愁）思

楚城日暮煙靄深楚人駐馬還登臨襄王臺下水無賴神女廟前雲有心千載是非難重問一江風雨好閑吟欲招屈宋當時魄蘭敗荷枯不可尋

閑居早秋

槐杪清蟬煙（一作咽）雨餘蕭蕭涼葉墮衣裾噪槎烏散沈蒼嶺弄杵風高上碧虛百歲夢生悲蛺蜨一朝香死泣芙蕖六宮誰買相如賦團扇恩情日日疎

建康（一作臺城）

潮平遠岸草侵沙東晉衰來最可嗟庾舅已能窺帝室王都（一作郎）還是預人家山寒老樹啼風曲泉暖枯骸動芷牙（一作齒）欲起九原看一徧秦淮聲急日西斜

送舒州宿松縣傅少府（一題作送宿松傅少府）

江蘺（一作離江）漠漠樹重重東過淸淮到宿松縣好也知臨皖水官閑應得看灊峰春生綠野（一作草）吳歌怨雪霽平郊楚酒濃留取餘杯待張翰明年歸棹一從容

經故洛陽城

敗垣危堞跡依稀試駐羸驂弔落暉跋扈以成梁冀在簡書難問杜喬歸由來世事須翻覆未必餘才解是非千載昆陽好功業與君門下作恩威

夏州胡常侍

百尺高臺勃勃州大刀長戟漢諸侯征鴻過盡邊雲闊戰馬閑來塞草秋國計已推肝膽許家財不爲子孫謀仍聞隴蜀由多事深喜將軍未白頭

寄進士盧休

半年池口恨萍蓬今日思量已夢中遊子馬蹄難重到故人尊酒與誰同山橫翠後千重綠蠟想歌時一燼紅從此客程君不見麥秋梅雨徧江東

贈（一作寄）先輩令狐補闕

中間（一作年）聲跡早薰然阻避鈞衡過十年碧海浪高終濟物蒼梧雲好已歸天花迎綵服離鶯谷柳傍東風觸馬鞭應念淒涼洞庭客夜深雙淚憶漁船

送秦州從事

一枝何足解人愁拋卻還隨定遠侯紫陌紅塵今別恨九衢雙闕夜同遊芳時易失勞行止良會難期且駐留若到邊庭有來使試批書尾話梁州

湖州裴郎中赴闕後投簡寄友生

錦帳郎官塞（一作奉）詔年汀洲曾駐木蘭船禰衡酒醒春瓶倒柳惲詩成海月圓歌處遠山珠滴滴漏催香燭淚漣漣使君入拜吾徒在宣室他時豈偶然

秋日泊平望驛寄太常裴郎中

蘋洲重到杳（一作窅）難期西（一作徙）倚郵亭憶往時北海尊中常有酒東陽樓上豈無詩地清每負生靈望官重方升禮樂司聞說江南舊歌曲至今猶自（一作是）唱吳姬

西塞山（在武昌界吳人以之爲西塞）

吳塞當時指此山吳都亡後綠（一作水）孱顏嶺梅乍暖殘妝恨沙鳥初晴小隊閑波潤魚龍應混雜壁危猿狖柰（一作正）姦（一作驕）頑會將一副寒蓑笠來與漁翁作往還

秋日汴河客舍酬友人（一作汴州客舍有酬）

梁宋追遊早歲同偶然達（一作爲）別事皆空年如流水催何急道似危途動即窮醉舞且欣連夜月狂吟還聚上樓風煩君更枉騷人句白鳳靈虵滿袖中

東歸

仙桂高高似有神貂裘敝盡取無因難（一作惟）（一作只）將白髮期公道不覺丹枝屬別人雙闕往來慚請（一作聘）謁五湖歸後恥交親盈盤紫蟹千卮酒添得臨岐淚滿巾

廣陵李僕射借示近詩因投獻

朝論國計暮論兵餘力猶隨鳳藻生語繼盤盂拋俗格氣兼河岳帶商聲闊尋綺思千花麗靜想高吟六義清天（一作文）柄已持堯典在更堪回首問緣情

三衢哭孫員外

燕戀雕梁馬戀軒此心從此更何言直將塵外三生命未敵君侯一日恩紅蠟有時還入夢片帆何處獨銷魂忍看明發衣襟上珠淚痕中見酒痕

篋中得故王郎中書

鳳里前年別望郎丁寧唯恐滯吳鄉勸疏杯酒知妨事乞與書題作裹糧莘鹿未能移海曲縣花尋已落河陽九原自此無因見反覆遺蹤淚萬行

淚

逼臉橫頤咽復勻也曾讒毀也傷神自從魯國潸然後不是姦人即婦人

子規

銅梁路遠草青青此恨那堪枕上聽一種有冤猶（一作無）可報不如銜石疊滄溟

姑蘇臺

讓高泰伯開基日賢見延陵復命時未會子孫因底事解崇臺榭爲西施

王濬墓

男兒未必盡英雄但到時來即命（一作命即）通若使吳都猶（一作有）王氣將軍何處立殊功

京中晚望

心如野鹿跡如萍謾向人間性一靈往事不知多少夢夜來和酒一時醒

寄竇澤處士二首

蘭亭醉客舊知聞欲問平安隔海雲不是金陵錢太尉世間誰肯更容身

鼇背樓臺拂白榆此中槎客亦踟躕牢山道士無仙骨卻向人間作酒徒

全唐詩

羅隱

省試秋風生桂枝

涼吹從何起中宵景象清漫隨雲葉動高傍桂枝生漠漠看無際蕭蕭別有聲遠吹斜漢轉低拂白榆輕寥泬工夫大乾坤歲序更因悲遠（一作未）歸客長望一枝榮

思故人

故人不可見聊復拂鳴琴鵲繞風枝急螢藏露草深平生四方志此夜五湖心惆悵友朋盡洋洋漫好音

寄陸龜蒙（李相公在淮南徵陸龜蒙詩）

龍樓李丞相昔歲仰高文黃閣尋無主青山竟未焚夜船乘海月秋寺伴江雲卻恐塵埃裏浮名點污君

題方干詩

中間李建州夏汭偶同遊顧我論佳句推君最上流九霄無鶴板雙鬢老漁舟世難方如此何當浣旅愁

秋江

秋江待晚潮客思旆旌搖（一作遙）細雨翻蘆葉高風卻（一作怯）柳條兵戈村落破饑儉虎狼驕吾土兼連此離魂望裏消

寄制誥李舍人

梁王握豹韜雪裏見枚皋上客趨丹陛遊人歎二毛門閑知待詔星動想濡毫一首長楊賦應嫌索價高

秋日懷孟夷庚

秋日（一作葉）黃陂下孤舟憶共誰江山三楚分風雨二妃祠知已秦貂沒流年賈鵬悲中原正兵馬相見是何時

送李右丞分司（一本題下有東城二字）

分灃（一作曹）得洛川讜議更昭然在（一作左）省曾批敕中臺肯避權所悲時漸薄共賀道由（一作尤）全賣與清平代相兼直幾錢

郴江遷客

不是逢清世何由見皂囊事雖危虎尾名勝泊（一作汨）鷁行毒霧郴江潤愁雲楚驛長歸時有詩賦一爲弔沈湘

感舊

劍佩孫弘閣戈鋋太尉（一作大將）營重言虛有位孤立竟無成丘隴笳簫咽池臺歲月平此恩何以報歸處（一作底事）是柴荊

鷹

越海霜天暮辭韜野草乾俊通司隸職嚴奉武夫官眼惡藏蜂（一作鋒）在心麤逐物殫近來脂膩足驅遣不妨難

秋日寄狄補闕

紅塵擾擾間立馬看南山謾道經年往何妨逐日閑病中霜葉赤愁裏鬢毛斑不爲良知在驅車已出關

寄易定公乘億侍郎（侍郎有明皇再見阿蠻舞及龍池柳賦時稱冠絕也 一本題下無侍郎二字）

謝舞仍宮柳高奇世少雙侍中生不到園令死須降班秩通烏府鐏罍奉碧幢昭王有餘烈試爲禱迷邦

寄大理徐郎中（一本大理下有寺字）

佐棘竟誰同因思諡聖中事雖(一作難)忘(一作亡)顯報理合有陰功官序詵枝老幽塵(一作生涯)范甑空幾時潘好禮重與話清風(諡聖中徐有功爲大理少卿執法平恕鹿城主簿潘好禮著論以美之也)

寄蘇拾遺(拾遺許公之後今猶居開元中舊第)

早歲長楊賦當年(一作今)諫獵書格高時輩伏言數宦情疎慷慨傳丹桂艱難保舊居退朝觀(一作焚)藁草(一作課草)能(一作應)望(一作忘)馬相如

寄許融(一題作與于韞玉話別)

多病仍疎拙唯君與我同帝鄉年共老江徼(一作外)業俱空燕冷辭華屋蛩(一作蟬)涼恨(一作咽)曉叢白雲高幾許全屬採芝翁

寄禮部鄭員外

欒郤門風大裴王禮樂優班資冠雞舌人品壓龍頭夜直爐香細晴編疏草稠近聞潘散騎三十二悲秋

菊

籬落歲云暮數枝聊自芳雪裁纖蘂密金拆小苞香千載白衣酒一生青女霜春叢莫輕薄彼此有行藏

臺城

水國春常在臺城夜未寒麗華承寵渥江令捧杯盤宴罷明堂爛詩成寶炬殘兵來吾有計金井玉鉤欄

舊遊

良時不復再漸老更難言遠水猶經眼高樓似斷魂依依宋玉宅歷歷長卿村今日空江畔相於只酒樽

寄虔州薛大夫

祝融峰下別三載夢魂勞地轉南康重官兼亞相高海鵬終負日神馬背眠槽會得窺成績幽窗染兔毫

蘇小小墓

魂兮檇李城猶未有人耕好月當年事殘花觸處情向誰曾豔冶隨分得聲名應侍吳王宴(一作日)蘭橈暗送迎

寒食日早出(一作春)城東

青門欲曙天車馬已喧闐禁柳疎(一作揺)風雨(一作細)牆花拆露鮮向誰誇麗景只(一作此)是歎流年不得高飛便迴頭望紙鳶

秋日懷賈隨進士

邊寇日騷動故人音信稀長纓慙賈誼孤憤(一作塚)憶韓非曉匣魚腸冷春園鴨掌肥知君安未得聊且示忘機

亂後逢友人

滄海去未得倚舟聊問津生靈寇盜盡方鎮改更貧(一作頻)夢裏舊行處眼前新貴人從來事如此君莫獨霑巾

殘花(一作揚發詩)

已歎良時晚仍悲別酒催暖芳隨日薄輕片逐風迴黛斂愁歌扇妝殘泣鏡臺繁陰莫矜衒終是共塵埃

秋日富春江行

遠岸平如翦澄江靜似鋪紫鱗仙客馭金顆李衡奴冷疊羣(一作下)山潤清涵萬象殊嚴陵亦高見歸臥是良圖

寄侯博士

規諫揚雄賦邅迴賈誼官久貧還往少孤立轉遷難清鏡流年急高槐旅舍寒侏儒亦何有飽食向長安

送沈光侍御赴職閩中

未至應居右全家出帝鄉禮優逢苑雪官重帶臺霜夜浦吳潮吼(一作亂)春灘建水狂延平有風雨從此是騰驤

寄袁皓侍郎

東臺(一作堂)失路岐榮辱事堪悲我寢牛衣敝君居豸角危風塵慙上品才業愧明時千里芙蓉幕何由話所思

寄金吾李蓀常侍

西班掌禁兵蘭錡最分明曉色嚴天仗春寒避火城安危雖已任韜略即嘉聲請問何功德壺關寇始平

商於驛與于蘊玉話別

南朝徐庾流洛下憶同遊酒采開坊菊山登遠寺樓相思勞寄夢偶別已經秋還被青青桂催君不自由

封禪寺居

盛禮何由覩嘉名偶寄居周南太史淚蠻徼長卿書砌竹摇風直庭花泣(一作滴)露疎誰能賦秋興千里隔吾廬

錢

志士不敢道貯之成禍胎小人無事藝假爾作梯媒解釋愁腸結能分睡眼開朱門狼虎性一半逐君回

投寄韋右(一作左)丞

赤壁徵文聘中臺拜郄詵官(一作班)資參令僕曹署轄(一作豁)星辰樸被從誰起持綱自此新舉朝明典教(一作舉明朝典數)封納詔書頻禁樹曾擒藻臺烏舊避塵便應酬倚注何處話(一作活)窮鱗

紅葉

不耒荒城畔那堪晚照中野晴霜浥綠山冷雨催紅遊子灞陵道美人長信宮等閑居(一作俱)歲暮揺落意無窮

期徐道者不至

遼鶴虛空語冥鴻未易親偶然來即是必擬見無因霜霰窮冬令(一作冷)杯盤旅舍貧只應薊子訓醉後嬾分身

歲除夜(一本題上無歲字)

官曆行將盡村醪強自傾厭寒思暖律畏老惜殘更歲月已如此寇戎猶未平兒童不諳事歌吹待天明

雪

盡道豐年瑞豐年事若何長安有貧者爲瑞不宜多

旅夢

旅夢思(一作無)遷次窮愁有歎嗟子鶩京口遠粳米會稽賒漏澀纔成滴燈寒不作花出門聊一望蟾桂向人斜

秋寄張坤

庭樹已黃落閉門俱寂寥未知棲託處空羨聖明朝酒醒鄉心闊雲晴客思遙吾徒自多感顏子只簞瓢

傷華髮

舊國迢迢遠清秋種種新已衰曾軫慮初見忽霑巾日薄梳兼嬾根危鑷恐頻青銅不自見只擬老他人

九江早秋

雨過晚涼生樓中枕簟清海風吹亂木巖磬落孤城百歲幾多日四蹄無限程(一作塵)西鄰莫高唱俱是別離情

初秋寄友人

九華曾屏跡羅亂與心違是處堪終老新秋又未歸病中芳草歇愁裏白雲飛樵侶兼同志音書近亦稀

秋居有寄

端居湖岸東生計有無中魘處千般鬼寒時百種風性

靈從道拙心事奈成空多謝金臺客何當一笑同

雪霽

南山雪乍晴寒氣轉崢嶸鎖却閑門出隨他駿馬行一竿如有計五鼎豈須烹愁見天街草青青又欲生

堠子

終日路岐旁前程亦可量未能慙面黑只是恨頭方雅旨逾千里高文近兩行君知不識字第一莫形相

初夏寄顧紹宗

江上偶分袂四回寒暑更青山無路入白髮滿頭生郢浦鴈尋過鏡湖蟬又鳴憐君未歸日杯酒若爲情

寄第五尊師

茗溪煙月久因循野鶴衣裘獨藺綸只說泊船無定處不知攜手是何人朱黃揀日囚尸鬼青白臨時注腦神欲訪先生問經訣世間難得不（一作自）由身

寄西華黃鍊師

西華有路入中華依約山川認永嘉羽客昔時留篠簜故人今又種煙霞壇高已降三清鶴海近應通八月槎盛事兩般君總得老萊衣服戴顒家

所思（一題作西上）

西上青雲未有期東歸滄海一（一作去）何遲酒闌夢覺不稱意花落月（一作眼）明空所思長恐病侵多事日可堪貧過少年時鬭雞走狗（一作犬）五陵道惆悵輸他輕薄兒

全唐詩

羅隱

送支使蕭中丞赴闕

八年刀筆到京華歸去青冥路未賒今日風流卿相客舊時基業帝王家彤庭彩鳳雖添瑞望府紅蓮已減花從此常僚如有問海邊麋鹿斗邊槎

送人歸湘中兼寄舊知

青溪煙雨九華山亂後應同夢寐間萬里分飛休掩袂兩旬相見且開顏君依宰相（一作府）貂蟬貴我戀王門鬢髮斑爲謝伏波筵上客幾時金印擬西還

自貽

衰老應難更進趨藥畦經卷自朝晡縱無顯效（一作職）亦藏拙若有所成甘守株漢武巡遊虛軋軋秦皇吞併謾驅驅如何只見丁家鶴依舊遼東歎綠蕪

暇日感懷因寄同院吳蛻拾遺

璧池清秩訪燕臺曾捧瀛洲札翰來今日二難俱大夜當時三幅謾高才戲悲槐市便便笥狂憶樟亭滿滿杯猶幸小蘭同舍在每因相見即銜哀

偶興

逐隊隨行二十春曲江池畔避車塵如今贏得將衰老閑看人間得意人

題鑿石山僧院

日夜潮聲送是非一迴登眺一忘機憐師好事無人見不把蘭芽染褐衣

圍城偶作

東望陳留日欲曛每因刀筆想夫君自從郭泰碑銘後只見黃金不見文

烏程

兩府攀陪十五年郡中甘雨幕中蓮一缾猶是烏程酒須對霜風度（一作淚）泫然

送楊鍊師却歸貞浩（一作誥）巖

宦（一作官）途不復更經營歸去東南任意行別後幾回思會面到來相見似前生久居竹蓋知勤苦舊業蓮峰想變更爲謝佯狂吳道士耳中時有鐵船聲

暇日投錢尚父

牛斗星邊女宿間棟梁虛敞麗江關望高漢相東西閣名重淮王大小山醴設鬭傾金鑿落馬歸爭撼玉連環自慙麋鹿無能事未報深恩鬢已斑

覽晉史（張翰思吳中鱸鱠蓴羹）

齊王僚屬好男兒偶覓東歸便得歸滿目路岐抛似夢一船風雨去如飛盤擎紫線蓴初熟箸撥紅絲鱠正肥惆悵途中無限事與君千載兩忘機

感別元帥尚父（一題作病中上錢尚父）

玉函瑤檢下台司記得當時（一作年）捧領時半壁龍虵蟠造化滿筐山岳動神祇疲牛舐犢心猶切陰鶴鳴雛力已衰稚子不才身抱疾日窺貞（一作真）跡淚雙垂

尚父偶建小樓特摛麗藻絕句不敢稱揚三首

結搆叨馮柱石才敢期幢蓋此裴回陽春曲調高誰（一作難）和盡日焚香倚隗臺

璹簪珠履愧非才時凭闌干首重迴只待淮妖翦除後別傾卮酒賀行臺

闌檻初成愧楚才不知星彩尚迂迴風流孔令陶鈞外猶記山妖逼小臺

題玄同先生草堂三首

杳杳諸天路蒼蒼大滌山景興留不得毛節去應閑相府舊知己教門新落關太平匡濟術流落在人間

先生訣行日曾奉數行書意密尋難會情深恨有餘石橋春暖後句漏藥成初珍重雲兼鶴從來不定居

常時憶討論歷歷事猶存酒向餘杭盡雲從大滌昏往來無道侶歸去有台恩自此玄言絕長應閉洞門

城西作

從軍無一事終日掩空齋道薄交游少才疎進取乖野禽鳴聒耳庭草綠侵階幸自同樗櫟何妨愜所懷

冬暮城西晚眺

謬忝蓮華幕虛霑柏署官欹危長抱疾衰老不禁寒時事已日過世途行轉難千崖兼萬壑只向望中看

秋齋後

淨碧山光冷圓明露點勻渚蓮丹臉恨堤柳翠眉顰蟬已送行客鴈應辭主人蠅蚊漸無況日晚自相親

茅齋

從事不從事養生非養生職爲尸祿本官是受恩名時態已相失歲華徒自驚西齋一卮酒衰老與誰傾

使者

使者銜中旨崎嶇萬里行人心猶未革天意似難明四海霍光第六宮張奉營陪臣無以報西望不勝情

途中逢劉知遠

吳楚煙波裏巢由季孟間只言無事貴不道致身閑別渚蓮根斷歸心桂樹頑空勞鍾璞意塵世隔函關

遁跡

遁跡知安住霑襟欲柰何朝廷猶禮樂郡邑忍干戈華馬憑誰問胡塵自此多因思漢明一作文帝中夜憶廉頗

隴頭水

借問隴頭水年年恨何事全疑嗚咽聲中有征人淚自古無長策況我非深智何計謝潺湲一宵空不寐

秦中富人

高高起華堂區區引流水糞土金玉珍猶嫌未奢侈陋巷滿蓬蒿誰知有顏子

思歸行一作于濆詩

不耕南畝田爲愛東堂桂身同樹上花一落又經歲交親亦一作益相薄知己恩潛替日開十二門自是無歸計

即事中元甲子一作韋莊詩

三秦流血已成川塞上黃雲戰鬬閑只有羸兵填渭水終無奇事一作士出商山田園已沒紅塵內弟姪相逢白刃間惆悵翠華猶未返淚痕空滴劒文斑

魏城逢故人一題作綿谷迴寄蔡氏昆仲

一年兩度錦江一作城遊前值東風後值秋芳草有情皆礙馬好雲無處不遮樓山將別恨和心斷水帶離聲入夢流今日因君試回首一作不堪迴首望澹一作古煙喬一作高木隔綿州

遊江夏口

醉別江東酒一杯往年曾此駐塵埃魚聽建業歌聲過水看瞿塘雪影來黃祖不能容賤客費禕終是負仙才平生膽氣平生恨今日江邊首懶迴

春思

蕩漾春風淥似波惹情搖恨去傞傞燕翻永日音聲好柳舞空城意緒多蜀國暖迴溪一作浮峽浪衞娘清轉遏雲歌可憐戶外桃兼李仲蔚蓬蒿柰爾何

黃鶴驛寓一作偶題

野雲芳草繞離鞭敢對青樓倚少年秋色未一作來催榆塞鴈人心先下洞庭船高歌酒市非狂者大嚼屠門亦偶然車馬同歸莫同恨古人頭白盡林泉

安陸贈徐礪

靈虵橋下水聲聲曾向橋邊話別情一榻偶依陳太守三一作二年深憶禰先生塵欺鬢色非前事火爇蓬根有去程還把餘杯重相勸不堪秋色背鄖城

寄鍾常侍

一從朱履步金臺蘖苦冰寒奉上台峻節不由人學得遠途終是自將來風高漸展摩天翼幹聳方呈構廈材應笑樟亭舊同舍九州無驗滿爐灰

中秋夜不見月

陰雲薄暮上空虛此夕清光已破除只恐異時開霽後玉輪依舊養蟾蜍

魏博羅令公附卷有迴

寒門雖得在諸宗棲北巢南恨不同馬上固慙消髀肉幄中由羨愈頭風蹉跎歲月心仍切迢遞江山夢未通深荷吾宗有知己好將刀筆一作筆力爲一作當英雄

寄處默師

甘露卷簾看雨腳樟亭倚柱望潮頭十年顧我醉中過兩地與師方外遊久隔兵戈常寄夢近無書信更堪憂香爐煙靄虎溪月終棹鐵船尋惠休

病中上錢尚父

左腳方行右臂攣每慚名跡汙賓筵縱饒吳土容衰病爭柰燕臺費料錢藜杖已乾難更把竹轝雖在不堪懸深恩重德無言處迴首浮生淚泫然

全唐詩

羅隱

送梅處士歸寧國

十五年前即別君別時天下未紛紜亂罹一作離且喜身俱在存沒那堪耳更聞良會謾勞悲曩跡舊交誰去弔荒墳殷勤爲謝逃名客想望千秋嶺上雲

經故友所居一題上有華觀三字

槐花漠漠向人黃此地追遊跡已荒清論不知莊叟達死交空歎趙岐忙一作亡病來未忍言閑事老去唯知覓醉鄉日暮街東策羸馬一聲橫笛似山陽

大梁從事居汜水一題作贈盧從事

前年帝里望（一作從）行塵記得仙家第四人泉暖舊諳龍偃
息露寒初見鶴精神歌聲上榻梁園晚夢遶殘鐘汜水
春知有篋中編集在只應從此是經綸

杜處士新居

翠斂王孫草荒誅宋玉茅寇餘無故物時薄少深交迸
筍穿（一作侵）行徑饑雛出壞巢小園吾亦有多病近來拋

絕境

絕境非身事流年但物華水梳苔髮直風引蕙心斜凡
客從題鳳膚音未勝蛙小船兼有槳始與問漁家

雪中懷友人

臘酒復臘雪故人今越鄉所思誰把醆端坐恨無航兔
苑舊遊盡龜臺仙路長未知鄒孟子何以奉梁王

秋晚

宰邑慙良術爲文愧壯圖縱饒長委命爭奈漸非夫杯
酒有時有亂罹（一作離）無處無金庭在何域回首一踟躕

昇仙（一作遷）橋

危梁枕路歧駐馬問前時價自友朋得名因婦女知直
須論運命不得逞文詞執戟君鄉里榮華竟若爲

姑蘇真娘墓（墓在虎丘西寺內）

春草荒墳墓萋萋向虎丘死猶嫌寂寞生肯不風流皎
鏡山泉冷輕裾（一作裙）海霧秋還應伴西子香逕夜深遊

靈山寺

晚景聊攄抱憑欄幾蕩魂檻虛從四面江闊奈孤根幽
徑薜蘿色小山苔蘚痕欲依師問道何處繫心猨

倚櫂

倚櫂聽鄰笛霑衣認酒壚自緣悲巨室誰復爲窮途樹
解將軍夢城遺御史烏直應齊始了傾酌向寒蕪

秋夕對月

夜月色可掬倚樓聊解顏未能分寇盜徒欲滿關山背
冷金蟾滑毛寒玉兔頑姮娥謾偷（一作丸）藥長寡（一作短）老中閒

寄徵士魏員外

家（一作嘉）遁蘇門節清貧粉署官不矜朝命重只恨路行難
窗曉雞譚倦庭秋蝶夢闌羨君歸未得還有釣魚竿

宿彭蠡館

孤館少行旅解鞍增別愁遠山矜薄暮高柳怯清秋病
裏見時態醉中思舊遊所懷今已矣何必恨東流

螢

空庭（一作秋）夜未央點點（一作的）度西牆抱影何微（一作卑）細乘時忽
發揚不思因（一作曾）腐草便擬倚孤光若道能通照（一作通文翰）車
公業肯長

早秋宿葉墮所居

池荷葉正圓長曆報時殫曠野雲蒸熱空庭雨始寒蠅
蚊猶得志簟席若爲安浮世知誰是勞歌共一懽

蜓

漢（一作滕）王刀筆精寫爾逼天生舞巧何妨急飛高所恨輕
野田黃雀慮山館主人情此物那堪作莊周夢不（一作未）成

春居

春（一作東）風百卉搖舊國路迢迢偶病成疏散因貧得寂寥
倚簾（一作檐）高柳弱乘露小桃夭春色常無處村醪更一瓢

輕飈

輕飈掠晚莎秋物慘關河戰壘平時少齋壇上處多楚
雖屈子重漢亦憶廉頗不及雲臺議空山老薜蘿

燕

不必嫌漂露何妨養羽毛漢妃金屋遠盧女杏梁高野
迥雙飛急煙晴對語勞猶勝黃雀在棲息是蓬蒿

陝西晚思

長途已自窮此去更西東樹色榮衰裏人心往返中別
情流水急歸夢故山空莫忘交遊分從來事一同

除夜寄張達

梅花已著眼竹葉況黏脣只此留殘歲那堪憶故人亂
罹（一作離）書不遠（一作達）衰病日相親江浦思歸意明朝又一春

寄酬鄴王羅令公五首（一本前三首題作感德敘懷寄上羅鄴王）

營室東迴廕斥丘少年承襲擁青油坐調金鼎尊明主
横把琱戈拜（一作傲）列侯書札二王爭巧拙篇章七子避風
流西園舊跡今應在衰老無因奉勝游

脉散源分歷幾朝縱然官宦只卑（一作賓）僚正憂末派淪滄
海忽見高枝拂絳霄十萬貔貅趨玉帳三千賓客珥金
貂良時難得吾宗少應念寒（一作衰）門更（一作久）寂寥

敢將衰弱附強宗細筭還緣血脉同湘浦煙波無舊跡
鄴都蘭菊有遺風每憐罹（一作離）亂書猶達所恨雲泥路不
通珍重珠璣兼繡段草玄堂下寄揚雄

水雲開霽立高亭依約黎陽對福星只見篇章矜鏤管
不知勳業柱青冥早緣入夢金方礪晚爲傳家鼎始銘
鶴髮四垂煙閣遠此生何（一作處）處拜儀形

錦笈朱囊（一作瓊箱）連復連紫鸞飛下（一作銜到）浙江邊綃從海室奪
煙霧樂奏帝宮勝管弦長笑應劉悲（一作非）顯達每嫌伊霍
少詩篇戴灣老圃根基薄虛費工夫八十年

春日投錢塘元帥尚父二首

正憂衰老（一作耄）辱金臺敢望昭王顧問來門外旌旗屯豹
虎壁間章句動風雷三都節已聯翩降兩地花應次第
開若比紫髯分鼎足未聞餘力有瓊瑰

征東幕府十三州敢望非才忝上游官秩已叨吳品職
姓名兼顯魯春秋鹽車顧後聲方重火井窺來焰始浮
一句黃河千載事麥城王粲謾登樓

錢塘府亭

新恩別啓館娃宮還拜吳王向此中九牧土田周制在
兩藩茅社漢儀同春生舊苑芳洲雨香入高臺小徑風
更有寵光人未見問安調膳盡三公

野狐泉（在百丈山後昔懷誨禪師說法有老人來聽經曰墮落此山今大幸矣明日一老狐斃崖下　百丈山在江西南昌府奉新縣）

澗滴寒光濺路塵相傳妖物此潛身又應改換皮毛後
何處人間作好人

宿紀南驛

策蹇南游憶楚朝陰風淅淅樹蕭蕭不知無忌姦邪骨
又作何山野葛苗

贈無相禪師

人人盡道事空王心裏忙於市井忙惟有馬當山上客
死門生路兩相忘

遣興

青雲路不通歸計奈長掌老恐醫方誤窮憂酒醆空何
堪朧(一作雜)亂後更入是非中長短遭譏笑迴頭避釣翁

江夏酬高崇節

臘雪都堂試春風汴水行十年雖抱疾何處不無情羣
盜正當路此游應隔生勞君問流落山下已躬耕

鸎聲

井上梧桐暗花間霧露晞一枝晴復暖百轉是兼非金
屋夢初覺玉關人未歸不堪閑日聽因爾又霑衣

倣(一作效)玉臺體

青樓枕路隅壁甃復椒塗晚夢通簾柙春寒逼酒壚解
吟憐芍藥難見恨菖蒲試問年多少鄰姬亦姓胡

全唐詩

羅隱

夜泊義興戲呈邑宰

溪畔維舟問戴星此中三害有(一作在)圖經長橋可避南山
遠却恐難防是最(一作醉)靈

聽琵琶

香筵酒散思朝散偶向梧桐暗處聞大底曲中皆有恨
滿樓人自(一作是)不知君

經耒陽杜工部墓

紫菊馨香覆楚醪奠君江畔雨蕭騷旅魂自是才相累
閑骨何妨冢更高騄驥喪來空蹇蹶芝蘭衰後長(一作遠)蓬
蒿屈原宋玉鄰君(一作僑居)處幾駕青螭緩鬱陶

題袁溪張逸人所居

蒲梢獵獵燕差差(一作池)數里溪光日落時芳樹(一作草)文君機
上錦遠山孫壽鏡中眉雞窗夜靜開書卷魚檻春深展
釣絲若使浮名拘絆得世間何處有男兒

昇平公主舊第

乘鳳仙人降此時玉篇纔罷到文詞兩輪水磑光明照
百尺鮫綃換好詩帶礪山河今盡在風流樽俎見無期
壇場客散香街暝惆悵齊竽取次吹

寄黔中王從事

故人刀筆事軍書南轉黔江半月餘別後鄉關情幾許
近來詩酒興何如貪將醉袖矜鶯谷不把瑶緘附鯉魚
今日舉觴(一作揚)君莫問生涯牢落鬢蕭疎

關亭春望

關畔春(一作風)雲拂馬頭馬前春事共悠悠風搖(一作敷)岸柳長
條困露裛山花小朵愁信越功名高似狗裴王氣力大
於牛未知至竟將何用渭水涇川一向流

寄徐濟進士(一本題下無進士二字)

往年疏懶共江湖月滿花香記得無霜壓楚蓮秋後折
雨催蠻酒夜深酤紅塵偶別(一作到)迷前事丹桂相傾(一作輕)媿
後徒(一作圖)出得函關抽得手從來不及阮元瑜

寄韋贍

石城蓑笠阻心期落盡山花有所思羸馬二年蓬轉後
故人何處月明時風催曉雁(一作燕)看看別雨脅秋蠅漸漸
癡禪智闌干市橋酒縱然相見只相悲

雪溪晚泊寄裴庶子

溪風如扇雨如絲閑步閑吟(一作行)柳惲詩杯酒疏狂非曩
日野花狼藉似當時道窮謾有依劉感才急應無借寇
期滿眼雲山莫相笑與君俱是受深知

送姚安之赴任秋浦

官罷春坊地衆雷片帆高指貴池開五侯水暖魚鱗去
九子山晴雁叙來江夏黃童徒逞辯廣都麗令恐非才
到頭稱意須年少贏得時光向酒杯

寄喬逸人

南經湘浦(一作水)北揚州別後風帆幾度游春酒誰家禁爛
熳野花何處最淹留欲憑尺素邊鴻嬾未定雕梁海燕
愁長短此行須入手更饒君占一年秋

塞外

塞外偷兒塞內兵聖君宵旰望升平碧幢未作朝廷計
白挺猶驅婦女行可使禦戎無上策只應憂國是虛聲

裴庶子除太僕卿因賀

漢王(一作皇)第宅秦田土今日將軍已自榮
楚珪班序未爲輕莫惜良途副聖明宮省舊推皇甫謐
寺曹今得夏侯嬰秩隨科第臨時貴官逐簪裾到處清
應笑馬安虛巧宦四迴遷轉始爲卿

詠史

蠹簡遺編試一尋寂寥前事似如今徐陵筆硯珊瑚架
趙勝賓朋玳瑁簪未必片言資國計只應邪說動人心
九原郗泚何由起虛誤西蕃八(一作入)尺金

中元夜泊淮口

木葉迴飄(一作飄迴)水面平偶因(一作停)孤棹已三更秋涼霧露侵
燈下夜靜魚龍逼岸行欹枕正牽題柱思隔樓誰轉遶
梁聲錦帆天子狂魂魄應過揚州看月明

寄池州鄭員外

歌遠朱輪酒滿船郡城蕭灑貴池邊衣同萊子曾分筆
扇似袁宏別有天九點好山樓上客兩行高柳雨中煙
陵陽百姓將何福社舞村歌又一年

歸夢

陸海波濤漸漸深一迴歸夢抵千金路傍草色休多事
牆外鶯聲肯有心日晚向隅悲斷梗夜闌澆酒哭知音
貪財敗陣誰相悉鮑叔如今不可尋

送溪州使君

兵寇傷殘國力衰就中南土藉良醫鳳銜泥詔辭丹闕
鵰倚霜風上畫旗官職不須輕遠地生靈只是計臨時
灞橋酒醆黔巫月從此江心兩所思(一作地悲)

送霅川鄭員外

明時塞詔列分麾東擁朱輪出帝畿銅虎貴提天子印
銀魚榮傍老萊衣歌聽茗塢春山暖詩詠蘋洲暮鳥飛
知有掖垣南步在可能須待政成歸

酬寄右司李員外

當年憶見桂枝春自此清途未四旬左省望高推健筆
右曹官重得名人閑擒麗藻嫌秋典靜獵遺編笑過秦
猶把隨和向泥滓應憐疎散任天眞

蓮塘驛

蓮塘館東初日明蓮塘館西行人行隔林啼鳥似相應
當路好花疑有情一夢不須追往事數杯猶可慰勞生
莫言來去只如此君看鬢邊霜幾莖

甘露寺火後

六朝勝事已塵埃猶有閑人悵望來只道鬼神能護物
不知龍象自成灰犀甦水府渾非怪燕說吳宮未是災
還識平泉故侯否一生蹤跡比（一作此）樓臺

春日登上元石頭故城

萬里傷心極目春東南王氣只逡巡野花相笑落滿地
山鳥自驚（一作憐）啼傍人謾道城池須險阻可知豪傑亦埃
塵太平寺主惟輕薄却把三公與賊臣

送宣武徐巡官

傲睨公卿二十年東來西去只悠然白知關畔元非馬
玄覺壺中別有天漢帝詔銜應異日梁王風雪是初筵
臨行不惜刀圭便愁殺長安買笑錢

冬暮寄裴郎中

曉髮星星入鏡（一作鬢）宜早年容易近年悲敢言得事時將
晚只恐酬恩日漸遲南國傾心應望速東堂開口欲從
誰仙郎舊有黃金約瀝膽隳肝更禱祈

中元甲子以辛丑駕幸蜀四首

子儀不起渾瑊亡西幸誰人從武皇四海爲家雖未遠
九州多事竟難防已聞旰食思眞將會待畋遊致假王
應感兩朝巡狩跡綠槐端正驛荒凉

爪牙柱石兩俱銷一點渝塵九土搖敢恨甲兵爲棄物
所嗟流品誤清朝幾時睿筭殲張角何處愚人戴隗囂

蹺望崚（一作峻）山重啟告可能餘烈不勝妖
邪氣奔屯瑞氣移清平過盡到艱危縱饒犬彘迷常理
不柰豺狼幸此時九廟有靈思李令三川悲憶恨張儀
可憐一曲還京樂重對紅蕉教蜀兒

白丁攘臂犯長安翠輦蒼黃路屈盤丹鳳有情塵（一作陳雲）外
遠玉龍無跡（一作主）渡頭寒靜憐（一作思）貴族謀身易危惜（一作覺）文
皇創業難不將不侯何計是釣魚船上淚闌干（此一首題一本作偶懷）

題潤州妙善前石羊（傳云吳主孫權與蜀主劉備嘗此置會云）

紫髯桑蓋此沈吟很石猶存事可尋漢鼎未安聊把手
楚醪雖滿肯同心英雄已往時難問苔蘚何知日漸深
還有市鄽沽酒客雀喧鳩聚話蹄涔

登宛陵條風樓寄竇常侍

亂羅（一作離）時節懶登臨試借條風半日吟只有遠山含㷀
律不知高閣動歸心溪喧晚棹千聲浪雲護寒郊數丈
陰自笑疎慵似麋鹿也教臺上費黃金

臺城

晚雲陰映下空城六代纍纍夕照明玉井已乾龍不起
金甌雖破虎曾爭亦知霸世才難得却是蒙塵事最平
深谷作陵山作海茂弘流輩莫傷情

甘露寺看雪上周相公（一本題上有潤州二字）

篩寒灑白亂溟濛禱請功兼造化功光薄乍迷京口月
影交初轉海門風細黏謝客衣裾（一作襟）上輕墮（一作拂）梁王酒
醆中一種爲祥君看取半禳災沴半年豐

寄京闕陸郎中昆仲

柏臺蘭署四周旋賓榻何妨雁影連纔見玳簪歆（一作歌）細
柳便知油幕勝紅蓮家從入洛聲名大跡爲依劉事分
偏爭柰亂罹（一作離）人漸少麥城（一作成）新賦許誰傳

偶題（一題作嘲鍾陵妓雲英）

鍾陵醉別十餘春重見雲英掌上身我未成名君未嫁
可能俱是不如人

故都

江南江北兩風流一作迷津一拜侯至竟不如隋煬帝
破家猶得到揚州

董仲舒

災變儒生不合聞謾將刀筆指乾坤偶然留得陰陽術
閉却南門又北門

獻尚父大王

數年鐵甲定東甌夜渡江山瞻斗牛今日朱方平殄後
虎符龍節十三州

蜂

不論平地與山尖無限風光盡被占採得百花成蜜後
爲誰（一作不知）辛苦爲誰甜

簾二首

疊影重紋映畫堂玉鉤銀燭共熒煌會應得見神仙在
休下眞珠十二行

翡翠佳名世共稀玉堂（一作皇）高下巧相宜殷勤爲囑纖纖
手捲上銀鉤莫放垂

羅隱

送顧雲下第

行行杯酒莫辭頻怨歎勞歌兩未伸漢帝後宮猶識字楚王前殿更無人年深旅舍衣裳敝潮打村田活計貧百歲都來多幾日不堪相別又傷春

村橋

村橋酒旆月明樓偶逐漁舟繫葉舟莫學魯人疑海鳥須知莊叟惡犧牛心寒已分灰無焰事往曾將水共流除却思量太平在肯拋疏散換公侯

送劉校書之新安寄吳常侍

野雲如火照行塵會績溪邊去問津才子省銜非幕客楚君科第是同人狂思下國千場醉病負東堂兩度春他日酒筵應見問鹿裘漁艇隔朱輪

官池秋夕

池邊月影閑婆娑池上醉來成短歌芙渠(一作蓉)抵死怨珠露蟋蟀苦口嫌金波往事向人言不得舊遊臨老恨空多松醪(一作膠)作酒蘭為棹十載煙塵奈爾何

奉使宛陵別二三從事

梁王雪裏有深知偶別家鄉隔路岐官品共傳勝曩日酒杯爭肯忍(一作忘)當時豫章地暖矜千尺越嶠天寒愧一枝還有釣魚蓑笠在不堪風雨失歸期

金陵思古

杜秋在時花解言杜秋死後花更繁柔姿曼態葬何處天紅膩白愁荒原高洞紫簫吹夢想小窗殘雨濕精魂綺筵金縷無消息一陣征帆過海門

送王使君赴蘇臺

東南一望可長吁猶憶王孫領虎符兩地干戈連越絕數年麋鹿臥姑蘇疲甿賦重全家盡舊族兵侵太半無料得伍員兼旅寓不妨招取好揶揄

憶九華

九華巉崪廕柴扉長憶前時此息機黃菊倚風村酒熟綠蒲低雨釣魚歸干戈已是三年別塵土那堪萬事違回首佳期恨多少夜闌霜露又霑衣

送裴饒歸會稽

金庭路指剡川隈珍重良朋自此來兩鬢不堪悲歲月一卮猶得話塵埃家通曩分心空在世逼橫流眼未開笑殺山陰雪中客等閑乘興又須回

送程尊師之晉陵

棟間雲出認行軒郊外陰陰夏木繁高道乍為張翰侶使君兼是世龍孫溪含句曲清連(一作流)底酒貫餘杭淥滿罇莫見時危便乘興人來何處不桃源

吳門晚泊寄句曲道友

采香徑在人不留采香徑下停(一作停)一葉舟桃花李花鬬紅白山鳥水鳥自獻酬十萬梅銷空寸土三分孫策竟荒丘未知到了關身否笑殺雷平許遠遊

貴池曉望

稂莠參天剪未平且乘孤櫂且行行計疏狡兔無三窟羈甚賓鴻欠一生合眼亦知非本意傷心其奈是多情前溪好泊誰為主昨夜沙禽占月明

寄崔慶孫

故人何處又留連月冷風高鏡水邊文陣解圍纔昨日醉鄉分袂已三年交情澹泊應長在俗態流離且勉旃還擬山陰一乘興雪寒難得渡江船

寄楊秘書

蕭蕭檐雪打窗聲因憶江東阮步兵兩信海潮書不達數峰稽嶺眼長明梅繁幾處垂鞭看酒好何人倚檻傾會待與君開秫甕滿船般載鏡中行

酬章處士見寄

中原甲馬未曾安今日逢君事萬端亂後幾回鄉夢隔別來何處路行難霜鱗共落三門浪雪鬢同歸七里灘何必新詩更相戲小樓吟罷暮天寒

送丁明府赴紫溪(一作唐山)任

金徽玉軫肯躇躕偶滯良(一作長)途半月餘樓上酒闌梅拆後馬前山好雪晴初欒公社在憐鄉樹潘令花繁賀版輿縣譜莫辭留舊本異時量度更何如

寄前宣州竇常侍(一作尚書)

往年西謁謝玄暉罇酒留歡醉始歸曲檻柳濃鶯未老小園花煖(一作嫩)蝶(一作艷)初飛噴香瑞獸金三尺舞雪佳人玉一圍今日亂罹(一作離)尋不得滿蓑風雨釣魚磯

秦望山僧院

巉巉危岫倚滄洲聞說秦皇亦此遊霸主卷衣纔二世老僧傳錫已千秋陰崖水賴(一作歎)松梢直蘚壁苔侵畫像愁各是病來俱未了莫將煩惱問湯休

送光祿崔卿赴闕

一年極目(一作日斷)望西轅此日殷勤聖主恩上國已留虞寄命中朝應聽范汪言官從府幕歸卿寺路向干戈見禁門鵷侶寂寥曹署冷更堪嗚咽問田園

寄程尊師

鶴信雖然到五湖煙波迢遞路崎嶇玉書分薄花生眼金鼎功遲雪滿鬚(一作顱)三秀紫芝勞夢寐一畨紅槿恨朝晡未知朽敗凡間骨中授先生指教無

定遠樓

前年上將定妖氛曾築巖城駐大軍近日關防雖弛柝舊時欄檻尚侵雲蠻兵績盛人皆伏坐石名高世共聞唯恐亂來良吏少不知誰解敘功勳

送程尊師東遊有寄

華蓋峰前擬卜耕主人無奈又閑行且憑鶴駕尋滄海又恐犀軒過赤城絳簡便應朝右弼紫旄兼合見東卿勸君莫忘歸時節芝似螢光處處生

江亭別裴饒

行杯且待怨歌終多病憐君事事同衰鬢別來光景(一作影)裏故鄉歸去亂罹(一作離)中乾坤墊裂三分在井邑摧殘一半空日晚長亭問西使不堪車馬尚萍蓬

江南寄所知周僕射

曾陪公子醉西園峴首碑前事嬾言世亂共嗟王粲老時危俱受信陵恩潮憐把醆吟江徼雨憶凭闌望海門飛蓋寂寥清宴罷不知簪履更誰存

錢唐見芮逢

蔡倫池北雁峯前，罹(一作離)亂相兼十九年。所喜故人猶會面，不堪良牧已重泉。醉思把筯欹(一作敲)歌席，狂憶判身入酒船。今日與君贏得在，戴家灣裏兩皤然。

江都

淮王高讌動江都，曾憶狂生亦坐隅。九里樓臺牽翡翠，兩行鴛鷺踏真珠。歌聽麗句秦雲咽，詩轉新題蜀錦鋪。惆悵晉陽星拆後，世間兵革地荒蕪。

湖上歲暮感懷有寄友人

雪天螢席幾辛勤，同志當時四五人。蘭版地寒俱受露，桂堂風惡獨傷春。音書久絕應埋玉，編簡難言竟委塵。唯有廣都麗令在，白頭罇酒憶交親。

送張繿游鍾陵

南憶龍沙(一作砂)雨岸行，當時天下尚清平。醉眠野寺花方落，吟倚江樓月欲明。老去亦知難重到，亂來爭肯不牽情。西山十二真人在，從此煩君語姓名。

送𧫴光大師(師以草書應制)

禹祠分首戴灣逢，健筆尋知達九重。聖主賜衣憐絕藝，侍臣摛藻許高蹤。寧親久別街西寺，待詔初離海(一作江)上峯。一種苦心師得了，不須回首笑龍鍾。

息夫人廟

百雉摧殘連野青，廟門猶見昔朝廷。一生雖抱楚王恨，千載終爲息地靈。蟲網翠環終縹緲，風吹寶瑟助微冥。玉顏渾似羞來客，依舊無言照畫屏。

漂母塚

寂寂荒墳一水濱，蘆洲絕島自相親。青娥已落淮邊月，白骨甘爲泉下塵。原上荻花飄素髮，道傍菰葉碎羅巾。雖然寂寞千秋魄，猶是韓侯舊主人。

感懷

石徑松軒亦自由，謾隨浮世逐飄流。鴛駘路結前(一作千)程恨，蟋蟀牀生半夜秋。揜耳惡聞宮妾語，低顏須向路人羞。雖(一作誰)教小事相催逼，未到青雲擬白頭。

扇上畫牡丹

爲愛紅芳滿砌堦，教人扇上畫將來。葉隨彩筆參差長，花逐輕風次第開。閑挂幾曾停蛺蝶，頻搖不怕落莓苔。根生無地如仙桂，疑是姮娥月裏栽。

書懷

釣船拋却異鄉來，擬向何門用不才。日晚獨登樓上望，馬蹄車轍滿塵埃。

七夕

月帳星房次第開，兩情惟恐曙光催。時人不用穿鍼待，沒得心情送巧來。

柳

一簇青煙鎖玉樓，半垂闌畔半垂溝。明年更有新條在，繞亂春風卒未休。

羅敷水

雉聲角角野田春，試駐征車問水濱。數樹枯桑雖不語，思量應合識秦人。

京中正月七日立春

一二三四五六七，萬木生芽(一作涯)是今日。遠天歸雁拂雲飛，近水遊魚迸冰出。

貴游

館陶園外雨初晴，繡轂香車入鳳城。八尺家僮三尺箠，何知高祖要蒼生。

嚴陵灘

中都九鼎勤(一作動)英髦，漁釣牛蓑且遁逃。世祖升遐夫子死，原陵不及釣臺高。

全唐詩　羅隱

虛白堂前牡丹相傳云太傅手植在錢塘

欲詢往事奈無言，六十年來託此(一作此託)根。香暖幾飄袁虎扇，格高長對孔融罇。曾憂世亂陰難合，且喜春殘色上(一作尚)存。莫背闌干便相笑，與君俱受主人恩。

縣齋秋晚酬友人朱瓚見寄

中和節後捧瓊瑰，坐讀行吟數月來。只歎雕龍方擅價，不知頹尾竟空回。千枝白露陶潛柳，百尺黃金郭隗臺。惆悵報君無玉案，水天東望一裴回。

第五將軍于餘杭天柱宮(一作觀)入道因題寄

交梨火棗味何如，聞說苕川已下車(一作卜車)。瓦榼尚攜京口酒，草堂應寫穎陽書。亦知得意須乘鶴，未必忘機便釣魚。却(一作即)恐武皇還望祀(一作祝)，軟輪徵入問玄虛。

寄無相禪師

老住西峯第幾層，爲師回首憶南能。有緣有相應非佛，無我無人始是僧。爛椹作袍名復利，鑠金爲講愛兼憎。何如一衲塵埃外，日日香煙夜夜燈。

秋日有寄

丹青未合便回頭，見盡人間事始休。只有百神朝寶鏡，永無纖浪犯虛舟。曾臨鐵甕雖分職，近得金陵亦偶遊。東去西來人不會，上卿蹤跡本玄洲。

送前南昌崔令替任映攝新城縣（一作崔令映替任）

五年苛政甚蟲螟深喜夫君已（一作幾）戴星大族不唯專禮
樂上才終是惜生靈亦知單父琴猶在莫厭東歸酒未
醒二月春風何處好亞夫營畔柳青青

下第作

年年模樣一般般何似東歸把釣竿嵒谷謾勞思雨露
彩雲終是逐鵷鸞塵迷魏闕身應老水到吳門葉欲殘
至竟窮途（一作多）也須達不能長與世人看

丁亥歲作（中元甲子）

病想醫門渴望梅十年心地僅成灰早知世事長如此
自是孤寒不合來谷畔氣濃高蔽日蟄邊聲暖乍聞雷
滿城桃李君看取一一還從舊處開

北邙山

一種山前路入秦嵩山堪愛此傷神魏明未死虛留意
莊叟雖生酌（一作的）滿巾何必更尋無主骨也知曾有弄權
人羨他緱嶺吹簫客閑訪雲頭看俗塵

重過三衢哭孫員外

爛柯山下忍重到雙檜樓前日欲殘華屋未移春照灼
故侯何在淚汍瀾不唯濟物工夫大長憶容才尺度寬
一慟旁人莫相笑知音衰盡路行難

送蘄州裴員外

六枝仙桂最先春蕭灑高辭九陌塵兩晉家聲須有主
六朝文雅別無人縈驅豹尾拋同輩貴上螭頭見近臣
蘄水蒼生莫相羨早看歸去掌絲綸

重九日廣陵道中

秋山抱病何處登前時韋曲今廣陵廣陵大醉不解悶
韋曲舊遊堪拊膺佳節縱饒隨分過流年無奈得人憎
却驅羸馬向前去牢落路岐非所能

東歸別所知

芙蓉宮闕二妃壇雨處因依五歲寒鄒律有風吹不變
郄枝無分住應難愁心似火還燒鬢別淚非珠謾落盤
却羨淮南好雞犬也能終始逐劉安

旅舍書懷寄所知二首

思量前事不堪尋牢落餘情滿素琴四海豈無騰躍路
一家長有別離心道從汩沒甘雌伏跡恐因循更陸沈
寂寞誰應弔空館異鄉時節獨霑襟

簟卷兩（一作雨）牀琴瑟秋暫憑前計奈相尤（一作留）塵飄馬尾甘
蓬轉酒憶江邊有夢留（一作休一作遊）隋帝舊祠雖寂寞楚妃清
唱亦風流可憐別恨無人見獨背殘陽下寺樓（此首江東集作漢東秋思）

西京道中

半夜秋聲觸斷蓬百年身事筭成空褊主詞賦拋江夏
漢祖精神（一作靈）憶沛中未必他時能富貴只應從此見窮
通邊禽隴水休相笑自有滄洲一棹風

粉

每持纖白助君時霜自無憀雪自疑郎若姓何應解傅
女能窺宋不勞施妝成麗色唯花妬落盡啼痕只鏡知
最好玉京仙署裏更和秋月照瓊枝

贈漁翁

葉艇悠揚鶴髮垂生涯空托一綸絲是非不向眼前起
寒暑任從波上移風凝長歌籠（一作秋）月裏夢和春雨晝眠
時逍遥此意誰人會應有青山淥水知

下第寄張坤

謾費精神掉五侯破琴孤劍是身讐九衢雙闕擬何去
玉壘銅梁空舊遊蝴蝶有情牽晚夢杜鵑無賴伴春愁
思量不及張公子經歲池江倚酒樓

東歸別常修

六載辛勤九陌中却尋歸路五湖東名慙桂苑一枝綠
鱠憶松江兩筯紅浮世到頭須適性男兒何必盡成功
唯慙鮑叔深知我他日蒲帆百尺風

言

珪玷由來尚可磨似簧終日復如何成名成事皆因慎
亡國亡家只爲多須信禍胎生利口莫將譏思逞懸河
猩猩鸚鵡無端解長向人間被網羅

簡（一作荀）令生日

祥煙靄靄拂樓臺慶積（一作績）玄元節後來已向青陽標四
序便從嵩嶽應三台龜銜玉柄增年筭鶴舞瓊筵獻壽
杯自顧下儒何以祝柱天功業濟時才

晚眺

凭古城邊眺晚晴遠村高樹轉分明天如鏡面都來靜
地似人心總不平雲向嶺頭閑不徹水流溪裏太忙生
誰人得及莊居老免被榮枯寵辱驚

野花（一作羅鄴詩）

萬點紅芳血色殷爲無名字對空山多因戲蝶尋香住
少有行人輟棹攀若在侯門看不足爲生江岸見如閑
結根必竟輸桃李長向春城紫陌開

病驄馬

櫪上病驄蹄褭褭江邊廢宅路迢迢自經梅雨長垂耳
乍食菰蔣欲折腰金絡銜頭光未滅玉花毛色瘦來焦
曾聽禁漏驚街鼓慣踏康莊怕小橋夜半雄聲心尚壯
日中高臥尾還搖龍媒落地天池遠何事牽牛在碧霄

狄浦（一作秋）

晴川倚落暉極目思依依野色寒來淺人家亂後稀久
貧（一作遊）身不達多病意長違還有漁舟在時時夢裏歸

南康道中

弱寇負文翰此中聽鹿鳴使君延上榻時輩仰前程丹
桂竟多故白雲空有情唯餘路旁淚霑灑向塵纓

北固亭東望寄默師

高亭暮色中往事更誰同水謾矜天闊山應到此窮病
憐京口酒老怯海門風唯有言堪解何由見遠公

華清宮

樓殿層層佳氣多開元時節好笙歌也知道德勝堯舜
爭奈楊妃解笑何

韓信廟

翦項移秦勢自（一作已）雄布衣還是負深功寡妻稚女（一作孀夫女子）
俱堪恨却（一作休）把餘（一作閑）杯奠蒯通

韋公子

擊柱狂歌慘別顏百年人事夢魂閒李將軍自嘉（一作家）聲
在不得封侯亦自（一作是）閑

望思臺

芳草臺邊魂不歸野煙喬木弄殘暉可憐高祖清平業留與閑人作是非

帝幸蜀（乾符歲一作狄歸昌詩）

馬嵬山色翠（一作煙柳正）依依又見鑾輿幸蜀歸泉下阿蠻應有語這迴休更怨楊妃

王夷甫

把得閑書坐水濱讀來前事亦酸辛莫言麈尾清譚柄壞却淳風是此人

鷺鷥

斜陽澹澹柳陰陰風裊寒絲映水深不要向人誇素白也知常有羨魚心

書淮陰侯傳

寒燈挑盡見遺塵試瀝椒漿合有神莫恨高皇不終始滅秦謀項是何人

青山廟（子胥廟）

市蕭聲咽跡崎嶇雪恥酬恩此丈夫霸主兩忘時亦異不知魂魄更無歸

小松（一作杜荀鶴詩非）

已有清陰逼座隅愛聲仙客肯過無陵遷谷變須高節莫向人間作大夫

竹

籬外清陰接藥闌曉（一作晚）風交戛碧琅玕子猷死（一作歿）後知音少粉節霜筠謾歲寒

謾天嶺

西去休言蜀道難此中危峻已多端到頭未會蒼蒼色爭得禁他兩度謾（嶺有大謾天小謾天故云）

全唐詩

羅隱補遺

秋蟲賦并序

秋蟲蜘蛛也致身網羅閒實腹亦網羅閒愚感其理有得喪因以言賦之

物之小兮迎網而斃物之大兮兼網而逝網也者繩其小而不繩其大吾不知爾身之危兮腹之餒兮吁

蟋蟀詩

頑颸斃芳吹愁夕長眉戍有動歌離弔夢如訴如言緒引虛寬周隙伺榻繁咽夤緣范睡蟬老冠峩緌好不冠不緌爾奚以悲蚑蚋有毒食人肌肉蒼蠅多端黑白偷安爾也出處物兮莫累壞舍啼衰虛堂泣曙匆徇諠譁鼠豈無牙匆學萋菲垣亦有耳危條槁飛抽恨咿咿別帳釭冷柔魂不定美人在何夜影流波與子佇立裵回思多

西川與蔡十九同別子超

相歡雖則不多時相別那能不歛眉蜀客賦高君解愛楚宮腰細我還知百年恩愛無終始萬里因緣有夢思腸斷門前舊行處不堪全屬五陵兒

龍泉（一作丘）東下却寄孫員外

穀江東下幾多程每泊孤舟即有情山色已隨遊子遠水紋猶認主人清恩如海岳何時報恨似煙花觸處生百尺風帆兩行淚不堪迴首望崢嶸

牡丹

豔多煙重欲開難紅蘂當心一抹檀公子醉歸燈下見美人朝插鏡中看當庭始覺春風貴帶雨方知國色寒日晚更將何所似太眞無力凭闌干

巫山高

下壓重泉上千仞香雲結夢西風緊縱有精靈得往來狖軛颸軒亦顛隕嵐光雙雙雷隱隱愁爲衣裳恨爲鬢暮灑朝行何所之江邊日月情無盡珠零冷露丹墮楓細腰長臉愁滿宮人生對面猶異同況在千巖萬壑中

江南行

江煙溼雨蛟綃軟漠漠小（一作遠）山眉黛淺水國多愁又有情夜槽壓酒銀船滿細絲搖柳凝曉空吳王臺榭春夢中鴛鴦鸂鶒喚不起平鋪綠水眠東風西陵路邊月悄悄油碧輕車蘇小小（一作蘇小嫁）

空城雀

雀入官倉中所食能損幾所恨往復頻官倉乃害爾魚網不在天鳥網不張水飲啄要自然何必空城裏

芳樹

細蕚（一作蘂）慢逐風暖香閑破鼻青帝固有心時時漏天（一作動人）意去年高枝猶蔭地今年低枝已顦顇吾所以見造化之權變通之理春夏作頭秋冬爲尾循環反覆無終（一作窮）已人生長短同一軌若使威可以制力可以止則秦皇不肎斂手下沙丘孟賁不合低頭入蒿里伊人強猛猶如此顧我勞生何足恃但願我開素袍傾綠蟻陶陶兀兀大醉于清宵（一作青冥）白晝閒任他上是天下是地

聽琴

寒雨蕭蕭落井梧夜深何處怨啼烏不知一盞臨卭酒救得相如渴病無

大梁見喬詡

湘水春浮岸淮燈夜滿橋六年悲梗斷兩地各萍漂刀筆依三事篇章奏珥貂跡卑甘汨沒名散稱逍遙好寺松爲徑空江桂作橈野香花伴落釭暖酒和燒晉沼尋遊鳳秦冠竟歎鶚骨凡雞犬薄魂斷蕙蘭招悵望添燕瑄蹉跎厭魯瓢敗桐方委爨宛匣正沖霄戰代安釐國封崇孝景朝千年非有限一醉解無聊漏永燈花暗爐紅雪片銷久遊家共遠相對鬢俱凋運命從難合光陰奈不饒到頭蓑笠契兩信釣魚潮

寄洪正師

寄蹇渾成跡經年滯杜南價輕猶有二足刖已過三雞肋曹公忿猪肝仲叔慙會應謀避地依約近禪菴

聖眞觀劉眞師院十韻

簾下嚴君卜窗間少室峰攝生門已盡混跡世猶逢山藪師王烈簪纓友戴顒魚跳介象（見三國吳書十八卷注象字元則會稽人有仙術）鱠飯

吐葛玄蜂紫飽垂新椹黃輕墮小松塵埃金谷路樓閣上陽鐘野耗（一作鶴）鳶肩寄仙書鳥爪封支牀龜縱老取箭鶴何慵別久曾牽念閑來肯壓重尚餘青竹在試爲剪成龍（一作誰爲未）

寄聶尊師

欲芟荆棘種交梨指畫城中日恐遲安得紫青磨鏡石與君閑處看榮衰

金山僧院

根盤蛟蜃路藤蘿四面無塵輟棹過得似吾師始惆悵眼前終日有風波

酬高崇節

舊遊雖一夢別緒忽千般敗草湯陵晚衰槐楚寺寒數奇常自愧時薄欲何干猶賴君相勉慇懃貢禹冠

送汝州李中丞十二韻

羣盜方爲梗分符奏未寧黃巾攻郡邑白挺掠生靈塵土周畿暗瘡痍汝水腥一兇雖剪滅數縣尚凋零理必資寬猛謀須藉典刑與能纔物論慎選忽天庭官品尊臺秩山河擁福星虎知應去境牛在肯全形舊政窮人瘼新銜展武經關防秋草白城壁晚峰青破膽期來復迷魂想待醒魯山行縣後聊爲奠惟馨

淮南送節度盧端公將命之汴州端公常爲汴州相公從事

吹臺高倚圃田東此去軺車事不同珠履舊參蕭相國綵衣今佐晉司空醉離淮甸寒星下吟指梁園密雪中到彼的知宣室語幾時徵拜黑頭公

送盧端公歸臺盧校書之夏縣

綿綿隄草拂征輪龍虎俱辭楚水濱只見賸之爲御史不知梅福是仙人地推八米源流盛才笑三張事業貧一種西歸一般達柏臺霜冷夏城春

送朗州張員外

聖朝綸閣最延才須牧生民始入來鳳藻已期他日用隼旟應是隔年迴旗飄兕首嵐光重酒奠湘江杜魄哀腸斷秦原二三月好花全爲使君開

淮南送工部盧員外赴闕（一作任）

始從豸角曳長裾又吐鷄香奏玉除隋邸舊僚推謝掾漢廷高議得相如貴分赤筆升蘭署榮著緋衣從板輿遙想到時秋欲盡禁城凉冷露槐疎

淮南送司勳李郎中赴闕

中朝品秩重文章雙筆依前賜望郎五夜星辰歸帝座半年樽俎奉梁王南都水煖蓮分影北極天寒雁著行不必戀恩多感激過淮應合見徵黃

送陸郎中赴闕

幕下留連兩月强爐邊侍史舊焚香不關雨露偏垂意自是鴛鸞合著行三署履聲通建禮九霄星彩映（一作應）明光少瑜鏤管丘遲錦從此西垣使鳳凰

途中送人東遊有寄

離騷莫惜暫逡巡君向池陽我入秦歲月易拋非曩日酒杯難得是同人路經隋苑橋燈夜江轉臺城岸草春此處故交誰見問爲言霜鬢壓風塵

過廢江寧縣（王昌齡曾尉此縣）

縣前水色細鱗鱗一爲夫君弔水濱漫把文章矜後代可知榮貴是他人鶯偷舊韻還成曲草賴餘吟盡解春我亦有心無處說等閑停棹似迷津

邊夜

光景漂如水生涯轉似萍雁門窮朔路牛斗故鄉星句盡人（一作書罷愁）誰切歌終淚自零夜闌迴首筭何處不長亭

哭張博士太常

前輩倏云歿媿君曾比（一作北）方格卑雖不稱言重亦難忘諫草猶青瑣悲風已白楊只應移理窟泉下對眞長

淮口軍葬

一陣孤軍不復迴更無分別只荒堆莫言賦分須如此曾作文皇赤子來

燕昭王墓

戰國蒼茫難重尋此中踪跡想知音强停別騎山花曉欲弔遺魂野草深浮世近來輕駿骨高臺何處有黃金思量郭隗平生事不殉昭王是負心

江南

玉樹歌聲澤國春纍纍輜重憶亡陳垂衣端拱渾閑事忍把江山乞與人

江北

廢宮荒苑莫閑愁成敗終須要徹頭一種風流一種死朝歌爭得似揚州

早登新安縣樓

關城樹色齊往事未全迷塞路眞人氣封門壯士泥草濃延蝶舞花密教鶯啼若以鳴爲德鸞皇不及鷄

干越亭

楚水蕭蕭多病身强凭危檻送殘春高城自有陵兼谷流水那知越與秦岸下藤蘿陰作怪橋邊蛟蜃夜欺人琵琶洲遠江村闊迴首征途（一作帆）淚滿巾

南園題（一本少起四句注云闕題）

搏擊路終迷南園且灌畦敢言逃俗態自是樂幽棲葉長春松闊科圓早薤齊雨露虛檻冷雪壓遠山低竹好還成徑桃夭亦有蹊小窗奔野馬閑甕養醯雞水石心逾切煙霄分已睽病憐王猛畚愚笑隗囂泥澤國潮平岸江村柳覆堤到頭乘興是誰手好提攜

人日新安道中見梅花（其年以徐寇停舉）

長途酒醒臘春寒嫩蘂香英撲馬鞍不上壽陽公主面憐君開得却無端

許由廟

高挂風瓢濯漢濱土階三尺愧清塵可憐比屋堪封日若到人間是衆人

題段太尉廟

近甸稱（蒙）塵日南梁反正年飄流茂陵椀零落太官椽建纛非降楚披圖異錄燕堪嗟侍中血不及御衣前

湘妃廟

劉表荒碑斷水濱廟前幽草閉殘春已將怨淚流斑竹又感悲風入白蘋八族未來誰北拱四兇猶在莫南巡九峰相似堪疑處望見蒼梧不見人

八駿圖

穆滿當年物外程，電腰風脚一何輕。如今縱有驊騮在，不得長鞭不肯行。

庭花

昨日芳艷濃，開尊幾同醉。今朝風雨惡，惆悵人生事。南威病不起，西子老兼至。向晚寂無人，相偎墮紅淚。

病中題主人庭鶴

遼水華亭舊所聞，病中毛羽最憐君。稻粱且足身兼健，何必青雲與白雲。

蟬

天地工夫一不遺，與君聲調借君緌。風棲露飽今如此，應忘當年滓濁時。

薛陽陶觱篥歌

平泉上相東征日，曾爲陽陶歌觱篥。烏江太守會稽侯，（平泉爲李德裕曾作薛陽陶觱篥歌蘇州刺史白居易越州刺史元稹並有和篇此言烏江恐是吳江乃蘇州也）相次三篇皆俊逸。橋山殯葬衣冠後，金印蒼黃南去疾。龍樓冷落夏口寒，從此風流爲廢物。人間至藝難得主，懷抱差池恨星律。邗溝僕射戎政閑，試渡瓜洲吐伊鬱。西風九月草樹秋，萬喧沈寂登高樓。左（一作老）篁揭指徵羽吼，煬帝起坐淮王愁。高飄咽滅出滯氣，下感知已時橫流。穿空激遠不可遏，髣髴似向伊水頭。伊水林泉今已矣，因取遺編認前事。武宗皇帝御宇時，四海恬（一作怡）然知所自。掃除桀黠似提箒，制壓羣豪若穿鼻。九鼎調和各有門，謝安空儉眞兒戲。功高近代竟誰知，藝小似君猶不棄。勿惜喑嗚更一吹，與君共下難逢淚。

酬丘光庭

正月十一日書札，五月十六日到來。柳吟秦望咫尺地，鯉魚何處閑褒回。故人情意未疎索，次第序述着眼開。上言二年隔煙水，下有數幅眞瓊瑰。行吟坐讀口不倦，瀑泉激射琅玕摧。壁池蘭蕙日已老，村酒蘸甲時幾栝。鶴齡鴻筭不復見，雨後蓑笠空莓苔。自從黄寇擾中土，人心波蕩猶未迴。道（一作趙）殷合眼拜九列，張濬掉舌升三台。朝廷濟濟百揆序，寧將對面容姦回。禍生有基妖有漸，翠華西幸蒙塵埃。三川梗塞兩河閉，大明宮殿生蒿萊。懦夫早歲不量力，策蹇仰北高崔嵬。千門萬户扃鎖窗，良匠不肯雕散材。君今得意尚如此，況我麋鹿悠悠哉。榮衰貴賤目所睹，莫嫌頭白黄金臺。

投宣武鄭尚書二十韻

漢代簪纓盛，梁園雉堞雄。物情須重德，時論在明公。族大踰開魏，神高本降嵩。世家惟蹇諤，官業即清通。翰苑論思外，綸闈嘯傲中。健豪驚綵鳳，高步出冥鴻。履歷雖吾道，行藏必聖聰。絳霄無繫滯，浙水忽西東。庾監高樓月，袁郎滿扇風。四年將故事，兩地有全功。去去才須展，行行道益隆。避權辭憲署，仗節出南宮。雁影相承接，龍圖共始終。自然須作礪，不必恨臨戎。幕下蓮花盛，竿頭獾佩紅。騎兒逢郭伋，戰士得文翁。人地應無比，簞瓢奈屢空。因思一枝桂，已作斷根蓬。往事應歸捷，勞歌且責躬。殷勤信陵館，今日自途窮。

投浙東王大夫二十韻

越嶺千峰秀，淮流一派長。暫憑開物手，來展濟時方。舊跡蘭亭在，高風桂樹香。地清無等級，天闊任徊翔。麈尾談何勝，螭頭筆更狂。直曾批鳳詔，高已冠鵷行。嘯傲辭民部，雍容出帝鄉。趙堯推印綬，句踐與封疆。水占仙人吹，城留御史牀。嘉賓鄒潤甫，百姓賀知章。席煖飛鸚鵡，塵輕駐驌驦。夜歌珠斷續，晴舞雪悠揚。化向棠陰布，春隨棣萼芳。盛名韜不得，雄畧晦彌彰。自愧三冬學，來窺數仞牆。感深惟刻骨，時去欲霑裳。想望魚燒尾，咨嗟鼠齧腸。可能因蹇拙，便合老滄浪。題柱心猶壯，移山志不忘。深慙百般病，今日問醫王。

寄剡縣主簿

金庭養眞地，珠篆會稽官。境勝堪長往，時危喜暫安。洞連滄海闊，山擁赤城寒。他日拋塵土，因君擬鍊丹。

中秋不見月

風簾淅淅漏燈痕，一半秋光此夕分。天爲素娥孀怨苦，併教西北起浮雲。

答宗人衮

崑崙水色九般流，飲即神仙憩即休。敢恨守株曾失意，始知緣木更難求。鴒原謾欲均餘力，鶴髮那堪問舊遊。遥望北辰當上國，羨君歸棹五諸侯。

早行

雨灑江聲風又吹，扁舟正與睡相宜。無端戍鼓催前去，別却青山向曉時。

詠白菊（一作羅紹威詩）

雖被風霜競欲催，皎然顔色不低摧。已疑素手能粧出，又似金錢未染來。香散自宜飄渌酒，葉交仍得蔭香苔。尋思閉户中宵見，應認寒窗雪一堆。

晚泊宿松

解纜隨江流，晚泊古淮岸。歸雲送春和，繁星麗雲漢。春深胡雁飛，人喧水禽散。仰君邀難親，沈思夜將旦。

錢塘遇黙師憶潤州舊遊

歌敲玉唾壺，醉擊珊瑚枝。石羊妙善街，甘露平泉碑。捫苔想豪傑，剔蘚看文詞。歸來北固山，水檻光參差。

江南別

去年今夜江南別，鴛鴦翅冷飛蓬爇。今年今夜江北邊，鯉魚腸斷音書絶。男兒心事無了時，出門上馬不自知。

四顶山

勝景天然別，精神入畫圖。一山分四頂，三面瞰平湖。過夏僧無熱，淩冬草不枯。遊人來至此，願剃髮和鬚。

姥山

臨塘古廟一神仙，繡幌花容色儼然。爲逐朝雲來此地，因隨暮雨不歸天。眉分初月湖中鑑，香散餘風竹上煙。借問邑人沈水事，已經秦漢幾千年。

岐王宅

朱邸平臺隔禁闈，貴遊陳跡尚依稀。雲低雍時祈年去，雨細長楊從獵歸。申白賓朋傳道義，應劉文彩寄音徽。承平舊物惟君（一作名）盡，猶寫雕鞍伴六飛。

長明燈

破暗長明世代深，煙和香氣兩沈沈。不知初點人何在，秖見當年火至今。曉似紅蓮開沼面，夜如寒月鎮潭心。孤光自有龍神護，雀戲蛾飛不敢侵。

堋口逢人

艱難別離久中外往還深已改當時髮空餘舊日心

遇邊使

累年無的信每夜望邊城袖掩千行淚書封一尺金

移住別友

自到西川住惟君別有情常逢對門遠又隔一重城

宮詞

巧畫蛾眉獨出羣當時人道便承恩經年不見君王面落日黃昏空掩門

涇溪

涇溪石險人競懼終歲不聞傾覆人却是平流無石處時時聞說有沈淪

題杜甫集

楚水悠悠浸楚一本缺此字亭楚南天地兩無情忍交孫武重泉下不見時人說用兵

感弄猴人賜朱紱幕府燕閒錄云唐昭宗播遷隨駕伎藝人止有弄猴者猴頗馴能隨班起居昭宗賜以緋袍號孫供奉故羅隱有詩云云朱梁篡位取此猴令殿下起居猴望殿陛見全忠徑趣其所跳躍奮擊遂令殺之

十二三年就試期五湖煙月奈相違何如買取胡孫弄一作學取孫供奉一笑君王便著緋

題磻溪垂釣圖錢氏有國西湖漁者日納魚數斤謂之使宅魚隱題此圖遂蠲其徵

呂望當年展廟謨直鉤釣國更誰如若教生在西湖上也是須供使宅魚

春風

也知有意吹噓切爭奈人間善惡分但是粃糠微細物等閑擡舉到青雲

竹下殘雪

牆下濃陰對此君小山尖險玉爲羣夜來解凍風雖急不向寒城減一分

杏花

暖氣潛催次第春梅花已謝杏花新半開半落閑園裏何異榮枯世上人

鎮海軍所貢題不全

簷前飛雪扇前塵千里移添上苑春他日丁寧柿林院莫宣恩澤與閑人

席上歌水調

餘聲宛宛拂庭梅通濟渠邊去又回若使煬皇魂魄在爲君應合過江來

題新榜在浙幕沈崧得新榜示題其末

黃土原邊狡兔肥犬如流電馬如飛灞陵老將無功業猶憶當時夜獵歸

句

夏窗七葉連陰暗游城南記杜佑有別墅爲城南之最有樹每朶七葉因以爲名隱詩紀之　賴家橋上潏河邊隱又有城南雜感詩其題有景星觀姚家園葉家林及此句今雜感詩亡　細看月輪眞有意已知青桂近嫦娥曾公類苑裴筠娶蕭楚公女便擢進士隱詩云云　一箇禰衡容不得思量黃祖謾英雄吳越備史隱初見錢鏐懼不見用遂以所爲夏口詩標於卷末云云鏐覽之大笑因加殊遇　張華謾出如丹語不及劉侯一紙書鑑戒錄云鄭畋女喜隱此詩　山雨霏微宿上亭雨中因想雨淋鈴上亭驛天中記　老僧齋罷關門睡不管波濤四面生金山僧院詩話總龜

全唐詩目第十函

第五冊

羅虬一卷　張禕　盧𢡟　李廷辟

鄭損　盧嗣業　牛嶠　鄭合

許三畏　李克恭　程賀　盧尚卿

李搏　翁洮　李嶼　鄭啓

顧在鎔　溫憲　姚巖傑共一卷

韓儀

高蟾一卷

章碣一卷

秦韜玉一卷

唐彥謙二卷

周朴一卷

全唐詩

羅虬

羅虬台州人詞藻富贍與隱鄴齊名世號三羅累舉不第爲鄜州從事比紅兒詩百首編爲一卷

比紅兒詩并序

比紅者爲雕陰官妓杜紅兒作也美貌年少機智慧悟不與羣輩妓女等余知紅者迺擇古之美色灼然於史傳三數十輩優劣於章句間遂題比紅詩廣明中虬爲李孝恭從事籍中有善歌者杜紅兒虬令之歌贈以綵孝恭以紅兒爲副戎所盼不令受虬怒手刃紅兒既而追其寃作比紅詩

姓字看侵尺五天芳菲一作名占斷百花鮮馬嵬好笑當時事虛賺明皇幸蜀川

金谷園中花正繁墜樓從道感深恩齊奴却是來東市
不爲紅兒死更冤
陷却平陽爲小憐周師百萬戰長川更教乞與紅兒貌
舉國山川（一作河）不值錢
一曲都緣張麗華六宮齊唱後庭花若教比竝紅兒貌
枉破當年國與家
樂營門外柳如陰中有佳人畫閣深若是五陵公子見
買時應不啻（一作惜）千金
青絲高綰石榴裙腸斷當筵酒半醺置向漢宮圖畫裏
入胡應不數昭君
斜凭欄杆醉態新斂眸微盻不勝春當時若遇東昏主
金葉蓮花是比人
陰匝千山與萬山碧桃花下景長閑神仙得似紅兒貌
應免劉郎憶世間
越山重疊越溪斜西子休憐解浣紗得似紅兒今日貌
肯教將去與（一作見）夫差
詔下人間覓（一作選）好花月眉雲髻選人（一作畫名）家紅兒若向當
時見繫臂先封第一紗
鋒鏑縱横不敢看淚垂玉筯正汍瀾應緣近似紅兒貌
始得深宮奉五官
金縷濃薰百和香臉紅眉黛入時妝當時便向喬家見
未敢將心在窈娘
通宵甲帳散香塵漢帝精神禮百神若見紅兒醉中態
也應休憶李夫人
拔得芙蓉出水新魏家公子信才人若教瞥見紅兒貌
不肯留情付洛神
芳姿不合竝常人雲在遥天玉在塵因事愛思荀奉倩
一生閑坐枉傷神
筆底如風思湧泉賦中休謾說嬋娟紅兒若在東家住
不得登牆爾許年
一抹濃紅傍臉斜妝成不語獨攀花當時若是逢韓壽
未必埋蹤在賈家
樹裛西風日半沈地無人跡轉傷心阿嬌得似紅兒貌
不費長門買賦金
五雲高捧紫金堂花下投壺侍玉皇從到（一作道）世人都不
識也應知有杜蘭香
戲水源頭指舊蹤當時一笑也難逢紅兒若爲迴桃臉
豈比連催舉五烽
虢國夫人照夜璣若爲求得與紅兒醉和香態濃春睡
一（一作裏）樹繁花偃繡幃
知有持盈玉葉冠剪雲裁月照人寒若使紅兒風帽（一作貌）
戴直使瑶池會上看
明媚何曾讓玉環破瓜年幾百花顔若教貌向南朝見
定却梅妝似等閑
世事悠悠未足稱肯將閑事更爭能自從命向紅兒去
不（一作斷）欲留心在裂繒
自隱新從夢裏來嶺雲微步下陽臺含情一向春風笑
羞殺凡花盡不開
拾却青娥換玉鞍古來公子苦無端莫言一匹追風馬
天驥牽來也不看
檻外花低瑞露濃夢魂驚覺暈春容憑君細看紅兒貌
最稱嚴妝待曉鐘
薄羅輕剪越溪紋鵶翅低垂兩鬢分料得相如偷見面
不應琴裏挑文君
南國東隣各一時後來惟有杜紅兒若教楚國宮人見
羞把腰身竝柳枝
照耀金釵簇鬢鬟見時直向畫屏間黄姑阿母能判剖
十斛明珠也是閑
輕小休誇似燕身生來占斷紫宮春漢皇若遇紅兒貌
掌上無因著別人
鸚鵡娥如裛露紅鏡前眉樣自深宮稍教得似紅兒貌
不嫁南朝沈侍中
擬將心地學安禪爭柰紅兒笑靨圓何物把來堪比竝
野塘初綻一枝蓮
浸草漂花遶檻香最憐穿度樂營牆殷勤留滯緣何事
曾照紅兒一面妝
雕陰舊俗（一作似）騁嬋娟有箇紅兒賽洛川常笑世人語虛
誕（一作多誑）今朝自見火中蓮
渡口諸儂樂未休竟陵西望路悠悠石城有箇紅兒貌
兩槳無因迎莫愁
誰向深山識大仙勸人山上引春泉定知不及紅兒貌
枉却工夫溉玉田
傾國傾城總絶倫紅兒花下認眞身十年東北看燕趙
眼冷何曾見一人
今時自是（一作謂）不諳知前代由來豈（一作事）見遺（一作爲）一笑陽城
人便惑何堪教見杜紅兒
京口喧喧百萬人競傳河鼓謝星津柰花似雪簪雲髻
今日天容是後身
青史書時未是眞可能纖手（一作智）却強秦再三爲謝齊皇
后要解連環別與人
繡帳鴛鴦對刺紋博山微暖麝微曛詩成（一作人）若有紅兒
貌悔道當時月墜雲
薄粉輕朱取次施大都端正亦相宜只如花下紅兒態
不藉城中半額眉
妝成渾欲認前朝金鳳雙釵逐步搖未必慕容宮裏伴
舞風歌月勝纖腰
琥珀釵成恩正深玉兒妖惑蕩君心莫教回首看妝面
始覺曾虛擲萬金
自有閑花一面春臉檀眉黛一時新殷勤爲報梁家婦
休把啼妝賺後人
輕梳小髻號慵來巧中君心不用媒可得紅兒拋醉眼
漢皇恩澤一時迴
千里長江旦暮潮吳都風俗尚纖腰周郎若見紅兒貌
料得無心念小喬
月落潛奔暗解攜本心誰道獨單棲還緣交甫非良偶
不肯終身作羿妻
漢皇曾識許飛瓊寫向人間作畫屏昨日紅兒花（一作藤）下
見大都相似更娉婷
魏帝休誇薛夜來霧綃雲縠稱身裁紅兒秀（一作笑）發君知

否倚檻繁花帶露開
曉月雕梁燕語頻見花難可比他人年年媚景歸何處
長作紅兒面上春
逗玉濺盆冬殿開邀恩先賜夜明苔紅兒若是三千數
多少芳心似死灰
畫簾垂地紫金牀暗引羊車駐七香若見紅兒此中住
不勞鹽篠灑宮廊
蘇小空勻（一作輕勻）一面妝便留名字在（一作著）錢塘藏鴉門外諸
年少不識紅兒未是狂
一首長歌萬恨來惹愁漂泊水難迴崔徽有底多頭面
費得微之爾許才
昔年黃閣識奇章愛說眞珠似窈娘若見紅兒深夜（一作夜深）
態便應休說繡衣裳
鳳折鶯（一作鸞）離恨轉深此身難負百年心紅兒若向隋朝
見破鏡無因更重尋
行綰穠雲立暗（一作曙）軒我來猶愛不成寃當時若見紅兒
貌未必邢（一作形）相有此言
總似（一作是）紅兒媚態新莫論千度笑爭春任伊孫武心如
鐵不辨軍前殺此人
暖塘爭赴盪舟期行唱菱歌著艷詞爲問東山謝丞相
可能諸妓勝紅兒
吳興皇后欲辭家澤國重臺展曙華今日紅兒貌傾國
恐須眞宰別開花
陌上行人歌黍離三千門客欲何之若教麤及紅兒貌
爭敢樓前斬愛姬
休話如臯一笑時金髀（一作髖）中臆錦離披陋容枉把雕弓
射射盡春禽未展眉
長恨西風送早秋低眉深恨（一作念）嫁牽牛若同人世長相
對爭作夫妻得到頭
謝娘休漫逞風姿未必娉婷勝柳枝聞道只因嘲落絮
何曾得似杜紅兒
總傳桃葉渡江時只爲王家一首詩今日紅兒自堪賦
不須重唱舊來詞

巫山洛浦本無情總爲佳人便得名今日雕陰有神艷
後來公子莫相輕
幾拋雲髻恨金墉淚洗花顏百戰中應有紅兒些子貌
却言皇后長深宮
倚檻還應有所思半開東（一作香）閣見嬌姿可中得似紅兒
貌若遇韓朋好殺伊
曉向妝臺（一作紗窗）與畫眉鏡中長欲助嬌姿若教得似紅兒
貌走馬章臺任道遲
練得霜華助翠鈿相期朝謁玉皇前依稀有似紅兒貌
方得吹簫引上天
重門深掩幾枝花未勝紅兒莫大誇王相（一作玉柄）不能探物
理可能虛上短轅車
前代休憐事可奇後來還出有光輝爭知晝臥紗窗裏
不見（一作有）神人覆玉衣
化羽（一作羽化）嘗聞赴九天只疑塵世是虛傳自從一見紅兒
貌始信人間有謫仙
從道長陵小市東巧將花貌占春風紅兒若是同時見
未必伊先入紫宮
人間難免是深情命斷紅兒向此生不似（一作何似）前時李丞
相枉拋才力爲鶯鶯
鳳舞香飄繡幕風暖穿馳道百花中還緣有似紅兒貌
始道迎將入漢宮
休道將軍出世才盡驅諸妓下歌臺都緣沒箇紅兒貌
致使輕教後閤開
馮媛須知住漢宮將身只是解當熊不聞有貌傾人國
爭得今朝更似（一作比）紅
能將一笑使人迷花艷何須上大堤疎屬便同巫峽路
洛川眞是武陵溪
辭輦當時意可知寵深還恐寵先衰若教得似紅兒貌
占却君恩自不疑
三吳時俗重風光未見紅兒一面妝好寫妖嬈與教看
便應休更話眞娘
波平楚澤浸星辰臺上君王宴早春畢竟章華會中客

冠纓虛絕爲何人
紅兒不向漢宮生便使雙成謾得名疑是麻姑惱塵世
暫教微步下層城
天碧輕紗只六銖宛如（一作風）含露透肌膚便教漢曲爭明
媚應沒心情更弄珠
共嗟含恨向衡陽方寸花牋寄沈郎不似紅兒些子貌
當時爭得少年狂
淺色桃花亞短牆不因風送也聞香凝情盡日君知否
還似紅兒淡薄妝
火色櫻桃摘得初仙宮只有世間無凝情盡日君知否
眞似紅兒口上朱
宿雨初晴春日長入簾花氣靜難忘凝情盡日君知否
眞似紅兒舞袖香
初月纖纖映碧池池波不動獨看時凝情盡日君知否
眞似紅兒罷舞眉
濃艷濃香雪壓枝裊煙和露曉風吹紅兒被掩妝成後
含笑無人獨立時
樓上嬌歌裊夜霜近來休數踏歌娘紅兒謾唱伊州遍
認取輕敲玉韻長
金粟妝成扼臂環舞腰輕薄（一作轉）瑞雲間紅兒生在開元
末羞殺新豐謝阿蠻
君看紅兒學醉妝誇裁宮襭砑裙長誰能更把閑心力
比並當時武媚娘
梔子同心裛露垂折來深恐沒人知花前醉客頻相問
不贈紅兒贈阿誰
雲間翡翠一雙飛水上鴛鴦不暫離寫向人間百般態
與君題作比紅詩
舊恨長懷不語中幾回偷泣向春風還緣不及紅兒貌
却得生教入楚宮
一舸春深指鄂君好風從度水成紋越人若見紅兒貌
繡被應羞徹夜薰
花落塵中玉墮泥香魂應上窈娘堤欲知此恨無窮處
長倩城烏夜夜啼

句

窗前遠岫懸生碧，簾外殘霞挂熟紅。一作桃花臉熟紅。見語林

全唐詩

鄭損

鄭損，僖宗時中書舍人。詩六首。

星精亭通江志：玄妙觀有星精石，唐人刻篆甚多，損詩尚存，時書銜爲推官

星沈萬古痕，孤絕勢無鄰。一作羣地窄少留竹，空多剩占雲。釣蓬和雨看，樵斧帶霜聞。莫惜尋常到，清風不負人。

釣閣

小閣慳幽尋，周遭萬竹森。誰知一沼內，亦有五湖心。釣直魚應笑，身閑樂自深。晚來春醉熟，香餌任浮沈。

玉聲亭

世間泉石本無價，那更天然落景中。漢佩琮琤寒溜雨，秦蕭縹緲夜敲風。一方清氣羣陰伏，半局閑棋萬慮空。借問主人能住久，後來好事有誰同。

藝堂

堂開涷石千年翠，藝講秋膠百步威。揖讓未能忘典禮，英雄孰不慣戎衣。風波險似金機駭，日月忙如雪羽飛。莫怪尊前頻浩歎，男兒志願與時違。

星精石

突險呀空龍虎蹲，由來英氣蓄寒根。蒼苔點染雲生闇，老雨淋漓鐵潰痕。松韻遠趨疑認祖，山陰輕覆似憐孫。孤巖恰恰容幽搆，可愛江南釋子園。

泛香亭

流杯處處稱佳致，何似斯亭出自然。山溜穿雲來幾里，石盤和蘚鑿何年。聲交鳴玉歌沈板，色幌寒金酒滿船。莫怪坐中難得醉，醒人心骨有潺湲。

張禕

張禕，字冠章，南陽人，官中書舍人，從僖宗幸蜀，終兵部尚書。詩二首。

巴州寒食晚眺

東望青天周與秦，杏花榆葉故園春。野寺一傾寒食酒，晚來風景重愁人。

題擊甌樓

駐旌元帥遺風在，擊缶高人逸興酣。水轉巴文清溜急，山連蒙岫翠光涵。

盧攜

盧攜，字子升，范陽人。擢進士第，由臺省歷戶部侍郎、翰林學士。乾符中，拜門下侍郎、同平章事。黃巢入關，仰藥死。詩一首。

題司空圖壁

姓氏司空貴，官班御史卑。老夫如且在，不用歎屯奇。

李廷璧

李廷璧，僖宗朝登進士第。詩一首。

愁詩

到來難遣去難留，著骨黏心萬事休。潘岳愁絲生鬢裏，婕妤悲色上眉頭。長途詩盡空騎馬，遠雁聲初獨倚樓。更有相思不相見，酒醒燈背月如鉤。

許三畏

許三畏，僖宗時進士。詩一首。

題菖蒲廢觀

本是安期燒藥處，今來改作坐禪宮。數僧梵響滿樓月，深谷猨聲半夜風。金簡事移松閣迥，綵雲影散闃山空。我來不見修真客，却得真如問遠公。

盧嗣業

盧嗣業，范陽人，綸之孫也。乾符五年登進士第。廣明初，以長安尉直昭文館，累遷右補闕，後辟都統判官、檢校禮部郎中。詩一首。

致孫狀元訴醵罰錢北里志云：曲內妓之頭角者爲都知，分管諸妓，俾追召匀，曲中常價一席四鐶，見燭即倍，新郎君更倍其數，云復分錢。鄭舉舉者，善令章，與絳真互爲席糾，皆都知也。是年孫偓爲狀元，頗惑舉舉，與同年侯潛、杜彥殊、崔昭愿、趙光逢、盧擇、李茂勳數人多在其舍，他人不得預。嗣業與同年非舊知聞，多稱力窮，不遵醵罰，故有此篇

未識都知面，頻輸復分錢。苦心事筆硯，得志助花鈿。徒步求秋賦，持杯給暮饘。力微多謝病，非不奉同年。

牛嶠

牛嶠，字松卿，一字延峰，隴西人，自云僧孺之孫。乾符五年登進士第，歷官尚書郎。王建鎮蜀，辟判官，及僭位，爲給事中。歌詩三卷，今存六首。

紅薔薇

曉啼珠露渾無力，繡簇羅襦不著行。若綴壽陽公主額，六宮爭肎學梅妝。

楊柳枝五首

解凍風來末上青，解垂羅袖拜卿卿。無端裹娜臨官路，舞送行人過一生。

吳王宮裏色偏深，一簇纖條萬縷金。不憤錢塘蘇小小，引郎松一作枝下結同心。

橋北橋南千萬條，恨伊張緒不相饒。金羈白馬臨風望，認得羊家靜婉腰。

狂雪隨風撲馬飛，惹煙無力被春欺。莫交移入靈和殿，宮女三千又妬伊。

裹翠籠煙拂暖波，舞裙新染麴塵羅。章華臺畔隋堤上，傍得春風爾許多。

鄭合一作鄭合敬

鄭合，乾符三年登第，終諫議大夫。詩一首。

及第後宿平康里詩

春來無處不閑行，楚潤相看別有情。好是五更殘酒醒，時時聞喚狀頭聲。

李搏

李搏，登乾符進士第。詩二首。

賀裴廷裕蜀中登第詩

銅梁千里曙雲開，仙籙新從紫府來。天上已張新羽翼

世間無復舊塵埃嘉禎果中君平卜賀喜須斟卓氏杯應笑戎籌刀筆吏至今泥滓曝魚鰓

復諱廷裕

曾隨風水化凡鱗安上門前一字新聞道蜀江風景好不知何似杏園春

李克（一作元）恭

李克恭乾符中舉子詩一首

弔賈島

一一玄微縹緲成盡吟方便爽神情宣宗謫去爲閑事韓愈知來已振名海底也應搜得淨月輪常被翫教傾如何未隔四十載不遇論量向此生

程賀

程賀中和二年登進士第詩一首

君山

曾游方外見麻姑說道君山此本無云是崑崙山頂石海風吹落洞庭湖

盧尚卿

盧尚卿中和二年登第詩一首

東歸詩

九重丹詔下塵埃深鎖文闈罷選才桂樹放教遮月長杏園終待隔年開自從玉帳論兵後不許金門諫獵來今日灞陵橋上過路人應笑臘前迴

顧在鎔

顧在鎔蘇州人光啓二年進士第詩三首

題玉芝雙奉院

入門如洞府花木與時稀夜坐山當戶秋吟葉滿衣犬隨童子出鳥避俗人飛至藥應將熟年年火氣微

宿麻平驛

及到怡情處暫忘登陟勞青山看不厭明月坐來高犬爲孤村吠猨因冷木號微吟還獨酌多興憶同袍

題光福上方塔

蒼島孤生白浪中倚天高塔勢翻空煙凝遠岫列寒翠霜染疏林墮碎紅汀沼或栖彭澤雁樓臺深貯洞庭風六時金磬落何處偏傍蘆葦驚釣翁

翁洮

翁洮字子平睦州人光啓三年進士第官主客員外郎歸隱青山徵召不起詩十三首

枯木詩辭召命作

枯木傍溪崖由來歲月賒有根盤水石無葉接煙霞二月苔爲色三冬雪作花不因星使至誰識是靈槎

贈進士王雄

河清海晏少波濤幾載乖鉤不得鰲空向人間修諫草又來江上詠離騷笳吹古壍邊聲遠嶽倚晴空楚色高何事明廷有徐庶總教三徑臥蓬蒿

漁者

一葉飄然任浪吹雨蓑煙笠肎忘機只貪濁水張羅衆却笑清流把釣稀葦岸夜依明月宿柴門晴櫂白雲歸到頭得喪終須達誰道漁樵有是非

上子男壽昌宰

陶公爲政卓潘齊入縣看花柳滿堤百里江山聊展驥九臯雲月怪驅雞高樓野色迎襟袖比屋歌聲遠鼓鼙只恐攀轅留不住明時霄漢有丹梯

贈方干先生

由來箕踞任天真別有詩名出世塵不愛春宮分桂樹欲教天子枉蒲輪城頭鼙鼓三聲曉島外湖山一簇春獨向若耶溪上住誰知不是釣鰲人

贈進士李德新接海棠梨

蜀人猶說種難成何事江東見接生席上若微桃李伴花中堪作牡丹兄高軒日午爭濃豔小徑風移旋落英一種呈妍今得地劒峯梨嶺謾縱橫

春日題航頭橋

故園橋上絕埃塵此日凭欄興自新雲影晚將仙掌曙水光迷得武陵春薜蘿煙裏高低路楊柳風前去住人莫怪馬卿題姓字終朝雲雨化龍津

和方干題李頻庄

高情度日非無事自是高情不覺喧海氣暗蒸蓮葉沼山光晴逗葦花村吟時勝槩題詩板靜處繁華付酒尊閑伴白雲收桂子每尋流水斸桐孫猶憑律呂傳心曲豈慮星霜到鬢根多少清風歸此地十年虛打五侯門

蒹葭

得地自成叢那因種植功有花皆吐雪無韻不合風倒影翹沙鳥幽根立水蟲蕭蕭寒雨夜江漢思無窮

春

漠漠煙花處處通游人南北思無窮林間鳥奏笙簧月野外花含錦繡風驚抱雲霞朝鳳闕魚翻波浪化龍宮此時誰羨神仙客車馬悠揚九陌中

夏

觸目皆因長養功浮生何處問窮通柳長北闕絲千縷雲簇南山火萬籠大野煙塵飄赫日高樓簾幙逗薰風身心已在喧閫處惟羨滄浪把釣翁

秋（第七句缺一字）

宋玉高吟思萬重澄澄寰宇振金風雲開日月浮虛白木落山川疊碎紅寥泬鴈多宮漏永河渠煙斂塞天空侯門處處槐花　獻賦何時遇至公

冬

寂寂棲心向杳冥苦吟寒律句偏清雲凝止水魚龍蟄雪點遙峯草木榮迴夜爐飜埃燼色天河冰輾轆轤聲歸飛未得東風力寬斷三山九萬程

李嶼

李嶼光啓三年進士第詩一首

過洞庭

浩渺注橫流千潭合萬湫半洪侵楚翼一汊屬吳頭動軸當新霽漫空正仲秋勢翻荊口迮聲擁岳陽浮遠脈滋衡岳微涼散橘洲星辰連影動嵐翠逐隅收漸落分行鴈旋添趁伴舟昇騰人莫測安穩路何憂氣與塵中別言堪象外搜此身如纜了來把一竿休

鄭啓

鄭啓宜春人谷之兄也詩三首

嚴塘經亂書事

塵生宮闕霧濛濛萬騎龍飛幸蜀中在野傳巖君不夢
乘軒衛懿鶴何功雖知四海同盟久未合中原武備空
星落夜原妖氣滿漢家麟閣待英雄
梁園皓色月如珪清景傷時一慘悽未見山前歸牧馬
猶聞江上帶征鞞鯤爲魚隊潛鱗困鶴處雞羣病翅低
正是四郊多壘日波濤早晚靜鯨鯢

鄧表山

白日三清此上時觀開山下彩雲飛仙壇丹竈靈猶在
鶴駕清朝去不歸晉末幾遷陵谷改塵中空換子孫非
松花落盡無消息半夜疎鐘徹翠微

韓儀

韓儀字羽光京兆萬年人偓之兄也以翰林學士爲御
史中丞朱全忠貶爲棣州司馬詩一首

記知聞近過關試

短行軸了付三銓休把新銜惱必先今日便稱前進士
好留春色與明年

温憲

温憲庭筠之子登進士第光啓中爲山南從事詩四首

郊居

村前村後樹寓賞有餘情青麥路初斷紫花田未耕雉
聲聞不到山勢望猶横寂寞春風裏吟酣信馬行

杏花

團雪上晴梢紅明映碧寥店香風起夜村白雨休朝靜
落猶和（一作須露）蒂鮮開正蔽條濇然閒賞久無以破妖嬈

春鳩

村南微雨新平緑淨無塵散睡桑條暖閒鳴屋脊春遠
聞和曉夢相應在諸鄉行樂花時節追飛見亦頻

題崇聖寺壁

十口溝隍待一身半年千里絕音塵鬢毛如雪心如死
猶作長安下第人

姚巖傑

姚巖傑梁公崇裔孫以詩酒放遊江左象溪子二十卷
今存詩一首

報顔標

爲報顔公識我麽我心唯只與天和眼前俗物關情少
醉後青山入意多田子莫嫌彈鋏恨甯生休唱飯牛歌
聖朝若爲蒼生計也合公車到薜蘿

全唐詩

高蟾

高蟾河朔人乾符三年登進士第乾寧間爲御史中丞
詩一卷

途中除夜

南北浮萍跡年華又暗催殘燈和臘盡曉角帶春來鬢
欲漸侵雪心仍未肯灰金門舊知己誰爲脱塵埃

長門怨

天上何勞萬古春君前誰是百年人魂銷尚媿金爐燼
思起猶慚玉輦塵煙翠薄情攀不得星茫浮艷採無因
可憐明鏡來相向何似恩光朝夕新

秋日寄華陽山人

雲木送秋何草草風波凝令太星星銀鞍公子魂俱（一作堪）
斷玉弩將軍涕自零茅洞白龍和雨看荆溪黄鵠帶霜
聽人間不見清涼事猶向溪翁乞畫屏

感事

濁河從北下清洛向東流清濁皆如此何人不白頭

楚思

疊浪與雲急翠蘭和（一作如）意香風流化爲雨日暮下巫陽

雪中

金閣倚雲開朱軒犯雪來三冬辛苦樣天意似難裁

道中有感

一醉六十日一裘三十年年華經（一作華）幾日日日掉征鞭

宋汴道中

平野有千里居人無一家甲兵年正少日久戍天涯

秋思

天地太蕭索山川何渺茫不堪星斗柄猶把歲寒量

即事

三年離水石一旦隱樵漁爲問青雲上何人識卷舒

漁家

野水千年在閒花一夕空近來浮世狹何似釣船中

關中

風雨去愁晚關河歸思涼西遊無紫氣一夕九回腸

歸思

紫府歸期斷芳洲别思遥黄金作人世只被歲寒消

下第出春明門

曾和秋雨驅愁入却向春風領恨回深謝灞陵堤畔柳
與人頭上拂塵埃

華清宫

何事金輿不再遊翠鬟丹臉豈勝愁重門深鎖禁鐘後
月滿驪山宫樹秋

秋日北固晚望二首

風含遠思翛翛晚日照高情的的秋何事滿江惆悵水
年年無語向東流

全唐詩

章碣

章碣孝標之子登乾符進士第後流落不知所終詩一卷

城南偶題

誰家朱閣道邊開竹拂欄干滿壁苔野水不知何處去遊人却是等閑來南山氣聳分紅樹北闕風高隔紫苔可惜登臨好光景五門須聽鼓聲迴

贈邊將

千千鐵騎擁塵紅去去平吞萬里空宛轉龍蟠金劍雪連錢豹蹙繡旗風行收部落歸天闕旋進封疆入帝聰只有河源與遼海如今全屬指麾中

桃源

絕壁相欹是洞門昔人從此入仙源數株花下逢珠翠半曲歌中老子孫別後自疑園吏夢歸來誰信釣翁言山前空有無情水猶遶當時碧樹村

曲江

日照香塵逐馬蹄風吹浪濺幾回堤無窮羅綺填花徑大半笙歌占麥畦落絮却籠他樹白嬌鶯更學別禽啼秪緣頻燕蓬洲客引得遊人去似迷

送韋岫郎中典泗州（一作癸丑歲毗陵會中貽同老）

玉皇恩詔別星班去壓徐方分野間有鳥盡巢垂汴柳無樓不到（一作對）隔淮山旌旗漸向行時擁案牘應從到日閑想憶朝天獨吟坐旋飛（一作擕）新作過秦關

贈婺州蘇員外

帝念瓊枝欲並芳星分婺女寄仙郎鸞從闕下雖辭侶鴈到江都却續行（員外第沖時任衢州）煙月一時搜古句山川兩地植甘棠即看龍虎西歸去便佐羲軒活萬方

寄友人

謝家山水屬君家曾共持鉤擲歲華竹裏竹雞眠蘚石溪頭鸂鶒踏金沙登樓夜坐三層月接果春看五色花昨日西風動歸思滿船涼葉在天涯

雨

澤國路岐當面苦江城砧杵入心寒不知白髮誰醫得為問無情歲月看

送張道士

因將歲月離三島閑貯風煙在一壺為問金烏頭白後人間流水却回無

吳門春雨

吳甸落花春漫漫吳宮芳樹晚沉沉王孫不耐如絲雨胥斷春風一寸心

旅夕（一作食）

風散古陂驚宿鴈月臨荒戍起啼鴉不堪吟斷無人見時復寒燈落一花

瓜洲夜泊

偶為芳草無情客況是青山有事身一夕瓜洲渡頭宿天風吹盡廣陵塵

金陵晚望

曾伴浮雲歸（一作悲）晚翠猶（一作旋）陪落日汎秋聲世間無限丹青手一片（一作段）傷心畫不成

晚思

虞泉冬恨由來短楊葉春期分外長惆悵浮生不知處明朝依舊出滄浪

長信宮二首

天上夢魂何杳杳日宮消息太沉沉君恩不似黃金井一處團圓萬丈深

天上鳳皇休寄夢人間鸚鵡舊堪悲平生心緒無人識一隻金梭萬丈絲（此首題一作長門怨）

長安旅懷

馬嘶九陌年年苦人語千門日日新唯有終南寂無事寒光不入帝鄉塵

春

天柱幾（一作月桂數）條搘白日天門幾扇鎖明時陽春發處無根蔕憑仗東風分外吹

明月斷魂清靄靄平蕪歸思綠迢迢人生莫遣頭如雪縱得春（一作東）風亦不消

秋

陽羨溪聲冷駭人洞庭山翠晚凝神天將金玉為風露曾為高秋幾度貧

灞陵亭

一條歸夢（一作路）朱弦直一片離心白羽輕明日灞陵新霽後馬頭煙樹綠相迎

偶作二首

丁當玉佩三更雨平帖金閨一覺雲明日薄情何處去風流春水不知君

霞衣重疊紅蟬暖雲髻蔥籠紫鳳寒天上少年分散後一條煙水若為看

永夕

雲鴻宿處江村冷獨狖啼時海國陰不會殘燈無一事覺來猶有向隅心

落花

一葉落時空下淚三春歸盡復何情無人共得東風語半日尊前計不成

下第後上永崇高侍郎

天上碧桃和露種日邊紅杏倚雲栽芙蓉生在秋江上不向東風怨未開

句

君恩秋後葉日日向人疎（宮詞）

低着煙花漠漠輕正堪吟坐掩柴扃亂沾細網垂窮巷斜送陰雲入古廳鎖却暮愁終不散添成春醉轉難醒齋來還有風流事重染南山一遍青

觀錫宴

傾朝朱紫正駢闐紅杏青莎映廣筵不道樓臺無錦繡只愁塵土撲神仙魚銜嫩草浮池面蝶趁飛花到酒邊日暮驊騮相擁去幾人沉醉失金鞭

城東即事

閒尋香陌鳳城東時暫開襟向遠風玉笛一聲芳草外錦鴛雙起碧流中苑邊花竹濃如繡渭北山川澹似空回首漢宮煙靄裏天河金闕未央宮

夏日湖上即事寄晉陵蕭明府

亭午羲和駐火輪開門嘉樹庇湖濱行來賓客奇茶味睡起兒童帶簟紋屋小有時投樹影舟輕不覺入鷗羣陶家豈是無詩酒公退堪驚日已曛

對月

殘霞卷盡出東溟萬古難消一片冰公子踏開香徑蘚美人吹滅畫堂燈琉璃輪正輾丹霄去銀箭休催皓露凝別有洞天三十六水晶臺殿冷層層（一作難登）

浙西送杜晦侍御入關

紫詔徵賢發帝聰繡衣行處撲香風鸚歸秦樹幽禽散星出吳天列舍空捧日思馳仙掌外朝宗勢動海門中鞭鞘所拂三千里多少諸侯合避驄

寄江東道友

野亭歌罷指西秦避俗爭名與各新碧帶黃麻呈縹紬短竿長線弄因循夜潮分卷三江月曉騎齊驅九陌塵可惜人間好聲勢片帆羸馬不相親

下第有懷

故鄉朝夕有人還欲作家書下筆難滅燭何曾妨夜坐傾壺不獨爲春寒遷來鶯語雖堪聽落了楊花也怕看但使他年遇公道月輪長在桂珊珊

春日經湖上友人別業

何處狂歌破積愁攜觴共下木蘭舟綠泉濺石銀屏濕黃鳥逢人玉笛休天借煙霞裝島嶼春鋪錦繡作汀洲一年一電逡巡事不合花前不醉遊

長安春日

春日皇家瑞景遲東風無力雨微微六宮羅綺同時泊九陌煙花一樣飛暖著柳絲金蘂重冷開山翠雪稜稀輸他得路蓬洲客紅綠山頭爛醉歸

陪浙西王侍郎夜宴

深鎖雷門宴上才旋看歌舞旋傳杯黃金鸂鶒當筵睡紅錦薔薇映燭開稽嶺好風吹玉佩鏡湖殘月照樓臺小儒末座頻傾耳衹怕城頭畫角催

春別

擲下離觴指亂山趨程不待鳳笙殘花邊馬嚼金銜去樓上人垂玉筯看柳陌雖然風裊裊蔥河猶自雪漫漫殷勤莫厭貂裘重恐犯三邊五月寒

送謝進士還閩

百越風煙接巨鼇還鄉心壯不知勞雷霆入地建溪險星斗逼人梨嶺高却擁木綿吟麗句便攀龍眼醉香醪名場聲利喧喧在莫向林泉改鬢毛

焚書坑

竹帛煙銷帝業虛關河空鎖祖龍居坑灰未冷山東亂劉項元來不讀書

東都望幸（紀事云高湘侍郎南遷歸闕途次連江連州邵安石以所業獻遂挈至輦下湘主文安石擢第碣賦東都望幸刺之）

懶脩珠翠上高臺眉月連娟恨不開縱使東巡也無益君王自領美人來

旅舍早起

跡暗心多感神疲夢不遊鷩舟同厭夜獨樹對悲秋晚角和人戰殘星入漢流門前早行子敲鐙唱離憂

癸卯歲毗陵登高會中貽同志

流落常嗟勝會稀故人相遇菊花時鳳笙龍笛數巡酒紅樹碧山無限詩塵土十分歸舉子乾坤大半屬偷兒長楊羽獵須留本開濟重爲闕下期

上元夜建元寺觀燈呈智通上人

建元看別（一作列）上元燈處處迴廊鬬火層珠玉亂拋高殿佛綺羅深拜遠山僧臨風走筆思呈惠到曉行禪合伴能無限喧闐留不得月華西下露華凝

變體詩（蔡寬夫詩話謂詩平側各一韻自號變體）

東南路盡吳江畔正是窮愁暮雨天鷗鷺不嫌斜雨岸波濤欺得逆風船偶逢島寺停帆看深羨漁翁下釣眠今古若論英達筭鴟夷高興固無邊

全唐詩

秦韜玉

秦韜玉字仲明京兆人中和二年得准勑及第僖宗幸蜀以工部侍郎爲田令孜神策判官投知小錄三卷今編詩一卷

長安書懷

涼風吹雨滴寒更鄉思欺（一作撩）人撥不平長有歸心懸馬首可堪無寐枕蛩聲嵐收楚岫和空碧秋染湘江到底清早晚身閑著簑去橘香深處釣船橫

檜樹

翠（一作窣）雲交幹瘦輪囷嘯雨吟風幾百春深蓋屈盤青麈尾老皮張展黑龍鱗唯堪（一作將）寒色資琴興不放秋聲染俗塵歲月如波事如夢競留蒼翠待何人

讀五侯傳

漢亡金鏡道將衰便有姦臣競佐時專國祇誇兄弟貴舉家誰念子孫危後宮得寵人爭附前殿陳誠帝不疑朱紫盈門自稱貴可嗟區宇盡瘡痍

春雪

雲重寒空思寂寥玉塵如糝滿春潮片纔著地輕輕陷力不禁風旋旋銷惹砌任他香粉妒縈叢自學小梅嬌誰家醉卷珠簾看弦管堂深暖易調

貧女

蓬門未識綺羅香擬託良媒益自傷誰愛風流高格調
共憐時世儉梳妝敢將十指誇偏(一作纖)巧不把雙眉鬭畫
長苦恨年年壓金線爲他人作嫁衣裳

題竹

削玉森森幽思清院家高興尚分明捲簾陰薄漏山色
欹枕韻寒宜雨聲斜對酒缸偏覺好靜籠棊局最多情
卻驚九陌輪蹄外獨有溪煙數十莖

鸚鵡

每聞別雁競悲鳴卻歎(一作向一作羨)金籠寄此生早是翠襟爭
愛惜可堪丹觜彊分明雲漫隴樹魂應斷歌接秦樓夢
不成幸自(一作有)禰衡(一作正平)人未識賺他作賦被時輕

寄李處士

呂望甘羅道已彰只憑時數爲門(一作閫)張世途必竟皆應
定人事都來不在忙要路強干情本薄舊山歸去意偏
長因君指似封侯骨漸擬回頭別醉鄉(一作鳳凰)

對花

長與韶光暗有期可憐蜂蝶卻先知誰家促席臨低樹
何處橫釵戴(一作帶)小枝麗日多情(一作晴)疑曲照和風得路合
偏吹向人雖道渾無語笑(一作幾)勸王孫到醉時

寄懷

總藏心劒事儒風大道如今已渾同會致名津搜儁彥
是張愁網絆英雄蘇公有國皆懸印楚將無官可賞功
若使重生太平日也應回首哭塗窮

題刑部李郎中山亭

儂家雲水本相知每到高齋強展眉瘦竹蟬煙遮板閣
卷荷擎(一作驚)雨出盆池笑吟山色同欹枕閑背庭陰對覆
棊不是主人多野興肎開青眼重漁師

八月十五日夜同衞諫議看月

常時月好賴新晴不似年年此夜生初出海濤疑尚濕
漸來雲路覺偏清寒光入水蛟龍起靜色當天鬼魅驚
豈獨坐中堪仰望孤高應到鳳凰城

亭臺

雕楹累棟架崔嵬院宇生煙次第開爲向西窗添月色
豈辭南海取花栽意將畫地成幽沼勢擬驅山近小臺
清境漸深官轉重春時長是別人來

邊將

劒光如電馬如風百捷長輕是掌中無定河邊蕃將死
受降城外虜塵空旗縫鴈翅和竿裹箭撚雕翎逐隼雄
自指燕山最高石不知誰爲勒殊功

塞下

到處人皆著戰袍麾旗(一作席箕)風緊馬蹄(一作騣)勞黑山霜重弓
添硬青冢沙平月更高大野幾重開(一作閫)雪嶺長河無限
舊雲濤風林關外皆唐土何日陳兵戍不毛(一作猶尚蒐兵數似毛)

織錦婦

桃花日日覓新奇有鏡何曾及畫眉祇恐輕梭難作匹
豈辭纖手遍生胝合蟬巧間雙盤帶聯鴈斜銜小折枝
豪貴大堆酬曲徹可憐辛苦一絲絲

釣翁

一竿青竹老江隈荷葉衣裳可自裁潭定(一作古)靜懸絲影
直風高斜颭浪紋開朝攜輕棹穿雲去暮背寒塘戴月
回世上無窮嶮巇事算應難入釣船來

曲江

曲沼深塘躍錦鱗槐煙徑裏碧波新此中境既無佳境
他處春應不是春金牓真仙開樂席銀鞍公子醉花塵
明年二月重來看好共東風作主人

隋堤

種柳開河爲勝遊堤前常使路人愁陰埋野色萬條思
翠束寒聲千里秋西日至今悲兔苑東波終不反龍舟
遠山應見繁華事不語青青對水流

天街

九衢風景盡爭新獨占天門近紫宸寶馬競隨朝暮客
香車爭碾古今塵煙光正入南山色氣勢遙連北闕春
莫見繁華祇如此暗中還換往來人

紫騮馬

渥洼奇骨本難求況是豪家重紫騮膘大宜懸銀壓胯
力渾欺著(一作卻)玉銜頭生獰弄影風隨步(一作趂)踥(一作踆)蹀銜塵
汗滿溝若遇丈(一作大)夫能控馭任從騎(一作驅)取覓封侯

問古

大底榮枯各自行兼疑陰隲也難明無門雪向頭中出
得路雲從腳下生深作四溟何浩渺高爲五嶽太崢嶸
都來總向人間看直到皇天可是平

豪家

石甃通渠引御波綠槐陰裏五侯家地衣鎮角香獅子
簾額侵鉤繡辟邪按徹清歌天未曉飲回深院漏猶賒
四鄰池館吞將盡尚自堆金爲買花

陳宮

臨春高閣擬瀛洲貪寵張妃作(一作事)勝遊便把江山爲已
有豈知臺榭是身讎金城暗逐歌聲碎鐵甕潛隨舞勢
休誰識古宮堪恨處井桐吟雨不勝秋

送友人罷舉授南陵令

共言愁是酌離杯況值弦歌枉大才獻賦未爲龍化去
除書猶喜鳳銜來花明驛路燕脂暖山入江亭罨畫開
莫把新詩題別處謝家臨水有池臺

投知己

爐中九轉鍊雖成敎主看時亦自驚羣嶽並天先減翠
大江臨海恐無聲賦(一作晚)歸已罷吳門釣身(一作垂一作投)老仍拋
楚岸耕唯有太平方寸血今朝盡向隗臺傾

牡丹

拆妖放豔有誰催疑就仙中旋折來圖把一春皆占斷
固留三月始敎開壓枝金蘂香如撲逐朵檀心巧勝裁
好是酒闌絲竹罷倚風含笑向樓臺

春遊

選勝逢君敘解攜思和芳草遠煙迷小梅香裏黃鶯囀
垂柳陰中白馬嘶春引美人歌遍(一作板)熟風牽公子酒旗
低早知有此關身事悔不前年住越溪

仙掌

萬仞連峰積翠新靈蹤依舊印輪巡何如捧日安皇道
莫把回山示世人已擘峻流穿太嶽長扶王氣擁彊秦
爲余勢負天工背索取風雲際會身

燕子
不知大厦許棲無頻已銜泥到座隅曾與佳人竝頭語
幾回抛却繡工夫
奉和春日玩雪
北闕同雲掩曉霞東風春雪滿山家瓊章定少千人和
銀樹先(一作長)開六出花
獨坐吟
容愁不盡本如水草色含情更無已又覺春愁似草生
何人種在情田裏
採茶歌(一作紫笋茶歌)
天柱香芽露香發爛研瑟瑟穿荻篾太守憐才寄野人
山童碾破團團月倚雲便酌泉聲煮獸炭潛然蚪珠吐
看著晴天早日明鼎中颯颯篩風雨老翠香塵下纔熟
攪時繞筯天(一作秋)雲綠耽書病酒兩多情坐對閩甌睡先
足洗我胸中幽思清鬼神應愁歌欲成
貴公子行
堦前莎毬綠不捲銀龜噴香挽不斷亂花織錦柳撚線
妝點池臺畫屛展主人公業傳國初六親聯絡馳朝車
鬬鷄走狗家世事抱來皆佩(一作著)黃金魚却笑儒生把書
卷學得顏回忍飢面
吹笙歌
信陵名重憐高才見我長吹青眼開便出燕姬再傾酹
此時花下逢仙侶彎彎狂月壓秋波兩條黃金閣黃霧
逸艷初因醉態見濃春可是韶光與纖纖軟玉捧暖笙
深思香風吹不去檀脣呼吸宮商改怨情漸逐清新舉
岐山取得嬌鳳雛管中藏著輕輕語好笑襄王大迂闊
曾臥巫雲見神女銀鎖金簧不得聽空勞翠輦衝泥雨
咏手
一雙十指玉纖纖不是風流物不拈鸞鏡巧梳勻翠黛
畫樓閑望擘珠簾金杯有喜輕輕點銀鴨無香旋旋添
因把翦刀嫌道冷泥人呵了弄人鬚
句
女媧羅裙長百尺搭在湘江作山色(瀟湘。見詩話總龜)

全唐詩
唐彥謙
唐彥謙字茂業并州人咸通時舉進士十餘年不第乾
符末攜家避地漢南中和中王重榮鎮河中辟爲從事
光啓末貶漢中掾曹楊守亮鎮興元署爲判官累官至
副使閬壁絳三州刺史彥謙博學多藝文詞壯麗至於
書畫音樂無不出於輩流號鹿門先生集三卷今編詩
二卷
逢韓喜
相逢渾不覺衹似茂陵貧褭褭花驕客瀟瀟雨淨春借
書消茗困索句寫梅眞此去青雲上知君有幾人
夜坐示友
夜久燭花落淒聲生遠林有懷嫌會淺無事又秋深黃
葉歸田夢白頭行路吟山中亦可樂不似此同襟
梅亭
東海窮詩客西風古驛亭髮從殘歲白山入故鄉青世
事徒三窟兒曹且一經丁寧速賒酒煮栗試砂瓶
歲除
索索風搜客沈沈雨洗年殘林生獵跡歸鳥避窰煙節
物杯漿外溪山鬢影前行藏都未定筆硯或能捐
詠月
陰盛此宵中多爲雨與風坐無風雨至看與雪霜同抱
濕離遙海傾寒向遠空年年不相(一作可)值還似道難通
聞應德茂先離棠溪
落日蘆花雨行人穀樹村青山時問路紅葉自知門首
蓿窮詩味芭蕉醉墨痕端知棄城市經席許頻溫
松
托根蟠泰華倚幹蝕莓苔誰云山澤間而無梁棟材
梅
玉人下瑤臺香風動輕素畫角弄江城鳴璫月中墮
蘭二首
清風搖翠環涼露滴蒼玉美人胡不紉幽香藹空谷
謝庭漫芳草楚畹多綠莎于焉忽相見歲晏將如何

葡萄
金谷風露涼綠珠醉初醒珠帳夜不收月明隋清影
春草
隨夢入池塘無心在金谷春風自年年吹遍天涯綠
漁
相聚卽爲鄰煙火自成簇約伴過前溪撐破蘼蕪綠
畱別四首
鵬程三萬里別酒一千鍾好景當三月春光上國濃
野花紅滴滴江燕語喃喃鼓吹翻新調都亭酒正酣
登庸趨俊乂廁用野無遺起喜賡歌日明良際會時
鹽車淹素志長坂入青雲老驥春風裏奔騰獨異羣
秋葵
月瓣團欒翦赭羅長條排蘂綴鳴珂傾陽一點丹心在
承得中天雨露多
春草
天北天南遶路邊托根無處不延綿萋萋總是無情物
吹綠東風又一年
春日偶成
纂箏簫管和琵琶興滿金尊酒量賒歌舞畱春春似海
美人顏色正如花
秋日感懷
溪上芙蓉映醉顏悲秋宋玉鬢毛斑無情最恨東流水
暗逐芳年去不還
七夕
會合無由歎久違一年一度是緣非而予願乞天孫巧
五色紉針補袞衣
懷友
金井涼生梧葉秋閑看新月上簾鉤冰壺總憶人如玉
目斷重雲十二樓
翡翠
莎草江汀漫晚潮翠華香撲水光遙玉樓春暖笙歌夜
妝點花鈿上舞翹
詠馬二首

紫雲團影電飛瞳駿骨龍媒自不同騎過玉樓金轡響
一聲嘶斷落花風
崚嶒高聳骨如山遠放春郊苜蓿間百戰沙場汗流血
夢魂猶在玉門關

留別

丹湖湖上送行舟白鴈啼殘蘆葉秋采石江頭舊時路
題詩還憶水邊樓

詠竹

醉卧涼陰沁骨清石牀冰簟夢難成月明午夜生虛籟
悞聽風聲是雨聲

憶孟浩然

郊外凌競西復東雪晴驢背興無窮句搜明月梨花内
趣入春風柳絮中

寄友三首

新酒秦淮縮項鯿凌霄花下共流連別來客邸空翹首
細雨春風憶往年
寒燈孤對擁青氊牢落何如似客邊却憶花前酣後飲
醉呼明月上遥天
客裏逢春一惘然梅花落盡柳如煙無情最恨東來鴈
底事音書不肯傳

無題十首

細草鋪茵綠滿堤燕飛晴日正遲遲尋芳陌上花如錦
折得東風第一枝
錦箏銀甲響鶤弦勾引春聲上綺筵醉倚闌干花下月
犀梳斜嚲鬢雲邊
楚雲湘雨會陽臺錦帳芙蓉向夜開吹罷玉簫春似海
一雙綵鳳忽飛來
春江新水促歸航惜別花前酒漫觴倒盡銀瓶渾不醉
却憐和淚入愁腸
誰知別易會應難目斷青鸞信渺漫情似藍橋橋下水
年來流恨幾時乾
漏滴銅龍夜已深柳梢斜月弄疎陰滿園芳草年年恨
剔盡燈花夜夜心
夜合庭前花正開輕羅小扇爲誰裁多情驚起雙蝴蝶
飛入巫山夢裏來
憶別悠悠歲月長酒兵無計敵愁腸柔絲漫折長亭柳
綰得同心欲寄將
楊柳青青映畫樓翠眉終日鎖離愁杜鵑啼落枝頭月
多爲傷春恨不休
雲色鮫綃拭淚顏一簾春雨杏花寒幾時重會鴛鴦侶
月下吹笙和綵鸞

寄同上人

高高山頂寺更有最高人定起松鳴屋吟圓月上身雲
藏三伏熱水散百溪津曾乞蘭花供無書又過春

夜坐

愁鬢丁年白寒燈丙夜青不眠驚戍鼓久客厭郵鈴洶
洶城噴海疎疎屋漏星十年窮父子相守慰飄零

弔方干處士二首

不謂高名下終全玉雪身交猶及前輩語不似今人別
號行鳴鴈遺編感獲麟歛衣應自定只著古衣（一作儀）巾
不比他人死何詩可挽君淵明元嬾仕東野別攻文滄
海諸公淚青山處士墳相看莫浪哭私謚有前聞

題證道寺

彎環青徑斜自是野僧家滿澗洗巖液插天排石牙爐
寒餘栢子架靜落藤花記得逃兵日門多貴客車

宿趙嵘別業

溪山兵後縣風雪旅中人迫夜愁嚴鼓衝寒託軟巾摧
藏名字在疎率饌殽眞今代徐元直高風自可親

原上（第五句缺一字）

危橋橫古渡村野帶平林野鷺寒塘靜山禽曉樹深雨
微風矗　雲暗雪侵尋安道門前水清遊豈獨吟

寄臺省知己

久懷聲籍甚千里致雙魚宦路終推轂親幃且著書才
名賈太傅文學馬相如轍跡東巡海何時適我閭

自詠

白髮三千丈青春四十年兩牙搖欲落雙膝痺如攣强
仕非時彥無聞惜昔賢自期終見惡未忍捨遺編

遊陽明洞呈王理得諸君

禹穴蒼茫不可探人傳靈笈鎖煙嵐初晴鶴點青邊嶂
欲雨龍移黑處潭北斗齋壇天寂寂東風仙洞草毵毵
堪憐尹叟非關吏猶向江南逐老聃

新豐

沛中歌舞百餘人帝業功成里巷新半夜素靈先哭楚
一星遺火下燒秦貔貅掃盡無三戶雞犬歸來識四鄰
惆悵故園前事遠曉風長路起埃塵

拜越公墓因遊定水寺有懷源老

越公已作飛仙去猶得潭潭好墓田老樹背風深拓地
野雲依海細分天青峰曉接鳴鐘寺玉井秋澄試茗泉
我與源公舊相識遺言瀟灑有人傳

任潛謀隱之作

江邊秋日逢任子大理索詩吾欲忘爲問山資何次第
祇餘丹訣轉淒涼黃金范蠡曾辭祿白首虞翻未信方
千古浮雲共歸思曉風城郭水花香

晚秋遊中溪

淡竹岡前沙鴈飛小花尖下柘丸肥山雲不卷雨自薄
天氣欲寒人正歸招伴祇須新稻酒臨風猶有舊苔磯
故人舊業依稀在怪石老松今是非

寄陳少府兼簡叔高

懷人路絕雲歸海避俗門深草蔽丘萬事漸消閑客夢
一年虛白少年頭山螿啼緩從除架淮鴈來多莫上樓
近日鄰家有新釀每逢詩伴得淹留

過清涼寺王導墓下

江左風流廊廟人荒墳抛與梵宮鄰多年羊虎猶眠石
敗壁貂蟬祇貯塵萬古雲山同白骨一庭花木自青春
永思陵下猶淒切廢屋寒風吹野薪

第三溪

日晏霜濃十二月林疎石瘦第三溪雲沙有徑縈寒燒
松屋無人聞晝雞幾聚衣冠埋作土當年歌舞醉如泥
早知涉世眞成夢不棄山田春雨犁

蒲津河亭
宿雨清秋霽景澂廣亭高樹向晨興煙橫博望乘槎水
日上文王避雨陵孤棹夷猶期獨往曲闌愁絶每長憑
思鄉懷古多（一作人）傷別況此（一作此際）哀吟意不勝

毘陵道中
百年只有百清明狼狽今年又避兵煙火誰開寒食禁
簪裾那復麗人行禾麻地廢生邊氣草木春寒起戰聲
渺渺飛鴻天斷處古來還是闔閭城

越城待旦（第三句缺一字）
策策虛樓竹隔明悲來展轉向誰傾天寒　鴈出萬里
月落越雞啼四更爲底朱顏成老色看人青史上新名
清溪白石村村有五尺烏犍託此生

過浩然先生墓
人間萬卷龐眉老眼見堂堂入草萊行客須當下馬過
故交誰復裹雞來山花不語如聽講溪水無情自薦哀
猶勝黃金買碑碣百年名字已煙埃

贈孟德茂（浩然子）
江海悠悠雪欲飛抱書空出又空歸沙頭人滿鷗應笑
船上酒香魚正肥塵土竟成誰計是山林又悔一年非
平生萬卷應夫子兩世功名窮布衣

秋霽豐德寺與玄貞師詠月
露冷風輕霽魄圓高樓更在碧山巔四溟水合疑無地
八月槎通好上天黯黯星辰環紫極喧喧朝市匝青（一作蘇蒼）
煙夜深獨與巖僧語羣動消聲舉世眠

長陵
長安高闕此安劉祔葬纍纍盡列侯豐上舊居無故里
沛中原廟對荒丘耳聞明（一作英）主提三尺眼見愚民盜一
抔千載腐（一作豎）儒騎瘦馬渭城（一作濱）斜月（一作日）重回頭

畱別
西入潼關路何時更盍簪年來人事改老去鬢毛侵花
染離筵淚葵傾報國心龍潭千尺水不似別情深

宿獨畱
日晚宿畱城人家半掩門羣鴉棲老樹一犬吠荒村爭
買魚添價新篘酒帶渾船頭對新月誰與共清論

客中感懷
客路三千里西風兩鬢塵貪名笑吳起說國歎蘇秦託
興非耽酒思家豈爲蓴可憐今夜月獨照異鄉人

過三山寺
三山江上寺宮殿望岧嶢石徑侵高樹沙灘半種苗一
僧歸晚日羣鷺宿寒潮遙聽風鈴語興亡話六朝

望夫石
江上見危磯人形立翠微妾來終日望夫去幾時歸明
月空懸鏡蒼苔漫補衣可憐雙淚眼千古斷斜暉

過湖口
江湖分兩路此地是通津雲淨山浮翠風高浪潑銀人
行俱是客舟住即爲鄰俯仰煙波內蜉蝣寄此身

夜泊東溪有懷
水昏天色晚崖下泊行舟獨客傷歸鴈孤眠歎野鷗溪
聲牽別恨鄉夢惹離愁酒醒推蓬坐淒涼望女牛

登廬山
五老峰巔望天涯在目前湘潭浮夜雨巴蜀暝寒煙泰
華根同峙嵩衡脈共聯憑虛有仙骨日月看推遷

金陵九日
野菊西風滿路香雨花臺上集壺觴九重天近瞻鍾阜
五色雲中望建章綠酒莫辭今日醉黃金難買少年狂
清歌驚起南飛鴈散作秋聲送夕陽

遊清涼寺
白雲紅樹路紆縈古殿長廊次第行南望水連桃葉渡
北來山枕石頭城一塵不到心源淨萬有俱空眼界清
竹院逢僧舊曾識旋披禪衲爲相迎

高平九日
雲淨南山紫翠浮憑陵絶頂望悠悠偶逢佳節牽詩興
漫把芳尊遣客愁霜染鴉楓迎日醉寒衝涇水帶冰流
烏紗頻岸西風裏笑插黃花滿鬢秋

金陵懷古
碧樹涼生宿雨收荷花荷葉滿汀洲登高有酒渾忘醉
慨古無言獨倚樓宮殿六朝遺古跡衣冠千古漫荒丘
太平時節殊風景山自青青水自流

道中逢故人
蘭陵市上忽相逢敘別殷勤興倍濃良會若同雞黍約
暫時不放酒杯空愁牽白髮三千丈路入青山幾萬重
行色一鞭催去馬畫橋嘶斷落花風

早行遇雪
下馬天未明風高雪何急須臾路欲迷頃刻山盡白雞
犬寂無聲曙光射寒色荒村絶煙火髯凍布袍濕王事
不可緩行行動悽惻

樊登見寄四首
新辭翦秋水洗我胸中塵無由愜良會極目空懷人醉
來拔劍歌字字皆陽春
輕黃著柳條新春喜更始感時重搔首悵望不能已無
由託深情傾瀉芳尊裏
明月入我室天風吹我袍良夜最岑寂況何蕭條馳
情望海波一鶴鳴九皋
悠悠括城北眄眄巖泉西宿草暝煙綠苦竹含雲低幽
懷不可託鷓鴣空自啼

春風四首
春風吹愁端散漫不可收不如古溪水衹望鄉江流
新花紅爍爍舊花滿山白昔日金張門狼籍餘廢宅
回頭語春風莫向新花叢我見朱顏人多金亦成翁
多金不足惜丹砂亦何益更種明年花春風自相識

感物二首
騄驥初失羣亦自矜趫騰俛仰歲時久帖然困蚊蠅豪
鯨逸其穴尺水成滄溟豈無魚鼈交望望爲所憎物理
有翕張達人同廢興幸無怵迫憂聊復曲吾肱
魚目出泥沙空村百金珍豫章值擁穟細細供蒸薪論
材何必多適用即能神託交何必深寡求永相親鮑叔
拙羈鬢張生窮厄陳茫然扳援際豈意出風塵

和陶淵明貧士詩七首
貧賤如故舊少壯即相依中心不敢厭但覺少光輝向

來乘時士亦有能奮飛一朝權勢歇欲退無所歸不如行其素辛苦奈寒飢人生繫天運何用發深悲
我居在窮巷來往無華軒辛勤衣食物出此二畝園薤菘鬱朝露桑柘浮春煙以茲亂心曲智計無他奸擇勝不在奢興至發清言相逢樵牧徒混混誰愚賢
松風四山來清宵響瑶琴聽之不能寐中有怨歎音旦起繞其樹磈砢不計尋清陰可敷席有酒誰與斟由來大度士不受流俗侵浩歌相倡答慰此霜雪心
中年涉事熟欲學唾面婁逡巡避少年赴穢不敢訕旁人吁已甚自喜計慮周微勞消厚疚殘辱勝深憂從知爲下安處上反無儔人生各有志勇懦從所求
古人重畎畝有禄不待干德成禄自至釋耒列王官不仕亦不貧本自足饔飧後世恥躬耕號呼脫飢寒我生千禩後念此愧在顔爲農倘可飽何用出柴關
村郊多父老面垢頭如蓬我嘗使之年言語不待工古來名節士敢望彭城龔有叟誚其後更恨道不通（一作同）鄙哉譊譊者爲隘不爲通低頭拜野老負米吾願從
去年秋事荒販糴仰鄰州健者道路間什百成朋儔今年漸向熟庶幾民不流書生自無田與衆同喜憂作詩勞鄰曲有倡誰與訓亦無采詩者此修何可修

舟中望紫巖

近山如畫牆遠山如帚長我從雲中來回頭白茫茫惜去乃爾覺常時自相忘相忘豈不佳遣此懷春傷飄灑從何來衣巾濕微涼初疑風雨集冉冉遊塵黃無歸亦自可信美非吾鄉登舟望東雲猶向帆端翔

九日遊中溪

悠悠循澗行磊磊據石坐林垂短長雲山綴丹碧顆蓼花最無數照水嬌婀娜何知是節序風日自清妥羣童競時新萬果間蔬蓏欣然爲之醉烏帽危不隨此日山中懷孟公不如我

六日十三日上陳微博士

驕雲飛散雨隨風爲有無老農終歲心望施在須臾平生官田粟長此禮義軀置之且勿戚一飽任妻孥

青青澤中蒲九夏氣凄寒翾翾翠碧羽照影蒼溪間巢由薄天下俗士榮一官小大各有適自全良獨難
窮居無公憂私此長夏日蚊蠅如俗子正爾相妒嫉麾驅非吾任遁避亦無術惟當俟其定靜坐萬慮一

宿田家（第十四句缺一字）

落日下遥峰荒村倦行屐停車息茅店安寢正鼾睡忽聞扣門急云是下鄉隸公文捧花柙鷹隼駕聲勢良民懼官府聽之肝膽碎阿母出搪塞老脚走顛躓小心事延欵　餘糧復匱東鄰借種雞西舍覓芳醑冉飯不厭飽一飲直呼醉明朝怯見官苦苦燈前跪使我不成眠爲渠滴清淚民膏日已瘠民力日愈弊空懷伊尹心何補堯舜治

夏日訪友

提樹生畫涼濃陰撲空翠孤舟唤野渡村疃入幽邃高軒俯清流一犬隔花吠童子立門牆問我向何處主人聞故舊出迎時倒屣驚迓叙間闊屈指越寒暑殷勤爲延欵偶爾得良會春盤擘紫蝦冰鯉斫銀鱠荷梗白玉香荇菜青絲脆臘酒擊泥封羅列總新味移席臨湖濱對此有佳趣流連送深杯賓主共忘醉清風岸烏紗長揖謝君去世事如浮雲東西渺煙水

遊南明山

久聞南明山共慕南明寺幾度欲登臨日逐擾人事于焉偶閑暇鳴鑾忽相聚乘興樂遨遊聊此托佳趣涉水渡溪南迢遥翠微裏石磴千疊斜峭壁半空起白雲鎖峰腰紅葉暗溪嘴長藤絡虛巖疎花映寒水金銀拱梵刹丹青照廊宇石梁卧秋溟風鈴作簷語深洞結苔陰嵐氣滴晴雨羊腸轉咫尺鳥道轉千里屈曲到禪房上人喜延竚香分宿火薰茶汲清泉煮投閑息萬機三生有宿契行廚出盤飧擔甕倒芳醑脫冠挂長松白石藉憑倚宦途勞營營暫此滌塵慮闔令促傳觴投壺更聯句興來較勝負醉後忘爾汝忽聞吼蒲牢落日下雲嶼長嘯出煙蘿揚鞭賦歸去

索蝦

姑孰多紫蝦獨有湖陽優出産在四時極美宜於秋雙箝鼓繁鬚當頂抽長矛鞠躬見湯王封作朱衣侯所以供盤餐羅列同珍羞蒜友日相親瓜朋時與儔既名釣詩釣又作鈎詩鈎于時同相訪數日承欵畱厭飲多美味獨此心相投別來歲云久馳想空悠悠銜杯動遐思嗳口涎空流封緘托雙鯉于焉來遠求慷慨胡隱君果肯分惠否

采桑女

春風吹蠶細如蟻桑芽纔努青鴉嘴侵晨採采誰家女手挽長條淚如雨去歲初眠當此時今歲春寒葉放遲愁聽門外催里胥官家二月收新絲

送許戶曹

沙頭小燕鳴春和楊柳垂絲煙倒拖將軍樓船發浩歌雲檣高插天嵯峨白虹走香傾翠壺勸飲花前金叵羅神鰲駕粟升天河新承雨澤浮恩波

詠葡萄

西園晚霽浮嫩涼開尊漫摘葡萄嘗滿架高撐紫絡索一枝斜嚲金琅璫天風颼颼葉栩栩蝴蝶聲乾作晴雨神蛟清夜蟄寒潭萬片濕雲飛不起石家美人金谷遊羅幃翠幕珊瑚鈎玉盤新薦入華屋珠帳高懸夜不收勝遊記得當年景清氣逼人毛骨冷笑呼明鏡上遥天醉倚銀牀弄秋影

蟹

湖田十月清霜墮晚稻初香蟹如虎扳罾拖網取賽多篾簍挑將水邊貨縱横連爪一尺長秀凝鐵色含湖光蟛蜞石蟹已曾食使我一見驚非常買之最厭黃髯老償價十錢尚嫌少漫誇丰味過蝤蛑尖臍猶勝團臍好充盤煮熟堆琳琅橙膏醬渫調堪嘗一斗擘開紅玉滿雙螯嗳出瓊酥香岸頭沽得泥封酒細嚼頻斟弗停手西風張翰苦思鱸如斯丰味能知否物之可愛尤可憎嘗聞取刺於青蠅無腸公子固稱美弗使當道禁横行

叙別

譙樓夜促蓮花漏樹陰摇月蛟螭走蟠拏對月吸深杯

月府清虛玉兔吼翠盤擘脯臙脂香碧碗敲冰分蔗漿
十載番思舊時事好懷不似當年狂夜合花香開小院
坐愛涼風吹醉面酒中彈劍發清歌白髮年來爲愁變

全唐詩
唐彥謙

緋桃

短牆荒圃四無鄰烈火緋桃照地春坐久好風休掩袂
夜來微雨已霑巾敢同俗態期青眼似有微詞動絳脣
盡日更無鄉井念此時何必見秦人

小院

小院無人夜煙斜月轉明清宵易惆悵不必有離情

春雪初霽杏花正芳月上夜吟

霽景明如練繁英杏正芳姮娥應有語悔共雪爭光

文惠宮人

認得前家令宮人淚滿裾不知梁佐命全是沈尚書

贈竇尊師

我愛竇高士棄官仍在家爲嫌句漏令兼不要丹砂

穆天子傳

王母清歌玉琯悲瑤臺應有再來期穆王不得重相見
恐爲無端哭盛姬

楚天

楚天遙望每長嚬宋玉襄王盡作塵不會瑤姬朝與暮
更爲雲雨待何人

寄徐山人

一室清羸鶴體孤氣和神瑩爽冰壺吳中高士雖求死
不那稽山有謝敷

題宗人故帖

所忠無處訪相如風笈塵編跡尚餘惟有孝標情最厚
一編遺在茂陵書

垂柳

絆惹春風（一作風光）別有情世間誰敢鬭輕盈楚王江畔無端
種餓損纖腰（一作宮娥）學不成

登興元城觀烽火

漢川城上角三呼扈蹕防邊列萬夫哀（一作褒）姒冢前烽火起
不知泉下破顏無

鄧艾廟

昭烈遺黎死尚羞揮刀斫石恨譙周如何千載留遺廟
血食巴山伴武侯

曲江春望

杏豔桃光（一作蟠）奪晚霞樂遊無廟有年華漢朝冠蓋皆陵
墓十里宜春漢（一作下）苑花

漢殿

鳥去雲飛意不通夜壇斜月轉松風君王寂慮無消息
却就閑人覓巨公

賀李昌時禁苑新命

振鷺翔鸞集禁闈玉堂珠樹瑩風儀不知新（一作親）到靈和
殿張緒何如柳一枝

牡丹

顏色無因饒錦繡馨香惟解掩蘭蓀那堪更被煙蒙蔽
南國西施泣斷魂

羅江驛

數枝高柳帶鳴鴉一樹山榴自落花已是向來多淚眼
短亭回首在天涯

奏捷西蜀題沲江驛

野客乘軺非所宜況將儒懦報戎機錦江不識臨邛酒
且免相如渴病歸

春早落英

紛紛從此見花殘轉覺長繩繫日難樓上有愁春不淺
小桃風雪凭闌干

仲山（高祖兄仲隱居之所）

千載遺蹤寄薜蘿沛中鄉里舊山河長陵亦是閑丘隴
異日誰知與仲多

漢嗣

漢嗣安危繫數君高皇決意勢難分張良口辯周昌吃
同建儲宮第一勛

四老廟

西漢儲宮定不傾可能園綺勝良平舉朝公將無全策
借請閑人羽翼成

南梁戲題漢高廟

數載從軍似武夫今隨戎捷氣偏粗漢皇（一作王）若問何爲
者免道高陽舊酒徒

洛神

人世仙家本自殊何須相見向中途驚鴻瞥過遊龍去
漫惱陳王一事無

初秋到慈州冬首換絳牧

秋杪方攀玉樹枝隔年無計待春暉自嫌暫作仙城守
不逐鶯來共燕飛

重經馮家舊里

馮家舊宅閉柴關修竹猶存滴（一作瀾）水灣應繫星辰天上
去不留英骨葬人間

克復後登安國寺閣

千門萬户鞠蒿藜斷爐遺垣一望迷惆悵建章鴛瓦盡
夜來空見玉繩低

題虔僧室

何緣春恨貯離憂欲入空門萬事休水月定中何所謂
也嚬眉黛托腮愁

見煬帝寶帳

漢文窮相作前王慳惜明珠不斗量翡翠鮫綃何所直
千裨萬接上書囊

樓上偶題

塵土無因狎隱淪青山一望每傷神可能前嶺空喬木

應有懷才抱器人

親仁里聞猨

朱雀街東半夜𩀌，楚魂湘（一作和）夢兩徒（一作雨中）清。五更撩亂趨朝火，滿口塵埃亦數聲。

聞李瀆司勛下世

異鄉丹旐已飄揚，一顧深知實未亡。任被褚裒泉下笑，重將北面哭眞長。

試夜題省廊柱

麻衣穿穴兩京塵，十見東堂綠桂春。今日競飛楊葉箭，魏舒休作畫籌人。

竹風

竹映風窗數陣斜，旅人愁坐思無涯。夜來留得江湖夢，全爲乾聲似荻花。

長溪秋望

柳短莎長溪水流，雨微煙暝立溪頭。寒鴉閃閃前山去，杜曲黃昏獨自愁。

嚴子陵

嚴陵情性是眞狂，抵觸三公傲帝王。不怕舊交嗔僭越，喚他侯霸作君房。

北齊

草草招提強據鞍，周師乘勝莫回看。背城肯戰知虛實，爭奈人前忍笑難。

楚世家

偏信由來惑是非，一言邪佞脫危機。張儀重入懷王手，駟馬安車却放歸。

驪山道中

月殿眞妃下綵煙，漁陽追虜及湯泉。君王指點新豐樹，幾不親留七寶鞭。

韋曲

欲寫愁腸愧不才，多情練漉已低摧。窮郊二月初離別，獨傍寒村嗅野梅。

黃子陂荷花

十頃狂風撼麴塵，緣堤照水露紅新。世間花氣皆愁絕，恰是蓮香更惱人。

野行

蝶戀晚花終不去，鷗逢春水固難飛。野人心地都無著，伴蝶隨鷗亦不歸。

興元沈氏莊

清淺縈紆一水間，竹岡藤樹小躋攀。露沾荒草行人過，月上高林宿鳥還。江遶武侯籌筆地，雨昏張載勒銘山。異鄉一笑因酣醉，忘却愁來鬢髮斑。

亂後經表兄瓊華觀舊居

一去仙居似轉蓬，再經花謝倚春叢。醉中篇什金聲在，別後音書錦字空。長憶映碑逢若士，未曾攜杖逐壺公。東風狼籍苔侵徑，蕙草香銷杏帶紅。

秋霽夜吟寄友人

槐柳蕭疏溽暑收，金商頻伏火西流。塵衣歲晚緣身賤，雨簟更深滿背秋。前事悲涼何足道，遠書慵懶未能修。惟思待月高梧下，更就東牀訪惠休。

賀李昌時禁苑新命

玉簡金文直上清，禁垣丹地閉嚴扃。黃扉議政參元化，紫殿稱觴拂壽星。萬户千門迷步武，非煙非霧隔儀形。塵中舊侶無音信，知道遼東鶴姓丁。

寄蔣二十四

鳥囀蜂飛日漸長，旅人情味悔思量。禪門澹薄無心地，世事生疎欲面牆。二月雲煙迷柳色，九衢風土帶花香。大（一作亦）知高士禁愁寂，試倚闌干莫斷腸。

寄懷

有客傷春復怨離，夕陽亭畔草青時。淚從（一作隨）紅蠟無由制，腸比朱弦恐更危。梅向好風惟是笑，柳因微雨不勝垂。雙溪未去饒歸夢，夜夜孤眠枕獨敧。

送樊琯司業歸朝

近者蘇司業，文雄道最光。夫君居太學，妙譽繼中行。汲郡陵初發，汾陰篋久亡。寂寥方倚席，容易忽升堂。去日應懸榻，來時定裂裳。愜心頻拾芥，應手屢穿楊。辯急如無敵，飛騰固自強。論心期舌在，問事畏頭長。駟馬終題柱，諸生悉面牆。噂譏爾雅，賣餅訴公羊（三國志注：魏嚴幹善春秋公羊，鍾繇好左氏，謂公羊爲賣餅家）。未見泥函谷，俄驚火建章。煙塵昏象魏，行在隔巴梁。紅粟塡郿塢，青袍過壽陽。剪茅行殿濕，伐栢舊陵香。釁室靑衿盡，渠門火旆揚。雲飛同去國，星散各殊方。賤子悲窮轍，當年亦擅場。齏辛尋幼婦，醴酒憶先王。聖域探姬孔，皇風樂禹湯。畏誅輕李喜，言命小臧倉。折樹休盤槊，沈鉤且釣璜。鴻都問詞客，他日莫相忘。

奉使岐下聞唐弘夫行軍爲賊所擒傷而有作

報國捐軀實壯夫，楚囚垂欲復神都。雲臺畫像皆何者，青史書名或不孤。散卒半隨袁校尉，寡妻休問辟司徒。聞君敗績無歸計，氣激星辰坐向隅。

咸通中始聞褚河南歸葬陽翟是歲上平徐方大肆慶賞又詔八品錫其裔孫追叙風槩因成二十韻

冊府藏餘烈，皇綱正本朝。不聽還笏諫，幾覆綴旒祧。咫尺言終直，愴惶道已消。淚心傳位日，揮涕授遺朝。飛燕潛來趙，黃龍豈見譙。既迷秦帝鹿，難問賈生鵩。穆卜緘縢秘，金根轍跡遙。北軍那奪印，東海漫難橋。羅織黃門訟，笙簧白骨銷。炎方無信息，丹旐竟淪漂。邂逅江魚食，凄涼楚客招。文忠徒謚議，子卯但篇韶。未見公侯復，尋傷嗣續凋。流年隨水逝，高誼薄層霄。柱石林公遠，縑緗故國饒。奇蹤天驥活，遺軸錦鸞翹。近者淮夷戮，前年歸馬調。始聞移北葬，兼議蔭山苗。聖澤覃將溥，貞魂喜定飄。異時窮巷客，懷古漫成謠。

岐王宅

朱邸平臺隔禁闈，貴遊陳跡尚依稀。雲低雍畤祈年去，雨細長楊縱獵歸。申白賓朋傳道義，應劉文彩寄音徽。承平舊物惟君（一作名）盡，猶寫雕鞍伴六飛。

東（一作陳）韋曲野思

淡霧輕雲（一作陰）匝四垂，綠塘秋望獨顰眉。野蓮隨水無人見，寒鷺窺魚共影知。九陌要津勞目擊，五湖閑夢誘（一作有）心期。孤燈夜夜愁敧枕，一覺（一作覽）滄洲似昔時。

上巳（一作上巳日寄韓八）

上巳接寒食鶯花寥落晨微微潑火雨草草踏青人淙似三秋景清無九陌塵與余（一作伯輿，一作怕與）同病者對此合傷神

移莎

移從杜城曲置在小齋東正是高秋裏仍兼細雨中結根方迸竹疎蔭託高桐苒苒齊芳草飄飄笑斷蓬片時雷靜者一夜響鳴蛩野露通宵滴溪煙盡日濛試才卑庾薤求味笑周菘只此霜裁好他時贈伯翁

西明寺威公盆池新稻

爲笑江南種稻時露蟬鳴後雨霏霏蓮盆積潤分畦小藻井垂陰擢秀稀得地又生金象界結根仍對水田衣支公尚有三吳思更使幽人憶釣磯

紅葉

無處不飄揚高樓臨道旁素娥前夕月青女夜來霜宿雨隨時潤秋晴著物光幽懷長若此病眼更相妨蜀紙裁深色燕脂落靚粧低叢侵小閣倒影入迴塘謝朓雷霞綺甘寧棄錦張何人休遠道是處有斜陽薜荔垂書幌梧桐墜井牀晚風生旅館寒籟近僧房桂綠明淮甸楓丹照楚鄉鴈疎臨鄠杜蟬急傍瀟湘樹異桓宣武園非顧辟疆茂陵愁卧客不自保危腸

鸂鶒

一宿南塘煙雨時好風揺動綠波微驚離曉岸銜花去暖下春汀照影飛華屋撚弦彈鼓舞綺窗含筆潛毛衣畫屏見後長迴首爭得雕籠莫放歸

螢

日下蕪城莽蒼中濕螢撩亂起衰（一作花）叢寒煙陳后長門閉夜雨隋家舊苑空星散欲陵前檻月影低如試北窗風羇人此夕方愁緒心似寒灰首似蓬

夜蟬

翠竹高梧夾後溪勁風危露雨淒淒那知北牖殘燈暗又送西樓片月低清夜更長應未已遠煙尋斷莫頻嘶羇人此夕如三歲不整寒衾待曙雞

七夕

露白風清夜向晨小星垂佩月埋輪絳河浪淺休相隔滄海波深尚作塵天外鳳皇何寂寞世間烏鵲漫辛勤倚闌殿北斜樓上多少通宵不寐（一作睡）人

中秋夜玩月

一夜（一作上）高樓萬景奇碧天無際水無涯只（一作空）雷皎月當層漢並送浮雲出四維霧靜（一作盡）不容玄豹隱冰生惟（一作祇）恐夏蟲疑坐來離思憂將曉爭得嫦娥仔細知

八月十六日夜月

斷腸佳賞固難期昨夜銷魂更不疑丹桂影空蟾（一作蟬）有露綠槐陰在鵲無枝賴將吟詠聊惆悵早是疎頑耐別離堪恨賈生曾慟哭不緣清景爲憂時

送韋向之睦州謁使君

才子南遊多遠情閑舟蕩漾任春行新安江上長如此何似新安太守清

春殘

景爲春時短愁隨別夜長暫棊寧號隱輕醉不成鄉風雨曾通夕莓苔有衆芳落花如便去樓上即河梁

玫瑰

麝炷騰清燎鮫紗覆綠蒙宮妝臨曉日錦段落東風無力春烟裏多愁暮雨中不知何事意深淺兩般紅

牡丹

真宰多情巧思新固將能事送殘春爲雲爲雨徒虛語傾國傾城不在人開日綺霞應失色落時青帝合傷神嫦娥婺女曾相送雷下鵶黃作蘂塵

秋晚高樓

松拂疎窗竹映闌素琴幽怨不成彈清宵霽極雲離岫紫禁風高露滿盤晚蝶飄零驚宿雨暮鴉淩亂報秋寒高樓瞪目歸鴻遠如信嵇康欲畫難

離鸞

聞道離鸞思故鄉也知情願嫁王昌塵埃一別楊朱路風月三年宋玉牆下疾不成雙點淚斷多難到九迴腸庭前佳樹名梔子試結同心寄謝娘

柳

春思春愁一萬枝遠村遙岸寄相思西園有雨和苔長南內無人拂檻垂遊客寂寥縅遠恨暮鶯啼叫惜芳時晚來飛絮如霜鬢恐爲多情管別離

春陰

一寸迴腸百慮侵旅愁危涕雨爭禁天涯已有銷魂別樓上寧無擁鼻吟感事不關河裏笛傷心應倍雍門琴春雲更覺愁于我閑蓋低村作暝陰

春深獨行馬上有作

日烈風高野草香百花狼籍柳披猖連天瑞靄千門遠夾道新陰九陌長衆飲不歡逃席酒獨行無味放遊韁年來與問閑遊者若箇傷春向路旁

春雨

綺陌夜來雨春樓寒望迷遠容迎燕戲亂響隔鶯啼有恨開蘭室無言對李蹊花欹渾拂檻柳重欲垂堤燈檠昏魚目薰爐咽麝臍別輕天北鶴夢怯汝南雞入戶侵羅幌梢簷潤繡題新豐樹已失長信草初齊亂蝶寒猶舞驚烏暝不栖庾郎盤馬地却怕有春泥

漢代

漢代金爲屋吳宮綺作寮豔詞傳靜婉新曲定妖嬈箭響猶殘夢籤聲報早朝鮮明臨曉日迴轉度春宵半袖籠清鏡前絲壓翠翹靜多如有待閑極似無憀梓澤花猶滿靈和柳未凋障昏巫峽雨屏掩浙江潮未信潘名岳應疑史姓蕭漏因歌暫斷燈爲雨頻挑飲酒闌三雅投壺賽百嬌鈿蟬新翅重金鴨舊香焦水淨疑澄練霞孤欲建標別隨秦柱促愁爲蜀弦么玄宴難瘳痺臨邛但發痟聯詩徵弱絮思友詠甘蕉王氏憐諸謝周郎定小喬黼幃翹綵雉波扇畫文鰩荇密妨垂釣荷欹欲度橋不因衣帶水誰覺路迢迢

牡丹

青帝於君事分偏穠堆浮豔倚朱門雖然占得笙歌地將甚酬他雨露恩

湘妃廟

劉表荒碑斷水濱廟前幽草閉殘春已將愁淚雷班竹又感悲風入白蘋八族未來誰北拱四凶猶在莫南巡

九峰相似堪疑處，望見蒼梧不見人。

句

獨來成悵望，不去泥欄干。（惜花。見詩人玉屑）

全唐詩

周朴

周朴，字太朴，吳興人。避地福州，寄食烏石山僧寺。黃巢冦閩，欲降之，朴不從，遂見害。詩一卷。

題甘露寺

層閣疊危壁，瑞因（一作因成）千古名。幾連揚子路，獨倚潤州城。雲近銜江色，鵰高背磬聲。僧居上方久，端坐見營營。

題玄公院

院深塵自外（一作幽深自塵外），如佛值玄公。常跡或（一作悲）非次，志門因得中。衣巾離暑氣，牀榻向涼風。是事不逾分，秪應明德同。

福州（一作唐）東禪寺

甌閩（一作閩）在（一作此）郊外，師院號東禪。物得居來正，人經論後賢。砲（一作絕）槽栁塞馬，蓋地月支綖（一作筵）。鸛鵲尚（一作更）巢頂，誰堪舉世傳。

贈大潙和尚

大潙清復深，萬象影沈沈。有客衣多毳，空門偈勝金。王侯皆作禮，陸子只來吟。我問師心處，師言無處心。

秋夜不寐寄崔温進士

愁多難得寐，展轉讀書牀。不是旅人病，豈知秋夜長。歸鄉憑遠夢，無夢更思鄉。枕上移窗月，分明是淚光。

春中途中寄南巴（一作巴東）崔使君

旅人遊汲汲，春氣又融融。農事蛙聲裏，歸程草色中。獨慙出穀雨，未變暖天風。子玉和予去，應憐恨不窮。

寄處士方干

桐廬江水閑，終日對柴關。因想別離處，不知多少山。釣舟春岸泊，庭樹曉（一作晚）鶯（一作煙）還。莫便求棲隱，桂枝堪恨頹。

寄塞北張符

隴樹塞風吹，遼城角幾枝。霜凝無暫歇，君貌莫應衰。萬里平沙際，一行邊鴈移。那堪朔煙起，家信正相離。

次梧州却寄永州使君

隨風（一作雲）身不定，今夜在蒼梧。客淚有時有，猨聲無處無。潮添瘴海闊，煙拂粤山孤。却憶零陵住，吟詩半玉壺。

贈念經僧

菴前古折碑，夜靜念經時。月皎（一作皓）海霞散，露濃山草垂。鬼聞抛故塚，禽聽離寒枝。想得天花墜，馨香拂白眉。

董嶺水

湖州安吉縣，門與白雲齊。禹力不到處，河聲流向西。去銜山色遠，近水月光低。中有高人在，沙中曳杖藜。

早春

良夜歲應足，嚴風為變春。遍回寒作暖，通改舊成新。秀樹因馨雨（一作花馨霧），融冰雨泛蘋。韶光不偏黨，積漸煦疲民。

秋深（一作塞上行）

柳色尚（一作正）沈沈，風吹秋更深。山河空遠道，鄉國自鳴砧。巷有千家月，人無萬里心。長城哭崩後，寂絕（一作莫）至如今。

贈雙峰山和尚

峩峩雙髻山，瀑布瀉雲間。塵世自疑水，禪門長去關。茯神松不異，藏寶石俱閑。向此師清業，如何方可攀。

贈無了禪師

不學世所惜，是何無了公。靈（一作雲）匡虛院（一作殿），外虎跡亂山。中晝夜必連，去古今爭敢同。禪情豈堪問，問答更無窮。

王霸壇（即今西禪寺。山南鑿井，有白龜吐泉。霸因之煉藥點金利濟貧民，服其餘藥于皂莢樹下蟬蛻而去）

王君上升處，信首古居前。皂樹即須朽，白龜應亦全。雲間猶一日，塵裏已千年。碧色壇如黛，時人誰可仙。

送梁道士

舊居桐栢觀，歸去愛安閑。倒樹造新屋，化人修古壇。晚花霜後落，山雨夜深寒。應有同溪客，相尋學鍊丹。

邊思

年高來遠戍，白首罷干戈。夜色薊門火，秋聲邊塞風。磧浮悲老馬，月滿引新弓。百戰陰山去，唯添上將雄。

哭陳庚

繫馬向山立，一杯聊奠君。野煙孤客路，寒草故人墳。琴韻歸流水，詩情寄白雲。日斜休哭後（一作處），松韻（一作吹）不堪聞。

宿玉泉寺

野寺度殘夏，空房欲暮（一作臥）時。夜聽猨不睡，秋思客先知。竹迴煙生薄，山高月上遲。又登塵路去，難與老僧期。

題赤城中巖寺（一本無下三字）

浮世師休話，晉時燈照巖。禽飛穿靜戶，藤結入高杉。存沒詩千首，廢興經數函。誰知將俗耳，來此避囂讒。

塞上行

秦築長城在，連雲磧氣侵。風吹邊草急，角絕塞鴻沈。世世征人往，年年戰骨深。遼天望鄉者，迴首盡霑襟。

玉泉寺

寺還名玉泉，澄（一作冽）水亦遭賢。物尚猶如此，人爭（一作心）合偶然。溪流雲斷外，山峻鳥飛還（一作前）。初日長廊下，高僧正坐禪。

春宮怨（一作杜荀鶴詩）

早被嬋娟誤，欲妝臨鏡慵。承恩不在貌，教妾若爲容。風暖鳥聲碎，日高花影重。年年越溪女，相憶采芙蓉。

宿劉温書齋

不掩盈窗日，天然格調高。凉風移蟋蟀，落葉在離騷。迴筆挑燈燼，懸圖見海潮。因論三國志，空載幾英豪。

登福州南澗寺

萬里重山遶，福州南橫一道。見溪流天邊，飛鳥東西沒。塵裏行人早晚休，曉日青（一作春）山當大衆。連雲古塹對高樓，那堪望斷他鄉目（一作外，一作客），只此蕭條自白頭。

望中懷古

齊心樓上望浮雲，萬古千秋空姓名。堯水永銷天際去，姬風一變世間平。高蹤盡共煙（一作天）霞在，大道長將日月（一作白日）明。從此安然寰海内，後來無復謾相傾。

昇山寺

昇山自古道飛來，此是神功不可猜。氣色雖然離禹穴，峰巒猶自接天台。巖邊折樹泉衝落，頂上浮雲日照開。南望閩城塵世界，千秋萬古卷塵埃。

哭李端

三年蓊拂感知音，哭向青山永夜心。竹在曉煙孤鳳去，劍荒秋水一龍沈。新墳日落松聲小，舊色春殘草色深。不及此時親執紼，石門遥想淚霑襟。

福州神光寺塔

良匠用材爲塔了，神光寺更得高名。風雲會處千尋出，日月（一作直）中時八面明。海水旋流倭國野，天文方戴（一作載）福州城。相輪頂上望浮世，塵裏人心應總（一作早晚）平。

福州開元寺塔

開元寺裏七重（一作層）塔，遥對方山影擬齊。雜俗人看離世界（一作境），孤高僧上（一作坐）覺天低。唯堪片片紫霞映，不與濛濛白霧迷。心若無私羅漢在，參差免向日虹西。

春日秦國懷古

荒郊一望欲消魂，涇水縈紆傍遠村。牛馬放多春草盡，原田耕破古碑存。雲和積雪蒼山晚，煙伴殘陽綠樹昏。數里黃沙行客路（一作路客），不堪回首思秦原。

春日遊北園寄韓侍郎

灼灼春園晚，色分露珠千。點映寒雲多，情舞蝶穿花去。解語流鶯隔水聞，冷酒杯中宜泛灔，暖風林下自氛氲。仙桃不肯全開折，應借餘芳待使君。

喜賀拔先輩衡陽除正字

黃紙晴空墜一緘，聖朝（一作明）恩澤洗冤讒。李膺門客爲閑客，梅福官銜改舊銜。名自石渠書典籍，香從芸閣著衣衫。寰中不用憂天旱，霖雨看看屬傅巖。

客州僨居寄蕭郎中

松店茅軒向水開，東頭舍僨一裹徊。窗吟苦爲秋江靜，枕夢驚因曉角催。鄰舍見愁賒酒與，主人知去索錢來。眼看白筆爲霖雨，肯使紅鱗便曝腮。

贈李裕先輩

曉擎弓箭入初場，一發曾穿百步楊。仙籍舊題前進士，聖朝新奏校書郎。馬疑金馬門前馬，香認芸香閣上香。閑伴李膺紅燭下，慢吟絲竹淺飛觴。

桐栢觀

東南一境清心目，有此千峰插翠微。人在下方衝月上，鶴從高處破煙飛。巖深水落寒侵骨，門靜花開色照衣。欲識蓬萊今便是，更於何處學忘機。

塞上

受降城必破，回落隴頭移。蕃道北海北，謀生今始知。

塞上曲

一陣風來一陣砂，有人行處沒人家。黃河九曲冰先合，紫塞三春不見花。

塞下曲

石國胡兒向磧東，愛吹橫笛引秋風。夜來雲雨皆飛盡，月照平沙萬里空。

詠猨

生在巫山更向西，不知何事到巴溪。中宵爲憶秋雲伴，遥隔朱門向月啼。

桃花

桃花春色暖先開，明媚誰人不看來。可惜狂風吹落後，殷紅片片點莓苔。

薛老峰

薛老峰頭三箇字，須知此與石齊生。直教截斷蒼苔色，浮世人儕眼始明。

弔李羣玉

羣玉詩名冠李唐，投詩換得校書郎。吟魂醉魄知何處，空有幽蘭隔岸香。

無等巖

建造上方藤影裏，高僧往往似天台。不知名樹簷前長，曾問道人巖下來。

句

古陵寒雨集，高鳥夕陽明。高情千里外，長嘯一聲初。（以上見張爲主客圖）

月離山一丈，風吹花數苞。（見吟窗雜錄）　曉來山鳥鬧，雨過杏花稀。（見優古堂詩話）

曲渚回灣鎖釣舟。　平潮晚影沈清底，遠岳危欄等翠尖。（以上見海録碎事）

白日纔離滄海底，清光先照户窗前。（靈巖廣化寺。見閩志）

連雲天塹有山色，極目海門無鴈行。　可憐黃雀銜將去，從此莊周夢不成。（詠蝶。見泉州志）

禪是大溈詩是朴，大唐天子只三人。（贈大溈）

全唐詩目 第十函

第六冊

鄭谷 四卷

許彬 一卷

崔塗 一卷

全唐詩

鄭谷

鄭谷字守愚袁州人光啟三年擢第官右拾遺歷都官郎中幼卽能詩名盛唐末有雲臺編三卷宜陽集三卷外集三卷今編詩四卷

感興

禾黍不陽豔競栽桃李春翻令力耕者半（一作多）作賣花人

望湘亭

湘水似伊水湘人非故人登臨獨無語風柳自搖春

採桑

曉陌攜籠去桑林（一作村）路隔淮何如鬬百草賭取鳳皇釵

悶題

落第春相困無心惜落花荊山歸不得歸得亦無家

中臺五題

右乳毛松

松格一何高何人號乳毛霜天寓直夜媿爾伴閑曹

右欂里子墓

賢人骨已銷墓樹幾（一作半）榮凋正直魂如在齋心願一招

右牡丹

亂前看不足亂後眼偏明却得蓬蒿力遮藏見太平

右玉蕊（玉蕊亂前唐昌觀最盛）

唐昌樹已荒天意眷文昌曉入微風起春時雪滿牆

右石柱（外祖在南宮七轉名曹鐫記皆在）

暴亂免遺折森羅賢達名末郎何所取叨繼外門榮

別同志

所立共寒苦平生同與遊相看臨遠水獨自上孤舟天澹滄浪晚風悲蘭杜秋前程吟此景為子上高樓

送進士盧棨東歸

灞岸草萋萋離觴我獨攜流年俱老大失意又東西曉楚山雲滿春吳水樹低到家梅雨歇猶有子規啼

從叔郎中諴輟自秋曹分符安陸屬羣盜倡熾流毒江壖竟以援兵不來城池失守例削今任却敘省銜退居荊漢之間頗得琴尊之趣因有寄獻

華省稱前任何慚削一麾滄洲失孤壘白髮出重圍苦節翻多難空山自喜歸悠悠清漢上漁者日相依

送徐渙端公南歸（一本無渙字）

青衿離白社朱綬（一作紱）始言歸此去應多（一作名應）羨初心盡不違江帆和日落越鳥近鄉飛一路春風裏楊花雪滿衣

送祠部曹郎中鄴出守洋州

為儒欣出守上路亦戎裝舊製詩多諷分憂俗必康開懷江稻熟寄信露橙香郡閣清吟夜寒星識望郎

送進士許彬

泗上未休兵壺關事可驚流年催我老遠道念君行殘雪臨晴水寒梅發故城何當食新稻歲稔又時平

次韻和王駕校書結綬見寄之什

直應歸諫署方肎別山村勤苦常同業孤單共感恩醉披仙鶴氅吟扣野僧門夢見君高趣天涼自灌園

秘閣伴直

秘閣鎖書深牆南列晚岑吏人同野鹿庭木似山林淺井寒蕪入迴廊疊蘚侵閑看薛稷鶴共起五湖心

送太學顏（一作時）明經及第東歸

平楚干戈後田園失耦耕艱難登一第離（一作喪）亂省諸兄樹沒春江漲人繁野渡晴閑來思學館猶夢雪窗明

送進士趙能卿下第南歸

不歸何慰親歸去舊風塵灑淚慚關吏無言（一作書）對越人遠帆花月夜微岸水天春莫便隨漁釣平生已苦辛

送人遊邊

春亦怯邊遊此行風正秋別離逢雨夜（一作夜雨）道路向雲州磧樹藏城近沙河漾日流將軍方破虜莫惜獻良籌

送人之九江謁郡侯苗員外紳

澤國尋知己南浮不偶遊湓城分楚塞廬岳對江州曉飯臨孤嶼春帆入亂流雙旌相望處月白庾公樓

送許棠先輩之官涇縣

白頭新作尉縣在故（一作古）山中高第能卑宦前賢尚此風蕪湖春蕩漾梅雨晝溟濛佐理人安後篇章莫廢功（一作攻）

送司封從叔員外徼赴華州裴尚書均辟

如何拋錦帳蓮府對蓮峯舊有雲霞約暫留鴛鷺蹤歎溪秋雪岸樹谷夕陽鐘盡入新吟境歸朝興莫慵

送京參翁先輩歸閩中

解印東歸去人情此際多名高五七字道勝兩重科宿館明寒燒（一作燭）吟船兀夜波家山春更好越鳥在庭柯

贈別

南遊曾共遊相別倍相留行色迴燈曉離聲滿竹（一作笛）秋穩眠彭蠡浪好醉岳陽樓明日逢佳景為君成白頭

南遊

淒涼懷古意湘浦弔靈均故國經新歲扁舟寄病身山

城多曉瘴澤國少晴春漸遠無相識青梅獨向（一作問）人

巴賓旅寓寄朝中從叔

驚秋思浩然信美向巴天獨倚臨江樹初聞落日蟬哀榮悲往事漂泊念多年未便甘休去吾宗盡見憐

寄司勳張員外學士

平昔偏知我司勳張外郎昨來聞俶擾憂甚欲顛狂煙暝搔愁鬢春陰賴酒鄉江樓倚不得橫笛數聲長

寄邊上從事

男兒懷壯節何不（一作河外）事嫖姚高壘觀諸寨全師護大朝淺山寒放馬亂火夜防苗下第春愁甚勞君遠見招

寄左省韋起居序（一作字）

風神何蘊藉張緒正當年端簡爐香裏濡毫洞案邊飾裝無雨備著述減春眠旦夕應彌入銀臺曉候宣

寄贈藍田韋少府先輩

王畿第一縣縣尉是詞人館殿非初意圖書是舊貧研冰泉實響寒雪廟松春自此昇通籍清華日近（一作逼）身

寄懷元秀上人

悠悠干祿利草草廢漁樵身世堪惆悵風騷頗寂寥高秋期野步積雨放趨朝得句如相憶莎齋且見招

贈圓昉公（昉蜀僧僖宗幸蜀昉堅免紫衣）

天階讓紫衣冷格鶴猶卑道勝嫌名出身閑覺老遲晚香延宿火寒磬度高枝長說長松寺他年與我期

寄題方干處士

山雪照湖水漾舟湖畔歸松篁調遠籟（一作韻）臺榭發清輝野岫分閑（一作關）徑漁家並掩扉暮年詩力在新（一作析）句更幽微

寄獻湖州從叔員外

顧渚山邊郡溪將罨畫通遠看城郭裏（一作外又作處）全在水雲中西閣歸何晚東吳興未窮茶香紫筍露洲迥白蘋風歌緩眉低翠杯明蠟翦紅政成尋往事輟棹問漁翁

訪姨兄王斌渭口別墅（一本無王斌二字）

枯桑河（一作柘江）上村寥（一作牢）落舊田園少小曾來此悲涼不可言訪鄰多指塚問路半移原久歎家僮散初晴野醑繫客帆懸極浦漁網曬危軒苦澀詩盈篋荒唐酒滿尊高枝霜果在幽渚暝禽喧遠靄籠樵響微煙起燒痕哀榮孫族分感激外兄恩三宿忘歸去圭峰恰對門

放朝偶作

寒極放朝天欣聞半夜宣時安逢密雪日晏得（一作待）高眠擁褐同休假吟詩賀有年坐來幽興在松亞小窗前

順動後藍田偶作（時丙辰初夏月）

小諫昇中諫三年侍玉除且（一作直）言無所（一作以）補浩歎欲何如宮闕飛灰燼嬪嬙落里閭藍峰秋更碧霑灑望鑾輿

府中寓止寄趙大諫

老作含香客貧無僦舍錢神州容寄跡大尹是同年密邇都忘倦乖慵益見憐雪風花月好中夜便招延

峽中寓止二首

荊州未解圍小縣結茅茨强對官人笑甘（一作偏）為野鶴欺江春鋪網濶市晚鬻蔬遲子美猶如此翻然不敢悲

傳聞殊不定鑾輅幾時還俗易無常性江清見老顏夜船歸草市春步上茶山寨將來相問兒童競啓關

頽惠詹事即孫姪舅氏謫官黔巫舟中相遇愴然有寄

猶子在天末念渠懷渭陽巴山偶會遇江浦共悲涼謫宦君何遠窮遊我自強瘴村三月暮雨熟野梅黃

訪題進士孫泰延福南街居

多病久離索相尋聊解顏短牆通御水疎樹出南山歲月何難老園林未得還無門共榮達孤坐却如閑

訪題進士張喬延興門外所居

平生苦節同旦夕會原東掩卷斜陽裏看山落（一作萬）木中星霜今（一作吟）欲老江海業全空近日文場內因君起古風

寄南浦謫官

多才翻得罪天末抱窮憂白首為遷客青山繞萬州醉歆梅障曉（一作晚）歌厭竹枝秋望闕懷鄉淚荊江水共流

李夷遇侍御久滯水鄉因抒寄懷

簪豸年何久懸帆興甚長江流愛吳越詩格愈（一作邊）齊梁竹寺晴吟遠蘭洲晚（一作曉）泊香高閑徒自任華省待為郎

寄膳部李郎中昌符

鄠郊陪野步早歲偶因詩自後吟新句長愁減舊知靜燈微落燼寒硯旋生澌夜夜冥搜苦那能鬢不衰

寄前水部賈員外嵩

謝病別文昌仙舟向越鄉貴為金馬客雅稱水曹郎白鷺同孤潔清波共渺茫相如詞賦外騷雅（一作野）趣何長

寄棊客

松窗楸局穩相顧思皆凝幾局賭山果一先饒海僧覆圖聞夜雨下子對秋燈何日無羈束期君向杜陵

聞進士許彬罷舉歸睦州悵然懷寄

桐廬歸舊廬垂老復樵漁吾子雖言命鄉人嬾讀書煙舟撐晚浦雨屐翦春蔬異代名方振哀吟莫廢初

長安夜坐寄懷湖外嵇處士

萬里念江海浩然天地秋風高羣木落夜久數星流鐘絕分宮漏螢微隔御溝遙思（一作知）洞庭上葦露滴（一作滿）漁舟

贈文士王雄

知己竟何人哀（一作夫）君尚苦辛圖書長在手文學老於身公道天難廢貞姿世（一作士一作玉）任嗔（一作真）小齋松菊靜願卜子為鄰

贈富平李宰

夫君清且貧琴鶴最相親簡肅諸曹事安閑一境人陵山雲裏拜渠路雨中巡易得連宵醉千缸石凍春

贈尚顏上人

相尋喜可知放錫便論詩酷愛山兼水唯應我與師風雷吟不覺猨鶴老為期近輩推（一作唯）棲白其如趣向卑

贈泗口苗居士

歲宴樂園林維摩契道心江雲寒不散庭雪夜方深酒勸漁（一作共遊）人飲詩憐稚子吟四郊多壘日勉我捨朝簪

梁燭處士辭金陵相國杜公歸舊山因以寄贈

相庭留不得江野有苔磯雨浙尋山徧孤舟載鶴歸世間書讀盡雲（一作僧）外客來稀諫署搜賢急應難惜（一作借）布衣

哭建州李員外頻

令終歸故里末歲道如初舊友誰為誌清風豈易書雨

墳生野蕨鄉奠釣江魚獨夜吟還泣前年伴直廬

哭進士李洞二首(李生酷愛賈浪仙詩長江在東蜀境内浪仙冢於此處)

所惜絶吟聲不悲君不榮李端終薄宦賈島得高名旅葬新墳小遺孤遠俗輕猶疑隨計晚昨夜草蟲鳴

自聞東蜀病唯我獨關情若近長江死想君勝在生瘴蒸丹旐溼燈隔素帷清冢樹僧栽後新蟬一兩聲

南康郡牧陸肱郎中辟許棠先輩爲郡從事因有寄贈

末路(一作振蹟)思前侶猶(一作難)爲戀故巢江山多勝境(一作景)賓主是貧交飲舫閑依葦琴堂雅結茅夜清僧伴宿水月在松梢

久不得張喬消息(一本題下有有寄二字)

天末去程孤沿淮復向吳亂離何處甚安穩到家無樹盡雲垂野檣稀月滿湖傷心繞村落(一作路)應少舊耕夫

題嵩高隱者居

豈易訪仙蹤雲蘿千萬重他年來卜隱此景(一作境)頗相容亂水林中路深山雪裏鐘見君琴酒樂迴首興何慵

趙璘(一作林)郎中席上賦蝴蝶

尋豔復尋香似閑還似忙暖煙沈蕙徑微雨宿花房書幌輕隨夢歌樓誤採粧王孫深屬意繡入舞衣裳

賀進士駱用錫登第

苦辛垂二紀擢第却霑裳春榜到春晚一家榮一鄉題名登塔喜醵宴爲花忙好是東歸日高槐蕊半黄

興州東池

南連乳郡流潤碧浸晴樓徹底千峰影無風一片秋垂楊拂蓮葉返照媚漁舟鑑貌還惆悵難遮兩鬢羞

渠江旅思

流落復蹉跎交親半逝波謀身非不切言命欲如何故楚春田廢窮巴瘴雨多引人鄉淚盡夜夜竹枝歌

登杭州城(一作題杭州樟亭一作題樟亭驛樓)

漠漠(一作故國)江天外登臨返照間潮來(一作平)無別浦木落見他山沙鳥晴飛遠漁人夜唱閑歲窮歸未得心逐片帆還

曲江

細草岸西東酒旗搖水風樓臺在煙(一作花)杪鷗鷺下沙(一作煙)中翠幄晴相接芳洲夜暫空何人賞秋景興與此時同

沙苑

茫茫信馬行不似近都城苑吏猶迷路江人莫問程聚來千嶂出落去一川平日暮客心速愁聞鴈數聲

通川客舍

奔走失前計淹留非本心已難消永夜況復聽秋霖漸解巴兒語誰憐越客吟黄花徒滿手白髮不勝簪

潼關道中

白道曉霜迷離燈照馬嘶秋風滿關樹殘月隔河雞來往非無倦窮通豈易齊何年歸故社披雨翦春畦

終南白鶴觀

步步景通眞門前衆水分檉蘿諸洞(一作洞口)合鐘磬上清聞古木千尋雪寒山萬丈雲終期埽壇級來事(一作伴)紫陽君

題興善寺寂上人院

客來風雨後院靜似荒涼罷講蛩離砌思山葉滿廊朧高興故疾爐暖發餘香自說匡廬側杉(一作移)陰半石牀

題水部李羽員外招國里居

野色入前軒儵然琴與尊畫僧依寺壁栽葦學江村自醖(一作醒)花前酒(一作醉)誰敲雪裏門不辭朝謁遠唯要近慈恩

信美寺岑上人(一作司空圖詩)

巡禮諸方徧湘南頗有緣焚香老山(一作僧)寺乞食向江船紗碧籠名畫燈寒照淨禪我來能永日蓮漏滴堦前

池上

池榭(一作樹)恆幽獨狂吟學解嘲露荷香自在(一作在)風竹冷相敲喪志嫌孤宦忘機愛澹交仙山如有分必擬訪三茅

遊貴侯城南林墅

韋杜八九月亭臺高下風獨來新霽後閑步澹煙中荷密(一作莎軟)連池綠柹繁和葉紅主人貪貴達清境屬鄰翁

江行

漂泊病難任逢人淚滿襟關東多事日天末未歸心夜雨荆江漲(一作潤)春雲郢樹深殷勤聽漁唱漸次(一作漸)入吳音

舟次通泉精舍

江清如洛汭寺好似香山勞倦孤舟裏登臨半日閒樹涼巢鶴健巖響語僧閑更共幽雲約秋隨絳帳還(時谷將之瀘州省拜思地)

水軒

日日狎沙禽偷安且放吟讀書老不入愛酒病還深歎後爲羈(一作飢)客兵餘問故林楊花滿牀席搔首度春陰

潯陽姚宰廳作

縣幽公事稀庭草是山薇足(一作縱)得招棊侶何妨著道衣野泉當案落汀鷺入衙飛寺去東林近多應隔宿歸

梓潼歲暮

江城無宿雪風物易爲春酒美消磨日梅香著莫人老吟窮景象多難損精神漸有還京望綿州減戰塵

咸陽

咸陽城下宿往事可悲思未有謀身計頻遷反正期凍河孤棹澀老樹疊巢危莫問今行止漂漂不自(一作自不)知

長安感興

徒勞悲喪亂自古戒繁華落日狐兔徑近年公相家可悲聞玉笛不見走香車寂寞牆匡裏春陰挫杏花

聞所知遊樊川有寄(一本無有寄二字)

誰無泉石趣朝下少同過貪勝覺程近愛閑經宿多片沙留白鳥高木引青蘿醉把漁竿去殷勤藉岸莎

張谷田舍

縣官清且儉深谷有(一作自)人家一徑入寒竹小橋穿野花碓喧春澗滿梯倚綠桑斜自說年來稔前村酒可賒

深居

吾道有誰同深居自固窮殷勤謝綠樹朝夕惠清風書滿閑窗下琴橫野艇中年來頭更白雅稱釣魚翁

端居

葉葉下高梧端居失所圖亂離時輩少風月夜吟孤舊疾衰還有窮愁醉暫無秋光如水國不語理霜鬚

郊園

相近復相尋山僧與水禽煙蓑春釣靜雪屋夜棊深雅道誰開口時風未醒(一作省)心溪光何以報秖有醉和吟

郊野(一作墅)
蓼水菊籬邊新晴有亂蟬秋光終寂寞晚醉自留連野
溼禾(一作林)中露村閑社後天題詩滿紅葉何必浣花牋

旅寓洛南村舍
村落清明近鞦韆稚女誇春陰妨柳絮月黑見梨花白
鳥窺魚網青帘認酒家幽棲雖自適交友在京華

杏花
不學梅欺雪輕紅照碧池小桃新謝後雙燕却來時香
屬登龍客(一作室)煙籠宿蝶枝臨軒須貌取風雨易離披

水林檎花
一露一朝新簾櫳曉景分豔和蜂蝶動香帶管弦聞笑
擬春無力粧濃酒漸醺直疑風起(一作雨)夜飛去替行雲

蓼花
簇簇復悠悠年年拂漫流差池伴黃菊冷澹過清秋晚
帶鳴蟲(一作螢)急寒藏宿鷺愁故溪歸不得憑仗繫漁舟

江梅
江梅且緩飛前輩有歌詞莫惜黃金縷難忘白雪枝吟
看歸不得醉嗅立如癡和雨和煙折含情寄所思

荔枝
平昔誰相愛驪山遇貴妃枉教生處遠愁見摘來稀晚
(一作曉)奪紅(一作江)霞色晴欺瘴日威南荒何所戀(一作慰)爲爾即忘
歸

駐蹕華下同年司封員外從翁許共遊西溪久
違前契戲成寄贈
北渚牽吟興西溪爽共遊指期乘(一作承)禁馬(故事初入內庭恩賜飛龍馬)無
暇狎沙鷗縱目懷青島澄心想碧流明公非不愛應待
泛龍舟

谷自亂離(一作播亂)之後在西蜀半紀之餘多寓止精
舍與圓昉上人爲淨侶昉公於長松山舊齋嘗
約他日訪會勞生多故遊宦數年曩契未諧忽
聞謝世愴吟四韻以弔之
每(一作幾)思聞淨話雨夜對禪牀未得重相見秋燈照影堂
孤雲終負約薄宦轉堪傷夢繞長松塔遙焚一炷香

投時相十韻
何以保孤危操修自(一作日)不知衆中常杜口夢裏亦吟詩
失計辭山早非才得仕(一作事)遲薄冰安可履暗室豈能欺
勤苦流螢信吁嗟宿燕知殘鐘殘漏曉落葉落花時故
舊寒門少文章外族衰此生多轗軻半世足漂離省署
隨清品漁舟夾素期戀恩休未遂雙鬢漸成絲

全唐詩
鄭谷

喜秀上人相訪
雪初開一徑師忽扣雙扉老大情相近林泉約共歸憂
榮棲省署孤僻謝(一作負)朝衣他夜松堂宿論詩更入微

夕陽
夕陽秋更好斂斂(一作瀲瀲)蕙蘭中極浦明殘雨長天急遠鴻
僧窗留半榻漁舸透疏蓬莫恨清光盡寒蟾即照空

搖落
夜來搖落悲桑棗半空枝故國無消息流年有亂離霜
秦聞雁早煙渭認帆遲日暮寒鼙急邊軍在雍岐

西蜀淨衆寺松溪八韻兼寄小筆崔處士
松因溪得名溪吹答松聲繚繞能穿寺幽奇不在城寒
煙齋後散春雨夜中平染岸蒼苔古翹沙白鳥明澄分
僧影瘦光徹客心清帶梵侵雲響和鐘擊(一作激)石鳴瀹烹
新茗爽暖泛落花輕此景吟難盡憑君畫入京

遷客
離夜聞橫笛可堪吹鷓鴣雪寃知早晚雨泣渡江湖秋
樹吹黃葉臘煙垂綠蕪虞翻歸有日莫便哭窮途

蔡處士
無著復(一作更)無求平生不解愁鬻蔬貧潔淨(一作淨潔)中酒病風
流旨趣陶山相詩篇沈隱侯小齋江色裏籬柱繫漁舟

予嘗有雪景一絕爲人所諷吟段贊善小筆精
微忽爲圖畫以詩謝之
贊善賢相後家藏名畫多留心於繪素得事(一作意)在煙波
屬興同吟詠成功更琢磨愛予風雪句幽絕寫漁蓑

京兆府試殘月如新月
榮落何相似初終却一般猶疑和夕照誰信墮朝寒水
木輝華別詩家(一作情)比象難佳人應誤拜棲鳥反求安屈
指期輪滿何心謂(一作誚)影殘庾樓清賞處吟徹曙鐘看

咸通十四年府試木向榮(題中用韻)
園林青氣動衆木散寒聲敗葉牆陰在滋條雪後榮欣
欣春令早藹藹日華輕庾嶺梅先覺隋堤柳暗驚山川
應物候皁壤起農情祇待花開日連棲出谷鶯

丞相孟夏祇薦南郊紀獻十韻
節應清和候郊宮事潔羞至誠聞上帝明德祀圓丘雅
用陶匏器馨非黍稷流就陽陳盛禮匡國禱鴻休漸曉
蘭迎露微涼麥弄秋壽山橫紫閣瑞靄抱皇州外肅通
班序中嚴錫慶優(一作中懷納聲憂)奏(一作升)歌三酒備表敬百神柔池
碧將還鳳原清再問牛萬方瞻輔翼共賀贊皇猷

敘事感恩上狄右丞
昔歲曾投贄關河在左馮庾公垂顧遇王粲許從容(頃年庚給事崇出守同州右丞在幕府谷退飛遊謁始受獎知)首薦叨殊禮全家寓近封白樓陪寫
望青眼感遭逢顧念梁間燕深憐澗底松嵐光蓮嶽逼

酒味菊花濃（同州官醞尚菊花酒）。寇難旋移國，漂離幾聽蛩。半生悲逆（一作道）旅，二紀間門墉。蜀雪隨僧蹋，荊煙逐雁衝。凋零歸兩鬢，舉止失前蹤。得事雖甘晚，陳詩未肯慵。遍來趨九仞，又伴賞三峯（時大駕在華州）。棲託情何限，吹噓意數重。自茲儔侶內，無復歎龍鍾。

詠懷

迂疎雖可欺，心路甚男兒。薄宦渾無味，平生粗有詩。澹交終不破，孤達晚相宜。直夜花前喚，朝寒雪裏追（一作隨）。竹聲輸我聽，茶格共僧知。景物還多感，情懷偶不卑。溪鶯喧午寢，山蕨止春飢。險事銷腸酒，清歡敵手棋。香鋤抛藥圃（一作園），煙艇憶莎陂。自許亨途在，儒綱復振時。

乾符丙申歲奉試春漲曲江池（用春字）

王澤尚通津，恩波此日新。深疑一夜雨，宛似五湖春。泛灩翹振鷺，澄清躍紫鱗。翠低孤嶼柳，香失半汀蘋。鳳輦尋佳境，龍舟命近臣。桂花如入手，願作從遊人。

華山

峭仞聳巍巍，晴嵐染近畿。孤高不可狀，圖寫盡應非。絕頂神仙會，半空鸞鶴歸。雲臺分遠靄，樹谷隱斜暉。墜石連村響，狂雷發廟威。氣中寒渭闊，影外白樓微。雲對蓮花落，泉橫露掌飛。乳懸危磴滑，樵徹上方稀。澹泊生真趣，逍遙息世機。野花明澗路，春蘚澀松圍。遠洞時聞磬，羣僧晝掩扉。他年洗塵骨，香火願相依。

入閣

秘殿臨軒日，和鑾返正年。兩班文武盛，百辟羽儀全。霜漏清中禁，風旗拂曙天。門嚴新勘契（一作契勘），仗（一作使）入乍（一作通）承宣。玉几當紅旭，金鑪縱碧煙。對揚稱法吏，贊引出宮鈿。言動揮毫疾，雍容執簿專。壽山晴靉靆，顥氣暖連延。禮有鴛鸞集，恩無雨露偏。小臣叨備位，歌詠泰階前。

故少師從翁隱巖別墅亂後榛蕪感舊愴懷遂有追紀

風騷爲主人，凡俗仰清塵。密行稱閨闥，明誠動搢紳。周旋居顯重，內外掌絲綸。妙主蓬壺籍，忠爲社稷臣。大儀牆仞峻，東轄紀綱新。聞善常開口，推公豈爲身。立朝鳴珮重，歸宅典衣貧。半醉看花晚，中餐煮菜春。晴臺隨鹿上，幽墅（一作野）結（一作約）僧鄰。理論知清越（清越，江左詩僧，孤卿待之甚厚），生徒得李頻。藥香沾筆硯，竹色染衣巾。寄鶴眠雲叟，騎驢入室賓（咸通中，舉子乘馬，唯張喬跨驢。喬詩苦道貞，孤卿延於門下）。近將姚監比（自姚祕監合主張風雅後，孤卿一人而已），僻與段卿親（段少常成式興學辛勤，章句入微，孤卿爲前序）。葉積池邊路，茶遲雪後薪。所難留著述，誰不秉陶鈞。喪亂時多變，追思事已陳。浮華重發作，雅正甚湮淪。宗從今何在，依棲素有因。七松無影響（孤卿植小松七本，自號七松處士，異代對五柳先生），雙淚益悲辛。猶喜于門秀，年來屈復伸（班即孤卿侄孫，登進士科級也）。

送吏（一作祠）部曹郎中免官南歸

高名向已求，古韻古無儔。風月拋蘭省，江山復（一作向）桂州。賢人知止足，中歲便歸休。雲鶴深相待，公卿不易留。滿朝張祖席，半路上仙舟。篋重藏吳畫，茶新換越甌。郡迎紅燭宴，寺宿翠嵐樓。觸目成幽興，全家是勝遊。蓬聲漁叟雨，葦色鷺鷥秋。久別郊園改，將歸里巷修。桑麻勝祿食，節序免鄉愁。陽朔花迎櫂，崇賢葉滿溝。席春歡促膝，簷日暖梳（一作扶）頭。道暢應爲蝶（一作虎），時來必問牛。終須康庶品，未爽（一作許）漱寒流。議在歸羣望，情難戀自由。小生誠淺拙，早歲便依投。夏課每垂獎，雪天常見憂。遠招陪宿直，首薦向公侯。攀送偏揮灑，龍鍾志未酬。

迴鑾

妖星沈雨露，和氣滿京關。上將忠勳立，明君法駕還。順風調雅樂，夾道序羣班。香泛傳宣裏，塵清指顧間。樓臺新紫氣，雲物舊黃山。曉渭行朝肅，秋郊曠望閑。廟靈安國步，日角動天顏。浩浩昇平曲，流歌徹百蠻。

峽中

萬重煙靄裏，隱隱見夔州。夜靜明月峽，春寒堆雪樓。獨吟誰會解，多病自淹留。往事如今日，聊同子美愁。

蜀中寓止夏日自貽

展轉欹孤枕，風幃信寂寥。漲江垂蠐蝀，驟雨鬧芭蕉。道阻歸期晚，年加記性銷。故人衰颯盡，相望在行朝。

試筆偶書

沙鳥與山麇，由來性不羈。可憑唯在（一作有）道，難解莫過詩。任笑孤吟僻，終嫌巧宦卑。乖慵恩地恕，冷澹好僧知。華省慙公器，滄江負釣師。露花春直夜，煙鼓早朝時。世路多艱梗，家風免墜遺。殷勤一蓑雨，秖得夢中披。

奔避

奔避投人遠，漂離易感恩。愁髯霜颯颯，病眼淚昏昏。孤館秋聲樹，寒江落照村。更聞歸路絕，新寨截荊門。

弔水部賈員外嵩（一本無嵩字）

八韻與五字，俱爲時所先。幽魂應自慰，李白墓相連。

貧女吟

塵壓鴛鴦廢錦機，滿頭空插麗春枝。東鄰舞妓多金翠，笑剪燈花學畫眉。

席上貽歌者

花月樓臺近九衢，清歌一曲倒金壺。座中亦有（一作半是）江南客，莫向春風（一作尊前）唱鷓鴣。

菊

王孫莫把比蓬蒿，九日枝枝近鬢毛。露溼秋香滿池岸，由來不羨瓦（一作五）松高。

下峽

憶子啼猨繞樹哀，雨隨孤櫂過陽臺。波頭未白人頭白，瞥見春風灩澦堆。

文昌寓直

何遜空階夜雨平，朝來交直雨新晴。落花亂上（一作下）花塼上，不忍和苔蹋紫英。

街西晚歸

御溝春水繞閑坊，信馬歸來傍短牆。幽榭名園臨紫陌，晚風時帶牡丹香。

十日（一作月）菊

節去蜂（一作風）愁蝶不知，曉庭（一作來）還繞折殘枝。自緣今日人心別，未必秋香一夜衰。

鷺鷥

閑立春塘（一作荻）煙澹澹，靜眠寒葦雨颼颼。漁翁歸後汀沙（一作沙汀，又作江洲）晚，飛下（一作上）灘頭更自由。

柳

半煙半雨江(一作溪)橋畔，映杏映桃山路中。會得離人無限意，千絲萬絮惹春風。

下第退居二首

年來還未上丹梯，且(一作正)著漁蓑謝故溪。落盡梨花春又了，破籬殘雨晚鶯啼。

未嘗青杏出長安，豪士應疑怕牡丹。秖有退耕耕不得，茫(一作黯)然村落水吹殘。

江宿聞蘆管(商船小童善吹)

塞(一作寒)曲淒清(一作涼)楚水濱，聲聲吹出落梅春。須知風月千檣下，亦有葫蘆河畔人。

閑題

舉世何人肎自知，須逢精鑑定妍媸。若教嫫母臨明鏡，也道不勞紅粉施。

曲江春草

花落江堤簇暖(一作晚)煙，雨餘草(一作江，又作山)色遠相連。香輪莫輾青青破，留與愁(一作遊)人一醉眠。

雪中偶題

亂飄僧舍茶煙溼，密灑歌(一作高)樓酒力微。江上晚來堪畫處，漁人披得一蓑歸。

題慈恩寺默公院

雖近曲江居古寺，舊山終憶九華峯。春來老病厭迎送，翦却牡丹栽野松。

江上阻風

水天春暗暮寒濃，船閉篷窗細雨中。聞道漁家酒初熟，夜來翻喜打頭風。

淮上與友人別

揚子江頭楊柳春，楊花愁殺渡江人。數聲風笛離亭晚，君向瀟湘我向秦。

忍公小軒二首(一本題上有西蜀淨衆寺五字)

松溪水色綠於松，每到松溪到暮鐘。閑得心源秖如此，問禪何必向雙峯。

舊遊前事半埃塵，多向林中結淨因。一念一爐香火裏，後身唯願似師身。

淮上漁者

白頭波上白頭翁，家逐船移浦浦風。一尺鱸魚新釣得，兒孫吹火荻花中。

興州江館

向蜀還秦計未成，寒蛩一夜遶牀鳴。愁眠不穩孤燈盡，坐聽嘉陵江水聲。

題無本上人小齋

寒寺唯應我訪師，人稀境靜雪銷遲。竹西落照侵窗好，堪惜歸時落照時。

七祖院小山(一本題上有西蜀淨衆寺五字)

小巧功成雨蘚斑，軒車日日扣松關。峩嵋咫尺無人去，却向僧窗看假山。

定水寺行香

聽經(一作松)看畫遶虛廊，風拂金爐待賜香。丞相未來春雪密，暫偷閑臥老僧牀。

浯溪

湛湛清江疊疊山，白雲白鳥在其間。漁翁醉睡又醒睡，誰道皇天最惜閑。

閑題

莫厭九衢塵土間，秋晴滿眼是南山。僧家未必全無事，道著訪僧心且閑。

重訪黃神谷策禪者

初塵芸閣辭(一作來)禪閣，却訪支郎是老郎。我趣轉卑師趣靜，數峯秋雪一爐香。

別修覺寺無本上人

松上閑雲石上苔，自嫌歸去夕陽催。山門握手無他語，秖約今冬看雪來。

贈日東鑒禪師

故國無心渡海潮，老禪方丈倚中條。夜深雨絕松堂靜，一點山螢照寂寥。

傳經院壁畫松(一本題上有西蜀淨衆寺五字)

危根瘦盡聳孤峯，珍重江僧好筆蹤。得向遊人多處畫，却勝澗底作眞松。

高蟾先輩以詩筆相示抒成寄酬

張生故國三千里，知者唯應杜紫微(杜牧舍人贈張祜處士云：可憐故國三千里，虛唱歌詞滿六宮)。君有君恩秋後葉，可能更羨謝玄暉(蟾有後宮詞云：君恩秋後葉，日日向人疎)。

爲人題

淚溼孤鸞曉鏡昏，近來方解惜青春。杏花楊柳年年好，不忍迴看舊寫眞。

越鳥

背(一作宿)霜南雁不到處，倚櫂北人初聽時。梅雨滿江春草歇，一聲聲在荔枝枝。

黃鶯

春雲薄薄(一作漾漾)日輝輝，宮樹煙深隔水飛。應爲能歌繫仙籍，麻姑乞與女眞衣。

失鷺鷥

野格由來倦小池，驚飛却下碧江湄。月昏風急何處宿(一作宿何處)，秋岸蕭蕭黃葦枝。

苔錢

春紅秋紫遶池臺，箇箇圓如濟世財。雨後無端滿窮巷，買花不得買愁來。

蓮葉

移舟水濺差差綠，倚檻風搖柄柄香。多謝浣溪(一作紗)人不(一作未，又作莫)折，雨中留得蓋鴛鴦。

蜀中賞海棠

濃淡芳春滿蜀鄉，半隨風雨斷鶯(一作人)腸。浣花溪上堪惆悵，子美無心(一作情)爲發揚(杜工部居西蜀，詩集中無海棠之題)。

投所知

砌下芝蘭新滿徑，門前桃李舊垂陰。却應迴念江邊草，放出春煙一寸心。

早入諫院二首

玉階春冷未催班，暫拂塵衣就(一作枕)笏眠。孤立小心還自笑，夢魂潛遶御爐煙。

紫雲重疊抱春城，廊下人稀唱漏聲。偷得微吟斜倚柱，滿衣花露聽宮鶯。

忝官諫垣明日轉對

吾君英睿相君賢其那(一作柰)寰區未晏然明日翠華春殿下不知何語可聞天

再經南陽

平蕪漠漠失樓臺昔日遊人亂後來寥落牆匡春欲暮燒殘官樹有花開

贈下第舉公

見君失意我惆悵記得當年落第情出去無憀歸又悶花(一作苑)南慢打講鐘聲

春陰

推(一作攜)琴當酒度春陰不解謀生秖解吟舞蝶歌鶯莫相試(一作誚)老郎心是老僧心

送張逸人

人間疎散更無人浪兀(一作泛)孤舟酒兀身蘆筍鱸魚拋不得五陵珍重五湖春

初還京師寓止府署偶題屋壁

秋光不見舊亭臺四顧荒涼瓦礫堆火力不能銷(一作燒)地力亂前黃菊眼前開

擢第後入蜀經羅村路見海棠盛開偶有題詠

上國休誇紅杏豔(一作同豔一作絶)深溪自照綠苔磯一枝低帶流鶯睡數片狂和舞蝶飛堪恨路長移不得可無人與畫將歸手中已有新春桂多謝煙香更入(一作惹)衣

次韻和禮部盧侍郎(一作郎中一本又多一極字) 江上秋夕寓懷

盧(一作堂)郎到處覺風生蜀郡留連亞相情(時中丞在瀘州恩門大夫待遇優厚)亂後江山悲庾信夜來煙月屬袁宏夢歸蘭省寒星動吟向莎洲宿鷺(一作鳥)驚未脫白衣頭半白叨陪屬和倍爲榮

宜春再訪芳公言公幽齋寫懷敘事因賦長言

入門長恐先師在香印紗燈似昔年澗路縈迴齋處遠松堂虛豁講聲圓頃爲弟子曾同社今忝星郎更契緣顧渚一甌春有味中林話舊亦潸然

讀李白集

何事文星與酒星一時鍾在(一作分付)李先生高吟大醉三千首留著人間伴月明

卷末偶題三首

一卷疎蕪一百篇名成未敢暫(一作便)忘筌何如海日生殘夜一句能令萬古傳

七歲侍行湖外去岳陽樓上敢題詩如今寒晚無功業何以勝任國士知

一第由來是出身垂名俱(一作須)爲國風陳此生若不知騷雅孤宦如何(一作何由)作近臣

讀前集二首

殷璠裁鑒英靈集頗覺同才得旨(一作契)深何事後來高仲武品題間氣未公心

風騷如線不勝悲國步多艱即此時愛日滿階看古集秖應陶集是吾師

渚宮亂後作

鄉人來話亂離情淚滴殘陽問楚荆白社已應無故老清江依舊繞空(一作孤)城高秋軍旅齊山樹昔日漁家是(一作盡)野營牢落故居灰燼後黃花紫(一作綠)蔓上牆生

鷓鴣(谷以此詩得名時號爲鄭鷓鴣)

暖戲煙蕪錦翼齊品流應得近山雞雨昏青草湖邊過花落黃陵廟裏啼遊子乍聞征袖溼佳人纔唱翠眉低相呼相應(一作喚)湘江闊(一作遠又作曲)苦竹叢深春日西

燕

年去年來來去忙春寒煙暝渡瀟湘低飛綠岸和梅雨亂入紅樓揀杏梁閒几硯中窺水淺落花徑裏得泥香千言萬語無人會又逐流鶯過短牆

侯家鷓鴣

江天梅雨溼江蘺到處煙香是此時苦竹嶺無歸去日海棠花落舊棲枝春宵思極蘭燈暗曉月啼多錦幕垂唯有佳人憶南國殷勤爲爾唱愁詞

雁

八月悲風九月霜蓼花紅澹葦條黃石頭城下波搖影星子灣西雲間行驚散漁家吹短笛失羣征戍鎖殘陽故鄉聞爾亦惆悵何況扁舟非故鄉

水(西蜀淨衆寺五題)

竹院松廊分數派不(一作晴)空清泚亦逶迤落花相逐去(一作向)何處幽鷺(一作鳥)獨來無限時洗鉢老僧臨岸久釣魚閒客捲綸遲晚晴(一作來)一片連莎綠悔與滄浪有舊期

海棠

春風用意勻顏色銷得攜觴與賦詩穠麗最宜新著雨嬌饒全在欲開時莫愁粉黛臨窗懶梁廣丹青點筆遲朝醉暮吟看不足羨他蝴蝶宿深枝

竹

宜煙宜雨又宜風拂水藏村復間松移得蕭騷從遠寺洗來疎淨見前峯侵階蘚拆春芽迸繞徑莎微夏蔭濃無賴杏花多意緒數枝穿翠好相容

荔枝樹

二京曾見畫圖中數本芳菲色不同孤櫂今來巴徼外一枝煙雨思無窮夜郎城近含香瘴杜宇巢低起暝風腸斷渝瀘霜霰薄不教葉似灞陵紅

錦二首

布素豪家定不看若無文(一作花)彩入時難紅迷天子帆邊日紫奪星郎帳外蘭春水濯來雲雁活夜機挑處雨燈寒舞衣轉轉求新樣不問流(一作亂)離桑柘殘

文君手裏曙霞生美號仍聞借蜀城奪得始知袍更貴著歸方覺晝偏榮宮花頹色開時麗池雁毛衣浴後明禮部郎官人所重省中別占好窠名

蠟燭

仙漏遲遲出建章宮簾不動透清光金闈露白新裁詔畫閣春紅正試妝淚滴杯盤何所恨燼飄蘭麝暗和香多情更有分明處照得歌塵下燕梁

燈

雨向莎階滴未休冷光孤恨兩悠悠船中聞雁洞庭宿牀下有蛩長信秋背照翠簾新灑別不挑紅燼正含愁蕭騷寒竹南窗靜一局閑棋爲爾留

宗人作尉唐昌官署幽勝而又博學精富得以言談將欲他之留書屋壁

公堂瀟灑有林泉秖隔苔牆是渚田宗黨相親離亂世春秋閑論戰爭年遠江鷩鷺來池口絶頂歸雲過竹邊

風雨夜長同一宿，舊遊多共憶樊川。

為戶部李郎中與令季端公寓止渠州江寺偶作寄獻

退居瀟灑寄禪關，高掛朝簪淨室間。孤島雖（一作暫）留雙鶴歇，五雲爭放二龍閑。輕舟共泛花邊水，野屐同登竹外山。仙署金閨虛位久，夜清應夢近天顏。

重陽日訪元秀上人

紅葉黃花秋景寬，醉吟朝夕在樊川。却嫌今日登山俗，且共高僧對榻眠。別畫長懷吳寺壁，宜茶偏賞霅溪泉。歸來童稚爭相笑，何事無人與酒船。

全唐詩

鄭谷

闕下春日

建章宮殿紫雲飄，春漏遲遲下絳霄。綺陌暖風嘶去馬，粉廊初日照趨朝。花經宿雨香難拾，鶯在豪家語更嬌。秦楚年年有離別，揚鞭揮袖灞陵橋。

贈劉神童（六歲及第）

習讀在前生，僧談足可明。還家雖解喜，登第未知榮。時果曾霑賜（上召於便殿親試，稱旨，賜以果實），春闈不挂情。燈前猶惡睡，寤（一作寐）語讀書聲。

遠遊

江湖猶足事，食宿戍鼙喧。久客秋風起，孤舟夜浪翻。鄉音離楚水，廟貌入湘源。岸闊鳧鷖小，林垂橘柚繁。津官來有意，漁者笑無言。早晚酬僧約，中條有藥園。

光化戊午年舉公見示省試春草碧色詩偶賦是題

萇弘血染新，含露滿江濱。想得尋花徑，應迷拾翠人。窗紗迎擁砌，簪玉妬成茵。天借新晴色，雲饒落日春。嵐光垂處合，眉黛看時嚬。願與仙桃比，無令惹路塵。

江際

杳杳漁舟破暝煙，疎疎蘆葦舊江天。那堪流落逢搖落，可得（一作謂）潸然是偶然。萬頃白波迷宿鷺，一林黃葉送殘

（一作寒，又作秋）蟬。兵車未息年華促，早晚閑吟向滻川。

將之瀘郡旅次遂州遇裴晤員外謫居於此話舊淒涼因寄二首

誰解登高問上玄，謫仙（一作官）何事謫詩仙。雲遮列宿離華省，樹蔭澄江入野船。黃鳥晚啼愁瘴雨，青梅早落中蠻煙。不知幾首南行曲，留與巴兒萬古傳。

昔年共照松溪影，松折溪荒僧已無。今日重（一作同）思錦城事，雪銷（一作鋪）花謝夢何殊。亂離未定身俱老，騷雅全休道甚孤。我拜師門更南去，荔枝春熟向渝瀘。

次韻和秀上人長安寺居言懷寄渚宮禪者

舊齋松老別多年，香（一作蓮，又作鄉）社人稀喪（一作離）亂間。出寺祇知趨內殿，閉門長似在深山。臥聽秦樹（一作句）秋鐘斷，吟想荊江夕鳥還。唯恐興來飛錫去，老郎無路更追攀。

蜀中春日（一作雨）

海棠風外獨霑巾，襟袖無端惹蜀塵。和暖又逢挑菜日，寂寥未是探花人。不嫌蟻酒衝愁肺，却憶漁蓑覆病身。何事晚來微雨後（一作過），錦江春學（一作似）曲江春。

遊蜀（一作蜀中春暮）

所向（一作到處）明知是暗投，兩行清淚語前流。雲橫新塞遮秦甸（一作水），花落空山入閬州。不忿黃鸝驚曉夢，唯應杜宇信（一作起）春愁。梅黃麥綠無歸處，可得漂漂愛浪遊。

峽中嘗茶

簇簇新英摘露光，小江園裏火煎嘗。吳僧漫說鴉山好，蜀叟（一作客）休誇鳥觜香。合（一作入）座半甌輕泛綠，開緘數片淺含黃。鹿門病客不歸去，酒渴更知春味長。

輦下冬暮詠懷

永巷閑吟一徑蒿，輕肥大笑事風騷。煙含紫禁花期近，雪滿長安酒價高。失路漸驚前計錯，逢僧更念此生勞。十年春淚催衰颯，羞向清流照鬢毛。（初稿附記：覓句千名秖自勞，苦吟殊未補風騷。煙開水國花期近，雪滿長安酒價高。舊業已荒青藹遠，寒江空憶白雲濤。不知春到情何限，惟恐流年損鬢毛。）

石城

石城昔為莫愁鄉，莫愁魂散石城荒。江人依舊棹舴艋，江岸還飛雙鴛鴦。帆去帆來風浩渺，花開花落春悲涼。煙濃草遠望不盡，千古漢陽閑夕陽。

蜀中三首

馬頭春向鹿頭關，遠樹平蕪一望閑。雪下文君沽酒市，雲藏李白讀書山。江樓客恨黃梅後，村落人歌紫芋間。堤月橋燈好時景，漢庭無事不征蠻。

夜無多（一作多無）雨曉生塵，草色嵐光日日新。蒙頂茶畦千點露，浣花牋紙一溪春。揚雄宅在唯喬木，杜甫臺荒絕舊鄰。却共海棠花有約，數年留滯不歸人。

渚遠江清碧簟紋，小桃花繞薛濤墳。朱橋直指金門路，粉堞高連玉壘雲。窗下斷琴翹鳳足，波中濯錦散鷗羣。子規夜夜啼巴樹（一作蜀），不並吳鄉楚國聞。

少華甘露寺

石門蘿徑與天鄰，雨檜風篁遠近聞。飲澗鹿喧雙派水，上樓（一作登山）僧蹋一梯雲。孤煙薄暮關城沒，遠色初晴渭曲分。長欲（一作憶）然香來此宿，北林猨鶴舊同羣。

慈恩寺偶題

往事悠悠添浩歎，勞生擾擾竟何能。故山歲晚不歸去，高塔晴來獨自登。林下聽經秋苑（一作院），鹿江邊掃葉夕陽僧。吟餘却起雙峰念，曾看庵西瀑布冰。

石門山泉

一脈清泠何所之，縈莎漱蘚入僧池。雲邊野客窮來處，石上寒猨見落時。聚沫繞崖（一作槎）殘雪在，迸流穿樹墮花隨。煙春雨晚閑吟去，不復遠尋皇子陂。

渭陽樓閑望

千重二華見皇州，望盡凝嵐即此樓。細雨不藏秦樹色，夕陽空照渭河流。後車寧見前車覆，今日難忘昨（一作昔）日憂。擾擾塵中猶（一作殊）未已，可能疏傅獨能休。

送田（一作沈）光

九陌低迷誰問我，五湖流浪可悲君。著書笑破蘇司業，賦詠思齊鄭廣文。理棹好攜三百首，阻風須飲幾千分。耒陽江口春山綠，慟哭應尋杜甫墳。

送進士吳延保及第後南遊

得意却思尋舊跡，新銜未切（一作得）向（一作上）蘭臺。吟看秋草出

關去逢見故人隨計來勝地昔年詩板在清歌幾處郡筵開江湖易有淹留興莫待春風落（一作綻，一作吹）庾（一作瘦）梅

送進士王駕下第歸蒲中（時行朝在西蜀）

失意離愁春不知到家時是落花時孤單取事休言命早晚逢人苦愛詩度塞風沙歸路遠傍河桑柘舊居移應嗟我又巴江去遊子悠悠聽子規

作尉鄠郊送進士潘爲下第南歸（一本無題上四字）

歸去宜春春水深麥秋梅雨過湘陰鄉園幾度經狂寇桑柘誰家有舊林結綬位卑甘晚達登龍心在且高吟灞陵橋上楊花裏酒滿芳樽淚滿襟

送進士韋序赴舉

丹霞照上三清路瑞錦裁成五色毫波浪不能隨（一作傾）世態鸞凰應得入吾曹秋山晚水吟情遠雪竹風松醉格高預想明年騰躍處龍津春碧浸仙桃

寄獻狄右丞

逐勝偷閑向杜陵愛僧不愛紫衣僧身爲醉客思吟客官自中丞拜右丞殘月露垂朝闕蓋落花風動宿齋燈孤單小諫漁舟在心戀清潭去未能

轉正郎後寄獻集賢相公

予（一作于）名初在德門前屈指年來三十年自賀孤危終際會別將流涕感階緣止陪鴛鷺居清秩濫應星辰逸上玄平昔苦心何（一作無）所恨受恩多是舊詩篇

所知從事近藩偶有懷寄

官舍種莎僧對榻生涯如在舊山貧酒醒草檄聞殘漏花落移廚送晚春水墨畫松清睡眼雲霞仙氅挂吟身霜臺伏首思歸切莫把漁竿逐逸人

獻大京兆薛常侍能（一本無能字）

恥將官業（一作賦）競前途自愛篇章古不如一炷香新開道院數坊人聚（一作靜）避朝車縱遊藉草花垂酒閑臥臨窗燕拂書唯有明公賞新句秋風不敢憶鱸魚

寄贈孫路處士

平生詩譽更誰過歸老東吳命若何知己凋零垂白髮故園寥落近滄波酒醒蘚砌花陰轉病起漁舟鷺跡多深入富春人不見閑門空掩半庭莎

獻制誥楊舍人

爲郡東吳秖飲冰瑣闈頻降鳳（一作詔）書徵隨行已有朱衣吏伴直多招紫閣僧窗下調琴鳴遠水簾前睡鶴背秋燈葦陂竹塢情無限閑話（一作語）毘陵問杜陵

次韻酬張補闕因寒食見寄之什

柳近清明翠縷長多情右衮不相忘開緘雖覩新篇麗破鼻須聞冷酒香時態嬾（一作頗）隨人上下花心甘（一作日）被蝶分張朝稀且莫輕春賞勝事由來在帝鄉

贈宗人前公安宰君

喧卑從宦出喧卑別畫能琴又解棊海上春耕因亂廢年來冬薦得官遲風中夜犬驚槐巷月下寒驢齧槿籬孤散恨無推唱路耿懷吟得贈君詩

寄贈楊夔處士

結茅秖（一作依）約釣魚臺濺水鸕鷀去又迴春臥甕邊聽酒熟露吟庭際待花開三（一作吳）江勝景遨遊徧百氏羣書講貫（一作論）來國步未安風雅薄可能高尚掞天才

寄同年禮部趙郎中

仙步徐徐整羽衣小儀澄澹轉中儀樺（一作花）飄紅燼趨朝路蘭縱清香宿省時彩筆煙霞供不足綸（一作紛）闈鸞鳳訝來遲自憐孤宦誰相念禱祝空吟（一作憑）一首詩

春暮詠懷寄集賢韋起居衮

寂寂風簾信自垂楊花筍籜正離披長安一夜殘春雨右省三年老拾遺坐看羣賢爭得路退量孤分且吟詩五湖煙網非無意未去難忘國士知

多情

賦分多情却自嗟蕭衰未必爲年華睡輕可忍風敲竹飲散那堪月在花薄宦因循抛峴首故人流落向天涯鶯春鴈夜長如此賴是幽居近酒家

感懷投時相

非才偶忝直文昌兩鬢年深一鏡霜待漏敢辭稱小吏立班猶未出中行孤吟馬跡抛槐陌遠夢漁竿擲葦鄉丞相舊知爲（一作非）學苦更教何處貢篇章

自貽

飲筵博席與心違野眺春吟更是誰琴有澗風聲轉澹詩無僧字格還卑恨抛水國荷（一作釣）蓑雨貧過長安櫻筍時頭角俊（一作英）髦應指笑權門蹤跡獨差池

自遣

强健（一作事）宦途何足謂入微章句更難論誰知野性眞天性不扣權門扣道門窺硯晚鶯臨砌樹迸堦春筍隔籬根朝迴何處消長日紫閣峰南有（一作省）舊村

中年

漠漠秦雲澹澹天新年景象入中年情多最恨花無語愁破方知酒有權苔色滿牆尋（一作思）故第雨聲一夜憶春田衰遲自喜添詩學更把前題改數聯

自適

紫陌奔馳不暫停送迎終日在郊坰年來鬢畔未垂白雨後江頭且蹋青浮蟻滿盃難暫捨貫珠一曲莫辭聽春風秖有九十日可合花前半日醒

結綬鄠郊縻攝府署偶有自詠

鶯離寒谷士（一作七）逢春釋褐來年暫種芸自笑老爲梅少府可堪貧攝鮑參軍酒醒往事多興念吟苦鄰居必厭聞推却簿書搔短髮落花飛絮正紛紛

漂泊

槿墜蓬（一作蓬）疎池館清日光風緒澹無情鱸魚斫鱠輸張翰橘樹呼奴羨李衡十口漂零猶寄食兩川消息未休兵黃花催促重陽近（一作酒）何處登高望二京

弔故禮部韋員外序（一本無序字）

臘雪初晴共舉盃便期攜手上春臺高情唯怕酒不滿長逝可悲花正開曉奠鶯啼殘漏在風幃燕覓舊巢來杜陵芳草年年綠醉魄吟魂無復迴

渼陂

昔事東流共不迴春深獨向渼陂來亂前別業依稀在雨裏繁（一作梨）花寂寞開却展漁絲無野艇舊題詩句没蒼苔潸然四顧難消遣秖有佯狂泥酒盃

代秋扇詞

露入庭蕪恨已深熱時天下是知音汗流浹(一作洽)背曾(一作普)
施力(一作手)氣爽中宵便負心一片山溪從蠹損數行文字
任塵侵綠槐陰合清和後不會何顏又見尋

宣義里舍冬暮自貽

幽居不稱在長安溝淺浮春岸雪殘板屋漸移方帶野
水車新入夜添寒名如有分終須立道若離心豈易寬
滿眼塵埃馳騖去獨尋煙竹翦漁竿

省中偶作

三轉郎曹自勉旃莎階吟步想前賢未如何遜無佳句
若比馮唐是壯年捧制名題黃紙尾約僧心在白雲邊
乳毛松雪春來好直夜清閑且學禪

同志顧雲下第出京偶有寄勉

鳳策聯華是國華(顧雲著述目爲鳳策聯華)春來偶未上仙槎鄉連南
渡思菰米淚滴東風避杏花吟聒暮鶯歸廟院睡消遲
日寄僧家一般情緒應相信門靜莎深樹影斜

敷溪高士

敷溪南岸掩柴荊挂却朝衣愛淨(一作靜)名閑得林園栽樹
法喜聞兒姪讀書聲眠窗日暖添幽夢步野風清散酒
酲謫去徵還何擾擾片雲相伴看衰榮

九日偶懷寄左省張起居

令節爭歡我獨閑荒臺盡日向晴山渾無酒泛金英菊
漫道官趨玉筍班深愧青莎迎野步不堪紅葉照衰顏
羨君官重多吟興醉帶南陂(一作天坡)落照還

春夕(一作日)伴同年禮部趙員外省直

錦帳名郎重錦科(一作窠)清宵寓直縱吟哦冰含玉鏡春寒
在粉傳(一作椒轉)仙闈月色多視草即應歸屬望握蘭知道暫
經過流鶯百囀和殘漏猶把芳樽藉露莎

倦客

十年五年岐路中千里萬里西復東匹馬愁衝晚(一作曉)村
雪孤舟悶阻春江風達士由來知道在昔賢何必哭途
窮閑烹蘆筍炊菰米會向源(一作漁)鄉作醉翁

溫處士能畫鷺鷥以四韻換之

昔年吟醉繞江蘺愛把漁竿伴鷺鷥閒說小毫能縱逸
敢憑輕素寫幽奇涓涓浪濺殘菱蔓戛戛風搜(一作拔)折葦
枝得向曉窗閑挂翫雪蓑煙艇恨無遺

駕部鄭郎中三十八丈(一作大)尹貳東周榮加金紫
谷以末派之外恩舊事深因賀送

香浮玉陛曉辭天袍拂蒲茸稱少年郎署轉曹雖久次
京河亞尹是優賢縱遊雲水無公事貴買琴書有俸錢
今日龍門看松雪探春明日向平泉

敧枕

敧枕高眠日午春酒酣睡足最閑身明朝會得窮通理
未必輸他馬上人

野步

翠嵐迎步興何長笑領漁翁入醉鄉日暮渚田微雨後
鷺鷥閑暇稻花香

偶書

承時偷喜負明神務實那能得庇身不會蒼蒼主何事
忍飢多是力耕人

靜吟

騷雅荒涼我未(一作自)安月和餘雪夜吟寒相門相客應相
笑得句勝於得好官

和知已秋日傷懷

流水歌聲共不迴去年天氣舊亭臺梁塵寂寞燕歸去
黃蜀葵花一朵開

谷比(一作卝)歲受同年丈人故川守李侍郎教諭衰
晏龍鍾益用感歎遂以章句自貽

多感京河李丈人童蒙受教便書紳文章至竟無功業
名宦由來致苦辛皎日還應知守道平生自信解甘貧
孤單所得皆逾分歸種敷溪一畝春

郊墅

韋曲樊川雨半晴竹莊花院徧題名畫成煙景垂楊色
滴破春愁壓酒聲滿野紅塵誰得路連天紫閣獨關情
渼陂水色澄於鏡何必滄浪始濯纓

舟行

九派迢迢九月殘舟人相語且相寬村逢好處嫌風便
酒到醒來覺夜寒蓼渚(一作水)白波喧夏口(一作落日)柿園紅葉憶
長安季鷹可是思鱸鱠引退知時自古(一作自知時所)難

奔問三峰寓止近墅

半年奔走頗驚魂來謁行宮淚眼昏鴛鷺入朝同待漏
牛羊送日獨歸村灞陵散失詩千首太華淒涼酒一樽
兵革未休無異術不知何以受君恩

朝直

朝直叨居省閤間由來疎退校安閑落花夜靜宮中漏
微雨春寒廊下班自扣玄門齊寵辱從他榮路用機關
孤峰未得深歸去名畫偏求水墨山

巴江(時僖宗省方南梁)

亂來奔走巴江濱愁客多於江徼人朝醉暮醉雪開霽
一枝兩枝梅探春詔書罪己方哀痛鄉縣徵兵尚苦辛
鬢禿又驚逢獻歲眼前渾不見交親

故許昌薛尚書能嘗爲都官郎中後數歲故建
州李員外頻自憲府內彈拜都官員外八座外
郎皆一時騷雅宗師則都官之曹振盛於此予
早年請益實受深知今忝此官復是正秩豈唯
俯慰孤宦何以仰繼前賢榮惕在衷遂賦自賀

都官雖未是名郎踐歷曾聞薛許昌復有李公陪雅躅
豈宜鄭子忝餘光榮爲後進趨蘭署喜拂前題在粉牆
(八座外郎於省中題記多在)他日節旄如可繼不嫌曹冷在中行

訪題表兄王藻渭上別業(一作墅)

桑林搖落渭川西蓼水瀰瀰接稻泥幽檻靜來漁唱遠
暝天寒極鴈行低濁醪最稱看山醉冷句偏宜選竹題
中表人稀離亂後花時莫惜重相攜

題汝州從事廳

詩人公署如山舍秖向堦前便採薇驚燕拂簾閑睡覺
落花沾硯會餐歸壁看舊記官多達牓挂明文吏莫違
自說小池栽葦後雨涼頻見鷺鷥飛

谷初忝諫垣今憲長薛公方在西閣知獎隆異
以四韻代述榮感

舊詩常得在高吟不奈公心愛苦心道自瑣闈言下振

（舍人於閣下衆中獎歎頃年篇什）恩從仙殿對，迴深。（谷累陪舍人轉對，偶免乖儀，舍人深以知獎）流年漸覺霜欺鬢，至藥能教土化金。自拂青萍知有地，齋誠旦夕望爲霖。

兵部盧郎中光濟借示詩集以四韻謝之（一本題中無光濟二字）

七（一作十）子風騷尋失主，五（一作吾）君歌誦久無聲。調和雅樂歸時正，澄濾頹波到底清。才大始知寰宇窄，吟高何止鬼神驚。葉公好尚渾疎淵，忽見眞龍幾喪明。

賀左省新除韋拾遺

初昇諫署是眞仙，浪透桃花恰（一作十）五年。垂白郎官居座末，著緋人吏立階前。百寮班列趨丹陛，兩掖風清上碧天。從此追飛何處去，金鑾殿與玉堂連。

右省張補闕茂樞同在諫垣，連居光德，新春賦詠，聊以寄懷

小梅零落雪欺殘，浩蕩窮愁豈易寬。唯有朗吟償晚景，且無濃醉（一作酒）厭（一作壓）春寒。高齋每喜追攀近，麗句先憂屬和難。十五年前諳（一作諳）苦節，知心不獨爲同官。

右省補闕張茂樞同在諫垣，鄰居光德，迭和篇什，未嘗間時，忽見貽謂谷將來履歷必在文昌，當與何水部、宋考功爲儔，谷雖賦於風雅，實用競惶，因抒酬寄

何宋清名動粉闈，不才今日偶陳詩。考功豈敢聞題品，水部猶須繫挈維。積雪巷深酬唱夜，落花牆隔笑言時。紫垣名士推揚切，爲話心孤倍感知。（紫微薛公獎與顧深，補衮即紫微中表，嘗傳重旨，故有此句）

寄職方李員外

曾袖篇章謁長卿，今來附鳳事何榮。星臨南省陪仙步，春滿東朝接珮聲。（員外攝事儲宮，谷忝獲攀接）談笑不拘先後禮，歲寒仍契子孫情。龍墀仗下天街暖，共看圭峰並馬行。

寄題詩僧秀公

靈一心傳清塞心，可公吟後楚公吟。近來雅道相親少，唯仰吾師所得深。好句未停無暇日，舊山歸老有東林。冷曹孤宦甘寥落，多謝攜筇數訪尋。

東蜀春晚

如此浮生更別離，可堪長慟送春歸。潼江水上楊花雪，剛逐孤舟繚繞飛。

永日有懷

能消永日是摴蒱，坑塹由來似宦途。兩擲未終（一作離）楗撅（一作捷撅），內座中何（一作可）惜爲呼盧。

槐花

毿毿金蕊撲晴空，舉子魂驚落照中。今日老郎猶有恨，昔年相虐（一作謔，又作戲）十秋風。

小桃

和煙和雨遮敷水，映竹映村連灞橋（一作陵）。撩（一作掩）亂（一作弄）春風耐寒令，到頭贏得杏花嬌（一作憎）。

長江縣經賈島墓

水繞荒墳縣路斜，耕人訝我久咨嗟。重來兼恐無尋處，落日（一作日落）風吹鼓子花。

嘉陵

細雨溼萋萋，人稀江日西。春愁腸已斷，不在（一作待）子規啼。

中秋

清香聞曉蓮，水國雨餘天。天氣正得所，客心剛悄然。亂兵何日息，故老幾人全。此際難消遣，從來未學禪。

朝謁

捧日整朝簪，千官一片心。班趨黃道急，殿接（一作揖）紫宸深。威鳳迴香扆，新鶯囀上林。小松含瑞露，春翠易成陰。（武德殿前新栽小松）

錦浦

流落夜淒淒，春寒錦浦西。不甘花逐水，可惜雪成泥。病眼嫌燈近，離腸賴酒迷。憑君囑鶗鴂（一作鵜鴂），莫向五更啼。

峨嵋山（一作雪）

萬仞白雲端，經春雪未殘。夏消江峽滿，晴照蜀樓寒。造境知僧熟，歸林認鶴難。會須朝（一作上）闕去，秖有畫圖看。

蜀江有弔（僖宗幸蜀時，田令孜用事，左拾遺孟昭圖疏論之，令孜矯貶嘉州司户，使人沈之蟇頤津，事見令孜傳）

孟子有良策，惜哉今已而。徒將心體國，不識道消時。折檻未爲切，沈湘何足悲。蒼蒼無問處，煙雨徧江蘺。

書村叟壁

草肥朝牧牛，桑綠晚鳴鳩。列岫簷前見，清泉碓下流。春蔬和雨割，社酒向花篘。引我南陂去，（一作臨水）籬邊有小舟。

題進士王駕郊居

前山微有雨，永巷淨無塵。牛臥籬陰晚，鳩鳴村意春。時浮應寡合，道在不嫌貧。後徑臨陂水，菰蒲是切鄰。

題莊嚴寺休公院

秋深庭色好，紅葉間青松。病客殊無著，吾師甚見容。疎鐘和細溜，高（一作孤）塔等遙峰。未省求名侶，頻於此地逢。

題興善寺

寺在帝城陰，清虛勝二林。蘚侵隋畫暗，茶助越甌深。巢鶴和鐘唳，詩僧倚錫吟。煙莎後池水，前跡杳難尋。（十才子詩集多有興善寺後池之作，今寺在池無，每用追歎）

宿澄泉蘭若

山半古招提，空林雪月迷。亂流分石上，斜漢在松西。雲集寒菴宿，猨先曉磬啼。此心如了了（一作到），即此是曹溪。

送舉子下第東歸

夫子道何孤，青雲未得途。詩書難捨魯，山水暫遊吳。野綠梅陰重，江春浪勢麤。秣陵兵役後，舊業半成蕪。

寄察院李侍御文炬

古柏間疎（一作松）篁，清陰在印牀。宿郊虔黙禩，秋寺靜監香。參集行多揖（一作偏），風儀見即莊。佇聞橫擘（一作臂）去，帷集諫書囊。

偶懷寄臺院孫端公棨

才拙道仍孤，無何捨釣徒。班雖沾玉筍，香不近金爐。雨露瞻雙闕，煙波隔五湖。唯君應見念，曾共伏青蒲。（谷舊與端公同在諫垣）

次韻和秀上人遊南五臺（一作司空圖詩）

中峰曾到處，題記沒蒼苔。振錫傳深谷，翻經想舊臺。蒼松臨砌偃，驚鹿驀溪來。內殿評詩切（師以文章應制），身迴心未迴。

乖慵

乖慵居竹裏，涼冷臥池東。一霎芰荷雨，幾迴簾幕風。遠僧來扣寂，小吏笑書空。衰鬢霜供白，愁顏酒借紅。扇輕搖鷺羽，屏古畫漁翁。自得無端趣，琴棊舫子中。

南宮寓直

寓直事非輕官孤憂且榮制承黃紙重詞見紫垣清曉簪庭松色風和禁漏聲僧（一作曾）攜新茗伴吏（一作更）掃落花迎鎖印詩心動垂簾睡思生粉廊曾試處（直事稍暇即於都堂西廊下尋頃年試所題名記至今多在）石柱昔賢名來誤宮窗燕啼疑苑樹鶯殘陽應（一作晴）更好歸促（一作遠）恨（一作限）嚴城

恩門小諫雨中乞菊栽

握蘭將滿歲栽菊伴吟詩老去慵趨世朝迴獨繞籬遮香風細細澆綠水瀰瀰秪共山僧賞何當國士移孤根深有託微雨正相宜更待金英發憑君插一枝

荆渚八月十五夜值雨寄同年李嶼

共待輝（一作清）光夜翻成黯（一作暗）澹秋正宜清路望潛起滴階愁棹倚袁宏渚簾垂庾亮樓桂無香實落蘭有露花休玉漏添蕭索金尊阻獻酬明年佳景在相約向（一作會，又作在）神州

寄左省張起居

舍香復記言清秩稱當年點筆非常筆朝天最近天家聲三相後公事一人前詩句江郎伏書蹤甯氏傳（起居今太師盧公宅相傳授書法）風標欺鷺鶴才力湧沙泉居僻貧無慮名高退更堅漁舟思靜泛僧榻寄閑眠消息當彌入絲綸的槩然依棲常接跡屬和舊盈編開口人皆信淒涼是謝轓（谷在巢塲時與起居有恩也）

前寄左省張起居一百言尋蒙唱酬見譽過實却用舊韻重荅

減瘦經多難憂傷集晚年吟高風過樹坐久夜涼天旅退慙隨衆孤飛怯向前釣朋蓑叟在藥術衲僧傳鬢秃趨榮路腸焦鄙盜泉品徒誠有礪推唱意何堅寒地殊知感秋燈耿不眠從來甘黙爾自此倍怡然蘭為官須握蒲因學更編預愁搖落後子美笑無氊（杜工部贈鄭廣文詩云科名四十年座客寒無氊）

讀故許昌薛尚書詩集

篇篇高且真真為國風陳澹薄雖師古縱橫得意新翦裁成幾篋（一作帙）（近世詩人述作公篇什最多）唱和是誰人華岳題無敵黃河句絕倫（華岳黃河二詩序云此皆二京之內巨題目也）吟殘荔枝雨詠徹海棠春（公有海棠荔枝二首序云杜子美老於兩蜀而無此詠）李白欺前輩（公有寄符郎中詩云我生若在開元日爭遣名為李翰林）陶潛仰後塵（公有論詩一章云李白終無取陶潛固不刊）難忘嵩室下（公有嵩山巨篇）不負蜀江濱（公嘗從事蜀中著江干集）屬思看山眼冥搜倚樹身楷模勞夢想諷誦爽精神落筆空追愴曾蒙借斧斤

全唐詩

鄭谷

送水部張郎中彥回宰洛陽

何遜蘭休握陶潛柳正垂官清真塞詔事簡好吟詩春漏懷丹闕涼船泛碧伊已虛西閣位朝夕鳳書追

贈咸陽王主簿

可愛咸陽王主簿窮經盡到昔賢心登科未足酬多學執卷猶聞惜寸陰自與山妻舂斗粟秖憑鄰叟典孤琴我來賒酒相留宿聽我披衣看雪吟

松

下視垂楊拂路塵雙峰石上覆苔文濃霜（一作霜濃）滿逕無紅葉晚日（一作日晚）高枝有白雲春砌花飄僧旋掃寒溪子落鶴先聞那堪寂寞悲風起千樹深藏李白墳

梅

江國正寒春信穩嶺頭枝上雪飄飄何言落處堪惆悵直是開時也寂寥素豔照尊桃莫比孤香黏袖李須饒離人南去腸應斷片片隨鞭過楚橋

鶴

一自王喬放自由俗人行處嬾回頭睡輕旋覺松花墮舞罷閑聽澗水流羽翼光明欺積雪風神灑落占高秋應嫌白鷺無仙骨長伴漁翁宿葦洲

重陽夜旅懷

強插黃花三兩枝還圖一醉浸愁眉半牀斜月醉醒後惆悵多於未醉時

壬戌西幸後

武德門前顥氣新雪融鴛瓦土膏春夜來夢到宣麻處草沒龍墀不見人

多虞

多虞難住人稀處近耗渾無戰罷碁向闕歸山俱未得且沽春酒且吟詩

短褐

閑披短褐杖山藤頭不是僧心是僧坐睡覺來清夜半芭蕉影動道場燈

曲江紅杏

遮莫江頭柳色遮日濃鶯睡一枝斜女郎折得殷勤看道是春風及第花

折得梅

寒步江村折得梅孤香不肎待春催滿枝盡是愁人淚莫殢朝來露溼來

牡丹

畫堂簾卷張清宴含香帶霧情無限春風愛惜未放開柘枝鼓振紅英綻

寂寞

江郡人稀便是村踏青天氣欲黃昏春愁不破還成醉

衣上淚痕和酒痕

亂後灞上

柳絲牽水杏房紅煙岸人稀草色中日暮一行高鳥處
依稀合是望春宮

長門怨二首

閑把羅衣泣鳳皇先朝曾教舞霓裳春來却羨庭花(一作桃)
落得逐晴風出禁牆

流水君恩共不回杏花爭忍掃成堆殘春未必多煙雨
淚滴閑堦長綠苔

郊野戲題

竹巷溪橋天氣涼荷開稻熟村酒香唯憂野叟相迴避
莫道儂家是漢郎

宗人惠四藥

宗人忽惠西山藥四味清新香助茶爽得心神便騎鶴
何須燒得白朱砂

題張衡廟

遠俗只憑淫祀切多年平子固悠悠江煙日午無簫鼓
直到如今詠四愁

山鳥

驚飛失勢粉牆高好箇聲音好羽毛小婢不須催柘彈
且從枝上喫櫻桃

黯然

搢紳奔避復淪亡消息春來到水鄉屈指故人能幾許
月明花好更悲涼

借薛尚書集

江天冬暖似花時上國音塵杳未知正被蟲聲喧老耳
今君又借薛能詩

小北廳閑題

冷曹孤宦本相宜山在牆南落照時洗竹澆莎足公事
一來贏寫一聯詩

菊

日日池邊載酒行黄昏猶自遶黄英重陽過後頻來此
甚覺多情勝薄情

贈楊夔二首

散賦冗書高且奇百篇仍有百篇詩江湖休灑春風淚
十軸香於一桂枝

時無韓柳道難窮也覺天公不至公看取年年金牓上
幾人才氣似揚雄

全唐詩

許彬(一作郴)

許郴(一作彬)睦州人舉進士不第與鄭谷同時詩一卷

中秋夜有懷

趨馳早晚休一歲又殘秋若只如今日何難致(一作到)白頭
滄波歸處遠旅舍向邊愁賴見前賢說窮通不自由

尋白石山人澗

路窮川島上果值古仙家陰洞長鳴磬石泉寒泛花苺
苔深峭壁煙靄積層崖難見囊中術人間有歲華

遊頭陀寺上方

高步陟崔嵬吟閑路惜迴寺從何代有僧是梵宮來暮
靄連沙積餘霞遍檻開更期招靜者長嘯上方臺

歸山夜發湖中

廣澤去無邊夜程風信偏疎星遥抵浪遠燒似迎船響
嶽猿相次翻空雁接連北歸家業就深處更踰年

同友人會裴明府縣樓

開閤雨吹塵陶家揖上賓湖山萬疊翠汀樹一行春景
逼歸簷燕歌喧已醉身登臨興未足喜有數年因

荆山夜泊與親友遇

山海兩分岐停舟偶此期別來何限意相見卻無詞坐
永神疑夢愁多髮欲絲趨名易遲晚此去莫經時

北遊夜懷

苦心終是否捨此復無營已致歸成晚非緣去有程館
空吟向月霜曙坐聞更住久誰相問馳驘又獨行

重經漢南

分散多如此人情豈自由重來看月夕不似去年秋息
慮雖孤寂論空未識愁須同醉鄉者萬事付江流

湘江

孤舟方此去嘉景稱於聞煙盡九峰雪雨生諸派雲沙
寒鴻鵠聚底極龜魚分異日誰爲侶逍遥耕釣羣

黔中書事

巴蜀水南偏山窮塞壘寬歲時將近臘草樹未知寒獨
狖啼朝雨羣牛向暮灘更聞蠻俗近烽火不艱難

經李翰林廬山屏風疊所居

放逐非多罪江湖偶不迴深居應有謂濟代豈無才疊
巘晴舒障寒川暗動雷誰能續高興醉死一千杯

酬簡寂熊尊師以趙員外廬山草堂見借

豈易投居止廬山得此峰主人曾已許仙客偶相逢顧
已恩難答窮經業未慵還能勵僮僕稍更補杉松

寄懷孫處士

生平酌與吟誰是見君心上國一歸去滄波閑至今鐘
繁秋寺遠岸潤晚濤深疎放長如此何人更得尋

漢南懷友人

此身西復東何計此相逢夢盡吳越水恨深湘漢鐘積
雲開去路曙雪疊前峰誰即知非舊憐君忽見容

送人下第歸江州

名高不俟召操賦獻君門偶屈應緣數他人盡爲冤新
春城外路舊隱水邊村歸去無勞久知音待更論

送蘇處士歸西山

南游何所爲一篋又空歸守道安清世無心換白衣深
溪猿共暮絶頂客來稀早晚還相見論詩更及微

送李處士歸山

舊山來復去不與世人論得道書留篋忘機酒滿尊溪
軒松偃坐石室水臨門應有頻相訪相看坐到昏

送新羅客歸

君家滄海外一別見何因風土難知教程途自致貧浸天波色晚横吹鳥行春明發千檣下應爲更遠人

府試萊城晴日望三山

不易識蓬瀛憑高望有程盤根出巨浸遠色到孤城隱隱排雲峻層層就日明淨收殘靄盡浮動嫩嵐輕縱目徒多暇馳心累發誠從容更何往此路徹三清

題故李賓客廬山草堂

難窮林下趣坐使致君恩術業行當代封章動諫垣已明邪佞迹幾雪薜蘿寃報主深知此憂民詎可論名將山共古跡與道俱存爲謝重來者何人更及門

全唐詩

崔塗

崔塗字禮山江南人光啓四年登進士第詩一卷

秋夕送友人歸吳

離心醉豈惟把酒彌相寬世路須求達還家亦未安旅程愁筭遠江月坐吟殘莫羡扁舟興功成去不難

長安逢江南僧

孤雲無定蹤忽到一作別又相逢說盡天涯事聽殘上國鐘問人尋寺僻乞食過街慵憶到曾棲處開門對數峰

晚次修路僧

平盡不平處尚嫌功未深應難將世路便得稱師心高鳥下殘照白煙生遠林更聞清磬發聊喜緩塵襟

湖外送友人遊邊

我泛瀟湘浦君行指塞雲兩鄉天外隔一徑渡頭分雨暗江花老笳愁隴月曛不堪來去雁迢遞思離羣

讀段太尉碑

憤激計潛成臨危豈顧生秪空持一笏便欲碎長鯨國已酬徵烈家猶瘠義聲不知青史上誰可計功名

夕次洛陽一作維揚道中

秋風吹故城城下獨吟行高樹鳥已息古原人尚耕流年川暗度往事月空明不復歎岐路馬前塵夜生

讀方干詩因懷別業

把君詩一吟萬里見君心華髮新知少滄洲舊隱深潮衝虛閣上山入暮窗沈憶宿高齋夜庭枝識海禽

題嵩陽隱者

四十年高夢生涯指一丘無人同久住有鶴對冥修草雜芝田出泉和石髓流更嫌庭樹老疑是世間秋

友人問卜見招

何必問蓍龜行藏自可期但逢公道日即是命通時樂善知無厭操心幸不欺豈能花下淚長似去年垂

江行晚望

木落曙江晴寒郊極望平孤舟三楚去萬里獨吟行鳥占横查立人當故里耕十年來復去不覺二毛生

巫山廟

雙黛儼如嚬應傷故國春江山非舊主雲雨是前身夢覺傳詞客靈猶福楚人不知千載後何處又爲神

秋夕與友人話別

懷君非一夕此夕倍堪悲華髮猶漂泊滄洲又別離冷禽棲不定衰葉隨無時況值干戈隔相逢未可期

與友人同懷江南別業

因君話故國此夕倍依依舊業臨秋水何人在釣磯浮名如縱得滄海亦終歸却是風塵裏如何便一作更息機

苦吟

朝吟復暮吟只此望知音舉世輕孤立何人念苦心他鄉無舊識落日羨歸禽況住寒江上漁家似故林

春日郊居酬友人見貽

荒齋原上掩不出動經旬忽覺草木變始知天地春方期五字達未厭一簞貧麗句勞相勉余非樂釣綸

問卜

承家望一名幾欲問君平自小非無志何年即有成豈能長失路爭忍學歸耕不擬逢昭代悠悠過此生

蜀城春

天涯憔悴身一望一霑巾在處有芳草滿城無故人懷才皆得路失計自一作猶傷春清鏡不能一作堪照鬢毛愁更新

送道士于千齡游南岳

物外與誰期人間又別離四方多事日高岳獨游時猨狖瀟湘樹煙波屈宋祠無因陪此去空惜鬢將衰

入蜀赴舉秋夜與先生話別

欲愴峨嵋別中宵寢不能聽殘池上雨吟盡枕前燈失計方期隱修心未到僧雲門一萬里應笑又擔簦

春晚懷進士韋澹

故里花應盡江樓夢尚殘半生吟欲過一命達何難特立珪無玷相思草有蘭二年春悵望不似在長安

言懷

干時雖苦節趨世且無機及覺知音少翻疑所業非青雲如不到白首亦難歸所以滄江上年年別釣磯

秋夜與上人別

常時豈不別此別異常情南國初聞鴈中原未息兵暗蛩侵語歇疎磬入吟清曾聽無生說辭師話此行

感花

繡軛香韉夜不歸少年爭惜最紅枝東風一陣黄昏雨
又到一作是緐華夢覺時

秋宿天彭僧舍

身世兩相惜秋雲每獨興難將塵界事話向雪山僧力善知誰許歸耕又未能此懷平不得挑盡草堂燈

秋夜僧舍聞猨

哀猨聽未休禪景夜方幽暫得同僧靜那能免客愁影搖雲外樹聲褭月中秋曾向巴江宿當時淚亦流

過昭君故宅

以色靜胡塵名還異衆嬪免勞征戰力無愧綺羅身骨竟埋青塚魂應怨畫人不堪逢舊宅寥落對江濱

過洛陽故城

三十世皇都蕭條是霸圖片墻看破盡遺跡漸應無野徑通荒苑高槐映遠衢獨吟人不問清冷自鳴鳴

秋夕與友人同會

章句積微功星霜二十空僻應如我少吟喜得君同月上僧歸後詩成客夢中更聞棲鶴警清露滴青松

春日登吳門

故國望不見，愁襟難暫開。春潮映楊柳，細雨入樓臺。靜少人同到，晴逢鴈正來。長安遠於日，搔首獨徘徊。

湘中秋懷遷客

蘭杜曉香薄，汀洲夕露繁。併聞燕塞鴈，獨立楚人村。霧散孤城上，灘迴曙枕喧。不堪逢賈傅，還欲弔湘沅。

南山旅舍與故人別（一作商山道中）

一日又將（一作欲）暮，一年看即殘。病知新事少，老別舊交（一作故人）難。山盡路猶險，雨餘春卻寒。那堪試（一作更）迴首，烽火是長安。

東林愿禪師院

與世漸無緣，身心獨了然。講銷林下日，臘長定中年。磬絕朝齋後，香焚古寺前。非因送小朗，不到虎谿邊。

孤鴈

湘浦離應晚，邊城去已孤。如何萬里計，只在一枝蘆。迴起波搖楚，寒棲月映蒲。不知天畔侶，何處下平蕪。

幾行歸去（一作塞）盡，片影（一作念爾）獨何之。暮雨相呼失，寒塘獨下遲。渚雲低暗度，關月冷遙（一作相）隨。未必逢矰繳，孤飛自可疑。

寄青城山顥禪師

懷師不可攀，師往杳冥間。林下誰聞法，塵中只見山。終年人不到，盡日鳥空還。曾聽無生說，應憐獨未還。

秋夕與王處士話別

微燈照寂寥，此夕正迢迢。丹桂得已晚，故山歸尚遙。蟲聲移暗壁，月色動寒條。此去如真隱，期君試一瓢。

秋日犍爲（一作巴南）道中（一作途中感懷）

久客厭岐路，出門吟且悲。平生未到處，落日獨行時。芳草不長綠，故人無（一作難）重期。那堪更南渡，鄉國已（一作是）天涯。

送僧歸江東（一作送下第上人歸天台）

坐徹秦城夏，行登越客船。去留那有著，語默不離禪。葉擁臨關路，霞明近海天。更尋同社侶，應得虎溪邊（一作石橋雲畔樹應老醫房前）。

喜友人及第

孤吟望至公，已老半生中。不有同人達，兼疑此道窮。只

應才自薄，豈是命難通。尚激摶溟勢，期君借北風。

上巳日永崇里言懷（一本無下五字）

未敢分明賞物華，十年如見夢中花。遊人過盡衡門掩，獨自憑欄到日斜。

送僧歸天竺

忽憶曾棲處，千峯近沃州。別來秦樹老，歸去海門秋。汲帶寒汀月，禪隣賈客舟。遙思清興愜，不厭石林幽。

牛渚夜泊

煙老石磯平，袁郎夜泛情。數吟人不遇，千古月空明。人事年年別，春潮日日生。無因逢謝尚，風物自淒清。

送友人歸江南

渚田芳草徧，共憶故山春。獨往滄洲暮，相看白髮新。定過林下寺，應見社中人。只恐東歸後，難將鷗鳥親。

過陶徵君隱居

陶令昔居此，弄琴遺世榮（一作情）。田園三畝綠，軒冕一銖輕。衰柳自無主，白雲猶可耕。不隨陵谷變，應只有（一作是）高名。

江上旅泊

汀洲一夜泊，久客半連檣。盡說逢秋色，多同憶故鄉。孤罔生晚燒，獨樹隱回塘。欲問東歸路，遙知隔渺茫。

灞上

長安名利路，役役古由今。征騎少閑日，綠楊無舊陰。水侵秦甸闊，草接漢陵深。紫閣曾過處，依稀白鳥沈。

寄舅

中朝軒冕內，久絕甯家親。白社同孤立，青雲獨併伸。致君期折檻，舉職在埋輪。須信堯庭草，猶能指佞人。

贈休糧僧

聞鐘獨不齋，何事更關懷。靜少人過院，閑從草上堦。生臺無鳥下，石路有雲埋。爲憶禪中舊，時猶夢百崖。

題絕島山寺

絕島跨危欄，登臨到此難。夕陽高鳥過，疎雨一鐘殘。駭浪搖空闊，靈山厭渺漫。那堪更回首，鄉樹隔雲端。

讀侯道華真人傳

漢皇輕萬乘，方士說三丹。不得修心要，翻知出世難。茂

陵春竟綠，金掌曙空寒。何似先生去，翩翩逐彩鸞。

殘（一作歎）花

遲遲傍曉陰，昨夜色猶深。畢竟終（一作榮）須落，堪悲古與今。明年何處見，盡日此時（一作獨傷）心。蜂蝶無情極，殘香更不尋。

題與善寺隋松院與人期不至

青青伊澗松，移植在蓮宮。鮮色前朝雨，秋聲半夜風。長閑應未得，暫賞亦難同。不及禪棲者，相看老此中。

樵者

行山行採薇，閑翦蕙爲衣。避世嫌山淺，逢人說姓稀。有時還獨醉，何處掩衡扉。莫看棊終局，溪風晚待歸。

南澗耕叟

年年南澗濱，力盡志猶存。雨雪朝耕苦，桑麻歲計貧。戰添丁壯役，老憶太平春。見說經荒後，田園半屬人。

春日閑居憶江南舊業

杜門朝復夕，豈是解謀身。夢不離泉石，林唯稱隱淪。漸諳浮世事，轉憶故山春。南國水風暖，又應生白蘋。

屈原廟

讒勝禍難防，沈冤（一作魂）信可傷。本圖安楚國，不是怨懷王。廟古碑無字，洲晴蕙有香。獨醒人尚笑，誰與奠椒漿。

宿廬山絕頂山舍

一磴出林端，千峯次第看。長閑如未遂，暫到亦應難。谷樹雲埋老，僧窗瀑影寒。自嫌心不達，向此夢長安。

王逸人隱居

一徑入千岑，幽人許重尋。不逢秦世亂，未覺武陵深。石轉生寒色，雲歸帶夕陰。卻愁危坐久，看盡暝棲禽。

申州道中

風緊日淒淒，鄉心向此迷。水分平楚闊，山接故關低。客路緣烽火，人家厭鼓鼙。那堪獨馳馬，江樹穆陵西。

江上懷翠微寺空上人

旅泛本無定，相逢那可期。空懷白閣夜，未荅碧雲詩。暮雨潮生早，春寒鴈到遲。所思今（一作吟）不見，鄉國正天涯。

秋宿鶴林寺

步步入林中，山窮意未窮。偏逢僧話久，轉與鶴棲同。燭

焰風銷盡蘭條露濕空又須從此別江上正秋鴻

遠望

長爲鄉思侵望極即霑襟不是前山色能傷愁客心平蕪連海盡獨樹隱雲深況復斜陽外分明有去禽

秋晚書懷

看看秋色晚又是出門時白髮生非早青雲去自遲夢唯懷上國跡不到他岐以此堅吾道還無媿已知

途中秋晚送友人歸江南

又指煙波算路岐此生多是厭羇離正逢搖落仍須別不待登臨已合悲里巷半空兵過後水雲初冷鴈來時扁舟未得如君去空向滄江夢所思

己亥歲感事

正聞青犢起葭萌又報黃巾犯漢營豈是將皆無上略直疑天自棄蒼生爪沙舊戍猶傳檄吳楚新春已廢耕見說聖君能仄席不知誰是請長纓

金陵晚眺（一作懷古）

葦聲騷屑水天秋吟對金陵古（一作晚）渡頭千古是非輸蝶夢一輪風雨屬漁舟若無仙分應須老幸有歸（一作青）山（一作山歸）即合休何必登臨更（一作共）惆悵比（一作本）來身（一作人）世只如浮

過長江賈島主簿舊廳

雕琢文章字字精我經此處倍傷情身從謫宦方霑祿才被槌埋更有聲過縣已無曾識吏到廳空見舊題名長江一曲年年水應爲先生萬古清

途中感懷寄青城李明府

鱗鬣摧殘志未休壯心飜是此身讐併聞寒雨多因夜不得鄉書又到秋耕釣舊交吟好憶雪霜危棧去堪愁如何只是三年別君著朱衣我白頭

夏日書懷寄道友

達即匡邦退即耕是非何足撓平生終期道向希夷得未省心因寵辱驚峰轉暫無當戶影雉飛時有隔林聲十年惟悟吟詩句待得中原欲鑄兵

和進士張曙聞鴈見寄

斷行哀響遞相催爭趁高秋作恨媒雲外關山聞獨去渡頭風雨見初來也知榆塞寒須別莫戀蘋汀暖不迴試向富春江畔過故園猶合有池臺

鸚鵡洲即事（一作眺望）

悵望春襟鬱未開重吟鸚鵡益堪哀曹瞞尚不能容物黃祖何曾（一作因）解愛才幽島暖聞燕鴈去曉江晴覺蜀波來何人正得風濤便一點輕（一作征）帆萬里迴

讀留侯傳（末句缺五字）

覆楚讐韓勢有餘男兒遭遇更難如偶成漢室千年業只讀圯橋一卷書翻把壯心輕尺組却煩商皓正皇儲若能終始匡天子何必

赤壁懷古

漢室河山鼎勢分勤王誰肯顧元勳不知征伐由天子唯許英雄共使君江上戰餘陵是谷渡頭春在草連雲分明勝敗無尋處空聽漁歌到夕曛

東晉

五陵豪俠笑爲儒將爲儒生只讀書看取不成投筆後謝安功業復何如

秦國金陵王氣全一龍正道始東遷興亡竟不關人事虛倚長淮五百年

春夕（一本下有旅懷二字）

水流花謝兩無情送盡東風過楚城胡蝶夢中家萬里子規（一作杜鵑）枝上月三更故園書動經（一作多）年絕（一作別）華髮春唯（一作移）滿鏡（一作兩鬢）生自是不歸歸便得五湖煙景有誰爭

澗松

寸寸凌霜長勁條路人猶笑未干霄南園桃李雖堪羨爭奈春殘又寂寥

湘中弦（一作謠）

蒼山遥遥江潾潾路傍老盡沒（一作無）閑（一作問）人王孫不見草空綠惆悵渡頭春復春煙愁雨細雲冥冥杜蘭香老三湘清故山望斷不知處鶗鴂（一作鷤鴂）隔花時一聲

續紀漢武（一作讀漢武內傳）

分明三鳥下儲胥一覺鈞天夢不如爭那白頭方士到茂陵紅葉已蕭疎

隴上逢江南故人

三聲戍角邊城暮萬里鄉心塞草春莫學少年輕遠別隴關西少向東人

夷（一作巴）陵夜泊

家依楚塞窮秋別身逐孤舟萬里行一曲巴歌半江月便應消得二毛生

櫓聲

煙外橈聲遠天涯幽夢迴爭知江上客不是故鄉來

海棠圖

海棠花底三年客（一作住）不見（一作覺）海棠花盛開却向江南看（一作見）圖畫始慙虛到蜀城來

雲

得路直爲霖濟物不然閑共鶴忘機無端却向陽臺畔長送襄王暮雨歸

過二妃廟

殘陽楚水畔獨弔舜時人不及廟前草至今江上春

送友人

登高迎送遠春恨併依依不得滄洲信空看白鶴歸

聲

歡戚猶來恨不平此中高下本無情韓娥絕唱唐衢哭盡是人間第一聲

放鷓鴣（一作雛鵝）

秋入池塘風露微曉開籠檻看初飛滿身金翠畫不得無限煙波何處歸

泉

遠辭巖竇瀉潺潺靜拂雲根別故山可惜寒聲留不得旋添波浪向人間

巫山旅別

五千里外三年客十二峰前一望秋無限別魂招不得夕陽西下水東流

幽蘭

幽植衆寧（一作能）知芬芳只暗持自無君子佩未是國香衰

白露霑長早春風（一作青春）到每遲不如（一作知）當路草芬馥欲何爲

讀庾信集

四朝十帝盡風流建業長安兩醉遊唯有一篇楊柳曲江南江北爲君愁

過繡嶺宮

古殿春殘綠野陰上皇曾此駐泥金三城帳屬升平夢一曲鈴關悵望心苑路暗迷香輦絕繚垣秋斷草煙深前朝舊物東流在猶爲年年下翠岑

巴山道中除夜書懷

迢遞三巴路羇危萬里身亂山殘雪夜孤燭異鄉春漸與骨肉遠轉於僮僕親那堪正漂泊明日歲華新

題淨衆寺古松

百尺森疎倚梵臺昔人誰見此初栽故園未有偏堪戀浮世如閑即合來天暝豈分蒼翠色歲寒應識棟梁材清陰可惜不駐（一作嗟住不）得歸去暮城空首回

折楊柳

朝朝車馬如蓬轉處處江山待客歸若使人間少離別楊花應合過春飛

七夕

年年七夕渡瑤軒誰道秋期有淚痕自是人間一週歲何妨天上只黃昏

泛楚江

九重城外家書遠百里洲前客棹還金印碧幢如見問一生安穩是長閑

初過漢江

襄陽好向峴亭看人物蕭條值歲闌爲報習家多置酒夜來風雪過江寒

題授陽鎮路

越鳥巢邊溪路斷秦人耕處洞門開小桃花發春風起千里江山一夢回

初識梅花

江北不如南地暖江南好斷北人腸燕脂桃頰梨花粉共作寒梅一面粧

江雨望花

細雨滿江春水漲好風留客野梅香避秦不是無歸意一度逢花一斷腸

全唐詩目　第十函

第七冊

韓偓　四卷

吳融　四卷

全唐詩

韓偓

韓偓字致光（一作堯）京兆萬年人龍紀元年擢進士第佐河中幕府召拜左拾遺累遷諫議大夫歷翰林學士中書舍人兵部侍郎以不附朱全忠貶濮州司馬再貶榮懿尉徙鄧州司馬天祐二年復原官偓不赴召南依王審知而卒翰林集一卷香奩集三卷今合編四卷

雨後月中玉堂閑坐

銀臺直北金鑾外暑雨初晴皓月中唯對松篁聽刻漏（一作漏刻）更無塵土翳虛空綠香熨齒冰盤果清冷侵肌水殿風夜久忽聞鈴索動玉堂西畔響丁東（禁署嚴密非本院人雖有公事不敢遽入至於內夫人宣事亦先引鈴每有文書即內臣立於門外鈴聲動本院小判官出受受訖授院使院使授學士）

六月十七日召對自辰及申方歸本院

清署簾開散異香恩深咫尺對龍章花應洞裏尋常（一作常時）發日向壺中特地長坐久忽疑（一作驚）槎犯斗歸來兼恐海生桑如今冷笑東方朔唯用詼諧侍漢皇

與吳子華侍郎同年玉堂同直懷恩（一作昔）敘懇因成長句四韻兼呈諸同年

往年鶯谷接清塵今日鼇山作侍臣二紀計偕勞筆研（余與子華俱久困名場）一朝宣入掌絲綸聲名烜赫文章士金紫雍容富貴身絳帳恩深無路報（一作報路）語餘相顧却酸辛

和吳子華侍郎令狐昭化舍人歎白菊衰謝之絕次用本韻

正憐香雪披（一作飛）千片忽訝殘霞覆一叢（此花將謝却有紅色）還似妖姬長年後酒酣雙臉却微紅

中秋禁直

星斗疎明禁漏殘紫泥封後獨凭闌露和玉屑金盤冷月射珠光貝闕寒天襯樓臺籠苑外風吹歌管下雲端長卿祇爲長門賦未識君臣際會難

侍宴

䗶黃蝶粉兩依依狎宴臨春日正遲密旨不教江令醉麗華（一作貴妃）微笑認皇慈

錫宴日作（是歲大稔內出金幣賜百官充觀稼宴學士院別賜越綾百匹無何句當後宰相一日宴於興化亭）

玉街花馬蹋香（一作天）街詔遣追歡綺席開中使押從天上去（是日在外四學士排門齋入同進狀辭赴宴所奉宣差學士院使二人押去）外人知自日邊來臣心淨比漪漣水聖澤深於瀲灩杯纔有異恩頒稷契已將優禮及鄒枚清商適（一作迴）向梨園降妙妓新行峽雨迴不敢通宵離禁直晚乘殘醉入銀臺（當直學士二人至晚學士院使二人却押入直餘四人在外可以卜夜內臣去外知蔱聞丞郎給舍多來突宴余是日當直故有是句）

宮柳

莫道秋來芳意違宮娃猶似妒蛾眉幸當玉輦經過處不怕金風浩蕩時草色長承垂地葉日華先動映樓枝澗松亦有凌雲分爭似移根太液池

苑中

上苑離宮處處迷相風高與露盤齊金階鑄出狻猊立玉樹雕成狒狖（一作拂拂，一作翡翠）啼外使調鷹初得按（五方外按使以鷹隼之初得者調習始能擒獲謂之按）中官過馬不教嘶（上每乘馬必閑官馭以進謂之過馬既乘之而後蹀躞嘶鳴）笙歌錦繡雲霄裏獨許詞臣醉似泥

從獵三首

獵犬諳斜路宮嬪識認（一作畫）旗馬前雙兔起（一作走）宣爾（一作示）羽林兒

小鐙狹鞦（一作鞦）鞘鞍輕妓細腰有時齊走馬也學唱交交

蹀躞巴陵（一作駒）駿毰毸碧野雞忽聞仙樂動賜酒玉偏提

辛酉歲冬十一月隨駕幸岐下作

曳裾談笑殿西頭忽聽征鐃從冕旒鳳蓋行時移紫氣鸞旗駐處認皇州曉題御服頒羣吏夜發宮嬪詔列侯雨露涵濡三百載不知誰擬殺身酬

冬至夜作（天復二年壬戌隨駕在鳳翔府）

中宵忽見動葭灰料得南枝有早梅四野便應枯草綠九重先覺凍雲開陰冰莫向河源塞陽氣今從地底迴不道慘舒無定分却憂蚊響又成雷

秋霖夜憶家（隨駕在鳳翔府）

垂老何時見弟兄背燈愁（一作悲）泣到天明不知短髮能多少一滴秋霖白一莖

恩賜櫻桃分寄朝士（在岐下）

未許鶯偷出漢宮上林初進半金籠蔗漿自透銀杯冷朱實相輝玉椀紅俱有亂離終日恨貴將滋味片時同霜威食蘗應難近宜在紗窗繡户中

出官經硤石縣（天復三年二月二十二日）

謫宦過東畿所抵州名濮（是月十一日貶濮州司馬）故里欲清明臨風堪慟哭溪長柳似帷山暖花如醭逆旅訝簪裾（南路以久無儒服經過皆相聚悲喜）野老悲陵谷暝鳥影連翩驚狐尾纛簌（一作遨）尚得佐方州信是皇恩沐

訪同年虞部李郎中（天復四年二月在湖南）

策蹇相尋犯雪泥廚煙未動日平西門庭野水褵褷鷺鄰里短牆咿喔雞未入慶霄君擇肉畏逢華轂我吹虀地爐貰酒成狂醉更覺襟懷得喪齊

贈漁者（在湖南）

個儂居處近誅茅枳棘籬兼用荻梢盡日風扉從自掩無人筒釣是誰拋城方四面牆陰直江闊中心水脈坳我亦好閑求老伴莫嫌遷客且論交

春陰獨酌寄同年虞部李郎中（在湖南）

春陰漠漠土脈潤春寒微微風意（一作氣）和閑嗤入甲奔競態醉唱落調漁樵歌詩道揣量疑可進宦情刓缺轉無多酒酣狂興依然在其奈千莖鬢雪何

奉和峽州孫舍人肇荊南重圍中寄諸朝士二篇時李常侍洵嚴諫議龜李起居殷衡李郎中冉皆有繼和余久有是債今至湖南方暇牽課

敏手何妨誤汰金敢懷私忿斅羊斟直應宣室還三接未必豐城便陸沈熾炭一爐真玉性濃霜千澗老松心私恩尚有捐軀誓況是君恩萬倍深

征途安敢更遷延冒入重圍勢使然衆果却應存苦李五瓶惟恐竭甘泉多端莫撼三珠樹密策尋遺七寶鞭黃篾舫中梅雨裏野人無事日高眠

雪中過重湖信筆偶題（一作成）

道方時險擬如何謫去甘心隱薜蘿青草湖將天暗合白頭浪與雪相和旗亭臘酎踰年熟水國春寒（一作帆）向晚多處困不忙仍不怨醉來唯是欲傞傞

寄湖南從事

索寞襟懷酒半醒無人一爲解餘酲岸頭柳色春將盡船背雨聲天欲明去國正悲同旅雁隔江何忍更啼鶯蓮花幕下風流客試與溫存遣逐情

翫水禽（在古南醴陵縣作）

兩兩珍禽渺渺溪翠衿紅掌淨無泥向陽眠處莎成毯蹋水飛時浪作梯依倚雕梁輕社燕抑揚金距笑晨雞勸君細認漁翁意莫遣綆羅誤穩棲

早翫雪梅有懷親屬

北陸候纔變南枝花已開無人同悵望把酒獨裴回凍白雪爲伴寒香風是媒何因逢越使腸斷謫仙才

欲明

欲明籬被風吹倒過午門因客到開忍苦可能遭鬼笑息機應免致鷗猜岳僧互乞新詩去酒保頻徵舊債來唯有狂吟與沈飲時時猶自觸靈臺

梅花

梅花不肎傍春光自向深冬著（一作有）豔陽龍笛遠吹胡地月燕釵初試漢宮妝風雖強暴翻添思雪欲侵凌更助香應笑暫時桃李樹盜天和氣作年芳

小隱

借得茅齋岳麓西擬將身世老鋤犁清晨向市煙含郭寒夜歸村月照溪爐爲窗明僧偶坐松因雪折鳥驚啼靈椿朝菌由來事却笑莊生始欲齊

曛黑

古木侵天日已沈露華涼冷潤衣襟江城曛黑人行（一作行人）絕唯有啼烏伴夜砧

曉日

天際霞光入水中水中天際一時紅直須日觀三更後（日觀峰半夜見日）首送金烏上碧空

醉著

萬里清江萬里天一村桑柘（一作花柳）一村煙漁翁醉著無人喚過午醒來雪滿船

柳

一籠金線拂彎橋幾被兒童損細腰無奈靈和標格在

春來依舊裹長條

病中初聞復官二首

抽毫連夜侍明光執靮三年從省方燒玉謾勞曾歷試鑠金寧爲欠周防也知恩澤招讒口還痛神祇誤直腸聞道復官翻涕泗屬車何在水茫茫

又挂朝衣一自驚始知天意重推誠青雲有路通還去白髮無私健亦生曾避暖池將浴鳳却同寒谷乍遷鶯宦途巇嶮終難測穩泊漁舟隱姓名

早起五言三韻

萬樹綠楊垂千般黃鳥語庭花風雨餘岑寂如村塢依依官渡頭晴陽照行旅

家書後批二十八字（在醴陵時聞家在登州）

四序風光總是愁鬢毛衰颯涕橫（一作還）流此書未到心先到想在（一作見）孤城海岸頭

湖南梅花一冬再發偶題於花援

湘浦梅花兩度開直應天意別栽培玉爲通體依稀見香號返魂容易迴寒氣與君霜裏退陽和爲爾臘前來夭桃莫倚東風勢調鼎何曾用不材

即目（一作日）二首

萬古離懷憎物色幾生愁緒溺風光廢城沃土肥春草野渡空船蕩夕陽倚道向人多脈脈爲情因酒易倀倀宦途棄擲須甘分迴避紅塵是所長

動非求進靜非禪咋舌吞聲過十年溪漲浪花如積石雨晴雲葉似連錢干戈歲久諳戎事枕簟秋涼減夜眠攻苦慣來無不可寸心如水但澄鮮

淨興寺杜鵑一枝繁豔無比

一園紅豔醉坡陀自地（一作帶）連梢簇蒨羅蜀魄未歸長滴血祇應偏滴此叢多

花時與錢尊師同醉因成二十字

橋下淺深水竹間紅白花酒仙同避世何用厭長沙

避地

西山爽氣生襟袖南浦離愁入夢魂人泊孤舟青草岸鳥鳴高樹夕陽村偷生亦似符天意未死深疑負國恩白面兒郎猶巧宦不知誰與正乾坤

息兵

漸覺人心望息兵老儒希覬見澄清正當困辱殊輕死已過艱危却戀生多難始應彰勁節至公安肯爲虛名暫時胯下何須恥自有蒼蒼鑒赤誠

翠碧鳥（以上並在醴陵作）

天長水遠（一作闊）網羅稀保得重重翠碧（一作羽）衣挾彈小兒多害物勸君莫近市朝（一作五陵）飛

贈孫仁本尊師（在袁州）

齒如冰雪髮如鷖幾百年來醉似泥不共世人爭得失臥牀前有上天梯

乙丑歲九月在蕭灘鎮駐泊兩月忽得商馬（一本無此二字）楊迢員外書賀余復除戎曹依舊承旨還緘後因書四十字

旅寓在江郊秋風正寂寥紫泥虛寵獎白髮已漁樵事往淒涼在時危志氣銷若爲將朽質猶擬杖於朝

丙寅二月二十二日撫州如歸館雨中有懷（一作簡）諸朝客

淒淒惻惻又微嚬欲話羈愁（一作遊）憶故人薄酒旋醒寒徹夜好花虛謝雨藏春萍蓬已恨（一作自憐海上）爲逋客江嶺那知見（一作猶喜天涯寄）侍臣未必交情繫貧富柴（一作蓬）門自古少車塵

三月二十七日自撫州往南城縣舟行見拂水薔薇因有是作

江中春雨波浪肥石上野花枝葉瘦枝低波高如有情浪去枝留如力鬭綠刺紅房戰裹時吳娃越豔醺酣後且將濁酒伴清吟酒逸吟狂輕宇宙

荔枝三首（丙寅年秋到福州自此後並福州作）

遐方不許貢珍奇密詔唯教進荔枝漢武碧桃爭比得枉令方朔號偷兒

封開玉籠雞冠溼（一作澀）葉襯金盤鶴頂鮮想得佳人微啓（一作露）齒翠釵先取一雙（一作枝）懸

巧裁霞（一作絳）片裹神漿崖蜜天然有異香應是仙人金掌露結成冰入蒨羅囊

寄上兄長

兩地支離路八千襟懷悽愴鬢蒼然亂來未必長團會（一作聚）其奈而今更長年

寶劍

困極還應有甚（一作日）通難將糞壤（一作塵土）掩神蹤斗間紫氣分明後擘地成川看化龍（一作但教出得豐城後不是延津亦化龍）

登南神光寺塔院（一本題作登南臺僧寺）

無奈離腸日（一作易）九迴強攄離抱立高臺中華地向城邊盡外國雲從島上來四序有花長見雨一冬無雪却聞雷日（一作南）宮紫氣生冠冕（一作蓋）試望扶桑病眼開

兩賢

賣卜嚴將賣餅孫兩賢高趣恐難倫而今若有逃名者應被品流呼差（一作俗）人

再思

暴殄猶來是片時無人向此略遲疑流金鑠石玉長潤敗柳凋花松不知但保行藏天是證莫矜纖巧鬼難欺近來更得窮經力好事臨行亦再思

有矚

晚涼閑步向江亭默默看書旋旋行風轉滯帆狂得勢潮來諸水寂無聲誰將覆轍詢長策願把棼絲屬老成安石本懷經濟意何妨一起爲蒼生

秋深閑興

此心兼笑野雲忙甘得貧閑味甚長病起乍嘗新橘柚秋深初換舊衣裳晴來喜鵲無窮語雨後寒花特地香把釣覆棊兼舉白不離名教可顛狂

故都

故都遙想草萋萋上帝深疑亦自迷塞雁已侵池籞宿宮鴉猶戀女牆啼天涯烈士空垂涕地下強魂必噬臍掩鼻計成終不覺馮驩無路斅鳴雞

夢仙

紫霄宮闕五雲芝九級壇前再拜時鶴舞鹿眠春草遠山高水闊夕陽遲每嗟阮肇歸何速深羨張騫去不疑澡練純陽功力在此心唯有玉皇知

贈吳顛尊師（丙寅年作）

飲酒經何代休糧度此生跡應常自浼顛亦強爲名道若千鈞重身如一羽輕毫釐分象緯袒跣揖（一作謁）公卿狗竇號光逸漁陽裸禰衡笑雷冬蟄震巖雷夜珠明月魄（一作滑）侵簪（一作簷）冷江光逼（一作映）扆清半酣思救世一手擬扶傾擊地嗟衰俗看天貯不平自緣懷氣義可是計烹亨議論通三教年顏稱五更老狂人不厭密行鬼應驚未識心相許開襟語便誠伊余常仗義願拜十年兄

送人棄官入道

仙李濃陰潤皇枝密葉敷俊才輕折桂捷徑取紆朱斷紲三清路揚鞭五達衢側身期破的縮手待呼盧社稷俄如綴雄豪詎守株忸怩非壯志擺脫是良圖塵土留難住纓緌棄若無冥心歸大道回首笑吾徒酒律應難忘詩魔未肎徂他年如拔宅爲我指清都

感事三十四韻（丁卯已後）

紫殿承恩歲金鑾入直年人歸三島路日過八花塼鵷鷺皆迴席皋夔亦慕羶慶霄舒羽翼塵世有神仙雖遇河清聖慚非岳降賢皇慈容散拙公議逼陶甄江總參文會陳暄侍狎筵腐儒親帝座太史認星躔側弁聆神算濡毫侯密宣宮司持玉研書省擘香箋（宮司書省皆宮人職名）唯理心無黨憐才膝屢前焦勞皆實錄宵旰豈虛傳始議新堯曆將期整舜弦（上自出東內幽辱勵心庶政延接承相之暇日在直學士詢以理道將致升平）去梯言必盡仄席意彌堅上相思懲惡中人詎省愆鹿窮唯觝觸兔急且獼猭本是謀賒死因之致劫遷氛霾言下合日月暗中懸恭顯誠甘罪韋平亦恃權畏聞巢幕險寧寤積薪然諒直尋鉗口奸纖益比肩晉讒終不解魯瘠竟難痊秖擬誅黃皓何曾識霸先嗾獒翻醜正養虎欲求全萬乘煙塵裏千官劍戟邊斗魁當北坼地軸向西偏袁董非徒爾師昭豈偶然中原成劫火東海遂桑田濺血慙嵇紹遲行笑褚淵四夷同效順一命敢虛捐山岳還青聳穹蒼舊碧鮮獨夫長啜泣多士已忘筌鬱鬱空狂叫微微幾病癲丹梯倚寥廓終去問青天

向隅

守道得途遲中兼遇亂離剛腸成繞指玄鬢轉垂絲客路少安處病牀無穩時弟兄消息絕獨斂向隅眉

社後

社後重陽近雲天澹薄間目隨棊客靜心共睡僧閒歸鳥城銜日殘虹雨在山寂寥思晤語何夕款柴關

息慮

息慮狎羣鷗行藏合自由春寒宜酒病夜雨入鄉愁道向危時見官因亂世休外人相待淺獨說濟川舟

早起探春

句芒一夜長精神臘後風頭已見春煙柳半眠藏利臉雪梅含笑綻香脣漸因閑暇思量酒必怨顛狂泥摸人若箇高情能似我且應欹枕睡清晨

味道

如含瓦礫竟何功癡黠相兼似得中心繫是非徒悵望事須光景旋虛空升沈不定都如夢毀譽無恒卻要聾弋者甚多應扼腕任他閑處指冥鴻

秋郊閑望有感

楓葉微紅近有霜碧雲秋色滿吳鄉魚衝駭浪雪鱗健鴉閃夕（一作殘）陽金背光心爲感恩長慘慼鬢緣經亂早蒼浪可憐廣武山前語楚漢寧（一作虛）教作戰場

李太舍池上玩紅薇醉題

花低池小水泙泙花落池心片片輕酩酊不能羞白鬢顛狂猶自眷紅英乍爲旅客顏常厚每見同人眼暫明京洛園林（一作林園）歸未得天涯相顧一含情

余寓汀州沙縣病中聞前鄭左丞璘隨外鎮舉薦赴洛兼云繼有急徵旋見脂轄因作七言四韻戲以贈之或冀其感悟也（己巳年）

莫恨當年入用遲通材何處不逢知桑田變後新舟楫華表歸來舊路岐公幹寂寥甘坐廢子牟歡抃促行期移都已改侯王第惆悵沙堤別築基

又一絕請爲申達京洛親交知余病廢

鬢惹新霜耳舊聾眼昏腰曲四肢風交親若要知形候嵐嶂煙中折臂翁

夢中作

紫宸初啓列鴛鸞直向龍墀對揖班九曜再新環北極萬方依舊祝南山禮容肅睦纓緌外和氣熏蒸劍履間扇合卻循黃道退廟堂談笑百司閑

己巳年正月十二日自沙縣抵邵武軍將謀撫信之行到纔一夕爲閩相急腳相召卻請赴沙縣郊外泊船偶成一篇

訪戴船迴郊外泊故鄉何處望天涯半明半暗山村日自落自開江廟花數醆綠醅桑落酒一甌香沫火前茶（缺二句）

建谿灘波心目驚眩余平生溺奇境今則畏怯不暇因書二十八字

長貪山水羨漁樵自笑揚鞭趁早朝今日建谿驚恐後
李將軍畫也須燒

自沙縣抵龍（一作尤）溪縣值泉州軍過後村落皆空
因有一絕（此後庚午年）

水自潺湲日自斜盡無雞犬有鳴鴉千村萬落如寒食
不見人煙空見花

此翁（此後在桃林場）

高閣羣公莫忌儂儂心不在宦名中嚴光一唾垂緌紫
何肯三遺大帶紅金勁任從千口鑠玉寒曾試幾爐烘
唯應鬼眼兼天眼窺見行藏信此翁

失鶴

正憐標格出華亭況是昂藏入相經碧落順風初得志
故巢因雨却聞腥幾時翔集來華表每日沈吟看畫屏
為報雞羣虛嫉妬紅塵向上有青冥

卜隱

屏跡還應滅（一作識）是非却憂藍玉又光輝桑梢出舍蠶初
老柳絮蓋溪魚正肥世亂豈容長愜意景清還覺易忘
機世間華美無心問藜藿充腸苧作衣

晨興（一作起）

曉景山河爽閑居巷陌清已能消滯念兼得散餘酲汲
水人初起迴燈燕暫驚放懷殊未（一作不）足圓隙已塵生

暴雨

電尾燒黑雲雨腳飛銀線急點濺池心微煙昏水面氣
涼氛浸消暑退松篁健叢蓼亞赬茸擎荷翻綠扇風期
誰與同逸趣余探徧欲去更遲留眥中久文戰

山院避暑

行樂江郊外追涼山寺中靜陰生晚綠寂慮延清風運
塞地維窄氣蘇天宇空何人識幽抱目送冥冥鴻

閑興

景寂有玄味韻高無俗情他山冰雪解此水波瀾生影
重驗花密滴稀知酒清忙人常擾擾安得心和平

漫作二首

暑雨灑和氣香風吹日華瞬龍驚汗漫翥鳳綷雲霞懸
圃珠為樹天池玉作砂丹霄能幾級何必待乘槎
泰谷純陽入鸞霄瑞彩生岳靈分正氣仙衛借神兵汙
俗迎風變虛懷遇物傾千鈞將一羽輕重在平衡

騰騰

八年流落醉騰騰點檢行藏喜不勝烏帽素餐兼施藥
前生（一作身）多恐是醫僧

寄隱者

煙郭雲扃路不遙懷賢猶恨太迢迢長松夜落釵千股
小港春添水半腰已約病身拋印綬不嫌門巷似（一作是）漁
樵渭濱晦迹南陽臥若比吾徒更寂寥

閑居

厭聞趨競喜閑居自種蕪菁亦自鋤麋鹿跳梁憂觸撥
鷹鸇搏擊恐麤疎拙謀却為多循理所短深慚盡信書
刀尺不虧繩墨在莫疑張翰戀鱸魚

僧影

山色依然僧已亡竹間疎磬隔殘陽智燈已滅餘空燼
猶自光明照十方

洞庭玩月

洞庭湖上清秋月月皎湖寬萬頃霜玉椀深沈潭底白
金杯細碎浪頭光寒驚烏鵲離巢噪冷射蛟螭換窟藏
更憶瑤臺逢此夜水晶宮殿挹瓊漿

贈隱逸

靜景須教靜（一作隱）者尋清狂何必在山陰蠹穿窗紙塵侵
研鳥鬭庭花露滴琴莫（一作方）笑亂離方（一作纔）解印猶勝顛蹶
未抽簪築金總（一作所）（一作誘）得非名士況是無人解築金

南浦

月若半環雲若吐高樓簾卷當南浦應是石城（一作城）艇子
來兩槳咿啞過花塢正值連宵酒未醒不宜此際兼微
雨直教筆底有文星亦應難狀分明苦

桃林場客舍之前有池半畝木槿櫛比闊水遮
山因命僕夫運斤梳沐豁然清朗復覩太虛因
作五言八韻（一本題下有以記之三字）

插槿作藩籬叢生覆小池為能妨遠目因遣去閑枝鄰
叟偷來賞棲禽欲下疑虛空無障處蒙閉有開時葦鷺
憐瀟灑泥鰌畏日（一作赫）曦稍寬春水面盡見晚山眉岸穩
人偷（一作垂）釣階明日上基（一作碁）世間多弊（一作少）事事事要良醫

中秋寄楊學士（一作中秋永夕奉寄楊學士兄弟）

鱗差甲子漸衰遲依舊年年困亂離八月夜長鄉思切
鬢邊添得幾莖絲

寄禪師

他心明與此心同妙用忘言理暗通氣運陰陽成世界
水浮天地寄虛空劫灰聚散銖錙黑日御奔馳繭粟紅
萬物盡遭風鼓動唯應禪室靜無風

清興

陰沈天氣連翩醉摘索花枝料峭寒擁鼻繞廊吟看雨
不知遺却竹皮冠

深院

鵝兒唼啑梔黃觜鳳子輕盈膩粉腰深院下簾人畫寢
紅薔薇架（一作映）碧芭蕉

淒淒

深將寵辱齊往往亦淒淒白日知丹抱青雲有舊蹊嗜
鹹凌魯濟惡潔助涇泥風雨今如晦堪憐報曉雞

火蛾

陽光不照臨積陰生此類非無惜死心奈有滅明（一作趨炎）意
妝（一作粧）穿粉歛焦翅撲蘭膏沸為爾一傷嗟自棄非天棄

信筆

春風狂似虎春浪白於鵝柳密藏煙易松長見日多石
崖（一作生涯）采芝叟鄉俗摘茶歌道在無伊鬱天將奈爾何

雷公

閑人倚柱笑雷公又向深山霹怪松必若有蘇天下意
何如驚起武侯龍

船頭

兩岸綠蕪齊似翦掩映雲山相向晚船頭獨立望長空
日豔波光逼人眼

喜涼

爐炭燒人百疾生鳳狂龍躁減心情四山毒瘴乾坤濁

一簟涼風世界清楚調忽驚淒玉柱漢宮應已溼金莖
豪強頓息蛙唇吻爽利重新鶻眼睛穩想海槎朝犯斗
健思胡馬夜翻營東南亦是中華(一作原)分蒸鬱相凌太不
平

天鑒

何勞諂笑學趨時務實清修勝用機猛虎十年搖尾立
蒼鷹一旦醒心飛神依正道終潛衛天鑒衷腸競不違
事歷艱難人始重九層成後喜從微

江岸閑步(此後壬申年作在南安縣)

一手攜書一杖筇出門何處覓情通立談禪客傳心印
坐睡漁師著背蓬青布旗誇千日酒白頭浪吼半江風
淮陰市裏人相見盡道途窮未必窮

野塘

侵曉乘涼偶獨來不因魚躍見萍開卷荷忽被微風觸
瀉下清香露一杯

余臥疾深村聞一二郎官今稱繼使閩越笑余迂古潛於異鄉聞之因成此篇

枕流方采北山薇驛騎交迎市道兒霧豹秖憂無石室
泥鰌唯要有洿池不羞莽卓黃金印却笑羲皇白接䍦
莫負美名書信史清風掃地更無遺

安貧

手風慵(一作難)展一行書眼暗休尋九局圖窗裏(一作外)日光飛
野馬案頭(一作前)筠管長蒲盧謀身拙爲安蛇足報國危曾
捋虎鬚舉世可能無默識未知誰擬試齊竽

殘春旅舍

旅舍殘春宿雨晴恍然心地憶咸京樹頭蜂抱花鬚落
池面魚吹柳絮行禪伏詩魔歸淨域酒衝愁陣出奇兵
兩梁免被塵埃污拂拭朝簪待眼明

鵲

偏承雨露潤毛衣黑白分明衆所知高處營巢親鳳闕
靜(一作閣)時閑語上龍墀化爲金印新祥瑞飛向銀河舊路
岐莫怪天涯棲不穩託身須是萬年枝

露

鶴非(一作飛)千歲飲猶難鶯舌偷含豈自安光溼最宜叢菊
亞蕩搖無柰綠荷乾名因霈澤隨天眷分與濃霜保歲
寒五色呈祥須得處戛雲仙掌有金盤

贈僧

盡說歸山避戰塵幾人終肻別囂氛缾添澗水盛將月
衲挂松枝惹得雲三接舊承前席遇一靈今用戒香熏
相逢莫話金鑾事觸撥傷心不願聞

感舊

省趨弘閣侍貂璫指座深恩刻寸腸秦苑已荒空逝水
楚天無恨更斜陽時昏却笑朱弦直事過方聞鎖骨香
入室故寮流落盡路人惆悵見靈光

八月六日作四首

日離黃道十年昏敏手重開造化門火帝動爐銷劍戟
風師吹雨洗乾坤左牽犬馬誠難測右袒簪纓最負恩
丹筆不知誰定罪莫留遺跡怨神孫

金虎挺災不復論搆成狂猘犯車塵御衣空惜侍中血
國璽幾危皇后身圖霸未能知盜道飾非唯欲害仁人
黃旗紫氣今仍舊免使老臣攀畫輪

簪裾皆是漢公卿盡作鋒鋩劍血腥顯負舊恩歸亂主
難教新國用輕刑穴中狡兔終須盡井上嬰兒豈自寧
底事亦疑懲未了更應書罪在泉扃

坐看包藏負國恩無才不得預經綸袁安墜睫尋憂漢
賈誼濡毫但過秦威鳳鬼應遮矢射靈犀天與隔埃塵
隄防瓜李能終始免愧於心負此身

驛步(癸酉年在南安縣)

暫息征車病眼開況穿松竹入樓臺江流燈影向東去
樹遞雨聲從北來物近劉輿招垢膩風經庾亮污塵埃
高情自古多惆悵賴有南華養不材

訪隱者遇沈醉書其門而歸

曉入江村覓釣翁釣翁沈醉酒缸空夜來風起閑花落
狼籍柴門鳥徑中

疎雨

疎雨從東送疾雷小庭涼氣淨莓苔卷簾燕子穿人去
洗研魚兒觸手來但欲進賢求上賞唯將拯溺作良媒
戎衣一挂清天下傅野非無濟世才

南安寓止

此地三年偶寄家枳籬茅廠(一作屋)共桑麻蝶矜翅暖徐窺
草蜂倚身輕凝(一作去)看花天近函關屯瑞氣水侵吳甸浸
晴霞豈知卜肆嚴夫子潛指星機認海槎

十月七日早起作時氣疾初愈

疾愈身輕覺數通山無嵐瘴海無風陽精欲出(一作去)陰精
落天地包含紫氣中

有感

堅辭羽葆與吹鐃翻向天涯困繫匏故老未曾忘炙背
何人終擬問苞茅融風漸暖將迴雁滫(一作滌)水猶腥近斬
蛟萬里關山如咫尺女牀唯待鳳歸巢

觀鬬雞(一作雞鬬)偶作

何曾解報稻粱恩金距花冠氣遏雲白日梟鳴(一作鳴梟)無意
問唯將芥羽害同羣

蜻蜓

碧玉眼睛雲母翅輕於粉蝶瘦於蜂坐來迎(一作併)拂波光
久豈(一作可)是殷勤爲(一作戀)蓼叢

即目

書牆暗記移花日洗甕先知醞酒期須信閑人有忙事
早來衝雨覓漁師

寄鄰莊道侶

聞說經旬不啟關藥窗誰伴醉開顏夜來雪壓村前竹
賸見溪南幾尺山

初赴期集

輕寒著背雨淒淒九陌無塵未有泥還是平時舊滋味
慢垂鞭袖過街西

惜花

皺(一作皴)白離情高處切膩香(一作紅)愁態靜中深眼隨片片沿
流去恨滿枝枝被雨淋總(一作侵)得苔遮猶慰意若教泥汙
更傷心臨軒(一作階)一醆悲春酒明日池塘是綠陰

半醉

水向東流竟不迴紅顏白髮遞相催壯心暗逐高歌盡
往事空因半醉來雲護雁霜籠澹月雨連鶯曉落殘梅
西樓悵望芳菲節處處斜陽草似苔

春盡

惜春連日醉昏昏醒後衣裳見酒痕細水浮（一作漾）花歸別
澗（一作浦）斷雲含雨入孤村人閒易有（一作得）芳時恨地勝（一作迥）難
招自古魂慙愧流鶯相厚意清晨猶爲到西園

睡起

睡起牆陰下藥闌瓦松花白閉柴關斷年不出僧嫌癖
逐日無機鶴伴閒塵土莫尋行止處煙波長在夢魂間
終撐舴艋稱漁叟賒買湖心一崦山

寄友人

傷時惜別心交加搘頤一向千咨嗟曠野風吹寒食月
廣庭煙著黃昏花長擬醺酣遺世事若爲局促問生涯
夫君亦是多情者幾處將愁殢酒家

見別離者因贈之

征人草草盡戎裝征馬蕭蕭立路傍尊酒闌珊將遠別
秋山迤邐（一作遠）更斜陽白髭兄弟中年後瘴海程途萬里
長曾向天涯懷此恨見君嗚咽更（一作倍）淒涼

傷亂

岸上花根總倒垂水中花影幾千枝一枝一影寒山裏
野水野花清露時故國幾年猶戰鬭異鄉終日見旌旗
交親流落身羸病誰在誰亡兩不知

南亭

每日在南亭南亭似僧院人語靜先聞鳥啼深不見松
瘦石稜稜山光溪瀲瀲蔓墜長苔鳥花垂小蒨行簪
隱士冠臥讀先賢傳更有興來時取琴彈一徧

太平谷中玩水上花

山頭水從雲外落水面花自山中來一溪紅點我獨惜
幾樹蜜房誰見開應有妖魂隨暮雨豈無香跡在蒼苔
凝眸不覺斜陽盡忘逐樵人躡石回

雨

坐來簌簌山風急山雨隨風暗原隰樹帶繁聲出竹間
溪將大點穿籬入餉婦寥翹布領寒牧童擁腫蓑衣溼
此時高味（一作詠）共誰論擁（一作掩）鼻吟詩空佇立

幽獨

幽獨起侵晨山鶯啼更早門巷掩蕭條落花滿芳草煙
和魂共遠春與人同老默默又依依淒然此懷抱

江行

浪蹙青山江北岸雲含黑雨日西邊舟人偶語憂風色
行客無聊罷晝眠爭似槐花九衢裏馬蹄安穩慢垂鞭

漢江行次

村寺雖深已暗知幡竿殘日迴依依沙頭有廟青林合
驛步無人白鳥飛牧笛自由隨草遠漁歌得意扣舷歸

偶題

竹園相接春波暖痛憶家鄉舊釣磯
俟時輕進固相妨實行丹心仗彼蒼蕭艾轉肥蘭蕙瘦
可能天亦妬馨香

湖南絕少含桃偶有人以新摘者見惠感事傷懷因成四韻

時節雖同氣候殊不知堪薦寢園無合充鳳食留三島
誰許鶯偷過五湖苦筍恐難同象七（秦中爲櫻筍之會乃三月也）酪漿無
復瑩蠙珠（湖南無牛酪之味）金鑾歲歲長宣賜忍淚看天憶帝都（每歲初進之後先宣賜學士）

隰州新驛

盛德已圖形胡爲忽搆兵燎原雖自及誅亂不無名擲
鼠須防誤連雞莫憚驚本期將係虜末策但嬰城肘腋
人情變朝廷物論生果聞荒谷縊旋覩藁街烹帝怒今
方息時危喜暫清始終俱以此天意甚分明

亂後春日途經野塘

世亂他鄉見落梅野塘晴暖獨裴回船衝水鳥飛還住
袖拂楊花去卻（一作又）來（一作止）季重舊遊多喪逝子山新賦極
悲哀眼看朝市成陵谷始信昆明是（一作有）劫灰

贈易卜崔江處士（袁州）

白首窮經通秘義青山養老度危時門傳組綬身能退
家學漁樵跡更奇四海盡聞龜策妙九霄堪歎鶴書遲
壺中日月將何（一作安）用借與閑人試一窺

過臨淮故里

交遊昔歲已凋零第宅今來亦變更舊廟荒涼時饗絕
諸孫飢凍一官成五湖竟負他年志百戰空垂異代名
榮盛幾何流落久遺人襟（一作懷）抱薄浮生

贈湖南李思齊處士

兩板船頭濁酒壺七絲琴畔白髭鬚三春日日黃梅雨
孤客年年青草湖燕俠冰霜難狎近楚狂鋒刃觸凡愚
知余絕粒窺仙事許到名山看藥鑪

全唐詩

韓偓

亂後卻至近甸有感（乙卯年作）

狂童容易犯金門比屋齊人作旅魂夜戶不扃生茂草
春渠自溢浸荒園關中忽（一作卻）見屯邊卒塞外翻聞有漢
村堪恨無情清渭水渺茫（一作東流）依舊繞秦原

同年前虞部李郎中自長沙赴行在余以紫石研贈之賦詩代書

斧柯新樣勝珠璣堪贊星郎染翰時不向東垣修直疏
即須西掖草妍詞紫光稱近丹青筆聲韻宜裁錦繡詩
蓬島侍臣今放逐羨君迴去逼龍墀

甲子歲夏五月自長沙抵醴陵貴就深僻以便疎慵由道林之南步步勝絕去緑口分東入南小江山水益秀村籬之次忽見紫薇花因思玉堂及西掖廳前皆植是花遂賦詩四韻聊寄知心

職在内庭宫闕(一作禁)下廳前皆種紫薇花眼明忽傍漁家
見魂斷方驚魏闕賒淺色暈成宫裏錦濃香染著洞中
霞此行若遇支機石又被君平驗海槎

和王舍人撫州飲席贈韋司空

樓臺掩映入春寒絲竹錚鏦向(一作入)夜闌席上弟兄皆杞
梓花前賓客盡鴛鸞孫弘莫惜頻開閤韓信終期別築
壇削玉風姿官水土黑頭公自(一作相)古來難

避地寒食

避地淹留已自悲況逢寒食欲霑衣濃(一作殘)春孤館人愁
坐斜日空園花亂飛路遠(一作厚)漸憂知己少(一作薄)時危又與
賞心違一名所繫無窮事爭敢當年便息機

山驛

參差西北數行雁寥落東方幾片雲疊石小松張水部
暗山寒雨李將軍秋花粉黛宜無味獨鳥笙簧稱靜聞
瀟灑襟懷遺世慮驛樓紅葉自紛紛

早發藍關

關(一作閉)門愁立候雞鳴搜景馳魂入杳冥雲外日隨千里
雁山根霜共一潭星路盤暫(一作偶)見樵人火棧轉時聞驛
使鈴自問辛勤緣底事半年(一作生)驅馬傍長亭

深村(末句缺四字)

甘向(一作老)深村固不材猶勝攉折傍塵埃清宵玩月唯紅
葉永日關門但緑苔幽院菊荒同寂寞野橋僧去獨裴
回隔籬農叟遥相賀□□□□膏雨來

重遊(一作過)曲江

追尋前事立江汀漁者應聞太息聲避客野鷗如有感
損花微雪似無情疎林自覺長堤在春水空連古岸平
惆悵引人還到夜鞭鞘風冷柳煙輕

三月

辛夷纔謝小桃發蹋青過後寒食前四時最好是三月
一去不迴唯少年吳國地遥江接海漢陵魂斷草連天
新愁舊恨真(一作知)無奈須就鄰家甕底眠

秋村

稻壟蓼紅溝水清荻園葉白秋日明空坡路細見騎過
遠田人靜聞水行柴門狼藉牛羊氣竹塢幽深雞犬聲
絕粒看經香一炷心知無事即長生

殘花

餘霞殘雪幾多在蔫香冶態猶無窮黄昏月下惆悵白
清明雨後寥梢(一作稍)紅樹底草齊千片淨牆頭風急數枝
空西園此日傷心處一曲高歌水向東

夜船

野雲低迷煙蒼蒼平波揮目如凝霜月明船上簾幙卷
露重岸頭花木香村遠夜深無火燭江寒坐久換衣裳
誠知不覺天將曙幾簇青山雁一行

傷春

三月光景(一作春光)不忍看五陵春色何摧殘窮途得志反惆
悵飲席話舊多闌珊中酒向陽成美睡惜花衝雨覺傷
(一作輕)寒野棠飛盡蒲根暖寂寞南溪倚釣竿

歸紫閣下

一笈攜歸紫閣峰馬蹄閑慢水溶溶黄昏後見山田火
朧聰時聞縣郭鐘瘦竹迸生僧坐石野藤纏殺鶴翹松
釣磯自別經秋雨長得莓苔更幾重

夜坐

天似空江星似波時時珠露滴圓荷平生蹤跡慕真隱
此夕襟懷深自多格是厭厭饒酒病終須的的學漁歌
無名無位堪休去猶擬朝衣換釣蓑

午寢夢江外兄弟(一作午夢曲江兄弟)

長夏居閑門不開繞門青草(一作堇)絕塵埃空庭日午獨眠
覺旅夢天涯相見迴驚向此時應有雪心從別(一作到)處即
成灰如何水陸三千里幾月書郵始一來

曲江夜思

鼓聲將絕月斜痕園外閑坊半掩門池裏紅蓮凝(一作迎)白
露苑中青草伴黄昏林塘闃寂偏宜夜煙火稀疎便似
村大抵世間幽獨景最關詩思與離魂

過漢口

濁世清名一概休古今飜覆賸堪愁年年春浪來巫峽
日日殘陽過沔州居雜商徒偏富庶地多詞客自風流
聯翩半世騰騰過不在漁船即酒樓

惜春

願言未偶非高臥多病無憀(一作心)選勝遊一夜雨聲三月
盡萬般人事五更頭年踰弱冠即爲老節過清明却似
秋應是西園花已落滿溪紅片向東流

及第過堂日作

早隨真侶集蓬瀛閶闔門開尚見星龍尾樓臺迎曉日
鼇頭宫殿入青冥暗驚凡骨升仙籍忽訝麻衣謁相庭
百辟斂容開路看片時輝赫勝圖形

夏課成感懷

別離終日心忉忉五湖煙波歸夢勞淒涼身事夏課畢
濩落生涯秋風高居世無媒多困躓昔賢因此亦號咷
誰憐愁苦多衰改未到潘年有二毛

離家第二日却寄諸兄弟

睡起褰簾日出時今辰初恨間容輝千行淚激傍人感
一點心隨健步歸却望山川空黯黯迴看僮僕亦依依
定知兄弟高樓上遥指征途羨鳥飛

遊江南水陸院

早於喧雜是深讎猶恐行藏墜俗流高寺懶爲攜酒去
名山長恨送人遊關河見月空垂淚風雨看花欲白頭
除却祖師心法外浮生何處不堪愁

江南送別

江南行止忽相逢江館棠梨葉正紅一笑共嗟成往事
半酣相顧似衰翁關山月皎清風起送別人歸野渡空
大抵多情應易(一作已)老不堪岐路數西東

格卑

格卑嘗恨足牽仍欲學忘(一作無)情似(一作盡)不能入意雲山輸
畫匠動人風月羨琴僧南朝峻潔推弘景東晉清狂數

李鷹惆悵後塵流落盡自拋懷抱醉懵騰

冬日

蕭條古木銜斜日戚（一作淅）瀝晴寒滯早梅愁處雪煙連野起靜時風竹過牆來故人每憶心先見新酒偷嘗手自開景狀入詩兼入畫言情不盡恨無才

再止廟居

去值秋風來值春前時今日共銷魂頹垣古柏疑山觀高柳鳴鴉似水村菜甲未齊初出葉樹陰方合掩重門幽深凍餒皆推分靜者還應爲討論

老將

折槍黃馬倦塵埃掩耳凶徒怕疾雷雪密酒酣偷號去月明衣冷斫營回行驅貔虎披金甲立聽笙歌擲玉杯坐久不須輕矍鑠至今雙擘硬弓開

邊上看獵贈元戎

繡簾臨曉覺新霜便遣移廚較獵場燕卒鐵衣圍漢相魯儒戎服從梁王捜山閃閃旗頭遠出樹斑斑豹尾長贊獲一聲（一作方）連朔漠賀杯環騎舞優倡軍迴野靜秋天白角怨城遙晚照黃紅袖擁門持燭炬解勞今夜宴華堂

余自刑部員外郎爲時權所擠值盤石出鎮藩屏朝選賓佐以余充職掌記鬱鬱不樂因成長句寄所知

正叨清級忽從戎況與燕臺事不同開口謾勞矜道在撫膺唯合哭途窮操心未省（一作必）趨浮俗點頷尤慚自至公他日陶甄尋墜履滄洲何處覓漁翁

北齊二首

任道驕奢必敗亡且將繁盛悅嬪嬙幾千籢鏡成樓柱六十間雲號殿廊後主獵迴初按樂胡姬酒醒更新妝綺羅堆裏春風畔（一作年）少多情一帝王

神器傳時異至公敗亡安可怨怱怱犯寒獵士朝頻戮告急軍書夜不通并部義旗遮日暗鄴城飛燄照天紅周朝將相還無體（一作禮）寧死何須入鐵籠

寄京城親友二首

苦吟看墜葉寥落共天涯壯歲空爲客初寒更憶家雨牆經月蘚山菊向陽花因味碧雲句傷哉後會賒

相思凡幾日日欲詠離衿直得吟成病終難狀此心解衣悲緩帶搔首悶（一作閑）遺簪西嶺斜陽外潛疑是故林

野寺

野寺看紅葉縣城聞擣衣自憐癡病苦猶共賞心違高閣正臨夜前山應落暉離情在煙鳥（一作島）遥入故關飛

吳郡懷古

主暗臣忠枉就刑遂教強國醉中傾人亡建業空城在花落西江春水平萬古壯夫猶（一作應）抱恨至今詞客盡傷情徒勞鐵鏁長千尺不覺樓船下晉兵

守愚

深院寥寥竹蔭廊披衣欹枕過年芳守愚不覺世途險無事始知春日長一畝落花圍隙地半竿濃（一作斜）日界空牆今來自責趨時嬾翻恨松軒書滿牀

村居

二月三月雨晴初舍南舍北唯平蕪前懽入望盈千恨勝景牽心非一途日照神堂聞啄木風含社樹叫提壺行看旦夕棃霜發猶有山寒傷酒壚

離家

八月初長夜千山第一程款（一作權）顏唯有夢怨泣却無聲祖席諸賓散空郊匹馬行自憐非達（一作遠）識局促爲浮名

秋雨內宴（乙卯年作）

一帶清風入畫堂撼真珠箔碎玎璫更看檻外霏霏雨似勸須教醉玉觴

寒食日沙縣雨中看薔薇（己巳）

何處遇薔薇殊鄉冷節時雨聲籠錦帳風勢偃羅幃通體全無力酡顏不自持綠疎微露刺紅密欲藏枝愜意憑闌久貪吟放醆遲旁人應見訝自醉自題詩

地爐

兩星殘火地爐畔夢斷背燈重擁衾側聽空堂聞靜響似敲疎磬褭清音風燈有影隨簾轉臘雪無聲逐夜深禪客釣翁徒自好那知此際湛然心

隰州新驛贈刺史

賢侯新換古長亭先定心機指顧成高義盡招秦逐客曠懷偏接魯諸生萍蓬到此銷離恨燕雀飛來帶喜聲却笑昔賢交易極一開東閣便垂名

草書屏風

何處一屏風分明懷素蹤雖多塵色染猶見墨痕濃怪石奔秋澗寒藤挂古松若教臨水畔字字恐成龍

永明禪師房

景色方妍媚尋真出近郊寶香爐上爇金磬佛前敲蔓草稜山徑晴雲拂樹梢支公禪寂處時有鶴（一作鸛）來巢

登樓有題

暑氣檐前過蟬聲樹杪交待潮生浦口看雨過山坳才見蘭舟動仍聞桂檝敲窣雲朱檻好終覩鳳來巢

朝退書懷

鶴帔星冠羽客裝寢樓西畔坐書堂山禽養久知人喚窗竹芟多漏月光粉壁不題新拙惡小屏唯（一作惟）錄古篇章孜孜莫患勞心力富國安民理道長

元夜即席

元宵清景亞元正絲雨霏霏向晚傾桂兔韜光雲葉重燭龍銜耀月輪明烟空但仰如膏潤綺席都忘滴砌聲更待今宵開霽後九衢車馬未妨行

大慶堂賜宴元璫而有詩呈吳越王

非爲親賢展綺筵恒常寧敢恣遊盤綠搓楊柳緜初軟紅暈櫻桃粉未乾谷鳥乍啼聲似澀甘霖方霽景猶寒笙歌風緊（一作急）人酣醉却繞珍叢爛熳看

又和

櫻桃花下會親賢風遠銅烏轉露盤蝶下粉牆梅乍（一作半）坼蟻浮金斝酒難乾雲和緩奏泉聲咽珠箔低垂水影寒狂簡斐然吟詠足却邀羣彥重吟看

再和

我有嘉賓宴乍歡畫簾紋細鳳雙盤影籠沼沚修篁密聲透笙歌羯鼓乾散後便依書篋寐渴來潛想玉壺寒櫻桃零落紅桃媚更俟旬餘共醉看

重和

冷宴殷勤展小園舞䄂(一作裀)柔輭綵虬盤篸花盡日疑頭重病酒經宵覺口乾嘉樹倚樓青瑣暗晚雲藏雨碧山寒文章天子文章別八米盧郎未可看

余作探使以繚綾手帛子寄賀因而有詩

解寄繚綾小字封探花筵上映春叢黛眉印在微微綠檀口消來薄薄紅緰處直應心共緊研時兼恐汗先融帝臺春盡還東去却繫君腰伴雪胷

別錦兒(及第後出京別錦兒與蜀妓)

一尺紅綃一首詩贈君相別兩相思畫眉今(一作此)日空留語解佩他年更可期臨去莫論交頸意清歌休著斷腸詞出門何事休(一作仍)惆悵曾夢良人折桂枝

閑步

莊南縱步遊荒野獨鳥寒煙輕惹惹傍山疎雨溼秋花僻路淺泉浮敗果樵人相見(一作聚)指驚麏牧童四散收嘶馬一壺傾盡未能歸黃昏更望諸峰火

乾寧三年丙辰在奉天重圍作

仗劍夜巡城衣襟滿霜霰賊火徧郊坰飛鏃侵星漢積雪似空江長林如斷岸獨凭女牆頭思家起長歎

雨中

青桐承雨聲聲(一作雨)聲何重疊疎滴下高枝次打敧低葉鳥溼更梳翎人愁方拄頰獨自上西樓風襟寒帖帖

與僧

江海扁舟客雲山一衲僧相逢兩無語若箇是南能

晚岸

揭起青䊷上岸頭野花和雨冷脩脩春江一夜無波浪校得行人分外愁

仙山

一炷心香洞府開偃松皺澀半莓苔水清無底山如削始有仙人騎(一作跨)鶴來

過茂陵

不悲霜露但傷春孝理何因感兆民景帝龍顔消息斷異香空見李夫人

曲江秋日

斜煙縷縷鷺鷥棲藕葉枯香折野泥有箇高僧入(一作似)圖畫把經吟立水塘西

流年

三月傷心仍(一作逢)晦日一春多病更(一作是)陰天雄豪亦有流年恨況是離魂易黯然

商山道中

雲橫峭壁水平鋪渡口人家日欲晡却憶往年看粉本始知名畫有工夫

招隱

立意忘機機已生可能朝市汙高情時人未會嚴陵志不釣鱸魚只釣名

雨村

雁行斜拂雨村樓簾下三重(一作更)幕一鉤倚柱不知身半溼黃昏獨自未迴頭

使風

茶煙(一作香)睡覺心無事一卷黃庭在手中敧枕卷簾(一作已過)江萬里舟人不語滿帆風

阻風

平生情趣(一作性)羨漁師此日煙江愜所思肥鱖香秔小艛艓斷腸滋味阻風時

并州

戍旗青草接榆關雨裏并州四月寒誰會憑闌潛忍淚不勝天際似江干

夏夜

猛風飄電黑雲生霎霎高林簇雨聲夜久雨休風又定斷雲流月却斜明

闌干

掃花雖恨夜來雨把酒却憐晴後寒吳質謾言愁得病當時猶不凭闌干

以庭前海棠棃花一枝寄李十九員外

二月春風澹蕩時旅人虛對海棠棃不如寄與星郎去想得朝回正畫眉

驛樓

流雲溶溶水悠悠故鄉千里空迴頭三更猶(一作獨)凭闌干月淚滿關山孤驛樓

頻訪盧秀才(盧時在選末)

樂訣碁經思致論柳腰蓮臉本忘情頻頻強入風流坐酒肆應疑阮步兵

荅友人見寄酒

雖可忘憂矣其如作病何淋漓滿襟袖更發楚狂歌

野釣

細雨桃花水輕鷗逆浪飛風頭阻歸櫂坐睡倚蓑衣

曲江晚思

雲物陰寂歷竹木寒青蒼水冷鷺鷥立煙月愁昏黃

贈友人

莫嫌談笑與經過却恐閑多病亦多若遣心中無一事不知爭奈日長何

半睡

眉山暗澹向殘燈一半雲鬟墜枕稜四體著人嬌欲泣自家挼損(一作碎)砑繚綾

已涼

愁多却訝天涼早思倦嫌夜漏遲何處山川孤館裏向燈彎盡(一作畫)一雙眉

寄禪師

從無入有雲峰聚已有還無電火銷銷聚本來皆是幻世間閑口漫囂囂

訪明公大德

寸髮如霜袒右肩倚肩筇竹貌怡然懸燈深屋夜分坐移榻向陽齋後眠刮膜且揚三毒論攝心徐指二宗禪清涼藥分能知味各自胷中有醴泉

大酺樂

晚日催弦管春風入綺羅杏花如有意偏落舞衫多

思歸樂

淚滴珠難盡容殊玉易銷儻隨明月去莫道夢魂遥

御製春遊長句

天意分明道已光春遊嘉景勝仙鄉玉爐煙直風初靜銀漢雲消日正長柳帶似眉全展綠杏苞如臉半開香黃鶯歷歷啼紅樹紫燕關關語畫梁低檻晚晴籠翡翠小池波暖浴鴛鴦馬嘶廣陌貪新草人醉花堤怕夕陽比屋管弦呈妙曲連營羅綺鬬時妝全吳霸越千年後獨此升平顯萬方

全唐詩

韓偓

幽窗（以下香奩集）

刺繡非無暇幽窗自（一作日）鬰歡手香江橘嫩齒軟（一作冷）越梅酸密約臨行怯私書欲報難無憑諳鵲語猶得暫心寬

江樓二首

夢啼嗚咽覺無語杳杳微微望煙浦樓空客散燕交飛江靜帆飛（一作稀）日亭午

鯷魚苦筍香味新楊柳（一作花）酒旗三月春風光百計牽人老爭奈多情是（一作足）病身

春盡日

樹頭初（一作春）日照西（一作窗）檐樹底蔫花夜雨霑外院池亭聞動鎖後堂闌檻見垂簾柳腰入戶風斜倚榆莢堆牆水半淹把酒送春惆悵在年年三月病厭厭（一作懨懨）

詠燈

高在酒樓明錦幕遠隨漁艇泊煙江古來幽怨皆銷骨休向長門背雨窗

別緒

別緒靜（一作情）愔愔牽愁暗入心已回花渚櫂悔聽酒壚琴菊露淒羅幕梨霜惻錦衾此生終獨宿到死誓相尋月好知何計歌闌歎（一作欲，一作思）不禁山巔更高（一作何）處憶上上頭唫

見花

褰裳擁鼻正吟詩日午牆頭獨見時血染蜀羅山躑躅肉紅宮錦海棠梨因狂得病真閑事欲詠無才是所悲看却東（一作春）風歸去也爭教判（一作賸）得最繁枝

馬上見

驕馬錦連錢（一作乾）乘騎是謫仙和裙穿玉鐙隔袖把金鞭去帶懵騰醉歸成（一作應）困頓眠自憐輸廏吏餘煖在香韉

繞廊

濃煙隔簾香漏泄斜燈映竹光參差繞廊倚柱（一作檻）堪（一作更，一作正）惆悵細（一作微）雨輕寒花落時

屐子

方（一作六）寸膚圓光緻緻白羅繡屧紅托（一作花）裏南朝天子欠（一作事）風流却重金蓮輕綠齒

青春

眼意心期卒未休暗中終擬約秦樓光陰負我難相遇（一作偶）情緒牽人不自由遙夜定嫌香蔽膝悶時（一作懷，一作心）應弄玉搔頭櫻桃花謝梨花發腸斷青春兩處愁

聞雨

香侵蔽膝夜寒輕聞雨傷春夢不成羅帳四垂紅（一作花）燭背玉釵敲著枕函聲

嬾起（一作閨意）

百舌喚（一作惱）朝眠春心動幾般枕痕霞（一作紅）黯（一作暗）澹淚粉玉闌珊（一作干）籠繡香煙歇屏山燭燄殘媆（一作憐）嫌羅韤窄瘦覺錦衣寬昨夜三更雨今朝（一作臨明）一陣寒海棠花在否側臥卷簾看

已涼

碧闌干外繡（一作翠）簾垂猩血（一作色）屏風畫折（一作柘）枝八尺龍鬚方錦褥已涼天氣未寒時

欲去

紛紜隔窗語重約蹋青期總（一作縱）得相逢處無非欲（一作非無，一作無獨）去時恨深書不盡寵極意多疑惆悵桃源路惟教夢寐知

橫塘

秋寒（一作風）灑背入簾霜鳳胫（一作頸）燈清（一作青）照洞房蜀紙麝煤沾（一作添）筆興（一作媚）越甌犀液發茶香風飄亂點更籌轉拍送繁弦曲破長散客出門斜月在兩眉愁思問（一作向）橫塘

五更

往年（一作來）曾約鬱金牀半夜潛身入洞房懷裏不知金鈿落暗中唯（一作空）覺繡鞋（一作衣）香此時欲別魂俱斷自後相逢眼更狂光景旋消（一作添，一作暗）惆悵在一生贏得是淒涼

聯綴體

院宇秋明（一作明秋）日日長社前一雁到（一作別）遼陽隴頭鍼線年年事不喜寒砧擣斷腸

半睡

擡鏡（一作照）仍嫌重（一作瘦）更衣又怕寒宵分未歸帳半睡待郎看

寒食夜（一作夜深，一作深夜）

清江碧草兩悠悠各自風流一種愁正是落花寒食夜（一作雨）夜深無伴（一作扶）倚南（一作空）樓

哭花

曾愁（一作悲）香結破顏遲今見（一作日）妖紅委地時若是有情爭不哭夜來風雨葬西施

重遊曲江

鞭梢亂拂暗傷情蹤跡難尋露草青猶是玉輪曾輾處一泓（一作溪）秋水（一作春雨）漲浮萍

遙見

悲歌淚溼澹胭脂閑立風吹金縷衣白玉堂東遙見後(一作處)令人斗(一作陡)薄(一作評說)畫楊妃

新秋

一夜清風動扇愁背時容色入新秋桃花臉(一作眼)裏汪汪淚忍到更深枕上流

宮詞

繡帬(一作屏)斜立正銷魂侍女移燈掩殿門燕子不來(一作歸)花著雨春風應自(一作是)怨黃昏

踏青(一本有詞字)

踏青會散(一作上)欲歸時金車久立頻催上收帬整鬢故遲遲(一作留)兩點深心各惆悵

夜深(一作寒食夜)

惻惻輕寒翦翦風小梅(一作杏花)飄雪杏花(一作小桃)紅夜深斜搭鞦韆索樓閣朦朧煙(一作細)雨中

夏日

庭樹新陰葉未成玉階人靜一蟬(一作下簾)聲相風不動烏龍睡時有(一作待得)嬌鶯(一作幽禽)自喚名

新上頭

學梳鬆(一作蟬)鬢試新帬(一作帬新)消息佳期在此春為要(一作愛)好多心(一作心多)轉惑徧將宜稱問傍人

中庭

夜短睡遲慵早起日高方始出紗窗中庭自摘青梅子先(一作閑)向釵頭戴一雙

詠浴

再整魚犀攏翠簪解衣先覺冷森森教移蘭燭(一作燼)頻羞影自試(一作拭)香湯更怕深初似洗(一作染)花難抑按終憂(一作愁)沃雪不勝任豈知侍女簾帷外賸取君王幾(一作數)餅金

席上有贈

矜嚴標格絕嫌猜嗔怒雖(一作難)逢笑靨(一作眼)開小雁斜侵眉柳去媚霞橫接眼波來鬢垂香頸雲遮藕粉著蘭胸雪壓梅莫道風流無宋玉好將心力事妝臺

早歸

去是黃昏後歸當朧腷時扠(一作衩)衣吟宿醉風露動相思

玉合(雜言)

羅囊繡兩鳳皇(一作鴛鴦)玉合雕雙鸂鶒中有蘭膏漬(一作積)紅豆每回拈著長相(一作思)憶長相(一作思)憶經幾春人悵望香氤氳開緘不見新書迹帶粉猶殘舊淚(一作指)痕

金陵(雜言)

風雨蕭蕭石頭城下木蘭橈煙月迢迢金陵渡口去來潮自古風流皆暗銷才魄(一作鬼)妖魂誰與招彩(一作錦)牋麗句今(一作徒)已矣羅韈金蓮何寂寥

嬾卸頭(一作生查子)

侍女動妝奩故故驚人睡那知本未眠背面偷(一作由)垂淚嬾卸鳳皇釵羞入鴛鴦被時復見殘燈和煙墜金穗

倚醉

倚醉無端尋舊約却憐(一作那令)惆悵轉難勝靜中樓閣深春雨(一作春深)遠處簾櫳半夜(一作夜半)燈抱柱立時風細細繞廊行處思騰騰分明窗下聞裁翦敲徧闌干喚不譍

詠手

腕(一作暖)白膚紅玉筍芽調琴抽線露尖斜背人細撚垂臙(一作煙)鬢(一作眉鬆)向鏡輕勻襯臉(一作眼)霞悵望昔逢褰繡幔(一作帳)依稀曾(一作重)見托金(一作香)車後園笑向同行道(一作者)摘得蘼蕪(一作荼蘼)又折花(一作扠)

荷花

紈(一作鈿)扇相敲綠香囊獨立紅浸淫因重露狂暴是秋風逸調無人唱秋塘每夜空何緣見周昉移入畫屏中

鬆髻

髻根鬆慢玉釵垂指點花枝(一作庭花)又過時坐久暗(一作暗坐久)生惆悵事背(一作映)人勻却淚臙脂

寄遠(一作在岐日作)

眉如半月(一作照)雲如鬟梧桐葉落敲井闌(一作乾)孤燈亭亭公署寒微霜淒淒客衣單想美(一作佳)人兮雲一端夢魂悠悠關山難空房(一作牀)展轉懷悲酸銅壺漏盡聞(一作開)金鑾

蹤跡

東烏西兔似車輪劫火(一作却笑)桑田不復論唯有風光與蹤跡思量長是(一作似 一作自)暗銷魂

病(一作痛)憶

信知尤物必牽情一顧難酬(一作忘)覺命輕曾把禪機銷此病破除纏(一作方)盡又重生

妬媒

洞房深閉不曾開橫臥烏龍作(一作似)妬媒好鳥豈勞兼比翼異華何必更重臺難留旋逐驚飇去暫見(一作返)如隨急電來多為過防成後悔偶因翻(一作飛)語得深猜已嫌刻蠋(一作燭)春宵短最恨鳴珂曉鼓催應笑楚襄仙分薄日(一作月)中長是獨襄回

不見

動靜防閑又怕疑佯佯脈脈是深(一作沈)機此身願作君家燕秋社歸時也不歸

晝寢

碧桐(一作梧)陰盡隔簾櫳扇拂金鵝(一作蛾)玉簟烘撲粉更添(一作嫌)香體滑解衣唯(一作微)見下裳紅煩襟乍觸冰壺冷倦枕徐欹(一作斜)寶髻鬆何必苦勞魂與(一作雲雨)夢王昌只在此牆東

意緒

絕代佳人何寂寞梨花未發梅花落東風吹雨入西園銀綫千條度虛閣臉粉難勻蜀酒濃(一作紅)口脂易印吳綾薄嬌饒意態不勝(一作能)羞願倚郎肩永相著

惆悵

身情長在暗相隨生魄隨君君豈知被頭不煖空霑淚釵股欲分猶半疑朗月清風難愜意詞人絕色多傷離何如飲酒連千(一作年)醉席地幕天無所知

忍笑

宮樣衣裳(一作梳頭)淺畫眉晚(一作曉)來梳洗(一作裝飾)更相宜水精鸚鵡釵頭顫舉(一作斂)袂佯羞忍笑時

詠柳

褭雨拖風不自持全(一作渾)身無力向人垂玉纖折得遙相贈便似(一作是)觀音手裏時

密意

呵花貼鬢粘寒髮凝酥光透猩猩血經過洛水幾多人

唯有陳王見羅韈

偶見（一作鞦韆）

鞦韆打困解羅帬指點醍醐索（一作酒）一尊見客入來和笑走手搓梅子映中門

寒食夜有寄

風流大抵是倀倀（一作張張）此際（一作度）相思必（一作一）斷腸雲薄月昏（一作月落雲階）寒食夜隔簾微雨杏花香

效崔國輔（一作輔國）體四首

澹月照中庭（一作夜）海棠花自落獨立俯閑階風動鞦韆索

雨後碧苔院霜來紅葉樓閑階上斜日鸚鵡伴人愁

酒力滋睡眸鹵莽聞街鼓欲明天（一作花）更寒東風打窗雨

羅幕生春寒繡窗愁未眠南湖一夜（一作夜半南湖）雨應溼采蓮船

補之

後魏時相州人作李波小妹（一作少妹）歌疑其未備因補之

李波小妹（一作少妹）字雍容窄衣短袖蠻錦紅未解有情夢梁殿（一作苑）何曾自媚妬吳宮難（一作誰）教牽引知酒味因令悵望成春慵海棠花下鞦韆畔背人撩鬢道悤悤

春晝（一作晝）

春融豔豔大醉陶陶漏添遲日箭減良宵藤垂戟戶柳拂河（一作浮）橋簾幙燕子池塘百勞膚清臂瘦衫薄香銷楚殿衣窄南朝髻高河陽縣遠清波地（一作池）遙絲纏露泣各自無憀

三憶

憶眠時春夢困騰騰展轉不（一作未）能起玉釵垂枕稜

憶行時背手挼（一作移）金雀斂笑（一作欲去）慢回頭步轉闌干角

憶去時向月遲遲行強語戲同伴圖郎聞笑聲

六言三首

春樓處子傾城金陵狎客多情朝雲暮雨會合羅韈繡被逢迎

華山梧桐相覆蠻江荳蔻連生幽歡不盡告別秋河悵望平明

一燈前雨落夜三月盡草青時半寒半暖正好花開花謝相思惆悵空教夢見懊惱多成酒悲紅袖不乾誰會揉損聯娟澹眉

此間青草（一作山）更遠不唯空繞汀洲那裏朝日才（一作方）出還應先（一作光）照西樓憶淚因成恨淚夢遊常續心遊桃源洞口來否絳節霓旌久留

寒食日重遊李氏園（一作林）亭有懷

往年同（一作曾）在鸞（一作彎）橋上見倚朱闌詠柳緜今日獨來香徑裏更無人跡有苔錢傷心闊別三千里屈（一作曲）指思量四五年料得他鄉遇（一作過）佳節亦應懷抱暗淒然

思錄舊詩於卷上淒然有感因成一章

緝綴小詩鈔卷裏尋思閑事到（一作動）心頭自吟自泣（一作淚）無人會腸斷蓬山第一流

春閨二首

願結交加夢因傾瀲灩尊醒來情緒惡簾外正黃昏

氤（一作氳）氳帳裏香薄薄睡時妝長吁解羅帶怯見上空牀

代小玉家爲蕃騎所虜後寄故集賢裴公相國

動天金鼓逼（一作發）神州惜別無心學墜樓不得回眸辭傅粉（一作謝傅）便須含淚對（一作到）殘秋折釵伴妾埋青冢半鏡隨郎葬杜郵唯有此（一作他）宵魂夢（一作夢魂）裏殷勤見（一作相）覓鳳池（一作城）頭

薦福寺講筵偶見又別（一作別後）

見時濃日午別處暮鐘殘景色疑春盡襟懷似酒闌兩情含（一作貪）眷戀一餉致（一作到）辛酸夜靜長廊下難（一作誰）尋屐齒看

復偶見三絕

霧爲襟袖玉爲冠半似羞人半忍寒別易會難長自歎轉身應把（一作取）淚珠彈

桃花臉薄難藏淚柳（一作桂）葉眉長（一作濃）易覺愁密（一作形）跡未成當面笑幾迴擡眼又低頭

半身映竹輕聞語一手揭簾微轉頭此意別人應未覺不勝情緒兩風流

厭花落

厭花落人（一作日）寂寞果樹陰成（一作成陰）燕翅齊西園永日閑高閣後堂夾簾愁不卷低頭悶把衣襟撚忽然事到心中來四肢嬌入茸茸眼也曾同在華堂宴佯佯攏鬢偷迴面半醉狂心忍不禁分明一任傍人見書中說却平生事猶疑未滿情郎意錦囊封了又重開夜深窗下燒紅紙紅紙千張言不盡至誠無語傳心印但得鴛鴦（一作衾）枕臂眠也任時光都一瞬

春悶（一作閨）偶成十二韻

阡陌懸雲壤闌畦（一作干）隔艾芝路遙行雨嬾河闊過橋遲雁足應難達狐蹤浪得疑謝鯤吟未廢張碩夢堪思有意通情處無言攏鬢時格高歸斂笑歌怨在顰眉醉後金蟬重歡餘玉燕敧素姿凌白柰圓頰誚紅棃粉字題花筆香牋詠柳詩繡窗攜手約芳草蹋青期別淚開泉脈春愁罥藕絲相思不相信幽恨更誰知

想得（一作再青春）

兩重門裏玉堂前寒食花枝月午天想得那人垂手立嬌羞不肯上鞦韆

偶見背面是夕兼夢

酥凝背胛（一作甲）玉搓肩輕薄紅綃覆白蓮此夜分明來入夢當時惆悵不成眠眼波向我無端豔心火因君特地然莫道人生難際會秦樓鸞鳳有神仙

五更

秋雨五更頭桐竹鳴騷屑却似殘春間斷送花時節空樓雁一聲遠屏燈半滅繡被擁嬌寒眉山正愁絕

有憶

晝漏迢迢夜漏遲（一作移）傾城消息杳無期愁腸泥（一作殢）酒人千里淚眼倚樓天四垂自笑計狂多獨語誰憐夢好轉相思何時斗帳濃香裏分付東（一作春）風與玉兒

半夜

板閣數尊後至今猶酒悲一宵相見事半夜獨眠時明朝窗下照應有鬢（一作鬓）如絲

信筆

睡髻休頻攏春眉忍更長整釵梔子重泛酒菊花香繡疊昏金色羅揉損砑光有時閑弄筆亦畫兩鴛鴦

寄恨

秦釵枉斷長條玉蜀紙虛（一作空）留小字紅死恨物情難（一作無）

會處蓮花不肎嫁春(一作東)風

兩處

樓上澹山橫樓前溝水清憐山又憐水兩處總牽情

擁鼻

擁鼻悲吟一向愁寒更轉盡未回頭綠屏無睡秋分簟紅葉傷心月午樓卻要因循添逸興若爲趨競愴離憂殷勤憑仗官渠水爲到西溪動釣舟

閨怨(一作恨)

時光潛去暗淒涼懶對菱花暈曉(一作晚)妝初圻鞦韆人寂寞後園青草任他長

裊娜(丁卯年作)

裊娜腰肢澹薄妝六朝宮樣窄衣裳著詞暫(一作但)見(一作近)櫻桃破飛醆遙聞荳蔻香春惱情(一作襟)懷身覺瘦酒添顏色粉生光此時(一作心)不敢分明道風月應知暗斷腸

多情(庚午年在桃林場作)

天遣多情不自持多情兼與病相宜蠭偷野(一作崖)蜜初嘗處鶯啄含桃欲咽時酒蕩襟懷微駊騀(一作叵我)春牽情緒更融(一作正)怡水香賸置(一作貯一作注)金盆(一作杯)裏瓊樹長須(一作須長)浸一枝

偶見

千金莫惜旱蓮生(一作買娉婷)一笑從教下蔡傾仙樹有花難問種御香聞氣不知名愁來自覺歌喉咽瘦去誰憐舞掌輕小疊紅箋書恨字與奴方便寄(一作送)卿卿

箇儂

甚感殷勤意其如阻礙何隔簾窺綠齒映柱送橫波老大逢知少襟懷暗喜多因傾一尊酒聊以慰蹉跎

無題(并序)

余辛酉年戲作無題十四韻故奉常王公相國首於繼和故內翰吳侍郎融令狐舍人渙閣下劉舍人崇轡吏部王員外渙相次屬和余因作第二首卻寄諸公二內翰及小天亦再和余復作第三首二內翰亦三和王公一首劉紫微一首王小天二首二學士各三首余又倒押前韻成第四首二學士笑謂余曰謹豎降旗何朱研如是也遂絕筆是歲十月末余在內直一旦兵起隨駕西狩文稾咸棄更無子遺丙寅年九月在福建寓止有前東都度支院蘇暐端公挈余淪落詩稾見授中得無題一首因追味舊作缺忘甚多唯第二第四首髣髴可記其第三首才得數句而已今亦依次編之以俟他時偶獲全本餘五人所和不復憶省矣

小檻移燈灺空房鎖隙塵額波(一作披)風盡日簾影(一作匝又作押)月侵晨香辣(一作辮)更衣後釵梁攏鬢新吉音聞詭計醉語近天真妝好方長歎歡餘卻淺顰繡屏金作屋絲幰玉爲輪致意通縣竹精誠託錦鱗歌凝眉際恨酒發臉邊春溪紵殊傾(一作輕)越樓簫豈(一作卻)羨秦柳虛禳沴氣梅實引芳津樂府降清唱宮廚減食珍防閑襟幷斂忍妬淚休勻宿飲愁縈夢春寒瘦著人手持雙荳蔻的的爲東鄰

碧瓦偏光日紅簾不(一作小)受塵柳昏連綠野花爛爍清晨書密偷看數情通破體新明言終未實暗祝(一作屬)始應真枉道嫌(一作兼)偷藥推誠鄙效顰合成雲五色宜作(一作在)日(一作月)中輪照(一作爐)獸金塗爪釵魚玉鏤鱗渺瀰三島浪平遠一樓春隨髻還名壽修蛾本姓秦櫂尋聞犬洞槎入飲牛津麟脯隨重釀霜華間八珍錦囊(一作衾)霞彩爛羅襪砑光勻羞澀佯牽伴嬌饒欲泥人偷兒難捉搦慎莫共(一作近)比鄰

紫蠟融花蔕紅綿拭(一作試)鏡塵夢狂翻惜夜妝懶(一作好)厭凌晨茜袖啼痕斂香牋墨色新(從此不記)

倒押前韻

白(一作查)下同歸(一作歸同)路烏衣枉(一作住)作鄰珮聲猶隔箔香氣已迎人酒勸杯須(一作頻)滿書羞字不勻歌憐黃竹怨味實碧桃珍翦燭非良策當關是要津東阿初度洛楊惲舊家秦粉化橫波溢衫輕曉霧春鴟黃雙鳳翅麝月半魚鱗別袂翻如浪迴腸轉似輪後期纔注脚前事又含顰縱有才難詠寧無畫逼眞天香聞更有瓊樹見長新鬬草常(一作當)更僕迷闔(一作途)誤達晨鞦花判不得(一作到)檀注(一作淚一作桂又作柱)惹風(一作芳)塵

閨情(一作夜閨)

輕風滴(一作的)礫(一作爍)動簾鉤宿酒猶(一作從)酣懶(一作猶自一作酣未)卸頭但覺夜深花有露不知人靜月當樓何郎燭(一作燈)暗誰能詠韓壽(一作掾)香焦(一作銷)亦任偷敲折玉釵歌轉咽一聲聲作(一作入)兩眉愁

自負

人許風流自負才偷桃三度到瑤臺至今衣領胭脂在曾被謫仙痛毆來

天涼

愁來(一作多)卻訝天涼早思倦翻嫌夜漏遲何處山川(一作村)孤館裏向燈彎盡一雙眉

日高

朦朧猶記管弦聲噤瘁餘寒酒半醒春暮日高簾半卷落花和雨滿中庭

夕陽

花前灑淚臨寒食醉裏回頭問夕陽不管相思人老盡朝朝容易下西牆

舊館

前歡往恨分明在酒興詩情大半亡還似牆西紫荊樹殘花摘(一作蕭)索映高塘

中春憶贈

年年長是阻佳期萬種恩情只自知春色轉添惆悵事似(一作望)君花發兩三枝

春恨

殘夢依依酒力餘城頭畫角(一作鵯鶋)伴啼烏平明未(一作作)卷西樓幕院靜時聞響轆轤

鞦韆(以下二首本集不載)

池塘夜歇清明雨繞院無塵近花塢五絲繩繫出牆遲力盡纔瞵見鄰圃下來嬌喘未能調斜倚朱闌久無語無語兼動所思愁轉眼看天一長吐

長信宮二首

天上夢魂何杳杳宮中消息太沈沈君恩不似黃金井一處團圓萬丈深

天上鳳皇休寄夢人間鸚鵡舊堪悲平生心緒無人識

一隻金梭萬丈絲

句

豈獨鴟夷解歸去五湖漁艇且餔糟（閒冉除我曹依前充職）

全唐詩

吳融

吳融字子華越州山陰人龍紀初及進士第韋昭度討蜀表掌書記累遷侍御史去官依荆南成汭久之召爲左補闕拜中書舍人昭宗反正造次草詔無不稱旨進戶部侍郎鳳翔劫遷融不克從去客閿鄉俄召還翰林遷承旨卒有唐英集三卷今編詩四卷

奉和御製（一本有幸嶽寺三字）

嶽寺清秋霽宸遊永日閑霓旌森物外鳳吹落人間玉漱穿城水屏開對闕山皆知聖情悅麗藻灑芳蘭

和集賢相公西溪侍宴觀競渡

片水聳層橋祥煙靄慶霄晝花鋪廣宴晴電閃飛橈浪疊搖仙仗風微定彩標都人同盛觀不覺在行朝

山居即事四首

桂樹秋來風滿枝碧巖歸日免乖期故人盡向蟾宮折獨我攀條欲寄誰

不傲南窗且採樵乾松每帶溼雲燒庖廚却得長兼味三秀芝根五朮苗

萬事翛然只有棊小軒高淨簟涼時闌珊半局和微醉花落中庭樹影移

無鄰無里不成村水曲雲重掩石門何用深求避秦客吾家便是武陵源

紅白牡丹

不必繁弦不必歌靜中相對更情多殷鮮一半霞分綺潔澈旁邊月颭波看久願成莊叟夢惜留須倩魯陽戈重來應共今來別風隋香殘（一作殘香）襯綠莎

中秋（此下一本有十五夜三字）陪熙用學士（此下一本有侍郎二字）禁中翫月（此下一本有因書五言六韻六字）

月圓年十二秋半每多陰此夕無纖靄同君宿禁林未高知海闊當午見宮深衣似繁霜透身疑積水沈遭逢陪侍輦歸去憶抽簪太液池南岸相期到曉吟

題豪家故池

歲久無泉引春來仰雨流萍枯（一作乾）黏朽檻沙淺露沈舟照影人何在持竿客寄遊翛然興廢外回首謝眠鷗

偶題

賤子曾塵國士知登門倒屣憶當時西州酌盡看花酒東閣編成詠雪詩莫道精靈無伯有尋聞任俠報爰絲

渚宮立春書懷

春候侵殘臘江蕪綠已齊風高鶯囀澁雨容鴈飛低向日心須在歸朝路欲迷近聞驚御火猶及灞陵西

聞李翰林遊池上有寄

花飛絮落水和流玉署詞臣奉詔遊四面看人隨畫鷁中流合樂起眠鷗皇恩自抱丹心報清頌誰將白雪酬不爲禁鍾催入宿前峰月上未回舟

谷口寓居偶題

涔涔病骨怯朝天谷口歸來取性眠峭壁削成開畫障急溪飛下咽繁弦不能塵土爭閑事且放形神學散仙已熟前峰採芝徑更於何處養殘年

無題

萬態千端一瞬中沁園蕪沒佇秋風鵁鶄夜警池塘冷蝙蝠晝飛樓閣空粉貌早聞殘洛市簫聲猶自傍秦宮今朝陌上相非者曾此歌鍾幾醉同

賦雪

一夜陰風度平明顥氣交未知融結判唯見混茫包路莫藏行跡林難出樹梢氣應封獸穴險必墮禽巢影密燈回照聲繁竹送敲覽宜蘇（一作酥）讓點食稱蜜勻（一作同）抄結凍防魚躍黏沙費馬跑爐寒資藝荻屋暖賴編茅遠不分山疊低宜失地坳闌干高百尺新霽若爲抛

寄僧

柳拂池光一點清紫方袍袖杖藜行偶傳新句來中禁誰把閑書寄上卿錫倚山根重蘚破棊敲石面碎雲生應憐正視淮王詔不識東林物外情

酬僧

吾師既續惠休才況值高秋萬象開吟處遠峰橫落照定中黃葉下青苔雙林不見金蘭久丹楚空翻組繡來聞說近郊寒尚綠登臨應待一追陪

題延壽坊東南角古池

蔓草蕭森曲岸摧水籠沙淺露莓苔更無蔟蔟紅妝點猶有雙雙翠羽來雨細幾逢耕犢去日斜時見釣人回繁華自古皆相似金谷荒園土一堆

登鸛雀樓

鳥在林梢腳底看夕陽無際戍煙殘凍開河水奔渾急雪洗條山錯落寒始爲一名抛故國近因多難怕長安祖鞭掉折徒爲爾贏得雲溪負釣竿

和峽州馮使君題所居

三年拔薤成仁政一日誅茅葺所居曉岫近排吟閣冷

夜江遥響寢堂虛唯懷避地逃多難不羨朝天臥直廬
記得街西鄰舍否投荒南去五千餘

秋日感事

一葉飄然夕照沈世間何事不經心幾人欲話雲臺峻
獨我方探禹穴深雞檄固應無下策鶴書還要問中林
自憐情爲多憂動不爲西風白露吟

鶯

日落林西鳥（一作烏）未知自先飛上最高枝千啼萬語不離
恨已去又來如有期慣識江南春早處長驚薊北夢回
時謝家園裏成吟久只欠池塘一句詩

次韻（一本無韻字）和王員外雜遊四韻

一分難減亦難加得似溪頭浣越紗兩槳慣邀催去艇
七香曾占取來車黃昏忽隨當樓月清曉休開滿鏡花
誰見玉郎腸斷處露床風簟半欹斜

秋事

江天暑氣自涼清物候須知（一作因）一雨成松竹健來唯欠
語蕙蘭衰去始多情他年擬獻書空在此日知機意盡
平更欲輕橈放煙浪葦花深處睡秋聲

和陸拾遺題諫院松

落落孤松何處尋月華西畔結根深曉含仙掌三清露
晚上宮牆百雉陰野鶴不歸應有怨白雲高去太無心
碧巖秋澗休相望捧日元須在禁林

題楊子津亭

楊子江津十四經紀行文字徧長亭驚人旅鬢斬新白
無事海門依舊青前路莫知霜凜凜故鄉何處鴈冥冥
可憐不識生離者數點漁帆落暮汀

閑望

三點五點映山雨一枝兩枝臨水花蛺蝶狂飛掠芳草
鴛鴦穩睡（一作對浴）翹暖沙闕下新居成別（一作非已）業江南舊隱是
誰家東遷西去俱（一作都）無計却羨暝歸林上鴉

雪後過昭應

路過章臺氣象寬九重城闕在雲端煙含上苑沈沈紫
雪露南山㠐㠐（一作巙巙）寒綺陌已堪騎（一作馳）寶馬綠蕪行即彈

（一作猶）金丸灞川南北真圖畫更待殘陽一望看

商人

百尺竿頭五兩斜此生何處不爲家北抛衡嶽南過鴈
朝發襄陽暮看花蹭蹬也應無陸地團圓應覺有天涯
隨風逐浪年年別却笑如期八月槎

岐下聞杜鵑

化去蠻鄉北飛來渭水西爲多亡國恨不忍故山啼怨
已驚秦鳳靈應識漢雞數聲煙漠漠餘思草萋萋樓迥
波無際林昏日又低如何不腸斷家近五雲溪

雨後聞思歸樂二首

山禽連夜叫兼雨未嘗休儘（一作祇）道思歸樂應多離別愁
我家方旅食故國在滄洲聞此不能寐青燈茆屋（一作舍）幽
一夜鳥（一作自）飛鳴關關徹五更似因歸路隔長使別魂驚
未省愁雨暗就中傷月明須知越吟客欹枕不勝情

中夜聞啼禽

漠漠蒼蒼未五更宿禽何處兩三聲若非西澗回波觸
即是南塘急雨驚金屋獨眠堪寄恨商陵永訣更牽情
此時歸夢隨腸斷半壁殘燈（一作釭）閃閃明

靈池縣見早梅（時太尉中書令京兆公奉詔討蜀余在幕中）

小園晴日見寒梅一寸鄉心萬里回春日暖時抛笠澤
戰塵飛處上琴臺棲身未識登龍地落筆元非倚馬才
待勒燕然歸未得雪枝南畔少徘徊

野廟

古原荒廟掩莓苔何處喧喧鼓笛來日暮鳥歸（一作啼）人散
盡野風吹起紙錢灰

閑書

接鷺陪鸞漫得羣未如高臥紫溪雲晉陽起義尋常見
湖口屯營取次聞大底鴆鵬須自適何嘗玉石不同焚
回看帶礪山河者濟（一作到）得危時沒舊勳

寄貫休上人

別來如夢亦如雲八字微言不復聞世上浮沈應念我
筆端飛動只降君幾同江步吟秋霽更憶山房語夜分
見擬沃州尋舊約且教丹頂許爲鄰

書懷

傍巖依樹結簷楹夏物蕭疎景更清灘響忽高何處雨
松陰自轉遠山晴見多鄰犬遥相認來慣幽禽近不驚
爭得便誇饒勝事九衢塵裏免勞生

重陽日荊州作

萬里投荒已自哀高秋寓目更徘徊濁醪任冷難辭醉
黃菊因暄却未開上（一作舊）國莫歸戎馬亂故人何在塞（一作網）
鴻來驚時感事俱無奈不待殘陽下楚臺

寄貫休

休公何處在知我宦情無已似馮唐老方知武子愚一
身仍更病雙闕又須趨若得重相見冥心學半銖

秋日渚宮即事

漠漠澹雲煙秋歸澤國天風高還促燕雨細未妨蟬靜
引荒城望涼驚旅枕眠更堪憔悴裏欲泛洞庭船

荊州寓居書懷

一室四無鄰荒郊接古津幽閑消俗態搖落露家貧絕
跡思浮海修書嬾寄秦東西不復問翻笑泣岐人

和嚴諫議蕭山廟十韻（舊說常聞簫管之聲因而得名次韻）

澤國瞻遺廟雲韶（一作韻）仰舊名一隅連障影千仞落泉聲
老狖尋危棟秋蛇束畫楹路長資稅駕歲儉絕豐盛默
默雖難測昭昭本至平豈知遷去客自有復（一作不擇）來兵
美舜歌徒作欺堯犬正獰近兼聞順動敢復怨徂征日
出天須霽風休海自清肺腸無處說一爲落聰明

松江晚泊

樹遠天疑盡江奔地欲隨孤帆落何處殘日更新離客
是淒涼本情爲繫滯枝寸腸無計免應只楚猿知

湖州溪樓書獻鄭員外

危檻等飛檣閑追晚際涼青林上雨色白鳥破溪光目
以高須極心因靜更傷唯公舊相許早晚侍長楊

秋興

微雨過菰葦野居生早涼襟期（一作身心）漸蕭灑精爽欲飛揚
魚買罾頭活酒沽船上香不緣人不用始道靜勝忙

端居

片雨過前汀端居枕簟清病魔（一作容）隨暑退詩思傍涼生別燕殷勤語殘蟬彷彿鳴古來悲不盡況我本多情

途中

一棹歸何處蒼茫落照昏無人應失路有樹始知春湖岸春耕廢江城戰鼓喧儒冠解相悞學劍盡乘軒

西陵夜居

寒潮落遠汀暝色入柴扃漏永沉沉靜燈孤的的清林風移宿鳥池雨定流螢盡夜成愁絕啼蛩（一作蟄）莫近庭

燕雛

掠水身猶重偎風力尚微瓦苔難定立簷雨忽喧歸未識重溟遠先愁一葉飛銜泥在他日兩兩占春暉

新秋

白髮又經秋端居海上洲（一作舟）無機因事發有涕為時流新酒乘涼壓殘棊隔夜收公車無路入同拜老閑侯

題越州法華寺

寺在（一作瞥）五峰陰穿緣一徑尋雲藏古殿暗石護小房深宿鳥連僧定寒猨應客吟上方應見海月出試登臨

寒食洛陽道

路岐無樂處時節倍思家綵索颺輕吹黃鸝啼落花連乾（一作鞚）馳寶馬歷祿（一作碌）鬬香車行客勝（一作賸，一作頓）回首看看春日斜

憶事

去年花下把金巵曾賦楊花數句詩回首朱門閉荒草如今愁到牡丹時

金陵遇悟空上人（上人與故相國楊公有舊）

東閣無人事渺茫老僧持鉢過丹陽十年栖止如何報好與南譙剩炷香

途中

柳弱風長在雲輕雨易休不勞芳草色更惹夕陽愁萬里獨歸去五陵無與遊春心漸傷盡何處有高樓

秋園

始憐春草細霏霏不覺秋來綠漸稀惆悵擷芳人散盡滿園煙露蝶高飛

富春

天下有水亦有山富春山水非人寰長川不是春來綠千峰倒影落其間

山居即事

小亭前面接青崖白石交加襯綠苔日暮松聲滿階砌不關風雨鶴歸來

寓言

非明非暗朦朦月不暖不寒慢慢（一作縵縵）風獨臥空床好天氣平生閑事到心中

華清宮二首

四郊飛雪暗雲端唯此宮中落旋乾綠樹碧簷相掩映無人知道外邊寒

長生祕殿倚青蒼擬敵金庭不死鄉無奈逝川東去急秦陵松柏滿殘陽

過九成宮

鳳輦東歸二百年九成宮殿半荒阡魏公碑字封蒼蘚（魏文貞徵有碑）文帝泉聲落野田（太宗行幸有靈泉自湧）碧草斷霑仙掌露綠楊猶憶御爐煙昇平舊事無人說萬疊青山但（一作阻）一川

出潼關

重門隨地險一徑入天開華嶽眼前盡黃河腳底來飛軒何滿路丹陛正求才獨我疎慵質飄然又此回

過丹陽

雲陽縣郭半郊坰風雨（一作色）蕭條萬古情山帶梁朝陵路斷水連劉尹宅基平桂枝自折思前代（李孝功於此知貢舉）藻鑑難逢耻後生（殷文學於此集英靈）遺事滿懷兼滿目不堪孤棹艤荒城

和人題武城寺

神清（一作鶩）已覺三清近目斷仍勞萬象牽渭水遠含秋草渡漢陵高枕夕陽天半巖雲粉千竿竹滿寺風雷百尺泉別有闌干壓行路看人塵土竟流年

長安里中聞猨

夾巷重門似海深楚猨爭得此中吟一聲紫陌纔回首萬里青山已到心慣倚客船和雨聽可堪侯第見塵侵無因永夜聞清嘯禁路人歸月自沈

岐下聞子規

劒閣西南遠鳳臺蜀魂何事此飛來偶因隴樹相迷至唯恐邊風却送回只有花知啼血處（一作慘）更無猨替斷腸哀誰憐越客曾聞處月落江平曉霧開

數水有丐者云是馬侍中諸孫憫而有贈

天地塵昏九鼎危大貂曾出武侯師一心忠赤山河見百戰功名日月知舊宅已聞栽禁樹（即今奉誠園）諸孫仍見丐征岐而今不要教人識正藉將軍死鬬時

還俗尼（本是歌妓）

柳眉梅額倩（一作靚）妝新笑脫袈裟得舊身三峽却為行（一作雲）雨客九天曾是散花人空門付與悠悠夢寶帳迎回暗暗春寄語江南徐孝克一生長短託清塵

彭門用兵後經汴路三首

長亭（一作門）一望一徘徊千里關河百戰來細柳舊營猶鏁月祈連新塚已封苔霜凋綠野愁無際燒接黃雲慘不開若比江南更牢落子山詞賦莫興衰

隋堤風物已淒涼堤下仍多舊戰塲金鏃有苔人拾得蘆花無主鳥銜將秋聲暗促河聲急野色遙連日色黃獨上寒城正愁絕戍鼙驚起鴈行行

鐵馬雲旗夢渺茫東來無處不堪傷風吹白草人行少月落空城鬼嘯長一自（一作已見）紛爭驚宇宙可憐蕭索絕煙光曾為塞北閑遊客遼水天山未斷腸

寄殿院高侍御

黃梅雨細冪長洲柳密花疎（一作稀）水慢流釣艇正尋逋客去繡衣方結少年遊風前不肯看垂手燈下還應惜累（一作喜黠）頭一夜自憐無羽翼獨當何遜滴階愁

新安道中翫流水

一渠春碧弄潺潺密竹繁花掩映間看處便須終日住算來爭得此身閑縈紆似接迷春（一作人）洞清冷應連有雪山上却征車再（一作更）回首了然塵土（一作世）不相關

憶釣舟

青山小隱枕潺湲一葉垂綸幾泝沿後浦春風隨興去南塘秋雨有時眠慣衝曉霧驚群鴈愛颭殘陽入亂煙

迴首無人寄惆悵九衢塵土困揚鞭

靈寶縣西側津（一本無側津二字。一本註側律二字）

碧溪激激流殘陽晴沙兩兩眠鴛鴦柳花無賴苦多暇
蛺蝶有情長自忙千里宦遊成底事每年風景是他鄉
高歌一曲垂鞭去盡日無人識楚狂

即席

家住叢臺舊名參絳圍新醉波疑奪燭嬌態欲沈春伴
雨聊過楚歸雲定占秦桃花正濃暖爭不浪迷人

出遲

園密花藏易樓深月到難酒虛留客盡燈暗（一作滅）遠更殘
麝想眉間印鴉知頂（一作鬢）上盤文王之囿小莫惜借人看

送僧歸日本國

滄溟分故國渺渺泛杯歸天盡終期到人生此別稀無
風亦駭浪未午已斜暉繫帛何須鴈金烏日日飛

送僧歸破山寺

萬里指吳山高秋杖錫還別來雙闕老歸去片雲閑師
在有無外我嬰塵土間居然本相別不要慘離顏

夏夜有寄

月上簟如水軒高簾在鉤竹聲寒不夏蛩思靜先秋偶
得清宵興方知白日愁所思何處遠斜漢欲低流

春詞

鸞（一作鏡）鏡長侵夜鴛衾不識寒羞多轉面語妬極定睛看金
市舊居近鈿車新造寬春期莫相悞一日百（一作有）花殘

汴上晚泊

亭上風猶急橋邊月已斜柳寒難吐絮浪濁不成花岐
路春三月園林海一涯蕭然正無寐夜櫓莫咿啞

送僧南遊

戰鞞鳴未已瓶屨抵何鄉偶別塵中易貪歸物外忙後
蟬抛鄠杜先鴈下瀟湘不得從師去殷勤謝草堂

戲（一本有作字）

恨極同填海情長抵導江丁香從小結蓮子徹枝雙整
髻花當檻吹燈月在窗秦臺非久計早晚降霓幢

雪中寄盧延讓秀才

苦貧皆共雪吾子豈同悲（一作茲）永日應無食經宵必有詩
渚宮寒過節華省試臨期努力圖西去休將凍餒辭

全唐詩
吳融

花村六韻

地勝非離郭花深故號村已憐梁雪重仍愧楚雲繁山
近當吟冷泉高入夢喧依稀小有洞邂逅武陵源月好
頻移座風輕莫閉門流鶯更多思百囀待黃昏

賦雪十韻

雨凍輕輕下風乾淅淅吹喜勝花發處驚似客來時河
靜膠行棹巖空響折枝終無鷓鴣識先有鶺鴒知馬勢
晨爭急鵰聲晚更飢替霜嚴柏署藏月上龍墀百尺樓
堪倚千錢酒要追朝歸紫閣早漏出建章遲臘候何曾
爽春工是所資遙知故溪柳排比萬條絲

溪邊

溪邊花滿枝百鳥帶香飛下有一白鷺日斜翹石磯

長安逢故人

歲暮長安客相逢酒一杯眼前閑事靜心裏故山來池
影含新草林芳動早梅如何不歸去霜鬢共風埃

雨夜

旅夕那禁雨梅天已思秋未明孤枕倦相弔一燈愁有
戀慚滄海無機奈白頭何人得濃睡溪上釣魚舟

旅中送遷客

天南不可去君去弔靈均落日青山路秋風白髮人言
危無繼（一作聽）者道在有明神滿目盡胡越平生何處陳

寄尚顏師

僧中難得靜靜得是吾師到闕不求紫歸山秪愛詩臨
風翹雪足向日剃霜髭自歎眠漳久雙林動所思

微雨

大青織未徧風急舞難成粉重低飛蝶黃沈不語鶯自
隨春靄亂還放夕陽明惆悵池塘上荷珠點點傾

送廣利大師東歸

紫殿久霑恩東歸過海門浮榮知是夢輕別肯銷魂明
發先晨鳥寒棲入暝猨戢山如重到應老舊雲根（大師善於草聖故云）

關東獻兵部劉員外

昨夜星辰動仙郎近（一作過）漢關玳筵吟雪罷錦帳押（一作壓）春
還已到青雲上應棲絳圃間臨邛有詞賦一爲奏天顏

途次淮口

寒流萬派碧南渡見煙光人向隋宮近山盤楚塞長有
村皆綠暗無徑不紅芳已帶傷春病如何更異鄉

詠柳

自與鶯爲地不教花作媒細應和雨斷輕秪愛風裁好
拂錦步幛莫遮銅雀臺灞陵千萬樹日暮別離回

武牢關遇雨

澤（一作深）春關路迴暮雨細霏霏帶霧昏河浪和塵重客衣
望中迷去騎愁裏亂斜暉惆悵家山遠溟濛溼翠微

春寒

固教梅忍(一作怨)落休與杏藏嬌已過冬疑剩將來暖未饒玉堦殘雪在羅薦暗魂銷莫問王孫事煙蕪正寂寥

早發(一作登)潼關

天邊月初落馬上夢猶殘關樹蒼蒼曉玉堦澹澹寒宦遊終自苦身世靜堪觀爭似山中隱和雲枕碧湍

送策上人

昨來非有意今去亦無心闕下拋新院江南指舊林瓶添新澗綠笠卸晚峰陰八字如相許終辭尺組尋

和諸學士秋夕禁直偶(一作遇)雪

大華積秋雪禁闈生夜寒硯冰憂詔急燈燼惜更殘正遂攀稽顙翻追訪戴歡更爲三日約高興未將闌

御溝十六韻

一水終南下何年派作(一作到)溝穿城初北注過苑卻東流繞岸清波溢連宮瑞氣浮去應涵鳳沼來必滲龍湫激石珠爭碎縈堤練不收照花長樂曙泛葉建章秋影炫金莖表光搖綺陌頭旁沾晝省府斜入教坊樓有雨難澄鏡無萍易擲鉤鼓宜堯女瑟盪必蔡姬舟皋著(一作的)通鳴鶴津應接斗牛迴風還瀲瀲和月更悠悠淺憶觴堪泛深思杖可投秪懷涇合處不帶隴分愁自有朝宗樂曾無潰穴憂不勞誇大漢清渭貫神州

赴闕次留獻荊南成相公三十韻

分閫兼文德持衡有武功荊南知獨去海內更誰同拔地孤峰秀當天一鶚雄雲生五色筆月吐六鈞弓骨格凌秋聳心源見底空神清飡沆瀣氣逸飲洪濛臨事成奇策全身仗至忠解鞍欺李廣煮弩笑臧洪往昔逢多難來茲故統戎卓旗雲夢澤撲火細腰宮鏟土樓臺構連江雉堞蘢似平鋪掌上疑湧出壺中豈是勞人力寧因役鬼工本遺三戶在今匝萬家通晝舸橫青雀危檣列綵虹席飛巫峽雨袖拂宋亭風埸廣盤毬子池閑引釣筒禮賢金璧賤煦物雪霜融酒滿梁塵動棊殘漏滴終儉常資澹靜貴絕恃穹崇唯要臣誠顯那求帝渥隆甘棠名異奭大樹姓非馮自念爲遷客方諳謁上公痛知遭止棘頻歎委飄蓬借宅誅茅綠分囷(一作倉)指粟紅只慚燕館盛寧覺阮途窮渙汗霑明主滄浪別釣翁去曾憂塞馬歸欲逐邊鴻積感深於海銜恩重極嵩行行柳門路回首下離東

三峰府內矮柏(一作檜)十韻

擢秀依黃閣移根自碧岑周圍雖合抱直上豈盈尋遠砌行窺頂當庭坐庇陰短堪驚衆木高已讓他林日轉無長影風回有細音不容蘿蔦附只耐雪霜侵玉帳籠應匝牙旗倚更禁葉低宜拂席枝裏易抽簪綠澗支離久朱門掩映深何須一千丈方有歲寒心

雪十韻

灑密蔽璇穹霏霏杳莫窮遲於雨到地疾甚絮隨風四野蒼茫際千家晃朗中夜迷三繞鵲晝斷一行鴻結片飛瓊樹栽花點(一作照)蘂宮壅應邊盡北填合海無東高愛危峰積低愁暖氣融月交都浩渺日射更瓏璁送臘辭寒律迎春入舊叢自憐曾末至聊復賦玄功

和睦州盧中丞題茅堂十韻

有士當今重忘情自古稀獨開青嶂路閑掩白雲扉石累千層險泉分一帶微棟危猨競下簷迴鳥爭歸煙冷茶鐺靜波香蘭舸飛好移鍾阜蓼莫種首陽薇樹密含輕霧川空漾薄暉芝泥看只(一作即)捧蕙帶且休圍東郭鄰穿履西林近衲衣瓊瑤一百字千古見清機

奉和御製六韻

天曉密雲開亭亭翠葆來芰荷籠水殿楊柳蔽風臺恩洽三時雨歡騰萬歲雷日華偏照御星彩迴分台葦岸縈仙棹蓮峰倒玉杯獨慚歌聖德不是侍臣才

敗簾六韻

有客編來久彌年斷不(一作莫)收不堪風作候豈復燕爲讐盡見三重閣難迷百尺樓伴燈微拚夢兼扇劣遮羞零落亡珠綴殷勤謝玉鉤涼宵何必捲月自入軒流

玉堂種竹六韻

當砌植檀欒濃陰五月寒引風穿玉牖搖露滴金盤有韻和宮漏無香雜畹蘭地疑(一作嚴)雲鏁易日近雪封難靜稱圍棋會閑宜閣筆看他年終結實不羨樹棲鸞

和韓致光侍郎無題三首十四韻

珠佩元消暑犀簪自辟塵拚燈容燕宿開鏡待雞晨去嬾都忘舊來多未厭新每逢憂是夢長憶故延眞杏小雙圓壓(一作靨)山濃兩點嚬瘦難勝寶帶輕欲馭颷輪箟鳳金雕翼釵魚玉鏤鱗月明無睡夜花落斷腸春解舞何須楚能箏可在秦怯探同海底稀遇極天津綠柰攀宮豔青梅弄嶺珍管纖銀字咽梭密錦書勻厭勝還隨俗無疑不避人可憐三五夕娬媚善爲鄰

舞轉輕輕雪歌霏漠漠塵漫遊多卜夜慵起不知晨玉箸和妝裛金蓮逐步新鳳笙追北里鶴馭訪南眞有恨都無語非愁亦有嚬戲應過蚌浦飛合入蟾輪杯樣成言鳥梳文解臥鱗逢迎大堤晚離別洞庭春似玉曾誇趙如雲不讓秦錦收花上露珠引月中津木爲連枝貴禽因比翼珍萬峰酥點薄五色繡妝勻獺髓求魚客鮫綃托海人寸腸誰與達洞府四無鄰

綺閣臨初日銅臺拂暗塵鶼鴒偏報曉烏鵲慣驚晨魚網裁書數鶻紘上曲新病多疑厄重語切見心眞子母錢徵笑西南月借嚬擣衣嫌獨杵分袂怨雙輪貝葉教丹肯金刀寄赤鱗捲簾吟塞雪飛楫渡江春解織宜名蕙能歌合姓秦眼穿回鴈嶺魂斷飲牛津藥自偷來絕香從竊去珍茗煎雲沫聚藥種玉苗勻草密應迷客花繁好避人長干足風雨遙夜與誰鄰

倒次元韻

南陌來尋伴東城去卜鄰生憎無賴客死憶有情人似東腰支細如描髮彩勻黃鸝裁帽貴紫燕刻釵珍身近從淄右家元接觀津雨臺誰屬楚花洞不知(一作如)秦淚滴空牀冷妝濃滿鏡春枕涼欹琥珀簟潔展麒麟茂苑廊千步昭陽扇九輪陽城迷處笑京兆畫時嚬魚子封牋短蠅頭學字眞易判期已遠難諱事還新艇子愁衝夜驪駒怕拂晨如何斷岐路免得見行塵

簡人三十韻

娟娟復盈盈何年隊玉京見人還道姓羞客不稱名故

事諳金谷新居近石城臉橫秋水溢眉拂遠山晴粉薄塗雲母簪寒篸水晶催來兩槳送怕起五絲縈髻學盤桓綰髻依究轉成博山凝霧重油壁隱（一作穩）車輕額點梅花樣心通棘刺情搔頭邀顧遇約指到平生魚網徐徐鬟螺卮（一作杯）淺淺傾芙蓉褥已展荳蔻水休更趙女憐膠膩（一作固）丁娘愛燭明炷香龍薦腦辟魔虎輸精管咽參差韻弦嘈倭僜聲花殘春寂寂月落漏丁丁柳絮聯章敏椒花屬思清剪羅成彩字銷蠟脫珠纓邂逅當投珮艱難莫拊楹熨來身熱定舐得面痕平匣鏡金螭怒簾旌繡獸獰頸長堪鶴並腰細任蜂爭滴淚泉饒竭論心石未貞必雙成（一作乘）鳳去豈獨化蟬鳴書遠腸空斷樓高膽易驚數錢紅帶結鬬草蒨裙盛袂（一作映）柳闌干小侵波略彴橫夜愁遙寄雁曉夢半和鶯翼舐思鶼比根長羨藕并可憐衣帶緩休賦重行行

即席十韻

住處方窺宋平生未嫁盧暖金輕鑄骨寒玉細凝膚妬婕長成伴傷鸞耐得孤城堪迷下蔡臺合上姑蘇弄眼難降柳含苴欲鬬蒲生涼雲母扇直夜博山爐翡翠交妝鏡鴛鴦入畫圖無心同石轉有淚約泉枯猨渴應須見鷹飢秖待呼銀河正清淺霓節過來無

追詠棠梨花十韻

蜀地從來勝棠梨第一花更應無軟弱別自有妍華不貴綃爲霧難降綺作霞移須歸紫府駐合餌丹砂密映彈琴宅深藏賣酒家夜宜紅蠟照春稱錦筵遮連廟魂棲望飄江字繞巴未饒酥點薄兼妬雪飛斜舊賞三年斷新期萬里賒長安如種得誰定牡丹誇

緜竹山四十韻

緜竹東西隅千峰勢相屬崚嶒壓東巴連延羅古蜀方者露圭角尖者鑽箭簇引者蛾着彎斂者鳶肩縮尾蟉（上聲）青蛇盤頸低玄兔伏橫來突若奔直上森如束歲在作噩年銅梁搖蠆毒相國京兆公九命來作牧戎提虎僕毛專奉狼頭纛行府寄精廬開窗對林麓是時重陽後天氣曠清肅茲山昏曉開一一在人目霜空正泬寥濃翠霏撲撲披海出珊瑚貼天堆碧玉俄然陰霾作城郭纔霢霂絕頂已凝雪晃朗開紅旭初疑崑崙下夭矯龍銜燭亦似蓬萊巔金銀臺疊蹙紫霞或旁映綺段鋪繁褥晚照忽斜籠赤城差斷續又如煑吳鹽萬萬盆初熟又如濯楚練千千匹未軸又如水晶宮蛟螭結川瀆又如鐘乳洞雷電開巖谷丹青畫不成造化供難足合有羽衣人飄飄曳煙躅合有五色禽叫嘯含仙曲根雖限劍門穴必通林屋方諸滄海隅欲去憂淪覆羣玉縹緲間未可量往復何如當此境終朝曠遐矚往往草檄餘吟哦思幽獨早晚埽欃槍笳鼓迎暢（一作輪）轂休飛霹靂車罷繫（一作擊）蝦蟇木勒銘燕然山萬代垂芬郁然後恣逍遙獨往羣麋鹿不管安與危不問榮與辱但樂濠梁魚豈怨鍾山鵠紉蘭以圍腰採芝將實腹石床須卧平一任閑雲觸

祝風三十二韻

我有二頃田長洲東百里環塗爲之區積葑相連纚松江流其旁春夏多苦水隄防苟不時汎濫即無已粵余病眠久而復家無峙田峻不勝荒農功皆廢弛他稼已如雲我田方欲蒔四際上通波兼之葭與葦是時立秋後煙露浩淒矣雖然遺畢功萎約都無幾如何海上風連日從空起似欲驅滄溟來沃具區裏噫嘻爾風師吳中多豪士囷倉過九年一粒惜如死糴賤兼糶貴凶年翻大喜只是疲羸苦纔飢須易子余仍轗軻者進趨年二紀秋（一作我）不安一食春不閒一晷腸迴爲多別骨瘦因積毀欬唾莫逢人揶揄空覘鬼中又值干戈遑遑常轉徙故隱茅山西今來笠澤涘荒者不復尋昔者還有以將正陶令巾又蓋姜肱被不敢務有餘有餘必驕鄙所期免假匄假匄多慚恥驕鄙既不生慚恥更能弭自可致逍遙無妨閱經史吁余將四十滿望秖如此千澤尚多難學（一作力）稼茲復爾窮達雖繫命禍福生所履天不飢死余飄風當自止

金陵懷古

玉樹聲沉戰艦收萬家冠蓋入中州秖應江令偏惆悵頭白（一作黑）歸來是客遊

涼思

松間小檻接波平月澹煙沉暑氣清半夜水禽棲不定綠荷風動露珠傾

鮫綃

雲供片段月供光貧女寒機枉自忙莫道不蠶能致此海邊何事有扶桑

潮

暮去朝來無定期桑田長被此聲移蓬萊若探人間事一日還應兩度知

忘憂花

繁紅落盡始淒涼直道忘憂也未忘數朵殷紅似春在春愁特此（一作光，愁時）繫人腸

憶街西所居

衡門一別夢難稀人欲歸時不得歸長憶去年寒食夜杏花零落雨霏霏

雲

南北東西似客身遠峰高鳥自爲鄰清歌一曲猶能住莫道無心勝得人

華清宮四首

中原無鹿海無波鳳輦鸞旗出幸多今日故宮（一作鄉）歸寂寞太平功業在山河

漁陽烽火照函關玉輦匆匆下此山一曲羽衣聽不盡至今遺恨水潺潺

上皇鑾輅重巡遊雨淚無言獨倚樓惆悵眼前多少事落花明月滿宮秋

別殿和雲鎖翠微太真遺像夢依依玉（一作上）皇掩淚頻惆悵應歎僧繇彩筆（一作點目）飛

陳琳墓

冀州飛檄傲英雄却把文辭事鄴宮縱道筆端由我得九泉何面見袁公

湖州朝陽樓

十二亭亭占曉光隋家浪說有迷藏仲宣題盡平生恨

別處應難看屋梁。

賣花翁

和煙和露一叢花，擔入宮城許史家。惆悵東風無處說，不教閑地著春華。

自諷

世路升沈合自安，故人何必苦相干。塗窮始解東歸去，莫過嚴光七里灘。

送杜鵑花

春紅始謝又秋紅，息國亡來入楚宮。應是蜀冤啼不盡，更憑顏色訴西風。

西京道中聞蛙

雨餘林外夕煙沈，忽有蛙聲伴客吟。莫怪（一作耳畔）聞時倍（一作却）惆悵，稚圭蓬蓽在山陰。

情

依依脈脈兩如何，細似輕絲渺似波。月不長圓花易落，一生惆悵爲伊多。

送荊南從事之岳州

秋拂湖光一鏡開，庾郎蘭棹好徘徊。遥知月落酒醒處，五十弦從波上來。

渡淮作

紅杏花時辭漢苑，黄梅雨裏上淮船。雨迎花送長如此，辜負東風十四年。

薛舍人見徵恩賜香并二十八字同寄

往歲知君侍武皇，今來何用紫羅（一作香）囊。都緣有意重熏裛，更灑江毫上玉堂。

王母廟

鸞龍一夜降崑丘，遺廟千年枕碧流。賺得武皇心力盡，忍看煙草茂陵秋。

塗中阻風

洛陽寒食苦多風，掃蕩春華一半空。莫道芳蹊盡成實，野花猶有未開叢。

楚事（屈原云目極千里傷春心　宋玉云悲哉秋之爲氣）

悲秋應亦抵傷春，屈宋當年並楚臣。何事從來好時節，只將惆悵付詞人。

和僧詠牡丹

萬綠銷盡本無心，何事看花恨却深。都是支郎足情調，墜香殘蕊亦成吟。

豫讓

韓魏同謀反覆深，晉陽三板免成沈。趙衷（一作襄）當面何須恨，不把干將訪負心。

和寄座主尚書

偶逢戎旅戰爭日，豈是明時放逐臣（一作人）。不用裁詩苦惆悵，風雷看起臥龍身。

江行

霞低水遠碧翻紅，一棹無邊落照中。說示北人應不愛，錦遮泥健（一作澤）馬追風。

旅館梅花

清香無以敵寒梅，可愛他鄉獨看來。爲憶故溪千萬樹，幾年辜負雪中開。

水鳥

煙爲行止水爲家，兩兩三三睡暖沙。爲謝離鸞兼別鵠，如何禁得向天涯。

楊花

不鬭穠華不占紅，自飛晴野雪濛濛。百花長恨風吹落，唯有楊花獨愛風。

水調

鑿河千里走黄沙，沙（一作浮）殿西來動日華。可道新聲是亡國，且貪惆悵後庭花。

秋夕樓居

月裏青山淡如畫，露中黄葉颯然秋。危欄倚徧都無寐，秖恐星河墮入樓。

經符堅墓

百里煙塵散杳冥，新平一隰草青青。八公山石君知否，休更中原作彗星。

松江晚泊

吴臺越嶠兩分津，萬萬檣烏簇夜雲。吟盡長江一江月，更無人似謝將軍。

送薛學士赴任峽州二首

負譴雖安不敢安，壘猨聲裏獨之官。莫將彩筆閑抛擲，更待淮王詔草看。

片帆飛入峽雲深，帶雨兼風動楚吟。何似玉堂裁詔罷，月斜鳷鵲漏沈沈。

送許校書

故人言別倍依依，病裏班荊苦（一作更，一作尚）憶違。明日柳亭門外路，不知誰賦送將歸。

蛺蝶

兩兩自依依，南園煙露微。住時須並住，飛處要交飛。草淺憂鶯吹，花殘惜曉暉。長交（一作教）擷芳女，夜夢遠人歸。

全唐詩

吴融

閿鄉寓居十首（一作卜居。一本閿鄉上有壬戌歲三字）

阿對泉

六載抽毫侍禁闈，可（一作不）堪多（一作良）病決然歸。五陵年少如相問，阿對泉頭一布衣。（自註：阿對是楊伯起家僮，嘗引泉灌蔬，泉至今在）

蛙聲

稚圭倫（一作論）鑿未精通，只把蛙聲鼓吹同。君聽月明人靜夜，肯饒天籟與松風。

茆堂

結得茆簷瞰（一作傍）碧溪，閑雲之外不同棲。猶嫌未遠函關道正睡剛聞報曉雞。

清溪

清溪見底露蒼苔，密竹垂藤鏁不開。應是仙家在深處，愛（一作爲）流花片引人來。

釣竿

曾抛釣渚入秦關，今却持竿傍碧灘。認得舊溪（一作游）兼舊意，恰如羊祜識金環。

山僧

石臼山頭有一僧，朝無香積夜無燈。近嫌俗客知蹤跡，擬向中方斷石層。

小徑

礙竹妨花一徑幽，攀援可到（一作應對）玉峰頭。若教須作康莊好，更（一作便）有高車駟馬憂。

聞提壺鳥

早於批鵊巧於鶯，故國春林足此聲。今在天涯別館裏，爲君沽酒復何情。

木塔偶題

西南古刹近芳林，偶得高秋試一吟。無限黄花襯黄葉，可（一作何）須春月始傷心。

山禽

碧嶂爲家烟外棲，銜紅啄翠入芳蹊。可能知我心無定，頻裏花枝拂面啼。

聞歌

貫珠一夜奏纍纍，盡是荀家舊教詞。落盡梁塵腸不斷，九原誰報小憐知（一作一聲嬌柳裏寒枝又作小寒知）。

即席

竹引絲隨裊翠樓，滿筵驚動玉關秋。何人借與丹青筆，畫取當時入字愁。

便殿候對

宣呼晝入蘂珠宮，玉女窗扉薄霧籠。待得華胥春夢覺，半竿斜日下廂風。

南遷途中作七首

登七盤嶺二首

才非賈傳亦遷官，五月驅羸上七盤。從此自知身計定，不能迴首望長安。

七盤嶺上一長號，將謂青天鑒鬱陶。近日青天都不鑒，七盤應是未高高（一作爲高）。

渡漢江初嘗鯿魚有作

嘯父知機先憶魚，季膺無事已思鱸。自慙初識查頭味，正是棲棲哭阮塗。

溪翁

飯稻羹菰曉復昏，碧灘聲裏長諸孫。應嗟獨上涔陽客，排比椒漿奠楚魂。

寄友人

驚魂往往坐疑飄，便好爲文慰寂寥。若待清湘葬魚了，縱然招得不堪招。

塗中偶懷

無路能酬國士恩，短亭寂（一作寥）寂到黄昏。迴腸一寸危如綫，賴得商山未有猨。

訪賈休上人

休公爲我設蘭湯，方便教人學洗腸。自覺塵纓頓瀟灑，南行不復問滄浪。

鸂鶒

翠翅紅頸覆金衣，灘上雙雙去又歸。長短死生無兩處，可憐黄鵠愛分飛。

野步

一曲兩曲澗邊草，千枝萬枝村落花。攜節深去不知處，幾歎山阿隔酒家。

訓僧

玉堂全不限常朝，卧待重城宿霧銷。劃憶故山深雪裏，滿爐枯柏帶煙燒。

買帶花櫻桃

粉紅輕淺靚妝新，和露和煙別近鄰。萬一有情應有恨，一年榮落兩家春。

海棠二首

太尉園林（一作中）兩樹春（今番禺太尉徐公興化亭子有海棠二株），年年奔走探花人。今來獨倚（一作修）荆山看，迴首長安落戰塵。

雲綻霞鋪錦水頭，占春顔色最風流。若教更近天街種，馬上多逢醉五侯。

送僧上峽歸東蜀

巴字江流一棹迴，紫袈裟是禁中裁。如從十二峰前過，莫賦佳人殊未來。

杏花（五言三韻）

春物競相妬，杏花應最嬌。紅輕欲愁殺，粉薄似啼銷。願作南華蝶，翩翩繞此條。

草

染亦不可成，畫亦不可得。長弘未死時，應無此顔色。

和楊侍郎

目極家山遠，身拘禁苑深。煙霄慙暮齒，麋鹿媿初心。

山居喜友人相訪

秋雨空山夜，非君不此來。高於剡溪雪，一棹到門迴。

遠山

隱隱隔千里，巍巍知幾重。平時未能去，夢斷一聲鐘。

江樹

終日銜奔浪，何年墜亂風。謝公堪入詠，目極在雲中。

薔薇

萬卉春風度，繁花夏景長。館娃人盡醉，西子始新妝。

梅雨

渾開又密望中迷，乳燕歸遲粉竹低。撲地暗來飛野馬，舞風斜去散醯雞。初從滴瀝妨琴榭，漸到潺湲繞藥畦。少傍海邊飄泊處，中庭自有兩犁泥（一作中庭一削兩翻泥）。

登途懷友人

日落野原秀，雨餘雲物開。清時正愁絕，高處正躋（一作登）攀。京洛遥天外，江河戰鼓間。孤懷欲誰寄，應望（一作待）塞鴻還。

聞蟬

夏在先催過，秋驂已被迎。自應人不會，莫道物無情。木葉縱未落，鬢絲還易生。西風正相亂，休上夕陽城。

秋色

染不成乾畫未銷，霏霏拂拂又迢迢。曾從建業城邊路

蔓草寒煙鏁六朝

自諷

本是滄洲把釣人無端三署接清塵從來不解長流涕
也渡湘灘(一作瀨)作逐臣

宿青雲驛

蒼黃負讜走商顏保得微躬出武關今夜青雲驛前月
伴吟應到落西山

秋聞子規

年年春恨化冤魂血染枝紅壓疊繁正是西風花落盡
不知何處認啼痕

荊南席上聞歌

迎愁斂黛一聲分弔屈江邊日暮聞何事遏雲翻不定
自緣蹤跡愛行雲

武關

時來時去若循環雙闕平雲讒鏁山祇道地教秦設險
不知天與漢爲關貪生莫(一作儘)作千年計到了都成一夢
閑爭得便如岩下水從他興廢自潺潺

月夕追事

曾聽豪家碧玉歌雲牀冰簟落秋河月臨高閣簾無影
風過迴廊幕有波屈指盡隨雲雨散滿頭贏得雪霜多
此時空見清涼影來伴蛩聲咽砌莎

上陽宮辭

苑路青青半是苔翠華西去未知回景陽春漏無人報
太液秋波有雁來單影可堪明月照紅顏無奈落花催
誰能賦得長門事不惜千金奉酒桮

送于員外歸隱藍田

曾吟工部雨峰寒今日星郎得挂冠吾道不行歸始是
世情如此住應難圍棋已訪生雲石把釣先尋急雨灘
若遇秦時雪髯客紫芝兼可備朝餐

廢宅

風飄碧瓦雨摧垣却有隣人與(一作爲)鏁門幾樹好花閑白
晝滿庭荒草易(一作自)黃昏放魚池涸蛙爭聚(一作鬧)棲燕梁空
雀自喧不獨凄涼眼前事咸陽一火便成(一作變寒)原

湖州晚望

鼓角迎秋晚韻長斷虹疎雨間微陽兩條(一作邊)溪水分頭
碧四面人家入骨涼獨鳥歸時雲鬭迥殘蟬急處日爭
忙他年若得壺中術一簇汀洲盡貯將

宋玉宅

草白煙寒半野陂臨江舊宅指遺基已懷湘浦招魂事
更憶高唐說夢時穿徑早曾聞客住登牆豈復見人窺
今朝送別還經此吟斷當年幾許(一作楚客)悲

春晚書懷

落盡紅芳春意闌綠蕪空鏁辟疆園嫦娥斷影霜輪冷
帝子無蹤淚竹繁未達東隣(一作林)還絕想不勞南浦更銷
魂晚來雖共殘鶯約爭奈風凄又雨昏

寄楊侍郎

雲情鶴態莫誇慵正上仙樓十二重吟逸易沈鳷鵲月
夢長先斷景陽鐘奇文已刻金書券秘語看鐫玉檢封
何事春來待歸隱採知溪畔有風松

杏花

粉薄紅輕掩斂羞花中占斷得風流軟非因醉都無力
凝(去聲)不成歌亦自愁獨照影時臨水畔最含情處出牆
頭裛回盡日難成別更待黃昏對酒樓(一作甌)

憲丞裴公上洛退居有寄二首

鴻在冥冥已自由紫芝峰下更高秋拋來簪紱都如夢
泥著杯香(一作觴)不爲愁晚樹拂簷風脫翠夜灘當戶月和
流自嗟不得從公去共上仙家十二樓

瘦如仙鶴爽風篁外却塵囂與緒長偶坐幾回沈皓月
閑吟是處到殘陽門前立使脩書嬾花下留賓壓酒忙
目斷瓊林攀不得一重丹水抵三湘

叢祠

叢祠一炬照秦川雨散雲飛二十年長路未歸萍逐水
舊居難問草平煙金鞍正伴桐鄉客粉壁猶懷桂苑仙
何必向來曾識面拂塵看字也凄然

分水嶺

兩派潺湲不暫停嶺頭長瀉別離情南隨去馬通巴棧
北逐歸人達渭城澄處好窺雙黛影咽時堪寄斷腸聲
紫溪舊隱還如此清夜梁山月更明

赴職西川過便橋書懷寄同年

平門(一作便橋)橋下水東馳萬里從軍一望時鄉思旋生芳草
見客愁何限夕陽知秦陵無樹煙猶鏁漢苑空牆浪欲
吹不是傷春愛回首杏壇恩重馬遲遲

太保中書令軍前新樓

十二闌干壓錦城半空人語落灘聲風流近接平津閣
氣色高含細柳營盡日捲簾江草綠有時欹枕雪峰晴
不知捧詔朝天後誰此登臨看月明

玉女廟

九清何日降仙霓掩暎荒祠路欲迷愁黛不開山淺淺
離心長在草萋萋簷橫淥派王餘擲窗裏紅枝杜宇啼
若得洗頭盆置此靚妝無復碧蓮西

坤維軍前寄江南弟兄

二年征戰劒山秋家在松江白浪頭關月幾時乾客淚
戍煙終日起鄉愁未知遼(一作聊)堞何當下轉覺燕臺不易
酬獨羨一聲南去雁滿天風雨到汀洲

滻水席上獻座主侍郎

暖泉宮裏告虔回略避紅塵小宴開落絮已隨流水去
啼鶯還傍夕陽來草能緣岸侵羅薦花不容枝蘸玉杯
莫訝諸生中獨醉感恩傷別正難裁

送知古上人

昔年離別浙河東多難相逢舊楚宮振錫纔尋三徑草
登船忽挂一帆風幾程村飯添盂白何處山花照衲紅
不似投荒憔悴客滄浪無際問漁翁

和座主尚書登布善寺樓

往事何時不繫腸更堪凝睇白雲鄉楚王城壘空秋色
羊祜江山祇暝光林下遠分南去馬渡頭偏認北歸航
誰知此日憑軒處一筆工夫勝七襄

金橋感事

太行和雪疊晴空二月春(一作青)郊尚朔風飲馬早聞臨渭
北射鵰今欲過山東百年徒有伊川歎五利寧無魏絳

功日暮長亭正愁絕哀笳一曲戍煙中

蕭縣道中

戍火三籠滯晚程枯桑繫馬上寒城滿川落照無人過
卷地飛蓬有燒明楚客早聞歌鳳德劉琨休更舞雞聲
草堂舊隱終歸去寄語巖猨莫曉驚

題兗州泗河中石牀（李白杜甫曾此飲詠）

一片苔牀水漱痕何人清賞動乾坤謫仙醉後雲爲態
野客吟時月作魂光景不回波自遠風流難問石無心
邇來多少登臨客千載誰將勝事論

禁直偶書

玉皇新復五城居仙館詞臣在碧虛錦砌漸看翻芍藥
鏁窗還詠罽蟾蜍敢期林上靈烏語貪草雲間彩鳳書
爭奈滄洲頻入夢白波無際落紅蕖

送弟東歸

偶持麟筆侍金閨夢想三年在故溪祖竹定欺簷雪折
稚杉應拂棟雲齊謾勞筋力趨丹鳳可有文詞詠碧雞
此別更無閑事囑北山高處謝猨啼

和座主尚書春日郊居

海燕初歸朔雁回靜眠深掩百花臺春蔬已爲高僧掇
臘醞還因熟客開簷外暖絲兼絮墮檻前輕浪帶鷗來
謝公難避蒼生意自古風流必上台

僧舍白牡丹二首

膩若裁雲薄綴霜春殘獨自殿羣芳梅妝向日霏霏暖
紈扇搖風閃閃光月魄照來空見影露華凝後更多香
天生潔白宜清淨何必殷紅映洞房

侯家萬朶簇霞丹若並霜林素豔難合影只應天際月
分香多是畹中蘭雖饒百卉爭先發還在三春向後殘
想得惠林憑此檻肯將榮落意來看

八月十五夜禁直寄同僚

中秋月滿盡（一作竟）相尋獨入非煙宿禁林曾恨人間千里
隔更堪天上九門深明涵太液魚龍定靜鏁圓靈象緯
沈目斷枚皋何處在闌干十二憶登臨

上巳日花下閑看（一作步）

十里香塵撲馬飛碧蓮峯下踏青時雲籠照水和花重
羅袖擡風惹絮遲可便無心邀嫵媚還應有淚憶袁熙
如煙如夢爭尋得溪柳回頭萬萬絲

禪院奕棋偶題

裛塵絲雨送微涼偶出樊籠入道場半偈已能消萬事
一枰兼得了殘陽尋知世界都如夢自喜身心甚不忙
更約西風搖落後醉來終日臥禪房

和張舍人

玉女盆邊雪未銷正多春事莫無憀杏花向日紅勻臉
雲帶環山白繫腰鶯轉樹頭欹枕聽凍開泉眼杖藜挑
陵遷谷變如（一作何）須問控鶴山人字子喬

送友赴闕

故人歸去指翔鸞樂帶離聲可有歡驛路雨行秋吹急
渭波千疊夕陽寒空郊已歎周禾熟舊苑應尋漢火殘
遙羨從公無一事探花先醉曲江干

過鄧城縣作

不用登臨足感傷古來今往盡茫茫未知堯桀誰臧否
可便彭殤有短長楚壘萬重多故事漢波千疊更殘陽
到頭一切皆身外只覺關身是醉鄉

文德初聞車駕東遊

龍旆叢叢下劒門還將瑞氣入中原鰲頭一蕩山雖沒
鳥足重安日不昏晉客已知周禮在秦人仍喜漢官存
自憐閑坐漁磯石萬級雲臺落夢魂

子規

舉國繁華委逝川羽毛飄蕩一年年他山叫處花成血
舊苑春來草似煙雨暗不離濃綠樹月斜長弔欲明天
湘江日暮聲淒切愁殺行人歸去船

簡州歸降賀京兆公

分棟山前曙色開三千鐵騎簡州回雲間䠞箭飛書去
風裏擎竿露布來古謂伐謀爲上策今看靜勝自中台
功名一似淮西事只是元臣不姓裴

登漢州城樓

雨餘秋色拂孤城遠目凝時萬象清疊翠北來千嶂盡
漫流東去一江平從軍固有荊州樂懷古能無峴首情
欲下闌干一迴首鳥歸帆沒戍煙明

岐下寓居見槐花落因寄從事

纔開便落不勝黃覆著庭莎襯夕陽只共蟬催雙鬢老
可知人已十年忙曉窗須爲吟秋興夜枕應教夢帝鄉
蜀國馬卿看從臘肯將閑事入淒涼

和人有感

莫愁家住石城西月隳星沈客到迷一院無人春寂寂
九原何處草萋萋香魂未散煙籠水舞袖休（一作猶）翻柳拂
堤蘭棹一移風雨急流鶯千萬莫長啼

全唐詩

吳融

春歸次金陵

春陰漠漠覆江城南國歸橈趁晚程水上驛流初過雨
樹籠堤處（一作去）不離鶯跡疎冠蓋兼無夢地近鄉園自有
情便被東風動離思楊花千里雪中行

途中見杏花

一枝紅豔（一作杏）出牆頭牆外行人正獨愁長得看來猶有
恨可堪逢處更難留林空色暝鶯先到春淺香寒蝶未
遊更憶帝鄉千萬樹澹煙籠日暗神州

秋日經別墅

別墅蕭條海上村偶期蘭菊與琴尊簷橫碧嶂秋光近
樹帶閑（一作寒）潮晚色昏幸有白雲眠楚客不勞芳草思王
孫北山移去前文在無復教人歎曉猨

紅葉

露染霜乾片片輕斜陽照處轉烘明和煙飄落九秋色
隨浪泛將千里情幾夜月中藏鳥影誰家庭際伴蛩聲
一時衰颯無多恨看著清風綵剪成

離雲溪感事獻鄭員外

足恨饒悲不自由萍無根蔕水長流庾公明月吟連曙
謝守青山看入秋一飯意專堪便死千金諾在轉難酬
雲沈鳥去回頭否平子才多好賦愁

岐州安西門

安西門外徼安西，一百年前斷鼓鼙。犬解人歌曾入唱，馬稱龍子幾來嘶。自從遼水煙塵起，更到塗山道路迷。今日登臨須下淚，行人無個草萋萋。

關西驛亭即事

晚霞零落雨初收，關上危闌獨悵（一作悵獨）留。千里好春聊極目，五陵無事莫回頭。山猶帶雪霏霏恨，柳未禁寒冉冉愁。直是無情也腸斷，鳥歸帆沒水空流。

望嵩山

三十六峰危似冠，晴樓百尺獨登看。高淩鳥外青冥窄，翠落人間白晝寒。不覺衡陽遮雁過，如何鍾阜鬭龍盤。始知萬歲聲長在，只待東巡動玉鑾。

題湖城縣西道中槐樹

零落欹斜此路中，盛時曾識太平風。曉迷天仗歸春苑，暮送鑾旗指洛宮。一自煙塵生薊北，更無消息幸關東。而今只有孤根在，鳥啄蟲穿沒（一作兼）亂蓬。

東歸次瀛上

㬉煙輕淡草霏霏，一片晴山襯夕（一作川晝晚）暉。水露淺沙無客泛，樹連疎苑有鶯飛。自從身與滄浪別，長被春教寂寞歸。回首青門不知處，向人楊柳莫依依。

偶書

青牛關畔寄孤村，山當屏風石當門。芳樹綠陰連蔽芾，長河飛浪接崑崙。苔田綠後蛙爭聚，麥壠黃時雀更喧。只此無心便無事，避人何必武陵源。

得京中親友書訝久無音耗以詩代謝

退閑何事不忘機，況限溪雲靜掩扉。馬頰浪高魚去少，雞鳴關險雁來稀。無才敢更期連茹，有意兼思學採薇。珍重故人知我者，九霄休復寄音徽。

即事

抵鵲山前雲掩扉，更甘終老脫朝衣。曉窺青鏡千峰入，暮倚長松獨鶴歸。雲裏引來泉脈細，雨中移得藥苗肥。何須一箇鱸魚膾，始挂孤帆問釣磯。

病中宜茯苓寄李諫議

千年茯菟帶龍鱗，太華峰頭得最珍。金鼎曉煎雲漾粉，玉甌寒貯露含津。南宮已借徵詩客（杜工部有寄楊員外茯苓之什），內署今還託諫臣。飛檄愈風知妙手，也須分藥救漳濱。

槎

浪痕龍跡老欹危，流落何時別故枝。歲月空教苔蘚積，芳菲長倩薜蘿知。有文在朽人難識，無蠹藏心鳥莫窺。家近滄浪從汎去，碧天消息不參差。

汴上觀（一本有河冰二字）

九曲河冰半段來，嚴霜結出勁風裁。非時已認蟬飄翼，到海須憂蚌失胎。千里風清聞夏玉，幾人東下憶奔雷。殷勤莫礙星槎路，從看天津弄杼回。

閑居有作

依依芳樹（一作草）拂簷平，繞竹清流浸骨清。愛弄綠苔魚自躍，慣偷紅果鳥無聲。踏青堤上煙多綠，拾翠江邊月更明。只此超然長往是，幾人能遂鑄金成。

離岐下題西湖

送夏迎秋幾醉來，不堪行色被蟬催。身隨渭水看歸遠，夢挂秦雲約自迴。雨細若爲拋釣艇，月明誰復上歌臺。千波萬浪西風急，更爲紅蕖把一桮。

岐陽蒙相國對（一作借）宅因抒懷投獻

風有危亭月有臺，平津閣畔好裴回。雖非宋玉誅茅至，且學王家種竹來。已得靜居從馬歇，不堪行色被蟬催。故園蘭菊三千里，旅夢方應校懶迴。

晚泊松江

落日停橈古渡邊，古今蹤跡一蒼然。平沙盡處雲藏樹，遠吹收來水定天。正困東西千里路，可憐瀟灑五湖船。如何不及前賢事，却謝鱸魚在洛川。

過澠池書事

澠池城郭半遺基，無限春愁挂落暉。柳渡風輕花浪綠，麥田煙暖錦雞飛。相如忠烈千秋斷，二主英雄一夢歸。莫道新亭人對泣，異鄉殊代也霑衣。

富春

水送山迎入富春，一川如畫晚晴新。雲低遠渡帆來重，潮落寒沙鳥下頻。未必柳間無謝客，也應花裏有秦人。嚴光萬古清風在，不敢停橈更問津。

高侍御話及（一本無及字）皮博士池中白蓮因成一章寄博士兼（一本無上七字）奉呈

白玉花開綠錦池，風流御史報人知。看來應是雲中墮，偷去須從月下移。已被亂蟬催晼晚，更禁涼雨動褵褷。習家秋色堪圖畫，只欠山公倒接䍦。

憶猿

翠微雲斂日沈空，叫徹青冥怨不窮。連臂影垂溪色裏，斷腸聲盡月明中。靜含煙峽淒淒雨，高弄霜天嫋嫋風。猶有北山歸意在，少驚佳樹近房櫳。

紅樹

一聲南雁已先紅，神女霜飛葉葉（一作槭槭，淒淒葉葉）同。自是孤根非暖（一作曉）地，莫驚他木耐秋風。暖（一作冷，又作曉）煙散去陰全薄，明月臨來影半空。長憶洞庭千萬樹，照山橫浦夕陽中。

新雁

湘浦波春始北歸，玉關搖落又南飛。數聲飄去和秋色，一字橫來背晚暉。紫閣高翻雲幕幕，灞川低渡雨微微。莫從思婦臺邊過，未得征人萬里衣。

海上秋懷

辭無珪組隱無才，門向潮頭過處開。幾度黃昏逢罔象，有時紅旭見蓬萊。磧連荒戍頻頻火，天絕纖雲往往雷。昨夜秋風已搖落，那堪更上望鄉臺。

憶山泉

穿雲落石細潺潺，盡日（一作杳杳）疑聞弄管弦。千仞灑來寒碎玉，一泓深去（一作注）碧涵天。煙迷葉亂尋難見，月好風清聽不眠。春雨正多歸未得，只應流恨更潺湲。

東歸望華山

碧蓮重疊在青冥，落日垂鞭緩客程。不奈春煙籠暗澹，可堪秋雨洗分明。南邊已放三千馬，北面猶標百二城。只怕仙人撫高掌，年年相見是空行。

遊華州飛泉亭

走馬街南百畝池，碧蓮花影倒參差。偶同人去紅塵外，

正值僧歸落照時萬事已爲春棄置百憂須賴酒醫治
殷勤待取前峯月更倚闌干弄釣絲

池上雙鳧二首

碧池悠漾小鳧雛兩兩依依秖自娱釣艇忽移還散去
寒鷗有意即相呼可憐翡翠歸雲髻莫羨鴛鴦入畫圖
幸是羽毛無取處一生安穩老菰蒲

雙鳧狎得(一作相狎)傍池臺戲藻銜蒲遠又回敢爲稻粱凌險
去幸無鷹隼觸(一作逐)波來萬絲春雨眠時亂一片濃萍浴
處開不在籠欄夜仍好月汀星沼剩裴回

葉落

紅影飄來翠影微一辭林表不知歸伴愁無色煙猶在
替恨成啼露未晞若逐水流應萬里莫因風起便孤飛
楚郊千樹秋聲急日暮紛紛惹客衣

和皮博士赴上京觀中修靈(此下一本有寶字)齋贈威儀尊
師兼見寄

霓結雙旌羽綴裙七星壇上拜元君精誠有爲天應感
章奏無私鬼怕聞鶴馭已從煙際下鳳膏還向月中焚(漢武燒鳳膏爲燭以祀神壇)
白雲鄉路看看到好駐流年翊聖文

春雨

霏霏漠漠暗和春幕翠凝紅色更新寒入腻裘濃曉睡
細隨油壁靜香塵連雲似織休迷雁帶柳如啼好贈人
別有空堦寂寥事綠苔狼籍落花頻

秋池

冷涵秋水碧溶溶一片澄明見底空有日晴來雲襯白
幾時吹落葉浮紅香啼蓼穗娟娟露乾動蓮莖淅淅風
凌曉無端照衰鬢便悲霜雪鏡光中

首陽山

首陽山枕黃河水上有兩人曾餓死不同天下人爲非
兄弟相看自爲是遂令萬古識君心爲臣貴義不貴身

精靈長在白雲裏應笑隨時飽死人

太湖石歌

洞庭山下湖波碧波中萬古生幽石鐵索千尋取得來
奇形怪狀誰能識初疑朝(一作國)家正人立又如戰士方狙
擊又如防風死後骨又如於菟活時額又如成人楓又
如害瘿柏雨過上(一作尚)停泓風來中(一作因)有隙想得沈潛水
府時興雲出雨蟠蛟螭今來硉矹林庭上長恐忽然生
白浪用時應不稱媧皇將去也堪隨博望噫嘻爾石好
憑依幸有方池并釣磯小山叢桂且爲伴鍾阜白雲長
自歸何必豪家甲第裏玉闌干畔爭光輝一朝荆棘忽
流落何異綺羅雲雨飛

贈方干處士歌

把筆盡爲詩何人敵夫子句滿天下口名聒天下耳不
識朝不識市曠逍遥閑徙倚一桮酒無萬事一葉舟無
千里衣裳白雲坐卧流水霜落風高忽相憶惠然見過
留一夕一夕聽吟十數篇水榭林蘿爲岑寂拂旦舍我
亦不辭携筇徑去隨所適隨所適無處覓雲半片鶴一
隻

李周彈箏歌(淮南韋太尉席上贈)

古人云絲不如竹竹不如肉(一作古云絲聲不如竹又云竹聲不如肉)乃知此語未
必然李周彈箏聽不足聞君七歲八歲時五音六律皆
生知就中十三弦最妙應宮(一作官)出入年方少青驄慣走
長楸日(一作聞)幾度承恩蒙急召(一作召急)一字雁行斜(一作雁字斜行近)御筵
銷金夏羽凌非(一作霏)煙始似五更殘月裏淒淒切切清露
蟬又如石罅堆葉下泠泠瀝瀝蒼崖泉鴻門玉斗初向
地織女金梭飛上天有時上苑繁花發有時太液秋波
闊當頭獨坐攏一聲滿座好風生拂拂天顏開(一本有令字)聖心
悅紫金白珠霑賜物出來無暇更還家且上青樓醉明
月年將六十藝轉精自寫梨園新曲聲近來一事還惆
悵故里春荒煙草平供奉供奉且聽語自昔興衰看樂
府秖如伊州與梁州盡是太平時歌舞旦夕君王繼此
聲不要停弦淚如雨

贈𧇾光上人草書歌

篆書樸隸書俗草聖貴在無羈束江南有僧名𧇾光紫
毫一管能顛狂人家好壁試揮拂(一作灑)瞬目已流三五行
摘如鉤挑如撥斜如掌迴如幹又如夏禹鎌淮神波底
出來手正拔又如朱亥鎚晉鄙袖中擡起腕欲脫有時
軟縈盈一穗(一作色)秋雲曳空濶有時瘦巉岩百尺枯松露
槎枿忽然飛動更驚人一聲霹靂龍蛇活稽山賀老昔
所傳又聞能者惟張顛上人致功應不下其奈飄飄滄
海邊可中一入天子國絡素裁縑灑毫墨不繫知之與
不知須言一字千金值

贈李長史歌(并序)

余客武康縣既旬日將去邑長相餞於溪亭座中
有李長史袖出蘆管自請聲以送客且言我業此
二十年年少時五陵豪俠無不與之遊梨園新聲
一聞之明日皆出我下洎巢賊腥穢宮闕逃難於
東江淮間非吾土又無樂(一作知)音敝衣旅食雙鬢雪
然然風月好時或亭皐送别必引滿自勸不能忘
情一曲未終泫然承睫越鳥胡馬之感感動傷人
羅進士隱初遇金陵有贈詩尚能成誦在口余憫
李之流落仰羅之所感故贈之時光啓戊申歲清
明月之八日

危欄壓溪溪澹碧翠裏紅飄鶯寂寂此日長亭愴别離
座中忽遇吹蘆客雙擫輕袖當高軒含商吐羽凌非(一作霏)
煙初疑一百尺瀑布八九月落香爐巔又似鮫人爲客
罷迸淚成珠玉盤瀉碧珊瑚碎震澤中金銀鐺撼龜山
下鏗訇揭調初驚人幽咽細聲還感神紫鳳將雛叫山
月玄兔喪子啼江春咨嗟長史出人藝如何值此艱難
際可中長似承平基肯將此爲閑人吹不是東城射雉
處即應南苑鬬雞時白櫻桃熟每先賞紅芍藥開長有
詩賣珠曾被武皇問薰香不怕賈公知今來流落一何
苦江南江北九寒暑翠華猶在橐泉中一曲梁州淚如
雨長史長史聽我語從來藝絶多失所羅君贈君兩首
詩半是悲君半自悲

贈廣利大師歌

化人之心固甚難自化之(一作其)心更不易化人可以程限
之自化元須有其志在心爲志者何人今日得之於廣
利三十年前識師初正見把筆學草書崩雲落日(一作石)千
萬狀隨手變化生空虛海北天南幾回别每見書蹤轉

奇絶近來兼解作歌詩言語明快有氣骨堅如百鍊鋼挺特不可屈又如千里馬脫韁飛滅沒好是不雕刻縱橫衝口發昨來示我十餘篇詠殺江南風與月乃知性是天習是人（一作乃知性天習成人）莫輕河邊毅䩫飛作天上麒麟但日新又日新李太白非通神

古離別（雜言）

紫鸞（一作燕）黃鵠雖別離一舉千里何難追猶聞啼風與叫月流連斷續令人悲賦情更有深繾綣碧甃千尋尚爲淺蟾蜍正向清夜流蛺蝶須敎晴絲罥莫道斷絲不可續丹穴鳳凰膠不遠莫道流水不迴波（一作草草通流水不迴）海上兩潮長自返

風雨吟

風騷騷雨涔涔長洲苑外荒居深門外流水流澶漫河邊古木鳴蕭森蔓無禽影寂無人音端然拖愁坐萬感叢於心姑蘇碧瓦十萬戶中有樓臺與歌舞尋常倚月復眠花莫說斜風兼細雨應不知天地造化是何物亦不知榮辱是何（一作誰）主吾囷長滿是太平吾樂不極是天生豈憂天下有大憝四郊刁斗常錚錚官軍擾人甚於賊將臣怕死唯守城又豈復憂朝廷苦弛慢中官轉縱橫李膺勾（一作鉤）黨即罹患竇武忠謀又未行又豈憂文臣盡遭束高閣文敎從今日（一作今日徒）蕭索若更無人稍近前把筆到頭同一惡可嘆吳城城中人無人與我交一言蓬蒿滿徑塵一榻獨此閔閔（一作悶處）何其煩雖然小或可謀大嫠婦之憂史尚存況我長懷丈夫志今來流落滄溟涘有時驚事再咨嗟因風因雨更憔悴只有閑橫膝上琴怨傷怨恨聊相寄伯牙海上感滄溟何似（一作以）今朝風雨思

江行

來時風去時雨蕭蕭颼颼春江浦歘歘側側海門帆軋軋啞啞洞庭櫓

壁畫折竹雜言

枯纏藤重歘雪渭曲逢湘江別不是從來無本根畫工取勢敎摧折

古錦裾六韻（錦上有鸚鵡鶴陸處士有序）

濯水經何日隨風故有人綠衣猶偪畫丹頂尚迷眞暗澹雲沈古青蒼蘚剝新映襟知惹淚侵鬢想縈塵掣曳無由睹流傳久自珍武威應認得牽挽（一作穿脫）幾當春

賦得欲曉看妝面

朧朧欲曙色隱隱辨殘妝月始雲中出花猶霧裏藏眉邊全失翠額畔半留黃轉入金屏影隈侵角枕光有蟬隳鬢樣無燕著釵行十二峯前夢如何不斷腸

府試雨夜帝里聞猿聲

雨滴秦中夜猿聞峽外聲已吟何遜恨還賦屈平情暗逐哀鴻淚遙含禁漏清直疑遊萬里不覺在重城霎霎侵燈亂啾啾入夢驚明朝臨曉鏡別有鬢絲生

題畫柏

不得月中桂轉思陵上柏閑取畫圖看煩紆果（一作已）冰釋桂生在青冥萬古煙霧隔下蔭玄兔窟上映嫦娥魄圓缺且不常（一作當）高低圖（一作固）難測若非假羽翰折攀何由得天遠眼虛穿夜闌頭自白未知（一作如）陵上柏一定不移易有意兼松茂無情從麝食不在是非間與人爲憤激他年上縑素今日懸屋壁靈怪不可知風雨疑來逼明朝歸故園唯此同所適回首寄團枝無勞惠消息

平望蚊子二十六韻

天下有蚊子候夜噆人膚平望有蚊子白晝來相屠不避風與雨羣飛出菰蒲擾擾蔽天黑雷然隨舳艫利嘴入人肉微形紅且濡振蓬亦不懼至死貪膏腴舟人敢停棹陸者亦疾趨南北百餘里畏之如虎貙（一作驅）噫嘻天地間萬物各有殊陽者陽爲伍陰者陰爲徒蚊蚋是陰物夜從喧牆隅如何正曦赫吞噬當通衢人筋爲爾斷人力爲爾枯衣巾穢且甚盤餼腥有餘豈是陽德衰不能使消除豈是有主者此鄉宜毒荼吾聞蛇能蠹避之則無虞吾聞蠆有毒見之可疾驅唯是此蚊子逢人皆病諸江南夏景好水木多蕭疎此中震澤路風月彌清虛前後幾來往襟懷曾未舒朝旣蒙襲積夜仍跧蘧蒢雖然好吟嘯其奈難踟蹰人生有不便天意當何如誰能假羽翼直上言紅（一作告洪）鑪

桃花

滿樹和（一作如）嬌爛漫紅萬枝丹彩灼春融何當結作千年實將示人間造化工

木筆花

嫩如新竹管初齊粉膩紅輕樣可攜誰與詩人偎檻看好於戕墨併分題

淛東筵上有寄

襄王席上一神仙眼色相當語不傳見了又休眞似夢坐來雖近遠於天隴禽有意猶能說江月無心也解圓更被東風勸惆悵落花時節定（一作蝶）翩翩

富水驛東楹有人題詩（筆跡柔媚出自纖指）

繡纓霞翼兩鴛鴦金島銀川是故鄉只合雙飛便雙死豈悲相失與相忘煙花夜泊紅蕖膩蘭渚春遊碧草芳何事遽驚雲雨別秦山楚水兩乖張

上巳日

本學多情劉武威尋花傍水看春暉無端遇著傷心事贏得淒涼索漠歸

隋堤

搔首隋堤落日斜已無餘柳可藏鴉岸傍昔道牽龍艦河底今來走犢車曾笑陳家歌玉樹却隨後主看瓊花四方正是無虞日誰信黎陽有古家

全唐詩目（第十函）

第八冊

孫偓　陸扆　薛昭緯　陸翺

狄歸昌　裴廷裕　李沇　裴贄

盧汝弼（共一卷）

陸希聲　李昭象（共一卷）

王駕　王渙　戴司顏　吳仁璧

汪極　張曙　林嵩（共一卷）

杜荀鶴（三卷）

張道古　唐廩　王轂　孫郃

褚載　鄭準　陳乘（共一卷）

全唐詩

孫偓

孫偓字龍光武邑人乾寧中宰相封樂安公詩三首

寄杜先生詩

蜀國信難遇楚鄉心更愁我行同范蠡師舉效浮丘他日相逢處多應在十洲

贈南嶽僧全玭 末句缺一字

窠居過後更何人傳得如來法印眞昨日祝融峰下見草本便是雪山

荅門生王渙李德鄰趙光裔王拯長句 一作裴贄詩

謬持文柄得時賢粉署清華次第遷昔歲策名皆健筆今朝稱職並同年各懷器業寧推讓俱上青霄肯後先何事老夫猶賦詠欲將酬和永留傳

句

好是步虛明月夜瑞爐蜚下醮壇前 見玉堂閒話

陸扆

陸扆字祥文吳郡嘉興人家於陝昭宗朝拜相遷洛後貶濮州司戶死白馬驛集七卷今存詩一首

禁林聞曉鶯

曙色分層漢鶯聲繞上林報花開瑞錦催柳綻黃金斷續隨風遠間關送月沈語當溫樹近飛覺禁園深繡戶驚殘夢瑤池囀好音願將棲息意從此沃天心

句

今秋已約天台月 紀事

薛昭緯

薛昭緯河東人乾寧中為禮部侍郎天復中累貶磎州司馬詩二首

華州牓寄諸門生

時君過聽委平衡粉署華燈到曉明開卷固難窺浩汗執衡空欲慕公平機雲筆舌臨文健沈宋章篇發詠清自笑觀光輝 下闕

謝銀工

一楪氈根數十莖盤中猶更有紅鱗早知文字多辛苦悔不當初學冶銀

陸翱

陸翱義興人登第不受辟而卒宰相希聲之父詩二首

閑居即事

衰柳迷隋苑衡門啼暮鴉茅廚煙不動書牖日空斜悔下東山石貧於南阮家沈憂損神慮萱草自開花

趙氏北樓

慇懃趙公子良夜竟相留朗月生東海仙娥在北樓酒闌珠露滴歌迥石城秋本為愁人設愁人到曉愁

狄歸昌

狄歸昌官侍郎光化中歷尚書左丞詩一首

題馬嵬驛 一作羅隱詩

馬嵬煙柳正依依重見鑾輿幸蜀歸泉下阿蠻應有語這回休更怨楊妃

裴廷裕

裴廷裕字膺餘昭宗時翰林學士左散騎常侍後貶湖南卒詩二首

蜀中登第荅李搏六韻

何勞問我成都事亦報君知便納降蜀柳籠堤煙矗矗海棠當戶燕雙雙富春不並窮師子濯錦全勝旱曲江高捲絳紗楊氏宅 時王文寓楊子巷故有此句 半垂紅袖薛濤窗浣花泛鷁詩千首靜眾尋梅酒百缸若說弦歌與風景主人兼是碧油幢

偶題

微雨微風寒食節半開半合木蘭花看花倚杜終朝立卻似凄凄不在家

李沇

李沇字東濟江夏人宰相磎之子也與磎同為王行瑜所殺行瑜敗贈禮部員外郎詩六首

閑宵望月

卷箔舒紅茵當軒翫明月懿哉深夜中靜聽歌初發苔舍殿華濕竹影蟾光潔轉扇來清風援琴飛白雪行愁景候變坐恐流芳歇桂影有餘光蘭燈任將滅

醮詞

大交天關閉彩童呼僊吏一封紅篆書為奏塵寰事八極鼇柱傾四溟龍鬣沸長庚冷有芒文曲澹無氣烏輪不再中黃沙瘞腥鬼請帝命眞官臨雲啓金匱方與清華宮重正紫極位曠古雨露恩安得惜沾施生人血欲盡攙搶無飽意

巫山高

抉天心開地脈浮動淩霄拂藍碧襄王端眸望不極似睹瑤姬長歎息巫妝不治獨西望暗泣紅蕉抱雲帳君王妬妾夢荊宮虛把金泥印仙掌江濤迅激如相助十二獰龍怒行雨崑崙謾有通天路九峰正在天低處

夢仙謠

海宮慶浪收殘月芳壺掌事傳更歇銀蟾半墜恨流咽六鼇披月撼蓬闕九炁眞翁騎白犀臨池靜聽雌蛟啼桂花浥露曙香冷八窗玉朗鶯晨雞裁紗剪羅貼丹鳳膩霞遠閉瑤山夢露乾欲醉芙蕖塘迴首驅雲朝正陽

秋霖歌

西方龍兒口猶乳初解驅雲學行雨縱恣羣陰駕老虬勺水蹄涔盡奔注葉破苔黃未休滴膩光透長狂莎色恨無長劍一千仞劃斷頑雲看晴碧

方響歌

敲金扣石聲相淩遙空冷靜天正澄寶耕下井轆轤急

小娃弄索傷清氷穿絲透管音未歇迴風繞指驚泉咽
季倫怒擊珊瑚摧靈芸整鬢步揺折十六葉中侵素光
寒玲震月雜珮璫雲和不覺罷餘怨蓮峰一夜啼琴姜
急節寫商商恨促秦愁越調逡巡足夢入仙樓憂殘曲
飛霜稜稜上秋玉

裴贄

裴贄字敬臣及進士第擢累右補闕御史中丞刑部尚書昭宗時拜中書侍郎兼本官同中書門下平章事帝幸鳳翔爲大明宮留守罷俄進尚書左僕射以司空致仕爲朱全忠所害詩一首

荅王渙（一作孫偓詩）

謬持文柄得時賢粉署清華次第遷昔歲策名皆健筆
今朝稱職並同年各懷器業寧推讓俱上青霄肯後先
何事老夫猶賦詠欲將酬和永留傳

盧汝弼（才調集作盧弼）

盧汝弼登進士第以祠部員外郎知制誥從昭宗遷洛後依李克用克用表爲節度副使詩八首

薄命妾

君恩已斷盡成空追想嬌歡恨莫窮長爲蕣花光曉日
誰知團扇送秋風黄金買賦心徒切清路飛塵信莫通
閑凭玉欄思舊事幾回春暮泣殘紅

秋夕寓居精舍書事

葉滿苔堦杵滿城此中多恨恨難平疎簷看織蠨蛸網
暗隙愁聽蟋蟀聲醉卧欲抛羈客思夢歸偏動故鄉情
覺來獨步長廊下半夜西風吹月明

聞雁

秋風蕭瑟静埃氛邊雁迎風響咽羣瀚海應嫌霜下早
湘川偏愛草初薰蘆洲宿處依沙岸榆塞飛時度晚雲
何處最添羈客恨竹窗殘月酒醒聞

鸂鶒

雙浮雙浴傍苔磯蓼浦蘭臯繡帳幃長羨鷺鷥能潔白
不隨鸂鶒鬬毛衣霞侵绿渚香衾暖樓倚青雲殿瓦飛
應笑隨陽沙漠雁洞庭煙暖又思歸

和李秀才邊庭四時怨

春風昨夜到榆關故國煙花想已殘少婦不知歸不得
朝朝應上望夫山

盧龍塞外草初肥雁乳平蕪曉不飛鄉國近來音信斷
至今猶自著寒衣

八月霜飛柳半黄蓬根吹斷雁南翔隴頭流水關山月
泣上龍堆望故鄉

朔風吹雪透刀瘢飲馬長城窟更寒半夜火來知有敵
一時齊保賀蘭山

全唐詩

陸希聲

陸希聲吳人博學善屬文尤工書初隱義興後召爲右拾遺累遷歙州刺史昭宗聞其名徵拜給事中尋除户部侍郎同中書門下平章事在位無所輕重以太子少師罷卒贈尚書左僕射謚曰文有頤山詩一卷今存二十二首

山居（一作房）即事二首

君山蒼翠接青冥東走洮湖上洞庭茅屋向陽梳白髮
竹窗深夜誦丹經湧泉回浞魚龍氣怪石驚騰鳥獸形
爲問前時金馬客此焉還作少微星

不是幽棲矯性靈從來無意在羶腥滿川風物供高枕
四合雲山借畫屏五鹿歸來驚獄犴孤鴻飛去入冥冥
君陽遁叟何爲樂一炷清香兩卷經

陽羨雜詠十九首

苦竹逕

山前無數碧琅玕一逕清森五月寒世上何人憐苦節
應須細問子猷看

梅花塢

東籬疑香色豔新小山深塢伴幽人知君有意凌寒色
羞共千花一樣春

石兕臺

大河波浪激潼關青兕胡爲伏此山遥想楚王雲夢澤
蜺旌羽蓋定空還

講易臺

年逾知命志尤堅獨向青山更絶編天下有山山有水
養蒙肥遯正脩然

觀魚亭

惠施徒自學多方謾説觀魚理未長不得莊生濠上旨
江湖何以見相忘

绿雲亭

六月清凉绿樹陰小亭高卧滌煩襟羲皇向上何人到
永日時時弄素琴

清輝堂

野人心地本無機爲愛茅簷倚翠微盡日尊前誰是客
秋山含水有清輝

觀妙庵

妙理難觀旨甚深欲知無欲是無心茅庵不異人間世
河上真人自可尋

西陽亭

陽林殘日照孤亭玄宴先生酒未醒入夜莫愁迷下路
昔人猶在逐流螢

弄雲亭

自知無業致吾君只向春（一作空）山弄白雲已共此山私斷
當不須轉轍重移文

伏龜堂

盤崖蹙縮似靈龜鬼谷先生隱遁時不獨卷懷經世志
白雲流水是心期

桃花谷

君陽山下足春風滿谷仙桃照水紅何必武陵源上去
澗邊好過落花中

含桃圃

小圃初晴風露光含桃花發滿山香看花對酒心無事
倍（一作但）覺春來白日長

茗坡

二月山家穀雨天，半坡芳茗露華鮮。春醒酒病兼消渴，惜取新芽旋摘煎。

松嶺

嶺上青松手自栽，已能蒼翠映莓苔。歲寒本是君家事，好送清風月下來。

桃溪

芳草霏霏遍地齊，桃花脉脉自成谿。也知百舌多言語，任向春風盡意啼。

李徑

一徑穠芳萬蘂攢，風吹雨打未摧殘。憐君盡向高枝發，應爲行人要整冠。

鴻盤

落落飛鴻漸始盤，青雲起處剩須看。如今天路多矰繳，縱使銜蘆去也難。

偃月嶺

山嶺依稀偃月形，數層倚石疊空青。幾迴雪夜寒光積，直似金光照户庭。

寄謷光上人

筆下龍蛇似有神，天池雷雨變逡巡。寄言昔日不龜手，應念江頭洴澼人。

李昭象

李昭象，字化文，父方玄，爲池州刺史，因家焉。懿宗末年，以文干相國路巖，巖問其年，曰十有七矣。巖年尚少，尤器重之，薦於朝，將召試，會巖貶，遂還秋浦，移居九華，與張喬、顧雲輩爲方外友。詩八首。

喜杜荀鶴及第

深巖貧復病，榜到見君名。貧病渾如失，山川頓覺清。一春新酒興，四海舊詩聲。日使能吟者，西來步步輕。

赴舉出山留寄山居鄭參軍

還如費冠卿，向此振高名。肎羨魚鬚美，長誇鶴氅輕。理琴寒指倦，試藥黑髭生。時泰難雲卧，隨看急詔行。

題顧正字谿居

高敞吟軒近釣灣，塵中來似出人間。若教明月休生桂，應得危時共掩關。春酒夜棊難放客，短籬疎竹不遮山。莫誇恬淡勝榮禄，雁引行高未許閑。

寄獻山中顧公員外

抽却朝簪著釣蓑，近來聲迹轉巍峩。祥麟避網雖山野，丹鳳銜書即薜蘿。乍隱文章情更逸，久閑經濟術翻多。深慙未副吹噓力，竟困風埃爭奈何。

山中寄崔諫議

半生猨鳥共山居，吟月吟風兩鬢疎。新句未嘗忘教化，上才爭忍不吹噓。全家欲去干戈後，大國中興禮樂初。從此升騰休説命，秖希公道數封書。

學仙詞寄顧雲

記得初傳九轉方，碧雲峰下祝虚皇。丹砂未熟心徒切，白日難留鬢欲蒼。無路洞天尋穆滿，有時人世美劉郎。仙人恩重何由報，焚盡星壇午夜香。

寄尉遲侍御（一作郎）

我眼青嶂弄澄潭，君戴貂蟬白玉簪。應向謝公樓上望，九華山色在西南。

招西洞道者

危峰抹黛夾晴川，樹簇紅英草碧煙。樵客雲僧兩無事，此中堪去覓靈仙。

句

投文得仕而今少，佩印還家古所榮。（送周繇之建德。唐詩紀事）

全唐詩

王駕

王駕，字大用，河中人。大順元年登進士第，仕至禮部員外郎，自號守素先生。集六卷，今存詩六首。

夏雨

非惟消旱暑，且喜救生民。天地如蒸濕，園林似却春。洗風清枕簟，换夜失埃塵。又作豐年望，田夫笑向人。

古意

夫戍蕭關妾在吳，西風吹妾妾憂夫。一行書信千行淚，寒到君邊衣到無。

社日（一作張演詩）

鵝湖山下稻粱肥，豚柵雞棲（一作塒）半（一作對）掩扉。桑柘影斜春社散，家家扶得醉人歸。

雨晴（一作晴景）

雨前初見花間蘂，雨後兼無葉裏花。蛺蝶飛來過墻去，却疑春色在鄰家。

亂後曲江（一作羊士諤詩）

憶昔爭（一作曾）遊曲水濱，未春長有探春人。遊春人盡空池在，直至春深不似春。

過故友居

鄰笛寒吹日落初，舊居今已別人居。亂來兒姪皆分散，惆悵僧房認得書。

王渙

王渙，字羣吉，大順二年登第，官考功員外郎。詩十四首。

上裴侍郎

青衿七十牓三年，建禮含香次第遷。珠彩下連星錯落，桂花曾對月嬋娟。玉經磨琢多成器，劍拔沈埋更倚天。應念銜恩最深者，春來爲壽拜尊前。

悼亡

春來得病夏來加，深掩粧窗卧碧紗。爲怯暗藏秦女扇，怕驚愁度阿香車。腰肢暗想風欺柳，粉態難忘露洗花。今日青門葬君處，亂蟬衰草夕陽斜。

惆悵詩十二首

八蠶薄絮鴛鴦綺，半夜佳期並枕眠。鐘動紅娘喚歸去，對人匀淚拾金鈿。

李夫人病已經秋，漢武看來不舉頭。得所（一作修嫮）濃華銷歇盡，楚魂湘血一生休。

謝家池館花籠月，蕭寺房廊竹颭風。夜半酒醒憑檻立，所思多在别離中。

隋師戰艦欲亡陳，國破應難保此身。訣别徐郎淚如雨，鏡鸞分後屬何人。

七夕瓊筵隨（一作往）事陳，兼花連蔕（一作婆花蓮葉）共傷神。蜀王殿裏三更月，不見驪山私語人。

夜寒春病不勝懷，玉瘦花啼萬事乖。薄倖檀郎斷芳信

鶯嗟猶夢合歡鞋
嗚咽離聲管吹秋　妾身今日爲君休　齊奴不說平生事　忍看花枝謝玉樓
青絲一絡隨雲鬟　金翦刀鳴不忍看　持謝君王寄幽怨　可能從此住人間
陳宮興廢事難期　三閣空餘綠草基　狎客淪亡麗華死　他年江令獨來時
晨肇重來路已迷　碧桃花謝武陵溪　仙山目斷無尋處　流水潺湲日漸西
少卿降北子卿還　朔野離觴慘別顏　却到茂陵惟一慟　節毛零落鬢毛斑
夢裏分明入漢宮　覺來燈背錦屏空　紫臺月落關山曉　腸斷君恩信畫工

戴司顏

戴司顏，登大順進士第，官太常博士。詩二首。

江上雨

非不欲前去，此情非自由。星辰照何處，風雨送涼秋。寒鎖空江夢，聲隨黃葉愁。蕭蕭猶未已，早晚去蘋洲。

塞上

空蹟晝蒼茫，沙腥古戰場。逢春多霰雪，生計在牛羊。冷角吹鄉淚，乾榆落夢牀。從來山水客，誰謂到漁陽。

句

遠來朝鳳闕，歸去戀元侯。贈僧見紀事

吳仁璧

吳仁璧，字廷寶，吳人。或云關右人。大順二年登進士第。錢鏐據浙，累辟不就，鏐怒，沈之江。詩一卷，今存十一首。

投謝錢武肅

東門上相好知音，數盡臺前郭隗金。累重雖然容食椹，力微無計報焚林。弊貂不稱芙蓉幕，衰朽仍慚玳瑁簪。十里溪光一山月，可堪從此負歸心。

客路

人寰急景如波委，客路浮雲似蓋輕。回首故山天外碧，十年無計却歸耕。

南徐題友人郊居

門前樵徑連江寺，岸下漁磯繫海槎。待到秋深好時節，與君長醉隱侯家。

讀度人經寄鄭仁表

身雖一旦塵中老，名擬三清會裏題。二午九齋餘日在，請君相伴醉如泥。

秋日聽僧彈琴

金徽玉軫韻泠然，言下浮生指下泉。恰稱秋風西北起，一時吹入碧湘煙。

賈誼

扶持一疏滿遺編，漢陛前頭正少年。誰道恃才輕絳灌，却將惆悵弔湘川。

春雪

雪霽凝光入坐寒，天明猶自臥袁安。貂裘穿後鶴氅敝，自此風流不足看。

衰柳

金風漸利露珠團，廣陌長堤黛色殘。水殿狂遊隋煬帝，一千餘里可堪看。

鳳仙花

香紅嫩綠正開時，冷蝶飢蜂兩不知。此際最宜何處看，朝陽初上碧梧枝。

金錢花

淺絳濃香幾朶勻，日鎔金鑄萬家新。堪疑劉寵遺芳在，不許山陰父老貧。

錢塘鶴

人間路靄青天半，鼇岫雲生碧海涯。雖抱雕籠密扃鑰，可能長在叔倫家。

句

爲惜苔錢妨換砌，因憐山色旋開尊。閑居　高閣煙霞禪客睡，滿城塵土世人忙。遊法華寺　五龍金角向星斗，三洞玉音愁鬼神。贈道士　蒲草薄裁連蒂白，臙脂濃染半葩紅。題鶯粟花。以上並雜言雜載

汪極

汪極，字極甫，歙人。大順三年進士。詩一首。

奉試麥隴多秀色

南陌生岐穗，農家樂事多。塍畦交茂綠，苗實際清和。日布玲瓏影，風翻浩蕩波。來年知帝力，含哺有衢歌。

張曙

張曙，吏部侍郎聚之子。大順中登第，官右補闕。詩一首。

下第戲狀元崔昭緯

千里江山陪驥尾，五更風水失龍鱗。昨夜浣花溪上雨，綠楊芳草爲何人。

林嵩

林嵩，字雄飛，大順中登進士第，官侍御史。詩一卷，今存一首。

贈天台王處士

深隱天台不記秋，琴臺長別一何愁。茶煙巖外雲初起，新月潭心釣未收。映宇異花叢發好，穿松孤鶴一聲幽。赤城不掩高宗夢，寧久懸冠枕瀑流。

全唐詩

杜荀鶴

杜荀鶴，字彥之，池州人。有詩名，自號九華山人。大順二年第一人擢第，復還舊山。宣州田頵遣至汴通好，朱全忠厚遇之，表授翰林學士、主客員外郎、知制誥。恃勢侮易縉紳，衆怒，欲殺之而未及。天祐初卒。自序其文爲唐風集十卷，今編詩三卷。

春宮怨一作周朴詩

早被嬋娟誤，欲妝臨鏡慵。承恩不在貌，教妾若爲容。風暖鳥聲碎，日高花影重。年年越溪女，相憶採芙蓉。

訪道者不遇

寂寂白雲門尋真不遇真祗應松上鶴便是洞中人藥圃花香異沙泉鹿跡新題詩留姓字他日此相親

送人遊吳

君到姑蘇見人家盡枕河古宮閑地少水港小橋多夜市賣菱藕春船載綺羅遥知未眠月鄉思在漁歌

送陳昈歸麻川

麻川清見底似入武陵溪兩岸山相向三春鳥亂啼酒旗和柳動僧屋與雲齊即此吾鄉路懷君夢不迷

出山

病眼看一作見春牓文場公道開朋人登第盡白髮出山來處世曾無過一作過惟天合是媒長安不覺遠期遂一名廻

浙中逢詩友

到處有同人多爲賦與文詩中難得友湖畔喜逢君凍把一作抱城根雪風開嶽面雲苦吟吟不足爭忍話離羣

送友遊吳越

去越從吳過吳疆與越連有園多種橘一作菊無水不生蓮夜市橋邊火春風寺外船此中偏重客君去必經年

出常山界使回有寄

自小即南北未如今日離封疆初盡處人使却回時開口有所忌此心無以爲行行復垂淚不稱是男兒

經廢宅

人生當貴盛修德可延之不慮有今日爭教無破時藓斑題字壁花發帶巢枝何況萬原上荒墳與折碑

登天台寺

一到天台寺高低景旋生共僧巖上坐見客海邊行野色人耕破山根浪打鳴忙時向閑處不覺有閑情

途中春

馬上覽春色丈夫慙淚垂一生看却老一作老却五字未逢知酒力不能久愁根無可醫明年到今日公道與誰期

入關歷陽道中却寄舍弟

求名日苦辛日望日榮親落葉山中路秋霖馬上人晨昏知汝道詩酒衛吾身自笑抛麋鹿長安擬醉春

贈歐陽明府

賢宰宰斯邑政聞閭里間都緣民訟少長覺吏徒閑帆落樽前浦鐘鳴枕上山回舟却一作亦惆悵數宿釣魚灣

贈臨上人

不計禪兼律終須入悟門解空非有自所得是無言眼豁浮生夢心澄大道源今來習師者多鑱教中猿

題戰島僧居在江之心

師愛無塵地江心島上居接船求化慣登陸赴齋疎載土春栽樹一作竹抛生日餧魚入雲蕭帝寺畢竟欲何如

別衡州牧

朝別使君門暮投江上村從來無舊分臨去望何恩行計自不定此心誰與論秋猿叫寒月祇欲斷人魂

送人遊江南

滿酌勸君酒勸君君莫辭能禁幾度別即到白頭時晚岫無雲蔽春帆有燕隨男兒兩行淚不欲等閑垂

遊茅山

步步入山門仙家鳥徑分漁樵不到處麋鹿自成羣石面迸出一作流水松頭穿破一作亂雲道人星月下相次禮茅君

讀友人詩卷

冰齒味瑶軸祇應神鬼知坐當羣靜後吟到月沈時雪峽猿聲健風極鶴立危篇篇一字字誰復更言詩

寄從叔

三族不當路長年猶布衣苦吟天與性直道世將非鴈夜愁癡坐漁鄉老憶歸爲儒皆可立自是拙時機

寄李溥

如我如君者不妨身晚成但從時輩笑自得古人情共莫更初志俱期立後名男兒且如此何用歎平生

郊居即事投李給事

無祿奉晨昏閑居幾度春江湖苦吟士天地最窮人書劒同三友蓬蒿外四鄰相知不相薦何以自謀身

寄詩友

別來春又春相憶喜相親與我爲同志如君能幾人何時吟得力漸老事關身惟有前溪水年年濯客塵

題田翁家一作家翁

田翁真快活婚嫁不離村州縣供輸罷追隨鼓笛喧盤飧同老少家計共田園自説身無事應官有子孫

長安冬日

近臘饒風雪閑房凍坐時書生教到此天意轉難知吟苦猿三叫形枯柏一枝還應公道在未忍與山期

齋後登唐興寺水閣

一兩三秋色蕭條古寺間無端登水閣有處似家山白日生新事何時一作人得暫閑將知老僧意未必戀松關

山中寄友人

深山多隙地無力及耕桑不是營生拙都緣覓句忙破窗風一作嵐翳燭穿屋月侵牀吾友應相笑辛勤道未光

自述

四海欲行遍不知終遇誰用心常合道出語或傷時擬作閑人老慙無一作爲識者嗤如今已無計祇得苦于詩

題江山寺

江上山頭寺景留吟客船遍遊銷一日重到是何年沙鳥多翹足巖僧半露肩爲詩多語澀喜此得終篇

秋日旅舍臥病呈所知

秋色上庭枝愁懷切向誰青雲無勢日華髮有狂時枕上聞風雨江南繫別離如何吟到此此道不聞一作達知

秋宿山館

山館坐待曉夜長吟役神斜風吹敗葉寒燭照愁人蘊蓄天然性澆訛世惡真男兒出門志不獨爲謀身

贈老僧

衆僧尊夏臘靈嶽遍曾登度水手中杖行山溪畔藤心空黙是印眉白雪爲稜自得巡方道棲禪老未能

別舍弟

欲住住不得出門天氣秋惟知偷拭淚不忍更回頭此日祇一作唯愁老況身方遠遊孤寒將五字何以動諸侯

雪中別詩友

酒寒無小戶請滿酌一作滿酌行杯若待雪消去自然春到來出城人跡少向暮鳥聲哀未遇應關命侯門處處開

題嶽麓寺

一簇楚江山，江山勝此難。覓人來畫取，到處得吟看。鶴隱松聲盡，魚沈檻影寒。自知心未了，閑話亦多端。

懷廬嶽書齋

長憶在廬嶽，免低塵土顔。煮茶窗底水，採藥屋頭山。是境皆遊遍，誰人不羨閑。無何一名繫，引出白雲間。

題唐興寺小松

雖小天然別，難將衆木同。侵僧半窗月，向（一作與）客滿（一作襟）風。枝拂行苔鶴，聲分叫砌蟲。如今未堪看，須是雪霜中。

與友人話別

客路行多少，千（一作于）人無易顔。未成終老計，難致此身閑。月兔走入海，日烏飛出山。流（一作留）年留（一作住）不得，半在別離間。

贈廬嶽隱者

自見來如此，未嘗離洞門。結茅遮雨雪，採藥給晨昏。古樹藤纏殺，春泉鹿過渾。悠悠無一事，不似屬乾坤。

懷紫閣隱者

紫閣白雲端，雲中有地仙。未歸蓬島上，猶隱國門前。洞口人無跡，花陰鹿自眠。焚香賦詩罷，星月冷遥天。

題會上人院

鼓角城中寺，師居日得閑。必能行大道，何用在深山。破衲新添線，空門夜不關。心知與眼見，終取到無間。

送黄補闕南遷

得罪非天意，分明謫去身。一心貪諫主，開口不防人。自古有遷客，何朝無直臣。喧然公論在，難滯楚南春。

送賓貢登第後歸海東

歸捷中華第（一作地），登船鬢未絲。直應天上桂，別有海東枝。國界波窮處，鄉心日出時。西風送君去，莫慮到家遲。

近試投所知

白髮隨梳落，吟懷說向誰。敢辭成事晚，自是出山遲。擬動如浮海，凡言似課詩。終（一作修）身事知己，此外復何爲。

送友人牧江州

本國兵戈後，難官在此時。遠分天子命，深要使君知。但遂生靈願，當應雨露隨。江山勝他郡，閑賦庾樓詩。

辭座主侍郎

一飯尚懷感，况攀高桂枝。此恩無報處，故國遠歸時。只恐兵戈隔，再趨門館遲。茅堂拜親後，特地淚雙垂。

別從叔

立馬不忍上，醉醒天氣寒。都緣在門易，直似別家難。世路既如此，客心須自寬。江村（一作歸期）亦饑凍（一作羈束），爭及問長安。

送人南遊

凡遊南國者，未有不蹉跎。到海路難（一作雖）盡，挂帆人更多。潮沙分象跡，花洞響蠻歌。縱有投文處，於君能幾何。

經賈島墓

謫宦自麻衣，銜冤至死時。山根三尺墓，人口數聯詩。仙桂終無分，皇天似有私。暗松風雨夜，空使老猿悲。

秋夜（一作江）晚泊

一望一蒼然，蕭騷起暮天。遠山横落日，歸鳥度平川。家是去秋別，月當今夕圓。漁翁似相伴，徹曉葦叢邊。

送舍弟

我受羈棲慣，客情方細知。好看前路事，不比在家時。勉汝言須記，聞人善即師。旅中無廢業，時作一篇詩。

將歸山逢友人

儒爲君子儒，儒道不妨孤。白髮多生矣，青山可住乎。徉狂寧是事，巧達又非夫。祇此平生願，他人肯信無。

經九華費徵君墓

凡弔先生者，多傷荆棘間。不知三尺墓，高却九華山。天地有何外，子孫無亦閑。當時若徵起，未必得身還。

溪居叟

溪翁居靜處（一作處靜），溪鳥入門飛。早起釣魚去，夜深乘月歸。見君無事老，覺我有求非。不說風霜苦，三冬一草衣。

與友人對酒吟

憑君滿酌酒，聽我醉中吟。客路如天遠，侯門似海深。新墳侵古道，白髮戀黄金。共有人間事，須懷濟物心。

送僧

道了亦未了，言閑今且閑。從來無住處，此去向何山。片石樹陰下，斜陽潭影間。請師留偈別，恐不到人寰。

送九華道士遊茅山

忽起地仙（一作他山）興，飄然出舊山。於身無切事，在世有餘閑。日月浮生外，乾坤大醉間。故園華表上，誰得見君還。

寄舍弟

世亂信難通，鄉心日萬重。弟兄皆嚮善，天地合相容。大野陰雲重，連城殺氣濃。家山白雲裏，卧得最高峰。

下第投所知

若以名場内，誰無一軸詩。縱饒生白髮，豈敢怨明時。知己雖然切，春官未必私。寧教讀書眼，不有看花期。

寄顧雲

省得前年別，蘋洲旅館中。亂離身不定，彼此信難通。侯國兵雖斂，吾鄉業已空。秋來憶君夢，夜夜逐征鴻。

贈宣城麋明府

天下爲官者，無君一軸詩。數聯同我得，當代遇誰知。年齒吟將老，生涯説可悲。何當抛手板，鄰隱過危時。

望遠

門前通大道，望遠上高臺。落日人行盡（一作遊），窮邊信不來。還聞戰得勝，未見敕招回。却入機中坐，新愁織不開。

冬末投長沙裴侍郎

欲露塵中事，其如不易言。家山一離別，草樹匝春暄。吹夢風天角，啼愁雪嶽猿。佇思心覺滿，何以遠門軒。

贈秋浦金明府長

倚郭難爲宰，非君即有私。惟憑野老口，不立政聲碑。苦甚求名日，貧於未選時。溪山竟如此，利得且吟詩。

和高秘書早春對雪登樓見寄之什

天有惜花意，恐花開染塵。先教微雪下，始放滿城春。且醉登樓客，重期出郭人。因酬郢中律（一作作），霜鬢數莖新。

亂後山中作

自從天下亂，日晚別庭闈。兄弟團圞樂，羈孤遠近歸。文章甘世薄，耕種喜山（一作田）肥。直待中興後，方應出隱扉。

旅寓書事

日日驚身事，悽悽欲斷魂。時清不自立，髮白傍誰門。中路殘秋雨，空山一夜猿。公卿得見面，懷抱細難言。

舟行晚泊江上寺

久勞風水(一作雨)上禪客喜相依挂衲雖無分修心未覺非日沈山虎出鐘動寺禽歸月上潮平後談空漸入微

長林山中聞賊退寄孟明府

一縣今如此殘民數不多也知賢宰切爭奈亂兵何皆自干戈達咸思雨露和應憐住山者頭白未登科

泗上客思

痛飲復高歌愁終不奈何家山隨日遠身事逐年多没鴈雲橫楚兼蟬柳夾河此心閑未得到處被詩磨

寄同人

盡與貧爲患唯余即不然四方無靜處百口度荒年白髮生閑事新詩出數聯時情竟如此不免却歸田

下第出關投鄭拾遺

丹霄桂有枝未折未爲遲況是孤寒士兼行苦澀詩杏園人醉日關路獨歸時更卜深知意將來擬薦誰

塞上

草白河冰合蕃戎出掠頻戍樓三號火(一作三急號)探馬一條塵戰士風霜老將軍雨露新封侯不由此何以慰征人

別敬侍郎

交道有寒暑在人無古今與君中夜話盡我一生心所向未得志豈惟空解吟何當重相見舊隱白雲深

送青陽李明府

善政無慚色吟歸似等閑惟將六幅絹寫得九華山求理頭空白離京(一作終官)債未還仍聞猿(一作琴)與鶴都在一船間

將遊湘湖有作

一家相別意不得不潸然遠作南方客初登上水船嶽鐘思冷夢湘月少殘篇便有歸來計風波亦隔年

送姚庭珪

脫衣將換酒對酌話何之雨後秋蕭索天涯晚別離人生無此恨鬢色不成絲未得重相見看君馬上詩

投李大夫

自小僻於詩篇篇恨不奇苦吟無暇日華髮有多時進取門難見升沈命未知秋風夜來急還恐到京遲

貽里中同志

鄉里爲儒者唯君見我心詩書常共讀雨雪亦相尋貧賤志氣在子孫交契深古人猶晚達況未鬢霜侵

江上送韋彖先輩

不易爲離抱江天即見鴻暮帆何處落涼月與誰同木葉新霜後漁燈夜浪中時難慎行止吾道利于窮

維揚逢詩友張喬

天下方多事逢君得話詩直應吾道在未覺國風衰生計吟消日人情醉過時雅篇三百首留作後來師

秋晨有感

木葉落時節旅人初夢驚鐘才枕上盡事已眼前生吟髮不長黑世交無久情且將公道約未忍便歸耕

秋日山中寄李處士

吾輩道何窮寒山細雨中兒童書懶讀果栗樹將空言論關時務篇章見國風昇平猶可用應不廢爲公(一作翁)

晚泊金陵水亭

江亭當廢國秋景倍蕭騷夕照殘荒壘寒潮漲古濠就田看鶴劣(一作大)隔水見僧高無限前朝事醒吟易覺勞

錢塘別羅隱

故國看看遠前程計在誰五更聽角後一葉渡江時吾道天寧喪人情日可疑西陵向西望雙淚爲君垂

山中貽同志

君貧我亦貧爲善喜爲鄰到老如今日無心媿古人閑門非傲世守道是謀身別有同山者其如未可親

秋日懷九華舊居

吾道在五字吾身寧陸沈涼生中夜雨(一作月)病起故山心燭共寒酸影蛩添苦楚吟何當遂歸去一徑入松林

江岸秋思

驅馬傍江行鄉愁步步生舉鞭揮柳色隨手失蟬聲秋稼緣長道寒雲約古城家貧遇豐歲無地可歸耕

哭劉德仁

賈島還如此生前不見春豈能詩苦者便是命羈人家事因吟失(一作盡)時情礙國親多應銜恨骨千古不爲塵

經青山弔李翰林

何爲(一作謂)先生死先生道日新青山明月夜千古一詩人天地空銷骨聲名不傍身誰移耒陽冢來此作吟鄰

下第東歸別友人

不得同君(一作居)住當春別帝鄉年華落第老岐路出關長芳草緣流水殘花向夕陽懷親暫歸去非是釣滄浪

秋宿詩僧雲英房(一作院)因贈

賈島憐無可都緣數句詩君雖是後輩我謂過當時溪浪和星動松陰帶鶴移同吟到明坐此道淡誰知

送人宰吳縣

海漲兵荒後爲官合動情字人無異術至論不如清草履隨船賣綾梭隔水鳴唯持古人意千里贈君行

讀友人詩

君詩通大雅吟覺古風生外却浮華景中含教化(一作至教)情名應高日月道可潤公卿莫以孤寒恥孤寒達更榮

登山寺

山半一山寺野人秋日登就中偏愛石獨上最高層有果猿攀(一作搖)樹無齋鴿看僧儒門自多事來此復何能

辭九江李郎中入關

帝里無相識何門跡可親願開言重口薦與分深人卷許新詩出家憐舊業貧今從九江去應免更迷津

江南逢李先輩

李杜復李杜彼時逢此時干戈侵帝里流落向天涯歲月消於酒平生斷在詩懷才不得志祇恐滿頭絲

秋日寄吟友

閑坐細思量唯吟不可忘食無三畝地衣絕一株桑蟬樹生寒色漁潭落曉光青雲舊知己未許釣滄浪

江上與從弟話別

相逢盡說歸早晚遂歸期流水多通處孤舟少住時干人不得已非我欲爲之及此終無媿其如道在茲

送友人遊南海

南海南邊路君遊祇爲貧山川多少地郡邑幾何人花鳥名皆別寒暄氣不均相期早晚見莫待瘴侵身

贈聶尊師

詩道將（一作皆）仙分求之不可求非關從小學應是數生修蟾桂雲梯折鼇山鶴駕遊他年雨成事堪喜是鄰州

旅感

白髮根叢出鑷頻愁不開自憐空老去誰信苦吟來客路東西澗家山早晚回翻思釣魚處一雨一層苔

寄益陽武灌明府

縣稱詩人理無嫌日寂寥溪山入城郭戶口半漁樵月滿彈琴夜花香漉酒朝相思不相見煙水路迢迢

湘中秋日呈所知

四海無寸土一生惟苦吟虛垂異鄉淚不滴別人心雨色（一作木）凋湘樹灘聲下塞禽求歸歸未得不是擲光陰

苦吟

世間何事好最好莫過詩一句我自得四方人已知生應無輟日死是不吟時始擬歸山去林泉道在茲

閩中別所知

觸目生歸思那堪路七千臘中離此地馬上見明年郡邑溪山巧寒暄日月偏自疑雙鬢雪不似到南天

塞上傷戰士

戰士說辛勤書生不忍聞三邊遠天子一命信將軍野火燒人骨陰風捲陣雲其如禁城裏何以重要勳

春日訪獨孤處士

地僻春來靜深宜長者居好花都待（一作大）晚修竹不妨疎鴈入湘江食人侵曉色鋤似君無學處頭白道如初

哭友人

病向名場得終為善誤身無兒承後嗣有女托何人葬禮難求備交情好者貧惟餘舊文集一覽一沾巾

新栽竹

劚破蒼（一作莓）苔色（一作地）因栽十數莖窗風從此冷詩思當時清酒入杯中影棊添局上聲不同桃與李瀟灑伴書生

送吳蛻下第入蜀

下第言之蜀那愁舉別杯難兄方在幕上相復憐才鳥徑盤春靄龍湫發夜雷臨邛無久戀高桂待君回

亂後歸山（一作山居）

亂世歸山谷征鼙喜不聞詩書猶滿架弟姪未為軍山犬眠紅葉樵童唱白雲此心非此志終擬致明君

題著禪師

大道本無幻常情自有魔人皆迷著此師獨悟如何為岳開窗闊因蟲長草多說空空說得空得到維摩（一本作空磨）

春日閑居即事

未得青雲志春同秋日情花開如葉落鶯語似蟬鳴道合和貧守詩堪與命爭飢寒是吾事斷定不歸耕

秋宿棲賢寺懷友人

一宿三秋寺閑忙與曉分細泉山半落孤客夜深聞鶴去巢盛月龍潛穴擁雲苦吟方見景多恨不同君

亂後再逢汪處士

如君真道者亂（一作高）世有閑情每別不知處見來長後生藥非因病服酒不為愁傾笑我於身苦吟髭白數莖

山中喜與故交宿話

遠地能相訪何慚事力微山中深夜坐海內故交稀村酒沽來濁溪魚釣得肥貧家只如此未可便言歸

觀棊

對面不相見用心同（一作如）用兵算人常欲殺顧己自貪生得勢侵吞遠乘危打劫贏有時逢敵手當局到深更

送人宰德清

亂世人多事耕桑或失時不聞寬賦斂因此轉流離天意未如是君心無自欺能依四十字可立德清碑

寄竇處士

漳水醉中別今來猶未醒半生因酒廢大國幾時寧海畔將軍柳天邊處士星遊人不可見春入亂山青

題歷山舜祠（山有廟呼為帝二子多變妖異為時所敬）

昔舜曾耕地遺風日寂寥世人那肯祭大聖不興妖殿宇秋霖壞杉松野火燒時訛競淫祀絲竹醉山魈

贈李蒙叟

在我成何事逢君更勸吟縱饒不得力猶勝別勞心凡事有興廢詩名無古今百年能幾日忍不惜光陰

維揚冬末寄幕中二從事（缺第三句）

聞道長溪尉相留一館閑　尚隔幾重山為旅春風外懷人夜雨間年來疎覽鏡怕見減朱顏

和吳太守罷郡山村偶題二首

罷郡饒山興村家不惜過官情隨日薄詩思入秋多野獸眠低草池禽浴動荷眼前餘政在不似有干戈

快活田翁輩常言化育時縱饒稽歲月猶說向孫兒茅屋梁和節茶盤果帶枝相傳終不忘何必立生祠

亂後送友人（一作送人遇亂）歸湘中

家枕三湘岸門前即（一作有）釣磯漁竿壯歲別鶴髮亂時歸岳暖無猿叫江春有燕飛平生書劍在莫便學忘機

送紫陽僧歸廬岳舊寺

紫衣明主贈歸寺感先師受業恩難報開堂影不知松風欹枕夜山雪下（一作上）樓時此際無人會微吟復斂眉

和劉評事送海禪和歸山

衲（一作內）外元無象言尋那路尋問禪將底說傳印得何心未了羣山淺難（一作能）休一室深伏魔寧是獸巢頂亦非禽觀色風驅霧聽聲雪灑林凡歸是歸處不必指高岑（一作況當幽隱處未必有高岑）

御溝柳

律到御溝（一作九重）春溝邊柳色新細籠穿禁水輕拂入朝人日近韶光早天低聖澤勻谷鶯棲未穩宮女畫難真楚國空搖浪隋堤暗惹塵如何帝城裏先得覆龍津

全唐詩

杜荀鶴

冬末同友人泛瀟湘

殘臘泛舟何處好，最多吟興是瀟湘。就船買得魚偏美，踏雪沽來酒倍香。猿到夜深啼嶽麓，鴈知春近別衡陽。與君剩採江山景，裁取新詩入帝鄉。

贈李鐔（鐔自維揚遇亂東入山中）

君行君文天合知，見君如（一作于）此我興（一作傷）悲。秖殘三口兵戈後，纔到孤村雨雪時。著臥衣裳難辦洗，旋求糧食莫供炊。地鑪不暖柴枝濕，猶把蒙求授小兒。

旅中臥病

秋來誰料病相縈，枕上心猶算去程。風射破窗燈易滅，月穿疎屋夢難成。故園何啻三千里，新鴈纔聞一兩聲。我自與人無舊分，非干人與我無情。

旅泊遇郡中叛亂示同志

握手相看（一作悲）誰敢言，軍家刀劒在腰邊。遍搜寶貨無藏處，亂殺平人不怕天。古寺拆為修寨木，荒墳開作甃城塼。郡侯逐出渾閑事，正是鑾輿幸蜀年。

贈秋浦張明府

君為秋浦三年宰，萬慮關心兩鬢知。人事旋生當路縣，吏才難展用兵時。農夫背上題軍號，賈客船頭插戰旗。他日親知問官況，但教吟取杜家詩。

雪

風攪長空寒骨生，光（一作先）於曉色報窗明。江湖不見飛禽影，巖谷時聞折竹聲。巢穴幾多相似處（一作滿壑木深無復滿），路岐兼得一般平。擁袍公子休（一作莫）言冷，中有樵夫跣足行。

題廬嶽劉處士草堂

仙境閑尋採藥翁，草堂留話一宵同。若看山下雲深處，直是人間路不通。泉領藕花來洞口，月將松影過溪東。求名心在閑難遂，明日馬蹄塵土中。

山中寄詩友

山深長恨少同人，覽景無時不憶君。庭果自從霜後熟，野猿頻向屋邊聞。琴臨秋水彈明月，酒就東（一作寒）山酌白雲。仙桂算攀攀合得，平生心力盡於文。

秋宿臨江驛

南來北去二三年，年去年來兩鬢斑。舉世盡從愁裏老，誰人肯向死前閑。漁舟火影寒歸浦，驛路鈴聲夜過山。身事未成歸未得，聽猿鞭馬入長關（一作安）。

題瓦棺寺真上人院矮檜

天生仙檜是長材，栽檜希逢此最低。一自舊山來砌畔，幾番凡木與雲齊。迥無斜影教僧踏，免有閑枝引鶴棲。今日偶題題似着，不知題後更誰題。

江下（一作上）初秋寓泊

濛濛煙雨蔽江村，江館愁人好斷魂。自別家來生白髮，為侵星起謁朱門。也知柳欲開春眼，爭奈萍無入土根。兄弟無書鴈歸北，一聲聲覺苦於猿。

投從叔補闕

吾宗不謁謁詩宗，常仰門風繼國風。空有篇章傳海內，更無親族在朝中。其來雖媿源流淺，所得須憐雅頌同。三十年吟到今日，不妨私薦亦成公。

贈張員外兒

張公一子才三歲，聞客吟聲便出來。喚物舌頭猶未穩，誦詩心孔迥然開。天生便是成家慶，年長終為間世才。月裏桂枝知（一作知）有分，不勞諸丈作梯媒。

重陽日有作

一為重陽上古臺，亂時誰見菊花開。偷攀（一作揉）白髮真堪笑，牢鎖黃金實（一作更）可哀。是箇少年皆老去，爭知荒塚不榮來。大家拍手高聲唱，日未沈山且莫迴。

入關寄九華友人

坐牀難穩露蟬新，便作東西馬上身。醲酒却輸耽睡客，好山翻對不吟人。無多志氣禁離別，強半年光屬苦辛。篋裏篇章頭上雪，未知誰戀杏園春。

送李鐔遊新安

邯鄲李鐔才崢嶸，酒狂詩逸難干名。氣直不與兒（一作時）輩洽，醉來擬共天公爭。孤店夜燒枯葉坐，亂時秋踏早霜行。一間茅屋住不穩，剛出為人平不平。

冬末自長沙遊桂嶺留獻所知

家隔重湖歸未期，更堪南去別深知。前程笑到山多處，上馬愁逢歲盡時。四海內無容足地，一生中有苦心詩。朱門秖見朱門事，獨把孤寒問阿誰。

送福昌周繇少府歸寧兼謀隱

少見古人無遠慮，如君真得古人情。登科作尉官雖小，避世安親祿已榮。一路水雲生隱思，幾山猿鳥認吟聲。知君未作終焉計，要著文章待太平。

賀顧雲侍御府主與子弟奏官（敕下時年七歲）

青桂朱袍不賀兄，賀兄榮是見兒榮。孝經始向堂前徹，官誥當從幕下迎。戲把藍袍包果子，嬌將竹笏惱先生。自慙亂世無知己，弟姪鞭牛傍壠耕。

舟行即事

年少髭鬚雪欲侵，別家三日幾般心。朝隨賈客憂風色，夜逐漁翁宿葦林。秋水鷺飛紅蓼晚，暮山猿叫白雲深。重陽酒熟茱萸紫，却向江頭倚棹吟。

亂後山居

從亂（一作亂後）移家擬傍山，今來方辦買山錢。九州有路休為客，百歲無愁即是仙。野叟並田鋤暮雨，溪禽同石立寒煙。他人似我還應少，如此安貧亦荷天。

山居寄同志

茅齋深僻絕輪蹄，門徑緣莎細接溪。垂釣石臺依竹壘

待賓茶竈就巖泥風生谷口猿相叫月照松頭鶴竝棲
不是無端過時日擬從窗下躡雲梯

將入關安陸遇兵寇

家貧無計早離家離得家來蹇滯多已是數程行雨雪
更堪中路阻兵戈幾州戶口看成血一旦天心却許和
四面煙塵少無處不知吾土自如何

夏日登友人書齋林亭

暑天長似秋天冷帶郭林亭畫不如蟬噪檻前遮日竹
鷺窺池面弄萍魚抛山野客橫琴醉種藥家僮踏雪鋤
衆惜君才堪上第莫因居此與名疎

寄臨海姚中丞

夏辭旌旆已秋深永夕思量淚滿襟風月易斑搜句鬢
星霜難改感恩心尋花洞裏連春醉望海樓中徹曉吟
雖有夢魂知處所去來多被角聲侵

秋日閑居寄先達

到頭身事欲何爲窗下工夫鬢上知乍可百年無稱意
難教一日不吟詩風驅早雁衝湖色雨挫殘蟬點柳枝
自古書生也如此獨堪惆悵是明時

題覺禪和

少見修行得似師茅堂佛像亦隨時禪衣衲後雲藏線
夏臘高來雪印眉耕地誡侵連塚土伐薪教護帶巢枝
有時問着經中事却道山僧總不知

感秋（一作秋感）

年年名路謾辛勤襟袖空多馬上塵畫戟門前難作客
釣魚船上易安身冷煙粘柳蟬聲老寒渚澄星雁叫新
自是儂家無住處不關天地窄於人

題德玄上人院

剗得心來忙處閑閑中方寸闊於天浮生自是無空性
長壽何曾有百年罷定磬敲松罅月解眠茶煮石根泉
我雖未似師披衲此理同師悟了然

春日山居寄友人

野吟何處最相宜春景暄和好入詩高下麥苗新雨後
淺深山色晚晴時半巖雲腳風牽斷平野花枝鳥踏垂
倒載干戈是何日近來麋鹿欲相隨

懷廬嶽舊隱

一別三年長在夢夢中時躡石稜層泉聲入夜方堪聽
山色逢秋始好登巖鹿慣隨鋤藥叟溪鷗不怕洗苔僧
人間有許多般事求要身閑直未能

投長沙裴侍郎

此身雖賤道長存非謁朱門謁孔門秖望至公將卷讀
不求朝士致書論垂綸雨結漁鄉思吹木風傳雁夜魂
男子受恩須有地平生不受等閑恩

和友人見題山居

避時多喜葺居成七字君題萬象清開戶曉雲連地白
訪人秋月滿山明庭前樹瘦霜來影洞口泉噴雨後聲
有景供吟且如此算來何必躁於名

獻長沙王侍郎

文星漸見射台星皆仰爲霖沃衆情天澤逼來逢聖主
辭林盛去得書生雲粧嶽色供吟景月浩湘流遞政聲
美化事多難諷誦未如耕釣口分明

春日登樓遇雨

忽地晴天作雨天全無暑氣似秋間看看水沒來時路
漸漸雲藏望處山風趁鷺鷥雙出葦浪催漁父盡歸灣
一心準擬閑登眺却被詩情使不閑

春日行次錢塘却寄台州姚中丞

豈爲無心求上第難安帝里爲家貧江南江北閑爲客
潮去潮來老却人兩岸雨收鶯語柳一樓風滿角吹春
花前不獨垂鄉淚曾是（一作作）朱門寄食身

投江上崔尚書

此生何路出塵埃猶把中才謁上才閉戶十年專筆硯
仰天無處認梯媒馬前霜葉催歸去枕上邊鴻喚覺來
若許登門換髻鬣必應辛苦事風雷

書事投所知

古陌寒風來去吹馬蹄塵旋上麻衣雖然干祿無休意
爭奈趨時不見機詩思趁雲從嶽涌鄉心隨雁遶湖飛
肯將骨肉輕離別未遇人知未得歸

秋日湖外書事

十五年來筆硯功秖今猶在苦貧中三秋客路湖光外
萬里鄉關楚邑（一作色）東鳥逕杖藜山翳雨猿林攲枕樹搖
風朱門處處若相似此命到頭通不通

題宗上人舊院

此院重來事事乖半攲茅屋草侵堦冢生鴉憶啼松枿
接果猿思嘯石崖壁上塵粘蒲葉扇牀前苔爛筍皮鞋
分明記得談空日不向秋風更愴懷

亂後出山逢高員外

自從亂後別京關一入煙蘿十五年重出故山生白髮
却裝新卷謁清賢窗迴旅夢城頭角柳結鄉愁雨後蟬
名姓暗投心暗祝永期收拾向門前

贈友人罷舉赴交趾辟命

罷却名場擬入秦南行無罪似流人縱經商嶺非馳驛
須過長沙弔逐臣舶載海奴鐶硾（一作鍾）耳象馳蠻女綵纏
身如何待取丹霄桂別赴嘉招作上賓

山中寡婦（一作時世行）

夫因兵死守蓬茅麻苧衣衫鬢髮焦桑柘廢來猶納稅
田園荒後（一作盡）尚徵苗時挑野菜和根煮旋斫生柴帶葉
燒任是深山更深處也應無計避征徭

訪蔡融因題

杖藜時復過荒郊來到君家不忍抛每見苦心修好事
未嘗開口怨平交一溪寒色漁收網半樹斜陽鳥傍巢
必若天工主人事肯交吾子委衡茅

閑居書事

竹門茅屋帶村居數畝生涯自有餘鬢白秖應秋鍊句
眼昏多爲夜抄書雁驚風浦漁燈動猿叫霜林橡實疎
待得功成即西去時清不問命何如

友人贈舍弟依韻戲和

吾家此弟有何知多媿君開道業基不覺裹頭成大漢
昨來竹馬作童兒還緣世遇兵戈鬧秖恐身修禮樂遲
及見和詩詩自好碣（徒和切，碾輪石也）公（一作門）不到（一作倒）更何時

亂後逢村叟（一作時世行）

經亂衰翁居破村村中何事不傷魂（一作八十老翁住破村村中牢落不堪論）因供寨木無桑柘爲著（一作點）鄉兵絶子孫還似平寧徵賦稅未嘗州縣略安存至於（一作今）雞犬皆星散日落前山獨（一作哭）倚門

贈元上人

多少僧中僧行高偈成流落遍僧抄經窗月靜灘聲到石逕人稀蘚色交垂露竹粘蟬落殼窣雲松載鶴棲巢煮茶童子閑勝我猶得依時把磬敲

下第東歸道中作

一迴落第一寧親多是途中過却春心火不銷雙鬢雪眼泉難濯滿衣塵苦吟風月唯添病遍識公卿未免貧馬壯金多有官者榮歸却笑讀書人

夏日留題張山人林亭

此中偏稱夏中遊時有風來暑氣收澗底松摇千尺雨庭中竹撼一窗秋求猿句寄山深寺乞鶴書傳海畔洲閑與先生話身事浮名薄宦總悠悠

傷病馬

此馬堪憐力壯時細勻行步恐塵知騎來未省將鞭觸病後長教覓藥醫顧主強擡和淚眼就人輕刷帶瘡皮祇今筋骨渾全在春暖莎青放未遲

館舍秋夕

寒雨蕭蕭燈焰青燈前孤客難爲情兵戈鬧日别鄉國鴻鴈過時思弟兄冷極睡無離枕夢苦多吟有徹雲聲出門便作還家計直至如今計未成

送僧赴黄山沐湯泉兼參禪宗長老

聞有湯泉獨去尋一缾一鉢一無金不愁亂世兵相害却喜寒山路入深野老禱神鴉噪廟獵人衝雪鹿驚林患身是幻逢禪主水洗皮膚語洗心

哭山友

十載同棲廬嶽雲寒燒枯葉夜論文在生未識公卿面至死不離麋鹿羣從見蓬蒿叢壞屋長憂雨雪透荒墳把君詩句高聲讀想得天高也合聞

獻池州牧

池陽今日似漁陽大變凶年作小康江路靜來通客貨郡城安後絶戎裝分開野色收新麥驚斷鶯聲摘嫩桑縱有逋民歸未得遠聞仁政旋還鄉

送韋書記歸京（座主侍郎同衆）

韋杜相逢眼自明事連恩地倍牽情聞歸帝里愁攀送知到師門話姓名朝客半修前輩禮古人多重晚年榮從來有淚非無淚未似今朝淚滿纓

獻鄭給事

化行邦域二年春樵唱漁歌日日新未降詔書酬善政不知天澤答何人秋登嶽寺雲隨步夜宴江樓月滿身他日朱門恐難掃沙堤新築必無塵

贈休禪和

爲僧難得不爲僧僧戒僧儀未是能弟子自知心了了吾師應爲醉騰騰多生覺悟非關衲一點分明不在燈祇道詩人無佛性長將二雅入三乘

送李先輩從知（一作軍）塞上

去草軍書出帝鄉便從城外學戎裝好隨漢將收胡土莫遣胡兵近漢疆灑磧雪粘旗力重凍河風揭角聲長此行也是男兒事莫向征人恃桂香

和友人送弟

君說無家祇弟兄此中言别若爲情干戈鬧日分頭去山水寒時信路行月下斷猿空有影雪中孤鴈却無聲我今骨肉雖飢凍幸喜團圓過亂兵

酬張員外見寄

分應天與吟詩老如此兵戈不廢詩生在世間人不識死於泉下鬼應知啼花蜀鳥春同苦叫雪巴猿晝共飢今日逢君惜分手一枝何校一年遲

獻新安于尚書

九土雄師竟若何未如良牧與天和月留清俸資家少歲計陰功及物多四野綠雲籠稼穡千山明月靜干戈行人耳滿新安事盡是無愁父老歌

亂後書事寄（一作呈）同志

九土如今盡用兵短戈長戟困書生思量在世頭堪白畫度歸山計未成皇澤正需新將士侯門不是舊公卿到頭詩卷須藏却各向漁樵混姓名

中山臨上人院觀牡丹寄諸從事（一作弟）

閑來吟遶牡丹叢花豔人生事略同半雨半風三月内多愁多病百年中開當韶景何妨（一作多）好落向僧家即是空一境别（一作别竟）無唯此有忍教醒坐對支公

投宣諭張侍郎亂後遇毘陵

此生今日似前生重著麻衣特地行經亂後囊新卷軸出山來見舊公卿雨籠莓壁吟燈影風觸蟬枝噪浪聲聞道中興重人（一作文）物不妨西去馬蹄輕

下第投所知

落第愁生曉鼓初地寒才薄欲何如不辭更寫公卿卷却是難修骨肉書御苑早鶯啼暖樹釣鄉春水浸貧居擬離門館東歸去又恐重來事轉疎

哭方干

何言寸祿不沾身身没詩名萬古存況有數篇關教化得無餘慶及兒孫漁樵共壘墳三尺猿鶴同棲月一村天下未寧吾道喪更誰將酒酹吟魂

秋日泊浦江

一帆程歇九秋時漠漠蘆花拂浪飛寒浦更無船竝宿暮山時見鳥雙歸照雲烽火驚離抱剪葉風霜逼暑衣江月漸明汀露濕靜驅吟魄入玄微

白髮吟

一莖兩莖初似絲不妨驚度少年時幾人亂世得及此今我滿頭何足悲九轉靈丹那勝酒五音清樂未如詩家山蒼翠萬餘尺藜杖楮冠輸老兒

下第寄池州鄭員外

省出（一作得）蓬蒿修謁初蒙知曾不見生疎侯門數處將書薦帝里經年借宅居未必有詩堪諷誦祇憐無援過吹噓如（一作而）今足得成持取（一作處）莫使江湖却釣魚

塞上

旌旗鬣鬣（一作獵獵）漢將軍閑出巡邊（一作遊）帝命新沙塞旋收饒帳幙犬戎時殺少煙塵冰河夜渡偷來馬雪嶺朝飛獵

去人獨作書生疑不穩軟弓輕劍也隨身

贈題兜率寺閑上人院

人間寺應諸天號真行僧禪此寺中百歲有涯頭上雪萬般無染耳邊風挂帆波浪驚心白上馬塵埃翳眼紅畢竟浮生謾勞役算來何事不成(一作歸)空

別四明鍾尚書

九華天際碧嵯峨無奈春來入夢何難與英雄論教化却思猿鳥共煙蘿風前柳態閑時少雨後花容淡處多都大人生有離別且將詩句代離歌

題護國大師塔

莫認雙林是佛林禪棲無地亦無金塔前盡禮灰來相衲下誰宗印了心笠象肯(一作擻)明雙不見線源分派寸難尋吾師覺路余知處大藏經門一夜吟

春日山中對雪有作

竹樹無聲或有聲霏霏漠漠散還凝嶺梅謝後重粧蘂巖水鋪來却結冰牢繫鹿兒防獵客滿添茶鼎候吟僧好將膏雨同功力松徑莓苔又一層

山中對雪有作

一渾乾坤萬象收唯應不壅大江流虎狼遇獵難藏跡松柏因風易舉頭玉帳英雄攜妓賞山村烏雀共民愁豈堪久蔽蒼蒼色須放三光照九州

戲題王處士書齋

先生高興似樵漁水鳥山猿一處居石徑可行苔色厚釣竿時斫竹叢(一作林)踈欺春祇愛和醅酒諱老猶看夾注書莫道無金空有壽有金無壽欲何如

早發

東窗未明塵夢蘇呼童結束登征途落葉鋪霜馬蹄滑寒猿嘯(一作哭)月人心孤時逆(一作送)帽簷風刮頂旋呵鞭手凍粘鬚青雲快活一未見爭得安閑釣五湖

題仇處士郊居(處士棄官卜居)

江南景簇此(一作好)林亭手板藍裾自可輕洞裏客來無俗話郭中人到有公(一作山)情閑敲(一作挑)巖果呼猿接時釣溪魚引鶴爭笑我有詩三百首馬蹄紅(一作終)日急於名

依韻次(一作酬)同年張曙先輩見寄之什

天上詩名天下傳引來齊列(一作到)玉皇前大仙錄後頭無雪至藥成來竈絕煙笑躡紫雲金作闕夢拋塵世鐵爲船九華山叟驚凡骨同到蓬萊豈偶然

亂後逢李昭象敘別

李生李生何所之家山窣雲胡不歸兵戈到處弄性命禮樂向人生是非却與野猿同橡㨫還將溪鳥共漁磯也知不是男兒事爭奈時情賤布衣

晚春寄同年張曙先輩

莫將時態破天真祇合高歌醉過春易落好花三箇月難留浮世百年身無金潤屋渾閑事有酒扶頭是了人恩地未酬閑未得一迴醒話一沾巾

長安春感

出京無計住京難深入東風(一作門)轉索然滿眼有花寒食下一家無信楚江邊此時晴景愁於雨是處鶯聲苦却(一作極)(一作似)蟬公道算來終達去(一作了)更從今日望明(一作來)年

登靈山水閣貽釣者

江上見僧誰是了修齋補衲日勞身未勝漁父閑垂釣獨背斜陽不采人縱有風波猶得睡總無蓑笠始爲貧瓦瓶盛酒瓷甌酌荻浦蘆灣是要津

贈溧水(一作淮水)崔少府

庭户蕭條燕雀喧日高窗下枕書眠祇聞留客教沽酒未省逢人說料錢洞口禮星披鶴氅溪頭吟月上漁船九華山叟心相許不計官卑(一作資)贈一篇

讀張僕射詩(曾應舉不及第投筆領郡)

秋吟一軸見心胷萬象搜羅詠欲空才大却嫌天上桂世危翻立陣前功廉頗解武文無說謝朓能文武不通雙美總輸張太守二南章句六鈞弓

題所居村舍

家隨兵盡屋空存稅額寧容減一分衣食旋營猶可過賦輸長急不堪聞蠶無夏織桑充寨田廢春耕犢勞軍如此數州誰會得殺民將盡更邀勳

獻錢塘縣羅著作判官

還鄉夫子遇賢侯撫字情知不自由莫把一名專懊惱放教雙眼絕冤讐猩袍懶著辭公宴鶴氅閑披訪道流猶有九華知己在羨君高臥早回頭

遣懷

驅馳岐路共營營祇爲人間利與名紅杏園中終擬醉白雲山下懶歸耕題橋每念相如志佩印當期季子榮謾道彊親堪倚賴到頭須是有前程

長安道中有作

回頭不忍看羸僮一路行人我最窮馬跡蹇於槐影裏釣船拋在月明中帽簷曉滴淋蟬露衫袖時飄卷鴈風子細尋思底模樣騰騰又過玉關東

題開元寺門閣

一登高閣眺清秋滿目風光盡勝遊何處畫橈尋綠水幾家鳴笛咽紅樓雲山已老應長在歲月如波祇暗流唯有禪居離塵俗了無榮辱挂心頭

出關投孫侍御

東歸還著舊麻衣爭免花前有淚垂每歲春光九十日一生年少幾多時青雲寸祿心耕早明月仙枝分種遲不爲感恩酬未得五湖閑作釣魚師

送項山人歸天台

因話天台歸思生布囊藤杖笑離城不教日月拘身事自與煙蘿結野情龍鎮古潭雲色黑露淋秋檜鶴聲清此中是處堪終隱何要世人知姓名

題衡陽隱士山居

閑居不問世如何雲起山門日已斜放鶴去尋三島客任人來看四時花松醪臘醞安神酒布水宵煎覓句茶畢竟金多也頭白算來爭得似君家

題江寺禪和

江寺禪僧似悟禪壞衣芒履住茅軒懶求施主修眞像翻說經文是妄言出浦釣船驚宿鴈伐巖樵斧迸寒猿行人莫問師宗旨眼不浮華耳不喧

題弟姪書堂

何事居窮道不窮亂時還與靜時同家山雖在干戈地

弟姪常修禮樂風窗竹影搖書案上野泉聲入硯池中
少年辛苦終身事莫向光陰惰寸功

和友人寄長林孟明府

爲政爲人漸見心長才聊屈宰長林莫嫌月入無多俸
須喜秋來不廢吟寒雨旋疎叢菊豔晚風時動小松陰
訟庭閑寂公書少留客看山索酒斟

戲贈漁家

見君生計羡君閑求食求衣有底難養一箔蠶供釣線
種千莖竹作漁竿葫蘆杓酌春濃酒舴艋舟流夜漲灘
却笑儒家最辛苦聽蟬鞭馬入長安

登城有作

上得孤城向晚春眼前何事不傷神遍看原上纍纍塚
曾是城中汲汲人盡謂黃金堪潤屋誰思荒骨旋成塵
一名一宦平生事不放愁侵易過身

秋日山中寄池州李常侍

近來參謁陡生疎因向雲山僻處居出爲羈孤營糲食
歸同弟姪讀生書風凋古木秋陰薄月滿寒山夜景虛
但得中興知己在算應身未老樵漁

辭楊侍郎

春在門闌秋未離不因人薦只因詩半年賓館成前事
一日侯門失舊知霜島樹凋猿叫夜湖田穀(一作稻)熟鴈來
時西風萬里東歸去更把愁心說向誰

題汪氏茅亭

茅亭客到多稱奇茅亭之上難題詩出塵景物不可狀
小手篇章徒爾爲牛畔稻苗新雨後鶴邊松韻晚風時
君今酷愛人間事爭得安閑老在茲

喜從弟雪中遠至有作

深山大雪懶開門門逕行蹤自爾新無酒禦寒雖寡況
有書供讀且資身便均情愛同諸弟莫更生疎似外人
晝短夜長須強學學成貧亦勝他貧

送僧歸國清寺

吟送越僧歸海涯僧行渾不覺程賒路沿山脚潮痕出
睡倚松根日色斜撼錫度岡猿抱樹挈瓶盛浪鷺翹沙
到參禪後知無事看引秋泉灌藕花

題汪明府山居

不似當官秖似閑野情終日不離山方知薄宦難拘束
多與高人作往還牛笛漫吹煙雨裏稻苗平入水雲間
羨君公退歸欹枕免向他門厚客顔

下第東歸將及故園有作

平生操立有天知何事謀身與志違上國獻詩還不遇
故園經亂又空歸山城欲暮人煙斂江月初寒釣艇歸(一作稀)
且把風寒作閑事懶能和淚拜庭闈

宿東林寺題願公院

古寺沈沈僧未眠揩頤將客說閑緣一溪月色非塵世
滿洞松聲似雨天簷底水涵抄律燭窗間風引煮茶煙
無由住得吟相伴心繫青雲十五年

山居自遣

茅屋周回松竹陰山翁時挈酒相尋無人開口不言利
只(一作獨)我白頭空愛吟月在釣潭秋睡重雲橫樵逕野情
深此中一日過一日有底閑愁得到心

贈友人罷舉赴辟命

連天一水浸吳東十幅帆飛二月風好景採抛詩句裏
別愁驅入酒杯中漁依岸柳眠圓影鳥傍邑花戲暖紅
不是桂枝終不得自緣年少好從戎

亂後旅中遇友人

念子爲儒道未亨依依心向十年兄莫依亂世輕依託
須學前賢隱姓名大國未知何日靜舊山猶可入雲耕
不如自此同歸去帆挂秋風一信程

贈休糧僧

自言因病學休糧本意非求不死方徒有至人傳道術
更無齋客到禪房雨中林鳥歸巢晚霜後邑猨拾橡忙
爭似吾師無一事穩披雲衲坐藤牀

維揚春日再遇孫侍御

本(一作不)爲榮家不爲身讀書誰料轉家貧三年行却千山
路兩地思歸一主人絡岸柳絲懸細雨繡田花朶弄殘
春多情御史應嗟見未上(一作到)青雲白髮新

亂後宿南陵廢寺寄沈明府

秖共寒燈坐到明寒鴻銜雪一聲聲亂時爲客無人識
廢寺吟詩有鬼驚且把酒杯添志氣已將身(一作心)事託公
卿男兒仗劍酬恩在未肯徒然過一生

投鄭先輩

匣中長劍未酬恩不遇男兒不合論悶向酒杯吞日月
閑將詩句問乾坤寧辭馬足勞關路肯爲漁竿憶水村
兩鬢欲斑三百首更教裝寫傍誰門

途中有作

無論南北與西東名利牽人處處同枕上事仍多馬上
山中心更甚關中川原晚結陰沈氣草樹秋生索漠風
百歲此身如且(一作此)健大家閑作臥雲翁

和舍弟題書堂

兄弟將知大自強亂時同葺讀書堂邑泉遇雨多還閙
溪竹唯風少即涼藉草醉吟花片落傍山閑步藥苗香
團圓便是家肥事何必盈倉與滿箱

送蜀客遊維揚

見說西川景物繁維揚景物勝西川青春花柳樹臨水
白日綺羅人上船夾岸畫樓難惜醉數橋明月不教眠
送君懶問君回日才子風流正少年

旅寓

暗算鄉程隔數州欲歸無計淚空流已違骨肉來時約
更束琴書何處遊畫角引風吹斷夢垂楊和雨結成愁
去年今日還如此似與青春有舊讎

途中春

年光身事旋成空畢竟何門遇至公人世鶴歸雙鬢上
客程蛇遠亂山中牧童向日眠春草漁父隈巖避晚風
一醉未醒花又落故鄉回首楚關東

維揚冬末寄幕中二從事

江上數株桑棗樹自從離亂更荒涼那堪旅館經殘臘
秖把空書寄故鄉典盡客衣三尺雪鍊精詩句一頭霜
故人多在芙蓉幕應笑孜孜道未光

辭鄭員外入關

男兒三十尚蹉跎，未遂青雲一桂科。在客易爲銷歲月，到家難住似經過。帆飛楚國風濤闊，馬度藍關雨雪多。長把行藏信天道，不知天道竟如何。

書齋卽事

時清祇合力爲儒，不可家貧與善疎。賣却屋邊三畝地，添成窗下一牀書。沿溪摘果霜晴後，出竹吟詩月上初。鄉里老農多見笑，不知稽古勝耕鉏。

雋陽道中

客路客路何悠悠，蟬聲向背槐花愁。爭知百歲不百歲，未合白頭今白頭。四五朶山妝雨色，兩三行鴈帖雲秋。輸他江上垂綸者，祇在船中老便休。

入關因別舍弟

吾今別汝汝聽言，去住人情足可安。百口度荒均食易，數年經亂保家難。莫愁寒族無人薦，但願春官把卷看。天道不欺心意是（一作足），帝鄉吾土一般般。

贈彭蠡釣者

偏坐漁舟出葦林，葦花零落向秋深。祇將波上鷗爲侶，不把人間事繫心。傍岸歌來風欲起，卷絲眠去月初沈。若教我似君閑放，贏得湖山到老吟。

送友人入關

此去青雲莫更疑，出人才行足人知。況當朝野搜賢日，正是孤寒取士時。仙島煙霞通鶴信，早春雷雨與龍期。我今不得同君去，兩鬢霜欺桂一枝。

送友人宰潯陽

高興那言去路長，非君不解愛潯陽。有時猨鳥來公署，到處煙霞是道鄉。釣艇滿江魚賤菜，紙寄連嶽楮多桑。陶潛舊隱依稀在，好繼高蹤結草堂。

秋日臥病（一作秋日旅中）

浮世（一作官）浮名能幾何，致身流落向天涯。少年心壯輕爲客，一日病來思在家。山頂老猨啼古木，渡頭新鴈下平沙。不堪吟罷西風起，黃葉滿庭寒日斜。（後四句一作經雨凍蟬隨葉墮，過湖秋鴈趁風斜。前程雖有投人處，爭奈鄉關日漸賒。）

叙吟

多慙到處有詩名，轉覺吟詩僻性成。度水却嫌船著岸，過山翻恨馬貪程。如讐雪月年年景，似夢笙歌處處聲。未合白頭今已白，自知非爲別愁生。

行次滎陽却寄諸弟

難把歸書說遠情，奉親多闕拙爲兄。早知寸祿榮家晚，悔不深山共汝耕。枕上算程關月落，帽前搜景嶽雲生。如今已作長安計，祇得辛勤取一名。

登石壁禪師水閣有作

石壁早聞僧說好，今來偏與我相宜。有山有水堪吟處，無雨無風見景時。漁父晚船分浦釣，牧童寒笛倚牛吹。畫人畫得從他畫，六幅應輸八句詩。

贈祖肩和尚

山衣草屐染莓苔，雙眼猶慵向俗開。若比吾師居世上，何如野客臥嵒隈。才聞錫杖離三楚，又說隨緣向五臺。乘醉吟詩問禪理，爲誰須去爲誰來。

閑居卽事

形覺清贏道覺肥，竹門前徑靜相宜。一壺村酒無求處，數朶庭花見落時。章句偶爲前輩許，話言多被俗人疑。一枝仙桂如攀得，祇此山前是老期。

自叙

酒甕琴書伴病身，熟諳時事樂於貧。寧爲宇宙閑吟客，怕作乾坤竊祿人。詩旨未能忘救物，世情奈值不容眞。平生肺腑無言處，白髮吾唐一逸人。

空閑二公遞以禪律相鄙因而解之

一教誰云闢二途，律禪禪律智歸愚。念珠在手隳禪衲，禪衲披肩壞念珠。象外空分空外象，無中有作有中無。有無無有師窮取，山到平來海亦枯。

寄溫州朱尚書并呈軍倅崔太博（朱名褎）

永嘉名郡昔推名，連屬荀家弟與兄。教化靜師龔渤海，篇章高體謝宣城。山從海岸妝吟景，水自城根演政聲。今日老輸崔博士，不妨疎逸伴雙旌。

恩門致書遠及山居因獻之

時難轉覺保身難，難向師門欲繼顏。若把白衣輕易脫，却成青桂偶然攀。身居劍戟爭雄地，道在乾坤未喪間。必許酬恩酬未晚（一作得），且須容到九華山。

寄溫州崔博士

懷君勞我寫詩情，窣窣陰風有鬼聽。縣宰不仁工部餓，酒家無識翰林醒。眼昏經史天何在，心盡英雄國未寧。好向賢侯話吟侶，莫教辜負少微星。

李昭象云與二三同人見訪有寄

得君書後病顏開，云拉同人訪我來。在路不妨衝雨雪，到山還免踏塵埃。吟沈水閣何宵月，坐破松巖幾處苔。貧舍款賓無別物，止於空戰大尊罍。

自江西歸九華

他鄉終日憶吾鄉，及到吾鄉值亂荒。雲外好山看不見，馬頭歧路去何忙。無衣織女桑猶小，闕食農夫麥未黃。許大乾坤吟未了，揮鞭回首出陵陽。

和友人見題山居水閣八韻

池閣初成眼豁開，眼前霽景屬微才。試攀簷果猨先見，纔把漁竿鶴卽來。修竹已多猶可種，豔花雖少不勞栽。南昌一榻延徐孺，楚國千鍾逼老萊。未稱執鞭奔紫陌，惟宜策杖步蒼苔。籠禽豈是摩霄翼，潤木元非潤下材。鑒巳每將天作鏡，陶情常以海爲杯。和君詩句吟聲大，蟲豸聞之謂蟄雷。

全唐詩

杜荀鶴

感寓

大海波濤淺，小人方寸深。海枯終見底，人死不知心。

春閨怨

朝喜花豔春，暮悲花委塵。不悲花落早，悲妾似花身。

馬上行

五里復五里，去時無住時。日將家漸遠，猶恨馬行遲。

釣叟

茅屋深灣裏，釣船橫竹門。經營衣食外，猶得弄兒孫。

再經胡城縣

去歲曾經此縣城縣民無口不冤聲今來縣宰加朱紱
便是生靈血染成

讀諸家詩

辭賦文章能者稀難中難者莫過詩直應吟骨無生死
祇我前身是阿誰

春來燕

我屋汝嫌低不住雕梁畫閣也知寬大須穩擇安巢處
莫道巢成却不安

清溪來明府出二子請詩因遺一絕

珠明玉潤盡驚人不稱寒門不稱貧若向吾唐作雙瑞
便同祥鳳與祥麟

哭陳陶

耒陽山下傷工部採石江邊弔翰林兩地荒墳各三尺
却成開解哭君心

哭貝韜

交朋來哭我來歌喜傍山家葬荔蘿四海十年人殺盡
似君埋少不埋多

蠶婦

粉色全無飢色加豈知人世有榮華年年道我蠶辛苦
底事渾身着苧麻

山寺（一作中）老僧

草靸無塵心地閑靜隨猨鳥過寒暄眼昏齒落看經遍
却向僧中總不言

閩中秋思

雨匀紫菊叢叢色風弄紅蕉葉葉聲北畔是山南畔海
祇堪圖畫不堪行

八駿圖

丹雘傳真未得真那知筋骨與精神祇今恃駿憑毛色
綠耳驊騮賺殺人

贈僧

利門名路兩何憑百歲風前短焰燈祇恐爲僧僧（一作心）不
了爲僧得（一作心）了總（一作畫）輸僧

秋夕

世間多少能詩客誰是無愁得睡人自我夜來霜月下
到頭吟魄始終身

溪興

山雨溪風卷釣絲瓦甌蓬底獨斟時醉來睡着無人喚
流下前溪（一作灘）也不知

過巢湖

世人貪利復貪榮來向湖邊始至誠男子登舟與登陸
把心何不一般行

傷硤石縣病叟

無子無孫一病翁將何筋力事耕農官家不管蓬蒿地
須勒（一作索）王租出此中

贈老僧

童子爲僧今白首暗鋤心地種閑情時將舊衲添新線
披坐披行過一生

釣叟

田不曾耕地不鋤誰人閑散得如渠渠將底物爲香餌
一度擡竿一箇魚

溪岸秋思

桑柘窮頭三四家挂罾垂釣是生涯秋風忽起溪灘（一作浪）
白零落岸邊蘆荻花

春日旅寓

滿城羅綺拖春色幾處笙歌揭畫樓江上有家歸未得
眼前花是眼前愁

田翁

白髮星星筋力衰種田猶自伴孫兒官苗若不平平納
任是豐年也受飢

秋江雨夜逢詩友

故友別來三四載新詩吟得百餘篇夜來江上秋無月
恨不相逢在雪天

感春

無況青雲（一作春）有恨身眼前花似夢中春浮生七十今三
十已是人間半世人

題花木障

不假東風次第吹筆匀春色一枝枝由來畫看勝栽看
免見朝開暮落時

顧雲侍御出二子請詩因遺一絕

二雛毛骨秀仍奇小小能吟大大詩想得月中仙桂樹
各從生日長新枝

秋夕病中

壞屋不眠風雨夜故園無信水雲秋病中枕上誰相問
一一蟬聲槐樹頭

宿樂城驛却寄常山張書記

一更更盡到三更吟破離心句不成數樹秋風滿庭月
憶君時復下堦行

湘江秋夕

三湘月色三湘水浸骨寒光似練鋪一夜塞鴻來不住
故鄉書信半年無

旅懷

蒹葭月冷時聞鴈楊柳風和日聽鶯水涉山行二年客
就中偏怕雨船聲

贈崔道士

四海兵戈無靜處人家廢業望烽煙九華道士渾如夢
猶向尊前笑揭天

題道林寺

身未立間終日苦身當立後幾年榮萬般不及僧無事
共水將山過一生

贈質上人

枿坐雲遊出世塵兼無缾鉢可隨身逢人不說人間事
便是人間無事人

涇溪

涇溪石險人兢慎終歲不聞傾覆人却是平流無石處
時時聞說有沉淪

夏日題悟空上人院

三伏閉門披一衲兼無松竹蔭房廊安禪不必須山水
滅得心中火自凉

經嚴陵釣臺

蒼翠雲峰開俗眼，泓澄煙水浸塵心。唯將道業爲芳餌，釣得高名直至今。

闕試後筵上別同人

日午離筵到夕陽，明朝秦地與吳鄉。同年多是長安客，不信行人欲斷腸。

鸕鷀

一般毛羽（一作色）結羣飛，雨岸煙汀好景時。深水（一作水底）有魚銜得出，看來却是鷺鷥飢。

宿村舍

野人於我有何情，半掩柴門向月明。深夜欲眠眠未著，一叢寒木一猿聲。

題新鴈（一作羅鄴詩）

暮天新鴈起汀洲，紅蓼花疎（一作開）水國秋。想得故園今夜月，幾人相憶在江樓。

離家

丈夫三十身（一作今）如此，疲馬離鄉懶著鞭。槐柳路長愁殺我，一枝蟬到一枝蟬。

旅舍（一作館）遇雨

月華星彩坐來收，嶽色江聲暗結愁。半夜燈前十年事，一時和（一作隨）雨到心頭。

送人歸淝上

巢湖春漲喻溪深，纔過東關見故林。莫道南來總無利，水亭山寺二年吟。

自遣

糲食麤衣隨分過，堆金積帛欲如何。百年身後一丘（一作坏）土，貧富高低爭幾多。

聞子規

楚天空闊月成（一作沈）輪，蜀魄聲聲似告人。啼得血流無用處，不如緘口過殘春。

秋夜苦吟

吟盡三更未著題，竹風松雨共淒淒。此時若有人來聽，始覺巴猿不解啼。

秋夜聞砧

荒涼客舍眠秋色，砧杵家家弄月明。不及巴山聽猿夜，三聲中有不愁聲。

將過湖南經馬當山廟因書三絕

人說馬當波浪險，我經波浪似通衢。大凡君子行藏是，自有龍神衛過湖。

貪殘官吏虔誠謁，毒害商人瀝膽過。祇怕馬當山下水，不知平地有風波。

九江連海一般深，未必船經廟下沈。頭上蒼蒼沒瞞處，不如平取一生心。

梁王坐上賦無雲雨（荀鶴初謁朱全忠，雨作而天無雲，全忠曰：此謂天泣，知何祥？請作無雲雨詩。荀鶴乃賦云云，全忠悅）

同是乾坤事不同，雨絲飛灑日輪中。若教陰朗長（一作都）相似，爭表梁王造化功。

小松

自小刺頭深草裏，而今漸覺出蓬蒿。時人不識凌雲木，直待凌雲始道高。

醉書僧壁

九華山色眞堪愛，留得高僧爾許年。聽我吟詩供我酒，不曾穿得判齋錢。

寄李隱居

自小棲玄到老閑，如雲如鶴住應難。溪山不必將錢買，贏得來來去去看。

句

舊衣灰絮絮，新酒竹篘篘。（唐詩紀事）只知斷送豪家酒，不解安排旅客情。（聞笛吟。竊雜錄）

全唐詩

張道古

張道古，一名睍，字子美，臨淄人。景福中擢進士第，官右拾遺，以直諫謫施州司戶。後入蜀，王建召爲武司郎中，尋復貶死。詩二首。

上蜀王

封章才達冕旒前，黜詔俄離玉座端。二亂豈由明主用，五危終被佞臣彈。西巡鳳府非爲固，東播鑾輿卒未安。諫疏至今如可在，誰能更與讀來看。

詠雨

亢陽今已久，嘉雨自雲傾。一點不斜去，極多時下成。

唐廩

唐廩，萍鄉人，乾寧元年登進士第，官秘書正字。詩一首。

楊岐山

逗竹穿花越幾村，還從舊路入雲門。翠微不閉樓臺出，清吹頻回水石喧。天外鶴歸松自老，巖間僧逝塔空存。重來白首良堪喜，朝露浮生不足言。

王轂

王轂，字虛中，宜春人，乾寧五年進士第，官終尚書郎。集三卷，存詩十八首。

吹笙引

媧皇遺音寄玉笙，雙成傳得何淒清。丹穴嬌雛七十（一作十七）隻，一時飛上秋天鳴。水泉迸瀉急相續，一束宮商裂寒玉。旖旎香風繞指生，千聲妙盡神仙曲。曲終滿席悄無語，巫山冷碧愁雲雨。

鴻門謠

寰海沸兮爭戰苦，風雲愁兮會龍虎。四百年漢欲開基，項莊一劍何虛舞。殊不知人心去暴秦，天意歸明主。項王足底踏漢土，席上相看渾未悟。

玉樹曲

陳宮內宴明朝日，玉樹新妝逞嬌逸。三閣霞明天上開，靈鼉振擂神仙出。天花數朵風吹綻，對舞輕盈瑞香散。金管紅（一作銀）弦旖旎隨，霓旌玉佩參差轉。璧月夜滿樓風

輕蓮舌泠泠詞調新當行狎客盡持（一作居）祿直諫犯顏無
一人歌舞未終樂未闋晉王劍上粘腥血君臣猶在醉
鄉中一面已無陳日月聖唐御宇三百祀濮上桑間宜
禁止請停此曲歸正聲願將雅樂調元氣

苦熱行

祝融南來鞭火龍火旗焰焰燒天紅日輪當午凝不去
萬國如在洪爐中五嶽翠乾雲彩滅陽侯海底愁波竭
何當一夕金風發為我掃却天下熱

暑日題道邊樹

火輪迸焰燒長空浮埃撲面愁朦朧羸童走馬喘不進
忽逢碧樹含清風清風留我移時住滿地濃陰嬾前去
却歎人無及物功不似團團道邊樹

紅薔薇歌

紅霞爛潑猩猩血阿母瑤池曬仙纈晚日春風奪眼明
蜀機錦彩渾疑黦公子亭臺香觸人百花懡儸無精神
苧羅西子見應妬風光占斷年年新

剌桐花

南國清和煙雨辰剌桐夾道花開新林梢簇簇紅霞爛
暑天別覺生精神穠英鬬火欺朱槿棲鶴驚飛翅憂燼
直疑青帝去怱怱收拾春風渾不盡

贈蒼溪王明府有文在手曰長生

執手長生在人皆號地仙水雲真遂性龜鶴足（一作定）齊年
但以酒養氣何言命在天況無婚嫁累應拍尚平肩

逢道者神和子

珍重神和子聞名五十年童顏終不改綠髮尚依然酒
裹消閑日人間作散仙長生如可慕相逐隱林泉

送友人歸閩

東南歸思切把酒且留連再會知何處相看共黯然猨
啼黎嶺路月白建溪船莫戀家鄉住酬身在少年

春草碧色

習習東風扇萋萋草色新淺深千里碧高下一時春嫩
葉舒煙際微香動水濱金塘明夕照輦路惹芳塵造化
功何廣陽和力自均今當發生日瀝懇祝良辰

夢仙謠三首

前程漸覺風光好琪花片片粘瑤草有人遺我五色丹
一粒吞之後天老
青童遞酒金觴疾列坐紅霞神氣逸笑說留連數日間
已是人間一千日
瑤臺絳節遊皆遍異果奇花香撲面松窗夢覺却神清
殘月林前三兩片

後魏行

力微皇帝謗天嗣太武凶殘人所畏一朝羯難飛上天
子孫盡作河魚餌

秋（以下三首一作王獻詩）

蟬噪古槐疏葉下樹銜斜日映孤城欲知潘鬢愁多少
一夜新添白數莖

燕

海燕雙飛意若何曲梁呢喃語聲多茅檐不必嫌卑陋
猶勝吳宮爇爾窠

牡丹

牡丹妖豔亂人心一國如狂不惜金曷若東園桃與李
果成無語自垂陰

孫郃

孫郃字希韓四明人乾寧中登進士第官校書郎河南
府文學文集四十卷小集三卷今存詩三首

古意二首（一作擬陳拾遺）

屈子生楚國七雄知其材介潔世不容跡合藏蒿萊道
廢固命也瓢飲亦賢哉何事葬江水空使後人哀
魏禮段干木秦王乃止戈小國有其人大國奈之何賢
哲信為美兵甲豈云多君子戰必勝斯言聞孟軻

哭方玄英先生

牛斗文星落知是先生死湖上聞哭聲門前見彈指官
無一寸祿名傳千萬里死著弊衣裳生誰顧朱紫我心
痛其語淚落不能已猶喜韋補闕揚名薦天子

句

仕宦類商賈終日常東西

褚載

褚載字厚之乾寧二年登進士第詩一卷今存詩十四
首

投節度邢公

西風昨夜墜紅蘭一宿郵亭事萬般無地可耕歸不得
有恩堪報死何難流年怕老看將老百計求安未得安
一卷新書滿懷淚頻來門館訴飢寒

賀趙觀文重試及第

一枝仙桂兩回春始覺文章可致身已把色絲要上第
又將彩筆冠羣倫龍泉再淬方知利火浣重燒轉更新
今日街頭看御牓大能榮耀苦心人

贈道士

簪星曳月下蓬壺曾見東皋種白榆六甲威靈藏瑞檢
五龍雷電遶霜都惟教鶴探丹丘信不使（一作遣）人窺太乙
爐聞說葛陂風浪惡許騎青鹿從行無

曉發

貪路貪名須早發枕前無計暫裵回纔聞雞唱呼童起
已有鈴聲過驛來衣溼乍驚霑霧露馬行仍未見塵埃
朝朝陌上侵星去待得酬身了便回

曉感

曉鼓鼕鼕星漢微佩金鳴玉鬬光輝出門各自爭岐路
至老何人免是非大道不應由曲取浮生還要畧知機
故園華表高高在可得不如丁令威

南徐晚望

芳草鋪香晚岸晴岸頭含醉去來行僧歸岳外殘鐘寺
日下江邊調角城入浙孤帆知楚信過淮疎雨帶潮聲
如今未免風塵役寧敢怱怱便濯纓

移石

礧砢一片溪中石恰稱幽人彈素琴浪浸多年苔色在
洗來今日蘚痕深磨看粹色何殊玉敲有奇聲直異金
不是不堪為器用都緣良匠未留心

瀑布

瀉霧傾煙撼撼雷滿山風雨助喧豗爭知不是青天闕

撲下銀河一半來

定鼎門

郟鄏城高門倚天九重蹤跡尚依然須知道德無關鎖一閉乾坤一萬年

陳倉驛

錦翼花冠安在哉雄飛雌伏盡塵埃一雙童子應惆悵不見眞人更獵來

長城

秦築長城比鐵牢蕃戎不敢過臨洮焉知萬里連雲色不及堯階三尺高

弔秦叟

市西樓店金千秤渭北田園粟萬鍾兒被殺傷妻被虜一身隨駕到三峰

雲 一作杜牧詩

盡日看雲首不回無心都大似無才可憐光彩一片玉萬里晴天何處來

鶴

欲洗霜翎下澗邊却嫌菱刺汙香泉沙鷗浦鴈應驚訝一舉扶搖直上天

句

相逢多是醉醺然應有囊中子母錢 以下並見海錄碎事 有興欲沽紅麯酒無人同上翠旌樓 星斗離披煙靄收玉蟾蜍耀海東頭 月詩 鹿胎冠子水晶簪長嘯欹眠紫桂陰 送道士 蹀躞馬搖金絡腦嬋娟人墜玉搔頭 狂歌放飲渾成性知道逍遙出俗籠 除却洛陽才子後更誰封恨弔懷沙 蓮浦浪澄堪倚釣柳堤風煖好垂鞭 上馬等閒銷白日出門輕薄倚黃金 少年行 淨名方丈雖然病旻倩年涯未有多

鄭準

鄭準字不欺登乾寧進士第爲荆南成汭推官後與汭不合爲所害諸宮集一卷今存詩五首

代寄邊人

君去不來久悠悠昏又明片心因卜解殘夢過橋驚聖澤如垂餌沙場會息兵涼風當爲我一一送砧聲

江南清明

吳山楚驛四年中一見清明一改容旅恨共風連夜起韶光隨酒著人濃延興門外攀花別采石江頭帶雨逢無限歸心何計是路邊戈甲正重重

題宛陵北樓

雨來風靜綠蕪鮮凭著朱闌思浩然人語獨耕燒後嶺鳥飛斜沒望中煙松梢半露藏雲寺灘勢橫流出浦船若遣謝宣城不死必應吟盡夕陽川

寄進士崔魯範

洛陽才子舊交知別後干戈積詠思百戰市朝千里夢三年風月幾篇詩山高鴈斷音書絶谷背鶯寒變化遲會待路寧歸得去酒樓漁浦重相期

雲

片片飛來靜又閑樓頭江上復山前飄零盡日不歸去點破清光萬里天

句

護犢橫身立逢人揭尾跳 題水牛 見紀事

陳乘

陳乘仙遊人乾寧初擢進士第官秘書郎詩一首

游九鯉湖

汗漫乘春至林巒霧雨生洞莓黏屐重巖雪濺衣輕窟宅分三島煙霞接五城却憐饒藥物欲辯不知名

全唐詩目 第十函

第九冊

韋莊 六卷

王貞白 一卷

全唐詩

韋莊

韋莊字端己杜陵人見素之後疎曠不拘小節乾寧元年第進士授校書郎轉補闕李詢爲兩川宣諭和協使辟爲判官以中原多故潛欲依王建建辟爲掌書記尋召爲起居舍人建表留之後相建爲平章事集二十卷今編詩五卷補遺一卷

章臺夜思

清瑟怨遙夜遶弦風雨哀孤燈聞楚角殘月下章臺芳草已云暮故人殊未來鄉書不可寄秋雁又南迴

延興門外作

芳草五陵道美人金犢車綠奔穿內水紅落過牆花馬足倦遊客鳥聲歡酒家王孫歸去晚宮樹欲棲鴉

劉得仁墓

至公遺至藝終抱至冤沈名有詩家業身無戚里心柱和秋露滴松帶夜風吟冥寞知春否墳蒿日已深

下第題青龍寺僧房

千蹄萬轂一枝芳要路無媒果自傷題柱未期歸蜀國曳裾何處謁吳王馬嘶春陌金羈鬧鳥睡花林繡羽香酒薄恨濃消不得却將惆悵問支郎

虢州澗東村居作

東南騎馬出郊坰迴首寒煙隔郡城清澗漲時翹鷺喜綠桑疎處哺牛鳴兒童見少生於客奴僕驕多倨似兄試望家田還自適滿畦秋水稻苗平

送日本國僧敬龍歸

扶桑已在渺茫中家在扶桑東更東此去與師誰共到一船明月一帆風

對酒

何用巖棲隱姓名一壺春酎可忘形伯倫若有長生術直一作應到如今醉未醒

尹喜宅

荒原秋殿柏蕭蕭何代風煙占寂寥紫氣已隨僊仗去白雲空向帝鄉消濛濛暮雨春雞唱漠漠寒蕪雪兔跳欲問靈蹤無處所十洲空闊閬山遙

途中望雨懷歸

滿空寒雨漫霏霏去路雲深鎖翠微牧豎遠當煙草立飢禽閑傍渚田飛誰家樹壓紅榴折幾處籬懸白菌肥對此不堪鄉外思荷蓑遥羨釣人歸

古離別一作多情

晴煙漠漠柳毿毿不那離情酒半酣更把玉鞭雲外指斷腸春色在江南

柳谷道中作却寄

馬前紅葉正紛紛馬上離情斷殺魂曉發獨辭殘月店暮程遥宿隔雲村心如岳色留秦地夢逐河聲出禹門莫怪苦吟鞭拂地有誰傾蓋待王孫

灞陵道中作

春橋南望水溶溶一桁晴山倒碧峰秦苑落花零露濕灞陵新酒撥醅濃青龍天矯盤雙闕丹鳳褷褷隔九重萬古行人離別地不堪吟罷夕陽鐘

秋日早行

上馬一作馬上蕭蕭襟袖涼路穿禾黍繞宮牆半山殘月露華冷一岸野風蓮萼香煙外驛樓紅隱隱渚邊雲樹暗蒼蒼行人自是心如火兔走烏飛不覺長

歎落花

一夜霏微露濕煙曉來和淚喪嬋娟不隨殘雪埋芳草盡又一作逐香一作春風上舞筵西子去時遺笑靨謝娥行處落金鈿飄紅墮白堪惆悵少別穠華又隔年

宮怨

一辭同輦閉昭陽耿耿寒宵禁漏長釵上翠禽應不返鏡中紅豔豈重芳螢低夜色棲瑤草水咽秋聲傍粉牆展轉令人思蜀賦解將惆悵感君王

關河道中

槐陌蟬聲柳市風驛樓高倚夕陽東往來千里路長在聚散十年人不同但見時光流似箭豈知天道曲如弓平生志業匡堯舜又擬滄浪學釣翁

題盤豆驛水館後軒

極目晴川展畫屏地從桃塞接蒲城灘頭鷺占清波立原上人侵落照耕去鴈數行天際沒孤雲一點淨中生憑軒盡日不迴首楚水吳山無限情

梁氏水齋

獨醉任騰騰琴棊亦自能卷簾山對客開戶犬迎僧看蟻移苔穴聞蛙落石層夜窗風雨急松外一菴燈

曲池一作江作

細雨曲池濱青袍草色新詠詩行信馬載酒喜逢人性為無機率家因守道貧若無詩自遣誰奈寂寥春

嘉會里閑居

豈知城闕內有地出紅塵草占一方一作坊綠樹藏千古春馬嘶遊寺客犬吠探花人寂寂無鐘鼓槐行接紫宸

夏夜

傍水遷書榻開襟納夜涼星繁愁晝熱露重覺荷香蛙吹鳴還息蛛羅滅又光正吟秋興賦桐景下西牆

早發

早霧濃於雨田深黍稻低出門雞未唱過客馬頻嘶樹色遥藏店泉聲暗傍畦獨吟三十里城月尚如珪

寓言

黃金日日銷還鑄僊桂年年折又生兔走烏飛如未息路塵終見泰山平

對雪獻薛常侍

瓊林瑤樹忽珊珊急帶西風下晚天皓鶴褷褷飛不辨玉山重疊凍相連松裝粉穗臨窗亞水結冰錐簇溜懸門外寒光利如劍莫推紅袖訴金船

題裴端公郊居

暫隨紅旆佐藩方高跡終期臥故鄉已近水聲開澗戶更侵山色架書堂蒲生岸腳青刀利柳拂波心綠帶長莫奪野人樵牧興白雲不識繡衣郎

登咸陽縣樓望雨

亂雲如獸出山前細雨和風滿渭川盡日空濛無所見鴈行斜去字聯聯

貴公子

大道青樓御苑東玉欄僊杏壓枝紅金鈴犬吠梧桐月朱鬣馬嘶楊柳風流水帶花穿巷陌夕陽和樹入簾櫳瑤池宴罷歸來醉笑說君王在月宮

聽趙秀才彈琴

滿匣冰泉咽又鳴玉音閑澹入神清巫山夜雨弦中起湘水清波指下生蜂簇野花吟細韻蟬移高柳迸殘聲不須更奏幽蘭曲卓氏門前月正明

觀獵

苑牆東畔欲斜暉傍苑穿花兔正肥公子喜逢朝罷日將軍誇換戰時衣鶻翻錦翅雲中落犬帶金鈴草上飛直待四郊高鳥盡掉鞍齊向國門歸

三堂東湖作

滿塘秋水碧泓澄十畝菱花晚鏡清景動新橋横蝃蝀岸鋪芳草睡鵁鶄蟾投夜魄當湖落嶽倒秋蓮入浪生何處最添詩客興黄昏煙雨亂蛙聲

放榜日作

一聲天鼓闢金扉三十仙材上翠微葛水霧中龍乍變緱山煙外鶴初飛鄒陽暖豔催花發太皡春光簇馬歸廻首便辭塵土世彩雲新換六銖衣

寄薛先輩

懸知廻日綵衣榮仙籍高標第一名瑶樹帶風侵物冷玉山和雨射人清龍翻瀚海波濤壯鶴出金籠燕雀驚不說文章與門地自然毛骨是公卿

訪含弘山僧不遇留題精舍

滿院桐花鳥雀喧寂寥芳草茂芊芊吾師正遇歸山日閑客空題到寺年池竹閉門教鶴守琴書開篋任僧傳人間不自尋行跡一片孤雲在碧天

寄從兄遵

江上秋風正釣鱸九重天子夢翹車不將高卧邀劉主自吐清談護漢儲滄海十年龍景斷碧雲千里雁行疎相逢莫話歸山計明日東封待直廬

漁塘十六韻在朱陽縣石嵒下古老云洛水一派流出此山

洛水分餘脈一作派穿巖出石稜碧經嵐氣重清帶露華澄瑩澈通三島巖梧一作塢積萬層巢由應共到劉阮想同登辟峻苔如畫山昏霧似蒸撼松衣有雪題石硯生冰路熟雲中客名留域外僧飢猿尋落橡鬬鼠墮高藤嶮樹臨溪亞殘莎帶岸崩持竿聊藉草待月好垂罾對景思任父開圖想不一作弗興晚風輕浪疊暮雨濕煙凝似泛靈槎出如迎羽客昇仙源終不測勝槩自相仍欲別誠堪戀長歸又未能他時操史筆爲爾著良稱

冬日長安感志寄獻虢州崔郎中二十韻

帝里無成久滯淹别家三度見新蟾郄詵丹桂無人指阮籍青襟有淚霑溪上却思雲滿屋鏡中惟怕雪生髯病如原憲誰能療蹇似劉楨豈用占霧雨十年同隱遁風雷何日振沈潛吁嗟每被更聲引歌咏還因酒思添客舍正甘愁寂寂郡樓遥想醉懨懨已聞鈴閣懸新詔卽向綸闈副具瞻濟物便同川上檝慰心還似邑中黔觀星始覺中郎貴問俗方知太守廉宅後綠波棲畫鷁馬前紅袖簇丹襜閑招好客斟香蟻悶對瓊花詠散鹽積凍慢封寒霤細暮雲高拔遠峰尖訟堂無事冰生印水榭高唫月透簾松下圍棋期褚胤筆頭飛箭薦陶謙未知匣劒何時躍但恐鉛刀不再銛雖有遠心長擁篲恥將新劒學編苫纔驚素節移銅律又見玄冥變玉籤百口似萍依廣岸一身如燕戀高簷如今正困風波力更向人中問宋纖

和薛先輩見寄初秋寓懷卽事之作二十韻

玉律初移候清風乍遠襟一聲蟬到耳千炬火然心嶽靜雲堆翠樓高日半沈引愁憎暮角驚夢怯殘碪露白凝湘簟風篁韻蜀琴鳥喧從果爛堦淨任苔侵柹葉添紅景槐柯減綠陰採珠逢寶窟閱石見瑶林砉殿鏗寒玉苔山激碎金郄堂流桂景陳巷集車音名自張華顯詞因葛亮吟水深龍易失天遠鶴難尋鑒貌寧慙樂論才豈謝任義心孤劒直學海怒濤深既覩文兼質翻疑古在今慙聞紆綵綬卽候挂朝簪晚樹連秋塢斜陽映暮岑夜蟲方喞喞疲馬正騣騣託跡同吳燕依仁似越禽會隨仙羽化香蟻且同斟

同舊韻

大火收殘暑清光漸惹襟謝莊千里思張翰五湖心暮角迎風急孤鐘向暝沈露滋三徑草日動四鄰碪篲委班姬扇蟬悲蔡琰琴方愁丹桂遠已怯二毛侵梵石廻泉脉移棊就竹陰觸絲蛛墮網避隼鳥投林貌愧潘郎璧文慙呂相金但埋酆獄氣未發爨桐音静笑劉琨舞閑思阮籍吟野花和雨斸怪石入雲尋跡竟一作競終非切一作幻幽閑且自任趨時慙藝薄託質仰一作負恩深美價方稀古清名已絕今旣聞留縞帶詎肯擲蓍簪遲客虚高閣迎僧出亂岑壯心徒戚戚逸足自駸駸安羨倉中鼠危同幕上禽期君調鼎鼐他日俟羊斟

三用韻

素律初廻馭商飈暗觸襟乍傷詩客思還動旅人心蟬噪因風斷鱗遊見鷺沈笛聲隨晚吹松韻激遥砧地覆青袍草窗横綠綺琴煙霄難自致歲月易相侵澗柳横孤彴巖藤架密陰瀟湘期釣侶鄠杜别家林遺愧虞卿辟言依季布金錚鏦聞郢唱次第發巴音螢影衝簾落蟲聲擁砌吟樓高思共釣寺遠想同尋入夜愁難遣逢秋恨莫任蝸遊苔徑滑鶴步翠塘深莫問榮兼辱寧論古與今固窮憐甑甂感舊惜蒿簪晚日舒霞綺遥天倚黛岑鴛鸞方翽翽驊驥整駸駸未化投陂竹空思出谷禽感多聊自遣桑落且閑斟

鷩秋

不向煙波狎釣舟强親文墨事儒丘長安十二槐花陌曾負秋風多少秋

登漢高廟閑眺

獨尋仙境上高原雲雨深藏古帝壇天畔晚峰青簇簇檻前春樹碧團團參差郭外樓臺小斷續風中鼓角殘一帶遠光何處水釣舟閑繫夕陽灘

耒陽縣浮山神廟

一郡皆傳此廟靈廟前松桂古今青山曾堯代浮洪水地有唐臣奠綠醽遶坐香風吹寶蓋傍簷煙雨濕巖扃爲霖自可成農歲何用興師遠伐邢

愁

避愁愁又至愁至事難忘夜坐心中火朝爲鬢上霜不經公子夢偏入旅人腸借問高軒客何鄉是醉鄉

村居書事

年年耕與釣鷗鳥已相依砌長蒼苔厚藤抽紫蔓肥風鶯移樹囀雨燕入樓飛不覺春光暮遶籬紅杏稀

三堂早春

獨倚危樓四望遥杏花春陌馬聲驕池邊冰刃暖初落山上雪稜寒未銷溪送綠波穿郡宅日移紅影度村橋主人年少多情味笑換金龜解珥貂

全唐詩

韋莊

雨霽晚眺（庚子年冬大駕幸蜀後作）

入谷路縈紆巖巔日欲晡嶺雲寒埽蓋溪雪凍黏鬚臥草蹤如兔聽冰怯似狐仍聞關外火昨夜徹皇都

立春日作

九重天子去蒙塵御柳無情依舊春今日不關妃妾事始知辜負馬嵬人

贈雲陽裴明府

南北三年一解攜海爲深谷岸爲蹊已聞陳勝心降漢誰爲田橫國號齊暴客至今猶戰鶴故人何處尚驅雞歸來能作煙波伴我有魚（一作漁）舟在五溪

賊中與蕭韋二秀才同臥重疾二君尋愈余獨加焉恍惚之中因有題

與君同臥疾獨我漸彌留弟妹不知處兵戈殊未休胸中疑晉豎耳下鬬殷牛縱有秦醫在懷鄉亦淚流

重圍中逢蕭校書

相逢俱此地此地是何鄉側目不成語撫心空自傷劒高無鳥度樹暗有兵藏底事征西將年年戍洛陽

咸通

咸通時代物情奢歡殺金張許史家破產競留天上樂鑄山爭買洞中花諸郎宴罷銀燈合僊子遊迴璧月斜人意似知今日事急催弦管送年華

白櫻桃（一作子鄭詩）

王母堦前種幾株水精簾外看如無只應漢武金盤上瀉得珊珊白露珠

夜景

滿庭松桂雨餘天宋玉秋聲韻蜀弦烏兔不知多事世星辰長似太平年誰家一笛吹殘暑何處雙砧擣暮煙欲把傷心問明月素娥無語淚娟娟

宿山家

山行侵夜到雲竇一星燈草動蛇尋穴枝搖鼠上藤背風開藥竈向月展漁罾明日前溪路煙蘿更幾層

長年（一作感懷）

長年方悟少年非人道新詩勝舊詩十畝野塘留客釣一軒春雨對僧棊花間醉任黃鶯語（一作說）亭上吟從白鷺窺大盜不將爐冶去有心重築太平基

辛丑年

九衢漂杵已成川塞上黃雲戰馬閑但有羸兵塡渭水更無奇士出商山田園已沒紅塵裏弟妹相逢白刃間西望翠華殊未返淚痕空濕劒文斑

思歸

暖絲無力自悠揚牽引東風斷客腸外地見花終寂寞異鄉聞樂更凄（一作剩悲）涼紅垂野岸櫻還熟綠染迴汀草又芳舊里若爲歸去好子期凋謝呂安亡

憶昔

昔年曾向五陵遊子夜歌清月滿樓銀燭樹前長似晝露桃華裏（一作下）不知秋西園公子名無忌南國佳人號莫愁今日亂離俱是夢夕陽唯見水東流

合歡蓮花

虞舜南巡去不歸二妃相誓死江湄空留萬古香魂在結作雙葩合一枝

覽蕭必先卷

滿軸編新句翛然大雅風名因五字得命合一言通景畫才難盡吟終意未終似逢曹與謝煙雨思何窮

和人歲宴旅舍見寄

積雪滿前除寒光夜皎如老憂新歲近貧覺故交疎意合論文後心降得句初莫言常鬱鬱天道有盈虛

宿泊孟津寄三堂友人

解纜西征未有期槐花又逼桂花時鴻臚陌上歸耕晚金馬門前獻賦遲只恐愁苗生兩鬢不堪離恨入雙眉分明昨夜南池夢還把漁竿詠楚詞

對酒賦（一作贈）友人

多病仍多感君心自我心浮生都是夢浩歎不如吟白雪篇篇麗清酤盞盞深亂離俱老大強醉莫霑襟

天井關

太行山上雲深處誰向雲中築女牆短綆詎能垂玉甃縵垣何用學金湯劚開嵐翠爲高壘截斷雲霞作巨防守吏不教飛鳥過赤眷何路到吾鄉

贈邊將

昔因征遠向金微馬出榆關一鳥飛萬里只攜孤劒去十年空逐塞鴻歸手招都護新降虜身著文皇舊賜衣只待煙塵報天子滿頭霜雪爲兵機（一作壯心無事別無機）

春日

忽覺東風（一作君）景漸遲野梅山杏暗芳菲落星樓上吹殘角偃月營中挂夕暉旅夢亂隨蝴蝶散離魂（一作情）漸逐杜鵑飛紅塵遮（一作望）斷長安陌芳草王孫暮不歸

早秋夜作

翠簟初清暑半銷撤簾松韻送輕（一作風）颷莎庭露永琴書潤山郭月明砧杵遙傷砌綠苔鳴蟋蟀遶簷紅樹織蠨蛸不須更作悲秋賦王粲辭家鬢已凋

寄江南逐客

二年音信阻湘潭花下相思酒半酣記得竹齋風雨夜對床孤枕話江南

冬夜

睡覺寒爐酒半消客情鄉夢兩遙遙無人爲我磨心劍割斷愁腸一寸苗

又聞湖南荆渚相次陷没

幾時聞唱凱旋歌，處處屯兵未倒戈。天子只憑紅旆壯，將軍空恃紫髯多。屍填漢水連荊阜，血染湘雲接楚波。莫問流離南越事，戰餘空有舊山河。

家叔南遊却歸因獻賀

繚繞江南一歲歸，歸來行色滿戎衣。長聞鳳詔徵兵急，何事龍韜獻捷稀。旅夢遠依湘水闊，離魂空伴越禽飛。遙知倚棹思家處，澤國煙深暮雨微。

楚行吟

章華臺下（一作上）草如煙，故郢城頭月似弦。惆悵楚宮雲雨後，露啼花笑一年年。

洛陽吟（時大駕在蜀，巢寇未平，洛中寓居作七言）

萬戶千門夕照邊，開元時節舊風煙。宮官試馬遊三市，舞女乘舟上九天。胡騎北來空進主，漢皇西去竟昇僊。如今父老偏垂淚，不見承平四十年。

過舊宅

華軒不見馬蕭蕭，廷尉門人久寂寥。朱檻翠樓爲卜肆，玉欄僊杏作春樵。塔前雨落鴛鴦瓦，竹裏苔封螮蝀橋。莫問此中銷歇寺（一作事），娟娟紅淚滴芭蕉。

喻東軍

四年龍馭守峨嵋，鐵馬西來步步遲。五運未教移漢鼎，六韜何必待秦師。幾時鸞鳳歸丹闕，到處烏鳶從白旗。獨把一樽和淚酒，隔雲遙奠武侯祠。

清河縣樓作

有客微吟獨凭樓，碧雲紅樹不勝愁。盤鵰迴印天心沒，遠水斜牽日脚流。千里戰塵連上苑，九江歸路隔東周。故人此地揚帆去，何處相思雪滿頭。

北原閑眺

春城迴首樹重重，立馬平原夕照中。五鳳灰殘金翠滅，六龍遊去市朝空。千年王氣浮清洛，萬古坤靈鎮碧嵩。欲問向來陵谷事，野桃無語淚花紅。

贈戍兵

漢皇無事暫遊汾，底事狐狸嘯作羣。夜指碧天占晉分，曉磨孤劒望秦雲。紅旌不卷風長急，畫角閑吹日又曛。止竟有征須有戰，洛陽何用久屯軍。

覩軍迴戈

關中羣盜已心離，關外猶聞羽檄飛。御苑綠莎嘶戰馬，禁城寒月擣征衣。漫教韓信兵塗地，不及劉琨嘯解圍。昨日屯軍還夜遁，滿車空載洛神歸。

中渡晚眺

魏王堤畔草如煙，有客傷時獨扣舷。妖氣欲昏唐社稷，夕陽空照漢山川。千重碧樹籠春苑，萬縷紅霞襯碧天。家寄杜陵歸不得，一迴迴首一潸然。

河内別村業閑題

阮氏清風竹巷深，滿溪松竹似山陰。門當谷路多樵客，地帶河聲足水禽。閑伴爾曹雖適意，靜思吾道好霑襟。鄰翁莫問傷時事，一曲高歌夕照沈。

聞官軍繼至未覩凱旋

嫖姚何日破重圍，秋草深來戰馬肥。已有孔明傳將略，更聞王導得神機。陣前鼙鼓晴應響，城上烏鳶飽不飛。何事小臣偏注目，帝鄉遙羨白雲歸。

和集賢侯學士分司丁侍御秋日雨霽之作

洛岍秋晴夕照長，鳳樓龍闕倚清光。玉泉山淨雲初散，金谷樹多風正涼。席上客知蓬島路，坐中寒有柏臺霜。多慙十載遊梁士，却伴賓鴻入帝鄉。

題安定張使君

器度風標合出塵，桂宮何負一枝新。成丹始見金無滓，衝斗方知劒有神。憤氣不銷頭上雪，政聲空布海邊春。中興若繼開元事，堪向龍池作近臣。

穎陽縣

琴堂連少室，故事即僊蹤。樹老風聲壯，山高臘候濃。雪多庭有鹿，縣僻寺無鐘。何處留詩客，茆簷倚後峰。

寄園林主人

主人常不在，春物爲誰開。桃艷紅將落，梨華雪又摧。曉鶯閑自囀，遊客暮空回。尚有餘芳在，猶堪載酒來。

洛北村居

十畝松篁百畝田，歸來方屬大兵年。巖邊石室低臨水，雲外嵐峰半入天。鳥勢去投金谷樹，鐘聲遙出上陽煙。無人說得中興事，獨倚斜暉憶仲宣。

對梨花贈皇甫秀才

林上梨花雪壓枝，獨攀瓊艷不勝悲。依前此地逢君處，還是去年今日時。且戀殘陽留綺席，莫推紅袖訴金卮。騰騰戰鼓正多事，須信明朝難重持。

立春

青帝東來日馭遲，煖煙輕逐曉風吹。罽袍公子樽前覺，錦帳佳人夢裏知。雪圃乍開紅菜甲，綵幡新翦（一作展）綠楊絲。殷勤爲作（一作欲獻）宜春曲，題向花牋帖繡楣。

村笛

簫韶九奏韻淒鏘，曲度雖高調不傷。却見孤村明月夜，一聲牛笛斷人腸。

題李斯傳

蜀魄湘魂萬古悲，未悲秦相死秦時。臨刑莫恨倉中鼠，上蔡東門去自遲。

贈薛秀才

相辭因避世，相見尚兵戈。亂後故人少，別來新話多。但聞哀痛詔，未覩凱旋歌。欲結巖棲伴，何山好薜蘿。

和元秀才別業書事

僻居春事好，水曲亂花陰。浪過河移岍，雛成鳥別林。綠錢榆貫重，紅障杏籬深。莫飲宜城酒，愁多醉易沈。

紀村事

綠蔓映雙扉，循牆一徑微。雨多庭果爛，稻熟渚禽肥。釀酒迎新社，遙砧送暮暉。數聲牛上笛，何處餉田歸。

題許僊師院

地古多喬木，遊人到且吟。院開金鏁澀，門映綠篁深。山色不離眼，鶴聲長在琴。往來誰與熟，乳鹿住前林。

離筵訴酒

感君情重惜分離，送我殷勤酒滿卮。不是不能判酩酊，却憂前路醉醒時。

不寐

不寐天將曉，心勞轉似灰。蚊吟頻到耳，鼠鬬競緣臺。户

闇知蟾落林喧覺雨來馬嘶朝客過知是禁門開

贈武處士

一身唯一室高靜若僧家掃地留疎影穿池浸落霞綠
蘿臨水合白道向村斜賣藥歸來醉吟詩倚釣查

題吉澗盧拾遺莊

主人西遊去不歸滿溪春雨長春薇怪來馬上詩一作訴情
好印一作點破青山白鷺飛

題潁源廟

曾是巢由棲隱地百川唯說潁源清微波乍向雲根吐
去浪遥衝雪嶂橫萬木倚簷疎幹直羣峰當户曉嵐晴
臨川試問堯年事猶被封人勸濯纓

東遊遠歸

扣角干名計已疎劒歌休恨食無魚辭家柳絮三春半
臨路槐花七月初江上欲尋漁父醉日邊時得故人書
青雲不識楊生面天子何由問子虛

新正日商南道中作寄李明府

相看又見歲華新依舊楊朱拭淚巾踏雪偶因尋戴客
論文還比聚星人嵩山不改千年色洛邑長生一路塵
今日與君同避世却憐無事是家貧

春暮

一春春事好病酒起常遲流水綠縈砌落花紅墮枝樓
高喧乳燕樹密鬬雛鸝不學山公醉將何自解頤

哭麻處士

却到歌吟地閒門草色中百年流水盡萬事落花空繐
帳扃一作寒秋月詩樓鎖夜蟲少微何處墮留恨白楊風

春早

聞鶯纔覺曉閉户已知晴一帶窗間月一作日斜穿枕上生
一作明

和友人

閉一作圭門同隱士不出動經時靜閱王維畫閑翻褚胥棋
落泉當户急殘月下窗遲却想從來意譙周亦自嗤

春愁

寓思本多傷逢春恨更長露霑湘竹淚花墮越梅妝晒

怯交加夢閑傾瀲灎觴後庭人不到斜月上松篁

晚春

花開疑乍富花落似初貧萬物不如酒四時唯愛春峨
峨秦氏髻皎皎洛川神風月應相笑年年醉病身

題許渾詩卷

江南才子許渾詩字字清新句句奇十斛明珠量不盡
惠林虛作碧雲詞

贈禮佛名者

何用辛勤禮佛名我從無得到眞庭尋思六祖傳心印
可是從來讀藏經

殘花一作于鄴詩

和煙和露雪一作雨太離披金蘂紅鬚尚滿枝十日笙歌一宵
夢苧蘿因一作煙雨失一作哭西施

全唐詩

韋莊

上元縣一作潤西作

南朝三十六英雄角逐興亡盡此中有國有家皆是夢
爲龍爲虎亦成空殘花舊宅悲江令落日青山弔謝公
止竟霸圖何物在石麟無主卧秋風

江上逢史館李學士

前年分袂陝城西醉凭征軒日欲低去浪指期魚必變
出門回首馬空嘶關河自此爲征壘城闕於今陷戰鼙
時巢寇未平〻誰謂世途陵是谷燕來還識舊巢泥

金陵圖

誰謂傷心畫不成畫人心逐世人情君看六幅南朝事
老木寒雲滿故城

謁蔣帝廟

建業城邊蔣帝祠素髯清骨舊風姿江聲似激秦軍破
山勢如匡晉祚危殘雪嶺頭明組練晚霞簷外簇旌旗
金陵客路方流落空祝回鑾奠酒巵

聞再幸梁洋

纔喜中原息戰鼙又聞天子幸巴西延燒魏闕非關燕
大狩陳倉不爲雞興慶玉龍寒自躍昭陵石馬夜空嘶
遥思萬里行宮夢太白山前月欲低

王道者

五雲遥指海中央金鼎曾傳肘後方三島路岐空有月
十洲花木不知霜因攜竹杖聞龍氣爲使僊童帶橘香
應笑我曹身是夢白頭猶自學詩狂

陪金陵府相中堂夜宴

滿耳笙歌滿眼花滿樓珠翠勝吳娃因知海上神仙窟
只似人間富貴家繡户夜攢紅燭市舞衣晴曳碧天霞
却愁宴罷青蛾散楊子江頭月半斜

和侯秀才同友生泛舟溪中相招之作

嵇阮相將棹酒船晚風侵浪水侵舷輕如控鯉初離岸
遠似乘槎欲上天雨外鳥歸吳苑樹鏡中人入洞庭煙
憑君不用回舟疾今夜西江月正圓

贈野童

羡爾無知野性眞亂搔蓬髮笑看人閑衝暮雨騎牛去

代書寄馬

官問中興社稷臣

驅馳曾在五侯家見說初生自渥洼鬃白似披梁苑雪
頸肥如撲杏園花休嫌綠綬嘶貧舍好著紅纓入使衙
穩上雲衢千萬里年年長踏魏堤沙

題淮陰侯廟

滿把一作把椒漿奠楚祠碧幢黃鉞舊英威能扶漢代成王
業忍見唐民陷戰機雲夢去時高鳥盡淮陰歸日故人
稀如何不借平齊策空看長星落賊圍

送崔郎中往使西川行在

拜書辭玉帳萬里劒關長新馬杏花色綠袍春草香一身朝玉陛幾日過銅梁莫戀爐邊醉僊宮待侍郎

潤州顯濟閣曉望

清曉水如鏡隔江人似鷗遠煙藏海島初日照揚州地壯孫權氣雲凝庾信愁一篷何處客吟凭釣魚舟

觀淛西府相吹遊

十里旌旗十萬兵等閑遊獵出軍城紫袍日照金鵝鬬紅旆風吹畫虎獰帶箭彩禽雲外落避鷹寒兎月中驚歸來一路笙歌滿更有僊娥載酒迎

官莊（江南富民悉以犯酒沒家產因以此詩諷之淛帥遂改酒法不入財產）

誰氏園林一簇煙路人遙指盡長歎桑田（一作林）稻澤今無主新犯香醪沒入官

解維

又解征帆落照中暮程還過秣陵東二（一作三）年辛苦煙波裏贏得風姿似釣翁

雨霽池上作呈侯學士

鹿巾藜杖葛衣輕雨歇池邊晚吹清正是如今江上好白鱗紅稻紫蓴羹

寓言

為儒逢世亂吾道欲何之學劒已應晚歸山今又遲故人二載別明月兩鄉悲惆悵滄江上星星鬢有絲

哭同舍崔員外

却到同遊地三年一電光池塘春草在風燭故人亡祭罷泉聲急齋餘磬韻長碧天應有恨斜日弔松篁

題姑蘇凌處士莊

一簇林亭返照間門當官道不曾關花深遠岸黃鶯鬧雨急春塘白鷺閑載酒客尋吳苑寺倚樓僧看洞庭山怪來話得僊中事新有人從物外還

過當塗縣

客過當塗縣停車訪舊遊謝公山有墅李白酒無樓采石花空發烏江水自流夕陽誰共感寒鷺立汀洲

江亭酒醒却寄維揚餞客

別筵人散酒初醒江步黃昏雨雪零滿坐綺羅皆不見覺來紅樹（一作燭）背銀屏

臺城

江雨霏霏江草齊六朝如夢鳥空啼無情最是臺城柳依舊煙籠十里堤

贈漁翁

草衣荷笠鬢如霜自說家編楚水陽滿岸秋風吹枳橘遶陂煙雨種菰蔣蘆刀夜鱠紅鱗膩水甑朝蒸紫芋香曾向五湖期范蠡爾來空闊久相忘

過揚州

當年人未識兵戈處處青樓夜夜歌花發洞中春日永月明衣上好風多淮王去後無雞犬煬帝歸來葬綺羅二十四橋空寂寂綠楊摧折舊官河

寄右省李起居

已向鴛行接雁行便應雙拜紫薇郎纔聞闕下徵書急已覺回朝草詔忙白馬似憐朱紱貴綵衣遙惹御爐香多慙十載遊梁客未換青襟侍素王

鑷白

白髮太無情朝朝鑷又生始因絲一縷漸至雪千莖不避佳人笑唯慙稚子驚新年過半百猶歎未休兵

漳亭驛小櫻桃（一作桃花）

當年此樹正花開五馬僊郎載酒來李白已亡工部死何人堪伴玉山頹

酬吳秀才霅川相送

一葉南浮去似飛楚鄉雲水本無依離心不忍聞春鳥病眼何堪送落暉摻袂客從花下散棹舟人向鏡中歸夫君別我應惆悵十五年來識素衣

對雨獨酌

榴花新釀綠於苔對雨閑傾滿滿杯荷鍤醉翁真達者臥雲逋客竟悠哉能詩豈是經時策愛酒原非命世才門外綠蘿連洞口馬嘶應是步兵來

夏初與侯補闕江南有約同泛淮汴西赴行朝莊自九驛路先至甬橋補闕由淮楚續至泗上寢病旬日遽聞捐館回首悲慟因成長句四韻弔之（已後自淛西遊汴宋路至陳倉迎駕却過昭義相州路歸金陵作）

本約同來謁帝閽忽隨川浪去東奔九重聖主方虛席千里高堂尚倚門世德只應榮伯仲詩名終自付兒孫遙憐月落清淮上寂寞何人弔旅魂

汴堤行

欲上隋堤舉步遲隔雲烽燧叫非時纔聞破虜將休馬又道征遼再出師朝見西來為過客暮看東去作浮屍綠楊千里無飛鳥日落空投舊店基

旅次甬西見兒童以竹槍紙旗戲為陣列主人叟曰斯子也三世沒於陣思所襲祖父讐余因感之

已聞三世沒軍營又見兒孫學戰爭見爾此言堪慟哭遣予何日望時平

自孟津舟西上雨中作

秋煙漠漠雨濛濛不卷征颿任晚風百口寄安滄海上一身逃難綠林中來時楚岸楊花白去日隋堤蓼穗紅却到故園翻似客歸心迢遞秣陵東

含山店夢覺作

曾為（一作是）流離慣別家等閑揮袂客（一作各）天涯燈前一覺江南夢惆悵起來山月斜

題貂黃嶺官軍

散騎蕭蕭下太行遠從吳會去陳倉斜風細雨江亭上盡日凭欄憶楚（一作獨望）鄉

過內黃縣

相州吹角欲斜陽匹馬搖鞭宿內黃僻縣不容投刺客野陂時遇射鵰郎雲中粉堞新城壘店後荒郊舊戰場猶指去程千萬里秣陵煙樹在何鄉

雜感

莫悲建業荊榛滿昔日繁華是帝京莫愛廣陵臺榭好也曾蕪沒作荒城魚龍爵馬皆如夢風月煙花豈有情行客不勞頻悵望古來朝市歎衰榮

垣縣山中尋李書記山居不遇留題河次店

白雲紅樹屼峴（一作嶢峴）東名鳥羣飛古畫中僊吏不知何處
隱山南山北雨濛濛

送人遊幷汾

風雨蕭蕭欲暮秋獨攜孤劒塞垣遊如今虜騎方南牧
莫過陰關第一州

李氏小池亭十二韻（時在婺州寄居作）

積石亂巉巉庭莎綠不芟小橋低跨水危檻半依巖花
落魚爭唼櫻紅鳥競鵮（竹咸切鳥啄物也）引泉疏地脈掃絮積山
嵌古柳紅綃織新篁紫綺緘養猿秋嘯月放鶴夜棲杉
枕簟谿雲膩池塘海雨鹹語窗雞逞辨砥鼎犬偏饞踏
鮮青粘屐攀蘿綠映衫訪僧舟北渡貰酒日西銜遲客
登高閣題詩遶翠嵒家藏何所寶清韻滿瑯函

遣興

如幻如泡世多愁多病身亂來知酒聖貧去覺錢神異
國清明節空江寂寞春聲聲林上鳥喚我北歸秦

婺州和陸諫議將赴闕懷陽羨山居

望闕路仍遠子牟魂欲飛道開燒藥鼎僧寄臥雲衣故
國饒芳草他山挂夕暉東陽雖勝地王粲奈思歸

江上題所居

故人相別盡朝天苦竹江頭獨閉關落日亂蟬蕭帝寺
碧雲歸鳥謝家山青州從事來偏熟泉布先生老漸慳
不是對花長酩酊永嘉時代不如閑

婺州屛居蒙右省王拾遺車枉降訪病中延候
不得因成寄謝

三年流落臥漳濱王粲思家拭淚頻畫角莫吹殘月夜
病心方憶故園春自爲江上樵蘇客不識天邊侍從臣
怪得白鷗驚去盡綠蘿門外有朱輪

將卜蘭芷村居留別郡中在仕

蘭芷江頭寄斷蓬移家空載一飄風伯倫嗜酒還因亂
平子歸田不爲窮避世漂零人境外結茅依約畫屛中
從今隱去應難覓深入蘆花作釣翁

和陸諫議避地寄東陽進退未決見寄

未歸天路紫雲深暫駐東陽歲月侵入洛聲華當世重
閟周章句滿朝吟開爐夜看黃芽鼎臥甕閑欹白玉簪
讀易草玄人不會憂君心是致君心

山墅閑題

邐迤前岡壓後岡一川桑柘好殘陽主人饋餉炊紅黍
鄰父攜竿釣紫魴靜極却嫌流水鬧閑多翻笑野雲忙
有名不那無名客獨閉衡門避建康

江上逢故人

前年送我曲江西紅杏園中醉似泥今日逢君越溪上
杜鵑花發鷓鴣啼來時舊里人誰在別後滄波路幾迷
江畔玉樓多美酒仲宣懷土莫淒淒

旅中感遇寄呈李秘書昆仲

南望愁雲鏁翠微謝家樓閣雨霏霏劉楨病後新詩少
阮籍貧來好客稀猶喜故人天外至許將孤劒日邊歸
懷鄉不怕嚴陵笑只待秋風別釣磯

送范評事入關

寂寥門戶寡相親日日頻來只有君正喜琴尊長作伴
忽攜書劒遠辭羣傷心柳色離亭見聒耳蟬聲故國聞
爲報明年杏園客與留絕艷待終軍

東陽酒家贈別二絕句

送君同上酒家樓酩酊翻成一笑休正是落花饒悵望
醉鄉前路莫回頭

天涯方歎異鄉身又向天涯別故人明日五更孤店月
醉醒何處淚（一作各）霑巾

江上村居

本無蹤跡戀柴扃世亂須教識道情顛倒夢魂愁裏得
撅奇詩句望中生花緣艷絕栽難好山爲看多詠不成
聞道漢軍新破虜使來仍說近離京

江外思鄉（一作歸）

年年春日異鄉悲杜曲黃鶯可得知更被夕陽江岸上
斷腸煙柳一絲絲

和鄭拾遺秋日感事一百韻

禍亂天心厭流離客思傷有家拋上國無罪謫遐方負
笈將辭越揚颿欲泛湘避時難駐足感事易迴腸雅道
何銷德妖星忽耀芒中原初縱燎下國竟探湯盜據三
秦地兵纏八水鄉戰塵輕犯闕羽旆遠巡梁自此修文
代俄成講武場熊羆驅涿鹿犀象走昆陽御馬迷新棧
宮娥改舊妝五丁功再覩八難事難忘鳳引金根疾兵
環玉弩彊建牙雖可恃摩壘詎能防霍廟神遐遠圯橋
路杳茫出師威似虎禦敵狠如羊眥畫猶思赤巾裁未
厭黃晨趨鳴鐵騎夜舞挹瓊觴僭侈彤襜亂諠呼繡甓
攘但聞爭曳組詎見學垂韁鵲印提新篆龍泉奪曉霜
軍威徒逗撓我武自維揚負扆勞天眷凝旒念國章繡
旗張畫獸寶馬躍紅鸞但欲除妖氣寧思蔽耿光曉煙
生帝里夜火入春坊鳥怪巢宮樹狐驕上苑牆設危終
在德視履豈無祥氣激雷霆怒神驅岳瀆忙功高分虎
節位下恥龍驤遍命登壇將巡封異姓王志求扶墜典
力未振頹綱漢路閑鶤鷄雲衢駐驌驦寶裝軍器麗麝
裛戰袍香日覩兵書捷時聞虜騎亡人心驚獬豸雀意
伺螳螂上略咸推妙前鋒詎可當紆金光照耀執玉意
藏昂覆餗非無謂奢華事每詳四民皆組綬九土墮耕
桑飛騎黃金勒香車翠鈿裝八珍羅膳府五采鬬筐牀
宴集喧華第歌鐘簇畫梁永期傳子姓寧誤犯天狼未
覩君除側徒思玉在傍竄身奚可保易地喜相將國運
方夷險天心詎測量九流雖暫蔽三柄豈相妨小孽乖
躔次中興繫昊蒼澐堯功已普罪己德非涼帝念惟思
理臣心豈自遑詔催青瑣客時待紫微郎定難輸宸算
勝災減（一作滅）御粱皇恩思蕩蕩睿澤轉洋洋偃臥雖非晚
艱難亦備嘗舜庭招諫鼓漢殿上書囊儉德遵三尺清
朝俟一匡世隨漁父醉身效接輿狂竄逐同天寶遭罹
異建康道孤悲海澨家遠隔天潢卒歲貧無褐經秋病
泛漳似魚甘去乙比蟹未成筐守道慙無補趨時愧不
臧殷牛常在耳晉豎欲潛肓忸恨山思板懷歸海欲航
角吹魂悄悄笛引淚浪浪亂覺乾坤窄貧知日月長勢
將隨鶴列忽喜遇鴛行已報新回駕仍聞近納隍文風
銷劒楯禮物換旂裳紫闥重開序青衿再設庠黑頭期
命爵頳尾尚憂魴吳坂嘶騏驥岐山集鳳皇詞源波浩

浩諫署玉鏘鏘餇雀曾傳慶烹蛇詎有殃弢弓揮(一作禪)勁
鏃匣劒淬神鋩諤諤寧慙直堂堂不謝張曉風趨建禮
夜月直文昌去國時雖久安邦志不常良金鑪自躍美
玉櫝難藏北望心如旆西歸律變商跡隨江燕去心逐
塞鴻翔晚翠籠桑塢斜暉挂竹堂路愁千里月田愛萬
斯箱伴釣歌前浦隨樵上遠岡鷺眠依晚嶼鳥浴上枯
楊鶩夢綠軟枕多吟爲倚廊訪僧紅葉寺題句白雲房
颿外青楓老尊前紫菊芳夜燈銀耿耿曉露玉瀼瀼異
國慙傾蓋歸塗倦枌糧身雖留震澤心已過雷塘執友
知誰在家山各已荒海邊登桂檝煙外泛雲檣巢樹禽
思越嘶風馬戀羌寒聲愁聽杵空館厭聞螿望闕飛華
蓋趨朝振玉璫朱慙無薏苡麴喜有桄榔話別心重結
傷時淚一滂竹歸蓬島後綸詔潤青緗

夢入關

夢中乘傳過關亭南望蓮峰簇簇青馬上正吟歸去好
覺來江月滿前庭

送人歸上國

送君江上日西斜泣向江邊滿樹花若見青雲舊相識
爲言流落在天涯

聞春鳥

雲晴春鳥滿江村還似長安舊日聞紅杏花前應笑我
我今顦顇亦(一作却)羞君

櫻桃樹

記得初生(一作開)雪滿枝和蜂和蝶帶花移而今花落遊蜂
去空作主人惆悵詩

獨鶴

夕陽灘上立裵回紅蓼風前雪翅開應爲不知棲宿處
幾回飛去又飛來

新栽竹

寂寞堦前見此君遶欄吟罷却沾巾異鄉流落誰相識
唯有叢篁似(一作伴)主人

稻田

綠波春浪滿前陂極目連雲罷稏肥更被鷺鷥千點雪
破煙來入畫屏飛

庭前菊

爲憶長安爛熳開我今移爾滿庭栽紅蘭莫笑青青色
曾向龍山泛酒來

燕來

去歲辭巢別近鄰今來空訝草堂新花開對語應相問
不是村中舊主人

倚柴關

杖策無言獨倚關如癡如醉又如閑孤吟盡日何人會
依約前山似故山

題七步廊

席(一作杜)門無計那(一作奈)殘陽更接簷前七步廊不羨東都丞
相宅每行吟得好篇章

語松竹

庭前芳草綠於(一作如)袍堂上詩人欲二毛多病不禁秋寂
寞雨松風竹莫騷騷

全唐詩

韋莊

不出院楚公(自三衢至江西作)

一自禪關閉心猿日漸馴不知城郭路稀識市朝人履
帶堦前雪衣無寺外塵却嫌山翠好詩客往來頻

江邊吟

江邊烽燧幾時休江上行人雪滿頭誰信亂離花不見
只應惆悵水東流陶潛政事千杯酒張翰生涯一葉舟
若有片颿歸去好可堪重倚仲宣樓

江南送李明府入關

雨花煙柳傍江邨流落天涯酒一罇分首不辭多下淚
回頭唯恐更消魂我爲孟館三千客君繼寧王五代孫
正是中興磐石重莫將顦顇入都門

送福州王先輩南歸

豫章城下偶相逢自說今方遇至公八韻賦吟梁苑雪
六銖衣惹杏園風名標玉籍僊壇上家寄閩山畫障中
明日一杯何處別綠楊煙岸雨濛濛

夜雪泛舟遊南溪

大江西面小溪斜入竹穿松似若耶兩岸嚴風吹玉樹
一灘明月曬(一作照)銀砂因尋野渡逢漁舍更泊前灣上酒
家去去不知歸路遠棹聲煙裏獨嘔啞

江行西望

西望長安白日遙半年無事駐蘭橈欲將張翰秋(一作松)江
雨畫作屏風寄鮑昭

銅儀

銅儀一夜變葭灰暖律還吹嶺上梅已喜漢官今再覩
更驚堯曆又重開窗中遠岫青如黛門外長江綠似苔
誰念閉關張仲蔚滿庭春雨長蒿萊

含香

含香高步已難陪鶴到清霄勢未回遇物旋添芳草句
逢春寧滯碧雲才微紅幾處花心吐嫩綠誰家柳眼開
却去金鑾爲近侍便辭鷗鳥不歸來

春雲

春雲春水兩溶溶倚郭樓臺晚翠濃山好只因人化石
地靈曾有劒爲龍官辭鳳闕頻經歲家住峨嵋第幾峰
王粲不知多少恨夕陽吟斷一聲鐘

雲散

雲散天邊落照和關關春樹鳥聲多劉伶避世唯沈醉
甯戚傷時亦浩歌已恨歲華添皎鏡更悲人事逐頹波
青雲自有鵷鴻待莫說他山好薜蘿

袁州作

家家生計只琴書一郡清風似魯儒山色東南連紫府
水聲西北屬洪都煙霞盡入新詩卷郭邑閑開古畫圖
正是江村春酒熟更聞春鳥勸提壺

題袁州謝秀才所居

主人年少已能詩更有松軒挂夕暉芳草似袍連徑合
白雲如鳥傍簷飛但將竹葉消春恨莫遣楊花上客衣
若有前山好煙雨與君吟到暝鐘歸

謁巫山廟

亂猿啼處訪高唐路入煙霞草木香山色未能忘宋玉
水聲猶似哭襄王朝朝暮暮陽臺下爲雨爲雲楚國亡
惆悵廟前無限柳春來空鬬畫眉長

鷓鴣

南禽無侶似相依錦翅雙雙傍馬飛孤竹廟前啼暮雨
汨羅祠（一作江）畔弔殘暉秦人只解歌爲曲越女空能畫作
衣懊惱澤家非（一作知）有恨年年長憶鳳城（一作皇）歸（懊惱澤家鷓鴣之音也）

宿蓬船

夜來江雨宿蓬船臥聽淋鈴不忍眠却憶紫微情調逸
阻風中酒過年年

送李秀才歸荆溪

八月中秋月正圓送君吟上木蘭船人言格調勝玄度
我愛篇章敵浪僊晚渡去時衝細雨夜灘何處宿寒烟
楚王宮去陽臺近莫倚風流滯少年

洪州送西明寺省上人遊福建

記得初騎竹馬年送師來往御溝邊荆榛已失當時路
槐柳全無舊日煙遠自嵇山遊楚澤又從廬岳去閩川

新春闕下應相見紅杏花中覓酒僊

建昌渡暝吟

月照臨官渡鄉情獨浩然鳥棲彭蠡樹月上建昌船市
散漁翁醉樓深賈客眠隔江何處笛吹斷綠楊煙

歲除對王秀才作

我惜今宵促君愁玉漏頻豈知新歲酒猶作異鄉身雪
向寅前凍花從子後春到明追此會俱是隔年人

酒渴愛江清

酒渴何方療江波一掬清瀉甌如練色漱齒作泉聲味
帶他山雪光含白露精只應千古後長稱伯倫情

和李秀才郊墅早春吟興十韻

暖律變寒光東君景漸長我悲遊海嶠君說住柴桑雪
色隨高嶽氷聲陷古塘草根微吐翠梅朶半含霜酒市
多逋客漁家足夜航匡廬雲傍屋彭蠡浪衝牀綠擺楊
枝嫩紅挑菜甲香鳳皇城已盡鸚䳇賦應狂佇見龍辭
沼寧憂雁失行不應雙劒氣長在斗牛傍

泛鄱陽湖

四顧無邊鳥不飛大波驚隔楚山微紛紛雨外靈均過
瑟瑟雲中帝子歸迸鯉似梭投遠浪小舟如葉傍斜暉
鴟夷去後何人到愛者雖多見者稀

黃藤山下聞猿

黃藤山下駐歸程一夜號猿弔旅情入耳便能生百恨
斷腸何必待三聲穿雲宿處人難見望月啼時兎正明
好笑五陵年少客壯心無事也沾纓

章江作

杜陵歸客正裴回玉笛誰家叫落梅之子棹從天外去
故人書自日邊來楊花慢惹霏霏雨竹葉閑傾滿滿杯
欲問維揚（一作淮陽）舊風月一江紅樹亂猿哀

南遊富陽江中作

南去又南去此行非自期一颿雲作伴千里月相隨浪
跡花應笑衰容鏡每知鄉園不可問禾黍正離離

饒州餘干縣琵琶洲有故韓賓客宣城裴尚書
脩行李侍郎舊居遺址猶存客有過之感舊因

以和吟

琵琶洲近斗牛星鸞鳳曾於此放情已覺地靈因昴降
更聞川媚有珠生一灘紅樹留佳氣萬古清弦續政聲
戟戶盡移天上去里人空說舊簪纓

九江逢盧員外

前年風月宿琴堂大婿僊山近帝鄉別後幾沾新雨露
亂來猶記舊篇章陶潛豈是銅符吏田鳳終爲錦帳郎
莫怪相逢倍惆悵九江煙月似瀟湘

南昌晚眺

南昌城郭枕江煙章水悠悠浪拍天芳草綠遮僊尉宅
落霞紅襯賈人船霏霏閣上千山雨嘒嘒雲中萬樹蟬
怪得地多章句客庾家樓在斗牛邊

衢州江上別李秀才

千山紅樹萬山雲把酒相看日又曛一曲離歌兩行淚
更知何地（一作處）再逢君

湘中作

千重煙樹萬重波因便何妨弔汨羅楚地不知秦地亂
南人空怪北人多臣心未肯教遷鼎天道還應欲止戈
否去泰來終可待夜寒休唱飯牛歌

桐廬縣作

錢塘江盡到桐廬水碧山青畫不如白羽鳥飛嚴子瀨
綠蓑人釣季鷹魚潭心倒影時開合谷口閑雲自卷舒
此境只應詞客愛投文空弔木玄虛

東陽贈別

繡袍公子出旌旗送我摇鞭入翠微大抵行人難訴酒
就中辭客易沾衣去時此地題橋去歸日何年佩印歸
無限別情言不得回看溪柳恨依依

寄湖州舍弟

半年江上愴離襟把得新詩喜又吟多病似逢秦氏藥
久貧如得顧家金雲煙但有穿楊志塵土多無作吏心
何況別來詞轉麗不愁明代少知音

信州西三十里山名僊人城下有月巖山其狀
秀拔中有山門如滿月之狀余因行役過其下

聊賦是詩
驅車過閩越路出饒陽西僊山翠如畫簇簇生虹蜺羣峯若侍從衆阜如嬰提巖巒互吞吐嶺岫相追攜中有月輪滿皎潔如圓珪玉皇恣遊覽到此神應迷常娥曳霞帔引我同攀躋騰騰上天半玉鏡懸飛梯瑶池何悄悄鸞鶴烟中棲回頭望塵世露下寒凄凄

婺州水館重陽日作

異國逢佳節憑高獨苦吟一杯今日醉（一作酒）萬里故園心水館紅蘭合山城紫菊深白衣雖不至鷗鳥自相尋

避地越中作

避世移家遠天涯歲已周豈知今夜月還是去年愁露果珠沈水風螢燭上樓傷心潘騎省華髮不禁秋

撫州江口雨中作

江上閑衝細雨行滿衣風灑綠荷聲金騮掉尾横鞭望猶指廬陵半日程

信州溪岸夜吟作

夜倚臨溪店懷鄉獨苦吟月當山頂出星倚水涯沈霧氣漁燈冷鐘聲谷寺深一城人悄悄琪樹宿僊禽

訪濤陽友人不遇

不見安期悔上樓寂寥人對鷺鷥愁蘆花雨急江煙暝何處潺潺獨棹舟

東林寺再遇僧益大德

見師初事懿皇朝三殿歸來白馬驕上講每敎傾國聽承恩偏得内官饒當時可愛人如畫今日相逢鬢已凋若向君門逢舊友爲傳音信到雲霄

西塞山下作

西塞山前水似藍亂雲如絮滿澄潭孤峯漸映湓城北片月斜生夢澤南爨動曉煙烹紫蕨露和香蔕摘黄柑他年却棹扁舟去終傍蘆花結一菴

齊安郡

彌棹齊安郡孤城百戰殘傍村林有虎帶郭縣無官暮角梅花怨清江桂影寒黍離緣底事撩我起長歎

夏口行寄婺州諸弟

回頭煙樹各天涯婺女星邊遠寄家盡眼楚波連夢澤滿衣春雪落江花雙雙得伴爭如雁一一歸巢却羡鴉誰道我隨張博望悠悠空外泛僊槎

南省伴直（甲寅年自江南到京後作）

文昌二十四僊曹盡倚紅簷種露桃一洞煙霞人迹少六行槐柳鳥聲高星分夜彩寒侵帳蘭惹春香綠映袍何事愛留詩客宿滿庭風雨竹蕭騷

鄠杜舊居二首

却到山陽事事非谷雲谿鳥尚相依阮咸貧去田園盡向秀歸來父老稀秋雨幾家紅稻熟野塘何處錦鱗肥年年爲獻東堂策長是蘆花别釣磯

一徑尋村渡碧溪稻花香澤水千畦雲中寺遠磬難識竹裏巢深鳥易迷紫菊亂開連井合紅榴初綻拂簷低歸來滿把如澠酒何用傷時歎鳳兮

寄江南諸弟

萬里逢歸雁鄉書忍淚封吾身不自保爾道各何從性拙唯多蹇家貧半爲慵祇思溪影上卧看玉華峯

投寄舊知

却將顛頓入都門自喜青霄足故人萬里有家留百越十年無路到三秦摧殘不是當時貌流落空餘舊日貧多謝青雲好知已莫敎歸去重沾巾

癸丑年下第獻新先輩

五更殘月省牆邊絳旆蜺旌卓曉煙千炬火中鶯出谷一聲鐘後鶴冲天皆乘駿馬先歸去（一作爭先）獨被羸童笑晚眠對酒暫時情豁爾見花依舊涕潸然未酬闞澤傭書債猶欠君平賣卜錢何事欲休休不得來年公道似今年

題汧陽縣馬跑泉李學士别業

水滿寒塘菊滿籬籬邊無限彩禽飛西園夜雨紅櫻熟南畝清風白稻肥草色自留閑客住泉聲如待主人歸九霄岐路忙於火肯戀斜陽守釣磯

絳州過夏留獻鄭尚書

朝朝沈醉引金船不覺西風滿樹蟬光景暗消銀燭下夢魂長寄玉輪邊因循每被時流誚奮發須由國士憐明月客腸何處斷綠槐風裏獨揚鞭

綏州作

雕陰無樹水難（一作南）流雉堞連雲古帝州帶雨晚駝鳴遠戍望鄉孤客倚高樓明妃去日花應笑蔡琰歸時鬢已秋一曲單于暮烽起扶蘇城上月如鉤

全唐詩

韋莊

與東吴生相遇（及第後出關作）

十年身事（一作世）各如萍白首相逢淚滿纓老去不知花有態亂來唯覺酒多情貧疑陋巷春偏少貴想豪家月最明且（一作獨）對一尊開口笑未衰應見泰階平

庭前桃

曾向桃源爛漫遊也同漁父泛僊舟皆言洞裏千株好未勝庭前一樹幽帶露似垂湘女淚無言如伴息嬀愁五陵公子饒春恨莫引香風上酒樓

丙辰年鄜州遇寒食城外醉吟五首

滿街楊柳綠絲煙畫出清明二月天好是隔簾花樹動女郎撩亂送鞦韆

離陰寒食足遊人金鳳羅衣濕麝薰腸斷入城芳草路淡紅香白一羣羣

開元坡下日初斜拜掃歸來走鈿車可惜數株紅艷好不知今夜落誰家

馬驕風疾玉鞭長過去唯留一陣香閉客不須燒破眼好花皆屬富家郎

雨絲煙柳欲清明金屋人閑煖鳳笙永日一作晝迢迢無一事隔街聞筑一作蹴氣毬聲

宜君一作春縣比卜居不遂留題王秀才別墅二首

本期同此臥林丘榾柮爐前擁布裘何事却騎羸馬去白雲紅樹不相留

明月嚴霜撲皁貂羨君高臥正逍遙門前積雪深三尺火滿紅爐酒滿瓢

鄜州留別張員外

江南相送君山下塞北相逢朔漠一作相纂中三楚故人皆是夢十年陳事只如風莫言身世他時異且喜琴尊數日同惆悵却愁明日別馬嘶山店雨濛濛

病中聞相府夜宴戲贈集賢盧學士

滿筵紅蠟照香鈿一夜歌鐘欲沸天花裏亂飛金錯落月中爭認繡連乾尊前莫話詩三百醉後寧辭酒十千無那兩三新進士風流長得飲徒憐

出關

馬嘶煙岍柳陰斜東去一作回首關山路轉賒到處因循緣嗜酒一生惆悵為判花危時祇合身無著白日那堪事有涯正是灞陵春酎綠仲宣何事獨辭家

過樊川舊居時在華州駕前奉使入蜀作

却到樊川訪舊遊夕陽衰草杜陵秋應劉去後苔生閣稽阮歸來雪滿頭能說亂離惟有燕解偷閑暇不如鷗千桑萬海無人見橫笛一聲空淚流

長安舊里

滿目牆匡一作垣春草深傷時傷事更傷心車輪馬跡今何在十二玉樓無處尋

過渼陂懷舊

辛勤曾寄玉峰前一別雲溪二十年三徑荒涼迷竹樹四鄰凋謝變桑田渼陂可是當時事紫閣空餘舊日煙多少亂離無處問夕陽吟罷涕潸然

汧陽間一作汧陽縣閣

汧水悠悠去似絣遠山如畫翠眉橫僧尋野渡歸吳嶽雁帶斜陽入渭城邊靜不收蕃帳馬地貧惟賣隴山鸚牧童何處吹羌笛一曲梅花出塞聲

焦崖閣

李白曾歌蜀道難長聞白日上青天今朝夜過焦崖閣始信星河在馬前

雞公幘去褒城縣二十里

石狀雖如幘山形可類雞向風疑欲鬭帶雨似聞啼蔓織青籠合松長翠羽低不鳴非有意為怕客奔齊

全唐詩

韋莊

平陵老將此以下詩皆集外補遺

白羽金僕姑腰懸雙轆轤前年蔥嶺北獨戰雲中胡疋馬塞垣老一身如鳥孤歸來辭第宅却占平陵居

即事

亂世時偏促陰天日易昏無言搔白首憔悴倚東門

姬人養蠶

昔年愛笑蠶家婦今日辛勤自養蠶仍道不愁羅與綺女郎初解織桑籃

長干塘別徐茂才

亂離時節別離輕別酒應須滿滿傾纔喜相逢又相送有情爭得似無情

勉兒子

養爾逢多難常憂學已遲辟疆為上相何必待從師

乞彩牋歌

浣花溪上如花客綠闇紅藏人不識留得溪頭瑟瑟波潑成紙上猩猩色手把金刀擘綵雲有時翦破秋天碧不使紅霓段段飛一時驅上丹霞壁蜀客才多染不供卓文醉後開無力孔雀銜來向日飛翩翩壓折黃金翼我有歌詩一千首磨礱山岳羅星斗開卷長疑雷電驚揮毫只怕龍蛇走班班布在時人口滿袖松花都未有人間無處買煙霞須知得自神僊手也知價重連城璧一紙萬金猶不惜薛濤昨夜夢中來殷勤勸向君邊覓

白牡丹

閨中莫妒新妝婦陌上須慚傅粉郎昨夜月明渾似水入門唯覺一庭香

憫耕者

何代何王不戰爭盡從離亂見清平如今暴骨多於土猶點鄉兵作戍兵

壺關道中作

處處兵戈路不通却從山北去江東黃昏欲到壺關寨疋馬寒嘶野草中

題酒家

酒綠花紅客愛詩落花春岍酒家旗尋思避世為逋客不醉長醒也是癡

寄舍弟

每吟富貴他人合不覺汍瀾又濕衣萬里日邊鄉樹遠何年何路得同歸

僕者楊金

半年辛苦葺荒居不獨單寒腹亦虛努力且為田舍客他年為爾覓金魚

春陌二首

滿街芳草卓香車僊子門前白日斜腸斷東風各回首

一枝春雪凍梅花

嫩煙輕染柳絲黃，句引花枝笑凭牆。馬上王孫莫回首，好風偏逐羽林郎。

贈姬人

莫恨紅裙破，休嫌白屋低。請看京與洛，誰在舊香閨。

中酒

南鄰酒熟愛相招，蘸甲傾來綠滿瓢。一醉不知三日事，任他童稚作漁樵。

暴雨

江村入夏多雷雨，曉作狂霖晚又晴。波浪不知深幾許，南湖今與北湖平。

悼亡姬

鳳去鸞歸不可尋，十洲仙路彩雲深。若無少女花應老，爲有姮娥月易沈。竹葉豈能消積恨，丁香空解結同心。湘江水闊蒼梧遠，何處相思弄舜琴。

獨吟（以下四首俱悼亡姬作）

默默無言惻惻悲，閑吟獨傍菊花籬。只今已作經年別，此後知爲幾歲期。開篋每尋遺念物，倚樓空綴悼亡詩。夜來孤枕空腸斷，窗月斜輝夢覺時。

悔恨

六七年來春又秋，也同歡笑也同愁。纔聞及第心先喜，試說求婚淚便流。幾爲妒來頻斂黛，每思閑事不梳頭。如今悔恨將何益，腸斷千休與萬休。

虛（一作靈）席

一閉香閨後，羅衣盡施僧。鼠偷筵上果，蛾撲帳前燈。土蝕釵無鳳，塵生鏡少菱。有時還影響，花葉曳香繒。

舊居

芳草又芳草，故人楊子家。青雲容易散，白日等閑斜。皓質留殘雪，香魂逐斷霞。不知何處笛，一夜叫梅花。

晏起

爾來中酒起常遲，臥看南山改舊詩。開（一作閑）戶日高春寂寂，數聲啼鳥上花枝。

幽居春思

綠映紅藏江上村，一聲雞犬似山源。閉門盡日無人到，翠羽春禽滿樹喧。

思歸引

越鳥南翔鴈北飛，兩鄉雲路各言歸。如何我是飄飄者，獨向江頭戀釣磯。

與小女

見人初解語嘔啞，不肎歸眠戀小車。一夜嬌啼緣底事，爲嫌衣少縷金華。

虎跡

白額頻頻夜到門，水邊蹤跡漸成羣。我今避世棲巖穴，巖穴如何又見君。

買酒不得

停尊待爾怪來遲，手挈空缾毷氉歸。滿面春愁消不得，更看溪鷺寂寥飛。

得故人書

正向溪頭自采蘇，青雲忽得故人書。殷勤問我歸來否，雙闕而今畫不如。

洪州送僧遊福建

八月風波似鼓鼙，可堪波上各東西。殷勤早作歸來計，莫戀猿聲住建溪。

聞回戈軍

上將鏖兵又欲旋（一作去一，本缺二字），翠華巡幸已三年。營中不用栽楊柳，願戴儒冠爲控弦。

南鄰公子

南鄰公子夜歸聲，數炬銀燈隔竹明。醉凭馬鬃扶不起，更邀紅袖出門迎。

憶小女銀娘

睦州江上水門西，蕩槳揚帆各解攜。今日天涯夜深坐，斷腸偏憶阿銀犁。

女僕阿汪

念爾辛勤歲已深，亂離相失又相尋。他年待我門如市，報爾千金與萬金。

河清縣河亭

由來多感莫憑高，竟日衷腸似有刀。人事任成陵與谷，大河東去自滔滔。

鍾陵夜闌作

鍾陵風雪夜將深，坐對寒江獨苦吟。流落天涯誰見問，少卿應識子卿心。

悼楊氏妓琴弦

魂歸寥廓魄歸煙，只住人間十八年。昨日施僧裙帶上，斷腸猶繫琵琶弦。

殘花

江頭沈醉泥斜暉，却向花前慟哭歸。惆悵一年春又去，碧雲芳草兩依依。

歲晏同左生作

歲暮鄉關遠，天涯手重攜。雪埋江樹短，雲壓夜城低。寶瑟湘靈怨，清砧杜魄啼。不須臨皎鏡，年長易淒淒。

咸陽懷古

城邊人倚夕陽樓，城上雲凝萬古愁。山色不知秦苑廢，水聲空傍漢宮流。李斯不向倉中悟（一作寤），徐福應無物外遊。莫怪楚吟偏斷骨，野煙蹤跡似東周。

和同年韋學士華下途中見寄

綠楊城郭雨淒淒，過盡千輪與萬蹄。送我獨遊三蜀路，羨君新上九霄梯。馬驚門外山如活，花笑尊前客似泥。正是清和好時節，不堪離恨劍門西。

春愁

自有春愁正斷魂，不堪芳草思王孫。落花寂寂黃昏雨，深院無人獨倚門。

傷灼灼（灼灼，蜀之麗人也。近聞貧且老，殂落于成都酒市中，因以四韻弔之）

嘗聞灼灼麗於花，雲髻盤時未破瓜。桃臉曼長橫綠水，玉肌香膩透紅紗。多情不住神仙界，薄命曾嫌富貴家。流落錦江無處問，斷魂飛作碧天霞。

漢州

比（一作北）儂初到漢州城，郭邑樓臺觸目驚。松桂影中旌旆色，芰荷風裡管弦聲。人心不似經離亂，時運還應却太平。十日醉眠金鴈驛，臨岐無恨（一作限）臉波橫。

長安清明

蚤是傷春夢（一作暮）雨天可堪（一作憐）芳草更芊芊内官初賜清明火上相閑（一作閣）分白打錢紫陌亂嘶紅叱撥綠楊高映（一作影）畫鞦韆遊人記得承平事暗喜風光似昔年

秋霽晚景

秋霽禁城晚六街煙雨殘牆頭山色健林外鳥聲歡翹日樓臺麗清風劒佩寒玉人襟袖薄斜凭翠闌干

和人春暮書事寄崔秀才

半掩朱門白日長晚風輕墮落梅妝不知芳草情何限只怪遊人思易傷纔見早春鶯出谷已驚新夏燕巢梁相逢只賴如澠酒一曲狂歌入醉鄉

古離別（一作多情）

一生風月供惆悵到處煙花恨別離止竟多情何處好少年長抱少年悲

邊上逢薛秀才話舊

前年同醉武陵亭絶倒閑譚坐到明也有絳脣歌白雪更憐紅袖奪金觥秦雲一散如春夢楚市千燒作故城今日皤然對芳草不勝東望涕交橫

飲散呈主人

夢覺笙歌散空堂寂寞秋更聞城角弄煙雨不勝愁

使院黄葵花

薄妝新著澹黄衣對捧金爐侍醮遲向月似矜傾國貌倚風如唱步虛詞乍開檀炷疑聞語試與雲和必解吹爲報同人看來好不禁秋露卽離披

摇落

摇落秋天酒易醒凄凄長似别離情黄昏倚柱不歸去腸斷綠荷風雨聲

奉和觀察郎中春暮憶花言懷見寄四韻之什

天畔峨嵋簇簇青楚雲何處隔重扃落花帶雪埋芳草春雨和風濕畫屏對酒莫辭衝暮角望鄉誰解倚南亭惟君信我多惆悵只願陶陶不願醒

奉和左司郎中春物暗度感而成章

纔喜新春已暮春夕陽吟殺倚樓人錦江風散霏霏雨花市香飄漠漠塵今日尚追巫峽夢少年應遇洛川神有時自患多情病莫是生前宋玉身

少年行

五陵豪客多買酒黄金餞醉下酒家樓美人雙翠幰揮劒邯鄲市走馬梁王苑樂事殊未央年華已云晚

令狐亭

若非天上神仙宅須是人間將相家想得當時好煙（一作風）月管弦吹殺後庭花

閨月

明月照前除煙華蕙蘭濕清風行處來白露寒蟬急美人情易傷暗上紅樓立欲言無處言但向姮娥泣

閨怨

戚戚彼何人明眸利於月啼妝曉不乾素面凝香雪良人去淄右鏡破金簪折空藏蘭蕙心不忍琴中説

上春詞

曈曨赫日東方來禁城煙煖蒸青苔金樓美人花屏開晨妝未罷車聲催幽蘭報暖紫芽折天花愁豔蝶飛迴五陵年少惜花落酒濃歌極翻如哀四時輪環終又始百年不見南山摧遊人陌上騎生塵顔子門前吹死灰

擣練篇

月華吐豔明燭燭青樓婦唱擣衣曲白袷絲光織魚目菱花綬帶鴛鴦簇臨風縹緲疊秋雪月下丁冬擣寒玉樓蘭欲寄在何鄉憑人與繫征鴻足

雜體聯錦

攜手重攜手夾江金線柳江上柳能長行人戀尊酒尊酒意何深爲郎歌玉簪玉簪聲斷續鈿軸鳴雙轂雙轂去何方隔江春樹綠樹綠酒旗高淚痕沾繡袍繡袍縫紫鵞濕重持金錯刀錯刀何燦爛使我腸千斷腸斷欲何言簾動眞珠繁眞珠綴秋露秋露沾金盤金盤湛瓊液仙子無歸跡無跡又無言海煙空寂寂寂寂古城道馬嘶芳岸草芳草接長堤長堤人解攜解攜忽已久緬邈空回首回首隔天河恨唱蓮塘歌蓮塘在何許日暮西山雨

長安春

長安二月多香塵六街車馬聲轔轔家家樓上如花人千枝萬枝紅豔新簾間笑語自相問何人占得長安春長安春色本無主古來盡屬紅樓女如今無奈杏園人駿馬輕車擁將去

撫盈歌

鳳縠兮鴛綃霞疏兮綺寮玉庭兮春晝金屋兮秋宵愁瞳兮月皎笑頰兮花嬌羅輕兮濃麝室煖兮香椒鑾輿去兮蕭屑七絲斷兮沈寥主父臥兮漳水君王幸兮雲軺鉛華窅窕兮穠姿棠公肸蠁兮靡依翠華長逝兮莫追晏相望門兮空悲

贈峨嵋山彈琴李處士

峨嵋山下能琴客似醉似狂人不測何須見我眼偏青未見我身頭已白茫茫四海本無家一片愁雲颺秋碧壺中醉臥日月明（一作長）世上長遊天地窄晉朝叔夜舊相知蜀郡文君小來識後生常建彼何人贈我篇章苦雕刻名卿名相盡知音遇酒遇琴無間隔如今世亂獨翛然天外鴻飛招不得余今正泣楊朱淚八月邊城風刮地霓旌絳旆忽相尋爲我尊前橫綠綺一彈猛雨隨手來再彈白雪連天起凄凄清清松上風咽咽幽幽隴頭水吟蜂遶樹去不來别鶴引雛飛又止錦麟不動惟側頭白馬仰聽空豎耳廣陵故事無人知古人不説今人疑子期子野俱不見烏啼鬼哭空傷悲坐中詞客悄無語簾外月華庭欲午爲君吟作聽琴歌爲我留名係仙譜

江臯贈别

金管多情恨解攜一聲歌罷客如泥江亭繫馬綠楊短野岸維舟春草齊帝子夢魂煙水闊謝公詩思碧雲低風前不用頻揮手我有家山白日西

南陽小將張彦硤口鎮稅人場射虎歌（一作白居易詩）

海内昔年狎太平横目穰穰何崢嶸天生天殺豈天怒忍使朝朝餵猛虎關東驛路多丘荒行人最忌稅人場張彦雄特制殘暴見之叱起如叱羊鳴弦霹靂越幽阻

全唐詩

王貞白

王貞白字有道，永豐人，乾寧二年張貽憲榜進士，後七年始授校書郎，嘗與羅隱、方干、貫休同倡和，有靈溪集七卷，今編詩一卷。

擬塞外征行

寇騎滿雞田，都護欲臨邊，青泥方絕漠，懷劍始辭燕。旌挂龍虎壯，士募鷹鸇長，城威十萬高，嶺奮三千行。行向馬邑去，去指祁連鼓，聲遙赤塞兵，氣遠衝天對。陣雲初上臨城，月始懸風驚，烽易滅沙暗，馬難前恩重，恒思報勞心（一作心勞），屢損年微，功一可立，身輕不自憐。

蘆葦

高士想江湖，湖閑庭植蘆。清風時有至，綠竹興何殊。嫩喜日光薄，疎憂雨點麤。驚蛙跳得過，鬭雀裊如無。未織巴籬護，幾擡邛竹扶。惹煙輕弱柳，蘸水漱清蒲。溉灌情偏重，琴樽賞不孤。穿花思釣叟，吹葉少羌雛。寒色暮天映，秋聲遠籟俱。朗吟應有趣，瀟灑十餘株。

田舍曲

古今利名路，只在儂門前。至老不離家，一生常晏眠。牛羊晚自歸，兒童戲野田。豈思封侯貴，唯只待豐年。征賦豈辭苦，但願時官賢。時官苟貪濁，田舍生憂煎。

妾薄命

薄命頭欲白，頻年嫁不成。秦娥未十五，昨夜事公卿。豈有機杼力，空傳歌舞名。妾專脩婦德，媒氏却相輕。

湘妃怨

舜欲省蠻陬，南巡非逸遊。九江沉白日，二女泣滄洲。目極楚雲斷，恨深湘水流。至今聞鼓瑟，咽絕不勝愁。

長門怨二首

寂寞故宮春，殘燈曉尚存。從來非妾過（一作妬），偶爾失君恩。花落傷容鬢，鶯啼驚夢魂。翠華如可待，應免老長門。

葉落長門靜，苔生永巷幽。相思對明月，獨坐向空樓。鑾駕迷終轉，蛾眉老自愁。昭陽歌舞伴，此夕未知秋。

有所思（一作長相思）

芙蓉出水時，偶爾便分離。自此無因見，長教挂所思。殘春不入夢，芳信欲傳誰。寂寞秋堂下，空吟小謝詩。

短歌

物候來相續，新蟬送晚鶯。百年休倚賴，一夢甚分明。金鼎神仙隱（一作祕），銅壺晝夜傾。不如早立德，萬古有其名。

御溝水

一帶御溝水，綠槐相蔭清。此中（一作泉）涵帝澤，無處濯塵纓。鳥道來雖險，龍池到自平。朝宗本心切，願向急流傾。

少年行二首

遊讌不知厭，杜陵狂少年。花時輕暖酒，春服薄裝綿。戲馬上林苑，鬭雞寒食天。魯儒甘被笑，對策鬢皤然。

弱冠投邊急，驅兵夜渡河。追奔鐵馬走，殺虜寶刀訛（一作批）。威靜黑山路，氣含（一作吞）清海波。常聞為突騎，天子賜長戈。

塞上曲

歲歲但防虜，西征早晚休。匈奴不繫頸，漢將但封侯。夕照低烽火，寒笳咽戍樓。燕然山上字，男子見須羞。

長安道

曉鼓人已行，暮鼓人未息。梯航萬國來，爭先貢金帛。不問賢與愚，但論官與職。如何貧書生，只獻安邊策。

洛陽道

喧喧洛陽路，奔走爭先步。唯恐著鞭遲，誰能更迴顧。覆車雖在前，潤屋何曾懼。賢哉只二疏，東門掛冠去。

往往依林猶抵（一作旅）拒，草際旋看委錦茵。腰間不更（一作見）抽。白羽老饕已斃，衆雛恐童稚。揶揄皆自勇，忠良効順勢。亦然一劒猜狂，敢輕動有文有武，方為國不是英雄，伏不得試徵張彥作將軍，幾箇將軍願策勳。

下邽感舊（太平廣記云：非幼時常在華州下邽縣僑居，多與鄰巷諸兒會戲。及廣明亂後，再經舊里，追思往事，但有遺蹤，因賦詩以記之）

昔為童稚不知愁，竹馬閑乘遶縣遊。曾為看花偷出郭，也因逃學暫登樓。招他邑客來還醉，儳得先生去始休。今日故人何處問，夕陽衰草盡荒丘。

塗次逢李氏兄弟感舊

御溝西面朱門宅，記得當時好弟兄。曉傍柳陰騎竹馬，夜隈燈影弄先生。巡街趁蝶衣裳破，上屋探雛手脚輕。今日相逢俱老大，憂家憂國盡公卿。

龍潭（一作僧應物詩）

激石（一作石激）懸流雪滿灣，九（一作五）龍潛處野雲閑。欲行甘雨四天下（一作漸收雷電九峰下），且隱（一作飲）澄（一作溪）潭一頃（一作水）間。浪引浮槎依北岸，波分晚（一作曉）日見（一作浸）東山。垂髯儻遇穆王駕，閬苑周流應未還（一作回瞻四面如看畫，須信遊人不欲還）。

江上别李秀才

前年相送灞陵春，今日天涯各避秦。莫向尊前惜沈醉，與君俱是異鄉人。

句

印將金鏁鏁，簾用玉鉤鉤（北夢瑣言云：杜荀鶴嘗吟一聯詩云：舊衣灰絮絮，新酒竹篘篘。或話於東莊，擬之云云，卽大拜之祥也）。

不隨妖豔開，獨媚玄冥節（詠梅。見海錄碎事）。

豈是為窮常見隔，只應嫌酒不相過（贈貫休。見高僧傳）。

度關山

只領千餘騎長驅磧邑間雲州多警急雪夜度關山石響鈴聲遠天寒弓力慳秦樓休悵望不日凱歌還

出自薊北門行

薊北連極塞塞色晝冥冥戰地骸骨滿長時風雨腥沙河留一作流不定春草凍難青萬戶封侯者何謀靜虜庭

從軍行

從軍朔方久未省用干戈秖以恩信及自然戎虜和邊聲動白草燒色入枯河每度因看獵令人勇氣多

古悔從軍行

憶昔仗孤劍十年從武威論兵親玉帳逐虜過金微隴水秋先凍關雲寒一作漢不飛辛勤功業在麟閣志猶違

胡笳曲

隴底悲笳引一作動隴頭鳴北風一輪霜月落萬里塞天空戍卒淚應盡胡兒哭一作語未終爭教班定遠不念玉關中

入一作出塞

玉殿論兵事君王詔出征新除羽林將曾破月支兵慣歷塞垣險能分部落情從今一戰勝不使虜塵生

遊僊

我家三島上洞戶眺波濤醉背雲屏臥誰知海日高露香紅玉樹風綻碧蟠桃悔與仙子別思歸夢釣鼇

歌一作涼州行

誰唱關西曲寂寞一作寂寥又作寥寥夜景深一聲長在耳萬恨重經心調古清風起曲終涼月沉卻應筵上客未必是知音

經故洛城

卜世何久遠由來仰聖明山河徒自壯周召不長生幾主任姦諂諸侯各戰爭但餘崩壘在今古共傷情

金陵一本同下題作二首

六代江山在繁華古帝都亂來城不守戰後地多蕪寒日隨潮落歸帆與鳥孤興亡多少事回首一長吁

金陵懷古

恃險不種德興亡歎數窮石城幾換主天塹謾連空御路壘民塚臺基聚牧童折碑猶有字多記晉一作昔英雄

商山

商山名利路夜亦有人行四皓臥雲處千秋壘蘚生晝燒籠澗黑殘雪隔林明我待酬恩了來聽水石聲

廬山

嶽立鎮南楚雄名天下聞五峰高閡日九壘翠連雲夏谷雪猶在陰巖晝不分唯應嵩與華清峻得爲羣

終南山

終朝異五岳一作千山凝黛色列翠一作今古滿長安地去搜揚一作王都近人謀隱遁難水穿一作通諸苑過雪照一城寒爲問紅塵裏誰同駐馬看一作太華遙相望晴樓幾處看

寄鄭谷

五百首新詩緘封寄去時一作與誰秖憑夫子鑒不要俗人知火鼠重收布冰蠶乍吐絲直須天上手裁作領巾披

題嚴陵釣臺

山色四時碧溪聲七里清嚴陵愛此景下視漢公卿垂釣月初上放歌風正輕應憐渭濱叟匡國正論兵

曉泊漢陽渡

落月臨古渡武昌城未開殘燈明市井曉色辨樓臺雲自蒼梧去水從嶓冢來芳洲號鸚鵡用記禰生才

隨計

徒步隨計吏辛勤鬢易凋歸期無定日鄉思羨迴潮冒雨投前驛侵星過斷橋何堪穆陵路霜葉更瀟瀟

白牡丹

穀雨洗纖素裁爲白牡丹異香開玉合輕粉泥銀盤曉貯露華濕宵傾月魄寒家一作佳人淡粧罷無語倚朱欄

述松

遠谷呈材幹何由入棟梁歲寒虛勝竹功績不如桑秋露一作老落松子春一作雪深裛一作裹嫩黃雖蒙匠者顧樵採日難防

宮池產瑞蓮帖經日試

雨露及萬物嘉祥有瑞蓮香飄雞樹近榮占鳳池先聖日臨雙麗恩波照並妍願同指佞草生向帝堯前

送友人南歸

南國菖蒲老知君憶釣船離京近殘暑歸路有新蟬峴首白雲起洞庭秋月懸若教吟興足西笑是何年

送馬明府歸山

辭秩入匡廬重脩靖節居免遭黑綬束不與白雲疏送吏各獻酒羣兒自擔書到時看瀑布爲我謝清虛

送韓從事歸本道

獻捷靈州倅歸時寵拜新論邊多稱旨許國誓亡身馬渴黃河凍雁回青塚春到蕃唯促戰應不肯和親

秋日旅懷寄右省鄭拾遺

永夕愁不寐草蟲喧客庭半窗分曉月當枕落殘星鬢髮遊梁白家山近越青知音在諫省苦調有誰聽

贈劉凝評事

棘寺官初罷梁園靜掩扉春深顏子巷花映老萊衣談史曾無滯攻書已造微即膺新寵命稱慶向庭闈

憶張處士

天台張處士詩句造玄微古樂知音少名言與俗違山風入松徑海月上巖扉畢世唯高臥無人說是非

雲居長老

巘路躡雲上來參出世僧松高半巖雪竹覆一溪冰不說有爲法非傳無盡燈了然方寸內應秖見南能

洗竹

道院竹緐教暑洗鳴琴酌酒看扶疎不圖結實來雙鳳且要長竿釣巨魚錦籜裁冠添散逸玉芽脩饌稱清虛有時記得三天事自向琅玕節下書

庚樓曉望

獨凭朱檻立凌晨山色初明水色新竹霧曉籠銜嶺月蘋風暖送過江春子城陰處猶殘雪衙鼓聲前未有塵三百年來庚樓上曾經多少望鄉人

送芮尊師

石上菖蒲節節靈先生服食得長生早知一作年避世憂身老近日登山覺步輕黃鶴待傳蓬島信丹書應換蘂宮名他年控鯉昇天去廬岳逋民願從行

折楊柳三首一作段成式詩

全唐詩目第十函

第十冊

張蠙一卷

翁承贊一卷

黃滔三卷

全唐詩

張蠙

張蠙字象文，清河人。初與許棠、張喬齊名，登乾寧二年進士第，爲校書郎、櫟陽尉、犀浦令。入蜀，拜膳部員外郎，終金堂令。詩一卷。

登單于臺

邊兵春盡迴，獨上單于臺。白日地中出，黃河天外來。沙翻痕似浪，風急響疑雷。欲向陰關度，陰關曉不開。

寄友人

戀一作世道欲一作復何如，東西遠索居。長疑即見面，翻致久無書。句麥深藏雉，淮苔淺露魚。相思不我會，明月幾盈虛。

枝枝交影鎖長門，嫩色曾沾雨露恩。鳳輦不來春欲盡，空留鶯語到黃昏。

水殿年年占早芳，柔條風裏御爐香。如今萬乘多巡狩，輦路無陰綠草長。

嫩葉初齊不耐寒，風和時拂玉欄干。征人去日曾攀折，泣雨傷春翠黛殘。

遠聞本郡行春到舊山二首

一身從宦留京邑，五馬遙聞到舊山。已領煙霞光野徑，深慙老幼候柴關。

清風借響松筠外，畫隼停暉水石間。定掩溪名在圖傳，共知軒蓋此登攀。

宿新安村步

淅淅寒流漲淺沙，月明空渚徧蘆花。離人偶宿孤邨下，永夜聞砧一兩家。

偃巖二首

白煙晝起丹竈，紅葉秋書篆文。二十四巖天上，一雞啼破晴雲。

風呼山鬼服役，月照衡薇結花。江暖客尋瑤草，洞溪人噉丹霞。

雨後從陶郎中登庚樓

庚樓逢霽色，夏日欲西曛。虹截半江雨，風驅大澤雲。島邊漁艇聚，天畔鳥行分。此景堪誰畫，文翁請綴文。一本截前後爲絶句

九日長安作

無酒泛金菊，登高但憶秋。歸心隨旅鴈，萬里在滄洲。殘照明天闕，孤砧隔御溝。誰能思落帽，兩鬢已添愁。

曉發蕭關

早發長風裏，邊城曙色間。數鴻寒背磧，片月落臨關。隴上明星沒，沙中夜探還。歸程不可問，幾日到家山。

釣臺

異代有巢許，方知嚴子情。舊交雖建國，高臥不求榮。溪鳥寒來浴，汀蘭暖重生。何顏吟過此，辛苦得浮名。

寄天台葉尊師

師住天台久，長聞過石橋。晴峯見滄海，深洞徹丹霄。採藥霞衣濕，煎芝古鼎焦。念予無俗骨，頻與鶴書招。

御試後進詩

三時賜食天廚近，再宿偷吟禁漏清。二十五家齊拔宅，人間已寫上昇名。是年初放二十五人，後覆試止放十五人也

春日詠梅花 見絶句辨體

靚妝纔罷粉痕新，迨曉風迴散玉塵。若遣有情應悵望，已兼殘雪又兼春。

句

太陽雖不照，梁棟每重陰。廊下井 以下吟窗雜錄

白髮未逢媒，對景且裴回。醜婦

別酒莫辭今夜醉，故人知我幾時來。合賦

改貫永留鄉黨額，減租重感郡侯恩。洪景盧野處集載赴選別太守句，貞白自注：本州改坊名爲進賢，并減户税

和崔監丞春遊鄭僕射東園

春興隨花盡，東園自養閑。不離三畝地，似入萬重山。白鳥穿蘿去，清泉抵石還。豈同秦代客，無位隱商山。

過蕭關

出得蕭關北，儒衣不稱身。隴狐（一作孤）來試客，沙鶻下欺人。曉戍殘烽火，晴原起獵塵。邊戎莫相忌，非是霍家親。

盆池

圓內陶化功，外絕衆流通。逕處離松影，穿時減藥叢。別疑天在地，長對月當空。每使登門客，煙波入夢中。

野泉

遠出白雲中，長年聽不同（一作常）。清聲縈亂石（一作石亂），寒色入長（一作潭）空。挂鋒聊成雨，穿林別起風。溫泉非爾數，源發在深空。

送成州牧

清時為塞郡，自古有儒流。素望知難恆，新恩且用酬。犬牙連蜀國，兵額貫秦州。秖作三年別，誰能聽邑留。

薊北書事

度磧如經海，茫然但見空。戍樓承落日，沙塞凝驚蓬。暑過燕僧出，時平虜客通。逢人皆上將，誰有定邊功。

送徐州薛尚書

上將出儒中，論詩擬立功。州從禹後別，軍自漢來雄。遠驛銷寒日，嚴城肅暮空。龍顏有遺廟，猶得奠英風。

貽曹郎中

所作高前古，封章自曲臺。細看明主意，終用出人才。省印尋僧鎖，書樓領鶴開。南山有舊友，時向白雲來。

送緇雲尉

釋褐從仙尉，之官興若何。去程唯水石，公署在雲蘿。野飯樓中迴，晴峰案上多。三年罷趨府，應更戰高科。

送董卿赴台州

九陌除書出，尋僧問海城。家從中路挈，吏隔數州迎。夜蚌侵燈影，春禽雜櫓聲。明圖見異跡，思上石橋行。

送友人赴涇州幕（一作送李中丞再赴虔州）

杏園沈飲散，榮別就佳招。日月相期盡，山川獨去遙。府樓明蜀雪，關磧轉胡鵰。縱有煙塵動，應隨上策銷。

逢漳州崔使君北歸

在郡多殊稱，無人不望回。離城攜客去，度（一作出）嶺擔猿來。障寫經冬藥，瓶緘落暑梅。長安有歸宅，歸見鎖青苔。

雲朔逢山友

會面却生疑，居然似夢歸。塞深行客少，家遠識人稀。戰馬分旗牧，驚禽曳箭飛。將軍雖異禮，難便（一作便使）脫麻衣。

別後寄友生（一作崔魯詩）

上馬如飛鳥，飄然隔去塵。共看今夜月，獨作異鄉人。就養江南熟，移居井賦新。襄陽曾卜隱，應與孟家鄰。

邊遊別友人

欲別不止淚，當杯難強歌。家貧隨日長，身病涉寒多。雨雪迷燕路，田園隔楚波。良時未自致，歸去欲如何。

邊庭送別

一生雖達理，遠別亦相悲。白髮無修處，青松有老時。暮煙傳戍起，寒日隔沙垂。若是長安去，何難定後期。

將之京師留別親友

達命何勞問，西遊且自期。至公如有日，知我豈無時。野迴蟬相答，堤長柳對垂。酣歌一舉袂，明發不堪思。

贈別山友

從容無限意，不獨為離羣。年長驚黃葉，時清厭白雲。舊山迴馬見，寒瀑別家聞。相與存吾道，窮通各自分。

途次績溪先寄陳明府

入境風煙好，幽人不易傳。新居多是客，舊隱半成仙。山斷雲衝騎，溪長柳拂船。何當許過縣，聞有篋中篇。

送友人歸武陵

聞近桃源住，無村不是花。戍旗招海客，廟鼓集江鴉。別島垂橙實，閑田長荻花。遊秦未得意，看即更（一作是）離家。

亂中寄友人

別來難覓信，何處避艱危。鬢黑無多日，塵清是幾時。人情將厭武，王澤即興詩。若便懷深隱，還應聖主知。

哭建州李員外

詩名不易出，名出又何為。捷到重科早，官終一郡卑。素風無後嗣（一作裔），遺跡有（一作受）生祠。自罷羊公市，溪猿哭舊時。

弔孟浩然

每每樵家說，孤墳亦夜吟。若重生此世，應更苦前心。名與襄陽遠，詩同漢水深。親栽鹿門樹，猶蓋石牀陰。

送友人及第歸（一本題下有新舊二字）

家林滄海東，未曉日先紅。作貢諸蕃別，登科幾國同。遠聲魚呷浪，層氣蜃迎風。鄉俗稀攀桂，爭來問月宮。

次韻和友人冬月書齋

四季多花木，窮冬亦不凋。薄冰（一作雲）行處斷，殘火睡來消。象版簽書帙，蠻藤絡酒瓢。公卿有知己，時得一相招。

過山家

避暑得探幽，忘言遂久留。雲深窗失（一作燈火）曙，松合徑先秋。響谷傳人語，鳴泉洗客愁。家山不在此，至此可歸休。

宿山驛

驛在千峰裏，寒宵獨此身。古墳時見火，荒壁悄無隣。月白翻驚鳥，雲閑欲就人。秖應明日鬢，更與老相親。

宿開照寺光澤上人院

靜室譚玄旨，清宵獨細聽。真身非有像，至理本無經。鐘定遙聞水，樓高別見星。不教人觸穢，偏說此山靈。

宿山寺

中峰半夜起，忽覺有（一作在）青冥。此界自生雨，上方猶有星。樓高鐘尚（一作獨）遠，殿古像多靈。好是潺湲水，房房伴誦經。

題紫閣院

上方人海外，苔徑上千層。洞豁有靈藥，房廊無老僧。古巖雕素像，喬木挂寒燈。每到思修隱，將回苦（一作欲）不能。

白菊

秋天木葉乾，猶有白花殘。舉世稀栽得，豪家却畫看。片苔相應緑，諸卉獨宜寒。幾度攜佳客，登高欲折難。

叢葦

叢叢寒水邊，曾折打魚（一作釣魚）船。忽（一作成，又作或）與（一作喜）亭臺近，翻嫌島嶼偏。花明無月夜，聲急正秋天。遙憶巴陵渡，殘陽一

望煙

鄭穀補闕山松

心將積雪欺根與白雲離遠寄僧猶憶高看鶴未知影交新長葉皺匝舊生枝多少同時種深山不得移

新竹

新鞭暗入庭初長兩三莖（一作莖莖）不是他山少無如此地生垂梢叢上出柔葉籜間成何用高唐峽風枝埽月明

和友人送趙能卿東歸

一第時難得歸期日已過相看玄鬢少共憶白雲多楚潤天垂草吳空月上波無人不有遇之子獨狂歌

送人歸南中

有家誰不別經亂獨難尋遠路波濤惡窮荒雨霧深燒驚山象出雷觸海鼇沈爲問南遷客何人在瘴林

塞下曲

邊事多更變天心亦爲憂胡兵來作冦漢將也封侯夜燒衝星赤寒塵翳日愁無門展微略空上望西樓

邊將二首

歷戰燕然北功高劍有威聞名外（一作敵）國懼輕命故人稀角怨星芒動塵愁日色微從爲漢都護未得脫征衣

按劍立城樓西看極海頭承家爲上將開地得邊州磧迥兵難伏天寒馬易收胡風一度獵吹裂錦貂裘

朔方書事

秋盡角聲苦逢人唯荷戈城池向隴少岐路出關多雁遠行垂地烽高影入河仍聞黑山冦又覓漢家和

經荒驛

古驛成幽境雲蘿隔四鄰夜燈移宿鳥秋雨禁行人廢巷荊叢合荒庭虎迹新昔年經此地終日是紅塵

贈棲白太師

剃髮得時名僧應別應星偶題皆有詔閑論便成經埽葉寒燒鼎融氷曉注瓶長因內齋出多客叩禪扃

贈聞一上人

見面雖年少聞名似白頭玄談窮釋旨清思掩詩流果落痕生砌松高影上樓壇場在三殿應召入焚修

贈可倫上人

師教本於空流來不自東修從多劫後行出衆人中衲冷湖山雨幡輕海甸風游吳累夏講還與虎溪同

寄法乾寺令諲太師

師居中禁寺外請已無緣望幸唯修偈承恩不亂禪院多喧種藥池有化生蓮何日龍宮裏相尋借法船

寄太白禪師

何年萬仞頂獨有坐禪僧客上應無路人傳或見燈齋廚（一作玉）唯有橡講石任生藤遥想東林社如師誰復能

遇道者

數里白雲裏身輕無履蹤故尋多不見偶到即相逢古井生雲水高壇出異松聊看杏花酌便似換顔容

贈道者

得道疑人識都城獨閉關頭從白後黑心向鬧中閑飢渴唯調氣兒孫亦駐顔始知仙者隱殊不在深山

雨

半夜西亭雨離人獨啓關桑麻荒舊國雷電照前山細滴高槐底繁聲疊漏間唯應孤鏡裏明月長愁顔

長安春望

明時不敢臥煙霞又見秦城換物華殘雪未銷雙鳳闕新春已發五侯（一作陵）家甘貧祗擬長緘（一作監）酒忍病猶期強採花故國別來桑梓盡十年兵踐海西艖

過黃牛峽

黃牛來勢瀉巴川疊日孤舟逐峽前雷電夜驚猿落樹波濤愁恐客離船盤渦逆入嵌空地斷壁高分繚繞天多少人經過此去一生魂夢怕潺湲

逢道者

縱意出山無遠近還如孤鶴在空虛昔年親種樹皆老此世相逢人自疎野葉細苞深洞藥巖蘿閒束古仙書紙（一作終）尋隱跡歸何處方説煙霞不定居

邊情

窮荒始得靜天驕又説天兵擬渡遼聖主尚嫌蕃界近將軍莫恨漢庭遥草枯朔野春難發氷結河源夏半銷惆悵臨戎皆効國豈無人似霍嫖姚

贈李司徒

承家拓定隴關西勳貴名應上將齊金庫夜開龍甲冷玉堂秋閉鳳笙低歡筵每恕嬌娥醉閑櫪猶驚戰馬嘶長怪魯儒頭枉白不親弓劍覓丹梯

送盧尚書赴靈武

西北正傳烽侯急靈州共喜信臣居從軍盡是清才去屬郡無非大將除新地進圖移漢界古城遺碣見蕃書山川不異江湖景賓館常聞食有魚

投翰林張侍郎

舉家貧拾海邊樵來認仙宗在碧霄丹穴雖無凡羽翼靈椿還向細枝條九衢馬識他門少十載身辭故國遥願與吾君作霖雨且應平地活枯苗

投翰林蕭侍郎

九仞墻邊絶路岐野才非合自求知靈湫豈要魚棲浪仙桂那容鳥寄枝纖草不銷春氣力微塵還助岳形儀從來爲學投文鏡文鏡如今更有誰

宴駙馬宅

牙香禁樂鎮相攜日日君恩降紫泥紅藥院深人半醉綠楊門掩馬頻嘶座中古物多仙意壁上新詩有御題別向庭蕪寘吟石不教宮妓踏成蹊

邊將

上馬乘秋欲建勳飛狐夜闕出師頻若無紫塞煙塵事誰識青樓歌舞人戰骨沙中金鏃在賀筵花畔玉蟬新由來邊卒皆如此只是君門合殺身

贈水軍都將

平生爲有安邦術便別秋曹最上階戰艦却容儒客臥公廳唯伴野僧齋栽書（一作詩）榭迴氷膠筆養藥堂深蘚惹鞋直待門前見幢節始應高愜聖君懷

贈九江太守

江頭匏駐木蘭船漁父來誇太守賢二邑旋添新户口四營漸廢舊戈鋋笙歌不似經荒後禮樂猶如未戰前昨日西亭從游騎信旗風裏説詩篇

贈信安太守

三衢正對福星時喜得君侯鈔撫綏甲士散教耕壠畝

書生閑許從旌旗條章最是貧家喜禾黍仍防別郡饑
昨日中官説天意即飛丹詔立新碑

贈江都鄭明府

他人豈是稱才術才術須觀力有餘兵亂幾年臨劇邑
公清終日似閑居牀頭怪石神仙畫篋裏華牋將相書
更欲棲蹤近彭澤香爐峰下結茅廬

贈南昌宰

假邑邀眞邑命分明庭元有至公存每鋤奸弊同荊棘
唯撫孤惸似子孫折獄不曾偏下筆靈襟長是大開門
新銜便合兼朱紱應待蒼生更舉論

贈丘衙推

仙都高處掩柴扉人世聞名見者稀詩逸不拘凡對屬
易窮皆達聖玄微偶攜童稚離青嶂便被君侯換白衣
任醉賓筵莫深隱綺羅絲竹勝漁磯

獻所知

跡熟荀家見弟兄九霄同與指前程吹噓漸覺馨香出
夢寐長疑羽翼生任僻驊騮皆識路來頻鸚鵡亦知名
登龍不敢懷他顧祇望爲霖致太平

投所知

十五年看帝里春一枝頭白未酬身自聞離亂開公道
漸數孤平少屈人劣馬再尋商嶺路扁舟重寄越溪濱
省郎門似龍門峻應借風雷變涸鱗

南康夜宴東溪留別郡守陸郎中

飄然野客才無取多謝君侯獨見知竹葉樽前教駐樂
桃花紙上待君詩香迷蛺蝶投紅燭舞拂蒹葭倚翠帷
明發別愁何處去片帆天際酒醒時

言懷

十載(一作年)聲沈覺自非賤身元合衣荷衣豈能得路陪先
達却擬還家望少微戰馬到秋長淚落傷禽無夜不魂
飛平生秖學穿楊箭更向何門是見機

喜友人日南迴

南遊曾去海南涯此去遊人不易歸白日霧昏張夜燭
窮冬氣暖著春衣溪荒毒鳥隨船噑洞黑冤蛇出樹飛
重入帝城何寞寞共迴遷客半輕肥

下第述懷

十載長安跡未安杏花還是看人看名從近事方知險
詩到窮玄更覺難世薄不慚雲路晚家貧唯怯草堂寒
如何直道爲身累坐月眠霜思枉乾

華陽道者

華陽洞裏持眞經心嫌來客風塵腥惟餐白石過白日
擬騎青竹上青冥翔螭豈作漢武駕神娥徒降燕昭庭
長生不必論貴賤却是幽人骨主靈

夏日題老將林亭

百戰功成翻愛靜侯門漸欲似仙家墻頭雨細垂纖草
水面風回聚落花井放轆轤閑浸酒籠開鸚鵡報煎茶
幾人圖在凌煙閣曾不交鋒向塞沙

觀江南牡丹

北地花開南地風寄根還與客心同群芳盡怯千般態
幾醉能消一番紅舉世秖將華勝實眞禪元喻色爲空
近年明主思王道不許新栽滿六宮

錢塘夜宴留別郡守

四方騷動一州安夜列罇罍伴客懽觱篥調高山閣迴
蝦蟆更促海聲寒(郝天挺云江南以木析響夜故曰蝦蟆更)屏間佩響藏歌妓幕
外刀光立從官沈醉不愁歸棹遠晚風吹上子陵灘

送薛郎中赴江州

幾州聞出刺謠美有江民正面傳天旨懸心禱岳神尺
書先假路紅旆旋燒塵郡顯山川別衙開將吏新散招
僧坐暑閑載客行春聽事碁忘着探題酒亂巡好編高
隱傳多貌上昇眞近日居清近求人在此人

送南海僧遊蜀

眞修絶故鄉一衲度暄涼此世能先覺他生豈再忘定
中船過海臘後路沿湘野迴鴉隨笠山深虎背囊瀑流
垂石室蘿蔓蓋銅梁却後何年會西方有上房

和友人許裳題宣平里古藤

欲結千年茂生來便近松迸根通井潤交葉覆庭穠歷
代頻更主盤空漸變龍畫風圓影亂宵雨細聲重蓊密
勝丹桂層危類遠峰嫩條懸野鼠枯節叫秋蛩翠老霜
難蝕皴多蘚乍封幾家遙共翫何寺不堪容客對忘離
榻僧看誤過鐘頃因陪預作終夕遶枝筇

十五夜與友人對月

每到月圓思共醉不宜同醉不成歡一千二百如輪夜
浮世誰能得盡看

青塚

傾國可能勝效國無勞冥寞更思回太眞雖是承恩死
祇作飛塵向馬嵬

古戰場

荒骨潛銷壘已平漢家曾説此交兵如何萬古冤魂在
風雨時聞有戰聲

贈段逸人

長笻自擔藥兼琴話著名山即擬尋從聽世人權(一作忙)似
火不能燒(一作移)得臥雲心

贈鄭司業

晚學更求來世達正懷非與百邪侵古人名在今人口
不合于(一作干)名不苦心

上所知

初向衆中留姓氏敢期言下致時名而今馬亦知人意
每到門前不肯行

別鄭仁表

春雷醉別鏡湖邊官顯才狂正少年紅燭滿汀歌舞散
美人迎上木蘭船

言懷

不將高蓋竟煙塵自向蓬茅認此身唐祖本來成大業
豈非姚宋是平人

叙懷

月裏路從何處上江邊身合幾時歸十年九陌寒風夜
夢掃蘆花絮客衣

抒懷

幾出東堂謝不才便甘閒望故山迴翻思未是離家久
更有人從外國來

自諷

鹿鳴筵上强稱賢一送離家十四年同隱海山燒藥伴不求丹{一作仙}桂却登仙

傷賈島

生爲明代苦吟身死作長江一逐臣可是當時少知己不知知己是何人

再游西山贈許尊師

別後已聞師得道不期猶在此山頭昔時霜鬢今如漆疑是年光却倒流

宮詞

日透珠簾見冕旒六宮爭逐百花毬迴看不覺君王去已聽笙歌在遠樓

經范蠡舊居

一變姓名離百越越城猶在范家無他人不見{一作識}扁舟意却笑輕生泛五湖

題嘉陵驛

嘉陵路惡石和泥行到長亭日已西獨倚闌干正惆悵海棠花裏鷓鴣啼

龜山寺晚望

四面湖光絶路岐鵁鶄飛起暮鐘時漁舟不用懸帆席歸去乘風挿柳枝

華山孤松

石罅引根非土力冒寒猶助岳蓮光綠槐生在膏腴地何{一作可}得無心拒雪霜

弔萬人冢

兵罷淮邊客路通亂鴉來去噪寒空可憐白骨攢孤冢盡爲將軍覓戰功

送友尉蜀中

故友漢中尉請爲西蜀吟人家多種橘風土愛彈琴水向昆明闊山通大夏深理閑無別事時寄一登臨

長安寓懷

九衢秋雨掩閑扉不似干名似息機貧病却慙墻上土年來猶自換新衣

費徵君舊居

浮世抛身外棲蹤入九華遺篇補樂府舊籍隸仙家池静龜昇樹庭荒鶴隱花古來天子命還少到煙霞

全唐詩

翁承贊

翁承贊字文堯{一作饒}閩人乾寧二年登進士第又擢宏詞科任京兆府參軍天祐元年以右拾遺受詔冊王審知爲王梁開平四年復爲閩王冊禮副使尋擢諫議大夫福建鹽鐵副使就加左散騎常侍御史大夫留相閩卒詩一卷

晨興

晨起竹軒外逍遥清興多早凉生戶牖孤月照關河旅食甘藜藿歸心憶薜蘿一尊如有地放意且狂歌

題莒潭安閩院

祧宗營祀舍幽異勝珠林名士穿雲訪飛禽傍竹吟牕含孤岫影牧臥斷霞陰景福滋閩壤芳名亘古今

華下齋後晚眺

結茅幽寂近禪林霽景煙光著柳陰千嶂華山雲外秀萬重鄉思望中深老嫌白髮還偷鑷貧對春風亦強吟花畔水邊人不會騰騰閑步一披襟

喜弟承檢登科

兩篇佳句敵瓊瑰憐我三清道路開荆璞獻多還得售桂堂恩在敢輕回花繁不怕尋香客榜到應傾賀喜杯知爾苦心功業就早攜長策出山來

蒙閩王改賜鄉里

鄉名文秀里光賢別向鈞台造化權閥閱便因今日貴德音兼與後人傳自從受賜身無力向未酬恩骨肯鐫歸闕路遥心更切不嫌扶病倚旌旃

訪建陽馬驛僧亞齊

蕭蕭風雨建陽溪溪畔維舟訪亞齊一軸新詩劍潭北十年舊識華山西吟魂惜向江村老空性元知世路迷應笑乘軺青瑣客此時無暇聽猿啼

題景祥院

一溪拖碧遶崔嵬瓶鉢偏宜向此隈農罷樹陰黄犢臥齋時山下白衣來松多往日門人種路是前朝釋子開三卷貝多金粟語可能心煉得成灰

寄舍弟承裕員外

江花岸草晚萋萋公子王孫思合迷無主園林饒採伐忘情鷗鳥恣{一作自}高低長江月上魚翻鬣荒圃人稀獺印蹄何事斜陽再回首休愁離別峴{一作雁}山西

文明殿受冊封閩王

龍墀班聽漏聲長竹帛昭勳撲御香鳴佩洞庭辭帝主登車故里冊閩王一千年改江山瑞十萬軍蒙雨露光吟寄短篇追往事留文功業不尋常

御命歸鄉蒙賜錦衣

九重宣旨下丹墀面對天顔賜錦衣中使擎來三殿曉寶箱開處五雲飛德音耳聆君恩重金印腰懸己力微更待臨軒陳鼓吹星軺便指故鄉歸

奉使封閩王歸京洛

泥緘紫誥御恩光信馬嘶風出洛陽此去願言歸梓里預憑魂夢展維桑客程回首瞻文陛驛路乘軺憶故鄉指日還家堪自重恩榮晝錦賀封王

奉使封王次宜春驛

微宦淹留鬢已斑此心長憶舊林泉不因列土封千乘爭得銜恩拜二天雲斷自宜鄉樹出月高猶伴客心懸夜來夢到南臺上徧看江山勝往年

甲子歲銜命到家至榕城冊封次日閩王降旌旗於新豐市堤餞別

登庸樓上方停樂新市堤邊又舉杯正是離情傷遠別
忽聞台旨許重來此時暫與交親好今日還將簡冊回
爭得長房猶在世縮教地近釣魚臺

寄示兒孫

力學燒丹二十年辛勤方得遇眞仙便隨羽客歸三島
旋聽霓裳適九天得路自能酬造化立身何必戀林泉
予家藥鼎分明在好把仙方次第傳

天祐元年以右拾遺使冊閩王而作

蓬萊宮闕曉光勻紅案舁麻降紫宸鸞奏八音諧律呂
鳳銜五色顯絲綸蕭何相印鈞衡重韓信齋壇雨露新
得侍丹墀官異寵此身何幸沐恩頻

漢上登舟憶閩

漢皋亭畔起西風半挂征帆立向東久客自憐歸路近
筭程不怕酒觴空參差雁陣天初碧零落漁家蓼欲紅
一片歸心隨去棹願言指日拜文翁

對雨述懷示弟承檢

淋淋霎霎結秋霖欲使秦城歎陸沉曉勢遮回朝客馬
夜聲滴破旅人心青苔重疊封顏巷白髮蕭疎引越吟
不有惠連同此景江南歸思幾般深

題壺山

井邑斜連北蓬瀛直倚東秋高巖溜白日上海波紅

題故居

一爲鵷子二連花三望青湖四石斜惟有嶺湖居第五
山前却是宰臣家

題槐

雨中妝點望中黃句引蟬聲送夕陽憶昔當年隨計吏
馬蹄終日爲君忙

擢進士

霓旌引上大羅天別領新銜意自憐蝴蝶流鶯莫先去
滿城春色屬羣仙

擢探花使三首

洪崖差遣探花來檢點芳叢飲數杯深紫濃香三百朶
明朝爲我一時開

九重煙暖折槐芽自是升平好物華今日始知春氣味
長安虛過四年花

探花時節日偏長恬淡春風稱意忙每到黃昏醉歸去
紵衣惹得牡丹香

書齋謾興二首

池塘四五尺深水籬落兩三般樣花過客不須頻問姓
讀書聲裏是吾家

官事歸來衣雪埋兒童燈火小茅齋人家不必論貧富
惟有讀書聲最佳

辭閩王歸朝寄倪先輩

時人莫訝再還鄉簡冊分明劒佩光駟馬高車太常樂
登庸門下憶賢良

曉望

清霜散漫似輕嵐玉闕參差萬象涵獨上秦臺最高處
舊山依約在東南

萬壽寺牡丹

爛熳香風引貴遊高僧移步亦遲留可憐殿角長松色
不得王孫一擧頭

松

倚澗臨溪自屈蟠雪花銷盡蘚花乾幽枝好折爲談柄
入手方知有歲寒

柳

斜拂中橋遠映樓翠光騁蕩曉煙收洛陽才子多情思
橫把金鞭約馬頭

高出營門遠出牆朱闌門閉綠成行將軍宴罷東風急
閑襯旌旗簇畫堂

彭澤先生酒滿船五株栽向九江邊長條細葉無窮盡
管領春風不計年

煬帝東遊意緒多宮娃眉翠兩相和一聲水調春風暮
千里交陰鎖汴河

纏繞春情卒未休秦娥蕭史兩相求玉句闌內朱簾卷
瑟瑟絲籠十二樓

隨堤柳

春半煙深汴水東黃金絲軟不勝風輕籠行殿迷天子
拋擲長安似夢中

句

煙蘿況逼神仙窟丹竈還應許獨尋（贈黃璞。見福州志）

全唐詩

黃滔

黃滔字文江莆田人昭宗乾寧二年擢進士第光化中
除四門博士尋遷監察御史裏行充威武軍節度推官
王審知據有全閩而終其身爲節將者滔規正有力焉
集十五卷今編詩三卷

送僧歸北巖寺

北巖泉石清本自高僧住新松五十年藤蘿成古樹題
詩昔佳士（滔表丈從叔有名於當時兼四門薛博士俱曾題詩）清風二林喻上智失扣關
多被浮名誤蓮扃壓月澗空美黃金布江翻島嶼沈木
落樓臺露伊余東還際每起煙霞慕旋爲儉府招未得
窮野步西軒白雲閣師辭洞庭寓越城今送歸心到焚
香處

寓言

流年五十前朝朝倚少年流年五十後日日侵皓首非
通非介人誰論四十九賢哉蘧伯玉清風獨不朽

長安書事

終不離青山誰道雲無心卻是白雲士有時出中林昨
日攀紫泥明日要黃金炎夏羣木死北海驚波深伏蒲
無一言草疏賀德音

貫客

大舟有深利滄海無淺波利深波也深君意竟如何鯨

鯢齒上路何如少經過

寄友人

君愛桃李花桃李花易飄妾憐松柏色松柏色難凋當年識君初指期非一朝今辰見君意日暮何蕭條入門有勢利孰能無囂囂

落花

落花辭高樹最是愁人處一一旋成泥日暮有風雨不如沙上蓬根斷隨長風飄然與道俱無情任西東

寄徐正字夤

八月月如冰登樓見姑射美人隔千里相思無羽翮紅蘭裛露衰誰以(一作似)流光訐何當詩一句同吟祝玄化

秋夕貧居

聽歌桂席闌下馬槐煙裏豪門腐粱肉窮巷思糠粃孤燈照獨吟半壁秋花死遲明亦如晦雞唱徒爲爾

書懷寄友人

此生如孤燈素心挑易盡不及如頑石非與磨礱近常思揚子雲五藏曾離身寂寞一生中千載空清芬

閨怨

妾家五嶺南君戍三城北雁來雖有書衡陽越不得別久情易料豈在窺翰墨塞上無煙花寧思妾顏色

喜翁文堯員外病起

衛玠羊車懸長卿駟馬姿天嫌太端正神乃減風儀飲氷俾消渴斷穀皆清羸越僧誇艾炷秦女隔花枝自能論苦器(語見泗州和尚碑)不假求良醫驚殺漳濱鬼錯與劉生隨昨日已如(一作成)虎今朝謁荀池揚鞭入王門四面人熙熙

寄鄭縣李侍御

青桂任霜霰尺璧無瑕疵迴塵却惆悵歸闕難遲遲

上李補闕

古縣新煙火東西入客詩靜長如假(一作如長暇)日貧更甚閑時僧借松蘿住人將雨雪期三年一官罷嶽石看成碑

送李山人往湘中

十洲非暫別龍尾肯慵登諫草封山藥朝衣施衲僧月留江客待句歷釣船徵終恐林棲去飡霞葉上昇

漢渚往湘川乘流入遠天新秋無岸水明月有琴船露坐應通曉萍居恐隔年嶽峰千萬仞知上嘯猿巔

書崔少府居(一作贈李補闕)

魯史蜀琴旁陶然舉一觴夕陽明島嶼秋水淺池塘世亂憐官替家貧值歲荒前峰亦曾宿知有辟寒方

敷水盧校書

九霄無詔下何事近清塵宅帶松蘿僻日唯猿鳥親吟高僊掌月期有洞庭人莫問煙霞句懸知見嶽神

寄漢上友人

襄漢多清景東遊已不能蒹葭照流水風雨撲孤燈獻賦聞新鴈思山見去僧知君北來日惆悵亦難勝

貽林鐸

終被春闈屈低回至白頭寄家僧許嶽釣浦雨移洲戰士曾憐善豪門不信愁王孫草還綠何處擬羈遊

書懷

退耕逢歉歲逐貢愧行朝道在愁雖淺吟勞鬢欲凋破村虹入井孤館客投魈誰怕秋風起聽蟬度渭橋

送陳明府歸衡陽

鵷鶴兼留(一作雛)下單車出柳煙三年兩殊考一日數離筵久別湖波綠相思嶽月圓翠羅曾隱處定恐卻求仙

秋辭江南

灞陵橋上路難負一年期積雨鴻來夜重江客去時勞生多故疾漸老少新知惆悵都堂內無門雪滯遺

入關旅次言懷

寸心唯自切上國與誰期月晦時風雨秋深日別離便休終未肯已苦不能疑獨媿商山路千年四皓祠

貽李山人

野步愛江濱江僧得見頻新文無古集往事有清塵松竹寒時雨池塘勝處春定應雲雨內陶謝是前身

寄邊上從事

斜日下孤城長吟出點兵羽書和客卷邊思雜詩情朔雪定鴻翼西風嚴角聲吟餘多獨坐沙月對樓生

題東林寺元祐上人院

盧阜東林寺良遊恥未曾半生隨計吏一日對禪僧泉遠攜茶看峰高結伴登迷津出門是子細問三乘

送陳樵下第東歸

青山烹茗石滄海寄家船雖得重吟歷終難任意眠磧疎連寺柳風爽徹城泉送目紅蕉外來期已杳然

寄陳磻隱居

道經前輩許名扳後時喧虛左中興榜無先北海尊新文漢氏史別墅謝公村須到三徵處堂堂謁帝閽

寄林寬

相知四十年故國與長安俱喜今辰在休論往歲難海鳴秋日黑山直夏風寒終始前儒道昇沈盡一般

退居

老歸江上村孤寂欲何言世亂時人物家貧後子孫青山寒帶雨古木夜啼猿惆悵西川舉戎裝度劍門

送友人邊遊

銜杯國門外分手見殘陽何日還南越今朝往北荒砂城經雨壞虜騎入秋狂親(一作新)詠關山月歸吟鬢的霜

下第出京

還失禮官求花時出雍州一生爲遠客幾處未曾遊故疾江南雨單衣薊北秋茫茫數年事今日淚俱流

遊東林寺

平生愛山水下馬虎溪時已到終嫌晚重遊預作期寺寒三伏雨松偃數朝枝翻譯如曾見白蓮開舊池

贈懷光上人

謝城還擁入師以接人勞過午休齋慣離經吐論高頂寒拳素髮珠銳走紅絛終憶泉山寺聽猨看海濤

憶廬山舊遊

前年入廬嶽數宿在靈溪殘燭松堂掩孤峰月狖啼平生爲客老勝境失雲棲縱有重遊日煙霞會恐迷

別友人

莫恨東牆下頻傷命不通苦心如有感他日自推公雨夜扁舟發花時別酒空越山煙翠在終媿臥雲翁

陳侍御新居

幕客開新第詞人遍有詩山憐九仙近石買太湖奇樹勢想高日地形誇得時自然成避俗休與白雲期

寄從兄璞

縱徵終不起相與避煙塵待到中興日同看上國春新詩說人盡舊宅落花頻移覓深山住啼猿作四鄰

寄李校書遊簡寂觀

古觀雲溪上孤懷永夜中梧桐四更雨山水一庭風詩得如何句仙遊最勝宮卻愁逢羽客相與入煙空

寄友人山居

斷嶠滄江上相思恨阻尋高齋秋不掩幾夜月當吟落石有泉滴盈庭無樹陰茫茫名利內何以拂塵襟

上（一作寄）刑部盧員外

誰識在官意開門樹色間尋幽頻宿寺乞假擬歸山半白侵吟鬢微紅見藥顏不知琴月夜（一作今夜月）幾客得同閑

送友人遊邊

虜酒不能濃縱傾愁亦重關河初落日霜雪下窮冬野燒枯蓬旋沙風匹馬衝薊門無易過（一作難漢土）千里斷人蹤（一作遊子莫從容）

和友人酬寄

新發煙霞詠高人得以傳吟銷松際雨冷咽石間泉大國兵戈日故鄉饑饉年相逢江海上寧免一潸然

下第

昨夜孤燈下闌干泣數行辭家從早歲落第在初場青草湖田改單車客路忙何人立功業新命到封王

過商山

燕鴈一來後人人盡到關如何衝臘雪獨自過商山嬴馬高坡下哀猿絕壁間此心無處說鬢向少年斑

旅懷

蕭颯聞風葉驚時不自堪宦名中夜切人事長年諳古畫僧留與新知客遇談鄉心隨去鴈一一到江南

冬暮山舍喜標上人見訪

寂寞三冬杪深居業盡拋逕松開雪後砌竹忽僧敲茗汲冰銷溜鑪燒鵲去巢共談慵僻意微日下林梢

關中言懷

三秦五嶺意不得不依然跡寓枯槐曲業蕪芳草川花當落第眼雨暗出城天層閣浮雲外何人動管絃

題友人山居

到君棲跡所竹逕與衡門亦在乾坤內獨無塵俗喧新泉浮石蘚崩壁露松根更說尋僧處孤峰上嘯猿

寄敷水盧校書

諫省垂清論仙曹豈久臨雖專良史業未畏直臣心路入丹霄近家藏華嶽深還如韓吏部誰不望知音

贈明州霍員外

惠化如施雨鄰州亦可依正衙無吏近高會覺人稀海日旗邊出沙禽角外歸四明多隱客閑約到巖扉

題友人山齋

疎竹漏斜暉庭間陰復遺句成苔石茗吟弄雪窗碁沙草泉經澀林齋客集遲西風虛見逼未擬問京師

書事

望歲心空切耕夫盡把弓千家數人在一稅十年空沒陣風沙黑燒城水陸紅飛章奏西蜀明詔與殊功

題山居逸人

十畝餘蘆葦新秋看雪霜世人誰到此塵念自應忘斜日風收釣深秋雨信梁不知雙闕下何以謂軒裳

題鄭山人居

履跡遍莓苔幽枝間藥栽枯杉㮣雪朶破牖觸風開泉自孤峰落人從諸洞來終期宿清夜斟茗說天台

秋晚山居

爽氣遍搜空難堪倚望中孤煙愁落日高木病西風山寂樵聲出露凉蟬思窮此時塵外事幽默幾人同

遊山

洞門穿瀑布塵世豈能通曾有遊山客來逢採藥翁異花尋復失幽逕躡還窮擬作經宵計風雷立滿空

題王侍御宅內亭子

俗間塵外境郭內宅中亭或有人家創還無蓮幕馨石曾湖岸見琴誤嶽樓聽來客頻頻說終須作畫屏

題道成上人院

花宮城郭內師住亦清凉何必天台寺幽禪瀑布房簟舒湘竹滑茗煮蜀芽香更看道高處君侯題翠梁

貧居冬杪

數塞未求通吾非學養蒙窮居歲杪雨孤坐夜深風年長慚昭代才微辱至公還愁把春酒雙淚污杯中

貽張蠙（一本題下有同年二字）

夢思非一日攜手卻淒凉詩見江南雹遊經塞北霜驅車先五漏把菊後重陽惆悵天邊桂誰教歲歲香

晚春關中

忍歷通莊出東風舞酒旗百花無看處三月到殘時遊塞聞兵起還吳值歲饑定唯荒寺裏坐與噪蟬期

河梁

五原人走馬昨夜到京師繡戶新夫婦河梁生別離隴花開不艷羌笛靜猶悲惆悵良哉輔鏘鏘立鳳池

送翁拾遺

還家俄（一作還）赴闕別思肯淒淒山坐軺車看詩持（一作將）諫筆題天開中國大地設四維低拜舞吾君後青雲更有梯

逢友人

彼此若飄蓬二年何所從帝都秋未入江館夜相逢瘴嶺行衝夏邊沙住隔冬旅愁論未盡古寺扣晨鐘

寄湘中鄭明府

縣與白雲連滄州况縣前嶽僧同夜坐江月看秋圓琴拂莎庭石茶擔乳洞泉莫眈雲水興疲俗待君痊

寄少常盧同年

官拜少常休青緺換鹿裘狂歌離樂府醉夢到瀛洲古器巖耕得神方客謎留清溪莫沈釣王者或畋遊

傷翁外甥

江頭去時路歸客幾紛紛獨在異鄉歿若爲慈母聞青春成大夜新雨壞孤墳應作芝蘭出泉臺月桂分

東山之遊未遂漸逼行期作四十字奉寄翁文堯員外

軺車難久駐須到別離時北闕定歸去東山空作期綠

苔勞掃徑丹鳳欲銜詞楊柳開帆岸今朝淚已垂

全唐詩

黃滔

送林寬下第東歸

爲君惆悵惜離京年少無人有屈名積雪未開移發日鳴蟬初急説來程楚天去路過飛鴈灞岸歸塵觸鎖城又得新詩幾章別煙村竹逕海濤聲

商山贈隱者

誰不相逢話息機九重城裏自依依蓬萊水淺有人説商洛山高無客歸數隻珍禽寒月在千株古木熱時稀西窓昨夜鳴蛩盡知夢芝翁起扣扉

送二友遊湘中

千里楚江新雨晴同征肯恨迹如萍孤舟泊處聯詩句八月中旬宿洞庭爲客早悲煙草綠移家晚失嶽峯青今來無計相從去歸日汀洲乞畫屏

塞下

疋馬蕭蕭去不前平蕪千里見窮邊關山色死秋深一作深秋日鼓角聲沈霜重天荒骨或銜殘鐵露鷩風時掠暮沙旋隴頭寃氣無歸處化作陰雲飛杳然

下第東歸留辭刑部鄭郎中諴

去違知己住違親欲發羸蹄進退頻萬里家山歸養志數年門館受恩身鶯聲歷歷秦城曉柳色依依灞水春明日藍田關外路連天風雨一行人

寄懷南北故人

秋風昨夜落芙蕖一片離心到外區南海浪高書隋水北州城破客降胡玉窗挑鳳佳人老綺陌啼鶯碧樹枯嶺上青嵐隴頭月時通魂夢出來無

關中言懷

事事朝朝委一尊自知無復解趨奔試期交後猶爲客公道開時敢説寃窮巷住來經積雨故山歸去見荒村舉頭盡到斷腸處何必秋風江上猨

閨怨

寸心杳與馬蹄隨如蛻形容在錦帷江上月明船發後花間日暮信迴時五陵夜作酬恩計四塞秋爲破虜期待到乘軺入門處淚珠流盡玉顏衰

旅懷

未喫金丹看十洲乃將身世作仇讎羇遊數地值兵亂宿在孤城聞雨秋東越雲山卻思隱西秦霜霰苦頻留他人折盡月中桂惆悵當年江上鷗

別友人

已喜相逢又怨嗟十年飄泊在京華大朝多事還停舉故國經荒未有家鳥帶夕陽投遠樹人衝臘雪往邊沙夢魂空繫瀟湘岸煙水茫茫蘆葦花

寄羅浮山道者二首

天際雙山壓海濆天漫絶頂海漫根時聞雷雨鷩樵客長有龍蛇護洞門泉石暮含朱槿畫煙霞冬閉木綿溫林間學道如容我今便辭他寵辱喧

有人曾見洞中仙纔到一作見人間便越年金鼎藥成龍入海玉函書發鶴歸天樓開石脉千尋直山拆鼇鱗一半膻誰到月明朝禮處翠巖深鎖荔枝煙

喜侯舍人蜀中新命三首

八都詞客漫喧然誰解飛揚誥誓間五色綵毫裁鳳詔九重天子豁龍顏巴山月在趨朝去錦水煙生入閤還謀及中興多少事莫愁明月不收關

却搜文學起吾唐暫失都城亦未妨錦里幸爲丹鳳闕幕賓徵出紫微郎來時走馬隨中使到日援毫定外方若以掌言看諫獵相如從此病一作竝輝光

賈誼纔承宣室召左思唯預秘書流賦家達者無過此翰苑今朝是獨遊立被御爐煙氣逼吟經棧閣雨聲秋內人未識江淹筆竟問當時不早求

經安州感故鄭郎中二首

雲夢江頭見故城人間四十載垂名馬蹄踐處東風急雞舌銷時北闕鷩嶽客出來尋古劍野猨相聚叫孤塋騰身飛上鳳凰閣惆悵終乖吾黨情

錦帳先生作牧州干戈缺後見荒丘兼無姓賈兒童在空有還珠煙水流江句行人吟刻石月腸是處象登樓旅魂頻此歸來否千載雲山屬一遊

出京別崔學士

一從門館遍投文旋忝恩知驟出羣不道鶴雞殊羽翼許依龍虎借風雲命奇未便乘東律言重終期雪北軍欲逐飄蓬向岐路數宵垂淚戀清芬

鴈

楚岸花晴塞柳衰年年南北去來期江城日暮見飛處旅館月明聞過時萬里風霜休更恨滿川煙草且須疑洞庭雲水瀟湘雨好把寒更一一知

寄越從事林嵩侍御

子虛詞賦動君王誰不期君入對敭莫戀兎園留看雪已乘驄馬合凌霜路歸天上行方別道在人間久便香

應念都城舊吟客十年蹤跡委滄浪

長安書事

一年年課數千言口祝心祠挈出門孤進難時誰肯薦主司通處不須論頻秋入自邊城雪昨日聽來嶺樹猨若有水田過十畝早應歸去狄江村

旅懷寄友人

重疊愁腸只自知苦於吞蘗亂於絲一船風雨分襟處千里煙波迴首時故國田園經戰後窮荒日月逼秋期鳴蟬似會悠揚意陌上聲聲怨柳衰

寄蔣先輩（在蘇州）

夫差宮苑悉蒼苔攜客朝遊夜未回塚上題詩蘇小見（蘇殺切）江頭酹酒伍員來秋風急處煙花落明月中時水寺開千載三吳有高跡虎丘山翠益崔嵬

旅懷

雪貌潛凋雪髮生故園魂斷弟兼兄十年除夜在孤館萬里一身求大名空有新詩高華嶽已無丹懇出秦城侯門莫問曾遊處槐柳影中肝膽傾

放榜日

吾唐取士最堪誇仙榜標名出曙霞白馬嘶風三十轡朱門秉燭一千家郄詵聯臂昇天路宣聖飛章奏日華（其年當日奏試）歲歲人人來不得曲江煙水杏園花

二月二日宴中貽同年封先輩渭

帝堯城裏日銜杯每倚嵇康到玉頹桂苑五更聽榜後蓬山二月看花開垂名入甲成龍去列姓如丁作鶴來同戴大恩何處報永言交道契陳雷

新野道中

野堂如雪草如茵光武城邊一水濱越客歸遙春有雨杜鵑啼苦夜無人東堂歲去銜杯懶南浦期來落淚頻莫道還家不惆悵蘇秦羈旅長卿貧

酬俞鈞

鄉書一忝薦延恩二紀三朝泣省門雖忝立名經聖鑒敢期興詠疊嘉言莫論蟾月無梯接大底龍津有浪翻今日朝廷推草澤佇君承詔出雲根

寄同年崔學士

半因同醉杏花園塵忝鴻鑪與鑄顏已脫素衣酬素髮敢持青桂愛青山雖知珠樹懸天上終賴銀河接世間畢使海涯能拔宅三秦二十四畿寰

御試二首（昭宗乾寧二年崔凝考定進士張貽憲等二十五人復命所司覆試內出四題乃曲直不相入賦良弓獻問賦詢於蒭蕘詩品物咸熙詩趙觀文程晏崔賞崔仁寶等四人并盧贍韋說封渭韋希震張蠙黃滔盧鼎王貞白沈崧陳曉李龜禎等十一人並與及第其張貽憲孫溥李光序李樞李途等五人且令落下許後再舉其崔礪蘇楷杜承昭鄭稼等四人不令再舉內一人盧廩稱疾不至宣令昇入又云華陰省覲其父渥進狀乞落下故就試止二十四人也）

已表隋珠各自攜更從瓊殿立丹梯九華燈作三條燭萬乘君懸四首題靈鳳敢期翻雪羽洞簫應或諷金閨明朝莫惜場場醉青桂新香有紫泥

六曹三省列簪裾丹詔宣來試士初不是玉皇疑羽客要教金榜帶天書詞臣假寐題黃絹宮女敲銅奏子虛御目四篇酬九百敢從燈下署躊躇

寄陳侍御

千年二相未全誇（故劉相鄴相曾從事閩中）猶闕閩城賀降麻何必錦衣須太守別無蓮幕勝王家醴泉湧處休論水黃菊開時獨是花九級燕金滿尊酒卻愁隨詔謁承華

酬徐正字夤

已免蹉跎負歲華敢辭霜鬢雪呈花名從兩榜考昇第官自三台追起家疋馬有期歸輦轂故山無計戀桑麻莫言蓬閣從容久披處終知金在砂

辭相府（時掌堂帖追赴闕）

從漢至唐分五州誰爲將相作諸侯閩江似鏡正堪戀秦客如蓬難久留疋馬忍辭藩屏去小才寧副廟堂求今朝拜別幡幢下雙淚如珠滴不休

寄羅郎中隱

休向中興雪至冤錢塘江上看濤翻三徵不起時賢議九轉終成道者言綠酒千杯腸已爛新詩數首骨猶存瑤蟾若使知人事仙桂應遭斸卻根

江行過王侍御

數年分散秦吳隔暫泊官船浦柳中新草軍書名更重久辭山逕業應空渡頭潮落將行客天際風高未宿鴻此日相逢魂合斷賴君身事漸飛冲

客舍秋晚夜懷故山

寥寥深巷客中居況值窮秋百事疏孤枕憶山千里外破窗聞雨五更初經年荒草侵幽逕幾樹西風鎖弊廬長繫寸心歸未得起挑殘燭獨躊躇

絳州鄭尚書

旌旗日日展東風雲稼連山雪刃空剖竹已知垂鳳食摘珠何必到龍宮諫垣虛位期飛步翰苑含毫待紀公誰謂唐城諸父老今時得見蜀文翁

喜陳先輩及第（嶠）

今年春已到京華天與吾曹雪怨嗟甲乙中時公道復朝廷看處主司誇飛離海浪從燒尾嚥卻金丹定易牙不是駕前偏落羽錦城爭得杏園花

延福里居和林寬何紹餘酬寄

長說愁吟逆旅中一庭深雪一窗風眼前道路無心覓象外煙霞有句通幾度相留侵鼓散頻聞會宿著僧同高情未以干時廢屬和因知興不窮

贈宿松楊明府

溪上家家禮樂新始知爲政異常倫若非似水清無底爭得如冰凜拂人月狖聲和琴調咽煙村景接柳條春宦遊兼得逍遙趣休憶三吳舊釣津

送僧

纔年七歲便從師猶說辭家學佛遲新斸松蘿還不住愛尋雲水擬何之孤溪雪滿維舟夜疊嶂猿啼過寺時鳥道瀧湫悉行後豈將翻譯負心期

贈鄭明府

庭羅衙吏眼看山真恐風流是謫仙垂柳五株春婭姹鳴琴一弄水潺湲援毫斷獄登殊考駐樂題詩得出聯莫起陶潛折腰歎才高位下始稱賢

江州夜宴獻陳員外

多少歡娛簇眼前潯陽江上夜開筵數枝紅蠟啼香淚兩面青娥拆瑞蓮清管徹時斟玉醑碧籌回處擲金船因知往歲樓中月占得風流是偶然

湘中贈張逸人

羽衣零落帽欹斜不自孤峰即海沙曾爲蜀山成萬跡又因湘水擬營家鳴琴坐見燕鴻没曳履吟忘野逕賒更愛扁舟宿寒夜獨聽風雨過蘆花

寓題

紛紛墨勅除官日處處紅旗打賊時竿底得璜猶未用夢中吞鳥擬何爲損生莫若攀丹桂免俗無過詠紫芝兩岸蘆花一江水依前且把釣魚絲

題陳山人居

猶自莓苔馬跡重石嵌泉冷嫩移峰空垂鳳食簷前竹漫拔龍形澗底松隅岸青山秋見寺半牀明月夜聞鐘誰能惆悵磻溪事今古悠悠不再逢

宿李少府園林

一壺濁酒百家詩住此園林守選期深院月涼留客夜（一作筱密）古杉風細似泉時嘗頻異茗塵心淨議罷名山竹影移明日綠苔渾掃後石庭吟坐復容誰

送人明經及第東歸

十問九通離義牀今時登第信非常亦從南院看新榜旋束春關歸故鄉水到吳門方見海樹侵閩嶺漸無霜知君已塞平生願日與交親醉幾場

斷酒

未老先爲百病仍醉杯無計接賓朋免遭拽盞郎君謔還被簪花錄事憎絲管合時思索馬池塘晴後獨留僧何因澆得離腸爛南浦東門恨不勝

南海幕和段先輩送韋侍御赴闕

樹色川光入暮秋使車西發不勝愁璧連標格驚分散雪課篇章互唱酬魏闕别當飛羽翼燕臺獨且占風流滿園歌管涼宵月此後相思幾上樓

寄南海黄尚書

五羊城下駐行車此事如今八載餘燕頷已知飛食肉龍門猶自退爲魚紅樓入夜笙歌合白社驚秋草木疎西望清光寄消息萬重煙水一封書

送人往蘇州覲其兄

閶闔城外越江頭兩地煙濤一葉舟到日荆枝應便茂别時珠淚不須流迎歡酒醒山當枕詠古詩成月在樓明日尊前若相問爲言今訪赤松遊

遊東林寺

長生猶自重無生言讓仙祠佛寺成碑折誰忘康樂制山靈表得遠公名松形入漢藤蘿短僧語離經耳目清莫怪遲遲不歸去童年已夢遠林行

贈旌德呂明府

渥洼步數太阿姿爭遣王侯不奉知花作城池入官處錦隨刀尺少年時雨銜斷獄兼留客三考論功合樹碑須信隔簾看刺史錦章朱紱已葳蕤

賀清源僕射新命

雖言嵩嶽秀崔嵬少降連枝命世才南史兩榮唯百揆東閣雙拜有三台（南史袁憲兄弟同爲僕射當時榮之殊未若今清源與府城並拜僕射兼帶台席之尊）二天在項家家詠丹鳳銜書歲歲來虚説古賢龍虎盛誰攀荆樹上金臺

浙幕李端公泛建溪

越城吳國結良姻交發芙蓉幕内賓自顧幽沈槐省跡得陪清顯諫垣臣分題曉並蘭舟遠對坐宵聽月狖頻更愛延平津上過一雙神劍是龍鱗

貽宋評事

河陽城裏謝城中入曳長裾出佩銅燕國金臺無别客陶家柳下有清風數蹤篆隸書新得一竈屯蒙火細紅時説三吳欲歸處綠波洲渚紫蒲叢

催妝

北府迎塵南郡來莫將芳意更遲回雖言天上光陰别且被人間更漏催煙樹迥垂連蔕杏綵童交捧合歡杯吹簫不是神仙曲爭引秦娥下鳳臺

寓題

每憶家山即涕零定須歸老舊雲扃銀河水到人間濁丹桂枝垂月裏馨霜雪不飛無翠竹鯨鯢猶在有青萍三千九萬平生事却恨南華説北溟

傷蔣校書德山

誰到雙溪溪岸傍與招魂魄上蒼蒼世間無樹勝青桂隴上有花唯白楊秦苑火然新賦在越城山秀故居荒如何萬古雕龍手獨是相如識漢皇

寄楊贊圖學士（學士與元昆俱以龍腦登選）

東堂第一領春風時怪關西小驥慵華表柱頭還有鶴華歆名下别無龍君思鳳閣含毫數詩景珠宮列肆供今日江南駐舟處莫言歸計爲雲峰

酬楊學士

神仙簿上愧非夫詔作疑丹兩入鑪詩裏幾曾吟芍藥花中方得見菖蒲陽春唱後應無曲明月圓來别是珠莫下蓬山不迴首東風猶待重摶扶

寄同年李侍郎龜正

石門南面淚浪浪自此東西失帝鄉崑璞要疑方卓絶大鵬須息始開張已歸天上趨雙闕忽喜人間捧八行莫道秋霜不滋物菊花還借後時黄

鍾陵故人

滕王閣下昔相逢此地今難訪所從唯愛金籠貯鸚鵡誰論鐵柱鎖蛟龍荆榛翠是錢神染河嶽期須國士鍾一筯鱸魚千古美後人終少繼前蹤

故山

支頤默省舊林泉石徑茅堂到目前衮碧鳴蛩莎有露濃陰歇鹿竹無煙水從井底通滄海山在窗中倚遠天何事蒼髯不歸去燕昭臺上一年年

塞上

塞門關外日光微角怨單于鴈駐飛衝水路從冰解斷踰城人到月明歸燕山臘雪銷金甲秦苑秋風脆錦衣欲予昭君倍惆悵漢家甥舅竟相違

烏石村（即林希劉故居）

往日江村今物華一迴登覽一悲嗟故人歿後城頭月新鳥啼來壠上花賣劍錢銷知絶俗聞蟬詩苦即思家謝公古郡青山在三尺孤墳撲海沙

寄同年盧員外

聽盡鸎聲出雍州秦吴煙月十經秋龍門在地從人上

郎省連天須鶴遊休戀一臺惟（一作推）妙絕已經三字入精求當年甲乙皆華顯應念槐宮今雪頭

寄同年封舍人渭（時得來書）

唐城接軫赴秦川憂合懽離驟十年龍領摘珠同泳海鳳銜輝翰别升天八行眞跡雖收拾四戶高扃奈隔懸能使丘門終始雪莫教華髮獨潸然

遇羅員外袞

灞陵橋外駐征轅此一分飛十六年身角戴時垂素髮雞香含處隔青天綺園難貯林棲意班馬須持筆削權可忘自初相識地秋風明月客鄜延

送翁員外承贊

誰言吾黨命多奇榮美如君歷數稀衣錦還鄉翻是客迴車謁帝卻爲歸鳳旋北闕虛丹穴星復南宮逼紫微已分十旬無急詔天涯相送只沾衣

奉和翁文堯十九員外中謝日蒙恩賜金紫之什

面蒙君賜自龍墀誰是還鄉一襲衣三品易懸鱗鬣赫八絲展起綵章飛夏爲勝事垂千古題作新詩敌七微嚴助買臣精魄在定應羞著（廷畧反）昔年歸

翁文堯員外捧金紫還鄉之命雅發篇章將原交情遠爲嘉貺泊燕鴻陸犬楚水荆山又吐瓊瑤速之幽鄙雖湧泉思觸逸興皆虛而强韻押難非才頗媿輒玆酬和以質獎私

搏將盛事更無餘還向橋邊看舊書東越獨推生竹箭北溟喜足貯鯤魚兩迴誰解歸華表午夜兼能薦子虛（滔前年家文堯員外以長箋薦於時相）

奉和翁文堯員外經過七林書堂見寄之什

朱旗引入昔弥堂半日從容盡日忙駟馬寶車行錫禮金章紫綬帶天香山從南國添煙翠龍起東溟認夜光定恐故園留不住竹風松韻漫淒鏘

奉酬翁文堯員外駐南臺見寄之什

人指南臺山與川大驚喜氣異當年花迎金冊非時拆月對瓊杯此夜圓我愛藏氷從夏結君憐修竹到冬鮮殷勤更抱鳴琴撫爲憶秦兒識斷絃

翁文堯員外擁冊禮之歸一路有詩名畫錦集先將寄示因書五十六字

六纛只佩諸侯印爭比從天擁冊歸一軸郢人歌處雪兩重朱氏著來衣閩山秀已鍾君盡洛水波應濺我稀明日陪塵迎駟馬定淮齋沐看光輝

奉和翁文堯員外文秀光賢畫錦之什

鄉名里號一朝新乃覺台恩重萬鈞建水閩山無故事長卿嚴助是前身清泉引入旁添潤嘉樹移來别帶春莫凭欄干剩留駐内庭虛位待才臣（文秀亭）

雖言閩越繫生賢誰是還家寵自天山簡媿兼諸郡命鄭玄慙秉六經權鳥行去沒孤烟樹漁唱還從碧島川休說遲迴未能去夜來新夢禁中泉（光賢閣）

君王面賜紫還鄉金紫中推是甲裳華構便將垂美號故山重更發清光水澄此日蘭宮鏡樹憶當年栢署霜珍重朱欄兼翠拱來來皆自讀書堂（畫錦堂）

奉酬翁文堯員外神泉之遊見寄嘉什

含雞假身喜同遊野外斷風塵紫騮松竹迴尋青障寺姓名題向白雲樓泉源出石清消暑僧語離經妙破愁爭奈愛山尤戀闕古來能有幾人休

輒吟七言四韻攀寄翁文堯拾遺

唐設高科表用文吾曹誰作諫垣臣甄山秀氣曠千古鳳闕華恩鍾二人起草便論天上事如君不是世間身龍頭龍尾前年夢今日須憐應若神（滔卯年冬在宛陵夢文堯作狀頭及第又申四月十二夜在清源夢到殿前東道自西廳登唱翁某拜右省拾遺）

全唐詩

黃滔

塞上

掘地破重城燒山搜伏兵金徽互鳴咽玉笛自淒清使發西都貸塵空北嶽橫長河涉有路曠野宿無程沙雨黃鶯囀轅門青草生馬歸秦苑牧人在虜雲耕落日牛羊聚秋風鼓角鳴如何漢天子青塚沓含情

寄獻梓橦山侯侍御（時常拾遺諫諍）

漢宮行廟略簪笏落民間直道三湘水高情四皓山賜衣僧脫去奏表主批還地得松蘿塢泉通雨雪灣東門添故事南省缺新班（有新命不起）片石秋從露幽窗夜不關夢餘蟾隱映吟次鳥綿蠻可惜相如作當時事悉閑

壬癸歲書情

故園招隱客應便笑無成謁帝逢移國投文值用兵孤松憐鶴在疎柳惡蟬鳴疋馬迷歸處青雲失舊情江頭寒夜宿壠上歉年耕冠蓋新人物漁樵舊弟兄易生唯白髮難立是浮名惆悵灞橋路秋風誰入行

河南府試秋夕聞新鴈

湘南飛去日薊北乍驚秋叫出隴雲夜聞爲客子愁一聲初觸夢半白已侵頭旅館移欹枕江城起倚樓餘燈依古壁片月下滄洲寂聽良宵徹躊躇感歲流

省試奉詔涨曲江池（以春字爲韻　時乾符二年）

地脉寒來淺恩波住後新引將諸派水別貯大都春幽咽疏通處清泠迸入辰漸平連杏岸旋潤映樓津沙没迷行徑洲寬恣躍鱗願當舟檝便一附濟川人

題宣一僧正院

五級凌虛塔三生落髮師都僧須有託孤嶠遂無期井邑焚香待君侯減俸資山衣隨疊破萊骨逐年羸茶取寒泉試松於遠澗移吾曹來頂手不合不題詩

和吳學士對春雪獻韋令公次韻

春雪下盈空翻疑臘未窮連天寧認月墮地屢兼風忽誤邊沙上應平火嶺中林間妨走獸雲際落飛鴻梁苑還吟客齊都省創宮掩扉皆墐北移律愧居東書幌飄全濕茶鐺入旋融奔川半留滯疊樹互玲瓏出户行瑶砌開園見粉叢高才興詠處真宰荅殊功

省試一一吹竽 乾符二年

齊竽今歷試真偽不難知欲使聲聲別須令箇箇吹後先無錯雜能否立參差次第教單進宮商乃異宜凡音皆竄跡至藝始呈奇以此論文學終憑一一窺

明月照高樓

月滿長空朗樓侵碧落橫波文流藻井桂魄拂雕楹深鑒羅紈薄寒搜户牖清冰鋪梁燕噤霜覆瓦松傾卓午收全影斜懸轉半明佳人當此夕多少別離情

廣州試越臺懷古

南越千年事興懷一旦來歌鐘非舊俗煙月有層臺北望人何在東流水不回吹窗風雜瘴沾檻雨經梅壯氣曾難揖空名信可哀不堪登覽處花落與花開

襄州試白雲歸帝鄉

杳杳復霏霏應緣有所依不言天路遠終望帝鄉歸高嶽和霜過遥關帶月飛漸憐雙闕近寧恨衆山違陣觸銀河亂光連粉署微旅人隨計日自笑比麻衣

省試內出白鹿宣示百官 乾寧二年

上瑞何曾乏毛羣表色難推於五靈少宣示百寮觀形奪場駒潔光交月兔寒已馴瑶草別孤立雪花團戴豸虤端士抽毫躍史官貴臣歌詠日皆作白麟看

出關言懷

又乞書題出關西謁列侯寄家僧許嶽釣浦雨移洲賣馬登長陸沾衣逐勝遊萊腸終日餒霜鬢度年秋詩苦無人愛言公是世仇卻憐庭際草中有號忘憂

壺公山 古老相傳古仙姓陳名壺公於此山成道因而名焉

八面峰巒秀孤高可偶然數人遊頂上滄海見東邊不信無靈洞相傳有古仙橘如珠一作朱夏在池象月垂穿山頭有池西圓巢橘樹朱實夏在髣髴嘗聞樂岧嶢半插天山寒徹三伏松偃出千年樵牧時迷所倉箱歲疊川嚴祠風雨管怪木薜蘿纏青草方中藥蒼苔石裏錢瓊津流乳竇春色駐芝田烏兔中時近龍蛇蟄處膻嘉名光列土秀氣產羣賢瀑鑠瑤臺路溪昇釣浦船鼇頭擎恐没地軸壓應旋蠲疾寒甘露藏珍起瑞煙畫工飛夢寐詩客寄林泉掘地多雲母緣霜欠木綿井通鯔吐脈僧隔虎棲禪山間有井通海盈縮之候貞元中有僧號法通咸通中有僧號弘播於其絕頂獨禪晝行至降虎而法通留下山遇兩虎爭一牛乃叱而賜之分令各交之危磴千尋拔奇花四季鮮鶴歸懸圃少鳳下碧梧偏桃易炎涼熟茶推醉醒煎邨家棠棗栗俗骨爽猨蟬谷語昇喬鳥陂開共蔕蓮落楓丹葉舞新蕨紫芽拳翠竹雕羌笛懸藤煮蜀牋白雲長掩映流水別潺湲作賦前儒闕冲虛南國先省郎求牧看野老茸齋眠潘郎中存實詩云雙旌牧清源吟看壺公翠又歐陽秬先輩白刺史蘇君書求泉山之爲畫屏云壺公之高洛陽之深夢魂所思寺立興衰創碑須一二鐫清吟思卻隱簪紱柰縈牽

和王舍人崔補闕題天王寺

郭內青山寺難論此崛奇白雲生院落流水下城池石像雷霆啟江沙鼎鼐期嶽僧來坐夏秦客會題詩罔轉泉根滑門升蘚級危紫微今日句黃絹昔年碑歇鶴松低闇鳴蛩徑出籬粉垣千堵束金塔九層支啼鳥笙簧韻開花錦繡姿清齋柰井邑玄髮剃熊羆極浦征帆小平蕪落日遲風篁清卻暑煙草綠無時信士三公作靈蹤四絕推良遊如不宿明月擬何之

投翰長趙侍郎

禹門西面逐飄蓬忽喜仙都得入蹤賈氏許頻趨季虎荀家因敢謁頭龍手扶日月重輪起數是乾坤正氣鍾五色筆驅神出没入花塼接帝從容詩酬御製風騷古論似人情鼎鼐濃豈有地能先鳳掖別無山更勝鼇峰攀鴻日淺魂飛越爲鯉年深勢喻喁澤國雨荒三徑草秦關雪折一枝筇吹成暖景猶葭律引上纖蘿在嶽松顧向明朝薦幽滯免教號泣觸登庸

鄜畤李相公

秦城擇日發征輈齋戒來投節制尊分虎名高初命相攀龍迹下愧登門夜聽謳詠銷塵夢曉拜旌幢戰旅魂華舍未開寧有礙絲毫雖乏敢無言生兼文武爲人傑出應乾坤靜帝閽計吐六奇誰敢敵學窮三略不須論功高馬卸黃金甲臺迥賓懽白玉樽九穗嘉禾垂綺陌四時甘雨帶雕軒推恩每覺東溟淺吹律能令北陸暄青草連沙無血濺黃榆鑠塞有鶯翻笙歌合沓春風郭雞犬連延碧岫邨遊子不緣貪獻賦永依棠樹託蓬根

成名後呈同年

業詩攻賦薦鄉書二紀如鴻歷九衢待得至公搜草澤如從平陸到蓬壺雖慙錦鯉成穿額忝獲驪龍不寐珠蒙楚數疑休下泣師劉大喝已爲盧人間灰管供紅杏天上煙花應白榆一字連鑣巡甲族千般唱罰賞皇都名推顏柳題金塔飲自燕秦索玉姝退媿单寒終預此敢將恩獄怠斯須

投刑部裴郎中

兩牓驅牽別海涔佗門不合覓知音瞻恩雖隔雲雷賜向主終知犬馬心禮闈後人窺作鏡廟堂前席待爲霖已齊日月懸千古肯誤風塵使陸沉拜首敢將誠吐血蛻形唯待諾如金愁聞南院看期到恐被東墻舊恨侵緇化衣空難抵雪黑銷頭盡不勝簪數行淚裏依投志直比滄溟未是深

輦下寓題

對酒何曾醉尋僧未覺閑無人不惆悵終日見南山

寄題崔校書郊舍

一片寒塘水尋常立鷺鷥主人貧愛客沽酒往吟詩

秋思

碧嶂猿啼夜新秋雨霽天誰人愛明月露坐洞庭船

芳草

澤國多芳草年年長自春應從屈平後更苦不歸人

輦下書事

北闕新王業東城入羽書秋風滿林起誰道有鱸魚

入關言懷

背將蹤跡向京師出在先春入後時落日灞橋飛雪裏已聞南院有看期

過長江

曾搜景象恐通神地下還應有主人若把長江比湘浦離騷不合自靈均

題靈峯僧院

繫馬松間不忍歸數巡香茗一枰棋擬登絕頂留人宿猶待滄溟月滿時

司馬長卿

一自梁園失意回無人知有拔天才漢宮不鏁陳皇后誰肯量金買賦來

歸思

薊北風煙空漢月湘南雲水半蠻邊寒爲旅鴈暖還去秦越離家可十年

東林寺貫休上人篆隸題詩

師名自越徹秦中秦越難尋師所從墨跡兩般詩一首香爐峯下似相逢

寓江州李使君

使君曾被蟬聲苦每見詞文即爲愁況是楚江鴻到後可堪西望發孤舟

遊南寓題

江山節被雪霜遺毒草過秋未擬衰天不當時命鄒衍亦將寒律入南吹

和同年趙先輩觀文

王兎輪中方是樹金鼇頂上別無山雖然迴首見煙水事主酬恩難便閑

出京別同年

一枝仙桂已攀援歸去煙濤浦口邨雖恨別離還有意槐花黃日出青門

木芙蓉三首

黃鳥啼煙二月朝若教開即牡丹饒天嫌青帝恩光盛留與秋風雪寂寥

却假青腰女剪成綠羅囊綻綵霞呈誰憐不及黃花菊只遇陶潛便得名

須到露寒方有態爲經霜裏稍無香移根若在秦宮裏多少佳人泣曉妝

九日

陽數重時陰數殘露濃風硬欲成寒莫言黃菊花開晚獨占樽前一日歡

夏州道中

龍鴈南飛河水流秦城千里忍回頭征行渾與求名背九月中旬往夏州

經慈州感謝郎中

金聲乃是古詩流況有池塘春草儔莫遣宣城獨垂號雲山彼此謝公遊

寓題

吳中煙水越中山莫把漁樵謾自寬歸泛扁舟可容易五湖高士是拋官

寄宋明府

北闕秋期南國身重關煙月五溪雲風蟬已有數聲急賴在陶家柳下聞

靈均

莫問靈均昔日遊江籬春盡岸楓秋至今此事何人雪月照楚山湘水流

馬嵬

錦江晴碧劒鋒奇合有千年降聖時天意從來知幸蜀不關胎禍自蛾眉

和陳先輩陪陸舍人春日遊曲江

劉超遊召邨詵陪爲憶池亭舊賞來紅杏花旁見山色詩成因觸鼓聲回

花

莫道顏色如渥丹莫道馨香過蓝蘭東風吹綻還吹落明日誰爲今日看

卷簾

綠鬟侍女手纖纖新捧嫦娥出素蟾衛玠官高難入立莫辭雙卷水精簾

斂帳

得人憎定繡芙蓉愛鏁嫦娥出月蹤侍女莫嫌擡素手撥開珠翠待相逢

去扇

城上風生蠟炬寒錦帷開處露翔鸞已知秦女昇仙態休把圓輕隔牡丹

別後

夢裏相逢無後期煙中解珮杳何之虧蟾便是陳宮鏡莫吐清光照別離

嚴陵釣臺

終向煙霞作野夫一竿竹不換簪裾直鉤猶逐熊羆起獨是先生真釣魚

馬嵬二首

鐵馬嘶風一渡河淚珠零便作驚波鳴泉亦感上皇意流下隴頭嗚咽多

龍腦移香鳳輦留可能千古永悠悠夜臺若使香魂在應作煙花出隴頭

閏八月

無人不愛今年閏月看中秋兩度圓唯恐雨師風伯意至時還奪上樓天

奉和翁文堯戲寄

掘蘭宮裏數名郎好是乘軺出帝鄉兩度還家還未有別論光彩向冠裳

奉和文堯對庭前千葉石榴

一朶千英綻曉枝綵霞堪與別爲期移根若在芙蓉苑豈向當年有醒時

翁文堯以美疹暫滞令公大王盖得異禮觀今

日寵待之盛輒成一章

滋賦誠文侯李盛終求一襲錦衣難如何兩度還州里兼借鄉人更剩觀（林鄭在舉場日時曰滋賦誠文中外相獎）

贈友人

超達陶子性留琴不設弦覓句朝忘食傾杯夜廢眠愛月影爲伴吟風聲自連聽此鶯飛谷心懷迸遠川

全唐詩

殷文圭 宋時避諱改殷爲湯

殷文圭池州人居九華苦學所用墨池底爲之穴唐末詞場請託公行文圭與遊恭獨步場屋乾寧中及第爲裴樞宣諭判官後事楊行密終左千牛衛將軍詩一卷

八月十五夜

萬里無雲鏡九州最團圓夜是中秋滿衣冰彩拂不落
遍地水光凝欲流華嶽影寒清露掌海門風急白潮頭
因君照我丹心事減得愁人一夕愁

省試夜投獻座主

闢開公道選時英神鏡高懸鑒百靈混沌分來融間氣
欃槍滅處炫文星燭然蘭省三條白山束龍門萬仞青
聖教中興周禮在不勞干羽舞明庭

觀賀皇太子冊命

嗣冊儲皇帝命行萬方臣妾躍歡聲鑾旂再立星辰正
雉扇雙開日月明自有漢元爭翊戴不勞商皓定敧傾
春宮保傅皆周召致主何憂不太平

行朝早春侍師門宴西溪席上作

西溪水色淨於苔畫鷁橫風絳帳開弦筦旋飄蓬島去
公卿皆是藥宮來金鱗擲浪錢翻荇玉爵黏香雪泛梅
三榜生徒逾七十豈期龍坂納非才

賀同年第三人劉先輩鹹辟命

甲門才子鼎科人拂地藍衫榜下新脫俗文章笑鸚鵡
凌雲頭角壓麒麟金壺藉草溪亭晚玉勒穿花野寺春
多媿受恩同闕里不嫌師僻與顏貧

寄廣南劉僕射

戰國從今卻尚文品流才子作將軍畫船清宴蠻溪雨
粉閣閒吟瘴嶠雲暴客卸戈歸惠政史官調筆待儒勳
漢儀一化南人後牧馬無因更夜聞

題吳中陸龜蒙山齋

萬卷圖書千戶貴十洲煙景四時和花心露洗猩猩血
水面風披瑟瑟羅莊叟靜眠清夢永客兒芳意小詩多
天麟不觸人間網擬把公卿換得麼

經李翰林墓

詩中日月酒中仙平地雄飛上九天身謫蓬萊金籍外
寶裝方丈玉堂前虎靴醉索將軍脫鴻筆悲無令子傳
十字遺碑三尺墓只應吟客弔秋煙

鸚鵡

丹觜如簧翠羽輕隨人呼物旋知名金籠夜黯山西夢
玉枕曉憎簾外聲才子愛奇吟不足美人憐爾繡初成
應緣是我邯鄲客相顧咬咬別有情

邊將別

地角天涯倍苦辛十年鉛槧未酬身朱門泣別同鮫客
紫塞旅游隨鴈臣漢將出師衝曉雪胡兒奔馬撲征塵
行行獨止干戈域毳帳望誰爲主人

江南秋日

水國由來稱道情野人經此頓神清一篷秋雨睡初起
半硯冷雲吟未成青笠漁兒筒釣沒蒨衣菱女畫橈輕
冰綃寫上江南景寄與金鑾馬長卿

題友人庭竹

叢篁蕭瑟拂清陰貴地栽成碧玉林盡待花開添鳳食
可憐風擊狀龍吟細竿離立霜文靜錦籜飄零粉節深
何事子猷偏寄賞此君心似古一作主人心

覽陸龜蒙舊集

先生文價沸三吴白雪千編酒一壺吟去星辰筆下動
醉來嵩華眼中無峭如謝檜虬蟠活清似緱山鳳路孤
身後獨遺封禪草何人尋得佐鴻圖

玉仙道中

蓴鱸方美別吳江筆陣詩魔兩未降山勢北蟠龍偃蹇
泉聲東漱玉琤瑽古陂孤兔穿蠻塚破寺荊榛擁佛幢
信馬冷吟迷路處隔溪煙雨吠村尨

趙侍郎看紅白牡丹因寄楊狀頭贊圖

遲開都爲讓羣芳貴地栽成對玉堂紅豔裹煙疑欲語
素華映月只聞香剪裁偏得東風意淡薄似一作如矜西子
妝雅稱花中爲首冠年年長占斷春光

題胡州太學立光庭博士幽居

舜軌堯文混九垓明堂宏構集良材江邊雲臥如龍穩
天外泥書遺鶴來五夜藥苗滋沆瀣四時花影蔭莓苔
草玄門似山中靜不是公卿到不開

初秋留別越中幕客

魂夢飄零落葉洲北轅南柂幾時休月中青桂漸看老
星畔白榆還報秋鶴禁有知須強進嵇峰無事莫相留
吳花越柳饒君醉直待功成始舉頭

送道者朝見後歸山

暫隨蒲帛謁金鑾蕭灑風儀傲漢官天馬難將朱索絆
海鼇寧覺碧濤寬松壇月作尊前伴竹篋書爲教外歡
神鼎已乾龍虎伏一條真氣出雲端

贈戰將

綠沈槍利雪峰尖犀甲軍裝稱紫髯威懾萬人長凜凜
禮延羣客每謙謙陣前戰馬黄金勒架上兵書白玉籤
不爲已爲儒弟子好依門下學韜鈐

九華賀雨吟

陶公焦思念生靈變旱爲豐合杳冥雷劈老松疑虎怒
雨衝陰洞覺龍腥萬畦香稻蓬葱綠九朶奇峰撲亞青
吟賀西成饒旅興散絲飛灑滿長亭

贈池州張太守

神珠無纇玉無瑕七葉簪貂漢相家陣面夯星破犀象
筆頭飛電躍龍蛇絳幃夜坐窮三史紅旆春行到九華
只怕池人留不住别遷征鎮擁高牙

中秋自宛陵寄池陽太守

出山三見月如眉蝶夢終宵遶戟枝旅客思歸鴻去日
賢侯行化子來時郡樓遐想劉琨嘯相閣方窺謝傅碁
按部況聞秋稼熟馬前迎拜羨并兒

次韻九華杜先輩重陽寄投宛陵丞相

日下飛聲徹不毛酒醒時得廣離騷先生鬢爲吟詩白
上相心因治國勞千乘信迴魚榼重九華秋迥鳳巢高
強酬小謝重陽句沙恨無金盡日淘

寄賀杜荀鶴及第

一戰平疇五字勞晝歸鄉去錦爲袍大鵬出海翎猶濕
駿馬辭天氣正豪九子舊山增秀絶二南新格變風騷
由來稽古符公道平地丹梯甲乙高

春草碧色

細草含愁碧芊綿南浦濱萋萋如恨别苒苒共傷春疎
雨煙華潤斜陽細彩勻花黏繁鬭錦人藉軟勝茵淺映
宫池水輕遮輦路塵杜回如可結誓作報恩身

和友人送衡尚書赴池陽副車

淮王上將例分憂玉帳參承半列侯次第選材如創廈
别離排宴向藏舟鵾鵬變化知難測龍蠖升沈各有由
躞蹀行牽金鐙重嬋娟立唱翠娥愁築頭勳業諧三陣
滿腹詩書究九流金海珠韜乘月讀肉芝牙茗撥雲收
赤鱗旆卷鷗汀晚青雀船横鴈陣秋十字細波澄鏡面
九華殘雪露峰頭醉沈北海千尊酒吟上南荆百尺樓
況是昭明食魚郡不妨閑擲釣璜鉤

貽李南平　文圭爲内翰時草司空李德誠麻潤筆久不至爲詩督之

紫殿西頭月欲斜曾草臨淮上相麻潤筆已曾經奏謝
更飛章句問張華

句

龍舒太守人中傑風韻堂中心似月　方輿勝覽　衆口聲光誇
漢將築頭勳業佐淮王　賀池陽太守王命　唐詩紀事

全唐詩

徐夤

徐夤字昭夢莆田人登乾寧進士第授秘書省正字依
王審知禮待簡畧遂拂衣去歸隱延壽溪著有探龍釣
磯二集編詩四卷

釣臺

金門謙奉詔碧岸獨垂鉤舊友秪樵叟新交惟野鷗嘉
名懸日月深谷化陵丘便可招巢父長川好飲牛

旅次寓題

胡爲名利役來往老關河白髮隨梳少青山入夢多途
窮憐抱疾世亂恥登科却起漁舟念春風釣綠波

贈嚴司直

承家居闕下避世出關東有酒劉伶醉無兒伯道窮新
詩吟閣賞舊業釣臺空雨雪還相訪心懷與我同

贈東方道士

葫蘆窗畔挂是物在其間雪色老人鬢桃花童子顔祭
星秋卜日採藥曉登山舊放長生鹿時銜瑞草還

題僧壁

香厨流瀑布獨院鑠孤峯紺髮青螺長文茵紫豹重卵
枯皆化燕蜜老却成蜂明月留人宿秋聲夜著松

和人經隋唐間戰處

孤軍前度戰一敗一成功卷旆早歸國卧屍猶臂弓草
間腥半在沙上血殘紅傷魄何爲者五湖垂釣翁

追和常建歎王昭君

紅顔如朔雪日爍忽成空淚盡黄雲雨塵消白草風君
心爭不悔恨思竟何窮願化南飛燕年年入漢宫

贈董先生

壽歲過於百時閑到上京餐松雙鬢嫩絶粒四支輕雨
雪思中嶽雲霞夢赤城來年期壽籙何處待先生

河流

洪流盤砥柱淮濟不同波莫訝清時少都緣曲處多逺
能通玉塞高復接銀河大禹成門崄爲龍始得過

題南寺

久别猨啼寺流年刦逝波舊僧歸塔盡古瓦長松多壁
蘚昏題記窗螢散薜蘿平生英壯節何故旋消磨

北山秋晚

十載衣裘盡臨寒隱薜蘿心閑緣事少身老愛山多玉
露催收菊金風促翦禾燕秦正戎馬林下好婆娑

昔遊

昔遊紅杏苑今隱刺桐村歲計懸僧債科名負國恩不
書胝漸穩頻鑷鬢無根惟有經邦事年年志尚存

酒胡子

紅筵絲竹合用爾作歡娱直指寧偏黨無私絶覬覦當
歌誰擺袖應節漸輕軀恰與眞相似氈裘滿頷鬚

弔崔補闕

近來吾道少，慟哭博陵君。直節岩前竹，孤魂嶺上雲。縉紳傳確論，丞相取遺文。廢卻中興策，何由免用軍。

弔赤水李先生

三年悲過隙，一室類銷冰。妻病入仙觀，子窮隨嶽僧。荒丘寒有雨，古屋夜無燈。往日清猷著，金門幾欲徵。

香鴨

不假陶鎔妙，誰教羽翼全。五金池畔質，百和口中煙。背鈍魚難啄，心空火自燃。御爐如有闕，須進聖君前。

雞

名參十二屬，花入羽毛深。守信催朝日，能鳴送曉陰。峨冠裝瑞璧，利爪削黃金。徒有稻粱感，何由報德音。

白鴿

舉翼凌空碧，依人到大邦。粉翎棲畫閣，雪影拂瓊窗。振鷺堪爲侶，鳴鳩好作雙。狎鷗歸未得，覩爾憶晴江。

龜

行止竟何從，深溪與古峰。青荷巢瑞質，綠水返靈蹤。鑽骨神明應，酬恩感激重。仙翁求一卦，何日脫龍鍾。

銀結條冠子

日下徵良匠，宮中贈阿嬌。瑞蓮開二孕（一作朵），瓊縷織千條。蟬翼輕輕結，花紋細細挑。舞時紅袖舉，纖影透龍綃。

蜀葵

劍門南面樹，移向會仙亭。錦水饒花豔，岷山帶葉青。文君慚婉娩，神女讓娉婷。爛熳紅兼紫，飄香入繡扃。

華清宮

十二瓊樓鏁翠微，暮霞遺卻六銖衣。桐枯丹穴鳳何去，天在鼎湖龍不歸。簾影罷添新翡翠，露華猶濕舊珠璣。君王魂斷驪山路，且向蓬瀛伴貴妃。

再幸華清宮

腸斷將軍改葬歸，錦囊香在憶當時。年來卻恨相思樹，春至不生連理枝。雪女冢頭瑶草合，貴妃池裏玉蓮衰。霓裳舊曲飛霜殿，夢破魂驚絕後期。

喜雨上主人尚書

天皇攘袂勅神龍，雨我公田兆歲豐。幾日淋漓侵暮角，數宵滂沛徹晨鐘。細如春霧籠平野，猛似秋風撃古松。門下十年耕稼者，坐來偏憶翠微峰。

迴文詩二首

飛書一幅錦文迴，恨寫深情寄雁來。機上月殘香閣掩，樹梢煙澹綠窗開。霏霏雨罷歌終曲，漠漠雲深酒滿杯。歸日幾人行問卜，嶽音想望倚高臺。

輕帆數點千峰碧，水接雲山四望遥。晴日海霞紅靄靄，曉天江樹綠迢迢。清波石眼泉當檻，小逕松門寺對橋。明月釣舟漁浦遠，傾山雪浪暗隨潮。

不把漁竿

不把漁竿不灌園，策筇吟遶綠蕪村。得爭野老眠雲樂，倍感閒王與善恩。鳥趁竹風穿靜户，魚吹煙浪噴晴軒。何人買我安貧趣，百萬黃金未可論。

古往今來

古往今來恨莫窮，不如沈醉卧春風。雀兒無角長穿屋，鸚鵡能言卻入籠。柳惠豈嫌居下位，朱雲直去指三公。閑思郭令長安宅，草没匡墻舊事空。

十里煙籠

十里煙籠一徑分，故人迢遞久離羣。白雲明月皆由我，碧水青山忽贈君。浮世宦名渾似夢，半生勤苦謾爲文。北邙坡上青松下，盡是鎖金佩玉墳。

偶書

巧者多爲拙者資，良籌第一在乘時。市門逐利終身飽，谷口躬耕盡日飢。瓊玖鬻來燕石貴，蓬蒿芳處楚蘭衰。高皇冷笑重瞳客，蓋世拔山何所爲。

潤屋

潤屋豐家莫妄求，眼看多是與身讎。百禽羅得皆黃口，四皓山居始白頭。玉爍火光爭肯變，草芳崎岸不曾秋。朱門粉署何由到，空寄新詩謝列侯。

退居

鶴性松心合在山，五侯門館怯趨攀。三年卧病不能免，一日受恩方得還。明月送人沿驛路，白雲隨馬入柴關。笑他范蠡貪怵甚，相罷金多始退閑。

閉門

閉卻閑門卧小窗（一作竹房），更何人與療膏肓。一生有酒唯知醉，四大無根可預量。骨冷欲針先覺痛，肉頑頻炙不成瘡。漳濱伏枕文園渴，盜跖縱横似虎狼。

開窗

閉户開窗寢又興，三更時節也如冰。長閑便是忘機者，不出真如過夏僧。環堵豈慚蝸作舍，布衣寧假鶴爲翎。薔薇花盡薰風起，綠葉空隨滿架藤。

燈花

點蠟燒銀卻勝栽，九華紅豔吐玫瑰。獨含冬夜寒光拆，不傍春風暖處開。難見只因能送喜，莫挑唯恐墮成灰。貪膏附熱多相誤，爲報飛蛾罷拂來。

東歸出城留別知己

草（一作宮）堂屈指許非才，三載長安共酒桮。欲別未攀楊柳贈，相留擬待牡丹開。寒隨御水波光散，暖逐衡陽雁影來。他日因書問衰颯，東溪須訪子陵臺。

詠懷

愁花變出白髭鬚，半世辛勤一事無。道在或期君夢想，貧來爭奈鬼揶揄。馬卿自愧長嬰疾，顏子誰憐不是愚。借取秦宮臺上鏡，爲時開照漢妖狐。

郊村獨遊

歲閏堪憐曆候遲，出門惟與野雲期。驚魚擲上綠荷芰，棲鳥啄餘紅荔枝。末路可能長薄命，修途應合有良時。市頭相者休相戲，鬢髮先生半自知。

經故（一作過）翰林楊左丞池亭

八角紅亭蔭綠池，一朝青草蓋遺基。薔薇藤老開花淺，翡翠巢空落羽奇。春榜幾深門下客，樂章多取集中詩。平生德義人間誦，身後何勞更立碑。

經故（一作過）廣平員外舊宅

門巷蕭條引涕洟，遺孤三歲著麻衣。綠楊樹老垂絲短，翠竹林荒著筍稀。結社僧因秋朔弔，買書船近葬時歸。平生欲獻匡君策，抱病猶言未息機。

潘丞相舊宅

綠樹垂枝蔭四鄰春風還似舊時春年年燕是雕梁主處處花隨落月塵七貴竟爲長逝客五侯尋作不歸人秋槐影薄蟬聲盡休謂龍門待化鱗

門外閑田數畝長有泉源因築直堤分爲兩沼

左右澄漪小檻前直堤高築古平川十分春水雙簷影一片秋空兩月懸前岸好山摇細浪夾門嘉樹合晴煙坐來暗起江湖思速問溪翁買釣船

北園

北園乾葉旋空枝蘭蕙還將衆草衰籠鳥上天猶有待病龍興雨豈無期身閑不厭頻來客年老偏憐最小兒生事罷求名與利一窗書策是年支

溪上要一隻白簟扇蓋頭垂釣去年就節推侍御請之蒙惠一柄紫花紋者雖則鱗華具甚（一作存）紕薄不及清源所出因就南郡陳常侍請之遂成拙句

難求珍簟過炎天遠就金貂乞月圓直在引風欹角枕且圖遮日上漁船但令織取無花簟不用挑爲飲露蟬莫道如今時較晚也應留得到明年

招隱

齒髮那能敵歲華早知休去避塵沙鬼神只闞高明里倚伏不干棲隱家陶景豈全輕組綬留侯非獨愛煙霞贈君吉語堪銘座看取朝開暮落花

憶山中友人

憶得當年接善鄰苦將閑事强夫君闞開碧沼分明月各領青山占白雲近日藥方多繕寫舊來詩草半燒焚金門幾欲言西上惆悵關河正用軍

溪隱

將名將利已無緣深隱清溪擬學仙絶却腥羶勝服藥斷除杯酒合延年蝸牛殼漏（一作滿）寧同舍榆莢花開不是錢鸞鶴久從籠檻閉春風却放紙爲鳶

酒醒

酒醒欲得適閑情騎馬那勝策杖行天暖天寒三月暮溪南溪北兩村（一作川）名沙澄淺水魚知釣花落平田鶴見耕望斷長安故交遠來書未說九河清

夢斷

夢斷紗窗半夜雷别君花落又花開漁陽路遠書難寄衡嶽山高月不來玄燕有情穿繡户靈龜無應祝金杯人生若得長相對螢火生煙草化灰

人事

人事飄如一炷煙且須求佛與求仙豐年甲子春無雨良夜庚申夏足眠顏氏豈嫌瓢裏飲孟光非取鏡中妍平生生計何爲者三逕蒼苔十畝田

休說

休說人間有陸沈一樽閑待月明斟時來不怕滄溟闊道大却憂潢潦深白首釣魚應是分青雲干禄已無心梓桐賦罷相如隱誰爲君前永夜吟

嘉運

嘉運良時兩阻修釣竿蓑笠樂林丘家無寸帛渾閑事身似浮雲且自繇庭際鳥啼花旋落潭心月在水空流晨炊一箸紅銀粒憶著長安索米秋

綠鬢

綠鬢先生自出林孟光同樂野雲深躬耕爲食古人操非織不衣賢者心眼衆豈能分瑞璧舌多須信爍良金君看黄閣南遷客一過瀧州絶好音

驕侈

驕侈阽危儉素牢鏡中形影豈能逃石家恃富身還滅顏子非貧道不遭蝙蝠亦能知日月鸞凰那肯啄腥臊古今人事惟堪醉好脱霜裘换綠醪

龍蟄二首

龍蟄蛇蟠却待伸和光何惜且同塵伍員豈是吹簫者冀缺非同執耒人神劍觸星當變化良金成器在陶鈞穰侯休忌關東客張禄先生竟相秦

休說雄才間代生到頭難與運相爭時通有詔徵枚乘世亂無人薦禰衡逐日莫矜駑馬步司晨誰要牝雞鳴中林且作煙霞侶塵滿關河未可行

逐臭蒼蠅

逐臭蒼蠅豈有爲清蟬吟露最高奇多藏苟得何名富飽食嗟來未勝飢窮寂不妨延壽考貪狂總待算毫釐首陽山翠千年在好奠冰壺弔伯夷

牡丹花二首

看徧花無勝此花剪雲披雪蘸丹砂開當青律二三月破却長安千萬家天縱穠華刳鄙吝春教妖豔毒（一作始）豪奢不隨寒令同時放倍種雙松與辟邪

萬萬花中第一流淺霞輕染嫩銀甌能狂綺陌千金子也惑朱門萬户侯朝日照開攜酒看暮風吹落遶欄收詩書滿架塵埃撲盡日無人略舉頭

尚書座上賦牡丹花得輕字韻（一本無韻字）其花自越中移植

流蘇凝作瑞華精仙閣開時麗日晴霜月冷銷銀燭焰寶甌圓印綵雲英嬌含嫩臉春妝薄紅蘸香綃豔色輕早晚有人天上去寄他將贈董雙成

依韻和尚書再贈牡丹花

爛銀基地薄紅妝羞殺千花百卉芳紫陌昔曾遊寺看朱門今在遶欄望龍分夜雨資嬌態天與春風發好香多著黄金何處買輕橈挑過鏡湖光

郡庭（一作伯）惜牡丹

腸斷東風落牡丹爲祥爲瑞久留難青春不駐堪垂淚紅豔已空猶倚欄積蘚下銷香蘂盡晴陽高照露華乾明年萬葉千枝長倍發芳菲借客看

追和白舍人詠白牡丹

蓓蕾抽開素練囊瓊葩薰出白龍香裁分楚女朝雲片剪破姮娥夜月光雪句豈須徵柳絮粉腮應恨帖梅妝檻邊幾笑東籬菊冷折金風待降霜

憶牡丹

綠樹多和雪霰栽長安一别十年來王侯買得價偏重桃李落殘花始開宋玉鄰邊腮正嫩文君機上錦初裁滄洲春暮空腸斷畫（一作盡）看猶將勸酒杯

惜牡丹

今日狂風揭錦筵預愁吹落夕陽天閑看紅豔只須醉
謾惜黃金豈是賢南國好偷誇粉黛漢宮宜摘贈神仙
良時雖作鶯花主白馬王孫恰少年

覽柳渾汀洲採白蘋之什因成一章

採盡汀蘋恨別離鴛鴦鸂鶒總雙飛月明南浦夢初斷
花落洞庭人未歸天遠有書隨驛使夜長無燭照寒機
年來泣淚知多少重疊成痕在繡衣

司直巡官無諸移到玫瑰花

芳菲移自越王臺最似薔薇好並栽穠豔盡憐勝綠繪
嘉名誰贈作玫瑰春藏錦繡風吹拆天染瓊瑤日照開
為報朱衣早邀客莫教零落委蒼苔

梅花

瓊瑤初綻嶺頭葩蕊粉新妝姹女家舉世更誰憐潔白
癡心皆盡愛繁華玄冥借與三冬景謝氏輸他六出花
結實和羹知有日肯隨羌笛落天涯

荔枝二首

朱彈星丸粲日光綠瓊枝散小香囊龍綃殼綻紅紋粟
魚目珠涵白膜漿梅熟已過南嶺雨橘酸空待洞庭霜
蠻山蹋曉和煙摘拜捧金盤奉越王

日日薰風卷瘴煙南園珍果荔枝先靈鴉啄破瓊津滴
寶器盛來蚌腹圓錦里只聞銷醉客蘂宮惟合贈神仙
何人刺出猩猩血深染羅紋遍殼鮮

菊花

桓景登高事可尋黃花開處綠畦深消災辟惡君須採
冷露寒霜我自禁籬物（一作權）早榮還早謝澗松同德復同
心陶公豈是居貧者剩有東籬萬朵金

畫松

澗底陰森驗筆精筆閑開展覺神清曾當月照還無影
若許風吹合有聲枝偃只應玄鶴識根深且與茯苓生
天台道士頻來見說似株株倚赤城

草木

草木無情亦可嗟重開明鏡照無涯菊英空折羅含宅
榆莢不生原憲家天命豈憑醫藥石世途還要辟蟲沙
仙翁乞取金盤露洗却蒼蒼兩鬢華

松

澗底青松不染塵未逢良匠競誰分龍盤勁節岩前見
鶴唳翠梢天上聞大廈可營誰擇木女蘿相附欲凌雲
皇王自有增封日修竹徒勞號此君

竹

翠染琅玕粉漸開東南移得會稽栽游絲挂處漁竿去
綠水夾時龍影來風觸有聲含六律露沾如洗絕浮埃
王猷舊宅無人到抱却清陰蓋綠苔

尚書打毬小驄步驟最奇因有所（一本無有所二字）贈

善價千金未可論燕王新寄小龍孫逐將白日馳青漢
銜得流星入畫門步驟最能隨手轉性靈多恐會人言
桃花雪點多雖貴全假當場一顧恩

尚書惠蠟面茶

武夷春暖月初圓採摘新芽獻地仙飛鵲印成香蠟片
啼猨溪走木蘭船金槽和碾沈香末冰椀輕涵翠縷煙
分贈恩深知最異晚鐺宜煮北山泉

勸酒

休向尊前憩羽觥百壺清酌與君傾身同綠樹年年老
事比紅塵日日生六國英雄徒反覆九原松柏甚分明
醉鄉路與乾坤隔豈信人間有利名

斷酒

因論沈湎覺前非便碎金罍與羽卮採茗早馳三蜀使
看花甘負五侯期窗間近火劉伶傳坐右新銘管仲辭
此事十年前已說匡廬山下老僧知

憶舊山

澗竹岩雲有舊期二年頻長鬢邊絲遊魚不愛金杯水
棲鳥敢求瓊樹枝陶景戀深松檜影留侯抛却帝王師
龍爭虎攫皆閑事數疊山光在夢思

全唐詩

徐夤

西華

五千仞有餘神秀一一排雲上泬寥疊嶂出關分二陝
殘冈過水作中條巨靈廟破生春草毛女峰高入絳霄
拜祝金天乞陰德為民求主降神堯

嵐似屏

嵐似屏風草似茵草邊時膾錦花鱗山中宰相陶弘景
谷口耕夫鄭子真官達到頭思野逸才多未必笑清貧
君看東洛平泉宅只有年年百卉春

憶潼關

洞壑雙扉入到初似從深穽覩高墟天開白日臨軍國
山夾黃河護帝居隋煬遠遊宜不反秦皇長策竟何如
須知皇漢能扃鑰延得年過四百餘

憶潼關早行

行客起看仙掌月落星斜照濁河泥故山遠處高飛雁
去馬鳴時先早雞關柳不知誰氏種岳碑猶見聖君題
蓊蓊十軸僮三尺豈謂青雲便有梯

鴻門（舊本作失題）

耨月耕煙水國春薄徒應笑作農人皇王尚法三推禮
白社寧忘四體勤雨灑簑衣芳草暗鳥啼雲樹小村貧
猶勝墮力求飡者五斗低腰走世塵

憶長安行

舊歷關中憶廢興僭奢須戒儉須憑火光只是燒秦冢
賊眼何曾視灞陵鐘鼓煎催人自急侯王更換恨難勝
不如坐釣清溪月心共寒潭一片澄

憶長安上省年

忽憶關中逐計車歷坊騎馬信空虛三秋病起見新鴈
八月夜長思舊居宗伯帳前曾獻賦相君門下再投書
如今說著猶堪泣兩宿都堂過歲除

長安述懷

黃河冰合尚來遊知命知時肯躁求詞賦有名堪自負
春風落第不曾羞風塵色裏凋雙鬢鼙鼓聲中歷幾州

十載公卿早言屈，何須課夏更冥搜。

長安即事三首

拋擲清溪舊釣鉤，長安寒暑再環周。便隨鶯羽三春化，只說蟬聲一度愁。掃雪自憐窗紙照，上天寧愧海槎流。明時則（一作只）待金門詔，肯羨班超萬戶侯。

無酒窮愁結自舒，飲河求滿不求餘。身登霄漢平時第，家得干戈定後書。富貴敢期蘇季子，清貧方見馬相如。明時用即匡君去，不用何妨却釣魚。

拖紫腰金不要論，便堪歸隱白雲村。更無名藉強金榜，豈有花枝勝杏園。綺席促時皆國器，羽觴飛處盡王孫。高眠亦是前賢事，爭報春闈莫大恩。

東京次新安道中

賊去兵來歲月長，野蒿空滿壞墻匡。旋從古轍成深谷，幾見金輿過上陽。洛水送年催代謝，萬山擎日拂穹蒼。殊時異世爲儒者，不見文皇與武皇。

山陰故事

坦腹夫君不可逢，千年猶在播英風。紅鵝化鶴青天遠，綵筆成龍綠水空。愛竹只應憐直節，書裙多是爲奇童。吹笙緱嶺登山後，東注清流豈有窮。

温陵即事

早年師友教爲文，賣却魚舟網典墳。國有安危期日諫，家無擔石暫從軍。非才豈合攀丹桂，多病猶堪伴白雲。爭得千鍾季孫粟，滄洲歸與故人分。

温陵殘臘書懷寄崔尚書

濟川無楫擬何爲，三傑還從漢祖推。心學庭槐空發火，鬢同門柳即垂絲。中興未遇先懷策，除夜相催也課書。江上年年接君子，一杯春酒一枰棊。

義通里寓居即事

家住寒梅翠嶺東，長安時節詠途窮。牡丹窠小春餘雨，楊柳絲疎夏足風。愁鬢已還年紀白，衰容寧藉酒杯紅。長卿甚有凌雲作，誰與清吟遶帝宮。

上陽宮詞

點點苔錢上玉墀，日斜空望六龍西。妝臺塵暗青鸞掩，宮樹月明黃鳥啼。庭草可憐分雨露，君恩深恨隔雲泥。銀蟾借與金波路，得入重輪伴羿妻。

西寨寓居

閑讀南華對酒杯，醉攜筇竹畫蒼苔。豪門有利人爭去，陋巷無權客不來。解報可能醫病雀，重燃誰肯照寒灰。嚴陵萬古清風在，好櫂東溪詠釣臺。

功智爭馳澹薄空，猶懷忠信擬何從。鴟鳶啄腐疑雛鳳，神鬼欺貧笑伯龍。烈日不融雙鬢雪，病身全仰竹枝筇。崇侯入輔嚴陵退，堪憶啼猨萬仞峯。

題福州天王閣

絕境宜棲獨角仙，金張到此亦忘還。三門裏面千層閣，萬井中心一朶山。江拗碧灣盤洞府，石排青壁護禪關。有時海上看明月，輾出冰輪疊浪間。

憶薦福寺南院

憶昔長安落第春，佛宮南院獨遊頻。燈前不動惟金像，壁上曾題盡古人。鷤鴂聲中雙闕雨，牡丹花際六街塵。啼猨溪上將歸去，合問昇平詣秉鈞。

塔院小屋四壁皆是卿相題名因成四韻

雁塔攙空映九衢，每看華宇每踟躕。題名盡是台衡迹，滿壁堪爲宰輔圖。鸞鳳豈巢荊棘樹，虬龍多蟄帝王都。誰知遠客思歸夢，夜夜無船自過湖。

題名琉璃院（今改名景祥院，詩與翁承贊景祥院相同）

一條溪遶翠岩隈，行脚僧言勝五臺（一本作一條溪碧繞崖嵬，卻似偏宜向此隈）。農罷樹陰黃犢臥，齋時山下白衣來。松因往日門人種，路是前生長老（一作朝釋子）開。三卷貝多金粟語，可能長誦免輪迴。

寺中偶題

聽話金仙眉（一作白）相毫，每來皆得解塵勞。鶴棲雲路看方貴，僧倚松門見始高。名利罷燒心內火，雪霜偏垢鬢邊毛。銀蟾未出金烏在，更上層樓眺海濤。

山寺（一作中）寓居

高卧東林最上方，水聲山翠剔愁腸。白雲送雨籠僧閣，黃葉隨風入客堂。終去四明成大道，暫從雙鬢許秋霜。披緇學佛應無分，鶴氅談空亦不妨。

寄僧寓題

佛頂抄經憶惠休，衆人皆謂我悠悠。浮生眞箇醉中夢，閑事莫添身外愁。百歲付于花暗落，四時隨却水奔流。安眠靜笑思何報，日夜焚修祝郡侯。

游靈隱天竺二寺

丹井冷泉虛易到，兩山眞界實難名。石和雲霧蓮華氣，月過樓臺桂子清。騰踏回橋巡像設，羅穿曲洞出龍城。更憐童子呼猿去，颯颯蕭蕭下樹行。

醉題邑宰南塘屋壁

萬古清淮照遠天，黃河濁浪不相關。縣留東道三千客，宅鎖南塘一片山。草色淨經秋雨綠，燒痕寒入曉窗斑。閩王美錦求賢製，未許陶公解印還。

題泗洲塔

十年前事已悠哉，旋被鐘聲早暮催。明月似師生又沒，白雲如客去還來。煙籠瑞閣僧經靜，風打虛窗佛幌開。惟有南邊山色在，重重依舊上高臺。

東歸題屋壁

塵埃歸去五湖東，還是衡門一畝宮。舊業旋從征賦失，故人多逐亂離空。因悲盡室如懸磬，却擬攜家學轉蓬。見說武王天上夢，無情曾與傅岩通。

寓題

酒壺棋局似閑人，竹笏藍衫老此身。託客買書重得卷，愛山移宅近爲鄰。鳴蛩閣上風吹病，落葉庭中月照貧。見說天池波浪闊，也應涓滴濺窮鱗。

偶題

閑補亡書見廢興，偶然前古也塡膺。秦宮猶自拜張祿，楚幕不知留范增。大道豈全關曆數，雄圖強半屬賢能。燕臺財力知多少，誰築黃金到九層。

寓題述懷

大道眞風早晚還，妖訛成俗汙乾坤。宣尼既沒蘇張起，鳳鳥不來雞雀喧。𦬊少可能供騄子，草多誰復訪蘭蓀。堯廷忘却徵元凱，天闕重關十二門。

將入城靈口道中作

路上長安惟咫尺灞陵西望接秦源依稀日下分天闕隱映雲邊是國門錦袖臂鷹河北客青桑鳴雉渭南村高風九萬程途近與報滄洲欲化鯤

新屋

耳順何爲土木勤叔孫牆屋有前聞縱然一世如紅葉猶得十年吟白雲性逸且圖稱野客才難非敢傲明君清甜數尺沙泉井平與鄰家晝夜分

新葺茆堂

翦竹誅茆就水濱靜中還得保天眞只聞神鬼害盈滿不見古今爭賤貧樹影便爲廊廡屋草香權當綺羅茵堦前一片泓澄水借與汀禽活紫鱗

耨水耕山息故林壯圖嘉話負前心素絲鬢上分愁色絡緯牀頭和苦吟筆研不才當付火方書多誑罷燒金同年二十八君子遊楚遊秦斷好音

茆亭

鴛瓦虹梁計已疎織茅編竹稱貧居翦平恰似山僧笠掃靜眞同道者廬秋晚捲簾看過雁月明憑檻數跳魚

客廳

重門公子應相笑四壁風霜老讀書

移却松筠致客堂淨泥環堵貯荷香衡茅只要免風雨藻梲不須高棟梁豐蔀仲尼明演易作歌五子恨雕牆

燕臺漢閣王侯事青史千年播耿光

詠寫眞

寫得衰容似十全閑開僧舍靜時懸瘦于南國從軍日老却東堂射策年潭底看身寧有異鏡中引影更無偏借將前輩眞儀比未愧金鑾李謫仙

放榜日

喧喧車馬欲朝天人探東堂榜已懸萬里便隨金鸑鷟三台仍借玉連錢南海相公此時在京蒙借鞍馬人僕花浮酒影彤霞爛日照衫光瑞色鮮十二街前樓閣上卷簾誰不看神仙

曲江宴日呈諸同年

鶤鵬鸑與鳳皇同忽向中興遇至公金榜連名昇碧落紫花封勑出瓊宮天知惜日遲遲暮春爲催花旋旋紅好是慈恩題了望白雲飛盡塔連空

渤海賓貢高元固先輩閩中相訪云本國人寫得寅斬蛇劍御溝水人生幾何賦家一本無家字皆以金書列爲屏障因而有贈

折桂何年下月中閩山來問我雕蟲肯銷金翠書屏上誰把蒭蕘過日東郯子昔時遭孔聖繇余往代諷秦宮嗟嗟大國金門士幾個人能振素風

偶吟

千卷長書萬首詩朝蒸藜藿暮烹葵清時名立難皆我晚歲途窮亦問誰碧岸釣歸惟獨笑青山耕徧亦何爲尋常抖擻懷中策可便降他兩鬢絲

贈表弟黃校書輅一作較昔居臨溪今居近市入市五里

產破身窮爲學儒我家諸表愛詩書嚴陵雖說臨溪隱晏子還聞近市居佳句麗偷紅菡萏吟窗冷落白蟾蜍閑來共話無生理今古悠悠事總虛

輦下贈屯田何員外

封章頻得帝咨嗟報國唯將直破邪身到西山書幾達官登南省鬢初華廚非寒食還無火菊待重陽擬泛茶內翰好才兼好古秋來應數到君家員外與楊老丞翰林同年恩義最

贈月君山妻字月君伏見文涵中顧彥先亦有贈婦因抒此詠

出水蓮花比性靈三生塵夢一時醒神傳尊勝陀羅咒佛授金剛般若經懿德好書添女誡素容堪畫上銀屏鳴梭軋軋纖纖手窗戶流光織女星

贈垂光同年

丹桂攀來十七春如今始見茜袍新須知紅杏園中客終作金鑾殿裏臣逸少家風惟筆札玄成世業是陶鈞他時黃閣朝元處莫忘同年射策人

贈楊著一作著作

藻麗熒煌冠士林白華榮養有曾參十年去里荊門改八歲能詩相座吟李廣不侯身漸老子山操賦恨何深釣魚臺上頻相訪共說長安淚滿襟

贈黃校書先輩璞閑居

馭一作取得驪龍第四珠退依僧寺卜貧居青山入眼不干祿白髮滿頭猶著書東澗野香添碧沼南園夜雨長秋蔬月明掃石吟詩坐諱却全無儋石儲

尚書榮拜恩命寅疾中輒課惡詩二首以申攀讚

明公家鑿鳳皇池弱冠封侯四海推富貴有期天授早關河多難勑來遲昴星人傑當王佐黃石仙翁識帝師昨日詔書猶漏缺未言商也最能詩

東郊迎入紫泥封此日天仙下九重三五月明臨闕澤百千人衆看王恭旗傍綠樹遙分影馬躡浮雲不見蹤借問乘軺何處客相庭雄幕卷芙蓉

府主僕射王搏生日昭宗光化三年己未八月獻

熊羆先兆慶垂休天地氤氳瑞氣浮李樹影籠周柱史昴星光照漢酇侯數鐘龜鶴千年算律正乾坤八月秋勳業定應歸鼎鼐生靈豈獨化東甌

獻內翰楊侍郎

窗開青瑣見瑤臺冷拂星辰逼上台丹鳳詔成中使取白龍香近聖君來欲言溫署三緘口閑賦宮詞八斗才莫擬吟雲避榮貴廟堂玉鉉待鹽梅

送劉常侍

懷君何計更留連忍送文星上碧天杜預注通三十卷漢皇枝紹幾千年言端信義如明月筆下篇章似湧泉他日有書隨雁足東溪無令訪漁船

送盧拾遺歸華山

紫殿諫多防佞口清秋假滿別明君惟憂急詔歸青瑣不得經時卧白雲千載茯苓攜鶴劚一峰仙掌與僧分門前舊客期相薦猶望飛書及主文

春末送陳先輩之清源

貧中惟是長年華每羡君行自嘆嗟歸日捧持明月寶去時期刻刺桐花春風避酒多游寺曉騎聽雞早入衙千乘侯王若相問飛書與報白雲家

上盧三拾遺以言見黜

骨鯁如君道尚存近來人事不須論疾危必厭神明藥

心惑多嫌正直言冷眼靜看眞好笑傾懷與說却爲冤
因思周廟當時誡金口三緘示後昆

送王校書往清源

南國賢侯待德風長途仍借九花驄清歌早貫驪龍頷
丹桂曾攀玉兔宮楊柳堤邊梅雨熟鷓鴣聲裏麥田空
吟詩臺上如相問與說蟠溪直釣翁

岳州端午日送人游郴連

五月巴陵值積陰送君千里客于郴北風吹雨黃梅落
西日過湖青草深競渡岸傷人拄錦採芳城上女遺簪

九嶷雲潤蒼梧暗與說重華舊德音

賀清源太保王延郴

蘂珠宮裏謫神仙（一作神仙謫）八載溫陵萬戶閑心地潤于雲
夢澤官資高却太行山姜牙兆寄熊羆內陶侃文成掌
握間應笑清溪舊門吏年年扶病掩柴關

武榮江畔蔭祥雲（一作祥雲蔭）寵拜天人慶郡人五色鶴綾花
上敕九霄龍尾道邊臣英雄達處誰言命富貴來時自
逼身更待春風飛吉語紫泥分付與陶鈞

病中春日即事寄主人尚書二首

身比秋荷覺漸枯致君經國墮前圖層冰照日猶能暖
病骨逢春却未蘇鏡裏白鬚挦又長枝頭黃鳥靜還呼
庾樓恩化通神聖何計能教擲得盧

風拍衰肌久未蠲破窗頻見月團圓更無舊日同（一作陳）人
問只有多情太守憐臘內送將三折股歲陰分與五銖
錢玄穹若假年齡在願捧銅盤爲國賢

寄華山司空侍郎（一作表聖）二首

金闕爭權競獻功獨逃徵詔臥三峰雞群未必容於鶴
蛛網何繇捕得龍清論盡應書國史靜籌皆可息邊烽
風霜落滿千林木不近青青澗底松

非雲非鶴不從容誰敢輕量傲世蹤紫殿幾徵王佐業
青山未拆詔書封閑吟每待秋空月早起長先野寺鐘
前古負材多爲國滿懷經濟欲何從

寄盧端公同年

上陽宮闕翠華歸百辟傷心序漢儀崑岳有炎瓊玉碎
洛川無竹鳳皇飢須簪白筆匡明主莫許黃甒（一作瓜）博少
師惆悵宸居遠于日長吁空摘鬢邊絲

寄天台陳希畋

陰山氷凍嘗迎夏蟄戶雲雷只待春呂望豈嫌垂釣老
西施不恨浣沙貧坐爲羽獵車中相飛作君王掌上身
拍手相思惟大笑我曹寧比等閑人

寄兩浙羅書記

進即湮沈退却升錢塘風月過金陵鴻才入貢無人換
白首從軍有詔徵博簿集成時輩罵讒書編就薄徒憎
憐君道在名長在不到慈恩最上層

邑宰相訪翼日有寄

淵明深念郄詵貧踏破莓苔看甑塵碧沼共攀紅菡萏
金鞍不卸紫麒麟殘陽妬害催歸客薄酒甘嘗罰主人
夜半夢醒追復想欲長攀接有何因

白酒兩瓶送崔侍御

雪化霜融好潑醅滿壺氷凍向春開求從白石洞中得
攜向百花岩畔來幾夕露珠寒貝齒一泓銀水冷瓊杯
湖邊送與崔夫子誰（一作惟）見嵇山盡日頹

依韻酬常循州

早年花縣拜潘郎彝黍飛鳴出桂堂日走登（一作青）天長似
箭人同紅樹豈（一作幾）經霜帆分南浦知離別駕在東州（一作川）
更可傷公論一麾將塞詔且隨徵令過瀟湘

謝主人惠綠酒白魚

早起雀聲送喜頻白魚芳酒寄來珍馨香乍揭春風甕
撥剌初辭夜雨津樽潤最宜澄桂液網疎殊未損霜鱗
不曾垂釣兼親醞堪愧金臺醉飽身

全唐詩

徐夤

蜀

雖倚關張敵萬夫豈勝恩信作良圖能均漢祚三分業
不負荊州六尺孤綠水有魚賢已得青桑如蓋瑞先符
君王幸是中山後建國如何號蜀都

魏

伐罪書勳令不常爭教爲帝與爲王十年小怨誅桓邵
一檄深讐恕孔璋在井蟄龍如屈伏食槽驕馬忽騰驤
姦雄事過分明見英識空懷許子將

吳

一主參差六十年父兄猶慶授孫權不迎曹操眞長策
終謝張昭見碩賢建業龍盤雖可貴武昌魚味亦何偏
秦嬴謾作東遊計紫氣黃旗豈偶然

兩晉

三世深謀啓帝基可憐孀婦與孤兒罪歸成濟皇天恨
戈犯明君萬古悲巴蜀削平輕似紙勾吳吞却美如飴
誰知高鼻能知數競向中原簇戰旗

宋二首

天爵休將儋石論一身恭儉萬邦尊賭將金帶驚寰海
留得耕衣誡子孫締構不應饒漢祖姦雄何足數王敦
草中求活非吾事豈啻橫身向廟門

百萬人甘一擲輸，玄穹惟與道相符。豈知紫殿新天子，只是丹徒舊嗇夫。五色龍章身早見，六終鴻業數難逾。三年未得分明夢，却爲蘭陵起霸圖。

陳

三惑昏昏中紫宸，萬機抛却醉臨春。書中不禮隋文帝，井底常攜張貴嬪。玉樹歌聲移入哭，金陵天子化爲臣。兵戈半渡前江水，狎客猶聞爭酒巡。

讀史

亞父淒涼別楚營，天留三傑翼龍爭。高才無主不能用，直道有時方始平。喜慍子文何穎悟，卷藏蘧瑗甚分明。須知飲啄繇天命，休問黃河早晚清。

漢宮新寵

位在嬪妃最上頭，笑他長信女悲秋。日中月滿可能久，花落色衰殊未憂。公主鏡中爭翠羽，君王袖底奪金鉤。妾家兄弟知多少，恰要同時拜列侯。

開元即事

曲江真宰國中訛，尋奏漁陽忽荷戈。堂上有兵天不用，幄中無策印空多。（楊國忠時兼諸使，館三十二印。一本作課印）塵驚騎透潼關鎖，雲護龍遊渭水波。未必蛾眉能破國，千秋休恨馬嵬坡。

李翰林

謫下三清列八仙，獲調羹鼎侍龍顏。吟開鎖闥窺天近，醉臥金鑾待詔閑。舊隱不歸劉備國，旅魂長寄謝公山。遺編往簡應飛去，散入祥雲瑞日間。

聞長安庚子歲事

羽檄交馳觸兒旒，函關飛入鐵兜鍪。皇王去國未爲恨，寰海失君方是憂。五色大雲凝蜀郡，幾般妖氣撲神州。唐堯縱禪乾坤位，不是重華莫謾求。

公子行

十五轅門學控弦，六街騎馬去如煙。金多倍著牡丹價，髮白未知章甫賢。有耳不聞經國事，拜官方買謝恩箋。相如謾說凌雲賦，四壁何曾有一錢。

依韻贈嚴司直

曾轉雙蓬到玉京，宣尼恩奏樂卿名。歌殘白石扣牛角，賦換黃金愛馬卿。滄海二隅身漸老，太行千疊路難行。夫君才大官何小，堪恨人間事不平。

傷前翰林楊左丞（一本有贊圖二字）

飛上鰲頭侍玉皇，三台遺耀換餘光。人間𢎞管窮蒼頡，地上修文待卜商。真魄肯隨金石化，貞風留伴蕙蘭香。皇天未啓昇平運，不使伊皋相禹湯。

日月無情

日月無情也有情，朝昇夕没照均平。雖催前代英雄死，還促後來賢聖生。三尺靈烏金借耀，一輪飛鏡水饒清。憑誰築斷東溟路，龍影蟾光免運行。

新月

雲際娟娟出又藏，美人腸斷拜金方。姮娥一隻眉先掃，織女三分鏡未光。珠箔寄鉤懸杳靄，白龍遺爪印穹蒼。更期十五圓明夜，與破陰靈照八荒。

和尚書詠煙

無根無蒂結還融，曾觸嵐光徹底空。不散幾知離畢雨，欲飛須待落花風。玲瓏薄展蛟綃片，羃歷輕含鳳竹叢。瓊什捧來思舊隱，撲窗穿戶曉溟濛。

宮鶯

領得春光在帝家，早從深谷出煙霞。閑棲仙禁日邊柳，飢啄御園天上花。睍睆只宜陪閣鳳，間關多是問宮娃。可憐鸚鵡矜言語，長閉雕籠歲月賒。

鬢髮

鬢添華髮數莖新，羅雀門前絕故人。減食爲緣疎五味，不眠非是守庚申。深園竹綠齊抽筍，古木蛇青自脫鱗。天地有鑪長鑄物，濁泥遺塊待陶鈞。

春入鯉湖

到來峭壁白雲齊，載酒春遊渡九溪。鐵嶂有樓霾欲墮，石門無鎖路還迷。湖頭鯉去轟雷在，樹杪猨啼落日低。回首浮生真幻夢，何如斯地傍幽棲。

雙鷺

雙鷺雕籠昨夜開，月明飛出立庭隈。但教綠水池塘在，自有碧天鴻雁來。清韻叫霜歸島樹，素翎遺雪落漁臺。何人爲我追尋得，重勸溪翁酒一杯。

鷓鴣

繡僕梅兼羽翼全，楚雞非瑞莫爭先。啼歸明月落邊樹，飛入百花深處煙。避燒幾曾遺遠岫，引雛時見飲晴川。荔枝初熟無人際，啄破紅苞墜野田。

鷹

害物傷生性豈馴，且宜籠罩待知人。惟擒燕雀啗腥血，却笑鸞皇啄翠筠。狡兔穴多非爾識，鳴鳩脰短罰君身。豪門不讀詩書者，走馬平原放𩦎頻。

蝴蝶二首

縹緲青蟲脫殼微，不堪煙重雨霏霏。一枝穠豔留教住，幾處春風借與飛。防患每憂雞雀口，憐香偏繞綺羅衣。無情豈解關魂夢，莫信莊周說是非。

拂綠穿紅麗日長，一生心事住春光。最嫌神女來行雨，愛伴西施去採香。風定只應攢蘂粉，夜寒長是宿花房。鳴蟬性分殊迂闊，空解三秋噪夕陽。

郡侯坐上觀琉璃瓶中遊魚

寶器一泓銀漢水，錦鱗纔動即先知。似涵明月波寧隔，欲上輕冰律未移。薄霧罩來分咫尺，碧綃籠處較毫釐。文翁未得沈香餌，擬置金盤召左慈。

剪刀

寶持多用繡爲囊，雙日（一作目）交加兩鬢霜。金匣掠平花翡翠，綠窗裁破錦鴛鴦。初裁連理枝猶短，誤綰同心帶不長。欲製縕袍先把看，質非紈綺愧銛鋩。

紙被

文采鴛鴦罷合歡，細柔輕綴好魚牋。一牀明月蓋歸夢，數尺白雲籠冷眠。披對劲風溫勝酒，擁聽寒雨暖于綿。赤眉豪客見皆笑，却問儒生直幾錢。

紙帳

幾笑文園四壁空，避寒深入剡藤中。誤懸謝守澄江練，自宿嫦娥白兔宮。幾疊玉山開洞壑，半巖春霧結房櫳。針羅截錦饒君侈，爭及蒙茸煖避風。

貢餘秘色茶盞

振翠融青瑞色新陶成先得貢吾君巧剜明月染春水
輕旋薄氷盛綠雲古鏡破苔當席上嫩荷涵露別江濆
中山竹葉醅初發多病那堪中十分

筍鞭

筍竹岩邊劚翠苔錦江波冷洗瓊瑰纍纍節轉蒼龍骨
寸寸珠聯巨蚌胎須向廣場驅駔駿莫從閑處撻駑駘
寧同晉帝環營日拋賺中途後騎來

詠簾

素節輕盈珠影勻何人巧思間成文閑垂別殿風應度
半掩行宮麝欲薰繡戶遠籠寒焰重玉樓高挂曙光分
無情幾恨黃昏月纔到如鉤便墮雲

詠燈

分影縣來恨不同綠窗孤館兩何窮熒煌短焰長疑暗
零落殘花旋委空幾處隔簾愁夜雨誰家當戶怯秋風
莫言明滅無多事曾比人生一世中

詠扇

爲發涼飈滿玉堂每親襟袖便難忘霜濃雪暗知何在
道契時來忽自揚曾伴一樽臨小檻幾遮殘日過回廊
漢宮如有秋風起誰信班姬淚數行

詠筆二首

秦代將軍欲建功截龍搜兎助英雄用多誰念毛皆拔
拋却更嫌心不中史氏只應歸道直江淹何獨偶靈通
班超握管不成事投擲翻從萬里戎

君子三歸擅一名秋毫雖細握非輕軍書羽檄教誰錄
帝命王言待我成勢健豈饒淝水陣鋒銛還學歷山耕
毛乾時有何人潤盡把燒焚恨始平

詠錢

多蓄多藏豈足論有誰還議濟王孫能於貺處翻爲福
解向讐家買得恩幾怪鄧通難免餓須知夷甫不曾言
朝爭暮競歸何處盡入權門與倖門

尚書筵中詠紅手帕

鶴綾三尺曉霞濃送與東家二八容羅帶繡裙輕好繫
藕絲紅縷細初縫別來拭淚遮桃臉行去包香墜粉胸
無事把將纏皓腕爲君池上折芙蓉

尚書新造花箋

濃染紅桃二月花只宜神筆縱龍蛇淺澄秋水看雲母
碎擘輕苔間粉霞寫賦好追陳后寵題詩堪送竇滔家
使君即入金鑾殿夜直無非草白麻

釣車

荻灣漁客巧妝成硾鑄銀星一點輕拋過碧江鸂鶒岸
軋殘金井轆轤聲軸磨騂角氷光滑輪卷春絲水面平
把向嚴灘尋轍迹漁臺基在輾難傾

柳

漠漠金條引線微年年先（一作光）翠報春歸解籠飛靄延芳
景不逐亂花飄夕暉啼鳥噪蟬堪悵望舞煙搖水自因
依五株名顯陶家後見說辭榮種者稀

愁

夜長偏覺漏聲遲往往隨歌慘翠眉黃葉落催砧杵日
子規啼破夢魂時明妃去泣千行淚蔡琰歸梳兩鬢絲
四皓入山招不得無家歸客最堪欺

草

廢苑荒堦伴綠苔思疎長信恨難開姑蘇麋鹿食（一作應）思
食楚澤王孫來（一作已）不來色嫩似將藍汁染葉齊如把翦
刀裁燕昭沒後多卿士千載流芳郭隗臺

螢

月墜西樓夜影空透簾穿幕達房櫳流光堪在珠璣列
爲火不生榆柳中一一照通黃卷字輕輕化出綠蕪叢
欲知應候何時節六月初迎大暑風

水

火性何如水性柔西來東出幾時休莫言通海能通漢
雖解浮舟也覆舟湘浦暮沈堯女怨汾河秋泛漢皇愁
洪波激湍歸何處二月桃花滿眼流

苔

印留麋鹿野禽蹤岩壁漁磯幾處逢金谷曉凝花影重
章華春映柳陰濃石橋羽客遺前迹陳閣才人沒舊容
歸去掃除堦砌下蘚痕殘綠一重重

曉

水盡銅龍滴漸微景陽鍾動夢魂飛潼關雞唱促歸騎
金殿燭殘求御衣窗下寒機猶自織梁間棲燕欲雙飛
羲和睛聳扶桑轡借與寰瀛看早暉

別

酒盡歌終問後期泛萍浮梗不勝悲東門疋馬夜歸處
南浦片帆飛去時賦罷江淹吟更苦詩成蘇武思何遲
可憐范陸分襟後空折梅花寄所思

夜

日墜虞淵燭影開沈沈煙霧壓浮埃剡川雪滿子猷去
漢殿月生王母來簷挂蛛絲應漸織風吹螢火不成灰
愁人莫道何時旦自有鐘鳴漏滴催

雨

引電隨龍密又輕酒桮閑嘆得嘉名千山草木如雲暗
陸地波瀾接海平灑竹幾添春睡重滴簷偏遣夜愁生
陰妖冷孽成何怪敢蔽高天日月明

萍

爲實隨流瑞色新泛風縈草護遊鱗密行碧水澄涵月
溢滯輕橈去採蘋比物何名腰下劍無根堪並鏡中身
平湖春渚知何限撥破閑投獨璽綸

恨

事與時違不自繇如燒如刺寸心頭烏江項籍忍歸去
鴈塞李陵長繫留燕國飛霜將破夏漢宮紈扇豈禁秋
須知入骨難銷處莫比人間取次愁

鴻

行如兄弟影連空春去秋來燕不同紫塞別當秋露白
碧山飛入暮霞紅宣王德美周詩內蘇武書傳漢苑中
況解銜蘆避弓箭一聲歸唳楚天風

鶴

閬苑瑤臺歲月長一歸華表好增傷新聲乍警初零露
折羽閑飛幾片霜要伴神仙歸碧落豈隨龜雁住方（一作往西）
塘三山頂上無人處瓊樹堪巢不死鄉

鵲

神化難源瑞即開雕陵毛羽出塵埃香閨報喜行人至碧漢填河織女回明月解隨烏繞樹青銅寧愧雀爲臺瓊枝翠葉庭前植從待翩翩去又來

霜

應節誰窮造化端菊黃豺祭問應難紅窗透出鴛衾冷白草飛時雁塞寒露結芝蘭瓊屑厚日乾葵藿粉痕殘世間無比催摇落松竹何人肯更看

風

城上寒來思莫窮土囊萍末兩難同飄成遠浪江湖際吹起暮塵京洛中飛雪蕭條殘臘節落花狼藉古行宮春能和煦秋摇落生殺還同造化功

帆

豈勞孤棹送行舟輕過天涯勢未休斷岸曉看殘月挂遠灣寒背夕陽收川平直可追飛箭風健還能泝急流幸遇濟川恩不淺北溟東海更何愁

夢

月落燈前閉北堂神魂交入杳冥鄉文通毫管醒來異武帝蘅蕪覺後香傅說已徵賢可輔周公不見恨何長生松十八年方應通塞人間豈合忙

東

紫氣天元出故關大明先照九垓間鰲山海上秦娥去鱸鱠江邊齊掾還青帝郊垧平似砥主人階級峻如山蟠桃樹在煙濤水解凍風高未得攀

西

窮雲郊外已回秋日下崦嵫景懶收泰帝城高堅似鐵李斯書上曲如鉤寧惟東岳凌天秀更有長庚瞰曙流見說山傍偏出將犬戎降盡復何愁

南

卑卑嘉魚憶此方送君前浦恨難量火山遠照蒼梧郡銅柱高標碧海鄉陸賈幾時來越島三閭何日濯滄浪鍾儀冠帶歸心阻蝴蝶飛園萬草芳

北（第五句缺二字）

雪滿湖天日影微李君降虜失良時窮溟駕浪鵾鵬化極海寄書鴻雁遲　來猶未啟殘兵奔去杳難追可憐燕谷花間晚鄒律如何爲一吹

雲

漠漠沈沈向夕暉蒼梧巫峽兩相依天心白日休空蔽海上故山應自歸似蓋好臨千乘載如羅堪翦六銖衣爲霖須救蒼生旱莫向西郊作雨稀

燕

從待銜泥濺客衣百禽靈性比他稀何嫌何恨秋須去無約無期春自歸鷓鵠不容應不怪棟梁相庇願相依吴王宮女嬌相襲合整雙毛預奮飛

蟬

寒鳴寧與衆蟲同翼鬢緌冠豈道窮殼蛻已從今日化聲愁何似去年中朝催籬菊花開露暮促庭槐葉墜風從此最能驚賦客計居何處轉飛蓬

露

鶴鳴先警雁來天洗竹沾花處處鮮散綵幾當蟬飲際凝光宜對蚌胎前朝垂苑草煙猶重夜滴宮槐月正圓怵惕與霜同降日蘋蘩思薦獨淒然

霞

天際何人濯錦歸偏宜殘照與晨暉流爲洞府千年酒化作靈山幾襲衣野燒蹴連殊赫奕愁雲陰隔乍依稀勞生願學長生術餐盡紅桃上漢飛

蒲

濯秀盤根在碧流紫茵含露向晴抽編爲細履隨君步織作輕帆送客愁疎葉稍爲投餌釣密叢還礙採蓮舟鴛鴦鸂鶒多情甚日日雙雙遶傍游

泉

非鑿非疏出洞門源深流噲合還分高成瀑布激通客清入御溝朝聖君迸滴幾山穿破石迅飛層嶠噴開雲舊齋一帶連松竹明月窗前枕上聞

煙

燎野焚林見所從惹空橫水展形容能滋甘雨隨車潤不並行雲逐夢蹤晴烏迴籠嘉樹薄春亭嬌幕好花濃有時片片風吹去海碧山清過幾重

閑

不管人間是與非白雲流水自相依一瓢挂樹傲時代五柳種門吟落暉江上翠娥遺佩去岸邊紅袖采蓮歸客星辭得漢光武却坐東江舊薜磯

忙

雙競龍舟疾似風一星毬子兩明（一作朋）同平吳破蜀三除裏滅楚圖秦百戰中春近杜鵑啼不斷寒催歸雁去何窮兵還失路旌旗亂驚起紅塵似轉蓬

淚

發事牽情不自繇偶然惆悵即難收已聞抱玉沾衣濕見說迷途滿目流滴盡綺筵紅燭暗墜殘妝閣曉花羞世間何處偏留得萬點分明湘水頭

月

碧落誰分造化權結霜凝雪作嬋娟寒蟾（一作蟾）若不開三穴狡兔何從上九天莫見團圓明處遠須看灣曲鑒時偏郄詵樹老堯蓂換惆悵今年似去年

全唐詩

徐夤

依御史（一本無御史二字）溫飛卿華清宮二十二韻

地靈蒸水暖天氣待宸遊嶽拱蓮花秀峯高玉蘂秋朝元雕翠閣乞巧繡瓊樓碧海供驪嶺黃金絡馬頭五王更入帳七貴迭封侯夕雨鳴鴛瓦朝陽曄柘裘伊皐爭負鼎舜禹讓垂旒墮珥閑應拾遺釵醉不收飛煙籠劍戟殘月照旌斿履朔求衣早臨陽解佩羞宮詞裁錦段御筆落銀鉤帝里新豐縣長安舊雍州雪衣傳貝葉蟬鬢插山榴對景瞻瑶兔昇天駕綵虬丹書陳北虜玄甲擐犀牛聖詰多屯否生靈少怨尤穹旻當有輔帷幄豈

無籌鳳態傷紅豔鸞輿緩紫騮樹名端正在人欲夢魂
休識語山旁鬼塵銷隴畔丘重來芳草恨往事落花愁
五十年鴻業東憑渭水流

尚書命題瓦硯

逺向端溪得皆因郢匠成鑿山青靄斷琢石紫花輕散
墨松香起濡毫藻句清入臺知價重著匣恐塵生守黑
還全器臨池早著名春闈擕就處軍幙載將行不獨雄
文陣兼能助筆耕莫嫌涓滴潤深染古今情洗處無瑕
玷添時識滿盈蘭亭如見用敲戛有金聲

東風解凍省試

暖氣飄蘋末凍痕銷水中扇冰初覺泮吹海旋成空入
律三春照朝宗萬里通岸分天影闊色照日光融波起
輕搖綠鱗遊乍躍紅殷勤排弱羽飛翥趁和風

和僕射二十四丈牡丹八韻

帝王城裏看無故亦無新忍摘都緣借移栽未有因光
陰嫌太促開落一何頻羞殺登墻女饒將解佩人蘂堪
靈鳳啄香許白龍親素練籠霞曉紅妝帶臉春莫辭終
夕醉易老少年身買取歸天上寧教逐世塵

釣絲竹

蘿蘿拂清流堪維舴艋舟野蟲懸作餌溪月曲爲鉤雨
潤摇堦長風吹遶指柔若將諸樹比還使綠楊羞蠶婦

非堯女漁人是子猷湖邊舊栽處長映讀書樓

尚書會仙亭詠薔薇夤坐中聯四韻晚歸補緝所聯因成一篇

結綠根株翡翠莖句芒中夜刺猩猩景陽妝赴嚴鐘出
楚峽神教暮雨晴躑躅豈能同日語玫瑰方可一時呈
風吹嫩帶香苞展露灑啼思淚點輕阿母蘂宮期索去
昭君榆塞闕齋行蕤高恐礙含泥燕架隱宜棲報曙鶯
鬬日只憂燒密葉映階疑欲讓雙旌含煙散纈佳人惜
落地遺鈿少妓爭丹渥不因輸繡段錢圓誰把買花聲
海棠若要分流品秋菊春蘭兩恰平

和尚書詠泉山瀑布十二韻

名齊火浣溢山椒誰把鷩虹挂一條天外倚來秋水刃
海心飛上白龍綃民田鑿斷雲根引僧圃穿通竹影澆
噴石似煙輕漠漠濺崖如雨冷瀟瀟水中蠶緒纏蒼壁
日裏虹精挂絳霄寒漱綠陰仙桂老碎流紅豔野桃夭
千尋練寫長年在六出花開夏日消急恐劃分青嶂骨
久應䙰裂翠微腰濯纓便可譏漁父洗耳還宜傲帝堯
林際猨猱偏得飲岸邊烏鵲擬爲橋赤城未到詩先寄
廬阜曾遊夢已遥數夜積霖聲更逺郡樓欹枕聽良宵

自詠十韻

只合滄洲釣與耕忽依螢燭愧功成未遊宦路叨卑宦
纔到名場得大名梁苑二年陪衆客温陵十載佐雙旌
錢財盡是侯王惠骨肉偕承里巷榮拙賦偏聞鐫印賣
惡詩親見畫圖呈（使宅行夤回文八體詩圖兩面庚午秋使樓赴宴親見每一倒翻讀八韻也）多栽桃李
期春色闊鑿池塘許月明寒益輕裯饒美寢出乘車馬
免徒行麤支菽粟防飢歎薄有桮盤備送迎僧俗共鄰
棲隱樂妻孥同愛水雲清如今便死還甘分莫更嫌他
白髮生

鏡中覽懷（一本無懷字一作覽鏡書懷）

晨起梳頭忽自悲鏡中親見數莖絲從今休說龍泉劍
世上恩讐報已遲

楚國史

六國商於恨最多良弓休綰劍休磨君王不翦如簧舌
再得張儀欲柰何

張儀

荆楚南來又北歸分明舌在不應違懷王本是無心者
籠得蒼蠅却放飛

薔薇

朝露灑時如濯錦晚風飄處似遺鈿重門剩著黃金鎖
莫被飛瓊摘上天

大夫松

五樹旌封許歲寒挽柯攀葉也無端爭如澗底凌霜節
不受秦皇亂世官（一作號此官）

杏園

杏苑簫聲好醉鄉春風嘉宴更無雙憑誰爲謔穆天子
莫把瑶池並曲江

蕉葉

綠綺新裁織女機擺風摇日影離披只應青帝行春罷
閑倚東牆卓翠旗

路旁草

楚甸秦原萬里平誰教根向路傍生輕蹄繡轂長相蹋
合是榮時不得榮

讀漢紀

布衣空手取中原勁卒雄師不足論楚國八千秦百萬
豁開胸臆一時吞

李夫人二首

不望金輿到錦帷人間樂極即須悲若言要識愁中貌
也似君恩日日衰

招得香魂爵少翁九華燈燭曉還空漢王（一作皇）不及吳王
樂且與西施死處同

明妃

不用牽心恨畫工帝家無策及邊戎香魂若得昇明月
夜夜還應照漢宮

馬嵬

二（一作三）百年來事逺聞從龍誰（一作唯）解盡如雲張均兄弟皆
何在却是楊妃死報君

依韻贈南安方處士五首

七貴五侯生肯退利塵名網死當拋黔婁寂莫嚴陵卧
借問何人與結交

休把羸蹄蹋霜雪書成何處獻君王嵩山好與浮丘約
三十六峰雲外鄉

百萬僧中（一作泉）不爲僧比君知道僅誰能無家寄泊南安
縣六月門前也似冰

兩鬢當春却似秋僻居誇近野僧樓落花明月皆臨水
明月不流花自流

晉楚忙忙起戰塵龔黃門外有高人一畦雲薤三株竹
席上先生未是貧

依韻答黃校書

慈恩雁塔參差榜杏苑鶯花次第遊白日有愁猶可散
青山高卧況無愁

傷進士謝庭皓（大順中以詞賦著名與賨不相上下時號錦繡帷）

獻書猶未達明君何事先遊岱岳雲惟有春風護寃魄
與生青草蓋孤墳

聞司空侍郎訃音

園綺生雖逢漢室巢由死不謁堯階（一作入徵不起）夫君歿去何人
葬合取夷齊隱處埋

偶題二首

買骨須求騏驥骨愛毛宜採鳳皇毛駑駘燕雀堪何用
仍向人前價（一作數）例高

賦就長安振大名斬蛇功與樂天爭歸來延壽溪頭坐
終日無人問一聲

猨

宿有喬林飲有溪生來蹤跡遠塵泥不知心更愁何事
每向深山夜夜啼

追和賈浪仙古鏡

誰開黃帝橋山冢明月飛光出九泉狼藉蘚痕磨不盡
黑雲殘點汙秋天

蝴蝶三首

不並難飛䖟裏蛾有花芳處定（一作即）經過天風相送輕飄
去却笑蛛蝥謾織羅

苒苒雙雙拂畫欄佳人偷（一作欲）眼再三看莫欺翼短飛長
近試就花間撲（一作捉）已（一作也）難

栩栩無因繫得他野園荒徑一何多不聞絲竹誰教舞
應仗（一作伏）流鶯爲唱歌

新刺襪

素手春溪罷浣紗巧裁明月半彎斜齊宮合贈東昏寵
好步黃金菡萏花

寄華山司空侍郎

山掌林中第一人鶴書時或問眠雲莫言疎野全無事
明月清風肯放君

初夏戲題

長養薰風拂曉吹漸開荷芰落薔薇青蟲也學莊周夢
化作南園蛺蝶飛

全唐詩

錢珝

錢珝字瑞文吏部尚書徽之子善文詞宰相王溥薦知
制誥進中書舍人後貶撫州司馬有舟中錄二十卷今
編詩一卷

客舍寓懷

灑灑灘聲晚霽時客亭風袖半披垂野雲行止誰相待
明月襟懷祇自知無伴偶吟溪上路有花偷笑臘前枝
牽情景物潛惆悵忽似傷春遠別離

送王郎中

惜別遠相送却成惆悵多獨歸回首處爭那暮山何

江行無題一百首（統籤云舊作錢起詩今考詩繫遷謫途中雜詠起無謫宦事而珝自中書舍人謫撫州其舟中經途所歷一一脗合而秋半九日尤爲左驗其爲珝詩無疑蔡寬夫詩話云江行百首錢棠仲得之他本因以傳世元非起集之舊宋人語更可據今與起集並存）

傾酒向漣漪乘流欲去時寸心同尺璧投此報馮夷

江曲全縈楚雲飛半自秦峴山迴首望如別故鄉（一作關）人（往年累登峴亭）

浦煙含（一作函）夜色（一作寒夜永）冷日轉秋旻自有沈碑在（一作石）清光
不照人

楚岸雲空合楚城人不來祇今誰善舞莫恨廢章（一作發陽）臺

行背青山郭吟當白露秋風流無屈宋空詠古荊州

晚來漁父喜網（一作罾）重欲收遲恐有長江使金錢顧贖黿

去指龍沙路徒懸象闕（一作魏）心夜涼無遠夢不爲偶聞砧

霧雲疎有葉雨浪細無花（一作聲）穩放扁舟去江天自有涯（一作程）

好日當（一作長）秋半層波動旅腸已行千里外誰與共秋光

潤色非東里官曹更（一作吏）建章宦遊難自定來喚櫂船郎

夜江清未曉徒惜月光（一作先）沉不是因行樂堪傷老大心

翳日多喬木維舟取束薪靜聽江叟語盡（一作俱）是厭兵人

箭漏日初短汀煙草未（一作木）衰雨餘（一作微）雖更綠不是採蘋
時

山雨（一作水）夜來漲喜魚（一作雨）跳滿江岸沙平欲盡垂蓼入船
窗

渚邊新鴈下舟上獨淒涼俱是南來客憐君綴一行

雲密連江暗風斜著物鳴一杯眞戰將笑爾作愁兵

柳拂斜開（一作陽）路籬邊數戶村可能還有意不掩向江門

不識相如（一作桓公）渴徒吟子美詩江清惟獨看心外更（一作有）誰
知

牽路沿（一作緣）江狹沙崩岸不平盡知行處險誰肯載時輕

憔悴異靈均非讒作逐臣如逢漁父問未是獨醒人

水舍秋夜靜雲帶夕陽高詩癖非吾病何妨吮短豪

帶（一作登）舟維（一作非）古岸還似阻西陵箕伯無多怒回頭詎不
能

秋雲久無雨江燕社猶飛却笑舟中客今年未得歸

帆翅初張處雲鵬怒翼同莫愁千里路自有到來風

佳節雖逢菊浮生正似（一作是）萍故山何處望荒岸小長亭

月下江流靜村荒人語稀鷺鴛雖有伴仍（一作乃）共影雙飛

斗轉月未落舟行夜已深有村知不遠風便數聲砧

櫂驚沙鳥迅飛濺夕陽波不顧魚多處應防一目羅

行到楚江岸蒼茫人正迷祇如秦塞遠格磔鷓鴣啼

漸覺江天遠難逢故國書可能無往事空食鼎中魚

岸草連荒色村聲樂稔年晚晴貪（一作初）獲稻閒却採菱（一作蓮）
船

灘淺多（一作爭）遊鷺江清易見魚怪來吟未足秋物欠紅蕖

蛩響依沙草螢飛透水煙夜涼誰詠史空泊運租船

睡穩葉舟輕風微浪不驚人居（一作任君）蘆葦岍終夜動秋聲
自念（一作守）平生意曾期一郡符可（一作豈）知因謫宦斑鬢入江
湖
水天涼夜月不是少（一作惜）清光好景（一作物）隨人物（一作祕）秦淮憶
建康
古來多思客搖落恨江潭今日秋風至蕭疎過（一作濁）沔南
映竹疑村好穿蘆覺渚幽漸安無曠土薑芋當農收
煙渚復煙渚畫屏休（一作還）畫屏引愁天末去數點暮山青
秋風動客心寂寂不成吟飛上危檣立鶯啼報好音（一作當鳥不知音）
見底高秋水開懷萬里天旅吟還有伴沙柳數枝蟬
九日自佳節扁舟無一杯曹園舊罇酒戲馬憶高臺
兵火有餘燼貧村纔數家無人爭曉渡殘月下寒沙
渚禽菱芡足不向稻粱爭靜宿涼灣月應無失侶聲
輕雲未撲（一作護）霜樹杪橘初黃行（一作信）是知名物過風過水
香
土曠深耕少江平遠釣多平生皆棄本金革竟如何
海月非常物等閑不可尋披沙應有地淺處定無金
風晚冷颼颼蘆花已白頭舊來紅葉寺堪憶玉京秋
渺渺望天涯清漣浸赤霞難逢星漢使烏鵲日乘槎
風好來無陣雲開（一作閒）去有蹤釣歌無遠近應喜罷艨艟
吳疆連楚甸楚俗異吳鄉謾把罇中物無人啄蟹黃（一作匡）
岍綠野煙遠江紅斜照微撐開小漁艇應到月明歸
雨餘江始漲漾漾見流薪曾歎河（一作溝）中木斯言憶古人
垂露（一作墜露）晚猶濃（一作露墜日猶紅）清（一作秋）風（一作花）不易逢涉江雖已晚
高樹搴（一作攀）芙蓉
乘（一作葉）舟維夏口煙野獨行時不見頭陀寺空懷幼婦碑
晚泊武昌岍津亭疎柳風數株曾手植好事憶陶公
舟航依浦定星斗滿江寒若比（一作此）陰霾日何妨（一作方）夜未
闌
近戍離金落孤岑望火門惟將知命意瀟灑向乾坤
叢菊生隄上此花長後時有人還採掇何必在（一作及）春期
景夕（一作夕景）殘霞落秋寒細雨晴短纓何用濯舟在月中行

堤（一作根）壞漏（一作滿）江水地坳成野塘晚荷人不折留取（一作此）作
秋香
左（一作失）宦終何路擄懷亦自寬襞牋嘲白鷺無意喻梟鸞
樓空人不歸雲白去時衣黃鶴無心下長應笑令威
白帝朝驚浪陽臺暮映雲等閑生險易世路秖如君
櫓（一作蘆）慢生輕浪帆虛帶白雲客船雖狹小容得瘦（一作庾）將
軍（晉冠軍將軍柳遐免官桓溫怪其瘦答云不能不恨于破甑）
靜看秋江水風微浪漸平人間馳競處塵土自波成
風借（一作勁）帆方疾風回櫂却遲較量人世事不校一毫釐
咫尺愁風雨匡廬不可登秖疑雲（一作香）霧窟猶有六朝僧
江草何多思冬青尚滿洲誰能驚鵩鳥作賦爲沙鷗
幸有煙波興寧辭筆硯勞緣情無怨刺却似反離騷
沙上獨行時高吟（一作吟情）到楚詞難將垂岍蓼盈（一作應）把當江
蘺
秋寒鷹隼健逐雀下雲空知是江湖客（一作闊）無心擊塞鴻
幽懷念煙水長恨隔龍沙今日滕王閣分明見落霞
江流何渺渺懷古獨依依漁父非賢者蘆中但有磯
風雨正甘寢雲霓忽曉晴放歌雖（一作須）自遣一歲又崢嶸
幽思正遲遲沙邊濯弄時自憐非博物猶未識鳧葵
曾有煙波客能歌西塞山落花惟待月一釣紫菱灣
千頃水紋細一拳嵐影孤君山寒樹綠曾過洞庭湖
光閣重湖水低斜遠鴈行未曾無興詠多謝沈東陽
晚菊繞江壘忽如開古屏莫言時節過白日有餘馨
日落長亭晚山門步障青可憐無酒分處處（一作更祝）有旗亭
（一作星）
遠岍無行樹經霜有伴（一作半）紅停船搜（一作披）好句題葉贈江
楓
身世比行舟無風亦暫休敢言終破浪惟願穩乘流
數畝蒼苔石煙濛鶴卵洲定因詞客遇（一作過）名字始風流
興鬧停桂楫路好過松門不負佳山水還開酒一樽
短檝休敲桂孤根自駐萍自憐非劒氣空向斗牛星
高浪如銀屋江風一發時筆端降太白才大語終奇
細竹漁家路晴陽看結罾喜來邀客坐分與折腰菱

平湖五百里江水想通波不奈扁舟去其如決計何
數逢（一作峰）雲斷處去岍映高山身到章江日應猶（一作猶應）未得
閑
一灣斜照水三版順風船未敢相邀釣勞生只自憐
江雨正霏微江村晚渡稀何曾妨釣艇更待得魚歸
新野舊樓名潯陽勝賞情照人長一色江月共淒清
願飲西江水那吟北渚愁莫教留滯跡遠比蔡昭侯
湖口分江水東流獨有情常（一作當）時好風物誰伴（一作爲伴）謝宣
城
潯陽江畔菊應似古來秋爲問幽棲客吟時得酒不
高峯有佳號千尺倚寒風（一作松）若使爐煙在猶應爲上公
萬木已清霜江邊村事忙故溪黃稻熟一夜寢（一作夢）中香
楚水苦縈回征帆落又開可緣非直路却有好風來
遠謫歲時宴暮江風雨寒仍愁繫舟處驚夢近長灘

春恨三首

負罪將軍在北朝秦淮芳草綠迢迢高臺愛妾魂銷盡
始得丘遲爲一招
久戍臨洮報未歸篋香銷盡别時衣身輕願比蘭堦蝶
（一作恭）萬里還尋塞草飛
永巷頻聞小苑遊舊恩如淚亦難收君前願報新顏色
團扇須防白露秋

蜀國偶題

忽憶明皇西幸時暗傷潛恨竟誰知佩蘭應語宮臣道
莫向金盤進荔枝

未展芭蕉

冷燭無煙綠蠟乾芳心猶卷怯春寒一緘書劄藏何事
會被東風暗拆看

同程九早入中書（一作錢起詩）

漢家賢相重英奇蟠木何材也見知不意雲霄能自致
空驚鵷鷺忽相隨臘雪初明柏子殿春光欲上萬年枝
獨慚皇鑒明如日未厭春（一作螢）光向玉墀

喻坦之

喻坦之與許棠張喬鄭谷張蠙等同時號十哲詩一卷

陳情獻中丞

孤拙竟何營徒希折桂名始終誰肯薦得失自難明貢乏雄文獻歸無瘠土耕滄江長發夢紫陌久懸行意縱求知切才惟懼鑒精五言非琢玉十載看遷鶯取進心甘鈍傷嗟骨每驚塵襟痕積淚客鬢白新莖顧盼身堪教吹噓羽覺生依門情轉切荷德力須傾獎善猶憐貢垂恩必不輕從茲便提挈雲路自生榮

長安雪後

碧落雲收盡天涯雪霽時草開當井地樹折帶巢枝野渡滋寒麥高泉漲禁池遙分丹闕出迥對上林宜宿片攀簷取疑花就砌窺氣凌禽翅束凍入馬蹄危北想連沙漠南思極海涯冷光兼素彩向暮朔風吹

送友人遊東川

食盡須分散將行幾願留春兼三月閏人擬半年遊風俗同吳地山川擁梓州思君登棧道猿嘯始應愁

題樟亭驛樓

危檻倚山城風帆檻外行日生滄海赤潮落浙江清秋晚遙峰出沙乾細草平西陵煙樹色長見伍員情

大梁送友人東遊

自古東西路舟車此地分河聲梁苑夜草色楚田曛鷹已多南去蟬猶在此聞聖朝無諫獵何計謁明君

送友人遊蜀

爲儒早得名爲客不憂程春盡離丹闕花繁到錦城雪消巴水漲日上劍關明預想迴來樹秋蟬已數聲

留別友人書齋

相見不相喚一留日已西軒涼庭木大巷僻鳥巢低背俗修琴譜思家話藥畦卜鄰期太華同上上方梯

題耿處士林亭

身向間中老生涯本豁然草堂山水下漁艇鳥花邊窺井猨兼鹿啼林鳥雜蟬何時人事了依此亦高眠

商於逢友人

行役何時了年年骨肉分春風來漢棹雪路入商雲水險溪難定林寒鳥異羣相逢聊坐石啼狖語中聞

灞上逢故人

花落杏園枝驅車問路岐人情誰可會身事自堪疑嶽雨狂雷送溪槎漲水吹家山如此景幾處不相隨

發浙江

島嶼遍含煙煙中濟大川山城猶轉漏沙浦已揺船海曙霞浮日江遙水合天此時空濶思翻想涉窮邊

晚泊盱眙

廣草夾深流蕭蕭到海秋宿船橫月浦驚鳥遶霜洲雲濕淮南樹笳清泗水樓徒懸鄉國思羇跡尚東游

歸江南

歸日值江春看花過楚津草晴蟲網遍沙曉浪痕新蓮葉初浮水鷗雛已狎人漁心甦未遂空厭路岐塵

代北言懷

困馬揄關北那堪落景催路行沙不絕風與雪兼來草得春猶白鴻侵夏始迴行人莫遠入戍角有餘哀

春遊曲江

誤入杏花塵晴江一看春菰蒲雖似越骨肉且非秦曲岸藏翹鷺垂楊拂躍鱗徒憐汀草色未是醉眠人

和范秘書宿省中作

清省宜寒夜仙才稱獨吟鐘來宮轉漏月過閣移陰鶴避燈前盡芸高幄外深想知因此興暫動憶山心

寄華陰姚少府

泰華當公署爲官興可知硯和青靄凍簾對白雲垂峻掌光浮日危蓮影入池料於三考内應惜德音移

晚泊富春寄友人

江鐘寒夕微江鳥望巢飛木落山城出潮生海棹歸獨吟霜島月誰寄雪天衣此別三千里關西信更稀

崔道融

崔道融荆州人以徵辟爲永嘉令累官右補闕避地入閩申唐詩三卷東浮集九卷今編詩一卷

梅花

數蕚初含雪孤標畫本難香中別有韻清極不知寒橫笛和愁聽斜枝倚病看朔風如解意容易莫摧殘

銅雀妓二首

嚴妝垂玉筯妙舞對清風無復君王顧春來起漸慵

歌咽新翻曲香銷舊賜衣陵園春（一作風）雨暗不見六龍歸

春閨二首

寒食月明雨落花香滿泥佳人持錦字無雁寄遼西

欲剪宜春字春寒入剪刀遼陽在何處莫望寄征袍

訪僧不遇

尋僧已寂寞林下鎖山房松竹雖無語牽衣借晚涼

田上

雨足高田白披蓑半夜耕人牛力俱盡東方殊未明

月夕

月上隨人意人閑月更清朱樓高百尺不見到天明

槿花

槿花不見夕一日一回新東風吹桃李須到明年春

西施灘

宰嚭亡吳國西施陷惡名浣紗春水急似有不平聲

江上逢故人

故里琴樽侶相逢近臘梅江村買一醉破淚却成咍

牧豎

牧豎持蓑笠逢人氣傲然臥牛吹短笛耕却傍溪田

過農家

欲羨農家子秋新看刈禾蘇秦無負郭六印又如何

江夕

江心秋月白起柁信潮行蛟龍化爲人半夜吹笛聲

春墅

蛙聲近過社農事忽已忙鄰婦餉田歸不見百花芳

江村

日暮片帆落江村如有情獨對沙上月滿船人睡聲

擬樂府子夜四時歌四首

吳子愛桃李月色不到地明朝欲看花六宮人不睡

涼軒待月生暗裏螢飛出低迴不稱意蛙鳴亂清瑟

月色明如晝蟲聲入戶多狂夫自不歸滿地無天河

銀釭照殘夢零淚雪粉臆洞房猶自寒何況關山北

寄人二首

花上斷續雨江頭來去風相思春欲盡未遣酒尊空

澹澹長江水悠悠遠客情落花相與恨到地一無聲

江鷗

白鳥波上棲見人懶飛起爲有求魚心不是戀江水

春晚

三月寒食時日色濃於酒落盡墻頭花鶯聲隔原柳

漢宮詞

獨詔胡衣出天花落殿堂他人不敢妬垂淚向君王

旅行

少壯經勤苦衰年始浪遊誰憐不龜手他處却封侯

班婕妤

寵極辭同輦恩深棄後宮自題秋扇後不敢怨春風

元日有題

十載元正酒相歡意轉深自量麋鹿分只合在山林

古樹

古樹春風入陽和力太遲莫言生意盡更引萬年枝

春題二首

青春未得意見花却如讐路逢白面郎醉插花滿頭

滿眼桃李花愁人如不見別有惜花人東風莫吹散

長安春

長安牡丹開繡轂輾晴雷若使花長在人應看不回

病起二首

病起春已晚曳筇傷綠苔强攀庭樹枝喚作花未開

病起遶庭除春泥粘屐齒如從萬里來骨肉滿面喜

峽路

清猨啼不住白水下來新八月莫爲客夜長愁殺人

長門怨

長門春欲盡明月照花枝買得相如賦君恩不可移

月夕有懷

圓光照一海遠客在孤舟相憶無期見中宵獨上樓

夜泊九江

夜泊江門外歡聲月裏（一作下）樓明朝歸去路猶隔洞庭秋

寒食夜

滿地梨花白風吹碎月明大家寒食夜獨貯望鄉情

歸燕

海燕頻來去西人獨滯留天邊又相送腸斷故園秋

長安春

珠箔映高柳美人紅袖垂忽聞半天語不見上樓時

鑾駕東回

兩川花捧御衣香萬歲山呼輦路長天子還從馬嵬過
別無惆悵似明皇

釣魚

閑釣江魚不釣名瓦甌斟酒暮山青醉頭倒向蘆花裏
却笑無端犯客星

西施

苧蘿山下如花女占得姑蘇臺上春一笑不能忘敵國
五湖何處有功臣

馬嵬

萬乘淒涼蜀路歸眼前朱翠與心違重華不是風流主
湘水猶傳泣二妃

羯鼓

華清宮裏打撩聲供奉絲簧束手聽寂莫鑾輿斜谷裏
是誰翻得雨淋鈴

寄李左司（一本下有五季在臺四字）

柏臺蘭省共清風鳴玉朝聯夜被同宵信人間有兄弟
一生長在別離中

梅

溪上寒梅初滿枝夜來霜月透芳菲清光寂莫思無盡
應待琴尊與解圍

天台陳逸人

絕粒空山秋復春欲看滄海化成塵近拋三井更深去
不怕虎狼唯怕人

雪竇禪師

雪竇峰前一派懸雪竇五月無炎天客塵半日洗欲盡
師到白頭林下禪

溪上遇雨二首

回塘雨脚如繰絲野禽不起沈魚飛耕蓑釣笠取未暇
秋田有望從淋漓

坐看黑雲銜猛雨噴灑前山此獨晴忽驚雲雨在頭上
却是山前晚照明

長門怨

長門花泣一枝春爭奈君恩別處新錯把黃金買詞賦
相如自是薄情人

秋夕

自憐三十未西遊傍水尋山過却秋一夜雨聲多少事
不思量（一作也）盡到心頭

過隆中

玄德蒼黃起臥龍鼎分天下一言中可憐蜀國關張後
不見商量徐庶功

關下

百二山河壯帝畿關門何事更開遲應從漏却田文後
每度聞雞不免疑

寒食客中有懷

江上聞鶯禁火時百花開盡柳依依故園兄弟別來久
應到清明猶望歸

溪夜

積雪消來溪水寬滿樓明月碎琅玕漁人拋得釣筒盡
却放輕舟下急灘

山居臥疾廣利大師見訪

桐谷孫枝已上弦野人猶臥白雲邊九天飛錫應相訪
三到行朝二十年

全唐詩

盧延讓

盧延讓字子善范陽人光化九年進士第朗陵雷滿辟從事滿敗歸王建授水部員外郎累遷給事中終刑部侍郎詩一卷今存十首

苦吟

莫話詩中事詩中難更無吟安一箇字撚斷數莖鬚險覓天應悶狂搜海亦枯不同文賦易為著者之乎

雪

瑞雪落紛華隨風一向斜地平鋪作月天迴撒成花客滿燒煙舍牛牽賣炭車吾皇憂挾纊猶自問君家

村墅

正月二月村墅閑餘糧未乏人心寬南鄰雨中揭屋笑酒熟數家來相看

悲李拾遺二首

故友從來匪石心諫多難得主恩深行朝半夜煙塵起曉殿吁嗟一鏡沈

天涯時有北來塵因話它人及故人也是先皇能罪已殿前頻得觸龍鱗

題李將軍傳

猨臂將軍去似飛彎弓百步虜無遺漢文自與封侯得何必傷嗟不遇時

酒醒

酒醒撥剔殘灰火多少淒涼在此中爐畔自斟還自醉打窗深夜雪兼風

郊居友人相訪

柴門深掩古城秋背郭緣溪一徑幽不有小園新竹色君來那肯暫淹留

鏡湖雪霽貽方干

天外曉嵐和雪望月中歸棹帶冰行相逢半醉吟詩苦應抵寒猨裊樹聲

秋霽

雨霽長空蕩滌清遠山初出未知名夜來江上如鉤月時有驚魚擲浪聲

謝朱常侍寄貺蜀茶剡紙二首

瑟瑟香塵瑟瑟泉驚風驟雨起爐煙一甌解卻山中醉便覺身輕欲上天

百幅輕明雪未融薛家凡紙漫深紅不應點染閑言語留記將軍蓋世功

讀杜紫微集

紫微才調復知兵長覺風雷筆下生還有枉拋心力處多於五柳賦閑情

寓題

海上乘查便合仙若無仙骨未如船人間亦有支機石虛被聲名到洞天

寓吟集

陶集篇篇皆有酒崔詩句句不無杯醉來已共身安約讓卻詩人作酒魁

溪居即事

籬外誰家不繫船春風吹入釣魚灣小童疑是有村客急向柴門去卻關

雞

買得晨雞共雞語常時不用等閑鳴深山月黑風雨夜欲近曉天啼一聲

獻浙東柳大夫

屬城甘雨幾經春聖主全分付越人俗眼不知靑瑣貴江頭爭看碧油新

楊柳枝詞

霧撚煙搓一索春年年長似染來新應須喚作風流線繫得東西南北人

楚懷王

宮花一朶掌中開緩急翻為敵國媒六里江山天下笑張儀容易去還來

對早梅寄友人二首

憶得前年君寄詩海邊三見早梅詞與君猶是海邊客又見早梅花發時

憶得去年有遺恨花前未醉到無花清芳一夜月通白先脫寒衣送酒家

句

萬里一點白長空鳥不飛（邊庭雪 見詩格）　如今卻羨相如富猶有人間四壁居（見楊萬里詩話）

松寺

山寺取涼當夏夜，共僧蹲坐石堦前。兩三條電欲為雨，七八箇星猶在天。衣汗稍停牀上扇，茶香時撥澗中泉。通宵聽論蓮華義，不藉松窗一覺眠。

贈僧

浮世浮華一斷空，偶抛煩惱到蓮宮。高僧解語牙無水，老鶴能飛骨有風。野色吟餘生竹外，山陰坐久入池中。禪師莫問求名苦，滋味過於食蓼蟲。

逢友人赴闕

正當天下待雍熙，丹詔徵來早為遲。倚馬才高猶愛藝，問牛心在肯容私。吏閒黃閣排班處，民擁青門看入時。却笑郡人留不得，感恩唯擬立生祠。

哭李郢端公

軍門半掩槐花宅，每過猶聞哭臨聲。北固暴亡兼在路，東都權葬未歸塋。漸窮老僕慵看馬，著慘佳人暗理箏。詩侶酒徒消散盡，一場春夢越王城。

謝楊尚書惠櫻桃

滿合虛紅怕動搖，尚書知重賜櫻桃。揉藍尚帶新鮮葉，潑血猶殘舊折條。萬顆真珠輕觸破，一團甘露軟含消。春來老病尤珍荷，併食中腸似火燒。

寒食日戲贈李侍御

十二街如市，紅塵咽不開。灑蹄驄馬汗，没處看花來。

樊川寒食二首

寒食權豪盡出行，一川如畫雨初晴。誰家絡絡游春盛，擔入花間軋軋聲。

鞍馬和花總是塵，歌聲處處有佳人。五陵年少麤於事，栲栳量金買斷春。

句

只訛步子綠，應耗没多光。(八月十六夜)　臂鷹健卒懸氊帽，騎馬佳人卷畫衫。(送周太保赴浙西)　每過私第邀看鶴，長著公裳送上驢。(寄友)　名係毛生五門下，家僮骨立六街中。(淺會合懷)　雲間鬧鐸騾駝至，雪裏殘骸虎拽來。(蜀路)　樹上諮諏批頰鳥，窗間壁駮叩頭蟲。(冬夜)　莫欺零落殘牙齒，曾吃紅綾餅餤來。　渡水蹇驢雙耳直，避風羸僕一肩高。(雪)　高據襄陽播盛名，問人人道是詩星。(弔孟浩然　以上並見海錄碎事)　涼雨打低殘菡萏，急風吹散小蜻蜓。(見錦繡萬花谷)

裴皞

裴皞，字司東，河東人。光化中進士第，歷事梁、唐、晉，官至尚書左僕射。詩一首。

示門生馬侍郎胤孫

宦途最重是文衡，天與愚夫著盛名。三主禮闈年八十，門生門下見門生。

王希羽(一作王羽)

王希羽，池州人。天復元年登進士第，授秘書省正字。後與楊夔、康駢客於田頵。詩一卷，今存一首。

贈杜荀鶴

金榜曉懸生世日，玉書潛記上升時。九華山色高千尺，未必高於第八枝。

柯崇(一作宗)

柯崇，閩人。天復元年進士第，授太子校書。詩二首。

宮怨二首

塵滿金爐不炷香，黃昏獨自立重廊。笙歌何處承恩寵，一一隨風入上陽。

長門槐柳半蕭疎，玉輦沈思恨有餘。紅淚漸消傾國態，黃金誰為達相如。

劉象

劉象，京兆人。天復元年登第。詩十首。

早春池亭獨游三首

春意送殘臘，春晴融小洲。蒲茸纔簇岸，柳頰已遮樓。便有杯觴興，可攜羈旅愁。晁賢亦相狎，盡日戲清流。

清流環綠篠，清景媚虹橋。鶯刷初遷羽，莎拳擬拆苗。細沙擢暖岸，淑景動和飈。倍憶同袍侶，相歡倒一瓢。

一瓢歡自足，一日興偏多。幽意人先賞，疎叢蝶未過。知音新句苦，窺沼醉顏酡。萬慮從相擬，今朝欲奈何。

鷺鷥

潔白孤高生不同，頂絲清軟冷搖風。窺魚翹立荷香裏，慕侶低翻柳影中。幾日下巢辭紫閣，多時凝目向晴空。摩霄志在潛修羽，會接鸞鳳別葦叢。

春夜二首

幾處兵戈阻路岐，憶山心切與山違。時難何處披懷抱，日日斜空醉歸。

一別杜陵歸未期，秪憑魂夢接親知。近來欲睡兼難睡，夜夜夜深聞子規。

曉登迎春閣

未櫛憑闌眺錦城，煙籠萬井二江明。香風滿閣花盈戶，(一作滿)樹樹梢啼曉鶯。

詠仙掌

萬古亭亭倚碧霄，不成擎亦不成招。何如掬取天(一作瑤)池水，灑向人間救旱苗。

鄴中感舊

頃年曾住此中來，今日重游事可哀。憶得幾家歡宴處，家家家業盡成灰。

白髭

到處逢人求至藥，幾回染了又成絲。素絲易染髭難染，墨翟當時合泣髭。

沈顏

沈顏，字可鑄，吳郡人。天復初登進士第，授校書郎。入吳，仕至翰林學士、知制誥。陵陽集五卷，今存詩二首。

題縣令范傳真化洽亭

前有淺山，屹然如屏；後有卑嶺，繚然如城。跨池左右，足以建亭。斯亭何名，化洽而成。

書懷寄友人

江湖勞遍尋，秪自長愁襟。到處慵開口，何人可話心。登樓得句遠，望月抒情深。却憶山齋後，猨聲相伴吟。

楊凝式

楊凝式，字景度，宰相涉之子。昭宗朝登進士第，歷事唐、晉、漢、周，官至太子太保。詩三首。

題壁

院似禪心靜，花如覺性圓。自然知了義，爭肯學神仙。

贈張全義

洛陽風景實堪哀昔日曾爲瓦子堆不是我公重葺理
至今猶是一堆灰

題懷素酒狂帖後

十年揮素學臨池始識王公學衛非草聖未須因酒發
筆端應解化龍飛

句

押引蝗蟲到洛京合消郡守遠相迎（歸洛寄尹張從恩時蝗適至） 到此
今經三紀春（洛陽並見紀聞）

李琪

李琪字台秀燉煌人昭宗時擧進士累官殿中侍御史
入梁爲翰林學士末帝時拜門下平章事唐明宗朝位
至太子少傅集十卷今存詩二首

奉試詔用拓拔思恭爲京北收復都統（一作闕詔作）

飛騎經巴棧鴻恩及夏臺將從天上去人自日邊來此
處金門遠何時玉輦迴早平關右賊莫待詔書催

題廣愛寺楞伽山

善高天外遠方丈海中遥自有山神護應無劫火燒壞
文侵古壁飛劍出寒霄何似蒼蒼色嚴妝十七朝

句

哀痛不下詔登封誰上書（僖宗幸蜀詠）

劉崇龜

劉崇龜滑州人擢進士第大順中終清海軍節度嶺南
東道觀察使詩一首

寄桂帥

碧幢仁施合洪鈞桂樹林前倍得春莫戀此時好風景
磻溪不是釣漁人

劉崇魯

劉崇魯字郊文崇龜弟也擢進士第景福中官水部郎
中知制誥坐崔昭緯黨貶崖州司户詩一首

席上吟

南行忽見李深之手舞如蜚令不疑任有風流兼蘊藉
天生不似鄭都知

孫定

孫定字志元涪州大戎之族子景福中應擧無成詩一
首

寄孫儲（一作下第醉中寄儲）

行行血淚灑塵襟事逐東流渭水深秋跨蹇驢風尚緊
靜投孤店日初沈一枝猶挂東堂夢千里空馳北巷心
明月悲歌又前去滿城煙樹噪春禽

許晝

許晝睢陽人天復四年及第詩二首

江南行

江南蕭灑地本自與君宜固節還同我虛心欲待誰瀾
泉傍借響山木共含滋粉膩蟲難篆叢疎鳥易窺盡應
逢野渡中忽見村祠業掃秋空靜根橫古塹危影迷寒
靄裏聲出夜風時客棹深深過人家遠遠移游邊曾結
念到此數題詩莫恨成龍晚成龍會有期

中秋月

應是蟾宮別有情每逢秋半倍澄清清光不向此中見
白髮爭教何處生閒地占將真可惜幽窗分得始爲明
殷勤好長來年桂莫遣平人道不平

薛準

薛準員外郎天復中卒詩一首

臨終詩

舊國深恩不易酬又離繼母出他州誰知天怒無因息
積愧終身乞速休

裴諧

裴諧説之昆季也天祐三年登第終桂嶺攝令詩一首

觀修處士畫桃花圖歌

一從天寶王維死于今始遇修夫子能向鮫綃四幅中
丹青暗與春爭工勾芒若見應羞殺暈綠勻紅漸分別
堪憐彩筆似東風一朵一枝隨手發燕支乍溼如含露
引得嬌鶯癡不去多少遊蜂盡日飛看遍花心求入處
工夫妙麗實奇絶似對韶光好時節偏宜留著待深冬
鋪向樓前殛霜雪

句

風回山火斷朝落岸冰高（湘江吟） 名終埋不得骨任朽何
妨（經杜甫墳 見詩話總龜）

全唐詩

曹松

曹松字夢徵舒州人學賈島爲詩久困名場至天復初
杜德祥主文放松及王希羽劉象柯崇鄭希顔等及第
年皆七十餘時號五老榜授祕書省正字集三卷今編
詩二卷

長安春日

浩浩看花晨六街揚遠塵塵中一丈日誰是晏眠人御
柳舞（一作垂）著水野鶯啼破春徒云多失意（一作還楚計又作還楚客）猶自惜
離秦

慈恩寺貽楚霄上人

在秦生楚思波浪接禪關塔礙高林鳥窗開（一作藏）白日山。樹陰移草上岸色透庭（一作林）間入（一作樓）內談經徹空擕講疏還

崇義里言懷

馬蹄京洛岐復此少閑時老積滄洲夢秋乖白閣期平生五字句一夕滿頭絲把向侯門去侯門未可知

僧院松

此木韻彌全秋霄學瑟絃空知百餘尺未定幾多年古甲磨雲拆孤根捉（一作杷）地堅何當抛（一作拖）一幹作蓋道場前

貽世

富者非義取樸風爭肯還紅塵不待曉白首有誰閒淺度四溟水平看諸國山只消年作刼俱到總無閒

南遊

直到（一作道）南箕下方諳漲海頭君恩過銅柱戎節限交州犀占花陰臥波衝瘴色流遠夷非（一作君）不樂自是北人愁

送胡（一作王）中丞使日東

辭天理玉簪指日使鷄林猶有中華戀方同積浪深張帆度鯨口銜命見臣心渥澤遐宣後歸期抵萬金

哭陳陶處士

園裏先生冢鳥啼春更傷空餘八封樹尚對一茅堂白日埋杜甫皇天無耒陽如何稽古力報答甚茫茫

言懷

冥心坐似癡寢食亦如遺爲覓出人句秖求當路知豈能窮到老未信達無時此道須天付三光幸不私

月

寥寥天地內（一作外）夜魄爽何輕頻見此輪滿即應華髮生不圓爭得破纔正又須傾人事還如此（一作相似）因知（一作何）倚伏情

答匡山僧贈榔栗杖

栗杖出匡頂百中無一枝雖因野僧得猶畏嶽神知畫月冷光在指雲秋片移宜留引蹇步他日訪峨嵋

商山夜聞泉

瀉月聲不斷坐來心益閑無人知落處萬木冷空山遠憶雲容外幽疑石縫間那辭通曙聽明日（一作月）度藍關

書懷

默默守吾道望榮來替愁吟詩應有罪當路却如讎陸海儻難溺九霄爭便休敢言名譽出天未白吾頭

道中（第四句缺二字）

出門嗟世路何日樸風歸是處太行險　應解飛主人厚薄禮客子新故衣所以澆浮態多令行者違

夏雲

勢能成岳仞頃刻長崔嵬瞑鳥飛不到野風吹得開一天分萬態立地看忘回欲結暑宵雨先聞江上雷

塞上行

上將擁黃鬚安西逐指呼離鄉俱少壯到磧減肌膚風雪夜防塞腥羶朝繫胡爲君（一作軍）樂戰死誰喜作征夫

晨起

曉色教不睡卷簾清氣中林殘數枝月髮冷一梳風竝鳥含（一作鬧）鐘語欹荷隔霧空莫疑（一作徒）營白日道路本無窮

感世

觸目盡如幻幻中能幾時愁來捨行樂事去莫吞悲白髮不由已黃金留待誰耕煙得銘誌翻爲古人思

觀華夷圖

落筆勝縮地展圖當晏寧中華屬貴分遠裔占何星分寸辨諸岳斗升觀四溟長疑未到處一一似曾經

山中寒夜呈進士許棠

山寒（一作中）草堂暖寂夜有良朋讀易分高燭煎茶取折冰庭垂河半角窗露月微稜俱入論（一作詩）心地爭無俗者憎

滕王閣春日晚眺

凌春帝子閣偶眺日移西浪勢平花塢帆陰上柳堤凝嵐藏宿翼疊鼓碎歸蹄只此長吟詠因高思不迷

鍾陵野步

岡扉聊自啓信步出波邊野火風吹濶春冰鶴啄穿渚檣齊驛樹山鳥入公田未刱孤雲勢空思白閣年

哭胡處士

故人江閣在重到事悠悠無爾向潭上爲吾傾甕頭空餘赤楓葉墮落釣魚舟疑是冲虛去不爲天地囚

青龍寺贈雲顥法師

紫檀衣且香春殿日尤長此地開新講何山鑠舊房僧名喧北闕師（一作祖）印續南方莫惜青蓮喻秦人聽未忘

薦福寺贈應制白公（一作棲白大師）

才子（一作著）紫檀衣明君寵顧時講昇高座懶書答重臣遲瓶勢傾圓頂刀聲落碎髭還聞穿內去隨駕進新詩

觀山寺僧穿井

雲僧鑿山井寒碧在中庭況是分嵓眼同來下石瓶旁痕終變蘚圓影即澄星異夜天龍蟄應聞說葉經

送德光（一作輝）禪師（重禮石霜長者）

天涯緣事了又造石霜微不以千峰險唯將獨影歸有爲嫌假佛無境是眞機到後流沙錫何時更有飛

贈南陵李主簿

外邑官同隱寧勞短吏（一作使）趨看雲情自足愛酒逸應無簟席彈（一作遺）碁子衣裳惹印朱仍聞陂水近亦擬掉菰蒲

慈恩寺東樓

寺樓涼出竹非與曲江睽野火（一作水）流穿苑秦山疊入巴風梢（一作容）離衆葉岸角積虛沙此地鐘聲近令人思未（一作海）涯

古塚

代遠已難問纍纍次古城民田侵不盡客路踏還平作穴蛇分蟄依岡鹿繞行唯應風雨夕鬼火出林明

訪山友

一逕通高屋重雲翳兩原山寒初宿頂泉落未知根急雨洗荒壁驚風開靜門聽君吟廢夜苦却建（一作見）溪猿

林下書懷寄建州李頻員外

一從諸事懶海上跡宜沉吾道不當路鄙人甘入林雲垂方覓鶴月濕始收琴水石南州好誰陪刻骨吟

猿

曾宿三巴路今來不願聽雲根啼片白峰頂擲尖青護果憎禽啄栖霜覷葉零唯應臥嵐客憐爾傍嵓扃

秋日送方干遊上元

天高淮泗白料子趨修程汲水疑山動揚帆覺岸行雲離（一作迷）京口樹鴈（一作岸）入石頭城後夜分遥念諸峰霜露（一作月霧又作霧露）生

哭李頻員外（時在建川）

出麾臨建水下世在公堂苦集休開篋清資罷轉郎瘴中無子奠嶺外一妻孀定（一作恐）是浮香（一作吟）骨東歸就故鄉

山中言事

嵐靄潤窗櫺吟詩得冷癥教餐有效藥多媿獨行僧雲濕煎茶火冰封汲井繩片扉深著掩經國自無能

送左協律京西從事

辟書來幾日遂喜（一作遂意）就嘉招猶向風沙淺非於（一作干）甸服遥時平無探騎秋靜見盤鵰若遣關中使煩君問寂寥

望九華寄池陽太守

造化峰峰異宜教岳德謙靈蹤載籍古怪刃刺雲尖盤蹙陵陽壯孤標建鄴瞻霽餘堪洗目青出謝家簷

上廣州支使王拾遺

明時應不諫天幕稱仙才聘入關中去人從帝側來詩窗盛島嶼檄盾照風雷幾度陪旌節營巡海色迴

題僧松禪（一作題僧院松）

空山澗畔枯松樹禪老堂頭甲乙身（一作老對禪堂鱗甲身）傳是昔朝僧種著下頭應有茯苓神

贈華陰李明府

佩墨縣兼清約關西近城三峰豈不重厚地戴猶輕雪篠欹難直風泉噴易橫須知高枕外長是勸民耕

送人庭鶴（第三句缺一字）

度歲休籠閉身輕好羽儀白雲 是伴滄海得因誰唳起遺殘食盤餘在迥枝條風頻雨去只恐更相隨

信州聞通寺題僧砌下泉

細聲從嶠足（一作落）幽淡浸香墀此境未開日何人初見時耗痕延黑蘚淨罅吐微澌應有喬梢鶴下來當飲之

山中

此地似商嶺雲霞空往還衰條難定鳥缺月易依山野色耕不盡溪容釣自閑分因多臥退百計少相關

寄崇聖寺僧（一作關山寄詩贈清越）

不醉長安（一作秦中）酒冥心只似師望山吟過日伴鶴立多時溝遠流聲細林寒綠色遲庵西蘿月夕重約語（一作得話）空期

金陵道中寄

忍苦待知音無時省廢吟始爲分路客莫問向隅心嶠翠藏幽瀑枝風下曉禽憶君秋欲盡馬上秣陵砧

都門送許棠東歸（一作送進士張喬）

舊客東歸遠長安詩少朋去愁分磧鴈行計逐鄉僧華岳無時雪黄（一作伊）河漫處冰知辭國門路片席認西（一作巴）陵

送進士喻坦之遊太原

北鄙征難盡詩愁滿去程廢巢侵燒（一作曉）色荒（一作孤）塚入鋤聲逗野河流濁離雲磧日（一作月）明并州戎（一作戍）壘地（一作暮）角動引風生

九江暮春書事

楊柳城（一作春）初鏁輪蹄息去蹤（一作歸愁不記重）春流無舊岸夜色失諸峰影動漁邊火聲遲話（一作語）後鐘明朝迴去鴈誰向北郊逢

再到洪州望西山（松常栖此山）

洪州向西顧不忍暫忘君記得瀑泉落省同幽鳥聞一迴經雨雹長有剩風雲未定却栖息前頭江海分

與胡汾坐月期貫休上人不至

掃庭秋漏滴接話貴忘眠靜夜人相語低枝鳥暗遷星團南極定月照斷河連後會花宮子應開石上禪

贈胡處士

年光離岳色帶疾臥南原白日與無事俗人嗔閉門樵魚臨片（一作岸）水野鹿入荒園莫問榮華事清霜點髮根

鉛山寫懷

天涯兵火後風景畏臨門骨肉到時節團圓因夢魂池塘營水眼嶺嶠結花根耳縱聽歌吹中心不可論

書翠巖寺壁

何年話尊宿瞻禮此堂中入郭非無路歸林自學空濺瓶雲嶠水逆（一作迸）磬雪川風時說南廬事知師用意同

江西題東湖（第二句缺二字第四句缺一字）

鑿出江湖思凉多 間無風觸微浪半日 秋山客袖沙光滿船窗荻影閑時人見黄綬應笑狎鷗還

題湖南岳麓寺

海雲山上寺每到每開襟萬木長不住細泉聽更深蜩沾高雨斷鳥遇夕嵐沈此地良宵月秋懷隔楚砧

贈衡山廩明府

爲縣瀟湘水門前樹配苔晚吟公籍少春醉積林開滁硯松香起擎茶岳影來任官當此境更莫夢天台

塞上

邊寒來所（一作處）闊今日復明朝河凌（一作去聲）堅通馬胡（一作朔）雲缺見鵰砂中程獨泣鄉外隱誰招迴首若（一作苦）經歲靈州生（一作在）柳條

送邵安石及第（一作先輩）歸連州覲省

及第兼歸覲宜忘涉驛勞青雲重（一作且）慶少白日一飛高轉楚聞啼狖臨湘見疊濤海（一作連）陽沈飲罷（一作徧）何地佐旌旂

邊上送友人歸寧

鄉路穿京過（一作口）寧心去少同日斜尋闊磧春盡逐歸鴻獨樹河聲外凝笳塞色中憐君到此處却背老萊風

除夜

殘臘即又盡（一作舊曆不足卷）東風應漸（一作還坐）聞一宵猶幾許（一作刻）兩歲欲平分燎暗（一作臘盡）傾時斗春通綻處芬（一作雲）明朝遥捧（一作把）酒先合祝堯（一作吾）君

題甘露寺

香（一作禪）門接巨壘（一作壑）畫角間清鐘北固一何峭西僧多此（一作未）逢天垂無際海雲白久晴峰旦暮然燈外濤頭振蟄龍

貽住山僧

罷講巡巖塢無窮得野情臘高猶伴鹿夏滿不歸城雲朶緣崖發峰陰截水清自然雙洗耳唯任白毫生

題鶴鳴泉

仙鶴曾鳴處泉兼半井苔直峰拋影入片月瀉光來灧侵顔冷深沉慰眼開何因值舟（一作丹）頂滿汲石瓶迴

吊賈島二首

先生不折桂，謫去抱何冤。已葬離燕骨，難招入劍魂。旅墳低却草，稚子哭勝猿。冥寞如搜句，宜邀賀監論。

青箊低寒水，清笳出曉風。鳥來傷賈傅，馬立葬滕公。松柏青山上，城池白日中。一朝今古隔，惟有月明同。（此首本集不載，見唐詩類苑）

憶江西（一作南）并悼亡友

前心奈兵阻，悔作豫章分。芳草未歸日，故人多是墳。帆行出岫雨，馬踐過江雲。此地一罇酒，當時皆以文。

全唐詩

曹松

九江送方干歸鏡湖

一樯懸五兩，此日動歸風。客路拋湓口，家林入鏡中。譚餘雲出嶠，詠苦月欹空。更若看鷄鵲（一作遊支島），何人夜坐同。

廬山訪賈匡

西城疾病日，此地少尋君。古跡春猶在，遙泉夜盡聞。片時三處雨，九疊幾重雲。到者皆忘寐，精神與俗分。

顧少府池上（一作顧少府池亭）

池上分行種，公庭覺少塵。根離潮水岸，韻爽判曹人。正午迴魚影，方昏息鷺身。無時不動詠，滄島思方頻。

喜友人歸上元別業

一棹千里外，隱者興宜孤。落日長邊海，秋風滿故都。掩關苔色老，盤逕葉聲枯。匡岳來時過，遲迴絕頂無。

曲江暮春雪霽

霽動江池色，春殘一去遊。菰風生馬足，槐雪滴人頭。北闕塵未起，南山青欲流。如何多別地，却得醉汀洲。

立春日

春飲（一作日）一杯酒，便吟春日詩。木梢寒未覺，地脈暖先知。鳥囀星沈後，山分雪薄時。賞心無處說，悵望曲江池。（一作寧無剪花手，贈與最芳枝）

宿溪僧院

少年雲溪裏，禪心夜更閑。煎茶留靜者，靠月坐蒼山。露白鐘尋定，螢多戶未關。嵩陽大（一作有）石室，何日譯經還。

石頭懷古

日月出又沒，臺城空白雲。雖寬百姓土，漸缺六朝墳。禾黍是亡國，山河歸聖君。松聲驟雨足，幾寺晚鐘聞。

浙右贈陸處士

靜節灌園餘，得非成隱居。長當庚子日，獨拜五經書。白浪吹亡國，秋霜洗大虛。門前是京口，身外不營儲。

哭胡處士

丘中久不起，將謂詔書來。及見凌雲說，方知掩夜臺。白衣歸北路，玄造亦遺才。世上亡君後，詩聲更大哉。

贈餘干袁明府

一雨西城色（一作城色），陶家心自清。山衙中郭分，雲卷下湖程。公署閑流木，人煙入廢城。難忘楚畫處，新有越吟生。

贈雷鄉張明府

任官征戰後，度日寄閑身。封卷還高客，飛書問野人。廢田教種穀，生路遺尋薪。若起柴桑興，無先漉酒巾。

岳陽晚泊

輕帆下閣流，便泊此沙洲。湖影撼山朵，日陽燒野愁。白波爭起倒，青嶼或沈浮。是際船中望，東南仞仞（一作萬里）秋。

覽春牓喜孫鄴成名

門外報春牓，喜（一作羨）君天子知。舊愁渾似雪，見日總消時。塔下牡丹氣，江頭楊柳絲。風光若有分，無處不相宜。

已亥歲二首（僖宗廣明元年）

澤國江山入戰圖，生民何計樂樵蘇（一作漁）。憑君莫話封侯事，一將功成萬骨枯。

傳聞（一作道）一戰百神愁，兩岸彊兵過未休。誰道滄江總無事，近來長共血爭流。

亂後入洪州西山

寂寂陰溪水漱苔，塵中將得苦吟來。東峰道士如相問，縣令（一作尉）而今不姓梅。

送僧入廬山

若到江州二林寺，遍遊應未出雲霞。廬山瀑布三千仞，畫破青霄始落斜。

送僧入蜀過夏

師言結夏入巴峰，雲水迴頭幾萬（一作幾及）重。五月峨嵋須近火，木皮領重（一作蔬菜）只如冬。

江西逢僧省文

閩地高僧楚地逢，僧遊蠻錫挂垂松。白雲逸性都無定，纔出雙峰愛五峰。

高僧不負雪峰期，却伴青霞入翠微。百（一作七）葉巖前霜欲降，九枝松上鶴初歸。風生碧澗魚龍躍，威（一作錫）振金樓燕雀飛。想得白蓮花上月，滿山猶帶舊光輝。

水精念珠

等量紅縷貫晶熒，盡道勻圓別未勝。鑿斷玉潭盈尺水，琢成金地兩條冰。輪時秖恐星侵佛，掛處常疑露滴僧。幾度夜深尋不著，琉璃為殿月為燈。

南海旅次

憶歸休上越王臺，歸思臨高不易裁。為客正當（一作逢）無鴈處，故園誰道有書來。城頭早角吹霜盡，郭裏殘潮蕩（一作帶）月回。心似百花開未得，年年爭發（一作向）被春催。

春草

不獨滿池塘，夢中佳句香。春風有餘力，引上古城牆。

金谷園

當年歌舞時，不說草離離。今日歌舞盡，滿園秋露垂。

夏日東齋

三庚到秋伏，偶來松檻立。熱少清風多，鬧門放山入。

南朝

三籬（一作離離）蓋馳道，風烈一無取。時見牧牛童，嗔牛喫禾黍。

言懷

出山不得意，謁帝值戈鋋。豈料為文日，翻成用武年。

寒食日題杜鵑花

一朵又一朵，併開寒食時。誰家不禁火，總在此花枝。

鍾陵寒食日郊外閑游

可憐時節足風情，杏子粥香如冷餳。無奈春風輸舊火，遍教人喚作山櫻。

中秋對月

無雲世界秋三五，共看蟾盤上海涯。直到天頭天盡處，不曾私照一人家。

陪湖南李中丞宴隱溪（漳）

竹林啼鳥不知休（一作秋），羅列飛橋水亂流。觸（一作飄）散柳絲回玉勒，約開蓮葉上蘭舟。酒邊舊侶眞何遜，雲（一作歌）裏新聲是莫愁。若值主人嫌晝短，應陪秉燭夜深遊。

別湖上主人

門繫釣舟雲滿岸，借君幽致坐移旬。湖村夜叫白蕪鴈，菱市曉喧深浦人。遠水日邊重作雪，寒林燒後別生春。不辭更住醒還醉，太一東峰歸夢頻。

贈廣宣大師

憶昔同遊紫閣雲，別來三十二回春。白頭相見雙林下，猶是清朝未退人。

鍾陵寒食日與同年裴顏李先輩鄭校書郊外閑游

寒節鍾陵香騎隨，同年相命楚江湄。雲間影過鞦韆女，地上聲喧蹴踘兒。何處寄煙歸草色，誰家送火在花枝。銀瓶冷酒皆傾盡，半臥垂楊自不知。

江外除夜

千門庭燎照樓臺，總爲年光急急催。半夜臘因風卷去，五更春被角吹來。寧無好鳥思花發，應有遊魚待凍開。不是多岐漸平穩，誰能呼酒祝昭回。

七夕

牛女相期七夕秋，相逢俱喜鵲橫流。彤（一作寒）雲縹緲迴金輅，明月嬋娟掛玉鉤。燕（一作翠）羽幾曾添別恨，花容終不更含羞。更殘便是分襟處，曉箭東（一作南）來射翠樓。

羅浮山下書逸人壁

海上亭臺山下煙，買時幽邃不爭錢。莫言白日催華髮，自有丹砂駐少年。漁釣未歸深竹裏，琴壺猶戀落花邊。可中更踐無人境，知是羅浮第幾天。

天台瀑布

萬仞得名云瀑布，遠看如織掛天台。休疑寶尺難量度，直恐金刀易翦裁。噴向林梢成夏雪，傾來石上作春雷。欲知便是銀河水，墮落人間合卻迴。

桂江

未識佳人尋桂水，水雲先解傍壺觴。筍林次第添斑竹，鷓鳥參差護錦囊（南中有錦囊鳥）。乳洞此時連越井，石樓何日到儂鄉。如飛似墮皆青壁，畫手不強元化強。

南海

傾騰界漢沃諸蠻，立望何如（一作知）畫此看。無地不同方覺遠，共天無別始知寬。文魮隔霧朝含碧，老蚌凌波夜吐丹。萬狀千形皆得意，長鯨獨自轉身難。

洞庭湖

東西南北各連空，波上唯留小朶峰。長與岳陽翻鼓角，不離雲夢轉魚龍。吸迴日月過千頃，鋪盡星河剩一重。直到劫餘還作陸，是時應有羽人逢。

霍山（在龍川縣）

七千七百七十丈，丈丈藤蘿勢入天。未必展來空似翅，不妨開去也成蓮（一作西土文殊曾印迹，大中皇帝舊參禪）。月將河漢分巖轉，僧與龍蛇共窟眠。直是畫工須閣筆，況無名畫可流傳。

巫峽

巫山蒼翠峽（一作夾）通津，下有仙宮楚女眞。不逐彩雲歸碧落，卻爲暮雨撲行人。年年舊事音容在，日日誰家夢想頻。應是荊山留不住，至今猶得覲芳塵。

送陳樵校書歸泉州

巨塔列名題，詩心亦罕齊。除官京下闕，乞假海門西。別席侵殘漏，歸程避戰鼙。關塗秦鴈斷，家近瘴雲低。候馬春風館，迎船曉月溪。帝京須早入，莫被刺桐迷。

贈鏡湖處士方干二首

包含教化剩搜羅，句出東甌奈峭何。世路不妨平處少，才人唯是屈聲多。雲來島上便幽石，月到湖心忌白波。後輩難爲措機杼，先生織字得龍梭。

秖擬應星眠越絶，唯將麗什當高勳。磨礱清濁人難會，織絡虛無帝亦聞。鳥道未知山足雨，漁家已沒鏡中雲。他時莫爲三徵起，門外沙鷗解笑君。

拜訪陸處士

萬卷書邊人半白，再來惟恐降玄纁。性靈比鶴爭多少，氣力登山較幾分。吟鬢漸無前度漆，寢衣猶有昨宵雲。將知谷口耕煙者，低視齊梁楚趙君。

嶺南道中

百花成實未成歸，未必歸心與志違。但有壺觴資逸詠，盡交風景入清機。半川陰霧藏高木，一道晴蜺雜落暉。遊子馬前芳草合，鷓鴣啼歇又南飛。

春日自吳門之陽羨道中書事

勝異恣遊應未遍，路岐猶去幾時還。浪花湖闊虹蜺斷，柳線村深鳥雀閑。千室綺羅浮晝檝，兩州絲竹會茶山。眼前便是神仙事，何必須言洞府間。

將入關行次湘陰

背嶺秦城在何處，圖書作伴過湘東。神鵶亂噪黃陵近，候鴈斜沈夢澤空。打槳天連晴水白，燒田雲隔夜山紅。也知漸老巖棲穩，爭奈文闈有至公。

題昭州山寺常寂上人水閣

常寂常居常寂裏，年年月月是空空。堦前未放巖根斷，屋下長教海眼通。本爲入來尋佛窟，不期行處踏龍宮。他時憶著堪圖畫，一朶雲山二水中。

廣州貽匡緒法師

口宣微密不思議，不是除貪即識癡。祇待外方緣了日，爭看內殿詔來時。迴迴海樹侵階疾，迢遞江潮應井遲。必竟懶過高坐寺，未能全讓法雲師。

贈道人

住山因以福爲庭，便向山中隱姓名。閬苑駕將雕羽去，洞天贏得綠毛生。日邊腸胃餐霞火，月裏肌膚飲露英。願我從來斷浮濁，擬驅雞犬上三清。

送乞雨禪師臨邁南遊

活得枯樵耕者知，巡方又欲向天涯。珠穿閩國菩提子，杖把靈峰榔栗枝。春蘚任封降虎石，夜雷從傍養龍池。生緣在地南浮去，自此孤雲不可期。

南海陪鄭司空遊荔園

吟窗雜錄 鹿眠荒圃寒蕪白鴉噪殘陽敗葉飛 錦繡萬花谷 華嶽
影寒清露掌海門風急白潮頭 升菴外集

全唐詩

蘇拯

蘇拯光化中人詩一卷

頌魯 并序

昔謂孔宣父絕糧於陳蔡歷國七十二不遇其一君咸云命不通也愚謂聖人刪詩定禮出沒行藏承天之意非由命焉不然論語不曰天之未喪斯文也匡人其如予何又曰下學而上達知我者其天乎以斯明矣因得爲頌魯章凡十四句

天推魯仲尼周游布典墳遊遍七十國不令遇一君一國如一遇單車不轉輪良由至化力爲國不爲身禮樂行未足遭迴厄於陳禮樂今有餘衰旒當聖人傷哉絕糧議千載誤云云

醫人

古人醫在心心正藥自眞今人醫在手手濫藥不神我願天地鑪多衘扁鵲身遍行君臣藥先從凍餒均自然六合內少聞貧病人

西施

吳王從驕佚天産西施出豈徒伐一人所希救羣物良由上天意惡盈戒奢侈不獨破吳國不獨生越水在周名褒姒在紂名妲己變化本多塗生殺亦如此君王政不修立地生西子

荔枝時節出旌斿南國名園盡興遊亂結羅紋照襟袖別含瓊露爽咽喉葉中新火欺寒食樹上丹砂勝錦州他日爲霖不將去也須圖畫取風流

李郎中林亭

秖向砌邊流野水樽前上下看魚兒筍蹊已長過人竹藤徑從添拂面絲若許白猿垂近户即無紅果壓低枝大才必擬逍遥去更遣何人佐盛時

夜飲

良宵公子宴蘭堂濃麝薰人獸吐香雲帶金龍銜畫燭星羅銀鳳瀉瓊漿滿屏珠樹開春景一曲歌聲遶翠梁席上未知簾幕曉青娥低語指東方

駙馬宅宴罷

粉牆殘月照宮祠宴闋銀瓶一半欹學語鶯兒飛未穩放身斜墜綠楊枝

弔建州李員外

銘旌歸故里猿鳥亦悽然已葬桐江月空迴建水船客傳爲郡日僧說讀書年恐有吟魂在深山古木邊

弔李翰林

李白雖然成異物逸名猶與萬方傳昔朝曾侍玄宗側大夜應歸賀監邊山木易高迷故壠國風長在見遺篇投金渚畔春楊柳自此何人繫酒船

山中

要路豪家非往還嚴門先有不曾關衆心惟恐地無剩吾意亦憂天惜閑白練曳泉窗下石絳羅垂果枕前山樵夫豈解營生業貴欲自安麋鹿間

山寺引泉

劈碎琅玕意有餘細泉高引入香厨山僧未肯言根本莫是銀秋一作河漏泄無

友人池上詠蘆 第五句缺一字

秋聲誰種得蕭瑟在池欄葉澀栖蟬穩叢疎宿鷺難欲烟宜下　颯吹省先寒此物生蒼島令人憶釣竿

商山

垂白商於原下住兒孫共死一身忙木弓未得長離手猶與官家射麝香

荆南道中

十月荒郊雪氣催依稀愁色認陽臺遊秦分繫三條燭出楚心殊一寸灰高柳莫遮寒月落空桑不放夜風迴如何住在猿聲裏却被蟬吟引下來

武德殿朝退望九衢春色

玉殿朝初退天街一看春南山初過雨北闕淨無塵夾道天桃滿連溝御柳新蘇舒同舜澤煦嫗竝堯仁佳氣浮軒蓋和風襲縉紳自玆憐萬物同入發生辰

弔北邙

山下望山上夕陽看明一作又曛無人醫白髮少地著新墳歲代殊相遠賢愚旋不分東歸聊一弔亂木倚寒雲

及第勅下宴中獻坐主杜侍郎

得召丘牆淚却頻若無公道也無因門前送勅朱衣吏席上銜杯碧落人半夜笙歌教泥一作洗月平明桃杏放燒春南山雖有歸溪路爭那酬恩未殺身

梢雲

殊質資靈貺陵空發瑞雲梢梢含樹影一作彩郁郁動霞文不比因風起全非觸石分葉光閑泛灔枝彩靜氛氳隱見心無宰裹回慶自君翻飛如可託長願在横汾

白角簟

角簟工夫已到頭夏來全占滿牀秋若言保惜歸華屋秖合封題寄列侯學卷曉冰長怕綻解鋪寒水不教流蒲桃錦是瀟湘底曾得王孫價倍酬

碧角簟

細皮重疊織霜紋滑膩鋪牀勝錦茵八尺碧天無點翳一方青玉絕纖塵蠅行只恐煙黏足客臥渾疑水浸身五月不教炎氣入滿堂秋色冷龍鱗

滕王閣春日晚望

凌春帝子閣偶眺日移西浪勢平花塢帆陰上柳堤

句

追遊若遇三清樂行從應妨一日春 李子卿國史補云曲江大會先牒教坊請奏上御紫雲樓觀焉時或擬作樂則爲之移日故曹松詩云云

石脉水流泉滴沙鬼燈然點松柏花

金谷園

積金累作山山高小於址栽花比綠珠花落還相似徒有敵國富不能買東市徒有絕世容不能樓上死祇此上高樓何如在平地

巫山

昔時亦雲雨今時亦雲雨自是荒淫多夢得巫山女從來聖明君可聽妖魅語只今峰上雲徒自生容與

賈客

長帆挂短舟所願疾如箭得喪一驚飄生死無良賤不謂天不祐自是人苟患嘗言海利深利深不如淺

狡兔行

秋來無骨肥鷹犬遍原野草中三穴無處藏何況平田無穴者

長城

嬴氏設防胡烝沙築冤壘蒙公取勳名豈算生民死運畚力不禁碎身砂磧裏黔黎欲半空長城春未已皇天潛鼓怒力化一女子遂使萬雉崩不盡數行淚自古進身者本非陷物致當時文德修不到三世地

織婦女

伊余盡少女一種飾螓首徒能事機杼與之作歌舞歌舞片時間黃金翻袖取秖看舞者樂豈念織者苦感此嘗憶古人言一婦不織天下寒

古塞下

百戰已休兵寒雲愁未歇血染長城沙馬踏征人骨早得用蛾眉免陷邊戍卒始知髦頭星不在彎弓沒

水旱禱

禱祈匆告天酒漿勿澆地陰陽和也無妖氣陰陽愆期乃人致病生心腹不自醫古屋澄潭何（一作有）神祟

鄒律

鄒律暖燕谷青史徒編錄人心不變遷空吹閑草木世患有二惑爾律莫能抑邊苦有長征爾律莫能息斯術未濟時斯律亦何益爭如至公一開口吹起賢良霸邦國

蜘蛛諭

春蠶吐出絲濟世功不絕蜘蛛吐出絲飛蟲成聚血蠶絲何專利爾絲何專孽映日張網羅遮天亦何別儻居要地門害物可堪說網成雖福已網敗還禍爾小人與君子利害一如此

猘犬行

猘犬未成行狐兔無奈何猘犬今盈羣狐兔依舊多自爾初跳躍人言多拏攫常指天外狼立可口中嚼骨長毛衣重燒殘烟草薄狡兔何曾擒時把家雞捉食盡者飯翻增養者惡壯可嗟猘犬壯復壯不堪兔絕良弓喪

斷火謠

誰謂之推賢於世何功果絕爾晉侯交禁我唐虞火國閉檀榆煙大禮成尞睛暗室枯槁飯冷面相看坐賜昇既非佑陰伏若爲佐爲凍羣生腹將止天下禍但究冤濫刑天（一作又）道無不可鄙哉前朝翊贊臣討謨之規何瑣瑣

思婦吟

秋風鴈又歸邊信一何早攬衣出門望落葉滿長道一從秉箕箒十載孤懷抱可堪日日醉寵榮不說思君令人老

雉兔者

所獵一何酷終年耗林麓飛走如未空貪殘豈知足嘗聞獵書史可以鑒榮辱嘗聞獵賢良可以霸邦國如何縱網羅空成肥骨肉和濟俱不聞易所禳顛覆誰能爲扣天地鑪鑄此傷生其可乎

藥草

天子卹疲瘵坤靈奉其職年年濟世功貴賤相兼植因產衆草中所希採者識一枝當若神千金亦何直生草不生藥無以彰土德生藥不生草無以彰奇特國忠在臣賢民患憑藥力靈草猶如此賢人豈多得

凡草讖

野草凡不凡亦應生和出鉏犬耘藥欄根不畱其一良由本蕪穢著地成棄物人生行不修何門可容膝不唯不爾容得無凡草嫉賢愚偃仰間鑒之宜日日

明禁忌

陰陽家有書卜築多禁忌土中若有神穴處何無祟我識先賢意本誡驕侈地恣欲𢭏樓臺率情染朱翠四面興土功四時妨農事可以沒凶災四隅通一二一年省修營萬民停困躓動若契於理福匪神之遺動若越於常禍乃身之致神在虛無間土中非神位

傷彩飾

朝見亦光彩暮見亦光彩一旦風雨飄十分無一在爾形才似削爾貌不如昨本爲是凡姿誰教染丹艧虛飾片時間天意以爲惡物假猶如此人假爭堪作

世迷

烏兔日夜行與人運枯榮爲善不常缺爲惡不常盈天道無阿黨人心自覆傾所以多遷變寧合天地情我願造化手莫放狐兔走恣海產珍奇縱地生花柳美者一齊美醜者一齊醜民心歸大朴戰爭亦何有

鴟梟

爲害未爲害其如污物類斯言之一玷流傳極天地良木不得栖清波不得戲曾戲水堪疑曾栖樹終棄天不殲爾族與夫惡相濟地若默爾聲與夫妖爲諱一時懷害心千古不能替傷哉醜行人茲禽亦爲譬

山中道者

筇杖六尺許坐石流泉所舉頭看古松似對仙鶴語是時天氣清四迴無塵侶顧我笑相迎知有丹砂異

漁人

垂竿朝與暮披簑臥橫楫不問清平時自（一作日）樂滄波業長畏不得閑幾度避遊畋當笑釣臺上逃名名却傳

聞猨

秋風颯颯猨聲起客恨猨哀一相似漫向孤危驚客心何曾解入笙歌耳

經馬嵬坡

一從殺貴妃春來花無意此地縱千年土香猶破鼻寵既出常理辱豈同常死一等異於衆傾覆皆如此

經鶴臺

築臺非謂賢，獨聚乘軒鶴。六馬不能馭，九皋欲何託。一旦敵兵來，萬民同隕濩。如何警露禽，不似銜環雀。一物欲誤時，衆類皆成惡。至今臺基上，飛鳥不至泊。

寄遠

游子雖惜別，一去何時見。飛鳥猶戀巢，萬里亦何遠。妾願化爲霜，日日下河梁。若能侵鬢色，先染薄情郎。

全唐詩

路德延

路德延，冠氏人。光化初擢第，天祐中授拾遺。河中節度使朱友謙辟掌書記。詩三首。

芭蕉（數歲時作，傳於都下）

一種靈苗異，天然體性虛。葉如斜界紙，心似倒抽書。

感舊詩

初騎竹馬詠芭蕉，嘗忝名卿誦滿朝。五字便容趨絳帳，一枝尋許折丹霄。豈知流落萍蓬遠，不覺推遷歲月遥。國境未安身未立，至今顏巷守簞瓢。

小兒詩

情態任天然，桃紅兩頰鮮。乍行人共看，初語客多憐。臂膊肥如瓠，肌膚軟勝綿。長頭纔覆額，分角漸垂肩。散誕無塵慮，逍遥占地仙。排衙朱閣（一作榻）上，喝道畫堂前。合調歌楊柳，齊聲踏采蓮。走堤行細雨，奔巷趁輕煙。嫩竹乘爲馬，新蒲折（一作掉）作鞭。鶯雛金鏇繫，猫（一作猧）子綵絲牽。擁鶴歸晴島，驅鵝入暖泉。楊花爭弄雪，榆葉共收錢。錫鏡當胸挂，銀珠對耳懸。頭依蒼鶻裹，袖學柘枝揎。酒殢丹砂暖，茶催小玉煎。頻邀籌箸掙（一作搖），時乞繡鍼穿。寶篋拏紅豆，妝奩拾翠鈿。戲袍披按褥，劣（一作尖）帽戴靴氈。展畫趨三聖，開屏笑七賢。貯懷青杏小，垂額綠荷圓。驚滴沾羅淚，嬌流汙錦涎。倦書饒婭姹，憎藥巧遷延。弄帳鸞綃映，藏衾鳳綺纏。指敲迎使鼓，筋撥賽神弦。簾拂魚鉤動，箏推雁柱偏。棋圖添路畫，笛管欠聲鐫。惱客初酣睡，驚僧半入禪。尋蛛窮屋瓦，探雀遍樓椽。抛果忙開口，藏鉤亂出拳。夜分圍榾柮，朝聚打鞦韆。折竹裝泥燕，添絲放紙鳶。互誇輪水碓，相教放風旋。旗小裁紅絹，書幽截碧牋。遠鋪張鴿網，低控射蠅弦。詰（一作吉）語時時道，謡歌處處傳。匿窗眉乍曲，遮路臂相連。鬭草當春逕，爭毬出晚田。柳傍慵獨坐，花底困横眠。等鵲前籬畔，聽蛩伏砌邊。傍枝粘舞蝶，隈樹捉鳴蟬。平島誇趫上，層崖逞捷緣。嫩苔車跡小，深雪屐痕全。競指雲生岫，齊呼月上天。蟻窠尋逕斷，蜂穴繞階填。樵唱迴深嶺，牛歌下遠川。壘柴爲屋木，和土作盤筵。險砌高臺石，危跳峻塔塼。忽隳鄰舍樹，偷上後池船。項橐稱師日，甘羅作相年。明時方任（一作在）德，勸爾減狂顛。

句

不是上台知姓字，五花賓館敢從容。（上成汭。見南部新書。荆南舊有五花館，待賓上地，故云）

李旭

李旭，天祐元年進士登第。詩一首。

及第後呈朝中知己

凌晨曉鼓奏嘉音，雷擁龍迎出陸沈。金榜高懸當玉闕，錦衣即著到家林。真珠每被塵泥陷，病鶴多遭螻蟻侵。今日始知天有意，還教雪得一生心。

崔庸

崔庸，吳郡人。天祐二年登進士第。詩一首。

題惠嚴寺（蘇州崑山惠嚴寺殿基，或曰鬼工。有僧繇畫龍，每風雨如騰躍狀，僧繇畫鎖以釘固之）

人莫嫌山小，僧還愛寺靈。殿高神氣力，龍活客丹青。

胡駢

胡駢，唐末進士。詩一首。

經費拾遺舊隱

林下茅齋已半傾，九華幽逕少人行。不將冠劒爲榮事，只向煙蘿寄此生。松竹漸荒池上色，琴書徒立世間名。白楊風起秋山暮，時復哀猨啼一聲。

周祚

周祚，唐末進士。詩一首。

失題

莫道春花獨照人，秋花未必怯青春。四時風雨没時節，共保松筠根底塵。

盧頻

盧頻，唐末人。詩四首。

蛺蝶行

東園宮草綠，上下飛相逐。君恩不禁春，昨夜花中宿。

東西行

種荷玉盆裡，不及溝中水。養雉黄金籠，見草心先喜。

失題

春淚爛羅綺，泣聲抽恨多。莫滴芙蓉池，愁傷連蔕荷。一朵花葉飛，一枝花光彩。美人惜花心，但願春長在。

劉昳

劉昳，唐末人。詩一首。

晚泊漢江渡

末秋雲木輕，蓮折晚香清。雨下侵苔色，雲涼出浪聲。疊帆依岸盡，微照夾堤明。渡吏已頭白，遥知客姓名。

句

殘陽來霽岫，獨興起滄洲。（雨後。張為主客圖）

裴說

裴說天祐三年登進士第官終禮部員外郎詩一卷

遊洞庭湖

楚雲團翠八百里澧蘭吹香墮春水白頭漁子搖蒼煙
鸂鶒眠沙曉驚起沙頭龍叟夜歎憂鐵笛未響春風羞
露寒紫薑結新愁城角泣斷關河秋謫仙欲識雷斧手
刬却古今愁共醜鯨遊碧落杳無蹤作詩三歎君知否
瀛洲一櫂何時還滿江宮錦看湖山

懷素臺歌（一作題懷素臺）

我呼古人名鬼神側耳聽杜甫李白與懷素文星酒星
草書星永州東郭有奇怪筆塚墨池遺跡在筆塚低低
高如（一作似）山墨池淺淺深如海我來恨不已爭得青天化
爲一張紙高聲喚起懷素書搦管研朱點湘水欲歸家
重歎嗟眼前有三箇字枯樹槎鳥梢蛇墨老鴉

聞砧（一作寄邊衣）

深閨乍冷鑑開（一作開香）篋玉筯微微濕紅頰一陣霜風殺柳
條濃煙半夜成黃葉垂垂（一作重重）白練明如雪獨下閑堦轉
淒切祇知抱杵擣秋砧不覺高樓已無月時聞寒雁聲
相喚紗窗只有燈相伴幾展齊紈又嬾裁離腸恐逐金
刀斷細想儀形執牙尺回刀剪破澄江色愁捻銀鍼信
手縫惆悵無人試寬窄時時舉袖勻紅淚紅牋謾有千
行字書中不盡心中事一片慇懃寄邊使

春早寄華下同人

正是花時節思君寢復興市沽終不醉春夢亦無憑岳
面懸青雨河心走濁冰東門一條路離恨鎭相仍

贈衡山令

君吟十二載（一作三十載）辛苦必能官造化猶難隱生靈豈易
謾猿跳高岳靜魚擺大江寬與我爲同道相留夜話闌

南中縣令

寂寥雖下邑良宰有清威苦節長如病爲官豈肯肥山
多村地狹水淺客舟稀上國搜賢急陶公早晚歸

寄曹松（一作洛中作）

莫怪苦吟遲詩成鬢亦絲鬢絲猶可染詩病却難醫山
暝雲橫處星沈（一作稠）月側時冥搜不可得一句至公知

贈賓貢

惟君懷至業萬里信悠悠路向東暝出枝來北闕求家
無一夜夢帆挂隔年秋鬢髮爭禁得孤舟往復愁

漢南郵亭

高閣水風清開門日送迎帆張獨鳥起樂奏大魚驚驟
雨拖山過微風拂面生閑吟雖得句留此謝多情

棋

十九條平路言平又嶮巇人心無算處國手有輸時勢
迥流星遠聲乾下雹遲臨軒才一局寒日又西垂

夏日即事

僻居門巷靜竟日坐階墀鵲喜雖傳（一作還逢）信蛩吟不見詩
筍抽通舊竹梅落（一作墜）立閑枝此際無塵撓僧來稱所宜

送人宰邑

官小任還重命官難偶然皇恩輕一邑赤子病三年瘦
馬稀飡粟羸童不識錢如君清苦節到處有人傳

春暖送人下第

相送短亭前知君愚復賢事多憑夜夢老爲待明年春
樹添山脊晴雲學曉煙雄文有公道此別莫潛然

湖外送何崇入閣

因詩相識久忽此告臨途便是有船發也須容市沽精
吟五箇字穩泛兩重湖長短逢公道清名振帝都

送進士蘇瞻亂後出家

因亂事空王孤心亦不傷梵僧爲骨肉柏寺作家鄉眼
閉千行淚頭梳一把霜詩書不得力誰與問蒼蒼

秋日送河北從事

北風沙漠地吾子遠從軍官路雖非遠詩名要且聞蟬
悲欲落日鵰下擬陰雲此去難相戀前山摻袂分

喜友人再面

一別幾寒暄迢迢隔塞垣相思長有事及見却無言靜
坐將茶試閑書把葉翻依依又留宿圓月上東軒

對雪

大片向空舞出門肌骨寒路岐平即易溝壑滿應難兔
穴歸時失禽枝宿處乾豪家寧肯厭五月畫圖看

冬日後作

寂寞掩荆扉昏昏坐欲癡事無前定處愁有併來時日
影纔添線鬢根已半絲明庭正公道應許苦心詩

冬日作

糲食擁敗絮苦吟吟過冬稍寒人却健太飽事多慵樹
老生煙薄牆陰貯雪重安能只如此公道會相容

中秋月

一歲幾盈虧當軒（一作盈）重此期幸無偏照處剛有不明時
色靜（一作淨）雲歸早光寒鶴睡遲相看（一作望吟）吟未足皎皎下疎

籬

塞上曲

極目望空闊馬羸程又賒月生方見樹風定始無沙楚
水辭魚窟燕山到雁家如斯名利役爭不老天涯

終南山

九衢南面色蒼翠絕纖塵寸步有閑處百年無到人禁
林寒對望太華淨相鄰誰與羣峯並祥雲瑞露（一別藹）頻

訪道士

高岡微雨後木脫草堂新惟有疎慵者來看淡薄人竹
牙生礙路松子落敲巾（一作麤）得玄中趣當期宿話頻

道林寺

獨立凭危闌高低落照間寺分一派水僧鎖半房山對
面浮世隔垂簾到老閑煙雲與塵土寸步不相關

般若寺

南嶽古般若自來天下知翠籠無價寺光射有名詩一
水湧獸跡五峰排鳳儀高僧引閑（一作閑引）步晝出夕陽歸（一作時）

兜率寺

一片無塵地高連夢澤南僧居跨鳥道佛影照魚潭朽
栟雲斜映平蕪日半涵行行不得住回首望煙嵐

鹿門寺

鹿門山上寺突兀盡無塵到此修行者應非取次人鳥
過驚石磬日出礙金身何計生煩惱虛空是四鄰

題岳州僧舍

喜到重湖北孤州(一作舟)橫晚煙鷺銜魚入寺鴉接飯隨船
松檜君山迥菰蒲夢澤連與師吟論處秋水浸遙天

過洞庭湖

浪高風力大挂席亦言遲及到堪憂處爭如未濟時魚
龍侵莫測雷雨動須疑此際情無賴何門寄所思

旅行聞寇

動寸(一作步)步憂(一作邊)多事將行問四鄰深山不畏虎當路卻防
人豪富田園廢疲羸屋舍新自慙爲旅客無計避煙塵
後四句一作無事助明代何門銷此身空慙兩行淚飄洒向紅塵

旅中作

妄動遠拋山其如餧與寒投人言去易開口說貧難澤
國雲千片湘江竹一竿時明未忍別猶待計窮看

旅次衡陽

欲往幾經年今來意豁然江風長借客岳雨不因天戲
鷺飛輕雪驚鴻叫亂煙晚秋紅藕裏十宿寄漁船

不出院僧

四遠叅尋徧修行卻不行耳邊無俗語門外是前生塔
見移來影鐘聞過去聲一齋唯默坐應笑我營營

湖外寄處賓上人

恠得意相親高攜一軸新能搜大雅句不似小乘人嶽
麓擎枯檜瀟湘吐白蘋他年遇同道爲我話風塵

寄貫休

憶昔與吾師山中靜(一作精)論時總無方是法難得始爲詩
凍犬眠乾葉飢禽啄病梨他年白蓮(一作雲)社猶許重相期

寄僧尚顏

曾居五老峰所得共誰同才大天全與吟精楚欲空客
來庭減日鳥過竹生風早晚搖輕拂(一作金錫)重歸瀑布中

哭處默上人

淒涼繐幕下香吐一燈分關老輸寒檜留閑與白雲挚
盂曾幾度傳衲不教焚泣罷重回首暮山鐘半聞

廬山瀑布

靜景憑高望光分翠嶂開崄飛千尺雪寒撲一聲雷過
去雲衡斷旁來燒隔迴何當住峰下終歲絕塵埃

華山上方

獨上上方上立高聊稱心氣衝雲易黑影落縣多陰有
雲(一作雪)草不死無風松自吟會當求大藥他日復追尋

詠鸚鵡

常貴西山鳥銜恩在玉堂語傳明主意衣(一作翅)拂美人香
緩步尋珠網高飛上畫梁長安頻道樂何日從君王

鷺鷥

秋江清淺時魚過亦頻窺卻爲分明極翻成(一作令)所得遲
浴偎紅日色棲壓碧蘆枝會共鵷同侶翱翔應可期

牡丹

數朵欲傾城(一作色堪鸞)安同桃李榮未嘗貧處見不似地中
生此物疑無價當春獨有名遊蜂與蝴蝶來往自多情

見王貞白

共賀登科後明宣入紫宸又看重試榜還見苦吟人此
得名渾別歸來話亦新分明一枝桂堪動楚江濱

經杜工部墳

騷人久不出安得國風清擬掘孤墳破重教大雅生皇
天高莫問白酒恨難平悒怏寒江上誰人知此情

寄僧知乾

貌高清入骨帝里舊臨壇出語經相似行心佛證安
亂中偷路入故鄉

愁看賊火起諸烽偷得餘程悵望中一國半爲亡國燼
數城俱作古城空

薔薇

一架長條萬朵春嫩紅深綠小窠勻只應根下千年土
曾葬西川織錦人

春日山中竹

數竿蒼翠擬龍形峭拔須教此地生無限野花開不得
半山寒色與春爭

柳

高拂危樓低拂塵灞橋攀折一何頻思量卻是無情樹
不解迎人只送人

岳陽兵火後題僧舍

十年兵火真多事再到禪扉卻破顏唯有兩般燒不得
洞庭湖水老僧閑

句

讀書貧裏樂搜句靜中忙(苕溪漁隱)　苦吟僧入定得句將成
功(以下詩話)　是事精皆易唯詩會卻難(贈貫休)　因攜一家住贏
得半年吟(石首縣)　吟餘潮入浦坐久燒移山(湘江)　三年清
似水六月冷如冰(贈縣令)　一通紅錦重三事紫羅輕(以下繡石書堂)
瘦肌寒帶粟病眼餒生花　避亂一生多　雪留寒
竹寺含冷風撼早梅城郭香(錦綉萬花谷)　畫毬輕蹴壺中地
緣索高飛掌上身(清明事 文類聚)

全唐詩

李洞

李洞字才江京兆人諸王孫也慕賈島爲詩鑄其像事
之如神時人但誚其僻澀而不能貴其奇峭唯吳融稱
之昭宗時不第遊蜀卒詩三卷

贈唐山人

垂鬢長似髮七十色如鷖醉眼青天小吟情太華低千
年松繞屋半夜雨連溪(一作房烘離海日舟陷落湖泥)邛蜀路無限往來琴
獨(一作白)攜

送雲卿上人游安南(一作送僧遊南海)

春往海南邊秋聞半夜(一作路)蟬鯨吞(一作吹又作噴)洗鉢水犀觸點
燈船島嶼分諸國星河共一天長安(一作空)卻迴日松偃舊
房前

鄭補闕山居

高節諫垣客白雲居靜坊馬飢餐落葉鶴病曬殘陽野
霧昏朝燭溪箴惹御香相招倚蒲壁論句夜何長

送曹郎中(一本有罷官二字)南歸時南中用軍

桂水淨和天南歸似謫仙繫條輕象笏買布接蠻船海
氣蒸鞾軟(一作濕)江風激(一作擘)箭偏罷郎吟亂裏帝遠豈知賢

錦江陪兵部鄭侍郎話詩著棊(一作和兵部永崇侍郎句筵茶席)

落葉溅吟身會棊雲外(一作風雪)人海枯搜(一作談)不盡天定著長
新月上分題遍鐘殘布子勻(一作穿闘茅山敲臨江謝客鄰)忘餐(一作機)二絕境

（一作高客）取（一作絕）意鑄陶鈞

中秋月

四十五秋宵月分千里毫冷（一作陰）沉中嶽短光溢太行高不寐清（一作醒）人眼移棲濕鶴毛露華臺上別吟（一作愁）望十年勞

送沈光赴福幕（一作送福州從事）

泉齊嶺（一作嶺前齊）鳥飛雨熟荔枝肥南斗看應近北人來恐稀潮浮廉使宴珠照島僧歸幕下逢（一作鬪）遷拜何官着茜衣

鄠（一作鄠）郊山舍題趙處士林亭

圭峰秋後疊（一作巔又作夜）亂葉落寒墟四五百竿竹二三千卷書雲深猿拾（一作盜）栗雨霽蟻緣（一作沾）蔬只隔門前水如同萬里餘（圭峰在終南山）

賦得送賈島謫長江

敲驢吟雪月謫出國西門行傍長江影愁深汨水魂筇攜過竹寺琴典在花村飢拾（一作食）山松子誰知賈傅孫

河陽道中

衝風仍躡凍提轡手頻呵得事應須早愁人不在多雪田平入塞煙郭曲隨河瓢憶江濤裏船中睡蓋蓑

送知己赴濮州

中路行僧謁郵亭話海濤劍搖林狖落旗閃岳禽高苔長空州獄花開夢省曹濮陽流政化一半布（一作有）風騷

送行脚僧

餅枕繞腰垂出門何所之毳衣霑雨重棕笠看山欹夜觀入枯樹野眠逢斷碑鄰房母淚下相課別離詞

龍州送人赴舉

獻策赴招攜行宮積翠西挈囊秋卷重轉棧晚峰齊踏月趨金闕（一作朝見）拂雲看御（一作省）題飛鳴豈（一作肯）回顧獨鶴困江泥

送安撫從兄（一作口）夷偶中丞

奉詔向軍前朱袍暎雪鮮河橋吹角凍嶽月卷旗圓僧救焚經火人修著釣船六州安撫後萬戶解衣眠

送遠上人

海嶽（一作島）雨無邊去來都偶然齒因吟後冷心向靜中圓蟲網花間（一作宮）井鴻鳴（一作嘶）雨後天葉書歸舊寺應附載鐘船

宿鳳翔天柱寺窮易玄上人房

天柱暮相逢吟思天柱峰墨研青露月茶吸白雲鐘卧語身粘蘚行禪頂拂松探玄爲一決（一作訣）明日去臨邛

下第送張霞歸覲江南

此道背於時攜歸一軸詩樹沉孤鳥遠風逆蹇驢遲草入吟房壞潮衝釣石移恐傷歡覲意半路摘愁髭

送人之天台

行李一枝藤雲邊曉扣冰丹經如不謬白髮亦何（一作若爲）能淺井仙人鏡明珠海客燈乃知眞隱者笑就漢廷徵

維摩暢林居（一作題維摩暢上人房）

諸方游幾臘五夏五峰銷越講迎騎象蕃齋懺射鵰冷筇和（一作書）雪倚朽櫟帶（一作拚話）雲燒從此西林老暫然三萬朝

送張喬下第歸宣州

詩道世難通歸寧楚浪中早程殘嶽月夜泊隔淮鐘一鏡隨雙鬢全家老半峰無成來往過折盡謝亭松

送盧（一作唐）郎中赴金州

雲明天（一作添）嶺高刺郡輟仙曹危棧窺猿頂（一作鴻背）公庭埽鶴毛出軍青壁鏵話道白眉毫遠集歌謠客州前泊幾艘

江干即事

病卧四更後愁聞報早衙隔關沉水鳥侵郭噪園鴉吏瘦餐溪柏身羸凭海槎滿朝吟五字應不老煙霞

寄賀鄭常侍

山亦懷恩地高禽盡下飛吏穿霞片望僧埽月稜歸省拜墀煙近林居玉漏微曾令駐錫話聊用慰攀依

登樓

川上値樓開寒山四面來竹吹人語遠峰礙鳥飛迴生死別離陌朝昏雲雨堆誰知獨立意濺淚落莓苔

贈禪友

散花留內殿宮女夢談禪樹杪開樓鎖雲中認嶽蓮溪聲過長耳筇節出羸肩飛句相招宿多逢有月天

早春友人訪別南歸

南歸來取別窮巷坐青苔一盞薄醨酒數枝零落梅潮生楚驛閉（一作澤潤）星在越樓開明日望君處前臨風月臺

題雲際寺

開門風雪頂上徹困飛禽猿戲青冥裏人行紫閣（一作翠）陰臘泉冰下出夜磬月中尋盡欲居巖（一作官）室如何不住心

山寺老僧

雲際衆僧裏獨攢眉似愁護茶高夏臘愛火老春秋海浪南曾病河冰北苦遊歸來諸弟子白徧後生頭

同僧宿道者院

攜文過（一作三）水宿拂席四廊塵墜果敲樓瓦高螢暎鶴身點燈吹葉火談佛悟山人盡有棲霞志好謀三教鄰

古柏

手植知何代年齊偃蓋松結根生別樹吹子落鄰峰古幹經龍嗅高煙過雁衝可佳繁葉盡聲不礙秋鐘

贈王鳳二山人

山兄望鶴信山弟聽烏占養藥同開鼎休棊各枕奩相逢九江底共到五峰尖願許爲三友羞將白髮搊

避地冬夜與二三禪侶吟集茅齋

四海通禪客搜吟會草亭（一作葉擁爐）撚髭孤燭白閉目衆山青松（一作壁）挂敲冰杖鑪溫注月鉼獨愁懸（一本缺）舊旆笏冷立殘星

贈道微禪師

銅鉼澀瀉水出磧躡蓮層猛虎降低鼠盤鵰望小蠅通禪五天日照祖幾朝燈短髮歸林白何妨剃未能

弔草堂禪師

杖屨疑師在房關四壁苔貯鉼經臘水響塔隔山鐘乳鴿沿苔井（一作樵客收林果）齋猿散雪峰如何不見性倚徧寺前松（一作月下兕雙松）

宿長安蘇雍主簿廳

縣對數峰雲官清主簿貧聽更池上鶴伴値岳陽人井鎖煎茶水廳關擣藥塵往來多屐步同舍即諸鄰

秋宿潤州劉處士江亭

北夢風吹斷江邊處士亭吟生萬井月見盡一天星浪靜魚銜鎖（一作石）窗（一作空）高鶴聽經東西渺（一作杳）無際（一作畔）世界半滄溟

秋日曲江書事

門摇枯葦影落日共鷗歸園近鹿來熟江寒人到稀片雲穿塔（一作竇）過枯葉入城飛翻怕賓鴻至無才動禮闈

秋宿經（一作荆）上人房

江房無葉落松影帶山高滿寺中秋月孤窗入夜濤舊眞懸石壁衰髮落銅刀臥聽曉耕者與師知苦勞

冬日題覺公牛頭蘭若

天寒高木靜一磬隔川聞鼎水看山汲臺香埽雪焚鶴歸惟（一作遙）認刹僧步不離雲石室開禪後輪珠謝聖君

送皇甫校書自蜀下峽歸覲襄陽

蜀道波不竭巢烏出浪痕松陰蓋巫峽雨色徹荆門宿寺青山（一作燈，一作峰）盡歸林綵服翻苦吟懷凍餒爲弔浩然魂

題西明寺攻文僧林復上人房

誰寄湘南（一作江）信陰窗硯起津燒痕碑入集海角寺留眞樓䨜長空鳥鐘驚半闕人御溝圓月會似在草堂身（一作貧）

寄翠微無可上人（一作無學禪師）

遠近衆心歸居然（一作山又作禪居）占翠微展經猿識字聽法虎知非泉注城池夢霞生侍衛衣玄機不可學（一作覺）何似總無機

喜鸞公自蜀歸

禁院對（一作閑）生臺尋師到綠槐寺高猿看講鐘動鳥知齋埽石月盈篲濾泉花滿篩歸來逢聖節吟步上堯階

題新安國寺

佛亦遇艱難重興疊廢壇偃松枝舊折畫竹粉新乾開講宮娃聽抛生禁鳥餐鐘聲入帝夢天竺化長安

蕃寇侵逼南歸道中

雲州（一作陽）三萬騎南走（一作赴）疾飛鷹迴磧星低雁孤城月伴僧敲關通漢節傾府守河氷無處論邊事歸溪夜結罾

送東宮賈正字之蜀

南朝獻（一作馱）晉史東蜀（一作蜀地）瞰巴樓長棧懷宮樹（一作館）踈峰露劒州半空飛雪化一道白雲流若次江邊邑宗詩爲徧搜

弔侯圭常侍

我重君能賦君褒我解詩三堂一拜遇四海兩心知影挂僧挑燭名傳鶴拂碑涪江弔孤塚片月下（一作落）峨嵋

顏上人房（一作題西明自覺上人房）

御溝臨岸行遠岫見雲生松下度三伏磬中銷五更雨淋經閣白日閃剃刀明海畔終須去燒燈老國清

全唐詩

李洞

題薛少府莊

何須鑿井飲門占古溪居寂寞苔牀臥寒虛玉柄書有期登白閣又得賞紅蕖清淺蒲根水時看鷺啄魚

寄太白隱者

開闢已來雪爲山長欠春高遮辭（一作雲凝藏）積雁寒噤入川人棧閣交（一作連）氷柱耕樵隔日輪此中棲息者不識兩京塵

秋宿青龍禪閣

前山不可望暮色漸沉規日轉須彌北蟾來渤海西風鈴亂僧語霜枡欠猿啼閣外千家月（一作夢）分明見裏迷

登圭峰舊隱寄薦福棲白上人

返照塔輪邊殘霖滴幾懸夜寒吟病甚秋健講聲圓栗穗乾燈焰苔根濁水泉（一作內殷思行後巖房約在前）西峰埋蘚石秋月即師禪

将之蜀別友人

嘉陵雨色青（一作清）澹別酌參苓到蜀高諸嶽窺天合四溟書來應隔雪夢覺已無星若遇多吟友何妨勸竺經

弔膳曹從叔郎中

華省支殘俸寒蔬辦祭稀安墳對白閣買石折朱衣蜀客彈琴哭江鷗入宅飛帆吹佳句遠不獨徧王畿

亂後龍州送鄭郎中兼寄鄭侍御

待車登疊（一作杳）嶂經亂集鴒原省壞蘭終潔（一作飄葉）臺寒（一作空）栢有根縣清江入峽樓靜雪連村莫隱匡山社機雲受晉（一作晉受）恩

段秀才溪居送從弟遊涇隴

抱疾寒溪臥因循草木青相留開夏蜜（一作閒夏蛩）辭去見秋螢朔雪痕（一作寒）侵雍邊烽焰（一作夜）照涇煙沉隴山色西望涕交零

題劉相公光德里新搆茅亭

野色迷亭曉龍墀待押班帶涎移海木兼雪寫湖山月白吟牀冷河清直印閑唐封三萬里人偃翠微間

江峽寇亂寄懷吟僧

半錫探寒流別師猿鶴洲二三更後雨四十字邊（一作論）秋立塞吟霞石敲鞾看雪樓扶親何處隱驚夢入嵩丘

賀昭國從叔員外轉本曹郎中

苔砌塔陰濃朝回尚叫藝粟徵山縣欠官轉水曹重燈照樓中雨書求海上峰詩家無騄顒一一古人蹤

贈宋校書

曾伴元戎獵寒來夢北軍閑身不計日病鶴（一作鹿）放歸林石上鋪棊勢船中賭酒分長言買天姥高臥謝人羣

越公上人洛中歸寄南孟家兄弟

洛下因歸去闗西憶二龍笠漫河岸雪衣着號城鐘睡

鴨浮寒水樵人出遠峰何當化閭俗護取草堂松

龍州送裴秀才

違拜旆旗前松陰路半千樓衝高雪會驛閉亂雲眠牓
挂臨江省名題赴宅筵人求新蜀賦應貴浣花牋

題慈恩友人房

賈生耽此寺勝事入詩多鶴宿星千樹僧歸燒一坡塔
稜垂雪水江色映茶鍋長久堪棲息休言憶鏡波

寄竇禪山薛秀才

竇嶺吟招隱新詩滿集賢白衫春絮暖紅紙夏雲鮮琴
纏江絲細棊分海石圓因知醉公子虛寫世人傳

西蜀與崔先生話東洛舊遊

王屋峭難名三刀夢四更日升當地缺星盡未天明度
雪雲林濕穿松角韻清崔家開錦浪憶着水窗聲

上昭國水部從叔郎中

極南極北游東汎復西流行匝中華地魂銷四海秋題
詩在瓊府附舶出青州不遇一公子彈琴弔古丘

題玉芝趙尊師院

曉起磬房前眞經誦百篇漱流星入齒照鏡石差肩靜
閉街西觀存思海上仙閑聽說五嶽窮徧一根蓮

送盧少府之任鞏洛

從知東甸尉銓注似恩除帶土移嵩木和泉送尹魚印
牀寒鷺宿壁記醉僧書堂下諸昆在無妨候起居

送人歸覲河中

青門塚前別道路武關西有寺雲連石無僧葉滿溪河
長隨鳥盡山遠與人齊覲省波濤縣寒窗響曙雞

錦城秋寄懷弘播上人

極頂雲兼凍孤城露洗初共辭嵩少雪久絕貝多書遠
照雁行細寒條狖挂虛分泉煎月色憶就茗林居

圭峰溪居寄懷韋曲曹秀才

南北飛山雪萬片寄相思東西曲流水千聲瀉別離巴
猿學導引隴鳥解吟詩翻羨家林賞世人那得知

送舍弟之山南

南山入谷遊去徹山南州下馬雲未盡聽猿星正稠印
茶泉遶石封國角吹樓遠宦有何興貧兄無計留

題南鑾公山房

竹房開處峭迴挂半山燈石磬敲來穴不知何代僧講
歸雙袖雪禪起一盂氷唯說黃桑屐當時着秣陵

送知已

郡清官舍冷枕席濺山泉藥氣來人外燈光到鶴邊夢
秦書印斗思越畫漁船擲笏南歸去波濤路幾千

送人赴職湘潭第六句缺二字

南征雖赴辟其奈負高科水合湘潭住山分越國多梅
花雪共下文　　相和白髮陪官宴紅旗影裏歌

過野叟居

野人居止處竹色與山光留客羞蔬飯灑泉開草堂雨
餘松子落風過术苗香盡日無炎暑眠君青石牀

弔鄭賓客

朝行喪名節嶽色慘天風待漏秋吟斷焚香夜直空骨
寒依壠草一作兕一作樹家盡逐邊鴻一弔知音後歸來碎嶧桐

送從叔書記山陰隱居

山頂絕茅居雲泉遶枕虛燒移僧影瘦風展鷺行疎卷
箔清江月敲松紫閣書由來簪組貴不信教猿鋤

避暑莊嚴禪院

定裏無煩熱吟中達性情入林逢客話上塔接僧行八
水皆知味諸翁盡得名常論氷井近莫便厭浮生

寄清演

忽聞清演病可料苦吟身不見近詩久徒言華髮新別
來山已破住處月爲鄰幾遶庭前樹于今四十春

遷村居二首

移居入村宇樹闕見城隍雲水雖堪畫恩私不可忘猿
涎滴鶴氅塵尾拂僧牀棄逐隨樵牧何由報稻粱

歌樂聽常稀茅亭靜掩扉槎一作畫來垂釣次月落問安歸
遠客傳燒研幽禽看衲衣眼前無俗事松雨蜀山輝

出山覲春牓

未老鬢毛焦心歸向石橋指霞辭二紀吟雪遇三朝連
席頻登相分廊尚祝堯迴眸舊行侶免使負嵩樵

賈島墓

一第人皆得先生豈不銷位卑終蜀士詩絕占唐朝旅
葬新墳小魂歸故國遥我來因奠灑立石用爲標

觀水墨障子

若非神助筆硯水恐藏龍研盡一寸墨埽成千仞峰壁
根堆亂石牀罅插枯松嶽麓穿因鼠湘江綻爲蠶挂衣
嵐氣濕夢枕浪頭春只爲少顏色時人著一作看意慵

對棊

小檻明高雪幽人鬬智棊日斜拋作劫月午蹙一作變成遲
倚杖湘僧算翹松野鶴窺側楸敲醒睡片石夾吟詩雨
點奩中漬燈花局上吹秋濤寒竹寺此興謝公知

題竹溪禪院

溪邊一作連山一色水擁竹千竿鳥觸翠微濕人居酷暑寒
風搖餅影碎沙陷履痕端爽極青一作清崖樹平流綠峽灘
閑來披衲數漲後卷經看三境通禪寂囂塵染著難

投獻吏部張侍郎十韻

苔染馬蹄青何曾似在城不於僧院宿多傍御溝行隱
岫侵巴疊租田帶渭平肩囊尋省寺袖軸徧公卿夢入
連濤郡書來積雪營淚隨邊雁墮魂逐一作共夜蟬驚發憤
巡江塔無眠數縣更玄都一病客興善幾回鶯貢藝披
沙細酬恩戴嶽輕心期公子念滴酒在雕楹

終南山二十韻

關內平田窄東西截杳冥雨侵諸縣黑雲破九門青暫
看猶無暇長棲信有靈古苔秋漬斗積霧夜昏螢怒恐
撞天漏深疑隱地形盤根連北嶽轉影落南溟窮穴何
山出遮鑾上國寧殘陽高照蜀敗葉遠浮涇斸竹煙嵐
凍偷湫雨雹腥閑房僧灌頂浴澗鶴遺翎梯滑危緣索
雲深靜唱經放泉驚鹿睡聞磬得人醒踏著神仙宅敲
開洞府扃棊殘秦士局字缺晉公銘一谷勢當午一作闘子孤
峰聳起丁遠平丹鳳闕冷射五侯廳萬丈氷聲折千尋
樹影停一作亭望中仙島動行處月輪馨疊石移臨砌研膠
潑上屏明時獻君壽不假老人星

秋日同覺公上人眺慈恩塔六韻

九級聳蓮宮晴登袖拂虹房廊窺井底世界出籠中照牖三山火吹鈴八極風細聞槎客語遥辨海魚沖禁靜聲連北江寒影在東謁師開秘鎖塵日閉虚空

感知上刑部鄭侍郎

寄掩白雲司蜀都高臥時鄰僧照（一作點）寒竹（一作燭）宿鳥動秋池帝誦嘉蓮表人吟寶劒詩石渠流月斷畫角截江吹閑出黄金勒前飛白鷺鷥公心外國說重望兩朝（一作川）推靜鮮斜圭影孤窗響錫枝與幽松雪見心苦硯氷知緣杖蟲聲切過門馬足遲漏殘終卷讀日下大名垂平磧容鵰上仙山許狖窺數聯金口出死免愧丘爲

敘事寄薦福栖白（一作聽白公話舊）

險倚石屏風秋濤夢越中前朝吟會散故國講流終北地聞巴狖南山見磧鴻樓高驚雨闊木落覺城空兔滿期姚監蟬稀別楚公（一作望塞翁）淨餅光照客拄杖朽生蟲平地塔千尺半空燈一籠祝堯談幾句旋瀉海濤東（栖白有宣宗奇昌節詩）

送龍州田使君舊詩家

御札軫西陲龍州出牧時度關雲作雪挂棧水成澌劒淬號猿岸弓懸宿鶴枝江燈混星斗山木亂槍旗鎖庫休秤藥開樓又見詩無心陪宴集吟苦憶京師

和（一作送）知己赴任華州

東門罷相郡此拜動京華落日開宵印初燈見早麻鶴身紅旆拂仙掌白雲遮塞色侵三縣河聲聒兩衙松根醒客酒蓮座（一作葉）隱僧家一道帆飛直中箋嶽影斜書名（一作銘）尋雪石澄鼎露金沙鎖合眠關吏杯寒啄廟鴉分臺話嵩洛賽雨戀（一作拜）煙霞樹谷期招隱吟詩煮栢茶

題咸陽樓

晚亞（一作疊）古城門凭高黷客魂塞侵秦舊國河浸漢荒村客（一作官）路颺（一作揚）書燼人家帶水痕獵頻虚塚穴耕苦露松根牆外峰粘漢氷中日晃原斷碑移作砌廣第灌成園北馬疑眠磧南人憶釣溢橋閑野鹿過街靜禁鴉翻灘鼓城隍動雲衝太白昏標衣多呂裔荷鍤或劉孫弔問難知主登攀強滴罇不能扶壯勢冠劒惜乾坤

贈與善徹公上人

師資懷劒外徒步管街東九里山橫燒三條木落風古池曾看鶴新塔未吟蟲夜久龍髯冷年多麈尾空心宗本無礙問學豈難同

龍池春草

龍池清禁裏芳草傍池春旋長方遮岸全生不染塵和風輕動色湛露靜流津淺得承天步深疑遶御輪魚尋倒影没花帶濕光新肯學長河畔綿綿思遠人

秋宿梓州牛頭寺

月去簷三尺川雲入寺樓靈山頓離衆列宿不多稠篆字焚初鈌翻經誦若流窗閑二江冷簾卷半空秋詔散松梢别棊終竹節收靜增雙闕念高並五翁遊鶴夢生紅日雲閑鎖梓州望空工部眼搔亂廣文頭石室僧調馬銀河客問牛曉樓歸下界大地一浮漚

送韋太尉自坤維除廣陵

全蜀拜揚州征（一作徂）東輟武侯直來萬里月旁到五峰秋幢冷遮高雪旗（一作旌）閑卓亂流謝朝明主喜登省舊寮愁隔海城通舶連河市響樓千官倚元老虚夢法雲遊

全唐詩

李洞

贈曹郎中崇賢所居（一作上崇賢曹郎中）

閑坊宅枕穿宫水聽水分衾蓋蜀繒（一作畫蜀僧）藥杵聲中擣殘夢茶鐺影裏煮孤燈刑曹樹蔭千年井華嶽樓開萬仞氷詩句變風官漸緊夜濤春斷海邊藤

贈昭應沈少府

行宫接縣判雲泉袍色雖青骨且仙鄠杜憶過梨栗墅瀟湘曾棹雪霜天華山僧别留茶鼎渭水人來鎖釣船東送西迎終幾考新詩覓得兩三聯

上司空員外

禪心高臥似疎慵詩客經過不厭重藤杖幾攜量磧雪玉鞭曾把數嵩峰夜眠古巷（一作卷）當城月秋直清曹入省鐘禹鑿故山歸未得河聲暗（一作聒）老兩三松

敘舊遊寄栖白

老着重袍坐石房竺經休講白眉長省衛鼉没投江島曾看魚飛倚海檣曉炙凍盂原日氣夜挑蓮椀禁燈光吟詩五嶺尋無可倏忽如今四十霜

哭栖白供奉

聞說孤窗坐化時白莎蘿雨滴空池吟詩堂裏秋關影禮佛燈前夜照碑賀雪已成金殿夢看濤終負石橋（一作樓）期逢山對月還惆悵爭得無言似祖師

贈入内供奉僧

内殿談經愜帝懷沃州歸隱計全乖數條雀尾來南海一道蟬聲噪御街石枕紋含山裏葉銅缾口塞井中柴因逢夏日西明講不覺宫人拔鳳釵

感恩書事寄上集義司徒相公

積雪峰西遇獎稱半家寒骨起溝塍鎮時賢相回人鏡報德慈親點佛燈授鉞已聞諸國靜坐籌重見大河澄功居第一圖烟閣依舊終南滿杜陵

贈永崇李將軍充襄陽制置使

拜官門外發輝光宿衛陰符注幾行行處近天龍尾滑獵時陪帝馬鬃香九城王氣生旗隊萬里寒風入箭瘡從此浩然聲價歇武中還有李襄陽

寄淮海惠澤上人

海濤痕滿舊征衣長憶初程宿翠微竹裏橋鳴知馬過塔中燈露見鴻飛眉毫（一作毛）别後應盈尺岳木居來定幾圍他日願師容一榻煎茶掃地學忘機

春日隱居官舍感懷

風吹燒燼雜汀沙還似青溪舊寄家入户竹生牀下葉隔窗蓮謝鏡中花苔房毳客論三學雪嶺巢禽看兩衙銷得人間無限事江亭月白誦南華

春日即事寄一二知己

浴馬池西一帶泉開門景物似樊川朱衣映水人歸縣

白羽遺泥鶴上天索米夜燒風折木無車(一作轝一作輿)春養雪
藏鞭縉紳處士知章句忍使孤窗枕淚眠

廢寺閑居寄懷一二罷舉(一本無此二字)知已(一作省歸郎)

病居廢廟冷吟煙無力爭飛類病蟬槐省老郎蒙主棄
月陂(一作波)孤客望誰憐稅房兼得調猿石租地仍分浴鶴
泉處世堪驚又堪媿一坡山色不論錢

題尼大德院

雲鬟早歲斷金刀戒律曾持五百條臺上燈紅蓮葉密
眉間毫白黛痕銷繡成佛國銀爲地畫出王城雪覆橋
清淨高樓松檜寺世雄翻媿自低腰

懷張喬張霞

西風吹雨葉還飄憶我同袍隔海濤江塔眺山青入佛
邊城履雪白連鵰身離世界歸天竺影挂虛空度石橋
應念無成獨流轉嬾磨銅片鬢毛焦

贈徐山人

徐生何代降坤維曾伴園公採紫芝瓦礫變黃憂世換
髭鬚放白怕人疑山房古竹巃於樹海島靈童壽等龜
知歎有唐三百載光陰未抵一先棊

寄南嶽僧

新秋日後曬書天白日當松影却圓五字句求方寸佛
一條街擘兩行蟬不曾著事於機內長合敎山在眼前
花落僑公房外石調猿弄虎歎無緣

華山

碧山長凍地長秋日夕泉源聒華州萬戶煙侵關令宅
四時雲在使君樓風驅雷電臨河震鶴引神仙出月遊
峯頂高眠靈藥熟自無霜雪上人頭

和曹監春晴見寄

竺廟鄰鐘震曉鴉春陰蓋石似仙家蘭臺架列排書目
顧渚香浮瀹茗花膠溜石松粘鶴氅泉離冰井熨僧牙
功成名著扁舟去愁覩前題罩碧紗

贈三惠大師

楓猿嶠角別多時二敎兼修內學師藥樹影中頻綴偈
蓮峯朶下幾窺棊遊歸笥長齊童子病起巢成露鶴兒
詔落五天開夏講兩街人競禮長眉

送醉畫王處士

幾年乘興住南吳狂醉蘭舟夜落湖別後鶴毛描轉細
近來牛角飲還麤同餐夏果山何處共釣秋濤石在無
闕下相逢怪予老篇章役思繞寰區

聞杜鵑

萬古瀟湘波上雲化爲流血杜鵑身長疑啄破青山色
秖恐啼穿白日(一作月)輪花落玄宗迴(一作歸)蜀道雨收(一作飛)工部
宿江津聲(一作)聲猶得到(一作恐聒)君耳不見千秋(一作家)一(一作愁)甑塵

賦得送軒轅先生歸羅浮山

舊山歸隱浪搖青綠鬢山童一帙經詩(一作符)帖布帆猿鳥
看藥煎金鼎鬼神聽洞深頭上聆仙語(一作覺船過)船(一作樓)靜鼻
中聞海腥此處先生應不住吾君南望漫勞形

送包處士

秋(一作愁)思枕月臥瀟湘寄宿慈恩竹(一作寺)裏房性急却(一作還)於
棊上慢身閑未免藥中忙休抛手網驚龍睡曾挂頭巾
拂鳥行聞說石門君舊隱寒峯濺瀑壞書堂

贈龎鍊師 女人

家住涪江漢語嬌一聲歌戛玉樓簫睡融春日柔金縷
妝發秋霞戰翠翹兩臉酒醺紅杏妒半胸酥嫩白雲饒
若能攜手隨仙令皎皎銀河渡鵲橋

送友罷舉赴邊職

出剡篇章入洛文無人細讀歎俱焚莫辭秉笏隨紅旆
便好攜家住白雲過水象浮蠻境見隔江(一作關)猿叫漢州
聞高談闊略陳從事盟誓邊庭壯我軍

病猿

瘦纏金鎖惹朱樓一別巫山樹幾秋寒想蜀門清露滴
暖懷湘岸白雲流罷抛簷果沉僧井休拗崖冰濺客舟
啼過三聲應有淚(一作恨)畫堂深不徹王侯

蹩驢

蹇驢秋蹩瘦荒田忍把敲吟舊竹鞭三尺焦桐(一作桐輕)背殘
月一條藜杖卓(一作藤瘦跗)寒煙通吳白浪寬園國倚蜀青山
峭入天如畫海門措肘望(一作看)阿誰家(一作敎)賣釣魚船

宿葉公棊閣

帶風棊閣竹相敲局瑩無塵拂樹梢日到長天征未斷
鐘來嶽頂劫須抛挑燈雪客棲寒店供茗溪僧爇廢巢
因悟修身試貪敎不須焚火向三茅

送鄒先輩歸覲華陰

桂枝博得鳳棲枝歡覲家僮舞翠微僧向瀑泉聲裏賀
鳥穿仙掌指間飛休停硯筆吟荒廟永別燈籠赴鎖闈
騷雅近來頹喪甚送君傍覺有光輝

贈可上人

寺門和鶴倚香杉月吐秋光到思嚵將法傳來穿泱漭
把詩吟去入嵌巖模糊書卷煙嵐滴狼籍衣裳瀑布緘
不斷清風牙底嚼無因內殿得名銜

東川高僕射

油幢影裏拜清風十里貔貅一片雄三印鎖開霜滿地
四門關定月當空泉浮山葉人家過詔惹鑪香鳥道通
新起畫樓攜客上絃歌筵內海榴紅

宿成都松溪院

松持節操溪澄性一炷煙嵐壓寺隅翡翠鳥飛人不見
琉璃餅貯水疑無夜聞子落真山雨曉汲波圓入畫圖
塵擁蜀城抽鎖後此中猶夢在江湖

弔曹監

宅上愁雲吹不散桂林詩骨葬雲根滿樓山色供鄰里
一洞松聲付子孫甘露施衣封淚點秘書取集印苔痕
吟魂醉魄歸何處御水嗚嗚夜遶門

贈長安畢郎中

高門寒沼水連雲鷺識朱衣傍主人地肺半邊晴帶雪
天街一面靜無塵朝迴座客酬琴價衙退留僧寫鶴真
從此幾遷爲計相蓬萊三刻奏東巡

寄東蜀幕中友

官亭池碧海榴殷遙想清才倚畫欄柳絮漲天籠地暖
角聲經雨透雲寒曉侵台座香煙濕夜草軍書蠟炬乾
爲話門人吟太苦風摧蘭秀一枝殘

曲江漁父

兒孫鬧弄雪霜髯浪颭南山影入簷臥穩蓬身龜作枕
病來茅舍網爲簾值春游子憐蓴滑通蜀行人說鱠甜
數尺寒絲一竿竹豈知浮世有猜嫌

和劉駕博士贈莊嚴律禪師

人言紫綬有光輝不二心觀似草衣塵劫自營還自壞
禪門無住亦無歸松根穴蟻通山遠塔頂巢禽見海微
每話南遊偏起念五峰波上入船扉

智新上人話舊

蟋蟀燈前話舊遊師經幾夏我經秋金陵市合月光裏
甘露門開峰朶頭晴眺遠帆飛入海夜禪陰火吐當樓
相看未得東歸去滿壁寒濤瀉白鷗

和淮南太尉留題鳳州王氏別業

清秋看長鷺雛成說向湘僧亦動情節屋折將松上影
印龕移鎖月中聲野人陪賞增詩價太尉因居著谷名
閑想此中遺勝事宿齋吟遶鳳池行

乙酉歲自蜀隨計赴試不及

客臥涪江蘸月廳知音喚起進趨生寒梅折後方離蜀
臘月圓前未到京風卷壞亭贏僕病雪糊危棧蹇驢行
文昌一試應關分豈校褒斜兩日程

龍州韋郎中先夢六赤後因打葉子以詩上

紅蠟香煙撲畫楹梅花落盡庚樓清光輝圓魄銜山冷
彩鏤方牙着腕輕寶帖牽來獅子鎮金盆引出鳳凰傾
微黃喜兆莊周夢六赤重新擲印成

和壽中丞傷猿

遺挂朱欄鎖半尋清聲難買恨黃金懸崖接果命一作身何
在淺井窺星影已沉歸宅葉鋪曾睡石入朝燈照舊啼
林小山羆遠隨湘客高樹休升對嶽禽天竺省憐傷倍
切親知寬一作知寬和思難任相門恩重無由報竟託仙郎日
夜吟

上靈州令狐相公一作贈高僕射自安西赴闕一作贈功臣

征蠻一作南破虜漢功臣提劒歸來萬里身笑一作閒倚凌煙金
柱看形容憔悴又作消瘦一作惆悵老於真

寓言

三千宮女露蛾眉笑煮黃金日月遲麟鳳隔雲攀不及
空山惆悵夕陽時

客亭對月

游子離魂隴上花風飄浪卷遶天涯一年十二度圓月
十一回圓不在家

宿鄠郊贈羅處士

川靜星高一作櫟栗已枯南山落石水聲麤白雲釣客窗中
宿臥數萬峰聽五湖

有寄一作贈

愛酒耽棊田處士彈琴詠史賈先生御溝臨岸有雲石
不見鶴來何處行

送三藏歸西天國

十萬里程多少磧沙中彈舌一作噴頭授降龍奘公彈舌合梵語心經以授流沙之龍
五天到日應頭白月落長安半夜鐘

金陵懷古

古來無此戰爭功日日戈船卷海風一一作度遇靈鼇開睡
眼六朝灰盡九江空

長安縣廳

主人寂寞客屯邅愁絕一作到終南滿案一作眼前乞取中庭藤
五尺一作丈爲君高斸扣一作望青天

題晰上人賈島詩卷

賈生詩卷惠休裝百葉蓮花萬里香供得半年吟不足
長須字字頂司倉

送僧清演歸山

毛褐斜肩背負經曉思吟入窗山青峰前野水橫官道
踏着秋天三四星

贈僧

不羨王公與貴人唯將雲鶴自相親閑來石上觀流水
欲洗禪衣未有塵

題學公院池蓮

竹引山泉玉甃池栽蓮一作卻莫一作休怪藕生絲如何不似麻
衣客坐對秋風待一枝

山居喜友人見訪

入雲晴斸茯苓還日暮逢迎木石間看待詩人無別物
半潭秋水一作燒一房山

秋宿長安韋主簿廳

水木清涼夜直廳愁人樓上唱寒更坐勞同步簾前月
鼠動牀頭印鎖聲

冬憶友人

吟上山前數竹枝葉翻似雪落霏霏枕前明月誰動影
睡裏鷩來不覺歸

懷圭峰影林泉

吾家舊物賈生傳入內遙分錫杖泉鶴去帝移宮女散
更堪嗚咽過樓前

贈青龍印禪師

雨澀秋刀剃雪時菴前曾禮草堂師居人昨日相過說
鶴已生孫竹滿池

戲贈侯常侍

葛洪卷與江淹賦名動天邊傲石居兩蜀詞人多載後
同君諱却馬相如

繡嶺宮詞

春日遲遲春草綠一作春草萋萋春水綠野棠開盡飄香玉繡嶺宮
前鶴髮翁猶唱開元太平曲

中秋月一作廖凝詩

九十日秋色今秋已半分孤光吞列宿四面絕微雲衆
木排疎影寒流疊細紋遙遙望丹桂心緒更紛紛

宿書僧一作記院

夜水筆前澄時推外學能書成百箇字庭轉幾遭燈寄
壘大壇更分燄蜀國僧爲題江寺塔牌挂入雲層

雪

迢迢來極塞連闕謂一作渭風吹禪客呵金錫征人擘凍旗
細填蟲穴滿重壓鶴巢欹有影晴飄野無聲夜落池正
緜春旬暖漸厚楚宮飢凍挹分泉澀光疑二閣凝踏遺
蘭署跡聽起石門思用表豐年瑞無令埽玉墀

述懷二十韻獻單懷相公

帝夢求良弼生申屬聖明青雲縣器業白日貫忠貞一作精

靄靄隨春動，忻忻共物榮。靜宜浮競息，坐覺好風生。萬國聞應躍，千門望盡傾。瑞含楊柳色，氣變管絃聲。百辟尋知度，三階正有程。魯儒規蘊藉，周誥美和平。碧水遺幽抱，朱絲寄遠情。風流秦印綬，儀表漢公卿。忠讜期登用，回邪自震驚。雲開長劍倚，路絕一峰橫。九野方無事，滄溟本不爭。國將身共計，心與衆爲城。早晚中條下，紅塵一顧清。南潭容伴鶴，西笑忽遷鶯。折樹恩難報，懷仁命甚輕。二年猶困辱，百口望經營。未在英侯選，空勞短羽征。知音初（一作祈）相國，從此免長鳴。

歲暮自廣江至新興往復中題峽山寺

薄暮緣西峽，停橈一訪僧。鷺巢行臥柳，猿飲倒垂藤。水曲巖千疊，雲深樹百層。山風寒殿磬，溪雨夜船燈。灘漲危槎沒，泉衝怪石崩。中臺一襟淚，歲杪別良朋。

冬日送涼州刺史

寵餞西門外，雙旌出漢陵。未辭金殿日，已夢雪山燈。地遠終峰盡，天寒朔氣凝。新年行已到，舊典聽難勝。吏掃盤雕影，人遮散馬乘。移軍駝馱角，下塞掾河冰。獵近崑崙獸，吟招磧石僧。重輸右藏實，方見左車能。兵聚邊風急，城寬夜月澄。連營煙火嶺，望詔幾迴登。

過賈浪仙舊地

鶴外唐來有謫星，長江東注冷滄溟。境搜松雪仙人島，吟歇林泉主簿廳。片月已能臨榜黑，遙天何益抱墳青。年年誰不登高第，未勝騎驢入畫屏。

句

公道此時如不得，昭陵慟哭一生休。（北夢瑣言云：洞三榜裴贄第二榜第，夜簾前獻詩云云。尋卒蜀中，贄無子，人謂屈洞所致。）

全唐詩

唐求（一作球）

唐求，居蜀之味江山，至性純愨。王建帥蜀，召爲參謀，不就。放曠疏逸，邦人謂之唐隱居。爲詩撚稿爲圓，納之大瓢。後臥病，投瓢于江，曰：斯文苟不沈沒，得者方知吾苦心。瓢至新渠，有識者曰：唐山人瓢也。接得之，十纔二三。今編詩一卷。

酬友生早秋

彤雲將欲罷，蟬柳響如秋。霧散九霄近，日程三伏愁。殘陽宿雨霽，高浪碎沙漚。袪足餘旬後，分襟任自由。

曉發

旅館候天曙，整車趨遠程。幾處曉鐘斷，半橋殘月明。沙上（一作際）鳥猶在（一作睡），渡頭人未（一作已）行。去去古時道，馬嘶三兩聲。

客行

上山下山去，千里萬里愁。樹色野橋暝，雨聲孤館秋。南北眼前道，東西江畔舟。世人重金玉，無金徒遠游。

題鄭處士隱居

不信最清曠，及來愁已空。數點石泉雨，一溪霜葉風。業在有山處，道成無事中。酌盡一尊酒，病（一作老）夫（一作翁）顏亦紅。

古寺

路傍古時寺，寥落藏金容。破塔有寒草，壞樓無曉鐘。亂紙失經偈，斷碑分篆蹤。日暮月光吐，繞門千樹松。

贈著上人

掩門江上住，盡日更無爲。古木坐禪處，殘星鳴磬時。水澆冰滴滴，珠數落纍纍。自有閑行伴，青藤杖一枝。

馬嵬感事

冷氣生深殿，狼星渡遠關。九城鼙鼓內，千騎道途間。鳳髻隨秋草，鑾輿入暮山。恨多留不得，悲淚滿龍顏。

贈行如上人

不知名利苦，念佛老峨嵋。衲補雲千片，香燒印（一作篆）一窠。戀山人事少，憐客道心多。日日齋鐘後，高懸濾水羅。

送友人歸邛州

鶴鳴山下去滿篋荷瑤琨放馬荒田草看碑古寺門漸寒沙上雨（一作驚）欲暝（一作暖）水邊村莫忘分襟處梅花撲酒尊

和舒上人山居即事

敗葉填溪路殘陽過野亭仍彈一滴水更讀兩張經暝鳥煙中見寒鐘竹裏聽不多山下去人世盡羶腥

發邛州寄友人

茫茫驅一馬自歎又何之出郭見山處待船逢雨時曉雞鳴野店寒葉隨秋枝寂寞前程去閑吟欲共誰

舟行夜泊夔州

維舟鏡面中迴對白鹽峰夜靜沙堤月天寒水寺鐘故園何日到舊友幾時逢欲作還家夢青山一萬重

山東蘭若遇靜公夜歸

松門一徑微苔滑往來稀半夜聞鐘後渾身帶雪歸問寒僧接杖辨語犬銜衣又是安禪去呼童閉竹扉

邊將

三千護塞兒獨自滯邊陲老向二毛見秋從一葉知地寒鄉思苦天暮角聲悲却被交親笑封侯未有期

秋寄 江舒公（字缺一）

故人何處望秋色滿江濆入水溪蟲亂過橋山路分鶴歸松上月僧入竹間雲莫惜中宵磬從教夢裏聞

題楊山人隱居

深山道者家門戶帶煙霞綠綴沿巖草紅飄落水花半庭栽小樹一徑掃平沙往往溪邊坐持竿到日斜

夜上隱居寺

尋師擬學空空住虎溪東千里照山月一枝驚鶴風年如流去水山似轉來蓬盡日都無事安禪石窟中

友人見訪不值因寄

門戶寒江近籬墻野樹深晚風搖竹影斜日轉山陰砌覺披秋草牀驚倒古琴更聞鄰舍說一隻鶴來尋

塗次偶作

歲月客中銷崎嶇力自招問人尋野寺牽馬渡危橋爲雨疑天晚因山覺路遙前程何處是一望又迢迢

送友人江行之廬山肄業

蜀國初開棹廬峰擬拾螢獸皮裁褥暖蓮葉製衣馨楚水秋來碧巫山雨後青莫教銜鳳詔三度到中庭

山居偶作

趨名逐利身終日走風塵還到水邊宅却爲山下人僧教開竹戶客許戴紗巾且喜琴書在蘇生未厭貧

贈道者

披霞戴鹿胎歲月不能催飯把琪花煮衣將藕葉裁鶴從歸日養松是小時栽往往樵人見溪邊洗藥來

邛州水亭夜讌送顧非熊之官

寂寞邛城夜寒塘對庾樓蜀關蟬已噪秦樹葉應秋道路連天遠笙歌到曉愁不堪分袂後殘月正如鉤

題青城山范賢觀

數里緣山不厭難爲尋真訣問黃冠苔鋪翠點仙橋滑松織香梢古道寒晝傍綠畦薅嫩玉夜開紅竈撚新丹鐘聲已斷泉聲在風動茅（一作瑤）花月滿壇

送僧講罷歸山

休將如意辯真空吹盡天花任曉風共看玉蟾三皎潔獨懸金錫一玲瓏巖間松桂秋煙白江上樓臺晚日紅依舊曹溪念經處野泉聲在草堂東

題友人寓居

寓居無不在天涯莫恨秦關道路賒繚繞城邊山是蜀彎環門外水名巴黃頭卷席賓初散白鼻嘶風日欲斜何處一聲金磬發古松南畔有僧家

傷張玖秀才

銅梁劍閣幾區區十上探珠不見珠卞玉影沈沙草闇驊騮聲斷隴城孤入關詞客秋懷友出戶孀妻曉望夫吳水楚山千萬里旅魂歸到故鄉無

題李少府別業

尋得仙家不姓梅馬嘶人語出塵埃竹和庭上春煙動花帶溪頭曉露開繞岸白雲終日在傍松黃鶴有時來何年亦作圍碁伴一到松間醉一回

贈楚公

曾聞半偈雪山中貝葉翻時理盡通般若恒添持戒力落乂誰算念經功雲間曉月應難染海上虛舟自信風長說滿庭花色好一枝紅是一枝空

贈王山人

紅藤一柱脚常輕日日緣溪入谷行山下有家身未老竈前無火藥初成經秋少見閑人說帶雨多聞野鶴鳴知到蓬萊難再訪問何方法得長生

庭竹

月籠翠葉秋承露風亞繁梢暝掃煙知道雪霜終不變永留寒色在庭前

題常樂寺

桂冷香聞（一作松香）十里間殿臺渾不似人寰日斜回首江頭望一片晴（一作閒）雲落後山

題（一作送）劉鍊師歸山

風急雲輕鶴背寒洞天誰道却歸難千山萬水瀛洲路何處煙飛是醮壇

酬舒公見寄

無客不言雲外見爲文長遣世間知一聲松徑寒吟後正是前山雪下時

巫山下作

細腰宮盡舊城摧神女歸山更不來唯有楚江斜日裏至今猶自繞陽臺

句

恰似有龍深處卧被人驚起黑雲生（臨池洗硯見紀事）

于鄴唐末進士詩一卷

書懷

長安多路岐，西去欲何依。浮世祇如此，舊山長憶歸。自離京國久，應已故人稀。好與孤雲住，孤雲無是非。

書情

負郭有田在，年年長廢耕。欲磨秋鏡淨，恐見白頭生。未作一旬別，已過千里程。不知書與劍，十載兩無成。

塗中作（一作出門）

西（一作東）南千里程（一作行），處處有車聲。若使地無利，始應人不營。天涯猶馬到，石跡尚（一作亦）塵生。如此未曾息，蜀山終冀平。

春過函谷關

幾度作遊（一作行）客，客行長苦辛。愁看函谷路，老盡布衣人。歲遠關猶固，時移草亦春。何當名利息，遣此絕征輪。

褒中即事

風吹殘雨歇，雲去有煙霞。南浦足遊女（一作士），綠蘋應發花。遠鐘當（一作常）半夜，明月入（一作落）千家。不作故鄉夢，始知京洛賒。

歲暮還家

東西流不駐，白日與車輪。殘雪半成水，微風應欲春。幾經他國歲，已滅故鄉人。回首長安道，十年空（一作長）苦辛。

還家

爲客憶歸舍（一作來），歸來還寂寥。壯時看欲過，白首固（一作故）非遥。獨酌幾回醉，此愁終（一作終年恨）不銷。猶殘雞與犬，驅（一作同）去住山椒。

題華山麻處士所居（一本無所居二字）

貴賤各擾擾，皆逢朝市間。到此馬無迹，始知君獨閑。冰破聽敷水，雪晴（一作消，一作時）看華山。西風寂寥地，唯我坐忘還。

天南懷（一作憶）故人

獨行千里塵，軋軋轉征輪。一別已多日，總看成老人。洞庭雪不下，故國草應春。三月煙波暖，南風生綠蘋。

路傍草

春至始青青，香車碾已平。不知山下處，來向（一作繞）路傍生。每歲有人在，何時無馬行。應隨（一作和）塵與土，吹滿洛陽城。

秋夕聞雁

星漢欲沈盡，誰家砧未休。忽聞涼雁至，如報杜陵秋。千樹又（一作有）黃葉，幾人新白頭。洞庭今夜客，一半却登（一作回）舟。

洛中有懷

潺潺伊洛河，寂寞少恩波。鑾駕久不（一作不東）幸，洛陽春草多。

送魏山韋處士（一作送田處士西遊）

陰陰亭（一作田）際間，相顧慘離顏。一片雲飛去，嵯峨空魏山。

白櫻桃

王母階前種幾株，水晶簾内看如無。只應漢武金盤上，瀉得珊珊白露珠。

白櫻樹

記得花開雪滿枝，和蜂和蝶帶花移。如（一作只）今花落遊蜂去，空作主人惆悵詩。

下第不勝其忿題路左佛廟

雀兒未逐颺風高，下視鷹鸇意氣豪。自謂能生千里足，黃昏依舊委蓬蒿。

感懷（一作感情。以下十本俱作于武陵詩）

東風吹草色，空使客蹉跎。不設太平險，更應遊子多。幾傷（一作觴）行處淚（一作酒），一曲醉中歌。盡向青門外，東隨渭水波。

遊中梁山

僻地好泉石，何人曾陸沈。不知青嶂外，更有白雲深。因此見喬木，幾回思舊林。殷勤猨與（一作與猨）鳥，唯我獨何心。

尋山

到此絕車輪，蔓蔓草樹春。青山如有利，白石亦成塵。水潤應無路，松深不見人。如知巢與許，千載迹猶新。

宿江口

南渡人來絕，喧喧雁滿沙。自生江上月，長有客思家。半夜下霜岸，北風吹荻花。自驚歸夢斷，不得到天涯。

秋夜達蕭關

擾擾浮（一作遊）梁路，人忙月自閑。去年爲塞客，今夜宿蕭關。辭國幾經歲，望鄉空見山。不知江葉下，又作布衣還。

斜谷道

亂峰連疊嶂，千里綠峨峨。蜀國路如此，遊人車亦過。遠煙當驛歛，驟雨逐風多。獨憶紫芝叟，臨風歌舊歌。

過百牢關貽舟中者

蜀國少平地，方思京洛間。遠爲千里客，來度百牢關。帆影清江水，鈴聲碧草山。不因（一作貪）名與利，爾我（一作我爾）各應閑。

客中覽鏡

何當開此鏡，即見髮如絲。白日急於水，少年能幾時。每逢芳草處，長返故園遲。所以多爲客，蹉跎欲怨誰。

長安逢隱者

征車千里至，碾遍六街塵。向此有營地，忽逢無事人。昔時顏未改，浮世路多新。且脫衣沽酒，終南山欲春。

與僧話（一作語）舊

草堂前有山，一見一相寬。處世貴僧靜，青松因歲寒。他山逢舊侶，盡日話長安。所以閑行迹，千回繞藥欄。

贈王道士

日日市朝路，何時無苦辛。不隨丹竈客，終作白頭人。浮世度千載，桃源方一春。歸來華表上，應笑北邙塵。

匣中琴

世人無正心，蟲網匣中琴。何以經時廢，非爲娱耳音。獨令高韻在，誰感隙塵深。應是南風曲，聲聲不合今。

友人亭松

俛仰不能去，如逢舊友同。曾因春雪散，見在華山中。何處有明月，訪君聽遠風。相將歸未得，各占石巖東。

過洛陽城

古來利與名，俱在洛陽城。九陌鼓初起，萬車輪已行。周秦時幾變，伊洛水猶清。二月中橋路，鳥啼春草生。

客中月（一作望月）

離家凡幾宵，一望一寥寥。新魄又將滿，故鄉應漸遥。獨臨彭蠡水，遠憶洛陽橋。更有乘舟客，悽然亦駐橈。

王將軍宅夜聽歌

朱檻滿（一作鋪）明月，美人歌落梅。忽驚塵起處，疑有鳳飛來。

一曲聽初徹幾年愁暫開東南正雲雨不得見陽臺

莫問一作訪古宮名古宮空有一作古城惟一作只應東去水不改舊時聲

高樓

遙天明月出照此誰家樓上有羅衣裳一作色涼風吹不休一作秋

全唐詩

陸貞洞

陸貞洞吴郡進士詩一首

和三鄉詩會昌時有女子題詩三鄉驛和者十人

惆悵殘花怨暮春孤鸞舞鏡倍傷神清詞好箇于人事疑是文姬第二身

劉谷

劉谷與李郢同時詩一首

和三鄉詩

蘭蕙芬香見玉姿路傍花笑景遲遲苧蘿山下無窮意併在三鄉惜別時

王祝

王祝字不耀給事中常州刺史詩一首

和三鄉詩

女几山前嵐氣低佳人留恨此中題不知雲雨歸何處空使王孫見即迷

王滌

王滌字用霖瑯琊人景福中擢第累官中書舍人後終於閬詩一首

和三鄉詩

浣紗游女出關東舊跡新詞一夢中槐陌柳亭何限事年年迴首向春風

韋氷

韋氷唐末鄴令詩一首

和三鄉詩

來時歡笑去時哀家國迢迢向越臺待寫百年幽思盡故宮流水莫相催

李昌鄴

李昌鄴唐末人詩一首

和三鄉詩

紅粉蕭娘手自題分明幽怨發雲閨不應更學文君去泣向殘花歸剡溪

王碩

王碩唐末人詩一首

和三鄉詩

無姓無名越水濱芳詞空怨路傍人莫教才子偏惆悵宋玉東家是舊鄰

李縞

李縞唐末人詩一首

和三鄉詩

會稽王謝兩風流王子沉淪謝女愁歸思若隨文字在路傍空爲感千秋

張綺

張綺唐末人詩一首

和三鄉詩

洛川依舊好風光蓮帳無因見女郎雲雨散來音信斷此生遺恨寄三鄉

高衢

高衢唐末人詩一首

和三鄉詩

南北千山與萬山軒車誰不思鄉關獨留芳翰悲前跡陌上恐傷桃李顏

賈馳

賈馳與曹鄴同時詩二首

復睹三鄉題處留贈

壁古字未滅聲長響不絕蕙質本如雲松心應耐雪耿耿離幽一作崖谷悠悠望甌越杞婦哭夫時城崩無此說

秋入關

河上微風來關頭樹初濕今朝關城吏又見孤客入上國誰與期西來徒自急

趙光遠

趙光遠華州刺史隲之子不第而沒光化中韋莊奏贈官詩三首

咏手二首

妝成皓腕洗凝脂背接紅巾掬水時薄霧袖中拈玉斝斜陽屏上撚青絲喚人急拍臨前檻摘杏高揎近曲池好是琵琶弦畔見細圓無節玉參差

撚玉搓瓊軟復圓綠窗誰見上琴弦慢籠彩筆閑書字斜指瑶階笑打錢爐面試香添麝炷舌頭輕點貼金鈿象床珍簟宮棊處拈定文楸占角邊

題妓萊兒壁一作題北里妓人壁

魚鑰獸環斜掩門萋萋芳草憶王孫醉凭青瑣窺韓壽閑擲金梭惱謝鯤不夜珠光連玉匣辟寒釵影落瑶尊欲知腸斷相思處役盡江淹別後魂

鄭良士一作士良

鄭良士字君夢閩人昭宗時獻詩五百篇授補闕白巖集十卷今存三首

題興化高田院橋亭

到此溪亭上浮生始覺非野僧還惜別遊客亦忘歸月滿千巖靜風清一磬微何時脫塵役杖履願相依

遊九鯉湖

仄徑傾崖不可通湖嵐林靄共溟濛九溪瀑影飛花外萬樹春聲細雨中覆石雲閑丹竈冷採芝人去洞門空我來不乞邯鄲夢取醉聊乘鄭國風

寄富洋院禪者

畫破青山路一條走鞭飛蓋去何遥礙天巖樹春先冷鎖院溪雲晝不銷雪上茗芽因客煮海南沈屑爲齋燒誰能學得空門士冷却心灰守寂寥

蕭項

蕭項蕭田人官侍郎昭宗末年嘗同翁承贊爲冊禮使使閩詩一首

贈翁承贊漆林書堂詩

軺車故國世應稀昔日書堂二紀歸手植松筠同茂盛身榮金紫倍光輝入門鄰里喧迎接列坐兒童見等威却對芸窗勤苦處舉頭全是錦爲衣

全唐詩

胡令能

胡令能莆田隱者少爲負局鍍釘之業夢人剖其腹以一卷書内之遂能吟詠遠近號爲胡釘鉸詩四首

喜韓少府見訪

忽聞梅福來相訪笑著荷衣出草堂兒童不慣見車馬走入蘆花深處藏

觀鄭州崔郎中諸妓繡樣（一作題詠繡障）

日暮堂前花蘂嬌爭拈小筆上牀描繡成安向春園裏引得黃鶯下柳條

小兒垂釣

蓬頭稚子學垂綸側坐莓苔草映身路人借問遙招手怕得魚驚不應人

王昭君

胡風似劍鍥人骨漢月如鉤釣胃腸魂夢不知身在路夜來猶自到昭陽

嚴郾

嚴郾唐末人詩二卷今存二首

望夫石

何代提戈去不還獨留形影白雲間肌膚銷盡雪霜色羅綺點成苔蘚斑江鷰不能傳遠信野花空解妬愁顏近來豈少征人婦笑採蘼蕪上北山

賦百舌鳥

此禽輕巧少同倫我聽長疑舌滿身星未沒河先報曉柳猶粘雪便迎春頻嫌海燕巢難定却訝林鶯語不真莫倚春風便多事玉樓還有晏眠人

蔣肱

蔣肱唐末嘗客荆南成汭幕詩一首

永州陪鄭太守登舟夜宴席上各賦詩

江頭朱紱間青衿豈是仙舟不可尋誰敢強登徐稚榻自憐還學謝安吟月凝蘭櫂輕風起妓勸金罍盡醉斟剪盡蠟紅人未覺歸時城郭曉煙深

張迥

張迥唐末人少年苦吟夢五色雲自天而下取吞之遂精雅道詩一首

寄遠

錦字憑誰達閒庭草又枯夜長燈影滅天遠鴈聲孤蟬鬢凋將盡虬髯白也無幾回愁不語因看朔方圖（迥嘗擕此謁齊己點頭吟諷爲改虬髯黑在無迥遂拜作一字師）

張友正

張友正唐末人詩一卷今存二首

春草凝露

蒼蒼芳草色含露對青春已賴陽和長仍慙潤澤頻日臨殘未滴風度欲成津蕙葉垂偏重蘭叢洗轉新將行愁裛逕欲采畏濡身獨愛池塘畔清華遠襲人

錦帶佩吳鉤

帶劍誰家子春朝紫陌遊結邊霞聚錦懸處月隨鉤綵縷迴文出雄芒練影浮葉依花裏艷霜向鍔中秋的皪宜驄馬斕斒映綺裘應須待報國一刎月支頭

伍唐珪

伍唐珪袁州宜春人詩三首

山中臥病寄盧郎中

十年耕釣水雲間任僻家貧少往還一徑綠苔凝曉露滿頭白髮對青山野僧採藥來醫病樵客擕觴爲解顏空戀舊時恩獎地無因匍匐出柴關

寒食日獻郡守

入門堪笑復堪憐三徑苔荒一釣船慙愧四隣教斷火不知廚裏久無煙

上蘇使君

江西昔日推韓注袁水今朝數趙祥縱使文翁能待客終栽桃李不成行

孫棨

孫棨字文威自號無爲歷官御史翰林學士中書舍人詩六首

贈妓人王福娘

綵翠仙衣紅玉膚輕盈年在破瓜初霞杯醉勸劉郎賭雲髻慵邀阿母梳不怕寒侵緣帶寶每憂風舉倩持裾謾圖西子晨（一作爲）粧樣西子元來未得如

題妓王福娘墻

移壁迴窗費幾朝指鐶偷解博紅（一作蘭）椒無端鬭草輸鄰女更被拈將玉步摇

寒繡衣裳餉阿嬌新團香獸不禁燒東鄰起樣裙腰闊剩蹙黃金線（一作）幾（一作兩）條（以下二首題一作題北里妓人壁）

試共卿卿語笑初（一作麄）畫堂連遣侍兒呼寒肌不耐金如意白獺爲膏郎有無

戲李文遠

引君來訪洞中仙新月如眉拂戶前領取嫦娥攀取桂

便從陵谷一時遷

題劉泰娘舍 泰娘北曲内小家中門前一樗樹年齒甚妙粗有容色以居非其所人不知之余過其舍題詩云云同游聞之詰朝詣之者結駟于門矣

尋常凡木最輕樗今日尋樗桂不如漢高新破咸陽後英俊奔波遂喫虛

顏蕘

顏蕘登進士第昭宗時爲中書舍人詩一首

戲張道人不飲酒

言自雲山訪我來每聞奇秘覺叨陪吾師不飲人間酒應待流霞即舉杯

句

爽籟盡成鳴鳳曲遊人多是弄珠仙 見方輿勝覽

張爲

張爲唐末江南詩人詩一卷今存三首

秋醉歌

金風颯已一作颯颯起還是招漁翁攜酒天姥岑自彈嶧陽桐朧却登山屐赤脚翹青筇泉聲掃殘暑猨臂攀長松翠微泛鐔綠苔蘚分煙紅造化處術内相對數壺空醉眠嶺上草不覺夜露濃一夢到天曉始覺一醉中皎然夢中路直到瀛洲東初平把我臂相與騎白龍三留對上帝玉樓十二重上帝賜我酒送我敲金鍾寶閣香斂萬琪樹寒玲瓏動葉如笙篁音律相怡融珍重此一醉百骸出天地長如此夢魂永謝名與利

謝別毛仙翁 大中戊寅歲爲潭游長沙獲女奴於岳麓下惑之歲餘成羸疾偶遇仙翁知其爲妖所祟以藥一粒授爲焚之氣郁烈聞百步魅妾一號而斃乃木偶人也又吞以丹砂如黍者三疾遂瘳爲作詩別之

羸形感神藥削骨生豐肌蘭炷飄靈煙妖怪立誅夷重覩日月光何報父母慈黃河濁袞袞別淚流澌澌黃河清有時別淚無收期

漁陽將軍

霜髭擁頷對窮秋著白貂裘獨上樓向北望星提劍立一生長爲國家憂

句

到處即閉户逢君方展眉 紀事云爲此句最有詩稱

馬冉

馬冉唐末萬州刺史詩一首

岑公巖

南溪有仙澗咫尺非人間泠泠松風下日暮空蒼山

周鏞

周鏞唐末諸暨縣人詩一首

諸暨五洩山

路入蒼煙九過溪九穿巖曲到招提天分五溜寒傾北地秀諸峰翠插西鑿徑破崖來木杪駕泉鳴竹落榱題當年老默無消息猶有詞堂一杖藜

劉贊一作瓚

劉贊唐末人詩一首 按唐末劉贊有三一魏州人舉進士爲羅紹威判官仕唐明宗中書舍人一桂陽人字相曕之子擢進士仕梁充崇政殿學士一仕閩王曦爲御史中丞三人皆與羅隱同時未知孰是

贈羅隱

人皆言子屈獨我謂君非明主既難謁青山何不歸年虛侵雪鬢塵枉汚麻衣自古逃名者至今名豈微

句

絮花飛起雪漫漫長得宮娥帶笑看 柳枝詞見吟香櫳錄

任翻

任翻一作蕃唐末人詩集一卷今存詩十八首

洛陽道

憧憧洛陽道塵下生春草行者豈無家無人在家老鷄鳴前結束爭去恐不早百年路傍盡白日車中曉求富江海狹取貴山岳小二端立在途奔走無由了

春晴

楚國多春雨柴門喜晚晴幽人臨水坐好鳥隔花鳴野色臨空闊江流接海平門前到溪路今夜月分明

秋晚郊居

遠聲霜後樹秋色水邊村野遲無來客寒風自動門海山藏日影江月落潮痕惆悵高飛晚年年別故園

秋晚途次

秋色滿行路此時心不閑孤貧遊上國少壯有衰顏衆鳥已歸樹旅人猶過山蕭條遠林外風急水潺潺

葛仙井

古井碧沈沈分明見百尋味甘傳邑内脉冷應山心圓入月輪淨直涵峰影深自從仙去後汲引到如今

桐柏觀

飄飄雲外者一作客暫宿聚仙堂半夜人無語中宵月送涼鶴歸高樹靜螢過小池光不得多時住門開是事忙

冬暮野寺

江東寒近臘野寺水天昏無酒可銷夜隨僧早閉門照牆燈影短著瓦雪聲繁飄泊仍千里清吟欲斷魂

贈濟禪師

碧峰秋寺内禪客已無情半頂髮根白一生心地清竹房侵月靜石徑到門平山下塵囂路終年誓不行

經隋淚碑

羊公傳化地千古事空存碑已無文字人猶敬子孫峴山長閉恨漢水自流恩數處煙嵐色分明是淚痕

長安冬夜書事

憂來長不寐往事重思量清渭幾年客故衣今夜霜春風誰識面水國但牽腸十二門車馬昏明各自忙

越江漁父

借問釣魚者持竿多少年眼明汀島畔頭白子孫前棹入花時浪燈留雨夜船越江深見底誰識此心堅

哭友人

逢著南州史江邊哭問君送終時有雪歸葬處無雲官庫惟留劍隣僧共結墳兒孫未成立誰與集遺文

送李衡

羇棲親故少遠別惜清才天畔出相送路長知未迴欲銷今日恨強把異鄉杯君去南堂後應無客到來

宮怨

淚乾紅落臉心盡白垂頭自此方知怨從來豈信愁

惜花

無語與花別細看枝上紅明年又相見還恐是愁中

宿巾子山禪寺

絕頂新秋生夜涼鶴翻松露滴衣裳前峰月映半江水

僧在翠微開竹房

再遊巾子山寺

靈江江上幘峰寺三十年來兩度登野鶴尚巢松樹徧
竹房不見舊時僧

三遊巾子山寺感述

清秋絕頂竹房開松鶴何年去不迴惟有前峰明月在
夜深猶過半江來

荊浩

荊浩字浩然沁水人隱太行洪谷自號洪谷子工丹青
尤長山水爲唐末之冠詩一首

畫山水圖荅大愚

恣意縱横埽峰巒次第成筆尖寒樹瘦墨澹野雲輕巖
石噴泉窄山根到水平禪房時一展兼稱苦空情

張直

張直濮州人號逍遙先生青州主帥範嘗聘之詩二首

宿頷城二首頷城在范縣東

綠草展青裀樾影連春樹茅屋八九家農器六七具主
人有好懷搴衣留我住春酒新潑醅香美連糟漉一醉
臥花陰明朝送君去

醉臥夜將半土底聞雞啼驚駭問主人爲我剖荒迷武
湯東伐韋固君含悲悽神奪悔悟魄幻化爲石雞形骸
僅盈寸咿喔若啁蜆吾村耕耘叟多獲於鋤犂

陳光

陳光唐末人詩一卷今存一首

題桃源僧

桃源有僧舍跬步異人天花亂似無主鶴鳴疑有仙軒
廊明野色松檜濕春煙定擬辭塵境依師過晚年

全唐詩

周曇

周曇唐末守國子直講詠史詩八卷今編爲二卷

吟敘

歷代興亡億萬心聖人觀古貴知今古今成敗無多事
月殿花臺幸一吟

閑吟

考摭妍蚩用破心剪裁千古獻當今閑吟不是閑吟事
事有閑思閑要吟

唐虞門

唐堯

祅氛不起瑞煙輕端拱垂衣日月明傳事四方無外役
茅茨深處土堦平

虞舜

進善懲奸立帝功功成揖讓益溫恭滿朝卿士多元凱
爲黜兇苗與四兇

舜妃

蒼梧一望隔重雲帝子悲尋不記春何事淚痕偏在竹
貞姿應念節高人

再吟

瀟湘何代泣幽魂骨化重泉志尚存若道地中休下淚
不應新竹有啼痕

三代門

夏禹

堯違天孽賴詢謀頓免洪波浸碧虛海內生靈微伯禹
盡應隨浪化爲魚

再吟

萬古龍門一旦開無成甘死作黃能司空定有匡堯術
九載之前何處來

太康

師保何人爲琢磨安知父祖苦辛多酒酣禽色方爲樂
詎肯閑聽五子歌

后稷

人惟邦本本由農曠古誰高后稷功百穀且繁三曜在
牲牢郊祀信無窮

文王

昭然明德報天休禴祭惟馨勝殺牛二老五侯何所詐
不歸商受盡歸周

武王

文王寢膳武王隨內豎言安色始怡七載豈堪囚羑里
一夫爲報亦何疑

太公

昌獵關西紂獵東紂憐崇虎棄非熊危邦自謂多麟鳳
肯把王綱取釣翁

再吟

東鄰不事事西鄰御物卑和物自親天下言知天下者
兆人無主屬賢人

又吟

千妖萬態逞妍姿破國亡家更是誰匡政必能除苟媚
去邪當斷勿狐疑

子牙妻

陵柏無心竹變秋不能同戚擬同休歲寒焉在空垂涕
覆水如何欲再收

周公

文武傳芳百代基幾多賢哲守成規仍聞吐握延儒素

猶恐民痍未盡知
夷齊
讓國由衷義亦乖不知天命匹夫才將除暴虐誠能阻
何異崎嶇助紂來
管蔡
伊商胡越尚同圖管蔡如何有異謨不念祖宗危社稷
強于仁聖遣行誅
成王
成王有過伯禽笞聖惠能新日自奇王道既成何所感
越裳呈瑞鳳來儀
幽王
狼煙篝火爲邊塵烽候那宜悅婦人厚德未聞聞厚色
不亡家國幸亡身
平王
犬戎西集殺(一作犯滅)幽王邦土何由不便亡宜臼東來年更
遠川流難(一作雖)絕信源長
春秋戰國門
祭足
吳魯燕韓豈別宗曾無外禦但相攻當時周鄭誰爲相
交質將何服遠戎
再吟
周室衰微不共匡干戈終日互爭強諸侯若解尊天子
列國何因次第亡
隱公
今古難隄是小人苟希榮寵任相親陳謀不信懷憂懼
反間須防却害身
莊公
齊甲強臨力有餘魯莊爲戰念區區魚麗三鼓微曹劌
肉食安能暇遠謨
哀公
賢爲鄰用國憂危廟算無非黍盬奇兩葉翠娥春乍展
一毛須去不難吹
再吟

好龍天爲降眞龍及見眞龍猝厥躬接下不勤徒好士
葉公何異魯哀公
平公
鴻鵠輕騰萬里高何殊朝野得賢豪能知翼戴穹蒼力
不是蒙茸腹背毛
文公
滅虢吞虞未息兵柔秦敗楚霸威成文公徒欲三強服
分晉元來是六卿
景公
覺病當宜早問師病深難療恨難追晉侯徒有秦醫緩
疾在膏肓救已遲
衛靈公
子魚無隱欲源清死不忘忠感衛靈伯玉既親知德潤
殘桃休喫悟蘭馨
陳靈公
誰與陳君嫁禍來孔寧行父夏姬媒靈公徒謔徵舒面
至死何曾識禍胎
陳蔡君
楚聘宣尼欲道光是時陳蔡畏鄰強庸謀但解遮賢路
不解迎賢謀自昌
楚惠王
芹中遇蛭強爲吞不欲緣微有害人何事免成心腹疾
皇天惟德是相親
楚懷王
不聽陳軫信張儀六里商於果見欺既捨黔中西換得
又令生去益堪悲
再吟
不得商於又失齊楚懷方寸一何迷明知秦是虎狼國
更忍車輪獨向西
韓惠王
韓惠開渠止暴秦營田萬頃飽秦人何殊般肉供麤獸
獸壯安知不害身
頃襄王

秦陷荊王死不還秖緣偏聽子蘭言頃襄還信子蘭語
恐使江魚葬屈原
武公
猛獸來兵秖爲文豈宜涼德擬圖尊君看豹彩蒙麋質
人取無難必不存
華元
未知軍法忌偏頗徒解于思腹漫皤昔日羊斟曾不預
今朝爲政事如何
臧孫
諸孟憎吾似犬獰賢臧哭孟倍傷情季孫愛我如甘疾
疾足亡身藥救寧
公叔
吳起南奔魏國荒必聽公叔失賢良無謀縱欲離安邑
可免河溝(一作他時)徙大梁
莊辛
莊辛正諫謂妖詞兵及鄢陵始悔思見兎必能知顧犬
亡羊補棧未爲遲
孫臏
曾嫌勝已害賢人鑽火明知速自焚斷足爾能行不足
逢君誰肯不酬君
靈輒
失水枯鱗得再生翳桑無地謝深情朱輪未染酬恩血
公子何由見赤誠
郭開
秦襲邯鄲歲月深何人沾(一作解)贈郭開金廉頗還國李牧
在安得趙王爲爾擒
樂羊
栝羹忍啜得非忠巧佞胡爲惑主聰盈篋謗書能寢默
中山不是樂羊功
虞卿
割地求和國必危安知堅守絕來思年年來伐年年割
割盡邯鄲何所之
豫讓

門客家臣義莫儔漆身吞炭不能休中行智伯思何異國士終期國士酬

毛遂

不識囊中穎脫錐功成方信有英奇平原門下三千客得力何曾是素知

再吟

定獲英奇不在多然須設網遍山河禽雖一目羅中得豈可空張一目羅

田文

下客常才不足珍誰爲狗盜脫強秦秦關若待雞鳴出笑殺臨淄土偶人

再吟

門下三千各自矜頻彈劍客獨無能田文不厭無能客三窟全身果有憑

馮諼

兎窟穿成主再興輩流狐伏敢驕矜馮諼不是無能者要試君心欲展能

章子

在家能子必能臣齊將功成以孝聞改葬義無欺死父臨戎安肯背生君

卞和

磷磷誰爲惑溫溫至寶凡姿甚易分自是時人多貴耳目無明鑒使俱焚

季札

吹毛霜刃過千金生許徐君死挂林寶劍徒稱無價寶行心更貴不欺心

孫武

理國無難似理兵兵家法令貴遵行行刑不避君王寵一笑隨刀八陣成

夫差

信聽讒言疾不除忠臣須殺竟何如會稽旣雪夫差死泉下胡顔見子胥

少孺

寶貴親仁與善鄰鄰兵何要互相臻螳蜋定是遭黃雀黃雀須防挾彈人

蘇厲

百步穿楊箭不移養由堪教聽弘規身隆業著未知退勿遺功名一旦隳

鬻拳

鬻拳強諫懼威刑退省懷慙不顧生雙刖忍行留痛恨惟君適足見忠誠

荆軻

反刃相酬是匹夫安知突騎駕羣胡有心爲報懷權略可在於期與地圖

再吟

幾尺如霜利不羣恩仇未報反亡身誠哉利器全由用可惜吹毛不得人

陳軫

丹青徒有逞諠譁有足由來不是蛇殺將破軍爲柱國君今官極更何加

田饒

廚抛敗肉士懷飢倉爛餘糧客未炊臨難欲行求死士將何恩信致扶危

鮑叔

忠臣祝壽吐嘉詞鮑叔臨軒酒一卮安不忘危臣所願願思危困必無危

晏嬰

正人徒以刃相危貪利忘忠死不爲麋鹿命懸當有處軀車何必用奔馳

再吟

下澤逢蛇蓋是常還如山上見豺狼國中有怪非蛇獸不用賢能是不祥

又吟

馬斃廐人欲就刑百年臨盡一言生賴逢賢相能匡救仍免吾君播惡聲

叔向

重祿存家不敢言小臣憂禍亦如然明開諫諍能無罪秖此宜爲理國先

師曠

老能勸學照餘生似夜隨燈到處明往行前言如不見暗中無燭若爲行

智伯

三國連兵敵就擒晉陽城下碧波深風濤撼處看沈趙舟楫不從飜自沈

再吟

攻城來下惜先分一旦家邦屬四鄰徒逞威強稱智伯不知權變是愚人

襄子

君子常聞不迫危城崩何用急重圍叛亡能退修文德果見中牟以義歸

楊回

三逐鄉閭五去君莫知何地可容身楊回不是逢英鑒白首無成一旅人

顏回

陋巷簞瓢困有年是時端木飫腥膻宣尼行教何形迹不肯分甘救（一作發行葬）子淵

子貢

救魯亡吳事可傷誰令利口説田常吳亡必定由端木魯亦宜其運不長

再吟

一言能使定安危安已危人是所宜仁義不思垂教化背恩亡德豈儒爲

鄭相

鄭相清賢愼有餘好魚魚至竟何如退魚留得終身祿祿在何憂不得魚

子產

爲政何門是化源寬仁高下保安全如嫌水德人多狎拯溺宜將猛濟寬

管仲

美酒濃馨客要沽門深誰敢強提壺苟非賢主詢賢士肯信沽人畏子獹
再吟
社鼠穿牆巧庇身何由攻灌若爲燻能知窟穴依形勢不聽讒邪是聖君
范蠡
西子能令轉嫁吳會稽知爾啄姑蘇跡高塵外功成處一葉翩翩在五湖
屈原
滿朝皆醉不容醒衆濁如何擬獨清江上流人真浪死誰知浸潤誤深誠
黃歇
春申隨質若王圖爲主輕生大丈夫女子異心安足聽功成何更用陰謨
王后
連環要解解非難忽碎瑤堦一旦間兩國相持兵不解會應俱碎似連環
樊姬
側影頻移未退朝喜逢賢相日從高當時不有樊姬問令尹何由進叔敖
齊桓公
三往何勞萬乘君五來方見一微臣微臣傲爵能輕主霸主如何敢傲人
中山君
敵臨烹子一何庸激怒來軍速自攻結怨豈思圖不解愚謀多以殺爲雄
趙簡子
簡子雄心蓄霸機賢愚聊欲試諸兒假言藏寶非真寶不是生知焉得知
再吟
諤諤能昌唯唯亡亦由匡正得賢良一從忠讜無周舍吾過何人爲短長
趙宣子
門人曾不有提彌連嗾呀呀孰敢支臨難若教無苟免亂朝爭那以獒爲
韓昭侯
去年秦伐我宜陽今歲天災旱且荒對此不思人力困樓門何可更高張
魏文侯
冒雨如何固出畋慮乖羣約失乾乾文侯不是貪禽者示信將爲教化先
郄成子
陳樂無懽璧在隅宰臣懷智有微謨苟非成子當明哲誰是仁人可託孤
秦武陽
卅歲徒聞有壯名及令爲副誤荊卿是時環柱能相副誰謂燕囚事不成
田子方
太子無嫌禮樂虧願聽貧富與安危賤貧驕物貧終在富貴驕人貴必隳
淳于髡
穰穰何禱手何賫一呷村漿與隻雞以少求多誠可笑還如輕幣欲全齊
再吟
戲問將何對所就滑稽無骨是常譚昔時王者皆通四近見君王祇好三
再吟
曲突徙薪不謂賢焦頭爛額饗盤筵時人多是輕先見不獨田家國亦然
田子奇
少年爲吏慮非循一騎奔追委使臣使者不追何所對車中緣見白頭人
百里奚
船驥由來是股肱在虞虞滅在秦興裁量何異刀將尺秪繫用之能不能
孫叔敖
童稚逢蛇歎不祥慮悲來者爲埋藏是知陽報由陰施天爵昭然契日彰
魯仲連
昔逬燒牛發戰機夜奔驚火走燕師今來躍馬懷驕惰十萬如無一撮時
宋子罕
子憐溫潤欲歸仁吾貴堅廉是寶身自有不貪身內寶玉人徒獻外來珍
宮之奇
虞虢相依自保安諫臣吞度不爲難貪憐璧馬迷香餌肯信之奇諭齒寒
王孫滿
九牧金鎔物像成辭昏去亂祚休明興亡在德不在鼎楚子何勞問重輕
顏叔子
夜雨鄰娃告屋傾一宵從寄念悲驚誠知獨處從燒燭君子行心要自明
張孟譚
強兵四合國將危賴有謀臣爲發揮城內萬銅誠自有無謀誰解見玄機
公子無忌
按劍臨籠震咄呼鷄甘梟戮伏鳩辜能憐鈍拙誅豪俊憫弱摧強真丈夫
再吟
趙解重圍魏再昌信陵賢德日馨芳昏蒙愚主聽讒說公子云亡國亦亡
侯嬴朱亥
屠肆監門一賤微信陵交結國人非當時不是二君計疋馬那能解趙圍
再吟
走敵存亡義有餘全由雄勇與英謨但如公子能交結朱亥侯嬴何代無

周曇

秦門

胡亥

鹿馬何難辨是非寧勞卜筮問安危權臣爲亂多如此
亡國時君不自知

再吟

盜賊縱橫主惡聞遂爲流矢犯君軒怪言何不早言者
若使早言還不存

趙高

趙高胡亥速天誅率土興兵怨毒痛豐沛見機羣小吏
功成兒戲亦何殊

陳涉

秦法煩苛霸業隳一夫攘臂萬夫隨王侯無種英雄志
燕雀喧喧安得知

項籍

九垓垂定棄謀臣一陣無功便殺身壯士誠知輕性命
不思辜負八千人

范增

智士寧爲暗主謨范公曾不讀兵書平生心力爲誰盡
一事無成空背疽

前漢門

高祖

愛子從烹報主時安知強啜不含悲太公懸命臨刀几
恐取桮羹欲爲誰

再吟

北伐匈奴事可悲當時將相是其誰君臣束手平城裏
三十萬兵能忍飢

周苛紀信

爲主堅能不顧身赴湯蹈火見忠臣後來邦國論心義
誰是君王出熱人

酇侯

共怪酇侯第一功咸稱得地合先封韓生不是蕭君薦
獵犬何人爲指蹤

曲逆侯

社內分平未足奇須觀大用展無私一朝如得宰天下
必使還如宰社時

薛公

黥布稱兵孰敢當薛公三計爲斟量上中良策知非用
南取長沙是死鄉

條侯

上將風戈賞罰明不鋋嚴閉亞夫營人君却禀將軍令
按轡垂鞭爲緩行

平津侯

儒素逢時得自媒忽從徒步列公台北辰如不延吾輩
東閣何由逐汝開

博陸侯

棟梁徒自保堅貞毀穴難防雀鼠爭不是主人知詐僞
如何柱石免欹傾

夏賀良

漢代中微亦再昌忠臣憂國冀修禳赤精符讖誠非妄
枉殺無辜夏賀良

王莽

權歸諸呂牝雞鳴啟鑒昭然詎可輕新室不因崇外戚
水中安敢寄生營

再吟

重賦嚴刑作禍胎豈知由此亂離媒家傳揖讓亦難濟
況是身從傾篡來

又吟

銅馬朱眉滿四方總緣居攝亂天常因君多少布衣士
不是公卿即帝王

毛延壽

不拔金釵賂漢臣徒嗟玉豔委胡塵能知貨賄移妍醜
豈獨丹青畫美人

劉聖公

不納良謀劉縯言胡爲銜璧向崇宣傷哉亂帝途窮處
何必當時譖福先

樊崇徐宣

庸中佼佼鐵錚錚百萬長驅入帝京首事縱隳三善在
歸仁何慮不全生

僭號公孫述

劍蜀金湯孰敢爭子陽才業匪雄英方知在德不在險
危棧何曾阻漢兵

後漢門

光武

成敗非儒孰可量儒生何指指蕭王蕭王得衆能寬裕
吳漢歸來帝業昌

明帝

朝臣咸佞孰知非張佚公忠語獨奇博士一言除太傅
謚爲明帝信其宜

桓帝

能嫌跋扈斬梁王寧便榮枯信段張襄楷忠言誰佞惑
忍教奸禍起蕭牆

靈帝

榜懸金價鬻官榮千萬爲公五百卿公瑾孔明窮退者
安知高臥遇雄英

廢帝

亂兵如蝟走王師社稷顛危孰爲持夜逐螢光尋道路
漢家天子步歸時

獻帝

秪爲曹侯數貴人普天黔首盡黃巾漢靈早聽侍中諫
安得獻生稱不辰

再吟

咸怨刑科有黨偏耕夫無不事戎旃是時老幼飢號處
一斛黃禾五百千

子密

子密封侯豈所宜能高德義必無爲當時若縛還彭氏
率土何憂不自歸

羊續

魚懸潔白振清風祿散親賓歲自窮單席寒廳慙使者
葛衣何以至三公
楊震
爲國推賢匪惠私十金爲報遽相危無言暗室何人見
咫尺斯須已四知
趙孝
緑林清旦正朝飢豈計行人瘦與肥爲感在原哀叫切
鶺鴒休報聽雙飛
馬后
麁衣閑寂閲羣書薦達嬪妃廣帝居再實傷根嫌貴寵
患慈勞悴育皇儲
魏博妻
蘿挂青松是所依松凋蘿更改何枝操刀必割腕可斷
磐石徒堅心不移
曹娥
心摧目斷哭江濆窺浪無蹤日又昏不入重泉尋水底
此生安得見沈魂
周都妻
緑水雙鴛一已沈皇天更欲配何禽不將血涕隨霜刃
誰見朱殷未死心
鮑宣妻
君惡奢華意不歡一言從儉亦何難但能和樂同琴瑟
未必恩情在綺紈
呂母
獄無良吏雪無由處處戈鋋自執仇呂母銜冤窮老婦
亦能爲帥復私讎
三國門
蜀先主
豫州軍敗信途窮徐庶推能薦卧龍不是卑詞三訪謁
誰令玄德主巴邛
再吟
一家區宇忽三分齷齪車書曷足論定有伊姜爲佐輔
忍教鴻鴈各乾坤

後主
萬峯如劍截前來危閣横空信險哉對此玄休長歎息
方知劉禪是庸才
吴後主
吴宫季主恣驕奢移盡江南百媚花一旦狂風江上起
花隨風散落誰家
王表
王表聞聲莫見身吴中敬事甚君親是知邦國將亡滅
不聽人臣聽鬼神
魯肅
輕財重義見英奇聖主賢臣是所依公瑾窘飢求子敬
一言纔起數船歸
晉門
晉武帝
漢貪金帛鬻公卿財贍羸軍莫國寧晉武鬻官私室富
是知猶不及桓靈
再吟
君人爲理在安民論道求賢德自新經國遠圖無所問
何曾言指一何神
惠帝
蛙鳴堪笑問官私更勸飢人食肉糜蒙昧萬機猶婦女
冦戎安得不紛披
賈后
賈后甘爲廢戮人齊王還殺趙王倫一從天下無真主
爪割中原四百春
懷帝
蕃漢戈矛遍九垓兩京簪紱走黄埃劉聰大會平陽日
遺帝行觴事可哀
愍帝
耕牛喫盡大田荒二兩黄金糴斗糧御粥又聞無麴屑
不降胡虜奈飢腸
郭欽
誰疑忠諫郭欽言不逐戎夷出塞垣晉室既無明聖主
果爲胡虜亂中原
王夷甫
六合誰爲輔弼臣八風昏處盡胡塵是知濟弱扶傾術
不屬高談虛論人
王茂弘
韓魏荆楊日豈堪胡風看欲過江南中原一片生靈血
誰秉王綱色不慙
吴隱之
聞說貪泉近鬱林隱之今日得深斟徒言滴水能穿石
其那堅貞匪石心
再吟
貪泉何處是泉源只在靈臺一點間必也心源元自有
此泉何必在江山
六朝門
前趙劉聰
戎羯誰令識善言刑將不捨遽能原垂成却罷鳳儀殿
仍改逍遥納諫園
前凉張軌
官從主簿至專征誰遣凉王破趙名益信用賢由拔擢
稂苗不是將家生
後魏武帝
太武南征似卷蓬徐陽兖蔡殺皆空從來弔伐寧如此
千里無煙血草紅
三廢帝
明莊節憫併羅殃命在朱高二悖王已歎一年三易換
更嗟毆辱下東廊
苻堅
百萬南征幾馬歸叛亡如蝟亦何悲賓擒敵國諸戎主
更遣權兵過在誰
再吟
空知勇銳不知兵困獸孤軍未可輕安有長驅百餘萬
身馳幾旅欲先征
又吟

水影星光怪異多不思修德事干戈無謀拒諫仍輕敵
國破身擒將奈何

宋武帝

棲棲老楚未遭時債主[一作悲憤]憑陵似迫危人傑既爲王謚
識刁逵誅斬獨何悲

二廢帝

肆意荒狂殺不辜方嗟廢帝又蒼梧自言威震爲英武
肯慮湘東與玉夫

齊廢帝東昏侯

定策誰扶捕鼠兒不憂蕭衍畏潘妃長圍既合刀臨項
猶惜金錢對落暉

梁武帝

梁武年高厭六龍繁華聲色盡歸空不求賢德追堯舜
翻作憂囚一病翁

再吟

興亡何故遽環迴湯紂身爲事可哀莫是自長嫌勝已
蔽賢猶執匹夫才

簡文帝

救兵方至強抽軍與賊開城是簡文曲項琵琶催酒處
不圖爲樂向誰云

元帝

木柵江城困魏軍王褒橫議遏謀臣賔降未免俱爲戮
一死安能謝益仁

謝舉

叛奴逃數豈堪留忠節曾無肯到頭朱异早能同遠見
青衫寧假帝登樓

朱异

徒覽儒書不學兵彦和虚得不廉名四郊多壘猶相罪
國破將何謝太清

傅昭

爲政殘苛獸亦飢除飢機在養疲羸人能善政獸何暴
焉用勞人以檻爲

宣帝

宣帝驕奢恣所爲後宮升降略無時乘危自有妻公在
安許鸞凰是尉遲

李集

忠諫能堅信正臣三沈三屈竟何云每沈良久方能語
及語還呼桀紂君

隋門

隋文帝

孤兒寡婦忍同欺輔政剛教篡奪爲矯詔必能疎昉譯
直臣誠合重顏儀

獨孤后

腹生奚强有親疎憐者爲賢棄者愚儲貳不遭讒構死
隋亡寧便在江都

煬帝

拒諫勞兵作禍基窮奢極武向戎夷兆人疲弊不堪命
天下嗷嗷新主資

賀若弼

破敵將軍意氣豪請除傾國斬妖嬈紅綃忍染嬌春雪
瞪目看行切玉刀

全唐詩

李九齡

李九齡洛陽人唐末進士入宋登乾德二年進士第三
人詩一卷

上清辭五首

入海浮生汗漫秋紫皇高宴五雲樓霓裳曲罷天風起
吹散仙香滿十洲

樓鑠形霞地絕塵碧桃花發九天春東皇近日慵遊宴
閑煞瑶池五色麟

上清仙路有丹梯影響行人到即迷不會無端箇漁父
阿誰教入武陵溪

本來方朔是真仙偶別丹臺未得還何事玉皇消息晚
忍教顦顇向人間

新拜天官上玉都紫皇親授五靈符羣仙箇箇來相問
人世風光似此無

讀三國志

有國由來在得賢莫言興廢是循環武侯星落周瑜死
平蜀降吳似等閑

山舍南溪小桃花

一樹繁英奪眼紅開時先合占東風可憐地僻無人賞
抛擲深山亂木中

春行遇雨

夾路輕風撼柳條雨侵春態動無憀採香陌上誰家女
濕損釵頭翡翠翹

登樓寄遠

滿城春色花如雪極目煙光月似鉤總是動人鄉思處
更堪容易上高樓

望思臺

漢武年高慢帝圖任人曾不問賢愚直饒四老依前出
消得江充寵佞無

山舍偶題

門掩松蘿一逕深偶攜藜杖出前林誰知盡日看山坐
萬古興亡總在心

山中寄友人

亂雲堆裏結茅廬已共紅塵跡漸疎莫問野人生計事
窗前流水枕前書

全唐詩

胡宿以下四人或云宋人誤本竝附唐末今仍舊

胡宿唐末人詩十九首

津亭

津亭欲闕戒棠舟五兩風來不暫留西北浮雲連魏闕
東南初日滿秦樓層城渺渺人傷別芳草萋萋客倦遊
平樂舊歡收不得更憑飛夢到瀛洲

古別

長道何年祖軷休風帆不斷岳陽樓佳人挾瑟漳河曉
壯士悲歌易水秋九帳清油徒自負一作貴百壺芳醑豈消
憂至今長樂坡前水不啻秦人怨隴頭

荆溪夜泊

點點漁燈照浪清水煙疎碧月朧明小灘驚起鴛鴦處
一隻採蓮船過聲

旅舍卧病

家隔西秦無遠信身隨東洛度流年病來旅館誰相問
牢落閑庭一樹蟬

登昭福寺樓

旅懷秋興正無涯獨倚危樓四望賒谷變陵遷何處問
滿川空有舊煙霞

代邊將

雪凍陰河半夜風戰回狂虜血漂紅據鞍遥指長安路
須刻麟臺第一功

夜與張舒話別

愁聽南樓角又吹曉雞啼後更分離如何銷得淒涼思
更勸燈前酒一巵

寒梅詞

霜梅先拆嶺頭枝萬卉千花凍不知留得和羹滋味在
任他風雪苦相欺

題靈泉寺

入谷先生一陣香異花奇木簇禪堂可憐門外高低路
萬轂千蹄日日忙

宿張正字別業

茅屋蕭寥煙暗後松窗寂歷月明初此時誰念孤吟客
唯有黃公一帙書

鶴

天上瑶池覆五雲玉麟金鳳好爲羣不須更飲人間水
直是清流也汙君

過相思谷

悠悠信馬春山曲芳草和煙鋪嫩綠正被離愁著莫人
那堪更過相思谷

寫莊子

聖澤安排當散地賢侯優貸借新居閑中亦有閑生計
寫得南華一部書

塞上

漢家神箭定天山煙火相望萬里間契一作頡利請盟金匕
酒將軍歸卧玉門關雲沈老上妖氛斷雪照回中探騎
閑五餌已行王道勝絕無刁斗至闐顏

寄昭潭王中立

高弦一弄武陵深六幙天空萬里心吴苑歌驪成久別
楚峯回雁好歸音十千美酒花期隔三百枯棋弈思沈
莫上孤城頻送目浮雲西北是家林

雪

屏翳驅雲結夜陰素花飄墜惡氛沈色欺曹國麻衣淺
寒入荆王翠被深天上明河銀作水海中仙樹玉爲林
日高獨擁鸘裘卧誰乞長安取酒金

冲虚觀

五粒青松護翠苔石門岑寂斷纖埃水浮花片知仙路
風遞鸞聲認嘯臺桐井曉寒千乳斂茗園春嫩一旗開
馳煙未勒山亭字可是英靈許再來

淮南發運趙邢州被詔歸闕

天臺封詔紫泥馨馬首前瞻北斗城人在函關先望氣
帝於京兆最知名一區東第趨晨近數刻西廂接晝榮
正是兩宮裁化日百金雙璧拜虞卿

天街曉望

長樂才聞一叩鐘百官初謁未央宮金波穆穆沙堤月
玉樹琤琤上苑風香重椒蘭横結霧氣寒龍虎遠浮空
嗟余索米無人問行避霜臺御史驄

淮南王

貪鑄金錢盜寫符何曾七國戒前車長生不待鑪中藥
鴻寶誰收篋裏書碧井牀空天影在小山人去桂叢疎
雲中雞犬無消息麥秀漸漸徧故墟

趙宗道歸輦下

沿牒相逢楚水湄竹林文酒此攀嵇半氊未暖還傷別
一臂初交又解攜江浦嘔啞風送櫓河橋勃窣柳垂堤
明年四月秦關到洗眼揚州看馬啼

憶薦福寺牡丹

十日春風隔翠岑秖應繁朵自成陰梅前可要人頹玉
樹底遥知地側金花界三千春渺渺銅槃十一夜沈沈
雕槃分簇何由得空作西州擁鼻吟

次韻和朱況雨中之什

蒼野迷雲黯不歸遠風吹雨入巖扉石牀潤極琴絲緩
水閣寒多酒力微夕夢將成還滴滴春心欲斷正（一作更）霏
霏憂花惜月長如此爭得東陽病骨肥

感舊

千里青雲未致身馬蹄空踏幾年塵曾迷玉洞花光老
欲過金城柳眼新粉壁已沈題鳳字酒壚猶記姓黃人
塢中橫笛偏多感一涕闌干白角巾

城南

昨夜輕陰結夕霏城南十里有香泥初聞山鳥驚新哢
遥見林花識舊蹊蕩槳遠從芳草渡墊巾還傍綠楊隄
羅敷正苦桑蠶事惆悵南來五馬蹄

早夏

井轄投多思不禁密垂珠箔晝沈沈睡驚燕語頻移枕
病起蛛絲半在琴雨徑亂花埋宿艷月軒脩竹轉涼陰
一春酒費知多少探盡囊中換賦金

侯家

洞户春遲（一作深）漏箭長短轅初返雒陽傍綵雲按曲青岑
醴沈水薰衣白璧堂前檻蘭茗依玉樹後園桐葉護銀
牀宴殘紅燭長庚爛還促朝珂謁未央

函谷關

天開函谷壯關中萬古驚塵向此空望氣竟能知老子
棄繻何不識終童謾持白馬先生論未抵鳴雞下客功
符命已歸如掌地一丸曾誤隗王東

殘花

雨壓殘紅一夜凋曉來簾外正飄摇數枝翠葉空相對
萬片香魂不可招長樂夢回春寂寂武陵人去水迢迢
愁將玉笛傳遺恨苦被芳風透綺寮

次韻徐爽見寄

五雨青絲帝渥深平時可敢嘆英沈侏儒自是長三尺
澼絖都來直數金寂寞死灰人喪偶婆娑生意樹交陰
年來想見瓊枝色夕夢蘧蘧到竹林

杜常

杜常唐末人詩一首

華清宮

行盡江南數十程曉星殘月入華清朝元閣上西風急
都入長楊作雨聲

滕白

滕白官郎中歷臺省有工部集一卷今存詩二首

題文川村居

種茶巖接紅霞塢灌稻泉生白石根皤腹老翁眉似雪
海棠花下戲兒孫

燕

短羽新來別海陽眞珠高卷語雕梁佳人未必全聽爾
正把金針繡鳳凰

王喦

王喦蜀人曾避地荆南有集一卷今存詩六首

題嚴君觀

寒雲古木罩星臺凡骨仙蹤信可哀二十年前曾此到
一千年内未歸來

山中有所思

零零夜雨漬愁根觸物傷離好斷魂莫怪杜鵑飛去盡
紫微花裏有啼猨

燕

一巢功績破春光絮落花殘兩翅狂月樹風枝不棲去
强來言語泥雕梁

貧女

難把菱花照素顔試臨春水插花看木蘭船上遊春子
笑指荆釵下遠灘

杪春寄友人

何處相逢萬事忙卓家樓上百淘香明朝漸近山僧寺
更爲殘花醉一塲

回舊山

庾家樓上謝家池處處風煙少舊知明日落花誰共醉
野溪猨鳥恨歸遲

全唐詩

高力士

高力士明皇時宦官被寵封齊國公後爲李輔國所搆
配流黔中詩一首

感巫州薺菜（力士謫黔中道至巫州地多薺而人不食因感之作詩寄意）

兩京作斤（一作斛）賣五谿無人采夷夏雖有殊氣味都不改（一作固常在）

句

煙熏眼落膜瘴染面朱虞（流巫州時作）

王越賓

王越賓明皇時中官詩一首

使至瀟山（神異錄明皇嘗夢游瀟岳遣越賓祀之）

碧塢煙霞晝未開　游人到處盡褁回　憑誰借問巖前叟　曾託吾皇一夢來

王良會

王良會憲宗時內侍為西川監軍使詩一首

和武相公中秋夜西蜀錦樓望月得清字

德星搖此夜　珥月滿重城　杳靄煙氛色　飄颻砧杵聲　令行秋氣爽　樂感素風輕　共賞千年聖　長歌四海清

南詔驃信

驃信南詔酋也詩一首

星回節游避風臺與清平官賦（南詔以十二月十六日為星回節唐書南詔官曰清平者猶南唐之宰相）

避風善闡臺（南詔別都曰善闡府）　極目見藤越（鄰國之名）　悲哉古與今　依然煙與月　自我居震旦（謂天子為震旦）　翊衛類夔契　伊昔頸皇運　艱難仰忠烈　不覺歲云暮　感極星回節　元昶（謂朕曰元謂卿曰昶）同一心　子孫堪貽厥

趙叔達

趙叔達南詔清平官詩一首

星回節避風臺驃信命賦

法駕避星回　波羅毘勇猜（波羅虎也毘勇野馬也驃信昔年幸此曾射野馬并虎也）　河潤冰難合　地暖梅先開　下令俚柔洽（俚柔百姓也）　獻賝弄棟（國名）來　願將不才質　千載侍游臺

楊奇鯤

楊奇鯤南詔宰相有詞藻僖宗幸蜀時來朝行在詩一首

途中詩（首缺二句）

風裏浪花吹更白　雨中山色洗還青　海鷗聚處窗前見　林狖啼時枕上聽　此際自然無限趣　王程不敢暫留停

布燮

布燮長和國使人南詔鄭氏篡蒙氏改國號曰大長和布燮官名其宰相也詩二首

聽妓洞雲歌

嵇叔夜　鼓琴飲酒無閑暇　若使當時聞此歌　拋擲廣陵都不藉　劉伯倫　虛生浪死過青春　一飲一碩猶自醉　無人為爾卜深塵

思鄉作

瀘北行人絕　雲南信未還　庭前花不埽　門外柳誰攀　坐久銷銀燭　愁多減玉顏　懸心秋夜月　萬里照關山

朝衡

朝衡（朝衡品彙作朝衡）

朝衡字巨卿日本人開元初日本王聖武遣其臣粟田副仲滿來朝請從諸儒授經仲滿慕華不肯去易姓名曰朝衡歷左補闕久之歸國上元中擢散騎常侍詩一首

銜命還國作

銜命將辭國　非才忝侍臣　天中戀明主　海外憶慈親　伏奏違金闕　騑驂去玉津　蓬萊鄉路遠　若木故園林　西望懷恩日　東歸感義辰　平生一寶劍　留贈結交人

長屋

長屋日本相國也詩一首

繡袈裟衣緣（明皇時長屋嘗造千袈裟繡偈於衣緣來施中華真公因泛海至彼國傳法焉）

山川異域　風月同天　寄諸佛子　共結來緣

王巨仁

王巨仁新羅國隱士詩一首

憤怨詩（朝鮮史畧云新羅女主曼與魏弘通弘死復引年少美丈夫私之授以要職由是佞倖肆志紀綱壞弛時有人譏謗時政榜於路主疑隱者王巨仁所為命下獄將誅之巨仁憤怨作詩書獄壁是夕忽震雷雨雹主懼釋之唐僖宗文德初年事也）

于公慟哭三年旱　鄒衍含愁五月霜　今我幽愁還似古　皇天無語但蒼蒼

李贊華

李贊華遼太祖長子名倍小字突欲聰敏好學嘗市書萬卷藏醫巫閭絕頂之望海堂能詩畫兼精技術奔唐明宗賜姓名後為廢帝所害詩一首

立木海上刻詩（遼史突欲初為太子以淳欽后愛德光不得已讓位國於東平不得志明宗招之立木刻詩云云遂攜高美人并載書籍浮海至）

小山壓大山　大山全無力（一作氣）　羞見故鄉（一作本邦）人　從此投外國（一作化外）

成輔端

成輔端貞元中優人德宗以其誹謗國政決殺之言者以為託諷諧諷諫不可加罪帝悔焉詩一首

戲語（唐書京兆尹司農卿李實務聚斂進奉不恤災歉人窮無告乃徹屋瓦木賣麥苗以供賦斂輔端因戲作語為秦民艱苦之狀如此者數十篇實怒言於帝故坐殺之）

秦地城池二百年　何期如此賤田園　一頃麥苗碩伍米　三間堂屋二千錢

張隱

張隱龍紀初伶人詩一首

萬壽寺歌詞（摭言云宰相張濬嘗與朝士萬壽寺閱牡丹抵暮飲不息伶人皆御前供奉第一部恃寵肆狂無所畏憚中有張隱者忽躍出揚聲引詞云云唱訖遂去闔席愕然相盼失色而散）

位乖燮理致傷殘　四面牆匡不忍看　正是花時堪下淚　相公何必更追歡

朱元

朱元即戟門門子詩一首

迎孫刺史（郡閣雅談云孫愿家自貞元已後三代為池陽刺史有戟門門子朱元迎道左獻詩曰）

昔日郎君今刺史　朱元依舊守朱門　今朝竹馬諸童子　盡是當時竹馬孫

陳璠

陳璠沛中走卒與徐帥時溥結好表為宿州太守後以貪污斬之詩一首

臨刑詩（璠不知書時以為鬼代作）

積玉堆金官又崇　禍來倏忽變成空　五年榮貴今何在　不異南柯一夢中

捧劍僕

捧劍咸陽郭氏之僕雖在奴隸嘗以望水眺雲為事遭鞭箠終不改後竄去詩三首

詩（主人怪其作詩怒之儒士聞而競觀以為協律之詞其主稍容焉）

青鳥銜葡萄　飛上金井欄　美人恐驚去　不敢捲簾看

題牡丹

一種芳菲出後庭　却輸桃李得佳名　誰能為向天人說　從此移根近太清

將竄留詩

珍重郭四郎臨行不得别曉漏動離心輕車冒殘雪欲出主人門零涕暗嗚咽萬里隔關山一心思漢月

全唐詩

李密

李密京兆長安人隋末以父寬蔭爲左親侍宇文述勸令學因謝病讀書嘗乘一黄牛被以蒲韉挂漢書一帙於角上一手捉靷一手翻卷越公楊素見而異之語其子玄感傾心結納及玄感舉兵迎密爲謀主兵敗亡命集衆據洛口自號魏公移檄州郡後爲王世充所敗歸唐拜光祿卿封邢國公行至桃林懼誅將叛史萬寶遣副將盛彦師追斬之詩一首

淮陽感懷（本傳云初密與楊玄感同反玄感敗密被獲用計得脱詣淮陽變姓名爲劉智遠聚徒教授鬱鬱不得志爲五言詩詩成泣下數行人怪之告捕乃亡去）

金風蕩初節玉露凋晚林此夕窮塗士鬱陶傷寸心野平葭葦合村荒藜藿深眺聽良多感徙倚獨霑襟霑襟何所爲悵然懷古意秦俗猶未平漢道將何冀樊噲市井徒蕭何刀筆吏一朝時運會千古傳名謚寄言世上雄虛生眞可媿

孔德紹

孔德紹會稽人有清才事竇建德初爲景城丞後爲内史侍郎典書檄建德敗太宗誅之詩十二首

南隱遊泉山

名山狎招隱俗外遠相求還如倒景望忽似閬風遊臨崖俯大壑披霧仰飛流歲積松方偃年深椿欲秋野花開石鏡雲葉掩山樓何須問方士此處即瀛洲

行經太華

紛吾世網暇靈岳展幽尋寥廓風塵遠杳冥川谷深山昏五里霧日落二華陰疎峰起蓮葉危塞隱桃林何必東都外此處可抽簪

夜宿荒村

綿綿夕漏深客恨轉傷心撫弦無人聽對酒時獨斟故鄉萬里絶窮愁百慮侵秋草思邊馬遶枝驚夜禽風度谷餘響月斜山半陰勞歌欲叙意終是白頭吟

王澤嶺遭洪水

地籟風聲急天津雲色愁悠然萬頃滿俄爾百川浮還似金堤溢翻如碧海流驚濤遥起鷺迴岸不分牛徒知懷趙景終是倦陽侯木梗誠無託蘆灰豈暇求思得乘槎便蕭然河漢遊

登白馬山護明寺

名岳標形勝危峰遠鬱紆成象建環極大壯闡規模層臺聳靈鷲高殿邇陽烏暫同遊閬苑還類入仙都三休開碧嶺萬户洞金鋪攝心罄前禮訪道挹中虛（一作衢）遥瞻盡地軸長望極天隅白雲起梁棟丹霞映栱櫨露花疑濯錦泉月似沉珠今日桃源客相顧失歸塗

送舍利宿定普巖

仁祠表虛曠祇園展肅恭棲息翠微嶺登頓白雲峰映流看夜月臨峰聽曉鐘澗芳十步草崖陰百丈松蕭然遥路絶無復市朝蹤

觀太常奏新樂

大君膺寶曆出豫表功成鈞天金石響洞庭弦管清八音動繁會九變叶希聲和雲留睿賞熏風悦聖情盛烈光韶濩易俗邁咸英竊吹良無取率舞抃羣生

賦得涉江采芙蓉

蓮舟泛錦磧極目眺江干沿流渡楫易逆浪取花難有霧疑川廣無風見水寬朝來採摘倦詎得久盤桓

賦得華亭鶴

華亭失侶鶴乘軒寵遂終三山凌苦霧千里激悲風心危白露下聲斷綵弦中何言斯物變翻覆似遼東

送蔡君知入蜀二首

金陵已去國銅梁忽背飛失路遠相送他鄉何日歸

靈關九折險蜀道二星遥乘槎若有便希泛廣陵潮

落葉（一作孔紹安詩）

早秋驚葉落飄零似客心翻飛未肯下猶言惜故林

句

誰分菱花影還看蓬鬢秋（照鏡見白髮詩式）

鄭頲

鄭頲滎陽人爲王世充御史大夫太宗圍城時乞爲浮屠世充惡而殺之詩一首

臨刑詩

幻生還幻滅大幻莫過身安心自有處求人無有人

劉斌

劉斌南陽人有詞藻嘗與虞世南孔德紹劉孝孫等結文會事竇建德爲中書舍人又事劉黑闥及敗没突厥中詩四首

和謁孔子廟（一作李百藥詩）

性與雖天縱主世乃無由何言泰山毀空驚逝水流及門思往烈入室想前修寂寞荒堦暮摧殘古木秋遺風曖如此聊以慰蒸求

和許給事傷牛尚書

名臣不世出百工之所求況乃非常器遭逢興運秋符
彩照千里銓衡綜九流經綸資百物樽俎寄皇猷韶濩
傾復理典禮紊還修雖貞棟梁任兼好藝文游佇聞和
鼎實行當奉介丘高衢翻税駕闊水遽遷舟傳呼更何
日曳履聞無由歸魂藐脩路征櫂艤邗溝林薄長風慘
江上寒雲愁夜臺終不曙遺芳徒自留

送劉散員同賦陳思王詩得好鳥鳴高枝

春林已自好時鳥復和鳴枝交難奮翼谷靜易流聲間
關纔得性繒繳遽相驚安知背飛遠拂霧獨晨征

詠山

靈山峙千仞蔽日且嵯峩紫蓋雲陰遠香爐煙氣多石
梁高鳥路瀑水近天河欲知聞道里别自有仙歌

劉闢

劉闢字太初擢進士第佐韋臯西川幕後代爲節度使
以叛誅詩二首

登樓望月二首

圓月當新霽高樓見最明素波流粉壁丹桂拂飛甍下
瞰千門靜旁觀萬象生梧桐窗下影烏鵲檻前聲嘯逸
劉琨興吟資庾亮情遊人莫登眺迢遞故鄉程

皎潔三秋月巍峩百丈樓下分征客路上有美人愁帳
卷芙蓉帶簾褰玳瑁鉤倚窗情渺渺憑檻思悠悠未得
金波轉俄成玉箸流不堪三五夕夫壻在邊州

黃巢

黃巢寃句人舉進士不第廣明作亂破京都後滅于泰
山狼虎谷詩三首

題菊花 貴耳集巢五歲時侍其翁與父爲菊花詩翁未就巢信口曰堪與百花爲總首自然天賜赭黃衣父怪欲擊之翁曰可令再賦巢應聲云云

颯颯西風滿院栽蘂寒香冷蝶難來他年我若爲青帝
報與桃花一處開

不第後賦菊

待到秋來九月八我花開後百花殺衝天香陣透長安
滿城盡帶黃金甲

自題像 陶穀五代亂離紀云巢敗後爲僧依張全義于洛陽曾繪像題詩人見像識其爲巢云

記得當年草上飛鐵衣著盡著僧衣天津橋上無人識
獨倚欄干看落暉

全唐詩

羅紹威

羅紹威字端已魏州貴鄉人弘信之子唐末官魏博節
度使封鄴王入梁累拜太師兼中書令集五卷今存詩
二首

柳

妝點青春更有誰青春常許占先知亞夫營畔風輕處
元亮門前日暖時花密宛如飄六出葉繁何惜借雙眉
交情别緒論多少好向仁人贈一枝

白菊 一作羅隱詩

雖被風霜競欲催皎然顏色不低摧已疑素手能妝出
又似金錢未染來香散自宜飄渌酒葉交仍得蔭蒼苔
尋思閉戶中宵見應認寒窗雪一堆

句

樓前澹澹雲頭日簾外蕭蕭雨脚風

羅袞

羅袞字子制臨邛人大順中歷左拾遺起居郎仕梁爲
禮部員外郎集二卷今存詩三首

清明登奉先城樓

年來年去只艱危春半堯山草尚衰四海清平耆舊見
五陵寒食小臣悲煙銷井邑隈樓檻雪滿川原泥酒卮
拭盡賈生無限淚一行歸雁遠參差

清明赤水寺居

榆火輕煙處處新，旋從閑望到諸鄰。浮生浮世祗多事，野水野花娛病身。濁酒不禁雲外景，碧峰猶冷寺前春。蓑衣毳衲誠吾黨，自結村園一社貧。

贈羅隱

平日時風好涕流，讒書雖盛一名休。寰區歎屈瞻天問，夷貊聞詩過海求。向夕便思青瑣拜，近年尋伴赤松遊。何當世祖從人望，早以公台命卓侯。（隱開平中召拜夕郎不就）

王鎔

王鎔，成德節度使庭湊之五世孫。中和中襲位。梁受禪，封趙王。後爲大將張文禮所滅。詩二首。

哭趙州和尚二首

師離滹水動王侯，心印光潛麈尾收。碧落霧霾松嶺月，滄溟浪覆濟人舟。一燈乍滅波旬喜，雙眼重昏道侶愁。縱是了然雲外客，每瞻缾几淚還流。

佛日西傾祖印隳，珠沉丹沼月沉輝。影敷丈室爐煙慘，風起禪堂松韻微。隻履乍來留化跡，五天何處又逢歸。解空弟子絕悲喜，猶自潸然對雪幃。

鄧洵（一作恂）美

鄧洵美，連州人，或曰郴郡人。晉天福中登第，後還鄉，上牋周行逢，署館驛巡官。已而行逢疑之，貶爲易俗場官，使盜殺之。詩一首。

荅同年李昉見贈次韻

詞場幾度讓長鞭，又向清朝賀九遷。品秩雖然殊此日，歲寒終不改當年。馳名早已超三院，侍直仍忻步八磚。今日相逢翻自媿，閑吟對酒倍潸然。

李京

李京，梁貞明六年登第。詩一首。

除夜長安作（一作李景詩）

長安朔風起，窮巷掩雙扉。新歲明朝是，故鄉何路歸。鬢絲饒鏡色，隟雪奪燈輝。却羨秦州雁，逢春盡北飛。

許鼎

許鼎，梁貞明六年登第。詩二首。

登嶺望

淼淼三江水，悠悠五嶺關。雁飛猶不度，人去若爲還。

粵嶺四望

漢家仙仗在咸陽，洛水東流出建章。野老至今猶望幸，離宮秋樹獨蒼蒼。

王易簡

王易簡，梁乾化中及第，累官左拾遺，謝職歸，再召爲郎，遷諫垣臺閣三十年，歸華山十年而終。詩一首。

官左拾遺歸隱作（一作辭官歸隱留詩一絕）

汩沒朝班媿不才，誰能低折向塵埃。青山得去且歸去，官職有來還自來。

朱褒

朱褒，永嘉人。善屬詩文。值寇亂，據州以同姓結援梁太祖，奏授溫州刺史，充靜海軍使。詩一首。

悼楊氏妓琴弦

魂歸寥廓魄歸泉，只住人間十五年。昨日施僧裙帶上，斷腸猶繫琵琶弦。

黃損

黃損，字益之，連州人。梁龍德二年登進士第，仕南漢劉龑，累官尚書僕射。有桂香集，今存詩四首。

公子行

春草綠綿綿，驕驂驟暖煙。微風飄樂韻，半日醉花邊。打鵲抛金盞，招人舉玉鞭。田翁與蠶婦，平地看神仙。

讀史

逐鹿走紅塵，炎炎火德新。家肥生孝子，國霸有餘臣。帝道雲龍合，民心草木春。須知煙閣上，一半老儒真。

出山吟

來書初出白雲扃，乍躡秋風馬走輕。遠近留連分岳色，別離嗚咽亂泉聲。休將巢許爭喧雜，自共伊皐論太平。昨夜細看雲色裏，進賢星座甚分明。

書壁（蘇軾云：虔州布衣賴仙芝言，損未老退歸，一日忽遁去，莫知所在，子孫畫像事之。凡三十三年乃歸，書壁上云云，投筆而去）

一別人間歲月多，歸來人事已銷磨。惟有門前鑑池水，春風不改舊時波。（與賀知章還鄉詩多同）

句

機關纔運動，勝敗便相隨。（以下並見吟窗雜錄）　忽遇南遷客，若爲西入心。　往來三島近，活計一囊空。　三通明主詔，一片白雲心。　掃地待明月，踏花迎野僧。　水諳彭澤濶，山憶武陵深。　金鐙冷光風宛轉，錦袍紅潤雨霏微。　高齊日月方爲道，動合乾坤始是心。　傍水野禽通體白，飣盤山菓半邊紅。（見零陵總記）　而今世上多離別，莫向相思樹下啼。（鵯鷄。見古今詩話）

張袞

張袞，仕梁。詩六首。

梁郊祀樂章

慶肅

籩豆簠簋，黍稷非馨。懿茲彝器，厥德惟明。金石匏革，以和以平。由此無疆，期乎永寧。

慶熙

哲后躬享，旨酒斯陳。王恭無斁，嚴祀惟寅。皇祖以配，大孝以振。宜錫景福，永休下民。

慶隆

恭祀上帝，于國之陽。爵醴是荷，鴻基永昌。

慶融

導和氣兮襲氤氳，宣皇規兮彰聖神。服遐裔兮敷質文，格苗扈兮息煙塵。

慶休

大業來四夷，仁風和萬國。白日體無私，皇天輔有德。七旬罪已服，六月師方克。偉哉帝道隆，終始常作則。

慶和

煙燎昇，禮容徹。誠感達，人神悅。靈貺彰，聖情結。玉座寂，金爐歇。

趙光逢

趙光逢，京兆奉天人。乾符五年登進士第，釋褐鳳翔推官，入爲監察御史。乾寧三年，從駕幸華州，拜御史中丞，改禮部侍郎。後仕梁至宰輔，封齊國公。詩八首。

梁郊祀樂章

慶和

就陽位昇圜丘佩雙玉御大裘膺天命擁神休萬靈感
百祿遒
秉黃鉞建朱旗震八表清二儀帝業顯王道夷受景命
啟皇基
開九門懷百神通肸蠁接氤氲明粢薦廣樂陳奠嘉璧
燎芳薪
膺寶圖執左契德應天聖饗帝薦表束荷靈惠壽萬年
祚百世
惟德動天有感必通秉茲一德禋於六宗欽賁寶命恭
肅禮容來顧來享永穆皇風
天惟佑德辟乃奉天文感斯在昭事罔愆歲功已就王
道無偏於焉報本是用告虔

慶順

聖皇戾止天步舒遲乾乾睿相穆穆皇儀進退必肅陟
降是祇六變克協萬靈協隨

慶平

天命降鑒帝德惟馨享祀不忒禮容孔明奠璧布幣薦
純獻精神祐以答數錫永寧

和凝

和凝字成績鄆州須昌人舉進士唐天成中歷翰林學
士知貢舉所取皆一時之秀晉天福五年拜中書侍郎
同平章事入漢拜太子太傅封魯國公終於周凝為文
章以多為富有集百餘卷今編詩一卷

宮詞百首 第九十首第一句缺一字

紫燎光銷大駕歸御樓初見赭黃衣千聲鼓定將宣赦
竿上金雞翅欲飛
北闕晴分五鳳樓嵩山秀色護神州洛河自契千年運
更擬波中出九疇
中興殿上曉光融一炷天香舞瑞風百辟虔心齊稽首
捲簾遙見御衣紅
日和風暖御樓時萬姓齊瞻八彩眉瑞氣祥烟籠細仗
閤門宣赦四方知
鳳吹鸞歌曉日明豐年觀稼出神京封人爭獻南山壽
五色雲中御輦平
聖主臨軒待曉時穿花宮漏正遲遲雞人一唱乾坤曉
百辟分班儼羽儀
朦朧西月照池亭初夜椒房掩畫屏宮女相呼有何事
上樓同看老人星
紅泥椒殿綴珠璫帳甓金龍窣地長紅獸慢然天色暖
鳳爐時復爇沈香
九重樓殿簇丹青高柳含烟覆井亭宮內不知今日幾
自來階下數蓂莢
寢殿香濃玉漏嚴雲隨涼月下西南帳前宮女低聲道
主上還應夢傅巖
遠殿鈎闌壓玉階內人輕語憑葸臺皆言明主垂衣理
不假朱雲傍檻來
巔頂冰面瑩池心風刮瑤階臘雪深怪得宮中無獸炭
步搖釵是辟寒金
蘭殿春融自龍笙玉顏風透象紗明金簧如語鶯聲滑
可使雲和獨得名
蘭燭時將鳳髓添寒星遙映夜光簾龍樓露著鴛鴦瓦
誰近螭頭擲玉籤
玉甃蓮池春水平小魚雙並錦鱗行內中知是黃河樣
九曲今年徹底清
真珠簾外靜無塵耿耿涼天景象新金殿夜深銀燭晃
宮嬪來奏月重輪
魚犀月掌夜通頭自著盤鶯錦臂鞲多把沈檀配龍麝
宮中掌浸十香油
香雲雙颭玉蟬輕侍從君王苑裏行嘉瑞忽逢連理木
一時跪拜賀文明
金鸞雙立紫檀槽暖殿無風韻自高含笑試彈紅蕊調
君王宣賜酪櫻桃
班簟如霞可殿鋪更開新進瑞蓮圖誰人築損珊瑚架
子細看時認瀝蘇
金盆初曉洗纖纖銀鴨香焦特地添出戶忽看春雪下
六宮齊捲水晶簾
暖金盤裏點酥山擬望君王子細看更向眉中分曉黛
嚴邊染出碧琅玕
雲母屏前繡柱衣龍牀閑卷諫書帷黃金檻外螭頭活
日照紅蘭露未晞
樓西殘月尚朧明中禁雞人報曉聲清旦司天臺進狀
夜來晴霽泰階平
纖纖摩軒響佩環銀臺門外集鴛鸞三鐘五鼓祥烟斂
日照仙人捧露盤
司膳廚中也禁烟春宮相對畫秋千清明節日頒新火
蠟炬星飛下九天
宮木交芳色盡深和風輕舞早鶯吟侍臣不異東方朔
應喜仙桃滿禁林
貢橘香勻礧礧容星光初滿小金籠近臣押賜諸王宅
拜了方開敕字封
獻壽朝元欲偃戈航深梯險競駢羅若論萬國來朝日
比竝塗山更較多
豔陽風景簇神州杏蘂桃心照鳳樓遙望青青河畔草

幾多歸馬與休牛
鑾輿觀稼晚方歸日月旗中見御衣萬姓焚香惟頂禮
瑞雲隨繖入宮闈
宮庭皆應紫微垣壯麗宸居顯至尊赤子顒顒瞻父母
已將仁德比乾坤
三農皆已闢田疇又見金門出土牛塊雨條風符聖化
嘉禾看却報新秋
進食門前水陸陳大官齋潔貢時新明君宵旰分甘處
便索金盤賜重臣
層臺金碧惹紅霞仙掌亭亭對月華昨夜盤中甘露滿
婕妤爭去奏官家
水殿垂簾冷色凝一牀珍簟展春冰才人侍立持團扇
金縷雙龍貼碧藤
香鴨烟輕爇水沈雲鬟閑墜鳳犀簪珠簾半捲開花雨
又見芭蕉展半心
鷺錦蟬羅撒麝臍狻猊輕噴瑞烟迷紅酥點得香山小
卷上珠簾日未西
錦褥花明滿殿鋪宮娥分坐學樗蒲欲教官馬衝關過
呪願纖纖早擲盧
小樓花簇鈿山低金雉雙來蹋馬齊誇向傍人能彩戲
朝來贏得鷺鷥犀
紅鬃白馬嫩龍飛天廄供來入紫微遥見玉階嘶不已
應緣認得赭黃衣
班定千牛立受宣佩刀搢笏鳳墀前一聲不坐祥雲合
鴛鷺依行拜兩邊
三殿香濃晚色來祥鸞威鳳待門開鏘金佩玉趨丹陛
總是和羹作礪才
兩番供奉打毬時鸞鳳分廂錦繡衣虎驟龍騰宮殿響
驊騮爭趁一星飛
鳳池冰泮岸莎勻柳眼花心雪裹新都是九重和暖地
東風先報禁園春
紫氣氤氳滿帝都映樓明月鎖金鋪銀泥殿裏嫌紅燭
教近龍牀著火珠

地衣初展瑞霞融繡帽金鈴舞舜風吹竹彈絲珠殿響
墜仙雙降五雲中
錦策勻鋪寒玉齊星鎚高運日通犀鏗金曲罷春冰碎
跪拜君王粉面低
珠簾靜卷水亭涼玉蘂風飄小檻香幾處按歌齊入破
雙雙雛燕出宮墻
宮娥解禊艷陽時鷁舸蘭橈滿鳳池春水如藍垂柳醉
和風無力裹金絲
白玉階前菊蘂香金盃仙醞賞重陽層臺雲集梨園樂
獻壽聲聲祝萬康
天籟吟風社燕歸渚蓮香老碧苔肥夜來霜墜梧桐葉
諸殿平明進御衣
鑪爇香檀獸炭凝真珠簾外雪花飛六宮進酒堯肴壽
舞鳳盤龍滿御衣
雲行風靜早秋天競遶盆池蹋采蓮罨畫披袍從窣地
更尋宮柳看鳴蟬
闌珊星斗綴珠光七夕宮嬪乞巧忙總上穿針樓上去
競看銀漢灑瓊漿
寶瑟凄鏘夜漏餘玉階閑坐對蟾蜍秋光寂歷銀河轉
已見宮花露滴疎
春風金裹萬年枝簇白團紅爛熳時宮女競思遊御苑
大家齊奏聖人知
乾文初見泰階平日月常遵閣道行昨夜仰觀垂象正
拱辰星宿轉分明
鏘鏘濟濟赴延英漸近重瞳目轉明君聖臣賢魚水契
鴻基須賀永清平
天廄騋駣集嫩龍雪光相照曉嘶風昂頭步步金鞍穩
掌扇花前御路中
金吾細仗儼威儀聖旨凝旒對遠夷曉日曈曨瞻玉案
丁冬環珮滿彤墀
正旦垂旒御八方蠻夷無不奉梯航羣臣舞蹈稱觴處
雷動山呼萬歲長
聖主躬耕在籍田公卿環衛侍豐年五風十雨餘糧在

金殿惟聞奏舜弦
聖日垂科委所司英才咸喜遇明時春官進榜鶯離谷
月殿香殘桂魄枝
天街香滿瑞雲生紅繖凝空景日明先遣五坊排獵騎
爲民除害出神京
内宴初開錦繡攢教坊齊奏萬年歡簫韶響亮春雲合
日照堯階舞瑞鸞
視草詞臣直玉堂對來新賜錦袍香班資最在雲霄上
長是先迎日月光
玉殿朦朧散曉光金龍高噴九天香揻鞭聲定初開扇
百辟齊呼萬歲長
五色卿雲覆九重香烟高舞御鑪中含元殿裏行仁德
四海車書已混同
欲封丹詔紫泥香朱篆龍文御印光汗渙絲綸出丹禁
便從天上鳳銜將
越溪姝麗入深宮儉素皆持馬后風盡道君王修聖德
不勞辭輦與當熊
早梅初向雪中明風惹奇香粉蘂輕誰道落花堪靧面
競來枝上采繁英
暖殿奇香馥綺羅窗間初學繡金鵝纔經冬至陽生後
今日工夫一綫多
金井澄泉玉液香瑠璃深殿自清涼溫湯頭進瓜初熟
後至宮嬪未得嘗
繡闥雕甍列錦闈珍奇惟待鳳凰棲杏梁烜赫晴霞展
時見空虛墜燕泥
龍鳳金鞍軟玉鞭雪花光照錦連乾駕頭直指西郊去
曉日寒生講武天
夏雲樓上定風盤雀躍猨跳總不難要對君王逞輕捷
御樓時擬上雞竿
停穩春衫窣地長通天犀帶綴金章近臣銜命離丹禁
高捧恩波灑萬方
垂黎玉押春簾卷不夜珠樓曉鑑開袍袴宮人走迎駕
東風吹送御香來

金吾勘契自通官樓上初聞唱刻開金殿香高初喚仗
數行鴛鷺各趨班
螺髻凝香曉黛濃水精鸂鶒颭輕風金釵斜戴宜春勝
萬歲千秋遶鬢紅
縷金團扇對纖絺正是深宮捧日時要對君王說幽意
低頭佯念婕妤詩
結金冠子學梳蟬碾玉蜻蜓綴鬢偏寢殿垂簾悄無事
試香閑立御爐前
金馬詞臣夜受宣授毫交直入花磚白麻草了初呈進
稱旨絲綸下九天
平明光政便門開已見忠臣早入來自是樞機符造化
大羅天上曜三台
紅羅窗裏繡偏慵嚲袖閑隈碧玉籠蘭殿春晴鸚鵡睡
結條釵颭落花風
曉光初入右銀臺鴛鷺分班啟沃來如水如魚何際會
盡言金鼎得鹽梅
立名金馬近堯階盡是家傳八斗才麻尾尚猶龍字濕
便從天上鳳銜來
狻猊鎮角舞筵張鸞鳳花分十六行輕動玉纖歌遍慢
時時偷眼看君王
邊藩　宴賀休征細仗初排舜日明坐定兩軍呈百戲
樂臣低折賀昇平
碧羅冠子簇香蓮結勝雙銜利市錢花下貪忙尋百草
不知遺卻蹙金蟬
蘭省初除傅粉郎靜端霜簡入鴛行明庭轉制渾無事
朝下空餘雞舌香
采訪寧遺草澤人詔搜無不降蒲輪集賢殿裏開爐冶
待把黃金鑄重臣
紅玉纖纖捧暖笙絳唇呼吸引春鶯霓裳曲罷君王笑
宜近前來與改名
繡額朱門插艾人羞將角黍近香唇平明朝下誇宣賜
五色香絲繫臂新
芙蓉冠子水精簪閑對君王理玉琴鷺頸鶯唇勝仙子
步虛聲細象窗深
金馬門開侍從歸御香猶惹賜來衣曉光滿院金魚冷
紅藥花攀宿露飛
便殿朝回卸玉簪競來芳檻摘花心風和難捉花中蝶
卻向窗間弄繡針
君王朝下未梳頭長暈殘眉侍鑑樓扼臂交光紅玉軟
起來重擬理箜篌
九重天上實難知空遣微臣役夢思葵藿一心期捧日
強搜狂斐擬宮詞

漁父歌

白芷汀寒立鷺鷥蘋風輕翦浪花時煙冪冪日遲遲香
引芙蓉惹釣絲

楊柳枝

軟碧搖煙似送人映花時把翠眉顰青青自是風流主
慢颭金絲待洛神
瑟瑟羅裙金縷腰黛眉隈破未重描醉來嚲損新花子
拽住仙郎盡[儘同]放嬌
鵲橋初就咽銀河今夜仙郎自姓和不是昔[一作當]年攀桂
樹豈能月裏索姮娥

解紅歌[唐有兒童解紅之舞]

百戲罷五音清解紅一曲新教成兩個瑤池小仙子此
時奪卻柘枝名

題鷹獵兔畫

雖是丹青物沈吟亦可傷君誇鷹眼疾我憫兔心忙豈
動騷人興惟增獵客狂鮫綃百餘尺爭及製衣裳

醴泉院

萬山嵐靄簇洋城數處禪齋盡有名古柏八株堆翠色
靈泉一派逗寒聲暫遊頗愛閑滋味久住翻嫌俗性情
珍重支公每相勉我于儒行也修行

興勢觀

山名興勢鎮梁洋儼有真風福此方瘦柏握盤籠殿紫
靈泉澄潔浸花香暫遊頗愛閑人少久住翻嫌白日忙
只向五千文字內頤成金骨住仙鄉

洋川

華夷圖上見洋川知在青山綠水邊官閑最好遊僧舍
江近應須買釣船

句

先生自舞琴[三樂達節]　波上人如潘玉兒掌中花似趙飛燕
[採蓮曲。以上並見樂書]

全唐詩

王仁裕

王仁裕字德輦天水人初爲秦州判官入蜀爲中書舍
人翰林學士歷唐晉漢終戶部尚書罷爲太子少保周
顯德初卒仁裕曉音律喜爲詩嘗集平生所作詩爲西
江集今編爲一卷

從蜀後主幸秦川上梓潼山

綵仗拂寒煙鳴騶在半天黃雲生馬足白日下松巔盛
德安疲俗仁風扇極邊前程問成紀此去尚三千

和蜀後主題劍門

孟陽曾有語刊在白雲稜李杜常挨托孫劉亦恃憑庸
才安可守上德始堪矜暗指長天路濃巒蔽幾層

荊南席上詠胡琴妓二首[一作奉使荊南高從誨筵上聽彈胡琴]

紅妝齊抱紫檀槽一抹朱弦四十條湘水淩波慚鼓瑟
秦樓明月罷吹簫寒敲白玉聲偏婉暖逼黃鶯語自嬌
丹禁舊臣來側耳骨清神爽似聞韶[十國春秋高從誨世家注載首二句云是從誨作]
玉纖挑落折冰聲散入秋空韻轉清二五指中句塞雁
十三弦上囀春鶯譜從陶室偷將妙曲向秦樓寫得成
無限細腰宮裏女就中偏惬楚王情

題麥積山天堂[玉堂閑話云麥積山者北跨清渭南漸兩當岡巒峭起一石高萬尋其青雲之半梯空架險有散花樓由西閣懸梯而上有萬菩薩堂並就石鑿成自此室之上有一龕謂之天堂空中倚一獨梯至此萬中無一人敢登者仁裕獨登之仍題詩于天堂西壁前唐末辛未年也]

躡盡懸空萬仞梯，等閑身共白雲齊。簷前下視羣山小，堂上平分落日低。絕頂路危人少到，古巖松健鶴頻棲。天邊爲要留名姓，拂石殷勤身自題。

題斗山觀（玉堂閑話云：興元斗山觀自平川聳起一山，四面懸絕，其上方於斗底，故號之。有唐公昉飲李八百仙酒，全家拔宅之跡。仁裕辛巳歲爲節度判官，嘗以片板題詩於觀。癸未年入蜀，因謁嚴眞觀，見斗山詩牌在焉，不知所來。舊說云斗山一洞與嚴眞觀井相通也）

霞衣欲舉醉陶陶（公昉家飲八百洗齋酒，醉而上昇），不覺全家住絳霄。拔宅只知雞犬在，上天誰信路岐遙。三清遼廓拋塵夢，八景雲煙事早朝。爲有故林蒼柏健，露華涼葉鎖金飈。

題孤雲絕頂淮陰祠（玉堂閑話云：興元之南有大竹路，通巴州，深谿峭巖，捫蘿一上三日，達山頂。復登嶺，其絕頂謂之孤雲兩角。彼中諺云：孤雲兩角，去天一握。淮陰侯祠在焉。昔漢祖不用韓信，遯歸西楚，蕭相國追之，及于茲山，故立廟貌。仁裕嘗佐褒梁帥王思同南伐巴人，往返登陟，留題于祠）

一握寒天古木深，路人猶說漢淮陰。孤雲不掩興亡策，兩角曾懸去住心。不是冕旒輕布素，豈勞丞相遠追尋。當時若放還西楚，尺寸中華未可侵。

和韓昭從駕過白衛嶺

龍旆飄飄指極邊，到時猶更二三千。登高曉躡巉巖石，冒冷朝衝斷續煙。自學漢皇開土宇，不同周穆好神仙。秦民莫遣無恩及，大散關東別有天。

賀王溥入相（石林詩話云：仁裕知貢舉，取王溥爲狀元，溥時年二十六。後六年，溥拜相，時仁裕猶致仕無恙，賀以詩）

一戰文場拔趙旗，便調金鼎佐無爲。白麻驟降恩何極，黃髮初聞喜可知。跋勅案前人到少，築沙堤上馬歸（一作蹄）遲。立班始得遙相見，親洽爭如未貴時。

與諸門生春日會飲繁臺賦

柳陰如霧絮成堆，又引門生飲古臺。淑景即隨風雨去，芳樽宜命管弦開。謾誇列鼎鳴鐘貴，寧免朝烏夜兔催。爛醉也須詩一首，不能空放馬頭回。

示諸門生

二百一十四門生，春風初長羽毛成。擲金換得天邊桂，鑿壁偷將榜上名。何幸不才逢聖世，偶將疎網罩羣英。衰翁漸老兒孫小，異日知誰略有情。

過平戎谷弔胡翽（翽有文學，佐荊湖藩幕，善草軍書。嘗蔑視副軍帥，構之主帥，盡室坑平戎谷。仁裕過而弔之）

立馬荒郊滿目愁，伊人何罪死林丘。風號古木悲長在，雨濕寒莎淚暗流。莫道文章爲衆嫉，只應輕薄是身讐。不緣魂寄孤山下，此地堪名鸚鵡洲。

奉詔賦劍州途中鷙獸（蜀後主幸秦川，至劍州西，鷙獸於路左叢林間躍出，搏一人去。至行宮，顧問臣僚，皆陳恐懼。命仁裕及李浩弼等賦之。後主覽之大笑曰：二臣之詩各有旨）

劍牙釘舌血毛腥，窺算勞心豈暫停。不與大朝除患難，惟餘當路食生靈。從將戶口資饞口，未委三丁稅幾丁。今日帝王親出狩，白雲巖下好藏形。

放猿（仁裕從事漢中，有獻猿兒者，憐其黠慧，育之，名曰野賓。經年壯大，跳擲頗爲患，繫紅綃於頸，題詩送之）

放爾丁寧復故林，舊來行處好追尋。月明巫峽堪憐靜，路隔巴山莫厭深（一作耐寒不憚霜霜中宿，隱跡從教霧裏深）。棲宿（一作歸去）免勞青嶂夢，躋攀應愜白雲心。三秋果熟松梢健，任抱高枝徹曉吟。

遇放猿再作（仁裕罷職入蜀，行次漢江壖嶓冢廟前，見一巨猿捨羣而前，於道畔古木間垂身下顧，紅綃宛在。以野賓呼之，聲聲應，立馬移時，不覺惻然，遂繼之一篇云）

嶓冢祠前漢水濱，飲猿連臂下嶙峋。漸來子細窺行客，認得依稀是野賓。月宿縱勞羈絏夢，松餐非復稻粱身。數聲腸斷和雲叫，識是前時舊主人。

句

鐵鎖寨門扃白日，大張旗幟插青天。（大散關）

全唐詩

馮道

馮道，字可道，景城人。初爲劉守光參軍，後歷唐、晉、漢、周，事四姓十君，並在政府，自號長樂老。卒，謚文懿，追封瀛王。詩集十卷，今存五首。

天道

窮達皆由命，何勞發歎聲。但知行好事，莫要問前程。冬去冰須泮，春來草自生。請君觀此理，天道甚分明。

偶作

莫爲危時便愴神，前程往往有期因。須知海嶽歸明主，未必乾坤陷吉人。道德幾時曾去世，舟車何處不通津。但教方寸無諸惡，狼虎叢中也立身。

北使還京作（詩凡五章，今僅存其一）

去年今日奉皇華，只爲朝廷不爲家。殿上一杯天子泣，門前雙節國人嗟。龍荒冬往時時雪，兔苑春歸處處花。上下一行如骨肉，幾人身死掩風沙。

贈竇十

燕山竇十郎，敎子有義方。靈椿一株老，丹桂五枝芳。

放魚書所鑰戶（詩史云：道性仁厚，家有一池，每得魚，放池中。其子監丞每竊釣之。道聞之不悅，於是高其牆垣，鑰其門戶。作詩書其門）

高却垣墻鑰却門，監丞從此罷垂綸。池中魚鱉應相賀，從此方知有主人。

句

朝披四襖專藏手，夜覆三衾怕露頭。（虜中大寒，賜道錦襖、貂襖、羊狐貂衾各一，每入謁悉服四襖，衣宿館中，併覆三衾，故云）

牛頭偏得賜，象笏更容持。（虜以道有重名，欲留之，命與其國相同列，所賜皆等。虜賜臣下以牙笏及臘月賜牛頭，皆殊禮也，道皆得之，以詩謝。以上見叢苑）

已落地花方遣埽，未經霜草莫教鋤。（吟治圖。見事文類聚）

視草北來唐學士，擁旄西去漢將軍。（同光中，承旨盧質節制河中，贈。見續翰林志）

盧文紀

盧文紀，字子持，舉進士。事梁，爲集賢殿學士。唐明宗時，爲御史中丞，遷工部尚書，貶石州司馬，久之，爲太常卿。奉使於蜀，過鳳翔，廢帝時爲節度使，見文紀，奇之。後入立，拜爲中書侍郎、同中書門下平章事。周時，進司空。詩

一首

後唐宗廟樂舞辭

仁君御宇寰海謐清運符武德道協文明九成式敘百
度惟成金門積慶玉葉傳榮

崔居儉

崔居儉唐末進士仕後唐累官戶部尚書詩一首

後唐宗廟樂舞辭

艱難王業返正皇唐先天再造却日重光漢紹世祖夏
資少康功成德茂率祀無疆

李濤

李濤字信臣避地湖南事馬殷後唐天成中舉進士歷
事晉漢至宰輔入周封莒國公後歸宋詩一首

春社從李昉乞酒（石林詩話云俗稱社日飲酒治聾昉時爲翰林學士有月給內庫酒故濤從乞之社公濤小字與朝士言多以自名）

社公今日沒心情爲乞治聾酒一瓶惱亂玉堂將欲徧
依稀巡到第三廳

句

溪聲長在耳山色不離門（詩人玉屑）　掃地樹留影拂牀琴
有聲　一言寤主寧復聽三諫不從歸去來（諫晉主不從作見吟窗雜錄）

盧士衡

盧士衡後唐天成二年進士集一卷今存詩七首

靈溪老松歌

靈溪古觀壇西角千尺鱗皴棟梁樸橫出一枝戛樓閣
直上一枝掃寥廓白石蒼苔擁根脚月明風撼寒光落
有時風雨晦暝擺撼若黑龍之騰躍合生於象外峯巒
枉滯乎人間山岳安得巨靈受請託拔向青桂白榆邊
安著

遊靈溪觀

雲藏寶殿風塵外粉壁松軒入看初話久仙童顏色老
病來玄鶴羽毛疎樵翁接引尋紅朮道士留連說紫書
不爲壯心降未得便堪從此翫清虛

寄天台道友

相思遥指玉霄峰帳望江山阻萬重曾隔曉窗聞法鼓
幾同寒榻聽疎鐘別來知子長餐柏吟處將誰對倚松
且住人間行聖教莫思天路便登龍

花落

迎風嘯未已和雨落轂轂千枝與萬枝不如一竿竹

鍾陵鐵柱

千年埋沒竟何爲變化宜將萬物齊安得風胡借方便
鑄成神劍斬鯨鯢

僧房聽雨

古寺松軒雨聲別寒窗聽久詩魔發記得年前在赤城
石樓夢覺三更雪

題牡丹

萬葉紅綃翦盡春丹青任寫不如真風光九十無多日
難惜尊前折贈人

熊皦

熊皦後唐清泰二年登進士第延州劉景巖辟爲從事
入晉拜補闕貶商州上津令屠龍集五卷今存詩二首

祖龍詞

平吞六國更何求童女童男問十洲滄海不回應悵望
始知徐福解風流

謫居海上

家臨涇水隔秦川來往關河路八千堪恨此身何處老
始皇橋畔又經年

熊皎

熊皎自稱九華山人南金集二卷今存詩四首

冬日原居酬光上人見訪

吾道喪已久吾師何此來門無塵事閉卷有國風開野
迴霜先白庭荒葉自堆寒暄吟罷後猶喜話天台

早梅

江南近臘時已亞雪中枝一夜欲開盡百花猶未知人
情皆共惜天意欲教遲莫訝無濃豔芳筵正好吹

懷三茅道友

塵事何年解客嘲十年容易到三茅長思碧洞雲窗下
曾借黃庭雪夜抄丹桂有心憑至論五峰無信問深交
杏壇仙侶應相笑只爲浮名未肯拋

贈胥尊師

綠髮童顏羽服輕天台王屋幾經行雲程去速因風起
酒債還遲待藥成房閉十洲煙浪潤籙開三洞鬼神驚
他年華表重歸日却恐桑田已變更

句

山前猶見月陌上未逢人（早行以下見雅言雜載）　果熟秋先落禽寒
夜未棲（居山）　深逢野草皆爲藥靜見樵人恐是仙　厭
聽啼鳥夢醒後慵掃落花春盡時　廢土有人耕不畏
古廳無訟醉何妨（見事文類聚）

趙延壽

趙延壽本姓劉恒山人仕後唐尚主爲樞密使清泰末
官至大丞相封魏王詩一首

塞上

黃沙風捲半空拋雲動陰山雪滿郊探水人迴移帳就
射鵰箭落著弓抄鳥逢霜果飢還啄馬渡冰河渴自跑
占得高原肥草地夜深生火折林梢

高輦

高輦後唐秦王從榮府諮議參軍詩一首

棊

野客圍棊坐楮頤向暮秋不言如守默設計似平讐決
勝雖關勇防危亦合憂看他終一局白却少年頭

句

飄飄送下遥天雪颯颯吹乾旅舍煙（冬風見吟窗雜錄）

韓昭裔

韓昭裔後唐清泰時宰相詩一首

與李專美

昭裔登庸汝未登鳳池雞樹冷如冰何如且作宣徽使
免被人呼粥飯僧（時清泰帝以宰相李愚專無所事目曰此粥飯僧爾）

張仁溥

張仁溥後唐大寧縣丞詩一首

題龍窩洞

折花攜酒看龍窩鏤玉長旌俊彥過他日各爲雲外客

碧紗籠却又如何

李瀚

李瀚後唐天成中擢進士第仕晉爲翰林學士丁年集若干卷今存詩一首

留題座主和凝舊閣

座主登庸歸鳳闕門生批詔立鰲頭玉堂舊閣多珍玩可作西齋潤筆不

楊昭儉

楊昭儉石晉時人官尚書詩一首

題家園

池蓮憔悴無顏色園竹低垂減翠陰園竹池蓮莫惆悵相看恰似主人心

劉坦

劉坦進士第一人及第周恭帝時李重進鎮淮南辟爲掌書記詩一首

書從事廳屏上（南部新書坦好酒在維揚幕李帥嘗令酒庫但書記有客無多少供之尋爲酒吏頗倦須索甚艱因書廳屏云云）

金殿試迴新折桂將軍留辟向江城思量一醉猶難得辜負揚州管記名

韋遵

韋遵後周起居郎詩一首

題施璘畫竹圖

枯蘖危根緻石頭千竿交映近清流堪珍仲寶（璘字）窮幽筆留得荊湘一片秋

全唐詩

宋齊丘

宋齊丘字子嵩世爲廬陵人父誠爲洪州副使遂家焉吳時累官右僕射平章事李昪代吳以齊丘爲丞相同平章事尋出爲鎮南軍節度李璟嗣位召爲中書令顯德末放歸縊死集六卷今存詩三首

陪遊鳳皇臺獻詩

嵳峩壓洪泉岝峉撐碧落宜哉秦始皇不驅亦不鑿上有布政臺八顧背城郭山威龍虎健水黑螭蜃作白虹欲吞人赤驥相搏攫畫棟泥金碧石路盤墝埆倒挂哭月猿危立思天鶴鑿池養蛟龍栽桐棲鸑鷟梁間燕教雛石罅蛇懸殼養花如養賢去草如去惡日晚嚴城鼓風來蕭寺鐸掃地驅塵埃剪蒿除鳥雀金桃帶葉摘綠李和衣嚼貞竹無盛衰媚柳先搖落（一作松竹無時衰蒲柳先懸落）塵飛景陽井草合臨春閣芙蓉如佳人迴首似調謔當軒有直道無人肎駐腳夜半鼠窸窣天陰鬼敲啄松孤不易立石醜難安著自憐啄木鳥去蠹終不錯晚風吹梧桐樹頭鳴曝曝峨峨江令石青苔何淡薄不話興亡事舉首思眇邈吁哉未到此褊劣同尺蠖籠鶴羨鳧毛猛虎愛蝸角一日賢太守（時李昪爲昇州刺史）與我觀橐籥往往獨自語天帝相唯諾風雲偶不來寰宇銷一略我欲烹長鯨四海爲鼎鑊我欲取大鵬天地爲繒繳安得生羽翰雄飛上寥廓

贈仰山慧度禪師

初聞如自解及見勝初聞兩鬢堆殘雪一身披斷雲道應齊古佛高不揖吾君稽首清涼月蕭然萬象分

陪華林園試小妓羯鼓

切斷牙牀鏤紫金最宜平穩玉槽深因逢淑景開佳宴爲出花奴奏雅音掌底輕璁孤鵲噪枝頭乾快亂蟬吟開元天子曾如此今日將軍好用心（時李璟爲諸衛將軍）

句

大似賢臣扶社稷遇明則見暗還藏（影詩見吟窗雜錄）

馮延巳

馮延巳一名延嗣字正中廣陵人李璟爲元帥時辟掌書記璟立拜翰林學士進中書侍郎同平章事陽春集一卷今存詩一首

早朝

銅壺滴漏初晝高閣雞鳴半空催啓五門金鎖猶垂三殿簾櫳階前御柳搖綠仗下宮花散紅鴛瓦數行曉日鸞旗百尺春風侍臣踏舞重拜聖壽南山永同

句

青樓阿監應相笑書記登壇又却回

韓熙載

韓熙載字叔言北海人後唐同光中登進士第李昪建國用爲祕書郎璟嗣位拜虞部員外郎史館修撰知制誥後主時終中書侍郎集五卷今存詩五首

感懷詩二章（奉使中原署館壁）

僕本江北人今作江南客再去江北遊舉目無相識金風吹我寒秋月爲誰白不如歸去來江南有人憶

未到故鄉時將爲故鄉好及至親得歸爭如身不到目前相識無一人出入空傷我懷抱風雨蕭蕭旅館秋歸來窗下和衣倒夢中忽到江南路尋得花邊舊居處桃臉蛾眉笑出門爭向前頭擁將去

溧水無相寺贈僧

無相景幽遠山屏四面開憑師領鶴去待我挂冠來藥

爲依時採松宜繞舍栽林泉自多興不是效劉雷

書歌妓泥金帶

風柳揺揺無定枝陽臺雲雨夢中歸他年蓬島音塵斷留取尊前舊舞衣

送徐鉉流舒州時鉉弟鍇亦貶烏江尉親友臨江相送

昔年悽斷此江湄風滿征帆淚滿衣今日重憐鶺鴒羽不堪波上又分飛

句

幾人平地上看我半天中登樓。見吟窗雜錄

李徵古

李徵古袁州宜春人南唐昇元末舉進士第官樞密副使坐宋齊丘黨賜死詩一首

登祝融峰

欲上祝融峰先登古石橋鑿開巇崄處取路到丹霄

潘佑

潘佑幽州人南唐時累官虞部員外郎内史舍人榮陽集十卷今存詩四首

七歲吟馬令南唐書曰佑母方娠夢古衣冠人告曰我顔延之也與夫人爲子及生七歲始能語曰兒恢傷白龍爲上帝所罰也因吟詩云云後果以三十六歲死

朝遊滄海東暮歸何太速祇因騎折白龍腰謫向人間三十六

送許處士堅往茅山

天壇雲似雪玉洞水如琴白雲與流水千載清人心君攜布囊去路長風滿林一入華陽洞千秋那可尋

送人往宣城

江畔送行人千山生暮氛謝安團扇上爲畫敬亭雲

失題

誰家舊宅春無主深院簾垂杏花雨香飛綠瑣人未歸巢燕承塵默無語

句

勸君此醉直須歡明朝又是花狼籍見野客叢談

李昉

李昉南唐時人詩一首

寄孟賓于

初攜書劒別湘潭金榜標名第十三昔日聲名喧洛下近來詩價滿江南長爲邑令情終屈縱處曹郎志未甘莫學馮唐便休去明君晚事未爲慚

馬致恭

馬致恭南唐時人詩一首

送孟賓于

曾聞洛下綴神仙火樹南棲幾十年白首自忻丹桂在詩名已得四方傳行隨秋渚將歸雁吟傍梅花欲雪天今日還家莫惆悵不同初上渡頭船

張義方

張義方南唐時歷官侍御史勤政殿學士詩一首

奉和聖製元日大雪登樓

恰當歲日紛紛落天寶瑶花助物華自古最先標瑞牒有誰輕擬比楊花密飄粉署光同冷靜壓青松勢欲斜豈但小臣添興詠狂歌醉舞一家家

李建勳

李建勳字致堯隴西人少好學能屬文尤工詩南唐主李昪鎮金陵用爲副使預禪代之策拜中書侍郎同平章事昇元五年放還私第嗣主璟召拜司空尋以司徒致仕賜號鍾山公集二十卷今編詩一卷

中酒寄劉行軍

甚矣頻頻醉神昏體亦虚肺傷徒問藥髮落不盈梳戀寝嫌明室修生媿道書西峯老僧語相勸合何如

白雁

東溪一白雁毛羽何皎潔薄暮浴清波斜陽共明滅差池失羣久幽獨依人切旅食頼菰蒲單棲怯霜雪邊風昨夜起顧影空哀咽不及牆上烏相將繞雙闕

早春寄懷

家山歸未得又是看春過老覺光陰速閑悲世路多風和吹岸柳雪盡見庭莎欲向東溪醉狂眠一放歌

春日東山正一作草堂作

身閑贏得出天氣漸喧和蜀馬登山穩南朝古寺多早花微弄色新酒欲生波從此唯行樂閑愁柰我何

春日小園晨看兼招同舍

㝡有杏花繁枝枝若手搏須知一春促莫厭百迴看鳥囀風潛息蜂遲露未乾可容排飲否兼折贈頭冠

惜花寄孫員外一本缺孫字

朝始一枝開暮復一枝落只恐雨淋漓又見春蕭索侵晨結駟攜酒徒尋芳踏盡長安衢思量少壯不自樂他日白頭空歎吁

春日病中

纔得歸閑去還教病臥頻無由全勝意終是負青春綠柳漸拂地黄鶯如喚人方爲醫者勸斷酒已經旬

毆妓

自爲專房甚忽忽有所傷當時心已悔徹夜手猶香恨枕堆雲髻啼襟揾月黄起來猶忍惡剪破繡鴛鴦

踏青樽前

期君速行樂不要旋還家永日雖無雨東風自落花詩毫黏酒淡歌袖向人斜薄暮忘歸路垂楊噪亂鵶

正月晦日

莫倦尋春去都無百日遊更堪正月過已是一分休泉暖聲纔出雲寒勢未收晚來重作雪翻爲杏花愁

惜花

白髪今如此紅芳莫更催預愁多日謝翻怕十分開點滴無時雨荒涼滿地苔閑堦一樽酒惟待故人來

金谷園落花一本缺谷字

愁見清明後紛紛蓋地紅惜看難過日自落不因風蝶散餘香在鶯啼半樹空堪悲一尊酒從此似西東

柳花寄宋明府（一作寄人）

每愛江城裏，青春向盡時。一迴新雨歇，是處好風吹。破石黏蟲網，高樓撲酒旗。遥知陶令宅，五樹正離披。

送人

相見未逾月，堪悲遠别離。非君誰顧我，萬里又南之。雨逼清明日，花陰杜宇時。愁看挂帆處，鷗鳥共遲遲。

閑遊

攜酒復攜觴，朝朝一似忙。馬諳頻到路，僧借舊眠床。道勝他圖薄，身閑白日長。扁舟動歸思，高處見滄浪。

栢梁隔句韻詩（第三句缺一字）

不喜長亭柳，枝枝擬送君。惟憐北窗□，樹樹解留人。圓缺都如月，東西只似雲。愁看離席散，歸蓋動行塵。

贈趙學士

常欽趙夫子，遠作五侯賓。見面到今日，掀心如古人。醉同華席少，吟訪野僧頻。寂寂長河畔，荒齋與廟鄰。

春陰

老雨不肯休，東風勢還作。未放草蒙茸，已遣花蕭索。浮生何苦勞，觸事妨行樂。寄語達生人，須知酒勝藥。

春日金谷園（一本缺公字）

火急召親賓，歡遊莫厭頻。日長徒似歲，花過即非春。晚雨來何定，東風自不勻。須知三箇月，不是負芳晨。

夏日酬祥松二公見訪

多謝空門客，時時出草堂。從容非有約，淡薄不相忘。池映春篁老，簷垂夏果香。西峯正清霽，自與拂吟床。

懷贈操禪師

嘗憶曹溪子，龕居面碧嵩。杉松新夏後，雨雹夜禪中。道匪因經悟，心能向物空。秋來得音信，又在剡山東。

閑居秋思呈祥松二公

秋光雖即好，客思轉悠哉。去國身將老，流年雁又來。葉紅堆晚徑，菊冷藉空壘。不得師相訪，難將道自開。

賦得冬日青溪草堂四十字

莫道無幽致，常來到日西。地雖當北闕，天與設東溪。疎葦寒多折，驚鳧去不齊。坐中皆作者，長愛覓分題。

溪齋

水木遠吾廬，寒簾晚檻虚。衰條寒露鵲，幽果落驚魚。愛酒貧還甚，趨時老更疎。乖慵自有素，不是忽簪裾。

留題愛敬寺

野性竟未改，何以居朝廷。空爲百官首，但愛千峯青。南風新雨後，與客攜觴行。斜陽惜歸去，萬壑啼鳥聲。

小園

小園吾所好，栽植忘勞形。晚果經秋赤，寒蔬近社青。竹蘺荒引蔓，土井淺生萍。更欲從人勸，憑高置草亭。

宿山房

石窗燈欲盡，松檻月還明。就枕渾無睡，披衣却出行。巖高泉亂滴，林動鳥時驚。倏忽山鐘曙，喧喧僕馬聲。

金陵所居青溪草堂閑興

窗外皆連水，杉松欲作林。自憐趨競地，獨有愛閑心。素壁題看遍，危冠醉不簪。江僧暮相訪，簾卷見秋岑。

闕下偶書寄孫員外

長安驅馳地，貴賤共悠悠。白日誰相促，勞生自不休。鳳翔雙闕曉，蟬噪六街秋。獨有南宮客，時來話釣舟。

寄魏郎中

碌碌但隨羣，蕙蘭任不分。未嘗矜有道，求過向吾君。逸駕秋尋寺，長歌醉望雲。高齋紙屏古，塵暗北山文。

病中書懷寄王二十六

落葉滿山州，閑眠病未瘳。窗陰連竹枕，藥氣染茶甌。路匪人遮去，官須自（一本缺）覓休。焉宜更羸老，扶杖作公侯。

採菊

簇簇竟相鮮，一枝開幾番。味甘資麴糵，香好勝蘭蓀。古道風搖遠，荒籬露壓繁。盈筐時採得，服餌近知門。

送王郎中之官吉水

南望廬陵郡，山連五嶺長。吾君憐遠俗，從事輟名郎。移户多無土，春蠶不滿筐。惟應勞贊畫，溪峒況彊梁。

孤雁

欲食不敢食，合棲猶未棲。聞風亦驚過，避繳恨飛低。水濶緣湘囯，雲寒過磧迷。悲鳴感人意，不（一本缺）見夜烏啼。

贈送致仕郎中

鶴立瘦稜稜，髭長白似銀。衣冠皆古製，氣貌異常人。聽雪添詩思，看山滯酒巡。西峯重歸路，唯許野僧親。

宿友人山居寄司徒相公

雨雪正霏霏，令人不憶歸。地爐僧坐暖，山枿火聲肥。隔紙烘茶藥，移鐺剝芋衣。知君在霄漢，此興得還稀。

郢客相尋夜，荒庭雪灑篁（一作萬）。虛堂看向曙，吟坐共忘勞。溪凍聲全減，燈寒焰不高。他人莫相笑，未易會吾曹。

感故府二首

戚戚復戚戚，期懷安可釋。百年金石心，中路生死隔。新墳應草合，舊地空苔色。白日燈熒熒，疑塵滿几席。

悒悒復悒悒，思君安可及。永日在堦前，披衣隨風立。高樓暮角斷，遠樹寒鴉集。惆悵幾行書，遺蹤墨猶濕。

田家三首（一首第七句缺一字）

畢歲知無事，兵銷復舊丁。竹門桑徑狹，春日稻畦青。犬吠隈籬落，雞飛上碓桯。歸田起□思，蛙叫草冥冥。

不識城中路，熙熙樂（一作自）有年。木槃擎社酒，瓦鼓送神錢。霜落牛歸屋，禾收雀滿田。遥陂過秋水，閑閣釣魚船。

長愛田家事，時時欲一過。垣籬皆樹槿，廳院亦堆禾。病果因風落，寒蔬向日多。遥聞數聲笛，牛晚下前坡。

新竹

嫋嫋薰風軟，娟娟湛露光。參差仙子仗，迤邐羽林槍。迴去侵花地，斜來破蘚牆。乾猶抱翠粉，膩若塗裝。遲曲草難數，陰疎葉未長。懶嫌吟客倚，甘畏夏蟲傷。映水爭立，當軒自著行。北亭尊酒興，還爲此君狂。

歸燕詞

羽翼勢雖微，雲霄亦可期。飛翻自有路，鴻鵠莫相嗤。侍侶臨書幌，尋泥傍藻池。銜人穿柳徑，捕蝶遶花枝。廣厦來應徧，深宮去不疑。雕梁聲上下，煙浦影參差。舊地人潛換，新巢雀謾窺。雙雙暮歸處，疎雨滿江湄。

題魏壇二首

不遇至真傳道要，曾看真誥亦何爲。舊碑經亂沈荒澗，靈篆因耕出故基。蛙黽自喧澆（一作臨，一本缺）藥井，牛羊閑過放

生池蕭條夕景空壇畔朽檜枝斜綠蔓垂

一尋遺跡到仙鄉雲鶴沈沈思渺茫丹井歲深生草木芝田春廢臥牛羊雨淋殘畫摧荒壁鼠引飢蛇落壞梁薄暮欲歸仍佇立菖蒲風起水泱泱

東樓看雪

一上高樓醉復醒日西江雪更冥冥化風吹火全無氣平望惟松少（一作別）（一作步）露青臘內不妨南地少夜長應得小窗聽因思舊隱匡廬日閑看杉欏掩石扃

落花

惜花無計又花殘獨遶芳叢不忍看暖豔動隨鶯翅落冷香愁雜燕泥乾綠珠倚檻魂初散巫峽歸雲夢又闌忍把一尊重命樂送春招客亦何歡

春雪

南國春寒朔氣迴霏霏還阻百花開全移暖律何方去似誤新鶯昨日來平野旋銷難蔽草遠林高綴卻遮梅不知金勒誰家子只待晴明賞帝臺

重戲和春雪寄沈貟外

誰道江南要雪難半春猶得倚樓看卻遮遲日偷鶯暖密灑西風借鶴寒散漫不容梨豔去輕明應笑玉華乾和來瓊什雖無敵且是儂家比興殘

春日尊前示從事

州中案牘魚鱗密界上軍書竹節稠眼底好花渾似雪甕頭春酒漫如油東君不為留遲日清鏡唯知促白頭寂覺此春無氣味不如庭草解忘憂

尊前

官為將相復何求世路多端早合休漸老更知春可惜正歡唯怕客難留雨催草色還依舊晴放花枝始自由莫厭百壺相勸倒免教無事結閑愁

薔薇二首

萬蘂爭開照檻光詩家何物可相方錦江風撼雲霞碎仙子衣飄黼黻香裛露早英濃壓架背人狂蔓暗穿牆綵牋蠻榼旬休日欲召親賓看一場

拂簷拖地對前墀蝶影蜂聲爛熳時萬倍馨香勝玉蘂一生顏色笑西施忘歸醉客臨高架恃寵佳人索好枝將並舞腰誰得及惹衣傷手盡從伊

殘牡丹

腸斷題詩如執別芳茵愁更繞闌鋪風飄金蘂看全落露滴檀英又暫蘇失意婕妤妝漸薄背身妃子病難扶迴看池館春休也又是迢迢看畫圖

春雨二首

春霖未免妨遊賞唯到詩家自有情花徑不通新草合蘭舟初動曲池平淨緣高樹莓苔色飢集（一作啅）虛廊燕雀聲閑憶昔年為客處悶留山館阻行行

蕭蕭春雨密還疏景象三時固不如寒入遠林鶯翅重暖抽新麥土膏虛細濛臺榭微兼日潛漲漣漪欲動魚唯稱乖慵多睡者掩門中酒覽閑書

醉中惜花更書與諸從事

公退尋芳已是遲莫因他事更來稀未經旬日唯憂落算有開時不合歸歌檻宴餘風裛裛閑園吟散雨霏霏高樓鼓絕重門閉長為拋迴恨解衣

和判官喜雨

去禱山川尚未還雲雷尋作遠聲寒人情便似秋登悅天色休勞夜起看高檻氣濃藏柳（一本缺）郭小庭流擁沒花壇須知太守重牆內心極農夫望處歡

離闕下日感恩

二年塵冒處中台喜得南歸退不才即路敢期皇子送出關猶有御書來未知天地恩何報翻對江山思莫開斜日葦汀凝立處遠波微颭翠如苔

細雨遙懷故人

江雲未散東風暖溟濛正在高樓見細柳緣堤少過人平蕪隔水時飛燕我有近詩誰與和憶君狂醉愁難破昨夜南窗不得眠閑堦點滴迴燈坐

春水

萬派爭流雨過時晚來春靜更逶迤輕鷗散遶夫差國遠樹微分夏禹祠青岸漸平濡柳帶舊溪應暖負蓴絲風鬟倚檻誰家子愁看鴛鴦望所之

蝶

粉蝶翩翩若有期南園長是到春歸閑依柳帶參差起困傍桃花獨自飛潛被燕驚還散亂偶因人逐入簾幃晚來欲雨東風急迴看池塘影漸稀

中春寫懷寄沈彬貟外

省從騎竹學謳吟便殢光陰役此心寓目不能閑一日閉門長勝得千金窗懸夜雨殘燈在庭掩春風落絮深唯有故人同此興近來何事嬾相尋

鍾山寺避暑勉二三子

樓臺雖少景何深滿地青苔勝布金松影晚留僧共坐水聲閑與客同尋清涼會擬歸蓮社沈湎終須棄竹林長愛寄吟經案上石窗秋霽向千岑

道林寺

雖向鍾峯數寺連就中奇勝出其間不教幽樹妨閑地別著高窗向遠山蓮沼水從雙澗入客堂僧自九華還無因得結香燈社空向王門玷玉班

和致仕沈郎中

欲謀休退尚因循且向東溪種白蘋謬應星辰居四輔終期冠褐作閑人城中隔日趨朝嬾楚外千峯入夢頻殘照晚庭沈醉醒靜吟斜倚老松身

醉中詠梅花

十月清霜尚未寒雪英重疊已如摶還悲獨詠東園裏老作南州刺史看北客見皆驚節氣郡僚癡（一作疑）欲望盃盤交親罕至長安遠一醉如泥豈自歡

閑出書懷

閑遊何用問東西寓興皆非有所期斷酒只攜僧共去看山從聽馬行遲溪田雨漲禾生耳原野鶯啼黍（一本缺）熟時應有交親長笑我獨輕人事鬢將衰

寺居陸處士相訪感懷卻寄二三友人

湘寺閑居亦半年就中昨夜好潸然人歸遠岫疏鐘後雪打高杉古屋前投足正逢他國亂冥心未解祖師禪爐煙向冷孤燈下唯有寒吟到曙天

春雪

隨風竟日勢漫漫特地繁於故歲看幽榭凍黏花屋重
短簷斜濕燕巢寒閑聽不寐詩魂爽淨喫無厭酒肺乾
莫道便爲桑麥藥亦勝焦涸到春殘

惜花

淡淡西園日又垂一尊何忍負芳枝莫言風雨長相促
直是晴明得幾時心破只愁鶯踐落眼穿唯怕客來遲
年年使我成狂叟腸斷紅牋幾首詩

梅花寄所親

一氣才新物未知每慙青律與先吹雪霜迷素猶嫌早
桃杏雖紅且後時雲鬢自黏飄處粉玉鞭誰指出牆枝
老夫多病無風味只向尊前詠舊詩

登昇元閣

登高始覺太虛寬白雪須知唱和難雲渡瑣窗金榜濕
月移珠箔水精寒九天星象簾前見六代城池直下觀
唯有上層人未到金烏飛過拂闌干

雪有作

霏霏奕奕滿寒空況是難逢值臘中未白已堪張宴會
漸繁偏好去簾櫳庭莎易集看盈地池柳難裝旋逐風
長愛清華入詩句預愁遲日放消融

宮詞

自遠凝旒守上陽舞衣頓減舊朝香簾垂粉閣春將盡
門掩梨花日漸長草色深濃封輦路水聲低咽轉宮牆
君王一去不迴駕皓齒青蛾空斷腸

晚春送牡丹

攜觴邀客遶朱闌腸斷殘春送牡丹風雨數來留不得
離披將謝忍重看氛氳蘭麝香初減零落雲霞色漸乾
借問少年能幾許不須推酒厭杯盤

歲暮晚泊望廬山不見因懷岳僧呈察判

貪程只爲看廬阜及到停舟恨頗濃雲暗半空藏萬仞
雪迷雙瀑在中峯林端莫辨曾遊路鳥際微聞向暮鐘
長愧昔年招我入共尋香社見芙蓉

重臺蓮

斜倚秋風絕比倫千英和露染難勻自爲祥瑞生南國
誰把丹青寄北人明月幾宵同綠水牡丹無路出紅塵
憐伊不算多時立贏得馨香暗上身

迎神

檑鼉聲吟塞笛女巫結束分行立空中再拜神且來滿
奠椒漿齊獻揖陰風窣窣吹紙錢妖巫瞑目傳神言與
君降福爲豐年莫教賽祀虧常筵

春詞

日高閑步下堂階細草春莎沒繡鞋折得玫瑰花一朵
憑君簪向鳳皇釵

獨夜作

佳人一去無消息夢覺香殘愁復入空庭悄悄月如霜
獨倚闌干伴花立

竹

瓊節高吹宿鳳枝風流交我立忘歸最憐瑟瑟斜陽下
花影相和滿客衣

清明日

他皆攜酒尋芳去我獨關門好靜眠唯有楊花似相覓
因風時復到牀前

宮詞

宮門長閉舞衣閑略識君王鬢便斑却羨落花春不管
御溝流得到人間

送諭鍊師歸茅山

休糧知幾載臉色似桃紅半醉離城去單衣行雪中水
聲茅洞曉雲影石房空莫學秦時客音書便不通

和元宗元日大雪登樓

紛紛忽降當元會著物輕明似月華狂灑玉墀初散絮
密黏宮樹未妨花迴封雙闕千尋峭冷壓南山萬仞斜
寧意傳來中使出御題先賜老僧家

遊棲霞寺

養花天氣近平分瘦馬來敲白下門曉色未開山意遠
春容猶淡月華昏琅琊冷落存遺跡籬舍稀疏帶舊村
此地幾經人聚散只今王謝獨名存

答湯悅

司空猶不作那敢作司徒幸有山翁號如何不見呼

金山

不嗟白髮曾遊此不歎征帆無了期盡日憑闌誰會我
只悲不見韓垂詩

送李冠（冠善吹中管）

勻如春澗長流水怨似秋枝欲斷蟬可惜人間容易聽
清聲不到御樓前

遊宋興寺東巖

幾年不到東巖下舊住僧亡屋亦無寒日蕭條何物在
朽松經燒石池枯

批周宗書後（建勳鎮臨川九江，帥周宗初蒞任，以書借器用儀注，因批其後）

偶罷阿衡來典郡固無閑物可應官憑君爲報羣胥道
莫作循州刺史看（牛僧孺謫循州長史）

題信果觀壁

春來漲水流而活曉色西山勢似行玉洞主人經劫在
攜竿步步就長生

送八分書與友人繼以詩

跁跒爲詩跁跒書不封將去寄仙都仙翁拍手應相笑
得似秦朝次仲無

句

桃花流水須長信不學劉郎去又來（見南唐近事）　粟多未必
全爲計師老須防有伏兵（寄馮延魯使閩）　徧尋雲壑重題石欲
下山門更倚松（留別鍾山，見吟窗雜錄）

全唐詩

孟賓于

孟賓于字國儀連州人天福九年登第還鄉爲馬氏從事後歸南唐爲淦陽令坐繫赦歸後主起爲水部員外致仕初居吉州玉笥山自號羣玉峰叟有金鼇集二卷今存詩八首

蟠溪懷古

良哉呂尚父深隱始歸周釣石千年在春風一水流松根盤蘚石花影臥沙鷗誰更懷韜術追思古渡頭

懷連上舊居

閑思連上景難齊樹繞仙鄉路繞溪明月夜舟漁父唱春風平野鷓鴣啼城邊寄信歸雲外花下傾杯到日西更憶海陽垂釣侶昔年相遇草萋萋

公子行

錦衣紅奪彩霞明侵曉春遊向野庭不識農夫辛苦力驕驄蹋爛麥青青

湘江亭

獨宿大中年裏寺樊籠得出事無心寒山夢覺一聲磬霜葉滿林秋正深

題梅仙館

仙界路遙雲縹緲古壇風冷葉蕭騷後來豈合言淹滯一尉昇騰道最高

題顏氏亭宇（南唐書顏詡居木川雅詞翰所居依泉石築亭樹開軒四敞碧蘚叢繞翠篠環列蕭爽之趣杜絕塵囂名士賓于輩各爲詩以述其幽隱）

園林蕭灑閒來久欲訪因循二十秋今日開襟吟不盡碧山重疊水長流

晚眺

倚杖殘秋裏吟中四顧頻西風天際雁落日渡頭人草色衰平野山陰歛暮塵却尋苔徑去明月照村鄰

獻主司

那堪雨後更聞蟬溪隔重湖路七千憶昔故園楊柳岸全家送上渡頭船（主司得詩自謂得賓于之晚後賓于致仕歸連上過廬陵吉守贈詩有今日還家莫惆悵不同初上渡頭船用此）

句

遠樹連沙靜閑舟入浦遲（夏日曲江）　簾垂羣吏散苔長訟庭閑（贈徐明府並詩中旨格）　去年曾折處今日又垂條（柳以下並吟窗雜錄）　早知落處隨疎雨悔得開時順暖風（落花）　千家簾幕春空在幾處樓臺月自明（落花）　臘雪化爲流水去春風吹出好山來（雪霽）　昔日聲塵喧洛下近年詩句滿江南（寄李昉）　匝地人家凭檻見遠山秋色捲簾看（永州法華寺高軒 詩話總龜）　蟾宮空手下澤國更誰來　水國二親應探榜龍門三月又傷春　仙鳥却回空說夢清朝未達自嫌身　失意從他桃李春嵩陽經過歇行塵雲僧不見城中事問是今年第幾人　因逢日者教重應忍被雲僧勸却歸（賓于應舉十上卜於華山神一年乞一珓凡六擲而得吉兆後果驗每年下第有詩　郡閣雅談）

廖匡圖

廖匡圖字贊禹虔州人湖南馬氏辟幕下爲天策府學士與劉昭禹李宏臯徐仲雅蔡昆韋鼎釋虛中齊己俱以文藻知名詩四首

九日陪董內召登高

祝融峰下逢嘉節相對那能不愴神煙裏共尋幽礀菊樽前俱是異鄉人遙山帶日應連越孤雁來時想別秦自古登高盡惆悵茱萸休笑淚盈巾

贈泉陵上人

暫把枯藤倚碧根禪堂初創楚江濆直疑松小難留鶴未信山低住得雲草接寺橋牛笛近日銜村樹鳥行分每來共憶曾遊處萬壑泉聲絕頂聞

和人贈沈彬

冥鴻跡在煙霞上燕雀休誇大厦巢名利最爲浮世重古今能有幾人拋逼真但使心無著混俗何妨手強抄深喜卜居連岳色水邊竹下得論交

松

曾於西晉封中散又向東吳作大夫濃翠自知千古在清聲誰道四時無枝柯偃後龍蛇老根腳盤來爪距粗直待素秋搖落日始將凡木鬬榮枯

句

正悲世上事無限細看水中塵更多（永州江干感興）

廖凝

廖凝字熙績匡圖之弟初歸湖南隱衡岳後與馬希咢同遷金陵授水部員外郎出爲建昌令終江州團練副使善吟諷與李建勳爲詩友相善江左學詩者多造其門集七卷今存詩三首

中秋月

九十日秋色今宵已半分孤光含列宿四面絕纖雲衆木排疎影寒流疊細紋遙遙望丹桂心緒正紛紛

聞蟬

一聲初應候萬木已西風偏感異鄉客先於離塞鴻日斜金谷靜雨過石城空此處不堪聽蕭條千古同

彭澤解印

五斗徒勞謾折腰三年兩鬢爲誰焦今朝官滿重歸去還挈來時舊酒瓢

句

滿汀漚不散一局黑全輸（十歲詠棋　郡閣雅談云作者見之曰必垂名于後）　獵回千帳雪採密大河冰（以下並吟窗雜錄）　落盡最高樹始知松柏青（落葉）　飯僧春嶺蕨醒酒雪潭魚（贈史虛白）　風清竹閣留僧宿雨濕莎庭放吏衙（宰彭澤作）　紅躑躅繁金殿暖碧芙蓉笑水宮秋（錦繡萬花谷）

韋鼎

韋鼎湖南人與廖匡圖俱知名詩一卷今存一首

贈廖凝（時寓居南岳）

君與白雲鄰，生涯久忍貧。姓名高雅道，寰海許何人。岳氣秋來早，亭寒果落新。幾回吟石畔，孤鶴自相親。

左偃

左偃，南唐人，不仕，居金陵，能詩，有鍾山集一卷。今存詩十首。

寄廬山白上人

潦倒門前客，閑眠歲又殘。連天數峯雪，終日與誰看。萬丈高松古，千尋落水寒。仍聞有新作，嬾寄入長安。

寄韓侍郎

謀身謀隱兩無成，拙計深慙負耦耕。漸老可堪懷故國，多愁翻覺厭浮生。言詩幸遇明公許，守朴甘遭俗者輕。今日況聞搜草澤，獨悲顦顇臥昇平。

漢宮詞

寒燭照清夜，笙歌隔藓牆。一從飛燕入，便不見君王。

送君去

關河月未曉，行子心已急。佳人無一言，獨背殘燈泣。

秋晚野望

倚筇聊一望，何處是秦川。草色初晴路，鴻聲欲暮天。

郊原晚望懷李秘書

歸鳥入平野，寒雲在遠村。徒令睇望久，不復見王孫。

言懷別同志

漸老將誰託，勞生每自慙。何當重攜手，風雨滿江南。

江上晚泊

寒雲淡淡天無際，片帆落處沙鷗起。水闊風高日復斜，扁舟獨宿蘆花裏。

寄鑒上人

一從攜手阻戈鋋，屈指如今已十年。長記二林同宿夜，竹齋聽雨共忘眠。

送人

一莖兩莖華髮生，千枝萬枝梨花白。春色江南獨未歸，今朝又送還鄉客。

句

胡笳聞欲死，漢月望還生。（昭君怨） 日華離碧海，雲影散青霄。（早日）

全唐詩

陳貺

陳貺，南閩人，隱廬山三十年。元宗聘至，獻景陽臺懷古詩，元宗稱善，授以官，固辭，賜粟帛遣還。詩一首。

景陽臺懷古

景陽六朝地，運極自依依。一會皆同是，到頭誰論非。酒濃沈遠慮，花好失前機。見此尤宜戒，正當家國肥。

劉洞

劉洞，廬陵人，學詩於陳貺，隱居廬山。後主召見，獻詩百篇，有集行世。存詩一首。

石城懷古

石城古岸頭，一望思悠悠。幾許六朝事，不禁江水流。

句

千里長江皆渡馬，十年養士得何人。 翻憶潘郎章奏內，愔愔日暮好沾巾。（江南野錄：金陵受圍，洞爲七言詩榜路傍云云。家國愔愔，如日將暮，潘佑諫表中語也） 百骸同草木，萬象入心靈。（夜坐吟 吟窗雜錄）

江爲

江爲，宋州人，避亂家建陽，遊廬山，師陳貺，爲詩集一卷。今存詩八首。

旅懷

迢迢江漢路，秋色又堪驚。半夜聞鴻雁，多年別弟兄。高風雲影斷，微雨菊花明。欲寄東歸信，裴回無限情。

江行

越信隔年稀，孤舟幾夢歸。月寒花露重，江晚水煙微。峰直帆相望，沙空鳥自飛。何時洞庭上，春雨滿蓑衣。

登潤州城

天末江城晚，登臨客望迷。春潮平島嶼，殘雨隔虹霓。鳥與孤帆遠，煙和獨樹低。鄉山何處是，目斷廣陵西。

岳陽樓

倚樓高望極，展轉念前途。晚葉紅殘楚，秋江碧入吳。雲中來雁急，天末去帆孤。明月誰同我，悠悠上帝都。

送客

明月孤舟遠，吟髭鑷更華。天形圍澤國，秋色露人家。水館螢交影，霜洲橘委花。何當尋舊隱，泉石好生涯。

臨刑詩（五代史補：爲在福州，有故人欲投江南，爲與草表，事發并誅。臨刑詞色不撓，賦此詩）

街鼓侵人急，西傾日欲斜。黃泉無旅店，今夜宿誰家。

塞下曲

萬里黃雲凍不飛，磧煙烽火夜深微。胡兒移帳寒笳絕，雪路時聞探馬歸。

隋堤柳

錦纜龍舟萬里來，醉鄉繁盛忽塵埃。空餘兩岸千株柳，雨葉風花作恨媒。

句

吟登蕭寺旃檀閣，醉倚王家玳瑁筵。（題白鹿寺） 遠遠朝宗出白雲，方圓隨處性長存。（水 見吟窗雜錄）

高越

高越，字仲遠，幽州人，仕吳，授秘書郎，累遷中書舍人，終勤攻殿學士、戶部侍郎。詩一首。

詠鷹（越歸南唐，初投鄂帥張宣，又不見知，以鷹詩諷之）

雪爪星眸世所稀，摩天專待振毛衣。虞人莫謾張羅網，未肯平原淺草飛。（一作晴空不礙摩天翮，未肯平原淺草飛）

全唐詩

張泌（一作佖）字子澄淮南人仕南唐爲句容縣尉累官至內史
舍人詩一卷

惜花

蝶散鶯啼尚數枝日斜風定更離披看多記得傷心事
金谷樓前委地時

寄人

別夢依依到謝家小廊迴合曲闌斜多情只有春庭月
猶爲離人照落花
酷憐風月爲多情還到春時別恨生倚柱尋思倍惆悵
一場春夢不分明

邊上

戍樓吹角起征鴻獵獵寒旌背晚風千里暮煙愁不盡
一川秋草恨無窮山河慘澹關城閉人物蕭條市井空
只此旅魂招未得更堪回首夕陽中

長安道中早行

客離孤館一燈殘牢落星河欲曙天雞唱未沈函谷月
鴈聲新度灞陵煙浮生已悟莊周蝶壯志仍輸祖逖鞭
何事悠悠策羸馬此中辛苦過流年

洞庭阻風

空江浩蕩景蕭然盡日菰蒲泊釣船青草浪高三月渡
綠楊花撲一溪煙情多莫舉傷春目愁極兼無買酒錢
猶有漁人數家住不成村落夕陽邊

春日旅泊桂州

暖（一作暖）風芳草竟芊綿多病多愁負少年弱柳未勝寒食
雨好花爭奈夕陽天溪邊物色堪（一作宜）圖畫林畔鶯聲似
管弦獨有離人開淚眼強憑杯酒亦潸然

晚次（一作歇）湘源縣

煙郭遙聞向晚雞水平舟靜浪聲齊高林帶雨楊梅熟
曲岸籠雲謝豹啼二女廟荒汀（一作宮）樹老九疑山碧楚天
低湘南自古多離怨莫動哀吟易慘悽

惆悵吟

秋風丹葉動荒城慘澹雲遮日半明晝夢却因惆悵得
晚愁多爲別離生江淹彩筆空留恨莊叟玄譚未及情
千古怨魂銷不得一江寒浪若爲平

秋晚過洞庭

征帆初（一作高）挂酒初酣暮景離情兩不堪千里晚霞雲夢
北一洲霜橘洞庭南溪風送雨過秋寺礀石驚龍落夜
潭莫把羈魂弔湘魄九疑愁絕鎖煙嵐

題華嚴寺木塔

六街晴色動秋光雨霽憑高只易傷一曲晚煙浮渭水
半橋斜日照咸陽休將世路悲塵事莫指雲山認故鄉
回首漢宮樓閣暮數聲鐘鼓自微茫

經舊遊

暫到高唐晚又還丁香結夢水潺潺不知雲雨歸何處
歷歷空留十二山

碧户

碧户扃魚鑰蘭窗掩鏡臺落花疑悵望歸燕自裴回詠
絮知難敵傷春不易栽恨從芳草起愁爲晚風來衣惹
湘雲薄眉分楚岫開香濃眠舊枕夢好醉春杯小障明
金鳳幽屏點翠苔寶箏橫塞鴈怨笛落江梅卓氏仍多
酒相如正富才莫教琴上意翻作鶴聲哀

芍藥

香清粉澹怨殘春蝶翅蜂鬚戀蘂塵閑倚晚風生悵望
靜留遲日學因循休將薜荔爲青瑣好與玫瑰作近鄰
零落若教隨暮雨又應愁殺別離人

春晚謠

雨微微煙霏霏小庭半拆紅薔薇鈿箏斜倚畫屏曲零
落幾行金鴈飛蕭關夢斷無尋處萬疊春波起南浦凌
亂楊花撲繡簾晚窗時有流鶯語

所思

空塘水碧春雨微東風散漫楊柳飛依依南浦夢猶在
脈脈高唐雲不歸江頭日莫多芳草極目傷心煙悄悄
隔江紅杏一枝明似玉佳人俯清沼休向春臺更迴望
銷魂自古因惆悵銀河碧海共無情兩處悠悠起風浪

春夕言懷

風透疎簾月滿庭倚欄無事倍傷情煙垂柳帶纖腰軟
露滴花房怨臉明愁逐野雲銷不盡情隨春浪去難平
幽窗謾結相思夢欲化西園蝶未成

春江雨

雨溟溟風泠泠老松瘦竹臨煙汀空江泠落野雲重村
（一作雲）中鬼火（一作螢）微微如星夜驚溪上漁人起滴瀝篷聲滿愁
耳子規叫斷獨未眠罨岸春濤打船尾

送容州中丞赴鎮

交趾同星坐龍泉佩斗文燒香翠羽帳看舞鬱金裙鵲
首衝瀧浪犀渠拂嶺雲莫教銅柱北祇說馬將軍

贈韓道士

日暮秋風吹野花上清歸客意無涯桃源寂寂煙霞閉
天路悠悠星漢斜還似世人生白髮定知仙骨變黃芽
東城南陌頻相見應是壺中別有家

孫魴

孫魴，字伯魚，南昌人。從鄭谷爲詩，頗得鄭體。事吳爲宗正郎，與沈彬、李建勳友善。集三卷，今存詩七首。

甘露寺

寒暄皆有景，孤絕畫難形。地拱千尋險，天垂四面青。畫燈籠鴈塔，夜磬徹漁汀。最愛僧房好，波光滿户庭。

題金山寺

萬古波心寺，金山名目新。天多剩得月，地少不生塵。過檣妨僧定，驚濤濺佛身。誰言張處士，題後更無人。（前四句一作山載江心寺，魚龍是四鄰。樓臺懸倒影，鐘磬隔囂塵。末二句一作誰言題詠處，流響更無人）

楊柳枝詞五首

靈和風暖太昌春，舞線搖絲向昔人。何似曉來江雨後，一行如畫隔遥津。

彭澤初栽五樹時，只應閑看一枝垂。不知天意風流處，要與佳人學畫眉。

暖傍離亭静拂橋，入流穿檻緑陰搖。不知落日誰相送，魂斷千條與萬條。

春來緑樹遍天涯，未見垂楊未可誇。晴日萬株煙一陣，閑坊兼是莫愁家。

十首當年有舊詞，唱青歌翠幾無遺。未曾得向行人道，不謂離情莫折伊。

句

遊子未歸去，野花愁破心。（春日途中。吟窗雜録）劃多灰漸冷，坐久席成痕。（江南野録）結宇孤峰上，安禪巨浪間。分開朝海浪，留住過江雲。（以上並金山寺）劃多灰雜蒼虬跡，坐久煙消寶鴨香。（夜坐）

沈彬

沈彬，字子文，高安人。唐末應進士不第，浪跡湖湘。嘗與僧虚中、齊己爲詩友。事吳爲秘書郎，以吏部郎中致仕。年八十餘，李璟以舊恩召見，賜粟帛，官其子。詩十九首。

入塞二首

欲爲皇王服遠戎，萬人金甲鼓鼙中。陣雲黯塞三邊黑，兵血愁天一片紅。半夜翻營旗攪月，深秋防戍劍磨風。謗書未及明君爇，臥骨將軍已歿功。

苦戰沙門臥箭痕，（一作年少辭鄉事冠軍）戍樓閑上望星文。生希國澤分偏將，（一作生希沙漠擒驕虜）死奪河源答聖君。鳶覷敗兵眠白（一作血）草，馬驚邊（一作冤）鬼哭陰（一作愁）雲。功多地遠無人紀，漢閣笙歌日又曛。

塞下三首

塞葉聲悲秋欲霜，寒山數點下牛羊。映霞旅鴈隨疎雨，向磧行人帶夕陽。邊騎不來沙路失，國恩深後海城荒。胡兒向化新成長，猶自千回問漢王。

貴主和親殺氣沉，燕山閑獵鼓鼙音。旗分雪草偷邊馬，箭入寒雲落塞禽。隴月盡牽鄉思動，戰衣誰寄淚痕深。金釵謾作封侯别，劈破佳人萬里心。

月冷榆關過鴈行，將軍寒笛老思鄉。二師骨恨千夫壯，李廣魂飛一劍長。戍角就沙催落日，陰雲分磧護飛霜。誰知漢武輕中國，閑奪天山草木荒。

秋日

秋含砧杵擣斜陽，笛引西風顥氣涼。薜荔惹煙籠蟋蟀，芰荷翻雨潑鴛鴦。當年酒賤何妨醉，今日時難不易狂。腸斷舊遊從一别，潘安惆悵滿頭霜。

金陵雜題二首

王氣生秦四百年，晉元東渡浪花船。正慙海内皆塗地，來保江南一片天。古樹著行臨遠岸，暮山相亞出微煙。干征萬戰英雄盡，落日牛羊食野田。

暮潮聲落草光沉，賈客來帆宿岸陰。一笛月明何處酒，滿城秋色幾家砧。時清曾惡桓溫盛，山翠長牽謝傅心。今日到來何物在，碧煙和雨鎖寒林。

麻姑山

紺殿松蘿太古山，仙人曾此話桑田。閑傾雲液十分日，已過浮生一萬年。花洞路中逢鶴信，水簾巖底見龍眠。我來遊禮酬心願，欲共怡神契自然。

題蘇仙山（郴州城東有山，爲蘇耽修真之所，名蘇仙山）

眼穿林罅見郴州，井里交連側局楸。味道不來閑處坐，勞生更欲幾時休。蘇仙宅古煙霞老，義帝墳荒草木愁。千古是非無處問，夕陽西去水東流。

洪州解至長安，初舉納省卷夢仙謠（缺二十八字）

玉殿大開從客入，金桃爛熟没人偷。鳳驚寶扇頻翻翅，龍懼（一作帳）金鞭不（一作忽）轉頭。

憶仙謠（第二舉）

白榆風颭九天秋，王母朝迴宴玉樓。日月漸長雙鳳睡，桑田欲變六鼇愁。雲翻簫管相隨去，星觸旌幢各自流。詩酒近來狂不得，騎龍却憶上清遊。

納省卷贈爲首劉象（第三舉）

曾應大中天子舉，四朝風月鬢蕭疎。不隨世祖重攜劍，却爲文皇再讀書。（文皇謂太宗，世祖謂昭宗，以光武中興比之也）十載戰塵銷舊業，滿城春雨壞貧居。一枝何事於君借，仙桂年年幸有餘。

贈王定保（定保光化中及第，吳子華侍郎以子妻之。子華卽世，定保南遊湖湘，無北歸意。吳女假緇服，自長安來謁，白於馬殷，令引見於佛寺。吳隔簾謝之）

仙桂曾攀第一枝，薄遊湘水阻佳期。皋橋已失齊眉願，蕭寺行逢落髮師。廢苑露寒蘭寂寞，丹山雲斷鳳參差。聞公已有平生約，謝絕女蘿依兔絲。

結客少年場行

重義輕生一劍知，白虹貫日報讐歸。片心惆悵清平世，酒市無人問布衣。

陽朔碧蓮峰

陶潛彭澤五株柳，潘岳河陽一縣花。兩處爭如陽朔好，碧蓮峰（一作縣）裏住人家。

再過金陵

玉樹歌終王氣收，鴈行高送石城秋。江山不管興亡事，一任斜陽伴客愁。

都門送别

岸柳蕭疎野荻秋，都門行客莫回頭。一條灞水清如劍，不爲離人割斷愁。

弔邊人

殺聲沈後野風悲，漢月高時望不歸。白骨已枯沙上草，家人猶自寄寒衣。

句

尺素隱清輝一毫分險阻（題畫山水圖）　金翅動身摩日月銀河轉浪洗乾坤（獻馬殷頌德五代史補）　須知手筆安排定不怕山河整頓難（獻李昇山水圖詩）　九衢冠蓋暗爭路四海干戈多異心（紀事）　地限一水巡城轉天約羣山附郭來（題法華寺零陵總記）　數家魚網疎雲外一岸殘陽細雨中（湘江行）　松欹晚影離壇草鍾撼秋聲入殿風（濁天錫同題古觀郡閣雅談）　壓低吳楚遙涵水約破雲霞獨倚天（望廬山野客叢談）　半身落日離秦樹一路平蕪入楚煙（以下錦繡萬花谷）　清占月中三峽水麗偷雲外十洲春　幽鳥喚人穿竹去野猨尋果出雲來

全唐詩

伍喬

伍喬廬江人南唐時舉進士第一仕至考功員外郎詩一卷

僻居謝何明府見訪

公退琴堂動逸懷閑披煙靄訪微才馬嘶窮巷蛙聲息轍到衡門草色開風引柳花當坐起日將林影入庭來滿齋塵土一牀蘚多謝從容水飯回

冬日道中（一作冬日送人）

去去天涯無定期瘦童羸馬共依依暮煙江口客來絕寒葉嶺頭（一作前）人住（一作往）稀帶雪野風吹旅思入雲山火照行衣釣臺吟閣滄洲在應爲初心未得歸

僻居酬友人

僻居雖（一作惟）愛近林泉幽徑閑居（一作圍）碧（一作任）蘚連向竹掩扉隨鶴息就溪安石學僧禪古琴帶月音聲亮（一作正）山果經霜氣味全多謝故交憐朴野隔雲時復寄佳篇

遊西山龍泉禪寺（一作院）

疊巘層峰坐可觀枕門流水更潺湲（一作出雲端）曉鐘聲徹洞溪遠夏木影籠軒檻寒幽徑乍尋衣屨潤古堂頻宿夢魂安因嗟城郭營營事不得長遊（一作遊遊）空曖殘

宿灊山

一入仙山萬慮寬夜深寧厭倚虛欄鶴和雲影宿高木人帶月光登古壇芝朮露濃溪塢白薜蘿風起殿廊寒更陪羽客論眞理不覺初鐘叩曉殘

遊西禪

遠岫當軒列翠光高僧一衲萬緣忘碧松影裏地長潤白藕花中水亦香雲自雨前生淨石鶴于鐘後宿長（一作塵）廊遊人戀此吟終日盛暑樓臺早有涼

寄史處士

長羨閑居一水湄吟情高古有誰知石樓待月橫琴久漁浦經風下釣遲僻塢（一作徑幽圃）落花多掩徑舊山殘燒幾侵籬松門別後無消息早晚重應躡屐隨（一作重爲清話期）

僻居秋思寄友人（一作故友）

門巷秋歸更寂寥雨餘閑砌委蘭苗夢迴月夜蟲吟壁病起茅齋藥滿瓢澤國舊遊關遠思竹林前會負佳招身名未立猶辛苦何許流年晚鬢凋（一作焦）

寄落星史虛白處士

白雲峰下古溪頭曾與提壺爛熳遊登閣共看彭蠡水圍爐相憶杜陵秋基玄不厭通高品（一作通宵算）句妙多容隔歲酬別後相思時一望暮山空碧水空流

九江旅夜寄山中故人

弱柳風高遠漏沈坐來難便息愁吟江城雪盡寒猶在客舍燈孤夜正深塵土積年粘旅服關山無處寄歸心此時遙羨閑眠侶靜掩雲扉（一作向）卧一林

聞杜牧赴闕

舊隱匡廬一草堂今聞攜策謁吾皇峽雲難卷從龍勢古劒終騰出土光開翅定期歸碧落濯纓寧肯問滄浪他時得意交知仰莫忘裁詩寄釣鄉

題西林寺水閣

竹翠苔花遶檻濃此亭幽致詎曾逢水分林下清泠派山峙雲間峭峻峰怪石夜光寒射燭老杉秋韻冷和鐘不知來往留題客誰約重尋蓮社蹤

林居喜崔三博遠至

幾日區區在遠程晚煙林徑喜相迎姿容雖有塵中色巾屨猶多嶽上清野石靜排爲坐榻溪茶深煮當飛觥留連話與方經宿又欲攜書別我行

觀華夷圖

別手應難及此精須知攢簇自心靈始於毫末分諸國漸見圖中列四溟關路欲伸通楚勢蜀山俄聳入秦青筆端盡現寰區事堪把長懸在户庭

廬山書堂送祝秀才還鄉

束書辭我下重巔相送同臨楚岸邊歸思幾隨千里水離情空寄一枝蟬園林到日酒初熟庭户開時月正圓莫使蹉跎戀疎野男兒酬志在當年

暮冬送何秀才毗陵

疋馬嘶風去思長素琴孤劒稱戎裝路塗多是過殘歲杯酒無辭到醉鄉雲傍水村凝冷片雪連山驛積寒光毗陵城下饒嘉景回日新詩應滿堂

龍潭張道者

碧洞幽巖獨息心時人何路得相尋養生不說憑諸藥適意惟聞在一琴石徑掃稀山蘚合竹軒開晚野雲深他年功就期飛去應笑吾徒多苦吟

晚秋同何秀才溪上

閑步秋光思杳然荷藜因共過林煙期收野藥尋幽路欲採溪菱上小船雲吐晚陰藏霽岫柳含餘靄咽殘蟬倒尊盡日忘歸處山磬數聲敲暝天

送江少府授延陵後寄

五老雲中勤學者遇時能不困風塵束書西上謁明主捧檄南歸慰老親別館友朋留醉久去程煙月入吟新莫因官小慵之任自古鸞棲有異人

觀山水障子

功績精妍世少倫圖時應倍用心神不知草木承何異但見江山長帶春雲勢似離巖底石浪花如動岸邊蘋更疑獨泛漁舟者便是其中舊隱人

寄張學士洎

不知何處好消憂公退攜壺即上樓職事久參侯伯幕夢魂長遶帝王州黃山向晚盈軒翠黟水含春遶檻流遙想玉堂多暇日花時誰伴出城遊

句

積靄沈諸壑微陽在半峰（省試霽後望鍾山）

全唐詩

陳陶

陳陶字嵩伯嶺南（一云鄱陽一云劍浦）人大中時遊學長安南唐昇元中隱洪州西山後不知所終詩十卷今編爲二卷

塞下曲

邊頭能走馬猨臂李將軍射虎羣胡伏開弓絕塞聞海山諳向背攻守別風雲只爲坑降罪輕車未轉勳

望湖關下戰雜虜喪全師鳥啄豺狼將沙埋日月旗牛羊奔赤狄部落散燕耆都護凌晨（一作臨城）出銘功瘞死屍

胡無人行

十萬羽林兒臨洮破郅支殺添胡地骨降足漢營旗塞闊牛羊散兵休帳幕移空流隴頭水嗚咽向人悲

悲哉行

中嶽仇先生遺余餌松方服之一千日肢體生異香步履如風旋天涯不齎糧仍云（一作聞）爲地仙不得朝虛皇役兔有三穴人生又何常悲哉二廉士餓死於首陽

塗山懷古

落拓書劍晚清秋鷹正籠塗山間來上敬愛如登龍覽古覺神王倏然天地空東南更（一作竟）何有一醉先王風惟昔放勳世陰晦（一作脩）徹成洪皇圖化魚鱉天道漂無蹤帝乃命舟楫掇芳儒素中高陳九州力百道驅歸東舊物復光明洪爐再埏鎔經門不私子足知（一作示）天下公亮曰那並生唐虞禪華蟲玆山朝萬國一賦寰海同十載有區寓秋毫皆（一作亦）帝功垂衣不驕德子桀如何聾握髮聞禮賢葺茅見卑宮凡夫色難事神聖安能恭道隱（一作德）三千年遺芳播笙鏞當時執圭處佳氣仍童童海嶼儼清廟天人盛祇供玄恩及花木丹讖名崆峒異代草澤臣何由樹勳庸堯階未曾識誰信平生忠恨不當際會預爲執鞭僮勞歌下山去懷德心無窮

遊子吟

棲烏喜林曙驚蓬傷歲闌關河三尺雪何處是天山朔風無重衣僕馬飢且寒慘慽別妻子遲回出門難男兒值休明豈是長泥蟠何者爲木偶何人侍金鑾鬱鬱守貧賤悠悠亦無端進不圖功名退不處巖巒窮通在何日光景如跳丸富貴苦不早令人摧心肝誓期春之陽一振摩霄翰

懷仙吟二首

丹陵五牙（一作霞）客昨日羅浮歸赤斧尋不得煙霞空滿衣試於華陽問果遇三茅知採藥向十洲同行牧羊兒十洲隔八海浩渺不可期空留雙白鶴巢在長松枝

雲溪古流水春晚桃花香憶與我師別片帆歸滄浪滄浪在何許相思淚如雨黃鶴不復來雲深離別處石渠泉泠泠三見菖蒲生日夜勞夢魂隨波注東溟空懷別時惠長讀消魔經

海昌望月

何處無今夕豈期在海頭賈客不愛月嬋娟閑（一作避一作入）滄洲浩然傷歲華獨望湖邊樓煙島青歷歷藍田白悠悠誰無破鏡期緊我信虛舟誰無桂枝念緊我方摧輈始見彎環春又逢團圓秋莫厭綾扇夕百年多銀鉤金盤誰雕鐫玉窟難冥搜重輪運時節三五不自由疑抛雲上鍋（一作端）欲摟天邊毬嫦居應寒冷擣藥青冥愁兔子樹下蹲蝦蟆池中遊如何名金波不共水東流天花辟膻腥野雲無邊陬蚌蛤乘大運含珠相對讎夜鵲思南鄉露華清東甌百寶安可覰老龍鏁深湫究究如情人盜者即（一作如）仇讐海涯上皎潔九門更清幽亭亭勸金尊夜久喘吳牛夷俗皆輕擲北山思今（一作茲）遊鴈聲故鄉來客淚隋南洲平生煙霞志讀書覓封侯四海尚白身豈無故鄉羞壞坎何足歎壯如水中虬獵獵谷底蘭搖搖波上鷗中途喪資斧兩地生繁憂一杯太陰君鵂鶹豈無求明日將片葉三山東南浮

蒲門戍觀海作

廓落溟漲曉蒲門鬱蒼蒼登樓禮東君旭日生扶桑毫釐見蓬瀛含（一作春）吐金銀光草木露未晞蜃樓氣若藏欲遊蟠桃國慮涉魑魅鄉徐市惑秦朝何人在巖廊惜哉千童子葬骨於眇茫恭聞槿容言東池接天潢即此聘牛女曰祈長壽方靈津水清（一作深）淺余亦慕脩航

番禺道中作

博羅程遠近海塞愁先入瘴雨出虹蝀蠻江渡山急常聞島夷俗犀象滿城邑鴈至草猶春潮迴檣半濕丹丘鳳皇隱水廟蛟龍集何處樹能言幾鄉珠是泣千年趙佗國霸氣委原隰齷齪笑終軍長纓禍先及

贈江西周大夫（一作贈周太史）

否極生大賢九元降靈氣獨立正始風蔚然中興瑞淵淪照三古磊落涵涇渭真貌月懸秋雄詞雷出地具瞻先皇寵欲踐東華貴咫尺時不來千秋鼎湖淚因分三輔職進領南平位報政黃霸慙提兵呂蒙醉歲星臨斗牛水國嘉祥至不獨蒼生蘇仍兼六騶喜（一作師治）恭聞廟堂

罯欲斷匈奴臂劃釋自宸衷平戎在連帥時康簪笏冗
世梗忠良議丘壑非無人松香有私志三朝倚天劍十
萬浮雲騎可使河曲清羣公信兒戲滄溟用謙德百谷
走童稚禦衆付深人參籌須偉器他年蓬蓽賤願附鵷
鸞翅

旅次銅山途中先寄温州韓使君

亂山滄海曲中有橫陽道束馬過銅梁苕華坐堪老鳩
鳴高崖裂熊鬬深樹倒絶壑無坤維重林失蒼昊躋攀
寡儔侶扶接念輿皁俛仰慄嵌空無因掇靈草梯一作睇窮
閩戍鼓魂續賴丘禱敞豁天地歸縈紆村落好悠悠思
蔣徑擾擾愧商皓馳想永嘉侯應傷此懷抱

種蘭

種蘭幽谷底四遠聞馨香春風長養深枝葉趁人長智
水潤其根仁鋤護其芳蒿藜不生地惡鳥弓已藏椒桂
夾四隅茅茨居中央左鄰桃花塢右接蓮子塘一月薰
手足兩月薰衣裳三月薰肌骨四月薰心腸幽人飢如
何採蘭充餱糧幽人渴如何醞蘭爲酒漿地無青苗租
白日如散王一作羲皇不嘗仙人藥端坐紅霞房日夕望美人
佩花正煌煌美人久不來佩花徒生光刈穫及葳蕤無
令見雪霜清芬信神鬼一葉豈可忘舉頭愧青天鼓腹
詠時康下有賢公卿上有聖明王無階答風雨願獻蘭
一筐

草木言

何生我蒼蒼何育我黃黃草木無知識幸君同三光始
自受姓名葳蕤立衣一作表裳山河既分麗齊首乳青陽甘
辛各有榮好醜不相防常憂刀斧刼竊慕仁壽鄉願天
雨無暴願地風無狂雨足因衰憊風多因夭傷在山不
爲桂徒辱君高岡在水不爲蓮徒占君深塘勿輕培塿
阜或有奇棟梁勿輕蒙朧澤或有奇馨香涓毫可麄差
朝菌壽爲長擁腫若無取大椿命爲傷婆娑不材生苒
苒向秋荒幸遭薰風日有得皆蕤揚所愧雨露恩願效
幽微芳希君頻採擇勿使枯雪霜

題僧院紫竹

喜遊蛟井寺復見炎州竹杳靄萬丈間㶁風清獨速江
南正霜霰吐秀弄顓頊似瑞鸞堅貞如魔試金粟筝非
孝子泣文異湘靈哭金碧誰與鄰蕭森自成族新聞赤
帝種子落毛人谷遠祖賜鵷鵬遺芳遍南陸對煙蘇麻
醜夾澗篔簹伏美礜動丹青瓌姿豔秦蜀因緣鹿苑識
想像虵丘斸幾葉別黃茅何年依白足龍樹蟄一花砌
瑤掃雲屋色靜曼仙花名高給孤獨青蔥太子樹灑落
觀音目法雨每霑濡玉毫時照燭離居鸞節變住冷金
顏縮豈念葛陂榮幸無祖父辱光搖水精串影送蓮花
軸江鶩日相尋野鶚時寄宿幽香入茶竈靜翠直棊局
肯羨垣上蒿自多籬下菊從來道生一況伴龜藏六棲
託詎星迴檀欒已雲矗霞杯傳縹葉羽管吹紫玉久絶一作無
釣竿歌聊裁竹枝曲媿生黃金地千秋爲師綠

早發始興

雲裏山已曙舟中火初爇緣浦待行橈玄猨催落月沿
流信多美況復秋風發挂席借前期晨雞莫啁哳

寄元孚道人

梵宇一作楚寺章句客佩蘭三十年長乘碧雲馬時策一作借翰林
鞭曩事五岳遊金衣曳祥煙高攀桐君手左倚鸑鷟肩
哭玉秋雨中摘星春風前橫軸截洪偃憑几見廣宣爾
來寤華胥石壁孤雲眠龍降始得一作聽偈龜老方巢蓮內
殿無文僧騶虞誰能牽因之問楚水弔屈幾潺湲

和西江一作江南李助副使早登開元寺閣第十五句缺一字

虛豁登寶閣三休極層構獨立天地間煙雲滿襟袖鰲
荒初落日劍野呈綺繡秋檻祝融微陰軒九江湊拂簷
皇姑舍錯落白榆秀倚砌天竺祠蛟龍蟠古甃翛然觀
六合一指齊宇宙書劍忽若　青雲日方晝南朝空蒼
莽楚澤稀耕耨萬事溺頹波一航安可浸徒云寄麟泣
六五終難就賁斧念餘生湖光隱圭竇早聞羣黃鶴飄
舉此江岫陵谷空靄然人樵已鷦鸞燕宮豸冠客憑覽
發清奏珠玉難嗣音挩一作棳轅愧孤陋

將歸鍾陵留贈南海李尚書

楚國有田舍炎州長夢歸懷恩似秋燕屢遶玉堂飛越
酒豈不甘海魚寧無肥山裘醉歌舞事與初心違瞱瞱
文昌公英靈世間稀長江浩無際龍蜃皆歸依賤子感
一言草茅發光輝從來雞𪈨質得假鳳皇威常欲討玄
珠青雲報巍巍龍門竟多故雙淚別旍一作旌旆

宿島徑夷山舍

百里遵島徑蓬征信邅迴瞑依漁樵宿似過一作遇黃金臺
缺翳心未理寥寥夜猨哀山深石牀冷海近腥氣來主
人意不淺屢獻流霞杯對月撫長劍愁襟紛莫開九衢
平如水胡爲涉崔嵬一飯未遑飽鵬圖信悠哉山濤詎
細君吾豈厭蓬萊明發又驅馬客思一裴回

避世翁

海上一蓑笠終年垂釣絲滄洲有深意冠蓋何由知直
鉤不營魚蝸室無妻兒渴飲寒泉水飢飡紫朮一作靈芝鶴
髮披兩肩高懷如澄陂嘗聞仙老言云是古鴟夷石竇
閟雷雨金潭養蛟螭乘槎上玉津騎鹿遊峩嵋以人爲
語默與世爲雄雌茲焉乃磻溪豹變應須時自古隱淪
客無非王者師

冬夜吟

黑夜天寒愁散玉東皇海上張仙燭侯家歌舞按梨園
石氏賓寮醉金谷魯家襜褕閣披水雪花燈下甘垂翅
散帙高編折桂枝披紗密甃青雲地霜白溪松轉斜蓋
銅龍喚曙咽聲細八埏螻蟻厭寒栖早晚青旗引春帝
展轉城烏啼紫天一作烟曈曚千騎衙樓前

西川座上聽金五雲唱歌

蜀王殿上華筵開五雲歌從天上來滿堂羅綺悄無語
喉音止一作只駐雲裏回管弦金石還依轉不隨歌出靈和
殿白雲飄飄一作飄席上聞貫珠歷歷聲中見舊樣釵篦淺
澹衣元和梳洗青黛眉低叢小鬟膩鬌鬌徒果切小貌剪髮爲鬌碧牙
鏤掌山參差曲終暫起更衣過還向南行座頭坐低眉
欲語謝貴侯檀臉雙雙淚穿破自言本是宮中嬪武皇
改號承恩新中丞御史不足比中丞御史皆當時宮中歌者水殿一聲愁
殺人武皇鑄鼎登真籙嬪御蒙恩免幽辱茂陵弓劍不
得親嫁與卑官到西蜀卑官到官年未周堂衙祿罷東

西遊蜀江水急駐不得復此萍蓬二十秋今朝得侍王侯宴不覺途中妾身賤願持卮酒更唱歌歌是伊州第三遍唱著右丞征戍詞更聞閨（一作明）月添相思如今聲韻尚如在何況宮中年少時五雲處處可憐許明朝道向襄中去須臾宴罷各東西兩散雲飛莫知處

飛龍引

有熊之君好神仙飡霞鍊石三千年一旦黃龍下九天騎龍枏枏昇紫煙萬姓攀髯髯墮地啼呼弓劍飄寒水紫鸞八九隨玉笙金鏡空留照魑魅羽幢襹褷銀漢秋六宮望斷芙蓉愁應龍下揮中園笑泓泓水遶青苔洲瑞風飄遻（一作還）天光淺瑤闕峩峩橫露苑沆瀣樓頭紫鳳歌三株樹下青牛飯鴻朧九關相玉皇鈞天樂引金華郎散花童子鶴衣短投壺姹女蛾眉長彤庭侍宴瑤池席老兔春高桂宮白蓬萊下國賜分珪阿母金桃容小摘仙流萬緘蟲篆春三十六洞交風雲千年小兆一蟬蛻丹臺職亞扶桑君金烏試浴青門水下界蜉蝣幾迴死

謫仙詞

牧龍丈人病高（一作歌）秋羣童擊節星漢愁瑤臺鳳輦不勝恨太古一聲龍白頭玉氣蘭光久摧折上清雞犬音書絕蜺旌失手遠於天三島空雲對秋月人間磊磊浮漚客鸞鶩蜻蜓飛自隔不應冠蓋逐黃埃長夢眞君舊恩澤

步虛引（一作仙人詞）

小隱山人十洲客莓苔爲衣雙耳白青編爲我忽降書（一作隱身）暮雨虹蜺（一作霓）一千尺赤城門閉（一作開）六丁直曉日已燒（一作紅）東海色朝天半夜聞玉雞星斗離離礙龍翼（一本後四句另作一首）

獨搖手

漢宮新燕矜蛾眉春臺豔妝蓮一枝迎春侍宴瑤華池游龍七盤嬌欲飛冶袖鶯鸞拂朝曦摩煙裊雪金碧遺愁鴻連翩蠶曳絲颯遝明珠掌中移仙人龍鳳雲雨吹朝哀暮愁引啞（一作喔）伊鴛鴦翡翠承宴私南山一笑君無辭仙蛾泣月清露垂六宮燒燭愁風欹

空城雀

古城濛濛花覆水昔日住人今住鬼野雀荒臺遺子孫千年飲啄枯桑根不隨海燕栢梁去應無玉環銜報恩近村紅栗（一作粟）香壓枝嗷嗷黃口訴朝飢生來未見鳳皇語欲飛常怕蜘蛛絲斷腸四隅天四絕清泉綠蒿無恐疑

雞鳴曲

雞聲春曉上林中一聲驚落蝦蟇宮二聲喚破枕邊夢三聲行人煙海紅平旦慵將百雛語蓬鬆錦繡當陽處媿君飲食長相呼爲君晝鳴下高樹

小笛弄（一作小弄蓬）

一尺玲瓏握中翠僊娥月浦呼龍子五夜流珠（一作球）粲（一作渠）夢卿（一作鄉）九青鸞倚洪崖醉丹穴飢兒笑風雨媧皇碧玉星星語蛇蝎愁聞骨髓寒江山恨老眠秋霧綺席鴛鴦冷朱翠星流露泣誰驅使江南一曲罷伶倫芙蓉水殿春風起

將進酒

金尊莫倚青春健齷齪浮生如走電琴瑟盤傾從世珠黃泥局瀉流年箭麻姑爪禿瞳子昏東皇肉角生魚鱗靈鼇柱骨半枯朽驪龍德悔愁耕人周孔蓍龜久淪沒黃蒿誰認賢愚骨兔苑詞才去不還蘭亭水石空明月姮（一作亞）娥弄簫香雨（一作天女）收江濱迸瑟魚龍愁靈芝九折楚蓮醉翾風一歎梁庭秋（一作塵愁）酥亞（一作凸）鑾觥奉君壽玉山三獻春紅透銀鴨金鵝言待誰隋家嶽瀆皇家有珊瑚座上凌香雲鳳臘龍炙猩猩脣芝蘭此日不傾倒南山白石皆賢人文康調笑麒麟起一曲飛龍壽天地

錢塘對酒曲

風天鴈悲西陵愁使君紅旗弄濤頭東海神魚騎未得江天大笑閑悠悠嗟蛾吳山莫誇碧河陽經年一宵白南州彩鳳爲君生古獄愁蛇待恩澤三清羽童來何遲十二玉樓胡蝶飛炎荒翡翠九門去遼東白鶴無歸期（一作家歸）鴟夷公子休悲悄六鼇如鏡天始老（一作曉）尊前事去月團圓琥珀無情憶蘇小

巫山高

玉峰青雲（一作聶聳）十二枝金母和雲賜瑤姬花宮磊砢楚宮外（一作列）列仙（一作仙客）八面星斗垂秀色無雙怨三峽春風幾夢襄王獵青鸞不在嬾吹簫斑竹題詩寄江妾飄颻絲散巴子天苔裳玉轡紅霞幡（一作鮮）歸時白帝掩青瑣瓊枝草草遺（一作迷）湘煙

贈別離

碧玉飛天星墜地玉劍分風交合水楊柳聽歌莫向隅雞鳴一石留髡醉蹄輪送客溝水東月娥揮手崦嵫峰鑾天列嶂儼相待風官掃道迎遊龍天姥翦霞鋪曉空漴漴大帝開明宮文鯨掉尾四海通分明瀑布收靈桐山妖水魅騎旋風魘夢醫魂黃瘴中借君朗鑒入崆峒靈光草照閑花紅

關山月

昔年嫖姚護羌月今照嫖姚雙鬢雪青塚曾無尺寸歸錦書（一作囊）多（一作曾）寄窮荒骨百戰金瘡體沙磧鄉心一片懸秋碧漢城（一作帝）應期（一作騎）破鏡時胡塵萬里嬋娟隔度磧銜雲朔風起邊笳欲晚生青珥隴上橫吹霜色刀（一作色如刀）何年斷得匈奴臂

殿前生桂樹

僊娥玉宮秋夜明桂枝拂檻參差瓊香風下天漏丁丁牛渚翠梁橫淺清羽帳不眠恨吹笙棲烏（一作鳥）暗驚僊子落步月鬟雲隨金雀蕙樓凉簟翠波空銀縷香寒鳳皇薄東海即爲郎斟酌綺疏長懸七星杓

古鏡篇

紫皇玉鏡蟾蜍字墮地千年光不死發匣身沉古井寒懸臺日照愁成水海户山窗幾梳綰菱花開落何人見野老曾耕太白星神狐夜哭秋天片下國青銅旋磨滅迴鸞萬影成枯骨會待搏風雨泬寥長恐莓苔蝕明月

自歸山

海嶽南歸遠天門北望深暫爲青瑣客難換（一作不替）白雲心富貴老閑事猨猱思舊林清平無樂志（一作道）尊酒有（一作自）瑤琴

渡（一作濟）浙江

適越一輕艘，凌兢截鷺濤。曙光金海近，晴雪玉峯高。
靜思投筆傷，時欲釣鼇。壯心殊未展，登涉漫勞勞。

清源途中旅思

古木閩州道，驅羸落照間。投村（一作林）礙野水，問店隔荒山。
身事幾時了，蓬飄何日閑。看花滯南國，鄉月十灣環。

南海送韋七使君赴象州任

一鶚韋公子，新恩頒郡符。島夷通荔浦，龍節過蒼梧。
地理金城近，天涯玉樹孤。聖朝朱紱貴，從此展雄圖。

送沈次魯南遊（一作盧振石送沈次魯）

高（一作南）臺贈君別，滿握軒轅風。落日一揮手，金鵝雲（一作煙）雨
空。鼇洲石梁外，劍浦羅浮東。茲興不可接，翛翛煙際鴻。

南海石門戍懷古

漢家征百越，落地喪貔貅。大野朱旗沒，長江赤血流。鬼
神尋覆族，宮廟變荒丘。唯有朝臺月，千年照戍樓。

賦得池塘生春草

謝公遺詠處，池水夾通津。古往人何在，年來草自春。色
宜波際綠，香異雨中新。今日青青意，空悲行路人。

題居上人法華新院

浮名深般若，方寺設蓮華。鐘唄成僧國，湖山稱法家。一
塵多寶塔，千佛大牛車。能誘泥犂客，超然識聚沙。

送泰鍊師

紫府靜沈沈，松軒思別吟（一作到琴）。水流寧有意，雲泛本無心。
錦洞桃花遠，青山竹葉深。不因時賣藥，何路更相尋。

哭寶月三藏大禪師

五峯習聖罷，乾竺化身歸。帝子傳眞印，門人哭寶衣。一
囊窮海沒，三藏故園稀。無復天花落，悲風滿鐵圍。

湓城贈別

楚岸青楓樹，長隨送遠心。九江春水闊，三峽暮雲深。氣
調桓伊笛，才華蔡琰琴。迢迢嫁湘漢，誰不重黃金。

贈別

海國一尺綺，氷壺萬縷絲。以君西攀桂，贈此金蓮枝。高
鳥思茂林，窮魚樂洿池。平生握中寶，無使歲寒移。

全唐詩

陳陶

贈溫州韓使君

康樂風流五百年，永嘉鈴閣又登賢。嚴城鼓動魚驚海，
華屋尊開月下天。內使筆鋒光案牘，鄢陵詩句滿山川。
今來誰似韓家貴，越絕麾幢鴈影連。

閑居寄太學盧景博士

無路青冥奪錦袍，恥隨黃雀住蓬蒿。碧雲夢後山風起，
珠樹詩成海月高。久滯鼎書求羽翼，未忘龍闕致波濤。
閑來長得留侯癖，羅列楂梨校六韜（一作嶠溪老叟無人用，閑列查梨校六韜）。

贈漳州張怡（一作貽）使君

舊德徐方天下聞，當年熊軾繼清芬。井田異政光蠻竹，
符節深恩隔瘴雲。已見嘉祥生北户，嘗嫌夷貊蠹南薰。
幾時徵拜征西越，學著縵胡從使君。

贈容南韋中丞

普寧都護軍威重，九驛梯航壓要津。十二銅魚尊畫戟，
三千犀甲擁朱輪。風雲已靜西山寇，閭井全移上國春。
不獨來蘇發歌詠，天涯半是泣珠人。

投贈福建路羅中丞

越艷新謠不厭聽，樓船高卧靜南溟。未聞建水窺龍劍，
應喜家山接女星。三捷楷模光典策，一生封爵笑丹青。
皇恩幾日西歸去，玉樹扶踈正滿庭。

贈江南李偕副使

世祿三朝壓鳳池，杜陵公子漢庭知。雷封始賀堂溪劍，
花府尋邀玉樹枝。幾日坐談誅叛逆，列城歸美見歌詩。
從軍莫厭千場醉，即是金鑾寵命時。

賀容府韋中丞大府賢兄新除黔南經略

蓬瀛簪笏舊聯行，紫極差池降寵章。列國山河分鴈字，
一（一作序）門金玉盡龍驤。耿家符節朝中美，表氏芝蘭閫外
香。烽戍悠悠限巴越，佇聽歌詠兩甘棠。

和容南韋中丞題瑞亭白燕白鼠六眸龜嘉蓮

伏波恩信動南夷，交趾喧傳四瑞詩。燕鼠孕靈褒上德，
龜蓮增耀荅無私。迴翔雪侶窺簷處，照映紅巢出水時。
盡寫流傳（一作風流）在軒檻，嘉祥從此百年（一作城）知。

題豫章西山香城寺

十（一作大）地嚴宮禮竺皇，旃檀樓閣半天香。祇園樹老梵聲
小，雪嶺花香（一作開）燈影長。霄漢落泉供月界，蓬壺靈鳥侍
雲房。何年七七金（一作空）人降，金錫珠壇滿上方。

送江西周尚書赴滑臺

楚謠襦袴整三千，喉舌新恩下九天。天（一本此字缺）角雄都分
節鉞，蛟龍舊國罷樓船。崑河已在兵鈐內，棠樹空留鶴
嶺前。多病無因酬一顧，鄢陵千騎去翩翩。

閩中送任畹端公還京

燕臺下榻玉爲人，月桂曾輸次第春。幾日酬恩坐炎瘴，
九秋高駕拂星辰。漢庭鳳進鵷行喜，隋國珠還水府貧。
多少嘉謨奏風俗，斗牛孤劍在平津。

豫章江樓望西山有懷

水護星壇列太虛，煙霓十八（一作烟霞明滅）上仙（一作眞）居。時人未識
遼東鶴，吾祖曾傳寶鼎書。終日章江催白鬢，何年丹竈
見紅蕖。桃花谷口春深淺，欲訪先生赤鯉魚。

經徐稚墓

郝鄢妖興炎漢衰，先生南國卧明夷。鳳皇屢降玄纁禮，
瓊石終藏烈火詩。禁掖衣冠加宋鵲，湖山耕釣沒堯時。
千（一作師）年壠樹何人哭，寂寞蒼苔內史碑。

鍾陵道中作

原隰經霜蕙草黃，塞鴻消息怨流芳。秋山落照見麋鹿，
南國異花開雪霜。煙火近通槃瓠俗，水雲深入武陵鄉。
曾逢蠶缺話東海，長憶蕭家青玉牀。

旅泊塗江

煙雨南江一葉微，松潭漁父夜相依。斷沙鴈起金精出，
孤嶺猨愁木客歸。楚國柑橙勞夢想，丹陵霞鶴間音徽。
無因得似滄溟叟，始憶離巢已倦飛。

上建溪

崆峒一派瀉蒼煙，長揖丹丘逐水仙。雲樹杳冥通上界，
峯巒迴合下閩川。侵星愁過蛟龍國，採碧時逢婺女船。
已判猨催鬢先白，幾重灘瀨在秋天。

冬日暮（一作冬夜）旅泊廬陵
螺亭倚棹哭飄蓬白浪欺船自向東楚國蕙蘭增悵望
番禺箠篚旅（一作屢）虛空江城雪落千家夢汀渚冰生一夕
風棄置侯鯖任羇束不勞龜瓦問窮通
登寶曆寺閣
金碧高層世界空憑蜺（一作閑）長嘯八蠻風橫軒水壯蛟龍
府倚棟星開牛斗宮三楚故墟殘景北六朝荒苑斷山
東不堪懷古勞悲笑安得鵬摶顥氣中
寄兵部任畹郎中
常思劍浦越（一作別）清塵荳蔻花紅十二春崑玉已成廊廟
器澗松猶是薜蘿身雖同橘柚依南土終媿（一作仰）魁罡近
北辰好向昌（一作明）時薦遺逸莫教千古弔靈均
贈江南從事張侍郎（一作御）
平南門館鳳皇毛二十華軒立最高幾處談天致雲雨
早時文海得鯨鼇姻聯紫府蕭窗貴職稱青錢繡服豪
江徼無虞才不展銜杯終日詠離騷
劍池
秦帝南巡厭火精蒼黃埋劍故豐城霸圖繚戾金龍蟄
坤道扶搖紫氣生星斗臥來閑窟穴雌雄飛去變澄泓
永懷惆悵中宵作不見春雷發匣聲
洛城見賀自真飛昇（一作登仙）
子晉鸞飛古洛川金桃再熟賀郎仙三清樂奏嵩丘下
五色雲屯御苑前朱頂舞低（一作翻）迎絳節青鬟歌對駐香
輧誰能白晝相悲泣太極光陰億萬年
謫仙吟贈趙道士
汗漫東遊黃鶴雛縉雲仙子住清都三元麟鳳推高座
六甲風雷閟小壺日月暗資靈壽藥山河擬作（一作常直又作直擬）化
生符若爲失意居蓬島鼇足塵飛桑樹枯
夜別溫商梓州
鳳皇城裏花時別玄武江邊月下逢客舍莫辭先買酒
相門曾忝舊登龍迎風騷屑千家竹隔水悠揚午夜鐘
明日又行西蜀去不堪天際遠山重
題贈高閑上人
簷蔔花間客軒轅席上珍筆江秋菡萏僧國瑞麒麟內
殿初招隱曹溪得後塵龍蛇驚粉署花雨對金輪白馬
方依漢朱星又入秦劇談夌鑿齒清論倒波旬拂石先
天古降龍舊國春珠還合浦老龍去玉州貧鴛鷺輸黃
絹場壇遶白蘋鼎湖閑入夢金閣靜通神海氣成方丈
山泉落淨巾獼猴深愛月鷗鳥不猜人拂岳蕭蕭竹垂
空澹澹津漢珠難覔對荊璞本來真伊傅多聯璧劉雷
競買鄰江邊有國寶時爲劚星辰
哭王贊府
白水流今古青山送死生驅馳三楚掾倏忽一空名金
玉埋皐壤芝蘭哭弟兄龍頭孤後進鵬翅失前程愁變
風雲色悲連鼓角聲落星辭聖代寒夢閉佳城伊昔來
江邑從容副國英德踰棲棘美公亞飲冰清大廈亡孤
直羣儒憶老成白駒悲里巷梁木慟簪纓隴遂添新草
珠還滿舊籯蒼蒼難可問原上晚煙橫
聖帝擊壤歌四十聲
百六承堯緒艱難土（一作上）運昌太虛橫彗孛中野鬭豺狼
帝曰更吾嗣時哉憶聖唐英星（一作皇）垂將校神嶽誕忠良
鍊石醫元氣屠鼇正昊蒼掃原鋪一德驅祲立三光大
道重蘇息真風再發揚芟夷踰舊跡神聖掩前王郊酒
酣寥廓鴻恩受渺茫地圖龜負出天誥鳳銜將雜貢來
山峙羣夷入雁行紫泥搜海岱鴻筆富巖廊鷹象數宸
極寰瀛作瑞坊泥丸封八表金鏡照中央構殿基（一作輝）麟
趾開藩表鳳翔鑾輿親稼穡朱幌務蠶桑戎羯輸天馬
靈仙侍玉房宮儀水蒐（一作精）甲門衛綠沈槍陶鑄超三古
車書混萬方時巡望虞舜蒐狩法殷湯化合謳謠滿年
豐鬼蜮藏攻源歸牧馬公法付神羊寶鼎無靈應金甌
肯破傷封山昭茂績祠（一作神）執荅嘉祥在昔宮闈僭仍罹
羿浞殃牝雞何譏讟猘犬漫劬勤苗禱三靈怒桓偷九
族亡鯨鯢尋挂網魑魅旋投荒松栢霜逾（一作還）翠芝蘭露
更香聖謨流祚遠仙系發源長島嶼征徭薄漪瀾汎稻
涼（一作秔稻香）鳧魚饜食啖荷薜足衣裳寤寐華胥國嬉遊太
素鄉鷹鸇飛接翼忠孝住連牆有叟能調鼎無媒隱釣
璜乾坤資識量江海入文章野鶴思蓬闕山麋憶廟堂
泥沙空淬礪星斗屢低昂歷草何因見衢尊豈暫忘終
隨嘉橘賦齊漢謁羲皇
續古二十九首
大堯登寶位麟鳳煥宸居海曲霑恩澤還生比目魚
生值揖遜曆長歌東南春釣鼇年三十未見天子巡
軒轅承化日羣鳳戲池臺大樸衰喪後仲尼生不來
大道歸孟門蕭蘭日爭長想得巢居時碧江應無浪
矻矻蓬舍下慕君麒麟閣笑殺王子喬寥天乘白鶴
杳杳巫峽雲悠悠漢江水愁殺幾少年春風相憶地
吳洲采芳客桂棹木蘭船日晚欲有寄裴回春風前
仙家風景晏浮世年華速邂逅漢武時蟠桃海東熟
南國珊瑚樹好裁天馬鞭魚龍不解語海曲空嬋娟
周穆恣遊幸橫天驅八龍寧知泰山下日日望登封
秦國饒羅網中原絕麟鳳萬乘巡海回鮑魚空相送
秦家無廟略遮虜續長城萬姓隴頭死中原荊棘生
秦作東海橋中州（一作原）鬼辛苦縱得跨蓬萊羣仙亦飛去
隋煬棄中國龍舟巡海涯春風廣陵苑不見秦宮花
范子相句踐滅吳成大勳雖然五湖去終媿磻溪雲
麟鳳識翔蟄聖賢明卷舒哀哉嵇叔夜智不及鷦鷯
戰地三尺骨將軍一身貴自古若弔冤落花少於淚
楚國千里旱土龍日已多九穀竟枯死好雲閑嵯峨
漢家三殿色恩澤若飄風今日黃金屋明朝長信宮
南園杏花發北渚梅花落吳女妒西施容華日消鑠
山雞理毛羽自言勝烏鳶一朝逢鸑鷟羞死南海邊
秦家卷衣貴本是倡家子金殿一承恩貂蟬滿鄉里
魏宮薛家女秀色傾三殿武帝鼎湖歸一身似秋扇
嬋娟越機裏織得雙棲鳳慰此殊世花金梭忽停弄
學古三十載猶依白雲居每覽班超傳令人慵讀書
雄劍久濩落夜吟秋風起不是懶爲龍此非延平水
朝爲楊柳色暮作芙蓉好春風若有情江山相逐老
景龍臨太極五鳳當庭舞誰信壁間梭昇天作雲雨
曾夢諸侯笑康囚議脫枷千根池底藕一朵火中花

永嘉贈別

芳草溫陽客歸心浙水西臨風青桂檝幾日白蘋溪

有所思(一作長相思)

欲唱玄雲曲知音復誰是採掇情未來臨池畫春水

吳苑思

令人地藏古人骨古人花爲今人發江南何處葬西施謝豹空聞采香月

古意

麻姑井邊一株杏花開不如古時紅西鄰蔡家十歲女年年二月(一作嘆)賣東風

朝元引四首

帝燭熒煌下九天蓬萊宮曉玉爐煙無央(一作鄒)鸞鳳隨金母來賀熏風一萬年

正(一作玉)殿雲開露冕旒下方珠翠壓鼇頭天雞唱罷南山曉(一作曙)春色光輝(一作先歸)十二樓

萬寓靈祥擁帝居東華元老薦屠蘇龍池遙望非烟拜五色曈曨在玉壺

寶祚河宮一向清龜魚天篆盍分明近臣誰獻登封草五岳齊呼萬歲聲

宿天竺寺

一宵何期此靈境五粒松香金地冷西僧示我高隱心月在中峰葛洪井

賦得古蓮塘

闔閭宮娃能采蓮明珠作佩龍爲船三千巧笑不復見江頭廢苑花年年

雙桂詠

青宾結根易傾倒沃洲山中雙樹好瑠璃宮殿無斧聲石上蕭蕭伴僧老

夏日懷天台(一作夏日有懷)

竹齋睡餘柘漿清麟鳳誘我勞此生忽憶天台掩書坐澗雲起盡紅崢嶸

臨風歎

芙蓉樓中飲君酒驪駒結言春楊柳豫章花落不見歸一望東風堪白首

春日行

鷓鴣初鳴洲渚滿龍蛇洗鱗春水暖病多欲問山寺僧湖上人傳石橋斷

春歸去

九十春光在何處古人今人留不住年年白眼向黔婁唯放蠐螬飛上樹

蜀葵詠

綠衣宛(一作去)地紅倡倡熏風似舞諸女郎南鄰蕩子婦無賴錦機春夜成文章

南昌道中

古道黄緣蔓黄葛桓伊冢西春水闊村翁莫倚橫浦罾一半魚蝦屬鵜鶘

子規思

春山杜鵑來幾日夜啼(一作啼過)南家復北家野人聽此坐惆悵恐畏踏落東園花

吳興秋思二首

不是苕溪厭看月天涯有程雲樹凉何意汀洲剩風雨白蘋今日似瀟湘

日夕鯤魚夢南國苕陽水高迷渡頭故山秋風憶歸去(一作秋風憶歸故山去)白雲又被王孫留

閩川夢歸

千里潺湲建溪路夢魂一夕西歸去龍艑欲上巴歡灘越王金雞報天曙

竹十一首

不厭東溪綠(一作碧)玉君天壇雙鳳有時聞一峰曉似朝仙處青節森森倚絳雲

萬枝朝露學瀟湘杳靄孤亭白石凉誰道乖龍不得(一作行)雨春雷入地馬鞭狂

嘯入新篁一里行萬竿如攢鎖龍泓驚巢翡翠無尋處閑倚雲根刻姓名

青嵐箒亞思吾祖綠潤偏多憶蔡邕長聽南園風雨夜恐生鱗甲盡爲龍

迸玉閑抽上釣磯翠苗番次脫霞衣山童泥乞青驄馬騎過春(一作青)泉掣手飛

須(一作獨)題內史琅玕塢幾醉山陽瑟瑟村剩養萬莖將掃俗莫教凡鳥鬧雲門

一溪雲母間靈花似到封侯逸士家誰識雌雄九成律子喬丹井在深涯

燕燕雛時紫米香野溪羞色過東牆諸兒莫拗成蹊筍從結高籠養鳳皇

一節呼龍萬里秋數莖垂海六鼇愁更須瀑布峰前種雲裡闌干過子猷

丘壑誰堪話(一作語)碧鮮靜尋春譜認嬋娟會當小殺青瑤簡圖寫龜魚把上天

玄圃千春閑玉叢湛陽一祖碧雲空不須騷屑愁江島今日南枝在國風

鍾陵秋夜

洪崖嶺上秋月明野客枕底章江清蓬壺宮闕不可夢一一入樓歸鴈聲

江上逢故人

十年蓬轉金陵道長哭(一作笑)青雲身不早故鄉逢盡白頭人(一作故里相逢盡白頭)清江顏色何曾老

水調詞十首

黠虜迢迢未肯和五陵年少重橫戈誰家不結空閨恨玉筯闌干妾最多

羽管慵調怨別離西園新月伴愁眉容華不分隨年去獨有妝樓明鏡知

憶餞良人玉塞行梨花三見換啼鶯邊場豈得勝閨閣莫逞琱弓過一生

惆悵江南早鴈飛年年辛苦寄寒衣征人豈不思鄉國只是皇恩(一作家)未放歸

水閣蓮開燕引雛朝朝攀折望金吾聞道磧西春不到花時還憶故園無

自從清野戍遼東舞袖香銷羅幌空幾度長安發梅柳節旄零落不成功

長夜孤眠倦錦衾秦樓霜月苦邊心征衣一倍裝綿厚
猶慮交河雪凍深
瀚海長征古別離華山歸馬是何時仍聞萬乘尊猶屈
裝束千嬌嫁郅支
沙塞依稀落日邊寒宵魂夢怯山川離居漸覺笙歌懶
君逐嫖姚已十年
萬里輪臺音信稀傳聞移帳護金微會須麟閣留蹤跡
不斬天驕莫議歸

送謝山人歸江夏

黃鶴春風二（一作三）千里山人佳期碧江水攜琴一醉楊柳
堤日暮龍沙白雲起

閑居雜興五首

虞部九奏音猶在只是巴童自棄遺閑卧清秋憶師曠
好風搖動古松枝
一頷成周力有餘白雲閑釣五溪魚中原莫道無麟鳳
自是皇家結網疏
長愛（一作壽）眞人王子喬五松山月伴吹簫從他浮世悲生
死獨駕蒼鱗（一作龍）入九霄
越里娃童錦作襦豔歌聲壓郢中姝無人說向張京兆
一曲江南十斛珠
雲堆西望賊連營分閫何當舉義兵莫道羔裘無壯節
古來成事盡書生

泉州刺桐花詠兼呈趙使君

髣髴三株植世間風光滿地赤城閑無因秉燭看奇樹
長伴劉公醉玉山
海曲春深滿郡霞越人多種刺桐花可憐虎竹西樓色
錦帳三千阿母家
石氏金園無此豔南都舊賦乏靈材只因赤帝宮中樹
丹鳳新銜出世來
猗猗小豔夾通衢晴日熏風笑越姝只是紅芳移不得
刺桐屛障滿中都
不勝攀折悵年華紅樹南看見海涯故國春風歸去盡
何人堪寄一枝花
赤帝常（一作嘗）聞海上遊三千幢蓋擁炎州今來樹似離宮
色紅翠斜欹（一作欹斜）十二樓

投贈福建桂常侍二首

後來台席更何人都護朝天拜近臣長笑當時漢卿士
等閑恩澤畫麒麟
匝地歌鐘鎮海隅城池鞅掌舊名都不知珠履三千外
更許侯嬴寄食無

隴西行四首

漢主東封報太平無人金闕議邊兵縱饒奪得林胡塞
磧地桑麻種不生
誓掃匈奴不顧身五千貂錦喪胡塵可憐無定河邊骨
猶是春閨夢裡人
隴戍三看塞草青樓煩新替護羌兵同來死者傷離別
一夜孤魂哭舊營
黠虜生擒未有涯黑山營陣識龍蛇自從貴主和親後
一半胡風似漢家

答蓮花妓

近來詩思清於水（一作月）老去（一作大）風（一作心）情薄似雲已向昇天
得門戶錦衾深愧卓文君

鏡道中吹簫

金欄（一本作欄）白的善（一作苦）篸差雙鳳夜伴江南棲十洲人聽玉
樓曉空向千山桃杏枝

贈野老

何年種芝白雲裏人傳先生老萊子消磨世上名利心
澹若巖間一流水

酬元亨（一作字）上人

一衲淨居雲夢合秋來詩思祝融高何因知我津涯闊
遠寄東溟六巨鼇

題徐穉湖亭

伏龍山橫洲渚地人如白蘋自生死洪崖成道二千年
唯有徐君播青史

鄱陽秋夕

憶昔鄱陽旅遊日曾聽南家爭擣衣今夜重開舊砧杵
當時還見鴈南飛

飛龍引

長洲茂苑朝夕池映日含風結細漪坐當伏檻紅蓮披
雕軒洞戶青蘋吹輕幌芳煙鬱金馥綺簷花簟桃李枝
茗茗翡翠但相逐桂樹鴛鴦恒並宿

句

蟬聲將月短草色與秋長　比屋歌黃竹何人撼白榆（以上見張為主客圖）　好看如鏡夜莫笑似弓時（新月。見吟窗雜錄）　江湖水清淺
不足掉鯨尾　飲水狼子瘦思日鶤鴣寒　一鼎雄雌
金液火十年寒暑鹿麑裘　寄語東流任斑鬢向隅終
守鐵梭飛（以上見北夢瑣言）　乾坤見了文章懶龍虎成來印綬疎
近來世上無徐庶誰向桑麻識卧龍（見釣磯立談）

全唐詩目　第十一函

第五册

李中　四卷

徐鉉　六卷

全唐詩

李中

李中字有中，隴西人，仕南唐爲淦陽宰。碧雲集三卷，今編詩四卷。

春日作

和氣來無象，物情還暗新。乾坤一夕雨，草木萬方春。染（一作濕）水煙光媚，催花鳥語頻。高臺曠望處，歌詠屬詩人。

寒江暮泊寄左偃

維舟蘆荻岸，離恨若爲寬。煙火人家遠，汀洲暮雨寒。天涯孤夢去，蓬底一燈殘。不是憑騷雅，相思寫亦難。

喜春雨有寄

青春終日雨，公子莫思晴。任阻西園會，且觀南畝耕。最憐滋壠麥，不恨濕林鶯。父老應相賀，豐年兆已成。

魏夫人壇

仙壇遺跡在，苔合落花明。絳節何年返，白雲終日生。旋新芳草色，依舊偃松聲。欲問希夷事，音塵隔上清。

訪洞神宮邵道者不遇

閑來仙觀問希夷，雲滿（一作隔）星壇水滿池。羽客不知何處去，洞前花落立多時。

寄贈致仕沈彬郎中

鶴氅換朝服，逍遥雲水鄉。有時乘一葉，載酒入三湘。塵夢年來息，詩魔老亦（一作更）狂。蓴羹與鱸膾，秋興最宜（一作應）長。

贈別

行杯酌罷歌聲歇，不覺前汀月又生。自是離人魂易斷，落花芳草本無情。

送劉恭遊廬山兼寄令上人

松桂煙霞蔽梵宮，詩流閑去訪支公。石堂磬斷相逢夜，五老月生谿影空。

宿廬山白雲峰重道者院

絕頂松堂喜暫遊，一宵玄論接浮丘。雲開碧落星河近，月出滄溟世界秋。塵裏年光何急急，夢中强弱自悠悠。他時書劍酬恩了，願逐鸞車看十洲。

海上從事秋日書懷

悠悠旅宦役塵埃，舊業那堪信未迴。千里夢隨殘月斷，一聲蟬送早秋來。壺傾濁酒終難醉，匣鎖青萍久不開。唯有搜吟遣懷抱，涼風時復上高臺。

訪蔡文慶處士留題

幽人棲息處，一到滌塵心。藓色花陰闊，棊聲竹徑深。籬根眠野鹿，池面戲江禽。多謝相留宿，開樽拂素琴。

寄廬岳鑒上人

岳寺棲餅錫，常人親亦難。病披青衲重，曉剃白髭寒。烘辟茶煙暗，填溝木葉乾。昔年皆禮謁，頻到碧雲端。

書小齋壁

其誰肯見尋，冷淡少知音。塵土侵閑榻，煙波隔故林。竹風醒晚醉，窗月伴秋吟。道在唯求己，明時豈陸沈。

懷王道者

閑思王道者，逸格世難群。何處眠青嶂，從來愛白雲。酒沽應獨醉，藥熟許誰分。正作趨名計，如何得見君。

桃花

祇應紅杏是知音，灼灼偏宜間竹陰。幾樹半開金谷曉，一溪齊綻武陵深。豔舒百葉時皆重，子熟千年事莫尋。誰步宋牆明月下，好香和影上衣襟。

思舊遊有感

長憶銜杯處，酕醄尚未闌。江南正煙雨，樓上恰春寒。好樹藏鶯密，平蕪徹野寬。如今無處覓，音信隔波瀾。

依韻和智謙上人送李相公赴昭武軍

暫別廟堂上，雄藩去豁情。秋風生鷹渚，晚霧濕龍旌。吟裏過侯服，夢中歸帝城。下車軍庶樂，千里月華清。

姑蘇懷古

闔閭興霸日，繁盛復風流。歌舞一場夢，煙波千古愁。樵人歸野徑，漁笛起偏舟。觸目牽傷感，將行又駐留。

蘇臺蹤跡在，曠望向江濱。往事誰堪問，連空草自春。花疑西子臉，濤想伍胥神。吟盡情難盡，斜陽照路塵。

贈史虛白

致主嘉謀尚未伸，慨然深志與誰論。喚迴古意琴開匣，陶出真情酒滿樽。明月過溪吟釣艇，落花堆席睡僧軒。九重夢卜時終在，莫向深雲獨閉門。

贈蒯亮處士

著得新書義更幽，負琴何處不遨遊。玄宮寄宿月華冷，羽客伴吟松韻秋。滿户煙霞思紫閣（一作殿），一帆風雨憶滄洲。吾君側席求賢切，未可懸瓢枕碧流。

春夕偶作

早是春愁觸目生，那堪春夕酒初醒。貫珠聲罷人歸去，半落桃花月在庭。

子規

暮春滴血一聲聲，花落年年不忍聽。帶月莫啼江畔樹，酒醒遊子在離亭。

書王秀才壁

茅舍何寥落，門庭長綠蕪。貧來賣書劍，病起憶江湖。對枕暮山碧，伴吟涼月孤。前賢多晚達，莫歎有霜鬚。

春日途中作

干祿趨名者，迢迢別故林。春風短亭路，芳草異鄉心。雨過江山出，鶯啼村落深。未知將雅道，何處謝知音。

依韻和蠡澤王去微秀才見寄

咫尺風騷客，難諧面繼酬。相思對煙雨，一鴈下汀洲。花影誰家塢，笛聲何處樓。楷節朗吟罷，搔首獨遲留。

送孫孔二秀才遊廬山

廬山多勝景，偏稱二君遊。松徑蒼苔合，花陰碧澗流。傾

壺同坐石捜句共登樓莫學天台客逢山即駐留

春日野望懷故人

野外登臨望蒼蒼煙景昏暖風醫病草甘雨洗荒村雲散天邊野（一作影）潮迴島上痕故人不可見倚杖役吟魂

遊玄眞觀

閒吟（一作閑）遊古觀靜慮想神仙上景非難度陰功不易全醮壇松作蓋丹井蘚成錢浩浩紅塵裏誰來叩自然

劒客

恩酬期必報豈是輙輕生神劒冲霄去誰爲（一作爲誰）平不平

鶴

警露精神異冲天羽翼新千年一歸日誰識令威身

送致仕沈彬郎中遊茅山

掛却朝冠披鶴氅羽人相伴恣遨遊忽因風月思茅嶺便挈琴樽上葉舟野寺宿時魂夢冷海門吟處水雲秋華陽洞府年光永莫向仙鄉擬駐留

題廬山東寺遠大師影堂

遠公遺跡在東林往事名存動苦吟杉檜已依靈塔老煙霞空鎖影堂深入簾輕吹催香印落石幽泉雜磬音十八賢人消息斷蓮池千載月沈沈

庭葦

品格清於竹詩家景最幽從栽向池沼長似在汀洲玩好招溪叟棲堪待野鷗影蹤當夕照花亂正深秋韻細堪清耳根牢好繫舟故溪高岸上冷淡有誰遊

寄左偃

每病風騷路荒涼人莫遊惟君還似我成癖未能休捨寐緣孤月忘形爲九秋垂名如不朽那恨雪生頭

宿山店書懷寄東林令圖上人

一宿山前店旅情安可窮猨聲鄉夢後月影竹窗中南楚征途闊東吳舊業空虎溪蓮社客應笑此飄蓬

途中聞子規

春殘杜宇愁越客思悠悠雨歇孤村裏（一作暮）花飛遠水頭微風聲漸咽高樹血應流因此頻迴首家山隔幾州

春日書懷

千峰雪盡鳥聲春日永（一作永日）孤吟野水濱霄漢路岐昇未得花時空拂滿衣塵

所思代人

巫峽雲深湘水遥更無消息夢空勞夢迴深夜不成寐起立閑庭花月高

春晚過明氏閑居

寥寥陋巷獨扃門自樂清虛不厭貧數局棊中消永日一罇酒裏送殘春雨催綠蘚鋪三徑風送飛花入四鄰羨爾朗吟無外事滄洲何必去垂綸

贈重安寂道者

寒松肌骨鶴心情混俗陶陶隱姓名白髮只聞悲短景紅塵誰解信長生壺中日月存心近島外煙霞入夢清每許相親應計分琴餘常見話蓬瀛

江邊吟

風暖汀洲吟興生遠山如畫雨新晴殘陽影裏水東注芳草煙中人獨行閃閃酒帘招醉客深深綠樹隱啼鶯盤桓漁舍忘歸去雲靜高空月又明

獻張義方常侍

雄飛看是逼岩廊逸思常閒不暫忘公署靜眠思水石古屏閑展看瀟湘老來酒病雖然減秋杪詩魔更是狂乘興有時招羽客橫琴移月啟茅堂

贈永眞（一作貞）杜翺少府

藍袍竹簡佐琴堂縣僻人稀覺日長愛靜不嫌官況冷苦吟從聽鬢毛蒼閑尋野寺聽秋水寄睡僧窗到夕陽搴薜會應霄漢去漁竿休更戀滄浪

獻中書韓舍人

丹墀朝退後靜院即冥搜盡日捲簾坐前峰當檻秋烹茶留野客展畫看滄洲見說東林夜尋常秉燭遊

獻徐舍人

清名喧四海何止並南金奐學群英伏多才萬乘欽秩參金殿峻步歷紫微深顧問承中旨絲綸演帝心褒雄饒義路賈馬避詞林下直無他事閒門對遠岑軒窗來晚吹池沼歇秋霖蘚點生棊石茶煙過竹陰希夷元已達躁競豈能侵羽客閑陪飲詩人伴靜吟自慙爲滯物多幸辱虛襟此日重遭遇心期出陸沈

新秋有感

門巷涼秋至高梧一葉驚漸添衾簟爽頓覺夢魂清暗促蓮開豔乍催蟬發聲雨降炎氣減竹引冷煙生戍客添歸思行人怯遠程未逢征雁下漸聽夜砧鳴張翰思鱸興班姬詠扇情音塵兩難問蛩砌月空明

秋雨

竟日散如絲吟看半掩扉秋聲在梧葉潤氣逼書幃曲澗泉承去危簷燕帶歸寒蛩悲旅壁亂蘚滑漁磯爽欲除幽簟涼須換熟衣蹤蓬誰夢斷荒徑獨遊稀徧稱江湖景不妨鷗鷺飛最憐爲瑞處南畝稻苗肥

寄廬山白大師

長憶尋師處東林寓泊時一秋同看月無夜不論詩泉美茶香異堂深磬韻遲鹿馴眠蘚徑猨苦叫霜枝別後音塵隔年來鬢髮衰趨名方汲汲未果再遊期

訪龍光智謙上人

忽起尋師興穿雲不覺勞相留看山雪盡日論風騷竹影搖禪榻茶煙上毳袍夢魂曾去否舊國阻波濤

送仙客

危言危行是男兒倚伏相牽豈足悲莫向汀洲時獨立悠悠斜日照江蘺

祀風師迎神曲（第六句缺一字）

太皞御氣句芒肇功蒼龍青旗爰候祥風律以和應以感通鼎俎修蠁時惟禮崇

柳二首

春來無樹不青青似共東風別有情閒憶舊居湓水畔數枝煙雨屬啼鶯

最愛青青水國中莫愁門外閒花紅纖纖無力勝春色撼起啼鶯恨晚風

送廬阜僧歸山陽

山陽舊社終經夢容易言歸不可留瓶貯瀑泉離五老錫搖江雨上孤舟魚行細浪分沙嘴鷹逆高風下葦洲

遙想枚皋宅邊寺不知涼月共誰遊

投所知

孤琴塵翳劒慵磨自顧泥蟠欲柰何千里交親消息斷
一庭風雨夢魂多題橋未展相如志叩角誰憐甯戚歌
唯賴明公憐道在敢攜蓑笠釣煙波

寄左偃

蕭條陋巷緑苔侵何事君心似我心貧户懶開元愛靜
病身纔起便思吟閒留好鳥庭柯密暗養鳴蛩砌草深
況是清朝重文物無愁當路少知音

遊北山洞神宮

閬見塵中光景促仙鄉來禮紫陽君人居淡寂應難老
道在虛無不可聞松檜穩棲三島鶴樓臺閑鎖九霄雲
羨師向此朝星斗一炷清香午夜焚

思簡寂觀舊遊寄重道者

閒憶當年遊物外羽人曾許駐仙鄉溪頭烘藥煙霞暖
花下圍棊日月長偷擷蟠桃思曼倩化成蝴蝶學蒙莊
俗緣未斷歸浮世空望林泉意欲狂

雲

悠悠離洞壑冉冉上天津捧日終爲異從龍自有因高
行四海雨暖拂萬山春靜與霞相近閑將鶴最親帝鄉
歸莫問楚殿夢曾頻白向封中起碧從詩裏新冷容橫
釣浦輕縷絆蟾輪不滯濃還淡無心卷復伸非煙聊擬
議千呂一作千里在逡巡會作五般色爲祥覆紫宸

徐司徒池亭

亭榭跨池塘泓澄入座凉扶踈皆竹柏冷淡似瀟湘萍
嫩鋪波面苔深鎖岸傍朝迴遊不厭僧到賞難忘最稱
收殘雨偏宜帶夕陽吟堪期謝眺醉好命嵇康肴侈心
難及清虛趣最長月明垂釣興何必憶滄浪

賦得江邊草

岍春芳草合幾處思纏綿向暮江蘺雨初晴杜若煙靜
宜幽鷺立遠稱碧波連送別王孫處萋萋南浦邊

江行夜泊

扁舟倦行役寂寂宿江干半夜風雷過一天星斗寒潮
平沙觜沒霜苦鴈聲殘漁父何踈逸扣舷歌未闌

訪山叟留題

策杖尋幽客相攜入竹扃野雲生晚砌病鶴立秋庭茶
美睡心爽琴清塵慮醒輪蹄應少到門巷草青青

江行晚泊寄湓城知友

孤舟相憶久何處倍關情野渡帆初落秋風蟬一聲江
浮殘照闊雲散亂山橫漸去湓城遠那堪新月生

秋夕書懷

功名未立誠非晚骨肉分飛又入秋枕上不堪殘夢斷
壁蛩窗月夜悠悠

感興

漁休渭水興周日龍起南陽相蜀時不遇文王與先主
經天才業擬何爲

舟中望九華山

排空蒼翠異巉嶉看崔嵬一面雨初歇九峯雲正開當
時思水石便欲上樓臺隱去心難遂吟餘首懶迴僧休
傳紫閣屏歇寫天台中有忘機者逍遙不可陪

漁父

煙冷暮江濱高歌散誕身移舟過蓼岸待月正絲綸亦
與樵翁約同遊酒市春白頭雲水上不識獨醒人

贈上都紫極宮劉日新先生

道德吾君重含貞本去華因知鍊神骨何必在煙霞棊
散庭花落詩成海月斜瀛洲舊仙侶應許寄丹砂

勉同志

讀書與磨劒旦夕但忘疲儻若功名立那愁變化遲塵
從侵硯席苔任滿庭墀明代搜揚切升沈莫問龜

寄劉鈞秀才

掩户當春晝知君志在詩閑花半落處幽客未來時野
鳥穿莎一作沙徑江雲過竹籬會須明月夜與子水邊期

離亭前思有寄

酒醒江亭客纏綿恨別離笙歌筵散後風月夜長時耿
耿看燈暗悠悠結夢遲若無騷雅分何計達相思

贈上都先業大師

懶向人前著紫衣虛堂閒倚一條藜雖承雨露居龍闕
終憶煙霞夢虎溪睡起曉窗風淅淅病來深院草萋萋
有時乘興尋師去煮茗同吟到日西

思九江舊居三首

結茅曾在碧江隈多病貧身養拙來雨歇汀洲垂釣去
月當門巷訪僧迴靜臨窗下開琴匣悶向牀頭潑酒醅
遊宦等閒千里隔空餘魂夢到漁臺

門前煙水似瀟湘放曠優游興味長虛閣靜眠聽遠浪
扁舟閑上泛殘陽鶴翹碧蘚庭除冷竹引清風枕簟凉
犬吠踈籬明月上鄰翁攜酒到茅堂

無機終日狎沙鷗得意高吟景且幽檻底江流偏稱月
簷前山朵最宜秋遥村處處吹横笛曲岸家家繫小舟
別後再遊心未遂設屏惟畫白蘋洲

贈東林白大師

虎溪久駐靈蹤禪外詩魔尚濃卷宿吟銷永日移牀坐
對千峯蒼苔冷鎖幽徑微風閑坐古松自說年來老病
出門漸覺蹤慵

春曉

殘燭猶存月尚明幾家幃幌夢魂驚星河漸沒行人動
歷歷林梢百舌聲

聽鄭羽人彈琴

仙鄉景已清仙子啟琴聲秋月空山寂淳風一夜生莎
間蟲罷響松頂鶴初驚因感浮華世誰憐太古情

秋夕書事寄友人

信斷關河遠相思秋夜深砌蛩聲咽咽簷月影沈沈未
遂青雲志那堪素髮侵吟餘成不寐徹曙四鄰砧

秋日途中

竹林已蕭索客思正如讐舊業吳江外新蟬楚驛頭遥
天踈雨過列岫亂雲收今夕誰家宿孤吟月色秋

秋夜吟寄左偃

與君詩興素來狂況入清秋夜景長溪閣共誰看好月
莎堦應獨聽寒螿卷中新句誠堪喜身外浮名不足忙
會約垂名繼前哲任他玄髮盡如霜

竹

森森移得自山莊植向空庭野興長便有好風來枕簟
更無閑夢到瀟湘簷來矽蘚經疎雨引下溪禽帶夕陽
閑約羽人同賞處安排棊局就清涼

懷盧岳舊遊寄劉鈞因感鑒上人

昔年廬岳閑遊日乘興因尋物外僧寄宿愛聽松葉雨
論詩惟對竹窗燈各拘片祿尋分別高謝浮名竟未能
一念支公安可見影堂何處暮雲凝

依韻酬智謙上人見寄

性拙才非逸同心友亦稀風昏秋病眼霜濕夜吟衣鶯
谷期猶負蘭陔養不違吾師惠佳句勝得楚金歸

落花

年年三月暮無計惜殘紅酷恨西園雨生憎南陌風片
隨流水遠色逐斷霞空悵望叢林下悠悠飲興窮

題柳

折向離亭畔春光滿手生群花豈無豔柔質自多情火
岍籠溪月兼風撼野鶯隋堤三月暮飛絮想縱横

贈謙明上人

雖寄上都眠竹寺逸情終憶白雲端閑登鍾阜林泉晚
夢去沃洲風雨寒新試茶經煎有興舊嬰詩病捨終難
常聞秋夕多無寐月在高臺獨凭欄

書蔡隱士壁

病後霜髭出衡門寂寞中蘚侵書帙損塵覆酒罇空池
暗菰蒲雨徑香蘭蕙風幽閑已得趣不見卜窮通

贈鍾尊師遊茅山

筇杖擔琴背俗塵路尋茅嶺有誰群仙翁物外應相遇
靈藥壺中必許分香入肌膚花洞酒冷侵魂夢石牀雲
伊予亦有朝修志異日遨遊願見君

訪徐長史留題水閣

君家池閣靜一到且淹留坐聽蕭蕭雨如看島嶼秋杯
盤深有興吟笑迥忘憂更愛幽奇處雙雙下野鷗

夕陽

影未沈山水面紅遥天雨過促征鴻魂銷舉子不回首
閑照槐花驛路中

鸂鶒

流品是鴛鴦翻飛雲水鄉風高離極浦煙暝下方塘比
鷺行藏別穿荷羽翼香雙雙浴輕浪誰見在瀟湘

所思

離思春來切誰能慰寂寥花飛寒食過雲重楚山遥耿
耿夢徒往悠悠鬢易凋那堪對明月獨立水邊橋

全唐詩

李中

春閨辭二首

卷簾遲日暖睡起思沈沈遼海音塵遠春風旅館深疎
篁留鳥語曲砌轉花陰寄語長征客流年不易禁

不得遼陽信春心何以安鳥啼窗樹曉夢斷碧煙殘綠
鑑開還懶紅顏駐且難相思誰可訴時取舊書看

臘中作

冬至雖云遠渾疑朔漠中勁風吹大野密雪翳高空泉
凍如頑石人藏類蟄蟲豪家應不覺獸炭滿爐紅

海城秋日書懷寄朐山孫明府

槐柳蟬聲起渡頭海城孤客思悠悠青雲展志知何日
皓月牽吟又入秋鑑裏漸生潘岳鬢風前猶著卜商裘
鳴琴良宰揮毫士應笑蹉跎身未酬

題柴司徒亭假山

疊石峩峩象翠微遠山魂夢便應稀從教蘚長添峰色
好引泉來作瀑飛螢影夜攢疑燒起茶煙朝出認雲歸
知君創得茲幽致公退吟看到落暉

都下寒食夜作

香塵未歇暝煙收城滿笙歌事勝遊自是離人睡長早
千家簾卷月當樓

客中春思

又聽黃鳥綿蠻目斷家鄉未還春水引將客夢悠悠遶
遍關山

所思

門掩殘花寂寂簾垂斜月悠悠縱有一庭萱草何曾與
我忘憂

江館秋思因成自勉

江邊候館幽汀島暝煙收客思雖悲月詩魔又愛秋聲
名都是幻窮達未能憂散逸憐漁父波中漾小舟

贈朐山楊宰

訟閑徵賦畢吏散卷簾時聽雨入秋竹留僧覆舊棋得
詩書落葉煮茗汲寒池化俗功成後煙霄會有期

廬山

控壓潯陽景崔嵬古及今勢雄超地表翠盛接天心湓
浦春煙列（一作到）星灣晚景沈圖經宜細覽題詠卒難任靖
節門遥對庾公樓俯臨參差含積雪隱映見歸禽峭拔
推雙劒清虛數二林白蓮池宛在翠輦事難尋天近星
河冷龍歸洞穴深谷春攢錦繡石潤疊瓊琳玄鶴傳仙
拜青猨伴客吟泉通九江遠雲出幾州陰冬有靈湯溢
夏無炎暑侵他年如遂隱五老是知音

送孫齊書記赴壽陽辟命

辟命羨君赴其如愴別情酒闌汀樹晚帆展野風生淮
靜寒煙斂村遥夜火明醉沈朐嶺夢吟達壽春城舊友
搖鞭接元戎掃榻迎雪晴蓮幕啟雲散桂山橫王粲從
軍畫陳琳草檄名知君提健筆重振此嘉聲

聽蟬寄朐山孫明府

忽聽新蟬發客情其奈何西風起槐柳故國阻煙波壠
笛悲猶少巴猨恨未多不知陶靖節還動此心麽

秋江夜泊寄劉鈞正字

閑憶詩人思倍勞維舟清夜泥風騷魚龍不動澄江遠
雲霧皆收皎月高潮滿釣舟迷浦嶼霜繁野樹叫猨猱
此時吟苦君知否雙鬢從他有二毛

贈朐山孫明府

縣庭無事似山齋滿砌青青旋長苔閑撫素琴曹吏散

自烹新茗海僧來買將病鶴勞心養移得閑花用意栽幾度訪君留我醉甕香皆值酒新開

贈海上書記張濟員外

鵬霄休歎志難伸貧病雖縈道且存阮瑀不能專筆硯嵇康唯要樂琴尊春風滿院空欹枕芳草侵堦獨閉門劒有塵埃書有蠧昔年心事共誰論

對竹

懶穿幽徑衝鳴鳥忍踏清陰損翠苔不似閉門欹枕聽秋聲如雨入軒來

送朐山孫明府赴壽陽幕府辟命

堪羨元戎虛右席便承綸綍起（一作赴）金臺菊叢憔悴陶潛去蓮幕光輝阮瑀來好向尊罍陳妙畫定應書檄播雄才預愁別後相思處月入閑窗遠夢迴

經廢宅

一夢奢華去不還斷牆花發豈堪看玉纖素綆知何處金井梧枯碧甃寒

溪邊吟

鸂鶒雙飛下碧流蓼花蘋穗正含秋茜裙二八採蓮去笑衝微雨上蘭舟

得故人消息

多難分離久相思每淚垂夢歸殘月曉信到落花時未必乖良會何當有後期那堪樓上望煙水接天涯

芳草

二月正綿綿離情被爾牽四郊初過雨萬里正鋪煙眷戀殘花惹留連醉客眠飄香是杜若最憶楚江邊

江南春

千家事勝遊景物可忘憂水國樓臺晚春郊煙雨收鷓鴣啼竹樹杜若媚汀洲永巷歌聲遠王孫會莫愁

悼亡

巷深芳草細門靜綠楊低室邇人何處花殘月又西武陵期已負巫峽夢終迷獨立銷魂久雙雙好鳥啼

春晏寄從弟德潤

相思禁煙近樓上動吟魂水國春寒在人家暮雨昏朱橋通竹樹香徑匝蘭蓀安得吾宗會高歌醉一尊

贈致仕沈彬郎中

自言婚嫁畢塵事不關心老去詩魔在春來酒病深山翁期採藥海月伴鳴琴多謝維舟處相留接靜吟

憶溪居

竹軒臨水靜無塵別後鳧鷺入夢頻杜若菰蒲煙雨歇一溪春色屬何人

登下蔡縣樓

長涯煙水又含秋吏散時時獨上樓信斷蘭臺鄉國遠依稀王粲在荊州

下蔡春偶作

旅館飄飄類斷蓬悠悠心緒有誰同一宵風雨花飛後萬里鄉關夢自通多難不堪容鬢改沃愁惟怕酒杯空採蘭扇枕何時遂洗慮焚香叩上穹

再遊洞神宮懷邵羽人有感

重向煙蘿省舊遊因尋遺跡想浮丘峯（一作松）頭鶴去三清遠壇畔月明千古秋泉落小池清復咽雲從高嶠起還收自慚未得沖虛術白髮無情漸滿頭

秋雨二首

飄灑當窮巷苔深落葉鋪送寒來客館滴夢在庭梧遍砌蛩聲斷侵窗竹影孤遙思漁叟輿蓑笠在江湖

竟日聲蕭颯兼風不暫闌竹窗秋睡美荻浦夜漁寒地僻苔生易林踈鳥宿難誰知苦吟者坐聽一燈殘

經古觀有感

古觀寥寥枕碧溪偶思前事立殘暉漆園化蝶名空在柱史猶龍去不歸丹井泉枯苔鎖合醮壇松折鶴來稀回頭因歎浮生事夢裏光陰疾若飛

吉水春暮訪蔡文慶處士留題

無事無憂鬢任蒼濁醪閑酌送韶光溟濛雨過池塘暖狼藉花飛硯席香好古未嘗踈典冊懸圖時要看瀟湘戀君清話難留處歸路迢迢又夕陽

烈祖孝高挽歌二首

誰解叩乾闗音容去不還位方尊北極壽忽殞南山鳳輦應難問龍髯不可攀千秋遺恨處雲物鎖橋山

仙馭歸何處蒼蒼問且難華夷喧道德陵壠葬衣冠御水穿城咽宮花泣露寒九疑消息斷空望白雲端

贈海上觀音院文依上人

煙霞海邊寺高臥出門慵白日少來客清風生古松虛窗從燕入壞屐任苔封幾度陪師話相留到暮鍾

秋夕病中作

臥病當秋夕悠悠枕上情不堪抛月色無計避蟲聲煎藥惟憂澁停燈又怕明曉臨清鑑裏應有白髭生

寄黃鶚秀才

長憶狂遊日惜春心恰同預愁花片落不遣酒壺空草軟眠難捨鶯嬌聽莫窮如今千里隔搔首對秋風

春日書懷寄朐山孫明府

一作邊城客閑門兩度春鶯花深院雨書劒滿牀塵紫閣期終負青雲道未伸猶憐陶靖節詩酒每相親

柴司徒宅牡丹

暮春欄檻有佳期公子開顏乍折時翠幄密籠鶯未識好香難掩蝶先知願陪妓女爭調樂欲賞賓朋預課詩只恐却隨雲雨去隔年還是動相思

贈王道者

混俗從教鬢似銀世人無分得相親槎流海上波濤闊酒滿壺中天地春功就不看丹竈火性閑時拂玉琴塵仙家變化誰能測只恐洪崖是此身

春閨辭二首

塵昏菱鑑懶修容雙臉桃花落盡紅玉塞夢歸殘燭在曉鶯窗外囀梧桐

邊無音信暗消魂茜袖香裙積淚痕海燕歸來門半掩悠悠花落又黃昏

暮春懷故人

池館寂寥三月盡落花重疊蓋莓苔惜春眷戀不忍掃感物心情無計開夢斷美人沈信息目穿長路倚樓臺琅玕繡段安可得流水浮雲共不迴

秋日登潤州城樓

虛樓一望極封疆積雨晴來野景長水接海門鋪遠色
稻連京口發秋香鳴蟬歷歷空相續歸鳥翩翩自着行
吟罷倚欄深有思清風留我到斜陽

晚春客次偶吟

暫駐征輪野店間悠悠時節又春殘落花風急宿酲解
芳草雨昏春夢寒魁逐利名頭易白欲眠雲水志猶難
却憐村寺僧相引閒上虛樓共倚欄

對雨寄朐山林番明府

竟日如絲不暫停莎堦閑聽滴秋聲斜飄虛閣琴書潤
冷逼幽窗夢寐清開户只添搜句味看山還阻上樓情
遥知公退琴堂靜坐對蕭騷飲興生

落花

殘紅引動詩魔懷古牽情柰何半落銅臺月曉亂飄金
谷風多悠悠旋逐流水片片輕粘短莎誰見長門深鎖
黄昏細雨相和

燕

豪家五色泥香銜得營巢太忙喧覺佳人晝夢雙雙猶
在雕梁

鶯

羽毛特異諸禽出谷堪聽好音薄暮欲棲何處雨昏楊
柳深深

宿山中寺

寄宿深山寺惟逢老病僧風吹幾世樹雲暗暮秋燈瞑
目忘塵慮談空入上乘明晨返名路何計戀南能

海上載筆依韻酬左偃見寄

都城分别後海嶠夢魂迷吟興蹤煙月邊情起鼓鼙戍
旗風颭小營柳霧籠低草檄無餘刃難將阮瑀齊

春晚招鄰從事

袞袞利名役常嗟聚會稀有心遊好景無術駐殘暉南
陌草爭茂西園花亂飛期君舉杯酒不醉莫言歸

和易秀才春日見寄

每恨多流落吾徒不易親相逢千里容共醉百花春小
檻山當面閑堦柳拂塵何時卜西上明月桂枝新

送黄（一作王）秀才

雨餘飛絮亂相别思難任酒罷河橋晚帆開煙水深蟾
宫須展志漁艇莫牽心岐路從兹遠雙魚信勿沈

庭竹

偶自山僧院移歸傍砌栽好風終日起幽鳥有時來篩
月牽詩興籠煙伴酒杯南窗睡輕起蕭颯雨聲迴

送戴秀才

已是殊鄉客送君重慘然河橋乍分首槐柳正鳴蟬短
櫂離幽浦孤帆觸遠煙清朝重文物變化莫遷延

病中（一作起）作

閑齋病初起心緒復悠悠開篋群書蠹聽蟬滿樹秋詩
魔還漸動藥債未能酬爲憶前山色扶持上小樓

離家

送别人歸春日斜獨鞭羸馬指天涯月生江上鄉心動
投宿惕（一作狼）忙近酒家

村行

極目青青壠麥齊野塘波闊下鳧鷖陽烏景暖林桑密
獨立閑聽戴勝啼

獻喬侍郎

位望誰能並當年志已伸人間傳鳳藻天上演龍綸貫
馬才無敵褒雄譽益臻除奸深繫念致主迥忘身諫疏
縱橫上危言果敢陳忠貞雖貫世消長豈由人慷慨辭
朝闕迢遥涉路塵千山明夕照孤櫂渡長津杜宇聲方
切江蘺色正新卷舒唯合道喜愠不勞神禪客陪清論
漁翁作近鄰靜吟窮野景狂醉養天眞格論思名士輿
情渴直臣九霄恩復降比户意皆忻却入鴛鸞序終身
顧（一作承）問頻漏殘丹禁曉日暖玉墀春鑒物心如水憂時
鬢若銀惟期康庶事永要敘彝倫貴賤知無間孤寒必
許親幾多沈滯者拭目望陶鈞

獻中書張舍人

仙桂從攀後人間播大名飛騰諧素志霄漢是前程持
憲威聲振司言品秩清簾開春酒醒月上草麻成丹陛
凌晨對青雲逐步生照人褎玉瑩鑒物憲波明下直無
他事閑遊恣逸情林僧開户接溪叟掃苔迎煮茗山房
冷垂綸野艇輕神清宜放曠詩苦益縱横餘刃時皆仰
嘉謀衆佇行四方觀啟沃畢（一作必）竟念孤平

海上和郎戬員外赴倅職

宋玉逢秋何起悲新恩委寄好開眉班升鴛鷺頻經歲
任佐龔黄必暫時乍對煙霞吟海嶠應思蘋蓼夢江湄
一朝鳳詔重徵入鵬化那教尺鷃知

又送赴闕

心似白雲歸帝鄉暫停良晝别龔黄煙波乍曉浮蘭櫂
魂夢先飛近御香一路伴吟汀草緑幾程清思水風凉
想應敷對忠言後不放鄉雲離太陽

書郭判官幽齋壁

不妨公退尚清虛斸得幽齋興有餘要引好風清户牖
旋栽新竹滿庭除傾壺待客花開後煮茗留僧月上初
更有野情堪愛處石牀苔蘚似匡廬

石棊局獻時宰

得從岳叟誠堪重却獻臯夔事更宜公退啟枰書院靜
日斜收子竹陰移適情豈待樵柯爛罷局還應屐齒隳
預想幽窗風雨夜一燈閑照覆圖時

海城秋夕寄懷舍弟

鳥棲庭樹夜悠悠枕上誰知淚暗流千里夢魂迷舊業
一城砧杵擣殘秋窗閑寂寂燈猶在簾外蕭蕭雨未休
早晚萊衣同著去免悲流落在邊州

和夏侯秀才春日見寄

綿蠻黄鳥不堪聽觸目離愁怕酒醒雲散碧山當晚檻
雨催青蘚匝春庭尋芳懶向桃花塢垂釣空思杜若汀
晝夢不成吟有興揮毫書在枕邊屏

送夏侯秀才

江村摇落暮蟬鳴執手臨岐動别情古岸相看殘照在
片帆難駐好風生牽吟一路逢山色醒睡長汀對月明
況是清朝至公在預知喬木定遷鶯

江南重會友人感舊二首

江南重會面聊話十年心共立黄花畔空驚素髮侵斜

陽浮遠水歸鳥下踈林牽動詩魔處涼風村落砧

長江落照天物景似當年憶昔攜村酒相將上釣船狂歌紅蓼岸驚起白鷗眠今日趨名急臨風一黯然

己未歲冬捧宣頭離下蔡

詔下如春煦巢南志不違空將感恩淚滴盡（一作盡滴）冒寒衣覆載元容善形骸果得歸無心慙季路負米覲親闈

哭舍弟二首

鴻鴈離群後成行憶日存誰知歸故里只得奠吟魂蟲蠹書盈篋人稀草擁門從茲長慟後獨自奉晨昏

浮生多夭枉惟爾最堪悲同氣未歸日慈親臨老時舊詩傳海嶠（舍弟有詩云夢斷海山遠夜長風雨多傳至海上）新冢枕江湄遺稚鳴鳴處黃昏繞繐帷

書情寄詩友

默默誰知我衰回野水邊詩情長若舊吾事更無先芳草人稀地殘陽鴈過天靜思吟友外此意復誰憐

讀蜀志

鼎分天地日先主力元微魚水從相得山河遂有歸任賢無間忌報國盡神機草昧爭雄者君臣似此稀

獻張拾遺

官資清貴近丹墀性格孤高世所稀金殿日開親鳳扆古幃時展看漁磯酒醒虛閣秋簾捲吟對踈篁夕鳥歸獻替頻陳忠讜播鵬霄萬里展雄飛

獻中書湯舍人

慶雲呈瑞爲明時演暢絲綸在紫微鑾殿對時親舜日鯉庭過處著萊衣閒尋竹寺聽啼鳥吟倚江樓戀落暉隔座銀屏看是設一門清貴古今稀

海上太守新刱東亭

使君心智杳難同選勝開亭景莫窮高敞軒窗迎海月預栽花木待春風靜披典籍堪師古醉擁笙歌不礙公滿徑苔紋踈雨後入簷山色夕陽中偏宜下榻延徐孺最稱登門禮孔融事簡豈妨頻賞翫況當爲政有餘功

宮詞二首

門鏁簾垂月影斜翠華咫尺隔天涯香鋪（一作銷）羅幌不成夢背壁銀釭落盡花

金波寒透水精簾燒盡沈檀手自添風遞笙歌門已掩翠華何處夜厭厭

採蓮女

晚涼含笑上蘭舟波底紅妝影欲浮陌上少年休植足荷香深處不迴頭

鍾陵春思

沈沈樓影月當午冉冉風香花正開芳草迢迢滿南陌王孫何處不歸來

贈夏秀才

軒車紫陌競尋春獨掩衡門病起身步月怕傷三徑蘚取琴因拂一牀塵明時儻有丹枝分青鑑從他素髮新況是青雲知己在原思生計莫憂貧

夏日書依上人壁

門外塵飛暑氣濃院中蕭索似山中最憐煮茗相留處踈竹當軒一榻風

下蔡春暮旅懷

柳過春霖絮亂飛旅中懷抱獨棲棲月生淮上雲初散家在江南夢去迷髮白每慙清鑑啟心孤長怯子規啼拜恩（一作章）爲養慈親急願向明朝捧紫泥

捧宣頭許歸侍養

泥書捧處聖恩新許覲庭闈養二親螻蟻至微寧足數未知何處荅穹旻

途中作（逢舊識聞老親所患不至加甚）

煙波涉歷指家林欲到家林懼却深得信慈親痾瘵減當時寬勉採蘭心

都下再會友人

誰言多難後重會喜淹留欲話關河夢先驚鬢髮秋浮雲空冉冉遠水自悠悠多謝開青眼攜壺共上樓

全唐詩

李中

登毗陵青山樓

高樓閑上對晴空豁目開襟半日中千里吳山清不斷一邊遼海浸無窮人生歌笑開花霧（一作露）世界興亡落葉風吟罷倚欄何限意回頭城郭暮煙籠

晉陵罷任寓居依韻和陳銳秀才見寄

掩門三徑莓苔綠車馬誰來陋巷間卧棄琴書公幹病笑迎風月步兵閑當秋每謝蛩清耳漸老多慙酒借顏濟物未能伸一術敢於明代愛青山

春苔

春霖催得鎖煙濃竹院莎齋徑小通誰愛落花風味處莫愁門巷襯殘紅

夏雲

如峰形狀在西郊未見從龍上泬寥多謝好風吹起後化爲甘雨濟田苗

書夏秀才幽居壁

永巷苔深户半開牀頭書劒積塵埃最憐小檻踈篁晚幽鳥雙雙何處來

紅花

紅花顏色掩千花任是猩猩血未加染出輕羅莫相貴古人崇儉誡奢華

安福縣秋吟寄陳銳祕書

縣庭事簡得餘功，詩與秋來不可窮。卧聽寒蛩莎砌月，行衝落葉水村風。愁髭漸去人前白，醉面猶嫌鑑裏紅。苦恨交親多契闊，未知良會幾時同。

新喻縣酬王仲華少府見貽

事簡開樽有逸情，共忻官舍月華清。每慙花欠河陽景，長愧琴無單父聲。未泰黎元慚曠職，縱行謙直是虛名。與君盡力行公道，敢向昌朝佞陟明。

暮春有感寄宋維員外

杜宇聲中老病心，此心無計駐光陰。西園雨過好花盡，南陌人稀芳草深。喧夢却嫌鶯語老，伴吟惟怕月輪沈。明年才候東風至，結騎期君預去尋。

題吉水縣廳前新栽小松

斸開幽澗辭苔斑，移得孤根植砌前。影小未遮官舍月，翠濃猶帶舊山煙。群花解笑香寧久，衆木雖高節不堅。輸我婆娑欄檻內，晚風蕭颯學幽泉。

贈（一作貽）念法華經綬上人

五更初起掃松堂，瞑目先焚一炷香。念徹蓮經誰得見，千峰巖外曉蒼蒼。

秋日途中

信步騰騰野岍邊，離家都爲利名牽。疎林一路斜陽裏，颯颯西風滿耳蟬。

宿韋校書幽居

溪上高眠與鶴閑，開樽留我待柴關。園林月白秋霖歇，一夜泉聲似故山。

依韻和友人秋夕見寄

夕風庭葉落，誰見此時情。不作關河夢，空聞砧杵聲。會須求至理，何必歎無成。好約高僧宿，同看海月生。

吉水作尉酬高援秀才見贈

佐邑慙無術，敢言貧與清。風騷誰是主，煙月自關情。卷箔當山色，開窗就竹聲。憐君惠嘉句，資我欲垂名。

送智雄上人

忽起游方念，飄然不可留。未知攜一錫，乘興向何州。古岍春雲散，遥天晚雨收。想應重會面，風月又清秋。

覽友人卷

新詩開卷處，造化竭精英。雪霽楚山碧，月高湘水清。初吟塵慮息，再味古風生。自此寰區內，喧騰二雅名。

送人南遊

浪跡天涯去，南荒必動情。草青虞帝廟，雲暗夜郎城。越鳥驚鄉夢，蠻風解宿醒。早思歸故里，華髮等閑生。

晉陵縣夏日作

事簡公庭靜，開簾暑氣中。依經煎綠茗，入竹就清風。至論招禪客，忘機憶釣翁。晚涼安枕簟，海月出牆東。

郵亭蚤起

郵舍殘燈在，村林雞唱頻。星河吟裏曉，川陸望中春。舊友青雲貴，殊鄉素髮新。悠悠念行計，難更駐征輪。

客中寒食

旅次經寒食，思鄉淚濕巾。音書天外斷，桃李雨中春。欲飲都無緒，唯吟似有因。輸他郊郭外，多少踏青人。

旅館秋夕

寥寥山館裏，獨坐酒初醒。舊業多年别，秋霖一夜聽。砌蛩聲漸息，窗燭影猶停。蚤晚無他事，休如泛水萍。

宿青溪米處士幽居

寄宿溪光裏，夜涼高士家。養風窗外竹，叫月水中蛙。靜慮同搜句，清神旋煮茶。唯憂曉雞唱，塵裏事如麻。

維舟秋浦逢故人張矩同泊

卸帆清夜碧江濱，冉冉涼風動白蘋。波上正吟新霽月，岍頭恰見故鄉人。共驚别後霜侵鬢，互説年來疾逼身。且飲一壺銷百恨，會須遭遇識通津。

代别

明日鳴鞭天一涯，悠悠此夕怯分離。紅樓有恨金波轉，翠黛無言玉筯垂。浮蟻不能迷遠意，迴紋從此寄相思。花時定是慵開鑑，獨向春風忍掃眉。

悼懷王喪妃

花綻花開事可驚，暫來浮世返蓬瀛。楚宮夢斷雲空在，洛浦神歸月自明。香解返魂成浪語，膠能續斷是虛名。音容寂寞春牢落，誰會樓中獨立情。

酒醒

睡覺花陰芳草軟，不知明月出牆東。杯盤狼籍人何處，聚散空驚似夢中。

送虞道士

煙霞聚散通三島，星斗分明在一壺。笑説餘杭沽酒去，蔡家重要會麻姑。

懷舊夜吟寄趙杞

長笛聲中海月飛，桃花零落滿庭墀。魂銷事去無尋處，酒醒孤吟不寐時。萱草豈能忘積恨，尺書誰與達相思。悠悠方寸何因解，明日江樓望渺瀰。

宿臨江驛

候館寥寥輟棹過，酒醒無奈旅愁何。雨昏郊郭行人少，葦暗汀洲宿鴈多。干祿已悲凋髮鬢，結茅終愧負煙蘿。篇章早晚逢知己，苦志忘形自有魔。

途中柳

翠色晴來近，長亭路去遥。無人折煙縷，落日拂溪橋。

隔牆花

顔色尤難近，馨香不易通。朱門金鎖隔，空使怨春風。

廣陵寒食夜

廣陵寒食夜，豪貴足佳期。紫陌人歸後，紅樓月上時。綺羅香未歇，絲竹韻猶遲。明日踏青興，輸他輕薄兒。

寄廬山莊隱士

煙蘿擁竹關，物外自求安。逼枕溪聲近，當簷岳色寒。藥苗應自採，琴調對誰彈。待了浮名後，依君共挂冠。

吉水寄閻侍御（時公謫官瀼川）

何處懷君切，令人欲白頭。偶尋花外寺，獨立水邊樓。不得論休戚，何因校獻酬。吟餘興難盡，風笛起漁舟。

送張惟貞少府之江陰

相送煙汀畔，酒闌登小舟。離京梅雨歇，到邑早蟬秋。俗必期康濟，詩誰互唱酬。晚涼諸吏散，海月入（一作上）虛樓。

鍾陵禁煙寄從弟

落絮飛花日又西，踏青無侶草萋萋。交親書斷竟不到

忽聽黃昏杜宇啼

夜泊江渚

水鄉明月上晴空汀島香生杜若風不是當年獨醒客
且沽村酒待漁翁

吉水縣依韻酬華松秀才見寄

官況蕭條在水村吏歸無事好論文枕欹獨聽殘春雨
夢去空尋五老雲竹徑每憐和蘚步禽聲偏愛隔花聞
詩情冷淡知音少獨喜江皋得見君

貽廬山清溪觀王尊師

霞帔星冠復杖藜積年修鍊住靈溪松軒睡覺冷雲起
石磴坐來春日西採藥每尋巖徑遠彈琴常到月輪低
鼎中龍虎功成後海上三山去不迷

王昭君

蛾眉翻自累萬里陷窮邊滴淚胡風起寬心漢月圓飛
塵長翳日白草自連天誰貢和親策千秋汚簡編

送姚端先輩歸寧

知君歸覲省稱意涉通津解纜汀洲曉張帆煙水春牽
吟芳草遠貰酒亂花新拜慶庭闈處蟾枝香滿身

江村晚秋作

高秋水村路隔岸見人家好是經霜葉紅於帶露花臨
罾魚易得就店酒難賒吟興胡能盡風清日又斜

蛩

月冷莎庭夜已深百蟲聲外有清音詩情正苦無眠處
愧爾階前相伴吟

感秋書事

宦途憔悴雪生頭家計相牽未得休紅蓼白蘋消息斷
舊溪煙月負漁舟

訪廬山歸章禪伯

沈沈石室踈鐘後寂寂莎池片月明多少學徒求妙法
要於言下悟無生

廬山棲隱洞譚先生院留題

壇畔歸雲冷濕襟拂苔移石坐花陰偶然醒得莊周夢
始覺玄門興味深

江行值暴風雨

風狂雨暗舟人懼自委神明志不邪投得葦灣波浪息
岸頭煙火近人家

杪秋夕吟懷寄宋維先輩

江島窮秋木葉稀月高何處擣寒衣若嗟不見登龍客
此夜悠悠一夢飛

七夕

星河耿耿正新秋絲竹千家列綵樓可惜穿針方有興
纖纖初月苦難留

吉水作尉時酬閻侍御見寄

謬佐驅雞任常思賦鵩人(時閻公謫官吉州)未諧林下約空感病來
身鑷徑青苔老鋪階紅葉新相思不可見猶喜得書頻

清溪逢張惟貞秀才

洞隱紅霞外房開碧嶂根昔年同鍊句幾夜共聽猨考
古書千卷忘憂酒一樽如今歸建業雅道喜重論

送閻侍御歸闕

羡君乘紫詔歸路指通津鼓棹煙波暖還京雨露新趨
朝丹禁曉登轡九衢春自愧湮沈者隨軒未有因

甲子歲罷吉水縣過鍾陵時暮春維舟江渚謁
柴太尉席上作

公侯延駐暫踟躕況值風光三月初亂落杯盤花片小
靜籠池閣柳陰踈舟維南浦程雖阻飲預西園興有餘
卻笑田家門下客當時容易歎車魚

海上春夕旅懷寄左偃(此詩與下蔡春暮張懷略同)

柳過清明絮亂飛感時懷舊思悽悽月生樓閣雲初散
家在汀洲夢去迷髮白每慚清鑑啟酒醒長怯子規啼
北山高臥風騷客安得同吟復杖藜

江次維舟登古寺

輟櫂因過古梵宮荒凉門徑鑷苔茸綠陰滿地前朝樹
清韻含風後殿鐘童子縱慵眠壞榻老僧躭話指諸峰
吟餘卻返來時路迴首盤桓尚駐筇

春日招宋維先輩

甕中竹葉今朝熟鑑裏桃花昨日(一作夜)開為報廣寒攀桂
客莫辭相訪共銜杯

吹笛兒

隴頭休聽月明中妙竹嘉音際會逢見爾樽前吹一曲
令人重憶許雲封(雲封開元善笛者)

所思

解珮當時在洛濱悠悠疑是夢中身自從物外無消息
花謝鶯啼近十春

吉水縣酬夏侯秀才見寄

啟鑑悠悠兩鬢蒼病來心緒易淒凉知音不到吟還懶
鑷印開簾又夕陽

和友人喜雪

臘雪頻頻降成堆不可除伴吟花莫並銷瘴藥何如謝
女詩成處袁安睡起初深迷樵子徑冷逼旅人居惹砌
催鑮俎飄窗入簟書最宜樓上望散亂滿空虛

感事呈所知

競愛松筠翠皆憐桃李芳如求濟世廣桑柘願商量

送汪濤

知君別家後不免淚霑襟芳草千里路夕陽孤客心花
飛當野渡猨叫在煙岑霄漢知音在何須恨陸沈

言志寄劉鈞秀才

童稚親儒墨時平喜道存酬身指書劍賦命委乾坤秋
爽鼓琴興月清搜句魂與君同此志終待至公論

訪澄上人

尋師來靜境神骨覺清凉一鉤逢秋雨相留坐竹堂石
渠堆敗葉莎砌咽寒螿話到南能旨怡然萬慮忘

經古寺

殿宇半隳摧門臨野水開雲疑何代樹草蔽此時臺遶
塔堆黃葉沿階積綠苔踟躕日將暮棲鳥入巢來

送王道士遊東海

巨浸常牽夢雲遊豈覺勞遙空收晚雨虛閣看秋濤必
若思三島應須釣六鼇如通十洲去誰信碧天高

貽青陽宰

徵賦常登限名山管最多吏閑民訟少時得訪煙蘿

哭故主人陳太師

一年孤跡寄侯門，入室升堂忝厚恩。遊遍春郊隨茜旆，飲殘秋月待金尊。車魚鄭重知難報，吐握周旋不可論。長慟裹回逝川上，白楊蕭颯又黃昏。

秋江夜泊寄劉鈞

萬里江山斂暮煙，旅情當此獨悠然。沙汀月冷帆初卸，葦岸風多人未眠。已聽漁翁歌別浦，更堪邊鴈過遙天。與君共侯酬身了，結侶波中寄釣船。

全唐詩

李中

和潯陽宰感舊絕句五首

追感古今情不已，竹軒閑取史書看。欲親往哲無因見，空樹臨風襟袖寒。

潯陽物景真難及，練瀉澄江最好看。曾上虛樓吟倚檻，五峰攀雪照人寒。

園林春媚千花發，爛熳如將畫障看。惟愛松筠多冷淡，青青偏稱雪霜寒。

知君百里鳴琴處，公退千山盡日看。政化有同風偃草，更將餘力拯孤寒。

昔歲尋芳忻得侶，江堤物景盡情看。就中吟戀垂楊下，撼起啼鶯晚吹寒。

哭柴郎中

昔歲遭逢在海城，曾容孤跡奉雙旌。酒邊不厭笙歌盛，花下只愁風雨生。恭接山亭松影晚，吟陪月檻露華清。音塵自此無因問，淚灑川波夕照明。

訪章禪老

比尋禪客叩禪機，澄却心如月在池。松下偶然醒一夢，却成無語問吾師。

泊秋浦

葦岸風高宿鴈驚，維舟特地起鄉情。漁兒隔水吹橫笛，半夜空江月正明。

閑居言懷

未達難隨衆，從他俗所憎。閑聽九秋雨，遠憶四明僧。病後倦吟嘯，貧來疏友朋。寂寥元合道，未必是無能。

舟次彭澤

飄泛經彭澤，扁舟思莫窮。無人秋浪晚，一岸蓼花風。鄉里夢漸遠，交親書未通。今宵見圓月，難坐冷光中。

宿鍾山知覺院

宿投林下寺，中夜覺神清。磬罷僧初定，山空月又生。龍燈吐冷豔，嵒樹起寒聲。待曉紅塵裏，依前冒遠程。

遊茅山二首

綠蘚深迎步，紅霞爛滿衣。洞天應不遠，鸞鶴向人飛。

茅許仙蹤在，煙霞一境清。夷希（一作希夷）何許叩，松徑月空明。

鶴

九臯羽翼下晴空，萬里心難駐玉籠。清露滴時翹蘚徑，白雲開處唳松風。歸當華表千年後，怨在瑤琴別操中。好共靈龜作儔侶，十洲三島逐仙翁。

暮春吟懷寄姚端先輩

無奈詩魔旦夕生，更堪芳草滿長汀。故人還爽花前約，新月又生江上亭。莊夢斷時燈欲燼，蜀魂啼處酒初醒。何時得見登龍客，隔却千山萬仞青。

送圓（一作圖）上人歸廬山

蓮宮舊隱塵埃外，策杖臨風拂袖還。踏雪獨尋青嶂下，聽猨重入白雲間。蕭騷紅樹當門老，斑駁蒼苔鎖徑閑。預想松軒夜禪處，虎溪圓月照空山。

送相里秀才之匡山國子監

氣秀情閑杳莫群，廬山遊去志求文。已能探虎窮騷雅，又欲囊螢就典墳。目豁乍窺千里浪，夢寒初宿五峰雲。業成早赴春闈約，要使嘉名海內聞。

漁父二首

偶向蘆花深處行，溪光山色晚來晴。漁家開戶相迎接，稚子爭窺犬吠聲。

雪鬢衰髯白布袍，笑攜赬鯉換村醪。慇懃留我宿溪上，釣艇歸來明月高。

旅次聞砧

砧杵誰家夜擣衣，金風淅淅露微微。月中獨坐不成寐，舊業經年未得歸。

寄楊先生

仙翁別後無信，應共煙霞卜隣。莫把壺中祕訣，輕傳塵裏遊人。浮生日月自急，上境鶯花正春。安得一招琴酒，與君共泛天津。

對酒招陳昭用

花開葉落堪悲，似水年光暗移。身世都如夢役，是非空使神疲。良圖有分終在，所欲無勞妄（一作遠）思。幸有一壺清酒，且來閑語希夷。

旅夜聞笛

長笛起誰家，秋涼夜漏賒。一聲來枕上，孤客在天涯。木末風微動，窗前月漸斜。暗牽詩思苦，不獨落梅花。

送紹明上人之毘陵

忽起毘陵念，飄然不可留。聽蟬離古寺，攜錫上扁舟。月出沙汀冷，風高葦岸秋。回期端的否，千里路悠悠。

再到山陽尋故人不遇二首

維舟登野岸，因訪故人居。亂後知何處，荊榛匝弊廬。

欲問當年事，耕人都不知。空餘堤上柳，依舊自垂絲。

寄廬山簡寂觀重道者

憶昔採芝廬岳頂清宮常接絳霄人玉書開展石樓曉瑤琴醉彈琪樹春惟恨仙桃遲結實不憂滄海易成塵似醒一夢歸凡世空向彤霞寄夢頻

思溢渚舊居

昔歲曾居溢水頭草堂吟嘯興何幽迎僧常踏竹間蘚愛月獨登溪上樓寒翠入簷嵐岫曉冷聲縈枕野泉秋從拘宦路無由到昨夜分明夢去遊

思朐陽春遊感舊寄柴司徒五首

王孫昔日甚相親共賞西園正媚春醉臥如茵芳草上覺來花月影籠身

煙鋪芳草正綿綿藉草傳杯似列仙暫輟笙歌且聯句含毫花下破香牋

南陌風和舞蝶狂惜春公子戀斜陽高歌飲罷將迴轡衣上花兼百草香

春郊飲散暮煙收却引絲簧上翠樓紅袖歌長金笋亂銀蟾飛出海東頭

昔年常接五陵狂洪（一作共）飲花間數十場別後或驚如夢覺音塵難問水茫茫

泉

潺潺青嶂底來處何長漱石苔痕滑侵松鶴夢涼泛花穿竹塢瀉月下蓮塘想得歸何處天涯助渺茫

題徐五敘池亭

多（一作名）士池塘好塵中景恐無年來養鷗鷺夢不去江湖泉脈通深澗風聲起短蘆驚魚跳（一作藏）藻荇戲蝶上菰蒲泛泛容漁艇閑閑載酒壺漲痕山雨過翠積岈苔鋪花影沈波底煙光入座隅曉香憐杜若夜浸愛蟾蜍步逸心難厭看吟興不幸憑君命奇筆爲我寫成圖

遙賦義興潛泉

見說靈泉好潺湲與莫窮誰當秋霽後獨聽月明中濺苔花潤隨流木葉紅何當化霖雨濟物顯殊功

和毘陵尉（一作紀）曹昭用見寄

決獄多餘暇冥搜萬象空卷簾踈雨後鑷印夕陽中還往多名士編題尚古風宦途知此味能有幾人同

梅花

羣木方憎雪開花長在先流鶯與舞蝶不見許因緣

舟次吉水逢蔡文慶秀才

別後音塵斷相逢又共吟雪霜今日鬢煙月舊時心艤櫂夕陽在聽鴻秋色深一尊開口笑不必話升沈

新喻縣偶寄彭仁正字

經年離象魏孤宦在南荒酒醒公齋冷雨多歸夢長志難酬國澤術欠致民康吾子應相笑區區道未光

和彭正字喜雪見寄

千門忻應瑞偏稱上樓看密灑虛窗曉狂飄大野寒園深宜竹樹（一作柏）簾卷洽杯盤已作豐年兆黎民意盡安

海上和柴軍使清明書事

清明時節好煙光英傑高吟興味長捧日即應還禁衛當春何惜醉朐陽千山過雨難藏翠百卉臨風不藉香却是旅人悽屑甚夜來魂夢到家鄉

壬申歲承命之任淦陽再過廬山國學感舊寄劉鈞明府

三十年前共苦辛囊螢曾寄此煙岑讀書燈暗嫌雲重搜句石平憐蘚深各歷宦途悲聚散幾看時（一作流）輩或浮沈再來物景還依舊風冷松高猨狖吟

留題胡參卿秀才幽居

竹簷庭除蘚色濃道心安逸寂寥中扣門時有棲禪客灑（一作漉）酒多招採藥翁江近好聽菱芡雨徑香偏愛蕙蘭風我慚名宦猶拘束脫屣心情未得同

放鷺鷥

池塘多謝久淹留長得霜翎放自由好去蒹葭深處宿月明應認舊江秋

柳絮

年年二（一作三）月暮散亂雜飛花雨過微風起狂飄千萬家

早春

一種和風至千花未放妍草心幷柳眼長是被恩先

春雲

陰去爲膏澤晴來媚曉空無心亦無滯舒卷在東風

送姚端秀才遊毘陵

毘陵嘉景太湖邊才子經遊稱少年風弄青帘沽酒市月明紅袖採蓮船若耶罨畫應相似（若耶溪名在毘陵）越岫吳峰盡接連此去高吟須早返廣寒丹桂莫遷延

和朐陽載筆魯裕見寄

燕臺多事每開顏相許論交淡薄間飲興共憐芳草岈吟情同愛夕陽山露濃小徑蛩聲咽月冷空庭竹影閑何事此時攀憶甚與君俱是別鄉關

敘吟二首

往哲搜羅妙入神隋珠和璧未爲珍而今所得慚難繼謬向平生著苦辛

成僻成魔二雅中每逢知已是亨通言之無罪終難厭欲把風騷繼古風

貽毘陵正勤禪院奉長老

隨緣駐瓶錫心已悟無生默坐煙霞散閑觀水月明竹深風倍冷堂迥磬偏清願作傳燈者忘言學淨名

冬日（一作中）書懷寄惟真大師

自別吾師後風騷道甚孤雪霜侵鬢髮音信隔江湖擾擾悲時世悠悠役夢途向公期盡節多病怕傾壺賤跡雖慚滯幽情忍使辜詩成天外句棊覆夜中圖落聲燈花碎飄窗雪片麤煮茶燒栗興早晚復圍爐

獻中書潘舍人

運叶半千數天鍾許國臣鵬霄開羽翼鳳闕演絲綸顧問當清夜從容向紫宸立言成雅誥正意叙彝倫朴素偕前哲馨香越搢紳褒辭光萬代優旨重千鈞公退誰堪接清閑道是鄰世間身屬幻物外意通津弔往兼春夢文高賦復新（舍人有弔往文春夢賦行於世也）琴彈三峽水屏畫十洲春庭冷鋪苔色池寒浸月輪竹風來枕簟藥氣上衣巾茶譜傳溪叟棊經受羽人清虛雖得趣獻替不妨陳杞梓呈才後神仙入侍頻孤寒皆有賴中外亦同忻有士曾多難無門得望塵忙忙罹險阻往往耗精神尋果巢枝願終全負米身連逢敎孝治蹇塞值通津最慶清朝祿還霑白髮親甘柔心既遂虛薄報何因遠宦聯綿歷卑

棲鳳夜勤良時空愛惜末路每悲辛骨立駒猶病顏凋女尚貧而今諧一作偕顧遇尺蠖願求伸

全唐詩

徐鉉

徐鉉字鼎臣廣陵人十歲能屬文與韓熙載齊名江東謂之韓徐仕吳爲祕書郎仕南唐歷中書舍人翰林學士吏部尚書歸宋爲散騎常侍坐貶卒鉉文思敏速凡所撰述往往執筆立就精小學篆隸尤工集三十卷今編詩六卷

早春左省寓直

旭景鸞臺上微雲象闕間時清政事少日永直官閑遠籟飛簫管零冰響珮環終軍年二十默坐叩玄關

寒食宿陳公塘上

垂楊界官道茅屋倚高坡月下春塘水風中牧豎歌折花閑立久對酒遠情多今夜孤亭夢悠揚奈爾何

將去廣陵別史員外南齋

家聲曾與金張輩官署今居何宋間起得高齋臨靜曲種成奇樹學他山鴛鸞終日同醒醉蘿薜常時共往還賤子今朝獨南去不堪迴首望清閑

將過江題白沙館

少長在維揚依然認故鄉金陵佳麗地不道少風光稍望吳臺遠行登楚塞長殷勤語江嶺歸夢莫相妨

登甘露寺北望

京口潮來曲岸平海門風起浪花生人行沙上見日影舟過江中聞櫓聲芳草遠迷揚子渡宿煙深映廣陵城游人鄉思應如橘相望須含兩地情

山路花

不共垂楊映綺寮倚山臨路自嬌饒游人過去知香遠谷鳥飛來見影搖半隔煙嵐遙隱隱可堪風雨暮蕭蕭城中春色還如此幾處笙歌按舞腰

京口江際弄水

退公求靜獨臨川揚子江南二月天百尺翠屏甘露閣數帆晴日海門船波澄瀨石寒如玉草接汀蘋綠似煙安得乘槎更東去十洲風外弄潺湲

早春旬假獨直寄江舍人

省署皆歸沐西垣公事稀詠詩前砌立聽漏向申歸遠思風醒酒餘寒雨濕衣春光已堪探芝蓋共誰飛

從駕東幸呈諸公

吳公臺下舊京城曾掩衡門過十春別後不知新景象信來空問故交親宦游京口無高興習隱鍾山限俗塵今日喜爲華表鶴況陪鵷鷺免迷津

重游木蘭亭

繚繞長隄帶碧潯昔年游此尚青衿蘭橈破浪城陰直玉勒穿花苑樹深宦路塵埃成久別仙家風景有誰尋那知年長多情後重凭欄干一獨吟

賦得綵鸞

縷綵成飛鸞迎和啓蟄時翠翹生玉指繡羽拂文楣詎費銜泥力無勞剪爪期化工今在此翻怪社來遲

送魏舍人仲甫爲蘄州判官

從事蘄春興自長蘄人應識紫薇郎山資足後抛名路蒓菜秋來憶故鄉以道卷舒猶自適臨戎談笑固無妨如聞郡閣吹橫笛時望青谿憶野王

題殷舍人宅木芙蓉

憐君庭下木芙蓉嫋嫋纖枝淡淡紅曉吐芳心零宿露晚搖嬌影媚清風似含情態愁秋雨暗減馨香借菊叢默飲數盃應未稱不知歌管與誰同

送史館高員外使嶺南

東觀時閑暇還修喻蜀書雙旌馳縣道百越從軺車桂蠹晨餐罷貪泉訪古初一作餘春江多好景莫使醉吟疎

春日紫巖山期客不至

郊外春華好人家帶碧谿淺莎藏鴨戲輕靄隔雞啼掩映紅桃谷氤縁翠柳堤王孫竟不至芳草自萋萋

宿蔣帝廟明日遊山南諸寺

便返城闉尚未甘更從山北到山南花枝似雪春雖半桂魄如眉日始三松蓋遮門寒黯黯柳絲妨路翠毿毿登臨莫怪偏留戀游宦多年事事諳

賦得有所思

所思何在杳難尋路遠山長水復深衰草滿庭空佇立清風吹袂更長吟忘情好醉一作酹青田酒寄恨宜調綠綺琴落日鮮雲偏聚散可能知我獨傷心

贈王貞素先生

先生嘗已佩真形紺髮朱顏骨氣清道祕未傳鴻寶術院深時聽步虛聲遼東幾度悲城郭吳市終應變姓名三十六天皆有籍他年何處問歸程

春夜月

幽人春望本多情況是花繁月正明竟夕無言亦無寐繞堦芳草影隨行

愛敬寺有老僧嘗游長安言秦雍間事歷歷可聽因贈此詩兼示同行客

白首棲禪者嘗談灞滻游能令過江客偏起失鄉愁室倚桃花崦門臨杜若洲城中無此景將子剩淹留

游蔣山題辛夷花寄陳奉禮本約陳同游不至

今歲游山已恨遲山中仍喜見辛夷簪纓且免全爲累桃李猶甚別作期晴後日高偏照灼晚來風急漸離披山郎不作同行伴折得何由寄所思

和殷舍人蕭員外春雪

萬里春陰乍履端廣庭風起玉塵乾梅花嶺上連天白蕙草堦前特地寒晴去便爲經歲別興來何惜徹宵看此時鴛侶皆閑暇贈答詩成禁漏殘

寄蘄州高郎中

賈傅棲遲楚澤東蘭皐三度換秋風紛紛世事來無盡黯黯離魂去不通直道未能勝社鼠孤飛徒自歎冥鴻知君多少思鄉恨併在山城一笛中

寄和州韓舍人

急景騷騷度遙懷處處生風頭乍寒暖天色半陰晴久別魂空斷終年道不行殷勤雲上雁爲過歷陽城

從兄龍武將軍没於邊戍過舊營宅作

前年都尉没邊城帳下何人領舊兵徼外瘴煙沉鼓角山前秋日照銘旌笙歌却返烏衣巷部曲皆還細柳營今日園林過寒食馬蹄猶擬入門行

景陽臺懷古

後主忘家不悔江南異代長春今日景陽臺上閑人何用傷神

春分日

仲春初四日春色正中分綠野徘徊月晴天斷續雲鷰飛猶箇箇花落已紛紛思婦高樓晚歌聲不可聞

寄駕部郎中瞻

賤子乖慵性頻爲省直牽交親每相見多在相門前君獨疎名路爲郎過十年炎風久成別南望思悠然

和王庶子寄題兄長建州廉使新亭

謝守高齋結構新一方風景萬家情羣賢詎減山陰會遠俗初聞正始聲水檻片雲長不去訟庭纖草轉應生阿連詩句偏多思遙想池塘晝夢成

謝文靖墓下作時閩嶺用師契丹陷梁宋

越徼稽天討周京亂虜塵蒼生何可奈江表更無人豈憚尋荒壟猶思認後身春風白楊裏獨步淚霑巾

全唐詩　徐鉉

觀人讀春秋

日覺儒風薄誰將霸道羞亂臣無所懼何用讀春秋

秋日雨中與蕭贊善訪殷舍人於翰林座中作

野出西垣步步遲秋光如水雨如絲銅龍樓下逢閑客紅藥堦前訪舊知亂點乍滋承露處碎聲因想滴蓬時銀臺鑰入須歸去不惜餘歡盡酒巵

送和州張員外爲江都令

經年相望隔重湖一旦相逢在上都塞詔官班聊慰否埋輪意氣尚存無由來聖代憐才子始覺清風激懦夫若向西岡尋勝賞舊題名處爲躊躇

和明道人宿山寺

聞道經行處山前與水陽磬聲深小院燈影迥高房落宿依樓角歸雲擁殿廊羨師閑未得早起逐班行

晚歸

暑服道情出煙街薄暮還風清飄短袂馬健弄連環水靜聞歸櫓霞明見遠山過從本無事從此涉旬問

月真歌月真廣陵妓女翰林殷舍人所鍾攜之垂訪筵上贈此

揚州勝地多麗人其間麗者名月真月真初年十四五能彈琵琶善歌舞風前弱柳一枝春花裏嬌鶯百般語揚州帝京多名賢其間賢者殷德川德川初秉綸闈筆職近名高常罕出花前月下或遊從一見月真如舊識閑庭深院資賢宅宅門嚴峻無凡客垂簾偶坐唯月真調弄琵琶郎爲拍殷郎一旦過江去鏡中嬾作孤鸞舞朝雲暮雨鎮相隨石頭城下還相遇二月三月江南春滿城濛濛起香塵隔牆試聽歌一曲乃是資賢宅裏人綠窗繡幌天將曉殘燭依依香裊裊離腸却恨苦多情輭障薰籠空悄悄殷郎去冬入翰林九霄官署轉深沉人間想望不可見唯向月真存舊心我慙闒茸何爲者長感餘光每相假陋巷蕭條正掩扉相攜訪我衡茅下我本山人愚且貞歌筵歌席常無情自從一見月真後至今贏得顛狂名殷郎月真聽我語少壯光陰能幾許良辰美景數追隨莫教長說相思苦

走筆送義興令趙宣輔

聞君孤櫂汎荆谿隴首雲隨別恨飛杜牧舊居憑買取他年藜杖願同歸

天闕山絶句

散誕愛山客凄涼懷古心寒風天闕晚盡日倚軒吟

除夜

寒燈耿耿漏遲遲送故迎新了不欺往事併隨殘曆日春風寧識舊容儀預慙歲酒難先飲更對鄉儺羨小兒吟罷明朝贈知己便須題作去年詩

寄鍾謨

看看潘鬢二毛生，昨日林梢又轉鶯。欲對春風忘世慮，敢言尊酒召時英。假中西閣應無事，筵上南威幸有情。不得車公終不樂，已教紅袖出門迎。

正初答鍾郎中見招

高齋遲景雪初晴，風拂喬枝待早鶯。南省郎官名籍籍，東鄰妓女字英英。流年倏忽成陳事，春物依稀有舊情。新歲相思自過訪，不煩虛左遠相迎。

聞雁寄故人

久作他鄉客，深慙薄宦非。不知雲上雁，何得每年歸。夜靜聲彌怨，天空影更微。往年離別淚，今夕重霑衣。

江舍人宅筵上有妓唱和州韓舍人歌辭因以寄

良宵絲竹偶成歡，中有佳人俯翠鬟。白雪飄颻傳樂府，阮郎憔悴在人間。清風朗月長相憶，佩蕙紉蘭早晚還。深夜酒空筵欲散，向隅惆悵鬢堪斑。

寒食日作

廚冷煙初禁，門閑日更斜。東風不好事，吹落滿庭花。過社紛紛燕，新晴淡淡霞。京都盛游觀，誰訪子雲家。

賀殷游二舍人入翰林江給事拜中丞

清晨待漏獨徘徊，霄漢懸心不易裁。閣老深嚴歸翰苑，夕郎威望拜霜臺。青綾對覆蓬壺晚，赤棒前驅道路開。猶有西垣廳記在，莫忘同草紫泥來。

歐陽太監雨中視決堤因墮水明日見於省中因戲之

聞道張晨蓋，徘徊石首東。濟川非伯禹，落水異三公。衣濕仍愁雨，冠欹更怯風。今朝復相見，疑是葛仙翁。

送吳郎中為宣州推官知涇縣

征虜亭邊月，雞鳴伴客行。可憐何水部，今事謝宣城。風物聊供賞，班資莫繫情。同心不同載，留滯為浮名。

寄舒州杜員外

信到得君書，知君已下車。粉闈情在否，蓮幕興何如。人望徵賢入，余思從子居。灊山眞隱地，憑為卜茅廬。

九月十一日寄陳郎中

我多吏事君多病，寂絕過從又幾旬。前日龍山煙景好，風前落帽是何人。

和司門郎中陳彥

衡門寂寂逢迎少，不見仙郎向五旬。莫問龍山前日事，菊花開卻為閑人。

賦得擣衣

江上多離別，居人夜擣衣。拂砧知露滴，促杵恐霜飛。漏轉聲頻斷，愁多力自微。裁縫依夢見，腰帶定應非。

九月三十夜雨寄故人

獨聽空堦雨，方知秋事悲。寂寥旬假日，蕭颯夜長時。別念紛紛起，寒更故故遲。情人如不醉，定是兩相思。

寄撫州鍾郎中 時王師敗績於閩中沒在建州

去載分襟後，尋聞在建安。封疆正多事，尊俎若為歡。都護空遺鏃，明君欲舞干。繞朝時不用，非是殺身難。

送歐陽太監游廬山

家家門外廬山路，唯有夫君乞假游。案牘乍拋公署晚，林泉已近暑天秋。海潮盡處逢陶石，江月圓時上庾樓。此去蕭然好長往，人間何事不悠悠。

立秋後一日與朱舍人同直

一宿秋風未覺涼，數聲宮漏日猶長。林泉無計消殘暑，虛向華池費稻粱。

賦得霍將軍辭第

漢將承恩久，圖勳肯顧私。匈奴猶未滅，安用以家為。郢匠雖聞詔，衡門竟不移。寧煩張老頌，無待晏嬰辭。甲乙人徒費，親鄰我自持。悠悠千載下，長作帥臣師。

和元帥書記蕭郎中觀習水師

元帥樓船出治兵，落星山外火旗明。千帆日助江陵勢，萬里風馳下瀨聲。殺氣曉嚴波上鷁，凱歌遙駭海邊鯨。仲宣一作從軍詠，迴顧儒衣自不平。

秋日盧龍村舍

罝卻人間事，閑從野老游。樹聲村店晚，草色古城秋。獨鳥飛天外，閑雲度隴頭。姓名君莫問，山木與虛舟。

和蕭郎中小雪日作

征西府裏日西斜，獨試新爐自煮茶。籬菊盡來低覆水，塞鴻飛去遠連霞。寂寥小雪閑中過，斑駁輕霜鬢上加。算得流年無奈處，莫將詩句祝蒼華。

中書相公谿亭閑宴依韻 李建勳

雨霽秋光晚，亭虛野興迴。沙鷗掠岸去，谿水上堦來。客傲風欹幘，筵香菊在盃。東山長許醉，何事憶天台。

寄饒州王郎中效李白體

珍重王光嗣，交情尚在不。蕪城連宅住，楚塞並車游。別後官三改，年來歲六周。銀鉤無一字，何以緩離愁。

寄歙州呂判官

任公郡占好山川，谿水縈迴路屈盤。南國自來推勝境，故人此地作郎官。風光適意須留戀，祿秩資貧且喜歡。莫憶班行重迴首，是非多處是長安。

宣威苗將軍貶官後重經故宅

蔣山南望近西坊，亭館依然鎖院牆。天子未嘗過細柳，將軍尋已戍燉煌。史萬歲嘗謫戍燉煌 欹傾怪石山無色，零落圓荷水不香。為將為儒皆寂寞，門前愁殺馬中郎。

附池州薛郎中書因寄歙州張員外

新安從事舊臺郎，直氣多才不可忘。一旦江山馳別夢，幾年簪紱共周行。岐分出處何方是，情共窮通此義長。因附鄰州寄消息，接輿今日信為狂。

寄江都路員外

吾兄失意在東都，聞說襟懷任所如。已縱乖慵為傲吏，有何關鍵制豪胥。縣齋曉閉多移病，南畝秋荒憶遂初。知道故人相憶否，嵇康不得嬾修書。

張員外好茅山風景求為句容令作此送

句曲山前縣，依依數舍程。還同適勾漏，非是厭承明。柳谷供詩景，華陽契道情。金門容傲吏，官滿且還城。

送應之道人歸江西

曾騎竹馬傍洪厓，二十餘年變物華。客夢等閑過驛閣，歸帆遙羨指龍沙。名垂小篆矜垂露，詩作吳吟對綺霞。歲暮定知迴未得，信來憑為寄梅花。

送元帥書記高郎中出為婺源建威軍使

寒風蕭瑟楚江南記室戎裝挂錦帆倚馬未曾妨笑傲斬牲先要厲威嚴危言昔日嘗無隱壯節今來信不凡惟有杯盤思上國酒醪甜淡菜蔬甘

遊方山宿李道士房

從來未面李先生借我西窗臥月明二十三家同願識素騾何日暫還城

題畫石山

彼美巉巖石誰施黼藻功回巖明照地絕壁爛臨空錦段鮮須濯羅屏展易窮不因秋蘚綠非假晚霞紅羽客藏書洞樵人取箭風靈蹤理難問仙路去何通返駕歸塵裏留情向此中迴瞻畫圖畔遙羨面山翁

臨石步港

碕岸墮縈帶微風起細漣綠陰三月後倒影亂峰前吹浪游鱗小黏苔碎石圓會將腰下組換取釣魚船

病題二首

性靈慵懶百無能唯被朝參遣夙興聖主優容恩未答丹經疎闊病相陵脾傷對客偏愁酒眼暗看書每媿燈進與時乖不知退可憐身計謾騰騰

人間多事本難論況是人間懶慢人不解養生何怪病已能知命敢辭貧向空咄咄煩書字舉世滔滔莫問津金馬門前君識否東方曼倩是前身

寄江州蕭給事

夕郎憂國不憂身今向天涯作逐臣魂夢暗馳龍闕曙嘯吟閒繞虎谿春朝車載酒過山寺諫紙題詩寄野人惆悵儒夫何足道自離羣後已同塵

和江州江中丞見寄

賈傅南遷久江關道路遙北來空見雁西去不如潮鼠穴依城社鴻飛在泬寥高低各有處不擬更相招

和鍾郎中送朱先輩還京垂寄

分司洗馬無人問辭客殷勤輟棹歌蒼蘚滿庭行徑小高梧臨檻雨聲多春愁盡付千盃酒鄉思遙聞一曲歌且共勝遊消永日西岡風物近如何

送郝郎中爲浙西判官

大藩從事本優賢幕府仍當北固前花繞樓臺山倚郭寺臨江海水連天恐君到即忘歸日憶我遊曾歷二年若許他時作閑伴殷勤爲買釣魚船

翰林遊舍人清明日入院中途見過余明日亦入西省上直因寄游君

榆柳開新焰梨花發故枝輜軿臨城市圭組坐曹司獨對芝泥檢遙憐白馬兒禁林還視草氣味兩相知

陪王庶子游後湖涵虛閣（東宮）

懸圃清虛乍過秋看山尋水上茲樓輕鷗的的飛難没紅葉紛紛晚更稠風卷微雲分遠岫浪摇晴日照中洲蹄攀況有承華客如在南皮奉勝遊

柳枝辭十二首

把酒憑君唱柳枝也從絲管遞相隨逢春只合朝朝醉記取秋風落葉時

南園日暮起春風吹散楊花雪滿空不惜楊花飛也得愁君老盡臉邊紅

陌上朱門柳映花簾鉤半捲綠陰斜憑郎暫駐青驄馬此是錢塘小小家

夾岸朱欄柳映樓綠波平幔帶花流歌聲不出長條密忽地風迴見綵舟

老大逢春總恨春綠楊陰裏最愁人舊游一別無因見嫩葉如眉處處新

濛濛堤畔柳含煙疑是陽和二月天醉裏不知時節改漫隨兒女打鞦韆

水閣春來乍減寒曉妝初罷倚欄干長條亂拂春波動不許佳人照影看

柳岸煙昏醉裏歸不知深處有芳菲重來已見花飄盡唯有黄鶯囀樹飛

此去仙源不是遙垂楊深處有朱橋共君同過朱橋去索（一作密）映垂楊聽洞簫

暫別揚州十度春不知光景屬何人一帆歸客千條柳腸斷東風揚子津

仙樂春來按舞腰清聲偏似傍嬌饒應緣鶯舌多情賴長向雙成說翠條

鳳笙臨檻不能吹舞袖當筵亦自疑唯有美人多意緒解依芳態畫雙眉

貶官泰州出城作

浮名浮利信悠悠四海干戈痛主憂三諫不從爲逐客一身無累似虛舟滿朝權貴皆曾忤繞郭林泉已徧遊惟有戀恩終（一作心）不改半程猶自望城樓

過江

別路知何極離腸有所思登艫望城遠摇槳過江遲斷岸煙中失長天水際垂此心非橘柚不爲雨鄉移

經東都太子橋

綸闈放逐知何道桂苑風流且暫歸莫問升遷橋上客身謀疎拙舊心違

全唐詩

徐鉉

贈維揚故人

東京少長認維桑書劒誰教入帝鄉一事無成空放逐故人相見重淒涼樓臺寂寞官河晚人物稀踈驛路長莫怪臨風惆悵久十年春色憶維揚

泰州道中却寄東京故人

風緊雨淒淒川迴岸漸低吳州林外近隋苑霧中迷聚散紛如此悲歡豈易齊料君殘酒醒還聽子規啼

得浙西郝判官書未及報聞燕王移鎮京口因寄此詩問方判官田書記消息

秋風海上久離居曾得劉公一紙書淡水心情長若此銀鉤蹤迹更無如嘗憂座側飛鴟鳥未暇江中覓鯉魚今日京吳建朱邸問君誰共曳長裾

贈陶使君求梨

昨宵宴罷醉如泥惟憶張公大谷梨白玉花繁曾綴處黃金色嫩乍成時冷侵肺腑醒偏早香惹衣襟歇倍遲今旦中山方酒渴唯應此物最相宜

陳覺放還至泰州以詩見寄作此答之

朱雲曾為漢家憂不怕交親作世仇壯氣未平空咄咄狂言無驗信悠悠今朝我作傷弓鳥却羨君為不繫舟勞寄新詩平宿憾此生心氣貫清秋

王三十七自京垂訪作此送之

失鄉遷客在天涯門掩苔垣向水斜只就鱗鴻求遠信敢言車馬訪貧家煙生柳岸將垂縷雪壓梅園半是花惆悵明朝尊酒散夢魂相送到京華

陶使君挽歌二首

太守今何在行春去不歸筵空收管吹郊迥儼驂騑營外星纔落園中露已稀傷心梁上鷰猶解向人飛

始憶花前宴笙歌醉夕陽那堪城外送哀挽逐歸艎鈴閣朝猶閉風亭日已荒唯餘遷客淚霑灑後池傍

雪中作

賦分多情客經年去國心踈鐘寒郭晚密雪水亭深影迴鴻投渚聲愁雀噪林他鄉一尊酒獨坐不成斟

賦得風光草際浮

宿露依芳草春郊古陌旁風輕不盡偃日早未晞陽耿耿依平遠離離入望長映空無定彩飄逕有餘光颭若荷珠亂紛如爝火颺詩人多感物凝思繞池塘

寒食成判官垂訪因贈

常年寒食在京華今歲清明在海涯遠巷蹋歌深夜月隔牆吹管數枝花鴛鸞得路音塵闊鴻雁分飛道里賒不是多情成二十斷無人解訪貧家

送客至城西望圖山因寄浙西府中

枚叟鄒生笑語同莫嗟江上聽秋風君看逐客思鄉處猶在圖山更向東

送寫真成處士入京

傳神蹤迹本來高澤畔形容媿彩毫京邑功臣多佇望淩煙閣上莫辭勞

九日雨中

茱萸房重雨霏微去國逢秋此恨稀目極暫登臺上望心遙長向夢中歸荃蘼路遠愁霜早兄弟鄉遙羨雁飛唯有多情一枝菊滿杯顏色自依依

寄外甥苗武仲

放逐今來漲海邊親情多在鳳臺前且將聚散為閑事須信華枯是偶然蟬噪踈林村倚郭鳥飛殘照水連天此中唯欠韓康伯共對秋風詠數篇

寄從兄憲兼示二弟

別路吳將楚離憂弟與兄斷雲驚晚吹秋色滿孤城信遠鴻初下鄉遙月共明一枝棲未穩迴首望三京

附書與鍾郎中因寄京妓越賓

暮春橋下手封書（暮春海陵橋名）寄向江南問越姑不道諸郎少歡笑經年相別憶儂無

代鍾答

一幅輕綃寄海濱越姑長感昔時恩欲知別後情多少點點憑君看淚痕

亞元舍人不替深知猥貽佳作三篇清絕不敢輕酬因為長歌聊以為報未竟復得子喬校書示問故兼寄陳君庶資一笑耳

海陵城裏春正月海畔朝陽照殘雪城中有客獨登樓遙望天邊白銀闕（天帝以黃金白銀為宮闕）白銀闕下何英英雕鞍繡轂趨承明閶門曉闢旌旗影玉墀風細佩環聲此處追飛皆俊彥當年何事容疵賤懷鉛晝坐紫微宮焚香夜直明光殿王言簡靜官司閑朋好殷勤多往還新亭風景如東洛邙嶺林泉似北山光陰暗度盃盂裏職業未妨談笑間有時邀賓復攜妓造門不問都非是酣歌叫笑驚四鄰賦筆縱橫動千字任他銀箭轉更籌不怕金吾司夜吏可憐諸貴賢且才時情物望兩無猜伊余獨禀狷狂性褊量多言仍薄命吞舟可漏豈無恩負乘自貽非不幸一朝削跡為遷客旦暮青雲千里隔離鴻別雁各分飛折柳攀花兩無色盧龍渡口問迷津瓜步山前送暮春（去年三月三十日瓜步阻風）白沙江上曾行路青林花落何紛紛漢皇昔幸回中道（昇元中扈駕東遊之路）極目牛羊卧芳草舊宅重遊盡隟荒故人相見多衰老禪智寺山光橋風瑟瑟兮雨蕭蕭行盃已醒殘夢斷征途未極離魂消海陵郡中陶太守相逢本是隨行舊乍申拜起已開眉却問辛勤還執手精廬水榭最清幽一税征車聊駐留閑門思過謝來客知恩省分寬離憂郡齋勝境有後池山亭菌閣互參差有時虛左來相召舉白飛觴任所為多才太守能撾鼓醉送金船間歌舞酒酣耳熱眼生花暫似京華歡會處歸來旅館還端居清風朗月夜窗虛騣騣流景歲云暮天涯望斷故人書春來憑檻方歎息仰頭忽見南來翼足繫紅箋墮我前引頸長鳴如有言開緘試讀相思字乃是多情喬亞元短韻三篇皆麗絕小梅寄意情偏切（亞元詩云借問小梅應得信春風新自海邊來此篇尤嘉）金蘭投分一何堅銀鉤置袖終難滅醉後狂言何足奇感君知己不相遺長卿曾作美人賦玄成今有責躬詩（鉉去春醉中贈醉妓長歌酷為喬君所賞來篇所引故以謝之）報章欲託還京信筆拙紙窮情未盡珍重芸香陳子喬亦解貽書遠相問寧須買藥療羈愁只恨無書消鄙吝（子喬問藥物所要又問置新書故有此句）游處當時靡不同歡娛今日兩成空天

子尙應憐賈誼時人未要嘲楊雄曲終筆閣緘封已翩翩驛騎行塵起寄向中朝謝故人爲說相思意如此

送蒯司錄歸京 亮

早年聞有蒯先生二十餘年道不行抵掌曾論天下事折腰猶悟俗人情老還上國歡娛少貧聚一作聚歸資一作裝結束輕還客臨流倍惆悵冷風黃葉滿山城

聞查建州陷賊寄鍾郞中 謨即查從事也

聞道將軍輕壯圖螺江城下委犀渠旌旗零落沉荒服簪履蕭條返故居皓首應全蘇武節故人誰得李陵書自憐放逐無長策空使盧諶淚滿裾

還過東都留守周公筵上贈座客

賈生三載在長沙故友相思道路賒已分終年甘寂寞豈知今日返京華麟符上相恩偏厚隋苑留歡日欲斜明旦江頭倍惆悵遠山芳草映殘霞

送楊郞中唐員外奉使湖南

江邊微雨柳條新握節含香二使臣兩綬對懸雲夢日方舟齊汎洞庭春今朝草木逢新律昨日山川滿戰塵同是多情懷古客不妨爲賦弔靈均

表弟包頴見寄 此子侍親在饒州累年臥疾

常思帝里奉交親别後光陰屈指頻蘭佩却歸綸閣下荆枝猶寄楚江濱十程山水勞幽夢滿院煙花醉别人料得此生強健在會須重賞昔年春

寄蕭給事 蕭江西致仕

危言危行古時人歸向西山臥白雲買宅尙尋徐處士餐霞終訪許眞君容顏别後應如故詩詠年來更不聞今日城中春又至落梅愁緒共紛紛

賦石奉送鍾德林少尹員外 并序

歲辛亥冬十月天子命吾友德林爲東府亞尹大弟諭德蕭君泊諸客餞于石頭城雲日蒼茫園林搖落尊酒將竭征帆欲飛處者眷眷而不能迴行者遲遲而不忍去煙生景夕風靜江平君子曰公足以滅私子當促棹詩所以言志我當分題故以風月松竹山石寄情於贈别云爾

我愛他山石中含絶代珍煙披寒落落沙淺靜磷磷翠色辭文陛清聲出泗濱扁舟載歸去知是泛槎人

全唐詩

徐鉉

贈泰州掾令狐克已 文公曾孫

念子才多命且奇亂中拋擲少年時深藏七澤衣如雪却見中朝鬢似絲舊德在人終遠大扁舟爲吏莫推辭孤芳自愛凌霜處詠取文公白菊詩

送荻栽與秀才朱觀

羨子清吟處茅齋面碧流解憎蓮艷俗唯欠荻花幽鷺立低枝晚風驚折葉秋贈君須種取不必樹忘憂

使浙西先寄獻燕王侍中

京江風靜喜乘流極目遙瞻萬歲樓喜氣龍葱甘露晚水煙波淡海門秋五年不見鸞臺長明日將陪兎苑遊欲問平臺門下吏相君還許吐茵不

常州驛中喜雨

颼颼旱天雨涼風一夕迴遠尋南畝去細入驛亭來蓑唱牛初牧漁歌棹正開盈庭頓無事歸思酌金罍

驛中七夕

七夕雨初霽行人正憶家江天望河漢水館折蓮花獨坐涼何甚微吟月易斜今年不乞巧鈍拙轉堪嗟

贈浙西顧推官

盛府賓寮八十餘閉門高臥興無如梁王苑裏相逢早潤浦城中得信疎狼籍盃盤重會面風流才調一如初顧君百歲猶強健他日相尋隱士廬

贈浙西妓亞仙 筵上作

翠黛嚬如怨朱顏醉更春占將南國貌惱殺别家人粉汗沾巡盞花鈿逐舞茵明朝綺窗下離恨兩殷勤

迴至瓜洲獻侍中

紫微垣裏舊賓從來向吳門謁府公奉使謬持嚴助節登門初識魯王宮笙歌隱隱違離後煙水茫茫悵望中日暮瓜洲江北岸兩行清淚滴西風

邵伯埭下寄高郵陳郞中

故人相别動經年候館相逢倍慘然顧我飲冰難輟棹感君扶病爲開筵河灣水淺翹秋鷺柳岸風微噪暮蟬欲識酒醒魂斷處謝公祠畔客亭前

謫居舒州累得韓高二舍人書作此寄之

三峰煙靄碧臨谿中有騷人理釣絲會友少於分袂日謫居多却在朝時丹心歷歷吾終信俗慮悠悠爾不知珍重韓君與高子殷勤書札寄相思 舒人以灊皖天柱爲三峰

和張先輩見寄二首

去國離羣擲歲華病容憔悴媿丹砂谿連舍下衣長潤山帶城邊日易斜幾處垂鉤依野岸有時披褐到鄰家故人書札頻相慰誰道西京道路賒

清時淪放在山州邛竹紗巾處處游野日蒼茫悲鵩舍水風陰濕弊貂裘雞鳴候旦寧辭晦松節凌霜幾換秋

兩首新詩千里道感君情分獨知丘

印秀才至舒州見尋別後寄詩依韻和

羈游白社身雖屈高步辭場道不卑投分共爲知我者相尋多媿謫居時離懷耿耿年來夢厚意勤勤別後詩今日谿邊正相憶雪晴山秀柳絲垂

行園樹

松節凌霜久蓬根逐吹頻羣生各有性桃李但爭春

題雷公井

搰𥠖愚公谷蕭寥羽客家俗人知處所應爲有桃花

送彭秀才

賈生去國已三年短褐閑行皖水邊盡日野雲生舍下有時京信到門前無人與和投湘賦媿子來浮訪戴船滿袖新詩好迴去莫隨騷客醉林泉

移饒州別周使君

正憐東道感賢侯何幸南冠脫楚囚睆伯臺前收別宴喬公亭下艤行舟四年去國身將老百郡徵兵主尚憂更向鄱陽湖上去青衫憔悴淚交流

避難東歸依韻和黃秀才見寄

感感逢人問所之東流相送向京畿自甘逐客紉蘭佩不料平民著戰衣樹帶荒村春冷落江澄霽色霧霏微時危道喪無才術空手徘徊不忍歸

酬郭先輩

太原郭夫子行高文炳蔚弱齡負世譽一舉游月窟仙籍第三人時人故稱屈昔余吏西省傾蓋名籍籍及我竄羣舒向風心鬱鬱歸來暮江上雲霧一披拂雷雨不下施猶作池中物念君介然氣感時思奮發示我數篇文與古爭馳突綵褥絜英華理深刮肌骨古詩尤精奧史論皆宏拔舉此措諸民何憂民不活吁嗟吾道薄與世長迂闊顧我徒有心數奇身正絀論兵屬少年經國須儒術夫子無自輕蒼生正愁疾

和集賢鍾郎中

石渠冊府神仙署當用明朝第一人腰下別懸新印綬座中皆是故交親龍池樹色供清景浴殿香風接近鄰從此翻飛應更遠徧尋三十六天春

送劉山陽

舊族知名士朱衣宰楚城所嗟吾道薄豈是主恩輕戰鼓何時息儒冠獨自行此心多感激相送若爲情

題伏龜山北隅

茲山信岑寂陰崖積蒼翠水石何必多宛有千巖意孰知近人境旦暮含佳氣池影搖輕風林光澹新霽支頤籍芳草自足忘世事未得歸去來聊爲宴居地

送黃梅江明府（江前爲江夏令有善政今吏宰小邑賦詩留別作此和之）

封疆多難正經綸臺閣如何不用君江上又勞爲小邑篋中徒自有雄文書生膽氣人誰信遠俗歌謠主不聞一首新詩無限意再三吟味向秋雲

詠梅子真送郭先輩

忠臣本愛君仁人本愛民寧知貴與賤豈計名與身梅生爲一尉獻疏來君門君門深萬里金虎重千鈞向永且不用（劉向谷永）況復論子真拂衣遂長往高節邈無鄰至今仙籍中謂之梅真人郭生負逸氣百代繼遺塵進退生自知得喪吾不陳斯民苟有幸期子一朝伸

和蕭郎中午日見寄

細雨輕風采藥時褰簾隱几更何爲豈知澤畔紉蘭客來赴城中角黍期多罪靜思如剉蘖赦書纔聽似含飴謝公制勝常閑暇願接西州敵手棊

送黃秀才姑孰辟命

世亂離情苦家貧色養難水雲孤櫂去風雨暮春寒幕府才方急騷人淚未乾何時王道泰萬里看鵬摶

送王四十五歸東都

海內兵方起離筵淚易垂憐君負米去惜此落花時想憶看來信相寬指後期殷勤手中柳此是向南枝

和太常蕭少卿近郊馬上偶吟

田園經雨綠分畦飛蓋閑行九里堤拂袖清風塵不起滿川芳草路如迷林開始覺晴天迥潮上初驚浦岸齊怪得仙郎詩句好斷霞殘照遠山西

又和

抱甕何人灌藥畦金銜爲爾駐平堤村橋野店景無限綠水晴天思欲迷橫笛乍隨輕吹斷歸帆疑與遠山齊鳳城迴望眞堪畫萬戶千門蔣嶠西

抛毬樂辭二首

歌舞送飛毬金觥碧玉籌管弦桃李月簾幕鳳凰樓一笑千場醉浮生任白頭

灼灼傳花枝紛紛度畫旗不知紅燭下照見彩毬飛借勢因期赴巫山暮雨歸

離歌辭五首

莫折紅芳樹但知盡意看狂風幸無意那忍折教殘

朝日城南路旌旗照綠蕪使君何處去桑下覓羅敷

事與年俱往情將分共深莫驚容鬢改只是舊時心

暫別勞相送佳期願莫違朱顏不須老留取待郎歸

拂匣收珠佩迴燈拭薄妝莫嫌春夜短匹似楚襄王

夢游三首

魂夢悠揚不柰何夜來還在故人家香濛蠟燭時時暗戶映屏風故故斜檀的慢調銀字管雲鬟低綴折枝花天明又作人間別洞口春深道路賒

繡幌銀屏杳靄間若非魂夢到應難窗前人靜偏宜夜戶內春濃不識寒蘸甲遞觴纖似玉含詞忍笑膩於檀錦書若要知名字滿縣花開不姓潘

南國佳人字玉兒芙蓉雙臉遠山眉仙郎有約長相憶阿母何（一作無）猜不得知夢裏行雲還倏忽暗中攜手乍疑遲因思別後閑窗下織得迴文幾首詩

和蕭少卿見慶新居

湘浦懷沙已不疑京城賜第豈前期鼓聲到晚知坊遠山色來多與靜宜簪屨（一作履）尚應憐故物稻粱空自媿華池新詩問我偏饒思還念鷦鷯得一枝

又和

鸞蓬偶駐知多幸斷雁重聯愜素期當戶小山如舊識上牆幽蘚最相宜清風不去因栽竹隙地無多也鑿池更喜良鄰有嘉樹綠陰分得近南枝

送勳道人之建安

下國兵方起君家義獨聞若爲輕世利歸去臥溪雲挂席衡嵐翠攜節破鮮紋離情似霜葉江上正紛紛

送許郎中歙州判官兼黟縣

嘗聞黟縣似桃源況是優游冠玳筵遺愛非遙應臥理（許嘗宰涇縣）祖風猶在好尋仙（許宣平黟縣人得道）朝衣舊識熏香史祿米初營種秫田大抵宦游須自適莫辭離別二三年

送彭秀才南游

問君孤櫂去何之玉笥春風楚水西山上斷雲分翠靄林間晴雪入澄溪琴心酒趣神相會道士仙童手共攜他日時清更隨計莫如劉阮洞中迷

和明上人除夜見寄

酌酒圍爐久愁襟默自增長年逢歲暮多病見兵興夜色開庭燎寒威入硯冰湯師無別念吟坐一燈凝

正初和鄂州邊郎中見寄

潦倒含香客淒凉賦鵩人未能全卷舌終擬學垂綸故友暌離久音書問訊頻相思俱老大又見一年新

送劉司直出宰

之子有雄文風標秀不羣低飛從墨綬逸志在青雲柳色臨流動春光到縣分賢人多靜理未爽醉醺醺

送從兄赴臨川幕

梁王籍寵就東藩還召鄒枚坐兔園今日好論天下事昔年同受主人恩石頭城下春潮滿金柅亭邊綠樹繁唯有音書慰離別一盃相送別無言（方輿勝覽臨川郡舊有金柅園園中瀛洲亭景物爲一州冠）

送龔員外赴江州幕

煩君更上築金臺世難民勞藉俊才自有聲名馳羽檄不妨談笑奉尊罍元規樓迥清風滿匡俗山春畫障開莫忘故人離別恨海潮迴處寄書來

送朱先輩尉廬陵

我重朱夫子依然見古人成名無媿色得祿及慈親莫歎官資屈寧論活計貧平生心氣在終任靜邊塵

送鍾德林郎中學士赴東府詩（并序）

德林始以才術優贍入叅近司旋以地望清雅寵登書殿會東鑑克復上以君有遺愛於淮海之鄙故輟侍從之班攝尹正之任吾一二親友共餞行舟鉉也不才請以言贈理大國若烹小鮮言不可撓之也況亂後乎德林當本仁守信體寬務斷大兵之後民各思乂聽其自理任其自營爲之上者導其蒙遏其淫而已示之以聰明則民益迷拘之以禁令則民重困棄仁則吏暴失信則衆惑急則民傷不斷則民懈慎此四者何往而不臧噫嘻吾黨皆忘形者也平生以來胥會者幾何思當雞犬相聞舟輿不接開口而笑攜手而游在吾輩勉之而已忘身徇國急病讓夷德林此行宜減離戀盍各賦一物以爲贈乎九月十七日序

得酒

酌此盃中物茱萸滿把秋今朝將送別他日是忘憂世亂方多事年加易得愁政成頻一醉亦未減風流

全唐詩

徐鉉

送陳先生之洪井寄蕭少卿

聞君仙袂指洪厓我憶情人別路賒知有歡娛游楚澤更無書札到京華雲開驛閣連江靜春滿西山倚漢斜此處相逢應見問爲言搔首望龍沙

送龔明府九江歸寧

茂宰隳官去扁舟著綵衣溢城春酒熟匡阜野花稀解纜垂楊綠開帆宿鷺飛一朝吾道泰還逐落潮歸

和江西蕭少卿見寄二首

亡羊岐路媿司南二紀窮通聚散三老去何妨從笑傲病來看欲嬾朝叅離腸似線常憂斷世態如湯不可探珍重加餐省思慮時時斟酒壓山嵐

身遥上國三千里名在朝中二十春金印不須辭入幕麻衣曾此歎迷津卷舒由我真齊物憂喜忘心即養神世路風波自飜覆虛舟無計得沉淪

送薛少卿赴青陽

我愛陶靖節吏隱從弦歌我愛費徵君高臥歸九華清風激頹波來者無以加我志兩不遂漂淪浩無涯數奇時且亂此圖今愈賒賢哉薛夫子高舉凌晨霞安民即是道投足皆爲家功名與權位悠悠何用誇攜朋出遠郊酌酒藉平沙雲收遠天靜江潤片帆斜離懷與企羨南望長咨嗟

送高起居之涇縣

右史罷朝歸之官向水湄別我行千里送君傾一巵酒罷長歎息此歎君應悲亂中吾道薄卿族舊人稀胡爲佩銅墨去此白玉墀吏事豈所堪民病何可醫藏用清其心此外慎勿爲縣郭有佳境千峰谿水西雲樹杳迴合巖巒互蔽虧彈琴坐其中世事吾不知時時寄書札以慰長相思

宿茅山寄舍弟

茅許稟靈氣一家同上賓仙山空有廟舉世更無人獨往誠違俗浮名亦累真當年各自勉雲洞鎮長春

晚憩白鶴廟寄句容張少府

日入林初靜山空暑更寒泉鳴細巖竇鶴唳眇雲端拂榻安棊局焚香戴道冠望君殊不見終夕凭欄干

題紫陽觀

南朝名士富仙才追步東卿遂不迴丹井自深桐暗老祠宮長在鶴頻來巖邊桂樹攀仍倚洞口桃花落復開惆悵霓裳太平事一函真跡鎖昭臺

贈奚道士（象含）

先生曾有洞天期猶傍天壇摘紫芝處世自能心混沌全真誰見德支離玉霄塵閉人長在金鼎功成俗未知他日飈輪謁茅許願同雞犬去相隨

題碧巖亭贈孫尊師

絶境何人識高亭萬象含凭軒臨樹杪送目極天南積靄生泉洞歸雲鎖石龕丹霞披翠巘白鳥帶晴嵐仙去留虛室龍歸漲碧潭幽巖君獨愛玄味我曾耽世上愁何限人間事久諳終須脫羈鞅來此會空談

題白鶴廟

平生心事向玄關一入仙鄉似舊山白鶴唳空晴眇眇丹沙流澗暮潺潺嘗嗟多病嫌中藥擬問眞經乞小還滿洞煙霞互陵亂何峰臺榭是蕭閑

步虛詞五首

氣爲還元正心由抱一靈凝神歸罔象飛步入青冥整服乘三素旋綱躡九星瓊章開後學稽首奉眞經
天帝黃金闕眞人紫錦書霓裳紛蔽景羽服迴凌虛白鶴能爲使班麟解駕車靈符終顧借轉共世情疎
聖主過幽谷虛皇在蘂宮五千宗物母七字祕神童世上金壺遠人間玉籥空唯餘養身法修此與天通
何處求玄解人間有洞天勤行皆是道謫下尚爲仙蔽景乘朱鳳排虛駕紫煙不嫌園吏傲願在玉宸前
三素霏霏遠盟威凜凜寒火鈴空滅沒星斗曉闌干佩響流虛殿爐煙在醮壇蕭寥不可極驂駕上雲端

留題仙觀

瑤壇醮罷晚雲開羽客分飛俗士迴爲報移文不須勒未曾游處待重來

和陳洗馬山莊新泉

已開山館待抽簪更要巖泉欲洗心常被松聲迷細韻忽流花片落高岑便疏淺瀨穿莎徑始有清光映竹林何日煎茶醞香酒沙邊同聽暝猨吟

奉和七夕應令

今宵星漢共晶光應笑羅敷嫁侍郎斗柄易傾離恨促河流不盡後期長靜聞天籟疑鳴佩醉折荷花想豔妝誰見宣猷堂上宴一篇清韻振金鐺

又和八日

微雲疎雨淡新秋曉夢依稀十二樓故作別離應有以擬延更漏共無由那教人世長多恨未必天仙不解愁

和印先輩及第後獻座主朱舍人郊居之作

博望苑中殘酒醒香風佳氣獨遲留成名郊外掩柴扉樹影蟬聲共息機積雨暗封青蘚徑好風輕透白練（所於切）衣嘉魚始賦人爭誦荊玉頻收國自肥（印以南有嘉魚賦及第）獨坐公廳正煩暑喜吟新詠見玄微

和致仕張尚書新創道院

梓澤成新致金丹有舊情挂冠朝睡足隱几暮江清藥圃分輕綠松窗起細聲養高寧厭病默坐對諸生（尚書時有瘖疾）

和尉遲贊善秋暮僻居

登高節物最堪憐小嶺疎林對檻前輕吹斷時雲縹緲夕陽明處水澄鮮江城秋早催寒事望苑朝稀足晏眠庭有菊花尊有酒若方陶令媿前賢

和陳贊善致仕還京口

海門山下一漁舟中有高人未白頭已駕安車歸故里尚通閨籍在龍樓泉聲激玉窗前落江色和煙檻外流今日君臣厚終始不須辛苦畫雙牛

京使迴自臨川得從兄書寄詩依韻和

珍重還京使殷勤話故人別離長挂夢寵祿不關身趣向今成道聲華舊絶塵莫嗟客鬢老詩句逐時新

陪鄭王相公賦筵前垂冰應教依韻

窗外虛明雪乍晴簷前垂霤盡成冰長廊瓦疊行行密晚院風高寸寸增玉指乍拈簪尚媿金階時墜磬難勝晨餐堪醒曹參酒自恨空腸病不能

送禮部潘尚書致仕還建安

名遂功成累復輕鱸魚因起舊鄉情屨聲初下金華省帆影看離石首城化劒津頭尋故老同亭會上問仙卿（幔亭亦號同亭）冥鴻高舉眞難事相送何須淚滿纓

和尉遲贊善病中見寄

仙郎移病暑天過卻似冥鴻避罻羅畫夢乍驚風動竹夜吟時覺露霑莎情親稍喜貧居近性懶猶嫌上直多望苑恩深期勿藥青雲岐路未蹉跎

池州陳使君見示游齊山詩因寄

往歲曾游弄水亭齊峰濃翠暮軒橫哀猨出檻心雖喜傷鳥聞弦勢易驚病後簪纓殊寡興老來泉石倍關情今朝池口風波靜遙賀山前有頌聲

再領制誥和王明府見賀

蹇步還依列宿邊拱辰重認舊雲天自嗟多難飄零困不似當年膽氣全雞樹晚花疎向日龍池輕浪細含煙從來不解爲身計一葉悠悠任大川

送高舍人使嶺南

西掖官曹近南溟道路遙使星將渡漢仙櫂乍乘潮柳映（一作映）靈和折梅依大庾飄江帆風淅淅山館雨蕭蕭陸賈眞迂闊終童久寂寥送君何限意把酒一長謠

和王明府見寄

時情世難消吾道薄宦流年危此身莫歎京華同寂寞曾經兵革共漂淪對山開戶唯求靜貰酒留賓不道貧善政空多尚淹屈不知誰是解憂民

和方泰州見寄

逐客悽悽重入京舊愁新恨兩難勝雲收楚塞千山雪風結秦淮一尺冰置醴筵空情豈盡投湘文就思如疑更殘月落知孤坐遙望船窗一點星

文獻太子挽歌詞五首

國有承祧重人知秉哲尊清風來望苑遺烈在東藩此日升緱嶺何因到寢門天高不可問煙霧共昏昏
夏啟吾君子周儲上帝賓音容一飄忽功業自紛綸露泣承華月風驚麗正塵空餘商嶺客行淚（一作哭）下宜春
出處成交讓經綸有大功淚碑瓜步北棠樹蒜山東百揆方時敘重離遂不融故臣偏感咽曾是歎三窮
甲觀光陰促園陵天地長簫笳咽無韻賓御哭相將盛烈傳彝鼎遺文被樂章君臣知已分零淚亂無行
緣仗清晨出非同齒胄時愁煙鎖平甸朔吹繞寒枝楚客來何補緱山去莫追迴瞻飛蓋處掩袂不勝悲

送王員外宰德安

家世朱門貴官資粉署優今爲百里長應好五峰游柳影連彭澤湖光接庾樓承明須再入官滿莫淹留

以端谿硯酬張員外水精珠兼和來篇

請以端谿潤酬君水玉明方圓雖異器功用信俱呈自得山川秀能分日月精巾箱各珍重所貴在交情

奉使九華山中途遇青陽薛郎中

故人相別動相思此地相逢豈素期九子峰前閑未得五谿橋上坐多時甘泉從幸余知忝宣室徵還子未遲且飲一盃消別恨野花風起漸離披

奉命南使經彭澤（值王明府不在留此）

遠使程途未一分離心常要醉醺醺那堪彭澤門前立黃菊蕭疎不見君

南都遇前嘉魚劉令言游閩嶺作此與之

我持使節經韶石君作閑游過武夷兩地山光成獨賞隔年鄉思暗相知洪厓壇上長岑寂孺子亭前自別離珍重分岐一盃酒強加餐飯數吟詩

閣皁山

殿影高低雲掩映松陰繚繞步徘徊從今莫厭簪裾累不是乘軺不得來

玉笥山留題

仙鄉會應遠王事知何極征傳莫辭勞玉峰聊一息形骸已銷散心想都凝寂眞氣自清虛非關好松石九仙皆積學洞壑多遺跡游子歸去來胡爲但征役

廬陵別朱觀先輩

桂籍知名有幾人翻飛相續上青雲解憐才子寧唯我遠作卑官尚見君嶺外獨持嚴助節宮中誰薦長卿文新詩試爲重高詠朝漢臺前不可聞

文彧少卿文山郎中交好深至二紀已餘暌別數年二子長逝奉使嶺表途次南康弔孫氏之孤於其家覩文彧手書於僧室慷慨悲歎留題此詩

孫家虛座弔諸孤張叟僧房見手書二紀歡游今若此滿衣零淚欲何如腰間金印從如斗鏡裏霜華已滿梳珍重遠公應笑我塵心唯此未能除

朱處士相與有山水之願見送至南康作此以別之

憐君送我至南康更憶梅花庾嶺芳多少仙山共遊在願君百歲尚康強

清明日清遠峽作

嶺外春過半途中火又新殷勤清遠峽留戀北歸人

迴至南康題紫極宮裏道士房

王事信靡盬飲冰安足辭胡爲擁征傳乃至天南陲天南非我鄉留滯忽踰時還經羽人家豁若雲霧披何以寬吾懷老莊有微詞達士無不可至人豈偏爲客愁勿復道爲君吟此詩

和歙州陳使君見寄

新安風景好時令肅轅門身貴心彌下功多口不言鈴家法在儒雅素風存簪履陪游盛鄉閭俗化敦臨窗山色秀繞郭水聲喧織絡文章麗矜嚴道義尊樓臺秋月靜京庾晚雲屯曉吹傳衙鼓晴陽展信旛一篇貽友好千里倍心論未見歸驂動空能役夢魂

和賈員外戩見贈玉蘂花栽

瓊瑤一簇帶花來便斲蒼苔手自栽喜見唐昌舊顏色爲君判病酌金罍

光穆皇后挽歌三首

仙馭期難改坤儀道自光閟宮新表德沙麓舊膺祥素帟堯門掩凝笳畢陌長東風慘陵樹無復見親桑

永樂留虛位長陵啓夕扉返虞嚴吉仗復土掩空衣功業投三母光靈極四妃淮應彤史在不與露花晞

隱隱閶門路煙雲曉更愁空瞻金輅出非是濯龍游德感人倫正風行內職修還隨偶物化同此思軒丘

嚴相公宅牡丹

但是豪家重牡丹爭如丞相閣前看鳳樓日暖開偏早雞樹陰濃謝更難數朵已應迷國艷一枝何幸上塵冠不知更許憑欄否爛熳春光未肯殘

侍宴賦得歸鴈

夜靜羣動息翩翩一鴈歸清音天際遠寒影月中微何處雲同宿長空雪共飛陽和常借便免與素心違

又賦早春書事

苑裏芳華早皇家勝事多弓聲達春氣弈思養天和煖酒紅爐火浮舟綠水波雪晴農事起擊壤聽賡歌

依韻和令公大王薔薇詩

綠樹成陰後羣芳稍歇時誰將新濯錦挂向最長枝卷焰香先入凭欄影任移賞頻嫌酒渴吟苦怕霜髭架迴籠雲幄庭虛展繡帷有情縈舞袖無力冐遊絲嫩蘂鶯偷采柔條柳伴垂荀池波自照梁苑客嘗窺玉李尋皆謝金桃亦暗衰花中應獨貴庭下故開遲委艷妝苔砌分華借槿籬低昂勻灼爍濃淡疊參差幸植王宮裏仍逢宰府知芳心向誰許醉態不能支芍藥天教避玫瑰衆共嗤光明烘晝景潤膩裛輕霏麗似期神女珍如重衛姬君王偏屬詠七子盡搜奇

和門下殷侍郎新茶二十韻

暖吹入春園新芽競粲然才教鷹觜拆未放雪花妍荷杖青林下攜筐旭景前（採茶須在日未出前）孕靈資雨露鍾秀自山川碾後香彌遠烹來色更鮮名隨土地貴味逐水泉遷力藉流黃暖形模紫筍圓（茶之美者有圓捲紫筍）正當鑽柳火遙想湧金泉（陽羨茶山有金沙泉修貢時出）任道時新物須依古法煎輕甌浮綠乳孤竈散餘煙甘薺非予匹宮槐讓我先（槐芽亦可爲茶）竹孤空冉冉荷弱謾田田解渴消殘酒清神感夜眠十漿何足饋百榼盡堪捐采擷唯憂晚營求不計錢任公因焙顯陸氏有經傳愛甚眞成癖嘗多合得仙亭臺虛靜處風月艷陽天自可臨泉石何妨雜管弦東山似蒙頂願得從諸賢

春雪應制

繁陰連曙景瑞雪灑芳辰勢密猶疑臘風和始覺春縈林開玉蘂飄座裛香塵欲識宸心悅雲謠慰兆人

進雪詩

欲使新正識有年故飄輕絮伴春還近看瓊樹籠銀闕遠想瑤池帶玉關潤逐麳（力該切）麰鋪綠野暖隨杯酒上朱顏朝來花蕚樓中宴數曲賡歌雅頌間

自題山亭三首

簪組非無累園林未是歸世喧長不到何必故山薇
小舫行乘月高齋臥看山退公聊自足爭敢望長閑
跂石仍臨水披襟復挂冠機心忘未得棊局與魚竿

和陳表用員外求酒

暑天頻雨亦頻晴簾外閑雲重復輕珍重一壺酬絕唱
向風遥想醉吟聲

奉和右省僕射西亭高臥作

院靜蒼苔積庭幽怪石欹蟬聲當檻急虹影向簷垂晝
漏猶憐永叢蘭未覺衰疎篁巢翡翠折葦覆鸕鷀對酒
襟懷曠圍棊旨趣遲景皆隨所尚物各遂其宜道與時
相會才非世所羈賦詩貽座客秋事爾何悲

憶新淦觴池寄孟賓于員外

往年淦水駐行軒引得清流似月圓自有谿光還碧甃
不勞人力遞金船潤滋苔蘚欺茵席聲入杉松當管弦
珍重詩人頻管領莫教塵土咽潺湲

右省僕射後湖亭閑宴鉉以宿直先歸賦詩留
獻

湖上一陽生虛亭啓高宴楓林煙際出白鳥波心見主
人忘貴達座客容疵賤獨慙殘照催歸宿明光殿

全唐詩
徐鉉

送孟賓于員外還新淦

暫來城闕不從容却佩銀魚隱玉峰雙澗水邊欹醉石
九仙臺下聽風松題詩翠壁稱逋客采藥春畦狎老農
野鶴乘軒雲出岫不知何日再相逢

孟君别後相續寄書作此酬之

多病怯煩暑短才憂近職跂足北窗風遥懷浩無極故
人易成别詩句空相憶尺素寄天涯淦江秋水色

納后夕侍宴

天上軒星正雲間湛露垂禮容過渭水宴喜勝瑶池彩
霧籠花燭升龍肅羽儀君臣歡樂日文物盛明時簾捲
銀河轉香凝玉漏遲華封傾祝意觴酒與聲詩

又三絕

時平物茂歲功成重翟排雲到玉京四海未知春色至
今宵先入九重城

銀燭金爐禁漏移月輪初照萬年枝造舟已似文王事
卜世應同八百期

漢主承乾帝道光天家花燭宴昭陽六衣盛禮如金屋
彩筆分題似柏梁

北苑侍宴雜詠詩

竹

勁節生宮苑虛心奉豫遊自然名價重不羨渭川侯

松

細韻風中遠寒青雪後濃餘陰堪避雨効用待東封

水

碧草垂低岸東風起細波横汾從遊宴何謝到天河

風

昨朝纔解凍今日又開花帝力無人識誰知玩物華

菊

細麗披金彩氛氳散遠馨汎杯頻奉賜緣解制頹齡

柳枝詞十首（座中應制）

金馬辭臣賦小詩梨園弟子唱新詞君恩還似東風意
先入靈和蜀柳枝

百草千花共待春綠楊顏色最驚人天邊雨露年年在
上苑芳華歲歲新

長愛龍池二月時毵毵金線弄春姿假饒葉落枝空後
更有梨園笛裏吹

綠水成文柳帶搖東風初到不鳴條龍舟欲過偏留戀
萬縷輕絲拂御橋

百尺長條婉（一作宛）麴塵詩題不盡畫難真憑君折向人間
種還似君恩處處春

風暖雲開晚照明翠條深映鳳皇城人間欲識靈和態
聽取新詞玉管聲

醉折垂楊唱柳枝金城三月走金羈年年爲愛新條好
不覺蒼華也似絲

新春花柳競芳姿偏愛垂楊拂地枝天子偏教詞客賦
宮中要唱洞簫詞

凝碧池頭醮翠漣鳳皇樓畔簇晴煙新詞欲詠知難詠
說與雙成入管弦

侍從甘泉與未央移舟偏要近垂楊櫻桃未綻梅花老
折得柔條百尺長

奉和宮傅相公懷舊見寄四十韻

謝傅功成德望全鑾臺初下正蕭然摶風乍息三千里
感舊重懷四十年西掖新官同賈馬南朝興運似開天
文辭職業分工拙流輩班資讓後先每愧陋容勞刻畫
長慙頑石費彫鐫晨趨綸掖吟春永夕會精廬待月圓
立馬有時同草詔聯鑣幾處共成篇閑歌柳葉翻新曲
醉詠桃花促綺筵少壯況逢時世好經過寧慮歲華遷
雲龍得路須騰躍社櫟非材合棄捐再謁湘江猶是幸
兩還宣室竟何緣已知瑕玷勞磨瑩又得官司重接連
聽漏分宵趨建禮從遊同召赴甘泉雲開閶闔分臺殿
風過華林度管弦行止不離宮仗影衣裾嘗惹御爐煙
師資稷契論中禮依止山公典小銓多謝天波垂赤管
敢教晨景過華塼翾飛附驥方經遠巨楫垂風遂濟川
玉燭調時鈞軸正台階平處德星懸巖廊禮絕威容肅
布素情深友好偏長擬營巢安大廈忽驚操鉞領中權
吳門日麗龍銜節京口沙晴鷁畫船蓋代名高方赫赫
戀恩心切更乾乾袁安辭氣忠仍懇吳漢精誠直且專
却許丘明師紀傳更容疎廣奉周旋朱門自得施行馬
厚祿何妨食萬錢密疏尚應勞獻替清談唯見論空玄
東山妓樂供閑步北牖風涼足晏眠玄武湖邊林隱見
五城橋下櫂洄沿曾移苑樹開紅藥新鑿家池種白蓮
不遣前騶妨野逸别尋逋客互招延棊枰寂靜陳虛閣
詩筆沉吟劈彩牋往事偶來春夢裏閑愁因動落花前
青雲舊侶嗟誰在白首親情倍見憐盡日凝思殊悵望
一章追敘信精研韶顏莫與年爭競世慮須憑道節宣

幸喜書生爲將相定由陰德致神仙羊公剩有登臨興尚子都無嫁娶牽退象天山鎮浮競起爲霖雨潤原田從容自保君臣契何必扁舟始是賢

右省僕射相公垂覽和詩復貽長句輒次來韻

西院春歸道思深披衣閑聽暝猨吟鋪陳政事留黃閣偃息神機在素琴玉柄暫時疎末座瑶華頻復惠清音開晴便作東山約共賞煙霞放曠心

九日落星山登高

秋暮天高稻穟成落星山上會諸賓黃花汎酒依流俗白髮滿頭思古人巖影晚看雲出岫湖光遥見客垂綸風煙不改年長度終待林泉老此身

十日和張少監

重陽高會古平臺吟徧秋光始下來黃菊後期香未減新詩捧得眼還開每因佳節知身老却憶前歡似夢迴且喜清時屢行樂是非名利盡悠哉

御筵送鄧王

禁裏秋光一作花似水清林煙池影共離情暫移黃閣只三載却望紫垣都數程滿座清風天子送隨車甘雨郡人迎綺霞閣上詩題在從此還應有頌聲

和張少監晚菊

憶共庭蘭倚砌栽柔條輕吹獨依隈自知佳節終堪賞爲惜流光未忍開采擷也須盈掌握馨香還解滿尊罍今朝旬假猶無事更好登臨汎一盃

送馮侍郎

聞君竹馬戲毗陵誰道觀風自六卿今日聲明光舊物共看旌旆擁書生斬蛟橋下谿煙碧射虎亭邊草路清應念筵中倍離恨老來偏重十年兄

又絕句寄題毗陵驛

曾持使節駐毗陵長與州人有舊情爲向驛橋風月道舍人髭鬢白千莖

陳侍郎宅觀花燭

今夜銀河萬里秋人言織女嫁牽牛佩聲寥亮和金奏燭影熒煌映玉鉤座客亦從天子賜更籌須爲主人留世間盛事君知否朝下鸞臺夕鳳樓

送蕭尚書致仕歸廬陵

江海分飛二十春重論前事不堪聞主憂臣辱誰非我曲突徙薪唯有君金紫滿身皆外物雪霜垂領便離羣鶴歸華表望不盡玉笥山頭多白雲

賦得秋江晚照

落日照平流晴空萬里秋輕明動楓葉點的亂沙鷗罾網魚梁靜鸞篷稻穗收不教行樂倦冉冉下城樓

奉和子龍大監與舍弟贈答之什

石渠東觀兩優賢明主知臣豈偶然鸞鷺分行皆接武金蘭同好共忘年懷恩未遂林泉約竊位空慚組綬懸多少深情知不盡好音相慰強成篇

史館庭梅見其毫末歷載三十今已半枯嘗僚諸公唯相公與鉉在耳覩物興感率成短篇謹書獻上伏惟垂覽

東觀婆娑樹曾憐甲坼時繇英共攀折芳歲幾推移往事皆陳迹清香亦暗衰相看宜自喜雙鬢合垂絲

太傅相公深感庭梅再成絕唱曲垂借示倍認知憐謹用舊韻攀和

禁省繁華地含芳自一時雪英開復落紅藥植還移謂嘗爲翰林又爲史館靜想分今昔頻吟歎盛衰多情共如此爭免鬢成絲

太傅相公以庭梅二篇許舍弟同賦再迂藻思曲有虛稱謹依韻奉和庶申感謝

舊眷終無替流光自足悲攀條感花蕚和曲許塤篪前會成春夢何人更已知緣情聊借喻爭敢道言詩

和鍾大監汎舟同游見示

潮溝橫趣北山阿一月三游未是多老去交親難暫捨閑中滋味更無過谿橋樹映行人渡村徑風飄牧豎歌孤櫂亂流偏有興滿川晴日弄微波

又和游光睦院

寺門山水際清淺照孱顏客櫂晚維岸僧房猶掩關日華穿竹靜雲影過堦閑箕踞一長嘯忘懷物我間

和張少監舟中望蔣山

谿路向還背前山高復重紛披紅葉樹間斷白雲峰晝日慵移櫂何年醉倚松自知閑未得不敢笑周顒

茱萸詩一本作奉御札賦茱萸詩御札云新酒初熟偶與鄭王諸公開宴於清宴堂廡之間旣覽秋物復矚霜威因賦茱萸一題以遣此時之興卿鴻才敏思不可獨醒宜應急徵同賦前旨鉉因進詩云

萬物慶西成茱萸獨擅名芳排紅結小香透夾衣輕宿露霑猶重朝陽照更明長和菊花酒高宴奉西清

奉和御製茱萸

臺畔西風御果新芳香精彩麗蕭辰柔條細葉妝治好紫蔕紅芳點綴勻幾朶得陪天上宴千株長作洞中春今朝聖藻偏流詠黃菊無由更敢鄰

蒙恩賜酒旨令醉進詩以謝

明光殿裏夜迢迢多病逢秋自寂寥臣以病戒酒多時蠟炬乍傳丹鳳詔御題初認白雲謠今宵幸識罇尊味明日知停入閤朝爲感君恩判一醉不煩辛苦解金貂

秋日汎舟賦蘋花

素艷擁行舟清香覆碧流遠煙分的的輕浪汎悠悠雨歇平湖滿風涼運瀆秋今朝流詠處即是白蘋洲

題梁王舊園

梁王舊館枕潮溝共引垂藤繫小舟樹倚荒臺風淅淅草埋欹石雨修修門前不見鄒枚醉池上時聞鴈鶩愁節士逢秋多感激不須頻向此中游

奉酬度支陳員外

古來賢達士馳騖唯羣書非禮誓弗習違道無與居儒家若迂闊遂將世情踈吾友嗣世德古風藹有餘幸遇漢文皇握蘭佩金魚俯視長沙賦悽悽將焉如

明道人歸西林求題院額作此送之

昔從岐陽狩簪纓滿翠微十年勞我夢今日送師歸鬼尾龜應樂乘軒鶴謾肥含情題小篆將去挂巖扉

送宣州丘判官

憲署游從阻平臺道路賒喜君馳後乘於此會仙槎緩酌遲飛蓋微吟望綺霞相迎在春渚暫別莫咨嗟

北使還襄邑道中作九月三十日

九月三十日獨行梁宋道河流潋似飛林葉翻如掃程
遥苦晝短野迥知寒早還家亦不閑要且還家了

禁中新月

今夕拜新月沉沉禁署中玉繩疏間彩金掌靜無風節
換知身老時平見歲功吟看北墀暝蘭燼墜微紅

觀吉王從諫花燭

王門嘉禮萬人觀況是新承罷醴歡花燭喧闐丞相府
星辰摇動遠遊冠歌聲暫閣聞宮漏雲影初開見露盤
帝里佳期頻賦頌長留故事在金鑾

恭睹賦詩輸劉起居奐

刻燭知無取爭先素未精本圖忘物我何必計輸贏賭
墅終規利焚囊亦近名不如相視笑高詠兩三聲

春盡日游後湖贈劉起居 劉時方燒藥

今朝湖上送春歸萬頃澄波照白髭笑折殘花勸君酒
金丹成熟是何時

送察院李侍御使廬陵因寄孟員外

繡衣乘驛急如星山水何妨寄野情肯向九仙臺下歇
閑聽孟叟醉吟聲

後湖訪古各賦一題得西邸

南朝藩閫地八友舊招尋事往山光在春晴草色深曲
池魚自樂叢桂鳥頻吟今日中興運猶懷翰墨林

送德邁道人之豫章

禪靈橋畔落殘花橋上離情對日斜顧我乘軒慙組綬
羨師飛錫指煙霞樸中西嶺真君宅門外南州處士家
莫道空談便無事碧雲詩思更無涯

送陳秘監歸泉州

風滿潮溝木葉飛水邊行客駐驂騑三朝恩澤馮唐老
萬里鄉關賀監歸世路窮通前事遠半生談笑此心違
離歌不識高堂慶特地令人淚滿衣

又聽霓裳羽衣曲送陳君

清商一曲遠人行桃葉津頭月正明此是開元太平曲
莫教偏作別離聲

又題白鷺洲江鷗送陳君

白鷺洲邊江路斜輕鷗接翼滿平沙吾徒來送遠行客
停舟爲爾長歎息酒旗漁艇兩無猜月影蘆花鎮相得
離筵一曲怨復清滿座銷魂鳥不驚人生不及水禽樂
安用虚名上麟閣同心攜手今如此金鼎丹砂何寂寞
天涯後會眇難期從此又應添白髭願君不忘分飛處
長保翩翩潔白姿

哭刑部侍郎喬公詩 并序

公臨終數日含弟往候之怡然言曰吾往矣君兄
弟可各爲一詩哭我翼日復告門生曰吾已得徐
君兄弟許我詩餘無事矣其忘懷死生也如此嗚
呼絜酒之禮已隔平生挂劍之信永畀穹壤故以
二章爲誄 錯詩一章見本集 閼於九原其詩云

舉世重文雅夫君更質真曾嗟混雞鶴終日異淄磷詞
賦離騷客封章諫諍臣襟懷道家侶標格古時人逸老
誠云福遺形未免貧求文空得草埋玉遂爲塵靜想忘
年契冥思接武晨連宵洽杯酒分日掌絲綸蠹簡書陳
事遺孤託世親前賢同此歎非我獨霑巾

第六冊

全唐詩

徐鍇

徐鍇字楚金廣陵人鉉之弟南唐時爲屯田郎中知制誥集賢殿學士集十五卷今存詩五首

送程德琳郎中學士(得遠山)

爪步妖氛滅峴岡草樹青終朝空望極今日送君行報政秋雲靜微吟曉月生樓中長可見特用滅離情

太傅相公以東觀庭梅西垣舊植昔陪盛賞今獨家兄唱和之餘俾令攀和輒依本韻伏愧斐然

靜對含章樹(漢有含章殿下樹)閑思共有時香隨荀令在根異武昌移物性雖搖落人心豈變衰唱詶勝笛曲來往韻朱弦

太傅相公與家兄梅花詶唱許綴末篇再賜新詩俯光拙句謹奉清韻用感鈞私伏惟采覽

重歎梅花落非關塞笛悲論文叨接萼末曲愧吹箎(毛詩云仲氏吹箎)枝逐清風動香因白雪知陶鈞敷左悌更賦邵公詩

同家兄哭喬侍郎

諸公長者鄭當時事事無心性坦夷但是登臨皆有作未嘗相見不伸眉生前適意無過酒身後遺言只要詩

秋詞

三日笑談成理命一篇投弔尚應知

井梧紛墮砌寒雁遠橫空雨久梅苔紫霜濃薜荔紅

包穎

包穎南唐時人詩一首

和徐鼎臣見寄

平生中表最情親浮世那堪聚散頻謝朓却吟歸省閣劉楨猶自臥漳濱舊游半似前生事要路多逢後進人且喜新吟報强健明年相望杏園春

鍾謨

鍾謨字仲益其先會稽人徙閩之崇安已而僑居金陵李璟時爲翰林學士進禮部侍郎判尚書省詩三首

貽耀州將

翩翩歸盡塞垣鴻隱隱驚開蟄戶蟲渭北離愁春色裏江南家事戰塵中還同逐客紉蘭佩誰聽縲囚奏土風多謝賢侯振吾道免令搔首泣途窮

獻周世宗

三年耀武羣雄服一日回鑾萬國春南北通歡永無事謝恩歸去老陪臣

代京妓越賓荅徐鉉

一幅輕綃寄海濱越姑長感昔時恩欲知别後情多少點點憑君看淚痕

查文徽

查文徽字光慎歙州休寧人李璟時元宗以取閩功拜撫州觀察使建州留後詩一首

寄麻姑仙壇道士

别後相思鶴信稀郡樓南望遠峰迷人歸仙洞雲連地花落春林水滿溪白髮只應悲鏡鑷丹砂猶待寄刀圭方平車駕今何在常苦塵中日易西

馬彧(一作郁)

馬彧少負文藝李匡威領鎮盧龍署幕職匡威滅復事劉仁恭詩一首

贈韓定辭

燧林芳草綿綿思盡日相攜陟麗譙别後巏嵍山上望羡君時復見王喬

韓定辭

韓定辭深州人爲鎮州觀察判官撿校尚書祠部郎中兼侍御史詩一首

荅馬彧

崇霞臺上神仙客學辨癡龍藝最多盛德好將銀管述麗詞堪與雪兒歌

何昌齡

何昌齡南唐時廬陵宰詩一首

題楊克儉池館

經旬因雨不重來門有蛛絲徑有苔再向白蓮亭上望不知花木爲誰開

李羽

李羽廬州人登南唐進士第詩一首

獻江淮郡守盧公

塞詔東來泝水濱時情惟望秉陶鈞將軍一陣爲功業恐見沙場百戰人

梁藻

梁藻字仲華長汀人南唐總殿前步軍暉之子性樂蕭散應襲父任不就處士集若干卷今存詩一首

南山池

翡翠戲翻荷葉雨鷺鷥飛破竹林煙時沽村酒臨軒酌擬摘新茶靠石煎

陳沆

陳沆南唐時廬阜處士詩一首

嘲廬山道士(南唐近事云廬山九天使者廟有一道士體貌魁偉飲啗酒肉晚節服餌丹砂蹤于沖舉有鶴因風所飄墜於廟庭道士驚喜謂當升騰之召令山童控而乘之羽儀清弱不勝其載毛傷骨折而斃翌日嘲養者知訴于公府沆以詩嘲之)

啗肉先生欲上昇黄雲踏破紫雲崩龍腰鶴背無多力傳與麻姑借大鵬

句

罷却兒女戲放他花木生(寒食)　掃地雲粘箒耕山鳥怕牛(閑居)　點入旱雲千國仰力浮塵世一毫輕(題水)

李詢

李詢南唐時人詩一首

贈織錦人

札札機聲曉復晡，眼穿力盡竟何如。美人一曲成千賜，心裏猶嫌花樣疎。

韓垂

韓垂，南唐時人。詩一首。

題金山

靈山一峰秀岌然，殊衆山盤根大江底，插影浮雲間。雷霆常間作，風雨時往還。象外懸清影，千載長躋攀。

朱存

朱存，金陵人。詩一首。

後湖

雷轟疊鼓火翻旗，三異翩翩試水師。驚起黑龍眠不得，狂風猛雨不多時。

陳彥

陳彥，司門郎中。詩一首。

和徐舍人九月十一日見寄

衡門寂寂逢迎少，不見仙郎向五旬。莫問龍山前日事，菊花開卻爲閑人。

許堅

許堅，有異術，嘗往來廬阜茅山間。李璟時，以異人召，不至。後不知所終。詩五首。

登游齊山

星使南馳入楚重，此山偏得駐行蹤。落花滿地月華冷，寂寞舊山三四峰。

遊溧陽下山寺（一作靈泉精舍限韻）

地枕吳溪與越峰，前朝恩錫靈泉額。竹林晴見（一作層建）雁塔高，石室曾（一作幽）棲幾禪伯。荒碑字（一作蕪）沒秋（一作苔）苔深，古池香泛荷花白。客有經年說別林，落日啼猨情脈脈。

題幽棲觀

仙翁上昇去，丹井寄晴壑。山色接天台，湖光照寥廓。玉洞絕無人，老檜猶棲鶴。我欲掣青蛇，他時冲碧落。

上舍人徐鉉

幾宵煙月鎖樓臺，欲寄侯門薦下才。滿面塵埃人不識，謾隨流水出山來。

題茅山觀

常恨清風千載鬱，洞天令得恣遊遨。松楸古色玉壇靜，鸞鶴不來青漢高。茅氏井寒丹已化，玄宗碑斷夢仍勞。分明有個長生路，休向紅塵歎二毛。

王感化

王感化，建州人，後入金陵教坊。少聰敏，未嘗執卷，而多識善爲詞，滑稽無窮。元宗嗣位，宴樂擊鞠不輟。嘗乘醉命感化奏水調詞，感化唯歌「南朝天子愛風流」一句，如是者數四。元宗悟，覆杯歎曰：使孫陳二主得此一句，不當有銜璧之辱也。由是有寵。詩二首。

建州節帥更代筵上獻詩

旌旗赴天臺，溪山曉色開。萬家悲更喜，迎佛送如來。

奉元宗命咏苑中白野鵲

碧岩深洞恣遊遨，天與蘆花作羽毛。要識此來棲宿處，上林瓊樹一枝高。

句

草中誤認將軍虎，山上曾爲道士羊。（題怪石八句，皆用故事，今但存其一聯）

李家明

李家明，廬州西昌人。元宗時爲樂部頭，談諧敏給，善爲諷辭。詩四首。

元宗釣魚無獲進詩

玉甃垂鉤興正濃，碧池春暖水溶溶。凡鱗不敢吞香耳，知是君王合釣龍。

咏臥牛（元宗游後苑，登臺見牛晚臥芙蔭，家明曰：臣不學，敢上絕句。輔相皆慙）

曾遭甯戚鞭敲角，又被田單火燎身。閑向斜陽嚼枯草，近來問喘爲無人。

題紙鳶止宋齊丘哭子（烈祖受楊氏禪，遷讓皇于海陵。元宗繼統，用齊丘之謀，無少長殺之。齊丘無子，晚得一子，隨卒，慟不止。家明曰：惟臣能止之。乃爲詩書紙鳶上，乘風吹之，度至齊丘家，遂絕其纏。齊丘見之，慚感乃止。一作布衣李匡堯作）

安排唐祚革强吳，盡是先生作計謨。一個孩兒擲不得，讓皇百口合何如。（一作化家爲國實良圖，總是先生畫計謨。今日喪雛猶自哭，讓皇宮眷合何如）

咏皖公山

龍舟輕颭錦帆風，正值宸游望遠空。迴首皖公山色翠，影斜不到壽杯中。

湯悅

湯悅，陳州西華人，本姓殷，文圭之子。仕南唐，官學士，歷樞密使、右僕射。元宗時，淮上用兵，書檄教誥，皆出其手。詩五首。

奉和聖制送鄧王牧宣城

千里陵陽同陝服，鑿門胙土寄親賢。曙煙已別黃金殿，晚照重登白玉筵。江上浮光宜雨後，郡中遠岫列窗前。天心待報期年政，留與工師播管弦。

早春寄華下同志

正是花時節，思君寢復興。市沽終不醉，春夢亦無憑。嶽面懸清雨，河心走濁冰。東門一條路，離恨正相仍。

鼎臣學士侍郎以東館庭梅昔翰苑之毫末，今復半枯，向時同僚零落都盡，素髮垂領，茲唯二人，感舊傷懷，發於吟詠，惠然好我，不能無言，輒次來韻攀和

憶見萌芽日，還憐合抱時。舊歡如夢想，物態暗還移。素豔今無幾，朱顏亦自衰。樹將人共老，何暇更悲絲。

再次前韻代梅荅

託植經多稔，頃笄向盛時。枝條雖已故，情分不曾移。莫向階前老，還同鏡裏衰。更應憐墮葉，殘吹挂蟲絲。

鼎臣學士侍郎楚金舍人學士以再傷庭梅詩同垂寵和，清絕感歎，情致俱深，因成四十字，陳謝

人物同遷謝，重成念舊悲。連華得瓊玖，合奏發塤篪。餘枿雖無取，殘芳尚獲知。問君何所似，珍重杜秋詩。

蕭彧

蕭彧，字文彧，官少卿。詩二首。

送鍾員外（賦月）

麗漢金波滿，當筵玉斝傾。因思頻聚散，幾復換虧盈。光徹離襟冷，聲符別管清。那堪還目此，兩地倚樓情。

送德林郎中學士赴東府（得苒）

離情折楊柳此別異春哉含露東籬艷汎香南浦杯惜
持行次贈留插醉中迴暮崗如能制玉山甘判頹

孫岘

孫岘字文山南康人官郎中詩一首

送鍾員外 賦竹

萬物中蕭灑修篁獨逸羣貞姿曾冒雪高節欲凌雲細
韻風初發濃煙日正曛因題偏惜別不可暫無君

謝仲宣

謝仲宣嘗爲齊王景達宮寮詩一首

送鍾員外 賦松

送人多折柳唯我獨吟松若保歲寒在何妨霜雪重森
梢逢靜境鄣落見孤峰還似君高節亭亭鬱繼蹤

鍾蒨

鍾蒨字德林東都尹勤政殿學士國亡死節詩一首

別諸同志 得鴻

隨陽來萬里點點度遙空影落長江水聲悲半夜風殘
秋辭絕漠無定似驚蓬我有離羣恨飄飄類此鴻

喬舜

喬舜字亞元高郵人初爲祕書省正字保大中歷中書
舍人終刑部侍郎詩一首

送德林郎中學士赴東府 得江

摻袂向江頭朝宗勢未休何人乘桂楫之子過揚州颯
颯翹沙鴈漂漂逐浪鷗欲知離別恨半是淚和流

王沂

王沂南唐時人詩一首

送鍾員外 賦風

靜追蘋末興況值蕭條猛勢資新鴈寒聲伴暮潮過
山雲散亂經樹葉飄飄今日煙江上征帆望望遙

陳元裕

陳元裕南唐時人詩一首

送德林郎中學士赴東府 得水

上善湛然秋恩波洽帝猷謏言生險浪豈爽見安流汎
去星槎遠澄來月練浮滔滔對離酌入洛稱仙舟

全唐詩

孟貫

孟貫字一之建安人初客江南後仕周詩一卷

宿山寺

溪山盡日行方聽遠鐘聲入院逢僧定登樓見月生露
垂群木潤泉落一岩清此景關吾事通宵寐不成

贈棲隱洞譚先生

先生雙鬢華深谷臥雲霞不伐有巢樹多移無主花石
泉春釀酒松火夜煎茶因問山中事如君有幾家

歸鴈

春至衡陽鴈思歸塞路長汀洲齊奮翼霄漢共成行雪
盡翻風暖寒收度月涼直應到秋日依舊返瀟湘

春江送人

春江多去情相去枕長汀數鴈別溢浦片帆離洞庭雨
餘沙草綠雲散岫峯青誰共觀明月漁歌夜好聽

過秦嶺

古今傳此嶺高下勢崢嶸安得青山路化爲平地行蒼
苔留虎跡碧樹障溪聲欲過一回首踟躕無限情

送吳夢闍歸閩

閩閩在天末此去整行衣久客逢春盡思家冒暑歸海
雲添晚景山瘴滅 一作減 晴暉相憶吟偏苦不堪書信稀

山中夏日

深山宜避暑門戶映嵐光夏木蔭溪路晝雲埋石牀心
源澄道靜衣葛蘸泉涼算得紅塵裏誰知此興長

宿故人江居

渡口樹冥冥南山漸隱青漁舟歸舊浦鷗鳥宿前汀靜
榻懸燈坐閒門對浪扃相思頻到此幾番醉還醒

寄伍喬

蹉跎春又晚天末信來遲長憶分攜日正當搖落時獨
遊饒旅恨多事失歸期君看前溪樹山禽巢幾枝

山中訪人不遇

負琴兼杖藜特地過巖西已見竹軒閉又聞山鳥啼長
松寒倚谷細草暗連溪久立無人事煙霞歸路迷

贈隱者

世路爭名利深山獨結茅安情自得所非道豈相交百
尺松當户千年鶴在巢知君於此景未欲等閑拋

寄暹上人

聞罷城中講來安頂上禪夜燈明石室清磬出巖泉欲
訪慙多事相思恨隔年終期息塵慮接話虎溪邊

江邊閑步

閑來南渡口迤邐看江楓一路波濤畔數家蘆葦中遠
汀排晚樹深浦漾寒鴻吟罷慵回首此情誰與同

過王 一作林 逸人園林

谷口何時住煙霞一徑深水聲離遠洞山色出疎林雪
彩從沾鬢年光不計心自言人少到猶喜我來尋

寄李處士

僧話磻溪叟平生重赤松夜堂悲蟋蟀秋水老芙蓉吟
坐倦垂釣閒行多倚筇聞名來已久未得一相逢

夏日寄史處士

掩關苔滿地終日坐騰騰暑氣冷衣葛暮雲催燭燈寂
寥知得趣疎懶似無能還憶舊遊否何年別杜陵

夏日登瀑頂寺因寄諸知己

曾於塵裏望此景在煙霄巖靜水聲近山深暑氣遙杖
藜青石路煮茗白雲樵寄語爲郎者誰能訪寂寥

懷果上人

擁錫南遊去名香幾處焚別來無遠信多恐在深雲好
月曾同步幽香省共聞相思不相見林下葉紛紛

寄故園兄弟

久與鄉關阻風塵損舊衣水思和月泛山憶共僧歸林
想添鄰舍溪應改釣磯弟兄無苦事不用別庭闈

早秋吟眺

新秋初 一作新 雨後獨立對遙山去鳥望中沒好雲吟裏還
長年慙道薄明代取身閑從有西征思園林嬾閉關

送江爲歸嶺南

舊山臨海色歸路到天涯此別各多事重逢是幾時江
行晴望遠嶺宿夜吟遲珍重南方客清風失所思

山中荅友人

偶愛春山住因循值暑時風塵非所願泉石本相宜坐久松陰轉吟餘蟬韻移自慙疎野甚多失故人期

山齋早秋雨中

深居少往還卷箔早秋間雨灑吟蟬樹雲藏嘯狖山炎蒸如便退衣葛亦堪閑靜坐得無事酒巵聊暢顏

送人遊南越

子然南越去替爾畏前程見說路岐嶮不通車馬行瘴煙迷海色嶺樹帶猨聲獨向山家宿多應鄉思生

酬東溪史處士

咫尺東溪路年來偶訪遲泉聲迷夜雨花片落空枝石徑逢僧出山牀見鶴移貧齋有琴酒曾許月圓期

秋江送客

秋風楚江上送子話遊遨遠水宿何處孤舟春夜濤浦雲沉鴈影山月照猨嗥莫爲飢寒苦便成名利勞

寄山中高逸人

煙霞多放曠吟嘯是尋常猨共摘山果僧鄰住石房躡雲雙屐冷採藥一（一作滿）身香我憶相逢夜松潭月色涼

懷友人

浮世況多事飄流每歎君路岐何處去消息幾時聞吟裏落秋葉望中生暮雲孤懷誰慰我夕鳥自成群

送人歸別業

別業五湖上春殘去路賒還尋舊山水重到故人家門徑掩芳草園林落異花君知釣磯在猶喜有生涯

冬日登江樓

高樓臨古岸野步（一作老）晚來登江水因寒落山雲爲雪凝遠村雖入望危檻不堪憑親老未歸去鄉愁徒自興

寄張山人

草堂南澗邊有客嘯雲煙掃葉林風後拾薪山雨前野橋通竹徑流水入芝田琴月相親夜更深戀不眠

全唐詩

成彥雄

成彥雄字文幹南唐進士梅嶺集五卷今編詩一卷

杜鵑花

杜鵑花與鳥怨艷兩何賒疑是口中血滴成枝上花一聲寒食夜數朶野僧家謝豹出不出日遲遲又斜

江上楓

江楓自蓊鬱不競松筠力一葉落漁家殘陽帶秋色

夜夜曲

自從君去夜錦幌孤蘭麝欹枕對銀缸秦箏綠窗下

村行

暧暧村煙暮牧童出深塢騎牛不顧人吹笛尋山去

煎茶

岳寺春深睡起時虎跑泉畔思遲遲蜀茶倩箇雲僧碾自拾枯松三四枝

松

大夫名價古今聞盤屈孤貞更出羣將謂嶺頭閑得了夕陽猶挂數枝雲

新燕

纔離海（一作江）島宿江濱應夢笙歌作近鄰減省雕梁並頭語畫堂中有未歸人

會友不至

王孫還是負佳期玉馬追遊日漸西獨上郊原人不見鷓鴣飛過落花溪

惜花

忘餐爲戀滿枝紅錦障頻移護晚風客散酒酣歸未得欄邊獨立月明中

中秋月

王母妝成鏡未收倚欄人在水精樓笙歌莫占清光盡留與溪翁一釣舟

暮春日宴溪亭

寒食尋芳遊不足溪亭還醉綠楊煙誰家花落臨流樹數片殘紅到檻前

曉

列宿回元朝北極爽神晞露滴樓臺佳人卷箔臨階砌笑指庭花昨夜開

夕

臺榭沉沉禁漏初麝煙紅蠟透蝦鬚雕籠鸚鵡將棲宿不許鵶鬟轉轆轤

露

銀河昨夜降醍醐灑遍坤維萬象蘇疑是鮫人曾泣處滿池荷葉捧真珠

遊紫陽宮

古殿煙霞簇畫屏直疑蹤跡到蓬瀛碧桃滿地眠花鹿深院松窗擣藥聲

除夜

銅龍看却送春來莫惜顛狂酒百杯吟鬢就中專擬白那堪更被二更催

元日

戴星先捧祝堯觴鏡裏堪驚兩鬢霜好是燈前偷失笑屠蘇應不得先嘗

寒夜吟

洞房脉脉寒宵永燭影香消金鳳冷猧兒睡魘喚不醒滿窗撲落銀蟾影

柳枝辭九首

輕籠小徑近誰家，玉馬追風翠影斜。愛把長條惱公子，惹他頭上海棠花。

鶯黃剪出小花鈿，綴上芳枝色轉鮮。飲散無人收拾得，月明階下伴鞦韆。

東君愛惜與先春，草澤無人處也新。委蜀露華幷細雨，莫教遲日惹風塵。

句踐初迎西子年，琉璃爲笋掃溪煙。至今不改當時色，留與王孫繫酒船。

綠楊移傍小亭栽，便擁穠煙撥不開。誰把金刀爲刪掠，放教明月入窗來。

遠接關河高接雲，雨餘洗出半天津。牡丹不用相輕薄，自有清陰覆得人。

掩映鶯花媚有餘，風流才調比應無。朝朝奉御臨池上，不羨青松拜大夫。

王孫宴罷曲江池，折取春光伴醉歸。怪得美人爭鬭乞，要他穠翠染羅衣。

殘照林梢嫋數枝，能招醉客上金堤。馬嬌如練纓如火，瑟瑟陰中步步嘶。

句

莎草放茵深護砌，海榴噴火巧横牆。　紋鱗引子跳銀海，紫燕呼雛語畫梁。見吟窗雜錄

全唐詩

周庠

周庠，唐龍州司倉。後事王建，累官御史中丞、中書侍郎、同平章事。王衍嗣位，進司徒。詩一首。

寄禪月大師

昨日塵遊到幾家，就中偏省近宣麻。水田鋪座時移畫，金地譚空說盡沙。傍竹欲添犀浦石，栽松更碾味江茶。有時捻得休公卷，倚柱閑吟見落霞。

張格

張格，字義師，河間人。仕蜀爲翰林學士，拜中書侍郎、同平章事，累加右僕射、太傅。詩一首。

寄禪月大師

龍華咫尺斷來音，日夕空馳詠德心。禪月字清師號別，壽春詩古帝恩深。畫成羅漢驚三界，書似張顛直萬金。莫倚名高忘故舊，曉晴閑步一相尋。

王鍇

王鍇，字鱣祥，仕蜀爲翰林學士，遷御史中丞，歷中書侍郎、同平章事。詩一首。

贈禪月大師

長愛吾師性自然，天心白月水中蓮。神通力遍恒沙外，詩句名高八米前。尋訪不聞朝振錫，修行唯說夜安禪。太平時節俱無事，莫惜時來話草玄。

牛希濟

牛希濟，隴西人。仕蜀爲起居郎，累官翰林學士、御史中丞。後入唐，爲雍州節度副使。詩一首。

奉詔賦蜀主降唐

滿城文武欲朝天，不覺鄰師犯塞煙。唐主再懸新日月，蜀王難保舊山川。非干將相扶持拙，自是君臣數盡年。古往今來亦如此，幾曾歡笑幾潸然。

馮涓

馮涓，字信之，東陽人，或曰信都人。舉進士，登大中四年宏詞科，爲京兆府叅軍。尋隱商山。昭宗起爲祠部郎中，擢眉州刺史。田陳拒命，不令之任。涓於成都墨池灌園自給。王建據蜀，以爲翰林學士，終御史大夫。集十三卷，今存詩二首。

蜀馱引

昂藏大步蠶叢國，曲頸微伸高九尺。卓女窺窗莫我知，嚴仙據案何曾識。自古皆傳蜀道難，爾何能過拔蛇山。忽驚登得雞翁磧，又恐碍著鹿頭關。

句

不隨俗物皆成土，只待良時却補天。題支機石。見紀事　釜魚化作池中物，木履浮爲天際船。苦雨

李浩弼

李浩弼，蜀翰林學士。詩一首。

從幸秦川賦鷙獸詩

巖下年年自寢訛，生靈餐盡意如何。爪牙衆後民隨減，溪壑深來骨已多。天子紀綱猶被弄，客人窮獨固難過。長途莫怪無人跡，盡被山王稜殺他。

楊玢

楊玢，字靖夫，虞卿之曾孫也。蜀王建時，累官禮部尚書。衍嗣位，謫滎經尉。乾德中，復爲太常少卿。後歸唐，授工部尚書。詩三首。

批子弟理舊居狀談苑云：玢自蜀歸唐，長安舊居多爲鄰里侵占。子弟欲詣府訴其事，以狀白玢。玢批紙尾云云。子弟不復敢言

四鄰侵我我從伊，畢竟須思未有時。試上含元殿基望，秋風秋草正離離。

登慈恩寺塔

紫雲樓下曲江平，鴉噪殘陽麥隴青。莫上慈恩最高處，不堪看又不堪聽。

遺歌妓

垂老無端用意乖，誰知道侶厭清齋。如今又采蘼蕪去，辜負張君繡靸鞋。

韓昭

韓昭，字德華，長安人。爲蜀後主王衍狎客，累官禮部尚書、文思殿大學士。唐兵入蜀，王宗弼殺之。詩二首。

和題劍門

閉關防老寇，孰敢振威稜。險固疑天設，山河自古憑。三川奚所賴，雙劒最堪矜。鳥道微通處，煙霞鎖百層。

從幸秦川過白衛獻詩

吾王巡狩爲安邊，此去秦亭尚數千。夜照路岐山店火，曉通消息戍瓶煙。爲雲巫峽雖神女，跨鳳秦樓是謫仙。八駿似龍人似虎，何愁飛過大漫天。

楊鼎夫

楊鼎夫，成都人，舉進士，爲蜀安思謙幕吏，判摧鹽院事，詩一首。

記皂江蹐水事（鼎夫游青城山，過皂江，至中流，遇暴風，船抵巨石覆，洪濤間同濟盡沒，獨鼎夫似有物扶助，達岸，有老人以杖接引，鼎夫未及致謝，旋失所之，因作詩以記）

青城山峭皂江寒，欲度當時作等閑。棹逆狂風趍近岸，舟逢怪石碎前灣。手攜弱杖倉皇處，命出洪濤頃刻間。今日深恩無以報，令人羞記雀銜環。

蔣貽恭

蔣貽恭，江淮人，唐末入蜀，孟氏時官大井縣令，詩二首。

題張道隱太山祠畫龍

世人空解競丹青，惟子通玄得墨靈。應有鬼神看下筆，豈無風雨助成形。威疑噴浪歸滄海，勢欲拏雲上杳冥。靜閉緑堂深夜後，曉來簾幕似聞腥。

詠蠶

辛勤得繭不盈筐，燈下繅絲恨更長。著處不知來處苦，但貪衣上繡鴛鴦。

李珣

李珣，字德潤，梓州人，有瓊瑤集，今存詩三首。

漁父歌三首

水接衡門十里餘，信船歸去臥看書。輕爵祿，慕玄虛，莫道漁人只爲魚。

避世垂綸不記年，官高爭得似君閑。傾白酒，對青山，笑指柴門待月還。

棹警鷗飛水濺袍，影侵潭面柳垂絛。終日醉，絶塵勞，曾見錢塘八月濤。

顧敻

顧敻，蜀王建時給事內庭，擢茂州刺史，後復事孟知祥，官至太尉，詩一首。

感禿鶖潛吟

昔日曾看瑞應圖，萬般祥瑞不如無。摩訶池上分明見，仔細看來是那鶘。

張令問

張令問，唐與人，隱居不仕，號天國山人，詩一首。

與杜光庭

試問朝中爲宰相，何如林下作神仙。一壺美酒一爐藥，飽聽松風白晝眠。

全唐詩

徐光溥（一作浦）

徐光溥，蜀人，事孟知祥爲觀察判官，知祥稱尊號，進翰林學士。後主昶時，拜中書侍郎、同平章事，詩二首。

題黄居寀秋山圖（第十七句缺一字）

天與黄筌藝奇絶，筆精迴感重瞳悅。運思潛通造化工，揮毫定得神仙訣。秋來奉詔寫秋山，寫在輕綃數幅間。高低向背無遺勢，重巒疊嶂何孱顏。目想心存妙尤極，研巧覈能狀不得。珍禽異獸皆自馴，奇花怪木非因植。崎嶇石磴絶遊蹤，薄霧冥冥藏半峰。婆蘿掩映迷仙洞，薜荔纍垂纔古松。月檻參橋僧老坐，揩節屈原江上見。嬋娟竹陶潛籬下芳菲菊。良宵祇恐鷓鴣啼，晴波但見鴛鴦浴。暮煙羃羃鏁村塢，一葉扁舟橫野渡。颯颯白蘋欲起風，黯黯紅蕉猶帶雨。曲沼芙蓉香馥郁，長汀蘆荻花蔌蔌。雁過孤峰帖遠青，鹿傍小溪飲殘緑。秋山秀兮秋江靜，江光山色相輝映。雪迸飛泉濺釣磯，雲分落葉擁樵徑。張璪松石徒稱奇，邊鸞花鳥何足窺。白旻鷹逞凌風勢，薛稷鶴誇警露姿。方原畫山空巉巖，峭壁枯槎人見嫌。孫位畫水多洶湧，驚湍怒濤人見恐。若教對此定妍媸，必定伏膺懷愧悚。再三展向冕旒側，便是移山回礀力。大李小李滅聲華，獻之愷之無顏色。髣髴乖綸渭水濱，吾皇覩之思良臣。依稀荷鍤傅巖野，吾皇覩之

求賢者。從茲ㄗ展復懸旌，宵衣旰食安天下。才當老人星應候，願與南山俱獻壽。微臣稽首貢長歌，丹青景化同天和。

同劉侍郎詠笋

迸出班犀數十株，更添幽景向蓬壺。出來似有凌雲勢，用作丹梯得也無。

歐陽炯（一作迥）

歐陽炯，益州華陽人，少事王衍，爲中書舍人。孟昶時，拜翰林學士，歷門下侍郎、平章事，後從昶歸宋，詩六首。

貫休應夢羅漢畫歌（一作禪月大師歌）

西嶽高僧名貫休，孤情峭拔凌清秋。天教水墨畫羅漢，魁岸古容生筆頭。時捎大絹泥高壁，閉目焚香坐禪室。忽然夢裏見真儀，脫下（一作去）袈裟點神筆。高握（一作攀）節腕當空擲，窸窣毫端任狂逸。逡巡便是兩三軀，不似畫工虛費日。怪石安拂嵌復枯，真僧列坐連跏趺。形如瘦鶴精神健，頂似伏犀頭骨麤。倚松根，傍巖縫，曲錄腰身長欲動。看經弟子擬聞聲，瞌睡山童疑有夢。不知夏臘幾多年，一手揩頤偏袒肩。口開或若共人語，身定復疑初坐禪。案前臥象低垂鼻，崖畔戲猿斜展臂。芭蕉花裏刷輕紅，苔蘚文中暈深翠。硬節杖，矮松床，雪色眉毛一寸長。繩開梵夾兩三片，線補衲衣千萬行。林間亂葉紛紛墮，一印殘香斷煙火。皮穿木屐不曾拖，笋織蒲團鎮長坐。休公休公逸藝無人加（一作儕），聲譽喧喧遍海涯。五七字句一千首，大小篆書三十家。唐朝歷歷多名士，蕭子雲兼吳道子。若將書畫比休公，只恐當時浪生死。休公休公始自江南來入秦，於今到蜀無交親。詩名畫手皆奇絶，覷你凡人爭是人（一作事精）。瓦棺寺裏維摩詰，舍衛城中辟支佛。若將此畫比量看，總在人間爲第一。

題景煥畫應天寺壁天王歌

錦城東北黄金地，故跡何人興此寺。白眉長老重名公，曾識會稽山處士。寺門左壁圖天王，威儀部從來何方。鬼神怪異滿壁走，當簷颯颯生秋光。我聞天王分理四天下，水晶宮殿琉璃瓦。綵仗時驅狒狩裝，金鞭頻策騏

驊馬毗沙大像何光輝手擎巨塔凌雲飛地神對出寶缾子天女倒披金縷衣唐朝說著名公畫周昉毫端善圖寫張僧繇是有神人吳道子稱無敵者奇哉妙手傳孫公能如此地留神蹤斜窺小鬼怒雙目直倚越狼高半胷寶冠動總生威容趨蹌左右來傾恭臂橫鷹爪尖纖利腰纏虎皮斑剝紅飄飄但恐入雲中步驟還疑歸海東蜂蛇拖得渾身蹁精魅搦來雙眼空當時此藝實難有鎮在寶坊稱不朽東邊畫了空西邊留與後人教敵手後人見者皆心驚盡爲名公不敢爭誰知未滿三十載或有異人來間生匡山處士名稱樸頭骨高奇連五嶽曾持象簡累爲官又有蛇珠常在握昔年長老遇奇蹤今日門師識景公與來便請泥高壁亂搶筆頭如疾風逡巡隊仗何顛逸散漫奇形皆湧出交加器械滿虛空兩面或然如鬬敵聖王怒色覽東西劒刃一揮皆整齊腕頭獅子咬金甲脚底夜叉擊絡鞮馬頭壯健多筋節烏觜彎環如屈鐵遍身虵虺亂縱橫遶頷髑髏乾子裂眉麤眼豎鬚如錐怪異令人不可知科頭巨卒欲生鬼半面女郎安小兒況聞此寺初興置地脉沈沈當正氣如何請得二山人下筆咸成千古事君不見明皇天寶年畫龍致雨非偶然包含萬象藏心裏變現百般生眼前後來畫品列名賢唯此二人堪比肩人間是物皆求得此樣欲於何處傳嘗憂壁底生雲霧揭起寺門天上去

漁父歌二首

擺脫塵機上釣船免教榮辱有流年無繫絆沒愁煎須信船中有散仙

風浩寒溪照膽明小君山上玉蟾生荷露墜翠煙輕撥刺遊魚幾處（一作個）驚

大遊仙詩（一作歐陽炯）

赤城霞起武陵春桐柏先生解守真白石橋高曾縱步朱陽館靜每存神囊中隱訣多仙術肘後方書濟俗人自領蓬萊都水監只愁滄海變成塵

楊柳枝

軟碧搖煙似送人映花時把翠蛾嚬青青自是風流主慢颭金絲待洛神

句

古人重到今人愛萬局都無一局同（賦棋。見韻語陽秋）

劉義度

劉義度後蜀工部侍郎詩一首

感懷詩

昨日方髫鬌如今滿頷鬚紫閣無心戀青山有意潛

劉義叟

劉義叟後蜀翰林學士詩一首

同徐學士詠筍

徐徐出土非人種枝葉難投日月壺爲是因緣生此地從他長養譬如無

詹敦仁

詹敦仁字君澤固始人初隱仙遊後爲清溪令詩六首

復留侯從劾問南漢劉巖改名龑字音義

伏羲初畫卦蒼氏乃製字點畫有偏旁陰陽貴協比古者不嫌名周公始稱諱始諱猶未酷後習轉多忌或援他代易或變文迴避濫觴久滋蔓傷心日益熾孫休命子名吳國尊王意霣莔霐畀僻䂵昷𡨥𥡷異梁復踵已非時亦迹舊事龑杰自其一蜀闖是其二鄙哉化嘗名陋矣龑龑義大唐有天下武后擅神器私制造無取古音實相類乖凰囝囝星凰惡㞢而埊坓圀及曌凬作史難詳備唐祚值傾危劉龑懷僭僞吁嗟毒蛟輩睥睨飛龍位龑巖雖同音形體殊乖致廢學愧未弘來問辱不棄奇字難雄博摘文伏韓智因誦鄙所聞敢布諸下吏

柳堤詩（并序　序內缺一字）

夫柳之性斷根插地遂有生意越一二年而籠晴蔽陰矣予不知天地生物之心且得以爲負耒息耕之便焉況是木刪之則枝葉倍長剪之則芽蘖滋多又得以供火爨之用焉時方春也綠染方勻柔絲裊風攬詩腸之百結宜吾一詠而一觴也春云暮矣雪絮飛毬悠揚遠近嘆人生之聚散宜開居而自適也於是秉耒就耕書橫牛角鋤且帶經或偃息乎繁陰之下開卷自得悠然而樂雖盛夏溽暑白扇可置風是快則是柳之繁茂不謂無庇物之効也俄而涼颷颯至一葉驚秋露滴疎枝月篩淡影放出千巖霽色靜籠數頃黃雲覺歲月以驚心嘆年華之暗度雨雪飄飄未春而絮青山改色覺老其容既當收斂暇餘適且呼童削其繁冗伐其朽蠹夫插柳之効予既兩資其利泚筆綴字以示後人使知予插柳之意不爲徒耳仍記之以詩曰

種稻三十頃種柳百餘林稻可供飦粥柳可釁庖廚息耒柳陰下讀書稻田隅以樂堯舜道同是耕莘夫

勸王氏入貢寵予以官作辭命篇

爭霸圖王事總非中原失統可傷悲往來賓主如郵傳勝負干戈似局碁周粟縱榮寧忍食葛盧頻顧諟勞思江山有待早歸去好向鷦林擇一枝

余遷泉山城留侯招遊郡圃作此

當年巧匠製茅亭臺館翬飛匝郡城萬竈貔貅戈甲散千家羅綺管弦鳴柳腰舞罷香風度花臉粧勻酒暈生試問亭前花與柳幾番衰謝幾番榮

留侯受南唐節度使知郡事辟予爲屬以詩謝之

晉江江畔趁春風耕破雲山幾萬重兩足一犂無外事使君何啻五侯封

遣子訪劉乙

掃石耕山舊子眞布衣草履自隨身石崖壁立題詩處知是當年鳳閣人

詹琲

詹琲敦仁子勸陳洪進納土歸隱鳳山詩三首

憶昔永嘉際中原板蕩年衣冠墜塗炭輿輅染腥膻國勢多危厄宗人苦播遷南來頻灑淚渴驥每思泉

癸卯閩亂從弟監察御史敬凝迎仕別作

一別幾經春棲遲晉水濱鶺鴒長在念鴻雁忽來賓五斗嫌腰折朋山刺眼新善辭如復我四海五湖身

追和秦隱君辭薦之韻上陳侯乞歸鳳山（第八句缺一字）

誰言悅口是甘肥獨酌鵝兒嗽翠微蠅利薄於青紙扇羊裘煖甚紫羅衣心隨倦鳥甘棲宿目送征鴻遠奮飛擊壤太平朝野客鳳山深處□生輝

幸夤遜

幸夤遜，夔州雲安監人（一云成都人），仕後蜀爲翰林學士工部侍郎，隨昶入宋。詩一首。

雲

因登巨石知來處，勃勃元生綠蘚痕。靜即等閑藏草木，動時頃刻遍乾坤。橫天未必朋元惡，捧日還曾瑞至尊。不獨朝朝在巫峽，楚王何事謾勞魂。

句

苦教作鎮居中國，爭得泥金在泰山。（岷山。見吟窗集錄）

纔聞暖律先偷眼，既待和風始展眉。（柳）

蒙君知重惠瓊實，薄起金刀釘玉深。嚼處春冰敲齒冷，嚥時雪液沃心寒。（梨。以上見事文類聚）

日回禽影穿疏木，風遞猨聲入小樓。

丁元和

丁元和，後蜀時人。詩一首。

詩

九重天子人中貴，五等諸侯閫外尊。爭似布衣雲水客，不將名字挂乾坤。

張立（一作玄）

張立，新津人。李昊嘗薦之孟昶，不赴，自號阜江漁翁。詩二首。

詠蜀都城上芙蓉花

四十里城花發時，錦囊高下照坤維。雖妝蜀國三秋色，難入豳風七月詩。

又詠

去年今日到城都，城上芙蓉錦繡舒。今日重來舊遊處，此花顦顇不如初。

句

朝廷不用憂巴蜀，稱霸何曾是蜀人。（初唐明宗從蜀豪傑入洛賦）

全唐詩

劉昭禹

劉昭禹，字休明，桂陽人（一云婺州人）。在湖南累爲縣令，後署天策府學士，終嚴州刺史。集一卷，今存詩九首。

括蒼（一作玉几）山

盡日行方半，諸山直下看。白雲隨步起，危徑極天盤。瀑頂橋形小，溪邊店影寒。往來空太息，玄鬢改非難。

憶天台山

常記遊靈境，道人情不低。巖房容偃息，天路許相攜。霞散曙峰外，虹生涼瀑西。何當塵役了，重去聽猨啼。

冬日暮國清寺留題

天台山下寺，冬暮景如屏。樹密風長在，年深像有靈。高鐘疑到月，遠燒欲連星。因共眞僧話，心中萬慮寧。

靈溪觀

鼇海西邊地，宵吟景象寬。雲開孤月上，瀑噴一山寒。人異髮常綠，草靈秋不乾。無由此棲息，魂夢在長安。

懷華山隱者

先生入太華，杳杳絕良音。秋夢有時見，孤雲無處尋。神清峰頂立，衣冷瀑邊吟。應笑干名者，六街塵土深。

贈惠律大師

秋是憶山日，禪窗露灑餘。幾懸華頂夢，應寄沃洲書。風月資吟筆，杉篁籠靜居。滿城誰不重，見著紫衣初。

經費冠卿舊隱

節高終不起，死戀九華山。聖主情何切，孤雲性本閑。名傳中國外，墳在亂松間。依約曾棲處，斜陽鳥自還。

聞蟬

一雨一番晴，山林冷落青。莫侵殘日噪，正在異鄉聽。孤館宿漳浦，扁舟離洞庭。年年當此際，那免鬢凋零。

送休公歸衡

草履初登南嶽船，銅瓶猶貯北山泉。衡陽舊寺春歸晚，門鎖寒潭幾樹蟬。

句

句向夜深得，心從天外歸。（見紀事）

危樓聊側耳，高柳又鳴蟬。（秋日登樓。見吟窗雜錄）

蘚色圍波井，花陰上竹樓。（以下見海錄碎事）

對面雷嗔樹，當街雨趁人。（夏雨）

春光懷玉闕，萬里起初程。（送人）

江上呼風去，天邊挂席飛。（送人舟行）

漆燈尋黑洞，之字上危峰。（送人遊九疑）

李宏皐

李宏皐，善夷之子，仕湖南，爲天策學士，官至刑部侍郎。集二卷，今存詩二首。

銅柱辭

招靈鑄柱垂英烈，手執干戈征百越。誕今鑄柱庇黔黎，指畫風雷開五溪。五溪之險不足恃，我旅爭登若平地。五溪之衆不足平，我師輕躡如春冰。溪人畏威思納質，棄汗歸明求立誓。誓山川兮告鬼神，保子孫兮千萬春。

題桃源

山翠參差水渺茫，秦人昔在楚封疆。當時避世乾坤窄，此地安家日月長。草色幾經壇杏老，巖花猶帶澗（一作桃）香。他年倘遂平生志，來著霞衣侍玉皇。

何仲舉

何仲舉，營道人。後唐天成中登進士第，仕楚，署天策府學士，全衡二州刺史。詩一首。

李皐試詩（仲舉年十三，家貧，輸縣稅不及限，李皐爲令，荷項繫之獄。或有言其能詩，皐試之，立成，釋而延禮焉。於是遂就學。）

似玉來投獄，拋家去就枷。可憐兩片木，夾却一枝花。

句

碧雲章句纔離手，紫府神仙盡點頭。（獻秦王）　樹迎高鳥歸深野，雲傍斜陽過遠山。（秋日晚望。以上見五代史補）

徐仲雅（一作東野）

徐仲雅，其先秦中人，徙居長沙。事馬氏爲觀察判官、天册府學士。所業百餘卷行世，今存詩六首。

畊（一作農）夫謠

張緒逞風流，王衍事輕薄。出門逢畊夫，顏色必不樂。肥膚如玉潔，力拗絲不折。半日無畊夫，此輩總餓殺。

贈齊己

我唐有僧號齊己，未出家時寄相器。爰見夢中逢五丁，毀形自學無生理。骨瘦神清風一襟，松老霜天鶴病深。一言悟得生死海，芙蓉吐出琉璃心。悶見有唐風雅缺，敲破冰天飛白雪。清塞清江却有靈，遺魂泣對荒郊月。格何古，天工未生誰知主。混沌鑿開雞子黃，散作純風如膽苦。意何新，織女星機挑白雲。真宰夜來調暖律，聲聲吹出嫩青春。調何雅，澗底孤松秋雨灑。嫦娥月裏學步虛，桂風吹落玉山下。語何奇，血潑乾坤龍戰時。祖龍跨海日方出，一鞭風雨萬山飛。已公已公道如此，浩浩寰中如獨自。一簟松風冷如冰，長伴巢由伸脚睡。

贈江處士

門在松陰裏，山僧幾度過。藥靈丸不大，棊妙子無多。薄霧籠寒徑，殘風戀綠蘿。金烏兼玉兔，年幾（一作紀）奈公何。

東華觀偃松

半已化爲石，有靈通碧湘。生逢堯雨露，老直漢風霜。月滴蟾心水，龍遺腦骨香。始於毫末後，曾見幾興亡。

詠椶樹

葉似新蒲綠，身如亂錦纏。任君千度剝，意氣自衝天。

宮詞

内人曉起怯春寒，輕揭珠簾看牡丹。一把柳絲收不得，和風搭在玉欄杆。

句

屋面盡生人耳朶，籬頭多是老翁鬚。（閑居）　平分造化雙苞去，拆破春風兩面開。（合歡牡丹）　雲路半開千里月，洞門斜掩一天春。（馬希範夜宴迎四儀夫人）　鑿開青帝春風國，移下姮娥夜月樓。（馬殷明月圃。野客叢談）　珠璣影冷偏粘草，蘭麝香濃却損花。（春園宴）　山色曉堆羅黛雨，草梢春憂麝香風。　哀蘭寂寞含愁綠，小杏妖嬈弄色紅。　旁搜水脉湘心滿，遍揭泉根梵底通。（水）　滴殘青瘦石，脂傾盡白雲空。（字缺二字）　深浦送回芳草日，急灘牽斷綠楊風。　藕梢逆入銀塘裏，蘋迹潛來玉井中。　敗菊籬疎臨野渡，落梅村冷隔江楓。　剪開淨澗分苗稼，劃破漣漪下釣筒。（以上見湘湖故事）

伍彬

伍彬，邵陽人。初仕楚，後入宋。詩一首。

分水嶺

前賢功及物，禹後杳難儔。不改古今色，平分南北流。寒衝山影岸，清繞荻花洲。盡是朝宗去，潺潺早晚休。

句

稚子出看莎徑沒，漁翁來報竹橋流。（夏日喜雨）　蹤跡未辭鴛鷺客，夢魂先到鷓鴣村。（辭解牧）

楊徵之

楊徵之，楚馬殷時人。詩一首。

留宿廖融山齋

清和春尚在，歡醉日何長。谷鳥隨柯轉，庭花奪酒香。初晴巖翠滴，向晚樹陰涼。別有堪吟處，相留宿草堂。

句

新霜染楓葉，皎月借蘆花。（秋日）　廢宅寒塘水，荒墳宿草煙。（哭江爲。見紀事）

王元

王元，字文元，桂林人。隱居不仕。詩五首。

登祝融峰

草疊到孤頂，身齊高鳥翔。勢疑撞翼軫，翠欲滴瀟湘。雲濕幽崖滑，風梳古木香。晴空聊縱目，杳杳極窮荒。

懷翁宏

獨夜思君切，無人知此情。滄州歸未得，華髮別來生。孤館木初落，高空月正明。遠書多隔歲，獨念沒前程。

聽琴

拂塵開素匣，有客獨傷時。古調俗不樂，正聲君自知。寒泉出澗澀，老檜倚風悲。縱有來聽者，誰堪繼子期。

哭李韶

韶也命何奇，生前與世違。貧棲古梵刹，終著舊麻衣。雅句僧抄遍，孤墳客弔稀。故園今孰在，應見夢中歸。

題鄧真人遺址

三千功滿仙昇去，留得山前舊隱基。但見白雲長掩映，不知浮世幾興衰。松稍風觸霓旌動，樓葉霜霑鶴翅垂。近代無人尋異事，野泉噴月瀉秋池。

句

伴行惟瘦鶴，尋步入深雲。（贈廖融。見紀事）

廖融

廖融，字元素，隱居衡山。詩七首。

謝翁宏以詩百篇見示

高奇一百篇，造化見工全。積思遊滄海，冥搜入洞天。神珠迷罔象，端玉匪雕鐫。休嘆不得力，離騷千古傳。

贈天台逸人

移檜托禪子，攜家上赤城。拂琴天籟寂，欹枕海濤生。雲白寒峰晚，鳥歌春谷晴。又聞求桂檝，載月十洲行。

古檜

何人見植初，老樹梵王居。山鬼暗棲托，樵夫難破除。聲高秋漢迥，影倒月潭虛。盡日無僧倚，清風長有餘。

題伍彬屋壁

圓塘綠水平，魚躍紫蓴生。要路貧無力，深村老退耕。犢隨原草遠，蛙傍塹籬鳴。撥櫂茶川去，初逢穀雨晴。

夢仙謠

琪木扶踈繫辟邪，麻姑夜宴紫皇家。銀河旌節搖波影，珠閣笙簫吸月華。翠鳳引遊三島路，赤龍齊駕五雲車。星稀猶倚虹橋立，擬就張騫搭漢槎。

退宮妓

神仙風格本難儔，曾從前皇翠輦遊。紅躑躅繁金殿暖，碧芙蓉笑水宮秋。寶箏鈿剝陰塵覆，錦帳香消畫燭幽。

一旦色衰歸故里月明猶夢按梁州

句

圭竈先知曉盆池別見天　古寺尋僧飯寒巖衣鹿裘

雲穿擣藥屋雪壓釣魚舟

王正己

王正己楚逸人與任鵠淩蟾廖融王元友善詩一首

贈廖融

病起正當秋閣迥酒醒迎對夜濤寒爐中藥熟分僧飯

枕上琴閑借客彈

句

洗盂秋澗日華動搗藥夜坐秋氣深（贈隱者 見紀事）

翁宏

翁宏字大舉桂州人詩三首

送廖融處士南遊

病臥瘴雲間莓苔漬竹關孤吟牛渚月老憶洞庭山壯

志潛消盡淳風竟未還今朝忽相遇執手一開顏

春殘

又是春殘也如何出翠幃落花人獨立微雨燕雙飛寓

目魂將斷經年夢亦非那堪向愁夕蕭颯暮蟬輝

秋殘

又是秋殘也無聊意若何客程江外遠歸思夜深多峴

首飛黃葉湘湄走白波仍聞漢都護今歲合休戈

句

萬木橫秋裏孤舟半夜猨（送人）　漏光殘井甃缺影背山

椒（詠曉月）　風回山火斷潮落岸冰高（湘江吟）

張觀

張觀楚馬殷時人詩一首

過衡山贈廖處士

未向漆園爲傲吏定應明代作徵君傳家奕世無金玉

樂道經年有典墳帶雨小舟橫別澗隔花幽犬吠深雲

到頭終爲蒼生起休戀耕煙楚水濆

孫光憲

孫光憲字孟文陵州人爲荊南高從誨書記歷檢校秘

書兼御史大夫有集五十餘卷今存詩八首

竹枝詞二首

門前春水白蘋花岸上無人小艇斜商女經過江欲暮

散拋殘食飼神鴉

亂繩千結絆人深越羅萬丈表長尋楊柳在身垂意緒

藕花落盡見蓮心

楊柳枝詞四首

閶（一作閭）門風暖落花乾飛遍江城雪不寒獨有晚來臨水

驛閑人多凭赤欄干

有池有榭即濛濛浸潤翻成長養功恰似有人長點檢

著行排立向春風

根柢雖然傍濁河無妨終日近笙歌毿毿金帶誰堪比

還共黃鶯不較多

萬株枯槁怨亡隋似弔吴臺各自垂好是淮陰明月裏

酒樓橫笛不勝吹

採蓮

菡萏香連十頃陂小姑貪戲採蓮遲晚來弄水船頭濕

更脫紅裙裹鴨兒

八拍蠻

孔雀尾拖金線長怕人飛起入丁香越女沙頭爭拾翠

相呼歸去背斜陽

句

曉廚烹淡菜春杼種橦花（和南越詩）

劉章

劉章字克明江左人事湖南馬氏詩一首

詠蒲鞋

吴江浪浸白蒲春越女初挑一樣新纔自繡窗離玉指

便隨羅襪上香塵石榴裙下從容久玳瑁筵前整頓頻

今日高樓鴛瓦上不知拋擲是何人

路洵美

路洵美永州祁陽人唐相巖之孫避地湘潭事馬氏署

連州從事詩一首

夜坐

簾捲竹軒清四鄰無語聲漏從吟裏轉月自坐來明草

木露華濕衣裳寒氣生難逢知鑒者空悅此時情

梁震

梁震邛州依政人登進士第梁開平初歸蜀道過江陵

高季興留之與司空薰王保義同爲賓客震獨不受辟

署自號荊臺隱士集一卷今存詩一首

荊臺道院

桑田一變賦歸來爵祿焉能浼我哉黃犢依然花竹外

清風萬古凛荊臺

全唐詩

楊夔

楊夔唐末爲田頵客集五卷今存詩十二首

寧州道中

城枕蕭關路胡兵日夕臨唯憑一炬火以慰萬人心春

老雪猶重沙寒草不深如何驅匹馬向此獨閑吟

尋九華王山人

下馬扣荊扉相尋春半時捫蘿盤磴險疊石渡溪危松

夾莓苔遍花藏薜荔籬卧雲情自逸名姓厭人知

金陵逢張喬

殊鄉會面時辛苦兩情知有志年空過無媒命共奇吟

餘春漏急語舊酒巡遲天爵如堪倚休驚鬢上絲

送鄒尊師歸洞庭

衆島在波心曾居（一作為）舊隱林近聞飛檄急轉憶臥雲深賣藥唯供酒歸舟只載琴遙知明月夜坐石自開襟

送日東僧遊天台

一瓶離日外行指赤城中去自重雲下來從積水東攀蘿蹟石徑挂錫憩松風迴首鷄林道唯應夢想通

題甘露寺

高殿拂雲霓登臨想虎溪風勻帆影衆煙亂鳥行迷北倚波濤潤南窺井邑低滿城塵漠漠隔岸草萋萋虛閣延秋磬澄江響暮鞞客心還惜去新月挂樓西

送張相公出征

得意在當年登壇秉國權漢推周勃重晉讓趙宣賢儒德尼丘降兵鈐太白傳援毫飛鳳藻發匣吼龍泉歷火金難耗零霜桂益堅從來稱玉潔此更讓朱妍鴛鷺森門下貔貅擁帳前去知清朔漠行不費陶甄獻畫符中旨推誠契上玄願將班固筆書頌勒燕然

題鄭山人郊居

谷口今逢避世才入門瀟灑絕塵埃漁舟下釣乘風去藥醞留賓待月開數片石從青嶂得一條泉自白雲來竹軒相對無言語盡日（一作日暮）南山不欲迴

題宣州延慶寺益公院（咸通中入講極承恩澤）

嘿坐能除萬種情臘高兼有賜衣榮講經舊說傾朝聽登殿曾聞降輦迎幽逕北連千嶂碧虛窗東望一川平長年門外無塵客時見元戎駐旆旌

寄當陽袁皓明府

高人爲縣在南京竹遶琴堂水遶城地古旣資攜酒興務閑偏長看山情松軒待月僧同坐藥圃尋花鶴伴行百里甚堪留惠愛莫教空說魯恭名

送杜郎中入茶山修貢

一道澄瀾徹底清仙郎輕棹出重城採蘋虛得當時稱述職那同此日榮劍戟步經（一作綺）高障黑綺羅光動百花明謝公攜妓東山去何似乘春奉詔行

送鄭谷

春江瀲瀲清且急春雨濛濛密復疎一曲狂歌兩行淚送君兼寄故鄉書

杜建徽

杜建徽字延光新登人隨錢鏐征伐累立戰功官至丞相中書令封郞國公詩一首

自叙（建徽累征伐皆單衣入陣敵無不披靡年老尚能騎射嘗從擊賊於廣場與酣有宿中箭鏃自臂中飛出人皆壯之爲詩自叙）

中劍斫耳缺被箭射胛過爲將須有膽有膽即無買

沈韜文

沈韜文湖州人事錢鏐爲元帥府典謁累官左衛上將軍改湖州刺史詩一首

游西湖（首句缺）

菰米蘋花似故鄉不是不歸歸未得好風明月一思量

王繼勳

王繼勳審知諸孫連重遇之亂泉州軍將留從效擁立爲刺史後執送南唐詩一首

贈和龍妙空禪師

白面山南靈慶院茅（一作卯）齋道者雪峰禪只棲雲樹兩三畝不下煙蘿四五年猨鳥認聲呼喚易龍神降伏住持堅誰知今日秋江畔獨步醫王闡法筵

劉乙

劉乙字子眞泉州人仕閩爲鳳閣舍人棄官隱安溪鳳髻山集一卷今存詩一首

題建造寺

曾看畫圖勞健羨如今親見畫猶麤減除天半石初泐欠却幾株松未枯題像閣人漁浦叟集生臺鳥謝城烏我來一聽支公論自是吾身幻得吾

句

掃石雲隨帚耕山鳥傍人（閩志）

夏鴻

夏鴻閩王氏客也詩一首

和贈和龍妙空禪師

翰林遺跡鏡潭前孤峭高僧此處禪出爲信門興化日坐當吾國太平年身同瑩澈尼珠淨語並鋒鋩慧劒堅道果已圓名已遂即看千匝遶香筵

劉山甫

劉山甫彭城人爲王審知判官詩一首

題青草湖神祠（并序）

山甫父官嶺外侍從北歸泊青草湖見天王祠廟宇傾頹香火不續題詩云云是夜夢爲天王所責云我南嶽神主張此地何爲見侮俄而驚覺風浪暴起殆欲沈溺遽起令撤詩板然後方定

壞墻風雨幾經春草色盈庭一座塵自是神明無感應盛衰何得却由人

張昭

張昭南漢時人詩一首

漢宗廟樂舞辭

高廟明靈再啟圖金根玉輅幸神都巢阿丹鳳銜書命入昴飛星獻寶符正撫薰弦娛赤子忽登仙駕泣蒼梧薦櫻鶴館笳簫咽酌鬯金楹劒珮趨星俎雲罍兼魯禮朱干象箾雜巴渝氤氳龍麝交青瑣髣髴錫鑾下蘂珠薦豆奉觴親玉几配天合祖耀璿樞受釐飮酒皇歡洽仰俟餘靈泰九區

顔仁郁

顔仁郁字文傑泉州人仕王審知爲歸德場長詩二首

農家

夜半呼兒趁曉耕羸牛無力漸艱行時人不識農家苦將謂田中穀自生

山居

栢樹松陰覆竹齋罷燒藥竈縱高懷世間應少山間景雲遶青松水遶堦

王延彬

王延彬閩王審知弟審邽之子官節度使時中原人士楊承休鄭璘韓偓歸傳懿楊贊圖鄭戩等皆避亂入閩依審邽審邽振賦以財遣延彬作招賢館禮焉詩二首

春日寓感

兩衙前後訟堂清，軟錦披袍擁鼻行。雨後綠苔侵履跡，
春深紅杏鎖（一作故）鶯聲。因攜久醞松醪酒，自煮新抽竹（一作筍）
筍羹。也解爲詩也爲政，儂家何似謝宣城。

哭徐寅

延壽溪頭歎逝波，古今人事半銷磨。昔除正字今何在，
所謂人生能幾何。（延壽溪，寅所居也）

全唐詩

譚用之

譚用之，字藏用，五代末人。善爲詩，而官不達。詩一卷。

塞上

秋風漢北雁飛天，單騎那堪遶賀蘭。磧暗更無巖樹影，
地平時有野燒瘢。貂披寒色和衣冷，劍佩胡霜隔匣寒。
早晚橫戈似飛尉，擁旄深入異田單。
鉢略城邊日欲西，遊人却憶舊山歸。牛羊集水煙黏步，
鵰鶚盤空雪滿圍。獵騎靜逢邊氣薄，戍樓寒對暮煙微。
橫行總是男兒事，早晚重來似漢飛。

贈索處士

不將桂子種諸天，長得尋君水石邊。玄豹夜寒和霧隱，
驪龍春暖抱珠眠。山中宰相陶弘景，洞裏真人葛稚川。
一度相思一惆悵，水寒煙澹落花前。

別雒下一二知已

金鼎光輝照雪袍，雒陽春夢憶波濤。塵埃滿眼人情異，
風雨前程馬足勞。接塞峨眉通蜀險，過山仙掌倚秦高。
別來無限幽求子，應笑區區味六韜。

約張處士遊梁

莫學區區老一經，夷門關吏舊書生。晉朝滅後無中散，
韓國亡來絕上卿。龍變洞中千谷冷，劍橫天外八風清。
好攜長策干時去，免逐漁樵度太平。

送友人歸青社

鵰鶚途程在碧天，綵衣東去復何言。三千賓客舊知已，
十二山河新故園。吟看桂生溪月上，醉聽鯤化海濤翻。
好期聖代重相見，莫學袁生老竹軒。

送丁道士歸南中

孤雲無定鶴辭巢，自負焦桐不說勞。服藥幾年期碧落，
驗符何處咒丹毫。子陵山曉紅雲密（一作落），青草湖平雪浪
高。從此人稀見蹤跡，還應選地種仙桃。

月夜懷寄友人

劒氣徒勞望斗牛，故人別後阻仙舟。殘春漫道深傾酒，
好月那堪獨上樓。何處是非隨馬足，由來得喪白人頭。
清風未許重攜手，幾度高吟寄水流。

閑居寄陳山人

閑居何處得閑名，坐掩衡茅損性靈。破夢曉鐘聞竹寺，
沁心秋雨浸莎庭。甕邊難負千杯（一作鍾）綠，海上終眠萬仞
青。珍重先生全太古，應看名利似浮雲。

憶南中

碧江頭與白雲門，別後秋霜點鬢根。長記學禪青石寺，
最思共醉落花村。林間竹有湘妃淚，窗外禽多杜宇魂。
未棹扁舟重回首，采薇收橘不堪論。

寄友人

病多慵引架書看，官職無才思（一作與）已闌。穴鳳瑞時來却
易，人龍別後見何難。琴樽風月閑生計，金玉松筠舊歲
寒。早晚煙村碧江畔，挂留重對蓼花灘。

別江上一二友生

國風千載務重華，須逐浮雲背若耶。無地可歸堪種玉，
有天教上且乘槎。白綸巾卸蘇門月，紅錦衣裁御苑花。
他日成都却回首，東山看取謝鯤家。

寄岐山林逢吉明府

岐山高與隴山連，製錦無私服晏眠。鸜鵒語中分百里，
鳳凰聲裏過三年。秦無舊俗雲煙媚，周有遺風父老賢。
莫役生靈種楊柳，一枝枝折灞橋邊。

感懷呈所知

十年流落賦歸鴻，誰傍晉衢駕燭龍。竹屋亂煙思梓澤，
酒家疎雨夢臨邛。千年別恨調琴懶，一片年光覽鏡慵。
早晚休歌白石爛，放教歸去臥羣峰。

江上聞笛

誰爲梅花怨未平，一聲高唤百龍驚。風當閶闔庭初靜，
月在姑蘇秋正明。曲盡綠楊涵野渡，管吹青玉動江城。
臨流不欲殷勤聽，芳草王孫舊有情。

寄孟進士

依舊池邊草色芳，故人何處憶山陽。書回科斗江帆暮，
曲罷騶虞海樹蒼。吟望曉煙思桂渚，醉依殘月夢餘杭。
別來南國知誰在，空對襜褕一斷腸。

寄閻記室

織錦歌成下翠微，豈勞西去問楮機。未開水府珠先見，
不掘豐城劍自輝。鼇逐玉蟾攀桂上，馬隨青帝踏花歸。
相逢半是雲霄客，應笑歌牛一布衣。

幽居寄李祕書

幾年帝里阻煙波，敢向明時叩角歌。看盡好花春臥穩，
醉殘紅日夜吟多。印開夕照垂楊柳，畫破寒潭老芰荷。
昨夜前溪有龍鬬，石橋風雨少人過。

貽釣魚李處士

罷吟鸚鵡草芊芊，又泛鴛鴦水上天。一棹冷涵楊柳雨，
片帆香挂芰荷煙。綠摇江澹萍離岸，紅點雲疎橘滿川。

何處邀將歸畫府數莖紅蓼一漁船

河橋樓賦得羣公夜讌

芙蓉簾幕扇秋紅蠻府新郎夜讌同滿座馬融吹笛月一樓張翰過江風杯黏紫酒金螺重談轉璵璠玉麈空深荷良宵慰顑頷德星池館在江東

寄左先輩

狂歌白鹿上青天何似蘭塘釣紫煙萬卷祖龍坑外物一泓孫楚耳中泉翩翾蠻榼薰晴浦彀轆魚車響夜船學取青蓮李居士一生杯酒在神仙

貽費道人

誰如南浦傲煙霞白葛衣輕稱帽紗碧玉蜉蝣迎客酒黃金轂轆釣魚車吟歌雲鳥歸樵谷臥愛神仙入畫家他日鳳書何處覓武陵煙樹半桃花

寄許下前管記王侍御

昔年南去得娛賓頓遜杯前共好春螘泛羽觴蠻酒膩鳳銜瑤句蜀牋新花憐遊騎紅隨轡草戀征車碧遶輪別後青青鄭南陌不知風月屬何人

秋日圃田送人隨計

僕射陂前是傳郵去程鶥鶚弄高秋吟拋芍藥裁詩圃醉下茱萸飲酒樓向日迴飛駒皎皎臨風誰和鹿呦呦明年二月仙山下莫遣桃花逐水流

送次宿友人別墅

千里崤函一夢勞豈知雲館共蕭騷半簾綠透偎寒竹一榻紅侵墜晚桃蠻酒客稀知味長蜀琴風定覺弦高感君巖下開招隱細縷金盤鱠錯刀

春日期巢湖舊事

暖掠紅香燕燕飛五雲仙珮曉相攜花開鸚鵡韋郎曲竹亞虬龍白帝溪富貴萬場歸紫酒是非千載逐芳泥不知多少開元事露泣春叢向日低

再遊韋曲山寺

鵲巖煙斷玉巢欹罨畫春塘太白低馬踏翠開垂柳寺人耕紅破落花蹊千年勝槩咸原上幾代荒涼繡嶺西碧吐紅芳舊行處豈堪回首草萋萋

寄徐拾遺

長竿一繫白龍吟誰和騶虞發素琴野客碧雲魂易斷故人芳草夢難（一作同）尋天從補後星辰穩海自潮來島嶼深好向明庭拾遺事莫教玄豹老泉林

秋宿湘江遇雨

江上陰雲鎖夢魂江邊深夜舞劉琨秋風萬里芙蓉國暮雨千家薜荔村鄉思不堪悲橘柚旅遊誰肯重王孫漁人相見不相問長笛一聲歸島門

貽南康陳處士陶

白玉堆邊蔣逕橫空涵二十四灘聲老無征戰軒轅國貧有茅茨帝舜城丹鳳畫飛羣木冷一龍秋臥九江清時人莫笑非經濟還待中原致太平

渭城春晚

秦樹朦朧春色微香風煙㬉樹依依邊城夜靜月初上芳草路長人未歸折柳且堪吟晚檻弄花何處醉殘暉釣鄉千里斷消息滿目碧雲空自飛

山中春晚寄賈員外

不隨黃鶴起煙波應笑無成返薜蘿看盡好花春臥穩醉殘紅日夜吟多高添雅興松千尺暗養清音竹數科珍重仙曹舊知己往來星騎一相過

貽淨（一作安）居寺新及第

秋池雲下白蓮香池上吟仙寄竹房閑頌國風文字古靜消心火夢魂涼三春蓬島花無限八月銀河路更長此境空門不曾有從頭好語與醫王

江邊秋夕

千鍾紫酒薦（一作煮）菖蒲松島蘭舟潋灔居曲內橘香江客笛宇中嵐氣岳僧書吟期汗漫驅金虎坐約丹青跨玉魚七色花虬一聲鶴幾時乘興上清虛

送僧中孚南歸

琵琶峽口月溪邊玉乳頭佗憶舊川一錫冷涵蘭徑路片帆香挂橘洲煙苔封石錦棲霞室水迸衣珠噴玉蟬莫道翩翩去如夢本來吟鳥在林泉

江館秋夕

耿耿銀河鴈半橫夢欹金碧轆轤輕滿窗謝練江風白一枕齊紈海月明楊柳敗梢飛葉響芰荷香柄折秋鳴誰人更唱陽關曲牢落煙霞夢不成

秋夜同友人話舊

露下銀河鴈度頻囊中壚火幾時真數莖白髮生浮世一盞寒燈共故人雲外簟涼吟嶠月島邊花暖釣江春何當歸去重攜手依舊紅霞作近鄰

古劍

鑄時天匠待英豪紫焰寒星匣倍牢三尺何年拂塵土四溟今日絕波濤雄應垓下收蛇陣滯想溪頭伴豹韜惜是眞龍懶拋擲夜來衝斗氣何高

寄王侍御

鳥盡弓藏良可哀誰知歸釣子陵臺鍊多不信黃金耗吟苦須驚白髮催喘月吳牛知夜至嘶風胡馬識秋來燕歌別後休惆悵黍已成畦菊已開

別何處士陵俊老

三皇上人春夢醒東侯老大麒麟生洞連龍穴全山冷窗透鼇波盡室清計拙恥居巖麓老氣狂慙與斗牛平誰人爲向青編上直傍巢由寫一名

句

流水物情諳世態落花春夢厭塵勞（貽僧）　織檻錦紋苔作結墮書花印菊初殘（宿西溪隱士）　光陰老去無成事富貴不來爭奈何（途中）　眠雲無限好知己應笑不歸花滿樽（入關。以上並吟窗雜錄）

全唐詩

王周

王周登進士第曾官巴蜀詩一卷（胡震亨云唐宋藝文志並無其人惟文獻通考載入唐人集目中今考峽船詩序引陸魯望茶具詩其人蓋在魯望之後而詩題紀年有戊寅己卯兩歲近則梁之禎明遠則宋之太平興國也自註地名又有漢陽軍興國軍爲宋郡號殆五代人而入宋者）

泊姑熟口

杳杳金陵路難禁欲斷魂雨晴山有態風晚水無痕遠
色千檣岍愁聲一笛村如何遣懷抱詩畢自開尊

湖口縣

柴桑分邑載圖經屈曲山光展畫（一作翠）屏最是蘆洲東北
望人家殘照隔煙汀

岳州眾湖阻風二首

眾湖湖口繫蘭船睡起中餐又却眠風伯如何解迴怒
數宵檣倚碧蘆煙

偶繫扁舟枕綠莎旋移深處避驚波曉來閑共漁人話
此去巴陵路幾多

問春

遊絲垂幄雨依依枝上紅香片片飛把酒問春因底意
爲誰來後爲誰歸

春荅

花枝千萬趁春開三月瓓珊即自回剩向東園種桃李
明年依舊爲君來

西塞山二首（今謂之道士磯即興國軍大冶縣所隸也）

西塞名山立翠屏濃嵐橫入半江青千尋鐵鏁無由問
石壁空存道者形

匹婦頑然莫問因匹夫何去望千春翻思岵屺傳詩什
舉世曾無化石人

使風

風起即千里風回翻問津沈思宦遊者何啻使風人

石首山（荊江東南流至此山即西北流下川峽澤之大首有此因而爲名也）

首出崔嵬占上遊迴存濃翠向荊州空聞別有回山力
却見長江曲尺流

金口步（在江北漢陽軍下必鐵也）

兩山闞咽猴羣石矗牙齒行客無限愁橫吞一江水

采桑女二首

渡水采桑歸蠶老催上機扎扎得盈尺輕素何人衣

採桑知蠶飢投梭惜夜遲誰誇羅綺叢新畫學月眉

渡溪

渡溪溪水急濺羅衣濕日暮猶未歸盈盈水邊立

落葉

素律鏁欲脆青女妒復稀月冷天風吹葉葉乾紅飛

宿疎陂驛

秋染棠梨葉半紅荊州東望草平空誰知孤宦天涯意
微雨蕭蕭古驛中

再經秭歸二首

總角曾隨上峽船尋思如夢可悽然夜來孤館重來宿
枕底灘聲似舊年

秭歸城邑昔曾過舊識無人奈老何獨有淒清難改處
月明聞唱竹枝歌

霞

拂拂生殘暉層層如裂緋天風翦成片疑作仙人衣

巫山公署壁有無名氏戲書二韻（夔州路一百八盤）

南陵直上路盤盤平地凌雲勢萬端堪笑巴民不厭足
更嫌山少畫山看

道院

白日人稀到簾垂道院深雨苔生古壁雪雀聚寒林忘
慮憑三樂消閑信五禽誰知是官府煙縷滿鑪沈

會魯岑山人（戊寅仲冬六日）

渝州江上忽相逢說隱西山最上峰略坐移時又分別
片雲孤鶴一枝筇

巴江

巴江江水色一帶濃藍碧仙女瑟瑟衣風梭晚來織

小園桃李始花偶以成詠

桃李栽成豔（一作罨）格新數枝留得小園春半紅半白無風
雨隨分夭容解笑人

公居

公居門館靜旅寄萬州城山共秋煙紫霜并夜月清無
愁干酒律有句入詩評何必須林下方馳吏隱名

富池口

扁舟閑引望極更盤桓山密礙江曲雨多饒地寒短
莎煙苒苒驚浪雪漫漫難寫愁何限鄉關在一端

夔州病中

隱几經旬疾未痊孤燈孤驛若爲眠郡樓昨夜西風急
一一更籌到枕前

題廳壁

永日無他念孤清吏隱心竹聲并雪碎溪色共煙深數
息閑凭几緣情默寄琴誰知同寂寞相與結知音

過武寧縣（九月十九日）

行過武寧縣初晴物景和岍回驚水急山淺見天多細
草濃藍潑輕煙疋練拖晚來何處宿一笛起漁歌

路次覆盆驛

曾上青泥蜀道難架空成路入雲寒如何却向巴東去
三十六盤天外盤

藕池阻風寄同行撫牧裴駕

船檣相望荊江中岍蘆汀樹煙濛濛路間隄缺水如箭
未知何日生南風

無題二首

冰雪肌膚力不勝落花飛絮遶風亭不知何事顰雙黛
鬉破愁眉兩點青

梨花如雪已相迷更被驚烏半夜啼簾捲玉樓人寂寂
一鉤新月未沈西

泊巴東

偶泊巴東古縣前宦情鄉思兩綿綿不堪蠟炬燒殘淚
雨打船窗半夜天

道中未開木杏花

粉英香萼一般般無限行人立馬看村女浴蠶桑柘綠
枉將顏色忍春寒

西山晚景

公局長清淡池亭晚景中蔗竿閑倚碧蓮朵靜淹紅半

引彎彎月微生颸颸風無思復無慮此味幾人同

自和

一片殘陽景朦朧淡月中蘭芽紆嫩紫梨頰抹生紅琴阮資清格冠簪養素風煙霄半知足（一作已）吏隱少相同

齒落詞

已卯至庚辰仲夏晦之暮吾齒右排上一齒脫而去呼吸缺吾防咀嚼欠吾助年籥惜不返日馭走爲蠹脣亡得無寒舌在從何訴輔車宜長依髮膚可增懼不須考前古聊且爲近喻有如雲中雨雨散絕回顧有如枝上葉葉脫難再附白髮非獨愁紅顏豈私駐何必鬱九回何必牽百慮開尊復開懷引筆作長句

淘金磧

畫船晚過淘金磧不見黃金惟見石猶恐黃金價未高見得錙銖幾多力

施南路偶書（俗謂太市嶺即音之訛近者歲再去秭歸寄家處）

大石嶺頭梅欲發南陵陂上雪初飛若無酒解愁成陣又附蘭橈向秭歸

大石嶺驛梅花（己卯十一月十二日）

仙中姑射接瑤姬成陣清香擁路歧半出驛牆誰畫得雪英相倚兩三枝

贈怤師

水中有片月照耀娟姿庭前有孤栢竦秀歲寒期堅然物莫遷寂焉心爲師聲發響必荅形存影即隨雪花安結子雪葉寧附枝蘭死不改香井寒豈生澌晨鑪煙裊裊病髮霜絲絲丈室冰稟冽一衲雲離披顧此名利場得不慙冠綏（一作綬）

遊仙都觀

冷杉枯栢路盤空毛髮生寒略略風雨漢眞仙在何處巡香行遶蘂珠宮

誌峽船具詩并序

峽山之船與下之船大抵觀浮葉而爲之其狀一也執而爲用者或狀殊而用一或狀同而名異皆有謂也下之船有檣有五兩有帆所以使風也尾有柂傍有棚上者以其山曲水急下有石皆不可用也狀直如觿前後各一者謂之梢船之斜正欹側爲船之司命者梢類柂其狀殊而船之便於事者悉不如梢作梢詩橈槳櫂櫂拔使其進而無退利涉川澤爲船之陳力者觿幾槳類其狀同而異名也在船有力悉不如觿作觿詩峽水湍峻激石之忽作篙力難制以其木之堅韌竿直戟其首以竹納護之者謂之戙竹爲総而句其戙者謂之納爲船之良輔者戙與篙狀殊而用一也在船獨出悉不如戙作戙詩崖石如齒非麻枲紉繩之爲前牽取竹之筋者破而用枲爲勒以續之以備其牽者謂之百丈繫其船首者謂之陽紐牽之者擊鼓以號令之人聲灘亂無以相接所以節動止進退牽之防礙者謂之下緯濟其不通爲船之先進者枲與竹狀殊而用一也在船先容悉不如百丈作百丈詩噫古人觀物因事爲誌者甚多也予祇命憲局沿泝巴賨抵瞿塘耳目熟於長年三老輩矣船具之於船有力者作詩以稱之庶幾魯望茶經者也俾系其末詩云

梢

制之居首尾俾之辨斜正首動尾聿隨斜取正爲定有如提吏筆有如執時柄有如秉師律有如宣命令守彼方與直得其剛且勁既能濟險難（一作艱）何畏涉遼敻招招俾作主汎汎實司命風鳥愧斟酌畫鷁空輝映古人存豐規猗歟聊引證

觿

用之大曰觿冠乎小者楫通津既能濟巨浸即橫涉身之使者頰虎之拏者爪魚之撥者鬣努之進者筴此實爲相須相須航一葉

戙

箭飛峽中水鋸立峽中石峽與水爲隘水與石相擊潰爲生險艱聲發甚霹靂三老航一葉百丈空千尺蒼黃徒爾爲倏忽何可測篙之小難制戙之獨有力猗嗟戙之爲彬彬堅且直有如用武人森森矗戈戟有如敢言士落落吐胸臆拯危居坦夷濟險免兢惕誌彼哲匠心俾其來（一作求）者識

百丈

少嘗侍先君餘閑誦白氏始得入峽詩深味作詩旨云有萬仞山云有千丈水自念坎壈時尢多兢慎理山束峽如口水漱石如齒孤舟行其中薄冰猶坦履孱顏屹焉立洶湧勃然起百丈爲前牽萬險即平砥破之以篔簹續之以麻枲礪之堅以節引之直如矢杼軸連半空長短隨雨涘鐵鎖枉馳名錦纜謾稱美長繩豈能繫朽索何足擬苟非総之爲胡可力行此

早春西園

引步攜節竹西園小徑通雪歆梅蒂綠春入杏梢紅靜意崖穿溜孤愁笛破空如何將此景收拾向圖中

金盤草詩（生巫山江南陵林木中）

今春從南陵得草名金盤金盤有仁性生在林一端根節歲一節（其根一年生一節人採而服可解毒也）人食之甘而酸風俗競採掇俾人防急難巴中虵虺毒解之如走丸巨葉展六出軟幹分長竿搖搖綠玉活裊裊香荷寒世云暑酷月鬱有神物看（夏中採之則必有巨蛇衛足人即難採）天之產於此意欲生民安今之爲政者何不反此觀知彼苛且猛慎勿虐而殘一物苟失所萬金惟可歎莫並蒿與萊豈羨芝及蘭勤渠護根本栽植當庭欄寄言好生者休說神仙丹

和程刑部三首

公會亭

公事公言地標名姓必臧江山如得助談笑若爲妨均賦鄉原肅詳刑郡邑康官箴居座右夙夜算難忘

碧鮮亭

颸颸籠清籟蕭蕭鏁翠陰向高思盡節從直美虛心迥砌滋蒼蘚幽窗伴素琴公餘時引步一徑靜中深

清漣閣

照影翻窗綺層紋滉額波絲青迷岍柳茸綠蘸汀莎片

雪(一作雲)翹飢(一作野)鷺孤香卷嫩荷憑欄堪入畫時聽竹枝歌

自喻

予念天之生生本空疎器五歲稟慈訓憤悱讀書志七歲辨聲律勤苦會詩賦九歲執公卷倜儻干名意乞薦鄉老書幸會春官試折桂愧巍峩依蓮何氣味性拙絕不佞才短無餘地前年會知己薦章實非據寧見民說平空荷君恩寄瞿唐抵巴渝往來名攬轡孤舟一水中艱險實可畏羣操百丈牽臨難無苟避漬向江底發水在石中沸槌鼓稱打寬繫紉呼下緯善惡胡可分死生何足諱騎衡與垂堂非不知前喻臨淵與履冰非不知深慮我今縻搢紳善地誰人致城狐與社鼠巧佞誰從庇奴顏與婢膝醜直誰從婿妻兒負限越容顏幾憔悴致身霄漢人吃巇盡賢智

巫山廟

廟前溪水流潺潺廟中修竹聲珊珊襄王一夢杳難問晚晴天氣歸雲閑

下瞿塘寄時同年

春寒天氣下瞿塘大壤溪前柳線長須信孤雲似孤宦莫將鄉思附歸艎

和杜運使巴峽地暖節物與中土異黯然有感詩三首

隨柳參差破綠芽此中依約欲飛花春光是處傷離思何況歸期未有涯

始看菊蘂開籬下又見梅花寄嶺頭攬轡巴西官局冷幾憑春酒沃鄉愁

花品姚黃冠洛陽巴中春早羨孤芳不知別有栽培力流詠新詩與激昂

施南太守以猨兒為寄作詩答之(得之黔中生即頭白)

虞人初獲酉江西長臂難將意馬齊今日未啼頭已白不堪深入白雲啼

巫廟

巴水走若箭峽山開如屏洶湧疋練白嵳崪濃藍青崖空蓄雲雨灘惡鶩雷霆神仙宅幽邃廟貌橫杳冥隱約可一夢縹緲餘千齡名利有所役舟楫無暫停悉窣垂眄蠻祠禱希安寧鴟鴞爾何物飛飛來廟庭紛紛颺寥泬遠近隨虛舲鐵石礪觜爪金碧輝光翎翔集託陰險鴟啄貪羶腥日既恃威福歲久為精靈依草與附木誣詭殊不經城狐與社鼠瑣細何足聽況乎人假人心鬭吞滄溟

全唐詩

劉兼

劉兼長安人官榮州刺史詩一卷(胡震亨云雲間朱氏得宋刻唐百家詩兼集中有長春節詩為宋太祖誕節其人蓋五代人而入宋者)

貴遊

繡衣公子宴池塘淑景融融萬卉芳珠翠照天春未老管弦臨水日初長風飄柳線金成穗雨洗梨花玉有香醉後不能離綺席擬憑青帝繫斜陽

夢歸故園

桐葉飛霜落井欄菱花藏雪助衰顏夜窗颯颯搖寒竹秋枕迢迢夢故山臨水釣舟橫荻(一作葦)岸隔溪禪侶啓柴關覺來依舊三更月離緒鄉心起萬端

舊館秋寒夜夢長水簾疎影入迴塘宦情率爾拖魚(一作漁)艇客恨依然在燕梁白鷺獨飄山面雪紅蕖全謝鏡心香起來不語無人會醉倚東軒半夕陽

蜀都春晚感懷

蜀都春色漸離披夢斷雲空事莫追宮闕一城荒作草王孫猶自醉如泥誰家玉笛吹殘照柳市金絲拂舊堤可惜錦江無錦濯海棠花下杜鵑啼

對雨

幽庭凝碧亦漣漪簷霤聲繁聒夢歸半岫金烏纔委照一川石燕又交飛濯枝霢霂榴花吐吹渚飄颻暑氣微因憶故園閑釣處蒼苔斑駁滿漁磯

春霽

春霽江山似畫圖醉垂鞭袂出康衢倡狂亂打貔貅鼓懶慢遲(一作稽懶慵)修鸑鷟書老色漸來欺鬢髮閑情將欲傲簪裾苔錢遍地知多少買得花枝不落無

秋夕書懷

荒僻淹留歲已深解龜無計恨難任守方半會蠻夷語賀厦全忘燕雀心夜靜倚樓悲月笛秋寒欹枕泣霜砧宦情總逐愁腸斷一筯鱸魚直萬金

直氣從來不入時掩關慵更釣磻溪斯文未喪宣尼歎吾道將窮阮籍悲輕粉覆霜凝夜砌亂金鋪菊織秋籬南陽臥久無人問薄命非才有可疑

春宵

春雲春日共朦朧滿院梨花半夜風宿酒未醒珠箔捲艷歌初闋玉樓空五湖范蠡才堪重六印蘇秦道不同再取素琴聊假寐南柯靈夢莫相通

秋夕書懷呈戎州郎中

素律初迴枕簟涼松風飄泊入華堂譚雞寂默紗窗靜夢蝶蕭條玉漏長歸去水雲多阻隔別來情緒足悲傷霜砧月笛休相引只有離襟淚兩行

風送秋荷滿鼻香竹聲敲玉近虛廊夢迴故國情方黯月過疎簾夜正涼菱鏡也知移艷態錦書其柰隔年光鸞膠處處難尋覓斷盡相思寸寸腸

晚樓寓懷

薄暮疎林宿鳥還倚樓垂袂復憑欄月沈江底珠輪淨雲鎖峰頭玉葉寒劉毅暫貧雖壯志馮唐將老自低顏無言獨對秋風立擬把朝簪換釣竿

征婦怨

金閨寂寞罷妝臺玉筯闌干界粉腮花落掩關春欲暮月圓欹枕夢初迴鸞膠豈續愁腸斷龍劍難揮別緒開曾寄錦書無限意塞鴻何事不歸來

對鏡

青鏡重磨照白鬢白鬚閑撚意何如故園迢遞千山外

荒郡淹留四載餘，風送竹聲侵枕簟，月移花影過庭除。
秋霜滿領難消釋，莫讀離騷失意書。

春燕

多時窗外語呢喃，只要佳人捲繡簾。大厦已成須慶賀，
高門頻入莫憎嫌。花間舞蝶和香趁，江畔春泥帶雨銜。
栖息數年情已厚，營巢爭肎傍他簷。

春晚寓懷

一承兒澤莅方州，入度春光照郡樓。好景幾將官吏醉，
名山時領管弦遊。空花任爾頻侵眼，老雪從他漸滿頭。
歸去杜陵池閣在，只能歡笑不能愁。

中春宴遊

二月風光似洞天，紅英翠萼簇芳筵。楚王雲雨迷巫峽，
江令文章媚蜀箋。歌黛入顰春袖（一作岫）斂，舞衣新繡曉霞
鮮。酒闌香袂初分散，笑指漁翁釣暮煙。

春晚閑望

東風滿地是梨花，只把琴心殢酒家。立處曉樓橫短笛，
望中春草接平沙。雁行斷續晴天遠，燕翼參差翠幕斜。
歸計未成頭欲白，釣舟煙浪思無涯。

秋夕書事

搖落江天萬木空，雁行斜戛塞垣風。征闈擣月離愁遠，
舊館眠雲旅夢通。郢客豈能陪下里，臯禽爭肎戀樊籠。
此心曠蕩誰相會，盡在南華十卷中。

蓮塘霽望

新秋菡萏發紅英，向晚風飄滿郡馨。萬疊水紋羅乍展，
一雙鸂鶒繡初成。採蓮女散吳歌闋，拾翠人歸楚雨晴。
遠岸牧童吹短笛，蓼花深處信牛行。

送從弟舍人入蜀

嘉陵江畔餞行車，離袂難分十里餘。慷慨莫誇心似鐵，
留連不覺淚成珠。風光川谷梅將發，音信雲天雁未疎。
立馬舉鞭無限意，會稀別遠擬何如。

新迴車院筵上作

迴車院子未迴車，三載疲民詠袴襦。借寇已承英主詔，
乞骸須上老臣書。黃金蜀柳籠朱戶，碧玉湘筠映綺疏。
因問滿筵詩酒客，錦江何處有鱸魚。

寄長安鄭員外

屈指良交十四人，隙駒風燭漸爲塵。當初花下三秦客，
只有天涯二老身。乘醉幾同遊北內，尋芳多共謁東鄰。
此時阻隔關山遠，月滿江樓淚滿巾。

咸陽懷古

高秋咸鎬起霜風，秦漢荒陵樹葉紅。七國鬬雞方賈勇，
中原逐鹿更爭雄。南山漠漠雲常在，渭水悠悠事旋空。
立馬舉鞭遥望處，阿房遺址夕陽東。

春怨

繡林紅岸落花鈿，故去新來感自然。絕塞杪春悲漢月，
長林深夜泣緗弦。錦書雁斷應難寄，菱鏡鸞孤貌可憐。
獨倚畫屏人不會，夢魂繞別戍樓邊。

登樓寓望

憑高多是偶汍瀾，紅葉何堪照病顔。萬疊雲山供遠恨，
一軒風物送秋寒。背琴鶴客歸松徑，橫笛牛童臥蓼灘。
獨倚郡樓無限意，夕陽西去（一作邁）水東還。

江岸獨步

醉卓寒筇傍水行，漁翁不會獨吟情。龜能顧印誰相重，
鶴偶乘軒自可輕。簪組百年終長物，文章千古亦虛名。
是非得喪皆閑事，休向南柯與夢爭。

江樓望鄉寄內

獨上江樓望故鄉，淚襟霜笛共淒涼。雲生隴首秋雖早，
月在天心夜已長。魂夢只能隨蛺蝶，煙波無計學鴛鴦。
蜀箋都有三千幅，總寫離情寄孟光。

命妓不至

琴中難挑孰憐才，獨對良宵酒數杯。蘇子黑貂將已盡（一作
敝），宋弘青鳥又空回。月穿淨牖霜成隙，風捲殘花錦作
堆。欹枕夢魂何處去，醉和春色入天台。

宣賜錦袍設上贈諸郡客

十月芙蓉花滿枝，天庭驛騎賜寒衣。將同玉蝶侵肌冷，
也遣金鴻遍體飛。夜臥始知多忝竊，晝行方覺轉光輝。
深冬若得朝丹闕，太華峰前衣錦歸。

晨雞

朱冠金距綵毛身，昧爽高聲已報晨。作瑞莫慚先貢楚，
擅場須信獨推秦。淮南也伴升仙犬，函谷曾容借曉人。
此日卑棲隨飲啄，宰君驅我亦相馴。

芳春

微雨微風隔畫簾，金爐檀炷冷慵添。桃花滿地春牢落，
柳絮成堆雪棄嫌。寶瑟不能邀卓氏，綵毫何必夢江淹。
宦情歸興休相撓，隼旆漁舟總未厭。

春遊

柳成金穗草如茵，載酒尋花共賞春。先入醉鄉君莫問，
十年風景在三秦。

搖搖離緒不能持，滿郡花開酒熟時。羞聽黃鶯求善友，
強隨綠柳展愁眉。隔雲故國山千疊，傍水芳林錦萬枝。
聖主未容歸北闕，且將勤儉撫南夷。

重陽感懷

重陽不忍上高樓，寒菊年年照暮秋。萬疊故山雲總隔，
兩行鄉淚血和流。黃茅莽莽連邊郡，紅葉紛紛落釣舟。
歸計未成年漸老，茱萸羞戴雪霜頭。

載花乘酒上高山，四望秋空八極寬。蜀國江山存不得，
劉家豚犬取何難。張儀舊壁蒼苔厚，葛亮荒祠古木寒。
獨對斜陽更惆悵，錦江東注似波瀾。

宴遊池館

綺筵金碧照芳菲，酒滿瑤卮水滿池。去歲南岐離郡日，
今春東蜀看花時。儉蓮發臉當籌著，緒柳生腰按柘枝。
座客半酣言笑狎，孔融懷抱正怡怡。

寄高書記

齊朝慶裔祖敖曹，麟角無雙鳳九毛。聲價五侯爭辟命，
文章一代振風騷。醉琴自寄陶家意，夢枕誰聽益郡刀。
補袞應星曾奏舉，北山南海孰爲高。

再見從弟舍人

屈指依稀十五年，鸞臺秘閣位相懸。分飛淮甸雁行斷，
重見江樓蟾影圓。滯跡未偕朝北闕，高才方命入西川。
願君通理須還早，拜慶慈親几杖前。

春晝醉眠

朱欄芳草綠纖纖，欹枕高堂捲晝簾。處處落花春寂寂，時時中酒病懨懨。塞鴻信斷雖堪訝，梁燕詞多且莫嫌。自有卷書銷永日，霜華未用鬢邊添。

中夏晝臥

寂寂無聊九夏中，傍簷依壁待清風。壯圖奇策無人問，不及南陽一臥龍。

春夕寓興

忘憂何必在庭萱，是事悠悠竟可寬。酒病未能辭錦里，春狂又擬入桃源。風吹楊柳絲千縷，月照梨花雪萬團。閑泥金徽度芳夕，幽泉石上自潺湲。

春夜

薄薄春雲籠皓月，杏花滿地堆香雪。醉垂羅袂倚朱欄，小數玉仙歌未闋。

訪飲妓不遇招酒徒不至

小橋流水接平沙，何處行雲不在家。畢卓未來輕竹葉，劉晨重到殢桃花。琴樽冷落春將盡，幃幌蕭條日又斜。回首却尋芳草路，金鞍拂柳思無涯。

春宴河亭

柳擺輕絲拂嫩黄，檻前流水滿池塘。一筵金翠臨芳岸，四面煙花出粉牆。舞袖逐風翻繡浪，歌塵隨燕下雕梁。蠻箋象管休凝思，且放春心入醉鄉。

蜀都道中

劍關雲棧亂崢嶸，得喪何由險與平。千載龜城終失守，一堆鬼錄漫留名。季年必不延昏主，薄賞那堪激懦兵。李特後來多二世，納降歸擬盡公卿。

萬葛樹第六句缺一字

葉如羽蓋豈堪論，百步清陰鎖綠雲。善政已聞思召伯，英風偏稱號將軍。靜鋪講席麟經潤，高拂　枝冕影分。更有歲寒霜雪操，莫將樗櫟擬相羣。

春夕遣懷

窮通分定莫淒涼，且放歡情入醉鄉。范蠡扁舟終去相，馮唐半世只爲郎。風飄玉笛梅初落，酒汎金樽月未央。休把虛名撓懷抱，九原丘隴盡侯王。

西齋

西齋新竹兩三莖，也有風敲碎玉聲。莫恨移來欄檻遠，譬如元本此間生。

新蟬

齊女扉幃失舊容，侍中冠冕有芳蹤。翅翻晚鬢尋香露，聲引秋絲逐遠風。旅館聽時髭欲白，戍樓聞處葉多紅。只知送恨添愁事，誰見凌霄羽蛻功。

寄滑州文秀大師

分飛屈指十三年，蓋筥峰前別社蓮。薄宦偶然來左蜀，孤雲何事在南燕。一封瑤簡音初達，兩處金沙色共圓。珍重湯休惠佳句，郡齋吟久不成眠。

中春登樓

金杯不以滌愁腸，江郡芳時憶故鄉。兩岸煙花春富貴，一樓風月夜淒涼。王章莫恥牛衣淚，潘岳休驚鶴鬢霜。歸去蓮花歸未得，白雲深處有茅堂。

自遣

古今通塞莫咨嗟，謾把霜髯敵歲華。失手已慙蛇有足，用心休爲鼠無牙。九天雲淨方憐月，一夜風高便厭花。獨倚郡樓人不會，釣舟春浪接平沙。

偶有下殤因而自遣

未上亭衢獨醉吟，賦成無處博黄金。家人莫問張儀舌，國士須知豫讓心。照乘始堪沽善價，陽春爭忍混凡音。鵾鵬鱗翼途程在，九萬風雲海浪深。

彭壽殤齡共兩空，幻泡緣影夢魂中。欽圓宿會長如月，飄忽浮生疾似風。修短百年先後定，賢愚千古是非同。南柯太守知人意，休問陶陶塞上翁。

倦學此首用韻錯說

樂廣亡來冰鏡稀，宓妃嫫母混妍媸。且於霧裏藏玄豹，休向窗中問碧雞。百氏典墳空自苦，一堆螢雪竟誰知。門前春色芳如畫，好掩書齋任所之。

去年今日

去年今日到滎州，五騎紅塵入郡樓。貔虎只知迎太守，蠻夷不信是儒流。姦豪已息時將泰，疲瘵全蘇歲又周。聖主若容辭重祿，便歸煙水狎羣鷗。

晝寢

花落青苔錦數重，書淫不覺避春慵。恐情枕上飛莊蝶，任爾雲間騁陸龍。玉液未能消氣魄，牙籤方可滌昏蒙。起來已被詩魔引，窗外寒敲翠竹風。

郡齋寓興

依約樊川似旭川，郡齋風物盡蕭然。秋庭碧蘚鋪雲錦，晚閣紅蕖簇水仙。醉筆語狂揮粉壁，歌梁塵亂拂花鈿。情懷放蕩無羈束，地角天涯亦信緣。

郡樓閑望書懷

郡城樓閣繞江濱，風物清秋入望頻。銅鼓祭龍雲塞廟，蘆花飄市雪粘人。蓮披淨沼羣香散，鷺點寒煙玉片新。歸去杜陵池館在，且將朝服拂埃塵。

玉燭花

婀娜香英三四枝，亭亭紅艷照階墀。正當晚檻初開處，却似春闈就試時。少女不吹方熠爚，東君偏惜未離披。夜深斜倚朱欄外，擬把酥光借與誰。

從弟舍人惠茶

曾求芳茗貢蕪詞，果沐頒霑味甚奇。龜背起紋輕炙處，雲頭翻液乍烹時。老丞倦悶偏宜矣，舊客過從別有之。珍重宗親相寄惠，水亭山閣自攜持。

再看光福寺牡丹

去年曾看牡丹花，蛺蝶迎人傍彩霞。今日再遊光福寺，春風吹我入仙家。當筵芬馥歌唇動，倚檻嬌羞醉眼斜。來歲未朝金闕去，依前和露載歸衙。

海棠花

淡淡微紅色不深，依依偏得似春心。煙輕號國顰歌黛，露重長門斂淚衿。低傍繡簾人易折，密藏香蘂蝶難尋。良宵更有多情處，月下芬芳伴醉吟。

新竹

近窗卧砌兩三叢，佐靜添幽別有功。影鏤碎金初透月，聲敲寒玉乍搖風。無憑費叟煙波碧，莫信湘妃淚點紅。

自是子猷偏愛爾虛心高節雪霜中

木芙蓉

素靈失律詐風流強把芳菲半載偷是葉葳蕤霜照夜
此花爛熳火燒秋謝蓮色淡爭堪種陶菊香穠亦合羞
誰道金風能肅物因何厚薄不相侔

送二郎君歸長安

我兒辭去淚雙流蜀郡秦川兩處愁紅葉滿山歸故國
黃茅徧地住他州荷衣曉挂慙官吏菱鏡秋窺訝鬢絲
好向雲泉營舊隱莫教莊叟畏犧牛

送文英大師

屈指平陽別社蓮蟾光一百度曾圓孤雲自在知何處
薄宦參差亦信緣山郡披風方穆若花時分袂更淒然
搖鞭相送嘉陵岸回首群峰隔翠煙

酬勾評事

閑庭欹枕正悲秋忽覺新編浣遠愁才薄只愁安雁戶（夷人內有雁戶蓋徙移不定之故也）
年高空憶復漁舟鷺翹皓雪臨汀岸蓮嫋紅
香匝郡樓對景却慙無藻思南金荊玉卒難酬

初至郡界

嘉陵江畔接榮川兩畔旌旗下瀨船郡印已分炎瘴地
朝衣猶惹御爐煙蓮塘小飲香隨艇月榭高吟水壓天
錦字莫嫌歸路遠華夷一統太平年

到郡後有寄（一作到郡後寄西川從弟舍人右司閤郎中齊穀院）

蜀路新修盡坦平交親深幸再逢迎正當返袂思鄉國
却似歸家見弟兄霑澤只慙堯綍重泝流還喜范舟輕
欲將感戀裁書旨多少魚箋寫得成

長春節

聖朝佳節遇長春跪捧金爐祝又焚寶藏發來天地秀
兵戈銷後帝皇尊太平基址千年永混一車書萬古存
更有馨香滿芳檻和風遲日在蘭蓀

登郡樓書事

偶奉綸書蒞旭川郡樓嘉致盡依然松欹鳥道雲藏寺
月滿漁舟水浸天望帝古祠花簇簇錦城歸路草芊芊
有時倚檻垂雙袂故國風光似眼前

旭川祁宰思家而卒因述意呈秦川知己

歲稔民康絕訟論政成公暇自由身朝看五馬閑如社
夜擁雙姬煖似春家計不憂憑冢子官資無愧是朝臣
豈同齷齪祁員外至死悲涼一婦人

登郡樓書懷

煙雨樓臺漸晦冥錦江澄碧浪花平卞和未雪荊山恥
莊舄空傷越國情天際寂寥無雁下雲端依約有僧行
登高欲繼離騷詠魂斷愁深寫不成

邊郡荒涼悲且歌故園迢遞隔煙波琴聲背俗終如是
劍氣衝星又若何朝客漸通書信少釣舟頻引夢魂多
北山更有移文者白首無塵歸去麽

莫嗔阮氏哭途窮萬代深沈恨亦同瑞玉豈知將抵鵲
鉛刀何事却屠龍九夷欲適嗟吾道五柳終歸效古風
獨倚郡樓無限意滿江煙雨正冥濛

偶聞官吏舉請輒有一篇寄從弟舍人

官吏潛陳借寇詞官情鄉夢兩相違青城錦水無心住
紫閣蓮峰有意歸張翰鱸魚因醉憶孟光書信近春稀
黃茅瘴色看看起貪者猶疑別是機

誡是非

巧舌如簧總莫聽是非多自愛憎生三人告母雖投杼
百大聞風只吠聲辨玉且寬和氏罪証金須認不疑情
因思疇昔遊談者六國交馳亦受烹

簡豎儒

蹄涔豈信有滄浪螢火何堪竝太陽淵奥未曾探禹穴
矜誇便擬越丘墻小巫神氣終須怯下里音聲必不長
近日冰壺多晦昧虎皮羊質也觀光

貽諸學童

橫經乂手步還趨積善方知慶有餘五箇小雛雖學院
一行新雁入貧居攘羊告罪言何直舐犢牽情理豈虛
勸汝立身須苦志月中丹桂自扶疎

全唐詩目　第十一函

第七冊

吴燭　張保嗣　潘圖　潘佐
李逸　沈麟　安鳳　李崙
盧子發　王夢周　孫咸　李崙
錢戴　韋道遜　王揆　王言史共一卷
宋雍　戴休珽　盧鉟　趙摶
張安石　蔣吉　周濆共一卷
趙起　王瓚　慕容韋　黃文
唐温如　歐陽賓　何敬　楊彝
裴瑶　鄭玉　廉温其　韋鎰
謝太虛　周岳秀　馬逢共一卷
蕭意　徐之才　張陵　蔡瓌
唐怡　潘求仁　閭德隱　劉元叔
常理　馮待徵　吟朝光　衛萬
李章　王沈　王偃　李暇
李播　辛弘智共一卷
吉師老　吳商浩　沈祖仙　邵士彦
吳大江　荆叔　蕭静　元㮚
徐振　張偓　方澤　景池
張鴻　姚揆　王訓　張爔
虞羽客　鄭渥共一卷

全唐詩

孫元晏

孫元晏不知何許人曾著詠史詩七十五首今編爲一卷

吴

黃金車

分擘山河即漸開許昌基業已傾頹黃金車與班襴耳早個須知入讖來

赤壁

會猎書來舉國驚祗應周魯不教迎曹公一戰奔波後赤壁功傳萬古名

魯肅指囷

破產移家事亦難佐吴從此霸江山爭教不立功勳得指出千囷如等閑

甘寧斫營

夜深偷入魏軍營滿寨驚忙火似星百口寶刀千匹絹也應消得與甘寧

徐盛

欲把江山鼎足分邪眞銜冊到江南當時將相誰堪重徐盛將軍最不甘

魯肅

斫案興言斷衆疑鼎分從此定雄雌若無子敬心相似爭得烏林破魏師

武昌

西塞山高截九垓讖謡終日自相催武昌魚美應難戀曆數須歸建業來

顧雍

贊國經綸更有誰蔡公相歎亦相師貴爲丞相封侯了歸後家人總不知

呂蒙

幼小家貧實可哀願征行去志難回不探虎穴求身達爭得人間富貴來

介象

好道君王遇亦難變通靈異幾多般介先生有神仙術釣得鱸魚在玉盤

濡須塢

風揭洪濤響若雷枕波爲壘險相隈莫言有個濡須塢幾度曹公失志回

周泰

名與諸公又不同金瘡痕在滿身中不將御蓋宣恩澤誰信將軍別有功

張紘

東部張公與衆殊共施經畧贊全吴陳琳漫自稱雄伯神氣應須怯大巫

太史慈

聖德招賢遠近知曹公心計却成欺陳韓昔日嘗投楚豈是當歸召得伊

孫堅后

委付張公翊聖材幾將賢德贊文臺爭教不霸江山得日月徵曾入夢來

陸統

將軍身歿有兒孤虎子爲名教讀書更向宮中教騎馬感君恩重合何如

青蓋

曆數將終勢已摧不修君德更堪哀被他青蓋言相誤元是須教入晉來

晉

七寶鞭

天命須知豈偶然亂臣徒欲用兵權聖謨廟畧還應別渾不消他七寶鞭

庾悦鵝炙

春暖江南景氣新子鵝炙美就中珍庾家廚盛劉公困渾弗相貽也惱人

謝玄

百萬兵來逼合肥謝玄爲將統雄師旌旗首尾千餘里渾不消他一局棊

謝混

尚主當初偶未成此時誰合更關情可憐謝混風華在千古翻傳禁臠名

陸玩

陸公高論亦由衷謙讓還慙未有功天下忠良人欲盡始應交我作三公

王坦之

晉祚安危只此行坦之何必苦憂驚謝公合定寰區在爭遣當時事得成

蒲葵扇

抛捨東山歲月遥幾施經畧挫雄豪若非名德喧寰宇

孫元晏

爭得蒲葵價數高

王郎

太尉門庭亦甚高王郎名重禮相饒自家妻父猶如此
誰更逢君得折腰

劉毅

遶牀堪壯喝盧聲似鐵容儀衆盡驚二十七人同舉義
幾人全得舊功名

王恭

春風濯濯柳容儀鶴氅神情舉世推可惜教君仗旄鉞
枉將心地託牢之

謝公賭墅

發遣將軍欲去時略無情撓只貪棊自從乞與羊曇後
賭墅功成更有誰

苻堅投箠

投箠塡江語未終謝安乘此立殊功三台星爛乾坤在
且與張華死不同

衛玠

叔寶羊車海內稀山家女壻好風姿江東士女無端甚
看殺玉人渾不知

郭璞脫襦

吟坐因思郭景純每言窮達似通神到頭分命難移改
解脫青襦與別人

庾樓

江州樓上月明中從事同登眺遠空玉樹忽薤千載後
有誰重此繼淸風

新亭

容易乘虛逼帝畿滿江艨艟與旌旗盧循若解新亭上
勝負還應未可知

宋

大峴

大峴纔過喜可知指空言已副心期公孫計策嗟無用
天與南朝作霸基

放宮人

納諫廷臣免犯顏自然恩可霸江山姚興侍女方承寵
放出宮闈若等閑

借南苑

人主詞應不偶然幾人曾說笑掀天不知南苑今何在
借與張公三百年

謝澹雲霞友

仗氣凌人豈可親只將范泰是知聞緣何喚作雲霞友
却恐雲霞未似君

烏衣巷

古迹荒基好歎嗟滿川吟景只煙霞烏衣巷在何人住
回首令人憶謝家

袁粲

負才尚氣滿朝知高卧閑吟見客稀獨步何人識袁尹
白楊郊外醉方歸

劉伯龍

位重何如不厭貧伯龍孤子只修身固知生計還須有
窮鬼臨時也笑人

王方平

拂衣耕釣已多時江上山前樂可知著却貂裘將採藥
任他人喚作漁師

黃羅襦

戚屬羣臣盡見猜預憂身後又堪哀到頭委付何曾是
虛把羅襦與彥回

謝朏

謝家諸子盡蘭香各震芳名滿帝鄉惟有千金更堪重
只將高卧向齊王

羊玄保

運命將來各有期好官才闕即思之就中堪愛羊玄保
偏受君王分外知

齊

謝朏

解璽傳呼詔侍中却來高卧豈疏慵此時忠節還希有
堪羨君王特地容

小兒執燭

謝公情量已難量忠宋心誠豈暫忘執燭小兒渾放去
略無言語與君王

王僧祐

肯與公卿作等倫澹然名德只推君任他車騎來相訪
簫鼓盈庭似不聞

王僧虔

位高名重不堪疑懇讓儀同帝亦知不學常流爭進取
却憂門有二台司

明帝裹蒸

至尊尊貴異人間御膳天廚豈等閑惜得裹蒸無用處
不如安霸取江山

鬱林王

強哀強慘亦從伊歸到私庭喜可知喜字漫書三十六
到頭能得幾多時

何氏小山

顯達何曾肯繫心築居郊外好園林賺他謝朏出山去
贏得高名直至今

王倫之

豫章太守重詞林圖畫陳蕃與華歆更奠子將并孺子
爲君千載作知音

潘妃

曾步金蓮寵絕倫豈甘今日委埃塵玉兒還有懷恩處
不肯將身嫁小臣

王亮

後見梁王未免哀奈何無計拯傾頹若敎彼相顚扶得
爭遣明公到此來

梁

分宮女

滌蕩齊宮法令新分張宮女二千人可憐無限如花貌
重見世間桃李春

馬仙琕

齊朝太守不甘降忠節當時動四方義士要敎天下見

且留君住待袁昂

勍敵

傳聞天子重儒才特爲皇華綺宴開今日方驚遇勍敵
此人元自北朝來

蔡撙

紫茄白莧以爲珍守任清真轉更貧不飲吳興郡中水
古今能有幾多人

楚祠

曾與蕭侯醉玉栝此時神影盡傾頽莫云千古無靈聖
也向西川助敵來

謝朏小輿

小輿升殿掌鈞台不免無憀却憶回應恨被他何胤誤
悔先容易出山來

八關齋

依憑金地甚虔誠忍溺空王爲聖明内殿設齋申禱祝
豈無功德及臺城

庾信

苦心詞賦向誰談淪落周朝志豈甘可惜多才庾開府
一生惆悵憶江南

陳

王僧辨

彼此英雄各有名石頭高卧擬爭衡當時堪笑王僧辨
待欲將心託聖明

武帝蚌盤

金翠絲黄略不舒蚌盤清宴意何如豈知三閣繁華日
解爲君王妙破除

虞居士

苦諫將軍總不知幾隨煙焰作塵飛東山居士何人識
惟有君王却詐歸

姚察

曾佐徐陵向北遊剖陳疑事動名流却歸掌選清何甚
一匹花練不肯收

宣帝傷將卒

前後兵師戰勝回百餘城壘盡歸來當時將卒應知感
況得君王爲舉哀

臨春閣

臨春高閣上侵雲風起香飄數里聞自是君王正沈醉
豈知消息報隋軍

綺閣

結綺高宜眺海涯上凌丹漢拂雲霞一千朱翠同居此
爭奈恩多屬麗華

望僊閣

多少沈檀結築成望仙爲號倚青冥不知孔氏何形狀
醉得君王不解醒

三閣

三閣相通綺宴開數千朱翠遶周回只知斷送君王醉
不道韓擒已到來

狎客

八宮妃盡賦篇章風揭歌聲錦繡香選得十人爲狎客
有誰能解諫君王

淮水

文物衣冠盡入秦六朝繁盛忽埃塵自從淮水乾枯後
不見王家更有人

江令宅

不向南朝立諫名舊居基在事分明令人惆悵江中令
只作篇章過一生

後庭舞

嬿婉回風態若飛麗華翹袖玉爲姿後庭一曲從教舞
舞破江山君未知

嚴識玄 以下有爵里無世次

嚴識玄魏州刺史後爲兵部郎中詩一首

班倢伃 一作嚴武詩

賤妾如桃李君王若歲時秋風一已勁搖落不勝悲寂
寂蒼苔滿沈沈綠草滋繁華非此日指輦競何辭

何象

何象遂寧令詩一首

賦得御製句朔野陣雲飛

塞日穿痕斷邊鴻背影飛縹緲浮黄屋陰沈護御衣 御製詩有鑾輿臨紫塞朔野陣雲飛之句象進鑾輿臨紫塞賦朔野陣雲飛詩召對嘉賞授贊善大夫

張震

張震河間人江西採訪使詩一首

宿金河戍

朝發鐵麟驛夕宿金河戍奔波急王程一日千里路但
見容鬢改不知歲華暮悠悠沙漠行王事彌多故

丘光庭

丘光庭吳興人國子博士集三卷今存詩七首

補新宮 并序 解

新宮成室也宮室畢乃祭而落之又與羣臣賓客燕飲謂之成也 昭二十五年左傳叔孫昭子聘于宋公享之賦新宮又燕禮升歌鹿鳴下管新宮今詩序無此篇蓋孔子返魯之後其詩散逸採之不得故也三百之篇孔子既已刪定子夏從而序之其序不冠諸篇別爲編簡縱其辭尋逸則厥義猶存若南陔白華之類故束晳得以補之惟此新宮則辭義俱失苟非精考難究根源按新者有舊之辭也新作南門新作延廄是也宮者居處燕遊宗廟之總稱也士蔿城絳以深其宮梁伯溝其公宮居處之宮也楚之章華晉之虒祁燕遊之宮也成三年新宮災禰廟之宮也然則正言新宮居處之宮也蓋文王作豐之時新建宮室宮室初成而祭之因之以燕賓客謂之爲考考成也若宣王斯

干考成室之類是也亦謂之落落者以酒澆落之也若楚子成章華之臺願與諸侯落之類是也因此之時時人歌詠其美以成篇章故周公採之爲燕享歌焉必知此新宮爲文王詩者以燕禮云下管新宮下管者堂下以笙奏詩也鄉飲酒禮云工升而歌鹿鳴四牡皇皇者華歌訖笙入立于堂下奏南陔白華華黍笙之所奏例皆小雅皆是文王之詩新宮既爲下管所奏正與南陔事同故知爲文王詩也知非天子詩者以天子之詩非宋公所賦下管所奏故也知非諸侯詩者以諸侯之詩不得入雅當在國風故也知非禰廟詩者以禰廟之詩不可享賓故也知非燕遊之宮詩者以燕遊之宮多不如禮其詩必當規刺規刺之作是爲變雅享賓不用變雅故也由此而論則新宮爲文王之詩亦已明矣或問曰文王既非天子又非諸侯爲何事也荅曰周室本爲諸侯文王身有聖德當殷紂之代三分天下之衆二分歸周而文王猶服事紂武王克殷之後謚之曰文追尊爲王其詩有風焉周召南是也有小雅焉鹿鳴南陔之類是也有大雅焉大明棫樸之類是也有頌焉清廟我將之類是也四始之中皆有詩者以其國爲諸侯身行王道薨後追尊故也新宮既爲小雅今依其體以補之云爾

奂奂新宮禮樂其融爾德惟賢爾　維忠爲忠以公斯筵是同人之醉我與我延賓缺一字第四句

奂奂新宮既奂而輪其固如山其儼如雲其寢斯安分我既考落以燕羣臣第六句缺三字　鏞于以醉賢有禮無愆我

奂奂新宮既祭既延我有斯宮斯宮以安康後萬年第三句缺二字

新宮三章章八句

補茅鴟并序　解

茅鴟刺食祿而無禮也在位之人有重祿而無禮度君子以爲茅鴟之不若作詩以刺之　襄二十八年左傳齊慶封奔魯叔孫穆子食慶封慶封氾祭穆子不説使工爲之誦茅鴟杜元凱曰茅鴟逸詩刺不敬也凡詩先儒所不見者皆謂之逸不分其舊亡與刪去也臣以茅鴟非舊亡蓋孔子刪去耳何以明之按襄二十八年孔子時年八歲記曰男子十年出就外傳學書記十有三年學樂習詩舞論語曰吾十有五而志於學則慶封奔魯之日與孔子就學之年其間相去不遠其詩未至流散況周禮盡在魯國孔子賢于叔孫豈叔孫尚得見之而孔子反不得見也由此而論茅鴟之作不合禮又爲依孔子刪去亦已明矣或曰安知新宮不爲刪去耶荅曰新宮爲周公所收燕禮所用不與茅鴟同也曰茅鴟爲風乎爲雅乎非雅也風也何以言之以叔孫大夫所賦多是國風故也今之所補亦體風焉

茅鴟茅鴟無集我罔汝食汝飽莫我爲祥願彈去汝來彼鳳彼鳳來彼鳳凰其儀有章

茅鴟茅鴟無啄我雀汝食汝飽莫我肎略願彈去汝來彼瑞鶓來彼瑞鶓其音可樂

茅鴟茅鴟無搏鶵鸝汝食汝飽莫我爲休願彈去汝來彼鳲鳩來彼鳲鳩食子其周

茅鴟茅鴟無噬我陵汝食汝飽莫我好聲願彈去汝來彼蒼鷹來彼蒼鷹祭鳥是徵

茅鴟四章章八句

武翊黄

武翊黄府選爲解頭及第爲狀頭宏詞爲勑頭時號武氏三頭詩一首

瑕瑜不相掩

抱璞應難辨妍媸每自融貞姿偏特達微玷遇磨礱涇渭流終異瑕瑜自不同半曾光透石未掩氣如虹縝密誠爲智包藏豈謂忠停看分美惡今得值良工

李祜

李祜江南録事參軍纂之子詩一首

袁江口懷王司勳王吏部

京華不啻三千里客淚如今一萬雙若箇最爲相憶處青楓黄竹入袁江

韓嶼

韓嶼祠部郎中詩一首

贈進士李守微

一定童顏老歲華貧寒游歷貴人家煉成正氣功應大養得元神道不差烏曳鶴毛乾氅毯杖攜筇節瘦槎牙如何蓬閬不歸去落盡蟠桃幾度花

李茂復

李茂復泗州刺史詩二首

馬上有見

行盡疎林見小橋綠楊深處有紅蕉無端眼界無分別安置心頭不肯銷

自歎

落日西山近一竿世間恩愛極難拚近來不作顛狂事免被冤家惡眼看

李曜

李曜官尚書嘗爲歙州刺史詩一首

贈吴圓

抒情詩曜罷歙州與吴圓交代有酒録事名媚川明慧曜頗留意托圓令存卹有詩云

經年理郡少歡娛爲習干戈間飲徒今日臨行盡交割分明收取媚川珠

吴圓

吴圓歙州刺史詩一首

荅李曜

曳履優容日日歡須言達德倍汍瀾韶光今已輸先手領得蠙珠掌上看韶光營籍妓名

陸弘休

陸弘休桂府從事詩一首

和訾家洲宴游

新春藥綻訾家洲信是南方最勝游酒滿百分殊不怕人添一歲更堪愁鶯聲暗逐歌聲豔花態還隨舞態羞莫惜今朝同酩酊任他龜鶴與蜉蝣

安錡（一作鄴）

安錡普州從事詩一首

題賈島墓

倚恃才難繼，昂藏貌不恭。騎驢衝大尹，奪卷忤宣宗。馳譽超先輩，居官下我儕。司倉舊曹署，一見一心忡。

油蔚

油蔚淮南幕職奉使塞北詩一首

贈別營妓卿卿

憐君無那是多情，枕上相看直到明。日照綠窗人去住，鴉啼紅粉淚縱橫。愁腸只向金閨斷，白髮應從玉塞生。爲報花時少惆悵，此生終不負卿卿。

胡玢（一作汾）

胡玢隱廬山苦心五言李騰廉問江西弓旌不至人惜之詩三首

巢燕

燕來巢我簷，我屋非高大。所貴兒童善，保爾無殃禍。莫巢孀婦家，孀婦悲孤坐。妬爾長雙飛，打爾危巢破。

廬山桑落洲

莫問桑田事，但看桑落洲。數家新住處，昔日大江流。古岸崩欲盡，平沙長未休。想應百年後，人世更悠悠。

石楠樹

本自清江石上生，移栽此處（一作地）稱閑情。青雲士盡識珍木，白屋人多喚俗名。重布綠陰滋鮮色，深藏好鳥引雛聲。余今一日千迴看，每度看來眼益明。

句

輪中別有物，光外更無空。（詠月）

盧注

盧注家荆南舉進士二十上不第詩二首

酒胡子

同心相遇思同歡，擎出酒胡當玉盤。盤中臲卼不自定，四座清賓注意看。可亦不在心，否亦不在面。徇客隨時自圓轉，酒胡五藏屬他人。十分亦是無情勸，爾不耕，亦不飢，爾不蠶，亦有衣。有眼不能分黼黻，有口不能明是非。鼻何尖，眼何碧，儀形本非天地力。雕鐫匠意苦多端，翠帽朱衫巧妝飾。長安斗酒十千酤，劉伶平生爲酒徒。劉伶虛向酒中死，不得酒池中拍浮。酒胡一滴不入眼，空令酒胡名酒胡。

西施

惆悵興亡繫綺羅，世人猶自選青娥。越王解破夫差國，一箇西施已是多。

胡幽貞

胡幽貞四明人自號無生居士詩二首

題西施浣紗石

一朝入紫宮，萬古遺芳塵。至今溪邊花，不敢嬌青春。

歸四明

海色連四明，仙舟去容易。天籍豈輙問，不是卑朝士。

狄煥

狄煥字子炎梁公仁傑之後隱於南岳詩三首

送人游邵州

春江正渺渺，送別兩依依。煙裏櫂將遠，渡頭人未歸。漁家侵疊浪，島樹挂殘暉。況入湖湘路，那堪花亂飛。

題柳

天南與天北，此處影婆娑。翠色折不盡，離情生更多。雨餘籠灞岸，煙暝夾隋河。自有佳名在，秦松繼得麼。

詠南嶽徑松

一陣雨聲歸嶽嶠，兩條寒色下瀟湘。客吟晚景停孤櫂，僧踏清陰徹上方。

句

數點當秋霽，不知何處峰。（石樓晚望）更無聲接續，空有影相隨。（孤雁。詩話拾遺見）

韓溉

韓溉江南人詩一卷今存七首

潯陽觀水（一作韓喜詩）

朝宗漢水接陽臺，唅呀填坑吼作雷。莫見九江平穩去，還從三峽嶮巇來。南經夢澤寬浮日，西出岷山劣泛杯。直至滄溟涵貯盡，深沈不動浸昭回。

水（一作韓喜詩）

方圓不定性空求（一作柔），東注滄溟早晚休。高截碧塘長耿耿，遠飛青嶂更悠悠。瀟湘月浸千年色，夢澤煙含萬古愁。別有嶺頭嗚咽處，爲君分作斷腸流。

松

倚空高檻冷無塵，往事閑徵夢欲分。翠色本宜霜後見，寒聲偏向月中聞。啼猿想帶蒼山雨，歸鶴應和紫府雲。莫向東園競桃李，春光還是不容君。

柳

雪盡青門弄影微，暖風遲日早鶯歸。如憑細葉留春色，須把長條繫落暉。彭澤有情還鬱鬱，隋堤無主自依依。世間惹恨偏饒此，可是行人折贈稀。

竹

樹色連雲萬葉開，王孫（一作家）不厭滿庭栽。凌霜盡節無人見，終日虛心待鳳來。誰許風流添興詠，自憐瀟灑出塵埃。朱門處處多閑地，正好移陰覆（一作結）翠苔。

鵲

纔見離巢羽翼開，盡能輕颺出塵埃。人間樹好紛紛占，天上橋成草草回。幾度送風臨玉戶，一時傳喜到妝臺。若教顏色如霜雪，應與清平作瑞來。

燈（一作韓喜詩）

分影由來恨不同，綠窗孤館兩何窮。熒煌短焰長疑暗，零落殘花旋委空。幾處隔簾愁夜雨，誰家當戶怯秋風。莫言明滅無多重，曾比人生一世中。

句

門掩落花人別後，窗含殘月酒醒時。（愁詩。見吟窗雜錄）

金昌緒

金昌緒餘杭人詩一首

春怨（一作伊州歌）

打（一作却）起黃鶯兒，莫教枝上啼。啼時（一作幾回）驚妾夢，不得到遼西。

曾麻幾

曾麻幾吉州人詩一首

放猨

孤猨鎖檻歲年深放出城南百丈林綠水任從聯臂飲
青山不用斷腸吟

全唐詩

鄭軌 詩一首 以下無世次爵里可考

觀兄弟同夜成婚

棠棣開雙萼天桃照兩花分庭含佩響隔扇偶妝華迎
風俱似雪映綺共如霞今宵二神女弁在一仙家

劉戩 詩一首

夏彈琴 一作劉希戩詩又作劉希夷詩

碧山本岑寂素琴何清幽彈爲風入松崖谷颯已秋庭
鶴舞白雪泉魚躍洪流予欲娛世人明月難暗投感歎
未終曲淚下不可收嗚呼鍾子期零落歸荒丘死而若
有知魂兮從我游

楊齊哲 詩一首

過函谷關

地險崤函北途經分陝東逶迤眾山盡荒涼古塞空河
光流曉日樹影散朝風聖德今無外何處是關中

劉夷道 詩一首

傷死奴

丹籍生涯淺黃泉歸路深不及江陵樹千秋長作林

楊希道 詩五首

侍宴賦得起坐彈鳴琴二首 此下俱見楊師道集

北林鵲夜飛南軒月初進調弦發清徵蕩心祛褊悋變
作離鴻聲還入思歸引長歎未終極秋風飄素鬢

絲傳園客意曲奏楚妃情罕有知音者空勞流水聲

詠琴

久擅龍門質孤竦嶧陽名齊娥初發弄趙女正調聲嘉
容勿遽反繁弦曲未成

詠笙

短長插鳳翼洪細摹鸞音能令楚妃歎復使荊王吟切
切孤竹管來應雲和琴

詠舞

二八如同雪三春類早花分行向燭轉一種逐風斜

王勣 詩三首

詠妓 此下詩俱互見王績集

妖姬飾靚妝窈窕出蘭房日照當軒影風吹滿路香早
時歌扇薄今日舞衫長不應令曲誤持此試周郎

益州城西張超亭觀妓

落日明歌席行雲逐舞人江前飛暮雨梁上下輕塵冶
服看疑畫妝臺望似春高車勿遽返長袖欲相親

辛司法宅觀妓

南國佳人至北堂羅薦開長裙隨鳳管促柱送鸞杯雲
光身後落雪態掌中回到愁金谷晚不怪玉山頹

郭恭 詩一首

秋池一枝蓮

秋至皆零落凌波獨吐紅托根方得所未肯即隨風

張烜 詩一首

婕妤怨

賤妾裁紈扇初搖明月姿君王看舞席坐起秋風時玉
樹清御路金陳翳垂絲昭陽無分理愁寂任前期

張修之 詩一首

長門怨 一作張循之詩

長門落景盡洞房秋月明玉階草露積金屋網塵生妾
妒今應改君恩昔未平寄語臨卭客何時作賦成

梁獻 詩一首

王昭君

圖畫失天真容華坐誤人君恩不可再妾命在和親淚
點關山月衣銷邊塞塵一聞陽鳥至思絕漢宮春

符子珪 詩一首

芳樹

芳樹宜三月曈曈豔綺年香交珠箔氣陰占綠庭煙小
葉風吹長繁花露濯鮮遂令穠李兒折取簪花鈿

李何 詩一首

觀妓

向晚小乘遊朝來新上頭從來許長袖未有客難留

鄭鎩 詩四首

邯鄲俠少年

夜渡濁河津衣中劒滿身兵符劫晉鄙匕首刺秦人執
事非無膽高堂念有親昨緣秦苦趙來往大梁頻

玉階怨

昔日同飛燕今朝似伯勞情深爭擲果寵罷怨殘桃別
殿春心斷長門夜樹高雖能不自悔誰見舊衣袌

婕妤怨

南國承歡日東方候曉時那能妒褒姒祇愛笑唐兒寶
葉隨雲髻珠絲鍜履綦不知飛燕意何事苦相疑

入塞曲

留滯邊庭久歸思歲月賒黃雲同入塞白首獨還家宛
馬隨秦草胡人問漢花還傷李都尉獨自沒黃沙

紇干著 詩四首

賞殘花

零落多依草芳香散著人低簷一枝在猶占滿堂春

古仙詞

珠幡絳節曉霞中漢武清齋待少翁不向人間戀春色
桃花自滿紫陽宮

感春詞

未得鳴珂謁漢宮江頭寂寞向春風悲歌一曲心應醉
萬葉千花淚眼中

灞上

鳴鞭晚日禁城東渭水晴煙灞岸風都傍柳陰回首望
春天樓閣五雲中

李習 詩一首

凌雲寺

古寺臨江間碧波石梯深入白雲窠僧禪寂寂無人跡
滿地落花春又過

顏舒 詩一首

鳳樓一作樓怨

佳人名莫愁珠箔上花鉤清鏡鴛鴦匣新妝翡翠樓擣
衣明月夜吹管白雲秋惟恨金吾子年年向隴頭

朱絳 詩一首

春女怨

獨坐紗窗刺繡遲紫荊花下囀黃鸝欲知無限傷春意
盡在停針不語時

徐璧 詩一首

失題

雙燕今朝至何時發海濱窺簷向人語一作窺人向簷語如道故
鄉春

徐安期 詩一首

催妝

傳聞燭一作燈下調紅粉明鏡臺前別作春不須面上一作滿面渾
妝卻留著雙眉待畫人

裴延 詩二首

隔壁聞奏伎一作陳邁琳詩

徒聞管弦切不見舞腰回賴有歌梁合塵飛一半來

詠翦花

花寒未聚蝶色豔已驚人懸知陌上柳應妒手中春

陳述 詩一首

歎美人照鏡

插花枝共動含笑靨俱生衫分兩處色一作彩釧響一邊聲
就中還妒影恐奪可憐名

朱琳 詩一首

閨織怨

夫婿邊庭久幽閨恨幾重玉琴知別日金鏡識愁容懶
寄雲中服慵開海上封年年得衣慣且試莫裁縫

謝陶 詩一首

雜言

天不與人言禍福能自至水火雖活人暫不得即死蹈
之焚斯須憑之溺容易水火與禍福豈有先言耳

何贇 詩一首

書事

果決生涯向路中西投知己話從容雲遮劍閣三千里
水隔瞿塘十二峰闊步文翁坊裏月閑尋杜老宅邊松
到頭須卜林泉隱自愧無能繼臥龍

解彥融 詩一首

鴈塔開元八年清河傅巖題此詩於鴈塔

崢嶸徹倒景刻峭俯無地勇進攀有緣即嶮恐迷墜窅
然喪五蘊蠢爾懷萬類實際罔他尋波羅必可致南山
繚上苑祇樹連巖翠北斗臨帝城扶宮切太清餐和裡
日用味道懿天明綠野冷風泱紫微佳氣晶馴禽演法
要忍草藉經行本願從茲適方知物世輕

全唐詩

董初 詩一首

昭君怨

新年猶尚小那堪遠聘秦褕衫沾馬汗眉黛染胡塵舉
眼無相識路逢皆異人唯有梅將李猶帶故鄉春一作曹思恭詩

賀朝清 詩二首

南山一作賀朝詩

湖北雨初晴湖南山盡見岧岧石帆影如得海風便仙
穴茅山峰彩雲時一見邀君共探此異籙殘幾卷

賦得遊人久不歸一作劉孝孫詩又作賀朝詩

鄉關眇天末引領悵懷歸羈旅久淫滯物色屢芳菲稍
覺私意盡行看鬢髮稀如何千里外佇立霑裳衣

楊衡 詩二首

白紵辭此二首又見貞元進士楊衡集中詩紀詩所俱編入初唐

玉纓翠珮雜輕羅香汗微漬朱顏酡為君起唱白紵歌
清聲裊雲思繁多凝笳哀琴時相和金壺半傾芳夜促
梁塵霏霏暗紅燭令君安坐聽終曲墜葉飄花難再復
躡珠履步瓊筵輕身起舞紅燭前芳姿豔態妖且妍迴
眸轉袖暗催弦涼風蕭蕭漏一作流水急月華泛灩紅蓮濕
牽裙攬帶翻成泣

唐暄 詩三首

還渭南感舊二首

寢室悲長簟妝樓泣鏡臺獨悲桃李節不共一時一作夜泉開
魂兮若有感髣髴夢中來

常時華室靜笑語度更籌恍惚人事改冥漠委荒丘陽
原歎薤露陰壑悼藏舟清夜妝臺月空想畫眉愁

贈亡妻張氏

嶧陽桐半死延津劍一沈如何宿昔內空負百年心

李韶 詩一首

題司空山觀

梁代真人上紫微水盤山腳五雲飛松杉老盡無消息
猶得千年一度歸

韋鵬翼 詩一首

戲題盱眙壁

豈肯閑尋竹徑行却嫌絲管好蛙聲自從煮鶴燒琴後
背却青山臥月明

安鴻漸 首詩一

題楊少卿書後

端溪石硯宣城管王屋松煙紫兔毫更得孤卿老書札
人間無此五般高

李延陵 首詩一

自紫陽觀至華陽洞宿侯尊師草堂簡同遊

石林媚煙景句曲盤江甸南向佳氣濃峰峰遙隱見漸
臨華陽口微路入葱蒨七曜懸洞宮五雲抱山殿銀函
意誰發金液徒堪薦千載桃花春(一作空桃花)秦人深不見東
溪喜相遇貞白如會面青鳥來去閑紅霞朝夕變一從
化真骨萬里乘飛電蘿月延步虛松花醉閑宴幽人即
長往茂宰應交戰明發歸琴堂知君懶為縣

秦尚運 首詩一

題鍾雅青紗枕

陰香裝豔入青紗還與欹眠好事家夢裏却成山色雨
沈山不敢鬬青華

張仲謀 首詩一

題播口

嘗聞燒尾便拏空只過天門更一重大禹未生門未鑿
可能天下總無龍

馮少吉 首詩一

山寺見楊少卿書辟因題其尾

少卿真跡滿僧居秖恐鍾王也不如為報遠公須愛惜
此書書後更無書

殷陶 首詩一

經杜甫舊宅

浣花溪裏花多處為憶先生在蜀時萬古只應留舊宅
千金無復換新詩沙棚水檻鷗飛盡樹壓村橋馬過時
山月不知人事變夜來江上與誰期

羅峒 首詩一

行縣至浮查寺(一作羅峒詩)

二十年前此布衣鹿鳴西上虎符歸行時賓從光前事
到處松杉長舊圍野老競遮官道拜沙鷗遙避隼旗飛
春風一宿琉璃地自有泉聲愜素機

韓雄 首詩一

敕和元相公家園即事寄王相公

共列中台貴能齊物外心迴車青閣晚解帶碧芳深夜
水隨畦入晴花度竹尋題詩更相應一字重千金

苗仲方 首詩一

仲秋太常寺觀公輅車拜陵

南宮初開律金風已戒涼拜陵將展敬車輅儼成行士
庶觀祠禮公卿習舊章郊原佳氣引園寢瑞煙長鹵簿
辭丹闕威儀列太常聖心何所寄惟德在無忘

陳嶰 首詩一

尋易尊師不遇

爛熳紅霞光照衣苔封白石路微微華陽洞裏何人在
落盡松花不見歸

張起 首詩二

早過梨嶺喜雪書情呈崔判官

度嶺逢朝雪行看馬跡深輕標南國瑞寒慰北人心皎
潔停丹嶂飄飄映綠林共君歌樂土無作白頭吟

春情

畫閣餘寒在新年舊燕歸梅花猶帶雪未得試春衣

陳玫 首詩一

贈竇蔡二記室入蜀

崑山積良寶大廈構眾材馬卿委官去鄒子背淮來風
流信多美朝夕豫平臺逸翮獨不羣清才復道上六輔
昔推名二江今振響英華雖外發磨琢終內朗四海奮
羽儀清風久播馳沈鬱林難厠青山翻易阻迴首望煙
霞誰知慕儔侶飄然不繫舟為情自可求若奉西園夜
浩想北園愁無因逐萍藻從爾泛清流

李建業 首詩一

採菊

簇簇竟相鮮一枝開幾番味甘資麴櫱香好勝蘭蓀古
道風搖遠荒籬露壓繁盈筐時採得服餌近知門

羅維 首詩一

水精環

王室符長慶環中得水精任圓循不極見素質仍貞信
是天然瑞非因樸斲成無瑕勝玉美至潔過冰清未肯
齊珉價寧同雜佩聲能銜任黃雀亦欲應時明

殷益 首詩一

看牡丹

擁毳對芳叢由來趣不同緩從今日白花是去年紅豔
色隨朝露馨香逐晚風何須待零落然後始知空

李得 首詩一

賦得垣衣

漠漠復霏霏為君垣上衣昭陽輦下草應笑此生非掩
藹青春去蒼茫白露稀猶勝萍逐水流浪不相依

王邵 首詩一

冬晚對雪憶胡處士

寒更傳唱晚清鏡覽衰顏隔牖風驚竹開簾雪滿山灑
空深巷靜積素廣庭閑借問袁安舍翛然尚閉關

曹脩古 首詩一

池上

荷葉罩芙蓉圓青映嫩紅佳人南陌上翠蓋立春風

朱子真 首詩一

對趙穎歌

人間幾日變桑田誰識神仙洞裏天短促雖知有殊異
且須歡醉(一作笑)在生前

嚴郭 首詩一

賦百舌鳥

此禽輕巧少同倫我聽長疑舌滿身星未沒河先報曉
柳猶粘雪便迎春頻嫌海燕巢難定却訝林鶯語不真
莫倚清風更多事玉樓還有晏眠人

張子明 首詩一

孤雁

隻影翩翩下碧湘傍池鴛鷺宿銀塘雖逢夜雨迷深浦
終向晴天著舊行憶伴幾回思片月蛻翎多爲繫幨霜
江南塞北俱關念兩地飛歸是故鄉

李謹言 詩二首

水殿拋毬曲二首

侍宴黃昏曉未休玉階夜色月如流朝來自覺承恩最
笑倩傍人認繡毬

堪恨隋家幾帝王舞裀揉盡繡鴛鴦如今重到拋毬處
不是金鑪舊日香

吳燭 詩一首

銅雀妓

秋色西陵滿綠蕪繁弦急管強歡娛長舒羅袖不成舞
卻向風前承淚珠

張保嗣 詩一首

戲示諸妓

綠羅裙上標三棒紅粉腮邊淚兩行抄手向前咨大使
這回不敢惱兒郎

潘圖 詩一首

末秋到家

歸來無所利骨肉亦不喜黃犬卻有情當門臥搖尾

潘佐 詩一首

送人往宣城

江畔送行人千山生暮氛謝安團扇上爲畫敬亭雲

李逸 詩一首

洛陽河亭奉酬留守郡公追送（一作李益詩）

離亭餞落暉臘酒減征衣歲晚煙霞重川寒雲樹微戎
裝千里至舊路十年歸還似汀洲雁相逢又背飛

沈麟 詩一首

送道士曾昭瑩

南北東西事人間會也無昔曾棲玉笥今也返玄都雪
片隨天濶泉聲落石孤丹霄人有約去採石菖蒲

安鳳 詩一首

贈別徐侃

一自離鄉國十年在咸秦泣盡卞和血不逢一故人今
日舊友別羞此漂泊身離情吟詩處麻衣掩淚頻淚別
各分袂且及來年春

李倫 詩一首

顧城

世久荒墟在白雲幾代耕市廛新草綠里社故煙輕不
謹罹天討來蘇豈忿兵誰云殷鑒遠今古在人程

盧子發 詩一首

金錢花

輪廓休誇四字書紅窠寫出對庭除時時買得佳人笑
本色金錢卻不如

王夢周 詩一首

故白巖禪師院

能師還世名還在空閉禪堂滿院苔花樹不隨人寂寞
數株猶自出牆來

孫咸 詩一首

題九天使者廟（又見讖記卷）

獨入玄宮禮至眞焚香不爲賤貧身秦淮兩岸沙埋骨
溢浦千家血染塵廬阜煙霞誰是主虎溪風月屬何人
九江太守勤王事好放天兵渡要津

李瀚 詩一首

房公舊竹亭聞琴

石室寒飈響孫枝雅器裁坐來山水操弦斷弔塵埃

錢戭 詩一首

清溪館作

指途清溪裏左右唯深林雲蔽望鄉處雨愁爲客心遇
人多物役聽鳥時幽音何必滄浪水庶茲浣塵襟

韋道遜 詩一首

晚春宴

日斜賓館晚春輕麥候初簷暄巢幕燕池躍戲蓮魚石
聲隨流響桐影傍巖疎誰能千里外獨寄八行書

王揆 詩一首

長沙六快詩

湖外風物奇長沙信難續衡峰排古青湘水湛寒綠舟
檝通大江車輪會平陸昔賢官是邦仁澤流豐沃今賢
官是邦刳脂人脂肉懷昔甘棠花傷今猛虎毒然此一
郡內所樂人纔六漕與二憲僚守連兩通屬高堂日暮
會深夜繼以燭幃幙皆綺紈器皿盡金玉歌喉若珠纍
舞腰如素束千態與萬狀六人歡不足因成快活詩薦
之堯舜目

王言史 詩一首

廣州王園寺伏日即事寄北中親友

南越逢初伏東林度一朝曲池煎畏景高閣絕微飈竹
簟移先灑蒲葵破復搖地偏毛瘴近山毒火威饒裛汗
絺如濯親牀枕並燒墮枝傷翠羽萎葉惜紅蕉且困流
金熾難成獨酌謠望霖窺潤礎思吹候纖條旅恨生烏
滸鄉心繫浴橋誰憐在炎客一夕壯容銷

全唐詩

宋雍（一作邕詩二首以下爵里世次俱無考）

春日

輕花細葉滿林端昨夜春風曉色寒黃鳥不堪愁裏聽
綠楊宜向雨中看

失題

斜雨飛絲織晚風疎簾半捲野亭空荷花開盡秋光晚
零落殘紅綠沼中

戴休珽 詩一首

古意

窮秋朔風起滄海愁陰漲虜騎掠河南漢兵屯灞上羽

書驚沙漠刁斗喧，亭障關塞何蒼茫。遙烽遞相望，弱齡負奇節，俠客多招訪。投筆棄繻（一作書）生，提戈逐飛將。拔劍照霜白，怒髮衝冠壯。會立萬里功，視君封侯相。

盧鉟（詩一首）

勗曹生

桑扈交飛百舌忙，祖亭聞樂倍思鄉。尊前有恨慚卑宦，席上無憀愛豔妝。莫爲狂花迷眼界，須求眞理定心王。遊蜂採掇何時已，祇恐多言議短長。

趙摶（詩二首）

琴歌

綠琴製自桐孫枝，十年窗下無人知。清聲不與衆樂雜，所以屈受塵埃欺。七弦脆斷蟲絲朽，辨別不曾逢好手。琴聲若似琵琶聲，賣與時人應已久。玉徽冷落無光彩，堪恨鍾期不相待。鳳轉吟幽鶴舞時，撚弄錚摐聲亦在。向曾守貧貧不徹，賤價與人人不別。前迴忍淚却收來，泣向秋風兩條血。乃知凡俗難可名，輕者却重重者輕。眞龍不聖土龍聖，鳳皇啞舌鴟梟鳴。何殊此琴哀怨苦，寂寞沈埋在幽戶。萬重山水不肯聽，俗耳樂聞人打鼓。知君立身待分義，驅喝風雷在平地。一生從事不因人，健步窣雲皆自致。不辭重拂弦上塵，市㕓不買多讒人。莫辭憔悴與買取，爲君一曲號青春。

廢長行（辨其惑於無益之戲而不務恤民也）

紫牙鏤合方如斗，二十四星銜月口。貴人迷此華筵中，運木手交如陣鬬。不算勞神運枯木，且廢爲官恤惸獨。門前有吏嚇孤窮，欲訴門深抱冤哭。耳厭人催坐衙早，纔聞此戲身先到。理人似愛長行心，天下安平多草草。何當化局爲明鏡，挂在高堂辨邪正。何當化子作筆鋒，常在手中行法令。莫令終日迷如此，不治生民負天子。

張安石（有涪江集一卷，今存詩二首）

玉女詞

綺薦銀屏空積塵，柳眉桃臉暗銷春。不須更學陽臺女，爲雨爲雲惱殺人。

苦別

向前不信別離苦，而今自到別離處。兩行粉淚紅闌干，一朵芙蕖帶殘露。

蔣吉（詩十五首）

石城

繁纜石城下，恣吟懷暫開。江人橈艇子，將謂莫愁來。

漢東道中

九十九岡遙，天寒雪未消。羸童牽瘦馬，不敢過危橋。

高溪有懷

駐馬高溪側，旅人千里情。雁山山下水，還作此泉聲。

寄進士賈希

恨苦淚不落，耿然東北心。空囊與瘦馬，羈紲意應深。

出塞

瘦馬羸童行背秦，暮鴉撩亂入殘雲。北風吹起寒營角，直至榆關人盡聞。

旅泊

霜月正高鸚鵡洲，美人清唱發紅樓。鄉心暗逐秋江水，直到吳山腳下流。

次青雲驛

馬轉櫟林山鳥飛，商溪流水背殘暉。行人幾在青雲路，底事風塵猶滿衣。

大庾驛有懷

一囊書重百餘斤，郵吏寧知去計貧。莫訝偏吟望鄉句，明朝便見嶺南人。

題商山修路僧院

此地修行山幾枯，草堂生計只鉼盂。支郎既解除艱險，試看人心平得無。

題長安僧院

出門爭走九衢塵，總是浮生不了身。惟有水田衣下客，大家忙處作閑人。

次商於感舊寄盧中丞

昔年簪組監丘門，今日旌幢一院存。何事商於淚如雨，小儒偏受陸家恩。

樵翁

獨入深山信腳行，慣當貙虎不曾驚。路傍花發無心看，惟見枯枝刮眼明。

四老廟

無端捨釣學干名，不得溪山養性情。自省此身非達者，今朝羞拜四先生。

昭君冢

曾爲漢帝眼中人，今作狂胡陌上塵。身死不知多少載，冢花猶帶洛陽春。

聞歌竹枝

巡堤聽唱竹枝詞，正是月高風靜時。獨向東南人不會，弟兄俱在楚江湄。

周濆（詩四首）

重門曲

憔悴容華怯對春，寂寞宮殿鎖閑門。此身却羨宮中樹，不失芳時雨露恩。

山下水

背雲衝石出深山，淺碧泠泠一帶寒。不獨有聲流出此，會歸滄海助波瀾。

逢鄰女

日高鄰女笑相逢，慢束羅裙半露胸。莫向秋池照綠水，參差羞殺白芙蓉。

廢宅

牢落畫堂空鎖塵，荒涼庭樹暗消春。豪家莫笑此中事，曾見此中人笑人。

全唐詩

趙起 詩一首 以下無世次爵里可考

奉和登會昌山應制 一作義起詩

睿想入希夷眞游到具茨玉鑾登嶂遠雲輅出花遲泉壑凝神處陽和布澤時六龍多順動四海正雍熙

王瓚 詩一首

冬日與羣公泛舟焦山

江外水一作水初不凍今年寒復遲衆芳且未歇近臘仍袟衣載酒適我情興來趣漸微方舟大川上環酌對落暉兩片青石稜波際無因依三山安可到欲到風引歸滄溟壯觀多心目豁暫時況得窮日夕乘槎何所之縱步不知遠夕陽猶未回好花隨處發流水趁人來

慕容韋 詩一首

度揭鴻嶺 漳州

閩越曾爲塞將軍舊置營我歌空感慨西北望神京

黃文 詩一首

湘江

瀟湘江頭三月春柳條弄日搖黃金鷓鴣一聲在何許黃陵廟前煙靄深丹青欲畫無好手穩提玉勒沈吟久馬蹄不爲行客留心挂長林屢回首

唐温如 詩一首

題龍陽縣青草湖

西風吹老洞庭波一夜湘君白髮多醉後不知天在水滿船清夢壓星河

歐陽賓 一作臏 詩一首

訾家洲

舊業分明桂水頭人歸業盡水東流春風日暮江頭立不及漁人有釣舟

何敬 詩一首

題吉州龍溪

龍溪之山秀而峙龍溪之水清無底狂風激烈翻春濤薄霧冥濛溢清泚奔流百折銀河通落花滚滚浮霞紅四時佳境不可窮彷彿直與桃源通

楊彝 詩一首

過睦州青溪渡

天淵街江雨冥冥上客衣潭清魚可數沙晚鴈爭飛川谷留雲氣鶺鴒傍釣磯飄零江海客欹側一帆歸

裴瑤 詩一首

闔閭城懷古

五湖春水接遙天國破君亡不記年惟有妖娥曾舞處古臺寂寞起愁煙

鄭玉 詩一首

葦谷

水會三川漾碧波雕陰人唱採花歌舊時白翟今荒壤葦谷淒淒風雨多

麻溫其 詩一首

登岳陽樓

湖邊景物屬秋天樓上風光似去年仙侶縱生留福地湘娥帝子寄哀弦雲門自統軒臺外木葉偏飛楚客前極目江山何處是一帆萬里信歸船

韋鎰 詩一首

經望湖驛

大漠無屯雲孤峰出亂柳前驅白登道顧失飛狐口遙憶代王城俯臨恒山後纍纍多古墓寂寞爲墟久豈不固金湯終聞擊銅斗交懽初仗信接讌翻貽咎埋寶賊夫人磨笄傷彼婦功成行且薄義立名不朽莫慎纖微端其何社稷守身歿國遂亡此立人君醜

謝太虛 詩一首

杪秋洞庭懷王道士

漂泊日復日洞庭今更秋青桃亦何意此夜催人愁惆悵客中月裴回江上樓心知楚天遠目送滄波流謝客久已滅微言無處求空餘白雲在客輿隨孤舟千里杳難盡一身常獨游故園復何許江漢徒遲留

周岳秀 詩一首

君山祠

萬頃湖波浸碧天旌封香火幾千年風濤澎湃魚龍舞棟宇崢嶸燕雀遷迷岫光中濃淡樹斜陽影裏往來船江河願借吹噓便應有神功在目前

馬逢 詩五首

新樂府

溫谷春生至宸遊近甸榮雲隨天上轉風入御筵輕翠蓋浮佳氣朱樓依太清朝臣冠劍退宮女管弦迎

部落曲

蕃軍傍塞遊代馬噴風秋老將垂金甲閼支著錦裘琱戈蒙豹尾紅旆插狼頭日暮天山下鳴笳漢使愁

從軍

漢馬千蹄合一羣單于鼓角隔山聞沙塠風起紅樓下飛上胡天作陣雲

宮詞二首 一作顧況詩

金吾持戟護軒簷天樂傳教萬姓瞻樓上美人相倚看紅妝透出水晶簾

玉樓天半起笙歌風送宮人笑語和月影殿開聞曉漏水晶簾捲近秋河

全唐詩

蕭意 詩一首 以下見玉臺後集

長門失寵

自從別鑾殿長門幾度春不知金屋裏更貯若爲人

徐之才 詩一首

下山逢故夫

踟躕下山婦共申別離久爲問織縑人何必長相守

張陵 詩一首

虜患

今日漢家探使迴蟻壘胡兵來未歇春風渭水不敢流總作六軍心上血

蔡瓌 詩一首

夏日閨怨

桃徑李蹊絕芳園炎氛熾日滿愁軒枝上鳥驚朱檻落池中魚戲綠蘋翻君戀京師久留滯妾怨高樓積年歲非關曾入楚王宮直為相思腰轉細臥簟乘閑乍逐涼熏爐畏熱嬾焚香雨霑柳葉如啼眼露滴蓮花似汗妝全由獨自羞看影豈是孤眠疑夜永無情拂鏡不成妝有時却扇還風靜近日書來道欲歸鴛鴦文錦字息機但恐愁容不相識為教恆著別時衣

唐怡 詩二首

詠破扇

輪如明月盡羅似薄雲穿無由重掩笑分在秋風前

述懷

萬事皆零落平生不可思惟餘酒中趣不減少年時

潘求仁 詩一首

詠燭寄人

燭與人相似通宵遶白煎不應須下淚祇是為人然

閻德隱 詩二首

薛王花燭行 第三句缺六字

王子仙車下鳳臺紫纓金勒馭龍媒□□□□□□出環佩鏘鏘天上來鵁鶄樓前雲半捲鴛鴦殿上月裴回玉盤錯落銀燈照珠帳玲瓏寶扇開盈盈二八誰家子紅粉新妝勝桃李從來六行比齊姜自許千門奉楚王楚王宮裏能服飾顧盼傾城復傾國合歡錦帶蒲萄花連理香裘石榴色金爐半夜起氛氳翡翠被重蘇合熏不學曹王遇神女莫言羅敷邀使君同心婉娩若琴瑟更笑天河有靈匹一朝福履盛王門百代光輝增帝室富貴榮華實可憐路傍觀者謂神仙祇應早得淮南術會見雙飛入紫煙

三月歌

洛陽城路九春衢洛陽城外柳千株能得來時作眼兒天津橋側錦屠蘇

劉元叔 一作淑 詩一首

妾薄命

自從離別守空閨遙聞征戰赴一作起雲梯夜夜思君遼海北年年棄一作拋妾渭橋西陽春白日照空暖紫燕銜一作紅花向庭滿彩鸞琴裏怨聲多飛鵲鏡前妝梳一作色斷誰家夫壻不從征應是漁陽別有情莫道紅顏燕地少家家還似洛陽城旦一作且逐新人殊未歸還令秋至夜霜飛北斗星前橫旅一作度雁南樓月下擣寒衣夜一作更深聞雁腸欲絕獨坐縫衣燈又滅一作獨坐縫衣燈欲滅暗啼羅帳空自憐夢度陽關向誰說每憐容貌宛如神如何薄命不如人待君朝夕燕山至好作明年楊柳春

常理 詩二首

古別離

君御狐白裘妾居緗綺幬粟鈿金夾膝花錯玉搔頭離別生庭草征衣斷戍樓蠨蛸網清曙菡萏落紅秋小膽空房怯長眉滿鏡愁為傳兒女意不用遠封侯

妾薄命

十五玉童色雙蛾青彎彎鳥銜櫻桃花此時刺繡閑嬌小恣所愛誤人金指環豔花句引落滅燭屏風關妾怕愁中畫君偷薄裏還初謂來心平若案誰知別意險如山乍啼羅袖嬌遮面不忍看君莫惜顏

馮待徵 詩一首

虞姬怨 第十句缺三字

妾本江南采蓮女君是江東學劍人逢君游俠英雄日值妾年華桃李春年華灼灼豔桃李結髮簪花配君子行逢楚漢正相持辭家上馬從君起歲歲年年事征戰侍君帷幙損紅顏不惜羅衣沾馬汗不辭紅粉著刀環相期相許定關中鳴鑾鳴佩入秦宮誰誤四面楚歌起果知五星漢道雄天時人事有興滅智窮計屈心摧折澤中馬力先戰疲帳下蛾眉□□□君王是日無神彩賤妾此時容貌改拔山意氣都已無渡江面目今何在終天隔地與君辭恨似流波無息時使妾本來不相識豈見中途懷苦悲

冷朝光 詩一首

越谿怨

越王宮裏如花人越水谿頭采白蘋白蘋未盡人先盡誰見江南春復春

衛萬 詩一首

吳宮怨

君不見吳王宮閣臨江起不見珠簾見江水曉氣晴來雙闕間潮聲夜落千門裏句踐城中非舊春姑蘇臺下起一作上黃塵祇今唯有西江月曾照吳王宮裏人

李章 詩一首

春游吟

初春徧芳甸十里藹盈矚美人摘新英步步翫春綠所思杳何處宛在吳江曲可憐不得共芳菲日暮歸來淚滿衣

王沈 詩一首

婕妤怨

長信梨花暗欲棲應門上鑰草萋萋春風吹花亂撲戶斑一作班絕車聲不至啼

王偃 詩二首

夜夜曲

北斗星移銀漢低班姬愁思鳳城西青槐陌上行人絕明月樓前烏夜啼

明君詞

北望單于日半斜明君馬上泣胡沙一雙淚滴黃河水應得東流入漢家

李暇 詩五首

擬古東飛伯勞歌

秦王龍劍燕后琴珊瑚寶匣鏤雙心誰家女兒抱香枕開衾滅燭顧侍寢瓊窗半上金縷幬輕羅掩一作隱面不遮羞一作障青綺幃一作帳中坐相憶紅鸞鏡裏見愁色簷花照月鶯對棲空將可憐暗中啼

怨詩三首

羅敷初總髻蕙芳正嬌小月落始歸船春眠恆著曉

何處期郎遊小苑花臺間相憶不可見且復乘月還

別前花照路別後露垂葉歌舞須及時如何坐悲妾

碧玉歌

碧玉上官妓出入千花林珠被玳瑁牀感郎情意深

李播 詩一首

見美人聞琴不聽

洛浦風流雪陽臺朝暮雲聞琴不肎聽似妬卓文君

辛弘智 詩三首

賦詩 談賓錄云弘智在國子監賦此詩同房常定宗改始字爲轉字爭之爲已作同下牒見博士羅道琮判云昔五字定表以理切稱奇今一言競詩取詞多爲主詩歸弘智轉還定宗以狀牒知任爲公驗

君爲河邊草逢春心剩生妾如臺上鏡得照始分明

自君之出矣 樂府詩集作李康成詩按康成撰玉臺後集以此首爲弘智作康成別有一作

自君之出矣梁塵靜不飛思君如滿月夜夜減容輝

又 見吟窗雜錄

自君之出矣寶鏡爲誰明思君如隴水常聞嗚咽聲

全唐詩

吉師老 詩四首 以下世次爵里俱無考

題春夢秋歸故里 一本無秋歸故里四字

故國歸路賒春晚在天涯明月夜來夢碧山秋到家開窗聞落葉遠墅見晴鴉驚起曉庭際鶯啼桃杏花

看蜀女轉昭君變

妖姬未著石榴裙自道家連錦水濆檀口解知千載事清詞堪歎九秋文翠眉顰處楚邊月畫卷開時塞外雲說盡綺羅當日恨昭君傳意向文君

放猨

放爾千山萬水一作里身野泉晴樹好爲鄰啼時莫近一作向瀟

湘岸明月孤舟有旅人

鴛鴦

江島濛濛煙靄微綠蕪深處刷毛衣渡頭驚起一雙去飛上文君舊錦機

吳商浩 詩九首

巫峽聽猨

巴江猨嘯苦響入客舟中孤枕破殘夢三聲隨曉風連雲波澹澹和霧雨濛濛巫峽去家遠不堪魂斷空

長安春贈友人

繁華堪泣帝城春粉堞青樓勢礙雲花對玉鉤簾外發歌飄塵土路邊聞幾多遠客魂空斷何處王孫酒自醺各有歸程千萬里東風時節恨離羣

塞上即事

身似星流跡似蓬玉關孤望杳溟濛寒沙萬里平鋪月曉角一聲高捲一作繞風戰士歿邊魂尚哭單于獵處火一作燒猶紅分明更想殘宵夢故國依然在一作到甬東

宿山驛

文戰何堪功未圖又驅羸馬指天衢露華凝夜渚蓮盡月彩滿輪山驛孤岐路辛勤終日有鄉關音信隔年無好同一作乘范蠡扁舟興高挂一帆歸五湖

北邙山

北邙山草又青青今日銷魂事可明綠酒醉來春未歇白楊風起柳初晴岡原旋葬松新長年代無人闕半平堪取金爐九還藥不能隨夢向浮生

秋塘曉望

鐘盡疎桐散曙鴉故山煙樹隔天涯西風一夜秋塘曉零落幾多紅藕花

水樓感事

高柳螿啼雨後秋年光空感淚如流滿湖菱荇東歸晚閑倚南軒盡日愁

泊舟

身逐煙波魂自驚木蘭舟上一帆輕雲中有寺在何處山底宿時聞磬磬

湘雲 首句缺一字

滿湘江雲瑩空紛紛長對水溶溶日西遙望自歸處盡挂九疑千萬峰

沈祖仙 一作山 詩一首

秋閨

白馬三軍客青娥十載思玉庭霜落夜羅幌月明時鑪冷蜘蛛喜燈高一作寒熠燿期愁多不可曙流涕坐空幃

邵士彥 詩一首

秋閨

斜日空庭暮幽閨積恨盈細風吹帳冷微月度窗明怨坐啼相續愁眠夢不成調琴欲有弄畏作斷腸聲

吳大江 詩一首

擣衣

沙塞秋應晚金閨恨已空那堪裂紈素時許出房櫳杵影弄寒月砧聲調夜風裁縫雙淚盡萬里寄雲中

荊叔 詩一首

題慈恩塔

漢國山河在秦陵草樹深暮雲千里色無處不傷心

蕭靜 詩一首

三湘有懷

柳絮飛來別洛陽梅花落後到三湘世情已逐浮雲散離恨空隨江水長

元凜 詩二首

九日對酒

嘉辰復遇登高臺良朋笑語傾金罍煙攤秋色正堪翫風惹菊香無限來未保亂離今日後且謀歡洽玉山頹誰知靖節當時事空學狂歌倒載迴

中秋夜不見月

蟾輪何事色全微賺得佳人出繡幃四野霧凝空寂寞九霄雲鎖絕光輝吟詩得句翻停筆翫處臨尊卻掩扉公子倚欄猶悵望嬾將紅燭草堂歸

徐振 詩二首

雷塘

九重城闕悲涼盡一聚園林怨恨長花憶所爲猶自笑草知無道更應荒詩名占得風流在酒興催教運祚亡若問皇天惆悵事只應斜日照雷塘

古意

擾擾都城曉又昏六街車馬五侯門箕山渭水空明月可是巢由絕子孫

張侹 詩一首

寄人

酷憐風月爲多情還到春時別恨生倚柱尋思倍惆悵一場春夢不分明

方澤 詩一首

武昌阻風

江上春風留客舟無窮歸思滿東流與君盡日閑臨水貪看飛花忘却愁

景池 詩一首

秋夜宿淮口

露白草猶青淮舟倚岸停風帆幾處客天地兩河星樹靜禽眠草沙寒鹿過汀明朝誰結伴直去泛滄溟

張鴻 詩一首

贈喬尊師

長忌時人識有家雲澗深性惟耽嗜酒貧不破除琴靜鼓三通齒頻湯一味參知師最知我相引坐檉陰

姚揆 詩一首

村行

天淡雨初晴遊人恨不勝亂山啼蜀魄孤棹宿巴陵影暗村橋柳光寒水寺燈罷吟思故國窗外有漁罾

潁川客舍

素琴孤劍尚閑遊誰共芳尊話唱酬鄉夢有時生枕上客情終日在眉頭雲掩雨脚連天去樹夾河聲繞郡流回首帝京歸未得不堪吟倚夕陽樓

王訓 詩一首

獨不見

日晚宜春暮風軟上林朝對酒近初節開樓蕩夜謠石橋通小澗竹路上青霄持底誰見許長愁成細腰

張幟 詩一首

歸去來引

歸去來歸期不可違相見旋明月浮雲共我歸

虞羽客 詩一首

結客少年場行

幽并俠少年金絡控連錢竊符方救趙擊筑正懷燕輕生辭鳳闕揮袂上祈連陸離橫寶劍出沒驚征旃蒙輪恆顧敵超乘忽（一作爭）先摧枯逾百戰拓地遠三千骨都魂已散樓蘭首復傳龍城含宿霧瀚海接（一作隔）遙天歌吹金微返振旅玉門旋烽火今已息非復照甘泉

鄭渥 詩二首

塞上

出門何處問西東指畫翻爲語論同到此客頭潛覺白未秋山葉已飄紅帳前影落傳書雁日下聲交失馬翁早晚回鞭復南去大衣高蓋漢鄉風

洛陽道

客亭門外路東西多少喧騰事不齊楊柳惹鞭公子醉苧麻掩淚魯人迷通宵塵土飛山月是處經營夾御堤頃刻知音幾存歿半回依約認輪蹄

全唐詩目 第十一函

第八册

崔江 李伉 劉望 易思
趙防 劉廓 姚偓 戴衢
李建樞 謝邈 唐倫 方棫
范夜 盧羣玉 楊行敏 張懷
趙湘 楊持 李聰 徐介
李士元 共一卷
馮道之 徐謙 楊達 楊逵
魏兼恕 賈彥璋 歐陽瑾 李叔卿
熊曜 李賓 唐堯臣 鄭縉
吳英秀 陳嶷 伊夢昌 鄭嚴
柳曾 牛殳 衛光一 林璠
顏胄 共一卷
邢象玉 張敬徽 徐玄之 郭汭
權徽 豆盧回 張南容 沈徽
林琨 吳象之 鄭德玄 張軫
蔡文恭 賈宗 唐堯客 朱晦
石召 林翊 衛棨 共一卷
李季華 王玄 李歸唐 朱光弼
顧甄遠 魏巒 柳明獻 蔡琨
令狐挺 滕倨 夏侯子雲 方愚
潘雍 梁陟 朱延 寇埴
馮渚 共一卷
王約 郭求 鄭師貞 石殷士
柴宿 陶拱 劉瑰 朱華
戴察 孫顧 孫頠 陳璀
裒杷 陳祐 吳祕 張復元
穆寂 王景中 鄧倚 湯洙
殷琮 朱延齡 共一卷
鄭賁 裴元 杜周士 樂伸
徐至 紇干諷 朱休 李沛
成崿 夏侯楚 胡權 郭邕
張欽敬 叔孫玄觀 王季友 南巨川
丁居晦 辛宏 康翊仁 陳中師
管雄甫 鄧陟 呂價 苑詘
羅泰 崔藩 李勳 共一卷
趙鐸 徐元鼎 嚴巨川 呂炅
劉公輿 王卓 石倚 葉元良
裴大章 崔宗 鄭馥 吳叔達
孟翱 鄭昉 袁求賢 孟匡明
李子昂 共一卷
員南溟 李胄 鄭述誠 宋迪
万俟造 錢衆仲 呂敞 鄭衮

張公乂　張何　濮陽瓘　王若嵒
張隨　徐仁嗣　盧征　顧偉
沈鵬　薛少殷　張元正共一卷　鄭中丞
辛學士　盧尚書　鄭僕射　蘇廣文
韓常侍　梁補闕　盧尚書　曹生
任生　任生　吴公
繆氏子　京兆韋氏子共一卷
景龍文館學士　神龍從臣　天寶時人
僖宗朝北省官　洪州將軍　貞元文士
河北士人　元和舉子　懿宗朝舉子
白衫舉子　唐末朝士　西鄙人　太上隱者
黄山隱　婺州山中人　同谷子
崔公佐客　洛中舉子　江陵士子　織錦人
吏部選人　建業卜者　天嶠遊人　驪山遊人
衡州舟子　華山老人　終南山翁
吴越失姓名人共一卷
無名氏三卷

全唐詩

崔江詩一首 以下世次爵里俱無考

宜春郡城聞猨

怨抱霜枝向月啼數聲清繞郡城低那堪日夜有雲雨便似巫山與建溪

李伉詩一首

謫宜陽到荆渚

漢江江水水連天被謫宜陽路幾千爲問一作恨野人山鳥語問予歸櫂是何年

劉望詩一首

九嶷山山在萍鄉上有九嶷仙觀

鼎湖冠劒有遺蹤晋漢眞人羽化同九轉藥成丹竈冷五車雲去玉堂空仙家日月蓬壺裏塵世烟花夢寐中徒有舊山流水畔老松枝葉苦吟風

易思一作偲詩四首

郡城放猨獻衛使君

千巖萬壑與雲連放出雕籠任自然葉洒驚風啼暮雨月凝殘雪飲流泉臨岐莫似三聲日避射須依繞樹年應解感恩尋太守攀蘿時復到樓前

題袁州龍興寺

百尺古松松下寺寶幡朱蓋畫珊珊閑庭甘露幾回落青石緑苔猶未乾

山中送弟方質

山中殷勤弟别兄兄還送弟下山行蘆花飛處秋風起日暮不堪聞鴈聲

尋易尊師不遇

斕熳紅霞光照衣苔封白石路微微華陽洞裏人何在落盡松花不見歸

趙防詩一首

秋日寄弟

凉風颯庭户漸疑華鬢侵已經楊柳謝猶聽蟪蛄吟雨助難聲出雲連野色深鶺鴒今在遠年酒共誰斟

劉廓詩一首

楊岐山

千峰圍古寺深處敞樓臺景異尋常處人須特達來松杉寒更茂嵐靄晝還開欲續豐碑語含毫恨不才

姚偓詩一首

南源山

修徑投幽隱輕裘怯暮寒閑僧能解榻倦客得休鞍白雨鳴山麓青燈語夜闌明朝梯石路更伏筍輿安

戴衢詩一首

下第夜吟

擾擾東西南北情何人於此悟浮生還緣無月春風夜暫得獨聞流水聲

句

坐落千門日吟殘午夜燈

李建樞詩一首

詠月

昨夜圓非今夜圓却疑圓處減嬋娟一年十二度圓缺能得幾多時少年

謝邈詩二首

謝人惠琴材

風撼桐絲帶月明羽人乘醉截秋聲七弦妙制饒仙品三尺良材稱道情池小未開春浪泛岳低猶欠暮雲生何因乞與元中術臨化無妨膝上横

謝僧寄拄杖

峭辟猨啼採處深一枝奇異出孤岑感師千里寄來意發我片雲歸去心窗外冷敲簷凍折溪邊閑點戲魚沉他年必藉相攜力寒步猶能返故林

唐備詩三首

失題二首

天若無雪霜青松不如草地若無山川何人重平道

一日天無風四溟波盡息人心風不吹波浪高百尺

道傍木

狂風拔倒樹樹倒根已露上有數枝藤青青猶未悟

方棫詩一首

失題一作僚叔寶詩

午醉醒來晚無人夢自驚夕陽如有意長傍小窗明

范夜詩一首

失題

舉意三江竭興心四海枯南游李邕死北望宋珪殂

盧羣玉詩二首

失題

酒瀉銀瓶倒底清夜深絲竹鳳凰鳴紅妝醉起一花落更引春風無限情

投盧尚書

無力不任爲走役有文安敢滯清平從來若把耕桑定

免恃雕蟲悞此生

楊行敏詩二首

失題二首

鴑駘嘶叫知無定騏驥低垂自有心山上高松溪畔竹

清風纔動是知音

杜鵑花裏杜鵑啼淺紫深紅更傍溪遲日霽光搜客思

曉來山路恨如迷

張懷詩一首

吴江别王長史

多年襆被玉山岑贖雪欺人忽滿簪鴑馬雖然貪短豆

野麋終是憶長林鱸魚未得乘歸興鷗鳥惟應信此心

見說新橋好風景會須乘月濯煩襟

趙湘詩一首

題天台石橋

白石峰猶在横橋一徑微多年無客過落日有雲歸水

淨苔生髮山寒樹著衣如何方廣寺千古去人稀

楊持詩一首

寄朗陵兄

刺舉官猶屈風謠政已成行看換龜組奏最謁承明

李聰詩一首

詠濂溪在歷陽西一里第二句缺一字

泠泠一帶清溪水遠派 通歷陽市涓涓出自碧湖中

流入楚江煙霧裏

徐介詩一首

耒陽杜工部祠堂

手接汨羅水天心知所存固教工部死來伴大夫魂流

落同千古風騷共一源消凝傷往事斜日隱頹垣

李士元或云當爲僧返初詩二首

登單于臺

悔上層樓望翻成極目愁路沿葱嶺去河背玉關流馬

散眠沙磧兵閑倚戍樓殘陽三會角吹白旅人頭

登閣

亂後獨來登大閣凭闌舉目盡傷心長堤過雨人行少

廢苑經秋草自深破落侯家通永巷蕭條宮樹接疎林

總輸釋氏青蓮館依舊重重布地金

全唐詩

馮道之一作用之詩一首以下無世次爵里可考

山中作

草堂在巖下卜居聊自適桂氣滿堦庭松陰生枕席遠

瞻惟鳥度旁信無人跡靄靄雲生峰潺潺水流石頗尋

黃卷理庶就丹砂益此即契吾生何爲苦塵役

徐謙詩二首

短歌二首

窮通皆是運榮辱豈關身不願一作顧門前客看時逢故人

意氣青雲裏爽朗煙霞外不羨一囊錢唯重心襟會

楊達詩二首

塞下曲

秋日并州路黃榆落故關孤城吹角罷數騎射鵰還帳

幕遥臨水牛羊自下山行人正垂淚烽火起雲間

明妃怨

漢國明妃去不還馬駝弦管向陰山匣中縱有菱花鏡

羞對單于照舊顏

楊遠詩一首

送鄒尊師歸洞庭一作楊達詩

衆島在波心曾居一作爲舊隱林近聞飛檄急轉憶卧雲深

賣藥唯供酒歸舟只載琴遥知明月夜坐石自開襟

魏兼恕詩一首

送張兵曹赴營田

河曲今無戰王師每務農選才當重委足食乃深功草

色孤城外雲陰絕漠一作漢中蕭關休歎别歸望在乘驄

賈彥璋詩四首

晚霽登汝南大雲閣

禪宮新歇雨香閣晚登臨邑樹晴光起川苗佳氣深水

包城下岸雲細郢中岑自歎牽卑日聊開望遠心

宿香山閣

暝望香山閣梯雲宿半空軒窗閉潮海枕席拂煙虹朱

綱防棲鴿紗燈護夕蟲一聞雞唱曉已見日曈曨

蘇著作山池

水樹子雲家峯瀛究不賒芥浮舟是葉蓮發岫爲花酌

蟻開春瓮觀魚憑海查游蘇多石友題贈滿瑶華

王龍驤墓

昔擅登壇寵爰光典午朝刀懸臨益夢龍敌渡江謠茂

績當年舉英魂此地銷唯餘孤壠上日夕起松飇

歐陽瑾詩一首

折楊柳

垂柳拂妝臺葳蕤葉半開年華枝上見邊思曲中來嫩

色宜新雨輕花伴落梅朝朝倦攀折征戍幾時回

李叔卿詩二首

江南曲

湖上女江南花無雙越女春浣紗風似箭月如弦少年吴兒曉進船郗家子弟謝家郎烏巾白袷紫香囊菱歌思欲絶楚舞斷人腸歌舞未終涕雙隕舊宫坡陁纔（一作絶）嶙隱西山暮雨過江來北渚春雲沿海盡渡口水流緩妾歸宵剩遲含情爲君再理曲月華照出澄江時

芳樹

春看玫瑰樹西鄰即宋家門深重暗葉牆近度飛花影拂桃陰淺香傳李遷斜靚妝愁日暮流涕向窗紗

熊曜（詩一首）

送楊諫議赴河西節度判官兼呈韓王二侍御

賢哉征西將幕府多俊人籌議秉刀尺話言在經綸先鞭羨之子走馬辭咸秦庭論許名實數公當即真行行弄文翰婉婉光使臣今者所從誰不聞歌苦辛黄雲蕭關道白日驚沙塵虜冠有時獵漢兵行（一作仍）復（一作夜）巡王師已無戰傳檄奉良臣

李賓（詩二首）

登巴陵開元寺西閣贈衡嶽僧方外

衡嶽有開士五峰秀貞骨見君萬里心海水照秋月大臣南濱去問道皆請謁灑以（一作明非）甘露言清涼潤肌髮湖海落天鏡香閣凌銀闕登眺餐惠風心花期啟發

登瓦官寺閣

晨登瓦官閣極眺金陵城鍾山對北户淮水入南榮漫漫雨花落嘈嘈天樂鳴雨廊振法鼓四角吹風箏杳無（一作出）霄漢上仰攀日月行山空霸氣滅地古寒陰生寥廓雲海晚蒼茫宫觀平門餘閶闔字樓識鳳凰名雷作百川（一作山）動神扶萬栱傾靈光一向貴長此鎮吴京

唐堯臣（詩一首）

金陵懷古

晉末英雄起神器淪荒服胡月蝕中原白日升暘谷金陵實形勝闕山固重複巨壑隍北墉長江塹西隩鑿山擬嵩華穿地象伊穀草昧席羅圖革路戴黄屋一時因地險五世享天祿禮樂何煌煌文章紛郁郁多士春林秀作頌清風穆出入三百年朝事幾翻覆攙搶如雲勃鯨鯢旋自曝倦聞金鼎移驟覩靈龜卜吁嗟王氣盡坐悲天運倏天道何茫茫善淫乃相復行路偏衣半遂亡大梁族日隱汀洲上登艫艫川陸月迴吴山樹風闇楚江鵠因依蘭蕙藂採擷不盈掬

鄭繙（詩二首）

詠浮漚爲辛明府作

行潦散輕漚清規吐（一作晚）未收雨來波際合風起浪中浮晶晃明若砌參差繞芥舟影疑星泛曉光似露涵（一作含）秋皎皎珠同淨漂漂梗共流潔容無變染圓知有謙柔欲作微涓效先從淡水游

鶯（一作孫處玄詩）

欲囀聲猶澀將飛羽未調高風不借便何處得遷喬

吴英秀（詩一首）

鸚鵡

莫把金籠閉鸚鵡箇箇聰明解人語忽然更向君前言三十六宫愁幾許

陳凝（詩一首）

馬

未明龍骨駿幸得到神州自有千金價寧忘伯樂酬雖知殊駃騠莫敢比驊騮若遇追風便當軒一舉頭

伊夢昌（詩一首）

鳳

好是山家鳳歌成非楚雞毫光灑風雨紋綵動雲霓竹實不得飽桐孫何足棲岐陽今好去律吕正淒淒

鄭嚴（詩一首）

送韋員外赴朔方

白露邊秋早皇華戎事催已推仙省妙更是幕中才出餞傾朝列深功佇帝臺坐聞長策利終見勒銘迴

柳曾（詩一首）

險竿行

山險驚摧輈水險能覆舟奈何平地不肯立走上百尺高竿頭我不知爾是人耶復猱耶使我爲爾長嘆嗟我聞孝子不許國忠臣不愛家爾今輕命重黄金忠孝兩虧徒爾誇始以險技悦君目終以貪心媚君禄百尺高竿百度緣一足參差一家哭險竿兒聽我語更有險徒險於汝重於權者失君恩落向天涯海邊去險竿兒爾須知險途欲往爾可思上得不下下不得我謂此輩險於險竿兒

牛殳（詩二首）

琵琶行

何人斵得一片木三尺春冰五音足一彈決破真珠囊迸落金盤聲斷續飄飄颯颯寒丁丁蟲豸出蟄神鬼驚秋鴻叫侶代雲黑猩猩夜啼蠻月明漓漓汨汨聲不定胡雛學漢語未正若似長安月蝕時滿城敲鼓聲嘹嘹青山飛起不歷物野水流來欲濕人傷心憶得陳後主春殿半酣細腰舞黄鶯百舌正相呼玉樹後庭花帶雨二妃哭處山重重二妃没後雲溶溶夜深霜露鎖空廟零落一叢斑竹風金谷園中草初綠石崇一弄思歸曲當時二十四友人手把金杯聽不足又似賈客蜀道間千鐸萬磬鳴空山未若此調呦呦兮啁啁嘈嘈兮啾啾引之於山獸不能走吹之於水魚不能游方知此藝不可有人間萬事憑雙手若何爲我再三彈送却花前一尊酒

方響歌

樂中何樂偏堪賞無過夜深聽方響緩擊急擊曲未終暴雨飄飄生坐上鏗鏗鏘鏘寒重重盤渦蹙派鳴蛟龍高樓漏滴金壺水碎電打著山寺鐘又似公卿入朝去環珮鳴玉長街路忽然碎打入破聲石崇推倒珊瑚樹長短參差十六片敲擊宫商無不遍此樂不教外人聞尋常只向堂前宴

衛光一（詩一首）

經太華

太華五千尋重巒合（一作才）沓起勢飛白雲外影倒黄河裏上有千蓮葉服之久不死山高採難得歎息徒仰止

林璠（詩一首）

季夏入北山

整駕俟明發逶迤歷險途天形逼峰盡地勢入谿無樹
繞圓潭密雲橫疊障孤誰憐後時者六月未南圖

顏胄 詩一首

適思

芳歲不我與颯然涼風生蘩華掃地歇蟋蟀充堂鳴感
物增憂思奮衣出遊行值古墓林白骨下縱橫田豎
鞭髑髏村童掃一作摇精靈精靈無奈何像設安所縈一作營石
人徒瞑目表柱燒無聲試讀碑上文乃是昔時英位極
君詔葬勳高盈忠貞寵終禁樵採立嗣修墳塋運否前
政缺羣盜多蚊寅即此丘壠壞鐵心爲露纓當其崇樹
日豈意侵奪併寘漠生變故淒涼結幽明悲端豈自我
外物紛相縈所適非所見前登江上城倚樓臨綠一作浸水
一望解傷情

全唐詩

邢象玉 詩一首

古意

家中酒新熟園裏葉初榮佇杯欲取醉悒然思友生忽
聞有奇客何姓復何名嗜酒陶彭澤能琴阮步兵何須
問寒暑徑共坐山亭舉袂祛啼鳥揚巾掃落英心神無
俗累歌詠有新聲新聲是何曲滄浪之水清

張敬徽 詩一首

採蓮曲

遊女泛江晴蓮紅水復清競多愁日暮爭疾畏船傾波
動疑釵落風生覺袖輕相看未盡意歸浦櫂歌聲

徐玄之 詩一首

采蓮

越艷荊姝慣采蓮蘭橈畫檝滿長川秋來江上澄如練
映水紅妝如可見此時蓮浦珠翠光此日荷風羅綺香
纖手周遊不暫息紅英爛熳殊未極夕鳥棲林人欲稀
長歌哀怨采蓮歸

郭汭 詩一首

同崔員外溫泉宮即事

輦輅移雙闕宸遊整六師天迴紫微座日轉羽林旗雷
氣寒戈戟軍容壯武貔弓鳴射雁處泉暖躍龍時惠化
成觀俗謳謠入賦詩同歡王道盛相與詠雍熙

權徽 詩一首

題沈黎城

蘇子臥北海馬翁渡南洲迹恨事乃立功達名遂休夜
聞羽書至召募此邊州鐵騎耀楚甲玉匣橫吳鉤雪厚
羣山凍蓬飛荒塞秋久戍憚辭苦數戰期封侯不學豎
儒輩談經空白頭

豆盧回一作田 詩一首

登樂遊原懷古

緬惟漢宣帝初謂皇曾孫雖在襁褓中亦遭巫蠱冤至
哉丙廷尉感激義彌敦馳逐蓮勺道出入諸陵門一朝
風雲會竟登天位尊握符升寶曆負扆御華軒赫奕文
物備葳蕤休瑞繁卒爲中興主垂名於後昆雄圖奄已
謝餘址空復存昔爲樂遊苑今爲狐兔園朝見牧豎集
夕聞棲鳥喧蕭條灞亭岸寂寞杜陵原羃歷野煙起蒼
茫嵐氣昏二曜屢迴薄四時更涼溫天道尚如此人理
安可論

張南容 詩一首

靜女歌

靜女樂於靜動合古人則妙年工詩書弱歲勤組織端
居愁若凝誰復理容色十五坐幽閨四鄰不相識夭夭
鄰家子百花裝首飾日月淇上遊笑人不踰閾河水自
濁濟自清仙臺蛾眉秦鏡明爲照齊王門下醜何如漢
帝掌中輕

沈徽 詩一首

古興二首

蔓草自細微女蘿始夭夭夤緣至百尺榮耀非一朝敷
色高碧嶺流芳薄丹霄如何摧秀木正爲餘波漂莖葉
落巖跡英蕤從風飈洪柯不足恃況乃託陵苕

長安富豪右信是天下樞戚里笙歌發禁門冠蓋趨攀
雲無醜士唾地盡成珠日晏下雙闕煙花亂九衢思榮
在片言零落亦須臾何意還自及曲池今已蕪

林琨 詩一首

晚望一作夕次華陰北亭

清晨孤亭裏極目對前岑遠與天水合長霞生夕林蒼
然平楚意杳靄半秋陰落日川上盡關城雲外深方予
事巖壑及此欲抽簪詩一作待就逢山道還玆契宿心

吳象之 詩三首

陽春歌

簾低曉露濕簾捲鶯聲急欲起把一作抱箜篌如凝絲一作管弦
澀孤眠愁不轉點淚聲相及淨掃階上花風來更吹入

少年行

承恩借獵小平津使氣常遊中貴人一擲千金渾是膽
家無四壁不知貧

鄭德玄 詩一首

晚至鄉亭
長亭日巳暮駐馬暫盤桓山川杳不極徒侶默相看雲
夕荊臺暗風秋郢路寒客心一如此誰復釆芳蘭

張軫詩一首

舟行旦發
夜帆時未發同侶暗相催山曉月初下江鳴潮欲來稍
分楊子岸不辨越王臺自客水鄉裏舟行知幾迴

蔡文恭詩一首

奉和夏日遊山應制
首夏林巒清薄暮煙霞上連巖聳百仞絕壑臨千丈照
灼晚花鮮潺湲夕流響悠然動睿思息駕尋真賞披
渦川作懷茲洛濱想竊吹等齊竽何用承恩獎

賈宗（一作琮）詩一首

旅泊江津言懷
征途幾迢遞客子倦西東乘流如泛梗逐吹似驚蓬飄
飄萬里外辛苦百年中異縣心期阻他鄉風月同雲歸
全嶺暗日落半江紅自然堪迸淚非是泣途窮

唐堯客詩一首

大梁行
客有成都來爲我彈鳴琴前彈別鶴操後奏大梁吟大
梁傷客情荒臺對古城版築有陳跡歌吹無遺聲雄哉
魏公子疇日好羅英秀士三千人煌煌列衆（一作象）星金椎
奪晉鄙白刃刎侯嬴邯鄲救趙北函谷走秦兵君子榮
且昧忠信莫之明間諜忽來及雄圖靡克成千齡萬化
盡但見汴水清舊國多孤壘夷門荊棘生蒼梧綵雲沒
湘浦綠池平聞有東山去蕭蕭班馬鳴河洲寒宿莽日
夕淚霑纓因之唁公子慷慨此歌行

朱晦詩一首

秋日送別
荒郊古陌時時斷野水浮雲處處秋唯有河邊衰柳樹
蟬聲相送到揚州

石召詩二首

送人歸山
相逢唯道在誰不共知貧歸路分殘雨停舟別故人霜
明松嶺曉花暗竹房春亦有棲閑意何年可寄身

早行遇雪
荒郊昨夜雪羸馬又須行四顧無人迹雞鳴第一聲

林珝詩一首

送安養閻主簿還竹寺
分手怨河梁南征歷漢陽江山追宋玉雲雨夢襄王醉
裏宜城近歌中郢路長更尋棲枳處猶是念仇香

衛葉詩一首

晚投南村
客行逢日暮原野散秋暉南陌人初斷西林鳥盡歸暗
蓬沙上轉寒葉月中飛村落無多在聲聲近擣衣

李季華詩一首（以下無世次爵里可考）

題季子廟
季子讓社稷又能聽國風寧知千載後蘋藻冷祠宮

王玄詩一首

聽琴
拂塵開按匣何事獨顰眉古調俗不樂正聲君自知

李歸唐詩一首

失鷺鷥
惜養來來歲月深籠開不見意沈吟也知祇在秋江上
明月蘆花何處尋

朱光弼詩二首

銅雀妓
魏王銅雀妓日暮管弦清一見西陵樹心悲舞不成

宮詞
夢裏君王近宮中河漢高秋風能再熱團扇不辭勞

顧甄遠詩九首

惆悵詩九首
魂黯黯兮情脈脈簾風清兮窗月白夢驚枕上爐燼銷
不見蘂珠宮裏客

禁漏聲稀蟾魄冷紗廚筠簟波光淨獨坐愁吟暗斷魂
滿窗風動芭蕉影

別恨離腸空惻惻風動虛軒池水白莫言靈圃步難尋
有心終效偷桃客

愁遇人間好風景焦桐韻滿華堂靜鑑鸞釵燕恨何窮
忽向銀牀空抱影

綠槐影裏傍青樓陌上行人空舉頭煙水露花無處問
搖鞭凝睇不勝愁

役盡心神銷盡骨恩情未斷忽分離平生此恨無言處
只有衣襟淚得知

濃醪豔唱愁難破骨瘦魂消病已成若爲多羅年少死
始甘人道有風情

淚滿羅衣酒滿卮一聲歌斷怨傷離如今兩地心中事

直是瞿曇也不知

橫泥杯觴醉復醒愁牽時有小詩成早知惹得千般恨悔不天生解薄情

魏巒 首詩一

登清居臺

迤邐清居臺連延白雲外側聆天上語下視飛鳥背

柳明獻 首詩一

游昌化精舍

寶臺侵漢遠金地接霞高何必遊天外忻此契盧敖

蔡崑 首詩一

善卷先生壇

幾到壇邊登閣望因思遺跡詠今朝當時爲有重華出不是先生傲帝堯

句

飄飄隨幕雨颯颯落秋山 落葉 王正字詩格

令狐挺 首詩一

題郴州相思鋪 一作令狐楚詩

誰把相思號此河塞垣車馬往來多只應自古征人淚灑向空川作逝波

滕潛 首詩二

鳳歸雲二首

金井欄邊見羽儀梧桐枝上宿寒枝五陵公子憐文彩畫與佳人刺繡衣

飲啄蓬山最上頭和煙飛下禁城秋曾將弄玉歸雲去金翿斜開十二樓

夏侯子雲 首詩一

藥圃

綠葉紅英遍僊經自討論偶移巖畔菊鋤斷白雲根

方愚 首詩一

讀孝經

星彩滿天朝北極源流是處赴東溟爲臣爲子不忠孝辜負宣尼一卷經

潘雍 首詩一

贈葛氏小娘子

曾聞仙子住天台欲結靈姻媿短才若許隨君洞中住不同劉阮卻歸來

梁陟 首詩一

送孫舍人歸湘州

盛才傾世重清論滿朝歸作隼他年計一作繫爲鴛此日飛比肩移一作趨日近抗首出郊畿爲報清漳水分明照錦衣

朱延 首詩一

再登河陽城懷古

客遊倦旅思憩駕陟崇墉元凱標奇跡安仁擅美蹤遠近一作遠近濁河流一作溜出沒一作浸青山峰佇想空不極懷古悵無從

寇埴 首詩一

題瑩上人院

捨筏求香偈因泉演妙音是明捐俗網何獨一作必在山林繚繞藤軒密逶迤竹徑深爲傳同學志玆宇可清心

馮渚 首詩一

燕啣泥 一作馮著詩

雙燕碌碌飛入屋屋中老人喜燕歸裴回繞我牀頭飛去年爲爾逐黃雀雨多屋漏泥土落爾莫厭老翁茅屋低梁頭作窠梁下棲爾不見東家黃鸞鳴嘖嘖蛇盤瓦溝鼠穿壁豪家大屋爾莫居驕兒少婦採爾雛井旁寫水泥自足啣泥上屋隨爾欲

全唐詩

王約 詩一首以下並省試詩爵里世次俱無考

日暖萬年枝

靄靄彤庭裏沈沈玉砌陲初升九華日潛暖萬年枝煦嫗光偏好青蔥色轉宜妄因韶景麗長沐惠風吹隱暎當龍闕氛氳隔鳳池朝陽光照處唯有近臣知

郭求 首詩一

日暖萬年枝

旭日升溟海芳枝散曙煙溫仁臨樹久煦嫗在條偏陽德符君惠嘉名表聖年若承恩渥厚常屬棟梁賢生植雖依地光華只信天不才堪仄陋徒望向榮先

鄭師貞 首詩一

日暖萬年枝

禁樹敷榮早偏將麗日宜光揺連北闕影泛滿南枝得地方知照逢時異赫曦葉和盈數積根是永年移宵露猶殘潤薰風更共吹餘暉誠可託況近鳳凰池

石殷士 首詩一

日華川上動

曙霞攢旭日浮景弄晴川晃曜層潭上悠揚極浦前岸高時擁媚波遠漸澄鮮萍實空隨浪珠胎不照淵旱暄依曲渚微動觸一作澄輕漣孰假咸池望幽情得古篇

聞擊壤

堯年聽野老擊壤復何云自謂歡由己寧知德在君氣
平閑易暢聲賀作難分耕鑿方隨日恩威比望雲簣桴
均下調和木等南薰無落於吾事誰將帝力聞

柴宿 詩二首

初日照華清宮

靈山初(一作煦)照澤(一作日)遠近見離宮影動參差裏光分縹緲
中鮮飈收晚翠佳氣滿晴空林潤溫泉入樓深複道通
璇題生炯晃珠綴引朦朧鳳輦何時幸朝朝此望同

瑜不掩瑕

朗玉微瑕在分明異璞瑜堅貞寧可雜美惡自能殊待
價知彌久稱忠定不誣光輝今見黜毫髮外呈符豈假
良(一作相)工指堪(一作甘)爲達士模他山儻磨琢慕愛是洪鑪

陶拱(一作洪) 詩二首

秋日懸清光

秋至雲容斂天中日景清懸空寒色淨委照曙光盈泫
泫看彌上輝輝望最明烟霞輪乍透葵藿影初生鑒下
應無極升高自有程何當迴盛彩一爲表精誠

劉瑰 詩一首

三讓月成魄(不得泛說鄉飲之事)

爲禮依天象周旋逐月成教人三讓美爲客一宵生初
進輪猶暗終辭影漸明幸陪賓主(一作客)位取捨任虧盈

朱華 詩一首

海上生明月

皎皎秋中月團圓(一作圓)海上生影開金鏡滿輪抱玉壺清
漸出三山岊將凌一漢橫素娥嘗藥去烏鵲遶枝驚照
水光偏白浮雲色最明此時堯砌下蓂莢自將榮

戴察 詩一首

月夜梧桐葉上見寒露

蕭疏桐葉上月白露初團滴瀝清光滿熒煌素彩寒風
搖愁玉墜枝動惜珠乾氣冷疑秋晚聲微覺夜闌凝空
流欲遍潤物淨宜看莫厭窺臨倦將晞聚更難

孫顧 詩一首

清露被皋蘭

九皋蘭葉茂八月露華清稍與秋陰合還將曉色并向
空羅細影臨水泫微明的皪添幽興芊綿動遠情夕芳
人未採初降鶴先驚爲感生成惠心同葵藿傾

孫頠 詩二首

宿煙含白露

析析有新意微微曙色幽露含疎月淨光與曉煙浮迴
野遙凝素空林望已秋著霜寒未結凝葉滴還流比玉
偏清潔如珠詎可收裵回阡陌上瞻想但淹留

送薛大夫和蕃

亞相獨推賢乘軺向遠邊一心傾漢日萬里望胡天忠
信皇恩重要荒聖德傳戎人方屈膝塞月復嬋娟別思
流鶯晚歸朝候雁先當書外垣傳迴奏赤墀前

陳璀 詩一首

風光草際浮

春風泛搖草旭日遍神州已向花間積還來葉上浮曉
光緣圃麗芳氣滿街流澹蕩依朱萼颻颺帶玉溝向空
看轉媚臨水見彌幽況被崇蘭色王孫正可遊

裴杞 詩一首

風光草際浮

澹蕩和風至芊綿碧草長徐吹遙(一作搖)撲翠半偃乍浮光
葉似翻宵露叢疑扇夕陽逶迤明曲渚照耀滿迴塘白
芷生還暮崇蘭泛更香誰知攬結處含思向餘芳

陳祜 詩一首

風光草際浮

香發王孫草春生君子風光搖低偃處影散豔陽中稍
移蘋末微微轉蕙叢浮煙傾綠野遠色澹晴空泛彩
池塘媚含芳景氣融清暉誰不挹幾許賞心同

吳秘 詩一首

風光草際浮

草色春沙裏風光曉正幽輕明搖不散郁昱麗仍浮吹
綏苗難轉暉開葉本柔碧凝煙彩入紅是日華流耐可
披襟對誰應滿掬收恭聞掇芳客爲此尚淹留

張復元 詩一首

風光草際浮

纖纖春草長遲日度風光靃靡含新彩霏微籠遠芳殊
姿媚原野佳色滿池塘最好垂清露偏宜帶豔陽淺深
浮嫩綠輕麗拂餘香好助鶯遷勢乘時冀便翔

穆寂 詩二首

冬至日祥風應候

節逢清景至占氣二儀中獨喜登臺日先知應候風呈
祥光舜化表慶感堯聰既(一作況)與乘時叶還將入律同微
微萬井遍習習九門通更繞鑪煙起殷勤報歲功

清風戒寒

風清物候殘蕭灑報將寒掃得天衢靜吹來眼界寬條
鳴方有異蟲思亂無端就樹收鮮膩衝池起澀瀾過山
嵐可掬度月色宜看華實從茲始何嗟歲序殫

王景中 詩一首

風草不留霜

繁霜當永夜寒草正驚風飄素衰蘋末流光晚蕙叢悠
揚方泛影皎潔却飛空不定離披際難凝翳薈中低昂
閑散質蕭殺想成功獨感玄暉詠依依此夕同

鄧倚 詩一首

春雲

搖曳自西東依林又逐風勢移青道裏影泛綠波中夕
霽方明日朝陽復蔽空度關隨去馬出塞引歸鴻色任
寒暄變光將遠近同爲霖如見用還得助成功

湯洙 詩一首

登雲梯

謝客常游處層巒枕碧溪經過殊俗境登陟象雲梯步
步勞山屐行行躡澗霓迴臨天路廣俯眺夕陽低賞詠
情彌愜風塵事已睽前修如可慕投足固思齊

殷琮 詩一首

登雲梯

碧落遠澄澄青山路可昇身輕疑易躡步獨覺難憑邐
迤排將近迴翔勢漸登上寧愁屈曲高更喜超騰江樹
遙分藹山嵐宛若凝赤城容許到敢憚百千層

朱延齡 一首詩

秋山極天淨

雨洗高秋淨天臨大野閑葱蘢清萬象綠繞出層山日落千峯上雲銷萬壑間綠蘿霜後翠紅葉雨來殷散彩輝吳甸分形壓楚關欲尋霄漢路延首願登攀

鄭賁 詩二首

春臺晴望

追賞層臺迴登臨四望頻熙熙山雨霽處處柳條新草長秦城夕花明漢苑春晴林翻去一作鳥紫陌鬧行人旅客風塵厭山家夢寐親遷鶯思出谷寒翥待芳辰

天驥呈材

毛骨合天經拳奇步驟輕曾邀于闐駕新出貳師營噴勒金鈴響追風汗血生酒亭留去跡吳坂認嘶聲力可通儒試材堪聖代呈王良如顧盼垂耳欲長鳴

裴元 詩一首 一作裴充元詩

律中應鐘

律窮方數寸室暗在三重伶管灰先動秦正節已逢商聲辭玉笛羽調入金鐘密葉翻霜彩輕冰斂水容望鴻南去絕迎氣北來濃顧託無凋性寒林自比松

杜周士 詩一首

閏月定四時

得閏因貞歲吾君敬授時體元承夏道推曆法堯咨直取歸餘改非如再失欺葭灰初變律斗柄正當離寒暑功前定春秋氣可推更憐幽谷羽鳴躍尚須期

樂伸 詩一首

閏月定四時

聖代承堯曆恒將閏正時六旬餘可借四序應如期分至寧愆素盈虛信不欺斗杓重指甲灰琯再推離義氏兼和氏行之又則之願言符大化永永作元龜

徐至 詩一首

閏月定四時

積數歸成閏義和職舊司分銖標斗建盈縮正人時節候潛相應星辰自合期寸陰寧越度長曆信無欺定向銅壺辨還從玉律推高明終不謬委鑑本無私

紇干諷 詩一首

新陽改故陰

律管才推候寒郊忽變陰微和方應節積慘已辭林暗覺餘澌斷潛驚麗景侵禁城佳氣換北陸翠煙深有截知遐布無私荷照臨韶光如可及鶯谷免幽沈

朱休 詩一首

春水綠波

芳時淑氣和春水澹煙波滉漾滋蘭杜淪漣長芰荷曉光扶翠瀲潭影寫青莎歸雁追飛盡纖鱗遊泳多朝宗終到海潤下每盈科顧假中流便從茲發棹歌

李沛 詩二首

海水不揚波

明朝崇大道寰海免波揚既合千年聖能安百谷王天心隨澤廣水德共靈長不撓魚彌樂無瀾葦可航化流霑率土恩浸及殊方豈只朝宗國惟聞有越裳

四水合流

禹鑿山川地因通四水流縈迴過鳳闕會合出皇州天影長波裏寒聲古度頭入河無晝夜歸海有謙柔順物宜投石逢時可載舟羨魚猶未已臨水欲垂鈎

成嵔 詩一首

登聖善寺閣望龍門

高閣聊登望遙分禹鑿門剎連多寶塔樹滿給孤園香境超三界清流振陸渾報慈弘孝理行道得眞源空淨祥煙霽時光受日溫願從初地起長奉下生尊

夏侯楚 詩一首

秋霽望廬山瀑布

常思瀑布幽晴眺喜逢秋一帶連青嶂千尋倒碧流濕雲應恢鶴飄浪定驚鷗星浦虹初下爐峰煙未收巖高時裛裛天淨起一作越悠悠儻見朝宗日還須濟巨舟

胡權 詩一首

濟川用舟楫

渺渺水連天歸程想幾千孤舟辭曲岸輕楫濟長川迴指波濤雪迴瞻島嶼煙心迷滄海上目斷白雲邊泛濫雖無定維持且自專還如聖明代理國用英賢

郭邕 詩一首

洛出書

德合天貺呈龍飛聖人作光宅被寰區圖書薦河洛象登四氣順文闢九疇錯氤氳瑞彩浮左右靈儀廓微造功不宰神行利攸博一見皇家慶方知禹功薄

張欽敬 詩一首

洛出書

浮空九洛水瑞聖千年賁奇象八卦分圖書九疇出含微卜筮遠抱數陰陽密中得天地心傍探鬼神吉昔聞夏禹代今獻唐堯日謬此敘彝倫寰宇賀清謐

叔孫玄觀 詩一首

洛出書

清洛含溫溜玄龜薦寶書波開綠字出瑞應紫宸居物著羣靈首文成列卦初美珍翔閣鳳慶邁躍舟魚伊如惟何遠休皇復在諸東都主人意歌頌望乘輿

王季友 詩一首 與開元詩人王季友同名另一人也

玉壺冰

玉壺知素結止水復中澄堅白能虛受清寒得自凝分形同曉鏡照物掩宵燈壁映圓光入一作出人驚爽氣凌金罍何足貴瑤席幾回升正值求珪瓚提攜共飲冰

南巨川 詩一首

美玉

抱玉將何適良工正在斯有瑕寧自掩匪石幸君知雕琢嗟成器緇磷志不移飾樽光宴賞入珮奉威儀象德

曾留記（一作譽）如虹竊可奇終希逢善價還得桂林枝

丁居晦（詩一首）

琢玉

卞玉何時獻初疑尚在荆琢來聞制器價衒勝連城虹氣衝天白雲浮入信貞珮爲廉節德杯作侈奢名露璞方期辨雕文幸既成他山豈無石寧及此時呈

辛宏（詩一首）

白珪無玷

片玉表堅貞逢時寶自呈色鮮同雪白光潤奪冰清皎皎無瑕玷鏘鏘有珮聲崑山標重價垂棘振香名抱璞心常苦全眞道未行琢磨忻大匠還冀動連城

康翊仁（詩一首）

鮫人潛織

珠館馮夷室靈鮫信所潛幽閑雲碧牖滉瀁水精簾機動龍梭躍絲縈藕淬添七襄牛女恨三日大人嫌（古樂府焦仲卿妻詩三日斷五匹大人故嫌遲）透手擊吳練疑冰笑越縑無因聽札札空想濯纖纖

陳中師（詩一首）

瑕瑜不相掩

出石溫然玉瑕瑜素在中妍蚩因異彩音韻（一作響）信殊風讓美心方竝求疵意本同光華開縝密清潤仰磨礱秀質非攘善貞姿冝廢忠今來儻成器分別在良工

管雄甫（詩一首）

憂玉有餘聲

憂玉音難盡凝人思轉清依稀流戶牖髣髴在簷楹更逐松風起還將澗水幷樂中和舊曲天際轉餘聲漂（一作飄）渺浮煙遠溫柔入耳輕想如君子佩時得上堂鳴

鄧陟（詩一首）

珠還合浦

至寶含冲粹清虛映浦灣素輝明蕩漾圓彩色玢璘昔逐諸侯去今隨太守還影搖波裏月光動水中山魚目徒相比驪龍乍可攀願將車飾用長得耀君顔

呂價（詩一首）

濁水求珠

至寶誠難得潛光在濁流深沈當處晦皎潔庶來求綴履將還用褰裳必更收蚌胎應自別魚目豈能儔日彩逢高鑒星光詎暗投不因今日取泥滓出無由

苑詘（詩一首　一作范詘）

暗投明珠

至寶欣懷日良玆豈可儔神光非易鑒夜色信難投錯落珍寰宇圓明隔淺流精靈辭合浦素彩耀神州抱影希人識承時望帝求誰言按劒者猜忌却生讎

羅泰（詩一首）

暗投明珠

媚川時未識在掌共傳名報德能欺暗投人自欲明月臨幽室朗星沒曉河傾的皪驪龍頷熒煌彩鳳呈守恩辭合浦擅美掩連城魚目應難近誰知按劒情

崔藩（詩一首）

暗投明珠

至寶看懷袖明珠出後收向人光不定離掌勢難留皎潔虛臨夜孤圓冷瑩秋乍來驚月落疾轉怕星流有淚甘瑕棄無媒自暗投今朝感恩處將欲報隋侯

李勳（詩一首）

泗濱得石磬

浮磬潛清深依依呈碧潯出水見貞質在懸含玉音對此喜還歎幾秋還到今器古契良覿韻和諧宿心何爲值明鑒適得離幽沈自玆入清廟無復泥沙侵

全唐詩

趙鐸（一作驛　詩一首）

玄元皇帝應見賀聖祚無疆

聖主今司契神功格上玄豈唯求傳野更有叶鈞天審夢西（一作南）山下焚香北闕前道光尊聖日福應集靈年咫尺眞容近巍峩大象懸觴從百寮獻形爲萬方傳聲教唯皇矣英威固邈然慚無美周頌徒上祝堯篇

徐元鼎（詩一首）

太常寺觀舞聖壽樂

舞字傳新慶人文邁舊章冲融和氣洽悠遠聖功長盛德流無外明時樂未央日華增顧眄風物助低昻翥鳳方齊首高鴻忽斷行雲門與玆曲同是奉陶唐

嚴巨川（詩二首）

太清宫聞滴漏

玉漏移中禁齋車入太清漸知催辨色復聽續餘聲乍逐微風轉時因雜珮輕青樓人罷夢紫陌騎將行殘更棲初盡餘寒滴更生慚非朝謁客空有振衣情

仲秋太常寺觀公卿輅車拜陵

南呂初開律金風已戒涼拜陵將展敬車輅儼成行士庶觀祠禮公卿習舊章郊原佳氣引園寢瑞煙長鹵簿辭丹闕威儀列太常聖心何所寄惟德在無忘

呂炅（詩一首）

貢舉人謁先師聞雅樂

禮聖來羣彥觀光在此時聞歌音乍遠合樂和還遲調朗能諧竹聲微又契絲輕泠流簨簴繚繞動纓緌九變將隨節三終必盡儀國風由是正王化自雍熙

劉公興（詩一首）

望凌煙閣

畫閣凌虛構遥瞻在九天丹楹崇壯麗素壁繪勳賢靄靄浮元氣亭亭出瑞煙近看分百辟遠揖誤羣仙圖列青雲外儀刑紫禁前望中空霽景驤首幾留連

王卓（詩一首）

觀北番謁廟

肅肅層城裏，巍巍祖廟清。聖恩覃布濩，異域獻精誠。冠蓋分行列，戎夷變姓名。禮終齊百拜，心潔盡忠貞。瑞氣千重色，簫韶九奏聲。仗移迎日轉，旆動逐風輕。休運威儀盛，豐年俎豆盈。不堪慚頌德，空此望簪纓。

石倚 詩一首

舞干羽兩階

干羽能柔遠，前階舞正陳。欲稱文德盛，先表樂聲新。肅肅行初列，森森氣益振。動容和律呂，變曲靜風塵。化美超千古，恩波及七旬。已知天下服，不獨有苗人。

葉元良（一作亮） 詩一首

御製段太尉碑

多難全高節，時清軫聖君。園塋標石篆，雨露降天文。義激忠貞沒，詞傷蘭蕙焚。國人皆墮淚，王府已銘勳。揭出臨新陌，長留對古墳。睿情幽感處，應使九泉聞。

裴大章 詩一首

恩賜魏文貞公諸孫舊第以導直臣

邢茅雖舊錫，邸第是初榮。迹往傷遺事，恩深感直聲。雲孫方慶襲，池館忽春生。古甃開泉井，新禽繞畫楹。自然垂帶礪，況復激忠貞。必使千年後，長書竹帛名。

崔宗 詩一首

恩賜耆老布帛（一作李紓詩）

渙汗中天發，殊私海外存。衰顏逢聖代，華髮受皇恩。燭物明堯日，垂衣闢禹門。惜時悲落景，賜帛慰餘蔥。厚澤沾祥詠，微生保子孫。盛明今尚齒，歡洽九衢罇。

鄭馥 詩一首

東都父老望幸

鑾輿秦地久，羽衞洛陽空。彼土雖憑固，茲川乃得中。龍顏覲白日，鶴髮仰清風。望幸誠逾邈，懷來意不窮。昔因封泰岳，今佇躡維嵩。天地心無異，神祇理亦同。翠華翔渭北，玉檢候關東。衆願其難阻，明君早勒功。

吳叔達 詩一首

言行相顧

聖人垂政教，萬古請常傳。立志言爲本，修身行乃先。相須寧得闕，相顧在無偏。榮辱當於己，忠貞必動天。大名如副實（一作實），至道亦通玄。千里猶能應，何云邇者焉。

孟翺 詩一首

言行相顧

將使言堪復，常聞行欲先。比珪斯不玷，修己直如弦。跬步非全進，吹噓稟自然。當令夫子察，無宿仲由賢。正遇興邦際，因懷入署年。坐知清監下，相顧有人焉。

鄭昉 詩一首

人不易知

如面誠非一，深心豈易知。入秦書十上，投楚歲三移。和玉翻爲泣，齊竽或濫吹。周行雖有寘，殷鑒在前規。寅亮推多士，清通固賞奇。病諸方號哲，敢相反成疵。冬日承餘愛，霜雲喜暫披。無令見瞻後，迴照復云疲。

袁求賢 詩一首

早春送郎官出宰

仙郎今出宰，聖主下憂民。紫陌軒車送，丹墀雨露新。趨程猶犯雪，行縣正逢春。粉署時迴首，銅章已在身。鳴琴化欲展，起草戀空頻。今日都門外，悠悠別漢臣。

孟匡明 詩一首

餞王將軍赴雲中

一師憑廟略，分閫佐元戎。勢亞彤弓寵，時推金印雄。關山橫代北，旌節壯河東。日轉前茅影，春生細柳風。飲冰君（一作傳）命速，揮涕餞（一作別）筵空。佇聽陰山靜，誰爭萬里功。

李子昂 詩一首

西戎即敘

懸首藁街中，天兵破犬戎。營收低隴月，旗偃度湟風。肅殺三邊動，蕭條萬里空。元戎咸服罪，餘孽盡輸忠。聖理符軒化，仁恩契禹功。降逾洞庭險，梟擬郅支窮。已散軍容捷，還資廟算通。今朝觀即敘，非與獻獒同。

全唐詩

員南溟 詩二首

禁中春松

鬱鬱貞松樹，陰陰在紫宸。蔥蘢偏近日，青翠更宜春。雅韻風來起，輕煙霽後新。葉深棲語鶴，枝亞拂朝臣。全節長依地，淩雲欲致身。山苗蔭不得，生植荷陶鈞。

玉燭（一作閏月）

曆象璿璣正，休徵玉燭明。四時佳氣滿，五緯太階平。律呂風光至，煙雲瑞色呈。年和知歲稔，道泰喜秋成。寰海皇恩被，乾坤至化清。自憐同野老，帝力詎能名。

李冑 詩一首

文宣王廟古松

列植成均裏，分行古廟前。陰森非一日，蒼翠自何年。寒影煙霜暗，晨光枝葉妍。近簷陰更靜，臨砌色相鮮。每愧聞鐘磬，多慙接豆籩。更宜教胄子，於此學貞堅。

鄭述誠 詩一首

華林園早梅

曉日東樓路，林端見早梅。獨凌寒氣發，不逐衆花開。素彩風前艷，韶光雪後催。蘂香霑（一作繁香）紫陌，枝亞拂青苔。止渴曾爲用，和羹舊有才。含情欲攀折，瞻望幾裴回。

宋迪 詩一首

龍池春草

鳳闕韶光遍龍池草色勻煙波全讓綠堤柳不爭新翻
葉迎紅日飄香借白蘋幽姿偏占暮芳意欲留春已勝
生金埒長思藉玉輪翠華如見幸正好及茲辰

万俟造首詩一

龍池春草

暖積龍池綠晴連御苑春迎風莖未偃裛露色猶新苒
苒分階砌離離矜穎細叢依遠渚疎影落輕淪遲引
縈花蝶偏宜拾翠人那憐獻賦者惆悵惜茲辰

錢衆仲首詩二

貢院樓北新栽小松

愛此凌霜操移來獨占春貞心初得地勁節始依人籠
月煙猶薄當軒色轉新枝低無宿羽葉靜不留塵每與
芝蘭近常熏雨露均幸因逢顧盼生植及茲辰

玉壺冰

冬律初陰結寒冰貯玉壺霜姿雖異稟虹氣亦相符對
月光宜並臨池影不孤貞堅方共濟同處豈殊途色瑩
（一作潤）連城璧形分照乘珠提攜今在此抱素節寧渝

呂敞首詩二

潘安仁戴星看河陽花發

行春潘令至勤恤戴星光為政宵忘寢臨人俗冀康曉
花迎徑發新蕊滿城香秀色雲輕露鮮輝麗早陽津橋
見來往空霧拂衣裳桃李今無數從茲願比方

龜茲聞鶯

邊樹正參差新鶯復陸離嬌非胡俗變啼是漢音移繡
羽花間覆繁聲風外吹人言曾不辨鳥語却相知出谷
情何寄遷喬義取斯今朝鄉陌伴幾處坐高枝

鄭袞首詩

好鳥鳴高枝

養翩非無待遷喬信自卑影高遲日度聲遠好風隨雲
拂千尋直花催百囀奇驚人時向晚求友聽應知委質
經三歲先鳴在一枝上林如可托弱羽願差池

張公乂首詩

金谷園花發懷古

今日春風至花開石氏園未全紅艷折半與素光翻點
綴疎林遍微明古徑繁窺臨鶯欲語寂寞李無言谷變
迷鋪錦臺餘認樹萱川流人事共千載竟誰論

張何首詩

織鳥

季春三月裏戴勝下桑來映日華冠動迎風繡羽開候
驚蠶事晚織向女工栽旅宿依花定輕飛遶樹迴欲過
高閣柳更拂小庭梅所寄一枝在寧憂弋者猜

濮陽瓘首詩一

出籠鶻

玉鏃分花袖金鈴出綵籠摇心長捧日逸翰鎮生風一
點青霄裏千聲碧落中星眸隨狡兔霜爪落飛鴻每念
提攜力常懷搏擊功以君能惠好不敢没遥空

王若嵒首詩一

試越裳貢白雉

素翟宛昭彰遥遥自越裳冰晴朝映日玉羽夜含霜歲
月三年遠山川九澤長來從碧海路入見白雲鄉作瑞
興周后登歌美漢皇朝天資孝理惠化且無疆

張隨首詩二

敕賜三相馬

上苑驊騮出中宮詔命傳九天班錫禮三相代勞年顧
主聲猶發追風力正全鳴珂龍闕下噴玉鳳池前四足
疑雲滅雙瞳比鏡懸為因能致遠今日表求賢

河中獻捷

叛將忘恩久王師不戰通凱歌千里內喜氣二儀中寇
盡條山下兵迴漢苑東將軍初執訊明主欲論功落日
煙塵靜寒郊壁壘空蒼生幸無事自此樂堯風

徐仁嗣首詩一

天驥呈材

至德符天道龍媒應聖明追風奇質異噴玉彩毛輕躞
蹀形難狀連拳勢乍呈効材矜逸態絕影表殊名岐路
寧辭遠關山豈憚行鹽車雖不駕今日亦長鳴

盧征首詩一

天驥呈材

異產應堯年龍媒順制牽權奇初得地躞蹀欲行天詎
假調金埒寧須動玉鞭嘶風深有戀逐日定無前周滿
誇常馭燕昭恨不傳應知流赭汗來自海西偏

顧偉首詩一

雪夜聽猿吟

寒巖飛暮雪絕壁夜猿吟歷歷和羣雁寥寥思客心繞
枝猶避箭過嶺却投林風冷聲偏苦山寒響更深聽時
無有定靜裏固難尋一宿扶桑月聊看懷好音

沈鵬首詩一

寒蟬樹

一葉初飛日寒蟬益易驚入林甦纖細依樹媿身輕大
榦時容息喬枝或借鳴心由飲露靜響為逐風清忝有
翩翾分（一作翼）應憐嘒唳聲不知微薄影早晚挂緌纓

薛少殷首詩一

臨川羡魚

曾是歸家客今年且未旋遊鱗方有待織網豈能捐向
水煙波夕吟風歲月遷莓苔生古岸葭菼變清川不逐
滄波叟還宗內外篇良辰難自擲此日願忘筌

張元正首詩一

臨川羡魚

有客百愁侵求魚正在今廣川何渺漫高岸幾登臨風
水寧相阻煙霞豈憚深不應同逐鹿詎肯比從禽結網
非無力忘筌自有心永存芳餌在佇立思沈沈

全唐詩

辛學士詩一首

荅王無功入長安詠秋蓬見示

托根雖異所飄葉早相依因風若有便更共入雲飛

盧尚書詩一首

哭李遠

昨日舟還浙水湄今朝丹旐欲何爲纔收北浦一竿釣未了西齋半局棊洛下已傳平子賦臨川爭寫謝公詩不堪舊里經行處風木蕭蕭鄰笛悲

鄭僕射詩一首

湘中怨諷

青鷁苦幽獨隔江相對稀夜寒蘆葉雨空作一聲歸

鄭中丞詩一首

登汾上閣

汾桂秋水闊宛似到閶門惆悵江湖思惟將南客論

韓常侍詩三首

爲御史銜命出關讞獄道中看華山有詩

野麋蒙象暫如犀心不驚鷗角駭雞一路好山無伴看斷腸煙景寄猨啼御史出使不得與人同行故云無伴

寄織錦篇與薛郎中時爲補闕謝病歸山

錦字龍梭織錦篇鳳皇文采間非煙並他時世新花樣虛費工夫不直錢

和人憶鶴

拂拂雲衣冠紫煙已爲丁令一千年留君且伴居山客幸有松梢明月天

句

情多不似家山水夜夜聲聲旁枕流憶山泉詩話總龜

梁補闕詩一首

贈米都知

供奉三朝四十年聖時流落髮衰殘貪將樂府歌明代不把清吟換好官

盧尚書詩一首

題安國觀東都政平坊安國觀玉真公主所建女冠多上陽退宮嬪御

夕照紗窗起暗塵青松遶殿不知春君看白首誦經者半是宮中歌舞人

蘇廣文詩三首

自商山宿隱居一作靈一詩

聞道桃源堪避秦尋幽數日不逢人煙霞洞裏無雞犬風雨林中有鬼神黃公石上一作庭下三芝秀陶令門前五柳春醉臥白雲閑入夢不知何物是吾身

夜歸華川因寄幕府

山村寥落野人稀竹裏衡門掩翠微溪路夜隨明月入亭皋春伴白雲歸嵇康懶慢仍耽酒范蠡逋逃又拂衣汀畔數鷗閑不起只應知我已忘機

春日過田明府遇焦山人

陶公歸隱白雲溪買得春泉溉藥畦夜靜林間風虎嘯月明竹上露禽棲陳倉邑吏驚烽火太白山人訝鼓鼙相見只言秦漢事武陵溪裏草萋萋

任生詩一首

題升山

城外升山寺城中望宛然及登無半日欲到已經年

任生詩一首

投曹文姬詩文姬長安中娼女工翰墨時號書仙

玉皇前殿掌書仙一染塵心下九天莫怪濃香薰骨膩雲衣曾惹御爐煙

吳公詩一首

絶句吳塘山田園幽曠林木蒼翠唐末有吳公者棄官隱此石上刻有詩後書乾寧三年秋

去國投茲土編茅隱舊蹤年年秋水上獨對數株松

曹生詩一首

獻盧常侍雲溪友議記盧常侍鈺牧廬江日相座薦生來署郡職生悅營妓名丹霞者盧牧沮而不許會餞朝客於短亭生獻詩云

拜玉亭前閑送客此時孤恨感離鄉尋思往歲絶纓事肯向朱門泣夜長

繆氏子詩一首

賦新月開元時繆氏有子七歲聰慧能文以神童召試賦新月詩稱旨

初月如弓未上弦分明挂在碧霄邊時人莫道蛾眉小三五團圓照滿天

京兆韋氏子詩一首

悼妓詩唐闕史韋嘗納一妓於洛顏色明秀尤善音律工書嘗令寫杜工部詩有訛輒能改正韋甚溺之年二十一卒韋情痛有嵩山任處士得返魂術用一縑身金縷裙導其魂招之果嘆幃而出幽芳怨態若不自勝與之言頷首而已逾刻滅生長慟賦詩

惆悵金泥簇蝶裙春來猶見伴行雲不教布施剛留得渾似初逢李少君

全唐詩

景龍文館學士（詩一首）

長寧公主宅流杯

憑高瞰迥足怡心菌閣桃源不暇尋餘雪依林成玉樹
殘霙點岫即瑤岑

神龍從臣（詩一首）

侍宴桃花園詠桃花應制（紀事：張仁亶自朔方入朝，中宗迎宴於桃花園，命從臣詠桃花，時李嶠、趙彥昭等各有賦，此詩失姓名）

源水叢花無數開丹跗紅蕚間青梅從今結子三千歲
預喜仙遊復摘來

天寶時人（詩一首）

玉龍子詩（太平廣記云：玉龍子，本太宗晉陽宮物，文德皇后常賜太帝，廣不數寸，而温潤精巧，非人間所有，後則天以賜玄宗。開元中，三輔旱，祈禱無應，乃密投於南山龍池，風雨隨作。及上皇幸西蜀，迴次渭水，左右臨流灌濯，於沙中得之，人有詩曰）

聖運潛符瑞玉龍自興雲雨更無蹤不如渭水沙中得
爭保鑾輿復九重

僖宗朝北省官（詩一首）

寄兄（江鄰幾襍志云：僖宗幸蜀，有北省官避地江左，而元昆扈蹕在蜀，因寄詩）

涉江今日恨偏多援筆長吁欲奈何倘使淚流西去得
便應添作錦江波

洪州將軍（詩一首）

題屈原祠（青瑣集：屈子沈汨之處在岳州境內汨羅江上，有祠以漁父配享。唐末有洪州衙前軍將，忘其姓名，題一絕，自後能詩者不能措手）

蒼藤古木幾經春舊祀祠堂小水濱行客謾陳三酎酒
大夫元是獨醒人

貞元文士（詩一首）

題端正樹（酉陽雜俎云：長安西端正樹，去馬嵬一舍之程，酒遇德宗皇帝幸奉天，覩其蔽芾，錫以美名。有文士經過，題詩逆旅，不顯姓名）

昔日偏霑雨露榮德皇西幸賜嘉名馬嵬此去無多地
合向楊妃冢上生

河北士人（詩二首）

寄內詩（本事詩：河北朱滔括兵，不擇士族，悉令赴軍，自閱於毬場。有士子，容止可觀，進趨淹雅，滔召問曰：所業者何？曰：學為詩。問有妻否？曰：有。即令作寄內詩，及代妻荅詩。援筆立成，滔憐之，遣東帛遣歸）

握筆題詩易荷戈征戍難慣從鴛被暖怯向鴈門寒瘦

盡寬衣帶啼多漬枕檀試留青黛著迴日畫眉看

代妻荅詩

蓬鬢荊釵世所稀布裙猶是嫁時衣胡麻好種無人種
合是歸時底不歸（此詩一作女郎葛鴉兒作）

元和舉子（詩一首）

丙申歲詩（摭言曰：元和十一年丙申，中書舍人李逢吉下放高澥等三十三人，多取寒素，時有詩）

元和天子丙申年三十三人同得仙袍似爛銀文似錦
相將白日上青天

懿宗朝舉子（詩一首）

刺安南事詩（北夢瑣言云：懿宗朝，安南失于撫柔，勞動兵役，有舉子聞許卒二千沒于蠻鄉，有詩以刺，吟之者知失于援任為國家生事耳）

南荒不擇吏致我交趾覆聯綿三四年致我交趾辱懦
者鬬則退武者兵益黷軍容滿天下戰將多金玉刮得
齊民瘡分為猛士祿雄雄許昌師忠武冠其族去為萬
騎風住為一川肉時有殘卒迴千門萬户哭哀聲動閭
里怨氣成山谷誰能聽鼓聲不忍看金鏃念此堪淚流
悠悠潁川綠

白衫舉子（詩一首）

歌（侯鯖錄：敬翔當權時，有一舉子白衫作舞歌唱云）

執板狂歌乞個錢塵中流浪且隨緣直饒到老常如此
猶勝危時弄化權

唐末朝士（詩一首）

覩野花思京師舊遊

曾過街西看牡丹牡丹纔謝便心闌如今變作村園眼
鼓子花開也喜歡

西鄙人（詩一首）

哥舒歌（天寶中，哥舒翰為安西節度使，控地數千里，甚著威令，故西鄙人歌此）

北斗七星高哥舒夜帶刀至今窺牧馬不敢過臨洮

太上隱者（詩一首）

荅人（古今詩話云：太上隱者，人莫知其本末。好事者從問其姓名，不荅，留詩一絕云）

偶來松樹下高枕石頭眠山中無曆日寒盡不知年

黃山隱（詩一首）

向竹吟（雲溪友議云：皇甫大夫素好道術，在夏口時，有一人著道士服，策杖躡屐，直入戟門，公遽起迎之，道士則傲然不窺，向竹而吟云：云自謂我是七賢中一賢也。問姓名，云：黃山隱。公未能明其真偽，留於宮觀，曰：斯人若是至道名利，俱捐試令軍將持書送絹百疋錢一百千文。山隱啓緘，忻喜，立修迴報，遂乃脫其道服，飾以青衿，引見謝陳，禮度甚恭，殊異初來傲睨之態。皇甫公判書之末，乃至盡刑。山隱擬為妖惑，故茂公侯死無干吉，致孫策鏡裏之妖，來非許邁起劉恢舟中之顧，足見凡愚自貽伊禍。云是王相公事）

積塵為太山掬水成東海富貴有時乖希夷無日改絳
節出崆峒霓衣發光彩古者有七賢六個今何在

婺州山中人（詩一首）

歌（葆光錄：婺州有僧入山，見一人古貌巾褐，騎牛手執鞭，光爍日色，扣角而歌云云，僧揖之，不應，馳去）

靜居青嶂裏高嘯紫煙中塵世連仙界瓊田前路通

同谷子（詩五首）

五子之歌（紀事云：昭宗播岐，何后用事，有同谷子者，詠五子之歌，何后潛令秦王誅之，事未行而奔去）

邦惟固本自安寧臨下常須馭朽驚何事十旬遊不返
禍胎從此召殷兵
酒色聲禽號四荒那堪峻宇又彫墻靜思今古為君者
未或因茲不滅亡
唯彼陶唐有冀方少年都不解思量如今筭得當時事
首為盤遊亂紀綱
明明我祖萬邦君典則貽將示子孫惆悵太康荒墜後
覆宗絕祀滅其門
仇讎萬姓遂無依顏厚何曾解忸怩五子既歌邦已失
一場前事悔難追

崔公佐客（詩一首）

獻公佐詩（郡閣雅談云：公佐牧郡日，宴賓僚，有一客巾屨不完，衣破肘見，突筵而入，崔喜其來，令下丁籌引滿數觥，神色自若，飲妓駭其藍縷，因大噱客，獻詩云云，崔令掩口無咍賢士）

破額幞頭衫也穿使君猶許對華筵今朝幸倚文章守
遮莫青蛾笑揭天

洛中舉子（詩二首）

贈妓茂英（太平廣記：茂英年小時，舉子與相識，後到江外，偶於飲席遇之，因贈）

憶昔當初過柳樓茂英年小尚嬌羞隔窗未省聞高語
對鏡曾窺學上頭一別中原俱老大再來南國見風流
彈弦酌酒話前事零落碧雲生暮愁

又贈（舉子時謁節帥，留連數月，宴飲，既頻，茂英為酒糾，諧戲頗洽。一日告辭，帥開筵送別，因暗留絕句與之，帥取覽，知其情，即令人送付舉子）

少插花枝少下籌須防女伴妒風流坐中若打占相令

除郤尚書莫點頭

江陵士子 詩一首

寄故姬 盧氏雜記曰江陵寓居士子忘其姓名有美姬甚貧去遊交廣間戒其姬曰我若五年不歸任爾改適去後五年未歸姬遂爲前刺史所納在高麗坡底及明年歸已失姬所在尋訪知處遂爲詩寄之刺史見詩給一百千及資裝遣還士子

陰雲羃羃下陽臺惹著襄王更不迴五度看花空有淚
一心如結不曾開纖蘿自合依芳樹覆水寧思返舊杯
惆悵高麗坡底宅春光無復下山來

織錦人 詩一首

吟 盧氏樵說云盧氏子失第徒步出都城逆旅寒甚有一人續至附火吟云云盧愕然以爲白樂天詩問姓名曰姓李世織綾錦前屬東都官錦坊近以薄伎投本行皆云以今花樣與前不同不謂伎倆見以文彩求售者不重於世如此且東歸去

學織繚綾功未多亂拈機杼錯拋梭莫教官錦行家見
把此文章笑殺他

句

如今不重文章士莫把文章誇向人

吏部選人 詩一首

送南中尉

羨君初拜職嗟我獨無名且是正員尉全勝兼試卿

建業卜者 詩一首

題紫微觀

昨日朝天過紫微醮壇風冷杏花稀碧桃泥我傳消息
何事人間更不歸

天嶠遊人 詩一首

題鄧仙客墓 鄧仙客晉延康代爲國師錫紫服葬麻姑山

鶴老芝田雞在籠上清那與俗塵同既言白日升仙去
何事人間有殯宮

驪山遊人 詩一首

題故翠微宮 談苑云翠微寺在驪山絕頂舊離宮也唐太宗避暑於此後寺亦廢有遊人題云

翠微寺本翠微宮樓閣亭臺幾十重天子不來僧又去
樵夫時倒一株松

衡州舟子 詩一首

吟 語林云衡州人多文詞至於樵夫往往能言詩嘗有人赴廣州幕府夜聞舟中吟詠問之乃其所作也

野鵲灘西一櫂孤月光遙接洞庭湖堪嗟迴雁峰前過
望斷家山一字無

華山老人 詩一首

月夜

澗水泠泠聲不絕溪流茫茫野花發自去自來人不知
歸時常對空山月

終南山翁 詩一首

終南 一作陳季卿詩

霜鶴鳴時夕風急亂鴉又向寒林集此君輟櫂悲且吟
獨對蓮花一峰立

吳越失姓名人 詩五首

大慶堂賜宴元瓘有詩呈吳越王

非爲親賢展綺筵恒常寧敢恣遊盤綠搓楊柳綿初軟
紅暈櫻桃粉未乾谷鳥乍啼聲似澀甘霖方霽景猶寒
笙歌風緊人酣醉却遶珍叢爛熳看

又和

櫻桃花下會親賢風遶銅壺轉露盤蝶下粉牆梅乍折
蟻浮金斝酒難乾雲和緩奏泉聲咽珠箔低垂水影寒
狂簡斐然吟詠足却邀羣彥重吟看

再和

我有嘉賓宴乍歡畫簾紋細鳳雙盤影籠沼沚修篁密
聲透笙歌羯鼓乾散後便依書榻寐渴來潛想玉壺寒
櫻桃零落紅桃媚更俟旬餘共醉看

重和

冷宴殷勤展小園舞鞇柔軟綵虬盤篸花盡日疑頭重
病酒經宵覺口乾嘉樹倚樓青瑣暗晚雲藏雨碧山寒
文章天子文章別八采盧郎未可看

御製春遊長句

天意分明道已光春遊嘉景勝仙鄉玉爐煙直風初靜
銀漢雲銷日正長柳帶似眉全展綠杏苞似臉半開香
黃鶯歷歷啼紅樹紫燕關關語畫梁低檻晚晴籠翡翠
小池波暖浴鴛鴦馬嘶廣陌貪新草人醉花堤怕夕陽
比屋管弦呈妙曲連營羅綺鬭時妝全吳霸越千年後
獨此昇平顯萬方

全唐詩

無名氏

明月湖醉後薔薇花歌

萬朵當軒紅灼灼晚陰照水塵不著西施醉後情不禁
侍兒扶下蘂珠閣柔條嫩蘂一作葉輕鰶䰲一低一昂合又
開深紅淺綠狀不得日斜池畔香風來紅能柔綠能軟
濃淡參差相宛轉舞蝶雙雙誰喚來輕綃片片何人剪
白髮使君思帝鄉驅妻領女遊花傍持盃憶著曲江事
千花萬葉垂宮牆復有同心初上第日暮華筵移水際
笙歌日日徵教坊傾國名倡盡佳麗我曾此處同諸生
飛盃落盞紛縱橫將欲得到上天路剛向直道中行去
一朝失勢當如此萬事如灰壯心死誰知奏御數萬言
翻割龜符四千里丈夫達則賢窮則愚胡爲紫胡爲朱
莫思身外窮通事且醉花前一百壺

春二首

褭褭東風吹水國金鴉影暖南山北蒲抽小劍割湘波
柳拂長眉舞春色白銅堤下煙蒼蒼林端細蘂參差香
綠桑枝下見桃葉迴看青雲空斷腸

烏足遲遲日宮裏天門擊鼓龍蛇起風師剪翠換枯條
青帝挼藍染江水蜂蝶繽紛抱香蘂錦鱗跳擲紅雲尾
繡衣白馬不歸來雙成倚檻春心醉

夏

赤帝旗迎火雲起南山石裂吳牛死繡楹夜夜蛸觳鬚象榻重重簟湘水彤彤日腳燒氷井古陌塵飛野煙靜漢帝高堂汗若珠班姬明月無停影

秋

月色驅秋下穹昊梁間燕語辭巢蚤古苔凝紫貼瑤堦露槿帝紅墮江草越客羈魂挂長道西風欲揭南山倒粉娥恨骨不勝衣映門楚碧蟬聲老

冬

蒼茫枯磧陰雲滿古木號空晝光短雲擁三峯嶽色低氷堅九曲河聲斷浩汗霜風刮天地溫泉火井無生意澤國龍蛇凍不伸南山瘦柏銷殘翠

雞頭

湖浪參差疊寒玉水仙曉展鉢盤綠淡黃根老栗皺圓染青刺短金罌熟紫羅小囊光緊蹙一掬真珠藏蝟腹叢叢引觜傍蓮洲滿川恐作天雞哭

紅薔薇（一作莊南傑詩）

九天碎霞明澤國造化工夫潛剪刻淺碧眉長約細枝深紅刺短鉤春色晴日當樓曉香歇錦帶盤空欲成結謝豹聲催麥隴秋春風吹落猩猩血

斑竹簟

龍鱗滿牀波浪濕血光點點湘娥泣一片晴霞凍不飛深沈晝訝蛟人立百朶排花蜀纈明珊瑚枕滑葛衣輕閑窗獨臥曉不起冷浸羈魂錦江裏

聽琴

六律鏗鏘間宮徵伶倫寫入梧桐尾七條瘦玉叩（一作印）寒星萬派流泉哭纖指空山雨腳隨雲起古木燈青嘯山鬼田文墮淚曲未終子規啼血哀猿死

石榴

蟬嘒秋雲槐葉齊石榴香老庭枝低流霞色染紫罌粟黃蠟紙苞紅瓠犀玉刻氷壺含露溼斕斑似帶湘娥泣蕭娘初嫁嗜甘酸嚼破水精千萬粒

秦家行

彗孛飛光照天地九天瓦裂屯寃氣鬼哭聲聲怨趙高宮花滴盡扶蘇淚禍起蕭牆不知戢羽書催築長城急劍上忠臣血未乾沛公已向函關入

小蘇家

雙月謳啞輾秋碧細風斜掩神仙宅麥門冬長馬鬣青茱萸蘂綻蠅頭赤流蘇斗帳懸高辟綠鳳盤龍繳香額堂內月娥橫剪波倚門腸斷鰕鬚隔

斑竹

濃綠疎莖遶湘水春風抽出蛟龍尾色抱霜花粉黛光枝撐蜀錦紅霞起交戛敲欹無俗聲滿林風曳刀槍橫殷痕苦雨洗不落猶帶湘娥淚血腥婀娜梢頭掃秋月影穿林下疑殘雪我令慙愧子猷心解愛此君名不滅

天竺國胡僧水晶念珠

天竺胡僧踏雲立紅精素貫鮫人泣細影疑隨焰（一作燭）火銷圓光恐滴袈裟溼夜梵西天千佛聲指輪次第驅寒星若非葉下滴秋露則是井底圓春氷淒清妙麗應難並眼界真如意珠靜碧蓮花下獨提攜堅潔何如幻泡影

白雪歌

皇穹何處飛瓊屑散下人間作春雪五花馬踏白雲衢七香車輾瑤墀月蘇岳乳洞擁山家澗藤古栗盤銀虵寒郊複疊鋪柳絮古磧爛熳吹蘆花流泉不下孤汀咽斷臂老猿聲欲絕鳥啄氷潭玉鏡開風敲簷溜水晶折拂戶初疑粉蝶飛看山又訝白鷗歸孫康凍死讀書闈火井不煖溫泉微

琵琶

粉胷繡臆誰家女香撥星星共春語七盤嶺上走鸞鈴十二峯頭弄雲雨千悲萬恨四五弦弦中甲馬聲駢闐山僧撲破琉璃鉢壯士擊折珊瑚鞭珊瑚鞭折聲交戛玉盤傾瀉真珠滑海神驅趁夜濤回江娥蹙踏春氷裂滿坐紅粧盡淚垂望鄉之客不勝悲曲終調絕忽飛去洞庭月落孤雲歸

傷哉行

兔走烏飛不相見人事依稀速如電王母夭桃一度開玉樓紅粉千回變車馳馬走咸陽道石家舊宅空荒草秋雨無情不惜花芙蓉一一驚顛倒勸君莫謾栽荊棘秦皇虛費驅山力英風一去更無言白骨沈埋暮山碧

留贈偃師主人

孤城漏未殘徒侶拂征鞍洛北去愁遠淮南歸夢闌曉燈迴壁暗晴雪卷簾寒更盡主人酒出門行路難

長門

悵望黃金屋恩衰似越逃花生針眼刺月送剪腸刀地近歡娛遠天低雨露高時看迴輦處淚臉濕天桃

宴李家宅

晝屏深掩瑞雲光羅綺花飛白玉堂銀榼酒傾魚尾倒金鑪灰滿鴨心香輕搖綠水青蛾歛亂觸紅絲皓腕狂今日恩榮許同聽不辭沈醉一千觴

長信宮

細草侵堦亂碧鮮宮門深鎖綠楊天珠簾欲捲擡秋水羅幌微開動冷煙風引漏聲過枕上月移花影到窗前獨挑殘燭魂堪斷却恨青蛾誤少年

驪山感懷

武帝尋仙駕海遊禁門高閉水空流深宮帶日年年色翠柏凝煙夜夜愁鸞鳳影沈歸萬古歌鐘聲斷夢千秋晚來惆悵無人會雲雨能飛傍玉樓

絕句

石沈遼海闊劍別楚山長會合知無日離心滿夕陽

聽唱鷓鴣

金谷歌傳第一流鷓鴣清怨碧雲愁夜來省得曾聞處萬里月明湘水流

雜詩

勸君莫惜金縷衣勸君須惜少年時有花堪折直須折莫待無花空折枝

青天無雲月如燭露泣梨花白如玉子規一夜啼到明美人獨在空房宿

空賜羅衣不賜恩一薰香後一銷魂雖然舞袖何曾（一作時）舞常對春風裛淚痕

不洗殘粧凭繡床也同女伴（一作却嫌鸚鵡）繡鴛鴦迴鍼刺到雙

飛處憶著征夫淚數行

眼想心思夢裏驚無人知我此時情不如池上鴛鴦鳥

雙宿雙飛過一生

一去遼陽繫夢魂忽傳征騎到中門紗窗不肯施紅粉

徒遣蕭郎問淚痕

鸎啼露冷酒初醒罨畫樓西曉角鳴翠羽帳中人夢覺

寶釵斜墜枕函聲

行人南北分征路流水東西接御溝終日坡前怨離別

謾名長樂是長愁（一作白居易詩）

偏倚繡床愁不起雙垂玉筯翠鬟低卷簾相待無消息

夜合花前（一作間）日又西

悔將淚眼向東開特地愁從望裏來三十六峯猶不見

況伊如鷰這身材

滿目笙歌一段空萬般離恨總隨風多情為謝殘陽意

與展晴霞片片紅

兩心不語暗知情燈下裁縫月下行行到堦前知未睡

夜深聞放剪刀聲

近寒食雨草萋萋著麥苗風柳映堤早是有家歸未得

杜鵑休向耳邊啼

水紋珍簟思悠悠千里佳期一夕休從此無心愛良夜

任他明月下西樓

數日相隨兩不忘郎心如妾妾如郎出門便是東西路

把取紅牋各斷腸

無定河邊暮角聲赫連臺畔旅人情函關歸路千餘里

一夕秋風白髮生

花落長川草色青暮山重疊兩冥冥逢春便覺飄蓬苦

今日分飛一涕零

洛陽才子隣簫恨湘水佳人錦瑟愁今昔兩成惆悵事

臨卭春盡暮江流

浙江輕浪去悠悠望海樓吹望海愁莫怪鄉心隨魄斷

十年為客在他州

初過漢江

襄陽好向峴亭看人物蕭條值歲闌為報習家多置酒

夜來風雪過江寒

讀庾信集

四朝十帝盡風流建業長安兩醉游惟有一篇楊柳曲

江南江北為君愁

全唐詩

無名氏

題長樂驛辟（摭言云大中十年鄭顥典文放牓後謁假覲省於洛生徒餞長樂驛俄有紀於屋壁云）

三十驊騮一烘塵來時不鎖杏園春楊花滿地如飛雪

應有偷游曲水人

絕句

傳聞天子訪沈淪萬里懷書西入秦早知不用無媒客

恨別江南楊柳春

題取經詩（載翻譯名義集云唐義淨三藏作）

晉宋齊梁唐代間高僧求法離長安去人成百歸無十

後者安知前者難路遠碧天唯冷結沙河遮日力疲殫

後賢如未諳斯旨往往將經容易看

題水心寺水軒（有人以詩謁嶺南李國老大加稱賞賫數百縑於金陵酒樓數日而盡醉中挂帆數百里至落星灣半醒值雨中登水心寺題詩于水軒）

分飛南渡春風晚却返家林事業空無限離情似楊柳

萬條垂向楚江東

王昭君

猗蘭恩寵歇昭陽幸御稀朝辭漢闕去夕見胡塵飛寄

信秦樓下因書秋雁歸

又（一作崔國輔詩）

一回望月一回悲望月月移人不移何時得見漢朝使

為妾傳書斬畫師

粉牋題詩

二月江南花滿枝風輕簾幙燕爭飛游人休惜夜秉燭

楊柳陰濃春欲歸

詠美人騎馬

駿馬嬌仍穩春風灞岸晴促來金鐙短扶上玉人輕帽

束雲鬟亂鞭籠翠袖明不知從此去何處更傾城

六言詩

把酒留君聽琴那堪歲暮離心霜葉無風自落秋天不

雨多陰人愁荒村路遠馬怯寒溪水深望盡青山猶在

不知何處相尋

胡笳曲

月明星稀霜滿野氊車夜宿陰山下漢家自失李將軍

單于公然（一作日暮）來牧馬

桃源行送友人

武陵川徑入幽遐中有雞犬秦人家家傍流水多桃花

桃花兩邊種來久流水一道何時有垂條落蕊暗春風

夾岸芳菲至山口歲歲年年能寂寥林下青苔日為厚

時有仙鳥來銜花曾無世人此攜手可憐不知若為名

君往（一作任）從之多所更古驛荒橋平路盡崩湍怪石小谿

行相見維舟登覽處紅堤綠岸宛然成多君此去從仙

隱令人晚節悔營營

唐衢墓（一作賈島詩）

京洛先生三尺墳陰風慘慘土和雲從來有感君皆哭今日無君誰哭君

宮詞

花萼樓前春正濃濛濛柳絮舞晴空金錢擲罷嬌無力笑倚欄干屈曲中

抛毬詩 一作李謹言詩

侍宴黃昏未肯休玉階夜色月如流朝來自詫承恩最笑倩傍人認繡毬

艷歌

月裏嫦娥不畫眉只將雲霧作羅衣不知夢逐青鸞去猶把花枝蓋面歸

楊柳枝

萬里長江一帶開岸邊楊柳幾千栽錦帆未落西風起惆悵龍舟去不迴

河中石刻 許彥周云嘉祐中河濱漁網得一小石刻有此不知唐時何人作

雨滴空堦曉無心換夕香井梧花落盡一半在銀床

古硯

癖性愛古物終歲求不得昨朝得古硯蘭河灘之側波濤所擊觸背面生隙隙質狀朴且醜令人作不得

絕句

釣罷孤舟繫葦梢酒開新甕鮓開包自從江浙爲漁父二十餘年手不扠

題童氏畫 宣和畫譜童氏者五代時江南人畫學王齊工道釋人物有文士題其畫云

林下材華雖可尚筆端人物更清妍如何不出深閨裏能以丹青寫外邊

失題 第五句缺七字

春朝散微雨庭樹開芸綠上有懷春鳥間關斷復續謂言野中定是珠城曲我自牽時幸以慚羈旅東爾不鳴幽林來此將何欲

姜宣彈小胡笳引歌 蜀中方物記桂府王推官出蜀匠雷氏金徽琴請姜宣彈小胡笳引時有爲作歌者云

雷氏金徽琴王君寶重輕千金三峽流中將得來明窗拂席幽匣開朱弦宛轉盤鳳足驟擊數聲風雨迴哀笳慢指董家本姜宣得之妙思忖汎徽胡雁咽蕭蕭繞指轆轤圓衮衮吞恨含情乍輕激故國關山心歷歷潺湲疑是雛鷄鶵砉騞如聞發鳴鏑流宮變徵漸幽咽別雀欲飛猨欲絕秋霜滿樹葉辭風寒雛墜地鳥啼血哀弦已罷春恨長恨長何如懷我鄉我鄉安在長城窟聞君膚奏心飄忽何時窄袖短貂裘臙脂山下彎明月

羅浮山 太平廣記云此山本只名羅山忽海上有山浮來相合是謂羅浮山有十五嶺二十一峯九百八十瀑泉洞穴他山無出其右也舊有詩曰

四百餘峯海上排根連蓬島蔭天台百靈若爲移中土嵩華都爲一小堆

湯周山 山在今萬載縣相傳晉湯周二仙人修道之所故名

湯周二大仙廬此得昇天風俗因興廟春秋不記年錦雲張紫蓋琴溜瀉鳴泉丹竈猶存鼎仙花發故園

永州舜廟詩 輿地碑目云虞帝廟在州學西唐元結作舜廟狀及舜祠表俱江華令瞿令問篆刻石」按志舊載謂漢載侯能渠作不知何謂詩乃唐人作也

游湘有餘怨豈是聖人心行路猿啼古祠宮夢草深素風傳舊俗異跡閉荒林巡狩去不返煙雲愁至今九疑天一半山盡海沈沈

絕句

綠楊陰轉畫橋斜舟有笙歌岸有花盡日會稽山色裏蓬萊清淺水仙家

三學山盤陀石上刻詩

拔地山巒秀排空殿閣斜雲供數州雨樹獻九天花夜月摩峯頂秋鐘徹海涯長松拂星漢一一是仙槎

合水縣玉泉石崖刻

山脉逗飛泉泓澄傍巖石亂垂寒玉篠碎灑珍珠滴澄波涵萬象明鏡瀉天色有時乘月來賞詠還自適

紀遊東觀山 山在桂林府城外三里

瑰奇恣搜討貝闕青瑤房才臨疑永巷俄敞如華堂玉梁窈浮溪瓊户正當窗仙佛肖彷彿鐘鼓鏑撞轟轟左顧龜信欲吠龐丹竈儼亡恙芝田靄生香摔嗤千怪聚絢爛五色光更無一塵涴但覺六月涼玲瓏穿屢折詰曲通三湘神鬼若剜刻乾坤真混茫入如深夜暗出喜皦日光隔世驚瞬息異境難揣量

題焚經臺 譯經圖紀云漢明帝世佛法初入中國于永平十四年正月十五日大集白馬寺南門會道士齋靈寶諸經與佛經像舍利置兩壇舉火焚燒佛舍利放光道經獨燬爐無存後人因其處稱焚經臺也此詩載翻譯名義集云唐太宗作其聲調不類要是後人妄托

門徑蕭蕭長綠苔一回登此一徘徊青牛謾說函關去白馬親從印土來確實是非憑烈焰要分真僞築高臺春風也解嫌狼籍吹盡當年道教灰

全唐詩

無名氏

日暮山河清

天高爽氣晶馳景忽西傾山列千重靜河流一帶明想同金鏡澈寧讓玉壺清纖翳無由出浮埃不復生榮紆分漢苑表裏見秦城逸興終難繫抽毫仰此情

秋日懸清光

寥廓涼天靜晶明白日秋圓光含萬象碎影入閑流迴與青冥合遥同江甸浮晝陰殊衆木斜影下危樓宋玉登高怨張衡望遠愁餘輝如可託雲路豈悠悠

落日山照曜

褰回空山下，晼晚殘陽落。圓影過峰巒，半規入林薄。餘光瀲羣岫，亂彩分重巒。石鏡共澄明，巖光同照灼。棲禽去杳杳，夕煙生漠漠。此境（一作景）誰復知，獨懷謝康樂。

月映清淮流

淮月秋偏靜，含虛夜轉明。桂花窺鏡發，蟾影映波生。澹灩輪初上，裴回魄正盈。遙塘分草樹，近浦寫山城。桐柏流光逐，蠙珠濯景清。孤舟方利涉，更喜照前程。

壽星見

玄象今何應，時和政亦平。祥爲一人壽，色映九霄明。皎潔垂銀漢，光芒近斗城。合規同月滿，表瑞得天清。甘露盈條降，祥煙向日生。無如此嘉祉，率土荷秋成。

華山慶雲見

聖主祠名岳，高風發慶雲。金柯初繚繞，玉葉漸氛氲。氣色含珠日，光明吐翠雰。依稀來鶴態，髣髴列仙羣。萬樹流光影，千潭寫錦文。蒼生忻有望，祥瑞在吾君。

清風戒寒

蕭颯清風至，悠然發思端。入林翻別葉，繞樹敗紅蘭。曉拂輕霜度，宵分遠籟攢。稍依簾隙靜，偏覺座隅寒。乍逐驚蓬振，偏催急漏殘。遙知洞庭水，此夕起波瀾。

空水共澄鮮

悠然四望通，渺渺水無窮。海鶴飛天際，煙林出鏡中。雲消澄徧碧，霞起澹微紅。落日浮光滿，遙山翠色同。樵聲喧竹嶼，棹唱入蓮藂。遠客舟中興，煩襟暫一空。

寒流聚細文

曉野方閒眺，橫溪賞亂流。寒文趨浦急，圓折逐煙浮。不謂飄疎雨，非關浴遠鷗。觀魚鱗共細，間石影疑稠。獵獵風泠夕，潺潺瀨響秋。仙槎如共泛，天漢適淹留。

長安早春

杳靄三春色，先從帝里芳。折楊猶恨短，測景已忻長。鶯和紅樓樂，花連紫禁香。躍魚驚太液，佳氣接溫湯。風送飛珂響，塵蒙翠輦光。熙熙晴煦遠，徒欲奉堯觴。

嘉禾合穎

天祚皇王德，神呈瑞穀嘉。感時苗特（一作自）秀，證道葉方華。氣轉騰佳色，雲披映早霞。薰風浮合穎，湛露淨祥花。六穗垂兼倒，孤莖弱復斜。影同唐叔獻，稱慶比周家。

膏澤多豐年

帝德方多澤，莓莓井徑同。八方甘雨布，四遠報年豐。廞慶千廂在，山流萬簃通。候時勤稼穡，擊壤樂農功。畎畝人無情，田廬歲不空。何須憂伏臘，千載賀堯風。

玉壺冰

玄律陰風勁，堅冰在玉壺。暗中花更出，曉後色全無。涸冱誰能伴，淒清詎可渝。任圓空似璧，照物不成珠。素質情方邦，孤明道豈殊。幽人若相比，還得詠生芻。

望禁苑祥光

佳氣生天苑，蔥龍幾效祥。樹遙（一作搖）三殿際，日映九城傍。山霧寧同色，卿雲未可彰。眺汾疑鼎氣，臨渭想榮光。當並春陵發，應開聖曆長。微臣時一望，短羽欲飛翔。

晨光動翠華

早朝開紫殿，佳氣逐清晨。北闕華旌在，東方曙景新。影連香霧合，光媚慶雲頻。烏羽飄初定，龍文照轉眞。直疑冠佩入，長愛冕旒親。搖動祥雲裏，朝朝映侍臣。

觀南郊回仗

傳警千門寂，南郊綵仗迴。但驚龍再見，誰識日雙開。德澤施雲雨，恩光變燼灰。閱兵貔武振，聽樂鳳凰來。候刻移宸輦，尊時集觀臺。多慙遠臣賤，不得禮容陪。

謁見日將至雙闕

曉色臨雙闕，微臣禮位陪。遠驚龍鳳覩，誰識冕旒開。藹藹千年盛，顒顒萬國來。天文標日月，時令布雲雷。迴出黃金殿，全分白玉臺。雕蟲意（一作竟）何取，瞻戀不知迴。

尚書郎上直聞春漏

地即尚書省，人惟鴛鷺行。審時傳玉漏，直夜遞星郎。歷歷聞仙署，泠泠出建章。自空來斷續，隨月散淒鏘。物靜知聲遠（一作近），寒輕覺夜長。聽餘殘月落，曙色滿東方。

華清宮望幸

驪岫接新豐，岧嶤駕碧空。鑿山開秘殿，隱霧蔽仙宮。絳闕猶棲鳳，雕梁尚帶虹。溫泉曾浴日，華館舊迎風。肅穆瞻雲輦，深沉閉綺櫳。東郊望幸處，瑞氣靄濛濛。

御題國子監

宸翰符玄造，榮題國子門。筆鋒迴日月，字勢動乾坤。簷下雲光繞，梁間鵲影翻。張英聖莫擬，索靖妙難言。爲著盤龍迹，能彰舞鳳蹲。更隨垂露像，常以沐皇恩。

郊壇聽雅樂

泰壇恭祀事，彩仗下寒坰。展禮陳嘉樂，齋心動衆靈。韻長飄更遠，曲度靜宜聽。泛響何清越，隨風散杳冥。徵懸和氣聚，旋退曉山青。本自鈞天降，還疑列洞庭。

冊上公太常奏雅樂

司樂陳金石，逶迤引上公。奏音人語絕，清韻佩聲通。應律煙雲改，來儀鳥獸同。得賢因舉頌，修禮便觀風。聖壽三稱內，天歡九奏中。寂寥高曲盡，猶自滿宸聰。

聽霜鐘

渺渺飛霜夜，寥寥遠岫鐘。出雲疑斷續，入戶乍春容。度枕頻驚夢，隨風幾韻松。悠揚來不已，杳靄去何從。髣髴煙嵐隔，依俙巖嶠重。此時聊一聽，餘響繞千峰。

聽霜鐘

寥亮來豐嶺，分明辨古鐘。應霜如自擊，中節每相從。靜聽非閑扣，潛應蘊聖蹤。風間時斷續，雲外更舂容。虛警和清籟，雄鳴隔亂峰。因之論知己，感激更難逢。

笙磬同音

笙磬聞何處，淒鏘宛在東。激揚音自徹，高下曲宜同。歷歷俱盈耳，泠泠遞散空。獸因繁奏舞，人感至和通。詎間洪纖韻，能齊搏拊功。四懸今盡美，一聽辨移風。

玉卮無當

共惜連城寶，翻爲無當卮。詎慙君子貴，深訝拙工隳。泛蟻功全少，如虹色不移。可憐珍礫石，何計辨糟醨。江海誠難滿，盤筵莫妄施。縱乖斟酌意，猶得奉光儀。

府試古鏡

舊是秦時鏡，今來古匣中。龍盤初挂月，鳳舞欲生風。石黛曾留殿，朱光適在宮。應祥知道泰，監物覺神通。肝膽誠難隱，妍媸信易窮。幸居君子室，長願免塵蒙。

焚裘

今主臨前殿。懲奢爇異裘。忽看陽焰發。如覩吉光流。麗彩辭宸扆。餘香在御樓。火隨餘燼滅。氣逐遠煙浮。素朴回風變。凋華逐志休。永垂恭儉德。千古揖皇猷。

送薛大夫和蕃

戎王歸漢命。魏絳諭皇恩。旌旆辭雙闕。風沙上五原。往途遵塞道。出祖耀都門。策令天文盛。宣威使者尊。澄波看四海。入貢佇諸蕃。秋杪迎回騎。無勞枉夢魂。

觀劍南獻捷

遐圻新破虜。名將舊登壇。戎鉞西南至。氈裘長幼觀。邊疆氛已息。矛戟血猶殘。紫陌歡聲動。丹墀喜氣盤。唐虞方德易。衛霍比功難。共覩俘囚入。賡歌萬國安。

雲母屏風隔坐

彩障成雲母。丹墀隔上公。才彰二紀盛。榮播一朝同。近玉初齊白。臨花乍散紅。凝姿分縹緲。轉佩辨瓏璁。意愜恩偏厚。名新寵更崇。誰知歷千古。猶自仰清風。

白受采

皛皛金方色。遷移妙不窮。輕衣塵跡化。淨壁(一作筆)繢文通。沙變藍溪漬。冰渝墨沼空。似甘言受和。由禮學資忠。皎潔形無定。玄黃用莫同。素心如可教。願染古人風。

人不易知

權衡諒匪易。愚智信難移。九德皆殊進。三端豈易施。同稱崑岫寶。共握桂林枝。鄭鼠令奚別。齊竽或濫吹。瑤臺有光(一作空)鑑。屢照不應疲。片善當無掩。先鳴貴在斯。龍門峻且極。驥足庶來馳。太息李元禮。期君幸一知。

晦日同志昆明池汎舟

靈沼疑河漢。蕭條見斗牛。煙生知岸近。水淨覺天秋。落月低前樹。清輝滿去舟。興因孤嶼起。心爲白蘋留。曉吹兼漁笛。閑雲伴客愁。龍津如可上。長嘯且乘流。

禮闈階前春草生

河畔雖同色。南宮淑景先。微開曳履處。常對講經前。得地風塵隔。依林雨露偏。已逢霜候改。初寄日華妍。影與叢蘭雜。榮將衆卉連。哲人如不薙。生意在芳年。

秋風生桂枝

寒桂秋風動。蕭蕭自一枝。方將擊林變。不假舞松移。散翠幽花落。搖青密葉離。哀猨驚助裛。花露滴爭垂。遺韻連波聚。流音萬木隨。常聞小山裏。通客最先知。

幽人折芳桂

厚地生芳桂。遙林聳幹長。葉開風裛色。花吐月中光。曙鳥啼餘翠。幽人愛早芳。動時垂露滴。攀處拂衣香。古調聲猶苦。孤高力自強。一枝終是折。榮耀在東堂。

霜菊

秋盡北風去。律移寒氣肅。淅瀝降繁霜。離披委殘菊。華滋尚照灼。幽氣含紛郁。的的冒空園。萋萋被幽谷。騷人有遺詠。陶令曾盈掬。儻使懷袖中。猶堪襲餘馥。

金谷園花發懷古

春風生梓澤。遲景映花林。欲問當時事。因傷此日心。繁華人已歿。桃李意何深。澗咽歌聲在。雲歸蓋影沈。地形同萬古。笑價失千金。遺跡應無限。芳菲不可尋。

驪龍

有美爲鱗族。潛蟠得所從。標奇初韞寶。表智即稱龍。大壑長千里。深泉固九重。奮髯雲乍起。矯首浪還衝。荀氏傳高譽。莊生冀絕蹤。仍知流淚在。何幸此相逢。

鵷鳴九皐

胎化呈仙質。長鳴在九皐。排空散清唳。映日委霜毛。萬里思寥廓。千山望鬱陶。香凝光不見。風積韻彌高。鳳侶攀何及。雞羣思忽勞。昇天如有應。飛舞出蓬蒿。

霜隼下晴皐

九皐霜氣勁。翔隼下初晴。風動閑雲卷。星馳白草平。稜稜方厲疾。肅肅自縱橫。掠地秋毫迥。投身逸翮輕。高墉全失影。逐雀作(一作作)飛聲。薄暮寒郊外。悠悠萬里情。

河鯉登龍門

年久還求變。今來有所從。得名當是鯉。無點可成龍。備歷艱難遍。因期造化容。泥沙寧不阻。釣餌莫相逢。擊(一作激)浪因成勢。纖鱗莫繼蹤。若令搖尾去。雨露此時濃。

全唐詩目 第十一函

第九冊

皮日休 陸龜蒙 張賁 嵩起(失姓)
安守範 楊鼎夫 周述 李仁肇(共一卷)
清晝 潘述 湯衡 裴濟
王遘 齊翔 李縱 崔子向
鄭說 陸士修 李令從 疾(失姓)
澄(失姓) 嚴伯均 巨川(失姓)
從心(失姓) 杭(失姓) 盧藻 盧幼平
陸羽 李恂 鄭述誠 惲(失姓)
崔逵 崔萬 韓章 楊秦卿
仲文(失姓) 顧況 鄭邀 羅隱之(共一卷)
李日知(以下句) 趙仁奬 郭廷謂 韋青
尉遲匡 何涓 杜偉 申堂構
周愿 第五琦 顏允南 季廣琛
陳蛻 衞準 杜鴻漸 李摯
韋綬 馮戡 韓泰 盧幷
繆島雲 劉敬之 李濤 高元裕
韋澳 王龜 李郁 詹雄
任濤 劇燕 王璘 李蔚
王枳 鄭賓 張瑩 吳靄
陳詠 蔣密 苻蒙 李景遂
李弘茂 李平 胡元龜 蔣鈞
史虛白 夏寶松 趙慶 潘天錫
朱勰 齊鎬 黃可 高元矩
陳貺 趙休 庸仁傑 邵拙
毛炳 陳德誠 陳甫 徐融
高若拙 皮光業 屠瓌智 元德昭
林無隱 楊義方 王廷珪 歐陽彬
李堯夫 石文德 戴偃 張迥
鍾元章 楊鼂 王俊 薛沆
張顗 張林 盧休 陳嶠
李範 卞震 林楚材 孟不疑
龐季子 郭思 盧載 鄭翺
鄭說 史瑜 賀公 米都知

陳秀才 崔李二生 范氏子 臨川小吏
韓熙載客 段義宗(共一卷)
無名氏句(一卷)

全唐詩

聯句

李白

改九子山爲九華山聯句(并序)

青陽縣南有九子山山高數十丈上有九峰如蓮花按圖徵名無所依據太史公南遊略而不書事絕古老之口復闕名賢之紀雖靈仙往復而賦詠罕聞予乃削其舊號加以九華之目時訪道江漢憩於夏侯迴之堂開檐岸幘坐眺松雪因與二三子聯句傳之將來

白 高霽 韋權輿

妙有分二氣靈山開九華(白) 層標遏遲日半壁明朝霞(霽) 積雪曜陰壑飛流歊陽崖(權輿) 青熒玉樹色縹緲羽人家(白)

杜甫

夏夜李尚書筵送宇文石首赴縣聯句

甫 李之芳 崔彧(全節人官太子少詹事)

愛客尚書貴之官宅相賢(甫) 酒香傾坐側帆影駐江邊(之芳) 翟表郎官瑞鳧看令宰仙(彧) 雨稀雲葉斷夜久燭花偏(甫) 數語攲紗帽高文擲彩箋(之芳) 興饒行處樂離惜醉中眠(彧) 單父長多暇河陽實少年(甫) 客居逢自出爲別幾淒然(之芳)

顏真卿

登峴山觀李左相石尊聯句

真卿 劉全白(評事後爲膳部員外郎守池州) 裴循(長城縣尉) 張薦 吳筠 強蒙(處士善醫) 范縉 王純 魏理(評事) 王修甫 顏峴(真卿兄子) 左輔元(撫州人) 劉茂(魏縣尉) 顏渾(真卿族弟官太子通事舍人) 楊德元 韋介 皎然(名書) 崔弘 史仲宣 陸羽 權器(校書郎) 陸士修(嘉興縣尉) 裴幼清 柳淡 釋塵外(自號北山子) 顏顓(以下三人竝真卿族姪) 顏須 顏項 李崿(字伯高趙人擢制科歷官廬州刺史)

李公登飲處因石爲窪尊(真卿) 人事歲年改峴山今古存(全白) 榛蕪掩前跡苔蘚餘舊痕(循) 叔子尚遺德山公此迴軒(薦) 維舟陪高興感昔情彌敦(筠) 藹藹賢哲事依依離別言(蒙) 嶇欽橫道周迢遰連山根(縉) 餘烈曖林野衆芳揖蘭蓀(純) 德暉映巖足勝賞延高原(理) 遠水明匹練因晴見吳門(修甫) 陪遊追盛美揆德欣討論(峴) 器有成形用功資造化元(輔元) 流霞方泔淡別鶴遽翩飜(茂) 舊規傾逸賞新興麗初暾(渾) 醉後接䍦倒歸時騶騎喧(德元) 遲迴向遺跡離別益傷魂(介) 覽事古興屬送人歸思繁(皎然) 懷賢久徂謝贈遠空攀援(弘) 八座欽懿躅高名播乾坤(仲宣) 松深引閑步葛弱供險捫(羽) 花氣酒中馥雲華衣上屯(器) 森沈列湖樹牢落望郊園(士修) 白日半巖岫清風滿丘樊

幼清旌麾閶翠幄簫鼓來朱轓淡閑路躡雲影清心澄水源慶丸萍連浦中嶼竹繞山下村顥景落全谿暗煙凝半嶺昏須去日往如復換年涼代溫項登臨繼風騷義激舊府恩咢

水堂送諸文士戲贈潘丞聯句

眞卿 潘述 陸羽 權器 皎然 李咢

居人未可散上客須留著莫唱阿鞞迴應云夜半樂眞卿奉潘丞詩教刻燭賦酒任連盤酌從他白眼看終戀青山郭述奉陸三林栖非姓許寺住那名約會異永和年才同建安作羽呈權十四何煩問更漏但遣催弦索共說長句能皆言早歸器呈皎然公惡那知殊出處迥得同笑謔雅韻雖暫歡禪心肎抛皎然上侍御却一宿同高會幾人歸下若簾開北陸風燭焯南枝鵲咢奉潘十五文場苦叨竊釣渚甘漂泊弱質幸見容菲才誠重諾述

與耿湋水亭詠風聯句

眞卿 裴幼清 楊憑 楊凝 左輔元 陸士修 權器 陸羽 皎然 耿湋 喬失姓 陸涓吳人陽翟令

清風何處起拂檻復縈洲幼清回入飄華幕輕來疊晚流憑桃竹今已展羽翣且從收凝經竹吹彌切過松韻更幽輔元直散青蘋末偏隨白浪頭士修山山催雨過浦浦發行舟器動樹蟬爭噪開簾客罷愁羽度弦方解慍臨水已迎秋眞卿涼爲開襟至清因作頌留皎然周回隨遠夢騷屑滿離憂湋豈獨銷繁暑偏能入迴樓喬王風今若此誰不荷明休涓

又溪館聽蟬聯句

眞卿 楊憑 楊凝 權器 陸羽 耿湋 喬失姓 裴幼清 伯成失姓 皎然

高樹多涼吹疎蟬足斷聲憑已催居客感更使別人驚凝晚夏猶知急新秋別有情器危端和不似細管學難成羽當斅附金重無貪曜火明眞卿青松四面落白髮一重生湋向夕音彌厲迎風翼更輕喬單嘶出迴樹餘響思空城幼清嘒唳松間坐蕭寥竹裏行伯成如何長飲露高潔未能名皎然

送耿湋拾遺聯句

眞卿 耿湋

堯舜逢明主嚴徐得侍臣分行接三事高興柏梁新眞卿楚國千山道秦城萬里人鏡中看齒髮河上有煙塵湋望闕飛青翰朝天憶紫宸喜來歡宴洽愁去詠歌頻眞卿顧盻情非一睽攜處亦頻吳興賢太守臨水最殷勤湋

五言月夜啜茶聯句以下七首又見皎然集

眞卿 陸士修 張薦 李咢 崔萬 晝

泛花邀坐客代飲引情言士修醒酒宜華席留僧想獨園薦不須攀月桂何假樹庭萱咢御史秋風勁尚書北斗尊萬流華淨肌骨疏瀹滌心原眞卿不似春醪醉何辭綠菽繁晝素瓷傳靜夜芳氣滿閑軒士修

五言夜宴詠燈聯句

眞卿 陸士修 張薦 晝 袁高

桂酒牽詩興蘭釭照客情士修詎慙珠乘朗不讓月輪明薦破暗光初白浮雲色轉清眞卿帶花疑在樹比燎欲分庭晝顧己慙微照開簾識近汀高

三言喜皇甫曾侍御見過南樓玩月

眞卿 陸羽 皇甫曾 李咢 晝 陸士修

喜嘉客闢前軒天月淨水雲昏眞卿雁聲苦蟾影寒聞裛浥滴檀欒羽歡宴處江湖間曾卷翠幕吟嘉句恨清光留不住咢高駕動清角催惜歸去重裵回晝露欲晞客將醉猶宛轉照深意士修

七言重聯句

眞卿 皇甫曾 李咢 陸羽 晝

頃持憲簡推高步獨占詩流橫素波不是中情深惠好誰能千里遠經過眞卿詩書宛似陪康樂少長還同宴永和夜酌此時看碾玉晨趨幾日重鳴珂皇甫曾萬井更深空寂寞千方霧起隱嵯峨熒熒遠火分漁浦歷歷寒枝露鳥窠咢漢朝舊學君公隱魯國今從弟子科只自傾心慙煦濡何曾將口恨蹉跎羽獨賞謝吟山照耀共知殷歎樹婆娑華轂苦嫌雲路隔衲衣長向雪峰何晝

五言送李侍御聯句

眞卿 晝 張薦 李咢

吾友駐行輪遲遲惜上春眞卿東西出餞路惆悵獨歸人晝歡會期他日驅馳恨此身薦須知貢公望從此願相因咢

五言翫初月重遊聯句

眞卿 張薦 李咢 晝

春谿與岸平初月出谿明薦上十二老丈辟彩寒仍潔金波夜轉清咢孤光遠近滿練色往來輕眞卿望望隨蘭櫂依依出柳城晝

五言重送橫飛聯句

眞卿 李咢 晝

春田草未齊春水滿長溪咢上十二兄出餞風初暖攀光日漸西眞卿歸期江上遠別思月中迷晝

五言夜集聯句

眞卿 晝

寒花護月色墜葉占風音晝茲夕無塵慮高雲共片心眞卿

三言擬五雜組聯句以下八首又見皎然集

眞卿 李咢 殷佐明正字 袁高 陸士修 蔣志祕書郎

五雜組盤上葅往復還頭嬾梳不得已罾裏魚咢五雜組郊外蕪往復還櫪上駒不得已谷中愚佐明五雜組繡與錦往復還興又寢不得已病伏枕眞卿五雜組酒與肉往復還東籬菊不得已醉便宿高五雜組闤闠間往復還門上關不得已鬢毛斑士修五雜組繡紋線往復還春來燕不得已入征戰志

三言重擬五雜組聯句

眞卿 張薦 李咢 晝

五雜組四豪客往復還阡與陌不得已長沙謫薦五雜

組五辛盤往復還馬上鞍不得已左降官（崿）五雜組甘醎醋往復還烏與兔不得已韶光度（眞卿）五雜組五色絲往復還回文詩不得已失喜期（晝）

七言大言聯句

眞卿　晝　李崿　張薦

高歌閶風步瀛洲（晝）燂鵬爚鯤餐未休（眞卿）四方上下無外頭（崿）一啜頓涸滄溟流（薦）

七言小言聯句

眞卿　晝

長路迢遥吞吐絲（眞卿）蟭螟蚊睫察難知（晝）

七言樂語聯句

眞卿　李崿　晝　張薦

苦河旣濟眞僧喜（崿）新知滿座笑相視（眞卿）戍客歸來見妻子（晝）學生放假偷向市（薦）

七言嚵語聯句

眞卿　李崿　晝　張薦

拈餡舐指不知休（崿）欲炙侍立涎交流（眞卿）過屠大嚼肎知羞（晝）食店門外強淹留（薦）

七言滑語聯句

眞卿　晝　劉全白　李崿　李益

雨裏下山蹋榆皮（眞卿）莓苔石橋步難移（晝）蕪荑醬醋喫煮葵（全白）縫靴蠟線油塗錐（崿）急逢龍背須且騎（益）

七言醉語聯句

眞卿　劉全白　晝　陸羽

逢糟遇麴便酩酊（全白）覆車墜馬皆不醒（眞卿）倒著接䍦髮垂領（晝）狂心亂語無人並（羽）

全唐詩

聯句

皇甫曾

建元寺晝公與崔秀才見過聯句與鄭奉禮說同作（以下二首又見皎然集）

曾　晝　鄭說（太常寺奉禮郎）　崔子向

人閑宜歲晚道者訪幽期獨與寒山別行當暮雪時（曾）柏臺辭漢主竹寺寄潛師荷策知君待開門笑我遲（晝）暮階縣雨足寒吹繞松枝理辯塵心妄經分梵字疑（說）久承黃紙詔曾賦碧雲詩然諾驚相許風流話所思（子向）筌忘心已默磬發夜何其顧結求羊侶名山從所之（曾）

建元寺西院寄李員外縱聯句

曾　崔子向　鄭說　晝

寄隱霜臺客相思粉署人（子向奉上侍御）誠知阡陌近無柰別離頻（曾奉奉禮）夜色迷雙樹鐘聲警四鄰（說奉崔秀才）散才徒仰鮑歸夢遠知秦（晝）招搖隨步錫髣髴聽行輪（台上侍御子向奉）要路推高足空林寄一身（曾奉奉禮）盛名知獨擅良會憶相親（說奉崔十一）稍滌心中垢都遺陌上塵（子向奉）今宵此堂集何事少遺民（晝）

嚴維

中元日鮑端公宅遇吳天師聯句（此首又見崔元翰集）

維　鮑防　謝良輔　杜弈　李清　劉蕃　謝良弼　鄭槩　陳元初　樊珣　丘丹　呂渭　范淹　吳筠

道流爲柱史教戒下眞仙（維）共契中元會初修內景篇（防）遊方依地僻卜室喜牆連（良輔）寶笥開金籙華池漱玉泉（弈）怪龍隨羽翼青節降雲煙（清）昔去遺丹竈今來變海田（蕃）養形奔二景鍊骨度千年（良弼）騎竹投陂裏攜壺挂牖邊（槩）洞中嘗入靜河上舊談玄（元初）伊洛笙歌遠蓬壺日月偏（珣）青騾蓟訓引白犬伯陽牽（丹）法受相君後心存象帝先（渭）道成能縮地功滿欲升天（淹）何意迷孤性含情戀數賢（筠）

酒語聯句各分一字

維　劉蕃　鮑防　謝良輔　沈仲昌　丘丹　呂渭　鄭槩　陳元初　迴（失姓）

山簡酣歌倒接䍦（蕃）看朱成碧無所知（防）耳鳴目眩駟馬馳（良輔）口稱童羖腹鴟夷（維）兀然落帽灌酒巵（仲昌）太常吏部相對時（維）藉糟枕麴浮酒池（丹）瓮間籬下臥不移（渭）叫呼不應無事悲（槩）千日一醒知是誰（元初）左傾右倒人避之（迴）

一字至九字詩聯句

維　鮑防　鄭槩　成用　陳元初　張叔政　賈弇　周頌

東西（防）步月尋溪（維）鳥已宿猨又啼（槩）狂流礙石迸筍穿𧣴（用）望望人煙遠行行蘿徑迷（元初）探題只應盡墨持贈更欲封泥（元初）松下流時何歲月雲中幽處屢攀躋（叔政）乘興不知山路遠近緣情莫問日過高低（弇）靜聽林下潺潺足湍瀨厭問城中喧喧多鼓鼙（頌）

李益

宣上人病中相尋聯句

益　廣宣

策杖迎詩客歸房理病身閑收無效藥徧寄有情人（廣宣）草木分千品方書問六陳還知一室內我爾即天親（益）

八月十五夜宣上人獨遊安國寺山庭院步人遲明將至因話昨宵乘興聯句（以下三首又見廣宣集）

益　廣宣

九重城接天花界三五秋生一夜風行聽漏聲雲散後遥聞天語月明中（廣宣）含涼閣迥通仙掖承露盤高出上宮誰問獨愁門外客清談不與此宵同（益）

重陽夜集蘭陵居與宣上人聯句

益　廣宣

蟋蟀催寒服茱萸滴露房酒巡明刻燭籬菊暗尋芳（益）新月和秋露繁星混夜霜登高今夕事九九是天長（廣宣）

與宣供奉攜癭尊歸杏溪園聯句

益　廣宣

千畦抱甕園一酌癭尊酒唯有沃洲僧時過杏溪叟（益）

追歡君適性獨飲我空口儒釋事雖殊文章意多偶（廣宣）

蘭陵僻居聯句

益　廣宣　杜羔

潘岳閑居賦陶潛獨酌謠二賢成往事三徑是今朝（廣宣）生幸逢唐運昌時奉帝堯進思諧啓沃退混即漁樵（益）蠹簡封延閣彫闌閟上霄相從清曠地秋露挹蘭苕（羔）

天津橋南山中各題一句

益　韋執中　諸葛覺　賈島

野坐分苔席（益）山行繞菊叢（執中）雲衣惹不破（覺）秋色望來空（島）

紅樓下聯句

益　廣宣　杜羔

佛刹接重城紅樓切太清紫雲連照耀丹檻鬱崢嶸（廣宣）榱棟煙虹入軒窗日月平參差五陵晚分背八川明（益）松韻風初過蓮陂浪欲傾敬瞻疑涌見圍繞學無生（羔）

賦應門照綠苔

益　法振

宮闕何年月應門何歲苔清光一以照白露共裴回（益）珠履久行絕玉房重未開妾心正如此昭陽歌吹來（法振）

耿湋

寄司空曙李端聯句

湋　王早　辛晃

長安一分首萬里隔煙波（早）海上青山暮天涯白髮多（湋）尋僧因看竹訪道或求鵝（晃）雲樹無猨鳥陰崖足薜蘿（湋）醉中留越客興裏眄庭柯（晃）黃葉身仍逐丹霄背未摩（湋）別愁連旦暮歸夢繞關河（晃）高柳寒蟬對空階夜雨和（湋）年華空荏苒名宦轉蹉跎（晃）南陌東城路春來幾度過（湋）

連句多暇贈陸三山人

湋　陸羽

一生爲墨客幾世作茶仙（湋）喜是攀闌者慙非負鼎賢（羽）禁門聞曙漏顧渚入晨煙（湋）拜井孤城裏攜籠萬壑前（羽）閑喧悲異趣語默取同年（湋）歷落驚相偶衰羸猥見憐（羽）詩書聞講誦文雅接蘭荃（湋）未敢重芳席焉能弄綵箋（羽）黑池流研水徑石澀苔錢（湋）何事親香案無端狎釣船（羽）野中求逸禮江上訪遺編（湋）莫發搜歌意予心或不然（羽）

李景儉（字寬中，貞元中登進士第，官終少府少監）

道州春日感興

景儉　呂溫　呂恭（字恭叔，溫之弟，官殿中侍御史）

始見花滿枝又看花滿地（景儉）且持增氣酒莫滴傷心淚（溫）深誠長鬱結芳晨自妍媚（恭）嘯歌聊永日誰知此時意（景儉）

武元衡

中秋夜聽歌聯句

元衡　崔備　裴度　柳公綽　盧放　盧士玫

此夕來奔月何時去上天（備）雲鬟方自照玉腕更呈鮮（度）燕婉人間意飄颻物外緣（公綽上相公）詩裁明月扇歌索想夫憐（元衡奉盧侍御）暗染荀香久長隨楚夢偏（放）會當來彩鳳髣髴逐神仙（士玫）

全唐詩

聯句

裴度

春池泛舟聯句（此首又見劉禹錫張籍集）

度　劉禹錫　崔羣（字敦詩，清河人，元和中戶部侍郎同平章事）　賈餗（河南人，太和中中書侍郎同平章事）　張籍

鳳池新雨後池上好風光（禹錫上相公）取酒愁春盡留賓喜日長（度送戶部）柳絲迎畫舸水鏡寫雕梁（羣送賈院長）潭洞迷仙府煙霞認醉鄉（餗送張司業）鶯聲隨笑語竹色入壺觴（籍送主客）晚景含澄澈時芳得豔陽（禹錫）飛鳧拂輕浪綠柳暗迴塘（度）逸韻追安石高居勝辟彊（羣）杯停新令舉詩動綵牋忙（餗）顧謂同來客歡遊不可忘（籍）

西池落泉聯句（以下三首又見劉禹錫白居易張籍集）

度　行式（失姓）　張籍　白居易　劉禹錫

東閣聽泉落能令野興多（行式）散時猶帶沫淙處即跳波（度）偏洗磷磷石還驚泛泛鵝（籍）色清塵不染光白月相和（居易）噴雪縈松竹攢珠濺芰荷（禹錫）對吟時合響觸樹更搖柯（籍）照圃紅分藥侵階綠浸莎（居易）日斜車馬散餘韻逐鳴珂（禹錫）

首夏猶清和聯句

度　白居易　劉禹錫　行式　張籍

記得謝家詩清和即此時（居易）餘花數種在密葉幾重垂（度）芳謝人人惜陰成處處宜（禹錫）水萍爭點綴梁燕共追隨（行式）亂蝶憐疎蘂殘鶯戀好枝（籍）草香殊未歇雲勢漸多奇（居易）單服初寧體新篁已出籬（度）與春爲別近覺日轉行遲（禹錫）繞樹風光少侵階苔蘚滋（行式）惟思奉歡樂長得在西池（籍）

薔薇花聯句

度　劉禹錫　行式　白居易　張籍

似錦如霞色連春接夏開（禹錫）波紅分影入風好帶香來（度）得地依東閣當階奉上台（行式）淺深皆有態次第暗相催（禹錫）滿地愁英落緣堤惜櫂迴（度）芳濃濡雨露明麗隔塵埃（行式）似著臙脂染如經巧婦裁（居易）柰花無別計只有

酒殘杯（籍）

喜遇劉二十八偶書兩韻聯句（以下四首又見劉禹錫白居易集）

度　劉禹錫　白居易　李紳

病來佳興少，老去舊遊稀。笑語縱橫作，杯觴絡繹飛。（度）清談如水玉，逸韻貫珠璣。高位當金鉉，虛懷似布衣。（禹錫）已容狂取樂，仍任醉忘機。捨眷將何適，留歡便是歸。（居易）鳳儀常欲附，蚊力自知微。願假尊罍末，膺門自此依。（紳）

劉二十八自汝赴左馮塗經洛中相見聯句

度　白居易　李紳　劉禹錫

不歸丹掖去，銅竹漫云云。唯喜因過我，須知未賀君。（度）詩聞安石詠，香見令公熏。欲首函關路，來披緱嶺雲。（居易）貂蟬公獨步，鴛鷺我同羣。插羽先飛酒，交鋒便戰文。（紳）鎮嵩知表德，定鼎為銘勳。顧鄙容商洛，徵歡候汝墳。（禹錫）頻年多謔浪，此夕任喧紛。故態猶應在，行期未要聞。（度）遊藩榮已久，捧袂惜將分。詎厭杯行疾，唯愁日向曛。（居易）窮陰初莽蒼，離思漸氤氳。殘雪午橋岸，斜陽伊水濆。（紳）上謨尊右掖，全略靜東軍。萬頃徒稱量，滄溟詎有垠。（禹錫）

度自到洛中與樂天為文酒之會時時搆詠樂不可支則慨然共憶夢得而夢得亦分司至止歡愜可知因為聯句

度　白居易　劉禹錫

成周文酒會，吾友勝鄒枚。唯憶劉夫子，而今又到來。（度）欲迎先倒屣，亦坐便傾杯。飲許伯倫右，詩推公幹才。（並以本事）（居易）久曾聆郢唱，重喜上燕臺。晝話牆陰轉，宵歡斗柄迴。（禹錫）新聲還共聽，故態復相咍。遇物皆先賞，從花半未開。（度）起時烏帽側，散處玉山頹。墨客喧東閣，文星犯上台。（居易）詠吟君稱首，疏放我為魁。憶戴何勞訪，（時夢得分司而來）留髡不用猜。（宴席上老夫暫起樂天密坐不動足度）奉觴承麴糵，落筆捧瓊瑰。醉弁無妨側，詞鋒不可摧。（此兩韻美令公也居易）水軒看翡翠，石徑踐莓苔。童子能騎竹，佳人解詠梅。（陪遊南宅之境禹錫）洛中三可矣，鄴下七悠哉。自向風光急，不須絃管催。（度）樂觀魚踴躍，閑愛鶴裴回。煙柳青凝黛，波萍綠撥醅。（居易）春榆初改火，律管又飛灰。紅藥多遲發，碧松宜亂栽。（禹錫）馬嘶駞陌上，鵾泛鳳城隈。色色時堪惜，些些病莫推。（度）

澗流尋軋軋，餘刃轉恢恢。從此知心伏，無因敢自媒。（禹錫）室隨親客入，席許舊寮陪。逸興嵇將阮，交情陳與雷。（此二句屬夢得也居易）洪爐思哲匠，大厦要羣材。他日登龍路，應知免曝鰓。（禹錫）

宴興化池亭送白二十二東歸聯句（此首又見張籍集）

度　劉禹錫　白居易　張籍

東洛言歸去，西園告別來。白頭青眼客，池上手中杯。（度）離瑟殷勤奏，仙舟委曲回。征輪今欲動，賓閣為誰開。（禹錫）坐弄琉璃水，行登綠縟堆。花低妝照影，萍散酒吹醅。（居易）岸蔭新抽竹，亭香欲變梅。隨遊多笑傲，遇勝且裴回。（籍）澄澈連天鏡，潺湲出地雷。林塘難共賞，鞍馬莫相催。（度）信及魚還樂，機忘鳥不猜。晚晴槐起露，新雨石添苔。（禹錫）擬作雲泥別，尤思頃刻陪。歌停珠貫斷，飲罷玉峰頹。（居易）雖有逍遙志，其如磊落才。會當重入用，此去肯悠哉。（籍）

西池送白二十二東歸兼寄令狐相公聯句（此首又見劉禹錫集）

度　劉禹錫　張籍　行式

促坐宴回塘，送君歸洛陽。彼都留上宰，為我說中腸。（度）威鳳池邊別，冥鴻天際翔。披雲見居守，望日拜封章。（禹錫）春盡年華少，舟通景氣長。送行歡共惜，寄遠意難忘。（籍）東道瞻軒蓋，西園醉羽觴。謝公深眄睞，商皓信輝光。（行式）舊德推三友，新篇代八行。（以下缺）

李絳

杏園聯句（以下二首又見劉禹錫白居易集）

絳　崔羣　白居易　劉禹錫

杏園千樹欲隨風，一醉同人此暫同。（羣上司空）老態忽忘絲管裏，衰顏宜解酒杯中。（絳上白二十二）曲江日暮殘紅在，翰苑年深舊事空。（居易上主客）二十四年流落者，故人相引到花叢。（禹錫）

花下醉中聯句

絳　劉禹錫　白居易　庾承宣　楊嗣復

共醉風光地，花飛落酒杯。（絳送劉二十八）殘春猶可賞，晚景莫相催。（禹錫送白侍郎）酒幸年年有，花應歲歲開。（居易送兵部相公）且當金韻擲，莫遣玉山頹。（絳送庾閣長）高會彌堪惜，良時不易陪。（承宣送主客）誰能拉花住，爭換得春回。（禹錫送吏部）我輩尋常有，佳人早晚來。（嗣復送白侍郎）寄言三相府，欲散且裴回。（居易時戶部相公同會）

劉禹錫

樂天是月長齋鄙夫此時愁臥里閭非遠雲霧難披因以寄懷遂為聯句所期解悶焉敢驚禪

禹錫　白居易

五月長齋月，文心苦行心。蘭葱不入戶，薝蔔自成林。（禹錫）護戒先辭酒，嫌喧亦徹琴。塵埃賓位靜，香火道場深。（居易）我靜馴狂象，餐餘施眾禽。定知於佛佞，豈復向書淫。（禹錫）闌藥凋紅豔，庭槐換綠陰。風光徒滿目，雲霧未披襟。（居易）樹為清涼倚，池因盥漱臨。蘋芳遭燕拂，蓮坼待蠭尋。（禹錫）舍下環流水，窗中列遠岑。苔斑錢剥落，石怪玉嶔岑。（居易）鵲頂迎秋禿，鶯喉入夏瘖。綠楊垂嫩色，絺棘露長鍼。（禹錫）散秩身猶幸，趨朝力不任。官將方共拙，年與病交侵。（居易）徇樂非時選，忘機似陸沈。鑒容稱四皓，捫腹有三壬。（禹錫）攜手慙連璧，同心許斷金。紫芝雖繼唱，（前後各在賓客）白雪少知音。（居易）憶罷吴門守，相逢楚水潯。舟中頻曲宴，夜後各加斟。（禹錫）濁酒銷殘漏，弦聲間遠砧。酡顏舞長袖，密坐接華簪。（居易）持論峰巒峻，戰文矛戟森。笑言誠莫逆，造次必相箴。（禹錫）往事應如昨，餘歡迄至今。迎君常倒屣，訪我輒攜衾。（居易）陰魄初離畢，（時有雨候）陽光正在參。（五月之節）待公休一食，縱飲共狂吟。（禹錫）

白居易

秋霖即事聯句三十韻（以下三首又見劉禹錫王起集）

居易　王起　劉禹錫

蕭索窮秋月，蒼茫苦雨天。泄雲生棟上，行潦入庭前。（居易送上僕射）苔色侵三徑，波聲想五絃。井蛙爭入戶，轍鮒亂歸泉。（起送上中丞大監）蘄蠹愁晨坐，空階警夜眠。鶴鳴猶未已，蟻穴亦頻遷。（禹錫送上少傅侍郎）散漫疎還密，空濛斷復連。竹霑青玉潤，荷滴白珠圓。（居易）地溼灰蛾滅，池添水馬憐。有苗霑霈霂，無月弄潺湲。（起）籬菊潛開秀，園蔬已罷鮮。斷行隨雁翅，孤嘯聳鳶肩。（禹錫）橋柱黏黃菌，牆衣點綠錢。草荒行藥路，沙泛

釣魚船居易長者車猶阻高人榻且懸此思劉白之來也金烏何日見
玉爵幾時傳起近井桐先落當檐石欲穿趨風誠有戀
披霧邈無緣禹錫以答懸榻之召稟米陳生饌庖薪溼起煙鳴雞潛
報曉急景暗彫年居易蓋灑高松上絲繁細柳邊拂叢時
起蝶隋葉乍驚蟬起巾角皆爭墊帬裾別似湔人多蒙
翠被馬盡著連乾禹錫好客無來者貧家但悄然溼泥印
鶴迹漏壁絡蝸涎居易蚊聚雷侵室鷗飄浪滿川上樓愁
冪冪繞舍厭濺濺起律候今秋矣歡娛久曠焉但令高
興在晴後奉周旋禹錫

喜晴聯句

居易 王起 劉禹錫

苦雨晴何喜喜於未雨時氣收雲物變聲樂鳥烏知居易渼上
僕射蕙泛光風圃蘭開皎月池千峰分遠近九陌好追隨
起渼上尚書白日開天路玄陰卷地維餘清在林薄新照入漣
漪禹錫碧樹涼先落青蕪溼更滋曬毛經浴鶴曳尾出泥
龜居易舞去商羊速飛來野馬遲柱邊無潤礎臺上有游
絲起橋淨行塵息堤長禁柳垂宮城開睥睨觀闕麗罘
罳禹錫洛水澄清鎮嵩煙展翠帷梁成虹乍見市散蜃初
移居易藉草風猶暖攀條露已晞屋穿添碧瓦牆缺召金
鎚起迴徹來雙目昏煩去四支霞文晚煥爛星影夕參
差禹錫爽助門庭肅寒摧草木衰黃乾向陽菊紅洗得霜
棃居易假蓋閑誰惜彈弦燥更悲散蹄良馬穩炙背野人
宜起洞户晨暉入空庭宿霧披推林出書目傾筍上衣
椸禹錫道路行非阻軒車望可期無辭訪圭竇且願見瓊
枝居易山閣蓬萊客古以秘書喻蓬萊儲宮羽翼師此言少傅每優陪麗句
何暇覿英姿起以酬圭竇之言戢景方搔首懷人尚斂眉因吟仲文
什高興盡於斯禹錫

會昌春連宴即事

居易 劉禹錫 王起

元年寒食日上巳暮春天雞黍三家會鶯花二節連居易
光風初澹蕩美景漸暄妍簪組蘭亭上車輿曲水邊禹錫
松聲添奏樂草色助鋪筵雀舫宜閑泛螺杯任漫傳起
園蔬香帶露廚柳暗藏煙麗句輕珠玉清談勝管弦居易
陌喧金距鬬樹動綵繩懸姹女妝梳豔遊童衣服鮮禹錫
圃香知種蕙池暖憶開蓮怪石雲疑觸夭桃火欲然起
正歡唯恐散雖醉未思眠嘯傲人間世追隨地上僊居易
燕來雙涎涎雁去累翩翩行樂眞吾事尋芳獨我先禹錫
滯周慙太史太史公留滯周南今茶慙古人矣入洛繼先賢此言劉白聲價與二陸爭長矣昔恨
多分手今歡謬比肩起病猶陪讌飲老更奉周旋望重
青雲客情深白首年居易倫嘗珍饌後許入畫堂前舞袖
飄紅炬歌鬟插寶蟬禹錫斷金多感激倚玉貴遷延說史
吞顏注論詩笑鄭箋起松筠寒不變膠漆冷彌堅興伴
王尋戴謂隨僕射過尚書也榮同隗在燕居易自謂擲盧誇使氣刻燭鬬成
篇實藝皆三捷虛名媿六聯禹錫興闌猶舉白話靜每思
玄更說歸時好亭亭月正圓起

僕射來示有三春向晚四者難并之說誠哉是言輒引起題重為聯句疲兵再戰勍敵難降下筆之時囅然自哂走呈僕射兼簡尚書此首又見劉禹錫集

居易 王起 劉禹錫

二春今向晚四者昔難并借問低眉坐何如攜手行居易
舊遊多過隙新宴且尋盟鸚鵡林須樂麒麟閣未成起
分陰當愛惜遲景好逢迎林野熏風起樓臺穀雨晴禹錫
牆低山半出池廣水初平橋轉長虹曲舟回小鷁輕居易
殘花猶布繡密竹自聞笙欲過芳菲節難忘宴慰情起
月輪行似箭時物始如傾見雁隨兄去聽鶯求友聲禹錫
蕙長書帶展菰嫩剪刀生坐密衣裳暖堂虛絲管清居易
峰巒侵碧落草木近朱明與點非沂水陪膺是洛城白為三川守故云起
撥醅爭綠醑臥酪待朱櫻幾處能留客何人喚解酲禹錫
舊儀尊右揆新命寵春卿有喜鵲頻語無機鷗不驚居易
青林思小隱白雪仰芳名訪舊殊千里登高賴九城起
鄭侯司管籥疏傅傲簪纓綸綍曾同掌煙霄即上征禹錫
冊庭嘗接武書殿忝連衡蘭室春彌馥松心晚更貞居易
琴招翠羽下鉤掣紫鱗呈只願回烏景誰能避兕觥起
方知醉兀兀應是走營營鳳閣鸞臺路從他年少爭居易東呈二公

全唐詩

聯句

韓愈

城南聯句此首又見張籍集

愈 孟郊

竹影金瑣碎郊泉音玉淙琤琉璃翦木葉愈翡翠開園
英流滑隨仄步郊搜尋得深行遙岑出寸碧愈遠目增
雙明乾穟紛拄地郊化蟲枯挶莖木腐或垂耳愈草珠
競駢睛浮虛有新斸郊摧抗饒孤撐囚飛黏網動愈盜
啅接彈驚脫實自開坼郊牽柔誰繞縈禮鼠拱而立愈
駭一作駿牛躅且鳴蔬甲喜臨社郊田毛樂寬征露螢不自
暖愈凍蝶尚思輕宿羽有先曉郊食鱗時半橫菱翻紫
角利愈荷折碧圓傾楚膩鱣鮪亂郊獠羞蠃蟹并桑蠖
見虛指愈穴貍聞鬬獰逗翳翅相筑郊擺幽尾交搒蔓
涎角出縮愈樹啄頭敲鏗修箭裹金餌郊羣鮮沸池羹
岸殼坼玄兆愈野䴵漸豐萌窰煙冪疏島郊沙篆印迴
平痒肌遭眊刺愈啾耳聞雞生奇慮恣迴轉郊遐睎縱
逢迎顛林戢遠睫愈縹氣夷空情歸跡歸不得郊捨心
捨還爭靈麻撮狗蝨愈村稚啼禽猩紅皺曬檐瓦郊黃
團繫門衡得雋蠅虎健愈相殘雀豹趬束枯樵指禿郊
刈熟擔肩頳澀旋皮卷臠愈苦開腹彭亨機春潺湲力
郊吹簸飄飄精賽餟木盤簇愈靫妖藤索絣荒學五六
卷郊古藏四三塋里儒拳足拜愈土怪閃眸偵蹄道補
復破郊絲窠掃還成暮堂蝙蝠沸愈破竈伊威盈追此
訊前主郊荅云皆冢卿敗壁剝寒月愈折篁嘯遺笙袿
熏霏霏在郊碁跡微微呈劒石猶竦檻愈獸材尚拏楹
寶唾拾未盡郊玉啼隋猶鎗窗綃疑閟豔愈妝燭已銷
檠綠鬟抽珉甃郊青膚聳瑤楨白蛾飛舞地愈幽蠹落
書棚惟昔集嘉詠郊吐芳類鳴嚶窺奇摘海異愈恣韻
激天鯨腸胃繞萬象郊精神驅五兵蜀雄李杜拔愈嶽
力雷車轟大句斡玄造郊高言軋霄崢芒端轉寒煥愈
神助溢杯觥巨細各乘運愈湍瀾亦騰聲凌花咀粉蘂
郊削縷穿珠櫻綺語洗晴雪愈嬌辭哢雛鶯酣歡雜弁

珥郊繁價流金瓊菡萏寫江調郊萎蕤綴藍瑛庬霜膾玄鯽愈浙玉炊香稉朝饌巳百態郊春醪又千名哀匏感馼景愈洌唱凝餘晶解魄不自主郊痺肌坐空瞠扳援賤蹊絕愈炫曜仙選更虆巧競采笑郊騈鮮互探嬰桑變忽蕪蔓愈樟裁浪登丁霞闢詎能極郊風期誰復賡皐區扶帝壤愈環蘊郁天京祥色被文彥郊良才插杉檉隱伏饒氣象愈興潛示堆坑擘華露神物郊擁終儲地禎訏謨壯締始愈輔弼登階清峚秀恣塡塞郊呀靈湓渟澄益大聯漢魏愈肇初邁周嬴積照涵德鏡郊傳經儷金籯食家行鼎鼐愈寵族飫弓旌奕制晝從賜郊殊私得逾程飛橋上架漢愈繚岸俯規瀛瀟碧遠輸委郊湖嵌費攜擊蓟首從大漠愈楓楉至南荆嘉植鮮危朽郊膏理易滋榮懸長巧紐翠愈象曲善攢珩魚口星浮沒郊馬毛錦斑騂五方亂風土愈百種分鉏耕葩蘖相妬出郊菲茸共舒晴類招臻倜詭愈翼萃伏衿纓危望跨飛動郊冥升躡登閎春游轢霍靡愈彩伴颮燮娸遺爍飄的皪郊淑顏洞精誠嬌應如在寤愈頹意若含酲鵷毳翔衣帶郊鵝肪截佩璜文升相照灼愈武勝屠欃槍割錦不酬價郊構雲有高營通波物鱗介愈疏畹富蕭蘅買養馴孔翠郊遠苞樹蕉栟鴻頭排刺芡愈鵯鶇攢環橙鷩廣雜良牧郊蒙休賴先盟罷旄奉環衛愈守封踐忠貞戰服脫明介郊朝冠飄彩紘爵動逮僮隸愈簪笏自懷綳乳下秀嶷嶷郊椒蕃泣喤喤貌鑑清溢匣愈眸光寒發硎館儒養經史郊綴戚觴孫甥考鐘饋殽核愈戛鼓侑牢牲飛膳自北下郊函珍極東烹如瓜責大卵愈比線茹芳菁海嶽錯口腹郊趙燕錫媌娙一笑釋仇恨愈百金交弟兄貨至貊戎市郊呼傳鸚鴿令順居無鬼瞰愈抑橫免官評殺候肆凌翦郊籠原帀罝紭羽空顛雉鷚愈血路迸狐麖折足去踸踔郊麼䰄怒鬣䰀躍犬疾翥鳥愈呀鷹甚飢蚉算蹄記功賞郊裂腦擒摚振猛虪牛馬樂愈妖殘梟鴟悍窟窮尚嗔視郊箭出方驚抨連箱載巳實愈礙轍棄仍贏喘覷鋒刃點郊困衝株枿盲埽淨豁曠曠愈騁遙略䓪䓪饞扠飽活

鸞郊惡嚼噂腥鯖歲律及郊至愈古音命韶韺旗旆流日月郊帳廬扶棟甍磊落奠鴻辟愈參差席香蕈玄祇祉兆姓郊黑秬鰷豐盛慶流蠲瘥癘愈威暢捐輴輣靈燔望高冋郊龍駕聞敲颷是惟禮之盛愈永用表其宏德孕厚生植郊恩熙完刖剠宅土盡華族愈連田間強甿蔭庚森嶺檜郊啄場翽祥鵬畦肥翦韭䪥愈陶固收盆覺利養積餘健郊孝思事嚴枋掘雲破嵽嵲愈采月漉坳泓寺砌上明鏡郊僧盂敲曉鉦泥象對騁怪愈鐵鐘孤春鍠癭頸鬧鳩鴿郊蜿垣亂蛺蝶甚黑老蠶蠋愈麥黃韻鸝鶊韶曙遲勝賞郊賢明戒先庚馳門塡偪仄愈競墅輾砅砰碎纈紅滿杏郊稠凝碧浮餳饜繩覲娥婺愈鬭草擷璣珵粉汗澤廣額郊金星躋連瓔鼻偷困淑郁愈眼剽強盯矓是節飽顏色郊玆彊稱都城書饒罄魚繭愈紀盛播琴箏奚必事遠覿郊無端逐羈傖將身親魍魅愈浮跡侶鷗鶴腥味空奠屈郊天年徒羨彭驚魂見蛇蚓愈觸鰓值蝦蟇幸得履中氣郊忝從拂天棖歸私暫休暇愈驅明出庠黌鮮意竦輕暢郊連輝照瓊瑩陶暄逐風乙愈躍視舞睛蜻足勝自多詣郊心貪敵無勍始知樂名教愈何用苦拘儜畢景任詩趣郊焉能守礰礰愈

會合聯句

愈　張籍　孟郊　張徹

離別言無期會合意彌重籍病添兒女戀老喪丈夫勇愈劒心知未死詩思猶孤聳郊愁去劇箭飛歡來若泉涌徹析言多新貫攄抱無昔壅籍念難須勤追悔易勿輕踵愈吟巴山犖嶨音學說楚波堆壟郊馬辭虎豹怒舟出蛟鼉恐徹狂鯨時孤軒幽狖雜百種愈瘴衣常腥膩蠻器多疎宄籍剝苔弔斑林角飯餌沈冢愈忽爾衘遠命歸歟舞新寵郊鬼窟脫幽妖天居覿清栱愈京遊步方振讒夢意猶恟籍詩書誇舊知酒食接新奉愈嘉言寫清越瘉病失肬腫郊夏陰偶高庇宵魄接虛擁愈雪弦寂寂聽茗盌纖纖捧郊馳輝燭浮螢幽響泄潛蛬愈詩老獨何心江疾有餘湩郊我家本瀍穀有地介皐鞏

休跡憶沈冥峨冠甀闒婄愈升朝高轡逸振物羣聽悚徒言濯幽泌誰與薙荒茸籍朝紳鬱青綠馬飾曜珪珙國讐未銷鑠我志蕩邛隴郊君才誠倜儻時論方洶溶音勇格言多彪蔚懸解無梏拲張生得淵源寒色拔山冢堅如撞羣金眇若抽獨蛹愈伊余何所擬跛鼈詎能踊塊然隨岳石飄爾胥巢氄郊龍旆垂天衛雲韶凝禁甬君胡眠安然朝鼓聲洶洶愈

鬭雞聯句

愈　孟郊

大雞昂然來小雞竦而待愈崢嶸顛盛氣洗刷凝鮮彩郊高行若矜豪側睨如伺殆愈精光目相射劒戟心獨在郊既取冠爲冑復以距爲鐓天時得清寒地利挾爽塏愈磔毛各噤瘁怒癭爭碨磊俄膺忽爾低植立瞥而改郊腷膊戰聲喧繽翻落羽皠中休事未決小挫勢益倍愈妬腸務生敵賊性專相醢裂血失鳴聲啄殷甚飢餒郊對起何急驚隨旋誠巧紿毒手飽李陽神槌困朱亥愈惻心我以仁碎首爾何罪獨勝事有然旁驚汗流浼郊知雄欣動顏怯負愁看賄爭觀雲塡道助叫波飜海愈事爪深難解嗔睛時未怠一噴一醒然再接再礪乃郊頭垂碎丹砂翼搨拖錦綵連軒尚賈餘清厲比歸凱愈選俊感收毛受恩慙始隗英心甘鬭死義肉恥庖宰君看鬭雞篇短韻有可采郊

納涼聯句

愈　孟郊

遞嘯取遙風微微近秋朔郊金柔氣尚低火老候愈濁愈熙熙炎光流竦竦高雲擢愈閃紅驚蚴虯凝赤聳山嶽曰林恐焚燒耳井憶瀺灂仰懼失交泰非時結冰雹化鄧渴且多奔河誠已慤暍道者誰子叩商者何樂洗矣得滂沱感然鳴鸑鷟嘉願苟未從前心空緬邈清砌千迴坐冷環再三握煩懷却星星高意還卓卓郊龍沈劇煮鱗牛喘甚焚角蟬煩鳴轉喝鳥噪飢不啄晝蠅食案繁宵蚋肌血渥單絺厭巳褫長箑倦還捉幸茲得佳朋於此蔭華桷青熒文簟施淡瀲甘瓜濯大辟曠凝淨

古畫奇駮犖凄如玭寒門皓若攢玉璞埽寬延鮮飈汲冷漬香穭篚實摘林珍盤殽饋禽㲉空堂喜淹留貧饌羞齷齪愈殷勤相勸勉左右加礱斲賈勇發霜硎爭前曜冰槊微然草根響先被詩情覺感衰悲舊改工異逞新貌誰言擯朋老猶自將心學危檐不敢憑朽機懼傾撲青雲路難近黃鶴足仍鋜未能飲淵泉立滯叫芳藥郊與子昔睽離嗟余苦屯剝直道敗邪徑拙謀傷巧詠炎湖度氛氳熱石行犖硞痟肌夏尤甚瘧渴秋更數君顏不可覿君手無由搦今來沐新恩庶見返鴻朴儒庠恣游息聖籍飽商搉危行無低徊正言免咿喔車馬獲同驅酒醪欣共軟惟憂棄菅蒯敢望侍帷幄此志且何如希君爲追琢愈

秋雨聯句

愈　孟郊

萬木聲號呼百川氣交會郊庭飜樹離合牖變景明藹愈淙瀉殊未終飛浮亦云泰郊牽懷到空山屬聽邇驚瀨愈檐垂白練直渠漲清湘大郊甘津澤祥禾伏潤肥荒艾愈主人吟有歡客子歌無奈郊侵陽日沈玄剝節風搜兊愈坱圠遊峽喧颸飋臥江汰郊微飄來枕前高灑自天外愈蓻穴何迫迮蟬枝埽鳴噦郊援菊茂新芳徑蘭銷晚藹愈地鏡時昏曉池星競漂沛郊譴咄尋一聲灌注咽羣籟愈儒宮煙火溼市舍煎熬怵郊臥冷空避門衣寒屢循帶愈水怒已倒流陰繁恐凝害郊憂魚思舟檝感禹勤畎澮愈懷襄信可畏疏決須有賴郊筮命或馮蓍卜晴將問蔡愈庭商忽驚舞墉禜亦親酹郊氛醨稍疎映雺亂還擁薈陰旌時摎流帝鼓鎮訇磕棗圖落青璣爪畦爛文貝貧薪不爛竈富粟空塡廥愈秦俗動言利魯儒欲何匃深路倒羸驂弱途擁行軑毛羽皆遭凍離褷不能翽飜浪洗虛空傾濤敗藏蓋郊吾人猶在陳僮僕誠自鄙因思征蜀士未免溼戎旆安得發商飈廓然吹宿靄白日懸大野幽泥化輕壒戰場暫一乾賊肉行可膾愈搜心思有效抽策期稱最豈惟慮收穫亦以救顛沛郊禽情初嘯儔礎色微收霈庶幾諧我願遂止無已太愈

征蜀聯句

愈　孟郊

日王忿違慠有命事誅拔蜀險豁關防秦師縱橫猾愈風旗帀地揚雷鼓轟天殺竹兵彼皴脆鐵刃我槍鑯郊刑神吒犛旄陰燄颮犀札飜霓紛偃蹇塞野澒坱圠愈生獰競掣跌癡突爭塡軋渴鬬信豗呶嗽姧何嚘嗗郊更呼相簸蕩交斫雙缺齾火發激鋩腥血漂騰足滑愈飛猱無整陣翩鶻有邪戛江倒沸鯨鯤山搖潰貙貏郊中離分二三外變迷七八逆頸盡徽索仇頭恣髡鬝怒鬚猶鬡鬡斷臂仍敮敮愈石潛設奇伏穴覷騁精察中矢類妖㺄跳鋒狀驚豽蹋飜聚林嶺斗起成埃圿郊旆亡多空杠軸折鮮聯轄剟膚浹瘡痍敗面碎剠剖渾奔肆狂勦捷竄脫趫黠巖鉤踔狙猨水漉雜鱣蜡投奔鬧硿隆塡隍傶傸僨愈強睛死不閉獰眼困逾䀹熱堞熇歊熺抉門呀拗鬬天刀封未坼酋膽懾前揠跧梁排郁縮闖竇揳窋窡迫脅聞雜驅咿呦叫冤跀郊窮區指清夷兇部坐雕鎩邛文裁斐亹巴豔收婠妠椎肥牛呼牟載實駝鳴圖聖靈閔頑蠶蠢養均草蔡下書遏雄摅解罪弔攣瞎愈戰血時銷洗劍霜夜清刮漢棧罷囂闐獠江息澎汃戍寒絕朝乘刁暗歇宵䃅始去杏飛蠭及歸柳嘶蛬廟獻繁馘級樂聲洞椌楬郊臺圖煥丹玄郊告儼匏稽念齒慰黴黨視傷悼瘢痆休輸任訛寢報力厚麩秠公歡鐘晨撞室宴絲曉扴杯盂酬酒醪箱篋饋巾帨小臣昧戎經維用贊勳劼愈

同宿聯句

愈　孟郊

自從別君來遠出遭巧譖愈斑斑落春淚浩浩浮秋浸郊毛奇覩象犀羽怪見鵬鴆愈朝行多危棧夜臥饒驚枕郊生榮今分踰死棄昔情任愈鵷行參綺陌雞唱聞清禁郊山晴指高標槐密驚長蔭愈直辭一以薦巧舌千皆舒郊匡鼎惟說詩桓譚不讀讖愈逸韻何嘈嗷高名俟沽賃郊紛葩歡屢塡曠朗憂早滲愈爲君開酒腸顛倒舞相飲郊曦光霽曙物景曜鑠宵祲愈儒門雖大啓姧首不敢闖義泉雖至近盜索不敢沁清琴試一揮白鶴叫相喑欲知心同樂雙繭抽作紝郊

莎柵聯句

愈　孟郊

冰溪時咽絕風櫪方軒舉愈此處不斷腸定知無斷處郊

雨中寄孟刑部幾道聯句

愈　孟郊

秋潦淹轍迹高居限參拜愈耿耿蓄良思遙遙仰嘉話郊一晨長隔歲百步遠殊界愈商聽饒清聳悶懷空抑噫郊美君知道腴逸步謝天械愈吟馨鑠紛雜抱照瑩疑怪郊撞宏聲不掉輸邈瀾逾殺愈檐瀉碎江喧街流淺溪邁郊念初相遭逢幸免因媒介祛煩類決癰愜興劇爬疥研文較幽玄呼博騁雄快今君軺方馳伊我羽已鎩溫存感深惠琢切奉明誡愈迨茲更凝情暫阻若嬰瘵欲知相從盡靈珀拾纖芥欲知相益多神藥銷宿憊德符仙山岸永立難欹壞氣涵秋天河有朗無驚湃郊祥鳳遺蒿鷃雲韶掩夷靺爭名求鵠徒騰口甚蟬喝未來聲已赫始鼓敵前敗鬬場再鳴先遐路一飛屆東野繼奇躅修綸懸衆犗穿空細丘垤照日陋菅蒯愈小生何足道積慎如觸蠆愔愔抱所諾翼翼自申戒聖書空勘讀盜食敢求嘬惟當騎款段豈望覿珪玠弱操媿筠杉微芳比蕭韰何以驗高明柔中有剛夬郊

遠遊聯句

愈　孟郊　李翺

別腸車輪轉一日一萬周郊離思春冰泮瀾漫不可收愈馳光忽以迫飛轡誰能留郊取之詎灼灼此去信悠悠翺楚客宿江上夜魂棲浪頭曉日生遠岸水芳綴孤舟村飲泊好木野蔬拾新柔獨含悽悽別中結鬱鬱愁人憶舊行樂鳥吟新得儔郊靈瑟時窅窅霽猨夜啾啾憤濤氣尚盛恨竹淚空幽長懷絕無已多感良自尤即路涉獻歲歸期眇涼秋兩歡日牢落孤悲坐綢繆愈觀

怪忽蕩漾叩奇獨冥搜海鯨吞明月浪島沒大漚我有一寸鈎欲釣千丈流良知忽然遠壯志鬱無抽郊魍魅暫出沒蛟螭互蟠蟉昌言拜舜禹舉颿凌斗牛懷糈餽賢屈乘桴追聖丘飄然天外步豈肎區中囚愈楚些待誰弔賈辭緘恨投翳明弗可曉祕魂安所求氣毒放逐域蓼雜芳菲疇當春忽淒涼不枯亦颼飀貉謡衆猥款巴語相咿嚘默誓去外俗嘉願還中州江生行旣樂躬輦自相勠飲醇趣明代味腥謝荒陬郊馳深鼓利檝趨險驚蜚輴繫石沈靳尚開弓射鵩吺路暗執屏翳波驚戮陽侯廣泛信縹緲高行恣浮游外患蕭蕭去中悒稍稍瘳振衣造雲闕跪坐陳清猷德風變讒巧仁氣銷戈矛名聲照西海淑問無時休歸哉孟夫子歸去無奚猶

愈

晚秋郾城夜會聯句

愈　李正封

從軍古云樂談笑青油幕燈明夜觀棊月暗秋城柝正封

丞羈客方寂歷驚烏時落泊語闌壯氣衰酒醒寒砧作

愈奉院長遇主貴陳力夷凶匪兼弱百牢犒輿師千戶購首惡

正封平生恥論兵末暮不輕諾徒然感恩義誰復論勳爵

愈多士被霑汚小夷施毒蠚何當鑄劍戟相與歸臺閣

正封室婦歎鳴鸛家人祝喜鵲終朝考蓍龜何日親烝礿

愈問使斷津梁潛軍索林薄紅塵羽書靖大水沙囊涸

正封銘山子所工插羽余何怍未足煩刀俎祇應輸管籥

愈雨矢逐天狼電矛驅海若靈誅固無縱力戰誰敢却

正封峨峨雲梯翔赫赫火箭著連空隳雉堞照夜焚城郭

愈軍門宣一令廟算建三略雷鼓揭千槍浮橋交萬筰

正封蹂野馬雲騰映原旗火鑠疲氓墜將拯殘虜狂可縛

愈摧鋒若貙兕超乘如猱玃逢掖服翻氈緩胡纓可愕

正封星隕聞雊雉師興隨唳鶴虎豹貪犬羊鷹鸇憎鳥雀

愈燒陂除積聚灌壘失依託憑軾諭昏迷執殳征暴虐

正封倉空戰卒飢月黑探兵錯兇徒更蹈藉逆族相啗嚼

愈軸轤亘淮泗旆旌連夏鄂大野縱氐羌長河浴騮駱

正封東西競角逐遠近施矰繳人怨童聚謡天殃鬼行瘧

愈漢刑支郡黜周制閑田削侯社退無功鬼薪懲不恪

正封余雖司斧鑕情本尚丘壑且待獻俘囚終當返耕穫

愈藁街陳鈇鉞桃塞興錢鎛地理畫封疆天文埽寥廓

正封天子憫瘡痍將軍禁鹵掠策勳封龍頟歸獸獲麟腳

愈詰誅敬王怒給復哀人瘼澤髮解兜鍪酡顏傾鑿落

正封安存惟恐晚洗雪不論昨暮烏已安巢春蠶看滿箔

愈聲明動朝闕光寵耀京洛旁午降絲綸中堅擁鼓鐸

正封密坐列珠翠高門塗粉雘跋朝賀書飛塞路歸鞍躍

愈魏闕橫雲漢秦關束巖崿拜迎羅櫜鞬問遺結囊橐

正封江淮永清晏宇宙重開拓是日號升平此年名作噩

愈洪赦方下究武飈亦旁魄南據定蠻陬北攫空朔漠

正封儒生愜教化武士猛刺斫吾相兩優游他人雙落莫

愈印從負鼎佩門爲登壇鑿冊入更顯巖九遷彌謇諤

正封賓筵盡狐趙導騎多衛霍國史擅芬芳宮娃分綽約

愈丹掖列鵷鷺洪爐衣狐貉摛文揮月毫講劒淬霜鍔

正封命衣備藻火賜樂兼拊搏兩廂鋪氍毹五鼎調勺藥

愈帶垂蒼玉佩轡蹙黃金絡誘接喻登龍趨馳狀傾藿

正封青娥翳長袖紅頰吹鳴籥儻不忍辛勤何由恣歡謔

愈惟當早富貴豈得暫寂寞但擲雇笑金仍祈却老藥

正封歿廟配尊罍生堂合馨鑮安行庇松篁高臥枕莞蒻

愈洗沐恣蘭芷割烹厭膟膋喜顏非忸怩達志無隕穫

正封詼諧酒席展慷慨戎裝著斬馬祭旄纛炰羔禮芒屩

愈山多離隱豹野有求伸蠖推選閱羣材薦延挹一鶚

正封左右供諂譽親交獻諛噱名聲載揄揚權勢實熏灼

愈道舊生感激當歌發酬酢羣孫輕綺紈下客豐醴酪

正封窮天貢瓌異市海賜酺醵作樂鼓還槌從禽弓始彍

愈取歡移日飲求勝通宵博五白氣爭呼六奇心運度

正封恩澤誠布濩囂頑已簫勺告成上云亭考古垂矩矱

愈前堂清夜吹東第良晨酌池蓮拆秋房院竹翻夏籜

正封五狩朝恒岱三畋宿楊柞農書乍討論馬法長懸格

愈雪下收新息陽生過京索爾牛時寢訛我僕或歌咢

正封帝載彌天地臣辭劣螢爝爲詩安能詳庶用存糟粕

愈

石鼎聯句 有序

元和七年十二月四日衡山道士軒轅彌明自衡下來舊與劉師服進士衡湘中相識將過太白知師服在京夜抵其居宿有校書郎侯喜新有能詩聲夜與劉說詩彌明在其側貌極醜白鬚黑面長頸而高結喉中又作楚語喜視之若無人彌明忽軒衣張眉指爐中石鼎謂喜曰子云能詩能與我賦此乎劉往見衡湘間人說云年九十餘矣解捕逐鬼物拘囚螭蛟虎豹不知其實能否也見其老頗貌敬之不知其有文也聞此說大喜即援筆題其首兩句次傳於喜喜踊躍即綴其下云云道士啞然笑曰子詩如是而已乎即袖手聳肩倚北牆坐謂劉曰吾不解世俗書子爲我書因高吟曰龍頭縮菌蠢豕腹漲彭亨初不似經意詩旨有似譏喜二子相顧慙駭欲以多窮之即又爲傳之喜喜思益苦務欲壓道士每營度欲出口吻聲鳴益悲操筆欲書將下復止竟亦不能奇也畢即傳道士道士高踞大唱曰劉把筆吾詩云云其不用意而功益奇不可附說語皆侵劉侯喜益忌之劉與侯皆已賦十餘韻彌明應之如響皆脫穎含譏諷夜盡三更二子思竭不能續因起謝曰尊師非世人也某伏矣願爲弟子不敢更論詩道士奮曰不然章不可不成也又謂劉曰把筆來吾與汝就之即又唱出四十字爲八句書訖使讀讀畢謂二子曰章不已就乎二子齊應曰就矣道士曰此皆不足與語此寧爲文邪吾就子所能而作耳非吾之所學於師而能者也吾所能者子皆不足以聞也獨文乎哉吾語亦不當聞也吾閉口矣二子大懼皆起立牀下拜曰不敢他有問也願聞一言而已先生稱吾不解人間書敢問解何書請聞此而已道士寂然若無聞也累問不應二子不自得即退就座道士倚牆睡鼻息如雷鳴二子怛然失色不敢喘斯須曙鼓鼕鼕二子亦困遂坐睡及覺日已上

驚顧覓道士不見即問童奴奴曰天且明道士起出門若將便旋然奴怪久不返即出到門覓無有也二子驚惋自責若有失者間遂詣余言余不能識其何道士也嘗聞有隱君子彌明豈其人邪韓愈序

劉師服進士　侯喜字叔退登貞元進士第官終國子主簿　軒轅彌明

巧匠斲山骨刳中事煎烹師服　直柄未當權塞口且吞聲喜　龍頭縮菌蠢豕腹漲彭亨彌明　外苞乾蘚文中有暗浪驚師服　在冷足自安遭焚意彌貞喜　謬當鼎鼐間妄使水火爭彌明　大似烈士膽圓如戰馬纓師服　上比香爐尖下與鏡面平喜　秋瓜未落蒂凍芋強抽萌彌明　一塊元氣閉細泉幽竇傾師服　不值輸寫處焉知懷抱清喜　方當洪爐然益見小器盈彌明　睆睆無刃迹團團類天成師服　遙疑龜負圖出曝曉正晴喜　旁有雙耳穿上有孤髻撐或訝短尾銚又似無足鐺師服　可惜寒食毬擲此傍路坑喜　何當出灰灺無計離餅罌彌明　陋質荷斟酌狹中媿提擎師服　豈能責仙藥但未汙羊羹喜　形模婦女笑度量兒童輕彌明　徒示堅重性不過升合盛師服　傍似廢轂仰側見折軸橫喜　時於蚯蚓竅微作蒼蠅鳴彌明　以茲翫溢銜實負任使誠師服　常居顧盼地敢有漏泄情喜　寧依暖熱弊不與寒涼并彌明　區區徒自效瑣瑣不足呈喜　回旋但兀兀開闔惟鏗鏗師服　全勝瑚璉貴空有口傳名豈比俎豆古不爲手所撐磨礱去圭角浸潤著光精願君莫嘲誚此物方施行彌明

孟郊

有所思聯句

郊　韓愈

相思繞我心日夕千萬重年光坐婉娩春淚銷顏容郊　臺鏡晦舊暉庭草滋深茸望夫山上石別劒水中龍愈

遣興聯句

郊　韓愈

我心隨月光寫君庭中央郊　月光有時晦我心安所忘愈　常恐金石契斷爲相思腸郊　平生無百歲岐路有四方愈　四方各異俗適異非所將郊　騖蹄顧挫秣逸翮遺稻粱愈　時危抱獨泚道泰懷同翔郊　獨居久寂默相顧聊慨慷愈　慨慷丈夫志可以曜鋒鋩郊　蘧甯知卷舒孔顏識行藏愈　般鑒諒不遠佩蘭永芬芳郊　苟無夫子聽誰使知音揚愈

贈劒客李園聯句

郊　韓愈

天地有靈術得之者惟君郊　築爐地區外積火燒氛氳愈　照海鑠幽怪滿空歘異氛郊　山磨電奕奕水淬龍蝹蝹愈　太一裝以寶列仙篆其文郊　可用懾百神豈惟壯三軍愈　有時幽匣吟忽似深潭聞郊　風胡久已死此劒將誰分愈　行當獻天子然後致殊勳郊　豈如豐城下空有斗間雲愈

賈島

過海聯句

島　高麗使

沙鳥浮還沒山雲斷復連高麗使　櫂穿波底月船壓水中天島

聯句

張祜

妓席與杜牧之同詠

祜　杜牧

骰子逡巡裹手拈無因得見玉纖纖牧　但知報道金釵落㧻鬟還應露指尖祜

杜牧

同趙二十二訪張明府郊居聯句

牧　趙嘏

陶潛官罷酒缾空門掩楊花一夜風牧　古調詩吟山色裏無弦琴在月明中嘏　遠檐高樹宜幽鳥出岫孤雲逐晚虹牧　別後東籬數枝菊不知閑醉與誰同嘏

段成式

遊長安諸寺聯句并序

武宗癸亥三年夏予與張君希復善繼同官祕書鄭君符夢復連職仙局會假日遊大興善寺因問兩京雜記及遊目記多所遺略乃約一旬尋兩街寺以街東興善爲首二記所不具則別錄之遊及慈恩初知官將并寺僧衆草草乃泛問一二上人及記塔下畫跡遊於此遂絕後三年予職於京洛及刺安成至大中七年歸京在外六甲子所留書籍揃壞居半於故簡中覩與二亡友遊寺瀝血淚交當時造適樂事邈不可追復方刊整才足續穿蠹然十亡五六矣

靖恭坊大興善寺　寺取大興兩字坊名一字爲名新記云優塡像總章初爲火所燒據梁時西域優塡在荊州言隋自臺城移來此寺非也今又有栴檀像開日其工頗拙尤差謬矣　不空三藏塔前多老松歲旱則官伐其枝爲龍骨以祈雨蓋三藏役龍意其木必有靈也　東廊之南素和尚院庭有青桐四株素之手植元和中卿相遊此院桐至夏有汗汙人衣如輠脂不可澣昭國東門鄭相嘗與丞郎數人避暑惡其汗謂素曰弟子爲和尚伐此木各植一松也及暮素戲祝木曰我植汝二十餘年汝以汗爲人所惡來歲若復有汗我必薪汝自是無汗寶曆末予見說已十五年無汗矣素公不出院轉法華經三萬七千部夜常有貉子聽經齋時鳥鵲就掌取食長慶初庭前牡丹一朶合歡有僧玄幽題此院詩警句云三萬蓮經三十春半生不蹋院門塵　左顧蛤像舊傳云隋帝嗜蛤所食必兼蛤味數逾千萬矣忽有一蛤椎擊如舊帝異之寘諸几上一夜有光及明肉自脫中有一佛二菩薩像帝悲悔誓不食蛤非陳宣帝

老松青桐聯二十字絶句

成式　張希復　鄭符字夢復，官校書郎

有松堪繫馬，遇鉢更投鍼。記得湯師句，高禪助朗吟。成式

乘晴入精舍，語默想東林。盡是忘機侶，誰驚息影禽。希復

一兩微塵盡，支郎許數過。方同𪇆𪇆蓄，不用算多羅。符

蛤像聯二十字絶句

成式　張希復

相好全如梵，端倪秪爲隋。寧同蚌頑惡，但與鷸相持。成式

雖因雀變化，不逐月虧盈。縱有天中匠，神工詎可成。希復

聖柱聯句上有鐵索跡

成式　張希復

天心惟助善，聖跡此開陽。成式　載恐雷輪重，縆疑電索長。希復　上衝挾蝃蝀，不動束鋃鐺。成式　飢鳥未曾啄，乖龍寧敢藏。希復

長樂坊安國寺紅樓睿宗在藩時舞榭。東禪院亦曰木塔院，院門西北廊五壁，吳道子弟子釋思道畫釋梵八部，不施彩色，尚有典刑。禪師法空影堂，世號吉州空者，久養一騾，將終，鳴走而死。有弟子允萬患風，常於空室埋一柱鏁之，僧難輒愈。佛殿，開元初明皇拆寢室施之。當陽彌勒，法空自光明寺移來。建都時，此像在村蘭若中，往往放光，因號光明寺。寺在懷遠坊，後爲延火所燒，唯像獨存。法空初移像時，索大如虎口，數十牛曳之，索斷不動。法空執爐依法作禮，九拜泣涕發誓，像身忽暴暴作聲，身迸分爲數十段，不終日移至寺焉。利涉塑堂，元和中取其處，聖容院遷像廡下。上忽夢一僧形容奇偉，詐曰：暴露數日，豈聖君意耶。及明，駕幸驗問，如夢，即令移就堂中，側施帷帳。光明寺中鬼子母及文惠太子塑像，舉止態度如生，工名李岫。山庭院古木崇阜，幽若山谷，當時輦土營之。上座璘公院有穗柏一株，衢柯覆下，坐十餘人。

紅樓聯句隱侯體

成式　張希復

重疊碎晴空，餘霞更照紅。蟬蹤近鵷鷺，鳥道接相風。希復　苔靜金輪路，雲輕白日宮。元和中，帝幸此宮。　辟詩傳謝客，詞人陳至題此院詩云：藻井尚寒龍跡在，紅樓初起日光通。　門牓占休公。廣宣上人住此院，有詩名，時號紅樓集。成式

穗柏聯句

成式　張希復

一院暑難侵，莓苔共影深。標枝爭息鳥，餘吹正開襟。成式　宿雨香添色，殘陽石在陰。乘閑動詩意，助靜入禪心。希復

題璘公院一言至七言，每人占兩題

成式　鄭符

靜，虛。熱際，安居。符　龕燈斂，印香除。東林賓客，西澗圖書。

檐外垂青豆，經中發白蕖。縱辯宗因衮衮，忘言理事如如。成式　泉臺定將入流否，鄰笛足疑清梵餘。新度

常樂坊趙景公寺隋開皇三年置，本曰弘善寺，十八年改焉。南中三門裏東壁上，吳道玄白畫地獄變，筆力勁怒，變狀陰怪，覩之不覺毛戴，吳畫中得意處。三階院西廊下，范長壽畫西方變及十六對觀，寶池尤妙絶，諦視之，覺水入浮壁。院門上白畫樹石，頗似閻立德。余攜立夫，祠粉本驗之無異。之西中三門裏門南，吳生畫龍及刷天王，鬚筆蹟如鐵。有執爐天女竊眸欲語。

吳畫聯句

成式　張希復　鄭符　昇上人

慘澹十堵內，吳生縱狂跡。風雲將逼人，神鬼如脫壁。成式　其中龍最怪，張甲方汗栗。黑雲夜窸窣，焉知不霹靂。希復　此際忽仙子，獵獵衣舄奕。妙瞬乍疑生，參差奪人魄。符　往往乘猛虎，衝梁聳奇石。蒼峭束高泉，角膝驚欹側。成式　冥獄不可視，毛戴腋流液。苟能水成河，剎那沈火宅。昇上人

題約公院

成式　張希復　鄭符　昇上人

印火熒熒，燈續燄青。希復　七俱胝咒，四阿含經。成式　各録佳語，聊事素屏。符　丈室安居，延賓不扃。昇上人

大同坊雲華寺大曆初，僧儼講經，天雨花至地，只尺而滅，夜有光燭室，敕改爲雲華。儼即康藏之師也。康本住恭靖里，窗由忽覩光如輪，衆人皆見，遂尋光至儼講經所。滅佛殿西廊立高僧一十六身，天寶初自南內移來，畫跡拙俗。觀音堂在寺西北隅，建中末，百姓屈嚴患瘡且死，夢一菩薩摩其瘡曰：我住雲華寺。嚴驚覺，汗流，數日而愈。因詣寺尋檢，至聖畫堂，見菩薩一如其覩，傾城百姓瞻禮。嚴遂立社，建堂移之。

偶聯句

成式　鄭符　張希復　昇上人

共入夕陽寺，因窺甘露門。昇上人　清香惹苔蘚，忍草雜蘭蓀。符　捷偈飛鉗答，新詩倚杖論。成式　壞幡標古剎，聖畫煥崇垣。希復　豈慕穿籠鳥，難防在牖猿。成式　一音唯一性，三語更三幡。希復

道政坊寶應寺韓幹，藍田人，少時常爲酒家送酒。王右丞兄弟未遇，每貰酒漫遊，幹常徵債於王家，乃戲畫地爲人馬。右丞精思丹青，奇其意趣，乃歲與錢二萬，令學畫十餘年。今寺中釋梵天女，悉齊公妓小小等寫眞也。寺有韓幹畫下生彌勒，衣紫袈裟，右邊仰面菩薩及二師子，尤入神。又有舊鐵石及齊公喪一歲，子漆之如羅睺羅，每盆供日出之。寺中彌勒殿，齊公寢堂也。東廊北面，楊岫之畫鬼神，齊公嫌其筆蹟不工，故止一堵。

僧房聯句

成式　張希復

古畫思匡嶺，上方疑傅巖。蝶閑移忍草，蟬曉揭高杉。成式　香字消芝印，金經發篋函。井通松底脈，書坼洞中緘。希復

小小寫眞聯句

成式　鄭符　張希復

如生小小眞，猶自未棲塵。符　褕袂將離座，斜柯欲近人。成式　昔時知出衆，情寵占橫陳。希復　不遣遊張巷，豈教窺宋鄰。符　庚樓吹笛裂，弘閣賞歌新。蟬怯纖腰步，蛾驚半額嚬。希復　圖形誰有術，買笑詎辭貧。成式　複隴迷村徑，重泉隔漢津。符　同心知作羽，比目定爲鱗。希復　殘月巫山夕，餘霞洛浦晨。成式

平康坊菩薩寺佛殿東西障日及諸柱上圖畫，是東廊舊鄭法士畫，開元中因屋壞，移入大佛殿內。北壁食堂前東壁上，吳道玄畫智度論色偈變，偈是吳自題，筆蹟遒勁，如磔鬼神毛髮。次堵畫禮骨仙人，天衣飛揚，滿壁風動。佛殿內後壁，吳道子畫消災經事，樹石古嶮。元和中，上欲令移之，慮其摧壞，乃下詔擇畫手寫進。佛殿內槽壁維摩變，舍利弗角膝而轉。元和末，俗講僧文淑裝之，筆蹟盡矣。故興元鄭公尚書題此壁僧院詩曰：但虛彩色汙，無虞臂胛肥。置寺碑陰雕飾奇巧，相傳鄭法士所起樣也。初會覺上人以利施起宅十餘畝，工畢，釀酒百石，列缾甕於兩廊下，引吳道玄觀之，因謂曰：檀越爲我畫，以是賞之。吳生嗜酒，且利賞，欣然而許。子以蹤跡似不及景公寺畫。中三門內東門神，善繼云是吳生弟子王耐兒之手也。

書事聯句

成式　鄭符　張希復　昇上人

悉爲無事者，任被俗流憎。符　客異干時客，僧非出院僧。成式　遠聞疎牖磬，曉辨密龕燈。希復　步觸珠幡響，吟窺鉢水澄。符　句饒方外趣，遊愜社中朋。成式　靜裏已馴鴿，齋中亦好鷹。希復　金塗筆是褧，彩溜紙非繒。昇上人　錫杖已剋鍛，田衣從壞滕。成式　占牀暫一脅，卷箔賴長肱。希復　佛日初開照，魔天破幾層。成式　咒中陳祕計，論處正先登。希復　勇帶綻鍼石，危防丘井藤。昇上人

光宅坊光宅寺本官蒲蜀園中禪師影堂，師號惠中，肅宗上元二年徵至京師，初居此寺。詔云：杖錫而來京師，非遠齋心已久，副朕虛懷。

中禪師影堂聯句

成式　張希復　鄭符　昇上人

名下固無虛，敖曹貌嚴毅。洞達見空王，圓融入佛地。希復　一言當要害，忽忽醒諸醉。不動須彌山，多方辯無匱。符　坦率對萬乘，偈答無所避。爾如毘沙門，外形如脫屣。成式　但以理爲量，不語怪力事。木石摧貢高，慈悲引貪恚。昇上人

當時乏支許何人契深致隨宜詎説三直下開不二 成式

翊善坊保壽寺（本高力士宅天寶九載舍爲寺初鑄鐘成力士設齋慶之舉朝畢至一擊百千有規其意連擊二十杵經藏閣規創危巧二塔火珠受十餘斛河陽從事李涿性好奇古與僧智增善嘗俱至此寺觀庫中舊物忽於破瓮中得物如被幅裂汗坌觸而塵起涿徐視之乃畫也因以州縣圖三及縑三十匹獲之令家人裝治之大十餘幅訪于常侍柳公權方知張萱所畫石橋圖也玄宗賜高力士因留寺中後爲鬻畫人宗牧言於左軍尋有小使領軍卒數十人至宅宣敕取之即日進入先帝好古見之大悅命張於雲韶院寺見有先天菩薩幀本起成都妙積寺開元初有尼魏八師者常念大悲咒雙流縣民劉乙名意兒年十一自欲事魏尼遣之不去常於奥室立禪白魏云先天菩薩見身此地篩灰於庭一夕有巨跡數尺輪理成就因謁畫工隨意設色悉不如意有僧楊法成自言能畫意兒常合掌瞻仰然後指授之以近十稔工方就後塑先天菩薩凡二百四十二首首如塔勢分臂如意蔓其牓子有一百四十日鳥樹一鳳四翅水肚樹所題深怪不可詳悉畫樣凡十五卷柳七師者崔寧之甥分三卷往上都流行時魏奉古爲長史進之後因四月八日賜高力士今成都者是其次本）

光天幀讚聯句　成式　張希復　鄭符

觀音化身厥形孔怪胣脳淫厲衆魔膜拜 希復 指夢鴻紛牓列區界其事明張何不可解 成式 闍阿德川大士先天衆象參羅福源田田 符 百億花發百千燈然膠如絲澤浩汗連緜 希復 睒摩界戚洛迦苦霽正念皈依衆青如蕙 成式 戾滓可汰癡膜可蜕稽首如空睟容若睇 希復 闡提墨師覩而面之寸念不生未遇乎而 成式

宣陽坊靜域寺（本太穆皇后宅僧寺云三階院門外是神堯皇帝射孔雀處禪門内外遊目記云王昭隱畫門西裏面和修吉龍王有靈門外之西火目藥叉及北方天王甚奇猛門東裏面賢門也野叉部落鬼首上蟠蛇汗煙可懼東廊樹石嶮怪高僧亦怪西廊萬菩薩院門裏南壁皇甫軫畫鬼神及鵰形勢若脱軫與吳道玄同時吳以其藝逼己募人殺之萬菩薩堂内有寶塔以小金銅塔數百飾之大曆中將作劉監有子合手出胎七歲念法華經及卒焚之得舍利數十粒分藏於金銅塔中善繼云合是劉銛佛殿東廊有古佛堂其地本雍村堂中像設悉是石作相傳云隋恭帝終此堂）

三階院聯句　成式　張希復　鄭符

密密助堂堂隋人歌槩桑雙弧摧孔雀一矢隕貪狼 成式

百步望雲立九規看月張獲蛟徒破浪中乙漫如牆 希復

還似貫金鼓更疑穿石梁因添挽河力爲滅射天狂 成式

絶藝却南牧英聲來鬼方麗龜何足敵殪豕未爲長 符

龍臂勝猨臂星芒超箭芒虛誇絶高鳥垂拱議明堂 成式

崇義坊招福院（本曰正覺國初毀以其地立第賜諸王睿宗在藩居之乾封二年移長寧公主佛堂於此重建此寺）

贈諸上人聯句　成式　張希復

飜了西天偈燒餘梵宇香撚眉愁俗客支頰背殘陽 成式

洲號惟思沃山名祇記匡辨中摧世智定裏破魔強 希復

許叡禪心徹湯休詩思長朗吟疎磬斷久語貫珠妨 成式

乘輿書芭葉閑來入豆房漫題存古壁怪畫匝長廊 希復

招國坊崇濟寺（寺内有天后織成蛟龍披襖子及繡衣六事東廊從南第二院有宣律師製袈裟堂曼殊堂有松數株甚奇）

奇松聯二十字絶句　成式　張希復　鄭符　昇上人

杉松何相疎榆柳方迴肩無人擅談柄一枝不敢折 成式

中庭苔蘚深吹餘鳴佛禽至於摧折枝凡草猶避陰 希復

僻徑根從露閑房枝任侵一株風正好來助碧雲吟 符

時時埽窗聲重露滴寒砌風颭一枝遒閑窺別生勢 昇上人

偃蓋入樓妨盤根侵井窄高僧獨惆悵爲與澄嵐隔 成式

永安坊永壽寺（三門東吳道子畫似不得意佛殿名會仙本是内中梳洗殿貞元中有證智禪師往往靈驗或時在張檟蘭中若治田及夜歸寺若在金山界相去七百里）

閑中好　成式　鄭符　張希復

閑中好盡日松爲侶此趣人不知輕風度僧語 符

閑中好塵務不縈心坐對當窗木看移三面陰 成式

閑中好幽磬度聲遲卷上論題肇畫中僧姓支 希復

崇仁坊資聖寺（淨土院門外相傳吳生一夕秉燭醉畫就中戟手視之惡駭院門裏盧稜伽常學吳勢吳亦授以手訣乃畫總持三門寺方半吳大賞之謂人曰稜伽不得心訣用思太苦其能久乎畫畢而卒中門窗間吳畫高僧韋述贊李嚴書中三門外兩面上層不知何人畫人物頗類閻令寺西廊北隅楊坦畫近塔天女明睇將瞬團塔院北堂有鐵觀音高三丈餘觀音院兩廊四十二賢聖韓幹畫元中書贊東廊北頭散馬不意見者如將嘶蹀聖僧中龍樹商那和修絶妙團塔上菩薩李真畫四面花鳥邊鸞畫藥師菩薩頂上莪葵尤佳塔中藏千部妙法蓮華經）

諸畫聯句（柏梁體）　成式　張希復　鄭符

吳生畫勇矛戟攢 成式 出變奇勢千萬端 希復 蒼蒼鬼怪層壁寬 符 覩之忽忽毛髮寒 成式 稜伽之力所疲殫 成式 李真周昉優劣難 符 活禽生卉推邊鸞 成式 花房嫩彩猶未乾 希復 韓幹變態如激湍 符 惜哉辟畫世未殫後人新畫何汗漫 希復

全唐詩

聯句

皮日休

北禪院避暑聯句（院昔爲戴顒宅後司勳陸郎中居之）　日休　陸龜蒙

歊蒸何處避來入戴顒宅逍遥脱單絞放曠抛輕策爬搔林下風偃仰澗中石 日休 殘蟬煙外響野鶴沙中跡到此失煩襟蕭然揖禪伯藤懸疊霜蜕桂倚支雲錫 龜蒙 清陰豎毛髮爽氣舒筋脈逐幽隨竹書選勝鋪菰席魚跳上紫芡蝶化緣青薜 日休 心是玉蓮徒耳爲金磬敵吾宗昔高尚志在羲皇易豈獨斷韋編幾將刓鐵擿 龜蒙 天書既屢降野抱難自適一入承明廬盱衡論今昔流光不容寸斯道甘枉尺 日休 既起謝儒玄亦飜商羽翼封章帷幄偏夢寐江湖白擺落函谷塵高歆華陽幘 龜蒙 詔去雲無信歸來鶴相識半病奪牛公全慵捕魚客少微光一點落此芒磔索 日休 釋子問池塘門人廢幽賾堪悲東序寶忽變西方籍不見步兵詩空懷康樂屐 龜蒙 高名不可效勝境徒堪惜墨沼轉疎蕪玄齋逾闃寂遲遲不可去涼颸滿杉柏 日休 日下洲島清煙生苾蒭碧俱懷出塵想共有吟詩癖終與淨名遊還來雪山覓 龜蒙

寂上人院聯句　日休　陸龜蒙

瘦牀空默坐清景不知斜暗數菩提子閑看薜荔花 日休

有情惟墨客無語是禪家背日聊依桂嘗泉欲試茶 龜蒙

石形蹲玉虎池影閃金蛇經笥安巖匼餅囊挂樹椏 日休

書傳滄海外龕寄白雲涯竹色寒凌箔燈光靜隔紗 龜蒙

趁幽飜小品逐勝講南華莎彩融黄露蓮衣染素霞 日休

水堪傷聚沫風合落天葩若許傳心印何辭古堞賖 龜蒙

獨在開元寺避暑頗懷魯望因飛箋聯句　日休　陸龜蒙

煩暑雖難避僧家自有期泉甘於馬乳苔滑似龍漦 日休

任誕襟全散臨幽榻旋移松行將雅拜篁陣欲交麾 龜蒙

望塔青髇識登樓白鴿知石經森欲動珠像儼將怡箹

簟臨杉穗紗巾透雨絲靜譚蟬噪少涼步鶴隨遲日休煙
重迴蕉扇輕風拂桂帷對碑吳地說開卷梵天詞積水
魚梁壞殘花病枕欹懷君瀟灑處孤夢繞罘罳龜蒙

寒夜文宴聯句

日休　張賁　陸龜蒙

文星今夜聚應在斗牛間日休載石人方至乘槎客未還
賁送觴繁露曲徵句白雲顏龜蒙節奏惟聽竹從容只話
山日休理窮傾祕藏論猛折玄關賁酈酒分中綠巴箋擘
處殷龜蒙清言聞後醒強韻壓來艱日休犀柄當風揖瓊枝
向月攀賁松吟方㗼㗼泉夢憶潺潺龜蒙一會文章草昭
明不可刪日休

藥名聯句

日休　張賁　陸龜蒙

爲待防風餅須添薏苡杯賁香然柏子後尊泛菊花來
日休石耳泉能洗垣衣雨爲栽龜蒙從容犀局靜斷續玉琴
哀賁白芷寒猶采青箱醉尚開日休馬銜衰草臥烏啄蠹
根迴龜蒙雨過蘭芳好霜多桂末摧賁朱兒應作粉雲母
詎成灰日休藝可屠龍膽家曾近燕胎龜蒙牆高牽薜荔障
軟撼玫瑰賁鼯鼠啼書戶蝸牛上研臺日休誰能將藁本
封與玉泉才龜蒙

陸龜蒙

寒夜聯句

龜蒙　皮日休

靜境揖神凝寒華射林缺龜蒙清知思緒斷爽覺心源徹
日休高唱戛金奏朗詠鏗玉節龜蒙我思方泬寥君詞復淒
切日休況聞風篁上擺落殘凍雪龜蒙寂爾萬籟清皎然諸
靄滅日休西窗客無夢南浦波應結龜蒙河光正如劒月
魄方似玦日休短燼不禁挑冷毫看欲折龜蒙何夕重相
期濁醪還爲設日休

開元寺樓看雨聯句

龜蒙　皮日休

海上風雨來掀轟雜飛電登樓一凭檻滿眼蛟龍戰龜蒙
須臾造化慘倏忽堪輿變萬戶響戈鋋千家披組練日休
羣飛拋輪石雜下攻城箭點急似摧胷行斜如中面龜蒙
細灑魂空冷橫飄目能眩垂簷珂珮喧擽瓦珠璣濺日休
無言九陔遠瞬息馳應徧密處正垂縆微時又懸綫龜蒙
寫作玉界破吹爲羽林旋飜傷列缺勞却怕豐隆倦日休
遥瞻山露色漸覺雲成片遠樹欲鳴蟬深簷尚藏燕龜蒙
殘雷隱轔盡反照依微見天光潔似磨湖彩歘於練日休
踈帆逗前渚晚磬分涼殿接思強揮毫窺詞幾焚研龜蒙
佶栗烏皮几輕明白羽扇畢景好踈吟餘涼可清宴日休
君攜下高磴僧引還深院駮蘚淨鋪筵低松濕垂鞝龜蒙
齋明乍虛豁林霽逾葱蒨早晚重登臨欲去多離戀日休

報恩寺南池聯句第四句缺一字第八句缺三字

龜蒙　嵩起失姓　皮日休

古岸涵碧落龜蒙虛軒明素波坐來魚陣變日休吟久菊
多秋草分杉露嵩起危橋下竹坡遠峰青髻立龜蒙
頹和趙論寒仍講日休支硎僻亦過齋心曾養鶴嵩起
揮翰好邀鵝南峰院即故相國裴公書額倚石收奇藥龜蒙臨溪藉淺莎桂
花晴似拭日休荷鏡曉如磨翠出牛頭聳嵩起苔深馬跡跛
石上有支公馬跡纖歌從野醉龜蒙巾側任田歌䆉䆉松形矮日休般跚
檜樾矬香飛僧印火嵩起泉急使瓢珂菱鈿眞堪帖龜蒙
蕁絲亦好拖幾時無一事日休相伴著煙蘿嵩起

安守範蜀彭州刺史安思謙之子

天台禪院聯句

守範　楊鼎夫定遠推官　周述懷遠軍巡官　李仁
肇眉州判官

偶到天台院因逢物外僧守範忘機同一祖出語離三乘
鼎夫樹老中庭寂窗虛外境澄述片時松影下聯續百千
燈仁肇

全唐詩

聯句

清晝

講德聯句

清晝　潘述　湯衡評事官

先王設位以正邦國建立大官封植有德述二南敷化
四岳述職其言不朽其儀不忒衡暨於嬴劉乃創程式
罷侯置守剖竹分域晝赫矣皇唐康哉立極精選藩翰
庸資正直述爰命我公東土作則克已恭儉疲人休息
衡濟濟閭閈油油黍稷既富既敎足兵足食晝恤其凋
瘵剪其荊棘威懷逋叛撲滅蟊賊述疾惡如讐聞善不
惑哀矜鰥寡旌禮儒墨衡乃修隄防乃濬溝洫以利通
商以漑嘉穀晝徵賦以節計功以時人胥懷惠吏不能
欺述我政載孚我邦載綏猛獸不暴嘉魚維滋衡肅恭
明神齋沐不虧歲或驕陽雨無愆期晝帝嘉有庸寵命
來斯紫綬載綏金章陸離述資忠履孝閱禮敦詩明德
惟馨自天祐之衡

講古文聯句

清晝　潘述　裴濟字方舟曾爲從事　湯衡

帝出於震文明始數述山岳降氣龜龍負圖濟爰有書
契乃立典謨晝先知孔聖飛步天衢衡漢承秦弊尊儒
尚學述百氏六經九流七畧濟屈宋接武班馬繼作晝

或頌燕然或贊麟閣衡　降及三祖始變二雅述　仲宣閑
和公幹蕭灑畫　士衡安仁不史不野畫　左張精與嵇阮
高寡衡　暨于江表其文鬱興衡　綺麗爭發繁蕪則懲述
詞曄春華思清冬冰述　景純跌宕遊仙獨步衡　青雲其
情白璧其句衡　靈運山水實多奇趣述　遠派孤峰龍騰
鳳翥述　陶令田園匠意眞直畫　春柳寒松不凋不飾畫
江淹雜體方見才力衡　擬之信工似而不逼衡　鮑昭從
軍主意危苦述　氣勝其詞雅愧於古述　隱侯似病創制
規矩畫　時見琳琅惜哉榛楛畫　謝眺秀發詞理翩翩衡
孤標爽邁深造精研衡　惠休翰林別白離堅述　有會必
愜無慚囊賢述　吳均頗勁失於典裁畫　竟乏波瀾徒工
邊塞畫　彼柳吳興高視時輩衡　汀洲一篇風流寡對衡
何遜清切所得必新述　緣情旣密象物又眞述　江總徵
正未越常倫畫　時合風興或無淄磷畫　二杜繁俗三劉
瑣碎衡　陳徐之流陰張之輩衡　伊數公者閫域之外述
吁此以還有固斯鄙述

項王古祠聯句

清畫　潘述　湯衡

遺廟風塵積荒途歲月侵述　英靈今寂寞容衛尚森沈
畫　霸楚志何在平秦功亦深衡　諸侯歸復背青史古將
今述　星聚分已定天亡力豈任畫　采蘩如可薦舉酒瀝
空林衡

還丹可成詩聯句

清畫　潘述　湯衡

羽化自仙骨延年資養生畫　金經啓靈秘玉液流至精
述　八石思共鍊九丹知可成衡　吾心苟無妄神理期合
幷畫　封竈用六一置門考休京述　浮光含日彩圓質煥
雲英衡　持此保壽命服之頤性情畫　跂予望仙侶高詠
昇天行述　鶴駕方可致霓裳定將迎衡　不因五色藥安
著七眞名畫　揮妙在微密全功知感誠述　與君棄城市
攜手遊蓬瀛衡

建安寺西院喜王郎中遘恩命初至聯句　時郎中正入西方道場

清畫　王遘 祠部郎中　齊翔 前吏部郎中兼括州刺史　李縱 駕部員外
崔子向 官御史

跡就空門退宦從畫省遷任持良有願朝謁冗無緣遘
身淨金繩內心馳玉扆前畫　榮添一兩日恩降九霄年
翔　慕法能輕冕追非欲佩弦縱　棲閑那可久鴛鷺待行
聯子向

建安寺夜會對雨懷皇甫侍御曾聯句

清畫　李縱　鄭說　王遘　崔子向

相思非是遠風雨遣情多畫　願欲披雲見難堪候曉過
縱　夜長同歲月地近極山河說　戒相初傳授文章舊切
磋遘　時稱洛下詠人許郢中歌子向　惆悵徒延首其如
一水何翔

泛長城東溪暝宿崇光寺寄處士陸羽聯句

清畫　崔子向

箬水青似箬玉山碧於玉子向　逼霄沓萬狀截地分千曲
畫　萍解深可窺林豁遙在矚子向　已高物外賞稍滌區中
欲畫　野鶴翔又飛世人羈且跼子向　沈吟跡所悞放浪心
自足畫　緬懷虛舟客願寄生芻束子向　說詩整頹波立義
激浮俗畫　荆吳備登歷風土隨編錄子向　恨與清景別擬
敎長路促畫　溪鳥語鸝嘍寺花翻躑躅子向　印圍水壇淨
香護蓮衣觸畫　捧經啓紗燈收袵禮金粟子向　安得扣閫
子玄言對吾屬畫

與崔子向泛舟自招橘經箬里宿天居寺憶李
侍御萼渚山春遊後期不及聯一十六韻以寄
之

清畫　崔子向

晴日春態深寄遊恣所適畫　寧妨花木亂轉學心耳寂
子向　取性憐鶴高謀閑任山僻畫　倚舷息空曲捨屐行淺
磧子向　渚箬入里逢野梅到村摘畫　碑殘飛雉嶺井翳潛
龍宅即陳高宅子向　壞寺鄰壽陵古壇留劫石畫　穿階筍節露拂
瓦松梢碧子向　天界細雲還墻陰雜英積畫　懸燈寄前焰
遙月昇圓魄子向　何意清夜期坐爲高峰隔畫　茗園可交
袂藤澗好停錫子向　微雨聽濕巾迸流從點席畫　戲猨隔
枝透鷩鹿逢人躑子向　覿物賞已奇感時思彌極畫　芳菲
如馳箭望望共君惜子向

渚山春暮會顧丞茗舍聯句效小庾體

清畫　陸士修　崔子向

誰是惜暮人相攜送春日因君過茗舍留客開蘭室士
修　濕苔滑行屐柔草低藉瑟鵲喜語成雙花狂落非一
子向　煙濃山焙動泉破水春疾莫拗挂瓢枝會移閒書帙
畫　頗容樵與隱豈闇禪兼律欄竹不求踈網藤從更密
士修　池添逸少墨園雜莊生漆景晏枕猶欹酒醒頭懶櫛
子向　雲教淡機慮地可遺名實應待御荈青幽期踏芳出
畫

與李司直令從荻塘聯句

清畫　李令從 司直

畫舸悠悠荻塘路眞僧與我相隨去寒花似菊不知名
霜葉如楓是何樹令從　倦客經秋夜共歸情多語盡明相
顧遙城候騎來仍少傍嶺哀猨發無數畫　心閑清淨得
禪寂興逸縱橫問章句蟲聲切切草間悲螢影紛紛月
前度令從　撩亂雲峰好賦詩嬋娟水月堪爲喻與君出處
本不同從此還依舊山住畫

遠意聯句

清畫　疾 失姓　澄 失姓　嚴伯均　巨川 失姓

家在炎州往朔方疾　豈知于闐望瀟湘澄　曾經隴底復
遼陽巨川　更憶東去採扶桑畫　槎客三千路未央均　燭龍
之地日無光疾　將遊莽蒼窮大荒畫　車轍馬足逐周王均

暗思聯句

清畫　疾　巨川　嚴伯均　從心 失姓

斜風飄雨三十夜疾　隣女餘光不相借巨川　跡滅塵生古
人畫畫　洞房重扉無隟罅均　燭滅更深月西謝從心

樂意聯句一首

清畫　均　疾　澄　巨川

良朋益友自遠來均　萬里鄉書對酒開畫　子孫蔓衍負
奇才疾　承顏弄鳥詠南陔澄　鼓腹擊壤歌康哉巨川

恨意聯句

清晝　疾　均　澄　從心　杭失姓

同心同縣不相見疾　獨采蘼蕪詠團扇均　莫聽東隣擣霜練晝　遠憶征人淚如霰澄　長信空階荒草遍從心　明妃初別昭陽殿杭

秋日盧郎中使君幼平泛舟聯句一首

清晝　盧藻　盧幼平郎中吳興守　陸羽　潘述　李恂　鄭述誠

共載清秋客船同瞻皂蓋朝天藻　悔使比來相得如今欲別潸然幼平　漸驚徒馭分散愁望雲山接連晝　魏闕馳心日日吳城揮手年年羽　送遠已傷飛雁裁詩更切嘶蟬述　空懷鄠杜心醉永望門欄脰㨷恂　別思無窮無限還如秋水秋煙述誠

重聯句一首

清晝　盧幼平　陸羽　潘述　盧藻　惸失姓

相將惜別且遲遲未到新豐欲醉時幼平　去郡獨攜程氏酒入朝可忘習家池羽　仍憐故吏依依戀自有清光處處隨述　晚景南徐何處宿秋風北固不堪辭晝　吳中詩酒饒佳興秦地關山引夢思藻　對酒已傷嘶馬去銜恩只待掃門期惸

與潘述集湯衡宅懷李司直縱聯句

清晝　湯衡　潘述

幽獨何以慰友人顧茅茨衡　已忘歲月念載說清閑時述　旭日舒朱槿柔風引綠葹晝　迢迢青溪路耿耿芳樹枝衡　執袂空躑躅來城自逶迤述　相思寄採掇景晏獨驅馳晝

安吉崔明甫山院聯句一首

清晝　崔逵安吉令

人不擾政已和世慮寡山情多晝　禪客至墨卿過興既洽情如何逵

重聯句一首

清晝　崔逵

肅肅清院脩脩碧鮮已見心遠何關地偏晝　自公退食升堂草玄紛紛已隔雲心澹然逵

重聯句一首

瀑溜闇窗外晴風逼座間挂冠徒有意芳桂杳難攀逵

重聯句一首

清晝　崔逵

清高素非宦侶疎散從來道流今日還輕墨綬知君意在滄洲晝　浮雲任從飄蕩寄隱也信沈浮不似漳南地僻道安爲我淹留逵

重聯句一首

清晝　崔逵

劉令興多常步履柴桑事少但援琴閑招法侶從山寺每掇幽芳傍竹林晝　卷簾只愛荆峰色入座偏宜郢客吟誰許近來輕印綬因君昨日悟禪心逵

道觀中和潘丞觀青溪圖聯句

清晝　崔萬　潘述

畫得青溪樣宜於紫府觀晝　日明煙靄薄風落水容寬萬　畫野高低接商工井邑攢述　疏川因稼穡出使問艱難晝

春日對雨聯句一首

清晝　韓章武康令

春煙帶微雨漠漠連城邑桐葉生微陰桃花更宜濕章　蕭條暗楊柳散漫下原隰歸路不我從遙心空佇立晝　林低山影近岸轉水流急芳草自堪遊白雲如可揖章　尋山禪客意苦雨陶公什遊衍情未終歸飛暮相及晝　峰高日色轉潭淨天光入却欲學神仙空思謝朋執章　爲道貴逍遙趍時多苦集瓊英若可飡青紫徒勞拾晝

春日會韓武康章後亭聯句

清晝　韓章　楊秦卿　仲文失姓

後園堪寄賞日日對春風客位繁陰下公牆細柳中晝　坐看青嶂遠心與白雲同章　林暗花煙入池深遠水通秦卿　井桃新長蘂欄藥未成叢仲文　松竹宜禪客山泉入謝公晝　砌香翻芍藥簷靜倚梧桐章　外慮宜簾卷忘情與道空秦卿　楚僧招惠遠蜀客挹楊雄仲文　便寄柴桑隱何勞訪剡東晝

康錄事宅送僧聯句

清晝　崔子向

蓮衣宜著雨竹錫好隨雲晝　見鶴還應養逢鷗自作羣子向

與邢端公李台題庭石聯句

共題詩句遍爭坐蘚文稀晝　餘缺

冬日建安寺西院喜晝公自吳興至聯句一首以下四首附見清晝集

王遘　李縱　鄭説　崔子向　齊翔

宗系傳康樂精修學遠公遘　相尋當暮歲行李犯寒風縱　累積浮生裏機慙半偈中説　傳家知業墜繼祖忝聲同晝　雲與輕帆至山將本寺空子向　向來忘起滅留我宿花宮翔

秋日潘述自長城至霅上與晝公湯評事遊集累日時司直李公暇往蘇州有阻良會因與二公聯句以寄之第十句缺一字

潘述　清晝　湯衡

離念非前期秋風忽已至述　芸黃衆芳晚搖蕩居人思晝　白霜淒以積高梧颯而墜衡　悠然越山川復此恨離異述　時景易遷謝懽難兼遂晝　惜分緩迴舟懷遙企歸駟衡　休澣情自高來思日云未述

喜晝公尋山迴相遇聯句一首

潘述　清晝

幾年無此會今日喜相從述　後夏仍多病前書達幾封晝　水華迎暮雨松吹引疎鐘晝　出谷隨初月尋僧説五峰述

送晝公聯句

韓章　清晝　顧況

相逢情不厭惜別意難爲章　吾道應無住前期未可知晝　輕霜凋古木寒水縮荒陂章　賓雁依沙嶼浮雲慘路岐晝　林疎看野迴岸轉覺山移章　寄賞驚搖落歸心歎別離晝　草堂思偃蹇麈尾去相隨況　勿謂光陰遠禪房

會一窺

鄭遨

與羅隱之聯句

遨 羅隱之

一壺天上有名物兩個世間無事人遨 醉却隱之雲叟外不知何處是天眞隱之

全唐詩句

李日知 滎陽人歷相中宗睿宗

所願暫知居者樂無使時稱主者勞 中宗幸安樂公主第從官賦詩日知卒章獨存規誡識者多之

趙仁奬 河南人景龍中爲御史睿宗朝左授上蔡丞

令乘驄馬去丞脫繡衣來 贈上蔡令潘好禮拜御史 見朝野僉載

郭廷謂

魂逐東流水墳依獨坐山 哭陳子昂

韋青 官將軍

三代掌綸誥一身能唱歌 見樂府雜錄

尉遲匡 幽并人開元進士

明月飛出海黃河流上天 暮行潼關 芙蓉初出水桃李忽無言 觀內人樓上踏歌 夜夜月爲青塚鏡年年雪作黑山花 塞上曲

何涓

鴈影數行秋半逢漁歌一聲夜深發

杜偉

忽覩邢武辭泠其金石備 宣城總集云唐開元甲子武平一同河間邢巨同游涇川琴谿題絕句古刻尚存後一紀杜偉自杜史謫掾宣城陪連帥班景倩來觀題句云云餘逸

申堂構 丹徒人嘗爲武進尉

霜添柏樹冷氣拂桂林寒

周愿 竟陵刺史

八十年前棠樹陰竟陵太守公先人 愿與竟陵陸羽嘗佐嶺南連帥李復幕府後愿刺竟陵則復已捐館而羽亦前謝復父齋物先亦爲竟陵守愿因爲七言詩陳事 見方輿勝覽

第五琦 字禹珪長安人肅宗朝爲鹽鐵鑄錢使拜相坐事長流終太子賓客

陰天聞斷雁夜浦送歸人 送丘郎中

顏允南 歷官司封郎中國子司業

誰言百人會兄弟也霑陪 侍宴 見顏眞卿集

季廣琛 瓜州刺史歷肅代朝終散騎常侍

刻舟尋已化彈鋏未酬恩 河西騎將宋青春有劍是青龍精刃所及若叩銅鐵青春死爲廣琛所得或風雨後迸光出室環燭方丈哥舒翰求易以他寶廣琛不與因贈詩 見酉陽雜俎

陳蛻 肅代間人

夢裏換春秋 咏華清宮

衞準 準一作單大曆五年進士

莫言閑話是閑話往往事從閑話來 何必剃頭爲弟子無家便是出家人 並見張爲主客圖

杜鴻漸 字之巽濮陽人累官朔方度支副使以迎立肅宗封衞國公代宗朝拜相

常願追禪理安能挹化源 鴻漸酷好浮屠道晚年樂退靜嘗悠然賦句朝士多屬和之 見本傳

李摯 貞元十二年宏詞科登第

因緣三紀異契分四般同 摯與李行敏同姓同甲子同年登第俱二十五歲又同門故云 見紀事

韋綬 德宗朝翰林學士

在室愧屋漏 綬子溫疾革誦綬此句曰今不負斯誡矣 見唐書

馮戡 東川人

桃花浪裏成龍去竹葉山頭退鷁飛 贈柳棠及第 見紀事

韓泰 字安平昌黎人戶部郎中以附王叔文貶虔州司馬後終郴州刺史

庾嶺東邊吏隱州溪山竹樹亦清幽 見方輿勝覽

盧弁 文宗朝資州守

地靈無俗草岩靜有僊禽 等慈寺北巖 見方輿勝覽

繆島雲 島雲少從浮圖武宗朝准勅反初服

白鳥遠行樹玉虹孤飲潭 廬山瀑布 四五片霞生絕壁兩三行雁過疎松 以上見紀事 拋芥子降顛狒狒折楊枝灑醉猩猩 見摭言

劉敬之 雲安人

山近衡陽雖少雁水連巴蜀豈無魚 敬之甥雍陶蜀川上第後薄于親友不寄書敬之譏焉陶得詩愧赧

李濤 長沙人溫飛卿任太學博士主秋試濤與衞丹張郃等詩賦皆牓于都

落日長安道秋槐滿地花 以下並見紀事

水聲長在耳山色不離門 掃地樹留影拂牀琴有聲

高元裕 字景圭渤海人開成中翰林學士終吏部尚書

中丞爲國拔賢才寒俊欣逢藻鑑開 贈知貢舉陳商 見池陽志

韋澳 字子斐大中初以考功郎知制誥充翰林學士承旨終戶部侍郎

莫將韋監同殷監錯認容身是保身 懿宗朝澳爲吏部侍郎不受請託爲執政所惡出爲邠寧節度時宰復發其部事罷鎮以秘書監分司東都嘗戲吟此句京師權倖聞而尤怒之 見唐書

王龜 字大年官會稽太守

珠箔卷繁星金樽瀉月明

李郁 泉州人

身死爲修劉稹表名高因讓陸洿書 弔歐陽秬秬詹從子開成中擢第司勳郎中陸洿棄官隱吳中後赴召復出秬移書讓之因不出秬名益聞竟赴澤潞劉稹幕爲稹表指斥時政朝廷疑秬所草流崖州賜死

詹雄 字伯鎮福州人不第終

塵飛遺恨盡花落古宮平 洛陽古城 紅粉笙歌人代遠月明陵樹水東流 銅雀臺

任濤 豫章筠州人咸通中十哲之一也不第終

露團沙鶴起人臥釣船流 見摭言

劇燕 蒲坂人爲詩雅正亦十哲之一也後客王重榮被殺

秪向國門安四海不離鄉井拜三公 贈王重榮 紀事重榮鎮河中燕投此詩甚加禮敬竟以凌轢諸從事受正平之禍

王璘 璘詞學富贍崔詹事廉問表薦於朝先試之使廨璘請十書吏皆給筆札璘口授十吏筆不停綴日未亭午已七千餘言時路岩方當鈞軸遣一介召之璘曰請俟見帝岩大怒亟命奏廢萬言科璘杖策而歸

芍藥花開菩薩面樓閭葉散野人頭 璘與李羣玉相遇嶽麓寺羣玉待之甚淺曰請與公聯句破題而授之璘畧不佇思繼之云云羣玉遂屈 見紀事

李蔚 咸通中宰相後出爲節鎮

虛心纖質雁銜餘鳳吹龍吟定不如 薛陽陶善吹蘆管蔚鎮淮海陽陶爲浙右小校監押度支運米至蔚召令出蘆管于賞心亭奏之蔚大嘉賞贈詩此其終篇也

王枳 常州刺史

今朝拜貢盈襟淚不進新芽是進心 常州舊貢陽羨茶僖宗幸蜀枳間關馳貢故有此句 見常州志

鄭賓 字貢華乾符進士

萬蘊千牌次碧牙縹籤金字間明霞 賓善楷書大復中挈家自華至陳未常廢詞翰其題經藏有此句 見宣和書譜

張瑩 連江人大順初登第官至禮部尚書

一箭不中鵠五湖歸釣魚 見池志

吳靄 字廷俊連州人光化三年進士爲朱忠幕僚

煙隨紅焰斷化作白雲飛 七歲時詠野燒識者知其爲青雲器

陳詠 眉州青神人善奕碁昭宗時登第

隔岸水牛浮鼻渡傍溪沙鳥點頭行 見紀事

蔣密 零陵儒士

綺羅因片葉桃李謾同時 詠桑 見詩話總龜

符蒙 字適之後唐同光三年進士官侍郎

都緣心似水故以鉢爲舟 題壁畫杯渡道人

李景遂 字退身元宗母弟初封燕王改封晉王

路指丹陽分虎節心存雙闕戀龍顏 赴潤州鎮賜餞 見江表志

李弘茂 字子松元宗第二子早卒追贈慶王

甘於泉水茶須信狂似楊花蝶未知 詠雪 半窗月在猶煎藥幾夜燈閑不照書 病中 並見江表志

李平 闕右人本姓名曰楊訥歸南唐官尚書郎衛尉卿

至人無夢夢不到天道惡盈盈有餘 闕書 龍髯已斷嬪嬙老豹尾不來岐路長 讀武帝內傳

胡元龜 廬陵人官臨川令

翻身騰白浪探爪攫明珠 永新令請題屏畫戲珠龍令好受饋遺元龜寫意譏之令悟追捕遂亡入金陵

蔣鈞 字不器營道人

因借夢書過竹寺學耕秋粟繞茆原 寄柳宣 芭蕉葉上無

愁雨自是多情聽斷腸 戎昱詩有一夜不眠孤客耳主人門外有芭蕉代爲之答

史虛白 字畏名山東人與韓熙載同投南唐署郡從事不受隱廬山

風雨揭却屋全家醉不知 詠漁父 見江南野錄

夏寶松 廬陵人

孤猿叫落中巖月野客吟殘半夜燈 雁飛南浦砧初斷 竹鐘初動 月滿西樓酒半醒 曉來羸駟依前去目斷遙山數點青 宿江城 並見錦繡萬花谷

趙慶 水曹郎

邁古文章金鸑鷟出羣行止玉麒麟 贈邵拙 見馬令書

潘天錫 南唐時爲省郎

風便磬聲遠日斜樓影長 游古觀 見郡閣雅談

朱勰 南唐時嘗爲縣令

好是晚來香雨裏擔簦親送綺羅人 見詩史

齊一作唐鎬

蓮中花更好雲裏月常新 南唐宮嬪窅娘善舞後主作金蓮令窅娘纏足作新月狀舞蓮中鎬詩因窅娘作也 見道山清話

黃可 字不可南唐時人

天下傳將舞馬賦門前迎得跨驢賓 獻高侍郎

高元矩 宣城人

硯貯寒泉碧庭堆敗葉紅 贈宣城宰 燕掠琴弦穿靜院吏收詩草下閑庭 贈徐學士 見雅言系述

陳晲 南唐處士

年年聞爾者未有不傷情 蟬 出得風塵者合知岐路人 拂榻燈未來開門月先入 忽生雲是匣高以月爲臺 入夜雖無傷物意向明還有動人心 畫虎 並見吟窗雜錄

趙休 與黃遜同時人

金莖來白露玉宇起清風 侍宴 見吟窗雜錄

庸仁傑 泉州人初爲僧陳德誠勸之反初服官終汾陽令

紅旆渡江霞醮水青蛇出匣雪侵衣 贈池陽守陳德誠 雲散便凝千里望日斜長占半城陰 昇元閣 只住此山寧有意向來求佛本無心 贈嘉禾峯僧

邵拙 字拙之宣城人

萬國不得雨孤雲猶在山 見江南野錄

毛炳 南唐時豐城人

先生不在此千載只空山 題齋壁 見江南野錄

陳德誠 建州人百勝軍節度使

建水舊傳劉夜坐螺川新有夏江城 劉洞有夜坐詩夏寶松有宿江城詩皆見稱一時號劉夜坐夏江城云

陳甫 字惟岳吉州人

一雨洗殘暑萬家生早涼 漳江感懷 暮鳥歸巢急寒牛下隴遲 居村 算吟千百首方得兩三聯 清時不作登龍客綠鬢閑梳傍草堂 贈黃岩 並見雅言系述

徐融 南唐人

淮船分蟻隊江市聚蠅聲 夜宿金山 見古今詩話

高若拙 荊南高從誨幕客

人間不見月天外自分明 中秋不見月 見大定錄

皮光業 字文通日休之子吳越署爲推官後拜相

燒平樵路出潮落海山高 見葆光錄 行人折柳輕和絮飛燕銜泥帶落花 見西清詩話

屠瓌智 海鹽人越州指揮贈節使上柱國

輕身都是義殉主始爲忠 詠志

元德昭 字名遠杭州人吳越相

滿堂羅綺兼朱紫四代兒孫奉老翁 德昭理家以孝愛聞每時序置酒環列几席者凡四從故其詩云 見備史

林無隱 閩人寓明州吳越相鼎卿其子也

雪浦二月江湖潤花發千山道路香 見備史

楊義方 眉山人王建時舉進士

海邊紅日半離水天外暖風輕到花 春日 雨聲鞭自禁門出一簇人從天上來 贈王樞密處回 見異聞錄

王廷珪 孟蜀兵部尚書

十字水中分島嶼數重花外見樓臺 浣花溪江皆翻亭榭孟昶游之曰曲江金殿鎖千門未及此廷珪賦句見稱善 見蜀檮杌

歐陽彬 字齊美衡山人孟昶時爲嘉州刺史後至夔州節度

無錢將乞樊知客名紙生毛不爲通 彬初投謁馬殷知客樊姓者索賄不得不與通後爲九州歌于之又不問因入蜀 見南部新書

桑柘殘陽裏兒孫落葉中 彬有子擢嵩作田父詩云云廖凝見之知其不壽彝果卒 見郡閣雅談

李堯夫 蜀梓潼山人

向外疑無地其中別有天 大內盆池　方外共推爲道友關中

獨自占詩家 贈滕郎中　炎暑鬱蒸無處避凉風消息幾時來

見古今詩話

石文德 遼州人仕長沙歷水部員外郎融州刺史

月沈湘浦冷花謝漢宮秋 挽馬希範夫人 見五代史補

戴偃 金陵人遊地湘中值希範大興土木自稱玄黃子獻漁父詩百篇以諷希範怒遷之湖上

須把咽喉吞世界蓋因奢侈致危亡　若須抛却便抛

却莫待風高更亦深 並漁父篇 見五代史補

張迥 湖南詩人

夜長燈影滅天遠鶴聲孤 見吟窗雜錄

鍾元章 南漢員外郎

金筶離弦三尺電星髇破的一聲雷 射 吟窗雜錄

楊鳧 字鳧之閩人

背日流泉生凍早逆風歸鳥入巢遲 山中即事 見雅言系述

王俊 考功郎中

勝日登樓望山川一半春 桂林道遙樓

薛沆 盧州刺史

也知別有風光主花蕾枝枝似去年 題藏舟浦花 見南部新書

張顗 官左司郎中

金殿聖人看縱筆玉堂詞客盡裁詩 贈翟光

張林 擢進士第官至御史

菱葉乍翻人採後芰荷初没舸行時 見紀事

盧休

春寒酒力遲冉冉生微紅 寒月　自然草木性誰祝元化

功　溢浦風生破膽愁　血染劍花明帳幕三千車馬

出漁陽　入門堪笑復堪憐三逕苔荒一釣船 並見張爲主客圖

陳嶠 字景山閩人暮年登第還鄉不仕

小橋風月年年事爭奈潘郎去　何 見南部新書 第二句缺一字

李範 閩中人

清猨啼遠木白鳥下前灘 秋日江干遠望　鶴歸秋漢遠人去草

堂空 經玉山人舊居　雖當南北路不礙往來人 道傍樹　釣叟無機

沙鳥睡禪師入定白牛閑 江寺閑書　天涯故友無來信窗外

拒霜空落花 暮秋懷故人 並見雅言雜載

卞震 蜀人

雨壁長秋菌風枝落病蟬 即事　老節揩瘦影寒木凭吟

身　詩債到春無處避離愁因醉暫時無 春日偶題　茶香解

睡磨鐺煮山色牽懷著屐登 即事

林楚才 賀州富川人

身閑不恨辭官早詩好常甘得句遲 贈致仕黃損 見雅言系述

孟不疑 有詩名溺于游覽不復應舉

白日故鄉遠青山佳句中 見酉陽雜俎

麗季子

冥雲生易滿秋草長難高

郭思

落星一石幾千年門外何人扣漢川 白石鎮古城

盧載

五千里地望皆見七十二峰中最高 祝融峰

鄭翔

花燒落第眼雨破到家程 下第東歸 見海錄碎事

鄭說

架上紫衣閑不著案頭金字坐長看 贈溫州大雲寺僧鴻楚 見高僧傳

史瑜

溪從沮水流嶓冢嶺接青泥入劍天 青泥山

賀公 石晉兵部

但存方寸地留與子孫耕

米都知 伶人也善騷雅家 補闕嘗贈以詩

小旗村店酒微雨野塘花 見南部新書

陳秀才

地偏雲自起日暮山更深

崔李二生

恰似傳花人飲散空抛牀下最繁枝 崔

黯䰐香魂如有在還應羞見墮樓人 李 二生花與武椽游步非煙死同賦其事

范氏子 紀事云吳人攄子七歲能詩方千見其贈隱者句曰此子他日必成名又吟夏日句千云必不享壽果十歲卒攄即撰雲溪友議者

掃葉隨風便澆花趁日陰 贈隱者　閑雲生不雨病葉落非

秋 夏日

臨川小吏 李建勳鎮臨川賞牡丹有小吏捧硯舉止有士人風公曰學詩乎對曰麤親筆硯因令口占一篇公奇之勉令就學因成詩名

三月能辭千日醉一生能得幾回看 見詩話總龜

韓熙載客

最是五更留不住向人枕畔著衣裳 熙載姬妾甚多不爲防閑往往私出侍客客賦詩云 見南唐近事

段義宗 外夷

懸心秋夜月萬里照鄉關 思鄉　玉排複道珊瑚殿金錯

危欄翡翠樓 題三學院經樓　此花不與衆花同爲感高僧護法

功 大慈寺芍藥 並吟窗雜錄

全唐詩句

無名氏

都來消帝力全不用兵防 以下齊已風騷旨格　道遠擎空鉢深山踏

落花　船中江上景晚泊早行時　山寺鐘樓月江城

鼓角風　雨過花爭出雲空月半生　鳥正啼隋柳人

須入楚山　高松飄雨雪一室掩香燈　遂有冥心者

還尋此境來　又因風雨夜重到古松門　道晦金雞

伏時來木馬鳴　誰來看山寺自去掃松門　此生還

自喜餘事不相侵　白鬢無心鑷青山得意多　一春

能幾日無雨亦多風　苦雨秋濤漲狂風野燒翻　須

知三尺劍只爲不平磨　要路爭先進閑門肯暫過

已難消永夜況復聽秋霖 大雪路亦宿深山水也呑
贈僧 卷簾黃葉落鏁印子規啼 亡國空流水孤祠掩
落花 山魅隔窗舞鵩鳥入簾飛 萬里八九月一身
西北風 磴危攀薜荔石滑踈莓苔 日落無行客天
寒有去鴻 正思浮世事又到古城邊 尋常風雨夜
應有鬼神看 寄宿山中寺相辭海上僧 風吹榆莢
葉雨打木瓜花 炙轂子詩格 句內疊韻 是星皆拱北無水不朝東 以下梅堯
臣續金針詩格 西風起邊雁一一向瀟湘 那堪懷遠路猶自
上高樓 白雲風散盡紅葉水流來 以下徐寅雅道機要 妾如無異
意君棄也甘心 野過雲根闊山高樹影長 古迹應
重別生緣不暫停 一個字未穩數宵心不閑 別地
葉頻落去程山已寒 但取詩名得何論下第頻 早
起赴前程鄰雞尚未鳴 以下文彧詩格 白地一回兩兒孫拾得
金 軒車在何處雨雪滿前山 燈微山館雨角咽海
城秋 去帆看已遠臨水立多時 以下桂林詩評 家貧爲客早
路遠得書稀 瀑布五千仞草堂瀑布邊 我憶雲門
寺門前千萬峰 一瓶居無外萬木老禪中 秋江洗
一鉢寒日曬三衣 空山行客少獨樹晚蟬多 一片
月生海幾家人上樓 待月 以下王正字詩中旨格 窗寒風漸緊燈落夜
將深 秋日言懷 雲夢幾行去瀟湘一夜空 送雁 無風來竹院
有月在莎庭 蟋蟀 故園從小別夜雨近秋聞 書劍別
南州炎荒萬里游 山盤樵徑上人到雪房遲 路經
秋雨後人入亂峰來 獨樹知秋早孤舟覺夜寒 馬
飢飡落葉鶴宿曬殘陽 路遠春行盡家貧愁到時 以下
吟窗雜錄 臨水通宵坐知君此興同 江聲兼小雨暝色入
啼猨 以下並見樹萱錄 藕隱玲瓏玉花藏縹緲容 紅樹醉秋色
碧溪彈夜弦 網斷蛛猶織梁空燕不歸 倒身無著
處呵手不成溫 苦寒 見事文類聚 幾多詩弟子無限酒知聞 悼方干
見海錄碎事 牀上小薰籠韶州新退紅 樂府 見陸務觀集注 看時人步
澁展處蝶爭來 題于兢書牡丹 兢字德源長安人梁宰相也 見見聞志 酒味雜蓮氣香冷
勝於氷輪團如象鼻瀟灑絕青蠅 碧筩杯 見楊慎藝林伐山 太宗皇
帝眞長策賺得英雄盡白頭 國史補曰進士科得之艱難其有老死于文場者亦無所恨故詩云云 晝漫錄以
爲趙嘏作 曾題名處添前字送出城人乞舊衣 神龍已來杏園宴後皆於慈恩塔下

題名及第後知聞或遇未及第時題名處則爲添前字故詩云 見摭言 華陽觀裏鐘聲集建福門前
鼓動期 新進士放牓後翌日排光範門候謁宰相雖云排建福門實集於西方館故詩云云 見南部新書 隴右諸侯供
語鳥日南太守送名花 李德裕營平泉遠方之人多以異物奉之時有題詩云云 見劇談錄 八百
孤寒齊下淚一時回首望崖州 德裕爲相頗爲寒進開路及謫官南去人詠此 見摭言 讓
劫已令多士伏沽名還得世人聞 陳詠有詩名善奕棋昭宗幸陝之歲兼名歸蜀韋莊以詩賀之
鄉中有嫉善者竊和韋詩云云比之滁器當爐也 見紀事 人爲子推初禁火花愁青女再
飛霜 寒食 見事文類聚 楝花開後風光好梅子黃時雨意濃 江南
自初春至初夏有二十四番花信風最後爲楝花風故唐人有此句 見東皋雜錄 蘭湯備浴傳荊俗水馬
浮江弔屈魂 唐人午日詩南方競渡治其舟使輕利名飛鳧名水車又名水馬 見荊楚歲時記 城頭椎鼓
傳花枝席上搏拳握松子 見東皋雜錄 鳥向不香花裏宿人
從無影月中歸 雪 輕著凍痕銷水面密隨和氣入花
根 春雪 萬木盡如花落候四簷鳴 雨來時 晴雪 王安石嘗衆此三聯云
唐人詩 濃綠萬枝紅一點動人春色不須多 王安石在翰苑見榴花止開一朶有
詩陳正敏謂此乃唐人詩非安石所作 見泊宅編 晚菘細切肥牛肚新筍初嘗嫩馬
蹄 見錦繡萬花谷 蟬離楚樹鳴猶少葉到嵩山落更多 以下見風騷旨格
風和日暖方開眼雨潤煙濃不舉頭 窗前閑詠鴛
鴦句壁上時觀獬廌圖 可能有事關心後得似無人
識面時 一點孤燈人夢覺萬重寒葉雨聲多 以下見炙轂子詩格
此心只待相逢說時復登樓看遠山 九江有浪船
難濟三峽無猨客有愁 四海魚龍精魄冷五山鸞鳳
骨毛寒 誰家綠酒歡留客何處紅樓睡失明 雨露
施恩無厚薄蓬蒿隨分有枯榮 以下見梅堯臣續金針詩格 去年花下
留連飲暖日夭桃鶯亂啼今日江邊容易別淡煙衰草
馬頻嘶 蛇蝎性靈生便毒蕙蘭根異死猶香 三間
茅屋無人到十里松門獨自游 翻憶舊山青碧裏遶
菴閑伴野僧禪 雲 不甘五等諸侯薦直肯九重天子
知 劉素者字仲華好學不事科舉頗通遁甲嘗有人貽詩云云然卒不及仕 見江南野志

全唐詩目 第十一函

第十冊

全唐詩

武后宮人（名媛）

離別難（武后朝有士人陷冤獄妻配掖庭善吹篳篥乃撰離別難曲以寄情焉 初名大郎神蓋取良人第行也既畏人知遂三易其名曰悲切子終號怨回鶻）

此別難重陳花飛復戀人來時梅覆雪去日柳含春物候催行客歸途淑氣新剡川今已遠魂夢暗相親

開元宮人

袍中詩（開元中賜邊軍纊衣製自宮人有兵士於袍中得詩白於帥帥上之朝明皇以詩徧示六宮一宮人自稱萬死明皇憫之以妻得詩者曰朕與爾結今生緣也）

沙場征戍客寒苦若爲眠戰袍經手作知落阿誰邊蓄意多添線含情更著綿今生已過也（一作看已過）結取（一作願結）後生緣

天寶宮人

題洛苑梧葉上（天寶末洛苑宮娥題詩梧葉隨御溝流出顧況見之亦題詩葉上汎於波中後十餘日於葉上又得詩一首後聞於朝遂得遣出）

舊寵悲秋扇新恩寄早春聊題一片葉（一作紅葉上）將寄接流人（一作一入深宮裏年年不見春聊題一片葉寄與有情人）

又題

一葉題詩出禁城誰人酬和獨含情自嗟不及波中葉蕩漾乘春取次行

德宗宮人

德宗宮人奉恩院王才人養女鳳兒也詩一首

題花葉詩（貞元中進士賈全虛於御溝得一花葉上有詩句悲想其人裴回溝上爲街吏所獲金吾奏其事德宗詢之知爲鳳兒所作因召全虛授金吾衛兵曹遂以妻之）

一入深宮裏無由得見春題詩花葉上寄與接流人

宣宗宮人

宣宗宮人姓韓氏詩一首

題紅葉（盧偓應舉時偶臨御溝得一紅葉上有絶句置於巾箱及出宮人偓得韓氏覩紅葉吁嗟久之曰當時偶題不謂郎君得之）

流水何太急深宮盡日閑殷勤謝紅葉好去到人間

僖宗宮人

金鎖詩（僖宗嘗自內出袍千領賜塞外吏士神策軍馬眞於袍中得鎖及詩主將奏聞帝令眞赴闕以作詩宮人妻之）

玉燭製袍夜金刀呵手裁鎖寄千里客（一作鎖情寄千里）鎖心終不開

李舜弦

李舜弦梓州人珣之妹蜀王衍納爲昭儀詩三首

隨駕遊青城

因隨八馬上仙山頓隔塵埃物象閑只恐西追王母宴却憂難得到人間

蜀宮應制

濃樹禁花開後庭飲筵中散酒微醒濛濛雨草瑤階溼鐘曉愁吟獨倚屏

釣魚不得

盡日池邊釣錦鱗芰荷香裏暗消魂依稀縱有尋香餌知是金鉤不肎吞

李玉簫

李玉簫蜀王衍宮人詩一首

宮詞（一作王建詩又作花蕊夫人詩）

鴛鴦瓦上瞥然聲晝寢宮娥夢裏驚元是我王金彈子海棠花下打流鶯

金眞德

金眞德新羅王金眞平女也平卒無子嗣立爲王詩一首

太平詩（永徽元年眞德大破百濟之衆織錦作五言太平詩遣其弟之子法敏以獻）

大唐開鴻業巍巍皇猷昌止戈戎衣（一作成大）定修（一作興）文繼百王統天崇雨施理物體含章深仁諧日月撫運邁時康幡旗既赫赫鉦鼓何鍠鍠外夷違命者翦覆被天殃和風凝宇宙（一作幽顯）遐邇競呈祥四時調玉燭七曜巡萬方維嶽降宰輔維帝用（一作任）忠良三五咸一德昭我皇家唐（一作唐家光）

寶曆宮人

句（寶曆間浙東貢舞女二人一名飛燕一名輕鳳每歌如鸞鳳音敬宗琢玉芙蓉爲舞臺舞罷即置二女於金屋寶帳由是宮中語云云）

寶帳香重重一雙紅芙蓉

全唐詩

花蕊夫人徐（一作費）氏

徐氏青城人幼能文尤長於宮詞得幸蜀主孟昶賜號花蕊夫人詩一卷

宮詞

五雲樓閣鳳城間花木長新日月閑三十六宮連內苑太平天子住（一作坐）崑山

會眞廣殿約宮牆樓閣相扶倚太陽淨甃玉階横水岸御爐香氣撲龍牀

龍池九曲遠相通楊柳絲牽兩岸風長似江南好風（一作春）景畫船來去（一作往）碧波中

東内斜將紫禁通龍池鳳苑夾城中曉鐘聲斷嚴妝罷
院院紗窗海日紅
殿名新立號重光島上亭臺盡改張但是一人行幸處
黃金閣子（一作內）鎖牙牀
夾城門與内門通朝罷巡遊到苑中每日日高（一作中官）祗候
處滿堤紅豔立春風
廚船（一作盤）進食簇時新侍宴（一作座）無非列（一作是）近臣日午殿頭
宣索鱠隔花催喚打魚人
立春日進内園花紅蕊輕輕嫩淺霞跪到玉堦猶帶露
一時宣賜與宮娃
三面宮城盡夾牆苑中池水白茫茫直（一作亦）從獅子門前
入旋見亭臺遶岸傍
離宮別院遶宮城金版輕敲合鳳笙夜夜月明花樹底
傍池長有按歌聲
御製新翻曲子成六宮纔唱未知名盡將觱篥來抄譜
先按君王玉笛聲
旋移紅（一作花）樹斸新（一作斸青）苔宣使龍池更（一作再）鑿開展得綠（一作緑）
波寬似海水心樓殿勝蓬萊
太虛高閣凌虛（一作臨波）殿背倚城牆面枕池諸院各分娘子
位羊車到處不教知
修儀承寵住龍池掃地焚香日午時等候大家來院裏
看教鸚鵡念新詩
才人出入每參（一作相）隨筆硯將行（一作行將）遶曲池能向彩箋書
大字忽（一作匆）防御製寫新詩
六宮官職總新除宮女安排入畫圖二十四司分六局
御前頻見錯相呼
春風一面曉妝成偷折花枝傍水行却被内監（一作燈）遥覷
見故將紅豆打黃鶯
殿前排宴賞花開宮女侵晨探幾回斜望花開（一作苑門）遥舉
袖傳聲宣（一作先）喚近臣來
小毬場近曲池頭宣喚勳臣試打毬先向畫樓（一作廊）排御
幄管弦聲動立浮油
供奉頭籌不敢爭上棚等（一作專，又作傳）喚近臣名内人酌酒纔

宣賜馬上齊呼萬歲聲
殿前宮女總纖腰初學乘騎怯又嬌上得馬來纔欲走
幾回拋鞚抱（一作把）鞍橋
自教宮娥學打毬玉鞍初跨柳腰柔上棚知是官家認
遍遍長贏第一籌
翔鸞閣外夕陽天樹（一作木）影花光遠（一作水）接連望見内家來
往處水門斜過罨（一作畫）樓船
内家（一作人）追逐採蓮時驚起沙鷗兩岸飛蘭棹把來齊拍
水並船相鬬溼羅衣
新秋女伴各相逢罨畫船飛別浦（一作渚）中旋折荷花伴（一作半）
歌舞夕陽斜照滿衣紅
少年相逐採蓮回羅帽（一作襪）羅衫（一作衣）巧製裁每到岸頭長
拍水競提纖手出船來
早春楊柳引長條倚岸沿堤一面高稱與畫船牽錦纜
暖風搓出綵絲絛
内家宣錫生辰宴隔夜諸宮進御花後殿未聞宮主入
東門先報下金車
端午生衣進御牀赭黃羅帕覆金箱美人捧入南薰殿
玉腕斜封綵縷長
選進仙韶第一人纔勝羅綺不勝春重教按舞桃花下
只踏殘紅作地裀
侍女爭揮玉彈弓金丸飛入亂花中一時驚起流鶯散
踏落殘花滿地紅
七寶闌干白玉除新開涼殿幸金輿一溝泛碧流春水
四面瓊鉤搭綺疏
山樓彩鳳棲寒月宴殿金麟吐御香蜀錦地衣呈隊舞
教頭先出拜君王
天外明河翻玉浪樓西涼月湧金盆香銷甲乙牀前帳
宮鎖玲瓏閑殿門
細風敧葉撼宮梧早怯秋寒著繡襦玉宇無人雙燕去
一彎新月上金樞
夜寒金屋篆煙飛燈燭分明在紫微漏永禁宮三十六
燕回爭踏月輪歸

曉吹翩翩動翠旗爐煙千疊瑞雲飛何人奏對偏移刻
御史天香隔繡衣
金井秋啼絡緯聲出花宮漏報嚴更不知誰是金鑾直
玉宇沈沈夜氣清
内庭秋燕玉池東香散荷花水殿風阿監采菱牽錦纜
月明猶在畫船中
東宮花燭彩樓新天上仙橋不鎖春偏出六宮歌舞奏
嫦娥初到月虛輪
紗幔薄垂金麥穗簾鉤纖挂玉葱條樓西別起長春殿
香碧紅泥透蜀椒
翠華香重玉爐添雙鳳樓頭曉日暹扇掩紅鸞金殿悄
一聲清蹕捲珠簾
金作蟠龍繡作麟壺中樓閣禁中春君王避暑來遊幸
風月橫秋氣象新
清曉自傾花上露冷侵宮殿玉蟾蜍擘開五色銷金紙
碧鎖窗前學草書
翠鈿貼靨輕如笑玉鳳雕釵裊欲飛拂曉賀春皇帝閣
綵衣金勝近龍衣
瓅聲金徹閤門環簾捲珍珠十二間別殿春風呼萬歲
中丞新押散朝班
雞人報曉傳三唱玉井金牀轉轆轤煙引御爐香繞殿
漏籤初刻上銅壺
御按橫金殿幄紅扇開雲表露天容太常奏備三千曲
樂府新調十二鐘
宮女熏香進御衣殿門開鎖請金匙朝陽初上黃金屋
禁夜春深晝漏遲
三月金明柳絮飛岸花堤草弄春時樓船百戲催宣賜
御輦今年不上池
内人稀見水鞦韆爭擘珠簾帳殿前第一錦標誰奪得
右軍輸却小龍船
夜色樓臺月數層金猊煙穗繞觚稜重廊屈折連三殿
密上真珠百寶燈
天門晏閉九重關樓倚銀河氣象間一點星球垂絳闕

五雲仙仗下蓬山

禁裏春濃蝶自飛御蠶眠處弄新絲碧窗盡日教鸚鵡念得君王數首詩

鬬草深宮玉檻前春蒲如箭荇如錢不知紅藥闌干曲日暮何人落翠鈿

太液波清水殿涼畫船驚起宿鴛鴦翠眉不及池邊柳取次飛花入建章

御座垂簾繡額單冰山重疊貯金盤玉清迢遰無塵到殿角東西五月寒

春心滴破花邊漏曉夢敲回禁裏鐘十二楚山何處是御樓曾（一作悅）見兩三峯

博山夜宿沈香火帳外時聞暖鳳笙理遍從頭新上曲殿前龍直未交更

春殿千官宴却歸上林鶯舌報花時宣徽旋進新裁曲學士爭吟應詔詩

釣線沈波漾彩舟魚爭芳餌上龍鉤內人急捧金盤接撥刺紅鱗躍未休

蕙炷香銷燭影殘御衣熏盡輒更闌歸來困頓眠紅帳一枕西風夢裏寒

東宮降誕挺佳辰少海星邊擁瑞雲中尉傳聞三日宴翰林當撰洗兒文

酒庫新修近水傍潑（一作撥）醅初熟五雲漿殿前供御頻宣索追（一作進）入花間一陣香

白藤花限（一作籠掐）白銀花閤子門當寢殿斜近被宮中知了事每來隨駕使煎（一作烹）茶

西毬場裏打毬回御宴先於（一作從）苑內開宣索教坊諸伎樂傍池催喚入船來

昭儀侍宴足精神玉燭抽看記飲巡倚賴識書為錄事燈前時復錯瞞人

後宮阿監裏羅巾出入經過苑囿頻承奉聖顏憂悮失就中長怕內夫人

管弦聲急滿龍池宮女藏鉤（一作鬮）夜宴時好是聖人親捉得便將濃墨掃（一作捘）雙眉

密室紅泥地火爐內人冬日晚傳呼今宵駕幸池頭宿排比椒房得煖無

畫船花舫總新妝進入池心近島傍松柏樓（一作鏤）窗楠木板暖風吹過一團（一作四圍）香

三清臺近苑牆東樓檻層層映水紅盡日綺羅人度曲管弦聲在半天中

安排諸院接行廊外（一作水）檻周迴十里强（一作長）青錦地衣紅繡（一作綠）毯盡鋪龍腦鬱金香

安排竹柵與笆籬養得新生鵓鴿兒宣受內家專餵飼花毛閒（一作閑）看總皆知

年初十五最風流新賜雲鬟便（一作使）上頭按罷霓裳歸院裏畫樓雲閣總重（一作新）修

金畫香臺出露盤黃龍雕刻遶朱闌焚修每遇三元節天子親簪白玉冠

六宮一例雞（一作羅）冠子新樣交鐫白玉花欲試澹妝兼道服面前宣與唾盂家

三月櫻桃乍熟時內人相引看紅枝回頭索取黃金彈遶樹藏身打雀兒

小小宮娥到內園未梳雲鬢臉如蓮自從配與夫人後不使尋花亂入船

錦城上起凝煙閣擁殿遮樓一向高認得聖顏遙望見碧闌干映赭黃袍

水車踏水上宮城寢殿簷頭滴滴鳴助得聖人高枕興夜涼長作遠灘聲

平頭船子小龍床多少神仙立御旁旋刺篙竿令過岸滿池春水蘸紅妝

苑東天子愛巡游御岸花堤枕碧流新教內人供射鴨長將弓箭繞池頭

羅衫玉帶最風流斜插銀篦慢裹頭閑向（一作閒得）殿前騎（一作調）御馬揮（一作掉）鞭橫過小紅樓

沈香亭子傍池斜夏日巡游歇翠華簾畔玉盆盛淨水內人手裏剖銀瓜

薄羅衫子透肌膚夏日初長板閣虛獨自凭闌無一事水風涼處讀文書

婕妤生長帝王家常近龍顏逐翠華楊柳岸長春日暮傍池行困倚桃花

月頭支（一作又）給買花錢滿殿宮人近數（一作盡十）千遇著唱名多不語（一作應）含羞走（一作急）過御牀前

小雨霏微潤綠苔石楠紅杏傍池開一枝插向金瓶裏捧進君王玉殿來

錦鱗躍水出浮萍荇草牽風翠帶橫恰似金梭攛碧沼好題幽恨寫閨情

春天睡起曉妝成隨侍君王觸處行畫得自家梳洗樣相憑女伴把來呈

舞頭皆著畫羅衣唱得新翻御製詞每日內庭聞教隊樂聲飛上到龍墀

春早尋花入內園競傳宣旨欲黃昏明朝駕幸遊蠶市暗使氈車就苑門

半夜搖船載內家水門紅蠟一行斜聖人正在宮中飲宣使池頭旋折花

春日龍池小宴開岸邊亭子號流杯沈檀刻作神仙女對捧金尊（一作杯）水上來

梨園子弟簇池頭小樂攜來候宴游旋（一作試）炙銀笙先按拍海棠花下合梁州（以下四十一首一作王珪詩）

慢梳鬟髻著輕紅春早爭求芍藥叢近日承恩移住處夾城裏面占新宮

別色官司御輦家黃衫束帶臉如花深宮內院（一作苑）參承慣常從金輿到日斜

日高房裏學圍棊等候官家未出時為賭金錢爭路數專憂女伴怪來遲

摴蒲冷澹學投壺箭倚腰身約畫圖盡對君王稱妙手一人來射一人輸

慢揎（一作揮）紅（一作羅）袖指纖纖學釣池魚傍水邊（一作弦）忍冷不禁還自去釣竿常被別人牽

宣城（一作徽）院約池南岸粉壁紅窗畫不成總是一人行幸處徹宵聞（一作長）奏管弦聲

丹霞亭浸池心冷曲沼門含水脚清傍岸鴛鴦皆著對時時出向淺沙行

楊柳陰中引御溝碧梧桐樹擁朱樓金陵城共滕王閣畫向丹青也合羞

晚（一作曉）來隨駕上城游行到東西百子（一作尺）樓回望苑中花柳色綠陰紅豔滿池頭

牡丹移向苑中栽盡是藩方進入來未到末春緣地暖數般顏色一時開

明朝臘日官家出隨駕先須點內人回鶻衣裝回鶻馬就中偏稱小腰身

盤鳳鞍韉閃（一作鞍韉盤龍閃）色妝黃金壓胯紫游（一作油）韁自從揀得真龍種（一作骨）別置東頭小馬坊

翠輦每從城畔出（一作立）內人相次簇（一作立）池隈（一作邊）嫩荷花裏搖船去（一作出）一陣香風逐水來（一作仙）

高燒紅燭點銀燈秋晚花池景色澄今夜聖人新殿宿後宮相競覓祗承

苑中排比宴秋宵弦管掙摐各自調日晚閣門傳聖旨明朝盡放紫宸朝

夜深飲散月初斜無限宮嬪亂插花近侍婕妤先過水遙聞隔岸喚船家

宮娥小小豔紅妝唱得歌聲遶畫梁緣是太妃新進入座前頒賜小羅箱

池心小樣釣魚船入玩偏宜向晚天挂得綵帆教便放急風吹過水門前（一作邊）

傍池居住有漁家收網搖船到淺沙預進活魚供日料滿筐跳躍白銀花

秋晚（一作晚）紅妝傍水行競將衣袖撲蜻蜓回頭瞥見宮中喚幾度藏身入畫屏

御溝春水碧于天宮女尋花入內園汗溼紅妝行漸困岸頭相喚洗花鈿

亭高百尺立春（一作當）風引得君王到此中牀上翠屏開六扇折枝花（一作襯花初）綻牡丹紅

內人承寵賜新房紅紙（一作錦）泥窗遶畫（一作四）廊種得海柑纔結子乞求自送（一作進）與君王

翡翠簾（一作簷）前日影斜御溝春（一作流）水浸成霞侍臣向晚隨天步共看池頭滿樹花

金碧闌干倚岸邊捲簾初聽一聲蟬殿頭日午搖紈扇宮女爭來玉座前

嫩荷香撲釣魚亭水面文魚作隊行宮女齊（一作競）來池畔（一作面）看傍簾呼喚勿高聲

新翻酒令著詞章侍宴初聞憶（一作憶聞）却忙宣使近臣傳賜本書家院裏偏抄將

寒食清明小殿旁綵樓雙夾鬬雞場內人對御分明看先賭紅羅被十（一作滿）牀

寢殿門前曉色開紅泥藥樹間花栽君王未起翠簾捲又發宮人（一作宮女更番）上直來

海棠花發盛春天游賞無時引御筵遶岸結成紅錦帳暖枝猶拂畫樓船

日晚（一作晚日）宮人外按回自牽驄馬出林隈御前接得高叉手射（一作時）得山雞喜進來

朱雀門高花外開毬場空闊淨塵埃預排白兔兼蒼狗等候君王按鶻來

會仙觀內玉清壇新點宮人作女冠每度駕來羞不出羽衣初著怕人看

老大初教學（一作作）道人鹿皮冠子淡黃裙後宮歌舞今拋擲每日焚香事老君

法雲寺裏中元節又是官家誕降（一作降誕）辰滿殿香花爭供養內園先占得鋪陳

金章紫綬選高班每每東頭近聖顏才藝足當恩寵別只堪（一作看）供奉一場閑

內人深夜學迷藏偏遶花叢水岸傍乘輿忽（一作或）來仙洞裏大家尋覓一時忙

小院珠簾著地垂院中排比不相知羨他鸚鵡能言語窗裏偷教鸚鵡兒

鳥（一作宮）樹高低約浪痕苑（一作島）中斜日欲黃昏樹頭木刻雙飛鶴蕩起（一作遠流）晴空映水門

大臣承寵賜新莊梔子園東柳岸傍今（一作每）日聖恩親（一作新）幸到板橋頭是讀書堂

樹葉初成鳥護（一作出）窠石榴花裏（一作底）笑聲多眾（一作舞）中遺却金釵子拾得從他要贖（一作賞）麼（以下二十二首一作王建詩）

小殿初成（一作新裝）粉未（一作欲）乾貴妃姊妹自來看爲逢好日先移入續向街（一作階）西索牡丹

內人相續報花開准擬君王便看來逢（一作從）著五弦琴（一作紅）繡袋宜春院裏按歌回

巡吹慢遍不相和暗數看誰（一作看誰人）曲校多明日梨花園（一作園花）裏見先須逐（一作直）得內家歌

黃金合裏盛紅雪重結香羅四出花一一傍邊書敕字中官（一作分明）送與大臣家

宮人早起（一作指笑）笑相呼不識堦（一作庭）前掃地夫乞與金錢爭借問外頭還似此間無

小隨阿姊（一作隨阿姊不）學吹笙見好（一作好見）君王賜（一作乞）與（一作與乞）名夜拂玉牀朝把鏡黃金殿外（一作上）不教行

日高殿裏有香煙萬歲聲長動九天妃子院中初（一作新）降誕內人爭乞（一作分得）洗兒錢

宮花不共（一作與）外花同（一作邊）正月長生（一作先）一半（一作朵）紅供御櫻桃看守別直無鴉鵲到園中

殿前鋪設兩邊樓寒食宮人步打毬一半走來爭（一作齊）跪拜上棚先謝得頭籌

大儀前日暖房來囑向朝（一作昭）陽乞藥栽敕賜一窠紅躑躅謝恩未了奏花開

御（一作排）前新（一作謝）賜紫羅襦步步（一作不下）金堦上軟輿宮局總來爲喜樂院中新拜內尚書

鸚鵡誰教轉舌關內人手裏養來姦語多更覺（一作近更）承恩澤數對君王憶隴山

分明（一作閑）坐賭櫻桃收却投壺玉腕勞各把沈香雙陸子局中闕累阿誰高

禁寺紅樓內裏通笙歌引駕夾城東（一作香山引駕夾城中）裏頭宮監堂（一作蓄女樂）前立手把牙鞘竹彈弓

舞來汗溼羅衣徹樓上人扶下玉梯歸到院中重洗面

金花盆(一作盆水)裏潑銀(一作紅)泥

宿妝殘粉未明天總立(一作在)昭陽花樹邊寒食內人長白打庫中先散與金錢

眾中偏(一作愛)得君王笑(一作喚)偷把金箱筆硯開書破紅蠻隅子上旋推(一作催)當直美(一作內)人來

水中芹葉土中花拾得還將避眾家(一作艾心芹葉初生小秪鬬時新不鬬花)總待別人(一作大家)般數盡袖中拈出(一作捻得)鬱金芽

玉簫改調箏移柱(一作移纖指)催換(一作赴)紅羅繡舞筵未戴(一作著)柘枝花帽子兩行宮監在簾前

窗窗戶戶院相當總有珠簾玳瑁牀雖道君王不來宿帳中長是炷牙(一作衙)香(一作帳中長下蓄香囊)

述國亡詩

君王城上豎降旗妾在深宮那得知十四萬人齊解甲寧(一作更)無一箇是男兒(一作蜀臣王承旨詩前二句云蜀朝昬主出降時銜璧牽羊倒繫旗)

全唐詩名媛

楊容華

楊容華華陰人炯之姪女詩一首

新妝詩

啼(一作宿一作林)鳥驚眠罷房櫳乘曉(一作曙色)開鳳釵金作縷鸞鏡玉為臺妝似臨池出人疑向月(一作月下)來自憐終不見(一作方未已)欲去復裴回

魏氏

魏氏求己之妹詩一首

贈外

浮萍依綠水弱蔦寄(一作附)青松與君結大義移天得所從翰林無雙鳥劒水不分龍諧和類琴瑟堅固同膠漆義重恩欲深夷險貴如一本自身不令積多嬰痛疾朝夕倦牀枕形體恥巾櫛遊子倦風塵從官初解巾束裝赴南郢脂駕出西秦比翼終難遂銜雌苦未因徒悲楓岸遠空對柳園春男兒不重舊丈夫多好新新人喜新聘朝朝臨粉(一作寶)鏡兩鴛固無比雙蛾誰與競詎憐愁思人銜啼嗟薄命蕣華不足恃松枝有餘勁所願好(一作存)九思勿令虧百行

喬氏

喬氏馮翊人左司郎中知之之妹詩一首

詠破簾

已漏風聲罷(一作擺)繩持也不禁一從經落後(一作節)無復有貞心

七歲女子

女子南海人詩一首

送兄(武后召見令賦送兄詩應聲而就)

別路雲初起離亭葉正飛(一作稀)所嗟人異鴈不作一行歸(一作飛)

林氏

林氏濟南人隰城丞薛元暧妻也元暧早卒林博涉五經有母儀令德訓其子彥輔彥國彥偉彥雲及姪據摠播竝登進士第衣冠榮之詩一首

送男左貶詩(一作送男彥輔左貶)

他日初投杼勤王在飲冰有辭期不罰積毀竟(一作意許)相仍謫宦今何在銜寃猶未勝天涯分越徼驛騎(一作騄)速毘陵腸斷腹非苦書傳寫豈能淚添江水遠心劇海雲蒸明月珠難識甘泉賦可稱但將忠報主何懼點青蠅

趙氏

趙氏冠坦母也詩三首

古興

鬱蒸夏將半暑氣扇飛閣驟雨滿空來當軒卷羅(一作簾)幕度雲開夕霽宇宙何清廓明月流素光輕風換炎鑠孤鸞傷(一作相)對影寶瑟悲別鶴君子去不還遙(一作搖)心欲何託金菊延清霜玉壺多美酒良人猶(一作獨)不歸芳菲豈常有不惜芳菲歇但傷別離久含情罷斟酌凝怨對窗牖霽雪舒長野寒雲半幽(一作伴秋)谷嚴風振枯條獲啼(一作啼獲)抱冰木所嗟遊宦子少小荷天祿前程未云至悽愴對車僕歲寒成詠歌日暮棲林樸(一作曲)不憚行險道(一作路澀)空悲年運促

郭紹蘭

郭紹蘭長安人巨商任宗妻也詩一首

寄夫(任宗賈湘中數年不歸紹蘭作詩繫於燕足時宗在荊州燕忽泊其肩見足繫書解視之乃妻所寄也感泣而歸)

我婿去重湖臨窗泣血書殷勤憑燕翼寄與薄情夫

王韞秀

王韞秀河西節度使忠嗣女宰相元載妻也詩三首

同夫遊秦(韞秀歸載歲久家貧見輕妻族因同夫入秦求舉)

路掃飢寒跡天哀志氣人休零離別淚攜手入西秦

夫入相寄姨妹(載拜相韞秀銜宿恨寄姨妹)

相國已隨麟閣貴家風第一右丞詩笄年解笑鳴機婦恥見蘇秦富貴時

喻夫阻客(載相肅代兩朝貴盛無比賓客候門或多間阻復為詩喻之)

楚竹燕歌動畫梁春蘭(一作更闌)重換舞衣裳公孫開閣(一作館)招嘉(一作佳)容知道浮榮(一作雲)不久長

張夫人

張夫人楚州山陽人戶部侍郎吉中孚妻也詩五首

古意

轆轤曉轉素絲綆桐聲夜落蒼苔塼涓涓吹溜若時雨濯濯佳蔬非用天丈夫不解此中意抱甕當時徒自賢

拜新月

拜新月拜月出(一作畫)堂前暗魄初(一作深)籠桂虛弓未引弦拜新月拜月妝樓上鸞鏡始(一作未)安臺蛾眉已相向拜新月(一本無此三字)拜月不勝情庭花(一作前)風露清月臨人自老人望月長明(一作望月更長生)東家阿母亦拜月一拜一悲聲斷絕昔年拜月逞容輝(一作儀)如今拜月雙淚垂回看眾女拜新月却憶紅閨(一作閨中)年少時

柳絮

霱霱芳春朝雪絮起青條或值花同舞不因風自飄過
粤浮綠醑拂幌綴紅綃那用持愁歡春懷不自聊

拾得韋（一作華）氏花鈿以詩寄贈

今朝妝閣前拾得舊花鈿粉污痕猶在塵侵色尚鮮曾
經纖手裏拈向翠眉邊能助千金笑如何忍棄捐

詶喜鵲

疇昔鴛鴦侶朱門賀客多如今無此事好去莫相過

句

遊蜂乍起驚落摒黃鳥銜來却上枝（柳絮）　臨風重回首
掩淚向庭花（寄遠）　鏡中春色老枕前秋夜長（詠淚　以上見吟窗雜錄）

王氏

王氏太原人永福潘令之妻詩一首

書石壁（王氏隨夫宰永福任滿祖餞留連累日王先解舟泊五里汰王灘下俟久不至月夜登岸題詩石壁末署太原族望歲久詩漫滅獨太原二字入石邑人因以名其灘）

何事潘郎戀別筵歡情未（一作不）斷妾心懸汰王灘下相思
處猿叫山（一作空）山月滿船

裴淑

裴淑字柔之元稹繼室詩一首

荅微之（稹自會稽到京未踰月出鎮武昌裴難之稹賦詩相慰裴亦以詩荅）

侯門初擁節御苑柳絲新不是悲殊命唯愁別近親黃
鶯遷古木朱（一作珠）履從清塵想到千山外滄江正暮春

趙（一作劉）氏

趙氏洹水人杜羔妻也詩四首

夫下第（一作杜羔不第將至家寄）

良人的的有奇才何事年年被放回如今妾面羞君面
君若（一作到）來時近夜來（別本有代羔贈詩云澹澹春風花落時不堪愁望更相思無金可買長門賦有恨空吟團扇詩）

雜言寄杜羔

君從淮海遊再過蘭杜（一作杜蘭）秋歸來未（一作不）須臾又欲向梁
州梁州秦嶺西棧道與雲齊羌蠻（一作虜）萬餘落矛戟自高
低已念寡儔侶復慮勞攀躋丈夫重志氣兒女空悲啼
臨卭滯遊地肎顧濁水泥人生賦命有厚薄君但（一作自）遨
遊我寂寞

聞夫杜羔登第（一作聞杜羔登第又寄）

長安此去無多地鬱鬱葱葱佳氣浮良人得意正年少
今夜醉眠何處樓

雜言

上林園中青青桂折得一枝好夫壻杏花如雪柳垂絲
春風蕩颺不同枝

張氏

張氏袁州人評事彭伉妻詩二首

寄夫（貞元中伉登第辟江西幕不歸張以詩寄之）

久無音信到羅幃路遠迢迢遣問誰聞君折得東堂桂
折罷那能不暫歸

驛使今朝過五湖殷勤爲我報狂夫從來誇有龍泉劒
試割相思得斷無（彭伉荅妻詩云莫訝相如獻賦遲錦書誰道淚霑衣不須化作山頭石待我東堂折桂枝）

薛馧（一作蘊）

薛（一作蔣）馧字馥彥輔孫女也詩三首

贈鄭女郎（一作鄭氏妹）

豔陽灼灼河洛神珠簾繡户青樓春能彈箜篌弄纖指
愁殺門前少年子笑開一面紅粉妝東園幾樹桃花死
朝理曲暮理曲獨坐窗前一片玉行也嬌坐也嬌見之
令人魂魄（一作暗）銷堂前錦褥紅地鑪綠沈香榼傾屠蘇解
佩時時歌管芙蓉帳裏蘭麝滿晚起羅衣香不斷滅
燭（一作燭滅）每嫌秋夜短

古意

昨夜巫山中（一作雲）失却陽臺女朝來香閣裏（一作今朝香閣前）獨伴楚
王語

贈故人

昔別容如玉今來鬢若絲淚痕應共見腸斷阿誰知

句

寂寞相思處雕梁落燕泥（春閨曲　見吟窗雜錄）

楊德麟

楊德麟司農少卿敬之之小女也詩一首

題奉慈寺（寺本虢國夫人宅後爲駙馬郭曖第升平公主薨追福置寺德麟年十三以六韻題之今存警句二韻）

日月金輪動旃檀碧樹秋塔分鴻鴈翅鐘挂鳳凰樓

崔氏

崔氏校書郎盧某妻詩一首

述懷（校書娶崔時年已暮崔微有愠色賦詩述懷）

不怨盧郎年紀大不怨盧郎官職卑自恨妾身生較晚
不及盧郎年少時

陳玉蘭

陳玉蘭吳人王駕妻也詩一首

寄夫（一作王駕詩題云古意）

夫戍邊關妾在吳西風吹妾妾憂夫一行書信千行淚
寒到君邊衣到無

薛媛

薛媛濠梁人南楚材妻也詩一首

寫真寄夫（南楚材旅遊陳受穎牧之眷欲以女妻之楚材許諾因託言有訪道行不復返舊薛媛善畫妙屬文微知其意對鏡圖形爲詩寄之楚材大慚遂歸偕老里人爲語稱之）

欲下丹青筆先拈寶鏡寒已經（一作驚）顏索寞漸覺鬢凋殘
淚眼描將（一作來）易愁腸寫出難恐君渾忘却時展畫圖看（里人語云當時婦棄夫今日夫棄婦若不逞丹青空房應獨守）

孫氏

孫氏樂昌（一作安）人進士孟昌期妻也善詩每代夫作一日
忽曰才思非婦人事遂焚其集詩三首

聞（一作聽）琴

玉指朱弦軋復清湘妃愁怨最難聽初疑颯颯涼風勁
又（一作動一作至）似蕭蕭暮雨零近比流泉來碧嶂遠如玄鶴下
青冥夜深彈罷堪惆悵露溼叢蘭月滿庭

白蠟燭詩（代夫贈人）

景勝銀釭香比蘭（一作自占清香勝蕙蘭）一條白玉偪人寒他時紫禁
春風夜醉草天書仔細看

謝人送酒（一作代謝崔家郎君送酒）

謝將清酒寄愁人澄澈甘香氣味眞好是綠窗風（一作明）月
夜一杯搖蕩（一作動）滿懷春

張立本女

草場官張立本女少未讀書忽自吟詩立本隨口錄之
詩一首

詩

危冠廣袖楚宮妝獨步閑庭逐夜涼自把玉簪敲砌竹清歌一曲月如霜

侯氏

侯氏邊將張揆（一作睽）妻也詩一首

繡龜形詩（揆爲邊將防戍十餘年不歸侯爲迴文詩繡作龜形詣闕上之武宗覽詩敕揆還鄉幷賜侯絹三百疋）

暌離已是十秋（一作年）強對鏡邪堪重理妝聞鴈幾迴修尺素見霜先爲製衣裳開箱疊練先垂淚拂杵調砧更斷腸繡作龜形獻天子願教征客早還鄉

慎氏

慎氏毘陵儒家女也適蘄春嚴灌夫無子被出慎以詩訣灌夫感而留之詩一首

感夫詩（一作與夫訣一作留別）

當時心事已相關雨散雲飛（一作收）一餉間便是孤帆從此去不堪重上（一作過）望夫山

薛瑤

薛瑤東明國人左武衛將軍承冲之女嫁郭元振爲妾詩一首

謡（一作返俗謡薛氏年十五剪髮出家六年爲謡云云遂返初服歸郭）

化雲心兮思淑貞洞寂滅兮不見人瑤草芳兮思芬蒀將（一作豪意）奈何兮青春

王霞卿

王霞卿藍田人會稽宰韓嵩之妾嵩死霞卿流落會稽嘗題詩唐安寺進士鄭殷彝和詩求謁霞卿荅詩拒之詩二首

題唐安寺閣壁（幷序）

瑯琊王氏霞卿光啓三年陽春二月登於是閣臨軒軫恨覩物增悲雖看煥爛之花但比淒涼之色時有輕綃捧硯小玉看題

春來引步暫尋遊愁見風光倚（一作悵觀）寺樓正好開懷對煙月（一作舉目盡爲傷情景）雙眉不覺自如鉤（鄭殷彝和詩云題詩仙子此曾遊應是尋春別鳳樓賴得從來未相識免教錦帳對銀鉤）

荅鄭殷彝

君是煙霄折桂身聖朝方切用儒珍正堪西上文場戰空向途中泥婦人

竇梁賓

竇梁賓夷門人盧東表侍兒也詩二首

喜盧郎及第

曉妝初罷眼初瞤小玉驚人踏破帬手把紅箋書一紙上頭名字有郎君

雨中看牡丹

東風未放曉泥乾紅藥花開不奈寒待得天晴花已老不如攜手雨中看

任氏

任氏蜀尚書侯繼圖妻詩一首

書桐葉（繼圖讀書大慈寺忽桐葉飄墜上有詩句後數年卜婚任氏方知桐葉句乃任氏在左綿書也）

拭翠斂蛾（一作雙）眉鬱（一作爲）鬱心中事擱管（一作桐葉）下庭除書成（一作我）相思字此字不書石此字不書紙書在桐（一作向秋）葉上願逐秋風起天下有心人盡解相思死天下負心人不識相思字有心與負心不知落何地

黃崇嘏

黃崇嘏臨卭人因事下獄貢詩蜀相周庠庠薦攝司户參軍政事明敏庠愛其才欲妻以女嘏作詩辭婚庠得詩大驚問之乃黃使君女也詩二首

下獄貢詩

偶辭（一作離）幽隱在（一作住）臨卭行止堅貞比澗松何事政清如水鏡絆他野鶴在深籠

辭蜀相妻女詩（一作辭婚）

一辭拾翠碧江湄貧守蓬茅但賦詩自服藍衫居郡掾永拋鸞鏡畫蛾眉立身卓爾青松操挺志鏗然白璧姿幕府若容爲坦腹願天速變作男兒

蔣氏

蔣氏吳越時湖州司法參軍陸蒙妻也性耽酒善屬文詩一首

荅諸姊妹戒飲（蔣以嗜酒成疾姊妹勸其節飲加餐應聲吟荅）

平生偏好酒勞爾勸吾餐但得杯（一作尊）中滿時光度不難

周仲美

周仲美成都人適李氏詩一首

書壁（仲美隨夫金陵幕夫因事棄官入華山仲美求歸未得會舅從泗調任長沙載之而南因書所懷於壁）

愛妾不愛子爲問此何理棄官更棄妻人情寧可已永訣泗之濱遺言空在耳三載無朝昏孤幃淚如洗婦人義從夫一節誓生死江鄉感殘春腸斷晚煙起西望太華峰不知幾千里

張文姬

張文姬鮑參軍妻也詩四首

溪口雲

溶溶（一作片片）溪口雲纔向溪中吐不復歸溪中還作溪中（一作頭）雨

池上竹

此君臨此池枝低水相近碧色綠波中日日流不盡

沙上鷺

沙頭一水禽鼓翼揚清音只待高風便非無雲漢心

雙槿樹

綠影競扶疎紅姿相照灼不學桃李花亂向春風落

程長文

程長文鄱陽人詩三首

獄中書情上使君（長文爲強暴所誣繫獄獻詩雪冤）

妾家本住鄱陽曲一片貞（一作堅）心比孤竹當年二八盛容儀（一作輝）紅牋草隸恰如飛盡日閑窗刺繡坐有時極浦採蓮歸誰道居貧守都邑幽閨（一作居）寂寞無人識海燕朝歸衾枕（一作枕席）寒山花夜落階墀溼強暴之男何所爲手持白刃向簾幃一命任從刀下死千金豈（一作不）受暗中欺我心匪石情難轉志奪秋霜意不移血濺羅衣終不恨瘡黏錦袖亦何辭縣僚曾未知情緒即便教人絷囹圄朱脣滴瀝獨銜冤玉筯闌干歎非所十月寒更堪思（一作更愁）人一聞擊柝一傷神高髻不梳雲已散蛾眉罷（一作淡）埽月仍新三尺嚴章難（一作寫）可越百年心事向誰說但看洗雪出圓扉始信白圭無玷缺

銅雀臺怨

君王去後行人絕簫箏（一作竽）不響歌喉咽雄劒無威光彩

沈寶琴零落金星滅玉階寂寞(一作寂寞)墜秋露月照當時歌舞處當時歌舞人不迴化爲今日西陵灰

春閨怨

陌陌香飄柳如線時光瞬息如(一作鸞)流電良人何處事功名十載相思不相見

全唐詩 名媛

柳氏

柳氏李生姬也天寶中韓翃館於李柳曰韓夫子豈長貧賤者李即以贈翃翃爲淄青侯希逸所辟柳留都下遭亂寄法靈寺爲尼爲番將沙吒利所劫虞候許俊以計取之復歸於翃詩一首

荅韓翃

楊柳枝芳菲節可(一作所)恨年年贈離別一葉隨風忽報秋縱使君來豈堪折

程洛賓

程洛賓長水人京兆參軍李華侍兒安史亂後失所在華後爲江州牧登庾樓見其在舟中鼓胡琴問之乃岳陽王氏舟也賁幣贖歸詩一首

歸李江州後寄別王氏

魚雁回時寫報音難憑剸蘖數年心雖然情斷沙吒後爭奈平生怨恨深

紅綃妓

紅綃大曆中勳臣家妓也勳臣疾崔生往省勳臣令妓送出院妓指鏡隱語家奴磨勒曰此可致也夜負生踰重垣入其院見妓獨坐吟詩遂負生與妓俱出守禦無有覺者詩一首

憶崔生(一作坐吟)

深洞(一作谷)鶯啼恨阮郎偷來花下解珠璫碧雲飄斷音書絶空倚玉簫愁鳳皇(崔生詩云誤到蓬萊頂上遊明璫玉女動星眸朱扉半掩深宮月應照瓊枝雪豔愁)

晁采

晁采小字試鶯大曆時人少與鄰生文茂約爲伉儷及長茂時寄詩通情采以蓮子達意墜一於盆踰旬開花並蔕茂以報采乘間歡合母得其情歎曰才子佳人自應有此遂以采歸茂詩二十二首

寄文茂

花箋製葉寄郎邊的的尋魚爲妾傳並蔕已看靈鵲報倩郎早覓買花船(文茂春日寄采詩云美人心共石頭堅翹首佳期空黯然安得千金遺侍者一燒鵲腦繡房前　曉來扶病鏡臺前無力梳頭任髻偏消瘦渾如江上柳東風日日起還眠　旭日曈曈破曉霾遙知妝罷下芳階那能化作桐花鳳一集佳人白玉釵　孤燈纔滅已三更窗雨無聲雞又鳴此夜相思不成夢空懷一夢到天明　荅采贈髮詩云几上金猊靜不焚匡牀愁臥對斜曛犀梳金鏡人何處半枕蘭香空綠雲)

秋日再寄

珍簟生涼夜漏餘夢中恍惚覺來初魂離不得空成病面見無由浪寄書窗外江村鐘響絶枕邊梧葉雨聲疎此時最是思君處腸斷寒猨定不如(茂荅采詩云忽見西風起洞房盧家何處鬱金香文君未奔先成渴顓頊初逢已自傷懷夢欲尋愁落葉忘憂將種恐飛霜惟應分付春天月共聽牀頭漏漸長)

春日送夫之長安

思(一作夫)君遠別妾心愁踏翠江邊送畫舟欲待相看遲此別只憂紅日向西流

雨中憶夫(采家畜一白鶴名素素一日雨中忽憶其夫謂鶴曰昔王母青鸞紹蘭紫燕皆能寄書遠達汝獨不能乎鶴延頸向采若受命狀采即援筆直書二絶繫於鶴足竟致其夫)

窗前細雨日啾啾妾在閨中獨自愁何事玉郎久離別忘憂總對豈忘憂

春風送雨過窗東忽憶良人在客中安得妾身今似雨也隨風去與郎同

子夜歌十八首

儂既剪雲鬟郎亦分絲髮覓向無人處綰作同心結

夜夜不成寐擁被啼終夕郎不信儂時但看枕上跡

何時得成匹離恨不復牽金針刺菡萏夜夜得見蓮

相逢逐涼候黃花忽復香顰眉臘月露愁殺未成霜

明窗弄玉指指甲如水晶剪之特寄郎聊當攜手行

寄語閨中娘顏色不常好含笑對棘實歡娛須是棗

良會終有時勸郎莫得怒薑蘗畏春蠶要綿須辛苦

醉夢幸逢郎無奈烏啞啞中山如有酒敢借千金價

信使無虛日玉醞寄盈觥一年一日雨底事太多晴

繡房擬會郎四窗日離離手自施屏障恐有女伴窺

相思百餘日相見苦無期褰裳摘藕花要蓮敢恨池

金盆盥素手焚香誦普門來生何所願與郎爲一身

花池多芳水玉杯挹贈郎避人藏袖裏溼却素羅裳

感郎金針贈欲報物俱輕一雙連素縷與郎聊定情

寒風響枯木通夕不得卧早起遣問郎昨宵何以過

得郎日嗣音令人不可覩熊膽磨作墨書來字字苦

輕巾手自製顏色爛含桃先懷儂袖裏然後約郎腰

儂贈綠絲衣郎遺玉鉤子卽欲繫儂心儂思著郎體

崔鶯鶯

崔鶯鶯貞元中隨母鄭氏寓居蒲東佛寺有張生者與之賦詩贈荅情好甚暱詩三首

荅張生(一作明月三五夜)

待月西廂下迎風戶半開拂牆花影動疑是玉人來

寄詩(一作絶微之)

自從銷瘦減容光萬轉千迴嬾下牀不爲傍人羞不起爲郎憔悴却羞郎

告絶詩

棄置今何道當時且自親還將舊來意憐取眼前人

步非煙

步非煙河南功曹武公業妾也鄰生趙象以詩誘之非煙荅以詩象因踰垣相從事露笞死詩四首

荅趙子(一作寄詩荅趙象)

綠慘雙蛾不自持只緣幽恨在新詩郎心應似琴心怨脈脈春情更泥誰

又荅趙象獨坐(一作寄贈蟬錦香囊)

無力嚴妝倚繡櫳暗題蟬錦思難窮近來羸得傷春病柳弱花敧怯曉風

寄懷

畫簷(一作梁)春燕須同宿蘭浦雙鴛肯獨飛長恨桃源諸女

伴等閑花裏送郎歸

答趙象

相思只恨難（一作怕不）相見（一作識），相見還愁却別君。願得化爲松上鶴，一雙飛去入行雲。（趙象寄非煙詩云：一睹傾城貌，塵心只自猜。不隨蕭史去，擬學阿誰來。謝非煙詩云：珍重佳人惠好音，綵箋芳翰兩情深。薄於蟬翼難供恨，密似蠅頭未寫心。疑是落花迷碧洞，只思輕雨灑幽襟。百回消息千回夢，裁作長謠寄綠琴。無報音。懷非煙詩云：綠暗紅藏起暝煙，獨將幽恨小庭前。沈沈良夜與誰語，星隔銀河月半天。謝非煙贈連蟬錦香囊詩云：見說傷情爲見春，想封蟬錦綠蛾顰。叩頭與報卿卿道，第一風流最損人。歡會後贈非煙詩云：十洞三清雖路阻，有心還得傍瑤臺。瑞香風引思深夜，知是蕊宮仙馭來。）

崔紫雲

崔紫雲，尚書李愿妓也。愿在東都時，會朝士，杜牧以御史分司，輕騎徑往，引滿三爵，問曰：聞有紫雲者，孰是？愿指示之。牧曰：名不虛傳，宜以見惠。復引滿，高吟，旁若無人。愿遂以贈。紫雲臨行獻詩而別。詩一首。

臨行獻李尚書

從來學製（一作得）斐然詩（一作詞），不料（一作意）霜臺御史知。忽見便教隨命去，戀恩腸斷出門時。

姚月華

姚月華，嘗夢月墜妝臺，覺而大悟，聰慧過人。少失母，隨父寓揚子江，見鄰舟書生楊達詩，命侍兒乞其稿。達立綴豔詩致情。自後屢相酬和。會其父有江右之行，蹤跡遂絕。詩六首。

怨詩效徐淑體

妾生兮不辰，盛年兮逢屯。寒暑兮心結，夙夜兮眉顰。循環兮不息，如彼兮車輪。車輪兮可歇，妾心兮焉伸。雜沓兮無緒，如彼兮絲棼。絲棼兮可理，妾心兮焉分。空閨兮岑寂，妝閣兮生塵。萱草兮徒樹，茲憂兮豈泯。幸逢兮君子，許結兮殷勤。分香兮翦髮，贈玉兮共珍。指天兮結誓，願爲兮一身。所遭兮多舛，玉體兮難親。損餐兮減寢，帶緩兮羅裙。菱鑑兮慵啟，博鑪兮焉熏。整襪兮欲舉，塞路兮荆榛。逢人兮欲語，鞈匝兮頑嚚。煩冤兮憑胸，何時兮可論。願君兮見察，妾死兮何瞋。

製履贈楊達

金刀翦紫絨，與郎作輕履。願化雙仙鳧，飛來入閨裏。

有期不至

銀燭清尊久延佇，出門入門天欲曙。月落星稀竟不來，煙柳朧朣鵲飛去。

怨詩寄楊達（一作古怨）

春（一作江）水悠悠春草綠，對此思君淚相續。羞將離恨向東風，理盡秦箏（一作瑤琴）不成曲。與君形影分吳越，玉枕經（一作終）年對離別。登臺（一作高）北望煙雨深，回身泣向寥天月。

楚妃怨

梧桐葉下黃金井，橫架轆轤牽素綆。美人初起天未明，手拂銀瓶秋水冷。

孟氏

孟氏，本壽春妓，歸維揚萬貞爲妻。詩二首。

獨遊家園（貞賈於外，孟氏春日獨遊家園，忽有美少年踰垣而入，賦詩贈答，遂私焉。踰年，夫歸，少年曰：吾固知其不久也。言訖，騰身而去。）

可惜春時節，依前獨自遊。無端兩行淚，長只（一作祇）對花流。

答少年

誰家少年兒，心中暗自欺。不道終不可，可即恐郎知。

趙氏

趙氏，南海人。房千里初第，遊嶺徼，舉子韋滂自南海攜趙來，擬爲房妾。房倦於遊，未得遽與趙偕。及後遣人訪之，趙已從韋矣。詩一首。

寄情（一作許渾代作）

春風白馬紫絲韁，正值蠶娘未採桑。五夜有心隨暮雨，百年無節抱秋霜。重尋繡帶朱藤合，却忍羅裙碧草長。爲報西遊減離恨，阮郎纔去嫁劉郎。

李節度姬

李節度有寵姬，元夕以紅綃帕裹詩擲於路，約得之者來年此夕會於相藍後門。宦子張生得之，如期而往，姬與生偕逃於吳。詩三首。

書紅綃帕

囊裹真香誰見竊，鮫綃滴淚染成紅。殷勤遺下輕綃意，好與情郎懷袖中。

金珠富貴吾家事，常渴佳期乃寂寥。偶用志誠求雅合，良媒未必勝紅綃。（張生和姬詩云：自覩佳人遺贈物，書窗終日獨無聊。未能得會真仙面，時看香囊與絳綃。）

會張生述懷

門前畫戟尋常設，堂上犀簪取次看。最是惱人情緒處，鳳凰樓上月華寒。

崔素娥

崔素娥，韋洵美妾。鄴都羅紹威辟洵美爲從事，素娥隨行。紹威聞其姝麗，逼獻之。素娥爲詩以別。其夜，洵美獨宿長吁，有同行者問知其事，歘然而去，至三更，以皮囊貯素娥至。洵美遂挾以他適。詩一首。

別韋洵美詩

妾閉閑房君路岐，妾心君恨兩依依。神魂倘遇巫娥伴，猶逐朝雲暮雨歸。（韋洵美答素娥詩云：別恨離聲自古聞，此心難捨意難論。承恩必若頒時服，莫使霑濡有淚痕。）

鮑家四弦

四弦，鮑生妾也。鮑多蓄聲伎，外弟韋生好乘駿馬，遇於歷陽，鮑置酒。酒酣，密遣四弦歌以送酒，韋牽紫叱撥酬之。詩二首。

送韋生酒

白露溼庭砌，皓（一作素）月臨前軒。此時去留恨，含思獨無言。

送鮑生酒

風颭荷珠難暫圓，多情信有短姻緣。西樓今夜三更月，還照離人泣斷弦。

韓續姬

南唐僕射韓續請韓熙載撰父神道碑，奉一歌妓潤筆。文成，但叙譜系品秩，續乞改竄，熙載還其所贈姬，因題詩泥金雙帶而去。詩一首。

贈別

風柳搖搖無定枝，陽臺雲雨夢中歸。他年蓬島音塵絕，留取尊前舊舞衣。

全唐詩（無考 女子）
郎大家宋氏（詩五首）
採桑
春來南鴈歸日去西蠶遠妾思紛何極客（一作君）遊殊未返
宛轉歌（一作擬晉女劉妙容宛轉歌）二首（一作崔液詩）
風已清月朗琴復鳴掩抑非千態殷勤是一聲歌宛轉
宛轉和且長願爲雙鴻（一作黄）鵠比翼共翱翔
日已暮長簷鳥聲度此時（一本無上二字）望君君不來此時（一本無上二字）
思君君不顧歌宛轉宛轉那能異棲宿願爲形與影出
入恒相逐
長相思
長相思久離別關山阻風煙絶臺上鏡文銷袖中書字
滅不見君形影何曾有歡悦
朝雲引
巴西巫峽指（一作連）巴東朝雲觸石上朝空巫山巫峽高何
已行雨行雲一時起一時起三春暮若言來且就陽臺
路
梁瓊（詩四首）
宿巫山寄遠人
巫山雲巫山雨朝雲暮雨無定所南峰忽暗北峰晴空
裏仙人語笑聲曾侍荆（一作君）王枕席處直至如今如有靈
春風澹澹白雲閑驚湍流水響千山一夜此中對明月
憶得此中與君別感物情懷如舊時君今渺渺在天涯
曉看襟上淚流處點點血痕猶在衣
昭君怨
自古無和親貽災（一作天貽）到妾身朔風嘶去馬漢月出行輪
衣薄狼山雪妝成虜塞春迴看父母國生死畢胡塵
銅雀臺
歌扇向陵開齊行奠玉杯舞時飛燕列夢裏片雲來月
色空餘恨松聲莫更哀誰憐未死妾掩袂下銅臺
遠意
脉脉長懥氣微微不離（一作動）心叩頭從此去煩惱阿誰禁
句
玉枕空流別後淚羅衣已盡去時香（古意）
劉雲（詩三首）
有所思
朝亦有所思暮亦有所思登樓望君處藹藹蕭關道掩
淚向浮雲誰知妾懷抱（一作靄靄浮雲飛浮雲遮却陽關道向晚誰知妾懷抱）玉井蒼苔春
院深桐花落盡（一作地）無人埽
婕妤怨
君恩不可見妾豈如秋扇秋扇尚有時妾身永微賤莫
言朝花不復落嬌容幾奪昭陽殿
望月（一作張琰詩）
天漢涼秋夜澄澄一鏡明山空猨屢嘯林静鵲頻驚
崔萱（字伯容 詩三首）
古意
灼灼葉中花夏萎春又芳明明天上月蟾缺圓復光未
如君子情朝違夕已忘玉帳枕猶暖紈扇思何長願因
西南風吹上玳瑁牀嬌眠錦衾裏展轉雙鴛鴦
敘別
碧池漾漾春水緑中有佳禽暮棲宿願持此意永相貽
秖慮君情中反覆
豪家子
年少家藏累代金紅樓盡日醉沈沈馬非躞蹀寧酬價
人不嬋娟肎動心
句
豈知一隻鳳釵價沽得數村蝸舍人（豪家妓）
崔仲容（詩三首）
贈所思
所居幸接鄰相見不相親一似雲間月何殊鏡裏人丹
誠（一作成）空有夢腸斷不禁春願作梁間燕無由變此身
戲贈
暫到崑崙未得歸阮郎何事教人非如今身佩上清籙
莫遣落花霑羽衣
贈歌姬
水翦雙眸霧翦衣當筵一曲媚春輝（一作時）瀟湘夜瑟怨猶
在巫峽曉雲愁不稀（一作飛）皓齒乍分寒玉細黛眉輕蹙遠
山微渭城朝雨休重唱滿眼陽關客未歸
句
妾心合君心一似影隨形（寄贈）梁燕無情困雙棲語此
時（春怨）不覺紅顔去空嗟白髮生（感懷）桐花落盡春又
盡紫塞征人猶未歸（古意）
崔公遠（一作達 詩一首）
獨夜詞
晴天霜落寒風急錦帳羅幃羞更入秦箏不復續斷弦
回身掩淚挑燈立
句
看花獨不語裛回雙淚潸　君今遠戍在何處遣妾秋
來長望天
張琰（詩三首）
春詞二首
垂柳鳴黄鸝關關若求友春情不可耐愁殺閨中婦日
暮登高樓誰憐小垂手
昨日桃花飛今朝梨花吐春色能幾時那堪此愁緒蕩
子遊不歸春來淚如雨
銅雀臺（一作張琰詩）
君王冥漠不可見銅雀歌舞空裴回西陵嘖嘖悲宿鳥
高（一作空）殿沈沈閉青苔青苔無人跡紅粉空自（一作相）哀

句

年年人自老，日日水東流。庭芳自搖落，永念結中腸。

裴羽仙 詩二首

哭夫二首 時以夫征戎輕入被擒，音信斷絕，作詩哭之

風卷平沙日欲曛，狼煙遥認犬羊羣。李陵一戰無歸日，望斷胡天哭塞雲。

良人平昔逐蕃渾，力戰輕行（一作生）出塞門。從此不歸成萬古，空留賤妾怨黃昏。

劉媛（一作瑗） 詩三首

長門怨

雨滴梧桐（一作長門）秋夜長，愁心和雨到昭陽。淚痕不學（一作共）君恩斷，拭卻千行更萬行。

學畫蛾眉獨出羣，當時人道便承恩。經年不見君王面，花落黃昏空掩門。

送遠

聞道瞿塘灩澦堆，青山流水近陽臺。知君此去無還日，妾亦隨波不復迴。

句

春風報梅柳，一夜發南枝。傍人那得知心事，一面殘妝空淚痕。

葛鴉兒 詩三首

懷良人 一云朱滔時河北士人作

蓬鬢荊釵世所稀，布裙猶是嫁時衣。胡麻好種無人種，正是歸時不見（一作底不）歸。

會仙詩

彩鳳搖搖下翠微，煙光（一作花）漠漠徧芳枝。玉窗仙會何人見，唯有春風仔細知。

煙霞迤邐接蓬萊，宮殿參差曉日開。羣玉山前人別處，紫鸞飛起望仙臺。

劉瑤（一作裴瑤） 詩二首

暗別離

槐花結子桐葉焦，單飛越鳥啼青霄。翠軒輾雲輕遥遥，燕脂淚迸紅線條。瑤草歇芳心耿耿，玉佩無聲畫屏冷。

朱弦暗斷不見人，風動花枝月中影。青鸞脈脈西飛去，海闊天高不知處。

古意曲

梧桐階下月團團，洞房如水秋夜闌。吳刀翦破機頭錦，茱萸花墜相思枕。綠窗寂寞背燈時，暗數寒更不成寢。

闔閭城懷古

五湖春水接遥（一作碧）天，國破君亡不記（一作計）年。唯有妖娥曾舞處，古臺寂寞起愁（一作寒）煙。

廉氏 詩三首

峽中即事

清秋三峽此中去，鳴（一作啼）鳥孤猨不可聞。一道水聲多亂石，四時天色少晴雲。日暮泛舟溪溆口，那堪夜永（一作客）思氛氳。

懷遠

隟塵何微微，朝夕通其輝。人生各有託，君去獨不歸。青林有蟬響，赤日無鳥飛。裴回東南望，雙淚空霑衣。

寄征人

淒淒北風吹鴛被，娟娟西月生蛾眉。誰知獨夜相思處，淚滴寒塘蕙草時。

田娥 詩三首

寄遠

憶昨會詩酒，終日相逢迎。今來成故事，歲月令人驚。淚流紅粉薄，風度羅衣輕。難爲子猷志，虛負文君名。

攜手曲

攜手共惜芳菲節，鶯啼錦花滿城闕。行樂逶迤念容色，色衰祇恐君恩歇。鳳笙龍管白日陰，盈虧自感青（一作中）天月。

長信宮

團圓手中扇，昔爲君所持。今日君棄捐，復値秋風時。悲將入箧笥，自歎知何爲。

句

春至徧無興，秋來祇是眠。（一作閑居）

劉淑柔 詩一首

中秋夜泊武昌

兩城相對峙，一水向東流。今夜素娥月，何年黃鶴樓。悠悠蘭棹晚，渺渺荻花秋。無奈柔腸斷，關山總是愁。

薛瓊 詩一首

賦荊（一作金）門

黃鳥翻紅樹（一作葉），青牛臥綠苔。渚宮歌舞地，輕霧鎖樓臺。

趙虛舟 詩一首

戲贈

砌下梧桐葉正齊，花繁雨後壓枝低。報道不須鴉鳥亂，他家自有鳳凰棲。

張瑛（一作英） 詩二首

銅雀臺（一作張琰詩）

君王冥漠不可見，銅雀歌舞空裴回。西陵嘖嘖悲宿鳥，高殿（一作空）沈沈閉青苔。青苔無人跡，紅粉空相（一作自）哀。

望月（一作劉雲詩）

天漢涼秋夜，澄澄一鏡明。山空猨屢嘯，林靜鶴頻驚。

長孫佐轉妻 詩一首

答外 佐轉戍邊不歸，寄書與妻，作詩答之

征人去年戍邊水，夜得邊書字盈紙。揮刀就燭裁紅綺，結作同心答千里。君寄邊書書莫絕，妾答同心心自結。同心再解不心離，離字頻看字愁滅。結成一衣和淚封，封書只在懷袖中。莫如書故字難久，願學同心長可同。

劉元載妻 詩一首

早梅（一作觀梅女仙詩）

南枝向暖北枝寒，一種春風有兩般。憑仗高樓莫吹笛，大家留取倚闌干。

劉氏婦 詩二首

明月堂

蟬鬢驚秋華髮新，可憐紅隙盡埃塵。西山一夢何年覺，明月堂前不見人。

玉鈎風急響丁東，回首西山似夢中。明月堂前人不到，庭梧一夜老秋風。

葛氏女 詩一首

和潘雍

九天天遠瑞煙濃，駕鶴驂鸞意已同。從此三山山上月，瓊花開處照春風。（潘雍贈葛氏詩云：曾聞仙子住天台，欲結靈姻媿短才。若許隨君洞中住，不同劉阮却歸來。）

李主簿姬（詩一首）

寄詩（李主簿不知其名，秋遊廣陵，逾春未返，其姬以詩寄之）

去時盟約與心違，秋日離家春不歸。應是維揚風景好，恣情歡笑到芳菲。（李主簿答姬詩云：偶到揚州悔到家，親知留滯不因花。塵侵寶鏡雖相待，長短歸時不及瓜。）

京兆女子（唐末人，不詳姓氏，詩一首）

題興元明珠亭

寂寥滿地落花紅，獨有離人萬恨中。回首池塘更無語，手彈珠淚與（一作背）春（一作東）風。

湘驛女子（詩一首）

題玉泉溪

紅葉（一作樹）醉秋色，碧溪彈夜弦。佳期不可再，風雨杳如年。

若耶溪女子（詩一首）

題三鄉詩（并序）

余家本若耶溪東，與同志者二三紉蘭佩蕙，每貪幽閑之境，翫花光於風（一作松）月之亭，竟晝綿宵，往往忘倦。洎乎初笄，五換星霜矣，自後不得已從良人西入函關，寓居晉昌里第。其居迥絕塵囂，花木叢翠，東西隣二佛宮，皆上國勝游之最。伺其閑寂，因游覽焉，亦不辜一時之風月也。不意良人已矣，邈然無依，帝里方（一作芳）春，弔影（一作光景）東邁，涉滻水，歷渭川，背終南，陟太華，經虢畧，抵陝郊，挹嘉祥之清流，面女几之蒼翠，凡經過之所，皆曩昔燕笑之地，銜冤茹（一作興）歎，舉目魂銷，雖殘骸尚存，而精爽都失，假使潘岳復生，無以悼其幽思也。遂命筆聊題，終不能滌其懷抱，絕筆慟哭而去。時會昌壬戌歲仲春十九日，二九子為父後，玉無瑕，弁無首，荊山石，往往有題。

昔逐良人西入關，良人身歿妾空還。謝娘衛女不相待，為雨為雲歸此山。（彤管遺編云：若耶溪女隱名不書，後李舒解之曰：二九十八，十加八，木字；子為父後，木下子，李字也；玉無瑕，去其點也；弁無首，存其廾也；王下廾，弄字也；荊山石往往有者，荊山多玉，當是姓李名弄玉也。）

誰氏女（詩一首）

題沙鹿門

昔逐良人去上京，良人身歿妾東征。同來不得同歸去，永負朝雲暮雨情。

光、威、裒（姊妹三人，失其姓）

聯句

朱樓影直日當午，玉樹陰低月已三。（光）膩粉暗銷銀鏤合，錯刀閑翦泥金衫。（威）繡牀怕引烏龍吠，錦字愁教青鳥銜。（裒）百味鍊來憐益母，千花開處鬬宜男。（光）鴛鴦有伴誰能羨，鸚鵡無言我自慚。（威）浪喜游蜂飛撲撲，佯驚孤燕語喃喃。（裒）偏憐愛數蟏蛸掌，每憶光抽玳瑁簪。（光）煙洞幾年悲尚在，星橋一夕帳空含。（威）窗前時節羞虛擲，世上風流笑苦諳。（裒）獨結香綃偷餉送，暗垂檀袖學通參。（光）須知化石心難定，却是為雲分易甘。（威）看見風光零落盡，弦聲猶逐望江南。（裒）

越溪楊女（楊女，越溪人，為詩不過兩句，有謝生求婚，其父出女句令續之，女覽而歎曰：天生吾夫也。後七年，忽題二句示謝，謝訝其不祥，女曰：君且續之。謝應聲就，女即以首枕其膝而逝）

聯句

珠簾半牀月，青竹滿林風。（楊女）何事今宵景，無人解語同。（謝生）

春日

春盡花隨盡，其如自是花。（楊女）從來說花意，不過此容華。（謝生）
明月易虧輪，好花難戀春。（楊女）常將花月恨，并作可憐人。（謝生）

曹文姬

句

鑿開天外長生地，煉出人間不死丹。（題梅仙山丹井）

全唐詩　妓女

關盼盼

關盼盼，徐州妓也。張建封納之。張歿，獨居彭城故燕子樓，歷十餘年。白居易贈詩諷其死，盼盼得詩，泣曰：妾非不能死，恐我公有從死之妾，玷清範耳。乃和白詩，旬日不食而卒。詩四首。

燕子樓三首

樓上殘燈伴曉霜，獨眠人起合歡牀。相思一夜情（一作知）多少，地角天涯不（一作未）是長。

北邙松柏鎖愁煙，燕子樓中思悄然。自埋劍履歌塵散，紅袖（一作繐）香銷一（一作已）十年。

適看鴻雁岳陽迴，又覩玄禽逼社來。瑤瑟玉簫無意緒，任從蛛網任從灰。

和白公詩

自守空樓斂恨眉，形同春後牡丹枝。舍人不會人深意，訝道泉臺不去隨。

句

兒童不識沖天物，漫把青泥汚雪毫。（臨歿口吟）

劉采春

劉采春，越州妓也。詩六首。

囉嗊曲六首

不喜秦淮水，生憎江上船。載兒夫壻去，經歲又經年。

借問東園柳，枯來得幾年。自無枝葉分，莫怨太陽偏。

莫作商人婦，金釵當卜錢。朝朝江口望，錯認幾人船。

那年離別日，只道住桐廬。桐廬人不見，今得廣州書。

昨日勝今日，今年老去年。黃河清有日，白髮黑無緣。

昨日北風寒，牽船浦裏安。潮來打纜斷，搖櫓始知難。

太原妓

歐陽詹遊太原，悅一妓，約至都相迎。別後，妓思之疾甚，乃刃髻作詩寄詹，絕筆而逝。詩一首。

寄歐陽詹

自從別後減容光，半是思郎半恨郎。欲識舊來雲髻樣，爲奴開取縷金箱。

武昌妓

續韋蟾句（韋蟾廉問鄂州，及罷，賓僚祖餞。韋以牋書文選句授坐客，請續。有妓起，口占二句，無不嘉歎。蟾贈數十千納之。）

悲莫悲兮生別離，登山臨水送將歸。武昌無限新栽柳，不見楊花撲面飛。

舞柘枝女

舞柘枝女，韋應物愛姬所生也。流落潭州，委身樂部。李翺見而憐之，於賓僚中選士嫁焉。詩一首。

獻李觀察

湘江舞罷忽成悲，便脫蠻靴出絳帷。誰是蔡邕琴酒客，魏公懷舊嫁文姬。（李觀察翺答詩云：姑蘇太守青娥女，流落長沙舞柘枝。滿座繡衣皆不識，可憐紅臉淚交垂。）

常浩

常浩，妓也。詩二首。

贈盧夫人

佳人惜顏色，恐逐芳菲歇。日暮出畫堂，下堦拜新月。拜月如（一作仍）有詞，傍人那得知。歸來投玉枕（一作玉臺下），始覺淚痕垂。

寄遠

年年二月時，十年期別期。春風不知信，軒蓋獨遲遲。今日無端捲珠箔，始見庭花復零（一作見）落。人心一往不復歸，歲月來時未嘗錯。可憐熒熒玉鏡臺，塵飛冪冪幾時開。却念容華非昔好，畫眉猶自待君來。

襄陽妓

賈中郎與武補闕登峴山，遇一妓同飲，自稱襄陽人。詩一首。

送武補闕

弄珠灘上欲銷魂，獨把離懷寄酒尊。無限煙花不留意，忍教芳草怨王孫。

王福娘

王福娘，字宜之，解梁人，北里前曲妓也。詩三首。

題孫棨詩後（棨贈福娘詩俱題窗左紅牆，後有數行未滿，福娘因自題一絕。）

苦把文章邀勸人，吟看好箇語言新。雖然不及相如賦，也直黃金一二斤。

問棨（一作題紅箋上）詩（宜之每歡洽際，嘗自慘然。一日忽以紅箋題詩授棨，索和。）

日日悲傷未有圖，懶將心事話凡夫。非同覆水應收得，只問仙郎有意無。（棨答福娘詩云：韶妙如何有遠圖，未能相爲信非夫。泥中蓮子雖無染，移入家園未得無。）

謝棨（一作擲紅巾）詩（棨自洛還京，上巳日禊于曲水，聞鄰棚絲竹，宜之在焉。詰旦詣其里，其妹小福在門，圖紅巾擲棨，舒之，則宜之詩也。）

久賦恩情欲託身，已將心事再三陳。泥蓮既沒移栽分，今日分離莫恨人。

楊萊兒

楊萊兒，字蓬仙，利口敏妙。進士趙光遠一見溺之，後爲豪家所得。詩二首。

荅小子弟詩（光遠自恃俊才，萊兒大誇于客，指光遠爲一鳴先輩。放榜日，盛飾立門以俟。京師小子弟於馬上念詩謔之，萊兒應聲而荅。）

黃口小兒口莫（一作没）憑，逡巡看取第三名。孝廉持水添缾子，莫向街頭亂椀鳴。（小弟子謔萊兒詩云：盡道萊兒口可憑，一冬誇壻好聲名。適來安遠門前見，光遠何曾解一鳴。）

和趙光遠題壁

長者車塵每到門，長卿非慕卓王孫。定知羽翼難隨鳳，却喜波濤未化鯤。嬌別翠鈿黏去袂，醉歌金雀碎殘尊。多情多病年應促，早辦名香爲返魂。

楚兒

楚兒，字潤娘。詩一首。

貽鄭昌圖（楚兒後爲捕賊官郭鍜所納。一日遊曲江，遇鄭出簾招之。鍜覺之，曳於中衢，擊以馬箠。鄭驚去。明日過其居，偵之，已在臨街窗下弄琵琶矣。楚兒貽鄭詩，鄭即于馬上和之。）

應是前生有宿冤，不期今世惡因緣。蛾眉欲碎巨靈掌，雞（一作手）肋難勝子路（一作石勒）拳。秖擬嚇人傳鐵券，未應教我踏青蓮。曲江昨日君相遇，當下遭他數十鞭。（鄭昌圖荅楚兒詩云：大開眼界莫言冤，畢世甘他也是緣。無計不煩乾偃蹇，有門須是疾連拳。據論當道加嚴箠，便合披緇念法蓮。如此興情殊不減，始知昨日是蒲鞭。）

王蘇蘇

王蘇蘇，南曲中妓。詩一首。

和李標（一作題李標詩後。進士李標從王左諫弟姪詣蘇蘇飲，次題詩于窗，蘇蘇先未識標，不甘其題，曰：阿誰留郎君，莫亂道。因取筆繼和。）

怪得犬驚雞亂飛，羸童瘦馬老麻衣。阿誰亂引閑人到，留住青蚨熱趕歸。（李標題窗詩云：春暮花枝遶戶飛，王孫尋勝引塵衣。洞中仙子多情態，留住劉郎不放歸。）

顏令賓

顏令賓，南曲妓也。詩一首。

臨終召客（一作病中見落花。令賓舉止風流，事筆硯，有詞句。見舉人盡禮，秖奉乞歌詩，常滿箱篋。及病甚，值春暮，扶坐砌前，顧落花長歎數四，因爲詩，教小童持出，邀新第郎君及舉人數輩張樂歡飲。至暮涕泗，請曰：我不久矣，幸各製哀挽送我。得詩數首。及死，有劉驍騎者能爲曲子詞，因取其詞，教挽柩者前唱之，聲甚悲愴。瘞青門外，自是盛傳于長安，挽者多唱焉。）

氣餘三五喘，花剩兩三枝。話別一尊酒，相邀無後期。（挽歌云：昨日尋仙子，輀車忽在門。人生須到此，天上竟難論。客至皆連袂，誰來爲鼓盆。不堪襟袖上，猶印舊眉痕。 殘春扶病飲，此夕最堪傷。夢幻一朝畢，風花幾日狂。孤鸞徒照鏡，獨燕嬾歸梁。厚意那能展，含酸奠一觴。 浪意何堪念，多情亦可悲。駿奔皆露膽，麏至盡齊眉。花墜有開日，月沈無出期。寧言掩丘後，宿草便離離。 奄忽那如此，夭桃色正春。捧心還動我，掩面復何人。岱岳誰爲道，逝川寧問津。臨喪應有主，宋玉在西鄰。）

張窈窕

張窈窕，寓居於蜀，當時詩人雅相推重。詩六首。

寄故人（一作杜羔妻詩）

淡淡春風花落時，不堪愁望（一作坐）更相思。無金可買長門賦，有恨空吟團扇詩。

上成都在事（一作成都即事）

昨日賣衣裳，今日賣衣裳。衣裳渾賣盡，羞見嫁時箱。有賣愁仍緩，無時心轉傷。故園有虜（一作多阻），隔何處事蠶桑。

春思二首

門前梅（一作桃）柳爛春輝，閉妾深閨繡舞衣。雙燕不知腸欲斷，銜泥故故傍人飛。

井上梧桐是妾移，夜來花發最高枝。若教不向深閨種，春過門前爭得知。

西江行

日下西塞山，南來洞庭客。晴空白鳥度，萬里秋光碧。

贈（一作別）所思

與君咫尺長離別，遣妾容華爲誰說。夕望層城眼欲穿，曉臨明鏡腸堪絕。

句

滿院花飛人不到，含情欲語燕雙雙。（春情。見吟窗雜録）

平康妓

裴思謙及第後，作紅箋名紙十數幅，詣平康里宿焉，詰旦，一妓賦贈詩一首。

贈裴思謙（一作裴思謙詩）

銀釭斜背解明璫，小語偷聲賀玉郎。從此不知蘭麝貴，夜來新惹桂枝香。

史鳳

史鳳，宣城妓也。詩七首。

迷香洞

洞口飛瓊佩羽霓，香風飄拂使人迷。自從邂逅芙蓉帳，不數桃花流水溪。

神雞枕

枕繪鴛鴦久與棲，新裁霧縠鬭神雞。與郎酣夢渾忘曉，雞亦留連不肎啼。

鎖蓮燈

燈鎖蓮花花照罍，翠鈿同醉楚臺巍。殘灰剔罷攜纖手，也勝金蓮送轍回。

鮫紅被

舷被當年僅禦寒，青樓慣染血猩紈。牙牀舒卷鵷鸞共，正值窗櫺月一團。

傳香枕

韓壽香從何處傳，枕邊芳馥戀嬋娟。休疑粉黛加鋋刃，玉女旃檀侍佛前。

八分羊

党家風味足肥羊，綺閣留人漫較量。萬羊亦是男兒事，莫學狂夫取次嘗。

閉門羹

一豆聊供游冶郎，去時忙喚鎖倉琅。入門獨慕相如侶，欲撥瑤琴彈鳳凰。

盛小叢

盛小叢，越妓，李訥爲浙東廉使，夜登城樓，聞歌聲激切，召至，乃小叢也。時崔侍御元範至府幕，赴闕，李餞之，命小叢歌餞，在座各賦詩贈之，小叢有詩一首。

突厥三臺

雁門山上雁初飛，馬邑闌中馬正肥。日旰山西逢驛使，殷勤南北送征衣。

趙鸞鸞

趙鸞鸞，平康名妓也。詩五首。

雲鬟

擾擾香雲溼未乾，鴉領（一作翎）蟬翼膩光寒。側邊斜插黃金鳳，妝罷夫君帶笑看。

柳眉

彎彎柳葉愁邊戲，湛湛菱花照處頻。嫵媚不煩螺子黛，春山畫出自精神。

檀口

銜杯微動櫻桃顆，咳唾輕飄茉莉香。曾見白家樊素口，瓠犀顆顆綴榴芳。

纖指

纖纖軟玉削春葱，長在香羅翠袖中。昨日琵琶弦索上，分明滿甲染猩紅。

酥乳

粉香汗溼瑤琴軫，春逗酥融綿雨膏。浴罷檀郎捫弄處，靈華涼沁紫葡萄。

蓮花妓

蓮花妓，豫章人也。陳陶隱南昌西山，鎮帥嚴宇嘗遣之侍陶，陶不顧，因求去，獻詩一首。

獻陳陶處士

蓮花爲號玉爲腮，珍重尚書遣妾來。處士不生巫峽夢，虛勞神女（一作雲雨）下陽臺。

徐月英

徐月英，江淮間妓也。有集行世，今存詩二首。

敍懷

爲失三從泣淚頻，此身何用處人倫。雖然日逐笙歌樂，長羨荊釵與布裙。

送人

惆悵人間萬事違，兩人同去一人歸。生憎平望亭前水，忍照鴛鴦相背（一作對）飛。

句

枕前淚與階前雨，隔箇窗兒滴到明。

韓襄客（漢南妓）

句

連理枝前同設誓，丁香樹下共論心。（全唐詩）

薛濤

薛濤，字洪度，本長安良家女。隨父宦，流落蜀中，遂入樂籍。辨慧工詩，有林下風致。韋皋鎮蜀，召令侍酒賦詩，稱爲女校書。出入幕府，歷事十一鎮，皆以詩受知。暮年屏居浣花溪，著女冠服，好製松花小箋，時號薛濤箋。有洪度集一卷，今編詩一卷。

酬人雨後翫竹

南天春雨時，那鑒雪霜姿。衆類亦云茂，虛心能自持。多留晉賢醉，早伴舜妃悲。晚歲（一作歲晚）君能賞，蒼蒼勁節奇。

春望（一作望春）詞四首

花開不同賞，花落不同悲。欲問相思處，花開花落時。

攬（一作檻）草結同心，將以遺知音。春愁正斷絕，春鳥復哀吟。

風花日將老，佳期猶渺渺。不結同心人，空結同心草。

那堪花滿枝，翻作兩相思。玉筯垂朝鏡，春風知不知。

宣上人見示與諸公唱和

許厠高齋唱，涓泉定不如。可憐譙記室，流水滿禪居。

風

獵蕙微風遠，飄弦唳一聲。林梢鳴淅瀝，松徑夜淒清。

月

魄依鉤樣小，扇逐漢機團。細影將圓質，人間幾處看。

蟬（一作聞蟬）

露滌清音遠風吹數（一作故）葉齊聲聲似相接各在一枝棲

池上雙鳥（一作鳧）

雙棲綠池上朝暮共（一作去）飛還更憶將雛日同心蓮葉間

鴛鴦草

綠英滿香砌兩兩鴛鴦小但娛春日長不管秋（一作春）風早

罰赴邊有懷上韋令公二首（一作陳情上韋令公又作上元相公）

聞道（一作說）邊城苦今（一作而今）來到始知羞將門下曲唱與隴頭兒

黠虜（一作賊）猶違命烽煙直北愁却教嚴譴妾不敢向松州

詠八十一顆

色比丹霞朝日形如合浦圓璫（一作圓璫）開時九九如（一作知）數見處雙雙頡頏

謁巫山廟

亂猨啼處訪高唐路入煙霞草木香山色未能忘宋玉水聲猶是哭襄王朝朝夜夜陽臺下爲雨爲雲楚國亡惆悵廟前多少柳春來空鬬畫眉長

牡丹

去春零落暮春時淚溼紅箋怨別離常恐便同巫峽散因何重有武陵期傳情每向馨香得不語還應彼此知只欲欄邊安枕席夜深閑共説相思

賊平後上高相公

驚看天地白荒荒瞥見青山舊夕陽始信大（一作天，一作火）威能照映由來日月借生光

送友人

水國蒹葭夜有霜月寒山色共蒼蒼誰言千里自今夕離夢杳如關塞（一作路）長

聽僧吹蘆管

曉蟬鳴咽暮鶯愁言語殷勤十指頭罷閱梵書聊一弄散隨金磬泥清秋

酬郭簡州寄柑子

霜規不讓黃金色圓質仍含御史香何處同聲情最異臨川太守謝家郎

上川主武元衡相國二首（一本無元衡二字）

落日重城夕霧收玳筵雕俎薦諸侯因令朗月當庭燎不使珠簾下玉鈎

東閣移尊綺席陳貂簪龍節更宜春軍城畫角三聲歇雲幕初垂紅燭新

憶荔枝

傳聞象郡隔南荒絳實豐肌不可忘近有青衣連楚水素漿還得類瓊漿

斛石山曉望寄呂侍御

曦輪初轉照仙扃旋擘煙嵐上窅冥不得玄暉同指點天涯蒼翠漫青青

寄詞

菌閣芝樓杳靄中霞開深見玉皇宮紫陽天上神仙客稱在人間立世功

斛石山書事

王家山水畫圖中意思都盧粉墨容今日忽登虛境望步搖冠翠一千峰

送姚員外

萬條江柳早秋枝裊地翻風色未衰欲折爾來將贈別莫教煙月兩鄉悲

酬祝十三秀才

浩思藍（一作南）山玉彩寒冰囊敲碎楚金盤詩家利器馳聲久何用春闈榜下看

別李郎中（一作中郎）

花落梧桐鳳別凰想登秦嶺更淒涼安仁縱有詩將賦一半音詞雜悼亡

送扶鍊師

錦浦歸舟巫峽雲綠波迢遞雨紛紛山陰妙術人傳久也說將鵝與右軍

摩訶池贈蕭中丞

昔以多能佐碧油今朝同泛舊仙舟淒涼逝水頹波遠惟有（一作到）碑泉（一作前）咽不流

鄉思（用前韻此首補入）

峨嵋山下水如油憐我心同不繫舟何日片帆離錦浦櫂聲齊唱發中流

和李書記席上見贈

翩翩射策東堂秀豈復相逢豁寸心借問風光爲誰麗萬條絲柳翠煙深

棠梨花和李太尉

吳均蕙圃移嘉木正及東溪春雨時日晚鶯啼何所爲淺深紅膩壓繁枝

酬文使君

延英曉拜漢恩新五馬騰驤九陌塵今日謝庭飛白雪巴歌不復舊陽春

酬吳隨（一作使）君

支公別墅接花扃買得前山總未經入户剡溪雲水滿高齋咫尺躡（一作接）青冥

酬李校書

才遊象外身雖遠學茂區中事易聞自顧漳濱多病後空瞻逸翮舞青雲

賦凌雲寺二首

聞說凌雲寺裏苔風高日近絕纖（一作塵）埃橫雲點染芙蓉壁似待詩人寶月來

聞說凌雲寺裏花飛空遶磴逐江斜有時鎖得嫦娥鏡鏤出瑶臺五色霞

九日遇雨二首

萬里驚飆朔氣深江城蕭索晝陰陰誰憐不得登山去可惜寒芳色似金

茱萸秋節佳期阻金菊寒花滿院香神女欲來知有意先令雲雨暗池塘

酬雍秀才貽巴峽圖

千疊雲峰萬頃湖白波分去遶荊吳感君識我枕流意重示瞿塘峽口圖

上王尚書

碧玉雙幢白玉郎初辭天帝下扶桑手持雲篆題新榜十萬人家春日長

和劉賓客玉蕣

瓊枝的皪露珊珊欲折如披玉（一作霞）彩寒閑拂朱房何所
似緣山偏映月（一作日）輪殘

江邊

西風忽報鴈（一作燕）雙雙人世心形兩自降不爲魚腸有眞
訣誰能夢夢（一作夜夜）立清江

送盧員外

玉壘山前風雪夜錦官城外（一作北）別離魂信陵公子如相
問長向夷門感舊恩

題竹郎廟

竹郎廟前多古木夕陽沈沈山更綠何處江村有笛聲
聲聲盡是迎郎（一作仙）曲

贈蘇十三（一作三十）中丞

洛陽陌上埋輪氣欲逐秋空擊隼飛今日芝泥檢徵詔
別須臺外振霜威

和郭員外題萬里橋

萬里橋頭獨越吟知憑文字寫愁心細侯風韻兼前事
不止爲舟也作霖

送鄭眉（一作資）州

雨暗眉山江水流離人掩袂立高樓雙旌千騎駢東陌
獨有羅敷望上頭

江亭餞別（一作宴餞一作江亭宴）

綠沼紅泥物象幽范汪兼倅李并州離亭急管四更後
不見公車（一作車公）心獨愁

海棠溪

春教風景駐仙霞水面魚身總帶花人世不思靈卉異
競將紅纈染輕沙

採蓮舟

風前一葉壓荷蕖解報新秋又得魚兔走烏馳人語靜
滿溪紅袂棹歌初

菱荇沼

水荇斜牽綠藻浮柳絲和葉臥清流何時得向溪頭賞
旋摘菱花旋泛舟

金燈花

闌邊不見蘘蘘葉砌下惟翻豔豔叢細視欲將何物比
曉霞初疊赤城宮

春郊遊眺寄孫處士二首

低頭久立向（一作白）薔薇愛似零陵香惹衣何事碧溪（一作雞）孫
處士百勞東去燕西飛

今朝縱目翫（一作悅）芳菲夾纈籠裙繡地衣滿袖滿頭兼手
把教人識是看花歸

酬楊供奉法師見招

遠水長流潔復清雪窗高臥與雲平不嫌袁室無煙火
惟笑商山有姓名

試新服裁製初成三首

紫陽宮裏賜紅綃仙霧朦朧隔海遙霜兔毳寒氷繭淨
嫦娥笑指織星橋

九氣分爲九色霞五靈仙馭五雲車春風因過東君舍
偷樣人間染百花

長裾（一作裙）本是上清儀曾逐羣仙把玉芝每到宮中歌舞
會折腰齊唱步虛詞

寄張元夫

前溪獨立後溪行鷺識朱衣自不驚借問人間愁寂意
伯牙弦絕已無聲

酬辛員外折花見遺

青鳥東飛正落梅銜花滿口下瑤臺一枝爲授殷勤意
把向風前旋旋開

贈遠二首

芙蓉新落蜀山秋錦字開緘到是愁閨閣不知戎馬事
月高還上望夫樓

擾弱新蒲葉（一作綠）又齊春深花落塞前溪知君未轉秦關
騎月照千門掩袖啼

秋泉

冷色初澄一帶煙幽聲遙瀉十絲弦長來枕上牽情（一作愁）
思不使愁人半夜眠

柳絮

二月楊花輕復微春風搖蕩惹人衣他家本是無情物
一任（一作向）南飛又北飛

續嘉陵驛詩獻武相國

蜀門西更上青天強爲公歌蜀國弦卓氏長卿稱士女
錦江（一作城）玉壘獻山川

段相國遊武擔寺病不能從題寄

消瘦翻堪見令公落花無那恨東風儂心猶道青春在
羞看飛蓬石鏡中

贈段校書

公子翩翩說校書玉弓金勒紫綃裾玄成莫便驕名譽
文采風流定不如

十離詩（元微之使蜀嚴司空遣濤往事因事獲怒遠之濤作十離詩以獻遂復善焉）

犬離主

馴擾朱門四五年毛香足淨主人憐無端（一作只因）咬著親情
客（一作情親）不得紅絲毯上眠（濤因醉爭令擲注子誤傷相公猶子去幕故云）

筆離手

越管宣毫始稱情紅箋紙上撒（一作散）花瓊都緣用久鋒頭
盡不得羲之手裏擎

馬離廄

雪耳紅毛淺碧蹄追風曾到日東西爲驚玉貌郎君墜
不得華軒更一嘶

鸚鵡離籠

隴西獨自一孤身飛去飛來上錦茵都緣出語無方便
不得籠中再喚人

燕離巢

出入朱門未忍拋主人常愛語交交銜泥穢汚（一作汚拈）珊瑚
枕（一作簟）不得梁間更壘巢

珠離掌

皎潔圓明內外通清光似照水晶宮只（一作都）緣一點玷（一作瑕）
相穢不得終宵（一作朝）在掌中

魚離池

跳（一作戲）躍深（一作蓮）池四五秋常搖朱尾弄綸（一作銀）鉤無端擺斷
芙蓉朵不得清波更一遊

鷹離韝

爪利如鋒眼似鈴平原捉兔稱高情無端竄向青雲外
不得君王臂上(一作手裏)擎

竹離亭

蓊鬱新栽四五行常將勁節負秋霜爲緣春筍鑽墻破
不得垂陰覆玉堂

鏡離臺

鑄瀉黃金鏡始開初生三五月裴回爲遭無限塵蒙蔽
不得華堂上玉臺

酬杜舍人

雙魚底事到儂家撲手新詩片片霞唱到白蘋洲畔曲
芙蓉空老蜀江花

籌邊樓

平臨雲鳥八窗秋壯壓西川四十州諸將莫貪羌族馬
最高層處見邊頭

贈韋校書

芸香誤比荊山玉那似登科甲乙年澹地鮮風將綺思
飄花散蕊媚青天

江月樓(以下見唐音統籤)

秋風彷彿吳江冷鷗鷺參差夕陽影垂虹納納臥譙門
雉堞耽耽俯漁艇陽安小兒拍手笑使君幻出江南景

西巖

凭闌却憶騎鯨客把酒臨風手自招細雨聲中停去馬
夕陽影裏亂鳴蜩

罰赴邊上武相公二首(見吟窗雜錄)

螢在荒蕪月在天螢飛豈到月輪邊重光萬里應相照
目斷雲霄信不傳

按轡嶺頭寒復寒微風細雨徹心肝但得放兒歸舍去
山水屏風永不看

寄舊詩與元微之(此首集不載)

詩篇調態人皆有細膩風光我獨知月下詠花憐暗澹
雨朝題柳爲欹垂長教碧玉藏深處總向紅牋寫自隨
老大不能收拾得與君開似教男兒

句

枝迎南北鳥葉送往來風(濤八九歲知聲律一日其父鄖指井梧曰庭除一古桐聳幹入雲中濤應聲云云父愀然久之後果入樂籍 別本載田洙遇薛濤有落花聯句夜月聯句四時迴文折蟲曲皆後人附會茲槩不錄)

全唐詩

魚玄機

魚玄機字幼微(一字蕙蘭)長安里家女喜讀書有才思補闕李億納爲妾愛衰遂從冠帔於咸宜觀後以笞殺女童綠翹事爲京兆溫璋所戮今編詩一卷

賦得江邊柳(一作臨江樹)

翠(一作草)色連(一作遠)荒岸煙姿入遠樓影(一作葉)鋪秋水面花落釣人(一作磯)頭根老藏魚(一作龍)窟枝低繫(一作拂)客舟蕭蕭風雨夜驚
夢復添愁

贈鄰女(一作寄李億員外)

羞日遮(一作障)羅袖愁春懶起妝易求無價寶難得有心郎
枕上潛垂淚花間暗斷腸自能窺宋玉何必恨王昌

寄國香

旦夕醉吟身相思又此春(一作何處申)雨中寄書使窗下斷腸
人山捲珠簾看愁隨芳草新別來清宴上幾度落梁塵

寄題鍊師(第三句缺一字第四句缺一字)

霞彩翦爲衣添香出繡幃芙蓉花葉　山水帔　稀駐
履聞鶯語開籠放鶴飛高堂春睡覺暮雨正霏霏

寄劉尚書

八座鎮雄軍歌謠滿路新汾川三月雨晉水百花春囹
圄長空鎖干戈久覆塵儒僧觀子夜羈客醉紅茵筆硯
行隨手詩書坐遶身小材(一作才)多顧盼得作食魚人

浣紗廟

吳越相謀計策多浣紗神女已相和一雙笑靨纔回面
十萬精兵盡倒戈范蠡功成身隱遁伍胥諫死國消磨
只今諸暨長江畔空有青山號苧蘿

賣殘牡丹

臨風興歎落花頻芳意潛消又一春應爲價高人不問
却緣香甚蝶難親紅英只稱生宮裏翠葉那堪染路塵
及至移根上林苑王孫方恨買無因

酬李學士寄簟

珍簟新鋪翡翠樓泓澄玉水記方流唯應雲扇(一作宿)情相
似同向銀牀恨早秋

情書(一作書情)寄李子安(一本題下有補闕二字)

飲冰食蘗志無功晉水壺關在夢中秦鏡欲分愁墮(一作墜)
鵲舜琴將弄怨飛鴻井邊桐葉鳴秋雨窗下銀燈暗曉
風書信茫茫何處問持竿盡日碧江空

閨怨

蘼蕪盈手泣斜暉聞道鄰家夫壻歸別日南鴻纔北去
今朝北鴈又南飛春來秋去相思在秋去春來信息稀(一作違)
扃閉朱門人不到砧聲何事透羅幃

春情寄子安

山路欹斜石磴危不愁行苦(一作路)苦相思冰銷遠磵憐清
韻雪遠寒峰想玉姿莫聽凡歌春病酒休招閑客夜貪
棊如松匪石盟長在比翼連襟會肎遲雖恨獨行冬盡
日終期相見月圓時別君何物堪持贈淚落晴光一首
詩

打毬作

堅圓淨滑一星流月杖爭敲未擬休無滯礙時從撥弄
有遮攔處任鉤留不辭宛轉長隨手却恐相將不到頭
畢竟入門應始了願君爭取最前籌

暮春有感寄友人

鶯語驚殘夢輕妝改淚容竹陰初月薄江靜晚煙濃溼
觜銜泥燕香鬚採蕊蜂獨憐無限思吟罷亞枝松

冬夜寄溫飛卿

苦思(一作憶)搜詩(一作思)燈下吟不眠長夜怕寒衾滿庭木葉愁風起透幌紗窗惜月沈疎散未閑終遂願盛衰空見本來心幽棲莫定梧桐處暮雀啾啾空繞(一作繞竹)林

酬李郢夏日釣魚回見示

住處雖同巷經年不一過清詞勸(一作歡)舊女香桂折新柯道性欺氷雪禪心笑綺羅跡登霄漢上無路接煙波

次韻西鄰新居兼乞酒

一首詩來百度吟新情(一作清新)字字又聲金西看已有登垣意遠望能無化石心河漢期賒空極目瀟湘夢斷罷調琴況逢寒節添鄉思叔夜佳醪莫獨斟

和友人次韻

何事能銷旅館愁紅牋開處見銀鈎蓬山雨灑千峰小嶰谷風吹萬葉秋字字朝看輕碧玉篇篇夜誦在衾裯欲將香匣收藏却且惜時吟在手頭

和新及第悼亡詩二首

仙籍人間不久留片時已過十經秋鴛鴦帳下香猶暖鸚鵡籠中語未休朝露綴花如臉恨晚風欹柳似眉愁彩雲一去無消息潘岳多情欲白頭

一枝月桂和煙秀萬樹江桃帶雨紅且醉尊前休悵望古來悲樂與今(一作君)同

遊崇眞觀南樓覩新及第題名處

雲峰滿目放春晴歷歷銀鈎指下生自恨羅衣掩詩句舉頭空羨榜中名

愁(一作秋)思

落葉紛紛暮雨和朱(一作氷)絲獨撫自清歌放情休恨無心友養性空抛苦海波長者車音門外有道家書卷枕前多布衣終作雲霄客綠水青山時一過

秋怨

自歎多情是足愁況當風月滿庭秋洞房偏與更聲近夜夜燈前欲白頭

江行

大江橫抱武昌斜鸚鵡洲前户萬(一作萬户)家畫舸春眠朝未足(一作猶未穩)夢爲蝴蝶也尋花

煙花已入鸕鷀港畫舸猶沿(一作題)鸚鵡洲醉臥醒吟都不覺今朝驚在漢江頭

聞李端公垂釣回寄贈

無限荷香染暑衣阮郎何處弄船歸自慚不及鴛鴦侶猶得雙雙近(一作繞，又作傍)釣磯

題任處士刱資福寺

幽人刱奇境遊客駐(一作寄)行程粉壁空留字蓮宮未有名鑿池泉自出開徑草重生百尺金輪閣當川豁眼明

題隱霧亭

春花秋月入詩篇白日清宵是散仙空捲珠簾不曾下長移一榻對山眠

重陽阻雨

滿庭黃菊籬邊拆(一作折)兩朶芙蓉鏡裏開落帽臺前風雨阻不知何處醉金杯

早秋

嫩菊含新彩遠山閑(一作閒)夕煙涼風驚綠樹清韻入朱弦思婦機中錦征人塞外天鴈飛魚在水書信若爲傳

感懷寄人

恨寄朱弦上含情意不任早知雲雨會未起蕙蘭心灼灼桃兼李無妨國士尋蒼蒼松與桂仍羨世人欽月色苔階淨歌聲竹院深門前紅葉地不埽待知音

期友人阻雨不至

鴈魚空有信雞黍恨無期閉户方籠月褰簾已散絲近泉鳴砌畔遠浪漲江湄鄉思悲秋客愁吟五字詩

訪趙鍊師不遇

何處同仙侶青衣獨在家暖爐留煮藥鄰院爲煎茶畫壁燈光暗幡竿日影斜殷勤重回首牆外數枝花

遣懷

閑散身無事風光獨自遊斷雲江上月解纜海中舟琴弄蕭梁寺詩吟庾亮樓叢篁堪作伴片石好爲儔燕雀徒爲貴金銀志不求滿杯春酒綠對月夜窗幽繞砌澄清沼抽簪映細流臥牀書冊徧半醉起梳頭

寄飛卿

階砌亂蛩鳴庭柯煙露清月中鄰樂響樓上遠山明珍簟涼風著瑤琴寄恨生嵇君嬾書札底物慰秋情

過鄂州

柳拂蘭橈花滿枝石城城下暮帆遲折牌(一作碑)峰上三閭墓遠火山頭五馬旗白雪調高題舊寺陽春歌在換新詞莫愁魂逐清江去空使行人萬首詩

夏日山居

移得仙居此地來花叢自徧不曾栽庭前亞樹張衣桁坐上新泉泛酒杯軒檻暗傳深竹徑綺羅長擁亂書堆閑乘畫舫吟明月信任輕風吹却回

暮春即事

深巷窮門少侶儔阮郎唯有夢中留香飄羅綺誰家席風送歌聲何處樓街近鼓鼙喧曉睡庭閑鵲語亂春愁安能追逐人間事萬里身同不繫舟

代人悼亡

曾覩夭桃想玉姿帶風楊柳認蛾眉珠歸龍窟知誰見鏡在鸞臺話向誰從此夢悲煙雨夜不堪吟苦寂寥時西山日落東山月恨想無因有了期

和人

茫茫九陌無知已暮去朝來典繡衣寶匣鏡昏蟬鬢亂博山爐暖(一作冷)麝煙微多情公子春留句少思文君晝掩扉莫惜羊車頻列載柳絲(一作舒)梅綻正芳菲

隔漢江寄子安

江南江北愁望相思相憶空吟鴛鴦暖臥沙浦鸂鶒閑飛橘林煙裏歌聲隱隱渡頭月色沈沈含情咫尺千里況聽家家遠砧

寓言

紅桃處處春色碧柳家家月明樓上新妝待夜閨中獨坐含情芙蓉月(一作葉)下魚戲螮蝀天邊雀(一作鵲)聲人世悲歡一夢如何得作雙成

江陵愁望寄子安

楓葉千枝復萬枝江橋掩映暮帆遲憶君心似西江水日夜東流無歇時

寄子安

醉別千卮不浣愁離腸百結解無由蕙蘭銷歇歸春圃楊柳東西絆客舟聚散已悲(一作愁)雲不定恩情須學水長流有花時節知難遇未肎厭厭醉玉樓

送別

秦樓(一作層城)幾夜愜心期不料仙郎有別離睡覺莫言(一作不嫌)雲去處殘燈一醆野蛾飛

迎李近仁員外

今日喜時聞喜鵲昨宵燈下拜燈花焚香出户迎潘岳不羨牽牛織女家

送別

水柔(一作流)逐器知難定雲出無心肎再歸惆悵春風楚江暮鴛鴦一隻失羣飛

左名場自澤州至京使人傳語

閑居作賦幾年愁王屋山前是舊遊詩詠東西千嶂亂馬隨南北一泉流曾陪雨夜同歡席別後花時獨上樓忽喜扣門傳語至爲憐鄰巷小房幽相如琴罷朱弦斷雙燕巢分白露秋莫倦(一作厭)蓬門時一訪每春忙在曲江頭

和人次韻

喧喧朱紫雜人寰獨自清吟日(一作月)色間何事玉郎搜藻思忽將瓊韻扣柴關白花發詠慙稱謝僻巷深居謬學顔不用多情欲相見松蘿高處是前山

光威裒姊妹三人少孤而始妍乃有是作精粹難儔雖謝家聯雪何以加(一作如)之有客自京師來者示予因次其韻

昔聞南國容華少今日東鄰姊妹三妝閣相看鸚鵡賦碧窗應繡鳳凰衫紅芳滿院參差折綠醑盈杯次第銜恐向瑤池曾作女謫來塵世未爲男文姬有貌終堪比西子無言我更慙一曲豔歌琴杳杳四弦輕撥語喃喃當臺競鬬青絲髮對月爭誇白玉簪小有洞中松露滴大羅天上柳煙含但能爲雨心長在不怕吹簫事未諳阿母幾嗔花下語潘郎曾向夢中參暫持清句魂猶斷若覩紅顏死亦甘悵望佳人何處在行雲歸北又歸南

折楊柳

朝朝送別泣花鈿折盡春風楊柳煙願得西山無樹木免教人作淚懸懸

句

焚香登玉壇端簡禮金闕　明月照幽隙清風開短襟(獄中作)　綺陌春望遠瑤徽春興多　殷勤不得語紅淚一雙流　雲情自鬱爭同夢仙貌長芳又勝花(以上俱見紀事)

全唐詩

李冶(一作裕)

李冶字季蘭女冠也吳興人存詩十六首

湖上臥病喜陸鴻漸至

昔去繁霜月今來苦霧時相逢仍臥病欲語淚先垂強勸陶家酒還吟謝客詩偶然成一醉此外更何之

寄校書七兄(一作送韓校書)

無事烏程縣蹉跎歲月餘不知芸閣吏寂寞竟何如遠水浮仙棹寒星伴使車因過大雷岸(一作澤)莫忘八(一作幾)行書

寄朱放(一作昉)

望水(一作遠)試登山山高湖又闊相思無曉夕相望經年月鬱鬱山木榮(一作青)綿綿野花發別後無限情相逢一時說

送韓揆之江西(一作送閻伯鈞往江州)

相看指(一作招折)楊柳別恨轉依依萬里江西水孤舟何處歸湓城潮不到夏口信應稀唯有衡(一作隨)陽雁年年來去飛

道意寄崔侍郎

莫漫戀浮名應須薄宦情百年齊旦暮前事盡虛盈愁鬢行看白童顏學未成無過天竺國依止古(一作故)先生

從蕭叔子聽彈琴賦得三峽流泉歌

妾家本住巫山雲巫山流泉常自聞玉琴彈(一作奏)出轉寥敻直是(一作似)當時夢裏聽三峽迢迢(一作流泉)幾千里一時流入幽閨(一作深閨)裏巨石崩崖指下生飛泉(一作波)走浪弦中起初疑憤怒(一作湧)含雷風又似嗚咽流不通迴湍曲瀨勢(一作意)將盡時復滴瀝平沙中憶昔阮公爲此曲能令仲容聽不足一彈既罷復(一作還)一彈願作(一作與一作比一作似)流泉鎮相續

相思怨

人道海水深不抵相思半海水尚有涯相思渺無畔攜琴上高(一作酒)樓樓虛月華滿彈著(一作得)相思曲弦腸一時斷

感興

朝雲暮雨鎮相隨去雁來人有返期玉枕祇知長下淚銀燈空照不眠時仰看明月翻含意俯眄流波欲寄詞却憶初聞鳳樓曲教人寂寞復相思

恩命追入留別廣陵故人

無才多病分龍鍾不料虛名達九重仰媿彈冠上華髮多慙拂鏡理衰容馳心北闕隨芳草極目南山望舊峰桂樹不能留野客沙鷗出浦謾相逢

八至

至近至遠東西至深至淺清溪至高至明日月至親至疎夫妻

送閻二十六赴剡縣

流水閶門外孤舟日復西離情遍芳草無處不萋萋妾夢經吳苑君行到剡溪歸來重相訪莫學阮郎迷

得閻伯鈞書

情來對鏡嬾梳頭暮雨蕭蕭庭樹秋莫怪闌干垂玉筯只緣惆悵對銀鉤

結素魚貽友人

尺素如殘雪結爲雙鯉魚欲知心裏事看取腹中書

偶居

心遠浮雲知不還心雲併在有無間狂風何事相搖蕩吹向南山復北山

明月夜留別

離人無語月無聲明月有光人有情別後相思人似月雲間水上到層城

春閨怨

百尺井欄上數株桃已紅念君遼海北拋妾宋家東

句

經時未架却心緒亂縱橫（季蘭五六歲時，其父抱於庭，令詠薔薇云云。父恚曰：必失行婦也。後竟如其言）已看雲鬟散，更念木枯榮（臥病）鞞鼓喧行選，旌旗拂座隅（陷賊寄故人）不覩河陽一縣花，空見青山三兩點（寄房明府。以上俱見吟窗雜錄）

元淳

元淳，女道士，洛中人。存詩二首。

寄洛中諸姊

舊國經年別，關河萬里思。題詩（一作書）憑鴈翼，望月想蛾眉。白髮愁偏覺，歸心夢獨知。誰堪離亂處，掩淚向南枝。

秦中春望

鳳樓春望好，宮闕一重重。上苑雨中樹，終南霽後峰。落花行處徧，佳氣晚來濃。喜見休明代，霓裳躡道蹤。

句

弟兄俱已盡，松柏問何人（寄洛中姊妹）聞道茂陵山水好，碧溪流水有桃源（寄楊女冠）赤城峭壁無人到，丹竈芝田有鶴來（霍師妹遊天台）三千宮女露蛾眉，笑煮黃金日月遲（寓言。以上俱見吟窗雜錄）

海印

海印，蜀慈光寺尼，唐末人，才思清峻。存詩一首。

舟夜一章

水色連天色，風聲益浪聲。旅人歸思苦，漁叟夢魂驚。舉棹雲先到，移舟月逐行。旋吟詩句罷，猶見遠山橫。

全唐詩目 第十二函

第一冊

寒山（一卷以下僧） 豐干（共一卷）

拾得

慧宣 法宣 惠侶 慧淨

海順 道恭 辯才 僧鳳

利涉 道會 中寤 義淨

寶月 景雲 理瑩 金地藏

懷素（共一卷）

靈一（一卷）

靈澈 大易 法照 釋泚

龐蘊（共一卷）

護國 法振（共一卷）

清江（一卷）

無可（二卷）

全唐詩

寒山

寒山子不知何許人，居天台唐興縣寒巖，時往還國清寺。以樺皮爲冠，布裘弊履，或長廊唱咏，或村墅歌嘯，人莫識之。閭丘徇宦丹丘，臨行遇豐干師，言從天台來。閭丘問彼地有何賢堪師，師曰：寒山文殊，拾得普賢，在國清寺庫院廚中著火。閭丘到官三日，親往寺中，見二人，便禮拜。二人大笑曰：豐干饒舌饒舌，阿彌不識，禮我何爲。即走出寺，歸寒巖。寒山子入穴而去，其穴自合。嘗於竹木石壁書詩，并村野屋壁所寫文句三百餘首，今編詩一卷。

詩三百三首

凡讀我詩者，心中須護淨。慳貪繼日廉，諂曲登時正。驅遣除（一作除盡）惡業，歸依受真性。今日得佛身，急急如律令。

重巖我卜居，鳥道絶人迹。庭際何所有，白雲抱幽石。住茲凡幾年，屢見春冬易。寄語鍾鼎家，虛名定無（一作何）益。

可笑寒山道，而無車馬蹤。聯谿難記曲，疊嶂不知重。泣露千般草，吟風一樣松。此時迷徑處，形問影何從。

吾家好隱淪，居處絶囂塵。踐草成三徑，瞻雲作四鄰。助歌聲有鳥，問法語無人。今日娑婆樹，幾年爲一春。

琴書須自隨，祿位用何爲。投輦從賢婦，巾車有孝兒。風吹曝麥地，水溢沃魚池。常念鷦鷯鳥，安身在一枝。

弟兄同五郡，父子本三州。欲驗飛鳧集，須徵白兔遊。靈瓜夢裏受，神橘座中收。鄉國何迢遞，同魚寄水流。

一爲書劒客，二（一作三）遇聖明君。東守文不賞，西征武不勳。學文兼學武，學武兼學文。今日既老矣，餘生不足云。

莊子說送終（一作死），天地爲棺槨。吾歸此有時，唯須一番箔。死將餧青蠅，弔不勞白鶴。餓著首陽山，生廉死亦樂。

人問寒山道，寒山路不通。夏天冰未釋，日出霧朦朧。似我何由屆，與君心不同。君心若似我，還得到其中。

天生百尺樹，翦作長條木。可惜棟梁材，拋之在幽谷。年多心尚勁，日久皮漸禿。識者取將來，猶堪柱馬屋。

驅馬度荒城，荒城動（一作重）客情。高低舊雉堞，大小古墳塋。自振孤蓬影，長凝拱木聲。所嗟皆俗骨，仙史更無名。

鸚鵡宅西國，虞羅捕得歸。美人朝夕弄，出入在庭幃。賜以金籠貯，扃哉損羽衣。不如鴻與鶴，颻颺入雲飛。

玉堂挂珠簾，中有嬋娟子。其貌勝神仙，容華若桃李。東家春霧合，西舍秋風起。更過三十年，還成甘蔗滓。

城中娥眉女，珠珮珂（一作何）珊珊。鸚鵡花前弄，琵琶月下彈。長歌三月響，短舞萬人看。未必長如此，芙蓉不耐寒。

父母續經多，田園不羨他。婦搖機軋軋，兒弄口嘔嘔。拍手摧花舞，搘頤聽鳥歌。誰當來歎賞，樵客屢經過。

家住綠巖下，庭蕪更不芟。新藤垂繚繞，古石豎巉巖。山果獼猴摘，池魚白鷺銜。仙書一兩卷，樹下讀喃喃。

四時無止息，年去又年來。萬物有代謝，九天無朽摧。東明又西暗，花落復花開。唯有黃泉客，冥冥去不迴。

歲去換愁年，春來物色鮮。山花笑（一作夾）淥水，巖岫（一作樹）舞青煙。蜂蝶自云樂，禽魚更可憐。朋遊情未已，徹曉不能眠。

手筆太縱橫，身材極瓌（一作魁）瑋。生爲有限身，死作無名鬼。自古如此多（一作如此），君今爭奈何。可來白雲裏，教爾紫芝歌。

欲得安身處，寒山可長保。微風吹幽松，近聽聲逾好。下有斑白人，喃喃讀黃老。十年歸不得，忘却來時道。

俊傑馬上郎，揮鞭指綠楊。謂言無死日，終不作梯航。四運花自好，一朝成萎黃。醍醐與石蜜，至死不能嘗。

有一餐霞子，其居諱俗遊。論時實蕭爽，在夏亦如秋。幽澗常瀝瀝，高松風颼颼。其中半日坐，忘却百年愁。

妾在（一作家）邯鄲住，歌聲亦抑揚。賴我安居（一作隱）處，此曲舊來長。既醉莫言歸，留連日未央。兒家寢宿處，繡被滿銀牀。

快搒三翼舟，善乘千里馬。莫能造我家，謂言最幽野。巖岫（一作穴）深嶂中，雲雷竟日下。自非孔丘公，無能相救者。

智者君拋我，愚者我拋君。非愚亦非智，從此斷（一作繼）相聞。入夜歌明月，侵晨舞白雲。焉能拱（一作住）口手，端坐鬢紛紛。

有鳥五色彣，棲桐食竹實。徐動合禮（一作和）儀，和鳴中音律（一作鳴中施禮律）。昨來何以至，爲吾（一作君）暫時出。儻聞弦歌聲，作舞欣今日。

茅棟野人居，門前車馬疎。林幽偏聚鳥，谿闊本藏魚。山果攜兒摘，皐田共婦鋤。家中何所有，唯有一牀書。

登陟寒山道，寒山路不窮。谿長石磊磊，澗闊草濛濛。苔滑非關雨，松鳴不假風。誰能超世累，共坐白雲中。

六極常嬰困，九維徒自論。有才遺草澤，無藝閉蓬門。日上巖猶暗，煙消谷尚昏。其中長者子，箇箇總無裩。

白雲高嵯峨，淥水蕩潭波。此處聞漁父，時時鼓棹歌。聲聲不可聽，令我愁思多。誰謂雀無角，其如穿屋何。

杳杳寒山道，落落冷澗濱。啾啾常有鳥，寂寂更無人。磧磧（一作漸漸）風吹面，紛紛雪積身。朝朝不見日，歲歲不知春。

少年何所愁，愁見鬢毛白。白更何所愁，愁見日逼迫。移向東岱居，配守北邙宅。何忍出此言，此言傷老客。

闘道愁難遣斯言謂（一作會）不眞昨朝曾（一作始）趂却今日又纏
身月盡愁難盡年新愁更新誰知席帽下元是昔愁人
兩龜乘犢車驀出路頭戲一蠱（一作蟲）從傍來苦死欲求寄
不載爽人情始載被沈累彈指不可論行恩却遭刺
三月蠶猶小女人來采花隈（一作隔）牆弄蝴蝶臨水擲蝦蟆
羅袖盛梅子金鎞挑筍芽鬬論多（一作爭）物色此地勝（一作是）余
家
東家一老婆富來三五年昔日貧於我今笑我無錢渠
笑我在後我笑渠在前相笑儻不止東邊復西邊
富兒多鞅掌觸事難祇承倉米已赫赤不貸人斗升轉
懷鉤距意買絹先揀綾若至臨終日弔客有蒼蠅
余曾昔覩聰明士博達英靈（一作雄）無比倫一選嘉名喧宇
宙五言詩句越諸人爲官治化超先輩直爲無能繼後
塵忽然富貴貪財色瓦解冰消不可陳
白鶴銜苦桃（一作花）千里作一息欲往蓬萊山將此充糧食
未達毛摧落離羣心慘惻却歸舊來巢妻子不相識
慣居幽隱處乍向國清中時訪豐干道（一作老）仍來看拾公
獨迴上寒巖無人話合同尋究無源水源窮水不窮
生前大愚癡不爲今日悟今日如許貧總是前生作（一作做）
今生又不修來生還如故兩岸各無船渺渺難濟（一作應難）渡
璨璨盧家女舊來名莫愁貪乘摘花馬樂撈采蓮舟膝
坐綠熊席身披青鳳裘哀傷百年内不免歸山丘
低眼鄒公妻邯鄲杜生母二人同老少（一作共老）一種好面首
昨日會客場惡衣排在後只爲著破裙喫他殘餕䬼（上靑口切下郎斗切）
獨臥重巖下蒸雲晝不消室中雖暡靉心裏絕喧囂夢
去遊金闕魂歸度石橋抛除鬧我者歷歷樹間瓢
夫物有所用用之各有宜用之若失所一缺復一虧圓
鑿而方枘悲哉空爾爲驊騮將捕鼠不及跛猫兒
誰家長不死死事舊來均始憶八尺漢俄成一聚塵黃
泉無曉日青草有時春行到傷心處松風愁殺人
騮馬珊瑚鞭驅馳洛陽道自矜（一作憐）美少年不信有衰老
白髮會應生紅顏豈長保但看北邙山箇是蓬萊島

竟日常如醉流年不暫停埋著蓬蒿下曉月（一作日）何冥冥
骨肉消散盡魂魄幾凋零遮莫齩鐵口無因讀老經
一向寒山坐淹留三十年昨來訪親友太半入黃泉漸
減（一作滅）如殘燭長流似逝川今朝對孤影不覺淚雙懸
相喚採芙蓉可憐清江裏游戲不覺暮屢見狂風起浪
捧鴛鴦兒波搖鸂鶒子此時居舟楫浩蕩情無已
吾心似秋月碧潭清皎潔無物堪比倫教我如何說
垂柳暗如煙飛花飄似霰夫居離婦州婦住思夫縣各
在天一涯何時得（一作復）相見寄語明月樓莫貯雙飛燕
有酒相招飲有肉相呼喫黃泉前後人少壯須努力玉
帶暫時華金釵非久飾張翁與鄭婆一去無消息
可憐好丈夫身體極稜稜春秋未三十才藝百般能金
羈逐俠客玉餖集良朋唯有一般惡不傳無盡燈
桃花欲經夏風月催不待訪覓漢時人能無一箇在朝
朝花遷落歲歲人移改今日揚塵處昔時爲大海
我見東家女年可有十（一作十有）八西舍競來問願姻夫妻活
（一作佸）烹羊煮衆命聚頭作婬殺含笑樂呵呵啼哭受殃抉（一作決）
田舍多桑園牛犢滿廄轍肯信有因果頑皮早晚裂眼
看消磨盡當頭各自活紙袴瓦作裩到頭凍餓殺
我見百十狗箇箇毛鬡鬡臥者渠自臥行者渠自行投
之一塊骨相與啀喍（上才皆切下士皆切）爭良由爲骨少狗多分不平
極目兮長望白雲四茫茫鴟鴉飽腲腇鸞鳳飢彷徨駿
馬放石磧蹇驢能至堂天高不可問鷦鴒在滄浪
洛陽多女兒春日逞華麗共折路邊花各持插高髻髻
高花匼匝人見皆睥睨別求醙醙憐將歸見夫壻
春女衒容儀相將南陌陲看花愁日晚隱樹怕風吹年
少從傍來白馬黃金羈何須久相弄兒家夫壻知
羣女戲夕陽風來滿路香綴裙金蛺蝶插髻玉鴛鴦角
婢紅羅縝閹奴紫錦裳爲觀失道者鬢白心惶惶
若人逢鬼魅第一莫（一作怕）驚懅（一作恐）捺硬莫采渠呼名自當
去燒香請佛力禮拜求僧助蚊子叮鐵牛無渠下觜處
浩浩黃河水東流長不息悠悠不見清人人壽有極苟

欲乘白雲曷由生羽翼唯當鬚髮（一作鬍鬚）時行住須努力
乘茲朽木船采彼紝婆子（紝音壬佛經西國苦樹名其子根枝俱苦喻衆生之惡）行至大海
中波濤復不止唯賫一宿糧去岸三千里煩惱從何生
愁哉緣苦起
默默永無言後生何所述隱居在林藪智日（一作境）何由出
枯槁非堅衛風霜成夭疾土牛耕石田未有得稻日
山中何太冷自古非今年沓嶂恒凝雪幽林每吐煙草
生芒種後葉落立秋前此有沈迷客窺窺不見天
山客心悄悄常嗟歲序遷辛勤采芝朮搜斥詎成仙庭
廓雲初卷林明月正圓不歸何所爲桂樹相留連
有人兮山楹（一作陘）雲卷兮霞纓秉芳兮欲寄路漫漫兮難
征心惆悵兮狐疑年老已無成衆喔咿斯（一本無此九字）蹇獨立
兮忠貞
豬喫死人肉人喫死豬腸豬不嫌人臭人反道豬香豬
死抛水内人死掘土藏彼此莫相啖蓮花生沸湯
快哉混沌身不飯復不尿遭得誰鑽鑿因茲（一作之）立九竅
朝朝爲衣食歲歲愁租調千箇爭一錢聚頭亡命叫
啼哭緣何事淚如珠子顆應當有別離復是遭喪禍所
爲在貧窮未能了因果冢間瞻死屍六道不干（一作折）我
婦女慵經織男夫嬾耨田輕浮耽挾彈跕（一作跓）躧（上都牒他協二切跕躧也下所倚所買二切舞履也）拈抹弦凍骨衣應急充腸食在先今誰念於汝
苦痛（一作痛苦）哭蒼天
不行眞正道隨邪號行婆口慙神佛少心懷嫉妒多背
後噇魚肉人前念佛陁如此修身處難應避奈何
世有一等愚茫茫恰似驢還解人言語貪婬狀若豬險
巇難可測實語却成虛誰能共伊語令教莫此居
有漢姓傲慢名貪字不廉一身無所解百事被他嫌死
惡黃連苦生憐白蜜甜喫魚猶未止食肉更無厭
縱你居犀角饒君帶虎睛桃枝將辟穢（一作折）蒜殼取（一作醫）爲
瓔暖腹茱萸酒空心枸杞羹終歸不免死浪自覓長生
卜擇幽居地天台更莫言猨啼谿霧冷嶽色草門連折
葉覆松室開池引澗泉已甘休萬事采蕨度殘年
益者益其精可名爲有益易者易其形是名之（一作爲）有易

能益復能易當得上仙籍無益復無易終不免死厄
徒勞說三史浪自看五經泊老撿黃籍依前住（一作注）白丁
筮遭連（一作迍）蹇卦生主虛危星不及河邊樹年年一度青
碧澗泉水清寒山月華白默知神自明觀空境逾寂
我今有一襦非羅復非綺借問作何色不紅亦不紫夏
天將作衫冬天將作被冬夏遞互用長年只這（一作者）是
白拂栴檀柄馨香竟日聞柔和如卷霧搖拽似行雲禮
奉宜當暑高提復去（一作祛）塵時時方丈內將用指迷人
貪愛有人求快活不知禍在百年身但看陽燄浮漚水
便覺無常敗壞人丈夫志氣直如鐵無曲心中道自眞
行密節高霜下竹方知不枉用心神
多少般數人百計求名利心貪覓榮華經營圖富貴心
未片時歇奔突如煙氣家眷實團圓一呼百諾至不過
七十年氷消瓦解置死了萬事休誰人承後嗣水浸泥
彈丸方知無意智
貪人好聚財恰如梟愛子子大而食母財多還害已散
之即福生聚之即禍起無財亦無禍鼓翼青雲裏
去家一萬里提劒擊匈奴得利渠即死失利汝即殂渠
命既不惜汝命亦（一作有）何辜教汝百勝術不貪爲上謨
瞋是心中火能燒功德林欲行菩薩道忍辱護眞心
汝爲（一作謂）埋頭癡兀兀愛向無明羅刹窟再三勸你早修
行是你頑癡心恍惚不肯信受寒山語轉轉倍加業汨
汨直待斬首作兩段方知自身奴賊物
惡趣甚茫茫冥冥無日光人間八百歲未抵半宵長此
等諸癡子論情甚可傷勸君求出離認取法中王
世有多解人愚癡徒苦辛不求當來善唯知造惡因五
逆十惡輩三毒以爲親一死入地獄長如鎭庫銀
天高高不窮地厚厚無極動物在其中憑茲造化力爭
頭覓飽暖作計相噉食因果都未詳盲兒問乳色
天下幾種人論時色數有賈婆如許夫黃老元無婦衞
氏兒可憐鍾家女極醜渠若向西行我便東邊走
賢士不貪婪癡人好鑪冶麥地占他家竹園皆我者努
膊覓錢財切齒驅奴馬須看郭門外壘壘松栢下

嗔嗔買魚肉擔歸餧妻子何須殺他命將來活汝已此
非天堂緣純是地獄滓徐六語破堆始知沒道理
有人把椿樹喚作白栴檀學道多沙數幾箇得泥丸棄
金卻擔草謾他亦自謾似聚砂一處成團也大難
蒸砂擬作飯臨渴始掘井用力磨碌磚那堪將作鏡佛
說元平等總有眞如性但自審思量不用閑爭競
推尋世間事子細總皆（一作要）知凡事莫容易盡愛討便宜
護即弊成好毀即是成非故知雜濫口背面總由伊冷
暖我自量不信奴脣皮
蹭蹬諸貧士飢寒成至極閑居好作詩札札用心力賤
他（一作人）言孰采勸君休歎息題安餬𩝒上乞狗也不喫
欲識生死譬且將氷水比水結即成氷氷消返成水已
死必應生出生還復死氷水不相傷生死還雙美
尋思少年日遊獵向平陵國使職非願神仙未足稱聯
翩騎白馬喝兔放蒼鷹不覺大（一作今）流落皤皤誰見矜
偃息深林下從生是農夫立身既質直出語無諂諛保
我不鑒璧信君方得珠焉能同泛灩極目波上鳧
不須攻人惡何用（一作不須）伐已善行之則可行卷之則可卷
祿厚憂積（一作責）大言深慮交淺間茲若念茲小子當自見
富兒會高堂華燈何煒煌此時無燭者心願處其傍不
意遭排遣還歸暗處藏益人明詎損頓訝惜餘光
世有聰明士勤（一作救）苦探幽文三端自孤立六藝越諸君
神氣卓然異精彩超衆羣不識箇中意逐境亂紛紛
層層山水秀煙霞鎖翠微嵐拂紗巾濕露霑蓑草衣足
躡遊方履手執古藤枝更觀塵世外夢境復何爲
滿卷才子詩溢壺聖人酒行愛觀牛犢坐不離左右霜
露入茅簷月華明甕（一作戶）牖此時吸兩甌吟詩五百（一作兩三）首
施家有兩兒以藝干齊楚文武各自備託身爲得所孟
公問其術我子親教汝秦衞兩不成失時成齟齬
止宿鴛鴦鳥一雄兼一雌銜花相共食刷羽每相隨戲
入煙霄裏宿歸沙岸湄自憐生處樂（一作樂處）不奪鳳皇池
或有衒行人才藝過周孔見罷頭兀兀看時身侗侗繩
牽未肯行錐刺猶不動恰似羊公鶴可憐生氃氋（上徒紅切下名孔切）

少小帶經鋤本將兄共居緣遭他輩責剩被自妻疎拋
絕紅塵境常遊好閱書誰能借（一作惜）斗水活取轍中魚
變化計無窮生死竟不止三途鳥雀身五嶽龍魚已世
濁作羝羺（上女奚切下奴溝切胡羊也）時清爲騄駬前迴是富兒今度成
貧士
書判全非弱嫌身不得官銓曹被拗折洗垢覓瘡瘢必
也關天命（一作保）今冬更試看盲兒射雀目偶中亦非難
貧驢欠一尺富狗剩三寸若分貧不平中半富與困始
取驢飽足卻令狗飢頓爲汝熟思量令我也愁悶
柳郎八十二藍嫂一十八夫妻共百年相憐情狡猾弄
璋字烏𪂹擲瓦名婠妠（上一丸切下奴荅切）屢見枯楊荑常遭青女殺
大有飢寒客生將獸魚殊長存磨石下（一作廟下石）時哭（一作笑）路邊
隅累日空思飯經冬不識襦唯齎一束草幷帶五升麩
赫赫誰𧆸肆其酒甚濃厚可憐高幡幟極目平升斗何
意訝不售其家多猛狗童子欲（一作若）來沽狗齩便是走
吁嗟濁濫處羅刹共賢人謂是等（一作荒）流類焉知道不親
狐假師子勢詐妄卻稱珍鉛礦入鑪冶方知金不知（一作精）
田家避暑月斗酒共誰歡雜雜排山果疎疎圍酒罇蘆
莦將代席蕉葉且充盤醉後搘頤坐須彌小彈丸
箇是何措大時來省南院年可三十餘曾經四五選囊
裏無青蚨篋中有黃絹（一作卷）行到食店前不敢暫迴面
爲人常喫用愛意須慳惜老去不自由漸被他推（一作催）斥
送向荒山頭一生願虛擲亡羊罷補牢失意終無極
浪造凌霄閣虛登百尺樓養生仍夭命誘讀詎封侯不
用從黃口（一作石）何須厭白頭未能端似箭且莫曲如鉤
雲山疊疊連天碧路僻林深無客遊遠望孤蟾明皎皎
近聞羣鳥語啾啾老夫獨坐棲青嶂少室閑居任白頭
可歎往年與今日無心還似水東流
富貴疎親聚只爲多錢米貧賤骨肉離非關少兄弟急
須歸去來招賢閣未啓浪行朱雀街踏破皮鞋底
我見一癡漢仍居三兩婦養得八九兒總是隨宜手丁
防（一作戶）是新差資財非舊有黃蘗作驢鞦始知苦在後
新穀尚未熟舊穀今已無就貸一斗許門外立踟躕夫

出教問婦婦出遣問夫慳惜不救乏財多爲累愚
大有好笑事畧陳三五箇張公富奢華孟子貧轗軻只
取侏儒飽不憐方朔餓巴歌唱者多白雪無人和
老翁娶少婦髮白婦不耐老婆嫁少夫面黃夫不愛老
翁娶老婆一一無棄背少婦嫁少夫兩兩相憐態
雍容美少年博覽諸經史盡號曰先生皆稱爲學士未
能得官職不解秉耒耜冬披破布衫蓋是書誤已
鳥語（一作弄）情不堪其時臥草菴櫻桃紅爍爍楊柳正毿毿
旭日銜青嶂晴雲洗淥潭誰知出塵俗馭上寒山南
昨日何悠悠場中可憐許上爲桃李徑下作蘭蓀渚復
有綺羅人舍中翠毛羽相逢欲相喚脈脈不能語
丈夫莫守困無錢須經紀養得一牸牛生得五犢子犢
子又生兒積數無窮已寄語陶朱公富與君相似
之子何惶惶（一作遑遑）卜居須自審南方瘴癘多北地風霜甚
荒陬不可居毒川難可飲魂兮歸去來食我家園葚
昨夜夢還家（一作鄉）見婦機中織駐梭如有思擎梭似無力
呼之迴面視況復不相識應是別多年鬢毛非舊色
人生不滿百常懷千載憂自身病始可又爲子孫愁下
視禾根土上看桑樹頭秤鎚落東海到底始知休
世有一等流悠悠似木頭出語無知解云我百不憂問
道道不會問佛佛不求子細推尋著茫然一場愁
董郎年少時出入帝京裏衫作嫩鵝黃容儀畫相似常
騎踏雪馬拂拂紅塵起觀者滿路傍箇是誰家子
箇是誰家子爲人大被憎癡心常憒憒肉眼醉瞢瞢見
佛不禮佛逢僧不施僧唯知打大臠除此百無能
人以身爲本本以心爲柄本在心莫邪心邪喪本命未
能免此殃何言嬾照鏡不念金剛經却令菩薩病
城北仲家翁渠家多酒肉仲翁婦死時弔客滿堂屋仲
翁自身亡能無一人哭喫他桮臠者何太冷心腹
下愚讀我詩不解却嗤誚中庸讀我詩思量云甚要上
賢讀我詩把著滿面笑楊修見幼婦一覽便知妙
自有慳惜人我非慳惜輩衣單爲舞穿酒盡緣歌啐當
（一作常）取一腹飽莫令兩腳儽蓬蒿鑽髑髏此日君應悔

我行經古墳淚盡嗟存沒塚破壓黃腸棺穿露白骨欹
斜有甕缾振撥無簪笏風至攪其中灰塵亂㶿㶿
夕陽赫（一作下）西山草木光曄曄復有朦朧處松蘿相連接
此中多伏虎見我奮迅鬣手中無寸刃爭不懼懾懾
出身既擾擾世事非一狀未能捨流俗所以相追訪昨
弔徐五死今送劉三葬終（一作日）日不得閑爲此心悽愴
有樂且須樂時哉不可失雖云一百年豈滿三萬日寄
世是須臾論錢莫啾唧孝經末後章（一作篇）委曲陳情畢
獨坐常忽忽情懷何悠悠山腰雲縵縵（一作漫漫）谷口風颼颼
猨來樹嫋嫋鳥入林啾啾時催鬢颯颯歲盡老惆惆
一人好頭肚六藝盡皆通南見驅歸（一作趁向）北西風（一作見）趁向
東長漂如泛萍不息似飛蓬問是何等色姓貧名曰窮
他賢君即受不賢君莫與君賢他見容不賢他亦拒嘉
善矜不能仁徒方得所勸逐子張言拋却卜商語
俗薄真成薄人心箇不同殷翁笑柳老柳老笑殷翁何
故兩相笑俱行諂誑中裝車競嵽嵲翻載各瀧涷
是我有錢日恒爲汝貸將汝今既飽暖見我不分張須
憶汝欲得似我今承望有無更代事勸汝熟思量
人生一百年佛說十二部慈悲如野鹿瞋忿（一作怒）似家狗
家狗趁不去野鹿常好走欲伏獼猴心須聽獅子吼
敎汝數般事思量（一作賢）知我賢極貧忍賣屋纔富須買田
空腹不得走枕頭須莫眠此言期衆見挂在日東邊
寒山多幽奇登者皆恒懾月照水澄澄風吹草獵獵凋
梅雪作花杌木雲充葉觸雨轉鮮（一作仙）靈非晴不可涉
有樹先林生計年逾一倍根遭陵谷變葉被風霜改咸
笑外凋零不憐內文采皮膚脫落盡唯有貞（一作真）實在
寒山有躶蟲身白而頭黑手把兩卷書一道將一德住
不安釜竈行不齎衣裓常持智慧劒擬破煩惱賊
有人畏白首不肯捨朱紱采藥空求仙根苗亂挑掘數
年無效驗癡意瞋怫鬱獵師披袈裟元非汝使物
昔時可可貧今朝（一作日）最貧凍作事不諧和觸途成倥偬
行泥屢腳屈坐社頻腹痛失却斑猫兒老鼠圍飯甕
我見世間人堂堂好儀相不報父母恩方寸底模樣欠

負他人錢蹄穿始惆悵箇箇惜妻兒爺孃不供養兄弟
似冤家心中長悵（一作怊）快憶昔少年時求神願成長今爲
不孝子世間多此樣買肉自家噇抹觜道我暢自逞說
嘍囉聰明無益當牛頭努目瞋出去始時（一作始覺時已）歸擇佛
燒好香揀僧歸供養羅漢門前乞趁却閑和尚不悟無
爲人從來無相狀封疏請名僧䞋錢兩三樣雲光好法
師安角在頭上汝無平等心聖賢俱不降凡聖皆混然
勸君休取相我法妙難思天龍盡迴向我今稽首禮無
上法中王慈悲大喜捨名稱滿十方衆生作依怙智慧
身金剛頂禮無所著我師大法王（一本無我法以下十句）
可貴天然物獨一（一作立）無伴侶覓他不可見出入無門户
促之在方寸延之一切處你若不信愛相逢不相遇
余家有一窟窟中無一物淨潔空堂堂光華明日日蔬
食養微軀布裘遮幻質任你千聖現我有天真佛
男兒大丈夫作事莫莽鹵勁挺鐵石心直取菩提路邪
路不用行行之枉辛苦不要求佛果識取心王主
粵自居寒山曾經幾萬載任運遯林泉棲遲觀自在寒
巖人不到白雲常靉靆細草作臥褥青天爲被蓋快活
枕石頭天地任變改
可重是寒山白雲常自閑猨啼暢道內虎嘯出人間獨
步石可履孤吟藤好攀松風清颯颯鳥語聲喧喧
閑自訪高僧煙山萬萬層師親指歸路月挂一輪燈
閑遊華頂上日朗晝（一作朗月大）光輝四顧晴空裏白雲同鶴飛
世有多事人廣學諸知見不識本真性與道轉懸遠若
能明實相豈用陳虛願一念了自心開佛之知見
寒山有一宅宅中無闌隔六門左右通堂中見天碧房
房虛索索東壁打西壁其中一物無免被人來惜寒到
燒輭火飢來煮菜喫不學田舍翁廣置牛（一作田）莊宅盡作
地獄業一入何曾極好好善思量思量知軌則
儂家暫下山入到城隍裏逢見一羣女端正容貌美頭
戴蜀樣花燕脂塗粉膩金釧鏤銀朵羅衣緋紅紫朱顏
類神仙香帶氛氳氣時人皆顧盼癡愛染心意謂言世
無雙魂影隨他去狗齩枯骨頭虛自舐脣齒不解返思

量與畜何曾異今成白髮婆老陋若精魅無始由狗心
不超解脫地
一自遯寒山養命餐山果平生何所憂此世隨緣過日
月如逝川光陰石中火任你天地移我暢巖中坐
我見世間人茫茫走路塵不知此中事將何爲去津
華能幾日眷屬片時親縱有千斤金不如林下貧
自聞梁朝日四依諸賢士寶誌萬迴師四仙傅大士顯
揚一代教作時如來使造建（一作建造）僧伽藍信心歸佛理雖
乃得如斯有爲多患累與道殊懸遠折西補東爾不達
無爲功損多益少利（一作矣）有聲而無形至今何處去（一作是）
吁嗟貧復病爲人絕友親甕裏長無飯甑中屢生塵蓬
菴不免雨漏榻劣容身莫怪今憔悴多愁定損人
養女畏太多已生須訓誘捺頭遣小心鞭背令緘口未
解乘機杼那堪事箕箒張婆語驢駒汝大不如（一作知）母
秉志不可卷須知我匪席浪造山林中獨臥盤陁石辯
士來勸余速令受金璧鑿牆植蓬蒿若此非有益
以我棲遲處幽深難可論無風蘿（一作藤）自動不霧竹長昏
澗水緣誰咽山雲忽自屯午時菴內坐始覺日頭暾
憶昔遇（一作惜過）逢處人間逐勝遊樂山登萬仞愛水泛千舟
送客琵琶谷攜琴鸚鵡洲焉知松樹下抱膝冷颼颼
報汝修道者進求虛勞神人有精靈物無字復無文呼
時歷歷應隱處不居存叮嚀善保護勿令有點痕
去年春鳥鳴此時思弟兄今年秋菊爛此時思發生綠
水千腸咽黃雲四面平哀哉百年內腸斷憶咸京
多少天台人不識寒山子莫知真意度喚作閑言語
一住寒山萬事休更無雜念挂心頭閑於石壁題詩句
任運還同不繫舟
可惜百年屋左倒右復傾牆壁分散盡木植亂差橫甎
瓦片片落朽爛不堪停狂風吹驀榻再豎卒難成
精神殊爽爽形貌極堂堂能射穿七扎讀書覽五行經
眠虎頭枕昔坐象牙牀若無一（一作阿）堵物不啻冷如霜
笑我田舍兒頭頰底縶澀（一作澁）巾子未曾高腰帶長時急
非是不及時無錢趁不及一日有錢財浮圖頂上立

買肉血𣽍𣽍（一作聒）買魚跳鱍鱍君身招罪累妻子成快活
纔死渠便嫁（一作捷死渠家去）他人誰敢遏一朝如破牀兩箇當頭
脫
客難（一作歎）寒山子君詩無道理吾觀乎古人貧賤不爲恥
應之笑此言談何疎濶矣願君似今日錢是急事爾
從生不往來至死無仁義言既有枝葉心懷便險詖若
其開小道緣此生大僞詐說造雲梯削之成棘刺
一餅鑄金成一餅埏泥出二餅任君看那箇餅牢實欲
知餅有二須知業非一將此驗生因修行在今日
摧殘荒草廬其中烟火蔚借問羣小兒生來凡幾日門
外有三車迎之不肯出飽食腹膨脝箇是癡頑物
有身與無身是我復非我如此審思量遷延倚巖坐足
間青草生頂上紅塵墮已見俗中人靈牀施酒果
昨見河邊樹摧殘不可論二三餘幹在（一作葉卉）千萬斧刀痕
霜凋萎疎（一作黄）葉波衝枯朽根生處當如此何用怨乾坤
余見僧繇性希奇巧妙間生梁朝時道子飄然爲殊特
二公善繪手毫揮逞畫圖真意氣異龍行鬼走神巍巍
饒邈虛空寫塵跡無因畫得誌公師
久住寒山凡幾秋獨吟歌曲絕無憂蓬扉不掩常幽寂
泉涌甘漿長自流石室地鑪砂鼎沸松黃栢茗乳香甌
飢餐一粒伽陁藥心地調和倚石頭
丹丘迥聳與雲齊空裏五峰遙望低鴈塔高排出青嶂
禪林古殿入虹蜺風搖松葉赤城秀霧吐中巖仙路迷
碧落千山萬仞現藤蘿相接次連谿
千生萬死凡幾生（一作何時已）生死來去轉迷情不識心中無
價寶猶（一作恰）似盲驢信脚行
老病殘年百有餘面黃頭白好山居布裘擁質隨緣過
豈羨人間巧樣模心神用盡爲名利百種貪婪進已軀
浮生幻化如燈燼塚內埋身是有無
世間何事最堪嗟盡是三途造罪楂不學白雲巖下客
一條寒衲是生涯秋到任他林落葉春來從你樹開花
三界橫眠閑無（一作無一）事明月清風（一作清風明月）是我家
昔年曾到大海遊爲采摩尼誓懇求直到龍宮深密處

金關鎖斷主神愁龍王守護安耳裏劒客星揮無處搜
賈客却歸門內去明珠元在我心頭
衆星羅列夜明深巖點孤燈月未沈圓滿光華不磨瑩
挂在青天是我心
千年石上古人蹤萬丈巖前一點空明月照時常皎潔
不勞尋討問西東
寒山頂上月輪孤照見晴空一物無可貴天然無價寶
埋在五陰溺身軀
我向前谿照碧流或向巖邊坐磐石心似孤雲無所依
悠悠世事何須覓
我家本住在寒山石巖棲息離煩緣泯時萬象無痕跡
舒處周流徧大千光影騰輝照心地無有一法當現前
方知摩尼一顆珠解用無方處處圓
世人何事可吁嗟苦樂交煎勿底涯生死往來多少劫
東西南北是誰家張王李趙權時姓六道三途事似麻
只爲主人不了絕遂招遷謝逐迷邪
余家本住在天台雲路煙深絕客來千仞巖巒深可遯
萬重谿澗石樓臺樺巾木屐沿流步布裘藜杖繞山迴
自覺浮生幻化事逍遙快樂實善（一作奇）哉
嬾底衆生病餐嘗略不厭蒸豚揾蒜醬炙鴨點椒鹽去
骨鮮魚膾兼皮熟肉臉不知他命苦只取自家甜
讀書豈免死讀書豈免貧何以（一作似）好識字識字勝他人
丈夫不識字無處可安身黃連揾蒜醬忘計是苦辛
我見瞞人漢如籃盛水走一氣將歸家籃裏何曾有我
見被人瞞一似園中韭日日被刀傷天生還自有
不見朝垂露日爍自消除人身亦如此閻浮是寄居切
莫（一作慎）因循過且令三毒袪菩提即煩惱盡令無有餘
水清澄澄瑩徹底自然見心中無一事水清衆獸現（一作萬境不能轉）
心若（一作既）不妄起永劫無改變若能如是知是知無背面
自從到此天台境經今早度幾冬春山水不移人自老
見却多少後生人（此首一作拾得詩）
說食終不飽說衣不免寒飽喫須是飯著衣方免寒不
解審思量只道求佛難迴心即是佛莫向外頭看

可畏輪迴苦往復似翻塵蟻巡環未息六道亂紛紛改
頭換面孔不離舊時人速了黑暗獄無令心性昏
可畏三界輪念念未曾息纔始似出頭又却遭沈溺假
使非非想蓋緣多福力爭似識眞源一得即永得
昨日遊峰頂下窺千尺崖臨危一株樹風擺兩枝開雨
漂即零落日曬作塵埃嗟見此茂秀今爲一聚灰
自古多少聖叮嚀敎自信人根性不等高下有利鈍眞
佛不肯認置功（一作力）枉受困不知淸淨心便是法王印
我聞天台山山中有琪樹永言欲攀之（一作上）莫曉石橋路
緣此生悲歎幸居將已暮今日觀鏡中颯颯鬢垂素
養子不經師不及都亭鼠何曾見好人豈聞長者語爲
染在薰蕕應須擇朋侶五月販鮮魚莫教人笑汝
徒閉蓬門坐頻經石火遷（一作歲月）唯聞人作鬼不見鶴成仙
念此那堪說隨緣須自憐迴瞻（一作還看）郊郭外古墓犁爲田
時人見寒山各謂是風顚貌不起人目身唯布裘纏我
語他不會他語我不言爲報往來者可來向寒山
自在白雲閑從來非買山下危須策杖上險捉藤攀澗
底松常翠谿邊石自斑友朋雖阻絕春至鳥喧喧（一作關）
我在村中住衆推無比方昨日到城下却被狗形相或
嫌袴太窄或說衫少長攣（一作撐）却鷂子眼雀兒舞堂堂
死生元有命富貴本由天此是古人語吾今非謬傳聰
明好短命癡騃却長年鈍物豐財寶醒醒漢無錢
國以人爲本猶如樹因地地厚樹扶疎地薄樹憔悴不
得露其根枝枯子先墜決陂以取魚是取（一作求）一期利
衆生不可說何意許顚邪面上兩惡鳥心中三毒蛇是
渠作障礙使你事煩拏舉手高（一作高舉手）彈指南無佛陁耶
自樂平生道煙蘿石洞間野情多放曠長伴白雲閑有
路不通世無心孰可（下）攀石牀孤夜坐圓月上寒山
大海水無邊魚龍萬萬千遞互相食噉冗冗癡肉團爲
心不了絕妄想起如煙性月澄澄朗廓爾照無邊
自見天台頂孤高出衆羣風搖松竹韻月現海潮頻下
望青山際談玄有白雲野情便山水本志慕道倫
三五癡後生作事不眞實未讀十卷書強把雌黃筆將

他儒行篇喚作賊盜律脫體似蟬蟲齩破他書帙
心高如山嶽人我不伏人解講圍陁典能談三敎文心
中無慚媿破戒違律文自言上人法稱爲第一人愚者
皆讃歎智者撫掌笑陽燄虛空花豈得免生老不如百
不解靜坐絕憂惱
如許多寶貝海中乘壞舸前頭失却桅後頭又無柂宛
轉任風吹高低隨浪簸如何得到岸努力莫端坐
我見凡愚人多畜資財穀飲酒食生命謂言我富足莫
知地獄深唯求上天福罪業如毘富豈得免災毒財主
忽然死爭共當頭哭供僧讀文疏空是鬼神祿福田一
箇無虛設一羣禿不如早覺悟莫作黑暗獄狂風不動
樹心眞無罪福寄語冗冗（一作兀兀）人叮嚀再三讀
勸你三界子莫作勿道理理短被他欺理長不奈你世
間濁濫人恰似黍粘子不見無事人獨脫無能比早須
返本源三界任緣起淸淨入如流莫飲無明水
三界人蠢蠢六道人茫茫貪財愛婬欲心惡若豺狼地
獄如箭射極苦若爲當兀兀過朝夕都不別賢良好惡
總不識猶如豬及羊共語如木石嫉妬似顚狂不自見
已過如豬在圈臥不知自償債却笑牛牽磨
人生在塵蒙恰似盆中蟲終日行遶遶不離其盆中神
仙不可得（一作比）煩惱計無窮歲月如流水須臾作老翁
寒山出此語復似顚狂漢有事對面說所以足人怨心
眞（一作直）出語直直心無背面臨死度奈河誰是嘍囉漢冥
冥泉臺路被業相拘絆
我見多知漢終日用心神岐路逞嘍囉欺謾一切人唯
作地獄滓不修正直因忽然無常至定知亂紛紛
寄語諸仁者復以何爲懷達道見自性自性即如來天
眞元具足修證轉差迴棄本却逐末只守一場獃
世有一般人不惡又不善不識主人公（一作翁）隨客處處轉
因循過時光渾是癡肉臠雖有一靈臺如同客作漢
常聞釋迦佛先受然燈記然燈與釋迦只論前後智前
後體非殊異中無有異一佛一切佛心是如來地
常聞國大臣朱紫簪纓祿富貴百千般貪榮不知辱奴

馬滿宅舍金銀盈帑屋癡福暫時扶埋頭作地獄忽死
萬事休男女當頭哭不知有禍殃前路何疾速家破冷
颼颼食無一粒粟凍餓苦悽悽良由不覺觸
上人心猛利一聞便知妙中流心淸淨審思云甚要下
士鈍暗癡頑皮最難裂直待血淋頭（一作濤）始知自摧滅看
取開眼賊鬧市集人決死屍棄如塵此時向誰說男兒
大丈夫一刀兩段截人面禽獸心造作何時歇
我有六兄弟就中一箇惡打伊又不得罵伊又不著處
處無奈何耽財好淫殺見好埋頭愛貪心過羅剎阿爺
惡見伊阿孃嫌不悅昨被我捉得惡罵恣情掣趁向無
人處一一向伊說汝今須改行覆車須改轍若也不信
受共汝惡合殺汝受我調伏我共汝覓活從此盡和同
如今過菩薩學業攻鑪冶鍊盡三山鐵至今靜恬恬衆
人皆讃說
昔日極貧苦夜夜數他寶今日審思量自家須營造掘
得一寶藏純是水精珠大有碧眼胡密擬買將去余即
報渠言此珠無價數
一生慵懶作憎重只便輕他家學事業余持一卷經無
心裝褾軸來去省人鞶應病則說藥方便度衆生但自
心無事何處不惺惺
我見出家人不入出家學欲知眞出家心淨無繩索澄
澄孤（一作絕）玄妙如如無倚託三界任縱橫四生不可泊無
爲無事人逍遙實快樂
昨到雲霞觀忽見仙尊士星冠月帔橫盡云居山水余
問神仙術云道若爲比謂言靈無上妙藥心神祕守死
待鶴來皆道乘魚去余乃返窮之推尋勿道理但看箭
射空須臾還墜地饒你得仙人恰似守屍鬼心月自精
明萬象何能比欲知仙丹術身內元神是莫學黃巾公
（巾一云右）握愚自守擬
余家（一作鄉）有一宅其宅無正主地生一寸草水垂一滴露
火燒六箇賊風吹黑雲雨子細尋本人布裹眞珠爾
傳語諸公子聽說石齊奴僮僕八百人水碓三十區舍
下養魚鳥樓上吹笙竽伸頭臨白刃癡心爲綠珠

何以長惆悵，人生似朝菌。那堪數十年，親舊凋落盡。以此思自哀，哀情不可忍。奈何當奈何，託（一作脫）體歸山隱。

纖纏關前業，莫訶今日身。若言由冢墓（一作宅），箇是極癡人。到頭君作鬼，豈令男女貧。皎然易解事，作麼無精神。

我見黄河水，凡經幾度清。水流如急箭，人世若浮萍。癡屬根本業，無明煩惱阬。輪迴幾許劫，只爲造迷盲。

二儀既開闢，人乃居其中。迷汝即吐霧，醒汝即吹風。惜汝即富貴，奪汝即貧窮。碌碌羣漢子，萬事由天公。

余勸諸稚子，急離火宅中。三車在門外，載你免飄蓬。露地四衢坐，當天萬事空。十方無上下，來去（一作往）任西東。若得箇中意，縱橫處處通。

可歎浮生人，悠悠何日了。朝朝無閑時，年年不覺老。總爲求衣食，令心（一作人）生煩惱。擾擾百千年，去來三惡道。

時人尋雲路，雲路杳無蹤。山高多險峻，澗少玲瓏。碧嶂前兼後，白雲西復東。欲知雲路處，雲路在虛空。

寒山棲隱處，絕得雜人過。時逢林内鳥，相共唱山歌。瑞草聯谿谷，老松枕嵯峨。可觀無事客，憩歇在巖阿。

五嶽俱成粉，須彌一寸山。大海一滴水，吸入在（一作其）心田。生長菩提子，徧蓋天中天。語汝慕道者，慎莫繞十纏。

無衣自訪覓，莫共狐謀裘。無食自采取，莫共羊謀羞。借皮兼借肉，懷歎復懷愁。皆緣義失所（一作所失），衣食常不周。

自羨山間樂，逍遥無倚託。逐日養殘軀，閑思無所作。時披古佛書，往往登石閣。下窺千尺崖，上有雲盤泊（一作礴）。寒月冷颼颼，身似孤飛鶴。

我見轉輪王，千子常圍繞。十善化四天，莊嚴多七寶。七寶鎮隨身，莊嚴甚妙好。一朝福報盡，猶若棲蘆鳥。還作牛領蟲，六趣受業道。況復諸凡夫，無常豈長保。生死如旋火，輪迴似麻稻。不解早覺悟，爲人枉虛老。

平野水寬闊，丹丘連四明。仙都最高秀，羣峯聳翠屏。遠望何極，矼矼勢相迎。獨標海隅外，處處播嘉名。

可貴一名山，七寶何能比。松月颼颼冷，雲霞片片起。匼匝幾重山，迴還多少里。谿澗靜澄澄，快活無窮已。

我見世間人，生而還復死。昨朝猶二八，壯氣胸襟士。如今七十過，力困形憔悴。恰似春日花，朝開夜落爾。

迴聳霄漢外，雲裏路岧嶢。瀑布千丈流，如鋪練一條。下有棲心窟，橫安定命橋。雄雄鎮世界，天台名獨超。

盤陁石上坐，谿澗冷凄凄。靜玩偏嘉麗，虛巖蒙霧迷。怡然憩歇處，日斜樹影低。我自觀心地，蓮花出淤泥。

隱士遁人間，多向山中眠。青蘿疎麓麓，碧澗響聯聯。騰騰且安樂，悠悠自清閑。免有染世事，心靜如白蓮。

寄語食肉漢，食時無逗遛。今生過去種，未來今日修。只取今日美，不畏來生憂。老鼠入飯甕，雖飽難出頭。

自從出家後，漸得養生趣。伸縮四肢全，勤聽六根具。褐（一作渴）衣隨春冬（一作秋），糲食供朝暮。今日懇懇修，願與佛相遇。

五言五百篇，七字七十九。三字二十一，都來六百首。一例書巖石，自誇云好手。若能會我詩，眞是如來母。

世事繞（一作何）悠悠，貪生早晚（一作未肯）休。研盡大地石，何時得歇頭。四時周（一作凋）變易，八節急如流。爲報火宅主，露地騎白牛。

可笑五陰窟，四蛇共同（一作同苦）居。黑暗無明燭，三毒遞相驅。伴黨六箇賊，劫掠法財珠。斬却魔軍輩，安泰湛如蘇。

常聞漢武帝，爰及秦始皇。俱好神仙術，延年竟不長。金臺既摧折，沙丘遂滅亡。茂陵與驪嶽，今日草茫茫。

憶得二十年，徐步國清歸。國清寺中人，盡道寒山癡。癡人何用疑，疑不解尋思。我尚自不識，是伊爭得知。低頭不用問，問得復何爲。有人來罵我，分明了了知。雖然不應對，却是得便宜。

語你出家輩，何名爲出家。奢華求養活，繼綴族姓家。美舌甜脣觜，諂曲心鉤加。終日禮道場，持經置功課。鑪燒神佛香，打鐘高聲和。六時學（一作養）客舂，晝夜（一作夜夜）不得臥。只爲愛錢財，心中不脫灑。見他高道人，却嫌誹謗罵。驢屎比麝香，苦哉佛陁耶。又見出家兒，有力及無力。上上高節者，鬼神欽道德。君王分輦坐，諸侯拜迎逆。堪爲世福田，世人須保惜。下下低愚者，詐現多求覓。濁濫即可知，愚癡愛財色。著却福田衣，種田討衣食。作債稅牛犂，爲事不忠直。朝朝行弊惡，往往痛臀脊。不解善思量，地獄苦無極。一朝著病纏，三年臥牀席。亦有眞佛性，翻作無明賊。南無佛陁耶，遠遠求彌勒。

寒巖深更好，無人行此道。白雲高岫閑，青嶂孤猨嘯。我更何所親，暢志自宜老。形容寒暑遷，心珠甚可保。

巖前獨靜坐，圓月當天耀。萬象影現中，一輪本無照。廓然神自清，含虛洞玄妙。因指見其月，月是心樞要。

本志慕道倫，道倫常獲親。時逢杜（一作社）源客，每接話禪賓。談玄月明夜，探理日臨晨。萬機俱泯迹，方識本來人。

元非隱逸士，自號山林人。仕魯蒙幘帛，且愛裏疎巾。道有巢許操，恥爲堯舜臣。獼猴罩帽子，學人避風塵。

自古諸哲人，不見有長存。生而還復死，盡變作灰塵。積骨如毗富，别淚成海津。唯有空名在，豈免生死輪。

今日巖前坐，坐久煙雲收。一道清谿冷，千尋碧嶂頭。白雲朝影靜，明月夜光浮。身上無塵垢，心中那更憂。

千雲萬水間，中有一閑士。白日遊青山，夜歸巖下睡。倏爾過春秋，寂然無塵累。快哉何所依，靜若秋江水。

勸你休去來，莫惱他閻老。失脚入三途，粉骨遭千擣。長爲地獄人，永隔今生道。勉你信余言，識取衣中寶。

世間一等流，誠堪與人笑。出家弊已身，誑俗將爲道。雖著離塵衣，衣中多養蚤。不如歸去來，識取心王好。

高高峯頂上，四顧極無邊。獨坐無人知，孤月照寒泉。泉中且無月，月自在青天。吟此一曲歌，歌終（一作中）不是禪。

有箇王秀才，笑我詩多失。云不識蜂腰，仍不會鶴膝。平側不解壓，凡言取次出。我笑你作詩，如盲徒詠日。

我住在村鄉，無爺亦無娘。無名無姓第，人喚作張王。並無人教我，貧賤也尋常。自憐心的實，堅固等金剛。

寒山出此語，此語無人信。蜜甜足人嘗，黃蘗苦難近（一作吞）。順情生喜悅，逆意多瞋恨。但看木傀儡，弄了一場困。

我見人轉經，依他言語會。口轉心不轉，心口相違背。心眞無委曲，不作諸纏蓋。但且自省躬，莫覓他替代。可中作得主，是知無內外。

寒山唯白雲，寂寂絕埃塵。草座山家有，孤燈明月輪。石牀臨碧沼，虎鹿每爲鄰。自羨幽居樂，長爲象外人。

鹿生深林中，飲水而食草。伸脚樹下眠，可憐無煩惱。繫之在華堂，餚饍極肥好。終日不肯嘗，形容轉枯槁。

花上黃鶯子，喧喧（一作關關）聲可憐。美人顏似玉，對此弄鳴弦。翫之能不足，眷戀在齠年。花飛鳥亦散，灑淚秋風前。

棲遲寒巖下，偏訝最幽奇。攜籃采山茹，挈籠摘果歸。蔬齋敷茅坐，啜啄食紫芝。清沼濯瓢鉢，雜和煮稠稀。當陽擁裘坐，閒讀古人詩。

昔日經行處，今復七十年。故人無來往（一作往來），埋在古冢間。余今頭已白，猶守片雲山。為報後來子（一作者），何不讀古言。

欲向東巖去，于今無量年。昨來攀葛上，半路困風煙。徑窄衣難進，苔粘履不全。住茲丹桂下，且枕白雲眠。

我見利智人，觀者便知意。不假尋文字，直入如來地。心不逐諸緣，意根不妄起。心意不生時，內外無餘事。

身著空花衣，足躡龜毛履。手把兔角弓，擬射無明鬼。

君看葉裏花，能得幾時好。今日畏人攀，明朝待誰埽。可憐嬌豔情，年多轉成老。將世比於花，紅顏豈長保。

晝棟非吾宅，松（一作青）林是我家。一生俄爾過，萬事莫言賒。濟渡不造筏，漂淪為采花。善根今未種，何日見生芽。

出生三十年，當（一作常）遊千萬里。行江青草合，入塞紅塵起。鍊藥空求仙，讀書兼詠史。今日歸寒山，枕流兼洗耳。

寒山無漏巖，其巖甚濟要。八風吹不動，萬古人傳妙。寂好安居，空空離譏誚。孤月夜長明，圓日常來照。虎丘兼虎谿，不用相呼召。世間有王傅，莫把同周邵。我自遯寒巖，快活長歌笑。

沙門不持戒，道士不服藥。自古多少賢，盡在青山脚。（一本連前作一首）

有人笑我詩，我詩合典雅。不煩鄭氏箋，豈用毛公解。不恨會人稀，只為知音寡。若遣趁宮商，余病莫能罷。忽遇明眼人，即自流天下。

三字詩六首

寒山道，無人到。若能行，稱十號。有蟬鳴，無鴉噪。黃葉落，白雲掃。石磊磊，山隩隩。我獨居，名善導。子細看，何相好。

寒山寒，冰鎖石。藏山青，現雪白。日出照，一時釋。從茲暖，養老客。

我居山，勿人識。白雲中，常寂寂。

寒山深，稱我心。純白石，勿黃金。泉聲響，撫伯琴。有子期，辨此音。

重巖中，足清風。扇不搖，涼冷（一作氣）通。明月照，白雲籠。獨自坐，一老翁。

寒山子，長如是。獨自居，不生死。

拾遺二首新添

我見世間人，箇箇爭意氣。一朝忽然死，只得一片地。闊四尺，長丈二。汝若會出來爭意氣，我與汝立碑記。

家有寒山詩，勝汝看經卷。書放屏風上，時時看一徧。已上

詩除拾遺二首，舊僧相傳，其外切依古印本排比次第耳

全唐詩

拾得

拾得，貞觀中與豐干、寒山相次垂跡於國清寺。初，豐干禪師遊松徑，徐步赤城道上，見一子，年可十歲，遂引至寺，付庫院。經三紀，令知食堂，每貯食滓於竹筒，寒山子來負之而去。一夕，僧衆同夢山王云：「拾得打我。」旦見山王果有杖痕，衆大駭。及閭丘太守禮拜後，同寒山子出寺，沈迹無所。後寺僧於南峰采薪，見一僧入巖，挑鎖子骨，云取拾得舍利，方知在此巖入滅，因號為拾得巖。今編詩一卷。

詩

諸佛留藏經，只為人難化。不唯賢與愚，箇箇心構架。造業大如山，豈解懷憂怕。那肯細尋思，日夜懷姦詐。

嗟見世間人，箇箇愛喫肉。椀楪不曾乾，長時道不足。昨日設箇齋，今朝宰六畜。都緣業使牽，非干情所欲。一度造天堂，百度造地獄。閻羅使來追，合家盡啼哭。鑪子邊向火，鑊子裏澡浴。更得出頭時，換却汝衣服。

出家要清閑，清閑即為貴。如何塵外人，却入塵埃裏。一向迷本心，終朝役名利。名利得到身，形容已顦顇。況復不遂者，虛用平生志。可憐無事人，未能笑得爾（一作汝）。

養兒與娶妻，養女求媒娉。重重皆是業，更殺衆生命。聚集會親情，總來看盤飣。目下雖稱心，罪簿先注定。

得此分叚身，可笑好形質。面貌似銀盤，心中黑如漆。烹豬又宰羊，誇道甜如蜜。死後受波吒，更莫稱寃屈。

佛哀三界子，總是親男女。恐沈黑暗阬，示儀垂化度。盡登無上道，俱證菩提路。教汝癡衆生，慧心勤覺悟。

佛捨尊榮樂，為愍諸癡子。早願悟無生，辦集無上事。後來出家者，多緣無業次。不能得衣食，頭鑽入於寺。

嗟見世間人，永劫在迷津。不省這箇意，修行徒苦辛。

我詩也是詩，有人喚作偈。詩偈總一般，讀時（一作者）須子細。緩緩細披尋，不得生容易。依此學修行，大有可笑事。

有偈有千萬，卒急述應難。若要相知者，但入天台山。巖中深處坐，說理及談玄。共我不相見，對面似千山。

世間億萬人，面孔不相似。借問何因緣，致令遣如此。各執一般見，互說非兼是。但自修己身，不要言他已。

男女為婚嫁，俗務是常儀。自量其事力，何用廣張施。取債誇人我，論情入骨癡。殺他雞犬命，身死墮阿鼻。

世上一種人，出性常多事。終日傍街衢，不離諸酒肆。為他作保見，替他說道理。一朝有乖張，過咎全歸你。

我勸出家輩，須知教法深。專心求出離，輒莫染貪淫。大有俗中士，知非不愛（一作受）金。故知君子志，任運聽浮沈。

寒山住（一作自）寒山，拾得自拾得。凡愚豈見知，豐干却相識。見時不可見，覓時何處覓。借問有何緣，却道無為力。

從來是拾得，不是偶然稱。別無親眷屬，寒山是我兄。兩

人心相似誰能徇俗情若問年多少黃河幾度清
若解捉老鼠不在五白猫若能悟理性那由錦繡包眞
珠入席袋佛性止蓬茅一羣取相漢用意總無交
運心常寬廣此則名爲布輟已惠於人方可名爲施後
來人不知焉能會此義未設一庸僧早擬望富貴
獼猴尚教得人何（一作可）不憤發前車既落阬後車須改轍
若也不知此恐君惡合殺此（一作比）來是夜叉變即成菩薩
自從到此天台寺經今早已幾冬春山水不移人自老
見却多少後生人（一作寒山詩）
君不見三界之中紛擾擾只爲無明不了絕一念不生
心澄然無去無來不生滅（一本以上二首合作一首）
故林又斬新剡源谿上人天姥峽關嶺通同次海津灣
深曲島間淼淼水雲雲借問松禪客日輪何處暾
自笑老夫筋力敗偏戀松巖愛獨遊可歎往年至今日
任運還同不繫舟
一入雙谿不計春鍊暴黃精幾許斤鑪竈石鍋頻煮沸
土甑久烝氣味珍誰來幽谷餐仙食獨向雲泉更勿人
延齡壽盡招手石（一作拍手去）此棲終不出山門
躑躅一羣羊沿山又入谷看人貪竹塞且遭豺狼逐元
不出孳生便將充口腹從頭喫至尾飴飴無餘肉
銀星釘稱衡綠絲作稱紐買人推向前賣人推向後不
顧他心（一作人）怨唯言我好手死去見閻王背後插掃箒
閉門私造罪準擬免災殃被他惡部童抄得報閻王縱
不入鑊湯亦須臥鐵牀不許雇人替自作自身當
悠悠塵裏人常道塵中樂（一作常樂塵中趣）我見塵中人心生多
（一作多生）愍顧何哉愍此流念彼塵中苦
無去無來本湛然不居內外及中間一顆水精絕瑕翳
光明透滿出人天
少年學書劒叱馭到荊（一作京）州聞伐匈奴盡婆娑無處遊
歸來翠巖下席草翫（一作枕）清流壯士志未騁（一作朱紱）獼猴騎土
牛
三界如轉輪浮生若流水蠢蠢諸品類貪生不覺死汝
看朝垂露能得幾時子

閑入天台洞訪人人不知寒山爲伴侶松下噉靈芝每
談今古事嗟見世愚癡箇箇入地獄早晚（一作那得）出頭時
古佛路淒淒愚人到却迷只緣前業重所以不能知欲
識無爲理心中不挂絲生生勤苦學必定覩天（一作吾）師
各有天眞佛號之爲寶王珠光日夜照玄妙卒難量盲
人常兀兀那肯怕災殃唯貪淫泆業此輩實堪傷
出家求出離哀念苦衆生助佛爲揚化令教選路行何
曾解救苦恣意亂縱橫一時同受溺俱落大深阬
常飲三毒酒昏昏都不知將錢作夢事夢事成鐵圍以
苦欲捨苦捨苦無出期應須早覺悟覺悟自歸依
雲山疊疊幾千重幽谷路深絕人蹤碧澗清流多勝境
時來鳥語合人心
後來出家子論情入骨癡本來求解脫却見（一作知何）受驅馳
終朝遊俗舍禮念作威儀博錢沽酒喫翻成客作兒
若論常（一作無事鬧）快活唯有隱居人林花長似錦四季色常
新或向巖間坐旋瞻見桂輪雖然身暢逸却（一作猶）念世間
人
我見出家人總愛喫酒肉此合上天堂却沈歸地獄念
得兩卷經欺他道（一作市）鄽俗豈知鄽俗士大有根性熟（下五首與前長偈語句同）
我見頑鈍人燈心柱（一作挂）須彌蟻子齧大樹焉知氣力微
學咬兩莖菜言與祖師齊火急求懺悔從今輒莫迷
若見月光明照燭四天下圓暉掛太虛瑩淨能蕭灑人
道有虧盈我見無衰謝狀似摩尼珠光明無晝夜
余住無方所盤泊（一作礴）無爲理時陟涅盤山或翫香林寺
尋常只是閑言不干名利東海變桑田我心誰管你
左手握驪珠右手執慧劒先破（一作對）無明賊神珠自吐（一作吐光）
燄傷嗟愚癡人貪愛那生厭一墮三途間始覺前程險
般若酒泠泠飲多人易醒余住天台山凡愚那見形常
遊深谷洞終不逐時情無思亦無慮無辱也無榮（此下與寒山詩大同小異語意相涉）
平生何所憂此世隨緣過日月如逝波光陰石中火任
他天地移我暢巖中坐

嗟見多知漢終日枉用心岐路逞嘍囉欺謾一切人唯
作地獄滓不修來世因忽爾無常到定知亂紛紛
迢迢山徑峻萬仞險隘危石橋莓苔綠時見白（一作片）雲飛
瀑布懸如練月影落潭暉更登華頂上猶待孤鶴期
松月（一作風）冷颼颼片片雲霞起匼匝幾重山縱目千萬里
谿潭水澄澄徹底鏡相似可貴靈臺物七寶莫能比
世有多解人愚癡學閑文不憂當來果唯知造惡因見
佛不解禮覩僧倍生瞋五逆十惡輩三毒以爲鄰死去
入地獄未有出頭辰
人生浮世中箇箇願富貴高堂車馬多一呼百諾至吞
併田地宅準擬承後嗣未逾七十秋冰消瓦解去
水浸泥彈丸思量無道理浮漚夢幻身百年能幾幾不
解細思惟將言長不死誅剝壘千金留將與妻子
雲林最幽棲傍澗枕月谿松拂盤陁石甘泉涌淒淒靜
坐偏佳麗虛巖曚霧迷怡然居憇地日（以下缺）
可笑是林泉數里少人煙雲從巖嶂起瀑布水潺潺猨
啼唱道曲虎嘯出人間松風清颯颯鳥語聲關關獨步
繞石澗孤陟上峰巒時坐盤陀石偃仰攀蘿沿遙望城
隍處惟聞閙喧喧（此首係別本增入）

豐干

豐干禪師居天台山國清寺晝則舂米供僧夜則扃房
吟詠一日騎虎松徑來入國清巡廊唱道衆皆驚怖嘗
於京輦爲閭丘太守救疾閭丘之任台州便至國清問
豐干禪院所在云在經藏後無人住得每有一虎時來
此吼閭丘至師院開房惟見虎迹今存房中壁上詩二
首

壁上詩二首

余自來天台凡（一作曾）經幾萬迴一身如雲水悠悠任去來
逍遙絕無鬧忘機隆佛道世途岐路心衆生多煩惱兀
兀沈浪海漂漂輪三界可惜一靈物無始被境埋電光
瞥然起生死紛塵埃寒山特相訪拾得常往來論心話
明月太虛廓無礙法界即無邊一法普徧該
本來無一物亦無塵可拂若能了達此不用坐兀兀

全唐詩

慧宣

慧宣常州法師與道恭同召詩三首

奉和竇使君同恭法師詠高僧二首

竺佛圖澄

大誓憫塗炭，乘機入生死。中州法既弘，葛陂暴亦止。乳孔光一室，掌鏡徹千里。道盛咒蓮華，災生吟棘子。埋石緣雖謝，流沙化方始。

釋僧肇

般若唯絕鑿，涅槃固無名。先賢未始覺，之子唱希聲。秦王嗟理詣，童壽揖詞清。徽音閻廬岳，精難動中京。適驗方袍裏，奇才復挺生。

秋日遊東山寺尋殊曇二法師

木落樹蕭槮，水清流潨寂。屬此悲哉氣，復茲羈旅感。奚用寫煩憂，山泉恣遊歷。萬丈窺深澗，千尋仰絕壁。傍嶺竹參差，緣崖藤羃䍥。行行極幽邃，去去逾空寂。果值息心侶，喬枝方挂錫。圍遶悉栴檀，純良豈沙礫。妙法誠無比，深經解怨敵。心歡即頂禮，道存仍目擊。慧刀幸已逢，疑網於焉析。豈直却煩惱，方期拯沈溺。

句

如蒙一被服，方堪稱福田。（詠賜玄奘衲袈裟。三藏法師傳）

法宣

法宣，常州弘業寺沙門，隋末人。入唐，常勅召至東都。詩二首。

愛妾換馬

朱鬣飾金鑣，紅妝束素腰。似雲來躞蹀，如雪去飄颻。桃花含淺汗，柳葉帶餘嬌。騁光將獨立，雙絕不（一作難）俱標。

和趙王觀妓

桂山留上客，蘭室命妖饒。城中畫廣黛，宮裏束纖腰。舞袖風前舉，歌聲扇後嬌。周郎不須顧，今日管弦調。

慧偘

慧偘，晉陵曲阿人，姓湯，住蔣州大歸善寺。詩二首。

聽獨杵擣衣

非是無人助，意欲自鳴砧。向月憐孤影，承風送迴音。疑擣雙絲練，似奏一弦琴。令（一作今）君聞獨杵，知妾有專心。

聞侯方兒來寇

羊皮贖去士，馬革斂還尸。天下方無事，孝廉非哭時。

慧淨

慧淨，俗姓房氏，真定人。開皇大業中，即擅道譽。貞觀初，主紀國寺。房玄齡結爲法友。高宗在東宮，復請爲普光寺主。詩四首。

和琳法師初春法集之作

鷲嶺光前選，祇園表昔恭。哲人崇踵武，弘道會羣龍。高座登蓮葉，麈尾振霜松。塵飛揚雅梵，風度引疏鐘。靜言澄義海，發（一作叢）論上詞鋒。心虛道易合，跡廣席難重。和風動淑氣，麗日啓時雍。高才掞雅什，顧已濫朋從。因茲仰積善，靈華庶可逢。

與英才言聚賦得昇天行

馭風過閬苑，控鶴下瀛洲。欲採三芝秀，先從千仞遊。駕鳳吟虛管，乘槎泛淺流。頹齡一已駐，方驗大椿秋。

和盧贊府遊紀國道場

日光通漢室，星彩晦周朝。法城從此構，香閣本岧嶢。株盤仰承露，剎鳳俯摩霄。落照侵虛牖，長虹拖跨橋。高才暫騁目，雲藻隨（一作遂）飄颻。欲追千里驥，終是謝連鑣。

冬日普光寺卧疾值雪簡諸舊遊

卧疴苦留滯，闢戶望遙天。寒雲舒復卷，落雪斷還連。凝華照書閣，飛素涴琴弦。迴飄洛神賦，皎映齊紈篇。縈階如鶴舞，拂樹似花鮮。徒賞豐年瑞，沈憂終自憐。

雜言（一作義淨詩）

觀化祇山頂，流睇古王城。萬載池猶潔，千年苑尚清。髣影堅路摧殘，廣脇楹七寶仙臺亡舊迹，四彩天花絕雨聲。聲華日以遠，自恨生何晚。既傷火宅眩中門，還嗟寶渚迷長坂。步陟平郊望，心遊七海上。擾擾三界溺邪津，渾渾萬品忘真匠。唯有能仁獨圓悟，廓塵靜浪開玄路。創逢肌命棄身城，更爲求人崩意樹。持囊畢契戒珠淨，被甲要心忍衣固。三祇不倦陵二車，一足忘勞超九數。定激江清沐久結，智劍霜凝斬新霧。無邊大劫無不修，六時愍生遵六度。度有流，光功德，收金河，示滅歸常住。鶴林權唱演功周，聖德佳音傳餘響。龍宮秘典海中探，石室真言山處仰。流教在茲辰，傳芳代有人。沙河雪嶺迷朝徑，巨海鴻崖亂夜津。入萬死，求一生，投針偶穴非同喻，東馬懸車豈等程。不徇今身樂，無祈後代榮。誓舍危軀追勝義，咸希畢契傳燈情。勞歌勿復陳，延眺且周巡。東睇女巒留二迹，西馳鹿苑去三輪。北覘舍城池尚在，南睎尊嶺穴猶存。五峯秀，百池分，粲粲鮮花明四曜，輝輝道樹鏡三春。揚錫指山阿，攜步上祇陀。既覩如來疊衣石，復觀天授迸餘蛾。佇靈鎮，梵嶽疑，思遍生河金花逸，掌儀前奉，芳蓋陵虛殿後過。旋遶經行砌，目想如神契。迴斯少福潤生津，共會龍華捨塵翳。

海順

海順，姓任氏，蒲坂人。隋代出家仁壽寺，武德初元示化。詩三首。

三不爲篇

我欲偃文修武，身死名存。斫石通道，祈井流泉。君肝在內，我身處邊。荆軻拔劍，毛遂捧盤。不爲則已，爲則不然。將恐兩虎共鬭，勢不俱全。永今好長絕，來怨是以返跡荒徑，息影柴門。（第十三句缺一字）

我欲刺股錐刃，懸頭屋梁。書臨雪彩，牒映螢光。一朝鵬

舉萬里鸞翔縱任才辯遊說君王高車反邑衣錦還鄉
將恐鳥殘以羽蘭折由芳籠餐詎貴鉤餌難嘗是以高
巢林藪深穴池塘
我欲衒才鬻德入市趨朝四衆瞻仰三槐附交標形引
勢身達名超箱盈綺服廚富甘肴諷揚弦管詠美歌謠
將恐塵栖弱草露宿危條無過日旦靡越風朝是以還
傷樂淺非惟苦遥

道恭

道恭蘇州法師貞觀中嘗以高行召至京師詩一首

出賜玄奘衲袈裟衣應制

福田資象德聖種理幽薰不持金作縷還用綵成文朱
青自掩映翠綺相氤氳獨有離離葉恒向稻畦分

辨才

辨才唐初人姓袁氏居越州永欽寺智永弟子詩一首

設缸面酒款蕭翼探得來字何延之蘭亭記云太宗購右軍書獨未得蘭亭真蹟初此記在右軍七代孫智永所永傳才師才繫梁上財之保惜甚至太宗嘗敕召才面問數四固以亡失對帝知不可奪以翼多權謀令充使詭取翼改服稱山東書生攜二王雜帖數通赴越州徑造才院才一見欽密留宿設缸面酒江東缸面猶河北稱甕頭蓋初熟酒也各探韻賦詩經旬酬談論翰墨出所攜帖示之才云此未佳因言藏有蘭亭于梁上出視之翼故疑爲贗椒駁辦留置几案一日伺其不在徑取之乘驛歸上太宗報命擢員外郎仍賜才物三千段穀三千石才驚悅歲餘卒

初醞一缸開新知萬里來披雲同落寞步月共裴回夜
久孤琴思風長旅鴈哀非君有秘術誰照不然灰

僧鳳

僧鳳姓蕭氏少工文翰師粲大師爲僧貞觀中召主普
集定水二寺詩一首

書遺文後

苦哉黑闇女樂矣功德天智者俱不受愚夫納二邊我
奉能仁教歸依彌勒前願闡摩訶衍成就那羅延

利涉

利涉西域婆羅門也從玄奘三藏入中國詩一首

譏韋玎吟以韋字爲韻高僧本傳明皇開元初秘校韋玎奏釋道二教蠹政欲與定勝負帝集二教內殿玎與涉辨理屈涉復以韋字爲韻揭調長吟云云帝憶阿韋之事凜然變色貶玎象州以錢絹賚涉造寺

我之佛法是無爲何故今朝得有爲無韋始得三數載
不知此復是何韋

道會

道會姓史氏犍爲武陽人住益州嚴遠寺貞觀中入京
被誣繫獄放歸卒詩一首

別三輔諸僧

去住俱爲客分悲損性情共作無期別誰能訪死生

中寤

中寤蜀州僧詩一首

贈王仙柯詩話總龜云仙柯蜀人住青城翠圍山下在嵌鳳中得道仙去中寤於龍池山遇之曰聞仙名已久胡爲在此仙柯曰吾等有靈藥止能飛步今全家隱於後山更修道法耳寤贈以詩

瞻思不及望仙兄早晚昇霞入太清手種一株松未老
爐燒九轉藥新成心中已得黃庭術頭上應無白髮生
異日却歸華表語一作柱待教凡俗普聞名

義淨一作淨義

義淨字文明范陽人俗姓張氏咸亨初往西域徧歷三
十餘國經二十五年求得梵本四百部歸譯之詩六首

在西國懷王舍城一三五七九言

遊愁赤縣遠丹思抽鷲嶺寒風駛龍河激水流既喜朝
聞日復日不覺頹年秋更秋已畢耆山本願城難遇終
望持經振錫住神州

與無行禪師同遊鷲嶺瞻奉既訖遐眺鄉關無
任殷憂聊述所懷爲雜言詩一作慧淨詩

觀化祇山頂流睇古王城萬載池猶潔千年苑尚清髣
髴影堅路摧殘廣脅楹七寶仙臺亡舊跡四彩天花絕
雨聲聲華日以遠自恨生何晚既傷火宅眩中門還嗟
寶渚迷長坂步陟平郊望心遊七海上擾擾三界溺邪
津渾渾萬品亡真匠唯有能仁獨圓悟廓塵靜浪開玄
路創逢肌命棄身城更爲求人崩意樹持囊畢契戒珠
淨被甲要心忍衣固三祇不倦陵二車一足忘勞超九
數定激江清沐久結智劍霜凝斬新霧無邊大劫無不
脩六時懸生遵六度度有流光功德收金河示滅歸常
住鶴林權唱演功周聖徒往昔一作聖德佳音傳餘響龍宮秘典
海中探石室真言山處仰流教在茲辰傳芳代有人沙
河雪嶺迷朝徑巨海鴻崖亂夜津入萬死求一生投針
偶穴非同喻束馬懸車豈等程不狥今身樂無祈後代
榮誓捨危軀追勝義咸希畢契傳燈情勞歌勿復陳延
眺且周巡東睇女巒留二迹西馳鹿苑去三輪北睨舍
城池尚在南睎尊嶺穴猶存五峰秀百池分粲粲鮮花
明四曜輝輝道樹鏡三春揚錫指山阿攜步上祇陀既
覩如來疊衣石復觀天授迸餘峩佇靈鎮梵嶽凝思遍
生河金花逸掌儀前奉芳蓋陵虛殿後過旋遶經行砌
目想如神契迴斯少福溯生津共會龍華捨塵翳

玄逵律師言離廣府還望桂林去留愴然自述

贈懷

標心之梵宇運想入仙洲嬰痾乖同好沈情阻若抽葉
落乍難聚情離不可收何日乘杯至詳觀演法流

余以咸亨元年在西京尋聽于時與并部處一
法師萊州弘禕論師更有三二諸德同契鷲嶺
標心覺樹然而一公屬母親之年老遂懷戀於
并州禕師遇玄瞻於江寧乃叙情於安養玄逵
既到廣府復阻先期唯與晉州小僧善行同去
神州故友索爾分飛印度新知冥焉未會此時
躑躅難以爲懷戲擬四愁聊題兩絕

我行之數萬愁緒百重思那教六尺影獨步五天陲
上將可陵師匹士志難移如論惜短命何得滿長祇

西域寺

衆美仍羅列羣英已古今也知生死分那得不傷心

道希法師求法西域終於菴摩羅跋國後因巡
禮希公住房傷其不幸聊題一絕

百苦忘勞獨進影四恩在念契流通如何未盡傳燈志
溘然于此遇途窮

寶月

寶月開元時與無畏法師譯經十餘部詩一首

行路難

君不見孤鴈關外發酸嘶度揚越空城客子心腸斷幽
閨思婦氣欲絕凝霜夜下拂羅衣浮雲中斷開明月夜
夜遥遥徒相思年年望望情不歇取我匣中青銅鏡情

人爲我(一作君)除白髮行路難行路難夜聞南城漢使度使我流淚憶長安

景雲

景雲善草書與岑參同時詩三首

老僧(一作鄭谷詩)

日照西山雪老僧門始(一作未)開凍瓶粘柱礎宿火陷爐灰童子病歸去鹿麑寒入來齋鐘知漸近(一作遠)枝鳥下(一作上)生臺

谿叟

谿翁居處靜谿鳥入門飛早起釣魚去夜深乘月歸露香菰米熟煙煖荇絲肥瀟灑塵埃外扁舟一草衣

畫松

畫松一似真松樹且待尋思記得無曾在天台山上見石橋南畔第三株

理瑩

理瑩與寇坦同時詩一首

送戴三徵君還谷口舊居

巖穴多遺秀弓(一作公)車屢遠招周王尊渭叟潁客傲唐堯出處天波洽關河地勢遙瞻星吳郡夜作霧華山朝清論虛重席閑居挂一瓢漁歌思坐酌宸渥寵行軺春爲荷裳煖霜因葛屨消層崖懸瀑溜萬壑振清飆谷鳥猶遷(一作還)木場駒正(一作會)食苗謝安何日起台鼎佇君調

金地藏

金地藏新羅國王子至德初航海居九華山詩一首

送童子下山

空門寂寞汝思家禮別雲房下九華愛向竹欄騎竹馬懶於金地聚金沙添瓶澗底休招月烹茗甌中罷弄花好去不須頻下淚老僧相伴有煙霞

懷素

懷素京兆人姓范(一作錢)從玄奘法師出家上元三年詔住西太原寺尋歸西京以草書名詩二首

題張僧繇醉僧圖

人人送酒不曾沽終日松間挂一壺草聖欲成狂便發真堪畫入醉僧圖

寄衡嶽僧

祝融高座對寒峰雲水昭丘幾萬重五月衲衣猶近火起來白鶴冷青松

全唐詩

靈一

靈一姓吳氏廣陵人居餘杭宜豐寺禪誦之暇輒賦詩歌與朱放張繼皇甫曾諸人爲塵外友詩一卷

酬皇甫冉西陵見寄(一作西陵渡)

西陵潮信滿島嶼沒(一作入)中流越客依風水相思南渡頭寒光生極浦落日(一作暮雪)映滄洲何事揚帆去空驚海(一作江)上鷗

溪行即事

近夜山更碧入林溪轉清不知伏牛事(一作路)潭洞何從橫野(一作曲)岈煙初合平湖月未生孤舟屢失道但聽秋泉聲

棲霞山夜坐

山頭戒壇路幽映雪(一作雲)岩側四面青石牀一峰苔蘚色松風(一作風松)靜復起月影開還黑何獨乘夜來殊非畫(一作書一作晝)所得

宿天柱觀(一作宿靈洞觀)

石室初(一作因)投宿仙翁喜暫(一作幸見)容花源隔(一作隨)水見(一作遠)洞府過山逢泉湧堦前地雲生户外峰中宵自入定非是欲降龍

酬皇甫冉將赴無錫於雲門寺贈別

湖南通古寺來往意無涯欲識雲門路千峰到(一作向)若耶春山子敬(一作猷)宅古木謝敷家自可長偕隱那言(一作云一作堪)相去賒

宜豐新泉

泉源新湧出洞澈映纖雲稍落芙蓉沼初淹苔(一作碧)蘚文素將空意合(一作了將空色淨)淨(一作素)與衆流分每到(一作若對)清宵月泠(一作然)夢裏聞

靜林精舍(寺即梁武帝未達時所居寺中有鐘磬皆古物時時有聲在安吉州　精舍一作寺)

靜林溪路(一作精舍)遠蕭帝有遺蹤水擊羅浮磬山鳴于闐鐘燈傳三世(一作際)火樹老萬(一作五)株松無數(一作復)煙霞色空聞昔臥龍

江行寄張舍人

客程終日風塵苦蓬轉還家未有期林色曉分殘雪後角聲寒奏落帆時月高星使東看遠雲破霜鴻北(一作逢漢)度遲流蕩此心難共說千峰澄霽隔瓊枝

送王穎悟歸左綿(一本無下三字一作佐歸州)

客意天南興已闌不堪言別向仙官夢搖玉珮隨旄(一作旌)節心到金華憶杏壇荒郊極望歸雲盡瘦馬空(一作長)嘶落日殘想得故山青靄裏泉聲入夜獨潺潺

安公

彌天稱聖哲象法初繫賴弘道識行藏匡時知進退秦王輕與舉習生重酬對學文古篆中義顯心經内法服應華夏金言流海岱西方浮雲間更陪龍華會

林公

支公信高逸久向山林住時將孫許遊豈以形骸遇幸辭天子詔復覽名臣疏西晉尚虛無南朝久淪誤因談老莊意乃盡逍遙趣誰爲竹林賢風流相比附

遠公

遠公逢道安一朝弃儒服真機久消歇世教空拘束誓入羅浮中遂棲廬山曲禪經初纂定佛語新名目鉢帽絕朝宗簪裾翻拜伏東林多隱士爲我辭榮祿

雨後欲尋（一作往）天目山問元駱二公溪路

昨夜雲生天井（一作月）東春山一雨一（一作幾）回風林花𢇁逐溪流下欲上龍池（一作門）通不通

題僧院

虎溪閑月引相過帶雪松枝挂薜蘿無限青山行欲盡白雲深處老僧多

宿靜林寺

山寺門前多古松溪行欲到已聞鐘中宵引領尋高頂月照雲峰凡幾重

再還宜豐寺

再尋（一作過）招隱地重會息（一作宿）心期樵客問歸日山僧記別時野雲陰遠甸秋雨漲前陂（一作池）勿謂探形勝（一作頻來此）吾今不好奇

春日山齋

野逕東風起山扉度日開晴光拆紅萼流水長青苔逋客殊未去芳時已再來非關戀春草自是欲裴回

留別忠州故人（一作惟審詩）

一身無定處萬里獨銷魂芳草迷歸路春流滴淚痕幾時休旅食何夜宿江村欲識相思苦空山啼暮猨

送別

憑高莫送遠看欲斷歸心別恨啼猨苦相思流水深翠雲南澗影丹桂晚山陰若未來雙鵠遼城何更尋

送冽寺主之京迎禪和尚

禪門居此地瞻望在虛空水國月未上蒼生如夢中上人知機士瓶（一作引）錫慰樊籠彼土諸梵衆嗟君揚道風

送王法師之西川

旅遊無近遠要自別魂銷官柳鄉愁亂春山客路遙伴行芳草遠（一作綠）緣（一作隨）興野花飄計日功成後還將輔聖朝

送範律師往果州

終南千古後獨爾繼卿名離障非今日脩因是幾生亂峰寒影暮深澗野流清遠客歸心苦難爲此別情

送明素上人歸楚覲省

能將疎懶背時人不厭孤萍任此身江上昔年同出處天涯今日共風塵平（一作小）湖舊隱（一作還）應殘雪芳草歸心未隔春前路倍憐多勝事到家知慶綵衣新

項王廟（一作樓一詩）

緬想咸陽事可嗟楚歌哀怨思無涯八千子弟歸何處萬里鴻溝屬漢家弓斷陣前爭日月血流垓下定龍蛇拔山力盡烏江水今日悠悠空浪花

酬陳明府舟中見贈

長溪通夜靜素舸與人閑月影沈秋水風聲落暮山稻花千頃外蓮葉兩河間陶令多真意相思一解顏

題東蘭若

上人禪室路裴回萬木清陰向日開寒竹影侵行逕石秋風聲（一作煙）入（一作天花香散）誦經臺閑雲不繫從舒卷狎鳥無機任往來更惜片陽談妙理歸時莫待暝鐘催

送朱放

苦見人間世思歸洞裏天縱令山鳥語不廢野人眠

歸岑山過惟審上人別業（一作歸岑山留別）

禪客無心憶薜蘿自然行逕向山多知君欲問人間事始與浮雲共一過

於潛道中呈元八處士（一本題上有自青山詣四字道中下有作字）

苕水灘行淺潛州路漸深參差遠岫（一作村）色迢遞野人心凍澗冰難釋秋山日易陰不知天目下何處是（一作訪）雲林

送殷判官歸上都

漾舟雲路客來過夕陽時向背堪遺恨逢迎宿未期水容愁暮急花影動春遲別後王孫草青青入夢思

贈別皇甫曾

幽人從遠岳過客愛春（一作青）山高駕能相送孤遊（一作舟）且未還紫苔封井石綠竹掩（一作映）柴關若到雲峰外齊心去住間

送陳允初卜居麻園

欲向麻源隱能尋謝客蹤空山幾千里幽谷第三重茅宇（一作巖）寧須葺荷衣不待縫因君見往事爲我謝喬松

秋題劉逸人林泉

涼飈亂黃葉遲客橘陰清蘿徑封行跡雲門閉野情林秋露響穿竹暮煙輕莫戀幽棲地懷安却敗名

自大林與韓明府歸郭中精舍

野客同舟楫相攜復一歸孤煙（一作雲）生暮景遠岫帶春暉不道還山是誰云向郭非禪門有通隱喧寂共忘機

同使君宿大梁驛（與清江喜皇甫大夫同宿大梁驛詩小異）

旌旗江上出花外捲簾空夜色臨城月春寒度水風雖然行李別且喜語音同若問匡廬事終身媿遠公

題黃公陶翰別業（一作處一詩一作蘇廣文詩題云自商山宿陶令隱居）

聞說花源堪避秦幽尋數月（一作日）不逢人煙霞洞裏無雞犬風雨林間（一作中）有鬼神黃公石上三芝秀陶令門前五柳春醉臥白雲閑入（一作作）夢不知何物是吾身

哭衞尚書

畫戟重門楚水陰天涯欲暮共傷心南荊雙戟痕猶在北斗孤魂望已深蓮花幕下悲風起細柳營邊曉月臨有路茫茫向誰問感君空有淚霑襟

贈靈澈禪師

禪師來往翠微間萬里千峰到（一作見）剡山何時共到天台裏身與浮雲處處閑

將出宜豐寺留題山房

池上蓮荷（一作花）不自開山中流水偶然來若言聚散定由我未是回時那得回

妙樂觀（一作題王喬觀傳道士所居）

王喬所居空山觀白雲至今凝不散壇場月路幾千年往往吹笙下天半瀑布西行過石橋黃精採根還採苗忽見一人檠茶椀篸（一作蓼）花昨夜風吹滿自言家（一作住）處在東坡白犬相隨邀我過松間石上有棊局能使樵人爛

斧柯

與元居士青山潭飲茶

野泉煙火白雲間坐飲香茶愛此山巖下維舟不忍去青溪流水暮潺潺

送人得蕩子歸倡婦(一作行不歸)

垂涕憑回信爲語柳園人情知獨難守又是一陽春

句

濾泉侵月起掃徑避蟲行(并錄)

全唐詩

靈澈

靈澈字源澄姓湯氏會稽人雲門寺律僧也少從嚴維學爲詩後至吳興與僧皎然遊貞元中皎然薦之包佶又薦之李紓名振輦下緇流嫉之造飛語激中貴人貶徙汀州會赦歸鄉詩一卷今存十六首

聽鶯歌

新鶯傍簷曉更悲孤音清泠囀素枝口邊血出語未盡豈是怨恨人不知不食枯桑葚不銜苦李花偶然弄樞機婉轉凌煙霞衆雛飛鳴何踽促自覘游蜂啄枯木玄猨何事朝夜啼白鷺長在汀洲宿黑鵰黄鶴豈不高金籠玉鉤傷羽毛三江七澤去不得風煙日暮生波濤飛去來莫上高城頭莫下空園裏城頭鴟鳥拾羶腥空園燕雀爭泥滓願當結舌含白雲五月六月一聲不可聞

歸湖南作

山邊水邊待月明暫向人間借路行如今還向山邊去只有湖水無行路

初到汀州

初放到滄洲前心詎解愁舊交容不拜臨老學梳頭禪室白雲去故山明月秋幾年猶在此北户水南流

九日和于使君思上京親故

清晨有高會賓從出東方楚俗風煙古汀洲草木涼山情來遠思菊意在重陽心憶華池上從容鴛鷺行

送道虔上人游方

律儀通外學詩思入玄關煙景隨緣到風姿與道閑貫花留淨室呪水度空山誰識浮雲意悠悠天地間

送鑒供奉歸蜀寧親

林間出定戀庭闈聖主恩深暫許歸雙樹欲辭金錫冷四花猶向玉階飛深山拂漢分清境蜀雪和煙惹翠微此去不須求綵服紫衣全勝老萊衣

天姥岑望天台山

天台衆峯外華頂當寒空有時半不見崔嵬在雲中

遠公墓

古墓石稜稜寒雲晚景凝空悲虎溪月不見鴈門僧

宿東林寺(一作雲門雪夜)

天寒猛虎叫巖雪(一作穴)林(一作松)下無人空有月千年像教今不聞焚香獨爲鬼神說

簡寂觀

古松古柏巖壁間猨攀鶴巢古枝折五月有霜六月寒時見山翁來取雪

元日觀郭將軍早朝

欲曙九衢人更多千條香燭照星河今朝始見金吾貴車馬縱橫避玉珂

東林寺酬韋丹刺史(韋丹帥洪州時靈澈居廬山丹與爲忘形之契篇什倡和月居四五丹寄一詩寓思歸之意澈答此詩)

年老心閑無外事麻衣草座亦容身相逢盡道休官好林下何曾見一人

東林寺寄包侍御

古殿清陰山木春池邊跂石一觀身誰能來此焚香坐共作爐峯二十人

西林寄楊公

日日愛山歸已遲閑閑空度少年時余身定寄林中老心與長松片石期

答徐廣叔四問

童子出家無第行隨師乞食遣稱名長沙豈敢論年幾絳老惟知甲子生

聞李處士亡

時時聞說故人死日日自悲隨老身白髮不生應不得青山長在屬何人

句

松樹有死枝塚上唯莓苔石門無人入古木花不開(道遊古墳)　綠竹歲寒在故人衰老多(荅范校書)　月色靜中見泉聲深處聞(石帆山)　古觀茅山下諸峯欲曙時眞人是黄子玉堂生紫芝(題李尊師堂)　禪門至六祖衣鉢無人得(題曹溪能大師獎山居)　古墓碑表折荒壠松柏稀(傷古墓)　秋深知氣正家近覺山寒(登勢彩嶺望越中)　山僧不記重陽日因見茱萸憶去年(九日)　今非古獄下莫向斗邊看(宿延平懷古)　海月生殘夜江春入暮年　窗風枯硯水山雨慢琴弦(見雪浪齋日記)

大易

大易公安沙門詩二首

湘夫人祠(缺第三句一字)

靈祠古木合波颻大江濆未　湘南雨知爲何處雲苔痕澀珠履草色妒羅裙妙鼓彤雲瑟羈臣不可聞

贈司空拾遺

侍臣何事辭雲陛江上徵(一作吟)雲(一作見)雪花望闕(一作闕)未承丹鳳詔掩(一作開)門空對楚(一作野)人家陳琳草奏才還在王粲登樓興未賒高館更容塵外客仍令歸路待(一作奉)瑤華

法照

法照大曆貞元間僧詩三首

寄錢郎中

閉門深樹裏閑足鳥來(一作爲經)過五(一作駟)馬不復貴一僧誰奈何藥(一作稻)苗家自有香飯乞時多寄語嬋娟客將心向薜蘿

送清江上人

越人僧體古清慮洗塵勞一國詩名遠多生律行高見山援葛藟避世著方袍早晚雲門去儂應逐爾曹(僧伽闍衣爲方袍)

送無著禪師歸新羅

萬里歸鄉路隨緣不算程尋山百衲弊過海一杯輕夜

宿依雲色晨齋就水聲何年持貝葉邦到漢家城

釋泚

釋泚大曆時人詩二首

游元象泊

空水潮色淨澹然湖上心舳艫輕且進汀洲如可尋秋風洄泝險落日波濤深寂寞武陵去中流方至今

北原別業

野外車騎絶古郄桑柘陰流鶯出谷靜春草閉門深學稼農爲業忘情道作心因知上皇日鑿井在靈(一作開松竹)林

龐蘊

龐蘊字道玄衡州衡陽縣人貞元初謁石頭還有省還問曰子以緇耶素耶蘊曰願從所慕遂不剃染世號龐居士詩七首

雜詩

未識龍宮莫說珠識珠言說與君殊空拳只是嬰兒信豈得將來誑老夫

萬法從心起心生萬法生法生同日了來去在虛行寄語脩道人空生愼勿生如能達此理不動出深坑

極目觀前境寂寞無一人迴頭看後底影亦不隨身

神識苟能無罣礙廓周法界等虛空不假坐禪持戒律超然解脫豈勞功

日用事無別惟吾自偶偕頭頭非取舍處處勿張乖朱紫誰爲號青山絶點埃神通并妙用運水及搬柴

十方同聚會個個學無爲此是選佛場心空及第歸

焰水無魚下底鉤覓魚無處笑君愁可憐谷隱老禪伯被唖如何見亦羞

全唐詩

護國

護國江南人工詞翰有聲大曆間詩十二首

歸山作

諠靜各有路偶隨心所安縱然在(一作好)朝市終不忘林巒

四皓將拂衣二疏能挂冠窓前隱逸傳每日三時(一作時三)看

靳尚那可論屈原亦可歎至今黃泉下名及青雲端松牖見初月花間禮古壇何處論心懷世上空漫漫

題醴陵玉仙觀歌(一作賞一詩一作題王喬觀傳道士所得)

王喬一去空仙觀白雲至今凝不散星(一作苔)垣松殿幾千秋(一作壇場月露幾千年)往往笙歌下天半瀑布西行過石橋黃精採根還採苗路逢(一作忽逢)一人擎藥(一作茶)椀松(一作蔘)花夜雨風吹滿自言家住(一作住處)在東坡白犬相隨邀我過南山(一作松間)石上有棊局曾(一作能)使樵夫(一作人)爛斧柯

訪雲母山僧

森然古巖裏(一作碧一作下)淨行一番(一作高)僧松下濾寒水佛前挑(一作燒)夜燈蓮花國土異貝葉梵書能想到空王境(一作所)無心問(一作戀)愛憎

題王班水亭

湖上見秋色曠然如爾懷豈惟歡隴畝兼亦外形骸待月歸山寺彈琴坐暝齋布衣閑自貴何用謁天階

山中寄王員外

爲問幽蘭桂空山復若何芬芳終有分採折更誰過望在軒階近恩霑雨露多移居儻得地長願接瓊柯

許州鄭使君孩子(一作法振詩)

毛骨貴天生肌膚片玉明見人空解笑弄物不知名國器嗟猶小門風望益清抱來芳樹下時引鳳雛聲

愴故人舊居

惆悵至日暮寒鴉啼(一作青)樹林破階苔色厚殘壁雨痕深命與時不遇福爲禍所侵空餘行(一作竹)逕在令我歎人吟

逢靈道士

浮丘山上見黃冠松柏森森登古壇一莖青竹以爲杖數顆仙桃仍未餐長安市裏仍賣卜武陵溪畔每燒丹縮地往來無定所花源到處路漫漫

別臧安

情人取次幾淹留別後南州與北州月色爲憐今夜客砧聲那似去年秋欲除豺虎論三略莫對雲山詠四愁親故相逢且借問古來無種是王侯

傷蔡處士

篋中遺草是琅玕對此空令灑淚看三徑尚餘行跡在數螢猶是映書殘晨光不借泉門曉暝色唯添隴樹寒欲問皇天天更遠有才無命說應難

臨川道中

出谷入谷路回轉秋風已至歸期晩舉頭何處望來蹤萬仞千山鳥飛遠

贈張駙馬斑竹柱杖

此君與我在雲溪勁節奇文勝杖藜爲有歲寒堪贈遠玉階行處願提攜

法振

法振(一作震一作貞)大曆貞元間以詩名詩十六首

病愈寄友

哀樂暗成疾臥中芳月移西山有清士孤嘯不可追擣藥晝林靜汲泉陰澗遲微蹤與麋鹿遠謝求羊知

程評事西園之作

誰向春鶯道名園已共知簷前迴水影城上出花枝搖

拂煙雲動登臨翰墨隨相招能不厭山舍爲君移

陳九溪中草堂

溪草落濺濺魚飛入稻田早寒臨洞月輕素卷簾煙

幘題新句蓑衣象古賢曙花開秀色三十六峰前

題天長阮少府湖上客歸

孤櫂移官舍新農寄楚田晴林渡海日春草長湖煙

臥對閑鷗戲談經稚子賢佳期更何許應向嘯臺前

題萬山許鍊師

道成人不識流水響空山花暗軒窗外雲隨坐臥間驗

圖名已久絕粒事長閑更欲崑崙去羞看絳節還

河源破賊後贈袁將軍

白羽三千駐蕭蕭萬里行出關深漢壘帶月破蕃營蔓

草河原色悲笳碎葉聲欲朝王母殿前路駐高旌

越中贈程先生

紗帽度殘春虛舟寄一身溪邊逢越女花裏問秦人古

塞連山靜陰霞落海新有時城郭去暗與酒家親

送常大夫赴朔方

關山今不掩軍候鳥先知大漢嫖姚入烏孫部曲隨高

旌天外駐寒角月中吹歸到長安第花應再滿枝

送人遊閩越

不須行借問爲爾話閩中海島陰晴日江帆來去風道

游玄度宅身寄朗陵公此別何傷遠如今關塞通

送褚先生海上尋封鍊師

潮落風初定天吴避客舟近承三殿旨欲向五湖游不

厭烏皮几新縫鶴氅裘明珠漂斷岸陰火映中流華蓋

芝童引神丹桂女收懸知居縹緲因爲識浮丘

送韓侍御自使幕巡海北

微雨空山夜洗兵繡衣朝拂海雲清幕中運策心應苦

馬上吟詩卷已成離亭不惜花源醉古道猶看蔓草生

因說元戎能破敵高歌一曲隴關情

張舍人南谿別業

新田繞屋半春耕藜杖閑門引客行山翠自成微雨色

谿花不隱亂泉聲漁家遠到堪留興公府懸知欲厭名

入夜更宜明月滿雙童喚出解吹笙

別盧使君歸故柵村

歸風白馬引嘶聲落日猶看楚客情塞口竹緣空戍沒

潮頭沙擁慢岡成松田且欲親耕種郡守何偏問姓名

東道宿程投故柵依依漁父解相迎

丹陽浦送客之海上

不到終南向幾秋移居更欲近滄洲風吹雨色連村暗

潮擁菱花出岸浮漠漠望中春自豔寥寥泊處夜堪愁

如君豈得空高枕只益天書遣遠求

月夜泛舟

西塞長雲盡南湖片月斜漾舟人不見臥入武陵花

送友人之上都

玉帛徵賢楚客稀猨啼相送武陵歸湖頭望入桃花去

一片春帆帶雨飛

句

畫鼓催來錦臂襄小娥雙起整霓裳（見柘枝韻語陽秋）

全唐詩

清江

清江會稽人善篇章大曆貞元間與清晝齊名稱爲會稽二清詩一卷

早發陝州途中贈嚴祕書

此身雖不繫憂道亦勞生萬里江湖夢千山雨雪行人家依舊壘關路閉層城未盡（一作逆）交河虜猶屯細柳兵（一作營）艱難嗟遠客（一作道）棲託賴深情貧病（一作苦）吾將（一作何）有精脩許（一作謝）少卿

早春書情寄河南崔少府

春（一作日）日春（一作東）風至陽和似不均病身（一作安）空益老愁（一作衰）鬢（一作髩）

不知春宇宙成遺物光陰促幻身客遊傷末路心事向

行（一作何）人道薄猶懷土（一作玉）時難欲厭貧微才如可寄赤縣

有鄉親

春遊司直城西鸕鷀谿別業

別墅軍城下閒諠未可齊春深花蝶夢曉隔柳煙鞞韶

景浮寒水疎楊映綠堤沿洄看竹色來往聽鶯啼久慢

持生術多親種藥畦家貧知素行心苦見清溪越客初

投分南枝得寄棲禪機空寂寞雅趣賴招攜本寺重江

外遊方二室西襄回戀知已日夕草萋萋

夕次襄邑

何處戒（一作戍）吾道經年遠路中客心猶向北河水自歸東

古戍鳴寒角疎林振夕風輕舟惟載（一作有）月那與故人同

宿嚴維宅簡章八元（一作宿嚴祕書宅）

佳期曾不遠甲第即南鄰惠愛偏相及經過豈厭頻（一作貧）

秋寒林（一作光寒）葉動夕霽（一作露）月華新莫話羈棲事平原是主

人

贈淮西賈兵馬使

破虜功成百戰場天書新拜漢中郎映門旌旆春風起

對客弦歌白日長階下鬬雞花乍發（一作折）營南試馬柳初

黃由來吳楚（一作楚蜀）多同調感激逢君共異鄉

送堅上人歸杭州天竺寺

十年勞負笈經論化中朝流水知鄉近和風惜別遥雲

山零夜雨花岍上春潮歸臥南天竺禪心更寂寥

送贊律師歸嵩山（一作無可詩）

禪意（一作客）歸心急（一作山意）山深定易安清貧脩道苦孝友別家

難雪路侵溪轉花宮映嶽看到時瞻塔暮松月向人寒

上都酬章十八兄

每歎經年別人生有幾年關河長問道風雨獨隨緣寓

蝶成莊夢懷人識禰賢徽猷不及此空媿白華篇

登樓望月寄鳳翔李少尹

陌上凉風槐葉凋夕陽秋露濕寒條登樓望月楚山上

月到樓南山獨遥心送秦人拋鳳闕月隨陽鴈極煙霄

軒車不重無名客此地誰能訪寂寥

湘川懷古

瀟湘連汨羅復對九嶷（一作疑）河浪勢屈原冢竹聲漁父歌地荒征騎少天暖浴禽多脉脉東流水（一作去）古今同柰何

七夕

七夕景迢迢相逢只一宵月爲開帳燭雲作渡河橋映水金（一作花）冠動當風玉珮搖惟（一作預）愁更漏促離別在明朝

長安臥病（一作病起）

身世足堪悲空房臥病（一作疾）時卷簾花（一作槐）雨滴掃石竹陰移已覺生如夢堪嗟（一作那堪）壽不知未能通法性詎可免（一作見）支離

送婆羅門（一作可止詩）

雪嶺金河獨向東吳山楚澤意無窮如今白首鄉心盡萬里歸程在夢中

喜皇甫大夫同宿大梁驛（與靈一同使君宿大梁驛詩只差數字）

江頭旌旆去花外卷簾空夜色臨城月春聲渡水風也知行李別暫喜話言同若問廬山事終身愧遠公

酬姚補闕南仲雲溪館中戲題隨書見寄

寺溪臨使府風景借仁祠補袞周官貴能名漢主慈臥雲知獨處望月憶同時忽枉緘中贈瓊瑤滿手持

喜嚴侍御蜀還贈嚴祕書

往年分首（一作手）出咸秦木落花開秋又春江客不曾知蜀路旅魂何處訪情人當時望月思文友今日迎驄見近臣多羨二龍同漢代繡衣芸閣共榮親

送韋（一作車）參軍江陵（一作戴叔倫詩）

槐花落盡柳陰清蕭索涼天楚客情海上舊山無的信東門（一作汴東）歸路不堪行身隨幻境勞多事跡學禪心厭有名公子道存知不棄欲依劉表住南荊

月夜有懷黃端公兼簡朱孫二判官

月照疏林驚鵲飛羈人此夜共無依青門旅寓身空老白首頭陀力漸微屢向曲池陪逸少幾回戎幕接玄暉四科弟子稱文學五馬諸侯是繡衣江雁往來曾不定野雲搖曳本無機修行未盡身將盡欲向東山掩舊扉

精舍遇雨（一作可止詩）

空門寂寂淡吾身溪雨微微洗客塵臥向白雲情未盡任他黃鳥醉芳春

小雪（一作可止詩）

落（一作江）（一作花）雪臨（一作隨）風不厭看更多還恐蔽（一作失）林巒愁人正在書窗下一片飛來一片寒

句

萬木無一葉客心悲此時（秋日晚泊　吟窗雜錄見）

全唐詩

無可

無可范陽人姓賈氏島從弟居天仙寺詩名亦與島齊集一卷今編爲二卷

送呂郎中赴滄（一作海）州

出守滄州去西風送旆旌路遥經（一作過）幾郡地盡到孤城拜廟千山綠登（一作開）樓遍海清（一作晴）何人共東望日（一作月）向積濤生

書馬如文石門居

別業逸高情暮泉喧客亭林迴天闕近雨過石門青野果誰來拾山禽獨臥聽要迎文會友時復掃柴扃

送章正字秩滿東歸

朝衣登別席春色滿秦關芸閣吏誰替海門身又還尋僧流水僻見月遠林閑雖是忘機者難齊去住間

賦得望遠山送客歸

遥山寒雨過正向暮天橫隱隱凌雲出（一作去）蒼蒼與（一作共）水平何時凝厚地幾處映（一作向）孤城歸客秋風裏迴看傷別情

送宜春裴宰（一作明府）是將軍旻之孫

垂白方爲縣徒（一作從）知大父雄山春南去棹楚夜北飛鴻疊嶂和雲滅孤城與嶺通誰知持惠化一境動清（一作秋）風

送朴山人歸日本

海霽（一作際）晚帆開應無鄉信催水從荒外積人指日邊迴望國乘風久浮天絕島來儻因華夏使（一作下夢）書札轉悠哉

送姚宰任吉州安福縣（一作送王明府之任安福）

落絮滿衣裳攜琴問酒（一作水）鄉掛帆南入楚到縣半浮湘吏散翠禽下庭閑斑竹長人安宜（一作知）遠泛沙上蕙蘭香（一作芳）

送李少府之任臨卭

卭南方作尉調補一何卑發論唯公幹承家乃帝枝山長風裊棧江蔭石和澌舊井王孫宅還（一作遍）尋獨有期

遊（一作廬）山寺

千峰路盤（一作盤盤）盡林寺昔何（一作年）名步步入山影房房聞水聲多年人跡斷（一作絕）殘照（一作日）（一作月）石陰（一作冰）清自（一作便）可求居止安閑過此生

酬姚員外見過林下

掃苔迎五馬蒔（一作藏）藥過申鐘鶴共林僧見雲隨野客逢入樓山隔水滴旆露垂松日暮題詩去空知雅調重（一作濃）

寄華州馬戴（一作秋中聞馬戴遊華山因寄）

三峰待秋上鳥外挂衣巾猶（一作獨）見無窮景應非暫往（一作住）身水寒仙掌路山遠（一作林靜）（一作雲住）華陽人欲問壇邊月尋思闕復新

秋夜寄青龍（一作龍池）寺空貞（一作真空）二上人

夜來思道侶木葉向人飄精舍池邊古秋山樹（一作月）下遥磬寒（一作聲）徹幾里雲白已經宵未得同居止（一作居名世）蕭（一作脩）然自寂寥

過杏（一作石）溪寺寄姚員外

門徑衆峰頭盤巖復轉溝雲僧隨樹老杏水落江流峽狖有時到秦人今日遊謝公多晚眺此景（一作境）在南樓

送僧歸中條（一作送覺法師往中條舊隱）

夜葉動飄飄寒來話數宵卷經歸鳥（一作物）外轉雪過（一作下）山椒舊長（一作坐）松杉大難行水石遥元戎宗內學應就白雲招

送人罷舉東遊

東堂今已負況此遠行難兼雨風聲過連天草色乾鴻

嘶荒壘閉兵燒廣川寒若向龍門宿懸知拭淚看

金州冬月陪太守遊池（一作林下對雪送僧歸草堂寺）

殘臘雪紛紛林間起送君苦吟行迴野投跡向寒雲絕頂晴多去幽（一作遙）泉凍不（一作未）聞唯應草堂寺高枕脫人羣

寄青龍寺原（一作源）上人（一作冬日寄僧友）

斂屨（一作履）入寒竹安禪過漏聲高杉殘子（一作葉）落深井凍痕生罷磬風枝動懸燈雪屋明何當招我宿（一作友）乘月上方行

秋寄從兄賈島（一作秋夜宿西林寄賈島）

暝（一作暗）蟲喧（一作分）暮色默思坐（一作坐思）西林聽雨寒更徹（一作盡）開門落葉深昔因京邑病併起洞庭心亦是吾兄事（一作弟）遲迴共（一作直）至今

新年

燃燈朝復夕漸作長年身紫（一作白）閣未歸日青門又見（一作直）春掩關寒過盡開（一作出）定草生新自有林中趣誰驚歲去頻（一作月）

夏日送崔秀才遊南

南方山水地念子爲貧遊縱是（一作便）逢佳景（一作境）那能緩（一作免）旅愁夕陽行遠道煩暑在孤舟莫向巴江（一作山）過猨啼促（一作懷一作感）淚流

晚秋酬姚合（一作侍御）見寄

新命起高眠江湖空浩然木衰猶有菊燕去卽無蟬分察千官內孤懷遠嶽邊蕭條人外寺睽阻又（一作復）經年

暮秋宿友人居

招我郊居宿開門但苦吟秋眠山燒盡暮歇竹園深寒浦鴻相叫風窗月欲沈翻嫌坐禪石不在此松陰

送李騎曹之武寧（一作送咸武李騎曹之靈武寧省）

一歲一歸寧涼天數騎行河來當塞曲（一作盡一作斷）山遠與沙平縱獵旗風卷聽笳帳月生新鴻引寒色迴日滿（一作落）京城

秋日寄厲玄先輩

楊柳起秋色故人猶未還別離俱（一作何）自苦（一作老）少壯豈能閑夜雨吟殘燭秋城憶遠山何當一（一作同）相見語默此林間

冬晚與諸文士會太僕田卿宅

從容（一作客）啓華館餞玉復燒蘭是歲茲旬盡良（一作青）宵幾刻（一作容）殘風（一作燈）迴松竹動人息斗牛寒此（一作別）後思良（一作吟）集須（一作先）期月再圓

贈詩僧

寒山對水塘（一作廊）竹葉影侵堂洗藥冰生岸開門月滿牀病多身又老枕倦夜兼長來謁吾曹者呈詩問否臧

寒夜過叡川師院

長生推獻壽法坐四朝登問難無彊敵聲名掩古僧絕塵苔積地栖竹鳥驚燈語默俱忘寐殘窗半月稜

送顥法師往太原講兼呈（一作謁）李司徒（一作空）

近臘辭精舍幷州謁尚（一作上）公路長山忽盡塞廣雪無窮講席開晴壘禪衣涉遠風聞經諸弟子應滿此（一作北）門中

冬日諸禪自商山禮正師真塔（一作喜緒法師往岐陽禮塔）迴見訪

久思今忽（一作欲）來雙屨汚（一作滑）青苔拂（一作掃）雪從山（一作雲）起過房禮塔迴偈（一作句）畱閑夜作禪請暫時開欲作孤雲去賦詩（一作此時）余不才

題青龍寺縱公房

從誰得（一作傳）法印不離上方傳夕磬城霜下寒房（一作窗）竹月圓煙（一作燈）殘衰木畔（一作落）客住（一作往）積（一作磧）雲邊未隱滄洲去時來於此禪

贈圭峰禪師（一作寄圭峰宗密師）

絕壑禪牀底泉分落石層霧交高（一作澆齊）頂草雲（一作雪）隱下方燈朝滿傾心客溪連（一作通）學道僧半旬持（一作時）一食此事（一作行）有誰能

陪姚合遊金州南池（一作金州夏晚陪姚合員外遊南池）

柳暗清波漲衝萍復漱苔張筵（一作帆）白鳥起（一作下）掃岸使君來洲島秋應沒荷花晚（一作曉）盡開高城吹角絕（一作罷）驄馭尚裴回

金州別姚合

日日西亭（一作臺）上春畱到夏殘言之離別易勉以道途難山出一千里溪（一作江）行三百灘松間樓裏月（一作月裏）秋入五陵看（一作寒）

夏日送田中丞赴蔡州

出守汝（一作海）南城應多戀闕情地遙人久望風起旆初行楚廟繁蟬斷淮田細雨生賞心知有處蔣宅古津（一作松）平

菊

東籬搖落後密艷被寒催夾雨驚新拆經霜忽盡開野香盈客袖禁藥泛天杯不共春蘭並悠揚遠蝶來

松

枝幹怪鱗皴煙梢出澗新屈盤高極目蒼翠遠驚人待鶴移陰（一作陰移）過聽風落子（一作子落）頻青青寒木外自與九霄鄰

蘭

蘭色結春光氛氳掩衆芳過門階露（一作霰）葉尋澤徑連香畹靜風吹亂亭秋雨引長靈均曾采（一作拳）擷紉珮掛荷裳

隕葉

遶巷夾（一作陽）溪紅蕭條逐北風別林遺宿鳥浮水載鳴蟲石小埋初盡枝長落未終帶霜書麗什閑讀白雲中

李常侍書堂

結構因墳籍簷前竹未生塗油（一作鉛）窗日早閱槧幌風輕息架蛩驚客垂燈雨過城已應窮古史師律孰齊名

寄和蔡州田郎中（一作寄和蔡州田中丞題蔣亭）

遺跡仍（一作路惟）畱蔡幽人出漢（一作濮）朝門深荒徑在臺迴數峯遙岸石攲相倚（一作對）窗松偃未凋尋思方一去豈待使君招

經貞女祠

朝賽暮還祈開唐復歷隋精誠山雨至歲月廟松衰窺穴龍潭黑過門鳥道危不同巫峽女來往楚王祠

行漢（一作竹溪）水晚次神灘阻風

驚風山半起舟子忽停橈岸荻吹先亂灘聲（一作波）落更跳聽松今欲暮過島或（一作忽）明朝若盡平生趣東浮看石橋

送田中丞使西戎（一作同用旗字）

朝元下赤墀玉節使西夷關隴風（一作烽）迴首河湟雪灑旗磧砂行幾月戎帳到何時應盡平生志高全大國儀

送董正字歸覲毘陵

暫辭讐校去未發見新鴻路入江波上人歸楚邑東山
遥晴出樹野極暮連空何以念兄弟應思潔膳同

送邵錫及第歸湖州

春關鳥罷啼（一作啼罷）歸慶浙煙西郡守招（一作邀）延重鄉人慕仰
齊（一作羨）橘青逃（一作陶）暑寺茶長（一作綠）隔湖溪乘暇知高眺微應
辨會稽

送薛重中丞充太原副使

中司出華省（一作中書華省外）副相晉陽行書答偏州啓籌參上
將營踏沙夜（一作寒）馬細吹（一作收）雨曉笳清正報胡塵滅桃花
汾水生

送靈武李侍御

靈州天一涯幕客似還家地得江南壤程分磧裏砂禁
鹽調上味（一作隨調土味貢）麥穗結秋花前席因籌畫清吟塞日斜

冬夜姚侍御宅送李廓少府

王事圭峰下將還禁漏餘偶歡新歲近惜别後期疎雪
罷見來吏川昏聊整車獨吟多暇日應寄柏臺書

送喻鳬及第歸陽羨

姓字載科名無過子最榮宗中初及第江上覲難兄月
向波濤没茶連洞壑生石橋高思在且爲看東坑

送沅江宋明府即開府璟之孫

初聞從事日鄂渚動芳菲一遂鈞衡薦今爲長吏歸人
臨沅水望鴈映楚山飛唯有傳聲政家風重發揮（一作輝）

送薛秀才遊河中兼投任郎中留後

詩古（一作苦）賦縱横令人畏後生駕言遊禹跡知已在蒲城
日（一作月）射雲煙（一作凝）散風吹草木（一作未）榮孤吟臨寇境莫問（一作欲）
請長纓

寄姚諫議

鳴鞭静路塵籍藉（一作寂寞）諫垣臣函疏辭專（一作封還）密爐香立獨
親箴多臨水作窗宿臥雲人危坐開寒紙燈前起草頻

大理正任二十和江淹擬古詩二十章寄示

不啻迴青眼應疑似碧雲古風真往哲雅道濫朝聞活
獄威豪右銷時賴典墳如何經濟意未克致吾君

寄殿院薛侍御

名高意本（一作轉）閑浮俗自（一作牆仞日）難攀佐蜀連錢出朝天獬
豸還迴翔歷清院彈奏迴離班休澣通玄旨留僧晝掩
關（一作僧到休擲翰開軒復解顔）

禪林寺

台山朝佛隴勝地絶埃氛冷色石橋月素光華頂雲遠
泉和雪溜幽磬帶松聞終斷游方念爐香繼此焚

全唐詩

無可

奉和裴舍人春日杜城舊事

早晚辭綸綍觀農下杜西草新池似鏡麥暖土如泥鷀
鷺依川宿（一作息）驊騮向野嘶春來詩更苦松韻亦含淒

酬厲侍御秋中思歸樹石所居見寄

三峰居接近數里躡雲行深去通仙境思歸厭宦名月
從高掌出泉向亂松鳴坐石眠霞侶秋來短褐成

奉和段著作山居呈諸同志三首次本韻

香花懷道侶巾舄立雙童解印鴛鴻内抽毫水石中履
温行燒地衣赤動霞風又似朝天去諸僧不可同
官辭中祕府疎放野麋齊偃仰青霄近登臨白日低折
腰窺乳竇定足涉冰溪染翰揮嵐翠僧名幾處題
墅收丹陛跡獨往亂山居入雪知人遠眠雲覺俗虚足
垂巖頂石纓濯洞中渠只見僧酬答新歸絶壑書

春日送麗處士歸龍山

愛弟直霜臺家山羨獨迴出門時返顧何日更西來柳
亦臨關發花應到越開漁舟誰伴上依舊恣沿洄

寄興善寺崔律師

沐浴前朝像深秋白髮師從來居此寺未（一作應）省有東池
幽石叢圭片孤松動雪枝頃曾聽道話别起遠山思

送清散（一作徹）遊太白山

卷經歸太白躡蘚别龕若履浮雲上須看積翠南倚
身松入漢瞑目月離潭此境堪長往塵中事可諳

冬晚姚諫議宅會送元緒上人歸南山

禪客詩家見凝寒忽告（一作過）還分題迴諫筆留偈在商關
盤徑緣高雪閑（一作開）房在半山自知麋鹿性亦欲離人間

送契公自桂陽赴南海

南行登嶺首與俗洗煩埃磬罷孤舟發禪移積瘴開中
餐湘鳥下朝講海人來莫便將經卷炎方去不迴

冬中（一作日）與諸公會宿姚端公宅懷永樂殷侍御

柱史静開筵所思何地偏故人爲縣吏五老遠峰前賓
榻寒侵樹（一作燒）公庭夜落泉會當隨假務一就白雲禪

同劉秀才宿見贈

浮雲流水心只是愛山林共恨多年别相逢一夜吟旣
能持苦節勿謂少知音憶就西池宿月圓松竹深

官池上

迴疏城闕内寒瀉出雲波衍廣山魚到汀閑海鷺過泛
溝侵道急流葉入宫多移舸浮中沚清宵徹曉河

中秋（一本有翫字）月

蟾宜天地静三五對堦蓂照耀超諸夜光芒掩衆星影
寒池更澈露冷樹銷（一作梢）青枉值中秋半（一作夜）長乖宿洞庭

雪

松亞竹珊珊心知萬井歡山明迷舊逕溪滿漲新瀾客
醉瑶臺曙兵防玉塞寒紅樓知有酒誰肯學袁安

宿西嶽白石院

白石上嵌空寒雲西復東瀑流懸住處鵰鶴失禪中岳
壁松多古壇基雪不通未能親近去擁褐媿相同

送僧

四海無拘繫行心興自濃百年三事衲萬里一枝笻夜
減當晴影春消過雪蹤白雲深處去知宿在何峰

送贊律師歸嵩山（一作清江詩）

禪意歸心急山深定易安清貧脩道苦孝友别家難雪
路尋溪轉花宫映嶽看到時孤塔暮松月向人寒

春晚喜悟禪師自琉璃上方見過

琉璃師到城談性外諸經下嶺雪霜在近人林木清苔痕深草履瀑布滴銅瓶樂問山中事宵言徹曉星

秋暮與諸文士集宿姚端公所居

宵清月復圓共集侍臣筵獨寡區中學空論樹下禪風多秋晚竹雲盡夜深天此會東西去堪愁又隔年

客中聞從兄島遊蒲絳因寄

遙遙行李心蒼野入寒深吟待黃河雪眠聽絳郡砧差期逢缺月訪信出空林何處孤燈下只聞嘹唳禽

送李長吉之任東井

江盤棧轉虛候吏拜行車家世維城後官資宰邑初市饒黃犢賣田躡白雲鉏萬里千山路何因欲寄書

宿安國簡公院（一作安國寺靜居法師故院）

雨後清涼境因還（一作過）欲不回井甘桐有露竹迸地多苔幡映宮牆動香從御苑（一作殿）來青龍舊經疏（德山翦青龍疏鈔）寥落有誰開

京口別崔固

積雨晴時近西風葉滿泉相逢嵩嶽客共聽楚城蟬宿館橫秋島歸帆張遠田別君還寂寞不似剡中年

中秋夜隴州徐常侍座中詠月

隴城秋月滿太守待停歌與鶴來松杪開煙出海波氣籠星欲盡光滿露初多若遣山僧說高明不可過

中秋江驛示韋益

莫惜三更坐難銷萬里情同看一片月俱在廣州城淚逐金波滿魂隨夜鵲驚支頤鄉思斷無語到雞鳴

中秋臺看月

海雨洗煙埃月從空碧來水光籠草樹練影挂樓臺皓耀迷鯨口晶熒失蚌胎宵分凭欄望應合見蓬萊

中秋夜南樓寄友人

海月出白浪湖光射高樓朗吟無綠酒賤價買清秋氣冷魚龍寂輪高星漢幽他鄉此夜客對酌經多愁

弔從兄島

盡日歎沉淪孤高碣石人詩名從蓋代謫宦竟終身蜀集重編否巴儀薄葬新青門臨舊巷欲見永無因

題崔駙馬林亭

宮花野藥半相和藤蔓參差惜不科纖草連門留徑細高樓出樹見山多洞中避暑青苔滿池上吟詩白鳥過更買太湖千片石疊成雲頂綠嵯峨

送韓校書赴江西

車馬東門別揚帆過楚津花繁期到幕雪在已離秦吟落江沙月行飛驛騎塵猨聲孤島雨草色五湖春折葦鳴風岸遙煙起暮蘋鄱江連郡府高興寄何人

送姚中丞赴陝州

二陝周分地恩除左掖臣門開幕重槍甲下天新夾道行霜騎迎風滿草人河流銀漢水城賽鐵牛神意氣思高謝依違許上陳何妨向紅旆自與白雲親

送李使君赴瓊州兼五州招討使

分竹雄兼使南方到海行臨門雙旆引隔嶺五州迎猨鶴同枝宿蘭蕉夾道生雲垂前騎失山豁去帆輕雨霧（一作露）蒸秋岸浪（一作潮）濤震夜城政閑開迴閣欹枕島風清

送姚明府赴招義縣

濠梁古縣城結束赴王程道路攜家去波濤隔月行車臨芳草下吏踏落花迎暮郭山遙見（一作在）春洲鳥不驚風煙譙國遠桑柘楚田平何以書能化長淮徹海清

送杜司馬再遊蜀中

為客應非願愁成欲別時還遊蜀國去不惜杜陵期劍水啼猨在關林轉棧遲日光低峽口雨勢出蛾眉山（一作川）迴逢（一作進）殘角雲開識遠夷勿令雙鬢髮併向錦城衰

贈王將軍

勳高絕少年分衛玉階前雄勇明王重溫恭執友賢功書唐史滿（一作闕）名到虜庭偏劍彩浮龍影衣香襲御煙搜書秋霽閣走馬夕陽田急兔投深草瞋鷹下半天野人盈（一作迎）邸第朝客醉盤筵位在（一作立）將軍列官隨憲府遷刻心思報國吁氣欲開邊選帥如公議須知少比肩

寄羽林盧大夫將軍

將軍（一作熒香）直禁闈繡服耀（一作黃）金羈羽衛九天靜英豪四塞知望雲回朔鴈隔水射宮麋（一作鴨水入宮池）舊國無歸思秋堂夢戰時門風荀氏敵劍藝霍家推計日旌旄下蕭蕭萬馬隨（一作里追）

書事寄萬年厲員外

帝城皆劇縣令尹美居東遂拜趙張下暫離星象中擁歸從北闕送上動南宮舉起盆中日驅行草上風不驚盧犬（一作鬧霞鶴）吠漸見夏臺空紫禁黃山遶滄溟素滻通封疆親日月邑里出王公逐盜千門啓興祥五稼豐胥徒迎曉集賦稅共秋終條教關天道歌謠入聖聰土青寒麥覆人海晝塵蒙廨宇松連翠朝街日（一作火）散紅文場新桂茂粉署舊蘭崇留客把（一作揮）盈爵抽毫詠早鴻（公與諸文士賦早鴻詩也）前騶潘岳貴故里邵平窮勸隱蓮峰久期耕樹谷同飛將去葉劍氣尚埋豐何必華陰土方垂拂拭功

小雪

片片牙（一作下）玲瓏飛揚玉漏終（一作露中）乍微全滿地漸密更無風集物圓方別連雲遠近同作膏凝瘠土呈瑞下深宮氣射重衣透花窺小隙通（一作透漏推窗隙紛紜失藥叢）飄秦增舊嶺發漢攬長空迴冒巢松鶴孤鳴穴鳥蟲過三知臘盡盈尺賀年豐委積休聞竹稀疏漸見鴻蓋沙資澶漫灑海助沖融草木潛加潤山河更益雄因知天地力覆育有全功

和賓客相國詠雪詩

近臘千巖白迎春四氣催雲陰連海起風急度山來盡日隋堤絮經冬越嶺梅艷疑歌處散輕似舞時迴道蘊詩傳麗相如賦騁才霽添松篠媚寒積蕙蘭猜暗漲宮池水平封輦路埃燭龍初照耀巢鶴乍裴回簷日瓊先挂牆風粉旋摧五門環玉壘雙闕對瑤臺綺席陵寒坐珠簾遠曙開靈芝霜下秀仙桂月中裁卷幌書千帙援琴酒百杯垂休編太史呈瑞表中台皓夜迷三徑浮光徹九垓茲辰是豐歲歌詠屬良哉

中秋夜君山脚下看月

洶湧吹蒼霧朦朧吐玉盤雨師清滓穢川后掃波瀾氣射繁星滅光籠八表寒來驅雲漲晚路上碧霄寬熠耀遊何在蟾蜍食漸難棹飛銀電碎林映白虹攢水魄連空合霜輝壓樹乾夜深高不動天下仰頭看

哭張籍司業

先生抱衰疾不起茂陵間夕臨諸孤少荒居弔客還遺文禪東岳留語葬鄉山多雨銘旌故殘燈素帳閑樂章誰與集壠樹即堪攀神理今難問予將叫帝關

寄題盧山二林寺

盧岳東南秀香花惠遠蹤名齊松（一作高）嶺峻氣比沃州濃積岫連何處幽崖越幾重雙流溢隱隱九派棹憧憧山限東西寺林交旦暮鐘半天傾瀑溜數郡見鑪峰巖竝金繩道潭分玉像容江微匡俗路日杲晉朝松揆逕新苞拆梅籬故葉壅嵐光生疊砌霞焰發高墉窗籟虛聞狖庭煙黑過龍定僧仙嶠起遠客虎溪逢濩落垂楊户荒涼種杏封塔留紅舍利池吐白芙蓉畫壁披（一作和）雲見禪衣對鶴縫喧經泉滴瀝汲履草丰茸翠竇欹攀乳苔橋側杖筇探奇盈夢想搜峭滌心胸冥奥終難盡登臨惜未從上方薇蕨滿歸去養乖慵

御溝水

鑿禁疏雲數道開垂風岍柳拂青苔銀波玉沫空池去曾歷千巖萬壑來

中秋月彩如畫寄上南海從翁侍御

海靜天高景氣殊鯨睛失彩蚌潛珠不知今夜越臺上望見瀛洲方丈無

全唐詩

皎然

皎然名晝姓謝氏長城人靈運十世孫也居杼山文章儁麗顏眞卿韋應物竝重之與之酬倡貞元中敕寫其文集入於祕閣詩七卷

奉酬于中丞使君郡齋臥病見示一首

宿昔祖師教了空無不可枯槁未死身理心寄行坐仁公施春令和風來澤我生成一草木大道無負荷論入空王室明月開心胷性起妙不染心行寂無蹤若非禪中侶君爲雷次宗比聞朝端名今貽郡齋作眞思凝瑤瑟高情屬雲鶴抉得驪龍珠光彩曜掌握若作詩中友君爲謝康樂盤薄西山氣貯在君子衿澄澹秋水影用爲字人心羣物如鳧鷖遊翺愛清深格居第一品高步凌前躅精義究天人四坐聽不足伊昔柳太守曾賞汀洲蘋如何五百年重見江南春公每省往事詠歌懷昔辰以茲得高臥任物化自淳還因訪禪隱知有雪山人

贈李中丞洪一首

深沈閫外略（一作權）奕世當榮寄地裂大將封（一作軍）家傳介珪瑞至今漳河俗猶受仁人賜公初鎮惟邢（一作淮荆）決勝無精兵重圍逼大敵六月守孤城政用仁恕立恩懸賞罰明遂令麾下士感德不顧生於時聞王師諸將兵頗黷天子狩南漢煙塵滿函谷純臣獨耿介下士多反覆明公伏忠節一言感萬夫物性如蒺藜化作春蘭敷見說（一作讒）金被爍終期玉有瑜移官萬里道君子情何如伊昔避事心乃是方袍客頓了空王（一作心）旨仍高致君策安知七十年一朝值宗伯言如及清風醒然開我懷宴息與遊樂（一作遨）不將衣褐乖海底取明月鯨（一作衝）波不可度上有巨蟒吞下有（一作多）毒龍護一與吾師言乃於中心悟咄哉冥冥子胡爲自塵汙（一作塵自汙）

杼山禪居寄贈東溪吳處士馮一首

青雲何潤澤下有賢人隱路入菱湖深跡與黃鶴近野風吹白芷山月搖清軫詩祖吳叔庠致君名（一作才）不盡身當青山秀（詩曰家住青山下青山有吳筠故宅後改爲吳筠山）文體多郢聲澄澈湘水碧泬寥楚山（一作天）青（一作清）時人格不同至今罕知名昔賢敦師友此道君獨行既得廬霍趣乃高雷遠情別時春風多掃盡雪山雪爲君中夜起孤坐石上月悠然遺塵想邈矣達性說故人不在茲幽桂惜未結

妙喜寺高房期靈澈上人不至重招之一首

晨起峰頂心懷人望空碧掃雪開寺門灑水淨僧席言笑形外阻風儀想中覿馳心驚葉動傾耳聞泉滴豈慮咆虎逢乍疑崩湍隔前期或不顧知爾隨（一作隳）常格如今誰山下（一作下山）秋霖步淅瀝吾亦聊自得行禪荷輕策松聲暢幽情山意導遐跡舉目無世人題詩足奇石貧山何所有特此邀來客

奉和薛員外誼贈湯評事衡反招隱之跡（一作作）兼見寄十二韻

喜友稱高儒曠懷美無度近爲東田誘遂耽西山趣庭有介隱心得無雲泉誤府公中司貴頻貽咫尺素郡佐仙省高亦贈瓊瑤句誚茲長往志紓彼獨遊步禪子方外期夢想山中路艱難親稼穡晨夕苦煙霧曷若孟嘗門日榮國士遇鏗鏘聆綺瑟攀折邇瓊樹幽踐隨鹿麋久期怨蟾兔情同不繫舟有跡道所惡

荅黎士曹黎生前適越後之楚

楚木紛如麻高松自孤直願得苦寒枝與君比顏色故鄉眇天末羇旅滄江隅委質在忠信苦心無變渝何繇

表名義贈君金轆轤何以美知才投我懸黎珠遽爲千里別南風思越絶愛君隨海鷗倚棹宿沙月不栖惡木上冒蹈巴蛇穴（台人表朝逆命故君不踐其土）一上蕭然峰擬蹤幽人轍晨興獨西望郢水期泝沿夜到洞庭月秋經雲夢天黎生知吾道此地不潜然欲寄楚人住學挐漁子船柰何北風至攪我窗中弦遊子動歸思江蘺亦綿綿篋中封禪書欲獻無繇緣豈乏晨風翼翻飛到日邊

答豆盧次方

吾愛道交論爲高貴世名昔稱柴桑令今聞豆盧生彼生清淮氣獨鍾文中彩近作公讌詩如逢何柳在吾用古人耳採君四坐珍賢士勝朝暉溫溫無冬春朝暉爍我肌賢士清我神微爾與雲鵠幽懷何繇申別來秋風至獨坐楚山碧高月當清冥禪心正寂歷增波徒相駭人遠情不隔有書遺瓊什以代貂襜褕風教凌越絶聲名掩吳趨懸壁安可酬徒倚還踟躕

答蘇州韋應物郎中

詩教殆淪缺庸音互相傾忽觀風騷韻會我夙昔情蕩漾學海資鬱爲詩人英格將寒松高氣與秋江清何必鄴中作可爲千載程受辭分虎竹萬里臨江城到日掃煩政況今休黷兵應憐禪家子林下寂無營跡隳世上華心得道中精脱畧文字累免爲外物攖書衣流埃積硯石駁蘚生恨未識君子空傳手中瓊安可誘我性始願愆素誠爲無鸑鷟音繼公雲和笙吟之向禪藪反媿幽松聲

答鄭方回

獨禪外念入中夜不成定顧我顑頷容澤君陽春詠詞貞思且逸瓊彩何暉映如聆雲和音況覩聲名盛琴語掩爲（去聲）聞山心聲宜聽是時寒光澈萬境澄以淨高秋日月清中氣天地正遠情偶茲夕道用增寥敻思君處虛空一操不可更時美城北徐家承谷口鄭軒車未有轍蒿蘭且同徑莊生諴近名夫子罕言命是以（一作時）耕楚田曠然殊獨行萎蕤鸞鳳彩特達珪璋性通隱嘉黃綺高儒重荀孟世汚（平聲）我未起道蹇吾猶病逸翮思冥冥

潛鱗樂游泳宗師許學外恨不逢孔聖説詩迷頹靡偶俗傷趨競此道誰共（一作共誰）詮因君情欲罄

答俞校書冬夜

夜閑（一作來）禪用精空界亦清迥子眞仙曹吏好我如宗炳一宿覩幽勝形清煩慮屛新聲殊激楚麗句同歌郢遺此感予懷沈吟忘夕永月彩散瑤碧示君禪中境眞思在杳冥浮念寄形影遙得四明心（四明）何須蹈岑嶺詩情聊作用空性惟（一作復）寂靜若許林下期看君辭簿領

妙喜寺達公禪齋寄李司直公孫房都曹德裕從事方舟顏武康士騁四十二韻

我祖傳六經精義思朝徹（莊子曰守之九日而後能外生外生而後能朝徹）方舟頗周覽逸書亦備閱墨家傷刻薄（墨流刻薄而不仁可以理身不可以濟世）儒氏知優劣弱植庶可彫苦心未嘗輟中年慕仙術永願傳其訣歲駐若木景日餐瓊禾屑嬋娟羨門子斯語豈徒設天上生白榆葳蕤信好折實可反柔顏花堪養玄髮求之性分外業棄金亦竭藥化成白雲形彫辭素穴（素穴山名）一聞西天旨初禪已無熱（第四禪中有天名無熱無三災之患故以爲名今初禪即得蓋詩人美已證超出常）涓子非我宗然公有眞訣却尋丘壑趣始與纓紱別野飯敵膏粱山楹代藻梲與君北巖侶遊寓日常昳靜對春谷泉晴披陽林雪境清覺神王道勝知機滅諧寂長杳冥忘歸暫采擷物生豈有心麗容俟予別桂子何蓂苓琪葩亦皎潔此木生意高亦與衆芳列賞墨識屢換省躬悟彌切微尚若不虧足以全吾節北風吹蕙帶蕭寥聞蜻蛚宿昔盧峰期流芳已再歇不有清屛鑒使我商弦絶願寄千里心月高不可掇優游邦之直遠矣踵前烈立俗忘毀譽遇物遺巧拙眞氣獨脩然軒裳詎能紲都曹風韻整綱紀信明決於交必傾寫立行豈矜伐政與清渭同分流自澄澈襃侯資亮直中諴豈徒説古人比明義清士願交結溫溫躬珪彩終始聲不缺顏生炯介士有志不可越仗義冒險難（一作艱）持操去淄涅世論高二賢（即曾公猶子也）賢賢繼前哲四子遭明盛哀然皆秀傑理名雖殊跡悟道寧異轍愛爾竹柏姿爲予寒不折

遙酬袁使君高春暮行縣過報德寺見懷

江春行求瘼偶與眞境期見説三陵下前朝開佛祠停舟仰麗刹繡組發香墀咫尺空界色天人花落時盛游限羸疾悚躅瞻旌旗峰翠羨閑步松聲入遙思素高淮陽理況負東山姿迨此一登覽深情見新詩

冬日遙（一作奉）和盧使君幼平綦母居士遊法華寺高頂臨湖亭（一作奉和盧使君幼平遊朝陽山寺臨太湖時在郭不得往）

仁坊（一作祠）標（一作當）絶境廉守（一作明牧）躡高（一作靈）蹤天曉纔分刹風傳欲盡鐘（一作欲到心涼地初聞斷續鐘）城中歸路遠（一作在）湖上碧山重水照千花界雲開七葉峰寒芳（一作空）艾綬滿空（一作晴）翠白綸濃逸韻知難繼佳遊恨不逢仍聞撫禪石爲我久從容

秋日遙和盧使君遊何山寺宿敭上人房論涅槃經義

江郡當秋景期將道者同跡高憐竹寺夜靜賞蓮宮古磬清霜下寒山曉月中詩情緣境發法性寄筌空翻譯推南本何人繼謝公

酬秦山人系題贈

出齋步杉影手自開禪扉花滿不汚地雲多從觸衣思山石蘚淨款客露葵肥果得宗居士論心到極微

奉酬袁使君高寺院新亭對雨（其亭即使君所創）

茲亭跡素淺勝事倂隨公法界飄香雨禪窗灑竹風浮煙披夕景高鶴下秋空冥寂四山久寧期此會同

奉酬顏使君眞卿見過郭中寺寺無山水之賞故予述其意以荅焉

州西柳家寺禪舍隱人間證性輕觀水棲心不買山履聲知客貴雲影悟身閑彥會前賢事方今可得攀

酬烏程楊明府華雨後小亭對月見呈

夜涼喜無訟霽色搖閑情暑退不因雨陶家風自清凝弦停片景發詠靜秋聲何事禪中隱詩題忽記名

自蘇州訪醫迴酬盧士關判官見贈

尋醫初疾理忽憶故山雲遠訪桑公子還依柳使君周旋承惠愛佩服比蘭薰從事因高唱秋風起處聞

題沈（一作雷）道士新亭

何處好攀躋新亭俯舊溪坐中千里近簷下四山低小

浦依林曲迴塘遶郭西桃花春滿地歸路莫相迷

送盧仲舒移家海陵

世故多離散東西不可嗟小秦非本國楚塞復移家海島無鄰里鹽居少物華山中吟夜月相送在天涯

陪盧使君登樓送方（一作萬）巨之還京

萬里汀洲上東樓欲別難春風潮水漫正月柳條寒旅逸逢漁浦清高愛鳥冠雲山寧不起今日向長安

同裴錄事樓上望（一本此下有月字）

退食高樓上湖山向晚晴桐花落萬井月影出重城水竹涼風起簾幃暑氣清蕭蕭獨無事因見泚人情

寓興

天下（一作上）生白榆白榆直上連天根高枝不知幾萬丈世人仰望徒攀援誰能上天採其子種向人間笑桃李因問老仙求種法老仙咍我愚不荅（一作咍咍不我荅）始知此道無所成（一作終無）還如瞽夫學長生

寄常一上人

雁塞（一作塞雁）五山臨汗漫雲州一路出青冥何因請住嘉祥寺內史新修湖上亭

送祕上人遊京

共君方異路山伴與誰同日冷行人少時清古鎮空煖瓶和雪水鳴錫帶江風撩亂終南色遙應入夢中

賦得（一本此下有巴峽二字）啼猨送客

萬里巴江外（一作水）三聲月（一作出）峽深何年有此路幾客共霑襟斷壁（一作臂）分垂（一作連一作重）影流泉入苦吟悽涼離別後（一作淒淒別離處）聞此更傷心

南樓望月

夜月家家望亭亭愛此樓纖雲溪上斷疎柳影中秋漸映千峰出遙分萬派流關山誰（一作時）復見應獨起邊愁

尋陸鴻漸不遇

移家雖（一作唯）帶郭野徑入桑麻近種籬邊菊秋來未著花扣門無犬吠欲去問西家報道山中去（一作出）歸時每日斜（一作歸來日每斜）

懷舊山（一作滄浩詩題云留別嘉興知己）

一坐西林寺從來未下山不因尋長者無事到人間宿雨愁為客寒花笑未還空懷舊山月童子念經閑

宿吳匡山破寺

雙峰百戰後真界滿塵埃蔓草緣空壁悲風起故臺野花寒更發山月暝還來何事池中水東流獨不迴

九月十日

愛殺柴桑隱名溪近訟庭掃沙開野步搖舸出閑汀宿簡邀詩伴餘花在酒瓶悠然南望意自有峴山情

秋晚（一作晚秋）宿破山寺

秋風落葉滿空山古寺（一作殿）殘燈石壁間昔日經行人去盡寒雲夜夜自飛還

青陽上人院說金陵故事

君說南朝全盛日秣陵才子更多人千（一作十）年秋色古池館誰見齊王西邸春

送僧之京師

綿綿渺渺楚雲繁萬里西歸望國門禪子初心易悽斷秋風莫上少陵原

送許丞還洛陽

剡茗情來亦好斟空門一別肯霑襟悲風不動罷瑤軫忘却洛陽歸客心

題湖上草堂

山居不買剡中山湖上千峰處處閑芳草白雲留我住世人何事得相關

酬李司直縱諸公冬日遊妙喜寺題照昱二上人房寄長城潘丞述

達賢貴貞隱常懼跡不滅遂與永公期遺身坐林樾華軒何轔轔為我到幽絕心境寒草花空門青山月潘生獨不見清景屢盈缺林下常寂寥人間自離別何時解輕佩來稅丘中轍

贈烏程李明府伯宜沈兵曹仲昌

水國苦彫瘵東皋豈遺黍雲陰無盡時日出常帶雨昨夜西溪漲扁舟入檐廡野人同鳥巢暴客若蜂聚歲晏無斗粟寄身欲何所空羨鸞鶴姿翩翩自輕舉

奉酬顏使君真卿王員外圓宿寺兼送員外使迴

魯公邀省客貧寺人過少錦帳惟野花竹屏有窗篠朝行石色淨夜聽泉聲小釋事情已高依禪境無擾超遙長路首悵望空林杪離思從此生還將此心了

杼山上峰和顏使君真卿袁侍御五韻賦得印字仍期明日登開元寺樓之會

道情寄遠岳放曠臨千仞香路延絳騶華泉寫金印日歆諸天近雨過三華潤留客雲外心忘機松中韻靈嘉早晚期為布東山信

同薛員外誼喜雨詩兼上楊使君

積旱忽（一作思）飛澍（一作灑）烝民心（一作喜）亦傾郊雲不待族雨色飛江城燋稼濯又發敗荷滋更榮時隨霧縠重乍集柳絲輕一宿恐魚飛數朝徵鸛鳴毒暑澄為冷高塵滌還清乃知陰騭數制在造（一作理）化情及此接歡賀臨風聞頌聲

南湖春泛有客自北至說友人岑元和見懷因叙相思之志以寄焉

故人隔楚水日夕望芳洲春草思眇眇征雲暮悠悠心期無形影跡曠成阻修有客江上至知君佐雄州鏗鏘佩蒼玉躞蹀驅絳騶伊昔中峰心從來非此流資予長生訣（予嘗授以胎息之訣）希彼高山儔此情今如何宿昔師吾謀別後謁禪老更添石室籌深見人間世飄如水上漚蟬號齊王邸月苦隋帝樓聲華盡冥寞麋鹿徒呦呦我有一字教坐然遺此憂何煩脫珪組不用辭王侯祇在名位中空門兼可遊

同薛員外誼久旱感懷寄兼呈上楊使君

皇天鑒不昧恤想何亢極縲雨久愆期綺霞徒相惑陰雲舒又卷濯枝安可得涸井不羸瓶乾溪一憑軾赤地芳草死飈塵驚四塞戎冦夜刺閭民荒歲傷國賴以王猷盛中原無凶慝楊公當此晨省災常旰食獨感下堂雨（自州南諸鄉降甘澤長城顧渚平地雨一尺水分流澤數鄉也）偏嘉越境域秋郊天根見我疆看稼穡請迴雲漢詩為君歌樂職

兵後早春登故鄣南樓望崑山寺白鶴觀示清

道人幷沈道士第十九句空一字

新陽故樓上眇眇傷遐睠違世情易忘羇時得無倦春歸華柳發世故陵谷變擾擾陌上心悠悠夢中見蒼林有靈境杳映遥可羨春日倚東峯華泉落西甸鐘聲在空碧幡影揺蔥蒨緬想山中人神期如會面別離芳月積岐路浮雲徧正入空門仙君依苦縣驂形捨簪紱烹玉思精鍊事外宜我心人間豈予戀身遺世自薄道勝名必賤耳目何所娛白雲與黃卷

酬烏程楊明府華將赴渭北對月見懷

釋印及秋夜身閑境亦清風襟自瀟灑月意何高明聞說武安君萬里驅妖精開府集秀士先招士林英晉家用元凱亦是魯諸生北望撫長劍感君知己行邊塵昏玉帳殺氣凝金鐙大敵折齊俎一書下聊城翻飛青雲路宿昔滄洲情荅來詩云倏然顧山侶之句

酬邢端公濟春日蘇臺有呈袁州李使君兼書幷寄辛陽王三侍御

大賢當佐世堯時難退身如何丹霄侶却在滄江濱柳色變又徧鶯聲聞亦又一作頻賴逢宜春守共賞南湖春營道知止足飾躬無緇磷家將詩流近跡與禪僧親放曠臨海門翺翔望雲津雖高一作多空王說不久山中人上句荅端公學無爲之句

奉和裵使君清春夜南堂聽陳山人彈白雪

春宵凝麗思閑坐開南圍郢客彈白雪紛綸發金徽散從天上至集向瓊臺飛弦上疑颯颯虛中想霏霏通幽鬼神駭合道精鑒稀變態風更入含情月初歸方知阮太守一聽識其微

荅孟秀才

羸疾依小院空閑趣自深躡苔憐靜色掃樹共芳陰物外好風至意中佳客尋虛名誰欲累世事我無心投贈荷君芷馨香滿幽襟

酬崔侍御見贈

買得東山後逢君小隱時五湖遊不厭一作未足柏署跡如遺市隱一作儒服何妨道禪棲心一作不廢詩與君爲比說一作從居士說長破小乘疑一本無前四句

贈柳喜得嵩山法門自號嵩山老一作贈柳先生

一見嵩山老吾生恨太遲問君年幾許曾出一作見上皇時

酬李補闕紓

不住東林寺雲泉處處行近臣那得識禪客本無名

湖南蘭若示大乘諸公

未到無爲岸空憐不繫舟東山白雲意歲晚尚悠悠

兵後經永安法空寺寄悟禪師其寺賊所焚

常說人間法自空何言出世法還同微蹤舊是香林下餘燼今成火宅中後夜池心生素月春天樹色起悲風吾知世代相看盡誰悟浮生似影公

春日杼山寄贈李員外縱

南山唯與北山鄰古樹連峯伴我身一作一閉禪門老此身黃鶴有心多不住白雲無一作何事獨相親閑持竹錫深一作行時看水嬾繫麻衣出見人欲掇幽芳聊贈遠一作無限幽蘭從欲寄郎官那賞一作許石門春

酬秦山人贈別二首

知君高隱占賢星卷葉時時注佛經姓被名公題舊里秦君里詩將麗句號新亭一作麗句亭來觀新月依清室欲漱香泉護觸瓶我有主人江太守如何相伴住禪靈江淹爲宣城守常合禪靈寺

誰知臥病不妨禪跡寄詩流性似偏葉示黃金童子愛書題青字古人傳時高獨鶴來雲外每羨閑花在眼前對此留君還欲別應思石澗音四訪春泉

山居一作歸示靈澈上人

晴明路出山初暖行踏春蕪看茗歸乍削柳枝聊代札時窺雲影學裁衣身閑始覺隳名是心了方知苦行非外物寂中誰似我松聲草色共無一作忘機

遥和康錄事李侍御萼小寒食夜重集康氏園林

習家寒食會何頻應恐流芳不待人已愛治書詩句逸更聞從事酒名新庭蕪暗積承雙履林蘤雷飛灑幅巾誰見柰園時節共還持綠茗賞殘春

釋裵循春愁一作怨

蝶舞鶯歌喜歲芳柳絲裊裊蕙帶長一作蘭香江南春色共君有一作看何事君心獨自傷

西白溪期裴方舟不至

望君不見復何情野草閑雲處處生應向秦時武陵路花間寂歷一人行

勞山憶棲霞寺道素上人久期不至

遠寺蕭蕭獨坐心山情自得趣何深泉聲稍滴芙蓉漏月影纔分鸜鵒林滿地雲輕長凝屐繞松風近每吹襟貪閑不記前心偈念別聊爲出世吟更待花開徧山雪山山相似若爲尋

酬秦山人出山見呈

手攜酒榼共書幃迴語長松我即歸若是出山機已息嶺雲何事背君飛

酬秦山人見尋

左右香童不識君擔簦訪我領鼯羣山僧待客無俗物唯有窗前片碧雲

宿法華寺簡靈澈上人

至道無機但一作心與杳冥孤燈寒竹自青一作熒熒不知何處小乘客一夜風來一作前聞誦經

潛別離

烏頭雖黑白有一作有白時唯有潛離與暗別彼此甘心無後期

全唐詩

皎然

奉酬袁使君高春遊鶺鴒峰蘭若見懷

鶺鴒中峰近高奇古人遺常欲乞此地養松挂藤絲昨
聞雙旌出一川花滿時恨無翔雲步遠赴關山期躋險
與誰賞折芳應自怡遙知忘歸趣喜得春景遲已見郢
人唱新題石門詩

荅裴濟從事

遲遲雲鶴意奮翅知有期三秉綱紀局累登清白資應
懷青塘居蕙草沒前墀舊月照秋水廢田留故陂至今
高風在爲君吹桂枝昨逢洞庭客果得故人詩何異王
內史來招道林師欲攜山侶出難與白雲辭

白雲上人精舍尋杼山禪師兼示崔子向何山
道上人

望遠涉寒水懷人在幽境爲高皎皎姿及愛蒼蒼嶺果
見栖禪子潺湲灌真頂積疑一念破澄息萬緣靜世事
花上塵惠心空中境清閑誘我性遂使腸(一作煩)慮屏許共
林客遊欲從山王(一作主)請木栖無名樹水汲忘機井持此
一日高未宵謝箕潁夕霽山態好空月生俄頃識妙聆
細泉悟深滌清茗此心誰得失笑向西林永

酬薛員外誼苦熱行見寄

六月金數伏茲辰日在庚炎曦爍(一作暴)肌膚毒霧(一作靄)昏性
情(一作擔溢)安得奮輕(一作翅)翮超(一作迢)遙出雲征不知天地心如何
匠生成火德燒百卉瑤草不及榮省(一作有)客當此時忽貽
懷中瓊捧翫煩袂(一作衿)滌嘯歌美(一作善)風生遲君佐元氣調
使四序平中令霜不被(一作袄)大(一作火)餘氣常貞江南詩騷客
休吟苦熱行

採實心竹杖寄贈李萼侍御

竹杖裁碧鮮步林賞高直實心去內矯全節無外飾行
藥聊自持扶危資爾力初生在榛莽孤秀豈封殖干雪
不死枝贈君期君識

酬薛員外誼見戲一首

方知正始作麗掩碧雲詩文彩盈懷袖風規發詠思遺
弓逢大敵摩壘怯偏師頻有移書讓多慙繫組遲淺才
迂且拙虛譽喜還疑猶倚披沙鑒長歌向子期

奉酬李中丞洪湖州西亭即事見寄兼呈吳馮
處士時中丞量移湖州長史

愛君溪上住遲月開前扃山火照書卷野風吹酒瓶爲
誰留此物意在眼中青樵子逗煙墅漁翁宿沙汀主人
非楚客莫謾識獨醒宿昔邪城功道高心已冥貪將到
處士放醉烏家亭

苕溪草堂自大曆三年夏新營泊秋及春彌覺
境勝因紀其事簡潘丞述湯評事衡四十三韻

萬慮皆可遺愛山情不易自從東溪住始與人羣隔應
物非宿心遺身是吾策先民崆峒子論景事金液綺里
猶近名於陵未泯跡吾師逆流教禪隱殊古昔(僧傳云人皆隱於山我獨隱於禪)
洗足臨潺湲銷聲寄松柏緗荷採堪服柔草持可席
道心制野猨法語授幽客境淨萬象真寄目皆有益原
上無情花(聖教意草木等器世間雖無情而理性通又云鬱鬱黃花無非般若是其義)山中聽經石(高僧詮公詩曰學徒數塊石生公有通經石)竹生自蕭散雲性常潔白卻見羈世人遠高
摩霄翮達賢觀此意煩想遂冰蘗伊予戰苦勝覽境情
不溺智以動念昏功縣無心積形骸爾何有生死誰所
戚爲與勝悟冥不憂頹齡迫春風自點蕩禪地常闃寂
擲札成柳枝(僧傳北遠法師作涅槃經疏畢擲札於庭柳枝生焉)瓶養泉脉道人知止
足盥漱聊自適學外見古賢煩令我心惕眇綿雲官世
夢幻羽陵籍鬼籙徒相矜九原誰家宅俗情封淺近至
理昧堯跖蹈善嗟沈冥履仁傷堙阨匠心聖亦尤攻異
天見責(世論謂堯聖德而嗣不肖盜跖毀行而享長富無稽仁禍淫之應師心攻異之士反怨天責聖不知有昭昭之業論空者又失性空之實)試
以慧眼觀斯言諒可覿外事非吾道忘緣倦所歷中宵
廢耳目形靜神不役色天夜清迥花漏時滴瀝(高僧遠公刻蓮花漏)
東風吹杉梧幽月到石壁此中一悟心可與千載敵故
交徒好我筐中無咫尺潘生入空門祖師傳祕賾(潘生曾受曹溪禪門)
湯子自天德精詣功不僻放世與成名兩圖在所擇(遠公謂劉處士云世間唯是想耳苟放有世之見心即道豈有世外物來羈爾耶)
吾嘉魯仲連功成棄珪璧二賢兼彼才晚節何感激不
然作山計改服我下澤君騫元亮冠我脫潛師屐(僧傳沙門法潛)
倚臥高松根共逃金閨籍(著山嚴入朝)

荅裴集陽伯明二賢各垂贈二十韻今以一章
用酬兩作

知音如瓊枝天生爲予有攀折若無階何殊天上柳裴
生清通嗣陽子盛德後詩名比元長(二子詩比王融爲俱少年著名)賦體凌
延壽(賦如文考亦俱盛年)珠生驪龍頷或生靈蛇口何似雙瓊章英英
曜吾手白日不可汙清源宵容垢持此山上心待君忘
情友且伴丘壑賞未隨名宦誘坐石代瓊茵製荷捐艾
綬清宵集我寺烹茗開禪牖發論教可垂正文言不朽
白雲供詩用清吹生座右不嫌逸令醉莫試仙壺酒皎
皎尋陽隱千年可爲偶一從漢道平世事無紛糺星文
齊七政天軸明二斗召士揚弓旌知君(一作君今)在林藪莫學
潁陽子請師高山叟出處藩我君還來會厓阜

荅豆盧居士春夜遊東園見懷

春意賞不足承夕步東園事表精慮遠月中華木繁開
襟寄清景遐想屬空門安得纚芳屣看君幽徑萱

寄崔萬芳夔

氣殺高隼擊惜芳步寒林風搖蒼琅根霜剪莪(音翹)蕵心
歸思忽眇眇佳氣亦沈沈我身豈遐遠如隔湘漢深事
邇智莫及願乖情不任遲君忘言侶一笑開吾襟

訪朱放山人

野人未相識何處異鄉隔昨逢雲陽信教向雲陽覓空
聞天上風飄飄不可覿應非矍爍翁或是滄浪客早晚
從我遊共攜春山策

晚冬廢溪東寺懷李司直縱

廢溪無人跡益見離思深歸來始昨日恍惚驚歲陰清
想屬遙夜圓景當空林宿昔月未改何如故人心遊從
間芳趾搖落棲寒岑眇眇湖上別含情初至今道流安
寂寞世路倦嶇嶔此意欲誰見懷賢獨難任巖聲反冥
默夕籟何哀吟禪念破離夢吾師誡援琴耿耿已及旦
曷繇開此襟幽期諒未偶勝境徒自尋安得西歸雲因
之傳素音

兵後與故人別予西上至今在楊楚因有是寄

日月不相待，思君魂屢驚。草玄寄楊子，作賦得蕪城。溫溫獨游跡，遙遙相望情。淮上春草歇，楚子秋風生。辟士天下盡，君何獨屛營。運開應佐世，業就可成名。誰借楚山住，年年事耦耕。

因遊支硎寺寄邢端公

大厦資多士，掄材得豫章。清門推問望，早歲騁康莊。作用方開物，聲名久擅塲。丹延分塞郡，宿昔領戎行。始馭屛星乘，旋陰蔽芾棠。（始佐延州，俄典蕊郡）朝端瞻鶚立，關右仰鷹揚。威令兼寧朔，英聲重護羌。三軍成父子，雜虜避封疆。身執金吾貴，時遭寶運昌。雍容持漢猶，肅穆衞周堂。排難知臣節，攻疑定國章。一言明大義，千載揖休光。踐職勳庸列（一作烈），修躬志行彰。優游應慕陸，止足定師張。中扆懷殊政，南州佇小康。仁爲桂江雨，威是柏臺霜。（自桂州除侍御史）謇諤言無隱，公忠禍不防。讒深辭紫禁，恩在副朱方。（左遷溫州治中，量移潤州長史）切玉鋒休淬，垂天翅罷翔。論文徵賈馬，述隱許求羊。肘後看金碧，腰間笑水蒼。詩題白羽扇，酒挈綠油囊。曠達機何有，深沈器莫量。時應登古寺，佳趣在春岡。止水平香砌，鮮雲滿石牀。山情何寂樂，塵世自飛揚。已遇鑪峰社，還思緝蕙房。外心親地主，內學事空王。花會宜春淺，禪遊喜夜涼。高明依月境，蕭散躡庭芳。得道殊秦佚，隳名似楚狂。餘生於此足，不欲返韶陽。

同諸公奉侍祭岳瀆使大理盧幼平自會稽迴經平望將赴於朝廷期過故林不至（用題中韻）

望祀崇周典，皇華出漢庭。紫泥頒會計，玄酒薦芳馨。聖慮多虔肅（一作祈多祜），齋心合至靈。占祥刋史竹，筮日數堯蓂。禮秩加新命，朝章篤（一作重）理刑。敷誠通北（一作九）闕，遺愛在南亭（一作西）。（一本此下有五綺歌仍詠，三碑一名重銘。躊躇問存殁，委曲向郊坰四句）茗水思曾泛，磯山憶重經。清風門客仰，佳頌國人聽。攀桂留卿月，徵文待使星。春郊迴駟牡，遙識故林青。

早秋桐廬思歸示道諺（一作該）上人

桐江秋信早，憶在故山時。靜夜風鳴磬，無人竹掃墀。猨來觸淨水，鳥下啄寒棃。可即（一作何暇）關吾事，歸（一作關）心自有期。

勞勞山（一作勞山）居寄呈吳處士

山事緜來別，只應中老身。寒園掃縱栗，秋浪拾乾薪。（楚人呼養茶爲秋浪）領鶴閑書竹，誇雲笑向人。俗家（一作流）相去遠，野水作東鄰。

寄報德寺從上人（鼓吹山在寺西）

宗流許身子，物表養高閑。空色清涼寺，秋聲鼓吹山。看心水磬後，行道雨花間。七葉翻章句，時時啟義關。

山中月夜寄無錫長官

湖上涼風早，雙峰月色秋。遙知秣陵令，今夜在西樓。別葉蕭蕭下，含霜處處流。如何共清景，異縣不同遊。

奉賀顏使君眞卿二十八郎隔絕自河北遠歸

相（一作自）失値氛煙，纔應掌上年。久離驚貌長，多難喜身全。比信尚書重，如威太守憐。滿庭看玉樹，更有一枝連。

題湖上蘭若示清會上人

峰心惠忍寺，嵊頂謝公山。何似南湖近，芳洲一畝間。意中雲木秀，事外水堂閑。永日無人到，時看獨鶴還。

秋宵書事寄吳憑處士（一本無處士二字）

眞（一作禪）性在（一作愛）方丈，寂（一作寂）寥無四鄰。秋天月色正，清夜道心眞。大夢觀前事（一作遺蹤），浮名悟（一作快）此身。不知庭樹意，榮落感何人。

題山壁示道維上人

獨居何意足，山色在前門。身野長無事，心冥自不言。閑行數亂竹，靜坐照清源。物外從知少，禪徒不耐煩。

晚秋登佛川南峰懷褒例

登嶺望落日，眇然傷別魂。亭臯秋色徧，遊子在荆門。世故東西客，山空斷續猨。此心誰復見，寂寞偶芳蓀。

訪陸處士羽（一作訪陸羽處士不遇）

太湖東西路，吳主（一作王）古山前。所思不可見，歸鴻（一作雁）自翩翩。何山賞春茗，何處弄春泉。莫是滄浪子，悠悠一釣船。

酬李侍御萼題看心道塲賦以睂毛腸心牙等五字（書得牙字）

我法從誰悟，心師是貫花。三塵觀種子，一雨發萌牙。定起輪燈缺，宵分印月斜。了空如藏史，始肎會禪家。（辯正論亦有九流，一曰禪家者流）

酬姚補闕南仲雲溪館中戲題隨書見寄（一作清江詩）

寺溪臨使府，風景借仁祠。補袞周官貴，能名漢主思。臥雲知獨處，望月憶同時。忽枉緘中贈，瓊瑤滿手持。

春夜期襄都曹濟集心上人院不至

東林期隱吏，日月爲虛盈。遠望浮雲隔，空憐定水清。遙方外侶，荏苒府中情。漸聽寒鞞發，淵淵在郡城。

和襄少府懷京（一本有都字）兄弟

宦遊三楚外，家在五陵原。涼夜多歸夢，秋風滿故園。北書無遠信，西候獨傷魂。空念青門別，殷勤岐路言。

和閻士和望池月荅人

片月忽臨池，雙蛾憶畫時。光浮空似粉，影散不成眉。孤枕應驚夢，寒林正入帷。情知兩處望，莫怨獨相思。

遙和塵外上人與陸澧夜集山寺問涅槃義兼賞陸生文卷（上人自號北山子）

共是竹林賢（孫綽僧史以七人配德嵇阮，號竹林七僧），心從貝葉傳。說經看月喻（一作過），開卷愛珠連。清淨遙城外，蕭疎（一作條）古塔前。應隨北山子，高頂枕雲眠。

春日和盧使君幼平開元寺聽妙奘上人講（時上人將遊五臺）

仁聖垂文在，虛空日月懸。陵遲追哲匠，宗旨發幽詮。法受諸侯請，心教四子傳。春生雪山草，香下棘林天。顧我從今日，聞經悟宿緣。涼山萬里去，應爲教猶偏。

荅李侍御問

入道曾經離亂前，長干古寺住多年。愛貪唯製蓮花足，取性閑書樹葉篇。自笑不歸看石膀，誰高無事弄苔泉。身外空名何足問，吾心已出第三禪。

奉酬李員外使君嘉祐蘇臺屛營居春首有懷

昔歲爲邦初未識，今朝休沐（一作官）始相親。移家水巷貧（一作貪）依靜，種柳風窗欲占春。詩思先邀烏府客，山情還訪白樓人。登臨許作（一作接）煙霞伴，高在方袍間幅巾。

和李舍人使君紓題雲明府道室

許令如今道姓雲，曾經西岳事桐君。流霞手把應憐壽，黃鶴心期擬作羣。金籙時教弟子檢，砂牀不遣世人聞。

桂陽亦是神仙守分別無嗟兩地分

奉和陸中丞使君長源寒食日作

寒食江天氣最清庾公晨望動高情因逢內火千家靜便覩行春萬木榮深淺山容飛雨細縈紆水態拂雲輕腰章本郡誰相似數日臨人政已成

奉酬袁使君送陸灞却迴期道寺院

欲別湖上客暮期西林還高歌風音表放舟月色間更人莫報夜禪閣本無關

招（一作贈）韓武康章

山僧雖不飲酤酒引陶潛此意（一作興）無（一作少）人別多爲俗士嫌

秋居法華寺下院望高頂（一作峯）贈如獻上人

峯色秋天見松聲靜夜聞影孤長不出行道在寒雲（一作入深雲）

贈韋早（一作卓）陸羽

只將陶與謝終日可（一作好）忘情不欲多相識逢人懶道名

戲呈薛彝

山僧不厭野才子會須狂何處銷君興春風擺綠楊

贈顏主簿

漢家儀禮盛名敎出諸顏更見尚書後能文在子山

贈融上人

常愛西林寺池中月出（一作在）時芭蕉一片葉書取寄吾師

聽寒更寄朱兵曹巨川

攲枕（一作獨臥）聽寒更寒更發還住一夜千萬聲幾聲到君處

早春書懷寄李少府仲宣并序

予故里在長城下山昔歲屬狂寇陷沒江左親故離散永望枌梓不覺傷懷因李使君長城遂寄是詩以見情也

早年初問法因悟目中花忽值胡雛起芟夷若亂麻脫身投彼岸弔影念生涯跡與空門合心將世路賒東田已蕪沒（東部公有東田詩）南澗益傷嗟（秣陵記曰南澗謁謝氏滅）崇替驚人事凋殘感物華知君過我里惆悵舊煙霞

贈和評事判官

廷評年少法家流心似澄江月正秋學究天人知遠識權分鹽鐵許良籌春風憶酒烏家近好月論禪謝寺幽清白比來誰見賞憐君獨有富人侯

酬秦系山人題（一作戲）贈

雲林出空（一作定）鳥（一作鳥）未歸松吹時飄雨浴（一作沐）衣石語花愁（一作悲）徒自詫吾心見境盡爲非

酬秦系山人戲贈

正論禪寂忽狂歌莫是塵心顛倒多白足行花曾不染黃囊貯酒欲如何

貽李湯

茅氏常論七眞記壺公愛（一作好）說三山事寧知梅福在人間獨爲蒼生作仙吏日服丹砂骨自清膚如冰雪心更明山中玉笥是仙藥袖裏素書題養生願隨黃鶴一輕舉仰望青霄獨延佇平生好駿君已知何必山陰訪王許

述祖德贈湖上諸沈

我祖文章有盛名千年海內重嘉聲雪飛梁苑操奇賦（梁苑出惠連公雪賦）春發池塘得佳句（康樂公池上樓詩夢會連方得池塘生春草之句）世業相承及我身風流自謂過時人初看甲乙矜言語對客偏能鴝鵒舞（尚公少年善焉）飽用黃金無所求長裾曳地干王侯一朝金盡長裾裂吾道不行計亦拙歲晚高歌悲苦寒空堂危坐百憂攢昔時軒蓋金陵下何處不傳沈與謝（田公與約俱是西邸八友）綿綿芳藉至今聞眷眷通宗有數君誰見予心獨飄泊依山寄水似浮雲

舟行懷閻士和

二月湖南春草徧橫山渡口花如霰相思一日在孤舟空見歸雲兩三片

贈張道士

玉京眞子名太一因服日華心如日此心不許世人知只向仙宮未曾出

戲呈吳馮

世人不知心是道只言道在他方妙還如瞽者（一作老）望長安長安在西向東笑

宿山寺寄李中丞洪（第五句缺三字）

偶來中峯宿閑坐見眞境寂寂孤月心亭亭圓泉影滿山花落始知靜從他半夜愁猨驚不廢此心長杳冥

戲贈吳馮

予讀古人書遂識古人面不是識古人邪正心自見貴義輕財求俗譽一錢與人便驕倨昨朝爲火今爲冰此道非君獨撫膺

感興贈烏程李明府伯宜兼簡諸秀才

門前峴山近無路可登陟徒愛峴山高仰之常歎息不如松與桂生在重巖側

晚秋宿李軍道所居

清溪路不遙都尉每相招落日休戎馬秋風罷射鵰木花生野徑柏實滿寒條永夜依山府禪心共寂寥

送陸判官歸杭州

芳草潛州路乘軺憶再旋餘花故林下殘月舊池邊峯色雲端寺潮聲海上天明朝富春渚應見謝公船

全唐詩

皎然

奉和顏使君眞卿與陸處士羽登妙喜寺三癸亭（亭即陸生所創）

秋意西山多列岑縈左次繕亭歷三癸（三癸以癸丑歲癸卯朔癸亥日立）疏趾鄰什寺元化隱靈蹤始君啟高詠（一作致）誅榛養翹楚鞭草理芳穗俯砌披水容逼天掃峯翠境新耳目換物遠風煙異倚石忘世情援雲得眞意嘉林幸勿剪禪侶欣可庇衞法大臣過佐遊羣英萃龍池護清澈虎節到深邃徒想嵊頂期於今沒遺記

奉陪陸使君長源裴端公樞春遊東西武丘寺

雲水夾雙刹遥疑涌平陂入門見藏山元化何縣窺曳組探詭怪停驄訪幽奇情高氣爲爽德暖春亦隨瑤草自的皪蕙樓爭蔽虧金精落壞陵劒彩沈古池一覽市天界中峰步未移應嘉（一作喜）生公石列坐援松枝

奉和陸使君長源夏月遊太湖（此時公權領湖州）

庚公心曠遠府事局耳目遂與南湖遊虛襟滌煩燠始知皇天意積水在亭育細流信不讓動物欣所蓄萬頃合天容洗然無雲族峭蒨矚仙嶺（神仙傳洞庭神仙所居也）超遥隨明牧知公愛澄清波靜氣亦肅已見橫流極況聞長鯨戮（會北信至王師已收長安）中洲暫採蘋（即柳惲汀洲採白蘋之意也）南郡思剖竹（公時改授信州）向夕分好風飄然送歸舳

奉和崔中丞使君論李侍御萼登爛柯山宿石橋寺効小謝體

常愛謝公郡幽期願相從果迴青驄臆共躡玄仙蹤靈境若髣髴爛柯思再逢飛梁丹霞接古局蒼苔封往想冥昧理誰親冰雪容蕙樓聳空界蓮宇開中峰（今爲仙寺昔是仙山遺局）昔化沖虛鶴（古橋升仙之處見在）今藏護法龍雲窺香樹沓月見色天重永夜寄岑寂清言滌心胸盛遊千年後書在巖中松

同顏使君真卿李侍御萼遊法華寺登鳳翅山望太湖

雙峰開鳳翅秀出南湖州地勢抱郊樹山威增郡樓正逢周柱史來會魯諸侯緩步凌彩蒨清鏡發颼飀披雲得靈境拂石臨芳洲積翠遥空碧含風廣澤秋蕭辰資麗思高論驚精修何似鍾山集微文及惠休

奉陪陸使君長源諸公遊支硎寺（寺即支公學道處）

嘗覽高逸傳山僧有遺蹤佐遊繼雅篇嘉會何縣逢塵世即下界色天當上峰春暉徧衆草寒色留高松繚繞彩雲合參差綺樓重瓊葩灑巾舄石瀨清心胸靈境若可託道情知所從

奉陪鄭使君諤遊太湖至洞庭山登上真觀却望湖水

郡齋得無事放舟下南湖湖中見仙邸果與心賞俱不遠風物變忽如寰宇殊背雲視層崖別是登蓬壺突兀盤水府參差杳天衢迴瞻平蕪盡洪流豁中區氣吞江山勢色淨氛靄無靈長習水德勝勢當地樞朝宗動歸心萬里思鴻途

奉和袁使君高郡中新亭會張鍊師畫會二上人

置亭隱城堞事簡跡易幽公性崇儉素雅才非廣求傍簷竹雨清拂案杉風秋不移府中步登茲如遠遊坐覺詩思高俯知物役休虛寂偶禪子逍遥親道流更聞臨川作下節安能酬

奉和陸使君長源水堂納涼効曹劉體

柳家陶（一作避）暑亭意遠不可齊煩襟蕩朱弦高步援綠荑愛公滿亭客來是清風攜瀅渟前溪上曠望古郡西六月正中伏水軒氣常淒野香襲荷芰道性親鳧鷖禪子顧惠休逸民重劉黎乃知高世量不以出處暌

夏日奉陪陸使君長源公堂集

府中自清遠六月高梧間寥亮泛雅琴逍遥扣玄關嶺雲與人靜庭鶴隨公閑動息諒兼遂茲情即東山

九日和于使君思上京親故

霽景滿水國我公望江城碧山與黃花爛熳多秋情搖落見松柏歲寒比忠貞歡娛在鴻都是日思朝英

伏日就湯評事衡湖上避暑

大火方燥石停雲晝亦收將從賞心侶寸景難遠遊擁几苦炎伏出門望汀洲迴溪照軒宇廣陌臨梧楸釋悶命雅琴放情思亂流更持無生論可以清煩憂

奉和顏使君真卿修韻海畢會諸文士東堂重校

外學宗碩儒游焉從後進恃以仁恕廣不學門欄峻著書裨理化奉上表誠信探討始河圖紛綸歸海韻親承大匠琢況覩頹波振錯簡記鉛槧（音韱）閱書移玉鎮曷縣旌不朽盛美流歌引

喜義興權明府自君山至集陸處士羽青塘別業

應難久辭秩暫寄君陽隱已見縣名花會逢闈是粉本自尋人至寧因看竹引身關白雲多門占春山盡最賞無事心籬邊釣溪近

夏日集李司直縱溪齋

修景屬良會遠飈生煩襟泄雲收淨綠衆木積芳陰疏滌府中務迢遥湖上心習閑得招我賞夜宜泛琴山近資性靜月來寄情深澹然若事外豈藉隱華簪

夏日題桐廬楊明府納涼山齋

陶家無炎暑自有林中峰席上落山影桐梢迴水容放懷涼風至緩步清陰重何事親堆按猶多高世蹤

和楊明府早秋遊法華寺

釋事出縣閣初聞茲山靈寺扉隱天色影刹遥丁丁碧峰委合沓香蔓垂莫苓清景爲公有放曠雲邊亭秋賞石潭潔夜嘉杉月清誦空性不昧助道跡又經是以於物理紛然若未形移來字人要全與此道冥

宿道士觀

古觀秋木秀冷然屬鮮飈瓊葩被修蔓柏實滿寒條影殿山寂寂寥天月昭昭幽期寄仙侶習定至中宵清佩聞虛步真官方宿朝

冬日天井（一作日）西峰張鍊師所居

採薪逢野泉漸見棲閑所坎坎山上聲幽幽林中語仙鄉何代隱鄉服言亦楚開水（一作冰）淨（一作洗）藥苗掃雪候山侶零葉聚敗籬幽花積寒渚冥冥孤鶴性天外思輕舉

奉同顏使君真卿開元寺經藏院會觀樹文殊碑

萬國布殊私千年降祖師雁門傳法至龍藏立言時故實刊周典新聲播魯詩六銖那更拂劫石盡無期

奉同盧使君幼平遊精舍寺

影刹西方在虛空翠色分人天霽後見猨鳥定中聞真界隱青壁春山凌白雲今朝石門會千古仰斯文

奉同顏使君真卿袁侍御駱駝橋翫月

山中常見月不及共遊時水上恐將缺林端愛落遲烏驚憲府客人詠鮑家詩永夜南橋望裴回若有期

和邢端公登臺春望句句有春字之什

春日繡衣輕，春臺別有情。春煙間草色，春鳥隔花聲。春樹亂無次，春山遙得名。春風正飄蕩，春甕莫須傾。

經仙人渚即沈山下古人沈義(一作羲)白日昇仙處

日月人間短，何時此得仙。古山春已盡，遺渚事空傳。不見騰雲駕，徒臨洗藥泉。如今成逝水，翻使恨流年。

獨遊二首

性野趣無端，春晴路又乾。逢泉破石眼，放鶴向雲看。好僻誰相似，從狂我自安。芳洲亦有意，步上白沙灘。

臨水興不盡，虛舟可同嬉。還雲與歸鳥，若共山僧期。世事吾不預，此心誰得知。西峰有禪老，應見獨遊時。

遊溪待月

溪色思泛月，沿洄欲未歸。殘燈逢水店，疎磬憶山扉。夜浦魚驚少，空林鵲遶稀。可中纔望見，撩亂擣寒衣。

西溪獨泛

道情何所寄，素舸漫流間。眞性憐高鶴，無名羨野山。經寒叢(一作苦)竹秀，入靜片雲閑。泛泛誰爲侶，唯應共月還。

早秋陪韓明府泛阮元公溪(公嘗言禪功可入而宦情詎能忘故詩中有此意戲之)

雨信清殘暑，蕭條古縣西。早涼生浦漵，秋意滿高低。前事雖堆案，閑情得泝溪。何言戰未勝，空寂用還齊。

九日陪顏使君眞卿登水樓

重陽荊楚尚，高會此難陪。偶見登龍客，同遊戲馬臺。風文向水疊，雲態擁歌迴。持菊煩相問，捫襟媿不才。

與盧孟明別後宿南湖對月

五(一作南)湖生夜月，千里滿寒流。曠望煙霞盡，淒涼天地秋。相思路渺渺，獨夢(一作望)水悠悠。何處空江上(一作裏)，裴回送(一作娟娟伴)客舟。

自義亭驛送李長史縱夜泊臨平東湖

長亭賓馭散，歧路起悲風。千里勤王事，驅車明月中。寒生洞庭水，夜度塞門鴻。處處堪傷別，歸來山又空。

出遊

少時不見山，便覺無奇趣。狂發從亂歌，情來任閑步。此心誰共證，笑看風吹樹。

界石守風望天竺靈隱二寺

山頂東西寺，江中旦暮潮。歸心不可到，松路在青霄。

奉和顏使君眞卿修韻海畢州中重宴

世學高南郡，身封盛魯邦。九流宗韻海，七字揖文江。借賞雲歸堞，留歡月在窗。不知名教樂，千載與誰雙。

晦日陪顏使君白蘋洲集

南朝分古郡，山水似湘東。堤月吳風在，湔裾楚客同。桂寒初結旆，蘋小欲成叢。時晦佳游促，高歌聽未終。

冬至日陪裴端公使君清水堂集

亞歲崇佳(一作高)宴，華軒照渌波。渚芳迎氣早，山翠向晴多。推往知時訓，書祥(一作雲)辨政和。從公惜日短，留賞夜如何。

陪盧判官水堂夜宴

暑氣當宵盡，裴回坐月前。靜依山堞近，涼入水扉偏。久是棲林客，初逢佐幕賢。愛君高野意，烹茗釣淪漣。

新秋同盧侍御薛員外白蘋洲月夜

隔暑蘋洲近，迎涼欲泛舟。縈從憲府至，喜會夕郎遊。氣奪滄浪色，風欺汗漫流。誰言三伏夜，獨此月前秋。

夏日集裴錄事北亭避暑

前林夏雨歇，爲我生涼風。一室煩暑外，衆山清景中。忘歸親野水，適性許雲鴻。蕭散都曹吏，還將靜者同。

與王錄事會張徵君姊妹鍊師院翫雪兼懷清會上人

何意廉從事，還來會黙仙。寒空鶩雪徧，春意入歌偏。瑶草三花發，瓊林七葉連。飄飖過柳寺，應滿譯經前。

和李侍御萼歲初夜集處士書閣(書閣即侍御所創)

遲賢新置閣，高意此郊居。古徑行春早，新窗見月初。放歌還倚瑟，講道亦觀書。爲我留禪位，來逢此會疎。

湯評事衡水亭會覺禪師

山侶相逢少，清晨會水亭。雪晴松葉翠，煙暖藥苗青。靜對滄洲鶴，閑看古寺經。應憐叩(一作疏)關子，了義共心冥。

與朝陽山人張朝夜集湖亭賦得各言其志

洞庭孤月在，秋色望無邊。零露積衰草，寒螿鳴古田。茫茫區中想，寂寂塵外緣。從此悟浮世，胡爲傷暮年。

晦夜李侍御萼宅集招潘述湯衡海上人飲茶賦

晦夜不生月(一作可坐)，琴軒猶爲開。牆東隱者在，淇上逸僧來。茗愛傳花飲，詩看卷素裁。風流高此會，曉景屢裴回。

寄昱上人上方居

厭向人間住，逢山欲懶歸。片雲閑似我，日日在禪扉。地靜松陰徧，門空鳥語稀。夜涼疎磬盡，師友自相依。

夏日與綦毋居士昱上人納涼

爲依爐峰住，境勝增道情。涼日暑不變，空門風自清。坐援香實近，轉愛綠蕪生。宗炳青霞士，如何知我名。

建元寺集皇甫侍御書閣

不因居佛里，無事得相逢。名重朝端望，身高俗外蹤(公愛講佛經嘗云慕劉虞士深詣至理)。機閑看淨水，境寂聽疎鐘。宣室恩長在，知君志未從。

郭北尋徐主簿別業

近依城北住，幽遠少人知。積雪行深巷，閑雲繞古籬。竹花冬更發，橙實晚仍垂。還共巖中鶴，今朝下滌池。

題報德(一作恩)寺清幽上人西峰(寺即陳文帝故鄉)

陳世凋亡後，仁祠識舊山。帝鄉喬木在，空見白雲還。雙塔寒林外，三陵暮雨間。此中難(一作雖)戰勝，君獨啟禪關。

題鄭谷江畔桐齋(鄭生好琴性達兼寡欲)

客齋開別住，坐占綠江濆。流水非外物，閑雲長屬君。浮榮未可累，曠達若爲羣。風起高梧下，清弦日日聞。

和閻士和李蕙冬夜重集

郡理日閑曠，洗心宿香峰。雙林秋見月，萬壑靜聞鐘。珮玉行山翠，交麾動水容。如何股肱守，塵外得相從。

春日陪顏使君眞卿皇甫曾西亭重會韻海諸生

爲重南臺客，朝朝會魯儒。暄風衆木變，清景片雲無。峰翠飄簷下，溪光照座隅。不將簪艾隔，知與道情俱。

寒食日同陸處(一本無此字)士行報德寺宿解公房

古寺(一作欲問)章陵下(一作寺)，潛(一作支)公住幾年。安心生蕁草，灌頂引春泉(一作亂山春靄裏微徑古松邊)。寂寂傳燈地，寥寥禁火天。世間(一作人)多暗室，白日爲誰懸。

兵馬曹季良宅夜集

清景不可失尋君趣有餘身高避事後（一作外）道長問心初出處名則異遊從跡何踈吟看刻盡燭笑卷讀殘書露彩生筆硯風音入庭除平明仙侶散轂觫動迴車

同李侍御萼李判官集陸處士羽新宅

素風千戶敵新語陸生能借宅心常遠移籬力更弘釣絲初種竹衣帶近栽藤戎佐推兄弟詩流得友朋柳陰容過客花徑許招僧不爲墻東隱人家到未曾

題報恩寺惟照上人房

上界雨色乾涼宮日遲遲水文披菡萏山翠動罘罳中有清眞子愔愔步閑墀手縈頗黎縷願證黃金姿旋草（亦名茲萄草枝葉皆右旋故名旋草草有五德）堦下生看心當此時

尋天目徐君

常見仙翁變姓名豈知松子號初平逢人不道往來處賣藥還將雞犬行獨鶴天邊俱得性浮雲世上共無情三花落地君猶在笑撫安期昨日生

同李著作縱題塵外上人院

百緣唯有什公瓶萬法但看一字經從遣鳥喧心不動任教香醉境常冥蓮花天晝浮雲卷貝葉宮春好月停禪伴欲邀何著作空音宜向夜中聽

題周諫別業（予季與周生所居俱臨苕水）

隱身苕上欲如何不著青袍愛綠蘿柳巷任踈容馬入水籬從破許船過昂藏獨鶴閑心遠寂歷秋花野意多若訪禪齋遙可見竹窗書幌共煙波

同李中丞洪水亭夜集

佳人但（一作且）莫吹參差正憐月色生酒卮山公（一作翁）取醉不關我爲（一作自）愛尊前白鷺鷥

題秦系山人麗句亭

獨將詩教領諸生但看青山不愛名滿院竹聲堪愈疾亂牀（一作林）花片足忘情

春夜集陸處士居（一本無此字）翫月

欲賞芳菲肎（一作不）待辰（一作晨）忘情人訪有情人西林可（一作豈）是無清景秖爲忘情不記春

寄題雲門寺梵月無側房（時人相傳是寶月道人後身也）

越山千萬雲門絕西僧貌古還名月清朝掃石行道歸林下眠禪看松雪

法華寺上方題江上人禪空

路入松聲遠更奇山光水色共參差中峰禪寂一僧在坐對梁朝老桂枝

冬日山行過（一作還）薛徵君

我行倦修坂四顧無平陸雨霽鳴鷹鸇天寒聚麋鹿幽人訪名士家在南岡曲菜實縈小園稻花遶山屋深居寡憂悔勝境怡耳目徵心尚與我永言謝浮俗

往丹陽尋陸處士不遇

遠客殊未歸我來幾惆悵叩關一日不見人遶屋寒花笑相向寒花寂寂徧荒阡柳色蕭蕭愁暮蟬行人無數不相識獨立雲陽古驛邊鳳翅山中思本寺魚竿村口望歸船歸船不見見寒煙離心遠水共悠然他日相期那可定閑僧著處即經年

集湯評事衡湖上望微雨

蒼涼遠景中雨色緣山有雲送滿洞庭風吹繞楊柳蕭蕭解輕袂盡日隨林叟

九日與陸處士羽飲茶

九日山僧院東籬菊也黃俗人多泛酒誰解助茶香

夜過康錄事造會兄弟

愛君門館夜來清瓊樹雙枝是弟兄月在詩家偏足思風過客位更多情

題沈少府書齋

不下南昌縣書齋每日閑野花當砌落溪鳥逐人還有興常臨水無時不見山千峰數可盡不出小窗間

春夜與諸公同宴呈陸郎中

南國宴佳賓交情老倍親月斲紅淚燭花笑白頭人寶瑟絙（一作垣）餘怨瓊枝不讓春更聞歌子夜桃李豔妝新

九日阻雨簡高侍御（時與高公近鄰）

江上重雲起何曾裛塵不能成落帽翻欲更摧巾素髮閑依枕黃花暗待人且應攜下價芒屩就諸鄰（第二句缺一字）

晚春尋桃源觀

武陵何處訪仙鄉古觀雲根路已荒細草擁壇人跡絕落花沈磵水流香山深有雨寒猶在松老無風韻亦長全覺此身離俗境玄機亦可照迷方

同盧使君幼平郊外送閻侍御歸臺

留餞飛旌駐離亭草色間柏臺今上客竹使舊朝班日落東西水天寒遠近山古江分楚望殘柳入隋關戀闕心常積迴軒日不閑芳辰倚門道猶得及春還

送梁拾遺肅歸朝

明主重文諫才臣出江東東書辭東山改服臨北風萬里望皇邑九重當曙空天開芙蓉闕日上蒲桃宮天子初未起金閨籍先通身逢軒轅世名貴鴛鸞中故人縈此別何用悲絲桐

奉陪楊使君頊送段校書赴南海幕

碩賢靜廣州信爲天下貞屈茲大將佐藉彼延閣英聲動柳吳興郊餞意不輕吾知段夫子高論關蒼生處以德爲藩出則道可行遙知南樓會新景當詩情天高林瘴洗秋遠海色清時泰罷飛檄唯應頌公成

送陸侍御士佳赴上京

長安三千里喜行不言永清路黃塵飛大河滄流靜更懷西川府主公昔和鼎伊鬱瑤瑟情感遲花驄影此時已難別日又無停景出餞關相從心隨過前嶺

奉陪顏使君眞卿登峴山送張侍御嚴歸臺

峴首千里情北轅自茲發煙霞正登覽簪筆限趨謁黃鶴望天衢白雲歸帝闕客心南浦柳離思西樓月留賞景不延（一作不延景）感時芳易歇他晨有山信一爲訪林樾

酬元主簿子球別贈

故人方遠適訪我陳別情此夜偶禪室一言了無生覽

君緘中寶如搴清玉瑛胡爲蘊高價歲晚徒營營辭秩貧且病何人見艱貞出無黃金橐空歌白苧行感遲策駑馬獨望故關樹渺渺千里心春風起中路近聞新拜命鸞鳳猶棲棘勸君寄一枝且養冥冥翼甘泉多竹花明年待君食

答道素上人別

春色徧遠道寂寞閩中行碧水何渺渺白雲亦英英離人不可望日暮芳洲情黃鶴有逸翮翹首白雲傾欲爲山中侶冐祕遼天聲藍縷眞子褐葳蕤近臣纓以茲奪爾懷常恐道不成吾門弟子中不減惠休名一性研巳遠五言功更精從君汗漫遊莫廢學無生忍草冐搖落禪枝不枯榮采采慰長路知吾心不輕幻情有去住眞性無離別留取老桂枝歸來共攀折

雲溪館送韓明府章辭滿歸

洛令從告還故人東門餞惠愛三年積軒車一夜遠曉月離館空秋風故山晚榮君有嘉薦顧我阻遊衍宿昔峰頂心依依不可卷

送穆寂赴舉

天子錫玄纁傾山禮隱淪君抛青霞去榮資觀國賓劍光旣陸離瓊彩何璘玢鳳駕別情遠商弦秋意新冥冥鴻鵠姿數尺看蒼旻殘寇近宋郊西行惡飈塵立身素耿介處難思經綸春府搜才日高科得一人

送張（一本有仲字）彝歸長沙

早聞凌雲彩謂在鴛鷺儔華髮始相遇滄江仍旅遊策名忘苟進澹慮輕所求常服遠遊誡緬懷經世謀片帆背風渚萬里還湘洲別望荊雲積歸心漢水流蘭茗行采采桂櫂思悠悠宿昔無機者爲君動離憂

秋日毘陵南寺送潘述之揚州

孤客秋易傷蟖蟬靜仍續佳晨亦巳屢歡會常不足禪地非路岐我心豈羈束情生遠別時坐恨清景促望中千里隔暮歸西山曲蕭條月中道彩蒨原上綠不見同心人幽懷增躑躅

春日又送潘述之揚州

別渚望邗城岐路春日徧柔風吹楊柳芳景流郊甸日東林期今夕異鄉縣文房曠佳士禪室阻清盼（潘生曾受禪印）離恨奪賞心不得諧所願莫憶山中人碧雲遙可見

新秋送盧判官

故人念宿昔欲別增遠情入座炎氣屏爲君秋景清蘇來空山客不怨離弦聲唯有暮蟬起相思碧雲生

奉送袁高使君詔徵赴行在效曹劉體

皇心亭毒廣蝥賊皆陶甄未刈蚩尤旗方同軒后年天子幸漢中轘轅阻氛煙璽書召幕（一作英）牧名在列岳仙國難倚長城廟謀資大賢清損休汝騎仁留述職篇遐路渺天末繁笳思河邊飾徒促遠期祇命赴急宣護才豈足稱深仁顧何偏那堪臨流意千里望旗旃

奉送陸中丞長源詔徵入朝

詔下鄭侯幕徵賢寵上（一作大）勲才當持漢典道可致堯君藩牧今榮餞詩流此盛文水從吳渚別樹向楚門分宿寺期嘉月看山識故雲歸心復（一作欲）何奈（一作託）惆悵在江濆

奉送李中丞道昌入朝

文憲中司盛恩榮外鎮崇諸侯皆取則入使獨推功詔喜新銜鳳車看舊飾熊去思今武子餘教昔文翁清在（一作白）如江水仁留是國風光（一作先）徵二千石掃第望司空

冬日（一本有奉字）送顏延之明府撫州覲叔父（一作覲省）

臨川千里別惆悵上津橋日暮人歸盡山空雪未消鄉雲心渺渺楚水路遙遙林下方歡會山中獨寂寥天寒驚斷鴈江信望迴潮歲晚流芳歇思君在此宵（一作紫霄）

送關小師還金陵

如何有歸思愛別欲忘難白鷺沙洲晚青龍水寺寒蕉花鋪淨地桂子落空壇持此心爲境（一作鏡）應堪月夜看

峴山送裴秀才赴舉

漢家招秀士峴上送君行萬里見秋色兩河傷遠（一作別）情王師出西鎬虜寇避（一作寢）東平天府登名後迴看楚水清

酬別襄陽詩僧少微（詩中荅上人歸夢之意）

證心何有夢示說夢歸頻文字齋秦本詩騷學楚人蘭開衣上色柳向手中春別後須相見浮雲是我身

送契上人遊揚州

西陵古江口遠見東揚州淥水不同泛春山應獨遊尋僧白巖寺望月謝家樓宿昔心期在人寰非久留

送德清衛明府赴選（時柳黜陟有薦狀）

八使愼求能東人獨薦君身猶千里限名巳九霄聞遠路翻喜別離言暫惜分鳳門多士會擁佩入卿雲

送鄭孝廉淮西覲省

離袂翠華滿晨羞欲早行春風生楚樹曉角發隋城野靄（一作山露）濕衣彩江鴻增客情征途不用戒坐見（一作月）白波清

送沈秀才之閩中

越客不成歌春風起淥波嶺重寒不到海近瘴偏多野戍桄榔發人家翡翠過翻疑此中好君問定如何

送清會上人遊京

佳遊限衰疾一笑向西風思見青門外曾臨素滻東峰明雲際寺（一作名寺）日出露寒宮（一作名宮）行道禪長在香塵不染空

送沈居士還太原

辭官（一作鄉）因世難家族盛南朝名重郊居賦（沈休文作郊居賦）才高獨酌謠（沈文子作）浪花飄一葉峰色向三條高逸雖成性弓旌冐忘（一作妄）招

同顏使君眞卿峴山送李法曹陽氷西上獻書時會有詔徵赴京

漢日中郎妙周王太史才雲書捧日去鶴版下天來草見吳洲（一作宮）發花思御苑開羊公惜（一作昔）風景欲別幾遲迴

兵後送姚太祝赴選

兩河兵巳偃處處見歸舟日夜故人散江皐芳樹秋楚雲傷遠思秦月憶佳遊名動春官籍翩翩才少儔

兵後送薛居士移家安吉

舊遊經喪亂道在復何人寒草心易折閑雲性常眞交情別後見詩句比來新向我桃州住惜君東嶺春

送鄔傪之洪州覲兄弟

年少足詩情西江楚月清書囊山翠濕琴匣雪花輕久別經離亂新正憶弟兄贈君題樂府爲是豫章行

送乾封李成

羽檄飛未息離情遠近同感君繇泛瑟關我是征鴻眇默歸人盡疎蕪夜渡空還期當歲晚獨在路行中

送崔判官還揚子

輕傳祇遠役依依下姑亭秋聲滿楊柳暮色繞郊坰煙水搖歸思山當楚驛青

奉酬袁使君西樓餞秦山人與晝同赴李侍御招三韻

秋風怨別情江守上西城竹署寒流淺琴窗宿雨晴治書招遠意知共楚狂行

送清涼上人

何意欲歸山道高縣境勝花空覺性了月盡知心證永夜出禪吟清猨自相應

送李丞使宣州

結駟何翩翩落葉暗寒渚夢裏春穀泉愁中洞庭雨聊持剡山茗以代宜城醑

送至洪沙彌遊越

知爾學無生不應傷此別相逢宿我寺獨往遊靈越早晚花會中經行剡山月

送皇甫侍御曾還丹陽別業

雲陽別夜憶春耕花發菱湖問去程積水悠揚何處夢亂山稠疊此時情將離有月教弦斷贈遠無蘭覺意輕朝右要君持漢典明年北墅可須營

白蘋洲送洛陽李丞使還

蘋洲北望楚山重千里迴軺止一封臨水情來還共載看花醉去更相從罷官風渚何時別寄隱雲陽幾處逢後會那應似疇昔年年覺老雪山容

送履霜上人還金陵西山

攜錫西山步綠莎禪心未了奈情何湘宮水寺清秋夜月落風悲松柏多

送辨聰上人還廣陵

莫學休公學遠公了心須（一作還）與我心同隋家古柳數株在看取人間萬事空

送清勵上人遊福建

禪子自矜禪性成將來（一作心）擬照建溪清南看閩樹花不落更取何緣（一作情）了妄情

送顧道士遊洞庭山

見說洞庭無上路春遊亂踏五靈芝含桃風起花狼籍正是仙翁碁散時

送邢台州濟（一作送獨孤使君赴岳州）

海上仙山屬使君石橋琪樹古（一作此）來聞他時畫出白團扇乞取天台一片雲

送柳察諫議叔

東城南陌強經過怨別無心亦放歌明日院（一作阮）公應問我閑雲長在石門多

送柳淡扶侍赴洪州（此子素少宦情共予有西山之好）

中林許師友忽阻夙心期自顧青緺好來將黃鶴辭少年輕遠涉世道得無欺煙雨孤舟上晨昏千里時離魂渺天末相望在江湄無限江南柳春風卷亂絲

同李司直題武丘寺兼留諸公與陸羽之無錫

陵寢成香阜禪枝出白楊劍池留故事月樹即他方應世緣須別栖心趣不忘還將陸居士晨發泛歸航

夏日題鄭谷江上納涼館

迢遙山意外清風又對君若爲於此地翻作路岐分別館琴徒語前洲鶴自羣明朝天畔遠何處逐閑雲

太湖館送殷秀才赴舉

春風洞庭路搖蕩暮天多衰疾見芳草別離傷遠波詩名推首薦賦甲擬前科數日聞天府山衣製芰荷

送重鈞上人遊天台

漸看華頂出幽賞意（一作意高）隨生十里行松色千重過水聲海容雲正盡山色雨（一作態雪）初晴事事將心證知君道可成

早春送顏主簿遊越東兼謁元中丞

輕舸趣不已東風吹綠蘋欲看梅市雪知賞柳家春別意傾吳醑（一作醪）芳聲動越人山陰三月會內史得嘉賓

同顏使君清明日遊因送蕭主簿

誰知賞嘉節別意忽相和暮色汀洲徧春情楊柳多高城戀旌旆極浦宿風波惆悵支山月今宵不再過

送道琚上人還金陵

一與鍾山別山中得信稀經年求法後及夏問安歸野實充甘膳池花當綵衣慈親莫返拜外禮欲無爲

送裵邕之上京

辭山偶世清挾策忽西行帆過隨江疾衣霑楚雪輕尚文須獻賦重道莫論兵東觀今多事應高白馬生

送珍上人還天竺兼寄廣通上人秦山人

江寺名天竺多居躡遠蹤春帆依柳浦輕履上蓮峰禪子兼三隱空書共一封因君達山信應向白雲逢

送張孝廉赴舉

名在諸生右家經見素風春田休學稼秋賦出儒宮別路殘雲濕離情晚桂叢明年石渠署應繼叔孫通

送劉司法之越（一本有州字）

蕭蕭鳴夜角驅馬背城濠雨後寒流急秋來朔吹高三山期望海八月欲觀濤幾日西陵路應逢謝法曹

送簡栖上人之建州覲使君舅

亂峰江上色羨爾及秋行釋氏維眞子郗家許貴甥齔花新雨淨帆葉好風輕（海人以木葉爲帆）千里依元舅迴潮亦有情（一作迴櫂有遠情）

登開元寺樓送崔少府還平望驛

登望思慮積長亭樹連連悠揚下樓日杳映傍帆煙入夜四郊靜南湖月待船

送王居士遊越

野性配雲泉詩情屬風景愛作爛熳遊閑尋東路永何山最好望須上蕭然嶺

雜言重送皇甫侍御曾

人獨歸日將暮孤帆帶孤嶼遠水連遠樹難作別時心還看別時路

送演上人之撫州覲使君叔

臨川內史憐諸謝爾在生緣比惠宗遠別應將秦本去幽尋定有楚僧逢停船夜坐親孤月把錫秋行入亂峰便道須過大師寺白蓮池上訪高蹤

送大寶上人歸楚山

兵後餘不亭重送盧孟明遊江西

孟明常引支子元道人修習禪心兼餌芝术遂與予有棲山之契其宦情未遣故勸勉之

攜手曾此分恍如隔胡越倫侯古封邑榮盛風雨歇飢䶵號空亭野草生故轍如何此路岐更作千年別馮軾望遠道春山無斷絶朝行入郢樹夜泊依楚月佳士持操高揚才日昭晰離言何所贈盈滿有虧缺時節傷蟪蛄芳菲忌鶗鴂予思鹿門隱心跡貴冥滅頹顏反芝术昔貌成冰雪歲晏期爾來銷聲坐巖穴

別山詩

時因主人寄風溪蘭若與道士石脇峰相鄰禪僧仙師時得道會至秋中值外緣有請別山懷舊遂有是詩

山翁亦好禪借我風溪樹採藥多近峰一作秋蓬汲泉有春渡幽僧時相偶一作遇仙子或與晤自許戰勝心彌高獨遊步如何區中事奪我林棲趣辭山下復上戀石行仍顧宿昔情或乖庶幾跡無誤松聲莫相誚此心冥去住

同袁高使君送李判官使迴

庚公歡此別路遠意猶賒爲出塘邊柳榮歸府中花馳陽照古堞遥思凝寒笳延步下前渚泝觴流淺沙湖光引行色輕舸傍殘霞

陪顏使君餞宣諭蕭常侍

江濤凋瘵後遠使發天都昏墊宸心及哀矜詔命敷恤民驅急傳訪舊枉征艫外鎮藩條最中朝顧問殊文皆正風俗名共溢寰區已事方懷闕歸期早戒塗繁笳咽水閣高蓋擁雲衢暮色生千嶂秋聲入五湖離歌猶宛轉歸馭已踟躕今夕庚公意西樓月亦孤

奉陪顏使君修韻海畢東溪泛舟餞諸文士魯公著書依切韻起東字脚皆列古篆

諸侯崇魯學羔鴈日成羣外史刊新韻中郎定古文菁華兼百氏縑一作雅素備三墳國語思開物王言欲致君研精業已就懽宴惜應分獨望西山去將身厭上烏橋送別頻湖光爛熳望行人欲將夜舸陪嘉月冐任空林伴老身獨鶴翩翻飛不定歸雲蕭散會無因從何得道懷惆悵莫是人間屢見春

送侯秀才南遊

芳草隨君自有情不關山色與猨聲爲看嚴子灘頭石曾憶題詩不著名

別一作送洞庭維諒上人

白雲關我不關他此物留君情最多情一作憶著春風生橘樹歸心不怕洞庭波

康造錄事宅送太祝姪之虔吉訪兄弟

阮咸別曲四座愁賴是春風不是秋漫漫江行一作帆訪兄弟猨聲幾夜宿蘆洲

冬日梅溪送裵方舟宣州

平明疋一作赤馬上村橋花發一作落梅溪雪未消日短天寒愁送客楚山無限路遥遥一作迢迢

送韋向睦州謁獨孤使君汜

才子南看多遠情閑舟蕩漾任春行新安江色長如此何似新安太守清

送至嚴山人歸山一作送嚴上人

初到人間柳始陰山書昨夜報春深朝朝花落幾株樹惱殺禪僧一作翁未證心

送僧遊一作之揚州

平明擇鉢一作環錫向風輕正及隋堤柳色行知爾禪心還似我故宮春物一作草冐傷情

對陸迅飲天目山茶因寄元居士晟

喜見幽人會初開野客茶日成東井葉露採北山芽文火香偏勝寒泉味轉嘉投鐺湧作沫著椀聚生花稍與禪經近聊將睡網賒知君在天目此意日無涯

渡前溪

不意入前溪愛溪從錯落清清鑑不足非是深難度

送靈澈

我欲長生夢無心解傷別千里萬里心只似眼前月

寄路温州

欲問采靈藥如何學無生愛鶴頗似君且非求仙情

浣紗女一作王維詩題云白石灘

清淺白沙灘綠蒲尚堪把家住水東西浣紗明月下

待山月

夜夜憶故人長歎山月待今宵故人至山月知何在

雜興

人生分已定富貴豈妄來不見海底泥飛上成塵埃

春陵登望

西底空流水東垣但聚雲最傷梅嶺望花雪正紛紛

投知已

若爲令憶洞庭春上有閑雲可隱身無限白雲山要買不知山價出何人

寄白雲

今上初登極歲送皇甫孝廉赴選(孝廉即故大夫之子)

行應會府春欲勸及芳辰北極天文正東風漢律新少年逢聖代歡笑別情親況是勳庸後恩榮襲爾身

同楊使君白蘋洲送陸侍御士佳入朝

久愛吳興客來依道德藩旋師聞杕杜歸路憶轘轅舊佩蒼玉在新歌白芷繁今朝天地靜北望重飛翻

雪夜送海上人常州覲叔父上人殷仲文後

繼世風流在傳心向一燈望雲裁衲慣亂雪步花能交戰情忘久銷魂別未曾明朝阮家集知有竹林僧

送常清上人還舒州

灊(徐林反)人思爾法楚信有迴船估客親宵語閑鷗偶晝禪經聲含石溜塵尾拂江煙常說歸山意誅茅廬霍前

峴山送崔子向之宣州謁裴使君

楚思入詩清晨登峴山情秋天水西寺古木宛陵城琴匣應將往書車亦共行吾知江太守一顧重君名

送嚴明府入關謁黎京兆

春日異秋風何爲怨別同潮迴芳渚汲花落晝山空旅候聞嘶馬殘陽望斷鴻應思右內史相見直城中

送丘秀才遊越

山情與詩思爛熳欲何從夜舸誰相逐空江月自逢春期越草秀晴憶剡雲濃便擬將輕錫攜居入亂峯

送楊校書還濟源

妖烽昨日靜故里近嵩丘楚月摇歸夢江楓見早秋鄉心無遠道北信減離憂禪子還無事辭君買沃州

送楊遂初赴選

秋風吹別袂客思在長安若得臨觴醉何須減瑟彈秉心凌竹柏仗信越波瀾春會文昌府思君每北看

送贊上人還京

久遊春草盡還寄北船歸沙鳥窺中食江雲入(一作滿)淨衣秦原山色近楚寺磬聲微見說翻經館多聞似者(一作尚)稀

送廣通上人遊江西

香爐七嶺秀秋色九江清自古多禪隱吾常愛此行尋師經郢渚受請到青城離別人間事何關道者情

送羅判官還壽州幕

君章才五色知爾得家風故里旋歸駕壽春思奉戎天寒長蛇伏飈烈文虎雄定頌張征虜桓桓戩難功

送李秀才赴婺州招

山開江色上孤賞去應遲綠水迎吳榜秋風入楚詞(一作祠)猨清獨宿處木落遠行時見說東陽守登樓爲爾期

送薛逢之宣州謁廢使(一作謁裴使君)

六月鵬盡化鴻飛獨冥冥秋烽家不定險路客頻經牛渚何時到漁船幾處停遥知詠史夜謝守月中聽

送德守二叔姪上人還國清寺覲師

道賢齊二阮俱向竹林歸古偈穿花綠春裝卷葉衣僧墟迴水寺佛隴落山扉愛別吾何有人心强有違

同明府章送沈秀才還石門山讀書

身爲郢(一作邛)令客心許楚山雲文墨應經世林泉漫誘君欲隨樵子去惜與道流分肯謝申公輩治詩事漢文

送吉判官還京赴崔尹幕

江南梅雨天別思極春前長路飛鳴鶴離帆聚散煙清晨趨九陌秋色望三邊見說王都尹山陽辟一賢

送裴判官赴商幕

商洛近京師才難赴幕時離歌紛白紵候騎擁青絲會喜疲人息應逢猾虜衰看君策高足自此煙霄期

送李喻之處士洪州謁曹王

獨思賢王府遂作豫章行雄鎮盧霍秀高秋江漢清見聞驚苦節艱故傷遠情西邸延嘉士遺才得正平

送唐贊善遊越

田園臨漢水離亂寄隨關今日煙塵盡東西又未還長亭百越外孤棹五湖間何處遊芳草雲門千萬山

送韋秀才

晨裝行隨葉萬里望桑乾舊說涇關險猶聞易水寒黃雲戰後積白草暮來看近得君苗信時教旅思寬

送陳秀才赴舉

諸侯懼削地選士皆不羈休隱脫荷芰將鳴矜羽儀甲科爭玉片詩句擬花枝君賞三楚秀承家有清規

烏程李明府水堂同盧使君幼平送裴上人遊五臺

身將劉令隱經共謝公翻有此宗師在應知我法存問心常寂樂爲別豈傷魂獨訪華泉去秋風入雁門

送李季良北歸

風吹殘柳絲(一作綠)孤客欲歸時掩抑楚弦絕離披湘葉衰前軍猶轉戰故國杳難期北望鴈門雪空吟平子詩

送淳于秀才蘭陵覲省

歡言欲忘別風信忽相驚柳浦歸人思蘭陵春草生擷芳心未及視枕戀常盈此去非長路還如千里情

送至洪沙彌赴上元受戒(上元中勅天下州有淨戒壇)

不宵資章甫勝衣被木蘭今隨秣陵信欲及蔡州壇野寺鐘聲遠春山戒足寒歸來次第學應見後心難

九日同盧使君幼平吳興郊外送李司倉赴選

重陽千騎出送客爲踟躕曠野多摇落寒山滿路隅晴空懸蒨旆秋色起菱湖幾日登司會揚才盛五都

送盧孟明還上都

江皋北風至歸客獨傷魂楚水逢鄉雁平陵憶故園征驂嘶別館落日隱寒原應及泰川望春華滿國門

送李少賓赴舉

豈謂江南別心如塞上行苦雲摇陣色亂木攪秋聲周谷雨未散漢河流尚橫春司遲爾策方用靜妖兵

留別闍士和

不慣人間別多應忘別時逢山又逢水只畏(一作卻)卻(一作恐)來遲

送李道士

常隨山上下忽限江南北共是忘情人何繇肯相憶

送裴參軍還下邳舊居

北望煙鋪(一作銷)驃騎營虜烽無火楚天晴此時千里西(一作思)歸客泗上春風得及(一作返)耕

送文會上人還富陽

悠悠渺渺屬(一作涉)寒波故寺思歸意若何長憶孤洲(一作舟)二

三一作三月春山偏愛一作賞富春一作陽多

送維諒上人歸洞庭

從來湖上勝人間遠愛浮雲獨自還孤月空天見心地寥寥一水一作鏡一作水中山

九月八日送蕭少府歸洪州

明日重陽今日歸布帆絲雨望霏霏行過鶴渚知堪住家在龍沙意有違

同顏魯公泛舟送皇甫侍御曾

維舟若許暫從容送過重江不厭重霜簡別來今始見雪山歸去又難逢

送孫侍御遊越

不知持斧客吟會是何情丹陛恩猶在滄洲賞暫行江橈隨月泛山策逐雲行佳句傳零雨詩流許盛名

送顏處士還長沙覲省

西候風信起三湘孤客心天寒漢水廣鄉遠楚雲深服綵將侍膳擷芳思滿襟歸人忘一作志艱阻別恨獨何任

送還本上人遊江西

欲廣分何教心將江漢期雲招望寺處月待泝杯時真侶誰傷別降猨汝自悲多應過廬阜幽賞却來遲

送路少府使京兼覲侍御兄

國賦推能吏今朝發貢湖佇瞻雙闕鳳思見柏臺烏樹向秦關遠江分楚驛孤榮君有兄弟相繼騁長途

於武原從送盧士舉

落日獨歸客空山一作走匹馬嘶蕭條古關外岐路更東西大澤雲寂寂長亭雨凄凄君還到湘水寒夜滿猨啼

送烏程李明府得陟狀赴京

驛吏滿江城深仁見此情士林推玉振公府薦冰清爲政移風久承恩就日行仲容綸紼貴南巷有光榮

送裴秀才往會稽山讀書

一身齋萬卷編室寄煙蘿硯滴穿池小書衣種楮多吟詩山響答泛瑟竹聲和鶴板求儒術深居意若何

送崔詹事論之上都崔嘗典吳興

金虎城池在銅龍劍珮新重看前浦柳猶憶舊洲蘋遠思秦雲暮歸心臘月春青園昔遊處惆悵別離人

京口送盧孟明還揚州

蕭蕭北風起孤櫂下江濆暮客去來盡春流南北分蔞萋御亭草渺渺蕪城雲相送目千里空山獨望君

送沙彌大智遊五臺

童年隨法侶家世本儒流章句三生學清涼萬里遊雲歸龍沼暗木落鴈門秋長老應一作憶相問一作待傳予向祖州

送稟上人遊越

雲泉誰不賞獨見爾情高投石輕龍窟臨流笑鷺濤折荷爲片席灑水淨方袍剡路逢禪侶多應問我曹

送潘秀才之舒州

楚水清風生揚舲泛月行荻洲寒露彩雷岸曙潮聲東道思才子西人望客卿從來金谷集相繼有詩名

送王山人遊廬山

千里訪靈奇山資亦相隨葉舟過鶴市花漏宿龍池峰頂應閑散人間足別離白雲將世事吾見爾心知

送道契上人之越覲大夫叔

楚僧推後輩唐本學新經外國傳香氎何人施竹瓶秋風別李寺春日向柯亭大阮今爲郡看君眼最青

送沙彌長文遊京

白皈年猶小黃花褐已通若爲詩思逸早欲似休公邁俗多眞氣傳家有素風應須學心地宗旨在關東

秋日送擇高上人往江西謁曹王

超然獨遊趣無限別山情予病不同賞雲閑應共行齋容秋水照香氎早風輕曾被陳王識遙知江上迎

送如獻上人遊長安

關中四子教猶存見說新經待爾翻爲法應過七祖寺忘名不到五侯門聞尋郭杜看脩竹獨上風涼望古原高逸詩情無別怨春遊從遣落花繁

日曜上人還潤州

送君何處最堪思孤月停空欲別時露茗猶芳邀重會寒花落盡不成期鶴令先去看山近雲礙初飛到寺遲莫倚禪功放心定蕭家陵樹誤人悲

寺院聽胡笳送李殷

一奏胡笳客未停野僧還欲廢禪聽難將此意臨江別無限春風葭菼青

送僧一作李繹

斜日搖一作悠揚在柳絲孤亭寂寂水逶迤誰堪別後行人盡唯有春風起路岐

荅裴評事澄荻花間送梁肅拾遺

波一作江上荻花非雪花風吹撩亂滿袈裟如今歲晏無芳草獨對離樽作物華

送勝雲小師

昨日雪山記一作知爾名吾今坐石已三生少年道性易流動莫遣秋風入別情

詣士和別

今日同明日隔何事悠悠久爲客君憐溪上去來雲我羨磷磷水中石

送吳馮遊京

北期何意促蕙草夜來繁清月思淮水春風望國門此時休旋逸萬里忽飛翻若憶山陰會孤琴爲我援

送僧遊宣州一作宣城

楚山千里一僧行念爾初緣道未成莫向舒姑泉口泊此中嗚咽爲一作易傷情

宿支硎寺上房

上方精舍遠共宿白雲端寂寞千峰夜蕭條萬木寒山光霜下見松色月中看却與西林別歸心即欲闌

荅胡處士

西山禪隱比來聞長道唯應我與君書上無名心忘却人間聚散似浮雲

荅張烏程

莫道謫官無主人秣陵才令日相親前溪更有忘憂處荷葉田田間白蘋

酬張明府

愛君詩思動禪心使我休吟待鶴吟更說郡中黃霸在朝朝無事許招尋

勞山居寄呈吳處士

官居鼎鼐古今無名世才臣獨一余賢閣御題龍墨爍
詔歸補袞在須臾

全唐詩　皎然

從軍行五首

候騎（一作雙）出紛紛元戎霍冠軍漢鞞秋聒地羌火晝燒雲萬里戈（一作戎）城合三邊羽檄分烏孫驅未（一作不）盡肯顧遼陽勳

韓旆拂丹霄漢軍新破遼紅塵驅鹵簿白羽擁嫖姚戰苦軍猶樂功高將不驕至今丁零塞朔吹空蕭蕭

百萬逐呼韓頻年不解鞍兵屯絕漠暗馬飲濁河乾破虜功未錄勞師力已殫須防肘腋下飛禍出無端

飛將下天來奇謀閫外裁水心龍劒動地肺鴈山開望氣燕師銳當鋒虜陣摧從今射鵰騎不敢過雲堆

黃紙君王詔青泥校尉書誓師張虎落選將擐犀渠霧暗津蒲（一作浦）失天寒塞柳踈橫行十萬騎欲掃虜塵餘

隴頭水二首

隴頭（一作西）水（一作心）欲絕隴水不堪聞碎影搖槍壘寒聲咽幔軍素從疊海積綠帶柳城分日落天邊望逶迤入塞雲

秦隴逼氐羌征人去未央如何幽咽水併欲斷君腸西注悲窮漠東分憶故鄉旅魂聲攪亂無夢到咸陽（一作遼陽）

塞下曲二首

寒塞無因見落梅胡人吹入笛聲來勞勞亭上春應度夜夜城南戰未迴

都護今年破武威胡沙萬里鳥空飛旄竿瀚海掃雲出氈騎天山蹋雪歸

覽史

黃綺皆皓髮秦時隱商山嘉謀匡帝道高步遊天關不愛珪組紲却思林壑還放歌長松下日與孤雲閑

詠史

獨負高世資冥冥寄浮俗下子去不歸何人辯荊玉鸑春意不淺汚迹身豈辱鸞鍛樂逌遭虯蟠甘窘束五噫諷且正可以見心曲

詠史

田氏門下客馮公衆中賤一朝市義還百代名獨擅始知下客不可輕能使主人功業成借問高車與珠履何如弊賤一書生

讀張曲江集

相公乃天蓋（一作落）人文佐生成立程正頹靡繹思何縱橫春杼弄緗綺陽林敷玉英飄然飛動姿邈矣高簡情後輩驚失步前修敢爭衡始欣耳目遠再使機慮清體正力已全理精識何妙昔年歌陽春徒推郢中調今朝聽鸞鳳豈獨羨（一作蘇）門嘯帝命鎮雄州待濟寄上流才兼荊衡秀氣助瀟湘秋逸蕩子山匹經奇文暢儔沈吟未終卷變態紛難數曜耳代明瑲襲衣同芳杜惜惜聞玉磬寤寐在靈府

奉酬陸使君見過各賦院中一物得江蘺

江蘺生古砌花每落禪床嘉客未採掇空門自馨香名因詩目見色對道心忘不遇陸內史誰知殊衆芳

賦得謝墅送王長史（其墅即晝七代祖吳興守舊居）

世業西山（一作州西）墅移家長我身蕭踈遺樹老寂寞廢田春車巷傷前轍蘺溝憶舊隣何堪再過日（一作此）更送北歸人

夏日同崔使君論登城樓賦得遠山

遠山湖上小青翠望依稀繞向窗中列還從林表微色濃春草在峰起夏雲歸不是蓬萊島如何人去稀

詠數採得七

鄒子譚天歲黃童對日年求真初作傳鍊魄已成仙鶴駕迎緱嶺星橋下蜀川逢君竹林客相對弄清絃

奉同顏使君真卿送李侍御萼賦得荻塘路

落日車遙遙客心在歸路細草暗回塘春泉縈古渡遺蹤歎蕪沒遠道悲去住寂寞荻花空行人別無數

賦顏氏古今一事得晉仙傳送顏逸（梁湘東王國常侍顏協著晉仙傳五篇）

曾看顏氏傳多記晉時仙却憶桐君老俱還桂父年青春留鬢髮白日向雲煙遠別賫遺簡囊中有幾篇

賦得石梁泉送崔逵

架石通霞壁懸崖散碧沙天晴虹影渡風細練文斜舉（一作擧）陟幽期阻沿洄客意賒河梁非此路別恨亦無涯

賦得夜雨滴空堦送陸羽歸龍山（同字）

閑堦夜雨滴偏入別情中斷續清猨應淋漓侯館空氣令煩慮散時與早秋同歸客龍山道東來雜好風

賦得燈心送李侍御萼（光字）

燈心生衆草因有始知芳綵妓窗偏麗金桃動更香花驚春未盡焰喜夜初長別後空離室何人借末光

賦得竹如意送詳師赴講（青字）

縹竹湘南美吾師尚毀形仍留負霜節不變在林青每入楊枝手因談貝葉經誰期沃州講持此別東亭

聽素法師講法華經

法子出西秦名齊漆（一作七）道人幾數藥草義便見雪山春護講龍來遠聞經鶴下頻應機如一雨誰不滌心塵

詠敬上人座右畫松

寫得長松意千尋數尺中翠陰疑背日寒色欲生風真樹孤標在高人立操同一枝遙可折吾欲問生公

夏日（一作微雨）登觀農樓和崔使君

片雨拂簷楹煩襟四坐清霏微過麥隴蕭散（一作琴）傍莎城靜愛和花落幽聞入竹聲朝觀趣無限高詠寄深（一作閑）情

妙喜寺達公院賦得夜磬送呂評事

一磬寒山至凝心轉清越細和虛籟盡踈繞懸（一作寒）泉發在夜吟更長停空韻難絕幽僧悟深定歸客忘遠別寂歷無性中真聲何起滅

詠小瀑布
瀑布小更奇潺湲二三尺細脉穿亂沙叢聲咽危石初
因智者賞果會幽人跡不向定中聞那知我心寂

儼女臺（得儼字）
寂寂（一作寞寞）舊桑田（一作朱田）誰家（一作何時）女得儼應無鷄犬在空有子
孫傳古木花猶發荒臺路未遷（一作月尚懸）暮來雲一片（一作片雲低不散）
疑是欲（一作却）歸年

靈澈上人何山寺七賢石詩
七石配七賢隱僧山上移石性殊磊落君子又高奇跂
禪服宜壞坐客冠可隳夜倚月樹影晝傾風竹枝集質
患追琢表頑用磷緇佚火玉亦害塊然長在茲

潘丞孩子
愛子性情奇初生玉樹枝人曾天上見名向月中知我
識嬰兒意何須待佩觿

南池雜詠五首（并序）
余草堂在池上洲昔柳吳興詩汀洲採白蘋即此
地也左右雲山滿目一坐遂有終焉之志會廣德
中寇盜淮海騷動宵人肆志吾屬不安因賦南池
五詠聊以自適

水月
夜夜池上觀禪身坐月邊虛無色可取皎潔意難傳若
向空心了長如影正圓

溪雲
舒卷意何窮縈流復帶空有形不累物無迹去隨風莫
怪長相逐飄然與我同

虛舟
虛舟動又靜忽似去逢時觸物知無迕爲梁幸見遺因
風到此岸非有濟川期

寒山
侵空撩亂色獨愛我中峰無事負輕策閑行躡幽踪衆
山摇落盡寒翠更重重

寒竹
裊裊孤生竹獨立山中雪蒼翠摇動（一作勁）風嬋娟帶寒月
狂花不相似還共凌冬發

望遠村
林杪不可分水步遥難辨一片山翠邊依稀見村遠

惜暮景
疎陰花不（一作下）動片景松梢度夏日舊來長佳遊何易暮

效古（天寶十四年）
日出天地正煌煌闢晨曦六龍驅羣動古今無盡時夸
父亦何愚競走先自疲飲乾咸池水折盡扶（一作長）桑枝渴
死化爝火嗟嗟徒爾爲空留鄧林在折盡（一作摧折）令人嗤

古別離（代人荅閻士和）
太湖三山口吴王在時道寂寞千載心無人見春草誰
識（一作堪）緘怨者持此傷懷抱孤舟畏狂風一點宿煙島望
所思兮若何月蕩漾兮空波雲離離兮北斷鴻（一作鴈）眇眇
兮南多身去兮天畔心折兮湖岸春風胡爲兮塞路使
我歸夢兮撩亂

擬長安春詞
春信在河源春風蕩妾魂春歌雜鶗鴂春夢繞轘轅春
絮愁偏滿春絲悶更繁春期不可定春曲嬾新翻

效古
思君轉戰度交河強弄胡琴不成曲日落應愁隴底難
春來定夢江南數萬丈游絲是妾心惹蝶縈花亂相續

昭君怨
自倚嬋娟望主恩誰知美惡忽相翻黄金不買漢宮貌
青塚空埋胡（一作秦）地魂

銅雀妓
強開尊酒向陵看憶得君王舊日懽不覺餘歌悲自斷
非關艷曲轉聲難

長門怨
春風日日閉長門摇蕩春心似（一作自）夢魂誰（一作苦）遣花開只
笑妾不如桃李正（一作自）無言

哭吴縣房聳明府
仁人邁厚德可謂名實全撫迹若疎曠會心極精研履
危節詎屈（廣德初江南寇盜充斥賊通名宰長城縣優至害而竟不就）著論識不偏（公著道性論一篇）恨以
縈級淺嘉猷未及宣伊人期遠大志業難比肩昭世旣
合并吾君藉陶甄柰何明明理與善徒空詮徵敎或稽
聖窮源反問天一官自吴邑六翮委江壖始是牽絲日
翻成撤瑟年金膏果不就（房公昔日就沈道士學長生之術晝以佛理難之）玉珮長此捐
倚伏信寘昧夭修鷩後先安知忘情子愛網素已褰爲
有深仁感遂令眞性遷心悲空林下淚灑秋景前夫子
寡兄弟撫孤傷藐然傾雲爲慘結弔鶴共聯翩割念命
歸駕訣詞向空筵樹桃陰始合愛客位常懸幡然（一作悅若）遠
行時崇朢歸朝旋悟茲懽宴隔哀被（一作彼）歲月延書帶變
芳草履痕移綠錢冥期儻可逢生盡會無緣（王坦之與生法師爲冥期前死者歸報其罪福）
幸願示因業代君運精專（沈約死後冥中見十（一作因）師云師急爲我造經捨（一作拔）我苦難）相思
轉寂寞獨往西林泉欲見故人心時闕所贈篇素高陶
靖節今重楚先賢芳躅將遺愛可爲終古傳

哭覺上人（時絳剡中）
憶君南適越不作買山期昨得耶溪信翻爲逝水悲神
交如可見生盡杳難思白日東林下空懷步影時

題餘不溪廢寺
武原離亂後（一作武陵罹亂後）眞界積塵埃殘月生秋水悲風起故
臺居人今已盡棲鴿暝還來不到無生理應堪賦七哀

同李洗馬入餘不溪經辛將軍故城（與宿吴匡山破寺詩畧同）
慘慘寒城望將軍下世時高墉暮草遍大樹野風悲辟
壘今惟（一作猶）在勳庸近可思蒼然古溪上川逝共悽其

憶天台
箬溪朝雨散雲色似天台應是東風便吹從海上來靈
山遊汗漫仙石過莓苔誤到人間世經年不早迴

萬回寺
萬里稱逆化愚惷性亦全紫紱拖身上妖姬安膝前（一作邊）
見他拘坐寂故我是眠禪吾知至人心杳若青冥天

禪詩
萬法出無門紛紛使智昏徒稱誰氏子獨立天地元實
際且何有物先安可存須知不動念照出萬重源

哀教

本師不得已強爲我著書知盡百慮遣名存萬象拘如何工言子終日論虛無伊人獨冥冥時人以爲愚

聞鐘

古寺寒山上遠鐘揚好風聲餘月樹動響盡霜天空永夜一禪子泠肰心境中

溪上月

秋水月娟娟初生色界天蟾光散浦溆素影動淪漣何事無心見虧盈向夜禪

山雪

夕陽在西峰璺翠縈殘雪狂風卷絮迴驚猨攀玉折何意山中人誤報山花發

江上風

江風西復東飄暴忽何窮初生虛無際稍起蕩漾中應吹夏口檣竿折定蹙溢城浪花咽今朝莫怪沙岸明（一作崩）昨夜聲狂卷成雪

山雨

一片雨山半晴長風吹落西山上滿樹蕭蕭心耳清雲鶴驚亂下水香凝不然風迴雨定芭蕉濕一滴時時入晝禪

問遥山禪老

天與松子壽獨飲日月精復令顏子賢胡爲夭其生吾將尋河源上天問天何不平吾將詰仙老大道無私誰強名仙老難逢天不近世人何人解應盡明朝欲向翅頭山問取禪公此義還

禪思

真我性無主誰爲塵識昏奈何求其本若拔大木根妄以一念動勢如千波翻傷哉子桑扈蟲臂徒虛言神威與外論宗邪生異源空何妨色在妙豈廢身存寂滅本非寂諠譁曾未諠嗟嗟世上禪不共智者論

支公詩

支公養馬復養鶴率性無機多脫略天生支公與凡異凡情不到支公地得道綠來天上仙爲僧却下人間寺（一作世）道家諸子論自然此公唯許逍遥篇山陰詩友喧四座佳句縱橫不廢禪

述夢

夢中歸見西陵雪渺渺茫茫行路絕覺來還在剡東峰鄉心繚繞愁夜鐘寺北禪岡猶記得夢歸長見山重重

赤松（一作赤松澗）

緣（一作綠）岸蒙籠出見天晴沙瀝瀝（一作歷歷）水濺濺何處羽人長洗藥殘花無數逐流泉

戲題松樹

爲愛松聲聽不足每逢松樹遂忘還翛然此外更何事笑向閑雲似我閑

戲題二首

看飲逢歌日屢曛我身何似繫浮雲時人不解野僧意歸去溪頭作鳥羣

喧喧共在是非間終日誰知我自閑偶客狂歌何所爲欲於人事強相關

雜寓興

嗟嗟號呶子世稱謫僊儔媚俗被鮫綃欺天薦昫脩奔景謂可致馳齡言易流燕昭昧往事嬴政亡前籌三山果不見九僊忽悠悠君看牛山樂君見麋浦遊昨日千金子聯綿成古丘吾將攬明月照爾生死流至樂享㝩居憖貽達者尤冥冥光塵内機喪成海漚

雜興六首

吾觀談天客工言喪其精萬物資廣庇此中何有情若爲眛顏跖修短怨太清高論讓鄒子放詞徵屈生請從象外推至論尤明明

短齡役長世擾擾悟不早嬪女身後空歡娛夢中好從教西陵樹千載傷懷抱鶴駕何冥冥鼇洲去浩浩柔顏感三花凋發悲蔓草月中伐桂人是誰翻使年年不衰老

誰高齊公子泣聽雍門琴死且何足傷殊非達人心獨高庭中鶴意遠貴氛埃有時青冥遊顧我還下來白雲琅玕色一片生虛無此物若無心若何卷還舒疎散遂吾性栖山更無機寥寥高松下獨有閑雲歸精意不可道冥然還掩扉

偶然五首

樂禪心似蕩吾道不相妨獨悟歌還笑誰言老更狂

偶然（一作世）寂無喧吾了（一作心）心（一作了）性源可嫌蟲食木不笑鳥能言

隱心不隱跡却欲住人寰欠樹移春樹無山看畫山居喧我未錯真意在其間

虜語嫌不學胡音從不翻說禪顛倒是樂殺金王孫

真隱須無矯（一作不須矯）忘名要似愚只將兩條事空却漢潛夫

問天

天公（一作翁）何時有談者皆不經誰道賢人死今爲傅說星

寓言

吾道本無我未曾嫌世人如今到城市彌覺此心真

前溪作

春歌已寂寂古水自涓涓徒誤時人輩傷心作逝川

戲作

乞我百萬金封我異姓王不如獨悟時大笑放清狂

浮雲三章

浮雲刺讒也蓋取夫盛明之時爲浮雲所蒙非不明也小人比於君側讒言熒惑亦如浮雲之害明予覽古史極觀君臣之際敗亡之兆生於讒慝遂作是詩

浮雲浮雲集於扶桑扶桑茫茫日暮之光匪日之暮浮雲之汙嗟我懷人憂心如蠱

浮雲浮雲集於咸池咸池微微日昃之時匪日之昃浮雲之惑嗟我懷人憂心如織

浮雲浮雲集於高春高春濛濛日夕之容匪日之夕浮雲之積嗟我懷人憂心如惄

寓言

人生百年我過半天生才定不可換東海釣鼇鼇不食南山坐石石欲爛

若邪春興

春生若邪（一作溪）水雨後漫流通芳草行無盡清（一作春）源去不窮野煙迷（一作急）極浦斜日起微風數處乘流望依稀似剡中

晨登樂遊原望終南積雪

凌晨擁弊裘徑上古原頭雪霽山疑近天高思若浮瓊峰埋積翠玉嶂掩飛流曜彩含朝日搖光奪寸眸寒空標瑞色爽氣襲皇州清眺何人得終當獨再遊

送商季皐

比來知爾有詩名莫恨東歸學未成新豐有酒爲我飲消取故園傷別情

全唐詩

皎然

弔靈均詞

昧天道兮有無聽汨（音覓）渚兮躊躇期靈均兮若存問神理兮何如願君精兮爲月出孤影兮示予天獨何兮有君君在萬兮不羣既冰心兮皎潔上問天兮胡不聞天不聞神莫覩若雲冥冥兮雷霆怒蕭條杳眇兮餘草莽古山春兮爲誰今猨哀兮何思風激烈兮楚竹死國殤人悲兮雨颾颾雨颾颾兮望君時光茫蕩漾兮化爲水萬古忠貞兮徒爾爲

步虛詞

予因覽眞訣遂感西城（一作域）君玉笙（一作皇）下青冥人間未曾聞日華鍊精魄（一作魂）皎皎無垢氛謂我有僊骨且令餌氤氳俯仰媿靈顏願隨鸞鵠羣俄然動風馭縹渺歸青雲

奉應顏尚書眞卿觀玄眞子置酒張樂舞破陣畫洞庭三山歌

道流迹異人共驚寄向畫中觀道情如何萬象自心出而心澹然無所營手援毫足蹈節披縑灑墨稱麗絕石文亂點急管催雲態徐揮慢歌發樂（音落）縱酒酣狂更好攢峰若雨縱橫掃尺波澶漫意無涯片嶺崚嶒勢將倒盼睞方知造境難象忘神遇非筆端昨日幽奇湖上見今朝舒卷手中看興餘輕拂遠天色曾向峰東海邊識秋空暮景颯颯容翻疑是眞畫不得顏公素高山水意常恨三山不可至賞君狂畫忘遠遊不出軒墀坐蒼翠

荅韋山人隱起龍文藥瓢歌

野人藥瓢天下絕全如渾金割如月彪炳文章智使然生成在我不在天若言有物不繇物何意中虛道性全韋生能詩兼好異獲此靈瓢遠相遺仙侯玉帖人漫傳若士青囊世何秘一捧一開如見君藥盛五色香氛氳背（一作階）上驪龍蟠不睡張鱗擺鬣生風雲世人強知金丹道僊骨不成穢僊老年少幼如陌上塵不見吾瓢盡枯槁聊將繫肘何輕便有三山孤鶴情東方小兒乏此物遂令僊籍獨無名

桃花石枕歌贈康從事

卞山幽石產奇璞荊人至死採不著何人琢枕持贈君片片桃花開未落劒工見兮可爲劒（昆吾劒可錯爲劒）玉工辨兮知非石至寶（一作寶）繇來覽（一作鑒）者稀今君獨鑒應欲惜何辭售（一作集）與章（一作韋）天眞幸得提攜近玉人可中棄置君不顧天生秀色徒璘玢四座喧喧爭自恍巧過造化稱一絕莫言昨日因錯磨看取從來無點缺六月江南暑未闌一尺花冰試枕看高窗正午風颯變室中不滅春天寒主人所重重枕德文章外飾徒相惑更有堅貞不易心與君天下爲士則

張伯英（一作伯高）草書歌

伯英死後生伯高朝看手把山中毫先賢草律我草狂風雲陣發愁鍾王須臾變態皆自我象形類物無不可閬風遊雲千萬朵驚龍蹴踏飛欲墮更覩鄧林花落（一作落葉）朝狂風亂攪何飄飄（一作飄颻）有時凝然筆空握情在寥天獨飛鶴有時取勢氣更高憶得春江千里濤張生奇（一作草）絕難再遇（王小令草書古今稱絕）草罷臨風展輕素陰慘陽舒如有道鬼狀魑容若可懼黃公酒壚興偏入阮籍不嗔嵇亦顧長安酒牓醉後書此日騁君千里步

寒栖子歌（曾居廬山欲有事羅浮之行）

君在廬山知不羣有疑是鶴又是雲生死塵埃汙不得眼前榮利徒紛紛今日惠然來訪我酒榼書囊肩背荷拂除衣上餌煙霞昨夜胥門宿蔡家天然不飲亦不食拋名換姓覓不得且向人間作酒僊不肯將身生羽翼停形爲餌天地根（胎息道成）世人皆死我獨存洗慮因吞清明籙世人皆貪我常足栖子妙兮道已成手把玄樞心運冥能令鬼哭神效靈身如飄風不可絆朝遊崆峒夕汗漫向來坐客猶未散忽憶羅浮欲去時遙指孤雲作路岐海上仙遊不可見人間日落空桑枝

翔隼歌送王端公

古人賞神駿何如秋隼擊獨立高標望霜翮應看天宇如咫尺低迴拂地凌風翔鵰鶚敢下雁斷行晴空四顧忽不見有時獨出青霞傍窮陰萬里落寒日氣殺草枯增奮逸雲塞斜飛攪葉迷雪天直上穿花疾見君高情有所屬贈別因歌翔隼曲離亭慘慘客散時歌盡路長意不足

白雲歌寄陸中丞使君長源

一見西山雲使人情意遠憑高發詠何超遥遁妙如君（一作有）有（一作君）舒卷縈空曇景多麗容衆峰峰上自爲峰潔白不繇陰雨積高明肯共雜煙重萬物有形皆有著白雲有形無（一作難）繫縛黃金被爍玉亦瑕一片飄然汙不著或逢天上或人間自營營雲自閑忽爾飛來暫爲侶忽然飛去莫能攀逸民對雲效高致禪子逢雲增道意白雲遇物無偏頗自是人心見同異閶闔天門宜曙看爲

（一作華）纓作蓋擁千官從龍合沓臨清暑（殿名）就日逶迤繞露寒（宮名）誰憐西山雲亭亭處幽絕坐石長看非我羈手中欲攬（一作撥）待君說貞白先生那得知只（一作解）向空山（一作山中）自怡悅

裴端公使君清席賦得青桂歌送徐長史

昔年攀桂爲留人今朝攀桂送歸客秋風桃李搖落盡爲君青青伴松柏謝公南樓送客還高歌桂樹凌寒山應憐獨秀空林上空賞數華積雪間昨夜一枝生在月嬋娟可望不可折若爲天上堪贈行徒使亭亭照離別

周長史昉畫毗沙門天王歌

長史畫神獨感神高步（一作妙）區中無兩人雅而逸高且真形生虛無忽可親降魔大戟縮在手倚天長劒橫諸紳慈威示物雖凜凜在德無秋唯有春吾知真象本非色此中妙用君心得苟能下筆合神造誤點一點亦爲道寫出霜縑可舒卷何人應（一作能）識此情遠秋齋清寂無外物盥手焚香聊自展憶昔胡兵圍未解感得此神天上下至今雲旗圖我形爲君一顧煙塵清

奉和顏魯公真卿落玄真子舴艋舟歌（楚章華臺成影顧諸侯落之）

滄浪子後玄真子冥冥釣隱江之汜刳木新成舴艋舟諸侯落舟自茲始得道身不繫無機舟亦閑從水遠逝兮任風還朝五湖兮夕三山停綸乍入芙蓉浦擊汰時過明月灣太公取璜我不取龍伯釣鼇我不釣竹竿嫋嫋魚簁簁此中自得還自笑汗漫一遊何可期後來誰遇冰雪姿上古初聞出堯世今朝還見在堯時

鄭容全成蛟形木杌歌

萬物貴天然天然不可得渾樸無勞剞劂工幽姿自可蛟龍質欲騰未去何翩翩揚袂爭前誰敢拂可中風雨一朝至還應不是池中物蒼山萬重採一枝形如器車生意奇風號雨噴心不折衆木千藂君獨知（廣德中鄭生避賊吳興毗山於稠人之中遇予獨見稱賞）高人心多越格有時就月吟春風持來座右驚神客愛君開闔江之濱白雲黃鶴長相親南郭子綦我不識非君獨是是何人

奉同顏使君真卿清風樓賦得洞庭歌送吳鍊師歸林屋洞

名山洞府到金庭三十六洞稱最靈不有古仙啓其秘今日安知靈寶經中山鍊師栖白雲道成仙秩號元君（安之高仙者有元君夫人元君有秩比左仙公）三千甲子朝玉帝世上如今名始聞吐納青牙養肌髮花冠玉舄何高潔不聞天上來謫仙自是人間授真訣吳興太守道家流仙師遠放清風樓應將內景還飛去且從分風當此留湖之山兮樓上見山冥冥兮水悠悠世人不到君自到縹緲仙都誰與儔黃鶴孤雲天上物物外飄然自天匹一別千年未可期仙家不數人間日

戛銅椀爲龍吟歌（并序）

唐故太尉房公琯早歲嘗隱終南山峻壁之下往往聞龍吟聲清而靜滌人邪想時有好事僧潛戛之以三金寫之唯銅聲酷似他日房公偶至山寺聞林嶺間有此聲乃曰龍吟復還於茲矣僧因出其器以告公命戛之驚曰真龍吟也大曆十三祀秦僧傳至桐江予使童兒戛金傚之亦不減秦聲也緇人或有議者曰此達僧之事可以嬉娛爾曹無以瑣行自拘因賦龍吟歌以見其意

逸僧戛椀爲（一作聞）龍吟世上未曾聞此音一從太尉房公賞遂使秦人傳至今初戛徐徐聲漸顯樂音不管何人辯似出龍泉（一作淵）萬丈底乍怪聲來近而遠未必全縣戛者功（一作工）真生虛無非椀中寥亮掩清笛縈迴凌細風遙聞不斷在煙杪萬籟無聲天境空（聽專一境則衆音不聞非萬籟之無聲也）乍（一作昨）向天台宿華頂秋宵一吟更清迥能令聽者易常性憂人忘憂躁人靜今日鏗鍠江上聞蛟螭奔飛如得羣聲過陰嶺恐成雨響駐晴天將起（一作過）雲坐來吟盡空江（一作江上）碧卻尋向者聽（一作聲）無迹人生萬事將此同暮賤朝榮動還寂

飲茶歌誚崔石使君

越人遺我剡溪（一作山）茗採得金牙爨金鼎素瓷雪色縹（一作飄）沫香何似諸仙瓊蘂漿一飲滌昏寐情來（一作思）朗爽（一作爽朗）滿天地再飲清我神忽如飛雨灑輕塵三飲便得道何須苦心破煩惱此物清高世莫知世人飲酒多（一作徒）自欺愁（一作好）看畢卓甕間夜笑向陶潛籬下時崔侯啜之意不已狂歌一曲驚人耳孰知茶道全爾真唯有丹丘得如此

買藥歌送楊山人

華陰少年何所希欲餌丹砂化骨飛江南藥少淮南有暫別胥門上京口京口斜通江水流裴回應上青山頭夜驚潮沒鸕鷀堰朝看日出芙蓉樓搖蕩（一作蕩漾）春風亂帆影片雲無數是揚州揚州喧喧賣藥市浮俗無由識仙子河間姹女直千金紫陽夫人服不死吾於此道復何如昨朝新得蓬萊書

薛卿教長行歌（時量移湖州別駕）

桂陽仙柳道家說昔傳蘇君今是薛聊將握槊偶時人便（一作卻）被人間稱冠絕黃楊文局龜螭蟠瑑成骰（一作頭）子雙琅玕初疑月破雲中墮復怪星移指下攢誰識兵奇勢可保坐看將軍上（一作占）一道（長行有將軍梁）有時彩王（去聲）非所希笑擊單于出重圍梟鷙隼擊疾若飛左顧右盼生光輝家本聯姻漢戚里身是長安貴公子名高藝絕何翩翩幾迴決勝君王前扈（一作屢）遊長樂與祈年人望青雲白日邊謫宦江南歲陰晚還將此道聊自遣緜來君子行最長（長行經有君子行小人行）予亦知君寄心遠

桃花石枕歌送安吉康丞（并序）

安吉古桃州也今爲吳興右邑士遐副焉於南山獲桃花石異而重之珍於席上士遐將赴京師故帥詩人以君所寶之物高歌贈行

君吏桃州尚奇（一作寄）跡桃州採得桃花石爛疑朝日照已舒含似春風吹未坼珪璋特達世所珍吾知此物亦其倫應羨花開不凋悴應嘉玉片無緇磷立性堅剛平若砥君子偏將交道比何人亦秉堅剛姿吾見君心得如此君心所好我獨知別多見少長相思從來賞翫安左右萬里提攜君莫辭

賦得吳王送女潮歌送李判官之河中府

見說吳王送女時行宮直到荊溪口溪上千年送女潮

為感吳王至今有乃知昔人繇志誠流水無情翻有情平波忽起二三尺此上疑與神仙宅今人猶望荆之湄長令望者增所思吳王已歿女不返潮水無情那有期溪草何草號帝女溪竹何竹號湘妃靈濤旦暮自堪傷的皪嬋娟又爭發客歸千里自茲始覽古高歌感行子不知別後相見期君意何如此潮水

觀李中丞洪二美人唱歌軋箏歌（時量移湖州長史）

君家雙美姬善歌工箏人莫知軋用蜀竹弦楚絲清哇（哇音娃歌聲也）宛轉聲相隨夜靜酒闌佳月前高張水引何（一作仍）淵淵美人矜名曲不誤蹙響時時如迸泉趙琴（一作瑟）素所佳齊謳世稱絕箏歌一動凡音輟凝弦且莫停金罍滛（一無滛字）聲已闋雅聲來遊魚噞喁鶴裴回主人高情始為開高情放浪出常格偶世有名道無跡勳業先登上將科文章已冠諸人籍每笑石崇無道情輕身重色禍亦成君有佳人當禪伴於中不廢學無生愛君天然性寡欲家貧祿薄常知足謫官無慍如古人交道忘言比前躅不意全家萬里來湖中再見春山綠吳興公舍幽且閑何妨寄隱在其間時議名齊謝太傅更看攜妓似東山

陳氏童子草書歌

書家孺子有奇名天然大草令人驚僧虔老時把筆法孺子如今皆暗合颷揮電灑眼不及但覺毫端鳴颯颯有時作點險且能太行片石看欲崩偶然長掣濃入燥少室枯松欹不倒夏室炎炎少人歡山軒日色在闌干桐花飛盡子規思主人高歌興不至濁醪不飲嫌昏沈欲翫草書開我襟龍爪狀奇鼠鬚銳水（一作冰）牋白皙越人惠王家小令草最狂為予灑出（一作揮灑）驚騰勢

飲茶歌送鄭容

丹丘羽人輕玉食採茶飲之生羽翼（天台記云丹丘出大茗服之羽化）名藏仙府世空（一作莫）知骨化雲宮人不識雲（一作雪）山童子調金鐺楚人茶經虛得名霜天半夜芳草折爛漫（一作熳）緗花啜又（一作久）生賞君（一作常說）此茶祛我疾（一作賞君茶祛我疾）使人胷中蕩憂慄日上香鑪情未畢醉（一作亂）踏虎溪雲高歌送君出

花石長枕歌荅章居士贈

楚山有石郢人琢琢成長枕知是玉全疑冰片坐（一作睡）恐銷間發花藂驚不足贈予比之金琅玕瓊花爛熳（一作爤熳）浮席端吾師道（一作遣）吾不執寶今日感君因執看試叩鏗然應清律纖塵不留蠅敢拂萬物皆因造化資如何獨負清貞質南山有雲鵠在空長松為我生涼風高友（一作文）朗詠樂其中行住四儀皆道意不學小乘一曲（一作西竺）士唯將此物安座隅取次閑眠有禪味

觀王右丞維滄洲圖歌

滄洲誤是真萋萋忽盈視便有春渚情褰裳掇芳芷颯然風至草不動始悟丹青得如此丹青變化不可尋翻空作有移人心猶言雨色斜拂座乍似水涼來入襟滄洲說近三湘口誰知卷得在君手披圖擁褐臨水時翛然不異滄洲叟

洞庭山維諒上人院階前孤生橘樹歌

洞庭仙山但生橘不生凡木與梨栗真子無私（一作松）自不栽感得一株階下出細葉繁枝委露新四時常綠不關春若言此物無道性何意孤生來就（一作就來）人二月三月山初暖最愛低簷數枝短白花不用烏（一作鳥）銜來自有風吹手中滿九月十月爭破顏金實離離色殷殷（一作顏色殷）一夜天晴香滿山（一作天）生珍木異於俗俗士來逢不敢觸清陰獨步禪起時徙倚前看看不足

春夜賦得漉水囊歌送鄭明府

吳縑楚練何白皙居士持來遺禪客禪客能裁漉水囊不用衣（一作良）工秉刀尺先師遺我式（一作戒）無缺一濾一翻心敢賒夕望東峰思漱盥朧朧斜月懸燈紗徙倚花前漏初斷白猨爭嘯驚禪伴玉瓶徐瀉賞（一作尚）涓涓濺著蓮衣水珠滿因識仁人為宦情還如漉水愛蒼生聊歌一曲與君別莫忘寒泉見底清

湛處士枸杞架歌

天生靈草生靈地誤生人間人不貴獨君井上有一根始覺人間衆芳異拖線垂絲宜曙看裴回滿架何珊珊春風亦解愛此物褭褭時來傍香實濕雲綴葉擺不去翠羽銜花驚畏失胃羨孤松不凋色皇天正氣肅不得我獨全生異此輩順時榮落不相背孤松自被斧斤傷獨我柔枝保無害黃油酒囊石棊局吾羨湛生心出俗（一作吾湛生心出世俗）擷芳生（一作坐）影風灑懷其致翛然此中足

觀裴秀才松石障歌

誰工此松唯拂墨巧思丹青營不得初寫松梢風正生此中勢與真松爭高柯細葉動颯颯乍聽幽飀如有聲左右雙松更奇絕龍鱗麈尾仍半折經春寒色聚不散逼座陰陰將下雪荊門石狀凌璵璠蹙成數片倚松根何年蒨蒨苔黏跡幾夜潺潺水擊痕裴生詩家後來客為我開圖翫松石對之自有高世心何事勞君上山屐

送顧處士歌（吳興丘司議之文肇卽兄也）

吳門顧子予早聞風貌真古誰似君人中黃憲與顏子物表孤高將片雲性背時人高且逸平生好古無儔匹醉書在篋稱絕倫神畫開廚怕飛出謝氏檀郎亦可儔道情還似我家流安貧日日（一作用晦）讀書坐不見將名干五侯知君別業長洲外欲行秋田循（一作脩）畎澮門前便取觳觫乘腰上還將鹿盧（一作轆轤）佩禪子有情非世情御荈貢餘聊贈行滿道喧喧遇君別爭窺玉潤與冰清

水精數珠歌

西方真人為行密（一作蜜）臂上記珠皎如日佛名無著心亦空珠去珠來體常一誰道佛身千萬身重重只向心中出

兵後西日溪行（并序）

沈羲仙記銅峴地肺可以逃水又聖桃源記天地改花源在卽此地也此一章靈澈上人可以志之

一從清氣上為天仙叟何年見乾海黃河幾度濁復清此水如今未曾改西尋仙人渚誤入桃花穴風吹花片使我迷時時問山驚踏雪石梁丹竈意更奇（石梁丹竈銅峴仙人渚靈跡有四所）春草不生多故轍我來隱道非隱身如今世上無風塵路是武陵路人非秦代人飯松得高侶濯足偶清津數片昔賢磐石在幾迴並坐戴綸巾

姑蘇行（一作臺）

古臺不見秋草衰（一作萋）卻憶吳王全盛時千年月照秋草

上吳王在時幾迴望至今月出君不還世人空對姑蘇山山中精靈安可覩轍跡人蹤麋鹿聚嬋娟西子傾國容化作寒陵一堆土

短歌行

古人若不死吾亦何（一作有）所悲蕭蕭煙雨九原上白楊青松葬者誰貴賤同一塵死生同一指人生在世（一作萬代）共如此何異浮雲與流水短歌行短歌無窮日已傾鄴宮梁苑徒有名春草秋風傷我情何爲不學金仙侶一悟空王無死生

山月行（一作蜀山月　末句缺一字）

家家望秋月不及秋山望山中萬境長寂寥夜夜孤明我山上海人皆言生海東山人自謂出山中憂虞歡樂皆占月月本無心同不同自從有月山不改古人望盡今人在不知萬世今夜時孤月將　誰更待（一作孤月將誰更相待）

顧渚行寄裴方舟

我有雲泉隣渚山山中茶事頗相關鶗鴂鳴時芳草死山家漸欲收茶子伯勞飛日芳草滋山僧又是採茶時由來慣採無近遠陰嶺長兮陽崖淺大寒山下葉未生小寒山中葉初卷（一作名）吳婉（一作姹）攜籠上翠微蒙蒙香刺罥春衣迷山（一作山迷）乍被（一作可）落花亂度水時驚啼鳥飛家園不遠乘露摘歸時露彩猶滴瀝初看怕（一作抽）出欺玉英更取煎來勝金液昨夜西峰雨色過朝尋新茗復如何女宮露澀青芽老堯市人稀紫筍多紫筍青芽誰得識日暮採（一作採）之長太息清泠真人待子元（仙傳清泠真人裴君與道人支子元爲友）貯此芳香思何極

武源行贈丘卿岑

昔年羣盜阻江東吳山動搖楚澤空齊人亦戴蜂蠆毒美稷化爲荆棘藂洶洶四顧多窟穴浮雲白波名不同萬人死地當虎口一旦生涯懸彀（一作鼓）中昨日將軍狥死節悉向生民陷成血胸中豹略張陣雲握内蚍矛揮白雪長洲南去接孤城居人散盡鼓譟驚三春不見芳草色四面唯聞刁斗聲此時狂寇紛如市君當要衝固深壘縱横計出皆獲全士卒身先每輕死埽平氛祲望吳門人間歲美桑柘繁比屋生全（一作全生）受君賜連營罷戰賴（一作項）君恩如何棄置功不（一作未）錄通籍無名滯江曲灞亭不重李將軍漢爵猶輕蘇屬國荒營寂寂隱山椒春意空驚故柳條野戰攻城盡（一作只）如此卽今誰是霍嫖姚

長安少年行

翠樓春酒蝦蟇陵長安少年皆共矜紛紛半醉綠槐道蹀躞花驄驕不勝

風入松

西嶺松聲落日秋千枝萬葉風飅飅美人援琴弄成曲寫得松間聲斷續聲斷續清我魂流波壞陵安足論美人夜坐月明裏含少商兮點（一作照）清徵風何淒（一作淒清）兮飅飅（一作何飅飅）攪寒松兮又夜起夜未央曲何長金徽更促聲決決何人此時不得意意苦弦悲聞客堂

陪盧中丞閑遊山寺（此首與秘閣士和李蕙冬夜宴集詩略同）

野寺出人境捨舟登遠峰林開明見月萬壑靜聞鐘擁燭明山翠交麾動水容如何股肱守塵外得相逢

湖南草堂讀書招李少府

削去僧家（一作中）事南池便隱居爲憐松子壽還卜道家書藥院常無客茶樽獨對余有時招逸史來飯野中蔬

苔李季蘭

天女來相試（一作識）將花欲染衣禪心竟不起還捧舊花歸

酬鄭判官湖上見贈

歲歲湖南隱已成如何星使忽知名沙鷗慣識無心客今日逢君不解驚

送旻上人遊天台

真心不廢別試看越溪清知汝機忘盡春山自有情月思華頂宿雲愛石門行海近應須汎無令鷗鷺驚

送別

聞說情人怨別情霜天淅瀝在寒城長宵漫漫角聲發禪子無心恨亦生

與昂上人兩字繼合四句初字日

有一鳥雛凌寒獨宿若逢雲雨兩兩相逐

次日

野外有一人獨立無四隣彼見是我身我見是彼身

全唐詩

廣宣

廣宣姓廖氏蜀中人與劉禹錫最善元和長慶兩朝並爲内供奉賜居安國寺紅樓院有紅樓集今存詩十七首編爲一卷

皇太子頻賜存問并索唱和新詩因有陳謝

望苑招延（一作賢）後禪扉訪道餘祇言俟文雅何意及庸虛率性多非學緣情偶自書清風聞寺響白日見心初重道逢軒后崇儒過魏儲青宮列芳（一作櫬）梓玄圃積瓊琚鄭鼠寧容者齊竽久舍諸空懷受恩感舍思幾躊躇

禁中法會應制

天上萬年枝人間不可窺道場三教會心地百王期侍讀露恩早傳香駐日遲在筵還向道通籍許言詩空媿陪仙列何階答聖慈從今精至理長願契無爲

降誕日内庭獻壽應制

慶壽千齡遠敷仁萬國通登霄欣有路捧日媿無功仙駕三山上龍生二月中修齋長樂殿講道大明宮此地人難到諸天事不同法筵花散後空界滿香風

寺中柿樹一蒂四顆詠應制

珍木生奇畝低枝拂梵宮因開四界分本自百花中當夏陰涵綠臨秋色變紅君看藥草喻何減太陽功

早秋降誕日獻壽二首應制

秋蓂開六葉，元聖誕千年。繞殿祥風起，當空瑞日懸。道
光中國主，人識大羅仙。敢贊無疆壽，香花上法筵。

駕幸天長寺應制

萬方瞻聖日，九土仰清光。磬地山河壯，彌天福壽長。瑞
煙薰法界，真偈啟仁（一作人）王。看獻千秋樂，千秋樂未央。

天界宜春賞，禪門不掩關。宸遊雙闕外，僧引（一作隱）百花間。
車馬喧長路，煙雲淨遠山。觀空復觀俗，皇鑒此中閑。

九月菊花詠應制（一作清江詩）

可討東籬菊，能知節候芳。細枝青玉潤，繁蕊碎金香。爽
（一作淨）氣浮（一作凝）朝露，濃姿帶夜霜。泛杯傳壽酒，應共樂時康。

駕幸聖容院應制

大唐國裏千年聖，王舍城中百億身。却指容顏非我相，
自言空色是吾真。深殿虔心隨寶輦，廣庭徐步引金輪。
古來貴重緣親近，狂客慙爲侍從臣。

聖恩顧問獨遊月磴閣直書其事應制

禪居河畔無多地，來往尋春物正華。磴道上盤千畝竹，
欄干低壓（一作數）萬人家。籌前施飯來飛鳥，林下行香踏落
花。自解剎那知佛性，不勞更諭幾塵沙。

安國寺隨駕幸興唐觀應制

東林何殿是西鄰，禪客垣牆接羽人。萬乘遊仙宗有道，
三車引路本無塵。初傳寶訣長生術，已證金剛不壞身。
兩地盡修天上事，共瞻鑾駕（一作鸞鶴）重來巡。

賀王起（一作賀王侍郎典貢放榜）

從辭鳳閣掌絲綸，便向青雲領貢賓。再闢文場（一作章）無枉
路，兩開金榜絕冤人。眼看龍化門前水，手放鶯飛谷口
春。明日定歸台席去，鵷鴻原上共陶鈞。

駕幸普濟寺應制

南方寶界幾由旬，八部同瞻一佛身。寺壓山河天宇靜，
樓懸日月鏡光新。重城柳暗東風曙（一作暖），複道花明上苑
春。向晚鑾輿歸鳳闕，曲江池上動青蘋。

紅樓院應制（一作沈佺期詩）

紅樓疑見白毫光，寺逼宸居福盛唐。支遁愛山情謾切，
曇摩泛海路空長。經聲夜息聞天語，鑪氣晨飄接御香。
誰道此中難可到，自憐深院得徊翔。

再入道場紀事應制（一作沈佺期詩）

南方歸去再生天，內殿今年異昔年。見闢乾坤新定位，
看題日月更高懸。行隨車（一作香）輦登仙路，坐近爐煙講法
筵。自喜恩深陪侍從，兩朝長在聖人前。

寺中賞花應制

東風萬里送香來，上界千花向日開。却笑霞樓紫芝侶，
桃源深洞訪仙才。

九月十五日夜宿鄭尚書綑東亭望月寄杜給事

霜天晴（一作昨）夜宿東齋，松竹交陰愜素懷。迥出風塵心得
地，可憐三五月當階。清光滿院恩（一作思）情見，寒色臨門笑
語諧。霄漢路殊從道合，往來人事不相乖。

全唐詩

含曦

含曦，元和、太和間長壽寺僧。詩一首。

酬盧仝見訪不遇題壁（一本無不遇題壁四字。盧仝有訪含曦上人詩）

長壽寺石壁，盧公一首詩。渴讀（一作飲）即不渴，飢讀（一作食）即不
飢。鯨吞海水盡，露出珊瑚枝。海神知貴不知價，留向人
間光照夜。

善生

善生，貞元時僧。詩四首。

旅中荅喻軍事問客情

一自游他國，相逢少故人。縱然爲客樂，爭似在家貧。畜
恨霜侵鬢（一作鬢侵），摻詩病入神。若非憐片善，誰肯問風塵。

贈盧逸人

高眠巖野間，至藝敵應難。詩苦無多首，藥靈惟一丸。引
泉魚落釜，攀果露沾冠。已得嵇康趣，逢迎事每闌。

送玉禪師

飄然無定迹，迥與律乘違。入郭隨緣住，思山破夏歸（一作過夏不歸）。
（一作遇之）孟擎數家飯，衲乞幾人衣。洞了曹溪旨，寧輸俗者機。

送智光之南值雨

結束衣囊了，炎州定去游。艸堂方惜別，山雨爲相留。又
得一宵話，免生千里愁。莫辭重卜日，後會必經秋。

韜光

韜光，蜀人。卓錫靈隱之巢溝塢。白居易守郡時，題其堂
曰法安。詩一首。

謝白樂天招

山僧野性好林泉，每向巖阿倚石眠。不解栽松陪玉勒，
惟能引水種金蓮。白雲乍可來青嶂，明月難教下碧天。
城市不能飛錫去，恐妨鶯轉翠樓前。

知玄

知玄，字後覺，姓陳氏，眉州人。僖宗時賜號悟達國師。歌
詩二十餘卷，今存詩三首。

五歲詠花

花開滿樹紅，花落萬枝空。唯餘一朶在，明日定隨風。

祝堯詩

生天本自生天業未必求仙便得仙鶴背傾危龍背滑君王且住一千年

荅僧澈

觀君法苑思冲虚使我眞乘刃有餘若使龍光時可待應憐僧肇論成初五車外典知誰敵九趣多才恐不如蕭寺講軒横淡蕩帝鄉雲樹正扶疏幾生曾得闍瑜意今日堪將貝葉書一振微言冠千古何人執卷問吾盧

元孚

元孚宣城開元寺僧與許渾同時或曰楚中僧詩二首

月夜懷劉秀才

獨夜相思但自勞阮生吟罷夢雲濤此時小定未禪寂古塔月中松磬高

送李四校書

朱絲寫別鶴泠泠詩滿紅箋月滿庭莫學楚狂隳姓字知音還有子期聽

棲白

棲白越中僧前與姚合交後與李洞曹松相贈荅宣宗朝嘗居薦福寺内供奉賜紫詩一卷今存十六首

邊思

西北黄雲暮聲聲畫角愁陰山一夜雨白草四郊秋亂雁鳴寒渡飛沙入廢樓何時番色盡此地見芳洲

八月十五夜翫月

尋常三五夜不是不嬋娟及至中秋滿還勝別夜圓清光凝有露皓魄爽無煙自古人皆望年來又一年

尋山僧眞勝上人不遇

松下禪栖所苔滋徑莫分青山春暮見流水夜深聞不坐看心石應隨出定雲猨猱非可問巖谷自空曛

贈李溟秀才

南居古廟深高樹宿山禽明月上清漢騷人動楚吟數篇正始韻一片補亡心孤悄欺何謝雲波不可尋

送石秀才

正是歎羈游知音拜楚侯何須辭遠道自可樂扁舟倚棹江洲雨聞猨島岫秋謝家山水興終日待詩流

送造微上人游五臺及禮本師

寒空金錫響欲過渭陽津極目多來鴈孤城少故人與師雖别久於法本相親又對清涼月中宵語宿因

送禪師宗極歸玉峰

背郭去歸宿頭陀意頗濃鶴爭栖遠樹猨鬬上孤峰夜戍經霜月秋城過雨鐘由來無定止何處訪高蹤

送僧歸舊山

談空與破邪獻壽復榮家白日（一作百生）得何偈青天落幾花傳燈皆有分化俗獨無涯却入中峯寺還知有聚沙

送圓仁三藏歸本國

家山臨晚日海路信歸橈樹滅渾無岍風生只有潮歲窮程未盡天末國仍遥已入閩王夢香花境外邀

送王錬師歸嵩嶽

飄然緑毛節杳去洛城端隔水見秋嶽兼霜掃石壇一溪松色古半夜鶴聲寒迴與人寰別勞生不可觀

壽昌節賦得紅雲表夏日

景候融融陰氣潛如峰雲共火相兼霞光捧日登天上丹彩乘風入殿簷行逐赤龍千歲出明當朱夏萬方瞻微臣多幸逢佳節得賦殊祥近御簾

經廢宮

終日河聲咽暮空煙愁此地晝濛濛錦帆東去沙侵苑玉輦西來樹滿宮魯客望津天欲雪朔鴻離岍葦生風那堪獨立思前事回首殘陽雉堞紅

贈識古法師

重城深寺講初休却憶家山訪舊游對月與君相送夜聞蛩教我獨驚秋雲心杳杳難爲別鶴性蕭蕭不可留遥想孤舟清渭上飄然帆影趁離愁

月夜懷劉秀才（一作元孚詩）

獨夜相思但自勞阮生吟罷夢雲濤此時小定未禪寂古塔月中松磬高

寄南山景禪師

一度林前見遠公靜聞眞語世情空至今寂寞禪心在任起桃花柳絮風

哭劉得仁

爲愛詩名吟至死（一作此）風魂雪魄去難招直須桂子落墳上生得一枝寃始消

應物

應物大中時江南詩僧也嘗與羅鄴唱酬作九華山記詩二首

龍潭

石激懸流雪滿灣五龍潛處野雲閑暫收雷電九峰下且飲溪潭一水間浪引浮槎依北岍波分曉日浸東山回瞻四面如看畫須信游人不欲還

題化城寺

平高選處創蓮宫一水縈流處處通晝閣晝開遲日畔禪房夜掩碧雲中平川不見龍行雨幽谷遥聞虎嘯風偶與游人論法要眞元浩浩理無窮

智亮

智亮大中中閩開元寺僧嘗祖膊行乞號祖膊和尚詩二首

戴雲山吟

人間謾說上天梯上萬千迴總是迷曾似老人巖上坐清風明月與心齊

又

戴雲山頂白雲齊登頂方知世界低異草奇花人不識一池分作九條溪

良乂

良乂大中時僧詩一首

荅盧鄴（一本題上有秋山二字）

風泉秖（一作只）向夢中聞身外無餘可寄君當户一輪惟曉月掛簷數片是秋雲

常達

常達字文舉俗姓顔發跡河陽大福山大中中居吳郡破山寺詩八首

山居八詠

身閑依祖寺志僻性多慵少室遺眞旨層樓起暮鐘吸
茶思好水對月數諸峰有問山中趣庭前是古松
晚望虛庭物心心見祖情煙開分嶽色雨霧滅泉聲遠
樹猨長嘯層巖日乍明更堪論的意林下筍新生
一室塵埃外翛然祇麽常睡來開寢帳鐘動下禪牀溪
浸山光冷秋凋木葉黄時提祖師意欹石看斜陽
西來眞祖意祇在見聞中寒雁一聲過疎林幾葉空心
閑憐水石身老怯霜風爲報參玄者山山月色同
眞性寂無機塵塵祖佛師日明庭砌暖霜苦藥苗衰汲
水和煙酌栽松帶雪移好聽玄旨處猨嘯嶺南枝
古寺凭欄危時聞衆妙機庭空月色淨夜迥磬聲移漏
轉寒更急燈殘冷焰微太虛同萬象相謂話玄微
胡僧論的旨物物唱圓成踈柳春來翠幽窗日漸明禪
心清石室蝶翅覆花英好聽談玄處喬松鶴數聲
祖祖唯心旨春融日正長霜輕莎草緑風細藥苗香月
滿眞如淨花開覺樹芳庭前鶯囀處時聽語圓常

僧鸞

僧鸞少有逸才不事拘檢謁薛能尚書以其顛率令之
出家後入京爲文章供奉賜紫或云即鮮于鳳詩二首

苦熱行

燭龍銜火飛天地平陸無風海波沸形雲疊疊聳奇峰
（一作形雲疊掛奇峰長）焰焰流光熱凝翠煙島摶鵬嚲雙翅羲和赫怒
強總轡飲流夸父斃長途如見當中印王字明明夜西
朝又東古來有道仍再中扶桑老葉蔌不得輝華直欲
（一作上）凌蒼空行（一作萬）入揮汗翻成雨口燥喉乾嗌塵土西郊
雲色晝冥冥如何不救生靈苦何山怪木藏蛟龍縮鱗
卷鬣爲乖慵不發滂澤注天下欲使風雷何所從旱苗
原上枯成焰獄靈徒祝無神驗豪家簾外奐清風水紋
明角鋪長簟玉扇畫堂凝夜秋歌豔繞梁催莫愁陽烏
落盡酒不醒扶上西園當月樓廢田暍死非吾屬庫有
黄金倉有粟

贈李粲秀才（字燿用）

隴西輝用眞才子揆奇探險無倫比筆下銛磨巨闕鋒
胸中靜灔西江水哀弦古樂清人耳月露激寒哭秋鬼
苔地無塵到曉吟杉松老葉風乾起十軸示余三百篇
金碧爛光燒蜀牋雄芒逸氣測不得使我躑躅成狂顛
大郊遠潤空無邊凝明淡緑收餘煙曠懷相對景何限
落日亂峰青倚天又驚大舶帆高懸行濤劈浪凌飛仙
回首瞥見五千仞撲下香爐瀑布泉何事古人誇八斗
焉敢今朝定妍醜颯風驅雷暫不停始向場中稱大手
駿如健鶻與鵬拏雲獵野翻重霄狐狸竄伏不敢動
却下雙鳴當迅飈愁如湘靈哭湘浦咽咽哀音隔雲霧
九嶷深翠轉巍峨仙骨寒消不知處清同野客敲越甌
丁當急響涵清秋鸞雛相引叫未定霜結夜闌仍在樓
高若太空露雲物片白激青皆彷彿仙鶴閑從淨碧飛
巨鼇頭戴蓬萊出前輩歌詩惟翰林神仙老格何高深
鞭馳造化繞筆轉燦爛不爲酸苦吟夢乘明月清沈沈
飛到天台天姥岑傾湖湧海數百字字字不朽長縱金
此日多君可儔侶堆珠疊璣滿玄圃終日並轡遊崑崙
十二樓中宴王母

神頴

神頴咸通中僧詩二首

和王季文題九華山

衆岳雄分野九華鎭南朝彩筆疑空遠崔嵬寄青霄龍
潭古仙府靈藥今不凋瑩爲滄海鏡煙霞作荒標造化
心數奇性狀精氣饒玉樹鬱玲瓏天籟韻蕭寥寂尋
乳竇兢兢行石橋通泉漱雲母藉草縈香茗我住（一作在）幽
且深君賞昏復朝稀逢發清唱片片霜凌飈

宿嚴陵釣臺

寒谷荒臺七里洲賢人永逐水東流獨猨叫斷青天月
千古冥冥潭樹秋

澹交

澹交蘇州昭隱寺僧乾符中人也詩三首

效古

榮辱又榮辱一何翻與覆人生百歲中孰肯死前足玄
鬢忽如絲青叢不再緑自古爭名徒黄金是誰祿

病後作

未得忘（一作亡）身法此身終未安病腸猶可洗瘦骨不禁寒
藥少心情（一作神）餌經無氣力看悠悠片雲質（一作下）獨對（一作坐）夕
陽殘

寫眞

圖形期自見自見却傷神已是夢中夢更逢身外身水
花凝幻質墨彩染（一作聚）空塵堪笑予兼爾俱爲未了人

文秀

文秀江南僧居長安以文章應制與鄭谷善詩一首

端午

節分端午自（一作有）誰言萬古傳聞爲屈原堪笑楚江空渺
渺（一作浩浩）不能洗得直臣寃

懷楚

懷楚唐末僧住安州白兆竺乾院詩二首

謝友人見訪留詩

軒車誰肯到泉石自相親暮雨凋殘寺秋風悵望人庭
新一片葉衣故（一作上）十年塵（一作春）賴有瑤華贈清吟愈病身

送新平故人

常聽（一作遠得）倉庚思舊友又因蝴蝶夢生涯一千餘里河連
（一作邊）郭三十六峰寒到家陰島直分東號（一作曉）雁晴樓高入
上陽鵶姜嫄廟北與君別應笑薄寒悲落花

躭章

躭章俗姓黄莆田人出家于福州靈石嗣法洞宗慕曹
溪六祖乃名其山曰曹世以曹山稱之後住仰山詩一
首

辭南平鍾王召

摧殘枯木倚寒林幾度逢春不變心樵客見之猶不採
郢人何事苦搜尋

全唐詩

子蘭

子蘭昭宗朝文章供奉詩一卷

短歌行

日月何忙忙出沒住不得使我勇壯心少年如頃刻人生石火光通時少於塞四季倏往來寒暑變爲賊偷人面上花奪人頭上黑

飲馬長城窟

游客長城下飲馬長城窟馬嘶聞水腥爲浸一作汪征人骨豈不是流泉終不成潺湲此二句一本無洗盡骨上土不洗骨中冤骨若比一作不逐流水四海有還魂此三字一本無空流嗚咽聲中疑是骨一作言

夜直

大內隔重牆多聞樂未央燈明宮樹色茶煮禁泉香鳳輦通門靜雞歌入漏長宴榮陪御席話密近龍章吟步彤庭月眠分玉署涼欲粘朱紱重頻草白麻忙筆力將羣吏人情在致唐萬方瞻仰處晨夕面吾皇

贈行腳僧

世界曾行遍全無行可修炎涼三衲共生死一身休片斷雲隨體稀疎雪滿頭此門無所著不肯暫淹留

秋日思舊山

咸言上國一作天上繁華豈謂帝城羇旅十點五點殘螢千聲萬聲秋雨白雲江上故鄉月下風前吟處欲去不去遲遲未展平生所佇

寄乾陵楊侍郎

冷落官資不畏貧司曹且共內官分步量野色成公案點檢樵聲入奏聞陵廟路因朝去掃御爐香每夜來焚碑寒樹古神門上管得無窮空白雲

登樓憶友

物象遠濛濛周迴極望中帶煙千井樹和磬一樓風月色寒沈地波聲夜颺空登臨無限趣恨不與君同

華嚴寺望樊川

萬木葉初紅人家樹色中疎鐘搖雨腳秋水浸雲容雪磧回寒鴈村燈促夜舂舊山歸未得生計欲何從

與道侶同於水陸寺會宿

論道窮一作同心少有朋此時清話昔年曾柿凋紅葉鋪寒井鵲一作鴿墜霜毛著定僧風遞遠聲秋澗水竹穿深色夜房燈出門盡是勞生者只此長閑幾箇能

城上吟

古塚密於草新墳侵官一作古道城外無閑地城中人又老

襄陽曲

爲憶南遊人移家大堤住千帆萬帆來盡過一作過盡門前去

誡貪

多求待心足未足旋傾覆明知貪者心求榮不求辱

蟬二首

獨蟬初唱古槐枝委曲悲涼斷續遲雨後忽聞誰最苦異鄉孤館憶家時

衰柳蟬吟旁濁河正當殘日角聲和尋常不足一作是少愁思此際聞時愁更多

太平坊尋裴郎中故宅

不語淒涼無限情荒堦行盡又重行昔年住此何人一作此住人一作何在滿地空一作見槐花秋草生

登樓

邊邑鴻聲一例秋大波平日遶山流故人千里同明月盡夕無言空倚樓

長安早秋

風舞槐花落御溝終南山色入城秋門門走馬徵兵急公子笙歌醉玉樓

對雪

密密無聲墜碧空霏霏有韻舞微風幽人吟望搜辭處飄入窗來落硯中

鸚鵡

翠毛丹觜乍教時終日無寥似憶歸近來偷一作倚解人言語亂向金籠說是非

晚景

池荷衰颯菊芬芳策杖吟詩上草堂滿目暮雲風卷盡郡樓寒角數聲長

長安傷春

霜隕中春花半無狂遊恣飲盡兇徒年年賞翫公卿董今委溝塍骨漸枯

河梁晚望二首

水勢滔滔不可量漁舟容易泛滄浪連山翠靄籠沙溆白鳥翩翩下夕陽

雨添一夜秋濤闊極目茫茫似接天不知龍物潛何處魚躍蛙鳴滿檻前

悲長安

何事天時禍未回生靈愁悴苦寒灰豈知萬頃繁華地強半今爲瓦礫堆

千葉石榴花

一朵花開千葉紅開時又不藉春風若教移在香閨畔定與佳人豔態同

觀碁

拂局盡消時能因長路遲點頭初得計格手待無疑寂默親遺景凝神入過思共藏多少意不語兩相知

全唐詩

可止

可止姓馬氏范陽房山人長近體律詩乾寧中賜紫後唐明宗令住持洛京長壽寺署號文智大師有三山集今存詩九首

山居

雪消春力展花漫洞門垂果長纖枝曲巖崩直道移重猿園淺井鬬鼠下疎籬寒食微燈在高風勢徹陂

贈樊川長老（一作清尚詩）

瘦顏顴骨見滿面雪毫垂坐石鳥疑死出門人謂癡照身潭入楚浸影檜生隋太白曾經夏清風凉四肢

寄積麥山會如長老

默然如大道塵世不相關青檜行時靜白雲禪處閑貧高一生行病長十年顏夏滿期游寺尋山又下山

送僧

四海無拘繫行心興自濃百年三事衲萬里一枝筇夜減當晴影春消過雪蹤白雲深處去知宿在何峰

哭賈島

燕生松雪地蜀死葬山根詩僻降今古官卑悮子孫塚欄寒月色人哭苦吟魂墓雨滴碑字年年添蘚痕

雪十二韻

落處咸過尺傪然物象凄瑞凝金殿上寒甚玉關西潤比江河普明將日月齊凌雲花頂膩鎖徑竹梢低出谷樵童怯歸林野鳥迷煮茶融破練磨墨染成鷖陷兎埋平澤和魚凍合溪入樓消酒力當檻寫詩題道路依憑馬朝昏委託雞洞深猨作族松亞鶴移棲及夏清巖穴經春溜石梯豐年兼泰國天道育黔黎

精舍遇雨

空門寂寂淡吾身溪雨微微洗客塵臥向白雲情未盡任他黃鳥醉芳春

小雪

落雪臨風不厭看更多還恐蔽林巒愁人正在書窗下一片飛來一片寒

送婆羅門僧

雪嶺金河獨向東吳山楚澤意無窮如今白首鄉心盡萬里歸程在夢中

句

不知誰會喃喃語必向王前報太平（中山節度王處直座詠白鵲時諸侯兼并王欲繼好息民故云　高僧傳）

雲表

雲表唐末於豫章講法華慈恩大疏法席稱盛詩一首

寒食日

寒食悲看郭外春野田無處不傷神平原纍纍（一作累累）添（一作寫）新塚半（一作總）是去年來哭人

歸仁

歸仁唐末江南僧住京洛靈泉詩六首

自遣

日日爲詩苦誰論春與秋一聯如得意萬事總忘憂雨墮花臨砌風吹竹近樓不吟頭也白任白此生頭

酬沈先輩卷

一百八十首清泠韻可敲任從人不愛終是我難拋桂魄吟來滿蒲團坐得凹先生聲價在寰宇幾人抄

題賈島吟詩臺

此臺如可廢此恨有誰平縱使迷青草終難沒舊名天悲朝雨色嶽哭夜猨聲不是心偏苦應關自古情

悼羅隱

一著讒（一作謝）書未快心幾抽胸臆縱狂吟管中窺豹我猶在海上釣鼇君也沈歲月盡能消憤懣寰區那更有知音長安冠蓋皆塗地仍喜先生葬碧岑

題楚廟

羞容難更返江東誰問從來百戰功天地有心歸道德山河無力爲英雄蘆花尚認霜戈白海日猶思火陣紅也是男兒成敗事不須惆悵對西風

牡丹

三春堪惜牡丹奇半倚朱欄欲綻時天下更無花勝此人間偏得貴相宜偷香黑蟻斜穿葉覷蕊黃蜂倒挂枝除却解禪心不動算應狂殺五陵兒

卿雲

卿雲唐末嶺南僧詩四首

舊國里（一作舊里）

舊居梨（一作黎）嶺下風景近炎方地暖生春早（一作草）家貧覺歲長石房雲過濕杉（一作松）徑雨餘香日夕竟（一作久覺）無事詩書聊自強

秋日江居閑詠

寄居江島邊閑詠見（一作幾）秋殘草白牛羊瘦（一作攫）風高猨鳥寒檢方醫故疾挑蘚備中餐時復停書卷鉏莎種木蘭

長安言懷寄沈彬侍郎

故園梨（一作黎）嶺下歸路接天涯生作長安草勝爲邊地花雁南飛不到書北寄來賒堪羨神仙客青雲早致家

送人游塞

去去玉關路省君曾未行塞深多伏寇時靜亦（一作欲）屯兵雪每先秋降花嘗近夏生閑陪射鵰將應到受降城

隱巒

隱巒唐末匡廬僧詩五首

逢老人

路逢一老翁兩鬢白如雪一里二里行四回五回歇

牧童

牧童見人俱不識（一作會）盡着芒鞋戴箬笠朝陽未出衆山晴露滴蓑衣猶半濕二月三月時平原草初綠三箇五箇騎羸牛前村後村來放牧笛聲纔一舉衆稚齊歌舞

蜀中送人游廬山

君游正值芳春月蜀道千山皆秀發溪邊十里五里花雲外三峯兩峯雪君上匡山我舊居松蘿拋擲十年餘君行試到山前問山鳥只今相憶無

琴

七條絲上寄深意澗水松風生十指自乃知音猶尚稀欲教更入何人耳

浮橋

橫壓驚波防沒溺當初元刱是軍機行人到此全無滯
一片江雲踏欲飛

泠然

泠然唐末僧詩一首

宿九華化成寺莊

佛寺孤莊千嶂間我來詩境强相關巖邊樹動猨下澗
雲裏錫鳴僧上山松月影寒生碧落石泉聲亂噴潺湲
明朝更躡層霄去誓共煙霞到老閑

大愚

大愚鄞都青蓮寺沙門詩一首

乞荆浩畫

六幅故牢健知君恣筆蹤不求千澗水止要兩株松樹
下留盤石天邊縱遠峰近巖幽濕處惟藉墨煙濃

懷濬

懷濬秭歸郡僧詩二首

上歸州刺史代通狀二首（懷濬能逆知未兆之事東里人以神聖待之刺史于公捕詰乃以詩通狀于異而釋之）

家在閩山西復西其中歲歲有鶯啼如今不在鶯啼處
鶯在舊時啼處啼

家在閩山東復東其中歲歲有花紅而（一作如）今不在花紅
處花在舊時紅處紅

恒超

恒超姓馮氏范陽人居棣州開元寺終于後漢之乾祐
詩一首

辭郡守李公恩命

虛著褐衣老浮杯道不成誓傳經論死不染利名生厭
樹遮山色憐窗向月明他時隨范蠡一棹五湖清

淨顯

淨顯五代時洛陽首座沙門詩一首

題廣愛寺楞伽山

靈異不能棲鳥雀幽奇終不着猿猱爲經巢賊應無損
縱使秦驅也謾勞珍重昔賢留像迹陵遷谷變自堅牢
句（失二）

修雅

修雅唐法師詩一首

聞誦法華經歌

山色沈沈松煙羃羃空林之下盤陀之石石上有僧結
跏橫膝誦白蓮經從旦至夕左之右之虎跡狼跡十片
五片異花狼籍偶然相見未深相識知是古之人今之
人是曇彥是曇翼我聞此經有深旨覺帝稱之有妙義
合目冥心子細聽醍醐滴入焦腸裏佛之意兮祖之髓
我之心兮經之旨可憐彈指及舉手不達目前今正是
大矣哉甚奇特空王要使羣生得光輝一萬八千土土
土皆作黃金色四生六道一光中狂夫猶自問彌勒我
亦當年學空寂一得無心便休息今日親聞誦此經始
覺驪乘匪端的我亦當年不出户不欲紅塵沾步武今
日親聞誦此經始覺行行皆寶所我亦當年愛吟咏將
謂冥搜亂神定今日親聞誦此經何妨筆硯資眞性我
亦當年狎兒戲將謂光陰半虛棄今日親聞誦此經始
覺聚沙非小事我昔曾游山與水將謂他山非故里今
日親聞誦此經始覺山河無寸地我昔心猿未調伏常
將金鎖虛拘束今日親聞誦此經始覺無物爲拳拳師
誦此經經一字字字爛嚼醍醐味醍醐之味珍且美不
在脣不在齒只在勞生方寸裏師誦此經經一句句句
白牛親動步白牛之步疾如風不在西不在東只在浮
生日用中日用不知一何苦酒之腸飯之腑長者揚聲
喚不迴何異聾何異瞽世人之耳非不聰耳聰特向經
中聾世人之目非不明目明特向經中盲合聰不聰合
明不明轆轤上下浪死虛生世人縱識師之音誰人能
識師之心世人縱識師之形誰人能識師之名師名醫
王行佛令來與衆生治心病能使迷者醒狂者定垢者
淨邪者正凡者聖如是則非但天恭敬人恭敬亦合龍
讚詠鬼讚詠佛讚詠豈得背覺合塵之徒不稽首而歸
命

元寂

元寂俗姓高居昇元寺係大中授左街僧録內供奉賜
紫坐飲酒狂歌落職後醉死于石子岡詩一首

歌（馬令書云寂日以狂歌爲事大醉則十數小兒隨之行歌于路與羣兒互相應和旁若無人）

酒秃酒秃何榮何辱但見衣冠成古丘不見江河變陵
谷

若虛

若虛南唐僧隱廬山石室李主累徵不就詩三首

懷廬山舊隱

九疊嵯峨倚著天悔隨寒瀑下巖煙深秋猨鳥來心上
夜靜松杉到眼前書架想遭苔蘚裹石窗應被薛蘿纏
一枝筇竹游江北不見爐峰二十年

樂仙（一作眞觀）

欒氏騎龍上碧天東吳遺宅尚依然悟來大道無多事
眞後丹元（一作經，一作九）不值錢老樹夜風蟲咬葉古垣春雨蘚
生甎（一作甎）松傾鶴（一作馬）死桑田變（一作宅）華表歸鄉未有年

古鏡

軒后紅（一作洪）爐獨鑄成蘚痕磨落月輪呈萬般物象皆能
鑒一箇人心不可明匣內乍開鸞鳳活臺前高挂鬼神
驚百年肝膽堪將比秖怕看頻素髮生

文益

文益餘杭人姓魯住金陵清涼寺世稱法眼宗詩一首

觀木平和尚

木平山裏人貌古年（一作言）復少相看陌路同論心秋月皎
懷（一作壞）衲線非蠶助歌聲有鳥城闕今日來一謳（一作漚）曾已
曉

无則

无則五代時人爲法眼文益禪師弟子詩三首

鷺鷥

白蘋紅蓼碧江涯日暖雙雙立睡時願揭金籠放歸去
卻隨沙鶴鬭輕絲

百舌鳥二首

千愁萬恨過花時似向春風怨別離若使衆禽俱解語
一生懷抱有誰知

長截鄰雞叫五更數般名字百般聲饒伊搖舌先知曉

也待青天明即鳴

謙光

謙光金陵人素有才辨江南國主禮之詩一首

賞牡丹應教

擁衲對芳叢由來事不同鬢從今日白花似去年紅豔
異隨朝露馨香逐曉風何須對零落然後始知空

全唐詩

貫休

貫休字德隱俗姓姜氏蘭谿人七歲出家日讀經書千字過目不忘既精奧義詩亦奇險兼工書畫初爲吳越錢鏐所重後謁成汭荆南汭欲授書法休曰須登壇乃授汭怒遞放之黔天復中入益州王建禮遇之署號禪月大師或呼爲得得來和尚終於蜀年八十一初有西嶽集吳融爲序極稱之後弟子曇域更名寶月集其全集三十卷已亡胡震亨謂宋睦州刻本多載他人詩不足信其說亦不知何據胡存詩僅三卷今編十二卷

善哉行 傷古曲無知音

有美一人兮婉如青揚識曲別音兮令姿煌煌繡袂捧琴兮登君子堂如彼萱草兮使我憂忘欲贈之以紫玉尺白銀鐺久不見之兮湘水茫茫

讀離騷經

湘江濱湘江濱蘭紅芷白波如銀終須一去呼湘君問湘神雲中君不知何以交靈均我恐湘江之魚兮死後盡爲人曾食靈均之肉兮箇箇爲忠臣又想靈均之骨兮終不曲千年波底色如玉誰能入水少取得香沐函題貢上國貢上國即全勝和璞懸璆垂棘結綠

陽春曲 江東廣明初作

爲口莫學阮嗣宗不言是非非至公爲手須似朱雲輩折檻英風至今在男兒結髮事君親須斆前賢多慷慨歷數雍熙房與杜魏公姚公宋開府盡向天上仙宮閑處坐何不却辭上帝下下土忍見蒼生苦苦苦

白雪曲

列鼎佩金章淚眼看風枝却思食藜藿身作屠沽兒負米無遠近所希升斗歸爲人無貴賤莫學雞狗肥斯言如不忘別更無光輝斯言如或忘即安用人爲

上留田

父不父兄不兄上留田蟊賊生徒陟岡淚崢嶸我欲使諸凡鳥雀盡變爲鶺鴒我欲使諸凡草木盡變爲田荆鄰人歌鄰人歌古風清清風生

胡無人 一本有行字

霍嫖姚趙充國天子將之平朔漠肉胡之肉燼胡帳幄千里萬里唯留胡之空殼邊風蕭蕭榆葉初落殺氣晝赤枯骨夜哭將軍既立殊勳遂有胡無人曲我聞之天子富有四海德被無垠但令一物得所八表來賓亦何必令彼胡無人

苦寒行

北風北風職何嚴毒摧壯士心縮金烏足凍雲囂囂礙雪一片下不得聲遠枯桑根在沙塞黃河徹底頑直到海一氣搏束萬物無態唯有吾庭前杉松樹枝枝健在

萬里 一本有曲字

兎不邅烏更急但恐穆王八駿著鞭不及所以萬里墳出蕺蕺氣凌雲天龍騰鳳集盡爲風消土喫狐掇蟻拾黃金不啼玉不泣白楊騷屑亂風愁月折碑石人莽穢榛沒牛羊窸窣時見牧童兒弄枯骨

臨高臺

涼風吹遠念使我升高臺寧知數片雲不是舊山來故人天一涯久客殊未回鴈來不得書空寄聲哀哀

杞梁妻

秦之無道兮四海枯築長城兮遮北胡築人築土一萬里杞梁貞婦啼嗚嗚上無父兮中無夫下無子兮孤復

孤一號城崩塞色苦再號杞梁骨出土疲魂飢魄相逐歸陌上少年莫相非

古離別

離恨如旨酒古今飲皆醉只恐長江水盡是兒女淚伊余非此輩送人空把臂他日再相逢清風動天地

戰城南二首

萬里桑乾傍茫茫古蕃壤將軍貌憔悴撫劍悲年長胡兵尚陵逼久住亦非強邯鄲少年輩箇箇有伎倆拖槍半夜去雪片大如掌

磧中有陰兵戰馬時驚蹶輕猛李陵心摧殘蘇武節黃金鎖子甲風吹色如鐵十載不封侯茫茫向誰說

少年行（紀事作公子行一本後二首作公子行休入蜀王建遇之甚厚一日召令誦近詩時貴戚皆坐休欲諷之乃稱公子行建善之貴倖皆怨之）

錦衣鮮華手擎鶻閑行氣貌多輕忽稼穡艱難總不知五帝三皇（一作王）是何物

自拳五色裘迸入他人宅却捉蒼頭奴玉鞭打一百

面白如削玉猖狂曲江曲馬上黃金鞍適來新賭得

夢遊仙四首

夢到海中山入箇白銀宅逢見一道士稱是李八伯

三四仙女兒身著瑟瑟衣手把明月珠打落金色梨

車渠地無塵行至瑤池濱森森椿樹下白龍來嗅人

宮殿崢嶸籠紫氣金渠玉砂五色水守閽仙婢相倚睡偷摘蟠桃幾倒地

輕薄篇二首

繡林錦野春態相壓誰家少年馬蹄蹋蹋鬭雞走狗夜不歸一擲賭却如花妾誰云（一作惟言）不顛不狂其名不彰悲夫

木落蕭蕭蟲（一作蛩）鳴唧唧不覺朱蔦臉紅霜劫鬢漆世途多事泣向秋日方今少壯不努力老大徒傷悲如何

長安道

憧憧合合八表一轍黃塵霧合車馬火熱名湯風雨利輾霜雪千車萬馱半宿關月上有堯禹下有夔禼紫氣銀輪兮（一本無兮字）常覆金闕仙掌捧日兮（一本無兮字）濁河澄澈愚將草木兮有言（一本作有言有言）與華封人兮不別（一本作不別不別）

洛陽塵

昔時昔時洛城人今作茫茫洛城塵我聞富有石季倫樓臺五色干星辰樂如天樂日夜聞錦姝繡妾何紛紛眞珠簾中姑射神人文金線玉香成暮雲孫秀若不殺晉室應更貧伊水削行路塚石花磷磷蒼茫金谷園牛羊齕荊榛飛鳥好羽毛疑是綠珠身

富貴曲二首

有金張族驕奢相續瓊樹玉堂雕牆繡轂紈綺雜雜鐘鼓合合美人如白牡丹花半日只舞得一曲樂不樂足不足爭教他愛山青水綠

如神若仙似蘭同雪樂戒于極胡不知輟只欲更綴上落花恨不能把住明月太山肉盡東海酒竭佳人醉唱敲玉釵折寧知耘田車水翁日日炙背欲裂

野田黃雀行

高樹風多吹爾巢落深蒿葉暖宜爾依泊莫近鴞類蛛網亦惡飲野田之清水食野田之黃粟深花中睡埣土裏浴如此即全勝啄太倉之穀而更穿人之屋

古意九首

一雨火雲盡閉門心寘寘蘭花與芙蓉滿院同芳馨佳人天一涯好鳥何嚶嚶（一作嚶鳴）我有雙白璧不羨于虞卿我有徑寸珠別是天地精玩之室生白瀟灑身安輕只應天上人見我雙眼明

陽烏爍萬物草木懷春恩茫茫塵土飛培壅名利根我本是蓑笠幼知天子尊學爲毛氏詩亦多直致言不慕需臑（一作蠕蠕）類附勢同崩奔唯尋桃李蹊去去長者門

美人如遊龍被服金鴛鴦手把古刀尺在彼白玉堂文章深掣曳珂珮鳴丁當好風吹桃花片片落銀床何妨學（一作當舉）羽翰遠逐朱鳥翔

乾坤有清氣散入詩人脾聖賢遺清風不在惡木枝千人萬人中一人兩人知憶在東溪日花開葉落時幾（一作我）擬以黃金鑄作鍾子期

莫輕白雲白不與風雨會莫見守羊兒或是初平輩人生非日月光輝豈常在一榮與一辱古今（一作今古）常相對君（一本無君字）不見于公門子孫好冠蓋古交如眞金百煉色不回今交如暴流倏忽生塵埃我願君子氣散爲青松栽我恐荊棘花只爲小人開傷心復傷心吟上高高臺

常思謝康樂文章有神力是何清風清凜然似相識一種爲頑嚚得作翻經石一種爲枯槁得作登山屐永嘉爲郡後山水添鮮碧何當學羽翰一去觀遺跡

常思李太白仙筆驅造化玄宗致之七寶床虎殿龍樓無不可一朝力士脫靴後玉上青蠅生一箇紫皇殿前五色麟忽然掣斷黃金鎖五湖大浪如銀山滿船載酒撾鼓過賀老成異物顛狂誰敢和寧知江邊墳不是猶醉臥

憶在山中時丹桂花葳蕤紅泉浸瑤草白日（一作日夕）生華滋箬屋開地鑪翠牆挂藤衣看經竹窗邊白猨三兩（一作四）枝東峰有老人眼碧頭骨奇種薤煮白石旨趣如嬰兒月上來打門月落方始歸授我微妙訣恬澹（一作然）無所爲別來六七年只恐白日飛

酷吏詞（唐末寇亂休避地渚宮荊帥高氏優待之館于龍興寺會有謁宿話時政不治乃作酷吏詞以刺之）

霰雨灂灂風吼吼如斸有叟有叟暮投我宿吁歎自語云太守酷如何如何掠脂斡肉吴姬唱一曲等閑破紅束韓娥唱一曲錦段鮮照屋寧知一曲兩曲諱曾使千人萬人哭不惟哭亦白其頭飢其族所以祥風不來和氣（一作風）不復蝗乎（一作兮）蠆乎（一作兮）東西南北

還舉人歌行卷

厚於鐵圍山上鐵薄似雙成仙體纈蜀機鳳雛動蹵躂珊瑚枝枝撐著月王愷家中藏難掘顏回飢僝愁天雪古松直筆雷不折雪衣女啄蟠桃缺珮入龍宮步遲遲繡簾銀殿何參差即不知驪龍失珠知不知

陳宮詞

緬想當時宮闕盛荒宴椒房懱堯聖玉樹花歌百花裏珊瑚窗中海日迸大臣來朝酒未醒酒醒忠諫多不聽陳宮因此成野田耕人犁破宮人鏡

擬齊梁酬所知見贈二首

靜只焚香坐詠懷悲歲闌佳人忽有贈滿手紅琅玕不獨擢肌䰟將行爲羽翰酬如上青天風雪空漫漫

美如仙鼎金清如纖手琴孫登嘯一聲縹緲不可尋但覺神洋洋如入三昧林釋手復在手古意深復深慚無英瓊瑶何以酬知音

經古戰場

茫茫凶荒迥如天設駐馬四顧氣候迂結秋空崢嶸黃日將沒多少行人白日見物莫道路高低盡是戰骨莫見地赤碧盡是征血昔人昔人既能忠盡于力身糜戈戟脂其風膏其域令人何不繩其膝植其食而使空曠年年常貯愁煙使我至此不能無言

村行遇獵

獵師紛紛走榛莽女亦相隨把弓矢南北東西盡殺心斷燒殘雲在圍裏鶻拂荒田兎成血竿打黃茅雉驚起傷嗟箇輩亦是人一生將此關身已我聞天地之大德曰生又聞萬事皆天意何遣此人又如此猶更願天公一丈雪深山麋鹿盡凍死

漁家

赤蘆蓋屋低壓恰沙漲柴門水痕疊黃雞青犬花蒙籠漁女漁兒掃風葉有叟相逢帶秋醉自拔船樁色無媿前山腳下得魚多惡浪堆中盡頭睡但得忘筌心自樂肯羨前賢釣清渭終須畫取挂秋堂與爾爲鄰有深意

田家作

田家老翁無可作晝甑蒸梨香漠漠只向堦前曝背眠赤桑大葉時時落古塹侵門桃竹密倉囤峨峨欲遮(一作蔽)日自云孫子解耕耘四五年來腹多實我聞此語心自悲世上悠悠豈得知稼而不穡徒爾爲

江邊祠

松森森江渾渾江邊古祠空閉門精靈應醉社日酒白龜吠斷菖蒲根花殘冷紅宿雨滴土龍甲濕鬼眼赤天符早晚下空碧昨夜前村行霹靂

苦熱寄赤松道者

天雲如燒人如炙天地鑪中更何適蟬喘雷乾冰井融些子清風有何益守羊真人眴之役高吟招隱倚碧壁紫氣紅煙鮮的的澗茗園瓜麴塵色驕矜奢涼合相憶

偶作二首

新詩一千首古錦初下機除月與鬼神別未有人知子期去不返浩浩良不悲不知天地間知者復是誰

門前數枝路路車馬鳴名埃與利塵千里萬里行只見青山高豈見青山平朱門勢峨峨冠蓋何光明黃鳥在花裏青蟬奪其聲爾生非金玉豈常貴復貞寄言之子心可以歸無形

夜(一作秋)夜曲

蟪蛄切切風騷騷芙蓉噴香蟾蜍高孤燈耿耿征婦勞更深撲落金錯刀

春晚書山家(一本有主人二字)屋壁二首

柴門寂寂黍飯馨山家煙火春雨晴庭花濛濛水泠泠小兒啼索樹上鶯

水(一作檥)香塘黑蒲森森鴛鴦鸂鶒如家禽前村後壠桑柘深東鄰西舍無相侵蠶娘洗蠒前溪淥牧童吹笛和衣浴山翁留我宿又宿笑指西坡瓜豆熟

春晚閑居寄陳蒿伯

春霖閉門久春色聚庭木一夢辭舊山四鄰有新哭菰蒲生白水風篁擢纖玉爲憶湖上翁花時獨冥目

長持經僧

嘮嘮長夜坐嘮嘮早起杉森森不見長人聲續續如流水擬金掙玉吐宮嗤徵頭低草木手合神鬼日消三兩黃金爭得止(佛言常持經者可日食三兩金)而槁木朽枝一食而已傷嗟浮世之人善事不曾入耳

苾苾曲

苾苾復苾苾滿眼皆埃塵莫言白髮多莖莖是愁筋未達苦雕偽及達多不仁淺深與高低盡能生棘榛苾苾四大愁殺人

古鏡詞上劉侍郎

至寶不自寶照古還照今仙人手胼胝寥沉秋沈沈不是十二面不是百煉金若非八彩眉不可輒照臨卽歸玉案頭爲君整冠簪卽居吾君手照出天下心恭聞太宗朝此鏡當宸襟六合懸清光萬里無塵侵此鏡今又出天地還得一

送姜道士歸南岳(缺二字)

松品落落雪格索索眼有三角頭峭五岳若不居岳此處難著藥僮貌蠻名鄙彼葫蘆酒滿擔劣起萬里長風嘯一聲九貞須拍黃金几落葉蕭蕭 杳 送師言了意未了意未了他時爲我致取一部音聲鳥

了仙謠

海中紫霧蓬萊島安期子喬去何早遊戲多騎白騏驎鬅鬆如銀未曾老亦留仙訣在人間鎔鍒終言藥非道始皇不得此深旨遠遣徐福生憂惱紫术黃精心上苗大還小還行中寶若師方術棄心師浪似雪山何處討

全唐詩

貫休

循吏曲上王使君

霈宿霈宿炳爛光合蒸蒸黎民鍾此多福自東自西自南自北伊飛伊走乳乳良牧和氣無形春光自成大信不信貽厥無朕霈女霈女爾亦須語使君爲理玄風震古霈女霈女爾亦須語我願喙長三千里枕著玉階奏明主

古鏡詞

我有一面鏡新磨似秋月上唯金膏香下狀驪龍窟等閑不欲開醜者多不悅或問幾千年軒轅手中物

懷張爲周朴

張周二夫子詩好人太癖更不過嶺來如今頭盡白人傳禹力不到處河聲流向西(周)又到處即閉户逢君方展眉(張)不知是不是若是即大奇我又聞二公心與人不同一生常在寂寞中有時狂吟入僧宅錦囊鳥啼荔枝紅有時冥搜海山腦珊瑚枝動日杲杲聖君在上知不知赤面濁醪許多好

題弘顗三藏院

儀清態淡雕瓊瓌捲簾瀟灑無塵埃嶽茶如乳庭花開信心弟子時時來灌頂壇嚴伸噩塞三十年功苦拘束梵僧夢裏授微言雪嶺白牛力深得(師曾受神僧眞言於夢中)水精一索香一爐紅蓮花舌生醍醐初聽喉音寶樓閣如聞魔王宮殿拉(一作掠)金丸落次聽妙音大隨求更覺人間萬事深悠悠四音俱作清且柔愛河濁浪却倒流却倒流兮無處去碧海含空日初曙

古意代友人投所知

青松雖有花有花不如無貧井泉雖清且無金轆轤客從遠方來遺我古銅鏡挂之玉堂上如對軒轅聖天龍睡坤腹土蝕金鬣綠因知燕趙佳人顏似玉不得此鏡終不(缺一字)

聞知已入翰林

天驥頭似鳥倏忽四天下南金色如椹入火不見火吾交二名士遽立于帝左鳳姿既出世天意屬在我奇哉子淵頌無可無不可

上裴大夫二首

我有一端綺花彩鸞鳳羣佳人金錯刀何以裁此文

我有白雲琴樸斲天地精俚耳不使聞慮同衆樂聽指指法仙法(應作指)聲聲聖人聲一彈四時和再彈中古清庭前梧桐枝颯颯南風生還希師曠懷見我心不輕

上劉商州

周邵吁嚧氣結爲禎祥雲客從遠方來持此將贈君時命偶不謬授館終南東愔愔良吏師不寐如老農丘軻文之天代天有餘功代天復代天后稷何所從

閑居擬齊梁四首

夜雨山草滋爽籟生古木閑吟竹仙偈清於嚼金玉蟋蟀啼壞牆苟免悲局促道人優曇花迢迢遠山綠

果熟無低枝芳香入屛帷故人久不來萱草何離離苦吟齋貌減更被杉風吹獨賴湖上翁時爲烹露葵

紅藕暎嘉魴澄池照孤坐池痕放文彩雨氣增慵懵山翁寄术藥幸得秋病可終召十七人雲中備香火

清氣生滄洲殘雲落林藪放鶴久不歸不知更歸否支策到江潛江皐木葉飛自憐爲客遠還如鵲遶枝南枝復北枝玉露沾毛衣

塞上曲二首

錦袷胡兒黑如漆騎羊上冰如箭疾蒲萄酒白雕腊紅首蓿根甜沙鼠出單于右臂何須斷天子昭昭本如日一握鬒髯一握絲須知只爲平戎術

去年轉鬭陰山脚生得單于却放却今年深入于不毛胡兵拔帳遺弓刀男兒須(一作貴)展平生志爲國輸忠合天地甲穿雖即(一作則)失黃金劒缺猶能生紫氣塞草萋萋兵士苦胡虜如今勿胡虜封侯十萬始無心玉關凱(一作生)入君看取

擬齊梁體寄馮使君三首

庭鳥多好音相呼灌木中竹房更何有還如鳥巢穴賴逢富人侯眞東晉謝公煌煌發令姿珂珮鳴丁冬

故山有深霞未如旌旗紅慚非衛霍松何以當清風露蓋蟬聲長蕙蘭垂紫帶清吟待明月孤雲忽爲蓋伊余石林人本是燒畬輩頻接謝公棊輸多未曾賽

大道貴無心聖賢爲始慕秋空共澄潔美玉同貞素偉哉桐江守雌黃出金口爲文能廢興談道彌空有雪林槁枯者坐石聽亦久還疑紫磨身成居靈運後

書匡山老僧菴

貿當紅實好鳥語銀髯瘦僧貌如祖香煙濛濛衣上聚冥心縹緲(一作渺渺)入鐵圍白磨作夢枕藤屨東峯山媼貢瓜乳

讀顧況歌行

雪泥露金氷滴瓦楓檉火著僧留坐忽覯逋翁(況別號)一軸歌始覺詩魔辛負我花飛飛雪霏霏三珠樹曉珠纍纍妖狐爬出西子骨雷車搒破織女機憶昔鄱陽寺中見一碣逋翁詞兮逋翁札庾翼未伏王右軍李白不知誰擬殺別別若非仙眼應難別不可說不可說離亂亂離應打折

冬末病中作二首

冬風吹草木亦吹我病根故人久不來冷落如丘園舳龍與摩詰吁歎非不聞顧惟年少時未合多憂戀風鍾遠孤枕雪水流凍痕空餘微妙心期空靜者論

胸中有一物旅拒復攻擊向下還上來唯疑是肺石山童頑且小用之復何益教洗煮茶鐺雪團打鄰壁宛轉無好姿裹回更何適庭前早梅樹坐見花盡碧屋老多鼠窠窗卑(一本缺)露山脊近來胸中物已似輸藥力微吟復微吟依稀似莊舄

遇葉進士

文章擬眞宰儀冠冷如壁山寺偶相逢眼青勝山色氣隆多慷慨語澹無他力金繩殘果落竹閣涼雨滴自媿龍鍾人見此冲天翼

寄杜使君

清辰捲珠簾盥漱香滿室杉松經雪後別有精彩出琅函芙蓉書開之向堦日好鳥常解來孤雲偶相失有時作章句氣概還鮮逸茫茫世情世誰人愛眞實清高慕玄度宴黙攀道一殘磬隔風林微陽解氷筆亦知休明代諒無經濟術門前九箇峯終擬爲文乞

寄高員外

冷冽蒼黃風似劈雪骨氷筋滿瑤席庭松流汗相抵唲霜絮重裘火無力孤峯地鑪燒白櫪麗看道者應相憶倏忽維陽歲云暮寂寥不覺成章句惟應將寄蘂珠宮(一作人)禪刹雲深一來否

書陳處士屋壁二首

有叟傲堯日髮白肌膚紅妻子亦讀書種蘭清溪東(處士有種蘭篇)白雲有奇色紫桂含天風即應迎鶴書冝羨於洞洪

高步前山前高歌北山北數載賣甘橙山貲近云足新詩不將出往往僧乞得唯云李太白亦是偷桃賊吟狂鬼神走酒釃天地昬青芻生堦除擲之束成束

對月作

今人看此月古人看此月如何古人心難向今人說古人求祿以及親及親如之何忠孝爲朱輪今人求祿唯庇身庇身如之何惡木多斜文斜文復斜文顛窒何紛紛

山茶花

風裁日染開仙囿百花色死猩血謬今朝一朶墮堦前應有看人怨孫秀

上孫使君（三十九句缺一字）

聖主得賢臣天地方交泰恭惟嶽精粹多出於昭代君侯握文鏡獨立塵埃外王演俗容儀崔陵小風概馨香擁蘭雪峻秀高嵩岱嵇松領歲寒莊劍無礱淬威稜玉霜直匠石金椎大詩穿明月珠道拍安期背中興鸞鳳集直道風雲會萬卷似無書三山如歷塊德乎天所縱清矣誰堪對有法在朝端無塵到冠蓋具瞻從容匆旦夕調鼎鼐爲君整衢尊爲君戢蕃塞豈知吾后意憂此毗陵最親手賜彤弓蒼生是緊賴下車鄰寇散是物氷壺內龔遂喪廉平次公太繁碎袴襦砧動地父母歌闌闠雪鑠戈鋋非煙遶旌斾寧思子産氷冒羨任棠薤忽如春再來不獨天重戴昂藏海嶠鶴冷碧仙庭檜物物動和氣家家有新態芙蓉開帟幕錦帳無纖塵鼓角穿凍雲恩波動耕耒奸回改精魄禮教書紳帶必于堯舜日還似房杜輩野人有章句格力亦慷慨若不入丘門世間更誰愛

哭靈一上人

一公何不在空有遠公名共說岑山路今時不可行舊房松更老新塔草初生經論傳緇侶文章遍墨卿禪林枝幹折法宇棟梁傾誰俊修僧史應知傳已成

行路難

君不見山高海深人不測古往今來轉青碧淺近輕浮莫與交地卑只解生荊棘誰道黃金如糞土張耳陳餘斷消息行路難行路難君自看

不會當時作（一作初）天地剛有多般愚與智到頭還用眞宰心何如上下皆清氣大道冥冥不知處那堪頓得羲和轡義不義兮仁不仁擬學長生更容易負心（一作薪）爲爐復爲火緣木求魚應且止君不見燒金煉石古帝王鬼火熒熒白楊裏

君不見道傍廢井生古木本是驕奢貴人屋幾度美人照影來素綆銀缾濯纖玉雲飛雨散今如此繡闥雕甍作荒谷沸渭笙歌君莫誇不應常（一作長）是西家哭休說遺編行者幾至竟終須合天理敗他成此亦何功蘇張終作多言鬼行路難行路難不在羊腸裏

九有茫茫共堯日浪死虛生亦非一清淨玄音竟不聞花眼酒腸暗如漆或偶因片言隻字登第光二親又不能獻可替否航要津口譚羲軒與周孔履行不及屠沽人行路難行路難日暮途遠空悲歎

君不見道傍樹有寄生枝青青鬱鬱同榮衰無情之物尚如此爲人不及還堪悲父歸墳兮未朝（一作期）夕已分黃金爭田宅高堂老母頭似霜（一作雪）心作數支（一作枝）淚常滴我聞忽如負芒刺不獨爲君空歎息古人尺布猶可縫潯陽義犬（一作夫）令人憶寄言世上爲人子孝義團圓莫如此若如此不遄死兮更何俟

泊秋江

岸如洞庭山似剡船漾清溪涼滕簟月白風高不得眠枯葦叢邊釣師魘

嘲商客

葦蕭蕭風撼撼落日江頭何處客斜倚帆檣不喚人五湖浪向心中白

寄王滌

梅月多開戶衣裳潤欲滴寂寥雖無形不是小讎敵地虛草木壯雨白桃李赤永日無人來庭花苦狼籍吟高好鳥覷風靜茶煙直唯思萊子來衣拖五般色

上馮使君五首

撐船碧江上春日何遲遲汀花最深處拾得鴛鴦兒

漁父無憂苦水仙亦何別眠在綠葦邊不知釣筒發

樵叟無憂苦地仙亦何別茆屋岸花中弄孫頭似雪

扣舷得新詩茶煮桃花水嶭嶭數片帆去去殊未已

仁政無不及乳獺將子行誰家苦竹林中有讀書聲

擬（一本無擬字）君子有所思二首

我愛正考甫思賢作商頌我愛揚子雲理亂皆如鳳振衣中夜起露花香旖旎撲碎驪龍明月珠敲出鳳皇五色髓陋巷蕭蕭風㭊㭊（一作淅淅）緬想斯人勝珪璧寂寥千載不相逢無限區區盡虛擲君不見沈約道佳人不在茲春光爲誰惜

安得龍猛筆（西嶽龍猛大士於硯中磨藥點筆成金西天有龍猛金其色紫）點石爲黃金散爲（一作問）（一作向）酷吏家使無貪殘心甘棠密葉成翠幄欵（一作穎）鳳不來天地塞所以傾國傾城人如今如今不可得（一作所以傾城人如今不可得）

古塞下曲四首（一本無古字亦無四首二字第三首另一題）

古塞腥膻地胡兵聚如蠅寒鵰中髇石落在黃河氷蒼茫邏迯城㭊㭊賊氣與鑄金禱秋穹還擬相憑陵

戰（一作白）骨踐成（一作化黃）塵飛入征人目黃雲（一作塵）忽變黑戰鬼作陣（一作夜）哭陰風吼大漠火號出不得誰爲天子前唱此邊城曲

日向平沙出還向平沙沒飛蓬落軍（一作陣）營驚鵰去天末帝鄉青樓倚霄漢歌吹掀天對花月豈知塞上望鄉人日日雙眸滴清血

狼煙在陣雲匈奴愛輕敵領兵不知數牛羊復吞磧嚴冬大河枯嫖姚去深擊戰血染黃沙風吹瞑天赤

鼓腹曲

我昔不幸兮遭百罹蒼蒼留我兮到好時耳聞鐘鼓兮生豐肌白髮却黑兮自不知東鄰老人好吹笛倉囷峩峩穀多赤餅紅鰕兮枅麋腊有酒如濁醽兮呼我喫往往醉倒潢洿之水邊兮人盡識孰云六五帝兮四三皇如夔如龍兮如龔黃吾不知此之言兮是何之言兮

經曠禪師院

吾師楞伽山中人氣岸古淡僧麒麟曹溪老兄一與語

金玉聲利泥棄唾委兀兀如頑雲驪珠兮固難價其價
靈芝兮何以根其根眞貌枯槁言樸略衲衣爛黑燒獄
痕憶昔十四五年前苦寒節禮師問師愣伽月此時師
握玉塵尾報我却云非日月一敲粉碎狂性歇庭松無
韻冷撼骨搔窗擦簷數枝雪邇來流浪于吳越一片閑
雲空皎潔再來尋師已蟬蛻薝蔔枝枯醴泉竭水檀香
火遺影在甘露松枝月中折（師去世有甘露降于庭松）寶師往日眞隱心
今日不能隨雙血

邊上作三（一作二）首（一本缺第三首）

山無綠兮水無清風旣毒兮沙亦腥胡兒走馬疾飛鳥
聯翩射落雲中聲

陣雲忽向沙中起探得胡兵過遼水堪嗟護塞征戍兒
未戰已疑身是鬼

見說青塚穴中有白野狐時時出沙磧向東而號呼號
呼復號畫師圖得無

送張拾遺赴施州司户

道之大道古太古二字爲名爭莽鹵社稷安危在直言
須歷堯堦撾諫鼓恭聞吾皇至聖深無比推席却几聽
至理一言偶未合堯聰賈生須看湘江水君不見頊者
百官排闥赴延英陽城不死存令名又不見仲尼遥奇
司馬子珮玉垂紳合如此公乎公乎施之掾江上春風
喜相見畏天之命復行行芙蓉爲衣勝絁絹好音入耳
應非久三峽聞猨莫迴首且啜千年羹醉巴酒

書倪氏屋壁三首

茶烹綠乳花暎簾撑沙苦筍銀纖纖窗中山色青翠粘
主人於我情無厭

白桑紅椹鶯咽咽麵揉玉塵餅挑雪將爲數日已一月
主人於我特地切

水嬌草媚掩山路曬槎鴛鴦如畫作春光靄靄忽已暮
主人剛地不放去

續姚梁公坐右銘（并序）

愚嘗覽白太保所作續崔子玉座右銘一首其詞
旨乃典乃文再懇再切實可警策未悟貽厥將來
又見姚崇下蘭張說李邕皆有斯文尤爲奧妙其
于東昜婉娩乃千古之鑒戒資腴矣愚竊愛其文
惟恨世人不能行之十得其二一日抽毫遂作續
白氏之續命曰續姚梁公座右銘一首雖文經理
緯不逮於羣公而亦可書於屋壁云

善爲爾諸身行爲爾性命禍福必可轉莫憖言前定見
人之得如已之得則美無不克見人之失如已之失是
亨貞吉反此之徒天鬼必誅福先禍始好殺滅絕不得
不止守謙寡慾善善惡惡不得不作無見貴熱諂走鼈
躄無輕賤微上下相依古聖著書矻矻孳孳忠孝信行
越食逾衣生天地間未或非假身危彩虹景速奔馬胡
不自彊將升玉堂胡爲自墜言虛行僞豔殃爾壽須戒
酒腐爾腸須畏勵志須至樸滿必破非莫非於餙非過
莫過於文過及物陰功子孫必封無恃文學是司奇薄
患隨不忍害逐無足一此一彼諸宫合徵親仁下問立
節求已惡木之陰匪陰盜泉之水匪水世乎草草能生
幾幾直須如氷如玉種桃種李嫉人之惡酬恩報義忽
已之慢成人之美毋擔虛譽無背至理恬和愻暢沖融
終始天人之行盡此而已丁寧丁寧戴髮含齒

上盧少卿覔千文

荆山有美玉含華尚炳爛堪爲聖君璽堪爲聖君案草
木潤不彫煙霞覆不散野人到山下仰視星辰畔倘或
如栗黃保之上霄漢

謝盧少卿惠千文

廬山有石鏡高倚無塵垢畫景分煙蘿夜魄侵星斗苞
含物象列搜照魚龍吼寄謝天地間毫端皆我有

全唐詩

貫休

大蜀皇帝壽春節進堯銘舜頌二首

堯銘

金冊昭昭列聖孤標仲尼有言巍巍帝堯承天眷命罔
厥矜驕四德炎炎堦蓂不凋永孚於休垂衣飄飄吾皇
則之小心翼翼東陽亭毒不遑暇食土堦苔綠茅茨雪
滴君旣天賦相亦天錫德輶金鏡以聖繼聖漢高將將
太宗兵柄吾皇則之日新德盛朽索六馬罔墜厥命熙
熙蓼蕭塊潤風調舞擊干羽囿入蒭蕘旣玉其葉亦金
其枝葉葉枝枝百工允釐享國如堯不疑不疑

舜頌

高高歷山有黍有粟皇皇大舜合堯玄德五典克從四
門伊穆大道將行天下爲公臨下有赫選賢用能吾皇
則之無斁無逸綏厥品彚光光得一千輻臨頂十在藺
躍大哉大同爲光爲龍吾皇則之聖謀隆隆納隍孜孜
孜孜切切六宗是禋五瑞斯列排麟環鳳拔香立雪四
夷納賮九圍（一作圉）有截昔救世師降生竺乾壽春亦然萬
年萬年

大蜀高祖潛龍日獻陳情偈頌

有叟有叟居岳之室忽振金錫下彼巉崒聞蜀風景地
寧得一富人侯王旦奭摩詰龍角日角紫氣盤屈揭日

月行符湯禹出天步孔艱橫流犯蹕穆穆蜀俗整整師律髯髮垂雪忠貞貫日四人蘇活萬里豊謚無雨不膏有露皆滴有叟有叟無實行實一瓶一衲旣朴且質幸蒙顧盼詞媛恩鬱軒鏡光中願如善吉

寄大願和尚（注內缺二字）

道朗居太山達磨住熊耳手擎清涼月靈光溢天地盡騎金師子去世久已矣吾師隱廬岳外念全剗削擲孔聖之日月相空王之橐籥曾升麟德殿譚無著賜衣三銖讓不著（太平裴相公與師詩云竟辭聖主宮中詔來赴遺民社內期）唯思紅泉白石閣因隨裴楷離京索（時裴公出守鍾陵與師同行）邇來便止於匡霍瀑布千尋噴冷煙旃檀一枝翹瘦鶴峴首故人清信在千書萬書取不諾（裴公鎮襄陽頻使迎取師堅不往）微人昔爲門下人扣玄佩惠無邊垠自憐亦是師子子未逾三載能嚬呻（江西三載誦法華經）一從散席歸寧後溪寺更有誰相親青山古木入白浪赤松道士爲東鄰焚香西望情何極不及曇詵淚空滴（詵遠公弟子常在左右）桐江太守社中人還送郄超米千石（昔郄鑒送米入山與道安）寶書遽掩修章句萬里空函亦何益終須一替辟蛇人未解融神出空寂（匡山神爲遠公侍者　辟蛇人大師曾書不知何緣得相見惟冲融無相而會耳）

上顧大夫

碧海漾仙洲驪珠外無寶一岳倚青冥羣山盡如草君侯聖朝瑞動只關玄造誰云倚天劍含霜在懷抱誰云青雲險門前是平道洪民亦何幸里巷清如掃至化無經綸至神無祝禱即應炳文柄孫平去浩浩即應調鼎味比屋堪封保野人慕正化來自海邊島經傳髻裏珠詩學池中藻閉門十餘載庭杉共枯槁今朝投至鑒得不傾肝腦斯文如未精歸山更探討

寒月送玄（一本有道字）士入天台

之子逍遙塵世薄格淡於雲語如鶴相見唯談海上山碧側青斜冷相沓芒鞋竹杖寒凍時玉霄忽去非有期僮擔赤籠密雪裏世人（一作上）無人留得之想入紅霞路深邃孤峰縱嘯仙飈起星精聚觀泣海鬼月湧薄煙花點水送君丁寧有深旨好尋佛窟遊銀地（佛窟銀地皆天台雲境也）雪眉衲僧皆正氣伊昔貞白先生同此意若得神聖之藥即莫忘遠相寄

上杜使君

爲魚須處海爲木須在岳一登君子堂頓覺心寥廓右聽青女鏡左聽宣尼鐸政術似蒲盧詩情出沖漠從來苦清苦近更加澹薄訟庭何所有一隻兩隻鶴煙霞色擁墻禾黍香侵郭嚴霜與美雨皆從二天落蒼生苦瘡痍如何盡消削聖君新雨露更作誰恩渥即捉五色筆密勿金鑾角即同房杜手把乾坤橐籥休說卜圭峰開門對林壑

送僧入馬頭山

馬頭寶峰秀寒空有叟有叟眞隱其中無味醍醐亦非般若白趾碧目數百瀟灑苦竹大於杉白熊臥如馬金鍾撼壑布水噴瓦芙蓉堂開峰月入岳精踏雪立屋下伊余解攀緣已是非常者更有叟獨往來與我語情無剛彊氣透今古竹笠援補芒鞋藤乳北風倒人乾雪不聚滿頭霜雪湯雪去湯雪去無人及空望眞氣江上立

上盧使君（第二十四句缺一字）

夔龍在廟堂雖然有僉議蒼生得父母自是天之意鄱陽氣候正文物皆鮮媚金鏡有餘光春風少閑地膺門倚寒碧到者寧容易賓從皆鳳毛爪牙悉猨臂樓臺千萬户錦繡龍歌沸大惠蟲鳥全至嚴龍虎畏可憐召伯樹婆娑不勝翠詩搜日月華道嚥神仙味嘉樹白雀來祥煙甘露墜中川一帶香　開幽邃地逸少情有餘東山境不啻恭聞聖天子廊廟猶虛位應知黎庶心只恐徵書至

送顥雅禪師

霜鋒擗石鳥雀聚帆凍陰飈吹不舉芬陀利香釋驎虎幡幢冒雪爭迎取春光主芙蓉堂窄堆花乳手提金桴打金鼓天花娉婷下如雨猊座上師子語苦却樂樂却苦盧至黃金忽如土

和楊使君遊赤松山

爲郡三星無一事龔黃意外扳喬松日邊揚歷不爭路雲外苔蘚須留蹤溪月未落漏滴滴隼旟已入山重重捫蘿蓋輸山屐伴駐旆不見朝霞濃乳猨劇黠掛險樹露木翠脆生諸峰初平謝公道非遠黯然物外心相逢石羊依稀藏瑤草桃花彷彿開仙宮終當歸補吾君袞好山好水那相容

送崔使君（字缺二）

柳門柳門芳草芊綿日日日黯然黯然子牟戀闕歸闕王粲下樓相別食實得地頗淹歲月今朝天子在上合雪必雪況絳之牧文行炳潔釋謂緣因久昵清塵王嘉迎安遠狎遺民婉彼二子厥或相似論文不文話道無滓士有貴逼勢不可過麟步規矩鳳翥昻枡峴首仁蹤項頻跛商雲乳麝香可撮望塵　連紫闥吾皇必用整乾坤莫忘江頭白頭達（白頭達事見高僧傳）

杜侯行（并序）

愚自江東兵荒之後受杜氏兄弟深知徃曾見陳陶與撫州蔡京使君雜言曰蔡氏行今亦擬之曰杜侯行云耳

天目連天搏秀氣崢嶸作起新城地德門鍾秀光盛時三虎八龍皆世瑞項者天厖亂下鯨翻海烽火崩騰照行在江表唯傳君子營劍衝牛斗疏眞宰金昆玉季輕三鼓煮海懸魚臣節苦鴈影參差入瑞煙荆花燦爛開仙圃我聞大中咸通眞令主相惟太杜兼小杜但能致君活國濟生人亦何必須踏金梯折桂樹宣宗懿宗調舜琴大杜小杜爲殷霖出將入相兮功德深生人受賜兮直至今杜侯兄弟繼之後璞玉渾金美騰口常言一呼百萬何足云終取封侯之印大如斗恭聞吾皇似堯禹搜索賢良皆面覩杜侯杜侯君儻修令德克有終即必還爲大杜兼小杜人之戴兮天筆註國之福兮天固祚四海無波八表臣如今而後君看取

偶作五首

誰信心火多多能焚大國誰信鬢上絲莖莖出蠶腹嘗聞養蠶婦未曉上桑樹下樹畏蠶飢兒啼亦不顧一春膏血盡豈止應王賦如何酷吏酷盡爲搜將去蠶蛾爲

蝶飛僞葉空滿枝寃梭與恨機一見一霑衣

機生機巧生巧心鑊烘烘日煎炒闖蜀眉嚬遊海島扶桑椹熟金烏飽金烏飽飛復飛四天下人眼眙眙

孰云我輕薄石頭如何喚作玉孰云我是非隨邪逐惡又爭得古人終不事悠悠一言道合死即休豈不見大鵬點翼蓋十洲是何之物鳴啾啾

君子食即食何必在珍華小人食不食縱食如泥沙清歌且莫唱妙舞亦休誇爾非鳳炙麒麟肉焉能一掛於齒牙去來去來歸去來紅泉正灑芙蓉霞

君不見金陵風臺月榭煙霞光如今五里十里野火燒茫茫君不見西施綠珠顏色可傾國樂極悲來留不得君不見漢王力盡得乾坤如何秋雨灑廟門銅臺老樹作精魅金谷野狐多子孫幾許繁華幾更改唯有堯舜周召丘軻似長在坐看樓閣成丘墟莫話桑田變成海吾有清涼雪山雪天上人間常皎潔茫茫慾火欲燒人惆悵無因爲君說

山中作

山爲水精宮藉花無塵埃吟狂岳似動筆落天瓊瓌伊余自樂道不論才不才有時鬼笑兩三聲疑是大謝小謝李白來

聞前王使君在澤潞居

爲善無近名竊名者得聲不如心誠哉是言也使君聖朝瑞乾符初刺婺德變人性靈筆變人風土煙霞與蟲鳥和氣將美雨千里與萬里各各來相附信哉有良吏玄識應百數（東陽古者相傳有記云刺史滿一百即有好刺史來後有大冠至使君來正當一百人兩年後果有黃賊來公避地遠去）古人古人今日又見民歌六七袴不幸大冠崩騰來孤城勢孤固難錮攀轅旣不及旌旆衝風露大駕已西幸飄零何處去婺人空悲哀對生祠泣沾莓苔忽聞暫寄河之北兵强四面無塵埃唯祝鑾輿早歸來用此咎繇仲虺才使四野霧廓八紘鏡開皇天無親長與善鄰宜哉宜哉

將入匡山別芳晝二公二首（一作將入廬山別僧）

噴嵐堆黛塞寒碧窗前古雪如白石臨岐約我來不來若來須攪紅霞覓

紅豆樹（一作花）間滴紅雨戀師不得依師住世情世界愁殺人錦繡谷中歸舍去

送楊秀才

北山峨峨香拂拂翠漲青奔勢巉崪赤松君宅在其中紫金爲墻珠作室玻璃門外仙傲睡幢節森森絳煙密水精簾捲桃花開文錦娉婷衆非一撫長離坎答鼓花姑吹簫弄玉起舞三萬八千爲半日海涸鼇枯等閑覩愛共安期碁苦識彭祖祖有時朝玉京紅雲擁金虎石橋亦是神仙住（一作柱）白鳳飛來又飛去五雲縹緲羽翼高世人仰望心空勞

別杜將軍

伊余本是胡爲者採蕈鋤茶在窮野偶披蓑笠事空王餘力爲文擬何謝少年心在青雲端知音滿地皆龍鸞遽逢天步艱難日深藏溪谷空長歎偶出重圍遇英哲留我江樓經歲月身隈玉帳香滿衣夢歷金盆（金華山最高處）雨和雪東風來兮歌式微深雲道人召來歸燕辭大厦兮將何爲濛濛花雨兮鶯飛飛一汀楊柳同依依

送夢上人歸京

伊余龍鍾歸海涯千山萬水情自怡夢公別我還上國江邊慘執行遲遲向我道雲中覓伴未得伴又示我數首新詩盡是詩只恐不如此若如此如此即須天子知蕭蕭金吹荊門口槐菊闘黃落葉走前程勝事未可涯但恐圭峰難入手蓮峰掌記韓拾遺鴈行雍穆世所稀二十年前即別離憑師一話吟朝飢

問岳禪師疾

世病如山岳世醫皆拱手道病如金鎖師遭鎖鎖否（大塵爲世病無爲無事爲道病如金鎖）伊昔芙蓉頰談經似主涉蘇合晝氤氳天花似飛蝶覺樹垂實魔輩刺疾病也不問終不皺膝（師常坐不卧也）春光冉冉不上爾質東風浩浩謾入爾室云何斯人而有斯疾

上荊南府主三讓德政碑

明明赫赫中興主動納諸隍冠前古四海英雄盡戢兵皆如圪圪（一作矻矻）天金柱萬姓多論政與德請樹豐碑似山岳一從寇滅二十年琬琰雕鐫賜重疊荊州化風何卓異寡欲無爲合天地雖立貞碑與衆殊字字皆是吾皇意君侯捧碑西拜泣臣且何人恩洊及鳳皇（一作詔）銜下雕龍文德昧政虛爭敢立函封三奏心匍匐堅讓此碑聲蓋國我恐江淹五色筆作不立此碑之碑文不得

施萬病丸

我聞昔有海上翁鬚眉皎白塵土中葫蘆盛藥行如風病者與藥皆惺惚藥王藥上親兄弟救人急於己諸體玉毫調御偏讚揚金輪釋梵咸歸禮賢守運心亦相似不吝親親拘子子曾聞古德有深言由來大士皆如此

甘雨應祈

春雨偶愆期草木亦未覺君侯不遑處退食或閉閣東海浪滔滔西江波漠漠得不願身爲大虬金其角玉其甲一吸再噴雲平霧匝華暢九有清傾六合使不蘇者蘇不足者足情通上玄如膏綿綿有叟有叟鼓腹歌於道邊歌曰麥苗芃芃兮鶬鶊飛日出而作兮日入歸如彼草木兮雨露肥古人三樂兮我樂多之天之成兮地之平兮柘系黃兮𦀗葉青兮乳女啼兮蒸黍馨兮炙背捫虱兮復何經營兮

寄韓團練

眞宰動洪鑪萬物皆消息唯有三珠樹不用東風力君子天廟器頭骨何巉崱海内久聞名江西偶相識誰不有詩機麟龍不解織誰不有心地蘭茝不曾植多君二俱作獨立千仞壁話道出先天憑師動臻（一作榛）極青霄鴈行律紅露荊花滴偶然成遠別別後長相憶行至鄱陽郡又見謝安石留我遇殘冬身心苦恬寂江上春又至引頸山空積何日再相逢天香滿瑤席

春野作五首

閑步淺青平綠流水征車自逐誰家挾彈少年擬打紅衣啄木

山花雨打盡滿地如爛錦遠尋鷓鴣雛拾得一團蕈

大牛苦耕田乳犢望似泣萬事皆天意綠草頭戢戢

斜陽射破冢髑髏半出地不知誰氏子猶自作意氣牛兒小牛女少拋牛沙上鬪百草鉏隴老人又太老薄煙漠漠覆桑棗戴蒿醉後取次掃

深山逢老僧二首

衲衣線麄心似月自把短鋤鋤榾柮青石溪邊踏葉行數片雲隨兩眉雪

山童貌頑名乞乞放火燒畬采崖蜜擔頭何物帶山香一籮白蕈一籮栗

道情偈

草木亦有性與我將不別我若似草木成道無時節世人不會道向道却嗔道傷嗟此輩人寶山不得寶

懷二三朝友

傷心復傷心流光似飛電有惠驪龍十斛珠不如一見君子面愁人復愁人滿眼皆埃塵有惠黃金一萬斤不如一見於仁人我昔讀詩書如今盡拋也只記得田叔孟溫舒帝王滿口呼長者

偶作

君子稱一善馨香遍九垓小人妬一善處處生嫌猜口如縣死人鐵尺拗不開稂莠蝕田髓積陰成冬雷因知咋舌人千古空悠哉

義士行

先生先生不可遇愛平不平眉斗豎黃昏雨雹空似黳別我不知何處去

觀懷素(一本有上人二首)草書歌

張顛顛後顛非顛直至懷素之顛始是顛師不譚經不說禪筋力唯於草書朽(一作妙)顛狂却恐是神仙有神助兮人(一作神)莫及鐵石畫兮墨須入金尊竹葉數斗餘半斜(一作飲)半傾山衲濕醉來把筆獰(一作猛)如虎粉壁素屏不問主亂拏亂抹無規矩羅剎石上坐伍子胥蒯通八字立對漢高祖勢崩騰兮不可止天機暗轉鋒鋩裏閃電光邊霹靂飛古栢身中涆(一作旱)龍死駭人心兮目眂(音葥)瞁(音旭)頓人足兮神辟易乍如沙場大戰(一作戰攻)後斷槍橛箭(一作斷骸折骨)皆(一作何)狼籍又似深山朽石(一作怪)上古病松枝掛鐵錫月兔筆天竈墨斜鑿黃金側剗玉珊瑚枝長大束(一作如)束天馬驕獰不可勒東却西南又北倒又(一作還)起斷復續忽如鄂公喝住(一作捉)單雄信秦王肩上剔(一作搭)著棗木槊懷素師懷素師若不是星辰降瑞即必是河岳孕靈固宜須冷(一作令)笑逸少爭得不心醉伯英天台古杉一千尺崖崩劃(一作岸)折何崢嶸或細微仙衣半拆(一作縫綻)金線垂或妍媚桃花半紅公子醉我恐山爲墨兮磨海水天與筆兮書大地(一作海爲水天爲筆)(一作令書大地)乃能略展狂僧意常恨與師不相識一見此書空歎息伊昔張渭(一作謂)任華葉季良數子贈歌豈虛飾所不足者渾未曾道著其神力石橋被燒燒(一作却)良玉土不(一作不土)蝕錐畫沙兮印印泥世人世人爭得測知師雄名在世間明月清風有何極

送盧舍人三首

一曰勸君不用登峴首山讀羊祐碑男兒事業須自奇此碑山頭如日月日日照人人不知人不知青山白雲徒爾爲

二曰勸君登商山不用覔商山皓雲深雪深騾馬倒我願終南太華變爲金吾后見之不爲寶我願九州四海紙幅幅與君爲諫草使躡禼踐夔逢軒見皞日環五色是物得老如此即商山皓商山皓君不用討他他必來相討

三曰君不見釋梵諸天壽億垓天上人間去復來君又不見紫金爲輪一千幅寶洲四皆臣伏輪王釋梵作何因祇是弘隆大乘福自古皇王與賢哲頂敬心師刻金玉報通三世釋迦言莫將梁武爲題目君不見近代韋裵蔣與蕭(韋處厚相國出入廟堂禮佛如朝見君父裴休相國師事空王信敬無比出將入相徧重禪門蔣相國觸事空門爲大檀越中書蕭鎮常事天王蕭倣相國清德冠世白業常修爲佛骨碑見行於當世)文房書府師百僚代天理物映千古布髮掩泥非一朝大哉釋梵輪王璞已矣何人繼先覺行行珍重寄斯言斯言不是尋常曲(缺一字)

宿深村

行行一宿深村裏雞犬豐年鬧如市黃昏見客合家喜月下取魚戽塘水

黃鶯

一種爲春禽花中開羽翼如何此鳥身便是黃金色黃金色若逢竹實終不食

送越將歸會稽

面如玉盤身八尺燕語清獰戰袍窄古嶽龍腥一匣霜江上相逢雙眼碧冉冉春光方婉娩黷然別我歸稽嶽他年必帥邯鄲兒與我殺輕班定遠

別仙客

巨鼇頭縮翻仙翠蟠桃爛落珊瑚地浪濺霓旌濕鵬翅畧別千年太容易

寒江上望

荒岸燒未死白雲凝不動極目無人行浪打取魚籠

讀唐史

我愛李景伯內宴執良規君臣道昭彰天顏終熙怡大簸怕清風糠秕繚亂飛洪鑪烹五金黃金終自奇大哉爲忠臣捨此何所之

樵叟

樵父貌飢帶塵土(一作風雨)自言一生苦寒苦(一作暑)擔頭擔箇赤瓷甖斜陽獨立(一作入)濛籠塢

全唐詩

貫休

春山行

重疊太古色濛濛花雨時好峰(一作山)行恐盡流水語相隨黑壤生紅黍(一作朮)黃猨領白兒因思石橋月曾與故(一作道)人期

送諫官南遷

危行危言者從天落海涯如斯爲遠客始是好男兒瘴雜交州雨犀揩馬援碑不知千萬里誰復識辛毗

懷香爐峰道人

常思峰頂叟石窟土爲牀日日先見日煙霞多異香冥

心同槁木掃雪帶微陽終必相尋去斯人不可忘

觀李翰林眞二首

日角浮紫氣凜然塵外清雖稱李太白知是那星精御宴千鍾飲蕃書一筆成宜哉杜工部不錯道騎鯨

誰氏子丹青毫端曲有靈屹如山忽墮爽似酒初醒天馬難攏勒仙房久閉扃若非如此輩何以傲彤庭

晚泊湘江作（一作晚泊湘江懷古）

煙浪瀁（一作濛）秋色高吟似有（一作得）鄰一輪湘渚月萬（一作千）古獨醒人岸濕穿花遠風香禱廟頻只應諛佞者到此不傷神

淮上逢故人

故園離亂後十載始逢君長恨南熏奏尋常只自聞荒窗秋見岳赤地夜生雲莫歎謀身晚中興正用文

讀杜工部集二首

造化拾無遺唯應杜甫詩豈非玄域橐（一作槖）奪得古人旗日月精華薄山川氣槩卑古今吟不盡惆悵不同時

甫也道亦喪孤身出蜀城彩毫終不撅白雪更能輕命薄相如命名齊李白名不知耒陽令何以葬先生

題簡禪師院

機忘室亦空靜與沃洲同唯有半庭竹能生竟日風思山海月上出定印香終繼後傳衣者還須立雪中

讀劉得仁賈島集二首

二公俱作者其柰亦迂儒且有諸峰在何將一第吁句還如菡萏誰復贈襜褕想得重泉下依前與衆殊

役思曾衝尹多言阻國親桂枝何所直陋巷不勝貧馬病唯（一作難）湯雪門荒劣有人伊余吟亦苦爲爾一眉嚬

天台（一本無上二字）老僧

獨住無人處松龕嶽色侵僧中九十臘雲外一生心白髮垂不剃青眸笑轉深猶能指孤月爲我暫開襟

經費隱君舊宅

巉巖玉九株秀濕掩蒼梧祥瑞久不出羲軒消得無雨和高瀑濁燒燴大樠枯到此思歸去迢迢隔五湖

秋末懷舊山

昔住匡廬北無人知姓名侵雲收穀粟引蟻上柑橙寒雨雪兼落枯林虎獨行誰能將白髮共向此中生

春過鄱陽湖

百慮片帆下風波極目看吴山兼鳥没楚色入衣寒過此愁人處始知行路難夕陽沙島上回首一長歎

寄僧野和尚

鳥（一作島）外更誰親諸峰即四鄰白頭寒枕石青衲爛無塵橡栗堆行徑猨猴遶定身儻然重結社願作掃壇人

寄馮使君

端居碧雲暮好鳥啼紅芳滿郭桃李熟捲簾風雨香清吟繡段句默念芙蓉章未得歸山去頻升謝守堂

寄紫閣隱者

積翠藏一叟常思未得遊不知在巖下爲復在峰頭苔上枯藤充泉淋破石樓伊余更何事不學此翁休

寄天台道友

大是清虛地高吟到日晡水聲金磬亂雲片玉盤粗仙有遺蹤在人還得意無石碑文不直壁畫色多枯冷立千年鶴閑燒六一爐松枝垂似物山勢秀難圖紫府程非遠清溪徑不迂馨香柏上露皎潔水中珠賢聖無他術圓融只在吾寄言桐柏子珍重保之乎

旅中懷孫路

暮塵微雨收蟬急楚鄉秋一片月出海幾家人上樓砌香殘果落汀草宿煙浮唯有知音者相思歌白頭

貽世

至理不誤物悠悠自不明黄金燒欲盡白髮火邊生苦惑神仙謎難收日月精捕風兼繫影信矣不須爭

覽李秀才卷

香沐整山衣開君一軸詩吟當秋景苦味出雪林遲經濟幾人到工夫兩鬢知因嗟和氏淚不是等閑垂

懷方干張爲

冥搜入仙窟半夜水堂前吾道祇如此古人多亦然螢沉荒塢霧月苦綠梧蟬因憶垂綸者滄浪何處邊

四皓圖

何人圖四皓如語話嘮嘮雙鬢雪相似是誰年最高溪苔連豹褥仙酒汙雲袍想得忘秦日伊余亦合逃

懷白閣道侶

寒思白閣層石屋兩三僧斜雪掃不盡飢猨喚得應香然一字火磬過數潭冰終必相尋去孤懷久不勝

讀孟郊集

東野子何之詩人始見詩清刳霜雪髓吟動鬼神司舉世言多媸無人師此師因知吾道後冷淡亦如斯

懐四明亮公

孤峰含紫煙師住此安禪不下便不（一作石）下如斯太可憐坐侵天井黑吟久海霞蔫豈覺塵埃裏干戈已十年

秋過錢塘江

巨浸東隅極山吞大野平因知吴相恨不盡海濤聲黑氣騰蛟窟秋雲入戰城遊人千萬里過此白髭生

上俞許二判官

近抛蓑笠者急善遇休明未省親宗伯焉能識正聲病容經夏在岳夢入秋并無限林中意今逢許郭傾

懷劉得仁

詩名動帝畿身謝亦因詩白日只如哭皇天得不知旅墳孤蹻岳羸僕泣如兒多少求名者聞之淚盡垂

歸故林後寄二三知己

昨别楚江邊逡巡早數年詩雖清到後人更瘦於前岸翠連喬嶽汀沙入壞（一作瀼）田何時重一見談笑有茶煙

春寄西山陳陶

搔首復搔首孤懷草萋萋春光已滿目君在西山西壍水成文去庭柯擊翠低所思不可見黄鳥花中啼

秋末江行

四顧木落盡扁舟增所思雲衡遠燒出帆轉大荒遲天際霜雪作水邊蒿艾衰斷猨不堪聽一聽亦同悲

送人歸新羅

昨夜西風起送君歸故鄉積愁窮地角見日上扶桑蜃氣生初霽潮痕匝亂荒從茲頭各白魂夢一相望

思匡山賈匡（一作寒夜思盧山賈生）

山兄詩癖甚寒夜更何爲覓句唯（一作如）頑坐嚴霜打不知
石膏黏木屐（一作履）崖蜜（一作栗）落冰池近見禪僧說生涯勝往
時

偶作

十載獨扃扉唯爲二雅詩道孤終不雜頭白更何疑句
冷杉松與霜嚴鼓角知修心對閑鏡明月印秋池

贈方干

盛名與高隱合近謝敷村弟子已得桂先生猶灌園垂
綸侵海介拾句歷雲根白日昇天路如君別有門（弟子謂李頻也）

漁父

一葉一竿竹眷鬚雪欲零陸應無祖業香必是伊腥兒
亦名魚鷗歌稱我（一作爾）洞庭回頭深自媿舊業近滄溟

題友人山居

卜居鄰塢寺魂夢又相關鶴本如雲白君初似我閑月
明僧渡水木落火連山從此天台約來茲未得還

寄宋使君

寺倚烏龍腹窗中見碧稜空廊人畫祖古殿鶴窺燈風
吼深松雪爐寒一鼎冰唯應謝內史知此道心澄

懷武夷紅石子二首

常思紅石子獨自住山椒窗外猩猩語爐中奼奼嬌乳
香諸洞滴地秀衆峰朝曾見奇人說煙霞恨太遙
弋者終何慕高吟坐綠鼇燒侵薑芋窖僧與水雲袍竹
鞘畬刀缺松枝獵箭牢何時一相見清話擘蟠桃

送人征蠻

七縱七擒處君行事可攀亦知磨一劍不獨定諸蠻樹
盡低銅柱潮常沸火山名須麟閣上好去及瓜還

懷周朴張爲

二子無消息多應各自耕巴江思杜甫漳水憶劉楨白
髮應全白生涯作麼生寄書多不達空念重行行

寄令狐郎中

雨打繁暑盡放懷步微涼綠苔狂似人入我白玉堂塹
鳥眠堪畫庭樫夜益香唯應藥宮子時到虎溪傍

鄱陽道中作

鄱陽古岸邊無一樹無蟬路轉他山大砧驅鄉思偏湖
平帆盡落天淡月初圓何事堯雲下干戈滿許田

歸故林別知已

別離無古今柳色向人深萬里長江水平生不印心遠
書容北雁贈別謝南金媿勉青雲志余懷非陸沈

送僧遊天台

囊空心亦空城郭去騰騰眼作麼是眼僧誰識此僧歇
隈紅樹久笑看白雲崩已有天台約深秋必共登

詠竹根玟子

出處慚林藪才微幸一陽不緣懷片善豈得近馨香節
亦因人淨聲從擲地彰但令筋力在永願報時昌

硯瓦

淺薄雖頑朴其如近筆端低心蒙潤久入匣更身安應
念研磨苦無爲瓦礫看儻然仁不棄還可比琅玕

水壺子

良匠曾陶瑩多居筆硯中一從親几案常恐近兒童卓
立澄心久提攜注意通不應嫌器小還有濟人功

筆

莫訝書紳苦功成在一毫自從蒙管錄便覺用心勞手
點時難棄身閑架亦高何妨成五色永願助風騷

棊

棊信無聲樂偏宜境寂寥著高圖暗合勢王氣彌驕人
事掀天盡光陰動地銷因知韋氏論不獨爲吳朝

夜對雪作寄友生

皓彩中宵合開門失所蹤（一作從）何年今夜意共子在（一作老）孤
峰氣射燈花落光侵壁罅濃唯君心似我吟到五更鐘

題惠琮律師院

苦節兼青目公卿話有餘唯傳黃葉喻還似白泉居猨
撥孤雲破鍾撞衆木疎社壇蹤跡在重結復何如

寄清冷山道人

常憶清泠子深雲種早禾萬緣雖不涉一句子如何蹤
跡諸峰匝衣裳老虱多江頭無事也終必到煙蘿

秋晝途中作

行行芳草歇潭島葉紛紛山色路無盡砧聲客強聞殘
陽曜極野黑水浸空墳那得無鄉思前程入楚雲

秋居寄王相公三首（首句缺一字）

禪林蟬　落地燥可生苔好句慵收拾清風作麼來餅
唯餐喜悅社已得宗雷還似山中日柴門更不開（首句缺一字）
松聲高似瀑藥熟色如花誰道全無病時猶不在家（六逐塵名不在家也）山童舂荻粉園叟送銀瓜誰訪孫弘閣談玄到日
斜
氣與非常合常人爭得知直須窮到底始是出家兒閣
雀銜紅粟鄰僧背古碑祇應王與謝時有沃州期

讀玄宗幸蜀記

宋璟姚崇死中庸遂變移如何遊萬里祇爲一胡兒泣
濕乾坤色飄零日月旗火從龍闕起淚向馬嵬垂始憶
張丞相全師郭子儀百官皆剽劫九廟盡崩隳塵撲銀
輪（一作輪）暗雷奔棧閣危倖臣方賜死野老不勝悲（時有叟遮道泣見于上）
及霤飄淪日行宮寂寞時人心雖未厭天意亦難知聖
兩歸丹禁承乾動四夷因知納諫諍始是太平基

全唐詩

貫休

聞徵四處士

一詔羣公起移山四海聞因知丈夫事須佐聖明君白
酒全傾甕蒲輪半載雲從茲居諫署筆硯幾人焚

送友人下第遊邊

失意窮邊去孤城值晚春黑山霞不赤白日鬼隨人角
咽胡風緊沙昏磧月新明時至公在迴首莫因循

寄匡山紀公

錦繡谷中人相思入夢頻寄言無別事琢句似終身書
卷須求旨鬚根易得銀斯言如不惑千里亦相親

聞無相道人順世五首

一事不經營孤峰長老情惟餐橡子餅愛說道君兄池藕香貍掘山神白日行又聞行腳也何處化羣生

自昔尋師日顛峰絕頂頭雖聞不相似特地使人愁庭樹雪摧殘上有白獮猴大哉法中龍去去不可留

常思將道者高論地爐傍迂談無世味夜深山木僵下山遭離亂多病惟深藏一別三十年煙水空茫茫

石霜既順世吾師亦不住杉桂有猩猩糠粃無句句土肥多孟蕨道老如瓔孺莫比優曇花斯人更難遇

百千萬億偈共他勿交涉所以那老人密傳與迦葉吾師得此法不論劫不劫去矣不可留無蹤若爲躡

苦熱

松桂枝（一作書）不動陽烏飛半天稻麻須（一作傾又作難）結實沙石欲生煙毒氣仍干扇高枝不立蟬舊山多積（一作貯）雪歸去是何年

鄂渚贈祥公

寂寥堆積者自爲是高僧客遠何人識吟多冷病增松煙青透壁雪氣細吹燈猶賴師於我依依非面朋

懷武昌棲一二首

常憶能吟一房連古帝墟無端多忤物唯我獨知渠病愈囊空後神清木落初祇因烽火起書札自兹疎

清風江上月霜灑月中砧得句先呈佛無人知此心（師得句祇云供養佛）寂寥從鬼出蒼翠到門深惟有雙峰寺時時獨去尋

寒食郊外

寒食將吾族相隨過石溪塚花沾酒落林鳥學人啼白水穿蕪疾新霞出霧低不堪迴首望家在赤松西

送道士歸天台

道高留不住道去更何云舉世皆趨世如君始愛君徑侵銀地滑瀑到石城聞它日如相憶金桃一爲分

經孟浩然鹿門舊居二首

孟子終焉處遊人得得過橋深黃狖小地熨白雲多孔聖嗟大謬玄宗爭柰何空餘峴山色千古共嵯峨

花落谷鶯啼精靈安在哉青山不可問永日獨裵回塚穴應藏虎荒碑祇見苔伊余亦惆悵昨日郢城迴

春送禪師歸閩中

春色滿三湘送師還故鄉穿霞逢黑鴆乞食得紅薑大化宗門闢孤禪海樹涼儻爲新句偈寄我亦何妨

途中逢周朴

東西南北路相遇共興哀世濁（一作獨）無知己子從何處來菊衰芳草在程遠宿煙開儻遇中興主還應不用媒

避寇山中作

山翠碧嵯峨攀牽去者多淺深俱得地好惡未知他有草皆爲戶無人不荷戈相逢空悵望更有好時麼

避寇上唐臺山

蒼黃緣鳥道峰脅見樓臺樫桂香皆滴煙霞濕不開僧高眉半白山老石多摧莫問塵中事如今正可哀

題嶧桐（一作擇詞）律師院

律中麟角者高談出塵埃芳草不曾觸幾生如此來墼風吹磬斷杉露滴花開如結林中社伊余亦願陪

上馮使君渡水僧障子

跣足拄巴藤潺湲渡幾曾盡權無著印不是等閑僧熊耳應初到牛頭始去登畫來偏覺好將寄柳吳興

秋夜翫月懷玉霄道士

光異磨礱出輪非雕斲成今宵剛道別舉世勿人爭征婦砧添怨詩人哭到明惟宜華頂叟笙磬有餘聲

上杭州令狐使君

顏冉德無鄰分憂浙水濱愛山成大癖求瘼似諸身視事奸回盡登樓海岳春野人如有幸應得見陶鈞

懷諸葛珏（一作覺）二首

諸葛子作者詩曾我細看出山因覓孟踏雪去尋韓（遇孟郊韓愈于洛下）謬獨哭不錯（諸葛云思牽吳岫起吟索劍雲開）常流飲實難（諸葛曾爲僧名然有詩云到處自鑿井不能飲常流）知音知便了歸去舊江干

贏馬與贏童微吟冒北風店孤僧共歇日落思無窮囊草無非刺魏人那識公（投魏不遇而去）鶯花五陵道去去與誰同

懷錢唐羅隱章魯封

二子依公子雞鳴狗盜徒青雲十上苦白髮一莖無風澀潮聲惡天寒角韻孤別離千萬里何以慰榮枯

送沈侍郎

從知無遠近木落去閩城地入無諸俗冠峩甲乙精山多高興亂江直好風生儉府清無事唯應薦禰衡

題宿禪師院

身閑心亦然如此已多年語淡不著物茶香別有泉古衣和蘚衲新偈幾人傳時說秋歸夢孤峰在海邊

秋晚泊石頭驛有寄

蕭索漳江北何人慰寂寥北風人獨立南國信空遙燒塢新雲白漁家衆木凋所思不可見行雁在青霄

別盧使君

杜宇聲聲急行行楚水濆道無裨政化行處傲孤雲幸到膺門下頻蒙俸粟分詩雖曾引玉棊數中埋軍山好還尋去恩深豈易云扇風千里泰車雨九重聞晴霧和花氣危檣鼓浪文終期陶鑄日再見信陵君

秋夜吟

如愚復愛詩木落即眠遲思苦香消盡更深筆尚隨飢童春赤黍繁露灑烏椑看卻龍鍾也歸山是底時

桐江閑居作十二首

木落雨脩脩桐江古岸頭擬歸仙掌去剛被謝公留猛燒侵茶塢殘霞照角樓坐來還有意流水面前流

香剎通真觀樓臺倚郡城陰森古樹氣粗淡老僧情壁畫連山潤仙鐘扣月清何須結西社大道本無生

靜室焚檀印深爐燒鐵瓶茶和阿魏煖火種柏根馨數隻飛來鶴成堆讀了經何妨似支遁騎馬入青冥

不問賡桑子唯師妙吉祥等閑眠片石不覺到斜陽獨自收檣葉教童探柏鬣王孫莫指笑淡泊味還長

詩琢冰成句多將大道論人誰知此意日日祇關門乳鼠穿荒壁溪龜上淨盆因知無事貴言外更無言

紅黍飯溪苔清吟茗數杯祇應唯道在（一作庇）無意俟時來樹疊藏仙洞山蒸足爆雷從他嫌復笑門更不曾開

蟬急野蕭蕭山中信屢招樹香烹菌朮詩瓊瑤諸

境教人認荒榛引燒燒吾皇禮金骨誰　美南朝（第四句八句缺三字）
露滴滴蘅茅秋成爽氣交霜椑如蜜裹　似鹽苞浮
蘚侵蛩穴微陽落鶴巢還如山裏日門更絶人敲（第四句缺一字）
漸鳥毛衣別頻來似愛吟蕭條秋病後斑駁綠苔深珠
翠籠金像風泉灑玉琴孰知吾所適終不是心心
芙蓉峰裏居關閉復何如白貜兼花鹿多年不見渠紅
泉香滴瀝丹桂冷扶疎唯有西溪叟時時到弊廬
憶在山中日爲僧鬢欲衰一燈常到曉十載不離師水
汲冰溪滑鐘撞雪閣危從來多自省不學擬何爲
囊非撲滿器門更絶人過土井連岡冷風簾迸葉多村
童頑似鐵山菜硬如莎唯有前山色窗中無柰何

寄馮使君

山風與霜氣浩浩滿松枝永日燒杉子無人共此時爲
文攀諷諫得道在毫氂唯有桐江守常憐志不卑

經棲白舊院二首

竺卿何處去觸目盡淒涼不見中秋月空餘一炷香殘
花飄暮雨枯葉蓋啼螿誰禮新墳塔蕭條渭水傍
國寶還亡一時多李德林故人鄉相泣承製渥恩深舊
藁誰收得空堂影似吟裹回不能去寒日下西岑

贈李祐道人（一作贈道士）

闒茸復埃塵難親復易親皆疑有仙術問著却愁人祇
是耽浮蟻曾云見泣麟相逢先合手渾似有前因

贈景和尚院

藏經看幾徧眉有數條霜萬境心都泯深冬日亦長窗
虛花木氣衲挂水雲鄉時説秋歸夢峰頭雪滿牀

上宋使君

折桂文如錦分憂力若春位高空倚命詩妙古無人有
感禾爭熟無私吏盡貧野人如有幸應得見陶鈞

離亂後寄九峰和尚二首

亂後知深隱菴應近石樓異香因雪歇仙果落池浮詩
老全抛格心空未到頭還應嫌笑我世路獨悠悠
蕭灑復蕭灑松根獨據梧瀑冰吟次折遠燒坐來無老
玃寒披衲孤雲靜入廚不知知我否已到不區區

送黃賓于赴舉（第三句第七句各缺一字）

冬暮雨霏霏行人喜可稀二階　夜雪亞聖在春闈馬
疾頑童遠山荒凍葉飛　師無一事應見麗龜歸

題靈溪暢公墅

境清僧格冷新斬古林開舊隱還如此令人來又來嵐
飛黏似霧茶好碧於苔但使心清淨從渠歲月催

送高九經赴舉

回也曾言志明君則事之中興今若此須去更何疑志
列秋霜好忠言劇諫諍（忠列忠言皆舊人也）陸機遊洛日文舉薦衡
時虎跡商山雪雲痕岳廟碑夫（一作憑）君將潦倒一説向深
知

東西二林寺流水

水爾何如此區區砣砣流牆牆邊瀝瀝砌砌下啾啾味
不卑於乳聲常占得秋崩騰成大瀑落托出深溝遠歷
神仙窟高淋竹樹頭數家春碓磑幾處浴猸猴共月穿
峰罅喧僧睡石樓派通天宇（一作井）潤霤入楚江浮爲潤知
何極無邊始自由好歸江海裏長負濟川舟

送王貞白重試東歸

心苦酬心了東歸謝所知可憐重試者如折兩三枝兩
毒逢花少山多愛馬遲此行三可羨正值倒戈時

早秋即事寄馮使君

金脈火初微開門竹杖隨此身全是病今日更嗔誰落
葉崢嶸處諸峰爽拔時唯思棠樹下高論入圓伊

贈景和尚院

貌古眉如雪看經二十霜尋常對詩客祇勸療心瘡炭
火邕湖瀅山晴紫竹涼怡然無一事流水自湯湯

寄西山胡汾

待價欲要君山前獨灌園雖然不識面要且已消魂鹿
睡紅霞影泉淋白石門伊余心更苦何日共深論

題師頡和尚院

師院清無敵師心智不知臘高清眼細閑甚白雲卑煮
茗然楓柿泥牆札祖碑愛師終不及謾住許多時

遊雲頂山晚望

雲頂聊一望山靈草木奇黔南在何處堪笑復堪悲菊
歇香未歇露繁蟬不飢明朝又西去錦水與峨眉

劉相公見訪

千騎擁朱輪香塵豈是塵如何補袞服來看衲衣人莊
叟因先覺空王有宿因對花無俗態愛竹見天真欹枕
松窗迥題牆道意新戒師慙匪什都講更勝詢桃熟多
紅壘茶香有碧筋高宗多不寐終是夢中人

寄赤松舒道士二首

不見高人久空令鄙恡多遙思青嶂下無那白雲何子
愛寒山子歌惟樂道歌會應陪太守一日到煙蘿
余亦如君也詩魔不敢魔一餐兼午睡萬事不如他雨
陣衝溪月蛛絲罥砌莎近知山果熟還擬寄來麽

鄂渚逢楊贊禹

流浪兵荒苦相思歲月闌理惟通至道人或謂無端燒
猛湖煙赤窗空雪月寒知音不可見始爲一吟看

別性空禪師

積翠迸一瀑紅霞碧霧開方尋此境去莫問幾時迴盪
槳入檐石思詩聞早雷唯師心似我欲近不然灰

送胡處士

不名兼不利相遇海西濆白字未干鬢清時錯愛雲頭
巾多酒氣竹杖有苔文久積希顔意林中又送君

寄灞公二首

小一頭應白孤高住歙城不知安樂否何以近無生（師常供養十六羅漢羅漢梵語此云無生）燒逼鴻行側風乾雪朕清途中逢此信珍
重未精誠
荒亂抛深隱飄零遠寓居片雲無定所得力是逢渠（光洞山道人云吾生獨自往處處得逢渠）瀑濟羣公社江崩古帝墟終期再相見招
手復何如

寄棲一上人

花塹接滄洲陰雲閉楚丘雨聲雖到夜吟味不如秋古
屋藏花鴿荒園聚亂流無機心便是何用話歸休

送僧之湖南

湘水萬餘里師遊芳草生登山乞食後無伴入雲行宿

雨和花落春牛擁霧耕不知今夜月何處聽猨聲

秋末寄張侍郎

靜坐一作處黔城北離仁半歲彊霧中紅黍熟燒後白雲香多病如何好無心去始長寂寥還得句溪上寄三張

古一作入塞曲三首

單于烽火動都護去天涯別賜黃金甲親臨白玉除一作墀塞垣須靜謐師旅審安危定遠條支寵如今勝古時

方見將軍貴分明帶晃旒聖恩如遠被狂虜不難收臣節唯期死功勳敢望侯終辭脩里第從此出皇州

百萬精兵動參差便渡遼如何好白日亦照此天驕遠樹深疑賊驚蓬迴似鵰凱歌何日唱磧路共天遙

古塞下曲七首

下營依遁甲分帥把河隍地使人心惡風吹旗燄荒搜山得一作見探卒放火獵黃羊唯有南飛雁聲聲斷客腸

歸去是何年山連邐迤川蒼黃曾戰地空瀾養鵰天旗插蒸沙堡槍擔卓槊泉蕭條寒日落號令徹窮邊

虜寇日相持如龍馬不肥突圍金甲破趁賊鐵槍飛漢月堂堂上胡雲慘慘微黃河冰已合猶未送征衣

南北惟堪恨東西實可嗟常飛侵夏雪何處有人家風刮陰山薄河推大岸斜祇應寒夜夢時見故園花

不是將軍勇胡兵豈易當兩曾淋火陣箭又中金瘡鐵嶺全無土豺犀亦有狼因思無戰日天子是陶唐

榆葉飄蕭盡關防烽寨重寒來知馬疾戰後覺人兇燒逐飛蓬死沙生毒霧濃誰能奏明主功業已堪封

萬戰千征地蒼茫古塞門陰兵爲客祟惡酒發刀痕風落崑崙石河崩苜蓿根將軍更移帳日日近西蕃

古塞上曲七首

幽并兒百萬百戰未曾輸蕃界已深入將軍仍遠圖月明風拔帳磧暗鬼騎狐但有東歸日甘從筋力枯

中軍殺白馬白日祭蒼蒼號變旗幡亂鼙一作沙乾草木黃朝雲含凍雨枯骨放妖光故國今何處參差近鬼方

白雁兼羌笛幾年垂淚聽陰風吹殺氣永日在青冥遠戍秋添將邊烽夜雜星嫖姚頭半白猶自看兵經

久一作大雨始無塵邊聲四散聞浸河荒寨柱吹角白頭軍戰一作牛馬甝犎草烏鳶識陣雲征人心力盡枯骨更遭焚

帳幕侵奚界憑陵未可涯擒生行別路尋箭向平沙赤落蒲桃葉香微甘草花不堪登隴望白日又西斜

地角天涯外人號鬼哭邊大河流敗卒寒日下蒼煙殺氣諸蕃動軍書一箭傳將軍莫惆悵高處是燕然

山接胡奴水河連勃勃城數州今已伏此命豈堪輕磧吼旋頭落風乾刀斗清因嗟李陵苦祇得没蕃名

古出塞曲三首

掃盡狂胡迹迴頭一作戈望故關相逢惟死鬬豈易得生還縱宴參胡樂收兵過雪山不封十萬户此事亦應閑

玉帳將軍意殷勤把酒論功高寧在我陣没與招魂塞色干戈東軍容喜氣屯男兒今始是敢出玉關門

回首隴山頭連天草木秋聖君應入夢半路遣封侯水不擔陰雪柴令倒戍樓歸來麟閣上春色滿皇州

聞赤松舒道士下世東陽未亂前相別

地變賢人喪瘡痍不可觀一聞消息苦千種破除難陰隲那虛擲深山近始安玄關評兔角玉器琢雞冠傲野高難狎融怡美不彈冀迎新渥澤時太守方錄道業奏聞敢出遽逐逝波瀾蛻殼埋金隧飛精駕錦鸞傾摧千仞壁枯歇一株蘭一作仙廟詩雖繼苔牆篆必鞔師善大小篆嘗有詩題赤松子廟煙霞成片黯松桂著行乾影拄溪流咽堂扃隴月寒寂寥遺藥犬縹緲想瓊竿伊昔相尋遠留連幾盡歡論詩花作席炙菌葉爲盤彭伉心相似承禎趣一般琴彈溪月側碁欠砌雲殘儵忽成千古飄零見百端荆襄春浩浩吴越浪漫漫已矣紅霞子空留白石壇無弦亦須絕回首一長歎

贈抱麻劉舍人

郡政今良吏門風古縉紳萬年唐社稷一箇哭麻人憤烈身先死數致氣益一作真天乎資大寶泰矣見忠臣得罪鍾多故投荒豈是迍玉寒方重澀松古更青皴鵬鶚寧唯白龍多豈止荀道孤梳有雪恩重淚盈巾喻蜀須憑草成周必仗仁三峰宵旰切萬里渥恩新賦鵩言無累依劉德有鄰風期仁祖帽鼠詐史雲塵禪叟知何幸玄談有宿因雙溪逢陸海東陽見故浙西侍郎荆渚遇平津江陵見吏部相公落日愁聞笛何人爲吐茵生徒希匠化寰海仰經綸疾愈蟬聲老時公在荆州閑居夏疾方可年豐雨滴頻劉虬師弟子時喜一相親

全唐詩

貫休

夜寒寄盧給事二首

刻羽流商否霜風動地吹邇來唯自惜知合是誰知塹雪消難盡鄰僧睡太奇知音不可得始爲一吟之

心苦味不苦世衰吾道微清如吞雪霓誰把比珠璣作者相收拾常人任是非舊居滄海上歸去即應歸

送葉棠赴舉

年年屈復屈惆悵曲江湄自古身榮者多非年少時空囊投刺遠大雪入關遲來歲還公道平人不用疑

聞王慥常侍卒三首

世亂君巡狩清賢又告亡星辰皆有角日月略無光金柱連天折瑶階被賊荒令人轉惆悵無路問蒼蒼

宗社運微衰山摧甘井枯不知千載後更有此人無政入龔黃甲詩輕沈宋徒受恩酬未得不覺祇長吁

儻在扶天步重興古國風還如齊晏子再見狄梁公棠樹梅溪北公爲婺州大理梅溪驛之亭名佳城舜廟東誰修循吏傳對此莫息息

秋晚野步

藤屨兼闊竹吟行一水傍樹涼蟬不少溪斷路多荒燒岳陰風起田家濁酒香登高吟更苦微月出蒼茫

聞大願和尚順世三首

王室今如燬，仍聞喪我師。古容圖得否，內院去無疑。（大師行高德廣必生彌勒內院）岳鬼月中哭，松龕雪次隳。直須文五色，始可立高碑。

鄰衛松杉外，芝蘭季孟間。盡希重詔出，衹待六龍還。不疾成千古，令焚動四山。感恩終有淚，遙寄水潺潺。

師稟盡名卿，孤峰老稱情。若遊三點外，爭把七賢平。苦霧埋空室，啼猨有咽聲。今朝益惆悵，曾沐下牀迎。（愚常念法華經，師見即下牀迎，云吾不敢以衆人相待也）

聞葉棠及第

憶昨送君詩，平人不用疑。吾徒若不得，天道即應私。塵土茫茫曉，麟龍草草騎。相思不可見，又是落花時。

送僧之靈夏

舊識爲邊帥，師遊勝事兼。連天唯白草，野餅有紅鹽。蕃近風多鼓，河渾磧半淹。因知心似月，處處有人瞻。

書無相道人菴

造化太茫茫，端居紫石房。心遺無句句，頂處有霜霜。白鹿眠枯葉，清泉灑毿囊。寄言疑未決（一作已），須道雪溪旁。

明進士北齋避暑

相訪多衡雨，由來德有鄰。卷簾繁暑退，濕樹一蟬新。道在誰爲主，吾衰自有因。衹應江海上，還作狎鷗人。

晚春寄吴融于競二侍郎

白頭爲遠客，常憶白雲間。衹覺老轉老，不知閑是閑。花舍宜細雨，室冷是深山。唯有霜臺客，依依是往還。

喜不思上人來

沃州那不住，一別許多時。幾度懷君夜，相逢出夢遲。瓶擔千丈瀑，偈是七言詩。若向羅浮去，伊余亦願隨。

秋懷赤松道士

仙觀在雲端，相思星斗寒（一作闌）。常憐呼鶴易，却恨見君難。石罅青虵濕，風榿白菌乾。終期花月下，壇上聽君彈。

送劉逖赴閩辟

離亂生涯盡，依劉是見機。從來吟太苦，不得力還稀。路入閩山熟，江浮瘴雨肥。何須折楊柳，相送已依依。

苦雨中作

通宵復連夕，其狀衹如傾。却遣思山者，忽然嫌水聲。好花飄草盡，古壁欲雲生。不柰天難問，迢迢遠客情。

送僧歸日本

焚香祝海靈，開眼夢中行。得達即便是，無生可作輕。流黃山火著，碇石索雷鳴。想到夷王禮，還爲上寺迎。（有僧遊日本云，彼衹有三寺，上寺名兜率，國王供養；中寺名浮上，極品官人供養；下寺名衹上寺，風俗供養。有德行即漸還上也）

贈信安鄭道人

貌古似蒼鶴，心清如鼎湖。仍聞得新義，便欲註陰符。點化金（一作默坐詩）常有，閑行影漸無。杳兮中便是，應不食菖蒲。

送吏部劉相公除東川

帝念梓州民，年年戰伐頻。山川無草木，烽火没煙塵。政亂皆因亂，安人必藉仁。皇天開白日，殷鼎輟誠臣。一日離君側，千官送渭濱。酒傾紅琥珀，馬控白騏驎。渥澤番番降，壺漿處處陳。旌幢山色濕，邛僰鳥啼新。帟幕還名儉，良醫始姓秦。軍雄城似岳，地變物含春。白必侵雙鬢，清應誡四鄰。吾皇重命相，更合是何人。

送智光禪伯

萬事歸一衲，曹溪初去尋。從來相狎輩，盡不是知音。乞食林花落，穿雲翠巘深。終希重一見，示我祖師心。

夜對雪寄杜使君（第十四句缺一字）

片片含天意，紛紛勢莫拘。灑於諸瑞後（時有柏樹再生，甘露頻降），憂恐一冬無。鶴濕聲偏密，風焦片益粗。冷牽人夢轉，清逼瘴根徂。掃徑僧傾笠，爲詩士棄爐。橋高銀蠕蝀，峰峻玉浮圖。盈尺何須問，豐年已可　。遙思郢中曲，句句出冰壺。

送王轂及第後歸江西

太宗羅俊彥，桂玉比光輝。難得終須得，言歸始是歸。風帆天際吼，金鷄月中飛。五府如交辟，魚書莫便稀。

送盧瞻罷廬陵幕歸閩鄉

文行成身事，從知貴得仁。歸來還寂寞，何以慰交親。芳草色似動，胡桃花又新。昌朝有知己，好作諫垣臣。

避寇白沙驛作（第五句缺三字）

避亂無深淺，蒼黃古驛東。草枯牛尚齕，霞濕燒微紅。時時　　　人，愁處處同。猶逢好時否，孤坐雪濛濛。

聞李頻員外卒

蒼蒼難可問，問苔亦難聞。落葉平津岸，愁人李使君。文章應力竭，茅土始天分。又逐東風去，迢迢隔嶺雲。

江陵寄翰林韓偓學士

久住荆溪北，禪關挂綠蘿。風清閑客去，睡美落花多。萬事皆妨道，孤峰謾憶他。新詩舊知己，始爲味如何。

閑居作

閑門微雪下，慵惰計全成。默坐便終日，孤峰衹此清。身心閑少夢，杉竹冷多聲。唯有西峰叟，相逢眼最明。

和韋相公見示閑臥

刻形求得相，事事未嘗眠。霖雨方爲雨，非煙豈是煙。童收庭樹果，風曳案頭牋。仲虺專爲誥，何充雅愛禪。靜嫌山色遠，病是酒杯偏。蜩響初穿壁，蘭芽半出甎。堂懸金粟像（相公常供養維摩居士），門枕御溝泉。旦沐雖頻握，融帷孰敢褰。德高羣彥表，善植幾生前。脩補烏皮几，深藏子敬氊。扶持千載聖，瀟灑一聲蟬。棊陣連殘月，僧文似大顛（韓吏部重大顛禪師）。祇常知生似幻，維重直如弦。餅憶尊羹美，茶思岳瀑煎。平聞溫樹譽，堪鄙竹林賢。脫頡三千士，馨香四十年。寬開義路淡，泞潤清田哲。后知如子，空王夙有緣。對歸香滿袖，吟次月當川。休說慙如捷，堯天即梵天。

寄山中伉禪師

舉世遭心使，吾師獨使心。萬緣冥目盡，一句不言深。野火燒禪石，殘霞照栗林。秋風溪上路，終願一相尋。

秋寄栖一

一別一公後，相思時一吁。眼中瘡校未，般若偈持無。（公時有眼瘡，因爲之念多心經）卷句冰團大，爐煙櫪櫪粗。勸君君記取，不用更他圖。

懷匡山山長二首

白石峰之半，先生好在麼。捲簾當大瀑，常恨不如他。杉罅龍涎溢，潭坳石髮多。吾皇搜草澤，爭柰謝安何。

見說面前峰，尋常醉亦登。雨餘多菌出，燒甚古崖崩。覓句曾衝虎，耕田半爲僧。聞名多歲也，常恨不飛騰。

懷高真動二首

知爾今何處，孤高獨不羣。論詩唯許我，窮易到無文。貫酒兒穿雪，尋僧月照雲。何時再相見，兵寇尚紛紛。久別無消息，今秋忽得書。諸孤婚嫁苦，求已世情疎。亂甚無喬木，溪多不釣魚。祇應金（一作全）岳色，如爾復如余。

秋末入匡山船行八首

楚國茱萸月，吳吟梨栗船。遠遊無定所，高臥是何年。浪卷紛紛葉，檣衝澹澹煙。去心還自喜，廬岳倚青天。

蘆葦深花裏，漁歌一曲長。人心雖憶越，帆態似浮湘。石獺銜魚白，汀茅浸浪黃。等閑千萬里，道在亦無妨。

島上離家化，茅茨竹户開。黃桑雙鵲喜，白日有誰來。擔浪澆秋芋，緣灘取淨苔。回頭深自媿，舊業本蒿萊。

匡阜層層翠，修江疊疊波。從來未曾到，此去復如何。水廟寒鴉集，沙村夕照多。誰如垂釣者，孤坐癬皤皤。

晚泊蒼茫浦，風微浪亦粗。估喧如亥合，檣密似林枯。地峻湖無□（第五句缺一字），潮寒蚌有珠。東西無定所，何用問前途。

島香思賈島，江碧憶清江。囊橐誰相似，饞慵世少雙。鼉驚入窟月，燒到繫船樁。謾有歸鄉夢，前頭是楚邦。

南北雖無適，東西亦似萍。霞根生石片，象跡壞沙汀。莽莽葭赤，微微蜃蛤腥。因思范蠡輩，未免亦飄零。

曉色千檣去，長江八月時。雨淙山骨出，掉擱岸形卑。野水畬田黑，荒汀獨鳥癡。如今是清世，誰道出山遲。

送僧歸華山

心枯衲亦枯，歸岳揭空盂。七貴留不住，孤雲出更（一作便）孤。燒灰猶湯足，雪片似黏鬚。他日如相覓，還應道到吳。

送友人之嶺外（第七句缺一字）

五嶺難爲客，君遊早晚回。一囊秋課苦，萬里瘴雲開。金柱根應動，風雷舶欲來。明時好□進，莫滯長卿才。

送盧舍人朝觀

韁行無爲日，垂衣帝道亨。聖眞千載聖，明必萬年明。重德須朝觀，流年不可輕。洪才傳出世，清甲得高名。罕玉藏無映，嵇松畫不成。起銜軒后勑，醉別亞夫營。燒潤荊州熟，霞新峴首晴。重重堯雨露，去去漢公卿。白鬢應從白，清貧但更清。夢緣丹陛險，春傍綵衣生。既握鍾繇筆，須調傅說羹。倘因星使出，一望問支鏗。

上馮使君山水障子

憶山歸未得，畫出亦堪憐。崩岸全隳路，荒村半有煙。筆句岡勢轉，墨搶燒痕顛。遠浦深通海，孤峰冷倚天。柴棚坐逸士，露茗煮紅泉。繡與蓮峰競，威如劒閣牽。石門關麈鹿，氣候有神仙。茅屋書窗小，苔階滴瀑圓。松根擊石朽，桂葉蝕霜鮮。畫出欺王墨，擎將獻惠連。新詩寧妄說，舊隱實如然。願似窗中列，時聞大雅篇。

送令狐煥赴闕

渚宮遙落日，相送碧江濆。陟也須爲相，天乎更賛誰。風高檣力出，霞熱鳥行遲。此去多來客，無忘慰所思。

送吳融員外赴闕

漢文思賈傅，賈傅遂生還。今日又如此，送君非等閑。雲寒猶惜雪，燒猛似烹山。應笑無機者，騰騰天地間。

送姚洎拾遺自江陵幕赴京

捧詔動征輪，分飛楚水濱。由來眞廟器，多作伏蒲人。捨魯知非願，朝天不話貧。沙頭千騎送，島上一蟬新。莫使身侵貴，無矜貴逼身。玉階凝正色，蘭苑漲芳塵。鑾輅方離華，車書漸似秦。流年飄儵忽，書札莫因循。涼雨鳴紅葉，非煙閉紫宸。憑將西社意，一說向荀陳。

送僧入石霜（註內缺五字）

舉世祇堪吁，空知與道俱。論心齊至聖，對鏡破凡夫。業王如雲合，頭低似箭駈（牛頭大師云：猶妄心起業，業如雲俱合，論云入地獄人頭向下也）。三清徒妄想，千載亦須臾。唯我流陽叟，深雲領毳徒。畫騎香白象，皆握月明珠。寂寞排松榻，斕斑半雪鬚。苔侵長者論，嵐蝕祖師圖。翠巘金鐘曉，香林寶月孤。犇犇齊白趾，赫赫共洪爐。山色鋤難盡，松根踏欲無。難評傳的的，須到不區區。撩舍新羅瘦，爐煙榾柮粗。燒畬平虎窟，分瀑入香廚。師去情何切，人間事莫拘。穿林宿古塚，踏葉揭空盂。無事終無事，令枯便合枯（鳥窠和尚云：無事無事爲法道，云學向上事不入即須如枯好也）。他年相覓在，亦不是生蘇。

送僧歸南康

殼殼學得律，還鄉見苦情。遠思芳草盛，不入楚山行。帆入汀煙健，經吟戍月清。到鄉同學輩，應到贛江迎。

送陳秀才赴舉兼寄韓舍人

主聖臣賢日，求名莫等閑。直須詩似玉，不用力如山。草白兵初息，年豐駕已還。憑將安養意，一說向曾顏（昔西社羣公盡生安養。安養，西方也）。

送友人及第後歸台州

得桂爲邊辟，翩翩頗合宜。嫖姚留不住，晝錦已歸遲。島側花藏虎，湖心浪撼碁。終期華頂下，共禮滌身師（天台石橋有白道猷坐化身滌也）。

晚春寄張侍郎

遐想涪陵岸，山花半已殘。人心何以遣，天步正艱難。時昭宗在岐下。鳥聽黃袍小（黃袍，小禽也），城臨白帝寒。應知窗下夢，日日到江干。

寄景判官兼思州葉使君

獨住西峰半，尋常欲下難。石多桐屐齾，香甚藥花乾。荏苒新鶯老，窮通亦自寬。髯參與短簿，始爲一吟看。

送盧秀才應舉

幾載阻兵荒，一名終不忘。還衝猛風雪，如畫冷朝陽（時名畫李白王昌齡常建冷朝陽冒風雪入京）。句好慵將出，囊空却不忙。明年公道日，去必穿楊。

聞新蟬寄桂雍

新蟬終夜叫，嘒嘒隔溪濆。杜宇仍相雜，故人聞不聞。捲簾花動月，冥目砌生雲。終共謝時去，西山鸞鶴羣。

寄懷楚和尚二首

吾師師子兒，而復貌環奇。何得文明代，不爲王者師。鐵盂湯雪早，石炭煮茶遲。謾有參尋意，因循到亂時。

跳躑諸峰險，回翔萬里空。爭將金鎖鎖，那把玉籠籠。印缺香崩火，窗疎蝎喫風。永懷今已矣，吟坐雪濛濛。

和韋相公話婺州陳事

昔事堪惆悵，談玄愛白牛（法華經以白牛喻大乘）。千場花下醉，一片夢中遊。耕避初平石，燒殘沈約樓。無因更重到，且副濟川舟。

遇五天僧入五臺五首

十萬里到此辛勤詎可論唯云吾上祖見買給孤園一
月行沙磧三更到鐵門白頭鄉思在迴首一銷魂
雪嶺頂危坐乾坤四顧低河橫于闐北日落月支西水
石香多白猨猱老不啼空餘忍辱草相對色萋萋
遠禮清涼寺尋眞似善才身心無所得日月不將來白
疊還圖象滄溟亦泛杯唐人亦何幸處處覺花開
塗足油應盡乾陀帔半隳辟支迦狀貌刹利帝家兒結
印魔應哭遊心聖不知深嗟頭已白不得遠相隨
送迎經幾國多化帝王心雹激青蓮目環垂紫磨金眷
根霜入細梵夾蠹難侵必似陀波利他年不可尋

經普化禪師影院

大一今何處登堂似昔時曾蒙金印印得異野干兒影
東龍神在門荒桐竹衰誰云續僧史別位著吾師

秋寄李頻使君二首

爲郎須塞詔當路亦驅驅貴不因人得清還似句無燒
煙連野白山藥撈階枯想得徵黃詔如今已在途
務簡趣難陪清吟共綠苔葉和秋蟻落僧帶野香(一作風)來
留客朝嘗酒憂民夜畫灰終期冒風雪江上見宗雷

上東林和尚

讓紫歸青辟高名四海聞雖然無一事得不是要君道
祇傳伊字詩多笑碧雲應憐門下客餘力亦爲文

江邊道士

獨住大江濱不知何代人藥鑪生紫氣肌肉似紅銀酒
釀竹屋爛符收山鬼仁何妨將我去一看武陵春

送僧之湖外

去旨趣非常春風爾莫狂惟擎一鐵鉢舊亦講金剛午
飯孤煙裏宵禪大石旁羨師終不及湘浪涤茫茫

懷謬獨一

常憶蘭陵子瓌奇鈹渴才思還如我苦時不爲伊來岳
霞猱擲雪湖月浪翻杯未聞霑寸祿此事亦堪哀

送盧山衲僧

飛錫下崆峣清高世少雙凍天方篩雪別我去何邦燒
繞赤烏亥雲漫白蚌江路人爭得識空仰鬢眷痝

寄西山胡汾吳樵

帶經鋤隴者何止手胼胝覓句句句好慙予筋力衰雲
塠臨案冷鹿隊過門遲相憶空回首江頭日暮時

休糧僧

不食更何憂(一作求)自由中(一作終)自由身輕嫌衲重天旱爲民
愁應(一作供)器誰將去生臺(一作靈)蟻不遊會須傳此術相共(一作去)
老山丘

送杜使君朝覲(第十六句缺一字)

借寇借不得清聲徹帝聰坐來千里泰歸去一囊空遺
愛封疆褧扳轅草木同路遙山不少江靜思無窮花舸
衝煙濕朱衣照浪紅援毫兩岸曉欹枕滿旗風道罕將
人合心難與聖通從茲林下客應 代天功

送人之嶺外

見說還南去迢迢有侶無時危須早轉親老莫他圖小
店蚍羹黑空山象糞枯三間遺廟在爲我一嗚呼

題弘式和尚院兼呈杜使君

二雅兼二密愔愔祇自怡臘高雲屐朽貌古畫師疑塹
蟻緣金錫鑪煙惹雪眷仍聞有新作祇是寄相思(一作丘遲)

湖頭別墅三首

梨栗鳥啾啾高歌若自由人誰知此意舊業在湖頭飢
鼠掀(一作獻)菱殼新蟬避栗皺不知江海上戈甲幾時休
桑柘參桐竹陰陰一徑苔更無他事出祇有衲僧來塹
蟻爭生食窗經卷燒灰可憐門外路日日起塵埃
南北如仙境東西似畫圖園飛青啄木簷挂白蜘蛛鄰
叟教修廢牛童與納租寄言來往客不用問榮枯

三峽聞猨

歷歷數聲猨寥寥渡白煙應栖多月樹況是下霜天萬
里客危坐千山境悄然更深仍不住使我欲移船

聞知聞赴成都辟請

文翁還化蜀帝幕列鵷鸞飲水臨人易燒山覓士難錦
機花正合櫻蕈火初乾知己相思否如何借羽翰

題淮南惠照寺律師院

儀冠凝寒玉端居似沃州學徒梧有鳳律藏目無牛茗
滑香黏齒鐘清雪滴樓還須結西社來往悉諸侯

秋末長興寺作

荒寺古江濱莓苔地絕塵長廊飛亂葉寒雨更無人栗
不和皺落僧多到骨貧行行未得孤坐更誰親

寄杭州靈隱寺宋震使君

罷郡歸侵夏仍聞靈隱居僧房謝脁語寺額葛洪書(晉道士葛洪與靈隱寺書額了去至今在)月樹獼猴睡山池菡萏疎吾皇愛清靜莫便
結吾廬

送人歸夏口

鴈鴈葉紛紛行人豈易聞千山與萬水何處更逢君貌
不長如玉人生祇似雲倘經三祖寺一爲禮龕墳

送新羅僧歸本國

忘身求至教求得却東歸離岸乘空去終年無所依月
衝陰火出帆撈大鵬飛想得還鄉後多應著紫衣

避寇入銀山

草草穿銀峽崎嶇路未諳傍山爲店戍永日繞溪潭燒
地生芝蕨人家責僞蠶翻如歸舊隱步步入煙嵐

聞友人駕前及第

見心知命好一別隔煙波世亂無全士君方擢大科早
隨鑾輅轉莫戀蜀山多必貢安時策忠言柰爾何

避地毗陵上王慥使君(時黃賊陷東陽公避地於浙右)

至理至昭昭心通即不遙聖威無遠近吾道太孤標辛
苦蘇氓俗端貞荅盛朝氣高吞海岳貧甚似漁樵庾亮
風流譫劉寬政事超清須遭貴遇隱已被誰招栗鴆修
禪寺仙香寄石橋風雷巡稼穡魚鳥合歌謠視事私終
殺憂民態亦彫道高無不及恩甚固難消大寇山難隔
孤城數合燒烽煙終日起湯沐用心燋勇義排千陣誅
鋤擬一朝誓盟違日月(時賊僞降盟書終背)旌旆過寒潮古驛江雲
入荒宮海雨飄仙松添瘦碧天驥減豐膘似在陳兼衛
終爲宋與姚已觀雲似鹿即報首皆梟盡願迴清鏡重

希在此條應憐千萬户禱祝向唐堯

送崔尚書朝覲

至理契穹旻方生甫與申一麾歌政正三相賀仁人巨似盧懷慎全如邵信臣澄渟消宿蠹煦愛劇陽春對客煙花拆焚香渥澤新徵黃還有自（令弟相公號當公遂避賢路也）挽鄧住無因峽水全輸潔巫娥却訝神宋均顏未老劉寵骨應貧大醉辭王翦含香望紫宸三峰初有雪萬里正無塵伊昔林中社多招席上珍終期仙掌下香火一相親

寒夜有懷同志

永夜殊不寐懷君正寂寥踈鐘寒徧郭微雪靜鳴條南省鴈孤下西林鶴屢招終當謝時去與子住山椒

寄新定桂雍

獨自住烏龍應憐是衲僧句須人未道君此事偏能塢濕雲埋觀溪寒月照（一作在）曾相思不可見江上立騰騰

贈靈鷲山道潤禪師院

常恨煙波隔聞名二十年結爲清氣引來到法堂前薪拾紛紛葉茶烹滴滴泉莫嫌來又去天道本泠然

干霄亭晚望懷王棨侍郎

霜打汀島赤孤煙生池塘清吟倚大樹瑶草何馨香久別青雲士常思白石房誰能共歸去流水似鳴璫

海邊見羅鄴

清世詩聲出誰人得似君命通須有日天未喪斯文楚木寒連寺修江碧入雲相思喜相見庭葉正紛紛

送僧之東都

之子之東洛囊中有偈新紅塵誰不入獨鶴自難親定鼎門連岳黃河凍過春憑師將遠意說似社中人

送于兢補闕赴京

亂離吾道在不覺到清時得句下雪岳送君登玉墀泠驚蟬韻斷涼觸火雲隳儻遇南來使無忘問所之

送鄭準赴舉

兩河兵火後西笑見吾曹海靜三山出天空一鶚高賃居槐摎（一作陟）屋行卷雪埋袍他日如相覓栽桃近海濤

寄拄杖上王使君

拄杖鄰（一作林）僧與殊常不可名一條鸞玉重百兩紫金輕有乳盤春力無心合道情惟宜高處著將寄謝宣城

秋望寄王使君

靜躡紅蘭徑憑高曠望時無端求句苦永日簽風吹大月生峰角殘霞在樹枝祇應劉越石清嘯正相宜

送緣有禪師與雷處士入武夷山

師與雷居士尋山道入閩應將熊耳印別授武夷君崖礴仙棺出江垠毒草分他年相覓在莫苦入深雲

送友生入越投知己

才大終難住東浮景漸暄知將刖足恨去擊李膺門宿霧開花塢春潮入苧村預思秋薦後一鶚出乾坤

寄烏龍山賈泰處士

庭果色如丹相思夕照殘雲邊踏燒去月下把書看澗水仙居共窗風漆樹寒吾君方側席未可便懷安

題大安寺通禪師院

應行諸岳徧象屣半無綱一法尋常說此機仍未忘窗閑藤影老衲厚瀑痕荒寄語逃津者來茲問不妨

春晚寄盧使君

滿郭春如畫空堂心自澄禪拋金鼎藥詩和玉壺冰白雨飄花盡晴霞向閣凝寂寥還得句因寄柳吳興

武昌縣與畫公兼寄邑宰

小一何人識騰騰天地間尋常如一鶴亦不愛青山鐵鉢年多赤麻衣帶毳斑祇聞尋五柳時到月中還

別東林僧（第三句缺二字）

大士宅裏宿芙蓉龕畔遊（芙蓉道人坐處）自憐　在子莫苦相留燥葉飄山席孤雲傍茗甌衷回不能去房在好峰頭

避地寄高蟾

荒寺雨微微空堂獨掩扉高吟多忤俗此貌若爲飢旅夢遭鴻喚家山被賊圍空餘老萊子相見獨依依

懷武夷山禪師

萬疊仙山裏無緣見有緣紅心蕉繞屋白額虎同禪古木苔封菌深崖乳雜泉終期還此去世事祇如然

秋末閑居作

幽居山不別落葉與階平盡日吟詩坐無端箇病成徑苔因旱赤池水入冬清惟有東峰叟相尋月下行

贈許徵君

畫公友秦系來往踏溪雲如今又到我還愛許徵君落花鳥銜來永日香氤氳終期將爾曹歸去麋鹿羣

秋夜作因懷天台道者

萬事何須問良時即此時高秋半夜雨落葉滿前池靜怕龍神識貧從草木欺平生無限事祇有道人知

偶作因懷大同道友

蠻木葉不落徵吟漳水濱二毛空有雪萬事不如人塹水平芳草山花落淨巾天童好眞伴何日更相親

邊上行

黑松（一作白榆）林外路風角遠嗚嗚朔氣生荒堡秋塵滿病容豺掊沙底骨人上月邊烽休作西行計西行地漸兇

江西再逢周璉

六七年不見相逢鬢已蒼交情終淡薄詩語更清狂未得丹霄便依前四壁荒但令吾道在晚達亦何妨

登鄱陽寺閣

寺樓閑縱望不覺到斜暉故國在何處多年未得歸寒江平楚外細雨一鴻飛終斆於陵子吳山有綠薇

秋晚野居

僻居人不到吾道本來孤山色園中有詩魔象外無霜禾連島赤煙草倚橋枯何必求深隱門前似畫圖

酬杜使君見寄

軋軋復軋軋更深門未關心疼無所得詩債若爲還露灑一鶴睡鐘餘萬象閑慚將此時意明日寄東山

湖上作

我竟胡爲者嘮嘮但愛吟身中多病在湖上住年深山霤穿苔壁風鐘度雪林近來心更苦誰復是知音

送僧歸天台寺

天台四絕寺歸去見師眞莫折枸杞葉令他十（一作拾）得嗔天空聞聖磬瀑細落花巾必若雲中老他時得（一作德）有鄰

（天台國清寺有恰得花巾即波羅巾也）

壽春節進（一本注武成元年作）

聖運關天紀，龍飛古帝基。振搖三蜀地，聳發萬年枝。出震同中古，承乾動四夷。恩須新命廣，淚向舊朝垂。大寶歸玄讖，殊祥出遠池。（時有黃龍見於嘉州之野）法天深罔測，體聖妙難知。儉德爲全德，無思契十思。丕圖非力致，英武悉天資。正直方親切，回邪豈敢窺。將排頗與牧，相得稷兼夔。鹽出符眞主，（鹽湧井野）麟來合大規。（麒麟見）賡歌隨羽籥，奕葉斅伊祁。寡欲情雖泰，憂民色未怡。盛如唐創業，宛勝晉朝儀。旰食宮鶯囀，宵衣禁漏遲。多於湯土地，還有禹胼胝。視物如傷日，勝殘去殺時。守文情的的，無逸戒孜孜。軒頊風重振，皇唐鼎創移。始聞呈瑞石，又報產靈芝。（瑞石放光，靈芝生野）覆幬高緣大，包容妙在卑。兄呼春赫日，師指佛牟尼。（大梵天王帝釋以佛爲師也，今上皇帝亦然）佳氣宸居合，淳風樂府吹。急賢彰帝業，解網見天慈。粟赤千千窖，軍雄萬萬兒。八蠻須稽顙，四海仰昌期。玉輦嬪嬙擁，宮花錦繡敧。堯雲同靉靆，漢祖太驅馳。氛祲根株盡，澆訛朕兆隳。山河方有截，野逸詔無遺。境靜消鋒鏑，田香熟稻穈。夢中逢傅說，殿上見辛毗。金鏡懸千古，形雲起四維。盛行唐典法，再覩舜雍熙。祝壽乾文動，郊天太一隨。煌煌還宿衞，亹亹叶聲詩。飲醴和甘雨，非煙遶御帷。銀輪隨寶馬，玉沼見金龜。（金色龜見）杳杳聞韶濩，重重降撫綏。魏徵須却出，葛亮更何之。簡約逾前古，昇平美不疑。觸邪羊咯咯，鼓腹叟嘻嘻。邁五方云大，超三始見奇。錦霞連紫極，仙鳥下峨嵋。謝傅還爲傅，周師又作師。納隍爲永任，從諫契無爲。子子寰瀛主，孫孫日月旗。壽春嗟壽域，萬國盡虔祈。捧日三車子，恭思八彩眉。願將七萬歲，匍匐拜瑤墀。（拜當作進）

送僧之安南

安南千萬里，師去趣何長。鬢有炎（一作沃）州雪，心爲異國香。退牙山象惡，過海布帆荒。早作歸吳計，無忘父母鄉。

送僧歸剡山

遠逃爲亂處，寺與石城連。木落歸山路，人初刈剡田。荒林猴咬栗，戰地鬼多年。好去楞伽子，精修莫偶然。

送僧入幽州

高士高無敵，騰騰話入燕。無人知爾意，向我道非禪。栗遝穿蕃塚，狼聲隔遠煙。槃山多道侶，應未有歸年。

送僧遊五臺

美師遊五頂，乞食值年豐。去去誰爲侶，棲棲力已充。濁河高岸折，衰草古城空。必到華嚴寺，憑師問辦公。

送僧入五洩

五洩江山寺，禪林境最奇。九年喫菜粥，此事少人知。山響僧擔穀，林香豹乳兒。伊余頭已白，不去更何之。

題令宣和尚院

軒窗領嵐翠，師得世情忘。惟愛談諸祖，曾經宿大荒。泉聲淹臥榻，雲片犯鑪香。寄語題門者，看經在上方。

寄四明閭丘道士二首

淮海兵荒日，分飛直至今。知擔諸子出，却入四明深。衣必編仙草，僧應共栗林。秋風溪上路，應得一相尋。

三千功未了，大道本無程。好共禪師好，常將藥犬行。石門紅蘚剝，柘塢白雲生。莫認無名是，無名已是名。

經士馬中作

偷兒成大寇，處處起煙塵。黃葉滿空宅，青山見俗人。妖星芒刺越，鬼哭勢連秦。惆悵還惆悵，茫茫江海濱。

士馬後見赤松舒道士

滿眼盡瘡痍，相逢相對悲。亂階猶未已，一柱若爲支。堰茗蒸紅棗，看花似好時。不知今日後，吾道竟何之。

題方公院寄夏侯明府

銀地有餘光，方公道益芳。誰分修藏力，頂有剃頭霜。經勘松風燥，簷垂塢茗香。終須結西社，此縣似柴桑。

與劉象正字

獨居三島上，（在觀中住）花竹映柴關。道廣羣仙惜，名成萬事閑。病多唯縱酒，靜極不思山。唯有逍遙子，時時自往還。

懷智體道人

棲碧思（一作把筆懷）吾友，庭鶯百囀時。唯應一處住，方得不相思。雲水淹門閾，春雷在（一作折）樹枝。平生無限事，不獨白雲知。

贈晦公禪人

流陽爲役者，相訪葉紛紛。有句雖如我，無心未似君。搆林青及竹，葺屋暖於雲。何日相將去，千山麋鹿羣。

寄靜林別墅胡進士兄弟

見說山居好，書樓被翠侵。燒爂汀島境，月色弟兄吟。犬吠黃柙落，牛歸紅樹深。仍聞多白菌，應許一相尋。

懷赤松故舒道士

可惜復可惜，如今何所之。信來堪大慟，余復用生爲。亂世今交闘，玄宮玉柱隳。春風五陵道，迴首不勝悲。

偶作

無端爲五字，字字鬢星星。只覺人情薄，空餘鶴眼青。砌莎藏墜果，窗雪浸殘經。祇有歸山計，茫茫何所營。

春日許徵君見訪

龍鍾多病後，日望遇昇平。遠念穿嵩雪，前林囀早鶯。廚香烹瓠葉，道友扣門聲。還似青溪上，微吟踏葉行。

經先主廟作

古廟積煙蘿，威靈及物多。因知曹孟德，爭柰此公何。樹古靄痕剝，碑荒篆畫訛。今朝冥禱祝，祇望息干戈。

寄中條道者

柏梯杉影裏，頭白藥山孫。今古管不得，是非爭肯論。虎鬚懸瀑滴，禪衲帶苔痕。常恨龍鍾也，無因接話言。

夏日晚望

登臨聊一望，不覺意悽然。陶侃寒溪寺，如今何處邊。汀沙生旱霧，山火照平川。終事東歸去，干戈滿許田。

送僧歸山（第六句缺一字）

眼青禪帔赤，氣岸出塵埃。霞外終須去，人間作麼來。崖香泉吐乳，塢爂燒　靄。他日終相覓，山門何處開。

覽皎然渠南鄉集

學力不相敵，清還彷彿同。高于寶月月，誰得射鵰弓。至鑒封姚監，良工遇魯公。如斯深可羨，千古共清風。

覽姚合極玄集（第四句缺一字）

至覽如日月，今時即古時。髮如邊草白，誰念射聲　好

鳥挨花落清風出院遲知音郭有道始爲一吟之

大駕西幸秋日聞雷

軍書日日催處處起塵埃黎庶何由泰鑾輿早晚回夏租方減食秋日更聞雷莫道蒼蒼意蒼蒼眼甚開

詩（紀事題作言詩）

經天緯地物動必計（一作是）仙才幾處覓不得有時還自來眞風含素髮秋色入靈臺吟向霜蟾下終須神鬼哀

秋末江上望

莽莽古江濱紛紛墜葉頻煙霞誰是主丘隴自傷神吞併寧唯漢淒涼莫問陳盡隨流水去寂莫野花春

乞食僧

擎鉢貌清羸天寒出寺遲朱門當大路風雪立多時似月心常淨如麻事不知行人莫輕誚古佛盡如斯

寒望九峰作

九朶碧芙蕖王維圖未圖層層皆有瀑一一合吾居雨歇如爭出霜嚴不例枯世猶多事在爲爾久躊躇

薊北寒月作

薊門寒到骨戰磧鴈相悲古屋不勝雪嚴風欲斷髭清吟得冷句遠念失佳期寂莫誰相問迢迢天一涯

新猨（一作新蟬）

尋常看不見花落樹多苔忽向高枝發又從何處來風清聲更揭月苦意（一作思）彌哀多少求名者年年被爾催

懷南岳隱士二首（一作贈隱者）

千峰映碧湘眞隱此中藏餠不煮石喫眉應似髮長風梩（一作根）支酒甕鶴蝨落琴床雖（一作誰）斆忘機者斯人尚未忘

見說祝融峰擎天勢似騰藏千尋瀑布出十八高僧古路無人跡新霞出石稜終期將爾叟一一月中登

追憶馮少常

盛德方清貴旋聞逐逝波令人翻不會積善合如何直道登朝晚分憂及物多至今新定郡猶咏袴襦歌

聞閔廷言周璉下第

前牓年年見高名日日聞常因不平事便欲見吾君兄弟居清島園林生白雲相思空悵望庭葉赤紛紛

寄景地判官

渚宮江上別倏忽十餘年舉世唯攻說多君卽不然浦珠爲履重園柳助詩玄勉力酬知己昌朝正急賢

讀賈區賈島集

區終不下島島亦不多區冷格俱無敵貧根亦似愚青雲終歎命白閣久圍鑪今日成名者還堪爲爾吁

送衲僧之江西

索索復索索無憑却有憑過溪遭惡雨乞食得乾菱祇有山相伴終無事可仍如逢梅嶺旦向道祇寧馨

故林偶作

朗吟無一事孤坐瀫江濱媚世非吾道良圖有白雲蠹魚開卷落啄木隔花聞唯寄壺中客金丹許共分

寄栖白大師二首

流浪江湖久攀緣歲月闌高名當世重好句逼人寒月苦蟬聲嗄鐘清柹葉乾龍鍾千萬里擬欲訪師難

蒼蒼龍闕晚九陌雜香塵方外無他事僧中有近臣青門玉露滴紫閣錦霞新莫話三峰去澆風正蕩淳

送人之渤海

國之東北角有國每朝天海力浸不盡夷風常宛然山藏羅刹宅水雜巨鼇涎好去吳鄉子歸來莫隔年

寄李道士

常見高人說猶來不偶然致身同槁木話道出忘詮長嘯仙鐘外眠槎海月邊倘修陰妊妊一望寄余焉

秋送夏郢歸錢塘

歸客指吳國風帆幾日程新詩陶雪字玄髮有霜莖微月生滄海殘濤傍石城從茲江島意應續子陵名

送僧歸翠微

祇衲一箇衲翠微歸舊岑不知何歲月卽得到師心逕遶千峰細菴開亂木深倘然雲外老他日亦相尋

經友生墳

多君墳在此令我過悲涼可惜爲人好剛須被數將白雲從塚出秋草爲誰荒不覺頓回首西風滿白楊

懷洛下盧縉雲

一滅三張價幽居少室前豈應貧似我不得信經年木落多詩藁山枯見墨煙何時深夜坐共話草堂禪

送李鏘赴舉

詩業務經綸新皆意外新因知登第牓不著不平人句得孤舟月心飛九陌塵明年相賀日應到曲江濱

寶禪師見訪

山兄心似我岸谷亦難交不見還相憶來唯添寂寥茶煙粘衲葉雲水透蘅茆因話流年（一作陽）事斯須不可拋

觀碁

逸格格難及半先相遇稀落花方滿地一局到斜暉褚胥死不死將軍飛已飛今朝憖一行無以造玄微

題一上人經閣

鳥外何須去衣如蘚亦從但能無一事即是住孤峰雨歇雲埋閣月明霜灑松師心多似我所以訪師重

和毛學士舍人早春

陋巷冬將盡東風細雜籃解牽窗夢遠先是潤梅諳茶癖金鐺快（舍人有茶譜）松香玉露含書齋山帚撅盤餌藥花甘雅得琴中妙（舍人妙于七弦）常挼臉似酣雪消聞苦蟄氣候似宜蠶密勿須清甲朝歸遶碧潭丹心空拱北新作繼周南理雖亡一臣時亦說三不知門下客誰上晏嬰驂

全唐詩

貫休

壽春進祝聖七首

千載降祥

九天宮上聖降世共昭回萬彙須亭毓羣仙送下來承乾當否極庶事盡康哉祇有義軒比其餘不可陪

文有武備

武宿與文星常如掌上擎孫吳機不動周邵事多行旰食爐煙細宵衣隙月明還聞夔進曲吹出泰階平

從諫如流

及霤龍鱗動君臣道義深萬年軒后鏡一片漢高心北狄皆輸欵南夷盡貢琛從茲千萬歲枝葉玉森森

搜揚草澤

俟時兼待價垂棘出塵埃仄席三旌切移山萬里來煙霞衣上落閶闔雪中開壽酒今朝進無非出世才

守在四夷

天將與大蜀有道遂君臨四塞同諸子三邊共一心閤婆香似雪迴鶻馬如林曾讀前皇傳巍巍冠古今

大興三教

曈曈懸佛日天俣動雲韶縫掖諸生集麟洲羽客朝非煙生玉砌御柳吐金條擊壤翁知否吾皇即帝堯

山呼萬歲

聲教無爲日山呼萬歲聲隆隆如谷響合合似雷鳴翠拔爲天柱根盤倚鳳城恭唯千萬歲歲歲致昇平

早秋夜坐

微涼砧滿城林下石牀平豈豈無端白詩須出世清鄰僧同樹影砌月浸蛩聲獨自更深坐無人知此情

早起

夜坐還早起寂寥多病身神清尋夢在香極覺花新樹露緣於雨溪雲動似人又知何處客軋軋轉征輪

秋晚野步

閑步不覺遠蕭蕭木落初詩情抛閶闔江影動襟裾閣北鴻行出霞西雨脚疎金峰秋更好乞取又何如

晚望

曠望危橋上微吟落照前煙霞濃浸海川岳闊連天白鳥格不俗孤雲態可憐終期將爾輩歸去舊江邊

寄翰林陸學士

顏冉商參甲鸞凰密勿才簾垂仙鳥下吟次聖人來寶輦千官捧宮花九色開何時重一見爲我話蓬萊

贈造微禪師院

蒼蔔氣雍雍門深聖澤重七絲奔小蠏五字逼雕龍藥轉紅金鼎茶開紫閣封圭峰爭去得卿相日憧憧

南海晚望

海上聊一望舶帆天際飛狂蠻莫挂甲聖主正垂衣風惡巨魚出山昏羣獠歸無人知此意吟到月騰輝

寄廬山大願和尚

石上桂成叢師菴在桂中皆云習鑿齒未可扣眞風雪洗香鑪碧霞藏瀑布紅何時甘露偈一寄剡山東

懷薛尚書兼呈東陽王使君

得力未得力高吟夏又殘二毛非自出萬事到詩難蟬見木葉落雷將雨氣寒何妨槌琢後更獻至公看

上馮使君水晶數珠

泠泠瀑滴淸貫串有規程將諷觀空偈全勝照乘明龍神多共惜金玉比終輕顧在玄暉手常資物外情

送明覺大師兼寄鄭山人

去去楞伽子春深道路長鳥啼靑嶂險花落紫衣香此去非餘事還歸內道場憑師將老倒一向說滎陽

廬山尋靈紀不遇

久別稀相見深山道益孤葉全離大朴君尚在新吳鐘嘎聲飄驛山頑氣噴湖雷詩如和得一望寄前途

題曹溪祖師堂

皎潔曹溪月嵯峨七寶林空傳智藥記豈見祖禪心信衣非苧麻白雲無知音大哉雙峰溪萬古靑沈沈

懷匡山道侶

常憶將吾友穿雲過瀑西有碑皆讀徹無處不相攜樫桂株株濕猨猱箇箇啼等閑成遠別窗月又如珪

懷盧延讓（時延讓新及第）

寘搜忍飢凍嗟爾不能休幾歎不得力到頭還白頭姓名歸紫府妻子在滄洲又是蟬聲也如今何處遊

春晚訪鏡湖方干

幽居湖北濱相訪值殘春路遠諸峰雨時多擉鼈人蒸花初釀酒漁艇劣容身莫訝頻來此伊余亦隱淪

秋過相思寺

見說相思寺今來似有期瘴鄉終有出天意固難欺晝雨先花島秋雲挂戍旗故人多在蜀不去更何之

全唐詩

貫休

蜀王入大慈寺聽講（天復三年作）

玉節金珂響似霤水晶宮殿步裵回祇緣支遁談經妙所以許詢都講來帝釋鏡中遙仰止（善法堂前有七寶鏡照四天下）魔軍殿上動崔巍千重香擁龍鱗立五種風生錦繡開（上界天王欲下遊行時先有三種風生一開其樓臺殿閣二香氣芬馥三吹去萎花更雨新者）寬似大溟生日月秀如四岳出塵埃一條紫氣隨高步九色仙花落古臺謝太傅須同八凱姚梁公可並三台登樓喜色禾將熟望國誠明首不迴駕馭英雄如赤子雌黃賢哲貢瓊瑰六條消息心常苦一劒晶熒敵盡摧木鐸聲中天降福景星光裏地無

炎百千民擁聽經座始見重天社稷才

蜀王登福感寺塔三首

天資忠孝佐金輪香火空王有宿因此世喜登金骨塔前生應是育王身（佛記育王造四萬八千塔）封疆歲暮笙歌合禱袴正初錦繡新釋子沾恩無以報祇擎章句貢平津

似聖悲增道不窮憂民憂國昪堯聰雨髯有雪丹霄外萬里無塵一望中南照微明連莽蒼峨嵋擁秀接崆峒林僧歲月知何幸還似支公見謝公

步步層層馭可陪相輪邊日照三台喜歡烝庶皆相逐惆悵鑾輿尚未迴金鐸撼風天樂近仙花含露瑞煙開一年一度常如此願見文翁百度來

少監三首

器琢仙珪美有餘席珍國寶比難如銜花乳燕看調瑟衣錦佳人侍讀書荀氏門風龍變化謝家庭樹玉扶疎即期寰海隆平日歸佐吾皇侍玉除

盍友相隨盍自強趨庭問禮日昭彰袍新宮錦千人目馬駿桃花一巷香偏愛曾顏終必及或如韓白亦無妨八龍三虎森如也萬古千秋瑞聖唐

具體而微太少年鳳毛五色帶非煙倚天長劒看無敵遠樹號猨已應弦接士開襟清聖熟分題得句落花前即應出將傳家法聖澤恩波浩浩然

再到鍾陵作

六七年來到豫章舊遊知已半凋傷春風還有花千樹往事都如夢一場無限丘墟侵郭路幾多臺榭浸湖光祇應唯有西山色依舊崔巍上寺牆

經弟妹墳（第五句缺二字）

淚不曾垂此日垂山前弟妹塚離離年長於吾未得力家貧拋爾去多時鴻衝　霜中斷蕙雜黃蒿塚上衰恩愛苦情拋未得不堪回首步遲遲

到蜀與鄭中丞相遇

深隱猶爲未死灰遠尋知已遇三台如何麋鹿群中出又見鵷鸞天上來劒閣霞粘殘雪在錦江香甚百花開謾期王謝來相訪不是支公出世才

別馮使君

瓦礫文章豈有媒兩三年祇在金臺本師頭白須歸去太守門清願再來皓皓玉霜孤鴈遠蕭蕭松島片帆開從茲林下終無事唯祇焚香祝上台

上新定宋使君

禪坐吟行誰與同杉松共在寂寥中碧雲詩裏終難到白藕花經講始終水壘山層攀草疎砧清月苦立霜風十年勤苦今酬了得句桐江識謝公

和李判官見新榜爲兄下第

失意荆枝滴淚頻陟岡何翅不知春心中岐路平如砥天上文章妙入神休說宋風迴鷁首即看雷火燎龍鱗從茲相次紅霞裏留取方書與世人

送羅鄴赴許昌辟

方得論心又別離黯然江上步遲遲不堪迴首崎嶇路正是寒風皴錯時美似郗超終有日去依劉表更何疑前程不少南飛鴈聊寄新詩慰所思

酬韋相公見寄

鹽梅金鼎美調和詩寄空林問訊多秦客弈棊拋已久楞嚴禪髓更無過萬般如幻希先覺一丈臨山且奈何

酬張相公見寄

周郎懷抱好知音常愛山僧物外心閉户不知芳草歇（日到天心乃相公之句老僧日去山乃一丈耳）空諷平津好珠玉不知更得及門麽

酬王相公見贈

無能唯擬住山深感通未合三生石騷雅歡擎九轉金但似前朝蕭（倣）與蔣（紳）老僧風雪亦相尋

酬周相公見贈

孤拙將來豈偶然不能爲漏滴青蓮一從麟筆題牆後常祇冥心古像前九德陶鎔空有跡六窗清淨始通禪今朝幸捧瓊瑤贈始見玄中更有玄

三界無家是出家豈宜拊鳳覩新麻幸生白髮逢今聖曾夢青蓮映玉沙境陟名山烹錦水睡忘東白洞平茶喜擎繡段攀金鼎謝眺餘霞始是霞

道情偈三首

崆峒老人專一一黃梅眞叟却無無獨坐松根石頭上四溟無限月輪孤

非色非空非不空空中眞色不玲瓏可憐盧大擔柴者拾得驪珠橐籥中

優鉢羅花萬劫春頻犂田地絕纖塵道吾道者相招好不是香林採葉人

馬上作

柳岸花堤夕照紅風清襟袖轡璁瓏行人莫訝頻迴首家在凝嵐一點中

道中逢乞食老僧

赤樓襴笠眷毫垂拄榔栗杖行遲遲時人祇施盂中飯心似白蓮那得知

秋末寄武昌一公

見說武昌江上住柏枯槐朽戰時風知師詩辭難醫也霜灑蘆花明月中

陋巷

墜葉如花欲滿溝破籬荒井一蟬幽亦知希驥無希者作麽令人强轉頭

終南僧

聲利掀天竟不聞草衣木食度朝昏遙思山雪深一丈時有仙人來打門

聽僧彈琴

家近吳王古戰城海風終日打牆聲今朝鄉思渾堆積琴上聞師大蟹行

漁者

風惡波狂身似閑滿頭霜雪背青山相逢略問家何在回指（一作覷）蘆花滿舍（一作蒼森）間

大蜀皇帝潛龍日述聖德詩五首

嶽瀆殊祥日月精入堯金鏡佐休明衣嚴黼黻皇恩重劒折芙蓉紫氣横玉甃金湯山岳峻花藏臺榭管弦清已聞圖上凌煙閣寵渥穹窿玉不名

扶持社稷似齊桓百萬雄師貴可觀神智發中眞莫測貢輸天下學應難風清鼙角　肅神龍草木寒

堪羨蜀民恒有福太平時節一般般第五句缺三字第六句缺一字
珠履三千侍玉除一作坐隅宮一作棠花飄錦早鶯初雖然周孔心
相似其奈龔黃政不如浩浩歌謠聞禁掖重重襦袴滿
樵漁若論朝野艱難日第一之功美有餘
紫髯青眼代天才韓白孫吳稍可陪祇見赤心堯日下
豈知眞氣梵天來聽經瑞雪時時落登塔天花步步開
盡祝莊椿同壽考人間歲月豈能催
丈夫勛業正乾坤麟鳳龜龍盡在門西伯最憐耕讓畔
曹參空愛酒盈樽心慈爲受金仙囑髮白緣酬玉砌恩
從此于門轉高大可憐子子與孫孫

陳情獻蜀皇帝

河北江東一作河南處處災唯聞全蜀勿一作少塵埃一餅一鉢垂
垂老千水千山得得來秦苑一作秦苑幽棲多勝景巴歈陳貢
媿非才自慙林藪龍鍾者亦得親登郭隗臺

壽春節進大蜀皇帝五首

上玄大帝降坤維箕尾爲臣副聖期豈比赤光盈室日
全同白象下天時文經武緯包三古日角龍顏過四夷
今日降神天上會願將天福比須彌
異香滴露降紛紛紫電環樞照禁門先冠百王臨億兆
後稱十號震乾坤羲軒之道方爲道草木沾恩始是恩
今以謏才歌睿德猶如飲海妙難論
茂祉遐宣勝事幷薰風微入舜弦清四洲不必歸王化
一統那能計聖情合鼓鐘膏雨滴峩峩宮闕瑞煙橫
西逾昆岳東連海誰不梯山賀聖明
遠人玉帛盡來歸及物天慈物物肥春力遍時皆甲拆
王言聞者盡光輝家家錦繡香醪熟處處笙歌乳燕飛
爲報蜀皇勤禱祝聖明天子古今稀
積劫修來似煉金爲皇爲帝萬靈欽能當濁世爲清世
始見君心是佛心九野黎民耕浩浩百蠻朝騎日駸駸
今朝獻壽將何比願似莊椿一萬尋

對雪寄新定馮使君二首

仙掌空思歸未能梵香冥目對殘燈豈知瑞雪千山合
空覺春寒半夜增翳月素雲埋粉堞堆巢孤鶴下金繩
因思太守憂民切吟對瓊枝喜不勝
政化由來通上靈豐年祥瑞滿窗明氣嚴坐久燈凝燄
片大更深屋作聲飄掩煙霞何處去欹斜杉竹向簾傾
雪林中客雖無事還有新詩半夜成

送劉相公朝覲二首

九苞仙瑞曜垂衣一品高標百辟師魏相十思常自切
曹溪一句幾生知公深入禪理久交玉帳雖難別須佐金輪去
已遲唯杜荊州最惆悵柳門迴首落花時
急徵祇是再登庸生意人心萬國同燮理久徵殷傅說
譚眞欲過李玄通程穿峴首春光老馬速商於曙色紅
從此龍顏又應瘦寰瀛俱荷代天功

避寇遊成福山院

成福僧留不擬歸獮猴菌嫩豆苗肌那堪蠶月偏多雨
況復衢城未解圍時孫端圍逼衢城數月翠擁檉籬泉亂入雲開花
島雉雙飛堪嗟大似悠悠者祇向詩中話息機

別李常侍

楚水和煙海浪通又攀杯錫去山東道情雖擬攀孤鶴
詩業那堪至遠公夢入深雲香雨滴吟搜殘雪石林空
朱門再到知何日一片征帆萬里風

送鄭閣赴闕碎

便便書腹德無鄰健筆從知又入閩鸚鵡才須歸紫禁
眞珠履不稱清貧武夷山夾仙霞薄螺女潭通海樹春
從此應多好消息莫忘江上一閑人

寄信州張使君

水壇𤃩殿地含煙鶴領鶴行吟積翠間數閣涼飈終日去
滿懷明月上方還時來自有鵷鸞識道在從如草木閑
唯羨靈溪賢太守一麾清坐似深山

春末寄周璉

暮角含風雨氣醺寂寥莓翠上衣巾道情不向鶯花薄
詩意自如天地春夢入亂峰仍履雪吟看芳草祇思人
手中孤桂月中在來聽泉聲莫厭頻

讀吳越春秋

猶來吳越盡須慙背德違盟又信讒宰嚭一言終殺伍
大夫七事祇須三功成獻壽歌飄雪誰愛扁舟水似藍
今日雄圖又何在野花香徑鳥喃喃

春遊靈泉寺

水蹴危梁翠擁沙鐘聲微徑入深花嘴紅澗鳥啼芳草
頭白山僧自扞一作杵茶松色摧殘遭賊火水聲幽咽落人
家寺因泉得名自經沙汰其泉落在人家因尋古跡空惆悵滿袖香風白日斜

歸東陽臨岐上杜使君七首

小謝清高大謝才聖君令泰此方來一從到後常無事
鈴閣公庭滿綠苔
紅錦帳中歌白雪烏皮几畔撫青英不知何物爲心地
賽却澄江徹底清
誰報田中有黑蟲一家齋戒滅仙容分憂若也皆如此
大下家家有剩春
憂民心切出衝炎禾稼如雲喜氣兼林下閑人亦何幸
也隨旌旆到銀尖銀尖去郭二十里
方恐獄中桃樹出忽聞枯木却生煙時有枯木再生褚祥爲郡曾
如此却恐當時是偶然
枯骨縱橫遍水潛盡收爲塚碧參差分明爲報精靈輩
好送旌旗到鳳池
捨魯依劉一片雲好風吹去遠纖塵猶期明月清風夜
來作西園第八人

全唐詩

貫休

春

自來自去動洪爐無象無私無處無迴癘不多消氣力
染花應最費工夫溟濛便恨豪家惜濃暖深爲政筆點
莫訝相逢只添睡伊余心不在榮枯

聞迎眞身

四海無波八表臣恭聞今歲禮眞身七重鏁未開金鑰
五色光先入紫宸丹鳳樓臺飄瑞雪岐陽草木亞香塵
可憐優鉢羅花樹三十年來一度春

灞陵戰叟

劍刓秋水鬢梳霜，迴首胡天與恨長。官竟不封右校尉，闞曾生挾左賢王。尋班超傳空垂淚，讀李陵書更斷腸。今日灞陵陵畔見，春風花霧共茫茫。

遇道者

鶴骨松筋風貌殊，不言名姓絶榮枯。尋常藜杖九衢裏，莫是商山一皓無。身帶煙霞游汗漫，藥兼神鬼在葫蘆。只應張果支公輩，時復相逢醉海隅。

贈鍾陵陳處士

否極方生社稷才，唯譚帝道鄙梯媒。高吟千首精怪動，長嘯一聲天地開。湖上獨居多草木，山前頻醉過風雷。吾皇仄席求賢久，莫待徵書兩度來。

懷鄰叟

常思東溪龐眉翁，是非不解兩頰紅。桔槔打水聲嘎嘎，紫芋白薤肥濛濛。鷗鴨靜遊深竹裏，兒孫多在好花中。千門萬戶皆車馬，誰愛如斯太古風。

贈軒轅先生

曾親文景上金鑾，語共容城一般。久向紅霞居不出，若非清世見應難。滿鑪藥熟分仙盡，幾局棊終看海乾。略問先生眞甲子，只言弟子是劉安。

偶作因懷山中道侶

是是非非竟不眞，桃花流水送青春。姓劉姓項今何在，爭利爭名愁殺人。必竟輸他常寂默，只應贏得苦沈淪。深雲道者相思否，歸去來兮湘水濱。

送新羅人及第歸

捧桂香和紫禁煙，遠鄉程徹巨鼇邊。莫言挂席飛連夜，見說無風即數年。衣上日光眞是火，島旁魚骨大於船。到鄉必遇來王使，與作唐書寄一篇。

送新羅衲僧

扶桑枝西眞氣奇，古人呼爲師子兒。六環金錫輕擺撼，萬仞雪嶠空參差。枕上已無鄉國夢，囊中猶挈石頭碑。（南岳石頭大師劉珂郎中作碑文也）多慙不便隨高步，正是風清無事時。

春晚桐江上閑望作

江上車聲落日催，紛紛擾擾起紅埃。更無人望青山立，空有帆衝夜色來。沙鳥似雲鐘外去，汀花如火雨中開。可憐瀟灑鴟夷子，散髮扁舟去不迴。

商山道者

五千言外得玄音，石屋寒栖（一作得）雪林多。傍松風梳綠髮，只燒崖藥點黃金。澄潭龍氣來縈砌，月冷星精下聽琴。曾夢先生非此處，碧桃溪上紫煙深。

聞許棠及第因寄桂雍

時清道合出塵埃，清苦爲詩不仗媒。今日桂枝平折得，幾年春色併將來。勢扶九萬風初極，名到三山花正開。更有平人居蟄屋，還應爲作一聲雷。

瀔江秋居作

無事相關性自擄，庭前拾葉等閑書。青山萬里竟不足，好竹數竿涼有餘。近看老經加澹泊，欲歸少室復何如。面前小沼清如鏡，終養琴高赤鯉魚。

上縉雲叚使君

清畏人知人盡知，縉雲三載得宣尼。活民刀尺雖無象，出世文章豈有師。术氣芝香粘甕榼，雲痕翠點滿旌旗。今朝暫到金臺上，頗覺心如太古時。

春末蘭谿道中作

山花零落紅與緋，汀煙濛茸江水肥。人擔犁鋤細雨歇，路入桑柘斜陽微。深喜東州云寇去，（時黃連洞人出燒劫處州却上）不知西狩幾時歸。清平時節何時是，轉覺人心與道違。

野居偶作

高淡清虛即是家，何須須占好煙霞。無心於道道自得，有意向人人轉賒。風觸好花文錦落，砌橫流水玉琴斜。但令如此還如此，誰羨前程未可涯。

再遊東林寺作五首

臺殿參差聳瑞煙，桂花飄雪水潺潺。莫疑遠去無消息，七萬餘年始半年。（傳記畫云，安遠持奘三車畫生兜率天，人間四千年彼天一晝夜，亦三十日爲一月，十二月爲一年，壽四千歲）

桓玄舊輦殘雲濕，耶舍孤墳落照遲。（昔桓玄入山禮遠公，遂捨輦至今在遠公堂下）有箇山僧倚松睡，恐人來取白猨兒。

玉像珠龕香陣橫，錦霞多傍石牆生。辟蛇行者今何在，花裏唯聞鳩（一作鵲）鳥聲。

愛陶長官醉兀兀，送陸道士行遲遲。買酒過溪皆破戒，斯何人斯師如斯。（遠公高節，食後不飲蜜水，而將詩博綠醑與陶潛；別人不得。又送客不以貴賤，不過虎溪，而送陸靜修道士過虎溪數百步。今寺門前有道士岡，送道士至此止也）

白藘蔔花露滴滴，紅（一作碧）苾芻草香（一作雨）濛濛。田地更無塵一點，是何人合住其中。

題蘭江言上人院二首（時王藹先輩有詩二首題其院，因和題之）

一生只著一麻衣，道業還欺習彥威。手把新詩說山夢，石橋天柱雪霏霏。

只是危吟坐翠層，門前岐路自崩騰。青雲名士時相訪，茶煑西峰瀑布冰。

中秋十五夜月

噀雪噴霜滿碧虛，王孫公子䚡相呼。從來天匠爲輪足，自是人心此夜餘。靜入萬家危露滴，清埋衆象叫鴻孤。坐來惟覺情無極，何況三湘與五湖。

鷺鷥有懷（前東陽王慥使君養一鷺鷥名瑤花）

粉魄霜華爲爾枯，鷥鶩相伴更堪圖。愛來沙島遺銀屋，終作金籠養雪鶵。栖宿必多清瀨夢，品流還次白猨徒。今朝不覺頻回首，曾伴瑤花近玉壺。

東陽罹亂後懷王慥使君五首（第三句缺一字）

昨來祇對漢諸侯，勝事消磨不自由。裂地鼓鼙軍□急，連天烽火陣雲秋。砍毛淬劍雖無數，歃血爲盟不到頭。誰爲今朝奉明王，使君司戶在隋州。（時黃巢奔許，公黜土勇救萬衆，押于歃血，連西而渠魁詐降都將，連城爲盟，違約，遂於戊地當不與，騷壁杭守同貶中也）

只報精兵過大河，東西南北殺人多。可憐白日渾如此，來似蝗蟲爭奈何。天意豈應容版亂，人心都改太凋訛。不勝惆悵還惆悵，一曲東風月下歌。

爲郡無如王使君，一家清冷似雲根。貨財不入崔洪口，俎豆嘗聞夫子言。鬚髮坐成三載雪，黎氓空負二天恩。不堪西望西風起，縱火崑崙誰爲論。

魄懾魂飛骨亦銷，此魂此魄亦難招。黃金白玉家家盡，繡閣雕甍處處燒。驚動乾坤常黷慘，深藏山岳亦傾搖。恭聞國有英雄將，擬把何心荅聖朝。

不是龔黃覆育才，即須清苦遠塵埃。無人與奏吾皇去，

致亂唯因酷吏來刳剝生靈爲事業巧通豪譖作梯媒
令人轉憶王夫子一片真風去不迴

秋夜懷嵩少因寄洛中舊知

鑪爇旃檀不稱貧霏霏玉露濕禪巾紫金地上三更月
紅藕香中一病身少室少年偏入夢多時多事去無因
如今憔悴頭成雪空想嵯峨羨故人

避地毘陵寒月上孫徽使君兼寄東陽王使君
三首

一到毘陵心更勞吟閑步擁雲袍豈緣思妙塵埃少
自是風清物態高野色踈黃連楚甸故山奇碧隔河橋
終須愚谷中安致不是人間好羽毛

常憶雙溪八詠前講詩論道接清賢文欺白鳳真難及
藥撚紅蕖豈偶然花濕瑞煙粘玉磬簾垂幽鳥啄苔錢
自憐不是悠悠者吟嚼真風二十年

靄車雨滴階聲寂寞焚香獨閉扃錦繡文章無路達
袴襦歌詠隔牆聽松聲冷浸茶軒碧苔點狂吞納綫青
唯有孤高江太守不忘病客在禪靈（首句缺一字）

秋末寄上桐江馮使君

山東山色勝諸山謝守清高不可攀薄俗盡于言下泰
苦心唯到醉中閑香凝錦帳抄書後月轉棠陰送客還
野客蹔恩歸未得蕭蕭霜葉滿柴關

禪師

擊鼓求亡益是非木中生火更何爲吾師別是醍醐味
不是知心人不知

道士

花鳥相逢滿袖雲藉花論道過金巾騰騰又入仙山去
只恐是青城丈人

風琴

至境心爲造化功一枝青竹四弦風寥寥雙耳更深後
如在緱山明月中

庭橘

蟻踏金苞四五株洞庭山上味何殊不緣松樹稱君子
肯使甘人喚木奴

落花

蝶醉蜂癡一簇香繡葩紅蒂墮殘芳因嗟好德人難得
公子王孫盡斷腸

孤雲

將比鷺鷥還恐屈始思殘雪不如多清風相引去更遠
皎潔孤高奈爾何

苦吟

河薄星疎雪月孤松枝清氣入肌膚因知好句勝金玉
心極神勞特地無

古戰處

鬼氣蒼黃棘葉紅昔時人血此時風相憐極目無疆地
曾落將軍一陣中

偶然作

蟬聲引出石中蛩寂寞門扃葉數重誰道思山心不切
等閑盡出（一作晝作兩）三峰

招友人宿

銀地無塵金菊開紫梨紅棗墮莓苔一泓秋水一輪月
今夜故人來不來

全唐詩

貫休

山居詩二十四首（并序）

愚咸通四五年中於鍾陵作山居詩二十四章放筆藁被人將去厥後或有散書于屋壁或吟咏於人口一首兩首時時聞之皆多字句舛錯洎乾符辛丑歲避寇於山寺偶全獲其本風調野俗格力低濁豈可聞於大雅君子一日抽毫改之或留之除之修之補之却成二十四首亦斐然也蝕木也槃山謳之例也或作者氣合始爲一朗吟之可也

休話喧譁事事難山翁只合住深山數聲清磬是非外
一個閑人天地間綠圃空階雲冉冉異禽靈草水潺潺
無人與向羣儒說（一作爲向君王道）岩桂枝高亦（一作正）好扳

難（一作誰）是言休即便休清吟孤坐碧溪頭三間茆屋無人
到十里松陰（一作關）獨自遊明月清風宗炳社夕陽秋色庾
公樓修心未到無心地萬種千般逐水流

好鳥聲長睡眼開好茶擎乳坐莓苔不聞榮辱成番盡
只見熊羆作隊來詩裏從前欺白雪道情終遣似嬰孩
由來此事知音少不是真風去不迴

萬境忘機是道華碧芙蓉裏日空斜幽深有徑通仙窟
寂寞無人落異花掣電浮雲真好喻如龍似鳳不須誇
君看江上英雄塚只有松根與柏槎

鞭後從他素髮兼湧清奔碧冷侵簾高奇章句無人愛
澹泊身心舉世嫌白石橋高吟不足紅霞影暖臥無厭
居山別有非山意莫錯將予比宋纖

鳥外塵中四十秋亦曾高挹漢諸侯如斯標致雖清拙
大丈夫兒合自由紫术黃菁苗蕺蕺錦囊香麝語啾啾
終須心到曹溪叟千歲檞根雪滿頭

慵甚嵇康竟不迴何妨方寸似寒灰山精日作兒童出
仙者時將玉器來筠帚掃花驚睡鹿地爐燒樹帶枯苔
不行朝市多時也許史金張安在哉

心心心不住希夷石屋（一作室）巉巖鬢（一作白）髮垂養（一作惜）竹不除
當路筍愛松留得礙人枝焚香開卷霞（一作雲）生砌捲箔冥

心月在池多少（一作無限）故人頭盡白不知今日（一作頭白）又何之
龍藏琅函遍九垓霜鍾金鼓振瓊臺堪嗟一句無人得
遂使吾師特地來無角鐵牛眠少室生兒石女老黃梅
今人轉憶龐居士天上人間不可陪
五嶽煙霞連不斷三山洞穴去應通石窗欹枕疎疎雨
水碓無人浩浩風童子念經深竹裏獮猴拾蝨夕陽中
因思往事抛心力六七年來楚水東
塵埃中更有埃塵時復雙眉十爲顰賴有年光飛似箭
是何心地亦稱人回賢參孝時時說蜂蠆狼貪日日新
天意剛容此徒在不堪惆悵不堪陳
翠竇煙巖（一作霞）畫不成桂華瀑沫雜芳馨撥霞掃雪和雲
母掘石移松得茯苓好（一作似）鳥傍花窺玉磬嫩苔和（一作如）水
沒（一作汲）金鉼從他人說從他笑地覆天翻也只寧
騰騰兀兀步遲遲兆朕消磨只自知龍猛金膏雖未作
孫登土窟且相宜薜蘿山帔偏能緇橡栗年糧亦且（一作粗）
支已得眞人好消息人間天上更無疑
嵐嫩風輕似碧紗雪樓金像隔煙霞葛苞玉粉生香壠
菌簇銀釘滿淨楂舉世只知嗟逝水無人微解悟空花
可憐擾擾塵埃裏雙鬢如銀（一作絲）事似麻
千巖萬壑路傾欹杉檜濛濛獨掩扉斸藥童穿溪䃰去
採花蜂冒曉煙歸閑行放意尋流水靜坐支頤到落暉
長憶南泉好言語如斯癡鈍者還稀（南泉大師云學道之人癡鈍者難得）
一菴冥目在穹冥菌枕松牀藓陣青乳鹿暗行檉徑雪
瀑泉微濺石樓經閑行不覺過天井長嘯深能動岳靈
應恐無人知此意非凡非聖獨醒醒
慵刻芙蓉傳永漏休誇麗藻鄙湯休且爲小圃盛紅栗
別有珍禽勝白鷗拾栗遠尋深澗底弄猨多在小峯頭
不能更出塵中也百煉剛爲繞指柔
業薪心火日燒煎浪死虛生自古然陸氏稱龍終妄矣
漢家得鹿更空焉白衣居士深深說青眼胡僧遠遠傳
剛地無人知此意不堪惆悵落花前
露滴紅蘭玉滿畦閑拖象屧到峯西但令心似蓮花潔
何必身將槁木齊古塹細煙紅樹老半岩殘雪白猨啼

雖然不是桃源洞春至桃花亦滿蹊
自休自已（一作了）自安排常願居山事偶諧僧採樹衣臨絕
壑（金華山出樹衣僧多採爲蔬菜味極美也）狖爭山果落空階閑擔茶器緣青障
靜衲禪袍坐綠崖虛作新詩反招隱出來多與此心乖
石罏金鼎紅蕖嫩香閣茶棚綠巘齊塢燒崩騰奔澗鼠
岩花狼籍鬭山雞棠莊環外知音少阮籍途窮旨趣低
應有世人來覓我水重山疊幾層迷
自古浮華能幾幾（一作朝）逝波終日去滔滔漢王廢苑生秋
草吳主荒宮入夜濤滿屋黃金機不息一頭白髮氣猶
高豈知知足（一作物外）金仙子霞外（一作甘露）天香滿（一作滴）毳袍
如愚何止直如弦只合深藏碧嶂前但見山中常有雪
不知世上是何年野人愛向菴前笑赤玃頻來袖畔眠
只有逍遙好知已何須更問洞中天
支公放鶴情相似范泰論交趣不同有念盡爲煩惱相
無私方稱水晶宮香焚薝蔔諸峯曉珠掐金剛萬境（一作象）
空若買山資言不及恒河沙劫用無窮

再逢虛中道士三首

天目西峯古壞壇壇邊相別雪漫漫如今四十餘年也
還共當時恰一般
囊裏靈龜小似錢道伊年與我同年壺中長挈天相逐
何處昇天更有天
吾道將君道且殊君鬢全似老君鬚尋常有語爭堪信
愛說蟠桃似甕麤

上盧使君二首

一領彤弓下赤墀惟將清淨作藩籬馬卿山岳金相似
張緒風情柳不如（當作緣筆）心染煙霞新句出筆驅奸蠹宿根
藜鄱陽黎庶還堪羨頭有重天足有氂
司馬遷文亞聖人三頭九陌碾香塵盡傳棣萼麟兼鳳
終作昌朝甫與申樓聳嬌歌疎雨過風含和氣滿城春
因知寰海昇平去又見高宗夢裏人

陪馮使君遊六首

登千霄亭

擁翠捫蘿山屐輕飄颻紅旆在青冥仙科朱紱言非貴
溪鳥林泉癖愛聽古桂林邊棊局濕白雲堆裏茗煙青
因思廬岳彌天客手把金書倚石屏

遊靈泉院

珂珮喧喧滿路岐亂泉聲裏扣禪扉對花語合希夷境
坐石苔黏黼黻衣鳥啄古杉雲冉冉風吹清磬露霏霏
惠巖亦有孤峯在只戀旛經未得歸

過相思嶺

譽自馨香道自怡相思嶺上却無機荒渠葉覆深霞在
片石人吟一鳥飛何處風砧傳古曲誰家塚樹挂斜暉
因思往事眞堪笑鶴背漁竿未是歸

錦沙墩

臨水登山興自奇錦沙墩上最多時雖云鬓白孤峯好
其奈名清聖主知草蝤蓮塘資逸步雲生松壑有新詩
翛然別是神仙趣豈羡東山妓樂隨

釣㽦潭

境靜江清無事時紅旌畫鷁動漁磯心期只是行春去
日暮還應待鶴歸風破綺霞山寺出人歌白雪島花飛
自憐亦在僊舟上玉浪翻翻濺草衣

迎仙閣

澗香霞影遶樓臺捲箔凭闌耳目開況從旌旗近鸞鳳
可憐談笑出塵埃火雲不入長松徑露茗何須白玉杯
誰道迎仙仙不至今朝還有謝公來

賀雨上王使君二首

一片丹心合萬靈應時甘雨帶龍腥驅塵煞燒連窮
電衝覓滿窅冥處處已知倉廩溢家家皆歇管弦聽
應須蚤勒南山石黃霸清風滿內庭（第三句第四句各缺一字）
由來天贊德唯馨朋禱心期事盡行玄妙久聞談佛母
（公久與東村大願和尚談般若般若者佛母也）感通今日見神明破除秋熱飄蕭盡還
似春時散漫傾他日爲霖亦如此諸生無不沐經營

感懷寄盧給事二首

緜緜遠念近來多喜鵲隨函到綠蘿雖匪二賢曾入洛
忽驚六義滅沈痾童扳鄰杏隳牆死燕啄花泥落砌莎
好更因人寄消息沃州歸去已蹉跎

常憶團圓繡像前東歸經亂獨生全孤峯已住六七處
萬事無成三十年每想苑牆危逼路更思鉢塔曉凌煙
如今憔悴荆枝盡一諷來書一愴然

賀鄭使君

三衢蜂蠆陷城池八詠龍韜整武貔纔諭危亡書半幅
便思父母淚雙垂（時公檄書纔去即便歸降來款云思父母則血淚雙垂憶兄弟乃江山隔越）戈收甲束
投仁境汗浹魂飄拜虎旗死地再生知德重精兵連諴
覺山移人和美叶禎祥出陣善深爲典教推仗信輸誠
方始是執俘折馘欲何爲清威嚴令無纖壒長路深山
不拾遺七邑恩波歌浩渺一方雲物自鮮奇天文仰視
同諸掌劒術無前更數誰戰馬閑眠汀草遠秋鼙乾揭
岳霞驄義爲土地精靈伏仁作金湯鐵石卑龔遂劉寬
同煦嫗張飛關羽太驅馳笙歌席上偏憐客刀劒林中
亦念詩轂渚美爲長飲水金山高作受降碑時猶草草
秋方盡陣是堂堂孰敢窺寵渥豈唯分節鉞勳庸須勒
上鍾彝神資天贊誰堪比名遂功成自不知捲箔倚闌
雲欲雪擁鑪傾榼酒如飴扶堯社稷常憂老到郭汾陽
亦未遲釋子沾恩無以報只將葑菲賀階墀

送鄭使君

剌婺廉閩動帝臺唯將清淨作梯媒綠沈槍卓妖星落
白玉壺澄苦霧開仁愛久懸溪上月恩光又發嶺頭梅
天資劉郤龔黃筆神助韓彭衛霍才古驛劒江分掩映
畫旗花舫下喧豗鳳麟帝幕芙蓉圻洞壑清威霹靂來
禮樂封疆添禮樂塵埃時節勿塵埃荔支花下驅千騎
薝蔔林中禮萬迴（時八安大師在回院也）視事蠻奴磨玉硯邀賓海月
射金杯謳歌合合千門樂鼙角雄雄一閣雷君父恩深
頭早白子孫榮襲日難陪東陽緇素如何好空向生祠
祝上台

贈楊公杜之舅

分盡君憂一不遺鳳書徵入萬民悲風雲終日如相逐
雨露前程即可知畫舸還盛江革石秋山又看謝安棊
談諧盡是經邦術頭角由來出世姿天地事須歸槀籥
文章誰得到罘罳扣舷傍島清吟健問俗看漁晚泊遲
霞影滿江搖枕簟鳥行和月下漣漪周秦漢魏書書在
麟鳳龜龍步步隨金殿恩波將浩浩圭峯意緒謾孜孜
郡中條令春常在境外謌謠美更奇道者藥鑪留要妙
林僧禪偈寄相思王楊盧駱眞何者房杜蕭張更是誰
應念衢民千萬户家家皆置一生祠

遊金華山禪院

茲地曾棲菩薩僧旃檀樓殿瀑崩騰因知境勝終難到
問著人來悉不曾斜谷暗藏千載雪薄嵐常翳一龕燈
多慙不及當時海又下嵯峨一萬層

寄鄭道士二首

常憶蘇眈好羽儀信安山觀住多時不知玉貿雙棲處
兩箇仙人是阿誰

誰帶金輪髻裏珠何妨相逐去清都舊山大有閑田地
五色香茆有子無

送少年禪師二首

秀眉青目樹花衣一鉢隨緣智不知佛與輪王嫌不作
世間剛有箇癡兒

萬水千山一鶴飛豈愁遊子暮何之古今此著無人會
王積新輪更不疑

古劒池

秋水蓮花三四枝我來慷慨步遲遲不決浮雲斬邪佞
眞成龍去擬何爲

曹娥碑

高碑說爾孝應難彈指端思白浪間堪歎行人不迴首
前山應是苧蘿山

比干傳

昏王亡國豈堪陳只見明誠不見身想得先生也知自
欲將留與後來人

送人遊茆山

鳥啼花笑㜸紛紛路入青雲白石門君到前頭好看好
老僧或恐是茆君（一作茅眞舊宅基猶在藥竈苔深土尚殷君見道人憑與問大還還字若爲還）

聞杜宇

咽雨哀風更不停春光於爾豈無情宜須喚得謝豹出
方始年年無此聲

聽曉角

三會單于滿閣風五行無忒月朦朧如何十萬家休戚
只在嗚嗚咽咽中

宿赤松山觀題道人水閣兼寄郡守

珠殿香幹倚翠稜寒棲吾道寄孫登豈應肘後終無分
見說仙中亦有僧雲斂石泉飛險竇月明山鼠下枯藤
還如華頂清談夜因有新詩寄鄭弘

春遊涼泉寺

一到涼泉未擬歸迸珠噴玉落階除幾多僧祇因泉在
無限松如潑墨爲雲塹含香啼鳥細茗甌擎乳落花遲
青山看著不可上多病多慵爭柰伊

經吳宮

夫差昏暗霸圖傾千古淒涼地不靈妖豔恩餘宮露濁
忠臣心苦海山青蕭條陵隴侵寒水彷彿樓臺出杳冥
此是前車況非遠六朝何更不惺惺

送薛侍郎貶峽州司馬

得罪唯驚恩未酬夷陵山水稱閑遊人如八凱須當國
猨到三聲不用愁花落扁舟香冉冉草侵公署雨脩脩
因人好寄新詩好不獨江東有沃州

將入匡山宿韓判官宅

一宿蘭堂接上才白雲歸去幾裏回黛青峯朵孤吟後
雪白猨兒必寄來簾卷茶煙縈墮葉月明碁子落深苔
明朝江上空迴首始覺清風不可陪

送鄭侍郎騫赴闕

文章國器盡琅玕朝騎騣騣歲欲殘彩筆祇宜天上用
繡衣偏稱雪中看休驚斷鴈離三楚漸入祥煙下七槃
翰苑舊知憑與說紫金輪畔寄書難

上盧使君

一別旌旗已一年二林眞子勸安禪常思雙戟華堂裏
還似孤峯峭壁前步出林泉多古夢帆侵分野入祥煙
自憐酷似隨陽鴈霜打風飄到日邊

寄匡山大願和尚

一聽玄音下竹亭却思窗雪與囊螢祇將清淨酬恩德
敢信文章有性靈夢歷山林聞鶴語吟思海月上沙汀
不堪迴首滄江上萬仞廬峯在杳冥

別盧使君歸東陽二首

雨氣濛濛草滿庭式微吟劇更誰聽詩逢匠化唯貪住
日覺恩深不易銘心苦祇應消鬢黑夢遊頻入倚天青
從茲還似歸回首唯祝台星與福星

家在嚴陵釣渚旁細漣嘉樹拂窗凉難醫林藪煙霞癖
又出芝蘭父母鄉孤帆好風千里煖深花黃鳥一聲長
終期金鼎調羹日再近尼丘日月光

溪寺水閣閑眺因寄宋使君

溪木蕭條一凭闌玉霜飛後浪花寒釣魚船上風煙暝
古木林中砧杵乾至竟道心方始是空眈山色亦無端
誰如太守分憂外時把西經盡日看

春送趙文觀送故合州座主神櫬歸洛

喜繼于悲錦水東還鄉仙騎却尋嵩再燒良玉堯雲動
方報深恩絳帳空遠道靈輀春欲盡亂山羸馬恨無窮
他年必立吾君側好把書紳荅至公

詈光大師草書歌

雪壓千峯橫枕上窮困雖多還激壯看師逸蹟兩相宜
高適歌行李白詩海上驚驅山猛燒（一作海上風驚驅猛燒）吹斷狂煙
著沙草江樓曾見落星石幾回試發將軍砲別有寒雕
掠絕壁提上玄猨更生力又見吳中磨角來舞槊盤刀
初觸擊好文天子揮宸翰御製本多推玉案晨開水殿
教題壁題罷紫衣親寵錫僧家愛詩自拘束僧家愛畫
亦局促唯師草聖藝偏高一掬山泉心便足

題成都玉局觀孫位畫龍（位東越人僖宗南巡隨入蜀後改名遇）

我見蘇州崑山佛殿中金城柱上有二龍老僧相傳道
是僧繇手尋常入海共龍鬬又聞蜀國玉局觀有孫遇
蹟蟠屈身長八十尺遊人爭看不敢近頭觀寒泉萬丈
碧

觀地獄圖

峨峨非（一作水）劒閣有樹不堪攀佛手遮不得人心似等閑
周王應未雪白起作何顏盡日空彈指茫茫塵世間

贈雷卿張明府

任官征戰後度日寄閑身封卷還高客飛書問野人廢
田教種穀生路遣尋薪若起柴桑興無先漉酒巾

獻錢尚父（錢鏐自稱吳越國王休以詩投之鏐諭改爲四十州乃可相見休曰州亦難添詩亦難改閑雲孤鶴何天不可飛遂入蜀）

貴逼人（一作身）來不自由龍驤鳳翥勢難收（一作幾年勤苦踏林丘）滿堂花
醉三千客一劒霜寒十四州鼓角揭天嘉氣冷風濤動
地海山秋東南永作金天柱（一作萊子衣裳宮錦窄謝公篇詠綺霞羞他年名上凌煙閣）誰（一作豈）
羨當時萬戶侯

繡州張相公見訪

德符唐德瑞通天曾叱讒諛玉座前千襲彩衣宮錦薄
數牀御札主恩偏出師暫放張良箸得罪惟撐范蠡船
未報君恩終必報不妨金地禮青蓮

題某公宅

宅成天下借圖看始笑平生眼力慳地占百灣多是水
樓無一面不當山荷深似入苕溪路石怪疑行鴈蕩間
只恐中原方鼎沸天心未遣主人閑

海覺禪師山院

人言海覺老宗師隱絕層巔世莫知青草不生行道跡
白雲常護坐禪扉六環金錫飛來後一派銀河瀉落時
借問大心能濟物龍門風雹捲天池

悼張道古（昭宗時道古官拾遺以直諫貶蜀中死）

清河逝水大息息東觀無人失至公天上君恩三載隔
鑑中鸞影一時空墳生苦霧蒼茫外門掩寒雲寂寞中
惆悵斯人又如此一聲蠻笛滿江風

月夕

霜月（一作殘）夜裵回樓中羌笛（一作管）催曉風吹不盡江上落殘
梅

夜雨

夜雨山草濕爽籟雜枯木閑吟竺仙偈清絕過于玉

晚望

落日碧江靜蓮唱清且閑更尋花發處借月過前灣

早霜寄蔡大

昨夜楚鐘鳴飛霜下楚城定知還客鬢先向鑑中生（一作荒郊昨夜雪羸馬又須行四顧無人迹雞鳴第一聲）

贈寫經僧楚雲

剔皮刺血誠何苦爲寫靈山九會文十指瀝乾終七軸
後來求法更無君

寄題詮律師院（以下見統籤）

錦溪光裏聳樓臺師院高凌積翠開深竹杪聞殘磬盡
一茶中見數帆來焚香只是看新律幽步猶疑損綠苔
莫訝題詩又東去石房清冷在天台

寄天台葉道士

負局高風不可陪玉霄峯北置樓臺注參同契未将出
尋柳栗僧多宿來飈檝松風山棗落閑關溪鳥术花開
終須肘後相傳好莫便乘鸞去不迴

送道友歸天台

蘚濃苔濕冷層層珍重先生獨去登氣養三田傳未得
藥非八石許還曾雲根應狎玉斧子月逕多尋銀地僧
太守苦留終不住可憐江上去騰騰

陶種柑橙令山童買之

高步南山南高歌北山北數載買柑橙山資近又足

春送僧（以下見汲古閣毛氏本）

蜀魄關關花雨深送師衝雨到江濤不能更折江頭柳
自有青青松柏心

律師

薝蔔花紅徑草青雪膚冰骨步輕輕今朝暫到焚香處
只恐牀前有蝨聲

書石壁禪居屋壁

赤旃檀塔六七級白菡萏花三四枝禪客相逢只彈指
此心能有幾人知

句

今日再三難更識識辭唯道待錢來（周寶蒞丹陽州人有事輒云待錢來後果以錢鏐代之此上錢鏐句也）
鴈蕩經行雲漠漠龍湫宴坐雨濛濛（鴈蕩山今有經行臺宴坐峯皆以休得名）
刻成筝柱鴈相挨　黃昏風雨黑如磐別我

不知何處去（俠客見劒俠傳）　郭尚父休誇塞北裴中令莫說
淮西（野客叢談）　萬計交人買華軒保惜深（牡丹吟 富雜錄）　如何
忠爲主至竟不封侯（將印邊）　但看千騎去知有幾人歸
一生不蓄買田錢華屋何心亦偶然客至多逢僧在
坐釣歸惟許鶴隨船（錦繡萬花谷）　家爲買琴添舊價廚因養
鶴減晨炊（合上）　粘粉爲題棲鳳竹帶香因洗落花泉（合上）

全唐詩目第十二函

第四冊

齊己（一卷至七卷）

全唐詩

齊己

齊己名得生姓胡氏潭之益陽人出家大溈山同慶寺復棲衡嶽東林後欲入蜀經江陵高從誨留爲僧正居之龍興寺自號衡嶽沙門白蓮集十卷外編一卷今編詩十卷

夏日草堂作

沙泉帶草堂紙帳卷空牀靜是眞消息吟非俗肺腸園林坐清影梅杏嚼紅香誰住原西寺鐘聲送夕陽

寄鏡湖方干處士（一作寄方干處士鑑湖舊居）

賀監舊山川空來近百年聞君與琴鶴終日在漁船島露深秋石湖澄半夜雲門幾迴去題徧好林泉

送人歸吳（第三聯缺六字）

比說歸耕釣迢迢向海涯春寒游子路村晚主人家
山綠過茶重尋舊鄰里菱藕正開花

贈仰上人（一本題缺只一仰字）

避地依眞境安閑似舊溪干戈百里外泉石亂峰西草瑞香難歇松靈蓋畫低尋應報休馬瓶錫向南攜

夜坐

百蟲聲裏坐夜色共冥冥遠憶諸峰頂曾栖此性靈月華澄有象詩思在無形徹曙都忘寢虛窻日照經

新栽松

野僧教種法苒苒出蓬蒿百歲催人老千年待爾高靜宜兼竹石幽合近猨猱他日成陰後秋風吹海濤

期友人

早晚逐（一作送）孫來閑門日爲開亂蛩鳴白草殘菊藉蒼苔困臥誰驚起閑行自欲迴何時此攜手吾子本多才

和鄭谷郎中看棊

箇是仙家事何人合用心幾時終一局萬木老千岑有路如飛出無機似陸沈樵夫可能解也此廢光陰

寄錢塘羅給事

憤憤嘔讒書無人誦子虛傷心天祐末擡首懿宗初海樹青叢短湖山翠點疎秋濤看足否羅刹石邊居

戊辰歲湘中寄鄭谷郎中

白髮久慵簪常聞病亦吟瘦應成鶴骨閑想似禪心上國楊花亂滄洲荻笋深不堪思翠巘（一作蓋）西望獨沾襟

寓言

造化安能保山川鑿欲翻精華銷地底珠玉聚侯門始作驕奢本終爲禍亂根亡家與亡國云（一作去）此更何言

寄王振拾遺（戊辰歲第三聯缺九字）

折檻意何如平安信不虛近來焚諫草深去覓山居
餘分明知在處難寄亂離書

經賈島舊居

先生居處所野燒幾爲灰若有吟魂在應隨夜魄迴地寧銷志氣天忍罪清才古木霜風晚江禽共宿來

送人游塞

槐柳野橋邊行塵暗馬前秋風來漢地客路入胡天鴈聚河流濁羊羣磧草膻那堪隴頭宿鄉夢逐潺湲

桃花

千株含露態何處照人紅風暖仙源裏春和水國中流鶯應見落舞蝶未知空擬欲求圖畫枝枝帶竹叢

聞鴈

何處人驚起飛來過草堂丹心勞避弋萬里念隨陽影斷風天月聲孤荻岸霜明年趁春去江上別鴛鴦

送人遊南

南國多山水，君遊興可知。船中江上景，晚泊早行時。子美遺魂地，藏眞舊墨池。經過幾銷日，荒草裏尋碑。

送益公歸舊居

舊隱終牽夢，春殘結束歸。溪山無伴過，風雨有花飛。片石留題字，孤潭照浣衣。鄰僧喜相接，掃逕與開扉。

不睡

永夜不欲睡，虛堂閉復開。却離燈影去，待得月光來。落葉逢巢住，飛螢值我迴。天明拂經案，一炷白檀灰。

新秋雨後

夜雨洗河漢，詩懷覺有靈。籬聲新蟋蟀，草影老蜻蜓。靜引閑機發，涼吹遠思醒。逍遥向誰説，時注漆園經。

送劉蛻秀才赴舉首聯缺五字

百發百中　　　年。丹枝如計分，一箭的無偏。文物兵銷國，關河雪霽天。都人看春牓，韓字在誰前。

留題仰山大師塔院

嵐光疊杳冥，曉翠濕窗明。欲起遊方去，重來繞塔行。亂雲開鳥道，羣木發秋聲。曾約諸徒弟，香燈盡此生。

亂中聞鄭谷吳延保下世

小諫纔埋玉，星郎亦逝川。國由一作猶多聚盜，天似不容賢。兵火焚詩草，江流漲墓田。長安已塗炭，追想更淒然。

送東林寺睦公往吳國

八月江行好，風帆日夜飄。煙霞經北固，禾黍過南朝。社客無宗炳，詩家有鮑昭。莫因賢相請，不返舊山椒。

除夜

夜久誰同坐，爐寒鼎亦澄。亂松飄雨雪，一室掩香燈。白髮添新歲，清吟減舊朋。明朝待晴旭，池上看春氷。

送秘上人

誰喜老閑身，春山起送君。欲憑蓮社信，轉入洞庭雲。道路長無阻，干戈漸不聞。秋來向何處，相憶雁成羣。

寓居嶽麓謝進士沈彬再訪

去歲來尋我，留題在蘚痕。又因風雪夜，重宿古松門。玉有疑休泣，詩無主且言。明朝此相送，披褐入桃源。

對雪

松門堆復積，埋石亦埋莎。爲瑞還難得，居貧莫厭多。聽憐終夜落，吟惜一年過。誰在江樓望，漫漫墮綠波。

和氓公送李評事往宜春

兵火銷鄰境，龍沙有去人。江潭牽興遠，風物入題新。雪湛將殘臘，霞明向早春。郡侯開宴處，桃李照歌塵。

送僧一本題缺

老憶遊方日，天涯錫獨搖。凌晨從北固，衝雪向南朝。鬢髮泉邊剃，香燈樹下燒。雙峰諸道友，夏滿有書招。

過荊門

路出荊門遠，行行日欲西。草枯蠻塚亂，山斷漢江低。野店叢篁短，煙村簇樹齊。翻思故林去，在處有猨啼。

山中答人

謾道詩名出，何曾著苦吟。忽來還有意，已過即無心。夏月山長往，霜天寺獨尋。故人憐拙朴，時復寄空林。

贈盧明府閑居

鬢霜垂七十，江國久辭官。滿篋新風雅，何人舊歲寒。閑居當野水，幽鳥宿漁竿。終欲相尋去，兵戈時轉難。

幽庭

不放生纖草，從教徧綠苔。還防長者至，未著牡丹栽。蛺蝶空飛過，鶺鴒時下來。南鄰折芳子，到此寂寥迴。

送休師歸長沙寧覲

吾子此歸寧，風煙是舊經。無窮芳草色，何處故山青。偶泊鳴蟬島，難眠好月汀。殷勤問安外，湘岸採詩靈。

將遊嵩華行次荊渚

蓮峰映敷水，嵩嶽壓伊河。兩處思歸久，前賢隱去多。閑身應絕跡，在世幸無他。會向紅霞嶠，僧龕對薜蘿。

遠思

遠思極何處，南樓煙水長。秋風過鴻雁，遊子在瀟湘。海面雲生白，天涯墮晚光。徘徊古堤上，曾此贈垂楊。

寄勉二三子第三聯缺七字

不見二三子，悠然吳楚間。盡應生白髮，幾箇在青山。　　　　　　　莫放閑。君聞國風否，千載詠關關。

渚宮江亭寓目

津亭雖極望，未稱本心閑。白有三江水，青無一點山。新鴻喧夕浦，遠櫂聚空灣。終遂歸匡社，孤帆即此還。

蝴蝶

何處背繁紅，迷芳到檻重。分飛還獨出，成隊偶相逢。遠害終防雀，爭先不避蜂。桃蹊牽往復，蘭徑引相從。翠裛丹心冷，香凝粉翅濃。可尋穿樹影，難覓宿花蹤。日晚來仍急，春殘舞未慵。西風舊池館，猶得採芙蓉。

送劉秀才往東洛

羨子去東周，行行非旅遊。煙霄有兄弟，事業盡曹劉。洛水清奔夏，嵩雲白入秋。來年遂鵬化，一舉上瀛洲。

移竹

舊溪千萬竿，風雨夜珊珊。白首來江國，黃金買歲寒。乍移傷粉節，終遠著朱欄。會得承春力，新抽錦籜看。

雉

角角類關關，春晴錦羽乾。文呈五色異，瑞入九苞難。暮宿紅蘭暖，朝飛綠野寒。山梁從行者，錯解仲尼歎。

懷軒轅先生

不得先生信，空懷汗漫秋。月華離鶴背，日影上鼇頭。欲學孤雲去，其如重骨留。槎程在何處，人世屢荒丘。

永夜感懷寄鄭谷郎中

展轉復展轉，所思安可論。夜涼難就枕，月好重開門。霜殺百草盡，蛩歸四壁根。生來苦章句，早遇至公言。

賣松者

未得凌雲價，何慚所買眞。自知桃李世，有愛歲寒人。瑟瑟初離澗，青青未識塵。寧同買花者，貴逐片時春。

丙寅歲寄潘歸仁

九土盡荒墟，干戈殺害餘。更須憂去國，未可守貧居。康泰終來在，編聯莫破除。他年遇知己，無恥報襜褕。

嘗茶

石屋晚煙生，松窗鐵碾聲。因留來客試，共説寄僧名。味擊詩魔亂，香搜睡思輕。春風雪川上，憶傍綠叢行。

楊花

暖景照悠悠，遮空勢漸稠。乍如飛雪遠，未似落花休。萬帶都門外千株渭水頭紛紜知近夏銷歇恐成秋軟著朝簪去狂隨別騎遊旆衡離館驛鶯撲繞宮樓江國晴愁對池塘晚見浮虛窗縈筆雅深院藉苔幽靜墮王孫酒繁黏客子裘詠吟何潔白根本屬風流向日還輕舉因風更自由不堪思汴岸千里到揚州

詠影

萬物患有象不能逃大明始隨殘魄滅又逐曉光生曲直寧相隱洪纖必自呈還如至公世洞鑒是非情

南歸舟中二首

南歸乘客櫂道路免崎嶇江上經時節船中聽鷓鴣春容含衆岫雨氣泛平蕪落日停舟望王維未有圖

長江春氣寒客況櫂聲閑夜泊諸村雨程迴數郡山桑根垂斷岸浪沫聚空灣已去鄰園近隨緣是暫還

送遷客

天涯即愛州謫去莫多愁若似承恩好（一作寵）何如傍（一作佞）主休瘴昏銅柱黑草赤火山秋應想堯陰（一作階）下當時獬豸頭

題中上人院

高房占境幽講退即冥搜欠鶴同支遁多詩似惠休鉼澄孤井浪案白小窗秋莫道歸山字朝賢日獻酬

逢鄉友

無況來江島逢君話滯留生緣同一國相識共他州竹影斜青蘚茶香在白甌猶憐心道合多事亦冥搜

自勉

試算平生事中年欠五年知非未落後讀易尚加前分受詩魔役寧容俗態牽閑吟見秋水數隻釣魚船

寄詩友

天地有萬物盡應輸苦心他人雖欲解此道奈何深返朴遺時態關門度歲陰相思去秋夕共對冷燈吟

居道林寺書懷

花落水喧喧端居信晝昏誰來看山寺自要埽松門是事皆能諱唯詩未懶言傳聞好時世亦欲背啼猨

經吳平觀

中元齋醮後殘燼滿空壇老鶴心何待尊師鬢已乾幡燈古殿夜霜霰大椿寒誰見長生路人間事萬端

劒客

拔劒遶殘樽歌終便出門西風滿天雪何處報人恩勇死尋常事輕讐不足論翻嫌易水上細碎動離魂

白髮

莫染亦莫鑷任從伊滿頭白雖無耐藥黑也不禁秋靜枕聽蟬臥閑垂看水流浮生未達此多爲爾爲愁

秋興寄胥（一作徹）公

風聲吹竹健涼氣著身輕誰有閑心去江邊看水行村遙紅樹遠野闊白煙平試裂芭蕉片題詩問竺卿

野步

城裏無閑處却尋城外行田園經雨水鄉國憶桑耕傍澗蕨薇老隔村岡隴橫何窮此心興時復鷓鴣聲

殘春

三月看無也芳時此可嗟園林欲向夕風雨更吹花影亂衡人蜒聲繁遶塹蛙那堪傍楊柳飛絮滿鄰家

酬尚顏

取盡風騷妙名高身倍閑久離王者闕欲向祖師山幕府秋招去溪鄰日望還伊余豈酬敵來往踏苔斑

苦熱

雲勢嶮於峰金流斷竹風萬方應望雨片景欲焚空毒害芙蓉死煩蒸瀑布紅恩多是團扇出入畫屏中

送歐陽秀才赴舉

莫疑空手去無援取高科直是文章好爭如德行多煙霄心一寸霜雪路千坡稱意東歸後交親那喜何

放鷺鷥

潔白雖堪愛腥膻不那何到頭從所欲還汝舊滄波

謝王秀才見示詩卷

誰見少年心低摧向苦吟後須離影響得必洞精深道院春苔徑僧樓夏竹林天如愛才子何慮未知音

送徐秀才之吳

吳都霸道昌才子去觀光望闕雲天近朝宗水路長海門收片雨建業泊殘陽欲問淮王信仙都即帝鄉

獨院偶作

風篁清一院坐臥潤肌膚此境終抛去鄰房肯信無身非王者役門是祖師徒畢竟伊雲鳥從來我友于

酬元員外見寄

僻巷誰相訪風籬翠蔓牽易中通性命貧裏過流年且有吟情撓都無俗事煎時聞得新意多是此忘緣

寄文秀大師

皎然靈一時還有屈於詩世豈無英主天何惜大師道終歸正始心莫問多岐覽卷堪驚立貞風喜未衰

夏雨

霆霹蔽穹蒼冥濛自一方當時消酷毒隨處有清涼著物聲雖暴滋農潤即長乍紅縈急電微白露殘陽應禱尤難得經旬甚不妨吟聽喧竹樹立見漲池塘衆類聲休出羣峰色盡藏頹沲來洞壑汗漫入瀟湘下叶黎甿望高袪旱暵光幽齋飄臥簟極浦灑歸檣蘚在堦從濕花衰苑任傷閑思濟時力謌詠發哀腸

謝與公上人寄山水簇子

半幅古潺顏看來心意閑何須尋鳥道即此出人間巘暮疑啼狖松深認掩關知君遠相惠免我憶歸山

酬微上人

古律皆深妙新吟復造微搜難窮月窟琢苦盡天機晚檜清蟬咽寒江白鳥飛他年舊山去爲予遠攜歸

同光歲送人及第東歸

西笑道何光新朝舊桂堂春官如白傅內試似文皇變化龍三十升騰鳳一行還家幾多興滿袖月中香

寄江居耿處士

野僻雖相似生涯即不同紅霞禪石上明月釣船中醉倒蘆花白吟緣蓼岸紅相思何以寄吾道本空空

病起二首

一臥四十日起來秋氣深已甘長逝魄還見舊交心撐拄筇猶重枝梧力未任終將此形陋歸死故丘林

秋風已傷骨更帶竹聲吹抱疾關門久扶羸傍砌時無

生即不可有死必相隨除却歸眞覺何由擬免之

送中觀進公歸巴陵

一論破雙空持行大國中不知從此去何處挫邪宗晝雨懸帆黑殘陽泊島紅應游到灉岸相憶遶茶叢

全唐詩

齊己

寄鄭谷郎中（一作住襄州謁鄭谷獻詩）

高名喧省闥雅頌出吾唐疊巘供秋望無雲到夕陽自封修藥院別埽著僧牀幾夢中朝事依依（一作久離）鴛鷺行

歸鴈

塞門春已（一作亦）暖連影起蘋風雲夢千行去瀟湘一夜空江人休（一作空）舉網虜將又虛弓莫失南來伴衡陽樹即紅

登大林寺觀白太傅題版

九疊蒼崖裏禪家鑿翠開淸時誰夢到白傅獨尋來怪石和僧定閑雲共鶴迴任茲休去者心是不然灰

贈曹松先輩

今歲赴春闈達如夫子稀山中把卷去榜下注官歸楚月吟前落江禽酒外飛閑遊向諸寺却看白麻衣

夏日江寺寄無上人

講終齋磬罷何處稱眞心古寺高杉下炎天獨院深鷺和江鳥語牆奪暮花陰大府多才子閑過在竹林

夏日梅雨中寄睦公

梅月來林寺冥冥各閉門已應雙屐跡全沒亂雲根琢句心無味看經眼亦昏何時見淸霽招我憑巖軒

傷鄭谷郎中

鍾陵千首作筆絶亦身終知落干戈裏誰家煨燼中吟齋春長蔵釣渚夜鳴鴻惆悵秋江月曾招我看同

臨行題友生壁

山衲宜何處經行避暑深峰西多古寺日午亂松陰鶴默堪分靜蟬涼解助吟慇懃題壁去秋早此相尋

別東林後迴寄修睦

昨夜從香社辭君出薜蘿晚來巾舄上已覺俗塵多遠路縈芳草遙空共白波南朝在天末此去重經過

古松

雷電不敢伐鱗皴勢萬端蠹依枯節死蛇入朽根盤影浸僧禪濕聲吹鶴夢寒尋常風雨夜應（一作疑）有鬼神看

夏日西霞寺書懷寄張逸人

人中林下現名自有閑忙建業紅塵熱栖霞白石涼倚身樫八穩灑面瀑流香不似高齋裏花連竹影長

訪自牧上人不遇

然諾竟如何諸侯見重多高房度江雨經月長寒莎道本同騷雅書曾到薜蘿相尋未相見危閣望滄波

題東林白蓮

大士生兜率空池滿白蓮秋風明月下齋日影堂前色後羣芳拆香殊百和燃誰知不染性一片好心田

寄懷江西徵岷二律師

亂後江邊寺堪懷二律師幾番新弟子一樣舊威儀院影連春竹窗聲接雨池共緣山水癖久別共題詩

東林作寄金陵知已

十八賢眞在時來拂榻（一作蘚）看已知前事遠更結後人難泉滴勝淸磬松香掩白檀憑君聽朝貴誰欲厭簪冠

山寺喜道者至

聞年春過後山寺始花開還有無心者閑尋此境來鳥幽聲忽斷茶好味重迴知住南巖久冥心坐綠（一作石）苔

再遊匡山

紫霄兼二（一作五）老相對倚空寒久別成衰病重來更上難徑危雲母滑崖旱瀑流乾目斷嵐煙際神仙有石壇

贈浙西李推官

他皆（一作家）恃勲貴君獨愛詩玄終日秋光裏無人竹影邊東樓生倚月北固積吟煙聞說鴛行裏多才復少年

題終南山隱者室

終南山北面直下是長安自埽靑苔室閑敧白石看（一作壇）風吹窗樹老日曬竇雲乾時向圭峰宿僧房瀑布寒

禪庭蘆竹十二韻呈鄭谷郎中

錯錯在禪庭高宜與竹名健添秋雨響乾助夜風淸雀靜知枯折僧閑見笋生對吟殊灑落負氣甚孤貞密謝編欄固齊由灌溉平松姿眞可敵柳態薄難幷映帶兼苔石參差近畫楹雪霜消後色蟲鳥默時聲遠憶滄洲岸寒連暮角城幽根狂亂迸勁葉動相撑避暑須臨坐逃眠必遶行未逢仙手詠俗眼見猶輕

送孫鳳秀才赴舉

九重方側席四海仰文明好把孤吟去便隨公道行梁園浮雪氣汴水漲春聲此日登仙衆君應最後生

落花

朝開暮亦衰雨打復風吹古屋無人處殘陽滿地時靜依靑蘚片閑綴綠莎枝繁艷根枝在明年向此期

秋苔

獨憐蒼翠文長與寂寥存鶴靜窺秋片僧閑踏冷痕月明疎竹徑雨歇敗莎根別有深宮裏兼花鎖斷魂

老將

破虜與平戎曾居第一功明時不用武白首向秋風馬病霜飛草弓閑鴈過空兒孫已成立膽氣亦英雄

城中示友人

久與寒灰合人中亦覺閑重城不鎖夢每夜自歸山雨破冥鴻出桐枯井月還唯君道心在來往寂寥間

送友人遊湘中

懷才難自住此去亦如僧何處西風夜孤吟旅舍燈路沿湘樹疊山入楚雲層若有東來扎歸鴻亦可憑

經費徵君舊居

高眠當聖代雲鳥未爲孤天子徵不起閑人親得無猨猱狂欲墜水石怪難圖寂寞荒齋外松杉相倚枯

嚴陵釣臺

夫子垂竿處空江照古臺無人更如此白浪自成堆鶴
静尋僧去魚狂入海迴登臨秋值晚樹石盡多苔
原上晚望
倚杖聊攄望寒原遠近分夜來何處火燒出古人墳野
勢盤空澤江流合暮雲殘陽催百鳥各自著一作看栖羣
送惠空上人歸
塵中名利熱鳥外水雲閑吾子多高趣秋風獨自還空
囊隨客櫂幾宿泊湖山應有吟僧在鄰居樹影間
酬章水知已
新吟忽有寄千里到荆門落日雲初碧殘年眼正昏已
爲難敵手誰更入深論後信多相寄吾生重此言
閑居
漸覺春光媚塵銷作土膏微寒放楊柳纖草入風騷睡
少全無病身輕乍去袍前溪汎紅片何處落金桃
次韻酬鄭谷郎中
林下高眠起相招得句時開門流水入静話鷺鷥知每
許題成晚多嫌雪阻期西齋坐來久風竹撼疏籬
思遊峨嵋寄林下諸友
剛有峨嵋念秋來錫欲飛會抛湘寺去便逐蜀帆歸難
世堪言善閑人合見機殷勤别諸友莫厭楚江薇
送劉秀才南遊
南去謁諸侯名山亦得遊便應尋瀑布乘興上岣嶁高
鳥隨雲起寒星向地流相思應北望天晚石橋頭
示諸姪
莫問年將朽加餐已不多形容渾瘦削行止強牽拖死
也何憂惱生而有詠歌侯門終謝去却埽舊松蘿
荆渚病中因思匡廬遂成三百字寄梁先輩
生老病死者早聞天竺書相隨幾汩没不了堪欷歔自
理自可適他人誰與祛應當入寂滅乃得長銷除前月
已骨立今朝還貌舒披衣試步履倚策聊躊躇江月青
眸冷秋風白髮疏新題憶剡硾舊約懷匡廬張野久絶
跡樂夫曾卜居空龕掩薜荔瀑布歎蟾蜍古檜鳴玄鶴
涼泉躍錦魚狂吟樹蔭映縱踏花蔫菸脣舌既已閑心
脾亦散攄松窗有偃息石徑無趦趄夢冷通仙闕神融
合太虚千峰杳靄際萬壑明清初長往期非晚半生閑
有餘依劉未是詠訪戴寧忘諸稽古堪求己觀時好笑
渠埋頭逐小利没脚拖長裾道種將閑養情田把藥鉏
幽香發蘭蕙穢莽摧丘墟敢謂囊盈物那言庾滿儲微
煙動晨爨細雨滋園蔬蘚亂珍禽羽門稀長者車冥機
坐兀兀著屐行徐徐每許親朱履多憐奉隼旟簪嫌紅
玳瑁社念金芙蕖海内競鐵馬篋中藏紙驢常言謝時
去此意將何如
竟陵遇晝公
高跡何來此遊方漸老身欲投蓮岳夏初過竟陵春錫
影離雲遠衣痕拂蘚新無言即相别此處不迷津
聞貫休下世
吾師詩匠者眞箇碧雲流爭得梁太子重爲文選樓錦
江新塚樹婺女舊山秋欲去焚香禮啼猨峽阻修
金山寺
山帶金名遠樓臺壓翠層魚龍光照像風浪影摇燈檻
外揚州樹船通建業僧塵埃何所到青石坐如冰
早秋雨後晚望
暑氣時將薄蟲聲夜轉稠江湖經一雨日月换新秋有
景堪援筆何人未上樓欲承涼冷興西向碧嵩遊
過西塞山
空江平野流風島葦颼颼殘日銜西塞孤帆向北洲邊
鴻渡漢口楚樹出吳頭終入高雲裏身依片石休
溪齋二首
豈敢言招隱歸休喜自安一溪雲卧穩四海路行難瑞
獸藏頭角幽禽惜羽翰子猷何處在老盡碧琅玕
杉竹映溪關修修共歲寒幽人眠日晏花雨落春殘道
妙言何强詩玄論甚難閑居有親一作新賦搔首憶潘安
新秋
始驚三伏盡又遇立秋時露彩朝還冷雲峰晚更奇壠
香禾半熟原迥草微衰幸好清光裏安仁謾起悲
寄上荆渚因夢廬岳乃圖壁賦詩
夢繞嵳峩裏神疎骨亦寒覺來誰共説壁上自圖看古
翠松藏寺春紅杏濕壇歸心幾時遂日向漸衰殘
己卯歲值凍阻歸有作
河冰連地凍朔氣壓春寒開户思歸遠出門移步難湖
雲黏鴈重廟樹刮風乾坐看孤燈焰微微向曉殘
送盧説亂後投知己
兵寇殘江野生涯盡蕩除事堪煎桂玉時莫倚詩書暮
狖啼空半春山列雨餘舟中有新作迴寄示慵疎
讀峴山碑
三載羊公政千年峴首碑何人更墮淚此道亦殊時兵
火燒文缺江雲觸蘚滋那堪望黎庶匝地是瘡痍
過鹿門作
鹿門埋孟子峴首載羊公萬古千秋裏青山明月中政
從襄沔絶詩過洞庭空塵路誰迴眼松聲兩處風
題玉泉寺大師影堂
大化終華頂靈蹤示玉泉由來負高尚合向好山川洞
壑藏諸怪杉松列瘦煙千秋空樹影猶似覆長禪
秋日錢塘作
秋光明水國遊子倚長亭海浸一作漫全吳白山澄百越青
英雄貴黎庶封土絶精靈句踐魂如在應懸一作魋戰血腥
送人赴舉
分有争忘得時來須出山白雲終許在清世莫空還驛
樹秋聲健行衣雨點斑明年從月裏滿握度春關
友人寒夜所寄
通宵亦孤坐但念舊峰雲白日還如此清閑本共君二
毛凋一半百歲去三分早晚尋流水同歸麋鹿羣
酬洞庭陳秀才
何必要識面見詩驚苦心此門從自古難學至如今青
草湖雲闊黄陵廟木深精搜當好景得即動知音
題鶴鳴泉八韻
嘹唳遺蹤去澄明物掩難噴開山面碧飛落寺門寒汲
引隨缾滿分流逐處安幽蟲乘葉過渴狖擁條看上有
危峰疊旁宜怪石盤冷吞雙樹影甘潤百毛端異早聞

鑴玉靈終別建壇瀟湘在何處終日自波瀾

登金山寺

四面白波聲中流翠嶠横望來堪目斷上徹始心平鳥向天涯去雲連水國生重來與誰約題罷自吟行

寄吴都沈員外彬

歸休興若何朱紱盡還他自有園林闊誰爭山水多村煙晴莽蒼僧磬晚嵯峨野醉題招隱相思可寄麽

寄明月山僧

山稱明月好月出徧山明要上諸峰去無妨半夜行白猨真雪色幽鳥古琴聲吾子居來久應忘我在城

寄哭西川壇長廣濟大師

千萬僧中寶三朝帝寵身還源未化火舉國葬全真文集編金在碑銘刻玉新有誰於異代彈指禮遺塵

酬西川楚巒上人卷

玉壘峨嵋秀（一作岷）江錦水清古人搜不盡吾子得何精可信由前習堪聞正後生東西五千里多謝寄無成

覽延棲上人卷

今體雕鎪妙古風研考精何人忘律韻爲子辨詩聲賈島苦兼此孟郊清獨行荆門見編集媿我老無成

寄洛下王彝訓先輩二首

賈島存正始王維留格言千篇千古在一詠一驚魂離別無他寄相思共此門陽春堪永恨郢路轉塵昏

北極新英主高科舊少年風流傳貴達談笑取榮遷洛水秋空底嵩峰曉翠顛尋常誰𨓍馬橋上戲成篇

酬岳陽李主簿卷

把卷思高興瀟湘闊浸門無雲生翠浪有月動清魂倚檻應窮底凝情合到源爲君吟所寄難甚至忘筌

寄懷江西僧達禪翁

長憶舊山日與君同聚沙未能精貝葉便學詠楊花苦甚傷心骨清還切齒牙何妨繼餘習前世是詩家

送吴守明先輩遊蜀

憑君遊蜀去細爲話幽奇喪亂嘉陵驛塵埃賈島詩未應過錦府且合上峨嵋既逐高科後東西任所之

寄普明大師可準

蓮嶽三徵者論詩舊與君相留曾幾歲酬唱有新文翠竇容閑憩嵐峰許共分當年若同訪合得伴吟雲

還黄平素秀才卷

求己甚忘筌得之經渾然僻能離詭差清不尚妖妍冷澹聞姚監精奇見浪仙如君好風格自可繼前賢

與張先輩話別（首句缺三字第五句缺二字）

爲　者各自話離心及第還全蜀遊方歸二林巴江　漲楚野入吴深他日傳消息東西不易尋

寄朱拾遺

一闔歸闕下幾番熟金桃滄海期仍晚清資路漸高研冰濡諫筆賦雪擁朝袍豈念空林下冥心坐石勞

荆門送興禪師

灑落南宗子遊方跡似雲青山尋處處赤葉路（一作落）紛紛虎共松巖宿猨和石溜聞何峰一迴首憶我在人羣

過西山施肩吾舊居

大志終難起西峰卧翠堆牀前倒秋壑枕上過春雷鶴見丹成去僧聞栗熟來荒齋松竹老鸞鶴自裴回

喜夏雨

四郊雲影合千里雨聲來盡洗紅埃去并將清氣迴潺湲浮楚甸蕭散露荆臺欲賦隨車瑞濡毫渴謏才

酬元員外見寄八韻

舊隱夢牽仍歸心只似蒸遠青憐島峭輕白愛雲騰豔冶叢翻蝶腥膻地聚蠅雨聲連灑竹詩興繼填膺訪戴情彌切依劉力不勝衆人忘苦苦獨自媿兢兢處世無他望流年有病僧時聽大雅客遺韻許相承

浣口泊舟曉望天柱峰

根盤潛岳半頂逼日輪邊冷碧無雲點危稜有瀑懸秀輕毛女下名與鼎湖偏誰見扶持力巍巍出後天

寄楚萍上人

北面香爐秀南邊瀑布寒自來還獨去夏滿又秋殘日影松杉亂雲容洞壑寬何峰是鄰側片石許相安

竹裏作六韻

我（一作偶）來深處坐剩覺有吟思忽似瀟湘岸欲生風雨時冷煙濛古屋乾籜墮秋墀徑熟因頻入身閑得徧歌踏多鞭節損題亂粉痕隳猶見前山疊微茫隔短籬

寄江西幕中孫魴員外

簪履爲官興芙蓉結社緣應思陶令醉時訪遠公禪茶影中殘月松聲裏落泉此門曾共說知未遂終焉

盆池

盆沼陷（一作稻）花邊孤明似玉泉涵虛心不淺待月底長圓平穩承天澤依微泛曙煙何須照菱鏡即此鑒媸妍

喜乾晝上人遠相訪

彼此垂七十相逢意若何聖明殊未至離亂更應多澹泊門難到從容日易過餘生消息外只合聽詩魔

齊已

過陳陶處士舊居

一室貯琴尊詩皆大雅言夜過秋竹寺醉打老僧門遠燒來籬下寒蔬簇石根閑庭除鶴跡半是杖頭痕

寄敬亭清越

敬亭山色古廟與寺松連住此修行過春風四十年鼎嘗天柱茗詩硾剡溪牋冥目應思著終南北闕前

湘江漁父

湘潭春水滿岸遠草青青有客釣煙月無人論醉醒門前蛟蜃氣蓑上蕙蘭馨曾受蒙莊子逍遙一卷經

書古寺僧房

綠樹深深處長明焰焰燈春時遊寺客花落閉門僧萬法心中寂孤泉石上澄勞生莫相問喧默不相應

湖西逸人

老隱洞庭西漁樵共一溪琴前孤鶴影石上遠僧題橘柚園林熟蒹葭徑路迷君能許鄰並分藥斸春畦

瀟湘二十韻

二水遠難論從離向坎奔冷穿千嶂脈清過幾州門闊去都凝白傍來盡帶渾經游聞舜禹表裏見乾坤浦靜魚閑釣灣涼鴈自屯月來分夜底雲度見秋痕暮氣藏鄰寺寒濤聒近村離騷傳永恨鼓瑟奏遺魂霧擁魚龍窟槎敧鳥嶼根秋風帆上下落日樹沈昏柳少沙洲缺苔多古岸存禽巢依橘柚獺逕入蘭蓀色自江南絕名聞海內尊吳頭雄莫遏漢口壯堪吞寡欲晴方映馮夷信忽翻渡遙峰翠疊汀小荻花繁勢接湖煙漲聲和瘴雨歕急搖吟客舫狂濺野人樽疏鑿誰窮本澄鮮自有源對茲傷九曲含濁出崑崙

江行早發

舟子相呼起長江未五更幾看一作程星月在猶帶一作戴夢魂行鳥亂村林迥人喧水柵橫蒼茫平野外漸認一作漸樵遠峰名

宜陽道中作

宜陽南面路下嶽又經過楓葉紅遮店芒花白滿坡猨無山漸薄鴈衆水還多日落猶前去諸村牧豎歌

落日

晚照背高臺殘鐘殘角催能銷幾度落已是半生來吹葉陰風發漫空暝色迴因思古人事更變盡塵埃

春興

柳暖鶯多語花明草盡長風流在詩句牽率遶池塘叫切禽名宇飛忙蝶姓莊時來眞可惜自勉掇蘭芳

遠山

天際雲根破寒山列翠迴幽人當立久白鳥背飛來瀑濺何州地僧尋幾嶠苔終須拂巾履獨去謝塵埃

和鄭谷郎中幽棲之什

誰知閑退跡門逕入寒汀靜倚雲僧杖孤看野燒星墨露吟石黑苔染釣船青相對唯溪寺初宵聞念經

勉道林謙光鴻蘊二姪

舊林諸姪在還住本師房共埽焚修地同聞水石香莫將閑世界擬敵好時光須看南山下無名塚滿岡

渚宮自勉二首

晨午殊豐足伊何撓肺腸形容侵老病山水憶韜藏必謝金臺去還攜錫杖東林露壇畔舊對白蓮房

畢竟擬何求隨緣去住休天涯遊勝境海上宿仙洲夢好尋無跡詩成旋不留從他笑輕事獨自憶莊周

謝灉湖茶

灉湖唯上貢何以惠尋常還是詩心苦堪消蠟面香碾聲通一室烹色帶殘陽若有新春者西來信勿忘

寄歸州馬判官

郡帶女嬃名民康境亦寧晏梳秋鬢白閑坐暮山青贈客椒初熟尋僧酒半醒應懷舊居處歌管隔牆聽

倦客

閑眼即開門人間事倦聞如何迎好客不似看閑雲少欲資三要多言讓十分疎慵本吾性任笑早離羣

送靈譽上人遊五臺

此去清涼頂期瞻大聖容便應過洛水即未上嵩峰殘照催行影幽林惜駐蹤想登金閣望東北極兵鋒

靜坐

坐臥與行住入禪還出吟也應長日月消得箇身心默論相如少黃梅付囑深門前古松徑時起步清陰

謝虛中上人寄示題天策閣詩

天策二首作境幽搜亦玄閣横三楚上題挂九霄邊寺額因標勝詩人合遇賢他時誰倚檻吟此豈忘筌

荆門寄懷章供奉兼呈幕中知已

紫衣居貴上青衲老閑中事佛門相似朝天路不同神凝無惡夢詩澹老眞風聞道知音在官高信莫通

江令石

忠量江令意愛石甚悠悠貪向深宮去死同亡國休兩株荒草裏千古暮江頭若似黃金貴隋軍也不留

月下作

良夜如清晝幽人在小庭滿空垂列宿那箇是文星世界歸誰是心魂向自寧何當見堯舜重爲造生靈

遊道林寺四絕亭觀宋杜詩版

宋杜詩題在風騷到此眞獨來終日看一爲拂秋塵古石生寒仞春松脫老鱗高僧眼根靜應見客吟神一作頻

勉詩僧

莫把毛生刺低佪謁李膺須防知佛者解笑愛名僧道性宜如水詩情合似冰還同蓮社客聯唱遶香燈

謝人墨

珍重歲寒煙攜來路幾千只應眞典誥消得苦磨研正色浮端硯精光動蜀牋因君強濡染捨此即忘筌

送人遊玉泉寺

西峰大雪開萬疊向空堆客貴猶尋去僧高肯不來潭澄猨覷月寶冷鹿眠苔公子將才子聯題興未迴

寄鄭谷郎中

詩心何以傳所證自同禪覓句如探虎逢知似得仙神清太古在字好雅風全曾沐星郎許終慙是斐然

春雨

欲布如膏勢先聞動地雷雲龍相得起風電一時來霡

霂農桑野冥濛楊柳臺何人待晴暖庭有牡丹開

明月峰

明月峰頭石曾聞學月明别舒長夜彩高照一村耕頽亂無私理徒驚鄙俗情傳云遭鑿後頑白在崢嶸

謝人惠紫栗拄杖

仙掌峰前得何當此見遺百年衰朽骨六尺歲寒姿雪外兼松凭泉邊待月欹他時出山去猶謝見相隨

送人遊湘湖

君遊南國去旅夢若爲寧一路隨鴻鴈千峰遶洞庭林明楓盡落野黑燒初經有興尋僧否湘西寺最靈

小松

發地纔過膝一作盈尺蟠根已有靈嚴霜百草白深院一林青後夜蕭騷動空階蟋蟀聽誰於千歲外吟遶一作倚老龍形

金江寓居

考槃應未永聊此養閑疎野趣今何似詩題舊不如春篁離籜盡陂藕折花初終要秋雲是從風恣卷舒

晚夏金江寓居答友生

日日衡殘熱相尋入亂蒿閑中滋味遠詩裏是非高碧聳新生竹紅垂半熟桃時難未可出且欲淬豪曹

寄李洞秀才

到處聽時論知君屈最深秋風幾西笑抱玉但傷心野水翻紅藕滄江老白禽相思未相識聞在蜀中吟

過商山

疊疊嵐寒紅塵翠裏盤前程有名利此路莫艱難雲水一作木侵天老輪蹄到月殘何能尋四皓過盡見長安

蟬八韻

咽咽復啾啾多來自早秋園林涼正好風雨思相收在處聲無别何人淚欲流泠憐天露滴傷共野禽遊靜息深依竹驚移瞥過樓分明晴渡口淒切暮關頭時節推應定飛鳴即未休年年聞爾苦遠憶所居幽

鷺鷥二首

日日滄江去時時得意歸自能終潔白何處悮翻飛晚立銀塘闊秋栖玉露微殘陽葦花畔雙下釣魚磯

雪裏曾迷我籠中舊養君忽從紅蓼岸飛出白鷗羣影照翹灘浪翎濡宿島雲鷺鴻解相憶天上列紛紛

送僧歸南岳

濁世住終難孤峰念永安逆風眉磔磔衝雪錫珊珊石室關霞嫩松枝拂蘚乾巖猨應認得連臂下句欄

夏日林下作

煩暑莫相煎森森在眼前暫來還盡日獨坐只聞蟬草媚終難死花飛卒未蔫秋風捨此去滿篋貯新篇

村居寄懷

風雨如堯代何心欲退藏諸侯行教化下國自耕桑道挫時機盡禪留話路長前溪久不過忽覺早禾香

酬王秀才

相於分倍親靜論到吟眞王澤曾無外風騷甚少人鴻隨秋過盡雪向臘飛頻何處多幽勝期君作近鄰

贈無本上人

往年吟月社因亂散揚州未免無端事何妨出世流洞庭禪過臘衡岳坐經秋終說將衣鉢天台老去休

寄華山司空圖

天下艱難際全家入華山幾勞丹詔問空見使臣還瀑布寒吹夢蓮峰翠濕關兵戈阻相訪身老瘴雲間

題眞州精舍

波心精舍好那岸是繁華礙目一作日無高樹當門即遠沙晨齋來海客夜磬到漁家石鼎秋濤靜禪回有岳茶

懷道林寺因寄仁用二上人

名山知不遠長憶寺門松昨晚登樓見前年過夏峰雨餘雲腳樹風外日西鐘莫更來東岸紅塵沒馬蹤

尋陽道中作

秋聲連岳樹草色徧汀洲多事時爲客無人處上樓雲疎片雨歇野闊九江流欲向南朝去詩僧有惠休

東林雨後望香爐峰

翠濕僧窗裏寒堆鳥道邊靜思尋去路急遠落來泉暮雨開青壁朝陽照紫煙二林多長老誰憶上頭禪

寄雙泉大師師兄

清泉流眼底白道倚巖稜後夜禪初入前溪樹折冰南涼來的的北魏去騰騰敢把吾師意密傳門外僧

送人潤州尋兄弟

君話南徐去迢迢過建康弟兄新得信鴻鴈久離行木落空林浪秋殘漸雪霜閑遊登北固東望海蒼蒼

貽張生

日日見入寺未曾含酒容閑聽老僧語坐到夕陽鐘竹裏行多影花邊偶過蹤猶言謝生計隨我去孤峰

送人遊雍京

君來乞詩别聊與愴前程九野未無事少年何遠行商雲盤翠險秦甸下煙平應見周南化如今在雍京

春草

處處碧萋萋平原帶日西堪隨遊子路遠入鷓鴣啼金谷園應沒夫差國已迷欲尋蘭蕙徑荒穢滿汀畦

懷華頂道人

華頂星邊出眞宜上士家無人觸牀榻滿屋貯煙霞坐臥臨天井晴明見海涯禪餘石橋去屐齒印松花

寄自牧上人

五老迴無計三峰去不成何言謝雲鳥此地識公卿夢媿將僧說心嫌觸類生南朝古山寺曾憶共尋行

靜坐

日日只騰騰心機何以興詩魔苦不利禪寂頗相應硯滿塵埃點衣多坐臥稜如斯自消息合是箇閑僧

送人遊衡岳

荆楚臘將殘江湖蒼莽間孤舟載高興千里向名山雪浪來無定風帆去是閑石橋僧問我應寄岳茶還

荅知己自闕下寄書

故人勞札翰千里寄荆臺知戀文明在來尋江漢來羣機喧白晝陸海漲黃埃得路應相笑無成守死灰

新笋

亂迸苔錢破參差出小欄層層離錦籜節節露琅玕直上心終勁四垂煙漸寬欲知含古律試剪鳳簫看

寄唐洙處士

行僧去湘水歸鴈度荆門彼此亡家國東西役夢魂多慵如長傲久住不生根曾問興亡事丁寧寄勿言

謝人惠竹蠅拂

妙刮筠篁製纖柔玉柄同拂蠅聲滿室指月影摇空敢捨經行外常將宴坐中揮談一無取千萬媿生公

新燕

燕燕知何事年年應候來却緣華屋在長得好時催花外銜泥去空中接食迴不同黃雀意迷逐網羅媒

謝王先輩寄氊

深謝高科客名氊寄惠重靜思生朔漠和雪長蒙茸搯坐資禪悅鋪眠減病容他年從破碎擔去臥孤一作高峰

寄還闕下高輦先輩卷

去歲逢京使因還所寄詩難留天上作曾換月中枝趣極僧迷旨功深鬼不知仍聞得名後特地更忘疲

和孫支使惠示院中庭竹之什

憶就江僧乞和煙得一莖翦黃憎舊本科綠惜新生護噪蟬身穩資吟客眼明星郎有佳詠雅合此君聲

苦熱中江上懷爐峰舊居

舊寄爐峰下杉松遶石房年年五六月江上憶清涼入別應荒廢終歸隔渺茫何當便摇落披衲玩秋光

送僧遊龍門香山寺

君到香山寺探幽莫損神且尋風雅主細看樂天眞

江上值春雨

江皐正月雨平陸亦波瀾半是峨嵋雪重爲澤國寒農田淹寖晝客櫂往來難愁殺騷人路滄浪正渺漫

七十作

七十去百歲都來三十春縱饒生得到終免死無因密理方通理栖眞始見眞沃洲匡阜客幾劫不迷人

謝虛中寄新詩

舊友一千里新詩五十篇此文經大匠不見已多年趣極同無迹精深合自然相思把行坐南望隔塵煙

送彬座主赴龍安請講

雨論久研精龍安受請行春城雨雪霽古寺殿堂明白髮老僧聽金毛師子聲同流有誰共別著國風清

夏日荆渚書懷

嵩岳去值亂匡廬迴阻兵中途息瓶錫十載依公卿不那猨鳥性但懷林泉聲何時遂情興吟遶杉松行

春日西湖作

一水遶孤島閑門掩春草曾無長者轍枉此問衰老

謝中上人寄茶

春山穀雨前併手摘芳煙綠嫩難盈籠清和易晚天且招鄰院客試煮落花泉地遠勞相寄無來又隔年

送節大德歸闕

西京曾入內東洛又朝天聖上方虛席僧中正乏賢晨光金殿裏紫氣玉簾前知祝唐堯化新恩異往年

覽清尚卷

李洞僻相似得詩先示師鬼神迷去處風日背吟時格已搜清竭名還着紫卑從容味高作翻爲古人疑

荆門送晝公歸彭澤舊居

彭澤舊居在匡廬翠疊前因思從楚寺便附入吳船岸遶春殘樹江浮曉霽天應過虎溪社佇立想諸賢

全唐詩

齊己

登祝融峯

猨鳥共不到我來身欲浮四邊空碧落絕頂正清秋宇宙知何極華夷見細流壇西獨立久白日轉神州

寄貫休

子美曾吟處吾師復去吟是何多勝地銷得二公心錦水流春潤峩嵋疊雪深時逢蜀僧說或道近遊黔

送唐稟正字歸萍川

霜鬚芸閣吏久掩白雲扉來謁元戎後還騎病馬歸煙村蔬飲淡江驛雪泥肥知到中林日春風長澗薇

寄懷江西栖公

龍沙爲別日廬阜得書年不見來香社相思遶白蓮江僧歸海寺楚路接吳煙老病何堪說扶羸寄此篇

山中喜得友生書

柴門關樹石未省夢塵埃落日啼猨裏同人有信來自成爲拙隱難以謝多才見說相思處前峯對古臺

謝人惠扇子及茶

鎗旗封蜀茗圓潔製鮫綃好客分烹煮青蠅避動搖陸生誇妙法班女恨涼飈多謝崔居士相思寄寂寥

寄監利司空學士

詩家爲政別清苦日聞新亂後無荒地歸來盡遠人寬容民賦稅憔悴吏精神何必河陽縣空傳桃李春

荅陳秀才

萬事皆可了有詩門最深古人難得志吾子苦留心野疊涼雲朶苔重怪木陰他年立名字笑我老雙林

遊橘洲

春日上芳洲經春蘭杜幽此時尋橘岸昨日在城樓鷺立青楓杪沙沈白浪頭漁家好生計簷底繫扁舟

寄武陵道友

阮肇迷仙處禪門接紫霞不知尋鶴路幾里入桃花晚樹陰搖蘚春潭影弄砂何當見招我乞與片生涯

謝人惠藥

五金元造化九鍊更精新敢謂長生客將遺必死人久
餐應換骨一服已通神終逐淮王去永拋浮世塵

還族弟卷（第五句缺一字）

豈要私相許君詩自入神風騷何句出瀑布一聯新
若長如此名須遠逐身閑齋舒復卷留滯忽經旬

送周秀遊峽

又向夔城去知難動旅魂自非亡國客何處斷腸猨灩
澦分高仞瞿塘露淺痕明年期此約平穩到荊門

荊門夏日寄洞山節公

湖光搖翠木靈洞疊雲深五月經行處千秋檜栢陰山
形臨北渚僧格繼東林莫惜相招信余心是此心

再經蔣山與諸長老夜話

遠迹都如雁南行又北迴老僧猶記得往歲已曾來話
遍名山境燒殘黑櫟灰無因伴師往歸思在天台

寄當陽張明府

玉泉神運寺寒磬徹琴堂有境靈如此爲官興亦長吏
愁清白甚民樂賦輸忘聞說巴山縣今來尚憶張

遊三覺山

白石路重重縈紆勢忽窮孤峯擎像閣萬木蔽星空世
論隨時變禪懷歷刼同良宵正冥目海日上窗紅

庭際晚菊上主人

九月將欲盡幽叢始綻芳都緣含正氣不是背重陽採
去蜂聲遠尋來蝶路長王孫歸未晚猶得泛金觴

送趙長史歸閩川

荊門與閩越關戍隔三千風雪揚帆去臺隍指海邊客
情消旅火王化似堯年莫失春迴約江城穀雨前

擬嵇康絶交寄湘中貫微

何處同嵇懶吾徒道異諸本無文字學何有往來書嶽
寺逍遥夢侯門勉強居相知在玄契莫訝八行疎

寄許州清古

北來儒士說許下有吟僧白日身長倚清秋塔上層言
雖依景得理要入無徵敢望多相示孱微老不勝

謝丁秀才見示賦卷

五首新裁翦搜羅盡指歸誰曾師古律君自負天機聖
后求賢久明公得雋稀乘秋好攜去直望九霄飛

驚秋

褰簾聽秋信晚傍竹聲歸多故堪傷骨孤峯好拂衣梧
桐凋綠盡菡萏墮紅稀却恐吾形影嫌心與口違

夏日雨中寄幕中知已

北風吹夏雨和竹亞南軒豆枕欹涼冷蓮峯入夢魂窗
多斜迸濕庭徧瀑流痕清興知無限晴來示一言

夜次湘陰

風濤出洞庭帆影入澄清何處驚鴻起孤舟趁月行時
難多戰地野闊絶春耕骨肉知存否林園近郡城

寄唐禀正字

踈野還如舊何曾稱在城水邊無伴立天際有山橫落
日雲霞赤高窗筆硯明鮑昭多所得時憶寄湯生

宿舒湖希上人房

入寺先來此經窗半在湖秋風新菡萏暮雨老菰蒲任
聽浮生速能消默坐無語來燈焰短嗤唉發髙梧

戊辰歲江南感懷

忽忽動中私人間何所之老過離亂世生在太平時桃
李春無主杉松寺有期曾吟子山賦何啻舊凌遲

送林（一作休）上人歸永嘉舊居

東越常懸思山門在永嘉秋光浮楚水帆影背長沙城
黑天台雨村明海嶠霞時尋謝公跡春草有瑶花

荅友生山居寄示

嘉遁有新吟因僧寄竹林靜思來鳥外閑味遶松陰兵
寇憑凌甚溪山幾許深休爲反招隱攜取一相尋

新秋霽後晚眺懷先公

雨霽湘楚晚水涼天亦澄山中應解夏渡口有行僧鳥
列滄洲隊雲排碧落層孤峯磬聲絶一點石龕燈

池上感興

所向似無端風前吟凭欄旁人應悶見片水自閑看碧
底紅鱗鬣澄邊白羽翰南山衆木葉飄著竹聲乾

和曇域上人寄贈之什

百病煎衰朽棲遲戰國中思量青壁寺行坐赤松風道
寄虛無合書傳往復空可憐禪月子香火國門東

弔雙泉大師眞塔

塔聳層峯後碑鐫巨石新不知將一句分付與何人静
坐雲生衲空山月照眞後徒遊禮者猶認指迷津

暮冬送璘上人歸華容

故園雖不遠郍免愴行思莽蒼平湖路霏微過雪時全
無山阻隔或有客相隨得見交親後春風動柳絲

秋夜聽業上人彈琴

萬物都寂寂堪聞彈正聲人心盡如此天下自和平湘
水瀉秋碧古風吹太清往年廬岳奏今夕更分明

謝人惠丹藥

別後聞餐餌相逢訝道情肌膚紅色透髭髮黑光生仙
洞誰傳與松房自鍊成常嫌遠分惠亦覺骨毛輕

荊門病中寄懷貫微上人

我衰君亦老相憶更何言除泥安禪力難醫必死根梅
寒爭雪彩日冷讓冰痕早晚東歸去同尋入石門（匡山遠大師嘗與諸賢遊石門澗玩錦繡谷）

荅孔秀才

早向文章裏能降少壯心不愁人不愛閑處自閑吟水
國雲雷濶僧園竹樹深無嫌我衰颯時此一相尋

秋江

兩岸山青映中流一櫂聲遠無風浪動正向夕陽橫島
嶼蟬分宿沙洲客獨行浩然心自合何必濯吾纓

船窗

孤舸凭幽窗清波逼面涼舉頭還有礙低眼即無妨瞥
過沙禽翠斜分夕照光何時到山寺上閣看江鄉

永夜

永日還欹枕良宵亦曲肱神閑無萬慮壁冷有殘燈香
影浮龕象瓶聲著井冰尋思到何處海上斷崖僧

中春愴懷寄二三知已

眼暗心還白逢春強凭欄因聞積雨夜（一作夜雨）却憶舊山寒
竹撼煙叢滑花燒露朵乾故人相會處應話此衰殘

自遣

了然知是夢，既覺更何求。死入孤峯去，灰飛一燼休。雲無空碧在，天靜月華流。免有諸徒弟，時來弔石頭。

送陳霸歸閩

涼風動行興，含笑話臨途。已得身名了，全忘客道孤。鄉程過百越，帆影遶重湖。家在飛鴻外，音書可寄無。

寄孫闢呈鄭谷郎中

衡岳去都忘，清吟戀省郎。淹留才半月，詶唱頗盈箱。雪長松檉格，茶添語話香。因論樂安子，年少老篇章。

荊門送人自峩嵋游南岳

峩嵋來已遠，衡岳去猶賖。南浦懸帆影，西風亂荻花。天涯遙夢澤，山衆近長沙。有興多新作，攜將大府誇。

謝主人石筍

西園罷宴遊，東閣念林丘。特減花邊峭，來添竹裏幽。憶過陽朔見，曾記大湖求。從此頻吟遶，歸山意亦休。

經安公寺

大聖威靈地，安公宴坐蹤。未知長寂默，不見久從容。塔影高羣木，江聲壓暮鐘。此遊幽勝後，來夢亦應重。

秋夕寄諸姪

每到秋殘夜，燈前憶故鄉。園林紅橘柚，窗户碧瀟湘。離別身垂老，艱難路去長。弟兄應健在，兵火裏耕桑。

謝炭

正擁寒灰次，何當惠寂寥。且留連夜向，未敢滿爐燒。必恐吞難盡，唯愁撥易消。豪家捏爲獸，紅迸錦茵焦。

夏滿日偶作寄孫支使其年閏五月

一百二十日，煎熬幾不勝。憶歸滄海寺，冷倚翠崖稜。舊扇猶操執，新秋更鬱蒸。何當見涼月，擁衲訪詩朋。

寄清溪道友

山門摇落空，霜霰滿杉松。明月行禪處，青苔遶石重。泉聲喧萬壑，鐘韻遍千峯。終去焚香老，同師大士蹤。

謝重緣舊山水障子

敢望重緣飾，微茫洞壑春。坐看終未是，歸臥始應眞。已覺心中朽，猶憐四面新。不因公子鑒，零落幾成塵。

寺居

鄰井雙梧上，一蟬鳴隔牆。依稀舊林日，撩亂遶山堂。難嘿吟風口，終清飲露腸。老僧加護物，應任噪殘陽。

剃髮

金刀閃冷光，一剃一清涼。未免隨朝夕，依前長雪霜。夏林欹石膩，春澗水泉香。向老凋疎盡，寒天不出房。

謝高輦先輩寄新唱和集

敢謂神仙手，多懷老比丘。編聯來鹿野，酬唱在龍樓。洛浦精靈懾，邛山鬼魅愁。二南風雅道，從此化東周。

送徐秀才遊吳國

西江東注急，孤櫂若流星。風浪相隨白，雲中獨一作瞥過青。他時誰共說，此路我曾經。好向吳朝看，衣冠盡漢庭。

憶在匡廬日

憶在匡廬日，秋風八月時。松聲虎溪寺，塔影雁門師。步碧葳蕤徑，吟香菡萏池。何當舊泉石，歸去洗心脾。

寄三覺山從益上人

山下人來說，多時不下山。是應終未是，閑得且須閑。海面雲歸竇，猨邊月上關。尋思亂峯頂，空送衲僧還。

殘秋感愴

日日加衰病，心心趣寂寥。殘陽起閑望，萬木聳寒條。楚寺新爲客，吳江舊看潮。此懷何以寄，風雨暮蕭蕭。

寄南徐劉員外二首

竟陵兵革際，歸復舊園林。早歲爲官苦，常聞說此心。海邊山夜上，城外寺秋尋。應訝嵩峯約，蹉跎直到今。

畫公評衆製，姚監選諸文。風雅誰收我，編聯獨有君。餘生終此道，萬事盡浮雲。爭得重攜手，探幽楚水濆。

貽王秀才

功到難搜處，知難始是詩。自能探虎子，何慮屈男兒。此道眞清氣，前賢早白髭。須教至公手，不惜付丹枝。

贈孫生

見君一作傳家詩，自別君是繼詩人。道出千途外，功爭一字新。寂寥中影跡，霜雪裏精神。待折東堂桂，歸來更苦辛。

酬元員外

清洛碧嵩根，寒流白照門。園林經難別，桃李幾株存。衰老江南日，淒涼海上村。閑來魘朱紱，淚滴舊朝恩。

與楊秀才話別

庾信哀何極，仲宣悲苦多。因思學文賦，不勝弄干戈。自古有如此，於今終若何。到頭重策蹇，歸去舊煙蘿。

寄何崇丘員外

門底桃源水，涵空復映山。高吟煙雨霽，殘日郡樓間。變俗眞無事，分題是不閑。尋思章岸見，全未有年顔。

贈劉五經

往年長白山，發憤忍飢寒。埽葉雪霜濕，讀書脣齒乾。羣經通講解，八十尚輕安。今日江南寺，相逢話世難。

送游山道者

我亦遊山者，常經舊所經。雪消天外碧，春曉海中青。可見亂離世，況臨衰病形。憐君此行興，獨入白雲屏。

舟中江上望玉梁山懷李尊師

殘照玉梁巔，峩峩遠櫂前。古來傳勝異，人去學神仙。白鹿老碧壑，黃猨啼紫煙。誰心共無事，局上度流年。

角

聞說征人說，鳴鳴何處邊。孤城沙塞地，殘月雪霜天。會轉胡風急，吹長磧雁連。應傷漢車騎，名未勒燕然。

言詩

畢竟將何狀，根元在正思。達人皆一貫，迷者自多岐。觸類風騷遠，懷賢肺腑衰。河橋送别者，二子好相知。

詶王秀才

離亂幾時休，儒生厄遠遊。亡家非漢代，何處覓荆州。旅夢寒燈屋，鄉懷晝雨樓。相逢話相殺，誰復念風流。

春居寄友生

莎徑荒蕪甚，君應共此情。江村雷雨發，竹屋夢魂驚。社過多來燕，花繁漸老鶯。相思意何切，新作未曾評。

寄荅武陵幕中何支使二首

十萬雄軍幕，三千上客才。何當談笑外，遠慰寂寥來。騷雅鏘金擲，風流醉玉頹。爭知江雪寺，老病向寒灰。

南州無百戰，北地有長征。閑殺何從事，傷哉蘇子卿。江

樓聯雪句野寺看春耕門外滄浪水風波雜雨聲

浙江晚渡

去年曾到此久立滯前程岐路時難處風濤晚未平汀蟬含老韻岸荻簇枯聲莫泥關河險多遊自遠行

送人下第東歸再謁舊主人

一戰偶不捷東歸計未空還攜故書劒去謁舊英雄楚雪連吳樹西江正北風男兒藝若是會合值明公

寄謝高先輩見寄二首

穿鑿甚傷骨風騷久痛心永言無絕唱忽此惠希音楊柳江湖晚芙蓉島嶼深何因會仙手臨水一披襟

詩在混茫前難搜到極玄有時還積思度歲未終篇片月雙松際高樓瀾水邊前賢多此得風味若爲傳

寄仰山光味長者

大仰禪棲處杉松到頂陰下來雖有路歸去每無心鳥道峯形直龍湫石影深徑行誰得見半夜老猨吟

貽廬岳陳沆秀才

爲儒老雙鬢勤苦竟何如四海方磨劒空山自讀書石圍泉眼碧秋落洞門虛莫慮搜賢僻徵君舊此居

邊上

漢地從休馬胡家自牧羊都來銷帝道渾不用兵防草上孤城白沙翻大漠黃秋風起邊雁一一向瀟湘

蟋蟀

聲異蟪蛄聲聽須是正聽無風來竹院有月在莎庭雖不妨調瑟多堪伴誦經誰人向秋夕爲爾欲忘形

寄西山鄭谷神

西望鄭先生焚修在杳冥幾番松骨朽未換鬢根青石閑涼調瑟秋壇夜拜星俗人應撫掌閑處誦黃庭

讀參同契

堪笑修仙侶燒金覓大還不知消息火只在寂寥關白鑪中術魂飛海上山悲哉五千字無用在人間

聞落葉

楚樹雪晴後蕭蕭落晚風因思故國一作園夜臨一作流水幾株一作林空煮茗燒乾脆行苔踏爛紅來年未離此還見碧叢叢

謝王先輩昆弟遊湘中迴各見示新詩

瀟湘多勝異宗社久喪回兄弟同遊去幽奇盡采來只應求妙唱何以示寒灰上國攜歸後唯呈不世才

寄酬高輦推官

道自閑機長詩從靜境生不知春豔盡但覺雅風清竹膩題幽碧蕉乾裂脆聲何當九霄客重疊記無名

逢詩僧

禪玄無可並一作示詩妙有何評五七字中苦百千年後清難求方至理不朽始爲名珍重重相見忘機話此情

話道

大道多大笑寂寥何以論霜楓翻落葉水鳥啄閑服藥還傷性求珠亦損魂無端鑿混沌一死不還源

謝歐陽侍郎寄示新集

宮錦三十段金梭新織來殷勤謝君子迢遞寄寒灰鸞鷟對鼓舞神仙雙裹回誰當巧裁製披去升瑤臺

西墅新居

漸漸見苔青疎疎遍地生閑穿藤屐起亂踏石階行野鳥啼幽樹名僧笑此情殘陽竹陰裏老圃打門聲

酬孫魴

幽人還愛雲才子已從軍可信鴛鴻侶更思麋鹿群新題雖有寄舊論竟難聞知己今如此編聯悉欲焚

掃地

日日掃復灑不容纖物侵敢望來客口道似主人心蟻過光中少苔依潤處深門前亦如此一徑入疎林

書匡山隱者壁

紅霞青壁底石室薜蘿垂應有迷仙者曾逢採藥時桃花饒兩頰松葉淺長髭直是來城市何人識得伊

送乾康禪師入山過夏

由來喧滑境難駐寂寥蹤逼夏搖孤錫離城入亂峯雲門應近寺石路或穿松知在棲禪外題詩寄北宗

野鴨

野鴨殊家鴨離羣忽遠飛長生緣甚瘦近死爲傷肥江海游空瀾池塘啄細微紅蘭白蘋渚春暖刷毛衣

傷秋

旦暮餘生在肌膚十分無眠寒半榻朽立月一株枯夢已隨雙樹詩猶却萬夫名山未歸得可惜死江湖

懷東湖寺

鐵柱東湖岸寺高人亦閑往年曾每日來此看西山竹徑青苔合茶軒白鳥還而今在天末欲去已衰顏

寄峴山願公三首

形影更誰親應懷漆道人片言酬鑿齒半偈伏姚秦榛芥池經燒蒿萊寺過春心期重西去一共弔遺塵

相思恨相遠至理邪時何道笑忘言甚詩嫌背俗多青
苔閑閤閉白日斷人過獨上西樓望荆門千萬坡
彼此無消息所思江漢遥轉聞多患難甚說遠相招老
至何悲歎生知便寂寥終期踏松影攜手虎溪橋

清夜作

不惜白日短乍容清夜長坐聞風露滴吟覺骨毛涼興
寢無諸病空閑有一牀天明振衣起苔砌落花香

贈白處士

莘野居何定浮生知是誰衣衫同野叟指趣似禪師白
髮應無也丹砂久服之仍聞創行計春暖向峩嵋

崔秀才宿話

事轉聞多事心休話苦心相留明月寺共憶白雲岑薜
蘿殘蟲韻霜軒倒竹陰開門又言別誰竟慰塵襟

懷天台華頂僧

華頂危臨海丹霞裏石橋曾從國清寺上看月明潮好
鳥親香火狂泉噴泬寥欲歸師智者頭白路迢迢

送人赴官

年少作初官還如行路難兵荒經邑里風俗久凋殘照
硯花光淡漂書柳絮乾聊應充侍膳薄俸繼朝餐

水鶴

鴛鴦與鸂鶒相狎豈慚君比雪還勝雪同羣亦出羣靜
巢孤島月寒夢九皐雲歸路分明箇飛鳴即可聞

湘中感懷

漁翁那會我傲兀葦邊行亂世難逃跡乘流擬濯纓江
花紅細碎沙鳥白分明向夕題詩處春風斑竹聲

九日逢虛中虛受

楚后萍臺下相逢九日時干戈人事地荒廢菊花籬我
已多衰病君猶盡黑髭皇天安罪得解語便吟詩

贈李明府

名家宰名邑將謂屈鋒鋩直是難蘇俗能消不下堂氷
痕生硯水柳影透琴牀何必稱瀟灑獨爲詩酒狂

暮春久雨作

積雨向春陰冥冥獨院深已無花落地空有竹藏禽簷
溜聲何暴隣僧影亦沈誰知力耕者桑麥寂關心

渚宮莫問詩一十五首并序

予以辛巳歲蒙主人命居龍安寺察其疎鄙免以趨奉爰降手翰曰蓋知心不在常禮也予不覺欣然而作顧謂形影曰爾本青山一衲白石孤禪今王侯搆室安之給俸食之使之樂然萬事都外游息自得則雲泉猨鳥不必爲狎其放縱若是夫何繫乎自是龍門牆仞歷稔不復瞻覿况他家哉因創莫問之題凡一十五篇皆以莫問爲首焉

莫問疎人事王侯已任伊不妨隨野性還似在山時靜
入無聲樂狂拋正律詩自爲仍自愛清淨裏尋思一作敢望至公知
莫問伊嵇嬾流年已付他話通時事少詩着野題多夢
外春桃李心中舊薜蘿浮生此不悟剃髮竟如何
莫問休行脚南方已徧尋了應須自了心不是他心赤
水珠何覓寒山偈莫吟誰同論此理杜口少知音
莫問孱愚格天應只與閑合居長樹下那稱衆人間跡
絕爲眞隱機忘是大還終當學支遁買取箇青山
莫問無求意浮雲喻可知滿盈如不戒倚伏更何疑樂
矣賢顔子窮乎聖仲尼已過知命歲休把運行推
莫問閑行趣春風野水涯千門無謝女兩岸有楊花好
鶴曾爲客眞龍或作蛇躊躕自迴首日脚背樓斜
莫問眞消息中心只自知清風含笑詠明月混希夷壞
衲涼天擁玄文靜夜披善哉溫伯子言望至公知一作言外認揚
莫問休持鉢從貧乞已疎侯門叨月俸齋食剩年儲簪
履三千外形骸六十餘舊峯呵練若松徑接匡廬
莫問依劉跡金臺又度秋威儀非上客譚笑愧諸侯禮
許無拘檢詩推異輩流東林未歸得搖落楚江頭
莫問無機性甘名百鈍人一牀鋪冷落長日臥精神分
已疎知舊詩還得意新多才碧雲客時或此相親
莫問關門意從來寡往還道應歸淡泊身合在空閑四
面苔圍綠孤窗雨灑斑夢尋何處去秋色水邊山
莫問　　　　逐性情人間高此道禪外剩他名夏
松邊坐秋光水畔行更無時忌諱容易得題成首聯缺五字第
五句缺一字
莫問多山興晴樓獨凭時六年滄海寺一別白蓮池句
早逢名匠禪曾見祖師冥搜與眞性清外認揚者一作清淨裏尋思
莫問衰殘質流光速可悲寸心修未了長命一作壽欲何爲
坐臥身多倦經行骨漸疲分明說此苦珍重竺乾師
莫問野騰騰勞形已不能慇懃無上士珍重有名僧坐
覺心心黙行思步步氷終歸石房裏一點夜深燈

荆州新秋病起雜題一十五首

病起見王化

病起見王化融融古帝鄉曉煙凝氣紫晚色作雲黃四
野歌豐稔千門唱樂康老身仍未死猶詠好風光

病起見圖畫

病起見圖畫雲門興似饒衲衣棱笠重嵩岳華山遥命
在齋猶赴刀閒髮盡凋秋光漸輕健欲去倚江橋

病起見苔錢

病起見苔錢規模遍地圓兒童掃不破子母自相連潤
屋何曾有緣牆謾可憐虛教作銅臭空使外人傳

病起見庭竹

病起見庭竹君應悲我情何妨甚消瘦却稱苦修行每
謝侵牀影時迴傍枕聲秋來漸平復吟遶骨毛輕

病起見生涯

病起見生涯資緣覺甚奢方袍嫌垢弊律服變光華頗
愧同諸俗何嘗異出家三衣如兩翼珍重汝一作爾寒鴉

病起見秋扇

病起見秋扇風前悟感傷念予當咽絕得爾致清涼沙
鷺如搖影汀蓮似綻香不同婕妤詠託意怨君王

病起見衰葉

病起見衰葉飄然似我身偶乘風有韻初落地無塵縱
得紅霑露爭如綠帶春因傷此懷抱聊寄一篇新

病起見庭栢

病起見庭栢青青我不任力扶乾瘦骨勉對歲寒心韻
謝疎篁合根容片石侵衰殘想長壽時倚就閑吟

病起見庭蓮

病起見庭蓮

風荷已颯然，開時聞馥郁。枕上正纏綿，本在滄江濶。移來碧沼圓，却思香社裏，葉葉漏聲連。

病起見庭菊

幾勞栽種工，可能經臥疾。相倚自成叢，翠萼低含露。金英盡亞風，那知予愛爾，不在酒杯中。

病起見庭石

豈知經夏眠，不能資藥價。空自作苔錢，翠憶藍光底，青思瀑影邊。巖僧應笑我，細碎種階前。

病起見庭莎

綠階傍竹多，遠行猶未得。靜聽復如何，蟋蟀幽中響，蟪蛄深處歌。不緣田地窄，剩種任婆娑。

病起見苔色

凝然陣未枯，淺深圍柱礎。詰曲遶廊廡，碧翠文相間，青黃勢自鋪。爲錢虛玷染，畢竟不如無。

病起見秋月

正當三五時，清光應鑒我，幽思更同誰。惜坐身猶倦，牽吟氣尚羸。明年七十六，約此健相期。

病起見閑雲

空中聚又分，滯留堪笑我。舒卷不如君，觸石終無跡，從風或有聞。仙山足鸞鳳，歸去自同羣。

夜坐聞雪寄所知

初宵飛霰急，竹樹灑乾輕。不是知音者，難教愛此聲。漸凌孤燭白，偏激苦心清。堪笑同文友，忘眠坐到明。

懷洞庭

憶過巴陵歲，無人問去留。中宵滿湖月，獨自在僧樓。漁父真閑唱，靈均是謾愁。今來欲長往，誰借木蘭舟。

欲遊龍山鹿苑有作

龍山門不遠，鹿苑路非遙。合逐閑身去，何須待客招。年華殘兩鬢，筋骨倦長宵。聞說峯前寺，新修白石橋。

再逢晝公

竟陵西別後，徧地起刀兵。彼此無緣着，雲山有處行。久吟難敵句，終忍不求名。年鬢俱如雪，相看眼且明。

送人遊武陵湘中

爲子歌行樂，西南入武陵。風煙無戰士，賓榻有吟僧。山遶軍城疊，江臨寺閣層。遍尋幽勝了，湘水泛清澄。

酬九經者

九經三史學，窮妙又窮微。長白山初出，青雲路欲飛。江僧酬雪句，沙鶴識麻衣。家在黃河北，南來偶未歸。

寄贈集灘二公

聞有難名境，因君住更名。軒窗中夜色，風月遶灘聲。客好過無厭，禽幽畫不成。終期一尋去，聊且寄吟情。

夏日作

燕雀語相和，風池滿芰荷。可驚成事晚，殊喜得閑多。竹衆涼欺水，苔繁綠勝莎。無慙孤聖代，賦詠有詩歌。

行路難

行路難，是非真險惡。翻覆作峯巒，漆下浸與高盤。不爲行路難，是非真險惡。翻覆作峯巒，漆愧同時黑，朱慙巧（一作汚）處丹。令人畏相識，欲畫白雲看。

送玉泉道者迴山寺

却憶西峯頂，經行絕愛憎。別來心念念，歸去雪層層。石塢尋春筍，苔龕續夜燈。應悲塵土裏，追逐利名僧。

謝王拾遺見訪兼寄篇什

竹裏安禪處，生涯一印灰。經年乞食過，昨日諫臣來。愧把黃梅偈，曾酬白雪才。因令識鳥跡，重疊在蒼苔。

題張氏池亭

樹石叢叢別，詩家趣向幽。有時閑客散，始覺細泉流。蝶到琴棋畔，花過島嶼頭。月明紅藕上，應見白龜遊。

送人南遊

且聽吟贈遠，君此去棠州。瘴國頻聞說，邊鴻亦不遊。蠻花藏孔雀，野石亂（一作隱）犀牛。到彼誰相慰，知音有郡侯。

題明公房

寺北聞湘浪，窗南見嶽雲。自然高日用，何要出人羣。瓦滴殘松雨，香爐匝印文。近年精易道，疑者曉紛紛。

寄顧處士

半年離別夢，來往即湖邊。兩幅關山雪，尋常在眼前。項容藏古翠，張藻卷寒煙。藍淀圖花鳥，時人不惜錢。

貽（一作贈）徐生

可能東海子，清苦在貧居。掃地無閑客，堆窗有古書。少年猶若此，向老合何如。去歲頻相訪，今來見亦疎。

謝虛中上人晚秋見寄

楚外同文在，荊門得信時。幾重相別意，一首晚秋詩。日暮山沈雨，蓮殘水滿池。登樓試南望，爲子動歸思。

全唐詩

齊己

寄東林言之禪子

聞思相送後，幽院閉苔錢。使我吟還廢，聞君病未痊。聽秋唯困坐，怕客但佯眠。可惜東窗月，無寥過一年。

寒節日寄鄉友

歲歲逢寒食，寥寥古寺家。踏青思故里，垂白看楊花。原野稀疎雨，江天冷澹霞。滄浪與湘水，歸恨共無涯。

聞西蟾從弟卜巖居嶽西有寄（末句缺一字）

瀑布見高低，巖開巖壁西。碧雲多舊作，紅葉幾新題。滴瀝中疎磬，嵌空半倚梯。仍聞樵子徑，不到前溪。

寄懷西蟾師弟（蟾師有萬里八九月一身西北風之句）

萬里八九月，一身西北風。自從相示後，長記在吟中。見說南遊遠，堪懷我姓同。江邊忽得信，迴到岳門東。

撲滿子（一作咏撲滿）

祇愛滿我腹，爭如滿害身。到頭須撲破，却散與他人。

寄西川惠光大師曇域

禪月有名子，相知面未曾。筆精垂壁溜，詩澀滴杉冰。蜀國從棲泊，蕪城幾廢興。憶歸應寄夢，東北過金陵。

憶別匡山寄彭澤乾晝上人

憶別匡山日，無端是遠遊。却迴看五老，翻悔上孤舟。蹭蹬三千里，蹉跎二十秋。近來空寄夢，時到虎溪頭。

又寄彭澤晝公

聞君彭澤住結搆近陶公種菊心相似嘗茶味不同湖光秋枕上嶽翠夏窗中八月東林去吟香菡萏風

因覽支使孫中丞看可準大師詩序有寄

一千篇裏選三百首菁英玉尺新量出金刀舊剪成錦江增古翠仙掌減元精（準公曾以詩道訪司空圖于華下）自此爲風格留傳諸後生

新秋病中枕上聞蟬

枕上稍醒醒忽聞蟬一聲此時知不死昨日即前生更欲臨窗聽猶難策杖行尋應同蛻殼重飮露華清

寄雲蓋山先禪師

曾尋湘水東古翠積秋濃長老禪棲處半天雲蓋峯閑牀饒得石雜樹少於松近有誰堪語瀏陽妙指蹤

落葉

落多秋亦晚窗外見諸鄰世上誰驚盡林間獨掃頻蕭騷微月夜重疊早霜晨昨日繁陰在鶯聲樹樹春

次耒陽作

遶岳復沿湘衡陽又耒陽不堪思北客從此入南荒旦夕多猨狖淹留少雪霜因經杜公墓惆悵學文章

舟中晚望祝融峯

天際卓寒青舟中望晚晴十年關夢寐此日向崢嶸巨石凌空黑飛泉照夜明終當躡孤頂坐看白雲生

弔杜工部墳

鵬翅蹋於斯明君知不知城中詩價大荒外土墳卑瘴雨無時滴蠻風有穴吹唯應李太白魂魄往來疲

嶽中寄殷處士

出嶽與入嶽前題繼後題遍尋僧壁上多在雁峯西近說遊江寺將誰話石梯相思立高巘山下草萋萋

送幽禪師

霜繁野葉飛長老卷行衣浮世不知處白雲相待歸磬和天籟響禪動嶽神威莫便言長往勞生待發機

觀燒

獵獵寒蕪引承風勢不還放來應有主焚去到何山焰

入空濛裏煙飛莽蒼間石中有良玉惆悵但傷顏

詠茶十二韻

百草讓爲靈功先百草成甘傳天下口貴占火前名出處春無雁收時谷有鶯封題從澤國貢獻入秦京齅覺精新極嘗知骨自輕研通天柱響摘遶蜀山明賦客秋吟起禪師晝臥驚角開香滿室爐動綠凝鐺晚憶涼泉對閑思異果平松黃乾旋泛雲母滑隨傾頗貴高人寄尤宜別匱盛曾尋修事法妙盡陸先生

寄陽岐西峯僧

西峯殘照東瀑布灑冥鴻閑憶高牕外秋晴萬里空藤陰藏石磴衣毳落杉風日有誰來覓層層鳥道中

迴雁峯

瘴雨過孱顏危邊有徑盤壯堪扶壽嶽靈合置仙壇影北鴻聲亂青南客道難他年思隱遯何處凴闌干

贈詢公上人

威儀何貴重一室貯水清終日松杉徑自多蟲蟻行像前孤立影鐘外數珠聲知悟修來事今爲第幾生

秋興

所見背時情閑行亦獨行晚涼思水石危閣望崢嶸雨外殘雲片風中亂葉聲舊山吟友在相憶夢應清

古寺老松

百歲禪師說先師指此松小年行道遶早見偃枝重月檻移孤影秋亭卓一峯終當因夜電拏攫從雲龍

題無余處士書齋

閑地從莎蘚誰人愛此心琴棋懷客遠風雪閉門深枕外江灘響窗西樹石陰他年衡嶽寺爲我一相尋

歲暮江寺住

山依枯槁容何處見年終風雪軍城外蒹葭古寺中孤村誰認磬極浦夜鳴鴻坐憶匡廬隱泉聲滴半空

新燕

棲託近佳人應憐巧語新風光華屋暖弦管牡丹晨遠采江泥膩雙飛麥雨匀差池自有便敢觸杏梁塵

喻吟

日用是何專吟疲即坐禪此生還可喜餘事不相便頭白無邪裏魂清有象先江花與芳草莫染我情田

過湘江唐弘書齋

四鄰無俗迹終日大開門水晚來邊雁林秋下楚猨一家隨難在雙眼向書昏沈近騷人廟吟應見古魂

讀賈島集

遺篇三百首首首是遺冤知到千年外更逢何者論離秦空得罪入蜀但聽猨還似長沙祖唯餘賦鵩言

寄山中諸友

自歸城裏寺長憶宿山門終夜冥心客諸峯叫月猨嵐光生眼力泉滴爽吟魂只待遊方遍還來埽樹根

懷終南僧

擾擾一京塵何門是了因萬重千疊嶂一去不來人鳥道春殘雪蘿龕畫定身寥寥石窗外天籟動衣巾

送二友生歸宜陽

二生俱我友清苦輩流稀舊國居相近孤帆秋共歸殘陽沙鳥亂疎雨島楓飛幾宿多山處猨啼燭影微

懷從弟

孤窗燭影微何事阻吟思兄弟斷消息山川長路岐日沈栖鶴塢霜著叫猨枝可想爲懷抱多愁多難時

岳陽道中作

客思尋常動未如今斷魂路岐經亂後風雪少人村大澤鳴寒雁千峯啼晝猨爭教此時白不上鬢鬚根

赴鄭谷郎中招遊龍興觀讀題詩坂謁七眞儀像因有十八韻

何處陪遊勝龍興古觀時詩懸大雅作殿禮七眞儀遠繼周南美彌旌拱北思雄方垂朴略後輩仰箴規對坐茵花暖偕行蘚陣隳僧條初學結朝服久慵披到處琴碁傍登樓筆硯隨論禪忘視聽譚老極希夷照日江光遠遮軒檜影欹觸鞋松子響窺立鶴雛癡始貴茶巡爽終憐酒散遲放懷還把杖憩石或搘頤眺遠凝清眄吟高動白髭風鵬心不小蒿雀志徒卑顧我專無作於身忘有爲叨因五字解每忝重言期捨此應休也何人更

賞之淹留仙境晚迴騎雪風吹

書李秀才壁

干戈阻上日南國寄貧居舊里荒應盡新年病未除窗
風連島樹門逕接隣蔬我有閑來約相看雪滿殊

聞尚顏下世

嶽僧傳的信聞在麓山亡郡有爲詩客誰來一影堂夢
休尋灞滻跡已絶瀟湘遠憶同吟石新秋檜栢涼

薔薇

根本似玫瑰繁英刺外開香高蘂有架紅落地多苔去
住閑人看晴明遠蝶來牡丹先幾日銷歇向塵埃

送隆公上人

獨攜譚柄去千里指人寰未斷生徒望難教白日閑空
江横落照大府向西山好騁陳那孔誰云劫石頑

宿簡寂觀

萬壑雲霞影千年松檜聲如何教下士容易信長生月
共虛無白香和沆瀣清閑尋古廊畫記得列仙名

遇元上人

七澤過名山相逢黄落（一作葉）殘杉松開寺晚泉月話心寒
祖遍諸方禮經曾幾處看應懷出家院紫閣近長安

早梅

萬木凍欲折孤根暖獨迴前村深雪裏昨夜一枝開風
遞幽香去（一作出）禽窺素豔來明年如（一作猶）應律先發映春臺

聽泉

落石幾萬仞冷（一作遠）聲飄遠（一作冷）空高秋初雨後半夜亂山
中只有照壁月更無吹葉風幾（一作昔）曾廬岳聽到曉與僧
同

送孫逸人歸廬山

獨自擔琴鶴還歸瀑布東逍遥非俗趣楊柳謾春風草
遶村程緑花盤石磴紅他時許相覓五老亂雲中

聽李尊師彈琴

仙子弄瑶琴仙山松（一作杉）月深此聲含太古誰聽到無心
灑石霜千片歕崖泉（一作噴空瀑）萬尋何人傳指法攜向海中
岑

寄武陵微上人

善卷臺邊寺松篁遶祖堂秋聲度風雨曉色徧滄浪白
石同誰坐清吟過我狂近聞爲古律雅道更重光

匡山寓居棲公

外物盡已外閑遊且自由好山逢過夏無事住經秋樹
影殘陽寺茶香古石樓何時定休講歸漱虎溪流

湘西道林寺陶太尉井

太尉遺孤井寒澄七百年未聞陵谷變終與姓名傳影
浸無風樹光含有月天林僧曉來此滿汲灑金田

寄松江陸龜蒙處士

萬卷功何用徒稱處士休閑敲太湖石醉聽洞庭秋道
在誰開口詩成自點頭中間欲相訪尋便阻戈矛

閉門

外事休關念灰心獨閉門無人來問我白日又黄昏燈
集飛蛾影窗銷迸雪痕中心自明了一句祖師言

看水

范蠡東浮闊靈均北泛長誰知遠煙浪别有好思量故
國門前急天涯照（一作櫂）裏忙難收上樓興渺漫正斜陽

寄棲白上人

萬國爭名地吾師獨此閑題詩招上相看雪下南山内
殿承恩久中條進表還常因秋貢客少得掩禪關

自題

禪外求詩妙年來鬢已秋未嘗將一字容易謁諸侯挂
夢山皆遠題名石盡幽敢言梁太子傍采碧雲流

孫支使來借詩集因有謝

冥搜從少小隨分得淳元聞説吟僧口多傳過蜀門相
尋江島上共看夏雲根坐落遲遲日新題互把論

夏日言懷

苦被流年迫衰羸老病情得歸青嶂死便共白雲生樹
栟燒爐響崖稜躡屐聲此心人信否魂夢自分明

早秋寄友生

雨多殘暑歇蟬急暮風清誰有閑心去江邊看水行河
遥紅蓼簇野闊白煙平試折秋蓮葉題詩寄竺卿

送王秀才往松滋夏課

松滋聞古縣明府是詩家靜理餘無事歌眠盡落花江
光摇夕照柳影帶殘霞君去應相與乘船泛月華

喜谿公自武陵至

已盡滄浪興還思相楚行鬢全無舊黒詩别有新清暫
憩臨寒水時來扣靜荊囊中有靈藥終不獻公卿

假山（并序）

假山者蓋懷匡廬有作也往歲嘗居東郭因夢覺遂圖于壁迄于十秋而攢青疊碧於寤寐間宛若捫蘿挽樹而昇彼絶頂令所作傚像一面故不盡萬壑千巖神仙鬼怪之宅聊得解懷既而功就乃激幽抱而作是詩終于一百八十言爾

匡廬久别離積翠杳天涯靜室曾圖峭幽亭復剏奇典
衣酬土價擇日運工時信手成重疊隨心作蔽虧根盤
驚院窄頂聳訝簷卑鎮地那言重當軒未厭危巨靈何
忍擘秦政肯輕移晚覺莎煙觸寒聞竹籟吹藍灰澄古
色泥水合凝滋引看僧來數牽吟客散遲九華渾髣髴
五老頗參差蛛網藤蘿挂春霖瀑布垂加添雙石笋映
帶小蓮池舊説雷居士曾聞遠大師紅霞中結社白壁
上題詩顧此誠徒爾勞心是妄爲經營慚培塿賞翫愧
童兒會入千峯去閒蹤任屬誰

謝西川可準上人遠寄詩集

匡社經行外沃洲禪宴餘吾師還繼此後輩復何如江
上傳風雅靜中時卷舒堪隨樂天集共伴白芙蕖

秋空

已覺秋空極更堪寥次青只應容好月爭合有妖星耿
耿高河截脩脩一雁經曾於洞庭宿上下徹心靈

與聶尊師話道

伯陽遺妙旨杳杳與冥冥説即非難説行還不易行藥
中迷九轉心外覓長生畢竟荒原上一盤蒿隴平

送相里秀才自京至却迴

夷門詩客至楚寺閑蕭騷老病語言澀少年風韻高難
於尋閬島險甚涉雲濤珍重西歸去無忘役思勞

謝人寄南榴卓子

幸附全材長良工斲器殊千林文柏有一尺錦榴無品
格宜仙果精光稱玉壺憐君遠相寄多愧野蔬麤

寄舊居鄰友

別後知何趣搜奇少客同幾層山影下萬樹雪聲中晚
鼎烹茶綠晨廚爨粟紅何時攜卷出世代有名公

送朱秀才歸閩

荆門來幾日欲往又囊空遠客歸南越單衣背北風近
鄉微有雪到海漸無鴻努力成詩業無謀謁至公

龍潭作

乍臨毛髮豎雙壁夾湍流白日鳥影過青苔龍氣浮蔽
空雲出石應禱雨翻湫四面耕桑者先聞賀有秋

依韻酬謝尊師見贈二首師欲調舉

南國搜奇久偏傷杜甫墳重來經漢浦又去入嵩雲舊
別人稀見新朝事漸聞莫將高尚跡閑處傲明君
嶽頂休高臥荆門訪掩扉新詩遺我別舊約與誰歸賢
路曾無滯良時肯自違明年寬日窟仙桂露霏微

送氷禪再往湖中

行心寧肯住南去與誰羣碧落高空處清秋一片雲穿
林殘影滅背雨錫聲分應笑遊方久龍鍾楚水濆

喜表公往楚王城

已聞人捨地結構舊基平一面湖光白鄰家竹影清應
難尋輦道空說是王城誰信興亡跡今來有磬聲

春雪初晴喜友生至

數日不見日飄飄勢忽開雖無忙事出還有故人來已
盡南簷滴仍殘北牖堆明朝望平遠相約在春臺

殘春連雨中偶作懷故人

南鄰阻杖藜屐齒遶牀泥漠漠門長掩遲遲日又西不
知何興味更有好詩題還憶東林否行苔傍虎溪

送崔判官赴歸倅

白首從顏巷青袍去佐官只應微俸祿聊補舊飢寒地
說丘墟甚民聞旱歎殘春風吹綺席賓主醉相歡

寒食日懷寄友人

萬井追寒食閑扉獨不開梨花應折盡柳絮自飛來夢
覺懷仙島吟行遶砌苔浮生已悟了時節任相催

懷巴陵舊遊

洞庭雲夢秋空碧共悠悠孟子狂題後何人更倚樓日
西來遠棹風外見平流終欲重尋去僧窗古岸頭

招乾晝上人宿話

連夜因風雪相留在寂寥禪心誰指示詩卷自焚燒語
默鄰寒漏窗扉向早朝天台若長往還渡海門潮

荆門秋日寄友人

青溪知不遠白首要難歸空想煙雲裏春風鸑鷟飛誰
論傳法偈自補坐禪衣未謝侯門去尋常即掩扉

哭鄭谷郎中

朝衣閑典盡酒病覺難醫下世無遺恨傳家有大詩新
墳青嶂疊寒食白雲垂長憶招吟夜前年風雪時

全唐詩

齊己

題東林十八賢眞堂

白藕花前舊影堂劉雷風骨畫龍章共輕天子諸侯貴
同愛吾師一法長陶令醉多招不得謝公心亂入無方
何人到此思高躅嵐點苔痕滿粉牆謝靈運欲入社遠大師以其心亂不納

題南岳般若寺

諸峯翠少中峯翠五寺名高此寺名石路險盤嵐靄滑
僧窗高倚泬寥明凌空殿閣由天設遍地杉松是自生
更有上方難上處紫苔紅蘚遶崢嶸

寄廬岳僧

一閒飛錫別區中深入西南瀑布峯天際雪埋千片石
洞門一作前氷折幾株松煙霞明媚棲心地苔蘚縈紆出世
蹤莫問江邊舊居寺火燒兵劫斷秋鐘

遊谷山寺

城裏尋常見碧稜水邊朝暮送歸僧數峯雲腳垂平地
一徑松聲徹上層寒澗不生浮世物陰崖猶積去年氷
此身有底難拋事時復攜筇信步登

楚寺寒夜作

寒爐局促坐成勞暗淡燈光照二毛水寺閑來僧寂寂
雪風吹去雁嗷嗷江山積疊歸程遠魂夢穿沿過處高
畢竟忘言是吾道袈裟不稱揖蕭曹

送秦禪師歸南岳

石龕閑鏁白猿邊歸去程途一作遙程半在船林簇曉霜離水
寺路穿新燒入山泉已尋嵐壁臨空盡却看星辰向地
懸有興寄題紅葉上不妨收拾別爲編

山中寄凝密大師兄弟

一爐薪盡室空然萬象何妨在眼前時有興來還覓句
已無心去卽安禪山門影落秋風樹水國光凝夕照天
借問荀家兄弟內八龍頭角讓誰先

海棠花

繁於桃李盛於梅寒食旬前社後開半月暄和留豔態
兩時風雨免傷摧人憐格異詩重賦蝶戀香多夜更來

循得殘紅向春暮牡丹相繼發池臺

題贈湘西龍安寺利禪師

頭白已無行脚念自開荒寺住煙蘿門前路到瀟湘盡
石上雲歸岳麓多南祖衣盂曾禮謁東林泉月舊經過
閒來松外看城郭一片紅塵隔逝波

寄文浩百法（聞欲歸衮參禪）

當時六祖在黃梅五百人中眼獨開入室偈聞傳絕唱
昇堂客謾恃多才鐵牛無用成眞角石女能生是聖胎
聞說欲拋經論去莫教惆悵却空迴

謝人寄新詩集

所聞新事即戈矛欲去終疑是暗投遠客寄言還有在
此門將謂總無休千篇著述誠難得一字知音不易求
時入思量向何處月圓孤凭水邊樓

謝元願上人遠寄檀溪集

白首蕭條居漢浦清吟編集號檀溪有人收拾應如玉
無主知音只似泥入理半同黃葉句遣懷多擬碧雲題
猶能爲我相思在千里封來夢澤西

寄道林寺諸友

吟興終依異境長舊遊時入靜思量江聲裏過東西寺
樹影中行上下方春色濕僧巾屨膩松花沾鶴骨毛香
老來何計重歸去千里重湖浪渺茫

贈智滿三藏

灌頂清涼一滴通大毗盧藏遍虛空欲飛薝蔔花無盡
須待陁羅尼有功金杵力摧魔界黑水精光透夜燈紅
可堪東獻明天子命服新酬贊國風

謝王先輩湘中迴惠示卷軸

少小即懷風雅情獨能遺象琢淳精不教霜雪侵玄鬢
便向雲霄换好名攜去湘江聞鼓瑟袖來緱嶺伴吹笙
多君百首貽衰颯留把吟行訪竺卿

荊渚寄懷西蜀無染大師兄

大溈心付白崖前寶月分輝照蜀天聖王降情延北內
諸侯稽首問南禪清秋不動驪龍海紅日無私罔象川
欲聽吾宗舊山說地邊身老楚江邊

謝武陵徐巡官遠寄五七字詩集

五字才將七字爭爲君聊敢試懸衡鼎湖菡萏搖金影
蓬島鸞皇舞翠聲還是靈龜巢得穩要須仙子駕方行
兩邊珍重遥相惠何夕燈前盡此情

重宿舊房與愚上人靜話

曾此棲心過十冬今來瀟灑屬生公檀欒舊植青添翠
菡萏新栽白換紅北面城臨燈影合西鄰壁近講聲通
不知門下趨筵士何似當時石解空

謝南平王賜山雞

五色文章類彩鸞楚人羅得半摧殘金籠莫恨傷冠幘
玉粒須慙剪羽翰孤立影危丹檻裏雙棲伴在白雲端
上台愛育通幽細却放溪山去不難

荊門病中雨後書懷寄幕中知己

病根翻作憶山勞一雨聊堪浣鬱陶心白未能忘水月
眼青獨得見秋毫蟬聲晚簇枝枝急雲影晴分片片高
還憶赤松兄弟否別來應見鶴衣毛

宿江寺

島僧留宿慰衰顏舊住何妨老未還身共錫聲離鳥外
跡同雲影過人間曾無夢入朝天路憶有詩題隔海山
珍重來晨渡江去九華青裏扣松關

謝貫微上人寄示古風今體四軸

四軸騷詞書八行捧吟肌骨遍清涼謾求龍樹能醫眼
休問圖澄學洗腸今體盡搜初剖判古風淳鑿未玄黃
不知誰肯降文陣闇點旌旗敵子房

荊州貫休大師舊房

踈篁抽筍柳垂陰舊是休公種境（一作此）吟入貢文儒來請
益出官卿相駐過尋石軍書畫神傳髓康樂文章夢授
心銷得青城千嶂下白蓮標塔帝恩深

寄谷山長老

遊遍名山祖遍尋却來塵世渾光陰肯將的的吾師意
擬付茫茫弟子心豈有虛空遮道眼不妨文字問知音
滄浪萬頃三更月天上何如水底深

寄黃暉處士

蒙氏藝傳黃氏子獨聞相繼得名高鋒鋩妙奪金雞距
纖利精分玉兔毫濡染只應親賦詠風流不稱近方刀
何妨寄我臨池興忍使江淹役夢勞

荊門勉懷寄道林寺諸友

榮枯得失理昭然誰欲離騷更問天生下便知眞夢幻
老來何必歎流年清風不變詩應在明月無蹤道可傳
珍重匡廬沃洲主拂衣拋却好林泉

答崔校書

雪色衫衣絕點塵明知富貴是浮雲不隨喧滑迷眞性
何用潺湲洗汚聞北闕會拋紅駁騎東林社憶白氛氳
清吟有興頻相示欲得多慙蠹蝕文

乞櫻桃

去年曾賦此花詩幾聽南園爛熟時叫破紅香堪換骨
摘殘丹顆欲燒枝流鶯偷啄心應醉行客潛窺眼亦癡
聞說張筵就珠樹任從攀折半離披

寄南雅上人

曾得音書慰暮年相思多故信難傳清吟何處題紅葉
舊社空懷墮白蓮山水本同眞趣向侯門剛有薄因緣
他時不得君招隱會逐南歸楚客船

寄歐陽侍郎（時在嘉州謫遣）

又聞繁總在嘉州職重身閑倚寺樓大象影和山面落
兩江聲合郡前流棋輕國手知難敵詩是天才肯易酬
畢竟男兒自高達從來心不是悠悠

與崔校書靜話言懷

同年生在咸通裏事佛爲儒趣盡高我性已甘披祖衲
君心猶待脫藍袍霜髭曉幾臨銅鏡雪鬢寒踈落剃刀
出世朝天俱未得不妨還往有風騷

謝人惠拄杖

邛州靈境產修篁九節材應表九陽造化已能分尺度
保持爭合與尋常幽林剪破清秋影高手擕來綠玉光
深謝魯儒憐潦倒欲教撐拄遶禪牀

謝秦府推官寄丹臺集

秦王手筆序丹臺不錯褒揚寓上才鳳闕幾傳爲匠碩

龍門曾用振風雷，錢郎未竭精華去，元白終存作者來。兩軸蚌胎驪頷耀，枉臨禪室伴寒灰。

題畫鷺鷥兼簡孫郎中

曾向滄江看不真，却因圖畫見精神。何妨金粉資高格，不用丹青點此身。蒲葉岸長堪映帶，荻花叢晚好相親。思量畫得勝籠得，野性由來不戀人。

賀行軍太傅得白氏東林集

樂天歌詠有遺編，留在東林伴白蓮。百尺典墳隨喪亂，一家風雅獨完全。常聞荆渚通侯論，果遂吳都使者傳。仰賀斯文歸朗鑒，永資聲政入薰弦。

韶陽微公

曲江晴影石千株，吾子思歸夢斷初。有信北來山疊疊，無言南去雨疎疎。祖師門接園林路，丞相家同井邑居。閒野老身留得否，相招多是秀才書。

將之匡岳過尋陽

帆過尋陽晚霽開，西風北雁似相催。大都浪後青堆沒，五老雲中翠疊來。此路便堪歸水石，何門更合向塵埃。遠公林下蓮池畔，箇箇高人盡有才。

寄湘幕王重書記

拋擲滄江舊釣磯，日參籌畫廢吟詩。可能有事關心後，得似無人識面時。官好近聞加茜服，藥靈曾說換霜髭。高才直氣平生志，除却徒知即不知。

宿沈彬進士書院

相期只為話篇章，踏雪曾來宿此房。喧滑盡消城漏滴，窗扉初掩岳茶香。舊山春暖生薇蕨，大國塵昏懼殺傷。應有太平時節在，寒宵未臥共思量。

靜院

花院相重點破苔，誰心肯此話心灰。好風時傍疎篁起，幽鳥晚從何處來。筆硯與狂師沈謝，香燈魂斷憶宗雷。浮生已問空王了，箭急光陰一任催。

送白處士遊峩嵋

閑身誰道是羇遊，西指峩嵋碧頂頭。琴鶴幾程隨客棹，風霜何處宿龍湫。尋僧石磴臨天井，斸藥秋崖倒瀑流。莫為寰瀛多事在，客星相逐不迴休。

寄顧蟾處士（好山水）

久聞為客過蒼梧，休說攜家歸鏡湖。山水顛狂應盡在，鬚毛凋落免貧無。和僧擔入雲中峭，帶鶴驅成澗底孤。春醉醒來有餘興，因人乞與武陵圖。

懷金陵知舊

海門相別住荆門，六度秋光兩鬢根。萬象倒心難蓋口，一生無事可傷魂。石頭城外青山疊，北固窗前白浪翻。盡是共游題版處，有誰惆悵拂苔痕。

喜得自牧上人書

吳都使者泛驚濤，靈一傳書慰毳袍。別興偶隨雲水遠，知音本自國風高。身依閑淡中銷日，髮向清涼處落刀。聞著括囊新集了，擬教誰與序離騷。

驚秋

曉窗驚覺向秋風，萬里心凝淡蕩中。池影碎翻紅菡萏，井聲乾落綠梧桐。破除閑事渾歸道，銷耗勞生旋逐空。妖殺九原狐兔意，豈知丘隴是英雄。

聞沈彬赴吳都請辟

長訝高眠得穩無，果隨徵辟起江湖。鴛鸞已列鐏罍貴，鷗鶴休懷釣渚孤。白日不妨扶漢祚，清才何讓賦吳都。可能更憶相尋夜，雪滿諸峯火一爐。

寄江夏仁公

寺閣高連黃鶴樓，簷前檻底大江流。幾因秋霽澄空外，獨為詩情到上頭。白日有餘閑送客，紫衣何啻貴封侯。別來多少新吟也，不寄南宗老比丘。

中春林下偶作

淨境無人可共攜，閑眠未起日光低。浮生莫把還丹續，萬事須將至理齊。花在月明蝴蝶夢，雨餘山綠杜鵑啼。何能向外求攀折，巖桂枝條拂石梯。

送劉秀才歸桑水寧覲

歸和初喜戢戈矛，乍捧鄉書感去留。雁序分飛離漢口，鴒原騫翥在鼇頭。家隣紫塞仍千里，路過黃河更幾州。應到高堂問安後，却攜文入帝京遊。

寄曹松

舊制新題削復刊，工夫過甚琢琅玕。藥中求見黃芽易，詩裏思聞白雪難。扣寂頗同心在定，鑿空何止髮衝冠。夜來月苦懷高論，數樹霜邊獨傍欄。

酬蜀國歐陽學士

因緣劉表駐經行，又聽西風墮葉聲。鶴髮不堪言此世，峩嵋空約在他生。已從禪祖參真性，敢向詩家認好名。深愧故人憐潦倒，每傳仙語下南荆。

寄荆幕孫郎中

珠履風流憶富春，三千鵷鷺讓精神。詩工鑿破清求妙，道論研通白見真。四座共推操檄健，一家誰信買書貧。別來鄉國魂應斷，劒閣東西盡戰塵。

謝王詹事垂訪

鳥外孤峯未得歸，人間觸類是無機。方悲鹿軫棲江寺，忽訝軺車降竹扉。玉澤乍聞譚涣汗，國風那得話玄微。應驚老病炎天裏，枯骨肩橫一衲衣。

題南平後園牡丹

暖披煙豔照西園，翠幄朱欄護列仙。玉帳笙歌留盡日，瑤臺伴侶待歸天。香多覺受風光剩，紅重知含雨露偏。上客分明記開處，明年開更勝今年。

和李書記

繁極全分青帝功，開時獨占上春風。吳姬舞雪非真豔，漢后題詩是怨紅。遠蝶戀香拋別苑，野鶯銜得出深宮。君看萬態當筵處，羞殺薔薇點碎叢。

謝孫郎中寄示

一念禪餘味國風，早因持論偶名公。久傷琴喪人亡後，忽有雲和雪唱同。繩琢靜聞冥象外，是非閑見寂寥中。時來日往緣真趣，不覺秋江度塞鴻。

愛吟

正堪凝思掩禪扃，又被詩魔惱竺卿。偶凭窗扉從落照，不眠風雪到殘更。皎然未必迷前習，支遁寧非悟後生。傳寫會逢精鑒者，也應知是詠閑情。

寄懷東林寺匡白監寺

南岳别來無約後東林歸住有前緣閑搜好句題紅葉靜斂霜眉對白蓮雁塔影分疎檜月虎溪聲合幾峯泉修心若似伊耶舍傳記須添十九賢

謝人惠十色花牋并棋子

陵州棋子浣花牋深愧攜來自錦川海蚌琢成星落落吴綾隱出雁翩翩留防桂苑題詩客惜寄桃源敵手仙捧受不堪思出處七千餘里劒門前

夏日寓居寄友人

北遊兵阻復南還因寄荆州病掩關日月坐銷江上寺清涼魂斷剡中山披緇影跡堪藏拙出世身心合向閑多謝扶風大君子相思時到寂寥間

中秋十四日夜對月上南平主人

今宵前夕皆堪翫何必圓時始竭才空說輪中有天子不知何處是樓臺終憂明夜雲遮却且掃閑居坐看來玉兔銀蟾似多意乍臨棠樹影裵回

謝人惠十才子圖

丹青妙寫十才人玉峭氷稜姑射神醉舞離披真鸑鷟狂吟崩倒瑞麒麟翻騰造化山曾竭採掇珠璣海幾貧猶得知音與圖畫草堂閑挂似相親

荆門病中寄懷鄉人歐陽侍郎彬

誰會荆州一老夫夢勞神役憶匡廬碧雲雁影紛紛去黄葉蟾聲漸漸無口淡莫分餐氣味身羸但覺病肌膚可憐餒玉燒蘭者肯慰寒偎雪夜爐

送譚三藏入京

阿闍梨與佛身同灌頂難施利濟功持咒力須資運祚度人心要似虚空東周路踏紅塵裏北極門瞻紫氣中好進梵文霑帝澤却歸天策繼真風三藏住楚國天策寺

寄酬秦府高推官輦

天台衡嶽舊曾尋閑憶留題白石林歲月已殘衰颯鬢風騷猶壯寂寥心緱山碧樹遮藏密丹穴紅霞掩暎深爭得相逢一攜手拂衣同去聽玄音

敘懷寄高推官

搜新編舊與誰評自向無聲認有聲已覺愛來多廢道可堪傳去更沽名風松韻裏忘形坐霜月光中共影行還勝御溝寒夜水狂吟衝尹甚傷情

送朱侍御自洛陽歸閬州寧覲

尋常西望故園時幾處魂隨落照飛客路舊縈秦甸出鄉程今遶漢陽歸已過巫峽沈青靄忽認峩嵋在翠微從此倚門休望斷交親喜換老萊衣

貽惠暹上人

經論功餘更業詩又於難裏縱天機吴朝客見投文去楚國僧迎著紫歸已得聲名先振俗不妨風雪更探微金陵高憶恩門在終挂雲帆重一飛

酬西蜀廣濟大師見寄

猶得吾師繼頌聲百篇相愛寄南荆卷開錦水霞光爛吟入峩嵋雪氣清楚外已甘推絕唱蜀中誰敢共懸衡應憐無可同無本終向風騷作弟兄

江寺春殘寄幕中知己二首

誰遣西來負岳雲自由歸去竟何因山龕薜荔應殘雪江寺玫瑰又度春早歲便師無學士臨年却作有爲人何妨夜醮時相憶伴醉佯狂笑老身

社蓮慚與幕蓮同岳寺蕭條儉府雄冷淡獨開香火裏殷妍行列綺羅中秋加玉露何傷白夜醉金釭不耶紅閑憶遺民此心地一般無染喻真空

寄玉泉實仁上人

往歲曾尋聖跡時樹邊三遶禮吾師敢望護法將軍記且喜焚香弟子知後會未期心的的前峯欲下步遲遲今來老劣難行甚空寂無緣但寄詩

荆渚感懷寄僧達禪弟三首

電擊流年七十三齒衰氣沮竟何堪誰云有句傳天下自愧無心寄嶺南曉漱氣嫌通市井晚烹香憶落雲潭鄰峯道者應彈指蘚剝藤纏舊石龕

十五年前會虎溪白蓮齋後便來西干戈時變信雖絕吴楚路長魂不迷黄葉喻曾同我悟碧雲情近與誰攜春殘相憶荆江岸一隻杜鵑頭上啼

鶴嶺僧來細話君依前高尚跡難羣自抛南岳三生石長傍西山數片雲丹訪葛洪無舊竈詩尋靈觀有遺文莫將離别爲相隔心似虚空幾處分

寄孫魴秀才

郡樓東面寺牆西顏子生涯竹屋低書案飛颺風落絮地苔狼藉燕銜泥吟窗晚凭春篁密行徑斜穿夏菜齊别後相思頻夢到二年同此賦閑題

送李評事往宜春

蘭舟西去是通津名郡賢侯下禮頻山遍寺樓看仰岫臺連城閣上宜春鴻心夜過鄉心亂雪霰朝飛句韻新别有官榮身外趣月江松徑訪禪人

中春感興

春風日日雨時時寒力潛從暖勢衰一氣不言含有象萬靈何處謝無私詩通物理行堪掇道合天機坐可窺應是正人持造化盡驅幽細入鑪鎚

早鶯

何處一作事經年閟一作絕好音暖風催出囀喬林羽毛新刷陶潛菊喉舌初調叔夜琴藏一作怕雨並棲紅杏密避人雙入綠楊深曉來枝上千般語應一作似共桃花說一作訴舊心

酬尚顏上人

紫綬蒼髭百歲侵綠苔芳草遶堦深不妨好鳥喧高臥切忌閑人聒正吟魯鼎寂寥休辨口劫灰銷變莫宣心還憐我有冥搜癖時把新詩過竹尋

寄倪署郎中

風雨冥冥春闇移紅殘綠滿海棠枝帝鄉久别江鄉住椿笋何如櫻笋時海内擅名君作賦林間外學我爲詩近聞南國升南省應笑無機老病師

題鄭郎中谷仰山居

簷壁層層映水天半乘岡壠半民田王維愛甚難抛畫支遁憐多不惜錢巨石盡含金玉氣亂峯深鎖棟梁煙秦爭漢奪虚勞力却是巢由得穩眠

全唐詩

齊已

湘中寓居春日感懷

江禽野獸兩堪傷避射驚彈各自忙頭角任多無獬豸
羽毛雖衆讓鴛鴦落苔紅小櫻桃熟侵井青纖燕麥長
吟把離騷憶前事汨羅春浪撼殘陽

瀟湘

寒清健碧遠相含珠媚根源在極南流古遭今空作島
逗山衝壁自爲潭還來賈誼愁無限謫過靈均恨不堪
畢竟輸他老漁叟綠蓑青竹釣濃藍

寄友生

風騷情味近如何門底寒流屋裏莎曾摘園蔬留我宿
共吟江月看鴻過時危苦恨無收拾道妙深誇有琢磨
涼夜欹眠應得夢平生心肺似君多

酬答退上人

鬚鬢三分白二分一生蹤跡出人羣嵩丘夢憶諸峰雪
衡岳禪依五寺雲青衲幾臨高瀑濯苦吟曾許斷猿聞
荒村殘臘相逢夜月滿鴻多楚水濆

山中春懷

心魂役役不曾歸萬象相牽向極微所得或憂逢郢刃
凡言皆欲奪天機遊深晚谷香充鼻坐苦春松粉滿衣
何物不爲狼籍境桃花和雨更霏霏

寄鄭谷郎中

上國誰傳消息過醉眠醒坐對嵯峩身離道士衣裳少
筆答禪師句偈多南岸郡鐘涼度枕西齋竹露冷霑莎
還應笑我降心外惹得詩魔助佛魔

寄萍鄉唐稟正字

新書聲價滿皇都高臥林中更起無春興酒香薰肺腑
夜吟雲氣濕髭鬚同登水閣僧皆別共上漁船鶴亦孤
長憶前年送行處洞門殘日照菖蒲

秋夕書懷

涼多夜永擁山袍片石閑欹不覺勞蟋蟀遶牀無夢寐
梧桐滿地有蕭騷平生樂道心常切五字逢人價合高
破落西窗向殘月露聲如雨滴蓬蒿

亂後經西山寺

松燒寺破是刀兵谷變陵遷事可驚雲裏乍逢新住主
石邊重認舊題名閑臨菡萏荒池坐亂踏鴛鴦破瓦行
欲伴高僧重結社此身無計捨前程

題梁賢巽公房

吳王廟側有高房簾影南軒日正長吹苑野風桃葉碧
壓畦春露菜花黃懸燈向後惟冥默凭案前頭即渺茫
知有虎溪歸夢切寺門松折社僧亡

塘上閑作

閑行閑坐藉莎煙此興堪思二古賢陶靖節居彭澤畔
賀知章在鏡池邊鴛鴦著對能飛繡菡萏成羣不語仙
形影騰騰夕陽裏數峰危翠滴漁船

江上望遠山寄鄭谷郎中公時退居仰山

危碧層層映水天半垂岡隴下民田王維愛甚難拋畫
支遁高多不惜錢巨石盡含金玉氣亂峰閑鎖棟梁煙
秦爭漢奪空勞力却是巢由得穩眠

送人自蜀迴南遊

錦水東浮情尚鬱湘波南泛思何長蜀魂巴狖悲殘夜
越鳥燕鴻叫夕陽煙月幾般爲客路林泉四絕是吾鄉
尋幽必有僧相指宋杜題詩近舊房

寄无願上人末句缺二字

六十八去七十歲與師年鬢不爭多誰言生死無消處
還有修行那得何閑士安能窮好惡故人堪憶舊經過
會歸原上焚身後一陣灰飛也

懷瀟湘即事寄友人

浸野淫空澹蕩和十年鄰住聽漁歌城臨遠櫂浮煙泊
寺近閑人泛月過岸引綠蕪春雨細汀連斑竹晚風多
可憐千古懷沙處還有魚龍弄白波

謝橘洲人寄橘

洞庭栽種似瀟湘綠遶人家帶夕陽霜裛露蒸千樹熟
浪圍風撼一洲香洪崖遺後名何遠陸績懷來事更長
藏貯待供賓客好石榴宜稱映舟光

自貽

心中身外更何猜坐石看雲養聖胎名在好詩誰逐去
跡依閑處自歸來時添瀑布新鉼水旋換旃檀舊印灰
晴出寺門驚往事古松千尺半蒼苔

寄益上人

長想尋君道路遙亂山霜後火新燒近聞移住鄰衡岳
幾度題詩上石橋古木傳聲連峭壁一燈懸影過中宵
風騷味薄誰相愛敧枕常多夢飽昭

行次宜春寄湘西諸友

幸無名利路相迷雙履尋山上柏梯衣鉢祖辭梅嶺外
香燈社別橘洲西雲中石壁青浸漢樹下苔錢綠遶溪

我愛遠遊君愛住此心他約與誰攜

送略禪者歸南岳

林下鐘殘又拂衣錫聲還獨向南飛千峰令載冥鴻處
一徑險通禪客歸青石上行苔片片古杉邊宿雨霏霏
勞生有願應回首忍著無心與物違

詠懷寄知己

已得浮生到老閑且將新句擬玄關自知清興來無盡
誰道淳風去不還三百正聲傳世後五千眞理在人間
此心終待相逢說時復登樓看暮山

寄吴拾遺

新竹將誰擁重輕皎然評裏見權衡非無苦到難搜處
合有清垂不朽名疎雨晚衝蓮葉響亂蟬涼抱檜梢鳴
野橋閑背殘陽立翻憶蘇卿送子卿

春晴感興

連旬陰翳曉來晴水滿圓塘照日明岸草短長邊過客
江花紅白裏啼鶯野無征戰時堪望山有樓臺煖好行
桑柘依依禾黍緑可憐歸去是張衡

謝道友拄杖

巀自南巖瀑布邊寒光七尺乳珠連持來未入塵埃路
乞與應憐老病年敧影夜歸青石澗卓痕秋過緑苔錢
他時攜上嵩峰頂把倚長松看洛川

東林寄別修睦上人

行心乞得見秋風雙履難留去住蹤紅葉正多離社客
白雲無限向嵩峰囊中自欠詩千首身外誰知事幾重
此別不能爲後約年華相似逼衰容

夏日原西避暑寄吟友

熱煙疎竹古原西日日乘涼此杖藜閑處雨聲隨霹靂
旱田人望隔虹霓蟬依獨樹乾吟苦鳥憶平川渴過齊
別有相招好泉石瑞花瑶草盡堪攜

懷匡阜

荊州連歲滯遊方拄杖塵封六尺光洗面有香思石溜
冥心無撓憶山牀閑機但媿時機速靜論須慙世論長
昨夜分明夢歸去薜蘿幽逕遶禪房

靜坐

繩牀欹坐任崩頹雙眼醒醒閉復開日月更無閑裏過
風騷時有靜中來天眞自得生難捨世幻誰驚死不迴
何處堪投此蹤跡水邊晴去上高臺

寄湘中諸友

碧雲諸友盡黄眸石點花飛更說無嵐翠濕衣松接院
芙蓉薰面寺臨湖沃洲高臥心何僻匡社長禪興亦孤
爭似楚王文物國金鑣紫綬讓前途

荅无願上人書

鄭生驅蹇峴山迴傳得安公好信來千里阻修俱老骨
八行重疊慰寒灰春殘桃李猶開户雪滿松杉始上臺
必有南遊山水興漢江平穩好浮杯

送肩公歸闕

西朝歸去見高情應戀香燈近聖明闕令莫疑非馬辯
道安還跨赤驢行充齋野店蔬無味灑笠平原雪有聲
忍惜文章便閑得看他趨競取時名

感時

忽忽枕前蝴蝶夢悠悠覺後利名塵無窮今日明朝事
有限生來死去人終與狐狸爲窟穴謾師龜鶴養精神
可憐顔子能消息虛室坐忘心最眞

湖上逸人

澹蕩光中翡翠飛田田初出柳絲絲吟沿緑島時逢鶴
醉泛清波或見龜七澤釣師應識我中原逐鹿不知誰
秋風水寺僧相近一徑蘆花到竹籬

懷巴陵

垂白堪思大亂前薄遊曾駐洞庭邊尋僧古寺沿沙岸
倚杖殘陽落水天蘭藥蕭蔬騷客廟煙波晴闊釣師船
此時欲買君山住嬾就商人乞箇錢

渚宫謝楊秀才自嵩山相訪

嵩峰有客遠相尋塵滿麻衣袖苦吟花盡草長方閉户
道孤身老正傷心紅堆落日雲千仞碧撼涼風竹一林
惆悵雅聲消歇去喜君聊此暫披襟

荊門寄沈彬

罷趨明聖嬾從知鶴氅褵褷遂性披道有靜君堪托迹
詩無賢子擬傳誰松聲白日邊行止日影紅霞裏夢思
珍重兩篇千里達去年江上雪飛時

讀陰符經

遶窗風竹骨輕安閑借陰符仰臥看絶利一源眞有謂
空勞萬卷是無端清虛可保昇雲易嗜慾終知入聖難
三要洞開何用閉高臺時去凭欄干

寄吴國知舊

淮甸當年憶旅遊衲衣樓笠外何求城中古巷尋詩客
橋上殘陽背酒樓晴色水雲天合影晚聲名利市爭頭
可憐王化融融裏惆悵無僧似惠休

移居

上台言任養疎愚乞與西城水滿湖吹榻好風終日有
趁涼閑客片時無檀欒翠擁清蟬在菡萏紅殘白鳥孤
欲問存思搜抉妙幾聯詩許敵三都

喜彬上人見訪

高吟欲繼沃州師千里相尋問課虛殘臘江山行盡處
滿衣風雪到閑居攜來律韻清何甚趣入幽微旨不疎
莫惜天機細搥琢他時終可擬芙蕖

荊州新秋寺居寫懷詩五首上南平王

竹如翡翠侵簾影苔學琉璃布地紋高臥更無如此樂
遠遊何必愛他雲閑聽謝眺吟爲政靜看蕭何坐致君
只恐老身衰朽速他年不得頌鴻勳
井梧黄落暮蟬清久駐金臺但暗驚事佛未憐諸弟子
談空爭動上公卿合歸鳥外藏幽跡敢向人前認好名
滿印白檀燈一醆可能酬謝得聰明
金湯裏面境何求寶殿東邊院最幽栽種已添新竹影
畫圖兼列遠山秋形容豈合親公子章句爭堪狎士流
虛負岷峨老僧約年年雪水下汀洲
漢江西岸蜀江東六稔安禪教化中託跡幸將王粲別
歸心寧與子山同尊罍豈識曹參酒賓客還親宋玉風
又見去年三五夕一輪寒魄破煙空
石龕閑鎖舊居峰何事膺門歲月重五七詩中叨見遇

三千客外許疎慵迎凉蟋蟀喧閑思積雨莓苔没屐蹤
會待英雄啓金口却教擔錫入雲松

送李秀才歸湘中

詞客擕文訪病夫因吟送別憶湘湖寒消浦溆催鴻鴈
暖入溪山養鷓鴣僧向月中尋岳麓雲從城上去蒼梧
君歸爲問峰前寺舊住僧房鎖在無

寄吴國西供奉

別來相憶夢多迷君住東朝我楚西瑶闕合陪龍象位
春山休記鷓鴣啼承恩位與千官別應制才將十子齊
幾笑遠公慵送客慇懃只到寺前溪

謝人惠端溪硯

端人鑿斷碧溪潯善價爭教惜萬金礱琢已曾經敏手
研磨終見透堅心安排得主難移動含貯隨時任淺深
保重更求裝鈿匣閑將濡染寄知音

送吴先輩赴京

煙霄已遂明經第江漢重來問苦吟託興偶憑風月遠
忘機終在寂寥深千篇未聽常徒口一字須防作者心
此日與君聊話別老身難約更相尋

和西蜀可準大師遠寄之什

莫知何路去追攀空想人間出世間杜口已同居士室
傳心休問祖師山禪中不住方爲定說處無生始是閑
珍重希音遠相寄亂峰西望疊孱顔

荆門暮冬與節公話別

漳河湘岸柳關頭離別相逢四十秋我憶黄梅夢南國
君懷明主去東周幾程霜雪經殘臘何處封疆過舊遊
好及春風承帝澤莫忘衰朽卧林丘

賀孫支使郎中遷居

別認公侯禮上才築金何啻舊燕臺地連東閣横頭買
門對西園正面開不隔紅塵趨棨戟只拖珠履赴尊罍
應逢明月清霜夜閑領笙歌宴此來

庭際新移松竹

三莖瘦竹兩株松瑟瑟翛翛韻且同抱節乍離新澗雪
盤根遠別舊林風歲寒相倚無塵地蔭影分明有月中
更待陽和催促碧梢青杪看凌空

荆門寄題禪月大師影堂

澤國聞師泥日後蜀王全禮葬餘灰白蓮塔向清泉鎖
禪月堂臨錦水開西岳千篇傳古律（大師著西岳集三十卷盛傳于世）南宗
一句印靈臺不堪隻履還西去葱嶺如今無使迴

賀雪

上清凝結下乾坤爲瑞爲祥表致君日月影從光外過
山河形向静中分歌揚郢路誰同聽聲灑梁園客共聞
堪想畫堂簾卷次輕隨舞袖正紛紛

荆州寄貫微上人

舊齋休憶對松關各在王侯顧遇間命服已霑天渥澤
衲衣猶擁祖斕斑相思莫救燒心火留滯難移壓膽山
得失兩途俱不是笑他高卧碧孱顔

送休師歸長沙寧覲

高堂親老本師存多難長懸兩處魂已說戰塵消漢口
便隨征棹別荆門晴吟野闊無耕地晚宿灣深有釣村
他日更思衰老否七年相伴琢詩言

江上夏日

無處清陰似剡溪火雲奇崛倚空齊千山冷疊湖光外
一扇凉摇楚色西碧樹影疎風易斷緑蕪平遠日難低
故園舊寺臨湘水斑竹煙深越鳥啼

渚宫春日因懷有作

舊業樹連湘樹遠家山雲與獄雲平僧來已説無耕釣
鴈去那知有弟兄客思莫牽蝴蝶夢鄉心自憶鷓鴣聲
沙頭南望堪腸斷誰把歸舟載我行

松化爲石（近聞金華山古松化爲石）

盤根幾聳翠崖前却偃凌雲化至堅乍結精華齊永劫
不隨凋變已千年逢賢必用鐫辭立遇聖終將刻印傳
肯似荆山鑿餘者藓封頑滯卧嵐煙

寄澧陽吴使君

南客西來話使君澧陽風雨變行春四鄰耕釣趨仁政
千里煙花壓路塵去獸未勝除狡吏還珠爭似復逋民
紅蘭浦暖擕才子爛醉連題賦白蘋

湘江送客

湘江秋色湛如冰楚客離懷暮不勝千里碧雲聞塞鴈
幾程青草見巴陵寒濤響疊晨征櫓岸葦叢明夜泊燈
鸚鵡洲邊若回首爲思前事一捫膺

暮遊岳麓寺

寺樓高出碧崖稜城裏誰知在上層初雪灑來喬木暝
遠禽飛過大江澄閑消不睡憐長夜静照無言謝一燈
迴首何邊是空地四村桑麥遍丘陵

林下留別道友

住亦無依去是閑何心戀此林間片雲孤鶴東西路
四海九州多少山静坐趁凉移樹影興隨題處著苔斑
秋來洗浣行衣了還爾鄰僧舊竹關

道林寺居寄岳麓禪師二首

門前石路徹中峰樹影泉聲在半空尋去未應勞上下
往來殊已倦西東髭根盡白孤雲並心跡全忘片月同
長憶高窗夏天裏古松青檜午時風

山衲不稱下紅塵各是閑居島外身兩處煙霞門寂寂
一般苔藓石磷磷禪關悟後寧疑物詩格玄來不傍人
月照經行更誰見露華松粉點衣巾

亂後江西過孫魴舊居因寄

舊遊重到倍悲凉吟憶同人倚寺牆何處暮蟬喧逆旅
此中山鳥噪垂楊寰區有主權兵器風月無人掌桂香
欲寄此心空北望塞鴻天末失歸行

宜春江上寄仰山長老二首

水隔孤城城隔山水邊時望憶師閑清泉白日中峰上
落日半空栖鳥還雲影觸衣分朵朵雨聲吹磬散潺潺
傳心莫學羅浮去後輩思量待扣關

雨晴天半碧光流影倒殘陽濕郡樓絶頂有人經劫在
浮生無客暫時遊窗開萬壑春泉亂塔鎖孤燈萬木稠
欲爲吾師拂衣去白雲紅葉又新秋

螢

透窗穿竹住還移萬類俱閑始見伊難把寸光藏暗室
自持孤影助明時空庭散逐金風起亂葉爭投玉露垂

後代儒生嬾收拾夜深飛過讀書帷

湘中送翁員外歸閩

船滿琴書與酒杯清湘影裏片帆開人歸南國鄉園去鴈逐西風日夜來天勢漸低分海樹山程欲盡見城臺此身未別江邊寺猶看星郎奉詔迴

寄居道林寺作

嵐濕南朝殿塔寒此中因得謝塵寰已同庭樹千株老未負溪雲一片閑石鏡舊遊臨皎潔岳蓮曾上徹孱顏如今衰颯成多病黃葉風前晝掩關

沙鷗

暖傍漁船睡不驚可憐孤潔似華亭晚來灣浦衝平碧晴過汀洲拂淺青翡翠靜中修羽翼鴛鴦閑處事儀形何如飛入漢宮裏留與興亡作典經

和翁員外題馬太傅宅賈相公井

飛塵不敢下相干闇脉傍應潤牡丹心任短長投玉綆底須三五映金盤神工舊製泓澄在天澤時加激灩寒太傅欲旌前古事星郎屬思久憑欄

看雲

何峰觸石濕苔錢便逐高風離瀑泉深處臥來眞隱逸上頭行去是神仙千尋有影滄江底萬里無蹤碧落邊長憶舊山青壁裏遶菴閑伴老僧禪

對雪寄荆幕知己

猛勢微開萬里清月中看似日中明此時鷗鷺無人見何處關山有客行郢唱轉高誰敢和巴歌相顧自銷聲江齋卷箔含毫久應想梁王禮不經

送相里秀才赴舉

兩上東堂不見春文明重去有誰親曾逢少海尊前客舊是神仙會裏人已遂風雲催化羽却將雷電助燒鱗明年自此登龍後迴首荆門一路塵

荆門疾中喜謝尊師自南嶽來相里秀才自京至

閑堂晝臥眼初開強起徐行遶砌苔鶴氅人從衡嶽至鶉衣客自洛陽來坐聞鄰樹栖幽鳥吟覺江雲發早雷西笑東遊此相別兩途消息待誰迴

吟興自述

前習都由未盡空生知雅學妙難窮一千首出悲哀外五十年銷雪月中興去不妨歸靜處情來何止發眞風曾無一字干聲利豈媿操心負至公

送謝尊師自南嶽出入京

曾聽鹿鳴逢世亂因披羽服隱衡陽幾多事隔丹霄興三十年成兩鬢霜芝术未甘銷勇氣風騷無那激剛腸中朝舊有知音在可是悠悠入帝鄉

送司空學士赴京

弘文初命下江邊難戀沙鷗與釣船藍綬乍稱新學士白衫初脫舊神仙龍山送別風生路鷄樹從容雪照筵重謁往年金牓主便將才術佐陶甄

全唐詩

齊己

春寄尚顏

含桃花謝杏花開杜宇新啼燕子來好事可能無分得名山長似有人催簷聲未斷前旬雨電影還連後夜雷心跡共師爭幾許似人嫌處自遲迴

寄梁先輩

慈恩塔下曲江邊別後多應夢到仙時去與誰論此事亂來何處覓同年陳琳筆硯甘前席甪里煙霞待共眠愛惜麻衣好顏色未教朱紫汚天然

荆渚偶作

無味吟詩即把經竟將疎野訪誰行身依江寺庭無樹山遶天涯路有兵竹瓦雨聲漂永日紙窗燈焰照殘更從容一覺清涼夢歸到龍潭掃石枰

城中晚夏思山

葛衣露汗功雖健紙扇搖風力甚卑苦熱恨無行腳處微涼喜到立秋時竹軒靜看蜘蛛挂莎徑閑聽蟋蟀移天外有山歸即是豈同遊子暮何之

憶舊山

誰請衰羸住北州七年魂夢舊山丘心清檻底瀟湘月骨冷禪中太華秋高節未聞馴虎豹片言何以傲王侯應須脫灑孤峰去始是分明箇剃頭

寄體休

南州君去爲尋醫病色應除似舊時久別莫忘廬阜約却來須有洞庭詩金陵往歲同窺井峴首前秋共讀碑兩處山河見興廢相思更切臥雲期

過陸鴻漸舊居（陸生自有傳於井石又云行坐誦佛書故有此句）

楚客西來過舊居讀碑尋傳見終初佯狂未必輕儒業高尚何妨誦佛書種竹岸香連菡萏煮茶泉影落蟾蜍如今若更生來此知有何人贈白驢（時太守贈白驢）

寄懷鍾陵舊遊因寄知己

洗井僧來說舊遊西江東岸是城樓昔年淹跡因王化長日凭欄看水流眞觀上人棲樹石陳陶處士在林丘終拖老病重尋去得到匡廬死便休

遣懷

病腸休洗老休醫七十能饒百歲期不死任還蓬島客無生自有雪山師浮雲聚散俱閑處明月相逢好展眉既兆未萌閑酌度不如中抱是尋思

懷武陵因寄幕中韓先輩何從事

武陵嘉致跡多幽每見圖經恨白頭溪浪碧通何處去桃花紅過郡前流常聞相幕鴛鴻興日向神仙洞府遊鑿井耕田人在否如今天子正徵搜

贈樊處士

小子聲名天下知滿簪霜雪白麻衣誰將一著爭先後

共向長安定是非有路未曾迷日用無貪終不亂天機
閑尋道士過仙觀賭得黃庭兩卷歸

荊渚逢禪友

澤國相逢話一宵雲山偶別隔前朝社思匡岳無宗炳
詩憶揚州有鮑昭晨野黍離春漠漠水天星粲夜遙遙
閑吟莫忘傳心祖曾立堦前雪到腰

送僧歸洛中

赤日彤霞照晚坡東州道路與如何蟬離楚柳鳴猶少
葉到嵩雲落漸多海內自爲閑去住關頭誰問舊經過
叮嚀與訪春山寺白樂天眞在也麽

道林寓居

秋泉一片樹千株暮汲寒燒外有餘青嶂這邊來已熟
紅塵那畔去應疎風騷未肯忘雕琢瀟灑無妨更剃除
即問沃州開士僻愛禽憐駿意何如

仙掌

峭形寒倚夕陽天毛女蓮花翠影連雲外自爲高出手
人間誰合闘揮拳鶴抛青漢來巖檜僧隔黃河望頂煙
晴露紅霞長滿掌只應栖託是神仙

中秋月

空碧無雲露濕衣羣星光外湧清規東樓（一作林）莫礙漸高
勢四海待（一作正）看當午（一作路）時還許分明吟皓魄肯教幽暗
取丹枝可憐半夜嬋娟影正對五侯殘酒池（一作卮）

送禪者遊南岳

忽隨南棹去衡陽誰住江邊樹下房塵夢是非都覺了
野雲心地更何妨漸臨瀑布聽猨思却背岣嶁有鴈行
想到中峰上層寺石窗秋霽見瀟湘

聞道林諸友嘗茶因有寄

檜旗冉冉綠叢園穀雨初晴叫杜鵑摘帶嶽華蒸曉露
碾和松粉煮春泉高人夢惜藏巖裏白硾封題寄火前
應念苦吟耽睡起不堪無過夕陽天

將歸舊山留別錯公

舊峰前昨下來時白石叢叢間紫薇章句不堪歌有道
溪山只合退無機雲含暖態晴猶在鶴養閑神晝不飛
欲去更思過丈室二年頻此揖清暉

聞尚顏上人剏居有寄

麓山南面橘洲西別搆新齋與竹齊野客已聞將鶴贈
江僧未說有詩題窗臨杳靄寒千嶂枕遍潺湲月一溪
可想乍移禪（一作吟）榻處松陰冷濕壁新泥

庚午歲九日作

門底秋苔嫩似藍此中消息興何堪亂離偷過九月九
頭尾筭來三十三雲影半晴開夢澤菊花微暖傍江潭
故人今日在不在胡鴈背風飛向南

逢進士沈彬

欲話趨時首重騷因君倍惜剃頭刀千般貴在能過達
一片心閑不那高山疊好雲藏玉鳥海翻狂浪隔金鼇
時應記得長安事曾向文場屬思勞

聞王員外新恩有寄

欲退無因貴逼來少儀官美右丞才青袍早許淹花幕
霜簡方聞謝柏臺金諾靜宜資講誦玉山寒稱奉尊罍
西峰有客思相賀門隔瀟湘雪未開

秋夕言懷寄所知

休問𫎇莊材不材孤燈影共傍寒灰忘筌話道心甘死
候體論詩口懶開窗外風濤連建業夢中雲水憶天台
相疎却是相知分誰訝經年一度來

答禪者

五老峰前相遇時兩無言語只揚眉南宗北祖皆如此
天上人間更問誰山衲靜披雲片片鐵刀涼削鬢絲絲
閑吟莫學湯從事抛却袈裟負本師

寄尚顏（公受徐州辟尚書見知）

莫向孤峰道息機有人偷眼羨吾師滿身光化年前寵
幾軸開平歲裏詩北闕故人隨喪亂南山舊寺在參差
清吟但憶徐方政應恨當時不見時

梓栗杖送人

禪家何物贈分襟只有天台杖一尋拄去客歸青洛遠
採來僧入白雲深遊山曾把探龍穴出世期將指佛心
此日江邊贈君後却攜筇杖向東林

寄朗陵二禪友

瀟湘曾宿話詩評荊楚連秋阻野情金錫罷遊雙鬢白
鐵盂終守一齋清篇章老欲齊高手風月閑思到極精
南望山門石何處滄浪雲夢浸天橫

燈

幽光耿耿草堂空窗隔飛蛾恨不通紅燼自凝清夜朶
赤心長謝碧紗籠雲藏水國城臺裏雨閉松門殿塔中
金屋玉堂開照睡豈知螢雪有深功

寄金陵幕中李郎中

龍門支派富才能年少飛翔便大鵬久待尊罍臨鐵甕
又從旛節鎭金陵精神一隻秋空鶴騷雅千尋夏井冰
長憶招宿華館數宵忘寢盡寒燈

寄韓蛻秀才

松門高不似侯門蘚逕鞋蹤觸處分遠事即爲無害鳥
多閑便是有情雲那憂寵辱來驚我且寄風騷去敵君
和伴李膺琴酒外絳紗閑卷共論文

湘中春興

雨歇江明苑樹乾物妍時泰恣遊盤更無輕翠勝楊柳
盡覺濃華在牡丹終日去還抛寂寞遶池迴却凭欄干
紅芳片片由青帝忍向西園看落殘

送錯公栖公南遊

洪偃湯休道不殊高帆共載興何俱北京喪亂離丹鳳
南國煙花入鷓鴣明月團圓臨桂水白雲重疊起蒼梧
威儀本是朝天士暫向遼荒住得無

寄南岳諸道友

南望衡陽積瘴開去年曾踏雪遊迴謾爲楚客蹉跎過
却是邊鴻的當來乳竇孤明含海日石橋危滑長春苔
終尋十八高人去共坐苍崖養聖胎

送韓蛻秀才赴舉

槐花館驛暮塵昏此去分明吏部孫才器合居科第首
風流幸是縉紳門春和洛水清無浪雪洗高峰碧斷根
堪想都人齊指點列仙相次上崑崙

溪居寓言

秋蔬數壠傍潺湲頗覺生涯異俗緣詩與難窮花草外野情何限水雲邊蟲聲遶屋無人語月影當松有鶴眠寄向東溪老樵道莫催丹桂博青錢

遣懷

詩病相兼老病深世醫徒更費千金餘生豈必虛抛擲未死何妨樂詠吟流水不迴回一作休歎息白雲無跡莫追尋開身自有閑消處黃葉清秋一作風蟬一林

自湘中將入蜀留別諸友

巾舄初隨入蜀船風帆吼過洞庭煙七千里路到何處十二峯雲更那邊巫女暮歸林淅瀝巴猨吟斷月嬋娟來年五月峨嵋雪坐看消融滿錦川

寄佳阜諸公二首

松頭栢頂碧森森虛檻寒吹夏景深靜社可追長往跡白蓮難問久修心山圍四面幾容寺月到中宵始滿林爭學忘言住幽勝吾師遺集盡清吟

峯前林下東西寺地角天涯來往僧泉月淨流閑世界杉松深鎖盡香燈爭無大士重修社合有諸賢更服膺曾寄鄭房挂缾錫雨聞巖溜解春冰

送人入蜀

何必閑吟蜀道難知君心出嶮巇間尋常秋泛江陵去容易春浮錦水還兩面碧懸神女峽幾重青出丈人山文君酒市逢初雪滿貫新沽洗旅顏

酬盧山張處士

髮枯身老任浮沉懶泥秋風更役吟新事向人堪結舌舊詩開卷但傷心苔牀臥憶泉聲遠麻屨行思樹影深終謝柴桑與彭澤醉遊閑訪入東林

寄峴山道人

鳳門高對鹿門青往歲經過恨未平辯鼎上人方話道臥龍丞相忽追兵爐峯已負重迴計華嶽終懸未去情聞說東周天子聖會搖金錫却西行

送王處士遊蜀

又挂寒帆向錦川木蘭舟裏過殘年自修姹姹爐中物擬作飄飄水上仙三峽浪喧明月夜萬州山到夕陽天來年的有荆南信迴札應緘十色牋

懷金陵李推官僧自牧

秣陵長憶共吟遊儒釋風騷道上流蓮幕少年輕謝眺雪山真子鄙湯休也應有作懷清苦莫謂無心過白頭欲附別來千萬意病身初起向殘秋

寄尋萍公

聞在溢城多寄住隨時談笑渾塵埃孤峯恐憶便歸去浮世要看還下來萬頃野煙春雨斷九條寒浪晚窗開虎溪橋上龍潭寺曾此相尋踏雪迴

得李推官近寄懷

荆門前歲使乎迴求得星郎近制來連日借吟終不已一燈忘寢又重開秋風漫作牽情賦春草真為入夢才堪笑陳宮諸狎客當時空有箇追陪

對菊

蝶醉風狂半折時冷煙清露壓離披欲傾琥珀盃浮爾好把茱萸朶配伊孔雀毛衣應者是鳳凰金翠更無之何因栽向僧園裏門外重陽過不知

憶東林因送二生歸

好向東林度此生半天山腳寺門平紅霞嶂底潺潺色清夜房前瑟瑟聲偶別十年成瞬息欲來千里阻刀兵可憐二子同歸興南國煙花路好行

渚宮西城池上居

城東移錫住城西綠遶春波引杖藜翡翠滿身衣有異鷺鷥通體格非低風搖柳眼開煙小暖逼蘭芽出土齊猶有幽深不相似剡溪乘櫂入耶溪

中秋夕愴懷寄荆幕孫郎中

白蓮香散沼痕乾綠篠陰濃蘚地寒年老寄居思隱切夜涼留客話時難行僧盡去雲山遠賓鴈同來澤國寬時謝孔璋操檄外每將空病問衰殘

酬湘幕徐員外見寄

東海儒宗事業全冰稜孤峭類神仙詩同李賀精通鬼文擬劉軻妙入禪珠履早曾從相府玳簪今又別官筵篇章幾謝傳西楚空想雄風度十年

寄蜀國廣濟大師

冰壓霜壇律格清三千傳授盡門生禪心盡入空無跡詩句閑搜寂有聲滿國繇華徒自樂兩朝更變未曾驚終思相約岷峨去不得攜筇一路行

答獻上人卷

衲衣禪客袖篇章江上相尋共感傷秦甸亂來栖白沒杼山空後皎然亡清留島月秋凝露苦寄巴猨夜叫霜珍重南宗好才子灰心冥目外無妨

寄武陵貫微上人二首

知泛滄浪櫂未還西峯房鎖夜潺潺春陪相府遊仙洞雪共賓寮對玉山詩裏幾添新菡萏衲痕應換舊斕斑莫忘一句曹溪妙堪塞孫孫騁度關

吳頭東面楚西邊雲接蒼梧水浸天兩地別離身已老一言相合道休傳風騷妙欲凌春草蹤跡閑思達嶽蓮不是傲他名利世吾師本在雪山巔

懷體休上人

仲宣樓上望重湖君到瀟湘得健無病遇何人分藥餌詩逢誰子論功夫杉蘿寺裏尋秋早橘柚洲邊度日晡許送自身歸華嶽待來朝暮拂缾盂

招湖上兄弟

去歲得君消息在兩憑人信過重湖忍貪風月當年少不寄音書慰老夫藥鼎近聞傳祕訣詩門曾說擁寒爐漢江江路西來便好傍扁舟訪我無

江居寄關中知己

多病多慵漢水邊流年不覺已皤然舊栽花地添黃竹新陷盆池換白蓮雪月未忘招遠客雲山終待去安禪八行書札君休問不似風騷寄一篇

中秋十五夜寄人

高河瑟瑟轉金盤歎露吹光逆凭欄四海魚龍精魄冷五山鸞鶴骨毛寒今宵盡向圓時望後夜誰當缺處看何事清光與蟾兔却教才小少留難

謝人自鍾陵寄紙筆

故人猶憶苦吟勞所惠何殊金錯刀霜雪剪裁新剡硾

鋒鋩管束本宣毫知君倒篋情何厚借我臨池價斗高
詞客分張看欲盡不堪來處隔秋濤

移居西湖作二首

火雲陽焰欲燒空小檻幽窗想舊峰白汗此時流枕簟
清風何處動杉松殘更正好眠涼月遠寺俄聞報曉鐘
只待秋聲滌心地衲衣新洗健形容

官園樹影晝陰陰咫尺清涼莫浣心桃李別教人主掌
煙花不稱我追尋蜩螗晚噪風枝穩翡翠閑眠宿處深
爭似出塵地行止東林苔徑入西林

題玉泉寺

高韻雙懸張曲江聯題兼是孟襄陽後人才地誰稱短
前輩經天盡負長勝景飽於閑采拾靈蹤銷得正思量
時移兩板成塵跡猶挂吾師舊影堂

看金陵圖

六朝圖畫戰爭多最是陳宮計數訛若愛蒼生似歌舞
隋皇自合恥干戈

寄南嶽泰禪師

江頭默想坐禪峰白石山前萬丈空山下獵人應不到
雪深花鹿在菴中

片雲

水底分明天上雲可憐形影似吾身何妨舒作從龍勢
一雨吹銷萬里塵

寄清溪道者

萬重千疊紅霞嶂夜燭朝香白石龕常寄溪窗凭危檻
看經影落古龍潭

病中勉送小師往清涼山禮大聖

豐衣足食處莫住聖跡靈蹤好遍尋忽遇文殊開慧眼
他年應記老師心

謝人惠拄杖

何處雲根採得來黑龍狂欲作風雷知師念我形骸老
敎把經行拄綠苔

送楚雲上人往南岳刺血寫法華經

剝皮刺血誠何苦欲寫靈山九會文十指瀝乾終七軸
後來求法更無君

送胎髮筆寄仁公

內唯胎髮外（一作內）秋毫綠玉新栽管束牢老病手疼無那
爾却資年少寫風騷

謝西川曇域大師玉筯篆書

玉筯眞文久不興李斯傳到李陽冰正悲千載無來者
果見僧中有箇僧

偶作寄王祕書

七絲湘水秋深夜五字河橋日暮時借問祕書郎此意
靜彈高詠有誰知

謝人惠紙

烘焙幾工成曉雪輕明百幅疊春冰何消才子題詩外
分與能書貝葉僧

答文勝大師清柱書

纔把文章干聖主便承恩澤換禪衣應嫌六祖傳空（一作空傳）
衲只向曹溪求（一作永）息機

寄懷曾口寺文英大師（一本無曾口寺三字）

著紫袈裟名已貴吟紅菡萏價兼高秋風曾憶西遊處
門對平湖滿白濤

懷道林寺道友（一本無道友二字）

四絕堂前萬木秋碧參差影壓湘流閑思宋杜題詩板
一日（一作上）憑欄到夜休

辭主人絕句四首

放鶴

華亭來（一作又）復去芝田丹頂霜毛性可憐縱與乘軒終恢
主不如還放却（一作去）遼天

放猿

堪憶春雲十二峰野桃山杏摘香紅王孫可念愁金鎖
從（一作縱）放斷腸明月中

放鷺鷥

白蘋紅蓼碧江涯日暖雙雙立睡時顧揭金籠放歸去
却隨沙鶴鬭輕絲

放鸚鵡

隴西蒼巘結巢高本爲無人識翠毛今日籠中強言語
乞歸天外啄含桃

全唐詩

齊巳

猛虎行

磨爾牙錯爾爪狐莫威兔莫狡饑來吞噬助腸飽橫行
不怕日月明皇天產爾爲生獰前村半夜聞吼聲何人
按劍燈熒熒

西山叟

西山中多狼虎去歲傷兒復傷婦官家不問孤老身還
在前山山下住

君子行

聖人不生麟龍何瑞梧桐不高鳳凰何止吾聞古之有

君子行藏以時進退求已榮必爲天下榮恥必爲天下恥苟進不如此退不如此（樂府詩集無此四字）亦何必用虛僞之文章取榮名而自美

善哉行

大鵬刷翮謝溟渤青雲萬層高突出下視秋濤空瀰瀰舊處魚龍皆細物人生在世何容易眼濁心昏信生死願除嗜慾待身輕攜手同尋列仙事

日日曲

日日日東上日日日西沒任是神仙容也須成朽骨浮雲滅復生芳草死還出不知千古萬古人葬向青山爲底物

耕叟

春風吹蓑衣暮雨滴箬笠夫婦耕共（一作且）勞兒孫飢對泣田園高且瘦賦稅重復急官倉鼠雀羣共（一作只）待新租入

苦熱行

離宮劃開赤帝怒喝出六龍奔日馭下土熬熬若（一作苦）煎煮蒼生惶惶無處處火雲崢嶸焚沉寥東皋老農腸欲焦何當一雨蘇我苗爲君擊壤歌帝堯

苦寒行

冰峰撐空寒矗矗雲凝水凍埋海陸殺物之性傷人之慾既不能斷絕蒺藜荆棘之根株又不能展鳳皇麒麟之拳跼如此則何如爲和煦爲膏雨自然天下之榮枯融融於萬戶

春風曲

春風有何情旦暮來林園不問桃李主吹落紅無言

城中懷山友

春城來往桃李碧媛艷紅香斷消息吾徒自有山中鄰白晝冥心坐嵐壁

讀李賀歌集

赤水無精華荆山亦枯槁玄珠與虹玉璨璨李賀抱清晨醉起臨春臺吳綾蜀錦胸襟開狂多兩手掀蓬萊珊瑚擲盡空土堆

風琴引

挼吳絲雕楚竹高託天風拂爲曲一一宮商在素空鸞鳴鳳語翹梧桐夜深天碧松風多孤窗寒夢驚流波愁魂傍枕不肯去翻疑住處鄰湘娥金（一作熏）風聲盡熏（一作金）風發冷泛虛堂韻難歇常恐聽多耳漸煩清音不絕知音絕

夏雲曲

紅嵯峨爍晚波乖龍慵臥旱鬼多爞爞萬里壓天塹颺雷電光空閃閃好雨不雨風不風徒倚穹蒼作巖險男巫女覡更走魂焚香祝天天不聞天若聞必能使爾爲潤澤洗埃氛而又變之成五色捧日輪將以表唐堯虞舜之明君

讀李白集

竭雲濤刳巨鼇搜括造化空牢牢冥心入海海神怖驪龍不敢爲珠主人間物象不供取飽飲（一作飯）遊神向懸圃鏘金鏗玉千餘篇膾吞炙嚼人口傳須知一一丈夫氣不是綺羅兒女言

祈真壇

玉甕瑤壇二三級學仙弟子參差入霓旌隊仗下不下松檜森森天露濕殿前寒氣束香雲朝祈暮禱玄元君茫茫俗骨醉更昏樓臺十二遙崑崙崑崙縱廣萬二千里中有五色雲霞五色水何當斷慾便飛去不要九轉神丹換精髓

黃雀行

雙雙野田雀上下同飲啄暖去棲蓬蒿寒歸傍籬落殷勤避羅網乍可遇鷹鸇鷹鸇雖不仁分明在寥廓

石竹花

石竹花開照庭石紅藓自禀離宮色一枝兩枝初笑風猩猩血潑低低叢常嗟世眼無眞鑒却被丹青苦相陷誰爲根尋造化功爲君吐出淳元膽白日當午方盛開形霞灼灼臨池臺繁香濃艷如未已粉蝶游蜂狂欲死

寄南岳白蓮道士能于長嘯

猨猱休啼月皎皎蟋蟀不吟山悄悄大耳仙人滿頷鬚醉倚長松一聲嘯

古劒歌

古人手中鑄神物百鍊百淬始提出今人不要強硎磨蓮鍔星文未曾沒一彈一撫聞錚錚老龍影奪秋燈明何時得遇英雄主用爾平治天下去

湘妃廟

湘煙濛濛湘水急汀露凝紅裛蓮濕蒼梧雲疊九疑深二女魂飛江上立相攜泣鳳蓋龍輿追不及廟荒松朽啼飛猩笋鞭迸出階基傾黃昏一岸陰風起新月如眉生闊水

巫山高

巫山高巫女妖雨爲暮兮雲爲朝楚王顛頓魂欲銷秋猨嘷嘷日將夕紅霞紫煙凝老壁千巖萬壑花皆坼但恐芳菲無正色不知今古行人行幾人經此無秋情雲深廟遠不可覓十二峰頭插天碧

贈持法華經僧

衆人有口不說是即說非吾師有口何所爲蓮經七軸六萬九千字日日夜夜終復始乍吟乍諷何悠揚風篁古松含秋霜但恐天龍夜叉乾闥衆䨱塞虛空耳皆聳我聞念經功德緣舌根可筭（一作等）金剛堅他時劫火洞然燃後神光璨璨如紅蓮受持身心苟精潔尚能使煩惱大海水枯竭魔王輪幢自摧折何況更如理行如理說

刳腸龜

爾既能於靈應久存其生爾既能於瑞胡得迷其死刳腸徒自屠曳尾復何累可憐濮水流一葉泛莊子

贈巖居僧

石如騏驎巖作室秋苔漫壇淨於漆袈裟蓋頭心在無黃猨白猨啼日日

觀李瓊處士畫海濤

巨鼇轉側長鰌翻狂濤顛浪高漫漫李瓊奪得造化本都盧縮在秋毫端一揮一畫皆筋骨滉漾崩騰大鯨臬葉撲仙槎擺欲沉下頭應是驪龍窟昔年曾要涉蓬瀛唯聞撼動珊瑚聲今來正歎陸沉久見君此畫思前程千尋萬派功難測海門山小濤頭白令人錯認錢塘城

羅刹石底奔雷霆

昇天行

身不沉骨不重驅青鸞駕白鳳幢蓋飄搖（一作飄）入冷空天風瑟瑟星河動瑤闕參差阿母家樓臺戲閑凝形霞三五仙子乘龍車堂前碾爛蟠桃花迴頭却顧蓬萊頂一點濃嵐在深井

還人卷

李白李賀遺機杼散在人間不知處聞君收在芙蓉江日鬭鮫人織秋浦金梭劄劄文離離吳姬越女羞上機鴛鴦浴煙鸞鳳飛澄江曉映餘霞輝仙人手持玉刀尺寸寸酬君珠與璧裁作霞裳何處披紫皇殿裏深難（一作相）覓

輕薄行

玉鞭金鐙驊騮蹄橫眉吐氣如虹霓五（一作玉）陵春暖芳草齊笙歌到處花成泥日沉月上且鬭雞醉來莫問天高低伯陽道德何唾洟（一作涕唾）仲尼禮樂徒卑栖

浮雲行

大野有賢人大朝有聖君如何彼浮雲掩蔽白日輪安得東南風吹散八表外使之（一本無之字）天下人共見堯眉彩

煌煌京洛行

聖君垂衣裳蕩蕩若朝旭大觀無遺物四夷來率服清晨迴北極紫氣蓋黃屋雙闕聳雙鼇九門如川瀆梯山航海至晝夜車相續我恐紅塵深變爲黃河曲

弔汨羅

落日倚闌干徘徊汨羅曲冤魂如可弔煙浪聲似哭我欲考鼇鼉之心烹魚龍之腹爾既啖大夫之血食大夫之肉千載之後猶斯暗（一作藏）伏將謂唐堯之尊還如荒悴（一作醉）之君更有逐臣於焉葬魂得以縱其噬吞

贈念法華經僧

念念念兮入惡易念念念兮入善難念經念佛能一般愛河竭處生波瀾言公少年眞法器白晝不出夜不睡心心緣經口緣字一室寥寥燈照地沉檀卷軸寶函盛薝蔔香熏水精記空山木落古寺閑松枝鶴眠霜霰乾牙根舌根水滴寒珊瑚捶打紅琅玕但恐蓮花七朶一時折朶朶似君心地白（一作贊）又恐天風（一作風緊）吹天花繽紛如雨飄袈裟況聞此經甚微妙百千諸佛眞祕要靈山說後始傳來聞者雖多持者少更堪誦入陀羅尼（此云總持）唐音梵音相雜時舜絃和雅熏風吹文王武王絃更悲如此爭不遣碧空中有龍來聽有鬼來聽亦使人間聞者敬見者敬自然心虛空性清淨此經眞體即毘盧（此云種種光）雪嶺白牛君識無

短歌寄鼓山長老（第十一句缺一字）

雪峰雪峰高且雄峩峩堆積青冥中六月赤日燒不鎔飛禽瞥見人難通常聞中有白象王五百象子皆威光行圍坐遶同一色森森影動旃檀香於中一子最雄猛稱尊獨踞鼓山頂百千眷屬陰　影身照曜吞秋景裁聞岷國民歸依前王後王皆師資寧同梁武遇達磨過後彈指空傷悲

漁父

夜釣洞庭月朝醉巴陵市却歸君山下魚龍窟邊睡生涯在何處白浪千萬里曾笑楚臣迷蒼黃汨羅水

採蓮曲

越溪女越江蓮齊菡萏雙嬋娟嬉遊向何處採摘且同船浩唱（一作歌）發容與清波生漪漣時逢島嶼泊幾共鴛鴦眠襟袖既盈溢馨香亦相傳薄暮歸去來苧蘿生碧煙

啄木

啄木啄啄鳴林響饕貪心既緣利觜斯鑿有朽百尺微蟲斯宅以啄去害啄更彌劇層崖豫章聳幹蒼蒼無縱爾啄摧我棟梁

靈松歌

靈松靈松是何根株盤擗枝幹與羣木殊世眼爭知蒼翠容薜蘿遮體深朦朧先秋瑟瑟生谷風青陰倒卓寒潭中八月天威行肅殺萬木凋零向霜雪唯有此松高下枝一枝枝在無摧折癡凍頑氷如鐵堅重重鎖到槎牙顛老鱗枯節相把捉踉蹌立在青崖前有時深洞興雷雹飛電繞身光閃爍乍似蒼龍驚起時攫霧穿雲欲騰躍夜深山月照高枝疎影細落莓苔磯千年朽枿魍魎出一株寒韻鏘琉璃安得良工妙圖頀寫將偃蹇懸煙閣飛瀑聲中戰歲寒紅霞影裏孳蕭索

鼉

鼉不自鼉而鼉于木鼉極木心以豐爾腹偶或成之胡爲𣇈人人而不眞繇爾亂神鼉兮鼉兮何全其生無託爾形霜松雪檉

行路難

行路難君好看驚波不在黿鼉間小人心裏藏崩湍七盤九折寒崷崒翻車倒蓋猶堪出未似是非脣舌危闇中潛毀平人骨君不見楚靈均千古沉冤湘水濱又不見李太白一朝却作江南客

謝徽上人見惠二龍障子以短歌酬之

我見蘇州崑山金城中金城柱上有二龍老僧相傳道是僧繇手尋常入海共龍鬭又聞蜀國玉局觀有孫遇跡盤屈身長八十尺遊人爭看不敢近頭觀寒泉萬丈碧近有五羊徽上人閑工小筆得意新畫龍不誇頭角及鬚鱗只求筋骨與精神徽上人眞藝者惠我雙龍不言價等閑不敢將懸挂恐是葉公好假龍及見眞龍却驚怕

送人往長沙

荊門歸路指湖南千里風帆興可諳好聽鷓鴣啼雨處木蘭舟晚泊春潭

偶題

時事懶言多忌諱野吟無主若縱橫君看三百篇章首何處分明著姓名

寄山中叟

青泉碧樹夏風涼紫蕨紅粳午爨香應笑晨持一盂苦腥羶市裏叫家常

贈琴客

曾攜五老峰前過幾向雙松石上彈此境此身誰更愛掀天羯鼓滿長安

勉吟僧

千一作萬途萬轍亂真源，白晝勞形夜斷魂。忍著袈裟把名紙，學他低折五侯門。

送人歸華下

蓮花峰翠濕凝秋，舊業園林在下頭。好束詩書且歸去，而今不愛事風流。

夏日城中作二首

三面僧鄰一面牆，更無風路可吹涼。他年拴此歸何處，青壁紅霞裏石房。

竹低莎淺雨濛濛，水檻幽窗暑月中。有境牽懷人不會，東林門外翠横空。

默坐

燈引飛蛾拂焰迷，露淋栖鶴壓枝低。冥心坐滿蒲團穩，夢到天台過剡溪。

水邊行

身著袈裟手杖藤，水邊行止不妨僧。禽栖日落猶孤立，隔浪秋山千萬層。

寄鄭谷郎中

人間近遇風騷匠，鳥外曾逢心印師。除此二門無别妙，水邊松下獨尋思。

翡翠

水邊飛去青難辨，竹裏歸來色一般。磨吻鷹鸇莫相害，白鷗鴻鶴滿沙灘。

與節供奉大德遊京口寺留題

柳岸晴緣十里來，水邊精舍絕塵埃。煮茶嘗摘興何極，直至殘陽未欲迴。

謝荆幕孫郎中見示樂府歌集二十八字

長吉才狂太白顛，二公文陣勢横前。誰言後代無高手，奪得秦皇鞭鬼鞭。

謝陰符經勉送藏休上人二首

事遂鼎湖遺劍履，時來渭水擲魚竿。欲知賢聖存亡道，自向心機反覆看。

一林霜雪未露頭，爭遣藏休肯便休。學盡世間難學事，始堪隨處任虛舟。

幽齋偶作

幽院纔容箇小庭，踈篁低短不堪情。春來猶賴鄰僧樹，時引流鶯送好聲。

贈念法華經僧

萬境心隨一念平，紅芙蓉折愛河清。持經功力能如是，任駕白牛安穩行。

對菊

無艷無妖别有香，栽多不爲待重陽。莫嫌醒眼相看過，却是真心愛澹黄。

閑門

正是閉門爭合閉，大家開處不須開。還防朗月清風夜，有箇詩人相訪來。

勉送吳國三五新戒歸

法王遺制付仁王，難得難持劫數長。努力只須堅守護，三千八萬是垣牆。

夏日寄清溪道者

老病不能求藥餌，朝昏祗是但焚燒。不知誰爲收灰骨，壘石栽松傍寺橋。

送惠空北遊

君向峴山一作陽遊聖境，我將何以記多才。叮嚀墮淚碑前過，寫取斯文寄我來。

寄懷歸州馬判官

三年爲倅興何長，歸計應多事少忙。又見秋風霜裏樹，滿山椒熟水雲香。

觀荷葉露珠

霏微曉露成珠顆，宛轉田田未有風。任器方圓性終在，不妨翻覆落池中。

苦熱懷玉泉寺寄仁上人

火雲如燒接蒼梧，原野煙連大澤枯。謾貫葛衫葵扇力，爭禁泉石潤肌膚。

觀盆池白蓮

素萼金英噴露開，倚風凝立獨徘徊。應思瀲灧秋池底，更有歸天伴侶來。

折楊柳詞四首

鳳樓高映綠陰陰，凝重多含雨露深。莫謂一枝柔軟力，幾曾牽破别離心。

館娃宮畔響廊前，依託吳王養翠煙。劒去國亡臺殿一作榭毀，却隨紅樹噪秋蟬。

穠低似中陶潛酒，軟極如傷宋玉風。多謝將軍遶營種，翠中閑卓戰旗紅。

高僧愛惜遮江寺，遊子傷殘露野橋。爭似著行垂上苑，碧桃紅杏對搖搖。

答長沙丁秀才書

月月便一作使車奔帝闕，年年貢士過荆臺。如何三度槐花落，未見故人攜卷來。

戒小師

不肯吟詩不聽經，禪宗異岳嬾遊行。他年白首當人問，將底言談對後生。

題舊拄杖末句缺三字

親採匡廬瀑布西，層崖懸壁更安梯。攜行三十年吟伴，未有詩人

酬歐陽秀才卷第二句缺一字

三十篇多十九章，　聲風力撼疎篁。不堪更有精搜處，誰見蕭蕭雨夜堂。

聞一作咏鴈

瀟湘浦一作水暖全迷鶴，邐迆川寒只有鵰。誰向孤舟憶兄弟，坐看連鴈度横橋。

送高麗二僧南遊

日邊鄉井别年深，中國靈蹤欲徧尋。何處碧山逢長老，分明認取祖師心。

謝猨皮

貴向獵師家買得，攜來乞與坐禪牀。不知摘月秋潭畔，曾對何人啼斷腸。

酬光上人

禪言難後到詩言，坐石心同立月魂。應記前秋會吟處，五更猶在老松根。

送僧歸日本

日東來向日西遊，一鉢閑尋徧九州。却憶雞林本師寺，欲歸還待海風秋。

庚午歲十五夜對月

海澄空碧正團圓，吟想玄宗此夜寒。玉兔有情應記得，西邊不見舊長安。

紅薔薇花

晴日當樓曉香歇，錦帶盤空欲成結。鶯聲漸老柳飛時，狂風吹落猩猩血。

貽九華上人

一法傳聞繼老能，九華閑臥最高層。秋鐘盡後殘陽暝，門掩松邊雨夜燈。

寄廖匡圖兄弟

僧外閑吟樂最清，年登八十喪南荊。風騷作者爲商確，道去碧雲爭幾程。

句

春晴游寺客，花落閑門僧。（見西清詩話）香傳天下口，貴火前名。角開香滿室，爐動綠凝鐺。（咏茶缺字）園林將向夕，風雨更吹花。（以下見吟窗雜錄）相思坐溪石，山風（缺三字）。夕照背高臺，殘鐘殘角催。（落照）五老峰前相見時，兩無言語各揚眉。高人愛惜藏岩裏，白甀封題寄火前。（咏茶見三山老人語錄）

全唐詩

尚顏

尚顏，字茂聖，俗姓薛，尚書能之宗人也。出家荊門，工五言詩，集五卷，今存詩三十四首。

言興

矻矻被吟牽，因師賈浪仙。江山風月處，一十二三年。雅頌在於此，浮華致那邊。猶慚功未至，謾道近千篇。

江上秋思（一作尚志詩）

到來江上久，誰念旅游心。故國無秋信，隣家有夜砧。坐遙翻不睡，愁極却成吟。即恐髭連鬢，還爲白所侵。

匡山居

無才加性拙，道理合藏蹤。是處非深遠，其山已萬重。經時隣境戰，獨夜隔雲春。昨日泉中見，常魚亦化龍。

夷陵卽事

不難饒白髮，相續是灘波。避世嫌身晚，思家乞夢多。暑衣經雪着，凍硯向陽呵。豈謂臨岐路，還聞聖主過。

紫閣隱者

天高紫閣侵，隱者信沉沉。道長年兼長，雲深草復深。如非禪客見，卽是獵人尋。北笑長安道，埃塵古到今。

與陳陶處士

鍾陵城外住，喻似玉沈泥。道直貧嫌殺，神清語亦低。雪深加酒債，春盡減詩題。記得曾邀宿，山茶獨自擕。

與王嵩隱

一生吟與僻，方見業精微。事若終難得，鄉應不易歸。亂收西日葉，雙掩北風扉。合國諸卿相，皆曾着布衣。

懷陸龜蒙處士

布褐東南隱，相傳繼謝敷。高譚夫子道，靜看海山圖。事免傷心否，棊逢敵手無。關中花數內，獨不見菖蒲。

寄華陰司空侍郎

斂佩已深高，茅爲嶽面亭。詩猶少綺美，畫肯愛丹青。換筆修僧史，焚香閱道經。相邀來未得，但想鶴儀形。

送陸肱入關

舟行復陸行，始得到咸京。准擬何人口，吹噓六義名。亂山遙減翠，叢菊早含英。衣錦還鄉日，他時有此榮。

送劉必先

力進憑詩業，心焦闕問安。遠行無處易，孤立本來難。楚月船中没，秦星馬上殘。明年有公道，更以命推看。

寄方干處士

格外綴清詩，詩名獨得知。閑居公道日，醉臥牡丹時。海鳥和濤望，山僧帶雪期。仍聞稱處士，聖主肯相違。

寄劉逸士

無愁無累者，偶向市朝游。此後乘孤艇，依前入亂流。高眠歌聖日，下釣坐清秋。道不離方寸，而能混俗求。

送獨孤處士

萬里去非忙，惟擕貯藥囊。山家消夜景，酒肆過年光。立鶴洲侵浪，喧蕃鋍近床。誰人臨上路，乞得變髭方。

早春送人歸岳陽

久食主人魚，春來復舊居。遠無千里浪，輕有半船書。過片晴雲淡，消殘暮雪虛。岳陽多異境，搜思勿令疎。

冬暮送人

長安冬欲盡，又送一遺賢。醉後情渾可，言休理不然。射衣秦嶺雪，摇月漢江船。亦過春兼夏，回期信有蟬。

送徐道人東游

長安人擾擾，獨自有閑心。海上山中去，風前月下吟。引猿秋果熟，藏鶴曉雲深。易姓更名數，難教弟子尋。

自紀

諸機忘盡未忘詩，似向詩中有所依。遠境等閑支枕覓，空山容易杖藜歸。清猿一一居林叫，白鳥雙雙避釣飛。欲畫淨名居士像，焚香願見陸探微。

懷智栖上人

臨水登山自有期，不同游子暮何之。閑眠默坐身堪賞，已去還來事可知。林鳥隔雲飛一餉，草蟲和雨叫多時。思君最易令人老，倚檻空吟所寄詩。

峽中酬荊南鄭準

山齋西向蜀江濆，四載安居復有羣。風雁勢高猶可見，雪猿聲苦不堪聞。新詩寫出難勝寶，破衲披行却類雲。每喜浙流賓客說，元瑜刀筆潤雄軍。

寄荊門鄭準

傳衣傳鉢理難論，綺靡銷磨二雅尊。不許姓名留月觀，終擕瓶錫去雲門。窗間挂燭通宵在，竹上題詩隔歲存。珍重荊門鄭從事，十年同受景升恩。

將欲再游荊渚留辭岐下司徒

竹錫銅瓶配衲衣，殷公樓畔偶然離。白蓮幾看從開日，明月長吟到落時。活計本無桑柘潤，疎慵尋有水雲資。今朝回去精神別，爲得頭廳宰相詩。

贈村公

紬衣木突此鄉尊，白盡鬚眉眼未昏。醉舞神筵隨鼓笛，

閑歌聖代和兒孫黍苗一頃垂秋日茅棟三間映古原
也笑長安名利處紅塵半是馬蹄翻

秋夜吟

梧桐雨畔夜愁吟抖擻衣裾蘚色侵枉道一生無繫着
湘南山水別人尋

讀齊已上人集（一作柄蟾詩）

詩爲儒者禪此格的惟仙古雅如周頌清和甚舜弦冰
生聽瀑句香發早梅篇想得吟成夜文星照楚天

除夜（一作棲蟾詩）

九冬三十夜寒與暖分開坐到四更後身添一歲來魚
燈延臘火獸炭化春灰青帝今應老迎新見幾迴

送人歸鄉

多才與命違末路憶柴扉白髮何人問青山一劍歸晴
煙獨鳥沒野渡亂花飛寂寞長亭外依然空落暉

述懷

青門聊極望何事久離羣芳草失歸路故鄉空暮雲信
回陵樹老夢斷灞流分兄弟正南北鴻聲堪獨聞

五城初罷構海上憶閒行觸雪麻衣靜登山竹錫輕天
寒嶽寺出日晚島泉清坐與幽期遇何湖心渺冥

宿壽安甘棠館

行人方倦役到此似還鄉流水來關外青山近洛陽溪
雲歸洞鶴松月半軒霜坐恐晨鐘動天涯道路長

山空蕙氣香乳管折雲房願值壺中客親傳肘後方三
更禮星斗寸七服丹霜默坐樹陰下仙經橫石床

送朴山人歸新羅

浩渺行無極揚帆但信風雲山過海半鄉（一作椰）樹入舟中
波定遙天出沙平遠岸窮離心寄何處目擊曙霞東

宿清遠峽山寺

寺近朝天路多聞玉佩音鑒人開慧眼歸鳥息禪心磬
接星河曙窗連夏木深此中能宴坐何必在雲林

松山嶺

平生閑放久野鹿許爲羣居止隣西嶽軒窗度白雲齋
心飯松子話道接茅君漢主恩情去空山起夕氛

句

浸浸三楚白渺渺九江寒（雪窗雜錄 見冷）

虛中

虛中宜春人客於馬氏住湘西栗城寺與齊已尚顏棲
蟾爲詩友碧雲集一卷今存詩十四首

泊洞庭

槐柳未知秋依依館驛頭客心俱念遠時雨自相留浪
沒貨魚市帆高賣酒樓夜來思展轉故里在南州

善卷壇

耕荒鑿原時高趣在希夷大舜欲遜國先生空斂眉五
溪清不足千古美無虧縱遣亡淳者何人投所思

石城金谷

晉祚一傾摧驕奢去不回只應荆棘地猶作綺羅灰狐
兎閑生長樵蘇靜往來踟躕意無盡寒日又西隤

庾樓

郡樓名甚遠幾換見樓人庾亮魂應在清風到白蘋晴
軒分楚漢夜酒揖星辰何必匡山上獨言無世塵

經賀監舊居

不戀明皇寵歸來鏡水隅道裝汀鶴識春醉釣人扶逐
朵雲如吐成行雁侶驅蘭亭名景在蹤跡未爲孤

獻鄭都官

早晚辭班列歸尋舊隱峰代移家集在身老詔書重藥
秘仙都訣茶開蜀國封何當荅羣望高蹋傅巖蹤

寄華山司空圖二首

門徑放莎垂往來投刺稀有時開御札特地掛朝衣嶽
信僧傳去仙（一作天）香鶴帶歸他年二南化（一作旨）無復更衰微

逍遙短褐成一劍動精靈白晝夢仙島清晨禮道經黍
苗侵野徑桑椹汚閑庭肯要爲隣者西南太華青

贈屏風巖棲蟾上人

巖房高且靜住此幾寒暄鹿嗅安禪石猿啼乞食村朝
陽生樹罅古路（一作道）透雲根獨我閑相覓凄涼碧洞門

贈秀才

筠陽多勝致夫子縱游遨鳳鳥瑞不見鱸魚價轉高門
開沙觜靜船繫樹根牢誰解伊人趣村沽對鬱陶

送遷客

倏忽墮鵷行天南去路長片言曾不諂獲罪亦何傷象
戀藏牙浦人貪賣子鄉此心終合雪去已莫思量

哭悼朝賢

前昨回私第旋聞寢疾終四隣方響絕二月牡丹空塚
已遷名境碑仍待至公秖應遺愛理長在楚南風

悼方干處士

先生在世日秖向鏡湖居明主未巡狩白頭閑釣魚煙
莎一徑小洲島四隣踈獨有爲儒者時來弔舊廬

聽軒轅先生琴

訣妙與功精通宵膝上橫一堂風冷淡千古意分明坐
客神魂凝巢禽耳目傾酷哉商紂世曾不遇先生

芳草

綿綿芳草綠何處動深思金谷人亡後沙塲日暖時龍
鱗藏有瑞風雨灑無私欲採蘭兼蕙清香可贈誰

句

喜魚在深處幽鳥立多時（馬侍中池亭 紀事） 菖蒲花不艷鸜鴝
性多靈（古今詩話） 盤中是祥瑞天下恰炎蒸（賣米者以下吟窗雜錄） 待暖
還須去門前有路岐（夜坐） 春雨無高下花枝有短長（春詩）
老負峨眉月閒看雲水心（贈齊已 五代史補）

棲蟾

棲蟾居屏風巖詩十二首

短歌行

蟾光堪自笑浮世懶思量身得幾時活眼開終日忙千
門無壽藥一鏡有愁霜早向塵埃（一作雲泥）外光陰任短長

除夜（一作尚顏詩）

九冬三十夜寒與暖分開坐到四更後身添一歲來魚
燈延臘火獸炭化春灰青帝今應老迎新見幾回

宿巴江

江聲五十里瀉碧急于弦不覺日又夜爭教人少年一
汀巫峽月兩岸子規天山影似相伴濃遮到曉船

游邊

邊雲四顧濃，飢馬嗅枯叢。萬里八九月，一身西北風。偷營天正黑，戰地雪多紅。昨夜東歸夢，桃花煖色中。

居南嶽懷沈彬

石房開竹扉，茗外獨支頤。萬木還無葉，百年能幾時。隔雲聞狖過，截雨見虹垂。因憶嶽南客，晏眠吟好詩。

南中懷友生

荔枝江上立，望北幾思量。隔海無書劄，前年在漢陽。瘴村人起早，銅柱象指光。居此成何事，尋君過碧湘。

贈南嶽玄泰布衲

曹溪入室人，終老甚難羣。四十餘年內，青山與白雲。松和巢鶴看，果共野猿分。海外僧來說，名高自小聞。

寄問政山聶威儀

先生卧碧岑，諸祖是知音。得道無一法，孤雲同寸心。嵐光薰鶴詔，茶味敵人參。苦向壺中去，他年許我尋。

送遷客

諫頻甘得罪，一騎入南深。若順吾皇意，即無臣子心。纖花蠻市布，擣月象州砧。蒙雪知何日，凭樓望北吟。

讀齊己上人集（一作尚顔詩）

詩爲儒者禪，此格的惟仙。古雅如周頌，清和甚舜弦。冰生聽瀑句，香發早梅篇。想得吟成夜，文星照楚天。

牧童

牛得自由騎，春風細雨飛。青山青草裏，一笛一蓑衣。日出唱歌去，月明撫掌歸。何人得似爾，無是亦無非。

再宿京口禪院

灘聲依舊水溶溶，岸影參差對梵宮。楚樹七回凋舊葉，江人兩至宿秋風。蜷蜍竹老揉疎白，菡萏池乾落碎紅。多病支郎念行止，晚年生計轉如蓬。

全唐詩

可朋

可朋，丹稜人。好酒，自號醉髡。玉壘集十卷，今存詩四首。

耕田鼓詩

農舍田頭鼓，王孫筵上鼓。擊鼓兮皆爲鼓，一何樂兮一何苦。上有烈日，下有焦土。願我天翁，降之以雨。令桑麻熟，倉箱富。不飢不寒，上下一般。

賦洞庭

周極八百里，凝眸望則勞。水涵天影闊，山拔地形高。賈客停非久，漁翁轉幾遭。颯然風起處，又是鼓波濤。

贈方干

盛名傳出自皇州，一舉參差便縮頭。月裏豈無攀桂分，湖中剛愛釣魚休。童偷詩藁呈隣叟，客乞書題謁郡侯。獨泛短舟何限景，波濤西接洞庭秋。

桐花鳥

五色毛衣比鳳雛，深花叢裏秪如無。美人買得偏憐惜，移向金釵重幾銖。

句

來多不似客，坐久却垂簾。（見紀事）　虹收千嶂雨，潮展半江天。（見劉公詩話）　詩因試客分題僻，棊爲饒人下著低。　傷心盡日有啼鳥，獨步殘春空落花。（杜甫舊居）　唯陪北楚三千客，多話東林十八賢。　乍當暖景飛仍慢，欲就芳叢舞更高。（蝶　見偶談）

曇域

曇域，貫休弟子也。詩集若干卷，今存三首。

宿鄭諫議山居

堂開星斗邊，大諫採薇還。禽隱石中樹，月生池上山。凉風吹詠思，幽語隔禪關。莫擬歸城計，終妨此地閑。

懷齊己

贊囊秋景雨蒼蒼，静對茅齋一炷香。病後身心俱澹泊，老來朋友半凋傷。峨眉山色侵雲直，巫峽灘聲入夜長。猶喜深交有支遁，時時音信到松房。

贈島雲禪師

遠庵枯葉滿，羣鹿亦相隨。頂骨生新髮，庭松長舊枝。禪高太白月，行出祖師碑。亂後潛來此，南人總不知。

棲一

棲一，武昌人，與貫休同時。詩二首。

垓下懷古

緬想咸陽事可嗟，楚歌哀怨思無涯。八千子弟歸何處，萬里鴻溝屬漢家。弓指陣前爭日月，血流垓下定（一作走）龍蛇。拔山力盡烏江水，今古悠悠空浪花。

武昌懷古

戰國城池盡悄然，昔人遺迹遍山川。笙歌罷吹幾多日，臺榭荒涼七百年。蟬響夕陽風滿樹，雁橫秋島雨漫天。堪嗟世事如流水，空見蘆花一釣船。

處默

處默初與貫休同離染，後入廬山，與修睦棲隱。游詩一卷，今存八首。

聖果寺

路自中峯上，盤回出薜蘿。到江吳地盡，隔岸越山多。古木叢青靄，遥天浸白波。下方城郭近，鐘磬雜笙歌。

送僧游西域

一盂兼一錫，秪此度流沙。野性雖爲客，禪心即是家。寺披雲嶠雪，路入曉天霞。自說游諸國，回應歲月賒。

遠煙

靄靄前山上，凝光滿薜蘿。高風吹不盡，遠樹得偏多。翠與晴雲合，輕將淑氣和。正堪流野目，朱閣意如何。

螢

熠熠與娟娟，池塘竹樹邊。亂飛如拽火，成聚却無煙。微雨灑不滅，輕風吹欲燃。昔時書案上，頻把作囊懸。

憶廬山舊居

麤衣糲食老煙霞，勉把衰顏惜歲華。獨鶴祇爲山客伴，閑雲常在野僧家。叢生嫩蕨粘松粉，自落乾薪帶蘚花。明月清風舊相得，十年歸恨可能賒。

題棲霞寺僧房

名山不取買山錢，任構花宮近碧巔。松檜老依雲裏寺，樓臺深鎖洞中天。風經絶嶂回疏雨，石倚危屏挂落泉。欲結茅菴共師住，肯饒多少薜蘿煙。

山中作

席簾高捲枕高敧，門掩垂蘿蘸碧溪。閑把史書眠一覺，起來山日過松西。

織婦

蓬鬢蓬門積恨多，夜闌燈下不停梭。成縑猶自陪錢納，未直青樓一曲歌。

句

太平時節無人看，雪刃閑封滿匣塵。（劍。見王正字詩格）

修睦

修睦，光化中爲洪州僧正，與貫休、處默、棲隱爲詩友。詩二十首。

秋日閑居

是事不相關，誰人似此閑。卷簾當白晝，移榻對青山。野鶴眠松上，秋苔長雨間。岳僧頻有信，昨日得書還。

宿岳陽開元寺

竟夕憑虛檻，何當興歎頻。往來人自老，今古月常新。風逆（一作風送）沈魚唱，松疎露鶴身。無眠鐘又動，幾客在迷津。

送邊將

人盡有離別，而君獨可（一作無）嗟。言將身報國，敢望祿榮家。戰思風吹野，鄉心月照（一作滿）沙。歸期定何日，塞北樹無花。

雪中送人北遊

然知心去速，其柰雪飛頻。莫喜（一作歎）無危道，雖平更陷人。遠郊光接漢，曠野色通秦。此去迢遥極，却回應過春。

落葉

雨過閑田地，重重落葉（一作盡）紅。翻思向春日，肯信有秋風。幾處隨流水，河邊亂暮空。祗應松自立，而不與君同。

落花

一片又一片，等閑苔面紅。不能延數日，開亦是春風。公子歌聲歇，詩人眼界空。遥思故山下，經雨兩三叢。

題田道者院

入門空寂寂，眞箇出家兒。有行鬼不見，無心人謂癡。古巖寒柏對，流水落花隨。欲別一何嬾，相從所恨遲。

東林寺

欲去不忍去，徘徊吟繞廊。水光秋瀲灧，僧好語尋常。碑古苔文疊，山晴鐘韻長。翻思南嶽上，欠此白蓮香。

寄貫休上人

常語亦關詩，常流安得知。楚郊來未久，吳地住多時。立月無人近，歸林有鶴隨。所居渾不遠，相識偶然遲。

喜僧友到

十年消息斷，空使夢煙蘿。嵩嶽幾時下，洞庭何日過。瓶乾離澗久，衲壞臥雲多。意欲相留住，游方肯舍麼。

懷虛中上人

簷雨滴更殘，思君安未安。湘川聞不遠，道路去尋難。吟鬢霜應蝕，禪衣雪漸寒。倚松因獨立，一鳥下江干。

簡寂觀

正同高士坐，煙霞思著閑。忪又是嗟碧岫，觀中人似鶴。紅塵路上事如麻，石肥滯雨添蒼蘚，松老涵風落翠花。莫道此間無我分，遺民長在惠持家。

睡起作

長空秋雨歇，睡起覺精神。看水看山坐，無名無利身。偈吟諸祖意，茶碾去年春。此外誰相識，孤雲到砌頻。

賣松者

求利有何限，將松入市來。直饒人買去，也向柳邊栽。細葉猶粘雪，孤根尚惹苔。知君用心錯，舉世重花開。

思齊已上人

同人與流俗，相謂好襟靈。有口不他説，長年自誦經。水聲秋後石（一作室），山色晚來庭。客問修何法，指松千歲青。

送玄泰禪師

去去何住，一盂兼一瓶。水邊寒草白，島外曉峰青。宿處林聞虎，行時天有星。回期誰可定，浮世重看經。

三生石

聖迹誰會得，每到亦徘徊。一尚不可得，三從何處來。清宵寒露滴，白晝野雲隈。應是表靈異，凡情安可猜。

題僧夢微房

東海日未出，九衢人已行。吾師無事坐，苔蘚入門生。雨過閑花落，風來古木聲。天台頻説法，石壁欠題名。

秋臺作

獨上高樓上，客情何物同。孤雲無定處，長日信秋風。兄弟多年別，關河此夕中。到頭歸去是，免使歎洪濛。

懷故園

故園歸未得，此日意何傷。獨坐水邊草，水流春日長。

無作

無作，字不用，姓司馬氏，吳越四明山僧，善草隸，詩歌不謁王侯，自號逍遥子。詩一首。

謝武肅王

雲鶴性孤單，爭堪名利關。銜恩雖入國，辭命却歸山。

清尚

清尚，與齊已同時。詩一首。

哭僧

道力自超然，身亡同坐禪。水流元在海，月落不離天。溪白葬時雪，風香焚處煙。世人頻下淚，不見我師玄。

乾康

乾康，零陵人。詩二首。

投謁齊已

隔岸紅塵忙似火，當軒青嶂冷如冰。烹茶童子休相問，報道門前是衲僧。

賦殘雪康謁永州守，覩其老醜，不信能詩。時積雪方消，命爲題試之。守大驚，曰：其旨不淺。待以殊禮

六出奇花已住開，郡城相次見樓臺。時人莫把和泥看，一片飛從天上來。

句

鏡湖中有月，處士後無人。荻笋抽高節，鱸魚躍老鱗。經方干舊居，甚爲齊己所稱

全唐詩無考

曇翼詩一首

招隱第四句缺一字

連峯數千里，修林帶平津。雲起遠山翳，風至□荒榛。茅茨隱不見，雞鳴知有人。躡磴踐其跡，處處見遺薪。乃知百代下，固有上皇民。

隱求一作隱丘詩一首

石橋琪樹

山上天將近，人間路漸遥。誰當雲裏見，知欲渡仙橋。

智遠詩一首

律僧

濾水與龕燈，長長護有情。衆生謂有情 自從青草出，便不下階行。北闕應無夢，南山舊有名。將何喻浮世，惟指浪漚輕。

無悶詩二首

暮春送人

折柳亭邊手重攜，江煙澹澹草萋萋。杜鵑不解一作顧離人意，更向落花枝上啼。

寒林石屏

草堂無物伴身閑，惟有屏風枕簟間。本向他山求得石，却於石上看他山。

尚志詩一首

江上秋志

到來江上久，誰念旅游心。故國無秋信，隣家有暮砧。坐遥翻不睡，愁極却成吟。即恐髭連鬢，還爲白所侵。

玄寶詩一首

路

南北東西去，茫茫萬古塵。關河無盡處，風雪有行人。險極山通蜀，平多地入秦。營營名利者，來往豈辭頻。

懷浦詩二首

贈智舟三藏

壯歲心難伏，師心伏豈難。尋常獨在院，行坐不離壇。岳雪當禪暝，松聲入呪寒。更因文字外，多把史書看。

初冬旅舍早懷

枕上角聲微，離情未息機。夢回三楚寺，寒入五更衣。月没棲禽動，霜晴凍葉飛。自慚行役早，深與道相違。

亞棲詩二首

對御書後一絕

通神筆法得玄門，親入長安謁至尊。莫怪出來多意氣，草書曾悅聖明君。

題英禪師

將知德行異尋常，每見持經在道場。欲識用心精潔處，一瓶秋水一爐香。

惟審詩三首

别友人

一身無定處，萬里獨銷魂。芳草迷歸路，春衣滴淚痕。幾時休一作同旅食，向夜宿江村。欲識異鄉苦，空山啼暮猨。

賦得聞曉鶯一作黄鸝啼

捲簾清夢後，芳樹引流鶯。隔葉傳春意，穿花送曉聲。未調雲路翼，空負桂枝情。莫盡關關一作西興，羇愁正厭生。

春日旅懷呈知己

生涯萬事有蒼蒼，應任流萍便越鄉。春水獨行人漸遠，故園歸夢一作路夜空長。一聲隔浦猨啼處，數滴驚心淚滿裳。不爲知音皆鮑叔，信誰一作憑江上去茫茫。

慕幽詩六首

劒客

去住知一作知何處，空將一劒行。殺人雖取次，爲事愛公平。戟立嗔髭鬢，星流忿眼睛。曉來湘市一作相共說，拂曙别邊城。

酬和友人見寄一作冬日淮上别文上人

勞歌好自看，終久偶齊桓。五字若教易，一名爭得難。侵窓紅樹一作葉老，蔭砌雪花殘。莫効齊儕屬，東歸翦釣竿。

冬日淮上别文上人一作酬和友人見寄

家國各萬里，同吟六七年。可堪隨北雁，迢遞向南天。水共一作與行人遠，山將落日連。春淮有雙鯉，莫忘尺書傳。

柳

今古憑君一贈行，幾回折盡復重生。五株斜傍淵明宅，千樹低垂太尉營。臨水帶煙藏翡翠，倚風兼雨宿流鶯。隋皇堤畔一作上依依在，曾惹當時歌吹聲。

三峽聞猨

誰向兹來不恨生，聲聲都是斷腸聲。七千里外一家住，十二峰前獨自行。瘴雨晚藏神女廟，蠻煙寒鎖夜郎城。憑君且聽一作莫哀吟好，會待青雲道路平。

燈

鐘斷危樓鳥不飛，熒熒何處最相宜。香然水寺僧開卷，筆寫春幃客著詩。忽爾思多穿壁處，偶然心盡斷纓時。孫康勤苦誰能念，少減餘光借與伊。

釋彪詩一首

寶琴

吾有一寶琴價重雙南金剗作龍鳳象彈爲山水音星
從嶶裏發風來弦上吟鍾期不可遇誰辨曲中心

法輪（詩一首）

觀大駕出敘事寄懷（見文苑英華）

紫臺宵漏竭青門曙鼓通輕霞照複道徐吹轉相風玉
鸞光萬騎金輿鬱五戎鳴笳猶度闕清蹕尚喧宮雲旗
亂陌紫羽旆雜塵紅百城歸北麗兩漢久慚雄吾曹陋
薄技餘慶洽微躬平原已起洛印手亦還豐得奉衣冠
盛仍觀書軌同猶言待封告未忍向華嵩

尚能（詩一首）

中秋旅懷

所畜惟騷雅兼之得固窮望鄉連北斗聽雨帶西風稼
穡村坊遠煙波路逕通冥搜清絕句恰似有神功

句

霜洲楓落盡月館竹生寒（見萬花谷）

常雅（詩一首）

題伍相廟

蒼蒼古廟映林巒漠漠煙霞覆古壇精魄不知何處在
威風猶入浙江寒

滄浩（詩一首）

懷舊山（一作別嘉興知己）

一坐西林寺從來未下山不因尋長者無事到人間宿
雨愁爲客寒花笑未還（一作寒食散未還）空懷舊山月童子誦經閑

若水（詩一首）

題慧山泉

石脈綻寒光松根噴曉涼注缾雲母滑漱齒茯苓香野
客偷煎茗山僧借淨牀安禪何所問孤月在中央

文鑒（詩一首）

題馬跡山

瀛洲西望沃洲山山在平湖縹緲間常說使君千里馬
至今龍跡尚堪攀

全唐詩

慈恩寺沙門（高宗時）

和御製遊慈恩寺

皇風扇祇樹至德茂禪林仙華曜日彩神幡曳遠陰綺
殿籠霞影飛閣出雲心細草希慈澤恩光重更深

水心寺僧

贈賈松先輩

嵯峨山上石歲歲色長新若使盡成寶誰爲知己人

無名釋

古梅

火虐風饕水漬根霜皴雪皺古苔痕東風未肯隨寒暑
又蘗清香與返魂

南唐失名僧

月

徐徐東海出漸漸上天衢此夜一輪滿清光何處無（前二句一作團團離海嶠漸漸出雲衢）

吴越僧

武肅王有旨石橋設齋會進一詩共六首

南有天台事可尊孕靈含秀獨超羣重重曲澗侵危石
步步層巖踏碎雲金雀每從雲裏現異香多向夜深聞
當知此界非凡界一道幽奇各自分

仙源佛窟有天台令古嘉名遍九垓石磴嵌空神匠出
瀑泉雄壯雨聲來景強偏感高僧上地勝能令遠思開
一等翹誠依此處自然靈貺作梯媒

智泉福海莫能逾親自王恩運睿謨感現盡寘心境界
資持全國道根株石梁低翥紅鸚鵡煙嶺高翔碧鸕鵠
勝妙重重惟禱祝永資軍庶息災虞

凌晨迎請倍精誠親散鮮花異處清羅漢攀枝呈梵相
巖僧倚樹現真形神幡雙出紅霞動寶塔全開白氣生
都爲王心標意切滿空盈月瑞分明

幡花寶蓋滿青川祈禱迎來聖半千莫道勝緣無影響
須知嘉會有因緣空中長似聞天樂巖畔常疑有地仙
何必更尋兜率去重重靈應事昭然

登雲步嶺涉煙程好景隨心次第生聖者已符祥瑞事
地靈全副禱祈情洞深重疊拖雲濕灘淺潺湲漱水清
願滿事圓歸去路便風相送片帆輕

唐末僧

題户詩

枕有思鄉淚門無問疾人塵埋牀下履風動架頭巾

神迥（臨晉人姓田貞觀間流化峨嵋爲道俗宗仰）

逸句

鵶鳴東牖曙草秀南湖春（見詩式）

可隆（字了空俗姓慕容住福州東禪院五代時人）

逸句

萬般思後行一失廢前功（觀棋）

爾鳥（唐末蜀沙門）

逸句

鯨目光燒半海紅鰲頭浪蹙掀天白（見詩話總歸）

元礎（上都僧）

逸句

寺隔殘潮去　採藥過泉聲　林塘秋半宿風雨夜深
來

悟清（唐僧）

逸句

鳥歸花影動魚没浪痕圓

契盈（閩中人住杭州龍華禪寺）

逸句

三千里外一條水十二時中兩度潮（見五代史補）

淡然

逸句

到處自鑿井不能飲常流

庭實（江南僧）

逸句

吟中雙鬢白笑裏一生貧（見詩史）

知業（吳越時湖州聖保寺僧有詩名）

逸句（第二句缺一字）

接岍橋通何處路倚欄人　是誰家（見葆光錄）

雲容

逸句

木末上明星

元幽

逸句

一萬蓮經三十春半生不蹋院門塵

志定

逸句

惟有鑄前今夜月當時曾照墮樓人　梧桐葉老蟬聲死一夜洞庭波上風（見張爲主客圖）

靈準

逸句

晴看漢水廣秋覺峴山高

荊州僧

逸句

犬熟護鄰房

全唐詩

司馬承禎

司馬承禎字子微河內人好學工篆隸居天台紫霄峰則天睿宗明皇累召見問道術後居王屋山卒贈眞一先生詩一首

答宋之問

時既暮兮節欲春山林寂兮懷幽人登奇峰兮望白雲悵緬邈兮象欲紛白雲悠悠去不返寒風颼颼吹日晚不見其人誰與言歸坐彈琴思逾遠

張氳

張氳一名蘊字藏眞晉州人神情秀逸倜閑學道不娶嘗寓李嶠家十餘年棲息洪崖古壇自號洪崖子天后及明皇朝屢召不赴詩三首

醉吟三首

去歲無田種今春乏酒材從他花鳥笑佯醉臥樓臺

下調無人睬高心又被瞋不知時俗意敎我若爲人

入市非求利過朝不爲名有時隨俗物相伴且營營

司馬退之

司馬退之開元中道士詩一首

洗心

不踐名利道始覺塵土腥不味稻粱食始覺精神（一作神骨）清羅浮奔走外日月無短明山瘦松亦勁鶴老飛更輕道遙此中客翠髮皆長生草木多古色雞犬無新聲君有出俗志不貪英雄名傲然脫冠帶改換人間情去矣丹霄路向曉雲冥冥

裴僑然

裴僑然楚州刺史思訓之子開元中爲道士好詩酒善丹青詩一首

夜醉臥街（開元中夜醉臥街犯禁乃爲此詩）

遮莫鼕鼕動（一作鼓）須傾滿滿杯金吾如借問但（一作報）道玉山頹

軒轅彌明

軒轅彌明元和中衡山道士詩一首

謁堯帝廟（桂州堯廟有開元二年彌明謁堯詩自宋鐫石）

祖龍開國盡遐荒廟建唐堯鎮此邦山卷白雲朝帝座林疎紅日列仙幢巍巍聖蹟陵松嶠蕩蕩思波洽桂江瞻仰威靈共回首紫霞深處鎖軒窗

陳寡言

陳寡言字太初暨陽人從田良逸學道元和中住桐柏山詩二首

山居

照水氷如鑑掃雪玉爲塵何須問今古便是上皇人

醉臥茅堂不閉關覺來開眼見青山松花落處宿猨在麋鹿羣羣林際還

臨化示弟子

我本無形暫有形偶來人世逐營營輪迴債負今還畢搔首翛然歸上清

李昇

李昇字雲舉江夏人學煉氣養形之術與元白善年百餘歲卒詩一首

元白席上作（一作呂巖過鍾離先生作）

生在儒家遇太平懸纓垂帶布衣輕誰能世路趨名利臣事玉皇歸上清

范堯佐

范堯佐長慶元和中道士詩一首

一字至七字詩（以題爲韻同王起諸公送白居易分司東都作）

書

書憑鴈寄魚出王屋入匡廬文生益智道著清虛葛洪一萬卷惠子五車餘銀鉤屈曲索靖題橋司馬相如別後莫暌千里信數封緘送到閑居

徐靈府

徐靈府自號默希子錢塘人居天台虎頭巖上以修煉自樂武宗詔徵之力辭免嘗撰天台山記三洞要畧玄鑑等書詩三首

言志獻浙東廉訪辭名

野性歌三樂皇恩出九重邪煩紫宸命遠下白雲峰多媿書傳鶴深慚紙畫龍將何佐明主甘老在巖松

自詠二首

寂寂凝神太極初無心應物等空虛性修自性非求得欲識眞人衹是渠

學道全眞在此生何須待死更求生今生不了無生理縱復生知那處生（一作俟臺聞吟）

吳子來

吳子來大中末道士詩二首

留觀中詩二首（雲笈七籤云子來止成都雙流縣興唐觀中養氣絕粒時亦飲酒他無所營一日自寫其眞并詩二章留遺觀中道士瞢玄之眞去）

終日草堂間清風常往還耳無塵事擾心有翫雲閑對酒惟思月餐松不厭山時時吟內景自合駐童顏

此生此物當生涯白石青松便是家對月臥雲如野鹿時時買酒醉煙霞

全唐詩

吳筠

吳筠字貞節華州華陰人少通經善屬文舉進士不第去入嵩山爲道士明皇聞其名遣使徵至待詔翰林天寶中堅求還山尋入會稽隱剡中大曆中年卒弟子私謚爲宗玄先生集十卷今編詩一卷

遊仙二十四首

啓冊觀往載摇懷考今情終古已寂寂舉世何營營悟彼衆仙妙超然含至精凝神契冲玄化服凌太清心同宇宙廣體合雲霞輕翔風吹羽蓋慶霄拂霓旌龍駕朝紫微後天保令名豈如寰中士穽晃矜蹔榮

鸞鳳棲瑤林鵾鷄集平楚飲啄本殊好翱翔終異所吾方遺諠囂立節慕高舉解玆區中戀結彼霄外侶誰謂天路遐感通自無阻

愍俗從遷謝尋仙去淪沒三元有眞人與我生道骨凌晨吸丹景入夜飲黃月百關彌調暢方寸益清越棲神合虛無洞覽周恍惚不覺隨玉皇焚香詣金闕

西龜初定籙東華已校名三官無遺譴七祖升雲軿體妙塵累隔心微玄化并一朝出天地億載猶童嬰使我齊浩劫蕭蕭宴玉清

怡神在靈府皎含清澄仙經不吾欺輕舉信有徵疇昔希道念而今果天矜豈非陰功著乃致白日升焉用過洞府吾其越朱陵

高眞誠寥邈道合不我遺孰謂姑射遠神人可同嬉結駕從之遊飄飄出天垂不理人自化神凝物無疵因知至精感足以和四時

碧海廣無際三山高不極金臺羅中天羽客恣遊息霞液朝可飲虹芝晚堪食嘯歌自忘心騰舉寧假翼保壽同三光安能紀千億

將過太帝宮蹔詣扶桑處眞童已相迓爲我清宿霧海若寧洪濤羲和止奔馭五雲結層閣八景動飛輿青霞正可挹丹椹時一遇留我宴玉堂歸軒不令遽

欲超洞陽界試鑒丹極表赤帝躍火龍炎官控朱鳥導我升絳府長驅出天杪陽靈赫重暉四達何皎皎爲爾流飄風羣生遂無夭

予因詣金母飛蓋超西極遂入素中天停輪太濛側若華拂流影不使白日匿傾曦復亭午六合無瞑色道化隨感遷此理誰能測

九龍何蜿蜿載我升雲綱臨睨懷舊國風塵混蒼茫依依遠人寰去去邇帝鄉上超星辰紀下視日月光倏已過太微天居煥煌煌

停驂太儀側整服金闕前肅肅承上帝鏘鏘會羣仙鴻罏發靈香（一作音）廣蕪張鈞天玉醴洽中座霞膏充四筵良期無終極俛仰移億年

峻朗妙門闢澄徹眞鑒通瓊林九霞上金閣三天中飛虬躍慶雲翔鶴摶靈風鬱彼玉京會仙期六合同予昇至陽元（一作源）欲憩明霞館飄飄瓊輪舉曄曄金景散結虛成萬有高妙咸可翫玉山鬱嵯峨琅海杳無岸蹔賞過千椿遐齡誰復算

招攜紫陽友合宴玉清臺排景羽衣振浮空雲駕來靈旛七曜動瓊障九光開鳳舞龍璈奏虬軒殊未迴

高升紫極上宴此玄都岑玉藻散奇香瓊柯流雅音靈風生太漠習習吹人襟體混希微廣神凝空洞深蕭然宇宙外自得乾坤心

晨登千仞嶺俯瞰四人居原野間城邑山河分里閭眇彼埃塵中爭奔聲利途百齡寵辱盡萬事皆爲虛自昔無成功安能與爾俱將期駕雲景超跡升天衢

羽骨鍊體彌清鑒明塵已絕恬夷宇宙泰煥朗天光徹羽服參煙霄童顏皎冰雪隱符千魔駭鳴玉萬帝悅遂使區宇中祅氣永淪滅

朝遊弱水北夕憩鍾山頂顓頊清玄宮禺强掃幽境燭龍發神曜陰野彌煥炳導達三氣和驅除六天靜玉樓互相暉煙客何秀潁一舉流霞津千年在俄頃

揚蓋造辰極乘煙遊閶風上元降玉闥王母開琳宮天人何濟濟高會碧堂中列侍奏雲歌眞音滿太空千年紫柰熟四劫靈瓜豐斯樂異荒譪陶陶殊未終

整駕辭五嶽，排煙凌九霄。紛然太虛中，羽旆更相招。且盼蓬壺近，誰言崑閬遙。悠悠竟安適，仰赴三天朝。

予招三清友，迴出九天上。撓挑絕漢中，差池遙相望。大空含常明，八外無隱障。鸞鳳有逸翮，泠然恣飄颺。寥寥唯玄虛，至樂在神王。

縱身太霞上，眇眇虛中浮。八威先啓行，五老同我遊。靈景何灼灼，祥風正寥寥。嘯歌振長空，逸響清且柔。遨嬉無迹賞，顧眄皆真儔。不疾而自速，萬天俄已周。

返視太初先，與道冥至一。空洞凝真精，乃為虛中實。變通有常性，合散無定質。不行迅飛電，隱曜光白日。玄棲忘玄深，無得固無失。

覽古十四首

聖人重周濟，明道欲救時。孔席不暇暖，墨突何嘗緇。興言振頹綱，將以有所維。君臣恣淫惑，風俗日凋衰。三代業遽隕，七雄遂交馳。庶物墜塗炭，區中若棼絲。秦皇燎儒術，方冊靡孑遺。大漢歷五葉，斯文復崇推。乃驗經籍道，與世同屯夷。弛張固天意，設教安能持。

興亡道之運，否泰理所全。奈何淳古風，既往不復旋。三皇已散朴，五帝初尚賢。王業與霸功，浮偽日以宣。忠誠及狙詐，殽混安可甄。餘智入九霄，守愚淪重泉。永懷巢居時，感涕徒泫然。

棟宇代巢穴，其來自三皇。跡生固為累，經始增百王。瑤臺既滅夏，瓊室復隕湯。覆車世不悟，秦氏興阿房。繼踵迷反正，漢家崇建章。力役弊萬人，瓌奇殫八方。徇志仍未極，促齡已云亡。侈靡竟何在，荊榛生廟堂。

閑居覽前載，惻彼商與秦。所殘必忠良，所寶皆兇嚚。昵諛方自聖，不悟禍滅身。箕子作周輔，孫通為漢臣。洪範及禮儀，後王用經綸。

吾觀采苓什，復感青蠅詩。讒佞亂忠孝，古今同所悲。奸邪起狡猾，骨肉相殘夷。漢儲殞江充，晉嗣滅驪姬。天性猶可間，君臣固其宜。子胥烹吳鼎，文種斷越鈹。屈原沈湘流，厥戚咸自貽。何不若范蠡，扁舟無還期。

嘗稽真仙道，清寂祛衆煩。秦皇及漢武，焉得遊其藩。情擾萬機屑，位驕四海尊。既欲先宇宙，仍規後乾坤。崇高與久遠，物莫能兩存。矧乃恣所欲，荒淫伐靈根。金膏恃延期，玉色復動魂。征戰窮外域，殺傷被中原。天鑒諒難誣，神理不可諼。安期返蓬萊，王母還崑崙。異術終莫告，悲哉竟何言。

曾侯祈政術，尼父從棄捐。漢主思英才，賈生被（一作亦）排遷。始皇重韓子，及覿乃不全。武帝愛（一作欽）相如，既徵復忘賢。貴遠世咸爾，賤今理共然。方知古來主，難以効當年。

食其昔未偶，落魄為狂生。一朝君臣契，雄辯何縱橫。運籌康漢業，憑軾下齊城。既以智所達，還為智所烹。豈若終貧賤，酣歌本無營。

晁錯抱遠策，為君納良規。削彼諸侯權，永用得所宜。奸臣負舊隙，乘釁謀相危。世主竟不辨，身戮宗且夷。漢景稱欽明，濫罰猶如斯。比干與龍逢，殘害何足悲。

絳侯成大績，賞厚位仍尊。一朝對獄吏，榮辱安可論。蘇生佩六印，奕奕為殃源。主父食五鼎，昭昭成禍根。李斯佐二辟，巨釁鍾其門。霍孟翼三后，伊戚及後昆。天人忌盈滿，茲理固永存。方知得意者，何必乘朱輪。滅景栖遠壑，弦歌對清樽。二疏返海濱，蔣詡歸林園。蕭灑去物累，此謀誠足敦。

至人順通塞，委命固無疵。吾觀太史公，可謂識道規。留滯焉足憤，感懷殄生涯。吾歎龔夫子，秉義確不移。晦跡一何晚，天年夭當時。薰膏自銷鑠，楚老空餘悲。

達者貴量力，至人尚知幾。京房洞幽贊，神奧咸發揮。如何嫉元惡，不悟禍所歸。謀物闇謀己，誰言爾精微。（以上三首本作一首）

玄元明知止，大雅尚保躬。茂先洽聞者，幽賾咸該通。弱年賦鷦鷯，可謂達養蒙。晚節希鸞鵠，長飛戾曾穹。知進不知退，遂令其道窮。伊昔辨福初，胡為迷禍終。方驗嘉遁客，永貞天壤同。

聖人垂大訓，與義不苟設。天道殃頑兇，神明祐懿哲。斯言猶影響，安得復迴穴。鯀瞍誕英睿，唐虞育昏孽。盜跖何延期，顏生乃短折。魯隱全克讓，禍機遂潛結。楚穆肆巨逆，福柄奚赫烈。田常弒其主，祚國久罔缺。管仲存霸功，世祖（一作祀）成詭說。漢氏方版蕩，羣閹恣邪譎。蹇蹇陳蕃徒，孜孜抗忠節。誓期區宇靜，爰使兇醜絕。謀協事靡從，俄而反誅滅。古來若茲類，紛擾難盡列。道遐理微茫，誰為我昭晰。吾將詢上帝，寥廓詎躋徹。已矣勿用言，忘懷庶自悅。（自楚穆以下一本分作二首）

步虛詞十首

衆仙仰靈範，肅駕朝神宗。金景相照曜，逶迤升太空。七玄已高飛，火鍊生珠（一作朱）宮。餘慶逮天壤，平和王道融。八威清遊氣（一作氛），十絕舞祥風。使我躋陽源（一作原），其來自陰功。逍遙太霞上，真鑒靡不通。

逸轡登紫清，乘光邁奔電。閶風隔三天，俯視猶可見。玉闕摽敞朗，瓊林鬱葱蒨。自非挺金骨，焉得諧夙願。真朋何森森，合景恣遊宴。良會忘淹留，千齡纔一眄。

三宮發明景，朗照同鬱儀。紛然馳颷欻，上采空清蕤。令我洞金色，後天耀瓊姿。心協太虛靜，寥寥竟何思。玄中有至樂，淡泊終無為。但與正真友，飄飄散（一作從）遨嬉。

稟化凝正氣，鍊形為真仙。忘心符元宗，返本協自然。帝一集絳宮，流光出丹玄。元英與桃君，朗詠長生篇。六府煥明霞，百關（一作開）羅紫煙。飆車涉寥廓，靡靡乘景遷。不覺雲路遠，斯須遊萬天。

扶桑誕初景，羽蓋凌晨霞。倏欻造西域，嬉遊金母家。碧津湛洪源，灼爍敷荷花。煌煌青琳宮，粲粲列玉華。真氣溢絳府，自然思無邪。俯矜區中士，夭濁良可嗟。

瓊臺劫萬仞，孤映大羅表。常有三素雲，凝光自飛繞。羽幢泛明霞，升降何縹緲。鸞鳳吹雅音，栖翔絳林標。玉虛無晝夜，靈景何皎皎。一覿太上京，方知衆天小。

灼灼青華林，靈風（一作鳳）振瓊柯。三光無冬春，一氣清且和。迴首邇結靈，傾眸親曜羅。豁落制六天，流鈴威百魔。緜慶不極，誰謂椿齡多。

高情（一作清）無侈靡，遇物生華光。至樂無簫歌，金玉音琅琅（一作玉音自琳琅）。或登明真臺，宴此羽景堂。杳靄結寶雲，霏微散靈香。天人誠遐曠，歡泰不可量。

爰從太微上，肆覲虛皇尊。騰我八景輿，威遲入天門。既登玉宸庭肅肅仰紫軒敢問龍漢末如何闢乾坤怡然輟雲璈告我希夷言幸聞至精理方見造化源二氣播萬有化機無停輪而我操其端乃能出陶鈞寥寥大漠一作廾天漢上所遇皆清眞澄瑩含元和氣同自相親絳樹結丹實紫霞流碧津以玆保童嬰永用超形神

登北固山望海

此一作北山鎭京口迥出滄海湄躋覽何所見茫茫潮汐馳雲一作池生蓬萊島日出扶桑枝萬里混一色焉能分兩儀願言策煙駕縹緲尋安期揮手謝人境吾將從此辭

聽尹鍊師彈琴

至樂本太一幽琴和乾坤鄭聲久亂雅此道稀能尊吾見尹仙翁伯牙今復存衆人乘其流夫子達其源在山峻峰峙在水洪濤奔都忘邇城闕但覺清心魂代乏識微者幽音誰與論

題龔山人草堂

世人負一美未肯甘陸沈獨抱匡濟器能懷眞隱心結廬邇城郭及到雲木深滅跡慕潁陽忘機同漢陰啓戶面白水憑軒對蒼岑但歌考槃詩不學梁父吟玆道我所適感君齊素襟朂哉龔夫子勿使囂塵侵

遊廬山五老峰

彭蠡隱深翠滄波照芙蓉日初金光滿景落黛色濃雲外聽猨鳥煙中見杉松自然符幽情瀟灑愜所從整策務探討嬉遊任從容玉膏正滴瀝瑤草多芊茸羽人栖層崖道合乃一逢揮手欲輕舉爲余扣瓊鐘空香清人心正氣信有宗永用謝物累吾將乘鸞龍

登廬山東峰觀九江合彭蠡湖

百川灌彭蠡秋水方浩浩九派混東流朝宗合天沼寫心陟雲峰縱目還縹緲宛轉衆浦分差池羣山繞江妃弄明霞彷彿呈窈窕而我臨長風飄然欲騰矯昔懷滄洲興斯志果已紹焉得忘機人相從洽魚鳥

建業懷古

炎精既失御宇內爲三分吳王霸荊越建都長江濱爰資股肱力以靜淮海民魏后欲濟師臨流遽旋軍豈惟限天塹所忌在有人惜哉歸命侯淫虐敗前勳銜璧入洛陽委躬爲晉臣無何覆宗社爲爾含悲辛俄及永嘉末中原塞胡塵五馬浮渡江一龍躍天津此時成大業實賴賢搢紳闢土雖未遠規模亦振振謝公佐王室伏節掃僞秦誰爲吳兵孱用之在有倫荏苒宋齊末斯須變梁陳綿歷已六代興亡互紛綸在德不在險成敗良有因高堞復于隍廣殿摧于榛王風久泯滅勝氣猶氤氳皇家一區域玄化通無垠常言宇宙泰忽遘雲雷屯極目梁宋郊茫茫晦妖氛安得倚天劍斬玆橫海鱗徘徊一作服江山暮感激爲誰申

經羊角哀墓作

祇召出江國路傍旌古墳伯桃葬角哀墓近荊將軍神道不相得稱兵解其紛幽明信難知勝負理莫分長呼遂刎頸此節古未聞兩賢結情愛骨肉何足云感子初併糧我心正氛氳遲迴駐征騎不覺空林曛

過天門山懷友

衆帆遇風勁逸勢如飛奔縹緲凌煙波崩騰走川原兩山夾滄江豁爾開天門須臾輕舟遠想象孤嶼存歸路日已近怡然慰心魂所經多奇趣待與吾友論一日如三秋相思意彌敦

舟中遇柳伯存歸潛山因有此贈

澆風久成俗眞隱不可求何悟非所冀得君在扁舟目擊道已存一笑遂忘言況觀絕交書兼覩箴隱文見君浩然心視世如浮空君歸潛山曲我復廬山中形間心不隔誰能嗟異同他日或相訪無辭馭冷風

舟中夜行

榜人識江路挂席從宵征莫辨洲渚狀但聞風波驚陰雲正飄颻落月無光晶豈不畏艱險所憑在忠誠何時達遙夜佇見初日明

晚到湖口見廬山作呈諸故人

夜舟達湖口漸近廬山側高高標橫天隱隱何峻極石鏡啓晨暉鑪煙凝寒色旅泊將休暇歸心已躋陟虛名久爲累使我辭逸域良願道不違幽襟果玆得故人在雲嶠乃復同晏息鴻飛入青冥虞氏一作人罷繒弋

苦春霖作寄友

應龍遷南方靈雨備一作漏江干俯望失平陸仰瞻隱崇巒陰風斂暄氣殘月淒已寒時鳥戢好音衆芳亦微殘萬流注江湖日夜增波瀾數君曠不接悄然無與歡對酒聊自娛援琴爲誰彈彈爲愁霖引曲罷仍永歎此歎因感物誰能識其端寫懷寄同心詞極意未殫

酬葉縣劉明府避地廬山言懷詒鄭錄事昆季苟尊師兼見贈之

明哲良罕遇遇君輒思齊挺生著天爵自可析人珪河洛初沸騰方期掃虹霓時命竟未合安能親鼓鼙從此罷飛鳧投簪辭割雞驅車適南土忠孝兩不暌廬嶽鎭江介於焉愜林棲入門披綵服出谷杖紅藜隱令舊閭里而今復成蹊鄭公解簪紱華蕚曜松谿賢哉苟徵君滅跡爲圖畦顧已成非薄忝玆忘筌蹄相觀對綠樽逸思凌丹梯道奉我長往時清君勿迷王孫且無歸芳草正萋萋

高士詠有序

易稱君子之道或出或處或默或語蓋出而語者所以佐時致理處而默者所以居靜鎭躁故雖無言亦幾於利物豈獨善其身而已哉夫子曰隱居以求其志行義以達其道所謂百慮一致殊途同歸者也夫好同惡異人之常情予自弱年竊尚眞隱遠覽先達實怡我心雖不見古人而餘風可仰是則是傚其唯嘉遁之士乎故企慕之不足則師友之師友之不足則詠歌之聊樂我員於是乎在昔玄晏先生皇甫謐因其所美而著高士傳梁伯鸞有高士頌愚今有高士詠亦各一時之志耳太初渺邈難得而詳洪崖之流無跡可紀故始於混元皇帝終於陶徵君舉其絕倫明其標的爲五十首以吟諷其德音焉

混元皇帝

玄元九仙主道冠三氣初應物方佐命棲眞亦歸居貽

篇訓終古駕景還太虛孔父歎猶龍誰能知所如

廣成子

廣成卧雲岫緬邈逾千齡軒轅來順風問道修神形至言發玄理告以從杳冥三光入無窮寂默返太寧

許先生

大名賢所尚寶位聖所珍皎皎許仲武遺之若纖塵棄瓢箕山下洗耳潁水濱物外兩寂寞獨與玄冥均

樊先生

巢父志何遠潛精人莫知耻聞讓王事飲犢方見移不欲散大朴焉能爲堯師鍊眞自輕舉浮世何足遺

柏成子高

大禹受禪讓子高辭諸侯退躬適外野放浪夫何求萬乘造中畝一言良見酬偘偘耕不顧斯情邈難儔

臧丈人

臧叟隱中璧垂綸心浩然文王感昔夢授政道斯全一遵無爲術三載淳化宣功成遂不處遁跡符冲玄

伯夷叔齊

夷齊互崇讓棄國從所欽聿來及宗周乃復非其心世濁不可處冰清首陽岑采薇詠羲農高義越古今

南華眞人

南華源道宗玄遠故不測動與造化遊靜合太和息放曠生死外逍遥神明域況乃資九丹輕舉歸太極

冲虛眞人

冲虛冥至理體道自玄通不受子陽祿但飲壺丘宗泠然竟何依撓挑遊大空未知風乘我爲是我乘風

洞靈眞人

亢倉致虛極潛跡依遠岫智去愚獨留日虧歲方就鄉人謀尸祝不欲聞俎豆尚賢非至理堯舜固爲陋

通玄眞人

通玄貴陰德利物非市朝悠然大江上散髮揮輕橈已陳緇帷說復表滄浪謠滅跡竟何往遺文獨昭昭

文始眞人

文始通道源含光隱關吏遥欣紫氣浮果驗眞人至玄誥已云錫世榮何足累高步三清境超登九仙位

榮啓期

榮期信知止帶索無所求外物非我尚琴歌自優游三樂通至道一言醉孔丘居常以待終嘯傲夫何憂

長沮桀溺

賢哉彼沮溺避世全其眞孔父棲棲者征途方問津行藏既異跡語默豈同倫耦耕長林下甘與鳥雀羣

顏闔

世情矜寵譽傲節傲當時顏闔遵無名飯牛聊自怡逃聘鄙束帛鑿坏欣茅茨託聘囂塵表放浪世莫知

老萊夫妻

萊氏道已遠懿妻德彌清一遁囂煩趣永契雲壑情祿位非所重拂衣遂遐征杳然從我願豈爲物所攖

楚狂接輿夫妻

接輿耽冲玄伉儷亦眞逸傲然辭徵聘耕績代祿秩鳳歌誡文宣龍德遂隱密一遊峨嵋上千載保靈術

鄭商人弦高

卓哉弦高子商隱獨摽奇傲謀全鄭國矯命犒秦師賞神（一作伸）義不受存公滅其私虛心貴無名遠跡居九夷

柳下惠

展禽抱純粹滅跡和光塵高情遺軒冕降志救世人百行既無黜三黜道彌眞信謂德超古豈惟言中倫

荷蓧晨門

荷蓧隱耕藝晨門潛抱關道尊名可賤理愜心彌閑混跡是非域縱懷天地間同譏孔宣父匿景杳不還

漢陰丈人

野哉漢陰叟好古遂忘機抱甕誠亦勤守朴全道微子貢初不達聽言識其非已爲風波人悅惘失所依

於陵夫妻

皎皎於陵子已賢妻亦明安茲道德重顧彼浮華輕琴書不爲務祿位不可榮逃跡終灌園誰能達世情

項橐

太項冥虛極微遠不可究稟量合太初返形寄童幼孔父歎至理顏生賴眞授泛然同萬流無跡世莫覿

太伯延陵

太伯全至讓遠投蠻夷間延陵嗣高風去國不復還尊榮比蟬翼道義侔崇山元（一作玄）規與峻節歷世無能攀

壺丘子

壺丘道爲量玄虛固難知季咸曜淺術禦寇初深疑至人忘禍福感變靡定期太冲杳無朕元化誰能知

段干木

干木布衣者守道杜衡門德光義且富肯易王侯尊魏主欽其賢軾廬情亦敦秦兵遂不舉高卧爲國藩

魯仲連

仲連秉奇節釋難含道情一言却秦圍片札降聊城辭金義何遠讓祿心益清處世功已立拂衣蹈滄溟

顏歜

高哉彼顏歜逸氣陵齊宣道尊義不屈士重王來前榮祿安可誘保和從自然放情任所尚長揖歸山泉

周豐

周豐貴隱耀靜默尊無名魯侯詢政體喻以治道精莅人在忠慤疑叛由會盟一言達至義千載良爲程

師金

聖人貴素朴禮義非玄同師金告顏生可謂達化宗夫子飾芻狗自然道斯窮應物方矯行俯仰靡不通

南郭子綦

子綦方隱几冥寂久灰心悟來應顏游清義杳何深合響盡天籟有言同鷇音是非不足辯安用勞神襟

黔婁先生

黔婁蘊雅操守約遺代華淡然常有怡與物固無瑕哲妻配明德既没辯正邪辭祿乃餘貴表謚良可嘉

原憲

原生何淡漠觀妙自怡性蓬户常晏如弦歌樂天命無財方是貧有道固非病木賜欽高風退慙車馬盛

商山四皓

萬方厭秦德戰伐何紛紛四皓同無爲丘中卧白雲自

漢成帝業一來翼儲君知幾道可尙隱括成元勳

河上公

邈邈河上叟無名契虛冲靈關暢玄旨萬乘趨道風寵辱不可累飄然在雲空獨與造化友誰能測無窮

東方曼倩

東方稟易象詭世隱郎廟棲心抱淸微混跡祕光耀玄覽寄數術納規在談笑賣藥五湖中還從九仙妙

嚴君平

漢皇舉遺逸多士成已寧至德不可拔嚴君獨湛冥卜筮訓流俗指歸暢玄經閉關動元象何必遊紫庭

司馬季主

季主超常倫沈跡寄卜筮宋賈二大夫停車試觀藝高談哂朝列洪辯不可際終東鸞鳳心脩然已遐逝

鄭子眞張仲蔚

子眞巖石下仲蔚蓬蒿居禮聘終不屈淸貧長晏如心情在耕藝養壽資玄虛至樂非外物迨宴歡有餘

嚴子陵

漢皇敦故友物色訪嚴生三聘迨深澤一來遇帝庭紫宸同御寢玄象驗客星祿位終不屈雲山樂躬耕

向子平

子平好眞隱淸淨詭老易探玄樂無爲觀象驗損益常抱方外心且紆人間跡一朝畢婚娶五嶽遂長適

韓康

伯休抱遐心隱括自爲美賣藥不二價有名反深恥安能受玄纁秉願終素履逃遁從所尙蕭蕭絕塵軌

臺佟管寧

吾嘉臺孝威樂道隱巖穴吾尙管幼安棲眞養高節採藥聊自給觀書任所悅風塵不可混眞素比松雪

高鳳

吾觀時人趣矯跡務馳聲獨有高文通訟田求翳名公車徒見累爵祿非所榮隱身樂魚釣世網不可攖

龐德公

龐公棲鹿門絕跡遠城市超然風塵外自得丘壑美耕鑿勤厥躬耘鋤課妻子保茲永無患軒冕何足紀

玄晏先生

士安逾弱冠落魄未修飾一朝因感激志學忘寢食著書窮天人辭聘守玄默薄葬信昭儉可爲將來則

孫公和

孫登好淳古卉服從穴居彈琴合天和讀易見象初終日無慍色恬然在玄虛貽言誡叔夜超跡安所如

董威輦

董京依白社散髮詠玄風心出區宇外跡參城市中囂塵不能雜名位安可籠匿影留雅什精微信難窮

郭文舉

郭生在童稚已得方外心絕跡遺世務棲眞入長林元和感異類猛獸懷德音不憶固無情斯言微且深

陶徵君

吾重陶淵明達生知止足怡情在樽酒此外無所欲彭澤非我榮折腰信爲辱歸來北窗下復采東籬菊

元日言懷因以自勵詒諸同志

馳光無時憩加我五十年知非慕伯玉讀易宗文宣經世匪吾事庶幾唯道全誰言帝鄉遠自古多眞仙餘滓永可滌東心方杳然軌能無相與滅跡俱忘筌安用感時變當期升九天

同劉主簿承介建昌江泛舟作

吾友從吏隱和光心杳然鳴琴正多暇嘯侶浮淸川風霽遠澄映昭昭涵洞天坐驚泉峰轉乃覺孤舟遷崖嶼非一狀差池過目前徘徊白日暮月色江中鮮眞興殊未已滔滔且沂沿時歌滄浪曲或誦逍遙篇酣暢迷夜久遲遲方告旋此時無相與其旨在忘筌

緱山廟

朝吾自嵩山驅駕遵洛汭逶遲轘轅側仰望緱山際王子謝時人笙歌此賓帝仙材夙所稟寶位焉足繫爲迫丹霄期闕流蒼生惠高蹤邈千載遺廟今一詣肅肅生風雲森森列松桂大君弘至道層構何壯麗稽首環金壇焚香陟瑤砌伊余超浮俗塵慮久已閉況復淸風心蕭然叶眞契

胡無人行

劍頭利如芒恒持（一作時）照眼光鐵騎追驍虜金羈討黠羌高秋八九月胡地早風霜男兒不惜死破膽與君當

別章叟

平昔同邑里經年不相思今日成遠別相對心悽其

題縉雲嶺永望館

人驚此路險我愛山前深猶恐佳趣盡欲行且沈吟

題華山人所居

故人住南郭邀我對芳樽歡暢日云暮不知城市喧

全唐詩

杜光庭

杜光庭字聖賓括蒼人喜讀書工辭章翰墨應百篇舉不中入天台山爲道士僖宗召見賜以紫服充麟德殿文章應制後隱青城山白雲溪自稱東瀛子蜀主王建賜號廣成先生有廣成集一百卷壺中集三卷今存詩一卷

初月

始看東上又西浮圓缺何曾得自由照物不能長似鏡當天多是曲如鉤定無列宿敢爭耀好伴晴河相映流直使奔波急於箭祇應白盡世間頭

題仙居觀

往歲眞人朝玉皇四眞三代住繁陽初開九鼎丹華熟繼躡五雲天路長烟鎖翠嵐迷舊隱池凝寒鏡貯秋光時從白鹿岩前往應許潛通不死鄉

題鴻都觀

亡吳霸越已功全深隱雲林始學仙鸞鶴自飄三蜀駕波濤猶憶五湖船雙溪夜月明寒玉衆嶺秋空斂翠烟也有扁舟歸去興故鄉東望思悠然

題都慶觀

三仙一一駕紅鸞仙去雲閑遶古壇煉藥舊臺空處所掛衣喬木兩摧殘淸風嶺接猿聲近白石溪涵水影寒

二十四峯皆古隱振纓長往亦何難

贈將軍（缺前二句）

八表順風驚雨露
四溟隨劍息波濤手扶北極鴻圖永雲卷長天聖日高
未會漢家青史上韓彭何處有功勞

題鶴鳴山

五氣雲龍下泰清三天眞客已功成人間回首山川小
天上凌雲劍佩輕花擁石壇何寂寞草平輙跡自分明
鹿裘高士如相遇不待岩前鶴有聲

題空明洞

窅然靈岫五雲深落翮摽名振古今芝朮迎風香馥馥
松檉蔽日影森森從師祇擬尋司馬訪道終期謁奉林
欲問空明奇勝處地藏方石恰如金

題北平沼

桐柏眞人曾此居焚香厓下誦靈書朝回時宴三山客
澗畫閑飛五色魚天柱一峯凝碧玉神燈千點散紅蕖
寶芝常在知誰得好駕金蟾入太虛

題平蓋沼

勢壓長江空八陣吳都仙客此脩眞寒江向晚波濤急
深洞無風草木春江上王人應可見洞中仙鹿已來馴
龍車鳳輦非難遇只要塵心早出塵

題本竹觀

樓閣層層冠此山雕軒朱檻一躋攀碑刊古篆龍蛇動
洞接諸天日月閒帝子影堂香漠漠眞人丹澗水潺潺
掃空雙竹今何在只恐投波去不還

題福唐觀二首

盤空躡翠到山巔竹殿雲樓勢逼天古洞草深微有路
舊碑文滅不知年八州物象通簷外萬里烟霞在目前
自是人間輕舉地何須蓬島訪眞仙

曾隨雲水此山遊行盡層峯更上樓九月登臨須有意
七年岐路亦堪愁樹紅樹碧高低影烟淡烟濃遠近秋
暫熱爐香不須去佇陪天仗入神州

題莫公臺

奇絕巍臺峙濁流古來人號小瀛洲路通霄漢雲迷晚
洞隱魚龍月浸秋舉首摘星河有浪自天圖畫筆無鈎
將軍悟却希夷訣贏得清名萬古流

讀書臺

山中猶有讀書臺風掃晴嵐畫障開華月冰壺依舊在
青蓮居士幾時來

贈人

靜神凝思仰青冥此夕長天降瑞星海上昨聞鵬羽翼
人間初見鶴儀形

贈蜀州刺史

再扶日月歸行殿却領山河鎮夢刀從此雄名壓寰海
八溟爭敢起波濤

題劍門

誰運乾坤陶冶功鑄爲雙劍倚蒼穹題詩曾駐三天駕
礙日長含八海風

題龍鵠山

抽得閑身伴瘦笻亂敲青碧喚蛟龍道人掃徑收松子
缺月初圓天柱峰

富貴曲（以下十二首一作鄭遨詩）

美人梳洗時滿頭間珠翠豈知兩片雲戴却數鄉稅

詠西施

素面已云妖更著花鈿飾臉橫一寸波浸破吳王國

傷時

帆力劈開滄海浪馬蹄踏破亂山青浮名浮利過於酒
醉得人心死不醒

題霍山秦尊師

老鶴玄猿伴採芝有時長嘆獨移時翠娥紅粉嬋娟劍
殺盡世人人不知

偶題

似鶴如雲一箇身不憂家國不憂貧擬將枕上日高睡
賣與世間榮貴人

思山詠

因賣丹砂下白雲鹿裘惟惹九衢塵不如將耳入山去
萬是千非愁殺人

景福中作

悶見戈鋋匝四溟恨無奇策救生靈如何飲酒得長醉
直到太平時節醒

招友人遊春

難把長繩繫日烏芳時偷取醉功夫任堆金壁磨星斗
買得花枝不老無

山居三首

悶見有人尋移菴更入深落花流澗水明月照松林醉
勸頭陀酒閑教孺子吟身同雲外鶴斷得世塵侵

寘心栖太室散髮浸流泉採柏時逢麝看雲忽見仙夏
狂衝雨戲春醉戴花眠絕頂登雲望東都一點烟

不求朝野知臥見歲華移採藥歸侵夜聽松飯過時荷
竿尋水釣背局上岩棊祭廟人來說中原正亂離

紀道德（以下二首俱一言至十五言）

道德清虛玄黙生帝先爲聖則聽之不聞摶之不得至
德本無爲人中多自惑在洗心而息慮亦知白而守黑
百姓日用而不知上士勤行而必克既鼓鑄於乾坤品
物信充仞乎東西南北三皇高拱兮任以自然五帝垂
衣兮修之不忒以心體之者爲四海之主以身彎之者
爲萬夫之特有皓齒青娥者爲伐命之斧蘊奇謀廣智
者爲盜國之賊曾未若軒后順風兮清靜自化曾未若
皐陶邁種兮溫恭允塞故可以越圓清方濁兮不始不
終何止乎居九流五常兮理家理國豈不聞乎天地於
道德也無以清寧豈不聞乎道德於天地也有踰繩墨
語不云乎仲尼有言朝聞道夕死可矣所以垂萬古歷
百王不敢離之於頃刻

懷古今

古今感事傷心驚得喪歎浮沈風驅寒暑川注光陰始
銜朱顏麗俄悲白髮侵嗟四豪之不返痛七貴以難尋
夸父興懷於落照田文起怨於鳴琴鴈足淒凉兮傳恨
緒鳳臺寂寞兮有遺音朔漢幽囚兮天長地久瀟湘隔
別兮水闊煙深誰能絕聖韜賢餐芝餌朮誰能含光遁

世錬石燒金君不見屈大夫紉蘭而發諫君不見賈太傅忌鵩而愁吟君不見四皓避秦峩峩戀商嶺君不見二疏辭漢飄飄歸故林胡爲乎冒進貪名踐危途與傾轍胡爲乎怙權恃寵顧華飾與彫簪吾所以思抗跡忘機用虛無爲師範吾所以思去奢滅慾保道德爲規箴不能勞神傚蘇子張生兮於時而縱辯不能勞神傚楊朱墨翟兮揮涕以沾襟

句

銅壺滴滴禁漏起三十六宮爭捲簾（月 以下錄綉萬花谷）　斜陽古岸歸鴉晚紅蓼低沙宿雁愁　霜彫曲徑寒蕪白雁下遥村落照黄　恩威欲寄黄丞相仁信先聞郭細侯　兵氣此時來世上文星今日到人間　降囙天下思姚宋出爲儒門繼孔顏　丹竈河車休矻矻蚌胎龜息且緜緜　馭景必能趨日域騎箕終擬躡星躔　返樸還淳皆至理遺形忘性盡眞銓（山居百韻 見鑑戒錄）

全唐詩

鄭遨

鄭遨字雲叟滑州白馬人昭宗時舉進士不第入少室山爲道士徙居華陰種田自給與道士李道殷羅隱之友善世目爲三高士唐明宗以左拾遺晉高祖以諫議大夫召皆不起賜號逍遥先生天福中卒詩十七首

山居（一作杜光庭詩）

閟見有人尋移庵更入深落花流澗水明月照松林醉勸頭陀酒閑教孺子吟身同雲外鶴斷得世塵侵

冥心棲太室散髮浸流泉採柏時逢廝看雲忽見山夏狂衝雨戲春醉戴花眠絶頂登雲望東都一點煙

不求朝野知臥見歲華移採藥歸侵夜聽松飯過時荷竿尋水釣背局上巖棊祭廟人來說中原正亂離

茶詩

嫩芽香且靈吾謂草中英夜臼和煙擣寒鑪對雪烹惟憂碧粉散常見綠花生最是堪珍重能令睡思清

哭張道古

曾陳章疏忤昭皇撲落西南事可傷豈使諫臣終屈辱直疑天道惡忠良生前賣卜居三蜀死後馳名遍大唐誰是後來脩史者言君力死正頹綱

富貴曲（一作杜光庭詩）

美人梳洗時滿頭間珠翠豈知兩片雲戴却數鄉稅

傷農

一粒紅稻飯幾滴牛頷血珊瑚枝下人銜杯吐不歇

詠西施（一作杜光庭詩）

素面已云妖更著花鈿飾臉橫一寸波浸破吴王國

思山詠（一作杜光庭詩）

因賣丹砂下白雲鹿裘惟惹九衢塵不如將耳入山去萬是千非愁殺人

招友人遊春（一作杜光庭詩）

難把長繩繫日烏芳時偷取醉工夫任堆金壁磨星斗買得花枝不老無

宿洞庭

月到君山酒半醒朗吟疑有水仙聽無人識我眞閑事贏得高秋看洞庭

題病僧寮

佛前香印廢晨燒金錫當門照寂寥童子不知師病困報風吹折好芭蕉

題霍山秦尊師（一作杜光庭詩）

老鶴玄猨伴採芝有時長歎獨移時翠娥紅粉渾如劒殺盡世人人不知

偶題

似鶴如雲一箇身不憂家國不憂貧擬將枕上日高睡賣與世間榮貴人（一作杜光庭詩）

帆力劈（一作衝）開滄海浪馬蹄踏破亂山青浮名浮利濃於酒醉得人心死不醒

景福中作（一作杜光庭詩）

閟見戈鋋匝四溟恨無奇策救生靈如何飲酒得長醉直到太平時節醒

題中條靜觀（侯道華昇處）

松頂留衣上玉霄永傳異迹在中條不知揖徧諸仙否欲請還丹問昨宵（道華有詩云帖裏太還丹昨宵飂喫却）

虞有賢

虞有賢唐末道士詩一首

送臥雲道士（一作魚又玄題云題柳公權書度人經後）

臥雲道士來相辭相辭倏忽何所之紫閣春深煙靄靄東風花柳折枝枝藥成酒熟有時節寒食恐失松間期冥鴻一見傷弓翼高飛展轉心無疑滿酌數杯酒狂吟幾首詩留不住去不悲醯雞蠎蝣安得知

程紫霄

程紫霄唐末道士後唐同光初嘗勅令入內殿講論詩一首

示守庚申衆（避暑錄云道家言人身中有三尸亦云三彭記人過失庚申日乘人睡告之上帝學道者是日不睡謂守庚申唐末朝士會終南太極觀守庚申紫霄笑曰此吾師托是以懼爲惡者爾據牀求枕作詩示衆投筆鼻息如雷）

不守庚申亦不疑此心常與道相依玉皇已自知行止任汝三彭說是非

舒道紀

舒道紀婺州人爲赤松山黃冠師自號華陰子與貫休友善詩二首

蘭谿靈瑞觀

澄心坐清境虛白生林端夜靜笑聲出月明松影寒絳霞封藥竈碧竇濺齋壇海樹幾回老先生棊未殘

題赤松宮（今蘭溪縣之赤松山王初平赤須赤松子）

松老赤松原松間廟宛然人皆有兄弟誰得共神仙雙鶴沖天去羣羊化石眠至今丹井水香滿北山邊

彭曉

彭曉字秀川號眞一子永康人昌利化飛鶴山道士也孟蜀授朝散郎守尚書祠員外詩二首

參同契明鏡圖訣詩二首（曉嘗注參同契復約其義爲明鏡圖列八環而符動靜明二象以定陰陽爲訣二篇云）

造化潛施跡莫窮簇成眞訣指蒙童三篇祕列八環内萬象門開一鏡中離女駕龍爲木壻坎男乘虎作金翁同人好道宜精究究得長生路便通

至道希夷妙且深燒丹先認大還心日爻陰耦生眞汞月卦陽奇產正金女妊朱砂男孕雪北藏熒惑丙含壬兩端指的鉛金祖莫向諸般取次尋

魚又玄

魚又玄道士詩一首

題柳公權書度人經後（一作虞布賢題云送卧雲道士）

卧雲道士來相辭相辭倏忽何所之紫閣當春凝煙靄東風吹岸花枝枝藥成酒熟有時節寒食恐失松間期賓鴻復見傷弓翼高飛展轉心無疑滿瀉數杯酒狂吟幾首詩留不住去不悲醯雞蜉蝣可（一作安）得知

全唐詩

呂巖

呂巖字洞賓一名巖客禮部侍郎渭之孫河中府永樂（一云蒲坂）縣人咸通中舉進士不第遊長安酒肆遇鍾離權得道不知所往詩四卷

呈鍾離雲房

生在儒家遇太平懸纓重滯布衣輕誰能世上爭名利臣事玉皇歸上清

獻鄭思遠施眞人二仙

萬刧千生到此生此生身始覺飛輕拋家別國雲山外煉魄全魂日月精比見至人論九鼎欲窮大藥訪三清如今獲遇眞仙面紫府仙扉得姓名

得火龍眞人劒法

昔年曾遇火龍君一劒相傳伴此身天地山河從結沫星辰日月任停輪須知本性綿多刧空向人間歷萬春昨夜鍾離傳一語六天宮殿欲成塵

七言

周行獨力出群倫默默昏昏亘古存無象無形潛造化有門有戶在乾坤色非色際誰窮處空不空中自得根此道非從它外得千言萬語謾評論

通靈一顆正金丹不在天涯地角安討論窮經深莫究登山臨水杳無看光明暗寄希夷頂赫赤高居混沌端舉世若能知所寓超凡入聖弗爲難

落魄紅塵四十春無爲無事信天眞生涯只在乾坤鼎活計惟憑日月輪八卦氣中潛至寶五行光裏隱元神桑田改變依然在永作人間出世人

獨處乾坤萬象中從頭歷歷運元功縱橫北斗心機大顛倒南辰膽氣雄鬼哭神號金鼎結雞飛犬化玉爐空如何俗士尋常覓不達希夷不可窮

誰信華池路最深非遐非邇奧難尋九年採煉如紅玉一日圓成似紫金得了永祛寒暑逼服之應免死生侵勸君門外修身者端念思惟此道心

水府尋鉛合火鉛黑紅紅黑又玄玄氣中生氣肌膚換精裏含精性命專藥返便爲眞道士丹還本是聖胎仙出神入定虛華語徒費功夫萬萬年

九鼎烹煎九轉砂區分時節更無差精神氣血歸三要南北東西共一家天地變通飛白雪陰陽和合產金花終期鳳詔空中降跨虎騎龍謁紫霞

憑君子後午前看一脈天津在脊端金闕内藏玄谷子玉池中坐太和官只將至妙三周火鍊出通靈九轉丹直指幾多求道者行藏莫離虎龍灘

返本還元道氣平虛非形質轉分明水中白雪微微結火裏金蓮漸漸生聖汞論時非有體眞鉛窮看亦無名吾今爲報修行者莫向燒金問至精

安排鼎竈煉玄根進退須明卯酉門繞電奔雲飛日月驅龍走虎出乾坤一丸因與紅顏駐九轉能燒白髮痕此道幽微知者少茫茫塵世與誰論

醍醐一盞詩一篇暮醉朝吟不記年乾馬屢來遊九地坤牛時駕出三天白龜窟裏夫妻會青鳳巢中子母圓提挈靈童山上望重重疊疊是金錢

認得東西木與金自然爐鼎虎龍吟但隨天地明消息方識陰陽有信音左掌南辰攀鶴羽右擎北極剖龜心神仙親口留斯旨何用區區向外尋

一本天機深更深徒言萬刧與千金三冬大熱玄中火六月霜寒表外陰金爲浮來方見性木因沈後始知心

五行顛倒堪消息　返本還元在已尋
虎將龍軍氣宇雄　佩符持甲去匆匆
鋪排劒戟奔如電　羅列旌旗疾似風
活捉三尸焚鬼窟　生擒六賊破魔宮
河清海晏乾坤淨　世世安居道德中
我家勤種我家田　内有靈苗活萬年
花似黄金苞不大　子如白玉顆皆圓
栽培全賴中宮土　灌溉須憑上谷泉
直候九年功滿日　和根拔入大羅天
尋常學道説黄芽　萬水千山覓轉差
有畛有園難下種　無根無脚自開花
九三鼎内烹如酪　六一爐中結似霞
不日成丹應換骨　飛升遥指玉皇家
四六關頭路坦平　行人到此不須驚
從教犢駕轟轟轉　儘使羊車軋軋鳴
渡海經河稀阻滯　上天入地絶欹傾
功成直入長生殿　袖出神珠徹夜明
九六相交道氣和　河車晝夜逆金波
呼時一一關頭轉　吸處重重脈上摩
電激離門光海嶽　雷轟震户動婆娑
思量此道眞長遠　學者多迷溺愛河
金丹不是小金丹　陰鼎陽爐裏面安
盡道東山尋汞易　豈知西海覓鈆難
玄珠窟裏行非遠　赤水灘頭去便端
認得靈竿眞的路　何勞禮月步星壇
古今機要甚分明　自是衆生力量輕
盡向有中尋有質　誰能無裏見無形
眞鈆聖汞徒虛費　玉室金關不解扃
本色丹瓢推倒後　却吞丸藥待延齡
浮名浮利兩何堪　迴首歸山味轉甘
舉世算無心可契　誰人更與道相參
寸猶未到甘談尺　一尚難明强説三
經卷葫蘆并拄杖　依前擔入舊江南
本來無作亦無行　行著之時是妄情
老氏語中猶未決　瞿曇言下更難明
靈竿有節通天去　至藥無根得地生
今日與君無悋惜　功成只此是蓬瀛
解將火種種刀圭　火種刀圭世豈知
山上長男騎白馬　水邊少女牧烏龜
無中出有還丹象　陰裏生陽大道基
顛倒五行憑匠手　不逢匠手莫施爲
三千餘法論修行　第一燒丹路最親
須是坎男端的物　取他離女自然珍
烹成不死砂中汞　結出長生水裏銀

九轉九還功若就　定將衰老返長春
欲種長生不死根　再營陰魄及陽魂
先教玄母歸離户　後遣空王鎮坎門
虎到甲邊風浩浩　龍居庚内水溫溫
迷途爭與輕輕泄　此理須憑達者論
閉目存神玉户觀　時來火候遞相傳
雲飛海面龍吞汞　風擊巖巔虎伏鈆
一旦煉成身内寶　等閑探得道中玄
刀圭餌了丹書降　跳出塵籠上九天
千日功夫不暫閑　河車搬載上崑山
虎抽白汞安爐裏　龍發紅鈆向鼎間
仙府記名丹已熟　陰司除籍命應還
彩雲捧足歸何處　直入三清謝聖顔
解匹眞陰與正陽　三年功滿結成霜
神龜出入庚辛位　丹鳳翱翔甲乙方
九鼎先輝雙瑞氣　三元中換五毫光
塵中若有同機者　共住煙霄不死鄉
修生一路就中難　迷者徒將萬卷看
水火均平方是藥　陰陽差互不成丹
守雌勿失雄方住　在黑無虧白自乾
認得此般眞妙訣　何憂風雨妒衰殘
纔吞一粒便安然　十二重樓九曲連
庚虎循環餐絳雪　甲龍夭矯迸靈泉
三三上應三千日　九九中延九萬年
須得有緣方可授　未曾輕泄與人傳
誰知神水玉華池　中有長生性命基
運用須憑龍與虎　抽添全藉坎兼離
晨昏點盡黄金粉　頃刻修成玉石脂
齋戒餌之千日後　等閑輕舉上雲梯
九天雲淨鶴飛輕　銜簡翩翩別太清
身外紅塵隨意換　爐中白石立時成
九苞鳳向空中舞　五色雲從足下生
回首便歸天上去　願將甘雨救焦氓
嬰兒迤邐降瑤階　手握玄珠直下來
半夜紫雲披素質　幾回赤氣掩桃顋
微微笑處機關轉　拂拂行時户牖開
此是吾家眞一子　庸愚誰敢等閑猜
水得天符下玉都　三千日裏積功夫
禱祈天地開金鼎　收拾陰陽鎖玉壺
便覺凡軀能變化　深知妙道不虛圖
時來試問塵中叟　這箇玄機世有無
誰識寰中達者人　生平解法水中銀
一條拄杖撑天地　三尺昆吾斬鬼神
大醉醉來眠月洞　高吟吟去傲紅塵

自從悟裏終身後　贏得蓬壺永刼春
紅爐迸濺煉金英　一點靈珠透室明
擺動乾坤知道力　逃移生死見功程
逍遥四海留蹤跡　歸去三清立姓名
直上五雲雲路穩　紫鸞朱鳳自來迎
時人若要學長生　先是樞機晝夜行
恍惚中間專志氣　虛無裏面固元精
龍交虎戰三周畢　兔走烏飛九轉成
煉出一爐神聖藥　五雲歸去路分明
亦無得失亦無言　動即施功靜即眠
驅遣赤牛耕宇宙　分張玉粒種山川
栽培不憚勞千日　服食須知活萬年
今日示君君好信　教君見世作神仙
不須兩兩與三三　祇在崑崙第一巖
逢潤自然情易伏　遇炎常恐性難降
有時直入三元户　無事還歸九曲江
世上有人燒得住　壽齊天地更無雙
本末無非在玉都　亦曾陸地作凡夫
吞精食氣先從有　悟理歸眞便入無
水火自然成既濟　陰陽和合自相符
爐中煉出延年藥　溟渤從教變復枯
無名無利任優游　遇酒逢歌且唱酬
數載未曾經聖闕　千年唯只在仙州
尋常水火三回進　眞箇夫妻一處收
藥就功成身羽化　更抛塵坌出凡流
杳杳冥冥莫問涯　雕蟲篆刻道之華
守中絶學方知奥　抱一無言始見佳
自有物如黄菊蘂　更無色似碧桃花
休將心地虛勞用　煮鐵燒金轉轉差
還丹功滿未朝天　且向人間度有緣
拄杖兩頭擔日月　葫蘆一箇隱山川
詩吟自得閑中句　酒飲多遺醉後錢
若問我修何妙法　不離身内汞和鉛
半紅半黑道中玄　水養眞金火養鉛
解接往年三寸氣　還將運動一周天
烹煎盡在陰陽力　進退須憑日月權
只此功成三島外　穩乘鸞鳳謁諸仙
返本還元已到乾　能升能降號飛仙
一陽生是興功日　九轉周爲得道年
煉藥但尋金裏水　安爐先立地中天
此中便是還丹理　不遇奇人誓莫傳
飛龍九五已升天　次第還當赤帝權
喜遇汞珠凝正午　幸逢鉛母結重玄
狂猨自伏何須煉　野馬親調不着鞭

煉就一九天上藥頓然心地永剛堅
舉世何人悟我家我家別是一榮華盈箱貯積登仙録
滿室收藏伏火砂頓飲長生天上酒常栽不死洞中花
凡流若問吾生計遍地紛紛五彩霞
津能充渴氣充糧家住三清玉帝鄉金鼎煉來多外白
玉虛烹處徹中黃始知青帝離宮住方信金精水府藏
流俗要求玄妙理參同契有兩三行
紫詔隨鸞下玉京元君相命會三清便將金鼎丹砂餌
時拂霞衣駕鶴行天上雙童持珮引月中嬌女執幡迎
此時功滿參真後始信仙都有姓名
修修修得到乾乾方號人間一醉仙世上光陰催短景
洞中花木任長年形飛峭壁非凡骨神在玄宮別有天
唯願先生頻一顧更玄玄外問玄玄

全唐詩

呂巖

七言

金丹一粒定長生須得真鉛煉甲庚火取南方赤鳳髓
水求北海黑龜精鼎追四季中央合藥遣三元八卦行
齋戒興功成九轉定應入口鬼神驚
功滿（一作得道）來來際會（一作相見）難又聞東去上仙壇杖頭春色一
壺酒頂上雲攢五嶽冠飲酒龜兒人不識燒山符子鬼
難看先生去後身須老乞與貧儒換骨丹（送鍾離雲房赴天池會）
碧潭深處一真人貌似桃花體似銀鬢髮未斑緣有術
紅顏不老爲通神蓬萊要去如今去架上黃衣化作雲
任彼桑田變滄海一丸丹藥定千春
爐養丹砂鬢不斑假將名利住人間已逢志士傳神藥
又喜同流動笑顏老子道經分付得少微星許共相攀
幸蒙上士甘撈摝處世輸君一箇閑（贈人）
誰解長生似我哉煉成真氣在三台晝知白日昇天去
剛逐紅塵下世來黑虎行時傾雨露赤龍耕處產瓊瑰
只吞一粒金丹藥飛入青霄更不回
亂雲堆裏表星都認得深藏大丈夫綠酒醉眠閑日月
白蘋風定釣江湖長將氣度隨天道不把言詞問世徒
山水路遙人不到茅君消息近知無
鶴爲車駕酒爲糧爲戀長生不死鄉地脉尚能縮得短
人年豈不展教長星辰往往壺中見日月時時衲裏藏
若欲時流親得見朝朝不離水銀行
靈芝無種亦無根解飲能餐自返魂但得煙霞供歲月
任他烏兔走乾坤嬰兒只戀陽中母姹女須朝頂上尊
一得不回千古內更無塚墓示兒孫
世上何人會此言休將名利挂心田等閑倒盡十分酒
遇興高吟一百篇物外煙霞爲伴侶壺中日月任嬋娟
他時功滿歸何處直駕雲車入洞天
玄門帝子坐中央得算明長感玉皇枕上山河和雨露
笛中日月混瀟湘坎男會遇逢金女離女交騰嫁木郎
真箇夫妻齊守志立教牽惹在陰陽
遙指高峰笑一聲紅霞紫霧面前生每於塵市無人識
長到山中有鶴行時弄玉蟾驅鬼魅夜煎金鼎煮瓊英
他時若赴蓬萊洞知我仙家有姓名
堪笑時人問我家杖擔雲物惹煙霞眉藏火電非他說
手種金蓮不自誇三尺焦桐爲活計一壺美酒是生涯
騎龍遠出遊三島夜久無人翫月華
九曲江邊坐臥看一條長路入天端慶雲捧擁朝丹闕
瑞氣裴回起白煙鉛汞此時爲至藥坎離今日結神丹
功能濟命長無老只在人心不是難
玄門玄理又玄玄不死根元在汞鉛知是一般真箇術
調和六一也同天玉京山上羊兒鬧金水河中石虎眠
妙要能生覺本體勤心到處自如然
公卿雖貴不曾酬說著仙鄉便去遊爲討石肝逢兪海
因尋甜雪過瀛洲山川醉後壺中放神鬼閑來匣裏收
據見目前無箇識不如杯酒混凡流
曾邀相訪到仙家忽上崑崙宴月華玉女控攏蒼獬豸
山童提挈白蝦蟆時斟海內千年酒慣摘壺中四序花
今在人寰人不識看看揮袖入煙霞
火種丹田金自生重重樓閣自分明三千功行百旬見
萬里蓬萊一日程羽化自應無鬼録玉都長是有仙名
今朝得赴瑤池會九節幢幡洞裏迎
因看崔公入藥鏡令人心地轉分明陽龍言向離宮出
陰虎還於坎位生二物會時爲道本五方行盡得丹名
修真道士如知此定跨赤龍歸玉清
浮生不實爲輕忽衲服深藏奇異骨非是塵中不染塵
焉得物外通無物共語難兮情兀兀獨自行時輕拂拂
一點刀圭五彩生飛丹走入神仙窟
莫怪愛吟天上詩蓋緣吟得世間稀慣餐玉帝宮中飯
曾著蓬萊洞裏衣馬踏日輪紅露捲鳳銜月角擘雲飛
何時再控青絲轡又掉金鞭入紫微
黃芽白雪兩飛金行即高歌醉即吟日月暗扶君甲子
乾坤自與我知音精靈滅跡三清劍風雨騰空一弄琴
的當南遊歸甚處莫交鶴去上天尋
雲鬢雙明骨更輕自言尋鶴到蓬瀛日論藥草皆知味
問著神仙自得名簪冷夜龍穿碧洞枕寒晨虎臥銀城
來春又擬攜筇去爲憶軒轅海上行
龍精龜眼兩相和丈六男兒不奈何九盞水中煎赤子
一輪火內養黃婆月圓自覺離天網功滿方知出地羅
半醉好吞龍鳳髓勸君休更認彌陀
強居此境絕知音野景雖多不合吟詩句若喧卿相口
姓名還動帝王心道袍薜帶應慵挂隱帽皮冠尚懶簪
除此更無餘箇事一壺村酒一張琴
華陽山裏多芝田華陽山叟復延年青松巖畔攀高幹
白雲堆裏飲飛泉不寒不熱神蕩蕩東來西去氣綿綿

三千功滿好歸去休與時人說洞天
天生不散自然心成敗從來古與今得路應知能出世
迷途終是任埋沈身邊至藥堪攻煉物外丹砂且細尋
咫尺洞房仙景在莫隨波浪沒光陰
自隱玄都不記春幾回滄海變成塵玉京殿裏朝元始
金闕宮中拜老君閑即駕乘千歲鶴閑來高卧九重雲
我今學得長生法未肯輕傳與世人
北帝南辰掌內觀潛通造化暗相傳金槌袖裏居元宅
玉戶星宮降上玄舉世盡皆尋此道誰人空裏得玄關
明明道在堪消息日月灘頭去又還
日影元中合自然奔雷走電入中原長驅赤馬居東殿
大啓朱門泛碧泉怒拔昆吾歌聖化喜陪孤月賀新年
方知此是生生物得在仁人始受傳
六龍齊駕得昇乾須覺潛通造化權真道每吟秋月澹
至言長運碧波寒晝乘白虎遊三島夜頂金冠立古壇
一載已成千歲藥誰人將袖染塵寰
五岳灘頭景象新仁人方達杳冥身天綱運轉三元淨
地脈通來萬物生自曉谷神通此道誰將理性欲修真
明明說向中黃路霹靂聲中自得神
欲陪仙侶得身輕飛過蓬萊徹上清朱頂鶴來雲外接
紫鱗魚向海中迎姮娥月桂花先吐王母仙桃子漸成
下瞰日輪天欲曉定知人世久長生
四海皆忙幾箇閑時人口內說塵緣知君有道來山上
何似無名住世間十二樓臺藏秘訣五千言內隱玄關
方知鼎貯神仙藥乞取刀圭一粒看
割斷繁華掉卻榮便從初得是長生曾於錦水爲蟬蛻
又向蓬萊別姓名三住住來無否泰一塵塵在世人情
不知功滿歸何處直跨虬龍上玉京
當年詩價滿皇都掉臂西歸是丈夫萬頃白雲獨自有
一枝丹桂阿誰無閑尋渭曲漁翁引醉上蓮峰道士扶
他日與君重際會竹溪茅舍夜相呼
金鏈灼灼舞天階獨自騎龍去又來高卧白雲觀日窟
閑眠秋月擘天開離花片片乾坤產坎藥翻翻造化栽

晚醉九巖回首望北邙山下骨皚皚
結交常與道情深日日隨他出又沈若要自通雲外鶴
直須勤煉水中金丹成只恐乾坤窄餌了寧憂疾患侵
未去瑤臺猶混世不妨杯酒喜閑吟
因攜琴劍下煙蘿何幸今朝喜暫過貌相本來猶自可
針醫偏更効無多仙經已讀三千卷古法曾持十二科
些小道功如不信金堦捨手試看麼
傾側華陽醉再三騎馬過晚下南巖耆因拍劍雷星電
衣爲眠雲惹碧嵐金液變來成雨露玉都歸去老松杉
曾將鐵鏡照神鬼霹靂搜尋火滿潭
鐵鏡烹金火滿空碧潭龍卧夕陽中麒麟意合乾坤地
獬豸機關日月東三尺劍橫雙水岸五丁冠頂百神宮
閑鋪羽服居仙窟自著金蓮造化功
隨緣信業任浮沈似水如雲一片心兩卷道經三尺劍
一條藜杖七弦琴壺中有藥逢人施腹內新詩遇客吟
一嚼永添千載壽一丸丹點一斤金
琴劍酒碁龍鶴虎逍遙落托永無憂閑騎白鹿遊三島
悶駕青牛看十洲碧洞遠觀明月上青山高隱綵雲流
時人若要還如此名利浮華即便休
紫極宮中我自知親磨神劍劍還飛先差玉子開南殿
後遣青龍入紫微九鼎黃芽棲瑞鳳一軀仙骨養靈芝
蓬萊不是凡人處只怕愚人泄世機
向身方始出埃塵造化功夫只在人早使亢龍拋地網
豈知白虎出天真綿綿有路誰留我默默忘言自合神
擊劍夜深歸甚處披星帶月折麒麟
春盡閑閑過落花一回舞劍一吁嗟常憂白日光陰促
每恨青天道路賒本志不求名與利元心只慕水兼霞
世間萬種浮沈事達理誰能似我家
日爲和解月呼丹華夏諸侯肉眼看仁義異如胡越異
世情難似泰衡難八仙煉後鍾神異四海磨成照膽寒
笑指不平千萬萬騎龍撫劍九重關
別來洛汭六東風醉眼吟情慵不慵擺撼乾坤金劍吼
烹煎日月玉爐紅杖搖楚甸三千里鶴翥秦煙幾萬重

爲報晉成仙子道再期春色會稽峰
髮頭滴血眼如鑼吐氣雲生怒世間爭耐不平千古事
須期一訣蕩兇頑蛟龍斬處翻滄海暴虎除時拔遠山
爲滅世情兼負義劍光腥染點痕斑（贈劍客）
雨雪霏霏天已暮金鍾滿勸撫焦桐詩吟席上未移刻
劍舞筵前疾似風何事行杯當午夜忽然怒目便騰空
不知誰是虧忠孝攜箇人頭入坐中（贈劍客）
未煉還丹且煉心丹成方覺道元深每留客有錢酤酒
誰信君無藥點金洞裏風雷歸掌握壺中日月在胸襟
神仙事業人難會養性長生自意吟
鐵牛耕地種金錢刻石時童把貫穿一粒粟中藏世界
二升鐺內煮山川白頭老子眉垂地碧眼胡兒手指天
若向此中玄會得此玄玄外更無玄
箕星昴宿下長天凡景寧教不愕然龍出水來鱗甲就
鶴沖天氣羽毛全塵中教化千人眼世上人知爾雅篇
自是凡流福命薄忍教微妙畧輕傳
閑來掉臂入天門拂袂徐徐撮綵雲無語下窺黃谷子
破顏平揖紫霞君擬登瑤殿參金母回訪瀛洲看日輪
恰值嫦娥排宴會瑤漿新熟味氤氳
曾隨劉阮醉桃源未省人間欠酒錢一領布裘權且當
九天回日卻歸還鳳茸襖子非爲貴狐白裘裳欲比難
只此世間無價寶不憑火裏試燒看
因思往事卻成憨曾讀仙經第十三武氏死時應室女
陳王沒後是童男兩輪日月從他載九箇山河一擔擔
盡日無人話消息一壺春酒且醺酣
垂袖騰騰傲世塵葫蘆攜卻數遊巡利名身外終非道
龍虎門前辨取真一覺夢魂朝紫府數年蹤跡隱埃塵
華陰市內纔相見不是尋常賣藥人
萬卷仙經三尺琴劉安聞說是知音杖頭春色一壺酒
爐內丹砂萬點金悶裏醉眠三路口閑來遊釣洞庭心
相逢相遇人誰識只恐沖天沒處尋
曾戰蚩尤玉座前六龍高駕振鳴鑾如來（一作指南）車後隨金
鼓黃帝（一作皇羲）旂傍戴鐵冠醉捋黑鬚三島黯怒抽霜劍十

洲寒軒轅世代橫行後直隱深巖久覓難
頭角蒼浪聲似鐘貌如冰雪骨如松匣中寶劍時頻吼
袖裏金鎚逞露風會飲酒時爲伴侶能行詩句便參同
來年定赴蓬萊會騎箇生獰九色龍
神仙暮入黃金闕將相門關白玉京可是洞中無好景
爲憐天下有衆生心琴際會閑隨鶴匣劍時磨待斷鯨
進退兩楹俱未應憑君與我指前程
九鼎烹煎一味砂自然火候放童花星辰照出青蓮顆
日月能藏白馬牙七返返成生碧霧九還還就吐紅霞
有人奪得玄珠餌三島途中路不賒
天生一物變三才交感陰陽結聖胎龍虎順行陰鬼去
龜蛇逆往火龍來嬰兒日喫黃婆髓姹女時餐白玉杯
功滿自然居物外人間寒暑任輪回
星辰聚會入離鄉日月盈虧助藥王三候火燒金鼎寶
五符水煉玉壺漿乾坤反覆龍收霧卯酉相吞虎放光
入室用機擒捉取一丸丹點體純陽

眞人行巴陵市太守怒其不避使案吏具其罪
眞人曰須酒醒耳頃忽失之但留詩曰

暫別蓬萊海上遊偶逢太守問根由身居北斗星杓下
劍挂南宮月角頭道我醉來眞箇醉不知愁是怎生愁
相逢何事不相認却駕白雲歸去休

仙樂侑席

曾經天上三千劫又在人間五百年腰下劍鋒橫紫電
爐中丹焰起蒼煙纔騎白鹿過蒼海復跨青牛入洞天
小技等閑聊戲爾無人知我是眞仙

題桐柏山黃先生菴門

吾有玄中極玄語周遊八極無處吐雲軿飄泛到凝陽
一見君兮在玄浦知君本是孤雲客擬話希夷生恍惚
無爲大道本根源要君親見求眞物其中有一分三五
本自無名號丹母寒泉瀝瀝氣綿綿上透崑崙還紫府
浮沈升降入中宮四象五行齊見土驅青龍擒白虎起
祥風兮下甘露鉛凝眞汞結丹砂一派火輪眞爲主既
修眞須堅確能轉乾坤泛海岳運行天地莫能知變化
鬼神應不覺千朝煉就紫金身乃致全神歸返朴黃秀
才黃秀才既修眞須且早人間萬事何時了貪名貪利
愛金多爲他財色身衰老我今勸子心悲切君自思兮
生猛烈莫教大限到身來又是隨流入生滅留此片言
用表其意他日相逢必與汝決莫退初心善愛善愛

全唐詩
呂巖

五言

悟了長生理秋蓮處處開金童登錦帳玉女下香階虎
嘯天魂住龍吟地魄來有人明此道立使返嬰孩
姹女住南方身邊産太陽蟾宮烹玉液坎户煉瓊漿過
去神仙餌今來到我嘗一杯延萬紀物外任翱翔
頓悟黃芽理陰陽禀自然乾坤爐裏煉日月鼎中煎木
産長生汞金　續命鉛世人明此道立便返童顏（第六句缺一字）
宇宙産黃芽經爐煆作砂陰陽烹五彩水火煉三花鼎
内龍降虎壺中龜遣蛇功成歸物外自在樂煙霞
要覓長生路除非認本元都來一味藥剛道數千般丹
鼎烹成汞爐中煉就鉛依時服一粒白日上冲天
姹女住瑤臺仙花滿地開金苗從此出玉蘂自天來鳳
舞長生曲鸞歌續命杯有人明此道海變已千回
古往諸仙子根元占甲庚水中閑虎嘯火裏見龍行進
退窮三候相吞用八紘冲天功行滿寒暑不能爭
我悟長生理太陽伏太陰離（一作陽）宮生白玉坎（一作陰）户産黃
金要主君臣義須存子母心九重神室内虎嘯與龍吟
靈丹産太虛九轉入重爐浴就紅蓮顆燒成白玉珠水
中鉛一兩火内汞三銖喫了瑤臺寶升天任海枯
姹女住離宮身邊産雌雄爐中七返畢鼎内九還終悟
了魚投水迷因鳥在籠耄年服一粒立地變冲童
盜得乾坤祖陰陽是本宗天魂生白虎地魄産青龍運
寶泥丸在搬精入上宮有人明此法萬載貌如童
要覓金丹理根元不易逢三才七返足四象九還終浴
就微微白燒成漸漸紅一丸延萬紀物外去冲冲
箇箇覓長生根元不易尋要貪天上寶須去世間琛煉
就水中火燒成陽内陰祖師親有語一味水中金
萬物皆生土如人得本元青龍精是汞白虎水爲鉛悟
者子投母迷應地是天將來物外客箇箇補丹田
二十四神清三千功行成寒雲連地轉聖日滿天明玉
子偏宜種金田豈在耕此中眞妙理誰道不長生
妙妙妙中妙玄玄玄更玄動言俱演道語默盡神仙在
掌如珠異當空似月圓他時功滿後直入大羅天

絶句

捉得金晶固命基日魂東畔月華西於中煉就長生藥
服了還同天地齊
莫怪瑤池消息稀只緣塵事隔天機若人尋得水中火
有一黃童上太微
混元海底隱生倫内有黃童玉帝名白虎神符潛姹女
靈元鎭在七元君
三畝丹田無種種種時須藉赤龍耕曾將此種教人種
不解鉛池道不生（鉛池一名營治）
閃灼虎龍神劒飛好憑身事莫相違傳時須在乾坤力
便透三清入紫微
不用梯媒向外求還丹只在體中收莫言大道人難得
自是功夫不到頭（此首一作張辭詩）
飲酒須教一百杯東浮西泛自梯媒日精自與月華合
有箇明珠走上來
不負三光不負人不欺神道不欺貧有人問我修行法
只種心田養此身
時人若擬去瀛洲先過巍巍十八樓自有電雷聲震動
一池金水向東流
瓶子如金玉子黃上升下降續神光三元一會經年淨

這箇天中日月長
學道須教徹骨貧囊中只有五三文有人問我修行法
遥指天邊日月輪
我自忘心神自悦跨水穿雲來相謁不問黄芽肘後方
妙道通微怎生說
肘傳丹篆千年術口誦黄庭兩卷經鶴觀古壇松影裏
悄無人跡户長扃
獨上高峰望八都黑雲散後月還孤茫茫宇宙人無數
幾箇男兒是丈夫
天下都遊半日功不須跨鳳與乘龍偶因博戲飛神劒
摧却終南第一峰
朝遊北（一作百）越（一作岳鄂）暮蒼梧袖裏青蛇膽氣麤三入岳陽人
不識朗吟飛過洞庭湖
趯倒葫蘆掉却琴倒行直上卧牛岑水飛石上迸如雪
立地看天坐地吟
吾家本住在天齊零落白雲鏁石梯來往八千消半日
依前歸路不曾迷
蓮峰道士高且潔不下蓮宫經歲月星辰夜禮玉簪寒
龍虎曉開金鼎熱
東山東畔忽相逢握手丁寧語似鐘劒術已成君把去
有蛟龍處斬蛟龍
朝泛蒼梧暮却還洞中日月我爲天匣中寶劒時時吼
不遇同人誓不傳
偎巖拍手葫蘆舞過嶺穿雲拄杖飛來往八千須半日
金州南畔有松扉
養得兒形似我形我身枯悴子光精生生世世常如此
爭似留神養自身
精養靈根氣養神此真之外更無真神仙不肯分明說
迷了千千萬萬人
不事王侯不種田日高猶自抱琴眠起來旋點黄金買
不使人間作業錢
天涯海角人求我行到天涯不見人忠孝義慈行方便
不須求我自然真

莫道幽人一事無閑中儘有静工夫閉門清晝讀書罷
掃地焚香到日晡
先生先生貌獰惡拔劒當空氣雲錯連喝三回急急去
欻然空裏人頭落（已下並贈劒客）
劒起星奔萬里誅風雷時逐雨聲麤人頭攜處非人在
何事高吟過五湖
麤眉卓竪語如雷聞說不平便放杯仗劒當空千里去
一更別我二更回
先生先生莫外求道要人傳劒要收今日相逢江海畔
一杯村酒勸君休
麗眉鬬竪惡精神萬里騰空一踴身背上匣中三尺劒
爲天且示不平人

嶽宗齋會

高談闊論若無人可惜明君不遇真陛下問臣來日事
請看午未丙丁春

七夕

宋元豐中呂惠卿守單州天慶觀七月七日有異
人過書詩于紙

四海孤遊一野人兩壺霜雪足精神坎離二物君收得
龍虎丹行運水銀
野人本是天台客（賓字）石橋南畔有舊宅（石橋者洞也）父子生來
有兩口（呂也）多好歌笙不好拍（吟也）

贈李德成（德成吾賢）

九重天子寰中貴五等諸侯門外尊爭似布衣狂醉客
不教性命屬乾坤

牧童（一作令牧童答鍾弱翁）

草鋪横野六七里笛弄晚風三四聲歸來飽飯黄昏後
不脱蓑衣卧月明（弱翁帥平凉一方士通謁有牧童牽黄犢隨之弱翁指牧童曰道人頗能賦此乎方士笑曰不煩我語是兒能之牧童乃操筆大書云云或云方士即呂公也）

潭州鶴會

這回相見不無緣滿院風光小洞天一劒當空又飛去
洞庭驚起老龍眠

紹興道會

會稽山道會有道人攜凉笠挂于壁無挂笠之物
而不墜

偶乘青帝出蓬萊劒戟崢嶸遍九垓我在目前人不識
爲留一笠莫沉埋

贈曹先生

鶴不西飛龍不行露乾雲破洞簫清少年仙子說閑事
遥隔綵雲聞笑聲

海上相逢趙同

南宫水火吾須濟北闕夫妻我自媒洞裏龍兒嬌鬱律
山前童子喜徘徊

題鳳翔府天慶觀

得道年來八百秋不曾飛劒取人頭玉皇未有天符至
且貨烏金混世流

劒畫此詩於襄陽雪中

峴山一夜玉龍寒鳳林千樹梨花老襄陽城裏没人知
襄陽城外江山好

洞庭湖君山頌

午夜君山翫月回西鄰小圃碧蓮開天香風露蒼華冷
雲在青霄鶴未來

秦州北山觀留詩

石池清水是吾心剛被桃花影倒沉一到邽山宫闕内
銷閑澄慮七弦琴

題永康酒樓

鯨吸鼇吞數百杯玉山誰起復誰頹醒時兩袂天風冷
一朶紅雲海上來

贈滕宗諒

華州回道人來到岳陽城別我遊何處秋空一劒横

贈江州太平觀道士

落魄薛高（一作道）士年高無白髭雲中閑卧（一作卧看）石山裏冷（一作雪）
（裏一作去）尋碑誇我飲（一作喫）大酒嫌人說（一作念）小詩不知甚麽漢一
任輩流嗤

宋朝張天覺爲相之日有襤縷道人及門求施
公不知禮敬因戲問道人有何仙術荅以能揑

土爲香公請試爲之須臾煙罷道人不見但留詩于案上云

捏土爲香事有因世間宜假不宜眞皇朝宰相張天覺天下雲遊呂洞賓

贈陳處士

青霄一路少人行休話興亡事不成金榜因何無姓字玉都必是有仙名雲歸入海龍千尺雲滿長空鶴一聲深謝宋朝明聖主解書丹詔詔先生

哭陳先生

天網恢恢萬象疎一身親到華山區寒雲去後留殘月春雪來時問太虛六洞眞人歸紫府千年鸞鶴老蒼梧自從遺却先生後南北東西少丈夫

化江南簡寂觀道士侯用晦磨劒（一作磨劒贈侯道士）

欲整（一作淬）鋒鋩敢（一作不）憚勞淩晨開匣玉龍嗥手中氣槩冰三尺石上精神蛇一條姦血默隨流水盡凶豪今逐漬痕消削平（一作除）浮世不平事與爾相將上九霄（一本作絶句無中四句）

熙寧元年八月十九日過湖州東林沈山用石榴皮寫絶句於壁自號回山人（一作題沈東老壁）

西鄰已富憂不足東老雖貧樂有餘白酒釀來緣好客黃金散盡爲收書

大雲寺茶詩

玉蘂一鎗稱絶品僧家造法極功夫兔毛甌淺香雲白蝦眼湯翻細浪俱斷送睡魔離几席增添清氣入肌膚幽叢自落溪巖外不肯移根入上都

別詩二首

無心獨坐轉黃庭不逐時流入利名救老只存眞一氣修生長遣百神靈朝朝煉液歸瓊壠夜夜朝元養玉英莫笑老人貧裏樂十年功滿上三清

時人受氣禀陰陽均體乾坤壽命長爲重本宗能壽永因輕元祖遂淪亡三宮自有迴流法萬物那無運用方咫尺崑崙山上玉幾人知是藥中王

贈羅浮道士

羅浮道士誰同流草衣木食輕王侯世間甲子管不得壺裏乾坤只自由數着殘棊江月曉一聲長嘯海山秋飮餘回首話歸路遥指白雲天際頭

宿州天慶觀殿門留贈符離道士

秋景蕭條葉亂飛庭松影裏坐移時雲迷鶴駕何方去仙洞朝元失我期

題黃鶴樓石照

黃鶴樓前吹笛時白蘋紅蓼滿江湄衷情欲訴誰能會惟有清風明月知

荅僧見

三千里外無家客七百年來雲水身行滿蓬萊爲別館道成瓦礫盡黃金待賓榼裏常存酒化藥爐中別有春積德求師何患少由來天地不私親

與潭州智度寺慧覺詩（并引一作參智度覺呈絶句）

余游韶郴東下湘江今見覺公觀其禪學精明性源淳潔促膝靜坐收光内照一衲之外無餘衣一鉢之外無餘食達生死岸破煩惱殼方今佛衣寂寂兮無傳禪理懸懸兮幾絶扶而興者其在吾師乎

達者推心兼（一作方）濟物聖賢傳法不離眞請師開說西來意七祖如今未有人

參黃龍機悟後呈偈（第二句缺一字）

棄却瓢囊摵碎琴如今不戀□中金自從一見黃龍後始覺從前錯用心

題僧房絶句

唐朝進士今日神仙足躡紫霧却返洞天

賜齊州李希遇詩

少飮欺心酒休貪不義財福因慈善得禍向巧姦來

六言

春暖羣花半開逍遥石上徘徊獨攜玉律丹訣閑踏青莎碧苔古洞眠來九載流霞飮幾千杯逢人莫話他事笑指白雲去來

明胎息

密室靜存神陰陽重一斤煉成離女液嚥盡（一作方悯）坎男津漸變逍遥體超然自在身更修功業滿旌鶴引朝眞

警世

二八佳人體似酥腰間仗劒斬凡夫雖然不見人頭落暗裏教君骨髓枯

通道

通道復通玄名留四海傳交親一拄杖活計兩空拳要果逡巡種思茶逐旋煎豈知來混世不久却回天

爲賈師雄發明古鐵鏡

手内青蛇淩白日洞中仙果豔長春須知物外煙霞客不是塵中磨鏡人

題全州道士蔣暉壁

醉舞高歌海上山天瓢承露結金丹夜深鶴透秋空碧萬里西風一劒寒

謁石守道

高心休擬鳳池遊朱紱銀章寵已優欲待禍來名欲滅林泉養法預爲謀

題廣陵妓屏二首

嫫母西施共此身可憐老少隔千春他年鶴髮雞皮媼今日玉顏花貌人

花開花落兩悲歡花與人還事一般開在枝間妨客折落來地上請誰看

題東都妓館壁

吸鸞笙裂太清綠衣童子步虛聲玉樓喚醒千年夢碧桃枝上金雞鳴

崔中舉進士遊岳陽遇眞人録沁園春詞詰其姓名薦之李守排户而入惟見留詩于壁

腹内嬰兒養已成且居塵市暫娛情無端措大剛饒舌却入白雲深處行

題詩紫極宮

宮門一閑入臨水憑欄立無人知我來朱頂鶴聲急

閑題

獨自行來獨自坐無限世人不識我惟有城南老樹精分明知道神仙過

山隱

松枯石老水縈迴，箇裏難教俗客來。攊眼試看山外景，紛紛風急障黃埃。

絕句

息精息氣養精神，精養丹田氣養身。有人學得這般術，便是長生不死人。

斗笠爲帆扇作舟，五湖四海任遨遊。大千沙界須臾至，石爛松枯經幾秋。

或爲道士或爲僧，混俗和光別有能。苦海翻成天上路，毘盧常照百千燈。

勸世

一毫之善，與人方便。一毫之惡，勸君莫作。衣食隨緣，自然快樂。筭是甚命，問什麽卜。欺人是禍，饒人是福。天眼昭昭，報應甚速。諦聽吾言，神欽鬼伏。

塔頭坯歌

塔頭坯，隨雨破，只是未曾經水火。若經水火燒成磚，留向世間住萬年。稜角堅完不復壞，扣之聲韻堪磨鐫。凡水火，尚成功，堅完萬物誰能同。修行路上多少人，窮年煉養費精神。不道未曾經水火，無常一旦臨君身。既不悟，終不悔，死了猶來借精髓。主持正念大艱辛，一失人身爲異類。君不見洛陽富鄭公，說與金丹如盲聾。執迷不悟修真理，焉知潛合造化功。又不見九江張尚書，服藥失明神氣枯。不知還丹本無質，翻餌金石何太愚。又不見三衢趙樞密，參禪作鬼終不識。修完外體在何邊，辯捷語言終不實。塔頭坯，隨雨破，便似修行這幾箇。大丈夫，超覺性，了盡空門不爲證。伏羲傳道至于今，窮理盡性至於命。了命如何是本元，先認坎離并四正。坎離即是真常家，見者超凡須入聖。坎是虎，離是龍，二體本來同一宮。龍吞虎啗居其中，離合浮沈初復終。剝而復，否而泰，進退往來定交會。弦而望，明而晦，消長盈虛相匹配。神仙深入水晶宮，時飲醍醐清更醲。餌之千日功便成，金筋玉骨身已輕。此箇景象惟自身，上昇早得朝三清。三清聖位我亦有，本來只奪乾坤精。飲凡酒，食羶腥，補養元和冲更盈。自融結，轉光明，變作珍珠飛玉京。須臾六年腸不餒，血化白膏體難毀。不食方爲真絕粮，真氣薰蒸肢體強。既不食，超百億，口鼻都無凡喘息。真人以踵凡以喉，從此真凡兩邊立。到此遂成無漏身，胎息丹田湧真火。老氏自此號嬰兒，火候九年都經過。留形住世不知春，忽爾天門頂中破。真人出現大神通，從此天仙可相賀。聖賢三教不異門，昧者勞心休恁麽。有識自愛生，有形終不滅。歎愚人，空駕說，愚人流蕩無則休。落趣循環幾時徹，學人學人細尋覓。且須研究古金碧，金碧參同不計年。妙中妙兮玄中玄。

全唐詩

呂巖

贈劉方處士

六國愁看沉與浮，攜琴長歗出神州。擬向煙霞煮白石，偶來城市見丹丘。受得金華出世術，期於紫府駕雲遊。年來摘得黃巖翠，琪樹參差連地肺。露飄香髓玉苗滋，月上碧峰丹鶴唳。洞天消息春正深，仙路往還俗難繼。忽因乘興下白雲，與君邂逅於塵世。塵世相逢開口希，共論太古同流志。瑤琴寶瑟與君彈，瓊漿玉液勸我醉。醉中亦話興亡事，云道總無珪組累。浮世短景倏成空，石火電光看即逝。韶年淑質曾非固，花面玉顏還作土。芳樽但繼曉復昏，樂事不窮今與古。何如識箇玄玄道，道在杳冥須細考。壺中一粒化奇物，物外千年功力奥。但能制得水中華，水火翻成金丹竈。丹就人間不久居，自有碧霄元命詔。玄洲暘谷悉可居，地壽天齡永相保。鸞車鶴駕逐雲飛，迢迢瑤池應易到。耳聞爭戰還傾覆，眼見妍華成枯槁。唐家舊國盡荒蕪，漢室諸陵空白草。蜉蝣世界實足悲，槿花性命莫遲遲。珠璣溢屋非爲福，羅綺滿箱徒自危。志士戒貪昔所重，達人忘欲寧自期。劉方劉方審聽我，流光迅速如飛過。陰婬果決用心除，尸鬼因循爲汝禍。八瓊秘訣君自識，莫待鈆空車又破。破車壞鈆須震驚，直遇伯陽應不可。悠悠憂家復憂國，耗盡三田元宅火。咫尺玄關若要開，憑君自解黃金鎖。

寄白龍洞劉道人

玉走金飛兩曜忙，始聞花發又秋霜。徒誇籛壽千來歲，也是雲中一電光。一電光，何太疾，百年都來三萬日。其間寒暑互煎熬，不覺童顏暗中失。縱有兒孫滿眼前，卻成恩愛轉牽纏。及乎精竭身枯朽，誰解教伊暫駐顏。延年之道既無計，不免將身歸逝水。但看古往聖賢人，幾箇解留身在世。身在世，也有方，只爲時人誤度量。競向山中尋草藥，伏鈆制汞點丹陽。點丹陽，事迴別，須向坎中求赤血。取來離位制陰精，配合調和有時節。時節正，用媒人，金翁姹女結親姻。金翁偏愛騎白虎，姹女常駕赤龍身。虎來靜坐秋江裏，龍向潭中奮身起。兩獸相逢戰一場，波浪奔騰如鼎沸。黃婆丁老助威靈，撼動乾坤走神鬼。須臾戰罷雲氣收，種箇玄珠在泥底。從此根芽漸長成，隨時灌溉抱真精。十月脫胎吞入口，忽覺凡身已有靈。此箇事，世間稀，不是等閑人得知。宿世若無仙骨分，容易如何得遇之。金液丹，宜便煉，大都光景急如箭。要取魚，須結筌，何不收心煉取鈆。莫教燭被風吹滅，六道輪迴難怨天。近來世上人多詐，盡著布衣稱道者。問他金木是何般，噤口不言如害啞。卻云服氣與休糧，別有門庭道路長。豈不見陰君破迷歌裏說，太乙含真法最強。莫怪言詞太狂劣，只爲時人難鑒別。惟君心與

我心同方敢傾心與君說

贈喬二郎

與君相見皇都裏陶陶動便經年醉醉中往往愛藏眞亦不爲他名與利勸君休戀浮華榮直須奔走煙霞程煙霞欲去如何去先須肘後飛金晶金晶飛到上宮裏上宮下宮通光明當時玉汞涓涓生奔歸元海如雷聲從此夫妻相際會歡娛（一作始終）踴躍情無外水火都來兩半間卦候翻成地天泰一浮一沉陽煉陰陰盡方知此理深到底根元是何物分明只是水中金喬公喬公急下手莫逐烏飛兼兔走何如脩煉作眞人塵世浮生終不久人人（一作大）道長生沒得來自古至今有有有

鄂渚悟道歌

縱橫天際爲閑客時遇季秋重陽節陰雲一布徧長空膏澤連綿滋萬物因雨泥滑門不出忽聞鄰舍語丹術試問鄰公可相傳一言許肎更無難數篇奇怪文入手一夜挑燈讀不了曉來日早纔看畢不覺自醉如恍惚恍惚之中見有物狀如日輪明突屼自言便是丹砂精宜向鼎中烹凡質凡質本來不化眞化眞須得眞中物不用鉛不用汞還丹須向爐中種玄中之玄號眞鉛及至用鉛還不用或名龍或名虎或號嬰兒并奼女丹砂一粒名千般一中有一爲丹母火莫燃水莫凍修之煉之須珍重直待虎嘯折巔峰驪龍奪得玄珠弄龍吞玄寶忽昇飛飛龍被我捉來騎一翥上朝歸碧落碧落廣潤無東西無曉無夜無年月無寒無暑無四時自從修到無爲地始覺奇之又怪之

又記

數載樂幽幽欲逃寒暑逼不求名與利猶恐身心役苦志慕黃庭慇懃求道跡陰功暗心修善行長日積世路果逢師時人皆不識我師機行密懷量性孤僻解把五行移能將四象易傳余造化門始悟希夷則服取兩般眞從頭路端的烹煎日月壺不離乾坤側至道眼前觀得之元咫尺眞空空不空眞色色非色推倒玉葫蘆迸出黃金液緊把赤龍頭猛將驪珠吸吞歸臟腑中奪得神仙力妙號一黍珠延年千萬億同途聽我吟與道相親益未曉眞黃芽徒勞遊紫陌把住赤烏魂突出銀蟾魄未省此中玄常流容易測三天應有路九地終無厄守道且藏愚忘機要混迹羣生莫相輕巳是蓬萊客

秘訣歌

求之不見來即不見不見不見君之素面火裏曾飛水中亦見道路非遙身心不戀又不知有返陰之龜回陽之鴈遇即遇眞人達即達其神一萬二千甲子這一壺流霞長春流霞流霞本性一家飢餐日精渴飲月華將甲子丁丑之歲與君決破東門之大瓜

勉牛生夏候生

二秀才二秀才兮非秀才非秀才兮是仙才中華國裏親遭遇仰面觀天笑眼開（一作回）鶴形兮龜骨龍吟兮虎顏我有至言相勸勉願君兮勿猜勿猜但煦日吹月噓雨呵雷火寄冥宮水濟丹臺金木交而土歸位鉛汞分而丹露胎赤血換而白乳流透九竅兮動百骸然然卷然然舒哀哀咍咍孩兒喘而不死腹空虛兮長齋酬名利兮狂歌醉舞酬富貴兮麻裰莎鞋甲子問時休記看桑田變作黃埃青山白雲好居住勸君歸去來兮歸去來

題四明金鵝寺壁

方丈有門出不鑰見箇山童露雙脚問伊方丈何寂寥道是虛空也不著聞此語何欣欣主翁豈是尋常人我來謁見不得見謁心耿耿生埃塵歸去也波浩渺路入蓬萊山杳杳相思一上石樓時雪晴海濶千峰曉

谷神歌

我有一腹空谷虛言之道有又還無言之無兮不可捨言之有兮不可居谷兮谷兮太玄妙神兮神兮眞大道保之守之不死名修之煉之仙人號神得一以靈谷得一以盈若人能守一只此是長生本不遠離身還不見煉之功若成自然凡骨變谷神不死玄牝門出入綿綿道若存修煉還須夜半子河車般載上崑崙龍又吟虎又嘯風雲際會黃婆叫火中奼女正含嬌回觀水底嬰兒俏嬰兒奼女見黃婆兒女相逢兩意和金殿玉堂門十二金翁木母正來過重門過後牢關鎖點檢斗牛先下火進火消陰始一陽千歲仙桃初結果曲江東岸金烏飛西岸清光玉兔輝烏兔走歸峰頂上爐中奼女脫青衣脫却青衣露素體嬰兒領入重幃裏十月情濃產一男說道長生永不死勸君煉勸君修谷神不死此中求此中悟取玄微處與君白日登（一作到）瀛洲

修身訣

人命急如線上下來往速如箭認得是元神子後午前須至煉隨意出隨意入天地三才人得一既得一勿遺失失了永求無一物堪歎荒郊塚墓中自古滅亡不知屈（一本無後二句）

長短句

落魄且落魄夜宿鄉村朝遊城郭閑來無事翫青山困來街市貨丹藥賣得錢不筭度酤美酒自斟酌醉後吟哦動鬼神任意日頭向西落

直指大丹歌

三清宮殿隱崑巔日月光浮起紫煙池沼泓泓翻玉液樓臺疊疊運靈泉青龍乘火鉛爲汞白虎騰波汞作鉛欲得坎男求匹偶須憑離女結因緣黃婆設盡千般計金鼎開成一朵蓮列女拏烏當左畔將軍戴兔鎮西邊黑龜却伏紅爐下朱雀還棲華閣前然後澄神窺見影三周功就駕雲軿

漁父詞一十八首

入定

閉目藏眞神思凝杳冥中裏見吾宗無邊畔迴朦朧玄景觀來覺盡空

初九

大道從來屬自然空堂寂坐守機關三田寶鎮長存赤帝分明坐廣寒

玄用

日月交加曉夜奔崑崙頂上定乾坤眞鏡裏實堪論燮燮紅霞曉寂門

神効

恍惚擒來得自然偷他造化在其間神鼎內火烹煎盡歷陰陽結作丹

沐浴

卯酉門中作用時赤龍時蘸玉清池雲薄薄雨微微看取妖容露雪肌

延壽

子午常餐日月精玄關門户啓還扃長如此過平生且把陰陽子細烹

瑞鼎

會合都從戊己家金鉛水汞莫須誇只此物結丹砂反覆陰陽色轉華

活得

位立三才屬五行陰陽合處便相生龍飛踴虎猙獰吐箇神珠各戰爭

燦爛

四象分明八卦周乾坤男女論綢繆交會處更嬌羞轉覺情深玉體柔

鍊質

運本還元於此尋周流金鼎虎龍吟身不老俗難侵貌返童顏骨變金

神異

還返初成立變童瑞蓮開處色輝紅金鼎內迴朦朧換骨添筋處處通

知路

那箇仙經述此方參同大易顯陰陽須窮取莫顛狂會者名高道自昌

朝帝

九轉功成數盡乾開爐撥鼎見金丹餐餌了別塵寰足躡青雲突上天

方契理

舉世人生何所依不求自已更求誰絕嗜慾斷貪癡莫把神明暗裏欺

自無憂

學道初從此處修斷除貪愛別嬌柔長守靜處深幽服氣餐霞飽即休

作甚物

貪貴貪榮逐利名追遊醉後戀歡情年不永代君驚一報身終那裏生

疾瞥地

萬劫千生得箇人須知先世種來因速覺悟出迷津莫使輪迴受苦辛

常自在

閉目尋真真自歸玄珠一顆出輝輝終日翫莫拋離免使閻王遣使追

口占 洞賓遊長沙持小瓦罐乞錢得錢無算而罐常不滿有僧驅一車錢戲曰汝罐能容之否及推車入罐戛戛有聲俄不見僧曰神仙耶幻術耶

非神亦非仙非術亦非幻天地有終窮桑田幾遷變身固非我有財亦何足戀曷不從吾遊騎鯨騰汗漫

敲爻歌

漢終唐國飄蓬客所以敲爻不可測縱橫逆順沒遮攔靜則無爲動是色也飲酒也食肉守定胭花斷淫慾行歌唱詠胭粉詞持戒酒肉常充腹色是藥酒是祿酒色之中無拘束只因花酒悞長生飲酒帶花神鬼哭不破戒不犯淫破戒真如性即沉犯淫壞失長生寶得者須由道力人道力人真散漢酒是良朋花是伴花街柳巷覓真人真人只在花街翫摘花戴飲長生酒景裡無爲道自昌一任羣迷多笑怪仙花仙酒是仙鄉到此鄉非常客姹女嬰兒生喜樂洞中常採四時花時花結就長生藥長生藥採花心花蘂層層豔麗春時人不達花中理一訣天機直萬金謝天地感虛空得遇仙師是祖宗附耳低言玄妙旨提上蓬萊第一峰第一峰是仙物惟產金花生恍惚口口相傳不記文須得靈根骨髓堅骨髓煉靈根片片桃花洞裏春七七白虎雙雙養八八青龍總一斤真父母送元宮木母金公性本溫十二宮中蟾魄現時時地魄降天魂鉛初就汞初生玉爐金鼎未經烹一夫一婦同天地一男一女合乾坤庚要生甲要生生甲生庚道始萌拔取天根並地髓白雪黃芽自長成鉛亦生汞亦生生汞生鉛一處烹烹煉不是精和液天地乾坤日月精黃婆匹配得團圓時刻無差口付傳八卦三元全藉汞五行四象豈離鉛鉛生汞汞生鉛奪得乾坤造化權杳杳冥冥生恍惚恍恍惚惚結成團性須空意要專莫遣猿猴取次攀花露初開切忌觸鎖居上釜勿抽添玉爐中文火爍十二時中惟守一此時黃道會陰陽三性元宮無漏泄氣若行真火煉莫使玄珠離寶殿加添火候切防危初九潛龍不可煉消息火刀圭變大地黃芽都長遍五行數內一陽生二十四氣排珠宴火足數藥方成便有龍吟虎嘯聲三鉛只得一鉛就金果仙芽未現形再安爐重立鼎跨虎乘龍離凡境日精纔現月華凝二八相交在壬丙龍汞結虎鉛成咫尺蓬萊祇一程坤鉛乾汞金丹祖龍鉛虎汞最通靈達此理道方成三萬神龍護水晶守時定日明符刻專心惟在意虔誠黑鉛過採清真一陣交鋒定太平三車搬運珍珠寶送歸寶藏自通靈天神佑地祇迎混合乾坤日月精虎嘯一聲龍出窟鸞飛鳳舞出金城硃砂配水銀停一派紅霞列太清鉛池迸出金光現汞火流珠入帝京龍虎媾外持盈走聖飛靈在寶瓶一時辰內金丹就上朝金闕紫雲生仙桃熟摘取餌萬化來朝天地喜齋戒等候一陽生便進周天參同理參同理煉金丹水火薰蒸透百關養胎十月神丹結男子懷胎豈等閒內丹成外丹就內外相接和諧偶結成一塊紫金丸變化飛騰天地久丹入腹非尋常陰陽剝盡化純陽飛昇羽化三清客名遂功成達上蒼三清客駕瓊輿跨鳳騰霄入太虛似此逍遙多快樂遨遊三界最清奇太虛之上修真士朗朗圓成一物無一物無惟顯道五方透出真人貌仙童仙女彩雲迎五明宮內傳真誥傳真誥幽情只是真鉛煉汞精聲聞緣覺冰消散外道修羅縮項驚黜枯骨立成形信道天梯似掌平九祖先靈得超脫誰羨繁華貴與榮尋烈士覓賢才同安爐鼎化凡胎若是慳財并惜寶千萬神仙不肎來修真士不妄說妄

說一句天公折萬劫塵沙道不成七竅眼睛皆迸血貧窮子發誓切待把凡流盡提接同越蓬萊仙會中凡景煎熬無了歇塵世短更思量洞裏乾坤日月長堅志苦心三二載百千萬劫壽彌疆達聖道顯真常虎兕刀兵更不傷水火蛟龍無損害拍手天宮笑一場這些功真奇妙分付與人誰肯要愚徒死戀色和財所以神仙不肯召真至道不擇人豈論高低富與貧且饒帝子共王孫須去繁華銼銳分嗔不除憨不收墮入輪迴生死海堆金積玉滿山川神仙冷笑應不采名非貴道極尊聖聖賢賢顯子孫腰間跨玉騎驕馬瞥見如同隙裏塵隙裏塵石中火何在留心爲久計苦苦煎熬喚不回奪利爭名如鼎沸如鼎沸永沉淪失道迷真業所根有人平却心頭棘便把天機說與君命要傳性要悟入聖超凡由汝做三清路上少人行畜類門前爭入去報賢良休慕顧性命機關須守護若還缺一不芳菲執著波查應失路只修性不修命此是修行第一病只修祖性不修丹萬劫陰靈難入聖達命宗迷祖性恰似鑑容無寶鏡壽同天地一愚夫權物家財無主柄性命雙修玄又玄海底洪波駕法船生擒活捉蛟龍首始知匠手不虛傳

三字訣

這箇道非常道性命根生死竅說著醜行着妙人人憎箇箇笑大關鍵在顛倒莫厭穢莫計較得他來立見効地天泰爲朕兆口對口竅對竅吞入腹自知道藥苗新先天兆審眉間行逆道寧質物自緣紹二者餘方絕妙要行持令人叫氣要堅神莫耗若不行空老耄認得真老還少不知音莫語要些兒法合大道精氣神不老藥（劍作要翁音人功音如此）靜裡全明中報乘鳳鸞聽天詔

百字碑

養氣忘言守降心爲不爲動靜知宗祖無事更尋誰真常須應物應物要不迷不迷性自住性住氣自回氣回丹自結壺中配坎離陰陽生返復普化一聲雷白雲朝頂上甘露灑須彌自飲長生酒逍遙誰得知坐聽無弦曲明通造化機都來二十句端的上天梯

句

莫道神仙無學處古今多少上昇人（景福寺題）

全唐詩目　第十二函

第七冊

全唐詩仙

孫思邈

孫思邈，京兆華原人。隱太白山，通百家陰陽推步醫藥。隋文帝以國子博士召，不就。太宗召詣京師，欲官之，亦不受。高宗上元初還山。

四言詩缺一字

取金之精，合石之液。列爲夫婦，結爲魂魄。一體混沌，兩精感激。河車覆載，鼎候無忒。洪鑪烈火，烘焰翕赫。煙未及黔，焰不假碧。如畜扶桑，若藏霹靂。姹女氣索，嬰兒聲寂。透出兩儀，麗於四極。壁立幾多，馬馳一驛。宛其死矣，適然從革。惡黜善遷，情回性易。紫色內達，赤芒外射。熠若火生，乍疑血滴。號曰中環，退藏於密。霧散五內，川流百脈。骨變金植，顏駐玉澤。陽德乃敷，陰功□積。南宮度名，北斗落籍。

葉法善

葉法善，字道元，一字太素，家於松陽。遍歷名山，得道術。高宗徵之，駐景龍觀。明皇朝，試法多靈驗。開元八年，年一百七歲化去，留三詩於座側。

留詩

昔在禹餘天，還依太上家。忝以掌仙錄，去來乘煙霞。暫下宛利城，渺然思金華。自此非久住，雲上登香車。
適向人間世，時復濟蒼生。度人初行滿，輔國亦功成。但念清微樂，誰忻下界榮。門人好住此，翛然雲上征。
退仙時此地，去俗久爲榮。今日登雲天，歸眞遊上清。泥丸空示世，騰舉不爲名。爲報學仙者，知余朝玉京。

張果

張果，兩當人。先隱中條山，後於鸑鷟山登眞洞往來。天后召之，不起。明皇以禮致之，肩輿入宮，擢銀青光祿大夫，賜號通玄先生。未幾還山。

題登眞洞

修成金骨鍊歸眞，洞鎖遺蹤不計春。野草謾隨青嶺秀，閑花長對白雲新。風搖翠篠敲寒玉，水激丹砂走素鱗。自是神仙多變異，肎教蹤跡掩紅塵。

許宣平

許宣平，新安歙人。景雲中，隱城陽山南塢，結庵以居。時或負薪賣，擔挂一花瓠及曲竹杖，每醉拄之以歸。嘗於同華間題詩傳舍，李白東遊覽之，曰：此仙詩也。及新安累訪之，不得。後咸通七年，郡人許明奴家有嫗入山採樵，見一人坐石上食桃，甚大，自稱明奴之祖，即宣平也。與一桃食，嫗後却食輕健，入山不歸。

負薪行

負薪朝出賣，沽酒日西歸。路人莫問歸何處，穿入白雲行翠微。一作借問家何在穿雲入翠微一作穿白雲行入翠微

庵壁題詩

隱居三十載，石室南山巔。靜夜翫明月，清朝飲碧泉。樵人歌壠上，谷鳥戲巖前。樂矣不知老，都忘甲子年。

見李白詩又吟白訪宣平不得，乃題詩於庵壁曰：我吟傳舍詩，來訪仙人居。煙嶺迷高跡，雲林隔太虛。窺亭但蕭索，倚杖空躊躇。應化遼天鶴，歸當千載餘。宣平歸庵，見壁詩，作此。

一池荷葉衣無盡，兩畝黃精食有餘。又被人來尋討著，移庵不免更深居。

成眞人

成眞人者，不知其名，亦不知所自。開元末，有中使自嶺外迴，謁金天廟，神奠祝畢，戲問巫曰：大王在否？對曰：不在。中使訝其所荅，詰之。曰：關外迎成眞人耳。中使遽使人於關候之，有一道士弊衣負囊而來，問之姓成，因延於傳舍，以驛騎載歸館於私第，密以其事奏之。明皇大異，召入內殿，詔問道術及所修之事，皆拱默不對。復懇乞歸山，許之，挈囊而去。所司掃灑其居，見壁上題句，刮洗愈明，以事上聞。上默然良久。其後祿山起燕，明皇幸蜀，皆如其讖。

題壁

蜀路南行，燕師北至。本擬白日昇天，且看黑龍飲渭。

朱子眞

朱子眞，明皇時人，居南山下別墅，甚盛。出遊，嘗以繡衣女子數人自隨。長安少年趙頹造之，求飲，令侍女及木鳳歌舞侑酒。子眞自歌，仍取一九丹賜頹。鑾輿幸蜀，忽

失子眞家穎服丹得二百餘歲

對趙穎歌（第三句缺一字）

人間幾日變桑田誰識神仙洞裏天短促共知有　異且須歡醉在生前

申歡（一作宗）

申歡不知何許人開元中前進士張佐嘗遇之鄠杜逆旅乘青驢背鹿革囊自言扶風人生宇文周時又云有占夢者言歡前生爲梓潼薛君胄好服食多尋異書日誦黃老一百紙八月十五日長嘯獨飲忽覺兩耳有車聲因穨然思寢頭纔至席遂有小車朱輪青蓋駕赤犢出耳中各長二三寸有二童子綠幘青帔亦長二三寸謂君胄曰吾自兜玄國來君胄大駭曰君適出吾耳何謂兜玄國來二童子曰兜玄國在吾耳中君耳安能處我因傾耳示之乃別有天地俄從二童子謁蒙玄眞伯授爲主籙大夫即有黃帔三四人引至一曹署其中文簿多所不識每月亦無請受但意有所念左右必先知當便供給因暇登樓遠望忽有歸思賦詩一首二童子見詩怒曰以君質性沖寂引至吾國鄙俗餘態果乃未去遂逐之復自童子耳中出占夢者前生即耳中童子也言訖吐朱絹尺餘令呑之遂復童子形而滅

兜玄國懷歸詩

風軟景和煦異香馥林塘登高一長望信美非吾鄉

李遐周

李遐周有道術開元中召入禁中後求出住玄都觀天寶末安祿山跋扈遐周一旦隱去但於其所居壁上題詩言祿山哥舒翰及幸蜀之事時人莫曉後方驗詩一首

題壁

燕市人皆去函關馬不歸若逢山下鬼環上繫羅衣

趙惠宗

趙惠宗硤州人通曉法籙天寶末忽積薪自焚坐火中誦度人經火既燼其下草猶綠得遺簡有詩二首

遺簡詩

生我於虛置我於無至精爲神元氣爲軀散陽爲明合陰爲符形爲灰土神爲仙居衆垢將畢萬事永除吾駕時馬日月爲衛洞耀九霄上謁天帝明明我衆及我門人僞道養形眞道養神懋哉懋哉餘無所陳

欒清

欒清字渾之貞元時與徐戡俱好道術遊江南舟遇二客問其姓名客笑持二蓮葉遺之上各有詩一葉題曰攄浩然一葉題曰汎虛舟有頃遺渾之酒一巵甚馨香飲訖別去失所在渾之大醉吐出數斗物戡視之皆五臟爛黑在地渾之歡然起撫掌而歌遂仙去戡亦不知所之

遇蓮葉二客詩

得飲攄公酒復登攄公舟便得神體清超遥曠無憂（清）

附　蓮葉二客詩

行時雲作伴坐即酒爲侶腹以元化充衣將雲霞補紂虐與堯仁可惜皆朽腐（攄浩然）

檝櫂無所假超然信萍查朝浮旭日輝夕蔭清月華營營功業人朽骨成泥沙（汎虛舟）

韓湘

韓湘字清夫愈之猶子也落魄不羈愈強之婚宦不聽學道仙去

言志

青山雲水窟此地是吾家後夜流瓊液凌晨咀絳霞琴彈碧玉調鑪煉白硃砂寶鼎存金虎元田養白鴉一瓢藏世界三尺斬妖邪解造逡巡酒能開頃刻花有人能學我同去看仙葩

答從叔愈（愈謫藍關湘來逆同傳舍愈仍留之作詩云才爲世用古來多如子雄文世孰過好待功名成就日却收身去臥煙蘿湘荅此詩竟去）

舉世都爲名利醉伊予獨向道中醒他時定是飛昇去衝破秋空一點青

侯道華

侯道華蒲人大中時仙去

題院詩（河中永樂縣道淨院有道士鄧太玄鍊藥貯院內道華在院供給使常好子史手不釋卷衆或問要此何爲荅曰天上無愚憎仙人咸大笑之一旦失之亡所見惟脫雙履衣挂松上中留一詩時大中五年五月也方驗道華竊太玄藥仙去節度鄭公先以其事聞詔賜名昇仙觀）

帖裏大還丹多年色不移前宵盜喫却今日碧空飛慙媿深珍重珍重鄧天師他年煉得藥留著與內芝吾師知此術速煉莫爲遲三清專相待大羅的有期（下列細字稱去年七月一日蒙韓君賜姓李名內芝配住上清善進院）

裴航

裴航長慶中進士

贈樊夫人詩（長慶中航下第遊鄂渚偶與樊夫人同載航見其有國色慕之賂侍妾裊煙以詩達意夫人得航詩若不聞使裊煙持詩荅航航亦未達詩之旨趣後經藍橋驛渴甚向老嫗求漿嫗呼女雲英擎漿與航英色芳麗航憶夫人詩句異之願納聘焉嫗言已有靈丹須玉杵臼擣之有此當相與航購得之嫗仍令航擣藥百日嫗吞之先入洞告姻戚來迎航及女就禮引見諸賓一仙娥謂航應相識否航不省曰不憶鄂渚同舟事乎航驚怛陳謝始知夫人即雲英之姊後航及妻入玉峯洞爲上仙）

向爲胡越猶懷想況遇天仙隔錦屏儻若玉京朝會去願隨鸞鶴入青冥

附　樊夫人荅裴航

一飲瓊漿百感生玄霜擣盡見雲英藍橋便是神仙窟何必崎嶇上玉清

鍾離權

鍾離權咸陽人遇老人授仙訣又遇華陽眞人上仙王玄甫傳道入崆峒山自號雲房先生後仙去

題長安酒肆壁三絕句

坐臥常攜（一作將）酒一壺不教雙眼識皇（一作東）都乾坤許大（一作世界）無名姓疎散人中一（一作大）丈夫

得道高僧（一作眞仙）不易逢幾時歸去願相從自言住處連滄海別是蓬萊第一峯

莫厭追歡笑語頻尋思離亂好傷神閑來屈指從頭數得見（一作到）清平有幾人

贈呂洞賓

知君幸有英靈骨所以教君心恍惚含元殿上水晶宮分明指出神仙窟大丈夫遇眞訣須要執持心猛烈五行匹配自刀圭執取龜蛇顚倒訣三尸神須打徹進退天機明六甲知此三要萬神歸來駕火龍離九關九九道至成眞日三界四府朝元節氣翺翔兮神烜赫蓬萊

便是吾家宅羣仙會飲天樂喧雙童引入昇玄客道心不退故傳君立誓約言親灑血逢人兮莫亂說遇友兮不須訣莫怪頻發此言辭輕慢必有陰司折執手相別意如何今日爲君重作歌說盡千般玄妙理未必君心信也麽子後分明說與汝保惜吾言上大羅

全唐詩 仙

馬湘

馬湘字自然杭州鹽官人貌醜驢鼻禿鬢大口飲酒石餘醉臥即以拳入口遊行處多題詩句大中十年歸鄉忽死明年又於梓桐縣白日上昇有司奏聞勅浙西發冢視之乃一竹杖而已

登杭州秦望山

太乙初分何處尋空留曆數變人心九天日月移朝暮萬里山川換古今風動水光吞遠嶠雨添嵐氣沒高林秦皇謾作驅山計滄海茫茫轉更深

題龍興觀壁（晉陵道士朱含真居龍興觀東軒馬自然常過之含真必竭力以奉臨別與以三符命旋題詩廡下後數年自然飛昇含真追以符術名江浙淮海間）

世有無窮事生知遂百春問程方外路宜是上清人

又詩一首

昔日曾（一作嘗）隨魏伯陽無端醉臥紫金牀東君謂我多情賴罰向人間作酒狂

又詩二首

省悟前非一息間更抛閑事棄塵寰徒誇美酒如瓊液休戀嬌娥似玉顏含笑謾教情面厚多愁還使鬢毛斑雲中幸有堪歸路無限青山是我山

何用燒丹學駐顏鬧非城市靜非山時人若覓長生藥對景無心是大還

張辭

張辭咸通初進士下第遊淮海間有道術嘗養氣絕粒好酒躭棊後於江南上昇

題壁（人有以爐火藥術爲事者辭大酉之命筆題其壁）

爭那金烏何頭上飛不住紅爐漫燒藥玉顏安可駐今年花發枝明年葉（一作花）落樹不如且飲酒莫管流年度（一作朝暮復朝暮）

上鹽城令述德詩（辭嘗遊鹽城非類乘其醉與相鏡力令見而繫之既醒爲述德陳情二律以獻令釋之今存述德一首）

門風常有蕙蘭馨鼎族家傳霸國名容貌靜懸秋月彩文章高振海濤聲訟堂無事調琴軫郡閣何妨醉玉觥今日東漸（音尖）橋下水一條從此鎮常清

謝令學道詩（令欲傳其道辭以令方宰劇邑未暇志之詩以開其意）

何用梯媒向外求長生只合內中修莫言大道人難得自是行心不到頭

別令詩

張辭張辭自不會天下經書在腹內身即騰騰處世間心即逍遥出天外

陸禹臣

陸禹臣字服休河東人避黃巢亂入南嶽得仙術隱宜州北山後尸解爲紫府仙伯嘗寓吳生家與語塵外理

贈吳生

露下瑤簪濕雲生石室寒星壇鸞鶴舞丹竈虎龍蟠

李真

李真唐末仙人

丈人山詩

春凍曉鞲露重夜寒幽枕雲生豈是與山無素丈人著帽相迎

殷七七

殷七七名天祥又名道筌嘗自稱七七不知何所人遊行天下不測其年壽面光白若四十許人每日醉歌道上周寶鎮浙西師敬之嘗試其術於九月令開鶴林寺杜鵑花有驗

醉歌

琴彈碧玉調藥鍊（一作爐養）白硃砂解醞頃刻酒能開非時花（一作能栽頃刻花）

陽春曲（七七有異術過荊州與客飲云某有一藝侑歡顧屏上畫婦人曰可歌陽春曲婦人應聲而歌其音清亮似從屏中出）

愁見唱陽春令人離腸結郎去未歸家柳自飄香雪

張令問

張令問隱居天國山自號天國山人

寄杜光庭

試問朝中爲宰相何如林下作神仙一壺美酒一爐藥飽聽松風清晝眠

吳涵虛

吳涵虛字含靈江西人出家爲道士居南岳俗呼爲吳猱好睡經旬不飲食常言曰人若要閑即須嬾好勤即不閑也清泰年羽化宋乾祐中有人於嵩山見之

上昇歌

玉皇有詔登仙職龍吐雲兮鳳著力眼前驀地見樓臺異草奇花不可識我向大羅觀世界世界即如指掌大當時不爲上昇忙一時提向瀛洲賣

李夢符

李夢符開平初人在洪州日與布衣飲酒狂吟嘗以竿懸一魚向市肆唱漁父引賣其詞好事者爭買之得錢便入酒家或抱氷入水及出身上氣如蒸後不知所在（一云夢符遊南昌時鍾傳據其地有桂州刺史李璵遣人謂傳曰夢符吾弟請遣歸鍾令求於市即人曰夜來不歸不知所之）

答常學士

罷修儒業罷修眞養拙藏愚春復春到老不疎林裏鹿平生難見日邊人洞桃深處千林錦巖雪鋪時萬草新深謝名賢遠相訪求聞難博鳳爲鄰

漁父引二首

村寺鐘聲度遠灘半輪殘月落山前徐徐撥櫂却歸灣浪疊朝霞錦繡翻

漁弟漁兄喜到來波官賽却坐江隈椰榆杓子木瘤杯爛煑鱸魚滿案堆

察考取狀荅

插花飲酒何妨事樵唱漁歌不礙時

沈廷瑞

沈廷瑞高安人吏部侍郎彬之子有道術嗜酒寒暑一單褐數十年不易常跣行日數百里林棲露宿多在玉笥浮雲二山老而不衰化後人猶常見之

答高安宰（廷瑞嘗直造縣宰之坐宰不快戲之曰沈道士何時成道廷瑞應聲成詩）

何須問我道成時紫府清都自有期手握藥苗人不識體含金骨俗爭知（一本此下後有四句云書符解遣龍蛇走動印還教海岳移他日丹霄誰是侶青童引駕紫霄隨）

贈僧昭瑩（廷瑞化於玉笥山後二年有閣皂山僧昭瑩遇之問所往云暫尋知己留詩別昭瑩後到玉笥山話及方知其尸解而去）

南北東西路人生會不無早曾依閤皂又却上玄都雲片隨天闊泉聲落石孤何期早相遇樂共煑菖蒲

寄袁州陳智周（廷瑞與智周相善化後數年有人於江筠路次見廷瑞共語久之令將詩寄智周智周得詩甚訝馳出門求送詩者已不知所在）

名山相別後別後會難期金鼎銷紅日丹田老紫芝訪君雖有路懷我豈無詩休羨繁華事百年能幾時

龔穴遺詩（華蓋山事實云昭瑩遇廷瑞後開龔視之惟見空棺穴旁得片紙遺詩云）

虛勞營殯玉山前殯後那知已脫蟬應是元神歸洞府更無遺魄在黃泉靈臺已得修真訣塵世空留悟道篇堪歎浮生今古事北邙山下草芊芊

譚峭

譚峭字景升國子司業洙之子博涉經史屬文清麗洙訓以進士業而峭酷好黃老書辭父遠遊師嵩山道士得辟穀養氣之術後入青城山仙去

大言詩

線作（一作大）長江扇作（一作大）天靸鞋拋向（一作在）海東邊蓬萊信道無多路（一作世間多少閑蟲豸）只（一作盡）在譚生拄杖前

句

雲外星霜如走電世間娛樂似拋磚

伊用昌

伊用昌不知何許人與其妻乞食多在江右盧陵宜春諸郡出語輕忽常為人毆擊呼之為伊風子愛作望江南詞與妻唱和詞皆有旨妻有殊色豪富子弟以言笑戲調不可犯夫妻至南城縣丐死牛肉食之死後人有見之者夫妻皆躡虛而行發視所埋處惟有爛牛肉無別物

望江南詞詠鼓

江南鼓梭肚兩頭欒釘著不知侵骨髓打來只是沒心肝空腹被人謾

題茶陵縣門（江南有芒草茶陵民採之織履用昌題此詩縣官及胥吏怒遂出界）

茶陵一道好長街兩畔栽柳不栽槐夜後不聞更漏鼓只聽鎚芒織草鞋

題酒樓壁（用昌死後一年有江西鎮將丁於其地見用昌夫妻仍唱望江南詞）

此生生在此生先何事從玄不復玄已在淮南雞犬後而今便到玉皇前

題遊帷觀真君殿後（用昌渡江至觀後題此詩夫妻連臂入西山自此更不出其詩後題銜云定億兆恒沙軍國主南方赤龍神王伊用昌）

日日祥雲瑞氣連儂家應作大神仙筆頭灑起風雷力劍下驅馳造化權更與戎夷添禮樂永教胡虜絕烽煙列仙功業只如此直上三清第一天

留題閣皂觀

花洞門前吠似雷險聲流斷俗塵埃雨噴山腳毒龍起月照松梢孤鶴回蘿幕秋高添碧翠畫簾時捲到樓臺兩壇詩客何年去去後門關更不開

湖南闤齋吟（用昌入湖南謁馬氏時方設齋獨不請用昌自造之據其坐泊食畢則大聲吟詩吟畢拂衣而起衆訝異乃逼問之出門不見）

誰人能識白元君上士由來盡見聞避世早空南火宅植田高種北山雲雞能抱卵心常聽蟬到成形殼自分學取大羅些子術免教松下作孤墳

許堅

許堅字介石盧江人

游溧陽霞泉寺限白字

近枕吳溪與越峰前朝恩賜雲泉額（南唐以大唐為前朝）竹林晴見鴈塔高石室曾棲幾禪伯荒碑字沒莓苔深古池香泛荷花白客有經年別故林落日啼猨情脉脉

幽棲觀

仙翁上昇去丹井寄晴壑山色接天台湖光照寥廓玉洞絕無人老檜猶棲鶴我欲掣青蛇他時冲碧落

題茅山觀

嘗恨清風千載鬱洞天今得恣遊遨松楸一色古壇靜鸞鶴不來青漢高茅氏井寒丹已化玄宗碑斷夢仍勞分明有箇長生路休向紅塵歎二毛

題扇

哦吟但寫胷中妙飲酒能忘身後名但願長閑有詩酒一溪風月共清明

上徐舍人鉉（堅早年干李氏人以其狂不之禮因上此詩於徐鉉竟拂衣歸）

幾宵煙月鎖樓臺欲寄侯門薦禰才滿面塵埃人不識謾隨流水出山來

句

道既學不得仙從何處來　臥久似慵伸雪項立遲猶未整霜衣（病鶴　見吟窗雜錄）

許碏（一作鵲）

許碏高陽人累舉不第學道於王屋周遊名山洞府到處於石崖峭壁人不及處題云許碏自峨嵋山尋偃月子到此筆蹤神異竟莫詳偃月子也遊廬江醉吟一詩人皆笑為風狂後插花作舞上酒樓醉歌昇仙去

醉吟

閬苑花前是醉鄉踏（一作拈）翻王母九霞觴羣仙拍手嫌輕薄（一作脫）謫向人間作酒狂

題南嶽招仙觀壁上（題此詩後數日上昇）

洪鑪烹鍛人性命器用不同分皆定妖精鬼魅鬬神通只自干邪不干正黃口小兒初學行唯知日月東西生還為萬靈威聖力移月在南日在北玉為玉兮石是石蘊棄深泥終不易鄧通餓死嚴陵貧帝王豈是無人力丈夫未達莫相侵攀龍附鳳捐精神

張白

張白衡州人少應舉不第入道常挑一鐵葫蘆得錢便飲酒自稱白雲子忽一日死葬武陵城西經半載有鼎州官揚州勾當公事遇於酒肆同酌數日衆聞之開驗

其棺一空有武陵春色詩三百首今存其一

武陵春色

武陵春色好十二酒家樓大醉方回首逢人不舉頭是非都不采名利混然休戴箇星冠子浮沈逐世流

贈酒店崔氏

武陵城裏崔家酒地上應無天上有南遊道士飲一斗臥向白雲深洞口

哭陸先生

六親慟哭還復蘇我笑先生淚箇無脫履定歸天上去空墳留入武陵圖

段敫

段敫累舉進士不第忽如狂市中謳吟其詩後死及葬發視但空棺耳

市中狂吟

一間茅屋尚自修治任狂風吹連簷破碎料枅斜攲看著倒也牆壁作散土一堆主人翁永不來歸

趙自然

趙自然池州鳳皇山道士夢陰眞君與柏葉一枝九疊食之因不食神氣異常

詩

常欲棲山島閑眠玉洞寒丹哥時引舞來去跨雲鸞

李浩

李浩字太素不知何許人隱青城山牡丹坪與仙人爾朱先生遊作大丹詩百首行世或傳舉家仙去

大丹詩四首

混沌未分我獨存包含四象立乾坤還丹須向此中覓得此方爲至妙門

煮石烹金煉太元神仙不肎等閑傳人能認得其中理奪盡乾坤造化權

百首荒辭義亦深因傳同道決疑心華池本是眞神水神水元來是白金

取將白金爲鼎器鼎成潛伏汞來侵汞入金鼎終年盡產出靈砂似太陰

徐釣者一作徐釣

徐釣者不知其名自言東海蓬萊鄉人常棹舟泛於鄂渚上及三湘下經五湖每將魚市酒人逐之不可近乃水仙也

自吟

曾見秦皇架石橋海神忙迫漲驚潮蓬萊隔海雖難到直上三清却不遙

藍采和

藍采和不知何時人常衣破藍衫六銙黑木腰帶一腳著鞾一腳跣行夏則衫內加絮冬則臥於雪中氣出如蒸每行歌城市乞索持大拍板踏歌似狂非狂歌詞極多率皆仙意以錢與之或散失亦不顧見貧人即與之及與酒家後踏歌於濠梁間酒樓乘醉輕舉雲中擲鞾衫腰帶拍板冉冉而去

踏歌

踏歌踏歌藍采和世界能幾何紅顏三春樹流年一擲梭古人混混去不返今人紛紛來更多朝騎鸞鳳到碧落暮見桑田生白波長景明暉在空際金銀宮闕高嵯峨

清遠道士仙

同沈恭子遊虎丘寺有作

我本長殷周遭羅歷秦漢四瀆與五嶽名山盡幽竄及此寰區中始有近峰翫近峰何鬱鬱平湖渺瀰漫吟俛川之陰步上山之岸山川共澄澈光彩交淩亂白雲蓊欲歸青松忽消半客去川島靜人來山鳥散谷深中見日崖幽曉非旦聞子盛遊遨風流足詞翰嘉茲好松石一言常累嘆勿謂余鬼神忻君共幽贊

春臺仙

遊春臺詩貞元十一年秦中秀才白幽求從新羅王子過海失風至一高山半腹一城臺閣壯麗有大樹枝爲風相磨如人誦詩詳詩意殆示之進幽求疑未敢前俄有朱衣人自城中出傳勑諸眞君來殿廊下玉女數百奏樂白鶴孔雀盤舞應之日晚出叢迎月殿有四眞君各爲迎月詩後一詩忘其下句又有童女唱步虛歌幽求問從者是何處曰諸眞君遊春臺也主人是東岳眞君四時各隨地分爲遊幽求向諸眞君乞歸許之得隨西岳眞君後操舟歸白明州返舊土

玉幢亘碧虛此乃眞人居裏回仍未進邪省猶難除大樹枝誦詩

日落煙水黯驪珠色豈昏寒光射萬里霜縞遍千門四眞君迎月詩

玉魄東方開嫦娥逐影來洗心兼滌目怳若遊春臺

清波滔碧天烏藏黯黮連二儀不辨處忽吐清光圓

烏沈海西岸蟾吐天東頭

鳳凰三十六碧天高太清元君夫人蹋雲語冷風颯颯吹鵝笙童女步虛歌

酒肆布衣

醉吟貞元末有布衣於長安中遊酒肆吟詠丐酒人以爲狂時當素秋忽慨然四望淚下霑襟一老叟怪而問之布衣曰我來天地間一百三十春秋矣每見春日煦和不覺喜樂至秋未嘗不傷而悲之也非悲秋悲人之生也因吟詩携手同醉數日不知所在有於西蜀江邊見之者

陽春時節天氣和萬物芳盛人如何素秋時節天地肅榮秀叢林立衰促有同人世當少年壯心儀貌皆儼然一旦形羸又鬓白舊遊空使淚連連

又吟

有形皆朽孰不知休吟春景與秋時爭如且醉長安酒榮華零悴總奚爲

嵩嶽諸仙

嫁女詩元和中洛陽田璆鄧韶博學有文中秋出建春門望月遇二書生邀至其莊池館臺榭幸陳設盤筵若有待者詰之云今夕上清神女嫁玉京仙郎群仙會于茲嶽將藉君禮導升降耳言訖花燭滿空有雲母雙車皆群仙下幃中坐者爲西王母相者爲劉綱侍者爲茅盈彈箏擊筑者麻姑謝自然二書生衛符卿李八百也頃之漢武帝唐明皇至未頃穆天子至各爲歌相勸酬漢帝又召丁令威歌子晉吹笙和之王母亦召葉靜能歌明皇時事於是黃龍持杯於車前再拜祝仙郎神女劉綱茅盈與巢父各有催妝詩玉女引仙郎與神女入帳璆韶奉命相禮禮畢符卿八百引之辭王母各賜延壽酒一杯曰可增人間半甲子送出莊門四五步失所在惟嵩山嵯峨倚天得樵徑歸已歲餘矣於是二人棄家入少室山學道不知所終

勸君酒爲君悲且吟自從頻見市朝改無復瑤池宴樂心穆王把酒請王母歌

奉君酒休嘆市朝非早知無復瑤池興悔駕驊騮草草歸王母持杯穆天子歌

八馬迴乘汗漫風猶思往事憩昭宮宴移玄圃情方洽
樂奏鈞天曲未終斜漢露凝殘月冷流霞杯泛曙光紅
崐崘回首不知處疑是酒酣魂夢中（穆天子重歌）

一曲笙歌瑶水濱曾留逸足駐征輪人間甲子週千歲
靈境杯觴初一巡玉兔銀河終不夜奇花好樹鎮長春
悄知碧海（一作穆滿）饒詞句歌向俗流疑悞人（王母酬穆天子歌）

珠露金風下界秋漢家陵樹冷脩脩當時不得仙桃力
尋作浮塵飄隴頭（酒至漢武帝王母又歌）

五十餘年四海清自親丹藥（一作竈）得長生若言盡是仙桃
力看取神仙簿上名（漢帝上王母酒歌）

月照驪山露泣花似悲先帝早昇遐至今猶有長生鹿
時遶温泉望翠華（漢帝召丁令威歌）

幽薊煙塵別九重貴妃湯殿罷歌鐘中宵扈從無全仗
大駕蒼黃（一作皇）發六龍妝匣尚留金翡翠暖池猶浸玉芙
蓉荊榛一閉朝元路唯有悲風吹晚松（王母召葉靜能爲明皇歌）

上清神女玉京仙郎樂此今夕和鳴鳳凰鳳凰和鳴將
翺將翔與天齊休慶流無央（黃龍祝辭）

玉爲質兮花爲顏蟬爲鬢兮雲爲鬟何勞傅粉兮施渥
丹早出娉婷兮縹緲間（劉綱催妝詩）

水晶帳開銀燭明風摇珠珮連雲清休勻紅粉飾花態
早駕雙鸞朝玉京（茅盈催妝詩）

三星在天銀河（一作漢）迴人間曙色東方來玉苗瓊蕊亦宜
夜莫（一作來）使一花衝曉開（巢父催妝詩）

芙蓉古丈夫　毛女

吟（古丈夫者秦時驪山役夫毛女秦宮女殉葬驪山者竝以計得脫入山食木實日久毛髮紺綠能凌虛而翔大中初有陶太白尹子虛者采藥入芙蓉峯遇之自嫌貌醜怪返穴易衣一古服儼雅一鬟髻紺衣二子相與傾壺而飲飲盡古丈夫折松枝叩壺而吟毛女和之贈藥而別）

餌柏身輕疊嶂間是非無意到塵寰冠裳暫備論浮世
一餉雲遊碧落間（古丈夫）

誰知古是與今非閑躡青霞與（一作遶）翠微簫管秦樓應寂
寂彩雲空惹薜蘿衣（毛女）

希道

授炙轂子歌二首（炙轂子王叡成疹積年苦今遊燕中逢樓杖摟笠者鶴貌高古名曰希道授以丹訣并一歌製丹餌之周星得瘳後竟仙去）

木津天魂金液地魄坎離運行寬無成金木有數秦晉
合近劾宜六旬遠期三載潤
魄微入魂牝牡結陽呴陰滋神鬼滅千歌萬讚皆未決
古往今來拋日月

隱者

李泌庭黑石詩

神眞鍊形年未足化爲我子功相續丞相瘞之刻玄玉
仙路何長死何促

廣陵道士

戲吟（道士於廣陵城賣藥有靈効彭城劉商棄官訪道遇而異之攜登酒樓所談秦漢歷代事皆如目覩及暮歸道士下樓倏不見翼日商於城街訪之道士仍賣藥見商愈喜復挈上酒樓劇談歡醉出一小藥囊贈商戲吟一詩別去累尋不復見商服藥身輕爲地仙）

無事到揚州相攜上酒樓藥囊爲贈別千載更何求

黃冠野夫

授馬氏女詩（黃鹿眞人馬氏女者幼好道有黃冠野夫年踰七十顏如渥丹傳鉛汞符篆要術易其名爲道與授詩而行後結菴於廬江之東復遇野夫與鎮壇金銀爲黃鹿白鵝之精天祐末盜欲取之遂驂駕黃鹿白鵝前引騰空而逝如所授詩之言）

女是寄生枝男是冬青木冬青駕白鵝寄生跨黃鹿若
遇冠相凌穩便拋家族早早上三清莫候丹砂熟

蜀中酒閣道人

歌（蜀中有道人飲於酒閣歌此詩有許仲源者問其詩中班龍珠何物云爲鹿角授仲源製服方化一白鶴飛去許後亦得仙）

尾閭不禁滄溟竭九轉神丹都謾說惟有班龍頂上珠
能補玉堂關下穴

章江書生

吟（金陵陳省躬顯德中爲臨川宰舟經章江泊女兒浦抵暮有書生不通姓名登舟求見與省躬論語甚奇問今晉朝第幾帝省躬具實對微笑而已生閭高吟一詩省躬疑是神仙再拜叩問終無言出船不見所之）

西去長沙東上船思量此事已千年長春殿掩無人掃
滿眼梨花哭杜鵑

莘嶺書生

示邊洞元（洛陽道士邊洞元於嵩山莘嶺遇一書生以木簡負數冊書酒一大壺同憩松下傾壺中酒飲洞元洞元醉書生曰我有術可與師醒酒取木簡摩拭化爲劒曰借師之肝膽之可乎洞元懼而醒乞命遂揮劒騰空去擲下書一卷有絕句云）

邂逅相逢莘嶺邊對傾浮蟻共談玄擬將劒法親傳授
却爲迷人未有緣

成都醉道士

示胡二郎歌（有胡二郎者嘗見一道士于成都醉臥通衢二郎憐之每值其醉輒取衣支其首道士一日醒見二郎在傍感之因勸修道且歌以諷之二郎問爲何人曰吾即爾朱先生也去不見二郎後亦得仙）

欲究丹砂理幽玄無處尋不離鉛與汞無出水中金金
欲煉時須得水水遇土兮終不起但知火候不參差自
得還丹微妙旨人世分明知有死剛只留心戀朱紫豈
知光景片時間將謂人生長似此何不迴心師至道免
逐年光虛自老臨樽只解醉醺酣對鏡方知漸枯槁二
郎切切聽我語仙鄉咫尺無寒暑與君說盡只如斯莫
戀嬌奢不肎去感君恩義言方苦火急迴心求出路吟
成數句贈君辭不覺便成今與古

樵夫

貽白永年詩（白倩夫字永年僖宗時湖南衡岳人得鷙妖祛疾之術一日有樵夫扣戶曰西峯巖中有仙會話師可造之永年疑其爲妖杖策隨之去至則暝矣但見崖壁有詩翰墨猶濕讀訖失其字）

清秋無所事乘露出遥天憑仗樵人語相期白永年

李公佐僕

留詩（李公佐舉進士後爲鍾陵從事有僕夫自布衣執役勤恭晝夕恭謹迨三十年公佐不知其異人也一旦留詩一章距躍凌空而去）

我有衣中珠不嫌衣上塵我有長生理不厭有生身江
南神仙窟吾當混其眞不嫌市井諠來救世間人蘇子
跡已往（注云蘇耽是也）顓蒙事可親（公佐字顓蒙）莫言東海變天地有長
春

木客（鄱陽山中有木客秦時造阿房宮者食木實得不死時下山就民間取酒爲詩云）

酒盡君莫沽壺傾我當發城市多囂塵還山弄明月

許大

西山吟

自從明府歸仙後出入塵寰直至今不是藏名混時俗
賣藥沽酒要安心

許學士

東洛貨丹

三千功滿去升天一住人間數百年華表他時却歸日
滄溟應恐變桑田

天關回到世吟

九霄雲路奇哉險曾把（一作抱）冲身入太和今日東歸渾似
夢望崖回首隔天波

紫微孫處士

送青城丈人酒

深羨青城好洞天白龍一覺已千年鋪雲枕石長松下朝退看書盡日眠

送王懿昌酒

將知骨分到仙鄉酒飲金華玉液漿莫道人間只如此回頭已是一年强

青城丈人

送太乙眞君酒

峨嵋仙府靜沈沈玉液金華莫厭斟凡客欲知眞一洞劍門西北五雲深

太乙眞君

送紫微處士酒

此中何必羨青城玉樹雲棲不記名悶即乘龍遊紫府北辰南斗逐君行

方壺居士

題法雲寺雙檜

謝郎雙檜綠於雲昏曉濃陰色未分若並亳宮仙鹿跡定知高峭不如君

隋堤詞

嘗憶江都大業秋曾隨鑾蹕戲龍舟傷心一覺興亡夢隄柳無情識世愁

太白山玄士

畫地吟

學得丹青數萬年人間幾度變桑田桑田雖變丹青在誰向丹青合得仙

鄴道場人

貨丹吟

尋仙何必三山上但使神存九竅清煉得綿綿元氣定自然不食亦長生

無名氏

靈響詞（雲笈七籤序云余慕道年久竊覽三清經修鍊之士當須入靜三關鍊氣續命大靜三百日中靜二百日小靜一百日遂發志懇試以小靜開成三年起正月一日閉戶剋期百日方出未踰月神光照目百靈集耳則知仙經秘典言不虛設因紉靈響詞五篇以紀玄深）

此響非俗響心知是靈仙不曾離耳裏高下如秋蟬入夜聲則厲在晝聲則微神靈斥衆惡與我作風威妙響無住時晝夜常輪迴那是偶然事上界特使來何以辨靈應事須得梯媒自從靈響降如有眞人來存念長在心展轉無停音可憐清爽夜靜聽秋蟬吟

無名氏

度世古玄歌（蜀志後周至眞觀小鑾橋下扣得石碑藏此）

始青之下月與日兩半同升合爲一大如彈丸甘如蜜出彼玉堂入金室子若得之愼勿失

劉道昌

鸞丹砂醉吟

心田但使靈芝長氣海常教法水朝功滿自然留不住更將何物駁丹霄

龜市告別

還丹功滿氣成胎九百年來混俗埃自此三山一歸去無因重到世間來

李太玄

摘紫芝

偶遊洞府到芝田星月茫茫欲曙天雖則似離塵世了不知何處偶眞仙

玉女舞霓裳

舞勢隨風散復收歌聲似磬韻還幽千迴赴節塡詞處嬌眼如波入鬢流

曲龍山仙

翫月詩（棲巖謁韋令公經劍閣失足墜深岩下進一石室乃太乙元君之居值東皇君遣使迎元君會曲龍山翫月元君挈棲巖跨鹿龍同往至則酌醴各爲歌會散復歸舊洞府元君送棲巖歸已六十年矣）

曲龍橋頂翫瀛洲凡骨空陪汗漫遊不假丹梯躡霄漢水晶盤冷桂花秋（棲巖）

月砌瑤階泉滴乳玉簫催鳳和煙舞青城丈人何處遊玄鶴唳天雲一縷（青城丈人詞東皇命玉女歌之送元君酒）

造化天橋碧海東玉輪還過輾晴虹霓襟似拂瀛洲頂顥氣潛消橐籥中（東皇）

危橋橫石架雲端跨鹿登臨景象寬顥魄洗煙澄碧落桂花低拂玉簪寒（元君）

陳復休

陳復休號七子貞元中來舉襄城多變化之術嘗狂醉市中褒帥怒而繫於獄不食而死尋即臭爛而復見於家中和間大駕還京復休亦至闕下田晉公問京國幾年安寧曰二十果自問後二十日再幸陳倉後寄詩晉公未詳其意及駕至梁洋邠帥朱玫立襄王監國寒梅兩枝驗矣

句

夜坐空庭月色微一樹寒梅發兩枝

鄭冠卿

句

不緣過去行方便安得今朝會碧虛（棲霞洞遇日華月華君）

陳蓬

句

竹籬疎見浦茅屋漏通星（題松山）

伊夢昌

句

惟有松杉空弄月更無雲鶴暗迷人（題攸縣司空觀仙夢）　露凝金盞滴殘酒檀點佳人噴異香（題黃蜀葵）

張雲容

張雲容楊貴妃侍兒也申天師與絳雪丹服之教其死後爲大棺通穴百年後遇生人交精氣再生可爲地仙後死如法葬蘭昌宮至元和末有平陸尉薛昭以義氣逸縣囚謫赴海東至三鄉夜遁去匿蘭昌宮古殿傍見三美女至一則雲容其二則蕭鳳臺劉蘭翹向爲九仙媛所毒殺同藏雲容穴側者雲容向昭備說生前事及申天師語昭歎異二女送酒合巹各爲歌獻酬懽洽數夕雲容倏自言吾體已蘇昭爲啓櫬遂活同歸金陵

與薛昭合婚詩

臉花不綻幾含幽今夕陽春獨換秋我守孤燈無白日寒雲隴上更添愁鳳臺歌送薛昭雲容酒

幽谷啼鶯整羽翰犀沈玉冷自長歎月華不向一作忽扃泉戶露滴松枝一夜寒蘭翹歌送薛昭雲容酒

韶光不見分成塵曾餌金丹忽有神不意薛生攜舊律獨開幽谷一枝春雲容和

誤入宮垣漏網人月華靜洗玉階塵自疑飛到蓬萊頂瓊豔三枝半夜春薛昭和

崔少玄

崔少玄汾州刺史崔恭小女生而端麗歸盧陲隨官閩中過建溪武夷山雲中見紫霄元君扶桑夫人問陲曰玉華君來乎陲怪問之云吾昔爲玉皇左侍書曰玉華君爲有慾想謫居人世爲君妻後罷府家洛陽自言太上復召爲玉皇左侍書留詩一首遺陲而蛻

留別盧陲

得之一元匪受自天太老之眞無上之僊光含影藏形于自然眞安匪求神之久留淑美其眞體性剛柔丹霄碧虛上聖之儔百歲之後空餘墳丘

戚逍遙

戚逍遙冀州南宮人幼好道父以女誡授逍遙逍遙曰此常人之事耳遂取老子僊經誦之年二十餘適同邑蒯潯不爲塵俗事惟獨居一室絕食靜想作歌云云人悉以爲妖一夜聞室內有人語聲又三日忽聞屋裂聲如雷仰視天半逍遙與仙衆俱在雲中歷歷聞分別語觀望無不驚歎

歌

笑看滄海欲成塵王母花前別衆眞千歲却歸天上去一心珍重世間人

卓英英

卓英英成都女郎萬首絕句採入宮闈以與眉娘玄士倡和故載於此

錦城春望

和風裝點錦城春細雨如絲壓玉塵漫把詩情訪奇景豔花濃酒屬閑人

理笙

頻倚銀屏理鳳笙調中幽意起春情因思往事成惆悵不得緱山和一聲

遊福感寺荅少年

牡丹未及開時節況是秋風莫近前留待來年二三月一枝和露壓神仙

荅玄士

數載幽欄種牡丹裏香包豔待神仙神仙既有丹青術攜取何妨入洞天

眉娘

眉娘南海人盧姓生而眉長稱眉娘神針善繡順宗召入宮中號神姑憲宗度爲女道士稱逍遙大師放歸後數年尸解

和卓英英錦城春望

蠶市初開處處春九衢明豔起香塵世間總有浮華事爭及仙山出世人

和卓英英理笙

但於閨閣熟吹笙太白眞仙自有情他日丹霄驂白鳳何愁子晉不聞聲

附 太白山玄士畫地吟

學得丹青數萬年人間幾度變桑田桑田雖變丹青在誰向丹青合得仙

洛川仙女

荅張𧄸歌明皇時燕人張𧄸客京洛與豪貴子弟狂遊忽獨步沿洛川覩風景恬和沿步高吟忽見臨水翠幄有一女郎出邀𧄸命席談笑謂𧄸知人世不可居好道可與言𧄸不能對女郎歌此遂與𧄸別乘洛波而去

彩雲入帝鄉白鶴又回翔久留深不可蓬島路遐長

附 張𧄸洛川沿步吟

空憂長生術不是長生人今日洛川別可惜洞中春浮生如夢能幾何浮生復更憂患多無人與我長生術洛川春日且長歌

南溟夫人

題玉壺贈元柳二子元和初衡山元徹柳實赴嶺外渡海舟漂抵一島見有五色芙蓉高百餘尺雙鬟自蓮葉而來二子向之求返人世雙鬟曰少頃玉虛尊師與南溟夫人會此子但堅請之言訖有道士乘白鹿降島上夫人衣五彩玉肌流豔二子拜懇夫人命以百花橋渡二子玉壺一枚高尺餘題詩其上贈之橋之盡所即昔日維舟處詢之已一十二年矣中途餒扣壺有鸞語之得飲食後禮南岳太極先生爲師玉壺即先生貯玉液亡去者隨之詣祝融峰二子自此得道

來從一葉舟中來去向百花橋上去若到人間扣玉壺鴛鴦自解分明語

雲臺峰五女仙

會眞詩楊敬眞虢州閿鄉天仙村田家女十八嫁同村王清性沈靜常凝神而坐元和十二年五月十二日忽辭其夫沐浴焚香居別室村人聞天樂異香從西來及明視之衣服委地若蟬蛻去村吏走告縣令尋逐無蹤十八日復聞天樂異香自東來敬眞宛復在牀覺面目光采非常問之云仙師以雲鶴來迎有四女同夜成仙會西岳雲臺峰一馬信眞宋州人一徐湛眞幽州人一郭修眞荊州人一夏守眞青州人相慶各爲詩道意俄偕往蓬萊謁大仙伯茅君敬眞以王父年老請歸侍因得還遂謝絕其夫服黃冠居陝州紫極宮憲宗嘗召見內殿終歲不食容色轉芳嫩云

人世徒紛擾其生似夢華誰言今昔裏俛首視雲霞楊敬眞

幾刧澄煩思今身僅小成一作幾刧澄煩慮思今身僅成誓將雲外隱不向世間存馬信眞

綽約離塵世從容上太清雲衣無綻日鶴駕沒遙程徐湛眞

華嶽無三尺東瀛僅一杯入雲騎彩鳳歌舞上蓬萊郭修眞

共作雲山侶俱辭世界塵靜思前日事抛却幾年身夏守眞

吳清妻

仙詩五首（元和十二年，虢州湖城天仙鄉吳清妻楊監眞因病不食，每靜坐入定。四月十五夜忽不見，十七日縣令自焚香祝請，四更從牛屋上歸，自云乘鶴到華山仙方臺，見尊師念父在，請歸。一女冠乘鶴送來，得受仙詩五首）

道啟眞心覺漸清，天教絶粒應精誠。雲外仙歌笙管合，花間風引步虛聲。（一作天教絶粒應精誠，道啟眞心覺漸清）

君隱處當一星，蓮花山頭飯。黃精仙人掌上經。（首句缺第二句缺一字，第三句缺二字）

飛鳥莫到人莫攀，一隱十年不下山。袖中短書誰爲達，華山道士賣藥還。

日落焚香坐醮壇，庭花露濕漸更闌。淨水仙童調玉液，春宵羽客化金丹。

攝念精思引彩霞，焚香虛室對煙花。道合雲霄遊紫府，湛然眞境瑞皇家。

上元夫人

贈封陟（寶曆中，有封陟孝廉居少室，志在典墳，性頗貞端。上元夫人忽自空而降，求偶，陟不知其爲仙也，正色不從。留詩期七日更來，後七日又至，陟復不從，留詩再期，七日又後七日至，曰：從我能益君壽，陟叱爲妖，不從，如初，詩以留別。三年，陟暴卒，追赴太山，路左遇前仙姝，曰：不能于此人無情。命冥府釋歸，始知爲上元夫人也。陟蘇，慟哭自咎）

謫居蓬島別瑤池，春媚煙花有所思。爲愛君心能潔白，願操箕帚奉屏幃。

再贈

弄玉有夫皆得道，劉綱（一作剛）兼室盡登仙。君能仔細窺朝露，須逐雲車拜洞天。

留別

蕭郎不顧鳳樓人，雲澀回車淚臉新。愁想蓬瀛歸去路，難窺舊苑碧桃春。

慈恩塔院女仙

題寺廊柱（太和三年，長安慈恩寺塔院，月夕忽見一美婦人從三四青衣來，遶佛塔，言笑甚有風味。回顧侍婢白院主借筆硯來，乃於北廊柱上題詩。院主執燭出視，悉變爲白鶴沖天去）

皇（一作黃）子陂頭好月明，忘却華筵到曉行。煙收山低翠黛橫，折得荷花遠恨（一作贈遠）生。

湖水團團夜如鏡，碧樹紅花相掩映。北斗闌干移曉柄，有似佳期常不定。

蜀宮羣仙

后土夫人

偶引羣仙到世間，薰風殿裏醉華筵。等閑貪賞不歸去，愁殺韋郎一覺眠。

王母

滄海成塵幾萬秋，碧桃花發長春愁。不來便是數千載，周穆漢皇何處遊。

麻姑

世間何事不潸然，得失（一作人得）人情命不延。適向蔡家廳上飲，回頭已見一千年。

上元夫人

思量往事一愁容，阿母曾邀到漢宮。城闕不存人不見，茂陵荒草恨無窮。

弄玉

采鳳飛來到禁闈，便隨王母駐瑤池。如今記得秦樓上，偷見蕭郎惱妾時。

太眞

春夢悠揚生下界，一堪成笑一堪悲。馬嵬不是無情地，自遇蓬萊睡覺時。

織女

贈郭翰二首（太原郭翰少簡貴，姿度美秀，盛暑乘月臥庭中，一少女自空中冉冉而下，自稱天上織女，願托情好。後夜夜皆來，經一年，悲泣而別，約明年某日有書相問。至期，果有書致翰，書末有二詩。翰仕至侍御史）

河漢雖云闊，三秋尚有期。情人終已矣，良會更何時。

朱閣臨清溪，瓊宮銜（一作御）紫房。佳情期在此，只是斷人腸。

附 郭翰酬織女

人世將天上，由來不可期。誰知一迴顧，更（一作交）作兩相思。

贈枕猶香澤，啼衣尚淚痕。玉顏霄漢裏，空有往來魂。

嵩山女

書任生案（任生隱嵩山讀書，夜有一女子可二十許，冶容豔美，二青衣侍前，開簾入，自云冥數合爲姻，爲詩書案上，求偶。生疑妖怪，拒之。再，女子復贈詩別，冉冉飛空去。數月後，任病，夢女子語曰：嵩山薄命，漢汝數盡，更與三年。已而果然。所書詩亦爲雷電取去）

我本籍上清，謫居遊五岳。以君無俗累，來勸神仙學。

葛洪還有婦，王母亦有夫。神仙盡靈匹，君意合何如。

臨去書贈

君子既執迷，無由達情（一作誠）素。明月海山上（一作上山），秋風獨歸去（一作女郎贈楊眞伯詩。弘農楊眞伯幼躭經史，至忘寢食，父母不能禁止，或匿其卷帙脂燭，遂逃至洪饒間僦屋肄習。中秋夜，忽有青衣入，告曰：女郎久慕……）。

青童（幽隱知君至此，願盡款曲。眞伯不應。既去，俄而報：女郎且至，光彩射人，逡巡就坐，眞伯殊不顧。久之，命筆題詩，畢，憮然而去）

與趙旭叩柱歌（天水趙旭家廣陵，忽見一女子年可十四五，容範曠代，曰：吾天上青童，因有世念，帝罰下人間，感配君子。時叩柱作歌）

白雲飄飄星漢斜，獨行窈窕浮雲車。仙郎獨邀青童君，結情羅帳連心花。

觀梅女仙

題壁（蜀州郡閣有紅梅數株，方盛開，有二婦人高髻大袖，倚闌而觀，題詩于壁）

南枝向暖北枝寒，一種春花有兩般。憑仗高樓莫吹笛，大家留取倚闌看。

吳彩鸞

歌（鍾陵西山館，中秋遊女甚盛。太和末，有書生文簫覩一姝甚妙，相盼不去，復爲山歌，歌罷，穿大松徑，捫山險上升。生躡其蹤，姝相引至絶頂，忽風雨，有仙童持天判云：吳彩鸞私慾，謫爲民妻一紀。乃與生下山，歸松陵）

若能相伴陟仙壇，應得文簫駕綵鸞。自有繡襦并甲帳，瑤臺不怕雪霜寒。

王氏女

臨化絶句（翰林王嶽有姪女，寓居義興桂巖山，幼好道，不嫁，持大洞經、道德章句。乾符元年小疾，於洞靈觀修齋，歸坐門右片石上，題絶句，奄然而終。有二鶴棲止庭樹，仙樂盈室，及葬，棺輕，發視之，衣舄而已）

翫水登山無足時，諸仙頻下聽吟詩。此心不戀居人世，唯見天邊雙鶴飛。

毛女正美

贈華山遊人

藥苗不滿笥，又更上危巔。回首歸去路，相將入翠煙。

曾折松枝爲寶櫛，又編栗葉代羅襦。有時問却秦宮事，笑撚山花望太虛。

桃花夫人

在紫霄夫人席上作

昔時訓子西河上，漢使經過問妾緣。自到仙山不知老，凡間喚作幾千年。

王仙仙

答孫玄照

鴛鴦相見不相隨，籠裏籠前整羽衣。但得他時人放去，水中長作一雙飛。

附孫玄照琴中歌贈王仙仙

相如曾作鳳兮吟昔被文君會此音今日孤鸞還獨語痛哉仙子不彈琴

楊損

臨刑賦

聖主何曾識仲都可嗟社稷在須臾市東便是神仙窟何必乘舟泛五湖

妙女

別遥見詩 宣州旌德縣崔氏婢妙女年十三不食顔色鮮華説未來事有應自言本是題頭賴吒天王小女爲洩大門閶事謫墮人世已兩生前生有一子名遥見依然相識昨於金橋上與兒別賦詩吟詠悲不自勝但記有兩句

手攀橋柱立滴淚天河滿

洞庭龍君

宴柳毅詩 洞庭龍君女嫁涇川龍君之子不得於夫因遭斥辱路遇儒生柳毅歸鄉托其寓書於父其叔錢塘龍君性尤暴烈聞而與涇川戰迎女歸宴毅各爲歌勸酬後龍女至人間與毅婚儀鳳中事也

大天蒼蒼兮大地茫茫人各有志兮何可思量狐神鼠聖兮薄社依牆雷霆一發兮其孰敢當荷貞人兮信義長令骨肉兮還故鄉永言慙媿兮何時忘洞庭龍君歌奉柳毅酒

上天配合兮生死有途此不當婦兮彼不當夫腹心辛苦兮涇水之隅風霜滿鬢兮雨雪羅襦賴明公兮引素書令骨肉兮家如初永言珍重兮無時無錢塘君歌奉柳毅酒

碧雲悠悠兮涇水東流傷嗟美人兮雨泣花愁尺書遠達兮以解君憂哀冤果雪兮還處其休荷君和雅兮感甘羞山家寂寞兮難久留欲將辭去兮悲綢繆柳毅歌荅二龍君

龍護老人

鑄鏡歌 天寶三載揚州進水心鏡縱横九寸背有盤龍勢如生動初鑄鏡時有老人自稱龍護同一小童名玄冥至鑪所經三日失之於鑪前獲素書一紙并一歌移鑪於揚子江心五月五日午時鑄成焉

盤龍盤龍隱於鏡中分野有象變化無窮興雲吐霧行雨生風上清仙子來獻聖聰

冥吏

示韋泛祿命 韋泛者大曆初罷金壇尉客遊忽暴卒再宿而甦言見故人爲冥官檢簿謂追吏送歸因求其祿壽令一吏書其左手後調授陽曲縣主簿秩滿爲楊子縣巡官後終於建中初六月其日乃立秋日也

前陽復後楊後楊年年強七月之節歸玄鄉

滕傳胤

贈僧 大曆中有郎子神降於桐廬女子王法智自言姓滕名傳胤京兆萬年人縣令鄭鋒者好奇之士嘗呼法智至舍令屈滕久之方至其辨對言語深有士風每與詞人談經誦詩歡言終日有客僧詣法智乞丐神贈詩云

卓立不求名出家長懷片志在青霞今日英雄氣衝蓋誰能久坐寶蓮花

贈人

平生才不足立身信有餘自歎無大故君子莫相疎

鄭鋒宅神詩 鋒嘗集諸賢與神獻酬數百言各爲詩一章神亦率然誦詩一首曰衆人莫厮笑又云此作亦頗蹀躞

浦口潮來初淼漫蓮舟摇颺採花難春心不愜空歸去會待潮回更折看

忽然湖上片雲飛不覺舟中雨濕衣折得蓮花渾忘却空將荷葉蓋頭歸

水府君

與鄭德璘奇遇詩 貞元中湘潭尉鄭德璘家居長沙每歲省親過江夏多遇老叟鬻菱芡者德璘挈松醪春飲之叟亦不甚媿荷有鹺賈韋者女美豔夜與鄭舟同泊鄭舟女聞江中有秀才吟所作拾芙蓉詩取紅牋寫之置韋女奩中及旦分舟去德璘舟自江夏歸適與韋舟同宿洞庭韋氏於水窗中垂釣德璘窺見之以紅綃題詩投之惹其鉤女收得恥無所報遂以夜來鄰舟女所寫紅牋投之德璘謂女所製恨無計欵曲而韋舟遽張帆先去歿於洞庭德璘聞之悲惋夜爲詩弔而投之遂感水神持詣水府府君曰曩有義相及不可不曲活此女召主者攜韋氏返魂送德璘舟納爲室後德璘調選巴陵使人迎韋氏舟至洞庭值逆風挽舟韋氏見一老篙工即水府君也韋氏拜謝府君以詩書韋氏巾而去後德璘詳詩意方悟即昔日鬻菱芡老叟歲餘有秀才崔希周投詩卷於德璘内有江上夜拾得芙蓉詩因知韋氏所投德璘紅牋詩是希周所作耳德璘官至刺史

物觸輕舟心自知風恬煙一作浪靜月光微夜深江上解愁思拾得紅蕖香惹衣崔希周秀才拾芙蓉詩

纖手垂鉤對水窗紅蕖秋色豔長江既能解珮投交甫更有明珠乞一雙鄭德璘投韋氏詩

湖面狂風且莫吹浪花初綻月光微沈潛暗想横波淚得共鮫人相對垂此下二首德璘弔韋氏詩

洞庭風軟荻花秋新沒青娥細浪愁淚滴白蘋君不見月明江上有輕鷗德璘弔韋氏

昔日江頭菱芡人蒙君數飲松醪春活君家室以爲報珍重長沙鄭德璘水府君題韋氏巾上

李序

笑巫詩 元和四年壽州霍丘縣有李六郎神自稱御史大夫李序與人言不見其形聲如女人吐詞切要宛轉笑詠

魍魎何曾見頭旋即下神圖他衫子段詐道大王嗔

水神

雲溪夜宴詩 雲溪蔣琛常設網罟給食一夕風雨晦冥見魚鼈鳧蟹波爲城蛟蜃噓氣爲樓臺宫殿有松江太湖雲溪諸神爲境會夜宴同預者湘江神鴟夷君范相國及申屠狄徐衍諸人各有詩歌云

濁波揚揚兮凝曉霧公無渡河兮公竟渡風號水激兮呼不聞提衣看入兮中流去浪排衣兮隨步沒沈屍深入兮蛟螭窟蛟螭盡醉兮君血乾推出黄沙兮泛君骨當時君死兮妾何適遂就波瀾兮合魂魄願持精衛銜石心窮斷河源塞泉脉諸神命麗玉唱公無渡河歌

悲風淅淅兮波緜緜蘆花萬里兮凝蒼煙虬螭窟宅兮淵且玄排波疊浪兮沈我天所覆不全兮身寧全溢眸恨血兮徒漣漣誓將柔荑抉鋸牙之喙空水府而藏其腥涎青娥翠黛兮沈江壖碧雲斜月兮空嬋娟吞聲飲恨兮語無力徒揚哀怨兮登歌筵命曹娥唱怨江波三疊

白露溥兮西風高碧波萬里兮翻洪濤莫言天下至柔者載舟覆舟皆我曹太湖神歌

君不見夜來渡口擁千艘中載萬姓之脂膏當樓船泛泛於疊浪恨珠貝又輕於鴻毛又不見朝來津亭維一舸中有一士青其袍赴宰邑之良日任波吼而風號是知溺名溺利者不免爲水府之腥臊松江神歌

山勢縈迴水脉分水光山色翠連雲四時盡入詩人詠役殺吳興柳使君雲溪神歌

渺渺煙波接九疑幾人經此泣江蘺年年綠水青山色

不改重華南狩時（湘江神歌）

浪闊波澄秋氣涼，沈沈水殿夜初長。自憐休退五湖客，何幸追陪百谷王。香裊碧雲飄几席，觥飛白玉豔椒漿。酒酣獨泛扁舟去，笑入琴高不死鄉。（范相國獻境會夜宴詩）

珠光龍耀火熿熿，夜接朝雲宴渚宮。鳳管清吹淒極浦，朱弦閒奏冷秋空。論心幸遇同歸友，揣分慙無輔佐功。雲雨各飛真境後，不堪波上起悲風。（徐處士衍獻境會夜宴詩并簡范相國）

鳳騫騫以降瑞兮，患山雞之雜飛。玉溫溫以呈器兮，因碔砆之爭輝。當侯門之四闢兮，壅嘉謨之重扉。既瑞器而無庸兮，宜昏暗之相微。徒刳石以爲舟兮，顧沿流而志違。將刻木而作羽兮，與超騰之理非。矜子孑於空江兮，靡葦援之可依。血淋淋而滂流兮，顧江魚之腹而將歸。西風蕭蕭兮湘水悠悠，白芷芳歇兮江蘺秋。日晼晼兮川雲收，櫂四起兮悲風幽。羇魂汨沒兮我名永浮，碧波雖涸兮厥譽長流。向使甘言盛行於曩昔，豈今日居君王之座頭。是知貪名狥祿而隨世磨滅者，雖正寢之死乎無得與吾儔。當鼎足之嘉會兮，獲周旋於君侯。離盤玉豆兮羅珍羞，金卮瓊斝兮方獻酬。敢寫心兮歌一曲，無詶余持杯以海留。（屈大夫歌）

行殿秋未晚，水宮風初涼。誰言此中夜，得接朝宗行。靈鼉振鼕鼕，神龍耀煌煌。紅樓壓波起，翠幄連雲張。玉簫冷吟秋，瑤瑟清含商。賢臻江湖叟，貴列川瀆王。諒予衰俗人，無能振頹綱。分辭皆亂世，樂寐蛟螭鄉。棲遲幽島間，幾見波成桑。爾來盡流俗，難與傾壺觴。今日登華筵，稍覺神揚揚。方歡滄浪侶，遽恐白日光。海人瑞錦前，豈敢言文章。聊歌靈境會，此會誠難忘。（申屠先生獻境會夜宴詩）

雪集大野兮血波洶洶，玄黃交戰兮吳無全隴。既霸業之將墜，宜嘉謨之不從。國步顛蹶兮吾道遘凶，處鶡夷之大困，入淵泉之九重。上帝愍余之非辜兮，俾大江鼓怒其寃蹤。所以鞭浪山而疾驅波岳，亦粗足展余拂鬱之心胷。當靈境之良宴兮，謬尊俎之相容。擊簫鼓兮撞歌鐘，吳謳越舞兮歡未極，遽軍城曉鼓之鼕鼕。願保上善之柔德，何行樂之地兮難相逢。（鶡夷君歌）

輔國將軍

為劉洪作（檀州太和廢屯任者，輒死。有沛國劉洪，給事薛楚玉，性剛直，不畏妖，請爲屯官。神附架屋匠人，自稱吾輔國將軍也，汝爲人強直有才幹，將任汝以職。因索紙作詩二章，書跡特妙。可方右軍。洪未幾果死。有人見洪紫衣從騎甚壯，曰：吾爲輔國將軍所用，大富貴矣。）

烏烏在虛飛，玄駒遂野依。名今編戶籍，翠過葉生稀。

箇樹枝條朽，三花五面啼。移家朝度日，誰覺（此下缺三字）

太白山神

語（唐廢帝初舉兵，有客將房暠素信巫，有瞽者張蒙能下太白山神，蓋魏崔浩也。暠使問之，神傳語，不能解。後即位，受冊曰「維應順元年，歲次甲午四月庚午朔」，帝顧暠曰：神言不驗哉。由是暠益親信，專以巫祝爲事。）

三珠併一珠，驢馬沒人驅。歲月甲庚午，中興戊己土。

瀵水神

月夜吟（馮翊之屬縣夏陽有瀵泉，水清徹毫縷無隱。太和中，有趙生者尉於夏陽，與友步月泉上，見一人貌甚黑，被綠袍，自水中流沿泳吟詩，久之入水沒。明日又至泉所，有神祠曰瀵水神，入廟見偶人被綠袍者，前所見水中人也。）

夜月明皎皎，綠波空悠悠。

湘中蛟女

答鄭生歌（垂拱中，太學進士鄭生在洛下，有蛟女與之合，號爲氾人，居數歲而別。後生登岳陽樓，望鄂渚愁吟，云云，忽見女出舞波上，歌訖而逝。）

泝青山兮江之隅，拖湘波兮裛綠裾。荷拳拳兮情未舒，匪同歸兮將焉如。

風光詞

隆佳秀兮昭盛時，播薰綠兮淑華歸。故里（一作室）蔑與處，荅兮潛重房以飾姿。見雅（一作耀）態之韶華兮，蒙長靄以爲幃。醉融光兮渺渺瀰瀰，迷千里兮涵煙眉。晨陶陶兮暮熙熙，舞娟娜之穠條兮，娉盈盈以披遲。酡遊顏兮倡蔓卉，縠流倩電兮石髮髓施。（以上二首沈亞之撰詞）

附　鄭生詩

情無垠兮水湯湯（一作蕩蕩洋洋），懷佳期兮屬三湘。

龍女

感懷詩（汝南許漢陽，貞元中舟行洪饒間，到一小湖中亭宇甚盛，額曰夜明宮。女郎六七人揖坐，命酒，一女郎曰：有感懷一章，請誦之。別後回顧，飲所無見，至瀘口，有人云昨夜溺四人。一人得活，言龍王諸女洞庭宵宴，取四人血作酒，緣客少，不多飲，我却得來。問客爲誰，曰一措大耳，漢陽默自疑吐出血數升方平。）

海門連洞庭，每去三千里。十載一歸來，辛苦瀟湘水。

廣利王女

寄張無頗（長慶中，進士張無頗遊番禺，有善易袁大娘者，與之玉龍膏一合，教其立標治疾，可獲名姝。無頗依教，果有黃衣將廣利王命邀治貴主疾。出膏令吞之，立愈。貴主與之目成，辭歸，月餘，遣青衣送紅牋詩二首。頃之，主有疾如初，王復召無頗治，因以女歸之，遣還人間，居韶陽。後恐人疑，訝去，不知所適。無頗嘗詰妻袁大娘何人，乃袁天綱女，程先生妻也。）

羞解明璫尋漢渚，但憑春夢訪天涯。紅樓日暮鶯飛去，愁殺深宮落砌花。

燕語春泥墮錦筵，情愁無意整花鈿。寒閨欹枕不成夢，香炷金爐自裊煙。

湘妃廟

與崔渥冥會雜詩

萬里同心別九重，定知涉歷此相逢。誰人翻向葦峰路，不得蒼梧狥玉容。（崔渥題湘妃廟）

春鳥交交引思濃，豈期塵跡拜仙宮。鸞歌鳳舞飄珠翠，疑是陽臺一夢中。（渥感會湘妃席上作）

鸞輿昔日出蒲關，一去蒼梧更不還。若是不留千古恨，湘江何事竹猶斑。（湘妃賦）

愁聞黃鳥夜關關，瀉汭春來有夢還。遺美代移刊勒絕，唯聞留得淚痕斑。

方承恩寵醉金杯，豈爲干戈驟到來。亡國破家皆有恨，捧心無語淚蘇臺。（西施同賦）

桃花流水兩堪傷，洞口煙波月漸長。莫道仙家無別恨，至今垂淚憶劉郎。（桃源仙子同賦）

涇陽平野草初春，遥望家鄉淚滴頻。當此不知多少恨，至今空憶在靈姻。（洞庭龍女同賦）

目斷魂銷正惘然，九疑山際路漫漫。何人知得心中恨，空有湘江竹萬竿。（尤啓中題二妃廟）

常說仙家事不同，偶陪花月此宵中。錦屏銀燭皆堪恨，惆悵紗窗向曉風。（啓中湘妃席上）

又湘妃詩四首（一作女仙題湘妃廟詩）

渺渺三湘萬里程，淚篁幽石助芳貞。孤雲目斷蒼梧野，不得攀龍到玉京。

碧杜紅蘅縹緲香，冰絲彈月弄（一作夢）清涼。峰巒一一俱相似，九處堪疑九斷腸。

玉輦金根去不回，湘川秋晚楚弦哀。自從泣盡江蘺血，

夜夜愁風怨雨來
少將風月怨平湖見盡扶桑水到枯相約杏花壇上去
畫闌紅子鬬摴蒱

明月潭龍女

與何光遠贈荅詩

簷上簷前燕語新花開柳發自傷神誰能將我相思意
說與江隈解佩人(何光遠傷春吟)
坐久風吹綠綺寒九天月照水精盤不思却返沈潛去
爲惜春光一夜歡(龍女贈光遠)
澹蕩春光物象饒一枝瓊豔不勝嬌若能許解相思佩
何羨星天渡鵲橋(光遠荅龍女)
玉漏涓涓銀漢清鵲橋新架路初成催妝既要裁篇詠
鳳吹鸞歌早會迎(催妝二首)
寶車輾駐彩雲開誤到蓬萊頂上來瓊室既登花得折
永將凡骨逐風雷
負妾當時寤寐求從茲粉面阻綢繆宮空月苦瑤雲斷
寂寞巴江水自流(龍女留別光遠)

黃陵美人

寄紫蓋陽居士

落葉棲鴉掩廟扉菟絲金縷舊羅衣渡頭明月好攜手
獨自待郎郎不歸

吴興神女

贈謝府君

玉釵空中墮金釧色已歇獨泣謝春風秋夜傷明月

全唐詩 鬼

慕容垂

冢上荅太宗(太宗征遼至定州路側有一鬼衣黃衣立高冢上神彩特異遣使問之荅以此詩言訖不見乃慕容垂墓也)

我昔勝君昔君今勝我今榮華各異代何用苦追尋

釋明解

遺畫工詩(明解姓姚普光寺僧頗具才學龍朔中策第脫袈裟自云得脫此驢皮遂置酒賦詩有一來本非有三空何所歸之句不久病卒下夢於舊識智整及一畫士言大受苦報求寫經作功德因遺此詩)

握手不能別撫膺聊自傷痛矣時陰短悲哉泉路長松
林驚野吹荒隧落寒霜言離何以贈留心内典章

巴峽鬼

夜吟(調露中有人巴峽夜泊舟聞詠詩聲甚厲激昂而悲如是通宵凡吟數十遍訪之更無舟船但空山石泉溪谷幽絶詠詩處有人骨一具)

秋逕填黃葉寒摧露草根猨聲一叫斷客淚數重痕

河湄鬼

媿謝詩(開元六年有人泊舟於河湄者見岸邊枯骨因投食而與之俄聞空中媿謝并贈此詩)

我本邯鄲士祇役死河湄不得家人哭勞君行路悲

介冑鬼

擲裴武公詩(開元末裴武公軍夜宿武公帳前見一介冑者擲一紙書而去武公取視乃四韻詩大不悦紙隨手落爲燼信知鬼物所製也出師大不利武公射中膽下病月餘薨)

屢策羸驂歷亂峋叢嵐映日晝如曛長橋駕險浮天漢
危棧通岐觸岫雲却念淮陰空得計又嗟忠武不堪聞
廢興盡係前生數休衒英雄勇冠軍

李叔霽

死後詩(御史李叔霽與兄仲雲俱擢第有名當代大曆初叔霽卒經歲餘其妹夫與仲雲同寢忽夢叔霽相見依依曰我有一詩可爲誦呈大兄後數年仲雲亦卒)

忽作無期別沈冥恨有餘長安雖不遠無信可傳書

竇裕

洋州館夜吟(大曆中有進士竇裕家寄淮海下第將之成都至洋州舍館卒昔與淮陰令吴興沈某善沈調補金堂至洋州舍館中夜見一白衣丈夫自門步來且吟且嗟似有恨而不舒者久之吟詩一首沈見之甚覺類竇裕特起與語未及遂無見矣乃歎曰吾與竇君別久矣豈爲鬼耶明日行未數里有殯其路前者曰進士竇裕殯宮馳還問館吏曰裕自京遊蜀至此暴亡太守命殯於館南二里外道左沈致奠拜泣而去)

門依楚水岸身寄洋州館望月獨相思塵襟淚痕滿

書生

獻元載(大曆九年春元載早入朝有書生獻詩令左右收之其人若欲載讀載云候至中書當爲看又言若不能讀請自誦誦畢因不見載後竟破家身及妻子被誅)

城東城西舊居處城裏飛花亂如絮海燕銜泥欲下來
屋裏無人却飛去(通幽錄亦載此事詩小異其云城南路長無宿處荻花紛紛如柳絮海燕銜泥欲作窠空屋無人却飛去)

虎丘山石壁鬼

詩二首(大曆十三年李道昌爲蘇州觀察使一日郡城外虎丘山有鬼題詩二首隱於石壁之上道昌異其事奏聞於朝准敕令致祭道昌爲文其畧云萬古丘陵化無再出君若何人能閑詩筆桃源三月淥草垂楊黃鶯百囀猨聲斷腸聲悲怨兮淚沾巾願當生兮事明君祭後數日再有一詩見於石後於寺山之地果有二墳極高大剃榛蓁茂詢諸耆艾竟不知何姓氏至今猶存)

高松多悲風蕭蕭清且哀南山接幽壠幽壠空崔嵬白
日徒昭昭(一作煦煦)不照長夜臺雖知生者樂魂魄安能迴況
復念所親慟哭心肝摧慟哭更何言哀哉復哀哉
神仙不可學形化空遊魂白日非我朝青松爲我門雖
復隔幽顯(一作生死)猶知念子孫何以遺悲惋萬物歸其根寄
語世上人莫厭臨芳尊莊生問枯骨三樂成虛言

祭後見石上詩

幽明雖異路平昔忝攻(一作工)文欲知潛昧(一作寐)處山北兩孤
墳(通幽錄云大曆初寺僧夜見二白衣人上樓竟不下尋之無所見明日有詩三首第一首幽明雖異路云云其二處幽子示幽獨君高松多悲風云云其三幽獨君荅神仙不可學云云松陵集以幽明雖異路高松多悲風二首爲幽獨君詩神仙不可學爲荅詩與紀事互異)

陸憑

詠浮雲(吴郡陸憑家湖州長城性悦山水未嘗寧居貞元乙丑遊永嘉歿素與吴興沈萇友善托夢於萇贈浮雲詩一篇曰憑船已發明日午時到此如期憑喪船至詞人楊丹爲之誌具旌神感銘曰篤生府君美秀而文沒而不起寄音浮雲)

虛虛復空空瞬息天地中假合成此像吾亦非吾躬

韓弁

呈李續（渾瑊與西蕃會盟蕃戎背信掌書記韓弁爲害弁素與櫟陽尉李續友忽夢弁披髮披衣面目盡血相勞勉如平生以一詩呈續悲吟而別謂續曰吾久飢渴君爲置酒饌錢物亦平生之分盡矣續如言祭之忽有黑風自西來旋轉筵上飄卷紙錢及酒食皆飛去時貞元四年也）

我有敵國讐無人可爲雪每至秦隴頭遊魂自嗚咽

尉佗

和崔侍御（貞元中有崔子向者從事南海登越王臺感其墓荒穢題詩感慨刺史徐紳讀其詩爲之修葺子向卒子煒流落南中偶失足墜井從中行入尉佗墓室佗和其父詩贈之寶珠以田夫人嫁之後出穴果送夫人至蓋田橫女佗所用爲殉者也）

千歲荒臺隳路隅一煩太守重椒塗感君拂拭意何極贈爾美婦與明珠

劉漑

贈竇丞（貞元中韓城令劉漑卒官家貧僑寓縣中佛寺未半歲其縣丞竇晏死三日云遇漑問冥途事不語久之贈詩一首）

冥路杳杳人不知不用苦說使人悲喜得逢君傳家信後會茫茫何處期

鄭瓊羅

敘幽冤（段文昌從弟某者貞元末自信安還洛舟宿瓜洲聞有嗟歎聲是夜夢一女年二十餘自言姓鄭名瓊羅居丹徒來揚子爲市吏子王惟舉逼辱絞頸自殺無人爲雪冤後此鬼相隨至洛北有樊元則者作法遣之鬼請紙筆書若雜言七字辭甚悽恨元則復令具酒脯紙錢乘昏焚於道有風旋灰直上數尺及聞悲泣聲詩凡二百餘字止載其中二十八字）

痛塡心兮不能語寸斷腸兮訴何處春生萬物妾不生更恨香魂不相遇

沈青箱

過臺城感舊（元和初進士陸喬家丹陽好爲歌詩一夕見一丈夫自稱沈約來候命酒邀范僕射雲及召其子青箱至青箱年可十歲餘約指謂喬此子好爲詩不幸先吾逝近從吾與僕射同過臺城有感舊詩甚可觀也）

六代舊山川興亡幾百年繁華今寂寞朝市昔諠闐夜月琉璃水春風卵色天傷時與懷古垂淚國門前

襄陽旅殯舉人

詩（于頔鎮襄陽時選人劉某入京逢一舉人年二十許同行意甚相得因藉草傾數杯日暮舉人指岐逕曰某弊止從此數里能左顧乎舉人因賦此詩明年劉歸襄陽尋訪舉人惟有殯宮存焉）

流水涓涓芹努（一作吐一作發一作長芹）芽織烏西（一作雙）飛客還家荒村無人作寒食殯宮空對棠梨花

河中鬼

踏歌（長慶中有人於河中舜城苑鸛鵲樓下見二鬼各長三丈許青衫白袴連臂踏歌歌竟而沒）

河水流溷溷山頭種蕎麥兩箇胡孫門底來東家阿嫂決一百

蕭微

題少陵別墅（微太和中職方郎中浙西團練副使韋齊休死後屢見靈異一日呼其家人曰蕭三郎來三郎者即微也是日微正死俄聞微歎曰僕數日前至少陵別墅偶題詩一首乃是生作鬼詩因吟之齊休曰足下此詩蓋是自讖）

新構茅齋野澗東松楸交影足悲風人間歲月如流水何事頻行此路中

張省躬

夢張垂贈詩（省躬枝江縣令汀之子父死因住枝江有張垂者下第客死於蜀省躬素未識太和八年省躬晝夢垂贈詩一首驚覺遽錄其詩數日而卒）

戚戚復戚戚秋堂百年色而我獨茫茫荒郊遇寒食

商山三丈夫

秋月聯句（開成中長沙梁璟舉孝廉次商山館忽見三丈夫衣冠甚古自稱蕭郎中王步兵諸葛長史取酒邀璟同飲聯句詠秋月山光漸明復爲聯句中郎問璟舉進士乎璟以舉孝廉對中郎笑曰孝廉安知爲詩哉璟怒叱之驚散失所在）

秋月圓如鏡（王步兵）秋風利似刀（蕭中郎）秋雲輕比絮（璟）秋草細如毛（諸葛長史）

天明聯句

幽（一作山）樹高高影（蕭中郎）山花寂寂香（王步兵）山天遙歷歷（諸葛長史）山水急湯湯（璟）

鄭適

贈張珽（咸通末珽過圃田遇金杯玉帶枯樹三精邀至一儒流家云是二十年前死者鄭適秀才也適命筆寫詩一首贈珽珽回顧惟見一壞冢）

昔爲吟風嘯月人今爲吟風嘯月身冢壞路邊吟嘯罷安知今日又勞神

甘露寺鬼

西軒詩（吳王收復浙右之明年甘露寺僧夏夜月明持課俄見數鬼自西軒出坐定命酒南向一人衣南朝衣西向一人衣北虜衣北向一人衣縫掖衣東向一人衣朱衣清瘦多髯相顧言曰朝代雖殊古今一致時世命也知復何爲各述朱衣者平生句贊賞久之虜衣者曰請各徵舉時臨危一言以代絲竹可乎衆曰可於是各賦四句吟罷晨鐘鳴條散）

趙壹能爲賦鄒陽解獻書可惜西江水不救轍中魚（虜衣者）

偉哉橫海鱗壯矣垂天翼一旦失風水翻爲螻蟻食（縫掖衣者）

功遂侔昔人保退無智力既涉太行險茲路信難陟（南朝衣者）

握裏龍蛇紙上鸞逡巡千幅不將難顧雲已往羅隱耄更有何人逞筆端（朱衣者）

邵謁

降巫詩（謁讀書堂距翁源縣十餘里歿後縣民祀神巫持幘自舞忽自稱邵先輩降縣民即曰邵先輩異時號工歌詠者能強爲我賦詩乎以爲巫妄言欲苦之耳巫畧不經思即成二十八字詞韻淒苦雖老筆不逮鄉老中曉吟病者至爲感泣咨歎）

青山山下少年郎失意當時別故鄉惆悵不堪回首望隔谿遙見舊書堂

石恪

贈雷殿直（恪西蜀人善畫亦工歌詩孟蜀亡入汴供奉乞歸道卒後殿直雷承昊任衡陽遇恪與同宿贈以詩別去始悟其已死及到任公宇一如恪言）

衡陽去此正三年一路程途甚坦然深邃門牆三楚外清風池館五峰前西邊市井來商客東岸汀洲簇釣船公退只應無別事朱陵後洞看神仙

富春沙際鬼

吟（吳越時有人夜泊於富春閒月色瀟然見一人於沙際吟此）

陊江三十年潮打形骸朽家人都不知何處奠杯酒

又吟（舟人問曰君是誰可示姓名否又吟此詩）

莫問我姓名向君言亦空潮生沙骨冷魂魄悲秋風

趙畚

獻高駢（駢築羅城多發掘古冢取甎有一冢上鬼夜嘯自稱冥司趙畚獻書畧曰畚一介遊魂叨掌冥司希於萬雉免此一抔倘全馬鬣之封敢忘龍頭之庇幷附一詩於後幅）

我昔勝君昔君今勝我今人生一世事何用苦相侵（此詩與慕容埀冢上答太宗多同以各載事蹟故兩存之）

九華山白衣

吟 晉昌唐燕士隱九華山夜步林中有白衣丈夫戴紗巾貌孤俊年近五十循澗而來吟步自若將與之言未及而沒明日燕士問里人有識者曰是吳氏子舉進士善爲詩卒數年矣

澗水潺潺聲不絕溪壠茫茫野花發自去自來人不知歸時唯對空山月 河東記無名小鬼贈韋齊休詩與此正同云澗水濺濺流不絕芳草綿綿野花發自去自來人不知黃昏惟有青山月

田達誠借宅鬼

詩 廬陵賈人田達誠治第新城有鬼自言居龍泉舍欲修葺借達誠廳事暫住又借其後堂爲子婚樟樹神女鬼善詩達誠具酒置紙筆須臾酒盡詩成凡數十篇筆作柳體或問其姓字不言賦詩寄言衆亦不諭後歲餘辭謝去

天然與我一靈通還與人間事不同要識吾家眞姓字天地南頭一段紅

長安中鬼

秋夜吟 長安秋夜有人聞鬼吟又有和者相傳務本門是鬼市或風雨晦冥皆聞其讙聚之聲焉

六街鼓歇行人絕九衢茫茫室有月 吟 九衢生人何勞勞長安土盡槐根高 和

隔窗鬼

題窗上詩 明經王紹夜深讀書有人隔窗借筆紹借之於窗上題詩題訖寂然無聲乃知非人也

何人窗下讀書聲南斗闌干北斗橫千里思家歸不得春風腸斷石頭城

巴陵館鬼

柱上詩 巴陵江岸古館有一廳多怪物扃鑰已十年矣山人劉方玄宿館中聞有婦人及老青衣言語俄有歌者歌訖復吟詩聲殊酸切明日啓其廳見前間東柱上有詩一首墨色甚新乃知即夜來人也復以此訪於人終不能知之

爺娘送我青楓根不記青楓幾迴落當時手刺衣上花今日爲灰不堪著

徐侃

留別安鳳 壽春人徐侃與安鳳友善相期同覓舉長安鳳先行侃以母老中止十年後侃忽至長安仍約鳳同歸鳳辭以久漂泊恥還故鄉各爲詩贈荅然侃死於家已三年矣

君寄長安久恥不還故鄉我別長安去切在慰高堂不意與離恨泉下亦難忘

附 安鳳贈別徐侃

一自離鄉國十年在咸秦泣盡卞和血不逢一故人今日舊友別羞此漂泊身離情吟詩處麻衣掩淚頻泪別各分袂且及來年春

商山客死書生

述懷 祖詠之孫價落第後嘗遊商山夜宿空佛寺中秋月甚明忽有一人自殿後出揖價共坐語笑說經史云今夕偶相遇後會難期輒賦三兩篇以述懷賦訖再三吟之夜久遂揖而退至明日問鄰人云此前後數里並無人居但有書生客死者葬在佛殿後南岡山上價爲文弔之而去

家住驛北路百里無四鄰往來不相問寂寂山家春南岡夜蕭蕭青松與白楊家人應有夢遠客已無腸白草寒露裏亂山明月中是夕苦吟罷寒燭與君同

冢中人

續鄭郊吟 郊河北人下第遊陳蔡間過一冢上有竹二竿青翠可愛因吟詩二句久不能續忽聞冢中續此郊驚問之不復言矣

冢上兩竿竹風吹常嫋嫋 郊 下有百年人長眠不知曉 冢中人

崇聖寺鬼

題壁 漢州崇聖寺寒食日忽有朱衣一人紫衣一人驅殿僕馬極盛各題一絕句於壁而去失其所在

禁煙佳節同遊此正值酴醾夾岸香緬首一作想十年前往事強吟風景亂愁腸 朱衣人

策馬暫尋原上路落花芳草尚依然家亡國破一場夢惆悵又逢寒食天 紫衣人

任彥思家鬼

血書詩 蜀昌州牧任彥思家有鬼空中奏樂索食食之無遺凡七八年一日不聞樂聲置食無所響廳舍栿上血書一詩彥思以刀劃之字已入木

物類易遷變我行人不見珍重任彥思相別日已遠

峽中白衣

贈馬植

截竹爲筒作笛吹鳳凰池上鳳凰飛勞君更向黔南去即是陶鈞萬類時

張仁寶

題芭蕉葉上 校書郎張仁寶素有才學年少而逝自成都歸葬閬中權殯東津寺其家寒食日聞扣門甚急出視無人唯見門上有芭蕉葉題詩端午日又聞扣門聲其父於門罅伺之見其子身長三丈許足不踐地門上題五月五日天中節題未畢其父開門即失所在

寒食家家盡禁煙野棠風墜小花鈿如今空有孤魂夢半在嘉陵半錦川

崔常侍

官坡館聯句 有中官宿官坡館燈下見有三人至皆古衣冠相謂曰崔常侍來何遲俄有一人續至悽悽然有離別之意蓋崔常侍也舉酒賦詩聯句末即崔常侍之詞也中官將起四人相顧哀嘯而去

牀頭錦衾班復班架上朱衣殷復殷空庭朗月閑復閑夜長路遠山復山

李煜

亡後見形詩 賈魏公尹京日忽有人來展刺謁曰前江南國主李煜相見則一清瘦道士爾自言今爲師子國王偶思鍾山而來懷中取一詩授賈讀之隨身灰滅

異國非所志煩勞殊清閑驚濤千萬里無乃見鍾山

龐德公

同鹿門少年馬紹隆冥遊詩

千年故國歲華奔一柱高臺已斷魂唯有峴亭清夜月與君長嘯學蘇門 同望荊門

高名宋玉遺閑麗作賦蘭成絕盛才誰似遼東千歲鶴倚天華表却歸來 憶荊南

朱均

貽常夷詩 建康常夷家近清溪一日有人齎書至稱吳郡朱秀才均相聞悲非生人語末有一詩夷尅期書中請與相見秀才著角巾葛單衣曳履可年五十許風度閑和雅有清致自云梁朝朱异從子本州舉秀才高第屬四方多難遂無宦情陳永定末終此地問梁陳間事歷歷分明後數相來往談宴賦詩

平生遊城郭殂沒委荒榛自我辭人世不知秋與春牛羊久來牧松柏幾成薪分絕車馬好甘隨狐兔羣何處清風至君子幸爲鄰烈烈盛名德依依佇良賓千年何旦暮一室動人神喬木如在望通衢良易遵高門儻無隔向與析龍津

夷陵女郎

空館夜歌 文明中竟陵劉諷投夷陵空館夜見一女郎命青衣紫綏邀劉家六姨姨十四舅母南鄰翹翹小娘子溢奴同歌詠歌竟有黃衫人奉婆提王命召去因不見

明月清風良宵會同星河易翻歡娛不終綠樽翠杓爲君斟酌今夕不飲何時歡樂

楊柳楊柳嫋嫋隨風急西樓美人春夢長繡簾斜捲千條入

王戶金釭願陪君王邯鄲宮中金石絲簧衛女秦娥左右成行紈縞繽紛翠眉紅妝王歡顧盼爲王歌舞願得

君歡常無災苦

孔氏

贈夫詩三首（開元中有幽州衙將姓張者妻孔氏生五子而卒後娶妻李氏悍妬虐遇五子日鞭箠之五子不堪其苦哭于其母墓前母忽于冢中出撫其子悲慟久之因以白布巾題詩贈張令五子呈其父連帥上聞勅李氏決一百流嶺南張停所職）

不忿成故人掩涕每盈巾死生今有隔相見永無因

匣裏殘妝粉留將與後人黃泉無用處恨作冢中塵

有意懷男女無情亦任君欲知腸斷處明月照孤墳

唐晅妻張氏

答夫詩二首（晉昌唐晅娶姑女張氏頗有令德開元十八年晅入洛妻卒於衛南莊後數歲得歸追感陳迹賦詩悲吟忽見張氏前來曰感君記念冥司特放兒來因相拜款語下簾幃申繾綣宛如平生晅以詩贈張氏氏亦裂帶題詩以答天明別去）

不分殊幽顯那堪異古今陰陽徒（一作途）自隔聚散兩難（一作雖爲）心

蘭階兔月斜銀燭半含花自憐長夜客泉路以爲家

附　唐晅悼妻詩

寢室悲長簟妝樓泣鏡臺獨悲桃李節不共夜泉開魂兮若有感髣髴夢中來

常時華堂靜笑語度更籌恍惚人事改冥寞委荒丘陽原歌薤露陰壑惜（一作悼）藏舟清夜妝臺月空想畫眉愁

贈妻詩

嶧陽桐半死延津劍一沈如何宿昔內空負百年心

韋璜

贈姊（潞城縣令周混妻韋璜容色妍麗性多黠惠恒與其嫂姊期先死以幽冥事相報乾元中卒月餘忽至其家空中靈語謂家人曰本期相報故以是來後復附婢靈語又制五言詩與姊嫂夫數首）

修短各有分浮華亦非眞斷腸泉壤下幽憂難具陳淒淒白楊風日暮堪愁人

贈夫二首（題云泉臺客韋璜）

不得長相守青春夭舜華舊遊今永已泉路卻爲家

早知離別切人心悔作從來恩愛深黃泉冥寞雖長逝白日屏帷還重尋

贈嫂（序云阿嫂相疑留詩）

赤心用盡爲相知慮後防前秪定疑案牘可申生節目（一作日）桃符雖聖欲何爲

臨淄縣主

與獨孤穆冥會詩（貞元中河南獨孤穆者隋將獨孤盛裔孫也客遊淮南夜投大儀縣宿路逢青衣引至一所見門館甚肅酒食豐備具有二女子出見自稱隋臨淄縣主齊王之女死於廣陵之變以穆隋將後裔世秉忠烈欲成冥婚召來護兒歌人同至賦詩就禮且云死時浮瘞草草囑穆改葬洛陽北坂穆於異日發地數尺果得遺骸因如言攜葬其夜縣主復見曰歲至巳卯當遂相見至貞元十五年巳卯穆果暴亡與之合窆）

江都昔喪亂闕下多搆兵豺虎恣吞噬干戈日縱橫逆徒自外至半夜開重城膏血浸宮殿刀槍倚簷楹今知從逆者迺是公與卿白刃污黃屋邦家遂因傾疾風知勁草世亂識忠臣哀哀獨孤公臨死乃結纓天地既板蕩雲雷時未亨今者二百載幽懷猶未平山河風月古陵寢露煙青君子秉（一作稟）祖德方垂忠烈名華軒一惠顧土室以爲榮丈夫立志操存沒感其情求義若可託誰能抱幽貞（縣主贈穆）

皇天昔降禍隋室若綴旒患難在雙闕干戈連九州出門皆凶豎所向多逆謀白日忽然暮頹波不可收望夷既結釁宗社亦貽羞溫室兵始合宮闈血已流惆哉吹簫子悲啼下鳳樓霜刃徒見逼玉笄不可求羅襦遺侍者粉黛成仇讎邦國已淪覆餘生誓不留英英將軍祖獨以社稷憂丹血濺黼扆豐肌染戈矛今來見禾黍盡日悲宗周玉樹已寂寞泉臺千萬秋感茲一顧重願以死節酬幽顯儻不昧終焉契綢繆（穆答縣主）

平陽縣中樹久作廣陵塵不意何郎至黃泉重見春（來家歌人詩）

金閨久無主羅袂坐生塵願作吹簫伴同爲騎鳳人（穆諷縣主就禮）

朱軒下長路青草啟孤墳猶勝陽臺上空看朝暮雲（縣主許穆詩）

露草芊芊頹塋未遷自我居此於今幾年與君先祖疇昔恩波死生契濶忽此相過誰謂佳期尋當別離俟君之北攜手同歸（縣主請遷葬詩）

伊彼維揚在天一方驅馬悠悠忽來異鄉情通幽顯獲此相見義感疇昔言存繾綣清江桂洲可以遨遊惟子之故不遑淹留（穆答縣主）

王氏婦

與李章武贈答詩（中山李章武貞元三年客遊華州於市北街見一婦甚美遂賃舍其家主人姓王此則其子婦也兩相悅而私焉月餘計用直三萬餘子婦所供費亦倍之情好彌切章武告歸贈鴛鴦綺子婦答以玉指環各爲詩別至十一年重遊則王氏長老捨業遠遊室無一人子婦歿已再周矣有東鄰婦楊道其臨歿相托語云李十八郎至此乞暫留止冀神會於髣髴中章武於是仍就其家借憩具酒食呼祭果見王氏從室北角冉冉至迎擁共宿敘平生懽至五更下牀嗚咽仍各爲詩敘別自屋角去不復見）

鴛鴦綺知結幾千絲別後尋交頸應傷未別時（章武贈王氏鴛鴦綺）

捻指環相思見環重相憶願君永持翫循環無終極（王氏答李章武白玉指環）

河漢已傾斜神魂欲超越願郎更迴抱終天從此訣（王氏贈別李章武）

分從幽顯隔豈謂有佳期寧辭重重別所歎去何之（章武答王氏）

昔辭懷後會今別便終天新悲與舊恨千古閉窮泉（王氏再贈章武）

後期杳無約前恨已相尋別路無行信何因得寄心（章武再答王氏）

水不西歸月暫圓令人惆悵古城邊蕭條明早分岐路知更相逢何歲年（章武懷念王氏）

附　李助爲章武賦（章武與道友隴西李助話其事助亦感而賦詩）

石沈遼海濶劍別楚天長會合知無日離心滿夕陽

王麗眞

與曾季衡冥會詩（太和四年監州防禦使曾孝安有孫季衡居使宅西院前使君王有女麗眞暴終於此魂現與季衡款合近六十日少年好色不以爲疑偶洩之人麗眞責其負約留詩爲別季衡不能詩強爲一篇酬之遂絕後詢五原紉針婦云王使君女歸葬北邙山陰晦人多見其魂遊於此則女詩所云北邙空恨清秋月也）

五原分袂眞吳越燕拆鶯離芳草歇年少煙花處處春北邙空恨清秋月（麗眞留別）

莎草青青雁欲歸玉腮珠淚灑臨岐雲鬟飄去香風盡愁見鶯啼紅樹枝（季衡酬別）

客戶里女子

贈段何（進士段何太和八年賃居客戶里臥疾小愈有美人徑至閤中從二青衣皆絕色諮諭再三何終不應乃以紅箋題詩一篇置案上而去書迹柔媚紙末惟書一我字何自此疾日退）

樂廣清羸經幾年姹娘相托不論錢輕盈妙質歸何處惆悵碧樓紅玉鈿

密陀僧

湖城廳吟（大和中閿鄉主簿沈恭禮攝湖城尉有人自稱李忠義江淮人僑於此客死丙所一食兼一小帽恭禮許之忠義曰此廳人居多不安有一女子年可十七八名曰容陀僧來參甚不可與交言少間果有一女子來微笑轉盼自薦恭禮不顧女吟此詩恭禮又不顧逡巡而去在湖城每夜輒來後歸閿鄉亦隔夜至一年餘方漸稀然終不能爲患也）

黄帝上天時鼎湖元在茲七十二玉女化作黄金芝

西施

謝王軒（太和中進士王軒少爲詩頗有才思嘗遊西江泊舟苧蘿山下題詩於石俄見一女子自稱西施振璫璫扶石笋以詩酬謝歡會而别）

妾自吴宫還越國素衣千載無人識當時心比金石堅今日爲君堅不得

附 王軒題西施石詩

嶺上千峰秀江邊細草春今逢浣紗石不見浣紗人

附 軒詩

佳人去千載溪山久寂寞野水浮白煙巖花自開落猨鳥舊清音風月閑樓閣無語立斜陽幽情入天幕

西施詩

高花巖外曉相鮮幽鳥雨中啼不歇紅雲飛過大江西從此人間怨風月

附 軒詩

當時計拙笑將軍何事安邦賴美人一自仙葩入吴國從茲越國更無春

西施詩

雲霞出没羣峰外鷗鳥浮沈一水間一自越兵齊振地夢魂不到虎丘山

甄后

與蕭曠冥會詩（太和處士蕭曠善琴東遊至洛水之上見一美人自稱洛浦神女即甄后也性好鼓琴願一聽君操曠爲彈别鶴及悲風后又召龍王織綃女傳觴敘語各爲詩而别）

玉筯凝腮憶魏宫朱弦（一作絲）一弄洗清風明晨追賞應愁寂沙渚煙銷翠羽空（甄后留别蕭曠）

織綃泉底少歡娱更勸蕭郎盡酒壺愁見玉琴彈别鶴又將清淚滴真珠（織綃女詩）

紅蘭吐豔閒夭桃自喜尋芳數已遭珠珮鵲橋從此斷遥天空恨碧雲高（蕭曠荅詩）

沙磧女子

五原夜吟（進士趙合太和初遊五原夜臥沙磧中聞沙中女子悲吟起問之自陳姓李家奉天城南小李村往省姊遭党羌掳殺於此今已三年倘能歸骨必有以報合如言收骨攜至奉天訪得小李村葬之明日見此女來謝曰吾大父有演參同契續混元經子能窮之龍虎之丹不日成矣合受之女子已没合遂究其玄微得度世）

雲鬟消盡轉蓬稀埋骨窮荒（一作鄉）失（一作無）所依牧馬不嘶沙月白孤魂空逐雁南飛

陳宫妃嬪

與顔濬冥會詩（會昌中進士顔濬下第遊廣陵同載有青衣年二十許自云姓趙名幼芳臨别期之中元遊瓦官閣當一會神仙中人濬如言果往見美人及幼芳亦在美人言家在清溪邀濬過之則陳朝張麗華也須臾孔貴嬪亦來問幼芳乃是麗華侍兒後爲隋宫御女死於江都之亂者命酒賦詩濬因留與麗華同寢達曙而别尋其處地近清溪乃陳朝宫人墓濬悵惘而返）

秋草荒臺響夜蛩白楊凋（一作聲）盡減悲風綵箋曾擘欺江總綺閣塵消（一作清）玉樹空（麗華賦）

寶閣排雲稱望仙五雲高豔擁朝天清溪猶有當時月應照瓊花綻綺筵（貴嬪賦）

素（一作皓）魄初圓恨翠娥繁華濃豔竟如何南（一作兩）朝唯有長江水依舊門前作逝波（幼芳賦）

簫管清吟怨麗華秋江寒月綺窗斜惭非後主題箋（一作詩）客得見臨春閣上花（濬詩）

湘中女子

驛樓誦詩（鄭僕射愚嘗遊湘中宿於驛樓夜遇女子誦詩頃刻不見）

紅樹醉秋色碧溪彈夜弦佳期不可再風雨杳如年

薛濤

贈楊藴中（進士楊藴中得罪下成都府獄夜夢一婦人曰吾即薛濤也幽死此室因贈此詩）

玉漏聲長燈耿耿東牆西牆時見影月明窗外子規啼忍使孤魂愁夜永

孟蜀妃張太華

葬後見形詩（孟昶廣政初與妃張太華同遊青城山丈人觀太華死即葬其地數年後道士李若沖忽見其現形因吟一詩懇若沖超拔幽魂若沖於中元節黄籙齋會寫太華奠長生金簡生神玉章得度夢太華復吟一詩來謝壁間有黄土書）

獨臥經秋墮鬢蟬白楊風起不成眠尋思往日椒房寵淚濕衣襟損翠鈿

謝李若沖

符吏匆匆叩夜扃便隨金簡出幽冥蒙師薦拔恩非淺領得生神九過經

安邑坊女

幽恨詩（上都安邑坊陸氏宅人常謂爲凶宅有進士臧夏僦居其中晝寢忽夢嵬見一女人綠帬紅袖弱質纖腰如霧濛花收淚而云聽妾一篇幽恨之句良久方語）

卜得上峽日秋江（一作天）風浪多巴陵一夜雨腸斷木蘭歌

韋檢亡姬

和檢詩（檢舉進士不第有美姬捧心而卒追痛不勝舉酒吟詩一日忽夢姬言有後期遂和前詩檢終日悒悒更夢姬日即遂相見矣覺來神魂恍惚復題詩一首未幾果即世皆符兆）

春雨濛濛不見天家家門外柳和煙如今腸斷空垂淚歡笑重追别有年

附 檢悼亡姬詩

寶劒化龍歸碧落嫦娥隨月下黄泉一杯酒向青春晚寂寞書窗恨獨眠

夢後自題

白浪漫漫去不迴浮雲飛盡日西頽始皇陵上千年樹銀鴨金鳧也變灰

蘇檢妻

與夫同詠詩（蘇檢登第歸吴行及澄城止於縣樓上夢其妻取紅箋剪數寸題詩檢亦裁蜀箋而賦焉詩成俱送所臥席下及臥果於席下得其詩視篋中紅箋亦有剪處歸家妻元已葬矣問其死日乃澄城所夢之日謁其塋四面多是海棠花也一作鍾輻事互異）

楚水平如鏡周迴白鳥飛金陵幾多地一去不知歸（檢妻）

還吴東去過（一作下）澄城樓上清風酒半醒想得到家春已暮海棠千樹已凋零（檢）

宫嬪

冥會詩

爭不逢人話此身此身長夜不知春自從國破家亡後隴上惟添芳草新（京昭儀寶仙）

休說人間恨戀多況逢佳客此相過堂中縱有千般樂爭及陽春一曲歌（張夫人華國）

幽谷窮花似妾身縱懷香豔吐無因多情公子能相訪應解回風暫借春（景才人舜英）

恩情未足曉光催數朵眠花未得開却羨一雙金扼臂得隨人世出將來（一作隨君此去出泉臺）

金車美人

與謝翺贈荅詩（陳郡謝翺舉進士寓居長安昇道里庭中多植牡丹一日見有一美人乘金車至門年可十六

(七風貌閑麗謂翱曰閤此地有名花故來與君一醉耳固問爲何人曰君但知非人則已安用問耶夜闌辭去乞詩爲贈翱悵然命筆美人答之翱明年下第東歸至新豐逆旅步月長望追感前事賦詩朗吟忽聞車音自西來視之乃前美人也曰將之弘農感君意故一面耳嗚咽不自勝翱亦悲泣誦所製詩美人復酬一詩翱別之去雖知爲怪不能忘枉道弘農留數日求之竟絕影響還洛陽不數月以怨結卒)

陽臺後會杳無期碧樹煙深玉漏遲半夜香風滿庭月花前空賦別離詩(一作花前竟發楚王悲)(翱)

相思無路莫相思風裏花開只片時惆悵金閨却歸去(一作處)曉鶯啼斷綠楊枝(美人)

一紙華箋灑(一作麗)碧雲餘香猶在墨猶新空添滿目凄涼事不見三山縹緲人斜月照衣今夜夢落花啼鳥去年春紅閨更有堪愁處窗上蟲絲几(一作鏡)上塵(翱)

惆悵佳期一夢中武陵春色盡成空欲知離別偏堪恨只爲音塵兩不通愁態上眉凝淺綠淚痕侵臉落輕紅雙輪暫與王孫駐明日西馳又向東(美人)

魏朋妻

贈朋詩(建州刺史魏朋辭滿後客居南昌素無詩思後遇病迷惑失心如有人相引接忽索筆書詩詩意如其亡妻以贈朋也後十餘日朋卒)

孤墳臨清江每覩白日晚松影搖長風蟾光落岩甸故鄉千里餘親戚罕相見望望空雲山哀哀淚如霰恨爲泉臺客復此異鄉縣願言敦疇昔勿以棄疵賤

劉氏亡婦

題明月堂二首

蟬鬢驚秋華髮新可憐紅隙盡埃塵西山一夢何年覺明月堂前不見人

玉鉤風急響丁東回首西山似夢中明月堂前人不到庭前一夜老秋風

故臺城妓

詩(金陵黃進士夢遇臺城故妓自云今爲吳神樂部其詩云)

歌罷玉樓月舞殘金縷衣勻鈿收迸節斂黛別重闈網斷蛛猶織梁春燕不歸那堪回首處江步野棠飛

金陵詞

宮中細草香紅濕宮內纖腰碧窗泣唯有虹梁春燕雛猶傍珠簾玉鉤立

無名女鬼

示宋善威

月落三株樹日映九重天良夜歡宴罷暫別庚申年

無名鬼

詩

江上檣竿一百尺山中樓臺十二重山僧樓上望江上指點檣竿笑殺儂

仙人未必便仙去還在人間人不知手把白髯從兩鹿相逢却問姓名誰

穠華

句(浚儀王氏葬其母有壻裴郎醉臥棺後家人不知遂掩其壙酒醒見文柏爲堂孝婢連臂踏歌一婢名穠華歌云)

柏堂新成樂未央迴來迴去繞裴郎

張守中

句

薄命蘇秦頻去國多情潘岳旋興悲　今夜若棲芳草徑爲傳幽意達王孫(詠蝶)

無名鬼

句

芫花半落松風晚清

全唐詩　怪

渾家門客聯句(文明初毘陵滕庭俊之洛調選至滎水西投道傍莊家見二人一稱麻大名來和一稱和且耶言同作渾家門客邀庭俊赴其館飲啖各賦詩題曰同在渾家平原門館聯句忽被主人覓喚乃知坐廁屋下傍有大蒼蠅禿掃帚而已庭俊先患熱疾自此頓愈)

自與渾家鄰馨香遂滿身無心好清靜人用去灰塵(麻大賦)

終朝每去依煙火春至還歸養子孫曾向苻王筆端坐爾來求食渾家門(和且耶賦)

長鬚國駙馬詠妻(大足初有士人隨新羅使泛海風吹至一處人皆長鬚號長鬚國其王拜士人爲駙馬主甚美而有鬚嬪姬亦然士人每見之不悅因賦此詩王大笑曰駙馬竟未能忘情於小女頤頷間乎忽一日其君臣憂戚士人怪問之王泣曰吾國有難非駙馬不能救士人驚曰苟難可弭性命不敢辭也王乃令具舟命使隨往謂曰煩駙馬一謁海龍王但言東海第三汊第七島長鬚國有難求救我國絕微須再三言之因涕泣執手而別士人登舟瞬息至岸乃前求謁龍王王降階迎訪其來意士人具說龍王即命速勘良久一人入白境內並無此國士人復哀訴龍王更敕使者細尋勘食頃使者返曰此島蝦合供大王此月食料前日已追到龍王笑曰客固爲蝦所魅耳吾雖爲王所食皆稟天符今爲客減食乃令引客視之見鐵鑊數十如屋滿中是蝦有五六頭色赤大如臂見客跳躍似求救狀引者曰此蝦王也士人不覺悲泣龍王命赦蝦王一鑊令使送客歸中國一夕至登州顧二使乃巨龍也)

花無葉不妍女無鬚亦醜丈人試遣惣無未必不如惣有

原陵老翁吟(神龍中廬江何讓之赴洛見原陵盤石上坐一翁着鬢皓然若賓幪巾襦袴幘烏紗抱膝南望吟詩讓之已訝其非人翁忽又吟讓之遽欲前執翁倏然躍入丘中讓之從焉翁已復本形爲一狐跳出讓之見几案上有一帖文書題云應天狐超異科策懷之躍出後數日有僧備三百縑購贖讓之納縑仍不與書帖經月餘其弟至問讓之取書帖去即化爲一狐未幾有敕捕內庫被人盜貢絹三百疋尋蹤及讓之獲其縑讓之不能雪卒斃枯木)

野田荊棘春閨閣綺羅新出沒頭上日生死眼前人欲知我家在何處北邙松柏正爲鄰

洛陽女兒羅綺多無奈孤翁老去何

正色鴻纛神思化伐穹施后承光負玄設嘔淪吐萌垠倪散截迷腸郗曲罫(音曚)零霾噎(入聲)雀㲉龜水健馳御屈拿尾研動袾袾喈喈溜用祕功以嶺以穴柂薪伐藥莽榛萬茁嘔律則祥佛倫惟薩牡虛無有頤咽藥肩肇素未來晦明興滅(狐書一)

五行七曜成此閏餘上帝降靈歲且涒徐蛇蜕其皮吾亦神攄九九六六束身天除何以充喉吐納太虛何以蔽踝霞袂雲衲哀爾浮生櫛比荒墟吾復麗氣還形之初在帝左右道濟忽諸(狐書二)

巖舍質詩(景雲初蕭志忠刺晉州將以臘日畋遊先一日有採薪者暴瘧不能歸因止巖穴之下夜將艾似有人聲伏而窺之有一人身長丈餘向谷長嘯俄而群獸俱至長人宣言曰余玄冥使者奉北帝命明日蕭使君當順時畋獵爾等若干合死於箭若干合死於鎗若干死於網罟鷹犬言訖有虎與麋皆屈膝求救長人曰余聞東谷嚴四兄善謀爾等可就彼祈求群獸皆喜使者東行群獸畢從時樵者疾少間隨往覘之見茅屋中懸一虎皮有黃冠者名舍質即嚴四兄也驚起見使者曰闊別已久得非配群生獵日刑名而至此乎使者曰然彼求救於四兄四兄當爲謀之虎麋狐兔即屈膝哀請嚴曰蕭使君每役人必恤其飢寒若祈滕六降雪巽二起風則不復獵矣又對使者云向在仙都豈意千年爲獸身悒悒不樂因述懷一章又云我譴謫已滿行歸紫府題數行於壁使後人知僕曾居此也)

昔爲仙子今爲虎流落陰崖足風雨更將斑毳被余身千載空山萬般苦(述懷)

下玄八千億甲子丹飛先生嚴舍質謫下中天被斑革六千甲子血食澗飲廁猨狖下濁界景雲元紀升太一(題壁)

李徵

詩(徵宗室子家於虢略博學善屬文天寶十五載登進士第後於汝墳逆旅被狂疾夜走出變爲虎同年李儼以監察御史使嶺南至商於界虎突出欲擒食之忽作人言曰幾傷我故人儼聆其音似徵遂與之言因具述變化之由託其賑恤妻子口誦文二十篇令其傳世復)

（為詩云）
偶因狂疾成殊類，災患相仍不可逃。今日爪牙誰敢敵，
當時聲跡共相高。我為異物蓬茅下，君已乘軺氣勢豪。
此夕溪山對明月，不成長嘯但成嗥。

維揚空莊四怪聯句（寶應中，維揚元無有行郊野，夜值風雨大至。時兵荒後，人戶多逃，入一空莊避之。雨止月出，見四人衣冠各異，吟詩遞相褒賞。及明，尋堂中惟有故杵、燈臺、水桶、破鐺，乃知四人即此物也）

齊紈魯縞如霜雪，寥亮高聲予所發。（故杵）
嘉賓良會清夜時，煌煌燈燭我能持。（燈臺）
清泠之泉候朝汲，桑綆相牽常出入。（水桶）
爨薪貯泉相煎熬，充他口腹我為勞。（破鐺）

柳藏經二絕句（建中間，東都薛弘機隱渭河之隈。有客造門，自云姓柳，名藏經，歌一詩，與弘機談論經典而別。明年又來，復歌一絕，情意慘然，竟失其蹤。是夜惡風發屋，一枯柳拉折，其內不知誰人藏經百餘卷，盡爛壞）

寒水停園沼，秋池滿敗荷。杜門窮典籍，所得事今多。

誰謂三才貴，余觀萬化同。心虛嫌蠹食，年老怯狂風。

太白山魔誑道士詩（貞元中，韋自東以壯勇聞。有道士煉丹於太白山石洞中，數有妖魔入洞擊散藥爐，邀自東仗劍相護。有巨虺及美女至，自東並以劍擊退。後有道士駕鶴而來，勞自東曰：妖魔已盡，吾弟子丹將成矣。有詩志喜。自東釋劍禮之，俄而突入藥爐，爆烈無遺）

三秋稽顙叩真靈，龍虎交時金液成。絳雪既凝身可度，
蓬壺頂上彩（一作有）雲生。

金缶魅詩（河東李員居長安延壽里。元和初，室西隅有聲若韻金石。俄有歌者，音清越，久不已。凡數夕，聞焉。後至秋，始六月夜雨，隤堂北垣。明日得一缶，僅尺餘，制用金，形狀奇古，蓋千百年之器）

色分藍葉青，聲比磬中鳴。七月初七夜，吾當示汝形。

東陽夜怪詩（元和中，彭城秀才成自虛就舉東還，路出東陽驛，風雪夜投佛寺。暗中有一老病僧，復有數人至，以自虛舉子，各述所作詩，喧論達曉。自虛方欲自誇舊製，一無覩矣。及追尋，始知病僧自稱安智高者，是病橐駝；稱前河陰轉運巡官盧倚馬，是驢；稱桃林客、輕車將軍朱中正，是牛；敬去文，是狗；奚銳金，是雞；苗介立，是猫；胃藏瓠，是一刺蝟；藏瓠下者）

誰家掃雪滿庭前，萬壑千峰在一拳。吾心不覺侵衣冷，
曾向此中居幾年。（安智高詠聚雪為山）

擁褐藏名無定蹤，流沙千里度衰容。傳得南宗心地後，
此身應便老雙峰。（安智高病中自述二首）

為有閻浮珍重因，遠離西國赴咸秦。自從無力休行道，
且作頭陀不繫身。

長安城東洛陽道，車輪不息塵浩浩。爭利貪前競著鞭，
相逢盡是塵中老。（盧倚馬寄同侶二首）

日晚長川不計程，離羣獨步不能鳴。賴有青青河畔草，
春來猶得慰（一作餵）羈（一作飢）情。

愛此飄颻六出公，輕瓊冷絮舞長空。當時正逐秦丞相，
騰躑川原喜北風。（敬去文詠雪獻曹州房。去文云：曹州房難僕呼雪為公，余以古人呼竹為君證之，曹州房莫知所對）

事君同樂義同憂，那校糟糠滿志休。不是守株空待兔，
終當逐鹿出林丘。（敬去文言志二首）

少年長負飢鷹用，內顧曾無寵鶴心。秋草驅除思去宇，
平原毛血興從禽。

舞鏡爭鸞綵，臨場定鶻拳。正思仙仗日，翹首仰（一作御）樓前。（奚銳金近作三首）

養鬬形如木，迎春質似泥。信如風雨在，何憚跡卑棲。

為脫田文難，常懷紀渻恩。欲知疎野態，霜曉叫荒村。

亂魯負虛名，遊秦感甯生。候驚丞相喘，用識葛盧鳴。黍
稷滋農具，軒車乏道情。近來筋力退，一志在歸耕。（朱中正詩）

為慙食肉主恩深，日晏蟠蜿臥錦衾。且學志人知白黑，
邪將好爵動吾心。（苗介立詩）

鳥鼠是家川，周王昔獵賢。一從離子卯（鼠兔皆變為蝟也），應見海
桑田。（胃藏瓠題舊業詩）

田四郎求婚聯句（元和十三年，江陵編戶成叔弁有女興娘，年十七。忽有人自稱田四郎，偕媒氏求婚，叔弁不許。四郎笑一聲，有二人自空下，曰：安有不可。媒氏請為聯句定婚。聯句訖，媒與三人大絕倒，不復見。其女初若醉，人去後亦醒）

一點紅裳出翠微，秋天雲靜月離離。（田四郎）天曹使者徒回
首，何不從他九族卑。（田請叔弁繼作，叔弁不知詩，固辭，聞堂上有人教其云云）

黑駒別盧傳素詩（嶺南從事盧傳素寓居江陵。元和中，有一黑駒，乘之甚勞苦，然未常有銜橛之失，頗愛之。一旦忽人語曰：阿馬是丈人表甥，賀蘭家通兒也。丈人使通兒賣一別墅，得錢一百貫，通兒破用此錢，令作畜生，在櫪五六年，與丈人償債。畜生壽已盡，當死，請速將阿馬貨賣。兼有一篇留別。乃驤首朗吟云）

既食丈人粟，又飽丈人芻。今日相償了，永離三惡途。

筆精詩（元和中，博陵崔瑴寓長安延福里。見人長不盡尺，自北垣下升榻，請寄硯席，袖出三詩，投於瑴，趨北垣下沒。瑴乃發其處，得一管筆，鋒銳尚新）

昔荷蒙恬惠，尋遭仲叔投。夫君不指使，何處覓銀鉤。

學問從君有，詩書自我傳。須知王逸少，名價動千年。

能令音信通千里，解致龍蛇運八行。惆悵江生不相賞，
應緣自負好文章。

二斑與甯茵賦詩（大中年，秀才甯茵寓南山莊，夜有人一稱桃林斑，一稱南山斑寅將軍，來訪談論，賦詩而別。及視其跡，乃知牛與虎也）

曉讀雲水靜，夜吟山月高。焉能履虎尾，豈用學牛刀。（甯茵賦）

但得居林嘯，焉能當路蹲。渡河何所適，終是怯劉琨。（斑寅賦）

無非悲甯戚，終是怯庖丁。若遇龔為守，蹄涔向北溟。（斑特賦）

白田獺魅別村女詩（楚州白田村民沈某女患魅，腹漸大，若妊。令巫設壇召魅，自陳淮中老獺，願自此屏迹，但痛腹中子未育，若生而不殺，以還我，是望外也。言畢，嗚咽，遂作別詩。須臾患者釋然。後旬月產獺子三頭，送湖中，有巨獺負而沒之）

潮來逐潮上，潮落在空灘。有來終有去，情易復情難。腸
斷中子，明月秋江寒。

邢君才舊宅三怪詩（太原掌書記姚康成奉使汧隴，假邢君才舊宅休息。二更後，月色如練，廊房內聞飲樂之聲，曰：今三人可各賦一篇。取樂康成推門求之，則皆失矣。尋其處，見有鐵銚子一柄、破笛一管、一禿黍穰帚而已。康成不欲傷之，遂各埋於他處）

昔日炎炎徒自知，今無烽竈欲何為。可憐國柄全無用，
曾見家人下第時。（鐵銚）

當時得意氣填心，一曲君前直萬金。今日不如庭下竹，
風來猶得學龍吟。（破笛）

頭焦鬢禿但心存，力盡塵埃不復論。莫笑今來同腐草，
曾經終日掃朱門。（禿帚）

維揚少年與孟氏贈答詩（維揚萬貞娶壽春坊孟氏為妻，美容質，有詞藻。貞商於外，孟氏遊家園獨吟而泣。有少年貌甚秀麗，踰垣求偶，孟氏許而賦詩，少年亦以詩答之，遂私焉。同處踰年，而夫自外至，孟氏憂且泣。少年曰：勿爾，吾固知其不久也。忽騰身而沒，竟不知為何怪）

可惜春時節，依然獨自遊。無端兩行淚，長祇對花流。（孟氏遊家園作）

誰家少年兒，心中暗自欺。不道終不可，可即恐郎知。（孟氏贈少年）

神女得張碩，文君遇長卿。逢時兩相得，聊足慰多情。（少年答孟氏）

胡志忠題戶（處州小將胡志忠奉使之越，夜止山館之東序。進膳之次，有異物，其狀甚偉，當盤而立。志忠擊之，連有傷痛聲，如犬語，甚分明，曰：請止請止，若不止，知誰死。志忠運臂愈疾。異物又疾呼曰：斑兒何在？續有一物自屏外來，志忠又擊之，力不勝，僕夫曳之入東閣。頗仆之聲如壞牆然。未久，志忠儼然而出，復命膳，卒無一言。明日行，封署其門，屬館吏勿啟。旬餘乃還，止於館，索筆硯，泣題其戶。題訖，以筆擲地而失所在。啟其戶，志忠與斑黑二犬俱仆於西北隅矣）

恃勇禍必嬰，恃強勢必傾。胡為萬金子，而與惡物爭。休

將逝魄趨府庭止於此館歸冥冥

高侍郎詩 草場官張立本有女爲物所魅自稱高侍郎吟詩一首宅後有高侍郎墓野狐窟穴其中蓋狐妖也

危冠高袖楚宮妝獨步閑庭逐夜涼自把玉簪敲砌竹

清歌一曲月如霜

呂氏宅妖誓師詞 汝南岑順旅陝州居外族呂氏山宅見壁下天那軍與金象軍各出兵會戰有軍師致辭鼓之會戰數日勝負不常順爲鬼氣所中斷領頓甚因掘其下得古墓明器有甲冑數百戲局列馬滿枰乃悟軍師之詞乃象戲行馬之勢也

天馬斜飛度三止上將橫行擊四方輜車直入無迴翔

六甲次第不乖行

袁少年詩 猨

風波千里闊臺榭半天高此興將何比身知插羽毛 賦君山

峰巒多秀色松桂足清聲自有山林趣全忘城闕情 賦南嶽廟

羅浮南海外昔日已聞之千里來游覽幽情我自知

東柯院妖詆杜令 隴城縣有東柯僧院甚有幽致遊人如市忽一日有妖異起空中擲下瓦礫扇揚灰塵人莫敢正立院僧召道士誦咒衣祇帶解狼狽而竄滌令杜延範自往觀之曰安有此事妖於空中擲小書帖多成絕句凌詆杜令覺之亦遽還

雖共蕭蘭伍南朝有宗祖莫打綠袍人空中且歌舞

堪憐木邊土非兒不似女瘦馬上高山登臨何自苦

嵩山小兒吟 嵩山內有老僧結茅以居忽見一小兒恭禮求爲弟子僧乃問曰此處人迹甚稀汝因何至此又因何求爲弟子曰父母俱喪身無所依願離塵俗欲修來世福業也僧曰志願雖嘉能從道心惟一乎小兒曰若心與言違皇天后土自不容耳見其敏悟遂與落髮精進勤劬罕有倫等居數年時值深秋忽慨然朗吟長嘯良久有一羣鹿過小兒躍然脫卻僧衣化爲鹿而去

我本長生深山內更何入他不二門爭如訪取舊時伴

休更朝夕勞神魂

魚腹丹書 吳郡漁人張胡子嘗於太湖中釣得一巨魚腹上有丹書字

九登龍門山三飲太湖水畢竟不成龍命負張胡子

魚身字 金州洵陽縣水南鄉百姓柏君懷於漢江勤漠潭採得魚長數尺身上有字

三度過海兩度上漢行至勤漠命屬柏君

馬作人語 路巖自成都移鎮渚宮所乘馬忽作人語不久及禍

蘆荻花此花開後路無家

孫長史女與焦封贈答詩 開元初浚儀令焦封罷任喪妻客蜀中夜逢一青衣邀入一甲第有女子年十七八儀貌殊常自稱孫長史女夫喪寡居於此命酒賦詩遂留匹偶經月封思入關女贈玉環并詩爲別封亦以詩留贈登前途女忽奔至疑訝間有千餘猩猩來女喜躍曰君不顧我東歸我亦逐女伴歸山耳化爲一猩猩去

妾失鴛鴦伴君方萍梗遊少年慵醉後只恐苦相留 贈封

心常名宦外終不恥狂遊誤入桃源裏仙家爭肎留 酬封

鵲橋織女會也是不多時今日送君處羞言連理枝 別封

但保同心結無勞織錦詩蘇秦求富貴自有一同時 留別封

石甕寺鐙魅詩 進士楊禎家於渭橋肄業昭應石甕寺有紅裳女子既夕而至容色姝麗徐步簾外而歌禎納之自稱開元中明皇與楊妃建此寺封我爲西明夫人乃西偏經幢中鐙精也晨去暮還不止家人潛伏佛榻窺之撲滅鐙遂絕

涼風暮起驪山空長生殿鏁霜葉紅朝來試入華清宮

分明憶得開元中

金殿不勝秋月斜石樓冷誰是相顧人褰帷弔孤影

煙滅石樓空悠悠永夜中虛心怯秋雨豔質畏飄風向

壁殘花碎侵堦墜葉紅還如失羣鶴飲恨在雕籠 前二首紅裳女子歌此首風雨夜一嬰兒爲紅裳歌

洛下女郎歌 天寶中洛下崔玄微夜見諸女郎李氏陶氏楊氏衣服顏色各異自言俱住苑中邀封家十八姨命席各歌以送酒仍言苑中多被惡風乞玄微立朱幡圖日月五星文於苑東免諸侶之患女郎乃衆花之精封十八姨者風神也

皎潔玉顏勝白雪況乃當年對風月沈吟不敢怨春風

自歎容華暗消歇 紅裳人

絳衣披拂露盈盈淡染胭脂一朵輕自恨紅顏留不住

莫怨春風道薄情 白衣人

袁長官女詩 廣德中秀才孫恪於洛中魏王池畔見一大第有女子摘庭中萱草吟詩詰之是袁長官女少孤求適人未售恪覩其光容豔麗遣媒納爲室袁金繒贍足治家甚嚴生二子後恪任幕職挈過端州袁云此去峽山寺我家舊有門徒居之欲赴彼設齋恪如言抵寺齋罷有野猨數十連臂下生臺悲嘯袁題詩僧壁撫二子咽泣數聲裂衣化爲老猨偕去詢老僧乃知此猨寺中所養開元中高力士經過憐其慧黠攜獻上陽宮者

彼見是忘憂此看同腐草青山與白雲方展我懷抱 摘萱草吟

剛被恩情役此心無端變化幾湮沈不如逐伴歸山去

長笑一聲煙霧深 題峽山僧壁

眞符女與申屠澄贈和詩 貞元中什邡尉申屠澄赴官至眞符縣東投路傍茅舍中有老父及嫗一女年十四五態甚閑麗因與之訂婚後生一男一女澄嘗作贈內詩其妻有和然未嘗出口秩滿將歸秦妻始以詩語澄悵然若有慕者澄曰儻憶賢尊今則至矣何用悲乎及過妻家草舍不復有人於故衣中見一虎皮妻大笑曰此物尚在耶披之即變爲虎哮吼而去澄驚走避之攜二子望林大哭竟不知所往

一尉慙梅福三年媿孟光此情何所喻川上有鴛鴦 澄贈

琴瑟情雖重山林志自深常憂時節變辜負百年心 女和

夭桃詩 太和中處士姚坤居東洛萬安山有女子自稱夭桃詣坤云是富家女誤爲年少誘出失蹤不可復還願持箕帚坤納之妖麗冶容至於篇什俱能精至後坤應制挈入京至盤豆館夭桃不樂取筆題竹簡爲詩一首吟諷久之忽有曹牧獻良犬入館犬見夭桃怒目掣鏁上階夭桃亦化爲狐跳上犬背抉其目行數里犬斃狐即不知所之

鉛華久御向人間欲捨鉛華更慘顏縱有青丘吟夜月

無因重照舊雲鬟

青衣春條詩 南陽張不疑開成間宏詞登科授祕書寓京國市一青衣於胡司馬名春條指使無不愜適兼好學善書錄潛爲小詩往往於戶牖間題之居兩月餘有吳天觀尊師知其妖作法噀水復本形乃是一朽明器背上題曰春條發膢頸間有血不疑得疾沈錮二年死

幽室鎖妖豔無人蘭蕙芳春風三十載不盡羅衣香

明器婢詩 開成中洛下學究盧涵赴山莊路遇雙鬟甚有媚態云是耿將軍守塋青衣邀涵飲爲詩送酒涵惡詞之不稱窺其室見取蛇血變酒驚走避歸率家人搜尋於柏林中得一大明器婢子有蛇甕於其傍

獨持巾櫛掩玄關小帳無人燭影殘昔日羅衣今化盡

白楊風起隴頭寒

妙香詞 唐鄭繼超遇田參軍贈妓曰妙香數年告別歌北邙月詞送酒翌日同至北邙山下化狐而去田君亦狐也

勸君酒莫辭花落拋舊枝只有北邙山下月清光到死

也相隨

盧山女贈朱朴 鯉魚

但持冰潔心不識風霜冷任是懷禮容無人顧形影

知君久積池塘夢遣我方思變動來操執若同顏叔子

今宵寧免淚盈顋

青蘿帳女贈穆郎 榕樹

團圓今夕色光輝結了同心翠帶垂此後莫教塵點染

他年長照歲寒姿

褰帳

揉藍綠色麴塵開靜見三星入坐來桂影已圓攀折後

子孫長作棟梁材

題碧花牋

珠露素中書繾綣青蘿帳裏寄鴛鴦自憐孤影清秋夕

灑淚裴回滴冷光

白蘋洲碧衣女子吟 張確嘗遊霅上白蘋洲見二碧衣女子攜手吟此確逐之化爲翡翠飛去

碧水色堪染白蓮香正濃分飛俱有恨此別幾時逢藕

隱玲瓏玉花藏縹緲容何當假雙翼聲影暫相從

新林驛女吟示歐陽訓 生飛蟲

月明階悄悄影隻腰身小誰是蹇翔人願爲比翼鳥

擊盤歌送歐陽訓酒

飛燕身輕未是輕枉將弱質在巖扃今來不得同鴛枕
相伴神魂入杳冥

白衣女子木葉上詩 甯賞嘗遇一衣白女子倏不見後於林杪見白獮猴擲一木葉墜其前上書二十字云
桃花洞口開香蘂落莓苔佳景雖堪翫蕭郎殊未來

席上歌 有少年於巖下逢女子留與同居十日於席上作歌贈少年云
洞府深沈春日長山花無主自芬芳凭闌寂寂看明月
欲種桃花待阮郎

鳳皇臺怪和歌四首 大曆中有士人獨行鳳皇臺見一男子與婦人相和而歌追而觀之乃二獸也一類豕而高一類龍而小
深閨閑鎖難成夢那得同衾共繡牀一自與郎江上別
霜天更自覺宵長
愁聽黃鶯喚友聲空閨曙色夢初成窗間總有花牋紙
難寄妾心字字明
寂靜璇閨度歲年竝頭蓮葉又如錢愁人獨處那堪此
安得君來獨枕眠
臥病匡牀香屢添夜深猶有一絲煙懷君無計能成夢
更恨砧聲到枕邊

全唐詩 夢

肅宗

夢丹書 肅宗初爲皇太子天寶十三載覩安祿山有悖逆之狀恐危宗廟遂精誠祈夢其夜夢故內侍普寂等二人昇一案覆以黃帕自天而下直至帝前素版丹書文字甚多既寤所記者惟四句
厥不云乎惟其惟時上天所保福祿不虧

代宗

夢黃衣童子歌 廣德元年吐蕃入寇代宗幸陝及回駕至潼關夜夢黃衣童子歌云云詰旦上言其夢侍臣賀曰此土德當王吐蕃破滅之兆也
中五之德方峨峨胡胡呼呼何奈何

劉禹錫

夢揚州樂妓和詩 禹錫於揚州杜鴻漸席上見二樂妓侑觴醉吟一絕後二年之京宿邸中二妓和前詩執板歌云
花作嬋娟玉作妝風流爭似舊徐娘夜深曲曲灣灣月
萬里隨君一寸腸

邢鳳

夢中美人歌 涇原節度李彙說貞元中有帥家子邢鳳居長安平康里南貿一大第即其寢而晝假夢一美人古裝高鬟長眉執卷而吟鳳發其卷美人曰君必欲傳之無過一篇取綵箋傳其春陽曲問曲中弓彎何謂美人云父母教妾爲此舞乃起整衣張袖舞數拍爲弓彎狀以示鳳既罷辭去鳳覺仍於襟袖得其詞
長安少女一作兒女踏一作翫春陽一作忙何處春陽一作歸不斷腸舞袖弓
彎一作腰渾忘却羅衣空換一作羅帷空度一作蛾眉空帶九秋霜

石季武

夢中詩 涼武公朔數年攻戰建殊勳以仁恕爲先未嘗枉殺一人長慶元年自魏博徵還將入洛其舊門將石季武先在洛夢公自北登天津橋季武爲導有道士八人持絳節幡幢從南欲上導騎呵之對曰我迎仙公可記我言聞於相公因吟詩云云後三日涼公果自北登天津橋季武爲導入憩天宮寺月餘薨
聳轡排金闕乘軒上漢槎浮名何足戀高舉入煙霞

王炎

葬西施挽歌 元和初太原王炎夢遊吳聞吳王宮中出輦吹簫擊鼓言葬西施詔詞客作挽歌炎進詩王甚嘉之
西望吳王國雲書鳳字牌連江起珠帳擇地一作土葬金釵
滿一作鋪地紅心草三層碧玉階春風無處所悽恨不勝懷

沈亞之

秦夢詩三首 太和初亞之客橐泉邸舍夢入秦見穆公尚始平公主弄玉所居宮曰翠微宮公主芳姝明媚筆不可模畫每吹簫聲調遠逸悲心人聞者莫不自廢約一年公主卒葬咸陽原公命亞之作挽歌并墓銘後公辭亞之令歸又爲歌一章仍至翠微宮與公主侍人泣別有題宮門詩已而公命車駕送出函谷關爲別語未卒驚覺秦泉秦穆公葬地也
泣葬一枝紅生同死不同金鈿墜芳草香繡滿春風舊
日聞簫處高樓當月中梨花寒食夜深閉翠微宮 挽公主
擊髆舞恨滿煙光無處所淚如雨欲擬著辭不成語金
鳳銜紅舊繡衣幾度宮中同看舞人間春日正歡樂日
暮東風何處去 別穆公
君王多感放東歸從此秦宮不復期春景似傷秦喪主
落花如雨淚燕脂 題宮門 以上三首又見本集

盧獻卿

夢中詩 獻卿范陽人嘗作愍征賦時人以爲庾子山哀江南之亞大中時連年不中第遊衡湘至郴夢人贈詩旬日歿郴守葬之近郊果以夏初皆符所夢者
卜築郊原古青山無四鄰扶疏遶屋樹寂寞獨歸人

劉景復

夢爲吳泰伯作勝兒歌 吳郡泰伯祠市人賽祭多繪美女以獻歲乙丑有以輕綃畫侍婢捧胡琴者名爲勝兒貌踰舊繪巫方獻舞進士劉景復過吳適置酒廟東通波館忽欠伸思寢夢紫衣冠者言讓王奉屈隨至廟揖而坐王語之曰適納一胡琴妓藝精而色麗知吾子善歌奉邀作胡琴一曲以寵之因命酒爲作歌王召勝兒授之劉寤傳其歌吳中云
繁弦已停雜吹歇勝兒調弄邏娑撥四弦攏撚三五一作四
聲喚起邊風駐明月大聲嘈嘈奔淈淈浪蹙波翻倒溟
渤小弦切切怨颸颸鬼哭神悲秋一作任窸窣倒腕斜挑掣
流電春雷直戞騰秋鶻漢妃徒得端正名秦女虛誇有
仙骨我聞天寶十年前涼州未作西戎窟麻衣右衽皆
漢民不省胡塵暫蓬勃太平之末狂胡亂犬豕崩騰恣
唐突玄宗未到萬里橋東洛西京一時沒漢土民皆一作
漢民沒爲虜飲恨吞聲空嗢咽時看漢月望漢天一作民怨氣一作朝
衝星成彗孛國門之西八九鎮高城深壘閑閑卒河湟
咫尺不能收輓粟推車徒兀兀今朝聞奏涼州曲使我
心神暗超忽勝兒若向邊塞彈征人淚血應闌干

郭仁表

夢中辭 僞吳春坊吏郭仁表居治城北甲寅歲得疾沈痼夢道士衣金花紫帔入坐堂上仁表初不甚敬因問疾何時可愈道士色厲曰甚則有之既寤疾甚復夢前道士至因叩頭遜謝道士色解索紙筆書授之因爾疾愈
飄風暴雨可思惟鶴望巢門斂翅飛吾道之宗正可依
萬物之先數在茲不能行此欲何爲

國邵南

夢崔瑕妻詩 崔瑕娶曹州刺史李續女李令兵馬使國邵南勾當障車後邵南夢在一廳中女立牀西瑕在牀東女執箋題詩一首授瑕瑕朗吟之夢後纔一歲崔妻卒
莫以眞留妾從他理管弦容華難久駐知得幾多年

盧絳

夢白衣婦人歌詞 絳後主末年爲宣州節度宋平金陵絳殺叛州刺史龔愼儀謀奔嶺表不得復降宋愼儀姪穎想之朝坐斬初絳未遇時病痁且死夢白衣婦人頗有姿色歌善薩蠻勸絳酒曰妾玉眞也他日富貴相見于固子坡至是臨刑有婦人姓耿名玉眞者坐淫亂與同斬衣服姿貌宛如前夢其行刑地即固子坡也 南唐野史翰府名談云所夢者是詩行刑地名孟家坡今並載
玉京人去秋蕭索畫簷鵲起梧桐落欹枕悄無言月和
殘夢圓背燈惟暗泣甚處砧聲急眉黛小山攢芭蕉生
暮寒
清風明月夜深時箕箒盧郎恨已遲他日孟家坡上約
再來相見是佳期

張生

夢舜撫琴歌（進士張生下第，遊蒲關，宿于舜廟，夢舜撫琴歌曰）

南風薰薰兮草芊芊，妙有之音兮歸清弦。蕩蕩之教兮由自然，熙熙之化兮吾道全。薰薰兮思何傳。

漳郡守

夢康仙示詩（康仙，乾符間賣藥衢市，居員山琵琶坂。人爲立廟。郡守欲移之山椒，夢示以詩，廟遂不復移焉）

賣藥因循未得還，却因耽酒到人間。有心只戀琵琶坂，無意更登山上山。

獨孤遐叔妻白氏

夢中歌（貞元中，遐叔遊劍南，歸至會光門外，天已暝。路隅有佛堂，止焉。至夜分，忽聞有公子女郎十數輩，攜酒具，貰會中有一女郎，憂傷摧悴，乃其妻白氏也。少年舉杯強之歌，轉面揮涕，遐叔驚憤，捫一磚飛擊，悄然一無所有。遐叔謂其妻死矣。至其居，妻夢驚方寤，說夢中與遐叔所見並同）

今夕何夕，存耶沒耶。良人去兮天之涯，園樹傷心兮三見花。

張生妻

夢中歌（張生家汴州中牟縣赤城坂，別妻遊河朔，五年而還汴。出鄭州門，已昏黑，忽于草莽中見燈火熒煌，有長鬚者、白面年少者、紫衣者及黑衣胡人、綠衣少年，挾其妻宴飲。張捫得一瓦，擊之，中長鬚頭，再發一瓦，中妻額，忽闃然無所見。張君謂其妻已死矣。歸至家，妻在問之，曰：昨夜夢有六七人遍令飲酒，各請歌，飲次，有發瓦來，中奴額，驚覺尚頭痛。因知昨夜所見乃妻夢也）

歎衰草，絡緯聲切切。良人一去不復還，今夕坐愁鬢如雪。（爲長鬚人歌）

勸君酒，君莫辭。落花徒繞枝，流水無返期。莫恃少年時，少年能幾時。（爲白面少年歌）

怨空閨，秋日亦難暮。夫壻斷音書，遥天鴈空度。（爲紫衣人歌）

切切夕風急，露滋庭草濕。良人去不回，焉知掩閨泣。（爲黑衣胡人歌）

螢火穿白楊，悲風入荒草。疑是夢中遊，愁迷故園道。（爲綠衣少年歌）

花前始相見，花下又相送。何必言夢中，人生盡如夢。（長鬚人答）

張氏女

夢王尚書口授吟（會昌初，安西市張氏有女，國色。晝夢至一大宅，憩次，女輩十許人同妝飾，候紫綬天官來。爲吏部沈公，俄呼尚書來，爲并帥王公，羣女進樂侍酒。并州尤屬意張，口授之吟，謂曰：歸辭父母，異日復來。驚寤，泣曰：尚書命我矣，殆將死乎。因臥病，累日，起，膏沐靚妝，拜父母而卒）

鬟梳閑掃學宮妝，獨立閑庭納夜涼。手把玉簪敲砌竹，清歌一曲月如霜。

病狂人

歌（周顯德中，齊州有人病狂，每歌云云。自言夢見一紅衣女子，引入宮殿，皆紅。一小姑令歌如此。有道士曰：此犯大麥毒，所致女即心神小姑，脾神也。醫經：蘿蔔治麪毒，如此言以藥并蘿蔔食，遂愈）

踏陽春，人間二月雨和塵。陽春踏秋風起，腸斷人間白髮人。五靈華，曉玲瓏，天府由來汝府中。惆悵此情言不盡，一丸蘿蔔火吾宫。

陳季卿

陳季卿，江南人。辭家十年，舉進士無成，羈棲輦下，常訪青龍寺僧，不值。時有終南山翁亦伺僧歸，揖季卿同坐。適東壁有寰瀛圖，季卿乃尋江南路，因長嘆曰：安得自渭泛於河，遊於洛，渡淮濟江，而達於家，亦不悔無成而歸。翁笑曰：此不難致。乃命僧童折一竹葉，作舟，置圖中渭水上，曰：公但注目此舟，則如公所願耳。然至家慎勿久留。季卿熟視之，覺渭水生波，葉舟漸大，席帆既張，恍若登舟。始自渭及河，維舟至禪窟蘭若，題詩於南楹。明日次潼關，登崖題句於關門東普通院門，凡所經歷，一如前願。旬餘至家，妻子兄弟拜迎於門。側題江亭晚望詩於書齋。此夕謂妻曰：吾試期近，不可久留，即當進櫂。乃吟一章別其妻，又別諸兄弟。一更後，復登舟而逝。家人慟哭，謂其死矣。復遵舊路至於渭濱，寺宇宛然，見山翁擁褐而坐。季卿謝曰：歸則歸矣，得非夢乎。翁曰：不久當知。各別去。後月餘，妻子來訪，始知果歸，作詩非夢也。

題禪窟蘭若

霜鐘鳴時夕風急，亂鴉又望寒林集。此時輟櫂悲且吟，獨向蓮華一峰立。

題潼關普通院門

度關悲失志，萬緒亂心機。下坂馬無力，掃門塵滿衣。計謀多不就，心口自相違。已作羞歸計，還勝羞不歸。

江亭晚望題書齋

立向江亭滿目愁，十年前事信悠悠。田園已逐浮雲散，鄉里半隨逝水流。川上莫逢諸釣叟，浦邊難得舊沙鷗。不緣齒髮未遲暮，吟對遠山堪白頭。

別妻

月斜寒露白，此夕去留心。酒至添愁飲，詩成和淚吟。離歌悽鳳管，別鶴怨瑶琴。明夜相思處，秋風吹半衾。

別兄弟

謀身非不早，其奈命來遲。舊友皆霄漢，此身猶路岐。北風微雪後，晚景有雲時。惆悵清江上，區區趁試期。

周延翰

夢中句（南唐太子校書周延翰，修服餌術，夢神人示以書七言爲句，其末句云云。延翰以爲必得丹砂之效，甚喜。後死，葬于吴大帝陵側，無妻子，惟一婢名丹砂。七字皆驗）

紫髯之伴有丹砂

任玠

夢中和句（蜀人任玠，字温如，晚寓寧州府宅。一夕，夢一山叟貽詩，玠和之。既覺，自笑曰：吾其死乎。數日不疾而卒）

故國路遥歸去來，（山叟）春風天遠望不盡。（玠）

杜牧

夢中語（杜牧於宰執求小儀，不遂；請小秋，又不遂。夢人語之云云。後果得比部員外）

辭春不及秋，昆腳與皆頭。

胥偃

夢中詩（胥偃應舉時，夢徐將軍斬下頭，項作詩云云。以爲不詳。明年，徐奭榜第二人及第）

昔作樹頭花，今爲塚中骨。

曾崇範妻

夢中語（南唐曾崇範，其妻先許聘數人，皆死。後夢人得語云。此是汝夫，果嫁於曾也）

田頭有鹿跡，由尾著日炙。

張孜

紀夢句（處士張孜寫李白真，虔禱，忽夢白自天降，與語詩，因爲歌以紀之。其畧曰）

上天知我憶其人，使向人間夢中見。

全唐詩目　第十二函

第八冊

高祖以下諧謔　睿宗　歐陽詢　長孫無忌
裴略　省吏　選人　裴玄智
竇昉　梁寶　釋元康　李榮
張元一　杜易簡　石抱忠　梁載言
劉行敏　陸子　楊廷玉
中宗朝優人　崔日用　吳人　封抱一
魏崇裕　權龍褒　崔泰之　蘇頲
張敬宗　韋鏗　邵景　李休烈
石惠泰　黃幡綽　祖詠　王昌齡
張懷慶　賀知章　顧況　史思明共一卷
高亭　賀遂涉　趙謙光　孔顒
呂溫　張祜　朱沖和　崔涯
李宣古　杜牧　盧肇　韋蟾
嚴震　章孝標　李紳　楊汝士
柳棠　朱澤　鄭光業　鄭愚
鄭仁表　胡曾　李昌符　孫子多
薛能　皮日休　鄭棨　徐彥若
崔立言　韋鵬翼　姚嶸　李日新
柳逢　黎瓘　張保胤　陸巖夢
李都　荊人　馮道幕客　李花開
馮暉　李濤　楊苧蘿　馮涓
盧延讓　蔣貽恭　李貞白　郫城令
李令　太守　劉炎共一卷
甘洽　閻敬愛　李和風　歸氏子
張曾封　李晝　楊鸞　座客
周顒　張鷟　施肩吾　蘇芸
包賀　蔡押衙　溫庭筠　顧雲
孫光憲　商則　羅顤　陳嶠
何承裕　李濤　程紫霄　僧法軌共一卷
無名氏一卷
李兼以下判　杜兼　舒元輿　裴諝
李翺　韓滉　皇甫大夫　羅紹威
蕭結　王曾　伶人　張翺
趙武建　宋元素　張幹共一卷
歌一卷
讖記一卷
語一卷
諺謎一卷
謠一卷
酒令一卷
占辭一卷
蒙求一卷

全唐詩　諧謔

高祖

嘲蘇世長　世長嘗事僞鄭王世充爲行臺右僕射洛陽平歸國高祖與之有舊釋之授玉山屯監因遭禮殊厚嘗嘲之云云世長對曰名長意短實如聖旨口正心邪未敢奉詔昔竇融以河西降漢十世封侯臣以山南歸國惟蒙屯監即日擢拜諫議大夫

名長意短口正心邪棄忠貞於鄭國忘信義於吾家

睿宗

戲題畫

嗅出眼何用苦深藏縮却鼻何畏不聞香

歐陽詢

嘲蕭瑀射　宋公蕭瑀不解射九月九日賜射瑀箭俱不著垜詢詠之云云

急風吹緩箭弱手馭強弓欲高飜復下應西還更東十迴俱著地兩手并擎空借問誰爲此乃應是宋公

長孫無忌

與歐陽詢互嘲　無忌見詢姿形廢陋嘲之詢答云云太宗聞之笑曰詢此嘲曾不畏皇后耶無忌皇后兄也

聳膞成山字埋肩不一作畏出頭誰家麟角上畫此一獼猴　無忌

索頭連背暖漫一作椀襠畏肚寒只因心渾渾所以面團團　詢

裴略

爲溫僕射嘲竹　宿衞裴略試判落第詣僕射溫彥博披訴不理略自云能嘲戲彥博因意與語指廳前竹令嘲應聲云云

竹風吹青肅肅凌冬葉不凋經春子不熟虛心未得待國士皮上何須生節目　一作竹冬月不肯凋夏月不肯熟肚裏不能容國士皮外何勞生節目

又嘲屏牆　彥博又令嘲屏牆略云云彥博曰此語似傷博略曰即拔公筋何止傷膊博慚而與官

高下八九尺東西六七步突兀當廳坐幾許遮賢路

省吏

嘲崔左丞　武德中清河崔善爲爲尚書左丞諸曹吏惡其聰察其人短傴嘲之云云高祖勞之曰齊末姦吏歌斛律明月高緯昏不察至滅其家朕雖不德幸免是下令求謗者謗遂止

崔子曲如鉤隨例得封侯膞上全無項胷前別有頭

選人

嘲高士廉木履　士廉掌選有選人自云解嘲謔士廉時著木履令嘲之應聲云云士廉笑而引之

刺鼻何曾嚏蹋面不知嗔高生兩箇齒自謂得勝人

裴玄智

書化度藏院壁　西京化度寺內有無盡藏院施捨日盛開國而下伽藍修理之用一分施天下飢餧一分充舊供無遮之會城中士女有大車載錢帛捨之棄去不知姓名者貞觀中有道士裴玄智者嘗入寺灑埽十年有餘寺中觀其戒行修謹究是修行高人使之守藏一日潛去不還寺衆驚异於玄智寢房內看壁上有詩四句盜去黃金不可知數竟莫知所之矣後武后移藏東都福光寺日久漸耗尋移歸本院至開元九年以所餘散京師諸寺藏遂絕焉

將肉遣狼守置骨向狗頭自非阿羅漢焉能免得偷　首二句一作放羊狼頷下置骨狗前頭

竇昉

嘲許子儒　子儒舊任奉禮郎永徽中造國子學子儒經紀當有階級後不得階竇昉詠之云云

不能專習禮虛心强覓階一年辭爵弁半歲履麻鞋瓦惡頻蒙攏音國牆虛屢被扠映樹便側睡過匱即放乖歲暮良工畢言是越朋儕今日綸言降方知愚計喎口淮切

梁寶

與趙神德互嘲　唐初梁寶好嘲戲因公行至貝州問佐史云此州趙神德甚能嘲令召之寶甚黑神德兩眼俱赤因互嘲寶無以答謝遣之

趙神德天上既無雲閃電何以無準則　寶

向者入門來案後惟見一挺墨　神德

官裏料朱砂半眼供一國　寶

磨公小拇指塗得太社北　神德

釋元康

與講師互謔　元康入京見一法師盛集徒衆講經與申問往返戲詞理更煥然太宗聞之詔入安國寺講　之云云講師亦復之蓋譏康之無生徒也康爲之解

甘桃不結實苦李壓低枝　元康

輪王千箇子巷伯勿孫兒　講師

李榮

詠興善寺佛殿災（京城流俗僧道常爭二教優劣遞相非斥總章中興善寺爲火災所焚尊像蕩盡東明觀道士李榮因詠此榮巴西人也）

道善何曾善言興且不興如來燒赤盡惟有一羣僧

張元一

敘可笑事（元一則天朝爲左司郎中善滑稽時蕃人上封事多加官賞有爲右臺御史者則天問元一在外有何可笑事元一云云胡御史胡元禮也於是蕃人爲御史者尋改他官）

朱前疑著綠逯仁傑著朱閻知微騎馬馬吉甫騎驢將名作姓李千里將姓作名吳栖梧左臺胡御史右臺御史胡

嘲武懿宗（契丹寇幽州武懿宗統兵禦之至邢畏懦而遁懿宗短陋元一嘲云云則天未曉曰懿宗無馬耶元一曰騎豬夾豕也則天大笑懿宗曰此元一宿搆不是卒辭則天曰以韻與之懿宗曰請以菶韻元一應聲云云則天大悅懿宗極有慚色）

長弓短度箭蜀馬臨階騗去賊七百里隈牆獨自戰忽然逢著賊騎豬向南趨

又嘲

裹頭極草草掠鬢不菶菶未見桃花面皮漫作杏子眼孔

詠靜樂縣主（靜樂縣主懿宗妹懿宗短醜武氏最長時號大哥縣主與則天竝馬行命元一詠云云則天大笑縣主極又慚也）

馬帶桃花錦帬銜綠草羅定知幃帽底儀容似大哥

杜易簡

嘲格輔元（格輔元拜監察遷殿中充使次龍門遇盜行裝都盡袒被而坐監察御史杜易簡戲詠之云云）

有恥宿龍門精彩先瞰渾眼瘦呈近店睡響徹遙林埒囊將舊識製被異新婚誰言驄馬使飜作蟄熊蹲

石抱忠（則天時檢校天官郎中）

始平諧詩

平明發始平薄暮至何城庫塲朝雲上晃池夜月明略彴橋頭逢長史櫺星門外揖司兵一羣縣尉驢騾驟數箇參軍鵝鴨行

梁載言

詠傅巖監祠（傅巖嘗在左臺監察中霤而中霤小祠無犧牲之禮比迴悵望曰初以爲大祠乃全疎薄殿中梁載言詠之云云）

聞道監中霤初言是大祠很傍索傳馬偬動出安徽衞司無帝幕供膳乏鮮肥形容消瘦盡空往復空歸

劉行敏

嘲崔生（行敏長安令有崔生飲酒歸犯夜被武候執縛五更初猶未解行敏向朝至街逢之與解縛因詠之云云）

崔生犯夜行武候正嚴更幞頭拳下落高髻掌中擎杖迹胷前出繩文腕後生愁人不惜夜隨意曉參橫

又嘲楊文瓘（武陵公楊文瓘任戶部侍郎以能飲令宴蕃客渾王遂錯與延陀兒宴行敏詠之云云）

武陵敬愛客終宴不知疲遣共渾王飲錯宴延陀兒始被鴻臚識終蒙御史知精神既如此長歎復何爲

嘲李叔慎賀蘭僧伽杜善賢（善賢長安令三人皆黑）

叔慎騎烏馬僧伽把漆弓喚取長安令共獵北山熊

陸子

嘲父（尚書右丞陸餘慶轉洛川長史善論事而謬於判決其子嘲之送案褥下餘慶得而讀之曰必是那狗遂鞭之）

陸餘慶筆頭無力嘴頭硬一朝受辭訟十日判不竟（先是人有嘲陸者云說事則喙長三寸判事則手重五斤）

楊廷玉（則天表姪爲嘉興令貪猥無厭御史康訔推奏斷死赦免）

迴波詞

迴波爾時廷玉打獠取錢未足阿姑婆見作天子傍人不得棖觸

中宗朝優人

迴波詞（御史大夫裴談妻悍妬談畏之如嚴君時韋庶人頗襲武后之風中宗漸畏之內宴互唱迴波詞有優人云云后意色自得以束帛賜之）

迴波爾時栲栳怕婦也是大好外邊祇有裴談內裏無過李老

崔日用

乞金魚詞（日用爲御史中丞賜紫是時佩魚須有特恩因會宴日用撰詞云云中宗以金魚賜之）

臺中鼠子直須諳信足跳梁上壁龕倚飜燈脂汚張五還來齧帶報韓三莫浪語直王相大家必若賜金龜賣却貓兒相報賞

又賜宴自歌（中宗宴日用起舞自歌云云其日以日用兼修文館學士制曰日用書窮萬卷學富三冬日用舞蹈拜謝之云）

東館總是鵷鸞南臺自多杞梓日用讀書萬卷何忍不蒙學士墨制簾下出來微臣眼看喜死

吳人

詠癡（鄭愔曾嘗選人爲癡漢選人曰僕是吳癡漢即是公愔令詠癡吳人云云愔本姓鄭改姓鄭時人號爲鄭鄭）

榆兒復榆婦造屋兼造車十七八九夜還書復借書

封抱一

歇後（抱一任櫟陽尉有客過之既短又患眼及鼻塞用千字文語嘲之）

面作天地玄鼻有雁門紫既無左達承何勞罔談彼（一說人有患側眼及鼻齆者互嘲一云眼能日月盈爲有陳根委一云不別似蘭斯都由雁門紫）

麴崇裕

送司功入京（崇裕爲冀州參軍嘗有司功入京以詩送之云云司功曰大才士先生其誰曰吳兒博士教此聲韻司功曰師明弟子哲）

崇裕有幸會得遇明流行司士向京去曠野哭聲哀

權龍褒（中宗時爲瀛州刺史）

嶺南歸後獻詩

龍褒有何罪天恩放嶺南敕知無罪過追來與將軍（龍褒初以親累遠貶泊歸獻此一云無事向容山今日向東都陛下敕追來令作右金吾）

初到滄州呈州官

遙看滄海城楊柳鬱青青中央一羣漢聚坐打杯觥（州官見此詩謂曰公有逸才褒曰不敢趁韻而已）

秋日述懷

檐前飛七百雪白後園彊飽食房裏側家糞集野蜋（時有參軍不曉其義請釋之褒曰鷂子檐前飛直七百文洗衫挂後園乾白如雪飽食房中側臥家裏便轉集得野澤蜣蜋也）

喜雨

暗去也沒雨明來也沒雲日頭赫赤出地上綠氤氳

皇太子夏日賜宴詩

嚴霜白浩浩明月赤團團（太子援筆爲讚曰龍褒才子秦州人士明月晝耀嚴霜夏起如此詩章趁韻而已）

崔泰之

哭李嶠詩

臺閣神仙地衣冠君子鄉昨朝猶對坐今日忽云亡魂隨司命鬼魄逐見閻王此時罷歡笑無復向朝堂

蘇頲

詠尹字（頲幼年有京兆尹過父瓌命詠尹字）

丑雖有足甲不全身見君無口知伊少人

張敬忠

詠王主敬（武德貞觀以來尚書郎吏兵部爲前行最爲要劇考功員外掌試貢舉人郎之最望者司門都比屯田虞水膳部主客皆在後行閑簡先天中王主敬爲侍御史自以才望清雅當入省常望前行忽除膳部員外郎微有悵惋吏部郎中張敬忠戲詠云云）

膳部在省中最東北隅故有此句

有意嫌兵部專心望考功誰知脚跛蹬却落省牆東

韋鏗

嘲邵景蕭嵩 邵景擢第遷至右臺監察考功員外時神武即位景與殿中御史蕭嵩韋鏗俱升殿行事制出景嵩俱授朝散大夫而鏗無命景嵩皆類胡景鼻高而嵩鬚多同時服朱紱對立於庭鏗獨簾下竊窺而詠云云

一雙胡子著緋袍一箇鬚多一鼻高相對廳前捺且去聲
立自慚身品世間毛

邵景

嘲韋鏗 他日睿宗御承天門百僚備列鏗忽風眩而倒鏗肥而短景詠之云云

飄風忽起團團旋倒地還如著脚鎚莫怪殿上空行事
却爲元非五品才

李休烈

詠毀天樞 長壽三年則天徵天下銅五十餘萬斤鐵一百三十餘萬斤于定鼎門內鑄八稜銅柱高九十尺徑一丈二尺題曰大周萬國述德天樞紀革命之功下置鐵山銅龍負載獅子麒麟圍繞上有雲蓋施盤龍以托珠高一丈圍三丈金彩熒煌光侔日月開元中詔毀天樞發卒銷鑠彌月不盡休烈爲洛陽尉賦詩以詠之先是有訛言云一條麻線挽天樞言其不經久也故休烈詩及之士庶莫不諷詠

天門街上倒天樞火急先須卸火珠計合一條麻線挽
何勞兩縣索人夫

石惠泰 岐王府參軍

與李全交詩 全交監察御史

御史非常任參軍不久居待君還轉後此職還到余

黃幡綽 伶人

嘲劉文樹 安西牙將劉文樹口辯善奏對明皇每嘉之文樹髭生頷下貌類猴上令黃幡綽嘲之文樹切惡猿猴之號乃密賂幡綽不言猢猻許而進嘲云云上知其遺賂大笑

可憐好箇劉文樹髭鬚共頰頤別住文樹面孔不似猢
猻猢猻面孔強似文樹

祖詠

尚書省門吟 開元中進士唱第尚書省落第者至省門散去詠吟云云

落去他兩兩三三戴帽子日暮祖侯吟一聲長安竹柏
皆枯死

王昌齡

上馬當山神 開元中昌齡自吳抵京舟行至馬當山先有禱神偏屬風便不能駐命使齎獻於廟及草履致於夫人題詩云云當市草履時兼市金錯刀一副貯履內忘取之并將往行數里忽有赤鯉魚長三尺躍入舟中剖腹得刀焉

青驄一匹崑崙牽奏上大王不取錢直爲猛風波滾驟
莫怪昌齡不下船

張懷慶

竊李義府詩 棗強尉張懷慶好偷竊名士文章李義府嘗賦詩云鏤月爲歌扇裁雲作舞衣自憐迴雪影好取洛川歸懷慶乃爲詩云云

生情鏤月爲歌扇出性裁雲作舞衣照鏡自憐迴雪影
來時好取洛川歸 時人因爲懷慶語云活剝王昌齡生吞郭正一

賀知章

荅朝士 朝士以知章吳越人戲云南金復生中土知章賦詩云云

鈒鏤銀盤盛蛤蜊鏡湖蓴菜亂如絲鄉曲近來佳此味
遮渠不道是吳兒

顧況

和知章詩

鈒鏤銀盤盛炒鰕鏡湖蓴菜亂如麻漢兒女嫁吳兒婦
吳兒盡是漢兒爺

續茅山秀才吟 顧著作在茅山有一秀才行吟得句久不得屬顧云云秀才以其無禮審知是況慙惕而退

駐馬上山阿茅山秀才 風來屎氣多況

史思明

櫻桃子詩 思明在東都遇櫻桃熟其子在河北寄之因作詩同去詩成衆皆贊美之曰此詩大佳若押作一半周至一半懷王即與黃字聲勢稍穩思明大怒曰我兒豈可居周至之下

櫻桃子半赤半已黃一半與懷王一半與周至 至當作贄思明僭號以子朝義爲懷王周贄爲相

高亭 一作雲

譏元載詩 上元間既平劉展租庸使元載以吳越雖兵荒後民產猶給乃召豪吏分宰列邑重斂之時人謂之白著言其役斂無名所著者皆公然明白無所嫌避一云世人謂酒酣爲白著既爲剝薄之役不堪其弊則必顛沛酩酊如醉者之著也渤海高亭有詩云云

上元官吏務剝削江淮之人皆白著

賀遂涉

嘲趙謙光 唐省中諸郎中不自員外郎拜者謂之土山頭果毅言不歷清資便拜崇品有似長征兵士便授邊遠果毅也時謙光自彭州司馬入爲大理正遷戶部郎中

員外由來美郎中望亦優寧知粉署裏翻作土山頭

趙謙光

荅賀遂涉 時遂涉爲戶部員外謙光荅此

錦帳隨情設金爐任意熏唯愁員外置不應列星文

孔顒

上浙東孟尚書 浙東孟簡尚書六衙按覆囚徒其間一人自曰魯人孔顒獻詩啓云偶尋長街柳陰吟詠忽被虞候拘縶數日責以罪名敢露血誠伏請申雪孟公立以賓客待之批其狀曰辟陟不知典教豈辨賢良驅遣健徒憑陵國士殊無畏憚輒恣威權羸成刺許之實何异吠堯之犬然以久施公効尚息杖刑退補散將外鎮收管

有箇將軍不得名唯教健卒喝書生尚書近日清如鏡
天子官街不許行

呂溫

嘲柳州柳子厚

柳州柳刺史種柳柳江邊柳管依然在千秋柳拂天

嘲黔南觀察南卓 一云卓故人倣呂溫作

終南南太守南郡在雲南閑向南亭醉南風變俗談 卓在黔南大更風俗凡是溪塢呼吸文字皆同秦漢之音故云

張祜

戲簡朱壇詩 祜客於丹徒有朱壇者輕侻侮慢祜之篇詠後壇與祜卷欲其潤飾之祜乃戲簡二十字欣而不悟厚爲餞別焉

昔人有玉盌擊之千里鳴今日覩斯文盌有當時聲

戲顏郎官騎獵詩 溫州顏郎中儒士也不知弧矢之能張祜觀其騎獵馬上以詩戲之

忽聞射獵出軍城人著戎衣馬帶纓倒把角弓呈一箭
滿山狐兔當頭行

朱沖和

嘲張祜

白在東都元已薨蘭臺鳳閣少人登冬瓜堰下逢張祜

牛屎堆邊說我能

崔涯

嘲妓 涯久游維揚有詩名每題詩倡肆立時傳誦聲價因之增減無不畏之

雖得蘇方木猶貪玳瑁皮懷胎十箇月生下崐崘兒

布袍披襖火燒氈紙補箜篌麻接弦更著一雙皮屐子

紇梯紇榻出門前

嘲李端端

黃昏不語不知行鼻似煙窗耳似鐺獨把象牙梳插鬢

崐崘山上月初明

覓得黃騮鞁繡鞍善和坊裏取端端揚州近日渾成差

一朶能行白牡丹 端端得前詩憂之候涯使院飲回道傍再拜曰端端祇候紫郎伏望哀之乃重贈此飾之於是豪富之士復臻其門

李宣古

詠崔雲娘 澧州宴酒糾崔雲娘貌瘦瘠每戲調舉罰衆賓兼恃歌聲自以爲郢人之妙李宣古當筵一詠遂至箝口

何事最堪悲雲娘只首奇瘦拳拋令急長嘯出歌遲只

見一作怕肩侵鬢唯憂骨透皮不須當户立頭上有鍾馗只首兩頭也蛇

杜牧

嘲妓 牧罷宣州幕經陝有酒糾妓肥碩牧贈此詩 一作崔立言詩

盤古當時有遠孫尚令今日逞家門一車白土將泥項

十幅紅旗補破裩瓦官寺裏逢行跡寺有大佛跡華嶽山前見

掌痕不須惆悵憂難嫁待與將書問樂坤

盧肇

嘲游使君 夔州游使符邀客看花而不飲至今荊襄花下斟茶者吟此戲焉

白帝城頭二月時忍教清醒看花枝莫言世上無袁許

客子由來是相師

韋蟾

嘲李瑒題名 蟾爲左丞至長樂驛見李瑒給事題名走筆書其側云云

渭水秦山照眼明希仁何事寡詩情只因學得虞姬壻

書字纔能記姓名

嚴震

聞鹿鳴互謔 震梓州鹽亭縣人所居枕釜戴山但有鹿鳴即嚴氏子一人必殞一日聞鹿鳴有中表在坐相謔云云不日嚴氏子一人果亡

釜戴山中鹿又鳴中表此際多應到表兄震表兄不是嚴

家子合是三兄與四兄中表

章孝標

及第後寄李紳

及第全勝十政官金鞍鍍了出長安馬頭漸入揚州郭

爲報時人洗眼看

李紳

答章孝標

假金只用眞金鍍若是眞金不鍍金十載長安得一第

何須空腹用高心

楊汝士

戲柳棠 棠東川人才思優贍應進士舉擢第後參越巂軍事楊汝士鎮東川棠在席一巨魚飲之棠不即飲汝士以詩戲之

文章漫道能吞鳳杯酒何曾解喫魚今日梓州張社會

應須遭這老尚書

柳棠

答楊尚書

未向燕臺逢厚禮幸因社會接餘歡一魚喫了終無媿

鯤化爲鵬也不難

又忤楊尚書詩 棠每於東川席上狂縱日甚以詩忤楊公云云公怒爲書讓其座主高鍇侍郎曰柳棠者兇悖冒傲識者惡之扠過仲容才非犬子膺門之貴豈宜有此生二公以書往返詰難棠不任其憂楊靖安李相宗閔也楊之中外昆弟

莫言名位未相儔風月何曾阻獻酬前輩不須輕後輩

靖安今日在衡州

朱澤

嘲郭凝素 王軒嘗泊舟苧蘿山題浣紗石詩感西施見形與歡會蕭山郭凝素聞軒之遇每過浣紗溪口日夕長吟屢題詩於石寂爾無人進士朱澤嘲之凝素內恥無復斯遊

三春桃李本無言苦被殘陽鳥雀喧借問東鄰效西子

何如郭素擬王軒

鄭光業

紀中表試案 光業中表間有同入試者時舉子率以白紙糊案子光業潛紀之云云

新糊案子其白如銀入試出試千春萬春

鄭愚

醉題廣州使院

數年百姓受飢荒太守貪殘似虎狼今日海隅魚米賤

大須慙媿石榴黃

擬權龍褒體贈鄠縣李令及寄朝右李令因之休官

鄠縣李長官橫琴膝上弄不聞有政聲但見手子動

鄭仁表

題滄浪峽牓 仁表經過滄浪峽憩於長亭驛吏堅進一板仁表走筆云云

分峽東西路正長行人名利火然湯路傍著板滄浪峽

眞是將閑攪撩忙

胡曾

戲妻族語不正

呼十却爲石喚鍼將作眞忽然雲雨至總道是天因

李昌符

婢僕詩 咸通中進士李昌符有詩名久不登第常歲卷軸怠於裝修因出一奇乃作婢僕詩五十首於公卿間行之諸篇皆中婢僕之諱浹旬京城盛傳是年登第

春娘愛上酒家樓不怕歸遲總不憂推道那家娘子卧

且留教住待梳頭

不論秋菊與春花箇箇能噇空腹茶無事莫教頻入庫

一名閑物要些些

孫子多

嘲鄭傪妓 鄭傪出妓宴趙紳而舞者年老伶人孫子多獻口號云云

相公經文復經武常侍好今兼好古昔人曾聞阿武婆

今日親見阿婆舞

薛能

嘲趙璘 璘儀質瓌陋成名後爲婿能爲儐相爲詩嘲謔

巡關每傍摴蒲局望月還登乞巧樓第一莫教嬌太過

緣人衣帶上人頭

不知原在鞍轎裏將謂空馱席帽歸

火爐牀上平身立便與夫人作鏡臺

口號 許帥薛能方貴時秦宗權爲之吏嘗坐法笞背辭口唱云云乃命決後宗權起兵首捕薛令舉前詩續之云云遂害能

素脊鳴秋杖烏鞾響暮廳能刃飛三尺雪白日落文星宗權

皮日休

嘲歸仁紹龜詩 日休謁仁紹數往不得見因作詠龜詩云

硬骨殘形知幾秋，屍骸終是不風流。頑皮死後鑽須徧，都爲平生不出頭。

詠螃蟹呈浙西從事

未遊滄海早知名，有骨還從肉上生。莫道無心畏雷電，海龍王處也横行。

鄭綮

題中書辟 綮爲相同列以爲忝竊每訕侮之乃題詩於中書壁云云

側坡蛆蜫蛐蟻子，競來拖一朝白雨中，無鈍無嘍囉。

別盧州郡人 綮累官左司郎中家貧求郡爲盧州刺史黃巢掠淮南移檄請無犯州境巢笑爲斂兵滿日有羸錢千緡寄州庫後他盜至終不犯鄭使君錢及楊行密爲刺史送還之綮將去有別郡人詩云云

唯有兩行公廨淚，一時灑向渡頭風。

徐彥若

戲答成汭 荊南成汭盜據渚宮尋即貢命宰相徐彥若出鎮番禺路由渚宮汭以嶺外黃茅瘴患者髮落戲曰黃茅瘴望相公保重徐答以此蓋譏汭嘗爲僧也汭終席恥之

南海黃茅瘴，不死成和尚。

崔立言

醉中謔浙江廉使

山夫留意向丹梯，連帥邀來出藥畦。常見浙東誇鏡水，鏡湖元在浙江西。

韋鵬翼

戲題盱眙邵明府辟

豈肎閑尋竹徑行，却嫌絲管好蛙聲。自從煮鶴燒琴後，背却青山卧月明。

姚嶸

題大梁臨汴驛

近日侯門不重才，莫將文藝擬爲媒。相逢若要如膠漆，不是紅妝即撥灰。

李日新

題仙娥驛

商山食店大悠悠，陳鶡餛鑼古餕頭。更有臺中牛肉炙，尚盤數臠紫光毬。

柳逢

嘲染家 莆田縣有染家家富因醉毆兄至高標十木既歸鄉親爲會有秀才柳逢旅遊擬席主人不樂柳生怒而題壁染人遂與束帛贖其詩

紫綠終朝染，因何不識非。莆田竹木貴，背負十柴歸。

黎瓘

贈漳州崔使君鄉飲翻韻詩 布衣黎瓘者南海狂生也游於漳州頻於席上喧酗鄉飲之日諸賓悉赴客司獨不召瓘瓘作翻韻詩贈崔使君坐中皆大笑崔使君召馳騎迎之

慣向溪邊折柳楊，因循行客到州漳。無端觸忤王衙押，不得今朝看飲鄉。

張保肎

示妓牓子 嶺南樂營子女席上戲賓客量情三木時保肎在幕府掌書記乃書牓子示諸妓云云

綠羅帬下標三棒，紅粉顋邊淚兩行。叉手向前咨大使，這迴不敢惱兒郎。

又留別同院 時謂張書記文彩縱橫比之何遜人材瓌偉有似明皇及罷府北歸留詩戲諸同院聞者莫不大咍

憶昔當年富貴時，如今頭腦尚依稀。布袍破後思宮内，錦袴穿時憶御衣。鸜子背鑽高力士，嬋娟翻畫太眞妃。如今顒頷離南海，恰似當時幸蜀時。

陸巖夢

桂州筵上贈胡子女

自道風流不可攀，却堪蹙額更頹顏。眼睛深却湘江水，鼻孔高於華岳山。舞態固難居掌上，歌聲應不繞梁間。孟陽死後欲千載，猶在佳人覓往還。

李都

戲答朝士 都爲荊南從事時有朝士寓書書蹤甚惡李戲答此

華緘千里到荊門，章草縱横任意論。應笑鍾張虛用力，却教羲獻枉勞魂。惟堪愛惜爲珍寶，不敢傳留誤子孫。深荷故人相厚處，天行時氣許教吞。

荊人

嘲僧惟恭 荊州僧惟恭常事酒博暇則誦經祈生安養同寺靈歸跡頗類之荊人嘲之云云後恭感西方十人來迎出蓮花放異光而逝歸亦悟改行爲高德云

靈歸作盡業，惟恭繼其跡。地獄千萬重，莫厭排頭入。

馮道幕客

題酒户修孔廟狀 道鎮南陽郡中宣聖廟壞有酒户十餘輩投狀乞修道未及判有幕客題狀後云云道遽罷其請出己俸重修

槐影參差覆杏壇，儒門子弟盡高官。却教酒户重脩廟，覓我慚惶也不難。

李花開

孔廟口號 李相穀嘗爲陳州防禦使謁夫子廟見像在破屋中歎息久之伶人李花開遽進獻口號穀遽出俸修之

破落三間屋，蕭條一旅人。不知負何事，生死厄於陳。

馮暉

答妻 暉與周太祖相善微時與太祖就一道士雕刺以臍作瓮中作雁數隻太祖項上作雀及穀戒曰爾曹自愛雀銜穀雁出瓮是爾曹通顯時也後太祖登位暉秉旄所刺皆驗先是暉貧遇寒食妻詈曰節到也如何辦得暉捫腹云云

休說辦不辦，且看瓮裏飛出雁。

李濤

題僧院 濤性滑稽布衣之時往來京洛間泥水關有不動尊院中有僧不出院十餘載每過必省之未幾寺焚僧散再過之但有門扉而已因題詩云云

走却坐禪客，移將不動尊。世間顛倒事，八萬四千門。

楊苧蘿

詠垂絲蜘蛛嘲雲辨僧 洛陽歌婦楊苧蘿聰慧有才思楊凝式甚憐之時有講經僧雲辨在座忽簷前蜘蛛垂絲而下正對苧蘿與僧前楊笑謂苧蘿試嘲得著師奉絹五匹苧蘿應聲成辭體充肚大故云楊見詩絕倒大叫和尚將絹來辨慙且笑奉之如數

喫得肚嬰撐，尋思繞寺行。空中設羅網，只待殺衆生。

馮涓

自嘲絕句 涓蜀城析骸之際幾至殆殍投糴米家活有絕句云

取水郎中何日了，破柴員外幾時休。早知蜀地區娵與 乃訓如此與也，悔不長安大比丘 即妝足大坐也。

盧延讓

哭亡將詩

自是硇砂發，非干駮石傷。牒高身上職，盌大背邊創。

蔣貽恭

詠王給事 偽蜀給事王允光短小貽恭嘲之云云有刑院杖直官張進嘗誦之允光以事奏寘極法後見進索命死

厥父元非道郡奴，允光何事太侏儒。可中與箇皮裩著，擎得天王左脚無。

詠金剛

揚眉斗目惡精神，捏合將來恰似眞。剛被時流借拳勢，不知身自是泥人。

詠傴背子

出得門來背拄天同行難可與差肩若教倚向閑牕下
恰似箜篌不著弦

詠安仁宰擣蒜

安仁縣令好誅求百姓脂膏滿面流半破磁缸成醋酒
死牛腸肚作饅頭帳生歲取餐三頓鄉老盤庚犯五甌
半醉半醒齊出縣共傷塗炭不勝愁

五門街望有題

我皇開國十餘年一輩超升炙手歡閑向五門樓下望
衙官騎馬使衙官

謝郎中惠茶

三斤綠茗賜貽恭一種頒霑事不同想料腸懷無答處
披毛戴角謝郎中

詠蝦蟇

坐臥兼行總一般向人努眼太無端欲知自已形骸小
試就蹄涔照影看

住名山日陳情上府主高太保

名山主簿實堪愁難畝他家大骨頭米納功南錢納府
祇看江面水東流

李貞白

詠刺蝟

行似鍼氊動臥若栗毬圓莫欺如此大誰敢便行拳

謁貴公子不禮書格子屏風

道格何曾格言糊又不糊渾身總是眼還解識人無

詠月

當塗當塗見蕪湖蕪湖見八月十五夜一似沒柄扇

詠狗蚤

與蝨都來不較多擽挑筋斗太嘍囉忽然管著一籃子
有甚心情那你何

詠罌粟子

倒排雙陸子希插碧牙籌既似犧牛乳又如鈴馬兜鼓
提并瀑箭直是有來由

詠蟹建帥陳誨之子德誠嚴管沿江水軍入掌禁衞頗患拘束方宴客貞白在坐食蟹德誠顧貞白曰請詠之貞白云云衆客皆笑

蟬眼龜形脚似蛛未曾正面向人趨如今飣在盤筵上
得似江湖亂走無

鄖城令

示女詩陳瓌太師任西川有愛姬徐氏鄖城令之女也令欲求彭牧以紅絹數尺作二十八字遣其妻私示其女云云人皆鄙之

深宮富貴事風流莫忘生身老骨頭因與太師歡笑處
爲吾方便覓彭州

李令

寄女渚宮有李令者本狡猾之徒也強爲篇章干謁時貴有歸詳事任江陵鹺院常懷卿士之心令累求救貸皆允諾又云某欲壽親湖外輒假舍安家族歸君亦敏諾之李且乘舟而去不二旬其妻遣僕使告句餘糧主人拯其乏經李忽寄書於歸情況款密且異尋常書中有贈家室等詩一首意欲紐織歸君歸快恨不能明與牽武陵渠江之務以糊其口焉

有人教我向衡陽一度思歸欲斷腸爲報豔妻兼少女
與吾覓取朗州場

太守失其姓名

諷劉炎索賄詩貪聲太守行邑有覬覦意旣行以詩諷之云云

未到桃源時長憶出家景及到桃源了還似鑑中影

劉炎

被按自悔詩炎不悟太守意空以詩和後因民訴按以法炎爲詩云云

早知太守如狼虎獵取膏粱以啗之

全唐詩　諧謔

甘洽

與王仙客互嘲二人相友善互以姓相嘲

王計爾應姓田爲你面撥獺抽却你兩邊洽甘計爾應
姓丹爲你頭不曲迴脚向上安仙客

閻敬愛

題濠州高塘館敬愛爲御史過宿處

借問襄王安在哉山川此地勝陽臺今宵寓宿高塘館
神女何曾入夢來

李和風

題敬愛詩後初閻爲高塘館詩輶軒往來莫不吟諷以爲警絕自和風題後人更解頤

高唐不是這高塘淮畔荊南各異方若向此中求薦枕
參差笑殺楚襄王

歸氏子

荅日休皮字詩時仁紹諸子修係伺日休復至乃於刺字皮姓之下題詩授之

八片尖裁浪作毬火中燖了水中揉一包閑氣如長在
惹踢招拳卒未休

張曾封

譏池亳二州賓佐兼寄宣武軍掌書記李晝池州杜少府慥亳州韋中丞仕符二君皆以長年精求釋道樂營子女厚給衣糧任其外住若有宴飲方一召來柳際花間任爲娛樂譙中舉子張曾封爲詩譏其賓佐兼寄李詩

杜叟學仙輕蕙質韋公事佛畏青娥樂營却是閑人管
兩地風情日漸多

李晝

戲酬張曾封

秋浦亞卿顏叔子譙都中憲老桑門如今柳巷通車馬
唯恐他時立棘垣

楊鸞

即事

白日蒼蠅滿飣盤夜間蚊子又成團每到更深人靜後
定來頭上咬楊鸞

座客

嘲周顓顓一作頵顓舉學不中第旅游浙西從事遊飲昧於章程座中皆戲之有贈詩云云

龍津掉尾十年勞聲價當時鬬月高惟有紅妝回舞手
似持霜刀向猨猱

周顓

和座客

十載文場敢憚勞宋都回鷁爲風高今朝甘被花枝笑
任道尊前愛縛猱

張鷟

荅或人司門員外張鷟工俳諧時大將軍黑齒常之將出征或人勉之曰公官卑何不從行鷟荅之云云

寧可且將朱脣飲酒誰能逐你黑齒常之

施肩吾

嘲崔嘏肩吾與嘏元和十五年同第嘏舊失一目以珠代之施嘲之云云

二十九人及第五十七眼看花

蘇芸

嶺南詩句（嶺表多假吏里巷目爲使君而貧窶徒行者甚衆元和中進士蘇芸南北淹游嘗有詩云云）

郭裏多榕樹街中足使君

包賀

諧詩逸句

霧是山巾子船爲水靸鞋

櫂摇船掠鬢風動水槌胷

苦竹筍抽青橛子石榴樹挂小缾兒

蔡押衙

題洞庭湖（洞庭湖詩許棠題後無繼者詩僧齊己駐錫巴陵欲吟一詩竟未得意有都押衙蔡姓者戲謂己公曰題洞庭者某詩絶矣諸人幸勿措詞己公堅請之押衙抑揚朗吟云云）

可憐洞庭湖恰到三冬無髭鬚（湘江北流至岳陽達蜀江夏潦後蜀江漲勢高遏住湘波讓而退溢爲洞庭湖闊數百里秋水歸壑湖底漸出惟一條湘川而已此言其不成湖也）

温庭筠

戲令狐相（令狐綯爲相以姓氏少族人有投者不恡其力由是遠近皆趨之至有姓胡冒令者故庭筠戲之云云）

自從元老登庸後天下諸胡悉帶鈴

顧雲

與羅隱互譃（隱與雲同謁淮南相公高駢高以雲爲人雅律遂留雲而遠隱隱欲歸武陵與賓幕酌餞於鄭亭子盛暑青蠅入坐高公命扇驅之雲即以譃隱隱顧見白澤圖釘在門扇應聲荅之乃以譏雲之獨留不能去也）

青蠅被扇扇離席（雲）白澤遭釘釘在門（隱）

孫光憲

引自落便宜句

窗下有時留客宿室中無事伴僧眠

商則

嘲麋丘令丞（商則任麋丘尉性廉縣令丞多貪因宴會舞令丞皆動手尉則回身而已令問其故則曰長官動手贊府亦動手惟有一箇更動手百姓何容活耶人皆大笑）

令丞俱動手縣尉止回身

羅穎

題漢祖廟（穎南昌人應舉下第道經漢祖廟題此少頃輒自免冠鞠伏廟庭口陳自咎之言掖而去數日卒）

項羽英雄猶不懼（一作嫚侮羣豪誇大度）可憐容得辟陽侯

陳嶠

自賦催妝詩（嶠暮年僅獲一名還閩近八十以身後無依强娶儒家女合巹之夕文士悉賦催妝詩咸有生荑之諷嶠亦自成一章其末云）

彭祖尚聞年八百陳郎猶是小孩兒

何承裕

戲爲舉子對句（承裕曲江人天福末舉進士有逸才而善譃知商州一舉人投卷有日暮猨啼旅思悽之句遽曰足下此句甚佳但上句對屬未稱奉爲改之因云云舉人大慙而去）

曉來犬吠張三婦日暮猨啼呂四妻

李濤

荅弟婦歇後語（濤弟澣娶竇尚書女年甲已高出參濤望塵下拜曰只將謂親家母又作歇後語云云聞者莫不絶倒）

慙無竇建媿作梁山

程紫霄

與釋惠江互譃（左街僧録惠江威儀程紫霄俱辯捷每相䜣誚）

僧録琵琶腿（程）先生觱栗頭（江）江素充肥程紫霄

僧法軌

與李榮互譃（法軌形容短小開講時李榮與論議往復數番軌有舊作詩詠榮於高座上誦之未及得道下句榮應聲接云云四座伏其辨捷）

姓李應須禮言榮又不榮（法軌）身長三尺半頭毛猶未生（李榮）

全唐詩　諧謔

無名氏

廣州三樵歌（曲江令朱隨侯張翰目爲幢亂士泉女夫李逖遊客爾朱九並姿相少媸廣州人號爲三樵人歌之云云）

奉敕追三樵隨侯傍道走迴頭語李郎喚取爾朱九

三御史詠（元福慶拜右臺監察與韋虚名任正名敗事軒昂殿中監察評之詠曰）

韋子凝而窒任生直且狂可憐元福慶也學坐凝牀

臺中裏行詠（開元中置裏行無員數或有御史裏行侍御史裏行殿中裏行監察裏行以未爲正官臺中詠之云云任端即侍御史任正名也）

柱下雖爲史臺中未是官何時聞必也早晚見任端

譏裴休（休性慕禪林兒女多名師女僧兒李德裕性好玄門修彭祖房中之術時人譏之）

趙氏兒皆尼氏女師翁兒即晉公兒却教術士難推算

嘲四相（宣宗時曹確楊收徐商崔巖同秉政）

胎月分張與阿誰

確確無餘事錢財總被收商人都不管貨賂幾時休

放牓詩（太和八年放牓進士多貧士）

乞兒還有大通年三十三人椀杖全薛庶準前騎瘦馬范酇依舊蓋番氈

改魏扶詩（大中初魏扶知禮闈入貢院題詩云梧桐葉落滿庭陰鎖閉朱門試院深曾是昔年辛苦地不將今日負前心及牓出無名子削爲五言詩以譏之）

葉落滿庭陰朱門試院深昔年辛苦地今日負前心

嘲舉子騎驢（咸通中以進士車服僭差不許乘馬時場中不減千人雖勢可熱手亦皆騎驢或嘲之云云）

今年敕下盡騎驢短軸長鞦（一作紫軸緋幨）滿九衢清瘦兒郎猶自可就中愁殺鄭昌圖（昌圖魁偉甚故有此句）

嘲崔垂休（垂休變化年感妓人王小潤贊甚厚嘗題記於小潤髀上爲山所見贈詩云云爲山名就字褒求失其姓）

慈恩墖下親泥壁滑膩光華玉不如何事博陵崔四十金陵腿上逞歐書

嘲主司崔瀋（主試以至仁伐不仁爲賦題時黄巢方熾無名子嘲之）

主司何事厭吾王解把黄巢比武王

朝士戲任轂（轂有經學居懷谷望徵命而蒲輪不至自入京師訪問知已有朝士戲贈詩云云後至補衮）

雲林應訝鶴書遲自入京來探事宜從此見山須合眼被山相賺已多時

題房曾題名後（敬愛寺山亭院畫有雉尾若眞砂子上有進士房曾題名處後有人題詩云云）

姚家新壻是房郎未解芳顔意欲狂見説正調穿羽箭

莫教射破寺家牆

洛陽人嘲跋異 劉道醇五代名畫記云：異汧陽人，善畫佛像。梁龍德中，洛陽廣愛寺僧邀之畫三門兩壁。時有張將軍圖者，善丹青，異方用朽，圖長揖而進，搦筆倏忽而成右堵，異觀跡驚讓，聽其成之。洛陽人因爲諺嘲異

赫赫洛下唯說異畫張氏出頭跋異無價

又嘲 後福先寺請異畫大殿護法善神，有滑臺人李羅漢來與角畫，異恐如張圖，讓西壁與之，自竭思成一神像，平生所未能，李見之媿甚，自縊死。時人復嘲之云云

李生來跋君怕不意今日却增價不畫羅漢畫駝馬

蜀選人嘲韓昭 蜀王衍時，韓昭爲吏部侍郎，受賂徇私，選人詣鼓院訴之，幷有此嘲。衍召問昭，昭曰：此皆太后、太妃、國舅之親，非臣之親。衍默然

嘉眉邛蜀侍郎骨肉導江青城侍郎情親果閬二州侍郎自留巴蓬集壁侍郎不識

嘲傴僂人 有人患腰曲傴僂，常低頭而行，傍人詠之

拄杖欲似乃播笏還似及逆風盪雨行面乾頂額溼著衣牀上坐肚緩脊皮急城門爾許高故自匍匐入

曲中唱語

張公喫酒李公顛盛六生兒鄭九憐舍下雄雞傷一德南頭小鳳納三千 南曲張住住，少與鄰兒龐佛奴訂結髮之約。及笄，里南陳小鳳權聘求其元，住住先期梯就佛奴，以遂平生。後令佛奴髡雞冠取丹物誑小鳳，小鳳得之，獻三緡於張氏。時北曲有王小福者，鄭九郎主之，而私於曲中盛六子，及誕一子，鄭撫之甚厚。曲中因有此唱

改唱

張公喫酒李公顛盛六生兒鄭九憐舍下雄雞失一足街頭小福拉三拳 小鳳微聞前唱，疑之。是日佛奴家雄雞偶被鬭傷足，疑街頭田小福所傷，遂毆之。住住素有口，聞之，向小鳳曰：街頭以此事唱舍下雄雞失一足，街頭小福拉三拳，且雄雞失德，是何謂也？故嗤弄小鳳，小鳳甚不自足，然亦不喻

街中又唱 住住以前言告佛奴，佛奴因以生絲纏雞足，置街中，召羣小兒依住住言共變其唱。小鳳出街中，見雞跛，又聞改唱，深恨向來誤聽，復之張舍歡宴，至旦將歸，街中又唱云云。小鳳聞此唱，遂不復詣住住，住住後終歸佛奴也

莫將龐大作荍錦葵花也，音翹團龐大皮中的不乾不怕鳳皇當額打更將雞脚用筋纏

吹火詩 有靚鄰人夫婦相和諧者，夫自外歸，見婦吹火，贈詩，其妻亦候夫歸，告之曰：君豈不能學也？夫曰：彼詩何語？乃誦之。夫曰：君當吹火，爲別製之。妻效吹，夫亦效之爲詩焉

吹火朱脣動添薪玉腕斜遙看煙裏面大似霧中花 鄰人

吹火青脣動添薪黑腕斜遙看煙裏面恰似鳩盤荼 效作

劉黑闥解嘲人語 劉黑闥據相洺日，嘗訪得解嘲人，有水惡鳥飛過，令嘲之，又令嘲駱駝，大悅，賜絹五十匹。此人置左膊，負出未至門，倒臥不起。黑闥令問何意，答云：爲是偏擔。更命五十屯絲，置右膊將去

水惡頭如鐮杓尾如鑿河裏搦魚無僻錯 嘲水惡鳥

駱駝項曲綠蹄被他負物多 嘲駱駝

村人學解嘲人語 前人受賜出村路，逢一人問何處得此絲絹，具說之，大喜而歸，語其婦：我朝日定得絲絹。及曉詣黑闥門，言極善解嘲，黑闥引入，有獼猴在庭，令嘲之，即云：獼猴頭如鐮杓尾如鑿河裏搦魚無僻錯。黑闥已怪，猶未之責，又一鵄飛度，復令嘲之，又云：老鵄項曲綠蹄被他負物多。於是大怒，令割二耳，走出至庭，又即倒地，令問之，曰：偏擔。復令割一耳，還家，婦迎問絲絹何在，答曰

絲絹割兩耳只有面

嘲劉師老 貞元中，韋渠牟爲大府卿，與金吾李齊運皆承恩寵，薦人多得名位。時劉師老、穆寂皆應科目，渠牟主穆寂，齊運主師老。會齊運朝對，上嗟其羸弱，許以致仕，而師老失據，無名子嘲之云云。劉禹錫曰：名場嶮巇如此

大府朝天升穆老尚書倒地落劉郎

嘲鄭薰 薰主文，舉人中有顏標者，誤謂魯公之後。時徐方未寧，志在激忠烈，即以標爲狀元。及謝恩日，從容問及廟院，標曰：標寒進也，未嘗有廟院。薰始大悟，塞默而已。無名子嘲之云云

主司頭腦大冬烘錯認顏標作魯公

嘲蔣蟠 光啓中，蔣蟠以丹砂授韋中令，時吳人張鵠有文而貧，或爲嘲語云云

張鵠只消千駄絹蔣蟠惟用一丸丹

注苗張二進士題名 苗台符六歲能屬文，十六及第；張讀亦幼擅詞賦，十八及第，同年進士，又同佐鄭薰宣州幕。二人常列題於西明寺東廊，或竊注之云云。台符十七不祿，讀位至禮部侍郎

一雙前進士兩箇阿孩兒

袁州人譏彭伉 彭伉、湛賁俱袁州人，伉妻，湛姨也。伉舉進士及第，湛猶爲縣吏，妻族爲伉置賀宴，伉居席之右，一坐盡傾。湛至，命飯於後閣，其妻忿然責之，湛感其言，孜孜學業，未數載登第。時伉方跨驢縱遊郊郭，忽有家僮馳報湛郎及第，伉失聲而墜。袁人譏之云云

湛賁及第彭伉落驢

洛中人語 汝南袁德師，故給事高之子，嘗於東都買得婁師德故園地，起書樓，洛人語曰

昔婁師德園今袁德師樓

嘲毛炳彭會 豐城毛炳好學，不能自給，入廬山與諸生曲講，獲鏹即以市酒盡醉。時彭會好茶，而炳好酒，或嘲之云云

彭生作賦茶三片毛氏傳詩酒半升

右威衛嘲語 祕書省之東即右威衛，荒穢摧毀，其大廳逼校正院，南對御史臺，人嘲之云云

門緣御史塞廳被校書侵

南唐伶人獻先主詞 李先主以國用不足，稅民間鵝卵出雙子者、柳花爲絮者，伶人獻詞云云

惟願普天多瑞慶柳條結絮鵝雙生

閩伶官戲主延政語 王延政據建州僭號大殷皇帝，後爲南唐所俘

只聞有泗州和尚不見有五縣天子 南唐伶人李家明亦嘗諷之云：大殷平天冠，今已無用，告乞爲優服

言志 有客相從，各言所志，或願爲揚州刺史，或願多貲財，或願騎鶴上升，其一人云云，欲兼三者

腰纏十萬貫騎鶴上揚州

全唐詩 題語 判

李兼

題洛陽縣壁 李果還洛陽令，民吏畏服。時有李兼在閒，衛中有人語曰：李令正人，此中不可久居。啓門視之，寂無影響，方知其妖。兼遂書其壁云云

猾吏畏服縣妖破膽好錄政聲聞於御覽

杜兼

題書卷後語 兼字處弘，洹水人。貞元、元和間歷濠、蘇二州刺史，終河南尹。性豪侈，家聚書萬卷，每卷後必自題云云

倩一作清俸寫來手自校汝曹讀之知聖道墜之鬻之爲不孝

舒元輿

題李陽冰玉箸篆詞

斯去千年冰生唐時冰復去矣後來者誰後千年有人誰能待之後千年無人篆止於斯嗚呼主人爲吾寶之

附柳公權筆偈云：圓如錐，捺如鑿，不得出，只得却

褒譖

判誤書紙背 譖素好詼諧，爲河南尹，有投牒誤書紙背者，判云云

這畔似那畔那畔似這畔我也不辭與你判笑殺門前著鞾漢

又判爭貓兒狀 有婦人同投狀爭貓兒，狀云：若是兒貓兒，即是兒貓兒；若不是兒貓兒，即不是兒貓兒。譖大笑，判其狀云云，遂納其貓兒，爭者亦止焉

貓兒不識主傍家搦老鼠兩家不須爭將來與褒譖

李翺

斷僧通狀

上歲童子二十受戒君王不朝父母不拜口稱貧道有錢放債量決十下牒出東界

韓滉

判僧雲晏五人聚賭喧諍語

正法何曾執貝空門不積餘財白日既能賭博通宵必醉尊罍強說天堂難到又言地獄長開竝付江神收管波中便是泉臺

皇甫大夫

判道士黃山隱 山隱以道服謁大夫向竹而吟云古者有七賢六箇今何在意氣甚傲大夫試以錢絹投之改儒服陳謝甚卑因判而刑之

道士黃山隱輕人復重財太山將比甑東海只容杯綠綬藏雲帔烏巾換鹿胎黃泉六箇鬼今夜待君來

羅紹威

碾驢鞍判 紹威俊邁有詞學尤好戲判有人向官街中鞴驢置鞍於地爲駕牛車者碾破相毆判其狀云云

鄴城大道甚寬何故駕車碾鞍領鞴驢漢子科決待駕車漢子喜歡

蕭結

批州符 結廬陵人五代時爲祁陽縣令性不畏強禦方暮春時有州符下取競渡船刺史將臨觀結怒批其符云云守爲止

秧開五葉蠶長三眠人皆忙迫划甚閑船 末句一作詎任渡船

王魯

判部民訴主簿牒 魯爲當塗宰頗以資產爲務會部民連狀訴主簿貪賂魯判云云爲好事者口實

汝雖打草吾已驚蛇

伶人

戲爲冥吏判 張崇帥廬州索錢無厭嘗因燕次一伶人假爲死者被譴作水族冥司判云云崇大慙

焦湖百里一任作獺

張翺

自狀 乾寧中翺游徐宿時宿州刺史陳璠以軍旅出身擅行威斷翺恃才傲物席上調其寵妓張小泰怒付吏責其無禮翺狀云云璠益怒云據此合喫幾下翺又云只此兩句合喫三下五下切求一笑宜費千金萬金竟鞭背而卒

有張翺兮寓止淮陰來綺席兮放恣胷襟

趙武建

刺左右膞詩 唐中葉長安惡少年多以詩句鑱涅肌膚誇詭力剽敚坊閭遠近效之成習其他更有取名賢詩中意細刺樹木人物至有周身用白樂天詩意刺涅人呼爲白舍人行詩圖者名爲劄青云

野鴨灘頭宿朝朝被鶻梢忽驚飛入水留命到今朝

宋元素

刺左臂膞詩

昔日已前家未貧苦將錢物結交親如今失路尋知己行盡關山無一人

張幹

刺左右膞句

生不怕京兆尹 左 死不畏閻羅王 右

廉州人歌 武德初顏遊秦爲廉州刺史時承劉黑闥初平之後風俗未安遊秦撫恤之化大行邑里歌之高祖賜璽書勉勞

廉州顏有道性行同莊老愛民如赤子不殺非時草

滄州百姓歌 貞觀中薛大鼎爲滄州刺史州界有無棣河隋末塡廢大鼎奏開之引魚鹽於海百姓歌之云

新河得通舟檝利直達滄海魚鹽至昔日徒行今騁駟美哉薛公德滂被

薛將軍歌 薛仁貴擊九姓突厥於天山賊遣驍健逆戰仁貴發三矢射殺三人自餘一時下馬請降大捷而還軍中歌云云於是九姓衰弱不復爲患

將軍三箭定天山戰士長歌入漢關

郢州人歌 永徽中田仁會爲郢州刺史有善政屬旱自暴得雨其年大稔人歌之

父母育我田使君精神爲人上天聞田中致雨山出雲但願常在不患貧 一作父母育我兮田使君挺精誠兮上天聞中田致雨兮山出雲倉廩實兮禮義申願君常在兮不患貧

雒縣輿人誦 雒縣令張知古爲令綏亡固存剷虐去暴與百姓更始輿人斐然爲作誦云云

我有聖帝撫令君遭暴昏椓惸寡紛民户流散日月曛君去來兮惠我仁百姓蘇矣見陽春

黃麞歌 如意年已來始唱黃麞歌俄而契丹反叛總管曹仁師張玄遇麻仁節王孝傑前後百萬衆敗於硤石黃麞谷罔有子遺

黃麞黃麞草裏藏彎弓射爾傷

桑條歌 永徽以後人唱桑條歌神龍年中韋后臨朝鄭愔作桑條歌樂詞十餘首進之逆韋大喜

桑條韋也女時韋也樂 一作桑條韋也女韋也

景龍中嘲宰相歌 景龍中洛下霖雨百餘日宰相不能調陰陽乃閉坊市北門卒無效霧溢更甚人歌云云

禮賢不解開東閤燮理惟能閉北門

選人歌 姜晦爲吏部侍郎眼不識字手不解書濫掌銓衡曾無分別選人歌云云

今年選數恰相當都由座主無文章案後一腔凍豬肉所以名爲姜侍郎

會城民歌 姜師度好奇詭爲滄州刺史開河築堰州縣鼎沸魯城界內種稻置屯蟹食穗盡又差夫打蟹民苦之歌曰

魯地抑種稻一槩被水沫年年索蟹夫百姓不可活

王法曹歌 王熊爲澤州都督府法曹斷略糧賊惟各決杖一百通判熊曰總略幾人法曹曰略七人合決七百法曹曲斷府司科罪時人哂之前尹正義爲都督公平後熊來替百姓歌云云

前得尹佛子後得王癩獺判事驢齩瓜喚人牛嚼沫 一作鐵見錢滿面喜無鏹從頭喝常逢餓夜又百姓不可活

得体歌 天寶初韋堅爲陝郡太守水陸轉運使於長安城東滻水傍穿廣運潭以通吳會數十郡舟檝若廣陵郡船即堆積廣陵所出錦鏡銅器餘郡皆然舟人大笠寬衫芒屨如吳楚之製先是民間戲唱得体歌至開元末田同秀上言見玄元皇帝云有寶符在陝州桃林縣古關令尹喜宅遣中使求得之以爲殊祥改縣爲靈寶及堅鑿新潭成又致揚州銅器陝縣尉崔成甫乃翻其詞爲得寶歌集兩縣官伎女子唱之成甫又作歌詞十章自衣缺胯綠衫錦半臂偏袒膊紅抹額於第一船作號頭唱之和者女子百人皆鮮服靚妝齊聲接影鼓笛胡部以應之明皇臨觀大悅下詔褒賞

得 丁紇反 体 都董反 紇那也紇囊得体那潭裏船車鬧揚州銅器多三郎當殿坐聽唱得体歌

得寶歌 開元末弘農古函谷關得寶符因改元爲天寶其符白石赤文正成桒字解者云桒者四十八以示御曆之數及帝幸蜀之來歲正四十八年得寶之時天下歌之云云

得寶耶弘農耶弘農耶得寶耶

崔成甫

翻得寶歌

得寶弘農野弘農得寶那潭裏船車鬧揚州銅器多三郎當殿坐聽唱得寶歌

袁仁敬歌 開元二十一年大理卿袁仁敬纍卒繫囚聞之皆慟哭悲歌云云

天不恤冤人兮何奪我慈親兮有理無申兮痛哉安訴

陳兮

京兆二尹歌 李仲通天寶末爲京兆尹弟叔明乾元中復爲京兆長安歌云云

前尹赫赫具瞻允若後尹熙熙具瞻允斯

黃州左公歌 乾元二年贊善大夫左震出爲黃州刺史黃人歌云

我欲逃鄉里我欲去墳墓左公今既來誰忍棄之去

又歌 肅宗嘗遣女巫分行天下祭名山大川祈福巫所至因緣爲姦至黃州震斬巫閱其贓籍奏焉

吾鄉有鬼巫惑人人不知天子正尊信左公能殺之

舒州人歌 寶應中滎陽鄭穀守舒州蝗蟲不入界人歌之云云

鄰邑谷不登我土豐粢盛禾稼美如雲實繫我使君

建州人歌 陸長源建中初爲建州刺史有惠政百姓歌美之云

令我州郡泰令我户口裕令我活計大陸員外

令我家不分令我馬成羣令我稻滿囷陸使君

吳人歌 滕邃貞元末登科歷大理評事長洲令攝吳縣時人歌之云

朝判長洲暮判吳道不拾遺人不孤

汴州人歌 宣武節度董晉薨汴州人歌之云云

濁流洋洋有闞其郭闐道讙呼公來之初今公之歸公在喪車

公旣來止東人以完今公歿矣人誰與安

建昌民歌 何易于會昌中攝令有惠政民歌之云

我有父何易于普無儲今有餘

巴州薛刺史歌

日出而耕日入而歸吏不到門夜不掩扉有孩有童願以名垂何以字之薛孫薛兒

高苑令歌 高苑令劉敬和先爲鄒淄二縣令後在高苑歲饑擅發倉廩縣民得全活歌之云云

高苑之樹枯已榮淄川之水渾已澄鄒邑之民仆已行

九龍帳歌 閩王鏻以婢金鳳爲后嬖吏歸守明通之鏻嘗命工作九龍帳國人歌云

誰謂九龍帳惟貯一歸郎

僞蜀鴛鴦樹歌 蜀王孟昶說宮婢春燕末年與俱遭殺竝命合葬墓上有樹生異花似鴛鴦交頸人名曰鴛鴦樹有歌云云

願作墳上鴛鴦來作雙飛去作雙歸

曲江遊人歌 曲江貴家遊賞翦百花裝成師子繫小連環以蜀錦流蘇牽之互相送遺送時唱歌云云

春光且莫去留與醉人看

蜥蜴求雨歌 唐時求雨法以土實巨甕作木蜥蜴小童操青竹衣青衣以舞歌云云

蜥蜴蜥蜴興雲吐霧雨若滂沱放汝歸去

輓歌

紅輪決定沈西去未委魂靈往那方

唐受命讖

法律存道德在白旗天子出東海 太原童謠 創業起居注云隋主恒服白衣幸江都擬於東海以應之 後高祖起事衆請法周武執白旗帝兼絳雜半續之焉

桃李子莫浪語黃鵠繞山飛宛轉花園裏 桃李子歌 下三首同

桃花園宛轉屬旌幡 起居注云李爲國姓桃若言陶唐也帝起兵旗幡赤白相映若花園帝每顧旗幡笑而言曰花園可爾不知黃鵠如何吾當一舉千里以符冥讖

桃李子鴻鵠繞陽山宛轉花林裏莫浪語誰道許 隋五行志載此以莫浪語爲李密誰道許爲宇文化及國號

桃李子洪水繞楊山 唐五行志云高祖諱淵洪水也

江南楊柳樹江北李花榮楊柳飛緜何處去李花結果自然成 李花謠

勸進疏引讖 創業起居注義寧二年文武將佐裴寂等上疏勸進寂又依東漢赤伏符故事奏神人慧化尼衛元嵩等歌謠詩讖遂擇日正大位

東海十八子八井喚三軍手持雙白雀頭上戴紫雲

丁丑語甲子深藏入堂裏何意坐堂裏中央有天子

西北天火照龍山昭童子赤光連北斗童子木上懸白旛胡兵紛紛滿前後拍手唱堂堂驅羊向南走

胡兵未濟漢不整治中都護有八井

興伍伍仁義行武得九九得聲名童子木底百丈水東家井裏五色星我語不可信問取衛先生

戌亥君臣亂子丑破城隍寅卯如欲定龍蛇伏四方十八成男子洪水主刀傍市朝義歸政人寧俱不荒人言有恒性也復道非常爲君好思量何 禹湯桃源花

李樹起堂堂只看寅卯歲深水沒黃楊 李花謠 缺四字

符鳳引讖 武延秀尚安樂公主恃恩放縱有不臣之心公主府倉曹符鳳引讖云云說之曰今天下猶以武氏爲念駙馬即神皇之孫大周可再興每勸令著皁襖子以應之

黑衣神孫披天裳

安祿山古讖 劉賓客佳話寶誌詩有此兩角女子安字綠即祿也太行山也一止正月也逆胡見弑於其子果以至德二載之正月

兩角女子綠衣裳端坐太行邀君王一止之月必消亡

普滿題潞州佛舍 大曆中澤潞僧普滿不拘僧相言事往往有驗建中初題此人莫能知其解及賊泚稱兵方悟此水者泚字涇水者自涇州兵亂也雙珠者泚與滔青牛者興元二年乙丑歲乙木青丑牛也明年改元貞元歲在丙寅丙火赤寅虎也至是賊已平故云云

此水連涇水雙珠血滿川青牛將一作逐赤虎還一作久號太平年

南省北街人吟 監察御史李顧言貞元末應舉歲莫詣南省訪知己見省北街中有一人挈小囊以烏紗蒙首北去徐吟詩云云策馬逼之失其人所在明年京師自冬雨雪甚饑內不稔停舉又明春德宗晏駕果三月下旬放進士牓顧言至元和年及第

放牓只應三月暮登科又校一年遲

盧求牓讖 求李翺子壻有一道人詣翺言事甚異求赴舉翺訪於道人手疏授翺曰今秋有主司開此卷尋報楊嗣復主文即開卷詞云云其年裴求爲狀元黃駕居牓末次則盧求又李求凡三求而李姓則六人也

裹頭黃尾三求六李

清僧示趙宗儒 清僧居興元鵠鳴驛巴山之隈有言未嘗不中宗儒節制興元日訪之作兩句詩云云求其解曰害風阿師取次語明年果除鄭餘慶代其位

黎花發後杏花初甸邑南來慶有餘

又示段文昌 文昌客遊成都韋南康與奏釋褐爲賓從歸闕至鵠鳴驛清公謂文昌云云至京屢擢至宰相後拜劍南節度西至鵠鳴僧已物故而杏花方盛

去日旣逢梅蘂綻來時應見杏花開

洛城五鳳樓中歌 咸通四年秋洛中大水飄溺尤甚先是皇城守閽者白晝聞五鳳樓中有人歌云云時鄭相國涯留守洛師謂閽者爲妖妄經月餘有遺燭爇天津橋者燒其半未幾水災魏王與月波二堤俱壞乃明閽者之言

天津橋畔火光起魏王堤上看洪水

延和閣詩 高駢末年惑於神仙之術起延和閣於大廳之西七間高八丈飾以珠玉綺窗繡户殆非人工每旦焚名香祈王母之降及畢師鐸亂人有登之者於藻井垂蓮之上見二十八字云

延和高閣上干雲小語猶疑太乙聞燒盡降眞無一事開門迎得畢將軍

唐舊讖 唐舊有此讖語董昌毋引之以爲我卯生來年歲在卯二月二日亦卯萬世之業在於此因於乾寧二年二月二日僭袞冕即僞位改號羅平國以迄誅滅

兔子上金牀

越中狂生題旗亭 初董昌未敗前有狂生於越中旗亭題詩四句人不曉其詞及昌敗方悟草重董字日日昌字素城者越城隋越公楊素所築也諸侯者猴乃錢鏐申生屬也白兔昌卯生屬也夏滿六月也鏡湖者越中也

日日草重生悠悠傍素城諸侯逐兔白夏滿鏡湖平

清泰三年歌 先是甲子歌有此後清泰三年丙申大軍於太原南五樓村前大戰至九月晉祖勾契丹至於城下王師敗績至十一月戎王遣蕃軍送晉祖洛陽即胡虜亂中原之應也

丙申年數在五樓前但看八九月胡虜亂中原

蜀王氏讖文 王建妻弟眉州刺史周德權值梁祖篡唐引讖文上表勸進云李祜西王言唐後王氏興西方也土德

坤維也兊興亦西方也丹者朱也丹莫當亦朱梁不敢抗也建大悅遂即位德權累中書令

李祐西王逢吉昌上德兊興丹莫當

黃萬祜題蜀宮壁 萬祜修道黔南無人之境累世常在每三二十年一出成都賣藥言人災禍無不神驗蜀王建迎入宮盡禮事之後堅辭歸山初萬祜辭建歸於所居壁間題此後至乙亥年建師東取秦鳳諸州報捷之際宮內延火乃知乙亥是青豬爲焚爇之期也後三年歲在戊寅寅爲鷙獸干與納音俱爲土土黃色故云鷙獸兩頭黃是年建殂云天下哭不差毫髮

莫交牽動青豬足動即炎炎不可撲鷙獸不欲兩頭黃
黃即其年天下哭

孟蜀句者語 孟知祥僭號未幾而殂先是有句者自號醋頭手攜一燈槃所至卓之云云至是人以爲應

不得登登便倒

孟蜀桃符詩 辛寅遜仕僞蜀孟昶爲學士王師將致討之前歲除昶令作詩兩句寫桃符上寅遜題云云明年蜀亡呂餘慶以參知政事知益州長春乃太祖誕聖節名也

新年納餘慶嘉節號長春

上藍和尚晉漢二代讖 洪州上藍院和尚失其名精於術數自唐末著讖云云石榴晉漢姓也重言之明享祚俱不過二世也

石榴花發石榴開

又遺鍾傳偈 和尚在洪州甚爲鍾傳敬禮疾篤傳省之求一言相付和尚起索筆作偈以授其末云云明年春淮帥引兵奄至洪州果陷江南遂爲楊氏所有

但看來年二三月柳條堪作打鐘槌

又報王審知十字讖 楊行密方盛常有吞東南之志審知嘗供豫章問國休咎以十字回報審知歎曰賸者福也得非福州之患不在楊行密在錢氏乎至延羲之亂江南來伐兩浙乘之敗江南兵福州果爲錢氏有焉

不怕羊入屋只怕錢入腹

錢處士李氏讖 處士不知何許人天祐末嘗遊江淮言李氏之祚云云楊氏自稱尊至禪代二十年李氏三十九年果應

[illegible][illegible]之間一倍楊

孫咸題盧山神廟詩 詩話總龜云咸出南唐末善爲詩預知人禍福後死南昌人棄屍於江泝流向上嘗題一詩於廬山九天使者廟不數年後金陵板蕩九江受圍人民塗炭竝應

獨入玄宮禮至眞焚香不爲賤貧身秦淮兩岸沙埋骨
湓浦千家血染塵廬阜煙霞誰是主虎溪風月屬何人
九江太守勤王室好放天兵渡要津

南唐江州風墜詩 南唐胡則守江州宋師攻之堅辟不下忽有旋風吹片紙墜城中云云後城陷果屠戮殆盡

由來秉節世無雙獨守孤城死不降何似知機早回首
免教流血滿長江

杭州還鄉和尚唱 錢氏時有和尚在街市唱此人因名爲還鄉和尚問之每云明年大家都去錢氏果納地去歸汴云

還鄉寂寂杳無蹤不挂征帆水陸通踏得故鄉回地穩
更無南北與西東

福州記 五代史王潮據泉州觀察使陳巖表爲刺史巖卒其壻范暉自稱留後潮遣弟審知攻暉殺之唐即以潮爲觀察使潮卒審知代立吳越備史載福州先有僧爲記云云其驗也

潮水來巖頭沒潮水去矢口出

黃涅槃讖 閩王氏亡國留從効繼領留務雖稱藩南唐實雄據一隅先是妙應大師黃涅槃有讖云云旣而清源果無干戈之擾乃從効姓名所應

先打南後打北留取清源作佛國

陳智廣讖 智廣留坡人生元和初居九座山不茹葷叩禍福必驗唐末王氏入閩語人云云白光啓丙午據閩終保大丙午

騎馬來騎馬去

又讖 智廣遇留從効甚厚又嘗有讖云云後從効果據泉州如其言後滅

功下田力交連井底坐二十年

僧緘示王處厚 緘大中進士削髮修道至後周顯德中猶在僞蜀舉子王處厚嘗叩之言其必捷但泰山舉爲司命當食幽府祿留四句示之後成名者八士內處厚與王愼言策名爲二王而一百二十日後處厚竟亡皆驗焉

周士同成二王殊名王居一焉百日爲程

任吏書授劉生 吏居汝州紫邏山以樵爲業有劉生者欲謁中表梁宋鄭牧求濟遇吏於塗語次乞紙筆書此授劉忽失所在鄭果爲人所訟黜官不遂所詣始知其爲異人

承欲往梁宋梁宋災方重旦夕爲人訟承欲訪鄭生鄭
生將有厄即爲千里客兼亦變衫色

昌明里中讖 緜州昌明縣寶圖山竇子明修道之所臨峭壁笮橋以歲久朽絕里中云云後咸通初山下居人有毛意歡得道術布板椽於繩上而度焉

欲知修續者脚下是生毛

宋善威詩 善威瀛州人任某縣尉嘗晝坐忽然走出門若迎接人者命酒歡樂飲仍作詩云云後威果至庚申年卒

月落三株樹日暎九重天良夜歡宴罷暫別庚申年

田承嗣誑李寶臣僞讖 承嗣安史舊將降授魏博節度大曆中朝廷命幽州朱滔恒定李寶臣及滑州李正己三鎭兵討之承嗣求成於正己又知寶臣生長范陽欲得其地乃勒石爲讖密瘞寶臣境內使望氣者云此中有王氣寶臣掘得之有文云云二帝指寶臣正己也因使客諷寶臣背滔興兵取范陽自效寶臣以爲事合符命喜而許之遂以兵襲滔承嗣知其釁已成乃旋軍告寶臣曰河内有警急不暇相從石上讖文吾戲爲之耳寶臣慙怒而退

二帝同功勢萬全將田作伴入幽燕

皮日休造黃巢讖

欲知聖人姓田八二十一欲知聖人名果頭三屈律 巢頭醜掠鬢不盡疑三屈律之言讖之日休遂及禍

附上元初嵩山石記 上元初有洛州告成縣民得石記於嵩山縣令獻焉高宗詔藏於内府云是寇謙之所刻文多舛不可解

木子當天下 言唐氏受命 止戈龍 言武后臨朝 李代代不移宗 言中宗復興 中
鼎顯眞容 中宗廟諱及睿宗徽諡 基千萬歲 明皇御名基謂曆數久長也

上陽銅器篆 上元中韋弘機充使造上陽宮掘地得銅器似盆而淺中有隱起雙鯉之狀魚間有四篆字云云時人以爲李氏再興之符

長宜子孫

永安渠石銘 武后時監察御史王守眞乞出家爲僧名法成於京兆西市疏鑿池支分永安渠水注之以爲放生之所穿池之際獲古石銘云云自隋朝置都市至其時正一百年矣

百年爲市後爲池

漳泉分地神篆 開元中漳泉二州分疆界不均互訟於臺不能斷州官焚告山川以祈神應俄而雷雨大至崖壁中裂所競之地拓爲一徑高千尺深五里因爲官道壁中有古篆六行二十四字皆廣數尺雖約此爲界人莫能識貞元初流人李協辨之永安龍溪者兩郡界首鄉名也

漳泉兩州分地太平永安龍溪山高氣清千年不惑萬
古作程

含元殿丹石隱語 開元末含元殿火去基下出丹石上有隱語云云

天漢二年赤光生栗木下有子傷心遇酷

長安空宅銘篆 天寶中長安有凶宅扶風蘇遏賃居之東牆下掘得一石上有篆文因改名有德取其金怪息

夏天子紫金三十斤賜有德者

莆田石記 慶曆中張緯宰莆田得一石其文云云有大曆五年縣令鄭押字記令人家用碑石書曰石敢當三字鎭於門亦此風也

石敢當鎭百鬼壓災殃官吏福百姓康風教盛禮樂昌

符離樹穴中石篆 延陵包隱挽舟過符離西古樹下有穴一僕墜其中得一石廣四寸有小篆云云其僕即名栲栳元和三年事也

旁有水上有道八百年中逢栲栳

淮西池濠石銘 元和十三年晉公裴度征淮西命人深池濠得一石上有雕出文字爲銘持以獻度咸不能究有一卒賀曰元濟成擒矣井底一竿竹竹色深綠綠者言吳少誠由行間一卒擁十萬兵爲一方帥且喻其榮也雞未肥者無肉以肥去肉己字也酒未熟者無水以酒去水酉字也障車兒郎謂兵革之士也且須縮者謂宜退守其所也推是言之則己酉日當剋也苟未及期則可俟矣後冬十月生得元濟校其日果己酉焉擢卒爲裨將

井底一竿竹竹色深綠綠雞未肥酒未熟障車兒郎且
須縮

羅池石刻 柳子厚龍城錄云羅池北龍城勝地也役者得白石上微辨刻書云云

龍城柳神所守驅厲鬼山左首福土氓制九醜

道者遺記 太和中有柳光者南遊入山崦中至一石室室有茵槅若人居者見一缶合於地下有泉不盡尺舉卮以飲若

甘醴盡十餘卮而已醉遂偃於榻及曉方寤視石辟有雕刻文字極多遂寫其字歸望其室盡亡見矣光究之不得有呂生者解之曰此乃得道者語也唐氏之初建號武德武德之二年其歲己卯則武之在卯也堯者高祖之號八季者亦二年也我棄其寢我去其扆者言其去之時乃武德二年也深深然高高然人不吾知人不吾謂者言其隱而人不知也由今之後二百餘祀唐氏今果二百餘矣餤餤其光謂歲在丁未也丁南方之火未亦火之位也和和其始謂今天子建號曰太和蓋元年也東方有兔小首元尾者敍君之名氏東方甲乙木也兔者卯也卯以附木是柳字也小首元尾是光字也經吾道來吾里言君之來也飲吾泉以醉登吾榻而寐言君之止也剌乎其辟奧乎其義誰人以辨其東平子謂其義奧而隱獨吾能辨之東平吾之邑也即又信矣

武之在卯堯王八季我棄其寢我去其扆深深然高高然人不吾知又不吾謂由今之後二百餘祀餤餤其光和和其始東方有兔小首元尾經過吾道來至吾里飲吾泉以醉登吾榻而寐剌乎其辟奧乎其義人誰以辨其東平子

王璠石銘　太和中王璠廉問丹陽濬其城得一石銘文云云數日有一吏謁璠之吏密謂曰是不祥也公之先曰峚峚生礎是山有石也礎生璠是石有玉也璠之子曰瑕休是玉有瑕即休休者絕之兆推是而辯其絕緒乎至太和九年冬璠卒夷其宗果符吏之解

山有石石有玉玉有瑕即休也

玄元觀棟桁記　咸通元年李相福居守東都修玄元觀鐘樓棟桁中空鉥之內有方寸木云云福曰上語指御名下即余之名也懿宗名漼

山水誰無言元年有福重修

天台觀石簡記　咸通十三年台州刺史姚鵠於天台山天台觀講堂後創老君殿得石函中有玉簡上有文云云具以上聞敕宣付史館頒示四方

海水竭台山缺皇家寶祚無休歇

成都羅城北門石記　上有乾符三年高駢名銜餘字斷缺莫知其爲何詩也

五五復五五五五逾重數浮世若浮雲金石一如故與君相見時杳杳非今土

青羊宮甎記　僖宗中和二年成都行在青羊宮忽見紅光如毬入地穿得甎上有古篆六字節度陳敬瑄以聞宣付史官賦平還京敕翰林樂朋龜撰記

太平平中元灾

銅雀臺玉板篆　皇甫牧記曰故鄴都齊村民王敬之於銅雀臺下得一石匣長尺有咫四傍及背隱起龍驤鳳翥及花葩之狀雕鏤奇詭殆非人工徐啓之中有白玉板上刻大篆六行獻魏帥樂彥禎賚以東帛亦無能洞達其隱詞者當曹氏石氏高氏之代斯則鄴之王氣休運所鍾於是諸賢衆矣焉知不有陰觀後代總括風雲幅裂山河之事而瘞玉以讖之今石既出其事將兆矣

上土巴灰除虛除伊尹東北八九餘秦趙多應分五玉絲竹木子世世居但看六六百中外世主難留如國如

顯德道宮石記　顯德中世宗嘗營一道宮於皇城之西工人發得石一片上有字云云後題道士任守真記帝讀之歎異

瑞雲靈跡鎮梁東他日多應與古同歲月遷移人事改再來閑處又興功

南唐昇元殿基下石記　江南將亡數年前掘得此

莫問江南事江南事可憑抱雞升寶位跨犬出金陵子建司南位安仁秉夜燈東鄰嬌小女騎虎渡河冰　其後李煜降於宋好事者云煜以丁酉年生辛酉年襲位即雞也開寶八年甲戌江南國滅是跨犬也時曹彬爲大將列柵城南潘美爲副將城陷恐有伏兵命卒縱火子建彬也安仁美也東鄰謂錢俶俶以戊寅年入朝盡獻浙西土地人民故末二句云云末二句一作東鄰家道闕隨虎遇明興識者云家道闕謂無錢

馬殷浚城石碣篆　唐末劉建峰定長沙遣馬殷領衆浚城濠得石碣有古篆十八其文云云解者以殷乾寧三年丙辰歲代立乃龍舉頭也至乾祐辛亥歲亡乃猴掉尾也殷子希範以己未歲生又以開運丁未歲薨乃羊歸穴也又子希崇壬申歲生後爲江南所俘乃猴離次也

龍舉頭猴掉尾羊爲兄猴作弟羊歸穴猴離次

王霸仙壇甎刻　黃滔撰王審知福州造像碑云梁時王霸於怡山上昇山在府城之西五里光啓丁未歲衞之欄柯山道士徐景立於仙壇東北隅取土掘得瓷甌七口各可容一升水其中悉有炭上總蓋一青甎刻文字云云其壇東南有皁莢樹古云眞君於此樹上上升其後枯矣至咸通庚寅歲復榮茂爲我公開闢之祥也

樹枯不用伐壇壞不須結未滿一千歲自有系孫列後來是三皇潮水蕩禍殃巖逢二乍間未免有消亡子孫依吾道代代封閩疆　五代史補云潮蕩禍殃謂王潮除禍患開基也巖逢二乍間謂連帥陳巖死潮取閩也代代明封崇不過潮與審知兩世也

劉龑石讖　龑初開國營構宮室得石讖有古篆十六其文云云

人人有一山山值牛兔絲吞骨蓋海承劉　人人有一大人也山山出也值牛者龑建漢國歲在丑也兔絲者晟龑位歲在卯也吞骨者滅諸弟也越人以天水爲蓋海指宋國姓也承劉者言受劉氏降也

南漢羅浮古劒篆文　南漢主劉龑時羅浮山掘得古劒有篆文云云

丁與水同宮王將耳口同尹來居口上山岫獲重重　解者云宋太祖以丁亥年降誕是丁水同宮也於文耳口王爲聖尹口爲君重山爲出蓋丁亥年而聖君出也

司馬承禎含象鑑文

天地含象日月貞明寫規萬物洞鑒百靈

龜自卜鏡自照吉可募光不曜

青蓋作鏡大吉昌巧工刊之成文章左龍右虎辟不祥朱鳥玄武順於旁子孫富貴居中央

景震劒文

擕雷電運玄星摧凶惡亨利貞

乾降精坤應靈日月象岳瀆形

高麗鏡文　梁末帝貞明三年王建立爲王市有異人賣古鏡有文云云文人宋含弘解之曰三水中四維下上帝降子于辰馬者辰韓馬韓也己年中二龍見一則藏身青木中一則見形黑金東青木松也謂松岳郡人以龍爲名者之子孫可爲君王也黑金鐵也指鐵圓謂今王初盛於此殆終滅於此乎先操雞後搏鴨者王侍中得國後先得雞林後收鴨綠之意也弓裔令物色求異人東州勃颯寺有鎮星塑像如其狀

三水中四維下上帝降子於辰馬先操雞後搏鴨己年中二龍見一則藏身青木中一則見形黑金東

京西市放生池墓銘　太平公主於京西市掘池贖水族之生者置其中謂之放生池得墓銘云云

龜言市著言水

古墓卜地詞　開元中江南大水明皇詔侍御史鄔君載往巡見道旁有古墓水漬其穴公命遷高原上既發墓得一石有銘二十言乃卜地者之詞

爾後一千歲此地化爲泉賴逢鄔侍御移我向高原

衞先生墓銘　衞先生大經解梁人以文學聞常閉門絕人事周知天文曆象窮冥索玄後以壽終墓於解梁之野開元中大水姜師度奉詔鑿無鹹河以溉鹽田剗室廬潰丘墓甚多既至衞先生墓前發其地得一石刻字爲銘蓋先生之詞也師度異其事命工人遷其河遠先生之墓數十步

姜師度更移向南三五步

隱者瘞男銘　李泌少時有隱者攜一男六七歲來過云有故須南行旬月當還此男病疾願且寄之又留一函曰若疾不起望以此瘞之既許乃問男曰不驕留此得乎曰可遂去泌療之終不愈而殂即以此函瘞之其人竟不來發函視之有一黑石天然中方上有字如錐畫云云

神眞鍊形年未足化爲我子功相續丞相瘞之刻玄玉仙路何長死何促

烏氏葬碑　烏重胤葬先世掘得石碑云云重胤依而用之

牛領岡頭紅簫籠下葬用兩日手板相亞

巖腹棺銘　左衞將軍王果被責出爲雅州刺史於江中泊船仰見巖腹中有一棺臨空半出銘云云果歎曰吾今葬此人被責雅州固其命也乃收瘞而去

欲隳不隳逢王果五百年中重收我　錄異記亦載此云地裂山崩水漂我臨及長江危欲隳隳不隳遇王果五百年後改葬我

古棺石銘　建州刺史熊博初爲建安津吏岸崩得一古冢藤蔓纏其棺旁有石銘云云博時貧爲率錢葬之

欲陷不陷被藤縛欲落不落被沙閣五百年後遇熊博

漣水古冢餅文　周顯德乙卯歲僞漣水軍使秦進崇修城發一古冢棺柩皆腐得一餅中更有一餅黃質黑文成隸字云云其明年周師伐吳進崇死之

一雙青鳥子飛來五兩頭借問船輕重寄信到揚州

沈彬壙篆　彬臨終指葬處以示家人穴之乃古冢未嘗葬人石燈臺上有漆燈一盞壙頭有一銅牌篆文云云

佳城今已開雖開不葬埋漆燈猶未滅留待沈彬來

廣陵古冢石刻　南唐保大中廣陵理城隍因及古冢得此或云李白詞也

日爲箭兮月爲弓四時躬人兮無窮但得天將明月死不覺人隨流水空山川秀兮碧穹窿崇夫人墓兮直其中猨啼鳥嘯煙濛濛千年萬年松柏風

王承檢掘得墓銘 王蜀秦州節度使王承檢築防蕃城至上邽山下獲瓦棺內無屍唯有一片古肉色紅潤堅如鐵石舌上只有一獨錢中有一古錢有二蠅振然飛去片石刻篆字開皇二年渭州刺史張崇妻夫人王氏墓也其銘云云是歲僞乾德六年丙子歲合郎即王承檢小字

車道之北邽山之陽深深葬玉鬱鬱埋香刻斯貞石煥乎遺芳地變陵谷嶮列城隍乾德丙年壞者合郎

馬希振葬地碣 希振亦殷之子清泰中卒葬長沙之陶浦掘得石碣其文云云蓋馬氏諸王雖於周廣順辛亥歲遷於江南然其國變實在庚戌故也

亂石之壤絕世之岡谷變庚戌馬氏無王

全唐詩　語

二賀詩 越州賀德仁少與從兄德基咸以詞學見稱時人語曰

學行可師賀德基文質彬彬賀德仁

四王語 江王元祥性貪鄙爲人吏所患時滕王元嬰蔣王惲虢王鳳亦稱貪暴有授得其官府者以比嶺南惡處爲之語曰

寧向儋崖振白不事江滕蔣虢

時人爲屈突語 屈突通初事隋爲右武候車騎將軍奉公正直雖親戚犯法無所縱舍弟蓋爲長安令亦以嚴整知名時人爲之語曰

寧食三斗艾不見屈突蓋寧服三斗葱不逢屈突通

楊刺史語 楊德幹歷澤齊汴相四州刺史治有威名郡人爲之語曰

寧食三斗蒜不逢楊德幹

萬年人語 權懷恩爲萬年令賞罰嚴明見惡輒取時語曰

寧飲三斗塵無逢權懷恩

贊皇人語 贊皇李太沖太宗時爲禮部郎中名冠宗族鄉人語云云孝端太沖族兄也

太沖無兄孝端無弟

高宗時語 閻立本善畫爲右相姜恪以邊將立功爲左相時人語云

左相宣威沙漠右相馳譽丹青　三館學生放散五臺令史經明 時以年饑放國子學生歸又限令史通一經人續之云云

時人爲李義甫語 義甫常權其子津洽洋婿柳元貞四人皆憑恃受贓義甫敗竝除名長流時人爲之語云云

今日巨唐年還誅四凶族

洛州語 初高宗時賈敦頤爲洛州刺史有政績神龍中仁愿爲洛州長史皆一時之最故時人語曰

洛州有前賈後張可敵京兆三王

江淮間語 安陸郝處俊與其舅許圉早同州里俱秉鈞衡又其鄉人田氏彭氏以殖貨見稱有彭志筠者顯慶中嘗上表請以家絹布二萬段助軍授奉義郎故江淮間語云云

貴如許郝富若田彭

河北語 武懿宗封河內郡王安撫河北民陷契丹來歸者懿宗總殺之流血盈前不顧初契丹別帥何阿小陷冀州多屠害士女至是人以懿宗暴忍似之爲之語曰

唯此兩何殺人最多

李昭德爲王弘義語 則天時王弘義告變拜御史嘗於鄉里求旁舍瓜瓜主吝之義乃狀言瓜園中有白兔奉敕捕逐斯須苗盡內史李昭德曰

昔聞蒼鷹獄吏今見白兔御史

京洛語 許欽明與郝處俊鄉黨親族兩家子弟類多醜陋而盛飾車馬以遊里巷京洛爲之語曰

衣裳好儀貌惡不姓許即姓郝

臺中語 則天時夏官侍郎侯知一年老敕放致仕上表不伏於朝堂踊躍馳走以示輕便張悰丁憂自請起復吏部主事高筠母喪親戚爲舉哀筠曰我不能作孝員外郎張栖貞被訟詐遭母憂不肎起對臺中爲之語曰

侯知一不伏致仕張悰自請起復高筠不肎作孝張栖貞情願遭憂

吏人語 尹思貞爲司府少卿清剛難犯時卿侯知一亦厲威嚴吏人語云

不畏侯卿杖惟畏尹卿筆

選人語 石抱忠檢校天官郎中與侍郎劉奇張詢古同知選抱忠素非靜慎奇久著清平詢古通婚名族將分銓時人語曰

有錢石上好無錢劉下好士大夫張下好

碩學師劉子儒生用與言 鮑忠復與許子儒同知選奇以公清稱抱忠師範子儒頗任令史勾直每注官呼曰勾直乎時人又爲此語云

今年柿子并遭霜爲語石榴須早摘 選人爲奇與抱忠擯抑者復爲此語後兩人同棄市

韋氏語 韋承慶罷相除禮部尚書嗣立繼爲鸞臺侍郎平章事時人語曰

大郎罷相小郎拜相

益州人吏語 杜景儉爲益州錄事參軍時隆州司馬房嗣業除益州司馬除書未到即視事笞僚吏示威景儉規其未可嗣業怒景儉叱左右令罷散俄有制除荊州竟不如志人吏爲之語曰

錄事意與天通益州司馬折威風

天授中語 杜景儉爲司刑丞與徐有功及來俊臣侯思止理刑獄時人稱之云

遇徐杜者必生遇來侯者必死

時人爲鄒昉語 鄒駱駝長安人先貧賣蒸餅於勝業坊鑊得金數斗於是巨富其子昉與蕭佺駙馬遊時人語曰

蕭佺駙馬子鄒昉駱駝兒非關道德合只爲錢相知

題張昌儀門語 昌儀恃易之昌宗之寵所居奢溢踰於王者末年有人題其門云云昌儀見之命筆續其下曰一日即足未幾及禍

一兩絲能得幾時絡

時人號李知遠語 知遠知選胥吏蕭然斂迹時人號云

李下無蹊

又號李乂語 乂典選事請謁不行時人又語云

李下無蹊徑

竇僕射語 竇懷貞爲御史大夫諂附韋庶人庶人乳母王氏本蠻婢嫁爲懷貞妻俗謂乳母壻爲阿㸙懷貞每疏列官位必曰皇后阿㸙時人或以國㸙呼之了無慚色庶人敗復附太平公主累拜尚書左僕射睿宗爲金仙玉真二公主創立兩觀贊成其事躬自監役時人爲之語曰

竇僕射前爲韋氏國㸙後作公主邑丞

時人爲崔無詖語 崔無詖韋后中表爲衛尉卿時中書令蕭至忠甚承中宗恩顧無詖婚至忠女后爲女家中宗爲兒家供擬甚厚時人爲之語曰

皇后嫁女天子娶婦

神龍中語 崔日用冉祖雍鄭愔趙履溫李悛等共託武三思權熏炙中外天下語曰

崔冉鄭亂時政

斜封官語 初姚元之宋璟知政事奏請停中宗朝斜封官數千員及元之等出爲刺史太平公主又特爲之言有敕總令復職右率府參軍柳澤上疏諫引人語云

姚宋爲相邪不如正太平用事正不如邪

李處郁語 幽州都督孫佺五月北征軍師李處郁諫不從師果敗

飱若入咽百無一全 飱音孫山東人謂溼飯爲飱幽州以北竝爲燕地故云

景雲初語 盧從愿爲吏部侍郎典選六年頗有聲稱時人語云云裴即行儉馬謂載李謂朝隱也

前有裴馬後有盧李

先天時京中語 姜師度於長安城中穿渠堰水授司農卿於後水漲則奔突水縮則竭涸開黃河向棣州所費

不貲仍苦海漬叉役夫塞之以爲功官品益進時有傅孝忠爲太史令自言明玄象嵩行矯譎京中語云云神武即位竝斬之

姜師度一心看地傅孝忠兩眼相天　一作傅孝忠兩眼看天姜師度一心穿地

時人號王丘崔沔語　丘與沔竝掌吏部時人爲之語曰

丘山岌岌連天峻沔水澄澄徹底清

吏部過官語　侍中裴光庭以主事閻麟之爲腹心常主吏部過官每麟之裁定光庭隨口下筆時人語曰

麟之口光庭手

郇公廚語　韋陟襲父安石封郇國公廚中飲食香味錯雜人或入其中多飽飫而歸俗語云

人欲不飯筋骨舒夤緣須入郇公廚

四俊語　開元時張嘉貞爲相所薦中書舍人苗延嗣呂太一考功員外郎員嘉靜侍御史崔訓皆位清要日與議政事故當時語云云

令君四俊苗呂崔員

八友語　趙驊少與殷寅顏眞卿柳芳陸據蕭穎士李華邵軫友時爲語云云謂能全其交也

殷顏柳陸李蕭邵趙

羅吉口號　明皇朝侍御史羅希奭吉溫附李林甫相勗以虐時號云

羅鉗吉網

里閭詛語　明皇時御史王旭李嵩李全交竝尚嚴酷京師號黑赤白三豹里閭至相詛曰

若違敎值三豹

陝州語　盧奐爲陝州刺史以嚴毅聞州民多有淫祀者民相語云云後明皇擢爲兵部侍郎

不須賽神明不必求巫祝爾莫犯盧公立便有禍福

眞源邑語　眞源多豪猾大吏華南金樹威恣肆邑中語云云張巡調令眞源下車以法誅之

南金口明府手

稱二王語　王右丞維及第縉以科名文學冠絕當代時人云

朝廷左相筆天下右丞詩

代宗朝京師語　元載專權事以貨成及常衮爲相雖賄賂不行而介僻自專失於分別故是時京師語曰

常無分別元好錢賢者愚愚者賢

戲諫司語　李泌相德宗奏請罷拾遺補闕上雖不從亦不授人諫司惟韓皐歸登而已泌仍命收其署餐錢令登等寓食於中書舍人故時戲云

韓諫議雖分左右歸拾遺莫辨存亡

裴度語　度不信術數不好服食每語人云

雞豬魚蒜逢著則喫生老病死時至則行

魏博語　魏牙軍起田承嗣募軍中子弟爲之父子世襲悍驕不顧法令更易節帥不嫌意輒害之厚給廩姑息不能制時語云云

長安天子魏府牙軍

寶曆宮中語　寶曆二年浙東貢舞女二人一曰飛燕一曰輕鳳修眉黟首蘭氣融冶帶輕金之冠琢玉芙蓉爲項羅衣無縫而成歌一發如鸞鳳音舞態豔逸非人間所有上藏之金屋寶帳由是宮中語曰

寶帳香重重一雙紅芙蓉

京師人號牛楊語　牛僧孺與楊虞卿兄弟騶駕輕薄有不附己者皆被瘡痏京師爲之語云

太牢筆少牢口東西南北何處走　太牢僧孺少牢虞卿也

又號牛李

門生故吏不牛則李　李謂宗閔也

荆南語　段文昌帥荆南州或旱禱解必雨或久雨遇出遊必霽民爲語曰

旱不苦禱而雨雨不愁公出遊

鄭仁表自語　仁表豪爽以門閥文章自高嘗云

天瑞有五色雲人瑞有鄭仁表

湖蘇二郡語　南部新書咸通末鄭渾之爲蘇州督郵譚銖爲鹺院官鍾輻爲院巡皆廣文生時湖州牧李超趙蒙爲代俱狀元及第二郡人爲語曰

湖接兩頭蘇聯三尾

廣明初都人語　黃巢未入京師都人以黃米及黑豆屑蒸食之因有此語

黃賊打黑賊

吏部舊語　吏部故事放長膀舊語云

長名以前選人屬侍郎長名以後侍郎屬選人

省中語

後行祠屯不博中行都門中行禮部　一作刑户不博前行駕庫

郎吏語　尚書郎吏兵部爲前行司門都比屯田虞水膳部主客皆在後行閑簡無事語曰

司門水部入省不數

諫院臺省語　諫院以章疏之故憂患略同臺中則務糺舉省中多事旨趣不一故云

遺補相惜御史相憎郎官相輕

御史臺語　御史故事監察院長與同院禮隔語曰

事長如事端

京兆府語　京兆府兩縣引馬到府門傳門而報兩尹入廳大尹亦到廳不得候兩尹坐後出不得候兩尹立後出

不立兩縣令不坐兩少尹

翰林諫議語　唐稱翰林爲坡諫議大夫亦稱坡諫議大夫班本在給舍上其遷轉則諫議歲滿方遷給事中自給事中遷舍人故當時語云

饒道斗上坡去亦須却下坡來

舉子語　舉子七月後即於諸州府拔解人爲語曰

槐花黃舉子忙

明經進士語

三十老明經五十少進士　言其艱難也

雜帖語　常衮爲禮部放雜文過者常不百人鮑防爲禮部帖經落人亦甚時謂云

常雜鮑帖

閩人語

歐陽獨步藻蘊橫行　謂歐陽詹及林藻林蘊相繼登第也

舉場語　太和中李宗閔牛僧孺輔政引楊虞卿爲右司郎中弘文館學士待之尤厚歲舉選者皆走門下無不得所欲當時其黨有蘇景胤張元夫而虞卿兄弟汝士漢公尤爲人所奔向故語曰

欲入舉場先問蘇張蘇張猶可三楊殺我

大中後進士語　大中後進士尤盛李郜崔雍孫瑝鄭嵎四君子蒙其盼睞者多進升故曰

欲得命通問瑝嵎郜雍

大中時語　宣宗朝崔鉉秉政所善者鄭魯楊紹復段瓌薛蒙爲參議論時人語如此帝聞書之於扆鉉卒以此罷

鄭楊段薛炙手可熱欲得命通魯紹瓌蒙　一作魯紹瓌蒙蒙譏即合通

選舉人語　大中咸通中盛傳崔慎由相公常寓尺題於知聞故選舉人爲此語

王凝裴瓚舍弟安潛朝中無呼字知聞廳裏絕脫韉賓客

科目舉人語　太平王崇竇賢二家率以科目爲資足以升沈後進故科目舉人相謂曰

未見王竇徒勞漫走

戲杜審權語　審權知舉放盧處權人戲語云

座主審權門生處權

崔沆放牓時人語　沆放崔瀣時人語云

座主門生沆瀣一家

唐末五代人語　唐末五代權臣執政公然交賂科第差除各有等差故當時語云

及第不必讀書作官何須事業

號沈宋語　建安後迄江左詩律屢變至沈約庾信以音韻相婉附屬對精密及沈佺期宋之問又加靡麗回忌聲病約句準篇如錦繡成文學者宗之號爲沈宋語云爾舉蘇武李陵與沈宋竝稱也

蘇李居前沈宋比肩

號錢郎語　錢起能詩與郎士元齊名語云

前有沈宋後有錢郎

潘何詩賦語　咸通中湘南何涓瀟湘賦潘緯古鏡詩天下傳之曰

潘緯十年吟古鏡何涓一夜賦瀟湘

魏薛草書語　魏徵之子叔瑜善草以筆意傳其子華及甥薛稷世稱之云

前有虞褚後有薛魏

薛稷書語 稷善書師褚河南時語云

買褚得薛不落節

劉畢語 劉商官爲郎中愛畫松石樹木格性高邁時有畢庶子亦善畫松樹木石時人云

時人爲劉畢語

劉郎中松樹孤標畢庶子松根絶妙

時人爲黃筌語 筌善寫花竹翎毛於孟昶殿畫六鶴因目其殿爲六鶴殿當時稱歎爲語曰

黃筌畫鶴薛稷減價

時人爲楊惠之語 惠之不知何處人唐開元中與吳道子同師張僧繇筆迹號爲畫友巧藝並著而道子聲光獨顯惠之遂都焚筆研毅然發憤專肆塑作能奪僧繇畫相與道子爭衡時人語曰

道子畫惠之塑奪得僧繇神筆路

道傑語 武德中蒲州栖巖寺釋道傑遊幷晉講肆難擊能令人流汗幷州人語曰

大頭傑難殺人

馬周疏引俚語

貧不學儉富不學奢

杜甫引俚語

城南韋杜去天尺五

孫光憲瑣言引古語

乘船走馬去死一分

杜重威引俚語

好事不出門惡事行千里

建安語 成都距長安才二千里每歲隨計求名者甚鮮建安之貢無歲無之故曰

逢賊得命更望複子

江陵語 江陵在唐世號衣冠藪澤時人稱云

龍門一半在閩川

汾晉間語

琵琶多於飯甑措大多於鯽魚

耕土所致也

欲作千箱主問取黃金母 謂多稼厚畜

秦中兒童語 顚當窠深如蚓穴網絲其中土蓋與地平大如榆莢常仰捍其蓋伺蠅蠖過輒翻蓋捕之纔入復閉與地一色並無絲隙可尋其形似蜘蛛爾雅謂之王蛈蜴鬼谷子謂之蛈母秦中兒童語曰

顚當牢守門蠮螉寇汝無處奔 蠮螉即蜾蠃銜蟲子祝之化爲己子

滄洲語 滄洲有金蓮花形似蝶每微風則搖蕩如飛婦人采爲首飾鄉語曰

不戴金蓮花不得到仙家

段成式酉陽雜俎引古語

三守庚申三尸伏七守庚申七尺滅

佛書引語二

停囚長智

赤脚人趁兔著韡人喫肉

全唐詩 諺謎

中宗引諺 景龍三年十一月十三日乙丑冬至時有請改就十二月甲子爲吉者侍御史唐紹太史令傳孝忠引曆爭帝引諺以爲不可竟從紹等議

冬至長於歲

賈言忠引諺 高宗遣李勣伐高麗侍御史賈言忠計事還帝問軍中云何言忠以爲男生兄弟鬩牆爲我鄉導師必克引此

軍無媒中道回 一作賊無歷底中道回

李勣引諺別張文瓘

千里相送終於一別

路勵行引諺

一人在朝百人緩帶

郝南容引諺

三公後出死狗

員莊諺 員半千莊在焦戴川北枕白鹿原蓮塘竹徑茶䕷架海棠洞會景堂花塢藥畦碾磨麻稻龍塍鱗次里諺曰

上有天堂下有員莊

婁師德引諺

卒客無卒主人

臺中諺 殿中侍御史新入知右巡已次知左巡所主繁劇及遷向上則又入推益爲勞屑惟其中間則入清閑故臺中諺云

免巡未推只得自知

宋守敬引諺 守敬清謹老任龍門丞竟登岳牧每勉人但守清勿憂不遷引此云仕宦亦無休勢也

雙陸無休勢

雒谷諺 雒谷中有地名白草𤃬洞皆難行故諺云

𤃬洞入黃泉

三門諺 唐時漕經底柱入三門每雇平陸人爲門匠執標指麾一舟百日乃能上覆者幾半故諺云云謂皆溺死也

古無門匠墓

張果引諺 明皇欲以玉眞公主降果果先知之引此以辭

娶婦得公主平地生公府

哥舒翰引諺 初翰與安祿山素不平明皇令高力士和解之翰引此語祿山言已與祿山族類本同不敢忘本也

狐向窟嘷不祥

代宗引諺 郭曖與昇平公主琴瑟不調父子儀拘曖待罪代宗引諺慰之

不癡不聾不作阿家阿翁 家音姑

鬼門關諺 容州北流縣南三十里有兩石對立相去三十步遷謫至此者罕得生還俗號鬼門關唐諺云

鬼門關十人去九不還

河北諺 梁將侍中葛從周有殊功鎮青社人爲語曰

山東一條葛無事莫撩撥

李振引諺

百歲奴事三歲主

王彥章引諺

人死留名豹死留皮

孫光憲北夢瑣言引諺

小舅小叔相追相逐

諺

棗子塞鼻孔懸棲閣却種

蟬鳴蛁蟟喚黍種餻糜斷

甯茵事諺

鸕鷀樹上鳴意在麻子地 一作意在麻畬裏

鸕鷀諺

鸕鷀不打脚下塘 鸕鷀能沒水捕魚栖宿之處雖水深魚多未嘗犯

鹽鐵諺 唐世鹽鐵轉運使在揚州盡筦利權商賈如織天下之盛揚爲首而蜀次之故諺曰

揚一益二

馮翊諺 馮翊朝邑縣許原下地有苦泉羊飲之肥而肉美號爲沙苑細肋羊諺曰

苦泉羊洛水漿

丹徒諺

生東吳死丹徒 吳多產出可攝生自奉養丹徒土堅緊如蠟可葬

湖州里諺 唐末五代天下皆被兵獨湖州獲免其時語云

放爾生放爾命放爾湖州做百姓

益陽諺（益陽在長沙郡界去長沙三百里縣治東望時見長沙城郭人物影其土諺曰）

長沙益陽一時相印

昭潭諺（昭潭山下有潛穴通洞庭水深不測諺云）

昭潭無底橘洲浮

江右四郡諺

筠袁贛吉腦後插筆（言好訟也）

徐聞諺（徐聞縣冬耕夏收名再熟彼中諺云）

欲拔貧詣徐聞

隴西諺

郎驅女驅十馬九駒安陽大角十牛九犢（謂其地宜於畜牧也）

荆棺峽諺（峽壁有棺以荆爲之相傳人有九子不能葬女編荆爲棺皮之此土人諺云）

九子不葬父一女打荆棺

南中諺

秋收稻夏收頭（謂婦人截髮而貨歲以爲常也）

事狐神諺（唐初以來百姓多事狐神房中祭祀以乞恩食飲與人同之事者非一主當時有諺曰）

無狐魅不成村

李哲家怪引諺

一雞死一雞鳴

俗諺

白日無談人談人則害生昏夜無說鬼說鬼則怪至

李白名許雲封謎（雲封任城人工笛是李暮外孫天寶初生一月暮抱詣李白乞名白方坐旗亭命酒醉書兒胸前云云暮不解白曰樹下人是木子木子李字也不語是莫言莫言暮也好是女子女子外孫也語及日中是言午言午是許也煙霏謝成寶是雲出封中乃是雲封也即李暮外孫許雲封也）

樹下彼何人不語眞吾好語若及日中煙霏謝成寶

許氏碑陰謎（宜興縣有後漢許馘碑開元中許氏孫重立刻八字碑陰邑宰徐延休解之曰談馬爲言午許也礪畢爲石卑碑也王田乃千里重字數七乃六一立字言許碑重立也）

談馬礪畢王田數七

大明寺辟語（令狐綯鎭淮海日支使班蒙與從事俱遊大明寺西廊前辟有題語諸賓幕覩之莫能辨獨班蒙曰一人豈非大字乎二曜日月非明字乎尺一者十一寸非寺字乎點去氷水字二人相連天字不欠一邊下字三梁四柱而列火然無字兩日除雙勾比字得非大明寺水天下無比乎衆皆悅然）

一人堂堂二曜同光泉深尺一點去氷傍二人相連不欠一邊三梁四柱列火然除却雙勾兩日全

曹著與客謎（著有機辨客欲試之與作謎云云）

一物坐也坐臥也坐行也坐（客）著應聲曰

一物坐也臥立也臥行也臥走也臥臥也臥（著）客不能對著曰我謎吞得你謎客大慚

客題青龍寺門（青龍寺有客嘗訪知事僧屬遇有要地朝客慢之題其門云云二沙彌解之曰龕字去龍合字時字隱日寺字敬文不在苟字碎石入沙卒字此不遜之言辱我曹矣追訪杳無迹沙彌乃懿皇朝雲皓供奉也）

龕龍去東海時日隱西斜敬文今不在碎石入流沙

陶穀題南唐官舍辟（穀使南唐題此宋齊丘解云十二字包四字云獨眠孤館摭遺以爲驛中女鬼所書）

西川狗百姓眼馬包兒御廚飯

謝小娥夢盜姓名（洪州謝小娥同其夫隨父行賈爲盜所殺小娥盜不得夢父及夫告以謎語十二字徧叩人不能解元和八年隴西李佐判洪州過而聞其事解之曰車中猴禾中走竝申字門東草爲蘭一日夫爲春盜應申蘭申春也娥依言詭爲男子求得二人江上傭其家偵得己家物而驗因殺蘭并擒春告官抵法還洪州爲尼）

車中猴門東草禾中走一日夫

全唐詩　謠

牛口謠

豆入牛口勢不得久（竇建德未敗時有此謠後果於牛口谷爲太宗所擒）

高昌童謠（貞觀十四年交河道行軍大總管侯君集伐高昌滅之先是其國中有童謠如此國王文泰使人捕其初唱者不能得也）

高昌兵馬如霜雪漢家兵馬如日月日月照霜雪回首自消滅（一作幾何自消滅　一本無二馬字）

咸亨後謠

莫浪語阿婆嗔三叔聞時笑殺人（其驗爲則天即位孝和嗣之阿婆者則天也三叔者孝和爲第三也）

調露初京城民謠

側堂堂撓堂堂（堂言唐也側者不正撓者不安再言堂者唐再受命之象）

嵩嶽童謠（調露中高宗欲封中嶽屬突厥叛而止後欲封吐蕃入寇復停永淳年又幸嵩嶽至山下未及行禮遘疾還至宮而崩先是童謠云）

嵩山凡幾層不畏登不得只畏不得登三度徵兵馬傍道打騰騰

李敬玄謠（中書令李敬玄爲元帥討吐蕃聞前軍沒狼狽而走王杲曹懷舜等亦驚退時軍中謠曰）

洮河李阿婆鄯州王伯母見賊不敢鬬總由曹新婦

永淳中童謠（永淳元年七月東都大雨人多殍殕先是童謠曰）

新禾不入箱新麥不入場迨及八九月狗吠空垣牆

楊柳謠

楊柳楊柳漫頭駝（永淳後天下皆唱此後徐敬業出爲柳州司馬作僞敕自授揚州司馬起兵討武氏李孝逸擒之斬首驛馬馱入洛）

裴炎謠（炎爲中書令時徐敬業欲反令駱賓王畫計取炎同起事賓王乃爲此謠炎訪學者令解之賓王北面拜曰此眞人矣遂與敬業等合謀起兵炎從內應則天因誅炎）

一片火兩片火緋衣小兒當殿坐

武后長壽元年民間謠（則天時選舉大濫天下有是謠舉人沈全交取而續之御史紀先知劾其誹謗之罪太后笑曰但使卿輩不濫何恤人言先知大慚）

補闕連車載拾遺平斗量欋椎侍御史（欋一作杷　齊魯謂四齒杷曰欋）盌脫侍中郎

續謠

評事不讀律博士不尋章糊心宣撫使眯目聖神皇

天樞謠

一條麻索挽天樞絕去也（長壽三年天后於定鼎門內立述德天樞民因作謠明皇即位敕令推倒收銅入尚方此其驗也）

武后時謠

張公喫酒李公醉（張公者斥易之兄弟也李公者言李氏也）

武后時童謠

紅綠複帬長千（一作十）里萬（一作五）里猶香

神龍後烏鵲窠謠

山南烏鵲窠山北金駱駝鐮柯不鑿孔斧子不施柯（五行志云山南唐也烏鵲窠者人居寡也山北胡也金駱駝者虜獲而重載也鐮柯斧子者言突厥彊盛百姓不得斫桑養蠶種禾刈穀也）

吏部謠（崔湜與岑羲鄭愔並爲吏部贓汚狼籍京中爲之謠曰）

岑愔獠子後崔湜令公孫三人相比校莫賀咄骨渾

黃犢子謠 景龍中民謠時又有阿韋娘歌

黃牸犢子挽紖斷兩脚蹋地鞋韈斷 一本此下又有城南黃牸犢子韋一句

安樂寺童謠

可憐安樂寺了了樹頭懸 景龍中安樂公主於洺州造安樂寺制擬宮掖用錢數百萬童謠云云後誅逆韋并殺安樂斬首懸竿上

鯉魚兒謠

可憐聖善寺身著綠毛衣牽來河裏飲蹋殺鯉魚兒 景龍中民謠 後譙王從均州入都作亂敗走投洛川而死

羊頭山謠 山在潞州南六十里景龍二年明皇爲別駕臨潞州有童謠云

羊頭山北作朝堂

金橋童謠

聖人執節度金橋 橋在潞州南二里明皇於景龍三年十月二十五日由此橋朝京師

天寶中京兆謠 天寶中李峴爲京兆尹甚得人心會連雨六十餘日楊國忠以其災歸咎峴出爲長沙太守時京師米麥踊貴百姓爲謠云

欲得米麥賤無過追李峴 一作欲粟賤追李峴

天寶初語 天寶初楊貴妃常以假鬢爲首飾而好服黃帬時人爲之語曰

義髻抛河裏黃帬逐水流

楊氏謠 天寶十載上元節楊氏五宅夜遊與廣寧公主騎從爭西市門楊氏奴揮鞭致公主墮馬駙馬程昌裔扶救因及數撾上令決殺楊氏奴一人亦罷昌裔停官於是楊家轉橫京師長吏爲之側目故當時謠曰

男不封侯女作妃君看女却是門楣

神雞童謠 賈昌七歲解鳥語音明皇選爲雞坊五百小兒長甚愛幸之父死縣官爲葬器喪車乘傳洛陽道當時天下號神雞童爲之語曰

生兒不用識文字鬬雞走馬勝讀書賈家小兒年十三富貴榮華代不如能令金距期勝負白羅繡衫隨軟輿父死長安千里外差夫治道輓喪車

燕燕謠 安祿山未反時有此二謠

燕燕飛上天天上女兒鋪白氈氈上有千錢

幽州謠

舊來誇戴竿今日不堪看但看五月裏清水河邊見契丹 青瑣高議又載一謠云山上一群鹿大鹿來相逐嚙殺濶下羊却被豬兒觸

兩京童謠

不怕上蘭單惟愁答辨難無錢求案典生死任都官 天寶逆胡之亂士庶多投身於胡庭先是兩京童謠有此後克復之日朝士繫三司獄鞫問家產罄盡骨肉分散生死無路

兩頭朱童謠

一隻箸兩頭朱五六月化爲膽 此爲朱泚謠也後果於六月兵敗而死

打麥謠

打麥麥打三三三 旣而旋其袖曰 舞了也 元和九年六月三日盜殺宰相武元衡先是長安中有此謠解者以爲打麥刈麥時也麥打謂暗中突擊也三三三謂六月三日也舞了謂元衡死也

張權輿作裴度僞謠 長慶中度爲李逢吉所搆罷相敬宗立欲復用之逢吉大懼其黨張權輿作僞謠欲以傾度天子明其誣卒相度

非衣小兒坦其腹天上有口被驅逐

馬僕射謠

齋鐘動也和尚不上堂 馬僕射旣立功業頗有陶侃之志客有揚其意者先著此謠於軍中因託言善相者云公相非人臣豈不聞謠乎和尚公之名齋鐘動謂時至不上堂不自取也馬因具寶物直數千萬令通田悅爲用客一去不知所之馬始悔焉

咸通七年童謠

草青青被嚴霜鵲始巢復看顛狂

咸通十四年成都謠

咸通癸巳出無所之蛇去馬來道路稍開頭無片瓦地有殘灰 是歲歲陰在巳明年在午巳蛇也午馬也

乾符六年童謠

八月無霜塞草青將軍騎馬出空城漢家天子西巡狩猶向江東更索兵

僖宗時童謠

金色蝦蟆爭努眼翻却曹州天下反 王仙芝反於曹州黃巢繼之此謠之應

黃巢軍中謠

逢儒則肉師必覆 初巢軍中有此謠巢入閩俘民紿稱儒者皆釋之

中和初童謠

黃巢走泰山東死在翁家翁 黃巢未敗前有此謠後敗走至泰山狼虎谷爲其下所殺其死處民家果姓翁

山陰老人僞謠 董昌時有山陰縣老人僞上言曰願大王帝於越三十年前已聞謠言故來獻昌得之大喜因僭僞號

欲識聖人姓千里草青青欲識聖人名日從日上生

胡楚賓謠 唐秋浦詩人有胡楚賓顧雲張喬伍喬殷文圭諸人楚賓文思甚敏必酒中下筆當時有謠云

胡楚賓李翰林詞同三峽水字值雙南金

後唐軍士謠 潞王之入洛許賞軍士人錢百緡後不能給賞錢二十緡軍士猶怨望乃爲此謠以閔帝仁弱潞王剛嚴有悔心故也

除去菩薩扶立生鐵

周顯德中齊州謠

蹋陽春人間二月雨和塵陽春蹋盡西風起腸斷人間白髮人

天祐中江南童謠

東海鯉魚飛上天 李昇初爲徐温養子冒徐姓名知誥後繼温爲南唐東海徐氏之望鯉李也

眞人謠 唐末民間有此謠元宗因名其子爲弘冀以應之

有一眞人在冀川開口持弓向外邊 一本此下又有子子孫孫萬萬年一句

李後主童謠

索得娘來忘却家後園桃李不生花豬兒狗兒都死盡養得貓兒患赤瘕 南唐近事解此謠云娘謂李主再娶周后豬狗死謂亥年戌年亥年赤瘕目病貓有目病則不能捕鼠謂不見丙子之年也

秦人竹貓謠

貓貓引黑牛天差不自由但看戊寅歲揚在蜀江頭 王氏見聞云竹貓食竹之鼠肉肥脆生深山竹林無人境岐梁戰之年此物偏入人家房內秦人口腹飫焉忽有童謠云云智者不能識之庚午歲梁劉知俊叛梁入秦岐王以爲涇州節度知俊爲人色黑而其生歲在丑貓者劉也始知貓貓引黑牛之應後奔蜀王建用之令反攻岐有功竟忌而殺之歲戊寅建不豫見劉爲祟因粉劉骨投之江其言揚在蜀江頭亦驗云

蜀人謠 建陰忌劉知俊材蜀人亦共嫉之建諸子皆以宗承爲名乃於里巷搆爲謠言云云建慮爲子孫害益惡之故殺知俊

黑牛無繫絆椶繩一時斷 一作黑牛出圈椶繩斷

秦城芭蕉謠

花開來裏花謝也裏 天水地寒不產芭蕉戎帥亭臺有二本入冬即埋藏於地窟候春再植之庚午辛未間有童謠云云時節氣變而不寒芭蕉花開蜀人犯封疆年年一來不失芭蕉開謝之候自隴之西竟爲蜀有蓋劒外節氣先布於秦城也

蜀童謠

我有一帖藥其名曰阿魏賣與十八子 蜀王衍時有此謠乾德末衍兄宗弼果賣國歸唐而宗弼乃王建養子本姓魏氏皆驗

蜀中埽地和尚

水行仙怕秦川 王建據蜀之後有一僧常持大帚每過即汎埽人以埽地和尚目之埽畢輒寫二語其後王衍果有秦川之禍水行仙衍字也

福州謠

騎馬來騎馬去 王潮以光啓二年丙午拜泉州刺史至晉開運三年丙午南唐滅王氏謠之驗也

閩人謠

風吹楊菜鼓山下不得錢郎戈不罷 王審知時有此謠後延政兄弟相攻國中大亂忠獻王錢佐時年十九遣兵伐之敗淮將楊業蔡遇等盡取福州之地鼓山福州山名

廣州童謠

羊頭二四白天雨至 後宋師以辛未年二月四日平南漢羊未之神天雨者王師如時雨之義

桂管童謠

大蟲來 湖南馬殷命其將李瓊攻南越拔桂管十八城瓊勇壯絕倫人號曰李老虎先是桂管兒童每聚戲呼大蟲來至是果應

湖南童謠

湖南城郭好長街竟栽柳樹不栽槐百姓奔竄無一事只是椎芒織草鞋 初馬氏城中街道多種槐樹柳無一二希萼逐希廣自代之初皆變爲種柳無復有槐又居人夜織草鞋椎芒聲聞郊野俄有童謠四句人無少長皆誦之未幾國亂民竄死者十七八槐言懷兄弟尋戈失孔懷之義草鞋遠行所用言百姓之奔竄也

長沙童謠

鞭打馬馬急一作須走 楚王馬希萼爲其弟希崇所篡希萼於衡山自立爲王希崇求救於吳吳遣將邊鎬來伐希崇將拒之或以童謠爲諫不得已降鎬馬氏遂舉族入吳

湘中童謠

馬去不用鞭鹼牙過今年 江南將邊鎬下長沙既遷馬氏之族朗州衙將劉言復爲亂襲鎬鎬遁歸謠言鞭邊也

長沙童謠

三羊五馬馬子離羣羊子無舍 或問罷巨昭湖南與淮南國祚長短巨昭曰吾入長沙聞童謠云云自今以後馬氏當五主楊氏當三主後皆如其言

丹陽語

待錢來待錢來 丹陽民常有此戲語後錢鏐授鎮帥潤州刺史遂據有錢塘乃其應也

遼述律后謠

青牛嫗曾避路 遼太祖后述律氏生而有雄略嘗至遼土二河之會有女子乘青牛車倉卒避路忽不見未幾童謠云云諺謂地祇爲青牛嫗後果配太祖稱地皇后云

招手令

亞其虎膺謂手掌曲其松根謂指節以蹲鴟間虎膺之下蹲鴟大指也以鉤戟差玉柱之旁鉤戟頭指玉柱中指也潛虯闊玉柱三分潛虯無名指也奇兵闊潛虯一寸奇兵小指也死其三洛謂搖其腕也生其五峰通呼五指也

打令口號

送搖招由三方一圓分成四片送在搖前

龍朔中酒令 龍朔已來百姓飲酒作令云云俗謂杯盤爲子母又名盤爲臺自後廬陵徙均州子母相去離也連臺拗倒者則天被廢諸武遷放之兆

子母相去離連臺拗倒

沈亞之 亞之嘗客遊爲小輩所試曰某改令書俗名兩句亞之答云云

伐木丁丁鳥鳴嚶嚶東行西行遇飯遇羹人如切如磋如琢如磨欺客打婦不當婁羅亞之

令狐楚顧非熊 楚與非熊飲知其捷辨改一字令試之楚大奇焉

水裏取一鼉岸上取一駝將者駝來馱者鼉是爲駝馱楚屋裏取一鴿水裏取一蛤將者鴿來合者蛤是謂鴿合非熊

張祜 令狐綯鎮維揚祜嘗預狎燕因鞦視祜改令祜答云云

上水船風大急帆下人須好立綯上水船船底破好看客莫倚柁祜

盧發 白敏中鎮荆南杜蘊廉問長沙發爲從事致聘焉酒酣傲睨白公不擇改令盧答云云公極歡而罷

十姓胡中第六胡也曾金闕掌洪爐少年從事誇門第莫向尊前氣色粗白十姓胡中第六胡文章官職勝崔盧暫來關外分優寄不稱賓筵語氣粗發

沈詢 詢吳人會昌進士第咸通中爲昭義節度嘗宴府中賓友改令歌此詢有嬖妾妻以配內豎歸秦而仍留侍內秦恥恨伺宴罷殺詢夫妻如所歌也

莫打南來雁從他向北飛打時雙打取莫遣兩分離

姚巖傑 巖傑投歙州盧肇肇知其使酒敬待之巖傑日肆傲睨肇漸不樂會於江亭肇改令曰前取一聯云云巖傑遽飲一器凭闌嘔噦還續之

遙望漁舟不闊尺八肇憑闌一嘔已覺空喉巖傑

裴勛父子 勛容貌么麼性尤率易嘗從其父坦飲客坦飛觥屬人勛輒言狀坦付觥罰之勛亦答觥云云坦怒而笞之

矬人饒舌破車饒楔父屬觥云裴勛飲十分蝙蝠不自見笑他梁上燕勛復父觥云十一郎亦飲十分

方干李主簿改令 方干姿態山野性好凌侮人有龍丘李主簿者偶於知聞處見干與之傳杯龍丘目有翳干改令以譏之干缺脣性嗜鮓李答云云一座大笑

措大喫酒點鹽將軍喫酒點醬只見門外著籬未見眼中安鄣方措大喫酒點鹽下人喫酒點鮓只見半臂著襴不見口脣開袴李

高駢薛濤 駢鎮成都令酒佐薛濤改一字令曰須得一字象形又須逐韻

口有似沒量斗駢一作無梁沒量川有似三條椽濤 高公云奈一條曲何濤曰相公爲西川節度使尚使一沒量斗至於窮酒佐三條椽止有一條曲又何足怪

南唐烈祖酒令 初李昪蓄異志欲有江南雪天會羣寮宋齊丘徐融等出令借雪取古人名以諷之惟齊丘叶旨融意欲挫昪昪大怒收而投之江

雪下紛紛便是白起烈祖著屐過街必須雍齒齊丘明朝日出爭奈蕭何融

吳越王與陶穀酒令 穀使吳越共舉酒令云云

白玉石碧波亭上迎仙客王口耳王聖明天子要錢塘穀

附 夷陵女郎鬼 唐夷陵有女郎鬼行酒令述賀若弼造此弄長孫鸞鸞年老無髮而口吃故云云

鸞老頭腦好好頭腦鸞老

城陽公主卜繇 太宗女城陽公主初降薛瓘帝卜得繇云云占者請晝婚爲吉帝不從後主坐巫蠱同瓘徙房州咸亨中同卒果以雙柩還京云

二火皆食始同榮末同戚

馮存澄爲明皇占 明皇初爲臨淄王欲平逆韋之禍與道士馮存澄占卦初得合因再得斬關三得鑄印乘軒存澄曰此黃帝所以勝炎帝也其詞云云明皇掩其口使勿言後舉事果驗

合因斬關鑄印乘軒始當果斷終得嗣天

錢知微卜賣天津橋 知微天寶末術士嘗至洛居天津橋賣卜云一卦須帛十疋有貴公子意其必異取帛如數詣卜卦成曰君何戲焉爲韻語云云其人本意賣天津橋紿之其精如此

兩頭點土中心虛懸人足踏跋不肎下錢

王山人爲李衛公按冥 李衛公爲幷州從事有王山人者請謁自稱善按冥公備八案紙筆香水與山人偕坐以俟頃之紙上書八字甚大曰

位極人臣壽六十四

鍾傳客占曆日包橘 傳領江西日客有以覆射之法求見傳以曆日包橘置袖中令射客云

太歲當頭坐諸神不敢當其中有一物常帶洞庭香

馬重績占隨卦繇辭 重績明於數術晉高祖時爲司天監張從賓反命筮之遇隨重績語其繇云歲將秋矣無能爲也七月而從賓果敗

南瞻析木不自續虛而動之動隨其覆

方龜精爲錢元懿卜詞 元懿武肅王第五子貞明中自新定判東陽累奏授睦二州刺史金華郡王終年六十六初元懿之爲新定有卜士方氏時人號爲龜精常數卜以貽元懿至是果如其言

太乙接天河金華寶貝多郡侯六十六別處不經過

葉簡占失牛 吳越時有葉簡者剡人也善卜筮凡有盜賊皆知其姓名射覆無不奇中

占失牛已被家邊載上州欲知賊姓一斤求欲知賊名十干頭 果鄰人丘甲盜之

又射覆橘子

圓似珠色如丹儻能擘破同分喫爭不慙媿洞庭山

射覆巾子

近來好裹束各自競尖新秤無三五兩因何號一斤

射覆二雞子

此物不難知一雄兼一雌誰將打破看方明混沌時

天衡星占 天祐元年四月有星狀如人首赤身黑在北斗下紫微中後三日黑風晦冥其星蓋天衡也占曰

天衡抱極泣帝前血濁霧下天下寃

占月語

月如彎弓少雨多風月如仰瓦不求自下

占雨

乾星照溼土明日依舊雨

雲行西星照泥

朝霞不出門暮霞行千里 云朝霞雨暮霞晴也

天將雨鳩逐婦 埤雅云鵻鳩陰則屏逐其雌晴則呼而返之今人辨其聲以爲無屋住也

占四時甲子雨

春雨甲子赤地千里夏雨甲子乘船入市秋雨甲子禾頭生耳冬雨甲子牛羊凍死鵲巢下地其年大水

占年 西北人諺也

要見麥見三白

正月三白田公笑赫赫

樹稼諺 開元二十九年冬京城寒甚凝霜封樹春秋雨木冰即此亦名樹介言象介胄也俗又謂之樹稼寧王憲見此自歎必死引諺云云後果薨

樹稼達官怕

相書語 張璟藏論婦人相引此

目有四白五夫守宅

葬書語

葬壓龍角其棺必斲 書生相郝處俊葬地

朱雀和鳴子孫盛榮

朱雀悲哀棺中見灰 英公徐勣卜葬得前繇張璟藏曰非也此所謂朱雀悲哀棺中見灰後果斲棺焚屍

安龍頭枕龍角不三年自消鑠 張約相崔巽墓

安龍頭枕龍耳不三年萬乘至 巽遺言後明皇微行至墓所巽言驗而約言不驗

陰陽書語 張鷟故宅有桑高四五丈無故枯死尋而祖亡陰陽書所云此其驗也

喬木先枯衆子必孤

本草采萍時日歌 唐高供奉作

不在山不在岸采我之時七月半選甚癱風與緩風些小微風都不算豆淋酒內下三丸鐵幞頭上也出汗

和劑方補骨脂丸方詩 宣宗朝太尉張壽知廣州得補骨脂丸方於南蕃人服之驗爲詩紀之補骨脂神農本草不載生廣南諸州及海外諸國衰年陽氣衰絕力能補之

三年時節向邊隅人信方知藥力殊奪得春光來在手青娥休笑白髭鬚

李廷珪藏墨訣 墨譜廷珪精於製墨本姓奚從易水徙居南唐賜國姓

贈爾烏玉玦泉清研須潔避暑懸葛囊臨風度梅月

全唐詩

李瀚 唐末五代人

蒙求

王戎簡要裴楷清通孔明臥龍呂望非熊楊震關西丁寬易東謝安高潔王導公忠匡衡鑿壁孫敬閉戶郅都蒼鷹甯成乳虎周嵩狼抗梁冀跋扈郗超髯參王珣短簿伏波標柱博望尋河李陵初詩田橫感歌武仲不休士衡患多桓譚非讖王商止訛嵇呂命駕程孔傾蓋劇孟一敵周處三害胡廣補闕袁安倚賴黃霸政殊梁習治最墨子悲絲楊朱泣岐朱博烏集蕭芝雉隨杜后生齒靈王出髭賈誼忌鵩莊周畏犧燕昭築臺鄭莊置驛

瓘靖二妙岳湛連璧郄詵一枝戴馮重席鄒陽長裾王符逢掖鳴鶴日下士龍雲間晉宣狼顧漢祖龍顏鮑靚記井羊祜識環仲容青雲叔夜玉山毛義捧檄子路負米江革忠孝王覽友弟蕭何定律叔孫制禮葛豐刺舉息躬歷詆管寧割席和嶠專車時苗留犢羊續懸魚樊噲排闥辛毗引裾孫楚漱石郝隆曬書枚皐詣闕充國自贊王衍風鑑許劭月旦賀循儒宗孫綽才冠太叔辨洽摯仲辭翰山濤識量毛玠公方袁盎卻座衞瓘撫牀于公高門曹參趣裝庶女振風鄒衍降霜范丹生塵晏嬰脫粟詰汾興魏鼈靈王蜀不疑誣金卞和泣玉檀卿沐猴謝尚鴝鴿泰初日月季野陽秋荀陳德星李郭仙舟王忳繡被張氏銅鉤丁公遽戮雍齒先侯陳雷膠漆范張雞黍周侯山嶷會稽霞舉季布一諾阮瞻三語郭文游山袁宏泊渚黃琬對日秦宓論天孟軻養素揚雄草玄向秀聞笛伯牙絕弦郭槐自屈南郡猶憐魯恭馴雉宋均去獸廣客蛇影殷師牛鬬元禮模楷季彥領袖魯褒錢神崔烈銅臭梁竦廟食趙溫雄飛枚乘蒲輪鄭均白衣陵母伏劍軻親斷機齊后破環謝女解圍鑿齒尺牘荀勗音律胡威推縑陸績懷橘羅含吞鳥江淹夢筆李廞清貞劉驎高率蔣詡三徑許由一瓢楊僕移關杜預建橋壽王議鼎杜林駮堯西施捧心孫壽折腰靈輒扶輪魏顆結草逸少傾寫平子絕倒澹臺毀璧子罕辭寶東平為善司馬稱好公超霧市魯般雲梯田單火牛江逌爇雞蔡裔殞盜張遼止啼陳平多轍李廣成蹊陳遵投轄山簡倒載淵客泣珠交甫解佩龔勝不屈孫寶自劾呂安題鳳子猷訪戴董宣彊項翟璜直言紀昌貫蝨養由號猨馮衍歸里張昭塞門蘇韶鬼靈盧充幽婚震畏四知秉去三惑柳下直道叔敖陰德張湯巧詆杜周深刻三王尹京二鮑糾慝孫康映雪車胤聚螢李充四部井春五經谷永筆札顧愷丹青戴逵破琴謝敷應星阮宣杖頭畢卓甕下文伯羞鼈孟宗寄鮓史丹青蒲張湛白馬隱之感鄰王修輟社阮放八雋江泉四凶華歆忤旨陳羣饜容王濬懸刀丁固生松姜維膽斗盧

植音鍾桓溫奇骨鄧艾大志楊修捷對羅友默記杜康造酒蒼頡制字樗里智囊邊韶經笥滕公佳城王果石崖買妻恥醮澤室犯齋馬后大練孟光荊釵顏叔秉燭宋弘不諧鄧通銅山郭況金穴秦彭攀轅侯霸臥轍淳于炙輠彥國吐屑太真玉臺武子金埒巫馬戴星宓賤彈琴郝廉留錢雷義送金逢萌挂冠胡昭投簪王喬雙鳧華佗五禽程邈隸書史籀大篆王承魚盜丙吉牛喘賈琮褰帷郭賀露冕馮媛當熊班女辭輦王充閱市董生下帷平叔傅粉弘治凝脂楊生黃雀毛子白龜宿瘤采桑漆室憂葵韋賢滿籯夏侯拾芥阮簡曠達袁耽俊邁蘇武持節鄭眾不拜郭巨將坑董永自賣仲連蹈海范蠡泛湖文寶緝柳溫舒截蒲伯道無兒嵇紹不孤綠珠墜樓文君當壚伊尹負鼎甯戚叩角趙壹坎壈顏駟蹇剝龔遂勸農文翁興學晏御揚揚五鹿嶽嶽蕭朱結綬王貢彈冠龐統展驥仇覽棲鸞葛亮顧廬韓信升壇王褒柏慘閔損衣單蒙恬製筆蔡倫造紙孔伋縕袍祭遵布被周公握髮蔡邕倒屣王敦傾室紀瞻出妓暴勝持斧張綱埋輪靈運曲笠林宗折巾屈原澤畔漁父江濱魏勃埽門潘岳望塵京房推律翼奉觀性甘寧奢侈陸凱貴盛干木富義於陵辭聘元凱傳癖伯英草聖馮異大樹千秋小車漂母進食孫鍾設瓜壺公謫天薊訓歷家劉玄刮席晉惠聞蟇伊籍一拜酈生長揖馬安四至應璩三入郭解借交朱家脫急虞延剋期盛吉垂泣豫讓吞炭鉏麑觸槐阮孚蠟屐祖約好財初平起石左慈擲杯武陵桃源劉阮天台王儉墜車褚淵落水季倫錦障春申珠履甄后出拜劉楨平視胡嬪爭摴晉武傷指石慶數馬孔光溫樹翟湯隱操許詢勝具優旃滑稽落下曆數曼容自免子平畢娶師曠清耳離婁明目仲文照鏡臨江折軸欒巴噀酒偃師舞木德潤傭書君平賣卜叔寶玉潤彥輔冰清衛后髮鬒飛燕體輕玄石沈湎劉伶解酲趙勝謝躄楚莊絕纓惡來多力飛廉善走趙孟疵面田駢天口張憑理窟裴頠談藪仲宣獨步子建八斗廣漢鉤距弘羊心計衞青拜幕去病辭第酈寄

賣友紀信詐帝濟叔不癡周兄無慧虞卿擔簦蘇章負笈南風擲孕商受斮涉廣德從橋君章拒獵應奉五行安世三篋相如題柱終軍棄繻孫晨稾席原憲桑樞端木辭金鍾離委珠季札挂劍徐稺致芻朱雲折檻申屠斷鞅衛玠羊車王恭鶴氅管仲隨馬蒼舒稱象丁蘭刻木伯瑜泣杖陳逵豪爽田方簡傲黃向訪主陳寔遺盜龐儉鑿井陰方祀竈韓壽竊香王濛市帽句踐投醪陸抗嘗藥孔愉放龜張顥隋鵲田豫儉素李恂清約義縱攻剽周陽暴虐孟陽擲瓦賈氏如皐顏回簞瓢仲蔚蓬蒿糜竺收資桓景登高雷煥送劍呂虔佩刀老萊斑衣黃香扇枕王祥守柰蔡順分椹淮南食時左思十稔劉惔傾釀孝伯痛飲女媧補天長房縮地季珪士首長孺國器陸玩無人賈詡非次何晏神伏郭奕心醉常林帶經高鳳漂麥孟嘉落帽庾凱隋幘龍逢板出張華台坼董奉活燮扁鵲起虢寇恂借一何武去思韓子孤憤梁鴻五噫蔡琰辨琴王粲覆棊西門投巫何謙焚祠孟嘗還珠劉昆反火姜肱共被孔融讓果端康相代亮陟隅坐趙倫鶹怪梁孝牛禍桓典避馬王尊叱馭鼂錯峭直趙禹廉倨亮遺巾幗備失匕箸張翰適意陶潛歸去魏儲南館漢相東閣楚元置醴陳蕃下榻廣利泉湧王霸冰合孔融坐滿鄭崇門雜張湛折轅周鎮漏船郭伋竹馬劉寬蒲鞭許史侯盛韋平相延雍伯種玉黃尋飛錢王允千里黃憲萬頃虞騤才望戴淵鋒穎史魚黜殯子囊城郢戴封積薪耿恭拜井汲黯開倉馮驩折券齊景駟千何曾食萬顧榮錫炙田文比飯稚珪蛙鳴彥倫鶴怨廉頗負荊須賈擢髮孔翊絕書申嘉私謁淵明把菊眞長望月子房取履釋之結韤郭丹約闕祖逖誓江賈逵問事許慎無雙妻敬和親白起坑降蕭史鳳臺宋宗雞窗王陽囊衣馬援薏苡劉整交質五倫十起張敞畫眉謝鯤折齒盛彥感螬姜詩躍鯉宗資主諾成瑨坐嘯伯成辭耕嚴陵去釣董遇三餘譙周獨笑將閭仰天王凌呼廟二疏散金陸賈分橐慈明八龍禰衡一鶚不占隕車子雲投閣魏舒堂堂周舍諤諤無鹽如漆姑射若

冰䣢子投火王思怒蠅符朗阜白易牙淄澠周勃織薄（一作蠶箕）灌嬰販繒馬良白眉阮籍青眼黥布開關張良燒棧陳遺飯感陶侃酒限楚昭萍實東晳竹簡曼倩三冬陳思七步劉寵一錢廉范五袴汜毓字孤郗鑒吐哺荀弟轉酷嚴母埽墓洪喬擲水陳泰挂壁王述忿狷荀粲惑溺宋女愈謹敬姜猶績鮑照篇翰陳琳書檄浩浩萬古不可備甄芟繁摭華爾曹勉旃

全唐詩目 第十二函

第九册

全唐詩 補遺一

褚亮 詩一首

宗廟九德之歌辭（第七句第十三句各缺一字）

皇祖誕慶於昭于天積德斯遠茂攸緒先維文應曆神武弘宣肇迹　水成功坂泉道光覆載聲穆吉先式備犧象用　牲牷禮終九獻樂展四懸神貺景福遐哉永年

陳叔達 詩一首

太廟祼地歌辭

清廟既祼鬱鬯推禮大哉孝思嚴恭祖禰龍袞以祭鸞刀思啟發德朱弦升歌丹陛遥享粢盛堂斟況齊降福穰穰來儀濟濟

王績 詩一首

堦前石竹

上天布甘雨萬物咸均平自顧微且賤亦得蒙滋榮萋萋結綠枝曄曄垂朱英常恐零露降不得全其生歎息聊自思此生豈我情昔我未生時誰者令我萌棄置勿重陳委化何所營

崔善爲 詩一首

九月九日

九日重陽節三秋季月殘菊花催晚氣萸房辟早寒霜濃鷹擊遠霧重雁飛難誰憶龍山外蕭條邊興闌

許敬宗 詩二首

奉和九月九田應制

爽氣中時豫臨秋肆武功太液縈光發曾城佳氣融紫霄寒暑麗黄山極望通講藝遵先軌覩德暢宸衷鶩嶺飛夏服娥魄亂雕弓汗浹鑣流赭塵生埒散紅飲羽驚開石中葉遽凋叢雁殫雲路静烏墜日輪空九流參廣宴萬寓抃恩隆

奉和守歲應制

玉琯移玄序金奏賞彤闈祥鸞歌裏轉春燕舞前歸壽爵傳三禮燈枝麗九微運廣薰風積恩深湛露晞送寒終此夜延宴待晨暉

盧照隣 詩一首

凌晨

日掩鴻都夕河低亂箭移蟲飛明月户鵲繞落花枝蘭襟帳北𥦗玉匣鼓文漪聞有啼鶯處暗幄曉雲披

宋之問 詩二首

登北固山

京鎮周天險東南作北關埭橫江曲路戍入海中山望越心初切思秦鬢已斑空憐上林雁朝夕待春還

陪羣公登箕山賦得羣字

許由去已遠寘莫見幽墳世薄人不貴茲山唯白雲寧知三千歲復有堯爲君時佐激頹俗登箕挹清芬高節雖旦暮邈與洪崖羣

蘇頲 詩一首

人日兼立春小園宴

黃山積高次表裏望京邑白日最靈朝登攀盡原隰年灰律象動陽氣開迎入煙靄長薄含臨流小溪澀賓朋莫我棄詞賦當春立更與韶物期不孤東園集

和黃門舅十五夜作

聞君陌上來歌管沸相催孤月連明照千燈合暗開寶裝遊騎出香繞看車迴獨有歸閑意春庭伴落梅

薛曜 詩三首

登綿州富樂山別李道士策

珠闕崑山遠銀宮漲海懸送君從此路城郭幾千年雲霧含丹景桑麻覆細田笙歌未盡曲風馭獨泠然

九城尋山水

菊浦桃源暾九城鸞歌鳳嘯忽將迎千巖雜樹雲霞色百道流泉風雨聲上客由來軒蓋重幽人自覺薜蘿輕疑是昔年棲息地山中日暮有餘情

邙山古意

昔掩佳城路曾鶩蹬易還今接宜都里翻疑海作田鏤鼎名應大生金字不傳風飈吹白日羅綺拭黃泉象鳳笙留國成龍劍上天長樂移新壟咸陽失舊阡川流徒漫漫神理竟綿綿佇見飛來鶴沈嗟不學仙

李懷遠 詩一首

鳳閣南廳槐樹半生死雖遇陽和終呈枯朽託根清禁頗覺非宜感物緣情率爾爲詠

庭槐歲月深半死尚抽心葉少寧障日枝疎不礙禽帷幄諒無取棟梁非所任媿在龍樓側羞處鳳池陰未能辭雨露猶得款衣簪惜悲生意盡空餘古木吟

趙彥伯 詩一首

和九月九日登慈恩寺浮圖應制

出豫垂佳節憑高陟梵宮皇心滿塵界佛迹現虛空日月宜長壽天人得大通喜聞題寶偈受記莫由同

喬備 詩一首

秋夜巫山

巫峽裒回雨陽臺淡蕩雲江山空窈窕朝暮自紛氳螢色寒秋露猨啼清夜聞誰憐夢魂遠腸斷思紛紛

孫逖 詩一首

晦日與盧舍人同詣補闕城南林園第六句缺一字

芳年正月晦假日早朝迴欲盡三春賞還欽二阮才柳迎郊騎入花近　庭開窕是人寰外眞情寓物來

盧象 詩一首

贈劉藍田一作王維詩

籬中犬迎吠出屋候柴扉歲晏輸井稅山村人暮歸晚田始家食餘布成我衣對此能無事勞君問是非

劉長卿 詩一首

清明日青龍寺上方得多字

上方偏可適季月況堪過遠近人都至東西山色多夕陽留逕草新葉變庭柯已度清明節春愁如客何

蕭穎士 詩三首

羽山

九山方蕩潏三考佇良材夏祖何屯圯還殛此山隈空餘下泉客誰復辨黃能

遊馬耳山

茲山表東服遠近瞻其名合沓盡溟漲渾渾連太清我來疑初伏幽路無炎精流水出溪盡覆蘿搖風輕高深變氣候俯仰暮天晴入谷煙雨潤登崕雲日明乾坤正含養種植總滋榮草樹皆秀色雛麋亂新聲攀巖挹桂髓洞穴拾瑤英此地隱微逕何人得長生宿心尚葛許彌願棲蓬瀛太息宦名路遲迴忠孝情還丹昧遠術養素慚幽貞安得從此去悠然昇玉京

趙載同遊焦湖夜歸作題缺三字詩缺八字

將澤國溯騰迎淮甸東江輸大江別流從此縣仙尉俯勝境輕橈恣遊衍自公暇有餘微尚得所願拈引間翰墨風流盡歡宴稍移井邑閑始悅登眺便遥岫逢應接連塘乍迴轉劃然氣象分萬頃行可見波中峰一點雲際帆千片浩歎無端涯孰知蘊虛變往遊信不厭畢景方未還蘭　煙靄裏延緣蒲稗間勢隨風潮遠心與　閑迴見出浦月雄光射東關悠然蓬壺事衰顏安得傲吏隱彌年寓茲山

王翰 詩一首

龍興觀金籙建醮景龍二年末句缺三字

泰山巖巖兮凌紫氛中有羣仙兮乘白雲陳金薦璧兮

張鼎 詩一首

山中松

枝聳碧雲端根侵蘚壁盤幾經良匠顧猶作散材看雪積花開少風多子落乾空存後凋色歲晚出林巒

李白 詩一首

庭前晚花開

西王母桃種我家三千陽春始一花結實苦遲爲人笑攀折唧唧長咨嗟

杜甫 詩一首

漢州王大錄事宅作

南溪老病客相見下肩輿近髮看烏帽催蓴煮白魚宅中平岸水身外滿牀書憶爾才名叔含悽意有餘

皇甫冉 詩七首

田家作

臥見高原燒閑尋空谷泉土膏消臘後麥隴發春前藥

驗桐君錄心齊莊子篇荒村三數處衰柳百餘年好就山僧去時過野舍眠汲流寧厭遠卜地本求偏向子諳樵路陶家置黍田雪峰明晚景風雁急寒天且復冠名鶡寧知冕戴蟬問津夫子倦荷蓧丈人賢顧物皆從爾求心正儻然稽康嬾慢性秖自戀風煙

寄劉方平

十年不出蹊林中一朝結束甘從戎嚴子持竿心寂歷寥落荒籬遮舊宅終日碧湍聲自喧暮秋黃菊花誰摘每望南峰如對君昨來不見多黃雲石徑幽人何所在玉泉疎鐘時獨聞與君從來同語默豈是悠悠但相識天畔三秋空復情袖中一字無由得世人易合復易離故交棄置求新知歎息青青長不改歲寒霜雪貞松枝

和中丞奉使承恩還終南舊居

軒車尋舊隱賓從滿郊園蕭散煙霞興殷勤故老言謝公山不改陶令菊猶存苔蘚侵垂釣松篁長閉門風霜清吏事江海諭君恩秖召趨宣室沈㝠在一論

送令狐明府

行當臘候晚共惜歲陰殘聞道巴山遠如何蜀路難荒林藏積雪亂石起驚湍君有親人術應令勞者安

同韓給事觀畢給事畫松石

海嶠微茫那得到楚關迢遞心空憶夕郎善畫巖間松遠意幽姿此何極千條萬葉紛異狀虎伏螭盤爭勁力扶踈半映晚天青凝澹全和曙雲黑煙籠月照安可道雨濕風吹未曾息能將積雪辨晴光每與連峰作寒色龍樓不競繁花吐騎省偏宜遙夜直羅浮道士訪移來少室山僧舊應識掖垣深沈晝無事終日亭亭在人側古槐衰柳寧足論還對罘罳列行植

送從姪棲閑律師

能知出世法詎有在家心南院開門送東山策杖尋經年期故里及夏到空林念遠長勞望朝朝草色深

舟中送李觀

江南近別亦依依山晚川長客伴稀獨坐相思計行日出門臨水望君歸

張彪詩一首

勑移橘栽

南橘北爲枳古來豈虛言徙植期不變陰陽感君恩枝條皆宛然本土封其根及時望栽種萬里繞花園滋味豈聖心實以憂黎元暫勞致力重永感貢獻煩是嗟草木類稟異於乾坤願爲王母桃千歲奉至尊

全唐詩補遺二

嚴維詩一首

晚霽登王六東閣

試上江樓望初逢山雨晴連空青嶂合向晚白雲生俊美要殊觀蕭條見遠情情來不可極日暮水流清

顧況詩四首

曲龍山歌

曲龍丈人冠藕花其顏色映光明砂玉繩金枝有通籍五嶽三山，如一家遙指叢霄杳靈島島中𪾢𪾢無凡草九仙傲倪折五芝翠鳳白麟回異道石臺石鏡月長明石洞石橋連上清人間妻子見不識拍雲揮手升天行摩天截漢何瀟灑四石五雲更上下方小兆更拜焉願得騎雲作車馬

子欲居九夷乘桴浮於海聖人之意有所在曲龍何在在海中石室玉堂窅玲瓏其下琛怪之所產其上靈棲復無限無風浪頂高屋脊有風天晴翻海眼願逐剛風騎吏旋起居按摩參寥天鳳皇頰骨流珠佩孔雀尾毛張翠蓋下看人界等蟲沙夜宿層城阿母家

柳宜城鵲巢歌并序

俗傳鵲巢在南令人貧窮多口舌東西家者已斫樹枝公獨任其乳育於鳥如此於人可知况承命歌曰

相公宅前楊柳樹野鵲飛來復飛去東家斫樹枝西家斫樹枝東家西家斫樹枝發遣野鵲巢何枝相君處分留野鵲一月生得三箇兒相君長命復富貴口舌貧窮徒爾爲

道該上人院石竹花歌

道該房前石竹叢深淺紫深淺紅嬋娟灼爍委清露小枝小葉飄香風上人心中如鏡中永日垂簾觀色空

耿湋詩一首

九日

九日強游登藻井髮稀那敢插茱萸橫空過雨千峰出大野新霜萬壑鋪更望尊中菊花酒殷勤能得幾回沽

竇叔向詩一首

青陽館望九子山

蒼翠岧嶢上碧天九峰遙落縣門前毫芒映日千重樹涓滴垂空萬丈泉武帝南遊曾駐蹕始皇東幸亦祈年雲祠絕跡終難訪唯有猨聲到客邊

王季友詩二首

青出藍

芳藍滋疋帛人力半天經浸潤加新氣光輝勝本清還同冰出水不共草爲螢翻覆衣襟上偏知造化靈

皇帝移晦日爲中和節

皇心不向晦改節號中和淑氣同風景嘉名別詠歌湔裙移舊俗賜尺下新科曆象千年正酺醵四海多花隨春令發鴻度歲陽過天地齊休慶歡聲欲蕩波

劉商詩一首

送劉南史往杭州拜覲別駕叔

兄弟飄零自長年見君眷白轉相憐清揚似玉須勤學富貴由人不在天萬里榛蕪迷舊國兩河烽火復相連林中若使題書信但問漳濱訪客船

楊巨源詩二首

和汴州令狐相公白菊

兔園春欲盡別有一叢芳直似窮陰雪全輕向曉霜凝暉侵桂魄晶彩奪螢光素萼迎風舞銀房泣露香水晶

簾不隔雲母扇韜鋌紈袖呈瑶瑟冰容啟玉堂今來碧油下知自白雲鄉留此非吾土須移鳳沼傍

贈陳判官求子花詩（魏府出此物）

油地輕綃碧且紅須憐織手是良工能生麗思千花外善點穠姿五彩中子細傳看臨霽景殷勤持贈及春風若將江上迎桃葉一帖何妨錦繡同

歐陽詹（詩一首）

同諸公過福先寺律院宣上人房

律座下朝講晝門猶掩關叨同靜者來正值高雲閑寂㢠方丈內瑩然虛白間千燈智慧心片玉清羸顏松色落深井竹陰寒小山晤言流曦晚惆悵歸人寰

白居易（詩三首）

城西別元九

城西三月三十日別友辭春兩恨多帝里却歸猶寂寞通州獨去又如何

陳家紫藤花下贈周判官

藤花無次第萬朶一時開不是周從事何人喚我來

遊小洞庭

湖山上頭別有湖芰荷香氣占仙都夜含星斗分乾象曉映雷雲作畫圖風動綠蘋天上浪鳥棲寒照月中烏若非神物多靈迹爭得長年冬不枯

楊衡（詩一首）

傷蔡處士

篋中遺草是琅玕對此令人灑淚看三逕尚疑行迹在數螢猶自映書殘晨光不借泉門曉瞑色空添隴樹寒欲問皇天天更遠有才無命說應難

丘丹（詩二首）

奉使過石門瀑布（并序）

謝康樂宋景平中為永嘉守有宿石門巖上詩予六代祖梁中書侍郎天監中有過石門瀑布詩後亦為此郡小子大曆中奉使竊有繼作雖不足克紹祖德追蹤昔賢蓋造奇懷感之志也

溪上望懸泉耿耿雲中見披榛上巖巘絕壁正東面千仞瀉聯珠一潭噴飛霰嵯瀑滿山響坐覺炎氛變照日類虹蜺從風似綃練靈奇旣天造惜處窮海甸吾祖昔登臨謝公亦遊衍王程懼淹泊下磴空延眷千里雷尚聞巒迴樹葱蒨奔波（一作此來）恭賤役探討媿前彥永欲洗塵纓終當愜茲願

秋夕宿石門館

暝從石門宿摇落四岩空潭月漾山足天河瀉澗中杉松寒似雨猨鳥夕驚風獨臥不成寐蒼然想謝公

張碧（詩三首）

廬山瀑布

誰將織女機頭練貼出青山碧雲面造化工夫不等閑剪破澄江凝一片怪來洞口流嗚咽怕見三冬晝飛雪石鏡無光相對愁漫漫頂上沈秋月爭得陽烏照山北放出青天豁胸臆黛花新染插天風驀吐中心爛銀色五月六月暑雲飛閣門遠看澄心機參差碎碧落巖畔梅花亂擺當風散

林書記薔薇

東風折盡諸花卉是箇亭臺冷如水黃鸝舌滑跳柳陰教看薔薇吐金蘂雙成湧出瑠璃宮天香潤罩紅熏籠西施曉下吳王殿亂拋嬌臉新匀濃瑶姬學繡流蘇幔綠夾殷紅垂錦段炎洲吹落滿汀雲阮瑀庭前裝一半醉且書懷還復吟蜀箋影裏霞光侵泰娥晚憑欄干立柔枝墜落青羅襟殷勤無波綠池水為君作鏡開妝蘂

答友人新栽松（第十一句缺二字）

石門新長青龍鬚虯身宛轉雲光粘聞君愛我幽崖前十株五株寒霜天越溪老僧頭削雪曾云手植當庭月三十年來遮火雲涼風五月生空門願君栽於清澗泉貞姿莫迸夭桃妍　　易開還易落貞姿鬱鬱長依然山童嬾上孤峰巔當窗劃破屏風煙

陳翥（詩二首）

金錢花

梟露牽風夾瘦莎一星星火遍窠窠閑門永巷新秋裏幸不傷廉莫怕多古蘚寒蕪讓品流小齋多謝伴清幽若教夷甫門前種也是無多過一秋

長孫佐輔（詩二首）

山居雨霽即事

結茅蒼嶺下自與喧卑隔況值雷雨晴郊原轉岑寂出門看反照繞屋殘溜滴古路絕人行荒陂響螻蟈籬崩瓜豆蔓圃壞牛羊跡斷續古祠鴉高低遠村笛喜聞東皋潤欲往未通屐杖策試危橋攀蘿瞰苔壁隣翁夜相訪緩酌聊跂石新月出汙尊浮雲在中扃常慙腐儒操謬習經邦畫有待時未知非關慕沮溺

秋日登山

逐勝不怯寒秋山閑獨登依稀小徑通深處逢來僧側石擁寒溜欹松懸古藤明書問知友與詠將誰能

竇鞏（詩一首）

自京師將赴黔南

風雨荊州二月天問人須雇峽中船西南一望雲和水猶道黔南有四千

姚合（詩一首）

中秋夜洞庭圓月

素月開秋景騷人泛洞庭滄波正澄霽涼葉未飄零練彩疑葭菼霜容靜杳冥曉棲河畔鶴宵映渚邊螢圓彩含珠魄微飈發桂馨誰憐採蘋客此夜宿孤汀

李涉（詩九首）

灘陽行

黃昏日暮驅羸馬夜宿灘陽烽火下此地新經殺戮來墟落無煙空碎瓦層冰塞斷隋朝水一道銀河貫千里愁心翻覆夢難成病僕呻吟呼不起泗水三千招義軍本是征戰邀殊勳十年麾下蓄壯氣一朝此地為愁人昨日太陽回照燭轉見天心重含育早晚東風的發生古堤春草年年綠

六歎（三首集已載）

蓬萊島邊採珠客西望人寰星漢隔千重疊浪聳雲高萬里平沙連月白海中洞穴尋難極水底鮫人半相識

全唐詩　補遺三

杜牧　詩一首

渡吳江

堠館人稀夜更長姑蘇城遠樹蒼蒼江湖潮落高樓迥河漢秋歸廣殿涼月轉碧梧移鵲影露低紅草溼螢光文園詩侶應多思莫醉笙歌掩華堂

厲玄　詩一首

元日觀朝

玉座臨新歲朝盈萬國人火連雙闕曉仗列五門春瑞雪銷鴛瓦祥光在日輪天顏不敢視稱慶拜空頻

趙璜　詩一首

六月

六月火雲散蟬聲鳴樹梢秋風豈便借客思已蕭條傾國三年別煙霞一路遥行人斷消息更上灞陵橋

喻鳧　詩一首

樊川寒食　缺第一句

新松　綠草古柏翳黃沙珮珂客驚鳥綺羅人間花壓塵南北馬碾石去來車川晚悲風動墳前碎紙斜

潘咸　詩一首

芍藥

閑來竹亭賞賞極藥珠宮葉已盡餘翠花纔半展紅媚欺桃李色香奪綺羅風每到春殘日芳華處處同

劉得仁　詩五首

晚步

野步晚悠悠山光澹早秋遠空淪日脚多稼沒人頭古木蟬齊噪深塍水慢流幽居迴不近秋策卻堪愁

村晚閑步

緩步出居處過原邊雁行夕陽投草木遠水映蒼茫野寺同蟾宿雲溪斷樂嘗蕭條霜景暮極目盡堪傷

冬日題興善寺崔律師院孤松

爲此疎名路頻來訪遠公孤標宜雪後每見憶山中靜影生幽蘚寒聲入迴空何年植兹地曉夕動清風

題新栽小松

玄蚌初開影暫明驪龍欲近威難逼辛苦風濤白首期得珠卻恨求珠時隋侯歿世幾千載只今薄俗空嗤嗤燕王愛賢築金臺四方豪俊承風來秦王燒書殺儒客肘腋之中千里隔去年八月幽并道昭王陵邊哭秋草今年二月遊函關秦家城外悲河山河上山邊車馬路殘日青煙五陵樹

關東病儒客梁城五歲十回逢亂兵燒人之家食人肉狼虎熾心都未足城裏愁雲不開城城頭野草春還綠五十餘年忠烈臣臨難守節羞謀身堂上英髦沈白刃門前輿隸乘朱輪千古傷心汴河水陰天落日悲風起

卻歸巴陵途中走筆寄唐知言

去年臘月來夏口黑風白浪打頭吼檣聲軋軋摇不前看他撩亂張帆走逾月始到鸚鵡洲嗚嗚暮角喧城頭逡巡未得見官長夢寢但覺生愁憂軍中賢倅李監察人馬曉來兼手札敎令參謁禮數全頭頭要處相稱挈唐氏一門今五龍聲華殷殷皆如鍾就中十一最年少別有俊氣橫心胸巧綴五言才刮骨卻怕柱天身硉矹後輩無勞續出頭坳塘不合窺滇渤君家三兄舊山侶方寸久來常許與不覺淹留兩月餘風光漫爛生洲渚宇文文學儒家子竹繞書齋花映水醉舞狂歌此地多有時酩酊扶還起猥蒙方伯憐飢貧假名許得陪諸賓酒家債負有塡日恣意頗敢排青緡余瞿二家同愛客園疏任遣奴人摘野狐泉頭銀葉方一別十年今再覯更有風流歙奴子能將盤帕來欺爾白馬青袍豁眼明許他眞是查郎髓良會芳時難再來隙光電影長相催扁舟惆悵人南去目斷江天凡幾回

山中五無奈何　詩一首見本集題止山中二字

無奈落葉何紛紛滿衰草疾來無氣力擁户不能掃欲訪雲外人都迷上山道

無奈澗水何喧喧夜鳴石疎林透斜月散亂金光滴欲訪澗底人路窮潭水碧

無奈阿鼎何嬌啼索梨栗柴門正風雨千向千回出欲識老病心賴渠將過日

無奈梅花何滿巖光似雪春風總未至獨自驚時節欲見惆悵心又看花上月

張祜　詩五首

江南雜題

積潦池新漲頹垣址舊高怒蛙橫飽腹鬬雀墮輕毛碧瘦三稜草紅鮮百葉桃幽棲日無事痛飲讀離騷

賦得福州白竹扇子　探得輕字

金泥小扇謾多情未勝南工巧織成藤縷雪光纏柄滑篾鋪銀薄露花輕清風坐向羅衫起明月看從玉手生猶賴早時君不棄每憐初作合歡名

潤州楊別駕宅送蔣侍御收兵歸揚州

冷氣清金虎兵威壯鐵冠揚旌川色暗吹角水風寒人對輜軿醉花垂睥睨殘羨歸丞相閤空望舊門闌

觀泗州李常侍打毬

日出樹煙紅開場畫鼓雄驟騎鞍上月輕撥鐙前風斗轉時乘勢旁捎乍迸空等來低背手爭得旋分騣遠射門斜入深排馬迴通遥知三殿下長恨出征東

閑居

僻巷新苔徧空庭弱柳垂井欄防稚子盆水試鵝兒喜客加籩食邀僧長路棋未能抛世事除此更何爲

滿庭蕭颯皆凡木，豈得飀飀似石溪。雪夜枝柯疑畫出，月中長短共人齊。未知何日干天及，恐到秋來被鶴棲。却向舊山尋得處，白雲根蘖覓應迷。

薛瑩 詩一首

栽松

翠色凜空庭，披衣獨繞行。取從山頂嶮，栽得道心生。未弱幽泉韻，焉論別木聲。霜天殘月在，轉影入池清。

賈島 詩一首

十日菊

昨日尊前折萬人，酣曉香今朝籬下見。滿地委殘陽，得失片時痛榮枯，一歲傷未將同腐草，猶更有重霜。

莊南傑 詩四首

赴南巴留別蘇臺知已

人過梅嶺上，歲歲北風寒。落日孤舟去，青山萬里看。猿聲湘水靜，草色洞庭寬。已料生涯事，只應持釣竿。

紅薔薇 才調集作無名氏詩

九天碎霞明澤國，造化工夫潛剪刻。翠葉長眉約細枝，殷紅短刺鉤春色。明日當樓晚香歇，金帶盤空已成結。

曉歌

謝豹聲催麥隴秋，熏風吹落猩猩血。鵾雞哭樹星河轉，海上金烏翅如電。嫦娥斂髮綰雲頭，玉女舒霞織天面。九土廚煙滿城邑，商洛隴頭車馬急。魏宮鐘動繡窗明，夢娥驚對殘燈立。

春草歌

漠漠緜緜幾多思，無言領得春風意。花栽小錦繡晴空，葉抽碧簟鋪平地。含芳弔影爭芬敷，繞雲恨起山蘼蕪。離人不忍到此處，淚娥滴盡雙真珠。

古松歌

山上山下松森沈，翠蓋煙龜鱗犀甲。鑠支體泉聲雨脚，洗春風深碧塵。尾埽冥濛淺黃龍，腹盤穹崇拏天攫地。數千尺恐作雲雨歸，維嵩維嵩成大厦，莫遣邂逅逢樵者。

薛能 詩四首

蒲中霽後晚望

河邊霽色無人見，身帶春風立岸頭。濁水茫茫有何意，日斜還向古蒲州。

龍門八韻

河浸華夷闊，山橫宇宙雄。高波萬丈瀉，夏禹幾年功。川迸晴明雨，林生旦暮風。人看飜進退，鳥性斷西東。氣逐雲歸海，聲驅石落空。近身毛乍豎，當面語難通。沸沫歸何處，盤渦傍此中。從來化鬐者，攀去路應同。

新雪

細落麤和忽復繁，頓清朝市不聞喧。天迷皓色風何亂，地溼春泥土半飜。香暖會中懷岳寺，樵鳴村外想家園。閑吟只愛煎茶澹，幹破平光向近軒。

送判官赴京

闕下情偏已絕稀，天涯身遠復相依。庭花每對從容落，夜燭多同笑語歸。君子是行應柏署，鄙人何望即柴扉。青雲若遇交親話，白辟無心待發揮。

朱景玄 詩一首

溪東岑望天都山

目望浮山丘，梯雲上東岑。羣峰爭入冥，巉巉生太陰。昔賢此升仙，結構窮聳深。未曉日先照，當晝色半沈。風泉雪霜飛，雲樹瓊玉林。大道非閉隔，無路不可尋。窺鏡澄夙慮，望壇起敬心。一從呼子安，永絕金玉音。

許渾 詩一首

夜行次東關一作行次潼關驛逢魏扶東歸

南北斷一作倦蓬飄，長亭酒一瓢。殘雲歸太華，疏雨過中條。樹色隨關迥，河聲入塞一作海遙。勞歌此分首一作手，風急馬蕭蕭。

李頻 詩二首

南遊湘漢寄友人

南去遠三京，三湘五月行。巴江雲水下，楚澤火雲生。向野聊中飲，乘涼探暮程。離懷不可說，已近峽猨聲。

送劉山人歸洞庭

却共孤雲去，高眠最上峰。半湖乘早月，中路入疏鐘。秋蠹蟲聲急，夜深山雨重。當時同隱者，分得幾株松。

李郢 詩十首

早發

野店星河在，行人道路長。孤燈憐宿處，斜月厭新裝。草色多寒露，蟲聲似故鄉。清秋無限恨，殘菊過重陽。

題惠山

乳洞陰陰碧澗連，杉松六月冷無蟬。黃昏飛盡白蝙蝠，茶火數星山寂然。

雨中看山榴落花

山榴逼砌栽，山火一團開。盡日風兼雨，春渠擁作堆。

寄友人乞菊栽 第七句缺一字

藥闌經雨正堪鋤，白菊煩君乞數株。潘岳賦中芳思在，陶潛籬下綠英無。移來稍及蟬鳴樹，種罷長敎酒滿壺。子成仙縱難學，九秋思看集鳩雛。

江邊柳

東風晴色挂闌干，眉葉初晴畏曉寒。江上別筵終日有，綠條春在長應難。

鵝兒

臘後閑行村舍邊，黃鵝清水真可憐。何窮散亂隨新草，永日淹留在野田。無事羣鳴遮水際，爭來引頸逼人前。風吹楚澤蒹葭暮，看下寒溪逐去船。

酬友人春暮寄枳花茶

昨日東風吹枳花，酒醒春晚一甌茶。如雲正護幽人塹，似雪纔分野老家。金餅拍成和雨露，玉塵煎出照煙霞。相如病渴今全校，不羨生臺白頸鵶。

郢自街西醉歸，馬鞭墜失，崔員外起祕書知其闕用，皆許見貽。俄頃之間，二信俱至，短長堅重，價不相饒，輒抒短章，仰酬珍錫

蜀巖陰面冷冥冥，偃雪欺霜半露青。銛刃翦裁多鵲媚，細鞘揮拂帶龍腥。崖垂萬仞知無影，蘚漬千年合有靈。蘭省貴寮蓬閣吏，一時緘贈到雲亭。

即目

自笑騰騰者，非憨又不狂。何爲跧似鼠，而復怯於麞。落

拓無生計伶俜戀酒鄉冥搜得詩窟偶戰出文場愛雪
愁冬盡懷人覺夜長石樓多爽氣樫案有餘香運去非
關拙時來不在忙平生兩閑暇孤趣滿滄浪

羅敷東館亭下流泉云至前山擁咽經歲移時

看山亭下小鳴泉鳴咽難通亦可憐惆悵無人爲疏鑿
擁愁含恨過年年

掬弄惆悵成章

于武陵詩一首

白櫻樹

記得花開雪滿枝和蠭和蝶帶花移如今花落遊蠭去
空作主人惆悵詩

崔櫓詩二十一首

過南城縣麻姑山

似前如却玉堆堆薄帶輕煙翠好裁斜倚兔鉤孤影伴
校低仙掌一頭來盤疑虎伏形難寫展認龍拏勢未迴
驚訝昔人曾羽化此中爭不接瑤臺

詩手難題畫手慙淺青濃碧疊東南塵愁世界忙心在
霞伴神仙穩夢酣雨涕自悲看雪鬢星冠無計整雲篸
家風負荷須名宦可惜千峰綠似藍

差煙危碧半斜暉何代仙人此羽飛高袖鎮長寒柏暗
古祠時復彩雲歸紅塵鞭馬顏將換碧落驂鸞意有違
聲利繫身家繫念今生辜負六銖衣

和友人題僧院薔薇花三首

何人移得在禪家瑟瑟枝條簇簇霞爭那寂寥埋草暗
不勝惆悵舞風斜無緣影對金尊酒可惜香和石鼎茶
看取老僧齊物意一般拋擲等凡花

忍委芳心此地開似霞顏色苦低迴風驚少女偷香去
雨認巫娥覓伴來今日獨憐僧院種舊山曾映釣磯栽
三清上客知惆悵勸我春醪一兩杯

露香如醉態如慵斜壓危闌草色中試問更誰過野寺
無憀徒自舞春風蘭釭尚惜連明在錦帳先愁入夏空
一日幾回來又去不能容易捨深紅

春晚泊船江村

芳草青青古渡頭漁家住處暫維舟殘花半樹悄無語
細雨滿天風似愁家信不來春又晚客程難盡水空流
自憐愛失心期約看取花時更遠遊

柳

風慢日遲遲拖煙拂水時惹將千萬恨繫在短長枝骨
軟張郎瘦腰輕楚女飢故園歸未得多少斷腸思

蓮花

影欹晴浪勢欹煙恨態緘言日抵年輕霧曉和香積飯
片紅時隨化人船人間有筆應難畫雨後無塵更好憐
何限斷腸名不得倚風嬌怯醉腰偏

殘蓮花第二首一作張林詩

倚風無力減香時涵露如啼臥翠池金谷樓前馬嵬下
世間殊色一般悲

不耐高風怕冷煙瘦紅欹委倒青蓮無人解把無塵袖
盛取殘香盡日憐

惜蓮花

半塘前日染來紅瘦盡金方昨夜風留樣最嗟無巧筆
護香誰爲惜熏籠緣停翠櫂沈吟看忍使良波積漸空
魂斷舊溪顛頷態冷煙殘粉楚臺東

岳陽雲夢亭看蓮花

似醉如慵一水心斜陽欲暝彩雲深清明月照羞無語
涼冷風吹勢不禁曾向楚臺和雨看只於吳苑弄船尋
當時爲汝題詩徧此地依前泥苦吟

村路菊花

裊風驚未定溪影晚來寒不得重陽節虛將滿把看神
仙誰采掇煙雨惜彫殘牧豎樵童看應教愛爾難

題山驛新桐花

雨餘煙膩暖香浮影暗斜陽古驛樓丹鳳總巢阿閣去
紫花空映楚雲愁堪憐翠蓋奇於畫更惜芳庭冷似秋
長日老春看落盡野禽閑哢碧悠悠

山路木芙蓉

不向橫塘泥裏栽兩株晴笑碧巖隈枉教絕世深紅色
只向深山僻處開萬里王孫應有恨三年賈傅惜無才
緣花更歎人間事半日江邊悵望迴

新柳

無情柔態任春催似不勝風倚古臺多少去年今日恨
御溝顏色洞庭來

臨川見新柳

不見江頭三四日橋邊楊柳老金絲岸南岸北往來渡
帶雨帶煙深淺枝何處故鄉牽夢想兩迴他國見榮衰
汀洲草色亦如此愁殺遠人人不知

南陽見柳

夜來風入最高枝骨斷愁腸幾尺絲楚塞曾吟煙午處
曲江長憶雪晴時金銜細轂縈迴岸戍笛牛歌遠近陂
還把舊年惆悵意武安城下一吟詩

別君山

點空誇黛妬愁眉何必浮來結夢思慙媿二年青翠色
惹窗粘枕伴吟詩

宿壽安山陰館聞泉

一支清急萬山來穿竹喧飛破石苔夢在故鄉臨欲到
聲聞孤枕却驚迴多愁鬢髮余甘老有限年光爾莫催
緣憶舊遊相似處月明山響子陵臺

劉綺莊詩一首

共佳人守歲

桂華窮北陸荊豔作一作下東鄰殘妝欲送曉薄衣已迎春
舉袖爭流雪分歌競繞一作曉塵不應將共醉年去遠催人

全唐詩補遺四

皮日休詩五首

櫻桃花

婀娜枝香拂酒壺向陽疑是不融酥晚來嵐䖍渾如醉
惟有春風獨自扶

夜看櫻桃花

纖枝瑤月弄圓霜半入隣家半入牆劉阮不知人獨立
滿衣清露到明香

詠白蓮

膩於瓊粉白於脂京兆夫人未畫眉靜婉舞偷將動處
西施嚬效半開時通宵帶露妝難洗盡日凌波步不移
願作水仙無別意年年圖與此花期
細嗅深看暗斷腸從今無意愛紅芳折來只合瓊爲客
把種應須玉甃塘向日但疑酥滴水含風渾訝雪生香
吳王臺下開多少遙似西施上素妝

赤門堰白蓮花

縞帶與綸巾輕舟漾赤門千迴紫萍岸萬頃白蓮村荷
露傾衣袖松風入髩根瀟疎今若此爭不盡餘尊

司空圖詩十首

丙午歲旦

雖報已判春中年抱疾身曉催庭火暗風帶寺幡新多
慮無成事空休是吉人梅花浮壽酒莫笑又移巡

丁巳元日第三、八句缺一字

稟朝華夷會開春氣象生日隨行闕近嶽爲壽觴晴作
睿由稽古昭仁事措刑上玄勞春佑高廟保忠貞星變
當移幸人心喜奉迎傳呼清御道雪涕識臣誠鼎飪和
方濟台階潤欲平扶天咨協力併日召延英金躍洪鑪
動雲驅衆蟄驚闕中留王氣席上縱奇兵累降搜賢詔
兼持進善旌短轅收驥步直路發鵬程自乏匡時略非
沽矯俗名鶴籠何足獻蝸舍別無營羸帶漳濱病吟哀
越客聲移居荒藥圃耗志在棋枰醉忘身空老書憐眼
尚明偶能甘蹇分豈是薄浮榮慮戒防微淺　知近利
輕獻陵三百里寤寐禱時清

光啓三年人日逢鹿

浮世仍逢亂安排賴佛書勞生中壽少抱疾上昇踈日
暖人逢鹿園荒雪帶鉏知非今又過蘧瑗最憐渠

浙上重陽第二句缺一字

登高唯北望菊助可　明離恨初逢節貧居只喜晴好
文時可見學稼老無成莫歎關山阻何當不阻兵

乙巳歲愚春秋四十九辭疾拜章將免左掖重
陽獨登上方

雪鬢不禁鑷知非又此年退居還有旨榮路免妨賢落
落鳴蛩鳥晴霞度雁天自無佳節興依舊菊籬邊

重陽山居

比身逃難入鄉關八度重陽在舊山籬菊亂來成爛熳
家僮常得解登攀年隨曆日三分盡醉伴浮生一片閑
滿目秋光還似鏡殷勤爲我照衰顏

旅中重陽

乘時爭路紙危身經亂登高有幾人今歲節唯南至在
舊交墳向北邙新當歌共惜初筵樂且健無辭後會頻
莫道中冬猶有閏蟾聲纔盡即青春

南至日第一句缺二字

年年山　來頻莫強孤危競要津吉卦偶成開病眼
暖簷還葺寄羸身求仙自躁非無藥報國當材別有人
驗鬢堪傷白已遍鏡中更待白眉新

五月九日

金石皆銷鑠賢愚共網羅達從詩似偈狂覺哭勝歌高
燕凌鴻鵠枯槎壓芰荷此中無別境此外是閑魔

庚子臘月五日

複道朝延火嚴城夜漲塵驊騮思故第鸚鵡失佳人禁
漏虛傳點妖星不振辰何當迴萬乘重覩玉京春

羅隱詩一首

中元夜看月

朦朧南濱月洶湧出雲濤下射長鯨眼遙分玉兔毫勢
來牛斗動路越霄冥高竟夕瞻光影昂頭把白醪

唐彥謙詩十一首

木蘭

衆花搖落正無憀脉脉芳叢契後凋舒卷綠苞臨小檻
剪裁檀的綴長條獨當春盡情何限尚有秋期別未遙
桃葉近來消息絕見君長憶渡江橈

玉蘂

玉蘂兩高樹相輝松桂旁向來塵不雜此夜月仍光秀
掩叢蘭色豔吞穠李芳世人嫌具美何必更清香

蓮

新蓮映多浦迢遞綠塘東靜影搖波日寒香映水風金
塵飄落蘂玉露洗殘紅看著餘芳少無人問的中

望岳時賊據華夏

長路風埃隔楚氛忽驚神岳映朝曛削成絕壁五千仞
高揖泥金七十君祝史祕辭今莫睹從臣嘉頌久無聞
幽人閑望封中地好爲吾皇起白雲

片石

小齋盧阜石寄自沃洲僧山客勞攜笈幽人自得朋瘦
雲低作叚野浪凍成雲便可同清話何須有物憑

柳

春風向楊柳能事盡風流有意疑張緒無情見莫愁依
然金谷在寧免武昌偷前路難回首何須苦映樓

垂柳

垂柳碧鬅茸樓昏帶雨容思量成晝夢來去發春慵梳

洗憑張敞乘騎笑稚恭碧虛從轉笠紅燭近高春怨臉明秋水愁眉淡遠峰小園花盡蝶靜院酒醒蛩舊作琴臺鳳今爲華店龍寶奩拋擲久一任景陽鐘

紫薇花

素秋寒露重芳事固應稀小檻臨清沼高叢見紫薇溫盧終有思暗淡豈無輝見欲迷交甫誰能狀宓妃妝新猶倚鏡步緩不勝衣怳似新相得悵如久未歸又疑神女過猶佩七香幃還似星娥織初臨五綵機慶雲今已集威鳳莫驚飛綺筆題難盡煩君白玉徽

望中條（第四句缺三字）

虞鄉縣西郭改觀揖中條第蓄終南小交　遥庵深應有寺峰近恐通橋爲語前村叟他時寄採樵

蒙穀山

蒙穀山低碧海枯仲君閑坐說麻姑遥天鶴語知虛實長夜神光竟有無祕祝齋心開九轉侍臣回首聽三呼交朋漫信文成術短燭瑶壇漏滿壺

菊

雪菊金英兩斷腸蝶翎蜂鼻帶清香寒村宿霧臨幽徑廢苑斜暉傍短牆近取松筠爲伴侶遠将桃李作參商年來病肺疎杯酒每憶龍山似故鄉

方干（詩一首）

山中

愛山却把圖書賣嗜酒空教僮僕賒秖向堦前便漁釣那知枕上有雲霞暗泉出石飛仍咽小徑通橋直復斜窗竹未抽今夏笋庭梅曾試當年花姓名未及陶弘景髭鬢白於姜子牙松月水煙千古在未知終久屬誰家

王駕（詩一首）

次韻和盧先輩避難寺居看牡丹

亂後寄僧居看花恨有餘香宜閑靜立態似別離初朶密紅相照欄低畫不如狂風任吹却最共野人疎

杜荀鶴（詩一首）

春宮怨

早被嬋娟誤欲妝臨鏡慵承恩不在貌教妾若爲容風暖鳥聲碎日高花影重年年越溪女相憶採芙蓉

翁承贊（詩一首）

晨興

鼓絕天街冷霧收曉來風景已堪愁槐無顏色因經雨菊有精神爲傍秋自愛鮮飈生户外不教閑事住心頭披襟徐步一蕭灑吟繞盆池想狎鷗

王貞白（詩十二首）

江上吟曉

一葉野人舟長将載酒游夜來吟思苦江上月華秋曉露滿紅蓼輕波颭白鷗漁翁似有約相伴釣中流

過商山

一宿白雲根時經採麝村數峰雖似蜀當畫不聞猨馬立溪沙淺人爭閤道喧明朝棄繻罷步步入金門

泛鏡湖（題缺二字）

我泛鏡湖日未生千里尊時無賀賓客誰識謫仙人吟對四時雪憶遊三島春惡聞亡越事洗耳大江濱

太湖石

誰憐孤峭質移在太湖心出得風波外任他池館深不同花逞豔多媿竹垂陰一片至堅操那憂歲月侵

依韻和幹公題庭中太湖石二首

山立秖盈尋高奇藥圃陰風濤打欲碎巖穴蟄方深蘚點晴偏綠蛩藏曉競吟歲寒終不變堪比古人心

徒勞水府尋究在玉堂陰蘭圃安雖窄盆池映轉深山僧來盡愛詩客見先吟若是買花者年年不計心

書陶潛醉石

片石陶真性非爲麴蘖昏爭如累月醉不笑獨醒人積蘚苔色交加薜荔根至今重九日猶待白衣魂

看天王院牡丹

前年帝里探春時寺寺名花我盡知今日長安已灰燼忍隨南國對芳枝

芍藥

芍藥承春寵何曾羨牡丹麥秋能幾日穀雨只微寒妬態風頻起嬌妝露欲殘芙蓉浣紗伴長恨隔波瀾

獨芙蓉

方塘清曉鏡獨照玉容秋盧芰不相採斂蘋空自愁日斜還顧影風起強垂頭芳意羨何物雙雙鸂鶒游

馮氏書齋小松二首

孤根生遠岳移植翠枝添自重雪霜操任他蜂蝶嫌微陰連迴竹清韻入疎簾聳勢即空碧時人看莫厭

得地已經歲清音晝夜聞根涵舊山土葉間近溪雲野鶴望長遠庭花笑不羣須知搖落後衆木始能分

張蠙（詩一首）

社日村居（一作張演詩）

鷲湖山下稻粱肥豘穽雞棲對掩扉桑柘影斜春社散家家扶得醉人歸

盧延讓（詩三首）

八月十六夜月

十六勝三五中天照大荒秖訛步子緣應號没多光桂老猶全在蟾深未煞忙難期一年事到曉泥詩章

冬除夜書情

兀兀坐無味思量誰與隣數星深夜火一箇遠鄉人雁翥天微雪風號樹欲春愁章自難過不覺苦吟頻

觀新歲朝賀

龍墀初立仗鴛鷺列班行元日燕脂色朝天樺燭香表章堆玉案繒帛滿牙牀三百年如此無因及我唐

全唐詩補遺五

曹松（詩九首）

中秋月

九十日秋色今秋已十分孤光吞列宿四面絕微雲衆木排疎影寒流疊細紋遥遥望丹桂心緒更紛紛

寄方干（以下皆見元人鈔本唐人詩賦）

桐廬江水閑終日對柴關因想別離處不知多少山釣舟春岸潤（一作泊）庭樹晚煙（一作鸑）還莫便求棲隱桂枝堪恨顏

宿山寺

溪山盡日行方聽遠鐘聲入院逢僧定登樓見月生露垂羣木潤泉落一巖清此景關吾事通宵寐不成

冬日登江樓

高樓臨古岸野步晚來登江水因寒落山雲爲雪凝遠村雖入望危檻不堪凭親老未歸去鄉愁徒自興

寄李處士

僧話磻溪叟平生重赤松夜堂悲蟋蟀秋水老芙蓉吟坐倦垂釣閑行多倚笻聞名來已久未得一相逢塔見移來影鐘聞過去聲一齋唯默坐應笑我營營

客中立春

玉燭傳佳節陽和應此辰土牛呈歲稔綵燕表年春臘盡星回次寒餘月建寅梅花將柳色偏思越鄉人

南塘暝興

水色昏猶白霞光暗漸無風荷摇破扇波月動連珠蟋蟀啼相應鴛鴦宿不孤小僮頻報夜歸步尚踟躕

送鄭谷歸宜春

無成歸故國上馬亦高歌況是飛鳴後殊爲喜慶多暑消嵩岳雨涼吹洞庭波莫使閑吟去須期接盛科

送曾德邁歸寧宜春

湘東山川有清輝袁水詞人得意歸幾府爭馳毛義檄一鄉看侍老萊衣筵開灞岸臨清淺路去藍關入翠微想到宜陽更無事併將歡慶奉庭闈

李洞 詩一首

山泉

半空飛下水勢去響如雷靜徹啼猨寺高淩坐客臺耳同經劒閣身若到天台濺樹吹成凍淩祠觸作灰深中試椰栗淺處落莓苔半夜重城閉潺湲枕上一作底來

盧士衡 詩二首

松

雲外千尋好性靈伴杉陪柏事孤貞招呼暑氣終無分應和涼風別有聲細雨灑時花旋落道人食處葉重生如逢郢匠垂搜採爲棟爲梁力不輕

再遊紫陽洞重題小松

仙家種此充朝食葉葉枝枝造化力去年見時似鶴高今年蕭騷八九尺不同矮檜終委地定向晴空倚天碧好期逸士統貞根昂枝點破秋苔色尋思凡眼重花開寧知此木超塵埃秪是十年五年間堪作大厦之宏材

熊皎 詩六首

湘江曉望

笙歌歡罷散離筵水色朦朧蘸宿煙山響疎鐘何處寺火光收釣下灘船微雲過島侵微月古岸平江浸遠天歸夢已闌風色動孤帆仍要住無緣

早行

結束何妨早將行四顧頻山前猶見月陌上未逢人遠樹動宿鳥危橋怯病身漸明恆自慰應免復迷津

遊嵩山

獨背焦桐訪洞天暫攀靈迹棄塵緣深逢野草皆疑藥靜見樵人恐是仙翠木入雲空自老古碑横水莫知年可憐幽景堪長往一任人間歲月遷

九華望廬山

九江山勢盡崢嶸惟有匡廬最得名萬疊影遮殘雪在數峰嵐帶夕陽明冷侵醉榻鋪秋色高亞吟龍送水聲只待丹霄酬志了白雲深處是歸程

道傍松第五句缺一字

偃蓋當衢莫記年獨含蒼翠鶴應憐垂陰獨向笙歌地有韻自成風雨天塵 路岐分夜月燒侵根腳起殘煙論功只合行人賞銷得頻蒸古道邊

月中桂

斷破重輪種者誰銀蟾何事便相隨莫言望夜無攀處却是吟人有得時孤影不凋清露滴異香常在好風吹幾回目斷雲霄外未必姮娥惜一枝

孫魴 詩二十八首

湖上望廬山

輟櫂南湖首重迴笑青吟翠向崔嵬天應不許人全見長把雲藏一半來

題梅嶺泉

梅嶺舊聞傳林亭勢巋然登臨眞不易幽勝恐無先楚野平千里吳江曲一邊標形都大別洞府豈知焉飛閣横空去征帆落面前南雄雉堞峻北壯鳳臺連爛熳三春媚參差百卉妍風桃諸處錦洛竹半溪煙燕入晴梁語鶯從暖谷遷石根朝靄碧簾際晚霞鮮逕柳行難約庭莎醉好眠清明時更異造化意疑偏不獨宜韶景尤須看暑天藥苗蘇似結蘿蔓猛如編珠亞垂枝果冰澄汲井泉粉牆蜩蛻落丹檻雀雛顛炎氣微茫覺清飈左右穿雲峰從勃起葵葉豈勞扇又見秋天麗渾將夏日懸紅顆著霜樹香老臥池邊菱芡誰鋪繡莓苔自學錢暗蟲依砌響明月逗簾圓小砌滋新菊高軒噪暮蟬雨聲寒颯颯雁影曉聯聯釋此何堪玩深冬更可憐窗中看短景樹裏見重川岡阜分明出杉松氣概全謳成白雪曲吟是早梅篇剏制誰人解根基太守賢或時留皂蓋盡日簇華筵誰詠憂黎庶狂遊泥管弦交加豐玉食來去迸金船侍從非常客俳諧像列仙畫旗張赫奕妖妓舞嬋娟罷宴心猶戀將歸興尚牽秪應愁逼夜寧厭賞經年孤賤今何幸躋攀奈有緣展眉鶯谷達徐步喜周旋諷詠雖知苦推功靡極玄聊書四十韻甘責未精專

廬山瀑布

有山來便有萬丈落雲端霧噴千巖濕雷傾九夏寒圖中曾寫去湖上客迴看却羨爲猨鶴飛鳴近碧湍

牡丹

意態天生異轉看看轉新百花休放豔三月始爲春蝶死難離檻鶯狂不避人其如豪貴地清醒復何因

主人司空後亭牡丹

佳卉挺芳辰夭容乃絕倫望開從隔歲愁過即無春體物眞英氣餘花似庶人蜂攢知眷戀鳥語亦殷勤況在豪華地寧同里巷塵酷憐應喪德多賞奈怡神忌穢栽時土嘗甜折處津繞行那識倦圍坐豈辭頻入夢殊巫峽臨池勝洛濱樂喧絲雜竹露潰卯連寅飲與尤思滿吟情自合新怕風惟怯夜憂雨不經旬欄檻爲良援亭臺是四鄰雖非能伐性爭免礙還淳鬬豔何慚蜀矜緐未讓秦私心期一日許近看逡巡

看牡丹二首

莫將紅粉比穠華紅粉那堪比此花隔院聞香誰不惜
出欄呈艷自應誇北方有態須傾國西子能言亦喪家
輸我一枝和曉露真珠簾外向人斜

看花長到牡丹月萬事全忘自不知風促乍開方可惜
雨淋將謝可堪悲開年對坐渾成偶醉後拋眠恐負伊
也擬便休還改過迢迢爭奈一年期

題未開牡丹

青苞雖小葉雖疏貴氣高情便有餘渾未盛時猶若此
算應開日合何如尋芳蝶已棲丹檻襯落苔先染石渠
無限風光言不得一心留在暮春初

主人司空見和未開牡丹輒却奉和

把筆臨芳不自怡首徵章句促妖期已驚常調言多鄙
遽捧高吟媿可知絕代貞名應愈重千金方笑更難移
狂歌狂醉猶堪羨大拙當時是老時

又題牡丹上主人司空

一年芳勝一年芳愛重賢侯意異常手闢紅房看潤狹
自張青幄蓋馨香白疑美玉無多潤紫覺靈芝不是祥
秖恐夢徵他日去又須疑向鳳池傍

牡丹落後有作

未發先愁有一朝如今零落更魂銷青叢別後無多色
紅線穿來已半焦蓄恨綺羅猶眷眷薄情蜂蝶去飄飄
明年雖道還期在爭奈憑欄乍寂寥

柳絮詠

年年三月裏隨處自悠揚雨過渾疑盡風來特地狂入
花蜂有礙遮水燕無妨苦是添離思青門道路長

甘露寺紫薇花

蜀葵鄙下兼全落菡萏清高且未開赫日迸光飛蝶去
紫薇擎艷出林來聞香不稱從僧舍見影尤思在酒杯
誰笑晚芳爲賤劣便饒春麗已塵埃牽吟過夏惟憂盡
立看移時亦忘迴惆悵寓居無好地嬾能分取一枝栽

芳草

何處不相見煙苗捧露心萋萋綠遠水苒苒在空林野
吹閑搖瀾遊人醉臥深南朝古城裏碑石又應沈

春苔

底物最牽吟秋苔獨自尋何時連夜雨疊翠滿松陰湘
岸荒祠靜吳宮古砌深侯門還可惜長被馬蹄侵

老松第三句缺一字

鬱鬱復蒼蒼秋風韻更長空心應有　老葉不知霜子
落生深澗陰清背夕陽如逢東岱雨猶得覆秦王

柳十一首

龍葱二月初青軟自相紆意態花猶少風流木更無影
緣晴陌上煙重古城隅煬帝河聲裏幾番縈又枯

數樹新栽在畫橋春來猶自長長條東風多事剛牽引
已解纖纖學舞腰

金堤堤上一林煙況近清明二月天別有數枝遥望見
畫橋南面拂鞦韆

春物牽情不奈何就中楊柳態難過也知是處無花去
爭奈看時未覺多

小眷初展綠條稠露壓煙濛不自由莫是折來偏屬意
依稀相似是風流

九衢春霽濕雲凝着地毵毵礙馬行擬折無端拋又戀
亂穿來去羨黃鶯

千樹陰陰蓋御溝雪花金穗思悠悠先朝事後應無也
惟是荒根逐碧流

搖蕩和風恃賴春蘸流遮路逐年新顛狂絮落還堪恨
分外欺凌寂寞人

暖催春促吐芳芽伴雨從風處處斜莫道玄功無定配
不然爭得見桃花

小池前後碧江濱窣翠拋青爛熳春不是和風爲擡舉
可能開眼向行人

深綠依依配淺黃兩般顏色一般香到頭嬝娜成何事
秖解年年斷客腸

看桑

簇簇手相遮閑看實可嗟藉多雖是葉栽盛不如花春
綠暗連麥秋乾暮立鴉舊鄉曾種得經亂屬誰家

劉昭禹詩五首

傴都山留題

林下事無非塵中竟不知白雲深擁我青石合眠誰山
靜擣靈藥夜閑論古詩此來親羽客何日變枯髭

晚霽望嶽麓

湘西斜日邊峭入幾尋天翠落重城內屏開萬户前崖
崚危濺瀑林鎮靜通仙誰肎功成後相攜掃石眠

石筍

千古海門石移歸吟叟居竅腥蛟出後形瘦浪衝餘工
語寧無玉僧知忽有書好期仙者叱變化向庭隅

傷雨後牡丹

廢功看不已醉起又持杯數日簾常卷中宵雨忽來淒
涼無戲蝶零落在蒼苔造化根難問令人首可迴

送人紅花栽

世上紅蕉異因移萬里根艱難離瘴土瀟灑入朱門葉
戰青雲韻花零宿露痕長安多未識誰想動吟魂

劉乙詩二首

曉望

地祇逃秀境神化或殷雷裂漢媧補合高峰劒躍開即
今新定業何世不遺才若是浮名道須言有禍胎

山中早起

雞調扶桑枝秋空隱少微瀾雲霞並曜高日月爭輝若
厥開天道同初發帝機以言當代事閑闢紫宸扉

姚揆詩二首

晚步

陋巷貧疑本姓顏晚來閑步出林間數聲長笛吹沈日
一片殘雲點破山島寺漸疎敲石磬漁家方半掩柴關
遲迴從此搜吟久待得溪頭月上還

秋日江東晚行

迢迢驅馬過江東此際令人恨莫窮一擬秋煙堤上白
半輪殘日嶺頭紅路岐滋味猶如舊鄉曲聲音漸不同
含思看看到梁苑畫樓絲竹徹遥空

陳光詩二首

題陶淵明醉石

片石露寒色先生遺素風醉眠芳草合吟起白雲空道出乾坤外聲齊日月中我知彭澤後千載與誰同

長安新柳

九陌雲初霽皇衢柳已新不同天苑景先得日邊春色淺微含露絲輕未惹塵一枝方欲折歸去及茲晨

楊凝式 詩一首

雪晴

春來冰未泮冬至雪初晴爲報方袍客豐年瑞已成

全唐詩 補遺六

盧言 一作顏 詩一首

上安祿山 祿山入洛陽大雪盈尺言上詩

象曰雲雷屯大君理經綸馬上取天下雪中朝海神

裴諝 字士明聞喜人擢明經累官至兵部侍郎河南尹詩一首

儲潭廟 大曆三年戊申歲季夏閏月壬子日感應至大曆五年庚戌歲夏六月甲午建

江水上源急如箭潭北轉急令目眩中間十里澄漫漫龍蛇若見若不見老農老圃望天語儲潭之神可致雨質明齋服躬往奠牢醴豐潔精誠舉女巫紛紛堂下儛色似授兮意似與雲在山兮風在林風雲忽起潭更深氣霾祠宇連江陰朝日不復照翠岑迴溪口兮櫂清流好風帶雨送到州吏人雨立喜再拜神兮靈兮如獻酬城上樓兮危架空登四望兮暗濛濛不知兮千萬里惠澤願兮與之同我有言兮報匪徐車騎復往禮如初高垣墉兮大其門灑掃丹雘壯神居使過廟者之加敬酒食貨財而有餘神兮靈神兮靈匪享慢享克誠

任要 兗州團練使詩一首

臘月中與韋戶曹游發生洞裏回之際見雙白蝙蝠三飛洞門時多異之同爲口號 貞元十四年第八句缺二字

山翠冪靈洞洞深玄想微一雙白蝙蝠三度向明飛雖然有兩翅了自無毛衣若非飽石髓那得凌 偶見歸堪說殊勝不見歸

韋洪 京兆人官戶曹詩一首

臘月中遊發生洞裏回之際見雙白蝙蝠三飛洞門時多異之同爲口號 第九句缺一字

欲驗發生洞先開冰雪行窺臨見二翼色素飛無聲狀類白蝙蝠幽感騰化精應知五馬來啓蟄迎春榮露霓之久鳴騶還慰情

馬乂 宣宗時人詩一首

蜀中經蠻後寄陶雍

酋馬渡瀘水北來如鳥輕幾年期鳳闕一日破龜城此地有征戰誰家無死生人悲還舊里鳥喜下空營弟姪意初定交朋心尚驚自從經難後吟苦似猨聲

張紹 南唐人詩一首

冲佑觀

大始未形混沌無際上下開運乾坤定位日月麗天山川鎮地萬彙猶屯三才始備肇有神化初生蒸民上惟立德下無踈親皇風蕩蕩黔首淳淳天下有道誰非聖人開源嗜慾澆漓俗盛賢者避世眞人華命八極神鄉十州異境翠阜丹丘潛伏靈聖惟彼武夷實曰洞天峰巒黛染巖岫霞鮮金房玉室羽蓋雲軿葬日風雨會有神仙國步多艱皇綱中絶四海九州瓜分幅裂稔禍阪隅阻兵甌越寂寞玄風荒涼絳闕赫赫烈祖再造丕基拱揖高讓神人樂推明明我后允協昌基功崇下武德茂重熙睿哲英斷雄畧神智拓土開疆經天緯地五嶺來庭三湘清徹四海震威羣生懷惠猶勞宵旰猶混馬車貪狼俟靜害馬方除淹留駿馭想像鶉居心懸眞洞夢到華胥乃眷名山追惟聖跡内庫頒金元侯奉職三境求規五靈取則跨谷彌岡張霄架極珠宮寶殿璇臺玉堂鳳翔高甍龍轉迴廊錯落金碧玲瓏壁璫雲生林楚雷繞藩牆七聖斯嚴三君如在八景靈與九華神蓋清霄莫胥明霜匪對彷彿壺中依稀物外衆眞之宇擬之無倫會僊之類名之惟新高峰爲磴區谷成坰皇獻頌聲永絶淄磷

鄭露 字思叟號南湖莆田人太府卿詩一首

徹雲澗

延綿不可窮寒光徹雲際落石蚤雷鳴濺空春雨細

林披 字茂則號師道官刺史詩一首

秋氣尚高涼

秋氣尚高涼寒笛吹萬木故人入我庭相照不出屋出川雖遠觀高懷不能掬

公孫杲 承宣郎行博城縣丞詩一首

五言贈諸法師

駕鶴排朱霧乘鸞入紫煙凌晨味潭菊薄暮翫峰蓮玉葉低梁下金飈引窗前嘯傲雲霞際留情鱗羽年

李夐 定州司馬詩一首

恒岳晨望有懷

二儀均四序五嶽分九州靈造良難測神功匪易酬恒山北臨岱秀崿東跨幽湏洞鎮河朔嵯峨冠嵩丘禋祠彰舊典壇廟列平疇古樹侵雲密飛泉界道流從官叨佐理銜命奉珍羞薦玉申誠效鏘金諒有由郊原照初日林薄委徂秋塞近風聲厲川長霧氣收他鄉饒感激歸望切祈求景福如光願私門當復侯

暢甫 詩一首

偶宴西蜀摩訶池

珍木鬱清池風荷左右披淺觴寧及醉慢舸不知移蔭林篁光冷照流簪影敧胡爲獨羈者雪涕向漣漪

吳士矩 詩一首

飲後獻時相 士矩牧大郡因時相論置軍停獻此

一夕心期一種歡那知疎散負杯盤尊前數片朝雲在不許馮公子細看

吳黔 詩一首

失題

故國海雲端歸寧便整鞍里榮身上蒨省罷手中蘭燒急平蕪廣風悲古木寒謝公山色在朝夕共誰觀

崔融 乾寧中吳郡人詩一首

題惠聚寺 蘇州崑山縣惠聚寺殿基乃鬼神一夕砌成殿中有僧繇畫龍每因風雨夜騰趠波濤傷田害稼鄉人患之僧繇再畫一鎖鎖之仍畫一釘釘其鎖至今人捫其釘頭隱隱融因題寺壁

人莫嫌山小僧還愛寺靈殿高神氣力龍活客丹青

錢信（詩一首）

平望贈蚊

安得神仙術試爲施康濟使此平望村如吾江子滙

胡傳美（詩一首）

武康碧落觀

仙宮碧落太微書遺蹟依然掩故居幢節不歸天杳邈
煙霞空鎖日幽虛不逢金簡扳雲洞可惜瑶臺疊蘚除
欲脱儒衣陪羽客傷心齒髮已凋疎

許宏（詩一首）

白雲寺

踏破苔痕一逕斑白雲飛處見青山不知浮世塵中客
幾箇能知物外閑

文丙（詩五首）

羅浮山

羅浮多勝境夢到固無因知有長生藥誰爲不死人根
雖盤地脉勢自倚天津未便甘休去須棲老此身

牡丹

萬物承春各鬭奇百花分貴近亭池開時若也姮娥見
落日那堪公子知詩客筵中金琖滿美人頭上玉釵垂
不同寒菊舒重九只擬清香泛酒巵

蘚花

寂寞人偏重無心媿牡丹秋風凋不得流水泛應難怪
石從敎徧幽庭一任盤若逢公子顧重疊是朱欄

新栽松

可憐同百草況負雪霜姿歌舞地不尚歲寒人自移堦
除添冷淡毫末入思惟畫道生雲洞誰知路嶮巇

柳（第二句缺一字）

何事動吟哦長　翠色和垂陰千樹少送别一枝多帶
霧籠彭澤揺風舞汴河只因隋帝植民力幾銷磨

路應（詩一首）

仙巖四瀑布即事寄上祕書包監侍郎七兄吏
部李侍郎十七兄婺州趙中丞處州齊諫議明
州李九郎十四韻

絶境久蒙蔽芟蘿方迨兹樵蘇尚未及冠冕誰能知緣
崖開逕小架木度空危水激千雷發珠聯萬貫垂陰晴
狀非一昏旦勢多奇井識軒轅跡壇餘漢武基緩聲響
深洞巖影倒澄池想像虬龍去依稀羽客隨翫奇目豈
倦尋異神忘疲干雲松作蓋積翠薜成帷含意攀丹桂
凝情顧紫芝芸香藹芳氣冰鏡徹圓規胥念滄波遠徒
懷魏闕期徵黄應計日莫鄙北山移

李縝（詩一首）

奉和郎中遊仙巖四瀑布寄包祕監李吏部趙
婺州中丞齊處州諫議十四韻

符守分珪組放情在丘巒悠然造雲族忽爾登天壇求
古理方賾翫奇物不殫晴光散崖壁瑞氣生芝蘭中有
四瀑水奔流狀千般風雲隱巖底雨雪霏林端晶晶含
古色颼颼引晨寒澄潭見猨飲潛穴知龍盤坐甜苔石
遍仰窺杉桂攢幽蹊創高躅靈藥餘仙殘擕賞喜康樂
示文驚建安縑緗炳珠寶中外貽同官末調亦何爲輒
陪高唱難慙非御徒者還得依門欄

戴公懷（詩一首）

奉和郎中遊仙山四瀑泉兼寄李吏部包祕監

趙婺州齊處州

今日永嘉守復追山水遊因尋莽蒼野遂得軒轅丘訪
古事難究覽新情屢周溪垂綠篠暗巖度白雲幽過石
奇不盡出林香更浮憑高擁虎節摶險窺龍湫淙潨瀉
三四奔騰千萬秋寒驚殷雷動暑駭繁霜流沫濺羣鳥
外光揺數峰頭叢崖散滴瀝近谷藏颼飀況此特形勝
自餘非等儔靈光掩五嶽仙氣均十洲書以謝羣彦永
將叙嶔歔當思共攀陟東南看斗牛

孟翔（詩一首）

奉和郎中遊仙山四瀑布兼寄李吏部包祕監

判官

昔人恣探討飛流稱石門安知郡城側别有神泉源疏
鑿意大禹勤求聞軒轅悠悠幾千歲翳薈羣木繁奇狀
出薮蔓勝槩畢討論沿崖百丈落奔注當空翻下如散
雨足上擬屯雲根變態凡幾處静神竟朝昏渴賢寄珠
玉愛馥尋蘭蓀蘿蔦罥紫綬巖隈駐朱轓方思謝康樂
好事名空存

崔耿（詩一首）

晚眺

江溶流落景山色凝暮煙衰髮照秋日壯心減昔年愁
吟長抱膝孰訴高高天

宇文鼎（詩一首）

山下泉

可致清川廣難量利物功涓流此山下誰識去無窮

郭密之（詩一首）

永嘉經謝公石門山作

綿境經耳目未嘗曠躋登一窺石門險再滌心神憎洞
壑閟金澗欹崖盤石楞陰潭下冪冪秀嶺上層層千丈
瀑流褰半溪風雨絙輿餘志每愜心遠道自弘乘軺廣
儲峙祇命媿才能輟櫂周氣象捫條歷騫崩忽如生羽
翼悦若將起騰謝客今已矣我來誰與朋

扈載（詩一首）

芳草

幽芳無處無幽處恨何如倦客傷歸思春風滿舊居晚
煙迷杳靄朝露健扶疎省傍靈光看殘陽少睥匾

薛光謙（詩一首）

任閬中下鄉檢田登艾蕭山北望

觀農巡井邑長望歷山川擁澗開新耨緣崖指火田荒
村無徑陌古戍有風煙瓠葉縈籬長藤花繞架懸岸高
攢樹石水淨寫雲天迴首鄉關路行歌猶喟然

尉遲汾（朝散大夫守衛尉少卿詩一首）

府尹王侍郎准制拜嶽因狀嵩高靈勝寄呈三
十韻

雄雄天之中峻極聞維嵩作鎮盛標格出雲爲雨風瑞
時物不癘順澤年多豐加高冠四方（白武通云中央之嶽獨加高字者何中央居四方之中可高故曰嵩高）視秩居三公明朝虔昭報領祀歲嚴恭署祝紆

御札詔賢導宸衷皇三川守馨德清明躬肅徒奉蘭沐竟夕玉華東星漢耿齋户松泉寒壽宫具修諒蠲吉曙色猶葱曚端儀大圭立輿俛聲玲瓏挹瓚椒桂馥奏金巖蹙空靈歆若有荅彷彿傳祝工卒事不遑偃勝奇紛四叢朝霞破靈嶂錯落間蒼紅動息形似蟻玄黄氣如籠奔傾千萬狀羣嶽安比崇日月襟袖捧人天道路通寘搜必殫竭躋覽忘崎穹踏翠徧諸刹趣綿步難終浮丘仙袂接謝公屐齒窮龍潭應下瞰九曲當駭容又有（九龍潭在寺側崇崖對聳壁立千仞九曲分蓄黢黑不測）龍門計東谿三臺有何蹤（雜道書云自嶽廟東二十里至一山名曰東龍門其東有三臺山昔漢武東巡過此山覩三學仙女遂以爲名焉）金象語奚應（仙經云嵩高大巖下有佛圖音妙有大金像在中來語寺僧密公密公時在嵩高寺寺在嵩脚下聞之欣然披林求索時白霧昏迷失路一往看之即入山水維覩一麝香去人三四步側足雙跳步步若有所引良久回顧去十步中忽有發青色就視之得自然天池）玉人光想融（盧元明嵩山記嶽廟畫爲神像有一玉人長五寸玉色甚光潤制作亦佳莫知早晚所造蓋嶽神之像相傳謂明公山中人悉云嘗失之經旬乃覩）瑤漿與石髓清骨宜遭逢（世說嵩山北有大穴中覩二人圍棊有一桮白飲與墮者飲氣力十倍棊者問願停否墮者云不願棊者曰從此西行大井中多蛟龍但投身入井自當得出若飢取井物食之墮者如言可半年乃出蜀中問張華華曰此仙館丈夫所飲者玉漿所食者龍穴石髓）況是降神處跡惟申甫同周翰已洽論伊衡亦期功誠富東山輿須陟中台庸勉促旋騑軨未可戀雲松散材事即異期爲卜一峰

馬令（失名守博城縣令詩一首）

早春陪敕使麻先生慈力祭岳（久視二年 第八句十一句十二句各缺一字）

我皇盛文物道化天地先鞭撻走神鬼玉帛禮山川忽下袞州使來遊紫洞前青羊得處所白鶴　時年虔懇飛龍記昭彰化鳥篇　風半山水　氣總雲煙光抱昇中日霞明五色天山横翠微外室在綠潭邊緹幕灰初豚焚林火欲然年光著草樹春色换山泉伊水來何日嵩巖去幾千山疑小天下人是會神仙葉令乘鳧入浮丘駕鶴旋麻姑幾年歲三見海成田

全唐詩補遺七

靈澈（詩一首）

奉和郎中題仙巖瀑布十四韻

致閑在一郡民安已三年每懷貞士心孫許猶差肩採異百代後得之古人前捫險路坱圠臨深聞潺湲上有千歲樹下飛百丈泉清谷長雷雨丹青凝霜煙遥將大谿近閶與方壺連白石顏色寒老藤花葉鮮軒皇自兹去喬木空依然碧山東極海明月高昇天平野生竹柏雖遠地不偏永願酬國恩自將布金田穆穆早朝人英卅陛賢誰思滄洲意方欲涉巨川

貫休（詩一首）

過商山

吟緣横翠憶天台嘯狖啼猨見盡猜四箇老人何處去一聲仙鶴過溪來皇城宫闕迴頭盡紫閣煙霞爲我開天際峰峰盡堪住紅塵中去大悠哉

齊己（詩一首）

過西塞山

空江平野流風島葦飀飀殘日銜西塞孤帆向北洲邊鴻渡漢口楚樹出吴頭終日高雲裏身依片石休

可朋（詩一首）

中秋月

登樓仍喜此宵晴圓魄纔觀思便清海面乍浮猶隱映天心高挂最分明片雲想有神仙出迴野應無鬼魅形曾向洞庭湖上看君山半霧水初平

修睦（詩七首）

僧院泉

澄澈照人膽深山只一般來難窮處所心去助波瀾砌曲夜聲苦窗虚客夢闌無心誰肯愛時有老僧看

題僧院泉

何處雲根新布得歸仍半日在煙蘿莫輕竹引經窗小須信更深入耳多繞砌雖然清自别出門長恐濁相和從此無心戀滄海滄海無風亦起波

岳上作

始好步青苔蟬聲且莫催辛勤來到此容易便言迴遠水月未上四方雲正開更堪逢道侶特地話天台

望西山

積翠異諸嶽令人看莫休有時經暮雨獨得倚高樓雲外僧應老林間水正秋到頭歸隱處豈在問嵩丘

題虎捁泉

一自虎捁得清聲四遠流衆人憐爾處長夜洗心頭出谷花隨去背巖猨下偷林邊落江徼風起雨翛翛

松

細韻颼颼入骨涼影兼巢鶴過高牆盤根一種依平地自是梧桐不久長

岳陽對柳

誰此種秋色令人看莫窮正垂雲夢雨不奈洞庭風昔出長安道獨遊隋苑東當時今日思須信苦相同

清豁（陳洪進表奏賜號性空禪師詩一首）

歸山吟

聚如浮沫散如雲聚不相將散不分入郭當時君是我歸山今日我非君

吴筠（詩六首）

遊倚帝山二首

山間非吾心物表翼所託振衣超煩滓策杖追岑蹬絶地窮嶔岈造天究磐礴邇臨煙霞積逖睇宇宙廓俯鷲白雲涌仰駭飛泉落苔濃鮮翠屏松古麗丹崿目冀覩喬羨心希馭龍鶴乃知巢由情豈伊猨鳥樂

兹山何獨秀萬仞倚昊蒼晨躋煙霞趾夕憩靈仙場俯觀海上月坐弄浮雲翔松風振雅音桂露含晴光不出六合外超然萬累忘信彼古來士巖棲道彌彰

翰林院望終南山

竊慕隱淪道所歡巖穴居誰言忝休命遂入承明廬物情不可易幽中未嘗攄幸見終南山岧嶤凌太虚青靄長不滅白雲閑卷舒悠然相探討延望空躊躇迹繫心無極神超興有餘何當解維縶永託逍遥墟

秋日彭蠡湖中觀廬山

泛舟太湖上迴瞰茲山隈萬頃滄波中千峰鬱崔嵬涼煙發爐嶠秋日明帝臺絕巔凌大漠懸流瀉昭回穹崇石梁引岈豁天門開飛鳥屢隱見白雲時往來超然契清賞目醉心悠哉董氏出六合王君升九垓誰言曠遐祀庶可相追陪從此永棲託拂衣謝浮埃

秋日望倚帝山

楚服多奇山靈表先倚帝孤秀白雲裏青冥何崇麗秋天已晴朗晚日更澄霽遠峰列在目杳與神襟契倏忽遺世間究如再登詣伊予抱斯志代處人煙閉何事牽俗網悠然負芝桂竭來從隱淪式保羨門計

李治 詩二首

薔薇花

翠融紅綻渾無力斜倚欄干似詫人深處最宜香惹蝶摘時兼恐焰燒春當空巧結玲瓏帳著地能鋪錦繡裀最好凌晨和露看碧紗窗外一枝新

柳

最愛纖纖曲水濱夕陽移影過青蘋東風又染一年綠楚客更傷千里春低葉已藏依岸櫂高枝應閉上樓人舞腰漸重煙光老散作飛綿惹翠裀

全唐詩目 第十二函

第十冊

全唐詩 詞一

詞 唐人樂府元用律絕等詩雜和聲歌之其并和聲作實字長短其句以就曲拍者爲填詞開元天寶肇其端元和太和衍其流大中咸通以後迄於南唐二蜀尤家工戶習以盡其變凡有五音二十八調各有分屬今皆失傳

明皇帝 一首

好時光

寶髻偏宜宮樣蓮臉嫩體紅香眉黛不須張敞畫天教入鬢長　莫倚傾國貌嫁取箇有情郎彼此當年少莫負好時光

昭宗皇帝 四首

巫山一段雲

縹緲雲間質盈盈波上身袖羅斜舉動埃塵明豔不勝春　翠鬟晚妝煙重寂寂陽臺一夢冰眸蓮臉見長新巫峽更何人

蝶舞梨園雪鶯啼柳帶煙小池殘日豔陽天苧蘿山又山　青鳥不來愁絕忍看鴛鴦雙結春風一等少年心閑情恨不禁

菩薩蠻 一名子夜歌一名巫山一片雲一名重疊金

登樓遙望秦宮殿茫茫只見雙飛燕渭水一條流千山與萬丘　遠煙籠碧樹陌上行人去安得有英雄迎歸大內中 一作何處是英雄迎儂歸故宮

飄飄且在三峰下秋風往往堪霑灑腸斷憶仙宮朦朧煙霧中　思夢時時睡不語長如醉早晚是歸期蒼穹知不知

後唐莊宗 名存勗在位四年諡曰光聖神閔詞四首

一葉落

一葉落寨朱箔此時景物正蕭索畫樓月影寒西風吹羅幕吹羅幕往事思量著

如夢令 一名憶仙姿一名宴桃源一名比梅

曾宴桃源深洞一曲清歌舞鳳長記別伊時和淚出門相送如夢如夢殘月落花煙重

陽臺夢

薄羅衫子金泥縫困纖腰怯銖衣重笑迎移步小蘭叢嚲金翹玉鳳　嬌多情脈脈羞把同心撚弄楚天雲雨

却相和又入陽臺夢

歌頭

賞芳春暖風飄箔鶯啼綠樹輕煙籠晚閣杏桃紅開緐萼靈和殿禁柳千行斜金絲絡夏雲多奇峰如削紈扇動微涼輕綃薄梅雨霽火雲爍臨水檻永日逃緐暑泛觥酌　露華濃冷高梧彫萬葉一霎晚風蟬聲新雨歇惜惜此光陰如流水東籬菊殘時歎蕭索緐陰積歲時暮景難留不覺朱顏失却好容光且且須呼賓友西園長宵讌雲謠歌皓齒且行樂

南唐嗣主李璟 三首

浣溪沙 一作浣紗溪一名小庭花

風壓輕雲貼水飛乍晴池館燕爭泥沈郎多病不勝衣　沙上未聞鴻雁信竹間時聽鷓鴣啼此情惟有落花知

攤破浣溪沙 一名山花子

菡萏香銷翠葉殘西風愁起綠波間還與韶光共顦顇不堪看　細雨夢回雞塞遠小樓吹徹玉笙寒多少淚珠何限恨倚闌干

手卷真珠上玉鉤依前春恨瑣重樓風裏落花誰是主思悠悠　青鳥不傳雲外信丁香空結雨中愁回首淥波三峽暮接天流

後主煜 三十四首

漁父 一名漁歌子

浪花有意千里雪桃花無言一隊春一壺酒一竿身快活如儂有幾人

一棹春風一葉舟一綸繭縷一輕鉤花滿渚酒滿甌萬頃波中得自由

憶江南 一名望江南一名夢江南一名江南好一名夢江口一名望江梅一名歸塞北一名謝秋娘一名春去也

多少恨昨夜夢魂中還似舊時遊上苑車如流水馬如龍花月正春風

多少淚霑袖復橫頤心事莫將和淚滴鳳笙休向月明吹腸斷更無疑

閑夢遠南國正芳春船上管弦江面綠滿城飛絮混輕塵愁殺看花人

閑夢遠南國正清秋千里江山寒色暮蘆花深處泊孤舟笛在月明樓

擣練子 一名深院月

深院靜小庭空斷續寒砧斷續風無奈夜長人不寐數聲和月到簾櫳

雲鬟亂晚妝殘帶恨眉兒遠岫攢斜托香顋春筍嬾為誰和淚倚闌干

相見歡 一名烏夜啼一名上西樓一名西樓子一名月上瓜洲一名秋夜月一名憶真妃

林花謝了春紅太怱怱無奈朝來寒雨晚來風　胭脂淚相留醉幾時重自是人生長恨水長東

無言獨上西樓月如鉤寂寞梧桐深院鎖清秋　翦不斷理還亂是離愁別是一般滋味在心頭

長相思 一名雙紅豆一名山漸青一名憶多嬌

一重山兩重山山遠天高煙水寒相思楓葉丹　菊花開菊花殘塞雁高飛人未還一簾風月閑

雲一緺玉一梭澹澹衫兒薄薄羅輕顰雙黛螺　秋風多雨如和簾外芭蕉三兩窠夜長人奈何

浣溪沙

紅日已高三丈透金鑪次第添香獸紅錦地衣隨步皺　佳人舞點金釵溜酒惡時拈花蘂嗅別殿遙聞簫鼓奏

轉燭飄蓬一夢歸欲尋陳迹悵人非天教心願與身違　待月池臺空逝水蔭花樓閣漫斜暉登臨不惜更霑衣

採桑子 一名醜奴兒一名羅敷媚一名羅敷豔歌

轆轤金井梧桐晚幾樹驚秋晝雨如愁百尺蝦須上玉鉤　瓊窗春斷雙蛾皺回首邊頭欲寄鱗游九曲寒波不泝流

亭前春逐紅英盡舞態徘徊細雨霏微不放雙眉時暫開　綠窗冷靜芳音斷香印成灰可奈情懷欲睡朦朧入夢來

菩薩蠻

花明月暗籠輕霧今宵好向郎邊去剗襪步香階手提金縷鞋　畫堂南畔見一晌偎人顫好為出來難教君恣意憐

蓬萊院閉天台女畫堂晝寢無人語拋枕翠雲光繡衣聞異香　潛來珠鎖動驚覺鴛鴦夢慢臉笑盈盈相看無限情

銅簧韻脆鏘寒竹新聲慢奏移纖玉眼色暗相鉤秋波橫欲流　雨雲深繡戶來便諧衷素宴罷又成空夢迷春睡中

人生愁恨何能免消魂獨我情何限故國夢重歸覺來雙淚垂　高樓誰與上長記秋晴望往事已成空還如一夢中

清平樂 一名憶蘿月

別來春半觸目愁腸斷砌下落梅如雪亂拂了一身還滿　雁來音信無憑路遙歸夢難成離恨却如春草更行更遠還生

喜遷鶯 一名鶴沖天一名燕歸來

曉月墜宿雲微無語枕頻欹夢回芳草思依依天遠雁聲稀　啼鶯散餘花亂寂寞畫堂深院片紅休埽儘從伊留待舞人歸

阮郎歸 一名醉桃源一名碧桃春

東風吹水日銜山春來長是閑落花狼藉酒闌珊笙歌醉夢間　春睡覺晚妝殘無人整翠鬟留連光景惜朱顏黃昏獨倚闌

錦堂春 一名烏夜啼

昨夜風兼雨簾幃颯颯秋聲燭殘漏滴頻欹枕起坐不能平　世事漫隨流水算來一夢浮生醉鄉路穩宜頻到此外不堪行

應天長

一鉤初月臨妝鏡蟬鬢鳳釵慵不整重簾靜層樓迥悵落花風不定　柳堤芳草徑夢斷轆轤金井昨夜更闌酒醒春愁過却病

望遠行

碧砌花光照眼明，朱扉長日鎭長扃。餘寒欲去夢難成，爐香煙冷自亭亭。遼陽月，秣陵砧，不傳消息但傳情。黃金臺下忽然驚，征人歸日二毛生。

浪淘沙（一名賣花聲）

簾外雨潺潺，春意闌珊。羅衾不耐五更寒。夢裏不知身是客，一晌貪歡。獨自暮凭闌，無限江山。別時容易見時難。流水落花春去也，天上人間。

往事只堪哀，對景難排。秋風庭院蘚侵階。一桁珠簾閑不卷，終日誰來。金劒已沈埋，壯氣蒿萊。晚涼天淨月華開。想得玉樓瑤殿影，空照秦淮。

木蘭花（一名玉樓春，一名春曉曲，一名惜春容）

曉妝初了明肌雪，春殿嬪娥魚貫列。鳳簫聲斷水雲閑，重按霓裳歌徧徹。臨風誰更飄香屑，醉拍闌干情未切。歸時休放燭花紅，待踏馬蹄清夜月。

虞美人

風回小院庭蕪綠，柳眼春相續。凭闌半日獨無言，依舊竹聲新月似當年。笙歌未散尊罍在，池面冰初解。燭明香暗畫樓深，滿鬢清霜殘雪思難禁。

春花秋月何時了，往事知多少。小樓昨夜又東風，故國不堪回首月明中。雕闌玉砌應猶在，只是朱顏改。問君能有幾多愁，恰似一江春水向東流。

一斛珠（一名醉落魄）

晚妝初過，沈檀輕注些兒箇。向人微露丁香顆，一曲清歌，暫引櫻桃破。羅袖裛殘殷色可，杯深旋被香醪涴。繡牀斜凭嬌無那，爛嚼紅茸，笑向檀郎唾。

臨江仙

櫻桃落盡春歸去，蝶翻輕粉雙飛。子規啼月小樓西。玉鉤羅幕，惆悵暮煙垂。別巷寂寥人散後，望殘煙草低迷。爐香閑嫋鳳皇兒。空持羅帶，回首恨依依。

蝶戀花（一名一籮金，一名黃金縷，一名明月生南浦，一名鳳棲梧，一名鵲踏枝，一名卷珠簾，一名魚水同歡）

遙夜亭皐閑信步，纔過清明，漸覺傷春暮。數點雨聲風約住，朦朧澹月雲來去。桃李依依香暗度，誰在鞦韆，笑裏輕輕語。一片芳心千萬緒，人間沒箇安排處。

破陣子（一名十拍子）

四十年來家國，三千里地山河。鳳闕龍樓連霄漢，玉樹瓊枝作煙蘿，幾曾識干戈。一旦歸爲臣虜，沈腰潘鬢銷磨。最是蒼黃辭廟日，教坊猶奏別離歌，垂淚對宮娥。

蜀主王衍（二首）

醉妝詞

者邊走，那邊走，只是尋花柳。那邊走，者邊走，莫厭金杯酒。

甘州曲

畫羅裙，能結束，稱腰身。柳眉桃臉不勝春，薄媚足精神，可惜淪落在風塵。

後蜀主孟昶（詩一首）

木蘭花

冰肌玉骨清無汗，水殿風來暗香滿。繡簾一點月窺人，欹枕釵橫雲鬢亂。起來瓊戶啓無聲，時見疎星渡河漢。屈指西風幾時來，只恐流年暗中換。（蘇軾洞仙歌即櫽括此詞）

全唐詩 詞二

李景伯（一首）

回波樂

回波爾時酒卮，微臣職在箴規。侍宴既過三爵，諠譁竊恐非儀。

沈佺期（一首）

回波樂

回波爾時佺期，流向嶺外生歸。身名已蒙齒錄，袍笏未復牙緋。

裴談（一首）

回波樂

回波爾時栲栳，怕婦也是大好。外邊祇有裴談，內裏無過李老。

張說（六首）

舞馬詞

萬玉朝宗鳳扆，千金率領龍媒。眄鼓凝驕躞蹀，聽歌弄影徘徊。

天鹿遙徵衞叔，日龍上借羲和。將共兩驂爭舞，來隨八駿齊歌。

綵旄八佾成行，時龍五色因方。屈膝銜杯赴節，傾心獻壽無疆。

帝皁龍駒沛艾，星闌驥子權奇。騰倚驤洋應節，繁驕接迹不移。

二聖先天合德，羣靈率土可封。擊石驂驔紫燕，摐金顧步蒼龍。

聖君出震應籙，神馬浮河獻圖。足踏天庭鼓舞，心將帝樂踟蹰。

崔液（二首）

蹋歌詞（此詞五言六句，與拋毬樂相似，惟於第五句用韻不同，或將第二首末二句作上七言下三言讀，改入詞調者誤）

綵女迎金屋，仙姬出畫堂。鴛鴦裁錦袖，翡翠貼花黃。歌響舞分行，豔色動流光。

庭際花微落，樓前漢已橫。金壺催夜盡，羅袖舞寒輕。樂笑暢歡情，未半著天明。

李白 十四首

桂殿秋

仙女下董雙成漢殿夜涼吹玉笙曲終却從仙官去萬戶千門惟月明

河漢女玉鍊顏雲軿往往在人間九霄有路去無跡嫋嫋香風生佩環

清平調

雲想衣裳花想容春風拂檻露華濃若非羣玉山頭見會向瑤臺月下逢

一枝紅豔露凝香雲雨巫山枉斷腸借問漢宮誰得似可憐飛燕倚新妝

名花傾國兩相歡常得君王帶笑看解得春風無限恨沈香亭北倚闌干

連理枝

雪蓋宮樓閉羅幕昏金翠鬬壓闌干香心澹薄梅梢輕倚噴寶猊香燼麝煙濃馥紅綃翠被

淺畫雲垂帔點滴昭陽淚咫尺宸居君恩斷絕似遥千里望水晶簾外竹枝寒守羊車未至

菩薩蠻

平林漠漠煙如織寒山一帶傷心碧暝色入高樓有人樓上愁　玉階空佇立宿鳥歸飛急何處是歸程長亭更短亭

憶秦娥（一名秦樓月一名碧雲深一名雙荷葉）

簫聲咽秦娥夢斷秦樓月秦樓月年年柳色灞陵傷別　樂遊原上清秋節咸陽古道音塵絕音塵絕西風殘照漢家陵闕

清平樂（一名憶蘿月）

禁庭春晝鶯羽披新繡百草巧求花下鬬祇賭珠璣滿斗　日晚却理殘妝御前閑舞霓裳誰道腰肢窈窕折旋笑得君王

禁闈秋夜月探金窗罅玉帳鴛鴦噴蘭麝時落銀燈香灺　女伴莫話孤眠六宮羅綺三千一笑皆生百媚宸衷敎在誰邊

煙深水闊音信無由達惟有碧天雲外月偏照懸懸離別　盡日感事傷懷愁眉似鎖難開夜夜長留半被待君魂夢歸來

鸞衾鳳褥夜夜常孤宿更被銀臺紅蠟燭學妾淚珠相續　花貌些子時光拋人遠泛瀟湘欹枕悔聽寒漏聲聲滴斷愁腸

畫堂晨起來報雪花墜高卷簾櫳看佳瑞皓色遠迷庭砌　盛氣光引爐煙素草寒生玉佩應是天仙狂醉亂把白雲揉碎

元結 五首

欸乃曲

偶存名跡在人間順俗與時未安閑來謁大官兼問政扁舟却入九疑山

湘江二月春水平滿月和風宜夜行唱橈欲過平陽戍守吏相呼問姓名

千里楓林煙雨深無朝無暮有猨吟停橈靜聽曲中意好似雲山韶濩音

零陵郡北湘水東浯溪形勝滿湘中溪口石顛堪自逸誰能相伴作漁翁

下瀧船似入深淵上瀧船似欲升天瀧南始到九疑郡應絕高人乘興船

張志和 五首

漁父

西塞山前白鷺飛桃花流水鱖魚肥青箬笠綠蓑衣斜風細雨不須歸

釣臺漁父褐爲裘兩兩三三舴艋舟能縱棹慣乘流長江白浪不曾憂

霅溪灣裏釣魚翁舴艋爲家西復東江上雪浦邊風笑著荷衣不歎窮

松江蟹舍主人歡菰飯蓴羹亦共餐楓葉落荻花乾醉宿漁舟不覺寒

青草湖中月正圓巴陵漁父棹歌連釣車子橛頭船樂在風波不用仙

張松齡 一首

漁父

樂是風波釣是閑草堂松檜已勝攀太湖水洞庭山狂風浪起且須還

韓翃 一首

章臺柳（寄柳氏）

章臺柳章臺柳往日依依今在否縱使長條似舊垂也應攀折他人手

韋應物 四首

三臺（或加令字一名翠華引一名開元樂）

一年一年老去明日後日花開未報長安平定萬國豈得銜杯

冰泮寒塘水綠雨餘百草皆生朝來衡門無事晚下高齋有情

調笑令（一名宮中調笑一名轉應曲一名三臺令）

胡馬胡馬遠放燕支山下跑沙跑雪獨嘶東望西望路迷迷路迷路邊草無窮日暮

河漢河漢曉挂秋城漫漫愁人起望相思塞北江南別離離別離別河漢雖同路絕

王建 十首

三臺（宮中二首江南四首）

魚藻池邊射鴨芙蓉苑裏看花日色柘袍相似不著紅鸞扇遮

池北池南草綠殿前殿後花紅天子千秋萬歲未央明月清風

揚州橋邊小婦長干市裏商人三年不得消息各自拜鬼求神

青草湖邊草色飛猨嶺上猨聲萬里三湘客到有風有雨人行

樹頭花落花開道上人去人來朝愁暮愁即老百年幾度三臺

鬬身彊健且爲頭白齒落難追準擬百年千歲能得幾許多時

調笑令 即宮中調笑

團扇團扇美人竝來遮面玉顏顦顇三年誰復商量管弦弦管弦管春草昭陽路斷

胡蝶胡蝶飛上金枝玉葉君前對舞春風百葉桃花樹紅紅樹紅樹燕語鶯啼日暮

羅袖羅袖暗舞春風依舊遙看歌舞玉樓好日新妝坐愁愁坐愁坐一世虛生虛過

楊柳楊柳日暮白沙渡口船頭江水茫茫商人少婦斷腸腸斷腸斷鷓鴣夜飛失伴

戴叔倫 一首

調笑令 即轉應曲

邊草邊草邊草盡來兵老山南山北雪晴千里萬里月明明月明月胡笳一聲愁絕

劉禹錫 八首

紇那曲 二首

楊柳鬱青青竹枝無限情同郎一回顧聽唱紇那聲

蹋曲興無窮調同辭不同願郎千萬壽長作主人翁

憶江南 即春去也

春去也多謝洛城人弱柳從風疑舉袂叢蘭裛露似霑巾獨坐亦含嚬

春去也共惜豔陽年猶有桃花流水上無辭竹葉醉尊前惟待見青天

瀟湘神

湘水流湘水流九疑雲物至今愁若問二妃何處所零陵芳草露中秋

斑竹枝斑竹枝淚痕點點寄相思楚客欲聽瑤瑟怨瀟湘深夜月明時

拋毬樂

五色繡團圓登君瑇瑁筵最宜紅燭下偏稱落花前上客如先起應須贈一船

春早見花枝朝朝恨發遲及看花落後却憶未開時幸有拋毬樂一杯君莫辭

白居易 九首

花非花

花非花霧非霧夜半來天明去來如春夢不多時去似朝雲無覓處

憶江南

江南好風景舊曾諳日出江花紅勝火春來江水綠如藍能不憶江南

江南憶最憶是杭州山寺月中尋桂子郡亭枕上看潮頭何日更重遊

江南憶其次憶吳宮吳酒一杯春竹葉吳娃雙舞醉芙蓉早晚得相逢

如夢令

前度小花靜院不比尋常時見見了又還休愁却等閑分散腸斷腸斷記取釵橫鬢亂

落月西窗驚起好箇匆匆些子鬓髩鞾輕鬆凝了一雙秋水告伱告伱休向人間整理

頻日雅歡幽會打得來來越睒說著暫分飛慼損一雙肴黛無柰無柰兩箇心兒總待

長相思

汴水流泗水流流到瓜洲古渡頭吳山點點愁　思悠悠恨悠悠恨到歸時方始休月明人倚樓

深畫眉淺畫眉蟬鬢鬅鬙雲滿衣陽臺行雨回　巫山高巫山低暮雨瀟瀟郎不歸空房獨守時

劉長卿 一首

謫仙怨 集作律詩題云苕溪酬梁耿別後見寄

晴川落日初低惆悵孤舟解攜鳥向平蕪遠近人隨流水東西　白雲千里萬里明月前溪後溪獨恨長沙謫去江潭春草萋萋

竇弘餘 常之子官至台州刺史詞一首

廣謫仙怨 并序

天寶十五載正月安祿山反陷沒洛陽王師敗績關門不守車駕幸蜀途次馬嵬驛六軍不發賜貴妃自盡然後駕行次駱谷上登高下馬望秦川遙辭陵廟再拜嗚咽流涕左右皆泣謂力士曰吾聽九齡之言不到於此乃命中使往韶州以太牢祭之因上馬索長笛吹笛曲成潸然流涕佇立久之時有司旋錄成譜及鑾駕至成都乃進此譜請名曲帝謂吾因思九齡亦别有意可名此曲爲謫仙怨其旨屬馬嵬之事厥後以亂離隔絕有人自西川傳得者無由知但呼爲劍南神曲其音怨切諸曲莫比大曆中江南人盛爲此曲隨州刺史劉長卿左遷睦州司馬祖筵之内長卿遂撰其詞吹之爲曲意頗自得蓋亦不知本事余既備知聊因暇日撰其辭復命樂工唱之用廣其不知者

胡塵犯闕衝關金輅提攜玉顏雲雨此時蕭散君王何日歸還　傷心朝恨暮恨回首千山萬山獨望天邊初月蛾眉猶自彎彎

康駢 字駕輕池州人登第爲崇文館校書郎後爲田頵客薦授中書舍人所著有劇談錄詞一首

廣謫仙怨 并序

竇使君序謫仙怨云劉隨州之辭未知本事及詳其意但以貴妃爲懷蓋明皇登駱谷之時實有思賢之意實之所製殊不述焉駢因更廣其辭蓋欲兩全其事雖才情淺拙不逮二公而理或可觀貽諸識者

晴山礙目橫天綠疊君王馬前鑾輅西巡蜀國龍顏東望秦川　曲江魂斷芳草妃子愁凝暮煙長笛此時吹罷何言獨爲嬋娟

全唐詩

杜牧一首

八六子

洞房深畫屏燈照山色凝翠沈沈聽夜雨冷滴芭蕉驚
斷紅窗好夢龍煙細飄繡衾辭恩久歸長信鳳帳蕭疎
椒殿閑扃　輦路苔侵繡簾垂遲遲漏傳丹禁蕣華偷
悴翠鬟羞整愁坐望處金輿漸遠何時綵仗重臨正消
魂梧桐又移翠陰

崔懷寶河南司隸詞一首

憶江南

平生願願作樂中箏得近玉人纖手子砑羅裙上放嬌
聲便死也爲榮

鄭符一首

閑中好

閑中好盡日松爲侶此趣人不知輕風度僧語

段成式一首

閑中好

閑中好塵務不縈心坐對當窗木看移三面陰

張希復一首

閑中好

閑中好幽磬度聲遲卷上論題肇畫中僧姓支

温庭筠五十九首

南歌子歌或作柯一名春宵曲

手裏金鸚鵡胷前繡鳳凰偷眼暗形相不如從嫁與作
鴛鴦
似帶如絲柳團酥握雪花簾卷玉鉤斜九衢塵欲暮逐
香車
倭墮低梳髻連娟細掃眉終日兩相思爲君憔悴盡百
花時
臉上金霞細眉間翠鈿深欹枕覆鴛衾隔簾鶯百轉感
君心
撲蘂添黃子呵花滿翠鬟鴛枕映屏山月明三五夜對
芳顏
轉盼如波眼娉婷似柳腰花裏暗相招憶君腸欲斷恨
春宵
懶拂鴛鴦枕休縫翡翠裙羅帳罷爐熏近來心更切爲
思君

荷葉杯

一點露珠凝冷波影滿池塘綠莖紅豔兩相亂腸斷水
風涼
鏡水夜來秋月如雪采蓮時小娘紅粉對寒浪惆悵正
思惟
楚女欲歸南浦朝雨濕愁紅小船摇漾入花裏波起隔
西風

憶江南

千萬恨恨極在天涯山月不知心裏事水風空落眼前
花摇曳碧雲斜
梳洗罷獨倚望江樓過盡千帆皆不是斜暉脈脈水悠
悠腸斷白蘋洲

蕃女怨

萬枝香雪開已遍細雨雙燕鈿蟬箏金雀扇畫梁相見
鴈門消息不歸來又飛回
磧南沙上驚鴈起飛雪千里玉連環金鏃箭年年征戰
畫樓離恨錦屏空杏花紅

遐方怨

憑繡檻解羅幃未得君書斷腸瀟湘春鴈飛不知征馬
幾時歸海棠花謝也雨霏霏
花半拆雨初晴未卷珠簾夢殘惆悵聞曉鶯宿妝眉淺
粉山橫約鬟鸞鏡裏繡羅輕

訴衷情一名一絲風

鶯語花舞春晝午雨霏微金帶枕宮錦鳳凰帷柳弱燕
交飛依依遼陽音信稀夢中歸

定西番

漢使昔年離別攀弱柳折寒梅上高臺　千里玉關春
雪鴈來人不來羌笛一聲愁絶月裴回
海燕欲飛調羽萱草綠杏花紅隔簾櫳　雙鬢翠霞金
縷一枝春豔濃樓上月明三五瑣窗中
細雨曉鶯春晚人似玉柳如眉正相思　羅幕翠簾初
卷鏡中花一枝腸斷塞門消息鴈來稀

思帝鄉

花花滿枝紅似霞羅袖畫簾腸斷卓香車回面共人閑
語戰篦金鳳斜惟有阮郎春盡不歸家

酒泉子四首

花映柳條閑向綠萍池上凭欄干窺細浪雨蕭蕭　近
來音信兩疎索洞房空寂寞掩銀屏垂翠箔度春宵
日映紗窗金鴨小屏山碧故鄉春煙靄隔背蘭釭　宿
妝惆悵倚高閣千里雲影薄草初齊花又落燕雙飛
楚女不歸樓枕小河春水月孤明風又起杏花稀　玉
釵斜篸雲鬟重裙上金縷鳳八行書千里夢鴈南飛
羅帶惹香猶繫別時紅豆淚痕新金縷舊斷離腸　一
雙嬌燕語雕梁還是去年時節綠楊濃芳草歇柳花狂

玉蝴蝶

秋風凄切傷離行客未歸時塞外草先衰江南鴈到遲
芙蓉凋嫩臉楊柳墮新眉摇落使人悲斷腸誰得知

女冠子二首

含嬌含笑宿翠殘紅窈窕鬢如蟬寒玉簪秋水輕紗卷
碧煙　雪胷鸞鏡裏琪樹鳳樓前寄語青娥伴早求仙
霞帔雲髮鈿鏡仙容似雪畫愁眉遮語回輕扇含羞下

繡幃　玉樓相望久花洞恨來遲早晚乘鸞去莫相遺

歸國遙 國一作自 遙一作謠

香玉翠鳳寶釵垂𦆯毿鈿筐交勝金粟越羅春水綠畫堂照簾殘燭夢餘更漏促謝娘無限心曲曉屏山斷續

雙臉小鳳戰篦金颭豔舞衣無力風斂藕絲秋色染錦帳繡幃斜掩露珠清曉簟粉心黃蘂花靨黛眉山兩點

菩薩蠻

小山重疊金明滅鬢雲欲度香顋雪嬾起畫蛾眉弄妝梳洗遲　照花前後鏡花面交相映新帖繡羅襦雙雙金鷓鴣

水精簾裏頗黎枕暖香惹夢鴛鴦錦江上柳如煙鴈飛殘月天　藕絲秋色淺人勝參差翦雙鬢隔香紅玉釵頭上風

蘂黃無限當山額宿妝隱笑紗窗隔相見牡丹時暫來還別離　翠釵金作股釵上蝶雙舞心事竟誰知月明花滿枝

翠翹金縷雙鸂鶒水文細起春池碧池上海棠梨雨晴紅滿枝　繡衫遮笑靨煙草黏飛蝶青瑣對芳菲玉關音信稀

杏花含露團香雪綠楊陌上多離別燈在月朧明覺來聞曉鸎　玉鉤褰翠幕妝淺舊眉薄春夢正關情鏡中蟬鬢輕

玉樓明月長相憶柳絲嫋娜春無力門外草萋萋送君聞馬嘶　畫羅金翡翠香燭銷成淚花落子規啼綠窗殘夢迷

鳳凰相對盤金縷牡丹一夜經微雨明鏡照新妝鬢輕雙臉長　畫樓相望久闌外垂絲柳音信不歸來社前雙燕回

牡丹花謝鸎聲歇綠楊滿院中庭月相憶夢難成背窗燈半明　翠鈿金壓臉寂寞香閨掩人遠淚闌干燕飛春又殘

滿宮明月梨花白故人萬里關山隔金鴈一雙飛淚痕霑繡衣　小園芳草綠家住越溪曲楊柳色依依燕歸君不歸

寶函鈿雀金鸂鶒沈香閣上吳山碧楊柳又如絲驛橋春雨時　畫樓音信斷芳草江南岸鸞鏡與花枝此情誰得知

南園滿地堆輕絮愁聞一霎清明雨雨後却斜陽杏花零落香　無言匀睡臉枕上屏山掩時節欲黃昏無憀獨倚門

夜來皓月纔當午重簾悄悄無人語深處麝煙長臥時留薄妝　當年還自惜往事那堪憶花露月明殘錦衾知曉寒

雨晴夜合玲瓏日萬枝香嫋紅絲拂閑夢憶金堂滿庭萱草長　繡簾垂𦆯毿眉黛遠山綠春水渡溪橋凭闌魂欲消

竹風輕動庭除冷珠簾月上玲瓏影山枕隱濃妝綠檀金鳳凰　兩蛾愁黛淺故國吳宮遠春恨正關情畫樓殘點聲

玉纖彈處真珠落流多暗濕鉛華薄春露浥朝花秋波浸晚霞　風流心上物本爲風流出看取薄情人羅衣無此痕

清平樂

上陽春晚宮女愁蛾淺新歲清平思同輦爭奈長安路遠　鳳帳鴛被徒熏寂寞花瑣千門競把黃金買賦爲妾將上明君

洛陽愁絶楊柳花飄雪終日行人爭攀折橋下水流嗚咽　上馬爭勸離觴南浦鸎聲斷腸愁殺平原年少回首揮淚千行

更漏子

柳絲長春雨細花外漏聲迢遞驚塞鴈起城烏畫屏金鷓鴣　香霧薄透簾幕惆悵謝家池閣紅燭背繡簾垂夢長君不知

星斗稀鐘鼓歇簾外曉鸎殘月蘭露重柳風斜滿庭堆落花　虛閣上倚闌望還似去年惆悵春欲暮思無窮舊歡如夢中

金雀釵紅粉面花裏暫時相見知我意感君憐此情須問天　香作穗蠟成淚還似兩人心意山枕膩錦衾寒覺來更漏殘

相見稀相憶久眉淺淡煙如柳垂翠幕結同心待郎熏繡衾　城上月白如雪蟬鬢美人愁絶宮樹暗鵲橋橫玉籤初報明

背江樓臨海月城上角聲嗚咽堤柳動島煙昏兩行征鴈分　京口路歸帆渡正是芳菲欲度銀燭盡玉繩低一聲村落雞

玉鑪香紅蠟淚偏照畫堂秋思眉翠薄鬢雲殘夜長衾枕寒　梧桐樹三更雨不道離情正苦一葉葉一聲聲空階滴到明

河瀆神

河上望叢祠廟前春雨來時楚山無限鳥飛遲蘭櫂空傷別離　何處杜鵑啼不歇豔紅開盡如血蟬鬢美人愁絶百花芳草佳節

孤廟對寒潮西陵風雨瀟瀟謝娘惆悵倚蘭橈淚流玉筯千條　暮天愁聽思歸樂早梅香滿山郭回首兩情蕭索離魂何處飄泊

銅皷賽神來滿庭幡蓋裴回水村江浦過風雷楚山如畫煙開　離別艣聲空蕭索玉容惆悵妝薄青麥燕飛落落卷簾愁對珠閣

河傳

江畔相喚曉妝鮮仙景箇女采蓮請君莫向那岸邊少年好花新滿船　紅袖搖曳逐風輭垂玉腕腸向柳絲斷浦南歸浦北歸莫知晚來人已稀

湖上閑望雨蕭蕭煙浦花橋路遙謝娘翠蛾愁不銷終朝夢魂迷晚潮　蕩子天涯歸櫂遠春已晚鸎語空腸斷若耶溪溪水西柳堤不聞郎馬嘶

同伴相喚杏花稀夢裏每愁依違仙客一去燕已飛不歸淚痕空滿衣　天際雲鳥引情遠春已晚煙靄渡南

苑雪梅香柳帶長小娘轉令人意傷

木蘭花 即春曉曲 集作古詩

家臨長信往來道乳燕雙雙拂煙草油壁車輕金犢肥流蘇帳曉春雞早　籠中嬌鳥暖猶睡簾外落花閑不掃衰桃一樹近前池似惜容顏鏡中老

皇甫松 十八首

竹枝 一名巴渝辭

檳榔花發竹枝鷓鴣啼女兒雄飛煙瘴竹枝雌亦飛女兒

木棉花盡竹枝荔支垂女兒千花萬花竹枝待郎歸女兒

芙蓉並蒂竹枝一心連女兒花侵槅子竹枝眼應穿女兒

筵中蠟燭竹枝淚珠紅女兒合歡桃核竹枝兩人同女兒

斜江風起竹枝動橫波女兒劈開蓮子竹枝苦心多女兒

山頭桃花竹枝谷底杏女兒兩花窈窕竹枝遙相映女兒

摘得新

酌一卮須教玉笛吹錦筵紅蠟燭莫來遲繁紅一夜經風雨是空枝

摘得新枝枝葉葉春管弦兼美酒最關人平生都得幾十度展香茵

采蓮子

菡萏香連十頃陂舉棹小姑貪戲采蓮遲年少晚來弄水船頭濕舉棹更脫紅裙裹鴨兒年少

船動湖光灩灩秋舉棹貪看年少信船流年少無端隔水拋蓮子舉棹遙被人知半日羞年少

拋毬樂

紅撥一聲飄輕裘墜越絹帶翻金孔雀香滿繡蜂腰少少拋分數花枝正索饒

金麂花毬小真珠繡帶垂幾回衝蠟燭千度入香懷上客終須醉觥盂且亂排

憶江南

蘭燼落屏上暗紅蕉閑夢江南梅熟日夜船吹笛雨瀟瀟人語驛邊橋

樓上寢殘月下簾旌夢見秣陵惆悵事桃花柳絮滿江城雙髻坐吹笙

天仙子

晴野鷺鷥飛一隻水葓花發秋江碧劉郎此日別天仙登綺席淚珠滴十二晚峰青歷歷

躑躅花開紅照水鷓鴣飛遶青山觜行人經歲始歸來千萬里錯相倚懊惱天仙應有以

怨回紇 二首

白首南朝女愁聽異域歌收兵頡利國飲馬胡盧河毳布腥膻久穹廬歲月多雕窠城上宿吹笛淚滂沱

祖席駐征棹開帆候信潮隔筵桃葉泣吹管杏花飄船去鷗飛閣人歸塵上橋別離惆悵淚江路濕紅蕉

司空圖 一首

酒泉子

買得杏花十載歸來方始坼假山西畔藥闌東滿枝紅　旋開旋落旋成空白髮多情人更惜黃昏把酒祝東風且從容

韓偓 三首

生查子

侍女動妝奩故故驚人睡那知本未眠背面偷垂淚　嬾卸鳳凰釵羞入鴛鴦被時復見殘燈和煙墜金穗

浣溪沙

攏鬢新收玉步搖背燈初解繡裙腰枕寒衾冷異香焦　深院不關春寂寂落花和雨夜迢迢恨情殘醉卻無聊

宿醉離愁慢髻鬟六銖衣薄惹輕寒慵紅悶翠掩青鸞　羅韈況兼金菡萏雪肌仍是玉琅玕骨香腰細更沈檀

張曙 小字阿灰侍郎禕子詞一首

浣溪沙

枕障熏爐隔繡帷二年終日苦相思杏花明月始應知　天上人間何處去舊歡新夢覺來時黃昏微雨畫簾垂

鍾輻 江南人咸通末以廣文生爲蘇州院巡詞一首

卜算子慢

桃花院落煙重露寒寂寞禁煙晴晝風拂珠簾還記去年時候惜春心不喜閑窗繡倚屏山和衣睡覺醺醺暗消殘酒　獨倚危闌久把玉筍偷彈黛蛾輕鬬一點相思萬般自家甘受抽金釵欲買丹青手寫別來容顏寄與使知人清瘦

全唐詩 詞四

韋莊 五十二首

訴衷情

燭燼香殘簾半卷夢初驚花欲謝深夜月籠明何處按歌聲輕輕舞衣塵暗生負春情

碧沼紅芳煙雨靜倚蘭橈垂玉佩交帶嫋纖腰鴛夢隔星橋迢迢越羅香暗銷墜花翹

天仙子

悵望前回夢裏期看花不語苦尋思露桃宮裏小腰肢眉眼細鬢雲垂惟有多情宋玉知

深夜歸來長酩酊扶入流蘇猶未醒醺醺酒氣麝蘭和驚睡覺笑呵呵長笑人生能幾何

蟾彩霜華夜不分天外鴻聲枕上聞繡衾香冷嬾重熏人寂寂葉紛紛纔睡依前夢見君

夢覺雲屏依舊空杜鵑聲咽隔簾櫳玉郎薄倖去無蹤一日日恨重重淚界蓮顋兩線紅

金似衣裳玉似身眼如秋水鬢如雲霞帬月帔一羣羣來洞口望煙分劉阮不歸春日曛

江城子 城一作神一名水晶簾

恩重嬌多情易傷漏更長解鴛鴦朱脣未動先覺口脂香緩揭繡衾抽皓腕移鳳枕枕檀郎

髻鬟狼藉黛眉長出蘭房別檀郎角聲嗚咽星斗漸微

茫露冷月殘人未起留不住淚千行

定西番

挑盡金燈紅燼人灼灼漏遲遲未眠時斜倚銀屏無語閑愁上翠眉悶殺梧桐殘雨滴相思

芳草叢生縷結花豔豔雨濛濛曉庭中塞遠久無音問愁銷鏡裏紅紫燕黃鸝猶至恨何窮

思帝鄉

雲髻墜鳳釵垂髻墜釵垂無力枕函欹翡翠屏深月落漏依依說盡人間天上兩心知

春日遊杏花吹滿頭陌上誰家年少足風流妾擬將身嫁與一生休縱被無情棄不能羞

上行杯

芳草灞陵春岸柳煙深滿樓弦管一曲離聲腸寸斷今日送君千萬紅縷玉盤金鏤盞須勸珍重意莫辭滿

白馬玉鞭金轡少年郎離別容易迢遞去程千萬里惆悵異鄉雲水滿酌一杯勸和淚須愧珍重意莫辭醉

酒泉子

月落星沈樓上美人春睡綠雲欹金枕膩畫屏深子規啼破相思夢曙色東方纔動柳煙輕花露重思難任

女冠子 二首

四月十七正是去年今日別君時忍淚佯低面含羞半斂眉 不知魂已斷空有夢相隨除却天邊月沒人知

昨夜夜半枕上分明夢見語多時依舊桃花面頻低柳葉眉 半羞還半喜欲去又依依覺來知是夢不勝悲

浣溪沙

清曉妝成寒食天柳毬斜嫋間花鈿卷簾直出畫堂前指點牡丹初綻朵日高猶自凭朱闌含嚬不語恨春殘

欲上鞦韆四體慵擬交人送又心忪畫堂簾幕月明風此夜有情誰不極隔牆梨雪又玲瓏玉容憔悴惹微紅

惆悵夢餘山月斜孤燈照壁背紅紗小樓高閣謝娘家暗想玉容何所似一枝春雪凍梅花滿身香霧簇朝霞

綠樹藏鶯鶯正啼柳絲斜拂白銅鞮弄珠江上草萋萋日暮飲歸何處客繡鞍驄馬一聲嘶滿身蘭麝醉如泥

夜夜相思更漏殘傷心明月凭闌干想君思我錦衾寒咫尺畫堂深似海憶來惟把舊書看幾時攜手入長安

歸國遙

春欲暮滿地落花紅帶雨惆悵玉籠鸚鵡單棲無伴侶南望去程何許問花花不語早晚得同歸去恨無雙翠羽

金翡翠爲我南飛傳我意罨畫橋邊春水幾年花下醉別後只知相愧淚珠難遠寄羅幕繡幃鴛被舊歡如夢裏

春欲晚戲蝶遊蜂花爛熳日落謝家池館柳絲金縷斷睡覺綠鬟風亂畫屏雲雨散閑倚博山長歎淚流霑皓腕

菩薩蠻

紅樓別夜堪惆悵香燈半卷流蘇帳殘月出門時美人和淚辭 琵琶金翠羽弦上黃鶯語勸我早歸家綠窗人似花

人人盡說江南好遊人只合江南老春水碧於天畫船聽雨眠 壚邊人似月皓腕凝雙雪未老莫還鄉還鄉須斷腸

如今却憶江南樂當時年少春衫薄騎馬倚斜橋滿樓紅袖招 翠屏金屈曲醉入花叢宿此度見花枝白頭誓不歸

勸君今夜須沈醉尊前莫話明朝事珍重主人心酒深情亦深 須愁春漏短莫訴金杯滿遇酒且呵呵人生能幾何

洛陽城裏春光好洛陽才子他鄉老柳暗魏王堤此時心轉迷 桃花春水淥水上鴛鴦浴凝恨對殘暉憶君君不知

更漏子

鍾鼓寒樓閣暝月照古桐金井深院閉小庭空落花香露紅 煙柳重春霧薄燈背水窗高閣閑倚戶暗霑衣待郎郎不歸

謁金門 一名花自落一名垂楊碧一名出塞

春雨足染就一溪新綠柳外飛來雙羽玉弄晴相對浴樓外翠簾高軸倚遍闌干幾曲雲淡水平煙樹簇寸心千里目

春漏促金燼暗挑殘燭一夜簾前風撼竹夢魂相斷續有個嬌饒如玉夜夜繡屏孤宿閑抱琵琶尋舊曲遠山眉黛綠

空相憶無計得傳消息天上嫦娥人不識寄書何處覓新睡覺來無力不忍把君書跡滿院落花春寂寂斷腸芳草碧

清平樂

春愁南陌故國音書隔細雨霏霏梨花白燕拂畫簾金額 盡日相望王孫塵滿衣上淚痕誰向橋邊吹笛駐馬西望銷魂

野花芳草寂寞關山道柳吐金絲鶯語早惆悵香閨暗老 羅帶悔結同心獨凭朱闌思深夢覺半牀斜月小窗風觸鳴琴

何處遊女蜀國多雲雨雲解有情花解語窣地繡羅金縷 妝成不整金鈿含羞待月鞦韆住在綠槐陰裏門臨春水橋邊

鶯啼殘月繡閣香燈滅門外馬嘶郎欲別正是落花時節 妝成不畫蛾眉含愁獨倚金扉去路香塵莫掃掃即郎去歸遲

瑣窗春暮滿地梨花雨君不歸來情又去紅淚散霑金縷 夢魂飛斷煙波傷心不奈春何空把金針獨坐鴛鴦愁繡雙窠

綠楊春雨金線飄千縷花拆香枝黃鸝語玉勒雕鞍何處 碧窗望斷燕鴻翠簾睡眼溟濛寶瑟誰家彈罷含悲斜倚屏風

喜遷鶯（即鶴冲天）

人洶洶鼓鼕鼕襟袖五更風大羅天上月朦朧騎馬上虛空　香滿衣雲滿路鸞鳳遶身飛舞霓旌絳節一羣羣引見玉華君

街鼓動禁城開天上探人回鳳銜金牓出雲來平地一聲雷　鶯已遷龍已化一夜滿城車馬家家樓上簇神仙爭看鶴冲天

應天長

綠槐陰裏黃鶯語深院無人春晝午畫簾垂金鳳舞寂寞繡屏香一炷　碧天雲無定處空有夢魂來去夜夜綠窗風雨斷腸君信否

別來半歲音書絕一寸離腸千萬結難相見易相別又是玉樓花似雪　暗相思無處說惆悵夜來煙月想得此時情切淚霑紅袖黦

荷葉杯

絕代佳人難得傾國花下見無期一雙愁黛遠山眉不忍更思惟　閑掩翠屏金鳳殘夢羅幕畫堂空碧天無路信難通惆悵舊房櫳

記得那年花下深夜初識謝娘時水堂西面畫簾垂攜手暗相期　惆悵曉鶯殘月相別從此隔音塵如今俱是異鄉人相見更無因

河傳

何處煙雨隋堤春暮柳色蔥蘢畫橈金縷翠旗高颭香風水光融　青娥殿脚春妝媚輕雲裏綽約司花妓江都宮闕清淮月映迷樓古今愁

春晚風暖錦城花滿狂殺遊人玉鞭金勒尋勝馳驟輕塵惜良辰　翠娥爭勸臨邛酒纖纖手拂面垂絲柳歸時煙裏鐘鼓正是黃昏暗銷魂

錦浦春女繡衣金縷霧薄雲輕花深柳暗時節正是清明雨初晴　玉鞭魂斷煙霞路鶯鶯語一望巫山雨香塵隱映遙望翠檻紅樓黛眉愁

怨王孫（與河傳月照梨花二詞同調）

錦里蠶市滿街珠翠千萬紅妝玉蟬金雀寶髻花簇鳴璫繡衣長　日斜歸去人難見青樓遠隊隊行雲散不知今夜何處深鎖蘭房隔仙鄉

木蘭花

獨上小樓春欲暮愁望玉關芳草路消息斷不逢人却斂細眉歸繡户　坐看落花空歎息羅袂溼班紅淚滴千山萬水不曾行魂夢欲教何處覓

小重山

一閉昭陽春又春夜寒宮漏永夢君恩臥思陳事暗消魂羅衣溼紅袂有啼痕　歌吹隔重閽遶庭芳草綠倚長門萬般惆悵向誰論凝情立宮殿欲黃昏

望遠行

欲別無言倚畫屏含恨暗傷情謝家庭樹錦雞鳴殘月落邊城　人欲別馬頻嘶綠槐千里長堤出門芳草路萋萋雲雨別來易東西不忍別君後却入舊香閨

牛嶠（二十七首）

憶江南

銜泥燕飛到畫堂前占得杏梁安穩處體輕惟有主人憐堪羨好因緣

紅繡被兩兩間鴛鴦不是鳥中偏愛爾為緣交頸睡南塘全勝薄情郎

西溪子

捍撥雙盤金鳳蟬鬢玉釵搖動畫堂前人不語弦解語彈到昭君怨處翠蛾愁不擡頭

江城子

鵁鶄飛起郡城東碧江空半灘風越王宮殿蘋葉藕花中簾卷水樓魚浪起千片雪雨濛濛

極浦煙消水鳥飛離筵分手時送金巵渡口楊花狂雪任風吹日暮空江波浪急芳草岸柳如絲

定西番

紫塞月明千里金甲冷戍樓寒夢長安　鄉思望中天闊漏殘星亦殘畫角數聲嗚咽雪漫漫

望江怨

東風急惜別花時手頻執羅幃愁獨入馬嘶殘雨春蕪溼倚門立寄語薄情郎粉香和淚泣

女冠子（四首）

綠雲高髻點翠勻紅時世月如眉淺笑含雙靨低聲唱小詞　眼看惟恐化魂蕩欲相隨玉趾回嬌步約佳期

錦江煙水卓女燒春濃美小檀霞繡帶芙蓉帳金釵芍藥花　額黃侵膩髮臂釧透紅紗柳暗鶯啼處認郎家

星冠霞帔住在蘂珠宮裏佩丁當明翠搖蟬翼纖珪理宿妝　醮壇春晝綠蘂院杏花香青鳥傳心事寄劉郎

雙飛雙舞春晝後園鶯語卷羅幃錦字書封了銀河雁過遲　鴛鴦排寶帳豆蔻繡連枝不語勻珠淚落花時

酒泉子

記得去年煙暖杏園花正發雪飄香江草綠柳絲長鈿車纖手卷簾望眉學春山樣鳳釵低嫋翠鬟上落梅妝

菩薩蠻

舞裙香暖金泥鳳畫梁語燕驚殘夢門外柳花飛玉郎猶未歸　愁勻紅粉淚眉翦春山翠何處是遼陽錦屏春晝長

柳花飛處鶯聲急晴街春色香車立金鳳小簾開臉波和恨來　今宵求夢想難到青樓上贏得一場愁鴛衾誰並頭

玉釵風動春幡急交枝紅杏籠煙泣樓上望卿卿窗寒新雨晴　熏爐蒙翠被繡帳鴛鴦睡何處有相知羨他初畫眉

畫屏重疊巫陽翠楚神尚有行雲意朝暮幾般心向他情謾深　風流今古隔虛作瞿塘客山月照山花夢回燈影斜

風簾燕舞鶯啼柳妝臺約鬢低纖手釵重髻盤珊一枝紅牡丹　門前行樂客白馬嘶春色故故墜金鞭回頭應眼穿

綠雲鬢上飛金雀愁眉斂翠春煙薄香閣掩芙蓉畫屏山幾重　窗寒天欲曙猶結同心苣啼粉涴羅衣問郎何日歸

玉爐冰簟鴛鴦錦粉融香汗流山枕簾外轆轤聲斂眉
含笑驚　柳陰煙漠漠低鬢蟬釵落須作一生拌盡君
今日歡

更漏子

星漸稀漏頻轉何處輪臺聲怨香閣掩杏花紅月明楊
柳風　挑錦字記情事惟願兩心相似收淚語背燈眠
玉釵橫枕邊

春夜闌更漏促金燼暗挑殘燭驚夢斷錦屏深兩鄉明
月心　閨草碧望歸客還是不知消息孤負我悔憐君
告天天不聞

南浦情紅粉淚爭奈兩人深意低翠黛卷征衣馬嘶霜
葉飛　招手別寸腸結還是去年時節書託鴈夢歸家
覺來江月斜

感恩多

兩條紅粉淚多少香閨意彊攀桃李枝斂愁眉　陌上
鶯啼蝶舞柳花飛柳花飛願得郎心憶家還早歸

自從南浦別愁見丁香結近來情轉深憶鴛衾　幾度
將書託煙雁淚盈襟淚盈襟禮月求天願君知我心

應天長

玉樓春望晴煙滅舞衫斜卷金條脫黃鸝嬌轉聲初歇
杏花飄盡龍山雪　鳳釵低赴節筵上王孫愁絕鴛鴦
對銜羅結兩情深夜月

雙眉澹薄藏心事清夜背燈嬌又醉玉釵橫山枕膩寶
帳鴛鴦春睡美　別經時無限意虛道相思憔悴莫信
綵牋書裏賺人腸斷字

木蘭花

春入橫塘搖淺浪花落小園空惆悵此情誰信爲狂夫
恨翠愁紅流枕上　小玉窗前嗔燕語紅淚滴穿金線
縷雁歸不見報郎歸織成錦字封過與

全唐詩

毛文錫 字平珪登進士第後事蜀爲翰林學士遷內樞密使歷文思殿大學士司徒詞三十一首

西溪子

昨夜西溪遊賞芳樹奇花千樣鎖春光金尊滿聽弦管
嬌妓舞衫香暖不覺到斜暉馬馱歸

何滿子 何一作河

紅粉樓前月照碧紗窗外鶯啼夢斷遼陽音信那堪獨
守空閨恨對百花時節王孫綠草萋萋

訴衷情 一名桃花水

桃花流水漾縱橫春晝彩霞明劉郎去阮郎行惆悵恨
難平　愁坐對雲屏算歸程何時攜手洞邊迎訴衷情

鴛鴦交頸繡衣輕碧沼藕花馨偎藻荇映蘭汀和雨浴
浮萍　思婦對心驚想邊庭何時解佩掩雲屏訴衷情

中興樂

豆蔻花繁煙豔深丁香軟結同心翠鬟女相與共淘金
紅蕉葉裏猩猩語鴛鴦浦鏡中鸞舞絲雨隔荔枝陰

醉花間 二首

休相問怕相問相問還添恨春水滿塘生鸂鶒還相趁
昨夜雨霏霏臨明寒一陣偏憶戍樓人久絕邊庭信

深相憶莫相憶相憶情難極銀漢是紅牆一帶遙相隔
金盤珠露滴兩岸榆花白風搖玉佩清今夕爲何夕

酒泉子

綠樹春深燕語鶯啼聲斷續蕙風飄蕩入芳叢惹殘紅
柳絲無力嫋煙空金盞不辭須滿酌海棠花下思朦
朧醉春風

紗窗恨

新春燕子還來至一雙飛壘巢泥溼時時墜涴人衣
後園裏看百花發香風拂繡戶金扉月照紗窗恨依依

雙雙蝶翅塗鉛粉咂花心綺窗繡戶飛來穩畫堂陰
二三月愛隨風絮伴落花來拂衣襟更剪輕羅片傅黃
金

戀情深

滴滴銅壺寒漏咽醉紅樓月宴餘香殿會鴛衾蕩春心
真珠簾下曉光侵鶯語隔瓊林寶帳欲開慵起戀情
深

玉殿春濃花爛熳簇神仙伴羅帬窣地縷黃金奏清音
酒闌歌罷兩沈沈一笑動君心永願作鴛鴦伴戀情
深

浣溪沙

七夕年年信不違銀河清淺白雲微蟾光鵲影伯勞飛
每恨蟪蛄憐婺女幾回嬌妒下鴛機今宵嘉會兩依
依

攤破浣溪沙

春水輕波浸綠苔枇杷洲上紫檀開晴日眠沙鸂鶒穩
暖相偎　羅襪生塵遊女過有人逢著弄珠回蘭麝飄
香初解佩忘歸來

贊浦子

錦帳添香睡金爐換夕薰嬾結芙蓉帶慵拖翡翠帬
正是柳夭桃媚那堪暮雨朝雲宋玉高唐意裁瓊欲贈
君

巫山一段雲

雨霽巫山上雲輕映碧天遠風吹散又相連十二晚峰
前　暗溼啼猨樹高籠過客船朝朝暮暮楚江邊幾度
降神仙

貌掩巫山色才過濯錦波阿誰提筆上銀河月裏寫嫦

娥　薄薄施鉛粉盈盈挂綺羅菖蒲花役夢魂多年代屬元和

柳含煙

隋堤柳汴河旁夾岸綠陰千里龍舟鳳舸木蘭香錦帆張　因夢江南春景好一路流蘇羽葆笙歌未盡起橫流鎖春愁

河橋柳占芳春映水含煙拂路幾回攀折贈行人暗傷神　樂府吹爲橫笛曲能使離腸斷續不如移植在金門近天恩

章臺柳近垂旒低拂往來冠蓋朦朧春色滿皇州瑞煙浮　直與路邊江畔別免被離人攀折最憐京兆畫蛾眉葉纖時

御溝柳占春多半出宮牆婀娜有時倒景醮輕羅麴塵波　昨日金鑾巡上苑風亞舞腰纖軟栽培得地近皇宮瑞煙濃

更漏子

春夜闌春恨切花外子規啼月人不見夢難憑紅紗一點燈　偏怨別是芳節庭下丁香千結宵霧散曉霞暉梁間雙燕飛

喜遷鶯

芳春景暖晴煙喬木見鶯遷傳枝偎葉語關關飛過綺叢間　錦翼鮮金毳軟百轉千嬌相喚碧紗窗曉怕聞聲驚破鴛鴦暖

應天長

平江波暖鴛鴦語兩兩釣船歸極浦蘆洲一夜風和雨飛起淺沙翹雪鷺　漁燈明遠渚蘭棹今宵何處羅袂從風輕舉愁殺采蓮女

月宮春

水晶宮裏桂花開神仙探幾回紅芳金蘂繡重臺低傾瑪瑙杯　玉兔銀蟾爭守護姮娥姹女戲相偎遙聽鈞天九奏玉皇親看來

虞美人

鴛鴦對浴銀塘暖水面蒲梢短垂楊低拂麴塵波蛛絲結網露珠多滴圓荷　遙思桃葉吳江碧便是天河隔錦鱗紅鬣影沈沈相思空有夢相尋意難任

寶檀金縷鴛鴦枕綬帶盤宮錦夕陽低映小窗明南園綠樹語鶯鶯夢難成　玉爐香煖頻添炷滿地飄輕絮珠簾不卷度沈煙庭前閑立畫鞦韆艷陽天

臨江仙

暮蟬聲盡落斜陽銀蟾影挂瀟湘黃陵廟側水茫茫楚山紅樹煙雨隔高唐　岸泊漁燈風颭碎白蘋遠散濃香靈娥鼓瑟韻清商朱弦淒切雲散碧天長

接賢賓

香韉鏤襜五色驄值春景初融流珠噴沫躞蹀汗血流紅　少年公子能乘馭金鑣玉轡瓏璁爲惜珊瑚鞭不下驕生百步千蹤信穿花從拂柳向九陌追風

贊成功

海棠未坼萬點深紅香包緘結一重重似含羞態邀勒春風蜂來蝶去任遶芳叢　昨夜微雨飄灑庭中忽聞聲滴井邊桐美人驚起坐聽晨鐘快教折取戴玉瓏璁

甘州遍

春光好公子愛閑遊足風流金鞍白馬雕弓寶劒紅纓錦襜出長楸　花蔽膝玉銜頭尋芳逐勝歡宴絲竹不曾休美人唱揭調是甘州醉紅樓堯年舜日樂聖永無憂

秋風緊平磧雁行低陣雲齊蕭蕭颯颯邊聲四起愁聞戍角與征鼙　青塚北黑山西沙飛聚散無定往往路人迷鐵衣冷戰馬血霑蹄破蕃奚鳳皇詔下步步躡丹梯

和凝二十四首

漁父

白芷汀寒立鷺鷥蘋風輕剪浪花時煙羃羃日遲遲香引芙蓉惹釣絲

天仙子

柳色披衫金縷鳳纖手輕拈紅豆弄翠蛾雙斂正含情桃花洞瑤臺夢一片春愁誰與共

洞口春紅飛蔌蔌仙子含愁眉黛綠阮郎何事不歸來懶燒金慵篆玉流水桃花空斷續

江城子

初夜含嬌入洞房理殘妝柳眉長翡翠屏中親爇玉爐香整頓金鈿呼小玉排紅燭待潘郎

竹裏風生月上門理秦箏對雲屏輕撥朱弦恐亂馬嘶聲含恨含嬌獨自語今夜約太遲生

斗轉星移玉漏頻已三更對棲鶯歷歷花間似有馬蹄聲含笑整衣開繡戶斜斂手下階迎

迎得郎來入繡闈語相思連理枝鬢亂釵垂梳墮印山眉姬姹含情嬌不語纖玉手撫郎衣

帳裏鴛鴦交頸情恨雞聲天已明愁見街前還是說歸程臨上馬時期後會待梅綻月初生

何滿子

正是破瓜年幾含情慣得人饒桃李精神鸚鵡舌可堪虛度良宵却愛藍羅裙子羨他長束纖腰

寫得魚牋無限其如花鎖春暉目斷巫山雲雨空教殘夢依依却愛熏香小鴨羨他長在屏幃

望梅花

春草全無消息臘雪猶餘蹤跡越嶺寒枝香自折冷艷奇芳堪惜何事壽陽無處覓吹入誰家橫笛

薄命女一名長命女

天欲曉宮漏穿花聲繚繞窗裏星光少　冷露寒侵帳額殘月光沈樹杪夢斷錦幃空悄悄彊起愁眉小

春光好一名愁倚闌令

紗窗暖畫屏閑嚲雲鬟睡起四肢無力半春閑　玉指剪裁羅勝金盤點綴酥山窺宋深心無限事小眉彎

蘋葉軟杏花明畫船輕雙浴鴛鴦出綠汀棹歌聲　春水無風無浪春天半雨半晴紅粉相隨南浦晚幾含情

采桑子

蝤蠐領上訶梨子繡帶雙垂椒戶閑時競學樗蒲賭荔支　叢頭鞋子紅編細裙窣金絲無事嚬眉春思翻教阿母疑

菩薩蠻

越梅半拆輕寒裏冰清澹薄籠藍水暖覺杏梢紅遊絲狂惹風　閑階莎徑碧遠夢猶堪惜離恨又迎春相思難重陳

喜遷鶯

曉月墜宿雲披銀燭錦屏帷建章鐘動玉繩低宮漏出花遲　春態淺來雙燕紅日漸長一線嚴妝欲罷轉黃鸝飛上萬年枝

山花子

鶯錦蟬縠馥麝臍輕裾花草曉煙迷鸂鶒戰金紅掌墜翠雲低　星靨笑偎霞臉畔蹙金開襜襯銀泥春思半和芳草嫩碧萋萋

銀字笙寒調正長水文簟冷畫屏涼玉腕重金扼臂淡梳妝　幾度試香纖手暖一回嘗酒絳脣光佯弄紅絲繩拂子打檀郎

臨江仙

海棠香老春江晚小樓霧縠空濛翠鬟初出繡簾中麝煙鸞佩惹蘋風　碾玉釵搖鸂鶒戰雪肌雲鬢將融含情遙指碧波東越王臺殿蓼花紅

披袍窣地紅宮錦鶯語時轉輕音碧羅冠子穩犀簪鳳凰雙颭步搖金　肌骨細勻紅玉軟臉波微送春心嬌羞不肯入鴛衾蘭膏光裏兩情深

小重山

春入神京萬木芳禁林鶯語滑蝶飛狂曉花擎露妒啼妝紅日永風和百花香　煙鎖柳絲長御溝澄碧水轉池塘時時微雨洗風光天衢遠到處引笙簧

正是神京爛熳時羣仙初折得郄詵枝烏犀白紵最相宜精神出御陌袖鞭垂　柳色展愁眉管弦分響亮探花期光陰占斷曲江池新牓上名姓徹丹墀

麥秀兩岐

涼簟鋪斑竹鴛枕並紅玉臉蓮紅眉柳綠胸雪宜新浴淡黃衫子裁春縠異香芬馥　羞道交回燭未慣雙雙宿樹連枝魚比目掌上腰如束嬌嬈不爭人拳跼黛眉微蹙

牛希濟 十二首

生查子

春山煙欲收天澹星稀小殘月臉邊明別淚臨清曉　語已（一本無此字）多情未了回首猶重道記得綠羅裙處處憐芳草

新月曲如眉未有團圞意紅豆不堪看滿眼相思淚　終日劈桃穰人在心兒裏兩朶隔牆花早晚成連理

中興樂（即濕羅衣）

池塘暖碧浸晴暉濛濛柳絮輕飛紅蘂凋來醉夢還稀　春雲空有雁歸珠簾垂東風寂寞恨郎抛擲淚濕羅衣

酒泉子

枕轉簟涼清曉遠鐘殘夢月光斜簾影動舊爐香　夢中說盡相思事纖手勻雙淚去年書今日意斷人腸

謁金門

秋已暮重疊關山岐路嘶馬搖鞭何處去曉禽霜滿樹　夢斷禁城鐘鼓淚滴枕檀無數一點凝紅和薄霧翠蛾愁不語

臨江仙

峭碧參差十二峰冷煙寒樹重重瑤姬宮殿是仙蹤金爐珠帳香靄晝偏濃　一自楚王驚夢斷人間無路相逢至今雲雨帶愁容月斜江上征棹動晨鐘

謝家仙觀寄雲岑巖蘿拂地成陰洞房不閉白雲深當時丹竈一粒化黃金　石壁霞衣猶半挂松風長似鳴琴時聞唳鶴起前林十洲高會何處許相尋

渭闕宮城秦樹凋玉樓獨上無憀含情不語自吹簫調清和恨天路逐風飄　何事乘龍人忽降似知深意相招三清攜手路非遙世間屏障彩筆畫嬌饒

江繞黃陵春廟閑嬌鶯獨語關關滿庭重疊綠苔斑陰雲無事四散自歸山　簫鼓聲稀香燼冷月娥斂盡彎環風流皆道勝人間須知狂客判死爲紅顏

素洛春光瀲灩平千重媚臉初生凌波羅襪勢輕輕煙籠日照珠翠半分明　風引寶衣疑欲舞鸞回鳳翥堪驚也知心許恐無成陳王辭賦千載有聲名

柳帶搖風漢水濱平蕪兩岸爭勻鴛鴦對浴浪痕新弄珠遊女微笑自含春　輕步暗移蟬鬢動羅裙風惹輕塵水精宮殿豈無因空勞纖手解佩贈情人

洞庭波浪颭晴天君山一點凝煙此中真境屬神仙玉樓珠殿相映月輪邊　萬里平湖秋色冷星辰垂影參然橘林霜重更紅鮮羅浮山下有路暗相連

全唐詩

薛昭蘊（蜀侍郎詞十九首）

相見歡

羅襦繡袂香紅畫堂中細草平沙蕃馬小屏風　卷羅幕凭妝閣思無窮暮雨輕煙魂斷隔簾櫳

醉公子（一名四換頭）

慢綰青絲髮光砑吳綾韈牀上小熏籠韶州新退紅　叵耐無端處捻得從頭汙惱得眼慵開問人閑事來

女冠子

求仙去也翠鈿金篦盡捨入喦巒霧卷黃羅帔雲雕白玉冠　野煙溪洞冷林月石橋寒靜夜松風下禮天壇

雲羅霧縠新授明威法籙降真函髻綰青絲髮冠抽碧
玉篸　往來雲過五去住島經三正遇劉郎使啓瑶緘

浣溪沙

紅蓼渡頭秋正雨印沙鷗跡自成行整鬟飄袖野風香
不語含嚬深浦裏幾回愁煞櫂船郎燕歸帆盡水茫
茫

鈿匣菱花錦帶垂靜臨蘭檻卸頭時約鬟低珥算歸期
花茂草青湘渚闊夢餘空有漏依依二年終日損芳
菲

粉上依稀有淚痕郡庭花落欲黃昏遠情深恨與誰論
記得去年寒食日延秋門外卓金輪日斜人散暗銷
魂

握手河橋柳似金蜂須輕惹百花心蕙風蘭思寄清琴
意滿便同春水滿情深還似酒杯深楚煙湘月兩沈
沈

簾外三間出寺牆滿街垂柳綠陰長嫩紅輕翠間濃妝
瞥地見時猶可可却來閑處暗思量如今情事隔仙
鄉

江館清秋纜客船故人相送夜開筵麝煙蘭燄簇花鈿
正是斷魂迷楚雨不堪離恨咽湘弦月高霜白水連
天

傾國傾城恨有餘幾多紅淚泣姑蘇倚風凝睇雪肌膚
吳主山河空落日越王宮殿半平蕪藕花菱蔓滿平
湖

越女淘金春水上步搖雲鬢佩鳴璫渚風江草又清香
不爲遠山凝翠黛只應含恨向斜陽碧桃花謝憶劉
郎

謁金門

春滿院疊損羅衣金線睡覺水精簾未卷簾前雙語燕
斜掩金鋪一扇滿地落花千片早是相思腸欲斷忍
教頻夢見

喜遷鶯

殘蟾落曉鐘鳴羽化覺身輕乍無春睡有餘酲杏苑雪
初晴　紫陌長襟袖冷不是人間風景回看塵土似前
生休羨谷中鶯

金門曉玉京春駿馬驟輕塵樺煙深處白衫新認得化
龍身　九陌喧千户啓滿袖桂香風細杏園歡宴曲江
濱自此占芳辰

清明節雨晴天得意正當年馬驕泥軟錦連乾香袖半
籠鞭　花色融人競賞盡是繡鞍朱鞅日斜無計更留
連歸路草和煙

小重山

春到長門春草青玉階華露滴月朧明東風吹斷紫簫
聲宮漏促簾外曉啼鶯　愁極夢難成紅妝流宿淚不
勝情手挼裙帶遶花行思君切羅幌暗塵生

秋到長門秋草黃畫梁雙燕去出宮牆玉簫無復理霓
裳金蟬墜鸞鏡掩休妝　憶昔在昭陽舞衣紅綬帶繡
鴛鴦至今猶惹御爐香魂夢斷愁聽漏更長

離別難

寶馬曉鞴雕鞍羅幃乍別情難那堪春景媚送君千萬
里半妝珠翠落露華寒紅蠟燭青絲曲偏能鉤引淚闌
干　良夜促香塵綠魂欲迷檀眉半斂愁低未別心先
咽欲語情難說出芳草路東西搖袖立春風急櫻花楊
柳雨淒淒

顧夐 五十五首

荷葉杯

春盡小庭花落寂寞凭檻斂雙眉忍教成病憶佳期知
摩知知摩知

歌發誰家筵上寥亮別恨正悠悠蘭釭背帳月當樓愁
摩愁愁摩愁

弱柳好花盡拆晴陌陌上少年郎滿身蘭麝撲人香狂
摩狂狂摩狂

記得那時相見膽戰鬢亂四肢柔泥人無語不擡頭羞
摩羞羞摩羞

夜久歌聲怨咽殘月菊冷露微微看看濕透縷金衣歸
摩歸歸摩歸

我憶君詩最苦知否字字盡關心紅牋寫寄表情深吟
摩吟吟摩吟

金鴨香濃鴛被枕膩小髻簇花鈿腰如細柳臉如蓮憐
摩憐憐摩憐

曲砌蝶飛煙暖春半花發柳垂條花如雙臉柳如腰嬌
摩嬌嬌摩嬌

一去又乖期信春盡滿院長莓苔手挼裙帶獨裵回來
摩來來摩來

甘州子

一爐龍麝錦帷傍屏掩映燭熒煌禁樓刁斗喜初長羅
薦繡鴛鴦山枕上私語口脂香

每逢清夜與良晨多悵望足傷神雲迷水隔意中人寂
寞繡羅茵山枕上幾點淚痕新

曾如劉阮訪仙蹤深洞客此時逢綺筵散後繡衾同款
曲見韶容山枕上長是怯晨鐘

露桃花裏小樓深持玉盞聽瑤琴醉歸青瑣入鴛衾月
色照衣襟山枕上翠鈿鎮眉心

紅爐深夜醉調笙敲拍處玉纖輕小屏古畫岸低平煙
月滿閑庭山枕上燈背臉波橫

遐方怨

簾影細簟文平象紗籠玉指縷金羅扇輕嫩紅雙臉似
花明兩條眉黛遠山橫　鳳簫歇鏡塵生遼塞音書絕
夢魂長暗驚玉郎經歲負娉婷教人爭不恨無情

訴衷情

香滅簾垂春漏永整鴛衾羅帶重雙鳳縷黃金窗外月
光臨沈沈斷腸無處尋負春心

永夜拋人何處去絕來音香閣掩眉斂月將沈爭忍不
相尋怨孤衾換我心爲你心始知相憶深

楊柳枝 即柳枝

秋夜香閨思寂寥漏迢迢鴛幃羅幌麝煙銷燭光搖
正憶玉郎遊蕩去無尋處更聞簾外雨瀟瀟滴芭蕉

醉公子 二首

漠漠秋雲澹紅藕香侵檻枕倚小山屏金鋪向晚扃

睡起横波慢獨望情何限衰柳數聲蟬魂銷似去年

斫柳垂金線雨晴鶯百轉家住綠楊邊往來多少年　馬嘶芳草遠高樓簾半卷斂袖翠蛾攢相逢爾許難

酒泉子

楊柳舞風輕惹春煙殘雨杏花愁鶯正語畫樓東　錦屏寂寞思無窮還是不知消息鏡塵生珠淚滴損儀容

羅帶縷金蘭麝煙凝魂斷畫屏欹雲鬢亂恨難任　幾回垂淚滴鴛衾薄情何處去月臨窗花滿樹信沈沈

小檻日斜風度綠窗人悄悄翠幃閑掩舞雙鸞舊香寒　別來情緒轉難判韶顏看却老依稀粉上有啼痕暗銷魂

黛薄紅深約掠綠鬟雲膩小鴛鴦金翡翠稱人心　錦鱗無處傳幽意海燕蘭堂春又去隔年書千點淚恨難任

掩却菱花收拾翠鈿休上面金蟲玉燕鎖香奩恨厭厭　雲鬟半墜懶重簪淚侵山枕濕銀燈背帳夢方酣鴈飛南

水碧風清入檻細香紅藕膩謝娘斂翠恨無涯小屏斜　堪惆蕩子不還家謾留羅帶結帳深枕膩炷沈煙負當年

黛怨紅羞掩映畫堂春欲暮殘花微雨隔青樓思悠悠　芳菲時節看將度寂寞無人還獨語畫羅襦香粉汙不勝愁

浣溪沙

春色迷人恨正賒可堪蕩子不還家細風輕露著梨花　簾外有情雙燕颺檻前無力綠楊斜小屏狂夢極天涯

紅藕香寒翠渚平月籠虛閣夜蛩清塞鴻驚夢兩牽情　寶帳玉爐殘麝冷羅衣金縷暗塵生小窗孤燭淚縱横

荷芰風輕簾幕香繡衣鸂鶒泳回塘小屏閑掩舊瀟湘　恨入空幃鸞影獨淚凝雙臉渚蓮光薄情年少悔思量

惆悵經年別謝娘月窗花院好風光此時相望最情傷　青鳥不來傳錦字瑶姬何處鎖蘭房忍教魂夢兩茫茫

庭菊飄黄玉露濃冷莎偎砌隱鳴蛩何期良夜得相逢　背帳風搖紅蠟滴惹香煖夢繡衾重覺來枕上怯晨鐘

雲澹風高葉亂飛小庭寒雨綠苔微深閨人靜掩屏帷　粉黛暗愁金帶枕鴛鴦空繞畫羅衣那堪孤負不思歸

鴈響遥天玉漏清小紗窗外月朧明翠幃金鴨炷香平　何處不歸音信斷良宵空使夢魂驚簟涼枕冷不勝情

露白蟾明又到秋佳期幽會兩悠悠夢牽情役幾時休　記得泥人微斂黛無言斜倚小書樓暗思前事不勝愁

更漏子

舊歡娱新悵望擁鼻含嚬樓上濃柳翠晚霞微江鷗接翼飛　簾半卷屏斜掩遠岫參差迷眼歌滿耳酒盈尊前非不要論

應天長

瑟瑟羅裙金線縷輕透鵞黄香畫袴垂交帶盤鸚鵡嫋嫋翠翹移玉步　背人勻檀注慢轉嬌波偷覷斂黛春情暗許倚屏慵不語

漁歌子

曉風清幽沼綠倚闌凝望珍禽浴畫簾垂翠屏曲滿袖荷香馥郁　好攄懷堪寓目身閑心靜平生足酒杯深光影促名利無心較逐

河傳

燕颺晴景小窗屏暖鴛鴦交頸菱花掩却翠鬟欹慵整海棠簾外影　繡幃香斷金鸂鶒無消息心事空相憶倚東風春正濃愁紅淚痕衣上重

曲檻春晚碧流紋細綠楊絲軟露華鮮杏枝繁鶯轉野蕪平似剪　直是人間到天上堪遊賞醉眼疑屏障對池塘惜韶光斷腸爲花須盡狂

櫂舉舟去波光渺渺不知何處岸花汀草共依依雨微鷓鴣相逐飛　天涯離恨江聲咽啼猨切此意向誰說倚蘭橈獨無憀魂銷小爐香欲焦

木蘭花　即玉樓春

月照玉樓春漏促颯颯風搖庭砌竹夢驚鴛被覺來時何處管弦聲斷續　惆悵少年遊冶去枕上兩蛾攢細綠曉鶯簾外語花枝背帳猶殘紅蠟燭

柳映玉樓春日晚雨細風輕煙草軟畫堂鸚鵡語雕籠金粉小屏猶半掩　香滅繡幃人寂寂倚檻無言愁思遠恨郎何處縱疎狂長使含啼眉不展

月皎露華窗影細風送菊香黏繡袂博山爐冷水沈微惆悵金閨終日閉　懶展羅衾垂玉筯羞對菱花簪寶髻良宵好事枉教休無計那他狂耍壻

拂水雙飛來去燕曲檻小屏山六扇春愁凝思結眉心綠綺懶調紅錦薦　話别情多聲欲戰玉筯痕留紅粉面鎮長獨立到黄昏却怕良宵頻夢見

虞美人

曉鶯啼破相思夢簾卷金泥鳳宿妝猶在酒初醒翠翹慵整倚雲屏轉娉婷　香檀細畫侵桃臉羅袂輕輕斂佳期堪恨再難尋綠蕪滿院柳成陰負春心

觸簾風送景陽鐘鴛被繡花重曉幃初卷冷煙濃翠勻粉黛好儀容思嬌慵　起來無語理朝妝寶匣鏡凝光綠荷相倚滿池塘露清枕簟藕花香恨悠揚

翠屏閑掩垂珠箔絲雨籠池閣露黏紅藕咽清香謝娘嬌極不成狂罷朝妝　小金鸂鶒沈煙細膩枕堆雲髻淺眉微斂注檀輕舊歡時有夢魂驚悔多情

碧梧桐映紗窗晚花謝鶯聲懶小屏屈曲掩青山翠幃香粉玉爐寒兩蛾攢　顛狂年少輕離別孤負春時節畫羅紅袂有啼痕魂銷無語倚閨門欲黄昏

深閨春色勞思想恨共春蕪長黄鸝嬌轉泥芳妍杏枝如畫倚輕煙鎖窗前　凭闌愁立雙蛾細柳影斜搖砌玉郎還是不還家教人魂夢逐楊花繞天涯

少年豔質勝瓊英早晚別三清蓮冠穩篸鈿篦橫飄飄
羅袖碧雲輕畫難成　遲遲少轉腰身嫋翠鬟眉心小
醮壇風急杏枝香此時恨不駕鸞皇訪劉郎

臨江仙

碧染長空池似鏡倚樓閑望凝情滿衣紅藕細香清象
牀珍簟山障掩玉琴橫　暗想昔時歡笑事如今贏得
愁生博山爐煖澹煙輕蟬吟人靜殘日傍小窗明

幽閨小檻春光晚柳濃花澹鶯稀舊歡思想尚依依翠
嚬紅斂終日損芳菲　何事狂夫音信斷不如梁燕猶
歸畫堂深處麝煙微屏虛枕冷風細雨霏霏

月色穿簾風入竹倚屏雙黛愁時砌花含露兩三枝如
啼恨臉魂斷損容儀　香爐暗銷金鴨冷可堪孤負前
期繡襦不整鬢鬟攲幾多惆悵情緒在天涯

獻衷心

繡鴛鴦帳暖畫孔雀屏攲人悄悄月明時想昔年歡笑
恨今日分離銀釭背銅漏永阻佳期　小爐煙細虛閣
簾垂幾多心事暗地思惟被嬌娥牽役魂夢如癡金閨
裏山枕上始應知

鹿虔扆蜀永泰軍節度使加太保詞六首

女冠子

鳳樓琪樹惆悵劉郎一去正春深洞裏愁空結人間信
莫尋　竹疎齋殿迥松密醮壇陰倚雲低首望可知心
步虛壇上絳節霓旌相向引真仙玉佩搖蟾影金爐嫋
麝煙　露濃霜簡濕風緊羽衣偏欲留難得住却歸天

思越人

翠屏攲銀燭背漏殘清夜迢迢雙帶繡窠盤錦薦淚侵
花暗香銷　珊瑚枕膩鴉鬟亂玉纖慵整雲散苦是適
來新夢見離腸爭不千斷

虞美人

卷荷香澹浮煙渚綠嫩擎新雨瑣窗疎透曉風清象牀
珍簟冷光輕水文平　九疑黛色屏斜掩枕上眉心斂
不堪相望病將成鈿昏檀粉淚縱橫不勝情

臨江仙

金鎖重門荒苑靜綺窗愁對秋空翠華一去寂無蹤玉
樓歌吹聲斷已隨風　煙月不知人事改夜闌還照深
宮藕花相向野塘中暗傷亡國清露泣香紅

無賴曉鶯驚夢斷起來殘酒初醒映窗絲柳嫋煙青翠
簾慵卷約砌杏花零　一自玉郎遊冶去蓮凋月慘儀
形暮天微雨灑閑庭手挼裙帶無語倚雲屏

全唐詩

魏承班蜀太尉詞二十首

訴衷情五首

高歌宴罷月初盈詩情引恨情煙露冷水流輕思想夢
難成　羅帳嫋香平恨頻生思君無計睡還醒隔層城

春深花簇小樓臺風飄錦繡開新睡覺步香階山枕印
紅顋　鬢亂墜金釵語檀偎臨行執手重重屬幾千回

銀漢雲情玉漏長蛩聲悄畫堂筠簟冷碧窗涼紅蠟淚
飄香　皓月瀉寒光割人腸那堪獨自步池塘對鴛鴦

金風輕透碧窗紗銀釭焰影斜攲枕卧恨何賒山掩小
屏霞　雲雨別吳娃想容華夢成幾度遶天涯到君家

春情滿眼臉紅消嬌妒索人饒星靨小玉璫搖幾共醉
春朝　別後憶纖腰夢魂勞如今風葉又蕭蕭恨迢迢

生查子三首

煙雨晚晴天零落花無語難話此時心梁燕雙來去
琴韻對薰風有恨和情撫腸斷斷弦頻淚滴黃金縷

寂寞畫堂空深夜垂羅幕燈暗錦屏攲月冷珠簾薄
愁恨夢難成何處貪歡樂看看又春來還是長蕭索

離別又經年獨對芳菲景嫁得薄情夫長抱相思病
花紅柳綠間晴空蝶舞雙雙影羞看繡羅衣爲有金鸞
竝

菩薩蠻

羅裾薄薄秋波染眉間畫得山兩點相見綺筵時深情
暗共知　翠翹雲鬢動斂態彈金鳳宴罷入蘭房邀人
解佩璫

羅衣隱約金泥畫瑇筵一曲當秋夜聲顫覷人嬌雪鬟
嫋翠翹　酒醺紅玉軟眉翠秋山遠繡幌麝煙沈誰人
知兩心

玉容光照菱花影沈沈臉上秋波冷白雪一聲新雕梁
起暗塵　寶釵搖翡翠香惹芙蓉醉攜手入鴛衾誰人
知此心

漁歌子

柳如眉雲似髮鮫綃霧縠籠香雪夢魂驚鐘漏歇窗外
曉鶯殘月　幾多情無處說落花飛絮清明節少年郎
容易別一去音書斷絶

滿宮花

雪霏霏風凜凜玉郎何處狂飲醉時想得縱風流羅帳
香幃鴛寢　春朝秋夜思君甚愁見繡屏孤枕少年何
事負初心淚滴縷金雙衽

寒夜長更漏永愁見透簾月影王孫何處不歸來應在
倡樓酩酊　金鴨無香羅帳冷羞更雙鸞交頸夢中幾
度見兒夫不忍罵伊薄倖

謁金門

煙水闊人值清明時節雨細花零鶯語切愁腸千萬結

鴈去音徽斷絕有恨欲憑誰說無事傷心猶不徹春
時容易別
春欲半堆砌落花千片早是潘郎長不見忍聽雙語燕
飛絮晴空颺遠風送誰家弦管愁倚畫屏凡事懶淚
霑金縷線
長思憶思憶佳辰輕擲霜月透簾澄夜色小屏山凝碧
恨恨君何太極記得嬌嬈無力獨坐思量愁似織斷
腸煙水隔

木蘭花

小芙蓉香旖旎碧玉堂深清似水閉寶匣掩金鋪倚屏
拖袖愁如醉 遲遲好景煙花媚曲渚鴛鴦眠錦翅凝
然愁望靜相思一雙笑靨嚬香蘂

玉樓春

寂寂畫堂梁上燕高卷翠簾橫數扇一庭春色惱人來
滿地落花紅幾片 愁倚錦屏低雪面淚滴繡羅金縷
線好天涼月盡傷心爲是玉郎長不見
輕斂翠蛾呈皓齒鶯轉一枝花影裏聲聲清迥遏行雲
寂寂畫梁塵暗起 玉斝滿斟情未已促坐王孫公子
醉春風筵上貫珠勻豔色韶顏嬌旖旎

黃鍾樂

池塘煙暖草萋萋惆悵閑宵含恨愁坐思堪迷遙想玉
人情事遠音容渾似隔桃溪 偏記同歡秋月低簾外
論心花畔和醉暗相攜何事春來君不見夢魂長在錦
江西

尹鶚蜀參卿詞十六首

江城子

帬拖碧步飄香織腰束素長鬢雲光拂面瓏璁膩玉碎
凝妝寶柱秦箏彈向晚弦促雁更思量

何滿子

雲雨常陪勝會笙歌慣逐閑遊錦里風光應占玉鞭金
勒驊騮戴月潛穿深曲和香醉脫輕裘 方喜正同鴛
帳又言將往皇州每憶良宵公子伴夢魂長挂紅樓欲
表傷離情味丁香結在心頭

醉公子

暮煙籠蘚砌戟門猶未閉盡日醉尋春歸來月滿身
離鞍偎繡袂墜巾花亂綴何處惱佳人檀痕衣上新

女冠子

雙成伴侶去去不知何處有佳期霞帔金絲薄花冠玉
葉危 嬾乘丹鳳子學跨小龍兒叵耐天風緊挫腰肢

菩薩蠻

隴雲暗合秋天白俯窗獨坐窺煙陌樓際角重吹黃昏
方醉歸 荒唐難共語明日還應去上馬出門時金鞭
莫與伊
嗚嗚曉角調如語畫樓三會喧雷鼓枕上夢方殘月光
鋪水寒 蛾眉應斂翠只尺同千里宿酒未全消滿懷
離恨饒
錦茵閑襯丁香枕銀釭燼落猶慵寢顒坐遍紅爐誰知
情緒孤 少年狂蕩慣花曲長牽絆去便不歸來空教
駿馬回

杏園芳

嚴妝嫩臉花明教人見了關情含羞舉步越羅輕稱娉
婷 終朝只尺窺香閣迢遙似隔層城何時休遣夢相
縈入雲屏

清平樂

偎紅斂翠盡日思閑事髻滑鳳皇釵欲墜雨打梨花滿
地 繡衣獨倚闌干玉容似怯春寒應待少年公子鴛
幃深處同歡
芳年妙妓淡拂鉛華翠輕笑自然生百媚爭那尊前人
意 酒傾琥珀杯時更堪能唱新詞賺得王孫狂處斷
腸一搦腰肢

滿宮花

月沉沉人悄悄一炷後庭香嫋風流帝子不歸來滿地
禁花慵掃 離恨多相見少何處醉迷三島漏清宮樹
子規啼愁鎖碧窗春曉

臨江仙

一番荷芰生池沼檻前風送馨香昔年於此伴蕭娘相
偎佇立牽惹叙衷腸 時逞笑容無限態還如菡萏爭
芳別來虛遣思悠颺慵窺往事金鎖小蘭房
深秋寒夜銀河靜月明深院中庭西窗幽夢等閑成逡
巡覺後特地恨難平 紅燭半條殘焰短衣稀暗背銀
屏枕前何事最傷情梧桐葉上點點露珠零

撥櫂子

風切切深秋月十朶芙蓉繁豔歇小檻細腰無力空羸
得目斷魂飛何處說 寸心恰似丁香結看看瘦盡胸
前雪偏挂恨少年拋擲羞覩見繡被堆紅閑不徹
丹臉膩雙靨媚冠子縷金裝翡翠將一朶瓊花堪比窠
窠繡鸞鳳衣裳香窣地 銀臺蠟燭滴紅淚醁酒勸人
教半醉簾幙外月華如水特地向寶帳顛狂不肯睡

秋夜月

三秋佳節罥晴空凝碎露茱萸千結菊蘂和煙輕撚酒
浮金屑徵雲雨調絲竹此時難輟歡極一片豔歌聲揭
黃昏慵別炷沉煙熏繡被翠帷同歇醉並鴛鴦雙枕
煖偎春雪語丁寧情委曲論心正切夜深窗透數條斜
月

金浮圖

緐華地王孫富貴瑇瑁筵開下朝無事壓紅茵鳳舞黃
金翅玉立纖腰一片揭天歌吹滿目綺羅珠翠和風淡
蕩偷散沉檀氣 堪判醉韶光正媚折盡牡丹豔迷人
意金張許史應難比貪戀歡娛不覺金烏墜還惜會難
別易金船更勸勒住花驄轡

毛熙震蜀秘書監詞二十九首

定西番

蒼翠濃陰滿院鶯對語蝶交飛戲薔薇 斜日倚闌風
好餘香出繡衣未得玉郎消息幾時歸

何滿子

寂寞芳菲暗度歲華如箭堪驚緬想舊歡多少事轉添
春思難平曲檻絲垂金柳小窗弦斷銀箏 深院空閒
燕語滿園閑落花輕一片相思休不得忍教長日愁生
誰見夕陽孤夢覺來無限傷情

無語殘妝澹薄含羞嚲袂輕盈幾度香閨眠過曉綺窗
疎日微明雲母帳中偷惜水精枕上初驚　笑靨嫩疑
花拆愁眉翠斂山橫相望只教添悵恨整鬟時見纖瓊
獨倚朱扉閑立誰知別有深情

女冠子 二首

碧桃紅杏遲日媚籠光影綵霞深香暖熏鶯語風清引
鶴音　翠鬟冠玉葉霓袖捧瑤琴應共吹簫侶暗相尋
修蛾慢臉不語檀心一點小山妝蟬鬢低含綠羅衣澹
拂黃　悶來深院裏閑步落花傍纖手輕輕整玉爐香

酒泉子

閑臥繡幃慵想萬般情寵錦檀偏翹股重翠雲欹　暮
天屏上春山碧映香煙霧隔蕙蘭心魂夢役斂蛾眉
鈿匣舞鸞隱映豔紅修碧月梳斜雲鬢膩粉香寒　曉
花微斂輕呵展嫋釵金燕軟日初升簾半卷對妝殘

浣溪沙

春暮黃鶯下砌前水精簾影露珠懸綺霞低映晚晴天
弱柳萬條垂翠帶殘紅滿地碎香鈿蕙風飄蕩散輕
煙　花榭香紅煙景迷滿庭芳草綠萋萋金鋪閑掩繡簾低
紫燕一雙嬌語碎翠屏十二晚峰齊夢魂消散醉空
閨　晚起紅房醉欲消綠鬟雲散嫋金翹雪香花語不勝嬌
好是向人柔弱處玉纖時急繡帬腰春心牽惹轉無
憀　一隻橫釵墜髻叢靜眠珍簟起來慵繡羅紅嫩抹酥胸
羞斂細蛾魂暗斷困迷無語思猶濃小屏香靄碧山
重　雲薄羅帬綬帶長滿身新裛瑞龍香翠鈿斜映豔梅妝
佯不覷人空婉約笑和嬌語太猖狂忍教牽恨暗形
相　碧玉冠輕嫋燕釵捧心無語步香階緩移弓底繡羅鞋
暗想歡娛何計好豈堪期約有時乖日高深院正忘
懷

半醉凝情臥繡茵睡容無力卸羅裙玉籠鸚鵡厭聽聞
慵整落釵金翡翠象梳欹鬢月生雲錦屏綃幌麝煙
薰

後庭花 或加玉樹二字

鶯啼燕語芳菲節瑞庭花發昔時歡宴歌聲揭管弦清
越　自從陵谷追遊歇畫梁塵黦傷心一片如珪月閑
鎖宮闕
輕盈舞伎含芳豔競妝新臉步搖珠翠修蛾斂膩鬟雲
染　歌聲慢發開檀點繡衫斜掩時將纖手勻紅臉笑
拈金靨
越羅小袖新香蒨薄籠金釧倚闌無語搖輕扇半遮勻
面　春殘日暖鶯嬌嬾滿庭花片爭不教人長相見畫
堂深院

菩薩蠻

梨花滿院飄香雪高樓夜靜風箏咽斜月照簾帷憶君
和夢稀　小窗燈影背燕語驚愁態屏掩斷香飛行雲
山外歸
繡簾高軸臨塘看雨翻荷芰真珠散殘暑晚初涼輕風
渡水香　無憀悲往事爭那牽情思光影暗相催等閑
秋又來
天含殘碧融春色五陵薄倖無消息盡日掩朱門離愁
暗斷魂　鶯啼芳樹暖燕拂回塘滿寂寞對屏山相思
醉夢閒

清平樂

春光欲暮寂寞閑庭戶粉蝶雙雙穿檻舞簾卷晚天疎
雨　含愁獨倚閨幃玉爐煙斷香微正是銷魂時節東
風滿院花飛

更漏子

秋色清河影淡深戶燭寒光暗綃幌碧錦衾紅博山香
炷融　更漏咽蛩鳴切滿院霜華如雪新月上薄雲收
映簾懸玉鉤
煙月寒秋夜靜漏轉金壺初永羅幕下繡屏空燈花結
碎紅　人悄悄愁無了思夢不成難曉長憶得與郎期
竊香私語時

南歌子 一名望秦川 一名風蝶令

遠山愁黛碧橫波慢臉明膩香紅玉茜羅輕深院晚堂
人靜理銀箏　鬢動行雲影帬遮點屐聲嬌羞愛問曲
中名楊柳杏花時節幾多情
惹恨還添恨牽腸即斷腸凝情不語一枝芳獨映畫簾
閑立繡衣香　暗想爲雲女應憐傅粉郎晚來輕步出
閨房髻慢釵橫無力縱猖狂

木蘭花

掩朱扉鉤翠箔滿院鶯聲春寂寞勻粉淚恨檀郎一去
不歸花又落　對斜暉臨小閣前事豈堪重想著金帶
冷畫屏幽寶帳慵熏蘭麝薄

小重山

梁燕雙飛畫閣前寂寥多少恨嬾孤眠曉來閑處想君
憐紅羅帳金鴨冷沈煙　誰信損嬋娟倚屏啼玉筯溼
香鈿四支無力上鞦韆羣花謝愁對豔陽天

臨江仙

南齊天子寵嬋娟六宮羅綺三千潘妃嬌豔獨芳妍椒
房蘭洞雲雨降神仙　縱態迷歡心不足風流可惜當
年纖腰婉約步金蓮妖君傾國猶自至今傳
幽閨欲曙聞鶯轉紅窗月影微明好風頻謝落花聲隔
幃殘燭猶照綺屏箏　繡被錦茵眠玉暖炷香斜嫋煙
輕淡蛾羞斂不勝情暗思閑夢何處逐行雲

李珣 五十四首

漁父

水接衡門十里餘信船歸去臥看書輕爵祿慕玄虛莫道漁人只爲魚

避世垂綸不記年官高爭得似君閑倚白酒對青山笑指柴門待月還

棹警鷗飛水濺袍影隨潭面柳垂絛終日醉絕塵勞曾見錢塘八月濤

南鄉子

煙漠漠雨淒淒岸花零落鷓鴣啼遠客扁舟臨野渡思鄉處潮退水平春色暮

蘭棹舉水文開競攜藤籠采蓮來回塘深處遙相見邀同宴淥酒一卮紅上面

歸路近扣舷歌采真珠處水風多曲岸小橋山月過煙深鎖豆蔻花垂千萬朵

乘綵舫過蓮塘棹歌驚起睡鴛鴦帶香遊女偎伴笑爭窈窕競折團荷遮晚照

傾綠蟻泛紅螺閑邀女伴簇笙歌避暑信船輕浪裏閑遊戲夾岸荔支紅蘸水

雲帶雨浪迎風釣翁回棹碧灣中春酒香熟鱸魚美誰同醉纜却扁舟篷底睡

沙月靜水煙輕芰荷香裏夜船行綠鬟紅臉誰家女遙相顧緩唱棹歌極浦去

漁市散渡船稀越南雲樹望中微行客待潮天欲暮送春浦愁聽猩猩啼瘴雨

攏雲髻背犀梳焦紅衫映綠羅裾越王臺下春風暖花盈岸遊賞每邀鄰女伴

相見處晚晴天刺桐花下越臺前暗裏回眸深屬意遺雙翠騎象背人先過水

攜籠去采菱歸碧波風起雨霏霏趁岸小船齊棹急羅衣溼出向桄榔樹下立

雲髻重葛衣輕見人微笑亦多情拾翠采珠能幾許來還去爭及村居織機女

登畫舸泛清波采蓮時唱采蓮歌攔棹聲齊羅袖斂池光颭驚起沙鷗八九點

雙髻墜小眉彎笑隨女伴下春山玉纖遙指花深處爭回顧孔雀雙雙迎日舞

紅豆蔻紫玫瑰謝娘家接越王臺一曲鄉歌齊撫掌堪遊賞酒酌贏杯流水上

山果熟水花香家家風景有池塘木蘭舟上珠簾卷歌聲遠椰子酒傾鸚鵡醆

新月上遠煙開慣隨潮水采珠來棹穿花過歸溪口酤春酒小艇纜牽垂岸柳

西溪子

金縷翠鈿浮動妝罷小窗圓夢日高時春已老人來到滿地落花慵掃無語倚屏風泣殘紅（一作離思正難緘燕喃喃）

馬上見時如夢認得臉波相送柳堤長無限意夕陽裏醉把金鞭欲墜歸去想嬌嬈暗魂銷

女冠子 二首

星高月午丹桂青松深處醮壇開金磬敲清露珠幢立翠苔　步虛聲縹緲想像思徘徊曉天歸去路指蓬萊

春山夜靜愁聞洞天疏磬玉堂虛細霧垂珠佩輕煙曳翠裾　對花情脈脈望月步徐徐劉阮今何處絕來書

中興樂

後庭寂寂日初長翩翩蝶舞紅芳繡簾垂地金鴨無香誰知春思如狂憶蕭郎等閑一去程遙信斷五嶺三湘　休開鸞鏡學宮妝可能更理笙簧倚屏凝睇淚落成行手尋裙帶鴛鴦暗思量忍孤前約教人花貌虛老風光

酒泉子

寂寞青樓風觸繡簾珠碎撼月朦朧花暗澹鎖春愁　尋思往事依稀夢淚臉露桃紅色重鬢欹蟬釵墜鳳思悠悠

雨漬花零紅散香凋池兩岸別情遙春歌斷掩銀屏　孤帆早晚離三楚閑理鈿箏愁幾許曲中情弦上語不堪聽

秋雨連綿聲散敗荷叢裏那堪深夜枕前聽酒初醒　牽愁惹思更無停燭暗香凝天欲曙細和煙冷和雨透簾旌

秋月嬋娟皎潔碧紗窗外照花穿竹冷沈沈印池心　凝露滴砌蛩吟驚覺謝娘殘夢夜深斜傍枕前來影徘徊

浣溪沙

入夏偏宜澹薄妝越羅衣褪鬱金黃翠鈿檀注助容光　相見無言還有恨幾回判却又思量月窗香徑夢悠颺

晚出閑庭看海棠風流學得內家妝小釵橫戴一枝芳　鏤玉梳斜雲鬢膩縷金衣透雪肌香暗思何事立殘陽

訪舊傷離欲斷魂無因重見玉樓人六街微雨鏤香塵　早爲不逢巫峽夢那堪虛度錦江春遇花傾酒莫辭頻

紅藕花香到檻頻可堪閑憶似花人舊歡如夢絕音塵　翠疊畫屏山隱隱冷鋪文簟水潾潾斷魂何處一蟬新

巫山一段雲

有客經巫峽停橈向水湄楚王曾此夢瑤姬一夢杳無期　塵暗珠簾卷香銷翠幄垂西風回首不勝悲暮雨灑空祠

古廟依青嶂行宮枕碧流水聲山色鎖妝樓往事思悠悠　雲雨朝還暮煙花春復秋啼猿何必近孤舟行客自多愁

菩薩蠻

回塘風起波文細刺桐花裏門斜閉殘日照平蕪雙雙飛鷓鴣　征帆何處客相見還相隔不語欲魂銷望中煙水遙

等閑將度三春景簾垂碧砌參差影曲檻日初斜杜鵑啼落花　恨君容易處又話瀟湘去凝思倚屏山淚流

紅臉斑
隔簾微雨雙飛燕砌花零落紅深淺捻得寶箏調心隨
征棹遠 楚天雲外路動便經年去香斷畫屏深舊歡
何處尋

漁歌子

楚山青湘水淥春風澹蕩看不足草芊芊花簇簇漁艇
棹歌相續 信浮沈無管束釣回乘月歸灣曲酒盈尊
雲滿屋不見人間榮辱
荻花秋瀟湘夜橘洲佳景如屏畫碧煙中明月下小艇
垂綸初罷 水爲鄉蓬作舍魚羹稻飯常飡也酒盈杯
書滿架名利不將心挂
柳垂絲花滿樹鶯啼楚岸春天暮棹輕舟出深浦緩唱
漁郎歸去 罷垂綸還酌醑孤村遥指雲遮處下長汀
臨深渡驚起一行沙鷺
九疑山三湘水蘆花時節秋風起水雲間山月裏棹月
穿雲遊戲 鼓清琴傾淥蟻扁舟自得逍遥志任東西
無定止不議人間醒醉

望遠行

春日遲遲思寂寥行客關山路遥瓊窗時聽語鶯嬌柳
絲牽恨一條條 休暈繡罷吹簫貌逐殘花暗凋同心
猶結舊裙腰忍孤風月度良宵
露滴幽庭落葉時愁聚蕭娘柳眉玉郎一去負佳期水
雲迢遞雁書遲 屏半掩枕斜欹蠟淚無言對垂吟蛩
斷續漏頻移入窗明月鑒空幃

河傳

去去何處迢迢巴楚山水相連朝雲暮雨依舊十二峰
前猨聲到客船 愁腸豈異丁香結因離別故國音書
絕想佳人花下對明月春風恨應同
春暮微雨送君南浦愁斂雙蛾落花深處啼鳥似逐離
歌粉檀珠淚和 臨流更把同心結情哽咽後會何時
節不堪回首相望已隔汀洲櫓聲幽

虞美人

金籠鶯報天將曙驚起分飛處夜來潛與玉郎期多情
不覺酒醒遲失歸期 映花避月遥相送膩鬟偏垂鳳
却回嬌步入香閨倚屏無語撚雲篦翠眉低

臨江仙

簾卷池心小閣虛暫涼閑步徐徐芰荷經雨半凋疎拂
堤垂柳蟬噪夕陽餘 不語低鬟幽思遠玉釵斜墜雙
魚幾回偷看寄來書離情別恨相隔欲何如
鶯報簾前暖日紅玉爐殘麝猶濃起來閨思尚疎慵別
愁春夢誰解此情悰 彊整嬌姿臨寶鏡小池一朵芙
蓉舊歡無處再尋蹤更堪回顧屏畫九疑峰

定風波 五首

志在煙霞慕隱淪功成歸看五湖春一葉舟中吟復醉
雲水此時方認自由身 花島爲鄰鷗作侶深處經年
不見市朝人已得希夷微妙旨潛喜荷衣蕙帶絕纖塵
十載逍遥物外居白雲流水似相於乘興有時攜短棹
江島誰知求道不求魚 到處等閑邀鶴伴春岸野花
香氣撲琴書更飲一杯紅霞酒回首半鉤新月貼清虛
又見辭巢燕子歸阮郎何事絕音徽簾外西風黃葉落
池閣隱莎蛩叫雨霏霏 愁坐算程千萬里頻跂等閑
經歲兩相違聽鵲憑龜無定處不知淚痕流在畫羅衣
雁過秋空夜未央隔窗煙月鎖蓮塘往事豈堪容易想
惆悵故人迢遞在瀟湘 縱有回文重疊意誰寄解鑲
臨鏡泣殘妝沈水香消金鴨冷愁永候蟲聲接杵聲長
簾外煙和月滿庭此時閑坐若爲情小閣擁爐殘酒醒
愁聽寒風葉落一聲聲 惟恨玉人芳信阻雲雨屏帷
寂莫夢難成斗轉更闌心杳杳將曉銀釭斜照綺琴橫

歐陽炯 四十八首

南歌子

錦帳銀燈影紗窗玉漏聲迢迢永夜夢難成愁對小庭
秋色月空明

漁父

擺脫塵機上釣船免教榮辱有流年無繫絆沒愁煎須
信船中有散仙
風浩寒溪照膽明小君山上玉蟾生荷露墜翠煙輕撥
剌游魚幾箇驚

巫山一段雲

絳闕登眞子飄飄御綵鸞碧虛風雨佩光寒斂袂下雲
端 月帳朝霞薄星冠玉蘂攢遠遊蓬島降人間特地
拜龍顏
春去秋來也愁心似醉醺去時邀約早回輪及去又何
曾 歌扇花光黦衣珠滴淚新恨身飜不作車塵萬里
得隨君

春光好 九首

天初暖日初長好春光萬彙此時皆得意競芬芳 筍
迸苔錢嫩綠花偎雪塢濃香誰把金絲裁剪却挂斜陽
花滴露柳搖煙豔陽天雨霽山櫻紅欲爛谷鶯遷 飲
處交飛玉斝遊時倒把金鞭風颭九衢榆葉動簇青錢
胷鋪雪臉分蓮理繁弦纖指飛鸞金鳳語轉嬋娟 嘈
囋如敲玉佩清泠似滴香泉曲罷問郎名箇甚想夫憐
磧香散渚冰融暖空濛飛絮悠揚徧虛空惹輕風 柳
眼煙來點綠花心日與妝紅黃雀錦鶯相對舞近簾櫳
雞樹綠鳳池清滿神京玉兔宮前金牓出列仙名 疊
雪羅袍接武團花駿馬嬌行開宴錦江遊爛熳柳煙輕
芳叢繡綠筵張兩心狂空遺橫波傳意緒對笙簧 雖
似安仁擲果未聞韓壽分香流水桃花情不已待劉郎
垂繡幔掩雲屏思盈盈雙枕珊瑚無限情翠釵橫 幾
見纖纖動處時聞款款嬌聲却出錦屏妝面了理秦箏
金鑾響玉鞭長映垂楊堤上采花筵上醉滿衣香 無
處不攜弦管直應占斷春光年少王孫何處好競尋芳

西江月 一名白蘋香 一名步虛詞

月映長江秋水分明冷浸星河淺沙汀上白雲多雪散
幾叢蘆葦 扁舟倒影寒潭煙光遠罩輕波笛聲何處
響漁歌兩岸蘋香暗起
水上鴛鴦比翼巧將繡作羅衣鏡中重畫遠山眉春睡
起來無力 細雀穩簪雲髻含羞時想佳期臉邊紅豔

對花枝猶占鳳樓春色

赤棗子

夜悄悄燭熒熒金爐香盡酒初醒春睡起來回雪面含羞不語倚雲屏

蓮臉薄柳眉長等閑無事莫思量每一見時明月夜損人情思斷人腸

女冠子 二首

薄妝桃臉滿面縱橫花靨豔情多綬帶盤金縷輕裙透碧羅 含羞眉乍斂微語笑相和不會頻偷眼意如何

秋宵秋月一朵荷花初發照前池搖曳熏香夜嬋娟對鏡時 蕊中千點淚心裏萬條絲恰似輕盈女好風姿

更漏子

玉闌干金甃井月照碧梧桐影獨自箇立多時露華濃溼衣 一向凝情望待得不成模樣雖叵耐又尋思爭生嗔得伊

三十六宮秋夜永露華點滴高梧丁丁玉漏咽銅壺明月上金鋪 紅線毯博山爐香風暗觸流蘇羊車一去長青蕪鏡塵鸞綵孤

定風波

暖日閑窗映碧紗小池春水浸晴霞數樹海棠紅欲盡爭忍玉閨深掩過年華 獨凭繡牀方寸亂腸斷淚珠穿破臉邊花鄰舍女郎相借問音信教人羞道未還家

木蘭花

兒家夫壻心容易身又不來書不寄閑庭獨立鳥關關爭忍拋奴深院裏 悶向綠紗窗下睡睡又不成愁已至今年却憶去年春同在木蘭花下醉

日照玉樓花似錦樓上醉和春色寢綠楊風送小鶯聲殘夢不成離玉枕 堪愛晚來韶景甚寶柱秦箏方再品青娥紅臉笑來迎又向海棠花下飲

春早玉樓煙雨夜簾外櫻桃花半謝錦屏香冷繡衾寒悄悵憶君無計舍 侵曉鵲聲來砌下鸞鏡殘妝紅粉罷黛眉雙點不成描留待玉郎歸日畫

清平樂

春來街砌春雨如絲細春地滿飄紅杏蒂春燕舞隨風勢 春幡細縷春繒春閨一點春燈自是春心撩亂非干春夢無憑

菩薩蠻

曉來中酒和春睡四支無力雲鬟墜斜臥臉波春玉郎休惱人 日高猶未起爲戀鴛鴦被鸚鵡語金籠道兒還是慵

紅爐煖閣佳人睡隔簾飛雪添寒氣小院奏笙歌香風簇綺羅 酒傾金醆滿蘭燭重開宴公子醉如泥天街聞馬嘶

翠眉雙臉新妝薄幽閨斜卷青羅幙寒食百花時紅繁香滿枝 雙雙梁燕語蝶舞相隨去腸斷正思君閑眠冷繡茵

畫屏繡閣三秋雨香脣膩臉偎人語語罷欲天明嬌多夢不成 曉街鐘鼓絕嗔道如今別特地氣長吁倚屏彈淚珠

浣溪沙

落絮殘鶯半日天玉柔花醉只思眠惹窗映竹滿爐煙 獨掩畫屏愁不語斜欹瑤枕髻鬟偏此時心在阿誰邊

天碧羅衣拂地垂美人初著更相宜宛風如舞透香肌 獨坐含嚬吹鳳竹園中緩步折花枝有情無力泥人時

相見休言有淚珠酒闌重得敘歡娛鳳屏鴛枕宿金鋪 蘭麝細香聞喘息綺羅纖縷見肌膚此時還恨薄情無

三字令

春欲盡日遲遲牡丹時羅幌卷翠簾垂彩牋書紅粉淚兩心知 人不在燕空歸負佳期香燼落枕函欹月分明花澹薄惹相思

南鄉子

嫩草如煙石榴花發海南天日暮江亭春影淥鴛鴦浴水遠山長看不足

畫舸停橈槿花籬外竹橫橋水上遊人沙上女回顧笑指芭蕉林裏住

岸遠沙平日斜歸路晚霞明孔雀自憐金翠尾臨水認得行人驚不起

洞口誰家木蘭船繫木蘭花紅袖女郎相引去遊南浦笑倚春風相對語

二八花鈿胸前如雪臉如蓮耳墜金鐶穿瑟瑟霞衣窄笑倚江頭招遠客

路入南中桄榔葉暗蓼花紅兩岸人家微雨後收紅豆樹底纖纖擡素手

袖斂鮫綃采香深洞笑相邀藤杖枝頭蘆酒滴鋪葵席豆蔻花間趖晚日

翡翠鵁鶄白蘋香裏小沙汀島上陰陰秋雨色蘆花撲數隻漁船何處宿

獻衷心

見好花顏色爭笑東風雙臉上晚妝同閉小樓深閣春景重重三五夜偏有恨月明中 情未已信曾通滿衣猶自染檀紅恨不如雙燕飛舞簾櫳春欲暮殘絮盡柳條空

賀明朝

憶昔花間初識面紅袖半遮妝臉輕轉石榴裙帶故將纖纖玉指偷撚雙鳳金線 碧梧桐鎖深深院誰料得兩情何日教繾綣羨春來雙燕飛到玉樓朝暮相見

憶昔花間相見後只憑纖手暗拋紅豆人前不解巧傳心事別來依舊孤負春晝 碧羅衣上蹙金繡覩對對鴛鴦空裛淚痕透想韶顏非久終是爲伊只憑偷瘦

江城子

晚日金陵岸草平落霞明水無情六代繁華暗逐逝波聲空有姑蘇臺上月如西子鏡照江城

鳳樓春

鳳髻綠雲叢深掩房櫳錦書通夢中相見覺來慵勻面淚臉珠融因想玉郎何處去對淑景誰同 小樓中春思無窮倚闌凝望闇牽愁緒柳花飛起東風斜日照簾

羅幌香冷粉屏空海棠零落鶯語殘紅

歐陽彬 蜀左丞 詞一首

生查子

竟日畫堂歡入夜重開宴翦燭蠟煙香促席花光顫
待得月華來滿院如鋪練門外簇驊騮直待更深散

全唐詩 詞九

閻選 後蜀處士 詞七十七首

虞美人

粉融紅膩蓮房綻臉動雙波慢小魚銜玉鬢釵橫石榴
帬染象紗輕轉婷婷 偷期錦浪荷深處一夢雲兼雨
臂留檀印齒痕香深秋不寐漏初長儘思量

楚腰蠐領團香玉鬢疊深深綠月蛾星眼笑微頻柳夭
桃豔不勝春晚妝勻 水紋簟映青紗帳霧罩秋波上
一枝嬌臥醉芙蓉良宵不得與君同恨忡忡

臨江仙

雨停荷芰逗濃香岸邊蟬噪垂楊物華空有舊池塘不
逢仙子何處夢襄王 珍簟對欹鴛枕冷此來塵暗淒
涼欲憑危檻恨偏長藕花珠綴猶似汗凝妝

十二高峯天外寒竹梢輕拂仙壇寶衣行雨在雲端畫
簾深殿香霧冷風殘 欲問楚王何處去翠屏猶掩金
鸞猿啼明月照空灘孤舟行客驚夢亦艱難

浣溪沙

寂寞流蘇冷繡茵倚屏山枕惹香塵小庭花露泣濃春
劉阮信非仙洞客嫦娥終是月中人此生無路訪東
鄰

八拍蠻

雲鎖嫩黃煙柳細風吹紅蔕雪梅殘光影不勝閨閣恨
行行坐坐黛眉攢

愁鎖黛眉煙易慘淚飄紅臉粉難勻憔悴不知緣底事
遇人推道不宜春

河傳

秋雨秋雨無晝無夜滴滴霏霏暗燈涼簟怨分離妖姬
不勝悲 西風稍急喧窗竹停又續膩臉懸雙玉幾回
邀約雁來時違期雁歸人不歸

謁金門

美人浴碧沼蓮開芬馥雙髻綰雲顏似玉素蛾輝淡綠
雅態芳姿閑淑雪映鈿裝金斛水濺青絲珠斷續酥
融香透肉

定風波

江水沈沈帆影過游魚到晚透寒波渡口雙雙飛白鳥
煙嫋蘆花深處隱漁歌 扁舟短櫂歸蘭浦人去蕭蕭
竹徑透青莎深夜無風新雨歇涼月露迎珠顆入圓荷

孫光憲 八十首

竹枝

門前春水竹枝白蘋花女兒岸上無人竹枝小艇斜女兒商女經
過竹枝江欲暮女兒散拋殘食竹枝飼神鴉女兒

亂繩千結竹枝絆人深女兒越羅萬丈竹枝表長尋女兒楊柳在
身竹枝垂意緒女兒藕花落盡竹枝見蓮心女兒

浣溪沙

蓼岸風多橘柚香江邊一望楚天長片帆煙際閃孤光
目送征鴻飛杳杳思隨流水去茫茫蘭紅波碧憶瀟
湘

桃杏風香簾幕閑謝家門戶約花關畫梁幽語燕初還
繡閣數行題了壁曉屏一枕酒醒山却疑身是夢雲
間

花漸凋疎不耐風畫簾垂地晚堂空墮堦縈蘚舞愁紅
膩粉半黏金靨子殘香猶煖繡薰籠蕙心無處與人
同

攬鏡無言淚欲流凝情半日嬾梳頭一庭疎雨溼春愁
楊柳祇知傷怨別杏花應信損嬌羞淚霑魂斷軫離
情

半路長裾宛約行晚簾疎處見分明此時堪恨昧平生
早是銷魂殘燭影更愁聞著品弦聲杳無消息若爲
情

蘭沐初休曲檻前暖風遲日洗頭天濕雲新斂未梳蟬
翠袂半將遮粉臆寶釵長欲墜香肩此時模樣不禁
憐

風遞殘香出繡簾團窠金鳳舞襜襜落花微雨恨相兼
何處去來狂太甚空推宿酒睡無厭爭教人不別猜
嫌

輕打銀箏墜燕泥斷絲高罥畫樓西花冠閑上午牆啼
粉籜半開新竹逕紅苞盡落舊桃蹊不堪終日閉深
閨

烏帽斜欹倒佩魚靜街偷步訪仙居隔牆應認打門初
將見客時微掩斂得人憐處且生疎低頭羞問壁邊
書

風撼芳菲滿院香四簾慵卷日初長鬢雲垂枕響微鍠
春夢未成愁寂寂佳期難會信茫茫萬般心千點淚
泣蘭堂

碧玉衣裳白玉人翠眉紅臉小腰身瑞雲飛雨逐行雲
除却弄珠兼解佩便隨西子與東鄰是誰容易比真
真

何事相逢不展眉苦將情分惡猜疑眼前行止想應知
半恨半嗔回面處和嬌和淚泥人時萬般饒得爲憐
伊

落絮飛花滿帝城看看春盡又傷情歲華頻度想堪驚
風月豈惟今日恨煙霄終待此身榮未甘虛老負平
生

靜想離愁暗淚零欲棲雲雨計難成少年多是薄情人
萬種保持圖永遠一般模樣負神明到頭何處問平
生

試問於誰分最多便隨人意轉橫波縷金衣上小雙鵝
醉後愛稱嬌姐姐夜來留得好哥哥不知情事久長

麽

葉墜空階折早秋細煙輕霧鎖妝樓寸心雙淚慘嬌羞風月但牽魂夢苦歲華偏感別離愁恨和相憶兩難酬

月淡風和畫閣深露桃煙柳影相侵斂眉凝緒夜沈沈長有夢魂迷別浦豈無春病入離心少年何處戀虛襟

自入春來月夜稀今宵蟾彩倍凝輝強開襟抱出簾帷斸指暗思花下約凭闌羞覩淚痕衣薄情狂蕩幾時歸

十五年來錦岸遊未曾行處不風流好花長與萬金酬滿眼利名渾信運一生狂蕩恐難休且陪煙月醉紅樓

河傳

太平天子等閑遊戲疏河千里柳如絲偎倚綠波春水長淮風不起　如花殿腳三千女爭雲雨何處留人住錦帆風煙際紅燒空魂迷大業中

柳拖金縷著煙籠霧濛濛落絮鳳皇舟上楚女妙舞雷喧波上鼓　龍爭虎戰分中土人無主桃葉江南渡襞花牋豔思牽成篇宮娥相與傳

花落煙薄謝家池閣寂寞春深翠蛾輕斂意沈吟霑襟無人知此心　玉爐香斷霜灰冷簾鋪影梁燕歸紅杏晚來天空悄然孤眠枕檀雲髻偏

風颭波斂團荷閃閃珠傾露點木蘭舟上何處吳娃越豔藕花紅照臉　大堤狂殺襄陽客煙波隔渺渺湖光白身已歸心不歸斜暉遠汀鸂鶒飛

菩薩蠻

月華如水籠香砌金鐶碎撼門初閉寒影墮高簷鉤垂一面簾　碧煙輕嫋嫋紅戰燈花笑即此是高唐掩屏秋夢長

花冠頻鼓牆頭翼東方澹白連窗色門外早鶯聲背樓殘月明　薄寒籠醉態依舊鉛華在握手送人歸半拖金縷衣

小庭花落無人掃疎香滿地東風老春晚信沈沈天涯何處尋　曉堂屏六扇眉共湘山遠爭柰別離心近來尤不禁

青品碧洞經朝雨隔花相喚南溪去一隻木蘭船波平遠浸天　扣船驚翡翠嫩玉擡香臂紅日欲沈西煙中遙解觽

木綿花映叢祠小越禽聲裏春光曉銅鼓與蠻歌南人祈賽多　客帆風正急茜袖偎檣立極浦幾回頭煙波無限愁

河瀆神

汾水碧依依黃雲落葉初飛翠娥一去不言歸廟門空掩斜暉　四壁陰森排古畫依舊瓊輪羽駕小殿沈沈清夜銀燈飄落香灺

江上草芊芊春晚湘妃廟前一方卵色楚南天數行斜雁聯翩　獨倚朱闌情不極魂斷終朝相憶兩槳不知消息遠汀時起鸂鶒

虞美人

紅窗寂寂無人語暗淡梨花雨繡羅紋地粉新描博山香炷旋抽條睡魂銷　天涯一去無消息終日長相憶教人相憶幾時休不堪悵觸別離愁淚還流

好風微揭簾旌起金翼鸞相倚翠簷愁聽乳禽聲此時春態暗關情獨難平　畫堂流水空相翳一穗香搖曳教人無處寄相思落花芳草過前期沒人知

後庭花

景陽鐘動宮鶯轉露涼金殿輕飆吹起瓊花綻玉葉如剪　晚來高閣上珠簾卷見墜香千片修蛾慢臉陪雕輦後庭新宴

石城依舊空江國故宮春色七尺青絲芳草綠絕世難得　玉英凋落盡更何人識野棠如織只是教人添怨憶悵望無極

生查子

寂寞掩朱門正是天將暮暗澹小庭中滴滴梧桐雨繡工夫牽心緒配盡鴛鴦縷待得沒人時偎倚論私語

暖日策花驄嚲鞚垂楊陌芳草惹煙青落絮隨風白誰家繡轂動香塵隱映神仙客狂殺玉鞭郎咫尺音容隔

金井墮高梧玉殿籠斜月永巷寂無人斂態愁堪絕玉爐寒香燼滅還似君恩歇翠輦不歸來幽恨將誰說

春病與春愁何事年年有半爲枕前人半爲花間酒醉金尊攜玉手共作鴛鴦偶倒載臥雲屏雪面腰如柳

爲惜美人嬌長有如花笑半醉倚紅妝轉語傳青鳥眷方深憐恰好唯恐相逢少似這一般情肯信春光老

清曉牡丹芳紅豔凝金蘂乍占錦江春永認笙歌地感人心爲物瑞爛熳煙花裏戴上玉釵時迥與凡花異

密雨阻佳期盡日凝然坐簾外正淋漓不覺愁如鎖夢難裁心欲破淚逐簷聲墮想得玉人情也合思量我

臨江仙

霜拍井梧乾葉墮翠幃雕檻初寒薄鉛殘黛稱花冠含情無語延佇倚闌干　杳杳征輪何處去離愁別恨千般不堪心緒正多端鏡奩長掩無意對孤鸞

暮雨淒淒深院閉燈前凝坐初更玉釵低壓鬢雲橫半垂羅幕相映燭光明　終是有心投漢珮低頭但理秦箏燕雙鸞偶不勝情只愁明發將逐楚雲行

酒泉子

空磧無邊萬里陽關道路馬蕭蕭人去去隴雲愁　香貂舊製戎衣窄胡霜千里白綺羅心魂夢隔上高樓

曲檻小樓正是鶯花二月思無憀愁欲絕鬱離襟　展屏空對瀟湘水眼前千萬里淚掩紅眉斂翠恨沈沈

斂態窗前嫋嫋雀釵拋頭燕成雙鸞對影偶新知　玉纖澹拂眉山小鏡中嗔共照翠連娟紅縹緲早妝時

清平樂

愁腸欲斷正是青春半連理分枝鸞失伴又是一場離散　掩鏡無語眉低思隨芳草淒淒憑仗東風吹夢與郎終日東西

等閑無語春恨如何去終是疎狂留不住花暗柳濃何處　盡日目斷魂飛晚窗斜界殘暉長恨朱門薄暮繡

鞍驟馬空歸

更漏子

聽寒更聞遠雁半夜蕭娘深院扃繡户下珠簾滿庭噴玉蟾　人語靜香閨冷紅幕半垂清影雲雨態蕙蘭心此情江海深

今夜期來日別相對祇堪愁絶偎粉面撚瑶簪無言淚滿襟　銀箭落霜華薄牆外曉雞咿喔聽付屬惡情悰斷腸西復東

燭熒煌香旖旎閑放一堆鴛被慵就寢獨無憀相思魂欲銷　不會得這心力判了依前還憶空自怨柰伊何別來情更多

掌中珠心上氣愛惜豈將容易花下月枕前人此生誰更親　交頸語合歡身便同比目金鱗連繡枕臥紅茵霜天似暖春

對秋深離恨苦數夜滿庭風雨凝想坐斂愁眉孤心似有違　紅窗靜畫簾垂魂消地角天涯和淚聽斷腸窺漏移燈暗時

求君心風韻別渾似一團煙月歌皓齒舞紅籌花時醉上樓　能婉媚解嬌羞王孫忍不攀留惟我恨未綢繆相思魂夢愁

女冠子　二首

蕙風芝露壇際殘香輕度蘂珠宮苔點分圓碧桃花踐破紅　品流巫峽外名籍紫微中真侶墉城會夢魂通

淡花瘦玉依約神仙妝束佩瓊文瑞露通宵貯幽香盡日焚　碧紗籠絳節黄藕冠濃雲勿以吹簫伴不同羣

風流子

茅舍槿籬溪曲雞犬自南自北菰葉長水葓開門外春波漲淥聽織聲促軋軋鳴梭穿屋

樓倚長衢欲暮瞥見神仙伴侶微傳粉攏梳頭隱映畫簾開處無語無緒慢曳羅帬歸去

金絡玉銜嘶馬繫向緑楊陰下朱户掩繡簾垂曲院水流花謝歡罷歸也猶在九衢深夜

定西番

雞祿山前遊騎邊草白朔天明馬蹄輕　鵲面弓離短韔彎來月欲成一隻鳴髇雲外曉鴻驚

帝子枕前秋夜霜幄冷月華明正三更　何處戍樓寒笛夢殘聞一聲遥想漢關萬里淚縱横

何滿子

冠劍不隨君去江河還共恩深歌袖半遮眉黛慘淚珠旋滴衣襟惆悵雲愁雨怨斷魂何處相尋

玉胡蝶

春欲盡景仍長滿園花正黄粉翅兩悠颺翩翩過短牆　鮮飈暖牽遊伴飛去立殘芳無語對蕭娘舞衫沈麝香

八拍蠻

孔雀尾拖金線長怕人飛起入丁香越女沙頭爭拾翠相呼歸去背斜陽

思帝鄉

如何遣情情更多永日水堂簾下斂羞蛾六幅羅帬窣地微行曳碧波看盡滿池疎雨打團荷

上行杯

草草離亭鞍馬從遠道此地分襟燕宋秦吴千萬里無辭一醉野棠開江草溼佇立霑泣征騎駸駸

離棹逡巡欲動臨極浦故人相送去住心情知不共金船滿捧綺羅愁絲管咽回別帆影滅江浪如雪

謁金門

留不得留得也應無益白紵春衫如雪色揚州初去日　輕別離甘拋擲江上滿帆風疾却羨綵鴛三十六孤鸞還一隻

思越人

古臺平芳草遠館娃宫外春深翠黛空留千載恨教人何處相尋　綺羅無復當時事露花點滴香淚惆悵遥天横淥水鴛鴦對對飛起

渚蓮枯宫樹老長洲廢苑蕭條想像玉人空處所月明獨上溪橋　經春初敗秋風起紅蘭緑蕙愁死一片風流傷心地魂銷目斷西子

望梅花

數枝開與短牆平見雪萼紅跗相映引起誰人邊塞情　簾外欲三更吹斷離愁月正明空聽隔江聲

漁歌子

草芊芊波漾漾湖邊草色連波漲沿蓼岸泊楓汀天際玉輪初上　扣舷歌聯極望槳聲伊軋知何向黄鵠叫白鷗眠誰似儂家疎曠

泛流螢明又滅夜涼水冷東灣闊風浩浩笛寥寥萬頃金波重疊　杜若洲香郁烈一聲宿雁霜時節經霅水過松江盡屬儂家日月

定風波

簾拂疎香斷碧絲淚衫還滴繡黄鸝上國獻書人不在凝黛晚庭又是落紅時　春日自長心自促翻覆年來年去負前期應是秦雲兼楚雨留住向花枝誇説月中枝

南歌子

豔冶青樓女風流似楚真驪珠美玉未爲珍窈窕一枝芳柳入腰身　舞袖頻回雪歌聲幾動塵慢凝秋水顧情人祇緣傾國著處覺生春

映月論心處偎花見面時倚郎和袖撫香肌遥指畫堂深院許相期　解佩君非晚虛襟我未遲願如連理合歡枝不似五陵狂蕩薄情兒

應天長

翠凝仙豔非凡有窈窕年華方十九鬢如雲腰似柳妙對綺弦歌醁酒　醉瑶臺攜玉手共燕此宵相偶魂斷晚窗分首淚霑金縷袖

遐方怨

紅綬帶錦香囊爲表花前意慇懃贈玉郎此時更役心腸轉添秋夜夢魂狂　思豔質想嬌妝願蚕傳金盞同歡臥醉鄉任人猜妬惡猜防到頭須使似鴛鴦

張泌 二十七首

浣溪沙

鈿轂香車過柳堤樺煙分處馬頻嘶為他沈醉不成泥花滿驛亭香露細杜鵑聲斷玉蟾低含情無語倚樓西

馬上凝情憶舊遊照花淹竹小溪流鈿箏羅幕玉搔頭早是出門長帶月可堪分袂又經秋晚風斜日不勝愁

獨立寒堦望月華露濃香泛小庭花繡屏愁背一燈斜雲雨自從分散後人間無路到仙家但憑魂夢訪天涯

依約殘眉理舊黃翠鬟拋擲一簪長暖風晴日罷朝妝閑折海棠看又撚玉纖無力惹餘香此情誰會倚斜陽

翡翠屏開繡幄紅謝娥無力曉妝慵錦帷鴛被宿香濃微雨小庭春寂寞燕飛鶯語隔簾櫳杏花凝恨倚東風

花月香寒悄夜塵綺筵幽會暗傷神嬋娟依約畫屏人人不見時還暫語令纔拋後愛微嚬越羅巴錦不勝春

偏戴花冠白玉簪睡容新起意沈吟翠鈿金縷鎮眉心小檻日斜風悄悄隔簾零落杏花陰斷香輕碧鎖愁深

晚逐香車入鳳城東風斜揭繡簾輕慢回嬌眼笑盈盈消息未通何計是便須佯醉且隨行依稀聞道太狂生

小市東門欲雪天衆中依約見神仙蘂黃香畫貼金蟬飲散黃昏人草草醉容無語立門前馬嘶塵烘一街煙

臨江仙

煙收湘渚秋江靜蕉花露泣愁紅五雲雙鶴去無蹤幾回魂斷凝望向長空　翠竹暗留珠淚怨閑調寶瑟波中花鬟月鬢綠雲重古祠深殿香冷雨和風

女冠子

露花煙草寂寞五雲三島正春深貌減潛銷玉香殘尚惹襟　竹疎虛檻靜松密醮壇陰何事劉郎去信沈沈

河傳

渺莽雲水惆悵暮帆去程迢遞夕陽芳草千里萬里雁聲無限起　夢魂悄斷煙波裏心如醉相見何處是錦屏香冷無睡被頭多少淚

紅杏交枝相映密密濛濛一庭濃豔倚東風香融透簾櫳　斜陽似共春光語蝶爭舞更引流鶯妬魂銷千片玉罇前神仙瑤池醉暮天

酒泉子

春雨打窗驚夢覺來天氣曉畫堂深紅燄小背蘭釭酒香噴鼻嬾開缸惆悵更無人共醉舊巢中新燕子語雙雙

紫陌青門三十六宮春色御溝輦路暗相通杏園風咸陽沽酒寶釵空笑指未央歸去插花走馬落殘紅月明中

生查子

相見稀喜相見相見還相遠檀畫荔支紅金蔓蜻蜓輭魚雁疎芳信斷花落庭陰晚可惜玉肌膚消瘦成慵嬾

思越人

燕雙飛鶯百轉越波堤下長橋鬭鈿花筐金匣恰舞衣羅薄纖腰　東風澹蕩慵無力黛眉愁聚春碧滿地落花無消息月明腸斷空憶

滿宮花

花正芳樓似綺寂寞上陽宮裏鈿籠金鎖睡鴛鴦簾冷露華珠翠　嬌豔輕盈香雪膩細雨黃鶯雙起東風惆悵欲清明公子橋邊沈醉

柳枝

膩粉瓊妝透碧紗雪休誇金鳳搔頭墜鬢斜髮交加倚著雲屏新睡覺思夢笑紅腮隱出枕函花有些些

南歌子

柳色遮樓暗桐花落砌香畫堂開處遠風涼高卷水精簾額襯斜陽

岸柳拖煙綠庭花照日紅數聲蜀魄入簾櫳驚斷碧窗殘夢畫屏空

錦薦紅鸂鶒羅衣繡鳳皇綺疎飄雪北風狂簾幕盡垂無事鬱金香

江城子

碧闌干外小中庭雨初晴曉鶯聲飛絮落花時節近清明睡起卷簾無一事勻面了沒心情

浣花溪上見卿卿臉波秋水明黛眉輕綠雲高綰金簇小蜻蜓好是問他來得麼和笑道莫多情

河瀆神

古樹噪寒鴉滿庭楓葉蘆花晝燈當午隔輕紗畫閣珠簾影斜　門外往來祈賽客翩翩帆落天涯回首隔江煙火渡頭三兩人家

胡蝶兒

胡蝶兒晚春時阿嬌初著淡黃衣倚窗學畫伊　還似花間見雙雙對對飛無端和淚拭燕脂惹教雙翅垂

馮延巳 七十八首

如夢令

塵拂玉臺鸞鏡鳳髻不堪重整綃帳泣流蘇愁掩玉屏人靜多病多病自是行雲無定

三臺令

春色春色依舊青門紫陌日斜柳暗花嫣醉臥春色少年年年少年行樂直須及早

明月明月照得離人愁絕更深影入空牀不道帷屏夜長長夜長夜夢到庭花陰下

南浦南浦翠鬟離人何處當時攜手高樓依舊樓前水流流水流水中有傷心雙淚

歸國謠

何處笛深夜夢回情脈脈竹風簷雨寒窗隔　離人幾
歲無消息今頭白不眠特地重相憶
春豔豔江上晚山三四點柳絲如剪花如染　香閨寂
寂門半掩愁眉斂淚珠滴破臙脂臉
江水碧江上何人吹玉笛扁舟遠送瀟湘客　蘆花千
里霜月白傷行色來朝便是關山隔

長相思

紅滿枝綠滿枝宿雨厭厭睡起遲閑庭花影移　憶歸
期數歸期夢見雖多相見稀相逢知幾時

相見歡

曉窗夢到昭華向瓊家欹枕殘妝一朵臥枝花　情極
處却無語玉釵斜翠閣銀屏回首已天涯

拋毬樂

酒罷歌餘興未闌小橋清水共盤桓波搖梅蘂傷心白
風入羅衣貼體寒且莫思歸去須盡笙歌此夕歡
逐勝歸來雨未晴樓前風重草煙輕谷鶯語輭花邊過
水調聲長醉裏聽款舉金觥勸誰是當筵最有情
梅落新春入後庭眼前風物可無情曲池波晚冰還合
芳草迎船綠未成且上高樓望相共凭闌看月生
霜積秋山萬樹紅倚巖樓上掛朱櫳白雲天遠重重恨
黃葉煙深淅淅風髣髴梁州曲吹在誰家玉笛中
盡日登高興未殘紅樓人散獨盤桓一鉤冷霧懸珠箔
滿面西風凭玉闌歸去須沈醉小院新池月乍寒
坐對高樓千萬山鴈飛秋色滿闌干燒殘紅燭暮雲合
飄盡碧梧金井寒咫尺人千里猶憶笙歌昨夜歡

點絳唇

蔭綠圍紅夢瓊家在桃源住畫橋當路臨水開朱户
柳徑春深行到關情處顰不語意憑風絮吹向郎邊去

酒泉子

庭下花飛月照妝樓春事晚珠簾風蘭燭燼怨空閨
迢迢何處寄相思玉筯零零腸斷屏幃深更漏永夢魂
迷
芳草長川柳映危橋橋下路歸鴻飛行人去碧山邊

風微煙淡雨蕭然隔岸馬嘶何處九回腸雙臉淚夕陽
天
青色融融飛燕乍來鶯未語小桃寒垂柳晚玉樓空
天長煙遠恨重重消息燕鴻歸去枕前燈窗外月閉朱
籠
深院空幃廊下風簾驚宿燕香印灰蘭燭灺覺來時
月明人自擣寒衣剛愛無端惆悵階前行闌外立欲雞
啼

采桑子

小庭雨過春將盡片片花飛獨折殘枝無語凭闌秖自
知　玉堂香煖珠簾卷雙燕來歸君約佳期肯信韶華
得幾時
馬嘶人語春風岸芳草綿綿楊柳橋邊落日高樓酒旆
懸　舊愁新恨知多少目斷遙天獨立花前更聽笙歌
滿畫船
西風半夜簾櫳冷遠夢初歸夢過金扉花謝窗前夜合
枝　昭陽殿裏新翻曲未有人知偷取笙吹驚覺寒蛩
到曉啼
酒闌睡覺天香煖繡户慵開香印成灰獨背寒屏理舊
眉　朦朧却向燈前臥窗月徘徊曉夢初回一夜東風
綻早梅
小堂深靜無人到滿院春風惆悵墻東一樹櫻桃帶雨
紅　愁心似醉兼如病欲語還慵日暮疎鍾雙燕歸棲
畫閣中
畫堂燈煖簾櫳卷禁漏丁丁雨罷寒生一夜西窗夢不
成　玉娥重起添香印回倚孤屏不語含情水調何人
吹笛聲
笙歌放散人歸去獨宿江樓月上雲收一半珠簾掛玉
鉤　起來檢點經遊地處處新愁憑仗東流將取離心
過橘州
昭陽記得神仙侶獨自承恩水殿燈昏羅幕輕寒夜正
春　如今別館添蕭索滿面啼痕舊約猶存忍把金環
別與人

微風簾幙清明近花落春殘尊酒留歡添盡羅衣怯夜
寒　愁顏恰似燒殘燭珠淚闌干也欲高拌爭奈相逢
情萬般
畫堂昨夜愁無睡風雨淒淒林鵲爭棲落盡燈花雞未
啼　年光往事如流水休說情迷玉筯雙垂秖是金籠
鸚鵡知
寒蟬欲報三秋候寂靜幽居葉落閑階月透簾櫳遠夢
回　昭陽舊恨依前在休說當時玉笛纔吹滿袖猩猩
血又垂
洞房深夜笙歌散簾幙重重斜月朦朧雨過殘花落地
紅　昔年無限傷心事依舊東風獨倚梧桐閑想閑思
到曉鐘
花前失却遊春侶極目尋芳滿眼悲涼縱有笙歌亦斷
腸　林間戲蝶簾間燕各自雙雙忍更思量綠樹青苔
半夕陽

菩薩蠻

金波遠逐行雲去疎星時作銀河渡花影臥秋千更長
人不眠　玉箏彈未徹鳳髻黃釵脫憶夢翠蛾低微風
吹繡衣
畫堂昨夜西風過繡簾時拂朱門鎖驚夢不成雲雙蛾
枕上顰　金爐煙嫋嫋燭暗紗窗曉殘日尚彎環玉箏
和淚彈
梅花吹入誰家笛行雲半夜凝空碧欹枕不成眠關山
人未還　聲隨幽怨絕空斷澄霜月月影下重簷輕風
花滿簾
回廊遠砌生秋草夢魂千里青門道鸚鵡怨長更碧籠
金鎖橫　羅幃中夜起霜月清如水玉露不成圓寶箏
悲斷弦
嬌鬟堆枕釵橫鳳溶溶春水楊花夢紅燭淚闌干翠屏
煙浪寒　錦壺催畫箭玉佩天涯遠和淚試嚴妝落梅
飛夜霜
西風嫋嫋凌歌扇秋期正與行雲遠花葉脫霜紅流螢
殘月中　蘭閨人在否千里重樓暮翠被已銷香夢隨

寒漏長
沈沈朱户横金鎖紗窗月影隨花過燭淚欲闌干落梅生晚寒　寶釵横翠鳳千里香屏夢雲雨已荒凉江南春草長
欹鬟墮髻搖雙槳采蓮晚出清江上顧影約流萍楚歌嬌未成　相逢顰翠黛笑把珠璫解家住柳陰中畫橋東復東

謁金門

風乍起吹皺一池春水閑引鴛鴦芳徑裏手挼紅杏蕊　鬬鴨闌干獨倚碧玉搔頭斜墜終日望君君不至舉頭聞鵲喜
楊柳陌寶馬嘶空無跡新著荷衣人未識年年江海客　夢覺巫山春色醉眼飛花狼藉起舞不辭無氣力愛君吹玉笛

清平樂

深冬寒月庭户凝霜雪風鴈過時魂斷絕塞管數聲嗚咽　披衣獨立披香流蘇亂結愁腸往事總堪惆悵前歡休更思量
雨晴煙晚綠水新池滿雙燕飛來垂柳院小閣畫簾高卷　黄昏獨倚朱闌西南新月眉彎砌下落花風起羅衣特地春寒
西園春早夾逕抽新草冰散漪瀾生碧沼寒在梅花先老　與君同飲金杯飲餘相取徘徊次第小桃將發軒車莫厭頻來

更漏子

風帶寒枝正好蘭蕙無端先老情悄悄夢依依離人殊未歸　褰羅幕凭朱閣不獨堪悲搖落月東出雁南飛誰家夜擣衣
夜初長人近别夢覺一窗殘月鸚鵡臥蟪蛄鳴西風寒未成　紅蠟燭彈棋局牀上畫屏山綠褰繡幌倚瑶琴前歡淚滴襟
玉爐煙紅燭淚偏對畫堂秋思眉翠薄鬢雲殘夜長衾枕寒　梧桐樹三更雨不道離情最苦一葉葉一聲聲空堦滴到明

喜遷鶯

宿鶯啼鄉夢斷春樹曉朦朧殘燈和燼閉朱櫳人語隔屏風　香已寒燈已絕忽憶去年離别石城花雨倚江樓波上木蘭舟
霧濛濛風淅淅楊柳帶疎煙飄飄輕絮滿南園牆下草芊綿　燕初飛鶯已老拂面春風長好相逢攜酒且高歌人生得幾何

阮郎歸

南園春半踏青時風和聞馬嘶青梅如豆柳如絲日長蝴蝶飛　花露重草煙低人家簾幕垂鞦韆慵困解羅衣畫梁雙燕棲
角聲吹斷隴梅枝孤窗月影低塞鴻無限欲驚飛城烏休夜啼　尋斷夢掩深閨行人去路迷門前楊柳綠陰齊何時聞馬嘶

賀聖朝

金絲帳煖牙牀穩懷香方寸輕顰輕笑汗珠微透柳霑花潤　雲鬟斜墜春應未已不勝嬌困半欹犀枕亂纏珠被轉羞人問

應天長

石城山下桃花綻宿雨初晴雲未散南去棹北飛鴈水闊山遥腸欲斷　倚樓情緒嬾無限春心無限燕度蒹葭風晚欲歸愁滿面

醉花間

獨立堦前星又月簾櫳偏皎潔霜樹盡空枝腸斷丁香結　夜深寒不寐疑恨何曾歇凭闌干欲折兩條玉筯爲君垂此宵情誰共説
月落霜繁深院閉洞房人正睡桐樹倚雕簷金井臨瑶砌　曉風寒不啻獨立成顦顇閑愁渾未已離人心緒自無端莫思量休退悔

芳草渡

梧桐落蓼花秋煙初冷雨纔收蕭條風物正堪愁人去後多少恨在心頭　燕鴻遠羌笛怨渺渺澄波一片山如黛月如鉤笙歌散夢魂斷倚高樓

南鄉子

細雨濕流光芳草年年與恨長煙鎖鳳樓無限事茫茫鸞鏡鴛衾兩斷腸　魂夢任悠揚睡起楊花滿繡牀薄倖不來門半掩斜陽負你殘春淚幾行
細雨泣秋風金鳳花箋滿地紅閑促黛眉慵不語情緒寂寞相思知幾許　玉枕擁孤衾挹恨還聞歲月深簾卷曲房誰共醉顦顇惆悵秦樓彈粉淚

舞春風　一名瑞鷓鴣

嚴妝纔罷怨春風粉牆畫壁宋家東蕙蘭有恨枝尤綠桃李無言花自紅　燕燕巢兒羅幕卷鶯鶯啼處鳳樓空少年薄倖知何處每夜歸來春夢中

虞美人

玉鉤鸞柱調鸚鵡宛轉留春語雲屏冷落畫堂空薄晚春寒無奈落花風　搴簾燕子低飛去拂鏡塵鸞舞不知今夜月眉彎誰佩同心雙結倚闌干
春風拂拂横秋水掩映遥相對秖知長作碧窗期誰信東風吹散彩雲飛　銀屏夢與飛鸞遠秖有珠簾卷楊花零落月溶溶塵掩玉箏弦柱畫堂空

臨江仙

冷紅飄起桃花片青春意緒闌珊高樓簾幙卷輕寒酒餘人散獨自倚闌干　夕陽千里連芳草風光愁殺王孫徘徊飛盡碧天雲鳳城何處明月照黄昏

蝶戀花

窗外寒雞天欲曙香印成灰坐起渾無緒庭際高梧凝宿霧卷簾雙鵲驚飛去　屏上羅衣閑繡縷一晌關情憶遍江南路夜夜夢魂休謾語已知前事無情處
蕭索清秋珠淚墜枕簟微涼展轉渾無寐殘酒欲醒中夜起月明如練天如水　堦下寒聲啼絡緯庭樹金風悄悄重門閉可惜舊歡攜手地思量一夕成憔悴
幾度鳳樓同飲宴此夕相逢卻勝當時見低語前歡頻轉面雙眉斂恨春山遠　蠟燭淚流羌笛怨偷整羅衣欲唱情猶嬾醉裏不辭金爵滿陽關一曲腸千斷

幾日行雲何處去忘了歸來不道春將暮百草千花寒食路香車繫在誰家樹　淚眼倚樓頻獨語雙燕飛來陌上相逢否撩亂春愁如柳絮悠悠夢裏無尋處

六曲闌干偎碧樹楊柳風輕展盡黃金縷誰把鈿箏移玉柱穿簾海燕雙飛去　滿眼遊絲兼落絮紅杏開時一霎清明雨濃醉覺來鶯亂語驚殘好夢無尋處

誰道閑情拋棄久每到春來惆悵還依舊日日花前常病酒不辭鏡裏朱顏瘦　河畔青蕪堤上柳爲問新愁何事年年有獨立小樓風滿袖平林新月人歸後

壽山曲

銅壺滴漏初盡高閣雞鳴半空吹起五門金鎖猶垂三殿簾櫳階前御柳搖綠仗下宮花散紅鴛瓦數行曉日鸞旗百尺春風侍臣舞蹈重拜聖壽南山永同

思越人（與本調不同）

酒醒情懷惡金縷褪玉肌如削寒食過却海棠零落乍倚遍闌干煙淡薄翠幙簾櫳畫閣春睡著覺來失鞦韆期約

上行杯（與本調不同）

落梅暑雨消殘粉雲重煙深寒食近羅幙遮香柳外鞦韆出畫牆　春山顛倒釵橫鳳飛絮入簾春睡重夢裏佳期秖許庭花與月知

薄命妾

春日宴綠酒一杯歌一遍再拜陳三願　一願郎君千歲二願妾身長健三願如同梁上燕歲歲長相見

金錯刀（一名醉瑤瑟）

雙玉斗百瓊壺佳人歡飲笑喧呼麒麟欲畫時難偶鷗鷺何猜興不孤　歌婉轉醉糢糊高燒銀燭臥流蘇只銷幾覺懵騰睡身外功名任有無

日融融草芊芊黃鶯求友啼林前柳條嫋嫋拖金線花蕊茸茸簇錦氈　鳩逐婦燕穿簾狂蜂浪蝶相翩翩春光堪賞還堪翫惱殺東風悞少年

憶江南（二首與本調不同）

去歲迎春樓上月正是西窗夜涼時節玉人貪睡墜釵雲粉消妝薄見天真　人非風月長依舊破鏡塵箏一夢經年瘦今宵簾幙颺花陰空餘枕淚獨傷心

今日相逢花未發正是去年別離時節東風次第有花開恁時須約却重來　重來不怕花堪折秖恐明年花發人離別別離若向百花時東風彈淚有誰知

徐昌圖（莆田人入宋終殿中丞詞三首）

木蘭花

沈檀煙起盤紅霧一箭霜風吹繡戶漢宮花面學梅妝謝女雪詩栽柳絮　長垂夾幕孤鸞舞旋炙銀笙雙鳳語紅窗酒病嚼寒冰冰損相思無夢處

臨江仙

飲散離亭西去浮生常恨飄蓬回頭煙柳漸重重淡雲孤鴈遠寒日暮天紅　今夜畫船何處潮平淮月朦朧酒醒人靜奈愁濃殘燈孤枕夢輕浪五更風

河傳

秋光滿目風清露白蓮紅水綠何處夢回弄珠拾翠盈盈倚闌橈眉黛蹙　采蓮調穩吴侶聲相續倚棹吴江曲鷺起暮天幾雙交頸鴛鴦入蘆花深處宿

徐鉉（二首）

拋毬樂

歌舞送飛毬金觥碧玉籌管弦桃李月簾幕鳳皇樓一笑千場醉浮生任白頭

灼灼傳花枝紛紛度畫旂不知紅燭下照見彩毬飛借勢因期尅巫山暮雨歸

全唐詩

庾傳素（一首）

木蘭花

木蘭紅豔多情態不似凡花人不愛移來孔雀檻邊栽折向鳳皇釵上戴　是何芍藥爭風彩自共牡丹長作對若教爲女嫁東風除却黃鶯難匹配

劉侍讀（一首）

生查子

深秋更漏長滴盡銀臺燭獨步出幽閨月晃波澄綠菱荷風乍觸一對鴛鴦宿虛櫂玉釵驚驚起還相續

許岷（二首）

木蘭花

小庭日晚花零落倚戶無聊妝臉薄寶箏金鴨任生塵繡畫工夫全放却　有時覷著同心結萬恨千愁無處說當初不合儘饒伊贏得如今長恨別

江南日暖芭蕉展美人折得親裁翦書成小簡寄情人臨行更把輕輕撚　其中撚破相思字却恐郎疑蹤不似若還猜妾倩人書誤了平生多少事

林楚翹（一首）

菩薩蠻

畫堂春畫垂珠箔臥來揉惹金釵落簟滑枕頭移鬢蟬狂欲飛　笑拖嬌眼慢羅袖籠花面重道好郎君人前

莫惱人

無名氏 九首

一片子

柳色青山映梨花雪鳥藏綠窗桃李下閑坐歎春芳

塞姑

昨日盧梅塞口整見諸人鎮守都護三年不歸折盡江邊楊柳

醉公子

門外猧兒吠知是蕭郎至剗襪下香階冤家今夜醉扶得入羅幃不肯脫羅衣醉則從他醉還勝獨睡時

菩薩蠻

牡丹含露眞珠顆美人折向庭前過含笑問檀郎花強妾貌強 檀郎故相惱須道花枝好一面發嬌嗔碎挼花打人

賀聖朝

白露點曉星明滅秋風落葉故址頹垣冷煙衰草前朝宮闕 長安道上行客依舊利深名切改變容顏消磨今古隴頭殘月

虞美人

帳中草草軍情變月下旌旗亂褫衣推枕愴離情遠風吹下楚歌聲正三更 撫騅欲下重相顧豔態花無主手中蓮鍔凜秋霜九泉歸去是仙鄉恨茫茫

後庭宴

千里故鄉十年華屋亂魂飛過屏山簇眼重眉褪不勝春菱花知我銷香玉 雙雙燕子歸來應解笑人幽獨斷歌零舞遺恨清江曲萬樹綠低迷一庭紅撲簌

擷芳詞

風摇蕩雨濛茸翠條柔弱花頭重春衫窄香肌濕記得年時共伊曾摘 都如夢何曾共可憐孤似釵頭鳳關山隔晚雲碧燕兒來也又無消息

魚遊春水

秦樓東風裏燕子還來尋舊壘餘寒猶峭紅日薄侵羅綺嫩草方抽碧玉茵媚柳輕窣黃金縷鶯轉上林魚遊春水 幾曲闌干遍倚又是一番新桃李佳人應怪歸遲梅妝淚洗鳳簫聲絕沈孤鴈望斷清波無雙鯉雲山萬重寸心千里

楊貴妃

阿那曲

羅袖動香香不已紅蕖嫋嫋秋煙裏輕雲嶺下乍摇風嫩柳池塘初拂水

閩后陳氏 名金鳳閩嗣主王延鈞之后詞二首

樂遊曲

龍舟摇曳東復東采蓮湖上紅更紅波淡淡水溶溶奴隔荷花路不通

西湖南湖鬭綵舟青蒲紫蓼滿中洲波渺渺水悠悠長奉君王萬歲遊

柳氏

楊柳枝

楊柳枝芳菲節可恨年年贈離別一葉隨風忽報秋縱使君來豈堪折

王麗眞女郎

字字雙

牀頭錦衾斑復斑架上朱衣殷復殷空庭明月閑復閑夜長路遠山復山

耿玉眞

菩薩蠻

玉京人去秋蕭索畫簷鵲起梧桐落敧枕悄無言月和殘夢圓 背燈唯暗泣甚處砧聲急眉黛遠山攢芭蕉生暮寒 一作獨自倚闌干夜深生暮寒

句

庭空客散人歸後畫堂半掩朱簾林風淅淅夜厭厭小樓新月回首自纖纖

春光鎮在人空老新愁往恨何窮金窗力困起還慵一聲羌笛驚起醉怡容 李後主臨江仙前後兩調各逸其半

尋春須是陽春早看花莫待花枝老 後主菩薩蠻

帝鄉煙雨鎖春愁故國山川空淚眼 吳越王錢俶木蘭花

金鳳欲飛遭掣搦情脈脈看即玉樓雲雨隔 錢俶

桃李不須誇爛熳已輸了風吹一半 韓熙載詠梅

學著荷衣還可喜年少多來有幾自古閑愁無際 馮延巳謁金門

初離蜀道心將碎離恨綿綿春日如年馬上時時聞杜鵑 花蕊夫人采桑子

全唐詩

呂巖 二十首

梧桐影

落日斜秋風冷今夜故人來不來教人立盡梧桐影

憶江南

淮南法秋石最堪誇位應乾坤白露節象移寅卯紫河車子午結朝霞

王陽術得祕是黃牙萬藥初生將此類黃鍾應律始歸家十月定君誇

黃帝術玄妙美金花玉液初凝紅粉見乾坤覆載暗交加龍虎變成砂

長生術玄要補泥丸彭祖得之年八百世人因此轉傷殘誰是識陰丹

陰丹訣三五合玄圖二八應機堪采運玉瓊回首免榮枯顏貌勝凡姝

長生術初九祕潛龍慎勿從高宜作客丹田流注氣交通者老反嬰童

修身客莫誤入迷津氣術金丹傳在世象天象地象人身不用問東鄰

還丹訣九九最幽玄三性本同一體内要燒靈藥切尋鉛尋得是神仙

長生藥不用問他人八卦九宮看掌上五行四象在人身明了自通神

學道客修養莫遲遲光景斯須如夢裏還丹粟粒變金姿死去莫回歸

治生審細察微言百歲夢中看即過勸君修煉保尊年不久是神仙

西江月

瑶池上瑞霧靄羣仙素練金童鏘鳳板青衣玉女嘯鸞弦身在大羅天　沉醉處縹渺玉京山唱徹步虛清燕罷不知今夕是何年海水又桑田

著意黄庭歲久留心金碧年深爲憂白髮鬢相侵仙訣朝朝討論　秘要俱皆覽過神仙奥旨重吟至人親指水中金不負平生志性

任是聰明志士常迷東竈黄庭參同大易事分明不曉醉眠難醒　若遇高人指引都來不費功程北方坎子是金精認得黄牙方盛

沁園春

七返還丹在我先須煉己待時正一陽初動中宵漏永温温鉛鼎光透簾幃造化爭馳虎龍交媾進火功夫牛斗危曲江上看月華瑩淨有箇烏飛　當時自飲刀圭又誰信無中就養兒辨水源清濁木金間隔不因師指此事難知道要玄微天機深遠下手忙修猶太遲蓬萊路待三千行滿獨步雲歸

火宅牽纏夜去明來早晚擔憂奈今日茫然不知明日波波劫劫有甚來由人世風燈草頭珠露我見傷心眼淚流不堅久似石中迸火水上浮漚　休休及早回頭把往日風流一筆鉤但麤衣淡飯隨緣度日任人笑我我又何求限到頭來不論貧富著甚干忙日夜憂勸年少把家緣棄了海上來遊

詩曲文章任汝空留數千萬篇奈日推一日月推一月今年不了又待來年有限光陰無涯火院只恐蹉跎老却賢貪癡漢望成家學道兩事雙全　凡間只戀塵緣又誰信壺中别有天這道本無情不親富貴不疎貧賤只要心堅不在勞神不須苦行息慮忘機合自然長生事待明公放下方可相傳

卜算子

心空道亦空風靜林還靜卷盡浮雲月自明中有山河影　供養及修行舊話成重省豆爆生蓮火裏時痛撥寒灰冷

步蟾宫

坎離乾兑逢子午須認取自家根祖地雷震動山頭雨要洗濯黄牙土　捉得金精牢閉錮煉甲庚要生龍虎待他問汝甚人傳但説道先生姓吕

滿庭芳

大道淵源高真隱秘風流豈可知聞先天一氣清濁自然分不識坎離顛倒誰能辨金木浮沉幽微處無中產有澗畔虎龍吟　壺中真造化天精地髓陰魄陽魂運周天水火燮理寒温十月脱胎丹就除此外皆是傍門君知否塵寰走徧端的少知音

酹江月

仙風道骨顛倒運乾坤平分時節金木相交坎離位一粒刀圭凝結水虎潛形火龍伏體萬丈毫光烈仙花朵秀聖男靈女扳折　霄漢此夜中秋銀蟾離海浪卷千層雪此是天關地軸誰解推窮圓缺片晌功夫霎時丹聚到此憑何訣倚天長嘯洞中無限風月

水龍吟

目前咫尺長生路多少愚人不悟愛河浪闊洪波風緊舟船難渡略聽仙師語到彼岸兵消一句煉金丹換了凡胎濁骨免輪迴三塗苦　萬事澄心定意聚真陽都歸一處分明認得靈光真趣本來面目此箇幽微理莫容易等閒分付知蓬萊自有神仙伴侣同攜手朝天去

豆葉黄

二月江南山水路李花零落春無主一箇魚兒無覓處風和雨玉龍生甲歸天去

浪淘沙

我有屋三椽住在靈源無遮四壁任蕭然萬象森羅爲斗拱瓦蓋青天　無漏得多年結就因緣修成功行滿三千降得火龍伏得虎陸路神仙

蘇幕遮

天不高地不大惟有真心物物俱含載不用之時全體在用即拈來萬象周沙界　虚無中塵色内盡是還丹歷歷堪收采這箇鼎鑪解不解養就靈烏飛出光明海

雨中花

三百年間功標青史幾多俱委埃塵悟黄粱弃事厭世藏身將我一枝丹桂換他千載青春岳陽樓上綸巾羽扇誰識天人　蓬萊願應仙舉誰知會合仙賓遥想望吹笙玉殿奏舞鸞裀風馭雲軿不散碧桃紫奈長新願逢一粒九霞光裏相繼朝真

促拍滿路花

西風吹渭水落葉滿長安茫茫塵世裏獨清閑自然鑪鼎虎繞與龍盤九轉丹砂就一粒刀圭便成陸地神仙　任萬釘寶帶貂蟬富貴欲熏天黄粱炊未熟夢驚殘是非海裏直道作人難袖手江南去白蘋紅蓼又尋盤

六公令

浦盧山

東與西眼與眉偃月爐中運坎離靈砂且上飛最幽微是天機你休癡你不知

漢宫春

横笛聲沉倚危樓紅日江轉天斜黄塵邊火澒洞何處

吾家胎㑹怨夜來乘風玄露丹霞先生笑飛空一劒東風猶自天涯　情知道山中好早翠囂含隱瑶草新芽青溪故人信斷夢飈車乾坤星火歸來了煮石煎沙回首處幅巾蒲帳雲邊獨是桃花

減蘭 即減字木蘭花

暫遊大庾白鶴飛來誰共語嶺畔人家曾見寒梅幾度花　春來春去人在落花流水處花滿前蹊藏盡神仙人不知

伊用昌

憶江南

江南鼓棱肚兩頭欒釘著不知侵骨髓打來只是没心肝空腹被人謾

一三·一〇九〇〇

全唐詩逸

全唐詩逸序

大清康熙之朝全唐詩集成其人以千計其詩以萬計雖片章隻句散在諸書者採摭無遺也不謂盛且備乎然不知尚逸而在吾日本亦不爲尠也當時遣唐之使留學之生與彼其墨客韻士肩相比臂相抵則其所唱高藻記其所口膾其所記裝以歸者蓋比比不已大江維時之千載佳句的的珠璣獲其片而逸其全雖則可惜哉其所以亡乎彼而存乎我不亦幸乎上毛河子靜有慨於此也著全唐詩逸三卷夫然後所謂滄海無遺

珠者非耶大抵典籍之亡於彼而存於我者佗佛書太多然不廣行世近世太宰氏所校古文孝經流入西華新安鮑廷博再刻而行之作序賞之今使斯書亦流而西則豈復不刮目而視之哉子靜名世寧爲昌平學都講博雅尚志亦嘗著日本詩紀五十卷其有功於藝文不獨斯書云

天明八年戊申十月　滄海竺常撰

全唐詩逸目

全唐詩逸卷上

日本上毛河世寧纂輯

男三亥校

明皇帝

送日本使

日本高僧傳云天平勝寶四年藤原清河為遣唐大使至長安見元宗元宗曰聞彼國有賢君今觀使者趨揖有異乃號日本為禮儀君子國命晁衡導清河等視府庫及三教殿又圖清河貌納於蕃藏中及歸賜詩

日下非殊俗天中嘉會朝念余懷義遠矜爾畏途遙漲海寬秋月歸帆駛夕飈因驚彼君子王化遠昭昭

賜新羅王

東國通鑑新羅紀唐天寶十五年遣使朝帝於蜀帝親製十韻詩手札賜王曰嘉新羅王歲脩朝貢克踐禮樂名義賜詩一首其詩曰

四維分景緯萬象含中樞玉帛遍天下梯杭歸上都緬懷阻青陸歲月勤黃圖漫漫窮地際蒼蒼連海隅興言名義國豈謂山河殊使去傳風教人來習典謨衣冠知奉禮忠信識尊儒誠矣天其鑒賢哉德不孤擁旄同作牧厚貺比生芻益重青青志風霜恆不渝

德宗皇帝

句

見大江維時千載佳句○家藏千載佳句二百年前謄本誤謬脫落甚多而無他本可比

校今所分注且存其疑俟後考此

玉殿笙歌宜此夜更看明月照高樓 秋夜

楊師道

采蓮 見千載佳句

采蓮江浦覓同心日暮風生江水深莫言花重船應沒

自解凌波不長沈

上官儀

句 以下並見釋空海文鏡祕府論

曙色隨行漏早吹入繁笳旗文縈桂葉騎影拂桃華碧

潭寫春照青山籠雪花 論云此六句犯長擷腰病

池牖風月清閒居遊客情蘭泛樽中色松吟絃上聲 此四句犯長解鐙病

張諤

句 以下並見千載佳句

天上姮娥遙解意偏教月向踏歌明 月夜看美人踏歌

共待山頭明月上照君行棹出長川 送百九歸山

丁仙芝

句

雨鳴鴛瓦收炎氣風卷珠簾送曉涼 陪岐王宅宴

殷遙

句

歸心靜對螢飛月遠夢長驚角滿樓 夏晚懷歸

王維

句

自恨開遲還落早縱橫只是怨春風 牡丹花

李頎

句

巴路千山秋水上江村獨樹夕陽時 歸至舊任酬袁贊府見贈

王昌齡

旅次盩厔過韓士別業 以下並見祕府論引王昌齡詩格

春煙桑柘林落日隱荒墅泱漭平原夕清吟久延佇故人家於此招我漁樵所 格云此第五句入作勢

上侍御士兄

天人俟明路益稷分堯心利器必先舉非賢安可任吾兄執嚴憲時佐能鈎深 同上

上同州使君伯

大賢本孤立有時起絲綸伯父自天稟元功載生人 此第三句入作勢

留別

桑林映陂水雨過宛城西留醉楚山別陰雲暮淒淒 同上

贈李侍御

青冥孤雲去終當暮歸山志士杖苦節何時見龍顏 此入作勢

又

渺然客子魂倚櫂川上暉還雲慘知暮九月仍未歸 同上

送別

春江愁送君蕙草生氤氳醉後不能語鄉山雨雰雰 含思落句勢

失題

時與醉林壑因之惰農桑槐煙漸含夜樓月深蒼茫 入理勢

又

桑葉下墟落鵾雞鳴渚田物情每衰極吾道方淵然 入景理勢

句

與君遠相知不道雲海深寄驢洲　得罪由已招本性易

然諾見諡至伊水　黃葉亂秋雨空齋愁暮心客舍秋霖呈席燕夫

通經彼上人無迹任勤苦題上人房　楓橋延海岸客帆歸

富春送鄔貢觀省江東　寒江映村林亭上納高潔宴南亭　陵

藪寒蒼茫登城遂懷古登城懷古　孤煙曳長林春水聊一

望以下失題　河口餞南客進帆清江水　遷客又相送風

悲蟬更號　微雨隨雲收濛濛傍山去　海客時獨飛

永然滄洲意　日夕辨靈藥空山松桂香　墟落有懷

縣長煙溪樹邊　青桂花未吐江中獨鳴琴　還家望

炎海楚葉下秋水

劉長卿

句見千載佳句

春苔滿地無行處深映桃花獨閉門題張山人所居

崔曙

句見秘府論

夜臺一閉無時盡逝水東流何處還失題　田家收已盡

蒼蒼只白茅失題

李白

句見千載佳句

玉墀一夜留明月金殿三春滿落花端雪

張謂

題故人別業見秘府論

平子歸田處園林接汝濱落花開戶入啼鳥隔窗聞池

淨流春水山明斂霽雲晝遊仍不厭乘月夜尋君

李嘉祐

句見千載佳句

巴峽猿聲催客淚銅梁山翠入江樓江晚望陪楊園　千峰鳥

路含梅雨五月蟬聲送麥秋發青泥店至長余縣西涯山口

錢起

失題見秘府論按下二句郎郭震塞上詩中語此以爲錢起詩未詳何據

胡風迎馬首漢月學蛾眉久戍人將老長征馬不肥

顧況

句以下至卷末二十九人竝見千載佳句

野人誤向人閒老爲謝金華洞裏雲寄婺州趙使君　莫言歸

去無人伴自有中天月正明送朱拾遺

陳潤

句

兩岸楊花風作雪一池荷葉雨成珠題山陰朱徵君隱居　暮猿

啼處三聲絕寒鴈歸時一葉秋客舍石己山渡行　一雙淚滴

黃河水願得東流入漢宮王昭君

崔膺一作應

句

不隨暮雨蒼江去且向朝雲白雪歌歌妓　欲于北闕辭

蒼海卻望東山愧白雲別山居

馮宿

句

九衢車馬傳佳句萬戶鶯花接勝遊酬宜上人

于鵠

句

曾讀列仙王母傳九天未勝此中遊上陽宮

楊巨源

句

鳴鞭秋色詩情遠拂匣寒花劒力多和劉員外赴闕次潼關作　籍

通蓮闕秋光遍詩答蓬山晩思遙（酬盧洪 永平里） 青門日暖
塵光動紫陌花晴風色來（春日） 豔欺藤蔓鬭無限香堅
荆花蝶不飛（紫薇） 內史舊山空日暮南朝古木向人秋
（將赴嶺外留別） 夢中鄉信驚秋鴈窗下林聲帶夜蟬（寓居） 獨
向曉山知露溼遠臨秋水愛雲明（送王秀才） 新河柳色千
株暗故國雲帆萬里歸（送楊松陵歸宋汴州） 一院綠錢童子拂
千竿青玉主人栽（寄宜供奉） 露凝丹地初疑雨煙著紅樓
半是霞（贈紅樓院宣供奉） 空門水定埃塵遠眞偈金書世界
稀（題金字經供養口上人）

劉禹錫

句

煙波半落新沙地鳥雀羣飛欲雪天（初冬） 櫻桃帶雨胭
脂溼楊柳當風綠綫低（題裴令公亭） 山似屛風江似簟叩
舷來往月明中（泛舟） 晴日碧空雲脚斷一條如練挂山
尖（瀑布泉） 飛文鬭疾敲銅器陪宴會歡吐錦茵（酬李校事）

周元範

奉和白舍人遊鏡湖夜歸

風前酒醒看山笑湖上詩成共客吟畫燭滿隄燒月色

澄江繞樹浸城陰

句

路出胥門深淺浪月殘吳苑兩三星（和白舍人泛湖早發洞庭詩）
石橋路上千峯月山殿雲中半夜鐘（寄白舍人兼鶴林招隱二長老）

王魯復

水樓

山銜落日溪光動岸轉回風檻影浮座內數聲來遠鶴
煙中一派辨孤舟

句

清泉遶屋澄心遠曙月銜山出定遲（贈僧惟勤）

陸暢

句

滿手香傳金菊酒漏聲遙滴上陽宮（九日）

鮑溶

句

徑草漸生長短綠庭花欲綻淺深紅（春日） 夜瑟紘驚綠
流水暖松花放碧香煙（春日） 窗閒夜學凝殘燭軒下朝
吟向暖風（春日貧居） 幽容攜琴好歸去七絲閑和百泉聲

（送友人歸山） 野寺訪僧歸帶月芳林攜客醉眠花（贈東郊）

張蕭遠

句

須臾滿寺泉聲合百尺飛簷挂玉繩（興善寺看雨） 座客醉
來雲雨散一行高鳥萬山秋（宴） 綺羅香裏春長在絲
管聲中水暗流（西山涯日宴韋賢大夫亭） 何事不歸巫峽去故來
人世斷人腸（歌人） 身居曉嶂紅霞外書讀秋窗紫竹閒（借山觀讀書）
瀑布水高清漢冷莓苔橋滑碧煙虛（送道器上人遊吳江） 日月在天常照耀了無塵垢汙清光（禮道寬禪師）

殷堯藩

句

雲收碧海連天水風動紅蕉滴露光（送韓協律勝起容府幕）

施肩吾

句

空巖雨暴泉聲亂幽徑苔深鳥跡重（幽居）

章孝標

送張孝廉歸吳

吳將勤苦見高科藝至春官不奈何想得江南諸父老

因君鞭韃子孫多

夜笛詞

皎潔西樓月未斜笛聲寥亮入東家頓令燈下裁衣婦誤翦同心一片依

題碧山寺塔

六時佛火明珠綴午後茶煙出翠微縈砌乳泉梳石髮滴松銀露洗衲衣

翫月遇雲

無端玉葉連天起不放金波到曉流暗惜蚌胎沈海面

仰思鵬翼破風頭

句

錢塘去國三千里一道風光任意看（及第）　珠呈夜浦螢無影鵲坐秋林鳥失行（奉酬朱二十四見寄詩）　昨日見君親下筆五花牋上黑龍飛（觀草書）　何人枉折教猿籍孤負春風長養情（楊柳枝）　梅花帶雪飛琴上柳色和煙入酒中（早春初晴野宴）　阮籍嘯場人步月子猷看處鳥棲煙（竹詞）　白練鳥迷山芍藥紅妝妓妒水林檎（宴滁州）　今日華山秋頂上聞天長叫在長空（獨鶴詠）　天風更送新聲出不放行雲過鳳樓（梨園調）　昨日天宮吹樂府六官絃管一時新（贈盩厔陸少府）　通傳勝事因風月打破愁腸是酒杯（遊擱溪）　玉輪姑蘇臺上煙花月寧負春風簫管聲（送陸二十一及第歸）　玉輪低月中天曉金鐸縱風上界秋（登總持寺塔）　蕭灑竹房塵境外滿天雲月共清虛（題靈初禪師院）　言若浚川流巨海戒如秋月挂長空（贈言樞法師）　金殿月中看擣藥玉樓風裏聽吹笙（宿天柱觀）

陳標

句

長把酒杯憑夜月每將詩思泥春風（贈祝元膺）　襄陽樂事經過盡峴首煙花倒寫空（敘舊）　猶疑波底鮫人淚滴在衣裳半欲零（露荷）　春明門外襄陽路落日秋風送客歸（送人歸襄陽）

楊收

入洞庭望岳陽

飛鷗撇浪三千里暮草搖風一萬畦黛色淺深山遠近碧煙濃淡樹高低

許渾

句

蒹葭水暗螢知夜楊柳風高鴈送秋（常州留與楊給事）　露滴曉花疑錦繡風吹寒竹認笙簧（題歌者）

喻鳧

句

虹橫布水臺南雨鴈返爐峰頂北霞（送歐陽孝廉及第歸彭澤）　閑臥東風燈澌曉溪南花氣雨中來（溪居雨夜）　一別山陰詩酒客水風花片夢蘭亭（寄山陰李處士）

祝元膺

句

卻覓終南山色看倚天橫展玉屏風（喜晴見山雪）　杜甫一生憐李白應緣孔聖道才難（書懷奉故諸從事）　終南山腳盤龍勢紫閣雲心望鶴歸（曲亭）

趙嘏

句

池上昔遊夫子鳳雲閒初起武侯龍（述懷上令狐相公）　亭分楚寺依依樹水應公臺夜夜琴（送李仲赴任）　鴝鵒舞酣人自醉琵琶聲緩客初來（與杜陵客同醉口氏莊）　高鳥過時秋色

勳征帆落處暮煙生齊安晚秋　夜吟孤枕潮聲近曉過千山雪氣寒江夜戍暮　望臘早花緣路見隨巖泉水隔林聞成名年賀揚巖別業聖將擢第　宿處客塵隨夜靜坐中煙水向人閑登華嚴寺

崔澹一作膽

句

九重城裏春來早百尺樓頭日落遲古意

賈島

句

莫是上天宮裏唱歌聲飄下玉梁塵鷺鷥

溫庭筠

句

浴瀾水聲喧戶外卷簾山色入窗來山居　自有晚風推楚浪不勞春色染湘煙洞庭南　卓氏壚前金綫柳隋家隄畔錦帆風題池亭　門外白雲何處雨一條清澗遶溪流失題

方干

句

巖溜噴空晴似雨林蘿礙日夏多寒題報恩寺上方

羅隱

句

庾樓宴罷三更月宏閣談時一座風寄主客張員外

羅虬

過友人故居

隄草衰空垂露眼渚蒲穿浪湊煙芽晴樓謚罷山横黛夜局棊酣燭墜花

句

雪中放馬朝尋跡雲外聞鴻夜射聲和扶風老人詩　龍鱗柳弱垂朝露鷺尾松高揮夜風五華宮　猿隔亂雲啼暮嶺鴈和微雨下寒湖江行　夜渡酒酣千頃月舊樓棊罷一窗山郊居

杜荀鶴

句

千嶂雪消溪影綠幾家梅綻酒波清酬湖州杜員外春至日見憶　風拂亂燈山磬曙露沾仙杏石壇春紫極宮上元齋次呈諸道流

神穎僧

句

手遙雲起何時雨筆下波生不待風山水屏

全唐詩逸卷上

全唐詩逸卷中

日本上毛河世寧纂輯

池桐孫校

惠文太子

太子名範睿宗第四子好學工書愛儒士無貴賤爲盡禮與閻朝隱劉廷琦張諤鄭繇等善常飲酒賦詩相娛樂初王鄭改封衞俄降封巴陵從誅太平公主以功賜封岐薨冊贈太子及諡

句 見千載佳句

渭水橋邊春已渡灞陵原上雨初晴 同李士懷長安　清冷池裏冰初合紅粉樓中月未圓 宴大哥宅　可惜韶年三日暮風光由繞翠燕觴 三月三日　晚日半銜西苑樹晴雲直卷上天風 洛河山亭初晴　離筵風日三朝晚歸路雲霞一道開 送植功還京

元兢

元兢龍朔中官周王府參軍著古今詩人秀句二卷及詩格一卷詩一首

蓬州野望 祕府論引元兢詩格

飄飄宕渠域曠望蜀門隈水共三巴遠山隨八陣開橋形疑漢接石勢似煙迴欲下他鄉淚猿聲幾處催

馬總

馬總字會元扶風人少孤貧好學性剛直不妄交遊貞元中姚南仲鎮滑臺辟爲從事坐事貶泉州別駕元和中遷檢校刑部尚書詩一首

贈日本僧空海離合詩 釋空海性靈集序云和尚昔在唐日作離合詩贈土僧惟上泉州別駕馬總一時大才也覽則驚怪因贈詩云

何乃萬里來可非衒其才增學助元機土人如子稀

胡伯崇 號昆陵子

贈釋空海歌 又見性靈集序中

說四句演毘尼凡夫聽者盡歸依天假吾師多伎術就中草聖最狂逸

高鶴林 官都虞侯冠軍大將軍試太常卿上柱國

因使日本願謁鑒眞和尚既滅度不覲尊顏嗟而述懷 見鑒眞和尚傳按鑒眞示寂在天平寶字六年鶴林奉使未詳在何年

上方傳佛燈名僧號鑒眞懷藏通鄰國眞如轉付民早嫌居五濁寂滅離囂塵禪院從今古青松遶塔新斯法留千載名記萬年春

朱千乘 延歷中空海歸自唐表上所齎書籍中有朱千乘詩集一卷

句 見千載佳句

錦纜扁舟花岸靜玉壺春酒管絃清 新移鏡中別業

清觀 台州國清寺僧

句 見智證大師傳大師乃稱圓珍也

叡山新月冷台嶠古風清 贈圓珍和尚

陳閏 以下二人並見祕府論蓋唐中葉人

罷官後卻歸舊居

不歸江畔久舊業已凋殘露草蟲絲溼湖泥鳥跡乾買山開客舍選竹作漁竿何必勞州縣驅馳効一官

李堪

句

此心復何已新月清江長 題失　雲歸石壁盡月照霜林清 題失

崔致遠

崔致遠高麗入賓貢及第高駢淮南從事藝文志有崔致遠四六一卷桂林筆耕二十卷

兗州留獻李員外 見千載佳句

芙蓉零落秋池雨楊柳蕭疏曉岸風神思只勞書卷上

年光任過酒杯中

句

畫角聲中朝暮浪青山影裏古今人 登慈和山 東人詩話云崔文昌侯致遠入唐登第以文章著名題潤州慈和寺有畫角云云之句後雞林賈客入唐購詩有以此句書示者

煙低紫陌千行柳日暮朱樓一曲歌 長安柳 洛水波聲

新草樹嵩山雲影舊樓臺 留別洛中友人 雲布長天龍勢遠

風高秋月雁行齊 送舍弟嚴府 風遞鶯聲喧座上日移花

影倒林中 春日 芳園醉散花盈袖幽逕吟歸月在帷 成名後酬進士田仁義見贈 極目遠山煙外暮傷心歸棹日邊遲 江上春懷

金立之

金立之新羅人憲德王七年從金昕入唐

句 見千載佳句

煙破樹頭驚宿鳥露凝苔上暗流螢 秋夜望月 山入見月

寧思寢更掬寒泉滿手霜 峽山寺翫月 紺殿雨晴松色冷

禪林風起竹聲餘 贈青龍寺僧 風過古殿香煙散月到前

林竹寫清 宿豐德寺 更有閑宵清淨境曲江澄月對心虛

贈僧 寒露已催鴻北去火雲漸散月西流 秋夕 園梅坼

甲迎春笑庭草抽心待節芳 早春

金可紀 一作記按章孝標有送金可紀歸新羅詩恐其人

句 見千載佳句

波衝亂石長如雨風激疏松鎮似秋 題遊仙寺

莊翺 以下六十八人並見千載佳句履歷俱無考

尋幽居不遇

滿庭花落逐行路遠院泉聲寫半山向暮此中回首去

洞門深處鳥關關

句

天外夜深風漸遠高松長似水流聲 宿松門 焚香暮入

飛花殿淨手秋開貝葉經 贈惠雅上人 野性本憐松下月

幽情唯愛洞中春 欲歸山 慇懃笑喻人間事遙指庭花

對夕陽 謁雷禪和尚

陸翬

春日

鶯歸樹頂繁聲轉雁去天邊細影斜雨拂青青行處草

煙含灼灼望中花

句

三尺寒光冰在手一張弓勢月當心 贈李都使 巖下光陰

生戶牖洞邊形勢入池臺 松 孤帆影入江煙盡百舌

聲流浦樹新 送胡八弟

何元

看花

莫怪出門先驟馬暮年常怨看花遲可憐盡日春山下

似雪如雲一萬枝

句

一望白雲千萬斷箏聲日暮出花林 聽箏 門外夕陽寒

映竹洞中秋水暗連山 過山居 鐘聲半夜香山雨散入

前林楓葉秋 宿多寶寺 寺臨飛鳥青山遠徑轉幽蘿白日

長 題白鶴寺 黃昏人到鐘聲裏雲起龍池不見山 遊三覺寺上方

客來惆悵僧禪後月出松門滿地霜 題衡禪師房 朔風

寒日笳聲急萬里邊城一段雲 詠箄前突騎 滿山月色連

溪下林葉蕭蕭一夜霜 月夜山居 秦客訪花驚出洞庾公

看月誤登樓 題雪

裴公行

春夜宿雲際寺

境靜聞鐘磬易響庭高見月影難沉青山解隔塵中事
流水能清物外心

句

碧澗水流高殿影青蘿風散晚鐘聲 遊碧澗寺 數片殘雲
歸洞口孤輪晴月挂山頭 題咸中丞客廳

蘇替

聽琴

絃中恨起湘山遠指下情多楚峽流危檻曲終雲影暗
高樓風定燭光秋

路牛千

賞春

暖日當頭催展茱和風次第遣開花呼童遠取溪心水
待客來煎柳眼茶

句

蒼翠暗消三暑熱孤高能鎖四時煙 松 綠楊近浦堪
垂釣翠竹當軒好韻琴 題別業 百舌乍啼鶯學語分明
聽在指頭邊 彈箏

賀蘭進 一作遂

句

玉貌自宜雙黛翠桃花獨笑一枝春 贈所思妓女 秋水未
鳴遊女佩寒雲空滿望夫山 寄所思佳人 黃閣暮蟲羅戶
牖紫庭春草遍階墀 觀北城宮殿 綠耳半蔓湘浦竹驪文
亂點武陵花 文馬 遼陽客路千峰引薊北鄉心片月知
宿羽宿仰戀闕庭 山雲渺渺川程遠木葉蕭蕭鴈過初 客懷 同
鴈不傳鄉信去秋風偏向客衣寒 贈朱功曹 千峰黛色因

晴出百谷泉聲欲暮寒 望大寶山 黛色迴臨滄海上泉聲
遙落白雲中 百丈山 喜遇近臣楊得意慙非詞客馬相
如 贈朱功曹 秋迥曉月鴻聲早日暎深山水氣寒 喜到家

傅溫

句

霜墜中天衣覺冷月臨虛牖紙偏明 冬夜宿僧院 春風暗
翦庭前樹夜雨偷穿石上苔 山居 曲水雨行排鴈齒斜
橋一道蹈龍鱗 溪橋 山深野客如禪客夜久松聲似雨
聲 宿僧院 花疑漢女啼妝淚水似吳娃笑弄箏 訪山居遇雨

曹戳

句

花映晝天當戶日樹搖晴暮上階煙 供洞縣東亭 鷺飛沙
鳥紛紛雪帆候信雲帆片片風 過洞庭湖 鳳唱一拋琴瑟韻
霓裳長謝綺羅春 贈陀律師 秋澄上水無藏影春泛遊雲
不繫心 贈道者 老松不見千年鶴殘雪猶疑六月花 商山
行

陳素風

句

三行故柳藏鴉樹一帶長波灌竹泉 觀承福園 千門竹影
聯春色一段和光徹翠微 寒食日遊行 西陵古木年年老
南陌風光日日新 寒食 百寶鏡輪金翡翠五雲絲網玉
蜘蛛 七夕

唐樞

句

窗竹閑陰秋水薄砌苔新色曉嵐鮮 題法華院 不待江口
移入座便開三峽水來聲 贈僧琴 芳字八行清露重珠
璣一片碧雲輕 酬問書

溫達

句

三春種樹梅兼李十月看書雪苔螢（幽居）

原公舊路唯三徑潘岳新年已二毛（題潘岳六城南店店是源贊善處）

山底採薇雲不厭洞中栽樹鶴先知（山中）

盧條

句

三徑雨來煙草合一邱琴後渴醪傾（早秋郎事）

共話世情塵藹藹每嗟人事水潺潺（逢友）

崔行檢

句

紫籜粉成應漸密白雲岑起未全高（雲夢亭追涼）

愁愧交親問生事一溪雲鳥滿牀書（郎事）

陳上卿

句

門前蕭索青松老雲裏逍遙白鶴閑（歸舊山）

波瀾晴泛三春色桃李爭開兩岸芳（和寧國呂識少府新開石渠）

王幹

句

莫驚此地逢春早祇爲長安近日邊（長安春日）

樊寔

句

仍憐一夜春風急開盡瑤池萬樹花（步虛詞）

張殷衡

句

已被天桃欺來醉麯塵絲樹恨何人（清明日）

殷穆

句

蘇拂石溪流水淨風來雲寺過鐘微（題鄭士林亭）

解叔祿

句

千花苑外韶芳暖一鳥山邊翠色寒（長安登望）

石巖

句

炎氣擁爲衣上火汗光流出腹中湯（苦熱）

張野人

句

銅街陌柳條條翠金谷園花片片燃（上巳寓洛中）

衛塡

句

明月閑時山夜白暖泉流處草冬青（題水亭）

虞搆

句

寒光乍退風猶切春色新行柳未知（元日）

崔幢

句

寒氣乍凝空有露秋風不動水無波（八月十五夜）

李淮（一作鉅）

句

撩亂客心眠不得秋庭一夜月中行（聽彈沈湘怨）

金雲卿

句

秋月夜閑聞案曲金風吹落玉簫聲（秦樓仙）

楊郁伯

句

簾前對酒閑無事待得分明似鏡時待月

李伯良

句

風向銀燈花燼落月臨珠箔玉鉤垂靜女怨

林逢

句

白玉飛泉千仞雪青松蔽日一林風嚴大夫新開泉

長孫鎰

句

霜霑雲夢千巖雪鴈度吳江萬木秋浙江逢楚老

戴寥

句

蛾邊燈輪千燄動鶴飛雲路一聲長宿報恩寺

豆盧岑一作峯

句

隔門借問人誰在一樹桃花笑不應尋人不遇

沈寧

句

黃紙遠承新詔命青袍遙謝舊山峯寄上洛陽劉明府

李許

句

瀲蕩和風催去袖搖揚淑景照離樽送舍弟

顧効古

句

孤舟發處沙鷗起明月落時江水寒送王遂人歸海上

盧邕

句

杯浮綠酒邀君醉筆落紅箋寫我心送江十二山人南遊

李潭

句

人過遠村秋日晚鳥飛平野暮天空秋暮

鄭明

句

山頭落日催歸馬河畔垂楊纜醉船寒食陪諸公宴坡中

王有初

句

頻醉管絃三月暮遠尋花柳五湖來贈在賀先輩

周存孺

句

指下黃金星未瞻七條絃上夜嗚啼彈臺

張牙

句

看看舞罷輕雲去應赴襄王夢裏期柘枝歌

鄭師冉

句

煙消門外青山近露重窗前綠竹低題戴孝廉別業

章嶰

句

聞說靜中偏愛竹自看疏密種秋煙贈宋山人

崔建

句

同風向曉平湖上引得荷花隔浦香夏日

朴昂

明主十徵何謝病煙霞不許作堯臣尋太乙山人路次雲際寺

郢展

句

秋水漲來舟去速夜雲收盡月行遲汴水東歸詩

韋振

句

林外雪消山色靜窗前春淺竹聲泉春酬見贈

漢皓

句

西風暮雨鷺殘夢應是巫山寄恨來對雨

道彥

句

風起竹開螢影亂月明江上笛聲多秋夜旅泊　夜靜檻前調綠綺日高窗下戴烏紗貧居自遣　漁艇遠飄滄海上草堂深鎖白雲閒途中偶題　柴門半掩潮光裏野徑斜分草色中湖上閒居

蕣金

句

千里放心隨野鶴五湖乘興狎沙鷗滄浪

子泰

句

風姿豔態應無比爛熳當春一樹芳醉後寄上官娥

紹伯

句

遠聲歷歷風和水近色青青竹映松題福昌館

郁同

句

破璫衣珠明有焰照窗心月淨無塵題照上人院

季方

句

林閒縱有殘花在留到明朝不是春三月晦

李侍御以下失名

句

盡日不歸花路晚綠楊樓下醉如泥楊柳枝詞　月上西陵千里闊漁舟夜火隔沙明浪淘沙詞

陸侍御

句

今年閏在春三月剩見金陵一月花送淮南李中丞

盧秀才

句

長醉金陵前殿酒偏聞玉樹後庭花殷淑妃

真元以下僧

句

精明合浦珠相似斷割昆吾劍不如上李尚書

真幹真一作直

句

鷺隼風高隨草去旌旗日晚傍山來駕幸華清宮

久則

句

湖上青山今欲買白雲無主問何人旅寓越中

去奢

句

騎驢春風離漢苑心懸秋月照吳關德征詞

良人

句

千點暮山三楚盡一泓寒水九江斜 題江州寶歷寺閣

宋休

句

借問夜來丹竈畔幾多風水落絲桐 寄江山人

清閑

句

五色雲中鳴玉磬千花臺上禮金仙 題浮槎寺

靈業

句

洞中仙草嚴冬綠江外靈山臘月青 遊靈隱寺上方

大閑

句

霜霑草逕寒風急鴈度秋林落葉頻 代雷孝廉送絳州李判官

奉蚌

句

綠蘿翦作三春柳紅錦裁成二月花 思故鄉

全唐詩逸卷中

全唐詩逸卷下

日本上毛河世寧纂輯

下田衡校

無名氏

海陽泉 以下十三首得之藤原佐理眞蹟中佐理仕天歷安和朝時與五代宋初相接且味其聲調流暢通快必是唐中葉人所作

人誰無耽愛各亦有所偏於吾喜尚中不厭千萬泉誠知湟水曲遠在南海壖自從得海陽便欲終老焉怪石狀五岳旋迴枕深淵激縈似涌雲靜同冰鏡懸吾欲以海陽跨於河洛間使彼雲林客來遊皆忘還

曲石皃 第五第八句俱缺一字

爲愛水石奇不厭湖畔行每登曲石皃則有遠興生敨差半湖　宛若龍象形又如瑯琊臺　盤枕滄溟醉入入島來將醉強爲醒扣船復搖棹學歌漁父聲呼我上酒船更深江海情

望遠亭 第五第十二句俱缺一字

泛湖勢水戲飲漱厭清瀾來登望遠亭心目又不閑孤峯入座　高嶺横前軒更復歡長風蕭篸窗戸閒外物

能擾人吾將息其端歸來湖中館　戸聊自安

石上閣

水石引我去南湖復東壑不厭隨竹陰來登石上閣磴
道通石門欹崖斷如鑿飛梁架峯頭夭矯虹霓若下視
竹木杪仰見懸泉落水聲兼松吹音響參衆樂時時爲
霧雨飄灑溼簾箔吾欲棄簪纓於兹守寂寞

同前 第三第十五句俱缺一字

石上搆層閣便以石爲柱千載　棟梁豈有傾危懼苔
壁絕人蹤虹橋横鳥路攀涉愜所懷幽奇未嘗遇迥然

半空裏物象競相助雲外見孤峯林端懸瀑布引望無
不通兹爲倍多趣徒　欲忘歸衣裳溼煙霧

海陽湖

吾泝海陽泉以爲海陽湖千峯在水中狀類皆自殊有
如三神山蒼蒼海上孤又似洲島中忽然見龍魚引船
過石間隨興得所如每有愜心處沈吟復躊躇吾恐天
地閒怪異如此無

同前 缺第四句

閑遊愛湖廣湖廣叢怪石迴合萬里勢　　緣
動若無底波澄涵雲碧鎔水復何如昆池吾不易兹境
多所尚親鄰道與釋外望離異門中閒不相隔開鑿盡
天然智者留奇跡我願長此遊誰言一朝夕

盤石

海陽泉上山巉巉盡殊狀忽然有平石盤薄千峯上寒
泉匝石流懸注幾千丈有時厭泉湖愛臨一長望意出
天地閒因爲逸民唱

同前 第四句缺二字第十句缺四字

下山復上山山勢凌雲空有石圓且平疑是　　功淸

淺繞細泉陰森倚長松幙幙生青苔亭亭對遠峯朝來
暮未歸愛

湖下溪 第三句缺三字第五句缺一字

海陽湖下溪夾峯多異石數步　　溶溶似雲白竹
陰入　裹更覺溪巳碧吾欲漱斯流長爲避嵵客

同前

湖水下爲溪溪小趣更幽窈窕林中迴淸冷石上流掩
映成碧潭遊戲見白鷗岸傍古樹根往往疑潛虬野情
隨所適世事何沈浮

夕陽洞

順山高幾許亭亭似人蹲左右自迴抱抱中有淸源異
石匝階墀巉巉快四軒憑几見城邑一峯當石門自從
得兹洞愛之忘朝昏吾欲老於此便爲海陽人誰爲高
世者與我能修鄰

遊海門峽 第九句缺一字篇末缺數句

沿流二十里始到海門山仰視見兩崖有如萬盎懸逐
上幾千仞猶未窮絕顛上有外士家半巖得湖泉湖
昏且來意其通海焉忽此見靈怪蹤蹟不能旋開襟當

海風目送歸海船恨不到羅浮丹溪尋列仙遺恨常

句 以下並見千載佳句

月知溪靜尋常入雲愛山高且暮歸 懷舊　風吹帆席隨
雲卷鳥壓花枝覆水低 送李端遊嶺中　匹馬路傍乘月別孤
帆波上入雲飛 別　蹴蹋場邊芳草短鞦韆樹下落花
多 寒食書情郎事　看樹只愁花落盡聽鶯不覺馬行遲 途中郎事
擕樽藉草情無極對水看雲興有餘 諸公等江上初晴　文
戰不曾眉得白酒醞長覺面先紅 宴樂　風裏一聲天上
落世人皆向五雲看 詠鶴　仙花又別三千歲暮雨已迷

十二峯想王溪先生　滿枝帶露將何似曾見瓊樓素面啼
白芍藥　翠葉偎風如翦彩紅花含露似啼妝薔薇　青蘿
帶霧依松古縈竹含煙泛水光夏晚題東郊別業　書吏優遊
山色裏琴堂閑冷水聲中贈臨安辛少府　鐘鳴月下長洲苑
露溼殘花鳥亂啼春日過吳門　花攢屋上紅珠顆蓊滿籬
根紫玉簪懷舊　花舞野塘鋪地錦鳥鳴江樹送春聲淸明
後喜晴

遊仙窟詩舊截詩七十八首猥褻淫靡幾乎傷雅今錄稍可采覽者一十九首

贈崔十孃　張文成

今朝忽見渠姿首不覺殷勤著心口令人頻作許叮嚀
渠家太劇難求守端坐剩心驚愁來益不平看時未必
相看死難時那許太難生沈吟處幽室相思轉成疾自
恨往還疎誰肯交遊密夜夜空知心失眼朝朝無便投
膠漆園裏花開不避人閨中面子翻羞出如今寸步阻
天津伊處留心更覓新莫言長有千金面終歸變作一
抄塵生前有日但爲樂死後無春更著人祇可倘徉一
生意何須負持百年身

又贈十孃

薰香四面合光色兩邊披錦障劃然卷羅帷垂半欲紅
顏雜綠鮮無處不相宜豔色浮妝粉含香亂口脂鬢欺
蟬鬢非成鬢眉笑蛾眉不是眉見許實娉婷何處不輕
盈可憐嬌裏面可愛語中聲婀娜腰支細細許䀹睳眼
子長長聲巧兒舊來攜未得畫匠迎生模不成相看未
相識傾城復傾國迎風帔子鬱金香照日裙裾石榴色
口上珊瑚耐拾取頰裏芙蓉堪摘得聞名腹肚已猖狂
見面精神更迷惑心肝恰欲摧踴躍不能裁徐行步步
香風散欲語時時梅子開潛疑織女留星去眉似姮娥
送月來含嬌窈窕迎前出忍笑嫈嫇返卻回

詠崔五嫂

奇異妍雅貌特驚新眉開月出疑爭夜頰上花開似鬭
春細腰偏愛轉笑臉特宜嚬眞成物外奇稀物實是人
間斷絕人自然能舉止可念無方比能令公子百重生
巧使王孫千迴死黑雲裁兩鬢白雪分雙齒纖成錦綉
騏驎兒刺繡裙腰鸚鵡子觸處盡開懷何曾有不佳機
關大雅妙行步絕娉婷傷人一一丹羅韈侍婢三三綠
綫鞾黃龍透入黃金釧白燕飛來白玉釵

詠雙樹

新華發兩樹分香遍一林迎風轉細影向日動輕陰戲
蜂時隱見飛蝶遠追尋承聞欲採摘若箇動君心

同前答文成　崔十孃

暫遊雙樹下遙見兩枝芳向日俱翻影迎風並散香戲
蝶扶丹萼遊蜂入紫房人今總摘取各著一邊箱

詠花　張文成

風吹遍樹紫日照滿地丹若爲交暫折擎就掌中看

同前　崔十孃

映水俱知笑成蹊竟不言即今無自在高下任渠攀

遊後園　張文成

昔時過小苑今朝戲後園兩歲梅花匝三春柳色繁水
明魚影靜林翠鳥歌喧何須杏樹嶺即是桃花源

同前　崔十孃

梅蹊命道士桃澗佇神仙舊魚成大劍新龜類小錢水
湄唯見柳池曲且生蓮欲知賞心處桃花落眼前

同前　崔五嫂

極目遊芳苑相將對花林露淨山光出池鮮樹影沈落

花時泛酒歌鳥或鳴琴是時日將夕攜樽就樹陰

代蜂子答十孃　張文成

觸處尋芳樹都盧少物華試從香處覓正值可憐花

別文成　崔十孃

別時終是別春心不値春羞見孤鸞影悲看一騎塵

同前　崔五嫂

柳開眉色紅桃亂臉新此時君不在嬌鶯弄殺人

此時經一去誰知隔幾年雙鳧傷別緒獨鶴慘離絃怨起移醒後愁生落醉前若使人心密莫惜馬蹄穿

別十孃　張文成

忽然聞道別愁來不自禁眼下千行淚腸懸一寸心兩劍俄分匣雙鳧忽異林慇懃惜玉體勿使外人侵

揚州青銅鏡留與十孃

仙人好負局隱士屢潛觀映水菱花散臨風竹影寒月下時驚鵲池邊獨舞鸞若道人心變從渠照膽看

手中扇贈文成　崔十孃

合歡遊璧水同心侍華闕颻颻似朝風團團如夜月鸞姿侵霧起鶴影排空發希君掌中握勿使恩情歇

送張郎　香兒

丈夫存行跡慇懃爲數來莫作浮萍草逐浪不知迴

贈十孃　張文成

人去悠悠隔兩天未審迢迢度幾年縱使身遊萬里外終歸意在十孃邊

答文成　崔十孃

天涯地角知何處玉體紅顏難再遇但令翅羽爲人生會些高飛共君去

李嶠雜詠詩百二十首全唐詩所載缺文頗多今照此邦所傳古本補書之以附此

原　舊缺臙二字下莓作苔

王粲銷憂日江淹起恨年帶川遙綺錯分隰迥阡眠臙臙橫周甸莓莓鬪晉田方知急難響長在鶺鴒篇

河　舊缺第八句生作來

河出崑崙中長波接漢空桃花生馬頰竹箭入龍宮德水千年變榮光五色通若披蘭葉檢還沐土皇風

檄　舊缺數字檄通作至

羽檄本宣明由來敷木聲聯翩通漢國迢遞入燕營毛義持書去張儀韞璧行曹風雖覺愈陳草始知名

弋　舊缺弋字

富父春喉日殷辛漂杵年曉霜含白刃落影駐琱鋋夕擯金門側朝提玉塞前願隨龍影度橫陣彗雲邊

猿　舊缺下四句猿吟作人心

虞舜調清管王褒賦雅音參差橫鳳翼搜索動猿吟靈鶴時來到仙人幸見尋爲聽楊柳曲行役幾傷心

素　舊缺濯手天津魚腸六字

濯手天津女纖腰洛浦妃魚腸遠方至鴈足上林飛妙奪鮫綃色光騰月扇輝非君下路去誰賞故人機

全唐詩逸卷下

全唐詩逸跋

全唐詩逸三冊日本國河世寧所輯余得之海商船中以贈鮑淥飲先生先生有知不足齋叢書之刻欲以此冊附入焉未付梓而歸道山今其長君清溪能成父志屬余校讐余惟日本去中華僅三十六更其得被國朝文命之數者久矣故其人皆耽著述就余所見如山井鼎之七經孟子考文其師物茂卿之補遺茂卿自著有辨名二卷論語徵十卷林羅山有補羣書治要三卷天瀑山人有校刊佚存叢書五集頗淵博而有考據其詩集則熊阪邦與其子熊阪秀之南遊稠載錄戊亥遊囊西川瑚之蓬蒿詩集皆有斐然可觀之處茲又得此三冊則日本之文學固非海外他邦所可並也夫全唐詩多至數萬篇必平時盡熟於胸中而後博覽羣書方知某人某篇某句爲搜羅未盡者乃摘錄而纂成之此豈易事哉然則河世寧之好學深思從可知矣余前撰吾妻鏡補一書凡日本著述多所采錄是書亦曾采入藝文志且幸清溪之能成父志使吾寡得見所未見之書誠大快事也遂識數語於其後

道光三年癸未立夏後十日吳江翁廣平海琛氏跋